古代诗词典故词语汇编

吴洪业 耿建华 编

天津古籍出版社
天津出版传媒集团

图书在版编目（CIP）数据

古代诗词典故词语汇编 / 吴洪业，耿建华编.
天津：天津古籍出版社，2025.3. -- ISBN 978-7
-5528-1521-4

Ⅰ．I207.2

中国国家版本馆CIP数据核字第2025ZR9721号

古代诗词典故词语汇编
GUDAI SHICI DIANGU CIYU HUIBIAN

吴洪业 耿建华 / 编

出　　版	天津古籍出版社
出 版 人	任　洁
地　　址	天津市和平区西康路35号康岳大厦
邮政编码	300051
邮购电话	（022）23517902

策　　划	门　辉
责任编辑	门　辉　吴瞳瞳　柳　笛
封面设计	鞠佳美

印　　刷	天津新华印务有限公司
经　　销	全国新华书店
开　　本	787毫米×1092毫米　1/16
印　　张	78
字　　数	3958千字
版次印次	2025年3月第1版　2025年3月第1次印刷
定　　价	390.00元

版权所有　侵权必究
图书如出现印装质量问题，请致电联系调换（022-23517902）

凡 例

一、《古代诗词典故词语汇编》(以下简称《汇编》)共收录古代诗词典故词汇近万条。词条按拼音排序。书后附分类索引,以便读者查阅。

二、虽常有"诗必盛唐"之说,认为唐代诗词代表了我国诗词创作的某一时期的高峰,但实际上宋代诗词创作同样繁盛,不仅在数量上远超唐代,达到了约27万首(而唐代诗词目前收录的约5万首),而且在诗词创作技巧上也有所发展和创新。因此,《汇编》在收录典故词汇时,主要以唐宋诗词中广泛运用的典故词汇为主,对于唐宋之前或之后的典故词汇,则基本未予收录,以保持其针对性和时代特色。

三、部分典故词汇在唐宋诗词中的应用,根据所要表达的诗意,可能存在多个不同的名称。编者根据实际情况,会选择其中一个或多个名称进行收录。当选取多个名称时,会指定其中一个为主要名称,并注明其来源,而其他名称则仅注释其涵义,并通过"源见某词"的方式指向主要名称。为了控制整体字数,部分典故词汇的名称可能未被选取收录。

四、《汇编》中,诗词典故词汇的来源标注是基于现有资料进行的,力求做到简洁明了且准确无误。在此过程中,不进行来源的对比与详细考证工作。

五、为了更全面地反映典故词汇在诗词中的应用方式和特征,我们大多数典故词汇都精心挑选了4个诗词例句进行展示。在例句的选择上,我们优先考虑唐代诗词,若唐代诗词中的例句数量不足,则依次向宋代、明代、清代诗词中选取以作补充。此外,为了让读者了解典故词汇在现代诗词中的应用情况,我们也特意选取了一小部分现代格律诗句作为示例。

六、《汇编》中所选用的诗词例句,鉴于诗词题目字数各异,为了达到既清晰表达含义又节省版面的目的,通常采用四个汉字加三点式省略号的方式来表示诗词题目。对于字数等于或少于四个汉字的题目,则予以全文展示。

七、由于典故词汇中时有出现生僻字及易引发误读的多音字,因此《汇编》对收录的典故词汇进行了全面的注音处理。

八、《汇编》中的分类和关键词的划分,主要是依据典故词汇在诗词中的应用方式和应用目的来进行的。

九、《汇编》中的部分典故词汇,鉴于诗词创作的独特要求和特点,可能在现代汉语词典中未收录其明确的词义注释,然而这些词汇仍具有诗词创作和研究的参考价值。

十、《汇编》中所收录的典故词汇名称,并不代表其"唯一正确性",而是仅具备典型性特征。在诗词创作过程中,创作者完全可以在不改变原意的基础上,灵活地进行变通和创新。

目 录

A	1
B	8
C	67
D	136
E	186
F	193
G	238
H	283
J	350
K	438
L	457
M	535
N	575
O	590
P	591
Q	613
R	674
S	691
T	789
W	836
X	899
Y	967
Z	1082
索引	1176

A

阿鼻 ā bí
【分类】文化
【关键词】大般涅槃经
【释义】梵语译音,意译为无间,即痛苦无有间断之意,为佛教传说中八大地狱中最下、最苦之处。《大般涅槃经·一切大众所问品》:"凡夫亦应见阿罗汉悉是行人。若如是者,即是邪见。若有邪见,命终之时即应生于阿鼻地狱。"
【例句】唐拾得《诗》:"杀他鸡犬命,身死堕阿鼻。"唐玄觉《永嘉证道歌》:"弹指圆成八万门,刹那灭却阿鼻业。"唐傅翕《劝谕诗》:"身死罪犹存,牵向阿鼻门。"宋释印肃《证道歌》:"善根微细恶因多,地狱阿鼻无间隔。"

阿衡 ā héng
【分类】政治
【关键词】伊尹
【释义】商代官名,师保之官。伊尹曾任此职,故以指伊尹。引申为任国家辅弼之任、宰相之职。《诗经·商颂·长发》:"实维阿衡,实左右商王。"毛传:"阿衡,伊尹也。"
【例句】唐陈子良《赞德上越…》:"济世同舟楫,匡政本阿衡。"唐陈彦博《思赐魏文…》:"阿衡随逝水,池馆主他人。"宋司马光《和潞公行…》:"谢安不复东山去,争似阿衡得谢归。"宋刘攽《咏史》:"虽得阿衡佐,谁能救崩奔。"

阿侯 ā hòu
【分类】生活
【关键词】莫愁
【释义】莫愁所生之子,常借指称少年郎、情郎。《乐府诗集·河中之水歌》:"河中之水向东流,洛阳女儿名莫愁。莫愁十三能织绮,十四采桑南陌头,十五嫁为卢郎妇,十六生儿字阿侯。"
【例句】唐李贺《绿水辞》:"今宵好风月,阿侯在何处?"唐李商隐《拟意》:"怅望逢张女,迟回送阿侯。"唐李商隐《无题》:"近知名阿侯,住处小江流。"唐施肩吾《少妇游春词》:"无端自向春园里,笑摘青梅叫阿侯。"

阿环 ā huán
【分类】文化
【关键词】汉武帝
【释义】神话中上元夫人小字。《汉武帝内传》:"帝不知上元夫人何神人也,又见侍女下殿,俄失所在。须臾,郭侍女返。上元夫人又遣侍女答问,云'阿环再拜'。"也喻指女道士、西王母、杨玉环。
【例句】唐李商隐《曼倩辞》:"如何汉殿穿针夜,又向窗中觑阿环。"宋方岳《观荷》:"红亦非红白非白,阿娇微醉阿环醒。"宋方岳《次韵宋宋尚…》:"阿环淡伫阿娇丽,一种风流各自香。"宋刘克庄《食早荔》:"不比阿环池上果,一千年得一番尝。"

阿娇 ā jiāo
【分类】政治
【关键词】汉武帝
【释义】汉武帝皇后名,长公主嫖女。《史记·外戚世家》:"初,上为太子时,娶长公主女为妃。立为帝,妃立为皇后,姓陈氏。"《汉武帝故事》:"(胶东王)数岁,长公主嫖抱置膝上,问:'儿欲得妇不?'王曰:'欲得妇。'…未指其女问:'阿娇好不?'于是乃笑对曰:'好!若得阿娇作妇,将作金屋贮之也。'"
【例句】唐李白《妾薄命》:"汉帝重阿娇,贮之黄金屋。"唐李白《白头吟》:"闻道阿娇失恩宠,千金买赋要君王。"唐李商隐《茂陵》:"玉桃偷得怜方朔,金屋修成贮阿娇。"唐梁锽《名姝咏》:"阿娇年未多,体弱性能和。"

阿滥堆 ā làn duī
【分类】生活
【关键词】唐玄宗
【释义】唐玄宗所作的曲名。《中朝故事》:"骊山多飞禽,名阿滥堆。明皇御玉笛,采其声,翻为曲子名。左右皆传唱之,播于远近,人竞以笛效吹。故张祜诗云:'红树萧萧阁半开,玉皇曾幸此宫来。至今风俗骊山下,村笛犹吹阿滥堆。'"
【例句】唐张祜《华清宫》:"至今风俗骊山下,村笛犹吹阿滥堆。"宋李之仪《阿滥堆》:"冲风正起还飞下,何物元非阿滥堆。"宋李之仪《阿滥堆》:"少味童山莫分别,直须真峭比离堆。"宋贺铸《天门谣》:"待月上潮,平波滟滟,塞管轻吹新阿滥。"

阿连 ā lián
【分类】文化
【关键词】谢灵运
【释义】指南朝宋诗人谢灵运从弟谢惠连。代指兄弟。《宋书·谢灵运传》:"惠连幼有奇才,不为父方明所知…(灵运)谓方明曰:'阿连才悟如此,而尊作常儿遇之。'"
【例句】唐白居易《将归渭村…》:"为报阿连寒食下,与吾酿酒扫柴扉。"唐白居易《和敏中洛…》:"昨日池塘春草生,阿连新有好诗成。"唐权德舆《送少清赴…》:"青门望离袂,魂为阿连销。"唐裴夷直《奉和大梁…》:"谢公日日伤离别,又向西堂送阿连。"

阿龙 ā lóng
【分类】政治
【关键词】王导
【释义】晋丞相王导的小名,称谓杰出人才之典。《世说新语·企羡》:"王丞相(王导)拜司空,桓廷尉作两髻葛裙,策杖路边窥之,叹曰:'人言阿龙超,阿龙故自超。'"
【例句】宋李弥逊《送李仲和…》:"阿龙官清酷似父,五斗未

A

足供朝糜。"宋黎廷瑞《夜大风明…》："天明报平安,阿龙故自超。"宋刘克庄《水调歌头》："苦羡阿龙则甚,学取幼安亦可,坐穴几藜床。"明游朴《明虹未出…》："天上忽收神骏去,人间空羡阿龙超。"

阿蛮　ā mán
【分类】生活
【关键词】杨玉环
【释义】谢阿蛮,唐舞伎。《明皇杂录·补遗》："新丰市有女伶曰谢阿蛮,善舞《凌波曲》,常入宫中,杨贵妃遇之甚厚。"也谓杨贵妃的小名。
【例句】唐罗隐《帝幸蜀》："泉下阿蛮应有语,这回休更怨杨妃。"唐罗虬《比红儿诗》："红儿生在开元末,羞杀新丰谢阿蛮。"宋朱淑真《会魏夫人…》："若使明皇当日见,阿蛮无计况杨妃。"宋赵汝燧《缠头曲》："阿蛮妙舞翠袖长,臂鞲珠络带宝装。"

阿瞒　ā mán
【分类】政治
【关键词】曹操
【释义】三国魏曹操的小名。《全上古三代秦汉三国六朝文·曹操》："帝姓曹讳操,一名吉利,小字阿瞒。沛国谯人,汉相国参之后。"唐玄宗的自称。《羯鼓录》："上笑曰:大哥不必过虑,阿瞒自是相师。"
【例句】宋杨万里《读严子陵传》："早遣阿瞒移汉鼎,人间何处有严陵。"宋范成大《题开元天…》："忽报猪龙掀宇宙,阿瞒虚读相书来。"宋王十朋《魏武帝》："董吕袁刘电扫空,阿瞒独步骋奸雄。"宋王庭圭《题曹子方…》："横槊当年知阿瞒,后来谁复识波澜。"

阿奴碌碌　ā nú lù lù
【分类】政治
【关键词】周嵩
【释义】用为咏人平庸无为可全身远害之典。《世说新语·识鉴》："周伯仁(周𫖮字,周嵩兄)母冬至举酒赐三子曰:'尔家有相,尔等并罗列吾前,复何忧?'周嵩起,长跪而泣曰:'嵩性狼抗,亦不容于世。唯阿奴碌碌,当在阿母目下耳!'"南朝梁刘孝标注引邓粲《晋纪》："阿奴,嵩之弟周谟也。"
【例句】宋王之道《和因上人…》："栖栖众且疑夫子,碌碌谁知效阿奴。"宋苏轼《次韵子由…》："阿奴须碌碌,门户要全生。"宋李石《除夕》："巧名尚喜新年在,碌碌人应笑阿奴。"宋萧立之《壬午几日…》："碌碌阿奴俱在目,剩锄菭韭种蒿莱。"

阿婆三五　ā pó sān wǔ
【分类】政治
【关键词】薛逢
【释义】指自己少年得意的时光。源见"东涂西抹"。
【例句】宋张孝祥《浣溪沙》："缓携纶旨凤池东,阿婆三五笑春风。"宋黄庭坚《戏答王定国》："非复三五少年日,把酒

偿春颊生红。"宋赵时韶《枯树》："尚有阿婆三五态,背时涂抹趁风流。"宋吴潜《贺新郎》："三五阿婆涂抹遍,多少残樱剩李。"明王夫之《落花诨体》："三五阿婆曾莽撞,八千泪眼尽寒穷。"

阿戎　ā róng
【分类】文化
【关键词】王戎
【释义】指晋王戎。《世说新语·雅量》："(王戎)答曰:'树在道边而多子,此必苦李。'取之信然。"王戎遂为早慧的典型。后因以"阿戎"称美他人之子。
【例句】唐杜甫《杜位宅守岁》："守岁阿戎家,椒盘已颂花。"唐王维《送李员外…》："借问阿戎父,知为童子郎。"宋毛滂《友龙侄来》："归家且与阿戎语,长吟未觉长康痴。"宋王大烈《贺人生子》："寄语王浑防跨灶,阿戎清赏只须臾。"

阿戎可语　ā róng kě yǔ
【分类】文化
【关键词】王戎
【释义】谓与贤士交往之典。《世说新语·简傲》："王戎弱冠诣阮籍。"南朝梁刘孝标注引《竹林七贤论》："初,籍与戎父浑俱为尚书郎,每造浑,坐未安,辄曰:'与卿语,不如与阿戎语。'就戎,必日夕而返。"王戎为"竹林七贤"之一。
【例句】宋李曾伯《摸鱼儿》："阿戎可语。待乞得身还,屏伊世累,甘受作诗苦。"宋苏轼《赠山谷子》："我来喜共阿戎语,应敌纵横如急雨。"宋周孚《朱毅夫挽词》："来从阿戎语,始与德公游。"宋舒岳祥《寄少白诗…》："欲共君家阿戎语,蝉联书笥吐难收。"

阿童高义　ā tóng gāo yì
【分类】政治
【关键词】羊祜王濬
【释义】指称颂晋代王濬伐吴之功义。《晋书·羊祜传》："时吴有童谣曰:'阿童复阿童,衔刀浮渡江。不畏岸上兽,但畏水中龙。'祜闻之曰:'此必水军有功,但当思应其名者耳。'会益州刺史王濬征为大司农,祜知其可任,濬又小字阿童,因表留濬监益州诸军事,加龙骧将军。"
【例句】唐李贺《王濬墓下作》："人间无阿童,犹唱水中龙。"唐李商隐《无题》："益德冤魂终报主,阿童高义镇横秋。"宋李曾伯《和刘清叔…》："当时柱驾先诸葛,底事浮江后阿童。"宋周紫芝《艨艟行》："将军自驾木城去,莫叹龙骧作阿童。"

阿鹜　ā wù
【分类】政治
【关键词】钟繇荀攸
【释义】代称他人的妻妾。《三国志·朱建平传》："初,颍川荀攸、钟繇相与亲善。攸先亡,子幼。繇经纪其门户,欲嫁其妾。与人书曰:'吾与公达曾共使朱建平相,建平曰:

"苟君虽少，然当以后事付钟君。"吾时啁之曰："惟当嫁卿阿鹜耳。"何意此子竟早陨没，戏言遂验乎！今欲嫁阿鹜，使得善处。'"

【例句】唐李毅《醉中袭美…》："休文虽即逃琼液，阿鹜还须掩玉闺。"唐杜牧《池州李使…》："巨卿哭处云空断，阿鹜归来月正明。"宋汪藻《嘲人买妾…》："莫愁阿鹜烦君嫁，且学西施为我鬟。"明沈守正《归过柳堂…》："嫁卿阿鹜今成谶，车忆桥公我独伤。"

阿咸　ā xián
【分类】生活
【关键词】阮籍阮咸
【释义】侄儿的代称。阮籍称侄儿阮咸为阿咸。《晋书·阮咸传》："咸任达不拘，与叔父籍为竹林之游，当世礼法者讥其所为。咸与籍居道南…咸妙解音律，善弹琵琶。"
【例句】宋苏轼《和子由除…》："朝回两袖天香满，头上银幡笑阿咸。"宋宋逊《寿铁石翁》："看到阿咸俱白发，百年门户共支撑。"宋孙应时《送陆华父…》："四海桐江陆使君，阿咸诗律更通神。"宋李处权《次韵朴侄…》："阿咸自是吾家秀，始觉前人畏后生。"

阿香推雷车　ā xiāng tuī léi chē
【分类】文化
【关键词】阿香
【释义】打雷下雨之典。《搜神后记》："永和中，义兴人姓周，出都。一女子出门，年可十六七…望见周过，谓曰：'日已向暮，前村尚远，临贺讵得至？'…向一更中，闻外有小儿唤阿香声，女应诺。寻云：'官唤汝推雷车。'女乃辞行，云：'今有事去。'夜遂大雷雨。"雷车，古代传说中指雷神所驾的车子。
【例句】唐王涣《悼亡》："为怯暗藏秦女扇，怕惊欹堕阿香车。"宋苏轼《无锡道中…》："天公不念老农泣，唤取阿香推雷车。"宋马岳《立春日雷》："阿香不解人间事，便驾雷车送雨来。"宋王十朋《登绮霞亭…》："雷公俄唤阿香去，霖雨便随流火来。"

阿修罗战　ā xiū luó zhàn
【分类】文化
【关键词】阿修罗
【释义】咏战争之典。《佛说观佛三昧海经》："毗摩质多罗阿修罗王，心生瞋恚，与四兵往攻帝释…是时帝释坐善法堂，烧众名香，发大誓愿…时修罗耳鼻手足，一时尽落，令大海水，赤如绛汁。时阿修罗即便惊怖，遁走无处，入藕丝孔。"阿修罗王是佛国天龙八部护法神之一，好战。佛教分诸天、龙及鬼神为八部。因八部中以天、龙二部居首，故曰天龙八部。
【例句】宋陆游《致斋监中…》："或言修罗战，百万起眶眦。"宋饶节《次韵护公…》："诸天行乐正峥嵘，八臂修罗苦战争。"宋黄庭坚《补陀岩颂》："修罗身量等须弥，入藕丝孔逃追北。"宋释慧远《颂古》："神仙秘诀妙神机，秃顶修罗打左拳。"

哀哀　āi āi
【分类】生活
【关键词】尔雅
【释义】悲苦貌。《尔雅·释训》："哀哀，恓恓，怀抱德也。"晋郭璞注："悲苦征役，思所生也。"
【例句】唐刘禹锡《华清词》："哀哀生人泪，泣尽弓剑前。"唐杜甫《白帝》："哀哀寡妇诛求尽，恸哭秋原何处村？"唐李咸用《湘浦有怀》："鸿雁哀哀背朔方，余霞倒影画潇湘。"唐鲍溶《巢乌行》："日长雏饥雄未回，雌乌下巢去哀哀。"

哀时　āi shí
【分类】生活
【关键词】东方朔
【释义】指伤悼时势。汉东方朔《七谏·哀命》："哀时命之不合兮，伤楚国之多忧。"
【例句】唐孔绍安《伤顾学士》："今日严夫子，哀命不逢时。"唐杜甫《咏怀古迹》："羯胡事主终无赖，词客哀时且未还。"宋张志道《西湖怀古》："贾充误国终无策，庾信哀时尚有词。"宋苏过《次韵岑彦…》："哀时无祁奚，丹书谁为焚。"

哀痛诏　āi tòng zhào
【分类】政治
【关键词】汉武帝
【释义】封建帝王的罪己诏书。《汉书·西域列传下》："上（汉武帝）乃下诏，深陈既往之悔，曰：'前有司奏，欲益民赋三十助边用，是重困老弱孤独也。而今又请遣卒田轮台…乃者贰师败，军士死略离散，悲痛常在朕心。'"
【例句】唐韦庄《赠薛秀才》："但闻哀痛诏，未睹凯旋歌。"唐杜甫《收京》："忽闻哀痛诏，又下圣明朝。"唐郑谷《巴江》："诏书罪己方哀痛，乡县徵兵尚苦辛。"宋林景熙《谒陆宣公祠》："奉天诏下哀痛新，将士感泣天亦闻。"

哀郢　āi yǐng
【分类】政治
【关键词】楚辞
【释义】哀伤国家败亡之典。《楚辞·九章》篇名。即哀悼楚国郢都被秦国攻陷、楚怀王受辱于秦，百姓流离失所之事。
【例句】宋马廷鸾《感事》："昌唐无复语溪颂，哀郢常多楚泽吟。"宋刘克庄《挽傅谏议》："哀郢遗言切，忧周素发垂。"宋刘克庄《和林肃翁…》："自古放臣多感慨，吾评哀郢胜悲秋。"宋刘克庄《七十四吟》："尚有一襟哀郢泪，久疏夜饮省春遨。"

欸乃　ǎi nǎi
【分类】文化
【关键词】元结
【释义】摇橹声，或指棹歌。唐元结《欸乃曲》："谁能听欸乃，欸乃感人情。"题注："棹舡之声。"

A

【例句】唐柳宗元《渔翁》：" 烟销日出不见人，欸乃一声山水绿。"宋陆游《南定楼遇…》："人语朱离逢峒獠，樟歌欸乃下吴舟。"宋卫宗武《雪陇回舟》：" 踏遍层峦游屐倦，归船欸乃橹声忙。"宋卫泾《游淀湖》："欸乃一声回首处，西山横在有无中。"

爱酒陶元亮　ài jiǔ táo yuán liàng
【分类】政治
【关键词】陶渊明
【释义】咏饮酒之典。《苏轼诗集·〈乘舟过贾收…〉》："爱酒陶元亮，能诗张志和。"晋陶渊明字渊明，或云渊明字元亮。
【例句】宋刘过《毛积夫席…》："人言爱酒陶元亮，坐有能诗无本师。"宋陆游《癸亥初冬作》："爱酒陶元亮，还乡丁令威。"宋章宪《漫庄》："爱酒陶元亮，听蛙孔德璋。"宋韩元吉《九日送酒…》："平生爱酒陶元亮，曾绕东篱望白衣。"

爱妾换马　ài qiè huàn mǎ
【分类】生活
【关键词】刘安曹彰
【释义】形容富豪风流豪放的行为；也用以咏妾或咏马。《乐府诗集·河中之水歌》题引《乐府解题》："《爱妾换马》，旧说淮南王所作，疑淮南王即刘安也。"唐李冗《独异志》："后魏曹彰，性倜傥。偶逢骏马，爱之，其主所惜也。彰曰：'余有美妾可换，唯君所选。'马主因指一妓，彰遂换之。"
【例句】唐白居易《酬裴令公…》："安石风流无奈何，欲将赤骥换青娥。"唐纪唐夫《骢马曲》："今日房平将换妾，不知罗袖舞春风。"宋谢薖《次韵季智伯…》："二生相逢妾换马，我今真成酒易茶。"宋方回《至后承元煇…》："已无换马妾，惟有打门僧。"

爱人如伤　ài rén rú shāng
【分类】政治
【关键词】左传
【释义】称美或谏戒统治者爱护民众的典故。《左传·哀公元年》："（逢滑对陈怀公说）臣闻国之兴也，视民如伤，是其福也。"晋杜预注："如伤，恐惊动。"指统治者对待百姓应十分爱护，就好像唯恐他们有伤痛疾苦而照料不周到那样。
【例句】唐李隆基《赐诸州刺…》："视人当如子，爱人亦如伤。"宋李处权《次韵端礼…》："岂弟父母今信之，视民恐伤如足手。"宋陈淳《贺傅寺丞》："太守念庸民命寄，如伤体肤痛心臂。"宋林同《贤者之孝…》："礼岂为我设，如伤风教何。"

爱日　ài rì
【分类】文化
【关键词】赵衰赵盾
【释义】指冬天的太阳。《左传·文公七年》："酆舒问于贾季曰：'赵衰、赵盾孰贤？'对曰：'赵衰，冬日之日也；赵盾，夏日之日也。'"晋杜预注："冬日可爱，夏日可畏。"另指儿子孝养父母的时日。汉扬雄《法言·孝至》："事亲之谓也，孝子爱日。"
【例句】唐张说《游龙山静…》："苦霜裹野草，爱日扬江煦。"唐李咸用《送河南韦…》："岩风爱日泪阑干，去住情途各万端。"宋文彦博《北都留守…》："疏帘夏捲清风阁，密幄冬寒爱日堂。"宋王十朋《岁暮雨雪》："爱日未能烘宿润，愁云依旧蔽青天。"

爱屋及乌　ài wū jí wū
【分类】生活
【关键词】乌
【释义】因为爱一个人而连带爱他屋上的乌鸦。比喻爱一个人而连带地关心到与他有关的人或物。《尚书大传·大战》："爱人者，兼其屋上之乌。"
【例句】唐杜甫《奉赠射洪…》："丈人屋上乌，人好乌亦好。"宋刘敞《和永叔十…》："爱公犹爱屋上乌，何况公家手种菊。"宋李之仪《撚须寄傅…》："爱极并爱屋上乌，古诗有之今辄如。"聂绀弩《风怀》："尔为迁客往成都，吾爱小庄屋上乌。"

爱吾庐　ài wú lú
【分类】政治
【关键词】陶渊明
【释义】咏赞田园隐居之乐趣，为咏田园归隐之典。晋陶渊明《读山海经》："孟夏草木长，绕屋树扶疏。众鸟欣有托，吾亦爱吾庐。"
【例句】唐李德裕《郊外即事…》："岂知陶靖节，只自爱吾庐。"唐杨巨源《和卢谏议…》："谢监营野墅，陶公爱吾庐。"唐白居易《玩松竹》："吾亦爱吾庐，庐中乐吾道。"唐顾况《闲居怀旧》："日长鼓腹爱吾庐，洗竹浇花兴有余。"

薆而不见　ài ér bù jiàn
【分类】生活
【关键词】诗经
【释义】意谓隐蔽起来不露面。《诗经·邶风·静女》："静女其姝，俟我于城隅。薆而不见，搔首踟蹰。"
【例句】唐宋之问《冬宵引赠…》："此情不向俗人说，薆而不见恨无穷。"唐孟郊《出门行》："手持琅玕欲有赠，薆而不见心断绝。"宋王质《寄题新务…》："鸿雁同天不同行，薆而不见空飞扬。"宋于石《美人一章…》："欲往从之路茫茫，薆而不见空彷徨。"
【例句】唐张九龄《园中时蔬…》："遇赏宁充佩，为生莫碍门。"唐张南史《早春书事…》："在竹惭充箭，为兰幸免锄。"宋陆游《初春书怀》："驯雀正缘抛食惯，芳兰肯为碍门锄。"宋俞德邻《闲居》："客少经过因地僻，门无障碍觉天宽。"

碍门　ài mén
【分类】政治
【关键词】张裕

【释义】谓遭人怨恨。《三国志·周群传》："先主(刘备)常衔其不逊,加忿其漏言,乃显裕(张裕)谏争汉中不验,下狱将诛之。诸葛亮表请其罪,先主答曰:'芳兰生门,不得不锄。'裕遂弃市。"意谓虽是兰花,却当门而生,也遭人恨。

安车　ān chē
【分类】文化
【关键词】周礼
【释义】古车立乘,可以坐乘的小车称安车。供年老的高级官员及贵妇人乘用。《周礼·巾车》："安车,雕面鹥总,皆有容盖。"汉郑玄注："安车,坐乘车。凡妇人车皆坐乘。"
【例句】唐白居易《答四皓庙》："安车留不住,功成弃如遗。"唐李咸用《悼范摅处士》："安车未至柴关外,片玉已藏坟土新。"唐李商隐《灵仙阁晚眺…》："想就安车召,宁期负矢还。"唐唐彦谦《楚世家》："张仪重入怀王手,驷马安车却放归。"

安车蒲轮　ān chē pú lún
【分类】政治
【关键词】汉武帝
【释义】用蒲叶包裹车轮,使乘坐更舒适。《汉书·武帝纪》："议立明堂。遣使者安车蒲轮,束帛加璧,征鲁申公。"唐颜师古注曰："以蒲裹轮,取其安也。"
【例句】唐戎昱《赠韦况征君》："回看药灶封题密,强人蒲轮引步迟。"唐汪遵《招隐》："早携书剑离岩谷,莫待蒲轮辗白云。"唐窦群《中牟县经…》："还将文字如颜色,暂下蒲车为鲁公。"宋陆文圭《病足》："设有蒲轮召,安车未易乘。"

安车软轮　ān chē ruǎn lún
【分类】政治
【关键词】汉明帝
【释义】称赞皇帝尊敬贤老的典故。《后汉书·明帝纪》:永平二年,明帝诏曰"尊事三老、兄事五更,安车软轮,供绥执授"。唐李贤注："安车,坐乘之车;软轮,以蒲裹轮;三老就车,天子亲执绥授之。"
【例句】唐王维《赠东岳焦…》："频蒙露罢诏,时降软轮车。"唐权德舆《过隐者湖…》："行看软轮起,未可号潜夫。"唐罗隐《第五将军…》："欲恐武皇还望祀,软轮徵入上玄虚。"唐窦常《和裴端公…》："尽日凭幽几,何时上软轮。"

安车缥组　ān chē xūn zǔ
【分类】政治
【关键词】严光
【释义】咏聘贤之典。《后汉书·严光》："(严光)少有高名,与光武同游学。及光武即位,乃变名姓,隐身不见。帝思其贤,乃令以物色访之。后齐国上言:'有一男子,披羊裘钓泽中。'帝疑其光,乃备安车玄缥,遣使聘之。三反而后至。"玄缥,是黑红色的币帛,古时帝王聘请贤人常以此为礼品。
【例句】唐李咸用《悼范摅处士》："安车未至柴关外,片玉已藏坟土新。"唐李商隐《灵仙阁晚眺…》："想就安车召,宁期负矢还。"唐王维《送高适弟…》："公吏奉缥组,安车去茅茨。"宋刘攽《曾鲁公挽诗》："扶阳诗礼乐,丞相始安车。"

安乐窝　ān lè wō
【分类】政治
【关键词】邵雍
【释义】宋邵雍自号安乐先生,名其居为"安乐窝"。后泛指安静舒适的住处。《宋史·邵雍》："雍岁时耕稼,仅给衣食。名其居曰'安乐窝',因自号安乐先生。"
【例句】宋戴复古《访赵东野》："四山便是清凉国,一室可为安乐窝。"宋文天祥《陈贯道摘…》："清风明月不用买,何处不是安乐窝。"宋王迈《寄娄倅张…》："安乐窝中无别法,只将世累放教轻。"宋王洋《戏伸监院…》："安乐窝前安乐僧,一轮明月一枯藤。"

安刘　ān liú
【分类】政治
【关键词】周勃
【释义】维护国家政体的典故。《史记·高祖本纪》："已而吕后问:'陛下百岁后,萧相国即死,令谁代之?'上曰:'王陵可。然陵少戆,陈平可以助之。陈平智有余,然难以独任。周勃重厚少文,然安刘氏者必勃也,可令为太尉。'"
【例句】唐杜牧《题商山四…》："南军不袒左边袖,四老安刘是灭刘。"唐高适《酬裴员外…》："诛吕鬼神动,安刘天地开。"唐窦常《商山祠堂…》："夺嫡心萌事可忧,四贤西笑暂安刘。"宋韩驹《上太师公…》："啸呼左袒安刘氏,指顾南冠縶楚囚。"

安排　ān pái
【分类】文化
【关键词】庄子
【释义】听任自然的变化。《庄子·大宗师》："造适不及笑,献笑不及排,安排而去化,乃入于寥天一。"晋郭象注："安于推移而与化俱去,故乃入于寂寥而与天为一也。"也谓施以心思人力,与纯任自然、不加干预相对而言。
【例句】唐杜甫《将适吴楚…》："终作适荆蛮,安排用庄叟。"唐己《谢人惠端…》："安排得主难移动,含ён随时任浅深。"唐张祜《题曾氏园林》："还将齐物论,终岁自安排。"宋陆游《兀坐久散…》："先师有遗训,万事忌安排。"

安期生　ān qī shēng
【分类】文化
【关键词】安期生
【释义】借指神仙。源见"枣大如瓜"。
【例句】唐李涉《寄河阳从…》："安期先生不可见,蓬莱目极沧海长。"唐吴筠《登北固山…》："愿言策烟驾,缥缈寻安期。"宋陆游《长歌行》:"人生不作安期生,醉入东海骑长鲸。"宋杨万里《游蒲涧呈…》:"小参古殿黄面老,不见旧日安期生。"

安期遗舄　ān qī yí xì
【分类】文化
【关键词】安期生
【释义】喻指得道者的遗物或仙人的鞋子。《列仙传·安期生》:"安期先生者,琅琊阜乡人也。卖药于东海边,时人皆言千岁翁。秦始皇东游,请见,与语三日三夜。赐金璧,度数千万,出于阜乡亭,皆置去,留书,以赤玉舄一双为报,曰:'后数年,求我于蓬莱山。'始皇遣使者数人入海,未到蓬莱山,辄逢风波而还。"
【例句】唐李白《赠张相镐》:"唯有安期舄,留之沧海隅。"唐王昌龄《观江淮名…》:"安期始遗舄,千古谢荣耀。"唐李德裕《遥伤茅山…》:"旧山闻鹿化,遗舄尚凫飞。"宋郭祥正《蒲涧奉呈…》:"安期服之已仙去,漫脱双舄留秦皇。"

安期枣　ān qī zǎo
【分类】文化
【关键词】安期生
【释义】咏仙道之典,或称美瓜果。源自"枣大如瓜"。
【例句】唐元稹《和乐天…》:"冥搜方朔桃,结念安期枣。"唐李白《寄王屋山…》:"亲见安期公,食枣大如瓜。"宋卫宗武《为徐进士…》:"纵未能尝方朔桃,亦须先致安期枣。"宋史尧弼《师伯浑至…》:"雪月会知思戴老,枣瓜方欲问安期。"

安世补亡　ān shì bǔ wáng
【分类】文化
【关键词】张安世
【释义】比喻博闻强记的人。《汉书·张汤传》附《张安世传》:"上行幸河东,尝亡书三箧,诏问莫能知,唯安世识之,具作其事。后购求得书,以相校无所遗失。上奇其材,擢为尚书令。"三箧即三箱。
【例句】唐李端《送耿拾遗…》:"汉使收三箧,周诗采百篇。"宋楼钥《跋余子寿…》:"补亡三箧比安世,偶熟此卷非张巡。"宋刘鹗《题义门胡…》:"箧中书满思安世,楼上诗成忆仲宣。"宋张扩《博古堂》:"河东安世工补亡,伏日郝隆便晒腹。"

安兄杀嵇　ān xiōng shā jī
【分类】政治
【关键词】嵇康
【释义】遭遇陷害之典。《三国志·嵇康传》:"至景元中,坐事诛。"南朝宋裴松之注引《魏氏春秋》:"康与东平吕昭子巽及巽弟安亲善。会巽淫安妻徐氏,而诬安不孝,囚之。安引康为证,康义不负心,保明其事,安亦至烈,有济世志力。钟会劝大将军因此除之,遂杀安及康。"嵇康受吕安牵连而被冤杀。
【例句】唐杜甫《醉为马坠…》:"何必走马来为问,君不见嵇

康养生遭被杀戮。"唐白居易《杂感》:"吕安兄不道,都市杀嵇康。"元梁曾《悼鲜于伯…》:"不见嵇康遭杀戮,令人空叹养生书。"明宋琬《放歌行赠…》:"群盗犹知怜李涉,世人何欲杀嵇康。"

安用毛锥　ān yòng máo zhuī
【分类】政治
【关键词】史弘肇
【释义】片面强调以武人治国的典故。《旧五代史·史弘肇传》:"俱饮酤。弘肇又厉声言曰:'安朝廷定祸乱,直须长枪大剑,至如毛锥子,焉足用哉!'三司使王章曰:'虽有长枪大剑,若无毛锥子,赡军财赋,自何而集?'弘肇默然,少顷而罢。"
【例句】宋李纲《叔易得水…》:"排纷须大剑,安用毛锥子。"宋陈人杰《沁园春》:"原夫辈,算事今如此,安用毛锥。"宋仇远《赠笔工沈…》:"长枪大剑正当时,毛锥子者直安用。"宋王庭圭《送彭士贵》:"大将威名震九州,毛锥何补剑枪头。"

安用知帘外　ān yòng zhī lián wài
【分类】生活
【关键词】郑儋
【释义】奢靡饮乐之典。唐韩愈《河东节度观察使荥阳郑公神道碑文》:"公与宾客朋游。饮酒必极醉。投壶博弈。穷日夜。若乐而不厌者。平居帘阁据几。终日不知有人。别自号白云翁。"
【例句】唐刘禹锡《冬夜宴河中…》:"帘外雪已深,座中人半醉。"唐王昌龄《春宫曲》:"平阳歌舞新承宠,帘外春寒赐锦袍。"宋刘克庄《鹊桥仙》:"蒲鞭渐弛,龆筒渐少,安用知他帘外。"宋韦骧《和周开祖…》:"更玩掌中珍句好,不知帘外玉蟾生。"

安舆　ān yú
【分类】政治
【关键词】赵隐
【释义】安车,为咏孝亲之典。《新唐书·赵隐传》:"懿宗诞日,宴慈恩寺,隐侍母以安舆临观。宰相方率百官拜恩于廷,即回班候夫人起居,搢绅以为荣。"搢绅,官宦或儒者的代称。
【例句】宋马廷鸾《徐氏拜荣堂》:"何时两母俱徜徉,安舆来往陈壶觞。"宋王之望《挽林给事…》:"彩服金龟重,安舆驷马骄。"宋韦骧《和叔侍…》:"晚扬红旆出郊关,昼奉安舆上碧山。"宋张元干《叶少蕴生朝》:"安舆彩服寿且宁,五福共应南极星。"

黯然销魂　àn rán xiāo hún
【分类】生活
【关键词】江淹
【释义】指心神沮丧,失魂落魄。《昭明文选·南朝江淹〈别赋〉》:"黯然销魂,惟别而已矣。"李善注:"黯,失色将败之貌。"

【例句】宋李廌《杨花词》："楼上何人远望，黯然无语销魂。"宋范成大《刘德修少…》："老夫但祝重相见，未拟消魂赋黯然。"宋洪迈《送沈虞卿…》："看君挥手谢送者，使我销魂惟黯然。"宋曹彦约《次韵隆庆…》："相逢便作阳关曲，数日销魂正黯然。"

暗室不欺　àn shì bù qī
【分类】政治
【关键词】萧世缵
【释义】即使在无人看见的暗室中，也不能作出不合礼仪的行为。为咏光明磊落之典。《梁书·简文帝纪》："太宗见幽絷，题壁自序云：'有梁正士兰陵萧世缵，立身行道，终始如一，风雨如晦，鸡鸣不已。弗欺暗室，岂况三光，数至于此，命也如何！'"
【例句】唐郑谷《投时相十韵》："薄冰安可履，暗室岂能欺。"唐刘禹锡《学阮公体》："只言绳自直，安知室可欺。"唐周昙《后汉门杨震》："无言暗室何人见，咫尺斯须已四知。"唐戴叔伦《抚州被推…》："从古以来何限柱，惭知暗室不曾欺。"

暗香浮动　àn xiāng fú dòng
【分类】文化
【关键词】林逋
【释义】暗香：清幽的香气。特指梅花的清香在空气中飘浮。源见"暗香疏影"。
【例句】宋王安石《即事》："唯有多情枝上雪，暗香浮动月黄昏。"宋吴晦之《奚大卿许…》："暗香浮动月初斜，仿佛西湖处士家。"宋刘黻《用坡仙梅花》："草木班中有此花，暗香浮动影横斜。"宋韩维《晏相公西…》："知想钱塘林处士，暗香浮动月黄昏。"

暗香疏影　àn xiāng shū yǐng
【分类】文化
【关键词】林逋
【释义】梅花代称。《宋诗抄·和靖诗抄·山园小梅》："疏影横斜水清浅，暗香浮动月黄昏。"宋林逋字和靖。
【例句】宋方岳《林和靖墓》："惟有亭前古梅在，暗香疏影月黄昏。"宋辛弃疾《和傅岩叟…》："暗香疏影无人处，唯有西湖处士知。"宋马廷鸾《带湖春树》："暗香疏影久凄迷，咫尺塘边丈尺泥。"宋王楠《观梅》："疏影偶因明月见，暗香惟有好风知。"

暗牖空梁　àn yǒu kōng liáng
【分类】生活
【关键词】薛道衡
【释义】窗户昏暗，梁上空空。形容门庭萧条冷落。源见"空梁落燕泥"。
【例句】唐刘长卿《九日题蔡…》："暗牖藏昏晓，苍苔换古今。"唐卢照邻《文翁讲堂》："空梁无燕雀，古壁有丹青。"宋宋祁《春夕》："飞虫集暗牖，栖鹊忌明枝。"宋宋庠《阴晦残春…》："空梁燕湿休矜舞，曲沼蛙鸣且为官。"

昂藏　áng cáng
【分类】政治
【关键词】陆机
【释义】喻指气度轩昂，相貌出众。也喻指书法遒劲拔俗。晋陆机《晋平西将军孝侯周处碑》："汪洋廷阙之傍，昂藏寮寀之上。"
【例句】唐李颀《别梁锽》："忽然遣跃紫骝马，还是昂藏一丈夫。"唐白居易《病中对病鹤》："但作悲吟和嚗唳，难将俗貌对昂藏。"宋王安石《与北山道人》："可惜昂藏一丈夫，生来不读半行书。"宋范成大《送李徽州…》："昂藏转江湖，夷路入王国。"

昂首伸眉　áng shǒu shēn méi
【分类】生活
【关键词】司马迁
【释义】抬头扬眉，形容意气昂扬的样子。汉司马迁《报任少卿书》："乃欲仰首伸眉，论列是非，不亦轻朝廷，羞当世之士耶！"
【例句】唐徐锴《同家兄哭…》："但是登临皆有作，未尝相见不伸眉。"宋卫宗武《和雪吟》："目前多幸苟全生，稍得眉犹胜哭。"宋释道潜《戏书诚师…》："雁鸭惊呼缘底事，一时昂首立秋风。"宋张伯玉《之官新定》："如今遇酒伸眉醉，休问多才与不才。"

嗷嗷　áo áo
【分类】生活
【关键词】诗经
【释义】哀鸣声；哀号声。众口愁怨声。《诗经·小雅·鸿雁》："鸿雁于飞，哀鸣嗷嗷。"唐陆德明释文："嗷，本又作嗸。"
【例句】唐李白《空城雀》："嗷嗷空城雀，身计何戚促。"唐李端《古别离》："木落雁嗷嗷，洞庭波浪高。"楚齐己《楚寺寒夜作》："水寺闲来僧寂寂，雪风吹去雁嗷嗷。"唐韩愈《鸣雁行》："嗷嗷鸿雁鸣且飞，穷秋南去春北归。"

鳌背三山　áo bèi sān shān
【分类】文化
【关键词】列子
【释义】借指海岛上的山，喻仙山。鳌：传说中的大龟。三山：指蓬莱、方丈、瀛洲三座神山。源见"龙伯钓鳌"。
【例句】唐罗隐《寄窦泽处士》："鳌背楼台拂白榆，此中槎客亦踟蹰。"唐孟郊《石淙》："飘飘鹤骨仙，飞动鳌背庭。"唐窦庠《金山寺》："晴江万里云飞尽，鳌背参差日气红。"宋王十朋《洛阳桥》："人行跨海金鳌背，亭压横空玉虹腰。"

鳌抃　áo biàn
【分类】文化
【关键词】楚辞
【释义】形容欢欣鼓舞。源见"抃鳌"。
【例句】唐沈佺期《夜泊越州…》："鳌抃群岛失，鲸吞众流输。"宋刘攽《戏金壶道…》:"狂鲸荡海海逆潮,巨鳌抃山山动摇。"宋范成大《刺濆淖》:"勃勃骇浪腾,复恐蛰鳌抃。"宋晁说之《洪泽守闸…》:"何处长风万里浪,龙盘鳌抃蜃楼居。"

聱叟　áo sǒu
【分类】政治
【关键词】元结
【释义】唐元结的别号,为咏隐逸之典。《新唐书·元结列传》:"后家瀼滨,乃自称浪士。及有官,人以为浪者亦漫为官乎,呼为漫郎。既客樊上,漫遂显。樊左右皆渔者,少长相戏,更曰聱叟。"
【例句】宋刘克庄《和季弟韵》:"俗人不惯呼聱叟,明主何曾罪寝郎。"宋周紫芝《赵丞家野堂》:"骑曹休问马,聱叟漫为郎。"宋周紫芝《送元具茨…》:"可怪鲁山犹簿领,不应聱叟是渔樵。"宋林逋《杂兴》:"次山有以称聱叟,鲁望兼之传散人。"

遨头　áo tóu
【分类】政治
【关键词】苏轼
【释义】宋代成都自正月至四月浣花,太守出游,士女纵观,称太守为"遨头"。宋苏轼《次韵刘景文…》自注:"成都太守,自正月二日出游,谓之遨头,至四月十九日浣花乃止。"
【例句】宋孔武仲《送林子中…》:"间出作遨头,伐击鼓与钟。"宋毛滂《灯夕当三…》:"两行红纱三百炬,插床携酒趁遨头。"宋毛滂《代张兰送…》:"千里溪山记诗伯,一年莺燕识遨头。"宋王之望《寄制帅》:"浣花时节归期近,犹及遨头共一觞。"

鳌柱　áo zhù
【分类】文化
【关键词】女娲
【释义】指天柱。源见"女娲补天"。
【例句】唐沈佺《醮词》:"八极鳌柱倾,四溟龙鬣沸。"宋李曾伯《题双庙镇…》:"峰巍鳌柱疑娲立,地峻龙门自禹开。"宋蒋允仲《灵岩禅寺》:"参旗开障日,鳌柱仰擎天。"宋慕容彦逢《许冲元生日》:"龙輈迎舜日,鳌柱拱尧天。"

鳌足支撑　áo zú zhī chēng
【分类】文化
【关键词】女娲
【释义】古代关于女娲斩断大鳌四足支撑天地、救时匡世的传说。源见"女娲补天"。
【例句】唐李群玉《滴仙吟赠…》:"若为失意居蓬岛,鳌足尘飞桑树枯。"唐牛僧孺《李苏州遗…》:"地祇愁垫压,鳌足困支撑。"唐刘禹锡《和河南裴…》:"缅怀断鳌足,凝想乘鸾姿。"

B

八表　bā biǎo
【分类】政治
【关键词】王敦
【释义】八方之外,又称八荒,指极远的地方。《晋书·王敦列传》:"敦上疏曰:'今皇祚肇建,八表承风;圣恩不终,则遐迩失望。天下荒弊,人心易动;物听一移,将致疑惑。'"
【例句】唐李世民《过旧宅》:"八表文同轨,无劳歌大风。"唐李世民《幸武功庆…》:"指麾八荒定,怀柔万国夷。"唐宋之问《景龙四年…》:"地阔八荒近,天回百川澍。"唐杜甫《秋雨叹》:"阑风伏雨秋纷纷,四海八荒同一云。"唐无可《中秋夜君…》:"气射繁星灭,光笼八表寒。"唐权德舆《奉和圣制…》:"声明畅八表,宴喜陶九功。"唐贯休《闻迎真身》:"四海无波八表臣,恭闻今岁礼真身。"

八彩眉　bā cǎi méi
【分类】政治
【关键词】尧
【释义】即八字眉,旧谓命世圣人或帝王之眉。《尚书大传》:"尧八眉,舜四瞳子…八眉者如八字。"
【例句】唐和凝《宫词》:"日和风暖御楼时,万姓齐瞻八彩眉。"宋晁端礼《鹧鸪天》:"八彩眉开音色新,边陲来奏捷书频。"宋曾丰《江下望永…》:"臣生差晚十余年,八彩尧眉仅一瞻。"宋葛胜仲《次韵德升…》:"颓垣老屋寄荒村,八彩修眉俨若存。"

八蚕　bā cán
【分类】文化
【关键词】左思
【释义】谓一年八熟的蚕。晋左思《吴都赋》:"国税再熟之稻,乡贡八蚕之绵。"李善注引《交州记》曰:"一岁八蚕茧出日南也。"俞益期笺曰:"日南蚕八熟,茧软而薄。"
【例句】唐王涣《惆怅诗》:"八蚕薄絮鸳鸯绮,半夜佳期并枕眠。"唐李贺《南园》:"长腰健妇偷攀折,将喂吴王八茧蚕。"宋王质《和虞相喜雪》:"不夜尝衔九龙烛,未春先贡八蚕绵。"宋苏轼《次韵子由…》:"羡君美玉经三火,笑我枯桑困八蚕。"

八厨　bā chú
【分类】政治
【关键词】后汉书
【释义】东汉度尚等八人之统称。《后汉书·党锢传序》:"度尚、张邈、王考、刘儒、胡毋班、秦周、蕃向、王章为八厨。喻敢于同宦官进行斗争的知名人物。

【例句】宋范成大《致政孙从…》：“重道几三叟，轻财似八厨。”宋方回《张滁州(庭筠)挽词》：“寿及周三老，名成汉八厨。”明龚诩《南野先生…》：“修身事三省，惠人期八厨。”明彭孙贻《自和海棠…》：“隽客八厨云朵令，秾芳十友锦签阄。”

八斗才 bā dǒu cái

【分类】文化

【关键词】曹植

【释义】称赞才华出众。《南史·谢灵运传》：“谢灵运云：'天下才共一石，曹子建(三国魏曹植字子建)独得八斗，我得一斗，自古及今共用一斗。奇才博识安足继之。'”

【例句】唐令狐楚《鄂州使至…》：“才推今八斗，职副旧三台。”唐李商隐《可叹》诗：“宓妃坐愁芝田馆，用尽陈王八斗才。”唐徐夤《献内翰杨…》：“欲言温署三缄口，闲赋宫词八斗才。”宋胡宿《览孙祐甫卷》：“毡书未挂千名榜，豆咏争传八斗才。”

八段锦 bā duàn jǐn

【分类】生活

【关键词】夷坚志

【释义】古代气功功法。《夷坚志·八段锦》：“尝以夜半时起坐，嘘吸按摩，行所谓八段锦者。此人于屏后笑不止。”

【例句】宋白玉蟾《万法归一歌》：“注想按摩八段锦，嘻呵六字拘兴寝。”宋李道纯《破惑歌》：“八段锦，六字气，闭谷休粮事何济。”元陈致虚《判惑歌》：“八段锦，十号颂，都在无名指上用。”

八风① bā fēng

【分类】文化

【关键词】左传

【释义】八方之风。《左传·隐公五年》：“夫舞所以节八音，而行八风。”唐陆德明释文：“八方之风，谓东方谷风，东南清明风，南方凯风，西南凉风，西方阊阖风，西北不周风，北方广莫风，东北方融风。”

【例句】唐周昙《晋门王夷甫》：“六合谁为辅弼臣，八风昏曙尽胡尘。”宋白玉蟾《瑶台散天人…》：“夜半泠然御八风，下观四海气濛濛。”宋何梦桂《石室和尚…》：“归去好寻休歇处，莫教再被八风吹。”宋周紫芝《元日》：“八风占岁暖先催，喜色还从太簇回。”

八风② bā fēng

【分类】文化

【关键词】行宗记

【释义】佛教语，谓世间能煽动人心之八事。《行宗记》：“智论云：'衰、利、毁、誉、称、讥、苦、乐、四顺四违，能动物情，名为八风。'”

【例句】唐周昙《晋门王夷甫》：“六合谁为辅弼臣，八风昏曙尽胡尘。”宋王质《送胡正仲…》：“八风翻海如定空，一月当空在在圆。”宋范成大《偶箴》：“情知万法本来空，犹复将心奉八风。”宋释守卓《寄徐师利》：“八风尽入遮而境，秘

诀何劳问祖师。”

八公 bā gōng

【分类】文化

【关键词】刘安

【释义】咏仙道之典。《史记·淮南衡山列传》：“淮南王…阴结宾客。”唐司马贞《史记索隐》：“《淮南要略》云：安募士数千，高才者八人，苏非、李尚、左吴、陈由、伍被、毛周、雷被、晋昌，号曰'八公'也。”据说他们曾引导刘安白日成仙。

【例句】唐王维《赠焦道士》：“海上游三岛，淮南预八公。”唐李白《寄上吴王》：“淮王爱八公，携手绿云中。”唐李白《白毫子歌》：“八公携手五云去，空余桂树愁杀人。”唐杨炯《和辅先入…》：“汉君祠五帝，淮王礼八公。”

八公山 bā gōng shān

【分类】政治

【关键词】苻坚

【释义】喻指战争失利之地。《晋书·苻坚载记下》：“谢石等以既败梁成，水陆继进。坚与苻融登城而望王师，见部阵齐整，将士精锐，又北望八公山上草木，皆类人形，顾谓融曰：'此亦勍敌也，何谓少乎！'怃然有惧色。”

【例句】唐刘长卿《奉陪使君…》：“遥知用兵处，多在八公山。”唐李白《送张遥之…》：“苻坚百万众，遥阻八公山。”唐吴融《经苻坚墓》：“八公山石君知否，休更中原作彗星。”宋叶梦得《闻兀尢将…》：“试向八公山上望，当关何用守濡须。”

八功德水 bā gōng dé shuǐ

【分类】文化

【关键词】无量寿经

【释义】佛教语。谓西方极乐世界浴池中具有八种功德之水，为：一甘、二冷、三软、四轻、五清净、六不臭、七不损喉、八不伤腹。《无量寿经》：“八功德水湛然盈满，清净香洁，味如甘露。”

【例句】宋净圆《望江南》：“四色好华敷菡萏，八功德水泛清漪。”宋周必大《邦衡侍郎…》：“七祖师泉难话旧，八功德水且尝新。”宋王安石《八功德水》：“此水遥连八功德，供人真净四威仪。”宋苏洞《金陵杂兴》：“八功德水饮一勺，当下令君热恼消。”

八桂 bā guì

【分类】生态

【关键词】孙绰

【释义】代指广西，也是桂林别称。也咏桂树。晋孙绰《游天台山赋》：“八桂森挺以凌霜，五芝含秀而晨敷。”唐李善注引《山海经》曰：“桂林八树，在贲隅东。”晋郭璞曰：“八树成林，言其大也。”

【例句】唐韩愈《送桂州严…》：“苍苍森八桂，兹地在湘南。”唐邺翃《送端州冯…》：“三峰亭暗橘边宿，八桂林香节下趋。”宋王安中《句》：“来踏三湘雪，归迎八桂秋。”宋

孙觌《桂林山水…》：" 蟾飞堕八桂，石陨化七星。"

八跪蟹　bā guì xiè
【分类】文化
【关键词】敬斋古今
【释义】指蟹。元李冶《敬斋古今黈》："蟹八足而二螯。天下人无不识者。而荀卿子谓蟹六跪而二螯。杨倞云。跪，足也。韩子以刖足为跪。螯，蟹首上如钺者。许慎说文亦云。"
【例句】宋李复《答彭同年…》："五蹄一角必殊相，八跪二螯多躁心。"宋李曾伯《沁园春》："八跪蟹肥，四腮鲈美，客有可人招不来。"宋郑清之《糟螃蚏送…》："二眸挺出胜怒蛙，八跪前驱非屈蠖。"

八行书　bā háng shū
【分类】文化
【关键词】窦章
【释义】借称书信。《后汉书·窦章传》李贤注引汉马融《与窦章书》曰："孟陵奴来，赐书，见手迹，欢喜何量，见于面也。书虽两纸，纸八行，行七字。"谓信纸一页八行。旧时信纸大多用红线直分为八行。
【例句】唐韦道逊《晚春宴》："谁能千里外，独寄八行书。"唐齐己《江居寄关…》："八行书札君休问，不似风骚寄一篇。"唐孟浩然《登万岁楼》："今朝偶见同袍友，却喜家书寄八行。"宋释德洪《送人》："暮鸿千里至，能寄八行书。"

八荒　bā huāng
【分类】生态
【关键词】贾谊
【释义】八方，指东、西、南、北、东南、东北、东南、西北八面方向，指离中原极远的地方。后泛指周围、各地。汉贾谊《过秦论》："囊括四海之意，并吞八荒之心。"
【例句】唐褚亮《舒和》："偃武修文九围泰，沈烽静柝八荒宁。"唐元稹《楚歌十首》："八荒同日月，万古共山川。"唐杜甫《寄韩谏议注》："美人娟娟隔秋水，濯足洞庭望八荒。"唐韩愈《调张籍》："我愿生两翅，捕逐出八荒。"

八极　bā jí
【分类】生态
【关键词】淮南子
【释义】八方极远之地。《淮南子·地形训》："天地之间，九州八极…八纮之外，乃有八极。"
【例句】唐李白《赠嵩山焦…》："八极恣游憩，九垓长周旋。"唐杜甫《凤凰台》："坐看彩翻长，纵意八极周。"唐李贺《秦王饮酒》："秦王骑虎游八极，剑光照空天自碧。"宋卫博《赠王君用…》："兴来八极眇挥洒，陵夸万象归微茫。"

八街九陌　bā jiē jiǔ mò
【分类】生态
【关键词】三辅黄
【释义】汉长安城中的九条大道，泛指都城大道和繁华闹市。或京城。《三辅黄图·长安八街九陌》："《三辅旧事》云：长安城中八街九陌。"
【例句】唐皎然《送吉判官…》："清晨趋九陌，秋色望三边。"唐骆宾王《帝京篇》："三条九陌丽璁隅，万户千门平旦开。"唐刘驾《山中有招》："人心虽不闲，九陌夜无行。"唐元稹《酬哥舒大》："九陌争驰好鞍马，八人同著彩衣裳。"

八景　bā jǐng
【分类】文化
【关键词】真诰
【释义】道教语，谓八采之景色。《真诰·运象》："控飙扇太虚，八景飞高清。"也指八个胜景。《梦溪笔谈·书画》："度支员外郎宋迪工画，尤善为平远山水。其得意者有平沙雁落…渔村落照，谓之'八景'。"
【例句】唐王仁裕《题斗山观》："三清辽廓抛尘梦，八景云烟事早朝。"唐刘禹锡《三乡驿楼…》："仙人从此在瑶池，三清八景相追随。"宋卫樵《澹岩》："若凭妙笔丹青写，应胜从来八景图。"宋姚勉《郁孤台九日》："地近九霄星斗大，秋涵八景水云开。"

八骏　bā jùn
【分类】文化
【关键词】穆天子传
【释义】也称八马，泛指骏马或皇帝车驾。名称说法不一。《穆天子传》："天子之骏，赤骥、盗骊、白义、逾轮、山子、渠黄、骅骝、绿耳。"《拾遗记·周穆王》："王驭八龙之骏：一绝地，足不践土；二翻羽，行越飞禽；三奔宵，夜行万里；四超影，逐日而行；五逾辉，毛色炳耀；六超光，一形十影；七腾雾，乘云而奔；八挟翼，身有肉翅。"
【例句】唐刘叉《观八骏图》："穆王八骏走不歇，海外去寻长日月。"唐韦应物《酬郑户曹…》："万马自腾踏，八骏按辔行。"唐李商隐《九成宫》："云随夏后双龙尾，风逐周王八马蹄。"唐杜甫《骢马行》："岂有四蹄疾于鸟，不与八骏俱先鸣。"

八蜡　bā là
【分类】生活
【关键词】礼记
【释义】周代每年农事完毕，于建亥之月（十二月）举行的祭祀名称。《礼记·郊特牲》："八蜡以记四方，四方不成，八蜡不通，以谨民财也。"汉郑玄注："四方，四方有祭也。其方谷不熟，则不通于蜡焉，使民谨于用财。蜡有八者：先啬一也，司啬二也，农三也，邮表畷四也，猫虎五也，坊六也，水庸七也，昆虫八也。"
【例句】宋许景衡《蜡祭前一…》："明朝八蜡遍群神，今日风光渐可人。"宋王洋《近冬至祭…》："顺成八蜡乃得通，圣治功成方飨帝。"宋刘黻《咏月追和…》："八蜡神司社，方诸溜纳瓶。"宋林希逸《嘉禾瑞于…》："但令此物如水火，酒肉如山八蜡通。"

八龙 bā lóng
【分类】文化
【关键词】荀淑
【释义】咏兄弟德才出众之典。《后汉书·荀淑传》："荀淑字季和,颍川颍阴人…年六十七,建和三年卒。李膺时为尚书,自表师丧。二县皆为立祠。有子八人:俭、绲、靖、焘、汪、爽、肃、专,并有名称,时人谓之'八龙'。初,荀氏旧里名西豪,颍阴令渤海苑康以为昔高阳氏有才子八人,今荀氏亦有八子,故改其里曰高阳里。"
【例句】唐欧阳詹《酬裴十二…》:"王家千里后,荀氏八龙先。"唐包何《相里使君…》:"荀氏八龙唯欠一,桓山四凤已过三。"唐宗楚客《奉和幸安…》:"幸睹八龙游阆苑,无劳万里访蓬瀛。"

八鸾 bā luán
【分类】文化
【关键词】诗经
【释义】八个鸾铃。鸾,结在马衔上的铃铛。马口两旁各一铃,四马八铃,故称八鸾。喻称天子车驾。《诗经·商颂·烈祖》:"约軧错衡,八鸾鸧鸧。"郑笺:"鸾在镳,四马则八鸾。"
【例句】唐刘禹锡《伤秦姝行》:"八鸾锵锵渡银汉,九雏成凤鸣朝阳。"唐李益《登天坛夜…》:"八鸾五凤纷在御,王母欲上朝元君。"宋李流谦《宋才夫解…》:"渥洼来者天马驹,八鸾六辔供皇舆。"宋陈淳《修学扁大…》:"育才为国寸心丹,修泮时闻锵八鸾。"

八米卢郎 bā mǐ lú láng
【分类】文化
【关键词】卢思道
【释义】八米:指谷的出米率达到八成,表示上等。称扬才学高超之人。《北史·卢思道传》:"文宣帝崩,当朝文士各作挽歌十首,择其善者而用之…唯思道独得八篇。故时人称为'八米卢郎'。"
【例句】唐韩偓《重和》:"文章天子文章别,八米卢郎未一看。"宋徐俯《句》:"字直千金师智永,句称八米继卢郎。"宋陈造《次韵张德…》:"价比连城容品裁,句专八米见风流。"宋陈造《次韵梁广…》:"相期玳席醉九室,先向花笺惊八米。"

八米诗 bā mǐ shī
【分类】文化
【关键词】卢思道
【释义】称誉别人诗多而好。源见"八米卢郎"。
【例句】唐张祜《寄卢载》:"少见双鱼信,多闻八米诗。"唐元稹《重酬乐天》:"百篇判判从饶白,八米诗章未伏卢。"唐王锴《赠禅月大师》:"神通力通恒沙外,诗句名高八米前。"宋许景衡《酬卢行之》:"谁忆江梅发,风流八米郎。"

八命 bā mìng
【分类】政治
【关键词】周礼注疏
【释义】周代官爵分为九等级,称九命。其中八命为王之三公及州牧。因泛指朝廷重臣。《周礼注疏·典命》:"王之三公八命。"《周礼注疏·大宗伯》:"八命作牧。"汉郑玄注:"谓侯伯有功德者,加命得征伐于诸侯。"
【例句】唐柳宗元《同刘二十…》:"册府荣八命,中闱盛六珈。"宋宁参《古植槐》:"自著三冬市,空怀八命庭。"宋邹浩《用前韵寄…》:"勋劳夙已疏屏风,八命难淹一州牧。"明韩上桂《醉歌行席…》:"陈公官高膺八命,经略东南发神令。"

八难① bā nàn
【分类】政治
【关键词】张良
【释义】指汉张良向刘邦所陈八件难以做到的事。《汉书·高帝纪》:"(郦)食其欲立六国后以树党,汉王刻印,将遣食其立之。以问张良,良发八难。汉王辍饭吐哺,曰:'竖儒几败乃公事!'令趣销印。"
【例句】唐韦庄《和郑拾遗…》:"五丁功再睹,八难事难忘。"唐白居易《答四皓庙》:"八难掉舌枢,三略役心机。"宋释契适《观音诗》:"若向险途逢八难,只劳心念讽持名。"宋楼钥《端明殿学…》:"平时屡草千言奏,垂绝犹腾八难书。"

八难② bā nàn
【分类】文化
【关键词】华严经
【释义】佛教语,指不得遇佛、不闻正法之八种障难。即:在地狱难、在饿鬼难、在畜生难、在长寿天难、在边地之郁单越难、盲聋喑哑难、世智辩聪难、生在佛前佛后难。《华严经》:"四生九有,同登华藏玄门,八难三途,共入毗卢性海。"
【例句】唐王绩《游山寺》:"方希除八难,从此涤三灾。"唐王梵志《回波乐》:"不觉三涂苦,八难更来遮。"宋释契适《观音诗》:"若向险途逢八难,只劳心念讽持名。"宋黄庭坚《观音赞》:"众生堕八难,身心俱丧失。"

八裴 bā péi
【分类】文化
【关键词】王导
【释义】咏旺族之典。《世说新语·品藻》:"正始中人士比论…以八裴方八王:裴徽方王祥,裴楷方王夷甫,裴康方王绥,裴绰方王澄,裴瓒方王敦,裴遐方王导,裴頠方王戎,裴邈方王玄。"
【例句】唐高适《酬裴员外…》:"兄弟真二陆,声名连八裴。"宋王安中《荣归堂》:"若为甄梁成奇祸,漫道人门似八裴。"

八篇奇语 bā piān qí yǔ
【分类】文化
【关键词】天隐子

【释义】咏玄书之典。唐司马承祯《天隐子序》:"天隐子,吾不知其何许人,著书八篇,包括秘妙,殆非人间所能力学。"天隐子有称为司马子微。
【例句】宋卢祖皋《鹊桥仙》:"丹书漫启,青云垂上,莫忘八篇奇语。"宋张辑《贺新郎》:"有丹经、亲曾密授,八篇奇语。"宋苏轼《水龙吟》:"清净无为,坐忘遗照,八篇奇语。"

八十鹰扬 bā shí yīng yáng
【分类】文化
【关键词】姜太公
【释义】谓年高志壮大有作为。《诗经·大雅·大明》:"维师尚父,时维鹰扬。"毛传:"尚父,可尚可父。鹰扬,如鹰之飞扬。"《孔丛子·说问》:"太公勤学苦志,八十而遇文王。"指姜太公八十岁时被周文王重用,灭殷而建立周王朝。
【例句】唐皎然《因访支硎…》:"朝端瞻鹓立,关右仰鹰扬。"唐胡曾《鸿门》:"项籍鹰扬六合晨,鸿门开宴贺亡秦。"宋刘克庄《沁园春》:"人言八十鹰扬。笑千岁如何尺捶量。"宋赵鼎臣《次韵志康…》:"八十用鹰扬,万里封燕颔。"宋文天祥《寿朱约山…》:"鹰扬但愿无施处,臣老婆娑一钓蓬。"

八使 bā shǐ
【分类】政治
【关键词】张纲
【释义】汉顺帝曾派八名重要使臣巡行州郡,称八使。后因用作称美使臣的典故。《后汉书·张纲传》:"汉安元年,选遣八使徇行风俗,皆耆儒知名,多历显位,唯纲年少,官次最微。"
【例句】唐刘长卿《送薛据宰…》:"送德有舆人,荐贤逢八使。"唐皇甫冉《寄江东李…》:"澄清佐八使,纲纪案诸侯。"唐皎然《奉送李中…》:"诸侯皆取则,八使独推功。"唐刘长卿《至德三年…》:"八使推邦彦,中司案国程。"

八索 bā suǒ
【分类】文化
【关键词】左传
【释义】古书名,后代多以指称古代典籍或八卦。源见"典坟"。
【例句】唐陆龟蒙《袭美先辈…》:"岂但标八索,殆将包两仪。"唐刘长卿《至德三年…》:"八使推邦彦,中司案国程。"宋刘敞《咏古诗》:"三坟基皇德,八索总道怀。"宋杨万里《己亥正月…》:"胸中八索贮奇古,笔下九河走风雨。"

八万四千偈 bā wàn sì qiān jì
【分类】文化
【关键词】苏轼
【释义】表示极多的偈颂。八万四千为佛教表示事物众多的数字。《冷斋夜话·东坡庐山偈》:"东坡游庐山,至东林,作偈曰:'溪声便是广长舌,山色岂非清净身。夜来八万四千偈,它日如何举似人。'"
【例句】唐庞蕴《诗偈》:"八万四千同一理,事相差别立异名。"宋王柏《侍伯兄宿…》:"须臾八万四千偈,尽在蒲团默坐中。"宋王谌《送墨与则…》:"难书八万四千偈,只写多心一卷经。"宋李纲《罗畴老同…》:"八万四千偈,转一弹指时。"

八叶联芳 bā yè lián fāng
【分类】政治
【关键词】萧瑀
【释义】咏世代显宦之典。《新唐书·萧瑀列传》:"自瑀逮遘,凡八叶宰相,名德相望,与唐盛衰。世家之盛,古未有也。"
【例句】宋毛滂《春词》:"忠厚家风传八叶,太平光景接三王。"宋乐雷发《记萧大山…》:"家传八叶盐梅种,诗接三苏父子名。"宋叶适《再韵贺可…》:"八叶可提和靖印,十箱须读阿宜书。"宋吴芾《赠萧守》:"庆传八叶源流远,气禀三秋表里清。"

八音 bā yīn
【分类】生活
【关键词】尚书
【释义】古代对乐器的统称。泛指音乐。《尚书·舜典》:"三载,四海遏密八音。"汉孔安国《传》:"八音,金、石、丝、竹、匏、土、革、木也。"
【例句】唐郑嵎《津阳门诗》:"花萼楼南大合乐,八音九奏鸾来仪。"唐窦庠《于阗钟歌…》:"一声洞彻八音尽,万籁悄然星汉空。"唐不详《享先蚕乐…》:"八音调凤历,三献奉鸾觞。"唐不详《享懿德太…》:"八音协奏陈金石,六佾分行整礼容。"

八咏诗 bā yǒng shī
【分类】文化
【关键词】沈约
【释义】喻指佳作。《金华志》载:八咏诗为南朝齐沈约做东阳太守时所作的《登台望秋月》…《被褐守山东》等八首诗,"题于玄畅楼,时号绝唱。后人因更玄畅楼为八咏楼云。"
【例句】唐孟浩然《同独孤使…》:"寄谢东阳守,何如八咏楼。"唐严维《送人入金华》:"明月双溪水,清风八咏楼。"唐权德舆《新秋月夜》:"影落三湘水,诗传八咏楼。"唐崔峒《虔州见郑…》:"平子四愁今几比,休文八咏自同时。"唐刘禹锡《赴苏州酬…》:"二南风化承遗爱,八咏声名躅后尘。"

八玉 bā yù
【分类】政治
【关键词】玺
【释义】皇帝的八件玉玺。喻指皇帝或皇权。《新唐书·车服志·玺》:"天子有传国玺及八玺,皆玉为之。"

【例句】宋毛滂《水调歌头》："九金增宋重，八玉变秦余。"宋周紫芝《郊祀纪事》："内郎进表未平明，八玉排行御路平。"

八元八恺　bā yuán bā kǎi
【分类】政治
【关键词】舜
【释义】借指有才德之士。《史记·舜本纪》："昔高阳氏有才子八人，世得其利，谓之'八恺'。高辛氏有才子八人，世谓之'八元'。此十六族者，世济其美，不陨其名。至于尧，尧未能举。舜举八恺，使主后土，以揆百事，莫不时序。举八元，使布五教于四方，父义，母慈，兄友，弟恭，子孝，内平外成。"
【例句】唐刘禹锡《和浙西李…》："八元邦族盛，万石门风厚。"宋宋祁《遣贤视诸…》："万石父子贵，八元兄弟才。"宋李鹰《王实洗儿歌》："五侯七貂十八公，当有八元为八龙。"明陈子龙《怨诗行》："五臣八恺竟谁在，空令帝子凋朱颜。"

八月潮怒　bā yuè cháo nù
【分类】政治
【关键词】伍子胥
【释义】咏钱塘江潮之典。《水经注疏·浙江水》："（钱塘）县东有定、包诸山，皆西临浙江，水流于两山之间，江川急浚，兼涛水昼夜常来，来应时刻，常以月晦及望尤大，至二月、八月最高，峨峨二丈有余，《吴越春秋》以为子胥、文种之神也。"
【例句】宋邓深《溯峡诗》："或激卧鲸之冲波，八月潮生怒不已。"宋廖行之《观潮》："江接东溟阔，潮从八月高。"宋谢逸《和陈倅灵…》："要知往事多虚幻，看取钱塘八月潮。"清陆寅《钱塘怀古》："眼看吴市东门甲，怒卷钱塘八月潮。"

八诏　bā zhào
【分类】政治
【关键词】边境
【释义】隋唐时期西南边境的八个蛮夷部落。代指边境少数民族。《新唐书·南诏》："南诏…本哀牢后，乌蛮别种也。夷语王为'诏'。其先渠帅有六，自号'六诏'。""先是，有时傍、矣川罗识二族，通号'八诏'。"
【例句】唐王建《宫词》："殿前传点各依班，召对西来八诏蛮。"宋陆游《初报嘉阳…》："烽传八诏登楼看，歌奏三巴忍泪听。"宋黄庭坚《采桑子》："贤将开关。威戢西山八诏蛮。"宋张孝祥《念奴娇》："方丈三韩，西山八诏，慕义羞椎结。"

八珍　bā zhēn
【分类】文化
【关键词】周礼
【释义】古代八种烹饪法，后指八种珍贵食品，泛指珍馐美味。《周礼注疏·膳夫》："珍用八物。"汉郑玄注："珍，谓淳熬、淳母、炮豚、炮牂、捣珍、渍、熬、肝膋也。"俗以龙肝、凤髓、豹胎、鲤尾、鸮炙、猩唇、熊掌、酥酪蝉为八珍。
【例句】唐杜甫《丽人行》："黄门飞鞚不动尘，御厨络绎送八珍。"唐李绅《莺莺歌》："阿母深居鸡犬安，八珍玉食邀郎餐。"唐白居易《轻肥》："樽罍溢九酝，水陆罗八珍。"宋陆游《东堂睡起》："若论胸中淡无事，八珍何得望藜羹。"

八阵　bā zhèn
【分类】政治
【关键词】兵
【释义】中国古代的一种军事阵法。东汉班固《封燕然山铭》："勒以八阵，莅以威神。"唐李善注引《杂兵书》："八阵者：一曰方阵，二曰圆阵，三曰牝阵，四曰牡阵，五曰冲阵，六曰轮阵，七曰浮沮阵，八曰雁行阵。"喻指军阵。
【例句】唐骆宾王《畴昔篇》："云气横开八阵形，桥形遥分七星势。"唐刘禹锡《江陵严司…》："名重三司平水土，威雄八阵役风雷。"宋赵鼎臣《何侍之见…》："诗名高似三都赋，句法严于八阵图。"宋周紫芝《为人贺沈…》："五花名肃金銮殿，八阵威寒铁瓮城。"

八秩　bā zhì
【分类】生活
【关键词】礼记
【释义】指八十岁。《礼记·王制》："七十不俟朝，八十月告存，九十日有秩。"代指古代帝王对老人的优待。
【例句】唐白居易《喜老自嘲》："行开第八秩，可谓尽天年。"宋苏颂《秦国夫人…》："累茵荣养久，八秩享年遐。"宋吴芾《寿元伯母…》："七十康强自古稀，年登八秩有谁宜。"宋陆游《致仕后即事》："八帙开来今过半，一杯引满若为辞。"

八柱　bā zhù
【分类】文化
【关键词】楚辞
【释义】喻指擎天柱，能为国家扶倾持危胜大任之材。《楚辞·天问》："八柱何当？东南何亏？"汉王逸注："言天有八山为柱。"古代传说地有八柱，用以承天。
【例句】唐刘禹锡《奉和淮南…》："八柱共承天，东西别隐然。"唐钱起《避暑纳凉》："十旬河朔应虚醉，八柱天台好纳凉。"宋刘沆《小孤山》："擎天有八柱，一柱此焉存。"宋王令《短谣》："铁房老剑涩不青，闪系八柱不可索。"

八砖学士　bā zhuān xué shì
【分类】生态
【关键词】李程
【释义】咏懒惰之典。《唐语林》引《翰林志》："北厅前阶有花砖道，冬中日及五砖为入直之候。李程性懒，好晚入，恒过八砖乃至，众呼为'八砖学士'。"
【例句】五代邓洵《美答同年…》："驰名早已超三院，侍直仍忻八砖。"宋秦观《别子瞻》："八砖学士风标远，五马使君意新。"宋张嵲《送赵郎》："八砖学士多时誉，七步贤王有令资。"宋陆游《晚起》："欠伸看起东窗日,也似金銮过八砖。"

八族　bā zú
【分类】政治
【关键词】舜
【释义】咏贤臣之典。源见"八元八恺"。
【例句】唐罗隐《湘妃庙》："八族未来谁北拱,四凶本在莫南巡。"明黄省曾《送陵浚明…》："八族吴宗贵,诸姚汉裔扬。"明尹台《贞烈祠》："勤王八族兵先殚,死贼一门妇可留。"清查慎行《燕台杂兴…》："紫色蛙声雄八族,乌衣马粪笑诸王。"

八座　bā zuò
【分类】政治
【关键词】通典
【释义】封建时代中央政府的八种高级官员。泛指显贵官员,朝廷重臣。《通典·历代尚书》："后汉以六曹尚书并令、仆二人,谓之八座。魏以五曹尚书、二仆射、一令为八座,宋齐八座与魏同。"
【例句】唐严维《送薛尚书…》："列郡诸侯长,登朝八座尊。"唐李隆基《送张说巡边》："三台入武帐,八座起文昌。"唐杜甫《奉送蜀州…》："迁转五州防御使,起居八座太夫人。"唐权德舆《酬赵尚书…》："春光深处曲江西,八座风流信马蹄。"

巴赛　bā cóng
【分类】政治
【关键词】巴
【释义】指巴中地带。也指巴中一带的人。亦指古代巴人所交纳的赋税。巴人呼赋为赛,故称。《华阳国志·巴志》："汉高帝灭秦为汉王,王巴蜀,阆中人范目有恩信方略,知帝必定天下,说帝为募发赛民,要与共定秦。"
【例句】唐李贺《恼公》："数钱教姹女,买药问巴赛。"宋欧阳修《初至夷陵…》："巴赛舡贾集,蛮市酒旗招。"宋刘攽《送高士敦…》："四姓礼容均马邓,三刀形胜梦巴赛。"宋苏辙《郭纶》："有功不见赏,憔悴落巴赛。"

巴蛇吞象　bā shé tūn xiàng
【分类】生态
【关键词】山海经
【释义】原指巴蛇之大,后比喻贪得无厌。《山海经·海内南经》："巴蛇食象,三岁而出其骨。君子服之,无心腹之疾。其为蛇青黄赤,一曰青蛇、黑蛇。"传说中的巴蛇有八百尺,能吃掉大象,三年后才吐出骨头。
【例句】唐李白《荆州贼平…》："修蛇横洞庭,吞象临江岛。"宋黄庭坚《罗汉南公》："黑蚁旋磨千里错,巴蛇吞象三年觉。"清宁调元《燕京杂诗》："巴蛇渐长期吞象,蜀帝从今定化鹃。"

巴子国　bā zǐ guó
【分类】生态
【关键词】巴
【释义】武王灭纣之后,以姬姓宗室封于巴(今四川东部),赐爵为子,故称巴子国。后因以称川东地区。《左传·桓公九年》："巴子使韩服告于楚。"晋杜预注："巴国,在巴郡江州县。"
【例句】唐杜甫《诸葛庙》："久游巴子国,屡入武侯祠。"唐窦庠《酬韩愈侍郎…》："稍分巴子国,欲近老人星。"唐陈子昂《白帝城怀古》："城临巴子国,台没汉王宫。"宋苏辙《屈原塔》："屈原遗宅秭归山,南宾古者巴子国。"

巴字　bā zì
【分类】生态
【关键词】巴
【释义】咏蜀地之典,亦喻水流曲折。《三国志·邓艾传》："阆、白二水东南流,曲折如'巴'字,故谓之巴,然则巴国因水为名。"
【例句】唐刘暌《题越王楼…》："山簇剑峰朝阙远,水如巴字绕城流。"唐徐凝《荆巫梦思》："相思合眼梦何处,十二峰高巴字遥。"唐卢纶《关从叔程…》："浪依巴字息,风入蜀关清。"唐王建《道中寄杜书记》："西南东北暮天斜,巴字江边楚树花。"

芭蕉　bā jiāo
【分类】文化
【关键词】佛
【释义】植物名,没有实心,是一层皮一层皮的包裹生长。在佛经中常用来比喻空无或虚妄的事物。《维摩诘所说经·方便品》："是身如芭蕉中无有坚。是身如幻从颠倒起。是身如梦为虚妄见。"
【例句】唐刘禹锡《病中一二…》："身是芭蕉喻,行须筇竹扶。"唐卢纶《题念济寺…》："浮生亦无著,况乃是芭蕉。"唐朱长文《句》："夜静忽疑身是梦,更闻寒雨滴芭蕉。"唐武元衡《寻三藏上人》："临水手持筇竹杖,逢君不语指芭蕉。"

拔才岩穴　bá cái yán xué
【分类】政治
【关键词】傅岩
【释义】咏君王寻求得到贤相之典。《商书·说命上》："高宗梦得说,使百工营求诸野,得诸傅岩…恭默思道,梦帝赉予良弼,其代予言。乃审厥象,俾以形旁求于天下,说筑傅岩之野,惟肖,爰立作相。"
【例句】唐韦庄《虎迹》："我今避世栖岩穴,岩穴如何又见君。"唐张九龄《钱陈学士…》："圣朝岩穴选,应待鹤书徵。"唐理莹《送戴三徵…》："岩穴多遗秀,弓车屡远招。"宋傅察《次韵申泮…》："何日拔才空冀北,如今高誉满山东。"

拔茅连茹　bá máo lián rú
【分类】生活
【关键词】周易

【释义】比喻互相引荐、荐举。《周易注疏·泰》:"拔茅茹,以其汇,征吉。"三国魏王弼注:"茅之为物,拔其根而相牵引者也。茹,相牵引之貌也。"唐孔颖达疏:"以其汇者,汇,类也。以类相从。"

【例句】宋王禹偁《送戚维戚…》:"伐木空求友,拔茅未连茹。"宋郭祥正《赠孙郎中》:"拔茅连茹收时才,尺寸高卑应不错。"宋华镇《咏古》:"三圣赞拔茅,拔茅有连茹。"宋曾丰《和富阳陈…》:"拔茅切不须连茹,吾自胸中有一丘。"

拔山 bá shān
【分类】政治
【关键词】项羽
【释义】比喻力大无穷。《史记·项羽本纪》:"项王军壁垓下,兵少食尽…自为诗曰:'力拔山兮气盖世,时不利兮骓不逝。骓不逝兮可奈何,虞兮虞兮奈若何!'"
【例句】唐李隆基《巡省途…》:"长怀问鼎气,夙负拔山雄。"唐曹邺《秦后作》:"空持拔山志,欲夺天地power。"唐冯待徵《虞姬怨》:"拔山意气都已无,渡江面目今何在。"唐张碧《鸿沟》:"力拔山兮呼到此,骓嘶懒渡乌江水。"

拔薤 bá xiè
【分类】政治
【关键词】庞参
【释义】锄除豪强的典故。《后汉书·庞参传》:"(任)棠不与言,但以薤一大本,水一盂,置户屏前,自抱孙儿伏于户下…参思其微意,良久曰:'棠是欲晓太守也。水者,欲吾清也。拔大本薤者,欲吾击强宗也。抱儿当户,欲吾开门恤孤也。'"任棠:东汉隐者。因其曾诱导太守庞参清明理政而闻名。薤:杂草。
【例句】唐吴融《和峡州冯…》:"三年拔薤成仁政,一日诛茅葺所居。"宋曾巩《和张伯常…》:"拔薤威名高外服,握兰风力冠中台。"宋苏轼《又次韵二…》:"拔薤已观贤守政,折蔬聊慰故人心。"宋王迈《寄呈漳守…》:"拔薤莫须施辣手,泛莲似更欠清才。"

拔宅上升 bá zhái shàng shēng
【分类】文化
【关键词】道
【释义】道家用语,指因修炼得道,全家同升仙界。《太平广记》引《十二真君传·许真君》:"许真君拔宅上升,惟车毂锦帐堕故宅。"
【例句】唐王贞白《御试后进诗》:"二十五家齐拔宅,人间已写上升名。"宋范成大《送苏秀才…》:"他年拔宅上升后,休道使亲忘我难。"宋欧阳元《古神仙身》:"大道逢真理不然,上升拔宅古今传。"元张昱《梦云楼》:"花气腾空结紫云,拔宅乘云上升去。"

跋胡疐尾 bá hú zhì wěi
【分类】政治
【关键词】诗经

【释义】比喻进退两难。《诗经·豳风·狼跋》:"狼跋其胡,载疐其尾。"毛传:"老狼有胡,进则躐其胡,退则跆其尾,进退有难,然而不失其猛。"跋:回转、践踏。疐:停滞;阻碍。
【例句】唐杜甫《大历三年…》:"鹿角真走险,狼头如跋胡。"宋彭汝砺《送吴子正…》:"陋学真胶柱,危踪近跋胡。"宋丁谓《狼》:"野心知楚乞,疐尾见周公。"宋薛季宣《读史记》:"公旦征淮乘疐尾,仲尼去鲁速吹毛。"清邓廷桢《屠可如方…》:"闭关深坐披蒙戎,疐尾跋胡粟在颡。"

茇舍 bá shè
【分类】政治
【关键词】周礼
【释义】言军队芟除草莽,即于野地宿息。也指草屋。《周礼注疏·大司马》:"中夏教茇舍,如振旅之阵。"汉郑玄注:"茇舍,草止之也。军有草止之法。"茇:草根。
【例句】唐苏颋《奉和圣制…》:"算车申夏政,茇舍启戎田。"唐储光羲《同诸公送…》:"搜兵自交阯,茇舍出泸阳。"宋苏轼《月华寺》:"月华三火岂天意,至今茇舍依榛菅。"宋孔平仲《呈陆农师》:"令德岂宜居茇舍,吉人终见作台星。"

把臂托 bǎ bì tuō
【分类】政治
【关键词】朱晖
【释义】咏托付遗属之典。《后汉书·朱晖传》:"初,晖同县张堪,素有名称,尝于太学见晖,甚重之,接以友道,乃把晖臂曰:'欲以妻子托朱生。'晖以堪先达,举手未敢对,自后不复相见。堪卒,晖闻其妻子贫困,乃自往候视,厚赈赡之。"
【例句】唐陈子昂《同晏上人…》:"把臂虽无托,平生固亦亲。"唐贯休《古离别》:"伊余非此辈,送人空把臂。"宋陆文圭《送经之偕…》:"古人千金重然诺,把臂况受生死托。"宋黄庭坚《古豪侠行…》:"众中气轩昂,把臂输肺肝。"

把菊见南山 bǎ jú jiàn nán shān
【分类】文化
【关键词】陶渊明
【释义】形容悠然自得的田园生活及情趣。源见"东篱菊"。
【例句】唐张籍《过贾岛野居》:"青门坊外住,行坐见南山。"宋苏大璋《凤翔幽》:"昔闻华顶莲生藕,今见南山菊满篱。"宋李流谦《有感》:"未暇持竿钓渭水,却因把菊见南山。"元郭钰《寄友》:"南山山下黄菊丛,采采寒花霜露浓。"

把茅盖头 bǎ máo gài tóu
【分类】文化
【关键词】佛
【释义】指禅师主持寺院。《大正新脩大藏经》:"沩山问众:'还识遮阿师也无?'众曰:'不识。'沩曰:'是伊将来有把茅盖头骂佛骂祖去。'在师住澧阳三十年，属唐武宗废教，避难于独浮山之石室。"
【例句】宋王庭圭《高峰禅寺…》："诸方檀越宜兴念，共出把茅来盖头。"宋刘才邵《德元盛暑…》："当时每省营筑劳，把茅盖头已多事。"宋韩驹《赠蔡伯世》："安得一把茆盖头，榆林从君父子游。"

把蟹 bǎ xiè
【分类】生活
【关键词】毕世茂
【释义】谓手持蟹螯，饮酒吃蟹。源见"持蟹螯"。
【例句】宋苏轼《和周正孺…》："书空渐觉新诗健，把蟹行看乐事全。"宋苏舜钦《郡侯访予…》："千蹄恣食鸡，二螯时把蟹。"宋杨亿《题张浚所居壁》："分题每日摇鸡距，合宴常时把蟹螯。"

罢亥市 bà hài shì
【分类】政治
【关键词】羊祜
【释义】哀悼地方长官之典。《晋书·羊祜传》："祜率营兵出镇南夏，开设庠序，绥怀远近，甚得江汉之心。""疾渐笃…寻卒，时年五十八。…南州人征市日闻祜丧，莫不号恸，罢市。"亥市：隔日交易一次的集市。
【例句】唐崔融《户都尚书…》："市若荆州罢，池如薛县平。"唐权德舆《湖南观察…》："湖南罢亥市，汉上改京曹。"唐岑参《故仆射裴…》："罢市秦人送，还乡绛老迎。"唐雍陶《哭饶州吴…》："忽闻身谢满朝惊，俄感鄱阳罢市情。"

灞桥 bà qiáo
【分类】生活
【关键词】三辅黄
【释义】咏伤离恨别之典。源见"灞桥折柳"。
【例句】唐罗邺《莺》："何事离人不堪听，灞桥斜日裊垂杨。"唐罗隐《送溪州使君》："灞桥酒盏黔巫月，从此江心两所思。"唐郑谷《小桃》："和烟和雨遮敷水，映竹映村连灞桥。"唐黄滔《壬癸岁书情》："惆怅灞桥路，秋风谁人行。"

灞桥风雪 bà qiáo fēng xuě
【分类】文化
【关键词】郑綮
【释义】喻指诗的意境构思的地方。《北梦琐言》："唐相国郑綮有诗名，本无廊庙之望…或曰：'相国近有新诗否？'对曰：'诗思在灞桥雪中驴子上，此处何以得之？'盖言平生苦心也。"
【例句】宋黄庭坚《奉和慎思…》："不似灞桥风雪中，半臂骑驴得佳句。"宋王庭圭《赠写真徐涛》："会貌诗人孟浩然，便觉灞桥风雪起。"宋方岳《梅坡》："风雪灞桥篱落间，寒驴乘兴寄曾攀。"宋陆游《耕罢偶书》："灞桥风雪吟虽苦，杜曲桑麻兴本浓。"

灞桥烟柳 bà qiáo yān liǔ
【分类】生活
【关键词】三辅黄
【释义】比喻离情别绪。源见"灞桥折柳"。
【例句】宋陆游《秋夜怀吴中》："灞桥烟柳知何限，谁念行人寄一枝。"宋陆游《秋波媚》："灞桥烟柳，曲江池馆，应待人来。"元张弘范《春信》："庾岭梅花喷雪香，灞桥烟柳弄鹅黄。"明徐熥《为屠田叔…》："客散长亭天色晚，两行烟柳灞桥西。"

灞桥折柳 bà qiáo zhé liǔ
【分类】生活
【关键词】三辅黄
【释义】折取柳枝，多用为赠别或送别之词。《三辅黄图·桥》："灞桥在长安东，跨水作桥。汉人送客至此桥折柳赠别。"也为古乐曲《折杨柳》的省称。多用以惜别怀远。北朝乐府民歌《折杨柳歌辞》："上马不捉鞭，反折杨柳枝。蹀座吹长笛，愁杀行客儿。"
【例句】唐权德舆《送陆太祝》："新知折柳赠，旧侣乘篮送。"唐李白《春夜洛城…》："此夜曲中闻《折柳》，何人不起故园情。"唐戴叔伦《赠康老人洽》："青门几度见春归，折柳寻花送落晖。"唐杜牧《汴河怀古》："游人闲起前朝念，折柳孤吟断杀肠。"

霸先 bà xiān
【分类】政治
【关键词】陈霸先
【释义】借指篡位的权臣。《南史·陈武帝本纪》："陈高祖武皇帝讳霸先…长于谋略，意气雄杰，不事生产…梁帝进帝位相国，总百揆，封十郡为陈公。""梁帝禅位于陈。"
【例句】唐韩偓《感事三十…》："只拟诛黄皓，何曾识霸先。"宋杨简《历代诗》："陈武名霸先，文帝废帝传。"明张羽《陈武帝宅…》："霸先亦人杰，出自太丘伦。"明吴梦旸《辛丑冬曹…》："故鄣城外君回船，诗中不吊陈霸先。"

白璧微斑 bái bì wēi bān
【分类】生活
【关键词】陶渊明
【释义】洁白的璧玉上有微小的斑点，常用以惋惜美中不足。南朝梁萧统《陶渊明集序》："白璧微瑕者，惟在《闲情》一赋。"《闲情赋》：陶渊明写自己对一个美丽女子的思念。
【例句】唐柴宿《瑜不掩瑕》："朗玉微瑕在，分明异璞瑜。"宋司马光《子高有徐…》："锋铓半折犹能健，圭璧微瑕自足珍。"宋赵构《雪中山茶》："为嫌脂太赤，故着粉微斑。"明范景文《与未央坐…》："摩挲朗玉灵人气，指点微斑辨土花。"聂绀弩《聊斋志异》："调笑风流讽辛辣，成章生色璧微斑。"

白登围 bái dēng wéi
【分类】政治
【关键词】陈平
【释义】咏被战败围困之典。《史记·陈丞相世家》："卒至平城，为匈奴所围，七日不得食。高帝用陈平奇计，使单于阏氏（单于正妻），围以得开。"之后汉以和亲为笼络匈奴的主要手段。

【例句】唐李白《关山月》："汉下白登道，胡窥青海湾。"唐沈佺期《关山月》："合昏玄兔郡，中夜白登围。"宋刘跂《陇上791雨》："昆阳之战飞屋瓦，白登之围矢交下。"宋刘克庄《次韵君节…》："战士未收青野骨，将军谁报白登围。"

白地　bái dì
【分类】生活
【关键词】李白
【释义】平白无故；无缘无故。唐李白《越女词》："相看月未堕，白地断肝肠。"王琦注："白地犹俚语所谓平白地也。"
【例句】宋程俱《壬子七月…》："青天那得虾蟆窟，白地空忧虮虱臣。"宋孙觌《浮香》："白地迷藏不知处，云何鼻观已先通。"宋许及之《次韵常之…》："道理是君看亦好，不然白地断人肠。"宋李流谦《虞美人》："故人有约何时到，白地令人老。"

白帝　bái dì
【分类】文化
【关键词】周礼
【释义】古神话中五天帝之一，主西方之神。《周礼·天官·大宰》："祀五帝。"唐贾公彦疏："五帝者，东方青帝灵威仰，南方赤帝赤熛怒，中央黄帝含枢纽，西方白帝白招拒，北方黑帝汁光纪。"
【例句】唐高适《送李少府…》："青枫江上秋帆远，白帝城边古木疏。"唐李白《早发白帝城》："朝辞白帝彩云间，千里江陵一日还。"唐韩愈《辛卯年雪》："白帝盛羽卫，鬖髿振裳衣。"唐羊士谔《和萧侍御…》："晚沐金仙宇，迎秋白帝祠。"

白帝城　bái dì chéng
【分类】生态
【关键词】刘备
【释义】在奉节县东白帝山上。东汉公孙述筑城，述自号白帝，故以为名。公元223年，刘备死于城西之永安宫。《后汉书·公孙述列传》："建武元年四月，遂自立为天子，号成家。色尚白。建元曰龙兴元年。"
【例句】唐高适《送李少府…》："青枫江上秋帆远，白帝城边古木疏。"唐杜甫《白帝》："白帝城头云若屯，白帝城下雨翻盆。"唐刘禹锡《始至云安…》："天外巴子国，山头白帝城。"聂绀弩《武汉大桥》："西怜白帝刘玄德，东赏摩天聂士成。"

白丁　bái dīng
【分类】生活
【关键词】李敏
【释义】指平民、没有功名的人。喻指不学无术或缺乏知识的人。亦指文盲。《隋书·李敏传》："谓公主曰：'李敏何官？'对曰：'一白丁耳。'"【例句】唐韦应物《采玉行》："官府征白丁，言采蓝溪玉。"唐刘禹锡《陋室铭》："谈笑有鸿儒，往来无白丁。"唐牟融《题朱郎馀…》："白丁门外远，俗子眼前无。"宋孙觌《赠善庆堂…》："逢迎自觉青眼众，来往应知白丁宴。"

白堕酒　bái duò jiǔ
【分类】生活
【关键词】水经注
【释义】指美酒。《水经注·河水四》："（河东郡）民有姓刘名白堕者，宿擅工酿，采挹河流，酿成芳酎，悬食同枯枝之年，排于桑落之辰，故酒得其名矣…自王公庶友，牵拂相招者，每云索郎有顾，思同旅语，索郎反语为桑落也。"
【例句】宋苏轼《次韵赵德…》："偶逢白堕争春手，遣入王孙玉斝飞。"宋谢逸《游西塔寺》："又如白堕醪，虽久味愈酽。"宋卫宗武《菊秋晓枕》："愁倾白堕嫌无量，老对黄花更有情。"宋方岳《次韵行甫…》："世事不如眠白堕，人情何啻抵黄间。"

白发三千丈　bái fà sān qiān zhàng
【分类】生活
【关键词】李白
【释义】形容头发既白且长，表示人因愁思过重而容颜衰老。唐李白《秋浦歌》："白发三千丈，缘愁似个长。"
【例句】唐韦彦谦《道中逢故人》："愁牵白发三千丈，路入青山几万重。"宋苏轼《宿州次韵…》："多情白发三千丈，无用苍皮四十围。"宋何梦桂《寄王南叟…》："客愁白发三千丈，世路青泥百八盘。"宋吴芾《湖山遣兴》："红尘四十年，白发三千丈。"

白发有种　bái fà yǒu zhǒng
【分类】生活
【关键词】黄庭坚
【释义】白发就像撒上种子一样，一夜毕现。感慨时光飞逝，人生促倦。宋黄庭坚《次韵裴仲谋同年》："白发齐生如有种，青山好去坐无钱。"
【例句】宋辛弃疾《水调歌头》："白发宁有种，一一醒时栽。"宋盛烈《白发》："白发非有种，如何忽自生。"宋陆游《长歌行》："金印煌煌未入手，白发种种来无情。"宋赵蕃《十六日雨…》："白发应无种，流行讵有程。"

白饭青刍　bái fàn qīng chú
【分类】生活
【关键词】杜甫
【释义】白饭供客，青草喂马。比喻主人招待周到。唐杜甫《入奏行赠西山检察使》："为君酤酒满眼酤，与奴白饭马青刍。"
【例句】宋刘一止《题广福寺》："一榻北窗听雨睡，全胜白饭与青刍。"宋李纲《招陈几叟…》："幸有异书并古字，可无白饭与青刍。"宋辛弃疾《行香子》："白饭青刍。赤脚长须。客来时，酒尽重沽。"

白凤　bái fèng
【分类】文化
【关键词】扬雄
【释义】比喻出众的才华或才华出众之士。源见"吐凤"。
【例句】唐刘禹锡《酬乐天见…》:"久学文章含白凤,却因政事赐金鱼。"唐张碧《答张郎中…》:"扬雄得之《甘泉赋》,胸中白凤无因飞。"唐罗隐《秋日汴河…》:"烦君更柱骚人句,白凤灵蛇满袖中。"唐崔泰之《同光禄弟…》:"飞萤玩书籍,白凤吐文章。"

白圭无玷　bái guī wú diàn
【分类】政治
【关键词】诗经
【释义】比喻人品清白。《诗经·大雅·抑》:"白圭之玷,尚可磨也;斯言之玷,不可为之。"
【例句】唐程长文《狱中书情…》:"但看洗雪出圜扉,始信白圭无玷缺。"宋邵雍《诫子吟》:"良药有功方利病,白圭无玷始称珍。"宋韩维《冯当世挽词》:"有客沧海量,无玷白圭言。"宋饶节《无求用前…》:"素纸不书思雪老,白圭无玷忆南容。"

白鹤迎苏耽　bái hè yíng sū dān
【分类】文化
【关键词】苏耽
【释义】咏仙人之典。《神仙传·苏仙人》:"苏仙公者…有数十白鹤飞翔其中,翩翩然降于苏氏之门,皆化为少年,仪形端美,如十八九岁人,怡然轻举,先生敛容逢迎,乃跪白母曰:'某受命当仙,被召有期,仅卫已至,当违色养。'"
【例句】唐王维《送方尊师…》:"借问迎来双白鹤,已曾衡岳送苏耽。"唐黄庭坚《次韵高子勉》:"但恐苏耽鹤,归时或姓丁。"宋华镇《次韵和湖…》:"肯跨苏耽岭头鹤,轻泛浮丘吹玉笙。"宋俞德邻《次韵陈教…》:"还家久类苏耽鹤,涸世聊歌宁戚牛。"

白虹贯日　bái hóng guàn rì
【分类】生态
【关键词】荆轲
【释义】一种大气光学现象,即日晕。喻苍天被人的精诚所感动,也附会为危害君王的天象异兆。《汉书·邹阳传》:"昔者荆轲慕燕丹之义,白虹贯日,太子畏之。"《战国策·魏策》:"聂政之刺韩傀也,白虹贯日。"
【例句】唐王翰《飞燕篇》:"已见白虹横紫极,复闻飞燕啄皇孙。"唐李白《结客少年…》:"羞道易水寒,从令日贯虹。"唐骆宾王《边城落日》:"壮志凌苍兕,精诚贯白虹。"五代沈彬《结客少年…》:"重义轻生一剑知,白虹贯日报仇归。"

白虎青龙　bái hǔ qīng lóng
【分类】政治
【关键词】淮南子
【释义】咏善用兵之典。《淮南子·兵略训》:"故上将之用兵也,上得天道,下得地利,中得人心…所谓天数者,左青龙,右白虎,前朱雀,后玄武。"
【例句】唐陈子昂《还至张掖…》:"白虎锋应出,青龙阵几成。"唐吴果《金虎白龙诗》:"青龙白虎合为胎,十月炉中满始开。"唐吕岩《五言》:"天魂生白虎,地魄产青龙。"唐元阳子《金液还丹歌》:"阴阳冥寞不可知,青龙白虎自相持。"

白虎议　bái hǔ yì
【分类】政治
【关键词】汉章帝
【释义】咏儒家讲经之典。《后汉书·章帝纪》:"至永平元年…于是下太常,将、大夫、博士、议郎、郎官及诸生、诸儒会白虎观,讲议《五经》同异…帝亲称制临决,如孝宣甘露石渠故事,作《白虎议奏》。"
【例句】唐白居易《东南行一…》:"议高通白虎,谏切伏青蒲。"宋岳珂《宫词》:"却笑执经俟临决,枉教白虎议西都。"

白华　bái huá
【分类】生活
【关键词】诗经
【释义】咏孝亲之典。《诗经·小雅·南陔序》:"《白华》,孝子之洁白也…有其义而亡其词也。"
【例句】唐储光羲《洛潭送人…》:"送君唯一曲,当是白华篇。"唐储光羲《敬酬陈掾…》:"沈吟白华颂,帝闼降丝纶。"唐杜甫《送李校书…》:"南登吟白华,已见楚山碧。"唐戎昱《闻春宴花…》:"彩褥承颜面,朝朝赋白华。"唐司马都《送羊振文…》:"鸣棹晓冲苍霭发,落帆寒动白华吟。"

白环献　bái huán xiàn
【分类】政治
【关键词】舜
【释义】白色玉环,喻指朝贡献礼。《竹书纪年》:"帝舜九年,西王母来朝,献白环玉玦。"
【例句】唐杜甫《洗兵马》:"不知何国致白环,复道诸山得银瓮。"唐贾至《燕歌行》:"时移道革天下平,白环入贡沧海清。"唐张永进《白雀歌并》:"王母本住在昆仑,为贡白环来入秦。"宋杨亿《路学士知…》:"楼经往圣回清跸,路接边夷献白环。"

白鸡梦　bái jī mèng
【分类】生活
【关键词】谢安
【释义】咏凶梦(指寿终)之典。泛指不祥之兆。《晋书·谢安传》:"(谢安)因怅然谓所亲曰:'…忽梦乘温舆行十六里,见一白鸡而止。乘温舆者,代其位也。十六里,止今十六年矣。白鸡主酉,今太岁在酉,吾病殆不起乎!'乃上疏逊位…寻薨。"

【例句】唐李白《东山吟》："白鸡梦后三百岁，洒酒浇君所欢。"宋王庭圭《谢彭仲宽…》："梦具白鸡犹不死，胸吞赤凤得长生。"宋陈造《言怀》："知己方占白鸡梦，寸心已傍碧山飞。"元谢肃《题谢太傅像》："一自白鸡成梦后，越人空识旧江山。"

白袷玉郎　bái jiá yù láng
【分类】文化
【关键词】王徽之
【释义】泛指贵族青年男子。《世说新语·轻诋》："支道林入东，见王子猷兄弟。还，人问：'见诸王何如？'答曰：'见一群白颈乌，但闻唤哑哑声。'"白袷，即白色衣领。晋王徽之兄弟喜穿白领衣服。
【例句】唐李贺《染丝上春机》："彩线结茸背复叠，白袷玉郎寄桃叶。"唐李叔卿《江南曲》："郡家子弟谢郎，乌巾白袷紫香囊。"唐皮日休《奉和鲁望…》："捣药香侵白袷袖，穿云润破乌纱棱。"宋刘弇《荦下春怀…》："魂先絮怯青楼女，命为花轻白袷郎。"

白简　bái jiǎn
【分类】政治
【关键词】沈约
【释义】古时指弹劾官员的奏章。也指玉简：道教祭告神祇的文书。南朝齐沈约《奏弹王源》："源官品应黄纸，臣辄奉白简以闻。"
【例句】唐宋之问《和姚给事…》："宠就黄扉日，威回白简霜。"唐钱起《和韦侍御…》："如何厌白简，未得步金闺。"唐陆龟蒙《和袭美伤…》："多应白简迎将去，即是朱陵炼更生。"唐李隆基《诗送玄静》："玉简龟台职，金坛洞府仙。"唐韦渠牟《步虚词》："玉简真人降，金书道箓通。"唐曹唐《小游仙诗》："焚香独自上天坛，桂树风吹玉简寒。"

白驹　bái jū
【分类】文化
【关键词】诗经
【释义】白色骏马。比喻贤人、隐士。常用作赠别贤士之辞。《诗经·小雅·白驹》："皎皎白驹，食我场苗。絷之维之，以永今朝。"
【例句】唐李白《送杨少府…》："空谷无白驹，贤人岂悲吟。"唐孟郊《汝州陆中…》："有客乘白驹，奉义惬所适。"唐杜甫《闻惠二过…》："惠子白驹瘦，归溪唯病身。"唐孟郊《汝州陆中…》："有客乘白驹，奉义惬所适。"

白驹过隙　bái jū guò xì
【分类】生活
【关键词】庄子
【释义】谓日影如白色的骏马飞快地驰过缝隙，形容时间过得飞快。《庄子·知北游》："人生天地之间，若白驹之过郤，忽然而已。"唐成玄英疏："白驹，骏马也，亦言日也。"唐陆德明释文："郤，本亦作隙。隙，孔也。"

【例句】唐李绅《移九江》："隙光非白驹，悬磬我无虞。"唐杜甫《奉赠萧二…》："结欢随过隙，怀旧益沾巾。"宋文彦博《故宣徽惠…》："丹凤临池犹未浴，白驹逢隙已先过。"宋楼钥《过西兴》："苍狗浮空惊易失，白驹过隙若为留。"

白驹空谷　bái jū kōng gǔ
【分类】文化
【关键词】诗经
【释义】比喻贤能之人在野而不出仕，后亦喻贤者出仕而谷空。《诗经·小雅·白驹》："皎皎白驹，在彼空谷。"白驹指白色幼马，为贤者所乘。
【例句】唐李白《送杨少府…》："空谷无白驹，贤人岂悲吟。"宋晁补之《答陈履常…》："白驹皎皎在空谷，黄鸟睨睆鸣青春。"宋李新《西轩杂言》："遥遥华胄犹龙孙，皎皎白驹絷空谷。"宋刘克庄《最高楼》："白驹恰则来空谷，青牛早已出函关。"

白莲社　bái lián shè
【分类】文化
【关键词】慧远
【释义】咏高贤聚会之典。《莲社高贤传·不入社诸贤传》："时慧远法师与诸贤结莲社，以书招渊明…谢灵运…至庐山一见远公，肃然心伏，乃即寺筑台，翻涅槃经，凿池植白莲，时远公诸贤，同修净土之业，因号白莲社。"慧远，净土宗之始祖。
【例句】唐温庭筠《寄清源寺僧》："白莲社里如相问，为说游人是姓雷。"唐齐己《寄南雅上人》："清吟何处题红叶，旧社空怀堕白莲。"宋丁伃《碧沼寺》："白莲尚结高僧社，古木全荒隐士庐。"宋范杲《寄宣义大…》："情厚未忘莲社约，分深曾伴橘洲居。"

白麟　bái lín
【分类】政治
【关键词】汉武帝
【释义】白色的麒麟。古代以为祥瑞。《汉书·武帝纪》："汉元狩元年冬十月，所幸雍，祠五畤。获白麟，作《白麟之歌》。"唐颜师古注："麟，麋身、牛尾、马足、黄色、圜蹄、一角，角端有肉。"
【例句】唐顾况《曲龙山歌》："九仙傲倪折五芝，翠凤白麟回异道。"唐元稹《代曲江老…》："池篽呈朱雁，坛场得白麟。"唐黄滔《省试内出…》："贵臣歌咏日，皆作白麟看。"宋梅尧臣《梦登天坛》："来时乘白凤，去时乘白麟。"

白龙堆　bái lóng duī
【分类】政治
【关键词】匈奴
【释义】沙漠名，在新疆天山南麓，简称龙堆、龙沙。《汉书·匈奴传下》："岂为康居、乌孙能逾白龙堆而寇西边哉，乃以制匈奴也。"唐颜师古注引孟康曰："龙堆形如土龙身，无头有尾，高大者二三丈，埤者丈余。"
【例句】唐常建《塞下曲》："北海阴风动地来，明君祠上望龙堆。"唐岑参《凯歌》："洗兵鱼海云迎阵，秣马龙堆月照营。"唐温庭筠《塞寒行》："一点黄尘起雁喧，白龙堆下千蹄马。"宋刘才邵《塞下曲》："燕支山头秋叶脱，白龙堆下沙如雪。"

白龙鱼服　bái lóng yú fú
【分类】政治
【关键词】豫且
【释义】即白龙鱼服，见困豫且，比喻贵人微服出行而遇险。现多指自己降低身份，甘心受辱。豫且：古代渔人名。《说苑·正谏》："昔白龙下清泠之渊，化为鱼，渔者豫且射中其目。"
【例句】唐李白《流夜郎半…》："黄口为人罗，白龙乃鱼服。"唐钱起《汉武出猎》："且贪原兽轻黄屋，宁畏渔人犯白龙。"宋晁冲之《古乐府》："白龙鱼服误网罗，孔雀金花被牛触。"明归有光《海上纪事》："上海仓皇便弃军，白龙鱼服走纷纷。"

白楼赏　bái lóu shǎng
【分类】文化
【关键词】支道林
【释义】咏游赏之典。《世说新语·赏誉》："孙兴公、许玄度共在白楼亭，共商略先往名达。林公既非所关，听讫云：'二贤故自有才情。'"
【例句】唐陈子昂《夏日游晖…》："人疑白楼赏，地似竹林禅。"

白鹿　bái lù
【分类】政治
【关键词】国语
【释义】白色的鹿。古人认为白鹿是吉祥之物。《国语·周语》："王不听，遂征之，得四白狼、四白鹿以归。"《宋书·符瑞志》："白鹿，王者明惠及下则至。"
【例句】唐王昌龄《就道士问…》："仙人骑白鹿，发短耳何长。"唐李白《梦游天姥…》："且放白鹿青崖间，须行即骑访名山。"唐李白《赠宣城宇…》："竹马数小儿，拜迎白鹿前。"唐钱起《题嵩阳焦…》："彩云不散烧丹灶，白鹿时藏种玉田。"

白马负经　bái mǎ fù jīng
【分类】文化
【关键词】佛
【释义】咏佛事佛寺之典。《洛阳伽蓝记》："白马寺，汉明帝所立也，佛入中国之始…帝梦金神，长丈六，项背日月光明。金神，号曰'佛'。遣使向西域求之，乃得经像焉。时白马负经而来，因以为名。"
【例句】唐李世民《焚经台》："青牛谩说函关去，白马亲从印土来。"唐张继《宿白马寺》："白马驮经事已空，断碑残刹见遗踪。"唐沈佺期《奉和圣制…》："金人来梦里，白马出城中。"唐刘言史《送婆罗门…》："遥知汉地未有经，手牵白马绕天行。"

白马公孙　bái mǎ gōng sūn
【分类】文化
【关键词】公孙龙
【释义】喻称诡辩代表人物。《吕氏春秋·淫词》："孔穿、公孙龙相与论于平原君所，深而辩。"汉高诱注："辩，说也。若乘白马禁不得度关，因言马非白马，此之类也。"
【例句】唐岑参《函谷关歌…》："白马公孙何处去，青牛老人更不还。"唐王勃《散关晨度》："白马高谭去，青牛真气来。"元蓝智《赠张尚书…》："汉代黄巾乱，公孙白马狂。"明王恭《挽陈方山…》："白马公孙何事业，青袍书记向来闻。"

白马将军　bái mǎ jiāng jūn
【分类】政治
【关键词】庞德
【释义】泛指英勇善战的将领。《三国志·庞德传》："后亲与羽交战，射于中额。时德常乘白马，羽军谓之白马将军，皆惮之。"
【例句】唐杜甫《折槛行》："青衿胄子困泥涂，白马将军若雷电。"唐王涯《从军词》："白马将军频破敌，黄龙戍卒几时归。"唐陈子昂《送别出塞》："君为白马将，腰佩驿角弓。"唐白居易《河阳石尚…》："乌孙公主归秦地，白马将军入潞州。"

白马清流　bái mǎ qīng liú
【分类】政治
【关键词】李振
【释义】喻指清高有德的官吏被害，或指清正有德的官吏。《新五代史·李振》："振尝举进士咸通、乾符中，连不中，尤愤唐公卿。及裴枢等七人赐死白马驿，振谓太祖曰：'此辈尝自言清流，可投之河，使为浊流也。'"
【例句】宋王十朋《次梁尉韵》："诗逢好境天然好，山为清流分外清。"宋史浩《代人纳婿…》："人物宣城妙九州，乘龙果是属清流。"明钱益《吴门送福…》："恩牛怨李谁家事，白马清流异代悲。"清张鹏翀《经史法戒诗》："俊厨顾及空标榜，白马清流醉祸端。"

白马生谏　bái mǎ shēng jiàn
【分类】政治
【关键词】张湛
【释义】形容臣子直言进谏，或借指谏臣。《东观汉记·张湛》："张湛为光禄勋，帝临朝，或有惰容，湛辄谏其失。常乘白马，上每见湛，辄言'白马生且复谏矣。'"
【例句】唐杜甫《柏学士茅屋》："碧山学士焚银鱼，白马却走身岩居。"唐皎然《送裴邕之…》："东观今多事，应高白马生。"唐皇甫冉《句》："微官同侍苍龙阙，直谏偏推白马生。"唐雍陶《哭饶州吴…》："神仙难见青骡事，谏议空留白马名。"

白马小儿　bái mǎ xiǎo ér
【分类】政治

【关键词】侯景
【释义】咏叛乱之典。指侯景,代指叛军或边寇。源见"青袍白马"。
【例句】唐李白《金陵歌送…》:"白马小儿谁家子,泰清之岁来关囚。"唐韩翃《寄哥舒仆射》:"高视黑头翁,遥吞白骑贼。"明李梦阳《桂岩行》:"黄发先生困泥阻,白马小儿气挥霍。"明屈大均《哭顾徵君…》:"白马小儿犹汉殿,青牛老子已秦关。"

白眉马良 bái méi mǎ liáng
【分类】文化
【关键词】马良
【释义】喻指兄弟中最出色者,或指人中俊杰。《三国志·马良传》:"马良字季常…兄弟五人,并有才名,乡里为之谚曰:'马氏五常(指马氏兄弟五人俱以常为字),白眉最良。'良眉中有白毛,故以称之。"
【例句】唐陈子昂《合州津口…》:"思积芳庭树,心断白眉人。"唐李白《泾川送族…》:"置酒当惠连,吾家称白眉。"唐权德舆《马秀才对…》:"白眉年少未弱冠,落纸纷纷运纤腕。"唐罗隐《和禅月大…》:"高僧惠我七言诗,顿豁尘心展白眉。"宋喻良能《喜雪次侯…》:"乱飘扑面如平叔,几点侵眉似马良。"明郑真《用韵夏原…》:"马良谩说眉纯白,韩子多怜鬓已苍。"

白袍 bái páo
【分类】政治
【关键词】陈庆之
【释义】旧指未做官的士人,代称入试士子。《南史·陈庆之传》:"庆之麾下悉著白袍,所向披靡。"
【例句】宋苏轼《催试官考…》:"愿君闻此添蜡烛,门外白袍如立鹄。"宋叶适《叶路分居…》:"白袍虽屡捷,黄榜未沾恩。"宋王洋《晁升道将…》:"济世儒先道不贫,白袍古制搭乌巾。"宋喻良能《试诸生直…》:"白袍三百近洙泗,青桂两株如广寒。"

白犬 bái quǎn
【分类】文化
【关键词】犬
【释义】咏仙道方术之典。《抱朴子·仙药》:"欲求芝草…带灵宝符,牵白犬,抱白鸡,以白盐一斗,及开山符檄,著大石上,执吴唐草一把以入山,山神喜,必得芝也。"
【例句】唐王绩《采药》:"青龙护道符,白犬游仙术。"唐李白《冬日归旧山》:"白犬离村吠,苍苔壁上生。"唐于鹄《过凌霄洞天》:"白犬舐客衣,惊走闻腥膻。"唐贾岛《送道者》:"此行无弟子,白犬自相随。"

白日升天 bái rì shēng tiān
【分类】文化
【关键词】药
【释义】道教用语,意即白天就升天成神仙,也比喻突然富贵显达。《抱朴子·仙药》:"参成芝,赤色有光…木渠芝,寄生大木上…建木芝实生于都广…此三芝得服之,白日升天也。"
【例句】唐吕岩《七言》:"尽知白日升天去,刚逐红尘下世来。"唐沈佺期《哭道士刘…》:"缩地黄泉出,升天白日飞。"唐贾岛《赠丘先生》:"不遣鬑须一茎白,拟为白日上升人。"宋邵雍《林下五吟》:"灵丹换骨还如否,白日升天似得么。"

白社 bái shè
【分类】生态
【关键词】董京
【释义】地名,在河南省洛阳市东。为咏洛阳或咏隐士居处之典。《王隐晋书·董京》:"董京字威辇,不知何许人。太始中,值魏禅晋,遂被发佯狂。忽至洛阳,帝止宿白社中,时乞于市,得残碎缯絮,辄结为衣以自覆,号曰百结衣,全帛佳绵则不肯受。"
【例句】唐孟浩然《宴包二融宅》:"烟暝栖鸟还,余亦归白社。"唐白居易《长安送柳…》:"白社羁游伴,青门远别离。"唐高适《留别郑三…》:"羁旅虽同白社游,诗书已作青云料。"唐刘禹锡《山翁持酒…》:"白社风霜惊暮年,铜瓶桑落慰秋天。"

白石郎 bái shí láng
【分类】文化
【关键词】白石
【释义】古代长江一带居民所祀的水神名,或称白石先生。《乐府诗集·白石郎曲》:"白石郎,临江居。前导江伯后从鱼。"
【例句】唐司空曙《送流人》:"山村枫子鬼,江庙石郎神。"唐李贺《帝子歌》:"沙浦走鱼白石郎,闲取真珠掷龙堂。"唐李商隐《玄微先生》:"药裹丹山凤,棋函白石郎。"元杨维桢《龙王嫁女词》:"贝宫美人笄十八,新嫁南山白石郎。"

白石生 bái shí shēng
【分类】文化
【关键词】白石
【释义】传说中的仙人。《神仙传·白石先生》:"白石先生者,中黄丈人弟子也。至彭祖时,已二千余岁矣,不爱飞升,但以长生为贵。常煮白石为粮,因就白石山居,时人故号曰白石先生。"
【例句】唐皇甫冉《送张道士…》:"尝以素书传弟子,还因白石号先生。"宋魏了翁《制置丁少卿生日》:"青阳少府旧弓冶,白石先生新轩机。"宋姜夔《生云轩》:"更呼白石老居士,来倚云根吟七字。"宋姜夔《余居苕溪…》:"世人唤作白石仙,一生费齿不费钱。"

白首同归 bái shǒu tóng guī
【分类】生活
【关键词】潘岳
【释义】喻友谊坚贞,至白首而不渝。《昭明文选·晋潘岳〈金谷集作诗〉》:"春荣谁不慕?岁寒良独希!投分寄石友,白首同所归。"西晋时潘岳和石崇被诬谄处刑,在刑场上潘对石说:"这回我俩是白首同所归了。"
【例句】唐白居易《九年十一…》:"当君白首同归日,是我青山独往时。"唐杜牧《奉和门下…》:"同心真石友,写恨蔑河梁。"唐吕玫《四丈夫同赋》:"青云自致惭天爵,白首同归感昔贤。"宋黄庭坚《次韵子高…》:"青云自致屠龙学,白首同归种树书。"

白首为郎　bái shǒu wéi láng
【分类】生活
【关键词】颜驷
【释义】喻久不升官、老而不遇的人。汉班固《汉武故事》:"颜驷…汉文帝时为郎…答曰:'臣文帝时为郎,文帝好文,而臣好武;至景帝好美,而臣貌丑;陛下即位,好少,而臣已老。是以三代不遇,故老于郎署。'"
【例句】唐李频《送侯郎中…》:"为郎非白头,作牧授沧洲。"唐刘禹锡《裴祭酒尚…》:"顾余久郎潜,愁家对芳菲。"唐牟融《送陈衡》:"不必临风悲冷落,古来白首尚为郎。"宋刘攽《予所居本…》:"谁道为郎多白首,已看霖雨出蟠泥。"

白水兴汉光　bái shuǐ xìng hàn guāng
【分类】政治
【关键词】刘秀
【释义】咏帝王发祥地之典。《昭明文选·东汉张衡〈南都赋〉》:"夫南阳者,真所谓汉之旧都者也…近则考侯思故,匪朝匪宁,秽长沙之无乐,历江湘而北征。曜朱光于白水,会九世而飞荣。"唐李善注:"《东观汉记》曰:'考侯仁徙封南阳白水乡'。又曰:'世祖光武皇帝,高祖九世孙。'"
【例句】唐许敬宗《奉和过旧…》:"白水浮佳气,黄星聚太常。"唐崔日用《奉和圣制…》:"龙兴白水汉兴符,圣主时乘远斗枢。"唐李白《上云乐》:"赤眉立盆子,白水兴汉光。"唐韩愈《题广昌馆》:"白水龙飞已几春,偶逢遗迹问耕人。"

白獭髓　bái tǎ suǐ
【分类】文化
【关键词】邓夫人
【释义】獭的骨髓。相传与玉屑、琥珀和合,可作灭疤痕的贵重药物。《太平广记·吴太医》:"吴孙和宠邓夫人。尝醉舞如意,误伤颊,血流,娇惋弥苦。命太医合药,言得白獭髓、杂玉与琥珀屑,当灭此痕。"
【例句】唐皮日休《太湖诗》:"凝于白獭髓,湛似桐马乳。"唐吴融《和韩致光…》:"獭髓求鱼客,鲛绡托海人。"宋宋庠《落花》:"泪脸补痕劳獭髓,舞台收影费鸾肠。"宋苏轼《再和杨公…》:"檀心已作龙涎吐,玉颊何劳獭髓医。"

白梃　bái tǐng
【分类】政治
【关键词】吕氏春秋
【释义】大木棍,借指平民武装。《吕氏春秋·简选》:"锄耰白梃,可以胜人之长铫利兵。"汉高诱注:"梃,杖也。"
【例句】唐罗隐《塞外》:"碧幢未作朝廷计,白梃犹驱妇女行。"唐李隐《送汝州李…》:"黄巾攻郡邑,白梃掠生灵。"宋苏轼《画鱼歌》:"岂知白梃闹如雨,搅水觅鱼事已疏。"元吴莱《碗珠伎》:"市人欢笑便喧城,惊动金吾白梃声。"

白铜鞮　bái tóng dī
【分类】生活
【关键词】隋武帝
【释义】南朝梁歌谣名。《隋书·音乐志上》:"初,武帝之在雍镇,有童谣云:'襄阳白铜蹄,反缚扬州儿。'识者言,白铜蹄谓马也;白,金色也。及义师之兴,实以铁骑,扬州之士,皆面缚,果如谣言。故即位之后更造新声,帝自为之词三曲。"鞮:古代一种皮制的鞋。
【例句】唐李白《襄阳歌》:"襄阳小儿齐拍手,拦街争唱白铜鞮。"唐李涉《汉上偶题》:"今日汉江烟树尽,更无人唱白铜鞮。"唐雍陶《送客归襄…》:"唯有白铜鞮上月,水楼闲处待君归。"宋查道《句》:"白铜鞮侧花迷坞,解佩江边柳拂青。"

白头如新　bái tóu rú xīn
【分类】生活
【关键词】邹阳
【释义】谓相交虽久而并不知己,像新知一样。源见"倾盖如故"。
【例句】唐骆宾王《春日离长…》:"还嗟太行道,处处白头新。"唐卢纶《和赵给事…》:"主人说是故人留,每诫如新比白头。"唐刘希夷《故园置酒》:"旧里多青草,新知尽白头。"宋王之望《汉南晤魏…》:"白头有如新,倾盖或如故。"

白头吟　bái tóu yín
【分类】生活
【关键词】司马相如
【释义】《乐府诗集》楚调曲名,寄寓男有二心女表哀婉决绝之意。《西京杂记》:"司马相如将聘茂陵人女为妾,卓文君作《白头吟》以自绝,相如乃止。"实为汉代的"街陌谣讴",与卓文君无涉。
【例句】唐陈子良《于塞北春…》:"如何此日嗟迟暮,悲来还作白头吟。"唐孔德绍《夜宿荒村》:"劳歌欲叙意,终是白头吟。"唐张九龄《初秋忆金…》:"青山西北望,堪作白头吟。"唐骆宾王《在狱咏蝉》:"那堪玄鬓影,来对白头吟。"

白兔捣药　bái tù dǎo yào
【分类】文化
【关键词】嫦娥
【释义】咏月亮之典。《乐府诗集·董陶行五解》:"教敕凡吏受言,采取神药若木端。白兔长跪捣药虾蟆丸,奉上陛下一玉柈,服此药可得神仙。"玉兔是嫦娥的化身。

【例句】唐李白《把酒问月》："白兔捣药秋复春,嫦娥孤凄与谁邻?"唐杜甫《月》："入河蟾不没,捣药兔长生。"宋梅尧臣《永叔白兔》："月中辛勤莫捣药,桂旁杵臼今应闲。"宋方岳《月岩》："捣药声繁驱白兔,漏天孔正透清风。"

白兔公子 bái tù gōng zǐ
【分类】文化
【关键词】彭祖
【释义】即白兔公,仙人名。《抱朴子·极言》："又彭祖之弟子,青衣乌公、黑穴公、秀眉公、白兔公子、离娄公、太足君、高丘子、不肯来七八人,皆历数百岁,在殷而各仙去,况彭祖何肯死哉?"
【例句】唐韩翃《送齐山人…》："旧事仙人白兔公,掉头归去又乘风。"元范梈《梁擦枉教…》："自别仙城白兔公,采英泛菊九秋同。"元黄玠《赠制笔沈生》："月中仙人白兔公,缟衣翩然乘玉虹。"元刘永之《题竹》："洞里仙人白兔公,手持玉笛向秋风。"

白屋 bái wū
【分类】生活
【关键词】萧望之
【释义】指平民的住屋,无色彩装饰。《汉书·萧望之传》："今士见者皆先露索挟持,恐非周公相成王躬吐握之礼,致白屋之意。"唐颜师古注："白屋,谓白盖之屋以茅覆之,贱人所居。"
【例句】唐杜甫《王十七侍…》："老夫卧稳朝慵起,白屋寒多暖始开。"唐裴迪《春日与王…》："恨不逢君出荷蓑,青松白屋更无他。"唐刘长卿《逢雪宿芙…》："日暮苍山远,天寒白屋贫。"唐宋之问《伤王七秘…》："白屋藩魏主,苍生期谢公。"

白雪篇 bái xuě piān
【分类】生活
【关键词】宋玉
【释义】战国时楚国的歌曲名。喻高雅不通俗艺术。楚宋玉《对楚王问》："其为《阳春》、《白雪》,国中属而和者不过数十人。"
【例句】唐裴度《窦七中丞…》："出佐青油幕,来吟白雪篇。"唐韦庄《对酒赋友人》："白雪篇篇丽,清酤盏盏深。"宋曾巩《送韩玉汝…》："经营智略多余暇,赏燕谁酬白雪篇?"聂绀弩《一缘居士…》："主人出买青梅酒,居士来颂白雪篇。"

白燕瑞书 bái yàn ruì shū
【分类】政治
【关键词】汉元帝
【释义】咏皇后、皇太后之典。《西京杂记》："元后(汉元帝皇后王政君)在家,尝有白燕衔白石,大如卵,坠后绩筐中。后取之,石自剖为二,其中有文曰'母天地'。后乃合,遂复还合,乃宝录焉。后为皇后,常并置玺笥中,谓为天玺也。"
【例句】唐权德舆《大行皇太…》："青鸟灵兆久,白燕瑞书频。"唐张鷟《咏崔五嫂》："黄龙透入黄金钏,白燕飞来白玉钗。"唐刘言史《赠成炼师》："当时白燕无寻处,今日云鬟见玉钗。"唐殷尧藩《汉宫词》："可怜玉貌花前死,惟有君恩白燕钗。"

白杨悲 bái yáng bēi
【分类】生活
【关键词】古诗
【释义】古代普通人坟墓上常栽杨或柳,古诗"白杨何萧萧"是咏墓葬之语。后用为哀悼逝者之典。《古诗十九首》："白杨何萧萧,松柏夹广路。"唐李善注："《白虎通》曰:'庶人无坟,树以杨柳。'"
【例句】唐顾况《义川公主…》："月边丹桂落,风底白杨悲。"唐李白《劳劳亭歌》："古情不尽东流水,此地悲风愁白杨。"唐杜甫《存殁口号》："玉局他年无限笑,白杨今日几人悲。"唐皎然《短歌行》："萧萧烟雨九原上,白杨青松葬者谁。"

白衣苍狗 bái yī cāng gǒu
【分类】生活
【关键词】杜甫
【释义】比喻人生荣枯沉浮无常,世事瞬息万变。唐杜甫《可叹》："天上浮云似白衣,斯须改变如苍狗。古往今来共一时,人生万事无有不有。"为感叹王季友仕途失意、妻子背离而作。
【例句】宋韦奇《题倪文昌…》："白衣苍狗几千回,惟有溪山长不改。"宋张元干《瑞鹧鸪》："白衣苍狗变浮云,千古浮名一聚尘。"宋吴革《题李进士…》："白衣苍狗徒纷纭,万变目前何足数。"宋秦观《寄孙莘老…》："白衣苍狗无常态,璞玉浑金有定姿。"

白衣尚书 bái yī shàng shū
【分类】政治
【关键词】郑均
【释义】喻以平民而享仕禄。《东观汉记》："东汉人郑均,有贤名,拜议郎告归,累辟不起。章帝东巡,幸其舍,敕赐尚书禄,终其身,时称白衣尚书。"
【例句】唐刘禹锡《酬宣州崔…》："白衣曾拜汉尚书,今日恩光到敝庐。"唐权德舆《太原郑尚…》："缁衣诸侯谅称美,白衣尚书何可比。"

白衣送酒 bái yī sòng jiǔ
【分类】政治
【关键词】陶渊明
【释义】形容赠酒、饮酒,或咏重阳节风物。《续晋阳秋》："陶渊明九月九日无酒,于宅边东篱下菊丛中摘盈把,坐其侧,未几,望见白衣人至,乃王弘送酒也,即便就酌,醉而后归。"
【例句】唐王绩《九月九日…》："香气徒盈把,无人送酒来。"唐杜审言《重九日宴》："降霜青女月,送酒白衣人。"唐秦系《答泉州薛…》：“共知不是浔阳郡,那得王弘送酒来。”唐皇甫冉《重阳日酬…》：“不见白衣来送酒,但令黄菊自开花。”

白榆　bái yú
【分类】文化
【关键词】榆
【释义】星名。《玉台新咏·陇西行》：“天上何所有,历历种白榆。”将白榆星比喻为树。
【例句】唐杜甫《大觉高僧…》：“香炉峰色隐晴湖,种杏仙家近白榆。”唐杨衡《他乡七夕》：“不堪鸣杼日,空对白榆秋。”唐刘威《七夕》：“翠辇不行青草路,金銮徒候白榆风。”唐黄滔《成名后呈…》：“人间灰管供红杏,天上烟花应白榆。”

白鱼跃舟　bái yú yuè zhōu
【分类】政治
【关键词】周武王
【释义】比喻战事必获胜利的吉兆。《史记·周本纪》：“武王渡河,中流,白鱼跃入王舟中。”南朝宋裴骃《史记集解》：“马融曰：'鱼者,介鳞之物,兵象也。白者,殷家之正色,言殷之兵众与周之象也。'”
【例句】唐苏瑰《兴庆池侍…》：“瑞凤飞来随帝辇,祥鱼出戏跃王舟。”唐张易之《泛舟侍宴…》：“白鱼臣作伴,相对舞王舟。”元王恽《滹沱流渐行》：“赤龙已渡凌四开,白鱼跃舟未逾此。”明彭孙贻《汴梁悲》：“跃舟鱼白走龙子,千红飘叶沉宫女。”

白玉棺　bái yù guān
【分类】文化
【关键词】王乔
【释义】借指仙逝升天之物。源见"玉棺上天"。
【例句】唐李白《赠王汉阳》：“天落白玉棺,王乔辞叶县。”宋史浩《姑夫王知…》：“功名未究黄粱梦,云汉先成白玉棺。”元刘崧《赠徐山人》：“汉陵帝子黄金碗,晋代神仙白玉棺。”明黄衷《矩洲杂咏》：“无穷荒冢埋仙骨,天上徒闻白玉棺。”

白玉楼　bái yù lóu
【分类】生活
【关键词】李贺
【释义】咏文人逝世之典。也指天人所居。源见"玉楼受诏"。
【例句】唐李白《别内赴征》：“白玉高楼看不见,相思须上望夫山。”宋韩琦《戊申西洛…》：“家为梵室黄金界,人在天宫白玉楼。”宋蔡襄《梦中作》：“白玉楼台第一天,琪花风静彩鸾眠。”宋卫博《和人雪诗》：“白玉楼台近广寒,冷侵银海眩光翻。”

白玉台　bái yù tái
【分类】文化

【关键词】天帝
【释义】咏仙境之典。天帝的居所,以白玉为台。《汉书·礼乐志》：“天马来,龙之媒,游阊阖,观玉台。”东汉应劭注：“阊阖,天门。玉台,上帝之所居。”
【例句】唐陈子昂《春日登九…》：“白玉仙台古,丹丘别望遥。”唐武三思《仙鹤篇》：“欲寻东海黄金灶,仍向西山白玉台。”唐韩翃《送夏侯侍郎》：“前路应留白玉台,行人辄美黄金络。”唐刘禹锡《和乐天以…》：“校量功力相千万,好去从空白玉台。”

白猿公　bái yuán gōng
【分类】文化
【关键词】勾践
【释义】指古代擅长剑术的人。《吴越春秋·勾践阴谋外传》：“女曰：'妾不敢有所隐,惟公试之。'于是袁公即杖箖箊竹,竹枝上颉桥,末堕地,女即捷末,袁公则飞上树变为白猿。”
【例句】唐李白《结客少年…》：“少年学剑术,凌轹白猿公。”唐李贺《南园》：“见买若耶溪水剑,明朝归去事猿公。”唐杜牧《题永崇西…》：“授符黄石老,学剑白猿翁。”宋陆游《甲午十一…》：“少年学剑白猿翁,曾破浮生十岁功。”

白云归帝乡　bái yún guī dì xiāng
【分类】政治
【关键词】庄子
【释义】咏赴帝京之典。《庄子·天地》：“千岁厌世,去而上仙,乘彼白云,至于帝乡。”
【例句】唐魏玄同《流所赠张锡》：“白云何所为,还出帝乡来。”唐董思恭《咏云》：“帝乡白云起,飞盖上天衢。”唐武无衡《同幕中诸…》：“珠履会中箫管思,白云归处帝乡遥。”唐韦庄《闻官军继…》：“何事小臣偏注目,帝乡遥羡白云归。”

白云篇　bái yún piān
【分类】政治
【关键词】汉武帝
【释义】喻指帝王的诗作。汉武帝刘彻《秋风辞》：“秋风起兮白云飞,草木摇落兮雁南归。”
【例句】唐张说《右丞相苏…》：“西垣紫泥绶,东岳白云篇。”唐杜甫《赠献纳使》：“晓漏追飞青琐闼,晴窗点检白云篇。”唐李群玉《九日陪崔…》：“不知瑶水宴,谁和白云篇。”宋苏轼《集英殿秋…》：“菊有芳兮兰有秀,从臣谁和《白云篇》?”

白云亲舍　bái yún qīn shè
【分类】生活
【关键词】狄仁杰
【释义】比喻客居在外、思念亲人。《新唐书·狄仁杰传》：“亲在河阳,仁杰登太行山,反顾,见白云孤飞,谓左右曰：'吾亲舍其下。'瞻怅久之,云移乃得去。”
【例句】宋卫博《病中书怀》：“回望飞云亲舍下,不堪伏枕左书空。"宋吕定《登越王台》："白云万里怀亲舍，红日中天望帝京。"宋魏了翁《次韵虞果…》："羌江白云绕亲舍，北山夜雨鸣清川。"元张翥《送欧阳逊…》："白云亲舍在湘东，怀橐归来昼锦同。"

白云乡　bái yún xiāng
【分类】生活
【关键词】赵飞燕
【释义】亦称白云穴，谓指仙人所居山林云海洞府之处。《飞燕外传》："是夜进合德（赵宜主飞燕之妹），帝（刘骜）大悦，以辅（颊骨）属体，无所不靡，谓之温柔乡。谓嫕曰：'吾老是乡矣！不能效武皇帝求白云乡也。'"
【例句】唐李顾《送从弟游…》："应见鄱阳虎符守，思归共指白云乡。"唐羊士谔《郡中言怀…》："岁晚我知仙客意，悬心应在白云乡，名登善法堂。"唐刘禹锡《送深法师》："师在白云乡，名登善法堂。"唐李群玉《别尹炼师》："学道玉笥山，烧丹白云穴。"

白云心　bái yún xīn
【分类】政治
【关键词】陶弘景
【释义】喻指隐逸的心志。南朝梁陶弘景《诏问山中何所有赋诗一答》："山中何所有？岭上多白云。只可自怡悦，不堪持寄君。"
【例句】唐钱起《蓝田溪与…》："一论白云心，千里沧洲趣。"唐王维《赠韦穆十八》："与君青眼客，共有白云心。"唐朱放《剡溪行却…》："唯有白云心，为向东山月。"唐陈陶《自归山》："暂为青琐客，难换白云心。"

白云檐头宿　bái yún yán tóu sù
【分类】政治
【关键词】陶渊明
【释义】咏归隐之典。晋陶渊明《拟古诗》："青松夹路生，白云宿檐端。"
【例句】唐李白《寻阳紫极…》："白云南山来，就我檐下宿。"宋林昉《山中春晓》："片云只傍檐头宿，昨夜何山作雨来。"宋辛弃疾《菩萨蛮》："游人占却岩中屋，白云只向檐头宿。"明符锡《晚至端州…》："树杪行舟过，檐头宿鸟惊。"

白云谣　bái yún yáo
【分类】生活
【关键词】周穆王
【释义】亦称白云歌，为咏情好惜别之典，也指颂歌。《穆天子传》："乙丑，天子觞西王母瑶池之上。西王母为天子谣曰：'白云在天，山陵自出。道理悠远，山川间之。将子无死，尚复能来。'"
【例句】唐李白《鲁郡尧祠…》："我歌白云倚窗牖，尔闻其声但挥手。"唐张籍《庄陵挽歌词》："丘陵今一变，无复白云谣。"唐白居易《咏史》："可怜黄绮入商洛，闲卧白云歌紫芝。"五代徐铉《蒙恩赐酒…》："蜡炬乍传丹凤诏，御题初认白云谣。"

白战　bái zhàn
【分类】政治
【关键词】苏轼
【释义】比喻作禁体诗时，限制其不得用某些常用的字眼，徒手相搏。后引申为不用武器，徒手作战。宋苏轼《聚星堂雪诗》序："忽忆欧阳文忠公，作守时，雪中约客赋诗，禁体物语，于艰难中特出奇丽。"
【例句】宋苏轼《聚星堂雪》："当时号令君听取，白战不许持寸铁。"宋葛胜仲《卫卿弟和…》："妍姿与雪争轻明，白战不道飞瑶琼。"宋胡寅《和诸友雪》："清欢怅然怀旧赏，白战漫尔踵前哲。"宋何梦桂《和毅斋喜雪》："明日诗坛期白战，莫将点墨污瑶琼。"

白纻歌　bái zhù gē
【分类】生活
【关键词】乐府
【释义】乐府吴舞曲名，为咏舞美之典。《乐府诗集·定情诗》解题："古词盛称舞者之美，宜及芳时为乐，其誉白纻曰：'质如轻云色如银，制以为袍余作巾。袍以光躯巾拂尘。'"
【例句】唐李白《白纻辞》："且吟白纻停绿水，长袖拂面为君起。"唐李白《猛虎行》："胡人绿眼吹玉笛，吴歈白纻飞梁尘。"唐卢溵《和李尚书》："桃朵不辞歌白苎，耶溪暮雨起樵风。"宋张峄《吴宫词》："高歌白苎舞西施，半夜雨来宫锦移。"

白足　bái zú
【分类】文化
【关键词】佛
【释义】原指北魏世祖时高僧惠始，后泛指僧人。《魏书·释老志》："屈丐大怒，召惠始于前，以所持宝剑击之，又不能害，乃惧而谢罪…世祖甚重之，每加礼敬。始自习禅，至于没世，称五十余年，未尝寝卧。或时跣行，虽履泥尘，初不汙足，色愈鲜白，世号之曰白脚师。"
【例句】唐刘禹锡《送僧元皓…》："宝书翻译学初成，振锡如飞白足轻。"唐李商隐《天平公座中》："白足禅僧思败道，青袍御史拟休官。"唐李群玉《规公业在…》："今日净开方丈室，一飞白足到茅亭。"宋李若拙《奉赠宣义…》："紫袍亲受龙墀上，白足频登虎殿中。"

百步穿杨　bǎi bù chuān yáng
【分类】政治
【关键词】养由基
【释义】比喻善射者，也形容箭法或枪法十分高明。《史记·周本纪》："楚有养由基者，善射者也，去柳叶百步而射之，百发而百中之。"
【例句】唐刘商《赋得射雉》："六艺从师得机要，百发穿杨含绝妙。"唐元稹《酬翰林白…》："叶怯穿杨箭，囊藏透颖锥。"唐李涉《看射柳枝》："万人齐看翻金勒，百步穿杨逐箭空。"唐周昙《苏厉》:"百步穿杨箭不移,养由堪教听弘规。"

百尺竿头　bǎi chǐ gān tóu
【分类】文化
【关键词】五灯会
【释义】比喻学问、成就等达到了很高程度以后仍继续努力。《五灯会元·天童净全禅师》:"百尺竿头须进步,十方世界现全身。"
【例句】唐吴融《商人》:"百尺竿头五两斜,此生何处不为家。"五代郁山主《郁山主赞》:"百尺竿头曾进步,溪桥一踏没山河。"宋赵抃《和记长老…》:"更须进步如平地,百尺竿头向上机。"宋魏了翁《安宣抚生日》:"千钧弩上机宁易,百尺竿步转难。"

百夫之特　bǎi fū zhī tè
【分类】文化
【关键词】诗经
【释义】赞美杰出人才。《诗经·秦风·黄鸟》:"谁从穆公?子车奄息。维此奄息,百夫之特。"
【例句】宋宋祁《张亚子庙》:"生作百夫特,死为南面孤。"宋刘攽《览邵美中…》:"正缘好语遥推借,跋扈犹能特百夫。"宋李清照《上枢密韩…》:"身为百夫特,行足万人师。"宋王之道《和魏桐城…》:"势增九军勇,气压百夫特。"

百和香　bǎi hé xiāng
【分类】文化
【关键词】汉武帝
【释义】由各种香料和成的香。《太平广记·汉武帝》:"到七月七日,乃修除宫掖,设坐大殿。以紫罗荐地,燔百和之香,张云锦之帏。燃九光之灯,列玉门之枣,酌蒲萄之醴,宫监备果,为天宫之馔。"
【例句】唐沈佺期《七夕曝衣篇》:"灯火灼烁九微映,香气氤氲百和然。"唐杜甫《即事》:"雷声忽送千峰雨,花气浑如百和香。"唐白居易《石榴树》:"春芽细炷千灯焰,夏蕊浓焚百和香。"

百花王　bǎi huā wáng
【分类】文化
【关键词】花
【释义】百花之王,多用以对名花的称颂。唐皮日休《牡丹》:"落尽残红始吐芳,佳名唤作百花王。"
【例句】唐白居易《山石榴花》:"好差青鸟使,封作百花王。"宋范仲淹《又和赏梅》:"必若和羹有遗味,花王应亦命公台。"宋王安礼《春日即席…》:"风流任使花王笑,欢乐除非酒伯知。"宋王炎《秋日山所…》:"从得倾城与倾国,牡丹人道是花王。"

百口累　bǎi kǒu lěi
【分类】生活

【关键词】周𫖮
【释义】托付全家性命之典。《晋书·周𫖮传》:"初,敦之举兵也,刘隗劝帝尽除诸王,司空导率诸王诣阙请罪,值𫖮将入,导呼𫖮谓曰:'伯仁,以百口累卿!'𫖮直入不顾。"
【例句】唐独孤及《得李滁州…》:"知同百口累,曷日办抽簪。"唐李绅《溯西江》:"一身累倒怀千载,百口无虞贵万金。"宋翁定《送胡季昭…》:"寸心只恐孤天地,百口何期累弟兄。"明钱谦益《一叹示士龙》:"百口累人藏复壁,千金为客掩壶浆。"

百里材　bǎi lǐ cái
【分类】政治
【关键词】庞统
【释义】称能治理百里小邑的人,代称县令。《三国志·庞统传》:"先主领荆州,统以从事守耒阳令,在县不治,免官。吴将鲁肃遗先生书曰:'庞士元非百里才也,使处治中、别驾之任,始当展其骥足耳。'"
【例句】唐骆宾王《饯郑安阳…》:"地是三巴俗,人非百里才。"明钟芳《有感》:"琬非百里材,骥足遭系维。"清缪焕章《答徐运生》:"茫茫人海叹重来,庞统原非百里材。"聂绀弩《赠老梅》:"刘玄德岂池中物,庞士元非百里材。"

百炼之钢　bǎi liàn zhī gāng
【分类】文化
【关键词】陈琳
【释义】比喻久经锻炼、坚强不屈的优秀人物。汉陈琳《武军赋》:"铠则东胡阙巩,百炼精刚。"刚:同钢。
【例句】唐白居易《渭村退居…》:"屈折孤主竹,销摧百炼钢。"唐吴融《赠广利…》:"坚如百炼钢,挺特不可屈。"宋梅尧臣《送寿州司…》:"自言昔有切玉宝,嗟今非后百炼钢。"明孙承恩《王梅翁从…》:"义骨原锤百炼钢,丹衷独藏三斗血。"

百两迓　bǎi liǎng yà
【分类】生活
【关键词】诗经
【释义】百辆车迎迓。为咏贵族女子出嫁形式隆重之典。《诗经·召南·鹊巢》:"之子于归,百两御之。"毛传:"百两,百乘也。诸侯之子嫁于诸侯,送御者百乘。"郑笺:"御,迎也。"
【例句】唐宋之问《花烛行》:"帝城九门乘夜开,仙车百两自天来。"唐杨巨源《和吕舍人…》:"百两开戎垒,千蹄入御栏。"唐皇甫冉《赠恭顺皇…》:"虽殊百两迓,同是九泉归。"唐张光朝《天门街西…》:"三周初展义,百两遂言归。"宋欧阳修《鬼车》:"又如百两江州车,回轮转轴声哑呕。"

百年强半　bǎi nián qiáng bàn
【分类】生活
【关键词】白居易
【释义】年过五十之称。唐白居易《冬夜对酒寄皇甫十》:

"十月苦长夜,百年强半时。"

【例句】宋俞德邻《正月十日理发》:"寂历劳生叹转蓬,百年强半走东西。"宋陆游《感秋》:"万事从初聊复尔,百年强半欲何之。"宋陆游《杂咏》:"便过此生何所恨,百年强半水云中。"宋曾几《南山除夜》:"百年忽已度强半,十事不能成二三。"

百年树人 bǎi nián shù rén
【分类】生活
【关键词】管子
【释义】比喻培养人才是长期的事,很不容易。《管子·权修》:"一年之计,莫如树谷;十年之计,莫如树木;终身之计,莫如树人也。"
【例句】唐王勃《春园》:"还持千日醉,共作百年人。"唐张籍《学仙》:"百年度一人,妄泄有灾殃。"宋洪炎《师川见和…》:"树人树木有明算,谁谓百年同十年。"清查慎行《得树楼初…》:"百年计树人,十年计树木。"清许乔林《湘潭馆陈…》:"先生树木如树人,百年落落树亦神。"清刘绎《曹州试竣…》:"五色自惭迷目易,百年还是树人先。"

百人会 bǎi rén huì
【分类】政治
【关键词】伏滔
【释义】咏盛会或受恩宠之典。《世说新语·宠礼》:"孝武在西堂会,伏滔预坐。还,下车呼其儿,语之曰:'百人高会,临坐未得他语,先问"伏滔何在?在此不?"此故未易得。为人作父如此,何如?'"
【例句】唐颜允南《句》:"谁言百人会,兄弟也沾陪。"唐王维《不遇咏》:"百人会中身不预,五侯门前心不能。"唐戴叔伦《赠康老人洽》:"百人会中一身在,被褐饮瓢终不改。"明韩上桂《惜岁月》:"五侯界内,同追求珠履之尘,百人会中,独唱金盘之采。"

百日屡迁 bǎi rì lǚ qiān
【分类】政治
【关键词】荀爽
【释义】用为官员升迁迅速的典故。《后汉书·荀爽传》:"献帝即位,董卓辅政,复征之。爽欲遁命,吏之急,不得去,因复就拜平原相。行至宛陵,复追为光禄勋。视事三日,进拜司空。爽自被征命及登台司,九十五日。"
【例句】唐骆宾王《畴昔篇》:"十年不调为贫贱,百日屡迁随倚伏。"宋陈普《读史》:"董卓犹知用荀爽,蔡京也解召杨时。"金朱之才《卧病有感…》:"荀爽岁九迁,康侯日三接。"清唐孙华《闲居写怀》:"荀爽起布衣,百日至三公。"

百神迎 bǎi shén yíng
【分类】政治
【关键词】禹
【释义】指诸侯(百神)迎之事。为称颂帝王之典。《左传·哀公七年》:"禹合诸侯于涂山,执玉帛者万国。"
【例句】唐张九龄《奉和圣制…》:"陪游七圣列,望幸百神迎。"唐苗晋卿《奉和圣制…》:"祝尧三老至,会禹百神迎。"元陈孚《弹琴峡》:"重华初省方,百神静相迎。"明屈大均《咏怀》:"重华命百神,迎我朱陵冈。"

百药 bǎi yào
【分类】文化
【关键词】逸周书
【释义】指各种药物。《逸周书·大聚》:"乡立巫医,具百药,以备疾灾。畜五味,以备百草。"
【例句】唐卢纶《蓝溪期…》:"春风生百药,几处术苗香。"宋刘攽《伤逝》:"悲忧若沈痼,百药无能除。"宋田锡《和宋太玄…》:"口脂润逐银罂赐,百药香随钿合开。"宋梅尧臣《和腊前》:"欲验方书治百药,预调飞走猎平原。"

柏城 bǎi chéng
【分类】生态
【关键词】资治
【释义】指皇陵。古代帝、后陵寝周围筑墙,列植柏树,故称。《资治通鉴·唐德宗建中四年》:"漠谷道险狭,恐为贼所邀。不若自乾陵北过,附柏城而行。"胡三省注:"山陵树柏成行,以遮迂陵寝,故谓之柏城。"
【例句】唐张籍《拜丰陵》:"寒更报点来山殿,晓炬分行照柏城。"唐白居易《开成大行…》:"月低仪仗辞兰路,风引箫笳入柏城。"唐白居易《陵园妾》:"松门柏城幽闭深,闻蝉听燕感光阴。"宋文彦博《慈圣皇太…》:"柏城郁郁依嵩北,石阙隆隆镇洛东。"

柏梁篇 bǎi liáng piān
【分类】文化
【关键词】三辅黄
【释义】泛指应制之作。源见"柏梁台"。
【例句】唐丁仙芝《赠朱中书》:"晨趋彩笔柏梁篇,昼出雕盘大官膳。"唐王维《奉和圣制…》:"无穷菊花节,长奉柏梁篇。"唐高适《信安王幕…》:"帝思麟阁像,臣献柏梁篇。"宋欧阳修《永昭陵挽词》:"便坐看挥飞白笔,侍臣新和柏梁篇。"

柏梁台 bǎi liáng tái
【分类】文化
【关键词】三辅黄
【释义】咏宫廷文人赋诗宴饮之典,借指宫廷。《三辅黄图·台榭》:"柏梁台,武帝元鼎二年春起。此台在长安城中北关内。《三辅旧事》云:'以香柏为梁也,帝尝置酒其上,诏群臣和诗,能七言诗者乃得上。'"
【例句】唐李世民:"驻辇华林侧,高宴柏梁前。"唐徐贤妃《长门怨》:"旧爱柏梁台,新宠昭阳殿。"宋杨亿《丁集贤通…》:"便道归宁白蘋渚,经时赐对柏梁台。"宋钱惟演《汉武》:"一曲横汾鼓吹回,侍臣高会柏梁台。"

柏梁宴 bǎi liáng yàn
【分类】文化

【关键词】三辅黄
【释义】泛指御宴，朝廷宴会。源见"柏梁台"。
【例句】唐韦应物《送雷监赴…》："长陪柏梁宴，日向丹墀趋。"唐王维《奉和圣制…》："言陪柏梁宴，新下建章来。"宋夏竦《讲彻礼记…》："爱开柏梁宴，为毕曲台篇。"明马汝骥《邵园行》："近侍谁陪柏梁宴，将军独拜富平侯。"

柏台 bǎi tái
【分类】政治
【关键词】御史台
【释义】亦称乌台，御史台的别称。喻指御史。《汉书·薛宣朱博传》："是时御史府吏舍百余区井水皆竭；又其府中列柏树，常有野乌数千栖宿其上，晨去暮来，号曰'朝夕乌'，乌去不来者数月，长老异之。"
【例句】唐崔道融《寄韦左司》："柏台兰省共清风，鸣玉朝联夜被同。"唐武元衡《酬元十二》："偶寻乌府客，同醉习家池。"唐卢藏用《奉和立春…》："幸预柏台称献寿，愿陪千亩及农晨。"唐钱起《送严维尉…》："欲知别后相思处，愿植琼枝向柏台。"唐许浑《送处士武…》："却望乌台春树老，独归蜗舍暮云深。"宋陈舜俞《中秋佳月》："合须豪饮酬佳赏，不共乌台御史来。"

柏叶 bǎi yè
【分类】文化
【关键词】汉官仪
【释义】柏树的叶子，可入药或浸酒。代指柏叶酒。《太平御览·柏》："《汉官仪》：'正旦饮柏叶酒上寿。'"
【例句】唐王维《戏题辋川…》："藤花欲暗藏猱子，柏叶初齐养麝香。"唐刘禹锡《同乐天和…》："当香收柏叶，养蜜近梨花。"唐杜甫《人日》："樽前柏叶休随酒，胜里金花巧耐寒。"唐元稹《酬孝甫见赠》："近来兼爱休粮药，柏叶纱罗杂豆黄。"

柏舟 bǎi zhōu
【分类】政治
【关键词】诗经
【释义】借指夫死不嫁的操守。《诗经·鄘风·柏舟》："泛彼柏舟，在彼中河。髧彼两髦，实维我仪。之死矢靡它。母也天只，不谅人只。"《诗序》："柏舟，共姜自誓也。卫世子共伯蚤死，其妻守义。父母欲夺而嫁之，誓而弗许，故作是诗以绝之。"
【例句】唐陈元光《忠则操》："《柏舟》之诗王蠋语，千古芳名耀青史。"唐邵雍《寄和长安…》："本谓柏舟终不遇，却惊华衮重为荣。"宋王安石《哭梅圣俞》："诗行于世先春秋，国风变衰始柏舟。"宋苏轼《胡完夫母…》："柏舟高节冠乡邻，绛帐清风耸搢绅。"

拜璧 bài bì
【分类】政治
【关键词】左传
【释义】立太子的典故。《左传·昭公十三年》载：春秋时，楚共(恭)王请神择定哪个儿子继承王位，并以璧示之曰："当璧而拜者，神所立也，谁敢违之？"祭毕，密埋璧于祖庙厅堂里，令五子斋，并以次入拜。结果，小儿子几次跪拜都压在璧纽上，后继位为楚平王。
【例句】唐王维《恭懿太子…》："何悟藏环早，才知拜璧年。"明黄廷用《庄敬太子…》："拜璧承华胄，胜冠春制年。"明欧大任《赠临淮李…》："君侯拜璧时，弱冠究经籍。"

拜嘉 bài jiā
【分类】政治
【关键词】左传
【释义】拜谢赞美之典。《左传·襄公四年》："《鹿鸣》，君所以嘉寡君也，敢不拜嘉。"三国吴韦昭注："嘉，善也。"
【例句】唐柳宗元《同刘二十…》："宪府初收迹，丹墀共拜嘉。"宋余靖《谢连州沈…》："遗我岩岩石，拜嘉贤使君。"宋强至《韩魏公生日》："将命彩衣宣汉礼，拜嘉香案望尧仁。"宋沈遘《七言道中…》："使行万里谁非病，义重千钧始拜嘉。"

拜井 bài jǐng
【分类】政治
【关键词】耿恭
【释义】谓以忠诚感动神灵。《艺文类聚》引《东观汉记·耿恭传》："耿恭以疏勒城傍有水，徙居之。匈奴来攻，绝其涧水。城中穿井十五丈无水，恭曰：'闻二师将军，拔佩刀刺山，而飞泉出'乃正衣服，向井拜，为吏请祷。身自率士负笼，有顷，井泉奔出。"
【例句】唐王维《老将行》："誓令疏勒出飞泉，不似颍川空使酒。"唐骆宾王《久戍边城…》："拜井开疏勒，鸣桴动密须。"宋韦骧《喜雨和曹…》："洗肠术妙久疾愈，拜井诚危涌泉起。"明王应斗《卓锡泉》："移泉自古奇姜妇，拜井当年羡耿恭。"

稗官 bài guān
【分类】生活
【关键词】稗官
【释义】小官。借指野史小说的作者。《汉书·艺文志》："小说家者流，盖出于稗官。街谈巷语，道听途说者之所造也。"古人认为记述轶闻琐事、风俗民情的小说、笔记源出于稗官。
【例句】宋吕本中《韩城纪事》："虽无事业传悙史，或有声名托稗官。"宋周必大《李仁甫赋诗…》："余力犹能诵稗官，奥篇隐帙复何难。"宋吴潜《九十用煎雪韵》："旋添酒兴嫌工正，旁索诗材喜稗官。"聂绀弩《悠然六十》："明时耻为闲公仆，古典应须老稗官。"

败絮 bài xù
【分类】文化
【关键词】陶渊明
【释义】破旧的棉絮。喻指败坏无用的东西。晋陶渊明《与子俨等疏》："余尝感孺仲贤妻之言，败絮自拥，何惭儿子。"

【例句】宋陈师道《早起》:"寒气挟霜侵败絮,宾鸿将子度微明。"宋方岳《合纸屏为…》:"芦花败絮不堪著,山石夜裂苍皮皱。"宋刘克庄《西楼》:"伊昔老盆常共酌,即今败絮倩谁缝。"聂绀弩《蛰户》:"败絮登窗邀雪舞,残冬恋号待诗除。"

般斤 bān jīn

【分类】生活
【关键词】鲁班
【释义】古代巧匠鲁班的斧头。喻指大匠的技能。《法言·君子》:"般之挥斤,羿之激矢;君子不言,言必有中也。"
【例句】宋朱长文《公堂槐》:"患与般斤远,歌宜鲁藻同。"宋苏轼《次韵张安…》:"般斤思郢质,鲲化陋鲦濠。"宋钱惟治《春日登大…》:"阁,阁。般斤,郢斫。木从绳,工必度。"

班姑史 bān gū shǐ

【分类】文化
【关键词】班昭
【释义】咏赞女历史学家之典。源见"班昭"。
【例句】唐杜甫《奉贺阳城…》:"奕叶班姑史,芬芳孟母邻。"宋杨万里《吴母叶氏…》:"许穆诗还废,班姑史尚新。"

班姬咏扇 bān jī yǒng shàn

【分类】生活
【关键词】班婕妤
【释义】喻妇女色衰失宠的哀怨情怀。《玉台新咏·班婕妤〈怨诗·序〉》载:"昔汉成帝班婕妤失宠,供养于长信宫…为《怨诗》(也称团扇诗)一首。"其诗云:"新裂齐纨素,鲜洁如霜雪。裁为合欢扇,团团似明月。出入君怀袖,动摇微风发。常恐秋节至,凉风夺炎热。弃捐箧笥中,恩情中道绝。"
【例句】唐张窈窕《寄故人》:"无金可买长门赋,有恨空吟团扇诗。"唐天宝宫人《题洛苑梧叶》:"旧宠悲秋扇,新恩寄早春。"唐徐夤《咏扇》:"汉宫如有秋风起,谁信班姬泪数行。"唐李中《新秋有感》:"张翰思鲈兴,班姬咏扇情。"

班倢伃 bān jié yú

【分类】生活
【关键词】班婕妤
【释义】汉成帝刘骜妃子,著名才女,善诗赋,有美德,让辇,作《团扇歌》。《汉书·孝成班婕妤传》:"始为少使,俄而大幸,为倢伃,居成舍……赵氏姊弟骄妒,倢伃恐久见危,求共养太后长信宫,上许焉。"《三辅黄图·汉宫》:"(长乐宫)有长信、长秋、永寿、永宁四殿…后太后常居之。"
【例句】唐沈佺期《凤箫曲》:"飞燕侍寝昭阳殿,班姬饮恨长信宫。"唐邵谒《汉宫井》:"辘轳声绝离宫静,班姬几度照金井。"唐王沈《倢伃怨》:"春风吹花乱扑户,倢伃车声不至啼。"唐宋之问《故赵王属…》:"谪去因丞相,归来为倢伃。"

班荆道故 bān jīng dào gù

【分类】生活
【关键词】伍举
【释义】指朋友在途中邂逅相逢共话旧情。《左传·襄公二十六年》:"其子伍举与声子相善也。…伍举奔郑,将遂奔晋。声子将如晋。遇之于郑郊,班荆(布荆草代席而坐)相与食,而言复故。"
【例句】唐高峤《晦日重宴》:"班荆逢旧识,横桂喜深知。"唐高正臣《晦日重宴》:"班荆陪旧识,倾盖得新知。"宋赵抃《送交代杨…》:"亭长且作班荆饮,江迥愁闻唱棹声。"明邓云霄《寄金陵孙…》:"班荆道故前期远,肠断君家旧酒楼。"

班马 bān mǎ

【分类】生活
【关键词】左传
【释义】喻抒发惜别之情。《左传·襄公十八年》:"齐师夜遁…邢伯告中行伯曰:'有班马之声,齐师其遁。'"注:"班,别也。"班马指离群的马,也指载人离去的马。
【例句】唐李白《送友人》:"挥手自兹去,萧萧班马鸣。"唐李峤《送光禄刘…》:"背枥嘶班马,分洲叫断鸿。"唐温庭筠《病中书怀…》:"班马方齐骛,陈雷亦并驱。"宋宋祁《送梁著…》:"班马萧萧祖帐阑,晓参横影送征鞍。"

班马文章 bān mǎ wén zhāng

【分类】文化
【关键词】班固
【释义】班马,也称马班,汉代史学家司马迁与班固的并称。泛指可与班固、司马迁相媲美的文章。《晋书·陈寿等传论》:"丘明既没,班马迭兴,奋鸿笔于西京,骋直词于东观。"
【例句】唐杜牧《冬至日寄…》:"高摘屈宋艳,浓薰班马香。"唐黄滔《遇罗员外衮》:"绮园难贮林栖意,班马须持笔削权。"宋赵希逢《和寄两岸同舍》:"文章未必劣班马,人物直疑分广闽。"宋阳枋《句》:"文章不数向歆辈,姓字须教班马香。"

班生庐 bān shēng lú

【分类】政治
【关键词】班固
【释义】归隐旧居之典。汉班固《幽通赋》:"终保己而贻则兮,里上仁之所庐。"唐李善注:"言为我择居处也。"
【例句】唐丘丹《奉酬重送…》:"猥蒙招隐作,岂愧班生庐。"唐张九龄《初发道中…》:"林隔王公舆,云迷班氏庐。"宋晁说之《赠别蓬莱…》:"吾友陈无己,文会班生庐。"元贝琼《答宇文仲美》:"君今不奏子虚赋,我亦终返班生庐。"

班心 bān xīn

【分类】政治
【关键词】苏轼

【释义】御史在朝班中所站的位置。《苏轼诗集·〈次韵张舜民…〉》："樊口凄凉已陈迹,班心突兀见长身。"自注:"台吏谓御史立处为班心。"
【例句】宋李正民《寄孙邦求》："且随郡守寻春去,未向班心布武行。"宋刘克庄《挽叶谦夫…》："方立班心九霄上,忽骑箕尾列星边。"宋陈造《再次林郎…》："桑榆可收倚君重,表表玉立行班心。"宋楼钥《送陈君举…》："几年苦契阔,班心忽差肩。"

班扬 bān yáng
【分类】文化
【关键词】班固
【释义】喻文学大家。南朝宋王僧达《祭颜光禄文》："义穷机彖,文蔽班扬。"唐李善注:"班,班固;扬,扬雄也。"
【例句】唐杜甫《哭台州郑…》："班扬名甚盛,嵇阮逸相须。"唐陆龟蒙《顾道士仁…》："亦谓神仙何许郭,不妨才力似班扬。"宋李长沙《赠谈命严尉寓》："平时已秉班扬笔,暇处不妨甘石经。"宋喻良能《洪右相生辰》："茂烈未饶周叔虎,英词宁谢汉班扬。"

班昭 bān zhāo
【分类】文化
【关键词】班昭
【释义】东汉史学家,史学家班固之妹。嫁曹世叔为妻,后世亦称曹大家。续写《汉书》,补《八表》。借喻女文士。《后汉书·列女传》:"扶风曹世叔妻者,同郡班彪之女也,名昭,字惠班,一名姬。博学高才。世叔早卒,有节行法度。兄固著《汉书》,其《八表》及《天文志》未及竟而卒,和帝诏昭就东观藏书阁踵而成之。"
【例句】宋王铚《陆左丞夫…》："杨子新阡启,班昭旧史留。"宋晁公溯《范令人生日》："择夫得温峤,传业继班昭。"宋饶节《赵元达妇孕…》："木兰买马替爷征,班昭嗣当成汉表。"聂绀弩《友鸾赴杭…》："此际班昭当勿药,老来张琪定携家。"宋洪咨夔《楞伽山房》："风标劲似发政姊,笔力健如曹大家。"元彭宷《巴陵女子行》："读书不如曹大家,事夫却似桓少君。"

斑竹 bān zhú
【分类】生活
【关键词】舜
【释义】一种茎上有紫褐色斑点的竹子,也叫湘妃竹。借喻悲戚之情。《博物志》:"尧之二女,舜之二妃,曰湘夫人,帝崩,二妃啼,以涕挥竹,竹尽斑。"
【例句】唐张谓《邵陵作》："斑竹年来笋自生,白蘋春尽花空落。"唐杜甫《奉先刘少…》："不见湘妃鼓瑟时,至今斑竹临江活。"唐陈羽《湘君祠》："商人酒滴庙前草,萧萧风生斑竹林。"唐孟郊《闲怨》："妾恨比斑竹,下盘烦冤根。"

斑骓 bān zhuī
【分类】文化
【关键词】马

【释义】毛色青白相杂的骏马。源见"陆郎"。
【例句】唐李贺《夜坐吟》："红霞稍出东南涯,陆郎去矣乘斑骓。"唐李商隐《对雪》："关河冻合东西路,肠断斑骓送陆郎。"唐李商隐《无题》："斑骓只系垂杨岸,何处西南任好风。"唐李商隐《无题》："白道萦回入暮霞,斑骓嘶断七香车。"

板荡 bǎn dàng
【分类】政治
【关键词】诗经
【释义】《板》、《荡》都是《诗经·大雅》中讥刺周厉王无道而导致国家败坏、社会动荡的诗篇。后因以指政局混乱或社会动荡。
【例句】唐李世民《赐萧瑀》："疾风知劲草,板荡识诚臣。"唐古之奇《秦人谣》："中国既板荡,骨肉安可保。"唐李商隐《送从翁东…》："中原重板荡,玄象失钩陈。"宋吕本中《兵乱后自…》："王纲板荡后,国势土冊初。"聂绀弩《叠韵答曙南》："不是英雄不儿女,一生板荡在秋千。"

半臂 bàn bì
【分类】生活
【关键词】唐玄宗
【释义】短袖或无袖上衣。《新校本新唐书·玄宗王皇后传》："后以爱弛,不自安。承间泣曰:'陛下独不念阿忠脱紫半臂易斗面,为生日汤饼邪?'帝悯然动容。"
【例句】宋苏轼《东川清丝…》："醉中倒著紫绮裘,下有半臂出缥绫。"宋黄庭坚《奉和慎思…》："不似灞桥风雪中,半臂骑驴得佳句。"宋朱松《以月团为…》："生朝乐事记当年,汤饼何须半臂钱。"宋李洪《和柯山先…》："君不见阿忠少日历艰贫,汤饼曾持半臂卖。"

半刺 bàn cì
【分类】政治
【关键词】庾亮
【释义】指州郡长官下属的官吏,如长史、别驾、通判等。源见"别驾"。
【例句】唐苏颋《赠彭州权…》："只道歌谣迎半刺,徒闻礼数揖中台。"唐杜甫《寄彭州高…》："诸侯非弃掷,半刺已翱翔。"宋刘克庄《送章通判》："半刺已官尊,常时读《鲁论》。"宋刘攽《寄杭州通…》："专城须闻望,半刺亦才雄。"

半额眉 bàn é méi
【分类】生活
【关键词】马廖
【释义】是指画眉甚长,竟达半额。为咏女妆赶时髦之典。《后汉书·马廖传》："长安语曰:'城中好高髻,四方高一尺;城中好广眉,四方且半额;城中好大袖,四方全匹帛。'斯言如戏,有切事实。"
【例句】唐罗虬《比红儿诗》："只如花下红儿态,不藉城中半额眉。"宋宋祁《树柳》："条供越绝千丝网,叶斗章台半额眉。"宋李复《次韵钱穆…》："旧心洗尽万斛水,新愁谁争半额眉。"宋徐鹿卿《钱罗史君》："请为公祝千年寿,耻学人填半额眉。"

半偈 bàn jì
【分类】文化
【关键词】佛
【释义】佛家语,即雪山八字,为咏释迦摩尼舍身求法之典。《涅槃经》载:谓释迦曾入雪山修菩萨行,在罗刹处闻前半偈(诸行无常,是生灭法),欢喜而更欲求后半(生灭灭已,寂灭为乐),罗刹不肯。乃约舍身于彼,欲得闻之。注:罗刹鬼(菩萨化身)以饥饿为由,要求吃一人才肯说出后半句偈语。释迦以身相许。
【例句】唐郎士元《题精舍寺》:"月在上方诸品静,僧持半偈万缘空。"唐司空图《与伏牛长…》:"长绳不见系空虚,半偈传心亦未疏。"唐刘禹锡《送义舟师…》:"如莲半偈心常悟,问菊新诗手自携。"唐温庭筠《寄清源寺僧》:"窗间半偈闻钟后,松下残棋送客回。"

半面不忘 bàn miàn bù wàng
【分类】文化
【关键词】应奉
【释义】只看见半面就不忘记,形容记忆力好、聪明强识。《后汉书·应奉传》:"奉年二十时,尝诣彭城相袁贺。贺时出行闭门,造车匠于内开扇出半面视奉,奉即委去。后数十年,于路见车匠,识而呼之。"
【例句】宋陆佃《依韵和再…》:"此身那复思前事,半面犹应记往年。"宋陈师道《寄单州张…》:"平生天上张公子,尚记门间半面人。"宋司马光《邵尧夫先…》:"何须半面旧,不待一言亲。"宋华镇《送德器移…》:"邂逅旧惭无半面,追随今恨只三旬。"

半面之识 bàn miàn zhī shí
【分类】生活
【关键词】应奉
【释义】原指过目不忘,记忆力惊人,后喻相识时间短,交情浅薄。源见"半面不忘"。
【例句】唐元稹《别李三》:"半面契始终,千金比然诺。"宋方岳《春雨》:"半面不曾梅识去,四愁无奈草生来。"宋释德洪《用韵寄谊叟》:"识君牙中,岂止论半面。"宋郑清之《和葺芷军韵》:"竹高已学枪头势,梅近犹能半面识。"宋于石《答吴子真》:"东西相望二百里,半面未识心相知。"

半千 bàn qiān
【分类】文化
【关键词】员馀庆
【释义】唐员馀庆的别名。喻贤士。《旧唐书·员半千》:"员半千,本名馀庆。义方嘉重之,尝谓之曰:'五百年一贤,足下当之矣。'因改名半千。"
【例句】唐赵志集《敬赠张皓兄》:"何止高无二,终期掩半千。"宋魏野《寇相公生辰》:"蟾光望处将三五,凤历推来

恰半千。"宋王灼《次韵李士…》:"禄近禾三百,人惭员半千。"宋许应龙《赠林倬》:"元是清都紫府仙,出为名世应半千。"

半人 bàn rén
【分类】文化
【关键词】习凿齿
【释义】谓够不上一个人,多用为嘲戏之辞。《晋书·习凿齿传》:"习凿齿字彦威…后以脚疾,遂废于里巷。及襄阳陷于苻坚,坚素闻其名,与道安俱舆而致焉,与诸镇书:'昔晋氏平吴,利在二陆;今破汉南,获士裁一人有半耳。'"
【例句】唐白居易《咏身》:"周南留滞称遗老,汉上羸残号半人。"宋刘跂《梦与舍弟…》:"欲成寒士赋,应作半人诗。"宋宋祁《呈成上人》:"劳师且置弥天论,凿齿今才敌半人。"宋方回《为牟德范…》:"莫笑晒书亡玉轴,荆州还识半人无。"

半死梧桐 bàn sǐ wú tóng
【分类】生活
【关键词】枚叔
【释义】咏悲凄之典。比喻勉强生存之人,或喻丧偶失配。后汉枚叔《七发》:"龙门之桐,高百尺而无枝,中郁结之轮菌,根扶疏以分离。上有千仞之峰,下临百丈之溪…其根半死半生…使琴挚斫斩以为琴。"
【例句】李峤唐《天官崔侍…》:"箪怆孤生竹,琴哀半死桐。"唐李端《长安感事…》:"昔慕能鸣雁,今怜半死桐。"唐徐凝《和嘲春风》:"可怜半死龙门树,懊恼春风作底来。"唐白居易《为薛台悼亡》:"半死梧桐老病身,重泉一念一伤神。"

半夜传衣 bàn yè chuán yī
【分类】文化
【关键词】佛
【释义】喻指传承佛法。《景德传灯录》:"逮夜,乃潜令人自碓坊召能(六祖惠能)行者入室,告曰:'…今以法宝及所传袈裟用付于汝,善自保护,无令断绝。'"
【例句】唐李商隐《谢书》:"自蒙半夜传衣后,不羡王祥得佩刀。"宋白玉蟾《春夕与西…》:"一物言无也大奇,如何半夜却传衣。"宋陈渊《眉溪与光…》:"半夜梦回听说偈,似传衣钵向黄梅。"宋白玉蟾《春夕与西…》:"一物言无也大奇,如何半夜却传衣。"

半毡 bàn zhān
【分类】政治
【关键词】谢朓
【释义】咏顾惜寒士之典。源见"谢毡"。
【例句】宋胡宿《赵宗道归…》:"半毡未暖还伤别,一臂初交未解携。"宋胡宿《城东别墅…》:"几日归心托暮云,半毡窗下久生尘。"宋释正觉《雪晴寄刘…》:"半毡半幅一羌床,寒淡家风肖老庞。"宋方一夔《代履道送…》:"寒厅零

落分半毡,雪霜刻栗年复年。"

傍邻　bàng lín
【分类】生活
【关键词】沈约
【释义】近邻、邻居。南朝梁沈约《贞女引》:"贞女信无矫,傍邻也见疑。"《魏书·孝感传·阎元明》:"母亡,服终,心丧积载。每忌日,悲恸傍邻。"
【例句】唐李颀《听安万善…》:"傍邻闻者多叹息,远客思乡皆泪垂。"宋司马光《寄题李舍…》:"蒲州风土平生爱,为问旁邻地有余。"宋沈辽《和颖叔冲…》:"退企旌阳隐,旁邻函里封。"宋游九言《引镜》:"输与傍邻子,钓舸弄涟漪。"元戴奎《赋竹坡》:"旁邻异花多绕屋,慢紫妖红眩人目。"

谤书一箧　bàng shū yī qiè
【分类】政治
【关键词】魏文侯
【释义】咏遭谤毁极多之典。《战国策·秦策》:"魏文侯令乐羊将,攻中山,三年而拔之。乐羊反而语功,文侯示之谤书一箧。乐羊再拜,稽首,曰:'此非臣之功,主君之力也。'"箧:小箱。
【例句】唐周昙《乐羊》:"盈箧谤书能寝默,中山不是乐羊功。"宋李之仪《次韵君俞…》:"君不见乐羊功名方煜煜,归来谤书已盈箧。"宋司马光《送张太博…》:"饮水岂言吴刺史,谤书翻似马将军。"宋孙觌《兰溪津亭…》:"药裹关心防二竖,谤书盈箧忤三虫。"

蚌胎　bàng tāi
【分类】文化
【关键词】吕氏春秋
【释义】指珍珠。古人以为蚌孕珠如人怀妊,并与月的盈亏有关。源见"老蚌胚生"。
【例句】唐李商隐《题僧壁》:"蚌胎未满思新桂,琥珀初成忆旧松。"唐高适《和贺兰判…》:"日出见鱼目,月圆知蚌胎。"唐张祜《观潮十韵》:"进退随蟾魄,虚盈合蚌胎。"唐章孝标《玩月遇云》:"暗惜蚌胎沈海面,仰思鹏翼破风头。"

蚌鹬心　bàng yù xīn
【分类】生活
【关键词】战国策
【释义】指互相争胜之心。源见"鹬蚌相持"。
【例句】唐许浑《新兴道中》:"波浑未辨鱼龙迹,雾暗宁知蚌鹬心。"

包茅　bāo máo
【分类】政治
【关键词】菁茅
【释义】古代祭祀时用以滤酒的菁茅。因以裹束菁茅置匣中,故称。喻指属国的贡品。《左传·僖公四年》:"尔贡包茅不入,王祭不供,无以缩酒。"杜预注:"包,裹束也;茅,菁茅也;束茅而灌之酒,为缩酒。"
【例句】宋王十朋《齐威公》:"惟有召陵功最直,包茅不贡故来征。"宋董嗣杲《杨梅坞》:"曩时若解包苴贡,一骑星驰入汉宫。"宋刘克庄《竹溪直院…》:"缟素炎图定,包茅霸业基。"宋翁卷《送人赴沅…》:"旧贡包茅地,中存古意长。"

包羞　bāo xiū
【分类】生活
【关键词】周易
【释义】忍受羞辱。《周易·否》:"六三,包羞。《象》曰:'包羞,位不当也。'"唐孔颖达疏:"位不当所包承之事,惟羞辱已。"
【例句】唐权德舆《寄临海郡…》:"志士诚勇退,鄙夫自包羞。"唐李绅《过吴门》:"苎萝妖废灭,荆棘鬼包羞。"唐杜牧《题乌江亭》:"胜败兵家事不期,包羞忍耻是男儿。"宋欧阳修《秋怀》:"感事悲双鬓,包羞食万钱。"

包胥哭秦庭　bāo xū kū qín tíng
【分类】政治
【关键词】申包胥
【释义】咏请兵抒国难之典。《左传·定公四年》:"申包胥如秦乞师…立依于庭墙而哭,日夜不绝声,勺饮不入口,七日,秦哀公为之赋无衣,九顿首而坐,秦师乃出。"
【例句】唐张说《过庾信宅》:"包胥非救楚,随会反留秦。"唐元稹《楚歌》:"包胥心独许,连夜哭亲兵。"唐李白《奔亡道中》:"申包惟恸哭,七日鬓毛斑。"唐李百药《郢城怀古》:"莫救夷陵火,无复秦庭哭。"唐胡曾《秦庭》:"包胥不动咸阳哭,争得秦兵出武关。"

苞匦　bāo guǐ
【分类】政治
【关键词】菁茅
【释义】用匣子包装。代指朝廷进奉的贡物。《尚书·禹贡》:"三邦底贡厥名,包匦菁茅。"古代荆州一带有用匣子包装青茅(以之滤酒)进贡之习。匦:箱子、小匣。
【例句】唐柳宗元《同刘二十…》:"禹贡输苞匦,周官赋秉秅。"明皇甫汸《荆门山》:"苞匦通周贡,辀轩问楚程。"

褒妲　bāo dá
【分类】政治
【关键词】褒姒妲己
【释义】褒姒、妲己的并称。借指乱政祸国的后妃。《国语·晋语》:"殷辛伐有苏,有苏氏以妲己女焉,妲己有宠,于是乎与胶鬲比而亡殷。周幽王伐有褒,褒人以褒姒女焉,褒姒有宠…申人、鄫人召西戎以伐周,周于是乎亡。"
【例句】唐杜甫《北征》:"中自诛褒妲,周汉获再兴。"宋俞德邻《京口遣怀…》:"内无褒妲患,外绝女黍默。"宋袁燮《昭君祠》:"从来败德由女美,褒妲骊姬及西子。"宋汪元量《余将南归…》》:"周惑褒姒烽火起,纣惑妲己贤人死。"

褒女惑周 bāo nǚ huò zhōu
【分类】政治
【关键词】褒姒
【释义】指周幽王烽火戏诸侯招杀身灭国之祸。为咏君主荒淫、女宠祸国之典。《史记·周本纪》:"褒姒不好笑…幽王为烽燧,大鼓,有寇至则举烽火。诸侯悉至,至而无寇,褒姒乃大笑。幽王说之,为数举烽火。其后不信,诸侯益亦不至…"
【例句】唐胡曾《褒城》:"恃宠娇多不自由,骊山举火戏诸侯。"唐唐彦谦《登兴元城》:"褒姒冢前烽火起,不知泉下破颜无。"唐李商隐《华清宫》:"未免被他褒女笑,只教天子暂蒙尘。"宋郑清之《偶记赋王昭君…》:"如知褒姒贻周患,须信巫臣为楚忠。"

褒衣博带 bāo yī bó dài
【分类】文化
【关键词】隽不疑
【释义】褒、博:形容宽大。着宽袍,系阔带。指古代儒生的装束。《汉书·隽不疑传》:"疑冠进贤冠,带櫑具剑,佩环玦,褒衣博带,盛服至门上谒。"唐颜师古注:"褒,大裾也。言著褒大之衣,广博之带也。"
【例句】唐韦承贻《策试夜潜…》:"褒衣博带满尘埃,独自都堂纳卷回。"宋刘过《柬胡卫道》:"褒衣博带休相笑,前带头巾金帽环。"宋真山民《平章命》:"大纛高牙山水县,褒衣博带藻芹宫。"明王恭《长乐陈士…》:"秋菊春兰时祀别,褒衣博带古人同。"

宝鉴 bǎo jiàn
【分类】政治
【关键词】张九龄
【释义】宝镜。后常用于书名,取可为借鉴之意。《新唐书·张九龄传》:"初,千秋节,公、王并献宝鉴,九龄上事鉴十章,号《千秋宝鉴录》以伸讽喻。"
【例句】唐白居易《新妇石》:"莫道面前无宝鉴,月来山下照夫人。"宋欧阳修《送子野》:"天开宝鉴露寒月,海拍积雪卷怒潮。"宋邵雍《首尾吟》:"宝鉴造形难著发,铦刀迎刃岂容丝。"聂绀弩《对镜》:"大风吹倒梧桐树,宝鉴其能讲什么。"

宝剑存楚 bǎo jiàn cún chǔ
【分类】政治
【关键词】剑
【释义】借指举兵解救国难。《越绝书·记宝剑》:"欧冶子、干将…为铁剑三枚:一曰龙渊,二曰泰阿,三曰工布…秦之攻王…晋郑王闻而求之,不得,兴师围楚之城,三年不解。仓谷粟索,库无兵革。楚王闻之,引泰阿之剑,登城而麾。三军破败。"
【例句】唐骆宾王《咏怀》:"宝剑思存楚,金锤许报韩。"宋文天祥《己卯十月…》:"此处曾埋双宝剑,虹光夜指楚

天低。"

宝炬 bǎo jù
【分类】文化
【关键词】佛
【释义】蜡烛的美称。《华严经·世主妙严品》:"宝地普现妙光云,宝炬焰明如电发。"
【例句】唐宋隐《台城》:"宴罢明堂烂,诗成宝炬残。"宋宋庠《正月望夜…》:"汉家太一昏祠日,宝炬神灯遍京室。"宋蔡襄《上元进诗》:"叠耸青峰宝炬森,端门初晚翠华临。"宋史卫卿《依韵奉和…》:"宝炬燃红映百坊,佛灯相照有余光。"

宝屏 bǎo píng
【分类】政治
【关键词】汉武帝
【释义】代指宫廷中的屏风。《西京杂记》:"武帝为七宝床、杂宝桉、厕宝屏风、列宝帐,设于桂宫,时人谓之四宝宫。"
【例句】唐杜甫《夔州歌十…》:"巫峡曾经宝屏见,楚宫犹对碧峰疑。"宋傅察《和鲍守次》:"亲承零露如金掌,密蔽冲风似宝屏。"宋田锡《紫云曲》:"宝屏珠帐一梦时,灵仙初降趋丹墀。"元周伯琦《宫词》:"巫山隐约宝屏斜,朝著重绵昼著纱。"

宝月诗 bǎo yuè shī
【分类】文化
【关键词】佛
【释义】咏诗僧之典。宝月指南朝齐释宝月,此人熟谙音律。《乐府诗集·估客乐》解题:"《古今乐录》曰:'《估客乐》者,齐武帝之所制也…有人启释宝月善解音律,帝使奏之,旬日之中,便就谐合。敕歌者常重为感忆之声,犹行于世。宝月又上两曲。'"
【例句】唐韩翃《同中书刘…》:"笑说金人偈,闲听宝月诗。"唐权德舆《送清浽上…》:"名僧康宝月,上客沈休文。"唐薛涛《赋凌云寺》:"横云点染芙蓉壁,似待诗人宝月来。"明王夫之《咏木鱼》:"敲空别证生公义,弹指还拈宝月诗。"

保鄣 bǎo zhāng
【分类】政治
【关键词】尹铎
【释义】犹屏障,保护、遮蔽之意。《国语·晋语》:"赵简子使尹铎为晋阳。请曰:'以为茧丝乎?抑为保鄣乎?'简子曰:'保鄣哉!'尹铎损其户数。"三国吴韦昭注:"茧丝,赋税。保鄣,蔽捍也。"
【例句】宋王遂《宛陵道院…》:"保鄣百年宽北顾,耕桑千里庆西成。"宋晁说之《陈情》:"四夷保鄣静,三农田野耕。"明袁华《武林即事》:"弃缥独羡终军志,保鄣唯称尹铎才。"明袁华《吴侬谣》:"屯成种黍稌,实作侬保鄣。"

葆真宫 bǎo zhēn gōng
【分类】政治

【关键词】宫殿

【释义】北宋时期宫殿,位于东京汴梁皇宫内。《东京梦华录注》:"次则葆真宫,有玉柱玉帝窗隔灯。诸访巷马行诸香药铺席,茶坊酒肆,灯烛各出新奇。"

【例句】宋向子諲《水龙吟》:"太一池边,葆真宫里,玉楼珠树。"宋晁说之《闻八弟朝…》:"葆真宫是何年有,游子相将便得真。"宋周紫芝《读陈公葆…》:"葆真号上宫,柳色参云烟。"

报恩珠　bào ēn zhū

【分类】政治

【关键词】汉武帝

【释义】咏报恩之典。《艺文类聚》引《三秦记》:"昆明池昔有人钓鱼,纶绝而去,遂通梦于汉武帝,求去钩。帝明日戏于池,见大鱼衔索,帝曰:'岂梦所见耶?'取而放之。间三日,池边得明珠一双,帝曰:'岂非鱼之报耶!'"

【例句】唐沈佺期《移禁司刑》:"汉皇虚诏上,容有报恩珠。"唐戎昱《上桂州李…》:"唯于方寸内,暗贮报恩珠。"唐杜甫《舟出江陵…》:"寂寥相煦沫,浩荡报恩珠。"唐崔致远《奉和座主…》:"唯恨吟归沧海去,泣珠何计报恩深。"

报束长生　bào shù cháng shēng

【分类】政治

【关键词】束晳

【释义】咏祈雨、感恩祝福之典。《晋书·束晳传》:"束晳字广微…晳为邑人请雨,三日而雨注,众谓晳诚感,为作歌曰:'束先生,通神明,请天三日甘雨零。我黍以育,我稷以生。何以畴之？报束长生。'"

【例句】唐李商隐《所居永乐…》:"只怪闾阎喧鼓吹,邑人同报束长生。"宋宋祁《出城所见…》:"居然嘉应在,谁是束长生。"明王世贞《戊子初中…》:"姜氏重瞻灌坛令,秭陵初遇束长生。"清郑珍《三月初四…》:"肯信束长生,竟致甘雨诗。"

报一饭　bào yī fàn

【分类】政治

【关键词】范雎

【释义】言知恩必报。《史记·范雎蔡泽列传》:"一饭之德必偿,睚眦之怨必报。"

【例句】唐杜甫《奉赠韦左…》:"常拟报一饭,况怀辞大臣。"宋欧阳修《感兴》:"古人报一饭,君子不苟求。"宋黄庭坚《奉和王世…》:"平生报一饱,从事极黾勉。"宋刘克庄《杂兴》:"古人报一饭,飚驭无路攀。"

抱璞　bào pú

【分类】政治

【关键词】和氏璧

【释义】喻怀才不遇。源见"和氏之璧"。

【例句】唐辛宏《白圭无玷…》:"抱璞心常苦,全真道未行。"唐张乔《自消》:"只应抱璞非良玉,岂得年年不至公。"宋刘克庄《送赴省诸友》:"昔人抱璞经三献,今子排云叫九

关。"宋杨亿《叶生归缙云》:"出门西望长安笑,抱璞来求善价沽。"

抱桥　bào qiáo

【分类】政治

【关键词】抱柱

【释义】形容坚守信约,也比喻死守陈规而不知变通。源见"抱柱之信"。

【例句】宋刘筠《又赠一绝》:"风波若未乖前约,一死何曾更抱桥。"宋宋祁《登高晚思》:"游回宿鸟霞横岭,唱杀寒蝉柳抱桥。"宋刘克庄《次韵竹溪…》:"不假洛阳抱桥蛎,宛如震泽卧波虹。"宋林希逸《石虎礼僧图》:"眼前立是抱桥尸,悔不湔肠背后儿。"

抱衾裯　bào qīn chóu

【分类】政治

【关键词】诗经

【释义】意为侍寝、同寝,亦借指作妾。《诗经·召南·小星》:"嘒彼小星,维参与昴,肃肃宵征,抱衾与裯,实命不犹。"按:《小星》序谓"夫人无妒忌之行,惠及贱妾,进御于君"。衾:被子。裯:被单,一说为床帐。

【例句】唐白居易《重修香山…》:"吟来携笔砚,宿去抱衾裯。"宋苏轼《石炭》:"湿薪半束床抱衾裯,日暮敲门无处换。"宋苏轼《夜卧濯足》:"长安大雪年,束薪抱衾裯。"宋王安中《过客有赠》:"晨炊米尽抱衾裯,富儿操金森壁立。"

抱头鼠窜　bào tóu shǔ cuàn

【分类】政治

【关键词】蒯通

【释义】形容狼狈逃跑。《汉书·蒯通传》:"常山王奉头鼠窜,以归汉王。"苏轼《拟侯公说项羽辞》:"智穷词屈,抱头鼠窜。"

【例句】宋梅尧臣《淮阴》:"天下滔滔久厌秦,英雄蛇鼠窜荆榛。"宋徐积《谢皇华使者》:"蛮酋鼠窜稽天诛,官兵指日缚狂奴。"宋陆游《闻房酋通…》:"天威在上贼胆破,捧头鼠窜吁可哀。"聂绀弩《沁园春》:"觉唯心主义,抱头鼠窜。"

抱瓮灌园　bào wèng guàn yuán

【分类】政治

【关键词】子贡

【释义】喻安于拙陋的淳朴生活。《庄子·天地》:"子贡南游于楚,反于晋,过汉阴,见一丈人方将为圃畦,凿隧而入井,抱瓮而出灌,搰搰然用力甚多而见功寡…为圃者忿然作色而笑曰:'吾闻之吾师:有机械者必有机事,有机事者必有机心…神生不定者,道之所不载也。吾非不知,羞而不为也。"

【例句】唐李白《赠张公洲…》:"抱瓮灌秋蔬,心闲游天云。"唐元稹《开元观闲…》:"灌园多抱瓮,刈藿乍腰镰。"五代徐铉《和太常萧…》:"抱瓮何人灌药畦,金衔为尔驻平

堤。"宋王安石《绝句》:"桔槔俯仰妨何事,抱瓮区区老此身。"

抱膝长啸　bào xī cháng xiào
【分类】文化
【关键词】诸葛亮
【释义】思虑国事广有抱负之典。《三国志·诸葛亮传》:"亮躬耕陇亩,好为《梁父吟》。"南朝宋裴松之注引《魏略》:"亮在荆州…每晨夜从容,常抱膝长啸,而谓三人曰:'卿三人仕进可至刺史、郡守也。'"
【例句】唐杜甫《公安县怀古》:"维舟倚前浦,长啸一含情。"唐独孤及《代书寄上…》:"长啸林木动,高歌唾壶缺。"元项炯《题野秀堂》:"胡床抱膝但长啸,丈夫安得为轻肥。"明倪谦《溪山琴意图》:"亭中有客藉紫苔,抱膝长啸襟怀开。"

抱膝吟　bào xī yín
【分类】文化
【关键词】诸葛亮
【释义】用作抒发不快之情的典故。源见"抱膝长啸"。
【例句】唐白居易《把酒思闲事》:"月下低眉立,灯前抱膝吟。"唐李群玉《长沙紫极…》:"羁栖摧剪平生志,抱膝时为梁甫吟。"宋胡宿《寄杭州子…》:"越人抱膝吟遍苦,吴客观涛病未能。"宋李新《再和》:"闭门草庑人谁识,抱膝吟诗客自疏。"

抱柱之信　bào zhù zhī xìn
【分类】政治
【关键词】抱柱
【释义】比喻誓死不渝的信约。《庄子·盗跖》:"尾生与女子期于梁下,女子不来,水至不去,抱梁柱而死。"
【例句】唐李白《长干行》:"常存抱柱信,岂上望夫台?"唐张祜《途次扬州…》:"尾生从抱柱,颜子也醽醁。"唐韩偓《倚醉》:"抱柱立时风细细,绕廊行处思腾腾。"宋梅尧臣《泊姑熟江…》:"尾生信女子,抱柱死不疑。"

豹变　bào biàn
【分类】政治
【关键词】周易
【释义】谓如豹文那样发生显著的变化。幼豹长大退毛,然后疏朗焕散,其毛光泽有文采。喻人的行为变好或势位显贵。《周易注疏·革》:"上六,君子豹变,其文蔚也。"唐孔颖达疏:"上六居'革'之终,变道已成,君子处之,虽不能同九五革命创制,如虎文之彪炳,然亦润色鸿业,如豹文之蔚缛,故曰君子豹变也。"
【例句】唐张九龄《登乐游原…》:"豹变焉能及,莺鸣非异求。"唐元稹《答姨兄胡…》:"穷通须豹变,搏搦笑狼狞。"唐杨乘《南徐春日…》:"豹变资陈武,龙飞仰晋元。"唐张祜《投宛陵裴…》:"豹变真君子,龙钟浅丈夫。"宋赵抃《杭州鹿鸣》:"豹变文章重君子,鹿鸣歌咏集佳宾。"

豹胎　bào tāi
【分类】生活
【关键词】韩非子
【释义】豹的胎盘,为珍贵的肴馔。为咏饮食奢侈之典。《韩非子·喻老》:"昔者纣为象箸而箕子怖。以为象箸必不加于土铏,必将犀玉之杯。象箸玉杯必不羹菽藿,则必旄象豹胎。"
【例句】唐杜牧《杜秋娘诗》:"归来煮豹胎,餍饫不能饴。"宋李之仪《次韵君俞》:"熊掌如何得豹胎,弃肴嗜异信难材。"宋范浚《三兄茂载…》:"豹胎供馔斥龟婢,雀舌试汤分酪奴。"宋刘跂《答资道》:"险怪探龙颔,甘珍味豹胎。"

豹韬　bào tāo
【分类】政治
【关键词】姜太公
【释义】古代兵书《六韬》篇名之一,相传为周吕尚所撰。借指用兵的韬略。《淮南子·精神训》:"故通许由意,《金縢》、《豹韬》废矣!"汉高诱注:"《金縢》、《豹韬》,周公、太公阴谋兵王之书也。"
【例句】唐孟郊《猛将吟》:"虎队手驱出,豹篇心卷藏。"唐杜甫《喜闻官军…》:"元帅归龙种,司空握豹韬。"唐刘长卿《赠别于群…》:"坐恃龙豹韬,全轻蜂虿毒。"唐元稹《哭吕衡州》:"国待球琳器,家藏虎豹韬。"

豹尾　bào wěi
【分类】政治
【关键词】沈冲充
【释义】古代将帅旌旗上的饰物,或悬以豹尾,或在旗上画豹文,喻将帅。天子属车上的饰物,悬于最后一车,借指天子属车,即豹尾车。《晋书·沉充传》:"率兵临发,谓其妻曰:'男儿不竖豹尾,终不还也。'"
【例句】唐罗隐《送蕲州裴…》:"荣驱豹尾抛同辈,贵上螭头见近臣。"唐骆宾王《王昭君》:"敛容辞豹尾,缄怨度龙鳞。"唐高适《部落曲》:"雕戈蒙豹尾,红旆插狼头。"唐郑锡《玉阶怨》:"昨夜鸳鸯梦,还陪豹尾游。"

豹尾游　bào wěi yóu
【分类】政治
【关键词】南史
【释义】咏后妃之典,意与皇帝同游。《南史·高昭刘皇后传》:"次有迎至,龙旗豹尾,有异于常,后喜从之。既而与裴氏不成婚,竟嫔于上。"
【例句】唐郑锡《玉阶怨》:"昨夜鸳鸯梦,还陪豹尾游。"五代李平《句》:"龙髯已断嫔嫱老,豹尾不来岐路长。"宋刘克庄《又次居厚韵》:"且傍雁行游福地,免陪豹幸甘泉。"唐李商隐《汉宫》:"翠华飞盖下,豹尾属车迎。"

豹蔚　bào wèi
【分类】政治
【关键词】周易

【释义】借指君子、贤者的风度姿容美好。源见"豹变"。
【例句】唐柳宗元《弘农公以…》:"挺生推豹蔚,退否仰龙骧。"宋王禹偁《故尚书兵…》:"鹏掀六月风,豹蔚七日雾。"宋杨万里《古风敬饯…》:"南方儒先囷三山,山中豹蔚推伯鸾。"清沈煌《国学观礼…》:"阙里麟游近,尼山豹蔚长。"

豹象文牙　bào xiàng wén yá
【分类】生活
【关键词】左传
【释义】豹身的花纹、象牙,均因珍贵导致被杀。喻灾祸。《左传·襄公24年》:"象有齿以焚其身。"《庄子·山木》:"夫丰狐文豹,栖于山林,伏于岩穴…且不免于网罗机辟之患,是何罪之有哉?其皮为之灾也。"晋郭象注曰:"此皆以其文章技能系累其身。"
【例句】唐李峤《饯薛大夫…》:"犀皮拥青橐,象齿饰雕弓。"唐李咸用《依韵修睦…》:"畹兰未必因香折,湖象多应为齿焚。"宋刘弇《次韵林锡…》:"鸟鷖在泽羽,象桑缘插齿。"宋苏过《次韵岑彦…》:"世路羊肠险,恐遭象齿焚。"宋李新《送高执中…》:"文豹皮为灾,安所逃缯罟。"聂绀弩《挽胡明树》:"菩提非树镜非台,豹象文牙岂便灾?"

豹隐　bào yǐn
【分类】政治
【关键词】列女传
【释义】比喻隐居远害,洁身自好,潜心进德修业。源见"南山雾豹"。
【例句】唐骆宾王《秋日送侯…》:"我留安豹隐,君去学鹏抟。"唐赵彦昭《奉和幸韦…》:"纵然怀豹隐,空愧蹑鹓行。"唐李顾《谒张果先生》:"韬精殊豹隐,炼骨同蝉蜕。"唐钱起《酬刘员外…》:"分与玄豹隐,不为湘燕飞。"

鲍家诗　bào jiā shī
【分类】文化
【关键词】鲍照
【释义】指南朝宋鲍照《代蒿里行》:"赍我长恨意,归为狐兔尘。"唐李贺《秋来》:"秋坟鬼唱鲍家诗,恨血千年土中碧。"姚燮集注引钱饮光曰:"鲍家诗指明远《蒿里行》,如诗到情真之处,鬼亦能唱。"喻指诗词佳作。
【例句】唐崔子向《上鲍大夫》:"行尽江南塞北时,无人不诵鲍家诗。"唐皎然《奉同颜使…》:"乌惊宪府客,人咏鲍家诗。"宋梅尧臣《送胡公疏…》:"依稀可记鲍家诗,寂寞休寻江令宅。"

鲍焦披草眠　bào jiāo pī cǎo mián
【分类】政治
【关键词】鲍焦
【释义】咏世外隐士非常之举的典故。《风俗通义·愆礼》:"鲍焦耕田而食,穿井而饮,非妻所织不衣,饿于山中食枣。或问之:'此枣子所种耶?'遂呕吐立枯而死。"
【例句】唐李贺《公无出门》:"鲍焦一世披草眠,颜回廿九鬓

毛斑。"唐李贺《公无出门》:"颜回非血衰,鲍焦不违天。"宋王安石《次韵致远…》:"河侧鲍焦乾立起,江边屈子槁将投。"金李俊民《抱树石》:"火余介子身犹在,槁立鲍焦心愈坚。"

鲍老　bào lǎo
【分类】生活
【关键词】鲍老
【释义】宋代戏剧角色名。多戴面具,用其滑稽表演逗人取乐。宋杨亿《咏傀儡》:"鲍老当筵笑郭郎,笑他舞袖太郎当。若教鲍老当筵舞,转更郎当舞袖长。"郎当:衣服宽大不合身貌。
【例句】宋文天祥《留远亭》:"当年鲍老不如此,留远亭前犬也羞。"宋释绍《颂古》:"田郎催拍板,鲍老舞三台。"宋释本《偈二首》:"鲍老当年笑郭郎,郭郎舞袖太郎当。"聂绀弩《晨与曙南…》:"郭老登桥嘲鲍老,珠江打水灌长江。"

鲍谢　bào xiè
【分类】文化
【关键词】鲍照
【释义】南朝诗人鲍照和谢朓的并称,喻优秀诗人。唐杜甫《遣兴》:"赋诗何必多,往往凌鲍谢。"
【例句】唐白居易《寄李蕲州》:"下车书奏龚黄课,动笔诗传鲍谢风。"宋邓肃《次韵茂实…》:"银笔争题追鲍谢,席门琢句拟机云。"宋苏轼《次韵章传…》:"先生笔力吾所畏,蹴踏鲍谢跨徐庾。"宋释德洪《次韵王觉…》:"属稿新诗追鲍谢,抗行醉墨似杨颜。"

鲍鱼之肆　bào yú zhī sì
【分类】生活
【关键词】曾子
【释义】卖渍(咸)鱼的店铺。鱼常腐臭,因以喻恶人之所或小人聚集之地。《大戴礼记·曾子疾病》:"与君子游,苾乎如入兰芷之室,久而不闻,则与之化矣;与小人游,贷乎如入鲍鱼之肆,久而不闻其臭,亦与之化矣。"肆,店铺。
【例句】唐李群玉《自澧浦东…》:"《巴歌》掩《白雪》,鲍肆埋兰芳。"宋周必大《寄题新居…》:"仆也生憎鲍鱼肆,扣门屡作君家宾。"明吴俨《仁仲斋居…》:"邪正分明如黑白,鲍鱼莫误作芝兰。"明伍瑞隆《古松行》:"萧萧兔丝遇风起,吹入路傍鲍鱼肆。"

鲍照　bào zhào
【分类】文化
【关键词】鲍照
【释义】南朝宋文学家,世称鲍参军。其乐府诗创作,被称为"上挽曹、刘之逸步,下开李、杜之先鞭"。《宋书·鲍照传》:"鲍照字明远,文辞赡逸,尝为古乐府,文甚遒丽…临海王子顼为荆州,照为前军参军,掌书记之任。"意指杰出诗人。
【例句】唐杜甫《春日忆李白》:"清新庾开府,俊逸鲍参军。"唐齐己《荆渚逢禅友》:"社思匡岳无宗炳,诗忆扬州有鲍

照。"唐李商隐《题李上谟壁》："嫩割周颙韭,肥烹鲍照葵。"宋释道潜《览黄子理诗卷》："俊逸固宜凌鲍照,优游真已逼渊明。"

鲍照葵　bào zhào kuí
【分类】生活
【关键词】鲍照
【释义】咏乐天知命之典。《鲍参军集·园葵赋》："乃羹乃瀹,堆鼎盈筐。甘旨蒨脆,柔滑芬芳……荡然任心,乐道安命。"
【例句】唐李商隐《题李上暮壁》："嫩割周颙韭,肥烹鲍照葵。"

暴公子　bào gōng zǐ
【分类】政治
【关键词】暴胜之
【释义】暴公子即暴胜之,汉武帝末为直指使者。素闻隽不疑贤,表荐不疑为青州刺史,有知人之誉。后作为知音之典。《汉书·隽不疑传》："不疑据地曰:'窃伏海濒,闻暴公子威名旧矣,今乃承颜接辞。'"
【例句】唐杨凝《别友人》："非逢暴公子,不敢涕流离。"宋刘敞《再见禁卒…》："御史暴公子,将军马伏波。"宋赵鼎臣《杨时可作…》："久伏东海滨,窃慕暴公子。"宋曹彦约《送以公道赴…》："仗斧暴公子,酌泉吴隐之。"

暴虎冯河　bào hǔ píng hé
【分类】生活
【关键词】诗经
【释义】比喻蛮干冒险,有勇无谋。《诗经·小雅·小旻》："不敢暴虎,不敢冯河。"暴虎,空手搏虎;冯河,徒步过河。
【例句】唐吕岩《七言》："蛟龙斩处翻沧海,暴虎除时拔远山。"宋程俱《仲嘉被檄…》："平生暴虎笑冯妇,尚向兔脚分雌雄。"宋李处权《赴端礼之…》："任有泥涂不曳尾,更无波浪敢冯河。"明李崇仁《咏史》："暴虎复冯河,事有轻且重。"聂绀弩《辛之赠印》："天边暴虎冯河久,海内寻师觅友迟。"

暴客　bào kè
【分类】政治
【关键词】周易
【释义】强盗。《周易·系辞下》："重门击柝,以待暴客。"宋文天祥《渔舟》诗序："午抛泊避潮,忽有十八舟上风冉冉而来,疑为暴客,四船戒严。"
【例句】唐陈元光《候夜行师…》："夜析重门防暴客,三更三点尚排衙。"唐皎然《赠乌程李…》："野人同鸟巢,暴客若蜂聚。"唐韦庄《赠云阳裴…》："暴客至今犹战鹤,故人何处尚驱鸡。"聂绀弩《北大荒歌》："偶为暴客遁逃数,间作逸民生死场。"

暴尪　bào wāng
【分类】文化
【关键词】巫尪
【释义】求雨的典故。《左传·僖公二十一年》："夏大旱,公欲焚巫尪。"晋杜预注："巫尪,女巫也,主祈祷请雨者。或以尪非巫也,瘠病之人,其面上向,俗谓天哀其病,恐雨入其鼻,故为之旱,是以公欲焚之。"
【例句】唐杜甫《雷》："暴尪或前闻,鞭巫非稽古。"宋韦骧《喜雨和曹…》："察冤遣滞督郡邑,焚巫暴尪固非理。"宋赵蕃《初五日呈…》："末世耽饕佛,前闻戒暴尪。"宋程公许《喜雨上使君》："老蛟熟睡呼不起,暴尪鞭巫徒为耳。"宋刘克庄《孚应祠》："但当咏雩风,不必焚尪巫。"明杨光溥《久旱》："焚尪忧县宰,乞米避邻僧。"

杯渡　bēi dù
【分类】文化
【关键词】杯渡
【释义】喻称僧人出行。《高僧传·杯渡》："杯渡者,不知姓名,常乘木杯渡水,因而为目……至孟津河,浮木杯于水,凭之渡河,无假风棹,轻疾如飞,俄而渡岸,达于京师。"
【例句】唐李白《送通禅师…》："岩种朗公橘,门深杯渡松。"唐牟融《送僧》："烟水浮杯渡,云山只履行。"唐杜甫《题玄武禅…》："锡飞常近鹤,杯渡不惊鸥。"宋释道潜《自彭门回…》："南山访古思杯渡,北海谈经忆孔融。"

杯弓蛇影　bēi gōng shé yǐng
【分类】政治
【关键词】乐广
【释义】比喻因主观疑虑而引起的自惊自扰。《晋书·乐广列传》曰:'前在坐,蒙赐酒,方欲饮,见杯中有蛇,意甚恶之,既饮而疾。'……广意杯中蛇即角影也。复置酒于前处,谓客曰:'酒中复有所见不?'答曰:'所见如初。'广乃告其所以,客豁然意解,沈疴顿愈。"
【例句】唐包佶《答窦拾遗…》："送客屡闻帘外鹊,销愁已辨酒中蛇。"唐杜甫《风疾舟中》："疑惑樽中弩,淹留冠上簪。"宋释德洪《读古德传》："夜冢髑髅元是水,客杯弓影竟非蛇。"宋孙觌《侍郎唐公…》："牛鸣尚念斗床头蚁,蛇影犹悬屋底弓。"宋夏竦《奉和御制…》："微波澄淡当晴景,旌旗半浸龙蛇影。"清张祖继《自况》："进退维艰方寸乱,疑蛇入腹忘杯弓。"

杯酒劝长星　bēi jiǔ quàn zhǎng xīng
【分类】生活
【关键词】彗星
【释义】正视生死、达观处世之典。《世说新语·雅量》："太元末,长星见,孝武心甚恶之。夜华林园中饮酒,举杯属星云:'长星,劝尔一杯酒,自古何时有万岁天子?'"长星,古星名,类似彗星,据占星术,彗星现主王者死。
【例句】宋刘筠《南朝》："华林酒满劝长星,青漆楼高未称情。"宋王安石《和王微之…》："当时君臣但儿戏,把酒空劝长星杯。"宋释善珍《金陵怀古》："相庾璧月词千阕,帝劝长星酒一杯。"宋吴文英《八声甘州》："渺空烟四远,是何年青天坠长星?"

杯盘狼藉　bēi pán láng jí
【分类】生活
【关键词】淳于髡
【释义】形容酒宴肴馔食尽杯盘杂乱的样子。《史记·滑稽列传》："日暮酒阑，合尊促坐，男女同席，履舄交错，杯盘狼藉，堂上烛灭，主人留髡而送客，罗襦襟解，微闻芗泽，当此之时，髡心最欢，能饮一石。"
【例句】唐杜甫《郑典设自…》："敕厨倍常羞，杯盘既狼藉。"唐白居易《酬司录李…》："杯盘狼藉宜侵夜，风景阑珊欲过春。"宋徐铉《赠浙西顾…》："狼藉杯盘重会面，风流才调一如初。"宋邵亢《寄吴处厚》："殷勤鱼雁功曹檄，狼藉杯盘上客鱼。"

杯圈　bēi quān
【分类】生活
【关键词】礼记
【释义】不加雕饰的木制饮器，为思念先母之词。《礼记·玉藻》："母没而杯圈不能饮焉。"唐孔颖达疏："杯圈，妇人所用，故母言杯圈。"
【例句】宋汪藻《学士蒋公…》："习险从人在，杯圈旧事非。"宋辛弃疾《周氏敬荣…》："口泽母杯圈，改作唇齿寒。"元郑元祐《题程国表…》："儿女泪痕宵泣血，杯圈口泽岁兴衰。"明曹义《椿萱堂为…》："阴联几席班衣润，色浸杯圈寿酒香。"

杯棬　bēi quān
【分类】政治
【关键词】孟子
【释义】亦作杯圈，一种木质的饮器。犹杯酒，喻以小蔽大之意。《孟子·告子章句》："告子曰：'性，犹杞柳也；义，犹杯棬也。以人性为仁义，犹以杞柳为杯棬。'孟子曰：'如将戕贼杞柳而以为杯棬，则亦将戕贼人以为仁义与？率天下之人而祸仁义者，必子之言夫！'"
【例句】宋苏辙《冬日即事》："自昔杯棬元窄小，得闲筋力尚康强。"宋刘弇《追尊皇太…》："岁阅杯棬余旧物，气蹲龙虎识新宫。"宋史浩《次韵张汉…》："向此求神通，杯棬即非柳。"宋陈普《杞柳》："倘令杞柳非柔顺，未必杯棬可得为。"

杯中物　bēi zhōng wù
【分类】生活
【关键词】陶渊明
【释义】指酒。晋陶渊明《责子》："天运苟如此，且进杯中物。"
【例句】唐高适《留别郑三…》："长歌达者杯中物，大笑前人身后名。"唐杜甫《戏题寄上…》："忍断杯中物，只看座右铭。"唐白居易《思旧》："且进杯中物，其余皆付天。"唐韩翃《送齐明府…》："风流好爱杯中物，豪荡仍欺陌上郎。"

卑飞　bēi fēi
【分类】生活
【关键词】孙子
【释义】低飞。比喻仕进不利，屈身微职。《孙子·势》"鸷鸟之疾，至于毁折者，节也。"唐李靖注："鸷鸟如击，卑飞敛翼，皆言待之而后发也。"
【例句】唐张九龄《送苏主簿…》："贤人安下位，鸷鸟欲卑飞。"唐杜甫《赠郑十八贲》："卑飞欲何待，捷径应未忍。"宋范仲淹《送黄灏员外》："卑飞尘土味甚薄，达宦风波忧更深。"宋胡宿《送陈铎归…》："地上麒麟须远到，天边鹰隼且卑飞。"

卑宫菲食　bēi gōng fěi shí
【分类】政治
【关键词】禹
【释义】指宫室简陋，饮食菲薄，用以称美朝廷自奉节俭的功德。《论语·泰伯》："禹，吾无间然矣！菲饮食，而致孝乎鬼神；恶衣服，而致美乎黻冕；卑宫室，而尽力乎沟洫。"
【例句】唐陈子昂《奉和皇帝…》："卑宫昭夏德，尊老睦尧亲。"宋王十朋《禹庙歌》："吾皇盛德与禹侔，菲食卑宫恶衣裘。"宋王炎《题大禹庙》："卑宫今造寺，菲食孰名泉。"宋陆游《病后往来…》："不如一酹禹祠去，恶衣菲食真吾邻。"

悲龙飞去　bēi lóng fēi qù
【分类】文化
【关键词】镜
【释义】咏镜之典。《古镜记》："隋汾阴侯生，天下奇士也。王度常以师礼事之。临终，赠度以古镜，曰：'持此则百邪远人。'度受而宝之。""大业十三年七月十五日，匣中悲鸣，其声甚远，俄而渐大，若龙咆虎吼，良久乃定。开匣视之，即失镜矣。"
【例句】唐李群玉《古镜》："恐为悲龙吟，飞去在俄顷。"

悲莫悲兮　bēi mò bēi xī
【分类】生活
【关键词】楚辞
【释义】即悲莫悲兮生别离。最悲惨的事莫过于和亲人长期分离。为咏亲情、友情之典。《楚辞补注·九歌·少司命》："悲莫悲兮生别离，乐莫乐兮新相知。"
【例句】唐李益《杂曲》："尝闻生别离，悲莫悲于此。"五代崔致远《酬进士杨…》："悲莫悲兮儿女事，不须怊怅别离中。"宋吴泳《送长儿椿…》："悲莫悲生离，老至悲转切。"元沈存《怀友人徐…》："临风三叹思欲绝，悲莫悲兮生别离。"

北朝开府　běi cháo kāi fǔ
【分类】政治
【关键词】庾信
【释义】指北周庾信。《北史·庾信传》载：庾信初仕南朝梁，奉使西魏，被留。西魏亡，仕北周，官至骠骑大将军，开府仪同三司，后世称"庾开府"。庾信虽居高位，但一直怀念南朝,常有乡土之思,著有《哀江南赋》,名噪一时。

【例句】宋陈序《游钟山题…》:"西第将军成底事,北朝开府是何人。"宋陆文圭《送刘中斋…》:"太息北朝开府老,真成故里烂柯仙。"明侯玄演《咏史》:"北朝开府忧伤老,江左公卿隐忍过。"

北斗喉舌　běi dǒu hóu shé

【分类】政治

【关键词】尚书

【释义】借指尚书。《后汉书·李固传》:"今陛下之有尚书,犹天之有北斗也。斗为天喉舌,尚书亦为陛下喉舌。斗斟酌元气,运平四时。尚书出纳王命,赋政四海,权尊势重,责之所归。"

【例句】唐杜甫《上韦左相…》:"北斗司喉舌,东方领搢绅。"唐灵一《哭卫尚书》:"南荆双戟痕犹在,北斗孤魂望已深。"唐颜真卿《五言月夜…》:"御史秋风劲,尚书北斗尊。"明史鉴《挽礼部倪…》:"南宫司礼乐,北斗管喉唇。"

北斗南　běi dǒu nán

【分类】政治

【关键词】丞相

【释义】指贤相或杰出人物。《晋书·天文志上》:"相一星在北斗南。相者,总领百司而掌邦教,以佐帝王安邦国,集众事也。"

【例句】唐杨巨源《杨花落》:"北斗南回春物老,红英落尽缘尚早。"宋邹浩《赠广陵马…》:"有才何事老青衫,十载低徊北斗南。"宋陆游《贺叶枢密启》:"北斗以南一人,谁与伦拟!"宋陈与义《留别心老》:"人物北斗南,佛事东院西。"

北斗七星　běi dǒu qī xīng

【分类】文化

【关键词】星

【释义】在北天排成"斗"或枓形的七颗亮星,分别是:天枢、天璇、天玑、天权、玉衡、开阳和瑶光。《晋书·天文志》:"辅星傅乎开阳,所以佐成功,丞相之象也。七政星明,其国昌,辅星明,则臣强。"

【例句】唐沈佺期《古歌》:"北斗七星横夜半,清歌一曲断君肠。"唐骆宾王《畴昔篇》:"云气横开八阵形,桥形遥分七星势。"唐李峤《宝剑篇》:"背上铭为万年字,胸前点作七星文。"唐王维《大同殿柱…》:"陌上尧樽倾北斗,楼前舜乐动南薰。"聂绀弩《吕剑索诗》:"月满中庭春睡早,星辉北斗酒醒迟。"

北方靖人　běi fāng jìng rén

【分类】生态

【关键词】山海经

【释义】古代神话传说中北方有小人国,称为北方靖人。《山海经·大荒东经》:"有小人国,名靖人。"晋郭璞注:"《诗含神雾》曰:'东北极有人长九寸。'殆谓此小人也。或作诤,音同。"

【例句】唐柳宗元《行路难》:"北方靖人长九寸,开口抵掌更笑喧。"元刘基《戏为雪鸡…》:"玄洲巨君张两耳,靖人踉蹡走如蚁。"明张吉《敝帚篇》:"短如靖人躯,髡如首。"清顾岵《偶感》:"夸父逐日死,靖人足大年。"

北风其凉　běi fēng qí liáng

【分类】生活

【关键词】诗经

【释义】比喻艰难、危乱处境犹如寒风愁云一般。《诗经·国风·北风》:"北风其凉,雨雪其雱,惠而好我,携手同行,其虚其邪,既亟只且。"

【例句】唐元稹《夜坐》:"雨滞更愁南瘴毒,月明兼喜北风凉。"唐苏颋《夜发三泉…》:"只咏北风凉,讵知南土热。"宋孔平仲《西堂》:"我置一榻在西堂,南风北风俱得凉。"宋谢薖《梅花》:"清晓微开浅浅黄,萧疏无奈北风凉。"

北郭骚　běi guō sāo

【分类】政治

【关键词】晏子

【释义】咏贫士或称美隐士之典。《吕氏春秋·季冬纪·士节》:"齐有北郭骚者…以养其母,犹不足,踵门见晏子曰:'愿乞所以养母。'辞金而受粟。有间,晏子见疑于齐君,出奔…因谓友曰:'盛头于笥中,奉以托。'退而自刎。其友因奉托而谓复者曰:'此北郭子为国故死,吾将为北郭死。'又退而自刎。齐君闻之大骇,乘驲而自追晏子,及之国郊,请而返之。"

【例句】唐钱起《小园招隐》:"谁言北郭贫,能分晏婴粟。"唐李贺《感春》:"日暖自萧条,花悲北郭骚。"宋贺铸《送王西枢…》:"今日宸廷下,谁知北郭骚。"明屈大均《赠某驾部…》:"粟有东方朔,金无北郭骚。"

北郭生　běi guō shēng

【分类】政治

【关键词】廖扶

【释义】咏隐士之典。《后汉书·廖扶传》:"遂绝志世外。专精典经,尤明天文、谶纬、风角、推步之术。州郡公府辟召皆不应。常居先人冢侧,未曾入城市。""当时人因号为北郭先生。"

【例句】唐杜甫《与李十二…》:"更想幽期处,还寻北郭生。"唐刘禹锡《送湘阳熊…》:"人言北郭生,门有卿相舆。"唐杜牧《赠宣州元…》:"陵阳北郭隐,身世两忘者。"宋释道潜《寄蔡彦规…》:"可堪俗子能知味,此语聊传北郭生。"

北海尊　běi hǎi zūn

【分类】生活

【关键词】孔融

【释义】咏嗜饮之典。《后汉书·孔融传》:"时年饥兵兴,(曹)操表制酒禁,融频书争之,多侮慢之词。""及退闲职,宾客日盈其门。常叹曰:'坐上客恒满,尊中酒不空,吾无忧矣!'"孔融曾任北海相,人称孔北海。

【例句】唐李群玉《哭郴州王…》:"东山妓逐飞花散,北海尊

· 39 ·

随逝水空。"唐萧颖士《山庄月夜作》:"未奏东山妓,先倾北海尊。"唐罗隐《秋日泊平…》:"北海尊中常有酒,东阳楼上岂无诗。"唐黄滔《寄陈磻隐居》:"虚左中兴榜,无先北海尊。"

北户　běi hù
【分类】生态
【关键词】尔雅
【释义】北方,北面住户。《尔雅·释地》:"觚竹,北户,西王母,日下,谓之四荒。"
【例句】唐宋之问《冬宵引赠…》:"河有冰兮山有雪,北户墐兮行人绝。"唐杜甫《同诸公登…》:"七星在北户,河汉声西流。"唐白居易《北亭招客》:"春风北户千竿竹,晚日东园一树花。"唐白居易《香炉峰下…》:"南檐纳日冬天暖,北户迎风夏月凉。"

北极　běi jí
【分类】政治
【关键词】尔雅
【释义】亦称北辰、北极星,喻帝位所在。《尔雅·释天》:"北极谓之北辰。"《论语·为政》:"子曰:为政以德,譬如北辰,居其所而众星共之。"
【例句】唐王绩《游仙》:"心疑游北极,望似陟西昆。"唐皎然《今上初登…》:"北极天文正,东风汉律新。"唐杜甫《登楼》:"北极朝廷终不改,西山寇盗莫相侵。"唐贺知章《奉和御制…》:"一听南风引鸾舞,长谣北极仰鹓居。"

北里　běi lǐ
【分类】生活
【关键词】妓
【释义】唐代长安平康里,在城北,也称北里,其地为妓院所在,也为妓院代称。唐孙棨《〈北里志〉序》:"诸妓居平康里…比常闻蜀妓薛涛之才,必谓人过言,及睹北里二三子之徒,则薛涛远有惭德矣。"
【例句】唐骆宾王《帝京篇》;"王侯贵人多近臣,朝游北里暮南邻。"唐卢照邻《长安古意》:"南陌北堂连北里,五剧三条控三市。"唐元稹《桐花》:"北里当绝听,祸莫大于淫。"唐杨巨源《古赠赠王…》:"绣户纱窗北里深,香风暗动凤凰管。"聂绀弩《花月痕》:"北里诗歌淹日月,中华儿女挽乾坤。"

北陆　běi lù
【分类】文化
【关键词】星
【释义】即虚宿,位在北方,为二十八宿之一。借指寒冬。《左传·昭公四年》:"古者日在北陆而藏冰。"唐孔颖达疏:"日在北陆,为夏之十二月也。十二月,日在玄枵之次…于是之时,寒极冰厚,故取而藏之也。"
【例句】唐富嘉谟《明冰篇》:"北陆苍茫河海凝,南山阑干昼夜冰。"唐黄滔《郧畤李相公》:"推恩每觉朱滨浅,吹律能令北陆暄。"宋李至《至启伏蒙…》:"南躔日转阶前影,北陆风吹树杪声。"宋邵雍《穷冬吟》:"藏冰方北陆,解冻未东风。"

北落　běi luò
【分类】文化
【关键词】星
【释义】星名,即北落师门,色橙黄,为南天之大星。《史记·天官书》:"北宫玄武,虚、危…其南有众星,曰羽林天军。军西为垒,或曰钺。旁有一大星为北落。"唐张守节《史记正义》:"北落师门一星,在羽林西南,天军之门也。"
【例句】唐李白《司马将军歌》:"北落明星动光彩,南征猛将如云雷。"唐杜牧《东兵长句》:"玄象森罗摇北落,诗人章句咏东征。"宋刘才邵《塞下曲》:"北落光摇霜海空,边烽飞入甘泉宫。"元潘伯脩《燕山秋望》:"北落师门霄汉间,阴云粉沸夜漫山。"

北邙山　běi máng shān
【分类】生活
【关键词】墓
【释义】在河南洛阳东北,汉代贵族王侯多葬于此。借指墓地或死丧。《后汉书·桓帝邓皇后纪》:"诏废后,送暴室,以忧死。立七年。葬于北邙。"《乐府诗集·北邙行》引《登北邙赋》:"坟陇巃叠,棋布星罗。"
【例句】唐刘希夷《北邙篇》:"南桥昏晓人万万,北邙新故冢千千。"唐沈佺期《邙山》:"北邙山上列坟茔,万古千秋对洛城。"唐欧阳詹《观送葬》:"何事悲酸泪满巾,浮生共是北邙尘。"唐顾况《行路难》:"君不见古人烧水银,变作北邙山上尘。"

北门卧护　běi mén wò hù
【分类】政治
【关键词】裴度
【释义】喻指戍守边疆将领,或戍边之志。《旧唐书·裴度列传》:"卿虽多病,年未甚老,为朕卧护北门可也。"
【例句】宋韩驹《故资政忠…》:"使公长卧护,何地起胡尘。"宋王十朋《哭陈阜卿》:"北门方卧护,帝忽遣巫阳。"宋林光朝《代陈季若…》:"自是北门须卧护,双旌迢递日边来。"宋陆游《焉耆行》:"樵苏切莫近亭障,将军卧护真长城。"

北门学士　běi mén xué shì
【分类】政治
【关键词】刘祎之
【释义】指御用文人。《旧唐书·刘祎之列传》:"祎之少与孟利贞、高智周、郭正一俱以文藻知名…时又密令参决,以分宰相之权,时人谓之'北门学士'。"翰林院在银台之北,需进出宫城北门。
【例句】宋李昉《昉著灸数…》:"昔冠北门诸学士,今先南省六尚书。"宋强至《腊月》:"北门学士台台鼎,内阁才臣贰斗枢。"宋葛胜仲《少蕴内翰…》:"北门学士居新卜,南海使君家在中。"宋陆游《和范舍人…》:"舍人起视北门草,学士归著东观书。"宋陆游《寄题徐载…》:"南台中丞扫榻见,北门学士倒屣迎。"

北门忧 běi mén yōu
【分类】生活
【关键词】诗经
【释义】咏怀才不遇之典。《诗经·邶风·北门序》:"《北门》,刺仕不得志也,言卫之忠臣不得志尔。"其诗云:"出自北门,忧心殷殷。终窭且贫,莫知我艰。"
【例句】唐徐彦伯《拟古》:"无作北门客,咄咄怀百忧。"唐翁绶《雨雪曲》:"一自塞垣无李蔡,何人为解北门忧。"唐卢纶《送鲍中丞…》:"暂移西被望,全解北门忧。"唐翁绶《雨雪曲》:"一自塞垣无李蔡,何人为解北门忧。"

北阙 běi què
【分类】政治
【关键词】萧何
【释义】古代宫殿北面的门楼,是臣子等候朝见或上书奏事之处,亦用作宫禁或朝廷的别称。《汉书·高帝纪下》:"萧何治未央宫,立东阙、北阙、前殿、武库、太仓。"
【例句】唐宋之问《麟趾殿侍…》:"北阙层城峻,西宫复道悬。"唐宋之问《桂州三月…》:"晨趋北阙鸣珂至,夜出南宫把烛归。"唐方干《和剡县陈…》:"驿路古今通北阙,仙溪日夜入东溟。"聂绀弩《悠然六十…》:"大错邀君朝北阙,半生无冤忽南冠。"

北山北 běi shān běi
【分类】政治
【关键词】法真
【释义】表示隐遁不求出仕。《后汉书·法真传》:"太守曰:'昔鲁哀公虽为不肖,而仲尼称臣。太守虚薄,欲以功曹相屈,光赞本朝,何如?'真曰:'以明府见待有礼,故敢自同宾末。若欲吏之,真将在北山之北,南山之南矣。'"
【例句】唐刘元积《寄吴士矩…》:"一旦得自由,相求北山北。"唐贯休《书陈处士…》:"高步前山前,高歌北山北。"宋程宿《旅舍述怀》:"北山之北寄柴扉,茅屋参差倚翠微。"宋梅尧臣《陈丞相燕…》:"宁同扶风人,自去北山北。"

北山移文 běi shān yí wén
【分类】政治
【关键词】周颙
【释义】讽刺弃隐出仕之典。南朝齐孔德璋有《北山移文》,叙述初与周颙隐于钟山,后周颙应诏任海盐县令,期满进京,欲过此山。孔德璋写《北山移文》,假山神之口,讽刺周颙违背偕隐之约,若再到此山,定会"鹤怨"、"猿惊","南岳献嘲,北垄腾笑",还是"请回俗士驾"。
【例句】唐杜甫《覃山人隐居》:"南极老人自有星,《北山移文》谁勒铭?"唐卢纶《送耿拾遗…》:"如逢北山隐,一为谢移文。"唐朱湾《假摄池州…》:"暂辞南国隐,莫勒《北山文》。"唐白居易《酬王十八…》:"未报皇恩未得,惭君为寄北山文。"

北山猿鹤 běi shān yuán hè
【分类】政治
【关键词】孔稚珪
【释义】喻指有志归隐,思念家乡故地,或形容对官场生涯厌倦。南朝齐孔稚珪《北山移文》:"至于还飙入幕,写雾出楹,蕙帐空兮夜鹤怨,山人去兮晓猿惊。昔闻遗簪投海岸,今见解兰缚尘缨。"
【例句】唐郑谷《少华甘露寺》:"长欲燃灯来此宿,北林猿鹤旧同群。"五代徐钧《孔稚圭》:"北山不用讥猿鹤,亦有人嘲两部蛙。"宋苏轼《夜直秘阁…》:"大隐本来无境界,北山猿鹤漫移文。"宋方岳《次韵郑省仓》:"北山猿鹤应惊怪,已觉尘埃不可亲。"

北堂 běi táng
【分类】生活
【关键词】诗经
【释义】指母亲的居室。《诗经·卫风·伯兮》:"焉得谖草,言树之背。"毛传:"谖草令人忘忧。背,北堂也。"北堂为古代居室东房的后部,为妇女盥洗之所。《仪礼·士昏礼》:"妇洗在北堂。"谖草即萱草,俗名忘忧草。
【例句】唐李白《赠历阳褚…》:"北堂千万春,侍奉有光辉。"唐吕温《吐蕃别…》:"三五穷荒月,还应照北堂。"唐杜甫《送许八…》:"诏许辞中禁,慈颜赴北堂。"唐骆宾王《同辛簿简…》:"忘怀南涧藻,蠲思北堂萱。"唐李峤《被》:"桂友寻东阁,兰交聚北堂。"

北堂萱 běi táng xuān
【分类】生活
【关键词】诗经
【释义】借指母亲,也用为排遣忧愁烦闷。源见"北堂"。
【例句】唐骆宾王《同辛簿简…》:"忘怀南涧藻,蠲思北堂萱。"唐胡皓《大漠行》:"北堂萱草不寄来,东园桃李长相忆。"唐李白《送鲁郡刘…》:"托阴当树李,忘忧当树萱。"唐刘禹锡《和南海马…》:"一咏琼瑶百忧散,何劳更树北堂萱。"

北辕适楚 běi yuán shì chǔ
【分类】生活
【关键词】楚
【释义】比喻行动与愿望相悖。《申鉴·杂言》:"先民有言适楚而北辕者,曰吾马良,用多,御善。此三者益侈,其去楚亦远矣。"
【例句】唐白居易《立部伎》:"欲望凤来百兽舞,何异北辕将适楚。"唐李端《杂歌》:"乐生东去终居赵,阳虎北辕翻适楚。"宋谢薖《次童彦速…》:"适楚或北辕,空叹道里永。"宋吴儆《和金尚书…》:"幸不北辕求适楚,宁须挟策去游梁。"

贝锦 bèi jǐn
【分类】生活

【关键词】诗经

【释义】喻诬陷他人、罗织成罪的谗言。《诗经·小雅·巷伯》:"萋兮斐兮,成是贝锦;彼谮人者,亦已大甚!"郑笺:"喻谗人集己过以成于罪,犹女工之集采色以成锦文。"

【例句】唐李白《答王十二…》:"一谈一笑失颜色,苍蝇贝锦喧谤声。"唐杜甫《寄岳州贾…》:"贝锦无停织,朱丝有断弦。"唐白居易《代书诗一…》:"忧来吟贝锦,谪去咏江蓠。"宋强至《上运使工部》:"谗讥成贝锦,乱曲恶朱弦。"宋黄庭坚《次韵师厚…》:"贝锦不足歌,请陈江汉诗。"

贝阙珠宫　bèi què zhū gōng

【分类】政治

【关键词】楚辞

【释义】用紫贝明珠装饰的龙宫水府,也喻指瑶台仙境或帝王宫阙。《楚辞·河伯》:"鱼鳞屋兮龙堂,紫贝阙兮朱宫。"汉王逸注:"言河伯所居,以鱼鳞盖屋,堂画蛟龙之文,紫贝作阙,朱丹其宫,形容异制,甚鲜好也。"

【例句】唐韩偓《中秋禁直》:"露和玉屑金盘冷,月射珠光贝阙寒。"宋苏轼《登州海市》:"荡摇浮世生万象,岂有贝阙藏珠宫。"宋欧阳修《鹦鹉螺》:"珊瑚玲珑巧缀装,珠宫贝阙烂煌煌。"宋刘敞《初雪朝退…》:"朝光初上九门开,贝阙珠宫白玉台。"

贝叶书　bèi yè shū

【分类】文化

【关键词】佛

【释义】指佛经。古印度人以贝多树的叶子记载佛经经典,因称。唐柳宗元《晨诣超师…》:"闲持贝叶书,步出东斋读。"

【例句】唐王维《苑舍人能…》:"莲花法藏心悬悟,贝叶经文手自书。"唐韦蟾《岳麓道林寺》:"北方部落檀香塑,西国文书贝叶写。"唐知玄《答僧澈》:"几生曾得阇瑜意,今日堪将贝叶书。"宋孔武仲《留别真戒…》:"持斋欲趁龙华会,升座能翻贝叶书。"

背面　bèi miàn

【分类】生活

【关键词】李商隐

【释义】以背对人,形容分手离别。唐李商隐《无题》:"十五泣春风,背面秋千下。"背后。唐杜甫《莫相疑行》:"晚将末契托年少,当面输心背面笑。"

【例句】唐裴延龄《怒李京兆》:"近日兼放髭须白,犹向人前作背面。"唐寒山《诗三百》:"若能如是知,是知无背面。"唐韩愈《赠别元十…》:"临当背面时,裁诗示缱绻。"唐姚合《寄杨茂卿…》:"耳目甚短狭,背面若聋盲。"

备失匕箸　bèi shī bǐ zhù

【分类】政治

【关键词】刘备

【释义】备,刘备。匕,饭匙。箸,筷子。比喻惊恐不安。《三国志·先主传》:"曹公从容谓先主曰:'今天下英雄唯使君与操耳,本初之徒,不足数也。'先主方食,失匕箸。"

【例句】唐刘禹锡《平蔡州》:"四夷闻风失匕箸,天子受贺登高楼。"唐白居易《哭刘尚书…》:"杯酒英雄君与操,文章微婉我知丘。"宋吴则礼《寄甘露传…》:"坐上休论失匕箸,定中那复骇雷霆。"宋李流谦《送张汉州…》:"刺史惊呼失匕箸,遮道自挽封章回。"

奔鲸　bēn jīng

【分类】政治

【关键词】谢朓

【释义】奔跑的鲸鱼,喻指不义凶暴之人。《昭明文选·南朝齐谢朓〈和王著作八公山〉》:"长蚪固能剪,奔鲸自此曝。"唐李善注:"《左氏传》:'取其鲸鲵而封,以为大戮。'魏晋杜预注:'鲸鲵,大鱼名。以喻不义之人,吞食小国也。'"

【例句】唐李白《北上行》:"奔鲸夹黄河,凿齿屯洛阳。"宋史尧弼《挽李提刑…》:"坐使奔鲸无脱网,当时悬鼓不鸣桴。"宋胡楚材《默山小潭》:"插岸好山青泼黛,倚波丑石势奔鲸。"宋陈造《再次韵答…》:"击钵更遭强敌困,可能赤手控奔鲸。"

奔月　bēn yuè

【分类】文化

【关键词】月亮

【释义】古代神话。后羿之妻姮娥,偷吃了羿的不死之药奔入月中。源见"嫦娥"。

【例句】唐包何《同阎伯均…》:"纵令奔月成仙去,且作行云入梦来。"唐崔曙《别佳人》:"嫦娥一入月中去,巫峡千秋空白云。"宋曾巩《再赋喜雪》:"人狂奔月非关夜,马健乘云别有天。"宋刘敞《和杨褒早春》:"御风直欲从仙子,奔月犹能及素娥。"

本枝　běn zhī

【分类】生活

【关键词】韦玄成

【释义】同一家族的嫡系和庶出子孙;原栖的树枝,指旧巢。《汉书·韦玄成传》:"子孙本支,陈锡无疆。"南朝宋颜延之《赭白马赋》:"效足中黄,殉驱驰兮;愿终惠养,荫本枝兮。"

【例句】唐杜甫《无家别》:"宿鸟恋本枝,安辞且穷栖。"唐高适《留上李右相》:"本枝连帝系,长策冠生灵。"唐高适《奉酬睢阳…》:"本枝疆我李,盘石冠连刘。"唐李商隐《寿安公主…》:"事等和强房,恩殊睦本枝。"

比德　bǐ dé

【分类】政治

【关键词】礼记

【释义】谓德行、德教可与之比拟、比配。《礼记·玉藻》:"君子于玉比德焉。"《史记·商君列传》:"故吾以强国之术说君,君大说之耳,然亦难以比德于殷周矣。"

【例句】唐骆宾王《久戍边城…》："忘情同塞马，比德类宛驹。"唐独孤及《题玉潭》："碧玉徒强名，冰壶难比德。"唐张正元《冬日可爱》："晋臣曾比德，谢客昔言诗。"唐韦应物《酬刘侍郎…》："孰云俱列郡，比德岂为邻。"

比干剖心　bǐ gàn pōu xīn
【分类】政治
【关键词】纣
【释义】比喻统治者无道，残害忠良。《史记·殷本纪》："纣愈淫乱不止。微子数谏不听，乃与大师、少师谋，遂去。比干曰：'为人臣者，不得不以死争。'乃强谏纣。纣怒曰：'吾闻圣人心有七窍。'剖比干，观其心。"比干，纣王叔叔，官拜少师（丞相）。
【例句】唐李白《古风》："比干谏而死，屈平窜湘源。"唐卢仝《感古》："箕子为之奴，比干谏而死。"宋梅尧臣《观何君宝画》："酒池肉林骑行炙，剖心斫胫堪悲吁。"宋韩维《过李膺墓…》："剖心死而仁，灭顶过何咎。"宋王十朋《比干》："不向天庭剖心死，安知心异世间人。"聂绀弩《挽雪峰》："从今不买筒筒菜，免忆朝歌老比干。"

比红儿诗　bǐ hóng ér shī
【分类】文化
【关键词】杜红儿
【释义】唐罗虬七绝组诗，共百首，全诗运用"尊题"格的修辞法。比红儿，唐官妓杜红儿。《比红儿诗其一》："薄罗轻剪越溪纹，鸦翅低从两鬓分。料得相如偷见面，不应琴里挑文君。"
【例句】宋方岳《海棠》："花比红儿谁作谱，诗传娇客已成编。"宋王洋《和沈子美…》："有如比红儿，观者亦呵叱。"宋楼钥《谢潘端叔…》："若使罗虬见颜色，定须将此比红儿。"元顾盟《次韵杨廉…》："绿晕双蛾新画眉，风流堪赋比红儿。"

比君子　bǐ jūn zǐ
【分类】文化
【关键词】楚辞
【释义】用香草比喻品格美好的君子人——贤者。《楚辞·离骚》："岂唯纫夫蕙茞。"汉王逸注："纫，索也。蕙、茞，皆香草，以谕贤者。"
【例句】唐杜牧《和令狐侍…》："本是馨香比君子，绕栏今更为何人。"唐权德舆《和李中丞…》："花间一曲奏阳春，应为芬芳比君子。"唐张说《时乐鸟篇》："本持符瑞验明王，还用文章比君子。"宋徐铉《和元少卿雪》："闲想冰容比君子，始知姑射有神仙。"

比目鱼　bǐ mù yú
【分类】生活
【关键词】鱼
【释义】比喻形影不离的爱侣。《尔雅·释地》："东方有比目鱼焉，不比不行，其名谓之鲽。"相传比目鱼只有一只眼睛，必须两鱼并列一起，方能游动自如。

【例句】唐王建《望行人》："不同鱼比目，终恨水分流。"宋李新《古兴》："晓织比目鱼，暮织双鸳鸯。"宋梅尧臣《八月二十…》："不见沙上双飞鸟，莫取波中比目鱼。"明王世贞《孤鸳篇》："枝头恨杀连理树，水底生憎比目鱼。"清黄之隽《无题代寄》："长林遍是相思树，芳沼徒游比目鱼。"

比屋封　bǐ wū ér fēng
【分类】政治
【关键词】尧
【释义】即挨屋连续封赠。为咏圣明之朝的典故。《新语·无为》："尧舜之民，可比屋而封；桀纣之民，可比屋而诛者，教化使然也。"
【例句】唐王维《奉和圣制…》："比屋皆可封，谁家不相庆。"唐骆宾王《夏日游德…》："辟门通舜宾，比屋封尧德。"五代贯休《上顾大夫》："即应调鼎味，比屋堪封保。"唐罗隐《许由庙》："可怜比屋堪封日，若到人间是众人。"宋赵旸《缘识》："千平听在乐声中，比屋可封民自化。"

比翼鸟　bǐ yì niǎo
【分类】生活
【关键词】鸟
【释义】又名蛮蛮，传说的神鸟，仅一目一翼，雌雄须并翼飞行，常比喻恩爱夫妻。《山海经·海外南经》："比翼鸟在（结匈国）其东，其为鸟青、赤，两鸟比翼。一曰在南山东。"
【例句】唐不详《新林驿女…》："谁是骞翔人，愿为比翼鸟。"唐白居易《长恨歌》："在天愿作比翼鸟，在地愿为连理枝。"宋俞居桂《古意》："昔为比翼鸟，今作孤飞翮。"明朱诚泳《有所思》："比翼鸟亦死，连理枝随枯。"

比玉　bǐ yù
【分类】文化
【关键词】邹诜
【释义】称士人得中进士高科。源见"蟾宫折桂"。
【例句】唐独孤及《送虞秀才》："甲科文比玉，归路锦为衣。"唐司空曙《哭苗员外…》："尝值偷琴处，亲闻比玉时。"唐武元衡《奉酬中书…》："德容温比玉，王度式如金。"宋杨亿《晏殊奉礼…》："南国生刍人比玉，梁园修竹赋凌云。"

彼苍　bǐ cāng
【分类】政治
【关键词】诗经
【释义】天的代称。《诗经·秦风·黄鸟》："彼苍者天，歼我良人。"唐孔颖达疏："彼苍苍者，是在上之天。"
【例句】唐孟浩然《行至汉川作》："万壑归于海，千峰划彼苍。"唐杜甫《遣怀》："余力浮于海，端忧问彼苍。"唐孟郊《赠别崔纯亮》："彼苍若有知，白日下清霜。"唐袁郊《霜》："古今何事不思量，尽信邹生感彼苍。"聂绀弩《六七八次…》："自摸伸手此头在，未报彼苍涓与埃。"

笔床茶灶　bǐ chuáng chá zào
【分类】政治

【关键词】陆龟蒙

【释义】笔床即笔架；茶灶即煮茶用的小炉。形容隐士淡泊脱俗的生活。《新唐书·陆龟蒙传》："不喜与流俗交，虽造门不肯见。不乘马，升舟设篷席，赍束书、茶灶、笔床、钓具往来。"

【例句】宋张耒《官舍岁暮…》："笔床茶灶素围屏，潇洒幽斋灯火明。"宋苏庠《臞庵》："石渠东观了无梦，笔床茶灶行相期。"宋文天祥《借道冠609赋》："酒壶钓具有时乐，茶灶笔床随处安。"宋李纲《吴江》："茶灶笔床随陆子，莼羹鲈鲙忆张生。"

笔端风月　　bǐ duān fēng yuè

【分类】文化

【关键词】欧阳修

【释义】指诗文。宋欧阳修《赠王介甫》："翰林风月三千首，吏部文章二百年。"

【例句】宋仲并《水调歌头》："八九胸中云梦，三千笔端风月，无处快凝眸。"宋虞俦《和潘接伴韵》："笔端风月窥天巧，句里冰霜饱岁寒。"宋项安世《都下次韵…》："笔端风月三千首，血指前头甘袖手。"明林光《赠别秦用…》："梦里云龙辞海子，笔端风月傍鄱湖。"

笔端花　　bǐ duān huā

【分类】文化

【关键词】李白

【释义】借指俊逸的文采。源见"梦笔生花"。

【例句】宋刘克庄《水调歌头》："笔端花，胸中锦，两消残。"宋释士圭《安上座所…》："笔端开此花，胸中有丘园。"宋释德洪《次韵曾嘉》："坐令应手开天葩，不因笔端梦生花。"宋韩元吉《周航定国…》："稳步烟霄迟速耳，笔端梦觉已花生。"

笔耕　　bǐ gēng

【分类】文化

【关键词】班超

【释义】旧指依靠抄写或写文章等手段谋生，泛指勤奋写作。源见"投笔"。

【例句】唐卢纶《送李校书…》："男儿须聘用，莫信笔堪耕。"唐顾况《范山人画…》："漫漫汗汗一笔耕，一草一木栖神明。"宋卫宗武《和丹岩述志》："唾落成珠皆至宝，笔耕有粟胜良田。"宋刘攽《四十吟》："形如鹤瘦因书癖，志不蝇营守笔耕。"

笔扫千军　　bǐ sǎo qiān jūn

【分类】文化

【关键词】杜甫

【释义】形容书法卓绝或诗文雄健刚劲，有如横扫千军万马。唐杜甫《醉歌行》："词源倒流三峡水，笔阵横扫千人军。"

【例句】宋吕声之《谢石主簿》："千军笔扫人谁敌，九转丹成世莫传。"宋姜夔《送朝天续》："翰墨场中老骐轮，真能一笔扫千军。"明边贡《送阃帅马…》："箭轻百步能穿柳，笔扫千军不换鹅。"清郑用锡《明志书院…》："赋成五色虽迷目，笔扫千军始出头。"

笔削　　bǐ xuē

【分类】文化

【关键词】孔子

【释义】咏修改文章的典故。《史记·孔子世家》："孔子…为《春秋》，笔则笔，削则削，子夏之徒，不能赞一辞。"古时用竹简写字，写上去叫"笔"，有所改动则削，故谓之"削"。

【例句】唐黄滔《遇罗员外衮》："绮园难贮林栖意，班马须持笔削权。"唐陆龟蒙《酬谢袭美…》："向非笔削功，未必无瑕疵。"宋强至《送张如莹》："重待三长专笔削，新迁八座总纲维。"聂绀弩《读钟三民…》："往论今朝从笔削，先生未死书已埋。"

笔冢　　bǐ zhǒng

【分类】文化

【关键词】怀素

【释义】积年勤学苦练书法之典。《唐国史补》："长沙僧怀素好草书，自言得草圣三昧。弃笔堆积，埋于山下，号曰'笔冢'。"

【例句】唐裴说《题怀素台》："永州东郭有奇怪，笔冢墨池遗迹在。"宋王著《吟赠梦英…》："墨池阔类湘江水，笔冢高齐太华峰。"宋赵抃《游戒珠寺》："笔冢近应为塔冢，墨池今已作莲池。"宋宋京《墨池》："何须笔冢高百尺，池墨黯黯今犹存。"

笔走龙蛇　　bǐ zǒu lóng shé

【分类】文化

【关键词】李白

【释义】笔一挥动就呈现出龙蛇舞动的神态，形容书法生动而有气势、风格洒脱，也指书写速度很快，笔势雄健活泼。唐李白《草书歌行》："慌慌如闻神鬼惊，时时只见龙蛇走。"

【例句】宋韩琦《上巳西溪…》："欲继永和书盛事，愧无神笔走龙蛇。"宋韩琦《过全福寺》："诗好盈编textscriptsize锦组，字奇随笔走龙蛇。"宋林季仲《次韵酬赵…》："诗锵金石音尤古，笔走龙蛇意自闲。"宋顾逢《琴书斋》："高山流水罢，笔下走龙蛇。"

毕万昌大　　bì wàn chāng dà

【分类】生活

【关键词】毕万

【释义】喻指后辈发扬，繁盛昌大。《左传·闵公元年》："卜偃曰：毕万之后必大。天子曰兆民，诸侯曰万民。今名之大。以从盈数。其必有众…公侯之子孙，必复其始。"晋杜预注："万，毕公高之后。"

【例句】宋李曾伯《送罗季能…》："晋世昔闻期毕万，鲁人今喜见臧孙。"宋杨亿《大名温…》："毕万山河千里迥，亚夫钟鼓九天来。"宋王十朋《万府君挽词》："门犹毕万大,男类陆终多。"宋王十朋《万府君挽词》："不废东平业,思兴毕万门。"

闭门却扫　bì mén què sǎo
【分类】政治
【关键词】刘胜
【释义】关闭大门,不再打扫庭院路径,意即谢绝应酬,不与亲友来往。《风俗通义·十反》："蜀郡太守刘胜季陵去官在家,闭门却扫。"
【例句】唐齐己《示诸侄》："侯门终谢去,却扫旧松萝。"宋苏轼《次韵晁无…》："少年独识晁新城,闭门却扫卷旃旌。"宋苏辙《甲子日雨》："赖有真人不饥渴,闭门却扫但焚香。"聂绀弩《六七八次…》："贫穷此事偏烦恼,任是闭门却扫埃。"

闭门造车　bì mén zào chē
【分类】生活
【关键词】朱熹
【释义】原意是按照同一规格,关起门来造的车子,也能合用。现指自作主张、脱离实际。宋朱熹《中庸或问》："古语所谓'闭门造车,出门合辙',盖言其法之同也。"
【例句】宋释重显《颂》："闭门不造车,通途自寥廓。"宋沈与求《赠老禅》："磨砖几日能成鉴,闭户何人欲造车。"宋曾丰《赠别石首…》："君归绅绎细自参,闭门造车出合辙。"聂绀弩《反省时作》："一石未含精卫老,此生误尽闭门车。"

荜门圭窦　bì mén guī dòu
【分类】生活
【关键词】礼记
【释义】编竹为门,穿墙作窗。借指寒微之家。《礼记·儒行》："儒有一亩之宫,环堵之室。荜门圭窬,蓬户瓮牖。"唐陆德明《经典释文》："荜,徐音毕。杜预云:柴门也。圭窬,徐音豆。《左传》作窦。杜预云:圭窦,小户也,上锐下方,状如圭形也。"
【例句】唐王维《山居即事》："鹤巢松树遍,人访荜门稀。"唐牟融《游报本寺》："山房寂寂荜门开,此日相期社友来。"唐陆龟蒙《奉和袭美…》："昔予守圭窦,过于回禄囚。"唐陆龟蒙《丁隐君歌》："满城奔进翰之闲,只把枯松塞圭窦。"宋艾性夫《经语诗戏…》："山径之蹊去去赊,荜门圭窦是谁家。"

敝帚千金　bì zhǒu qiān jīn
【分类】生活
【关键词】汉光武帝
【释义】比喻自家旧物,也视为珍宝。《东观汉记·光武皇帝》："上闻之,下诏让吴汉副将刘禹曰:'城降,婴儿老母,口以万数,一旦放兵纵火,闻之可为酸鼻。家有敝帚,享之千金。禹宗室子孙,故尝更职,何忍行此?'"
【例句】宋苏轼《与潘三失…》："千金敝帚人谁买,半额蛾眉世所妍。"宋苏轼《次韵秦观…》："千金敝帚那堪换,我亦淹留岂长算。"谢谠《次韵邰子…》："家藏敝帚将何用,时人尚作千金畜。"宋陆游《两日意殊…》："平生爱酒恨小户,半世为文真弊帚。"

筚路蓝缕　bì lù lán lǚ
【分类】生活
【关键词】左传
【释义】筚路:用荆竹编成的柴车。蓝缕:敝衣。驾着简陋的柴车,穿着破烂的衣服去开辟山林道路。形容创业的艰苦。《左传·宣公十二年》："若敖、蚡冒筚路蓝缕,以启山林。"
【例句】宋司马光《介甫巫山…》："嗟嗟若敖蚡冒时,筚路蓝缕皆辛勤。"宋王洋《赠向扬州》："勷劳鸿雁事安集,蓝缕筚路张罗罳。"宋苏籀《留别赵大…》："藜羹秉觚餪,筚路向山林。"聂绀弩《北大荒歌》："筚路蓝缕功勋大,移山填海任务忙。"

弼违　bì wéi
【分类】政治
【关键词】尚书
【释义】指纠正过失。《尚书·益稷》："予违,汝弼。"汉孔安国《传》："我违道,汝当以义辅正我。"
【例句】唐羊士谔《和武相早…》："抗文衷无隐,同心尚弼违。"唐李隆基《同二相已…》："兴阑归骑转,还奏弼违书。"明黄廷用《戊申元日》："边臣复套谏书稀,天子纶音诏弼违。"明卢宁《挽少司寇》："兰台曾奏弼违书,直气英声众不如。"

閟宫　bì gōng
【分类】政治
【关键词】诗经
【释义】古称神庙为閟宫。指周始祖姜嫄的旧庙。现泛指祠堂。《诗经·鲁颂·閟宫》："閟宫有侐,实实枚枚。赫赫姜嫄,其德不回。"
【例句】唐杜甫《古柏行》："忆昨路绕锦亭东,先主武侯同閟宫。"唐李德裕《题冠盖里》："自喜无兵术,轻裘上閟宫。"唐崔曙《同诸公谒…》："閟宫凌紫微,芳草閉闲扉。"宋苏颂《慈圣光献…》："桥山弓剑开高寝,原庙衣冠入閟宫。"

碧城　bì chéng
【分类】文化
【关键词】上清经
【释义】仙人所居之处。《太平御览》引《上清经》："元始(元始天尊)居紫云之阙,碧霞为城。"
【例句】唐李商隐《碧城》："碧城十二曲阑干,犀辟尘埃玉辟寒。"唐李商隐《河内诗》："碧城冷落空蒙烟,帘轻幕重金钩栏。"宋范成大《次韵周子…》："碧城香雾赤城霞,深出刘郎未见花。"宋杨亿《馆中新蝉》："碧城青阁好追凉,高柳新声逐吹长。"

45

碧鸡坊　　bì jī fāng
【分类】生态
【关键词】薛涛
【释义】街巷名,在今四川省成都市,唐诗妓薛涛曾住此。其地所种海棠特富艳。唐杜甫《西郊》:"时出碧鸡坊,西郊向草堂。"
【例句】宋黄庭坚《老杜浣花…》:"碧鸡坊西结茅居,百花潭水濯冠缨。"宋林敏功《书吴熙老…》:"年年碧鸡坊下路,野梅官柳惯寻春。"宋苏籀《勾龙东觌…》:"柬擢欲书丹凤诏,梦魂勤到碧鸡坊。"宋陆游《病中久止…》:"碧鸡坊里海棠时,弥月兼旬醉不知。"

碧落侍郎　　bì luò shì láng
【分类】文化
【关键词】沉羲
【释义】传说中的仙官名。《记事珠·碧落侍郎》:"沉羲为仙人所迎,见老君,以金案玉盘赐之。后授官为碧落侍郎。"
【例句】宋王洋《陈长卿凌…》:"碧落侍郎烧鼎诀,粉闱仙客驻颜方。"宋曾几《避寇迁居…》:"欲寻碧落侍郎去,遽沐青州从事来。"宋杨万里《谢江东耿…》:"碧落侍郎金作句,瀛洲学士玉为章。"宋白玉蟾《沁园春》:"锦绣文章,圭璋闻望,碧落侍郎。"

碧纱笼　　bì shā lóng
【分类】政治
【关键词】王播
【释义】诗以人重的典故。《太平广记·王播》:"唐王播少孤贫,尝客扬州惠照寺木兰院,随僧斋食。后厌怠,乃斋罢而后击钟。后二纪,播自重位出镇是邦,因访旧游,向之题名皆以碧纱罩其诗。播继以二绝句曰:'…上堂未了各西东,惭愧阇黎(僧师)饭后钟。三十年来尘扑面,如今始得碧纱笼。'"
【例句】唐袁不约《长安夜游》:"千乘宝莲珠箔卷,万条银烛碧纱笼。"唐张仁溥《题龙窝洞》:"他日各为云外客,碧纱笼却又如何。"五代齐己《灯》:"红烬自凝清夜朵,赤心长谢碧纱笼。"宋王阮《重九再到…》:"碧纱笼底墨才干,白玉楼中骨已寒。"

碧山　　bì shān
【分类】生态
【关键词】江淹
【释义】青山。南朝江淹《悼室人》:"掩映金渊侧,游豫碧山隅。"山名,在今湖北省安陆市境。唐李白《山中问答》:"问余何意栖碧山,笑而不答心自闲。"
【例句】唐李白《永王东巡歌》:"千岩烽火连沧海,两岸旌旗绕碧山。"唐李白《留别王司…》:"鸟爱碧山远,鱼游沧海深。"唐李白《梁园吟》:"荒城虚照碧山月,古木尽入苍梧云。"唐杜牧《鹭鸶》:"惊飞远映碧山去,一树梨花落晚风。"

碧山学士　　bì shān xué shì
【分类】政治
【关键词】杜甫
【释义】指隐士。唐杜甫《柏学士茅屋》:"碧山学士焚银鱼,白马却走身岩居。"
【例句】宋李鹰《经史阁》:"碧山学士解传业,黄卷古人相与居。"宋韩驹《送王秘阁》:"碧山学士此筑室,白发散人来卜居。"宋释居简《张别驾饶…》:"国子先生为太守,碧山学士作监州。"元俞德邻《答淮上翁》:"碧山学士老复老,芳草王孙归不归。"

碧桃学士　　bì táo xué shì
【分类】文化
【关键词】秦观
【释义】指宋词人秦观。《古今词话》:"秦少游寓京师,有贵官延饮,出宠姬碧桃侑酒,劝酒惓惓,少游领其意,复举觞劝碧桃。贵官云:'碧桃素不善饮。'…碧桃曰:'今日为学士拼了一醉。'引巨觞长饮。少游即席赠《虞美人》词,阖座悉恨。贵官云:'今后永不令此姬出来。'满座大笑。"
【例句】宋吴泳《沁园春》:"红杏尚书,碧桃学士,看了虚名都赚人。"宋吴泳《祝英台》:"假饶是、红杏尚书,碧桃学士,买不得、朱颜芳景。"

碧桃紫梨　　bì táo zǐ lí
【分类】文化
【关键词】老子
【释义】咏仙境、仙果之典。《艺文类聚·尹喜内传》:"老子西游,省太真王母,共食碧桃紫梨。"
【例句】唐张说《金庭观》:"他日洞天三十六,碧桃花发共师游。"唐卢纶《晚次新丰…》:"数派清泉黄菊盛,一林寒露紫梨繁。"唐曹唐《小游仙诗》:"紫梨烂尽无人吃,何事韩君去不归。"聂绀弩《游园赠敬文》:"今年木笔才拳大,何处碧桃带酒香。"

碧筒杯　　bì tǒng bēi
【分类】生活
【关键词】郑公悫
【释义】饮酒之典。《酉阳杂俎·酒食》:"历城北有使君林,魏正始中,郑公悫三伏之际,每率宾僚避暑于此。取大莲叶置砚格上,盛酒三升,以簪刺叶,令与柄通,屈茎上轮菌如象鼻,传噏之,名为碧筒杯。历下学之,言酒味杂莲气,香冷胜于水。"
【例句】唐阳城《谒赠何国…》:"皇天应欲逸家辅,故遣盘桓醉碧筒。"宋苏轼《泛舟城南…》:"碧筒时作象鼻弯,白酒微带荷心苦。"宋孙锐《禅院风荷》:"碧筒注酒晚风凉,浇得新诗字字香。"宋吴芾《又登碧云…》:"酒狂聊作碧筒饮,折尽花间几柄荷。"

碧血　　bì xuè
【分类】政治

【关键词】苌弘
【释义】称忠臣烈士所流之血。也喻指为国牺牲的精神。源见"苌弘化碧"。
【例句】宋徐元娘《绝命诗》:"愿从一死明忠孝,碧血应留万古青。"宋谢翱《书文山卷后》:"丹心浑未化,碧血已先成。"元宋无《乌夜啼》:"吴王国破歌声绝,鬼火青荧生碧血。"元刘炳《闻马孳馘…》:"金蚕春冷云迷树,碧血年深草蚀烟。"

碧云 bì yún
【分类】生活
【关键词】江淹
【释义】喻远方,多用以表达离情别绪。南朝江淹《杂体诗·效惠休〈别怨〉》:"日暮碧云合,佳人殊未来。"
【例句】唐张子容《春江花月夜》:"沈沈绿江晚,惆怅碧云姿。"唐李白《送窦司马…》:"斗鸡金宫里,射雁碧云端。"唐韦应物《寄皎然上人》:"愿以碧云思,方君怨别余。"唐权德舆《酬灵彻上人》:"碧云飞处诗偏丽,白月圆时信本真。"

蔽芾 bì fèi
【分类】生活
【关键词】诗经
【释义】茂盛貌。引申为荫庇;植物幼嫩或树叶初生貌;颂扬有政绩的官吏或其政绩。《诗经·召南·甘棠》:"蔽芾甘棠,勿翦勿伐。"宋朱熹集传:"蔽芾,盛貌。"
【例句】唐羊士谔《郡斋读经》:"息阴惭蔽芾,讲义得醍醐。"唐吴融《偶书》:"芳树绿阴连蔽芾,长河飞浪ँ昆仑。"宋王禹偁《甘棠即事…》:"因感时留蔽芾,更嗟无位泣麒麟。"宋王禹称《茶园十二韵》:"蔽芾余千本,青葱共一园。"宋苏颂《送韩玉汝…》:"遗德在人棠蔽芾,旧游经眼树婆娑。"

薜萝 bì luó
【分类】政治
【关键词】楚辞
【释义】指隐者或高士的衣饰,引申指其住所。《楚辞·山鬼》:"若有人兮山之阿,被薜荔兮带女萝。"汉王逸注:"女萝,兔丝也。言山鬼仿佛若人,见(现)于山之阿,被薜荔之衣,以兔丝为带也。"
【例句】唐法照《寄钱郎中》:"寄语婵娟客,将心向薜萝。"唐韩偓《雪中过重…》:"道方时险拟如何,谪去甘心隐薜萝。"唐钱起《山中酬杨…》:"日暖风恬午后时,红泉翠壁薜萝垂。"唐杜甫《览物》:"舟中得病移衾枕,洞口经春长薜萝。"

觱篥 bì lì
【分类】生活
【关键词】乐器
【释义】古代的一种管乐器,形似喇叭,以芦苇作嘴,以竹做管,全长七寸,状似胡笳而九孔,其声甚悲。羌人所吹,用以惊中国战马。《资治通鉴·唐宪宗元和元年》:"师道时知密州事,好画及觱篥。"胡三省注:"胡人吹觱管,谓之觱篥。"
【例句】唐李颀《听安万善…》:"南山截竹为觱篥,此乐本自龟兹出。"唐杜甫《夜闻觱篥》:"夜闻觱篥沧江上,衰年侧耳情所向。"唐白居易《宿杜曲花下》:"小面琵琶婢,苍头觱篥奴。"唐刘商《胡笳十八拍》:"龟兹觱篥愁中听,碎叶琵琶夜深怨。"

避骢马 bì cōng mǎ
【分类】政治
【关键词】桓典
【释义】指回避侍御史,形容御史威严。《后汉书·桓典传》:"是时宦官秉权,典执政无所回避。常乘骢马,京师畏惮,为之语曰:'行行且止,避骢马御史。'"骢马:青白色的马,泛指健壮的骏马。
【例句】唐孟浩然《与黄侍御…》:"本欲避骢马,何如同鹢舟。"唐岑参《送裴侍御…》:"羡他骢马郎,元日谒明光。"宋杨亿《殿院下侍…》:"早是都人避骢马,近陪计相运牙筹。"宋李彭《胡少汲名…》:"行行且止避骢马,胆落于地非公谁。"

避风台 bì fēng tái
【分类】生活
【关键词】赵飞燕
【释义】相传汉赵飞燕身轻不胜风,成帝为筑七宝避风台。《拾遗记》:"帝常以三秋闲日,与飞燕戏于太液池…每轻风时至,飞燕殆欲随风入水。帝以翠缨结飞燕之裙,游倦乃返。…今太液池尚有避风台,即飞燕结裙之处。"
【例句】唐贾至《赠薛瑶英》:"方知汉成帝,虚筑避风台。"宋曾惇《江南野步…》:"照夜剩呼修月户,惜花须筑避风台。"宋戴敏《小园》:"惜树不磨修月斧,爱花须筑避风台。"宋洪咨夔《谨和老人…》:"避风台上深情宠,偃月堂中尽意谋。"

避路 bì lù
【分类】政治
【关键词】石崇
【释义】指避退、让路等。《晋书·石季龙载记上》:"朕闻良臣正如猛兽,高步通衢而豺狼避路,信矣哉!"
【例句】唐刘商《送杨闲侍…》:"亲朋皆避路,不是送人稀。"唐白居易《秦中吟》:"塞驴避路立,肥马当风嘶。"唐贾岛《原居即事…》:"避路来华省,抄诗上彩笺。"宋李石《题阴山七…》:"虎狼避路狐兔藏,朔风吹沙霜满野。"

避秦 bì qín
【分类】政治
【关键词】陶渊明
【释义】喻指避世隐居,或躲避强暴、战乱。晋陶渊明《桃花源记》:"自云先世避秦时乱,率妻子邑人来此绝境,不复出焉。"

【例句】唐王绩《田家》:"不知今有汉,唯言昔避秦。"唐沈佺期《入少密溪》:"自言避喧非避秦,薜衣耕凿帝尧人。"唐储嗣宗《春游望仙谷》:"鸡犬疑沾药,耕桑似避秦。"唐苏广文《自商山宿…》:"闻道桃园堪避秦,寻幽数日不逢人。"

避三端　bì sān duān
【分类】政治
【关键词】韩诗
【释义】咏全身远害之典。三端指文士之笔锋,武士之剑锋,辩士之舌锋。《韩诗外传》:"是以君子避三端,避文士之笔端,避武士之锋端,避辩士之舌端。"笔端可为褒贬,锋端可以杀伤,舌端可以毁誉。
【例句】唐权德舆《数名诗》:"三端固为累,事物反徽束。"唐寒山《诗三百》:"三端自孤立,六艺越诸君。"宋洪刍《潘子真用…》:"开士未应文士后,病夫端欲避三端。"清弘历《和李峤杂…》:"如玉三端避,生花五色开。"

避事　bì shì
【分类】政治
【关键词】严助
【释义】指逃避职事,也喻避祸。《汉书·严助传》:"其尤亲幸者,东方朔、枚皋、严助、吾丘寿王、司马相如。相如常称疾避事。"
【例句】唐司空曙《深上人见…》:"避事多称疾,留僧独闭关。"唐李端《长安书事…》:"趋途本要路,避事乐空林。"唐杜牧《许七侍御…》:"有园同庾信,避事学相如。"宋王禹偁《寓直偶题》:"病似相如多避事,拙于方朔少诙谐。"

避暑饮　bì shǔ yǐn
【分类】生活
【关键词】刘松
【释义】指酣饮。源见"河朔饮"。
【例句】宋谢邁《成德不面…》:"知君不作避暑饮,闭门亦深荒径草。"宋龚璛《郡楼》:"聊为避暑饮,更学御风游。"明袁宏道《夏日城西…》:"聊为避暑饮,弃了月支钱。"清吴可驯《集芭花馆…》:"长夏招要避暑饮,传观竞树诗坛帜。"

避俗　bì sú
【分类】政治
【关键词】杜甫
【释义】指避世隐居。唐杜甫《遣兴五首》:"陶渊明避俗翁,未必能达道。"
【例句】唐杨凭《千叶桃花》:"若教避俗秦人见,知向桃源旧侣夸。"唐章碣《寄江东道友》:"野亭歌罢指西秦,避俗争名兴各新。"宋张咏《贻傅逸人》:"少年名节动人群,避俗深居积水濆。"元卢挚《渊明归来图》:"亡秦扶汉声隆隆,渊明初非避俗翁。"

避贤　bì xián
【分类】政治
【关键词】抱朴子
【释义】犹让贤。《抱朴子·知止》:"告退避贤,洁而且安。"
【例句】唐包佶《酬于侍郎…》:"避贤方有日,非史爱微躬。"唐李适之《罢相作》:"避贤初罢相,乐圣且衔杯。"宋吕端《赠李公》:"佐国庙谟君已展,避贤荣路我犹妨。"宋宋祁《祗答洛台…》:"病合避贤抛内署,老堪为帅忝中军。"

避朝歌　bì zhāo gē
【分类】政治
【关键词】墨子
【释义】墨子因为城的名字称朝歌而驱车回避。形容人珍爱名誉操守,行为端慎。《汉书·邹阳传》:"故里名胜母,曾子不入;邑号朝歌,墨子回车。"唐颜师古曰:"朝歌,殷之邑名也。淮南子云'墨子非乐,不入朝歌'。"
【例句】唐李白《赠宣城宇…》:"回车避朝歌,掩口去盗泉。"宋宋祁《祗役郡邸…》:"息影有时悲恶木,回车无暇避朝歌。"明谢榛《狼村》:"曾参回胜母,墨翟避朝歌。"卢青山《野雀》:"兴来偶独出,远避朝歌尘。"

璧门　bì mén
【分类】政治
【关键词】宫门
【释义】汉建章宫南的建筑,武帝时造。泛指宫门。《史记·封禅书》:"于是作建章宫…其南有玉堂、璧门、大鸟之属。"
【例句】唐杜牧《出宫人》:"平阳拊手穿驰道,铜雀分香下璧门。"唐杜牧《杜秋娘诗》:"月上白璧门,桂影凉参差。"宋苏轼《夫人阁》:"缥缈紫箫明月下,璧门桂影夜参差。"宋张仲威《设醮灵仙观》:"瑞气葱葱雨露边,璧门金阙倚层巅。"

璧水　bì shuǐ
【分类】政治
【关键词】诗经
【释义】亦称璧池,指太学或读书讲学之所。《诗经·大雅·灵台》:"于论鼓钟,于乐辟雍。"毛传:"旋丘如璧,曰辟雍。"辟雍为古天子设立的学校,环以水池,形如璧。
【例句】唐杨烱《奉和上元…》:"金泥封日观,璧水匝明堂。"唐崔十翁《游仙窟诗》:"合欢游璧水,同心侍华阙。"唐罗隐《暇日感怀…》:"璧池清秋访燕台,曾捧瀛州札翰来。"宋晏殊《元日词内廷》:"玉殿初晨淑气和,璧池冰解水生波。"宋厉寺正《贺郑丞相》:"贵极台衡世莫惊,依然璧水一儒生。"

嬖孽　bì niè
【分类】政治
【关键词】申鉴
【释义】受君主宠爱的小人,指庶妾、宦官等。《申鉴·杂言上》:"省闼清净,嬖孽不生,兹谓政平。"
【例句】唐杜甫《释闷》:"但恐诛求不改辙,闻道嬖孽能全生。"宋吕本中《兵乱后自…》:"嬖孽开边隙,羌胡恃种端。"宋陈造《袁本初》:"髀肉朝兄主父囚,女戎衔猾史苏忧。"明孙一元《酒酣歌赠…》:"朝廷嬖孽未除尽,早晚尚有巴蜀忧。"

髀肉复生 bì ròu fù shēng
【分类】政治
【关键词】刘备
【释义】比喻长久处于安逸环境中虚度光阴,忧虑再不能有所作为。《三国志·先主传》南朝宋裴松之注引《九州春秋》:"备住荆州数年,尝于表坐起至厕,见髀里肉生,慨然流涕。还坐,表怪问备,备曰:'吾常身不离鞍,髀肉皆消。今不复骑,髀里肉生。日月若驰,老将至矣,而功业不建,是以悲耳。'"
【例句】唐白居易《题裴晋公…》:"战袍破犹在,髀肉生欲圆。"唐张祜《观宋州田…》:"自言无战伐,髀肉已曾生。"唐罗隐《魏博罗令…》:"马上固惭消髀肉,腥中犹美愈头风。"宋杨亿《旧将》:"髀肉渐生衣带缓,早朝空听汝南鸡。"

擘笺 bì jiān
【分类】文化
【关键词】后主
【释义】折纸作书。《南史·后主》:"(后主)常使张贵妃、孔贵人等八人夹坐,江总、孔范等十人预宴,号曰'狎客'。先令八妇人擘采笺,制五言诗,十客一时继和,迟则罚酒。"
【例句】唐刘禹锡《乐天寄忆…》:"酒酣擘笺飞逸韵,至今传在人人口。"唐钱珝《江行无题》:"擘笺嘲白鹭,无意喻泉鸾。"宋晁冲之《彭及之邀…》:"诸公爱月欲狂颠,脚踏花栏手擘笺。"宋陆游《初到蜀州…》:"擘笺报与诸公道,罨画亭边第一诗。"

佛狸 bì lí
【分类】政治
【关键词】拓跋焘
【释义】北魏拓跋焘(太武帝)的小字。借指北方少数民族入侵者。《宋书·索虏传》:"焘死,谥曰明元皇帝,子濬字佛狸代立。"
【例句】宋李清照《打马赋诗》:"佛狸定见卯年死,贵贱纷纷尚流徙。"宋周麟之《雨木冰》:"莫忧胡儿饮泗水,尽道明年佛狸死。"宋陆游《自凤州来…》:"前日飞传天狗堕,今年宁许佛狸生?"宋王灼《再次韵》:"佛狸已死北人传,虏马饮江谣故年。"

边邑 biān yì
【分类】政治
【关键词】礼记
【释义】边城,泛指边境地区。《礼记·玉藻》:"诸侯之于天子,曰某土之守臣某;其在边邑,曰某屏之臣某。"
【例句】唐王昌龄《山行入泾州》:"西临有边邑,北走尽亭戍。"唐子兰《登楼》:"边邑鸿声一例秋,大波平日绕山流。"唐李白《关山月》:"戍客望边邑,思归多苦颜。"唐李白《送族弟绾…》:"君王按剑望边邑,旄头已落胡天空。"

鞭春 biān chūn
【分类】生活
【关键词】春
【释义】旧俗,州县于立春日鞭打春牛,以祈丰年,也称打春。《东京梦华录·立春》:"立春前一日,开封府进春牛入禁中鞭春。开封、祥符两县,置春牛于府前,至日绝早,府僚打春,如方州仪。"
【例句】唐卢肇《谪连州书…》:"不得职田饥欲死,儿侬何事打春牛。"宋晁冲之《立春》:"自惭白发嘲吾老,不上谁门看打春。"宋刘克庄《台历》:"台历传闻两建寅,放灯时候始鞭春。"宋吴芾《和郭教授…》:"始具杯盘来送腊,又簪幡胜去鞭春。"

鞭石 biān shí
【分类】文化
【关键词】秦始皇
【释义】神助之典。源见"驱石架沧津"。
【例句】唐岑文本《五言春日…》:"朝神泛弘舸,鞭石济飞梁。"唐褚遂良《春日侍宴…》:"戈船凌白日,鞭石耿虹梁。"唐杜甫《雷》:"暴尪或前闻,鞭石非稽古。"宋苏轼《西新桥》:"岌岌类鞭石,山川非会稽。"

鞭影 biān yǐng
【分类】文化
【关键词】佛
【释义】马鞭的影子,借指鞭策自己的事物。《景德传灯录·天台丰干禅师》:"外道礼拜云:'善哉世尊,大慈大悲开我迷云,令我得入。'外道去已。阿难问佛云:'外道以何所证,而言得入?'佛云:'如世间良马,见鞭影而行。'"
【例句】宋释重显《颂》:"因思良马窥鞭影,千里追风唤得回。"宋慕容彦逢《月夜偶成…》:"真马不须鞭影露,本来谁道有迷云。"宋张至龙《古别离》:"扶上花骢酒半醺,望沉鞭影暗销魂。"宋陆游《村居》:"生憎快马随鞭影,宁作痴人记剑痕。"

褊迫 biǎn pò
【分类】生活
【关键词】李义琰
【释义】狭隘,不宽广。唐封演《封氏闻见记·第宅》:"高宗时,中书侍郎李义琰亦至褊迫。虽居相位,在官清俭,竟终于方丈室之内。高宗闻而嗟叹。"
【例句】唐韩愈《石鼓歌》:"陋儒编诗不收入,二雅褊迫无委蛇。"宋曾巩《杂诗》:"其道虽褊迫,其行绝缩磷。"宋王安中《过客有赠…》:"寒乡眼界太褊迫,名誉才高憎怨集。"宋朱熹《答择之》:"我亦平生伤褊迫,期君苦口却谆谆。"

卞和三献 biàn hé sān xiàn
【分类】政治

【关键词】和氏璧
【释义】喻怀才不遇。源见"和氏之璧"。
【例句】唐刘长卿《落第赠杨…》:"泣连三献玉,疮惧再伤弓。"唐许浑《别刘秀才》:"三献无功玉有瑕,更携书剑客天涯。"唐江满昌《大唐大慈…》:"伯牙响琴徒秘典,卞和泣玉独沾巾。"唐韩愈《孟生诗》:"卞和试三献,期子在秋砧。"

卞田居　biàn tián jū
【分类】政治
【关键词】卞彬
【释义】指南朝梁名士卞彬,借指隐居名士。《南齐书·卞彬传》:"彬性好饮酒,以瓠壶瓢勺杬皮为肴,著帛冠十二年不改易,以大瓠为火笼,什物多诸诡异。自称'卞田居',妇为'傅蚕室'…永元中,为平越长史、绥建太守,卒官。"
【例句】唐韩翃《送田明府…》:"近馆应逢沈道士,比邻自识卞田君。"宋穆修《秋浦会遇》:"壮节轻宗爵,奇才轹卞彬。"元耶律铸《匏瓜亭》:"素知居士非田仲,只识幽人是卞彬。"清吴绮《与云止》:"终焉吾有志,归访卞田居。"

卞庄刺虎　biàn zhuāng cì hǔ
【分类】政治
【关键词】卞庄子
【释义】喻指趁两个敌人互相争斗而两败俱伤之机打击敌人。《史记·张仪列传》:"庄子欲刺虎,馆竖子止之,曰:'两虎方且食牛,食甘必争,争则必斗,斗则大者伤,小者死,从伤而刺之,一举必有双虎之名。'卞庄子以为然…一举果有双虎之功。"
【例句】宋胡寅《寄张赵二相》:"依然卞庄子,拱手视成败。"聂绀弩《遇狼》:"哮天势似来杨戬,博虎威疑喉下卞。"宋魏了翁《山河叹送…》:"盍驱卞庄刺斗虎,又嗾庐狃擒狡狻。"宋李俊民《诫虎碑》:"未除不必烦周处,欲刺何须待卞庄。"

抃鳌　biàn áo
【分类】文化
【关键词】楚辞
【释义】指大龟背负蓬莱山在沧海中击掌抃舞,为咏浪浮仙山的典故。《楚辞·天问》:"鳌戴山抃,何以安之?"汉王逸注:"鳌,大龟也,击手曰抃。《列仙传》曰:'有巨灵之鳌,背负蓬莱之山而抃舞,戏沧海之中,独何以安之乎?'"
【例句】唐许浑《十二月拜…》:"楼形向日攒飞凤,宫势凌波压抃鳌。"唐李群玉《洞庭风雨》:"羽化思乘鲤,山飘欲抃鳌。"唐李绅《寿阳罢郡…》:"岸惊目眩同奔马,浦溢场心疑睹抃鳌。"宋释居简《金鳌山御榻》:"抃鳌不露黄金背,跨岸谁开白玉京。"

便了　biàn liǎo
【分类】生活
【关键词】便了

【释义】代指奴仆。《艺文类聚》引《僮约》:"蜀郡王褒,以事止寃归杨惠舍,有一奴名便了。"
【例句】宋叶茵《道院偶成》:"呼来便了能酤酒,抱去添丁共看花。"宋刘克庄《观社行》:"尔时病叟亦随喜,携添丁郎便了奴。"宋李彭《溪上》:"髯奴便了能沽酒,稚子添丁解灌畦。"明龚诩《过芝塘将…》:"却笑老奴如便了,鼻随清涕尺余长。"

辨痴龙　biàn chī lóng
【分类】文化
【关键词】张华
【释义】博闻之典。《太平广记·张华》:"华云:'如尘者是黄河龙涎,泥是昆山下泥;九处地仙名九馆,羊为痴龙。'其初一珠,食之与天地等寿,次者延年,后者充饥而已。"人误坠穴中,见有大羊,羊髯有珠,取而食之。后出以问张华。
【例句】唐韩定辞《酬马或》:"崇霞台上神仙客,学辨痴龙艺最多。"宋欧阳澈《和答镇国镇》:"学辨痴龙信博哉,风流夷甫更多才。"宋李流谦《饭官镇驿…》:"谁能博学辨痴龙,寄我此诗聊一问。"宋李正民《寄元叔》:"学辨痴龙真末技,文摘彩凤亦虚名。"

辩折田巴　biàn zhé tián bā
【分类】政治
【关键词】鲁仲连
【释义】意谓辩倒对方,折服论敌。《史记》唐张守节注引《鲁仲连子》:"齐辩士田巴…一日服千人。有徐劫者,其弟子曰鲁仲连,年十二,号'千里驹',往请田巴:'…今楚军南阳,赵伐高唐,燕人十万,聊城不去,国亡在旦夕,先生奈之何?若不能者,先生之言有似枭鸣,出城而人恶之。愿先生勿复言。'田巴曰:'谨闻命矣。'"
【例句】唐李白《送王屋山…》:"辩折田巴生,心齐鲁连子。"唐韩愈《嘲鲁连子》:"田巴兀老苍,怜汝矜爪觜。"宋苏辙《次韵刘泾…》:"词锋俊发鲁连子,惭愧田巴称老苍。"宋释居简《莺》:"别院晓声知几许,田巴抵死只枭音。"

摽梅　biāo méi
【分类】生活
【关键词】诗经
【释义】谓梅子成熟而落下,比喻女子已到结婚年龄。《诗经·召南·摽有梅》:"摽有梅,其实七兮;求我庶士,迨其吉兮。"
【例句】唐孟浩然《送桓子之》:"摽梅诗有赠,羔雁礼将行。"唐权德舆《薄命篇》:"韶光日日看渐迟,摽梅既落行有时。"唐郑世翼《看新婚》:"初笄梦桃李,新妆应摽梅。"宋梅尧臣《闰正月二…》:"婚姻贵及时,周有摽梅诗。"

飙风　biāo fēng
【分类】生态
【关键词】风
【释义】旋风、暴风。《抱朴子·酒诫》:"唯患飞埃之糁目,不觉飙风之所为也。"

【例句】唐李颀《听安万善…》:"世人解听不解赏,长飙风中自来往。"宋杨时《过关山》:"岁律行将暮,飙风凌九垓。"宋许及之《舟中夜雨》:"骤雨飙风趁急雷,画船系缆小装回。"宋文天祥《南海》:"腥浪拍心碎,飙风吹鬓华。"

表里山河 biǎo lǐ shān hé
【分类】政治
【关键词】左传
【释义】形容地理国防之固。《左传·僖公二十八年》:"子犯曰:'战也。战而捷,必得诸侯;若其不捷,表里山河(指晋外河而内山,地理形势使国防极为稳固),必无害也。'"
【例句】唐钱起《广德初銮…》:"辇毂混戎夷,山河空表里。"唐窦庠《东都嘉量…》:"廛闻高låy尽,山河表里穷。"唐卢宗回《登长安慈…》:"九重宫阙参差见,百二山河表里观。"宋司马光《故绛城》:"山河表里在,朝市古今移。"宋陆游《客自凤州…》:"表里山河古帝京,逆胡岁尽固当平。"

鳖灵王蜀 biē líng wáng shǔ
【分类】政治
【关键词】鳖灵
【释义】咏蜀王之典。《蜀记》:"鳖灵于楚死,尸乃溯流上,至汶山下,忽复更生,乃见望帝,望帝立以为相。时巫山壅江蜀民多遭洪水,灵乃凿巫山,开三峡口,蜀江陆处,后令鳖灵为刺史,号曰西州皇帝。以高功,禅位于灵,号开明氏。"
【例句】唐苏颋《武担山寺》:"鳖灵时共尽,龙女事同迁。"宋苏辙《滟滪堆》:"江中石屏滟滪堆,鳖灵夏禹不能摧。"明彭孙贻《续悯乱诗》:"峡圻鳖灵啼望帝,花飞燕矢啄王孙。"明李邺嗣《杜鹃行》:"但知今日鳖灵尊,还念当时旧天子。"

别鹤操 bié hè cāo
【分类】生活
【关键词】商陵牧
【释义】商陵牧子所作,内容是伤叹夫妻别离的一首诗歌。后用为伤别离之典。《太平御览·琴中》:"汉蔡邕《琴操》:'高陵牧子娶妻无子,父母将改娶,牧子援琴鼓之,痛恩爱乖离,故曰别鹤操。'"
【例句】唐司马逸客《雅琴篇》:"陇水悲风已呜咽,离鹍别鹤更凄清。"唐常建《送楚十少府》:"因送别操琴,赠之双鲤鱼。"唐韦应物《昭国里第…》:"暗识啼乌与别鹤,祗缘中有断肠声。"唐戎昱《送李参军》:"一东一西如别鹤,一南一北似浮云。"

别驾 bié jià
【分类】政治
【关键词】庾亮
【释义】别驾从事,简称"别驾"。汉置,为州刺史的佐官。宋通判,职似别驾,因以别驾为通判之习称。晋庾亮《答郭逊书》:"别驾,旧吏与刺史别乘,周流宣化于万里者,其任居刺史之半,安可任非其人。"
【例句】唐岑参《偃师东与…》:"尚书碛上黄昏钟,别驾渡头一归鸟。"唐白居易《欲到东洛…》:"使君滩上久分手,别驾渡头先得书。"宋苏轼《与梁左藏…》:"风流别驾贵公子,欲把笙歌暖锋镝。"宋苏轼《次韵晁无咎…》:"赖有风流贤别驾,犹堪十里卷春风。"

别无长物 bié wú cháng wù
【分类】政治
【关键词】王恭
【释义】没有多余的东西,形容生活清贫而又简朴。《晋书·王恭传》:"尝从其父自会稽至都,忱访之,见恭所坐六尺簟,忱谓其有余,因求之。恭辄以送焉,遂坐荐上。忱闻而大惊,恭曰:'吾平生无长物。'"
【例句】唐白居易《寄张十八》:"此外无长物,于我有若亡。"唐白居易《狂吟七言…》:"但恐人间为长物,不如林下作遗民。"宋赵抃《题隐者邵…》:"净室寒窗无长物,道书狼藉古琴横。"宋徐积《和路朝奉…》:"都无长物垂空橐,却有闲房聚逸书。"

豳诗 bīn shī
【分类】生活
【关键词】诗经
【释义】指《诗经·豳风·七月》。《周礼注疏·籥章》:"中春,昼击土鼓,歔《豳诗》,以逆暑。汉郑玄注:"《豳诗》,《豳风·七月》也。吹之者,以籥为之声,《七月》言寒暑之事,迎气,歌其类也,此'风'也而言'诗','诗'总名也。"反映劳动者饥寒交迫的社会现实。
【例句】宋李觏《戏题玉台集》:"始知姬旦无才思,只把豳诗咏女功。"宋史浩《稻粱》:"方册尝观无逸书,更于七月诵豳诗。"宋刘克庄《湖南江西…》:"岁暮家家禾绢熟,萍乡风物似豳诗。"宋王安石《发廪》:"豳诗出周公,根本讵宜轻。"宋张耒《秋怀》:"豳诗嗟妇子,入处谨风霜。"

鬓丝禅榻 bìn sī chán tà
【分类】生活
【关键词】杜牧
【释义】鬓丝:鬓发如丝;禅榻:僧床。本指老僧的生活,也指老年人所过的近似僧徒的清静生活。唐杜牧《题禅院》:"今日鬓丝禅榻畔,茶烟轻飏落花风。"
【例句】宋苏轼《送春》:"芍药樱桃俱扫地,鬓丝禅榻两忘机。"宋陆游《初春怀成都》:"病来几与曲生绝,禅榻茶烟双鬓丝。"宋刘宗《栅口致喜…》:"几点疏萤独来往,鬓丝禅榻落花声。"宋朱松《汪彦允见…》:"君家桃李要争妍,肠断鬓丝禅榻客。"

鬓云 bìn yún
【分类】生活
【关键词】温庭筠

【释义】形容妇女鬓发美如乌云。唐温庭筠《菩萨蛮》:"小山重叠金明灭,鬓云欲度香腮雪。"
【例句】唐唐彦谦《无题》:"醉倚阑干花下月,犀梳斜觯鬓云边。"宋文同《偶题》:"鬓云双堕给明珠,窄窄罗裙短短襦。"宋郭祥正《睡》:"窗户无风天气阴,屏山围枕鬓云深。"宋张耒《倚声制曲》:"春丝惹恨鬓云垂,媚态愁容半在眉。"

冰蚕 bīng cán
【分类】生态
【关键词】蚕
【释义】喻指传说中的一种蚕。蚕的美称。《拾遗录》:"有冰蚕,长七寸,黑色,有角有鳞。以霜雪覆之,然后作茧,长一尺,其色五彩,织为文锦,入水不濡,以之投火,经宿不燎。"
【例句】唐皮日休《奉酬鲁望…》:"毫端白獭脂犹湿,指下冰蚕子欲飞。"唐牟融《春游》:"锦袍白暖耀冰蚕,上客陪游酒半酣。"宋王亿《别赋赏花》:"露濯冰蚕铺瑞锦,风吹水麝拆香脐。"宋王庭圭《和曾英发…》:"开帘璧月夜生海,下笔冰蚕细吐丝。"

冰蚕吐丝 bīng cán tǔ sī
【分类】文化
【关键词】蚕
【释义】比喻创作出优秀的作品。源见"冰蚕"。
【例句】唐陈标《长安秋思》:"吴女秋机织曙霜,冰蚕吐丝月盈筐。"唐杨凝《员峤先生》:"逢人借问陶唐主,欲进冰蚕五色丝。"唐王贞白《寄郑谷》:"火鼠重收布,冰蚕乍吐丝。"宋王庭圭《和曾英发…》:"开帘璧月夜生海,下笔冰蚕细吐丝。"

冰出水 bīng chū shuǐ
【分类】文化
【关键词】荀子
【释义】比喻学生胜过先生,学而方有提高。源见"青出于蓝"。
【例句】唐王季文《青出蓝》:"还同冰出水,不共草为萤。"宋释慧空《谷堂真赞》:"冰出水,玉出石,破镜出窠母遭食。"

冰壶 bīng hú
【分类】政治
【关键词】冰
【释义】盛冰的玉壶,常用以比喻品德清白廉洁。唐姚崇《冰壶诫序》:"冰壶者,清洁之至也。君子对之,示不忘清也…内怀冰清,外涵玉润,此君子冰壶之德也。"
【例句】唐王昌龄《芙蓉楼送…》:"洛阳亲友如相问,一片冰心在玉壶。"唐李群玉《自澧浦东》:"冰壶避皎洁,武库差锋铓。"唐韦应物《赠王侍御》:"心同野鹤与尘远,诗似冰壶见底清。"唐平曾《留别薛仆射》:"毛发竖时趋剑戟,衣冠俨处拜冰壶。"

冰肌 bīng jī
【分类】生活
【关键词】庄子
【释义】形容女子纯净洁白的肌肤。源见"姑射"。
【例句】唐孟昶《避暑摩诃…》:"冰肌玉骨清无汗,水殿风来暗香满。"宋孙抗《夕阳洞》:"吟余下天籁,坐久凛冰肌。"宋韩维《黄莲花》:"一水盈盈独立时,六铢衣薄透冰肌。"宋方蒙仲《和刘后村…》:"插向瓦瓶伴孤枕,别无玉骨与冰肌。"

冰肌玉骨 bīng jī yù gǔ
【分类】生活
【关键词】梅花
【释义】原指梅花的傲寒和斗艳,形容美女肌肤洁白光润。宋苏轼《梅花》:"玉骨那愁瘴雾,冰姿自有仙风。"
【例句】宋杨备《真娘墓》:"冰肌玉骨真遗妍,粉作妆云黛作烟。"宋李之仪《饷茶不容…》:"玉骨冰肌体自轻,非关茗饮觉神清。"宋方蒙仲《和刘后村…》:"插向瓦瓶伴孤枕,别无玉骨与冰肌。"宋毛滂《蔡天逸以…》:"冰肌玉骨终安在,赖有清诗为写真。"

冰轮 bīng lún
【分类】文化
【关键词】月亮
【释义】指明月。唐王初《银河》:"历历素榆飘玉叶,涓涓清月湿冰轮。"
【例句】唐朱庆馀《十六夜月》:"昨夜忽已过,冰轮始觉亏。"唐徐夤《题福州天…》:"有时海上看明月,辗出冰轮叠浪间。"宋范仲淹《依韵酬叶…》:"天遣今宵无寸云,故开秋碧挂冰轮。"宋苏轼《宿九仙山》:"夜半老僧呼客起,云峰缺处涌冰轮。"

冰清玉润 bīng qīng yù rùn
【分类】生活
【关键词】卫玠
【释义】像玉一样润泽,像冰一样清纯,常喻人或物形神之美。也是"岳丈女婿"的代称,形容翁婿相得。《晋书·卫玠传》:"玠妻父乐广,有海内重名,议者以为'妇公冰清,女婿玉润。'"
【例句】唐皎然《送顾处士歌》:"满道喧喧遇君别,争窥玉润与冰清。"唐赵嘏《送薛耽先…》:"几日旌幢延骏马,到时冰玉动华堂。"宋曾巩《荔支》:"玉润冰清不受尘,仙衣裁剪绛纱新。"宋刘攽《次韵酬曹…》:"冰清玉润高风旧,白雪阳春病眼开。"

冰山难倚 bīng shān nán yǐ
【分类】政治
【关键词】杨国忠
【释义】形容权势不能持久,难以倚恃。《开元天宝遗事》:"杨国忠权倾天下。四方之士,争诣其门。进士张彖者…

人有劝象令修谒国忠，可图显荣。象曰：'汝辈以谓杨公之势，倚靠如泰山，以吾所见乃冰山也。或皎日大明之际，则此山当误人耳。'"

【例句】宋王质《赠沈文伯》："一朝青天返白日，冰山转眼成空虚。"宋张九成《罢禄》："冰山赫日来，随例须崩倒。"宋王炎《南园》："花骢油壁隐轻雷，消却冰山不复来。"宋刘过《雪中呈颜…》："人物眼中如水鉴，世情身外不冰山。"

冰释 bīng shì
【分类】生活
【关键词】老子
【释义】原谓冰融化消失，比喻疑问、隔阂、误会等完全消除。《老子·道经》："涣兮若冰之将释。"
【例句】唐杜甫《八哀诗》："天王拜跪毕，说议果冰释。"唐刘禹锡《元和癸巳…》："就日知冰释，投人念鸟穷。"唐张祜《读韩文公…》："片段随冰释，丝毫入镜清。"宋王之望《赠范觉民》："说议既冰释，众口不能铄。"

冰炭置肠 bīng tàn zhì cháng
【分类】生活
【关键词】庄子
【释义】形容内心两种思想斗争十分激烈。《庄子·人间世》："事若成，则必有阴阳之患。"晋郭象注："人患虽去，然喜惧战于胸中，固已结冰炭于五脏矣！"唐成玄英疏："变昔日之忧为今时之喜。喜惧交集于一心，阴阳勃战于五藏，冰炭聚战，非患如何？"
【例句】唐韩愈《听颖师弹琴》："颖乎尔诚能，无以冰炭置我肠。"宋苏颂《林次中示…》："世路山川险，愁肠冰炭熬。"宋李弥逊《同苏阮二…》："酬花但促传杯手，冰炭君休置我肠。"宋李复《书饮客言》："人生优游本无事，自置冰炭毒肺肠。"

冰衔 bīng xián
【分类】政治
【关键词】陈彭年
【释义】喻指清贵闲适的高位。源见"一条冰"。
【例句】宋李新《登城望江边》："九分雪发功名晚，一寸冰衔去就轻。"宋刘子翚《寄巨山》："彩笔尚怀051可续，冰衔时许雁遥传。"宋陆游《十一月十…》："冰衔再署仙班贵，鹤料重支玉粒香。"宋钟震《戏题洞霄》："琼馆向曾迎帝辇，冰衔今尚带朝缨。"

冰雪颜容 bīng xuě yán róng
【分类】生活
【关键词】庄子
【释义】咏神仙或咏美女之典。源见"姑射"。
【例句】唐杜甫《丈人山》："扫除白发黄精在，君看他时冰雪容。"唐皎然《奉和崔中…》："往想冥昧理，谁亲冰雪容。"唐武元衡《代佳人赠…》："洛阳佳丽本神仙，冰雪颜容桃李年。"唐白居易《题赠郑秘…》："吸彼沆瀣精，凝为冰雪容。"唐杨凭《赠马炼师》："心嫌碧落更何从，月破花冠冰雪容。"唐皎然《奉和崔中…》："雪容。"

冰柱 bīng zhù
【分类】文化
【关键词】韩愈
【释义】以韩愈为首的一派诗人，一反大历以来圆熟浮丽的诗风，奇诡奔放，寄托遥深。刘叉《冰柱》诗是代表作。喻指抒发怀才不遇之激愤。《开元天宝遗事·冰柱》："冬至日大雪，至午雪霁有晴色，因寒所结檐溜皆为冰条…妃子笑而笑曰：'妾所玩者冰筯也。'"
【例句】宋王炎《次韵答简簿》："欲呵龟手拈秃笔，怯看冰柱悬疏檐。"宋子翚《次韵卢赞》："参陪后乘尽珠履，谁赋刘叉冰柱诗。"宋司马光《和道粹雪…》："薄梦不成冰柱折，晓光先到玉花催。"宋安石《次韵耿天…》："纵勇万川冰柱立，纷披千障土囊开。"

冰柱雪车 bīng zhù xuě chē
【分类】文化
【关键词】韩愈
【释义】用以赞美他人诗文美妙。《新唐书·韩愈传》："刘叉者一节士，闻愈接天下士，步归之，作《冰柱》、《雪车》二诗，出卢仝、孟郊右。"宋胡继宗《书言故事·诗词赋类》："称人诗好，曰冰柱雪车之句。"
【例句】宋王炎《用元韵答…》："雪车冰柱堪著语，何止争雄郊岛中。"宋王庭圭《和刘克强…》："冰柱雪车诗有声，池塘春草梦初惊。"宋吴可《书都暑图后》："冰柱雪车谁复作，砚头凌面未能摹。"宋杨冠卿《与鄂州都…》："雨楫风帆倦行役，雪车冰柱少知音。"

冰姿 bīng zī
【分类】生活
【关键词】梅
【释义】原指梅花傲寒峭立的芳姿，也形容女子圣洁淡雅的姿态。宋苏轼《木兰花令·梅花》："玉骨那愁瘴雾，冰姿自有仙风。"
【例句】唐杨巨源《和令狐舍…》："满院冰姿粉篧残，一茎青翠近帘端。"唐鲍溶《和王璠侍…》："芙蓉寒艳镂冰姿，天朗灯深拔彴时。"宋卫宗武《和野渡赋…》："冰姿皎洁抱清独，漫山桃李徒繁华。"宋王炎《题彭城馆…》："玉质青青竹弟，冰姿皎皎梅兄。"

并刀 bīng dāo
【分类】政治
【关键词】杜甫
【释义】即并州剪，并州产剪刀极其锋利，比喻处事敏捷有决断。唐杜甫《戏题王宰画山水图歌》："焉得并州快剪刀，剪取吴松半江水。"
【例句】宋陆游《秋思》："诗情也似并刀快，剪得秋光入卷来。"宋曹辅《和邓忠臣…》："秋风落尽千林叶，恰似并州快剪刀。"宋郭祥正《谢余干陆…》："并刀截断辄分我，始信明珠今暗投。"宋章甫《题天开图画》："坐令宋史空盘礴,岂有并刀解剪裁。"

并粮　bìng liáng
【分类】生活
【关键词】羊角哀
【释义】称颂生死交谊之典。源见"羊左"。
【例句】唐吴筠《经羊角哀…》:"感子初并粮,我心正氤氲。"唐敦煌曲子《发愤勤学》:"每忆贤人羊角哀。求学山中并粮死。"唐韦庄《和郑拾遗…》:"异国惭倾盖,归涂俟并粮。"宋蒋之奇《左伯桃墓…》:"念此并粮惠,告还葬遗骸。"

并吞　bìng tūn
【分类】政治
【关键词】贾谊
【释义】并吞天下,指统一之业。汉贾谊《过秦论》:"并吞八荒之心。"
【例句】唐杜甫《剑门》:"并吞与割据,极力不相让。"唐杜甫《夔州歌》:"英雄割据非天意,霸主并吞在物情。"唐胡曾《金牛驿》:"五丁不凿金牛路,秦惠何由得并吞。"宋邵雍《始皇吟》:"并吞天下九千日,一统寰中十五年。"

丙吉问牛　bǐng jí wèn niú
【分类】政治
【关键词】丙吉
【释义】喻官员关怀民间疾苦。《汉书·魏相丙吉列传》:"吉又尝出,逢清道群斗者,死伤横道,吉过之不问…逢人逐牛,牛喘吐舌。吉止驻,使骑吏问:逐牛行几里矣?吉曰:民斗相杀伤,长安令、京兆尹职所当禁备逐捕…方春少阳用事,未可大热,恐牛近行用暑故喘,此时气失节,恐有所伤害也。"
【例句】唐长孙佐辅《闻韦驸马…》:"谏虎昔赐骏,安人将问牛。"唐邵谒《论政》:"孙弘不开阁,丙吉宁问牛。"五代卢延让《逢友人赴阙》:"倚马才高犹爱艺,问牛心在肯容私。"宋董嗣杲《水退小园…》:"梦蝶可应知境幻,问牛谁谓可年丰。"

丙舍　bǐng shè
【分类】政治
【关键词】房屋
【释义】后汉宫中正室两边的房屋,以甲乙丙为次,其第三等舍称丙舍。泛指正室旁的别室,或简陋的房舍。《后汉书·清河孝王庆传》:"遂出贵人姊妹置丙舍。"
【例句】唐温庭筠《走马楼三…》:"帘间清唱报寒点,丙舍无人遗烬香。"宋刘克庄《挽赵虚斋》:"前岁山人来访逮,墓田丙舍报余知。"宋卫宗武《冬留紫芝》:"丙舍尤杳深,寒林互盘屈。"宋卫宗武《墓松既夷》:"重来丙舍岁三易,翠巘插空仍兀突。"

丙魏　bǐng wèi
【分类】政治
【关键词】丙吉
【释义】丙吉、魏相的并称,均为汉宣帝丞相。为咏知大体、为政宽平、名重当时的名相之典。《汉书·魏相丙吉列传》:"近观汉相,高祖开基,萧、曹为冠,孝宣中兴,丙、魏有声。"
【例句】唐裴度《奉酬中书…》:"运偶唐虞盛,情同丙魏深。"宋宋庠《奉诏止雨…》:"上惭稷契名,下愧丙魏才。"宋宋祁《将到都先…》:"今日谋猷须丙魏,他年宾客但邹枚。"宋刘子寰《贺宰相生日》:"指挥丙魏去痹陋,洗刷周召增光鲜。"

丙穴鱼　bǐng xué yú
【分类】文化
【关键词】鱼
【释义】汉中沔阳县北有丙穴,穴出嘉鱼,是为美味,称丙穴鱼。后用以喻称美物之典。《水经注·沔水》:"褒水又东南得丙水口,水上承丙穴,穴出嘉鱼。泉悬注,鱼自穴下透入水,穴口向丙,故曰丙穴。"
【例句】唐杜甫《将赴成都…》:"鱼知丙穴由来美,酒忆郫筒不用酤。"唐杨巨源《谢人送鲫…》:"芳饵得来珍丙穴,金刀落处照丹盘。"宋李曾伯《题衡阳临…》:"岂为南鱼来丙穴,且先北雁过衡阳。"宋梅尧臣《吕大监饷…》:"伊鲂洛鲤不堪忆,丙穴漾陂何可哈。"

邴曼容　bǐng màn róng
【分类】政治
【关键词】邴曼容
【释义】汉哀帝时官员,以养志自修、廉谨自律而有时望。为指称品格高尚的清正官吏之典。《汉书·两龚传》:"(邴)汉兄子曼容亦养志自修,为官不肯过六百石,辄自免去,其名过出于汉。"
【例句】唐杜牧《长安杂题…》:"九原可作吾谁与,师友琅琊邴曼容。"唐卢纶《送永阳崔…》:"悬闻正诒俗,邴曼更知名。"宋孔武仲《次韵和杨…》:"邑佳不及陶彭泽,官小差肩邴曼容。"明胡布《偕表兄刘…》:"能诗总羡刘公干,不饮休嫌邴曼容。"

邴原不醉　bǐng yuán bù zuì
【分类】政治
【关键词】邴原
【释义】咏节制饮酒之典。《三国志·邴原传》南朝宋裴松之注引《邴原别传》:"原曰:'本能饮酒,但以荒思废业,故断之耳。今当远别,因见贶饯,可一饮宴。'于是共坐饮酒,终日不醉。"
【例句】唐郑璧《和袭美索…》:"邴原虽不无端醉,也爱临风从鹿车。"宋郑清之《诸君和篇》:"邴原解卽饮,雅名称龙腹。"宋员兴宗《梦邴徵君》:"邴姓原其名,风流蔑曹谢。"宋王庭圭《次韵胡次…》:"论文岂是无张说,取友何期得邴原。"

秉烛夜游　bǐng zhú yè yóu
【分类】生活

【关键词】烛

【释义】喻及时行乐。《先秦汉魏晋南北朝诗·汉诗·西门行》:"昼短苦夜长,何不秉烛游。"

【例句】唐李峤《饯骆四》:"甲第驱车入,良宵秉烛游。"唐李白《对雪醉后…》:"君家有酒我何愁,客多乐酣秉烛游。"唐李商隐《花下醉》:"客散酒醒深夜后,更持红烛赏残花。"宋苏轼《海棠》:"只恐夜深花睡去,故烧高烛照红妆。"

炳蔚 bǐng wèi

【分类】政治

【关键词】抱朴子

【释义】形容文采鲜明华美。也喻指文臣。《周易注疏·革》:"大人虎变,其文炳也…君子豹变,其文蔚也。"《抱朴子·广譬》:"泥龙虽藻绘炳蔚,而不堪庆云之招。"

【例句】唐徐铉《酬郭先辈》:"太原郭夫子,行文文炳蔚。"宋史尧弼《挽李提刑久善》:"卷藏人阁龙蛇字,炳蔚家余虎豹章。"宋孔武仲《留赠上官常用》:"文章炳蔚元摛凤,铓刃纵横晢割鸡。"宋曾几《玩鸥亭》:"文章炳蔚冠当代,衣被诸子犹班班。"

病入膏肓 bìng rù gāo huāng

【分类】政治

【关键词】晋景公

【释义】形容病势严重,无法医治,也比喻难以救药的失误或缺点。《左传·成公十年》:"公疾病,求医于秦…未至,公梦疾为二竖子,曰:'彼良医也,惧伤我,焉逃之?'其一曰:'居肓之上,膏之下,若我何?'"

【例句】唐杜甫《壮游》:"大军载草草,凋瘵满膏肓。"唐独孤均《题含虚洞》:"泉石膏肓传亦久,神仙窟宅到何迟。"唐罗隐《投所思》:"雕琢只应劳郢匠,膏肓终恐误秦医。"唐皮日休《吴中言情…》:"爱酒有情如手足,除诗无计似膏肓。"

剥余而复 bō yú ér fù

【分类】政治

【关键词】周易

【释义】剥卦阴盛阳衰,复卦阴极而阳复。比喻物极必反,否极泰来。《周易注疏·剥》:"不利有攸往。《彖》曰:剥,剥也。柔变刚也。'不利有攸往',小人长也。顺而止之,观象也。君子尚消息盈虚,天行也。"《周易注疏·复》:"亨。出入无疾。朋来无咎。反复其道,七日来复,利有攸往。"

【例句】宋方岳《酹江月》:"否极而亨,剥余而复,长至迎阳度。"宋赵必𤩽《吟社递至…》:"霜凋雪剥余,万卉生意动。"明湛若水《奉次舆浦…》:"剥余天亦复,天地讵无心。"明彭孙贻《人日随大…》:"不须频煮茗,霜果剥余甘。"

剥啄 bō zhuó

【分类】生活

【关键词】韩愈

【释义】象声词,敲门声或下棋声。也表示叩击,敲打。唐韩愈《剥啄行》:"剥剥啄啄,有客至门。"

【例句】唐高适《重阳》:"岂有白衣来剥啄,亦从乌帽自欹斜。"宋王安石《和王胜之…》:"穷阎闭门无一客,剥啄惊我有前驺。"宋苏轼《次秦少游…》:"剥啄扣君容膝户,巍峨笑我切云冠。"聂绀弩《萧军枉过》:"剥啄惊回午梦魂,开门猛讶尔萧军。"

播兰蕙 bō lán huì

【分类】政治

【关键词】楚辞

【释义】比喻培育人才。源见"树蕙辞"。

【例句】唐岑参《和刑部成…》:"名香播兰蕙,重价蕴琼瑶。"宋陈造《交割州事…》:"伊凉聒夜铿千杖,兰蕙回春艳十眉。"明卢楠《系狱敬呈…》:"紫宸扬清氛,飘飘偕兰蕙。"明王慎中《题钤山堂》:"白云当户生,兰蕙盈中堂。"

薄伐 bó fá

【分类】政治

【关键词】诗经

【释义】征伐;讨伐。《诗经·小雅·出车》:"赫赫南仲,薄伐西戎。"

【例句】唐刘方平《郑陇右严…》:"还同周薄伐,不取汉和亲。"唐刘长卿《至德三年…》:"薄伐征魏虎,长驱拥旆旌。"唐杜甫《留花门》:"自古以为患,诗人厌薄伐。"唐李频《府试入浦》:"吾皇则尧典,薄伐至桑乾。"宋宋庠《汉将》:"薄伐乃中谋,和亲非上策。"

伯成辞耕 bó chéng cí gēng

【分类】政治

【关键词】庄子

【释义】咏辞官归隐之典。《庄子·天地》:"尧治天下,伯成子高立为诸侯。尧授舜,舜授禹,伯成子高辞为诸侯而耕…子高曰:'昔尧治天下,不赏而民劝,不罚而民畏。今子赏罚而民且不仁,德自此衰,刑自此立,后世之乱自此始矣!'"

【例句】宋司马光《偶成》:"伯成轻南面,执耒耕丘樊。"宋王安石《次韵舍弟…》:"此地旧传公子札,吾心真慕伯成高。"宋李纲《题邵平种…》:"君不见伯成子高让侯爵,在野终年自耕获。"明苏葵《寄娄元善…》:"汉最足称徐孺子,禹无能屈伯成高。"

伯喈迁塞 bó jiē qiān sài

【分类】政治

【关键词】蔡邕

【释义】喻贤臣被迫害。《后汉书·蔡邕传》:"蔡邕字伯喈…弃市。事奏,中常侍吕强悯邕无罪,请之,帝亦思其章,有诏减死一等,与家属髡钳徙朔方,不得以赦令除。阳球使客追路刺邕,客感其义,皆莫为用。球又赂其部主使加毒害,所赂者反以其情戒邕,故每得免焉。"

【例句】唐李百药《途中述杯》:"伯喈迁塞北,亭伯之辽东。"唐雍陶《路逢有似…》:"朝来马上频回首,惆怅他人似蔡邕。"宋晁说之《将至鄌州》:"平生心迹笑元龙,今日城边比蔡邕。"宋沈与求《曾逢原挽词》:"满眼西风空溅泪,何心忍读蔡邕碑。"

伯喈文篆 bó jiē wén zhuàn
【分类】文化
【关键词】蔡邕
【释义】咏文士及书法家之典。《法书要录》:"南朝宋羊欣《采能书人名》:'陈留蔡邕,后汉左中郎将。善篆书,采斯(李斯)、喜(曹喜)之法,真定宜父碑文犹传于事,传者师焉。'"蔡邕,字伯喈。
【例句】唐李嘉祐《送从叔阳…》:"伯喈文与篆,虚作汉家贤。"唐耿湋《题清源寺》:"不知登岳客,谁得蔡邕书。"宋韩淲《玉成叟书…》:"赣上书来寄近诗,经行已得蔡邕碑。"宋李虚己《题义门胡…》:"药石好携灵运句,素筇留得蔡邕书。"

伯乐 bó lè
【分类】政治
【关键词】伯乐
【释义】原名孙阳,春秋秦穆公时人,以善相马著称。喻指有眼力,善于发现、选拔、使用出色人才者。源见"伯乐相马"。
【例句】唐张九龄《南还以诗…》:"上惭伯乐顾,中负叔牙知。"唐李群玉《投从叔》:"孙阳如不顾,骐骥向谁嘶。"宋郭祥正《广州越王…》:"青蝇何知附骥尾,伯乐底事矜驽骀。"宋黄庭坚《世弼病方…》:"伯乐无传骥空老,重华不见士长饥。"

伯乐相马 bó lè xiàng mǎ
【分类】政治
【关键词】伯乐
【释义】比喻善于发现人才。《庄子·马蹄》:"及至伯乐,曰:'我善治马。'"唐陆德明释文:"伯乐,姓孙,名阳,善驭马。"
【例句】唐高适《奉酬睢阳…》:"相马知何限,登龙反自疑。"宋陆游《倚筇》:"未免解牛逢肯綮,岂能相马造精微。"宋刘攽《与宋次道…》:"冀北群空相马,海滨人去复连鳌。"宋陆游《倚筇》:"未免解牛逢肯綮,岂能相马造精微。"

伯乐一顾 bó lè yī gù
【分类】政治
【关键词】伯乐
【释义】比喻受名家赏识。《战国策·燕策》:"人有卖骏马者…往见伯乐,曰:'臣有骏马,欲卖之,比三旦立于市,人莫与言。愿子还视之,去而顾之,臣请献一朝之贾。'伯乐乃还而视之,去而顾之。一旦而马价十倍。"
【例句】唐张九龄《南还以诗…》:"上惭伯乐顾,中负叔牙知。"唐李峤《舞》:"非君一顾重,谁赏素腰轻。"宋王迈《阙题》:"大匠旁观自汗颜,伯乐一顾价增百。"明黎邦琛《寄邓升仲作》:"平生肝胆向谁论,一顾长怀伯乐恩。"

伯鸾 bó luán
【分类】生活
【关键词】梁鸿
【释义】汉梁鸿的字。鸿家贫好学,不求仕进。与妻孟光共入霸陵山中,以耕织为业。夫妇相敬有礼。借指隐逸不仕之人,也作为贤丈夫的代称。源见"举案齐眉"。
【例句】唐王绩《端坐咏思》:"张衡赋《四愁》,梁鸿歌《五噫》。"唐骆宾王《夏日游德…》:"潘岳本自闲,梁鸿不因热。"唐孟郊《下第东南行》:"试逐伯鸾去,还作灵均行。"唐孟浩然《适越留别…》:"君学梅福隐,余从伯鸾迈。"宋苏轼《哭王子立…》:"非无伯鸾志,独有子云悲。"

伯鸾德耀 bó luán dé yào
【分类】生活
【关键词】梁鸿
【释义】汉梁鸿字伯鸾,妻孟光字德耀。夫妇相敬如宾,贫贱而志不移。旧时作为贤夫妇的典型,亦泛称贤夫妇。源见"举案齐眉"。
【例句】宋苏轼《满江红》:"何似伯鸾携德耀,箪瓢未足清欢足。"宋吴则礼《闲居》:"小君孟德耀,老夫梁伯鸾。"宋释德洪《季长尽室…》:"一叶扁舟共看山,伯鸾德耀俱风味。"明顾清《次韵张天骥》:"德耀晚年犹举案,伯鸾少日本无家。"

伯牛灾 bó niú zāi
【分类】生活
【关键词】伯牛
【释义】指不治之症,为咏伤逝之典。《论语·雍也》:"伯牛(冉耕)有疾,子问之,自牖执其手,曰:'亡之,命矣夫!斯人也而有斯疾也!斯人也而有斯疾也!'"
【例句】唐王维《哭褚司马》:"谁言老龙吉,未免伯牛灾。"宋李弥逊《蔡子应郎…》:"伯牛命矣元非病,桑户嗟来已反真。"宋张方平《葛居士诗》:"病痴谁问维摩诘,俗眼徒嗟冉伯牛。"金耶律楚材《感事》:"仁人短命嗟颜氏,君子怀疾叹伯牛。"

伯嚭 bó pǐ
【分类】政治
【关键词】勾践
【释义】喻奸臣。伯嚭为战国时吴王夫差宰辅,他残害忠良,祸国殃民,使吴国走向衰败。《史记·吴太伯世家》:"吴王曰:'孤老矣,不能事君王也。吾悔不用子胥之言,自令陷此。'遂自刭死。越王灭吴,诛太宰嚭,以为不忠,而归。"
【例句】唐张说《奉和圣制…》:"有策擒吴嚭,无言让范宣。"宋张咏《夫差庙》:"由来邪正是安危,不信忠良任伯嚭。"宋陈普《夫差伍员》:"勾践诚可除,宰嚭犹在侧。"元高启

《长洲苑》:"宰嚭应骖乘,巫臣实御戎。"

伯奇掇蜂　bó qí duō fēng
【分类】生活
【关键词】伯奇
【释义】设计离间骨肉之典。《琴操》曰:"吉甫便娶后妻。妻乃谮之于吉甫曰:'伯奇见妾美,欲有邪心。'吉甫曰:'伯奇慈仁,岂有此也。'妻曰:'置妾空房中,君登楼察之。'妻乃取毒蜂缀衣领,令伯奇掇之。于是吉甫大怒,放伯奇于野。"
【例句】唐李端《杂歌》:"伯奇掇蜂贤父逐,曾参杀人慈母疑。"唐白居易《天可度》:"劝君掇蜂君莫掇,使君父子成豺狼。"唐白居易《读史》:"掇蜂杀爱子,掩鼻戮宠姬。"明杨慎《病中秋怀》:"鸣牡掇蜂终古恨,衣苔带藻至今哀。"

伯仁　bó rén
【分类】生活
【关键词】周顗
【释义】代称亡友。《晋书·周顗传》载:晋周顗,字伯仁,元帝时为仆射,与王导交情很深。永昌元年,导堂兄江州刺史王敦起兵反,导赴阙待罪。顗在元帝前为导辩护,帝纳其言而导不知。及敦入朝,问导如何处置顗,导不答,遂杀顗。后导知顗曾救己,不禁痛哭流涕说:"吾虽不杀伯仁,伯仁由我而死。幽冥之中,负此良友。"
【例句】唐元稹《感事》:"伯仁虽到死,终不向人言。"宋汪藻《鲁国太夫…》:"他年黄阁地,谁举伯仁觞。"宋苏轼《胡完夫母…》:"当年织屦随方进,晚节称觞见伯仁。"宋李之仪《钱君倚夫…》:"伯仁非碌碌,到此辄自惑。"

伯牙　bó yá
【分类】文化
【关键词】伯牙
【释义】借指高明的乐师。源见"高山流水"。
【例句】唐吴筠《听尹錬师…》:"吾见尹仙翁,伯牙今复存。"唐孟浩然《示孟郊》:"众音何其繁,伯牙独不喧。"宋彭汝砺《寄伯兄…》:"冯客剑寒长自击,伯牙弦古欲谁听。"宋方子容《再访东坡…》:"轮奂欲形张老颂,调歌先听伯牙音。"

伯牙鼓琴　bó yá gǔ qín
【分类】文化
【关键词】伯牙
【释义】琴曲高妙而知音难得之典。源见"高山流水"。
【例句】唐李咸用《觅友生古风》:"伯牙鸣玉琴,幽音随指发。"唐骆宾王《乐大夫挽词》:"独嗟流水引,长掩伯牙弦。"唐江满昌《大唐大慈…》:"伯牙响琴徒秘典,卞和泣玉独沾巾。"唐薛涛《寄张元夫》:"借问人间愁寂意,伯牙弦绝已无声。"

伯雅　bó yǎ
【分类】生活
【关键词】酒
【释义】古酒器名。源见"三雅"。
【例句】唐陆龟蒙《酒乡》:"三杯闻古乐,伯雅逢遗斋。"宋洪炎《次韵许子…》:"伯雅相将浮鸭绿,素娥应共踏蟾银。"宋刘克庄《警斋吴侍…》:"呼来伯雅聊排闷,叱去奴星莫送穷。"宋苏过《次韵孙海…》:"当呼伯雅君,看子玉山倒。"

伯阳遁　bó yáng dùn
【分类】政治
【关键词】老子
【释义】咏隐遁避世之典。《高士传·老子李耳》:"老子李耳,字伯阳…生于殷时,为周柱下史。后周德衰,乃乘青牛去,入大秦,过西关。"
【例句】唐陈子昂《感遇诗》:"仲尼溺东鲁,伯阳遁西溟。"元戴良《示任》:"已遂伯阳遁,尚洒杨朱泣。"明王恭《山斋遗怀》:"仲尼鹢旅人,伯阳遁西漠。"

伯也执殳　bó yě zhí shū
【分类】政治
【关键词】诗经
【释义】指为人效力,充当先锋;或为人开路,走在前面。《诗经·卫风·伯兮》:"伯兮朅兮,邦之桀兮。伯也执殳,为王前驱。自伯之东,首如飞蓬。岂无膏沐?谁适为容!"殳:古代兵器,多用竹或木制成,有棱无刃。
【例句】唐白居易《题座隅》:"手不任执殳,肩不能荷锄。"唐元稹《酬乐天东…》:"馈饷人推辂,谁何吏执殳。"宋王质《和张君玉》:"车肠久自思怀橘,蓬首还应念执殳。"宋晁冲之《次韵集津…》:"伯也天下士,千金轻一诺。"元张昱《赠狄鸣善…》:"伯也执殳在军旅,堂上消息空传闻。"

伯益　bó yì
【分类】政治
【关键词】禹
【释义】舜时东夷部落的首领。相传伯益助禹治水有功,禹欲让位于益,益避居箕山之北。《尚书·舜典》:"帝曰:'俞!咨益,汝作朕虞。'"汉孔安国《传》:"虞,掌山泽之官。"
【例句】宋范仲淹《咏史》:"景ггг还将伯益传,九川功大若为迁。"元胡奎《送人考满…》:"伯益掌山泽,立官自唐虞。"元刘基《题谢皋羽…》:"伯益丘墟管仲没,孤根弱植谁扶持?"明王履《青柯平神…》:"与山俱生天所造,伯益前身此中老。"

伯英草圣　bó yīng cǎo shèng
【分类】文化
【关键词】张芝
【释义】用为称美人精于书法的典故。《后汉书·张奂传》:"(奂)长子芝,字伯英,最知名。"唐李贤注:"王愔《文志》曰:'芝少持高操…尤好草书,学崔、杜之法,家之衣帛,必书而后练。临池学书,水为之黑。下笔则为楷则,号忽忽不暇草书,为世所宝,寸纸不遗,韦仲将谓之草圣也。'"

【例句】唐钱起《送外甥怀…》:"能翻梵王字,妙尽伯英书。"唐权德舆《马秀才草…》:"伯英草圣绝伦,后来学者无其人。"宋韦骧《求陈和叔…》:"伯英临池池水黑,世称草圣真无敌。"聂绀弩《再叠留赠…》:"恨聂夷中非草圣,羡黄公度有诗才。"

伯有精灵 bó yǒu jīng líng
【分类】文化
【关键词】左传
【释义】咏鬼魂精灵之典。《左传·昭公七年》:"郑人相惊以伯有,曰'伯有至矣',则皆走,不知所往。铸刑书之岁二月,或梦伯有介而行,曰'壬子,余将杀带也。明年壬寅,余又将杀段也。'及壬子,驷带卒。国人益惧。"
【例句】唐吴融《偶题》:"莫道精灵无伯有,寻闻任侠报爱丝。"宋张祁《庐州诗》:"伯有执郑政,汰侈荒于嬉。"宋葛胜仲《君仪见和…》:"糟丘未辨陈喧老,罄谷宁容伯有藏。"明王守仁《却巫》:"也知伯有能为厉,自笑孙侨非丈夫。"

伯鱼 bó yú
【分类】生活
【关键词】孔子
【释义】孔子的儿子鲤的字。常用作对别人儿子的美称。《孔子家语·本姓》:"孔子三岁而叔梁纥卒…至十九,娶于宋之并官氏,一岁而生伯鱼,鱼之生也,鲁昭公以鲤鱼赐孔子,荣君之贶,故因以名曰鲤,而字伯鱼也。"
【例句】唐李白《送萧三十…》:"高堂倚门望伯鱼,鲁中正是趋庭处。"唐卢纶《送浑炼归…》:"露幕拥簪裾,台孩伐伯鱼。"宋曾几《示逢子》:"用赋要窥司马室,学诗频过伯鱼庭。"宋楼钥《李公执挽词》:"伯鱼久已闻贤训,魏子端能起外家。"宋陈渊《赵元述庆…》:"但得过庭追小鲤,不愁传钵欠卢能。"宋孙应时《邑人李子…》:"无椁去年悲孔鲤,有家何地客梁鸿。"

伯俞泣杖 bó yú qì zhàng
【分类】生活
【关键词】伯俞
【释义】用为爱母至孝的典故。《说苑·建本》:"伯俞有过,其母笞之,泣。其母曰:'他日笞子,未尝泣;今泣,何也?'对曰:'他日俞得罪,笞尝痛;今母之力衰,不能使痛,是以泣也。'"
【例句】唐王梵志《诗并序》:"孝是韩伯俞,董永孤养母。"明朱棣《赐孝子韩…》:"伯俞泣杖易伤情,童稚能知爱日诚。"明左国玑《怀湘歌》:"君不见申生不辩遭谮肉,伯俞泣杖何曾辱。"明陈子升《送某还…》:"何事登堂慰伯俞,空闻一拜旧罗襦。"

伯玉知非 bó yù zhī fēi
【分类】生活
【关键词】蘧伯玉

【释义】谓因时达变,不断反省悔悟过去,迁善从新。源见"蘧瑗知非"。
【例句】唐吴筠《元日言怀…》:"知非慕伯玉,读易宗文宣。"唐刘禹锡《答柳子厚》:"年方伯玉早,恨比四愁多。"唐李咸用《和友人喜…》:"年纪少他蘧伯玉,幸因多难早知非。"宋刘宰《贺赵居父…》:"肯向长安夸得意,妙年伯玉已知非。"

伯赵氏 bó zhào shì
【分类】政治
【关键词】伯赵鸟
【释义】借指太史。《左传·昭公十七年》:"我高祖少皞挚之立也,凤鸟适至,故纪于鸟,为鸟师而鸟名:凤鸟氏,历正也;玄鸟氏,司分者也;伯赵氏,司至者也。"晋杜预注:"伯赵,伯劳也,以夏至鸣,冬至止。"唐孔颖达正义:"此鸟以夏至来,冬至去,故以名官,使之主二至也。"赵鸟夏至鸣,冬至止,因此专司夏至、冬至的历正(古代专管天文历法的官)的属官,命名为伯赵氏。
【例句】唐尹躬《南至日太…》:"官称伯赵氏,色辨五方云。"明彭张贻《过丰城》:"阴雨张华庙,春风伯赵鸣。"清宋荦《秦吉了联句》:"趺趺俨鸲鹆,嗅嗅鄙伯赵。"清林朝崧《雨中卧病…》:"小溪涨绿雨新晴,茂树连阴伯赵鸣。"

伯仲 bó zhòng
【分类】生活
【关键词】诗经
【释义】指兄弟的次第,亦代称兄弟。比喻难分高低,不相上下。《诗经·小雅·何人斯》:"伯氏吹埙,仲氏吹篪。及尔如贯,谅不我知。"
【例句】唐杜甫《咏怀古迹》:"伯仲之间见伊吕,指挥若定失萧曹。"唐韦庄《夏初与侯…》:"世德只应荣伯仲,诗名终自付儿孙。"唐刘禹锡《送国子令…》:"伯仲到家人尽贺,柳营莲府递相欢。"宋宋祁《寒夜与伯…》:"樽酒伯仲雅,园荆兄弟枝。"

伯宗直 bó zōng zhí
【分类】生活
【关键词】左传
【释义】称美妻贤之典,也喻因言被害。《左传·成公十五年》:"晋三郤害伯宗,谮而杀之…初,伯宗每朝,其妻必戒之曰:'盗憎主人,民恶其上。子好直言,必及于难。'"
【例句】唐权德舆《酬南园新…》:"不厌梁鸿贫,常讯伯宗直。"宋梅尧臣《范饶州夫…》:"常忧伯宗直,曾识仲卿贫。"

博浪飞椎 bó làng fēi zhuī
【分类】政治
【关键词】张良
【释义】喻报仇雪恨。《史记·留侯世家》:"韩破,(张)良家僮三百人,弟死不葬,悉以家财求客刺秦王,为韩报仇…得力士,为铁椎重百二十斤。秦皇帝东游,良与客狙击秦皇帝博浪沙中,误中副车。'"
【例句】唐李白《经下邳圯…》:"沧海得壮士,椎秦博浪沙。"唐骆宾王《咏怀》:"宝剑思存楚,金锤许报韩。"五代徐钧《荆轲》:"何如博浪挥椎者,远击犹能中副车。"五代徐钧《张良》:"博浪椎挥四海惊,虎狼虽暴已无秦。"

博路受遗顾　bó lù shòu yí gù
【分类】政治
【关键词】霍光
【释义】西汉大臣霍光受汉武帝遗诏,辅佐幼主昭帝,他被封为博路侯。后遂用为托孤之典。《汉书·两龚传》:"上曰:'君未谕前画意邪?立少子,君行周公之事。'…遗诏封…光为博陆侯。"
【例句】唐李华《杂诗》:"绛侯与博陆,忠朴受遗顾。"宋李吕《吊霍光》:"博陆时方专国柄,济阴早已被弓弹。"宋苏籀《中垒》:"绛侯博陆在岩廊,高武不复忧刘氏。"宋艾可翁《书罗公碑阴》:"博陆脊梁扶日月,中郎名笔法春秋。"

博塞　bó sāi
【分类】生活
【关键词】庄子
【释义】亦作博簺,即六博、格五等博戏。喻指不务本业。《庄子·骈拇》:"问谷奚事,则博塞以游。"唐成玄英疏:"行五道而投琼(即骰子)曰博,不投琼曰塞。"
【例句】唐温庭筠《开成五年…》:"亡羊犹博塞,牧马倦呼卢。"唐杜甫《今夕行》:"咸阳客舍一事无,相与博塞为欢娱。"唐元稹《寄吴士矩…》:"藉草送远游,列筵酬博塞。"宋苏籀《诱学徒》:"鸱鸦嗜鼠颛门蔽,博簺忘羊失路偏。"宋陆游《行饭至湖上》:"只道诗书能发冢,岂知博塞亦亡羊。"

博山炉　bó shān lú
【分类】文化
【关键词】香炉
【释义】古香炉名,因炉盖上的造型似传闻中的海中名山博山而得名。后为名贵香炉的代称。《西京杂记》:"长安巧工丁缓者…又作九层博山香炉,镂为奇禽怪兽,穷诸灵异,皆自然运动。"
【例句】唐李白《杨叛儿》:"博山炉中沉香火,双咽一气凌紫霞。"唐李益《金吾子》:"绣帐博山炉,银鞍冯子都。"唐徐凝《杨叛儿》:"香死博山炉,烟生白门柳。"唐刘禹锡《泰娘歌》:"妆奁虫网厚如茧,博山炉侧倾寒灰。"

博望宾　bó wàng bīn
【分类】政治
【关键词】汉武帝
【释义】咏太子宾客之典。《三辅黄图·苑囿》:"武帝立子据为太子,为太子开博望苑以通宾客。《汉书》曰:'武帝年二十九乃得太子,甚喜。太子冠,为立博望苑,使之通宾客从其所好。'"
【例句】唐宋之问《郡宅中斋》:"晨趋博望苑,夜直明光殿。"唐白居易《赠皇甫宾客》:"昔曾对作承华相,今复连为博望宾。"唐白居易《与皇甫庶…》:"博望苑中无职役,建春门外足池台。"唐温庭筠《题望苑驿》:"花影至今通博望,树名从此号相思。"

博望侯　bó wàng hóu
【分类】政治
【关键词】张骞
【释义】指张骞。源见"张博望"。
【例句】唐张说《将赴朔方…》:"从来思博望,许国不谋身。"唐吴融《太湖石歌》:"用时应不称娲皇,将去也堪随博望。"唐韩偓《梦仙》:"每嗟阮肇何忽速,深羡张骞去不疑。"韩翃《送李侍御…》:"远属平津阁,前驱博望侯。"

博望苑　bó wàng yuàn
【分类】政治
【关键词】刘据
【释义】汉宫苑名,汉武帝为戾太子建,后泛指太子之宫。《汉书·戾太子刘据传》:"及冠就宫,上为立博望苑,使通宾客,从其所好,故多以异端进者。元鼎四年,纳史良娣,产子男进,号曰史皇孙。"
【例句】唐陈子昂《题田洗马…》:"望苑长为客,商山遂不归。"唐李端《喜皇甫郎…》:"望苑迁词客,儒林拜丈人。"唐杜甫《寄李十四…》:"名参汉望苑,职述景臺舆。"唐武元衡《韦常侍以…》:"望苑忽惊新诏下,彩鸾归处玉笼开。"

博物才　bó wù cái
【分类】文化
【关键词】张华
【释义】称誉博物洽闻之典。《晋书·张华传》:"张华字茂先…学业优博,辞藻温丽,朗赡多通,图纬方伎之书莫不详览。""天下奇秘,世所稀有者,悉在华所。由是博物洽闻,世无与比。""著《博物志》十篇,及文章并行于世。"
【例句】唐李嵩《奉和圣制…》:"佐命留侯业,词华博物才。"明吴伯宗《题环溪书堂》:"博物才难并,寻源志不群。"清钱载《拟恭和御…》:"宸居静协阴阳气,指示弥包博物才。"清金衍宗《晋永嘉砖…》:"赏奇须待博物才,临平石鼓丰城剑。"

搏虎攘臂　bó hǔ rǎng bì
【分类】生活
【关键词】冯妇
【释义】借指旧业重操。源见"再作冯妇"。
【例句】宋张方平《送李芝东归》:"支离攘臂福所倚,功名累身古共哀。"宋陆游《远游》:"见虎犹攘臂,逢狐肯叩头。"宋陆游《晓出南山》:"亡羊未恨补牢晚,搏虎深知攘臂非。"明张宪《伥魂啼血行》:"今晨冯妇复攘臂,虎视不动门前蹲。"

跛鳖　bǒ biē
【分类】生活

【关键词】楚辞

【释义】瘸腿的鳖,亦泛指鳖。比喻驽钝;低劣。《楚辞·哀时命》:"駟跛鳖而上山,吾固知其不能升。"

【例句】唐李商隐《今月二日…》:"远途哀跛鳖,薄艺奖雕虫。"唐白居易《履道西门》:"跛鳖难随骐骥足,伤禽莫趁凤凰飞。"唐卢仝《哭玉碑子》:"颇奈穷相驴,行动如跛鳖。"唐韩愈《会合联句》:"伊余何所拟,跛鳖讵能踊。"

簸钱　bò qián

【分类】生活

【关键词】游戏

【释义】古代一种以掷钱赌输赢的游戏,以钱正反面的多寡决定胜负。唐王建《宫词》:"暂向玉花阶上坐,簸钱赢得两三筹。"

【例句】唐王建《宫词》:"暂向玉花阶上坐,簸钱赢得两三筹。"唐王涯《宫词》:"百尺仙梯倚阁边,内人争下掷金钱。"唐司空图《游仙》:"仙曲教成慵不理,玉阶相簸打金钱。"明黄衷《和李璧山》:"潮回红药时翻锦,春到青榆总簸钱。"

逋逃薮　bū táo sǒu

【分类】政治

【关键词】纣

【释义】意指藏纳逃亡者的地方。《尚书·武成》:"今商王受无道…为天下逋逃主、萃渊薮。"晋孙盛《晋阳秋》:"而竣拥兵近间,为逋逃薮。"

【例句】明成鹫《游石碣山作》:"归来大笑别良友,此山取作逋逃薮。"清蓝鼎元《台湾近咏…》:"近以逋逃薮,议弃为荆榛。"清严遂成《重阳庵宋…》:"一传再传器不守,海陵鱼腹逋逃薮。"聂绀弩《北大荒歌》:"偶为暴客逋逃薮,间作逸民生死场。"

逋仙　bū xiān

【分类】政治

【关键词】林逋

【释义】指宋林逋,隐于西湖孤山,种梅养鹤,后世常以"逋仙"称誉之。源见"梅妻鹤子"。

【例句】宋李龙高《苔梅》:"姑射香薰荷倒好,逋仙青入草衣新。"宋刘鉴《梅》:"休说逋仙两句工,冰瓯涤笔别形容。"宋马廷鸾《题林彦潜…》:"快读诗人七钜编,前身端合是逋仙。"宋方岳《梅花十绝》:"逋仙解道影南斜,二百年来蔑以加。"

卜凤凰　bǔ fèng huáng

【分类】生活

【关键词】齐姜

【释义】咏选择佳婿或称颂婚姻美满之典。《左传·庄公二十二年》:"初,懿氏(懿仲)卜妻敬仲(陈完)。其妻占之,曰:'吉。是谓'凤皇于飞,和鸣锵锵。有妫(陈国姓)之后,将育于姜(齐国姓)。五世其昌,并于正卿。八世之后,莫之与京(强大)。'"春秋时,懿氏将女儿嫁给敬仲(陈公子完),占卜得吉词。

【例句】唐李群玉《送萧十二…》:"蓬莱才子即萧郎,彩服青书卜凤皇。"唐白居易《和梦游春诗》:"鸾歌不重闻,凤兆从兹卜。"宋王安石《春从沙碛底》:"万里卜凤凰,飘飘何时至。"宋李纲《杨夫人挽章》:"来嫔初卜凤和鸣,谁谓今闻薤露声。"

卜居　bǔ jū

【分类】生活

【关键词】卜居

【释义】以占卜择定建都之地,或择地居住,也指卜居世应有怎样的行止。《史记·周本纪》:"学者皆称周伐纣,居洛邑,综其实不然。武王营之,成王使召公卜居,居九鼎焉,而周复都丰、镐。"

【例句】唐刘伸仁《访曲江胡…》:"卜居天苑畔,闲步禁楼前。"唐李白《陈情赠友人》:"卜居乃此地,共井为比邻。"宋邵雍《天津弊居…》:"嘉祐卜居终是僦,熙宁受券遂能专。"宋范纯仁《赴郑郎中宴集》:"卧锦仙郎久卜居,满床书史日康娱。"

卜年　bǔ nián

【分类】政治

【关键词】禹

【释义】占卜预测统治国家的年数,亦指国运之年数。源见"定鼎"。

【例句】唐王维《奉和圣制…》:"秦后徒闻乐,周王耻卜年。"唐姚合《文宗皇帝…》:"尧舜非舜子,殷周但卜年。"唐鲍溶《洛阳春望》:"四海为家知德盛,二京有宅卜年长。"宋陈与义《邓州西轩…》:"皇家卜年过周历,变故未必非天仁。"

卜式　bǔ shì

【分类】政治

【关键词】汉武帝

【释义】汉武时人,善牧,捐资助朝廷,元鼎年为御史大夫,因不习文章遭贬。《汉书·卜式传》:"式既在位,言郡国不便盐铁而船有算,可罢。上由是不说式。明年当封禅,式又不习文章,贬秩为太子太傅。"

【例句】唐李白《悲歌行》:"惠施不肯干万乘,卜式未必穷一经。"唐白居易《渭川退居…》:"重文疏卜式,尚少弃冯唐。"宋黄庭坚《和谢公定》:"愿见推财多卜式,未须算赋似桑羊。"宋苏籀《平津》:"议诛郭解沮卜式,山东鄙人殊不鄙。"

卜市邻　bǔ shì lín

【分类】生活

【关键词】晏子

【释义】咏选择好邻居之典。《左传·昭公三年》:"初,(齐)景公欲更晏子之宅,曰:'子之宅近市,湫隘嚣尘,不可以居,请更诸爽垲者。'…且谚曰:'非宅是卜,唯邻是卜.'二三子先卜邻矣。"

【例句】唐刘禹锡《重寄表臣》："早晚同归洛阳陌，卜邻须近祝鸡翁。"唐白居易《四年春》："分司吉傅频合舍，致仕崔卿拟卜邻。"宋晁补之《东皋》："东皋瓜豆如云处，愧我幽栖不卜邻。"宋王安国《赠三灵…》："从此卜邻同笑傲，何须强著解嘲书。"明钱谦益《新岁有感…》："汉臣未可营居第，齐国还须卜市邻。"

卜昼卜夜　bǔ zhòu bǔ yè
【分类】生活
【关键词】陈敬仲
【释义】喻称聚饮无度、昼夜不休。《左传·庄公二十二年》载：春秋时，齐国陈敬仲为工正（注掌百工之官），一次请桓公饮酒，桓公一时高兴，命举火继饮。敬仲辞谢说："臣卜其昼，未卜其夜，不敢。"指白天饮酒占卜过了，晚上饮酒没占卜，恐怕不吉利。
【例句】宋朱翌《投壶》："卜昼未厌仍卜夜，铜檠高捧烛花然。"宋戴复古《张仁仲…》："大抵吾曹臭味同，留欢卜夜莫匆匆。"宋宋祁《万州齐都官》："宴弁侧星陪卜昼，妍歌抽雪送酡颜。"宋韩维《和微之游…》："幸有主人频卜昼，肯同俗子更悲秋。"

卜筑　bǔ zhù
【分类】生活
【关键词】刘訏
【释义】择地建筑住宅，即为定居之意。《梁书·刘訏》："（刘訏）曾与族兄刘歊听讲于钟山诸寺，因共卜筑宋熙寺东涧，有终焉之志。"
【例句】唐杜甫《舍弟观赴…》："卜筑应同蒋径，为园须似邵平瓜。"唐孟浩然《冬至后过…》："卜筑依自然，檀溪不更穿。"唐窦庠《东都嘉量…》："卜筑三川上，仪刑万井中。"唐牟融《题李昭训…》："卜筑藏修地自偏，尊前诗酒集群贤。"

补衮　bǔ gǔn
【分类】政治
【关键词】诗经
【释义】补救规谏帝王的过失。《诗经·大雅·烝民》："衮职有阙，维仲山甫补之。"毛传："有衮冕者，君之上服也。仲山甫补之，善补过也。"
【例句】唐宋之问《伤王七秘…》："补衮望寰塞，尊儒位未充。"唐李隆基《集贤书院…》："集贤招衮职，论道命台臣。"唐罗隐《酬姚补阙…》："补衮周官贵，能名汉主慈。"唐崔湜《景龙二年…》："进无负鼎说，退惭补衮诗。"

捕风系影　bǔ fēng xì yǐng
【分类】政治
【关键词】汉书
【释义】形容纯属虚妄骗人之言。为咏毫无根据之典。《汉书·郊祀志下》："听其言，洋洋满耳，若将可遇，求之，荡荡如系风捕景，终不可得。"
【例句】唐贯休《贻世》："捕风兼系影，信矣不须争。"宋文天祥《林附祖》："画影图形正捕风，书生薄命入置中。"明沈周《梅花道人…》："捕风捉影老手健，凤骇鸾惊秋月凉。"清弘历《襟岚书屋》："偶观题额还自笑，捉影捕风真戏谈。"

捕虏将军　bǔ lǔ jiāng jūn
【分类】政治
【关键词】马武
【释义】咏名将之典。《后汉书·马武传》："世祖即位，以武为郎中、骑都尉，封山都侯。建成四年，与虎牙将军盖延等讨刘永，武别击济阴，下成武、楚丘，拜捕虏将军。"
【例句】唐杜甫《寄董卿嘉…》："居然双捕虏，自是一嫖姚。"宋宋祁《张宫苑拜…》："飞将负才曾捕虏，伏波见上数论兵。"宋王安石《董伯懿诗…》："慙能捕虏取肝鬲，护送密乞完形骸。"宋洪咨夔《酬程嘉定…》："政无劝课条，功蔑捕虏级。"元甘瑾《送防秋将》："白草交河道，清笳捕虏营。"

哺糟　bǔ zāo
【分类】生活
【关键词】楚辞
【释义】饮酒，吃酒糟，比喻屈志从俗，随波逐流。《楚辞补注·渔父》："圣人不凝滞于物，而能与世推移。世人皆浊，何不淈其泥而扬其波？众人皆醉，何不铺其糟而歠其醨？"
【例句】唐元稹《送东川马…》："饯筵君置醴，随俗我哺糟。"宋梅尧臣《和刘原甫…》："予无奈何亦思饮，饮竭罂瓮从哺糟。"宋刘敞《和永叔…》："黄头稚子白发翁，哺糟相随尘土中。"宋郑侠《谢太守惠酒》："不学憔悴思独醒，哺糟啜醨随其朋。"

不崩不骞　bù bēng bù qiān
【分类】生活
【关键词】诗经
【释义】用为祝福之词。《诗经·小雅·天保》："如南山之寿，不骞不崩。"毛传："骞，亏也。"《天保》写人寿比南山，不会亏损也不会崩坏。
【例句】唐杜甫《观薛稷少…》："仰看垂露姿，不崩亦不骞。"宋蔡襄《仁宗皇帝…》："须知无可欲，终古不骞崩。"宋释文珦《南山松柏章》："松柏有常性，南山不骞崩。"明陈约《为臧德中…》："更祝不崩亦不骞，永与南山同乎千万年。"

不辨牛马　bù biàn niú mǎ
【分类】生活
【关键词】庄子
【释义】也谓不分牛，为咏水面宽阔、隔岸看不清事物之典。《庄子·秋水篇》："秋水时至，百川灌河。泾流之大，两涘渚崖之间，不辨牛马。"
【例句】唐李白《玉真公主…》："泥沙塞中途，牛马不可辨。"唐孔德绍《王泽岭遭…》："惊涛遥起鹭，回岸不分牛。"唐杜甫《秋雨叹》:"去马来牛不复辨,浊泾清渭何当分。"宋文同《平云阁观雨》:"喷崖倒壑恣颓荡,咫尺不可辨牛马。"宋欧阳修《黄河八韵…》:"凿龙时退鲤,涨潦不分牛。"

不才 bù cái
【分类】政治
【关键词】左传
【释义】没有才能,不成材,也用为自称的谦辞。《左传·成公三年》:"王(楚共王)送知罃,曰:'子其怨我乎?'对曰:'二国治戎,臣不才,不胜其任,以为俘馘。臣实不才,又谁敢怨?'"
【例句】唐孟浩然《岁暮归南山》:"不才明主弃,多病故人疏。"唐杜甫《赠李八秘…》:"不才同补衮,奉诏许牵裾。"唐王易简《官左拾遗…》:"汩没朝班愧不才,谁能低折向尘埃。"聂绀弩《趁韵五和…》:"男儿足迹当天下,万里襟期愧不才。"

不德将鹿 bù dé jiāng lù
【分类】政治
【关键词】左传
【释义】咏德政化民或咏铤而走险之典。《左传·文公十七年》:郑子家为书与晋之赵宣子:"小国之事大国也,德则其人也,不德则其鹿也,铤而走险,急何能择。"晋杜预注:"以德加己,则以人道相事;言急则欲荫茠于楚,如鹿赴险。"
【例句】唐畅当《自平阳馆…》:"德绥及吾民,不德将鹿矣。"宋邵雍《自处吟》:"不德于人焉敢异,至诚从物更无他。"清刘大绅《南诏碑歌》:"狼子在野心难驯,不德何鹿不走避。"清阮元《浙东赈灾…》:"致灾巳不德,有力敢不殚。"

不二法门 bù èr fǎ mén
【分类】文化
【关键词】佛
【释义】佛家语。谓修行人道有八万四千法门,不二法门在诸法门之上,能直见圣道,不可言传。比喻最好的或独一无二的方法。《维摩诘所说经·入不二法门品》:"如我意者,于一切法无言无说,无示无识,离诸问答,是为入不二法门。"
【例句】宋陈寿朋《望海亭》:"法门应不二,来此默追寻。"宋黄庭坚《维摩诘画赞》:"不二法门无别路,诸方临水不敢渡。"宋释慧远《偈颂》:"不二法门从此入,更于何处觅文殊。"宋释印肃《活人歌》:"不二法门谁敢道,金毛师子露身全。"

不分皂白 bù fēn zào bái
【分类】生活
【关键词】诗经
【释义】谓不分黑白,不辨是非。《诗经·大雅·桑柔》:"匪不能言,胡斯畏忌。"郑玄笺:"贤者见此事之是非,非不能分别皂白,言之于王也。"皂白,指黑与白。多比喻非

与是。
【例句】宋杨万里《和曾无疑…》:"醉翁若是真个醉,皂白何须镜样明。"宋黄庭坚《稚川约晚…》:"道上风埃迷皂白,堂前水竹湛清华。"宋陆游《秋兴》:"世俗不足论,天岂无皂白。"宋吴颐《别后再用…》:"饥目屡常昏皂白,晨炊何敢问新陈。"

不龟手 bù guī shǒu
【分类】生活
【关键词】庄子
【释义】冬天用药涂手,使不皲裂,谓之不龟手。比喻本来微贱而终得富贵之人。源见"不龟手药"。
【例句】唐陆希声《寄言光上人》:"寄言昔日不龟手,应念江头洴澼人。"唐崔道融《旅行》:"谁怜不龟手,他处却封侯。"宋苏轼《赠李兕彦…》:"穷途政似不龟手,与世羞为西子颦。"宋黄庭坚《乙未移舟…》:"桓公甕盎瘿,楚国不龟手。"

不龟手药 bù guī shǒu yào
【分类】生态
【关键词】庄子
【释义】使手不冻裂的药。比喻微才薄技却有大用。《庄子·逍遥游》:"宋人有善为不龟手之药者,世以洴澼絖为事。客闻之,请买其方百金…客得之,以说吴王。越有难,吴王使之将。冬,与越人水战,大败越人。裂地而封之。"洴澼絖:漂洗棉絮。
【例句】唐陆希声《寄訾光上人》:"寄言昔日不龟手,应念江头洴澼人。"五代崔道融《旅行》:"谁怜不龟手,他处却封侯。"宋陆游《寓叹》:"裹马革心空许国,不龟手药却成功。"宋黄庭坚《戏答史应…》:"收得千金不龟药,短裙漂絖暮江寒。"

不合时宜 bù hé shí yí
【分类】生活
【关键词】苏轼
【释义】时宜:当时的需要和潮流。不合时宜就是不适合时代、时机、形势的需要,也指不合世俗习尚。《汉书·哀帝纪》:"皆违经背古,不合时宜。"宋费衮《梁溪漫志》:"苏东坡一日退朝,扪腹而行,顾谓侍儿曰:'汝辈且道是中有何物?'…朝云乃曰:'学士一肚皮不入时宜。'"
【例句】宋晏殊《御阁》:"雕盘角黍竞时宜,组绣风华奉紫闱。"宋韩琦《壬辰岁除…》:"解苏民望终为腊,要入时宜不在春。"宋李流谦《次大人韵》:"六品官资庄厌卑,高怀自不入时宜。"聂绀弩《调怀沙新婚》:"描成京兆双眉样,不合时宜一肚皮。"

不火食 bù huǒ shí
【分类】生活
【关键词】庄子
【释义】不能吃热的饭菜,比喻处境穷困窘迫。《庄子集释·让王》:"孔子穷于陈蔡之间,七日不火食。"

【例句】唐李白《送侯十一》："余亦不火食，游梁同在陈。"宋文同《子瞻戏子…》："有时七日不火食，支体虽羸心不屈。"宋李新《元次山作…》："七日不火食，自断无此身。"宋杨万里《初九夜月》："珍重姮娥住广寒，不餐火食不餐烟。"

不窥家　bù kuī jiā

【分类】政治

【关键词】禹

【释义】咏公而忘私之典。《尚书·大禹谟》："启呱呱而泣，予弗子，惟荒度土功。"汉孔安国《传》："启禹子也，禹治水过门不入，闻启泣声，不暇子名之，以大治度水土之功故。"

【例句】唐李白《公无渡河》："大禹理百川，儿啼不窥家。"宋陈师道《晚立》："禹迹千年后，家山一顾中。"宋释宝昙《书四祖大…》："禹三过门不及室，仅有一发传之汤。"明陈献章《春日偶成》："大禹须治水，颜回却卧家。"明庄㫤《雨宿罗汉…》："行藏梦有平生路，回禹家无各自墙。"

不乐为车公　bù lè wèi chē gōng

【分类】生活

【关键词】车胤

【释义】咏雅集游乐之典。源见"车公醉欢"。

【例句】唐王维《河南严尹…》："欲知今日后，不乐为车公。"唐白居易《寄李蕲州》："江郡讴歌夸杜母，洛城欢会忆车公。"唐白居易《岁暮夜长…》："明朝强出须谋乐，不拟车公更拟谁。"宋徐铉《寄钟谟》："不得车公终不乐，已教红袖出门迎。"

不列三后　bù liè sān hòu

【分类】政治

【关键词】皋陶

【释义】三后，指古代三个帝王，即伯夷、禹和稷，他们德与功很高，故受到人民的尊重。东夷族领袖皋陶，身为法官而早死，故古人认为他不能与三后并列。后常用为轻视法官之典。《后汉书·杨赐传》："拜赐尚书令。数日出为廷尉，赐自以代非法家，言曰：'三后成功，惟殷于民，皋陶不与焉，盖耻之也。'"

【例句】唐张九龄《奉和圣制…》："三后既在天，万年斯不刊。"唐韩愈《赴江陵途…》："早知大理官，不列三后傅。"宋刘攽《送欧阳永…》："毕命继三后，商邑正四方。"宋黄庭坚《题虔州东…》："三后在天遗圣墨，百神受职扶琳宫。"

不磷缁　bù lín zī

【分类】政治

【关键词】论语

【释义】比喻不受环境影响而起变化，称誉人坚守节操德行。《论语·阳货》："然，有是言也。不曰坚乎？磨而不磷（磷，薄）；不曰白乎？涅而不缁（涅，染；缁，黑色）。"

【例句】唐张九龄《酬宋使君…》："但愿自心在，终然涅不淄。"唐杜甫《别崔潩因…》："如何久磨砺，但取不磷缁。"宋黄庭坚《次韵答张…》："短褐不磷缁，文章近楚辞。"宋汪藻《韦氏独乐园》："渺然于世不磷缁，手自栽花作四时。"

不卖卢龙　bù mài lú lóng

【分类】政治

【关键词】田畴

【释义】不以功邀赏之典。《三国志·田畴传》载：田畴字子泰，右北平无终人。曹操北征乌丸，田畴以司空户曹掾随军，建议偷越卢龙口出击并亲为向导，有功，封亭侯，不受，曰："岂可卖卢龙之塞，以易赏禄哉？"

【例句】唐钱起《送王使君》："不卖卢龙塞，能消瀚海波。"唐李昂《从军行》："田畴不卖卢龙策，窦宪勒燕然石。"唐陈子昂《送著作佐…》："莫卖卢龙策，归邀麟阁名。"明陈仁锡《何承渠副…》："如今不卖卢龙塞，万国车书四海融。"

不凝滞于物　bù níng zhì yú wù

【分类】生活

【关键词】楚辞

【释义】咏随世道变化而变化的人生哲学之典。《楚辞补注·渔父》："渔父曰：'圣人不凝滞于物，而能与世推移。世人皆浊，何不淈其泥而扬其波？众人皆醉，何不哺其糟而啜其醨？何故深思高举，自令放为？'"

【例句】唐李咸用《放歌行》："至哉先哲言，于物不凝滞。"宋赵抃《赠东川曹…》："物无凝滞心无积，名已逍遥道已醇。"宋陈白《题胜光怡…》："了了无凝滞，谁人知此心。"宋姜特立《吟诗》："纵横妙用无凝滞，问著机缄自不知。"

不平则鸣　bù píng zé míng

【分类】政治

【关键词】韩愈

【释义】指对不公平的事情发出不满的呼声。唐韩愈《送孟东野序》："大凡物不得其平则鸣。"

【例句】唐徐九皋《独啸亭》："缘非不平鸣，只用矫庸俗。"宋欧阳修《答苏子美…》："退之序百物，其鸣由不平。"宋王安石《和崔公度》："万物能鸣为不平，世间歌哭两营营。"宋刘克庄《题白渡方…》："莫信人嫌无理闹，颇疑渠有不平鸣。"

不求甚解　bù qiú shèn jiě

【分类】生活

【关键词】陶渊明

【释义】原指读书不咬文嚼字，而领会要旨，现多指学习不认真，不求深入理解。《陶渊明集·五柳先生传》："闲静少言，不慕荣利。好读书，不求甚解，每有会意，欣然忘食。"

【例句】唐白居易《松斋自题》："书不求甚解，琴聊以自娱。"宋释德洪《资国寺西…》："遗编终不求甚解，故人但愿长相亲。"宋孙应时《和答赵生…》："会意书非求甚解，无弦琴岂要知音。"清章甫《论诗》："会意不须求甚解,阙疑乃可赏其奇。"

不识一丁　bù shí yī dīng
【分类】生活
【关键词】张宏靖
【释义】形容人一字不识,胸无点墨。《新唐书·张宏靖传》："今天下无事,汝辈挽得两石力弓,不如识一丁字。"
【例句】五代徐钧《侯岊止》："一丁不识望台官,獬豸何如可并冠。"宋洪皓《次彦深韵》："彦隆能挽两石弓,丁丁不识爨韰便。"宋李昂英《南华寺》："体用圆明皆宝相,一丁不识却心通。"宋杨万里《初秋戏作…》："莫羞空腹无丁字,且免秋阳晒杀人。"

不食武昌鱼　bù shí wǔ chāng yú
【分类】生活
【关键词】孙皓
【释义】用为怀恋故土的典故。《三国志·陆凯传》："孙皓徙都武昌,扬土百姓溯流供给,以为患苦,又政事多谬,黎元穷匮。凯上疏曰:'且童谣言:"宁饮建业水,不食武昌鱼;宁还建业死,不止武昌居。"知民所苦也。'"
【例句】唐罗隐《游江夏》："鱼听建业歌声过,水看江塘雪影来。"唐独孤及《下弋阳江…》："得餐武昌鱼,不顾浔阳田。"宋杨备《太初宫》："三军不食武昌鱼,万骑时已建业居。"宋王安石《寄鄂州张…》："昔人宁饮建业水,共道不食武昌鱼。"

不书名　bù shū míng
【分类】政治
【关键词】霍光
【释义】不记姓名而写其职务、封爵及姓氏,喻功勋卓著荣宠倍加。《汉书·李广苏建列传》："上思股肱之美,乃图画其人于麒麟阁,法其形貌,署其官爵姓名。唯霍光不名,曰'大司马大将军博陆侯姓霍氏'。"
【例句】唐储光羲《次天元十…》："神皇麒麟阁,大将不书名。"宋释元肇《海棠》："几向春风怜薄命,少陵诗史不书名。"宋郏亶《刚显庙》："公无爵位在周行,史臣不书名不彰。"明文肇祉《题卧雪图》："当日史官何忘事,洛阳令尹不书名。"

不瞬　bù shùn
【分类】生活
【关键词】飞卫
【释义】不眨眼。《列子·汤问》："纪昌者,又学射于飞卫。飞卫曰:'尔先学不瞬,而后可言射矣。'"
【例句】唐白居易《钵塔院如…》："慈悲不瞬谁天眼,清净无尘几地心。"宋文天祥《山中》："鸟过目不瞬,江流意自迟。"宋姚勉《再赠寻贤…》："奸蔡邪丁两贵臣,目光不瞬漫精神。"宋释居简《桃花犬行》："鬼瞰高明目不瞬,勾连狸怪狐妖逞。"

不死乡　bù sǐ xiāng
【分类】政治
【关键词】楚辞
【释义】古人想像中仙人居住的地方。《楚辞·远游》："仍羽人于丹丘兮,留不死之旧乡。"汉王逸注："因就众仙于明光处。丹丘,昼夜常明。《山海经》有羽人之国,不死之民。"
【例句】唐独孤及《题思禅寺…》："老僧指香楼,云是不死庭。"唐李咸用《吴处士寄…》："但居平易俟天命,便是长生不死乡。"唐罗公远《大还丹口诀》："淮南调鼎彭宝尝,得道同归不死乡。"唐吕岩《七言》："鹤为车驾酒为粮,为恋长生不死乡。"

不俟驾　bù sì jià
【分类】政治
【关键词】论语
【释义】喻指急于应召。《论语·乡党》："君命召,不俟驾行矣。"谓国君召唤,孔子不等车辆驾好马即先行。
【例句】宋王十朋《己卯腊月》："君命不俟驾,安敢怀故乡。"宋李流谦《峡中赋百韵》："儒绅企荣途,行有不俟驾。"宋洪咨夔《送崔少蓬…》："诏来不俟驾,世事犹可为。"宋李曾伯《钱章漕乐…》："不俟驾行何惮暑,适逢圭觐恰当秋。"

不速之客　bù sù zhī kè
【分类】生活
【关键词】周易
【释义】不经招请而自来的客人。《周易注疏·需》："有不速之客三人来。"唐孔颖达疏："速,召也。不须召唤之客有三人来。"
【例句】宋王禹称《仲咸因春…》："无瑕收作宝,不速敬如宾。"宋孙觉《初至汤泉》："聊不速客,来浴自然汤。"宋李师中《龙隐岩》："鼎来不速客,抱琴忽逢迎。"宋苏辙《程八信孺…》："君行到官我未死,杖藜便是不速宾。"

不贪为宝　bù tān wéi bǎo
【分类】政治
【关键词】子罕
【释义】形容清廉不贪,操守高尚。《左传·襄公十五年》："宋人或得玉,献诸子罕…子罕曰:'我以不贪为宝,尔以玉为宝,若以与我,皆丧宝也。不若人有其宝。'"
【例句】唐独孤良器《赋得沈珠…》："沈非将宝契,还与不贪符。"唐杜甫《题张氏隐居》："不贪夜识金银气,远害朝看麋鹿游。"唐周昙《宋子罕》："自有不贪身内宝,玉人徒献外来珍。"宋苏轼《王晋卿示…》："守子不贪宝,完我无瑕玉。"

不武　bù wǔ
【分类】政治
【关键词】左传

【释义】指不能被称作勇武的人。《左传·襄公十年》："城小而固，胜之不武，弗胜为笑。"
【例句】唐于濆《长城》："秦皇岂无德，蒙氏非不武。"宋苏洵《自尤》："嗟予为父亦不武，使汝孤冢埋冤魂。"宋李纲《申伯见和…》："嗟予值时危，屠懦愧不武。"宋苏辙《古劝学行》："横槊胡为忘试艺，不文不武伊何遵。"

不系之舟 bù xì zhī zhōu
【分类】政治
【关键词】庄子
【释义】比喻自由而无所牵挂，亦比喻漂泊无定。《庄子·列御寇》："巧者劳而智者忧，无能者无所求，饱食而敖游，泛若不系之舟，虚而敖游者也。"
【例句】唐李颀《谒张果先生》："应物云无心，逢时舟不系。"唐李白《寄崔侍御》："宛溪霜夜听猿愁，去国长如不系舟。"唐白居易《适意》："一朝归渭上，泛如不系舟。"唐独孤及《将赴京答…》："甘作远行客，深惭不系舟。"唐韦应物《自巩洛舟…》："为报洛桥游宦侣，扁舟不系与心同。"

不下机 bù xià jī
【分类】生活
【关键词】苏秦
【释义】咏遭受家人冷遇之典。源见"季子貂敝"。
【例句】唐李白《别内赴征》："归时倘佩黄金印，莫学苏秦不下机。"唐白居易《读史》："季子憔悴时，妇见不下机。"唐钱起《送张参及…》："借问还家何处好，玉人含笑下机迎。"宋王禹偁《将赴单州…》："乡人竟指曾题柱，丘嫂应惭不下机。"

不言家 bù yán jiā
【分类】政治
【关键词】霍去病
【释义】汉霍去病毅然辞去君王赏赐的宅第，指公而忘私。《史记·卫将军骠骑列传》："天子为治第，令骠骑视之，对曰：'匈奴未灭，无以家为也。'"
【例句】唐李昂《从军行》："匈奴未灭不言家，驱逐行行边徼赊。"唐韩翃《送刘将军》："阙下来时亲伏奏，胡尘未尽不为家。"唐苏颋《同钱阳将…》："然明行改俗，去病不为家。"唐温庭筠《敕勒歌塞北》："却笑江南客，梅落不归家。"明皇甫汸《河湟行》："博望以来能许国，嫖姚自誓不言家。"

不夜城 bù yè chéng
【分类】生态
【关键词】莱子
【释义】城名，汉置，在今山东省文登县东北。比喻灯火通明、如同白昼的城市。《汉书·地理志上》颜师古注引《齐地记》："齐有不夜城。古传有日夜出，见于东莱，故莱子立此城，以不夜为名。"
【例句】唐苏颋《广达楼下…》："楼台绝胜宜春苑，灯火还同不夜城。"唐独孤及《海上怀华…》："凉风台上三峰月，夜城边万里沙。"宋苏轼《雪后到乾…》："风花误入长春苑，云月长临不夜城。"宋苏籀《元夕偶成》："宝珠穿蚁嬉游肆，莲蕊然犀不夜城。"

不倚将军势 bù yǐ jiāng jūn shì
【分类】生活
【关键词】冯子都
【释义】多用于颂扬正直磊落之人。《玉台新咏·羽林郎》："昔有霍家奴，姓冯名子都。依倚将军势，调笑酒家胡。"
【例句】唐李白《扶风豪士歌》："作人不倚将军势，饮酒岂顾尚书期。"唐岑参《送郭司马…》："不倚将军势，皆称司马贤。"唐高适《赠别王十…》："勿辞部曲勋，不藉将军势。"唐刘禹锡《武夫词》："依倚将军势，交结少年场。"

不易一字 bù yì yī zì
【分类】文化
【关键词】王勃
【释义】落笔不改一字，形容才思精敏，作文有如宿构。《新唐书·王勃传》："勃属文，初不精思，先磨墨数升，则酣饮引被覆面卧。及寤，授笔成篇，不易一字，时人谓勃为腹稿。"
【例句】宋王禹偁《寄献鄜州…》："醉挥拔萃判，一字不复改。"宋梅尧臣《永叔内翰…》："杨生护己短，一字不肯易。"宋陆游《感秋》："凛然出师表，一字不可删。"宋吴芾《符倅同游…》："翕然万口竞流传，一字谁能加笔削。"宋释宝昙《用前韵寄…》："闻公已是诗成集，一字千金岂易删。"

不因人热 bù yīn rén rè
【分类】生活
【关键词】梁鸿
【释义】比喻不仰仗别人，不愿依赖旁人。《东观汉记·梁鸿传》："常独坐止，不与人同食。比舍先炊已，呼鸿及热釜炊。鸿曰：'童子鸿，不因人热者也！'灭灶更燃火。"
【例句】唐骆宾王《夏日游德…》："潘岳本自闲，梁鸿不因热。"宋赵公豫《冷泉亭》："泉不因人热，渊源自古今。"明王彦泓《御君兄内…》："话到不因人热处，始知夫婿是梁鸿。"明凌义渠《午东平…》："热不因人仍濩落，官思称职独劳贤。"

不逾矩 bù yú jǔ
【分类】生活
【关键词】论语
【释义】不越出规矩，格守规矩。源见"三十而立"。
【例句】唐权德舆《书绅诗》："苟非不逾矩，焉得遂性情。"宋邹浩《吴公蔚将…》："一如一切悉皆如，迥脱拘挛不逾矩。"宋方回《七十翁吟…》："自知酒量防逾矩，敢诧诗才妙斫轮。"聂绀弩《苞户》："七十衰翁观世界，从心所欲矩先逾。"

不远复 bú yuǎn fù
【分类】生活

【关键词】周易

【释义】意为未行远而返归,为咏望人归来之典。《周易注疏·复》:"初九,不远复,无祗悔,元吉。"

【例句】唐韩愈《招杨之罘》:"礼称独学陋,易贵不远复。"宋王禹称《赠种放处士》:"犹期不远复,一问迷途津。"宋吕本中《吉州段秀…》:"始知陋巷居,已悟不远复。"宋朱熹《游昼寒以…》:"十年落尘土,尚幸不远复。"

不越雷池　bù yuè léi chí

【分类】政治

【关键词】庾亮

【释义】比喻一步也不越出某一事物的界限。雷池:古雷水。《晋书·庾亮传》:"温峤闻峻不受诏,便欲下卫京都,三吴又欲起义兵,亮并不听,而报峤书曰:'吾忧西陲过于历阳,足下无过雷池一步也。'"

【例句】宋柴元彪《登衡山宿…》:"翛然身世青冥表,俯立雷池看玉龙。"明邓云霄《游衡山诗》:"孤巘芙蓉摇瀑布,晴天霹雳起雷池。"清黄遵宪《西乡星歌》:"雷池一步不得过,天纲所际难逃生。"聂绀弩《推磨》:"连朝齐步三千里,不在雷池更外头。"

不赞一词　bù zàn yī cí

【分类】文化

【关键词】孔子

【释义】原指文章写得很好,别人不能再添一句话;后也比喻一言不发。《史记·孔子世家》:"至于为《春秋》,笔则笔,削则削,子夏之徒不能赞一辞。"

【例句】宋裘万顷《次洪内相…》:"平生未省翻三峡,高处那能赞一辞。"明郑岳《淇县有殷…》:"孔圣赞一词,永与天壤俱。"清杨寿枏《题范衡伯…》:"师门著作春秋例,游夏何能赞一词。"聂绀弩《六十》:"不赞一词比夏游,敬观夫子著春秋。"

不知有汉　bù zhī yǒu hàn

【分类】政治

【关键词】陶渊明

【释义】形容长期脱离现实、对社会一无所知,也形容知识贫乏、学问浅薄,或喻与世无争。晋陶渊明《桃花源记》:"问今是何世,乃不知有汉,无论魏晋。"

【例句】唐王绩《田家》:"不知今有汉,唯言昔避秦。"唐胡仲弓《霸王庙》:"未造汉时知有汉,岂堪秦后又生秦。"明邝露《乙酉入都…》:"王命论存知有汉,说难书在不干秦。"聂绀弩《六七八次…》:"不知有汉回君椁,莫弃于妻打我柴。"

不訾　bù zī

【分类】政治

【关键词】货殖

【释义】不可比量,不可计数,形容十分贵重。《史记·货殖列传》:"其先得丹穴,而擅其利数世,家亦不訾。"唐司马贞《史记索隐》:"谓其多,不可訾量。"

【例句】唐崔融《哭蒋詹事俨》:"贞节既已固,殊荣良不訾。"唐李商隐《韩碑》:"入蔡缚贼献太庙,功无与让恩不訾。"宋韩维《景仁次道…》:"句成自有法,意厚良不訾。"宋苏辙《次韵毛君…》:"问天乞得不訾身,屈指人间今几人。"

不訾之躯　bù zī zhī qū

【分类】生活

【关键词】盖宽饶

【释义】訾:估量。指不能以资财估价的身体,极言人之高贵。《汉书·盖宽饶传》:"用不訾之躯,临不测之险,窃为君痛之。"

【例句】唐韩愈《寄崔二十…》:"况又婴疹疾,宁保躯不訾。"宋苏过《和伯充兄…》:"老境已侵无几发,垂堂共爱不訾身。"宋苏过《和赵承之…》:"莫将不訾身,玩此有限年。"宋陆游《述怀》:"宦游轻用不訾身,敛退今为省事人。"

布被　bù bèi

【分类】政治

【关键词】公孙弘

【释义】喻官吏生活俭朴,严于律己。《史记·平津侯主父列传》:"(公孙)弘为人恢奇多闻,常称以为人主病不广大,人臣病不俭节。弘为布被,食不重肉。"

【例句】唐白居易《过颜处士墓》:"箪瓢颜子生仍促,布被黔娄死更贫。"唐刘得仁《赠王尊师》:"挂肩黄布被,穿发白菖簪。"宋曾巩《喜二弟侍…》:"共眠布被取温暖,同举菜羹甘淡薄。"宋苏轼《章钱二君…》:"醉里冰髭失缨络,梦回布被起廉隅。"

布帆无恙　bù fān wú yàng

【分类】生活

【关键词】顾恺之

【释义】指布帆(船)没损坏。比喻旅途平安。《晋书·顾恺之传》:"仲堪在荆州,恺之尝因假还,仲堪特以布帆借之,至破冢,遭风大败。恺之与仲堪笺曰:'地名破冢,真破冢而出。行人安稳,布帆无恙。'"

【例句】唐李白《秋下荆门》:"霜落荆门江树空,布帆无恙挂秋风。"宋刘敞《石牌矶》:"自觉心能仗忠信,布帆无恙御风来。"宋贺铸《九日寄维…》:"蜡烛有心啼别夜,布帆无恙到南州。"宋饶节《送梅郎一首》:"到家春温雁且北,寄声布帆无恙不。"

布鼓雷门　bù gǔ léi mén

【分类】政治

【关键词】会稽城

【释义】喻在高手面前卖弄本领。《汉书·王尊传》:"太傅在前说《相鼠》之诗。尊曰:'毋持布鼓过雷门!'"唐颜师古注:"雷门,会稽城门也,有大鼓。越击此鼓,声闻洛阳,故尊引之也。布鼓谓以布为鼓,故无声。"

【例句】唐刘禹锡《和汴州令…》:"词人羞布鼓,远客献貂襜。"宋释重显《僧问缘生义》:"义列缘生笑未闻,孰呈布鼓向雷门。"宋韦骧《又和》:"强继高吟岂足论,聊持布鼓过雷门。"宋朱熹《次张彦辅…》:"酒酣耳热莫狂歌,布鼓雷门须缩手。"

怖鸽　bù gē
【分类】文化
【关键词】佛
【释义】咏叹穷无所归的典故。《大正新修大藏经》:"是时有鹰逐鸽,鸽飞来佛边住,佛经行过之,影覆鸽上,鸽身安隐,甫畏即除,不复作声。"
【例句】唐欧阳衮《神光寺》:"石门栖怖鸽,慈塔绕归鸿。"唐孟浩然《夜泊庐江…》:"石镜山精怯,禅林怖鸽栖。"宋宋庠《郡圃洗心…》:"野葵能向日,怖鸽解投人。"元孙蕡《灵洲》:"天寒怖鸽依江渚,夜静灵鼍听塔经。"

簿领　bù lǐng
【分类】政治
【关键词】文书
【释义】谓官府记事的簿册或文书。《后汉书·南匈奴传》:"当决轻重,口白单于,无文书簿领焉。"《资治通鉴·唐代宗大历六年》:"滉为人廉勤,精于簿领。"
【例句】唐张九龄《岁初巡属…》:"拂衣释簿领,伏槛遗纷喧。"唐刘禹锡《和浙西李…》:"烟霞遥在想,簿领益为繁。"唐白居易《答窦援遗…》:"误入尘埃牵吏役,羞将簿领到君家。"聂绀弩《即事》:"闲书著就无人读,抛向山妻簿领旁。"

部曲　bù qǔ
【分类】政治
【关键词】仆
【释义】本为军队编制及私兵之称,后又为家仆之称。《唐律疏议》:"奴婢、部曲身系于主。""部曲、奴婢,是为家仆。"
【例句】唐李颀《别梁锽》:"抗辞请刃诛部曲,作色论兵犯二帅。"唐袁瓘《鸿门行》:"将军行失势,部曲遂无功。"唐王建《寄贺田侍…》:"首让诸军无敢近,功归部曲不争先。"唐徐铉《从兄龙武…》:"笙歌却返乌衣巷,部曲皆还细柳营。"

步虚声　bù xū shēng
【分类】文化
【关键词】道
【释义】传说中神仙于空中的诵经声,后指道士诵经礼赞的一种腔调。《异苑》:"陈思王(曹植)游山,忽闻空里诵经声。清远遒亮,解音者则而写之,为神仙声。道士效之,作步虚声也。"
【例句】唐李白《题随州紫…》:"喘息餐妙气,步虚吟真声。"唐张籍《送吴炼师…》:"却到瑶坛上头宿,应闻空里步虚声。"唐刘禹锡《酬令狐相…》:"玄都留五字,使入步虚声。"唐许浑《宿咸宜观》:"步虚声尽天未晓,露压桃花月满宫。"

C

才疏志大　cái shū zhì dà
【分类】政治
【关键词】孔融
【释义】谓志向大而才能小。《后汉书·孔融传》:"融负其高气,志在靖难,而才疏意广,迄无成功。"《世说新语·识鉴》:"伯仁为人志大而才短,名重而识暗。"
【例句】唐周弘亮《故乡除夜》:"非唯律变情堪恨,抑亦才疏命未通。"唐韩愈《示爽》:"才短难自力,惧终莫洗湔。"唐罗隐《城西作》:"道薄交游少,才疏进取乖。"宋陆游《大风登城》:"才疏志大不自量,西家东家笑我狂。"

才术褚先生　cái shù chǔ xiān shēng
【分类】政治
【关键词】褚伯玉
【释义】咏高人隐士之典。《南史·褚伯玉传》:"褚伯玉字元璩,吴郡钱塘人也…在山三十余年,隔绝人物。"
【例句】唐高适《赠别褚山人》:"光阴蓟子训,才术褚先生。"宋贺铸《有僧自峡…》:"从坐何关李都尉,补亡犹待褚先生。"宋王安石《老景》:"绕屋褚先生,萧萧何所直。"明李贤《和陶诗》:"会稽褚先生,中山管城子。"

才子佳人　cái zǐ jiā rén
【分类】生活
【关键词】李隐
【释义】才华出众的男子和姿容艳美的女人,泛指有才貌的男女。唐李隐《潇湘录·呼延冀》:"妾既与君匹偶,诸邻皆谓之才子佳人。"
【例句】唐包何《同阎伯均…》:"南国佳人去不回,洛阳才子更须媒。"唐无名氏《杂诗》:"洛阳才子邻箫恨,湘水佳人锦瑟愁。"宋欧阳修《玉楼春》:"青春才子有新词,红粉佳人重劝酒。"聂绀弩《题瘦石秀…》:"才子佳人岂易逢,君家夫妇太从容。"

裁帕复　cái pà fù
【分类】生活
【关键词】王筠
【释义】咏情思之典。《玉台新咏·行路难》:"犹忆去时腰大小,不知今日身长短。裲裆双心共一袜,帕复两边作八攒。"帕复为贴身内衣。咏闺中思妇为郎君裁制帕复,以寄托思念之情。
【例句】唐段成式《嘲飞卿》:"见说自能裁帕复,不知谁更著帩头。"明毛奇龄《王贞女诗》:"腰间何所有,帕复结两头。"清朱彝尊《风怀二百韵》:"约指连环脱,茸绵帕复装。"清郭麟《菩萨蛮》:"吴绵装帕复。却绣鸳鸯宿。"

采菖蒲　cǎi chāng pú
【分类】文化
【关键词】汉武帝
【释义】咏长生不老之典。《神仙传·王兴》："汉武上嵩山…仙人曰：'吾九疑之神也。闻中岳石上菖蒲一寸九节，可以服之长生，故来采耳。'…为之采菖蒲，服之，经三年，帝觉闷不快，遂止。唯王兴闻仙人教武帝服菖蒲，乃采服之不息，遂得长生。"
【例句】唐王昌龄《就道士问…》："时余采菖蒲，忽见嵩之阳。"唐李白《嵩山采菖…》："我来采菖蒲，服食可延年。"唐沈麟《送道士曾…》："丹霄人有约，去采石菖蒲。"宋郭祥正《采石观》："我来何所得，石上采菖蒲。"

采蘩　cǎi fán
【分类】政治
【关键词】诗经
【释义】指女子恪守妇道，克尽妇职。《诗经·召南·采蘩序》："《采蘩》，夫人不失职也，夫人可以奉祭祀，则不失职矣。"
【例句】唐鲍溶《古意》："恭承采蘩祀，敢效同车贤。"宋史浩《祭祀篇》："采蘩夫人职，专言奉祭祀。"宋曹彦约《晚梅》："今日得春张万玉，采蘩迎暖尚从军。"明李东阳《醉杨妃菊…》："谁采蘩花席上题，偶将名姓托唐妃。"

采风　cǎi fēng
【分类】政治
【关键词】礼记
【释义】搜集民间歌谣。源见"陈诗"。
【例句】唐元结《舂陵行》："何人采国风，吾欲献此辞。"唐戴叔伦《送崔拾遗…》："九门思谏议，万里采风谣。"唐陆龟蒙《读襄阳耆…》："陈诗采风俗，学古穷篆籀。"宋晁补之《守蒲次新…》："助我彤襜问民俗，烦君泮水采风谣。"

采兰　cǎi lán
【分类】生活
【关键词】束皙
【释义】谓供养父母之事。晋束皙《补亡诗·南陔》："循彼南陔，言采其兰。"唐李善注："采兰，以自芬香也。循陔以采香草者，将以供养其父母。喻人求珍异以归。"其意为采珍异以归养父母。
【例句】唐钱起《送边补阙…》："凤凰衔诏下，才子采兰归。"唐韩愈《孟生诗》："采兰起幽念，眇然望东南。"唐岑参《送陶铣弃…》："采兰度汉水，问绢过荆州。"唐陈羽《送辛吉甫…》："西去兰陵家不远，到家还及采兰时。"唐李中《途中作》："得信慈亲疴瘵减，当时宽勉采兰心。"

采苓　cǎi líng
【分类】政治
【关键词】诗经
【释义】意指切勿轻信谣言。《诗经·国风·采苓》："采苓采苓，首阳之巅。人之为言，苟亦无信。舍旃舍旃，苟亦无然。人之为言，胡得焉？"《毛诗序》："《采苓》，刺晋献公也。献公好听谗焉。"苓为甘草。无言即伪言。
【例句】唐钱起《自终南山…》："采苓日往还，得性非樵隐。"唐陆龟蒙《寄怀华阳…》："常思近圃看栽杏，拟借邻峰伴采苓。"唐吴筠《览古》："吾观采苓什，复感青蝇诗。"宋李之仪《次韵子瞻…》："德君戒终南，为君歌采苓。"

采绿　cǎi lǜ
【分类】生活
【关键词】诗经
【释义】借指妇人思夫，不专于事。《诗经·小雅·采绿》："终朝采绿，不盈一匊。"汉郑玄笺："绿（通"菉"，即荩草）：王刍也，易得之菜也。终朝采之而不满手，怨旷之深，忧思不专于事。"
【例句】唐李颀《龙门西峰…》："不见携手人，下山采绿芷。"宋史达祖《南歌子》："采绿随双桨，看山藉一筇。"宋洪皓《小王亲迎…》："老母八十漫嗟予，男女有九赋采绿。"宋刘克庄《十一月二…》："萧萧玉千竿，采采绿一掬。"

采蘋　cǎi píng
【分类】政治
【关键词】诗经
【释义】采集浮萍，意谓赞美德行之典。《诗经·召南·采蘋》："于以采蘋？南涧之滨。于以采藻？于彼行潦。"毛诗序："'采蘋'，大夫妻能循法度也。能循法度，则可以承先祖共祭祀矣。"
【例句】唐李华《咏史》："自言沂水曲，采蘋兼采菱。"唐温庭筠《江南曲》："不作浮萍生，宁作藕花死。"宋周必大《彭永州夫…》："梦觎端由庆阳钟，采蘋来助大夫共。"明何景明《仲春雨霁》："荷筱赴修垌，采蘋涉流潦。"

采芹　cǎi qín
【分类】生活
【关键词】诗经
【释义】古代的学宫叫泮宫，泮水是学宫里的水池。旧因称考中秀才入学的生员为采芹，或称入泮。源见"泮水"。
【例句】宋韩琦《仲春释奠》："采芹因旧馆，释菜协前经。"宋陈襄《和子瞻沿…》："嘤鸣幽鸟还迁木，潏沸清泉复采芹。"宋方蒙仲《采芹亭》："城里看花多处所，此中只待采芹人。"宋刘敛《和原甫郓…》："采芹自胥乐，食莒怀好音。"

采诗　cǎi shī
【分类】政治
【关键词】礼记
【释义】搜集民歌。源见"陈诗"。
【例句】唐杜甫《题衡山县…》："采诗倦跋涉，载笔正可记。"唐孟郊《读张碧集》："谁作采诗官，忍之不挥发。"唐杨巨源《春日奉献…》："汉典方宽律，周官正采诗。"唐白居易《读张籍古…》："时无采诗官，委弃如泥尘。"

采石勋业　cǎi shí xūn yè

【分类】政治

【关键词】卢允文

【释义】指宋代儒臣卢允文于采石矶督率宋军抗击南犯金军，克敌告捷。《建炎以来系年要录》："丙子，中书舍人督视江淮军马府参谋军事卢允文，督舟师拒金主亮于东采石，却之。"

【例句】宋王奕《贺新郎》："采石书生勋业在，吊锦袍、公子魂何处。"宋姚勉《贺新郎》："襟量阔，江面小。允文事业从容了。"宋刘过《上刘和州》："郡当采石冲要，船在乌江罢战争。"宋程珌《奉送季清…》："单于台下虽宽诛，采石山前已断颅。"宋姚勉《送杨帅参…》："江头策马枭黠房，快作当年虞允文。"宋文天祥《采石》："今人不见虞允文，古人曾有樊若水。"明杨慎《交河令行…》："君不见隆州虞允文，海鳅船破百万军。"

采香径　cǎi xiāng jìng

【分类】生态

【关键词】吴王

【释义】古迹名，在江苏苏州西南灵岩山前。唐刘禹锡《馆娃宫》："唯余采香径，一带绕山斜。"宋范成大《吴郡志·古迹》："采香径，在香山之傍小溪也。吴王种香于香山，使美人泛舟于溪以采香。"

【例句】唐刘禹锡《馆娃宫在…》："唯余采香径，一带绕山斜。"唐李商隐《杏花》："吴王采香径，失路入烟村。"唐罗隐《吴门晚泊…》："采香径在人不留，采香径下停叶舟。"宋吕本中《寄题苏州…》："水分西子采香径，山是吴王避暑宫。"宋李洪《和子召见寄》："游鹿台荒人既往，采香径远宿须投。"

采芝　cǎi zhī

【分类】文化

【关键词】楚辞

【释义】咏求仙之典。《楚辞·九歌·山鬼》："采三秀兮于山间，石磊磊兮葛蔓蔓。"汉王逸注："三秀，谓芝草也。""言已欲服芝草以延年命，周旋山间采而求之，终不能得。"

【例句】唐陈子昂《感遇诗》："梦登缑山穴，南采巫山芝。"唐刘言史《赠成炼师》："采芝却到蓬莱上，花里犹残碧玉钟。"唐施肩吾《送道友游山》："君今若问采芝路，踏水踏云攀杳冥。"唐许浑《亡题》："商岭采芝寻四老，紫阳收尤访三茅。"

采芝翁　cǎi zhī wēng

【分类】政治

【关键词】四皓

【释义】咏避世隐居者之典。《高士传·四皓》："四皓者…见秦政虐，乃退入蓝田山，而作歌曰：'莫莫高山，深谷逶迤。晔晔紫芝，可以疗饥…'乃秦败，高祖再征而不至。深自匿终南山，不能已也。"

【例句】唐许浑《李生弃官…》："西岩一径通，知访采芝翁。"唐罗隐《寄许融》："白云高几许，全属采芝翁。"唐李咸用《题王氏山居》："南边青嶂下，时见采芝翁。"宋陆游《对酒》："寄谢采芝翁，无为老青壁。"

彩笔　cǎi bǐ

【分类】文化

【关键词】潘岳

【释义】五彩之笔，指辞藻富丽的文笔。晋潘岳《萤火赋》："羡微虫之琦玮，援彩笔以为铭。"

【例句】唐李白《当涂赵炎…》："名公绎思挥彩笔，驱山走海置眼前。"唐钱起《玛瑙杯歌》："王孙彩笔题新咏，碎锦连珠复辉映。"唐贯休《送郑侍郎…》："彩笔只宜天上用，绣衣偏称雪中看。"聂绀弩《送诗人邹…》："昼锦堂高迎彩笔，夜光杯好酌诗豪。"

彩凤随鸦　cǎi fèng suí yā

【分类】生活

【关键词】杜大中

【释义】喻指有文才品貌的女子下嫁粗俗之人，婚姻不相匹配。《诗话总龟·今是堂手录》："杜大中自行武将，与物无情…有爱妾，才色俱美。见几间有纸笔颇偃，因书一阕…有'彩凤随鸦'之语，大中觉而视之，云：'鸦且打凤。'于是掌其面，至项折而毙。"

【例句】宋刘将孙《沁园春》："彩凤随鸦，琼奴失意，可似人间白面郎。"清林朝崧《懊恼词》："是汝随鸦同彩凤，有谁打鸭散鸳鸯。"清吴妍因《自忏》："莫更随鸦悲彩凤，只应茹素学孤僧。"

彩绶垂艾　cǎi shòu chuí ài

【分类】政治

【关键词】衣

【释义】喻指权臣贵官。《后汉书·舆服志下》："诸国贵人、相国皆绿绶，三采，绿紫绀。"《后汉书·张鱼传》："吾前后仕进，十要银艾。"唐李贤注："银印绿绶也，以艾草染之，故曰艾也。"

【例句】唐皎然《冬日遥和…》："寒芳艾绶满，空翠白纶浓。"唐柳宗元《弘农公以…》："采绶还垂艾，花簪更截肪。"唐韩翃《寄哥舒仆射》："腰垂紫艾绶，手控黄金勒。"宋宋祁《寄赠高知县》："绿发如云艾绶青，弦歌百里久沈英。"

彩衣　cǎi yī

【分类】政治

【关键词】老莱子

【释义】指老莱子着五彩斑斓衣为亲取饮，喻孝养父母。源见"老莱娱亲"。

【例句】宋邵雍《伤二舍弟…》："其间同戏彩衣时，堂上愉愉欢可掬。"宋冯山《小溪尉丘…》："君恩黄发颁新诰，儿戏青衫著彩衣。"宋沈遘《五言送徐…》："还家昼锦乐，拜寿彩衣荣。"宋释德洪《和李班叔…》："李侯何以悦其亲，戏著彩衣觅梨枣。"

彩云易散 cǎi yún yì sàn
【分类】生活
【关键词】白居易
【释义】美丽的彩云容易消散,比喻美满的姻缘被轻易拆散,即好景不长。唐白居易《简简吟》:"大都好物不坚牢,彩云易散琉璃脆。"
【例句】宋李之仪《路西田舍…》:"彩云易散春常在,啼鸟留人尚可怜。"宋晁冲之《汉宫春》:"无端彩云易散,覆水难收。"宋苏轼《次韵曹子方…》:"彩云知易散,鸬鹚忧先吟。"宋释宗颐《偈》:"大都好物不坚牢,彩云易散琉璃脆。"

菜甲 cài jiǎ
【分类】文化
【关键词】杜甫
【释义】菜初生的叶芽。唐杜甫《有客》:"自锄稀菜甲,小摘为情亲。"
【例句】唐韦庄《立春》:"雪圃乍开红菜甲,彩幡新翦绿杨丝。"唐韦庄《和李秀才…》:"绿摆杨枝嫩,红挑菜甲香。"唐白居易《二月二日》:"二月二日新雨晴,草芽菜甲一时生。"唐韩偓《再止庙居》:"菜甲未齐初出叶,树阴方合掩重门。"

蔡侯纸 cài hóu zhǐ
【分类】文化
【关键词】蔡伦
【释义】后汉蔡伦,封龙亭侯,发明造纸术。《后汉书·蔡伦传》:"伦乃造意,用树肤、麻头及敝布、鱼网以为纸…帝善其能,自是莫不从用焉,故天下咸称'蔡侯纸'。"
【例句】唐李峤《纸》:"妙迹蔡侯施,芳名左伯驰。"宋苏轼《宥老楮》:"肤为蔡侯纸,子入《桐君录》。"明解缙《纸》:"汉庭帝子爱如宝,诏下蔡侯多制造。"清王士禛《裂帛湖杂咏》:"分明一幅蔡侯纸,写出湖南千万山。"

蔡姬荡舟 cài jī dàng zhōu
【分类】生活
【关键词】齐侯
【释义】君妃荡舟之典。《左传·僖公三年》:"齐侯与蔡姬乘舟于囿,荡公。公惧变色,禁之不可。公怒,归之,未之绝也。蔡人嫁之。"
【例句】唐宋之问《和赵员外…》:"荡舟为乐非吾事,自叹空闺梦寐频。"唐吴融《御沟十六韵》:"鼓宜尧女瑟,荡必蔡姬舟。"宋宋白《宫词》:"太液春波浅荡舟,花如血点水如油。"明袁宗道《过黄河》:"自矢管公诚,岂忧蔡姬荡。"

蔡家亲 cài jiā qīn
【分类】生活
【关键词】蔡邕
【释义】咏姑表亲之典。《博物志》:"蔡伯喈(邕)母,袁公(熙)妹曜卿姑也。"
【例句】唐司空曙《喜外弟卢…》:"平生自有分,况是蔡家亲。"

蔡经 cài jīng
【分类】文化
【关键词】王远
【释义】《神仙传》人物,王远的弟子。相传东汉时,经过王远度化而尸解成仙。借指门弟子。《神仙传·王远》:"初远欲东入括苍山,过吴,住胥门蔡经家。蔡经者,小民耳,而骨相当仙。"
【例句】唐李德裕《遥伤茅山…》:"弟子悲徐甲,门人泣蔡经。"唐赵嘏《赠王先生》:"太一真人隐翠霞,早年曾降蔡经家。"唐陆龟蒙《寄怀华阳…》:"珠宫风合迎萧史,玉籍人谁访蔡经。"明史谨《寿述夫次韵》:"三偷桃子怜方朔,重识麻姑许蔡经。"聂绀弩《无题柴韵诗》:"神仙何事少阳台,定到蔡经家里来。"

蔡廓孝 cài kuò xiào
【分类】政治
【关键词】蔡廓
【释义】咏笃孝之典。《宋书·蔡廓传》:"廓博涉群书,言行以礼…以方鲠闲素,为高祖所知…寻除中军谘议参军,太尉从事中郎。未拜,遭母忧。性至孝,三年不栉沐,殆不胜丧。"
【例句】唐司空曙《送王使君…》:"张冯本名士,蔡廓是佳儿。"清李超琼《昨闻》:"通渠六辅儿宽少,平世三公蔡廓多。"

蔡女 cài nǚ
【分类】生活
【关键词】蔡琰
【释义】指东汉才女蔡文姬,或泛指中原地区的女子。源见"蔡琰胡笳"。
【例句】唐陈子昂《居延海树…》:"明妃失汉宠,蔡女没胡尘。"唐上官仪《咏画障》:"蔡女菱歌移锦缆,燕姬春望上琼钩。"唐杨巨源《冬夜陪丘…》:"楚妃波浪天南远,蔡女烟沙漠北深。"元张玉娘《咏竹》:"流云不碍湘妃佩,隔水还疑蔡女桐。"

蔡琰辨琴 cài yǎn biàn qín
【分类】文化
【关键词】蔡琰
【释义】咏才女通晓音律之典。《艺文类聚》引《蔡琰别传》:"琰,字文姬,蔡邕之女,年六岁。夜鼓琴,弦断。琰曰:'第二弦。'邕故断一弦,而问之。琰曰:'第四弦。'"
【例句】唐韦庄《同旧韵》:"箑委班姬扇,蝉悲蔡琰琴。"唐陈陶《溢城赠别》:"气调桓伊笛,才华蔡琰琴。"宋林景熙《蔡琰归汉图》:"惜哉辨琴智,不辨华与夷。"明李溥《无弦琴》:"谩夸蔡琰知音夜,但误陶渊明得趣时。"

蔡琰胡笳 cài yǎn hú jiā
【分类】生活

【关键词】蔡琰

【释义】咏胡笳声或喻咏苦痛之事。《后汉书·董祀妻传》："陈留董祀妻者，同郡蔡邕之女也，名琰，字文姬。博学有才辩，又妙于音律…没于南匈奴左贤王……曹操素与邕善，痛其无嗣，乃遣使以金璧赎之，而重嫁于祀。"《蔡琰别传》曰："汉末大乱，琰为胡骑所获，在右贤王部伍中。春月登胡殿，感笳之音，作诗言志，曰：'胡笳动兮边马鸣，孤雁归乡声嘤嘤。'"

【例句】唐李颀《听董大弹…》："蔡女昔造胡笳声，一弹一十有八拍。"唐李敬方《太和公主…》："胡笳悲蔡琰，汉使泣明妃。"宋刘克庄《九叠》："谁知蔡琰燕山北，愁听胡笳对雪花。"元方行《读列女传…》："节高蔡琰胡笳曲，义重班姬述祖词。"

蔡琰请曹公　cài yǎn qǐng cáo gōng

【分类】生活

【关键词】蔡琰

【释义】妻救夫之典。《后汉书·董祀妻传》："祀为屯田都尉，犯法当死，文姬诣曹操请之。……曰：'明公厩马万匹，虎士成林，可惜疾足一骑，而不济垂死之命乎？'操感其言，乃追原祀罪。"

【例句】唐李白《在浔阳非…》："多君问蔡琰，泪流请曹公。"

蔡邕书籍　cài yōng shū jí

【分类】文化

【关键词】蔡邕

【释义】称颂博学儒者的典故。《后汉书·董祀妻传》："操因问曰：'闻夫人家先多坟籍，犹能忆识之不？'姬曰：'昔亡父赐书四千许卷，流离涂炭，罔有存者。'"

【例句】唐王维《故人张諲…》："自惜蔡邕今已老，更将书籍与何人。"唐耿湋《题杨著别业》："农桑子云业，书籍蔡邕家。"明朱宠瀇《登仲宣楼怀古》："计依刘表得，书授蔡邕稀。"清姜宸英《哭魏叔子》："尚有蔡邕书籍在，独随秋草伴孤坟。"

蔡昭侯滞留　cài zhāo hóu zhì liú

【分类】政治

【关键词】蔡昭侯

【释义】咏遭忌被软禁之典。《左传·定公三年》："蔡昭侯为两佩与两裘以如楚，献一佩一裘于昭王。昭王服之，以享蔡侯。蔡侯亦其一。子常欲之，弗与。三年止之(被扣)。子常，楚国权臣。"

【例句】唐钱珝《江行无题…》："莫教留滞迹，远比蔡昭侯。"

参禅　cān chán

【分类】文化

【关键词】佛

【释义】佛教禅宗的修持方法，有游访问禅、参究禅理、打坐禅思等形式。唐大义《坐禅铭》："参禅学道几般样，要在当人能择上。"

【例句】唐皮日休《题支山南…》："池里群鱼曾受戒，林间孤鹤欲参禅。"唐杜荀鹤《送僧归国…》："到参禅后知无事，看引秋泉灌藕花。"宋王安石《寓言》："本来无物使人疑，却为参禅买得痴。"聂绀弩《鲁智深》："肉雨屠门奋老拳，五台削发恨参禅。"

参卿　cān qīng

【分类】政治

【关键词】孙楚

【释义】咏参军、参谋之典。《晋书·孙楚传》："楚后迁佐著作郎，或参石苞骠骑军事。楚既负其材气，颇侮易于苞，初至，长揖曰：'天子命我参卿军事。'因此而嫌隙遂构。"

【例句】唐孟浩然《陪张丞相…》："青衿列胄子，从事有参卿。"唐杜甫《冬晚送长…》："参卿休坐幄，荡子不还乡。"唐权德舆《送信安刘…》："参卿滞孙楚，隐市同梅福。"宋黄庭坚《送曹子方…》："天子命我参卿事，奋然相对亦可欢。"

参与商　cān yǔ shāng

【分类】政治

【关键词】左传

【释义】参宿和商宿。《左传·昭公元年》："昔高辛氏(帝喾)有二子，伯曰阏伯，季曰实沈，居于旷林，不相能也。日寻干戈，以相征讨。后帝不臧，迁阏伯于商丘，主辰。商人是因，故辰为商星。迁实沈于大夏，主参。"

【例句】唐杜甫《赠卫八处士》："人生不相见，动如参与商。"唐柳宗元《行路难》："凤台露树生光饰，死灰弃置参与商。"唐高适《宋中》："人皆有兄弟，尔独为参商。"唐白居易《渭村退居…》："五年同昼夜，一别似参商。"唐施肩吾《杂古词》："怜时鱼得水，怨罢商与参。"宋周行己《征妇怨》："昔为胶与漆，今为参与商。"

骖驔　cān diàn

【分类】文化

【关键词】马

【释义】马奔跑貌；犹相随。南朝梁《骢马》："意欲骖驔走，先作野游盘。"

【例句】唐上官婉儿《驾幸新丰…》："鸾旗掣曳拂空回，羽骑骖驔蹋景来。"唐崔液《上元夜》："骖驔始散东城曲，倏忽还来南陌头。"唐杜甫《醉为马坠…》："安知决脰追风足，朱汗骖驔犹喷玉。"宋杨亿《作坊魏使…》："四十专城谁不羡，骖驔千骑拥干旄。"

骖鸾　cān luán

【分类】文化

【关键词】江淹

【释义】谓仙人驾驭鸾鸟云游。南朝江淹《别赋》："驾鹤上汉，骖鸾腾天。"唐吕向注："御鸾鹤而升天汉。"

【例句】唐杜牧《早春阁下…》："王乔在何处，清汉正骖鸾。"唐葛氏女《和潘雍》："九天天远瑞烟浓，驾鹤骖鸾意已同。"唐无名氏《东方歌》："十月怀胎母子分，定知霄汉骖鸾驾。"唐薛逢《汉武宫辞》："绛节几时还入梦，碧桃何处更骖鸾?"

骖鸾侣　cān luán lǚ
【分类】文化
【关键词】萧史
【释义】比喻美满的夫妻。源见"乘鸾"。
【例句】宋王安中《妃嫔阁》:"神霄宫里骖鸾侣,来侍长生大帝君。"宋晁说之《刑曹再赋…》:"念君未作骖鸾侣,愁杀江南庾子山。"宋张孝祥《虞美人》:"卢敖夫妇骖鸾侣,相敬如宾主。"宋赵长卿《鹧鸪天》:"相携共学骖鸾侣,却笑卢郎旧约寒。"

餐琅玕　cān láng gān
【分类】政治
【关键词】庄子
【释义】喻志趣高雅,洁身自好。琅玕:传说中的仙树,其实似珠。源见"凤采珠实"。
【例句】唐李白《古风》:"凤饥不啄粟,所食唯琅玕。"唐李白《江夏送友人》:"凤无琅玕实,何以赠远游。"唐钱起《长安客舍…》:"遂令丹穴凤,晚食金琅玕。"唐杜甫《郑驸马宅…》:"主家阴洞细烟雾,留客夏簟清琅玕。"

餐食落英　cān shí luò yīng
【分类】政治
【关键词】楚辞
【释义】以秋菊的落花为食,形容志行高洁。《楚辞补注·离骚》:"朝饮木兰之坠露兮,夕餐秋菊之落英。"东汉王逸注:"英,华也。"
【例句】宋王十朋《六次韵》:"黄堂病守相将去,秋菊落英谁共餐。"宋李弥逊《次韵子才…》:"旋谋浊酒招强伴,行拾落英供晚餐。"宋苏轼《次韵僧潜…》:"独依古寺种秋菊,要伴骚人餐落英。"宋陈师道《梅花》:"落英收拾供骚客,秋菊从来不足餐。"

餐松饮涧　cān sōng yǐn jiàn
【分类】政治
【关键词】沈约
【释义】以松实充饥,以涧水解渴,形容超脱于尘俗之外的生活。南朝梁沈约《善馆碑文》:"达人独往之事,志非易立;餐松饮涧之情,理难轻树。"
【例句】唐韦应物《春日郊居…》:"独饮涧中水,吟咏老氏书。"唐徐夤《赠董先生》:"餐松双鬓嫩,绝粒四支轻。"唐李绅《逾岭峤…》:"天际长垂饮涧虹,檐前不去饵涧燕。"唐白居易《游悟真寺诗》:"扪萝踢樱木,下逐饮涧猿。"宋赵鼎《缘识》:"日餐松柏知其味,不问王侯朱紫贵。"宋孔武仲《寻真观》:"谁道寻真是女郎,朝餐松桂夜焚香。"

餐霞客　cān xiá kè
【分类】文化
【关键词】酒
【释义】指修仙学道的人。源见"流霞"。

【例句】唐孟浩然《伤岘山云…》:"岂意餐霞客,溘随朝露先。"唐卢拱《中元日观…》:"久慕餐霞客,常悲习蓼虫。"唐施肩吾《秋夜山居》:"幽居正想餐霞客,夜久五月寒珠露滴。"唐顾非熊《送内乡张…》:"松窗久是餐霞客,山县新为主印官。"

餐玉　cān yù
【分类】文化
【关键词】玉
【释义】服食玉屑,古代传说仙家以此延寿。《魏书·李先传》:"每羡古人餐玉之法,乃采访蓝田,躬往攻掘…预(李预)乃椎七十枚为屑,日服食之。"
【例句】唐杜甫《去矣行》:"未试囊中餐玉法,明朝且入蓝田山。"唐陆龟蒙《怀仙》:"已传餐玉粒,犹自买云英。"宋晁补之《郊居与八…》:"囊中餐玉法,枥上追风骠。"宋方岳《土瓜》:"久觉相如诗肺渴,入山餐玉不传方。"

残杯冷炙　cán bēi lěng zhì
【分类】政治
【关键词】颜氏家训
【释义】残剩的酒肉,指权贵的施舍,形容寄食于人。《颜氏家训·杂艺》:"见役勋贵,处之下坐,以取残杯冷炙之辱。"炙:烤肉。
【例句】唐杜甫《奉赠韦左…》:"残杯与冷炙,到处潜悲辛。"宋晏殊《山亭柳》:"数年来往咸京道,残杯冷炙漫消魂。"宋王洋《宝觉师画…》:"萧条冷炙残杯气,寂寞千秋万古情。"宋李新《龙兴客旅…》:"残杯冷炙勿复道,故交惟有西山雪。"

残膏剩馥　cán gāo shèng fù
【分类】文化
【关键词】杜甫
【释义】残余、剩下的油脂和香气,比喻前人留下的文学遗产。《新唐书·杜甫传赞》:"至甫,浑涵汪茫,千汇万状,兼古今而有之,他人不足,甫乃厌余,残膏剩馥,沾丐后人多矣。"馥:香气。
【例句】宋陈棣《别墅芍药…》:"剩馥倚风来蝶翅,残膏和露到蜂房。"宋欧阳澈《送吴教授…》:"微言奥义潜启发,残膏剩馥多流传。"宋毛滂《僧惠澄从…》:"花开花落古东溪,剩馥残膏今在谁。"宋王之道《送赵仲达》:"论文获与阿逢游,剩馥残膏丐犹子。"

残锦　cán jǐn
【分类】文化
【关键词】江淹
【释义】指残余的才思。《南史·江淹传》:"淹少以文章显…夜梦一人自称张景阳,谓曰:'前以一匹锦相寄,今可见还!'淹探怀中得数尺与之,此人大恚曰:'那得割截都尽!'…自尔淹文章踬矣。"
【例句】唐李群玉《寄长沙许…》:"未把彩毫还郭璞,乞留残锦与丘迟。"宋刘克庄《送徐鼎夫…》:"愁来镜里丝难染,老去胸中锦已残。"宋葛胜仲《再赋十绝》："天际余霞似残锦，只堪收拾饷丘迟。"宋陆游《哭王季夷》："梦中有客征残锦，地下无炉铸横财。"

残年 cán nián
【分类】生活
【关键词】列子
【释义】风烛残年，余年。《列子·汤问》："甚矣，汝之不慧，以残年余力，曾不能毁山之一毛。"
【例句】唐李颀《野老曝背》："百岁老翁不种田，惟知曝背乐残年。"唐寒山《诗三百》："老病残年百有余，面黄头白好山居。"唐司空图《寓居有感》："亦知世路薄忠贞，不忍残年负圣明。"聂绀弩《悠然六十》："残年醉饱身容在，尽日讴歌地有余。"

蚕丛鱼凫 cán cóng yú fú
【分类】生态
【关键词】左思
【释义】咏蜀地之典。晋左思《蜀都赋》："夫蜀都者，盖兆基于上世，开国于中古。"晋刘逵注："扬雄《蜀王本纪》曰：'蜀王之先，名蚕丛、柏濩、鱼凫、蒲泽、开明，是时人萌，椎髻左言，不晓文字，未有礼乐。'"
【例句】唐李白《蜀道难》："蚕丛及鱼凫，开国何茫然。"唐郑洪业《诏放云南…》："瘴岭蚕丛盛，巴江越巂垠。"宋刘筠《成都》："井络共知天与险，蚕丛无柰世兴妖。"宋梅尧臣《苏明允木山》："空山枯楠大蔽牛，霹雳夜落鱼凫洲。"宋张方平《剑门关》："谁轧祸萌通鸟道，古为风土感鱼凫。"明刘道开《锦城篇》："要还井络坤维旧，除是蚕丛鱼凫才。"

蚕室 cán shì
【分类】政治
【关键词】司马迁
【释义】古代受宫刑后所居之温暖室，代指宫刑。《汉书·司马迁列传》："李陵既生降，隤其家声，而仆又茸以蚕室，重为天下观笑。"
【例句】唐骆宾王《幽絷书情…》："地幽蚕室闭，门静雀罗开。"唐白居易《读史》："马迁下蚕室，嵇康就囹圄。"宋刘克庄《门外》："牛衣尚许寻初服，蚕室何堪续旧闻。"

惨淡经营 cǎn dàn jīng yíng
【分类】文化
【关键词】杜甫
【释义】原指作画前先用浅淡颜色勾勒轮廓，苦心构思，经营位置，亦指对艺术创作的苦心构思。南朝齐谢赫《古画品录》以经营位置为绘画六法之一。唐杜甫《丹青引赠曹将军霸》："诏谓将军拂绢素，意匠惨澹经营中。"
【例句】宋辛弃疾《鹧鸪天》："花冬歌舞欢娱外，诗在经营惨澹中。"宋许及之《韩干马…》："何年惨澹经营处，此日飞扬奔放时。"宋王质《和李无变》："十年惨淡经营处，一点青荧灯火知。"金元德明《观西岩张…》："惨淡经营下笔难，画成不似卷中看。"

粲然 càn rán
【分类】生活
【关键词】荀子
【释义】明亮貌。《荀子·非相》："欲观圣王之迹，则于其粲然者矣，后王是也。"唐杨倞注："粲然，明白之貌。"开心笑貌。《春秋榖梁传·昭公四年》："军人粲然皆笑。"晋范宁集解："粲然，盛笑貌。"
【例句】唐李白《东海有勇妇》："豁此伉慷愤，粲然大义明。"唐韦应物《清都观答…》："粲然顾我笑，绿简发新章。"五代徐铉《和门下殷…》："暖吹入春园，新芽竞粲然。"聂绀弩《无题》："都能粲齿三般若，除却弯腰七不堪。"

粲枕 càn zhěn
【分类】生活
【关键词】诗经
【释义】粲：美。粲枕：美枕。引申义是言谈之美，为咏思念之典。《诗经·唐风·葛生》："角枕粲兮，锦衾烂兮。予美亡此，谁与独旦。"
【例句】唐李商隐《夜思》："永令虚粲枕，长不掩兰房。"宋柳永《洞仙歌》："并粲枕、轻偎轻倚，绿娇红姹。"宋蔡伸《浣溪沙》："粲枕随钗云鬓乱，红绡扑粉玉肌香。"明陆贻典《次牧翁六…》："锦绣好裁双粲枕，珍珠须缀五云车。"

仓颉造字 cāng jié zào zì
【分类】文化
【关键词】淮南子
【释义】咏创造文字之典。《淮南子·本经训》："昔者苍颉作书，而天雨粟，鬼夜哭。"《说文解字·序》："黄帝之史苍颉，见鸟兽蹄迒之迹，知分理之可相别异也，初造书契。"
【例句】唐孙逖《正月十五…》："舞成苍颉字，灯作法王轮。"唐杜甫《李潮八分…》："苍颉鸟迹既茫昧，字体变化如浮云。"唐徐夤《伤前翰林…》："人间搦管穷苍颉，地上修文待卜商。"五代徐钧《鬼谷子》："苍颉书成能哭鬼，不知鬼谷事如何。"

仓舒 cāng shū
【分类】生活
【关键词】曹操
【释义】指曹操儿子曹冲。为夭折早逝之典。《三国志·曹冲传》："邓哀王冲字仓舒。少聪察岐嶷，生五六岁，智意所及，有若成人之智。…年十三，建安十三年疾病，太祖亲为请命。及亡，哀甚。"
【例句】唐王维《恭懿太子》："苍舒留帝宠，子晋有仙才。"宋刘克庄《孔融子》："老瞒浑忘却，只记哭仓舒。"宋方回《次韵张仲…》："物我重轻中了了，可能秤象待苍舒。"明吴伟业《永和宫词》："巫阳莫救苍舒恨，金锁雕残玉箸红。"

仓中鼠　cāng zhōng shǔ
【分类】政治
【关键词】李斯
【释义】喻指富贵安逸之徒。源见"李斯溷鼠"。
【例句】唐曹邺《东武吟》:"心如山上虎,身若仓中鼠。"唐韦庄《同旧韵》:"安羡仓中鼠,危同幕上禽。"唐韦庄《题李斯传》:"临刑莫恨仓中鼠,上蔡东门去自迟。"宋刘攽《酬王定国》:"谁将饱食仓中鼠,换取红莲火里花。"

仓中悟　cāng zhōng wù
【分类】政治
【关键词】李斯
【释义】谓认识到人要善于自处。源见"李斯溷鼠"。
【例句】唐韦庄《咸阳怀古》:"李斯不向仓中悟,徐福应无物外游。"

伧父　cāng fù
【分类】生活
【关键词】世说
【释义】晋南北朝时,南人讥北人粗鄙,蔑称之为伧父。后指粗俗、鄙贱之人,犹言村夫。《世说新语·雅量》:"吏云:'昨有一伧父来寄亭中,有尊贵客,权移之。'"
【例句】唐皮日休《吴中言情…》:"古来伧父爱吴乡,一上胥台不可忘。"宋宋祁《成都》:"风物繁雄古奥区,十年伧父巧论都。"宋刘敞《寄苏颂兄弟》:"赋甘伧父诮,诗许俗人传。"宋文天祥《临江军》:"市人半伧父,竖子亦将军。"

苍璧　cāng bì
【分类】政治
【关键词】玉
【释义】青色的玉璧,喻指苍天。《周礼·大宗伯》:"以玉作六器,以礼天地四方,以苍璧礼天,以黄琮礼地,以青圭礼东方,以赤璋礼南方,以白琥礼西方,以玄璜礼北方,皆有牲币,各放其器之色。"
【例句】唐杜审言《大酺》:"紫宫初启坐,苍璧正临春。"唐薛元超《奉和同太…》:"帝念纡苍璧,乾文焕紫霄。"宋夏竦《送凤茶与…》:"腻滑重苍璧,娇黄聚曲尘。"宋徐积《和杨掾月…》:"黄琮苍璧不可辨,枯株死兔将安归。"宋黄裳《南楼有作…》:"苍璧下粘芳草地,垂杨中卧碧塘天。"

苍鹅出地　cāng é chū dì
【分类】政治
【关键词】董养
【释义】喻外族入侵,国家有难。《晋书·董养》:"永嘉中,洛城东北步广里中地陷,有二鹅出焉,其苍者飞去,白者不能飞。养闻叹曰:'昔周时所盟会狄泉,即此地也。今有二鹅,苍者胡象,白者国家之象,其可尽言乎!'"
【例句】唐李白《经乱后将…》:"双鹅飞洛阳,五马渡江徼。"宋何梦桂《拟古》:"苍鹅飞冲天,妖星大如斗。"清王士禛《洛阳》:"如何鸿鹄高飞去,又见苍鹅出地年。"清钱名世《赠宋射陵》:"铜驼荆棘苍鹅飞,露掌仙人辞汉殿。"

苍鸹　cāng gē
【分类】文化
【关键词】雁
【释义】指大雁。《方言·輶轩使者绝代语释别国方言第八》:"雁,自关而东谓之鸹鹅,南楚之外谓之鸹,或谓之鸧鸹。"
【例句】宋吴潜《水调歌头》:"若见江南苍鸹,更遇江东黄耳,莫惜寄音声。"清李符《月下笛》:"看点点苍鸹,晚风吹去。"清龚翔麟《莺啼序》:"又帆抽秋霁,苍鸹点点偏阻。"

苍官　cāng guān
【分类】文化
【关键词】松
【释义】松或柏的别称。唐樊宗师《绛守居园池记》:"有柏苍官青士拥列,与槐朋友。"
【例句】宋梅尧臣《寄题绛守…》:"苍官员槐朋在庭,风虫日鸟声嘤咛。"宋卫宗武《和野渡甲…》:"清友不妨添玉骨,苍官俄怪变银髯。"宋文同《送王恪司…》:"苍官青士左右树,神君仙人高下花。"宋王安石《红梨》:"岁晚苍官才自保,日高青女尚横陈。"

苍华　cāng huá
【分类】文化
【关键词】发神
【释义】发神名,亦形容头发灰白。《太平御览·神下》:"《黄庭内景经》:'至道不烦决存真,泥丸百节皆有神。发神苍华字太元,脑神精根字泥丸。眼神明上字英玄,鼻神玉垄字灵坚,耳神空闲字幽田,舌神通命字正伦,齿神崿锋字罗千,一面之神宗泥丸。'"
【例句】唐白居易《和祝苍华》:"苍华何用祝,苦辞亦休吐。"唐吕岩《洞庭湖君…》:"天香风露苍华冷,云在青霄鹤未来。"五代徐铉《和萧郎中…》:"算得流年无奈处,莫将诗句祝苍华。"宋陆游《西村》:"老去郊居多乐事,脱巾未用叹苍华。"

苍马　cāng mǎ
【分类】文化
【关键词】马
【释义】灰白色的马,喻老马。《乐府诗集·君马黄》:"君马黄,臣马苍,二马同逐臣马良。"
【例句】唐李德裕《郊坛回舆…》:"相星环日道,苍马近龙媒。"宋董嗣杲《霍山祠》:"露台献社呈苍马,阴壁飞旌绘赤龙。"

苍然古貌　cāng rán gǔ mào
【分类】生活
【关键词】苏轼
【释义】形容饱经沧桑,历史悠久,多用来形容老人。宋苏轼《同王胜之游蒋山》："夹路苍髯古,迎人翠麓偏。"
【例句】唐岑参《故仆射裴…》："先时剑已没,陇树久苍然。"唐刘长卿《题曲阿三…》："一片孤云长不去,每苔古色空苍然。"宋苏轼《次韵韶倅…》："曾陪令尹苍髯古,又见郎君白发新。"宋吴咏《殊圣寺…》："松鬣苍髯古,姜芽紫笋肥。"

苍髯如戟 cāng rán rú jǐ
【分类】生活
【关键词】褚彦回
【释义】形容大丈夫气概。《南史·褚彦回传》："景和中,山阴公主淫恣…公主谓曰：'君须髯如戟,何无丈夫意?'彦回曰：'回虽不敏,何敢首为乱阶！'"
【例句】宋楼钥《王侍御寿诗》："苍髯如戟面如铁,惠养自有循良称。"宋洪咨夔《敬和老人…》："戟髯洒洒精神健,剑脊棱棱气骨奇。"宋杨公远《十二月二…》："苍髯铁面亦华发,直节虚心也折腰。"明张吉《李都阃同…》："苍髯如戟李将军,平生嗜好在斯文。"

苍生望 cāng shēng wàng
【分类】政治
【关键词】谢安
【释义】指百姓的厚望。源见"东山再起"。
【例句】唐陈子昂《同宋参军…》："奈何苍生望,卒为黄绶欺。"唐李白《酬坊州王…》："主人苍生望,假我青云翼。"唐钱起《哭常徵君》："不遂苍生望,空留封禅文。"唐李欣《送刘十》："闻道谢安掩口笑,知君不免为苍生。"

苍水使 cāng shuǐ shǐ
【分类】政治
【关键词】禹
【释义】本指传说中的仙人使者,后用为朝廷使臣的典故。《吴越春秋·越王无余外传》载：(禹)登衡岳…梦见赤绣衣男子,自称玄夷苍水使者,谓禹曰："欲得山神书者…金简之书存矣。禹退而斋三月,庚子登宛委山,发石得金简之书,治水之要。
【例句】唐杜甫《季夏送乡》："令弟尚为苍水使,名家莫出杜陵人。"唐杜甫《荆南兵马…》："苍水使者扪赤绦,龙伯国人罢钓鳌。"宋周紫芝《刘将军宝…》："苍水使者谁敢扪,蓬头剑士眼不识。"元柯九思《送王诚夫》："鹓序久陪苍水使,凤池曾赴紫薇郎。"

苍松翠柏 cāng sōng cuì bǎi
【分类】政治
【关键词】松
【释义】喻有高贵的品质、坚定的节操。《礼·礼器》："其在人也,如竹箭之有筠也,如松柏之有心也…故贯四时而不改柯易叶。"
【例句】宋王之道《西湖游次…》："苍松摇风翠盖偃,芳草藉地柔茵铺。"元赵孟頫《和邓善之…》："苍松翠柏争擎重,绀殿红楼迥绝尘。"明吴与弼《晓枕》："晓窗寂历无言处,

独唱苍松翠柏歌。"聂绀弩《伐木赠董…》："满怀流水高山意,一片苍松翠柏心。"

苍蝇惑曙鸡 cāng yíng huò shǔ jī
【分类】政治
【关键词】诗经
【释义】比喻小人进谗言而扰乱是非。《诗经·齐风·鸡鸣》："鸡既鸣矣,朝既盈矣。匪鸡则鸣,苍蝇之声。"
【例句】唐李商隐《漫成五章》："集仙殿与金銮殿,可是苍蝇惑曙鸡。"

沧海 cāng hǎi
【分类】文化
【关键词】海
【释义】指大海。因其一望无际、水深呈青苍色。亦指古代对东海的别称。汉董仲舒《春秋繁露·观德》："故受命而海内顺之,犹众星之共北辰,流之宗沧海也。"
【例句】唐王绩《解六合丞还》："我家沧海白云边,还将别业对林泉。"唐马戴《过野叟居》："居止白云内,渔樵沧海边。"唐李白《永王东巡歌》："千岩烽火连沧海,两岸旌旗绕碧山。"聂绀弩《解晋途中…》："曾经沧海难为泪,便到长城岂是家?"

沧海尘飞 cāng hǎi chén fēi
【分类】文化
【关键词】麻姑
【释义】比喻世事变化很快。源见"沧海桑田"。
【例句】唐李益《登天坛夜…》："群仙指此为我说,几见尘飞沧海竭。"宋丁氏《题汴邸》："阳台迟雨散,沧海会尘飞。"宋何梦桂《和勉斋任》："有鸟千年去不归,归来沧海劫尘飞。"金耶律楚材《用李君实韵》："尘飞沧海悲人世,梦断黄粱笑锦衣。"

沧海成尘 cāng hǎi chéng chén
【分类】文化
【关键词】麻姑
【释义】比喻世事变化很快。源见"沧海桑田"。
【例句】唐曹唐《小游仙诗》："沧海成尘等闲事,且乘龙鹤看花来。"唐王勃《出境游》："山浮云今可驾,沧海自成尘。"唐戚逍遥《歌》："笑看沧海欲成尘,王母花前众真。"唐吕岩《七言》："自隐玄都不记春,几回沧海变成尘。"

沧海横流 cāng hǎi héng liú
【分类】政治
【关键词】王尼
【释义】海水到处泛滥,比喻时世动乱不安。《晋书·王尼传》："尼早丧妇,止有一子。无居宅,惟畜露车,有牛一头,每行,辄使子御之,暮则共宿车上。常叹曰：'沧海横流,处处不安也。'"
【例句】唐刘长卿《登吴古城歌》："黄池高会事未终,沧海横流人荡覆。"宋苏轼《读晋史》："沧海横流血作津,犬羊角

出竟称真。"宋陆游《秦皇酒瓮…》:"沧海横流何日定,古人复起欲谁归。"元元好问《论诗》:"只知诗到苏黄尽,沧海横流却是谁?"

沧海桑田　cāng hǎi sāng tián
【分类】文化
【关键词】麻姑
【释义】比喻世事巨变,或谓时间久远。《神仙传·麻姑》:"汉孝桓帝时,神仙王远,字方平,降于蔡京家。"后王方平请麻姑至,"蔡京亦举家见之,是好女子,年可十八、九许…麻姑自说云:'接待以来,已见东海三为桑田,向到蓬莱,水又浅于往者,会时略半也,岂将复还为陵陆乎?'"
【例句】唐李端《雪夜寻太白…》:"桑田如可见,沧海几时空。"唐储光羲《献八舅东归》:"独往不可群,沧海成桑田。"唐吕岩《七言》:"任彼桑田变沧海,一丸丹药定千春。"宋刘敞《闻辘轳》:"河汉西流亦不息,见尔沧海成桑田。"

沧海遗珠　cāng hǎi yí zhū
【分类】政治
【关键词】狄仁杰
【释义】比喻被埋没了的人才。《新唐书·狄仁杰传》:"(狄仁杰)为吏诬诉,黜陟使阎立本召讯,异其才,谢曰:'仲尼称观过知仁,君可谓沧海遗珠矣。'"
【例句】唐杜甫《暮秋枉裴…》:"盈把那须沧海珠,入怀本倚昆山玉。"唐李商隐《送臻师》:"昔去灵山非拂席,今来沧海欲求珠。"唐牟融《赠殷从道》:"肯信白圭终在璞,谁怜沧海竟遗珠。"唐牟融《寄永平友人》:"青蝇点玉原非病,沧海遗珠世所嗟。"

沧浪水　cāng làng shuǐ
【分类】政治
【关键词】孟子
【释义】古水名,今湖北境内,古人对汉水下游的称谓。借指隐逸之地,亦指江湖水。《孟子·离娄上》:"沧浪之水清兮,可以濯我缨。沧浪之水浊兮,可以濯我足。"
【例句】唐白居易《长庆二年…》:"因生江海兴,每羡沧浪水。"宋宋祁《送黄灏》:"江边又濯沧浪水,堂上宁招肮脏人。"宋刘敞《送刘邠中…》:"长缨自濯沧浪水,高盖仍瞻驷马车。"聂绀弩《代周婆答》:"行踪处处沧浪水,怕尔投诗当汨罗。"

沧浪濯缨　cāng làng zhuó yīng
【分类】政治
【关键词】孟子
【释义】表示避世抗俗。源见"沧浪水"。
【例句】宋胡宿《芙蓉湖泛舟》:"正是沧浪濯缨日,一竿多谢紫溪翁。"宋敖迈《临溪楼》:"沧浪濯缨尘化雪,寒泉烹茶团碎月。"宋范成大《寄题潭帅…》:"孺子沧浪濯缨处,千载新堂来卜邻。"聂绀弩《迓冬七十…》:"相将同向无尽行,濯缨濯足延河水。"

沧桑　cāng sāng
【分类】文化
【关键词】麻姑
【释义】沧海桑田,大海变成农田,农田变成大海,比喻世间事变化很大。源见"沧海桑田"。
【例句】唐夏方庆《谢真人仙…》:"沧桑今已变,萝蔓尚堪攀。"宋陈恭《感怀》:"回首沧桑已数度,感怀无尽又何言。"宋陈梦良《登泰山》》:"独将浑噩卧天地,几为沧桑纪废兴。"聂绀弩《重到海城…》:"人称九十为眉寿,我以沧桑纪岁华。"

沧洲　cāng zhōu
【分类】政治
【关键词】阮籍
【释义】指隐者的居所。三国魏阮籍《为郑冲劝晋王笺》:"临沧洲而谢支伯,登箕山以揖许由。"
【例句】唐陈子昂《题居延古…》:"沧洲今何在?华发旅边城。"唐王昌龄《缑氏尉沈…》:"海雁时独飞,永然沧洲意。"唐杜甫《曲江对酒》:"吏情更觉沧洲远,老大悲伤未拂衣。"唐岑参《宿岐州北…》:"君虽在青琐,心不忘沧洲。"

藏钩　cáng gōu
【分类】政治
【关键词】汉武帝
【释义】指汉武帝钩弋夫人从生下来就两手攥拳,从不伸开。亦指古代的一种游戏。《太平御览·藏钩》:"辛氏《三秦记》:'昭帝母钩弋夫人手拳,而有国色,先帝宠之。世人藏钩,法此也。'"传说汉武帝展其手,得一钩。
【例句】唐张说《赠崔二安…》:"十五红妆侍绮楼,朝承握槊夜藏钩。"唐李白《宫中行乐词》:"更怜花月夜,宫女笑藏钩。"唐白居易《放言》:"祸福回还车转毂,荣枯反覆手藏钩。"宋梅尧臣《和腊前》:"土人熏肉经春美,宫女藏钩旧戏存。"

藏金　cáng jīn
【分类】生活
【关键词】隗炤
【释义】咏家庭积蓄之典。《晋书·隗炤传》:"隗炤…善于《易》。临终,书版授其妻曰:'却后五年春,当有诏使来顿此亭,姓龚,此人负吾金,即以此版往责之,勿违言也。'…(龚)告炤妻曰:'金有五百斤。盛以青瓮,覆以铜柈,埋在堂屋东头,去壁一丈,入地九尺。'"
【例句】唐骆宾王《畴昔篇》:"穷途行泣玉,愤ልა未藏金。"宋王镃《感秋寄석…》:"囊里不藏金,相随只破琴。"宋宋庠《送常熟钱尉》:"清壶人映玉,勋券庙藏金。"宋杨杰《双泉》:"金沙自是藏金穴,玉马长遗喷玉声。"

藏鳞羽　cáng lín yǔ
【分类】政治

【关键词】父老

【释义】喻咏隐遁之典。《后汉书·陈留父老传》:"父老趋而过之,植其杖,太息言曰:'吁!二大夫何泣之悲也?夫龙不隐鳞,凤不藏羽,网罗高悬,去将安所?'"

【例句】唐杜牧《雨中作》:"但为适性情,岂是藏鳞羽。"唐虚中《芳草》:"龙鳞藏有瑞,风雨洒无私。"宋孔平仲《宣父寄示…》:"藏鳞伏翼聊展转,有才无患子不足。"宋宋庠《和吴侍郎…》:"露叶疑藏羽,烟蕤更作缨。"

藏器 cáng qì

【分类】政治

【关键词】周易

【释义】比喻身怀才学。源见"藏器待时"。

【例句】唐张籍《新城甲仗楼》:"图功百尺丽,藏器五兵修。"唐独孤及《送虢州王…》:"未遇须藏器,安卑莫告劳。"唐温庭筠《过孔北海墓》:"碌碌迷藏器,规规守挈瓶。"宋吕陶《送永康司…》:"平生道在惟藏器,今日途穷耻问津。"

藏器待时 cáng qì dài shí

【分类】政治

【关键词】周易

【释义】比喻怀才心以待施展的时机。《周易注疏·系辞下》:"君子藏器于身,待时而动,何不利之有?"

【例句】唐钱起《长安客舍…》:"藏器待时少,知人自古难。"宋欧阳澈《世弼读白…》:"藏器待时须大用,耻争蜗角与蝇头。"宋欧阳澈《德秀和朝…》:"藏器韬光以待时,扁舟且此钓磻溪。"元胡奎《赠揭学士…》:"藏器待时须努力,岂无雷焕与张华。"

藏鸦 cáng yā

【分类】生活

【关键词】歌

【释义】比喻枝叶荫蔽。《旧唐书·清乐》:"杨伴,本童谣歌也…歌云:'暂出白门前,杨柳可藏乌。欢作沈水香,侬作博山炉。'"

【例句】唐韩翃《送客还江东》:"池畔花深斗鸭栏,桥边雨洗藏鸦柳。"唐陈素风《句》:"三行故柳藏鸦树,一带长波灌竹泉。"唐孟郊《招文士饮》:"梅芳已流管,柳色未藏鸦。"唐吴融《隋堤》:"搔首隋堤落日斜,已无余柳可藏鸦。"

藏舟去壑 cáng zhōu qù hè

【分类】生活

【关键词】庄子

【释义】比喻客观事物不断变化迁移,不可固守。《庄子·大宗师》:"夫藏舟于壑,藏山于泽,谓之固也。然而夜半有力者负之而走,昧者不知也。"王先谦集解:"舟可负,山可移。宣云:'造化默运,而藏者犹谓在其故处。'"

【例句】唐杨续安《德山池唐…》:"列峰疑宿雾,疏壑拟藏舟。"孟浩然《寻陈逸人…》:"今宵泉壑里,何处觅藏舟。"唐元稹《陪诸公游…》:"高埤行马接通湖,巨壑藏舟感大夫。"宋晁补之《答陈履常…》:"蓬生知非苦不早,巨壑夜半遗藏舟。"

藏拙 cáng zhuō

【分类】生活

【关键词】徐陵

【释义】掩藏拙劣,不以示人,常用为自谦之辞。《隋唐嘉话》:"梁常侍徐陵聘于齐,时魏收文学北朝之秀,收录其文集以遗陵,令传之江左。陵还,济江而沉之。从者以问陵曰:'吾为魏公藏拙。'"

【例句】唐韩愈《和席八》:"倚玉难藏拙,吹竽久混真。"唐罗隐《自贻》:"纵无显效亦藏拙,若有所成甘守株。"宋王十朋《乞祠不允》:"地远可藏拙,禄厚足自资。"五代齐己《夏日寓居…》:"披缁影迹堪藏拙,出世身心合向闲。"

操刀 cāo dāo

【分类】政治

【关键词】子产

【释义】比喻做官任事。《左传·襄公三十一年》:"子产曰:'不可。人之爱人,求利之也。今吾子爱人则以政,犹未能操刀而使割也,其伤实多。'"晋杜预注:"多自伤也。"

【例句】唐张九龄《酬赵二侍…》:"操刀尝愿割,持斧竟称雄。"唐李白《赠徐安宜》:"制锦不择地,操刀良在兹。"唐李白《赠从孙义…》:"落笔生绮绣,操刀振风雷。"唐周昙《魏博妻》:"操刀必割腕可断,磐石徒坚心不移。"

操履杖 cāo lǚ zhàng

【分类】生活

【关键词】礼记

【释义】用作尊敬长者的典故。《礼记·曲礼》:"谋于长者,必操几杖以从之。"唐孔颖达疏:"杖可以策身,几可以扶己,俱是养尊者之物,故于谋议之时将就也。"

【例句】唐杜牧《李侍郎于…》:"欲与明公操履杖,愿闻休去是何年。"宋王禹偁《东门送郎…》:"幸容操杖履,洒扫近丘墙。"宋范纯仁《寄陈述古…》:"贵老何由操几杖,爱贤曾是继箕裘。"宋徐积《送路俊》:"何日从君温故业,待操几杖问渊源。"

曹霸 cáo bà

【分类】生活

【关键词】杜甫

【释义】唐代杰出画家,善画马,笔墨沉着,神采生动。唐杜甫《丹青引赠曹将军霸》:"斯须九重真龙出,一洗万古凡马空。"

【例句】唐顾云《苏君厅观…》:"杜甫歌诗吟不足,可怜曹霸丹青曲。"宋刘攽《和王平甫…》:"韩干画马出曹霸,得名不在陈栩下。"聂绀弩《瘦石画伯…》:"曹韩画马其余绪,皆称骥德颂骥功。"

曹参酒 cáo cān jiǔ

【分类】政治

【关键词】曹参

【释义】喻指丞相或官吏无为而治。《史记·曹相国世家》："参代何为汉相国，举事无所变更，一遵萧何约束…见参不事事，来者皆欲有言。至者，参辄饮以醇酒。"

【例句】唐李商隐《五百述德…》："后饮曹参酒，先和傅说羹。"唐齐己《荆州新秋》："尊罍岂识曹参酒，宾客还亲宋玉风。"五代贯休《大蜀皇帝…》："西伯最怜耕让畔，曹参空爱酒盈樽。"宋李洪《陈丞相诞日》："细斟静治曹参酒，重放和羹傅说梅。"

曹娥投江　cáo é tóu jiāng

【分类】政治

【关键词】曹娥

【释义】咏赞孝女之典。《后汉书·孝女曹娥》："孝女曹娥者，会稽上虞人也…（父）溺死，不得尸骸。娥年十四，乃沿江号哭，昼夜不绝声，旬有七日，遂投江而死。"唐李贤注曰："娥投水于水，祝曰：'父尸所在衣当沈。'衣随流至一处而沈，娥遂随衣而没。三日后与父尸俱出。"

【例句】唐刘长卿《送崔处士…》："越鸟闻花里，曹娥想镜中。"唐刘长卿《送荀八过…》："旧石曹娥冢，空山夏禹祠。"唐刘长卿《无锡东郭…》："碑缺曹娥宅，林荒逸少居。"宋汪革《贤人浦》："可怜呜咽滩头水，浑似曹娥江上声。"

曹纲手　cáo gāng shǒu

【分类】生活

【关键词】曹纲

【释义】形容弹拨琵琶的技艺出色。《乐府杂录·琵琶》："贞元中有王芬、曹保保，其子善才，其孙曹纲，皆习所艺。次有裴兴奴，与纲同时。曹纲善运拨，若风雨，而不事扣弦；兴奴长于拢捻，不拨稍软，时人谓：'曹纲有右手，兴奴有左手。'"

【例句】宋王千秋《虞美人》："旧时曲谱曾翻否。好在曹纲手。"宋苏轼《古缠头曲》："青衫不逢滥浦客，红袖漫插曹纲手。"宋田锡《李谟吹笛歌》："谁羡曹纲善琵琶，未说阳陶能嚼栗。"宋胡仲弓《夜闻琵琶》："韵如寒泉清且冽，安得曹纲同一拨。"

曹公　cáo gōng

【分类】政治

【关键词】曹操

【释义】指曹操。汉末曹操位至三公，人皆称曹公。《三国志·蜀志·关羽传》："吾极知曹公待吾厚。"

【例句】唐李白《赤壁歌送别》："烈火张天照云海，周瑜于此破曹公。"唐孙元晏《太史慈》："圣德招贤远近知，曹公心计却成欺。"宋李觏《忠武侯》："何如新野羁栖后，正值曹公挟帝时。"宋李正民《东海生欲…》："幸逢朱博杯盘少，况值曹公禁令严。"

曹刿说　cáo guì shuì

【分类】政治

【关键词】曹刿

【释义】咏谋士不凡之典。《左传·庄公十年》："十年春，齐师伐我。公将战，曹刿请见。其乡人曰：'肉食者谋之，又何间焉？'刿曰：'肉食者鄙，未能远谋。'乃入见…既克，公问其故。对曰：'夫战，勇气也。一鼓作气，再而衰，三而竭。彼竭我盈，故克之。'"

【例句】唐陆龟蒙《杂讽》："何妨秦董勇，又有曹刿说。"唐周昙《庄公》："鲁丽三鼓微曹刿，肉食安能暇讼谟。"宋宋祁《感事寄子明…》："待衰曹刿鼓，长揖亚夫营。"明张萱《陈集生太…》："曾国未横曹刿剑，秦庭谁赠绕朝鞭。"

曹国麻衣　cáo guó má yī

【分类】生活

【关键词】诗经

【释义】咏雪之典。麻衣即深衣。古代诸侯、大夫、士家居时穿的常服。《诗经·曹风·蜉蝣》："蜉蝣掘阅，麻衣如雪。"郑笺："麻衣，深衣。诸侯之朝，朝服；朝夕则深衣也。"孔疏："麻衣者白布衣。如雪，言甚鲜洁也。"

【例句】唐皎然《春日杼山…》："闲持竹锡深看水，懒系麻衣出见人。"唐灵澈《东林寺酬…》："年老心闲无外事，麻衣草座亦容身。"唐胡宿《雪》："色欺曹国麻衣浅，寒入荆王翠被深。"宋胡宿《雪》："色欺曹国麻衣浅，寒入荆王翠被深。"

曹交　cáo jiāo

【分类】政治

【关键词】曹交

【释义】战国时期曹国国君的弟弟，喻身材高者。《孟子》："交闻文王十尺，汤九尺，今交九尺四寸以长…"

【例句】宋江恺《相士俞方塘》："君不见虞皇项籍两重瞳，成汤曹交皆九尺。"清易顺鼎《炫》："葛相三分招济火，文王九尺论曹交。"清张洵佳《甲午岁暮…》："刘锜中兴称宿将，曹交九尺壮身材。"聂绀弩《拾穗同祖光》："俯仰雍容君逸少，屈伸艰拙仆曹交。"

曹刘　cáo liú

【分类】政治

【关键词】曹操

【释义】曹操、刘备的并称。晋陆机《辩亡论上》："夫曹刘之将，非一世所选。"曹植、刘桢的并称。南朝梁钟嵘《诗品·总论》："昔曹刘殆文章之圣，陆谢为体贰之才。"为咏美诗人之典。

【例句】唐任华《寄杜拾遗》："曹刘俯仰惭大敌，沈谢逡巡称小儿。"唐杜牧《酬张祜处…》："七子论诗谁似公，曹刘须在指挥中。"宋田锡《府解后有…》："将领风骚推李杜，较量英勇让曹刘。"宋苏颂《和前三篇》："岂特曹刘同品目，固将苏李是宗师。"

曹卿礼公子　cáo qīng lǐ gōng zǐ

【分类】政治

【关键词】僖负羁

【释义】济人于危难之典。《左传·僖公二十三年》："（晋公子重耳)及曹,曹公闻其骈胁(板肋),欲观其裸。浴,薄而观之。僖负羁之妻曰:'吾观晋公子之从者,皆足以相国…子盍蚤自贰焉。'(僖负羁)乃馈盘飧,置璧焉。公子受飧反璧。"僖负羁,曹大夫。

【例句】唐张说《南中别王…》:"曹卿礼公子,楚媪馈王孙。"清陈维崧《洞仙歌》:"问居人、谁是僖负羁妻,谁惜我,十载蓬科未转。"

曹溪　cáo xī
【分类】文化
【关键词】慧能
【释义】禅宗的别号。唐代慧能为佛教禅宗第六祖,他在曹溪宝林寺创立禅宗南宗,传承甚广,成为禅宗正统。《柳宗元集·曹溪第六祖赐谥大鉴禅师碑》:"凡言禅,皆本曹溪。"
【例句】唐玄觉《永嘉证道歌》:"自从认得曹溪路,了知生死不相关。"唐善生《送玉禅师》:"洞了曹溪旨,宁输俗者机。"唐法达《偈》:"经诵三千部,曹溪一句亡。"五代贯休《送刘相公…》:"魏相十思常自切,曹溪一句几生知。"

曹溪一滴水　cáo xī yī dī shuǐ
【分类】文化
【关键词】佛
【释义】喻指佛理的真谛妙义;也借指佛寺丛林。《释氏通鉴·诸国师》:"又有问如何是曹溪一滴水?眼(法眼)曰:'是曹溪一滴水。'韶闻乃大悟,平生疑滞,涣若冰释。"
【例句】唐齐己《寄武陵贯…》:"莫忘一句曹溪妙,堪塞孙孙骋逵关。"宋苏轼《东坡居士…》:"竹中一滴曹溪水,涨起西江十八滩。"宋赵抃《赠禅僧》:"瀯水曹溪一滴通,烂柯元是妙高峰。"宋晁补之《次韵练定…》:"弥天一滴,何处是曹溪。"

曹蝇　cáo yíng
【分类】生活
【关键词】曹不兴
【释义】称颂画技之高超之典。源见"屏风误点"。
【例句】唐李商隐《蝶蝶鸡麋…》:"韩蝶翻罗幕,曹蝇拂绮窗。"唐韦庄《渔塘十六韵》:"对景思任父,开图想不兴。"宋徐瑞《读画史》:"子敬因成驳,曹兴偶画蝇。"明徐枋《题王勤中…》:"君不见曹不兴,落墨误点为苍蝇,见者弹指疑闻声。"

曹植　cáo zhí
【分类】文化
【关键词】曹植
【释义】字子建,曹操第三子,生前封为陈王,谥号思,又称陈思王,著名文学家。《三国志·陈思王植传》:"年十岁余,诵读《诗》《论》及辞赋数十万言,善属文…十一年中而三徙都,常汲汲无欢,遂发疾薨,时年四十一。"为咏文才出众之典。

【例句】唐杜甫《追酬故高…》:"文章曹植波澜阔,服食刘安德业尊。"宋丁谓《扇》:"九华曹植赋,六角右军书。"宋苏轼《张文裕挽词》:"每见便闻曹植句,至今传宝魏华书。"宋秦观《赠刘使君…》:"稷苜兵法申司马,曹植诗原出国风。"宋李处权《谒翁丈》:"词章曹植擅,典故叔孙能。"

草草杯盘　cǎo cǎo bēi pán
【分类】生活
【关键词】王安石
【释义】简单的酒菜。意指仓促相聚。宋王安石《示长君》:"草草杯盘供笑语,昏昏灯火话平生。"
【例句】宋贺铸《留别张白…》:"萧萧帘幕风披竹,草草杯盘雪洒灯。"宋方岳《留别》:"匆匆笑语情何限,草草杯盘意甚真。"聂绀弩《代周婆答》:"草草杯盘重配备,翩翩裙屐早稀疏。"

草创　cǎo chuàng
【分类】政治
【关键词】论语
【释义】起稿、起草;创建。《论语·宪问》:"为命,裨谌草创之,世叔讨论之,行人子羽修饰之,东里子产润色之。"
【例句】唐张说《邺都引》:"君不见魏武草创争天禄,群雄睚眦相驰逐。"唐贾至《闲居秋怀…》:"信矣草创时,秦阶速贤良。"宋宋祁《官下》:"风经御寇仙游外,野识裨谌草创余。"聂绀弩《搓草绳》:"草创文章费琢磨,掌心膝上正翻搓。"

草间求活　cǎo jiān qiú huó
【分类】生活
【关键词】周𫖮
【释义】犹言苟安偷生。《晋书·周𫖮传》:"吾备位大臣,朝廷丧败,宁可复草间求活,外投胡越邪!"
【例句】宋刘克庄《送宋惠父…》:"帐下健儿休尽锐,草间赤子俱求活。"宋吕本中《兵乱后自…》:"林下休官久,草间求活初。"清诸宗元《感纪》:"草间求活留花种,云外遗音有雁声。"清李宣龚《答行岩并》:"太息草间求活辈,几回横涕望归京。"

草莱　cǎo lái
【分类】生活
【关键词】蔡义
【释义】意指杂草,荒地。喻草野民间;布衣平民。《汉书·蔡义传》:"诏求能为《韩诗》者,征义待诏,久不进见。义上疏曰:'臣山东草莱之人,行能亡所比,容貌不及众…'上召见义,说诗,甚说之…进授昭帝。"
【例句】唐元稹《酬卢秘书》:"金宝潜砂砾,芝兰似草莱。"唐李商隐《漫成五章》:"不妨常日饶轻薄,且喜临戎用草莱。"宋陈舜俞《送李户曹…》:"秦淮形胜多人物,晋室风流入草莱。"聂绀弩《访丘东平…》:"英雄树上没花开,马福兰村有草莱。"

草莽　cǎo mǎng
【分类】政治
【关键词】左传
【释义】草丛,亦指草木丛生的荒原,或指民间,与"朝廷"相对。《左传·昭公十二年》:"昔我先王熊绎辟在荆山,筚路蓝缕以处草莽。"
【例句】唐李颀《送陈章甫》:"腹中贮书一万卷,不肯低头在草莽。"唐戴叔伦《和河南罗》:"草莽人烟少,风波水驿长。"唐李绅《灵蛇见少…》:"已应蜕骨风雷后,岂效衔珠草莽间。"唐胡曾《秦庭》:"楚国君臣草莽间,吴王戈甲未东还。"

草木皆兵　cǎo mù jiē bīng
【分类】政治
【关键词】苻坚
【释义】把远处山上的野草、树木都误认为对方的军队,形容极度的惊恐、疑惧。《晋书·苻坚载记》:"坚与苻融登城而望王师,见部陈齐整,将士精锐,又北望八公山上草木,皆类人形,顾谓融曰:'此亦勍敌也,何谓少乎!'怃然有惧色。"
【例句】唐杜甫《洗兵马》:"三年笛里关山月,万国兵前草木风。"唐张嘉贞《奉和圣制…》:"山川看是阵,草木想为兵。"宋张齐贤《石将军南》:"洗尽甲兵安草木,君山依旧望中青。"

草木识威名　cǎo mù shí wēi míng
【分类】政治
【关键词】张万福
【释义】比喻名望威震四海。《旧唐书·张万福传》:"唐德宗曰:'朕以为江淮草木亦知卿威名。'"
【例句】宋王庭圭《安成逢吉…》:"欲会风云扶帝业,先令草木识威名。"宋黄庭坚《送范德孺…》:"乃翁知国如知兵,塞垣草木识威名。"宋苏过《寄题折嗣…》:"百年不敢南牧马,草木尚有威名存。"宋喻汝砺《上席帅》:"掀髯一笑黠吏走,蜀中草木知威名。"

草木长　cǎo mù zhǎng
【分类】生活
【关键词】陶渊明
【释义】草木茂盛。晋陶渊明《读山海经》:"孟夏草木长。"
【例句】唐李白《春归终南…》:"别来能几日,草木长数尺。"唐岑参《武威送刘…》:"孟夏边候迟,胡国草木长。"唐杜甫《述怀》:"今夏草木长,脱身得西走。"唐柳宗元《法华寺石…》:"始欣云雨霁,尤悦草木长。"

草太玄　cǎo tài xuán
【分类】生活
【关键词】扬雄
【释义】喻淡于功利,潜心著述。《汉书·扬雄列传下》:"时雄方草太玄,有以自守,泊如也。或嘲雄以玄尚白,而雄解之,号曰解嘲。""仆诚不能与此数公者并,故默然独守吾太玄。"
【例句】唐王绩《病后醮宅》:"今日扬雄宅,应堪草《太玄》。"唐李峤《宅》:"谁怜草玄处,独对一床书。"唐殷文圭《题胡州太…》:"草玄门似山中静,不是公卿到不开。"五代徐铉《又和刁秘…》:"家贫聊欲资三径,政简无非草太玄。"

草堂　cǎo táng
【分类】生活
【关键词】白居易
【释义】原指草庐。文人常以草堂名其所居,以标风操之高雅,后指文化人对自己书斋楼堂的谦称。《旧唐书·白居易列传》:"予去年秋始游庐山,到东西二林间香炉峰下,见云木泉石,胜绝第一。爱不能舍,因立草堂。"
【例句】唐白居易《香炉峰下…》:"五架三间新草堂,石阶桂柱竹编墙。"唐张祜《题造微禅…》:"草堂疏磬断,江寺故人稀。"唐刘沧《和友人忆洞庭…》:"溪路烟开江月出,草堂门掩海涛深。"唐吴融《萧县道中》:"草堂旧隐终归去,寄语岩猿莫晓惊。"

草头露　cǎo tóu lù
【分类】生活
【关键词】薤露
【释义】草头上露水少而易干,比喻荣华富贵转瞬即逝。《乐府诗集·薤露》:"薤上露,何易晞,露晞明朝更复落,人死一去何时归。"
【例句】唐杜甫《送孔巢父…》:"惜君只欲苦死留,富贵何如草头露?"宋苏轼《陌上花》:"生前富贵草头露,身后风流陌上花。"宋葛胜仲《立方和韵…》:"人生草头露,迅晷堪惊嗟。"宋释怀深《偈》:"浮生一百年,正如草头露。"

草檄　cǎo xí
【分类】政治
【关键词】蔡景历
【释义】草拟檄文,亦泛指撰写官方文书。《陈书·蔡景历传》:"部分既毕,召令草檄,景历援笔立成。"
【例句】唐羊士谔《西川独孤…》:"草檄清油推健笔,曳裾黄阁耸危冠。"唐李涉《早春霁后…》:"草檄可中能有暇,迎春一醉也无妨。"宋杨亿《次韵和盛…》:"陈琳草檄应非久,贡禹弹冠素有期。"宋石介《寄叔文》:"草檄朝慵腕劳脱,论兵夜苦舌疮痍。"

策蹇驴　cè jiǎn lú
【分类】生活
【关键词】温子升
【释义】乘跛足驴,喻工具不利,行动迟慢。《艺文类聚·太尉》:后魏温子升《西河王谢太尉表》曰"臣闻拂羽决起,力谢摩天,策蹇载驰,功微送日。将短翮难以陵高,弩乘无由致远"。
【例句】唐钱起《县内水亭…》:"磨铅辱利用,策蹇愁前程。"

唐赵志集《奉酬刘长史》："顾惟策蹇姿，还伤雕朽质。"唐罗隐《酬丘光庭》："懦夫早岁不量力，策蹇仰北高崔嵬。"唐韩偓《访同年虞…》："策蹇相寻犯雪泥，厨烟未动日平西。"唐吕从庆《春日书怀》："花下小桥春策蹇，竹中深径夜归渔。"

侧身修道 cè shēn xiū dào
【分类】政治
【关键词】周宣王
【释义】歌咏帝德之典。《诗经·大雅·云汉序》："《云汉》，乃叔美宣王也。宣王承厉王之烈，内有拨乱之志，遇灾而惧，侧身修身，欲销去之。"孔疏："侧者，不正之言，谓反侧也。"
【例句】唐杜牧《皇风》："以德化人汉文帝，侧身修道周宣王。"宋夏竦《奉和御制…》："侧身修道殊千古，仍叔焉能播德音。"

层冰积雪 céng bīng jī xuě
【分类】生活
【关键词】楚辞
【释义】厚厚的冰，遍地的雪，形容最寒冷的季节。《楚辞补注·招魂》："魂兮归来！北方不可以止些。增冰峨峨，飞雪千里些。"汉王逸注："言北方常寒，其冰重累，峨峨如山。凉风急时，疾雪随之。飞行千里，乃至地也。"
【例句】宋陆游《浣花赏梅》："春回积雪层冰里，香动荒山野水滨。"宋陆游《梅花绝句》："高标逸韵君知否，正在层冰积雪时。"宋刘敞《冬至》："殊方喜及固阴消，积雪层冰意亦聊。"宋刘克庄《庆建州叶守》："分明带得清癯相，故傍层冰积雪来。"

层城 céng chéng
【分类】文化
【关键词】张衡
【释义】古代神话中昆仑山上的高城，泛指仙乡，喻高城汉张衡《思玄赋》："登阆风之层城兮，构不死而为床。"汉李善注："《淮南子》曰：'昆仑虚有三山，阆风、桐版、玄圃，层城九重。'"
【例句】唐王绩《赠学仙者》："采药层城远，寻师海路赊。"唐储光羲《临江亭》："古木啸寒禽，层城带夕阴。"唐杜甫《奉和严中…》："层城临暇景，绝域望余春。"唐羊士谔《西川独孤…》："百雉层城上将坛，列营西照雪峰寒。"宋苏轼《仙都观鹿》："仙人已去鹿无家，孤栖怅望层城霞。"

蹭蹬 cèng dèng
【分类】生活
【关键词】困顿
【释义】险阻难行；困顿、失意、失势貌；喻遭受挫折。《洛阳伽蓝记·正始寺》："若乃绝岭悬坡，蹭蹬蹉跎。泉水纡徐如浪峭，山石高下复危多。"
【例句】唐沈佺期《答魑魅代…》："龙钟辞北阙，蹭蹬守南荒。"唐玄觉《永嘉证道歌》："从来蹭蹬觉虚行，多年枉作风尘客。"唐杜甫《奉赠韦左…》："青冥却垂翅，蹭蹬无纵鳞。"唐杜甫《上水遣怀》："蹭蹬多拙生，安得不皓首。"

叉手吟 chā shǒu yín
【分类】文化
【关键词】温庭筠
【释义】形容才思敏捷。宋孙光宪《北梦琐言》："温庭筠与李商隐齐名，时号温李，才思艳丽，工于小赋。每入试，押官韵作赋，凡八叉手，而八韵成。"
【例句】唐柳宗元《同刘二十…》："入郡腰恒折，逢人手尽叉。"宋许及之《再次韵呈…》："酌公云梦公莫辞，能费公吟几叉手。"清邓士琏《舟发丹阳》："一声柔橹破空濛，叉手间吟倚短篷。"清黄遵宪《庚午六月…》："湖光潋潋柳阴阴，又作堤连叉手吟。"

叉鱼春岸阔 chā yú chūn àn kuò
【分类】生活
【关键词】韩愈
【释义】喻追怀之情。唐韩愈《叉鱼招张功曹》："叉鱼春岸阔，此兴在中宵。"
【例句】唐张孝忠《玉楼春》："欲招骑龙帝乡人，来咏叉鱼春岸句。"宋阮阅《郴江口》："不但郴江有佳句，叉鱼祷雨尽留诗。"宋陆游《病中怀故庐》："叉鱼有竭作，刈麦无遗功。"元王都中《题叉鱼亭》："昌黎曾此赋叉鱼，披棘寻碑考郡图。"

插茱萸 chā zhū yú
【分类】生活
【关键词】费长房
【释义】古人重阳登高插茱萸祛邪辟恶。源见"重九登高"。
【例句】唐王维《九月九日…》："遥知兄弟登高处，遍插茱萸少一人。"唐卢纶《九日奉陪…》："睥睨三层连步障，茱萸一朵映华簪。"唐耿湋《九日》："步蹇强登游藻井，发稀那更插茱萸。"唐朱放《九日与杨…》："那得更将头上发，学他年少插茱萸。"

茶博士 chá bó shì
【分类】生活
【关键词】茶
【释义】善于烹茶和卖茶的人，都称茶博士。《封氏闻见记·饮茶》："茶毕，命奴子取钱三十文酬煎茶博士。"《东京梦华录·饮茶果子》："凡店内卖下酒厨子，谓之茶、饭、量酒博士。"
【例句】宋陆游《过林黄中…》："博士得黄柑，甚爱不忍擘。"宋陆游《题徐渊子…》："茶山丈人厌客哗，幅巾每访博士家。"清董元恺《啜茶十咏》："三十绫文酬博士，两篇《茶录》问君谟。"聂绀弩《遇有光西安》："举碗自谦茶博士，乐游原上马蹄轻。"

茶仙 chá xiān
【分类】生活

【关键词】茶

【释义】喻指善于饮茶者。唐杜牧《春日茶山病不饮酒因呈宾客》:"谁知病太守,犹得作茶仙。"

【例句】唐耿㳚《连句多暇…》:"一生为墨客,几世作茶仙。"宋舒亶《虎跑泉》:"灵山不与江心比,谁会茶仙补水经。"宋杨万里《谢福建提…》:"词林应场绣衣新,天上茶仙月外身。"宋杨万里《题陆子泉…》:"一瓣佛香炷遗像,几多衲子拜茶仙。"

察渊鱼　chá yuān yú

【分类】生活

【关键词】列子

【释义】能明察深水中游鱼的人不吉祥,比喻探知别人阴私的人会惹祸。《列子·说符》:"周谚有言:察见渊鱼者不祥,智料隐匿者有殃。"

【例句】唐李颀《杂兴》:"青青兰艾本殊香,察见泉鱼固不祥。"宋刘攽《颍水作寄…》:"察见渊鱼宁有意,往来鸥鸟已忘机。"宋陆游《高枕》:"偶亡塞马宁非福,太察渊鱼恐不祥。"宋刘克庄《次漕庚两…》:"痛惩毒螯要持平,不察渊鱼未害明。"

差池　chā chí

【分类】生活

【关键词】诗经

【释义】参差不齐;差错。《诗经·邶风·燕燕》:"燕燕于飞,差池其羽。"

【例句】唐李百药《和许侍郎…》:"差池下鳬雁,掩映生云烟。"唐李峤《燕》:"差池沐时雨,颉颃舞春风。"唐白居易《和杨同州…》:"犹恨干坑敷水会,差池归雁不成行。"唐刘禹锡《酬令狐相…》:"寂寞蝉声静,差池燕羽回。"

差差　chà chà

【分类】生活

【关键词】荀子

【释义】犹参差,不齐貌。《荀子·正名》:"君子之言,涉然而精,俛然而类,差差然而齐。"唐杨倞注:"差差,不齐貌。谓论列是非似若不齐,然终归于齐一也。"

【例句】唐温庭筠《东郊行》:"绿渚幽香注白苹,差差小浪吹鱼鳞。"唐薛能《使院栽苇》:"戛戛夏差差,一丛千万枝。"唐罗隐《题袁溪张…》:"蒲梢猎猎燕差差,数里溪光日落时。"唐郑谷《莲叶》:"移舟水溅差差绿,倚槛风摇柄柄香。"

姹女　chà nǚ

【分类】文化

【关键词】水银

【释义】本指少女;美女。道家炼丹,称水银为姹女。《周易参同契》:"河上姹女,灵而最神,得火则飞,不见埃尘。"蒋一彪集解引彭晓曰:"河上姹女者,真汞也。见火则飞腾,如鬼隐龙潜,莫知所往。"

【例句】唐张九龄《剪彩》:"姹女矜容色,为花不让春。"唐

果《金虎白龙诗》:"姹女初生醉似泥,千朝暗室不东西。"唐刘禹锡《送卢处士》:"药炉烧姹女,酒瓮贮贤人。"唐陆龟蒙《自遣》:"姹女精神似月孤,敢将容易入洪炉。"

姹女数钱　chà nǚ shǔ qián

【分类】政治

【关键词】灵帝母

【释义】比喻积聚钱财无厌。《后汉书·孝灵帝纪》注引《续汉志》曰:"车班班,入河闲。河闲姹女工数钱,以钱为室金为堂。"《后汉书·皇后纪第十下》:"董皇后(灵帝母)使帝卖官求货,自纳金钱,盈满堂室。"姹女,美女。

【例句】唐李贺《恼公》:"数钱教姹女,买药问巴賨。"唐李白《草创大还…》:"姹女乘河车,黄金充辕轭。"唐罗邺《自遣》:"春巷摘桑喧姹女,江船吹笛舞蛮奴。"明杨慎《春泛晚归》:"渔父濯缨歌鼓枻,姹女当垆工数钱。"

柴积　chái jī

【分类】生活

【关键词】张华

【释义】犹柴堆。晋张华《博物志》卷五:"秦之西有义渠之国,其亲戚死,聚柴积而焚之。"

【例句】宋范镇《叠石溪》:"柴积高于阜,钓槃疾其车。"清洪亮吉《山村杂咏》:"猪栏鸭栅护偏牢,柴积先逾屋脊高。"聂绀弩《挽胡明树》:"偃卧新诗柴积顶,城门失火误延柴。"

柴桑　chái sāng

【分类】政治

【关键词】陶渊明

【释义】喻指故里。《宋书·陶渊明传》载:陶渊明晚年归隐故里柴桑,有脚疾,外出辄命二儿以篮舆昇之。贵贱造之者,有酒辄设。

【例句】唐杜甫《公安送李…》:"正解柴桑缆,仍看蜀道行。"唐皎然《重联句》:"刘令兴多常步履,柴桑事少但援琴。"唐卢纶《送乐平苗…》:"累职比柴桑,清秋入楚乡。"唐贯休《赠雷卿张…》:"若起柴桑兴,无先漉酒巾。"

柴也愚　chái yě yú

【分类】生活

【关键词】论语

【释义】言高柴愚直,喻愚直、迂腐、耿直。《论语·先进》:"柴也愚,参也鲁,师也辟,由也谚。"三国魏何晏集解:"(孔子)弟子高柴,字子羔。愚,愚直之愚。"

【例句】宋彭汝砺《上刘推官》:"不见孔之卓,安知柴也愚。"宋李处权《翁士特借…》:"生喜柴愚恶佗佞,封侯岂谓能钩曲。"宋张九成《论语绝句》:"柴愚参鲁师由辈,未若颜回庶屡空。"宋叶适《赠赵季清…》:"养之锋铓余,参鲁柴亦愚。"宋刘克庄《君畴仰晦…》:"劝君刊落闲枝叶,佩服高柴一字愚。"

豺狼当道　chái láng dāng dào

【分类】政治

【关键词】张纲
【释义】指奸臣当权，横行无忌。源见"埋轮"。
【例句】唐王绩《薛记室收…》："豺狼塞衢路，桑梓成丘墟。"唐王昌龄《咏史》："天下尽兵甲，豺狼满中原。"唐杜甫《久客》："狐狸何足道，豺虎正纵横。"宋文天祥《胡笳曲》："中天月色好谁看，豺狼塞路人烟绝。"

搀枪　chān qiāng
【分类】政治
【关键词】彗星
【释义】彗星名，即天搀、天抢。古人以搀枪为妖星，主不吉，比喻邪恶势力。《尔雅注疏·释天》："彗星为欃枪。"晋郭璞注："亦谓之孛，言其孛孛，字似扫彗。"
【例句】唐杜甫《奉送郭中…》："几时迴节钺，戮力扫欃枪。"唐钱起《观法驾自…》："欃枪一扫灭，阊阖九重开。"宋欧阳修《答苏子美…》："端庄杂丑怪，群星见搀枪。"宋苏舜钦《舟中感怀…》："弯弓射搀枪，跃马扫大荒。"

婵娟　chán juān
【分类】生活
【关键词】孟郊
【释义】形容姿态曼妙优雅，也喻美女、美人。唐孟郊《婵娟篇》："花婵娟，泛春泉。竹婵娟，笼晓烟。妓婵娟，不长妍。月婵娟，真可怜。"
【例句】唐刘希夷《江南曲》："谁言此处婵娟子，珠玉为心以奉君。"唐宋之问《绿竹引》："青溪绿潭水侧，修竹婵娟同一色。"唐李商隐《霜月》："青女素娥俱耐冷，月中霜里斗婵娟。"宋梅尧臣《邵郎中姑…》："薄城万竿婵娟竹，藤缆系桥青板船。"

缠头　chán tóu
【分类】生活
【关键词】妓
【释义】赠送妓女的财物，也谓歌女头上的锦饰。《太平御览》引《唐书》："旧俗，赏歌舞人，以锦彩置之头上，谓之'缠头'。"
【例句】唐杜甫《即事》："笑时花近眼，舞罢锦缠头。"唐杜甫《春日戏题》："舞处重看花满面，尊前还有锦缠头。"唐岑参《胡歌》："黑姓蕃王貂鼠裘，葡萄宫锦醉缠头。"唐李益《夜宴观石…》："微月东南上戍楼，琵琶起舞锦缠头。"

蝉鬓　chán bìn
【分类】生活
【关键词】魏文帝
【释义】代指妇女的一种发式，两鬓薄如蝉翼，亦借指美女。《古今注·杂注》："魏文帝宫人绝所宠者，有莫琼树、薛夜来、田尚衣、段巧笑四人，日夕在侧。琼树乃制蝉鬓，缥缈如蝉翼，故曰蝉鬓。"
【例句】唐卢照邻《长安古意》："片片行云着蝉鬓，纤纤初月上鸦黄。"唐张鷟《又赠十娘》："鬓欺蝉鬓非成髻，脸笑蛾眉不见眉。"唐白居易《妇人苦》："蝉鬓加意梳，蛾眉用心扫。"唐白居易《井底引银瓶》："婵娟两鬓秋蝉翼，宛转双蛾远山色。"

蝉腹龟肠　chán fù guī cháng
【分类】生活
【关键词】王僧虔
【释义】古人认为蝉饮露而腹空，龟耐饥而肠细。蝉只须饮露，乌龟只要喝水。比喻饥饿之极。《南齐书·王僧虔传》："蝉腹龟肠，为日已久，饥虎能吓，人遽与肉，饥麟不噬，谁为落毛？"
【例句】唐陆龟蒙《句》："不辞蝉腹与龟肠，头方不会王门事。"宋刘一止《次韵雪中…》："鹤骨松声公耐雪，龟肠蝉腹我羞茶。"宋刘才邵《贡士张智…》："龟肠蝉腹耐清苦，空山坐听鼪鼯号。"宋陆游《累日无酒…》："小筑精庐剡曲傍，栩然蝉腹与龟肠。"

蝉冠　chán guān
【分类】政治
【关键词】蝉
【释义】即蝉冕。汉代侍从官所戴的冠，上有蝉饰，并插貂尾，故亦称貂蝉冠。后泛指高官。西晋张协《咏史》："咄此蝉冕客，君绅宜见书。"唐李善注引蔡邕《独断》曰："太尉已下冠惠文，侍中加貂蝉。"
【例句】唐钱起《中书王舍…》："一从解蕙带，三入偶蝉冠。"唐刘长卿《奉和杜相…》："入并蝉冠影，归分骑士喧。"宋范纯仁《司马温公…》："翠辇亲临后，蝉冠锡命尊。"宋刘克庄《题萧令山…》："人生蝉冕腰金印，未抵斑衣膝下娱。"

蝉联　chán lián
【分类】生活
【关键词】陈杞
【释义】绵延不断；连续相承。《史记·陈杞世家》唐司马贞述赞："蝉联血食，岂其苗裔？"喻语言啰嗦，文词繁琐。《晋书·王蕴》："蕴问其故，恭（蕴子）曰：'与阿太（王悦小字）语，蝉连不得归。'"
【例句】唐李德裕《思平泉树…》："鳞次冠烟霞，蝉联叠波浪。"唐陆龟蒙《引泉诗》："是时春三月，绕郭花蝉联。"宋司马光《王书记以…》："朝家文明所及远，于今台阁尤蝉联。"宋刘弇《宿泗洲院》："一缕蝉联通鸟道，万鞿层叠挂民畴。"

蝉蜕　chán tuì
【分类】政治
【关键词】屈原
【释义】蝉自幼虫变为成虫时脱下的壳，喻洁身高蹈，不同流合污。《史记·屈原贾生列传》："自疏濯淖污泥之中，蝉蜕于浊秽，以浮游尘埃之外。"
【例句】唐李颀《谒张果先生》："韬精殊豹隐，炼骨同蝉蜕。"唐高适《赠别王十…》："倏若异鹏搏，吾当学蝉蜕。"唐吕岩《七言》："曾于锦水为蝉蜕，又向蓬莱别姓名。"宋苏舜钦《春睡》:"身如蝉蜕一榻上,梦似杨花千里飞。"

蝉影 chán yǐng
【分类】生活
【关键词】蝉
【释义】指古代妇女的一种美艳发式。唐元稹《莺莺传》:"低鬟蝉影动,回步玉尘蒙。"
【例句】唐上官仪《奉和秋日…》:"落叶飘蝉影,平流写雁行。"唐元稹《会真诗》:"低鬟蝉影动,回步玉尘蒙。"唐刘长卿《奉和杜相…》:"入并蝉冠影,归分骑士喧。"宋周邦彦《中吕美咏》:"低鬟蝉影动,私语口脂香。"

蟾蜍 chán chú
【分类】文化
【关键词】月亮
【释义】代指月亮。《后汉书·天文志上》:"言其时星辰之变。"南朝梁刘昭注:"羿请无死之药于西王母,姮娥窃之以奔月…遂托身于月,是为蟾蜍。"传说月亮里有三条腿的蟾蜍。
【例句】唐方干《赠钱塘湖…》:"蟾蜍影里清吟苦,舴艋舟中白发生。"唐杜甫《八月十五…》:"刁斗皆催晓,蟾蜍且自倾。"唐刘商《胡笳十八拍》:"几回鸿雁来又去,肠断蟾蜍亏复圆。"唐贾岛《夜坐》:"蟋蟀渐多秋不浅,蟾蜍已没夜应深。"

蟾宫折桂 chán gōng zhé guì
【分类】政治
【关键词】郤诜
【释义】《初学记》引晋虞喜《安天论》:"俗传月中仙人、桂树,今视其初生,见仙人之足渐已成形,桂树后生。"《晋书·郤诜传》:"武帝(司马炎)于东堂会送,问诜曰:'卿自以为何如?'诜对曰:'臣举贤良对策,为天下第一,犹桂林之一枝,昆山之片玉。'帝笑。"桂林一枝是比喻出类拔萃,居于上乘。唐以来牵合两事,遂以"蟾宫折桂"喻科举应试及第。
【例句】宋王庭圭《郡燕新进…》:"雁塔题名处,蟾宫折桂新。"宋朱长文《次韵俞子…》:"我曾折桂向蟾宫,君有文华似彩虹。"宋曾丰《贺广东黄…》:"道成初试飞升步,引手蟾宫折桂香。"元黄镇成《云岩书灯》:"自从折桂蟾宫去,剩馥残膏几岁寒。"

蟾光 chán guāng
【分类】文化
【关键词】月亮
【释义】即月光。源见"蟾蜍"。
【例句】唐张果《玄珠歌》:"恰似蟾光能出没,自然轻举入云中。"唐皎然《溪上月》:"蟾光散浦淑,素影动沧涟。"唐徐敞《圆灵水镜》:"练色临窗牖,蟾光霭户庭。"唐李沇《闲宵望月》:"苔含殿华湿,竹影蟾光洁。"

蟾影 chán yǐng
【分类】文化
【关键词】月亮
【释义】月影;月光。源见"蟾蜍"。
【例句】唐李绅《真娘墓》:"黛消波月空蟾影,歌息梁尘有梵声。"唐杜牧《张好好诗》:"洞闭水声远,月高蟾影孤。"唐李商隐《昨日》:"二八月轮蟾影破,十三弦柱雁行斜。"唐徐晦《海上生明…》:"水族将蟾影交驰,浪花与桂枝相送。"

单于台 chán yú tái
【分类】政治
【关键词】汉武帝
【释义】在今内蒙古自治区呼和浩特市西。《汉书·武帝纪》:"行自云阳,北历上郡、西河、五原,出长城,北登单于台,至朔方,临北河。勒兵十八万骑,旌旗径千余里,威震匈奴。"
【例句】唐王无竞《咏汉武帝》:"东历琅琊郡,北上单于台。"唐司马扎《秋日怀储…》:"相思闻雁更惆怅,却向单于台下来。"

单于系颈 chán yú xì jǐng
【分类】政治
【关键词】贾谊
【释义】借指制服外敌。《汉书·贾谊传》:匈奴侵犯边塞,贾谊上疏陈政事,多所欲匡建,"曰:'陛下何不试以臣为属国之官以主匈奴?行臣之计,请必系单于之颈而制其命。'"
【例句】唐李昂《从军行》:"欲令塞上无干戚,会待单于系颈时。"宋吴潜《秋夜雨》:"单于系颈须长索。捷书新上油幕。"元周巽《战城南》:"单于行系颈,嫖姚且停骖。"明杨溥《五老歌》:"公昔提兵在蓟门,单于系颈呼韩死。"

昌炽 chāng chì
【分类】政治
【关键词】诗经
【释义】意谓兴旺,昌盛。《诗经·鲁颂·閟宫》:"俾尔昌而炽,俾尔寿而富。"
【例句】宋华镇《咏古》:"昔在世宗时,炎刘正昌炽。"宋阳景春《和伯高弟…》:"先人有后欲昌炽,绎思为善宁无常。"宋邹浩《母氏安康…》:"安康符郡兮,昌炽赋诗篇。"宋王洋《七月八日》:"涓涓乍伶俜,赫赫复昌炽。"

昌歜 chāng chù
【分类】政治
【关键词】左传
【释义】即菖蒲菹,是菖蒲根切成小段腌制的咸菜。传说周文王嗜昌歜,孔子慕文王而食之以取味。后以指贤所嗜之物。《左传·僖公三十年》:"冬,王使周公阅来聘,飨有昌歜。"
【例句】唐韩愈《送无本师…》:"来寻吾何能,无殊嗜昌歜。"宋刘攽《橄榄》:"灵均桑时菊,西伯嗜昌歜。"宋刘挚《菱角》:"昌歜固有嗜,蕺莉非所凭。"宋李商叟《寿韩尚书》:

"未用胡麻金椀饭,且浮昌歜碧霞觞。"

昌阳　chāng yáng
【分类】生活
【关键词】酒
【释义】菖蒲别名,代指酒。旧俗端午节饮菖蒲酒可去疾疫。唐韩愈《进学解》:"忘己量之所称,指前人之瑕疵。是所谓诘匠氏之不以杙为楹,而訾医师以昌阳引年,欲进其豨苓也。"
【例句】宋孙应时《用韵赠李…》:"虽云小草容同味,敢与昌阳较引年。"宋饶节《制药》:"身如逆旅无非我,岂谓昌阳信引年。"宋陆游《闲咏园中…》:"劝君办取金鸦觜,不问昌阳与豨苓。"宋周必大《太上皇后阁》:"粉团菰黍族金盘,仙尤昌阳滟玉樽。"

菖蒲花　chāng pú huā
【分类】政治
【关键词】花
【释义】咏帝王降生神奇之典。菖蒲,草名,生于水边。传说见到此花必富贵。亦喻指富贵之人。《梁书·太祖张皇后》:"初,后尝于室内,忽见庭前昌蒲生花,光彩照灼,非世中所有…曰:'尝闻见者当富贵。'因遽取吞之。是月产高祖。"
【例句】唐乔知之《定情篇》:"君爱菖蒲花,妾感苦寒竹。"唐元稹《寄赠薛涛》:"别后相思隔烟水,菖蒲花发五云高。"唐李贺《梁公子》:"风采出萧家,本是菖蒲花。"唐曹邺《代班姬》:"手把菖蒲花,君王唤不来。"

菖蒲酒　chāng pú jiǔ
【分类】生活
【关键词】酒
【释义】用菖蒲叶浸制的药酒。旧俗端午节饮之,谓可去疾疫。《荆楚岁时记》:"五月五日谓之浴兰节,四民并蹋百草之。戏采艾以为人悬门户上,以禳毒气,以菖蒲或镂或屑以泛酒。"
【例句】唐陈义《菩萨蛮》:"去年共饮菖蒲酒。今年却向僧房守。"五代谭用之《江边秋夕》:"千钟紫酒荐菖蒲,松岛兰舟潋滟居。"宋苏轼《元祐三年…》:"万寿菖蒲酒,千金琥珀杯。"宋汪应辰《太上皇帝》:"君王自进长生缕,细剪菖蒲泛玉卮。"

阊阖　chāng hé
【分类】政治
【关键词】淮南子
【释义】神话传说中的天门,借指宫门或京城门。《淮南子·原道训》:"排阊阖,沦天门。"汉高诱注:"阊阖,始升天之门也。天门,上帝所居紫微宫门也。"
【例句】唐李峤《门》:"阿房万户列,阊阖九重开。"唐韦嗣立《奉和初春…》:"主第岩扃架鹊桥,天门阊阖降鸾镳。"唐王初《自和书秋》:"汉宫夜结双茎露,阊阖凉生六幕风。"聂绀弩《雪峰六十》:"回想西湖湖畔社,九天阊阖一齐开。"

阊门　chāng mén
【分类】生态
【关键词】吴王
【释义】苏州城八门之一,位于城西北。《吴地记》:"《吴都赋》云'通门二八,水道陆衢'是也。西阊、胥二门,南盘、蛇二门,东娄、匠二门,北齐、平二门。不开东门者,为绝越之故也。阊门,亦号破楚门,吴伐楚时,大军从此门出。"
【例句】唐张籍《寄苏州白…》:"阊门柳色烟中远,茂苑莺声雨后新。"唐刘禹锡《泰娘歌》:"泰娘家本阊门西,门前绿水环金堤。"唐白居易《早发赴洞…》:"阊门曙色欲苍苍,星月高低宿水光。"唐白居易《登阊门闲望》:"阊门四望郁苍苍,始觉州雄土俗强。"

苌弘化碧　cháng hóng huà bì
【分类】政治
【关键词】苌弘
【释义】形容忠臣义士为坚持道义、保守节操而死;或指为国献身,忠烈精神长存。《庄子·外物》:"苌弘死于蜀,藏其血,三年而化为碧。"唐成玄英疏:"苌弘遭谮,被放归蜀,自恨忠而遭谮,遂刳肠而死。蜀人感之,以匮盛其血,三年而化为碧玉,乃精诚之至也。"苌弘,周大夫。
【例句】唐唐唐《小游仙诗…》:"周王不信长生话,空使苌弘碧泪垂。"宋梅尧臣《种瘿映山…》:"今同苌弘血,三岁化为碧。"元刘埙《补史十忠诗》:"先轸面如生,苌弘血化碧。"明郭之奇《八月初四…》:"血比苌弘新化碧,魂依望帝久为鹃。"

苌弘血　cháng hóng xuè
【分类】政治
【关键词】苌弘
【释义】喻志士捐躯。源见"苌弘化碧"。
【例句】唐李贺《杨生青花…》:"佣刓抱水含满唇,暗洒苌弘冷血痕。"唐郑谷《光化戊午…》:"苌弘血染新,含露满江滨。"宋卢氏《绝命词》:"夫为苌弘血,妾感共美诗。"元林泉生《岳王庙》:"青山能掩苌弘血,落日空悲蜀帝魂。"

肠中车轮转　cháng zhōng chē lún zhuàn
【分类】生活
【关键词】乐府
【释义】形容惜别的心情。汉乐府古辞《悲歌》:"心思不能言,肠中车轮转。"
【例句】唐韩愈《远游联句》:"别肠车轮转,一日一万周。"宋孔平仲《兄长寄五…》:"今日天涯共悄怅,归心夜夜转车轮。"宋辛弃疾《鹧鸪天》:"那边玉箸销啼粉,这里车轮转别肠。"明宋登春《自君之出矣》:"自君之出矣,肠中车轮转。"元胡布《子夜变歌》:"心是九疑山,肠作车轮转。"

尝鼋　cháng yuán
【分类】政治

【关键词】左传
【释义】指喻略有所得，略知滋味，或比喻只了解局部。源见"染指于鼎"。
【例句】宋苏轼《次韵水官诗》："丹青偶为戏，染指初尝鼋。"宋陆游《读老子》："管窥那见豹，指染仅尝鼋。"宋陆游《正月十六…》："薄技号山曾献玉，荣途染指亦尝鼋。"宋陆游《书感》："凛凛咥人愁履虎，区区染指畏尝鼋。"

常衮 cháng gǔn
【分类】政治
【关键词】常衮
【释义】唐代著名状元宰相，独以文辞出众而又登科第，喻为用人标准。《旧唐书·常衮列传·史臣曰赞曰》："公权余旬日而薨，贻孙未期年而逝，遐古已来，理世少而乱世多，其义在兹矣。常衮之辈，不足云尔。"
【例句】宋李石《黎州鹿鸣宴》："文翁来蜀郡，常衮在闽中。"宋戴栩《蔡尚书挽词》："闽山祠常衮，词臣说仲舒。"宋李格非《初至象郡》："闽中要常衮，剑外须文翁。"宋李纲《自学校之…》："常衮闽风变，文翁蜀化深。"

常何 cháng hé
【分类】政治
【关键词】马周
【释义】比喻好客荐贤之人。《新唐书·马周传》："(常)何，武人，不涉学，周为条二十余事，皆当世所切。太宗怪问何，何曰：'此非臣所能，家客马周教臣言之。客，忠孝人也。'…帝以何得人，赐帛三百段。"
【例句】宋程俱《方时敏见…》："千载鸢肩生，低头客常何。"宋吕定《登广城楼》："临戎不有安边策，应愧常何荐马周。"宋张孝祥《和王景文》："大臣逶贾谊，逆旅欠常何。"宋虞俦《和郁簿述…》："鸢肩自是腾身速，安用常何荐马周。"宋俞德邻《次郭元德》："马周淹逆旅，梦寐忆常何。"

常山蛇阵 cháng shān shé zhèn
【分类】政治
【关键词】孙子
【释义】古代军阵名，首尾呼应，阵势如常山之蛇。喻指首尾相顾的阵势。《孙子·九地》："故善用兵者，譬如率然；率然者，常山之蛇也，击其首，则尾至，击其尾，则首至，击其中，则首尾俱至。"
【例句】唐杜牧《东兵长句…》："即墨龙文光照曜，常山蛇势纵横。"宋丁逢《次袁尚书…》："常山蛇阵想鱼腹，建溪龙焙倾蝶颐。"宋苏轼《司竹监烧》："雄心欲笞南涧虎，阵势颇学常山蛇。"宋洪咨夔《弥牟观土…》："应念常山蛇阵处，有人搔首立斜阳。"宋郭印《张都统怀古》："认得君臣鱼有水，个中蛇势似常山。"

嫦娥 cháng é
【分类】文化
【关键词】月亮
【释义】指姮娥，后因避汉文帝刘恒讳，改作嫦娥。神话中的月中女神。《淮南子·览冥训》："羿请不死之药于西王母，姮娥窃以奔月。"
【例句】唐李白《把酒问月》："白兔捣药秋复春，嫦娥孤栖与谁邻。"唐韦楚老《江上蚊子》："越女如花住工曲，嫦娥夜夜凝双眸。"唐吴融《春晚书怀》："嫦娥断影霜轮冷，帝子无踪泪竹繁。"唐徐夤《追和白舍…》："裁分楚女朝云片，剪破姮娥夜月光。"

唱黄鸡 chàng huáng jī
【分类】生活
【关键词】白居易
【释义】指感叹年华易逝，岁月催人老。源见"黄鸡白日"。
【例句】宋苏轼《夜饮次韵…》："红烛照庭嘶骢袅，黄鸡催晓唱玲珑。"宋苏轼《浣溪沙》："门前流水尚能西，休将白发唱黄鸡。"宋苏轼《与临安令…》："试呼白发惊秋人，令唱黄鸡催晓曲。"宋王庭圭《段廷瑞四美堂》："莫唱黄鸡催晓曲，且听青鸟劝提壶。"

唱玲珑 chàng líng lóng
【分类】生活
【关键词】白居易
【释义】指感叹年华易逝，岁月催人老。源见"黄鸡白日"。
【例句】唐元稹《重赠》："休遣玲珑唱我诗，我诗多是别君词。"宋朱继芳《朱门》："金杯缓劝玲珑唱，玉勒催归骢袅嘶。"宋张纲《亲旧以老夫…》："催年生怕玲珑唱，醉夜宁辞凿落深。"宋苏轼《夜饮次韵…》："红烛照庭嘶骢袅，黄鸡催晓唱玲珑。"

长安道上 cháng ān dào shàng
【分类】政治
【关键词】白居易
【释义】喻指为名利奔走的路途。唐白居易《长安道》："君不见：外州客，长安道，一回来，一回老！"
【例句】宋邵雍《长安道中作》："长安道上何沾巾，古时道行今时人。"宋孙觌《平江太守…》："通德门中见，长安道上逢。"宋邢居实《题李伯时…》："长安城头乌夜栖，长安道上行人稀。"元胡奎《长安道》："长安道上花纷纷，红雾涨天飞作尘。"

长安居不易 cháng ān jū bù yì
【分类】生活
【关键词】白居易
【释义】比喻居住在大城市，生活不容易维持。唐张固《幽闲鼓吹》："白尚书(白居易)应举，初至京，以诗谒著作顾况，顾睹姓名，熟视白公曰：'米价方贵，居亦弗易。'"
【例句】宋苏辙《次韵王巩…》："应笑长安居不易，空吟原上草离离。"宋赵蕃《二月初十日…》："贫嗟居不易，境对语成危。"宋赵蕃《重别成父》："可怜居不易，还是食为谋。"聂绀弩《赠悠然次…》："形如小说龙须虎，居号长安凤尾鱼。"

长岑长 cháng cén cháng

【分类】政治

【关键词】崔骃

【释义】代指崔骃。东汉崔骃(字亭伯),因为揭发批评窦宪的不法行为,被贬为长岑县令。《后汉书·崔骃列传》:"因察骃高第,出为长岑长。骃自以远去,不得意,遂不之官而归。"唐李贤注:"长岑县,属乐浪郡,其地在辽东。"

【例句】唐储光羲《贻王侍御…》:"惆怅长岑长,寂寞梁王傅。"唐张说《同王仆射…》:"闻道长岑令,奋翼宰旅门。"唐刘禹锡《游桃源》:"北渚吊灵均,长岑思亭伯。"清汤右曾《漫兴》:"无人得似长岑长,不乐之官便拂衣。"

长城 cháng chéng

【分类】政治

【关键词】檀道济

【释义】古代供防御用的绵亘不绝的城墙,喻指可资倚重的人或坚不可摧的力量。《宋书·檀道济传》:"道济见收,脱帻投地曰:'乃复坏汝万里之长城。'"

【例句】唐杜牧《夏州崔常…》:"三边要高枕,万里得长城。"唐高适《酬河南节…》:"股肱瞻列岳,唇齿赖长城。"宋秦观《滕达道挽词》:"共惊万里长城坏,独把千金宝剑悬。"宋薛季宣《边事方急…》:"长城万里坏,衣带江谁恃。"元乃贤《岳坟行》:"感激英雄竟诛害,万里长城真自坏。"

长狄 cháng dí

【分类】政治

【关键词】春秋公羊

【释义】春秋时狄族的一支,据孔子说是虞夏时防风氏、商代汪芒氏的后裔。因其特别长大,号为长狄。借指外国侵略者。《春秋公羊传注疏·文公十一年》:"叔孙得臣败狄于咸。狄者何? 长狄也。兄弟三人,一者之齐,一者之鲁,一者之晋。"

【例句】宋叶梦得《秋高申戒…》:"书生会击单于颈,壮士谁春长狄喉。"宋李复《送客至黎城》:"山连长狄国,水过郫王城。"宋范成大《丙午新年…》:"长狄名犹记,沙随会若新。"

长笛吹裂 cháng dí chuī liè

【分类】生活

【关键词】笛

【释义】咏笛声演奏之典。《太平广记·李暮》:"暮开元中吹笛为第一部…独孤曰:'此至入破必裂,得无吝惜乎?'李生曰:'不敢。'遂吹。声发入云,四座震栗,李生蹑踏不敢动。及入破,笛遂败裂,不复终曲。"破,唐宋大曲的第三大段。

【例句】宋苏轼《与梁左藏…》:"试教长笛傍耳根,一声吹裂阶前石。"宋黄子行《落梅》:"谁倚青楼,把谪仙长笛,数声吹裂。"明于慎行《阁夜》:"一声长笛起,吹裂万山秋。"清黄景仁《十七夜偕…》:"谁家长笛入云,吹裂巴山老猿骨。"

长风 cháng fēng

【分类】文化

【关键词】风

【释义】远风。战国楚宋玉《高唐赋》:"长风至而波起兮,若丽山之孤亩。"西晋左思《吴都赋》:"习御长风,狎玩灵胥。"宋刘逵注:"长风,远风也。"

【例句】唐王涯《平戎辞》:"太白秋高助发兵,长风夜卷虏尘清。"唐李颀《听董大弹…》:"幽音变调忽飘洒,长风吹林雨堕瓦。"唐李白《永王东巡歌》:"长风挂席势难回,海动山倾古月摧。"唐李白《江上赠窦…》:"万里南迁夜郎国,三年归及长风沙。"

长风万里 cháng fēng wàn lǐ

【分类】生活

【关键词】宗悫

【释义】不畏艰险,奋勇向前,比喻气概豪迈。源见"乘风破浪"。

【例句】唐李白《赠何七判…》:"心随长风去,吹散万里云。"唐李群玉《广州陪凉…》:"高鸟散飞惊大罴,长风万里卷秋声。"五代贯休《送姜道士…》:"万里长风啸一声,九贞须拍黄金几。"宋孔平仲《夜入监中》:"长风万里至,河汉清人心。"

长干 cháng gān

【分类】生态

【关键词】左思

【释义】长干里,古建康里巷名,亦借指南京。晋左思《吴都赋》:"长干延属,飞甍舛互。"宋刘逵注:"江东谓山冈闲为'干'。"

【例句】唐李白《长干行》:"同居长干里,两小无嫌猜。"唐崔颢《长干曲》:"同是长干人,生小不相识。"唐皎然《答李侍御问》:"入道曾经离乱前,长干古寺住多年。"唐张籍《江南行》:"长干午日沽春酒,高高酒旗悬江口。"宋王安石《示董伯懿》:"长干里北寒山紫,白下门西野水明。"

长庚光怒 cháng gēng guāng nù

【分类】政治

【关键词】史记

【释义】咏战乱之典。长庚,金星。金星特别明亮,谓有战乱将起。《史记·天官书》:"长庚,如一匹布著天。此星见,兵起。"

【例句】宋梅尧臣《秋风篇》:"秋风白虎啸,长庚光如刀。"宋张元干《石州慢》:"长庚光怒,群盗纵横,逆胡猖獗。"宋黎廷瑞《过采石怀…》:"千载英雄长不死,长庚光彻紫霄中。"明黎民贞《贺陈指挥寿》:"长庚耿耿光如月,偏照辕门万户侯。"

长庚入梦 cháng gēng rù mèng

【分类】生活

【关键词】诗经

【释义】喻指非凡之人降生。《诗经·小雅·大东》:"东有启明,西有长庚。"唐李阳冰《唐翰林李太白诗序》:"惊姜之夕,长庚(太白金星)入梦,故生而曰白,以太白字之。世称太白之精,得之矣。"

【例句】唐牟融《赠浙西李…》:"长庚烈烈独遥天,盛世应知降谪仙。"宋王大烈《自庆生次子》:"人言再入长庚梦,我喜新添万卷书。"宋王庭圭《喜杨文发…》:"触目琳琅满户庭,又闻白母梦长庚。"宋苏轼《次韵郑介夫》:"长庚到晓空陪月,太岁今年合守心。"

长弓射　cháng gōng shè

【分类】政治
【关键词】王景文
【释义】比喻遭歹人暗算。《宋书·王景文传》:"时太子及诸皇子并小,上稍为身后之计…景文外戚贵盛,张永累经军旅,又疑其将来难信,乃自为谣言曰:'一士不可亲,弓长射杀人。'一士,王字;弓长,张字也。"
【例句】唐杜甫《光禄坂行》:"马惊不忧深谷坠,草动只怕长弓射。"宋宋祁《齐云亭凭…》:"谁取长弓射鸟翼,休教西日送凋年。"宋苏轼《鳆鱼行》:"渐台人散长弓射,初唉鳆鱼人未识。"元顾瑛《白云楼歌…》:"世人再拜仰天光,多挽长弓射天狗。"

长虹贯日　cháng hóng guàn rì

【分类】政治
【关键词】李白
【释义】谓人间有非常之事发生,或指灾祸,亦谓精诚感天。唐李白《恨赋》:"长虹贯日,寒风飒起。"宋王琦注引如淳曰:"《列士传》曰:荆轲发后,太子自相气,见虹贯日不彻,曰:'吾事不成矣。'后闻轲死,事不立,曰:'吾知其然也。'"
【例句】唐柳宗元《咏荆轲》:"长虹吐白日,仓卒反受诛。"宋钱时《用守之盟…》:"长虹贯日天与力,枯肠正好耕六籍。"元胡天游《拟赋荆轲馆》:"长虹万丈空贯日,恨血竟自洒他裾。"明胡应麟《访李汝藩》:"贯日长虹暮色凝,淋漓杯酒颂如渑。"

长戟八十斤　cháng jǐ bā shí jīn

【分类】政治
【关键词】典韦
【释义】咏勇武之典。《三国志·典韦传》:"韦好持大双戟与长刀等,军中为之语曰:'帐下壮士有典君,提一双戟八十斤。'"
【例句】唐杜甫《秋风》:"要路何日罢长戟,战自青羌连百蛮。"唐李绅《莺莺歌》:"河桥上将亡官军,虎旗长戟交垒门。"唐李涉《六叹》:"汉家茅土横九州,高门长戟封王侯。"唐杜牧《史将军》:"弯弧五百步,长戟八十斤。"

长门买赋　cháng mén mǎi fù

【分类】政治
【关键词】阿娇
【释义】长门宫,汉武帝皇后陈阿娇被废后居处。长门赋,阿娇千金买司马相如作赋。喻宫怨。《昭明文选·赋辛·哀伤·长门赋》:"别在长门宫,愁闷悲思…奉黄金百斤为相如文君取酒,因于解悲愁之辞,而相如为文以悟主上,陈皇后复得亲幸。"
【例句】唐吴融《上阳宫词》:"谁能赋得长门事,不惜千金奉酒杯。"唐杜牧《早雁》:"仙掌月明孤影过,长门灯暗数声来。"唐张窈窕《寄故人》:"无金可买长门赋,有恨空吟扇诗。"唐卢汝弼《妾薄命》:"黄金买赋心徒切,清路飞尘信莫通。"

长命缕　cháng mìng lǚ

【分类】生活
【关键词】荆楚岁时记
【释义】旧俗端午时系于臂上以祈福免灾的五彩丝。《荆楚岁时记》:"(五月五日)以五彩丝系臂,名曰辟兵,令人不病瘟…一名长命缕,一名续命缕,一名辟兵缯,一名五色丝,一名朱索。名拟甚多。"
【例句】唐李隆基《端午三殿…》:"穴枕通灵气,长丝续命人。"唐张说《端午…》:"愿赍长命缕,来续大恩余。"唐窦叔向《端午日恩…》:"仙宫长命缕,端午降殊私。"唐司空图《长命缕》:"此去知名长命缕,殷勤为我唱花前。"

长佩高冠　cháng pèi gāo guān

【分类】政治
【关键词】楚辞
【释义】咏君子贤人形象高尚之典。源见"陆离"。
【例句】宋魏了翁《崇庆通判…》:"长佩高冠集翠裙,华途落落仅题舆。"宋魏了翁《张鄜州挽诗》:"行马门阑宰青夔,高冠长佩独委蛇。"宋蔡襄《余安道》:"高冠长佩丛阙下,千百其群罔尔愚。"宋魏了翁《梁运判生日》:"益州刺史梁大夫,高冠长佩鸣清都。"

长倩赠刍　cháng qiàn zèng chú

【分类】生活
【关键词】邹长倩
【释义】勉励他人从小善做起之典。《西京杂记》:"公孙弘以元光五年为国士所推,上为贤良。国人邹长倩以其家贫,少自资致,乃解衣裳以衣之,释其所著冠履以与之,又赠以刍一束,素丝一襚,扑满一枚,书题遗之曰:'…此自少之多,自微至著也,类士之立功勋,效名节,亦复如之,勿以小善不足修而不为也。'"
【例句】唐郑嵎《赋得生刍…》:"孙弘期射策,长倩赠生刍。"

长卿慢世　cháng qīng màn shì

【分类】文化
【关键词】王徽之
【释义】谓对仕宦疏淡。《世说新语·品藻》:"王子猷、子敬兄弟共赏《高士传》人及赞,子敬赏:'井丹高洁。'子猷云:'未若长卿慢世。'"刘孝标注引三国魏嵇康《高士传·司马相如赞》：“长卿慢世，越礼自放。”汉司马长卿的傲世态度，很受晋人王子猷的赞赏。

【例句】宋辛弃疾《瑞鹧鸪》："不是长卿终慢世，只缘多病又非才。"宋林天瑞《武夷即事》："长卿非慢世，陶令已辞官。"明居节《秋日书怀》："元叔倚门终肮脏，长卿慢世自栖迟。"明龚鼎孳《花朝同敬…》："数客萧条咏夕阳，长卿慢世接舆狂。"

长卿贫 cháng qīng pín
【分类】生活
【关键词】司马相如
【释义】形容一贫如洗。司马相如，字长卿。源见"家徒四壁"。
【例句】唐武元衡《长安叙怀…》："家甚长卿贫，身多公干病。"唐高适《酬裴秀才》："长卿无产业，季子惭妻嫂。"唐黄滔《新野道中》："莫道还家不惆怅，苏秦羁旅长卿贫。"宋宋庠《杨寺丞以…》："侍上可能无狗监，子虚赋就长卿贫。"

长楸 cháng qiū
【分类】文化
【关键词】楸树
【释义】高大的楸树，古代常种于道旁，借指绵延的大道。《离骚·九章·哀郢》："望长楸而太息兮，涕淫淫其若霰。"汉王逸注："长楸，大梓。言己顾望楚都，见其大道长树，悲而太息。"
【例句】唐杜甫《韦讽录事…》："霜蹄蹴踏长楸间，马官厮养森成列。"唐李商隐《访人不遇…》："卿卿不惜锁窗春，去作长楸走马身。"唐李端《赠郭驸马》："金距斗鸡过上苑，玉鞭骑出长楸。"唐吴融《李周弹筝歌》："青骢惯走长楸间，几度承恩蒙召急。"

长楸走马 cháng qiū zǒu mǎ
【分类】生活
【关键词】曹植
【释义】谓纵马于大道。古时大道旁植楸树，长楸指绵延的大道。三国魏曹植《名都篇》："宝剑值千金，被服丽且鲜。斗鸡东郊道，走马长楸间。"
【例句】唐蔡孚《打毬篇》："共道用兵如断蔗，俱能走马入长楸。"唐李颀《放歌行答…》："柏梁赋诗不及宴，长楸走马谁相数。"唐李商隐《访人不遇…》："卿卿不惜锁窗春，去作长楸走马身。"宋吴泳《羽林郎》："绮陌寻芳惜少年，长楸走马着金鞭。"

长孺国器 cháng rú guó qì
【分类】政治
【关键词】韩安国
【释义】咏辅弼之才的典故。《汉书·韩安国传》："韩安国字长孺…为人多大略，知足以当世取舍，而出于忠厚。贪嗜于财利，然所推举皆廉士贤于己者…士亦以此称慕之，唯天子以为国器。"唐颜师古注："国器者，言其器用重大，

可施于国政也。"
【例句】唐护国《许州郑使…》："国器嗟犹小，门风望益清。"唐刘禹锡《许给事见…》："济时成国器，乐道任天真。"唐元稹《答姨兄胡…》："官曹三语掾，国器万寻桢。"唐崔轩《和主司王起》："国器旧知收片玉，朝宗转觉集登瀛。"

长孺欲成灰 cháng rú yù chéng huī
【分类】政治
【关键词】韩安国
【释义】韩安国，字长孺，西汉名将。为除奸宁国，身为梁孝王之内史，曾向梁孝王请求赐死，以身相殉。喻指忠臣竭诚尽瘁。《汉书·韩安国传》："安国闻诡、胜匿王所，乃入见王而泣曰：'今胜、诡不得，请辞赐死。'"
【例句】唐李德裕《清冷池怀古》："袁丝徒饮剑，长孺欲成灰。"唐骆宾王《幽絷书情》："莫言韩长孺，长作不然灰。"唐骆宾王《畴昔篇》："冶长非罪曾缧继，长孺然灰也经溺。"宋宋庠《郡斋多疾》："且脱平津粟，谁忧长孺灰。"

长沙谪 cháng shā zhé
【分类】政治
【关键词】贾谊
【释义】喻指有才者遭贬谪。《史记·贾生列传》："于是天子议以为贾生(谊)任公卿之位。绛、灌、东阳侯、冯敬之属尽害之…于是天子后亦疏之，不用其议，乃以贾生为长沙王太傅。"
【例句】唐司空曙《送刘侍御》："应念长沙谪，思乡不食鱼。"唐刘长卿《自夏口至…》："贾谊上书忧汉室，长沙谪去古今怜。"唐刘长卿《听笛歌》："旧游怜我长沙谪，载酒沙头送迁客。"唐李白《田园言怀》："贾谊三年谪，班超万里侯。"

长生殿 cháng shēng diàn
【分类】政治
【关键词】张廷珪
【释义】唐代宫中之寝殿。《旧唐书·张廷珪传》："则天从其言，即停所作，仍于长生殿召见，深赏慰之。"
【例句】唐顾况《宿昭应》："那知今夜长生殿，独闭山门月影寒。"唐王建《宫词》："教觅勋臣写图本，长生殿里作屏风。"唐白居易《江南遇天…》："新丰树老笼明月，长生殿暗锁春云。"聂绀弩《杂诗》："语私七夕长生殿，秋在南湖烟雨楼。"

长绳系日 cháng shéng jì rì
【分类】生活
【关键词】九曲歌
【释义】意谓留住时光。《九曲歌》："岁暮景迈群光绝，安得长绳系白日！"
【例句】唐张说《奉和圣制…》："长绳系日住，贯索挽河流。"唐阎朝隐《奉和立春…》："愿得长绳系取日，光临天子万年春。"唐李白《拟古》："长绳难系日，自古共悲辛。"唐李贺《梁台古意》："朝朝暮暮愁海翻，长绳系日乐当年。"

长亭 cháng tíng
【分类】政治
【关键词】李白
【释义】秦制三十里一传,十里一亭,负责给驿传信使提供馆舍、给养等服务。唐李白《菩萨蛮》:"何处是归程,长亭更短亭。"
【例句】唐郑德玄《晚至乡亭》:"长亭日已暮,驻马暂盘桓。"唐王昌龄《留别郭八》:"长亭驻马未能前,井邑苍茫含暮烟。"唐杜牧《题齐安城楼》:"不用凭阑寄回首,故乡七十五长亭。"唐武元衡《送李秀才…》:"长亭叫月新秋雁,官渡含风古树蝉。"

长头 cháng tóu
【分类】文化
【关键词】贾逵
【释义】喻博学者。《后汉书·贾逵传》:"自为儿童,常在太学,不通人间事。身长八尺二寸,诸儒为之语曰:'问事不休贾长头。'"
【例句】唐王建《织锦曲》:"长头起样呈作官,闻道官家中苦难。"唐路德延《小儿诗》:"长头才覆额,分角渐垂肩。"宋文同《贺陈基载…》:"文酒寻常不厌求,坐中须得贾长头。"宋苏轼《代书答梁先》:"我衰废学懒且偷,畏见问事贾长头。"

长信宫 cháng xìn gōng
【分类】政治
【关键词】班婕妤
【释义】宫殿名,亦用为太皇太后的代称。源见"班婕妤"。
【例句】唐吴少微《怨歌行》:"是时别君不再见,三十三春长信殿。"唐崔颢《邯郸宫人怨》:"宫车出葬茂陵田,贱妾独留长信殿。"唐崔颢《七夕》:"长信深阴夜转幽,瑶阶金阁数萤流。"唐翁绶《婕妤怨》:"花落昭阳谁共辇,月明长信独登楼。"

长袖留宾 cháng xiù liú bīn
【分类】生活
【关键词】萧绎
【释义】咏留恋宴集之典。梁元帝萧绎《对烛赋》:"尔乃传芳醑,扬清曲,长袖留宾待华烛。"长袖,借指歌舞妓。
【例句】唐吴少微《古意》:"妙舞轻回拂长袖,高歌浩唱发清商。"唐张说《城南亭作》:"长袖迟回意绪多,清商缓转目腾波。"唐孟浩然《崔明府宅…》:"长袖平阳曲,新声子夜歌。"钱起《江陵晦日》:"城南无夜月,长袖莫留宾。"

长袖善舞 cháng xiù shàn wǔ
【分类】政治
【关键词】韩非子
【释义】比喻有了某种条件可以更好地办事。《韩非子·五蠹》:"鄙谚曰:'长袖善舞,多钱善贾。'言多资之易为工也。"
【例句】唐吴少微《古意》:"妙舞轻回拂长袖,高歌浩唱发清商。"唐司空图《白菊》:"横拖长袖招人别,只待春风却舞来。"宋张方平《柳》:"翠眉含愁展新叶,长袖善舞拖旧条。"宋周文璞《感兴》:"独鹤尚知长袖舞,哀猿空作断肠音。"

长须赤脚 chǎng xū chì jiǎo
【分类】政治
【关键词】韩愈
【释义】指奴婢。唐韩愈《寄卢仝》:"一奴长须不裹头,一婢赤脚老无齿。"
【例句】宋苏轼《赠蔡茂先》:"赤脚长须俱好事,新诗软语坐生春。"宋刘挚《崔仲岳鹤舟》:"长须赤脚分相与,鲈鱼美酒他何求。"宋方岳《山行》:"长须赤脚顽于我,未必淳风不再还。"宋刘挚《崔仲岳鹤舟》:"长须赤脚分相与,鲈鱼美酒他何求。"

长杨赋 cháng yáng fù
【分类】文化
【关键词】扬雄
【释义】西汉扬雄作。以写田猎为构架,实讽汉成帝的荒淫奢丽。《汉书·扬雄列传下》:"雄从至射熊馆,还,上《长杨赋》,聊因笔墨之成文章,故藉翰林以为主人,子墨为客卿以风。"
【例句】唐李颀《寄司勋卢…》:"早晚荐雄文似者,故人今已赋长杨。"唐罗隐《寄制诰李…》:"一首长杨赋,应嫌索价高。"唐罗隐《送臧濆下…》:"赋得长杨不直钱,却来京口看莺迁。"唐胡曾《射熊馆》:"子云徒献长杨赋,肯念高皇沐雨秋。"

长杨宫 cháng yáng gōng
【分类】政治
【关键词】三辅黄图
【释义】故址在今陕西省周至县东南。《三辅黄图·秦宫》:"长杨宫在今盩厔县东南三十里…宫中有垂杨数亩,因为宫名;门曰射熊馆。秦汉游猎之所。"
【例句】唐李世民《出猎》:"楚王云梦泽,汉帝长杨宫。"宋宋祁《杨柳词》:"不知莓莓当君意,却就长杨便作宫。"宋商英《上元秭归…》:"料得长杨宫里见,却疑仙火下云来。"元胡宽《赠别秦中…》:"文章未献长杨宫,羽骑曾校骊山猎。"

长杨射熊罴 cháng yáng shè xióng pí
【分类】政治
【关键词】汉元帝
【释义】咏帝王游猎之典。《汉书·元帝纪》:"(永光五年)冬,上(刘奭)幸长杨(宫)射熊馆,布车骑,大猎。"
【例句】唐张籍《少年行》:"少年从猎出长杨,禁中新拜羽林郎。"唐杜牧《杜秋娘诗》:"长杨射熊罴,武帐弄哑咿。"宋刘攽《出氾水关》:"视祠太一观爞火,从猎长杨赋射熊。"宋方回《次韵徐子…》:"华盖天临批凤诰,长杨日侍射熊侯。"

长夜台 cháng yè tái
【分类】生活
【关键词】陆机
【释义】指墓穴。晋陆机《挽歌》："按辔遵长薄,送子长夜台。"因闭于坟墓则不复见明,所以称长夜台。
【例句】唐张说《赠工部尚…》："窅然长夜台,举世可哀哉。"唐虎丘山《诗》："白日徒昭昭,不照长夜台。"唐白居易《哭刘尚书…》："夜台暮齿期非远,但问前头未相见无。"宋郭祥正《哭子点》："汝卧长夜台,我孤大梦身。"

长缨 cháng yīng
【分类】政治
【关键词】终军
【释义】指捕缚敌人的长绳,喻立志报国,降服强敌。《汉书·终军传》："军自请:'愿受长缨,必羁南越王而致之阙下。'"
【例句】唐祖咏《望蓟门》："少小虽非投笔吏,功名还欲请长缨。"唐白居易《元和十二…》："愚计忽思飞短檄,狂心便欲请长缨。"唐万齐融《仗剑行》："愿骑单马仗天威,授取长绳缚房归。"唐崔涂《己亥岁感事》："见说圣君能仄席,不知谁是请长缨。"

超骧 chāo xiāng
【分类】政治
【关键词】王褒
【释义】腾跃而前貌,引申为地位上升,宦途得意。汉王褒《九怀·株昭》："步骤桂林兮超骧卷阿,丘陵翔舞兮溪谷悲歌。"
【例句】唐李翱《军山前马…》："何因不许超骧辈,踏着连云大麓端。"宋释道潜《哭少游学士》："江左有豪英,超骧世无伦。"元凌云翰《鬼猎图》："坐作击刺众莫当,进退超骧孰敢侮。"聂绀弩《挽孟超》："独秀峰前几雁行,卅年分手独超骧。"

晁错 cháo cuò
【分类】政治
【关键词】晁错
【释义】汉景帝御史大夫,提出实边削藩,被腰斩。喻被冤杀的臣吏。《汉书·爰盎晁错列传》："时贾谊已死,对策者百余人,唯错为高第,繇是迁中大夫。"
【例句】唐杜甫《奉赠鲜于…》："不得同晁错,吁嗟后郤诜。"唐杜牧《闻开江相…》："晁氏有恩忠作祸,贾生无罪直为灾。"宋陈泊《读刘贲策》："药石危言治乱篴,贾生晁错是知音。"宋宗泽《道逢散遣…》："严尤下策尤可笑,晁错上书亦奂为。"

晁董 cháo dǒng
【分类】政治
【关键词】晁错

【释义】汉代晁错和董仲舒的并称,比喻文章与才能卓著之流。《旧唐书·刘贲》："睹贲条对,叹服嗟悒,以为汉之晁、董,无以过之。"
【例句】宋李处权《送嘉仲兄…》："裁诗陶谢流,射策晁董辈。"宋李建中《题义门…》："门间世表曾颜德,榜帖人登晁董科。"宋李建中《题义门胡…》："门间世表曾颜德,榜帖人登晁董科。"宋彭汝砺《奉寄深之…》："雕虫立废贾马赋,发策跂闻晁董言。"

巢父 cháo fù
【分类】政治
【关键词】巢父
【释义】喻指埋名隐居的隐士。晋皇甫谧《高士传·巢父》："巢父者,尧时隐人。年老,以树为巢,而寝其上,故时人号曰巢父。尧之让许由也,由以告巢父,巢父曰:'汝何不隐汝形,藏汝光,若非吾友也。'击其膺而下之,由怅然不自得。乃过清泠之水洗其耳,拭其目,曰:'向者闻贪言,负吾矣。'遂去,终身不相见。"
【例句】唐薛据《初去官斋…》："尚想文王化,犹思巢父贤。"唐卢象《家叔徵君…》："水深严子钓,松挂巢父衣。"唐方干《哭江西处…》："巢父精灵归大夜,客儿不调振遗风。"唐刘沧《赠天台隐者》："回望一巢悬木末,独寻危石坐岩中。"宋谢逸《又饮西塔…》："巢父掉头休入海,焦生雄辩且惊筵。"

巢幕燕 cháo mù yàn
【分类】政治
【关键词】季札
【释义】筑巢于帷幕之上的燕子,喻处境危险。源见"燕巢于幕"。
【例句】唐韦道逊《晚春宴》："帘暄巢幕燕,池跃戏莲鱼。"唐钱起《巨鱼纵大壑》："倾危嗟幕燕,隐晦诮泥龟。"宋沈辽《将行泊潇江》："悯悯久同巢幕燕,翩翩今作北归鸿。"宋叶梦得《怀西山》："不作巢幕燕,肯从触藩羝。"

巢倾卵破 cháo qīng luǎn pò
【分类】政治
【关键词】孔融
【释义】喻灭门之祸,无一得免,亦喻整体被毁,其中的个别也不可能幸存。《世说新语·言语》："孔融被收,中外惶怖。时融儿大者九岁,小者八岁,二儿故琢钉戏,了无遽容。融谓使者曰:'冀罪止于身,二儿可得全不?'儿徐进曰:'大人岂见覆巢之下,复有完卵乎?'寻亦收至。"
【例句】唐李白《赠从孙义…》":蠹政除有害马,倾巢有归禽。"唐陆龟蒙《樵人十咏》":巢倾鸟犹在,树尽猿方去。"唐方干《雪中寄李…》":虽云竹重先藏路,却识巢倾不损枝。"宋周紫芝《双鸽飞行》":天长地远去不返,巢倾卵覆令人悲。"

巢燧 cháo suì
【分类】政治

【关键词】韩非子

【释义】传说中原始部落联盟首领有巢氏和燧人氏的并称,借指圣明之君。《韩非子·五蠹》:"上古之世,人民少而禽兽众…有圣人作,构木为巢以避群害。使王天下,号之曰有巢氏。民食果蓏蚌蛤…有圣人作,钻燧取火以化腥臊…使王天下,号之曰燧人氏。"

【例句】唐苏颋《敬和崔尚…》:"在德期巢燧,居安法禹汤。"宋张耒《临文》:"茫昧考巢燧,典章断虞唐。"清诸锦《诔字》:"羲农巢燧几蘧时,结绳粗设民恬熙。"清姚承燕《八月九日…》:"机仿法郎造,民疑巢燧居。"

巢许 cháo xǔ

【分类】政治

【关键词】孔子

【释义】巢父和许由的并称,喻指隐者。晋皇甫谧《高士传·巢父》:"巢父者,尧时隐人也,山居不营世利,年老以树为巢而寝其上,故时人号曰巢父。"《庄子·逍遥游》:"尧让天下于许由。"

【例句】唐王绩《山家夏日》:"自得为巢许,无劳买却山。"唐杜甫《奉赠萧二…》:"巢许山林志,夔龙廊庙珍。"唐白居易《赠张处士…》:"世说三生如不谬,共疑巢许是前身。"宋文天祥《山中自赋》:"不必清高逼巢许,只教潇洒胜由求。"

巢穴 cháo xué

【分类】政治

【关键词】庞公

【释义】人之居所之典。《后汉书·庞公传》:"庞公笑曰:'鸿鹄巢于高林之上,暮得其所栖;鼋鼍穴于深渊之下,夕而得所宿。夫趣舍行止,亦人之巢穴也。且各得其栖宿而已,天下非所保也。'"

【例句】唐戎昱《入剑门》:"鸟雀无巢穴,儿童话别离。"唐白居易《有木诗》:"凭此为巢穴,往来互栖托。"唐韩愈《赠河阳李…》:"四海失巢穴,两都困埃尘。"唐杜荀鹤《雪》:"巢穴几多似处,路岐兼得一般平。"

巢叶龟 cháo yè guī

【分类】生活

【关键词】龟

【释义】咏长寿龟之典。《史记·龟策列传》:"余至江南,观其行事,问其长老,云:'龟千岁乃游莲叶之上。'"据说千年老龟能在莲叶上游。

【例句】唐郑嵎《津阳门》:"竹花唯营栖梧凤,水藻周游巢叶龟。"唐李群玉《龟》:"斑腹唯玄露,芳巢必翠蕖。"宋夏竦《三月施州…》:"巢叶形偏小,如金色最奇。"宋朱长文《元厚之少…》:"千载神龟巢叶稳,九霄老凤带雏游。"

巢夷 cháo yí

【分类】政治

【关键词】巢父

【释义】巢父和夷齐,泛称隐逸之士。源见"巢父"及"夷齐

采薇"。

【例句】唐陈子昂《同参军宋…》:"诸君推管乐,之子慕巢夷。"唐李白《江西送友…》:"君王纵疏散,云壑借巢夷。"唐独孤及《答李滁州…》:"山水能成癖,巢夷拟独亲。"明罗伦《送刘师览…》:"庙堂登稷契,云壑隐巢夷。"

巢由 cháo yóu

【分类】政治

【关键词】巢父

【释义】亦称巢许,巢父和许由的并称。源见"巢许"。

【例句】唐李白《送岑徵君…》:"虽登洛阳殿,不屈巢由身。"唐卢照邻《行路难》:"但愿尧年一百万,长作巢由也不辞。"唐白居易《游丰乐招…》:"汉容黄绮为逋客,尧放巢由作外臣。"唐方干《献王大夫》:"荀宋五言行世早,巢由三诏出溪迟。"

朝拜 cháo bài

【分类】政治

【关键词】陶弘景

【释义】指礼拜神佛祖先,跪拜君主。南朝梁陶弘景《授陆敬游十赉文》:"今故赍尔鍮石澡灌,手巾为副,可以登斋朝拜,出入盥漱。"

【例句】唐李商隐《中元作》:"绛节飘飖空国来,中元朝拜上清回。"宋晏殊《东宫阁》:"旭日九门凝瑞露,东厢朝拜奉宸慈。"宋宋十朋《元日冒雪…》:"幕府初官愧不才,琳宫朝拜获参陪。"聂绀弩《拾穗同祖光》:"鞠躬金殿三呼起,仰首名山百拜朝。"

朝市 cháo shì

【分类】政治

【关键词】张仪

【释义】朝廷和市集,泛指名利之场。《史记·张仪列传》:"臣闻争名者于朝,争利者于市。"

【例句】唐沈佺期《初冬从幸…》:"朝市俱东逝,坟陵共北原。"唐护国《归山作》:"纵然在朝市,终不忘林峦。"唐苏颋《广达楼下…》:"正睹人间朝市乐,忽闻天上管弦声。"唐阎朝隐《鹦鹉猫儿篇》:"离宫别馆临朝市,妙舞繁弦杂宫徵。"

朝宗 cháo zōng

【分类】政治

【关键词】周礼

【释义】古代诸侯春、夏朝见天子,后泛称臣下朝见帝王。《周礼·春官·大宗伯》:"春见曰朝,夏见曰宗,秋见曰觐,冬见曰遇。"

【例句】唐张良器《河出荣光》:"引派昆山峻,朝宗海路长。"唐张说《广州萧都…》:"孤城抱大江,节使往朝宗。"唐张九龄《忝官二十…》:"江流去朝宗,昼夜兹不舍。"唐杜甫《长江》:"朝宗人共挹,盗贼尔谁尊。"唐章碣《浙西送梅…》:"捧日思驰仙掌外,朝宗势动海门中。"

嘲骂 cháo mà
【分类】生活
【关键词】苏轼
【释义】讥笑谩骂。宋苏轼诗集《定惠院寓居月夜偶出》："但当谢客对妻子,倒冠落佩从嘲骂。"
【例句】宋释德洪《次韵经蔡…》："野僧旧不欢,痴坐相嘲骂。"宋刘一止《宋景文公…》："虎头飞去通神画,未免诳欺涉嘲骂。"宋陆游《小饮》："人生自适尔,嘲骂亦何有。"宋黎廷瑞《丙申上元…》："颠狂社舞喧戏剧,落魄儒冠寄嘲骂。"

潮州表 cháo zhōu biǎo
【分类】政治
【关键词】韩愈
【释义】借指被贬谪乞求怜悯之作。《新唐书·韩愈列传》："乃贬潮州刺史。既至潮,以表哀谢…帝得表,颇感悔,欲复用之…乃改袁州刺史。"
【例句】宋孙应时《答任检法》："文字潮州更柳州,兴来八表共神游。"宋项安世《有感韩曾》："沧州奏疏潮州表,犹被人拈作话头。"宋刘克庄《烛影摇红》："集中大半是诗词,幸没潮州表。"宋刘克庄《满江红》："有春陵之什,无潮州表。"

车公醉欢 chē gōng zuì huān
【分类】生活
【关键词】车胤
【释义】咏雅集游乐之典,又以车公、车胤指称赏会佳士。《晋书·车胤列传》："车胤字武子…及长,风姿美劭,机悟敏速,甚有乡曲之誉…又善于赏会,当时每有盛坐而胤不在,皆云:'无车公不乐。'"
【例句】唐元稹《酬翰林白…》："情会招车胤,闲行觅戴逵。"唐张固《重阳宴东…》："高咏已劳潘岳思,醉欢惭道自车公。"唐崔璞《奉酬皮…》："争奈病夫难强饮,应须速自召车公。"宋韩维《寄微之通议》："早梅时节华灯夜,日仁车公共醉醺。"

车笠盟 chē lì méng
【分类】生活
【关键词】越
【释义】喻指友谊笃重,不因贫贱富贵而有所改变。源见"乘车戴笠"。
【例句】宋陆游《新年书感》："朋旧何劳记车笠,子孙幸不废菑畬。"宋陈造《次韵张守…》："盛际功名方策足,他年车笠肯渝盟。"宋陈师道《寄张文潜》："车笠吾何恨,飞腾子莫量。"宋赵蕃《送何叔信》："越人可笑盟车笠,四海要知皆弟昆。"

车辚辚 chē lín lín
【分类】生活
【关键词】诗经
【释义】车行声。《诗经·秦风·车邻》："有车邻邻,有马白颠。"邻同辚。
【例句】唐杜甫《兵车行》："车辚辚,马萧萧,行人弓箭各在腰。"唐戴叔伦《去妇怨》："下坂车辚辚,畏逢乡里亲。"唐张籍《北邙行》："洛阳北门北邙道,丧车辚辚入秋草。"唐韦庄《长安春》："长安二月多香尘,六街车马声辚辚。"

车轮四角 chē lún sì jiǎo
【分类】生活
【关键词】陆龟蒙
【释义】表示栖止一处,不再外游。唐陆龟蒙《古意》："愿得双车轮,一夜生四角。"车轮生角,且是四角,则无法开动。
【例句】唐张祜《读曲歌》："看渠驾去车,定是无四角。"宋辛弃疾《木兰花慢》："安得车轮四角,不堪带减腰围。"宋郭祥正《送陈大夫…》："车轮未许生四角,且愿逆风东北吹。"宋李之仪《四时词拟…》："休愿车轮生四角,莫向金樽嫌酒薄。"

车前八驺 chē qián bā zōu
【分类】政治
【关键词】王融
【释义】咏贵族高官外出,车马侍从众多,声威显赫之典。源见"邓禹笑人"。
【例句】宋杨万里《行路难》："黄金筑台赐白璧,车前八驺门列戟。"宋宋庠《入谒马羸…》："城门争道无因入,始恨车前欠八驺。"宋陆游《致仕后即事》："多事车前要八驺,老人惟与一藤游。"明甫泠《金陵还客…》："徒令户外容双戟,安用车前引八驺。"

车书同 chē shū tóng
【分类】政治
【关键词】礼记
【释义】指车轨宽度一样,文字体势相同,用以表明国家统一。《礼记·中庸》："今天下车同轨,书同文,行同伦。"
【例句】唐李世民《重幸武功》："垂衣天下治,端拱车书同。"唐储光羲《登秦岭作…》："惟言宇宙清,复使车书同。"唐罗邺《岁仗》："可怜四海车书共,重见萧曹佐汉材。"宋韩驹《上太师公…》："坐使车书同万里,行看冠盖袭诸戎。"

车水马龙 chē shuǐ mǎ lóng
【分类】生活
【关键词】马皇后
【释义】形容繁华热闹的景象。《后汉书·明德马皇后纪》："前过濯龙门上,见外家问起居者,车如流水,马如游龙。"
【例句】唐苏颋《夜宴安乐…》："车如流水马如龙,仙使高台十二重。"唐李煜《忆江南》："车如流水马如龙,花月正春风。"宋史浩《张设》："车如流水马如龙,从此诸郎不得封。"宋司马光《次韵和复…》："车如流水马如龙,花市相逢咽不通。"

车载斗量 chē zài dǒu liáng
【分类】生活

[关键词]吴主

[释义]形容数量很多,不足为奇。《三国志·吴主传》南朝宋裴松之注引《吴书》:"聪明特达者八九十人,如臣之比,车载斗量,不可胜数。"

[例句]唐佚名《武后长寿…》:"补阙连车载,拾遗平斗量。"宋苏过《李方叔治…》:"今年麦熟春雨足,车载斗量应有备。"宋张明中《赠曾五行》:"尔后星家几者流,车载斗量二百州。"明唐顺之《读王遵岩…》:"江东若问如卿比,车载还应更斗量。"

车至鹿驯 chē zhì lù xún

[分类]政治

[关键词]郑弘

[释义]比喻州郡长官将要升迁。三国吴谢承《后汉书·郑弘传》:"郑弘为临淮太守,消息繇赋,政不烦苛,修身率下,临事详慎。行春天旱,随车致雨。有两白鹿方道,夹毂而行。弘怪问主簿黄国曰:'鹿为吉为凶?'国拜贺曰:'闻三公车辅画作鹿,明府必为宰相。'后弘果为太尉。"

[例句]唐钱起《送王使君…》:"郡移棠树茂,车至鹿还驯。"唐元晦《越亭二十韵》:"怅望麋鹿心,低回车马路。"宋胡宿《送天章王…》:"车边野鹿依明府,池上沙鸥识主人。"宋司马光《迩英阁读…》:"佞指车前鹿,人瞻屋上乌。"宋苏轼《次韵正辅…》:"岂无轩车驾熟鹿,亦有鼓吹号寒蛙。"

掣鲸 chè jīng

[分类]文化

[关键词]杜甫

[释义]比喻才大气雄。唐杜甫《戏为六绝句》:"或看翡翠兰苕上,未掣鲸鱼碧海中。"

[例句]宋刘克庄《竹溪生日》:"两翁虽老殊精悍,笔力纵横可掣鲸。"宋陆游《雨霰作雪…》:"安得人间掣鲸手,共提笔阵法庄骚。"宋刘克庄《和徐administrator丞…》:"岂敢分庭掣鲸海,颇思越邑会鹅湖。"元潘泰之《诗意》:"敏掣鲸鱼当碧海,幽随象罔索玄珠。"

掣肘 chè zhǒu

[分类]政治

[关键词]宓子贱

[释义]拉住胳膊,比喻阻挠别人做事。《吕氏春秋·具备》:"邑吏皆朝,宓子贱令吏二人书。吏方将书,宓子贱从旁时掣摇其肘。吏书之不善,则宓子贱为之怒。吏其患之,辞而请归…鲁君太息而叹曰:'宓子以此谏寡人之不肖也。'"

[例句]唐卢仝《冬行》:"落日无精光,哑暝被掣肘。"宋邵雍《代书谢王…》:"奈何民饵以金帛,重困吾民犹掣肘。"宋张耒《田家》:"淋漓醉饱不知夜,裸股掣肘时欢争。"聂绀弩《解晋途中…》:"相依相靠相狼狈,掣肘借行一笑哈。"

撤瑟 chè sè

[分类]政治

[关键词]礼记

[释义]喻病危。《礼记·丧大记》:"疾病外内皆扫,君大夫撤悬,士去琴瑟。"言君王或大夫士病了,要撤去悬挂的乐器和摆放的琴瑟。

[例句]唐皎然《哭吴县房…》:"始是牵丝日,翻成撤瑟年。"唐刘禹锡《许事见…》:"未遂挥金乐,空悲撤瑟晨。"宋苏颂《国史龙图…》:"前日闻君撤瑟初,伤心愤愤不能舒。"明黄省曾《惜日歌》:"殂落不问帝王贵,撤瑟岂管圣贤才。"

撤我虎皮 chè wǒ hǔ pí

[分类]政治

[关键词]张载

[释义]表示自认不及对方,甘心让贤。《二程语录》:"横渠(张载)昔在京师,坐虎皮说《周易》…二程先生(指程颐、程颢)至,论《易》。次日,横渠撤去虎皮…乃归陕西。"

[例句]宋刘克庄《沁园春》:"撤我虎皮,让君牛耳,谁道两贤相厄哉?"宋陈著《诗送读易…》:"要坐虎皮专说易,肯携凤侣来吹箫。"宋林希逸《三文主席》:"早闻大字书毡墨,肯为三文坐虎皮。"明钱澄之《辅仁馆即事》:"鹤发翁存悲旧侣,虎皮坐撤忆亡亲。"

撤弦 chè xián

[分类]政治

[关键词]礼记

[释义]借指死亡。源见"撤瑟"。

[例句]唐权德舆《哭刘四尚书》:"撤弦惊物故,庀具见家贫。"

尘寰 chén huán

[分类]生活

[关键词]权德舆

[释义]指人世间。唐权德舆《送李城门罢官归嵩阳》:"归去尘寰外,春山桂树丛。"

[例句]唐杨于陵《赠毛仙翁》:"千年犹孺质,秘术救尘寰。"唐吕岩《七言》:"一载已成千岁药,谁人将袖染尘寰。"唐马湘《又诗二首》:"省悟前非一息间,更抛闲事弃尘寰。"唐李群玉《送隐者归…》:"自此尘寰音信断,山川风月永相思。"

尘网 chén wǎng

[分类]生活

[关键词]陶渊明

[释义]谓人在世间受到种种束缚,如鱼在网,故称尘网。晋陶渊明《归园田居》:"误落尘网中,一去三十年。"

[例句]唐杨炯《游废观》:"悠然出尘网,从此狎神仙。"唐王维《菩提寺禁…》:"安得舍尘网,拂衣辞世喧。"唐孟郊《求仙曲》:"自当出尘网,驱凤登昆仑。"唐王起《赠毛仙翁》:"若许随师出尘网,愿陪鸾鹤向三山。"

尘障 chén zhàng

[分类]生活

【关键词】南史

【释义】亦作尘涨,指飞扬障目的尘土,喻尘世的烦恼。《南史·武帝》:"柳达摩等度置阵,帝督兵疾战,纵火烧栅,烟尘涨天,齐人大溃,尽收其船舰。"

【例句】唐温庭筠《鸡鸣埭曲》:"彗星拂地浪连海,战鼓渡江尘涨天。"宋秦观《晚出左掖》:"出门尘障如黄雾,始觉身从天上归。"宋刘敞《和陈度支…》:"雪残太一虚无里,尘涨重城苍莽边。"宋王安石《春风》:"阳浮树外沧江水,尘涨原头野火烟。"

沉簿领 chén bù lǐng

【分类】政治

【关键词】刘桢

【释义】咏公务劳顿之典。三国魏刘桢《杂诗》:"沉迷簿领书,回回自昏乱。"簿领,记录事情的文簿。言其忙于文书公务。

【例句】唐皎然《答俞校书…》:"若许林下期,看君辞簿领。"唐耿湋《早春宴高…》:"且宽沉簿领,应赖酒如渑。"宋祖无择《游栖贤》:"偷得沈迷簿领身,暂来林下访幽人。"宋苏颂《次韵林次…》:"簿领沉迷千虑耗,鬓颐衰飒二毛新。"

沉沉 chén chén

【分类】政治

【关键词】陈涉

【释义】茂盛、深沉、沉重意,也喻宫室深邃貌。《史记·陈涉世家》:"入宫,见殿屋帷帐,客曰:'伙颐!涉之为王沉沉者!'"裴骃集解引应劭曰:"沉沉,宫室深邃之貌也。"

【例句】唐骆宾王《艳情代郭…》:"沈沈落日向山低,檐前归燕并头栖。"唐张若虚《春江花月夜》:"斜月沈沈藏海雾,碣石潇湘无限路。"唐魏徵《暮秋言怀》:"沉沉蓬莱阁,日久乡思多。"聂绀弩《雪峰寻洪…》:"天下兴亡几匹夫,沉沉胜广痛须臾。"

沉豪牛 chén háo niú

【分类】政治

【关键词】周穆王

【释义】咏帝王祭祀山川之典。《穆天子传》:"天子大服,冕祎,帗带,搢笏,夹佩,奉璧,南面,立于寒下。曾祝佐之,官人陈牲全五具。天子授河宗璧,河宗伯夭受璧,西向沉璧于河,再拜稽首,祝沉牛马豕羊。"

【例句】唐杜甫《奉同郭给…》:"鲛人献微绡,曾často沉豪牛。"宋蔡肇《游浮玉》:"江昏潭火何从起,岁旱豪牛或可沉。"清梁佩兰《送陈仲夔…》:"瞿塘五月峡水至,虎须一倒沉豪牛。"

沉冥子 chén míng zǐ

【分类】政治

【关键词】严君平

【释义】咏潜隐幽居之典。西汉扬雄《法言·问明》:"蜀庄沉冥…不作苟见,不治苟得,久幽而不改其操。"晋李轨注:"蜀人,姓庄,名遵,字君平。沉冥,犹玄寂,泯然无迹之貌,是故成哀不得而利之,王莽不得而害也。"汉蜀郡严君平本名庄遵(避明帝刘庄讳改庄为严),君平是其字。

【例句】唐沈佺期《安乐公主…》:"为问沈冥子,仙槎何处回。"唐白居易《香炉峰下…》:"时有沉冥子,姓白字乐天。"唐白居易《江南谪居…》:"自哂沉冥客,曾为献纳臣。"宋释道潜《子瞻赴守…》:"何愧沈冥子,卧霞吞结邻。"

沉香 chén xiāng

【分类】生态

【关键词】香料

【释义】香木名,产于亚热带,木质坚硬而重,黄色,有香味,心材为著名熏香料。《梁书·林邑国》:"沈木者,土人斫断之,积以岁年,朽烂而心节独在,置水中则沉,故名曰沉香。"

【例句】唐李白《杨叛儿》:"博山炉中沈香火,双咽一气凌紫霞。"唐韩翃《别李明府》:"五侯焦石烹江笋,千户沈香染客衣。"唐李贺《屏风曲》:"沈香火暖茱萸烟,酒觥绾带新承欢。"唐李商隐《效徐陵体…》:"轻寒衣省夜,金斗熨沉香。"

沉湘 chén xiāng

【分类】生活

【关键词】屈原

【释义】喻指为国为民而死。源见"怀沙自沉"。

【例句】唐卢照邻《失群雁》:"欲随石燕沈湘水,试逐铜乌绕帝台。"唐孟浩然《自浔阳泛…》:"观涛壮枚发,吊屈痛沈湘。"唐雍裕之《听弹沈湘》:"秋风一奏沈湘曲,流水千年作恨声。"唐李贺《箜篌引》:"屈平沈湘不足慕,徐衍入海诚为愚。"

沉鱼落雁 chén yú luò yàn

【分类】生活

【关键词】西施

【释义】形容女子容貌极美。《庄子·齐物论》:"毛嫱、丽姬(西施),人之所美也,鱼见之深入,鸟见之高飞。"《管子》:"毛嫱、西施,天下之美人也。"毛嫱,相传为越王勾践的爱姬。

【例句】唐戴叔伦《相思曲》:"鱼沈雁杳天涯路,始信人间别离苦。"宋朱淑真《寄情》:"欲寄相思满纸愁,鱼沉雁杳又还休。"宋元肇《所寓》:"旧恨新愁海样深,关河鱼雁各飞沈。"明徐庸《为陈时彦…》:"纤如皎月轻回风,沉鱼落雁还惊鸿。"明邓云霄《采莲曲》:"细踏船头步步金,偏惊雁落更鱼沈。"聂绀弩《林冲休妻》:"谁知落雁沉鱼者,竟是招灾贾祸人。"

陈宝雄 chén bǎo xióng

【分类】政治

【关键词】鸡

【释义】咏王业的典故。《史记·封禅书》:"作鄜畤后九年,

(秦)文公获若石云,于陈仓北阪城祠之。其神或岁不至,或岁数来,来也常以夜,光辉若流星,从东南来集于祠城,则若雄鸡,其声殷云,野鸡夜雊。以一牢祠,命曰陈宝。"唐司马贞《史记索隐》引《列异传》云:"陈仓人得异物以献之,道遇二童子,云:'此名为媦,在地下食死人脑。'媦乃言云:'彼二童子名陈宝,得雄者王,得雌者伯。'乃逐童子,化为雉。秦穆公大猎,果获其雌,为立祠。"

【例句】唐李峤《雉》:"楚郊疑凤出,陈宝若鸡鸣。"唐沈佺期《夏日梁王…》:"秦鸡常下雍,周凤昔鸣歧。"唐贺知章《奉和御制…》:"尚有灵蛇下鄘时,还征瑞宝入陈仓。"唐韦庄《闻再幸梁洋》:"延烧魏阙非关燕,大狩陈仓不为鸡。"

陈蕃 chén fán
【分类】政治
【关键词】陈蕃
【释义】字仲举,东汉名臣,与窦武、刘淑合称"三君"。为政严峻,不徇私情。太尉任内多次谏诤,与窦武谋剪除宦官,事败而死。《后汉书·陈蕃传》:"窦后临朝,诏曰:'…前太尉陈蕃,忠清直亮。其以蕃为太傅,录尚书事。'"
【例句】唐储光羲《敬酬陈掾…》:"仲举登宰辅,太丘荣缙绅。"唐裴耀卿《敬酬張九…》:"茂先实王佐,仲举信时英。"唐李白《寄崔侍御》:"高人屡解陈蕃榻,过客难登谢朓楼。"宋宋庠《读党人篇》:"陈蕃推席偏忧国,孟国襄头不祭神。"

陈蕃扫一室 chén fán sào yī shì
【分类】政治
【关键词】陈蕃
【释义】形容闲居家中,有志不得施展。《后汉书·陈王列传》:"陈蕃字仲举,…蕃年十五,尝闲处一室…谓蕃曰:'孺子何不洒扫以待宾客?'蕃曰:'大丈夫处世,当扫除天下,安事一室乎?'勤知其有清世志,甚奇之。"
【例句】唐刘希夷《从军行》:"丈夫清万里,谁能扫一室。"唐白居易《新昌新居…》:"陈室何曾扫,陶琴不要弦。"五代徐钧《陈蕃》:"身居一室尚凝尘,天下如何扫得清。"宋王之道《秋日野步…》:"五穷韩愈烦驱逐,一室陈蕃倦扫除。"

陈凤 chén fèng
【分类】生活
【关键词】齐姜
【释义】借指夫人。源见"卜凤凰"。
【例句】唐沈佺期《天官崔侍…》:"潘鱼从此隔,陈凤宛然飞。"

陈后主 chén hòu zhǔ
【分类】生活
【关键词】陈叔宝

【释义】即陈叔宝,南朝陈皇帝,曾作《玉树后庭花》等艳体诗。《南史·陈后主本纪》:"后主愈骄,不虞外难,荒于酒色,不恤政事…乃逃于井。二人苦谏不从,以身蔽井,后主与争之方得入。"
【例句】唐欧阳询《道失》:"雕戈动地来,误杀陈后主。"唐李商隐《隋宫》:"地下若逢陈后主,岂宜重问后庭花。"唐牛殳《琵琶行》:"伤心忆得陈后主,春殿半酣细腰舞。"唐温庭筠《和道溪君…》:"屏上楼台陈后主,镜中金翠李夫人。"

陈皇后 chén huáng hòu
【分类】政治
【关键词】汉武帝
【释义】借指后宫妒妇。《汉书·孝武陈皇后传》:"孝武陈皇后,长公主嫖女也…及帝即位,立为皇后,擅宠骄贵,十余年而无子,闻卫子夫得幸,几死者数焉。上愈怒。后又挟妇人媚道,颇觉。"
【例句】唐崔颢《邯郸宫人怨》:"恩情莫比陈皇后,宠爱全胜赵飞燕。"唐于濆《宫怨》:"君王纵有情,不奈陈皇后。"唐杜牧《月》:"唯应独伴陈皇后,照见长门望幸心。"唐黄滔《司马长卿》:"汉宫不锁陈皇后,谁肯量金买赋来。"

陈迹 chén jì
【分类】政治
【关键词】庄子
【释义】旧迹;遗迹。《庄子·天运》:"夫'六经',先王之陈迹也,岂其所以迹哉。"
【例句】唐张九龄《登荆州城楼》:"累累见陈迹,寂寂想雄图。"唐赵彦昭《奉和幸长…》:"旧史遗陈迹,前王失霸符。"唐韩愈《秋怀诗》:"陈迹竟谁寻,贱嗜非贵献。"唐郎士元《关羽祠送…》:"去去勿复言,衔悲向陈迹。"

陈雷胶漆 chén léi jiāo qī
【分类】生活
【关键词】陈重
【释义】比喻朋友之间友情极为深厚。《后汉书·陈重传》:"太守张云举重孝廉,重以让义,前后十余通记…重后与义俱拜尚书郎,义代同时人受罪,以此黜退,重见义去,亦以病免。"《后汉书·雷义传》:"义归,举茂才,让于陈重,刺史不听,义遂阳狂被发走,不应命。乡里为之语曰:'胶漆自谓坚,不如雷与陈。'"
【例句】唐杜甫《惜昔》:"宫中圣人奏云门,天下朋友皆胶漆。"唐魏氏《赠外》:"谐和类琴瑟,坚固同胶漆。"宋陈造《寄真州诗…》:"握手陈雷便胶漆,几时韩孟果云龙。"宋王质《代虞枢密…》:"陈雷胶漆自平生,申甫藩宣共此行。"

陈力就列 chén lì jiù liè
【分类】政治
【关键词】论语
【释义】陈力:贡献才力。就列:担任职位或官职。谓根据自己的才力就任相应的官职。《论语·季氏》："周任有言曰：'陈力就列，不能者止。'"
【例句】唐韩愈《寄卢仝》："假如不在陈力列，立言垂范亦足传。"唐李绅《寿阳罢郡…》："陈力不任趋北阙，有家无处寄东山。"宋张纲《衰病辞禄…》："陈力心知难就列，引年恩许致为臣。"宋刘敞《狄梁公李…》："就列贵陈力，立功尚成名。"明王慎中《送谈十山…》："盛年好策勋，陈力在高列。"

陈琳　chén lín
【分类】文化
【关键词】陈琳
【释义】字孔璋，东汉末年著名文学家，"建安七子"之一。源见"孔璋檄书"。
【例句】唐刘长卿《行营酬吕…》："孔璋才素健，早晚檄书成。"唐刘禹锡《令狐相公…》："孔璋旧檄家家有，叔度新歌处处听。"唐大易《赠司空拾遗》："陈琳草奏才还在，王粲登楼兴未赊。"宋杨亿《次韵和盛…》："陈琳草檄应非久，贡禹弹冠素有期。"

陈琳草檄　chén lín cǎo xí
【分类】文化
【关键词】陈琳
【释义】借指才思敏捷，善写公文。源见"檄医头疾"。
【例句】唐李中《送孙霁书…》："王粲从军乐，陈琳草檄名。"宋陈宓《和刘制干…》："马上陈琳能草檄，幕中韩愈更长诗。"宋姜特立《送徐抚行》："文似陈琳须草檄，赋如王粲好登楼。"明郭钰《赠刘子伦》："草檄未吐陈琳词，种柳已近渊明宅。"

陈农　chén nóng
【分类】政治
【关键词】陈农
【释义】喻指搜求遗书者。《汉书·艺文志》："至成帝时，以书颇散亡，使谒者陈农求遗书于天下。"
【例句】唐司空曙《送李嘉佑…》："儒官比刘向，使者得陈农。"宋刘敞《酬王平甫》："寓直鬓毛悲骑省，雠书编简待陈农。"元李孝光《次伯雨韵》："达官不入祢衡刺，逸史会给陈农车。"清王颂蔚《丁松生文…》："其功不在陈农下，此事留待程俱说。"

陈平分肉　chén píng fēn ròu
【分类】政治
【关键词】陈平
【释义】喻办事公平。《史记·陈丞相世家》："里中社，平为宰，分肉食甚均。父老曰：'善，陈孺子之为宰！'平曰：'嗟乎，使平得宰天下，亦如是肉矣！'"
【例句】唐杜甫《社日》："陈平亦分肉，太史竟论功。"宋舜俞《晚秋田间》："谩夸孺子能分肉，堪笑书生尚负薪。"清钱大昕《恭和御制…》："但割膏腴胙诸吕，笑渠分肉那能平。"金李俊民《即事》："谁能宰似陈平社，那免悲如宋玉秋？"

陈情　chén qíng
【分类】政治
【关键词】楚辞
【释义】陈诉衷情。《楚辞·九章·惜往日》："愿陈情以白行兮，得罪过之不意。"汉王逸注："列己忠心，所趋务也。"
【例句】宋吕祖谦《送胡子远…》："子政方校录，令伯俄陈情。"宋林同《贤者之孝》："虽知迫明诏，可惜欠陈情。"宋陈造《寄章茂深…》："立谭当日受知深，不待陈情道古今。"

陈情表　chén qíng biǎo
【分类】政治
【关键词】李密
【释义】泛指向朝廷提出辞官归隐孝养父母的呈文。晋时李密作《陈情表》，表中婉转地陈述了为孝养祖母，不能接受朝廷的征召。
【例句】唐白居易《和我年》："何当阙下来，同拜陈情表。"宋喻良能《悼吴居厚》："贤哉难老堂虽就，惜也陈情表未成。"宋汪元量《答徐雪江》："十载高居白玉堂，陈情一表乞还乡。"元赵孟頫《赵子敬御…》："不须更上陈情表，寿母康强世所稀。"

陈人　chén rén
【分类】政治
【关键词】庄子
【释义】旧人，故人，古人，犹老朽。《庄子·寓言》："人而无以先人，无人道也；人而无人道，是之谓陈人。"郭象注："陈久之人。"
【例句】唐徐夤《病中春日…》："更无旧日陈人问，只有多情太守怜。"宋丘葵《破屋》："数间破屋住陈人，八尺空床卧病身。"宋苏轼《述古以诗…》："肯对红裙辞白酒，但愁新进笑陈人。"宋苏轼《次韵韶倅…》："老去常忧伴新鬼，归来且喜是陈人。"

陈诗　chén shī
【分类】政治
【关键词】礼记
【释义】采集并进献民间诗歌，泛指献上诗文。《礼记·王制》："天子五年一巡守，岁二月东巡守，至于岱宗，柴而望祀山川，觐诸侯，问百年者就见之，命大师陈诗，以观民风。"汉郑玄注："陈诗谓采其诗而视之。"
【例句】唐张九龄《奉和圣制…》："驰道当河陕，陈诗问国风。"唐王维《和仆射晋…》："司谏方无阙，陈诗且未工。"唐羊士谔《梁国惠康…》："授册荣天使，陈诗感圣恩。"唐陆龟蒙《读襄阳耆…》："陈诗采风俗，学古穷篆籀。"

陈师道　chén shī dào
【分类】政治

【关键词】陈师道

【释义】宋诗人,家境贫窘,爱苦吟,有"闭门寻句陈无己"之称。终生贫困,以寒疾死。《宋史·陈师道传》:"陈师道,字履常,一字无己…高介有节,安贫乐道。于诸经尤遂《诗》、《礼》…以寒疾死。"

【例句】宋黄庭坚《病起荆江…》:"闭门觅句陈无己,对客挥毫秦少游。"宋陈著《赠郡经历…》:"生来欠识韩荆州,我亦自分陈无己。"宋方回《醉翁亭图…》:"非陈无己黄鲁直,看画题诗难落笔。"聂绀弩《次和第十…》:"诗名冻死陈无己,板话轰传李有才。"

陈寔碑 chén shí bēi

【分类】生活

【关键词】陈寔

【释义】伤悼贤士之典。《后汉书·陈寔传》:"陈寔字仲弓…修德清静,百姓以安…年八十四,卒于家。何进遣使吊祭,海内赴者三万余人,制衰麻者以百数。共刊石立碑,谥为文范先生。"陈寔,东汉名士,曾为太丘长,故后世称为陈太丘。

【例句】唐杨巨源《题贾巡官…》:"许询本爱交禅侣,陈寔由来是好儿。"唐皮日休《元鲁山》:"既卧黔娄衾,空立陈寔碑。"宋苏辙《春深》:"幽居每自比陈寔,古学何人贵杜林。"明石宝《谒王濬南…》:"心平陈寔能循物,头白扬雄尚著书。"

陈太丘 chén tài qiū

【分类】文化

【关键词】陈寔

【释义】咏名流盛德之典。源见"陈寔碑"。

【例句】唐董思恭《咏星》:"方知颖川集,别有太丘门。"唐杜甫《陪李侍御…》:"姚公美政谁与俦,不减昔时陈太丘。"宋黄庭坚《寄题莹中…》:"开轩城市如村落,人似往时陈太邱。"宋李光《悼程伯宇…》:"平生自谓孔北海,晚节欲为陈太丘。"

陈抟高卧 chén tuán gāo wò

【分类】政治

【关键词】陈抟

【释义】比喻隐士逃世。源见"希夷睡"。

【例句】唐刘长卿《汉阳献李…》:"退身自卧楚城幽,独掩寒门汉水头。"唐杨巨源《送章孝标…》:"不妨公事资高卧,无限诗情要细论。"宋王十朋《次韵唐立…》:"天下名山欲遍看,未能高卧愧陈抟。"宋白玉蟾《玉壶睡起》:"白云深处学陈抟,一枕清风天地宽。"

陈王 chén wáng

【分类】文化

【关键词】曹植

【释义】喻指文才出众者。源见"曹植"。

【例句】唐王维《奉和圣制…》:"赋掩陈王作,杯如洛水流。"唐罗隐《暇日有寄…》:"珊瑚笔架真珠履,曾和陈王几首诗。"唐李白《将进酒》:"陈王昔时宴平乐,斗酒十千恣欢谑。"唐李嘉祐《访韩司空…》:"图画风流似长康,文词体格效陈王。"

陈王抗表 chén wáng kàng biǎo

【分类】生活

【关键词】曹植

【释义】失意求用之典。《三国志·陈思王植》:"太和元年,徙封浚仪。二年,复还雍丘。植常自愤怨,抱利器而无所施,上疏求自试。"曾上《求自试表》。

【例句】唐窦常《求自试》:"陈王抗表日,毛遂请行秋。"唐李群玉《将之京国…》:"赵壹赋命薄,陈思多世忧。"宋邵雍《落花长吟》:"曹植辞休切,襄王梦已终。"清伍瑞隆《凤箫词》:"魂销宋玉应墙上,肠断陈思是梦中。"

陈暄狎筵 chén xuān xiá yán

【分类】生活

【关键词】陈暄

【释义】咏近臣侍宴之典。《南史·陈暄传》:"暄以落魄不为中正所品,久不得调。后主之在东宫,引为学士。及即位,迁通直散骑常侍,与义阳王叔达、尚书孔范…等恒入禁中陪侍游宴,谓为狎客。"

【例句】唐韩偓《感事》:"江总参文会,陈暄侍狎筵。"明施闰章《次韵杨六…》:"鸥闲故狎筵前客,叶落遥看木末楼。"清朱锦琮《四弟自苏…》:"莫瞋周顗驰名早,多谢陈暄为我藏。"

陈尧舜 chén yáo shùn

【分类】政治

【关键词】孟子

【释义】喻指向君王陈说仁政之道。《孟子·公孙丑下》:"(孟子)曰:'…我非尧舜之道不敢以陈于王前,故齐人莫如我敬王也。'"

【例句】唐韩愈《归鼓城》:"上言陈尧舜,下言引龙夔。"唐杜甫《可叹》:"死为星辰终不灭,致君尧舜焉肯朽。"唐杜牧《华清宫》:"几席延尧舜,轩墀接禹汤。"唐韦庄《关河道中》:"平生志业匡尧舜,又拟沧浪学钓翁。"

陈鱼 chén yú

【分类】政治

【关键词】左传

【释义】帝王行为不合礼仪之典。《左传·隐公五年》:"公将如棠观鱼者。臧僖伯谏曰…公曰:'吾将略地焉。'遂往,陈鱼而观之。僖伯称疾,不从。书曰'公矢鱼于棠',非礼也,且言远地也。"晋杜预注:"陈,设张也。公大设捕鱼之备而观之。"

【例句】唐苏颋《奉和圣制…》:"示威宁校猎,崇让不陈鱼。"宋华镇《陪潭倅张…》:"通守陈鱼许纵观,旋开芳宴俯江干。"宋林同《豺獭》:"曾闻豺祭兽,还见獭陈鱼。"元钱宰《题观渔图》:"命驾出山泽,陈鱼乐观游。"

陈遵尺牍　chén zūn chǐ dú

【分类】文化

【关键词】陈遵

【释义】咏尺牍之典。西汉陈遵极有德行,颇受时人尊敬。《汉书·陈遵传》:"略涉传记,赡于文辞。性善书,与人尺牍,主皆藏去以为荣。"陈遵善于写尺牍,凡得到他书札的人,都珍藏起来,并引以为荣。

【例句】唐元稹《献荥阳公…》:"陈遵修尺牍,阮瑀让飞笺。"唐杜甫《上韦左相…》:"聪明过管辂,尺牍倒陈遵。"明王世贞《少泉太仆…》:"尺牍向来江表擅,却因惊坐许陈遵。"明佘翔《赠别陈本容》:"陈遵结侠起高名,尺牍题来慰友生。"

晨昏定省　chén hūn dìng xǐng

【分类】政治

【关键词】礼记

【释义】指早晚服侍慰问双亲。《礼记·曲礼上》:"凡为人子之礼,冬温而夏凊,昏定而晨省。"汉郑玄注:"定,安其床衽也;省,问其安否何如。"

【例句】唐王建《宋氏五女》:"晨昏在亲傍,闲则读书诗。"唐白居易《蜀路石妇》:"晨昏问起居,恭顺发心诚。"宋冯时行《广安朱义…》:"晨昏定省履声细,鹭兮飞跃随彩衣。"宋邵雍《训世孝弟诗》:"子孝亲兮弟敬哥,晨昏定省莫蹉跎。"

晨露　chén lù

【分类】生活

【关键词】鲍照

【释义】意指朝露。南朝宋鲍照《园葵赋》:"晨露夕阴,霏云四委。"商汤时乐歌名。北周庾信《变宫调》:"更有《薰风》曲,方闻《晨露》歌。"

【例句】唐韩愈《庭楸》:"濯濯晨露香,明珠何联联。"唐白居易《夏日作》:"宿雨林笋嫩,晨露园葵鲜。"宋陆游《出近村晚归》:"出每沾晨露,归当送夕晖。"宋余靖《酬萧阁副…》:"自缘香极宜晨露,勿谓开迟怨晚春。"

称觞　chēng shāng

【分类】生活

【关键词】邵惠公

【释义】举杯敬酒,表示祝贺。《北史·周宗室传·邵惠公颢传》:"每四时伏腊,武帝率诸亲戚,行家人礼,称觞上寿,荣贵之极,振古未闻。"

【例句】唐沈佺期《侍宴安乐…》:"敬从乘舆来此地,称觞献寿乐钧天。"唐宋之问《龙门应制》:"鸟来花落纷无已,称觞献寿烟霞里。"唐马怀素《饯唐永昌》:"闻君出宰洛阳隅,宾友称觞饯路衢。"聂绀弩《约仲衡迟…》:"我有一言同意否,中秋酿宴为称觞。"

称象　chēng xiàng

【分类】文化

【关键词】曹操

【释义】用作咏幼智的典故。《三国志·曹冲传》:"邓哀王冲字仓舒…时孙权曾致巨象,太祖欲知其斤重,访之群下,咸莫能出其理。冲曰:'置象大船上,而刻其水痕所至,称物以载之,则校可知矣。'太祖大悦,即施行焉。"

【例句】唐李乂《享龙池乐…》:"魏国君王称象处,晋家蕃邸化龙初。"唐李峤《象》:"持燧奔吴战,量舟入魏墟。"宋梅尧臣《咏象韩子…》:"苍舒曾秤秤,千钧空压舟。"宋张汝锴《题象鼻岩》:"曾入苍舒万斛舟,至今鼻准蘸清流。"

赪玉盘　chēng yù pán

【分类】生活

【关键词】李白

【释义】赤色的玉盘,喻指太阳。唐李白《幽州胡马客歌》:"妇女马上笑,颜如赪玉盘。"

【例句】唐李贺《春归昌谷》:"谁揭赪玉盘,东方红照。"宋李龏《飞仙篇用…》:"仙人揽六著,著以赪玉盘。"元杨维桢《李公子行》:"面如赪玉盘,眼如明月珠。"元胡奎《拟唐人十…》:"洛阳牡丹赪玉盘,宫城落絮春漫漫。"

成此一段奇　chéng cǐ yī duàn qí

【分类】生态

【关键词】苏轼

【释义】指成就了一段奇闻或奇事。宋苏轼《次韵王巩留别》:"不辞千里远,成此一段奇。"

【例句】宋李纲《赠虞公明…》:"愿闻众妙门,成此一段奇。"宋陆游《南门散策》:"野僧何处来,成此一段奇。"宋陈起《贺友人丝…》:"成此风流一段奇,乐事百年能几遇。"宋张栻《腊后一日…》:"雪花忽排空,成此一段奇。"

成连海上琴　chéng lián hǎi shàng qín

【分类】生活

【关键词】伯牙

【释义】咏学琴的典实。唐吴兢《乐府古题要解》:"伯牙学鼓琴于成连先生,但闻海上水泪汲湔渐之声,山林窅冥,群鸟悲号,怆然叹曰:'先生将移我情。'乃援琴而歌之。曲终,成连刺船而还,伯牙遂为天下妙手。"

【例句】唐吴融《风雨吟》:"伯牙海上感沧溟,何似今朝风雨思。"唐薛咸用《水仙操》:"成连入海移人情,岂È本来无嗜欲?"宋薛季宣《钓天曲》:"遗音寄五柳,海山学成连。"元耶律铸《谨用尊大…》:"冻折瑶琴三两弦,起来孤坐忆成连。"

成相　chéng xiāng

【分类】生活

【关键词】荀子

【释义】周代民间流行的长篇叙事歌曲。《荀子·成相》:"《荀子》有《成相》篇,以初发语名篇,杂论君臣治乱之事。"

【例句】唐顾况《闲居怀旧》:"骚客空传成相赋,晋人已负绝交书。"宋晁公溯《师伯浑用…》:"时因抚事歌成相,更复怀人作大招。"宋龚璛《次庄恕斋…》；"要补崇丘极高大，请歌成相用贤良。"清沈曾植《和蒿盦中丞》："浮家西塞无余地，成相兰陵有小歌。"

丞相柏　chéng xiàng bǎi
【分类】政治
【关键词】诸葛亮
【释义】咏诸葛丞相之典，或咏柏树。宋田况《儒林公议》："成都刘备庙侧，有诸葛武侯祠，前有大柏，围数丈…唐末渐枯瘁，历王建、孟知祥二伪国，不复生，然亦不敢伐之。皇朝乾德五年丁卯夏五月，枯柯再生，时人异焉。三国至乾德初，历年一千二百余，枯而复生。"
【例句】宋刘辰翁《水调歌头》："故侯瓜，丞相柏，大夫松。"明边贡《内黄道中》："南郡永怀丞相柏，东门谁种故侯瓜。"明王世贞《顾母张孺…》："四十年来丞相柏，一枝留向北堂青。"明王叔承《震泽普济…》："秦亡争笑大夫松，蜀破空怜丞相柏。"

承华　chéng huá
【分类】政治
【关键词】太子
【释义】指太子所居宫殿，代称太子。《洛阳记》："太子宫在太宫东薄室门外，中有承华门。"西晋时，洛阳有太子宫，宫有承华门。
【例句】唐白居易《从同州刺…》："承华东署三分务，履道西池七过春。"唐白居易《赠皇甫宾客》："昔曾对作承华相，今复年为博望宾。"唐黄滔《寄陈侍御》："九级燕金满尊酒，却愁随诏谒承华。"宋董嗣杲《棠棣花》："盛传覆第承华喻，别纪遗恩苤木阴。"

承露金茎　chéng lù jīn jīng
【分类】政治
【关键词】汉武帝
【释义】咏皇宫景物之典。汉武帝作铜露盘，承天露，和玉屑饮之，以乞长寿。《汉书·郊祀志上》："其后又作柏梁、铜柱、承露仙人掌之属矣。"三国魏苏林注："仙人以手掌擎盘承甘露。"
【例句】唐杜甫《秋兴》："蓬莱宫阙对南山，承露金茎霄汉间。"唐骆宾王《帝京篇》："铜羽应风回，金茎承露起。"唐韦应物《汉武帝杂歌》："通天台上月初出，承露盘中珠正圆。"唐姚合《敬宗皇帝…》："金茎看尚在，承露复何为。"

承明庐　chéng míng lú
【分类】政治
【关键词】严助
【释义】汉承明殿旁屋，侍臣值宿所居。后以入承明庐喻入朝或在朝为官。《汉书·严助传》："君厌承明之庐，劳侍从之事，怀故土，出为郡吏。"唐颜师古注引张晏曰："承明庐在石梁阁外，直宿所止曰庐。"
【例句】唐李颀《送綦毋三…》："徒言青琐闼，不爱承明庐。"唐王维《苑舍人能…》："故旧相望在三事，愿君莫厌承明庐。"唐张大安《奉和别越王》："何时骖驾入，还见谒承明。"唐白居易《马上作》："自问有何才，两入承明庐。"

城北徐公　chéng běi xú gōng
【分类】生活
【关键词】邹忌修
【释义】美男子的代称。《国策·齐策》："邹忌修八尺有余，而身体昳丽，朝服衣冠窥镜，谓其妻曰：'我孰与城北徐公美？'其妻曰：'君美甚，徐公何能及君也。'城北徐公，齐国之美丽者也。"
【例句】唐张祜《寄朗州徐…》："关西今孔子，城北旧徐公。"宋司马光《子高有侍…》："徐公精笔老生神，石刻犹能妙夺真。"宋朱翌《寄方立义》："梦归丁令鹤飞去，念旧徐公榻尚悬。"聂绀弩《城东与白…》："我自望君如望岁，谁知城北住城东。"

城旦　chéng dàn
【分类】政治
【关键词】秦始皇
【释义】秦汉时刑罚名，一种筑城四年的劳役。《史记·秦始皇本纪》："令下三十日不烧，黥为城旦。"裴骃集解："如淳曰：城旦，四岁刑。"《汉书·惠帝纪》汉应劭注："城旦者，旦起行治城，舂者，妇人不豫外徭，但舂作米。"
【例句】唐白居易《和望晓》："休吟稽山晓，听咏秦城旦。"宋宋祁《邻郡移书…》："多年积病先黄老，岂辨司空城旦书。"宋毛滂《十二月十…》："东堂那记城旦语，唯有诗律曾家传。"聂绀弩《辛之赠印》："一头城旦一胥糜，刀捉床头两刻之。"

城狐社鼠　chéng hú shè shǔ
【分类】政治
【关键词】晏子
【释义】城墙洞中的狐狸，土地庙里的老鼠，比喻有所凭借而为非作歹的小人。《晏子春秋·问上九》："夫社，束木而涂之，鼠因往托焉，熏之则恐烧其木，灌之则恐败其涂，此鼠所以不可得杀者，以社故也。"
【例句】唐曹邺《奉命齐州…》："社鼠不可灌，城狐不易防。"宋王周《自喻》："城狐与社鼠，巧佞谁从庇。"宋李光《可叹》："城狐社鼠争附会，浙部复产动与冲。"宋李纲《八月十一…》："巨蠹推穷付图圉，社鼠城狐扫巢穴。"

城门失火　chéng mén shī huǒ
【分类】政治
【关键词】鱼
【释义】喻指恶患滋延，使周围之人无端遭受牵连伤害。《风俗通义》："旧说池仲鱼，人姓字也，居宋城门，城门失火，延及其家，仲鱼烧死。又云：宋…汲取池中水…池中空竭，鱼悉露死。喻恶之滋，并伤良谨也。"
【例句】唐白居易《杂感》："城门自焚爇，池鱼罹其殃。"宋洪炎《庚戌岁六…》："人言城门火，鱼祸自靡遗。"宋楼钥《寄题临江…》："岛夷日张耶律卑，城门失火殃鱼池。"聂绀弩《挽胡明树》：“倨卧新诗柴积顶，城门失火误延柴。”

城南老树　chéng nán lǎo shù
【分类】文化
【关键词】吕洞宾
【释义】咏神仙吕洞宾之典。《蒙斋笔谈》："世传神仙吕洞宾名岩，洞宾其字也…余记童子时，见大父魏公自湖外罢官还，道岳州客有言洞宾事者云：'近岁常过城南一古寺，题二诗壁间而去…其二云：独自行时独自坐，无限时人不识我。惟有城南老树精，分明知道神仙过。'"
【例句】唐吕岩《闲题》："惟有城南老树精，分明知道神仙过。"宋朱广汉《自咏》："城南老树如相问，不枉翻空过洞庭。"宋王镃《游仙词》："留下九还丹一粒，城南老树得升仙。"宋白玉蟾《番阳旅寓…》："城北城南无老树，横吹铁笛过庐山。"

城隅　chéng yú
【分类】生活
【关键词】诗经
【释义】城角，多指城根偏僻空旷处。《诗经·邶风·静女》："静女其姝，俟我于城隅。"
【例句】唐贺知章《望人家桃…》："桃花红兮李花白，照灼城隅复南陌。"唐张说《安乐郡主…》："城隅靡靡稍东还，桥上鳞鳞转南渡。"唐韦应物《同德精舍…》："逍遥东城隅，双树寒葱茜。"唐柳宗元《柳州城西…》："手种黄甘二百株，春来新叶徧城隅。"

乘杯　chéng bēi
【分类】文化
【关键词】杯渡
【释义】谓僧人乘坐木杯渡水，泛指乘船。源见"杯渡"。
【例句】唐李白《赠僧崖公》："何日更携手，乘杯向蓬瀛？"唐李白《别山僧》："何处名僧到水西，乘杯弄月宿泾溪。"唐吴顗《台州相送…》："得法心念喜，乘杯体自宁。"唐宋之问《游称心寺》："顾栎仍留马，乘杯久弃船。"

乘槎　chéng chá
【分类】文化
【关键词】严君平
【释义】指登天遨游，又喻指飞仙。《博物志》："旧说天河与海通。有海边居民，见年年八月，海上有浮槎去来，不失期…多赍粮，乘槎去…至一处，有城郭状，遥望宫中有织女，另一丈夫牵牛饮水边…随槎发返海边，不失期。其后至蜀郡访严君平，君平曰：'某年月日，有客星犯牵牛宿。'计算年月，即此人到天河时。"
【例句】唐孔德绍《送蔡君知…》："乘槎若有便，希泛广陵潮。"唐骆宾王《饯郑安阳…》："海客乘槎返，仙童驭竹回。"唐宋之问《宴安乐公…》："宾至星槎落，仙来月宇空。"唐韦庄《和侯秀才…》："轻如控鲤初离岸，远似乘槎欲上天。"

乘槎客　chéng chá kè
【分类】文化
【关键词】严君平
【释义】指游仙或出使远行之人。源见"乘槎"。
【例句】唐孟浩然《除夜乐城…》："余是乘槎客，君为失路人。"唐储光羲《夜到洛口…》："倘遇乘槎客，永言星汉游。"唐周繇《望海》："欲作乘槎客，翻愁去隔年。"唐李山甫《赠徐三十》："从今不羡乘槎客，曾到三星列宿傍。"

乘车戴笠　chéng chē dài lì
【分类】生活
【关键词】越
【释义】乘车，喻富贵；戴笠，喻贫贱。喻指朋友友谊深厚，不因身份、地位的变化而有所改变。《风土记》："越俗性率朴，初与人交有礼，封上坛，祭以犬鸡，祝曰：'卿虽乘车我戴笠，后日相逢下车揖。我步行，卿乘马，后日相逢卿当下。'"
【例句】宋卫宗武《和张石山…》："但嗟戴笠与乘车，昔骑紫马今无驴。"宋王平仲《送张天觉》："万事倏忽如疾风，莫以乘车轻戴笠。"宋陆文圭《和曹士开…》："乘车戴笠高与下，倚楼看镜今非昔。"明释心堕《台引佺过…》："我出世间常戴笠，相逢涂路忘乘车。"

乘车入鼠穴　chéng chē rù shǔ xué
【分类】生活
【关键词】鼠
【释义】比喻情理中所无之事。《世说新语·文学》："未尝梦乘车入鼠穴，捣齑啖铁杵，皆无想无因故也。"
【例句】宋王迈《辛未中元…》："乘车入鼠穴，闻者知其舛。"宋辛弃疾《玉楼春》："仲尼去卫又之陈，此是乘车入鼠穴。"明李之世《和饮酒》："乘箪入鼠穴，大梦颠倒时。"明钱谦益《放歌行赠…》："心惊蚁床自急捣，梦入鼠穴仍拱趋。"

乘传　chéng chuán
【分类】政治
【关键词】驿站
【释义】传，驿站的马车。乘坐驿车。喻奉命出使。《汉书·眭两夏侯京翼李列传·京房》："自请，愿无刺史，得除用它郡人，自第吏千石已下，岁竟乘传奏事。天子许焉。"
【例句】唐李贺《春归昌谷》："终军未乘传，颜子鬓先老。"唐韩翃《寄雍丘窦…》："西游太府东乘传，泗上诸侯谁不羡。"唐韦庄《梦入关》："梦中乘传过关亭，南望莲峰簇簇青。"宋杨亿《次韵和盛…》："新来乘传抵秦川，会府须才果峻迁。"

乘骢　chéng cōng
【分类】政治
【关键词】桓典

【释义】代指侍御史。源见"避骢马"。
【例句】唐韦应物《寄洪州幕…》:"忽报南昌令,乘骢入郡城。"唐宋之问《送朔方何…》:"闻道云中使,乘骢往复还。"唐王维《洛阳女儿行》:"良人玉勒乘骢马,侍女金盘鲙鲤鱼。"唐徐凝《送沈亚之…》:"千万乘骢沈司户,不须惆怅鄠中游。"

乘风归去　chéng fēng guī qù
【分类】政治
【关键词】苏轼
【释义】用以表现遗世独立或出世思想。宋苏轼《水调歌头·丙辰中秋欢饮达旦大醉作此篇兼怀子由》:"我欲乘风归去,又恐琼楼玉宇,高处不胜寒。"
【例句】唐韩翃《送齐山人…》:"旧事仙人白兔公,掉头归去又乘风。"唐张蠙《龟山寺晚望》:"渔舟不用悬帆席,归去乘风插柳枝。"宋范成大《六月七日…》:"乘风欲归去,骖鸾跁青冥。"宋孙锐《泊平望吊…》:"丹台玉籍若相容,携手乘风共归去。"

乘风破浪　chéng fēng pò làng
【分类】文化
【关键词】宗悫
【释义】顺着风,破浪前进,比喻指志向高远,勇往直前。《宋书·宗悫传》:"悫少时,炳问其志。悫答曰:'愿乘长风破万里浪。'"
【例句】唐李白《行路难》:"长风破浪会有时,直挂云帆济沧海。"唐高适《酬秘书弟…》:"并负垂天翼,俱乘破浪风。"宋李洪《偶作》:"乘风破浪非吾事,暂借僧窗永日眠。"宋范仲淹《和运使舍…》:"长风方破浪,一气自横秋。"

乘桴浮海　chéng fú fú hǎi
【分类】政治
【关键词】公冶长
【释义】乘坐竹木小筏,驶入大海,借指避世。《论语·公冶长》:"道不行,乘桴浮于海。"
【例句】唐张九龄《与王六履…》:"乘槎自有适,非欲破长风。"唐独孤及《庚子岁避…》:"已无济川分,甘作乘桴人。"唐王维《济上四贤咏》:"已闻能狎鸟,余欲共乘桴。"宋王安石《次韵平甫…》:"飘然欲作乘桴计,一到扶桑恨未能。"

乘黄　chéng huáng
【分类】文化
【关键词】马
【释义】传说中的异兽名或神马。《汉书·礼乐志·郊祀歌》:"日出入安穷?时世不与人同…六龙之调,使我心若。訾黄其何不徕下!"汉应劭注:"訾黄一名乘黄,龙翼而马身,黄帝乘之而仙。"
【例句】唐杜甫《瘦马行》:"士卒多骑内厩马,惆怅恐是病乘黄。"唐杜甫《韦讽录事…》:"将军得名三十载,人间又见真乘黄。"唐杜甫《遣怀》:"乘黄已去矣,凡马徒区区。"唐权德舆《奉和崔评…》:"诗因乘黄赠,才擅雕龙格。"

乘黄鹤　chéng huáng hè
【分类】政治
【关键词】荀瑰
【释义】黄鹤:传说中仙人所乘的鹤。原指传说中仙人骑着黄鹤飞去,从此全无踪影。现比喻一去不复返的事物。《述异记》:"(荀瑰)憩江夏黄鹤楼上,望西南有物飘然,降自霄汉,俄顷已至,乃驾鹤之宾也。宾主欢对,已而辞去,跨鹤腾空,渺然自灭。"
【例句】唐李白《江上吟》:"仙人有待乘黄鹤,海客无心随白鸥。"唐崔颢《黄鹤楼》:"昔人已乘黄鹤去,此地空余黄鹤楼。"元饶介《与虞山人…》:"语罢欲乘黄鹤去,兴来忽使白云驰。"聂绀弩《挽必松》:"大雪翻飞黄鹤杳,万山重叠赤杨秋。"

乘龙　chéng lóng
【分类】政治
【关键词】楚辞
【释义】乘坐龙车,或骑龙。比喻趁时而动。《楚辞·大司命》:"乘龙兮辚辚,高驼兮冲天。"《易·乾》:"时乘六龙以御天。"三国魏王弼注:"升降无常,随时而用,处则乘潜龙,出则乘飞龙,故曰'时乘六龙'也。"
【例句】唐李华《咏史》:"乘龙驾云雾,欲往心无违。"唐韩愈《华山女》:"玉皇颔首许归去,乘龙驾鹤来青冥。"唐陈元光《真人操》:"轩辕乘龙万岁春,穆观王母存昆仑。"唐罗公远《大还丹口诀》:"乘龙驾鹤倾城市,驱策雷公使神鬼。"

乘龙佳婿　chéng lóng jiā xù
【分类】生活
【关键词】婿
【释义】赞誉好女婿之典。《楚国先贤传》:"孙㝢字文英,与李元礼俱娶太尉桓延女。时人谓桓叔元两女乘龙,言得婿如龙也。"
【例句】唐杜甫《李监宅》:"门阑多喜色,女婿近乘龙。"宋宋祁《肃简公…》:"承家男得凤,择婿女乘龙。"宋姚勉《对厅乐语》:"凤嘴续弦新跨凤,龙头有婿又乘龙。"明杨守阯《饮大理家…》:"薛氏弟兄三附凤,桓家女婿两乘龙。"

乘龙驾鹤　chéng lóng jià hè
【分类】文化
【关键词】庄子
【释义】咏神仙、道士之典。《庄子·逍遥游》:"藐姑射之山,有神人居焉…乘云气,御飞龙,而游于四海之外。"南朝江淹《别赋》:"有华阴上士,服食还山…驾鹤上汉,骖鸾腾天。"
【例句】唐王绩《游仙》:"驾鹤来无日,乘龙去几年。"唐罗公远《大还丹口诀》:"乘龙驾鹤倾城市,驱策雷公使神鬼。"唐韩愈《华山女》:"玉皇颔首许归去,乘龙驾鹤来青冥。"

宋张继先《金丹诗》："乘龙驾鹤不须惊,此是金丹一粒灵。"

乘鸾　chéng luán

【分类】文化
【关键词】箫史弄玉
【释义】指升仙飞腾,飞空遨游。《列仙传》："箫史者,秦缪公时人,善吹箫,缪公有女,字弄玉,好之。公遂以妻焉。一旦皆随凤凰飞去……"鸾,凤凰之名。
【例句】唐李白《飞龙引》："乘鸾飞烟亦不还,骑龙攀天造天关。"唐权德舆《八月十五……》："嬴女乘鸾已上天,仁祠空在鼎湖边。"唐赵嘏《赠别》："会须携手乘鸾去,箫史楼台在玉京。"唐李群玉《玉真观》："高情帝女慕乘鸾,绀发初簪玉叶冠。"

乘驴上东平　chéng lǘ shàng dōng píng

【分类】政治
【关键词】阮籍
【释义】称美地方长官清政简俗之典。晋张隐《文士传》："晋文帝大亲阮籍……籍从容常言：'愿得为东平太守。'文帝大悦,即从其意。籍便骑驴,径到郡,至皆坏府舍诸壁鄣,使内外相望,然教令清当。"
【例句】唐李白《赠闾丘宿松》："阮籍为太守,乘驴上东平。"宋梅尧臣《咏王右丞……》："独画来东平,倒冠醉乘驴。"宋梅尧臣《送司马学……》："在昔阮嗣宗,初赴东平时。"明王世贞《参议范君……》："忽如阮陈留,骑驴向东平。"

乘下泽车　chéng xià zé chē

【分类】政治
【关键词】马援
【释义】表示居官低下。下泽车,一种在沼泽地上行驶的短毂轻便车,也指郡县小吏的官车。源见"跕鸢"。
【例句】唐柳宗元《同刘二十……》："谁采中原菽,徒巾下泽车。"宋宋祁《春野》："近出东郊道,时巾下泽车。"宋刘敞《二十六日……》："自伤下泽车,不及乡里豪。"宋王铚《送和斜川诗》："款段下泽车,久师马少游。"

乘兴　chéng xìng

【分类】文化
【关键词】王徽之
【释义】趁一时高兴;兴会所至。源见"子猷兴尽"。
【例句】唐王绩《山中采药》："采药北岩阴,乘兴独幽寻。"唐刘长卿《酬张夏雪……》："扁舟乘兴客,不惮苦寒行。"唐宋之问《泛镜湖南溪》："乘兴入幽栖,舟行日向低。"唐赵冬曦《答张燕公……》："降欢时倒屣,乘兴偶翻巾。"唐高适《送田少府……》："江山到处堪乘兴,杨柳青青那足悲。"

乘轩鹤　chéng xuān hè

【分类】政治
【关键词】鹤
【释义】喻指无功受禄的人。《左传·闵公二年》："十二月,狄人伐卫。卫懿公好鹤,鹤有乘轩者。将战,国人受甲者皆曰：'使鹤!鹤实有禄位,余焉能战?'"
【例句】唐孔德绍《赋得华亭鹤》："华亭失侣鹤,乘轩宠遂终。"唐沈佺期《移禁可刑》："宠迈乘轩鹤,荣过食稻凫。"唐郑启《严塘经乱……》："在野傅岩君不梦,乘轩卫懿鹤何功。"唐白居易《初加朝散……》："得水鱼还动鳞鬣,乘轩鹤亦长精神。"

乘云　chéng yún

【分类】文化
【关键词】庄子
【释义】驾云,驭云,喻升天,仙去。《庄子·天地》："封人曰：'……千岁厌世,去而上仙,乘彼白云,至于帝乡。'"言圣人年老后应该脱离世俗,追求仙境。
【例句】唐李白《古风》："不及广成子,乘云驾轻鸿。"唐钱起《夕游覆釜……》："傥把浮丘袂,乘云别旧乡。"唐岑参《题观楼》："荒楼荒井闭空山,关令乘云不还。"唐韩愈《李花》："夜领张彻投卢仝,乘云共至玉皇家。"

程门立雪　chéng mén lì xuě

【分类】政治
【关键词】杨时程颐
【释义】咏尊师重道之典。《宋史·杨时传》："杨时字中立……以师礼见颢于颍昌……又见程颐于洛,时盖年四十矣。一日见颐,颐偶瞑坐,时与游酢侍立不去,颐既觉,则门外雪深一尺矣。"
【例句】宋熊铢《观洛行》："程门立雪道南后,幸此一脉犹绵延。"宋孙大廉《净土院》："立雪人何在,衔花鸟自闲。"宋李新《崇宁寺晚归》："已后无人能立雪,他年知子可传衣。"清费墨娟《送别弼卿……》："骊歌一曲梦催残,忆昔程门立雪寒。"

程休甫　chéng xiū fǔ

【分类】政治
【关键词】程休甫
【释义】咏军将之典。程伯休甫,周宣王时诸侯,字休甫。宣王率师攻徐,以休甫为大司马,整饬军队。《诗经·大雅·常武》："王谓尹氏,命程伯休父(甫),左右陈行,戒我师旅。"
【例句】唐孙逖《故程将军……》："德配程休甫,名高鲁季姜。"宋方回《送张古心……》："恭惟程伯子,远绍孔门真。"宋方回《送程桂轩……》："周宣中兴肃武雅,程伯休父为司马。"宋熊铢《与程县尹》："我思程伯子,试令晋城邑。"

惩羹吹齑　chéng gēng chuī jī

【分类】生活
【关键词】楚辞
【释义】谓人被羹(滚汤)烫过,以后吃齑(冷菜)也要吹一下,比喻戒惧过甚。《楚辞·惜诵》："惩于羹者而吹齑兮,何不变此志也?"汉王逸注："言人有歠羹而中热,心中惩忿,见齑则恐而吹之,言易改变也。"惩：警戒。羹：指肉、菜煮成的热汤。惩羹：曾被热羹烫过。齑：切碎的冷食肉菜。

【例句】唐韩偓《访同年虞…》："未入庆霄君择肉，畏逢华毂我吹齑。"唐李商隐《咏怀寄秘…》："遇炙谁先啖，逢齑即便吹。"宋梅尧臣《依韵和永…》："耻趋捷径身已老，惩羹何用频吹齑。"宋陆游《秋兴》："惩羹吹齑岂其非，亡羊补牢理所宜。"

橙黄橘绿　chéng huáng jú lǜ
【分类】生活
【关键词】苏轼
【释义】橙子黄熟，橘子还绿，形容秋天宜人景色。苏轼《赠刘景文》："一年好景君须记，最是橙黄橘绿时。"
【例句】宋章甫《太湖秋晚》："处处橙黄橘绿，家家莼菜鲈鱼。"宋朱翌《睽江东故人》："想当雨潦烟昏处，又见橙黄橘绿时。"宋王十朋《过毕家池…》："季熟稻香俱可饭，橙黄橘绿最宜诗。"宋邓深《晚秋怀社…》："池塘水落倒枯荷，橘绿橙黄晚菊多。"

澄清天下　chéng qīng tiān xià
【分类】政治
【关键词】范滂
【释义】喻整肃政治，清除奸佞。《后汉书·党锢列传》："（范）滂登车揽辔，慨然有澄清天下之志。"
【例句】唐崔颢《澄水如鉴》："洁白依全德，澄清有片心。"唐乔琳《绵州越…》："三蜀澄清郡政闲，登楼携酌日跻攀。"唐刘禹锡《龙门祷雨歌》："潭深万仞不可度，彻底澄清挠不浊。"宋继鹏《清廓同枚子》："澄清天下吾曹事，污秽成坑便肯饶？"

鸱得腐鼠　chī dé fǔ shǔ
【分类】生活
【关键词】庄子
【释义】比喻庸人俗辈得到凡俗的权势利禄。《庄子·秋水》："惠子相梁，庄子往见之。或谓惠子曰：'庄子来，欲代子相。'…庄子往见之，曰：'南方有鸟，其名为鹓雏，子知之乎？夫鹓雏发于南海，而飞于北海，非梧桐不止，非练实不食，非醴泉不饮。于是鸱得腐鼠，鹓雏过之，仰而视之曰：吓！今子欲以子之梁国而吓我邪！'"
【例句】唐徐夤《西寨寓居》："鸱鸢啄腐疑雏凤，神鬼欺贫笑伯龙。"宋梅尧臣《孙曼叔暮…》："休笑老鸱饱，衔得腐鼠归。"宋韩琦《腊日出猎…》："不似寒鸱得腐鼠，傲然直视鹓雏吓。"宋李新《飞仙道中》："仰看鸿鹄向南飞，笑杀鸱鸢争腐鼠。"

鸱蹲　chī dūn
【分类】生活
【关键词】欧阳修
【释义】如鸱蹲状，形容局促而瑟缩。宋欧阳修《雪对十韵》："儿吟愁凤语，翁坐冻鸱蹲。"
【例句】宋刘筠《句》："鸱蹲野苎谁生尹，雪积泉盐久置官。"宋欧阳修《对雪十韵》："儿吟雏凤语，翁坐冻鸱蹲。"宋朱翌《冬至居三…》："梅间蜂阵长围日，松下鸱蹲反嚇人。"宋李之仪《浣溪沙》："酒量羡君如鸱举，寒乡怜我似鸱蹲。"

鸱尾　chī wěi
【分类】政治
【关键词】萧摩诃
【释义】古代宫殿屋脊正脊两端的装饰性构件，外形略如鸱尾。为咏权贵或恩宠之典。《陈书·萧摩诃列传》："旧制三公黄阁听事置鸱尾，后主特赐摩诃开黄阁，门施行马，听事寝堂并置鸱尾。"
【例句】宋王禹偁《和题鸣马庙》："云生碧殿紫鸱尾，风触金铺动兽环。"宋宋庠《恩恕西掖旧》："久叨鸱尾三重阁，却趁蛾眉五日班。"宋王安中《同元忠少…》："梵宫日月擦鸱尾，复道云霓涌鳌背。"宋方回《郑无贰和…》："可食不必驼峰肉，可居不必鸱尾屋。"

鸱鸮　chī xiāo
【分类】政治
【关键词】诗经
【释义】鸟名，俗称猫头鹰，常用以比喻贪恶之人。《诗经·豳风·鸱鸮》："鸱鸮鸱鸮，既取我子，无毁我室。"
【例句】唐王绩《过汉故城》："狐兔惊魍魉，鸱鸮吓猰狂。"唐沈佺期《枉系》："吾怜姬公旦，非无鸱鸮诗。"唐杜甫《北征》："鸱鸟鸣黄桑，野鼠拱乱穴。"唐陈子昂《感遇诗》："鸱鸮悲东国，麋鹿泣姑苏。"宋王禹偁《放言》："德似仲尼悲凤鸟，圣如姬旦赋鸱鸮。"

鸱鸮悲　chī xiāo bēi
【分类】政治
【关键词】尚书
【释义】忠良遭诬陷猜疑之典。《尚书·金縢》："武王既丧，管叔及其群弟乃流言于国，曰：'公将不利于孺子。'…公乃为诗以诒（成）王，名之曰《鸱鸮》，王未敢诮公。"
【例句】唐沈佺期《枉系》："吾怜姬公旦，非无鸱鸮诗。"唐陈子昂《感遇诗》："鸱鸮悲东国，麋鹿泣姑苏。"宋王禹偁《放言》："德似仲尼悲凤鸟，圣如姬旦赋鸱鸮。"宋陈舜俞《太湖一首…》："啼寒悲饥如鸱鸮，古人以此尝折腰。"

鸱夷　chī yí
【分类】政治
【关键词】伍子胥
【释义】革囊，指盛酒器。唐时多喻称伍子胥。唐《艺文类聚》引《酒赋》："鸱夷滑稽，腹如大壶，尽日盛酒，人复藉酤。"
【例句】唐骆宾王《夕次旧吴》："行叹鸱夷没，遽惜湛卢飞。"唐杜甫《奉酬薛十…》："欲学鸱夷子，待勒燕山铭。"宋方岳《次韵郑金判》："行山且不携诗卷，只许鸱夷载后车。"宋邓忠臣《初伏大雨…》："满酌鸱夷极欢酌，细摘园蔬供鼎俎。"

鸱夷没 chī yí mò
【分类】政治
【关键词】伍子胥
【释义】指忠良遭到残害。《史记·伍子胥列传》："吴王闻之大怒，乃取子胥尸盛以鸱夷革，浮之江中。"裴骃集解引应劭曰："取马革为鸱夷。鸱夷，榼形。"
【例句】唐骆宾王《夕次旧吴》："行叹鸱夷没，遽惜湛卢飞。"明邓云霄《阳澄湖歌…》："归櫂已没鸱夷革，此中怨结潮头白。"

鸱夷子皮 chī yí zǐ pí
【分类】政治
【关键词】范蠡
【释义】楚国商人范蠡。鸱夷子皮原指古代皮制酒器，酒囊皮子的意思。范蠡谋略过人，曾帮助越王勾践复国。《史记·越王句践世家》："范蠡浮海出齐，变姓名，自谓鸱夷子皮，耕于海畔，苦身戮力，父子治产。"
【例句】唐李颀《赠别高三…》："焉知汉高士，莫识越鸱夷。"唐李白《古风》："何如鸱夷子，散发棹扁舟。"唐羊士谔《题松江馆》："扁舟一去鸱夷子，应笑分符计日程。"

蚩尤 chī yóu
【分类】政治
【关键词】蚩尤
【释义】上古时代九黎族首领，黄帝击败蚩尤，一统中原。相传蚩尤面如牛首，背生双翅，借指叛逆作乱者。《史记·黄帝本纪》："蚩尤作乱，不用帝命。于是黄帝乃征师诸侯，与蚩尤战于涿鹿之野，遂禽杀蚩尤。"
【例句】唐顾况《险竿歌》："忽雷掣断流星尾，矐睒划破蚩尤旗。"唐舒元舆《桥山怀古》："洞庭张乐降玄鹤，涿鹿大战摧蚩尤。"唐卢仝《月蚀诗》："蚩尤簸旗弄旬朔，始摇天鼓鸣珰琅。"唐吕岩《七言》："曾战蚩尤玉座前，六龙高驾振鸣銮。"

蚩尤旗 chī yóu qí
【分类】政治
【关键词】星
【释义】彗星名。古代以为星出，主有征伐之事。《吕氏春秋·明理》："有其状若众植华以长，黄上白下，其名蚩尤之旗。"《晋书·天文志中》："(妖星)六曰蚩尤旗，类彗而后曲，象旗。"
【例句】唐刘禹锡《和董庶中…》："中宵倚长剑，起视蚩尤旗。"宋洪咨夔《天象》："白气一抹蚩尤旗，南斗北斗天两垂。"宋魏了翁《元夕卜油…》："只祈五色云瑞世，不愿蚩尤旗亘天。"

痴騃 chī ái
【分类】生活
【关键词】周礼
【释义】不慧；愚蠢。《周礼注疏·司刺》："壹赦曰幼弱，再赦曰老旄，三赦曰蠢愚。"汉郑玄注："蠢愚，生而痴騃童昏者。"
【例句】唐寒山《诗三百》："聪明好短命，痴騃却长年。"宋徐积《姜薄命》："其时痴騃被人误，遂入朱门披绮罗。"宋范成大《嘲风》："纷红骇绿骤飘零，痴騃封姨没性灵。"宋项安世《安世》："拔起单贫新氏族，训开痴騃小儿孙。"

痴绝 chī jué
【分类】文化
【关键词】顾恺之
【释义】指人有痴气或不合流俗。《晋书·顾恺之》："顾恺之字长康，小字虎头…谢安谓长康曰：'卿画自生人已来未有。'…恺之有三绝：才绝、画绝、痴绝。"
【例句】唐来鹏《水仙花》："白玉断笄金晕顶，幻成痴绝女儿花。"宋苏轼《再用前韵…》："君不见夷甫开三窟，不如长康号痴绝。"宋苏轼《次韵韶守…》："才疏正类孔文举，痴绝还同顾长康。"宋晁补之《送北京学…》："著书虎观未敢言，蔽身蝉叶真痴绝。"

痴聋 chī lóng
【分类】生活
【关键词】韩非子
【释义】又痴又聋，谓呆笨无知。《韩非子·内储说上》："婴儿痴聋狂悖之人尝有入此者乎？"
【例句】宋周必大《连年视听…》："自怜他日盲宰相，今复痴聋作富家。"宋杨公远《始生书怀》："非贤非智半痴聋，性禀天然雅淡中。"明庄昶《南川书来…》："病中我有痴聋耳，天下人无各自心。"聂绀弩《四绝句》："玉叶金枝挨了打，痴聋岳反劝翁姑。"

痴人说梦 chī rén shuō mèng
【分类】生活
【关键词】李邕
【释义】本指对痴呆的人说梦话，而痴呆的人信以为真，后比喻愚昧的人说荒诞的话。《冷斋夜话》："僧伽，龙朔中游江淮间，其迹甚异。有问之曰：'汝何姓？'答曰：'姓何。'又问：'何国人？'答曰：'何国人。'唐李邕作碑，不晓其言，乃书传云：'大师姓何，何国人。'此正所谓对痴人说梦尔。"
【例句】唐元稹《连昌宫词》："归来如梦复如痴，何暇备言宫里事。"宋赵旻《逍遥咏》："愚痴常似醉，何异梦中人。"宋阳枋《寄桃源尉…》："休对痴人呆说梦，野花啼鸟恁天机。"宋萧立之《琵琶亭》："说梦痴儿千载后，邮亭有曲不堪闻。"

痴叔 chī shū
【分类】文化
【关键词】王济
【释义】借指怀才隐德、大智若愚的人。《世说新语·赏誉》："武帝每见济(王济)辄以湛谑之曰：'卿家痴叔死未？'济常无以答。既而得叔，后武帝又问如前，济曰：

'臣叔不痴。'"
【例句】唐杜牧《使回枉唐…》:"痴叔去时还读易,仲容多兴索衔杯。"宋张扩《顾景蕃访…》:"莫云痴叔良不痴,久讳笔砚陪樵苏。"宋曾协《裴父见和…》:"肯过异县寻痴叔,聊遣高谈慰病翁。"宋陈梦庚《题钱明仲…》:"痴叔床空唯易在,濂溪阁冷有图无。"

痴顽老子　chī wán lǎo zǐ
【分类】文化
【关键词】冯道
【释义】五代冯道的自称,其以愚痴顽钝老迈自居,后多指痴呆顽固的老人。《新五代史·冯道》:"契丹灭晋,道又事契丹,朝耶律德光于京师…德光诮之曰:'尔是何等老子?'对曰:'无才无德痴顽老子。'"
【例句】宋李新《巴山》:"世事人情随日改,不妨老子解痴顽。"宋李光《双泉亭》:"他年莫忘痴顽老,曾是双泉旧主人。"宋陆游《龟堂杂题》:"痴顽老子老无能,游惰农夫酒肉僧。"宋陆游《遣兴》:"老子痴顽惯转蓬,残年懒复问穷通。"

痴黠相兼　chī xiá xiāng jiān
【分类】文化
【关键词】顾恺之
【释义】咏赞美内秀之典。《世说新语·文学》:"或问顾长康:'君《筝赋》何如嵇康《琴赋》?'顾曰:'不赏者,作后出相遗。深识者,亦以高奇见贵。'"南朝梁刘孝标注引宋明帝刘彧《文章志》:"桓温云:'顾长康体中痴黠各半,合而论之,正平平耳。'"
【例句】唐王梵志《诗并序》:"可笑世间人,痴多黠者少。"唐韩偓《味道》:"如食瓦砾意何功,痴黠相兼似得中。"宋陆游《雨中出门…》:"人笑黠痴俱得半,自怜贫病每相兼。"宋宋庠《宿斋太一…》:"体中痴黠何须判,一夜甘为洛客吟。"

痴小　chī xiǎo
【分类】生活
【关键词】王建
【释义】指幼稚;幼弱。唐王建《送韦处士老舅》:"忆昨痴小年,不知有经籍。"
【例句】唐白居易《井底引银瓶》:"寄言痴小人家女,慎勿将身轻许人。"宋苏轼《安州老人…》:"老人咀嚼时一吐,还引世间痴小儿。"宋韩驹《善相陈君…》:"唇红齿白痴小儿,不羞障面欺群丑。"宋范成大《樱桃花》:"玉梅一见怜痴小,教向傍边自在开。"

池馆楼台　chí guǎn lóu tái
【分类】文化
【关键词】张先
【释义】池苑馆舍,言建筑之华贵。宋张先《山亭宴慢》:"故宫池馆旧楼台,约风月、今宵何处。"
【例句】宋陈从易《题北海》:"闻道荆王废池馆,化为徐湛好亭台。"宋朱长文《晓坐朋云…》:"邻寺楼台分两面,一家池馆得中央。"明朱阳仲《杨花篇》:"池馆楼台媚春昼,珠箔重重散花柳。"元刘洗《句》:"燕子楼台人影瘦,海棠池馆月痕孤。"聂绀弩《无题柴韵…》:"何须池馆与楼台,梁孟虎居乐自来。"

池潢　chí huáng
【分类】文化
【关键词】张九龄
【释义】池塘,可引申为河。唐张九龄《感遇》:"孤鸿海上来,池潢不敢顾。"潢:《说文》,积水池也。
【例句】明郑道传《感兴》:"饥食青琅玕,渴饮天池潢。"明张宁《怡菊周德…》:"言薙蔓草芜,再汲清池潢。"明余继登《王伯桢入…》:"中原白骨莽相望,赤子恐弄池潢戈。"明阮大铖《秋杪楚友…》:"衰凤有歌闻枳棘,孤鸿循影到池潢。"

池塘春草　chí táng chūn cǎo
【分类】文化
【关键词】谢灵运
【释义】形容春意盎然,生机蓬勃。源见"梦惠连"。
【例句】唐李白《赠从弟南…》:"梦得池塘生春草,使我长价登楼诗。"唐刘禹锡《浙西李大…》:"兴发春塘草,魂交益部刀。"唐白居易《和敏中洛…》:"昨日池塘春草生,阿连新有好诗成。"唐皮日休《闻鲁望游…》:"一夜韶姿著水花,谢家春草满池塘。"

池中物　chí zhōng wù
【分类】政治
【关键词】刘备
【释义】比喻凡庸渺小、无所作为的人。《三国志·周瑜传》:"瑜上书曰:'刘备以枭雄之姿,而有关羽、张飞熊虎之将,必非久屈为人用者…今猥割土地以资业之,聚此三人,俱在疆场,恐蛟龙得云雨,终非池中物也。'"
【例句】唐杜甫《上韦左相…》:"岂是池中物,由来席上珍。"唐皎然《郑容全成…》:"可中风雨一朝至,还应不是池中物。"唐薛能《又和留山鸡》:"由来不是池中物,鸡树归时即取将。"唐冯涓《句》:"釜鱼化作池中物,木履浮为天际船。"

迟暮　chí mù
【分类】生活
【关键词】屈原
【释义】暮年、晚年。战国屈原《离骚》:"惟草木之零落兮,恐美人之迟暮。"汉王逸注:"迟,晚也…而君不建立道德,举贤用能,则年老耄晚暮,而功不成事不遂也。"
【例句】唐陈子良《于塞北春…》:"如何此日嗟迟暮,悲来还作白头吟。"唐杜正伦《玄武门侍宴》:"既喜光华旦,还伤迟暮年。"唐白居易《春晚咏怀…》:"艳阳时节又蹉跎,迟暮光阴复若何。"聂绀弩《希望》:"青春此世如乌有,迟暮于人亦等零。"

迟日　chí rì
【分类】生活
【关键词】诗经
【释义】指春日。《诗经·豳风·七月》："春日迟迟。"毛传："迟迟，舒缓也。"
【例句】唐杜审言《渡湘江》："迟日园林悲昔游，今春花鸟作边愁。"唐皇甫冉《送钱唐骆…》："迟日未能销野雪，晴花偏自犯江寒。"唐王绍宗《三妇艳》："上客且安坐，春日正迟迟。"唐储光羲《蔷薇》："春日迟迟欲将半，庭影离离正堪玩。"宋陆游《春日》："迟日园林尝煮酒，和风庭院眼新丝。"

迟行笑褚渊　chí xíng xiào chǔ yuān
【分类】政治
【关键词】褚彦回
【释义】讥讽官员身事二主之典。《南史·褚彦回传》："(宋)明帝尝叹曰：'褚彦回能迟行缓步，便得宰相矣。'…上(齐高帝)大宴集…彦回敛板曰：'陛下不得言臣不早识龙颜。'"
【例句】唐韩偓《感事》："溅血惭嵇绍，迟行笑褚渊。"唐无名氏《句》："看树只愁花落尽，听莺不觉马行迟。"唐罗邺《山阳贻友人》："行迟暖陌花拦马，睡重春江雨打船。"宋宋庠《咏史》："迟行便足为丞相，枉受黄罗乳母衣。"

持斧　chí fǔ
【分类】政治
【关键词】暴胜之
【释义】喻执法或皇帝派出的御史等执法之官。《汉书·公孙刘田王杨蔡陈郑列传·王欣》："武帝末，军旅数发，郡国盗贼群起，绣衣御史暴胜之使持斧逐捕盗贼，以军兴从事，诛二千石以下。"
【例句】唐元结《酬裴云客》："云客方持斧，与人正相临。"唐耿湋《赠兴平郑…》："仍劳持斧使，尚宰茂陵人。"宋王禹偁《贺冯起张…》："绣衣脱后休持斧，珠履抛来免过厅。"宋赵抃《再经江原…》："弹琴旧治俄三政，持斧重来未十年。"

持蟹螯　chí xiè áo
【分类】生活
【关键词】毕世茂
【释义】嗜酒豪饮之典。《世说新语·任诞》："毕世茂云：'一手持蟹螯，一手持酒杯，拍浮酒池中，便足了一生。'"
【例句】唐高适《同河南李…》："半醉忽然持蟹螯，洛阳告捷倾前后。"唐高适《自武威赴…》："清抢挥麈尾，乘酣持蟹螯。"唐柳宗元《游南亭夜…》："朵颐进芰实，擢手持蟹螯。"宋苏轼《偶与客饮…》："主人有酒君独辞，蟹螯何不左手持。"

持紫荷　chí zǐ hé
【分类】政治
【关键词】宋书
【释义】借指朝廷高官。《宋书·礼志五》："尚书令、仆射、尚书手板头复有白笔，以紫皮裹之，名笏。朝服肩上有紫生袷囊，缀之朝服外，俗呼曰紫荷。"

尺布斗粟　chǐ bù dǒu sù
【分类】政治
【关键词】汉文帝
【释义】形容兄弟间有利害冲突而不能忍让。《史记·淮南衡山列传》："民有作歌歌淮南厉王曰：'一尺布，尚可缝；一斗粟，尚可舂。兄弟二人不能相容。'"汉文帝刘恒弟，刘长阴谋叛乱，事发被拘，在流放途中，刘长不食而死。
【例句】五代贯休《行路难》："古人尺布犹可缝，浔阳义犬令人忆。"宋冯山《采樵行》："缝无尺布春无粟，菜根扫叶燃难熟。"宋李处权《题周氏棣…》："斗粟与尺布，至今兴永叹。"宋辛弃疾《周氏敬荣…》："尺布与斗粟，咄哉彼何人。"

尺棰　chǐ chuí
【分类】生活
【关键词】庄子
【释义】一尺之棰。棰，木杖。常比喻短少。也形容严刑的峻罚和御事的权力。《庄子·天下》："一尺之棰，日取其半，万世不竭。"唐陆德明《经典释文》引晋司马彪曰："棰，杖也。若体可析，则常有两，若不可析，其一常存，故曰万世不竭。"
【例句】唐韩愈《送张道士》："恨无一尺棰，为国答羌夷。"唐罗隐《贵游》："八尺家僮三尺棰，何知高祖要苍生。"宋祖无择《马上读韩…》："驱羸倦远征，尺棰亦慵擎。"宋黄庭坚《见子瞻槎…》："人生等尺棰，岂耐日取半。"明王彝《二马图为…》："手中绿绳三尺棰，人马意态俱闲暇。"明郭之奇《读南华杂…》："尺棰并连环，徒供辨士折。"

尺蠖之屈　chǐ huò zhī qū
【分类】政治
【关键词】周易
【释义】比喻暂时委曲，求得将来伸展其志。尺蠖：一种昆虫，爬行时屈伸其身体。源见"龙蛰蠖屈"。
【例句】唐张祜《苦旱》："泥蟠尺蠖久，草长葭藜先。"宋陈藻《送黄钦之…》："莫嫌征税太喧卑，尺蠖将伸用屈为。"宋释契嵩《送章表民…》："龙蛇之蛰尺蠖屈，万物不时须自怡。"聂绀弩《武汉大桥》："长身尺蠖量天堑，短线针神补地球。"

尺木　chǐ mù
【分类】政治
【关键词】龙
【释义】龙头上如博山形之物，比喻登仕的凭借。《酉阳杂俎·鳞介篇》："龙头上有一物，如博山形，名尺木。龙无尺木，不能升天。"
【例句】宋王十朋《喜雨再用…》："方修九渊祀，遽闻尺木催。"宋李石《寄知来弟》："尺木未阶龙久蛰,衔芦不稳雁斜行。"宋赵长卿《贺新郎》："纵使龙头安尺木,更从教、豹变生三角。"明杨慎《续百一诗》："木既有节,寸玉亦有瑕。"

齿弊舌存　chǐ bì shé cún
【分类】生活
【关键词】老子
【释义】谓刚者易折,柔者难毁,为咏以柔克刚之典。《说苑·敬慎》："老子曰:'夫舌之存也,岂非以其柔耶?齿之亡也,岂非以其刚耶?'"
【例句】唐杜甫《暮秋枉裴…》："齿落未是无心人,舌存耻作穷途哭。"宋张耒《岁暮闲韵》："未肯伤麟泣,还须视舌存。"宋何梦桂《次山房韵》："六经有舌存先圣,千古留心付后儒。"宋文天祥《赠老庵廖…》："面皱不妨筋骨健,舌存何必齿牙全。"明李东阳《文敬闻仁…》："犹有舌存非是拙,更无家在莫思归。"

齿德　chǐ dé
【分类】政治
【关键词】孟子
【释义】指年龄与德行,喻年高德劭。《孟子·公孙丑下》："天下有达尊三:爵一,齿一,德一。"
【例句】宋王圭《挽贡南漪》："齿德人皆仰,诗书老更耽。"宋苏颂《和文太尉…》："自缘齿德高群牧,须在山河最上流。"宋李昂英《赣学乡饮…》："国中推择爵齿德,堂上献酬介傧宾。"元曹伯启《贺完颜仲…》："它时里社鸡豚约,齿德推先有钜公。"

齿如瓠犀　chǐ rú hù xī
【分类】生活
【关键词】诗经
【释义】意喻美女的牙齿。《诗经·卫风·硕人》："肤如凝脂,领如蝤蛴,齿如瓠犀。"宋《朱熹集传》："瓠犀,瓠中之子,方正洁白,而比次整齐也。"
【例句】唐权德舆《杂兴》："新妆对镜知无比,微笑时时出瓠犀。"唐武平一《妾薄命》："瓠犀发皓齿,双蛾颦翠眉。"唐赵鸾鸾《檀口》："曾见白家樊素口,瓠犀颗颗缀榴芳。"宋刘筠《梨》："先时樱熟烦羊酪,远信梅酸损瓠犀。"

齿宿才新　chǐ sù cái xīn
【分类】文化
【关键词】李百药
【释义】咏年老而表露才华之典。《新唐书·李百药传》："李百药字重规…帝(太宗)尝与借赋《帝京篇》,叹其工,手诏曰:'卿何身老而才之壮,齿宿而意之新乎?'"
【例句】宋刘克庄《和答北山》："弟子力疲心尚在,先生齿宿意逾新。"宋刘克庄《和竹溪》："古有德衰年亦暮,今谁齿宿意犹新。"宋郑如中《悼八姊…》："鬓华虽觉年弥老,齿宿其如语自新。"宋牟巘《和德清曹…》："精力殊未衰,齿宿意自新。"

齿杖赐　chǐ zhàng cì
【分类】政治
【关键词】周礼
【释义】用作礼待老臣之典。《周礼注疏·伊耆氏》："伊耆氏掌国之大祭祀,共其杖咸。军旅授有爵者杖,共王之齿杖。"汉郑玄注:"王之所以赐老者之杖。郑司农(众)云:'谓年七十,当以王命受杖者。今时亦命之为王杖。'"周朝君王为表对高龄大臣的尊敬,赐予其齿杖。
【例句】唐柳宗元《植灵寿木》："敢期齿杖赐,聊且移孤茎。"宋刘攽《佚老堂为…》："讵有东家问,端思齿杖陪。"宋李师道《游灊山》："肩舆转机括,齿杖柱坚瘦。"元成石璘《送日本文…》："肩舆最好寻山寺,齿杖犹思拜佛灯。"

耻居王后　chǐ jū wáng hòu
【分类】文化
【关键词】王勃
【释义】指在文名上耻于处在不及己者之后。《新唐书·王勃》："勃与杨炯、卢照邻、骆宾王皆以文章齐名,天下称'王、杨、卢、骆',号'四杰'。炯尝曰:'吾愧在卢前,耻居王后。'议者谓然。"
【例句】唐李商隐《漫成五章》："沈宋裁词矜变律,王杨落笔得良朋。"宋袁甫《庚周纯甫…》："少陵不肯为轻薄,笑杀王杨井底沉。"宋王十朋《九日把酒…》："和之者寡岂阳春,高才料耻居王后。"清张问陶《邺中吊谢…》："大名应耻居王后,奇骨真宜葬邺中。"

耻逐屠沽　chǐ zhú tú gū
【分类】文化
【关键词】祢衡
【释义】不与凡庸之辈结交之典。《后汉书·祢衡传》："是时许都新建,贤士大夫四方来聚。或问衡曰:'盍从陈长文(群)、司马伯达(朗)乎?'对曰:'吾焉能从屠沽儿耶!'"
【例句】唐李白《答王十二…》："韩信羞将绛灌比,祢衡耻逐屠沽儿。"唐戴叔伦《行路难》："颠倒英雄古来有,封侯却属屠沽儿。"唐戎昱《苦辛行》："如今刀笔士,不及屠沽儿。"唐权德舆《醉后戏赠…》："白首书窗成钜儒,不知簪组遍屠沽。"

叱石成羊　chì shí chéng yáng
【分类】文化
【关键词】黄初平
【释义】宣扬道术玄妙和道家出世思想的典故。《神仙传·黄初平》载:黄初平十五岁时,家里便让他到野外去牧羊。"有道士见其良谨,便将至金华山石室中,四十余年不复念家。"后其兄初起寻初平。"遂得相见。悲喜语毕,问初平羊何在?曰:'近在山东耳。'初起往视之,不见,但见白石而还。"初平乃叱曰:'羊起!'于是白石皆变为羊数万头。"
【例句】宋黄庭坚《仙桥洞》："叱石元知牧羊在,烂柯应有看棋归。"宋范浚《次韵婺守…》："佳游会自希高蹈,可是空寻叱石羊。"宋方回《次韵袁提…》："山中叱石初平隐,月下吹笙子晋归。"聂绀弩《鸳鸯尤三姐》："一夕叱羊皆化石,五年插柳未成阴。"

斥卤　chì lǔ
【分类】文化
【关键词】盐碱
【释义】又称舄卤、泽卤,指盐碱地,亦指盐。《吕氏春秋·乐成》："邺有圣令,时为史公,决漳水,灌邺旁,终古斥卤,生之稻粱。"
【例句】宋苏轼《八月十五…》："东海若知明主意,应教斥卤变桑田。"宋华镇《海门》："北障海涛除斥卤,南分江水溉膏腴。"宋陈造《定海》："地偏皆斥卤,汲井得甘芳。"宋楼钥《吴山井》："海滨斥卤润作咸,安得一泉独澄沛。"

斥鷃笑鹏　chì yàn xiào péng
【分类】生活
【关键词】庄子
【释义】喻志向的巨大差异。斥鷃,泛指小雀《庄子·逍遥游》："有鸟焉,其名为鹏,背若太山,翼若垂天之云。抟扶摇羊角而上者九万里,绝云气,负青天,然后图南,且适南冥也。斥鷃笑之曰:'彼且奚适也？我腾跃而上,不过数仞而下,翱翔蓬蒿之间,此亦飞之至。而彼且奚适也！'"
【例句】唐殷尧藩《潭州独步》："笑看斥鷃飞翔去,乐处蓬莱便有春。"宋强至《赠杨尉纯甫》："斥鷃羡鹏舒海翼,驽骀观骥骋霜蹄。"宋孔平仲《喜经父制…》："翩翩斥鷃蒿莱下,岂识鹏抟九万程。"聂绀弩《斥鷃》："斥鷃横空怒以飞,周旋半里叹身肥。"

赤豹　chì bào
【分类】政治
【关键词】诗经
【释义】咏进贡之典。《诗经·大雅·韩奕》："献其貔皮,赤豹黄黑。"孔疏："百蛮追貊献其貔兽之皮及赤豹、黄黑之皮。"
【例句】唐李德裕《述梦诗》："赤豹欣来献,彤弓喜暂櫜。"唐白居易《奉和汴州…》："枪森赤豹尾,纛吒黑龙髯。"宋梅尧臣《麝香》："赤豹以尾死,猛虎以睛丧。"宋郑獬《和仲巽荆…》："常骑快马臂苍鹰,走屠赤豹裂青兕。"

赤壁鏖兵　chì bì áo bīng
【分类】政治
【关键词】孙权
【释义】比喻大规模激烈的战争,或比喻激烈持久的矛盾斗争。源见"赤壁之战"。
【例句】宋吴潜《走马灯赋…》："半勺兰膏暖焰生,恍疑赤壁夜鏖兵。"明张四维《啄木儿》："酿成赤壁鏖兵变,军法当刑何待言。"清袁绶《题二乔观…》："却羡挪戈神亭,鏖兵赤壁,夫婿人如玉。"聂绀弩《桥夜想起…》："使我红桥能赠古,知他赤壁怎鏖兵。"

赤壁之战　chì bì zhī zhàn
【分类】政治
【关键词】孙权
【释义】咏以少胜众的战例的典故。《三国志·孙权传》："瑜、普为左右督,各领万人,与备俱进,遇于赤壁,大破曹公军。"
【例句】唐骆宾王《夕次旧吴》："黄池通霸迹,赤壁畅戎威。"唐李白《赤壁歌送别》："二龙争战决雌雄,赤壁楼船扫地空。"唐李白《江夏赠韦…》："赤壁争雄如梦里,且须歌舞宽离忧。"唐杜甫《赠王二十…》："败亡非赤壁,奔走为黄巾。"

赤城山　chì chéng shān
【分类】生态
【关键词】云霞
【释义】在浙江天台县城北,为天台山南门,因土皆赤色,状似云霞,望之似雉堞而得名。《初学记·登真隐诀》："赤城山下有丹洞,在三十六洞天数,其山足办。"
【例句】唐钱起《雨中望海…》："惆怅赤城期,愿假轻鸿驭。"宋元绛《送梵大才…》："责重忧多两鬓斑,十年长梦赤城山。"宋释慧远《偈颂》："金地岭胸中丘壑,赤城山皮里阳秋。"聂绀弩《船屋》："船尾船头尽是花,船山老景赤城霞。"

赤墀　chì chí
【分类】政治
【关键词】梅福
【释义】皇宫中的台阶,因以赤色丹漆涂饰,故称。《汉书·梅福传》："故愿壹登文石之陛,涉赤墀之涂,当户牖之法坐,尽平生之愚虑。"唐颜师古注引应劭曰："以丹淹泥涂殿上也。"
【例句】唐李白《玉壶吟》："揄扬九重万乘主,谑浪赤墀青琐贤。"唐杜甫《丹青引赠》："是日牵来赤墀下,迥立阊阖生长风。"唐刘禹锡《和仆射牛…》："久辞龙阙拥红旗,喜见天颜拜赤墀。"唐韦应物《燕李录事》："与君十五侍皇闱,晓拂炉烟上赤墀。"

赤凤　chì fèng
【分类】生活
【关键词】赵飞燕
【释义】传说中的神鸟。汉成帝皇后赵飞燕所通宫奴名,因喻指情夫。《赵飞燕外传》："后所通宫奴燕赤凤者,雄捷能超观阁,兼通昭仪。赤凤始出少嫔馆,后适来幸。"
【例句】唐李商隐《可叹》："梁家宅里秦宫入,赵后楼中赤凤来。"宋王洋《王亚之元…》："华清池畔娇无力,赤凤楼中困未眠。"宋郭祥正《奉和运判…》："修箩高张翠羽盖,锦壁深藏赤凤髓。"宋张嵲《读赵飞燕…》："魏宫怅望杨花去,汉被齐歌赤凤来。"

赤绂　chì fú
【分类】文化

【关键词】诗经

【释义】赤芾，指赤色蔽膝。《诗经·曹风·候人》："彼其之子，三百赤芾。"郑笺："芾，冕服之鞸也……大夫以上，赤芾乘轩。"也指赤绂。《三国志·武帝纪》："天子使魏公位在诸王侯上，改授金玺、赤绂、远游冠。"

【例句】唐白居易《戊申岁暮……》："紫泥丹笔皆经手，赤绂金章尽到身。"唐李颀《杂兴》："乘车驾马往复旋，赤绂朱冠何伟然。"宋葛胜仲《胡诚甫朝……》："宰树黄岩拱，房祠赤绂昏。"宋李流谦《杜少陵祠》："赤绂银章玉骨寒，焚香再拜泪汍澜。"

赤伏符　chì fú fú

【分类】政治

【关键词】刘秀

【释义】泛指帝王受命的符瑞。新莽末年谶纬家所造符箓，谓刘秀上应天命，当继汉统为帝。《后汉纪》："会诸生强华自长安奉赤伏符诣鄗，群臣复请曰：'受命之符，人应为大，今万里合信，周之白鱼，曷足比乎？符瑞昭晢，宜答天神，以光上帝。'"

【例句】唐李白《读诸葛武……》："赤伏起颓运，卧龙得孔明。"唐李白《赠张相镐》："冯异献赤伏，邓生来徕臻。"唐薛逢《题筹笔驿》："赤伏运衰功莫就，皇纲力振命先徂。"宋周紫芝《次韵飞卿》："惭非万里青云器，未称中兴赤伏符。"

赤骥　chì jì

【分类】文化

【关键词】马

【释义】传说中的骏马名，为周穆王八骏之一，泛指骏马。源见"八骏"。

【例句】唐李贺《马诗》："鸣驺辞凤苑，赤骥最承恩。"唐杜甫《寄刘峡州……》："放蹄知赤骥，捩翅服苍鹰。"唐杜甫《述古》："赤骥顿长缨，非无万里姿。"唐白居易《酬裴令公……》："安石风流无奈何，欲将赤骥换青娥。"

赤精　chì jīng

【分类】政治

【关键词】刘邦

【释义】传说中的南方之神，古代天子于立夏之日祭于南郊；刘邦自喻。《汉书·哀帝纪》："侍诏夏贺良等言赤精子之谶……宜改元易号。"东汉应邵注："高祖感赤龙而生，自谓赤帝之精，良等因是作此谶文。"

【例句】唐陈子昂《感遇诗》："赤精既迷汉，子年何救秦。"唐陈子昂《感遇诗》："复闻赤精子，提剑入咸京。"唐周昙《夏贺良》："赤精符谶诚非妄，枉杀无辜夏贺良。"宋苏伯溥《初夏遣闷》："运行南陆赤精然，阁外新篁箨未蠲。"

赤阑桥　chì lán qiáo

【分类】生态

【关键词】温庭筠

【释义】古长安桥名，位于城西北，是游览胜地。唐温庭筠《杨柳枝》："正是玉人肠绝处，一渠春水赤栏桥。"明曾益注引唐杜佑《通典》："隋开皇三年，筑京城，引香积渠水自赤栏桥经第五桥西北入城。"

【例句】宋姜夔《送范仲讷……》："我家曾住赤阑桥，邻里相过不寂寥。"宋仇远《思佳客》："家住银塘东复东。赤阑桥下笑相逢。"宋陈允平《齐天乐》："赤阑桥畔斜阳外，临江暮山凝紫。"元黄溍《次韵苏侍……》："扶老未须苍玉杖，行春聊过赤阑桥。"

赤龙迎　chì lóng yíng

【分类】文化

【关键词】陶安公

【释义】借指升仙。《列仙传》："陶安公者，六安铸冶师也，数行火。火一旦散，上行，紫色冲天。安公伏冶下求哀。须臾，朱雀止冶上，曰：'安公安公，冶与天通。七月七日迎汝以赤龙。'至期，赤龙到，大雨，而安公骑之东南上。"

【例句】唐崔湜《寄天台司……》："人间白云返，天上赤龙迎。"唐张果《玄珠歌》："天乐至今声不绝，玄珠果满赤龙迎。"唐吕岩《七言》："修真道士如知此，定跨赤龙归玉清。"唐崔湜《寄天台司……》："人间白云返，天上赤龙迎。"

赤马船　chì mǎ chuán

【分类】文化

【关键词】孙权

【释义】喻称快船。《古今注·杂注》："孙权名舸为赤马，言其飞驰如马之走陆也。"

【例句】唐骆宾王《秋日饯陆……》："青牛游华岳，赤马走吴宫。"唐韩翃《赠别韦兵》："楚竹青阳路，吴江赤马船。"唐吕岩《七言》："长驱赤马居东殿，大启朱门泛碧泉。"元袁桷《张虚靖图……》："红羊赤马悲沧海，白虎苍龙俨大庭。"

赤眉　chì méi

【分类】政治

【关键词】樊崇

【释义】指新莽末以樊崇等为首的农民起义军，以赤色涂眉为标志，后泛指农民起义军。《汉书·王莽传下》："赤眉力子都、樊崇等以饥馑相聚，起于琅邪，转钞掠，众众皆万数。"

【例句】唐李白《上云乐》："赤眉立盆子，白水兴汉光。"唐杜甫《巫峡敝庐……》："赤眉犹世乱，青眼只途穷。"唐韦庄《天井关》："守吏不教飞鸟过，赤眉何路到吾乡。"唐徐夤《纸被》："赤眉豪客见皆笑，却问儒生直几钱。"

赤眉立盆子　chì méi lì pén zi

【分类】政治

【关键词】刘盆子

【释义】咏拥立伪帝之典。《后汉书·刘盆子传》："'当求刘氏共尊立之。'六月，遂立盆子为帝，自号建世元年。""盆子时年十五，……见众拜，恐畏欲啼。"

【例句】唐李白《上云乐》："赤眉立盆子，白水兴汉光。"唐杜甫《巫峡敝庐……》："赤眉犹世乱，青眼只途穷。"宋孙觌

《萍乡县》：" 群盗须降汉赤眉,故侯办作秦黔首。"明郭之奇《附更始盆子》："王郎因势驱乌合,盆子惊啼向赤眉。"明宋琬《白帝城怀古》："炎精中绝群雄起,赤眉之后有更始。"

赤米白盐　chì mǐ bái yán
【分类】生活
【关键词】周颙
【释义】喻指淡泊简陋的生活。《南齐书·周颙传》："卫将军王俭谓颙曰：'卿山中何食？'颙曰：'赤米白盐,绿葵紫蓼。'"赤米,即粗糙的米。白盐是粗盐。
【例句】宋文彦博《再到积庆…》："赤米白盐充野馔,蕉衫芒蹻见山僧。"宋葛胜仲《次韵韩景…》："赤米素盐厨寂寂,清泉白石路漫漫。"宋王安中《汪廷俊以…》："少陵惆怅渚蒲纤,赤米何妨对白盐。"宋陆游《村居书事》："白盐赤米已过足,早韭晚菘犹恐奢。"

赤雀衔书　chì què xián shū
【分类】政治
【关键词】雀
【释义】咏贤君德政之典。《尚书·中候》："季秋,赤雀衔丹书,入酆,止于昌户。昌拜稽首,受最曰：'姬昌苍帝子。'"《艺文类聚》引《瑞应图》："赤雀者,王者动作应天时,则衔书来。"
【例句】唐杜甫《秋日荆南…》："赤雀翻然至,黄龙讵假媒。"宋郊庙歌辞《绍兴以后…》："驾以浮云,丹书赤雀。"明郑善夫《游子》："入林何曾见赤雀,结舌讵可赋鹦鹉。"明王慎中《移官河南…》："赤雀翩然衔尺书,书中忽报有新除。"

赤绳系足　chì shéng jì zú
【分类】生活
【关键词】月下老
【释义】谓姻缘前定。源见"月下老人"。
【例句】宋王之道《和刘春卿…》："须信赤绳系足,朱衣点额终在,休叹淹徊。"宋张元干《寿》："有赤绳系足,从来相门,自然媒妁。"

赤松游　chì sōng yóu
【分类】文化
【关键词】赤松子
【释义】咏出世求仙之典。《史记·留侯世家》："留侯乃称曰：'愿弃人间事,欲从赤松子游耳。'乃学辟谷,道引轻身。"唐司马贞《史记索隐》引《列仙传》："神农时雨师也,能入火自烧,昆仑山上随风雨上下也。"
【例句】唐黄滔《送人往苏…》："明日尊前若相问,为言今访赤松游。"唐狄仁杰《奉和圣制…》："老臣预陪悬圃宴,余年方共赤松游。"唐武平一《奉和圣制…》："汉日唯闻白衣宠,唐年更睹赤松游。"聂绀弩《自遣》："偶从完达赤松游,得道归来乌鼠秋。"

赤松子　chì sōng zǐ
【分类】文化
【关键词】赤松子
【释义】古代传说中的仙人,后为道教所祭祀尊奉；或指神农氏的雨师。《列仙传》："赤松子者,神农时雨师也,服水玉以教神农,能入火自烧。"或指帝喾的老师。《韩诗外传》："帝喾学乎赤松子。"
【例句】唐李白《扶风豪士歌》："张良未逐赤松去,桥边黄石知我心。"唐杜甫《寄韩谏议注》："似闻昨者赤松子,恐是汉代韩张良。"五代贯休《寄大愿和尚》："青山古木入白浪,赤松道士为东邻。"宋韩琦《题希夷先》："何时归伴赤松子,稳驾寻君物外车。"

赤兔　chì tù
【分类】文化
【关键词】马
【释义】骏马名,泛指良马。《后汉书·吕布传》："布常御良马,号曰赤菟,能驰城飞堑。"唐李贤注引《曹瞒传》曰："时人语曰：'人中有吕布,马中有赤菟。'"
【例句】唐李贺《马诗》："赤兔无人用,当须吕布骑。"宋司马槱《洛春谣》："龙装公子五陵客,拳季赤兔双蹄白。"宋刘跂《戏示语道》："御史青骢持望重,将军赤兔得勋多。"宋释德洪《赠王敦素…》："夜谈词辩出神骏,绝尘赤兔真权奇。"

赤丸　chì wán
【分类】政治
【关键词】尹赏
【释义】红色弹丸,喻指盗贼。源见"探丸借客"。
【例句】唐陈子昂《感遇诗》："赤丸杀公吏,白刃报私仇。"唐柳宗元《古东门行》："赤丸夜语飞电光,徼巡司隶眠如羊。"宋杨万里《行路难》："赤丸才向西山没,白丸又向东山出。"明袁宏道《巷门歌》："猫竹为墙杉作城,白日赤丸盗公行。"

赤霄　chì xiāo
【分类】政治
【关键词】淮南子
【释义】极高的天空,喻指帝王所居的京城。《淮南子·人间训》："背负青天,膺摩赤霄。"
【例句】唐高适《同群公秋…》："万象归白帝,平川横赤霄。"唐杜甫《赤霄行》："赤霄悬圃须往来,翠尾金花不辞辱。"唐岑参《和刑部成…》："击水翻沧海,抟风透赤霄。"唐熊孺登《日暮天无云》："象分青气外,景尽赤霄前。"

赤帻　chì zé
【分类】文化
【关键词】鸡
【释义】咏雄鸡之典。《搜神记》："乃问曰：'向黑衣来者谁？'曰：'北舍母猪也。'又曰：'冠赤帻来者谁？'曰：'西舍老雄鸡父也。'曰:'汝复谁耶?'曰:'我是老蝎也。'"

【例句】唐杜甫《催宗文树…》:"踏藉盘樃翻,终日憎赤帻。"宋梅尧臣《送襄邑知…》:"赤帻驱亭长,丹砂挈印橐。"宋黄庭坚《庚申宿观…》:"红英委凤翼,赤帻峨鸡冠。"宋陆游《赠老鸡》:"峨峨赤帻先群辈,喔喔长鸣盖四郊。"

赤章　　chì zhāng

【分类】文化

【关键词】道

【释义】即道书《赤松子章历》,借指道家向天官祷告禳灾的章本。《梁书·沈约传》:"乃呼道士奏赤章于天,称禅代之事,不由己出。"

【例句】宋刘克庄《喜雨口号》:"赤章夜彻通明殿,一缕烟生六合云。"宋杨亿《致斋太一宫》:"赤章修秘祝,盘石拂仙衣。"宋葛胜仲《沈约》:"赤章夜奏称非已,合向人间谥隐侯。"元姚枢《济渎庙祷…》:"石坛飞尽赤章灰,螟蝥冥销澍雨来。"

赤子　　chì zǐ

【分类】政治

【关键词】尚书

【释义】指婴儿,比喻百姓、人民。《尚书·康诰》:"若保赤子,惟民其康乂。"孔疏:"子生赤色,故言赤子。"

【例句】唐佚名《廉州人歌》:"爱民如赤子,不杀非时草。"唐许棠《讲德陈情…》:"尝念苍生如赤子,九州无处不沾恩。"唐吕岩《七言》:"九盏水中煎赤子,一轮火内养黄婆。"唐韦庄《秦妇吟》:"诛锄窃盗若神功,惠爱生灵如赤子。"

敕勒歌　　chì lè gē

【分类】生活

【关键词】歌

【释义】南北朝时期民歌。敕勒:种族名,北齐时居住在朔州一带。敕勒歌:"敕勒川,阴山下,天似穹庐,笼盖四野。天苍苍,野茫茫,风吹草地见牛羊。"

【例句】宋黄庭坚《题伯时马》:"我观李侯作胡马,置我敕勒阴山下。"宋刘有庆《效长吉体》:"老羌踏歌歌敕勒,黄金流星酒杯窄。"宋陆游《忆昔》:"蹉跎已失邯郸步,悲壮空传敕勒歌。"聂绀弩《割草赠莫言》:"风云怒吒天山骇,敕勒狂歌地母悲。"

冲天翼　　chòng tiān yì

【分类】生活

【关键词】韩非子

【释义】比喻施展抱负并做出惊人业绩的人。源见"一鸣惊人"。

【例句】唐贯休《遇叶进士》:"自愧龙钟人,见此冲天翼。"宋文彦博《赠孙庄秀才》:"前春定奋冲天翼,休抱如虹泣楚山。"宋蒋璨《三江亭》:"倦游方戢冲天翼,高赋难赓掷地金。"宋刘宰《代赋三十…》:"期君再整冲天翼,老我甘作书中蟫。"

充国大田　　chōng guó dà tián

【分类】政治

【关键词】屯田

【释义】指西汉将领赵充国向朝廷建议并屯田湟中(今青海省湟水两岸)事。《汉书·赵充国传》:"上于是报充国曰:'将军计善。其上留屯田及当罢者人马数。'…诏罢兵,独充国留屯田。"

【例句】唐羊士谔《送张郎中…》:"亚夫高垒静,充国大田秋。"宋刘宰《代书答龚…》:"积粟毫生真至计,屯田充国亦良规。"宋苏轼《再过超然…》:"问今太守为谁欤,护羌充国鬓未斑。"明王称《送陈将军…》:"百年思刷会稽耻,万里曾屯充国田。"

忡忡　　chōng chōng

【分类】生活

【关键词】楚辞

【释义】指忧虑不安;饰物下垂貌。《楚辞补注·九歌·云中君》:"思夫君兮叹息,极劳心兮忡忡。"

【例句】唐白居易《贺雨》:"忧勤不遑宁,夙夜心忡忡。"唐权德舆《祗命赴京…》:"靡靡遵远道,忡忡劳寸心。"宋潘若冲《寄南岳廖融》:"又泛汴舟随汴水,不堪南望思忡忡。"宋杨时《酬林志宁》:"高堂黑发颜如童,未须念此心忡忡。"

舂黄糜　　chōng huáng mí

【分类】政治

【关键词】妃

【释义】咏祸福莫测之典。《北史·冯淑妃传》:"及帝遇害,以淑妃赐代王达,甚嬖之。…达妃为淑妃所潜,几致于死。隋文帝将妃达兄李询,令著布裙配舂。询母逼令自杀。"冯淑妃为北齐后主的宠妃。

【例句】唐杜牧《杜秋娘诗》:"珊瑚破高齐,作婢舂黄糜。"宋张埴《祈雨爱蒋…》:"人惟未分舂黄糜,天不下济难息机。"宋方回《俳体戏书》:"世变茫茫不可期,珊瑚作婢捣黄糜。"

舂容　　chōng róng

【分类】文化

【关键词】礼记

【释义】用力撞击,形容声音洪亮、悠扬漂荡。《礼记·学记》:"善待问者如撞钟,叩之以小者则小鸣,叩之以大者则大鸣;待其从容,然后尽其声。"汉郑玄注:"从,读如富父舂戈之舂。舂容谓重撞击也。"

【例句】唐张说《山夜闻钟》:"前声既舂容,后声复晃荡。"唐戴叔伦《听霜钟》:"风间时断续,云外更舂容。"宋刘攽《陪马守蜀…》:"化工轻瞬息,幽赕振舂容。"宋刘弇《秋日仪真…》:"云阵隐起玉龙眠,下有舂容万涛雪。"

舂市徒　　chōng shì tú

【分类】政治

【关键词】妃

【释义】指吕后当权后,在宫内永巷囚汉王宠姬戚夫人,令其舂米。《汉书·外戚传上·高祖吕皇后传》:"戚夫人舂且歌曰:'子为王,母为虏,终日舂薄暮,常与死为伍!相离三千里,当谁使告女?'"

【例句】唐李白《中山孺子…》:"髡剪入舂市,万古共悲辛。"唐陈子昂《感遇诗》:"昔称夭桃子,今为舂市徒。"明赵㧑谦《咏怀次倪…》:"今作舂市徒,寒风起悲嗟。"明黄淳耀《曹相国》:"戚姬舂,如意死。"

虫臂鼠肝 chóng bì shǔ gān

【分类】政治

【关键词】庄子

【释义】比喻微末轻贱的人或物。《庄子·大宗师》:"俄而子来有病,…子犁往问之,…倚其户与之语曰:'伟哉造化,又将奚以汝为?将奚以汝适?以汝为鼠肝乎?以汝为虫臂乎?'"成玄英疏:"叹彼大造,弘普无私,偶尔为人,忽然返化。不知方外适往何道,变作何物。将汝五藏(脏)为鼠之肝,或化四支为虫之臂。任化而往,所遇皆适也。"

【例句】唐白居易《老病相仍…》:"虫臂鼠肝犹不怪,鸡肤鹤发复何伤?"唐皎然《禅思》:"伤哉子桑扈,虫臂徒虚言。"宋陆游《成都岁暮…》:"鼠肝虫臂元无择,遇酒犹能罄一欢。"宋释宝昙《用前韵寄…》:"鼠肝虫臂窥前辈,蜗角蝇头战百蛮。"

虫儿 chóng ér

【分类】政治

【关键词】东昏侯

【释义】指大虫,老虎,借指某方面的头领。指南朝齐东昏侯宠臣梅虫儿,齐亡被诛,喻指恶臣。《南齐书·东昏侯本纪》:"自是法珍、虫儿用事,并为外监,口称诏敕;中书舍人王咺之与相唇齿,专掌文翰。"

【例句】宋邓林《任彦升》:"何愁不得中书为,半生纡意梅虫儿。"宋贾似道《玉锄头》:"黑牙黑面不堪收,此等虫儿莫去求。"宋文同《嘲任昉》:"何如却逐虫儿去,忍耻更来王亮前。"宋刘克庄《二叠》:"平生老子羞由径,不识虫儿与玉儿。"

虫鱼之学 chóng yú zhī xué

【分类】文化

【关键词】虫鱼

【释义】泛指一切繁琐考证之学。《尔雅》有《释虫》《释鱼》章,专考虫、鱼的名称、种类等。唐韩愈《读皇甫湜公安园池诗》:"《尔雅》注虫鱼,定非磊落人。"

【例句】宋陆游《晨起》:"旧学虫鱼笺《尔雅》,晚知稼穑讲《豳风》。"宋方岳《次韵徐太博》:"虫鱼柱注书连屋,蛮触令人笑绝缨。"宋刘敞《画草虫扇子》:"周南草虫但乞兴,尔雅虫鱼浪多证。"宋徐积《赠子瞻》:"无分草木与虫鱼,一时奋挥皆沾濡。"

崇山谪 chóng shān zhé

【分类】政治

【关键词】驩兜

【释义】咏贬谪之典。《尚书·舜典》:"放驩兜于崇山。"

【例句】唐杜牧《见宋拾遗》:"怜君更抱重泉恨,不见崇山谪去时。"宋李咎《句》:"空令抱恨归黄壤,不见崇山谪去时。"宋苏轼《宿建封寺》:"蜀人文赋楚人辞,尧在崇山舜九疑。"宋岳珂《宫词》:"震雷惊落奸邪胆,见说崇山放四凶。"

种放 chóng fàng

【分类】文化

【关键词】种放

【释义】北宋人,亦仕亦隐,撰《蒙书》《表孟子上下篇》等。《渑水燕谈录》:"景德中,种放赐号重先生,暂还嵩山,真宗置酒资政殿饯放…所居有林泉之胜,尤为幽绝。真宗闻之,遣中使携工图之。"

【例句】宋白玉蟾《赠陈孔目》:"当年种放如能学,白鹤青云也不难。"宋曾瑾《挂冠》:"何物种放太厚颜,山鬼移文伐其奸。"元张雨《题秦石图》:"却怜种放樵夫拜,不到奇章宰相门。"明童冀《次苏平仲…》:"庭下樵夫讶种放,山中羽客似吴筠。"

重光 chóng guāng

【分类】政治

【关键词】尚书

【释义】比喻累世盛德,辉光相承。《尚书·顾命》:"昔君文王、武王,宣重光。"汉孔安国《传》:"言昔先君文武,布其重光累圣之德。"

【例句】唐卢照邻《登封大酺歌》:"明君封禅日重光,天子垂衣历数长。"唐李元嘉《奉和同太…》:"珠璧连宵汉,万物仰重光。"唐杨炯《奉和上元》:"五纬聚华轩,重光入望园。"唐郭震《同徐员外…》:"阁连云一色,池带月重光。"

重闱 chóng guī

【分类】政治

【关键词】张衡

【释义】指深宫内室。汉张衡《西京赋》:"重闱幽闷,转相逾延。"唐吕延济注:"闱阂互相通而深远。"

【例句】唐乔知之《从军行》:"窈窕九重闱,寂寞十年啼。"宋张耒《次韵秦觏》:"婵娟守重闱,倚市争倩盼。"宋蔡肇《和慎思秋…》:"清欢在文史,谁复梦重闱。"明张和《钱受之学…》:"重闱是草堪蠋忿,曲沼何花不并头。"

重华 chóng huá

【分类】政治

【关键词】舜

【释义】虞舜名重华,借指帝王。《楚辞补注·离骚·王逸序》:"济湘沅以南征兮,就重华而陈词。"

【例句】唐魏炎《历山》:"时闻涧涧动绿波,犹谓重华井中在。"唐水神《雪溪夜宴诗》:"年年绿水青山色,不改重华南狩时。"宋王禹偁《送柴谏议…》:"下车首谒重华庙,入境先经五老峰。"宋丘葵《读楚词》:"渔父不来湘水阔,重华一去楚云深。"

重九登高 chóng jiǔ dēng gāo
【分类】生活
【关键词】费长房
【释义】指农历九月九日登高以避邪免灾的习俗。《续齐谐记·重阳登高》:"汝南桓景随费长房游学累年。长房谓曰:'九月九日汝家当有灾,宜急去,令家人各作绛囊,盛茱萸以系臂,登高饮菊花酒,此祸可除。'景如言,齐家登山。夕还,见鸡犬牛羊一时暴死。长房闻之,曰:'此可以代矣。'今世人每至九月九日登高饮酒,妇人带茱萸囊,因此也。"
【例句】唐王维《九月九日…》:"遥知兄弟登高处,遍插茱萸少一人。"宋田锡《赠别琅邪…》:"明日正逢重九日,未忍与君张祖席。"宋梅尧臣《和吴冲卿…》:"看看重九各登高,金蕊满头无所忌。"聂绀弩《九日戏柬…》:"十年已在人前矮,九日思知何处高。"

重黎 chóng lí
【分类】政治
【关键词】尧羲和
【释义】重与黎,为羲氏、和氏之祖先。《尚书·吕刑》:"乃命重黎,绝地天通,罔有降格。"汉孔安国《传》:"重即羲,黎即和。尧命羲和世掌天地四时之官,使人神不扰,各得其序。"
【例句】唐王维《座上走笔…》:"分地依后稷,用天信重黎。"宋苏颂《次韵致政…》:"文如潘陆倾江海,学造重黎绝地天。"宋刘克庄《和赵广文韵》:"晚节画工图广受,高文太史序重黎。"宋方回《送程桂轩…》:"其先重黎掌天地,此佐尹氏征伐者。"

重明 chóng míng
【分类】政治
【关键词】舜
【释义】指重瞳,喻舜帝。《淮南子·修务训》:"舜二瞳子,是谓重明。"也谓光明相继不已,喻指日月。唐杨炯《浑天赋》:"尔乃重明合璧,五纬连珠。"
【例句】宋宋庠《赠兵部尚…》:"昔事重明邸,俄陶万物钧。"宋文彦博《神宗皇帝…》:"皇武惟扬昭七德,帝华克协丽重明。"宋袁燮《上中书陈…》:"重明丽宸极,万国熙王春。"宋释智才《偈》:"舜日重明四海清,满天和气乐升平。"

重瞳 chóng tóng
【分类】政治
【关键词】舜
【释义】指虞舜,代指圣明君王。《初学记》:"《春秋元命苞》:'舜重瞳子,是谓兹凉。'"

【例句】唐李白《远别离》:"九疑联绵皆相似,重瞳孤坟竟何是。"唐卢仝《月蚀诗》:"黄帝有二目,帝舜重瞳明。"唐薛能《升平词》:"衣裳承瑞气,冠冕盖重瞳。"唐李远《赠写御容》:"初分隆准山河秀,乍点重瞳日月明。"宋宋白《黄陵二妃庙》:"重瞳天子狩南荒,二女音容已渺茫。"

宠鹤 chǒng hè
【分类】政治
【关键词】鹤
【释义】喻指受帝王宠爱而滥居禄位者。源见"乘轩鹤"。
【例句】唐李商隐《咏怀寄秘…》:"乘轩宁见宠,巢幕更逢危。"唐高适《赠别王十…》:"画龙俱在叶,宠鹤先居卫。"唐杜甫《投赠哥舒…》:"轩墀曾宠鹤,畋猎旧非熊。"唐不详《东阳夜怪诗》:"少年长负饥鹰用,内顾曾无宠鹤心。"

宠辱不惊 chǒng rǔ bù jīng
【分类】生活
【关键词】老子
【释义】置个人得失于度外,受宠受辱皆无动于衷。《老子·道经》:"宠辱若惊,贵大患若身。何谓宠辱若惊?宠为下,得之若惊,失之若惊,是谓宠辱若惊。"
【例句】唐王维《疑梦》:"莫惊宠辱空忧喜,莫计恩仇浪苦辛。"唐白居易《自题》:"功名宿昔人多许,宠辱斯须自不知。"唐白居易《和答诗》:"尚达生死观,宁为宠辱惊。"唐独孤及《丙戌岁正…》:"遭遇思自强,宠辱安足言。"

抽头 chōu tóu
【分类】生活
【关键词】苏轼
【释义】抽身,脱身。宋苏轼《与辩才禅师书》:"某幸于闹中抽头,得此闲郡,虽未能超然远引,亦退老之渐也。"
【例句】宋黄裳《次大野双…》:"但看清虚堪寄足,岂须衰老始抽头。"宋释昙贲《偈》:"闹篮方喜得抽头,退鼓而今打未休。"宋陈造《次郭秘正韵》:"顷从同盟漫著脚,欻遇强对须抽头。"宋程公许《别凌云士友》:"山水纵观方得趣,交朋莫逆忽抽头。"

抽簪 chōu zān
【分类】政治
【关键词】张协
【释义】古代官员用簪(冠笄)连冠于发,故以抽簪代指弃官引退。晋张协《咏史》:"抽簪解朝衣,散发归海隅。"唐李善注:"《仓颉篇》曰:'簪,笄也,所以持冠也。'"
【例句】唐王勃《郊园即事》:"闲居饶酒赋,随兴欲抽簪。"唐薛能《赠歌人》:"东山期已定,相许便抽簪。"唐韩偓《赠隐逸》:"莫笑乱离方解印,犹胜颠蹶未抽簪。"唐白居易《戊申岁暮…》:"万一差池似前事,又应追悔不抽簪。"

愁肠 chóu cháng
【分类】生活
【关键词】傅玄

【释义】指愁苦的心情;郁结愁闷的心绪。晋傅玄《云歌》:"青山徘徊,为我愁肠。"
【例句】"唐油蔚《赠别营妓…》:"愁肠只向金闺断,白发应从玉塞生。"唐柳宗元《与浩初上…》:"海畔尖山似剑铓,秋来处处割愁肠。"唐崔鲁《春日长安…》:"玉楼春暖笙歌夜,肯信愁肠日九回。"唐李绅《赠毛仙翁》:"百年命促奔马疾,愁肠盘结心摧崒。"

愁城 chóu chéng
【分类】生活
【关键词】庾信
【释义】亦称愁阵,喻愁苦难消的心境。北周庾信《愁赋》:"攻许愁城终不破,荡许愁门终不开。"
【例句】唐韩偓《残春旅舍》:"禅伏诗魔归净域,酒冲愁阵出奇兵。"宋张维《留守舍人…》:"笔落生春变寒谷,诗来将喜破愁城。"宋杨亿《独怀》:"赖有清吟消意马,岂无美酒破愁城。"宋黄庭坚《行次巫山…》:"攻许愁城终不开,清州从事斩关来。"元耶律铸《题四娱斋》:"须凭欢伯攻愁阵,自有桐孙伏鬼魔。"

愁胡 chóu hú
【分类】政治
【关键词】胡人
【释义】谓胡人深目,状似悲愁,多用以形容鹰眼的眼神冷峻陌生。晋孙楚《鹰赋》:"深目蛾眉,状如愁胡。"隋魏彦深《鹰赋》:"立如植木,望似愁胡。"
【例句】唐杜甫《画鹰》:"㧐身思狡兔,侧目似愁胡。"唐杜甫《从人觅小…》:"预哂愁胡面,初调见马鞭。"宋释德洪《余尝问无…》:"预哂英雄人不见,子房两眼似愁胡。"宋释绍昙《石溪自雁…》:"且放愁胡双眼闭,恐惊群鹭宿寒梢。"

愁疾 chóu jí
【分类】生活
【关键词】王孝籍
【释义】因愁苦而引起的郁闷或疾病。《北史·儒林传下·王孝籍》:"愁疾甚乎厉鬼,人生异夫金石。"
【例句】唐骆宾王《畴昔篇》:"丈夫坎壈多愁疾,契阔迍邅尽今日。"唐李白《鲁郡尧祠…》:"强扶愁疾向何处,角巾微服尧祠南。"唐朱放《新安所居》:"谢公见我多愁疾,为我开门对碧山。"唐杜甫《观公孙大…》:"老夫不知其所往,足茧荒山转愁疾。"

愁损兰成 chóu sǔn lán chéng
【分类】生活
【关键词】庾信
【释义】形容乡思离愁。庾信小字兰成。源见"庾信愁"。
【例句】宋王安石《蝉》:"白下长干何可见,风尘愁杀庾兰成。"宋晁说之《病目作近…》:"何事兰成酷爱愁,借愁为乐总宜休。"宋宋祁《南亭独瞩》:"怀人抚物愁何尽,试借兰成万斛量。"宋黄彦平《宿坡书事》:"莫将霞鹜飞飞影,认作兰成万斛愁。"

愁予 chóu yǔ
【分类】生活
【关键词】楚辞
【释义】使我发愁。《楚辞补注·湘夫人》:"帝子降兮北渚,目眇眇兮愁予。"
【例句】唐张柬之《大堤曲》:"迢迢不可见,日暮空愁予。"唐储光羲《献华阴罗…》:"别情无远近,道别方愁予。"宋刘攽《遣怀》:"六年长病每愁予,末疾风淫岂易除。"宋苏轼《和邵同年…》:"莫向洞庭歌楚曲,烟波渺渺正愁予。"

筹策 chóu cè
【分类】政治
【关键词】战国策
【释义】筹算、谋划。《战国策·魏策四》:"大王已知魏之急而救不至者,是大王筹策之臣无任矣。"策,古代指筹,即筷子。陆羽《茶经·器》:"火筴,一名筯。"
【例句】唐杜甫《咏怀古迹》:"三分割据纡筹策,万古云霄一羽毛。"唐杜甫《洗兵马》:"征起适遇风云会,扶颠始知筹策良。"唐卢纶《冬日登城…》:"世情多以风尘阻,泣尽何因画筹策。"宋王安石《送张卿致仕》:"子房筹策汉时功,身退超然慕赤松。"

踟蹰陌上郎 chóu chú mò shàng láng
【分类】生活
【关键词】郎
【释义】称赞美女之典。《玉台新咏·日出东南隅行》:"使君从南来,五马立踟蹰。使君遣吏往,问是谁家姝?"
【例句】唐韩翃《送齐明府…》:"风流好爱杯中物,豪荡仍欺陌上郎。"唐汪遵《采桑妇》:"为报踟蹰陌上郎,蚕饥日晚妾心忙。"宋黄庭坚《戏咏江南…》:"踏歌夜结田神社,游女多随陌上郎。"明张含《龙池春游曲》:"密意难传陌上郎,含羞折花空断肠。跨仁路侧盼斜阳。"

出谷迁乔 chū gǔ qiān qiáo
【分类】生活
【关键词】诗经
【释义】本谓从低处移到高处,后比喻境遇好转或职位升迁。《诗经·小雅·伐木》:"伐木丁丁,鸟鸣嘤嘤。出自幽谷,迁于乔木。"
【例句】唐卢肇《除歙州途…》:"忽忝专城奉六条,自怜出谷屡迁乔。"唐吕敞《龟兹闻莺》:"出谷情何寄,迁乔义取斯。"宋释居简《寄逸长老》:"平斋就下得其宜,出谷迁乔只旧蹊。"明朱诚泳《闻莺》:"丁丁伐木起遐思,出谷迁乔咏不忘。"

出关周史 chū guān zhōu shǐ
【分类】政治
【关键词】老子
【释义】指弃官出关、西赴流沙隐遁的老子,借指弃官归隐。

源见"紫气东来"。

【例句】宋刘克庄《余除铸钱…》：“出关谁识为周史，入社犹堪伴洛英。”

出空桑　chū kǒng sāng

【分类】生活

【关键词】伊尹

【释义】指非父母所生，来历不明者。《吕氏春秋·本味》：“有侁氏女子采桑得婴儿于空桑之中，献之其君，其君令烰人养之，察其所以然，曰：'其母居伊水之上，孕，梦有神告之曰："臼出水而东走，毋顾。"明日视臼出水，告其邻，东走十里而顾其邑，尽为水。身因化为空桑，故命之曰伊尹。此伊尹生空桑之故也。'”

【例句】唐李白《纪南陵题…》：“伊尹生空桑，捐庖佐皇极。”唐曹松《荆南道中》：“高柳莫遮寒月落，空桑不放夜风回。”宋李觏《中条苦雨…》：“谁笼三足乌，冷卧空桑林。”宋何梦桂《送沙溪寓…》：“人生谁解空桑出，感此汍澜泪满襟。”

出口成章　chū kǒu chéng zhāng

【分类】文化

【关键词】诗经

【释义】说出话来就成文章，形容文思敏捷，口才好。《诗经·小雅·都人士》：“出言有章。”《史记·樗里子甘茂列传》：“樗里子滑稽多智。”唐司马贞索隐：“以言俳优之人出口成章，词不穷竭，如滑稽之吐酒不已也。”

【例句】唐李颀《行路难》：“宾客填街复满座，片言出口生辉光。”宋戴表元《次韵答邻…》：“村酒沾唇频侑酒，山歌出口即成篇。”明殷奎《奎在乡里…》：“篇诗出口赓酬快，杯酒论心劝戒多。”聂绀弩《广州调三流》：“三流出口成章地，一客低头认罪时。”

出门有碍　chū mén yǒu ài

【分类】生活

【关键词】孟郊

【释义】喻世路坎坷。唐孟郊《赠崔纯亮》：“出门即有碍，谁谓天地宽？”

【例句】宋吕渭老《水调歌头》：“出门有碍，更堪寒暮雪飞天。”宋蔡戡《金坛灯市…》：“出门有碍身如绊，异县相望道且长。”宋卫宗武《清明前见…》：“出门有碍家无累，水北山南负胜游。”宋林景熙《送果上人…》：“出门有碍怜吾老，独枕残书梦杏坛。”

出山小草　chū shān xiǎo cǎo

【分类】生活

【关键词】谢安

【释义】指隐者出仕，或用于自谦。《世说新语·排调》：“谢公(安)始有东山之志，后严命屡臻，势不获已，始就桓公司马。于时人有饷桓公药草，中有'远志'。公取以问谢：'此药又名"小草"，何一物而有二称？'谢未即答。时郝隆在坐，应声曰：'此甚易解：处则为远志，出则为小草。'谢甚有愧色。”

【例句】宋释德洪《题延福寺壁》：“在山为远志，出山为小草。”宋李纲《药圃》：“端为出山成小草，白云深处养青芝。”宋陆游《初拜再领…》：“小草出山初已误，断云含雨欲何施。”宋陆游《行东山下…》：“昔愧出山成小草，今知临水羡游鱼。”

出师一表　chū shī yī biǎo

【分类】政治

【关键词】诸葛亮

【释义】指蜀汉丞相诸葛亮在决定北上伐魏夺取长安之前给后主刘禅上书的表文，三国蜀《诸葛亮·前出师表》为咏中兴汉室、以身许国之典。

【例句】宋陆游《病起书怀》：“出师一表通今古，夜半挑灯更细看。”宋陆游《书愤》：“出师一表真名世，千载谁堪伯仲间。”宋汪元量《蜀相庙》：“出师一表如皎日，千古万古鸿名垂。”宋张侃《三高祠》：“武侯出师表，子陵钓鱼矶。”

出一头地　chū yī tóu dì

【分类】文化

【关键词】苏轼

【释义】即高人一等，超出一般人，指学问或地位比别人高。《宋史·苏轼列传》：“后以书见修，修语梅圣俞曰：'吾当避此人出一头地。'闻者始哗不厌，久乃信服。”

【例句】宋岳珂《次韵程汪…》：“谁放词林出一头，穷愁自欲著春秋。”宋许月卿《次周尚书…》：“皆云临济具双眼，且放东坡出一头。”明李江《梅花百咏》：“万芳丛里一天真，出一头来地步新。”清王存《赠何墨》：“我今赠诗腰以斧，出一头地让宗武。”

出则同舆　chū zé tóng yú

【分类】生活

【关键词】刘备

【释义】出门则同乘一车，居处则同坐一席，形容关系密切，相互敬重。《三国志·先主传》：“礼之愈重，出则同舆，入则同席。”

【例句】宋苏轼《答任师中…》：“赖我同年友，相欢出同舆。”宋徐瑞《夏五门外…》：“同舆鄱笑岳及湛，专城仿佛石与丁。”清姚燮《洗甗图歌》：“先生胸脯烂流涎，制度了晰同舆寘。”清张瑞玑《太原途中…》：“十年作宦同舆吏，四海论交几弟兄。”

出昼　chū zhòu

【分类】政治

【关键词】孟子

【释义】指离开求官的地方。《孟子·公孙丑》：“予三宿而出昼，于予心犹以为速，王庶几改之！王如改诸，则必反予。夫出昼，而王不予追也，予然后浩然有归志。”

【例句】宋韩维《和子华见寄》：“伯夷岂是归周晚，孟子空嗟出昼遥。”宋杨万里《送孙从之…》：“出昼莫嫌三宿恋，坏麻不待七年迟。”宋刘克庄《壬辰春上冢》：“奏篇不愧登

116

瀛选,拂袖难留出昼行。"宋陆游《读何斯举…》:"少年去国时,不忍轻出昼。"

初度　chū dù
【分类】生活
【关键词】楚辞
【释义】谓生日。《楚辞补注·离骚》:"皇览揆余初度兮,肇锡余以嘉名。"
【例句】宋赵蕃《欧阳全真…》:"南风属初度,杯酒相献酬。"宋卫泾《为运使蔡…》:"九秋沉砀成功日,六辔光华初度时。"宋梅坡《四月初六》:"佛祖庆生宜后两,洞宾初度犹迟七。"宋吴申甫《寿主簿》:"书云过后两旬及,还是宵躔初度辰。"

初服　chū fú
【分类】政治
【关键词】楚辞
【释义】未入仕时的服装,与朝服相对。《楚辞·离骚》:"进不入以离尤兮,退将复修吾初服。"汉王逸注:"言己诚欲遂进,竭其忠诚,君不内纳,恐重遇祸,故将复去,修吾初始清洁之服也。"
【例句】唐骆宾王《同辛簿简…》:"俗远风尘隔,春还初服迟。"唐刘禹锡《酬淮南廖…》:"初服已惊玄发长,高情犹向碧云深。"宋宋庠《屏居春日》:"初服仍从洛浹居,鸣蛙饶吹满前除。"宋欧阳修《感事》:"何日君恩悯衰朽,许从初服返耕桑。"

樗材　chū cái
【分类】生活
【关键词】庄子
【释义】也称樗散、庄樗。比喻无用之才。源见"樗栎"。
【例句】宋陈渊《处冲见和…》:"岁月空惊去若波,樗材浑欲树无何。"宋敖陶孙《上郑参政》:"豆栈能忘秫,樗材傥入抡。"聂绀弩《寄高旅》:"君在天南我天北,拔天柯干两樗材。"

樗栎　chū lì
【分类】生活
【关键词】庄子
【释义】比喻徒有其表的无用之材,常用为自谦之词。《庄子·逍遥游》:"吾有大树,人谓之樗,其大本拥肿而不中绳墨,其小枝卷曲而不中规矩,立之涂,匠者不顾。"又《人间世》:"匠石之齐,至于曲辕,见栎社树:其大蔽牛,絜之百围,其高临山十仞而后有枝,其可以为舟者旁十数…曰:'…是不材之木也,无所可用。'"栎:俗叫柞树。
【例句】唐欧阳詹《寓兴》:"桃李有奇质,樗栎无妙姿。"唐罗隐《城西作》:"幸自同樗栎,何妨惬所怀。"唐李咸用《依韵修睦…》:"赖是水乡樗栎贱,满炉红焰且相亲。"宋刘兼《万叶树》:"更有岁寒霜雪操,莫将樗栎拟相群。"宋宋祁《蓬池写望》:"鸥鸢貌闲暇,樗栎意婆娑。"

刍狗　chú gǒu
【分类】政治
【关键词】老子
【释义】刍狗,古代祭祀时用草扎成的狗,在祭祀之前是很受人们重视的祭品,但用过以后即被丢弃。喻微贱无用的事物或言论。《老子》:"天地不仁,以万物为刍狗;圣人不仁,以百姓为刍狗。"
【例句】唐骆宾王《畴昔篇》:"不应永袭同刍狗,且复飘摇类转蓬。"唐高适《答侯少府》:"边兵若刍狗,战骨成埃尘。"唐刘禹锡《汉寿城春望》:"田中牧竖烧刍狗,陌上行人看石麟。"聂绀弩《赠雪峰》:"何物于天不刍狗,此心无地避鸡虫。"

刍荛　chú ráo
【分类】政治
【关键词】诗经
【释义】割草采薪之人,代指草野之人。《诗经·大雅·板》:"先民有言,询于刍荛。"毛传:"刍荛,薪采者。"
【例句】唐高适《睢阳酬别…》:"君还谢幕府,慎勿轻刍荛。"唐白居易《骠国乐》:"骠乐骠乐徒喧喧,不如闻此刍荛言。"唐元稹《代曲江老人》:"杞梓无遗用,刍荛不忘询。"唐徐夤《忆潼关早行》:"刍荛十轴僮三尺,岂谓青云便有梯。"

除目　chú mù
【分类】政治
【关键词】姚合
【释义】除授官吏的文书。唐姚合《武功县中作》:"一日看除目,终年损道心。"
【例句】宋杨亿《初至郡斋…》:"踰月窥除目,经时绝传车。"宋石介《嘉州读邸…》:"惊闻除目到遐荒,病眼偏明喜倍常。"宋王十朋《送王嘉叟…》:"手揩老眼看除目,一迁一去知谁荣。"宋王同祖《元日》:"云集衣冠拜紫宸,榻前除目报来真。"

锄麑　chú ní
【分类】政治
【关键词】义士
【释义】春秋时晋国力士,泛指义士或刺客。《左传·宣公二年》:"宣子骤谏(赵盾),公患之,使锄麑贼之…麑退,叹而言曰:'不忘恭敬,民之主也。贼民之主,不忠。弃君之命,不信。有一于此,不如死也。'触槐而死。"
【例句】唐李瀚《蒙求》:"豫让吞炭,锄麑触槐。"宋林同《贤者之孝…》:"披直寺人耳,锄麑信有谋。"明徐祯卿《平陵东行》:"宁学锄麑触槐死,羞言投阁仕莽公。"清梁启超《纪事》:"君看十万头颅价,遍地锄麑欲噬人。"

础润而雨　chǔ rùn ér yǔ
【分类】生活
【关键词】淮南子

【释义】柱子的基石润湿了，就是要下雨的征候，比喻从表象预测未来。《淮南子·说林训》："山云蒸，柱础润。"宋苏洵《辨奸论》："月晕而风，础润而雨，人人知之。"

【例句】唐刘言史《广州王园…》："望霖窥润础，思吹候生条。"唐韦蟾《和柯古穷…》："方欣见润础，那虞悲铄石。"唐杜甫《朝二首》："础润休全湿，云晴欲半回。"宋宋庠《和河间通…》："云叶乍惊重础润，土膏先过一犁深。"

楮叶　chǔ yè

【分类】生活

【关键词】韩非子

【释义】模仿乱真的典故。《韩非子·喻老》："宋人有为其君以象（象牙）为楮叶者，三年而成。丰杀茎柯，毫芒繁泽，乱之楮叶之中而不可别也。"

【例句】唐李商隐《一片》："良工巧费真为累，楮叶成来不直钱。"宋王安石《前日石上松》："三年一楮叶，世事真期费。"宋王安石《莫疑》："莲华世界何关汝，楮叶工夫浪费年。"宋秦观《次韵朱李…》："十丈莲花开处远，三年楮叶刻成迟。"

楚白珩　chǔ bái héng

【分类】政治

【关键词】赵简子

【释义】楚国产白玉，为咏杰出人才之典。《国语·楚语》："王孙圉聘于晋，定公飨之。赵简子鸣玉以相，问于王孙圉曰：'楚之白珩犹在乎？'对曰：'然。'简子曰：'其为宝也，几何矣。'"三国吴韦昭注："珩，珮上之横者。"

【例句】唐元稹《出门行》："白珩无颜色，垂棘有瑕累。"唐刘禹锡《旧历书事…》："心托秦明镜，才非楚白珩。"宋刘敞《楚风》："大屈备时玩，白珩为世传。"宋吕本中《秋窗遣兴》："连城重白珩，声价先倾倒。"

楚材晋用　chǔ cái jìn yòng

【分类】政治

【关键词】左传

【释义】楚地的人才，喻指贤才，亦泛指南方的人才。《左传·襄公二十六年》："令尹子木…曰：'晋大夫与楚孰贤？'对曰：'晋卿不如楚，其大夫则贤，皆卿材也。如杞、梓、皮革，自楚往也。虽楚有材，晋实用之。'"

【例句】唐孟浩然《韩大使东…》："郡守虚陈榻，林间召楚材。"唐骆宾王《狱中书情…》："昔岁逢杨意，观光贵楚材。"唐高适《酬裴员外…》："拥旄出淮甸，入幕征楚材。"唐包佶《酬于侍郎…》："楚材欣有适，燕石愧无功。"

楚臣伤江枫　chǔ chén shāng jiāng fēng

【分类】政治

【关键词】楚辞

【释义】咏感伤失意之典。《楚辞·招魂》："湛湛江水兮上有枫，目极千里兮伤春心。魂兮归来哀江南。"汉王逸注："言湛湛江水，浸润枫木，使之茂盛。伤己不蒙君惠，而身放弃，曾不若树木得其所也。"

【例句】唐李白《同友人舟…》："楚臣伤江枫，谢客拾海月。"唐杜甫《梦李白》："魂来枫叶青，魂返关塞黑。"明陶安《壬辰清明…》："冷节伤神登楚道，禁钟未夕惨江枫。"明陈恭尹《壬申清明…》："老泪只应镌楚竹，招魂空自赋江枫。"

楚大夫　chǔ dài fū

【分类】政治

【关键词】屈原

【释义】指屈原。源见"三闾大夫"。

【例句】唐杜甫《地隅》："丧乱秦公子，悲凉楚大夫。"唐曹邺《续幽愤》："一逐楚大夫，何人为君雪。"唐罗隐《杜陵秋思》："只闻斥逐张公子，不觉悲同楚大夫。"宋寇准《晚望有感》："忆昔楚大夫，还此情如何。"

楚甸供王　chǔ diàn gòng wáng

【分类】政治

【关键词】左传

【释义】贡物之典。《左传·僖公四年》：齐桓公伐楚，管仲责楚使臣曰："尔贡苞茅不入，王祭不共，无以缩酒，寡人是征。"

【例句】唐李峤《茅》："楚甸供王日，衡阳入贡年。"唐刘希夷《江南曲》："潮平见楚甸，天际望维扬。"唐储光羲《登戏马台作》："居人满目市朝变，霸业犹存齐楚甸。"唐韦应物《游灵岩寺》："吴岫分烟景，楚甸散林丘。"

楚妃吟　chǔ fēi yín

【分类】生活

【关键词】楚妃

【释义】乐府吟叹曲之一，南朝梁王筠作辞，内容咏闺情。《初学记·楚妃叹序》："《楚妃叹》，莫知其由。楚之贤妃，能立德垂名于后，唯楚樊焉，固叹咏之。"

【例句】唐杨师道《咏笙》："能令楚妃叹，复使荆王吟。"宋张元干《小重山》："薛涛笺上楚妃吟。空凝睇，归去梦中寻。"明阮大铖《金山》："沧海几还秦帝药，洞庭不隔楚妃吟。"明毛奇龄《乐府新歌》："生儿年少为卢妇，上客吟多是楚妃。"

楚氛　chǔ fēn

【分类】生活

【关键词】左传

【释义】指恶劣、鄙俗之气。《左传·襄公二十七年》："晋楚各处其偏。伯夙谓赵孟曰：'楚氛甚恶，惧难。'"晋杜预注："氛，气也。言楚有袭晋之气。"

【例句】唐刘禹锡《南海马…》："闻道楚氛犹未灭，终须旌旆扫云雷。"唐唐彦谦《望岳时贼…》："长路风埃隔楚氛，忽惊神岳映朝曛。"宋王圭《郊外》："策马陟平原，天空荡楚氛。"宋黄庭坚《奉和文潜…》："当令横笔阵，一战静楚氛。"

楚凤　chǔ fèng

【分类】政治

【关键词】鸟

【释义】喻称赝品。《尹文子·大道上》："楚人担山雉者，路人问何鸟也。担雉者欺之曰：'凤凰也。'路人曰：'我闻有凤凰，今直见之，汝贩之乎？'曰：'然！'则十金弗与，请加倍乃与之。将欲献楚王，经宿而鸟死。路人不遑惜金，惟恨不得以献楚王。国人传之，咸以为真凤凰，贵欲以献之，遂闻楚王。王感其欲献于己，召而厚赐之，过于买鸟之金十倍。"

【例句】唐李峤《雉》："楚郊疑凤出，陈宝若鸡鸣。"唐李白《赠从弟冽》："楚人不识凤，重价求山鸡。"唐罗隐《春日独游…》："楚凤调高何处酒，吴牛蹄健满车风。"五代伊梦昌《凤》："好是山家凤，歌成非楚鸡。"

楚服　chǔ fú
【分类】生活
【关键词】吕不韦
【释义】楚人的服装，后也喻粗陋的服装。《战国策·秦策五》："异人至，不韦使楚服而见。王后悦其状。"宋鲍彪注："以王后楚人，故服楚制以说之。"
【例句】唐李敬玄《奉和别鲁王》："绿车旋楚服，丹跸伫秦川。"唐骆宾王《夕次旧吴》："维舟背楚服，振策下吴畿。"唐李峤《荷》："魏朝难接采，楚服但同披。"唐吴筠《秋日望倚…》："楚服多奇山，灵表先倚帝。"

楚歌遗佩　chǔ gē yí pèi
【分类】生活
【关键词】楚辞
【释义】咏幽怨之典。《楚辞·湘君》："交不忠兮怨长，期不信兮告余以不闲…损余玦兮江中，遗余佩兮醴浦。采芳洲兮杜若，将以遗兮下女。"
【例句】唐牟融《山寺律僧…》："离花影度湘江月，遗佩香生洛浦风。"五代徐夤《闲》："江上翠娥遗佩去，岸边红袖采莲归。"宋王初《书秋》："潘赋登山魂易断，楚歌遗佩怨何穷。"宋李纲《自蒲圻临…》："帝妃降矣空遗佩，公子思兮欲采兰。"

楚弓楚得　chǔ gōng chǔ dé
【分类】政治
【关键词】老子
【释义】形容虽有所失而利不外溢；也形容得失无常，无须萦怀。《吕氏春秋·贵公》："荆人有遗弓者，而不肯索，曰：'荆人遗之，荆人得之，又何索焉。'孔子闻之曰：'去其荆而可矣。'老聃闻之曰：'去其人而可矣。'故老聃则至公矣。"
【例句】唐刘长卿《避地江东…》："何辞向物开秦镜，却使他人得楚弓。"宋苏轼《和陶东方…》："梦求亡楚弓，笑解适越冠。"宋孙觌《青毡堂》："晋马已老矣，楚弓今得之。"宋王迈《代简奉寄…》："游虽迟再荐，楚弓楚人有。"

楚甲南来　chǔ jiǎ nán lái
【分类】政治

【关键词】左传
【释义】咏南征师旅之典。《左传·襄公三年》："楚子重伐吴，为简之师，克鸠兹，至于衡山。使邓廖帅组甲三百，被练三千以侵吴。"晋杜预注："组甲、被练，皆战备也。组甲，漆甲成组文。被练，练袍。"
【例句】唐权德舆《晚登沈黎城》："铁骑耀楚甲，玉匣横吴钩。"唐杜牧《东兵长句…》："羽林东下雷霆怒，楚甲南来组练明。"宋黎廷瑞《忠烈侯酷…》："英英太极翁，器明吴楚甲。"

楚剑　chǔ jiàn
【分类】文化
【关键词】剑
【释义】咏剑之典，或喻指有才华之士。《说苑·指武》："秦昭王中朝而叹曰：'夫楚剑利，倡优拙。夫剑利则士多慓悍；倡优拙，则思虑远也。吾恐楚之谋秦也。'"古代楚地之剑，以锋利著称。
【例句】唐耿讳《晚登虔州…》："楚剑期终割，随珠惜未弹。"唐张柬之《出塞》："吴钩明似月，楚剑利如霜。"唐沈佺期《和户部岑…》："汉章题楚剑，郑武袭缁衣。"宋刘弇《读汪都讲…》："楚剑双干斗，吴娃几学鼙。"

楚江萍　chǔ jiāng píng
【分类】生态
【关键词】孔子
【释义】喻吉祥而罕见难得之物。《孔子家语·致思》："楚王渡江，江中有物大如斗，圆而赤…子曰：'此所谓萍实者也，可剖而食也，吉祥也，唯霸者为能获焉。'"
【例句】唐杜甫《奉酬薛十…》："荣华贵少壮，岂食楚江萍！"唐杜甫《独坐》："暖老须燕玉，充饥忆楚萍。"宋宋祁《送胡宿同…》："四剖楚萍资乡膳，一弦淮月望春舻。"宋梅尧臣《送王著作》："未惯餐周栗，还应忆楚萍。"宋梅尧臣《次韵答黄》："归思吴洲橘，梦忆楚江萍。"

楚酒　chǔ jiǔ
【分类】生活
【关键词】酒
【释义】楚地产的酒。《楚辞补注·大招》："吴醴白糵，和楚沥只。"汉王逸注："再宿为醴。糵，米曲也。沥，清酒也。言使吴人酿醴，和以白米之曲，以作楚沥，其清酒尤醲美也。"
【例句】唐皇甫冉《送从弟豫…》："忧来沽楚酒，玄鬓莫凝霜。"唐罗隐《送舒州宿…》："春生绿野吴歌怨，雪霁平郊楚酒浓。"宋刘敞《岳州引水诗》："邦人已息汉阴拙，楚酒无复郫郸忧。"宋叶梦得《再答》："但遗陶庐有松径，不辞楚酒醉椒浆。"

楚狂　chǔ kuáng
【分类】政治
【关键词】论语
【释义】即接舆，喻指狂士。宋邢昺疏："接舆，楚人，姓陆名

C

· 119 ·

通,字接舆也。昭王时,政令无常,乃披发佯狂不仕,时人谓之楚狂也。"

【例句】唐吴融《宝灵县西…》:"高歌一曲垂鞭去,尽日无人识楚狂。"唐钱起《早夏》:"楚狂身世恨情多,似病如忧正是魔。"唐戴叔伦《答崔载华》:"偷归瓮间卧,逢个楚狂来。"唐韩愈《芍药歌》:"花前醉倒歌者谁,楚狂小子韩退之。"

楚狂凤歌　chǔ kuáng fèng gē

【分类】政治
【关键词】陆通
【释义】形容消极避世、放荡不羁的思想情怀。《论语·微子》:"楚狂接舆歌而过孔子曰:'凤兮凤兮,何德之衰!往者不可谏,来者犹可追。已而,已而!今之从政者殆而!'孔子下,欲与之言,趋而辟之,不得与之言。"
【例句】唐吴筠《楚狂接舆…》:"凤歌诚文宣,龙德遂隐密。"唐李白《庐山谣寄…》:"我本楚狂人,凤歌笑孔丘。"唐鲍溶《寓兴》:"鲁圣虚泣鳞,楚狂浪歌凤。"宋许景衡《送西京宗…》:"割鸡正好师言偃,歌凤多应笑楚狂。"

楚魄　chǔ pò

【分类】生活
【关键词】宋玉
【释义】指巫山神女,亦借指情人或美女。源见"巫山云雨"。
【例句】宋范成大《次韵王浚…》:"铄石谁能招楚魄,斫冰我欲访湘君。"宋穆修《江南寒食》:"谁怜北客归未去,楚魄湘魂惟暗消。"元吴当《可叹》:"汉水生波郡邑墟,空传楚魄葬江鱼。"元张仲深《梅边斋》:"绕花哦作清苦辞,每欲及骚追楚魄。"

楚丘　chǔ qiū

【分类】生态
【关键词】左传
【释义】古地名,春秋卫地,为咏迁移之典,也泛指楚地山丘。《左传·闵公二年》:"僖之元年,齐桓公迁邢于夷仪,封卫于楚丘。"杨伯峻注:"楚丘,卫地,在今河南省滑县东。"
【例句】唐马戴《楚江怀古》:"露气寒光集,微阳下楚丘。"五代贯休《寄栖一上人》:"花堑接沧洲,阴云闷楚丘。"唐刘望《献江西钟…》:"负笈蓬飞别楚丘,旌旆影里谒文侯。"宋寇准《东归再经…》:"道路连巴蜀,风烟接楚丘。"

楚丘先生　chǔ qiū xiān shēng

【分类】生活
【关键词】孟尝君
【释义】战国齐之老人,为咏老而有为之典。《新序·杂事第五》:"昔者,楚丘先生行年七十,披裘带索,往见孟尝君…楚丘先生曰:'嘻! 将我而老乎? 嘻! 吾始壮矣,何老之有!'"
【例句】宋无名氏《水调歌头》:"寿比太公欠一,年并楚丘逾

九,益壮异常人。"宋徐架阁《最高楼》:"楚丘且谓吾始壮,大致仕亦宜然。"明吴嘉纪《楚丘先生…》:"七十楚丘生,披裘发皓皓。"明屈大均《五十九岁…》:"楚丘神智少,莱子笑啼多。"明屈大均《寿龙江蔡丈》:"楚丘神智年方壮,禹石尊荣礼益恭。"

楚人咻　chǔ rén xiū

【分类】生活
【关键词】孟子
【释义】谓客观环境不好,正面教导不抵反面干扰;也形容众口纷纭,妄加议论。《孟子·滕文公》:"一齐人傅之,众楚人咻之,虽日挞而求其齐也,不可得矣。引而置之庄岳之间数年,虽日挞而求其楚,亦不可得矣。"
【例句】宋王安石《寓言》:"如傅一齐人,以万楚人咻。"宋释道潜《示法颖》:"一志径从齐语语,万端无受楚人咻。"宋史弥宁《蚤蚤》:"被他聒得浑无句,独力难胜众楚咻。"元赵孟頫《岁晚偶成》:"老子难同非子传,齐人终困楚人咻。"

楚骚　chǔ sāo

【分类】文化
【关键词】屈原
【释义】指战国楚屈原所作的《离骚》。泛指《楚辞》。南朝梁裴子野《雕虫论》:"若俳恻芳芬,楚骚为之祖;靡漫容与,相如扣其音。"
【例句】宋杨亿《次韵和钱…》:"雄豪结客欺燕侠,慷慨悲秋笑楚骚。"宋苏轼《次韵秦少…》:"词锋虽作楚骚寒,德意还同汉诏宽。"宋仲并《沈国录席…》:"不须捧罍歌吴曲,看即挥毫继楚骚。"宋祖士衡《送僧归护…》:"雪中问法传宗印,日暮裁诗变楚骚。"

楚骚庚寅　chǔ sāo gēng yín

【分类】生活
【关键词】楚辞
【释义】咏庆祝生日之典。《楚辞补注·离骚·王逸序》:"摄提贞于孟陬兮,惟庚寅吾以降。"汉王逸注:"言己以太岁在寅,正月始春,庚寅之日,下母之体而生,得阴阳之正中也。"
【例句】宋苏轼《次韵子由…》:"始忆庚寅降屈原,旋看蜡凤戏僧虔。"宋李鹰《舞阳令祝…》:"庚寅十月二十五,晓分黑帝临丹府。"宋孙觌《张希元承…》:"楚人尚记庚寅日,晋客浑疑甲子年。"宋陆游《丈亭遇老…》:"若非楚国庚寅岁,定是尧时丙子年。"

楚神　chǔ shén

【分类】生活
【关键词】宋玉
【释义】指巫山神女,亦借指情人或美女。源见"巫山云雨"。
【例句】唐温庭筠《蒋侯神歌》:"楚神铁马金鸣珂,夜动蛟潭生素波。"唐牛峤《菩萨蛮》:"画屏重叠巫阳翠,楚神尚有

行云意。"唐李商隐《咏云》："只应惟宋玉,知是楚神名。"明陈恭尹《楚中》："虚无玉驷朝天阙,惨澹云旗降楚神。"

楚些歌　chǔ suò gē
【分类】生活
【关键词】楚辞
【释义】《楚辞·招魂》是沿用楚国民间流行的招魂词的形式而写成,句尾皆有"些"字。如"魂兮归来,东方不可以托些!""魂兮归来,君无上天些!"后因以"楚些歌"代指招魂歌,亦泛指楚地的乐曲或《楚辞》。
【例句】唐牟融《邵公母》："搔首惊闻楚些歌,拂衣归去泪长河。"宋方岳《徐仁伯侍…》："忆曾歌楚些,忍复吊湘灵。"宋刘弇《畏日》："沉迷未省招楚些,激越可是歌吴趋。"宋华镇《戏呈程民老》："应是醉魂伤骍荡,大歌楚些为君招。"

楚腰　chǔ yāo
【分类】生活
【关键词】韩非子
【释义】形容美人女子纤细婀娜的腰肢,也借指细腰女子。《韩非子·二柄》："故越王好勇,而民多轻死;楚灵王好细腰,而国中多饿人。"
【例句】唐刘方平《采莲曲》："落日晴江里,荆歌艳楚腰。"唐杨炎《赠元载歌妓》："玉山翘翠步无尘,楚腰如柳不胜春。"唐刘禹锡《踏歌词》："为是襄王故宫地,至今犹自细腰多。"聂绀弩《武汉大桥》："江入楚宫腰自细,非关束带女儿愁。"

楚倚相　chǔ yǐ xiāng
【分类】政治
【关键词】左传
【释义】春秋时,楚国有史臣名倚相,博学多才,以熟读古籍著称,后比喻饱学之臣,也作咏史臣的典故。《左传·昭公十二年》："左史倚相趋过。王曰:'是良史也,子善事之。是能读《三坟》、《五典》、《八索》、《九丘》。'"
【例句】唐权德舆《送韦行军…》："记事还同楚倚相,传经远自汉扶阳。"唐薛奇童《和李起居…》："简成良史笔,年是洛阳才。"唐姚发《送萧颖士…》："天生良史笔,浪沾擅文藻。"宋李彭《次九runner游…》："平视楚倚相,陋矣知三坟。"宋陆游《感怀》："才非楚倚相,亦能读典坟。"

楚雨　chǔ yǔ
【分类】生活
【关键词】宋玉
【释义】楚地之雨,比喻相思之泪,也指男女合欢事。源见"巫山云雨"。
【例句】唐杜甫《雨》："楚雨石苔滋,京华消息迟。"唐韦应物《淮上即事…》："秋山起暮钟,楚雨连沧海。"唐韩翃《兖州送李…》："枫树林中经楚雨,木兰舟上蹋江潮。"唐杜牧《齐安郡中…》："秋声无不搅离心,梦泽蒹葭楚雨深。"

楚奏　chǔ zòu
【分类】生活
【关键词】左传
【释义】指楚国音乐,或为怀旧之典。源见"南冠楚囚"。
【例句】唐骆宾王《途中有怀》："眷眷怀楚奏,怅矣背秦关。"唐骆宾王《幽絷书…》："自悯秦冤痛,谁怜楚奏哀?"唐储光羲《同张侍御…》："不忍开襟悲楚奏,愿言吹笛退胡兵。"唐杨炯《和刘长史…》："钟仪琴未奏,苏武节犹新。"

褚伯玉隐操　chǔ bó yù yǐn cāo
【分类】政治
【关键词】褚伯玉
【释义】咏避世隐居之典。《南齐书·褚伯玉传》："伯玉少有隐操,寡嗜欲。年十八,父为之婚,妇入前门,伯玉从后门出。遂往剡居瀑布山,性耐寒暑,时人比之王仲都。在山三十余年,隔绝人物。"
【例句】唐丘丹《奉酬韦苏…》："还同褚伯玉,入馆忝州人。"宋华镇《赵防御新…》："隐操真全不待山,小斋新辟户常关。"宋许及之《次韵木偶…》："芳洁清幽隐操中,兰兮消得小山丛。"明陈琏《孟浩然图…》："平生隐操人所知,不意何事游京师。"

褚生才　chǔ shēng cái
【分类】文化
【关键词】汉书
【释义】喻有才学之士。《汉书·司马迁传》："而十篇缺,有录无书。"三国魏张晏注："元成之间褚先生补缺,作《武帝纪》《三王世家》《龟策列传》《日者列传》,言辞鄙陋,非迁本意也。"
【例句】唐王维《哭褚司马》："汉臣修史记,莫蔽褚生才。"唐高适《赠别褚山人》："光阴蓟子训,才术褚先生。"唐韦应物《送褚校书…》："明皇重士亦如此,忽怪褚生何得还。"宋王安石《老景》："绕屋褚先生,萧萧何所直。"

褚胤棋　chǔ yìn qí
【分类】生活
【关键词】褚胤
【释义】咏棋艺卓绝之典。《宋书·褚胤传》："吴郡褚胤,年七岁,入高品。及长,冠绝当时。"
【例句】五代贯休《观棋》："褚胤死不死,将军飞已飞。"唐韦庄《和友人》："静阅王维画,闲翻褚胤棋。"唐韦庄《冬日长安…》："松下围棋期褚胤,笔头飞箭荐陶谦。"

畜眼　chù yǎn
【分类】生活
【关键词】王梵志
【释义】长眼,有眼。唐王梵志《王梵志诗校注》："虽然畜两眼,终是一双盲。"
【例句】唐杜甫《遭田父泥…》："酒酣夸新尹,畜眼未见有。"宋何梦桂《赠宋道人…》："世人畜眼那知宝,更撺元来有隐仙。"宋何梦桂《送沙溪寓…》："千年辽鹤归来晚，畜眼何人识令威。"宋何梦桂《得雨行》："敛藏神用潜幽宫，畜眼草草那识龙。"

触虿尾　chù chài wěi
【分类】政治
【关键词】左传
【释义】受毒害之典。《左传·昭公四年》："郑子产作丘赋。国人谤之曰：'其父死于路，己为虿尾。以令于国，国将若之何？'"晋杜预注："谓子产重赋，毒害百姓。虿：蝎子类毒虫。
【例句】唐杜牧《昔事文皇…》："曾经触虿尾，犹得凭熊轩。"唐杜牧《除官归京…》："误曾公触尾，不敢夜循墙。"宋黄庭坚《奉答茂衡…》："愧无征南虿尾手，为写黄门急就章。"宋李纲《蜂》："毋轻怀袖间，防此虿尾毒。"

触罗　chù luó
【分类】生活
【关键词】雀
【释义】投入罗网，为咏遭厄运之典。《乐府诗集·野田黄雀行》："不见篱间雀，见鹞自投罗。"
【例句】唐武元衡《冬日汉江…》："蛤珠冯月吐，芦雁触罗惊。"唐白居易《感兴》："鱼能深入宁忧钓，鸟解高飞岂触罗。"唐李群玉《留别马使君》："俱来海上叹烟波，君佩银鱼我触罗。"宋张方平《门有车马…》："触罗向稻粱，肯随黄口雏。"

触石　chù shí
【分类】生活
【关键词】公羊传
【释义】谓山中云气与峰峦相碰击，吐出云来。也指险峰。《公羊传·僖公三十一年》："触石而出，肤寸而合，不崇朝而徧雨乎天下者，唯泰山尔。"
【例句】唐张说《奉和圣制…》："触石云呈瑞，含花雪告丰。"唐郎大家《朝云引》："巴西巫峡指巴东，朝云触石上朝空。"唐刘沧《题巫山庙》："触石晴云凝翠鬓，度江寒雨湿罗衣。"唐韩琮《云》："山头触石应常在，天际从龙自不归。"

触网　chù wǎng
【分类】政治
【关键词】蔡兴宗
【释义】触犯法网，也谓投入罗网。《南史·蔡兴宗传》："兴宗奉旨慰劳广陵，州别驾范义与兴宗素善，在城内同诛。兴宗至，躬自收殡，致丧还豫章旧墓。上闻谓曰：'卿何敢故尔触网？'"
【例句】五代徐钧《卢藏用》："托隐终南得兔除，何期触网仅全躯。"宋郭祥正《清明望藏…》："谁令束带入官府，触网修鳞难再回。"明王稚登《黄浦夜泊》："月沉未沉鱼触网，潮来欲来人放船。"明朱琬《湖上睹邓…》："泽雉未堪频触网，江鸥相狎渐忘机。"

黜陟　chù zhì
【分类】政治
【关键词】韩愈
【释义】指人才的进退，官职的升降。唐韩愈《送李愿归盘谷序》："理乱不知，黜陟不闻。"
【例句】唐储光羲《奉和韦判…》："恬淡轻黜陟，优游逸千载。"宋强至《上运使工部》："黜陟司当尔，澄清古亦然。"宋李光《厉安行结…》："枕流漱石平生事，黜陟从今了不闻。"宋周紫芝《王彦猷用…》："况今登俊良，百吏归黜陟。"

川后　chuān hòu
【分类】文化
【关键词】河神
【释义】古代传说中的河神。三国魏曹植《洛神赋》："于是屏翳收风，川后静波。"唐吕向注："川后，河伯也。"
【例句】唐无可《中秋夜君…》："雨师清泽秒，川后扫波澜。"唐李商隐《拟意》："去梦随川后，来专贮石邮。"唐皮日休《奉和鲁望…》："乐此何太荒，居然愧川后。"宋夏竦《本宫投龙…》："蕊简荐诚川后耸，金龙传信洞天闻。"

川媚　chuān mèi
【分类】文化
【关键词】陆机
【释义】晋陆机《文赋》："石韫玉而山辉，水怀珠而川媚。"比喻文章中若有连珠妙语便自生光彩，后用为咏人杰则地灵或用为咏珠之典。
【例句】唐韦庄《饶州余干…》："已觉地灵因昂降，更闻川媚有珠生。"唐王起《浊水求珠》："润川终自媚，照乘且何由。"宋仲并《沈正卿得…》："英风雅韵来无尽，川媚还复生明珠。"宋赵蕃《呈游子明》："林深兰自吐，川媚珠所宅。"宋裴良杰《大涤洞留题》："清潆漱玉一川媚，瑞气浮空两洞寒。"

川泳云飞　chuān yǒng yún fēi
【分类】生活
【关键词】韩愈
【释义】指万物各得其所，和谐相章，也喻隐居。唐韩愈《徐泗豪三州节度掌书记厅石记》："蔚乎其相章，炳乎其相辉，志同而气合，鱼川泳而鸟云飞也。"
【例句】宋吴芾《和泽民送春》："自念生平鱼鸟性，又思川泳与云飞。"宋胡一桂《冬至寓建…》："川泳有游鱼，云飞见翔雁。"宋程洵《次韵张顺…》："春来何物不熙熙，川泳云飞各自奇。"宋程公许《送杨元光…》："萍梗天涯幸有依，鱼兮川泳鸟云飞。"

穿云裂石　chuān yún liè shí
【分类】生活
【关键词】李委
【释义】穿入云霄，震裂石头，形容声音高亢嘹亮。宋苏轼

《李委吹笛引》:"则进士李委,闻坡生日,作新曲…既奏新曲,又快作数弄,嘹然有穿云裂石之声。"

【例句】宋欧阳澈《游岐原有感》:"穿云裂石声满谷,惊飞雁阵横晴空。"宋葛立方《有感》:"莫将横笛衔柯亭,岂解穿云裂石声。"宋陆游《黄鹤楼》:"平生最喜听长笛,裂石穿云何处吹。"宋姚勉《章钓仙吹…》:"穿云裂石笛声秋,兴在江湖一钓舟。"

穿针楼 chuān zhēn lóu

【分类】生活

【关键词】七夕

【释义】相传南朝齐武帝建层城观,七夕宫女登之穿针,称为"穿针楼"。《西京杂记》:"汉彩女常以七月七日穿七孔针于开襟楼,俱以习之。"

【例句】唐和凝《宫词》:"总上穿针楼上去,竞看银汉洒琼浆。"唐李群玉《秋登涔阳城》:"穿针楼上闭轻烟,织女佳期又隔年。"宋朱淑真《七夕》:"拜月亭前梧叶稀,穿针楼上觉秋迟。"宋于石《七月七日…》:"多少乞巧人,笑语穿针楼。"

穿针乞巧 chuān zhēn qǐ qiǎo

【分类】生活

【关键词】七夕

【释义】向织女乞求缝纫刺绣的智巧,为咏七夕节令风俗之典,也喻办事走捷径。《荆楚岁时记》:"七月七日为牵牛织女聚会之夜。是夕,人家妇女结彩缕,穿七孔针,或以金银鍮石为针,陈瓜果于庭中以乞巧。"

【例句】唐权德舆《七夕见与…》:"外孙争乞巧,内子共题文。"唐陆畅《云安公主…》:"万人惟待乘鸾出,乞巧齐登明月楼。"唐林杰《乞巧》:"家家乞巧望秋月,穿尽红线几万条。"宋方岳《次韵郑省仓》:"乞巧未能从帝子,坐愚宁免辱溪神。"

传芭 chuán bā

【分类】生活

【关键词】舞

【释义】古代南方祭祀时,舞者手持香草,互相传递,叫做"传芭"。《楚辞·礼魂》:"成礼兮会鼓,传芭兮代舞。"汉王逸注:"芭,巫所持香草名也…巫持芭而舞讫,以复传于他人更用之。芭,一作巴。"

【例句】唐柳宗元《同刘二十…》:"吴歈工折柳,楚舞旧传芭。"宋胡寅《携酒访…》:"常记此欢同醉处,歈歌折柳舞传芭。"宋谢翱《芳草怨》:"传芭楚女辞帐中,夜逐霓旌南过越。"元郑元祐《次韵钱伯…》:"谛授宝书盟刻玉,醉离瑶席舞传芭。"

传灯 chuán dēng

【分类】文化

【关键词】佛

【释义】佛家指传法。佛法犹如明灯,能破除迷暗。《大智度论》:"所以嘱累者,为不令法灭故。汝当教化弟子,弟子复教余人,展转相教,譬如一灯,复燃余灯,其明转多。"

【例句】唐义净《道希法师…》:"如何未尽传灯志,溘然于此遇途穷。"唐崔颢《赠怀一上人》:"传灯遍都邑,杖锡游王公。"唐刘禹锡《送僧元暠…》:"传灯已悟无为理,濡露犹怀罔极情。"宋释正觉《出康庐渡…》:"回首康山怀结社,真情祖室事传灯。"

传都赋 chuán dū fù

【分类】文化

【关键词】庾亮

【释义】称赞作品广泛流传影响很大的典故。《世说新语·文学》:"庾仲初(阐)作《扬都赋》成,以呈庾亮。亮以亲族之怀,大为其名价云:'可三《二京》,四《三都》。'于此人人竞写,都下纸为之贵。"

【例句】唐王维《哭祖六自虚》:"满地传都赋,倾朝看药船。"宋刘敞《喜从兄自…》:"曾作东都赋,无人与共论。"明李东阳《郊行二首》:"思乡拟作东都赋,远俗犹闻隔院歌。"明卢楠《酬华大馈饭》:"两都赋有凌云气,拟古诗高旷代风。"

传柑 chuán gān

【分类】政治

【关键词】苏轼

【释义】咏贵宠之典。北宋时,上元之夜,宫中宴请近臣,贵戚宫人常以黄柑相赠,谓之"传柑"。宋苏轼《上元侍饮楼上》:"归来一点残灯在,犹有传柑遗细君。"自注:"侍饮楼上,则贵戚争以黄柑遗近臣,谓之传柑。"

【例句】宋周紫芝《次韵元司…》:"花落残缸睡味酣,九霄谁正梦传柑。"宋舒邦佐《于尉玎夜…》:"便宜归侍传柑宴,满泛钱塘药玉船。"宋胡寅《和唐寿隆…》:"几年踪迹远中台,梦想传柑宴翠开。"宋张澂《述陂橘》:"传柑酷忆风光里,怀橘真成泪如洗。"

窗间鸡语 chuāng jiān jī yǔ

【分类】生态

【关键词】鸡

【释义】咏鸡之典,或借指谈论诗文。《幽明录》:"晋兖州刺史沛国宋处宗,尝买得一长鸣鸡,爱养甚至,恒笼著窗间,鸡遂作人语,与处宗谈论,极有言智,终日不辍,处宗因此言巧大进。"

【例句】唐罗隐《题葛溪张…》:"鸡窗夜静开书卷,鱼槛春深展钓丝。"五代崔道融《鸡》:"买得晨鸡共鸡语,常时不用等闲鸣。"宋欧阳澈《诸友乘兴…》:"吟行牛渚裁佳句,坐对鸡窗嗜古文。"宋范成大《请息斋书事》:"篱东舍北谁情话,鸡语鸥盟意却长。"

床头钱 chuáng tóu qián

【分类】生活

【关键词】酒

【释义】指买酒之钱。南北朝宋鲍照《拟行路难》:"且愿得志数相就,床头恒有沽酒钱。"

【例句】唐刘慎虚《茺葵花歌》："人生不得长少年，莫惜床头酤酒钱。"唐岑参《郡斋南池…》："闲时耐相访，正有床头钱。"宋陈宝之《砑轩》："胸中有气吐虹霓，床头无金失颜色。"宋黄庭坚《行迈杂篇》："野人岂会断优劣，只问床头沽酒钱。"

床头周易 chuáng tóu zhōu yì
【分类】政治
【关键词】王济
【释义】称颂人精通玄学或怀才遁隐。《晋纪》载：晋王湛，字处冲，隐德，人莫之知，虽兄弟宗族亦以为痴…侄儿王济往省之，见其床头有《周易》…于是向济解读《周易》，"剖析入微，妙言奇趣，济所未闻，叹不能测"。
【例句】唐白居易《想东游五…》："蜀琴安膝上，周易在床头。"唐李颀《同张员外…》："王湛床头见周易，长康传里好丹青。"宋宋祁《除夕作》："床头周易有深意，自此恐须三绝韦。"宋汪藻《次韵胡德…》："遣我床头周易去，凭君分取半生痴。"

床头捉刀人 chuáng tóu zhuō dāo rén
【分类】政治
【关键词】曹操
【释义】比喻顶替别人做事或代笔的人。《世说新语·容止》："魏武将见匈奴使者，自以形陋不足雄远国，使崔季珪代，帝自捉刀立床头。既毕，令间谍问曰：'魏王何如？'匈奴使答曰：'魏王雅望非常，然床头捉刀人，此乃英雄也。'"
【例句】宋刘子翚《建康六感》："龙翔大耳儿，虎视捉刀人。"明刘昌臣《捉刀泉》："应识捉刀人在此，英雄今不羡床头。"清查慎行《德尹将南…》："不因富贵思弹铗，或有英雄辨捉刀。"聂绀弩《辛之赠印》："一头城旦一胥靡，刀捉床头两刻之。"

床下 chuáng xià
【分类】文化
【关键词】蟋蟀
【释义】借指蟋蟀。《诗经·豳风·七月》："五月斯螽动股，六月莎鸡振羽，七月在野，八月在宇，九月在户，十月蟋蟀入我床下。"
【例句】唐杜甫《促织》："草根吟不稳，床下夜相亲。"唐鲍溶《秋怀》："草虫夜侵我，唧唧床下语。"唐岑参《太白胡僧歌》："窗边锡杖解两虎，床下钵盂藏一龙。"宋苏舜钦《秋晓闻鹤…》："未知蟋蟀缘何事，床下微吟不暂停。"

怆然 chuàng rán
【分类】生活
【关键词】曹操
【释义】喻悲伤哀痛的样子。汉曹操《让县自明本志令》："孤每读此二人书，未尝不怆然流涕也。"
【例句】唐陈子昂《登幽州台歌》："念天地之悠悠，独怆然而涕下。"唐李忱《吊白居易》："文章已满行人耳，一度思卿一怆然。"宋章得象《峡山飞来寺》："劳生草草真徒尔，陈迹依依亦怆然。"宋刘敞《答河中梅龙图》："举杯醉舞时相属，倚瑟悲歌忽怆然。"

吹参差 chuī cēn cī
【分类】生活
【关键词】箫
【释义】吹奏洞箫。《楚辞补注·九歌·湘君》："望夫君兮未来，吹参差兮谁思！"东汉王逸注："参差，洞箫也。言己供修祭祀，瞻望于君，而未肯来，则吹箫作乐，诚欲乐君，当复谁思念也。归。"
【例句】唐皎然《同李中丞…》："佳人但莫吹参差，正怜月色生酒卮。"唐羊士谔《山阁闻笛》："临风玉管吹参差，山坞春深日又迟。"宋苏辙《次子瞻夜…》："谁家高会吹参差，邻妇悲歌春罢亚。"元吴景奎《拟李长吉…》："素纨团团恩爱衰，含宫嚼羽吹参差。"

吹海立 chuī hǎi lì
【分类】生活
【关键词】杜甫
【释义】形容狂飙吹起滔天海浪，就像把海水吹得直立起来。唐杜甫《朝献太清宫赋》："九天之云下垂，四海之水皆立。"
【例句】宋苏轼《有美堂暴雨》："天外黑风吹海立，浙东飞雨过江来。"宋袁说友《和周元吉…》："雷车震动吹海立，火伞退避如鹘飞。"宋释怀深《偈》："任是黑风吹海立，渠侬门户不相干。"宋周紫芝《次韵庭藻…》："风吹海立犹至今，雪卷千堆溅青壁。"

吹剑首 chuī jiàn shǒu
【分类】生活
【关键词】庄子
【释义】谓事情渺小不足道。源见"剑头一映"。
【例句】宋王安石《次韵酬朱…》："世事但如吹剑首，官身难即问刀头。"宋周必大《追挽胡季…》："风吹剑首空遗映，日照禺中遽落晖。"宋杨万里《秋怀》："盖世功名吹剑首，平生忧患浙矛头。"明王鸿儒《自浈源赴…》："西风吹剑首，晓日照琴心。"

吹毛得疵 chuī máo dé cī
【分类】政治
【关键词】刘胜
【释义】喻刻意挑剔而发现小毛病。《汉书·中山靖王刘胜传》："今或无罪，为臣下所侵辱，有司吹毛求疵，笞服其臣，使证其君，多自以侵冤。"《韩非子·大体》："不吹毛而求小疵，不洗垢而察难知。"
【例句】唐白居易《代书诗一…》："腾口因成病，吹毛遂得疵。"唐骆宾王《畴昔篇》："吹毛未可待，摇尾且求餐。"宋黄庭坚《次韵感春》："一朝被渝被，吹毛见瘢痕。"清朱彝尊《斋中读书》："后儒不晓事，吹毛务求疵。"

吹毛剑　chuī máo jiàn
【分类】文化
【关键词】剑
【释义】形容刀剑很锐利,吹毛可断。唐卢纶《难绾刀歌》:"吹毛可试不可触,似有虫搜阙裂文"。宋《碧岩录》:"剑刃上吹毛试之,其毛自断,乃利剑,谓之吹毛也。"
【例句】唐杜甫《冬晚送长…》:"匣里雌雄剑,吹毛任选将。"唐元稹《奉和浙西…》:"金刚锥透玉,镔铁剑吹毛。"唐胡曾《平城》:"当时已有吹毛剑,何事无人杀奉春。"唐汪遵《渑池》:"何事君王亲击缶,相如有剑可吹毛。"

吹台　chuī tái
【分类】文化
【关键词】师旷
【释义】古迹名,在今河南开封东南禹王台,相传为春秋师旷吹乐之台,因汉梁孝王常案歌吹于此,故称吹台,又称繁台。《水经注·渠水》引《陈留风俗传》:"县有仓颉、师旷城,上有列仙之吹台,北有牧泽…梁王增筑以为吹台,城隍夷灭,略存故迹。"
【例句】唐杨师道《中书寓直…》:"电影入飞阁,风威凌吹台。"唐杜审言《宿羽亭侍…》:"碧水摇云阁,青山绕吹台。"唐杜甫《遣怀》:"气酣登吹台,怀古视平芜。"聂绀弩《无题柴韵诗》:"也曾几度上吹台,张吻学吹吹不来。"

吹箫　chuī xiāo
【分类】文化
【关键词】箫史
【释义】喻成仙。源见"乘鸾"。
【例句】唐李世民《三层阁上…》:"不似秦楼上,吹箫空学仙。"唐卢照邻《长安古意》:"借问吹箫向紫烟,曾经学舞度芳年。"唐于季子《早春洛阳…》:"若非载笔登麟阁,定是吹箫伴凤台。"聂绀弩《杂诗》:"燕子楼头听度曲,凤凰台上忆吹箫。"

吹箫台　chuī xiāo tái
【分类】生活
【关键词】箫史
【释义】即凤台,箫史的吹箫台,泛指美女居处。源见"乘鸾"。
【例句】唐沈颂《春旦歌》:"常闻嬴女玉箫声,奏曲情深彩凤来。"宋王十朋《莫漕以莼…》:"萧瑟秋风送雁回,梦魂终夜绕箫台。"宋徐积《鸾》:"吹箫台上曾歌舞,留住秦云伴秦女。"宋林亦之《陈伯顺夫…》:"僵瑟楼前方悼此,吹箫台下竟同归。"

吹嘘　chuī xū
【分类】政治
【关键词】杜甫
【释义】指吹气、风吹,比喻奖掖、汲引,今多指夸口,吹捧自己或别人。唐杜甫《赠献纳使起居田舍澄》:"扬雄更有《河东赋》,唯待吹嘘送上天。"
【例句】唐元稹《酬乐天江…》:"点缀工微者,吹嘘势特然。"唐孟郊《哭李观》:"清尘无吹嘘,委地难飞扬。"唐杜甫《赠献纳使…》:"扬雄更有河东赋,唯待吹嘘送上天。"唐杜甫《寄岑嘉州》:"谢朓每篇堪讽诵,冯唐已老听吹嘘。"

吹竽混真　chuī yú hùn zhēn
【分类】生活
【关键词】南郭
【释义】比喻以次充好,常用为谦词。源见"滥竽充数"。
【例句】唐灵辩《又嘲》:"闭口临枷柄,真似滥吹竽。"唐刘禹锡《奉和吏部…》:"诠材秉秦镜,典乐去齐竽。"唐韩愈《和席八十…》:"倚玉难藏拙,吹竽久混真。"唐许浑《宣城崔大…》:"心慕知音命自拘,画堂闻欲试吹竽。"

炊甑　chuī zèng
【分类】文化
【关键词】蒸器
【释义】古代的陶制蒸器。唐玄奘《大唐西域记·印度总述》:"什物之具,随时无阙。虽釜镬斯用,而炊甑莫知。"
【例句】宋王洋《曾鋐交惠…》:"溪堂炊甑容千客,不打阇黎饭后钟。"宋释正觉《心上人乞…》:"炊甑分珠斋钵满,净瓶汲月夜塘深。"宋陆游《村居即事》:"炊甑生尘楹长苔,柴门日晏未曾开。"宋陈宓《送陈守子…》:"阆中暑湿如炊甑,山寺阴凉百僧定。"

垂翅　chuí chì
【分类】生活
【关键词】冯异
【释义】喻指失败或失意的情态。《后汉书·冯异传》:"玺书劳异曰:'…始虽垂翅回溪,终能奋翼渑池,可谓失之东隅,收之桑榆。'"
【例句】唐李贺《高轩过》:"我今垂翅附冥鸿,他日不羞蛇作龙。"唐杜甫《重送刘十…》:"垂翅徒衰老,先鞭不滞留。"宋孔平仲《和经父寄…》:"得者折腰犹下列,失之垂翅合南翔。"宋王安石《邢太保有…》:"每怜今日长垂翅,却悔当时误剪翎。"

垂拱而治　chuí gǒng ér zhì
【分类】政治
【关键词】尚书
【释义】垂衣拱手,不亲理事务,为颂扬帝王无为而治之典。《尚书·武成》:"惇信明义,崇德报功,垂拱而治天下。"唐孔颖达疏:"谓所任得人,人皆称职,手无所营,下垂其拱。"
【例句】唐杜甫《晚登瀼上堂》:"黎民困逆节,天子渴垂拱。"唐杨巨源《春日奉献…》:"垂拱乾坤正,欢心品类同。"宋张方平《仁宗皇帝…》:"垂拱成文治,安和即武功。"宋张公库《宫词》:"圣略秘机贻万世,君王垂拱致升平。"

垂弧　chuí hú
【分类】生活

【关键词】礼记
【释义】咏生男孩之典。男子生日为垂弧之旦。源见"悬弧射矢"。
【例句】宋史浩《次韵皇孙…》:"岁晚垂弧旦,雍容从北征。"宋仲并《上平江李…》:"持橐朝端誉有光,垂弧门左昼初长。"宋毛滂《沁园春》:"垂弧节庆,麒麟古梦,此夜初圆。"宋程节斋《水调歌头》:"人传好语,君家门左正垂弧。"

垂缰之报 chuí jiāng zhī bào
【分类】政治
【关键词】马
【释义】义马救主的典故。南朝宋《异苑》:"苻坚为慕容冲所袭,坚驰骓马,堕而落涧,追兵几至,计无由出。马即踟蹰临涧,垂控与坚。坚不能及,马又跪而授焉。坚援之,得登彼岸,而走庐江。"
【例句】唐李嘉祐《与从弟正…》:"去路归程仍待930,垂缰不控马行迟。"唐韦庄《和郑拾遗…》:"但闻争曳组,讵见学垂缰。"宋赵昺《缘识》:"龙马徘徊多步骤,生狞堪羡困垂缰。"明管讷《射鹿行》:"紫丝垂缰黄金勒,红锦裁鞍白玉鞭。"

垂纶 chuí lún
【分类】政治
【关键词】姜太公
【释义】垂钓。喻指隐居或退隐。《武王伐纣平话》:"姜尚因命守时,直钩钓渭水之鱼,不用香饵之食,离水面三尺,尚自言曰:'负命者上钩来!'"
【例句】唐李颀《送乔琳》:"汀洲芳杜色,劝尔暂垂纶。"唐孙逖《奉和李右…》:"还嗤渭滨叟,岁晚独垂纶。"唐杜甫《奉寄李十…》:"朝觐从容问幽仄,勿云江汉有垂纶。"聂绀弩《胡风八十》:"不解垂纶渭水边,头亡身在老形天。"

垂堂戒 chuí táng jiè
【分类】生活
【关键词】司马相如
【释义】用作警戒意外、注意安全之典。《史记·司马相如传》:"故鄙谚曰:'家累千金,坐不垂堂。'"唐司马贞《史记索隐》:"张揖云:'畏檐瓦堕中人。'"
【例句】唐李商隐《咏怀寄秘…》:"敢忘垂堂戒,宁将暗室欺。"唐耿湋《发南康夜…》:"岂唯垂堂戒,兼以临深惧。"宋刘敞《上三山矶》:"生事垂堂戒,愁心欲二毛。"宋孔武仲《泊赵屯》:"自兹稍悟垂堂戒,靴才一起不敢前。"

垂天 chuí tiān
【分类】政治
【关键词】庄子
【释义】意指挂在天空,犹蔽天,笼罩天空,比喻凌云壮志。《庄子·逍遥游》:"鹏之背,不知其几千里也;怒而飞,其翼若垂天之云。"
【例句】唐源乾曜《奉和圣制…》:"宠命垂天锡,崇恩发睿情。"唐高适《酬秘书弟…》:"并负垂天翼,俱乘破浪风。"唐刘禹锡《和李相公…》:"垂天虽暂息,一举出人寰。"唐韩愈《海水》:"海有吞舟鲸,邓有垂天鹏。"

垂天赋 chuí tiān fù
【分类】文化
【关键词】李白
【释义】指唐李白《大鹏赋》,以《庄子·逍遥游》中大鹏"其翼若垂天之云"为意。源见"大鹏赋"。
【例句】宋王安中《次韵杨时…》:"萧然住山人,妙甚垂天赋。"宋李纲《太白》:"垂天赋大鹏,端为真隐子。"宋姚述尧《念奴娇》:"况是东鲁风流,看儒冠济济,垂天赋就。"

垂衣 chuí yī
【分类】政治
【关键词】周易
【释义】咏赞帝王以教化治理天下之典。《周易·系》:"黄帝、尧、舜,垂衣裳而天下治,盖取诸乾坤。"唐孔颖达疏:"垂衣裳者,以前衣皮,其制短小,今衣丝麻布帛,所作衣裳其制长大,故云垂衣裳也。"
【例句】唐李世民《重幸武功》:"垂衣天下治,端拱车书同"唐卢照邻《登封大酺歌》:"明君封禅日重光,天子垂衣历数长。"唐李乂《春日侍宴…》:"昔游人托乘,今幸帝垂衣。"唐李隆基《送张说巡边》:"端拱复垂裳,长怀御远方。"

垂缨 chuí yīng
【分类】政治
【关键词】汉章帝
【释义】代指作官。《后汉书·章帝纪》:"诏曰:'…往者妖言大狱,所及广远,一人犯罪,禁至三属,莫得垂缨仕宦王朝。'"
【例句】唐储光羲《陆著作挽歌》:"鸣玉朝双阙,垂缨游两地。"唐令狐楚《赠毛仙翁》:"绀发垂缨光髧髧,细髯缘颔绿茸茸。"唐鲍溶《秋思》:"百年夜销半,端为垂缨束。"唐薛能《江柳》:"条绿似垂缨,离筵日照轻。"

捶楚 chuí chǔ
【分类】政治
【关键词】颜氏家训
【释义】一种用木杖鞭打的古代刑罚。《颜氏家训·涉务》:"纤微过失,又惜行捶楚;所以处于清高,益护其短也。"
【例句】唐韩愈《八月十五…》:"判司卑官不堪说,未免捶楚尘埃间。"宋司马光《悯狱谣》:"捶楚之瘠犀不得,小者勉则大冢家。"宋王庭圭《送裴主簿》:"入眼云山有佳句,脱身捶楚亦良图。"宋陈渊《寄曹载德…》:"晚途无复计行藏,捶楚尘埃祇自伤。"

捶钩 chuí gōu
【分类】生活
【关键词】庄子

【释义】锻打带钩,为称美功夫纯熟之典。《庄子·知北游》:"大马之捶钩者,年八十矣,而不失豪芒。大马曰:'子巧与?有道与?'曰:'臣有守也。臣之年二十而好捶钩,于物无视也,非钩无察也。'"

【例句】唐杜甫《夜听许十一》:"应手看捶钩,清心听鸣镝。"宋刘攽《摄领审官…》:"捶钩校毫芒,简发差寸尺。"宋刘攽《寄杨十七》:"长安富贵易反掌,末路功名犹捶钩。"明黄希英《西愚诗为…》:"嗒然得丧浑忘我,倚杖闲看人捶钩。"

椎晋鄙 chuí jìn bǐ

【分类】政治

【关键词】朱亥

【释义】指义士朱亥为信陵君解危济困。源见"朱亥袖椎"。椎,同"锤"。

【例句】宋王庭圭《和陈柄臣…》:"莫学夷门抱关吏,谋窃兵符椎晋鄙。"宋楼钥《王原庆新》:"未能拔剑斩楼兰,几欲袖椎摧晋鄙。"元洪希文《癸酉六月…》:"君看朱亥椎晋鄙,袖千钧铁何伟哉。"明王恭《夷门怀古》:"晋鄙难回朱亥椎,如姬早中侯嬴策。"

春蚕食叶 chūn cán shí yè

【分类】生活

【关键词】欧阳修

【释义】形容考场上考生们奋笔疾书的情景,比喻不断进取的精神。《宋人轶事汇编·欧阳修》:"未引试前,唱酬诗极多,文忠诗:'无哗战士衔枚勇,下笔春蚕食叶声。'最为警策。"

【例句】宋谢逸《送谭子仁…》:"笔端万字洒飞雹,岂畏食叶春蚕喧。"宋郑刚中《枕上闻雪声》:"梦回细响鸣松竹,误作春蚕食叶声。"宋辛弃疾《鹧鸪天》:"白苎新袍入嫩凉。春蚕食叶响回廊。"宋喻良能《八月十五…》:"仰看一镜缘云上,俯听春蚕食叶声。"

春风得意 chūn fēng dé yì

【分类】文化

【关键词】孟郊

【释义】用作做事顺遂,志得意满的典故。唐孟郊《登科后》:"昔日龌龊不足夸,今朝放荡思无涯。春风得意马蹄疾,一日看尽长安花。"

【例句】宋程俱《生第三儿…》:"公不见锦衣白璧谁家郎,春风得意寻春忙。"宋王十朋《木蕴之即…》:"糠秕在前真有愧,春风得意岂如君。"宋陈造《次韵赵子…》:"大篇落手吾戒涂,春风得意揄翠裾。"宋叶茵《孟东野》:"长安得意春风里,百岁都来一日欢。"

春风罗帏 chūn fēng luó wéi

【分类】生活

【关键词】李白

【释义】喻空守闺房女子的孤独。唐李白《春思》:"春风不相识,何事入罗帏?"

【例句】宋晁补之《鹧鸪天》:"绣幕低低拂地垂,春风何事入罗帏?"宋喻良能《次韵赵元…》:"春风十里归吟笔,未用罗帏绣幕围。"明梁潜《春日词》:"罗帏似有春风开,如此良辰郎不来。"明谢一夔《城东别墅》:"碧槛朱薨插晴昊,罗帏绣幕围春风。"

春风面 chūn fēng miàn

【分类】生活

【关键词】杜甫

【释义】比喻美丽如春的容貌。唐杜甫《咏怀古迹五首》:"画图省识春风面,环佩空归月夜魂。"

【例句】唐白居易《赠言》:"况君春风面,柔促如芳草。"宋章甫《清明病中…》:"耳冷那闻白雪歌,眼寒不识春风面。"聂绀弩《悠然六十》:"始逢绿鬓春风面,初版白门秋柳诗。"

春风十里 chūn fēng shí lǐ

【分类】生活

【关键词】杜牧

【释义】十里的春风,代指春天众多美景。唐杜牧《赠别》:"春风十里扬州路,卷上珠帘总不如。"

【例句】宋王岩叟《扬州感旧》:"一声水调满明月,十里春风半画楼。"宋王庭圭《侯大渊惠花》:"二十四桥明月夜,春风十里卷帘时。"宋韩琦《维扬好》:"二十四桥千步柳,春风十里上珠帘。"宋苏轼《次韵晁无…》:"赖有风流贤别驾,犹堪十里卷春风。"

春服舞雩 chūn fú wǔ yú

【分类】生活

【关键词】论语

【释义】喻指乐道遂志,不求仕进。《论语·先进》:"(曾皙)曰:'莫春者,春服既成。冠者五六人,童子六七人,浴乎沂,风乎舞雩,咏而归。'"舞雩:鲁国祭天求雨的地方,在今山东曲阜南。

【例句】宋苏辙《送家安国…》:"城西社下老刘君,春服舞雩今几人。"宋李堪《舞雩台》:"舞雩台上春风起,鲁国先生讲始开。"宋李新《卢舍那僧》:"犹记飞泉山下路,会成春服舞雩归。"宋苏轼《宿州次韵…》:"我欲归休瑟渐希,舞雩何日著春衣。"

春梦婆 chūn mèng pó

【分类】生活

【关键词】苏轼

【释义】感叹人生富贵无常之典。宋赵令畤《侯鲭录》:"东坡老人在昌化,尝负大瓢,行歌于田间。有老妇年七十,谓坡云:'内翰昔日富贵,一场春梦。'坡然之。里人呼此媪为春梦婆。"

【例句】宋苏轼《酒独行遍…》:"投梭每因东邻笑,换扇唯逢春梦婆。"宋姜特立《东坡》:"文章声价有东坡,岁晚亲逢春梦婆。"宋林希逸《寄刘蠹甫》:"功名纵似秋风客,见解何如春梦婆。"宋文天祥《自述》:"古今咸道天骄子,老去忽如春梦婆。"

春眠不觉晓　chūn mián bù jué xiǎo
【分类】生活
【关键词】孟浩然
【释义】形容春光明媚，春睡香甜。唐孟浩然《春晓》："春眠不觉晓，处处闻啼鸟。"
【例句】唐元稹《和乐天重…》："剩铺床席春眠处，乍卷帘帷月上时。"唐王维《扶南曲歌词》："翠羽流苏帐，春眠曙不开。"宋林通《小隐》："水风清晚钓，花日重春眠。"宋韩琦《再赋柳枝词》："自有春眠慵未起，日高人困又飞花。"

春明　chūn míng
【分类】政治
【关键词】京城
【释义】唐代长安城东面居中的城门叫春明门，为京城的代称，也喻仕宦。《唐书·黄巢传》："陷京师，入自春明门，升太极殿。"
【例句】唐储光羲《夏日寻蓝…》："东望春明门，驾言聊出游。"唐王建《寄广文张…》："春明门外作卑官，病友经年不得看。"唐刘禹锡《和令狐相…》："莫道两京非远别，春明门外即天涯。"唐姚合《送饶州张…》："饮罢春明外别，萧条驿路夕阳低。"聂绀弩《赠王观泉》："偶尔相逢成一笑，不知何处不春明。"

春盘　chūn pán
【分类】文化
【关键词】杜甫
【释义】唐宋以后，立春之日有食春饼与生菜之俗。饼与生菜以盘装之，即称为春盘。唐杜甫《立春》："春日春盘细生菜，忽忆两京梅发时。"
【例句】唐白居易《岁日家宴…》："岁盏后推蓝尾酒，春盘先劝胶牙饧。"唐岑参《送杨千趁…》："汝南遥倚望，早去及春盘。"唐唐彦谦《夏日访友》："春盘擘紫虾，冰鲤斫银鲙。"

春秋笔法　chūn qiū bǐ fǎ
【分类】文化
【关键词】孔子
【释义】《春秋》，鲁国编年史，相传为孔子所著，常寓褒贬于一字一语之中。后称文笔曲折隐晦而意含褒贬的文字为春秋笔法。《史记·孔子世家》："孔子在位听讼，文辞有可与人共者，弗独有也。至于为《春秋》，笔则笔，削则削，子夏之徒不能赞一辞。"
【例句】唐陈元光《恩义操》："春秋乱贼纷然起，仲尼一笔扶人纪。"唐刘禹锡《奉和裴侍…》："暂辍洪炉观剑戟，还将大笔注春秋。"唐皮日休《奉和鲁望…》："高挥春秋笔，不可刊一字。"聂绀弩《六十》："不赞一词比夏游，敬观夫子著春秋。"

春秋繁露　chūn qiū fán lù
【分类】政治
【关键词】董仲舒
【释义】汉董仲舒的政治哲学著作。《隋书·经籍志》："《春秋繁露》十七卷，汉胶西相董仲舒撰。"
【例句】唐刘禹锡《闻董评事…》："繁露传家学，青莲译梵书。"唐杨凭《送客往荆州》："若言春秋繁露学，正逢元凯镇南荆。"宋王淹《寄蒋季庄》："闻说下帷书已就，愿从繁露识春秋。"明童冀《再次韵酬…》："旧读春秋演繁露，近餐日月咽晨霞。"

春秋责帅　chūn qiū zé shuài
【分类】政治
【关键词】诸葛亮
【释义】咏统帅自责之典。《三国志·诸葛亮传》：诸葛亮于失街亭后上疏自贬："至有街亭违命之阙…咎皆在臣授任无方。臣明不知人，恤事多暗，《春秋》责帅，臣职是当，请自贬三等，以督厥咎。"
【例句】唐武元衡《酬李十一…》："据鞍惭齿发，责帅惧春秋。"

春山　chūn shān
【分类】生活
【关键词】卓文君
【释义】春日的山，形容女子秀眉娇容。源见"远山眉"。
【例句】唐李商隐《代董秀才…》："莫将画扇出帷来，遮掩春山滞上才。"唐钱起《山中酬杨…》："青琐同心多逸兴，春山载酒远相随。"唐李华《春行寄兴》："芳树无人花自落，春山一路鸟空啼。"聂绀弩《四绝句》："乍起双眉便画成，春山人似画中情。"

春申刎首　chūn shēn wěn shǒu
【分类】政治
【关键词】春申君
【释义】同谋互杀之典。《史记·春申君列传》："李园既入其女弟，立为王后，子为太子，恐春申君语泄而益骄，阴养死士，欲杀春申君以灭口…楚考烈王卒，李园果先入，伏死士于棘门之内。春申君入棘门，园死士侠刺春申君，斩其头，投之棘门外。"
【例句】唐李白《送薛九被…》："春申一何愚，刎首为李园。"唐张祜《感春申君》："春申还道三千客，寂寞无人杀李园。"明黄淳耀《咏史》："不见楚春申，晚节困李园。"明黎遂球《短歌行》："无情割爱乃身死，至今徒笑春申君。"

春水如天　chūn shuǐ rú tiān
【分类】生态
【关键词】韦庄
【释义】形容春水清澈、湛蓝，水天一色。源见"画船听雨眠"。
【例句】宋王十朋《过鉴湖》："春水如天浪未生，扁舟真在鉴中行。"宋喻良能《送陈给事…》："明年春水如天日，彩鹢乘风向帝京。"元杨维桢《冶春口号》："娄江马头天下少，春水如天即放船。"元谢肃《二月七日…》："五湖春水如天阔,未许鸥夷放一舟。"

春水皱　chūn shuǐ zhòu
【分类】生态
【关键词】冯延巳
【释义】形容风儿吹皱水面,波浪涟漪,后作为与你有何相干或多管闲事的歇后语。南唐冯延巳《谒金门》:"风乍起,吹皱一池春水。"
【例句】宋宋庠《晚泊白村…》:"千里暮霞烘日脚,一篙春水皱天形。"宋孔平仲《南轩》:"一池春水风吹皱,戏鸭鸣鸥作队闲。"金赵秉文《春游》:"一溪春水关何事,皱作风前万叠愁。"聂绀弩《以〈天亮了〉…》:"死所何方春水皱,生还遂了泰山轻。"

春蚓秋蛇　chūn yǐn qiū shé
【分类】文化
【关键词】王羲之
【释义】形容书法拙劣,象蚯蚓和蛇那样柔软无力。《晋书·王羲之传论》:"子云近出,擅名江表,然仅得成书,无丈夫之气,行行若萦春蚓,字字如绾秋蛇。"
【例句】宋王庭圭《怀故人留题》:"春蚓秋蛇留败壁,金钩玉带锁寒烟。"宋苏轼《书刘景文…》:"家鸡野鹜同登俎,春蚓秋蛇总入奁。"宋苏轼《和孔密州》:"蜂腰鹤膝嘲希逸,春蚓秋蛇病子云。"宋饶节《师节受业…》:"平生春蚓秋蛇手,他日阳春白雪歌。"

椿年　chūn nián
【分类】生活
【关键词】庄子
【释义】喻长寿,高龄,为祝人长寿之典。《庄子·逍遥游》:"楚之南有冥灵者,以五百岁为春,五百岁为秋;上古有大椿者,以八千岁为春,八千岁为秋。"唐成玄英疏:"冥灵、大椿,并木名也。"
【例句】唐钱起《柏崖老人…》:"帝力言何有,椿年喜渐长。"唐崔玄真《大还丹口诀》:"虽然有意慕椿年,未免将身在朝市。"唐牟融《赠浙西李…》:"月里昔曾分兔药,人间今喜得椿年。"宋苏辙《学士院端…》:"菖歌还羞十二节,椿年自占八千秋。"

莼羹鲈脍　chún gēng lú kuài
【分类】生活
【关键词】张翰
【释义】莼菜羹和鲈鱼片,都是南方风味的菜,比喻思念故乡。《晋书·张翰传》:"翰因见秋风起,乃思吴中菰菜、莼羹、鲈鱼鲙,曰:'人生贵得适志,何能羁宦数千里,以要名爵乎?'遂命驾而归。"后称思乡之情为莼鲈之思。
【例句】唐岑参《送张秘书》:"鲈鲙剩堪忆,莼羹殊可餐。"唐杜甫《洗兵马》:"东走无复忆鲈鱼,南飞觉有安巢鸟。"唐白居易《偶吟》:"犹有鲈鱼莼菜兴,来春或拟往江东。"唐许浑《九日登樟》:"鲈鲙与莼羹,西风片席轻。"聂绀弩《无题柴韵诗》:"蕉鹿文名真抑梦,莼鲈去志胆兼忙。"

唇齿　chún chǐ
【分类】政治
【关键词】史记
【释义】比喻关系密切,相互依靠。《史记·晋世家》:"虞之与虢,唇之与齿,唇亡则齿寒。"
【例句】唐高适《酬河南节…》:"股肱瞻列岳,唇齿赖长城。"唐杜甫《赠李八秘…》:"战连唇齿国,军急羽毛书。"唐耿湋《代宋州将…》:"唇齿幸相依,危亡故远归。"唐白居易《哭刘尚书…》:"不知箭折弓何用,兼恐唇亡齿亦枯。"

淳于髡　chún yú kūn
【分类】生活
【关键词】淳于髡
【释义】战国时期齐国的政治家和思想家。《史记·滑稽列传》:"威王大悦,置酒后宫,召髡赐之酒。问曰:'先生能饮几何而醉?'对曰:'臣饮一斗亦醉,一石亦醉。'"
【例句】宋李处权《岁晚诸君…》:"一石亦醉淳于髡,五斗解酲刘伯伦。"明陈邦彦《访同里龙…》:"十离洪度应何远,一石淳于愧未堪。"明钱澄之《李生行》:"滑稽翻为世所贱,至今人比淳于髡。"聂绀弩《北海中秋夜》:"纵念高寒休起舞,吴则酒已醉淳于。"

淳于缇萦　chún yú tí yíng
【分类】生活
【关键词】史记
【释义】西汉医学家淳于意之女,拯救父亲,促使废除肉刑。《史记·太仓公列传》:"(缇萦)上书曰:'妾伤痛死者不可复生而刑者不可复续…愿入身为官婢,以赎父刑罪,使得改行自新也。'书闻,上悲其意,此岁中亦除肉刑法。"
【例句】唐李白《东海有勇妇》:"淳于免诏狱,汉主为缇萦。"唐白居易《吾雏》:"蔡邕念文姬,于公叹缇萦。"宋萧辟《留题曹娥庙》:"娥父若罹辜,岂止为缇萦。"宋康执权《戏为妓山…》:"昔日缇萦亦如许,尽道生男不如女。"

鹑野　chún yě
【分类】生态
【关键词】秦地
【释义】指秦地或指长安地区。《史记·天官书》:"东井为水事。其西曲星曰钺。"唐张守节《史记正义》:"东井八星,钺一星,舆鬼四星,一星为质,为鹑首,于辰在位,皆秦之分野。"
【例句】唐司空曙《御制雨后…》:"上上开鹑野,师师出凤城。"唐李子卿《望终南春雪》:"色摇鹑野霁,影落凤城春。"宋魏野《送裴侍郎…》:"尽知暂去临鹑野,即看重来向凤池。"金李汾《避乱陈仓…》:"凭高四顾战尘昏,鹑野山川自吐吞。"

鹑衣　chún yī
【分类】生活
【关键词】子夏

【释义】像鹑的秃尾,指破烂的衣服。源见"子夏悬鹑"。
【例句】唐杜甫《风疾舟中…》:"乌几重重缚,鹑衣寸寸针。"唐刘长卿《行营酬吕…》:"井税鹑衣乐,壶浆鹤发迎。"唐齐己《荆门疾中…》:"鹤氅人从衡岳至,鹑衣客自洛阳来。"聂绀弩《雪峰寻洪…》:"草泽狐鸣惊大宝,鹑衣虎吼奋金田。"

醇酒妇人 chún jiǔ fù rén
【分类】生活
【关键词】魏无忌
【释义】一般指沉溺酒色、颓废腐化的生活,亦自嘲。《史记·魏公子传》:"公子自知再以毁废,乃谢病不朝,与宾客为长夜饮,饮醇酒,多近妇女。日夜为乐饮者四岁,竟病酒而卒。"
【例句】宋宋祁《和十九日…》:"醇酒暂留丞相饮,骊驹怅对主人歌。"明祝允明《口号》:"日日饮醇聊弄妇,登床步入大槐乡。"明王彦泓《示晚内》:"磨耗雄心渐已空,十年醇酒妇人中。"聂绀弩《荒庭》:"荒庭落木又纷纷,岁暮耽书远妇醇。"

醇酎 chún zhòu
【分类】生活
【关键词】酒
【释义】借指味道浓厚的美酒。《西京杂记》:"汉制:宗庙八月饮酎,用九酝太牢,皇帝侍祠。以正月旦作酒,八月成,名曰酎,一曰九酝,一曰醇酎。"
【例句】唐陆龟蒙《读襄阳耆…》:"执热濯清风,忘忧饮醇酎。"唐陆龟蒙《奉和袭美…》:"万古醇酎气,结而成晶荧。"唐窦牟《洛下闲居…》:"荆楚岁时记知染翰,湘吴醇酎忆衔杯。"宋韦骧《初睡》:"一卷古书齐万虑,满杯醇酎卧三更。"

绰绰有裕 chuò chuò yǒu yù
【分类】生活
【关键词】孟子
【释义】绰绰:宽裕貌。形容很宽裕。《孟子·公孙丑》:"我无官守,我无言责也,则吾进退,岂不绰绰然有余裕哉!"
【例句】唐张说《奉和圣制…》:"圣慈良有裕,王道固无偏。"宋文彦博《濮安懿王…》:"德容咸有裕,善庆果无穷。"宋牟巘《德清孙氏…》:"绰绰而有裕,其中自春意。"宋杜衍《圣俞诗名》:"清才绰绰臻神妙,逸韵飘飘入杏冥。"宋邵雍《首尾吟》:"恢恢志意方闲暇,绰绰情怀上坦夷。"

歠醨 chuò lí
【分类】生活
【关键词】楚辞
【释义】饮薄酒,喻随波逐流,从俗浮沉。源见"哺糟"。
【例句】唐韩愈《感春》:"屈原《离骚》二十五,不肯餔啜糟与醨。"宋李处权《次韵德基…》:"刘子唱高和弥寡,要当独醒歠其醨。"宋赵汝燧《泊舟黄家渡》:"幸得还家玩光景,歠醨终日醉初醒。"明邵宝《楚江渔父图》:"夫岂不解饮醇醒醉,

父意,扬波歠醨焉用之。"

啜其泣矣 chuò qí qì yǐ
【分类】生活
【关键词】诗经
【释义】抽抽噎噎,低声哭泣,形容哭得很伤心。《诗经·王风·中谷有蓷》:"有女仳离,啜其泣矣。"
【例句】唐韩偓《感事》:"独夫长啜泣,多士已忘筌。"宋牟巘子才《淳祐七年…》:"君今询度我如执,啜其泣矣心谓何。"宋岳珂《黄鲁直一…》:"帖字三十迹如湿,吊古其逢惊啜泣。"明杨慎《东西南北引》:"中夜起坐万感集,啜其泣矣何嗟及。"

绰约 chuò yuē
【分类】生活
【关键词】庄子
【释义】形容女子姿态柔美的样子,如:绰约多姿、风姿绰约。《庄子·逍遥游》:"肌肤若冰雪,绰约若处子。"
【例句】唐骆宾王《代女道士…》:"双童绰约时游陟,三鸟联翩报消息。"唐白居易《长恨歌》:"楼阁玲珑五云起,其中绰约多仙子。"唐武平一《妾薄命》:"绰约多逸态,轻盈不自持。"唐刘禹锡《寄赠小樊》:"花面丫头十三四,春来绰约向人时。"

疵醇 cī chún
【分类】政治
【关键词】韩愈
【释义】疵病与粹纯,缺陷与优点。唐韩愈《读〈荀〉》:"孟氏(孟轲)醇乎醇者也,荀(荀卿)与扬(扬雄)大醇而小疵。"后因指圣人与大贤。
【例句】宋苏籀《漫述》:"一艺湛酣任疏放,百家杂揉识疵醇。"宋周必大《邦衡侍郎…》:"天遣驽骀追骥騄,无如才德异疵醇。"元柳贯《次韵乡…》:"迹虽侔燥湿,学岂混疵醇。"聂绀弩《题迩冬诗卷》:"岂是江东日暮云,文教盲督辨疵醇。"

词翰 cí hàn
【分类】生活
【关键词】魏书
【释义】指诗文、辞章与书法。《魏书·儒林传序》:"其余涉猎典章,关历词翰,莫不縻以好爵,动贻赏眷。"
【例句】唐陈子昂《同旻上人…》:"交游纷若凤,词翰宛成麟。"唐徐知仁《奉和圣制…》:"由来词翰手,今见勒燕然。"唐张乔《送庞百篇…》:"都堂公试日,词翰独超群。"唐杜甫《醉歌行赠…》:"诗家笔势君不嫌,词翰升堂为君扫。"

词客哀时 cí kè āi shí
【分类】生活
【关键词】庾信
【释义】感叹时光流逝,为咏思念江南故乡之典。南朝庾信

原侍后梁，后被留置北周，心系江南故国，思之切切而作《哀江南赋》、《拟咏怀诗》等。

【例句】唐杜甫《咏怀古迹》："羯胡事主终无赖，词客哀时且未还。"宋韩淲《减字木兰花》："词客哀时，不敢愁来赋别离。"明宗臣《冬至夜高…》："哀时词客无今古，久矣吾悲庾信篇。"明吴伟业《听朱乐隆歌》："坐中谁是沾裳者，词客哀时庾子山。"明施闰章《魏环极侍…》："敢矜词客哀时赋，闲写农家种树书。"

辞辇 cí niǎn
【分类】政治
【关键词】班婕妤
【释义】喻后妃有德守礼。《汉书·孝成班婕妤传》："成帝游于后庭，尝欲与婕妤同辇载，婕妤辞曰：'观古图画，贤圣之君皆有名臣在侧，三代末主乃有嬖女，今欲同辇，得无近似之乎？'"
【例句】唐李贺《感讽》："本无辞辇意，岂见入空宫。"唐卢纶《天长久词》："辞辇复当熊，倾心奉六宫。"唐和凝《宫词》："尽道君王修圣德，不劳辞辇与当熊。"元刘基《班婕妤》："长信宫中辞辇人，独倚西风咏纨扇。"

雌伏 cí fú
【分类】政治
【关键词】赵温
【释义】比喻屈居人下，或蛰伏家中。《后汉书·宣张二王等传》："（赵）温字子柔，初为京兆郡丞，叹曰：'大丈夫当雄飞，安能雌伏！'去。献帝西迁都，为侍中，同舆辇至长安，封江南亭侯，代杨彪为司空…复司徒，录尚书事。"
【例句】唐温庭筠《病中书怀…》："鹿鸣皆缀士，雌伏竟非夫。"唐罗隐《旅舍书怀…》："道从汩没甘雌伏，迹恐因循更陆沉。"唐陆龟蒙《寄怀华阳…》："我悲雌伏真方枘，他骋雄材似建瓴。"唐褚载《陈仓驿》："锦翼花冠任在哉，雄飞雌伏尽尘埃。"

雌霓之诵 cí ní zhī sòng
【分类】生活
【关键词】沈约
【释义】创作时精研熟知音韵之典。《梁书·王筠传》："（沈约）制《郊居赋》，构思积时，犹未都毕，乃要筠示其草。筠读至'雌霓（五激反）连蜷'，约抚掌欣抃曰：'仆常恐人呼为霓（五鸡反）。'…约曰：'知音者希，真赏殆绝，所以相要，政在此数句耳。'"
【例句】宋宋庠《杨寺丞以…》："沈居雌蜺那知赏，叶蒲神龙更骇真。"宋刘攽《次韵和苏…》："博物辨蜵鼠，诵赋嗤雌蜺。"宋廖行之《呈四表兄…》："君无恐我误雌霓，研毂讽诵犹能工。"宋王安石《估玉》："雄虹雌蜺相结缠，昼夜不散非云烟。"宋刘攽《次韵王四…》："读书难字存雌蜺，落笔雄辞在碧鸡。"

雌声 cí shēng
【分类】生态
【关键词】桓温
【释义】咏男音女腔之典。《晋书·桓温传》："温问其故，答曰：'公甚似刘司空。'温大悦，出外整理衣冠，又呼婢问。婢云：'面甚似，恨薄；眼甚似，恨小；须甚似，恨赤；形甚似，恨短；声甚似，恨雌。'"
【例句】唐韩愈《病中赠张…》："雌声吐款要，酒壶绶羊腔。"宋王十朋《宋孝先示…》："会心终日雌声读，排闷有时粗气吼。"明范准《无脚鸡》："腷膊膊膊转雌声，乃与雄鸡相对鸣。"清丘逢甲《三叠前韵》："岂有梦工详坼翼，更无故伎识雌声。"

刺船 cì chuán
【分类】生活
【关键词】庄子
【释义】指撑船。《庄子·渔父》："乃刺船而去，延缘苇间。"
【例句】唐杜甫《陪郑广文…》："刺船思郢客，解水乞吴儿。"唐元结《贼退示官吏》："思欲委符节，引竿自刺船。"唐韩翃《和高平朱…》："刺船频向剡中回，捧被曾过越人宿。"宋刘翰《江南曲》："门前流水鸣溅溅，日暮报归自刺船。"

刺客传 cì kè zhuàn
【分类】政治
【关键词】史记
【释义】即《刺客列传》，《史记》中篇名，记载了曹沫、专诸、豫让、聂政和荆轲等五位刺客的事迹。《史记·太史公自序》："曹子匕首，鲁获其田，齐明其信；豫让义不为二心。作《刺客列传》第二十六。"为咏勇武之典。
【例句】唐韩愈《学诸进士…》："何惭刺客传，不著报雠名。"宋晁说之《过荆轲冢》："刺客传中轲绝伦，后来尪怯寂无人。"明卢若腾《咏史》："置之刺客传，直哉龙门史。"明屈大均《赠别吴门…》："人留刺客传，巷有伯鸾居。"

刺山 cì shān
【分类】生态
【关键词】李广利
【释义】喻指人有德行，天助其功。《太平御览》引《汉书》："二师将军征大宛，彼围，军中无水，广利拔佩刀刺山，飞泉涌出。"
【例句】唐顾云《天威行》："耿恭拜出井底水，广利刺开山上泉。"宋陆游《出塞曲》："佩刀一刺山为开，壮士大呼城为摧。"元柳贯《宝掌冷泉》："一勺曹溪未是甘，刺山容易出飞泉。"明韩雍《师次永州…》："君不见贰师将军伐西域，拔刀刺山泉涌出。"

刺舌 cì shé
【分类】政治
【关键词】贺若弼
【释义】喻出言谨慎。《隋书·贺若弼传》："父敦以武烈知名，仕周为金州总管，宇文护忌而害之。临刑，呼弼谓之曰：'吾必欲平江南，然此心不果，汝当成吾志。且吾以舌死，汝不可不思。'因引锥刺弼舌出血，诫以慎口。"

【例句】宋苏轼《刘贡父见…》："刺舌君今犹未戒,灸眉我亦更何辞！"宋俞德邻《闲居遣怀》："贺毅刺舌诫口,郭舒掐鼻灸眉。"宋张扩《次韵顾景…》："今人刺舌戒,默坐愧空谷。"元张雨《书东坡先…》："宁教刺舌奸邪党,可惜低头侍从班。"

佽飞刺蛟　cì fēi cì jiāo
【分类】政治
【关键词】佽非
【释义】即佽非,春秋楚国勇士,泛指勇士。《淮南子·道应训》："荆有佽非,得宝剑于干队,赴江刺蛟,遂断其头,船中人尽活,风波毕除,荆爵为执圭。"佽飞也为汉武官名,掌弋射。
【例句】唐李白《观佽飞斩…》："佽飞斩长蛟,遗图画中见。"唐李贺《送秦光禄…》："今朝擎剑去,何日刺蛟回。"宋田锡《惜春词》："扈从千官与万骑,朔卫羽休兼佽飞。"清曹寅《正月二十…》："旧属佽飞能搏虎,分番郎舍尽攻文。"

赐被　cì bèi
【分类】政治
【关键词】钟离意
【释义】郎官入直之典。《后汉书·钟离意传》："(药崧)家贫为郎,常独直台上,无被、枕枢,食糟糠。帝每夜入台,辄见崧,问其故,甚嘉之,自此召太官赐尚书以下朝夕餐,给帷被皂袍,及侍史二人。"
【例句】唐杜甫《秋野》："飞霜任青女,赐被隔南宫。"唐钱起《喜李侍御…》："直庐惊漏近,赐被觉霜移。"唐卢纶《送李纵别…》："暂欢同赐被,不待易朝衣。"宋张元干《病起枕上…》："天上宝囊无尽藏,向来密赐被先王。"

赐笔　cì bǐ
【分类】政治
【关键词】汉官仪
【释义】指受到君王宠爱和恩赐。东汉应劭《汉官仪》："尚书令仆丞郎,月给赤管大笔一双。"
【例句】唐钱起《春宵寓直》："帐喜香烟暖,诗惭赐笔题。"唐岑参《省中即事》："君王新赐笔,草奏向明光。"唐杜甫《春日江村》："赤管随王命,银章付老翁。"宋王禹偁《为郡》："赐笔任分双管赤,梳头已是二毛斑。"

赐环召还　cì huán zhào huán
【分类】政治
【关键词】荀子
【释义】被放逐之臣赦罪召还的典故。《荀子·大略》："绝人以玦,反绝以环。"唐杨倞注："玦如环而缺,肉好若一谓之环。古者臣有罪,待放于境,三年不敢去,与之环则还,与之玦则绝,皆所以见意也。"
【例句】唐张说《出湖寄赵…》："湘浦未赐环,荆门犹主诺。"唐刘禹锡《裴溪》："君今赐环归,何人承玉趾。"宋夏竦《送张学士…》："同倾就日恋,先喜赐环归。"宋吴芾《符倅同游…》："中兴急贤哲,日日闻赐环。"

赐墙及肩　cì qiáng jí jiān
【分类】文化
【关键词】论语
【释义】喻才学浅露。源见"夫子墙"。
【例句】唐杨巨源《酬令狐舍人》："亦知受业公门事,数仞丘墙不见山。"宋陈师道《次韵苏公…》："赐墙及肩人得视,公才槃槃一都会。"宋赵汝绩《陈老画牛》："陈生少壮曾入室,妙处已觉墙及肩。"宋方回《次韵谢平…》："晚生何敢跂前贤,夫子宫墙赐及肩。"

赐铜山　cì tóng shān
【分类】政治
【关键词】邓通
【释义】用作博宠致富的典故。《史记·佞幸列传》："孝文帝时中宠臣,士人则邓通…上使善相者相通,曰：'当贫饿死。'文帝曰：'能富通者在我也。何谓贫乎？'于是赐邓通蜀严道铜山,得自铸钱,'邓氏钱'布天下。其富如此。"
【例句】唐李端《赠郭驸马》："新开金埒看调马,旧赐铜山许铸钱。"唐薛稷《奉和幸安…》："欢宴瑶台镐京集,赏赐铜山蜀道移。"宋易士达《苦钱》："汉皇不吝铜山赐,羞杀申屠恶妒生。"宋刘克庄《送侍读常…》："季唐兵柄由中尉,先汉铜山赐弄臣。"

从公歌　cóng gōng gē
【分类】政治
【关键词】诗经
【释义】称颂鲁僖公,或歌颂朝廷之典。《诗经·鲁颂·泮水》："无小无大,从公于迈。"意为不论尊卑与大小,都跟随鲁僖公向前行进。
【例句】唐杜甫《八哀诗》："巷有从公歌,野多青青麦。"宋姜特立《方叔每岁…》："何日从公歌旧曲,无人伴我赋清吟。"宋黄裳《陪会稽太…》："从公于迈巷无人,画船解缆争先放。"宋王十朋《某二年于…》："从公于迈误成颂,貌不扬何足祠。"明张萱《观察洪公…》："咫尺辕门俨山斗,可容于迈数从公。"

从官负薪　cóng guān fù xīn
【分类】政治
【关键词】汉武帝
【释义】咏治河之典。《史记·河渠书》："则还自临决河,沈白马玉璧于河,令群臣从官自将军已下皆负薪寘决河。"
【例句】唐高适《自淇涉黄…》："天子忽惊悼,从官皆负薪。"宋石介《河决》："从官徒负薪,河伯弗受命。"宋刘敞《汉武帝》："怆似宣房诗,郎吏终负薪。"明王慎中《赠郭水部…》："若逢汉帝来沉璧,应免从官助负薪。"

从军乐　cóng jūn yuè
【分类】政治
【关键词】王粲

【释义】咏从军之典。三国魏王粲《从军诗五首》："从军有苦乐，但闻所从谁。"诗中歌颂了跟随曹公出征张鲁的战争，表现了从军出征的欢乐心情。
【例句】唐骆宾王《从军中行…》："昔时闻道从军乐，今日方知行路难。"唐李郢《重阳日寄…》："元瑜正及从军乐，宁戚谁怜叩角哀。"唐李商隐《偶成转韵…》："且吟王粲从军乐，不赋渊明归去来。"唐杜牧《送苏协律…》："去去从军乐，雕飞岱马豪。"

从龙从虎　cóng lóng cóng hǔ
【分类】政治
【关键词】周易
【释义】比喻跟从君王打天下或创立基业。源见"风从虎云从龙"。
【例句】唐权德舆《大行皇太…》："从龙开隧路，合璧向方中。"唐齐己《片云》："何妨舒作从龙势，一雨吹销万里尘。"唐蔡孚《奉和圣制…》："莫疑法上春云少，只为从龙直上天。"宋释重显《送宝相长老》："曹溪有叟从其中，风从虎兮云从龙。"宋梅尧臣《晓日》："风莫从虎云从龙，变作霏霞重复重。"金耶律楚材《过闾居河》："千山风烈来从虎，万里云垂看举鹏。"

从毛薛　cóng máo xuē
【分类】政治
【关键词】魏无忌
【释义】屈尊访贤尊贤之典。《史记·魏公子列传》：信陵君留赵，"闻赵有处士毛公藏于博徒，薛公藏于卖浆家…乃间步往从此两人游，甚欢。""毛公、薛公两人往见公子曰：'公子所以重于赵…公子当何面目立天下乎？'语未及卒，公子立色变，告车趣驾自救魏。"
【例句】唐李白《博平郑太…》："邯郸能屈节，访博从毛薛。"五代徐钧《信陵君》："侯朱决计全危赵，毛薛谋归保大梁。"宋刘攽《王家酒楼》："笑杀平原君，耻从毛薛请。"明邓云霄《结客少年场》："朝过博馆暮屠肆，毛薛为兄朱亥弟。"

从禽　cóng qín
【分类】生活
【关键词】栈潜
【释义】指追逐禽兽；谓田猎。《三国志·栈潜传》："若逸于游田，晨出昏归，以一日从禽之娱，而忘无垠之衅，愚窃惑之。"
【例句】唐张正元《临川羡鱼》："不应同逐鹿，讵肯比从禽。"唐白居易《杂兴》："又爱从禽乐，驰骋每相随。"唐元稹《杨子华画》："故人断弦心，稚齿从禽乐。"宋唐询《吴王猎场》："昔在全吴日，从禽耀甲戈。"宋刘敞《校猎同支…》："杀物天时武，从禽士气豪。"

从容帷幄　cóng róng wéi wò
【分类】政治
【关键词】房琯
【释义】咏天下太平，从容治理政事之典。《新唐书·房琯传赞》："遭时承平，从容帷幄，不失为名相。"
【例句】宋杨冠卿《次归耕堂…》："精忠贯日古来稀，帷幄从容扈六飞。"宋辛弃疾《千秋岁》："从容帷幄去，整顿乾坤了。"明杨荣《送少保黄…》："忆昔事太宗，从容侍帷幄。"明胡应麟《大司马西…》："声色了不动，从容卧帷幄。"

从吾所好　cóng wú suǒ hǎo
【分类】生活
【关键词】论语
【释义】谓根据我自己的爱好行事。《论语·述而》："富而可求也，虽执鞭之士，吾亦为之；如不可求，从吾所好。"
【例句】唐张九龄《登乐游原…》："愿言从所好，初服返林丘。"唐皎然《桃花石枕…》："君心所好我独知，别多见少长相思。"宋许月卿《中秋谢施…》："从吾所好万青壑，舍我其谁双白鸥。"宋释绍嵩《舟中戏书》："从吾所好烟波上，只在船中老便休。"

丛祠一炬　cóng cí yī jù
【分类】政治
【关键词】陈胜
【释义】借指陈胜吴广反秦起义。源见"狐鸣鱼书"。
【例句】唐吴融《丛祠》："丛祠一炬照秦川，雨散云飞二十年。"明王世贞《畲宗汉令…》："一炬丛祠逐楚瞳，令君独有狄家风。"清黎简《种榕》："鬼庭黑张幔，丛祠冷燃炬。"

粗才　cū cái
【分类】生活
【关键词】白居易
【释义】指粗俗之才。唐白居易《赴苏州至常州答贾舍人》："一别承明三领郡，甘从人道是粗才！"
【例句】宋寇准《长安书事》："何事燕公轻仗钺，却言分阃是粗才。"宋张孝祥《鸡笼福地》："自是粗才合粗使，漳乡那得便途穷。"宋苏轼《和文与可…》："粗才杜牧真堪笑，唤作军中十万夫。"清田雯《寒食》："占住溪山真厚福，笑谈文酒是粗才。"

窜苗　cuàn miáo
【分类】政治
【关键词】舜
【释义】放逐之典。《尚书·舜典》："窜三苗于三危。"《史记·五帝本纪》："三苗在江淮，荆州数为乱。于是舜…迁三苗于三危，以变西戎。"
【例句】唐许敬宗《奉和执契…》："窜苗犹有孽，戮负自贻辜。"唐陈元光《平獠宴喜》："扫穴三苗窜，旋车百粤空。"唐敦煌人《三危山咏》："岩连九陇险，地窜三苗乡。"明罗洪先《李将军歌》："帝窜三苗曾此地，或云槃瓠居仍传。"

崔蔡书　cuī cài shū
【分类】文化
【关键词】崔瑗

【释义】称誉书法之典。崔蔡，指东汉崔瑗与蔡邕，都是以书法闻名。《晋书·卫恒传》："汉末又有蔡邕，采斯喜之法，为古今杂形，然精密闲理不如淳也。…后有崔瑗、崔寔，亦皆称工。杜氏杀字甚安，而书体微瘦。崔氏甚得笔势，而结字小疏。"

【例句】唐朱逵《怀素上人…》："妙绝当动鬼神泣，崔蔡幽魂更心死。"宋欧阳修《答梅圣俞…》："词章尽崔蔡，议论皆歆向。"宋赵蕃《送梁和仲…》："平反已可与于张辈，文力更居崔蔡行。"明释妙声《杨铁崖书…》："周秦碑刻最近古，崔蔡文章安足多。"

崔徽 cuī huī
【分类】生活
【关键词】崔徽
【释义】泛指美丽痴情的女子。唐元稹《崔徽歌序》："崔徽，河中府娼也。裴敬中以兴元幕使蒲州，与徽相从，累月敬中便遣。崔以不得从为恨，因而成疾。有丘夏善写人形，徽托写真寄敬中曰：'崔徽一旦不及画中人，且为郎死。'发狂卒。"
【例句】唐罗虬《比红儿诗》："崔徽有底多头面，费得微之尔许才。"宋苏轼《和赵郎中…》："西行未必能胜此，空唱崔徽上白楼。"宋秦观《崔徽》："蒲中有女号崔徽，轻似南山翡翠儿。"宋陆佃《依韵和双…》："李广无双空自老，崔徽有两竟谁真。"

崔九 cuī jiǔ
【分类】政治
【关键词】崔涤
【释义】唐殿中大臣崔涤。《旧唐书·崔仁师传》："（涤）素与玄宗款密。…用为秘书监，出入禁中，与诸王侍宴不让席，而坐或在宁王之上。"
【例句】唐杜甫《江南逢李…》："岐王宅里寻常见，崔九堂前几度闻。"宋刘辰翁《沁园春闻歌》："十八年间，黄公垆下，崔九堂前。"元王恽《为吹头管…》："秋怀索寞，悠悠心事野鸥边。几回崔九堂前。"明龚鼎孳《午日李舒…》："青灯蒲酒共盘桓，崔九堂前韵未残。"

崔烈铜臭 cuī liè tóng xiù
【分类】政治
【关键词】崔烈
【释义】东汉时，崔烈入钱买官而位至三公，时有"嫌其铜臭"之讥。《后汉书·崔骃列传》附《崔烈传》："灵帝时，开鸿都门榜卖官爵，…列时因傅母入钱五百万，得为司徒。…从容问其子钧曰：'吾居三公，于议者何如？'钧曰：'大人少有英称…而今登其位，天下失望。'烈曰：'何为然也？'钧曰：'论者嫌其铜臭。'"
【例句】唐邵谒《送徐群宰…》："陶渊明虽理邑，崔烈徒台衡。"宋华镇《戏呈程民老》："谢安携妓情虽远，崔烈为臭不消。"宋欧阳澈《建中索子…》："阿堵物无崔烈臭，孔方兄有少陵羞。"宋张扩《读钱神论…》："崔烈得名未掩臭，陈苌大點强称美。"

崔嵬 cuī wéi
【分类】生态
【关键词】楚辞
【释义】高大，高耸。《楚辞·九章·涉江》："带长铗之陆离兮，冠切云之崔嵬。"王逸注："崔嵬，高貌。"
【例句】唐李白《司马将军歌》："身居玉帐临河魁，紫髯若戟冠崔嵬。"唐灵澈《天姥岑望…》："有时半不见，崔嵬在云中。"唐杜甫《古柏行》："崔嵬枝干郊原古，窈窕丹青户牖空。"唐韦应物《骊山行》："秦川八水长缭绕，汉氏五陵空崔嵬。"

崔琰清议 cuī yǎn qīng yì
【分类】政治
【关键词】崔琰
【释义】咏尚书之典。《三国志·崔琰传》："魏国初建，拜尚书…朝士瞻望，而太祖亦敬惮焉。"南朝宋裴松之注引《先贤行状》曰："琰清忠高亮，雅识经远，推方直道，正色于朝。魏代初载，委受铨衡，总齐清议，十有余年。文武群才，多所明拔。朝廷归高，天下称平。"
【例句】唐张九龄《和姚令公…》："人思崔琰议，朝掩祭遵公。"清田雯《叹须》："崔琰虬髯刘琨赤，参军顾盼生雄姿。"清弘历《玉冠峰》："僧绍有知应默肯，崔琰何人敢尔能。"清弘历《沈德潜进…》："沈约实起予，崔琰或可肖。"

崔瑗 cuī yuàn
【分类】文化
【关键词】崔瑗
【释义】字子玉，东汉著名书法家、文学家，被誉为"草圣"。撰写各种文体五十七篇，《座右铭》最为有名，《南阳文学官志》称著于世。《后汉书·崔瑗传》："岁中举茂才，迁汲令…视事七年，百姓歌之…迁济北相…家无担石储，当世清之。"
【例句】唐张荐《奉酬礼部…》："劝深子玉铭，力竞相如赋。"唐杜甫《桥陵诗…》："侧闻鲁恭化，秉德崔瑗铭。"明朱瞻基《草书歌》："当时作者最得名，崔瑗杜度张伯英。"清陆陇其《赠陈安平…》："亭伯既翩翩，子玉亦多才。"

摧折桐 cuī zhé tóng
【分类】政治
【关键词】枚乘
【释义】用为尚可东山再起之典。汉枚乘《七发》："龙门之桐…其根半死半生。使琴挚斫斩以为琴，野茧之丝以为弦，孤子之钩以为隐，九寡之珥以为约；使堂操畅，伯子牙为之歌。"根已半死的桐树，尚能用以制成好琴，奏出优美悦耳之音。
【例句】唐杜甫《君不见简…》："君不见道边废弃池，君不见前者摧折桐。"清杨彝珍《阻风洞庭…》："为采斑斓竹，欲缷摧折桐。"

催租断句 cuī zū duàn jù
【分类】文化

【关键词】潘大临
【释义】谓因俗事而败坏诗兴。源见"满城风雨"。
【例句】宋戴敏《后浦园庐》:"催租人去后,续得夜来诗。"宋刘克庄《即事》:"赐帛恩深优故老,催租人至败重阳。"宋许及之《王宣甫以…》:"偶以催租败佳思,阻随执事佐颜行。"宋陆游《醉中绝句》:"幸免催租败幽兴,岂今对酒惜酡颜。"

翠蛾 cuì é
【分类】生活
【关键词】薛逢
【释义】指妇女细而长曲的黛眉,借指美女。唐薛逢《夜宴观妓》:"愁傍翠蛾深八字,笑回丹脸利双刀。"
【例句】唐司空曙《观妓》:"翠蛾红脸不胜情,管绝弦余发一声。"唐戎昱《湘南曲》:"虞帝南游不复还,翠蛾幽怨水云间。"唐元晦《除浙东留…》:"莫遣艳歌催客醉,不堪回首翠蛾愁。"唐元稹《何满子歌》:"翠蛾转盼摇雀钗,碧袖歌垂翻鹤卵。"

翠华 cuì huá
【分类】政治
【关键词】司马相如
【释义】天子仪仗中以翠羽为饰的旗帜或车盖,代指帝王车骑。《汉书·司马相如传上》:"《上林赋》:'建翠华之旗,树灵鼍之鼓。'"唐颜师古注:"翠华之旗,以翠羽为旗上葆也。"
【例句】唐陈元光《候夜行师》:"赤乌黑马流红汗,绿柳金莺冒翠华。"唐杜甫《咏怀古迹》:"翠华想像空山里,玉殿虚无野寺中。"唐杜甫《韦讽录事…》:"忆昔巡幸新丰宫,翠华拂天来向东。"唐杜甫《北征》:"都人望翠华,佳气向金阙。"

翠笼 cuì lóng
【分类】文化
【关键词】韩愈
【释义】意谓青色竹笼。唐韩愈《和水部张员外宣政衙赐樱桃》:"香随翠笼擎初到,色映银盘写未停。"
【例句】宋宋祁《答朱公绰…》:"珍卉分清赏,飞邮附翠笼。"宋强至《次韵郡僚…》:"爱擎宜翠笼,登坐合银盂。"宋方岳《答吴尚书》:"今夕复何夕,翠笼蒲艾香。"宋辛弃疾《菩萨蛮》:"江湖清梦断,翠笼明光殿。"

翠帽 cuì mào
【分类】政治
【关键词】张衡
【释义】汉代典制,天子乘车,车盖用翠羽装饰,后遂用为咏天子车驾之典。原为绿色帽。东汉张衡《西京赋》:"天子乃驾雕轸,六骏駮,戴翠帽,倚金较。"
【例句】唐卢注《酒胡子》:"雕镂匠意若多端,翠帽朱衫巧妆饰。"唐张祜《寿州裴中…》:"青娥十五柘枝人,玉凤双翘翠帽新。"唐杜牧《洛阳》:"已建玄戈收相土,应回翠帽过离宫。"宋郑獬《次韵程丞…》:"醉里春风遗翠帽,归时寒月送雕鞍。"

翠水 cuì shuǐ
【分类】生态
【关键词】汉武帝
【释义】清澈明净之水。《百子全书》引旧题汉郭宪《汉武洞冥记》:"有玄都翠水,水中有菱,碧色,状如鸡飞,亦名翔鸡菱,仙人凫伯子常游翠水之涯,采菱而食之,令骨轻举,身生羽毛也。"
【例句】唐曹唐《小游仙诗》:"暂随凫伯纵闲游,饮鹿因过翠水头。"宋徐瑞《芳洲先生…》:"风浪鳌山动,烟尘翠水遥。"宋高似孙《骑鸾引赠…》:"一息瑶池翠水家,阿母迎谒龙驱车。"宋柳安道《题共乐堂》:"幽树小桥横翠水,茂林修竹锁轻烟。"

翠羽 cuì yǔ
【分类】文化
【关键词】鸟
【释义】翠鸟的羽毛,古代多用作饰物,代指翠鸟。《逸周书·王会》:"请令以珠玑、瑇瑁、象齿、文犀、翠羽、菌鹤、短狗为献。"
【例句】唐卢照邻《刘生》:"翠羽装剑鞘,黄金镂马缨。"唐顾况《芙蓉榭》:"文鱼翻乱叶,翠羽上危栏。"唐杨炯《折杨柳》:"秋容凋翠羽,别泪损红颜。"唐宋之问《浣纱篇赠…》:"淋漓翠羽帐,旖旎彩云车。"

翠云裘 cuì yún qiú
【分类】生活
【关键词】宋玉
【释义】以翠羽制作、上有云彩纹饰之裘,喻指华贵的服饰。《古文苑·宋玉〈讽赋〉》:"主人之女,翳承日之华,披翠云之裘。"宋章樵注:"辑翠羽为裘。"
【例句】唐李白《鸣皋歌奉…》:"身披翠云裘,袖拂紫烟去。"唐杜甫《更题》:"群公苍玉佩,天子翠云裘。"唐王维《和贾舍人…》:"绛帻鸡人报晓筹,尚衣方进翠云裘。"宋宋祁《闻圜丘礼…》:"斋幄连蜷驻玉虬,万灵遥护翠云裘。"

踆乌 cūn wū
【分类】政治
【关键词】淮南子
【释义】也称日中乌,传说中太阳里的三足乌,喻指太阳。《淮南子·精神训》:"日中有踆乌。"汉高诱注:"踆,犹蹲也。谓三足乌。"
【例句】唐李商隐《东南》:"东南一望日中乌,欲逐羲和去得无。"宋宋庠《春晦》:"凭谁与射踆乌翼,倦向西嵫送日轮。"宋刘攽《负暄》:"鹰扬肯顾踆乌逝,龙衮尤怜夸父奔。"宋吕陶《答陈彝仲》:"万事放怀归失马,百年过暑任踆乌。"

存留谏笏 cún liú jiàn hù
【分类】政治

【关键词】魏徵

【释义】表示先辈政绩卓著和家世荣显。源见"魏公笏"。

【例句】宋刘克庄《沁园春》:"抖擞空囊,存留谏笏,犹带虚皇案畔香。"明严嵩《赋少宰汪…》:"玉床留贮笏,丹壁会藏书。"明林弼《送友归永嘉》:"斋阁堆床留魏笏,宾筵漉酒有陶巾。"明龚鼎孳《赠李青立》:"中朝直谏应留笏,万里南征想据鞍。"

寸草春晖　cùn cǎo chūn huī

【分类】政治

【关键词】孟郊

【释义】喻子女报答不尽父母养育之恩。唐孟郊《游子吟》:"谁言寸草心,报得三春晖。"

【例句】宋叶茵《苕溪行》:"九泉属望天潜知,寸草难报阳春晖。"宋何梦桂《送野塘王…》:"寸草犹有心,那得报春晖。"宋仇远《德兴叶志…》:"难将寸草报春晖,只觉焄蒿泣秋露。"宋吴泳《送鲜于帅》:"赖有一灯标日指,曾无寸草报春晖。"

寸晷尺玉　cùn guǐ chǐ yù

【分类】生活

【关键词】淮南子

【释义】形容时光珍贵。源见"重寸阴"。

【例句】唐贾岛《答王参》:"寸晷不相待,四时互如竞。"宋苏轼《次韵刘景…》:"吾生如寄耳,寸晷轻尺玉。"宋孔平仲《因来诗有…》:"小堂且作蕃宣守,寸晷昔闻弦诵声。"宋朱熹《伏承子直…》:"但觉四坐欢,不知寸晷移。"

D

答飒　dá sà

【分类】政治

【关键词】郑鲜之

【释义】指不振作的样子,比喻不得志。《南史·郑鲜之传》:"范泰尝众中让消鲜之曰:'卿与傅、谢俱从圣主(宋武帝刘裕)有功关、洛,卿乃居僚首,今日答飒,去人辽远,何不屑之甚!'鲜之熟视不对。"

【例句】宋文同《寄宇文公南》:"懒对俗人常答飒,厌闻时事但卢胡。"宋文同《送张宗益…》:"应怜共试金坡者,答飒浑如郑鲜之。"宋文同《寄张郎中》:"养成答飒人应笑,学得支离自谓贤。"宋刘克庄《寿计院族兄》:"清狂尚欲簪花舞,答飒无端据槁眠。"

达生书　dá shēng shū

【分类】政治

【关键词】庄子

【释义】代指《庄子》,用为崇奉老庄思想之典。《庄子·达生》:"达生之情者,不务生之所无以为。"

【例句】唐李群玉《杜门》:"达生书一卷,名利付春冰。"唐刘禹锡《闲坐忆乐…》:"唯有达生理,应无治老方。"宋文彦博《中书令鲁…》:"达生优享高年福,出世轻遗大梦身。"宋刘敞《读杂说小书》:"达生齐万物,曲士拘一隅。"

打油诗　dǎ yóu shī

【分类】生活

【关键词】张打油

【释义】内容通俗、言词诙谐、不讲韵律的旧体诗,属于俚俗诗体,相传为唐代张打油创造,故名。宋钱易《南部新书》:"有胡钉铰、张打油二人皆能为诗。"唐张打油《雪诗》:"江山一笼统,井上黑窟窿,黄狗身上白,白狗身上肿。"

【例句】宋释道川《参玄歌》:"不独张现会打油,细观李四能推磨。"宋无名氏《南乡子》:"帘卷水西楼。一曲新腔唱打油。"清赵翼《赠说书紫…》:"张打油诗岂必工,胡钉铰句不嫌苟。"聂绀弩《无题》:"打油成八句,磅水搵三流。"

大宝　dà bǎo

【分类】政治

【关键词】周易

【释义】指帝位。《周易·系辞》:"圣人之大宝曰位。"

【例句】唐贯休《赠抱麻刘…》:"天乎贵大宝,泰矣见忠臣。"唐李咸用《和友人喜…》:"上国知传大宝,旧交叉复在青云。"宋石介《感事》:"帝宋承大宝,声名发丕赫。"聂绀弩《雪峰难寻…》:"草泽狐鸣惊大宝,鹑衣虎吼奋金田。"

大被　dà bèi

【分类】生活

【关键词】孙皓

【释义】用为广交宾朋之典。《三国志·孙皓传》南朝宋裴松之注引《吴录》:"少从南阳李肃学。其母为作厚褥大被,或问其故,母曰:'小儿无德致客,学者多贫,故为广被,庶可得与气类接也。'"

【例句】唐李贺《出城别张…》:"时宜裂大被,剑客车盘茵。"宋宋祁《孙景随侍…》:"蜡凤当筵占美名,文斋大被集时英。"宋赵蕃《寄题安福…》:"大被清霜晓,短檠寒夜分。"宋林希逸《和后村韵…》:"大被长衾佳伯仲,高门素学尚婣修。"明李东阳《春寒二十韵》:"绨袍范叔谁相恋,大被姜郎且共亲。"

大笔如椽　dà bǐ rú chuán

【分类】文化

【关键词】王珣

【释义】比喻文笔刚健有力,文章气势宏伟。《晋书·王珣传》:"珣梦人以大笔如椽与之,既觉,语人曰:'此当有大手笔事。'俄而帝崩,哀册谥议,皆珣所草。"

【例句】唐李商隐《韩碑》:"古者世称大手笔,此事不系于职司。"宋邵雍《大字吟》:"诗成半醉正陶陶,更用如椽大笔抄。"宋郑刚中《无兔而用…》:"何用生花曾入梦,岂须大笔要如椽。"聂绀弩《雪峰难寻…》："手提椽笔向山川,细检王图入简编。"

大艑舸峨　dà biàn kē é
【分类】文化
【关键词】船
【释义】指高耸的大船。唐刘禹锡《堤上行三首》："日晚上楼招估客,舸峨大艑落帆来。"
【例句】宋陆游《估客乐》："舸峨大艑望如豆,骇视未定已至前。"宋贺铸《吴音子》："大艑舸峨,越商巴贾。"宋何耕《题龙华佛阁》："舸峨大艑去不绝,彩鹢破浪风扬旗。"清林朝崧《再步前韵…》》："翠黛樽前唱纥那,江头大艑泛舸峨。"

大臣书　dà chén shū
【分类】政治
【关键词】东方朔
【释义】借指为贤士求官的荐书。《汉书·东方朔传》："目若悬珠,齿若编贝,勇若孟贲,捷若庆忌,廉若鲍叔,信若尾生。若此,可以为天子大臣矣。"
【例句】唐陈子昂《春夜别友人》："怀君欲何赠,愿上大臣书。"明林大春《别孙使君…》："使君起自飞龙初,执政大臣有荐书。"

大秤量　dà chèng liáng
【分类】政治
【关键词】上官婉儿
【释义】指掌内宫大政。《旧唐书·上官昭容传》："中宗上官昭容名婉儿…婉儿在孕时,其母梦人遗一大秤。占者曰:'当生贵子,而秉国权衡。'既生女,闻者嗤之无效。及婉儿专秉内政,果如占者之言。"
【例句】宋刘克庄《沁园春》："好逑不数潘杨。占梦者曾言大秤量。"清佚名《临海庙醮…》》："量才抛玉尺,愿得昭容大秤,绮罗队里艳持衡。"

大椿　dà chūn
【分类】文化
【关键词】庄子
【释义】古寓言中的木名,以一万六千岁为一年。《庄子·逍遥游》："上古有大椿者,以八千岁为春,以八千岁为秋。"唐陆德明《经典释文》引司马彪曰:"木,一名橓。橓,木槿也。"
【例句】唐陈陶《草木言》："拥肿若无取,大椿命为伤。"唐皮日休《顾道士亡…》："大椿枯后新为记,仙鹤亡来始有铭。"唐顾封人《月中桂树》："能齐大椿长,不与小山同。"唐令狐楚《赠毛仙翁》："既许焚香为弟子,愿教年纪共椿同。"

大刀头　dà dāo tóu
【分类】政治
【关键词】李陵
【释义】古代刀头饰有刀环,以"大刀头"为"还"的隐语。《汉书·李陵传》："立政等见陵,未得私语,即目视陵,而数数自循其刀环,握其足,阴谕之,言可还归汉也。"
【例句】唐高适《送刘评事…》："赠君从此去,何日大刀头?"唐李商隐《拟意》："空看小垂手,忍问大刀头。"宋梅尧臣《和范景仁…》："谁人重咏大刀头,只顾长明不愿流。"宋秦观《次韵黄冕…》："故山无期大刀头,黄尘澒暑未罢休。"

大盗移国　dà dào yí guó
【分类】政治
【关键词】汉光武帝
【释义】叛逆篡位之典。《后汉书·光武帝纪赞》："炎正中微,大盗移国。"唐李贤注:"大盗,谓王莽篡位也。"
【例句】唐张九龄《奉和圣制…》："盗移未改命,历在终履端。"唐李白《赠王判官…》："大盗割鸿沟,如风扫秋叶。"宋苏舜钦《游南内九…》："巨盗来移国,天王遽避戎。"清汤右曾《澄海楼》："大盗移国明社墟,顽洞烟尘六幕。"

大堤　dà dī
【分类】生活
【关键词】妓
【释义】堤名,在今湖北省襄阳县。为古游乐娼妓之所。《乐府诗集·襄阳乐》题解引《古今乐录》："《襄阳乐》者,宋随王诞之所作也。歌中有'襄阳来夜乐'之语也。"其第一曲为:"朝发襄阳城,暮至大堤宿。大堤诸女儿,花艳惊郎目。"
【例句】唐张柬之《大堤曲》："南国多佳人,莫若大堤女。"唐卢纶《赋得白鸥》》："柳花冥濛大堤口,悠扬相和乍无有。"唐施肩吾《襄阳曲》："大堤女儿郎莫寻,三三五五结同心。"唐韩愈《送李尚书…》》："风流岘首客,花艳大堤倡。"

大儿小儿　dà ér xiǎo ér
【分类】文化
【关键词】祢衡
【释义】指有才学的人。《后汉书·祢衡传》："祢衡字正平,平原般人也。少有才辩,而尚气刚傲,好矫时慢物。…唯善鲁国孔融及弘农杨修。常称曰:'大儿孔文举,小儿杨德祖。余子碌碌,莫足数也。'"
【例句】唐杜甫《徐卿二子歌》："大儿九龄色清澈,秋水为神玉为骨。"唐杜甫《徐卿二子歌》："小儿五岁气食牛,满堂宾客皆回头。"唐杜甫《最能行》："小儿学问止论语,大儿结束随商旅。"宋陈与义《留别葛汝州》："我方庶兄汤惠休,公乃小儿杨德祖。"

大方之家　dà fāng zhī jiā
【分类】政治
【关键词】庄子
【释义】指见多识广、深明大道之人。《庄子·秋水》："吾非至于子之门,则殆矣。吾长见笑于大方之家。"

· 137 ·

【例句】唐孟郊《答韩愈李…》:"有客步大方,驱车独迷辙。"唐刘禹锡《有僧言罗…》:"悠悠想大方,此乃杯水滨。"唐权德舆《奉和新卜…》:"大方本无隅,盛德必有邻。"唐杨衡《赋得直如…》:"大方闻正位,乐府动清声。"唐喻凫《送友人南…》:"春尽大方游,思君便白头。"

大风歌 dà fēng gē
【分类】政治
【关键词】汉高祖
【释义】汉高祖所咏。喻指帝王之风,或指治国安邦之志。《史记·高祖本纪》:"酒酣,高祖击筑,自为歌诗曰:'大风起兮云飞扬,威加海内兮归故乡,安得猛士兮守四方!'令儿皆和习之。"
【例句】唐李世民《过旧宅》:"八表文同轨,无劳歌大风。"唐刘祎之《奉和别越王》:"延襟小山路,还起大风歌。"唐杜甫《伤春》:"得无中夜舞,谁忆大风歌?"唐郑愔《奉和幸大…》:"欣承大风曲,窃预小童讴。"

大腹便便 dà fù pián pián
【分类】生活
【关键词】边韶
【释义】形容肚子肥胖。源见"五经笥"。
【例句】宋孔平仲《据案小睡》:"只愁稚子窥吾懒,岂畏诸公诮腹便。"宋王庭珪《和刘英臣…》:"撑拄枯肠只堪睡,从君嘲我腹便便。"宋王安石《和惠思岁…》:"懒读书来已数年,从人嘲我腹便便。"宋陆游《晚起》:"久从道士学踵息,谁管门生嘲腹便。"

大谷梨 dà gǔ lí
【分类】文化
【关键词】梨
【释义】古代水果的名品,为咏梨之典。晋潘安《闲居赋》:"张公大谷之梨,梁侯乌椑之柿。"唐李善注引《广志》:"洛阳北芒山有张公夏梨,甚甘,海内唯有一树。"
【例句】唐崔兴宗《和王维勅…》:"未胜晏子江南桔,莫比潘家大谷梨。"五代徐铉《赠饯使君…》:"昨宵宴罢醉如泥,惟忆张公大谷梨。"宋祖无择《题野野园》:"黄稍风舞先生柳,紫颊霜殷大谷梨。"明曾棨《频婆果》:"芳腴绝胜仙林杏,甘脆全过大谷梨。"

大横庚 dà héng gēng
【分类】政治
【关键词】汉文帝
【释义】迎立帝王之典。《史记·孝文本纪》:"丞相陈平、太尉周勃等使人迎代王。…卜之龟,卦兆得大横。占曰:'大横庚庚,余为天王,夏启以光。'代王曰:'寡人固已为王矣,又何王?'卜人曰:'所谓天王者乃天子。'"
【例句】唐李商隐《送千牛李…》:"如无一战霸,安有大横庚。"宋晏殊《题太祖庙》:"庚庚大横兆,謦欬如有闻。"元郝经《楷木杖笏行》:"大横庚庚紫蛇腹,手板沾恩照绯绿。"明顾清《丁亥元日…》:"君王圣德今尧舜,曾见庚庚卜大横。"

大瓠之用 dà hù zhī yòng
【分类】政治
【关键词】庄子
【释义】瓠:葫芦。原指对事物使用不同方法,就会产生不同的效果,后指量材使用。《庄子·逍遥游》:"今子有五石之瓠,何不虑以为大樽而浮于江湖,而忧其瓠落无所容,则夫子犹有蓬之心也夫。"
【例句】宋叶梦得《七夕》:"瓠大何妨拙,槎回未觉遥。"宋白玉蟾《南岳九真…》:"笑携魏王大瓠落,往观洞庭张帝乐。"宋苏辙《次韵子瞻…》:"鸱夷谓大瓠,皆饱安用浮。"宋吴则礼《次朱天球…》:"于世无堪大瓠种,独可剖心如叔仲。"

大槐宫 dà huái gōng
【分类】生活
【关键词】淳于梦
【释义】大槐安国之宫,原是槐树下一蚁穴,比喻富贵权势虚幻无常。源见"南柯梦"。
【例句】宋苏轼《次韵周邠…》:"指点先凭采药翁,丹青化出大槐宫。"宋黄庭坚《元丰癸亥…》:"千里追奔两蜗角,百年得意大槐宫。"宋黄庭坚《戏咏零陵…》:"真人梦出大槐宫,万里苍梧一洗空。"宋韩驹《送王左丞…》:"百里烟云堕目中,天戈直捣大槐宫。"

大荒经 dà huāng jīng
【分类】政治
【关键词】山海经
【释义】《山海经》篇目,包括《大荒东经》《大荒南经》《大荒西经》《大荒北经》《海内经》五个部分,用于形容包含内容极广。
【例句】唐李商隐《寄太原卢…》:"那劳出师表,尽入大荒经。"明文翔凤《辙迹篇》:"尝读《山海大荒经》,歇顼山成海外迥。"清汤右曾《题汪悔斋…》:"今日乘槎问遗事,只应留得大荒经。"清黄遵宪《送肉户玑…》:"《海外大荒经》,既称带方东。"

大家东征 dà gū dōng zhēng
【分类】政治
【关键词】班昭
【释义】母随子行之典。《后汉书·曹世叔妻》:"扶风曹世叔妻者,同郡班彪之女也,名昭…帝数召入宫,令皇后诸贵人师事焉,号曰大家(gū)。"《昭明文选·汉曹大家〈东征赋〉》:"唯永初之有七兮,余随子乎东征。"
【例句】唐杜甫《送王十五…》:"大家东征逐子回,风生洲渚锦帆开。"元傅若金《送姚子微》:"大家定有东征赋,鲑菜随船慰老怀。"明罗玘《黎太监永…》:"大家东征逐子回,子如从龙母当来。"明欧大任《王太史胤…》:"会见汉宫师事礼,东征谁似大家才。"

大家　dà jiā

【分类】政治
【关键词】尚书
【释义】犹巨室,古指卿大夫之家。《尚书·梓材》:"王曰:'封,以厥庶民暨厥臣,达大家。'"皇帝的别称。《大唐新语·酷忍》:"初令宫人宣勅示王后,后曰:'愿大家万岁。昭仪长承恩泽,死是吾分也。'"指众人、大伙儿。
【例句】唐曹唐《暮春戏赠…》:"年少英雄好丈夫,大家望拜执金吾。"唐蒋吉《题长安僧院》:"惟有水田衣下客,大家忙处作闲人。"宋宋白《宫词》:"红笺一幅捲明霞,纤手题诗寄大家。"宋王炎《促织》:"大家未织吏索租,小家欲织无丝缕。"宋阳枋《三和知宗…》:"前日勤民均此念,尊前一笑大家同。"

大江东去　dà jiāng dōng qù

【分类】文化
【关键词】苏轼
【释义】苏轼《念奴娇·赤壁怀古》中首句。形容苏轼词及"豪放派"风格。《吹箭续录》:"东坡在玉堂日,有幕士善歌,因问:'我词何如柳七?'对曰:'柳郎中词,只合十七八女郎,执红牙板,歌"杨柳岸、晓风残月";学士词,须关西大汉,铜琵琶、铁绰板,唱"大江东去"。'东坡为之绝倒。"
【例句】宋柴随亨《金陵怀古》:"故老更思王化北,南人惟唱大江东。"宋陈文蔚《徐敬甫出…》:"不知此地复何地,但见大江东去流。"宋释行海《渡钱塘江》:"征雁北归乡有思,大江东去世无情。"

大角　dà jiǎo

【分类】政治
【关键词】星
【释义】星名,牧夫座主星,28星宿之首。古代用来象征社稷安危。《史记·天官书》:"大角者,天王帝廷。"唐张守节《史记正义》:"大角一星,在两摄提间,人君之象也。占:其明盛黄润,则天下大同也。"
【例句】唐杜甫《伤春》:"大角缠兵气,钩陈出帝畿。"唐杜甫《秋日荆南…》:"紫微临大角,皇极正乘舆。"宋宋纲《夜坐观斗》:"摄提大角顺所指,其余万象徒森森。"宋乐雷发《送邵瓜坡…》:"毕方夜燉杭都火,大角秋缠蜀道兵。"

大块噫气　dà kuài yī qì

【分类】政治
【关键词】庄子
【释义】比喻时代精神昂扬奋发。《庄子·齐物论》:"子綦曰:'夫大块噫气,其名为风。是唯无作,作则万窍怒号。'"大块:指地。噫气:出气。古人认为大地吐气而为风。
【例句】唐李白《赠张相镐》:"大块方噫气,何辞鼓青苹。"宋刘弇《元丰辛酉…》:"我闻大块初噫气,蓄泄盖亦有节宣。"宋释居简《逆风行》:"大块噫气一气同,条达万汇参

化工。"宋释惟一《松风度曲》:"大夫噫气撼青冥,余韵萧骚入户庭。"

大雷书　dà léi shū

【分类】生活
【关键词】信
【释义】指南朝宋鲍照《鲍参军集》中《登大雷岸与妹书》鲍照旅途之中,行至大雷给妹鲍令晖写一信。后为咏家书之典。
【例句】唐李白《秋浦寄内》:"结荷倦水宿,却寄大雷书。"宋黄庭坚《大雷口阻风》:"欲寄大雷书,往问长干妇。"明彭孙贻《雷港》:"应凭小池雁,为寄大雷书。"清张问陶《戊申岁腊…》:"咏絮乍惊微雪夜,结荷永废《大雷书》。"

大炉　dà lú

【分类】政治
【关键词】庄子
【释义】喻天地。源见"洪炉"。
【例句】唐杜甫《遣怀》:"拓境功未已,元和辞大炉。"唐孙叔向《将赴东都…》:"谁知大炉火,还有不然灰。"唐张祜《游蔚迟昭陵》:"大炉销剑戟,鸿泽荡腥膻。"宋刘攽《苦热》:"天地大炉耳,江湖沸鼎然。"

大马驮　dà mǎ tuó

【分类】文化
【关键词】佛
【释义】咏佛经初入中国之典。
【例句】唐张继《宿白马寺》:"白马驮经事已空,断碑残刹见遗踪。"宋崔放之《栖禅寺》:"自从白马驮经始,宝地绀园知有几。"元柳贯《送乡僧伟…》:"空闻白马驮经去,几见黄龙听法来。"聂绀弩《钟三往四清》:"投身阶级斗争里,见汝诗材大马驮。"

大梦　dà mèng

【分类】生活
【关键词】庄子
【释义】比喻人生,借指死亡。源见"梦中梦"。
【例句】唐李白《与元丹丘…》:"茫茫大梦中,惟我独先觉。"唐李白《春日醉起…》:"处世若大梦,胡为劳其生。"唐皎然《秋宵书事…》:"大梦观前事,浮名悟此身。"唐白居易《和送刘道…》:"人生同大梦,梦与觉谁分。"

大明宫　dà míng gōng

【分类】政治
【关键词】旧唐书
【释义】唐代宫名,喻皇宫。《旧唐书·地理志·关内道》:"东内曰大明宫,在西内之东北,高宗龙朔二年置。"
【例句】唐李乂《人日重宴…》:"诘旦行春上苑中,凭高却下大明宫。"唐杜甫《野人送朱樱》:"忆昨赐沾门下省,退朝擎出大明宫。"唐广宣《降诞日》:"修斋长乐殿,讲道大明宫。"唐杨巨源《奉寄通州…》:"大明宫殿郁苍苍,紫禁

龙楼直署香。"

大赧 dà nǎn
【分类】生活
【关键词】柳宗元
【释义】因羞惭而脸红。唐柳宗元《乞巧文》:"大赧而归,填恨低首。"宋司马光《训俭示康》:"自为乳儿,长者加以金银华美之服,辄羞赧弃去之。"
【例句】宋王柏《广曾敬仲》:"贾生正英锐,郎潜自羞赧。"元姬翼《感皇恩》:"饭囊气袋,伎俩呈来羞赧。"清严复《除夕思归…》:"有来而无往,羞赧亦易过。"聂绀弩《挽荃麟》:"独携大赧出君门,知今何世我何人。"

大年 dà nián
【分类】生活
【关键词】庄子
【释义】谓年寿长。源见"蟪蛄"。
【例句】唐储光羲《题辛道士房》:"大年方冀龟,小智即蜉蝣。"唐刘真《七老会诗》:"垂丝今日幸同筵,朱紫居身是大年。"宋刘克庄《漫兴》:"吾虽后辈识前辈,彼以小年疑大年。"宋黄庭坚《次韵杨明…》:"元之如砥柱,大年若霜鹗。"

大鸟哭杨震 dà niǎo kū yáng zhèn
【分类】政治
【关键词】杨震
【释义】咏忠臣冤死之典,或称颂亡者德节高尚。《后汉书·杨震传》:"'疾奸臣狡猾而不能诛,恶嬖女倾乱而不能禁,何面目复见日月!…'因饮鸩而卒。…先葬十余日,有大鸟高丈余,集震丧前,俯仰悲鸣,泪下沾地,葬毕,乃飞去。"
【例句】唐元稹《阳城驿》:"有鸟哭杨震,无儿悲邓攸。"宋黄庭坚《次韵杨明…》:"太尉死宗社,大鸟泣其坟。"宋刘克庄《壬辰春上冢》:"当日伯夷兄弟瘦,至今杨震子孙清。"清王紫绶《哭师》:"凭将夫子呼杨震,不见巍孤哭邓攸。"

大鹏赋 dà péng fù
【分类】文化
【关键词】李白
【释义】唐李白作,抒发了作者的远大志向及豪情逸致。《李太白全集·大鹏赋序》:"予昔于江陵见天台司马子微,谓予有仙风道骨,可与神游八极之表。因著《大鹏遇希有鸟赋》以自广。此赋已传于世…及读《晋书》,睹阮宣子《大鹏赞》,鄙心陋之。遂更记忆。"
【例句】宋苏轼《闻钱道士…》:"一纸鹅经逸少醉,他年《鹏赋》谪仙狂。"宋李流谦《谢宇文正…》:"为试草大鹏赋,九万里风生须臾。"宋张辑《贺新郎》:"还更诵,大鹏赋。"

大辟 dà pì
【分类】政治

【关键词】刑
【释义】古五刑之一,初谓五刑中的死刑,隋后泛指一切死刑。《尚书·吕刑》:"大辟疑赦,其罚千锾。"
【例句】唐李白《秦女休行》:"金鸡忽放赦,大辟得宽赊。"唐韩愈《八月十五…》:"赦书一日行千里,罪从大辟皆除死。"明欧阳建《福建巡按…》:"天风大辟千人扇,海岳长悬万里灯。"明袁宏道《石淙》:"大辟嵩高知第舍,小分烟岭即园池。"

大器晚成 dà qì wǎn chéng
【分类】生活
【关键词】老子
【释义】原指大材需要很长时间才能成器,后比喻有大才的人成就事业较晚。《老子·德经》:"大方无隅,大器晚成,大音希声,大象无形,道隐无名。"
【例句】唐欧阳詹《徐十八晦…》:"嘉谷不夏熟,大器当晚成。"宋邵雍《首尾吟》:"大器晚成当自重,小人难养又何疑。"宋司马光《赠吴之才》:"胜冠自立艰难里,大器由来贵晚成。"宋李正民《赠刘无虞…》:"要津讵可驰高足,大器于今见晚成。"

大乔小乔 dà qiáo xiǎo qiáo
【分类】生活
【关键词】周瑜
【释义】三国时乔玄的两个女儿,大乔,孙策妻;小乔,周瑜妻。喻美女。源见"江东二乔"。
【例句】宋周知微《观临淮双…》:"君不学叔隗季隗南归晋,又不学大乔小乔东入吴。"元徐贲《二乔观书图》:"大乔娉婷小乔媚,秋波并蒂开芙蓉。"元李昱《二乔观兵…》:"大乔已作孙郎妃,小乔又作周郎妻。"聂绀弩《桥夜》:"尤物江东大小乔,为谁风露立中宵。"

大人赋 dà rén fù
【分类】文化
【关键词】汉武帝
【释义】西汉辞赋家司马相如的作品。赋中描写"大人"遨游天庭,以此来讽劝武帝好神仙之道。《汉书·司马相如列传下》:"乃遂奏《大人赋》。天子大说,飘飘有陵云气游天地之闲意。"
【例句】唐独孤及《送陈兼应…》:"预知大人赋,掩却归来词。"宋刘攽《王四十监…》:"书成大人赋,梦识白头翁。"宋李鹰《鹿门寺》:"神游八极表,讽诵大人赋。"宋刘克庄《送赴省诸友》:"千佛经应冠鳌顶,大人赋可动龙颜。"

大韶 dà sháo
【分类】生活
【关键词】舜
【释义】古乐名。《庄子·天下》:"黄帝有咸池,尧有大章,舜有大韶,禹有大夏,汤有大濩,文王有辟雍之乐,武王周公作武。"
【例句】宋曾丰《舟行叙韶…》:"仍收南郭籁,并入大韶音。"

元黄石翁《暮春计筹…》：“石泉岂非《大韶》乐,日色犹是鸿荒时。”明倪谦《母子虎图…》：“圣皇拱垂衣裳,大韶击拊谐宫商。”清方育盛《洗象行》：“已抛铁甲依仙杖,率舞虞阶听大韶。”

大事不糊涂　dà shì bù hú tú
【分类】政治
【关键词】吕端
【释义】指对大是大非问题能做到头脑清醒,坚持原则。《宋史·吕端传》：“太宗欲相端,或曰'端为人糊涂'。太宗曰：'端小事糊涂,大事不糊涂。'决意相之。”
【例句】宋龚璛《龚岩翁以…》：“介甫但有执拗,吕端不是糊涂。”明徐渭《土菩提》：“点检小魔空黑豆,糊涂大事有青天。”清魏源《秋兴后》：“祇难大事不糊涂,撅席虚悬岁再徂。”聂绀弩《迩冬五十》：“自拊虎须嗟弱小,谁云大事不糊涂。”

大树将军　dà shù jiāng jūn
【分类】政治
【关键词】冯异
【释义】喻赞带兵将领不居功骄傲。《后汉书·冯异传》：“每所止舍,诸将并坐论功,异常独屏树下,军中号曰'大树将军'。”
【例句】唐赵迁《故功德使…》：“大树悲风起,将军去不回。”唐王昌龄《从军行》：“虽投定远军,未坐将军树。”唐李商隐《武侯庙古柏》：“大树思冯异,甘棠忆召公。”五代徐钧《冯异》：“旧是起兵时主簿,今为大树下将军。”

大庭世　dà tíng shì
【分类】政治
【关键词】庄子
【释义】借指民风淳朴之世。《庄子·胠箧》：“子独不知至德之世乎？昔者容成氏、大庭氏、伯皇氏、中央氏…当是时也,民结绳而用之。甘其食,美其服,乐其俗,安其居,邻国相望,鸡狗之音相闻,民至老死而不相往来。若此之时,则至治已。”
【例句】唐高适《留上李右相》：“风俗登淳古,君臣揖大庭。”唐杜甫《同元使君…》：“至君唐虞际,纯朴忆大庭。”唐白居易《和思归乐》：“所以事君日,持宪立大庭。”唐李商隐《寄太原卢…》：“祖业隆盘古,孙谋复大庭。”

大庭之库　dà tíng zhī kù
【分类】政治
【关键词】左传
【释义】春秋时建于鲁国都城曲阜内古大庭氏旧址上的库房。《左传·昭公十八年》：“宋、卫、陈、郑皆火,梓慎登大庭氏之库以望之。”晋杜预注：“大庭氏,古国名,在鲁城内。鲁于其处作库。高显,故登以望气,参历占以审前年之言。”唐孔颖达疏：“大庭氏,古天子之国名也。先儒旧论皆云炎帝神农氏,一曰大庭氏。”
【例句】唐李白《大庭库》：“朝登大庭库,云物何苍然。”宋王奕《金余元遗…》：“洪惟大庭库,制度合雄骋。”清弘历《大庭氏库…》：“肇建大庭氏,遗台尚巍然。”清弘历《大庭氏库…》：“梓慎登大庭,此事犹疑然。”

大隗之居　dà wěi zhī jū
【分类】政治
【关键词】黄帝
【释义】借指贤者隐居之所。大隗,神仙名。今地名,位于河南省新密市。源出“襄野童”。
【例句】唐张说《九日进茱…》：“路疑随大隗,心似问鸿蒙。”唐张说《扈从幸韦…》：“既得方明相,还寻大隗居。”宋吕本中《病中曾端…》：“欲问小童寻大隗,胜于猛将画凌烟。”清姚燮《春始偶述》：“莫结同尘人,妄求大隗居。”

大巫　dà wū
【分类】文化
【关键词】张纮
【释义】借指诗文高手,比喻自己所敬服的人。《三国志·裴松之注》引《吴书》魏陈琳《答张纮书》：“此间率少于文章,易为雄伯。…今景兴(王朗)在此,足下与子布(张昭)在彼,所谓小巫见大巫,神气尽矣。”小巫,陈琳自喻。
【例句】唐杜甫《赠韦左丞丈》：“不谓矜余力,还来谒大巫。”唐许浑《宣城崔大…》：“茂陵罢酒惭中圣,漳浦题诗怯大巫。”唐元稹《送友封》：“知君兄弟怜诗句,遍为姑将恼大巫。”唐孙元晏《吴张纮》：“陈琳漫自称雄伯,神气应须怯大巫。”

大物　dà wù
【分类】政治
【关键词】庄子
【释义】指天下或帝位,或重器。《庄子·在宥》：“夫有土者,有大物也。”成玄英疏：“九五尊高,四海弘巨,是称大物也。”另指表示等级的仪制礼法。《国语·周语中》：“班先王之大物以赏私德。”
【例句】宋苏洵《送任师中…》：“未常见大物,不识天地宽。”宋何梦桂《希有鸟吟》：“世固有大物,天地间气生。”宋黄庭坚《书磨崖碑后》：“抚军监国太子事,何乃趣取大物为。”宋李流谦《送张汉州…》：“先天溯流得绝派,大物不敢藏胚胎。”

大笑人　dà xiào rén
【分类】政治
【关键词】老子
【释义】咏下士之典。《老子·德经》：“上士闻道,勤而行之;中士闻道,若存若亡;下士闻道,大笑之,不笑不足以为道。”
【例句】五代刘威《赠道者》：“儒生也爱长生术,不见人间大笑人。”宋刘攽《勤道堂》：“谁顾世人多大笑,偶题勤道志忘言。”元元好问《天门引》：“海中仙人黄鹤举,大笑人间争腐鼠。”明邓云霄《题大笑出…》：“俱是低眉者,谁为大笑人。”

大谢小谢　dà xiè xiǎo xiè
【分类】文化
【关键词】谢灵运
【释义】指南朝宋谢灵运及其族弟谢惠连,为称赞二人并有诗才之典。《诗品·宋临川太守谢灵运》:"其源出于陈思,杂有景阳之体…譬犹青松之拔灌木;白玉之映尘沙,未足贬其高洁也。"《诗品·宋法曹参军谢惠连》:"小谢才思富捷,《秋怀》《捣衣》之作,虽复(谢)灵运锐思,亦何以加焉。"
【例句】五代贯休《山中作》:"有时鬼笑两三声,疑是大谢小谢李白来。"五代贯休《归东阳临…》:"小谢清高大谢才,圣君令泰此方来。"清高野竹隐《燕山亭》:"大谢小谢风流,想屐滑苔蹊,笻扶路左。"

大衍之数　dà yǎn zhī shù
【分类】生活
【关键词】周易
【释义】代称五十岁。《周易注疏·系辞上》:"大衍之数五十。"唐孔颖达疏引汉京房云:"五十者,谓十日(天干)、十二辰(地支)、二十八宿也。"大衍,谓用大数来演卦。
【例句】宋慧觉真《挽赵秋晓》:"合掌焚香敬搴著,数符大衍为君悲。"宋方一夔《次韵陈道…》:"参同颠倒长生诀,大衍推寻过去年。"明杨守阯《寿史母一一》:"大衍再周重挂一,平壶百刻又添筹。"聂绀弩《亦代尊兄…》:"君逢大衍我花甲,人到年衰心日红。"

大野　dà yě
【分类】生态
【关键词】左传
【释义】原野、旷野。《左传·哀公十四年》:"西狩猎于大野。"
【例句】唐宋之问《过中书元…》:"修径接大野,重峦跨南北。"唐孟浩然《宴包二融宅》:"闲居枕清洛,左右接大野。"唐朱山浩龄《秋山极天净》:"雨洗高秋净,天临大野闲。"聂绀弩《遇狼》:"尔向空山行猎好,谁叫大野守田忙。"

大夜　dà yè
【分类】生活
【关键词】王僧孺
【释义】长夜,谓人死长眠地下。南朝梁王僧孺《从子永宁令谦诔》:"昭途长已,大夜斯安。"
【例句】唐方干《哭江西处…》:"巢父精灵归大夜,客儿才调振遗风。"唐曹松《吊李翰林》:"昔朝曾侍玄宗侧,大夜应归贺监边。"唐黄滔《伤翁外甥》:"青春成大夜,新雨坏孤坟。"唐罗隐《暇日感怀…》:"今日二难俱大夜,当时三幅谩高才。"

大翼　dà yì
【分类】政治
【关键词】庄子
【释义】形容大鹏鸟其翼广大,伸张开来若垂天之云,故被后人称做大翼。后因用以称大鹏。源见"鲲鹏"。
【例句】唐顾况《送从兄使…》:"南溟垂大翼,西海饮文鳐。"唐杜牧《寄李播评事》:"大翼终难戢,奇锋且自韬。"宋吕陶《次韵芸叟…》:"长虹驾浪人间去,大翼乘风海际垂。"宋郭印《送邵公济…》:"风厚正能扶大翼,浪高端足化脩鳞。"

大隐金门　dà yǐn jīn mén
【分类】政治
【关键词】东方朔
【释义】谓身在朝廷而志在隐逸。《史记·滑稽列传》褚少孙附编:"朔曰:'如朔等,所谓避世于朝廷间者也。'…据地歌曰:'陆沈于俗,避世金马门。宫殿中可以避世全身,何必深山之中,蒿庐之下。'金马门者,宦(者)署门也,门傍有铜马,故谓之曰'金马门'。"
【例句】唐李白《玉壶吟》:"世人不识东方朔,大隐金门是谪仙。"宋杨亿《休沐述怀…》:"大隐金门犹自适,日亲方朔听诙谐。"明张以宁《送裴文中…》:"过家遗老如相问,大隐金门旧小儿。"明王汝玉《题王仲远…》:"知君与世渐忘情,不羡金门大隐名。"

大泽龙蛇　dà zé lóng shé
【分类】政治
【关键词】左传
【释义】喻指广大的乡间草莽之处,能孕育隐藏英雄豪杰。《左传·襄公二十一年》:"深山大泽,实生龙蛇。"晋杜预注:"言非常之地,多生非常之物。"
【例句】唐李白《早秋赠裴》:"穷溟出宝贝,大泽饶龙蛇。"唐杜甫《送孔巢父…》:"深山大泽龙蛇远,春寒野阴风景暮。"唐白居易《玩松竹》:"龙蛇隐大泽,麋鹿游丰草。"宋黄庭坚《薄薄酒》:"醇醪养牛等刀锯,深山大泽生龙蛇。"

大招　dà zhāo
【分类】生活
【关键词】楚辞
【释义】《楚辞》篇名,相传为屈原所作,或云景差作。王夫之解题云:"此篇亦招魂之辞。略言魂而系之以大,盖亦因宋玉之作而广之。"后用以泛指招魂或悼念之辞。
【例句】宋马廷鸾《挽陈本斋》:"拊膺前劫事,雪涕大招篇。"宋李纲《剑浦道中》:"谁怜泽畔人憔悴,更把骚辞赋大招。"宋范成大《寒食客中…》:"疾风甚雨过寒食,白日青春吟大招。"宋晁公溯《师伯浑用…》:"时因抚事歌成相,更复怀人作大招。"

大中小隐　dà zhōng xiǎo yǐn
【分类】政治
【关键词】王康琚
【释义】咏隐士不同类型之典。西晋王康琚《反招隐》:"大隐隐朝市,小隐隐薮泽。"唐白居易《中隐》:"不如作中隐,隐在留司官。"古谓隐遁避世有三种:在朝市居官,却思想不入溷浊之世道,坚守隐遁志向者,最难,称大隐。逃避山林的真隐最易,故称小隐。中隐是指隐于下位,似出似处,似隐似仕者。

【例句】唐姚合《和裴令公…》:"古今功独出,大小隐俱成。"唐许棠《题郑侍郎…》:"朝退常归隐,真修大隐情。"宋周紫芝《次韵元素…》:"大隐未成聊小隐,浊流谁得真清流。"宋苏轼《六月二十…》:"未成小隐聊中隐,可得长闲胜暂闲。"

大夫松 dài fū sōng
【分类】文化
【关键词】秦始皇
【释义】咏松之典。源见"五大夫"。
【例句】唐李世民《题龟峰山》:"岩畔芊芊罗汉草,领头郁郁大夫松。"唐鲍溶《闻国家将…》:"清跸间过素王庙,翠华高映大夫松。"张说《药园宴武…》:"风高大夫树,露下将军药。"宋孔平仲《嘲承君》:"泰山风拔大夫松,彭泽霜陨先生柳。"

大王风 dài wáng fēng
【分类】政治
【关键词】宋玉
【释义】本为讽谕,后转为对帝王的谀辞,犹言帝王的雄风。战国宋玉《风赋》:"(楚襄王)曰:'快哉此风!寡人所与庶人共者耶?'宋玉对曰:'此独大王之风耳,庶人安得而共之?'"
【例句】唐张易之《侍从过公…》:"时攀小山桂,共挹大王风。"唐严维《奉和刘祭…》:"性柔君子德,足逸大王风。"唐胡曾《兰台宫》:"宋玉不忧人事变,从游那赋大王风。"聂绀弩《送大学生…》:"父老江东传语乐,大王风送小王回。"

呆女痴牛 dāi nǚ chī niú
【分类】文化
【关键词】苏轼
【释义】指神话中的牛郎、织女。因他们对爱情十分执着,故戏称之。宋苏轼《鹊桥仙·七夕》:"缑山仙子,高清云渺,不学痴牛呆女。"也作痴牛骏女。骏:无知意。
【例句】宋杨无咎《雨中花》:"举杯相属,却应羞杀,呆女痴牛。"宋杨无咎《洞仙歌》:"痴牛呆女,谩恩深情远。"宋魏了翁《水调歌头》:"痴牛骏女会处,应有泛槎人。"明沈周《和桑民怿…》:"银汉刚风擘九旗,痴牛骏女是佳期。"

代工 dài gōng
【分类】政治
【关键词】尚书
【释义】谓人臣辅佐君王,以代行天之使命。《尚书·皋陶》:"无旷庶官,天工人其代之。"唐孔颖达疏:"天不自治,立君乃治之;君不独治,为臣以佐之。"
【例句】唐李隆基《春晚宴…》:"乾道运无穷,恒将人代工。"唐韩愈《奉和杜相…》:"代工声问远,摄事敬恭加。"宋刘攽《神宗皇帝…》:"四塞联初郡,千官仅代工。"明孙继皋《榆林杜日…》:"词场军垒万夫雄,舞剑称诗绝代工。"清弘历《福康安奏…》:"溧门择要移两粤,谕抚勤宣勉代工。"

代妤摩笄 dài yú mó jī
【分类】政治
【关键词】战国策
【释义】咏后妃殉国之典。《战国策·燕策》:"昔赵王以其姊为代王妻,欲并代,约与代王遇于勾注之塞。乃令工人作为金斗,长其尾,令之可以击人。厨人进斟羹,因反斗而击代王,杀之,王脑涂地。其姊闻之,摩笄以自刺也。故至今有摩笄之山,天下莫不闻。"
【例句】唐胡曾《摩笄山》:"春草绵绵岱日低,山边立马看摩笄。"宋李新《过邠郊归蜀》:"摩笄绿玉笋抽芽,卷地兜罗柳放花。"明王佐《赵简子家》:"摩笄山前风日凄,代人犹自说当时。"明徐渭《次夕降抟…》:"渐离荆卿僵易水,赵王代娣冷摩笄。"

岱宗行 dài zōng xíng
【分类】生活
【关键词】泰山
【释义】喻指死亡、人命归天。《博物志》:"泰山一曰天孙,言为天帝孙也。主召人魂魄。东方万物始成,知人生命之长短。"
【例句】唐顾况《伤大理谢…》:"空留封禅草,已作岱宗行。"

玳瑁筵 dài mào yán
【分类】生活
【关键词】尹鹗
【释义】谓豪华、珍贵的宴席,亦作玳筵。前蜀尹鹗《金浮图》:"繁华地,王孙富贵,玳瑁筵开,下朝无事。"
【例句】唐李世民《帝京篇》:"罗绮昭阳殿,芬芳玳瑁筵。"唐沈佺期《古意呈补…》:"卢家少妇郁金堂,海燕双栖玳瑁梁。"唐杜甫《观公孙大…》:"玳筵急管曲复终,乐极哀来月东出。"唐刘章《咏蒲鞋》:"石榴裙下从容久,玳瑁筵前整顿频。"

玳瑁簪 dài mào zān
【分类】生活
【关键词】春申君
【释义】玳瑁制作的发簪,喻奢华饰品。源见"珠履"。
【例句】唐王建《赠王屋道…》:"玉皇符诏下天坛,玳瑁头簪白角冠。"唐杜牧《送杜颢赴…》:"还须整理韦弦佩,莫独矜夸玳瑁簪。"唐罗隐《咏史》:"徐陵笔砚珊瑚架,赵胜宾朋玳瑁簪。"唐温庭筠《寄河南杜…》:"十载归来鬓未凋,玳簪珠履见常僚。"

带减腰围 dài jiǎn yāo wéi
【分类】生活

【关键词】梁书
【释义】形容病愁瘦损。《梁书·昭明太子统传》:"体素壮,腰带十围,至是减削过半。"
【例句】唐杜甫《伤秋》:"懒慢头时栉,艰难带减围。"唐卢殷《晚蝉》:"深藏高柳背斜晖,能轸孤愁减昔围。"宋杨亿《洛意》:"蘅皋驻马独依依,寄恨微波带减围。"宋李洪《春晚疾后…》:"登临供赋山分绣,扶病经时带减围。"

带经锄耕 dài jīng chú gēng
【分类】文化
【关键词】儿宽
【释义】好学苦读之典。《汉书·儿宽传》:"儿宽…治《尚书》,事欧阳生。以郡国诣博士,受业孔安国。贫无资用,尝为弟子都养(炊事人员)。时行赁作,带经而锄,休息辄诵读,其精如此。"
【例句】唐刘长卿《送张判官…》:"春山数亩地,归去带经锄。"唐钱起《南溪春耕》:"日长农有暇,悔不带经来。"宋陈著《沁园春》:"箭过时光,剑炊世界,谁带经锄谁笔耕。"元仇机沙《题徐良夫…》:"白日带经垄上锄,夜间放棹泽中渔。"

带砺山河 dài lì shān hé
【分类】政治
【关键词】汉书
【释义】比喻时间久远,永不改变。《汉书·高惠高后文功臣表》:"使黄河如带,泰山若厉,国以永存,爰及苗裔。"东汉应劭注:"国家欲使功臣传祚无穷也…河当时如衣带,山当何时如厉石…国犹永存。"
【例句】唐吴融《闲书》:"回看带砺山河者,济得危时没旧勋。"唐罗隐《升平公主…》:"带砺山河今尽在,风流樽俎见无期。"宋王安石《读汉功臣表》:"本待山河如带砺,何缘菹醢赐侯王。"宋华镇《项王庙》:"刘氏功名未足多,漫将带砺指山河。"

带牛佩犊 dài niú pèi dú
【分类】政治
【关键词】龚遂
【释义】喻指带持刀剑,不重农本。源见"卖剑买牛"。
【例句】唐李峤《刀》:"列辟鸣鸾至,惟良佩犊旋。"五代徐钧《龚遂》:"带牛佩犊俗难平,喜得公来便息兵。"宋方岳《祷晴》:"风土不堪人佩犊,月明无复官啼鵙。"宋苏轼《张作诗送…》:"斩蛟刺虎老无力,带牛佩犊吏所诃。"

待贾而沽 dài jiǎ ér gū
【分类】政治
【关键词】论语
【释义】亦作待价而沽。等待善价出售,亦比喻怀才不用或待时而行。《论语·子罕》:"子贡曰:'有美玉于斯,韫椟而藏诸?求善贾而沽诸?'子曰:'沽之哉,沽之哉!我待贾者也。'"
【例句】唐杨衡《寄田仓曹湾》:"昑云高羽翼,待贾蕴璠玙。"宋胡寅《示端推单普》:"仲尼且待贾,至宝宜贵珍。"宋释重显《送僧》:"待时沽誉漫沦生,晦迹韬光亦何意。"宋刘克庄《和徐常丞…》:"一辞吾已抽身退,什袭公非待价沽。"

待诏金马 dài zhào jīn mǎ
【分类】政治
【关键词】东方朔
【释义】比喻身为朝官而逃避世务。《史记·滑稽列传》:"(东方朔)时坐席中,酒酣,据地歌曰:'陆沈于俗,避世金马门。宫殿中可以避世全身,何必深山之中、蒿庐之下!'"金马门者,宦者署门也,门傍有铜马,故谓之曰"金马门"。
【例句】唐李白《走笔赠独…》:"是时仆在金门里,待诏公车谒天子。"唐白居易《郡中眷宴…》:"仆本儒家子,待诏金马门。"唐白居易《吴七郎中…》:"金马东门只日开,汉庭待诏重仙才。"宋谢逸《再用前韵》:"行看待诏金马门,安得喈然长隐几。"

戴安道 dài ān dào
【分类】政治
【关键词】王徽之
【释义】戴逵,字安道,东晋学者、雕塑家、画家。曾反对佛教的因果报应,著《释疑论》。与当时名士郗超、刘炎、谢安、王徽之等为友。终身不仕。源见"子猷兴尽"。
【例句】唐杜甫《从驿次草…》:"不寻戴安道,似向习家池。"宋潘阆《自诸暨抵剡》:"不见戴安道,有怀王子猷。"宋张纲《用前韵送春》:"鼓琴不用戴安道,行酒却须温太真。"聂绀弩《一缘居士…》:"何与剡溪戴安道,子猷兴尽自归船。"

戴逵破琴 dài kuí pò qín
【分类】政治
【关键词】戴安道
【释义】喻指志行高洁,不屈于权势。《晋书·戴逵传》载:戴逵善琴,太宰武陵王司马晞召他王府献技,戴逵曰:"戴安道(戴逵字)不为王门伶人!"说罢摔琴于地,以示拒绝。
【例句】唐司空图《狂题》:"别鹤凄凉指法存,戴逵能耻近王门。"唐李商隐《咏怀寄秘…》:"礼俗拘稽喜,侯王忻戴逵。"宋陈造《次韵王编修》:"老誓捐书断舌吟,君苗笔砚戴逵琴。"明陶宗仪《次韵答张…》:"御笔曾题田氏宅,王门莫听戴逵琴。"

戴盆望天 dài pén wàng tiān
【分类】政治
【关键词】司马迁
【释义】喻事难两全,或方法错误,无法达到目的。《汉书·司马迁列传》:"仆以为戴盆何以望天,故绝宾客之知,忘室家之业。"唐颜师古注引如淳曰:"头戴盆则不得望天,望天则不得戴盆,事不可兼施。"

【例句】唐杜牧《昔事文皇…》:"照胆常悬镜,窥天自戴盆。"唐邵谒《送从弟长…》:"白日不得照,戴天如戴盆。"唐薛能《行次灵龛…》:"雷公解屓冲天气,白日何辜遣戴盆。"唐罗隐《临川投穆…》:"试将生计问蓬根,心委寒灰首戴盆。"

戴凭避席　dài píng bì xí
【分类】文化
【关键词】戴凭
【释义】文士自负之典。《后汉书·戴凭传》:"时诏公卿大会,群臣皆就席,凭独立。光武问其意。凭对曰:'博士说经皆不如臣,而坐居其上,是以不得就席。'"
【例句】唐元稹《献荥阳公…》:"戴冯遥避席,祖逖后施鞭。"宋苏洞《又口占和…》:"门前车马无行迹,堂上真重戴凭席。"宋张守《客居坐无…》:"君不见汉朝博士能说经,五十余席输戴凭。"元马祖常《贡仲章待…》:"戴凭久负谈经席,阮籍唯知近酒床。"

戴凭重席　dài píng zhòng xí
【分类】文化
【关键词】戴凭
【释义】文士博学之典。《后汉书·戴凭传》:"帝令群臣能说经者更相难诘,义有不通,辄夺其席以益通者,凭遂重坐五十余席。故京师为之语曰:'解经不穷戴侍中。'"重:增益。
【例句】唐张籍《赠殷山人》:"讲序居重席,群儒愿执鞭。"宋丁谓《咏席》:"鲁堂曾子避,汉殿戴凭重。"元马祖常《送扬州方…》:"戴凭重席男儿事,莫向淮南怨白头。"

戴武弁　dài wǔ biàn
【分类】政治
【关键词】后汉书
【释义】谓身任武职。《后汉书·舆服志下》:"武冠,一曰武弁大冠,诸武官冠之。"
【例句】唐权德舆《省中春晚…》:"今兹戴武弁,谬列金门彦。"唐权德舆《送韦行军…》:"五年武弁侍明光,辄佐中权拜外郎。"唐韩翃《赠别太常…》:"两年戴武弁,趋侍明光殿。"宋司马光《和王少卿…》:"儒衣武弁聚华轩,尽是西都冷落官。"

戴星　dài xīng
【分类】政治
【关键词】巫马期
【释义】喻咏地方官勤政辛劳。《吕氏春秋·察贤》:"巫马期以星出,以星入,日夜不居,以身亲之,而单父亦治。"咏鲁人巫马期任单父宰时勤政之语。
【例句】唐吕敞《潘安仁戴…》:"行春潘令至,勤恤戴星光。"唐罗隐《送前南昌…》:"五年苛政甚虫螟,深喜夫君几戴星。"唐罗隐《夜泊义兴…》:"溪畔维舟问戴星,此中三害在图径。"宋真颂《和就日馆》:"戎骥迢递戴星行,驿骑奔驰刺火迎。"

戴颙　dài yóng
【分类】政治
【关键词】戴颙
【释义】咏隐逸之典,或咏弹琴、乐曲。《宋书·戴颙传》:"戴颙字仲若…父逯,兄勃,并隐遁有高名。颙年十六,遭父忧,几于毁灭,因此长抱羸患,以父不仕,复修其业,父善琴书,颙并传之…各造新弄,勃五部,颙十五部。颙又制长弄一部,并传于世。"
【例句】唐李端《送倓上人…》:"独将支遁去,欲往戴颙家。"唐罗隐《寄西华黄…》:"盛事两般君尽得,老莱衣服戴颙家。"唐颜真卿《题杼山癸…》:"俯视何楷台,傍瞻戴颙路。"唐温庭筠《重游圭峰…》:"戴颙今日称居士,支遁他年识领军。"明潘光统《冬日同欧…》:"持律欲寻支遁去,谈禅真为戴颙来。"

黛蛾　dài é
【分类】生活
【关键词】眉
【释义】犹黛眉,喻指美女或柳叶。唐温庭筠《晚归曲》:"湖西山浅似相笑,菱刺惹衣攒黛蛾。"
【例句】唐鲍溶《章华宫行》:"岂无一人似神女,忍使黛蛾常不伸。"唐温庭筠《感旧陈情》:"黛蛾陈二八,珠履列三千。"宋韩琦《再赋柳枝词》:"叶叶新长约黛蛾,丝丝轻软任风梭。"宋秦观《减字木兰花》:"黛蛾长敛,任是春风吹不展。"

丹墀　dān chí
【分类】政治
【关键词】张衡
【释义】指宫殿的赤色台阶或赤色地面。汉张衡《西京赋》:"右平左墄,青琐丹墀。"《汉书·外戚传下·孝成班倢伃》:"俯视兮丹墀,思君兮履綦。"颜师古注引孟康曰:"丹墀,赤地也。"
【例句】唐武平一《饯唐永昌》:"闻君墨绶出丹墀,双乌飞来仁有期。"唐韦应物《送雷监赴…》:"长陪柏梁宴,日向丹墀趋。"唐李商隐《韩碑》:"文成破体书在纸,清晨再拜铺丹墀。"唐韩翃《扈从郊庙…》:"丹墀列士主恩同,厩马翩翩出汉宫。"唐耿㴦《赠别刘员…》:"不学朱云能折槛,空羞献纳在丹墀。"

丹凤朝阳　dān fèng cháo yáng
【分类】政治
【关键词】诗经
【释义】比喻贤才逢机遇。《诗经·大雅·卷阿》:"凤凰鸣矣,于彼高冈;梧桐生矣,于彼朝阳。"丹凤:鸟名。丹凤鸟总是朝着太阳。
【例句】唐卢照邻《酬张少府…》:"价重瑶山曲,词惊丹凤林。"唐张祜《元日仗》:"上皇一御含元殿,丹凤门开白日明。"唐王维《敕借岐王…》:"帝子远辞丹凤阙,天书遥借翠微宫。"唐吕岩《七言》:"神龟出入庚辛位,丹凤翱翔甲乙方。"

丹凤门　dān fèng mén
【分类】政治
【关键词】宫门
【释义】唐长安大明宫的正南门,是大唐王朝的国家象征,为盛唐第一门。《太平御览·门下》:"又曰:西京大明宫,南面五门。正南丹凤门,次东望仙、延政门,次西建福、兴安门。"
【例句】唐大易《赠司空拾遗》:"望阁未承丹凤诏,掩门空对楚人家。"唐张籍《赠姚合》:"丹凤城门向晓开,千官相次入朝来。"唐杨巨源《元日含元…》:"丹凤楼前歌九奏,金鸡竿下鼓千声。"唐张祜《元日仗》:"上皇一御含元殿,丹凤门开白日明。"

丹经　dān jīng
【分类】文化
【关键词】道
【释义】讲述炼丹术的专书。《抱朴子·金丹》:"凡受太清丹经三卷,及九鼎丹经一卷,金液丹经一卷。"
【例句】唐白居易《梦仙》:"徒传辟谷法,虚受烧丹经。"唐岑参《上嘉州青…》:"早岁爱丹经,留心向青囊。"唐韦应物《骊山行》:"乃言圣祖奉丹经,以年为日亿万龄。"唐段弘古《秋怀》:"生涯不共秋光老,浊酒丹经一钓舡。"

丹青　dān qīng
【分类】生活
【关键词】顾恺之
【释义】丹砂和青䕩,本是绘画用的颜色,后泛指绘画。《晋书·顾恺之传》:"尤善丹青,图写特妙。"画师即称为丹青手。
【例句】唐李嘉祐《访韩司空…》:"图画风流似长康,文词体格效陈王。"唐高蟾《金陵晚诗》:"世间无限丹青手,一片伤心画不成。"唐道世《颂》:"刻削生千变,丹青图万像。"唐贺知章《奉和御制…》:"华滋䔢丹青树,颢气氤氲金玉堂。"

丹丘　dān qiū
【分类】文化
【关键词】楚辞
【释义】传说为神仙居地,昼夜常明。《楚辞补注·远游》:"闻至贵而遂徂兮,忽乎吾将行。仍羽人于丹丘兮,留不死之旧乡。"徂:往,到。仍:效仿。羽人:飞仙。
【例句】唐独孤及《代书寄上…》:"莫抱白云意,径往丹丘庭。"唐韩翃《同题仙游观》:"何用别寻方外去,人间亦自有丹丘。"唐武三思《仙鹤篇》:"经随羽客步丹丘,曾逐仙人游碧落。"唐吕岩《赠刘方处士》:"拟向烟霞煮白石,偶来城市见丹丘。"

丹砂　dān shā
【分类】文化
【关键词】麻姑
【释义】将朱砂放在炉火中烧炼而成。求仙的人认为丹砂是延年益寿的良药。《神仙传·王远》:"东汉桓帝时,王远降于蔡经家,又约麻姑来降。…见蔡经家人时,麻姑取米掷地皆成丹砂。"
【例句】唐王绩《赠学仙者》:"相逢宁可醉,定不学丹砂。"唐何仙姑《凤台云母》:"笑杀狂游勾漏令,更从何处觅丹砂?"唐皎然《贻李汤》:"日服丹砂骨自清,肤如冰雪心更明。"聂绀弩《无题柴韵诗》:"半日租金豪侈否,丹砂无数滚黄埃。"

丹砂井　dān shā jǐng
【分类】文化
【关键词】抱朴子
【释义】指道家所谓的含丹水井,人食其水可长寿。《抱朴子·仙药》:"余亡祖鸿胪少卿曾为临沅令,云此县有廖氏家,世世寿考,或出百岁…疑其井水殊赤,乃试挖井左右,得古人埋丹砂数十斛,去数尺。此丹砂汁因泉渐入井,是以饮此水而得寿。"
【例句】唐王维《林园即事…》:"徒思赤笔书,讵有丹砂井?"宋苏轼《楼观》:"丹砂久窖井水赤,白术谁烧丹灶香?"宋余靖《游应圣宫》:"雨昏仙穴丹砂井,云映楼居玉洞人。"宋许县尉《庆浔州廖太守》:"海中仙草千年宝,井底丹砂百岁春。"

丹山　dān shān
【分类】生态
【关键词】山海经
【释义】古谓产凤之山名。源见"丹山凤"。
【例句】唐李峤《雾》:"涿鹿妖氛静,丹山霁色明。"唐李商隐《韩冬郎即…》:"桐花万里丹山路,雏凤清于老凤声。"唐沈彬《赠王定保》:"废苑露寒兰寂寞,丹山云断凤参差。"宋胡宿《题刘奉礼…》:"丹山消息断,喜见凤雏声。"

丹山凤　dān shān fèng
【分类】政治
【关键词】山海经
【释义】咏祥瑞之典。《山海经·南山经》:"(祷过之山)又东五百里,曰丹穴之山,其上多金玉。丹水出焉,而南流注于渤海。有鸟焉,其状如鸡,五采而文,名曰凤皇,首文曰德,翼文曰义,背文曰礼,膺文曰仁,腹文曰信。是鸟也,饮食自然,自歌自舞,见则天下安宁。"
【例句】唐牟融《题陈侯竹亭》:"丹山凤泣钩帘听,沧海龙吟对酒闻。"唐李商隐《玄微先生》:"药裹丹山凤,棋函白石郎。"唐李商隐《越燕》:"记取丹山凤,今为百鸟尊。"宋李复《王夫人挽词》:"丹山凤泣归巢冷,寒月乌啼反哺空。"

丹书　dān shū
【分类】文化
【关键词】书
【释义】传说中赤雀所衔的瑞书,或指炼丹之书,道教经书。

《史记·周本纪》："生昌,有圣瑞。"唐张守节《史记正义》引《尚书帝命验》："季秋之月甲子,赤爵衔丹书入于酆,止于昌户。其书云:'敬胜怠者吉…以不仁得之,不仁守之,不及其世。'"

【例句】唐李端《问张山人疾》："不见领徒过绛帐,唯闻与婢削丹书。"唐王贞白《送芮尊师》":"黄鹤待传蓬岛信,丹书应换蕊宫名。"唐武元衡《奉酬淮南…》":"金玉裁王度,丹书奉帝俞。"唐秦韬玉《简寂观》":"丹书万卷题朱字,碧岫千重锁翠微。"

丹台　　dān tái
【分类】文化
【关键词】周君
【释义】道教指神仙的居处。《艺文类聚》引《真人周君传》":"子名在丹台玉室之中,何忧不仙?"
【例句】唐李白《题随州紫…》":"复闻紫阳客,早署丹台名。"唐林仙人《七言》":"万壑松萝拂紫烟,丹台秘邃集神仙。"唐白居易《酬赵秀才…》":"君看名在丹台者,尽是人间修道人。"唐陆龟蒙《和袭美…》":"丹台已运阴阳火,碧简须雠次第仙。"

丹徒布衣　　dān tú bù yī
【分类】政治
【关键词】诸葛长民
【释义】用为仕途凶险悔恨已迟的典故,亦指平民百姓。《晋书·诸葛长民传》":"长民遭部将徐琰击走之,进位使持节、督豫扬二州诸军事、青州刺史。刘毅被诛,长民谓所亲曰:'昔年醢彭越,前年杀韩信,祸其至矣!'谋欲为乱…既而叹曰:'贫贱常思富贵,富贵必履危机。今日欲为丹徒布衣,岂可得也!'"
【例句】唐李白《玉真公主…》":"丹徒布衣者,慷慨未可量。"唐刘禹锡《题敧器图》":"无因上蔡牵黄犬,愿作丹徒一布衣。"宋黄庭坚《和张沙河…》":"谁料丹徒布衣得,今朝忽有酒如川。"宋陆游《夜从父老…》":"丹徒布衣有筹略,渔阳突骑莫枝梧。"

丹穴　　dān xué
【分类】生态
【关键词】山海经
【释义】传说中的山名。源见"丹山凤"。后以丹穴为凤凰的代称。
【例句】唐陈子昂《鸳鸯篇》":"凤凰起丹穴,独向梧桐枝。"唐权德舆《杂兴》":"乍听丝声似竹声,又闻丹穴九雏惊。"唐欧阳詹《元日陪早朝》":"仪箾不唯丹穴鸟,称觞半是越裳人。"宋梅尧臣《送知和州…》":"但求黄口饫,焉问丹穴饥。"

单醪投川　　dān láo tóu chuān
【分类】政治
【关键词】酒
【释义】比喻与军民或军队上下同甘共苦。晋张协《七命》:"单(箪)醪投川,可使三军告捷。"唐李善注引《黄石公记》":"昔良将之用兵也,人有馈一箪之醪,投河,令众迎流而饮之。夫一箪之醪,不味一河,而三军思为致死者,以滋味及之也。"箪:同"单"。单醪:犹言一壶酒。
【例句】唐卢仝《感古》":"单醪投长河,三军尽沈沦。"唐白居易《寄献北都…》":"路喧歌五绔,军醉感单醪。"明顾璘《独酌》":"短榻能供卧,单醪不遣愁。"明李攀龙《重送张闻使》":"故事单醪在,流言二卵虚。"

耽书　　dān shū
【分类】文化
【关键词】皇甫谧
【释义】酷嗜书籍,为好学嗜读之典。源见"书淫"。
【例句】唐皇甫冉《酬权器》":"闻君静坐转耽书,种树葺茅远旧居。"唐郎士元《送韦逸人…》":"服药颜驻,耽书癖已成。"唐白居易《答谢家最…》":"嫁得梁鸿六十年,耽书爱酒日高眠。"唐薛能《春日书怀》":"耽书未必酬良相,断酒唯堪作老师。"

箪食壶浆　　dān shí hú jiāng
【分类】政治
【关键词】孟子
【释义】用箪盛食物,用壶盛酒浆,形容军队受到百姓热烈欢迎。《孟子·梁惠王》":"箪(竹筒)食壶浆,以迎王师。"
【例句】唐白居易《观刈麦》":"妇姑荷箪食,童稚携壶浆。"宋司马光《呈张子贱》":"近때洛社名真率,箪食壶浆取次游。"宋陆游《观운粮图》":"壶浆箪食满道傍,刍粟岂复烦车箱。"聂绀弩《画报社鱼…》":"口中淡出鸟来无,寒夜壶浆马哈鱼。"

箪食瓢饮　　dān sì piáo yǐn
【分类】政治
【关键词】论语
【释义】形容贫苦生活,比喻安贫乐道。《论语·雍也》":"子曰:'贤哉,回也! 一箪食,一瓢饮,在陋巷,人不堪其忧,回也不改其乐。贤哉,回也!'"
【例句】唐白居易《观刈麦》":"妇姑荷箪食,童稚携壶浆。"唐孟浩然《西山寻辛谔》":"回也一瓢饮,贤哉常晏如。"唐庞蕴《诗偈》":"唯乐箪瓢饮,无求澡镜铨。"唐孙合《古意》":"道废固命也,瓢饮亦资哉。"宋刘敞《君子行》":"箪食一瓢饮,孔圣推其贤。"宋朱熹《题郑德辉…》":"车马不来真避俗,箪瓢可乐便忘年。"

旦暮之人　　dàn mù zhī rén
【分类】生活
【关键词】骊姬
【释义】形容为时不久了。《史记·晋世家》":"骊姬泣曰:'太子何忍也!其父而欲弑代之,况他人乎?且君老矣,旦暮之人,曾不能待而欲弑之!'"
【例句】唐钱起《哭辛霁》":"旦暮余生几息在,不应没未尝悲。"唐白居易《开龙门八…》":"七十三翁旦暮身,誓开险路作通津。"唐元稹《幽栖》："壶中天地乾坤外，梦里身名旦暮间。"唐齐己《伤秋》："旦暮余生在，肌肤十分无。"

啖螯讥尔雅　dàn áo jī ěr yǎ
【分类】生活
【关键词】谢仁祖
【释义】咏未通古籍或咏蟹之典。把彭蜞误作螃蟹。《世说新语·纰漏》："蔡司徒渡江，见彭蜞，大喜曰：'蟹有八足，加以二螯。'令烹之。既食，吐下委顿，方知非蟹。后向谢仁祖说此事，谢曰：'卿读《尔雅》不熟，几为《劝学》死。'"南朝梁刘孝标注："《大戴礼·劝学篇》曰：'蟹二螯八足，非蛇蟺之穴无所寄托者，用心躁也。'故蔡邕为《劝学章》取义焉。《尔雅》曰：'蝍蟝小者劳，即彭蜞也，似蟹而小。'今彭蜞小于蟹，而大于彭螖，即《尔雅》所谓蝍蟝也。然此三物，皆八足二螯，而状甚相类。蔡谟不精其小大，食而致弊，故谓读《尔雅》不熟也。"
【例句】唐唐彦谦《送樊琯司…》："啖螯讥尔雅，卖饼诉公羊。"

啖蠙李　dàn cáo lǐ
【分类】政治
【关键词】陈仲子
【释义】形容贫士穷困无食。《孟子·滕文公》："陈仲子岂不诚廉士哉？居于陵，三日不食，耳无闻，目无见也。井上有李，螬食实者过半矣，匍匐往将食之，三咽，然后耳有闻，目有见。"
【例句】宋韦骧《喜雨和曹…》》："班超已老入玉关，仲子欲绝得蠙李。"宋刘克庄《杂兴》："老圃宁无蠙半李，贫家尚有鼠余蔬。"宋黄庭坚《演雅》："井边蠙李蠙苦肥，枝头饮露蝉常饿。"宋袁说友《和同年春…》："收拾愧同蠙食李，侯生谁复敢言诗。"

啖蔗　dàn zhè
【分类】文化
【关键词】顾恺之
【释义】咏情况愈来愈好之典。《世说新语·排调》："顾长康（恺之）啖甘蔗，先食尾。问所以，云：'渐至佳境。'"
【例句】唐韩愈《答张彻》："初味犹啖蔗，遂通斯建瓴。"宋王安石《次韵酬宋玘》："美似狂醒初啖蔗，快如衰病得观涛。"宋苏轼《次韵前篇》："少年幸苦真食蓼，老境安闲如啖蔗。"宋李弥逊《将至徽川…》："端如啖蔗及佳境，快意不复嘲天悭。"

淡薄　dàn bó
【分类】生活
【关键词】张籍
【释义】指妆饰雅淡朴素，或指稀薄、清淡。唐张籍《倡女词》："画罗金缕难相称，故著寻常淡薄衣。"
【例句】唐卢纶《春思贻李…》："渐知欢澹薄，转觉老殷勤。"唐孟郊《游枋口》："恣玩饶淡薄，息玩多淹留。"唐白居易《座中戏呈…》："纵有风情应淡薄，假如老健莫争强。"唐

唐彦谦《寄蒋二十四》："禅门澹薄无心地，世事生疏欲面墙。"宋柳永《引驾行》："轻烟淡薄和气暖，望花村路隐映摇。"

淡若水　dàn ruò shuǐ
【分类】政治
【关键词】庄子
【释义】贤者之交谊，平淡如水，不尚虚华。《庄子·山木》："且君子之交淡若水，小人之交甘若醴。君子淡以亲，小人甘以绝。"晋郭象注："无利故ández，道合故亲。"
【例句】唐骆宾王《初秋于窦…》："唯将澹若水，长揖古人风。"唐王熊《奉别张岳…》："不期交淡水，暂得款忘年。"唐骆宾王《初秋子窦…》："唯将澹若水，长揖古人风。"唐韦应物《寓居沣上…》："道心淡泊对流水，生事萧疏空掩门。"唐郑绰《咏浮沤为…》："欲作微涓效，先从淡水游。"

淡扫蛾眉　dàn sǎo é méi
【分类】生活
【关键词】张祜
【释义】轻淡地画眉，指妇女淡雅的化妆。唐张祜《集灵台》："却嫌脂粉污颜色，淡扫蛾眉朝至尊。"
【例句】宋黄庭坚《刘邦直送…》："仙风道骨今谁有，淡扫蛾眉簪一枝。"宋范成大《次韵王浚…》："君家倾国何时见，淡扫蛾眉撚夕阴。"宋洪咨夔《仲冬二日…》："好是蛾眉无点恨，盈盈淡扫有无间。"宋赵汝燧《缠头曲》："中有八姨坐绮席，淡扫蛾眉压宫妆。"

淡生涯　dàn shēng yá
【分类】政治
【关键词】唐摭言
【释义】指不趋慕功名利禄的生活。《唐摭言》："裴令公居守东洛，夜宴半酣，公索联句，元、白有得色，时公为破题，次至杨侍郎曰：'昔日兰亭无绝质，此时金谷有高人。'白知不能加，遽裂之曰：'笙歌鼎沸，勿作此冷淡生活！'"
【例句】宋姚自强《游洞霄》："不是游观先一日，何缘识得淡生涯。"宋刘学箕《种梅》："隐沦冲寂澹生涯，芍药樱桃厌艳华。"宋陆游《秋思》："身似庞翁不出家，一窗自了淡生涯。"宋林希逸《雨山徐总…》："天放寒梅三两花，殷勤妆点淡生涯。"

淡妆浓抹　dàn zhuāng nóng mǒ
【分类】生态
【关键词】苏轼
【释义】指雅和浓艳两种不同妆饰打扮，常含不论何种打扮之意。宋苏轼《饮湖上初晴后雨》："欲把西湖比西子，淡妆浓抹总相宜。"
【例句】宋李弥逊《过鲁公…》："轻颦浅笑各有态，淡妆浓抹俱相宜。"宋戴复古《黄州栖霞…》："白衣苍狗易改变，淡妆浓抹难形容。"宋虞诏《荷花》："一色藕花三十里，淡妆浓抹锦青红。"宋王柏《赠朱道人》："淡妆浓抹西子面，天梯石栈猿猱悲。"

惮牺　dàn xī
【分类】生活
【关键词】左传
【释义】比喻因畏祸而自甘无用。源见"雄鸡断尾"。
【例句】宋曹彦约《次韵蔡元…》:"鸡本惮牺先断尾,燕粗能巢聊葺垒。"清袁枚《寄鱼门舍人》:"枥马初衔辔,雄鸡岂惮牺。"清蒋士铨《御制火鸡…》:"惜尾毋惮牺,啄粒迂怀德。"清林仲姚《闲居杂咏…》:"剧怜有齿焚身象,休怪惮牺断尾鸡。"

弹棋局　dàn qí jú
【分类】政治
【关键词】曹丕
【释义】喻指越是权利的上层,就越有更多的不公平,也形容心情跌宕起伏。《玉溪生诗集笺注·无题》:"莫近弹棋局,中心最不平。"冯皓笺注:"魏文帝《弹棋赋》:'局则丰腹高隆,庳根四颓。''文石为局,陇中夷外。'"
【例句】唐李商隐《柳枝》:"玉作弹棋局,中心亦不平。"宋廖行之《病中寄武公望》:"世事弹棋无定局,人情蒙昧有深机。"宋陆游《醉归》:"禅心每笑弹棋局,道眼长捐刮膜篦。"宋陆游《独处》:"划却弹棋局,此心如砥平。"

澹然　dàn rán
【分类】生活
【关键词】扬雄
【释义】恬静安宁的样子。东汉班固《汉书·扬雄传》:"海内澹然,永亡边城之灾,金革之患。"
【例句】唐白居易《夏日独直唐》:"澹然无他念,虚静是吾师。"柳宗元《晨诣超师…》:"澹然离言说,悟悦心自足。"唐皎然《奉应颜尚…》:"如何万象自心出,而心澹然无所营。"唐温庭筠《利州南渡》:"澹然空水对斜晖,曲岛苍茫接翠微。"

当春乃发生　dāng chūn nǎi fā shēng
【分类】生活
【关键词】杜甫
【释义】表示时机正好。唐杜甫《春夜喜雨》:"好雨知时节,当春乃发生。"《尔雅·释天》:"春为发生。"《庄子·庚桑楚》:"夫春气发而百草生。"
【例句】唐鲍防《元日早朝行》:"乾元发生春为宗,盛德在木斗建东。"宋文同《和提刑子…》:"时雨已可喜,况当春发生。"宋田锡《拟古》:"楚畹种芳兰,发生逢早春。"宋文同《和提刑子…》:"时雨已可喜,况当春发生。"

当国　dāng guó
【分类】政治
【关键词】左传
【释义】意主持国事。《左传·襄公二年》:"于是子罕当国。"
【例句】唐储光羲《敬酬陈掾…》:"敬仲为齐卿,当国名益震。"唐白居易《寄隐者》:"云是右丞相,当国握枢务。"五代贯休《送薛侍郎…》:"人如八凯须当国,猿到三声不用愁。"聂绀弩《喜晤奚如》:"笑尔希文未当国,却于天下事先忧。"

当局者迷　dāng jú zhě mí
【分类】政治
【关键词】元澹
【释义】谓身当其事者反而糊涂。《新唐书·元澹传》:"当局称迷,傍观必审,何所为疑而不申列?"
【例句】唐白居易《和梦游春…》:"觉悟因傍喻,迷执由当局。"宋邵雍《观棋大吟》:"造形能自悟,当局岂忧迷。"宋苏颂《公说再和…》:"义切仰山勤景行,事迷当局戒贪棋。"宋郑侠《送杜靖国…》:"大凡当局常多迷,使君临事其慎之。"

当垆卖酒　dāng lú mài jiǔ
【分类】生活
【关键词】司马相如
【释义】指临街卖酒,也指煮酒,饮酒。《史记·司马相如列传》:"相如与(卓文君)俱之临邛,尽卖其车骑,买一酒舍酤酒,而令文君当垆。相如身自著犊鼻,与保佣杂作,涤器于市中。"
【例句】唐元稹《西凉伎》:"楼下当垆称卓女,楼头伴客名莫愁。"唐李商隐《送崔珏往…》:"卜肆至今多寂寞,酒垆从古擅风流。"宋杨时《市隐楼》:"又不学临邛相如抱贫病,当垆卖酒夸风流。"明唐寅《散步》:"卖酒当垆人袅娜,落花流水路东西。"

当路　dāng lù
【分类】政治
【关键词】孟子
【释义】挡路;阻碍通行,或指执政掌权。《孟子·公孙丑上》:"夫子当路于齐,管仲、晏子之功可复许乎?"汉赵岐注:"如使夫子得当仕路于齐而可以行道,管夷吾、晏婴之功,宁可复兴乎?"
【例句】唐孟浩然《留别王侍…》:"当路谁相假,知音世所稀。"唐李益《句》:"闲庭草色能留马,当路杨花不避人。"唐柳宗元《旦携谢山…》:"机心付当路,聊适義皇情。"唐牟融《送沈翔》:"清朝尽道无遗逸,当路谁曾访少微。"

当宁　dāng níng
【分类】政治
【关键词】礼记
【释义】宁,指古代宫室门内屏外之地。君主在此接受诸侯的朝见,喻指皇帝临朝听政,亦泛指皇帝。《礼记·曲礼下》:"天子当宁而立,诸公东面,诸侯西面,曰朝。"唐孔颖达疏:"天子当宁而立者,此为春夏受朝时也。"
【例句】唐杜甫《往在》:"当宁陷玉座,白间剥画虫。"宋马先觉《送昆山丞…》:"圣王当宁方急贤,愿公袖疏朝甘泉。"宋文彦博《慈圣皇太…》:"仁皇当宁久,圣后方配天崇。"宋赵抃《次韵前人…》：" 抚俗上宽当宁念，扬风深副远民瞻。"

当仁不让 dāng rén bù ràng
【分类】政治
【关键词】论语
【释义】原意是儒者以仁为己任，虽师亦无所逊。后泛指应该做的事就应积极主动地去做，不推让。《论语·卫灵公》："子曰：'当仁，不让于师。'"
【例句】唐李商隐《韩碑》："当仁自古有不让，言讫屡颔天子颐。"宋刘宰《送王去非…》："学方用力须千百，事或当仁勿二三。"宋沈遘《五言送韩…》："君子学无苟，不让诚当仁。"宋李吕《自警》："当仁贵不让，见义忌无勇。"明程敏政《题吴世良…》："当仁不让岂终逊，学海茫茫须问津。"

当世第一 dāng shì dì yī
【分类】文化
【关键词】李揆
【释义】称誉门地、人品、才学均佳之典。《新唐书·李揆传》："揆美风仪，善奏对，帝叹曰：'卿门地、人物、文学皆当世第一，信朝廷羽仪乎！'…揆至蕃，酋长曰：'闻唐有第一人李揆，公是否？'揆畏留，因绐之曰：'彼李揆，安肯来邪？'"
【例句】唐王维《同崔傅答…》："更闻台阁求三语，遥想风流第一人。"唐李端《妾薄命》："从来闭在长门者，必是宫中第一人。"宋苏轼《送子由使…》："单于若问君家世，莫道中朝第一人。"聂绀弩《元旦寄慎…》："醒来笑口犹难抿，第一天怀第一人。"

当熊 dāng xióng
【分类】政治
【关键词】冯婕妤
【释义】喻指女性临危不惧、奋不顾身。《汉书·孝元冯昭仪传》："熊佚出圈，攀槛欲上殿。左右贵人傅昭仪等皆惊走，冯婕妤直前当熊而立，左右格杀熊。"
【例句】唐贾至《咏冯昭仪》："王孙莫谏猎，贱妾解当熊。"唐卢纶《天长久词》："辞辇复当熊，倾心奉六宫。"唐李白《秦女卷衣》："水至亦不去，熊来尚可当。"唐罗虬《比红儿诗》："冯媛须知住汉宫，将身只是解当熊。"

党家风味 dǎng jiā fēng wèi
【分类】生活
【关键词】党太尉
【释义】以党家比喻庸俗的富豪人家，喻指庸俗浮华的生活情趣。源见"扫雪烹茶"。
【例句】宋许月卿《归途》："欲转冰壶浑未暇，党家习气彼膻荤。"宋姚勉《雪中雪坡…》："帐窣销金旧党家，未知清处在煎茶。"宋义山《和胡方湖…》："有时觅句寻欢约，不惯斟羔学党家。"元丁复《题雪水茶…》："党家婢子陶家妾，学士方惭雪水茶。"

党议 dǎng yì
【分类】政治
【关键词】党锢
【释义】后汉桓、灵两朝，宦官专权，以党议之罪诬陷数百人，史称党锢之祸。后遂用为政治诬陷之典。《后汉书·党锢传序》："凡党事始自甘陵、汝南，成于李膺、张俭，海内涂炭，二十余年，诸所蔓衍，皆天下善士。"
【例句】唐戴叔伦《敬酬陆山人》："党议连诛不可闻，直臣高士去纷纷。"唐杜牧《故洛阳城…》："锢党岂能留汉鼎，清谈空解诮胡儿。"明沈秦《狱中自述》："我闻常侍横，纷纷生党议。"清张笃庆《明季咏史》："蜀洛当年党议多，分曹日日竞风波。"

谠论 dǎng lùn
【分类】政治
【关键词】欧阳修
【释义】正直之言，直言。宋欧阳修《为君难论》："忠言谠论，皆沮屈而去。"
【例句】宋蔡襄《高若讷》："嘉谋谠论范京兆，激奸纠缪扬王庭。"宋曾巩《和酬赵宫…》："谠论危言望素隆，独于声利性偏慵。"宋王十朋《沈书和诗…》："万言谠论惊天阙，八咏高才压婺溪。"宋吴芾《寄陈能之》："方陈谠论来神国，还守清规去洁身。"

刀尺 dāo chǐ
【分类】政治
【关键词】焦仲卿
【释义】剪刀和尺，裁剪工具，喻品评进退人才的权力。汉乐府《为焦仲卿妻作》："左手持刀尺，右手执绫罗。"
【例句】唐李白《送杨少府…》："何惜刀尺余，不裁寒女衾。"唐张籍《白纻歌》："裁缝长短不能定，自持刀尺向姑前。"唐杜牧《自贻》："自嫌如匹素，刀尺不由身。"唐杨巨源《古意赠王…》："组紃常在佳人手，刀尺空摇寒女心。"

刀圭 dāo guī
【分类】文化
【关键词】本草纲目
【释义】中药的量器名。《抱朴子·金丹》："服之三刀圭，三尸九虫皆即消坏，百病皆愈也。"《本草纲目·序例》引南朝梁陶弘景《名医别录·合药分剂法则》："凡散云刀圭者，十分方寸匕之一，准如梧桐子大也…一撮者，四刀圭也。"
【例句】唐皮日休《怀华阳润…》："环堵养龟看气诀，刀圭饵犬试仙方。"唐白居易《谢李六郎…》："汤添勺水煎鱼眼，末下刀圭搅曲尘。"唐崔元略《赠毛仙翁》："度世无劳大稻米，升天只用半刀圭。"宋林逋《病中》："廉肆有徵常遇困，刀圭无状为攻深。"

刀环 dāo huán
【分类】政治

【关键词】李陵
【释义】环、还同音,后因以刀环为还归的隐语。源见"大刀头"。
【例句】唐宋之问《望月有怀》:"佳期应借问,为报在刀环。"唐高适《入昌松东…》:"王程应未尽,且莫顾刀环。"唐柳中庸《征怨》:"岁岁金河复玉关,朝朝马策与刀环。"宋宋庠《初春凤兴》:"离离弈局残星坠,脉脉刀环片月斜。"

刀头蜜 dāo tóu mì

【分类】政治
【关键词】佛
【释义】喻危险而诱人的小利。《佛说四十二章经》:"财色之于人,譬如小儿贪刀刃之蜜,甜不足一食之美,然有截舌之患也。"
【例句】宋孙觌《得子次叔…》:"刀头舐蜜何草草,平地变作褒斜道。"宋薛季宣《读邸报》:"世味刀头蜜,人情屋上乌。"宋范成大《雪中闻墙…》:"忧渴焦山业海深,贪渠刀蜜坐成禽。"宋洪咨夔《次徐隆庆…》:"年来颇怪刀头蜜,老去难供席上珍。"

捣玄霜 dǎo xuán shuāng

【分类】生活
【关键词】裴航
【释义】借指男子求婚,也喻月兔捣药。源见"蓝桥捣药"。
【例句】宋黄庭坚《予去岁在…》:"玄霜捣尽音尘绝,去作湖南万里春。"宋毛翊《月》:"玄霜捣就亦多年,不见有人曾得度。"宋周密《小游仙》:"一径松花满路香,琤琤玉杵捣玄霜。"宋方回《用康庆之…》:"袖有长生度世方,玉杵玄霜倩谁捣。"

捣衣 dǎo yī

【分类】生活
【关键词】庾信
【释义】古代妇女把织好的布帛,铺在平滑的砧板上,用木棒敲平,以求柔软熨贴,好裁制衣服。北周庾信《夜听捣衣》:"秋夜捣衣声,飞度长门城。"
【例句】唐王昌龄《长信秋词》:"长信宫中秋月明,昭阳殿下捣衣声。"唐李颀《欲之新乡…》:"吾属交欢此何夕,南家捣衣动归客。"唐李白《捣衣篇》:"晓吹筼管随落花,夜捣戎衣向明月。"唐李白《子夜吴歌》:"长安一片月,万户捣衣声。"

倒冠落佩 dǎo guān luò pèi

【分类】政治
【关键词】杜牧
【释义】指弃官归隐。冠、珮是官员正服的打扮,亦指隐者装束。唐杜牧《晚晴赋》:"若予者则为何如?倒冠落珮兮,与世阔疏。敖敖休休兮,真徇其愚而隐居者乎!"
【例句】宋苏轼《定惠院寓…》:"但当谢客对妻子,倒冠落佩从嘲骂。"宋毛滂《陪曹使君…》:"倒冠落佩郭南门,长庚暎暎山簇簇。"宋陆游《幽居戏赠…》:"暮年远屏天所借,

落佩倒冠如得谢。"宋韩淲《次韵昌甫》:"落佩倒冠非所籍,毁车杀马尚何思。"

倒戟 dǎo jǐ

【分类】政治
【关键词】灵辄
【释义】咏士兵背叛之典。源见"灵辄扶轮"。
【例句】唐杜甫《八哀诗》:"嗟嗟邓大夫,士卒终倒戟。"宋王安石《阴山画虎图》:"回旗倒戟四边ване,抽矢当前放蹄入。"清弘历《乌什城酋…》:"识顺料伊将倒戟,剪凶匪我愿佳兵。"清金朝觐《壮士行》:"忆昔从君下三晋,横矛倒戟何轩昂。"

倒景 dǎo jǐng

【分类】生态
【关键词】司马相如
【释义】意指天空中云气的映像。汉司马相如《大人赋》:"贯列缺之倒景兮,涉丰隆之滂沛。"注引《陵阳子明经》:"列缺气去地二千四百里,倒景气去地四千里,其景皆倒在下。"
【例句】唐李峤《屏》:"山上含春动,神仙倒景来。"唐李白《游泰山》:"银台出倒景,白浪翻长鲸。"唐李白《赠卢征君…》:"与君弄倒景,携手凌星虹。"唐杜甫《寄韩谏议注》:"芙蓉旌旗烟雾落,影动倒景摇潇湘。"

倒屣相迎 dào xǐ xiāng yíng

【分类】生活
【关键词】蔡邕
【释义】喻指对贤才尊重,或指对宾客热情。《三国志·王粲传》:"闻粲在门,倒屣迎之。粲至,年既幼弱,容状短小,一坐尽惊。邕曰:'此王公孙也,有异才,吾不如也。吾家书籍文章,尽当与之。'"倒屣,鞋穿反了。
【例句】唐王维《春过贺遂…》:"画畏开厨走,来蒙倒屣迎。"唐白居易《喜裴涛使…》:"忽闻扣户醉吟声,不觉停杯倒屣迎。"唐吴融《偶题》:"贱子曾尘国士知,登门倒屣忆当时。"宋徐铉《送冯中允使蜀》:"今朝倒屣迎王粲,旧日清谈赏阿戎。"

倒载干戈 dào zài gān gē

【分类】政治
【关键词】礼记
【释义】把武器收藏起来,不再打仗。《礼记·乐记》:"倒载干戈,包之以虎皮,将帅之士,使为诸侯,名之曰建櫜,然后天下知武王之不复用兵也。"汉郑玄注:"包干戈以虎皮,明能以武服兵也。"
【例句】唐杜牧《即事》:"萧条井邑如鱼尾,早晚干戈识虎皮。"唐杜荀鹤《春日山居》:"倒载干戈是何日,近来麋鹿欲相随。"元吴当《战士》:"干戈何日洗,倒载虎皮包。"宋曾几《次秘丞李…》:"吾皇德泽小沧溟,倒载干戈不用刑。"

盗道　dào dào
【分类】政治
【关键词】庄子
【释义】指盗贼的手段、方法和道德。《庄子·胠箧》："故跖之徒问于跖曰：'盗亦有道乎？'跖曰：'何适而无有道耶？夫妄意室中之藏，圣也；入先，勇也；出后，义也；知可否，知也；分均，仁也。五者不备而能成大盗者，天下未之有也。'"
【例句】唐韩偓《八月六日作》："图霸未能知盗道，饰非唯欲害его人。"宋韩淲《春怀》："饰智以惊愚，去盗亦有道。"宋宋祁《古意》："盗蹠真知道，余财欲污人。"宋邵雍《即事吟》："盗亦自有道，人而或不仁。"宋韩淲《春怀》："饰智以惊愚，去盗亦有道。"

盗泉　dào quán
【分类】文化
【关键词】陆机
【释义】比喻不义之物。源见"盗泉恶木"。
【例句】唐李白《赠宣城宇…》："回车避朝歌，掩口去盗泉。"唐白居易《感鹤》："饥不啄腐鼠，渴不饮盗泉。"唐郑谷《前寄左省…》："鬓秃趋荣路，肠焦鄙盗泉。"宋李之仪《次韵子瞻…》："恶木热亦荫，盗泉渴须尝。"

盗泉恶木　dào quán è mù
【分类】政治
【关键词】陆机
【释义】指避讳恶名，表示廉正之典。盗泉在今山东泗水县东北。恶木，指贱劣的树木。晋陆机《猛虎行》："渴不饮盗泉水，热不息恶木阴。"唐李善注引《尸子》："孔子至于胜母，暮矣而不宿；过于盗泉，渴矣而不饮，恶其名也。"
【例句】唐沈佺期《移禁司刑》："盗泉宁止渴，恶木匪投躯。"唐王维《郑霍二山人》："息阴无恶木，饮水必清源。"唐李白《古风》："不采芳桂枝，反栖恶木根。"唐李白《赠宣城宇…》："回车避朝歌，掩口去盗泉。"

盗憎主人　dào zēng zhǔ rén
【分类】生活
【关键词】左传
【释义】比喻奸邪的人怨恨正直的人。源见"伯宗直"。
【例句】唐陆龟蒙《奉和袭美卧…》："须知日富为神授，只有家贫免盗憎。"唐薛能《春日寓怀》："盗憎犹念物，花尽不知春。"宋赵庸《纪游》："主人何负盗，势固为盗憎。"金冯璧《和希颜》："主人何负盗憎主，公论不明私害公。"

盗跖　dào zhí
【分类】政治
【关键词】盗跖
【释义】春秋时鲁国大盗，原名展雄，名跖，又名柳下跖。《庄子·盗跖》："孔子与柳下季为友，柳下季之弟，名曰盗跖。盗跖从卒九千人，横行天下，侵暴诸侯，穴室枢户，驱人牛马，取人妇女，贪得忘亲，不顾父母兄弟，不祭先祖。"
【例句】唐杜甫《醉时歌》："儒术于我何有哉，孔丘盗跖俱尘埃。"唐李商隐《赠送前刘…》："叔孙谗易骨，盗蹠暴难当。"五代徐铉《闭门》："漳滨伏枕文园渴，盗跖纵横似虎狼。"宋邵雍《金玉吟》："盗跖免兵非积善，仲尼无土反成猜。"

道南宅　dào nán zhái
【分类】生活
【关键词】周瑜
【释义】喻指友爱、互通有无之典。源见"升堂拜母"。
【例句】唐李白《赠友人》："但苦北山寒，谁知道南宅？"宋陆文圭《题赵子德…》："道南大宅今安在，欲向龙舒觅主人。"元杨维桢《题二乔观…》："江东子弟孙郎策，同住周郎道南宅。"元高启《送高二文…》："十年近舍道南宅，岁时拜父登高堂。"

道士鹅　dào shì é
【分类】文化
【关键词】王羲之
【释义】泛指鹅。源见"写经换鹅"。
【例句】唐孟浩然《寻梅道士》："彭泽先生柳，山阴道士鹅。"唐马云奇《怀素师草…》："醉来只爱山翁酒，书了宁论道士鹅？"宋黄庭坚《鹧鸪天》："为君写就《黄庭》了，不要山阴道士鹅。"元张雨《铁笛道人…》："台招天上仙人凤，池养山阴道士鹅。"

稻粱谋　dào liáng móu
【分类】生活
【关键词】广绝交论
【释义】喻各谋生计。南朝刘峻《广绝交论》："分雁鹜之稻粱，沾玉斝之余沥。"《文选》唐李善注："《韩诗外传》：田饶谓鲁哀公曰：黄鹄止君园池，啄君稻粱。"
【例句】唐杜甫《同诸公登…》："君看随阳雁，各有稻粱谋。"宋刘敞《新雁》："逢时志万里，非为稻粱谋。"宋王安石《池雁》："万里衡阳冬欲暖，失身元为稻粱谋。"宋李复《答郎涣》："鸿飞冥冥凌高秋，南来亦有稻粱谋。"

得得　de de
【分类】生活
【关键词】贯休
【释义】状声词；行走状；特地。唐贯休《陈情献蜀皇帝诗》："一瓶一钵垂垂老，千水千山得得来。"唐王建《洛中张籍新居》："云山且喜重重见，亲故应须得得来。"
【例句】宋王十朋《戴溪亭》："不知吾祖乘舟后，得得谁从雪里来。"宋黄庭坚《减字木兰花·中秋多雨词》："今夜开，须道姮娥得得来。"宋苏轼《再和杨公…》："故应剩作诗千首，知是多情得得来。"聂绀弩《雪峰难寻…》："定知山水喁喁望，始见先生得得来。"

得道 dé dào
【分类】文化
【关键词】道
【释义】指道家顺应自然、与道合一的境界。道,谓极致的世界规律、规则。道家认为:闻道、知道、行道,才能得道。《道德经》:"道可道,非常道;名可名,非常名。"
【例句】唐栖蟾《寄问政山…》:"得道无一法,孤云同寸心。"唐张果《玄珠歌》:"解采玄珠万恶除,尽今得道入清虚。"唐钟离权《题长安醉…》:"得道高僧不易逢,几时归去愿相从。"聂绀弩《自遣》:"偶从完达赤松游,得道归来鸟鼠秋。"

得江山助 dé jiāng shān zhù
【分类】文化
【关键词】张说
【释义】用以赞誉文人之才能或辞章。《新唐书·张说传》:"朝廷大述作多出其(张说)手,帝好文词,有所为必使视草。为文属思精壮,长于碑志,世所不逮。既谪岳州,而诗益凄婉,人谓得江山助云。"
【例句】宋杨亿《许洞归吴中》:"骚人已得江山助,赋客终陪霰雪游。"宋余靖《谨吟五十…》:"酒阑风雪催行色,吟际江山助笔锋。"宋范仲淹《依韵酬黄…》:"客心但感江山助,天意难期日月回。"宋王十朋《游东坡》:"文章均得江山助,但觉前贤畏后贤。"

得陇望蜀 dé lǒng wàng shǔ
【分类】政治
【关键词】隗嚣
【释义】喻贪心不足。《东观汉记·隗嚣传》:"西城若下,便可将兵,南击蜀虏。人苦不知足,既平陇,复望蜀,每一发兵,头鬓为白。"
【例句】唐李白《古风》:"物苦不知足,得陇又望蜀。"宋许月卿《寄陇次岳》:"柳塘醉我无边酒,得陇痴生望蜀心。"元柯九思《题黄子久…》:"吴中好事家相属,得陇何人堪望蜀。"元宋褧《知足斋歌》:"久知薄酒胜茶汤,尤恶得陇复望蜀。"

得兔忘蹄 dé tù wàng tí
【分类】政治
【关键词】庄子
【释义】比喻事情成功以后就忘了成功的缘由和依据。《庄子·外物》:"蹄者所以在兔,得兔而忘蹄。"蹄犹筌。陆德明释曰:"蹄,兔罥也;又云兔弶也,系其脚,故曰蹄也。"源见"得鱼忘筌"。
【例句】唐王绩《薛记室收…》:"何事将筌蹄,今已得鱼兔。"宋陆佃《尔雅新义》:"到底错薪须刈楚,从来得兔要忘蹄。"宋释印肃《金刚随机…》:"得兔忘蹄去,通方万里平。"宋蒲寿宬《送沈保叔…》:"因蹄得兔蹄安用,以虎视石虎则中。"

得心应手 dé xīn yìng shǒu
【分类】生活
【关键词】轮扁
【释义】谓心手相应,运用自如,多形容技艺纯熟。源见"轮扁斫轮"。
【例句】宋艾性夫《赠画鱼李生》:"李生画鱼天下无,得心应手神为徒。"宋李纲《题刘仲高…》:"平生如作几千幅,得心应手老斫轮。"宋释普济《刀镊》:"得心应手乖毫发,心手俱亡处处通。"元刘基《旧在杭时…》:"绝伦之艺不常有,得心应手非人传。"

得一老兵 dé yī lǎo bīng
【分类】生活
【关键词】谢奕
【释义】寻友饮酒之典。《晋书·谢奕传》:"奕每因酒,无复朝廷礼,尝逼温共饮,温走入南康主门避之。…奕遂携酒就听事,引温一兵帅共饮,曰:'失一老兵,得一老兵,亦何所怪。'"
【例句】宋袁默《君山》:"嗟乎养士漫如许,得失何异一老兵。"宋孙觌《湖州天宁…》:"诸家迹便扫,得此一老兵。"宋陈与义《即席重赋…》:"得一老兵虽可饮,从今取友要须端。"宋姜特立《和荆公》:"得一老兵皆可饮,何须车马便惊猜。"

得鱼忘筌 dé yú wàng quán
【分类】生活
【关键词】庄子
【释义】比喻已达目的,却忘其凭借。《庄子·外物》:"筌者所以在鱼,得鱼而忘筌;蹄者所以在兔,得兔而忘蹄;言者所以在意,得意而忘言。"唐成玄英疏:"筌,鱼笱也,以竹为之,故字从竹。亦有从草者,苏茎也,香草也,可以饵鱼,置香于柴木芦苇之中以取鱼也。"
【例句】唐李白《送族弟凝…》:"与尔情俱不浅,忘筌已得鱼。"唐杜甫《秋日夔府…》:"风流俱善价,惬当久忘筌。"唐白居易《和李澧州…》:"观指非知月,忘筌是得鱼。"唐刘禹锡《春日书怀…》:"曾向空门学坐禅,如今万事尽忘筌。"唐郑谷《卷末偶题》:"一卷疏芜一百篇,名成未敢暂忘筌。"

德必有邻 dé bì yǒu lín
【分类】政治
【关键词】论语
【释义】称颂友人或邻居之典。《论语·里仁》:"子曰:'德不孤,必有邻。'"谓有道德的人才有志同道合者。
【例句】唐韩翃《送山阴姚…》:"知君炼思本清新,季子如今德有邻。"唐李隆基《赐新罗王》:"诚矣天其鉴,贤哉德不孤。"唐贯休《赠抱麻刘…》:"赋鹏言无累,依刘德有邻。"宋史浩《赵开府卫…》:"生居宅相宠无伦,来荫金枝德有邻。"宋邵雍《首尾吟》:"德若不孤吾道在,尧夫非是爱吟诗。"

德水　dé shuǐ
【分类】政治
【关键词】秦始皇
【释义】咏黄河之典。《史记·秦始皇本纪》："更名河曰德水,以为水德之始。"秦始皇认为周是火德,秦灭周是水德。
【例句】唐段成式《河出荣光》："千年清德水,九折满荣光。"唐李峤《河》："德水千年变,荣光五色通。"唐李商隐《寄太原卢…》："德水萦长带,阴山绕画屏。"宋周燔《定林寺》："定岩坐听松声好,德水行穿竹影斜。"

德馨神歆　dé xīn shén xīn
【分类】政治
【关键词】尚书
【释义】帝王纳贤之典。《尚书·君陈》："至治馨香,感于神明。黍稷非馨,明德惟馨。"为颂扬王者有容纳贤才之德。歆,羡慕。
【例句】唐陈元光《祀潮州三…》："清洗符神洁,香芹契德馨。"唐韩愈《孟生诗》："竹实凤所食,德馨神所歆。"宋张孝祥《奉陪宣守…》："极知太守怀忠款,端为君王荐德馨。"宋李纲《次韵王尧…》："神歆庶灾熄,敢爱酒满瓶。"宋华镇《送越倅胡…》："纤绂皆英彀,乘轩尽德馨。"清冯景《延熹华岳…》："触石兴雨蓄农桑,有年祈报神歆香。"

德星　dé xīng
【分类】政治
【关键词】陈寔
【释义】古以景星、岁星等为德星,认为国有道有福或有贤人出现,则德星现。亦喻指贤士。源见"德星会"。
【例句】唐王良会《和武相公…》："德星摇此夜,珥月满重城。"唐刘禹锡《送太常萧…》："从今别君后,长忆德星看。"唐皮日休《寄琼州杨…》："德星芒彩瘴天涯,酒树堪消谪宦嗟。"唐胡曾《咏史诗》："今日浪为千里客,看花惭上德星亭。"

德星会　dé xīng huì
【分类】政治
【关键词】陈寔
【释义】咏贤士聚会或贤士行踪之典。《蒙求·荀陈德星》引《异苑》："陈寔字仲弓,荀淑字季和。仲弓与诸子侄造季和父子讨论,于是德星聚,太史奏曰:'五百里内有贤人聚。'"
【例句】唐孙逖《和韦兄春…》："德星常有会,相望在文昌。"唐薛能《戏和》："游人莫觅杯盘分,此地夕应聚德星。"程俱《与叔兄预…》："世间天爵兼人爵,云外台星聚德星。"宋欧阳澈《寄游良臣》："文会何时聚德星,紫芝眉宇照人清。"

灯花喜　dēng huā xǐ
【分类】生活
【关键词】陆贾
【释义】咏喜讯、喜庆之典。《西京杂记》："樊将军哙问陆贾曰:'自古人君皆云受命于天,云有瑞应,岂有是乎?'贾应之曰:'有之。夫目瞤得酒食;灯火华得钱财。'"古人认为灯心的余烬,爆成花形是为吉兆。
【例句】唐杜甫《独酌成诗》："灯花何太喜,酒绿正相亲。"唐司空图《灯花》："明朝斗草多应喜,剪得灯花自扫眉。"唐鱼玄机《迎李近仁…》："今日喜时闻喜鹊,昨宵灯下拜灯花。"宋强至《送刘嗣复…》："长日壮图看剑气,隔宵喜信报灯花。"宋王十朋《四月四日…》："祀罢灯花喜,山游晓色新。"

灯火万家　dēng huǒ wàn jiā
【分类】生态
【关键词】白居易
【释义】家家都点上灯,指天黑上灯的时候,亦形容城镇夜晚的景象。唐白居易《江楼夕望招客》："灯火万家城四畔,星河一道水中央。"
【例句】宋曾由基《元夕同友夜游》："万家灯火天无夜,十里绮罗风自香。"宋王安石《上元戏呈…》："车马纷纷白昼同,万家灯火暖春风。"宋李复《和朱给事…》："万家灯火方行乐,九陌轮蹄肯放闲。"元乃贤《秋夜有怀…》："弓刀夜月三千骑,灯火秋风十万家。"

登车泣贵嫔　dēng chē qì guì pín
【分类】政治
【关键词】晋书
【释义】皇帝出奔之典。《晋书·成帝纪》："(苏)峻逼迁天子于石头,帝哀泣升车,宫中恸哭。"
【例句】唐杜甫《伤春五首》："夺马悲公主,登车泣贵嫔。"

登高必赋　dēng gāo bì fù
【分类】文化
【关键词】孔子
【释义】谓登高望远,必能触发才情,吟诵出美好的诗赋以言其志。《韩诗外传》："孔子游于景山之上,子路、子贡、颜渊从,孔子曰:'君子登高必赋,小子愿者何,言其愿,丘将启汝。'"
【例句】唐徐晶《赠温驸马…》："登高频作赋,体物屡为诗。"宋刘敞《九日对酒》："登高何必赋,会使鬓毛苍。"宋宋祁《梦野亭在…》："须知故楚多余感,剩费登高作赋才。"宋欧阳修《送高君先…》："祇待登高成丽赋,汉庭推毂有公卿。"

登科记　dēng kē jì
【分类】政治
【关键词】科举
【释义】科举时代及第士人的名录,宋以后名登科录。《封氏闻见记·贡举》："当代以进士登科为登龙门,解褐多拜清紧,十数年间拟迹庙堂…好事者记其姓名,自神龙以来迄于兹日,名曰《进士登科记》。"

【例句】唐张籍《赠贾岛》:"姓名未上登科记,身屈惟应内史知。"唐刘禹锡《赠致仕滕…》:"朝服归来昼锦荣,登科记上更无兄。"唐姚合《送独孤焕…》:"须凿燕然山上石,登科记里是闲名。"宋吴惟信《送祝五戒…》:"他年名上登科记,一半清芬在祖图。"

登龙门　dēng lóng mén
【分类】政治
【关键词】党锢
【释义】被有力的人引荐、提拔而地位顿然升高。也借指科举会试中式为登龙门。《后汉书·党锢列传》:"(李)膺独持风裁,以声名自高,士有被其容接者,名为登龙门。"
【例句】唐窦巩《放鱼》:"好去长江千万里,不须辛苦上龙门。"唐齐己《送相里秀…》:"明年自此登龙后,回首荆门一路尘。"唐王季友《酬李十六岐》:"于何车马日憧憧,李膺门馆争登龙。"唐许浑《怀旧居》:"朱门迹忝登龙客,白屋心期失马翁。"

登山屐　dēng shān jī
【分类】文化
【关键词】谢灵运
【释义】一种有齿的木屐,常用作登山探幽的典故。源见"谢公屐"。
【例句】唐刘禹锡《送僧仲剬…》:"讲罢同寻相鹤经,闲来共蜡登山屐。"唐牟融《题孙君山亭》:"闲来欲著登山屐,醉里还披漉酒巾。"唐朱放《经故贺宾…》:"雪里曾登山屐,林间漉酒巾。"宋苏辙《次题方子…》:"齿折登山屐,尘生贳酒瓶。"

登山临水　dēng shān lín shuǐ
【分类】生态
【关键词】楚辞
【释义】登上高山,面临流水,形容游览山水名胜,也指长途跋涉。《楚辞补注·九辩》:"悲哉秋之为气也!萧瑟兮草木摇落而变衰,憭慄兮若在远行,登山临水兮送将归。"
【例句】唐白居易《赠皇甫六…》:"幸陪散秩闲居日,好是登山临水时。"唐刘禹锡《酬马大夫…》:"新辞金印拂朝缨,临水登山四体轻。"唐王维《不遇咏》:"且此登山复临水,莫问春风动杨柳。"

登坛拜将　dēng tán bài jiàng
【分类】政治
【关键词】韩信
【释义】借指任命将帅或委以重任。《史记·淮阴侯列传》:"何曰:'王必欲拜之,择良日,斋戒,设坛,具礼,乃可耳。'王许之。"
【例句】唐张籍《将军行》:"弹筝峡东有胡尘,天子择日拜将军。"唐高骈《言怀》:"恨乏平戎策,惭登拜将坛。"唐杜甫《有感》:"登坛名绝假,报主尔何迟。"唐皇甫曾《送徐大夫…》:"位重登坛后,恩深弄印时。"

登天柱　dēng tiān zhù
【分类】文化
【关键词】皇甫枚
【释义】咏仙道奇致遨游之典。唐皇甫枚《三水小牍·赵知微雨夕登天柱峰玩月》:"赵君曳杖而出,诸生影从。既辟荆扉,而长天廓清,皓月如昼。扪萝援篠,及峰之巅…以至寒蟾隐于远岑,方归山舍。既各就榻,而凄风苦雨,暗晦如前。众方服其奇致。"
【例句】宋连久道《洞霄琳宫》:"它日重游应更好,拟登天柱最高峰。"宋利书记《天柱雄儿行》:"今登天柱赏潜皖,元是吾家翡翠屏。"宋辛弃疾《满江红》:"安得便登天柱上,从容陪伴酬佳节。"宋王炎《题韦同年…》:"又尝登天柱,众丘如髽鬘。"

登徒言　dēng tú yán
【分类】政治
【关键词】宋玉
【释义】咏进谗言之典。战国楚宋玉《登徒子好色赋序》中假借登徒子向楚王进谗言,陷害宋玉,"大夫登徒子侍于楚王,短宋玉曰:'玉为人体貌闲丽,口多微词,又性好色,愿王勿与出入后宫。'"
【例句】唐李白《感遇》:"一感登徒言,恩情遂中绝。"宋张耒《章华》:"长恨章华亦陋夫,周秦仅可胜登徒。"宋阮阅《寄郑良佐》:"宁知宋玉笑登徒,或指宣尼作阳货。"宋刘克庄《观社行》:"一国若狂孰醉醒,宋玉奚必讥登徒。"

登瀛洲　dēng yíng zhōu
【分类】政治
【关键词】褚亮
【释义】比喻受到宠遇,如登仙境。《旧唐书·褚亮传》:"始太宗…乃于宫城西起文学馆,擢房玄龄、杜如晦一十八人,皆以本官兼学士。即便引见,讨论坟籍,商略前载。预入馆者,时所倾慕,谓之'登瀛洲'。"
【例句】宋刘克庄《哭毛易甫》:"垂二十年犹入幕,后三四榜尽登瀛。"宋张孝祥《题鲁如晦…》:"十洲便著登瀛士,三径难留避世贤。"宋孔武仲《送文潜出…》:"山阳惊坐早轩轩,元祐登瀛正少年。"宋陈造《题钦庙主…》:"文儒济济陪英游,海内共指登瀛洲。"

登庸　dēng yōng
【分类】政治
【关键词】尚书
【释义】选拔任用。《尚书·尧典》:"帝曰:畴咨若时登庸。"汉孔安国《传》:"畴,谁。庸,用也。谁能咸熙庶绩,顺是事者,将登用之。"
【例句】唐苏颋《奉和圣制…》:"立极万邦推,登庸四海尊。"唐萧嵩《奉和御制…》:"登庸崇礼送,宠德耀宸章。"唐唐彦谦《留别》:"登庸趋俊义,厕用野无遗。"五代贯休《送刘相公…》:"急征员是再登庸,生意人心万国同。"

等身金　děng shēn jīn
【分类】政治
【关键词】郝玼
【释义】与身高相等的金子,形容数量之多,价值之高。《旧唐书·郝玼传》:"每战得蕃俘,必剐剔而归其尸,蕃人畏之如神。赞普下令国人曰:'有生得郝玼者,赏之以等身金。'"
【例句】宋张先《归朝欢》:"等身金,谁能得意,买此好光景。"明汤显祖《斗黑麻》:"名怖儿啼。等身金价。"明阮大铖《吴长卿刻…》:"卖赋金怜垂手散,著书帙约等身高。"明毛莹《满江红》:"料朱门、岂乏等身金,争先聘。"

邓艾大志　dèng ài dà zhì
【分类】政治
【关键词】邓艾
【释义】咏年少有大志之典。《三国志·邓艾传》:"读故太丘长陈寔碑文,言'文为世范,行为士则'。艾遂自名范,字士则。…每见高山大泽,辄规度指画军营处所,时人多笑焉。…因使见太尉司马宣王。宣王奇之。"
【例句】唐杨巨源《赠史开封》:"天低荒草誓师坛,邓艾心知战地宽。"宋张耒《梁父吟》:"邓艾老翁夸至计,谯周鼠子辨兴衰。"宋刘克庄《与客登壶…》:"凫飞难学王乔舄,鱼贯全如邓艾兵。"宋陈普《姜维》:"却屯已可擒钟会,邓艾无翎独解飞。"

邓林　dèng lín
【分类】生态
【关键词】夸父
【释义】指森林,亦喻指身后功业。源见"夸父逐日"。
【例句】唐元稹《谕宝》:"安得潜渊虬,拔擢超邓林。"唐吕温《风咏》:"北走摧邓林,东去落扶桑。"唐顾况《寄上兵部…》:"鹍鸿翔邓林,沙鸦飞吴田。"宋胡宿《暮冬离京师》:"燕市有金还贵马,邓林无树可栖乌。"

邓曼说荡　dèng màn shuō dàng
【分类】政治
【关键词】邓曼
【释义】咏王后之典。《左传·庄公四年》:"(楚武王将伐随)入告夫人邓曼曰:'余心荡。'邓曼叹曰:'王禄尽矣,盈而荡,天之道也,先君其知之矣…若师徒无亏,王薨于行,国之福也。'王遂行,卒于樠木之下。"
【例句】唐元稹《楚歌》:"惧盈因邓曼,罢猎为樊姬。"宋周紫芝《冶游父寺》:"浅识耻邓曼,安在夸雄豪。"

邓通死饥　dèng tōng sǐ jī
【分类】生活
【关键词】邓通
【释义】邓通,汉文帝嬖臣,景帝继位,饿死街头。为咏人生变化无常之典。《汉书·佞幸传·邓通传》:"赐通蜀严道铜山,得自铸钱。邓氏钱布天下,其富如此…于是长公主乃令假衣食。竟不得名一钱,寄死人家。"
【例句】唐杜牧《杜秋娘诗》:"苏武却生返,邓通终死饥。"唐许碏《题南岳招…》:"邓通饿死严陵贫,帝王岂是无人力。"五代徐夤《咏钱》:"几怪邓通难免饿,须知夷甫不曾言。"明王越《寄王司马…》:"六国竟销苏子印,万金空铸邓通钱。"

邓攸无子　dèng yōu wú zǐ
【分类】政治
【关键词】邓攸
【释义】意指无子嗣。《晋书·邓攸传》载:邓攸,字伯道,西晋永嘉末年,因避石勒兵乱逃难到江南。南逃时,步行,担其儿及侄儿,途中屡遇险,度难两全,乃弃去儿子,保全了侄儿,后竟无嗣。东晋时,官至尚书右仆射。
【例句】唐元稹《三遣悲怀》:"邓攸无子寻知命,潘岳悼亡犹费词。"唐元稹《哭子》:"往年髻已同潘岳,垂老年教作邓攸。"唐白居易《来生计》:"陶令有田唯种黍,邓家无子不留金。"唐白居易《崔侍御以…》:"弄璋诗句多才思,愁杀无儿老邓攸。"

邓禹分麾　dèng yǔ fēn huī
【分类】政治
【关键词】邓禹
【释义】咏将帅立功之典。《后汉书·邓禹传》:"以禹沉深有大度,故授以西讨之略。乃拜为前将军持节,中分麾下精兵二万人,遣西入关。"
【例句】唐苏颋《践赵尚书…》:"赵尧宁易印,邓禹即分麾。"宋宋祁《祗答相国…》:"幄中旧借留侯箸,麾下今分邓禹军。"明王称《赠童将军》:"朔方推邓禹,南土戴曹彬。"明毛奇龄《文都司生…》:"自昔分藩推邓禹,于今开府遇文鸯。"

邓禹笑人　dèng yǔ xiào rén
【分类】政治
【关键词】王融
【释义】意为被邓禹嘲笑,为咏屈居下吏心有不平之典。《南史·王融传》:"融憚于名利…及为中书郎,尝抚案叹曰:'为尔寂寂,邓禹笑人。'…又叹曰:'车前无八驺卒,何得称为丈夫!'"邓禹,辅佐光武帝刘秀建立东汉,二十四岁封鄼侯。
【例句】宋刘弇《忆昨》:"邓禹解笑人,斯言岂未平。"宋葛胜仲《和韵答马…》:"吾衰久寂寂,笑人忧邓禹。"宋韩元吉《汉光武帝庙》:"白头浪说关中事,邓禹当年已笑人。"明王世贞《醉题书斋》:"蹉跎颜驷不敢陈,寂寂邓禹行笑人。"

低昂　dī áng
【分类】政治
【关键词】张衡
【释义】形容升降起伏、高低不定。汉张衡《子思赋》:"振余袂而就车兮,修剑揭以低昂。"

【例句】唐杜甫《观公孙大…》:"观者如山色沮丧,天地为之久低昂。"唐白居易《九日宴集…》:"笙歌一曲思凝绝,金钿再拜光低昂。"唐白居易《美女子忧…》:"红紫二色间深浅,向背万态随低昂。"唐刘禹锡《秋萤引》:"露华洗濯清风吹,低昂不定招摇垂。"

羝羊触藩　dī yáng chù fān
【分类】政治
【关键词】周易
【释义】公羊用头角顶撞篱笆,就会被篱笆将其角夹住,比喻进退两难。《周易·大壮》:"羝羊触藩,羸其角。""藩决不羸,壮于大舆之辐。"又:"羝羊触藩,不能退,不能遂。"
【例句】唐骆宾王《同辛簿简…》:"有蝶堪成梦,无羊可触藩。"唐宋之问《自洪府舟…》:"栖岩实岸策,触藩诚内耻。"唐孟浩然《寄赵正字》:"高鸟能择木,羝羊漫触藩。"唐李白《留别于十…》:"天张云卷有时节,吾徒莫叹羝触藩。"

涤瑕荡垢　dí xiá dàng gòu
【分类】政治
【关键词】班固
【释义】指清除旧的恶习。汉班固《东都赋》:"于是百姓涤瑕荡垢而镜至清。"
【例句】唐韩愈《八月十五…》:"迁者追回流者还,涤瑕荡垢清朝班。"宋邹浩《示长卿》:"涤瑕荡垢知多少,行矣欣欣木再荣。"宋陈渊《又用元韵》:"图蔓可堪师已老,涤瑕当与俗更新。"宋苏辙《养竹》:"秀色到衣冠,清风荡尘垢。"

翟汤隐德　dí tāng yǐn dé
【分类】政治
【关键词】翟汤
【释义】咏隐士之典。《晋书·翟汤传》:"翟汤字道深…笃行纯素,仁让廉洁,不屑世事,耕而后食,人有馈赠,虽釜庾一无所受。永嘉末,寇害相继,闻汤名者皆不敢犯,乡人赖之。司徒王导辟,不就,隐于县界南山。"
【例句】唐李世民《喜雪》:"怀珍愧隐德,表瑞仵丰年。"唐陆龟蒙《读阴符经…》:"何事不隐德,降灵生轩辕。"宋王禹偁《送冯中允…》:"严陵隐德七里濑,沈约诗名八咏楼。"宋释德洪《别灵源禅师》:"云泉隐德无情动,猿鸟侵年不乱行。"

翟衣　dí yī
【分类】政治
【关键词】隋书
【释义】古代贵妇用翟羽为饰或织以翟羽纹样的衣服,为咏贵妇人之典。《隋书·礼仪志》:"皇后衣十二等。其翟衣六,从皇帝祀郊禖,享先皇,朝皇太后,则服翚衣…诸公夫人九服,其翟衣雉者皆九等。"
【例句】唐权德舆《河南崔尹…》:"尊崇善祝今如此,共待曾玄捧翟衣。"唐蒋涣《故太常卿…》:"薤挽疑笳曲,松风思翟衣。"宋卫泾《寿成惠圣…》:"文孙亲上万年卮,姒妇严妆五翟衣。"明江源《宫词次邵…》:"翟衣初赐带天香,隆宠难酬袜线长。"

抵掌而谈　dǐ zhǎng ér tán
【分类】生活
【关键词】苏秦
【释义】抵掌:一手覆按另一手掌。喻谈话时极为欢洽。《战国策·秦策》:"(苏秦)见说赵王于华屋之下,抵掌而谈,赵王大悦。封为武安君。受相印,革车百乘,绵绣千纯,白璧百双,黄金万溢,以随其后,约从散横,以抑强秦。"
【例句】唐元稹《纪怀赠李…》:"通名参将校,抵掌见亲朋。"唐独孤及《得柳员外…》:"遥知抵掌论皇道,时复吟诗向白云。"唐柳宗元《行路难》:"北方狰人长九寸,开口抵掌更笑喧。"宋文同《赠李仲祥…》:"抵掌剧谈犹罋铄,堆胸豪气尚蜿延。"

地崩山摧　dì bēng shān cuī
【分类】政治
【关键词】五丁
【释义】用为开发蜀道的典故。《华阳国志·蜀志》:"秦惠王知蜀王(即杜宇号望帝)好色,许嫁五女于蜀。蜀遣五丁(古代神话传说中的五个力士)迎之。到梓潼,见大蛇入穴中。一人揽其尾掣,不禁,至五人相助,大呼拽蛇。山崩,压杀五丁、五女及部从,而山分为五岭。"
【例句】唐李白《蜀道难》:"地崩山摧壮士死,然后天梯石栈方钩连。"唐李商隐《咏史》:"运去不逢青海马,力穷难拔蜀山蛇。"唐李德裕《遥伤茅山…》:"山摧武担石,天陨少微星。"五代贯休《闻王慥常…》:"宗社运微衰,山摧甘井枯。"宋黄庭坚《叔父给事…》:"荣禄常思泽九宗,山摧梁坏床成空。"

地角天涯　dì jiǎo tiān yá
【分类】生活
【关键词】徐陵
【释义】形容极远的地方或彼此相隔很远。南朝陈徐陵《答族人梁东海太守长孺书》:"燕南赵北,地角天涯,言接未由,但以潜歔!"
【例句】唐骆宾王《畴昔篇》:"玉垒铜梁不易攀,地角天涯眇难测。"唐崔十娘《答文成》:"天涯地角知何处,玉体红颜难再遇。"唐杨凭《湘江泛舟》:"湘川洛浦三千客,地角天涯南北遥。"唐关盼盼《燕子楼》:"相思一夜情多少,地角天涯不是长。"

地母　dì mǔ
【分类】文化
【关键词】道
【释义】后土娘娘,被称为大地之母。道教列为四御尊神之一,与主宰天界的玉皇大帝相配合,主宰执掌阴阳生育、万物之美与山川之秀。《宋史·礼志七》:"徽宗政和六年九月朔,地祇未有称谓,谨上徽号曰承天效法厚德光大后上皇地祇。"

【例句】宋史铸《孩儿菊》:"地母提来风露径,笑风泣露并堪怜。"宋李抱一《题神霄宫壁》:"神龟移入云端去,彩凤抟归地母骑。"明彭孙贻《二月二日》:"社公赛罢偏多雨,地母占来合种瓜。"聂绀弩《割草赠莫言》:"风云怒吒天山骇,敕勒狂歌地母悲。"

地下修文　dì xià xiū wén

【分类】生活

【关键词】苏韶

【释义】亦称地下郎,指文人去世。《太平御览》引晋王隐《晋书》载:晋代苏韶死后魂魄与兄弟相见,他说,"颜渊、卜商今见在(地下)为修文郎…吾见为修文郎,守职不下得来也。"

【例句】唐司空图《狂题》:"地下修文著作郎,生前饥处倒空墙。"唐杜甫《哭李常侍峄》:"一代风流尽,修文地下深。"宋晁说之《亡友陈无〈己〉》:"地下修文几岁郎,尚怜有子已争行。"宋谢逸《亡友潘邠…》:"满城风雨近重阳,不见修文地下郎。"宋王庭圭《又一首》:"两贤方折月中桂,此老翻为地下郎。"

地仙　dì xiān

【分类】文化

【关键词】道

【释义】方士称住在人间的仙人,也比喻闲散享乐之人。《抱朴子·论仙》:"按《仙经》云:'上士举形升虚,谓之天仙;中士游于名山,谓之地仙;下士先死后蜕,谓之尸解仙。'"

【例句】唐李涉《秋日过员…》:"望水寻山二里余,竹林斜到地仙居。"唐卢纶《送钱从叔…》:"吾翁致身殊得计,地仙亦是三千岁。"唐白居易《池上即事》:"身闲当贵真天爵,官散无忧即地仙。"聂绀弩《铭德季惺…》:"名城处处新民报,水上鸳鸯陆地仙。"

地行仙　dì xíng xiān

【分类】文化

【关键词】佛

【释义】原为佛典中长寿的神仙,后喻高寿或隐逸闲适的人。《楞严经》:"人不及处有十种仙:阿难,彼诸众生,坚固服饵,而不休息,食道圆成,名地行仙。寿千万岁,休止深山或大海岛,绝于人境。"

【例句】唐释延寿《山居诗》:"析法尚嫌灰断果,烧丹堪惘地行仙。"宋王安石《谒曾鲁公》:"翛戴三朝冕有蝉,归荣今作地行仙。"宋苏轼《乐全先生…》:"先生真是地行仙,住世因循五百年。"宋文天祥《怀则堂实堂》:"中夜想应发深省,故人南北地行仙。"

地用莫如马　dì yòng mò rú mǎ

【分类】文化

【关键词】马

【释义】指地上行走没有比乘马再快捷的了,为咏马之典。《史记·平准书》:"地用莫如马。"唐司马贞《史记索隐》:"《易》云:'行地莫如马也?'"

【例句】唐杜甫《遣兴》:"地用莫如马,无良复谁记。"元郑元祐《赵松雪画马》:"地用莫如马,壶头竟何施?"元杨载《李伯时画…》:"古称难画莫如马,近朝惟数李伯时。"清曾国藩《地用莫如…》:"地用莫如马,越险思骁腾。"

地藏　dì zàng

【分类】文化

【关键词】佛

【释义】即地藏王菩萨,佛教大乘菩萨之一,是释迦灭后至弥勒出现之间,救助天上以及地狱一切众生的菩萨,认为他像大地一样,含藏无量善根种子,故名。后来把他说成专管地下幽冥世界的菩萨。《地藏十轮经》载,由于此菩萨"安忍不动如大地,静虑深密如秘藏",所以称为地藏王。

【例句】唐白居易《简简吟》:"十三行坐事调品,不肯迷头白地藏。"宋史监《五台山和韵》:"山入雁门真设险,地藏佛国即长安。"宋陈与义《拜诏》:"紫阳山下闻皇牒,地藏阶前拜诏书。"宋释印肃《颂古》:"能持地藏无空印,具足圆方始不疑。"

的卢　dì lú

【分类】文化

【关键词】马

【释义】泛指骏马。《三国志·先主传》:南朝宋裴松之注引《世说新语》曰:"骑的卢走,堕襄阳城西檀溪水中,溺不得出。备急曰:'的卢,今日厄矣,可努力!'的卢乃一踊三丈,遂得过,乘栰渡河,中流而追者至。"

【例句】唐胡曾《檀溪》:"的卢何处埋龙骨,流水依前绕大堤。"唐颜荛《习家池大堤》:"檀溪春水长青蒲,溪上行人问的卢。"宋赵鼎臣《容之在蓂…》:"从军更欲投毛颖,仗剑还思跨的卢。"宋辛弃疾《破阵子》:"马作的卢飞快,弓如霹雳弦惊。"

杕杜歌　dì dù gē

【分类】政治

【关键词】诗经

【释义】咏凯旋而归之典。《诗经·小雅·杕杜》:"有杕之杜,有睆其实…女心伤止,征夫遑止。"《诗经·小雅·杕杜序》:"劳还役也。"杕杜:孤立而生的杜梨树。

【例句】唐车从愿《奉和圣制…》:"伫闻歌杕杜,凯入系名王。"唐杜甫《收京》:"赏应歌杕杜,归及荐樱桃。"唐钱起《送萧常侍…》:"明光朝即迩,杕杜早成歌。"唐皎然《同杨使君…》:"旋师闻杕杜,归路忆辕轾。"

弟子三千　dì zǐ sān qiān

【分类】政治

【关键词】孔子

【释义】指孔子大约有门徒三千多人,比喻老师教学有方,门徒众多。《史记·孔子世家》:"孔子以诗、书、礼、乐教,弟子盖三千焉,身通六艺者七十有二人。"

【例句】唐李世民《赞姚秦三…》:"十万流沙来振锡,三千弟子共翻经。"唐刘沧《经曲阜城》:"三千弟子标青史,万代先生号素王。"唐杜甫《又示宗武》:"十五男儿志,三千弟子行。"宋陆佃《赠王君仪》:"尝思孔子昔在世,门生弟子三千人。"聂绀弩《钟三往四清》:"三千师弟人谁老,百八朝昏别奈何。"

帝女桑　dì nǚ sāng

【分类】文化
【关键词】树
【释义】神话传说中的桑树,赤帝女居此桑而升天,为咏佳树之典。《太平御览》引《广异记》:"南方赤帝女学道得仙,居南阳崿山桑树上,正月一日衔柴作巢,至十五日成,或作白鹊,或女人。赤帝见之悲恸,诱之不得,以火焚之,女即升天,因名帝女桑。"
【例句】唐元万顷《奉和春日》:"花轻蕊乱仙人杏,叶密莺喧帝女桑。"唐上官仪《春日》:"花轻蝶乱仙人杏,叶密莺啼帝女桑。"唐卢照邻《山林休日…》:"径草疏王簪,岩枝落帝桑。"宋王圭《皇后阁》:"未染仙人杏,偏柔帝女桑。"

帝乡　dì xiāng

【分类】政治
【关键词】庄子
【释义】天宫;仙乡;也喻指京城;皇帝居住的地方;帝王的故乡。《庄子·天地》:"千岁厌世,去而上仙;乘彼白云,至于帝乡。"
【例句】唐骆宾王《畴昔篇》:"淹留坐帝乡,无事积炎凉。"唐卢照邻《失群雁》:"传闻有鸟集朝阳,讵胜仙凫远帝乡。"唐杜甫《承闻河北…》:"衣冠是日朝天子,草奏何时入帝乡。"宋王安石《和韩子华…》:"追攀坐叹风尘隔,空听钧天梦帝乡。"

帝尧文思　dì yáo wén sī

【分类】政治
【关键词】尚书
【释义】咏皇帝禅位之典。《尚书·尧典》:"昔在帝尧,聪明文思,光宅天下,将逊于位,让于虞舜。"
【例句】唐杜甫《收京》:"羽翼怀商老,文思忆帝尧。"唐良价《功勋五位颂》:"圣主由来法帝尧,御人以礼曲龙腰。"唐王甚夷《风不鸣条》:"康哉帝尧代,寰宇共澄清。"唐齐己《苦热行》:"何当一雨苏我苗,为君击壤歌帝尧。"宋晁说之《谒岳庙》:"若容羲仲篡羲叔,亦许帝舜囚帝尧。"

帝子　dì zǐ

【分类】政治
【关键词】娥皇
【释义】指娥皇、女英,传说为尧的女儿。源见"湘妃"。
【例句】唐吴兢《永泰公主…》:"河汉天孙合,潇湘帝子游。"唐韦庄《江皋赠别》:"帝子梦魂烟水阔,谢公诗思碧云

低。"唐刘长卿《送马秀才…》:"湘竹旧斑思帝子,江蘺初绿怨骚人。"唐王维《敕借岐王…》:"帝子远辞丹凤阙,天书遥借翠微宫。"

第三声　dì sān shēng

【分类】生活
【关键词】水经注
【释义】指令人凄切的猿鸣声。《水经注·江水二》:"每至晴初霜旦,林寒涧肃,常有高猿长啸,属引凄异,空谷传响,哀转久绝,故渔者歌曰:'巴东三峡巫峡长,猿鸣三声泪沾裳。'"
【例句】唐皇甫冉《赋得郢路…》:"悲猿何处发,郢路第三声。"唐戴叔伦《和崔法曹…》:"闻道建溪肠欲断,的知断著第三声。"唐李端《送客赋得…》:"楚人皆掩泪,闻到第三声。"唐李端《送刘侍郎》:"唯有夜猿知客恨,峤阳溪路第三声。"

第五齐骠骑　dì wǔ qí piào qí

【分类】生活
【关键词】何充
【释义】咏弟与兄比美之典。《世说新语·栖逸》:"何骠骑弟以高情避世,而骠骑劝之令仕。答曰:'予第五之名,何必减骠骑?'"
【例句】唐李颀《送刘十》:"诸兄李继掌青史,第五之名齐骠骑。"宋贺铸《京居感兴》:"骠骑彼将军,未应贤第五。"明李云龙《送汪仲嘉…》:"由来君是湖海士,第五之名等骠骑。"明张萱《夜宴赵文…》:"君名虽第五,何必减骠骑。"明王世贞《即事书怀》:"骠骑终输第五名,仆射难胜酒杯乐。"明欧必元《病中得何…》:"淮阴信是无双价,骠骑何惭第五名。"

棣华　dì huá

【分类】生活
【关键词】诗经
【释义】喻兄弟。《诗经·小雅·常棣》:"常棣之华,鄂不韡韡。凡今之人,莫如兄弟。"郑笺:"鄂足得华之光明则韡韡然盛兴者,喻弟以敬事兄,兄以荣覆弟,恩义之显亦韡韡然。"
【例句】唐崔泰之《同光禄弟…》:"棣华依雁序,竹叶拂鸾筋。"唐刘允济《经庐岳回…》:"明牧振雄词,棣华殊灼灼。"唐张九龄《和王司马…》:"还闻折梅处,更有棣华诗。"唐杨巨源《送定法师…》:"诗引棣华沾一雨,经分贝叶向双流。"唐沈佺期《洛州萧司…》:"棠棣日光辉,高襟应序归。"

颠倒衣裳　diān dǎo yī cháng

【分类】生活
【关键词】诗经
【释义】用以形容匆忙失序。《诗经·齐风·东方未明》:"东方未明,颠倒衣裳。颠之倒之,自公召之。"东汉郑玄笺:"东方未明,而以为明。故群臣促遽,颠倒衣裳。"原

诗序:"《东方未明》,刺无节也。朝廷兴居无节,号令不时,挈壶氏不能掌其职焉。"

【例句】唐杜甫《至日遣兴…》:"无路从容陪语笑,有时颠倒著衣裳。"唐李绅《过梅里》:"醒醉迷啜哺,衣裳辨颠倒。"唐白居易《初与元九…》:"枕上忽惊起,颠倒著衣裳。"唐吕温《早觉有感》:"先觉忽先起,衣裳颠倒时。"

颠风 diān fēng

【分类】政治
【关键词】元稹
【释义】暴风;狂风,也喻疯癫、癫狂。唐元稹《人道短》:"颠风暴雨电雷狂,晴被阴暗,月夺日光。"
【例句】宋梅尧臣《答杜挺之…》:"百年蠹柳根半浮,揭屋颠风吹欲倒。"宋韩琦《病中望雪》:"日日颠风喧病枕,曾无片云飞虚空。"宋方岳《接花》:"颠风稗子僧成佛,白日烂柯人诈仙。"宋王之望《和姚令威…》:"急雨颠风带海烟,白头肠断落花天。"

颠夭 diān yāo

【分类】政治
【关键词】尚书
【释义】西周初辅佐文王的大臣泰颠和闳夭的并称,借指辅国有政绩的大臣。《尚书·君奭》:"惟文王尚克修和我有夏。亦惟有若虢叔,有若闳夭,有若散宜生,有若泰颠,有若南宫括。"
【例句】唐韩愈《赴江陵途…》:"复闻颠夭辈,峨冠进鸿畴。"

典坟 diǎn fén

【分类】文化
【关键词】左传
【释义】三坟五典的省称,指各种古代文籍。《淮南子·齐俗训》:"衣足以覆形,从典坟,虚循挠便身体,适行步。"《左传·昭公十二年》:"是能读《三坟》、《五典》、《八索》、《九丘》。"杜预注:"皆古书名。"
【例句】唐张说《奉和圣制…》:"孔圣家邹鲁,儒风蔼典坟。"唐钱起《奉和中书…》:"典坟探奥旨,造化睹权舆。"唐朱庆馀《送韦校书》:"职已为书记,官曾校典坟。"唐李昌符《寄栖白上人》:"画壁惟泉石,经窗半典坟。"

典属国 diǎn shǔ guó

【分类】政治
【关键词】苏武
【释义】秦汉负责属国的官员,即负责少数民族事务。苏武归汉后,拜为典属国。也特指苏武。《汉书·苏武传》:"苏武出使匈奴,被拘禁十九年,回到汉朝后,拜为典属国,秩中二千石。"
【例句】唐王维《陇头吟》:"苏武才为典属国,节旄落尽海西头。"唐戴叔伦《奉天酬别…》:"名亚典属国,良选谏大夫。"唐聂夷中《胡无人行》:"悠哉典属国,驱羊老一生。"宋苏轼《至济南李…》:"自笑餐毡典属国,来看换酒谪仙人。"

典午 diǎn wǔ

【分类】政治
【关键词】司马昭
【释义】喻指官居司马也,也指重要的军职。《三国志·谯周传》:"周语次,因书版示(文)立曰:'典午忽兮,月酉没兮。'典午者谓司马也,月酉者谓八月也,至八月而文王(司马昭)果崩。"
【例句】唐韩愈《晋公破贼…》:"长惭典午非材职,得就闲官即至公。"唐白居易《江州赴忠…》:"典午犹为幸,分忧固是荣。"唐白居易《重到江州…》:"昔征从典午,今出自承明。"宋胡瑗《睢阳五老图》:"典午山河遵大道,调元宗社对穹桓。"

点额 diǎn é

【分类】政治
【关键词】交州记
【释义】谓跳龙门的鲤鱼头额触撞石壁,后因以"点额"指仕途失意或应试落第。源见"曝鳃"。
【例句】唐李白《赠崔侍郎》:"点额不成龙,归来伴凡鱼。"唐白居易《醉别程秀才》:"五度龙门点额回,却缘多艺复多才。"宋道潜《送处度赴试》:"期君安稳上龙门,不怕临流遭点额。"宋谢迈《闻无逸兄…》:"初谓过都留虎脊,又令点额向龙门。"

点漆 diǎn qī

【分类】文化
【关键词】杜乂
【释义】形容色黑而有光泽。《晋书·杜乂传》:"美姿容,有盛名于江左,王羲之见而目之,曰:'肤若凝脂,眼如点漆,此神仙人也。'"
【例句】唐杜甫《北征》:"或红如丹砂,或黑如点漆。"宋马廷鸾《徐氏拜荣堂》:"双瞳点漆发未白,画堂茅舍各自如。"宋苏轼《次韵答舒…》:"一螺点漆便有余,万灶烧松何处使。"宋黄庭坚《次韵郭明…》:"八十唇红眼点漆,金钟举酒不留残。"

点酥娘 diǎn sū niáng

【分类】生活
【关键词】苏轼
【释义】谓肤如凝脂般光洁细腻的美女。宋苏轼《定风波·海南归赠王定国侍儿寓娘》:"长羡人间琢玉郎,天应乞与点酥娘。"
【例句】宋柳永《木兰花》:"酥娘一搦腰肢袅,回雪萦尘皆尽妙。"宋黄庭坚《清平乐》:"蜀娘漫点花酥。酒槽空滴真珠。"明杨慎《梅花》:"禁酒国中佳节换,樽前谁唤点酥娘。"

点注 diǎn zhù

【分类】生态
【关键词】锺会

【释义】点染注色。三国魏锺会《孔雀赋》："五色点注,华羽参差。"
【例句】唐杜甫《江雨有怀…》："宠光蕙叶与多碧,点注桃花舒小红。"宋王安石《胡笳十八拍》："点注桃花小红,与儿洗面作华容。"宋王震《雪》："侵凌竹色回新绿,点注梅梢破小红。"宋周紫芝《读韦庄浣…》："晚唐风月一番新,弄粉调膏点注匀。"

电光礥磹 diàn guāng xiàn diàn
【分类】生活
【关键词】十洲记
【释义】比喻目光如闪电。《海内十洲记·聚窟洲》："延和三年,武帝幸安定,而月支国遣使献香。""献猛兽一头形如犬子似狸而色黄。""使者乃指兽命唤一声,兽舐唇良久,忽叫,如天大雷霹雳,又两目如礥磹之交光,光朗冲天,良久乃止。"
【例句】唐皮日休《吴中苦雨…》："雷公恣其志,礥磹裂电目。"唐韩愈《陆浑山火…》："电光礥磹頳目暖,顷冥收威避玄根。"宋刘攽《十二月十…》："砰訇非常怒,礥磹通夕照。"宋姜特立《松石歌寿…》："六丁夜半奉玉敕,雷公礥磹取之。"

电母 diàn mǔ
【分类】文化
【关键词】苏轼
【释义】古代神话传说中司闪电的神。宋苏轼《次韵章传道喜雨》："常山山神信英烈,扬驾雷公呵电母。"
【例句】宋王洋《和谢齐…》："一鸣行即驾雷车,万卷它年劳电母。"宋陈赓《游龙祠》："雷公电母踏烟雾,天吴海若驱鼍鼋。"宋彭汝砺《暴雨》："电母摇睛吓风伯,疾雷怒张坤轴侧。"宋楼异《起云峰》："触石孤飞一叶蓬,雷公电母昼鞭龙。"

电绕枢光 diàn rào shū guāng
【分类】政治
【关键词】黄帝
【释义】诞育圣人之典。唐张守节《史记正义》："母曰附宝,之祁野,见大电绕北斗枢星,感而怀孕,二十四月而生黄帝于寿丘。"
【例句】唐卢肇《及第送潘…》："君归为说龙门寺,雷雨初生电绕身。"唐齐己《灵松歌》："有时深洞兴雷霆,飞电绕身光闪烁。"宋曹勋《癸巳圣节》："电绕璇枢开上瑞,虹流华渚叶珍祥。"元张昱《明皇妃子…》："天回日驭戎衣起,电绕星枢彩棒催。"

电烻 diàn yàn
【分类】文化
【关键词】欧阳詹
【释义】喻指闪电,或如闪电之光。谓色红而光亮。唐欧阳詹《达上人水精念珠歌》："皎晶晶,彰煌煌。陆离电烻纷不常,凌眸晕目生光芒。"

【例句】唐元稹《放言》："霆轰电烻数声频,不奈狂夫不藉身。"唐元稹《竞渡》："接瞬电烻出,微吟霹雳喧。"唐元稹《三叹》："雄为光电烻,雌但深泓澄。"

奠枕 diàn zhěn
【分类】政治
【关键词】扬雄
【释义】犹安枕。汉扬雄《法言·寡见》："昔在姬公,用于周而四海皇皇,奠枕于京。"晋李轨注："安枕而卧,以听于京师。"
【例句】宋邵雍《不寐》："奠枕时昏昏,拥衾还耿耿。"宋王柏《马华父母…》："百姓得奠枕,归来拜慈帏。"宋王遂《宁考神御…》："九重黼坐盘盂固,四海苍生奠枕安。"宋范祖禹《文潞公生日》："长城万里远,奠枕四夷宾。"

簟纹如水 diàn wén rú shuǐ
【分类】生活
【关键词】苏轼
【释义】竹席纹理细密像清凉的水一样,形容夏夜的清凉。宋苏轼《南堂五首》："扫地焚香闭阁眠,簟纹如水帐如烟。"
【例句】宋汪莘《夜兴》："簟纹如水浸蟾光,睡觉湖边月半床。"宋陈造《题扇集句》："见欲扣床悬鹿尾,簟纹如水帐如烟。"金高士谈《晓起戏集…》："簟纹如水帐如烟,一榻清风直万钱。"元郭钰《题周季彬…》："簟纹如水形神清,万叶为屋竿为楹。"

貂蝉出兜鍪 diāo chán chū dōu móu
【分类】政治
【关键词】周盘龙
【释义】咏以武功致贵盛荣耀之典。《南齐书·周盘龙传》："盘龙表年老才弱,不可镇边,求解职;见许,还为散骑常侍、光禄大夫。世祖(萧赜)戏之曰:'卿著貂蝉,何如兜鍪?'盘龙曰:'此貂蝉从兜鍪中出耳。'"貂蝉,贵臣冠上饰物。兜鍪,武士头盔。
【例句】宋宋祁《答庞龙图…》："俎豆何妨学军旅,兜鍪遂欲出貂蝉。"宋叶梦得《秋高申戒…》："快使营平归印绶,貂蝉敢望出兜鍪。"宋陆游《后寓叹》："貂蝉未必出兜鍪,要是苍鹰忆下鞲。"宋张孝祥《赠张钦州》："貂蝉兜鍪何足道,君必不为猿鹤羞。"

雕虫小技 diāo chóng xiǎo jì
【分类】生活
【关键词】李德林
【释义】比喻微末的技能,多指刻意雕琢文章。《隋书·李德林传》："经国大体,是贾生、晁错之俦;雕虫小技,殆相如、子云之辈。"雕虫,对仅工辞赋者的贬称,也作文人自谦之词。以指辞赋之雕章琢句。
【例句】唐李贺《南园》："寻章摘句老雕虫,晓月当帘挂玉弓。"唐李商隐《复至裴明…》："柱上雕虫对书字,槽中瘦马仰听琴。"唐杨巨源《酬崔博士》："自知顽叟更何能,唯学雕虫谬见称。"唐卢群玉《投卢尚书》:"从来若把耕桑定,免恃雕虫误此生。"

雕弓　diāo gōng

【分类】政治
【关键词】荀子
【释义】相传古代天子所用之弓,上面雕有精美的图案,借指劲弓。《荀子·大略》:"天子雕弓,诸侯彤弓,大夫黑弓,礼也。"
【例句】唐高士廉《五言春日…》:"雕弓连月彩,雄剑聚星光。"唐李峤《饯薛大夫…》:"犀皮拥青橐,象齿饰雕弓。"唐王维《赠裴旻将军》:"腰间宝剑七星文,臂上雕弓百战勋。"唐李山甫《赠阿史那…》:"较猎燕山经几春,雕弓白羽不离身。"

雕胡饭　diāo hú fàn

【分类】生活
【关键词】司马相如
【释义】雕胡:茭白子实,即菰米,煮熟为雕胡饭。《史记·司马相如列传》:"其卑湿则生藏莨蒹葭,东蔷雕胡。"唐司马贞索隐:"雕胡,案谓菰米。"也指茭白。
【例句】唐元稹《春分投简…》:"琼杯传素液,金匕进雕胡。"唐李白《宿五松山…》:"跪进雕胡饭,月光明素盘。"唐韩翃《赠别崔司…》:"楚酪沃雕胡,湘羹糁香饵。"宋刘筠《公子》:"行庖爨蜡雕胡熟,永垺铺金汗血骄。"

雕陵　diāo líng

【分类】生态
【关键词】庄子
【释义】地名,位于河南省扶沟县雕陵岗,咏为异鹊出没之地。《庄子·山木》:"庄周游乎雕陵之樊,一异鹊自南方来者,翼广七尺,目大运寸,感周之颡而集于栗林。"唐成玄英疏:"雕陵,栗园名也。"
【例句】唐李商隐《北禽》:"知来有干鹊,何不向雕陵。"唐徐夤《鹊》:"神化难源瑞即开,雕陵毛羽出尘埃。"唐梁周翰《禁林宴会…》:"鹤盘吴屿双翎健,鹊顾雕陵巨翼长。"宋刘筠《小园秋夕》:"栗林忽感雕陵鹊,云表初过代岭鸿。"

雕龙　diāo lóng

【分类】生活
【关键词】史记
【释义】比喻善于修饰文辞或刻意雕琢文字。《史记·孟子荀卿列传》:"驺衍之术迂大而闳辩,奭也文具难施…故齐人颂曰:'谈天衍,雕龙奭,炙毂过髡。'"南北朝裴骃集解引汉刘向《别录》:"驺奭脩衍之文,饰若雕镂龙文,故曰'雕龙'。"
【例句】唐韦嗣立《奉和张岳…》:"黄鹄飞将远,雕龙文为开。"唐张说《扈从幸韦…》:"舞凤迎公主,雕龙赋婕妤。"唐苏颋《饯荆州崔…》:"茂礼雕龙昔,名家展骥初。"唐黄滔《伤蒋校书…》:"如何万古雕龙手,独是相如识汉皇。"唐权德舆《奉和崔评…》:"诗因乘兴赠,才擅雕龙格。"

雕题　diāo tí

【分类】政治
【关键词】礼记
【释义】在额上刺花纹,古代南方少数民族的一种习俗,也指古代南方雕额文身之部族。《礼记·王制》:"南方曰蛮,雕题交趾,有不火食者矣。"唐孔颖达疏:"雕,谓刻也,题,谓额也,谓以丹青雕刻其额。"
【例句】唐沈佺期《初达驩州》:"水行儋耳国,陆行雕题薮。"唐刘禹锡《元和癸巳…》:"卉服联操袂,雕题尽鞠躬。"唐袁皓《重归宜春》:"恩仁沾品物,教化及雕题。"唐郑洪业《诏放云南…》:"雕题辞凤阙,丹服出金门。"

吊鹤　diào hè

【分类】文化
【关键词】陶侃
【释义】悼亡悲逝之典。《晋书·陶侃传》:"后以母忧去职。尝有二客来吊,不哭而退,化为双鹤,冲天而去,时人异之。"
【例句】唐骆宾王《乐大夫挽诗》:"宁知荒陇外,吊鹤自徘徊。"唐张九龄《和姚令公…》:"忽叹登龙者,翻将吊鹤同。"唐李白《自溧水道…》:"海内故人泣,天涯吊鹤来。"唐钱起《哭曹钧》:"忽见江南吊鹤来,始知天上文星失。"

吊屈原　diào qū yuán

【分类】生活
【关键词】贾谊
【释义】喻指自伤身世,哀叹自身遭遇。汉贾谊《吊屈原文·序》:"谊为长沙王太傅,既以谪去…屈原,楚贤臣也,被谗放逐,遂自投汨罗而死。谊追伤之,因自喻。"
【例句】唐孟浩然《经七里滩》:"五岳追向子,三湘吊屈平。"唐李白《赠崔秋浦》:"应念金门客,投章吊楚臣。"唐王维《送杨少府…》:"长沙不久留才子,贾谊何须吊屈平。"宋苏辙《再次前韵》:"城头栋宇恰三间,楚望凄凉吊屈原。"

吊影　diào yǐng

【分类】生活
【关键词】曹植
【释义】只有自己的身子和影子在一起互相慰问,形容非常孤单,没有伴侣,喻孤独寂寞。《三国志·陈思王植传》:"窃感(相鼠)之篇,无礼遄死之义,形影相吊,五情愧赧。"
【例句】唐杜甫《秋日夔府…》:"吊影夔州僻,回肠杜曲煎。"唐白居易《自河南经…》:"吊影分为千里雁,辞根散作九秋蓬。"唐刘长卿《小鸟篇上…》:"自怜天上青云路,吊影徘徊独愁暮。"宋邵雍《伤二舍弟…》:"差肩行处皆成往,吊影伤时无似今。"

钓鳌客　diào áo kè

【分类】政治
【关键词】张祜

【释义】指有远大抱负而豪迈不羁的人。《鉴诫录·钓巨鳌》："(李绅)及见(张)祐,从容乃问曰:'秀才既解钓鳌,以何物为竿?'祐对曰:'用长虹为竿。'又问曰:'以何物为钩?'曰:'以初月为钩。'又问曰:'以何物为饵?'曰:'用唐朝李相公为饵。'"
【例句】宋郭祥正《东望》："不作凌烟人,犹为钓鳌客。"宋米芾《拜中岳命作》："重寻钓鳌客,初入选仙图。"宋刘克庄《满江红》："烦问讯,冥鸿高士,钓鳌词客。"宋张元干《水调歌头》："举手钓鳌客,削迹种瓜侯。"宋陆游《梦笔驿》："可怜钓鳌客,终返屠羊肆。"

钓东海 diào dōng hǎi
【分类】政治
【关键词】庄子
【释义】喻指胸怀大志。《庄子·外物》："任公子为大钩巨缁,五十犗以为饵,蹲乎会稽,投竿东海,旦旦而钓,期年不得鱼。已而大鱼食之,牵巨钩,錎没而下,骛扬而奋鬐,白波若山,海水震荡,声侔鬼神,惮赫千里。任公子得若鱼,离而腊之,自制河以东,苍梧已北,莫不厌若鱼者。"
【例句】唐李白《猛虎行》："我从此去钓东海,得鱼笑寄情相亲。"唐韩愈《赠刘师服》："巨缗东钓倘可期,与子共饱鲸鱼脍。"宋苏轼《寄刘孝叔》："南山伐木作车轴,东海取鼍漫战鼓。"宋陈师道《次韵苏公…》："径须作记戒鲸鲵,防有任公钓东海。"

钓璜 diào huáng
【分类】政治
【关键词】姜太公
【释义】喻瑞应,交好运受器重之兆。《宋书·符瑞志上》："尚立变名答曰:'望钓得玉璜,其文要曰:姬受命,昌来提,撰尔雒钤报在齐。'"璜指佩玉。撰是拿。雒和钤喻官印。
【例句】唐宋之问《奉和幸韦…》："水疑投石处,溪似钓璜余。"唐苏颋《奉和魏仆…》："树悲悬剑所,溪想钓璜余。"唐方干《陆山人画水》："我来拟学磻溪叟,白首钓璜非陆沈。"宋陆游《怀昔》："怅望钓璜公,英概何可还。"

钓矶 diào jī
【分类】政治
【关键词】严光
【释义】钓鱼时坐的岩石,借指隐居之处。源见"严陵钓处"。
【例句】唐宋之问《使过襄阳…》："苔石衔仙洞,莲舟泊钓矶。"唐苏颋《昆明池晏…》："独有衔恩处,明珠在钓矶。"唐韦庄《旅中感遇…》："怀乡不怕严陵笑,只待秋风别钓矶。"唐刘沧《赠颛顼山人》："知君济世有长策,莫问沧浪隐钓矶。"

钓名 diào míng
【分类】生活
【关键词】公孙弘

【释义】指作伪以求虚名。《汉书·公孙弘》："夫九卿与臣善者无过黯,然今日庭诘弘,诚中弘之病。夫以三公为布被,诚饰诈欲以钓名。"唐颜师古注曰："钓,取也。言若钓鱼之谓也。"
【例句】唐德诚《拨棹歌》："香饵竿头也不无,向来只是钓名鱼。"唐韩偓《招隐》："时人未会严陵志,不钓鲈鱼只钓名。"唐陆龟蒙《江南秋怀…》："撰策空占命,持竿不钓名。"唐崔道融《钓鱼》："闲钓江鱼不钓名,瓦瓯斟酒暮山青。"

钓台 diào tái
【分类】政治
【关键词】严光
【释义】借指隐居之处。源见"严陵钓处"。
【例句】唐褚亮《奉和禁苑…》："钓台惭作赋,伊水滥闻笙。"唐杜牧《寄湘中友人》："相如已定题桥志,江上无由梦钓台。"唐李郢《钱塘青山…》："湖山绕屋犹嫌浅,欲棹渔舟近钓台。"唐张乔《宿江叟岛居》："了得平生志,还归筑钓台。"

钓台移柳 diào tái yí liǔ
【分类】生态
【关键词】武昌
【释义】钓台,在武昌,三国时孙权曾在此饮酒欢会;移柳,晋陶侃镇武昌,曾令兵士遍植杨柳。为咏家乡风物之典。北周庾信《哀江南赋》："钓台移柳,非玉关之可望。"
【例句】唐杜甫《春日梓州…》："战场今始定,移柳更能存。"宋刘攽《次韵和麻…》："宦情移柳在,诗兴爱棠深。"明欧大任《答李伯豸…》："河水寒流通别墅,钓台疏柳护渔矶。"清阎若璩《送田少参…》："斋移钓台柳,厨鲙武昌鱼。"

调梅 diào méi
【分类】政治
【关键词】傅说
【释义】谓用盐梅调味,使食物味美。喻指宰相执掌政柄,治理国家。源见"盐梅之鼎"。
【例句】唐李乂《奉和幸望…》："上宰调梅寄,元戎细柳威。"唐钱起《奉送户部…》："德佐调梅用,忠输击房年。"唐刘长卿《秋日夏口…》："鼎罢调梅久,门看种药勤。"唐王光庭《奉和圣制…》："惠风初应律,和气正调梅。"

调燮 diào xiè
【分类】政治
【关键词】尚书
【释义】犹言调和阴阳。古谓宰相能调和阴阳,治理国事,故以称宰相。源见"调元"。
【例句】唐薛能《除夜作》："祯祥应北极,调燮验平津。"宋魏野《上知府寇…》："镇临求二陕,调燮辍三台。"宋王十朋《次韵何宪…》："平反尽欲归中典,调燮端宜上台。"宋邹浩《和刘知录》："廊庙他年调燮手,不妨潜室且和羹。"

迭宕孔文举　dié dàng kǒng wén jǔ
【分类】生活
【关键词】孔融
【释义】喻指名士旷放不羁、不拘小节。《后汉书·孔融传》："既见操雄诈渐著，数不能堪，故发词偏宕，多致乖忤……遂令丞相军谋祭酒路粹枉状奏融曰：'又融为九列，不遵朝仪，秃巾微行，唐突宫掖……大逆不道，宜极重诛。'书奏，下狱弃市。"孔融，字文举。
【例句】唐储光羲《秋夜贻马九》："迭宕孔文举，风流石季伦。"明梁柱臣《南园五先生》："孙黄迭宕才，给事亦豪举。"

蝶粉蜂黄　dié fěn fēng huáng
【分类】生活
【关键词】李商隐
【释义】指古代妇女粉面额黄，妆扮美容。唐李商隐《酬崔八早梅有赠》："何处拂胸资蝶粉，几时涂额藉蜂黄。"
【例句】宋周邦彦《满江红》："蝶粉蜂黄都褪了，枕痕一线红生肉。"宋胡仲弓《落花》："东君更作风光主，蝶粉蜂黄莫浪争。"宋曹彦约《水仙》："盈盈蝶粉衬蜂黄，水国仙人内样妆。"宋胡仲弓《落花》："东君更作风光主，蝶粉蜂黄莫浪争。"

蝶梦蘧蘧　dié mèng qú qú
【分类】生活
【关键词】庄子
【释义】借指梦境。蘧蘧，悠然自得貌。源见"庄周梦蝶"。
【例句】宋吴芾《和四二俛……》："世事转头如蝶梦，人生到此似蘧庐。"宋陈造《夜宿商卿家》："蝶梦蘧蘧才一霎，邻鸡啼罢又啼鸦。"宋张镃《晓寝喜成》："蘧蘧蝶梦萦孤枕，呃呃鸡声过短篱。"聂绀弩《咏猫为正……》："铁边冯媛鱼歌晚，花底秦宫蝶梦蘧。"

跕鸢　dié yuān
【分类】政治
【关键词】马援
【释义】言瘴气之盛，虽鸢鸟亦难以飞越而堕落，后比喻环境险恶，处境艰危。《后汉书·马援传》："当吾在浪泊、西里间，虏未灭之时，下潦上雾，毒气重蒸，仰视飞鸢跕跕堕水中，卧念少游平生时语，何可得也！"
【例句】唐沈佺期《敕到不得……》："魂疲山鹤路，心醉跕鸢溪。"唐韦迢《潭州留别……》："地湿愁飞鹏，天炎畏跕鸢。"唐杜甫《秋日夔府》："东走穷归鹤，南征尽跕鸢。"唐朱逵《怀素上人……》："忽闻风里度飞泉，纸落纷纷如跕鸢。"

丁公遽戮　dīng gōng jù lù
【分类】政治
【关键词】丁公
【释义】咏背主不忠之典。《史记·季布列传》："季布母弟丁公，为楚将。丁公为项羽逐窘高祖彭城西，短兵接，高祖急，顾丁公曰：'两贤岂相厄哉！'于是丁公引兵而还，汉王遂解去。及项王灭……遂斩丁公，曰：'使后世为人臣者无效丁公。'"
【例句】唐李瀚《蒙求》："丁公遽戮，雍齿先侯。"宋蔡戡《朱丈朝宗……》："一笑真莫逆，两贤岂相厄。"宋郑獬《咏史》："解把旧恩酬项伯，独将大义斩丁公。"宋宝祐士人《句》："空使蜀人思永，恨无汉剑斩丁公。"

丁固梦松　dīng gù mèng sōng
【分类】政治
【关键词】丁固
【释义】咏宦途通显的典故。《三国志·孙皓传》："以左右御史大夫丁固、孟仁为司徒、司空。"南朝宋裴松之注引《吴书》曰："初，固为尚书，梦松树生其腹上，谓人曰：'松字十八公也，后十八岁，吾其为公乎！'卒如梦焉。"
【例句】唐杜牧《朱坡》："偃蹇松公老，森严竹阵齐。"唐王睿《松》："丁固梦时还有意，秦王封日岂无心。"明童冀《题梦桂卷》："我闻昔贤曾梦松，他日徵应十八公。"明何景明《送甥朝良……》："但知高凤曾飘麦，不论丁生解梦松。"

丁黄　dīng huáng
【分类】生活
【关键词】通典
【释义】喻指青少年。《通典·大唐》："大唐武德七年定令，男女始生为黄，四岁为小，十六为中，二十一为丁，六十为老。"
【例句】宋王炎《丰年谣》："前此丁黄饥欲死，今年米贱不论钱。"宋禹称《次韵许推……》："村路扶携无冻馁，里门嬉戏有丁黄。"宋黄通《岘山》："丁黄那复顾邦土，荒城白昼啼幽冤。"宋曾协《寄题兰陵……》："我公中心念丁黄，抚摩涸瘵还耕桑。"

丁宽易东　dīng kuān yì dōng
【分类】生活
【关键词】丁宽
【释义】喻学子学成归家。《汉书·儒林列传·丁宽》："初梁项生从田何受《易》，时宽为项生从者……宽东归，何谓门人曰：'《易》以东矣。'"
【例句】宋邓肃《送游教授》："飘飘归兴凌秋空，莫恨丁宽《易》已东。"宋邓肃《林提学挽词》："地下修文屈颜子，人间谈易失丁宽。"宋袁说友《简唐英同年》："偶然贞曜生同世，尤喜丁宽易未东。"宋韩淲《寄丁夔州》："儒家共仰丁宽易，老手官还侍冕旒。"

丁兰刻木　dīng lán kè mù
【分类】政治
【关键词】丁兰
【释义】咏孝行之典。《初学记·逸人传》："丁兰者……少丧考妣，不及供养，乃刻木为人，仿佛亲形，事之若生，朝夕定省……叔醉疾来酣骂木人，杖敲其头……剑杀张叔。吏捕兰,兰辞木人去,木人见兰,为之垂泪。"
宋孟益《赠汪孝子》:"十年奉养如生日,回视丁兰更有辉。"宋林桷《赠汪孝子》:"事死如生实至难,古来不独数丁兰。"明卢龙云《代题傅侍…》:"兴门陈寔言谁授,刻木丁兰念间同。"清林占梅《痛悼》:"丁兰刻木空追像,潘岳吟诗半悼亡。"

丁年　dīng nián
【分类】生活
【关键词】通典
【释义】男子成丁之年。历代之制不一。《通典·汉》:"汉孝景二年,令天下男子年二十而始傅。晋武帝平吴后,有司奏,男女年十六以上至六十为正丁;十五以下至十三、六十一以上至六十五为次丁;十二以下六十六以上为老、小,不事。"
【例句】唐李涉《六叹》:"丁年奉使白头归,泣尽李陵衣上血。"唐杨巨源《赠邻家老将》:"白首羽林郎,丁年戍朔方。"唐温庭筠《苏武庙》:"回日楼台非甲帐,去时冠剑是丁年。"宋韩琦《席上自和》:"不似丁年为帅日,醉乡方拟拍浮船。"

丁娘十索　dīng niáng shí suǒ
【分类】生活
【关键词】丁六娘
【释义】妓女争索缠头(财物)之辞。隋代歌妓丁六娘有《十索》诗,每首末句为"从郎索…",如"从郎索衣带"、"从郎索花烛"等。《乐府诗集·十索四首·其二》:"为性爱风光,偏憎良夜促。曼眼腕中娇,相看无厌足。欢情不耐眠,从郎索花烛。"
【例句】唐吴融《个人》:"赵女怜胶腻,丁娘爱烛明。"明王彦泓《旧事》:"随郎十索寻常事,只有丁娘耐细吟。"明彭孙贻《十姊妹》:"不愁红粉难分施,一任丁娘索更频。"明彭孙贻《月氏王头…》:"山阴大家女学博,羞效丁娘歌十索。"

丁香结　dīng xiāng jié
【分类】生活
【关键词】李商隐
【释义】丁香结(丁香的花苞)极似人的愁心,常用来表示愁思。唐李商隐《代赠》:"芭蕉不展丁香结,同向春风各自愁。"
【例句】唐牛峤《感恩多》:"自从南浦别,愁见丁香结。"唐陆龟蒙《丁香》:"殷勤解却丁香结,纵放繁枝散诞春。"唐韦庄《悼亡姬》:"竹叶岂能消积恨,丁香空解结同心。"五代冯延巳《鹊踏枝》:"绕砌蛩声芳草歇,愁肠学尽丁香结。"

丁仪米　dīng yí mǐ
【分类】生活
【关键词】陈寿
【释义】指索要的馈赠。源见"千斛米"。
【例句】宋黄庭坚《几复答予…》:"不取丁仪米,疑成校尉金。"宋林同《丁仪子》:"丁仪为有子,文略是诬亲。"明吴宽《赠别丁凤…》:"我昔白下逢丁仪,黑漆点睛玉琢颐。"

鼎臣　dǐng chén
【分类】政治
【关键词】丘灵鞠
【释义】喻重臣。《南史·文学传·丘灵鞠》:"彦回不起,曰:'比脚疾更增,不复能起。'灵鞠曰:'脚疾亦是大事,公为一代鼎臣,不可复为覆餗。'"
【例句】唐徐彦伯《侍宴韦嗣…》:"鼎臣休浣隙,方外结遥心。"唐苏颋《扈从温泉…》:"鼎臣今有问,河伯且应留。"唐卢纶《春日喜雨…》:"鹡鸰相呼绿野宽,鼎臣闲倚玉栏干。"宋宋庠《次韵赵帅…》:"散吏容陪汉鼎臣,隆隆恩意为谁新。"

鼎铛耳　dǐng chēng ěr
【分类】政治
【关键词】赵普
【释义】责人有耳不闻之典。鼎铛,指煮器。源见"建隆臣普"。
【例句】宋李曾伯《寿蜀帅》:"堂堂一节鼎铛耳,岂借西山太史家。"清赵翼《大柳驿相…》:"眷深不讳瓜子金,权重咸知鼎铛耳。"清屠绅《临清观万…》:"坤舆从此祝清宁,横逆应提鼎铛耳。"

鼎湖龙髯　dǐng hú lóng rán
【分类】政治
【关键词】黄帝
【释义】意指追随皇帝或哀悼皇帝去世。《史记·封禅书》:"黄帝采首山铜,铸鼎于荆山下。鼎既成,有龙垂胡髯下迎黄帝。余小臣不得上,乃悉持龙髯,龙髯拔,堕,堕黄帝之弓…故后世因名其处曰鼎湖,其弓曰乌号。"
【例句】唐李峤《汾阴行》:"珠帘羽帐长寂寞,鼎湖龙髯安可攀。"唐李山甫《又代孔明…》:"鼎湖无路追仙驾,空使群臣泣血多。"唐杜甫《洛阳》:"故老仍流涕,龙髯幸再攀。"唐曹唐《仙都即景》:"看却龙髯攀不得,红霞零落鼎湖空。"

鼎司　dǐng sī
【分类】政治
【关键词】袁绍
【释义】指重臣之职位。《三国志·袁绍传》南朝宋裴松之注引《魏氏春秋》载袁绍《檄州郡文》曰:"父嵩,乞丐携养,因赃假位,舆金辇璧,输货权门,窃盗鼎司,倾覆重器。"
【例句】唐崔曙《奉酬中书…》:"典籍开书府,恩荣避鼎司。"宋梅尧臣《李少傅郑…》:"我公谢鼎司,嗣子都华秩。"宋刘攽《唐参政挽诗》:"倜傥先言路,经纶重鼎司。"宋曹勋《送谢景思…》:"上公固已虚油幕,硕画旋看赞鼎司。"

鼎味　dǐng wèi
【分类】政治

【关键词】应詹

【释义】鼎中美食,喻指国政。《晋书·应詹列传》:"并荐之于元帝曰:'若蒙铨召,付以列曹,必能协隆鼎味,缉熙庶绩者也。'"

【例句】唐贯休《上顾大夫》:"即应调鼎味,比屋堪封保。"唐韩愈《答柳柳州…》:"居然当鼎味,岂不辱钓罢。"宋苏辙《食樱笋》:"不愿盐梅调鼎味,姑从律吕应箫韶。"宋宋自逊《山家》:"紫蕨甘肥轻鼎味,绿蓑安稳胜朝衣。"宋张镃《园中梅有…》:"佐世勋庸金鼎味,贪闲怀抱竹篱烟。"

鼎新革故　dǐng xīn gé gù

【分类】政治

【关键词】周易

【释义】亦省作鼎革,指朝政变革或改朝换代,亦指事物的破旧立新。《周易·杂》:"革,去故也;鼎,取新也。"

【例句】唐徐浩《谒禹庙》:"鼎革固天启,运兴匪人谋。"宋曾丰《淳熙丙午…》:"鼎新革故丹成后,乘兴逍遥汗漫游。"宋方回《用夹谷子…》:"革故鼎新谁料得,举安天下胜偏安。"明王世贞《哭李于鳞…》:"中兴逢鼎革,圣主下旌旄。"

鼎铉　dǐng xuàn

【分类】政治

【关键词】周易

【释义】举鼎之具,亦借指鼎,代指宰相。《周易注疏·鼎》:"六五,鼎黄耳金铉,利贞。"唐孔颖达疏:"铉,所以贯鼎而举之也。"

【例句】唐武元衡《西亭早秋》:"鼎铉辞台座,麾幢领益州。"唐武元衡《酬李十一…》:"鼎铉昔云忝,西南分主忧。"宋刘攽《挽宋司空…》:"斗枢齐七政,鼎铉象三公。"宋李洪《次韵子都…》:"况有知音居鼎铉,岂随笠泽著书丛。"

鼎轴　dǐng zhóu

【分类】政治

【关键词】韩愈

【释义】宰辅;宰相。唐韩愈《山南郑相公樊员外酬答为诗其末咸有见及语樊封以示愈依赋十四韵以献》:"荥公鼎轴老,烹斡力健倔。"

【例句】宋司马光《寒食御筵…》:"圣主褒优鼎轴臣,金觞玉醴照青春。"宋葛胜仲《送许师德》:"元戎器业光鼎轴,百万貔貅为部曲。"宋韩驹《寿郑丞相》:"荥公鼎轴三朝老,活国时推第一功。"宋刘克庄《书事》:"汉重貂珰鼎轴轻,力扶弱势赖公卿。"

定场　dìng chǎng

【分类】生活

【关键词】陆龟蒙

【释义】出场表演,犹压场,谓演员技艺高超。唐陆龟蒙《连昌宫词》:"夜半月高弦索鸣,贺老琵琶定场屋。"

【例句】唐白居易《东南行一…》:"定场排越伎,促坐进吴歈。"宋苏轼《虞美人》:"定场贺老今何在,几度新声改?"宋辛弃疾《贺新郎》:"贺老定场无消息,想沉香亭北繁华歇。"宋释慧空《送广州达…》:"定场戏罢急翻身,莫来拦我球门路。"

定鼎　dìng dǐng

【分类】政治

【关键词】禹

【释义】传说夏禹铸九鼎象征九州,历商至周,都作为传国重器,置于国都。后因称定都或建立王朝为定鼎。《左传·寅公三年》:"成王定鼎于郏鄏,卜世三十,卜年七百。天所命也。"

【例句】唐韦应物《登高望洛…》:"雄都定鼎地,势据万国尊。"唐宋之问《龙门应制》:"先王定鼎山河固,宝命乘周万物新。"宋葛胜仲《次韵答王…》:"效智连年居定鼎,策勋何日上凌烟。"宋陆游《梦海山壁…》:"春残枕籍落花眠,正是周家定鼎年。"

定王城　dìng wáng chéng

【分类】政治

【关键词】杜甫

【释义】汉长沙王刘发(谥号定)的封地,其五世孙即东汉光武帝刘秀。借指长沙。唐杜甫《清明》:"不见定王城旧处,长怀贾傅井依然。"

【例句】宋张孝祥《出郊》:"春连岳麓寺,花满定王城。"宋赵蕃《次韵王照…》:"缅怀平生游,多留定王城。"宋赵蕃《见榴花寄…》:"定王旧国重看处,门第违离岁已更。"

定于一　dìng yú yī

【分类】政治

【关键词】孟子

【释义】谓统一思想文化,成一个准则,让大家认同、遵守。《孟子·梁惠王章句》:"定于一。""孰能一之?"

【例句】宋张耒《再寄》:"又观世事不可常,倚伏谁能定于一。"宋陈普《战国》:"千秋万古定于一,岂有乾坤属虎狼。"宋释文珦《悠悠荒路行》:"垂衣成至治,天下定于一。"宋郑思肖《大宋地理…》:"离而复合合复离,卒莫始终定于一。"

定远侯　dìng yuǎn hóu

【分类】政治

【关键词】班超

【释义】喻指边将立功封赏之典。《后汉书·班超传》:"(汉和帝刘肇永元七年)下诏曰:'…不动中国,不烦戎士,得远夷之和,同异俗之心。…其封超为定远侯,邑千户。'"

【例句】唐许浑《献郎坊丘…》:"蓬莱每望平安火,应奏班超定远功。"唐王维《送平澹然…》:"不识阳关路,新从定远侯。"宋孔武仲《赋张芸叟蕃刀》:"郑生入幕宜有画,定远出塞将封侯。"宋刘克庄《赠杨相士》:"似闻君识壶丘子,自笑吾非定远侯。"

丢盔弃甲 diū kuī qì jiǎ
【分类】政治
【关键词】孟子
【释义】跑得连盔甲都丢了,形容打败仗后逃跑的狼狈相。《孟子·梁惠王上》:"填然鼓之,兵刃既接,弃甲曳兵而走,或百步而后止,或五十步而后止。"
【例句】宋高斯得《孤愤吟》:"悍将武夫心失尽,可知弃甲与投戈。"宋魏野《酬和知府…》:"平生未竖降旗客,临老将为弃甲人。"宋张嵲《喜张丞相…》:"弄兵无复潢池内,弃甲应同熊耳齐。"聂绀弩《前件缮就…》:"词章尔筑受降台,等我丢盔弃甲来。"

东陂田 dōng bēi tián
【分类】政治
【关键词】周燮
【释义】咏耕隐之典。《后汉书·周燮传》:"有先人草庐结于冈畔,下有陂田,常肆勤以自给。…宗族更劝之曰:'夫修德立行,所以为国。自先世以来,勋宠相承,君独何为守东冈之陂乎?'"
【例句】唐孟浩然《东陂遇雨…》:"田家春事起,丁壮就东陂。"唐陈子昂《落第西还…》:"还因北山径,归守东陂田。"宋范成大《刈麦行》:"多病经旬不出门,东陂已作黄云色。"元高启《出郊抵东屯》:"言来徵薄人,税驾宿东陂。"

东北西南 dōng běi xī nán
【分类】生活
【关键词】杜甫
【释义】指全国各地。唐杜甫《咏怀古迹》:"支离东北风尘际,漂泊西南天地间。"
【例句】唐佚名《秋日非所…》:"将谓西南穷地角,谁言东北到天涯。"宋宋祁《罗承制自…》:"巴云晨趣东北道,蓟月晓背西南天。"宋张商英《东台》:"东北分明睹大海,西南咫尺望长安。"聂绀弩《再扫萧红墓》:"流离东北兵戈际,转徙西南炮火中。"

东壁 dōng bì
【分类】政治
【关键词】东壁二星
【释义】咏文治或咏宫廷藏书之秘府的典故。《晋书·天文志上》:"东壁二星,主文章,天下图书之秘府也。星明,王者兴,道术行,国多君子;星失色,大小不同,王者好武,经士不用,图书隐;星动,则有土功。"
【例句】唐陆龟蒙《奉和袭美…》:"灵然东壁光,与月争流天。"唐陆龟蒙《杂讽》:"安得东壁明,洪洪用坟史。"唐杜甫《题壁画马歌》:"戏拈秃笔扫骅骝,欻见骐驎出东壁。"宋刘敞《中使传宣…》:"刻玉春山瞻气象,积星东壁聚钩芒。"

东壁辉 dōng bì huī
【分类】生活
【关键词】战国策
【释义】喻指别人的恩惠德泽。源见"余光"。
【例句】唐李白《陈情赠友人》:"愿假东壁辉,余光照贫女。"宋范成大《送闻人伯…》:"可怜东壁辉光外,寥落江湖处士星。"元洪侃《懒妇引》:"夜深灯暗无奈何,一寸愿分东壁辉。"明姚士慎《重辑内阁…》:"微臣职编缉,仰占东壁辉。"

东道主 dōng dào zhǔ
【分类】生活
【关键词】左传
【释义】本指东路上的主人,泛指接待或宴客的主人。《左传·僖公三十年》:"(郑大夫烛之武)见秦伯曰:'秦、晋围郑,郑既知亡矣。若亡郑而有益于君,敢以烦执事。越国以鄙远,君知其难也,焉用亡郑以陪邻?邻之厚,君之薄也。若舍郑以为东道主,行李之往来,共其乏困,君亦无所害。'"
【例句】唐李白《望九华赠…》:"君为东道主,于此卧云松。"唐于武陵《送郧县董…》:"东道听游子,夷门歌主人。"唐刘长卿《题冤句宋…》:"幸逢东道主,因辍西征骑。"唐王初《送王秀才…》:"南馆星郎东道主,摇鞭休问路行难。"

东方千骑 dōng fāng qiān qí
【分类】生活
【关键词】罗敷
【释义】代指新婚,泛指身份煊赫者。《玉台新咏·古乐府〈日出东南隅行〉》:"东方千余骑,夫婿居上头。"本为诗中女主人公罗敷夸其夫婿显贵出众之词。
【例句】唐白居易《洛下闲游》:"曾在东方千骑上,至今蹑躞马头高。"唐权德舆《寄李衡州》:"主人千骑东方远,唯望衡阳雁足书。"宋杨亿《职方彭员…》:"太守双旌指南越,使君千骑冠东方。"宋杨亿《仆射李相…》:"东方千骑还居上,南极三星正在天。"

东方朔 dōng fāng shuò
【分类】文化
【关键词】东方朔
【释义】字曼倩,西汉文学家。《汉书·东方朔传》:"朔虽诙笑,然时观察颜色,直言切谏,上常用之。自公卿在位,朔皆敖弄,无所为屈。与枚皋、郭舍人俱在左右,诙啁而已。"
【例句】唐李峤《门》:"讵知金马侧,方朔有奇才。"唐李白《玉壶吟》:"世人不识东方朔,大隐金门是谪仙。"唐白居易《得微之到…》:"侏儒饱笑东方朔,薏苡谗忧马伏波。"唐末韩偓《六月十七…》:"如今冷笑东方朔,唯用诙谐侍汉皇。"

东方朔偷桃 dōng fāng shuò tōu táo
【分类】文化
【关键词】东方朔
【释义】形容神仙异事;也用以咏桃。《汉武故事》:"东郡送一短人,长五寸,衣冠俱足。上疑其精,召东方朔至,朔呼短人曰:'巨灵,阿母还来否?'短人不对,因指谓上:'王母种桃,三千年一结子,此儿不良,已三过偷之,失王母意,故被谪来此。'上大惊,始知朔非世中人也。"

【例句】唐李商隐《茂陵》:"玉桃偷得怜方朔,金屋修成贮阿娇。"唐崔澹《赠王福娘》:"惟应错认偷桃客,曼倩曾为汉侍郎。"宋杨亿《次韵和盛…》:"驾鹤浮丘应暂下,偷桃方朔合留残。"聂绀弩《赠平羽》:"旁人错比东方朔,只是偷桃事渺茫。"

东方小儿 dōng fāng xiǎo ér

【分类】文化

【关键词】东方朔

【释义】对东方朔的戏称。源见"东方朔偷桃"。

【例句】唐皎然《答韦山人…》:"东方小儿乏此物,遂令仙籍独无名。"唐施肩吾《赠凌仙姥》:"仙桃不啻三回熟,饱见东方一小儿。"元陈泰《赋桃实》:"东方小儿偷不得,暗洒齐州三士血。"明胡奎和《嵩岳行》:"肯信东方有小儿,三偷阿母蟠桃实。"

东方星 dōng fāng xīng

【分类】生活

【关键词】诗经

【释义】指启明星。《诗经·谷风·大东》:"东有启明,西有长庚。"西汉毛苌传云:"日且出,谓明星为启明;日既入,谓明星为长庚。庚,续也。"实为同一颗星,金星。

【例句】唐韩愈《醉后》:"煌煌东方星,奈此众客醉。"宋苏轼《次韵黄鲁…》:"莫欺东方星,三五自横斜。"宋陆游《小筑》:"墙隅老鸡新树栅,长号催上东方星。"宋李复《书饮客言》:"东方明星高,西山江水流。"

东飞伯劳 dōng fēi bó láo

【分类】生活

【关键词】玉台新咏

【释义】伯劳,鸟名。为咏离别之典。《玉台新咏·东飞伯劳歌》:"东飞伯劳西飞燕,黄姑织女时相见。"

【例句】唐岑参《青门歌送…》:"借问使乎何时来,莫作东飞伯劳西飞燕。"唐皎然《顾渚行寄…》:"伯劳飞日芳草滋,山僧又是采茶时。"唐戴叔伦《闲思》:"伯劳东去鹤西还,云总无心亦度山。"唐孟郊《临池曲》:"罗裙蝉鬓倚迎风,双双伯劳飞向东。"

东风灵雨 dōng fēng líng yǔ

【分类】文化

【关键词】楚辞

【释义】比喻阴阳通感,风雨相和。《楚辞补注·山鬼》:"杳冥冥兮羌昼晦,东风飘兮神灵雨。"言东风飘然而起,则神灵应之而雨。

【例句】宋汪莘《水调歌头》:"一阵东风至,灵雨过南塘。"宋欧阳修《送友人南下》:"东风楚岸神灵雨,残月吴波上下潮。"元吴当《南徐守李…》:"乌犍受策自扶犁,东风霎霎吹灵雨。"明陈经《春雨》:"南亩迟灵雨,东风酿夕阴。"

东阁官梅 dōng gé guān méi

【分类】文化

【关键词】何逊

【释义】赏梅赋诗或咏梅之典。南朝梁何逊《扬州法曹梅花盛开》:"兔园标物序,惊时最是梅。"注:"逊对花彷徨,终日不能去。"唐杜甫据此赋《和裴迪登蜀州东亭》诗:"东阁官梅动诗兴,还如何逊在扬州。"

【例句】宋苏轼《次韵王定…》:"何逊扬州又几年,官梅诗兴故依然。"宋张元干《奉简才元…》:"遮莫胡僧问劫灰,且陪东阁赋官梅。"宋刘一止《次韵九日》:"只恐官梅能动兴,从梁江草唤人愁。"

东阁招贤 dōng gé zhāo xián

【分类】政治

【关键词】公孙弘

【释义】咏广开言路、招揽人才之典。《汉书·公孙弘传》:"公孙弘,菑川薛人也…年四十余,乃学《春秋》杂说…是时弘年六十,以贤良征为博士。""弘自见为举首,起徒步,数年至宰相封侯,于是起客馆,开东阁以延贤人,与参谋议。弘身食一肉,脱粟饭,故人宾客仰衣食,奉禄皆以给之,家无所余。"

【例句】唐孙逖《和左司张…》:"共言东阁招贤地,自有西征作赋才。"唐刘长卿《汉阳献李…》:"几人犹忆公孙阁,百口曾乘范蠡船。"元宋褧《送存初宣…》:"青霄持节镇湖山,东阁招贤事不难。"明李英《题南霍草…》:"日南珠不现,东阁未招贤。"

东观 dōng guàn

【分类】政治

【关键词】班固

【释义】东汉洛阳南宫内观名。明帝诏班固等修撰《汉记》于此,书称为《东观汉记》。章、和二帝时为皇宫藏书之府。后喻称国史修撰之所,亦称宫中藏书之所。宋《锦绣万花谷·馆阁》:"东观:班固著作于东观。"

【例句】唐刘禹锡《送分司陈…》:"远取南朝贵公子,重修东观帝王书。"唐权德舆《送张阁老…》:"分职南台知礼重,辍书东观见才难。"唐姚合《奉和前司…》:"东观诗成号良史,中台官署揖高名。"宋李昉《齿疾未平…》:"北轩小槛方栽植,东观新诗已咏歌。"

东郭逡 dōng guō jùn

【分类】文化

【关键词】战国策

【释义】狡兔名,泛指狡兔。源见"韩子卢"。

【例句】唐元稹《代曲江老…》:"箭倒南山虎,鹰擒东郭逡。"宋周紫芝《次韵道卿…》:"遂呼东郭逡,一一拔项领。"宋苏籀《漫述》:"春炊断断西畦稻,书记翩翩东郭逡。"宋苏轼《和陶饮酒》:"黠如东郭逡,束缚作毛颖。"

东郭履　dōng guō lǚ
【分类】生活
【关键词】东郭
【释义】喻指生活贫困。《史记·滑稽列传》："行雪中，履有上无下，足尽践地。道中人笑之，东郭先生应之曰：'谁能履行雪中，令人视之，其上履也，其履下处乃似人足者乎？'"
【例句】唐李商隐《崔处士》："雪中东郭履，堂上老莱衣。"唐韩愈《喜雪献裴…》："履敝行偏冷，门间卧更羸。"唐施肩吾《过桐庐场…》："东郭野人慵栉沐，使将破履升华屋。"宋胡宿《卜居》："足下已穿东郭履，胸中犹郁郁茂陵书。"

东海黄公　dōng hǎi huáng gōng
【分类】生活
【关键词】西京杂记
【释义】汉代术士。《西京杂记》："有东海人黄公，少时为术，能制蛇御虎。…及衰老，气力羸惫，饮酒过度，不能复行其术。秦末，有白虎见于东海，黄公乃以赤刀往厌之，术既不行，遂为虎所杀。"
【例句】唐李贺《猛虎行》："东海黄公，愁见夜行。"宋徐俯《画虎行为…》："不向南山随李广，只愁东海笑黄公。"元耶律铸《猎北平射虎》："南山白额威何振，东海黄公厌不行。"明唐顺之《卓小仙草…》："瑰谲东海黄公符，苍古太庙姬王璩。"

东华软尘　dōng huá ruǎn chén
【分类】生活
【关键词】苏轼
【释义】喻指都城的繁华热闹、富贵气象。宋苏轼《次韵蒋颖叔…》："半白不羞垂领发，软红犹恋属车尘。"自注："前辈戏语，有西湖风月不如东华软红香土。"
【例句】宋陆游《仗锡平老…》："东华软尘飞扑帽，黄金络马人看好。"元顾瑛《以玉山亭…》："问我西湖旧风月，何似东华软尘土。"清曹尔堪《千秋岁引》："东华软尘剧奔走，北邙枯冢终栖托。"聂绀弩《赓和大作…》："放眼乾坤谁不乐，浩歌声在软红埃。"

东皇太乙　dōng huáng tài yǐ
【分类】文化
【关键词】楚辞
【释义】《楚辞·九歌》体系中所祭祀的天帝、至高神。宋洪兴祖补注《楚辞补注·东皇太一》："每篇之目皆举之神名。所以列于篇后者，亦犹《毛诗》题章之趣。太一，星名，天之尊神。祠在楚东，以配东帝，故云东皇。"
【例句】宋白玉蟾《赠方壶高士》："如今坐断烟霞窝，口诵东皇太乙歌。"宋刘克庄《春寒》："东皇太乙漫行春，无赖封姨未霁嗔。"宋刘克庄《居厚弟和…》："待得玄冥解严了，东皇太乙又行春。"

东家丘　dōng jiā qiū
【分类】政治
【关键词】孔子
【释义】喻指圣贤未被世人认识。《书言故事·师儒类·东家丘》注引《孔子家语》曰："孔子西家有愚夫，不能识孔子是圣人，乃曰：'彼东家丘，吾知之矣。'"
【例句】唐李白《送鲁九被…》："宋人不辨玉，鲁贱东家丘。"唐高适《鲁西至东平》："问津未见鲁俗，怀古伤家丘。"宋苏泂《答二任》："鲁人贱夫子，呼丘指东家。"宋刘敞《张老子出…》："既惊端木赐，复感东家丘。"

东晋王家　dōng jìn wáng jiā
【分类】文化
【关键词】王羲之
【释义】东晋琅邪王氏家族，人才辈出。为咏官宦名门之典。《晋书·王羲之列传》："王羲之字逸少，司徒导之从子也。…有七子，知名者五人。"
【例句】唐皎然《陈氏童子…》："王家小令草最狂，为予酒出惊腾势。"唐孟郊《子庆诗》："王家事已奇，孟氏庆无涯。"唐顾况《题琅邪上方》："东晋王家在此溪，南朝树色隔窗低。"唐李涉《送王六觐…》："长忆山阴旧会时，王家兄弟尽相随。"

东篱菊　dōng lí jú
【分类】政治
【关键词】陶渊明
【释义】比喻隐士的田园生活，或用以咏菊。晋陶渊明《饮酒》："采菊东篱下，悠然见南山。"
【例句】唐卢照邻《山林休日…》："南涧泉初冽，东篱菊正芳。"唐皎然《九日与陆…》："九日山僧院，东篱菊也黄。"唐刘长卿《过湖南羊…》："自有东篱菊，年年解作花。"唐许浑《江上逢友人》："到时若见东篱菊，为问经霜几度开。"

东里先生　dōng lǐ xiān shēng
【分类】政治
【关键词】列子
【释义】指有治国才能的人。《列子·仲尼》："郑之圃泽多贤，东里多才。"圃泽，即圃田，在今河南中牟县西。东里，在今河南新郑县故城内。
【例句】唐卢肇《将归宜春…》："东里如今号郑乡，西家昔日近丘墙。"唐储光羲《荥阳马氏…》："材蔽行人右，名居东里先。"唐李德裕《洛中士君…》："才异居东里，愚因在北山。"宋吴潜《窥园》："西湖处士吟情在，东里先生心事赊。"

东邻女　dōng lín nǚ
【分类】生活
【关键词】宋玉
【释义】咏美女之典。源见"东墙窥宋"。
【例句】唐薛逢《追昔行》："曾窥帝里东邻女，自比桃花镜中许。"唐李白《效古》："自古有秀色，西施与东邻。"唐李群玉《戏赠魏十四》："知君调得东家子，早晚和鸣入锦衾。"

宋苏轼《台头寺送…》："三年不顾东邻女，二顷方求负郭田。"

东林　dōng lín
【分类】文化
【关键词】慧远
【释义】指庐山东林寺，泛指僧寺。《莲社高贤传·慧远法师》："伊大敬感乃为建刹，名其殿曰神运，以在永师社东，故号东林…既而谨律息心之士，绝尘清言之宾，不期而至者，慧永、慧持、道生…名儒刘程之、张野…等，结社念佛，世号十八贤。复率众至百二十三人，同修净土之业…"
【例句】唐张乔《送僧鸾归…》："高名彻四国，旧跡寄东林。"唐司空曙《闲园即事…》："欲就东林寄一身，尚怜儿女未成人。"唐孟浩然《秦中感秋》："北土非吾愿，东林怀我师。"唐皇甫冉《寄郑二侍》："南亩无三径，东林寄一身。"

东林十八贤　dōng lín shí bā xián
【分类】文化
【关键词】慧远
【释义】指晋代在庐山东林寺结莲社的十八位僧俗。源见"东林"。
【例句】唐李群玉《湘中别成…》："愿与十八贤，同栖翠莲国。"唐李中《题庐山东…》："十八贤人消息断，莲池千载月沈沈。"唐可朋《句》："唯陪北楚三千客，多话东林十八贤。"宋释绍昙《挽颜伯涯…》："细看新补东林传，十八贤中又一贤。"

东陵瓜　dōng líng guā
【分类】政治
【关键词】召平
【释义】称誉瓜之美者，也喻农圃之事。《史记·萧相国世家》："召平者，故秦东陵侯。秦破，为布衣，贫，种瓜于长安城东，瓜美，故世俗谓之'东陵瓜'，从召平以为名也。"又称"青门瓜"。
【例句】唐骆宾王《夏日游德…》："一顷南山豆，五色东陵瓜。"唐骆宾王《帝京篇》："黄雀徒巢桂，青门遂种瓜。"宋孔武仲《子瞻画枯木》："苏公早与俗子偶，避世欲种东陵瓜。"宋李复《依韵酬朱…》："东陵瓜地久已荒，南山豆苗岁常旱。"

东门归路　dōng mén guī lù
【分类】政治
【关键词】疏广
【释义】喻功成名就，辞官还乡之路。《汉书·疏广传》："公卿大夫故人邑子设祖道，供张（通'帐'）东都门外，送者车数百两（同'辆'），辞决而去。及道路观者皆曰：'贤哉二大夫！'或叹息为之下泣。"
【例句】唐孔德绍《行经太华》："何必东都外，此处可抽簪。"唐皎然《雪溪馆送…》："洛令有告还，故人东门饯。"唐戴叔伦《送车参军…》："海上旧山无的信，东门归路不堪行。"唐李咸用《依韵修睦…》："自从南国同埋剑，谁向东门便挂冠。"

东门忧　dōng mén yōu
【分类】生活
【关键词】列子
【释义】咏丧子自宽之典。《列子·力命》："魏人有东门吴者，其子死而不忧。其相室曰：'公之爱子天下无有。今子死不忧，何也？'东门吴曰：'吾常无子，无子之时不忧。今子死，乃与向无子同，臣奚忧焉？'"
【例句】唐顾况《大茅岭东…》："东门忧不入，西河遇亦深。"宋杨亿《宗人大著…》："南海分忧寄，东门叙解携。"宋王巩《挽苏黄门…》："已矣东门路，空悲未尽情。"明韩雍《慰同寅余…》："昔有东门吴，子死无忧情。"

东溟臣　dōng míng chén
【分类】政治
【关键词】庄子
【释义】比喻陷入困境亟待解救之人。源见"涸辙之鲋"。
【例句】唐李白《赠友人》："莫持西江水，空许东溟臣。"宋高斯得《谢郑如晦…》："谁怜东溟臣，西江分一滴。"

东南王气　dōng nán wáng qì
【分类】政治
【关键词】金陵
【释义】咏金陵之典。《太平御览》："《金陵图》：'昔楚威王见此有王气，因埋金以镇之，故曰"金陵"。秦并天下，望气者言"江东有天子气"，凿地断连冈，因改金陵为秣陵。'"
【例句】唐张祜《三吴中怀古》："西北京华远，东南王气无。"唐罗隐《春日登上…》："万里伤心极目春，东南王气只逡巡。"宋李纲《次衢州》："东南王气虽方振，西北流民自可悲。"宋陈允平《登吴山》："楼阁春风满，东南王气多。"

东平刘生　dōng píng liú shēng
【分类】政治
【关键词】东平刘生
【释义】泛指有侠义行为的人。《乐府诗集·刘生》宋郭茂倩解题："'刘生，不知何代人，齐梁以来为《刘生》辞者，皆称其任侠豪放，周游五陵三秦之地。或云抱剑专征，为符节官，所未详也。'按《古今乐录》曰：'梁鼓角横吹曲，有《东平刘生歌》，疑即此《刘生》也。'"
【例句】唐耿湋《酬张少尹…》："刘生曾任侠，张率自能文。"宋陆游《乙巳秋暮…》："不如东平公，一剑隐红尘。"明胡布《同熊经彭…》："东平刘生划长啸，手中龙泉电光绕。"明李攀龙《乌夜啼》："刘生安东平，是郎得意人。"

东坡思肉　dōng pō sī ròu
【分类】生活
【关键词】苏轼

【释义】咏苏东坡嗜食猪肉之典。《竹坡诗话》:"东坡性喜嗜猪。在黄冈时,尝戏作食猪肉诗云:'黄州好猪肉,价贱如粪土。富者不肯吃,贫者不解煮。慢著火,少著水。火候足时他自美。每日起来打一碗,饱得自家君莫管。'此是东坡以文滑稽耳。"

【例句】宋释惟清《偈》:"东坡笑说吃龙肉,舌底那知已咽津。"宋黎廷瑞《满江红》:"问东坡、何独饮松醪,还思肉。"宋韩驹《次韵何文…》:"坐诵东坡食无肉,诗肠日午转饥雷。"明湛若水《题守书院…》:"管城食肉巧东坡,去竹存坡奈俗何。"

东墙窥宋 dōng qiáng kuī sòng
【分类】生活
【关键词】宋玉
【释义】形容女子对男子的倾心爱慕。战国楚宋玉《登徒子好色赋》:"天下之佳人,莫若楚国,楚国之丽者,莫若臣里,臣里之美者,莫若臣东家之子…然此女登墙窥臣三年,至今未许也。"
【例句】唐段成式《游长安诸…》:"不遣游张巷,岂教窥宋邻。"唐唐彦谦《离鸾》:"尘埃一别杨朱路,风月三年宋玉墙。"唐霍总《关山月》:"每笑东家子,窥他宋玉墙。"唐罗隐《粉》:"郎若姓何应解傅,女能窥宋不劳施。"

东人 dōng rén
【分类】政治
【关键词】诗经
【释义】本指西周统治下的东方诸侯国人,后泛指陕以东之人。《诗经·小雅·大东》:"东人之子,职劳不来。"宋朱熹集传:"东人,诸侯之人也。"
【例句】唐刘长卿《至德三年…》:"东人欲相送,旅舍已潸然。"唐韩愈《酬裴十六…》:"相公欲论道,聿至活东人。"唐李商隐《旧顿》:"东人望幸久咨嗟,四海于今是一家。"唐鲍溶《洛阳春望》:"东人犹忆时巡礼,愿觐元和日月光。"

东山妓 dōng shān jì
【分类】生活
【关键词】谢安
【释义】咏蓄妓之典。指晋谢安在东山居住时所蓄养的女艺人。《晋书·谢安列传》:"安虽放情丘壑,然每游赏,必以妓女从。既累辟不就,简文帝时为相,曰:'安石既与人同乐,必不得不与人同忧,召之必至。'"《世说新语·识鉴》:"谢公在东山畜妓。"
【例句】唐李白《出妓金陵…》:"安石东山三十春,傲然携妓出风尘。"唐李白《宣城送刘…》:"君携东山妓,我咏北门诗。"唐李白《携妓登梁…》:"谢公自有东山妓,金屏笑坐如花人。"唐羊士谔《客有自渠…》:"至今犹有东山妓,长使歌诗被管弦。"

东山客 dōng shān kè
【分类】政治

【关键词】谢安
【释义】指隐居之士。东晋谢安曾隐居东山。源见"东山再起"。
【例句】唐王维《送綦毋潜…》:"遂令东山客,不得顾采薇。"唐李郢《奉陪裴相…》:"宁知北阙元勋在,却引东山旧客来。"宋陈襄《送郑洙赴举》:"荥阳才子东山客,满腹精神太英特。"宋刘元高《冶城楼》:"偶然唤醒东山客,便有淮淝一局棋。"

东山再起 dōng shān zài qǐ
【分类】政治
【关键词】谢安
【释义】原意隐居后再次出山,现比喻失势后再起。《晋书·谢安传》:"征西大将军桓温请为司马,将发新亭,朝士咸送,中丞高崧戏之曰:'卿累违朝旨,高卧东山,诸人每相与言,安石不肯出,将如苍生何!苍生今亦将如卿何!'安甚有愧色。"
【例句】唐杜甫《暮秋枉裴…》:"无数将军西第成,早作丞相东山起。"唐温庭筠《题裴晋公…》:"东山终为苍生起,南浦虚言白首归。"宋范仲淹《送石曼卿》:"贾谊书成动西汉,谢安人笑起东山。"宋文彦博《司马温公…》:"东山方起为霖雨,大厦俄倾叹逝川。"

东山志 dōng shān zhì
【分类】政治
【关键词】谢安
【释义】谓隐居的愿望。《世说新语·排调》:"初,谢安在东山居,布衣,时兄弟已有富贵者。"又"谢公始有东山之志,后严命屡臻,势不获已,始就桓公司马。"
【例句】唐刘长卿《喜朱拾遗…》:"诏书征拜脱荷裳,身去东山闭草堂。"宋吕本中《次韵折仲…》:"新诗不忘东山志,敢作寻常禁近看。"宋楼钥《鹿伯可郎…》:"安石东山志不渝,归来寻得静工夫。"清汤右曾《为家兄篆…》:"兄弟东山志趣同,可怜束带已成翁。"

东施效颦 dōng shī xiào pín
【分类】生活
【关键词】西施
【释义】比喻模仿别人,不但模仿不好,反而出丑。有时也作自谦之词。《庄子·天运》:"故西施病而矉其里,其里之丑人见之而美之,归亦捧心而矉其里。其里之富人见之,坚闭门而不出;贫人见之,挈妻子而去走。彼知矉美,而不知矉之所以美。"
【例句】唐王维《西施咏》:"持谢邻家子,效颦安可希。"唐李白《古风》:"丑女来效颦,还家惊四邻。"宋薛季宣《怨歌行》:"茂陵独何事,为颦效东施。"明王越《次尹同仁…》:"西施不笑东施丑,北阮空嫌南阮贫。"聂绀弩《没字碑》:"东施效颦人尽嗤,岂汝称孤道寡时?"

东涂西抹 dōng tú xī mǒ
【分类】文化

【关键词】薛逢

【释义】本以妇女装扮为喻,谓自己少年时亦凭书写文章取士。后用为写作或绘画的谦词。《唐摭言》:"薛监(逢)晚年厄于宦途,尝策羸朝,值新进士榜下缀行而出…见逢行李萧条,前导曰:'回避新郎君。'逢蹶然,即遣一介语之曰:'报道莫贫相,阿婆三五少年时,也曾东涂西抹来。'"薛逢,唐武宗会昌元年进士第三人,历侍御史、尚书郎。

【例句】宋陆游《山房》:"东涂西抹非无意,破面朱铅太不宜。"宋陆游《和陈鲁山》:"婆儒可怜生,西抹复东涂。"宋项安世《嘲青女》:"阿婆老去铅华少,西抹东涂画不成。"宋楼钥《催老融墨戏》:"笔端肤寸今何如,西抹东涂应略定。"聂绀弩《六十》:"阿婆三五少年时,西抹东涂酒一卮。"

东武吟行 dōng wǔ yín xíng

【分类】生活

【关键词】乐府

【释义】乐府是楚调曲名。东武,齐地名。晋陆机、南朝宋鲍照等均有拟作。多咏叹人生短促,荣华易逝。《乐府诗集·东武吟行》解题:《古今乐录》曰:"王僧虔《技录》有《东武吟行》,今不歌。"

【例句】唐权德舆《早夏青龙…》:"遗韵留壁间,凄然感东武。"唐司马逸客《雅琴篇》:"愿持东武宫商韵,长奉南熏亿万年。"唐许景先《奉和御制…》:"豫奉北辰齐七政,长歌东武抃千春。"宋刘攽《送张器著作》:"长裾欲敝二毛侵,他日闻君东武吟。"

东西南北人 dōng xī nán běi rén

【分类】生活

【关键词】礼记

【释义】谓居处无定之人。《礼记·檀弓上》:"孔子既得合葬于防,曰:'吾闻之,古也墓而不坟。今丘也,东西南北之人也,不可以弗识也。'于是封之,崇四尺。"汉郑玄注:"东西南北,言居无常处也。"

【例句】唐李频《过四皓庙》:"东西南北人,高迹自相亲。"唐高适《人日寄杜…》:"龙钟还忝二千石,愧尔东西南北人。"唐戎昱《苦辛行》:"东西南北多知音,终年岁岁悲行路。"唐寒山《诗三百》:"生死往来多少劫,东西南北是谁家。"

冬抱冰 dōng bào bīng

【分类】政治

【关键词】勾践

【释义】刻苦自励的典故,也喻廉洁。《吴越春秋·勾践归国外传》:"越王念复吴仇非一旦也。苦身劳心,夜以接日,目卧则攻之以蓼,足寒则渍之以水,冬常抱冰,夏还握火。愁心苦志,悬胆于户,出入尝之。"

【例句】唐道世《颂》:"志诚抱冰雪,暮齿迫桑榆。"唐元稹《冬白紵》:"共笑越王穷惴惴,夜夜抱冰寒不睡。"宋赵咨《过越》:"抱冰漫刷栖山耻,争奈抱吴是归乎。"宋范楷《咏梅》:"平生自抱冰为骨,莫待趋炎附热时。"

董奉杏林 dǒng fèng xìng lín

【分类】政治

【关键词】董奉

【释义】良医济世、隐居助人,或道家修炼的典故。《神仙传·董奉》载:董奉"居山不种田,日为人治病,亦不取钱,重病愈者使栽杏五株;轻者一株。"后杏子大熟,董奉说:"欲买杏者,不须奉,但将谷一器值仓中,即自往取一器杏去。""奉每年货杏得谷,旋以赈救贫乏,供给行旅不逮者,岁二万余斛。"

【例句】唐元万顷《奉和春日》:"花轻蕊乱仙人杏,叶密莺喧帝女桑。"唐王维《送张舍人…》:"董奉杏成林,陶渊明菊盈把。"元陈旅《为董宇定…》:"侯官古县多山水,中有当年董奉家。"元成廷圭《题金太医…》:"董奉仙居不可寻,君家种杏亦成阴。"

董狐直笔 dǒng hú zhí bǐ

【分类】政治

【关键词】董狐

【释义】称颂敢于秉笔直书、不加隐讳的史臣之典。《左传·宣公二年》:"乙丑,赵穿攻灵公于桃园。宣子(赵盾)未出山而复。大史书曰:'赵盾弑其君。'以示于朝。宣子曰:'不然。'对曰:'子为正卿,亡不越竟,反不讨贼,非子而谁?'…孔子曰:'董狐,古之良史也,书法不隐(直书不讳)。'"

【例句】唐杜甫《写怀》:"祸首燧人氏,厉阶董狐笔。"宋黄庭坚《王彦祖…》:"董狐常直笔,汲黯少居中。"宋华岳《读张子房传》:"若使董狐当直笔,又将谁作弑君人。"清施闰章《不获辞郡…》:"富人却米同扬子,直笔捐躯愧董狐。"

董娇饶 dǒng jiāo ráo

【分类】生活

【关键词】玉台新咏

【释义】泛指美女。《玉台新咏·董娇饶》:"不知谁家子,提笼行采桑。纤手折其枝,花落何飘飏。请谢彼妹子,何为见损伤。"

【例句】唐杜甫《春日戏题…》:"细马时鸣金騕褭,佳人屡出董娇饶。"宋高荷《国香》:"宝髻犀梳金凤翘,尊前初识董娇饶。"宋范成大《次韵唐子…》:"春风压尽百花桥,尊前仍有董娇娆。"元胡奎《题红梅》:"西子湖头快雪消,当时曾见董娇娆。"

董龙鸡狗 dǒng lóng jī gǒu

【分类】政治

【关键词】王堕

【释义】疾恶如仇、骂詈轻觊之典。《晋书·王堕传》:"王堕字安生…及为宰相,著匪躬之称。性刚峻疾恶,雅好直言。疾董荣、强国如仇雠…及刑,荣谓堕曰:'君今复敢数董龙(荣之小字)作鸡狗乎?'堕瞋目而叱之。"

【例句】唐李白《答王十二…》:"孔圣犹闻伤凤麟,董龙更是何鸡狗。"宋孙应时《秋日程伯…》:"无劳问董龙,定是何鸡狗。"宋陆游《悲歌行》:"张纲本不同狐狸,董龙何足方鸡狗。"清叶方蔼《与友人饮酒》:"董龙今安在,此时何鸡狗。"

董双成 dǒng shuāng chéng
【分类】文化
【关键词】汉武帝
【释义】咏侍女或咏仙女之典。《汉武帝内传》:"王母乃命诸侍女王子登弹八琅之璈,又命侍女董双成吹云和之笙,石公子击昆庭之金,许飞琼鼓震灵之簧,婉凌华拊五灵之石,范成君击湘阴之磬,段安香作九天之钧。于是众声澈朗,灵音骇空。"
【例句】唐李欣《王母歌》:"顾谓侍女董双成,酒阑可奏云和笙。"唐李德裕《桂花曲》:"仙女侍,董双成,桂殿夜寒吹玉笙。"唐白居易《长恨歌》:"金阙西厢叩玉扃,转教小玉报双成。"唐曹唐《小游仙诗》:"花下偶然吹一曲,人间因识董双成。"

董贤 dǒng xián
【分类】政治
【关键词】董贤
【释义】汉哀帝男宠,位及三公,哀帝死后自杀。《汉书·佞幸传·董贤传》:"是时贤年二十二,虽为三公,常给事中,领尚书,百官因贤奏事。常与上卧起…尝昼寝,偏藉上袖,上欲起,贤未觉,不欲动贤,乃断袖而起。其恩爱至此。"(断袖典源)
【例句】唐岑参《醉后戏与…》:"向使逢着汉帝怜,董贤气咽不能语。"唐韩愈《永贞行》:"董贤三公谁复惜,侯景九锡行可叹。"唐崔国辅《白纻辞》:"董贤女弟在椒风,窈窕繁华贵后宫。"宋徐积《山中乐》:"孔光屈身事董贤,谷永阴与王凤交。"

董贤女弟 dǒng xián nǚ dì
【分类】政治
【关键词】董贤
【释义】喻嫔妃受到恩宠。《汉书·佞幸传·董贤传》:"贤宠爱日甚,为驸马都尉侍中…又召贤女弟以为昭仪,位次皇后,更其舍为椒风,以配椒房云…赏赐昭仪及贤妻亦各千万数。"
【例句】唐崔国辅《白纻辞》:"董贤女弟在椒风,窈窕繁华贵后宫。"宋李龏《京洛篇》:"毗陵震泽九州通,董贤女弟在椒风。"

董宣强项 dǒng xuān qiáng xiàng
【分类】政治
【关键词】董宣
【释义】指性格倔强,不肯屈服低头。《后汉书·董宣传》:"董宣字少平…即以头击楹,流血被面。帝令小黄门持之,使宣叩头谢主,宣不从,强使顿之,宣两手据地,终不肯俯…因敕强项令出。赐钱三十万,宣悉以班诸吏。"
【例句】唐李白《赠宣城赵…》:"赤县扬雷声,强项闻至尊。"唐李义《钱唐永昌》:"愿以深心留善政,当令强项谢高名。"宋黄庭坚《次韵子瞻…》:"张敞忧眉应急召,董宣强项莫低回。"明邓云霄《赠樊山明…》:"强项从来说董宣,王阳回驭更称贤。"

董永自卖 dǒng yǒng zì mài
【分类】政治
【关键词】董永
【释义】咏孝行之典。《搜神记》:"汉董永…父亡无以葬,乃自卖为奴…三年丧毕,欲还主人,供其奴职。道逢一妇人曰:'愿为子妻。'…主曰:'必尔者,但令君妇为我织缣百疋。'…十日而毕。女出门,谓永曰:'我天之织女也。缘君至孝,天帝令我助君偿债耳。'"
【例句】唐李瀚《蒙求》:"郭巨将坑,董永自卖。"宋宝祐士人《句》:"空使蜀人思董永,恨无汉剑斩丁公。"明苏葵《立儿扶其…》:"董永只今称至孝,嗣宗千古笑全非。"

动容 dòng róng
【分类】生活
【关键词】孟子
【释义】指脸上显露出受了感动的表情,形容被言语、行为所感动。《孟子·尽心下》:"动容周旋中礼者,盛德之至也。"南朝刘勰《文心雕龙·神思》:"悄焉动容,视通万里。"
【例句】唐张说《醉中作》:"动容皆是舞,出语总成诗。"唐石倚《舞干羽两阶》:"动容和律吕,变曲静风尘。"宋刘克庄《送胡叔献…》:"君去闽山亦动容,即今岁俭更民穷。"聂绀弩《赠雪峰》:"平生正坐无高着,看到绝棋更动容。"

冻馁 dòng něi
【分类】生活
【关键词】孟子
【释义】寒冷饥饿,受冻挨饿。《孟子·尽心》:"五十非帛不暖,七十非肉不饱。不暖不饱谓之冻馁。文王之民无冻馁之老者,此之谓也。"
【例句】唐白居易《自余杭归…》:"乃至僮仆间,皆无冻馁色。"唐白居易《中隐》:"贱即苦冻馁,贵则多忧患。"宋王禹称《次韵许推…》:"路扶携无冻馁,里门嬉戏有丁黄。"宋孔平仲《长芦咏蝗》:"阴阳调和非我事,冻馁逼迫同己忧。"聂绀弩《麦垛》:"天下人民无冻馁,吾侪手足任胼胝。"

栋梁 dòng liáng
【分类】政治
【关键词】陈球
【释义】比喻担负国家重任的人。《后汉书·陈球传》:"公为国家栋梁,倾危不持,焉用彼相邪?"
【例句】唐杜甫《承沉八丈…》:"天路牵骐骥,云台引栋梁。"唐史俊《题巴州光…》:"凌霜不肯让松柏,作宇由来称栋梁。"唐刘禹锡《登清晖楼》："南望庐山千万仞,共夸新出栋梁材。"唐柳宗元《跂乌词》："还顾泥涂备蝼蚁,仰看栋梁防燕雀。"

洞房花烛　dòng fáng huā zhú
【分类】生活
【关键词】庾信
【释义】指新婚之夜在新房里点上彩烛,形容喜气洋溢的景象。后也指新婚。北周庾信《和咏舞》："洞房花烛明,燕余双舞轻。"
【例句】宋无名氏《水调歌头》："洞房花烛夜,玳筵度、蔼香风。"宋汪洙《喜》："洞房花烛夜,金榜挂名时。"明张宁《贺刘世经…》："洞房花烛照新妆,此夕相逢乐未央。"明朱诚泳《新声》："花烛荧荧艳洞房,同心人醉合欢床。"

洞天　dòng tiān
【分类】文化
【关键词】道
【释义】道教语,喻指神道居住的名山胜地。洞天就是地上的仙山,它包括十大洞天、三十六小洞天,为洞中别有天地之意,现借指引人入胜的境地。《述异记》："人间三十六洞天,知名者十耳,余二十六出《九微志》,不行于世也。"
【例句】唐张说《金庭观》："他日洞天三十六,碧桃花发共师游。"唐万楚《小山歌》："世人贵身不贵寿,共笑华阳洞天口。"唐顾况《悲歌》："周流三十六洞天,洞中日月星辰联。"聂绀弩《立秋日悠…》："去日风烟云梦阔,几人涕泗洞天秋。"

洞庭湖　dòng tíng hú
【分类】生态
【关键词】水经注
【释义】在今湖南北部,北通长江。《水经注·湘水》："(洞庭)湖水广圆五百余里,日月若出没于水中。"《禹贡》载:九江孔殷。九江,即今之洞庭湖也。沅水、浙水、元水、辰水、叙水、酉水、澧水、资水、湘水,皆合于洞庭,意以是名九江也。
【例句】唐骆宾王《久客临海…》："草湿姑苏夕,叶下洞庭秋。"唐杜甫《寄韩谏议注》："美人娟娟隔秋水,濯足洞庭望八荒。"唐杜甫《登岳阳楼》："昔闻洞庭水,今上岳阳楼。"唐刘希夷《江南曲》："冠盖星繁湘水上,冲风摽落洞庭渌。"

洞庭张乐　dòng tíng zhāng lè
【分类】生活
【关键词】黄帝
【释义】咏至乐之典,也用以咏黄帝事。《庄子·天运》："北门城问于黄帝曰:'帝张咸池之乐于洞庭之野,吾始闻之俱,复闻之怠,卒闻之而惑。'帝曰:'汝殆其然哉!…夫至乐者,先应之以人事,顺之以天理,行之以五德,应之以自然,然后调理四时,太和万物。'"是黄帝崇高的德行教化与高超的乐声相结合的产物。
【例句】唐舒元舆《桥山怀古》："洞庭张乐降玄鹤,涿鹿大战摧蚩尤。"唐无名氏《挽歌》："方张洞庭乐,休休阆山桃。"宋陆游《岳阳楼》："轩皇张乐虽已矣,此地至今朝百灵。"宋黄庭坚《再次孔四韵》："端可张洞庭,寥阔世未信。"

都厕刘安　dōu cè liú ān
【分类】政治
【关键词】刘安
【释义】圣贤受歧视之典。《神仙传·刘安》："(安)坐起不恭…于是仙伯主者奏安云不敬,应斥遣去。八公为之谢过,乃见赦,谪守都厕三年。后为散仙人,不得处职,但得不死而已。"
【例句】宋王安石《八公山》："身与仙人守都厕,可能鸡犬得长生。"宋刘克庄《己未生日》："仙家更无理会,至今传、都厕处刘安。"宋黎廷瑞《饮酒乐》："刘安升天守都厕,长房学道须食粪。"明汪琬《游鍊虚村…》："纵使年年守都厕,也应同是谪仙人。"

都卢　dōu lú
【分类】政治
【关键词】张衡
【释义】古国名,在南海一带,国中之人善爬竿之技。东汉张衡《西京赋》："非都卢之轻趫,孰能超而究升。"唐李善注:"《汉书》曰:'自合浦南,有都卢。'《太康地志》曰:'都卢国,其人善缘高。'"
【例句】唐元稹《再酬复言》："顾我小才同培塿,知君险斗敌都卢。"唐齐己《观李琼处…》："李琼夺得造化本,都卢缩在秋毫端。"宋宋祁《大酺纪事…》："激波呈曼衍,跳索戏都卢。"宋韩琦《啄木》："捷缘都卢橦,响弄羯鼓曲。"宋刘敞《荆州儿歌》："都卢小儿歌且舞,口吹鸣笛手击鼓。"

兜率天　dōu lǜ tiān
【分类】文化
【关键词】佛
【释义】佛教词语,为欲界六天的第四层天。它的内院是弥勒菩萨的净土,外院是天上众生所居之处。喻快乐境界。《法华经·劝发品》："若有人受持读诵,解其义趣,是人命终…即往兜率天上弥勒菩萨所。"
【例句】唐孟浩然《陪张丞相…》："天宫上兜率,沙界豁迷明。"唐白居易《答客说》："海山不是吾归处,归即应归兜率天。"唐元稹《哭子》："莲花上品生真界,兜率天中离世途。"宋王迈《挽陈直学》："修文地下非公愿,生则当生兜率天。"

斗胆　dǒu dǎn
【分类】生态
【关键词】姜维
【释义】喻有胆量、勇猛。《三国志·姜维传》："魏将士愤怒,杀会及维,维妻子皆伏诛。"南朝宋裴松之注引《世语》曰:"维死时见剖,胆如斗大。"

【例句】唐施肩吾《壮士行》："一斗之胆撑脏腑,如礲之筋碍臂骨。"唐韩琬《送刘将军》："胆大欲期姜伯约,功多不让李轻车。"宋陆秀夫《句》："曾闻海上铁斗胆,犹见云中金甲神。"元杨维桢《澶渊行》："殿前寇相一斗胆,楚蜀谋臣谋可斩。"

斗酒百篇　dǒu jiǔ bǎi piān

【分类】文化
【关键词】李白
【释义】喝一斗酒,能作上百篇诗歌,形容人才思敏捷。唐杜甫《饮中八仙歌》："李白一斗诗百篇,长安市上酒家眠。"
【例句】宋陈师道《题画李白真》："青莲居士亦其亚,斗酒百篇天所借。"宋杨万里《送乡企文…》："席门未害车多辙,斗酒尚能诗百篇。"宋陈克《奉题董端…》："斗酒百篇元祐初,当时流辈已萧疏。"宋王洋《鈇父又赋…》："有时斗酒诗百篇,猛将腰间擎金羽。"

斗酒博凉州　dǒu jiǔ bó liáng zhōu

【分类】政治
【关键词】孟佗
【释义】贿赂得官之典。汉赵岐《三辅决录》:汉灵帝时中常侍张让专朝政,宾客多苦不得见。孟佗(字伯郎)尽以家财贿赂张让监奴,因得见让…又以葡萄酒一斗遗让,让即拜佗为凉州刺史。
【例句】唐刘禹锡《葡萄歌》："为君持一斗,往取凉州牧。"宋苏轼《次韵秦观…》："将军百战竟不侯,伯郎一斗得凉州。"明欧大任《存公送葡萄》："莫笑先生看五熟,不将斗酒博凉州。"清何栻《梦园叠韵…》":不羡轩车归蜀道,肯将斗酒博凉州。"

斗酒十千　dǒu jiǔ shí qiān

【分类】生活
【关键词】曹植
【释义】一斗美酒十千钱,喻指京洛少年斗鸡走马、射猎游戏、饮宴无度的生活。三国魏曹植《乐府四首·名都》:"归来宴平乐,美酒斗十千。"
【例句】唐卢注《酒胡子》："长安斗酒十千酤,刘伶平生为酒徒。"唐李白《将进酒》："陈王昔时宴平乐,斗酒十千恣欢谑。"宋苏辙《司马君实…》":一枝盈尺不论价,十千斗酒那容赊。"宋刘子翚《次韵卢赞…》":拟招邻叟共一醉,斗酒十千愁费钱。"

斗南一人　dǒu nán yī rén

【分类】文化
【关键词】狄仁杰
【释义】喻指贤相或杰出人物。《新唐书·狄仁杰传》:"(蔺)仁基每曰:'狄公之贤,北斗以南,一人而已。'"《晋书·天文志》:"相一星在北斗南。相者,总领百司而掌邦教,以佐帝王安邦国,集众事也。"
【例句】宋方岳《次韵徐太博》："沈郎吟处秋风老,今代何人诗斗南。"宋王庭圭《送客》："人归天北阙,光动斗南星。"宋潘大临《哭东坡》":声名百世谁常在,公与文忠北斗南。"明郭奎《寄夏咨议…》":斗南人物君为最,争说高名似谢安。"

斗牛光焰　dǒu niú guāng yàn

【分类】政治
【关键词】张华
【释义】借咏剑以抒报国豪情。源见"丰城剑气"。
【例句】宋辛弃疾《水龙吟》":人言此地,夜深长见,斗牛光焰。"元唐桂芳《投李近仁…》":至今鄞城夜,光焰荡斗牛。"明钟芳《鳌山》":华夏封疆分徼外,斗牛光焰直天中。"聂绀弩《岁暮焚所作》":斗牛光焰知何似,但赏深宵爝火光。"

斗筲之人　dǒu shāo zhī rén

【分类】政治
【关键词】论语
【释义】比喻才智短浅、见识浅薄、器量狭小之人。《论语·子路》:"曰:'今之从政者何如?'子曰:'噫!斗筲之人,何足算也?'"斗、筲都是古代量器,斗容十升,筲容十二升。
【例句】唐李白《望鹦鹉洲…》":黄祖斗筲人,杀之受恶名。"唐长孙佐辅《山行书事》":性朴颇近古,其言无半筲。"唐皮日休《新秋言怀》":从此居方丈,终非竞斗筲。"宋梅尧臣《湖州寒食…》":公虽不责以正礼,我意未容诚斗筲。"

斗室　dǒu shì

【分类】生活
【关键词】王明清
【释义】极小屋子。宋王明清《玉照新志》:"因揭寓舍之斗室,屏迹杜门,思索旧闻,凡数十则,缀缉之,名曰《玉照新志》。"
【例句】宋吕徽之《冬景》":斗室萧萧日晏眠,疏狂惟与懒相便。"宋赵彦钮《同友人访…》":怪石嵯峨势若擎,天成斗室一蓬瀛。"宋王先莘《幽居》":斗室依山曲,如巢伴鹤栖。"宋孙应时《恭次家大…》":只今斗室寒厅夜,任听回风急雪声。"

斗百草　dòu bǎi cǎo

【分类】生活
【关键词】荆楚岁时记
【释义】一种古代游戏,竞采花草,比赛多寡优劣,常于端午行之。也代指端午。《荆楚岁时记》":五月五日,四民并踏百草,又有斗百草之戏。"
【例句】唐崔颢《王家少妇》":闲来斗百草,度日不成妆。"唐张籍《同严给事…》":应共诸仙斗百草,独来偷得一枝归。"唐郑谷《采桑》":何如斗百草,赌取凤凰钗。"唐白居易《观儿戏》":弄尘复斗草,尽日乐嬉嬉。"

斗不挹酒浆　dòu bù yì jiǔ jiāng

【分类】生活
【关键词】诗经
【释义】用为讽喻徒有其名、不堪其用之典。源见"南箕北斗"。
【例句】唐韩愈《三星行》："牛不见服箱,斗不挹酒浆。"宋邓肃《泛舟示子》："北斗挹酒浆,天孙织衣裳。"元王逢《哀烈妇费…》："鹊河蟾窟肆翱翔,笑援北斗挹酒浆。"明罗钦顺《学古楼歌》："北斗那得挹酒浆,东风正好亲农圃。"

斗城　dòu chéng

【分类】政治
【关键词】三辅黄图
【释义】汉长安故城,在今西安市北。本秦宫,汉惠帝时重修。也借指京城。《三辅黄图·汉长安故城》："城南为南斗形,北为北斗形,至今人呼汉京城为斗城。"
【例句】唐阎朝隐《奉和立春…》》："管籥周移寰极里,乘舆望幸斗城闉。"唐卢渥《赋得寿星见》："皎洁垂银汉,光芒近斗城。"唐张九龄《登总持寺阁》："山从函谷断,川向斗城回。"宋司马光《作语》："秋风萧瑟引华旌,祖宴高张出斗城。"

斗龙　dòu lóng

【分类】政治
【关键词】左传
【释义】咏郑地之典。《左传·昭公十九年》："郑大水,龙斗于时门之外洧渊。国人请为禜焉,子产弗许,曰:'我斗,龙不我觌也。龙斗,我独何觌焉?禳之,则彼其室也。吾无求于龙,龙亦无求于我。'乃止也。"晋杜预注："时门,郑城门也。"
【例句】唐苏颋《奉和圣制…》："汉东不执象,河朔方斗龙。"唐李商隐《寓怀》："斗龙风结阵,恼鹤露成文。"唐韩愈《此日足可…》："甲午憩时门,临泉窥斗龙。"唐李翔《登临川仙…》："归洞斗龙收雨脚,拂檐行雁起秋声。"

斗水　dòu shuǐ

【分类】生活
【关键词】庄子
【释义】少量之水,亦喻指少量而急需的资助。源见"涸辙之鲋"。
【例句】唐李白《献从叔当…》："赠微所费广,斗水浇长鲸。"唐钱起《长安客舍…》："亲劳携斗水,往往救泥鳞。"唐杜甫《引水》："人生留滞生理难,斗水何直百忧宽。"唐孟郊《赠主人》："斗水泻大海,不如泻枯池。"唐刘禹锡《送张盥赴举》："乞取斗升水,因之云汉津。"

斗蚁　dòu yǐ

【分类】政治
【关键词】桓谦
【释义】喻指战乱或宫廷内斗。《艺文类聚》引《异苑》："桓谦字敬祖。太元中,忽有人皆长寸余,悉被铠持槊,乘具装马。马既快,人亦便,能缘机登灶,寻饮食之所,…令作沸汤,浇所入处,寂不复出,因掘之,有数斛许大蚁死在窟中。谦后诛灭。"
【例句】唐苏颋《先是新昌…》："斗蚁闻常日,歌龙值此辰。"唐孟郊《老恨》："斗蚁甚微细,病闻亦清泠。"唐杜甫《喜闻官军…》》："鼎鱼犹假息,穴蚁欲何逃。"宋蔡襄《和答孙推》："穷秋忽闻感疾恙,斗蚁入床扬左肘。"

斗赢一水　dòu yíng yī shuǐ

【分类】生活
【关键词】茶
【释义】咏斗茶之典。《茶录·茶论》："建安斗试,以水痕先者为负,耐久者为胜,故较胜负之说,曰相去一水两水。"《江邻几杂志》："苏才翁尝与蔡君谟斗茶,蔡茶精,用惠山泉,苏茶劣,改用竹沥水煎,遂能取胜。"
【例句】宋苏轼《行香子》："斗赢一水。功敌千钟。觉凉生、两腋清风。"宋刘子翚《寄茶与二刘》："然敌煮鼎山泉洌,枪旗一水分优劣。"宋李处权《谢养源惠…》》："灵芽动是连城价,妙手才争一水功。"清樊增祥《再用晏元…》》："扑蝶只嫌双钏重,斗茗刚能一水赢。"

豆花雨　dòu huā yǔ

【分类】生活
【关键词】荆楚岁时记
【释义】指八月雨,代指八月。《荆楚岁时记》："八月雨,谓之豆花雨。"
【例句】唐许浑《题韦隐居…》》："山风藤子落,溪雨豆花肥。"宋陈著《西江月》："一霎豆花新雨,半帘梧叶清风。"宋吴锡畴《寂寂》："豆花含雨重,梧叶坐秋鸣。"宋柴元彪《秋日江郎…》》："豆花疏雨浥轻埃,野店新凉入酒杯。"

豆蔻枝头　dòu kòu zhī tóu

【分类】生活
【关键词】杜牧
【释义】指年少的女子或姬妾。唐杜牧《赠别》："娉娉袅袅十三余,豆蔻梢头二月初。"
【例句】宋张孝祥《浣溪沙》："豆蔻枝头双蛱蝶,芙蓉花下两鸳鸯。"宋晁补之《江城子》："豆蔻梢头春尚浅,娇未顾,已倾城。"明居节《无题简洵美》："茱萸匣里常藏月,豆蔻枝头不作秋。"明居节《无题》："梅花雪后门半掩,豆蔻枝头月一痕。"

窦车骑　dòu chē qí

【分类】政治
【关键词】窦宪
【释义】咏统帅之典。《后汉书·窦宪传》："会南单于请兵北伐,乃拜宪车骑将军,金印紫绶,官属依司空,以执金吾耿秉为副,发北军五校…与北单于战于稽落山,大破之。"
【例句】唐李益《来从窦车…》》："遂别鲁诸生,来从窦车骑。"唐皇甫冉《春思》："为问元戎窦车骑,何时反旆勒燕然。"

明唐之淳《读和古体…》：" 方公偏师扼其吭，如窦车骑登燕然。" 明王英《送陈尚书…》：" 应共成功窦车骑，归来麟阁拜深恩。"

窦家丹桂　dòu jiā dān guì

【分类】生活
【关键词】窦仪
【释义】比喻有出息的子孙，也指折桂。《宋史·窦仪传》："仪学问优博，风度峻整。弟俨、侃、偁、僖，皆相继登科。冯道与禹钧有旧，尝赠诗，有'灵椿一株老，丹桂五枝芳'之句，缙绅多讽诵之，当时号为窦氏五龙。"丹桂：桂树的一种。禹钧：即窦禹钧，窦仪之父。
【例句】唐皮日休《伤进士严…》："生前有敌唯丹桂，没后无家只白蘋。"唐乔知之《定情篇》："下有碧流水，上有丹桂香。"明张昱《题清心堂…》："窦家五子荣丹桂，谢氏诸郎焚紫囊。"明徐渭《瑞荆篇为…》："窦家有子皆丹桂，马氏何人非白眉。"

窦家三尚主　dòu jiā sān shàng zhǔ

【分类】生活
【关键词】窦融
【释义】咏勋臣贵戚之典。窦融的儿、侄、孙三人都娶公主为妻。《后汉书·窦融传》："窦氏一公，两侯，三公主，四二千石，相与并时。…于亲戚，功臣中莫与为比。"
【例句】唐姜皎《打球篇》："窦融一家三尚主，梁冀频封万户侯。"明邓云霄《长安少侯行》："椒房戚畹姻连理，十世分茅三尚主。"

窦武忠谋　dòu wǔ zhōng móu

【分类】政治
【关键词】窦武
【释义】咏忠良被害之典。《后汉书·窦武传》："武既辅朝政，常有诛剪宦官之意…因大呼曰：'陈蕃、窦武奏白太后废帝，为大逆！'…武、绍走，诸军追围之，皆自杀，枭首洛阳都亭。"
【例句】唐吴融《风雨吟》："李膺勾党即罹患，窦武忠谋又未行。"宋王安石《读后汉书》："可怜窦武陈蕃辈，欲与天争汉鼎归。"宋徐积《和杨掾月…》："窦武不断蔽可痛，柬之不忍蔽可吁。"宋洪咨夔《读史》："黄门常侍祷明堂，窦武陈蕃横被殃。"

窦宪　dòu xiàn

【分类】政治
【关键词】窦宪
【释义】咏统帅之典。源见"窦车骑"。
【例句】唐李昂《从军行》："田畴不卖卢龙策，窦宪思勒燕然石。"唐耿湋《送王将军…》："汉家边事重，窦宪出临戎。"唐王建《上李吉甫…》："曾向山东为散吏，当今窦宪是贤臣。"宋王安中《闻帅府大…》："勒石何须称窦宪，反风已卜相周公。"

都梁　dū liáng

【分类】文化
【关键词】佛
【释义】香名。都梁香为浴佛五色香水之一。南朝梁吴均《行路难》："博山炉中百合香，郁金苏合及都梁。"也谓地名，江苏盱眙、湖南邵阳均有其名。
【例句】宋苏颂《次韵苏子…》："案上梵夹床龙须，炉销都梁馔伊蒲。"宋张纲《寿香》："世人岂识天香界，但知苏合及都梁。"宋苏轼《泗州南山…》："偶随樵父采都梁，竹屋松扉试乞浆。"宋陆游《畏虎》："更堪都梁下，一雪三日泥。"

都尉　dū wèi

【分类】政治
【关键词】袁枢
【释义】驸马都尉的简称，代指驸马。《陈书·袁枢传》："枢博闻强识，明悉旧章。初，高祖长女永世公主先适陈留太守钱蕆，生子岊，主及岊并卒于梁世。高祖受命，唯公主追封。至是将葬，尚书主客请详议，欲加蕆驸马都尉，并赠岊官。"
【例句】唐员半千《陇头水》："尘销营卒垒，沙静都尉垣。"唐李白《走笔赠独…》："都尉朝天跃马归，香风吹人花乱飞。"唐李端《郭驸马》："青春都尉最风流，二十功成便拜侯。"唐李端《赠郭驸马》："今朝都尉如相顾，愿脱长裾学少年。"

都俞吁咈　dū yú xū fú

【分类】政治
【关键词】尚书
【释义】形容君臣论政问答，融洽雍睦，或表示不以为然之意。《尚书·益稷》："禹曰：'都！帝，慎乃在位。'帝曰：'俞！'"《尚书·尧典》："帝：'吁，咈哉！'"均为叹词。以为可，则曰都、俞；以为否，则曰吁、咈。
【例句】唐李商隐《井泥四十韵》："禹竟代舜立，其父吁咈哉。"唐刘挚《送许敏修…》："大夫才业帝都俞，清洁寒冰在玉壶。"宋刘蘧《代寿徐意…》："共期圣祉登嵩华，长使廊庙闻都俞。"宋邵雍《题华山》："吁咈哉若神，僭窃同天地。"宋张明中《白牡丹》："试问此花清白不，不闻吁咈只闻都。"

督邮　dū yóu

【分类】政治
【关键词】尹翁归
【释义】官名，汉置，郡的重要属吏，每郡分二部至五部，每部置督邮一人，代表太守查察县乡，宣达教令，兼司狱讼捕亡。《汉书·尹翁归传》："延年大重之，自以能不及翁归，徙督邮。"
【例句】唐卢纶《送邓州崔…》："出山车骑次诸侯，坐领图书见督邮。"宋王禹偁《送淳于中…》："望苑官清谐侍养，督邮名贱耻徒劳。"宋梅尧臣《送周直孺…》："历阳郡小太守好，督邮官闲众吏嬉。"聂绀弩《嘲悠然搬…》："悠然赏

D

菊三径东,与花督邮造次逢。"

督邮才弱冠 dū yóu cái ruò guàn
【分类】政治
【关键词】朱穆
【释义】咏督邮之典。《后汉书·朱穆传》:"初举孝廉。"唐李贤注引三国吴谢承《后汉书》曰:"穆少有英才,学明五经。性矜严疾恶,不交非类。年二十为郡督邮。"
【例句】唐皇甫冉《送李录事…》:"借问督邮才弱冠,府中年少不如君。"

独步 dú bù
【分类】文化
【关键词】戴良
【释义】超出群伦,天下第一。《后汉书·戴良传》:"独步天下,谁与为偶?"后多用以形容某种技艺特别突出。
【例句】唐高适《听张立本…》:"危冠广袖楚宫妆,独步闲庭逐夜凉。"唐李白《草书歌行》:"少年上人号怀素,草书天下称独步。"唐杜甫《闻高常侍亡》:"独步诗名在,只令故旧伤。"唐方干《上越州杨…》:"折桂早闻推独步,分忧暂辍过重江。"

独孤侧帽 dú gū cè mào
【分类】文化
【关键词】独孤信列
【释义】形容人姿仪俊秀,行止潇洒。《北史·独孤信列传》:"信美风度,雅有奇谋大略…在秦州,尝因猎日暮,驰马入城,其帽微侧,诘旦而吏人有戴帽者,咸慕信而侧帽焉。其为邻境及士庶所重如此。"
【例句】唐李商隐《病中闻河…》:"风长应侧帽,路隘岂容车。"唐李商隐《饮席代官…》:"新人桥上著春衫,旧主江边侧帽檐。"宋杨亿《公子》:"细雨垫巾过柳市,轻风侧帽上铜堤。"宋梅尧臣《依韵和王…》:"退朝侧帽惊时晚,近树闻香暗咏闲。"

独乐园 dú lè yuán
【分类】生活
【关键词】司马光
【释义】宋司马光之园名,在今河南省洛阳市南郊。泛指名人的花园。宋李格非《洛阳名园记·独乐园》:"司马温公在洛阳,自号迂叟。其园曰独乐园,园卑小,不可与他园班。"
【例句】宋司马光《闻景仁迁…》:"时当惠好音,独乐慰荒园。"宋司马光《独乐园》:"独乐园中客,朝朝常闭门。"宋刘过《庆周益公…》:"午桥庄上江山秀,独乐园中花草荣。"宋李刘《寿友人》:"独乐园中闲月日,香山图里永神仙。"

独立万寻冈 dú lì wàn xún gāng
【分类】文化
【关键词】楚辞

【释义】形容独清于世的典故。《楚辞补注·山鬼》:"表独立兮山之上,云容容而在下。"东汉王逸注:"表,特也。言山鬼后到,特立于山之上,而自异也。"
【例句】宋汪莘《水调歌头》:"兰衣蕙带,为我独立万寻冈。"宋袁燮《送李左藏》:"伟哉人中杰,独立山万寻。"清蓝千秋《三山纪游…》:"峭壁插天几万寻,峰端穿云看灭起。"

独木桥 dú mù qiáo
【分类】生活
【关键词】佛
【释义】用一根木料做成的桥,喻困难艰险的路程。《景德传灯录》九《大安禅师》:"果人负重担从独木桥上过,亦不教失脚。"谚语:"双桥好过,独木难行。"
【例句】宋梅尧臣《京师逢卖…》:"对门独木危桥上,少妇謷謷犹裁归。"宋韦骧《度烂溪》:"独木为桥度烂溪,溪傍山石烂如泥。"宋刘子翚《寒涧》:"独木桥西游子宿,酒旗斜日两三家。"聂绀弩《赠浩子》:"昂头自骋溜缰马,迎面忽来独木桥。"

独善其身 dú shàn qí shēn
【分类】政治
【关键词】孟子
【释义】原指不能实现政治抱负,则致力于自身道德修养。后泛指不闻不问周围事物,只顾自己。《孟子·尽心上》:"古之人,得志,泽加于民;不得志,修身见于世。穷则独善其身,达则兼善天下。"
【例句】唐白居易《新制布裘》:"丈夫贵兼济,岂独善一身。"唐白居易《秋日与张…》:"丈夫一生有二志,兼济独善难得并。"唐元稹《和乐天赠…》:"其次有独善,善己不善民。"唐薛逢《镊白曲》:"少年曾读古人书,本期独善安有余。"

独往独来 dú wǎng dú lái
【分类】生活
【关键词】庄子
【释义】谓言行独特,不附流俗。《庄子·在宥》:"明乎物物者之非物也,岂独治天下百姓而已哉!出入六合,游乎九州,独往独来,是谓独有。独有之人,是谓至贵。"
【例句】唐岑参《潼关使院…》:"无心顾微禄,有意在独往。"唐白居易《与诸道者…》:"他日终为独往客,今朝未是自由身。"唐韦应物《同德精舍…》:"时迁迹尚在,同去独来归。"唐李士元《登阁》:"乱后独来登大阁,凭阑举目伤心。"

独醒 dú xǐng
【分类】文化
【关键词】楚辞
【释义】独自清醒,喻不同流俗。《楚辞·渔父》:"屈原曰:'举世皆浊我独清,众人皆醉我独醒,是以见放!'"亦指屈原。
【例句】唐杜甫《醉歌行》:"酒尽沙头双玉瓶,众宾皆醉我独醒。"唐白居易《咏家酝十韵》:"独醒从古笑灵均,长醉如今教伯伦。"唐柳宗元《离觞不醉…》:"无限居人送独醒,可怜寂寞到长亭。"唐元稹《醉别卢头陀》:"尽日笙歌人散后,满江风雨独醒时。"

独学陋　dú xué lòu
【分类】政治
【关键词】礼记
【释义】咏独学不佳之典。《礼记·学记》:"独学而无友,则孤陋而寡闻……此六者,教之所由废也。"
【例句】唐韩愈《招杨之罘》:"礼称独学陋,易贵不远复。"宋王十朋《集彦斋》:"独学恐孤陋,要须亲友朋。"宋王十朋《送子尚如…》:"年虽及冠无交游,孤陋寡闻嗟独学。"宋李处权《池上书所…》:"新诗准拟频相寄,独学方当病寡闻。"

独占鳌头　dú zhàn áo tóu
【分类】文化
【关键词】北江诗话
【释义】科举时代称中状元,亦泛称在竞赛中获第一名。《北江诗话》:"胪传毕,赞礼官引东班状元、西班榜眼二人,前趋至殿陛下,迎殿试榜。抵陛,则状元稍前进,立中陛石上,石正中镌升龙及巨鳌,盖禁跸出入所由,即古所谓螭头矣,俗语本所,以此称独占鳌头。"
【例句】宋刘宰《送恭叔兄…》:"须惩牛后羞余子,独占鳌头下九天。"宋黄卓《南剑州》:"化成丹碧出鳌头,独占闽川最上游。"宋黄判院《寿黄状元…》:"登瀛,平步上,鳌头独占,头角轩昂。"明夏原吉《拟福建乡试》:"天下争先看豹变,榜中谁独占鳌头。"

独酌谣　dú zhuó yáo
【分类】生活
【关键词】沈炯
【释义】文士自伤之典。南朝陈沈炯《独酌谣》:"独酌谣,独酌独长谣。智者不我顾,愚夫余未要。不愚或不智,谁当余见招。所以成独酌,一酌倾一瓢。……"表述了作者自饮自叹悲伤颓废的心情。
【例句】唐皎然《送沈居士…》:"名重郊居赋,才高独酌谣。"唐李益《兰陵僻居…》:"潘岳闲居赋,陶渊明独酌谣。"唐权德舆《祗命赴京…》:"难成独酌谣,空羡伐木吟。"唐白居易《冬初酒熟》:"酒熟无来客,因成独酌谣。"

独坐　dú zuò
【分类】政治
【关键词】宣秉
【释义】专席而坐,谓骄贵无匹,也为御史中丞别名。源见"三独坐"。
【例句】唐陈子昂《酬晖上人》:"禅居感物变,独坐开轩屏。"唐王维《竹里馆》:"独坐幽篁里,弹琴复长啸。"唐高适《九日酬颜…》:"纵使登高只断肠,不如独坐空搔首。"唐苏宇《喜陆侍御…》:"独坐理戎行,安边策最长。"唐李频《浙东献郑…》:"楼台独坐江山月,舟楫先行泽国春。"

牍背千金　dú bèi qiān jīn
【分类】政治
【关键词】周勃
【释义】遭受冤狱之典。《史记·绛侯周勃世家》:"逮捕勃治之。勃恐,不知置辞。吏稍侵辱之。勃以千金与狱吏,狱吏乃书牍背示之,曰'以公主为证'……绛侯既出,曰:'吾尝将百万军,然安知狱吏之贵乎!'"
【例句】宋范纯仁《神宗皇帝…》:"囊封矜朴直,牍背辨深冤。"宋苏轼《韩子华石…》:"绛侯百万兵,尚畏书牍背。"宋方回《重至秀山…》:"千金牍背事,空复愤填膺。"宋黄文雷《往年因读…》:"狱吏但能书牍背,相公终欲割鸿沟。"

赌宣城　dǔ xuān chéng
【分类】生活
【关键词】棋
【释义】咏弈棋之典。《宋书·羊玄保传》:"(羊玄保)为黄门侍郎。善奕棋,棋品第三,太祖与赌郡戏,胜,以补宣城太守。"
【例句】唐夏侯干《赠夏侯评事》:"棋功过却杨玄宝,易义精于梅存真。"唐段成式《观棋》:"他时谒帝铜池晓,便赌宣城太守无。"明王世贞《王太史与…》:"莫言田父衰仍拙,曾记宣城赌郡年。"明王世贞《永嘉方子…》:"宣城若遇羊玄保,为乞当年赌郡资。"

杜德机　dù dé jī
【分类】生活
【关键词】庄子
【释义】原谓闭塞生机,后以为指称病重垂危之典。《庄子·应帝王》:"郑有神巫曰季咸,知人之生死存亡、祸福寿夭,期以岁月旬日,若神。……列子与之见壶子。出而谓列子曰:'嘻!子之先生死矣!弗活矣!不以旬数矣!吾见怪焉,见湿灰焉。'列子入,泣涕沾襟以告壶子。壶子曰:'乡吾示之以地文,萌乎不震不止。是殆见吾杜德机也。'"
【例句】宋李光纲《张子公以…》:"遂将杜德机,渐可塞智窦。"宋范成大《有会而作》:"强阳气尽冥恩怨,杜德机深泯见闻。"宋辛弃疾《京口病中…》:"何人可觅安心法,有客来观杜德机。"宋洪咨夔《和赵青田…》:"青田鹤翁杜德机,天根月窟手探之。"

杜工部　dù gōng bù
【分类】文化
【关键词】杜甫
【释义】杜工部即杜甫。广德二年(764年)春,严武再镇蜀,表荐杜甫为检校工部员外郎,故后称杜工部。其诗集题为《杜工部集》。
【例句】宋文天祥《挽龚用和》:"鄜州避乱杜工部,下泽乘车马少游。"宋苏轼《赠黄州官妓》:"却似西川杜工部,海棠虽好不吟诗。"金王寂《儿子以诗…》："七言五字得谁髓,老杜工部韦苏州。"聂绀弩《挽陈帅》："水侧磨刀工部句,楼头看剑稼轩词。"

杜衡 dù héng
【分类】文化
【关键词】楚辞
【释义】即杜若,一种香草,常用以比喻君子、贤人。《楚辞·山鬼》："被石兰兮带杜衡,折芳馨兮遗所思。"
【例句】唐钱起《送包何东游》："春鸿刷归翼,一寄杜蘅枝。"唐吴筠《段干木》："干木布衣者,守道杜衡门。"宋孔平仲《寄芸叟》："年过半百合归去,谨杜衡门深退藏。"宋周紫芝《病中戏作…》："幽人却扫半夏,独杜衡门心颇远。"

杜回可结 dù huí kě jié
【分类】政治
【关键词】左传
【释义】指知恩图报。源见"结草以报"。
【例句】唐殷文圭《春草碧色》："杜回如可结,誓作报恩身。"元刘基《用前喜雨…》："思莼未许归张翰,结草终当获杜回。"明徐渭《蟹》："逃萧孟尝走,结草杜回亢。"

杜康 dù kāng
【分类】生活
【关键词】酒
【释义】借指酒。《书·酒诰》："惟天降命,肇我民惟元祀。"唐孔颖达疏引汉应劭《世本》："杜康造酒。"
【例句】唐杜甫《题张氏隐居》："杜酒偏劳劝,张梨不外求。"唐白居易《酬梦得比…》："杜康能散闷,萱草解忘忧。"唐白居易《镜换杯》："不似杜康神用速,十分一盏便开眉。"唐皮日休《酒床》："滴滴连有声,空疑杜康语。"

杜兰香 dù lán xiāng
【分类】文化
【关键词】杜兰香
【释义】古代神话中的仙女名。《太平御览》引《杜兰香别传》："香降张硕,硕既成婚,香便去,绝不来。年余,硕船行,忽见香乘车于山际,硕不胜惊喜。遥往造香,见香悲喜,香亦有悦色。言语顷时,硕欲登其车,其婢举手排之,嶷然山立。"
【例句】唐曹唐《玉女杜兰…》："天上人间两渺茫,不知谁识杜兰香。"唐李群玉《送郑子宽》："寄谢杜兰香,何年别张硕。"唐李商隐《重过圣女祠》："萼绿华来无定所,杜兰香去未移时。"唐崔涂《湘中谣》："烟愁雨细云冥冥,杜兰香老三湘清。"

杜林官 dù lín guān
【分类】政治
【关键词】杜林
【释义】咏侍御史官之典。《后汉书·杜林传》："杜林字伯山,…光武闻林已还三辅,乃征拜侍御史,引见,问以经书故旧及西州事,甚悦之,赐车马衣被。群寮知林以名德用,甚尊惮之。京师士大夫,咸推其博洽。"
【例句】唐罗隐《淮南送卢…》："朱绂两参王俭府,绣衣三领杜林官。"宋苏辙《春深》："幽居每自比陈寔,古学何人贵杜林。"宋虞俦《和潘簿食…》："潇洒未输彭泽柳,檀栾偏映杜林花。"明毛奇龄《王光禄子…》："杜林名阀推光禄,汉室高文重茂才。"

杜牧风流 dù mù fēng liú
【分类】生活
【关键词】杜牧
【释义】指唐才子杜牧(字牧之)风流、放荡的一面。《本事诗·高逸》："杜舍人牧,弱冠成名。当年制策登科,名振京邑…杜为御史,分务洛阳…杜登科后,狎游饮酒,为诗曰：'落魄江湖载酒行,楚腰纤细掌中轻。三年一觉扬州梦,赢得青楼薄幸名。'"
【例句】唐张祜《读池州杜…》："年少多情杜牧之,风流仍作杜秋诗。"宋晁公溯《次韵鲜于…》："盈笺寄我送春诗,不减风流杜牧之。"宋贾云华《题魏鹏卧屏》："风流杜牧还知否,莫恨寻春去较迟。"明唐桂芳《和程仲庸…》："风流赤壁周公瑾,薄幸青楼杜牧之。"

杜乔 dù qiáo
【分类】政治
【关键词】杜乔
【释义】代称不畏权势、敢于直谏之人。《后汉书·杜乔传》："时梁冀子弟五人及中常侍等以无功并封,乔上书谏;冀愈怒,使人胁夺曰：'早从宜,妻子可得全。'乔不肯。…遂白执系,死狱中。"
【例句】唐罗隐《经故洛阳城》："跋扈以成梁冀在,简书难问杜乔归。"宋赵汝腾《诃李斛峰…》："公才何止为陈瑾,朝论方争推杜乔。"宋释道璨《赋张寺丞…》："杜乔李固自觉㮣,网罗不及徐孺子。"明倪元璐《书浮丘左…》："君不见李固杜乔标汉史,日杲杲兮泉滔滔。"

杜秋娘 dù qiū niáng
【分类】生活
【关键词】杜秋娘
【释义】咏沦落女子之典。《全唐诗·杜秋娘并序》："杜秋,金陵女也。年十五,为李锜妾。后锜叛灭,籍之入宫,有宠于景陵。穆宗即位,命秋为皇子傅姆。皇子壮,封漳王,郑注用事,诬丞相欲去己者,指王为根,王被罪废削。秋因赐归故乡,予过金陵,感其穷且老,为之赋诗。"
【例句】宋苏洵《金陵杂兴》："燕子蜂儿各自忙,玉魂谁返杜秋娘。"宋洪朋《走笔寄师…》："见说京江水清滑,只今谁是杜秋娘。"宋缪鉴《咏妓》："访杜秋娘惟我老,梦扬州鹤有谁知。"明吴梦旸《再遇汪景纯》："金陵乐府杜秋娘,宛转新声隐洞房。"

杜曲桑麻 dù qū sāng má
【分类】生活

【关键词】杜甫

【释义】指在家务农。杜曲，地名，在今陕西长安县东少陵原东南，唐时为大姓杜氏聚居处，杜曲称北杜，杜固称南杜。杜甫曾居杜曲。唐杜甫《曲江》："自断此生休问天，杜曲幸有桑麻田。"

【例句】宋李纲《次韵叶少⋯》："平泉草木何须记，杜曲桑麻幸可图。"宋李纲《重阳日醉⋯》："腐儒衰晚谬通籍，杜曲幸有桑麻田。"宋陆游《作梦》："结茅杜曲桑麻地，觅句灞桥风雪天。"宋陆游《晦日西窗⋯》："桃源鸡犬尘凡隔，杜曲桑麻梦想归。"

杜诗韩笔 dù shī hán bǐ
【分类】文化
【关键词】杜牧
【释义】杜甫的诗，韩愈的散文，代指诗文中的大手笔。唐杜牧《读韩杜集》："杜诗韩笔愁来读，似倩麻姑痒处搔。"
【例句】宋吕本中《奉呈张公⋯》："字画颜行杨草，文章韩笔杜诗。"宋郑刚中《寺前书院⋯》："此外清愁是何许，杜诗韩笔少人伦。"宋韩驹《上陈龙图⋯》："杜诗韩笔继骚雅，凤髓鸾胶室世传。"明钱谦益《和徐祯起》："老学依然炳烛时，杜诗韩笔古人师。"

杜诗韩文 dù shī hán wén
【分类】文化
【关键词】陈师道
【释义】杜甫的诗，韩愈的文，指代表诗文创作的高峰。《旧唐书·韩愈列传》："故世称'韩文'焉。"宋陈师道《后山诗话》："子瞻谓：'杜诗韩文，颜书左史皆集大成者也。'"
【例句】宋金君卿《滕王阁》："不须越韩并秦唱，自有韩文与杜诗。"宋薛师石《哭刘咏道》："案上韩文与杜诗，小斋闲澹亦相宜。"宋黄裳《送衡州太守》："峋嵝山高寻禹志，蒹葭江远忆韩文。"宋王禹称《赠朱严》："谁怜所好还同我，韩柳文章李杜诗。"

杜十姨 dù shí yí
【分类】文化
【关键词】杜甫
【释义】唐杜甫曾官左拾遗，世称杜拾遗，旧村学究戏作杜十姨。宋俞琰《席上腐谈》："温州有土地杜拾遗无夫，五撮须相公无妇。州人迎杜拾姨以配五撮鬓，合为一庙。杜十姨为谁？乃杜拾遗也。五撮须为谁？乃伍子胥也。"
【例句】宋王安石《酬王太祝》："已成白发潘常侍，更似青衫杜拾遗。"宋陈师道《贺文潜》："飞腾无那高詹事，奔轶难甘杜拾遗。"清林占梅《俗讹叹》："然亦未足怪，曾闻杜十姨。"聂绀弩《反省时作》："十姨爱嫁伍髭须，千古荒唐万卷书。"

杜韦娘 dù wéi niáng
【分类】生活
【关键词】刘禹锡
【释义】唐歌女名，唐教坊用为曲名，借指名妓。《本事诗·

情感》："刘尚书禹锡罢鬐州⋯李司空（李绅）罢镇在京，慕刘名，尝邀至第中，厚设饮馔。酒酣，命出妓歌以送之。刘于席上赋诗曰：'鬓鬓梳头宫样妆，春风一曲《杜韦娘》。司空见惯浑闲事，断尽江南刺史肠。'李因以妓赠之。"
【例句】宋周文璞《春怀》："想得故园疏雨外，樽前催拍杜韦娘。"宋葛立方《卫卿叔自⋯》："笙歌嘈杂闻未尝，何止一曲杜韦娘。"宋汪元量《幽州会饮》："客路相逢在异乡，佐尊先得杜韦娘。"元杨基《听老京妓⋯》："从此京华独擅场，时人争识杜韦娘。"

杜武库 dù wǔ kù
【分类】文化
【关键词】杜预
【释义】形容无所不有。源见"杜预"。
【例句】唐李商隐《五言述德⋯》："谁知杜武库，只见谢宣城。"唐高适《奉酬睢阳⋯》："朝瞻孔北海，时用杜荆州。"宋胡宿《送杜伟长》："甘陵孤星起纤埃，趋诏东南武库来。"宋黄庭坚《奉和慎思⋯》："诗穷净欲四壁立，奈何可当杜武库。"

杜延年 dù yán nián
【分类】政治
【关键词】杜延年
【释义】借指安和宽厚的良吏。《汉书·杜延年传》："杜延年字幼公⋯光持刑罚严，延年辅之以宽。""延年为人安和，备于诸事，久典朝政，上信任之，出即奉驾，入给事中，居九卿位十余年。"
【例句】唐韩翃《寄上田仆射》："仆射临戎谢安石，大夫持宪杜延年。"唐韩翃《送赵评事⋯》："官属张廷尉，身随杜幼公。"明顾璘《挽白司寇》："公才萧相国，使节杜延年。"明谢文著《春韬别意⋯》："相送黄金台下别，逢人莫说杜延年。"

杜预 dù yù
【分类】文化
【关键词】杜预
【释义】字元凯，西晋著名政治家、军事家和学者，灭吴战争统帅之一。耽思经籍，博学多通，多有建树。《晋书·杜预列传》："杜预，字元凯⋯预在内（朝廷）七年，损益万机，不可胜数，朝野称美，号曰'杜武库'，言其无所不有也⋯时帝密有灭吴之计，而朝议多违，唯预、羊祜、张华与帝意合。祜病，举预自代。"
【例句】唐岑参《西河郡太⋯》："从来元凯贵，训子孟轲贤。"唐卢纶《酬崔侍御⋯》："元凯癖成官始贵，相如渴甚貌逾衰。"唐徐夤《送刘常侍》："杜预注通三十卷，汉皇枝绍几千年。"明钱谦益《武杜公诗》："吴下诸生推杜预，关西老将忆廉颇。"

杜预沉碑 dù yù chén bēi
【分类】政治

【关键词】杜预

【释义】刻石记功欲传后世之典。《晋书·杜预传》："杜预字元凯…预好为后世名，常言'高岸为谷，深谷为陵'，刻石为二碑，纪其勋绩，一沉万山之下，一立岘山之上，曰：'焉知此后不为陵谷乎！'"

【例句】唐杨巨源《襄阳乐》："碑沉楚山石，珠彻汉江秋。"唐温庭筠《中书令裴…》："铭勒燕山暮，碑沉汉水春。"宋洪咨夔《次虞宪日…》："丙中甲上奇章石，水底山巅杜预碑。"明李东阳《徐州洪苏…》："崖端刻颂唐宗业，水底沉碑杜预功。"

妒女犹怜 dù nǚ yóu lián

【分类】生活

【关键词】李势女

【释义】形容女子姿容美丽，举止楚楚动人。《世说新语·贤媛》南朝梁刘孝标注引《妒记》："温平蜀，以李势女为妾，郡主凶妒…因欲斫之。见李在窗梳头，姿貌端丽…于是掷刀前抱之曰：'阿子，我见汝亦怜，何况老奴。'遂善之。"

【例句】唐宋之问《和赵员外…》："妒女犹怜镜中发，侍儿堪感路傍人。"宋梅尧臣《桓妒妻》："曰我见犹怜，何况是老奴。"

度曲 dù qǔ

【分类】生活

【关键词】汉元帝

【释义】作词曲，吟唱。《汉书·元帝纪赞》："自度曲，被歌声。"东汉张衡《西京赋》："度曲未尽，云起雪飞。初若飘飘，后遂霏霏。"

【例句】唐张柬之《出塞》："三春莺度曲，八月雁成行。"唐宋之问《三阳宫侍…》："鸟向歌筵来度曲，云依帐殿结为楼。"唐李适《奉和春日…》："舞蝶分行飘御席，歌莺度曲绕仙杯。"聂绀弩《杂诗》："燕子楼头听度曲，凤凰台上忆吹箫。"

渡虎 dù hǔ

【分类】政治

【关键词】宋均

【释义】咏德政感化之典。《后汉书·宋均传》："宋均字叔庠…郡多暴虎，数为民患。下记属县曰：'夫虎豹在山，鼋鼍在水，各有所托…今为民害。咎在残吏…可一去槛阱，除削课制。'其后传言虎相与东游渡江。"

【例句】唐李白《中丞宋公…》："九江皆渡虎，三郡尽还珠。"唐张祜《投常州从…》："旧爱鹏抟海，今闻虎渡江。"宋杨亿《民牛多疫死》："炎神厉鬼争为虐，渡虎消蝗复是谁。"宋黄庭坚《饮城南即事》："元城茂宰民父母，境不飞蝗河渡虎。"

渡江之橘 dù jiāng zhī jú

【分类】文化

【关键词】晏子

【释义】喻指背离了适合自己生长环境的人或物。源见"橘化为枳"。

【例句】唐元稹《驯犀》："渡江之橘逾汶貉，反时易性安能长？"唐崔兴宗《和王维敕》："未胜晏子江南橘，莫比潘家大谷梨。"宋宋祁《将解职抒…》："孤根易变江南橘，归梦先随陇首梅。"宋宋祁《树柳》："肯共桑榆悲日晚，宁同枳橘过江移。"

渡泸 dù lú

【分类】政治

【关键词】诸葛亮

【释义】咏艰苦远征之典。《三国志·诸葛亮传》："建兴元年，封亮武乡侯…南中诸郡，并皆叛乱…三年春，亮率众南征，其秋悉平…五年，率诸军北驻汉中，临发，上疏曰：'…受命以来，夙夜忧叹，恐托付不效，以伤先帝之明，故五月渡泸，深入不毛。'"

【例句】唐贾岛《巴兴作》："苏卿持节终还汉，葛相行师自渡泸。"唐温庭筠《病中书怀…》："旅食常过卫，羁游欲渡泸。"宋苏过《送叔宽弟…》："凌云栈道三千里，屈指渡泸五月时。"宋冯时行《送王公佩》："炎薰五月只须臾，底事书生亦渡泸。"

渡蚁 dù yǐ

【分类】政治

【关键词】宋祁

【释义】咏行善鸟兽鱼虫终得善报之典。《类说·遁斋闲览》："后十余年，僧惊谓大宋（祁）曰：'公丰神顿异，如能救活数百万命者？'答曰：'贫儒何力及此？'僧曰：'试记之。'宋曰：'堂下比有蚁穴为暴雨所漂，群蚁缭绕穴傍。吾戏编竹作桥以渡之。'"宋祁因此而中状元。

【例句】宋无名氏《沁园春》："盛事重重，荐腾梧茧，渡蚁阴功须状元。"宋俞德邻《闲居即事》："编竹成坞听蜂衙，种花成坞听蜂衙。"明郑文康《义桥》："渡蚁尚多功，兹劳岂云寡。"明李东阳《题傅曰川…》："食牛惊坐客，渡蚁识胡僧。"

渡浙 dù zhè

【分类】政治

【关键词】秦始皇

【释义】南巡之典。《史记·秦始皇本纪》："三十七年十月癸丑，始皇出游…浮江下，观籍柯，渡海渚。过丹阳，至钱唐。临浙江，水波恶，乃西百二十里从狭中渡。上会稽，祭大禹，望于南海，而立石刻颂秦德。"

【例句】唐杜甫《壮游》："枕戈忆勾践，渡浙想秦皇。"宋王十朋《伤时感怀》："二圣远征沙漠北，六龙遥渡浙江东。"宋韦骧《送胜之宰…》："去鄞迤逦穷残腊，渡浙依稀傍早春。"宋杨万里《乌贼鱼》："秦帝东巡渡浙江，中流风紧坠书囊。"

蠹书虫 dù shū chóng

【分类】文化

【关键词】周穆王

【释义】比喻埋头苦读的人，含有食古不化之意。蠹书：谓晒去书中的蠹虫，或指被蛀坏的书。《穆天子传》："仲秋甲戌，天子东游，次于雀梁，蠹书于羽陵。"晋郭璞注："蠹书，谓暴书中蠹虫。"

【例句】唐韩愈《杂诗》："岂殊蠹书虫，生死文字间。"宋贺铸《夏夜雨晴…》："从嗤獭祭鱼，聊学蠹书虫。"宋李流谦《绝句》："断简半披还半掩，如今不作蠹书虫。"宋李洪《次韵子都…》："五色徒夸补衮工，百年痴作蠹书虫。"

蠹鱼 dù yú

【分类】文化

【关键词】周穆王

【释义】亦称蠹书鱼、衣鱼，蛀蚀书籍衣服。借指书籍，亦指死啃书本之人。源见"蠹书虫"。

【例句】唐李白《感兴》："委之在深箧，蠹鱼坏其题。"唐常衮《晚秋集贤…》："墨润冰文茧，香销蠹字鱼。"唐白居易《伤唐衢》："今日开箧看，蠹损文字。"宋王十朋《怀刘方叔…》："往事真同塞翁马，此身何异蠹书鱼。"

端木辞金 duān mù cí jīn

【分类】政治

【关键词】子贡

【释义】咏仗义救人不求报之典。《吕氏春秋·察微》："鲁国之法，鲁人为人臣妾于诸侯，有能赎之者，取其金于府。子贡（端木赐）赎鲁人于诸侯，来而让不取其金。孔子曰：'赐失之矣，自今以往，鲁人不赎人矣！'"孔子认为，此举将影响鲁人因视受金为不廉而不再赎人。

【例句】唐吴筠《高士咏》："辞金义可远，让禄心益清。"宋胡宿《怨思》："山头怜化石，陌上重辞金。"元张志合《送杨长卿…》："辞金素有风霜操，赞酒行施雨露春。"明丘浚《挽刘员外》："春秋断狱古今少，暮夜辞金天地知。"

端忧 duān yōu

【分类】生活

【关键词】谢庄

【释义】闲愁；深忧。南朝宋谢庄《月赋》："陈王初丧应刘，端忧多暇。"唐李周翰注："端然忧愁，以多闲暇。"

【例句】唐韦应物《登郡寄京…》："徒有盈樽酒，镇此百端忧。"唐杜甫《遣闷》："余力浮于海，端忧问彼苍。"唐武元衡《秋夜寄江…》："寥落九秋晚，端忧时物残。"唐权德舆《唐开州文…》："风雨涑庭柯，端忧坐空堂。"

短绠 duǎn gěng

【分类】政治

【关键词】庄子

【释义】比喻才识浅陋，常用作自谦之词。源见"绠短汲深"。

【例句】唐韦庄《天井关》："短绠讵能垂玉瓮，缭垣何用学金汤。"唐陆龟蒙《奉酬袭美…》："桐阴无远泉，所以逯短绠。"宋王安石《同沈道源…》："新甘出短绠，一酌烦可涤。"宋俞汝尚《题蒙泉》："勿谓短绠浅，海底渊源通。"

短褐 duǎn hè

【分类】生活

【关键词】墨子

【释义】古代平民所服粗布之衣，喻指地位卑下的人。《墨子·公输》："今有人于此…舍其锦绣，邻有短褐，而欲窃之。"

【例句】唐王绩《在边》："穹庐还供室，短褐更为衣。"唐骆宾王《畴昔篇》："一朝披短褐，六载奉长廊。"唐王维《偶然作》："短褐不为薄，园葵固足美。"聂绀弩《赠胡风》："风前短褐凌晨舞，雨后长虹到晚销。"

短后衣 duǎn hòu yī

【分类】生活

【关键词】庄子

【释义】后幅较短的上衣，便于活动，多为武士之衣。《庄子·说剑》："吾王所见剑士，皆蓬头、突鬓、垂冠、曼胡之缨，短后之衣，瞋目而语难。"晋郭象注："短后之衣，为便于事也。"

【例句】唐岑参《北庭西郊候…》："自逐定远侯，亦著短后衣。"宋夏倪《次韵汉阳蔡…》："阴云漠漠天四垂，行子多著短后衣。"宋梅尧臣《寄泷上》："弹冠不读先贤传，说剑休更短后衣。"宋祝从龙《题汪水云诗卷》："竹杖芒鞋短后衣，抱琴何处觅钟期。"

短李 duǎn lǐ

【分类】文化

【关键词】李绅

【释义】指唐代诗人李绅。《新唐书·李绅传》："（绅）为人短小精悍，于诗最有名，时号短李。"

【例句】唐白居易《代书诗一…》："笑劝迂辛酒，闲吟短李诗。"唐白居易《编集拙诗…》："每被老元偷格律，苦教短李伏歌行。"宋苏轼《次答邦直…》："城南短李好交游，箕踞狂歌不自由。"宋苏辙《和子瞻…》："唐史不闻刘嗣之，空传短李旧歌诗。"

短檠 duǎn qíng

【分类】文化

【关键词】韩愈

【释义】灯架，烛台。唐韩愈《短灯檠歌》："长檠八尺空自长，短檠二尺更宜光。"

【例句】苏轼《佺安节远…》："梦断酒醒山雨绝，笑看饥鼠上灯檠。"宋苏颂《和林乔年…》："灯残短檠人初静，月上虚廊户不扃。"宋苏轼《周教授索…》："短檠照字细如毛，怪底昏花悬两目。"聂绀弩《林冲休妻》："万里关山长路险，千行涕泪短檠昏。"

短主簿 duǎn zhǔ bù

【分类】生活

【关键词】郗超王珣

【释义】指晋王珣,亦泛指主簿官。源见"髯参军"。
【例句】宋王禹偁《初上单州…》:"蓝绶昔年为短簿,彩衣今日是专城。"宋黄庭坚《次韵和魏…》:"短簿吹羌笛,诸郎宴洞天。"宋陈与义《蒙赐佳什…》:"南州短簿令公喜,魏峨峨冠陆离佩。"宋周紫芝《次韵伯丁…》:"元侯幕下短主簿,肯与斯民作调护。"

断肠 duàn cháng
【分类】生活
【关键词】曹丕
【释义】指断魂;销魂,使人荡气回肠。形容极度思念或悲痛。三国曹丕《燕歌行》:"念君客游思断肠,慊慊思归恋故乡。"
【例句】唐李颀《听董大弹…》:"胡人落泪沾边草,汉使断肠对归客。"唐马云奇《途中忆儿…》:"尔曹应有梦,知我断肠无?"唐白居易《长恨歌》:"行宫见月伤心色,夜雨闻铃断肠声。"唐高适《人日寄杜…》:"柳条弄色不忍见,梅花满枝空断肠。"

断肠何满子 duàn cháng hé mǎn zǐ
【分类】生活
【关键词】孟才人
【释义】喻《何满子》为断肠歌,亦隐指宫廷妇女悲惨遭遇。唐张祜《孟才人叹并序》:"(唐)武宗皇帝疾笃,孟才人以歌笙获宠…上目之曰:'我当不讳,尔何为哉?'才人指笙囊泣曰:'请以此就缢。'复曰:'妾尝艺歌,颇歌一曲。'上许之,乃歌一声《何满子》,气亟立殒。上令医侯之,曰:'脉尚温而肠已绝。'则是《何满子》真能断人肠者。"
【例句】唐张祜《孟才人叹》:"却为一声《何满子》,下泉须吊旧才人。"唐张祜《宫词》:"一声《何满子》,双泪落君前。"明何巩道《红亭》:"不用更听何满子,暗啼红泪亦闻声。"清杨圻《浣溪沙》:"檀板一声何满子,春江花月气销沉。"

断肠花 duàn cháng huā
【分类】文化
【关键词】海棠花
【释义】秋海棠花的别名。《嫏嬛记》卷中引《采兰杂志》:"昔有妇人思所欢不见,辄涕泣,恒洒泪于北墙之下。后洒处生草,其花甚媚,色如妇面,其叶正绿反红,秋开,名曰断肠花,又名八月春,即今秋海棠也。"
【例句】唐刘希夷《公子行》:"可怜杨柳伤心树,可怜桃李断肠花。"唐高适《人日寄杜》:"柳条弄色不忍见,梅花满枝空断肠。"唐崔颢《邯郸宫人怨》:"日暮笙歌君驻马,春日妆梳妾断肠。"清曹寅《留题香叶…》:"当户幽丛红滴滴,西风开满断肠花。"

断肠江南句 duàn cháng jiāng nán jù
【分类】生活
【关键词】黄庭坚
【释义】指描写江南风物、令人断肠的优秀诗句。断肠,指断魂;销魂,使人荡气回肠,多形容悲伤到极点。《宋诗钞·山谷诗钞》:"解作江南断肠句,只今唯有贺方回。"宋黄庭坚字鲁直,号山谷道人。
【例句】五代韦庄《古离别》:"更把玉鞭云外指,断肠春色在江南。"宋林逋《送陈日章》:"江南春草旧行路,因送归人更断肠。"宋史浩《青玉案》:"但苦忆、江南断肠句。"宋萧立之《桂东行次…》:"江南解作断肠句,更生年少今多才。"

断肠猿 duàn cháng yuán
【分类】生活
【关键词】桓温
【释义】咏悲思或咏猿。《世说新语·黜免》:"桓公入蜀,至三峡中,部伍中有得猿子者,其母缘岸哀号,行百余里不去,遂跳上船,便即绝,破视其腹中,肠皆寸寸断。公闻之,怒,令黜其人。"
【例句】唐张说《岳州别子均》:"津亭拔心草,江路断肠猿。"唐李白《赠武十七谔》:"爱子隔东鲁,空悲断肠猿。"五代齐己《送周秀游峡》:"自非亡国客,何虑断肠猿。"宋黄庭坚《上冢》:"康州断肠猿,风枝割永痛。"

断鹤续凫 duàn hè xù fú
【分类】政治
【关键词】庄子
【释义】截断鹤的长腿接到野鸭的短腿上,比喻强行做违反规律的蠢事。《庄子·骈拇》:"长者不为有余,短者不为不足。是故凫胫虽短,续之则忧,鹤胫虽长,断之则悲。"
【例句】宋孙渐《过南华》:"材否笑鸳雁,断续伤鹤凫。"宋于石《浪吟》:"断鹤续凫谁短长,世间万事俱亡羊。"元许希颜《和赵阳山…》:"断鹤岂不忧,续凫无乃悲。"明钱谦益《岁暮杂怀》:"续凫断鹤柱人谋,万事终输鬼一筹。"

断金 duàn jīn
【分类】生活
【关键词】周易
【释义】谓同心协力、威力甚大。源见"金兰之友"。
【例句】唐权德舆《崔四郎协…》:"岁晚何以报,与君期断金。"唐权德舆《奉和于司…》:"退朝鸣玉会,入室断金言。"唐权德舆《祗命赴京…》:"感恩再登龙,求友皆断金。"唐王传《和襄阳徐…》:"朱紫联辉照日新,芳菲全属断金人。"唐刘禹锡《乐天是月…》:"携手惭连璧,同心许断金。"

断马剑 duàn mǎ jiàn
【分类】政治
【关键词】朱云
【释义】亦称斩马剑,谓诛杀佞臣之志,或咏剑。《汉书·朱云传》:"云曰:'臣愿赐尚方斩马剑,断佞臣一人以厉其余。'"
【例句】唐卢照邻《咏史》:"愿得斩马剑,先断佞臣头。"唐王翰《飞燕篇》:"安得上方断马剑,斩取朱门公子头。"唐李华《咏史》:"尝闻断马剑,每壮朱云贤。"唐王翰《飞燕篇》:"安得上方断马剑,斩取朱门公子头。"宋贺铸《度黄叶岭…》:"会解腰间斩马剑,肯寻江上钓鱼矶。"

断桥   duàn qiáo
【分类】生态
【关键词】桥 杭州
【释义】桥名,在浙江省杭州市白堤上,自唐以来已有此名。《武林旧事·湖山胜概》:"断桥,又名'段家桥'。万柳如云,望如裙带。"
【例句】唐张祜《杭州孤山寺》:"断桥荒藓涩,空院落华深。"唐牟融《陈使君山庄》:"流水断桥芳草路,淡烟疏雨落花天。"唐王贞白《随计》:"冒雨投前驿,侵星过断桥。"宋韩维《和晏相公…》:"断桥孤屿寒光外,短楫轻舟夕照中。"

断送老头皮   duàn sòng lǎo tóu pí
【分类】政治
【关键词】杨朴
【释义】意为断送了老头的性命,借指被官事所束缚,不能自由自在地生活。《东坡志林·书杨朴事》:"宋真宗既东封,访天下隐者,得杞人杨朴,能诗。及召对,自言不能。上问:'临行有人作诗送卿否?'朴曰:'惟臣妾有一首云:更休落魄耽杯酒,且莫猖狂爱咏诗。今日捉将官里去,这回断送老头皮。'上大笑,放还山。"
【例句】宋辛弃疾《添字浣溪沙》:"蓦地捉将来,断送老头皮。"宋胡寅《古今豪逸…》:"破除闲病恼,断送老头皮。"宋释慧远《偈颂》:"风卷怒涛天际阔,莫教断送老头皮。"清林则徐《赴戍登程…》:"戏与山妻谈故事,试吟断送老头皮。"

对床夜雨   duì chuáng yè yǔ
【分类】生活
【关键词】韦应物
【释义】喻好友、兄弟的欢聚。唐韦应物《示全真元常》:"宁知风雪夜,复此对床眠。"
【例句】唐白居易《雨中招张…》:"能来同宿否,听雨对床眠。"宋苏轼《送刘寺丞》:"中和堂后石楠树,与君对床听夜雨。"宋周紫芝《赠别木南稀》:"夜雨对床惊客枕,秋风无泪把离觞。"宋曾几《次忧字韵》:"稍喜对床听夜雨,永怀扇枕作凉秋。"

对棋陪谢傅   duì qí péi xiè fù
【分类】政治
【关键词】谢安
【释义】喻处变不惊。源见"喜折屐"。
【例句】唐杜甫《别房太尉墓》:"对棋陪谢傅,把剑觅徐君。"唐殷文圭《中秋自宛…》:"郡楼遥想刘琨啸,相阁方窥谢傅棋。"宋刘克庄《凯歌十首…》:"孔明筹笔即天威,谢傅围棋亦事机。"明张羽《次韵答庄…》:"才华自愧山公启,静镇犹怀谢傅棋。"

蹲鸱   dūn chī
【分类】文化
【关键词】芋
【释义】大芋,因状如蹲伏的鸱,故称。《史记·货殖列传》:"此地狭薄。吾闻汶山之下,沃野,下有蹲鸱,至死不饥。民工于市,易贾。"
【例句】唐韩翃《赠吕成明…》:"解衣初醉绿芳夕,应采蹲鸱荐佳客。"宋方岳《土瓜》:"蹲鸱不紫茯苓黄,初厮春烟带土香。"宋刘筠《成都》:"镂肤剽俗恣游遨,可得蹲鸱号富饶。"宋宋庠《送龙图燕…》:"香袭宠馨惊放兽,野连丰芋蔽蹲鸱。"

楯墨   dùn mò
【分类】政治
【关键词】荀济
【释义】文人从军研墨草檄的典故。《北史·荀济》:"济初与梁武帝布衣交,知梁武当王,然负气不服,谓人曰:'会楯上磨墨作檄文。'"
【例句】唐韩翃《寄窦舒仆射》:"郡公楯鼻好磨墨,走马为君飞羽书。"宋赵抃《寄里中亲友》:"不辞频寄南州信,草檄无功楯墨乾。"宋苏轼《送曹辅赴…》:"诗成横槊里,楯墨何曾乾。"元郑元祐《送萧万户…》:"余墨朝犹磨楯鼻,重环夜已附刀头。"

多士   duō shì
【分类】政治
【关键词】诗经
【释义】众多朝臣,借指群贤。《诗经·大雅·文王》:"济济多士。"
【例句】唐韦抗《奉和圣制…》:"广庭临璧沼,多士侍金闱。"唐刘怀一《赠右台监…》:"惟昔参多士,无双仰异才。"唐元稹《寄隐客》:"况逢多士朝,贤俊若布棋。"唐杜甫《自京赴奉…》:"多士盈朝廷,仁者宜战栗。"

多文为富   duō wén wéi fù
【分类】文化
【关键词】孔子
【释义】指不以积累财富为财富,而以大量的文章著作为财富。《孔子家语·儒行》:"儒有不宝金玉而忠信以为宝,不祈土地而仁义以为土地,不求多积而多文以为富。"
【例句】宋姚勉《赠邮文秀才》:"美君金璧不愿将,多文为富纷储藏。"清祝书根《贺陈毓瑞…》:"多文为富神俱畅,美意延年气自冲。"清周云阁《述怀》:"多文古称为富,腹有词章莫笑贫。"聂绀弩《读李锐…》:"多文为富更多情,心上英雄纸上兵。"

咄咄   duō duō
【分类】生活
【关键词】殷浩
【释义】感慨声,表示感慨、惊诧或责备。《晋书·殷浩》:"浩虽被黜放,口无怨言,夷神委命,谈咏不辍,虽家人不见其有流放之戚。但终日书空,作'咄咄怪事'四字而已。"

D

【例句】唐徐彦伯《拟古》："无作北门客,咄咄怀百忧。"唐杜甫《喜晴》："焉能学众口,咄咄空咨嗟。"唐白居易《诗酒琴人…》："何得无厌时咄咄,犹言薄命不如人。"唐张祜《陪楚州韦…》："不尝书咄咄,谁话酒陶陶。"聂绀弩《杂诗》："两字文章唯咄咄,三年劳顿且休休。"

咄咄逼人　duō duō bī rén
【分类】政治
【关键词】殷仲堪
【释义】气势汹汹,使人难堪。《世说新语·排调》："桓南郡与殷荆州语次…次作危语。桓曰:'矛头淅米剑头炊。'…殷有一参军在坐,云:'盲人骑瞎马,夜半临深池。'殷曰:'咄咄逼人!'仲堪眇一目故也。"(仲堪即殷荆州。)
【例句】宋李复《和尹宗闵…》："春色堂堂辞我去,暑风咄咄逼人来。"宋吴则礼《次朱天球…》："平生王恭无长物,此事逼人殊咄咄。"宋曾几《秘省避暑…》："咄咄逼人牛马走,夜窗妨我枕书眠。"明胡俨《题子昂书…》："飘飘绝俗嵇中散,咄咄逼人王右军。"

咄石生　duō shí shēng
【分类】政治
【关键词】山涛
【释义】喻指对时政的忧虑。《晋书·山涛传》："山涛,字巨源。与石鉴共宿,涛夜起蹴鉴曰:'今为何等时而眠耶!知太傅卧何意邪?'鉴曰:'宰相三不朝,与尺一令归第,卿何虑也!'涛曰:'咄!石生无事马蹄间邪!'投传而去。未二年,果有曹爽之事,遂隐身不交世务。"
【例句】唐李白《送赵判官…》："巨源咄石生,何事马蹄间。"

夺锦袍　duó jǐn páo
【分类】文化
【关键词】宋之问
【释义】通过竞争取得作为奖品的锦袍,喻文才出众。《新唐书·宋之问传》："武后游洛南龙门,诏从臣赋诗,左史东方虬诗先成,后赐锦袍,之问俄顷献上,后览之嗟赏,更夺袍以赐。"
【例句】唐杜甫《崔驸马山…》："客醉挥金碗,诗成得绣袍。"唐陈陶《闲居寄太…》："无路青冥夺锦袍,耻随黄雀伴蓬蒿。"唐罗隐《秋日有酬》："分茅列土才三十,犹拟回头夺锦袍。"宋陆游《赠邢司甫》："割愁何处有并刀,倾座谁能夺锦袍。"

朵颐　duǒ yí
【分类】生活
【关键词】周易
【释义】鼓腮嚼食,亦指突鼓的腮颊。《周易·颐》："初九舍尔灵龟,观我朵颐,凶。"唐孔颖达疏："朵颐谓朵动之颐以嚼物,喻贪婪以求食也。"朵:鼓动腮颊嚼食东西。颐:腮。
【例句】唐柳宗元《游南亭夜…》："朵颐进芰实,擢手持蟹螯。"唐贾岛《颂德上贾…》："自顾此身无所立,恭谈祖德

朵颐开。"唐周繇《嘲段成式》："促坐疑辟呿,衔杯强朵颐。"宋杨亿《次韵和李…》："苦恨斋居方慎独,朵颐大嚼与谁同。"

堕泪碑　duò lèi bēi
【分类】政治
【关键词】羊祜
【释义】谓缅怀德政官吏之典,也形容吊古伤时的情形。《晋书·羊祜传》:羊祜(字叔子)镇襄阳。"开设庠序,绥怀远近,甚得江汉之心。""祜乐山水,每风景,必造岘山,置酒言咏,终日不倦。"羊祜死后,"襄阳百姓于岘山祜平生游憩之所建碑立庙,岁时飨祭焉。望其碑者莫不流涕,杜预因名为堕泪碑。"
【例句】唐李白《襄阳曲》："上有堕泪碑,青苔久磨灭。"唐李白《忆襄阳旧…》："空思羊叔子,堕泪岘山头。"唐熊孺登《题逍遥楼…》："逍遥楼上雕龙字,便是羊公堕泪碑。"五代徐钧《羊祜》："最是感人仁德厚,当时堕泪有遗碑。"

堕甑　duò zèng
【分类】文化
【关键词】孟敏
【释义】谓事已过去,后悔无益,含洒脱大度意。《后汉书·孟敏传》:"(孟敏)客居太原,荷甑堕地,不顾而去。林宗见而问其意。对曰:'甑以破矣,视之何益?'林宗以此异之,因劝令游学。十年知名,三公俱辟,并不屈云。"
【例句】宋刘攽《书怀》："失马未必悲,堕甑何足喟。"宋黄庭坚《和李才甫…》："万事转头同堕甑,一身随世作虚舟。"宋文天祥《己卯十月…》："万里山河真堕甑,一家妻子枉填沟。"宋李彭《宿侍其云…》："百年荣落真堕甑,一世称讥同死灰。"

E

阿堵物　ē dǔ wù
【分类】生态
【关键词】西晋王衍
【释义】钱的别称,含轻蔑。《世说新语·规箴》："王夷甫(王衍字)雅尚玄远,常嫉其妇贪浊,口未尝言钱字。妇欲试之,令婢以钱绕床不得行。夷甫晨起,见钱阁行,呼婢曰:'举却阿堵物!'"阿堵:六朝人口语,犹这,这个。
【例句】唐寒山《诗三百》："若无阿堵物,不啻冷如霜。"宋黄庭坚《和甫得竹…》："阿堵绝往还,此君是宾客。"宋张耒《和无咎》："爱酒苦无阿堵物,寻春奈有主人家。"宋周必大《寄题龙泉…》："润屋殊非阿堵物,传家自是宁馨儿。"

峨眉老　é méi lǎo
【分类】政治

【关键词】陆通
【释义】咏隐士之典。春秋时,隐士陆通住蜀地峨眉山数百年之久。《列仙传·陆通》:"陆通者,云楚狂接舆也,好养生…在蜀峨嵋山上,世世见之,历数百年去。"
【例句】唐杜甫《漫成》:"近识峨嵋老,知予懒是真。"宋胡仲弓《双髻山》:"眼前不见峨眉老,独有青山长少年。"宋洪刍《上墨工》:"峨眉老仙与推毂,谷量牛马斗量珠。"宋陆游《夏日》:"草芝方出峨眉老,力比金丹似更多。"

娥皇女英　é huáng nǚ yīng
【分类】政治
【关键词】舜
【释义】相传为尧帝两女,虞舜二妻。《列女传·有虞二妃》:"有虞二妃者,帝尧之二女也,长娥皇,次女英。"
【例句】唐魏炎《历山》:"济南田里多沮洳,娥皇女英汲井处。"唐卢仝《小妇吟》:"啼鸟休啼花莫笑,女英新喜得娥皇。"唐卢仝《秋梦行》:"娥皇不语启娇靥,女英目成转心悭。"宋周知微《观临淮双…》:"天空水阔江茫茫,想见女英与娥皇。"

鹅城　é chéng
【分类】生态
【关键词】惠州
【释义】地名,广东惠州的别称。《方舆胜览·惠州》:"'事要'门:'郡名:惠阳、罗浮、龙川、浮陵、鹅城。'"(旧经相传有古仙放木鹅,流而至于此,因建城,故至今亦称为鹅城、鹅岭。)
【例句】宋林俛《游罗浮》:"此日鹅城第一山,我来登览足清欢。"宋苏轼《和陶还旧居》:"鹅城亦何有,偶拾鹤毳遗。"宋唐庚《赠谭微之》:"今年讲学鹅城里,我西孔子杨伯起。"宋程洵《予甲戌岁…》:"鹅城勿作潜深计,雁塔行看高处题。"

鹅黄酒　é huáng jiǔ
【分类】生活
【关键词】酒
【释义】泛指好酒。唐杜甫《舟前小鹅儿》:"鹅儿黄似酒,对酒爱鹅黄。"
【例句】唐白居易《江南喜逢…》:"炉烟凝馥气,酒色注鹅黄。"宋苏轼《追和子由…》:"应倾半熟鹅黄酒,照见新晴水碧天。"宋苏轼《次荆公韵》:"深红浅紫从争发,雪白鹅黄也斗开。"宋陆游《拥炉》:"如倾潋滟鹅黄酒,似拥蒙茸狐白裘。"

鹅溪绢　é xī juàn
【分类】生活
【关键词】绢
【释义】指产于四川省盐亭县鹅溪的绢帛,唐代为贡品,宋人善书画者尤重之。《新唐书·地理志》:"陵州仁寿郡,本隆山郡,天宝元年更名。土贡:麸金、鹅溪绢、细葛。"
【例句】宋文同《句》:"拟将一段鹅溪绢,扫取寒梢万丈长。"宋苏轼《文与可有…》:"为爱鹅溪白茧光,扫残鸡距紫毫芒。"宋方蒙仲《采芹亭》:"岂无半幅鹅溪绢,貌取亭前一带山。"宋王之望《钟鼓山…》:"谁家一幅鹅溪绢,古画犹存水墨痕。"

鹅鸭长数　é yā zhǎng shù
【分类】文化
【关键词】曹元理
【释义】咏工于计算之典。《西京杂记》:"(曹)元理常从其友人陈汉。汉曰:'吾有二囷米忘其石数,子为计之。'…广汉为之取酒,鹿脯数片,元理复算,曰:'…千牛产二百犊,万鸡将五百雏。'羊豕鹅鸭,皆道其数。"
【例句】唐杜甫《舍弟占旧…》:"鹅鸭宜长数,柴荆莫浪开。"宋马之纯《长命洲》:"鹅鸭成群如市肆,鸡豚无数似屯营。"明陈谟《乙巳正月…》:"桑柘即抽萌,鹅鸭尚多数。"明李东阳《横塘春水》:"比邻鹅鸭应无数,近渚凫鹭亦有情。"

蛾绿　é lǜ
【分类】生活
【关键词】吴绛仙
【释义】古代妇女画眉用的青黑颜料,借指墨,亦借指女子的眉毛。《大业拾遗记》:"绛仙(吴绛仙,原殿脚女,后隋炀帝崆峒夫人)善画长蛾眉…由是殿脚女争效为长蛾眉。司宫吏日给螺子黛五斛,号为蛾绿。"
【例句】宋苏轼《次韵答舒…》:"时闻五斛赐蛾绿,不惜千金求獭髓。"宋姜夔《疏影》:"犹记深宫旧事,那人正睡里,飞近蛾绿。"宋范成大《子文见和…》:"翠眉何时真度曲,细意烦君画蛾绿。"宋卫宗武《过荻塘次韵》:"雨添柳色成蛾绿,春剩花香散麝脐。"

蛾眉　é méi
【分类】生活
【关键词】诗经
【释义】蚕蛾的触须,弯曲而细长,如人的眉毛,故以比喻女子长而美的眉毛。喻姿色美好或借指美女。源见"蝤首蛾眉"。
【例句】唐杨师道《阙题》:"燕赵蛾眉旧倾国,楚宫腰细本传名。"唐王适《江上有怀》:"洛阳闺阁夜何央,蛾眉婵娟断人肠。"唐刘方平《栖乌曲》:"蛾眉曼脸倾城国,鸣环动佩新相识。"聂绀弩《反省时作》:"经风止水蛾眉皱,隔牖疏星鬼眼瞪。"

蛾眉妒　é méi dù
【分类】政治
【关键词】楚辞
【释义】比喻小人嫉贤妒能、造谣毁谤。《楚辞补注·离骚》:"怨灵修之浩荡兮,终不察民心。众女嫉余之蛾眉兮,谣诼谓余以善淫。"
【例句】唐李白《效古》:"蛾眉不可妒,况乃效其颦。"唐李白《玉壶吟》:"君王虽爱蛾眉好,无奈宫中妒杀人。"唐韩偓

《宫柳》：“莫道秋来芳意违,宫娃犹似妒蛾眉。”唐戴叔伦《宫词》：“贞心一任蛾眉妒,买赋何须问马卿。”

蛾眉伐性　é méi fá xìng
【分类】生活
【关键词】吕氏春秋
【释义】谓女色危害身心。源见"伐性之斧"。
【例句】宋辛弃疾《满江红》："马革裹尸当自誓,蛾眉伐性休重说。"宋汪藻《嘲人买妾…》："封侯燕颔何妨瘦,伐性蛾眉却怕擎。"宋李洪《周尧夫示…》："伐性蛾眉贾祸长,何如铅鼎养中央。"清陆奎勋《挽沈南疑》："蛾眉未信能伐性,风骚何必例坐穷。"

蛾眉皓齿　é méi hào chǐ
【分类】生活
【关键词】司马相如
【释义】修长的眉毛,洁白的牙齿,多用来形容女子美貌。汉司马相如《美人赋》："有一女子,云发丰艳,蛾眉皓齿,颜盛色茂。"
【例句】唐杨师道《阙题》："燕赵蛾眉旧倾国,楚宫腰细本传名。"唐刘方平《京兆眉》："新作蛾眉样,谁将月里同。"唐李白《西施》："皓齿信难开,沉吟碧云间。"唐杜甫《城西陂泛舟》："青蛾皓齿在楼船,横笛短箫悲远天。"宋刘筠《夏日吟》："蛾眉皓齿发清歌,洒酒筠枝集蝇蚋。"宋张耒《连昌宫》："蛾眉皓齿终黄土,谁道仙宫有使还。"

额黄　é huáng
【分类】生活
【关键词】李商隐
【释义】也称花黄,一种古代中国妇女的美容妆饰,因以黄色颜料染画或粘贴于额间而得名。唐李商隐《蝶》："寿阳公主嫁时妆,八字宫眉捧额黄。"
【例句】唐皮日休《木兰后池…》："半垂金粉知何似,静婉临溪照额黄。"唐温庭筠《照影曲》："黄印额山轻为尘,翠鳞红樨俱含频。"唐崔液《踏歌词》："鸳鸯裁锦袖,翡翠贴花黄。"宋王安石《次韵徐仲…》："额黄映日明飞燕,肌粉含风冷太真。"

额妆　é zhuāng
【分类】生活
【关键词】寿阳公主
【释义】指古代女子华贵艳美的面妆。源见"梅花妆"。
【例句】宋李鷹《晓至长湖…》："黄茆野店人争看,篱上红眉粉额妆。"宋王之道《腊梅和次…》："一枝横亚竹梢黄,宫样新翻半额妆。"宋李龙高《宫梅》："见说额妆人去后,低头无语懒春妍。"宋刘学箕《和林处士…》："飞添宫额妆同艳,斜插鬓云香共留。"

恶舌驷难追　è shé sì nán zhuī
【分类】政治
【关键词】子贡
【释义】咏警惕错话之典。《论语·颜渊》："棘子成曰:'君子质而已矣,何以文为？'子贡曰:'惜乎,夫子之说君子也！驷不及舌。'"《说苑·谈丛》："口者关也,舌者机也,出言不当,四马不能追也。"
【例句】唐孟迟《寄浙右旧…》："由来恶舌驷难追,自古无媒谤所归。"宋王迈《呈赵倅》："鄹欲当车观者笑,驷难及舌罪焉逃。"宋刘克庄《读阮籍传》："言出勿令圭有玷,舌扪不及驷难追。"清陈廷敬《蛟门见和…》："驷不及吾舌,遂为添足蛇。"

恶诗　è shī
【分类】生活
【关键词】崔叔清
【释义】拙劣或猥贱的诗,用以谦称自己的诗作。唐李肇《国史补》："杜太保在淮南,进崔叔清诗百篇。德宗谓使者曰:'此恶诗,焉用进！'时呼为'准敕恶诗'。"
【例句】唐白居易《想归田园》："千首恶诗吟过日,一壶好酒醉销春。"唐徐夤《自咏十韵》："拙赋偏闻镌印卖,恶诗亲见画图呈。"宋谢逸《送狄康议》："小人琐琐不足录,恶诗蒙公三过读。"聂绀弩《慎之来函…》："天下恶诗岂少哉,学诗亦反被诗乱。"

鄂君　è jūn
【分类】生活
【关键词】鄂君子皙
【释义】鄂君子皙美姿容,为美男子的通称。源见"鄂君被"。
【例句】唐韩翃《送客知鄂州》："春风落日谁相见,青翰舟中有鄂君。"唐李商隐《碧城》："鄂君怅望舟中夜,绣被焚香独自眠。"唐李商隐《牡丹》："锦帏初卷卫夫人,绣被犹堆越鄂君。"唐温庭筠《博山》："博山香重欲成云,锦段机丝妒鄂君。"

鄂君被　è jūn bèi
【分类】生活
【关键词】鄂君子皙
【释义】歌咏男女欢爱之典。《说苑·善说》："君独不闻夫鄂君子皙之汎舟于新波之中也？""于是鄂君子皙乃揄脩袂,行而拥之,举绣被而覆之。鄂君子皙,亲楚王母弟也。官为令尹,爵为执圭,一榜枻越人犹得交欢尽意焉。"春秋楚王母弟鄂君子皙乘舟,操舟越女以歌声表达对其爱慕之情。鄂君举绣被覆盖越女得以交欢尽意。
【例句】唐李商隐《碧城》："鄂君怅望舟中夜,绣被焚香独自眠。"唐李商隐《念远》："床空鄂君被,杵冷女嬰砧。"唐陆龟蒙《自遣诗》："越人但爱风流客,绣被何须属鄂君。"宋钱惟演《无题》："鄂君绣被朝犹掩,荀令薰炉冷自香。"

鄂君船　è jūn chuán
【分类】生活
【关键词】鄂君子皙
【释义】咏泛舟游乐之典。源见"鄂君被"。

【例句】唐司空曙《送严使君…》："青春明月夜,知上鄂君船。"唐陆龟蒙《伤越》："早晚山川尽如故,清吟闲上鄂君船。"唐陆龟蒙《送浙东德…》："王谢遗踪玉籍仙,三年闲上鄂君船。"元丁鹤年《武馀清乐…》："深造烟霞灵运屐,浩歌风月鄂君船。"

谔谔以昌　è è yǐ chāng
【分类】政治
【关键词】商鞅
【释义】谔谔：直言争辩的样子。勇于直言争辩,就会兴旺昌盛。指一个国家提倡直言争辩,事业就会兴盛。《史记·商君列传》："千人之诺诺,不如一士只谔谔。武王谔谔以昌,殷纣墨墨以亡。"
【例句】唐韦庄《和郑拾遗…》："谔谔宁惭直,堂堂不谢张。"唐刘禹锡《浙西李大…》："禁中时谔谔,天下免切切。"唐周昙《春秋战国门》："谔谔能昌唯唯亡,亦由匡正得贤良。"宋宋庠《赠兵部尚…》："伟望岩岩峻,忠言谔谔昌。"

萼绿华　è lǜ huá
【分类】文化
【关键词】萼绿华
【释义】传说中的女仙,喻美女,也比喻绿色萼片的梅花。《太平广记·萼绿华》："萼绿华者,女仙也。年可二十许,上下青衣,颜色绝整。以晋穆帝升平三年己未十一月十日夜降于羊权家。…与权尸解药,今在湘东山,此女已九百岁矣。"
【例句】唐李商隐《重过圣女祠》："萼绿华来无定所,杜兰香去未移时。"唐白居易《霓裳羽衣歌》："上元点鬟招萼绿,王母挥袂别飞琼。"唐来鹏《水仙花》："瑶池来宴老金家,醉倒风流萼绿华。"宋周紫芝《次韵季共…》："谁从玉阙蓬莱殿,吹下仙人萼绿华。"

儿家　ér jiā
【分类】生活
【关键词】寒山
【释义】古代青年女子的自称,或对其家的自称,犹言我家。唐寒山《诗》："何须久相弄,儿家夫婿知。"
【例句】唐丁仙芝《江南曲》："长干斜路北,近浦是儿家。"唐崔颢《代闺人答…》："儿家夫婿多轻薄,借客探丸重然诺。"宋马子严《鹧鸪天》："儿家闭户藏春色,戏蝶游蜂不敢狂。"宋王安石《拟寒山拾…》："乐哉贫儿家,无事役心肝。"

儿女灯前　ér nǚ dēng qián
【分类】生活
【关键词】黄庭坚
【释义】描绘家人团聚时的情景。宋黄庭坚《寄上叔父…》："弓刀陌上望行色,儿女灯前语夜深。"
【例句】宋谢景初《句》："倒著衣裳迎户外,尽呼儿女拜灯前。"宋陆游《秋雨》："谢尽浮名更无事,灯前儿女话团栾。"宋范成大《冬至晚起…》："新衣儿女闹灯前,梦里庄周正栩然。"

尔汝　ěr rǔ
【分类】生活
【关键词】祢衡
【释义】形容相交亲近,以尔、汝相称。《世说新语·言语》刘孝标注引《文士传》："祢衡有逸才,与孔融为尔汝交。"
【例句】唐杜甫《醉时歌》："忘形到尔汝,痛饮真吾师。"唐李端《杂歌》："常闻善交无尔汝,谗口甚甘良药苦。"唐韩愈《听颖师弹琴》："昵昵儿女语,恩怨相尔汝。"唐唐彦谦《游南明山》："兴来较胜负,醉后忘尔汝。"宋方岳《书楼考甫…》："儿曹但赏琼瑶句,持与梅花相尔汝。"

耳目　ěr mù
【分类】政治
【关键词】尚书
【释义】指可以充当耳目者,比喻辅佐或亲信之人。《尚书·益稷》："帝曰:'臣作朕股肱耳目。'"唐孔颖达疏："君为元首,臣为股肱耳目,大体一身也。"
【例句】唐刘叉《雪车》："天子端然少旁求,股肱耳目皆奸悲。"唐许浑《中秋夕寄…》："刁斗严更军耳目,戈鋋长控国咽喉。"唐高适《奉酬睢阳…》："穷巷轩车静,闲斋耳目愁。"唐储光羲《贻刘高士别》："耳目旷暄凉,怀抱盈悲怆。"唐颜真卿《奉和颜使…》："境新耳目换,物远风烟异。"

耳顺之年　ěr shùn zhī nián
【分类】生活
【关键词】论语
【释义】六十岁的代称。源见"三十而立"。
【例句】唐白居易《耳顺吟寄…》："敦诗梦得且相劝,不用嫌他耳顺年。"唐刘禹锡《和乐天耳…》："吟君新什慰蹉跎,屈指同登耳顺科。"唐徐夤《新屋》："耳顺何为土木勤,叔孙墙屋有前闻。"宋释宗振《书壁》："住在千峰最上层,年将耳顺任腾腾。"

耳虚闻蚁　ěr xū wén yǐ
【分类】生活
【关键词】殷仲堪
【释义】指身体虚弱、神志恍惚。源见"蚁动牛斗"。
【例句】宋苏轼《次韵朱光…》："陶然一枕谁呼觉,牛蚁新除病后聪。"宋苏轼《次韵乐著…》："眼晕见花真是病,耳虚闻蚁定非聪。"宋释德洪《赠僧》："忧患撼床闻蚁斗,功名殷鬓作蚊声。"宋林泳《杂述》："病中闻蚁斗,悟处喜驴鸣。"

耳属垣　ěr zhǔ yuán
【分类】政治
【关键词】诗经
【释义】以耳附墙,窃听人言,为被谗言陷害之典。《诗经·小雅·小弁》："君子无易由言,耳属于垣。"汉郑玄曰:

"由,用也。王无轻用逸人之言,人将有属耳于壁而听之者,知王有所受之,知王心不正也。"

【例句】唐李商隐《哭遂州萧…》:"徒欲心存阙,终遭耳属垣。"宋杨亿《郡中即事…》:"逢人未免腰如磬,议政常防耳属垣。"元陈樵《劝兄弟》:"友爱言无间,从教耳属垣。"明袁宏道《擦耳岩》:"过客时时耳属垣,倚天翠壁亦何言。"

珥笔　ěr bǐ

【分类】政治
【关键词】曹植
【释义】借指侍从近臣。古时官吏、谏官入朝,或近臣侍从,把笔插在帽子上,以便随时记录、撰述。三国魏曹植《求通亲亲表》:"安宅京室,执鞭珥笔,出从华盖,入侍辇毂。"唐李善注:"珥笔,戴笔也。"
【例句】唐羊士谔《郡中端居…》:"珥笔金华殿,三朝玉玺书。"唐沈传师《次潭州酬…》:"含香珥笔皆眷旧,谦抑自忘台省尊。"宋苏轼《台头寺雨》:"珥笔西归入紫宸,太平典册不缘麟。"宋张舜民《送郑平叔…》:"青衫白发经忧患,珥笔含香最岁寒。"

二并四具　èr bìng sì jù

【分类】生活
【关键词】王勃
【释义】咏人间最难得的称心事。"二并"指贤主、嘉宾;"四具"是良辰、美景、赏心、乐事。南北朝宋谢灵运《拟魏太子邺中集诗八首并序》:"朝游夕宴,究欢愉之极。天下良辰美景,赏心乐事,四者难并。今昆弟友朋,二三诸彦,共尽之矣。"唐王勃《滕王阁诗序》:"四美具,二难并。"
【例句】宋张榘《贺新凉》:"倒挽峡流归笔底,衮衮二并四具。"清许传霈《棣笙学博…》:"二铭堂前心独铭,行文忠信四具美。"

二分明月　èr fēn míng yuè

【分类】生态
【关键词】徐凝
【释义】特指扬州的繁华景象,后形容美好的风光。唐徐凝《忆扬州》:"天下三分明月夜,二分无赖是扬州。"
【例句】宋赵以夫《扬州慢》:"十里春风,二分明月,蕊仙飞下琼楼。"宋释行海《梅》:"二分明月是扬州,况有春风在树头。"元成廷圭《别茅府判》:"二分明月杯中泻,九朵春云笔下生。"明钱谦益《寄题广陵…》:"十里珠帘丛腐草,二分明月冷烟花。"

二郎作相　èr láng zuò xiāng

【分类】政治
【关键词】王祐
【释义】咏子侄作相的典故。《邵氏闻见录》载:宋王祐事太祖为知制诰,太祖遣使魏州,许以使还为相。及还而未果,祐笑谓亲宾曰:"某不做,儿子二郎必做。"二郎,其仲子旦,后果为真宗相。

【例句】宋刘克庄《水龙吟》:"小儿破贼,二郎作相,有何奇特?"

二梁冠　èr liáng guān

【分类】政治
【关键词】后汉书
【释义】代称朝官之典。《后汉书·舆服志下》:"进贤冠,古缁布冠也,文儒者之服也。…公侯三梁,中二千石以下至博士两梁,自博士以下至小吏私学弟子,皆一梁。宗室刘氏亦两梁冠,示加服也。"
【例句】唐皮日休《箬笠》:"纵带二梁冠,终身不忘尔。"清弘历《渔笠》:"还嗤彼逸少,竟著二梁冠。"

二林　èr lín

【分类】文化
【关键词】慧远
【释义】庐山东林寺、西林寺的合称。《大正新修大藏经》:"时有沙门慧永,居在西林,与远同门旧好,遂要远同止。永谓刺史桓伊曰…桓乃为远复于山东更立房殿,即东林是也。"
【例句】唐白居易《春游二林寺》:"下马二林寺,翛然进轻策。"唐郑谷《题兴善寺》:"寺在帝城阴,清虚胜二林。"唐曹松《送僧入庐山》:"若到江州二林寺,遍身应未出云霞。"五代贯休《上卢使君》:"一别旌旗已一年,二林真子劝安禅。"

二陆　èr lù

【分类】生活
【关键词】陆机
【释义】称美兄弟并秀之典。《晋书·陆云列传》:"云字士龙,六岁能属文,性清正,有才理。少与兄机齐名,虽文章不及机,而持论过之,号曰'二陆'。"
【例句】唐李群玉《送处士自…》:"二陆文庭秀,岩峣怀所钦。"唐高适《酬裴员外…》:"兄弟真二陆,声名连大裴。"唐刘长卿《客舍赠别…》:"香名冠二陆,精鉴逢山涛。"宋王禹偁《送杨屯田…》:"入洛才名齐二陆,有唐门户本三杨。"

二毛　èr máo

【分类】生活
【关键词】左传
【释义】鬓发有黑白两种颜色,喻年老。《左传·僖公二十二年》:"君子不重伤,不擒二毛。"晋杜预注:"二毛,头白有二色。"
【例句】唐杜甫《送贾阁老…》:"人生五马贵,莫受二毛侵。"唐岑参《太白东溪…》:"远近知百岁,子孙皆二毛。"唐刘禹锡《武陵书怀…》:"三秀悲中散,二毛伤虎贲。"聂绀弩《杂诗》:"美人四座周三匝,秋水千波窘二毛。"

二南　èr nán

【分类】政治

【关键词】诗经

【释义】指《诗经》中的《周南》和《召南》，喻风化之典。《晋书·乐志上》："周始二《南》，《风》兼六代。"唐孔颖达疏曰："周南、召南二十五篇之诗，皆是正其初始之大道，王业风化之基本也。"

【例句】唐刘禹锡《赴苏州酬…》："二南风化承遗爱，八咏声名躡后尘。"唐刘禹锡《酬令狐留…》："巡内因经九重苑，裁诗又继二南风。"唐齐己《谢高辇先…》："二南风雅道，从此化东周。"唐杜荀鹤《读张仆射诗》："双美总输张太守，二南章句六钧弓。"

二千石　　èr qiān dàn

【分类】政治

【关键词】郡守

【释义】汉官秩，又为郡守（太守）的通称。《汉书·百官公卿表上》："自司隶至虎贲校尉，秩皆二千石。""郡守…秩二千石。""郡尉…秩比二千石。"

【例句】唐卢照邻《行路难》："自昔公卿二千石，咸拟荣华一万年。"唐高适《同河南李…》："今年复拜二千石，盛夏五月西南行。"唐杜甫《寄裴施州》："尧有四岳明至理，汉二千石真分忧。"唐白居易《咏怀》："昔为凤阁郎，今为二千石。"

二顷季子田　　èr qǐng jì zǐ tián

【分类】政治

【关键词】苏秦

【释义】季子：指苏秦。喻称赖以谋生的田产。《史记·苏秦列传》："苏秦喟然叹曰：'此一人之身，富贵则亲戚畏惧之，贫贱则轻易之，况众人乎！且使我有雒阳负郭田二顷，吾岂能佩六国相印乎！'"

【例句】唐权德舆《拜昭陵过…》："二顷季子田，岁晏常自足。"宋杨时《感怀寄乡友》："朱公漫有千金璧，季子初无二顷田。"元胡宽《九日牟成…》："二顷难求季子田，一区粗卜扬雄宅。"明王汝玉《湖西别业》："豫章城外楚江边，旧业犹存季子田。"

二三子　　èr sān zǐ

【分类】政治

【关键词】论语

【释义】犹言诸君；几个人。《论语·八佾》："二三子何患于丧乎？天下之无道也久矣，天将以夫子为木铎。"

【例句】唐孟浩然《洗然弟竹亭》："吾与二三子，平生结交深。"唐韩愈《山石》："嗟哉吾党二三子，安得至老不更归。"唐白居易《和皇甫郎…》："逍遥二三子，永愿为闲伴。"宋梅尧臣《春日游龙…》："还邀二三子，共到酾龙游。"

二十四考中书　　èr shí sì kǎo zhōng shū

【分类】政治

【关键词】郭子仪

【释义】指郭子仪。为称颂秉政大臣位高任久的典故。《新唐书·郭子仪传》："代宗不名，呼为大臣。以身为天下安危者二十年，校中书令考二十有四。"

【例句】宋苏轼《闻林夫当…》："能与冷泉作主一百日，不用二十四考书中书。"宋赵鼎《阅陶集偶…》："二十四考中书令，端委庙堂挥不去。"宋陆游《闲中自咏》："二十四考中书令，不换先生半日闲。"宋吴芾《吕丞相生日》："但愿我公如汾阳，二十四考中书堂。"

二十四老翁　　èr shí sì lǎo wēng

【分类】政治

【关键词】宓子贱

【释义】喻长者，或为咏宓氏善治之典。《孔子家语·辩政》："孔子谓宓子贱曰：'子治单父，众悦，子何施而得之也？'…（子贱）曰：'不齐（宓子贱名）所父事者三人，所兄事者五人，所友视者十一人。''此地有民贤于不齐者五人，不齐事之而禀度焉。皆教不齐所以治人之道。'"

【例句】唐高适《观李九少…》："宾从何逶迤，二十四老翁。"

二十四桥　　èr shí sì qiáo

【分类】生态

【关键词】扬州

【释义】咏扬州风景之典。《梦溪笔谈·补笔谈续笔谈校证》："扬州在唐时最为富盛。旧城南北十五里一百一十步，东西七里三十步，可纪者有二十四桥。"

【例句】唐杜牧《寄扬州韩…》："二十四桥明月夜，玉人何处教吹箫。"唐韦庄《过扬州》："二十四桥空寂寂，绿杨摧折旧官河。"宋丘崇《吊琼花》："玉魂不返东风老，二十四桥明月寒。"宋欧阳修《西湖戏作…》："都将二十四桥月，换得西湖十顷秋。"

二十四友　　èr shí sì yǒu

【分类】政治

【关键词】石崇

【释义】喻指以文才屈事权臣的团体。《晋书·刘琨传》："时征虏将军石崇河南金谷涧中有别庐，冠绝时辈，引致宾客，日以赋诗…秘书监贾谧参管朝政，京师人士无不倾心。石崇…陆云之徒，并以文才降节事谧，琨兄弟亦在其间，号曰'二十四友'。"

【例句】唐李玖《四丈夫同赋》："珍重昔年金谷友，共来泉际话幽魂。"唐韦应物《金谷园歌》："嗣世衰微谁肯忧，二十四友日日空追游。"唐许浑《金谷园》："二十四友一朝尽，爱妾坠楼何足言。"唐牛殳《琵琶行》："当时二十四友人，手把金杯听不足。"明李东阳《晋之东》："西晋盛，南风竞，二十四友皆为佞。"

二十五老　　èr shí wǔ lǎo

【分类】政治

【关键词】介子推

【释义】咏尊重贤者、知人善任之典。《说苑·尊贤》："介子推行年十五而相荆，仲尼闻之，使人往观，还曰：'廊下有二十五俊士，堂上有二十五老人。'"

【例句】唐李白《赠潘侍御…》:"虽无二十五老者,且有一翁钱少阳。"唐吴筠《游仙》:"八威先启行,五老同我游。"宋释胜《颂古》:"披襄侧笠千峰上,引水浇蔬五老前。"明张宁《席间答景…》:"二十五老不常好,三百六旬如掷梭。"

二十五弦　èr shí wǔ xián

【分类】生活

【关键词】素女

【释义】由二十五根弦组成的一种琴瑟,亦借指清怨悲怆的乐曲。源见"五十弦"。

【例句】唐钱起《归雁》:"二十五弦弹夜月,不胜清怨却飞来。"唐赵嘏《宿长水主人》:"行人一宿翠微月,二十五弦声满风。"宋姜夔《戊午春帖子》:"二十五弦人不识,淡黄杨柳舞春风。"元吴镇《画竹》:"夜深梦绕湘江曲,二十五弦秋月明。"

二疏辞官　èr shū cí guān

【分类】政治

【关键词】疏广

【释义】喻叔侄并贤,又咏功成身退。《汉书·疏广传》:"因进见,太傅在前,少傅在后。父子并为师傅,朝廷以为荣…广谓受曰:'吾闻"知足不辱,知止不殆","功遂身退,天之道"也。'"

【例句】唐王贞《白洛阳道》:"贤哉只二疏,东门挂冠去。"唐白居易《闲卧有所思》:"大抵吉凶多自致,李斯一去二疏回。"唐李岩《送贺秘监》:"登朝四皓客,辞老二疏归。"唐蒋防《题杜宾客…》:"退迹依三径,辞荣继二疏。"

二肆歌钟　èr sì gē zhōng

【分类】生活

【关键词】左传

【释义】两架编钟,喻指盛大的歌乐场面。《左传·襄公十一年》:"郑人赂晋侯以师悝、师触…凡兵车百乘,歌钟二肆,及其铺磬,女乐二八。"晋杜预注:"肆,列也。其钟十六为一肆。二肆,三十二枚。"

【例句】唐长孙正隐《晦日宴高…》:"歌钟虽戚里,林薮是山家。"唐韩仲宣《上元夜效…》:"歌钟盛北里,车马沸南邻。"唐白居易《钟陵饯送》:"翠幕红筵高在云,歌钟一曲万家闻。"唐沈佺期《邙山》:"城中日夕歌钟起,山上唯闻松柏声。"

二宋　èr sòng

【分类】文化

【关键词】宋祁

【释义】指宋朝宋庠与弟宋祁,俱以文学名闻天下。《归田录》:"宋郑公初名郊,字伯庠,与其弟宋庠布衣时名动天下,号为'二宋'。"

【例句】宋苏轼《密州宋国…》:"吾观二宋文,字字照缣素。"宋徐常《句》:"词赋切宜师二宋,文章须是学三苏。"宋文天祥《次鹿鸣宴诗》:"二宋高科犹易事,两苏清节乃真荣。"宋刘克庄《居厚表弟示》:"浪云史学三刘后,敢道诗名二宋间。"

二桃杀三士　èr táo shā sān shì

【分类】政治

【关键词】晏婴

【释义】比喻施用阴谋杀人。《晏子春秋》载:春秋时,公孙接、田开疆、古冶子三人臣事齐景公,均以勇力闻。齐相晏婴谋去之,请齐景公以二桃赐予三人,论功而食,结果三人弃桃而自杀。

【例句】唐李白《惧谗》:"二桃杀三士,讵假剑如霜?"唐卢象《追凉历下…》:"闲荫七贤地,醉餐三士桃。"宋李彭《再次阿敌…》:"二桃杀三士,累累荡阴坟。"元杨维桢《梁父吟》:"齐国杀三士,杵臼不能雄。"元贡师泰《上京大宴…》:"拜命荣三锡,论功耻二桃。"

二天　èr tiān

【分类】政治

【关键词】苏章

【释义】喻官吏不徇私情,秉公办事。汉赵岐《三辅决录》:"苏章(字孺文)为冀州刺史,行部。有故人为清河太守,(苏章)按得其好货(贪财),乃请太守,设酒,接以温颜。太守喜曰:'人各有一天,我独有二天(言有苏刺史庇护)。'章曰:'今日苏孺文与故人欢饮,私恩也;明日冀州刺史白奏事,公法也。'遂举正其罪。"

【例句】唐方干《献浙东王…》:"四方皆是分忧寄,独有东南戴二天。"唐杜甫《江亭王闲…》:"二天开宠饮,五马灿生光。"唐刘商《送庐州贾…》:"二天移外府,三命佐元勋。"五代贯休《东阳罹乱…》:"须发坐成三载雪,黎氓空负二天恩。"唐黄滔《贺清源仆…》:"二天在顶家家咏,丹凤衔书岁岁来。"

二童一马　èr tóng yī mǎ

【分类】生活

【关键词】诸葛靓

【释义】指少年时代的好友。源见"竹马之好"。

【例句】宋陆游《游近山》:"乱山孤店雁声晚,一马二童溪路秋。"宋廖行之《西郊即事》:"晓行出日归流萤,二童一马尘蒙缨。"宋魏了翁《次商李参…》:"一马二童吾计决,山中花竹总麋幢。"元范梈《寄上甘肃…》:"二童一马临荒镇,百感千忧倚上天。"

二谢　èr xiè

【分类】文化

【关键词】谢灵运

【释义】指南朝宋谢灵运与南朝齐谢朓,二人是山水诗的代表人物。《宋书·谢灵运传》:"郡有名山水,灵运素所爱好…所至辄为诗咏。"《南齐书·谢朓列传》:"朓善草隶,长五言诗,沈约常云:'二百年来无此诗也'。"

【例句】唐杜甫《解闷》:"孰知二谢将能事,颇学阴何苦用心。"宋梅尧臣《依韵和诚…》:"几年三致千金富,今日重追二谢风。"宋郭祥正《游道林寺…》:"况陪使者共游览,二谢弟昆真友于。"宋王十朋《主簿程同…》："高唱犹嫌二谢乎,偏师能破五言城。"

二许　èr xǔ
【分类】文化
【关键词】道许映
【释义】指东晋精通道家学说的许映许穆父子。南朝梁陶弘景《许长史旧馆坛碑》："昔在西汉,三茅来宾;爰暨东晋,二许怀真。"
【例句】唐皮日休《送董少卿…》："名卿风度足枸斜,一阿闲寻二许家。"宋刘挚《送子容》："文人家世积清芬,二许遗风见子孙。"宋苏轼《次韵赵景…》："吾家有二许,下笔两不休。"宋敖陶孙《再用晨吐…》："坐令府西门,平舆说二许。"

二阳　èr yáng
【分类】生活
【关键词】礼记
【释义】指《易》卦中二个阳爻,表示依次生发的两个阶段的阳气,喻时运旺盛。《礼记·月令》："以十一月一阳生,十二月二阳生。"
【例句】宋王十朋《知宗生日》："天工未放二阳生,留得尧阶一荚蓂。"宋魏了翁《遂宁家知…》："二阳引类临爻长,三寿为朋泰茹连。"宋魏了翁《潼川路施…》："三寿作朋刚已复,二阳初动卦为临。"明湛若水《寿丰城王…》："阳生腊后启寿筵,二阳三阳生相续。"

二仪　èr yí
【分类】政治
【关键词】曹植
【释义】指天和地。三国魏曹植《惟汉行》："太极定二仪,清浊始以行。"
【例句】唐李世民《咏司马彪…》："二仪初创象,三才乃分位。"唐李咸用《物情》："谁分万类二仪间,禀性高卑各自然。"宋赵昪《逍遥咏》："混沌分来皆是道,二仪交感八方亲。"宋韩琦《次韵答渭…》："欲求褒贬明千古,直把穷通托二仪。"

贰车　èr chē
【分类】政治
【关键词】礼记
【释义】古代天子诸侯用于征战、田猎的副车,喻指副职。《礼记·少仪》："乘贰车则式,佐车则否。"汉郑玄注："贰车、佐车,皆副车也。朝祀之副曰贰,戎猎之副曰佐。"
【例句】宋王禹偁《弊帷诗》："贰车谩道貂冠贵,从此徒奉一麾。"宋文彦博《自济源回…》："因寻山下游三日,惟恨樽前欠贰车。"宋王炎《送魏倅》："赖有贤贰车,一心同抚循。"宋范成大《送吴元茂…》："玉笋翻乘县佐车,飘然不肯待新除。"宋朱熹《送刘甸甫…》："池阳实大藩,佐车屈时英。"

贰师　èr shī
【分类】政治
【关键词】李广利
【释义】贰师城,在今吉尔吉斯坦共和国的奥什,亦指汉贰师将军李广利。《汉书·张骞李广利传·李广利》："发属国六千骑及郡国恶少年数万人以往,期至贰师城取善马,故号'贰师将军。'"
【例句】唐李华《奉使朔方》："绝塞临光禄,孤营佐贰师。"唐王维《燕支行》："卫霍才堪一骑将,朝廷不数贰师功。"唐钱起《送鲍中丞…》："宠兼三独任,威肃贰师营。"唐岑参《凯歌》："天子预开麟阁待,只今谁数贰师功。"

F

发轫　fā rèn
【分类】生活
【关键词】楚辞
【释义】拿掉支住车轮的木头,使车前进,借指出发,起程。《楚辞补注·离骚》："朝发轫于苍梧兮,夕余至乎县圃。"朱熹集注："轫,搘车木也,将行则发之。"
【例句】唐杜甫《昔游》："余时游名山,发轫在远壑。"宋孙应时《醉中五言》："抡才终远器,发轫更良图。"宋晁补之《次韵信守…》："闾阎自应行发轫,珊瑚终未拂垂竿。"宋晁补之《鲁直复以…》："黄侯发轫日千里,天育收驹自汧渭。"

发硎新试　fā xíng xīn shì
【分类】政治
【关键词】庄子
【释义】发硎:刀刚用磨刀石磨好。喻指初露锋芒。《庄子·养生主》："今臣之刀十九年矣,所解数千牛矣,而刀刃若新发于硎。"
【例句】唐杜牧《分司东都》："雅韵凭开匣,雄铓待发硎。"唐杜甫《秦州见敕…》："掘剑知埋狱,提刀见发硎。"唐独孤及《送豁州王…》："盘根傥相值,试用发硎刀。"唐窦庠《酬韩愈侍…》："雅论冰生水,雄材刃发硎。"

伐树　fá shù
【分类】政治
【关键词】孔子
【释义】居心险恶加害于人之典。《史记·孔子世家》："孔子去曹适宋,与弟子习礼大树下。宋司马桓魋欲杀孔子,拔其树。孔子去。弟子曰:'可以速矣!'孔子曰:'天生德于予,桓魋其如予何!'"
【例句】唐高适《宋中》："众人不可向,伐树将如何。"宋王禹称《甘棠即事…》："甘棠风雅美贤臣,伐树凄凄亦圣人。"

宋刘敞《寄阮二举…》:"我昔居宋都,潜有伐树忧。"宋陈天麟《用梁漕韵》:"伐树惊遭宋,闻韶喜在齐。"

伐邢 fá xíng
【分类】政治
【关键词】雨
【释义】咏求雨之典。《左传·僖公十九年》:"秋,卫人伐邢,以报菟圃之役。于是卫大旱,卜有事于山川,不吉。宁庄子曰:'昔周饥,克殷而年丰。今邢方无道,诸侯无伯,天其或者欲使卫讨邢乎?'从之,师兴而雨。"
【例句】唐韦庄《耒阳县浮…》:"为霖自可成农岁,何用兴师远伐邢。"唐苏味道《单于川对雨》:"伐邢知有属,已见静边尘。"宋陈文蔚《和叶仲洽…》:"请看麟史书伐邢,一日兴师当问罪。"

伐性之斧 fá xìng zhī fǔ
【分类】生活
【关键词】吕氏春秋
【释义】喻指危害身心的事物。《吕氏春秋·孟春》:"靡曼皓齿,郑卫之音,务以自乐,命之曰伐性之斧。"汉枚乘《七发》:"皓齿蛾眉,命曰伐性之斧。"言女色及淫靡的音乐,便会成为伤害性命的利斧。
【例句】宋陈棣《李倅生辰》:"能捐伐性婵娟斧,不必櫟枝母养和。"宋谢邁《吴民载弃…》:"此身聚沫无坚强,斧工伐性药腐肠。"明陈恭尹《徐星汉燕…》:"伐性诚知斧,医心不任锟。"清孙元衡《赠隐士》:"伐性已知逃斧凿,澡身原不藉沧浪。"

罚锾 fá huán
【分类】政治
【关键词】尚书
【释义】罚金,古代赎罪,用锾计算。《尚书·吕刑》:"墨辟疑,赦,其罚百锾。"汉孔安国《传》:"六两曰锾。"
【例句】唐柳宗元《酬韶州裴…》:"圣理高悬象,爱书降罚锾。"宋刘敞《答郑秘丞…》:"南金不足偿棋进,鲁酒频闻输罚锾。"清弘历《笑题》:"墨辟由来列罚锾,素餐合罪厥官鳏。"清洪缵《见台湾保…》:"秦法每甘骈戮尽,苗刑又见罚锾来。"

法宫 fǎ gōng
【分类】政治
【关键词】晁错
【释义】宫室的正殿,古代帝王处理政事之处。《汉书·晁错传》:"故自亲制,处于法宫之中,明堂之上。"唐颜师古注引如淳曰:"法宫,路寝正殿也。"
【例句】唐权德舆《送崔谕德…》:"天子坐法宫,诏书下江东。"唐李商隐《韩碑》:"誓将上雪列圣耻,坐法宫中朝四夷。"宋汪莘《瑞粟歌》:"嘉定圣人坐法宫,声色不迩心在农。"元柳贯《送马伯庸…》:"当今至尊御疆宇,坐朝法宫受图籍。"

法筵 fǎ yán
【分类】文化
【关键词】佛
【释义】佛教语,指讲经说法者的座席,引申指讲说佛法的集会。《大正新修大藏经》:"开堂日,维那白槌曰:'法筵龙象众,当观第一义。'"
【例句】唐张九龄《冬中至玉…》:"石壁开精舍,金光照法筵。"唐孟浩然《陪李侍御…》:"出处虽云异,同欢在法筵。"唐广宣《再入道场…》:"行随车辇登仙路,坐近炉烟讲法筵。"宋卫宗武《为湖州赵…》:"法筵乃见龙象尊,天池且作鹍鹏息。"

翻光 fān guāng
【分类】生活
【关键词】王筠
【释义】反光,光的反射。南北朝梁王筠《和孔中丞雪里梅花诗》:"水泉犹未动,庭树已先知。翻光同雪舞,落素混冰池。"
【例句】唐鲍溶《南塘》:"塘东白日驻红雾,早鱼翻光落碧浔。"唐刘禹锡《梦丝瀑》:"含晕迎初旭,翻光破夕曛。"宋郑獬《雨余》:"长虹挂雨出青嶂,落日翻光烧赤云。"宋释德洪《秋夕示超然》:"草虫对语僧临砌,露叶翻光月转廊。"

翻盆 fān pén
【分类】生活
【关键词】雨
【释义】犹倾盆,形容雨量极大。唐杜甫《白帝》:"白帝城中云出门,白帝城下雨翻盆。"
【例句】宋苏辙《和子瞻雪…》:"激泉飞水行亦冻,穷边腊雪如翻盆。"宋孔平仲《西兴》:"大雨翻盆盎,狂风鼓鼙鼙。"宋黄庭坚《和李才甫…》:"云横章贡雨翻盆,寺下江深水到门。"宋张耒《早起》:"沧江初夜雨翻盆,将晓风声战乱云。"

翻云覆雨 fān yún fù yǔ
【分类】政治
【关键词】杜甫
【释义】比喻玩弄手段和权术,人情世态反复无常。唐杜甫《贫交行》:"翻手作云覆手雨,纷纷轻薄何须数。"
【例句】宋孙规《正月十四…》:"覆雨翻云一霎中,雷鞭击柱起龙乖。"宋黄机《木兰花慢》:"世事翻云覆雨,满怀何止离忧。"宋文天祥《又二绝》:"世事不容轻易看,翻云覆雨等闲间。"宋欧阳澈《醉中食鲙歌》:"俗态翻云仍覆雨,世情炙手扰张罗。"

凡夫 fán fū
【分类】政治
【关键词】曹冏
【释义】凡人,凡夫俗子,平庸之人,泛指普通人。三国魏曹同《六代论》："委天下之重于凡夫之手,托废立之命于奸臣之口。"佛教指未入佛门的人。
【例句】唐王福娘《问棨诗》："日日悲伤未有图,懒将心事话凡夫。"宋释清远《木鱼》："凡夫何故作追攀,达士若为成智观。"宋真德秀《题湖山清隐》："皇天从来具老眼,胜地不肯栖凡夫。"聂绀弩《瘦石画伯…》："我道先生休叹息,凡马凡夫尤爱钟。"

烦手　fán shǒu
【分类】生活
【关键词】左传
【释义】指古代民间音乐(俗乐)的一种复杂的弹奏手法。《左传·昭公元年》："于是有烦手淫声,慆堙心耳,乃忘平和,君子弗听也。"孔颖达疏："手烦不已,则杂声并奏,记传所谓郑卫之声,谓此也。"
【例句】宋欧阳修《送刘学士…》："藏器思适时,投刃宁烦手。"宋韩驹《送许少卿…》："次卿卧听朝鸡久,请试从来拨烦手。"宋王洋《绍兴庚申…》："惭非拨烦手,未能解纷纭。"宋史铸《佛顶菊》："露栖不必醒酾灌,雨沐何烦手掌摩。"

烦县尹　fán xiàn yǐn
【分类】政治
【关键词】闵贡
【释义】谓烦扰地方官吏。源见"仲叔猪肝"。
【例句】唐杜甫《赠郑十八贲》："数杯资好事,异味烦县尹。"

墦间乞余　fán jiān qǐ yú
【分类】生活
【关键词】孟子
【释义】谓乞求施舍的富贵。源见"乞墦"。
【例句】宋晏几道《戏作示内》："幸免墦间乞,终甘泽畔逃。"宋王令《上邵宝文》："清醒甘泽畔,富贵奈墦间。"宋何梦桂《八声甘州》："看墦间富贵,妻妾笑施施。"清王嘉诜《岁暮杂感》："墦间富贵怜东郭,坐上伊优笑北堂。"

樊迟学稼　fán chí xué jià
【分类】政治
【关键词】孔子
【释义】借指文士学种庄稼;务农。《论语·子路》："樊迟请学稼,子曰:'吾不如老农。'"
【例句】唐韩愈《县斋有怀》："犹嫌子夏儒,肯学樊迟稼。"唐钱起《东皋早春…》："禄微赖学稼,岁晚归衡茅。"唐卢纶《酬李端长…》："学稼功还弃,论边事亦沉。"宋刘攽《杂诗》："樊迟请学稼,尼父已深愠。"

樊川　fán chuān
【分类】生态
【关键词】杜牧梨
【释义】水名,在陕西长安县南,本杜县樊乡。其地官宦多有别业。也为唐诗人杜牧的别称。杜牧别业樊川,有《樊川集》。《太平御览·梨》："辛氏《三秦记》:'汉武帝园,一名樊川,一名御宿,有大梨如五升瓶,落地则破,其主取布囊盛之,名含消梨。'"
【例句】唐司空图《重阳日访…》："红叶黄花秋景宽,醉吟朝夕在樊川。"唐韦庄《过樊川旧居》："却到樊川访旧游,夕阳衰草杜陵秋。"唐司空图《重阳日访…》："红叶黄花秋景宽,醉吟朝夕在樊川。"宋王十朋《五月二十…》："尊酒相逢半八仙,鬓丝我类杜樊川。"

樊姬谏猎　fán jī jiàn liè
【分类】政治
【关键词】楚庄樊姬
【释义】喻指女子贤德,辅助夫君。《列女传·楚庄樊姬传》："樊姬,楚庄王之夫人也。庄王即位,好狩猎,樊姬谏不止,乃不食禽兽之肉。王改过,勤于政事。"
【例句】唐元稹《楚歌》："惧盈因邓曼,罢猎为樊姬。"唐白居易《杂兴》："不能此游乐,三载断鲜肥。"唐周昙《樊姬》："当时不有樊姬问,令尹何由进叔敖。"宋黄庭坚《宁子与追…》："去年新霁独凭栏,山似樊姬拥髻鬟。"

樊笼　fán lóng
【分类】政治
【关键词】陶渊明
【释义】关鸟兽的笼子,比喻受束缚而不自由的境地。晋陶渊明《归园田居》："久在樊笼里,复得返自然。"
【例句】唐权德舆《早发杭州…》："区区此人世,所向皆樊笼。"唐韦应物《忆沣上幽居》："一来当复去,犹此厌樊笼。"唐李群玉《请告出春…》："本不将心挂名利,亦无情意在樊笼。"唐施肩吾《夏日题方…》："只向方师小廊下,回看门外是樊笼。"

樊素　fán sù
【分类】生活
【关键词】白居易
【释义】唐白居易家的歌妓,代指擅歌的女艺人。白居易《不能忘情吟》序云："妓有樊素者年二十余,绰绰有歌舞态,善唱《杨枝》,人多以曲名名之,由是名闻洛下。"
【例句】唐赵鸾鸾《檀口》："曾见白家樊素口,瓠犀颗颗缀榴芳。"宋周紫芝《北湖暮春》："西施乳白鱼供箸,樊素唇红果荐新。"宋洪适《谢家守送…》："欲进曲生呼伯雅,却无樊素启丹唇。"宋王洋《和秀实答仲嘉》："阿瞒气慑周瑜阵,樊素心贪白傅诗。"

樊素口　fán sù kǒu
【分类】生活
【关键词】白居易
【释义】借指女子的樱桃小口。源见"樊素"。
【例句】宋唐士耻《效进退律赋…》："珍重樱桃樊素口,致渠磊落更歌声。"宋王寀《蝶恋花》："京兆画眉樊素口,风姿别是闺房秀。"宋刘克庄《跋方寔孙…》："樊素口中都道得,春莺嘤处细听来。"宋强至《某蒙君章兄…》："以口比樊素,白傅夸娇鬟。"

燔柴 fán chái
【分类】政治
【关键词】礼记
【释义】古代祭天仪式,将玉帛、牺牲等置于积柴上而焚之。《礼记·祭法》:"燔柴于泰坛,祭天也。瘗埋于泰折,祭地也。用骍犊。"唐孔颖达疏:"燔柴于泰坛者,谓积薪于坛上,而取玉及牲置柴上燔之,使气达于天也。"
【例句】唐白居易《放言》:"不取燔柴兼照乘,可怜光彩亦何殊。"唐刘禹锡《卧病闻常…》:"清庙既策勋,圆丘俟燔柴。"唐鲍溶《寄宋申甫…》:"欲求岱岳燔柴礼,已锡鲁人缝掖衣。"五代徐铉《应制赏花》:"禁籞年年陪睿赏,何时梁甫奉燔柴。"

繁花 fán huā
【分类】生态
【关键词】杜甫
【释义】盛开的花;各种各样的花。唐杜甫《苏端薛复筵简薛华醉歌》:"安得健步移远梅,乱插繁花向晴昊。"
【例句】唐李颀《听安万善…》:"变调如闻杨柳春,上林繁花照眼新。"唐钱起《送裴頔侍》:"锦水繁花添丽藻,峨嵋明月引飞觞。"唐李益《牡丹》:"紫蕊丛开未到家,却教游客赏繁华。"唐李商隐《和马郎中…》:"素色不同篱下发,繁花疑自月中生。"

繁手 fán shǒu
【分类】生活
【关键词】马融
【释义】弹奏乐器的一种变化复杂的手法。汉马融《长笛赋》:"繁手累发,密栉叠重。"汉吕延济注:"繁手,手指繁捻而累举如梳齿也。"
【例句】唐王湾《观掷筝》:"晓怨凝繁手,春娇入慢声。"唐窦庠《留守府酬…》:"那令杂繁手,出假求焦尾。"宋刘敞《风雨》:"自昔梁山有遗操,试凭繁手一清弹。"元胡布《殿前生桂树》:"金花湿露溶青琐,玉宫繁手匀秋颗。"

反璧 fǎn bì
【分类】政治
【关键词】秦始皇
【释义】秦皇崩逝之典。《史记·秦始皇本纪》:秦始皇三十六年,"使者从关东夜过华阴平舒道,有人持璧遮使者曰:'为吾遗镐池君。'因言曰:'今年祖龙死。'使者问其故,因忽不见,置其璧去。使者奉璧具以闻。始皇默然良久,曰:'山鬼固不过知一岁事也。'退言曰:'祖龙者,人之先也。'使御府视璧,乃二十八年行渡江所沈璧也。"
【例句】唐王无竞《北使长城》:"卯金竟握谶,反璧俄沦祀。"

反哺衔食 fǎn bǔ xián shí
【分类】政治
【关键词】鸟
【释义】小鸟衔食喂其母,比喻子女报答父母恩情。《初学记·乌赋》:"雏既壮而能飞兮,乃衔食而反哺。"
【例句】唐杨师道《应诏咏巢乌》:"仰德还能哺,依仁遂可窥。"唐白居易《阿崔》:"何时能反哺,供养白头乌。"宋杨亿《晏殊奉礼…》:"堵墙看试三公府,反哺知千万乘君。"宋李觏《闻喜鹊》:"从来乌鸟爱反哺,孝慈情性谁可侔。"

反复字 fǎn fù zì
【分类】生活
【关键词】抱朴子
【释义】在纸的正反面都写字,为咏苦学或咏纸之典。《抱朴子·自叙》:"洪者,君之第三子也…年十有三,而慈父见背,夙失庭训,饥寒困瘁…常乏纸,每所写,反复有字,人鲜能读书也。"
【例句】唐李峤《纸》:"莫惊反掌字,当取葛洪规。"

反离骚 fǎn lí sāo
【分类】生态
【关键词】扬雄
【释义】西汉辞赋家杨雄反离骚意境而作,宣传其明哲保身的思想。《汉书·扬雄列传上》:"乃作书,往往摭离骚文而反之,自岷山投诸江流以吊屈原,名曰《反离骚》。"
【例句】唐钱珝《江行无题》:"缘情无怨刺,却似反离骚。"宋沈与求《摄尉归安…》:"无地诛锄一束茅,清吟端作反离骚。"宋周必大《吴斗南架…》:"君是国香人服媚,诗情端合反离骚。"宋释居简《移兰》:"客非九畹同心事,莫反离骚吊碧湘。"

反袂 fǎn mèi
【分类】生活
【关键词】孔子
【释义】用衣袖拭泪,形容哭泣。源见"泣麟"。
【例句】唐白居易《初见刘二…》:"欲话毗陵君反袂,欲言夏口我沾衣。"唐徐铉《吴王挽歌》:"受恩无补报,反袂泣途穷。"宋何梦桂《邑庠杏坛…》:"西狩事非成反袂,缁林曲在尚鸣琴。"宋陈郁《虞美人草》:"虞兮反袂交淹泣,欲幸从兮可奈何。"

反斾 fǎn pèi
【分类】政治
【关键词】左传
【释义】出师归来;回师。《左传·宣公十二年》:"令尹南辕反斾。"晋杜预注:"回车南乡,斾,军前大旗。"
【例句】唐皇甫冉《春思》:"为问元戎窦车骑,何时反斾勒燕然?"唐韩愈《李花》:"泫然为汝下雨泪,无由反斾羲和车。"宋史尧弼《将至江州…》:"偶驱百万攫虎狼,反斾南归惟匹马。"宋朱熹《闻二十八…》:"杀尽残胡方反斾,里间元未有人知。"

反招隐 fǎn zhāo yǐn
【分类】政治

【关键词】王康琚
【释义】宣扬隐朝市的所谓大隐情怀。晋王康琚《反招隐》:"小隐隐陵薮,大隐隐朝市。"唐吕向注:"康琚以为:混俗自处,足以免患,何必山林,然后为道,故作反招隐之诗,其情与隐者相反。"
【例句】唐白居易《山中戏问…》:"常吟反招隐,那得入山来。"唐孙逖《和登会稽山》:"愿奉濯缨心,长谣反招隐。"五代贯休《山居诗》:"虚作新诗反招隐,出来多与此心乖。"宋方逢振《至元廿四…》:"不学晋人反招隐,颇知陶令欲归来。"

返魂香 fǎn hún xiāng
【分类】文化
【关键词】香料
【释义】亦称却死香。《海内十洲记·聚窟洲》:"聚窟洲在西海中申未之地…山多大树,与枫木相类,而花叶香闻数百里,名为'反魂树'…伐其木根心,于釜中煮,取汁更微火煎如黑饧状,令可丸之,名曰…'却死香',一科六名。斯灵物也,香气闻数百里,死者在地,闻香气乃活,不复亡也。"一种香如梅花的香料。《瀛奎律髓·梅花》引宋曾几《返魂梅》诗,注:"原批:此非梅花也,乃制香者合诸香,令气味如梅花,号之曰'返魂梅'。"
【例句】唐窦巩《哭吕衡州…》:"望尽素车秋草外,欲将身赎返魂香。"唐韩偓《湖南梅花…》:"玉为通体依稀见,香号返魂容易回。"唐李商隐《寓怀》:"草为回生种,香缘却死薰。"宋禹偁《芍药》:"羽客谱传尸解术,仙家重燕返魂香。"宋胡宿《荷花》:"却死熬香釜,延年刻寿杯。"宋释德洪《竹炉》:"自拭锦绷含泪粉,要焚银叶返魂梅。"宋廖行之《重九后菊》:"流液尚能甘水味,返魂应付与梅香。"

犯鳞 fàn lín
【分类】政治
【关键词】陈叔宝
【释义】犯:触犯。鳞:龙鳞。相传龙有逆鳞,人们触犯着它,必受其害。后比喻臣子冒死对君主直谏。《陈书·陈后主本纪》:"惟刑止暴,惟德成物,三才是资,百王不改。而世无抵角,时鲜犯鳞,渭桥惊马,弗闻廷争,桃林逸牛,未见其旨。"
【例句】唐李白《猛虎行》:"有策不敢犯龙鳞,窜身南国避胡尘。"唐白居易《酬赠李炼…》:"曾犯龙鳞容不死,欲骑鹤背觅长生。"唐杜牧《宣城赠萧…》:"客道耻摇尾,皇恩宽犯鳞。"宋王迈《嘲解》:"向时诸老空饶舌,何物狂生又犯鳞。"

饭后钟 fàn hòu zhōng
【分类】生活
【关键词】王播
【释义】也称钟非饭,为贫穷落魄、遭受冷遇的典故。源见"碧纱笼"。
【例句】宋方岳《墐屋》:"功名那及生前酒,机会多如饭后钟。"宋苏轼《石塔寺》:"虽知灯是火,不悟钟非饭。"宋赵时韶《木鱼用韵》:"不随红蓼滩头钓,常逐阇梨饭后钟。"宋陆游《枕上作》:"虽无客共樽中酒,何至僧鸣饭后钟。"

饭颗山 fàn kē shān
【分类】文化
【关键词】李白
【释义】指诗作刻板平庸或诗人拘守格律、刻苦写作。唐孟启《本事诗·高逸》:"白(李白)才逸气高,与陈拾遗齐名…故戏杜曰:'饭颗山头逢杜甫,头戴笠子日卓午。借问何来太瘦生,总为从前作诗苦。'盖讥其拘束也。"
【例句】宋苏轼《次韵钱穆父》:"故人飞上金銮殿,迁客来从饭颗山。"宋黄庭坚《次韵吉老》:"学似斵轮扁,诗如饭颗山。"宋孙觌《东坡先生…》:"景坡堂里参差见,饭颗山头邂逅逢。"宋吴锡畴《癸酉元日》:"酒泉郡里宁于饮,饭颗山头尚苦吟。"宋张扩《再次前韵》:"君今颇陋饭颗山,枕上冥搜那得眠。"

饭蔬饮水 fàn shū yǐn shuǐ
【分类】政治
【关键词】论语
【释义】形容清心寡欲、安贫乐道的生活。《论语·述而》:"子曰:'饭疏食饮水,曲肱而枕之,乐亦在其中矣。不义而富且贵,于我如浮云。'"
【例句】宋林逋《喜马先辈…》:"肄业十年初,萧然此饭蔬。"宋刘筠《天禧戊午…》:"饭蔬力弱防冠坠,枕柎神宁喜席温。"宋李光《八月一日…》:"饮水饭蔬真乐趣,始知席上有儒珍。"宋陆游《蔬食》:"平生饭蔬食,至此亦不足。"

泛蚁 fàn yǐ
【分类】生活
【关键词】酒
【释义】指浮在酒上的泡沫,借指美酒。汉张衡《南都赋》:"醪敷径寸,浮蚁若萍。其甘不爽,醉而不酲。"
【例句】唐元稹《赋得玉卮》:"泛蚁功全小,如虹色不移。"唐方干《袁明府以…》:"樽罍泛蚁堪尝日,童稚驱禽欲熟时。"唐郑谷《蜀中春日》:"不嫌蚁酒冲愁肺,却忆渔蓑覆病身。"宋薛田《成都书事》:"垆边泛蚁张裙幔,江上鸣鼍簇彩船。"

范丐非童子 fàn gài fēi tóng zǐ
【分类】生活
【关键词】范丐
【释义】咏儿童之典。《左传·成公十六年》:"楚晨压晋军而陈。军吏患之,范丐趋进,曰:'塞井夷灶,陈于军中,而疏行首。晋、楚唯天所授,何患焉?'文子执戈逐之,曰:'国之存亡,天也。童子何知焉?'"
【例句】唐李端《送单少府…》:"范丐非童子,杨修岂小儿。"

范功曹 fàn gōng cáo
【分类】政治
【关键词】范滂

197

【释义】称颂廉洁之典。《后汉书·范滂传》："范滂字孟博…太守宗资先闻其名，请署功曹，委任政事。滂在职，严整疾恶。其有行违孝悌，不轨仁义者，皆扫迹斥逐，不与共朝…滂仰曰：'范滂清裁，犹以利刃齿腐朽。'"

【例句】唐严维《送崔峒使…》："使者应须访廉吏，府中唯有范功曹。"宋祖无择《澄清阁在》："范滂雅志在澄清，今日廉车命阁名。"宋韩维《景仁招况…》："范滂揽辔方清俗，墨子回车岂恶歌。"明李攀龙《汝宁徐使君》："不是赋成相倡和，那须更署范功曹。"

范宽图　fàn kuān tú
【分类】生态
【关键词】范宽
【释义】用以形容山水景色脱俗、壮美。《画鉴》："范宽名中立…画山水初师李成，既又叹曰：'与其师诸人，不如师诸造化。'乃脱旧习，游秦中，遍观奇胜。落笔雄伟老硬，真得山骨。宋三家山水，超绝唐世者，董元、李成、范宽三人而已。"

【例句】宋梅尧臣《王原叔内…》："范宽到老学未足，李成但得平远工。"宋陆游《初冬杂题》："身在范宽图里里，小楼西角剩凭阑。"宋姜夔《雪中六解》："曾泛扁舟访石湖，恍然坐我范宽图。"金元好问《黄华峪十…》："玉立千峰画不如，天公自有范宽图。"

范蠡　fàn lǐ
【分类】政治
【关键词】范蠡
【释义】春秋时楚国政治家、军事家、经济学家和道家学者，曾献策扶助越王勾践复国，后隐去。《史记·越王句践世家》："范蠡事越王句践，既苦身戮力，与句践深谋二十余年，竟灭吴，报会稽之耻…乃装其轻宝珠玉，自与其私徒属乘舟浮海以行，终不反。"

【例句】唐王绩《赠梁公》："范蠡何智哉，单舟戒轻装。"唐李白《留别曹南…》："范蠡说句践，屈平去怀王。"唐杜甫《赠书七赞善》："洞庭春色悲公子，虾菜忽归范蠡船。"唐苏广文《夜归华川…》："嵇康懒慢仍耽酒，范蠡逋逃又拂衣。"

范祁连　fàn qí lián
【分类】政治
【关键词】范羌
【释义】本名范羌，因曾在祁连山一带立有战功，人称其为范祁连。为称颂守边塞有功的将领之典。源见"范羌归"。

【例句】唐杨凝《从军行》："还将张博望，直救范祁连。"

范羌归　fàn qiāng guī
【分类】政治
【关键词】范羌
【释义】咏冒险营救被困之人的典故。《后汉书·耿恭传》："先是恭遣军吏范羌至敦煌迎兵士寒服，羌因随王蒙军俱出塞。羌固请迎恭，诸将不敢前，乃分兵二千人与羌…羌乃遥呼曰：'我范羌也。汉遣军迎校尉耳。'城中皆称万岁。"

【例句】唐李端《雪雨曲》："丁零苏武别，疏勒范羌归。"明郑学醇《耿恭》："一夜范羌冲雪至，始知生入玉门关。"清赵翼《诸罗守城歌》："何当范羌拔耿恭，赴援舰已排黄龙。"

范叔归秦　fàn shū guī qín
【分类】政治
【关键词】范雎
【释义】谓贤士受到重用。《史记·范雎蔡泽列传》："范雎得出…秦王乃拜范雎为客卿，谋兵事。卒听范雎谋，使五大夫绾伐魏，拔怀。后二岁，拔邢丘…秦王乃拜范雎为相。"

【例句】唐杜甫《上韦左相…》："韦贤初相汉，范叔已归秦。"宋王安石《范雎》："范雎相秦倾九州，一言立断魏齐头。"宋岳珂《病虎行》："范雎折胁西入秦，内史长叹田甲嗔。"宋陈著《竹窗兄因…》："无聊句践能兴越，垂死范雎终相秦。"

范叔寒　fàn shū hán
【分类】生活
【关键词】范雎
【释义】咏贫士之典。《史记·范雎蔡泽列传》："范雎曰：'臣为人庸赁。'须贾意哀之，留与坐饮食，曰：'范叔一寒至此乎？'乃取其一绨袍以赐之。"

【例句】唐高适《咏史》："尚有绨袍赠，应怜范叔寒。"唐刘长卿《送჻判官…》："范叔寒犹在，周王岁欲除。"宋方岳《约刘良叔…》："春柔转觉沈郎瘦，雨重那知范叔寒。"宋苏轼《八月十日…》："今年还套去年月，露冷遥知范叔寒。"

范汪言　fàn wāng yán
【分类】政治
【关键词】范汪
【释义】称美臣子进言献计之典。《晋书·范汪传》："弱冠，至京师，属苏峻作难，王师败绩，汪乃逃遁西归。庾亮、温峤屯兵寻阳…咸恐贼强，未敢轻进。及汪至，峤等访之，汪曰：'贼政令不一，贪暴纵横，灭亡已兆，虽强易弱。'峤深纳之。"

【例句】唐薛涛《江亭饯别》："绿沼红泥物象幽，范汪兼倅李并州。"唐罗隐《送光禄崔…》："上国已留虞寄命，中朝应听范汪言。"清沈曾植《右足暴肿…》："饭遗直欲骄廉颇，目疾何曾贳范汪。"

范宣城　fàn xuān chéng
【分类】政治
【关键词】范晔
【释义】指称郡守或良吏。《宋书·范晔传》："晔与司徒左西属王深宿广渊许，夜中酣饮，开北牖听挽歌为乐。义康大怒，左迁晔宣城太守。不得志，乃删众家《后汉书》为一家之作。在郡数年,迁长沙王义欣镇军长史,加宁朔将军。"

【例句】唐韩翃《送郢州郎…》:"千人插羽迎,知是范宣城。"唐温庭筠《经故秘书…》:"昔年曾识范宣城,松竹风姿鹤性情。"宋葛胜仲《蒙若拙见…》:"文如范晔无空设,学似扬雄已大醇。"明钱谦益《后饮酒》:"摊书昼日卧,流观范晔史。"

范晔顾儿　fàn yè gù ér
【分类】生活
【关键词】范晔
【释义】范晔因聚众谋反处以死刑,喻咏临刑之悲的典故。《宋书·范晔传》:"晔转醉,子蔼亦醉,取地土及果皮以掷晔,呼晔为别驾数十声。晔问曰:'汝恚我邪?'蔼曰:'今日何缘复恚,但父子同死,不能不悲耳。'"
【例句】唐杜甫《八哀诗》:"范晔顾其儿,李斯忆黄犬。"宋葛胜仲《蒙若拙见…》:"文如范晔无空设,学似扬雄已大醇。"宋阮阅《三怀堂》:"东京吏治孰称循,范晔才书十二人。"宋王禹偁《偶题》:"寸心犹未决,所顾在妻儿。"

范云　fàn yún
【分类】文化
【关键词】范云
【释义】借指有才德之士。《梁书·范云传》:"(字彦龙)善属文,便尺牍,下笔辄成,未尝定藁,时人每疑其宿构。父抗,为郢府参军,云随父在府,时吴兴沈约、新野庾杲之与抗同府,见而友之…(云)好学尚奇,专趋人之急。"
【例句】唐李端《送雍郢州》:"望月逢殷浩,缘江送范云。"唐杨巨源《寄中书同…》:"晴明紫殿最高峰,仙掖开帘范彦龙。"唐杨巨源《和令狐舍…》:"范云许访西林寺,枝叶须和彩凤看。"唐许浑《经李给事…》:"汉庭使气摧张禹,楚国怀忧送范云。"

范增　fàn zēng
【分类】政治
【关键词】范增
【释义】秦末项羽谋士,在鸿门宴上多次示意项羽杀刘邦,又使项庄舞剑行刺,未获成功。《史记·项羽本纪》:"范增大怒,曰:'天下事大定矣,君王自为之。愿赐骸骨归卒伍。'项王许之。行未至彭城,疽发背而死。"
【例句】唐杜甫《久雨期王》:"忆昔范增碎玉斗,未使吴兵著白袍。"唐徐夤《偶题》:"秦宫犹自拜张禄,楚幕不知留范增。"唐许浑《献韶阳相…》:"贤臣会致范虞世,独倚江楼笑范增。"宋刘翰《鸿门宴》:"当时已失范增谋,尚引长戈到垓下。"

范张鸡黍　fàn zhāng jī shǔ
【分类】政治
【关键词】范式
【释义】比喻朋友间的信义与深情。《后汉书·独行列传》载:范式(字巨卿)与张劭(字元伯)为生死之交…式约二年当过拜尊亲…至期,劭白母鸡黍待之。母曰:"二年之别,千里结言,何期之审耶?""巨卿信士,必不乖违。"至其日,式果至,升堂拜母。
【例句】唐孟浩然《过故人庄》:"故人具鸡黍,邀我至田家。"唐钱起《酬赵给事…》:"岂无鸡黍期他日,惜此残春阻绿杯。"唐刘长卿《寻龙井杨老》:"唯有胡麻当鸡黍,白云来往未嫌贫。"宋张纲《衰病辞禄…》:"琢磨赖有交朋在,高义无专数范张。"聂绀弩《访丘东平…》:"范张鸡黍存悲殁,蘸笔南溟画虎丘。"

范仲淹　fàn zhòng yān
【分类】文化
【关键词】范仲淹
【释义】字希文,北宋著名的思想家、政治家、军事家、文学家。其《岳阳楼记》:"先天下之忧而忧,后天下之乐而乐"为千古名句。
【例句】宋许月卿《入邑道中》:"天涵地育王公旦,德备才全范仲淹。"宋韩琦《次韵和崔…》:"阅古堂成在北边,希文诗笔美前贤。"明韩雍《登云中城…》:"筹边自愧李德裕,忧国谁如范仲淹。"聂绀弩《喜晤奚如》:"笑尔希文未当国,却于天下事先忧。"

贩缯　fàn zēng
【分类】生活
【关键词】灌婴
【释义】贩卖丝织品,指西汉丞相灌婴为咏寒士发迹之典。《史记·樊郦滕灌列传》:"舞阳侯樊哙者,沛人也。以屠狗为事,与高祖俱隐。…颍阴侯灌婴者,睢阳贩缯者也。…方其鼓刀屠狗卖缯之时,岂自知附骥之尾,垂名汉廷,德流子孙哉?"
【例句】唐丁仙芝《赠朱中书》:"东邻转谷五之利,西邻贩缯日已贵。"唐李商隐《井泥四十韵》:"屠狗兴贩缯,突起定倾危。"宋王安石《邵平》:"天下纷纷未一家,贩缯屠狗尚雄夸。"宋杨时《寄题赵贯…》:"鼓刀贩缯翁,衮衮封公侯。"

方城　fāng chéng
【分类】政治
【关键词】左传
【释义】春秋时楚北的长城,由今之河南省方城县,循伏牛山,北至今邓县,为古九塞之一。《左传·僖公四年》:"君若以德绥诸侯,谁敢不服?君若以力,楚国方城以为城,汉水以为池,虽众,无所用之。"
【例句】唐卢藏用《饯唐州高…》:"祖遂方城镇,安期外氏乡。"唐李涉《过襄阳上…》:"方城汉水旧城池,陵谷依然世自移。"唐李商隐《岳阳楼》:"汉水方城带百蛮,四邻谁道乱周班。"宋刘挚《承牒荆门…》:"方城道中诗墨新,荆门山下有行人。"

方寸心　fāng cùn xīn
【分类】生活

【关键词】列子

【释义】也称方寸之地，喻指内心、思想，亦引申指心思、心情。《列子·仲尼》："嘻！吾见子之心矣，方寸之地虚矣。"

【例句】唐杜甫《偶题》："文章千古事，得失寸心知。"唐贾岛《易水怀古》："我叹方寸心，谁论一时事？"唐徐仁友《古意赠孙翊》："东西十数里，缅邈方寸心。"唐高适《秋胡行》："妾家夫婿经离久，寸心誓与长相守。"宋强至《韩魏公生日》："入幕最容孤迹早，捧觞尤抱寸心微。"

方干 fāng gàn

【分类】文化

【关键词】方干

【释义】字雄飞，唐末诗人，浙江富阳人，宣宗时举进士不第，后隐居会稽镜湖，终身不仕，以诗闻名江南，死后门人私谥为"玄英先生"。《唐才子传》："初有诗名，(徐凝)一见干器之，遂相师友，因授格律…成通末卒。门人相与论德谋迹，谥曰玄英。乐安孙郃等，缀其遗诗三百七十余篇，为十卷。"

【例句】宋张扩《次韵括苍…》："谁信孤根会埋没，赋诗新有老方干。"宋王正己《赠廖融》："幸遇清朝有良鉴，退身争忍似方干。"宋杨公远《次韵酬孙…》："想倚危楼十二阑，诗成可是过方干。"聂绀弩《杂诗其一…》："诗以穷工将杜甫，名须死著岂方干。"

方红 fāng hóng

【分类】文化

【关键词】荔枝

【释义】即方家红，荔枝品种名。宋蔡襄《荔枝谱》："方家红，可径二寸，色味俱美。言荔枝之大者皆莫敢拟，岁生一二百颗，人罕得之。"

【例句】宋李弥逊《正月十五…》："手劈方红调儿女，漫将一笑当追欢。"宋刘子翚《张守唱和…》："茶瓯烹叶白，果饤剥方红。"宋陆游《荔枝绝句》："怪底酒边光景别，方红江绿一时来。"明张萱《离支社题壁》："陈紫方红次第尝，蔡公偏爱宋公香。"

方回 fāng huí

【分类】文化

【关键词】郗愔

【释义】指东晋郗愔，东晋太尉郗鉴长子，官至平北将军、徐兖二州刺史。喻称才士。《晋书·郗愔传》："愔字方回…性至孝，居父母忧，殆将灭性…会弟昙卒，益无处世意，在郡优游，颇称简默，与姊夫王羲之、高士许询并有迈世之风。"

【例句】唐李商隐《令狐八拾…》："兰亭宴罢方回去，雪夜诗成道韫归。"宋王以宁《鹧鸪天》："昔有书生荐寿杯。清词妙绝贺方回。"宋苏轼《送钱穆父》："京兆从教比广汉，会稽聊喜得方回。"宋李复《京西初归作》："残骸已脱风波晚，清枕方回醉梦初。"

方领矩步 fāng lǐng jǔ bù

【分类】生活

【关键词】后汉书

【释义】指古代儒生的服饰和仪态，亦借指儒生。《后汉书·儒林传序》："建武五年，乃修起太学…服方领习矩步者，委它乎其中。"

【例句】唐李贺《南园》："方领蕙带折角巾，杜若已老兰苕春。"宋王侑《乡饮酒倡…》："厖眉华发四朝老，方领闒冠三代仪。"宋丁谓《麟》："矩步规行迹，含仁抱义情。"宋许必胜《赠友山二任》："闻道春来解问经，整衣矩步学趋庭。"

方流 fāng liú

【分类】文化

【关键词】玉

【释义】指作直角转折的水流，相传其下有玉。因以为玉的代称。南朝宋颜延之《赠王太常》："玉水记方流，璇源载圆折。"唐李善注："《尸子》曰：'凡水，其方折者有玉，其圆折者有珠也。'"

【例句】唐姚合《陕下厉玄…》："杯来转巴字，客坐绕方流。"唐张文琮《咏水》："方流涵玉润，圆折动珠光。"唐鱼玄机《酬李学士…》："珍簟新铺翡翠楼，泓澄玉水记方流。"宋秦观《怀孙子实》："玉出方流润，鸾停翠竹幽。"明陈恭尹《送王紫诠…》："绝壑长空青，方流饶水碧。"

方明 fāng míng

【分类】政治

【关键词】方明

【释义】借指帝王侍从之臣。《庄子·徐无鬼》："黄帝将见大隗乎具茨之山，方明为御。"

【例句】唐宋之问《三阳宫侍…》："微臣昔忝方明御，今日还陪八骏游。"唐张说《扈从幸有…》："既得方明相，还寻大隗居。"明欧大任《送费太仆…》："瑶水方明周贽御，昆池九逸汉骖騑。"明胡应麟《嵩山歌》："朝来忽见黄帝车，方明前导昌宇趋。"

方牧 fāng mù

【分类】政治

【关键词】曹植

【释义】古时统治一方的军政长官方伯与州牧的并称，后泛指地方长官。三国魏曹植《文帝诔》："方牧妙举，钦于恤民。"赵幼文注："方牧，即《舜典》之四岳、十二牧，谓魏代之刺史、太守统治百姓之官。"

【例句】唐孙逖《送苏郎中…》："忽佐南方牧，何时西掖垣。"宋王十朋《和韩秋怀》："海上豕方牧，夜中牛屡饭。"宋刘攽《献欧阳永叔》："云霄入顾昐，方牧宁逡巡。"清弘历《孟秋时享…》："封胾时批方牧奏，有秋还喜万方同。"

方山子 fāng shān zǐ

【分类】政治

【关键词】方山子
【释义】即陈慥,字季常,常信佛,饱参禅学,自称龙丘先生,苏轼好友,晚年隐居。宋苏轼《方山子传》:"方山子,光、黄间隐人也…庵居蔬食,不与世相闻;弃车马,毁冠服,徒步往来,山中人莫识也。见其所著帽,方屋而高,曰:'此岂古方山冠之遗像乎?'因谓之方山子。"
【例句】宋罗公升《秋怀》:"旧日方山子,凄凉寄一笔。"明邵宝《太白山人…》:"南来遗我方山冠,何以报之青琅玕。"明毛奇龄《题方山子…》:"分明一个方山子,画作维摩入座来。"清武亿《寄李文亭…》:"有友方山子,适与尘鞅缚。"

方书 fāng shū
【分类】生活
【关键词】孙思邈
【释义】指专门记载或论述方剂的著作。《旧唐书·孙思邈》:"自注老子、庄子,撰千金方三十卷,行于代。"
【例句】唐李益《宣上人病…》:"草木分千品,方书问六陈。"唐王建《赠洪哲师》:"识病方书圣,谙山草木灵。"唐王建《赠阎少保》:"玉装剑佩身长带,绢写方书子不传。"唐卢纶《寻贾尊师》:"井臼阴苔遍,方书古字多。"

方叔 fāng shū
【分类】政治
【关键词】方叔
【释义】西周周宣王时卿士,曾率兵车三千辆南征荆楚,北伐狁,为周室中兴一大功臣。《诗经·小雅·采芑》:"显允方叔,征伐狁,蛮荆来威。"
【例句】唐独孤及《和李尚书…》:"方叔秉钺受命新,丹青起予气益振。"唐贺知章《奉和圣制…》:"恭闻咏方叔,千载舞皇风。"宋宋祁《送王太尉…》:"十乘元戎方叔贵,九天鸣鼓亚夫还。"宋徐积《寄吕帅》:"文武非徒尹吉甫,前时方叔已平蛮。"

方朔诙谐 fāng shuò huī xié
【分类】文化
【关键词】东方朔
【释义】喻指诙谐散漫的人。《汉书·东方朔传》:"然朔名过实者,以其诙达多端,不名一行,应谐似优,不穷似智,正谏似直,秽德似隐。"
【例句】唐杜甫《八哀诗》:"子云窥未遍,方朔谐太狂。"唐韩偓《六月十七…》:"如今冷笑东方朔,唯用诙谐侍汉皇。"宋杨亿《休沐述怀…》:"大隐金门犹自适,日亲方朔听诙谐。"宋李新《送赵伯高》:"浑无钩距肖子都,大有诙谐胜方朔。"

方朔去 fāng shuò qù
【分类】政治
【关键词】东方朔
【释义】残暴失德之典。《汉武帝内传》:"至太初元年十一月乙酉,天火烧柏梁台,《真形图》…及自撰所受,凡十四卷,并函并失。王母当知武帝不能从训,故火灾耳。其后,东方朔一旦乘龙飞去。同朝之人见从西北上冉冉,仰望良久,大雾覆之,不知所适。"
【例句】唐李商隐《汉宫》:"王母不来方朔去,更须重见李夫人。"宋陈襄《谒真祠》:"阿母未归方朔去,碧桃何日重开花。"元陈谟《方壶为常…》:"未许安期间种枣,讵容方朔去偷桃。"明欧大任《送吴虎臣…》:"方朔陆沉将欲去,青骢海上待君回。"

方朔桃 fāng shuò táo
【分类】文化
【关键词】东方朔
【释义】指寿桃、仙果。源见"东方朔偷桃"。
【例句】唐李绅《新楼》:"惆怅桂枝零落促,莫思方朔种仙桃。"唐元稹《和乐天赠》:"冥搜方朔桃,结念安期枣。"宋卫宗武《为徐进士…》:"纵未能尝方朔桃,亦须先致安期枣。"明陈圭《贺潢涧公…》:"安期火枣秋初熟,方朔蟠桃晚更圆。"

方瞳 fāng tóng
【分类】生活
【关键词】老子
【释义】方形的瞳孔,古人以为长寿之相。《拾遗记·周灵王》:"老聃在周之末,居反景日室之山,与世隔绝,有黄发老叟五人…瞳子皆方,面色玉洁,手握青筠之杖,与聃共谈天地之数。"
【例句】唐李白《游太山》:"山际逢羽人,方瞳好容颜。"唐陆龟蒙《文宴招润…》:"仙客何时下鹤翎,方瞳如水脑华清。"唐白居易《送仙游翁》:"方瞳点玄漆,高步凌飞烟。"唐李咸用《临川逢陈…》:"麻姑山下逢真士,玄肤碧眼方瞳子。"

方瞳人 fāng tóng rén
【分类】文化
【关键词】陶弘景
【释义】咏仙道之典。《南史·陶弘景传》:"仙书云:'眼方者寿千岁。'弘景末年一眼有时而方。"
【例句】唐李白《游泰山》:"山际逢羽人,方瞳好容颜。"唐元稹《和乐天寻…》:"方瞳应是新烧药,短脚知缘旧施春。"唐陆龟蒙《入林屋洞》:"自非方瞳人,不敢窥洞口。"唐李咸用《临川逢陈…》:"麻姑山下逢真士,玄肤碧眼方瞳子。"

方相氏 fāng xiāng shì
【分类】文化
【关键词】方相氏
【释义】古时驱逐疫鬼精怪和出丧时在前路的神灵,俗名开路神、险道神,有四只眼睛,形象可怖。《周礼注疏·方相氏》:"方相氏掌蒙熊皮,黄金四目,玄衣朱裳,执戈扬盾,帅百隶而时难,以索室驱疫。"
【例句】唐皮日休《虎丘寺殿…》:"突兀方相胫,鳞皴夏氏胀。"元刘基《病眼作》："君不见，昔日方相氏，黄金为四目。"清钱载《题后三首…》："他时葬我诗谁寄，方相前头自唱来。"清缪徵甲《道成墩》："医师之外设方相，周礼广立仁政篇。"

方丈　fāng zhàng
【分类】文化
【关键词】鳌
【释义】传说中的仙山名，泛指仙境。源见"龙伯钓鳌"。
【例句】唐刘洎《五言春日…》："方丈神仙叟，蓬莱道路长。"唐任华《寄李白》："蓬莱径是曾到来，方丈岂唯方一丈。"唐无可《中秋月彩…》："不知今夜越台上，望见瀛洲方丈无。"唐元稹《奉和浙西…》："阿阁偏随凤，方壶共跨鳌。"

芳卿　fāng qīng
【分类】生活
【关键词】苏轼
【释义】旧时对女子的昵称。宋苏轼《芙蓉城》："芳卿寄谢空丁宁，一朝覆水不返瓶，罗巾别泪空荧荧。"
【例句】宋艾性夫《临邛道士…》："云车仙子不可识，芳卿寄谢真荒唐。"宋刘克庄《风入松》："芙蓉院落深深闭，叹芳卿、今在今亡。"宋吴文英《惜秋华》："路远仙城，自玉郎去后，芳卿憔悴。"元胡天游《寄友》："惆怅芳卿梦中意，人间无路寄叮咛。"

防风骨　fáng fēng gǔ
【分类】文化
【关键词】禹
【释义】比咏巨物。《国语·鲁语》："仲尼曰：'丘闻之：昔禹致群神于会稽之山，防风氏后至，禹杀而戮之，其骨节专车。此为大矣。'"三国吴韦昭注："防风，汪芒氏之君名也。违命后至，故禹杀之，陈尸为戮也。"
【例句】唐皮日休《虎丘寺殿…》："未倒防风骨，初僵负贰尸。"唐吴融《太湖石歌》："又如防风死后骨，又如苑活时额。"唐胡曾《涂山》："防风谩有专车骨，何事兹辰最后来。"明王鏊《登阳山大石》："抉开混沌窍，截断防风骨。"

防秋　fáng qiū
【分类】政治
【关键词】陆贽
【释义】古代西北各游牧部落，往往趁秋高马肥时南侵。届时边军特加警卫，调兵防守，称为防秋。《旧唐书·陆贽传》："又以河陇陷蕃已来，西北边常以重兵守备，谓之防秋。"
【例句】唐高适《九曲词》："青海只今将饮马，黄河不用更防秋。"唐皇甫冉《送王相公…》："遮虏关山静，防秋鼓角雄。"唐于鹄《出塞》："乘月调新马，防秋置远营。"唐王建《凉州行》："边头州县尽胡兵，将军别筑防秋城。"

房魏　fáng wèi
【分类】政治
【关键词】魏征
【释义】指唐太宗时名相房玄龄与魏征，代称贤相。《新唐书·魏徵传》："它日，宴群臣，帝曰：'贞观以前，从我定天下，间关草昧，玄龄功也。贞观之后，纳忠谏，正朕违，为国家长利，征而已。'"
【例句】唐杜甫《折槛行》："呜呼房魏不复见，秦王学士时难羡。"宋石介《文中子》："由来房魏皆卿相，共辅文皇致太平。"宋毕仲游《挽司马温…》："故应房魏辈，泉下定交情。"宋陆游《太息》："即今未必无房魏，埋没胡沙死即休。"

鲂鱼赪尾　fáng yú chēng wěi
【分类】政治
【关键词】诗经
【释义】咏忧劳国事之典，也形容困苦劳累，负担过重。《诗经·周南·汝坟》："鲂鱼赪尾，王室如毁。虽则如毁，父母恐迩!"毛传："赪，赤也，鱼劳则尾赤。"
【例句】唐韦庄《和郑拾遗…》："黑头期命爵，赪尾尚忧鲂。"宋程公许《投赠洪倅…》："峨岷其下十六城，鲂鱼鳢鳢更赪尾。"宋吴泳《送李雁湖…》："兵如溃堤蚁，民甚赪尾鲂。"元黄玠《俞子照渔…》："鲂鱼何事歌赪尾，鸥鸟多情笑白头。"

访戴　fǎng dài
【分类】生活
【关键词】王徽之
【释义】谓访友。源见"子猷兴尽"。
【例句】唐皇甫冉《刘方平见…》："自然堪访戴，无复《四愁》诗。"唐白居易《长斋月满…》："乘兴还同访戴客，解醒仍对姓刘人。"唐许浑《酬和杜侍御》："因过石城先访戴，欲朝金阙暂依刘。"唐许浑《郊居春日》："花前更谢依刘客，雪后空怀访戴人。"

访江楼　fǎng jiāng lóu
【分类】生活
【关键词】桓玄
【释义】咏悼亡友之典。《世说新语·文学》："桓玄尝登江陵城南楼云：'我今欲为王孝伯（恭）作诔。'因吟啸良久，随而下笔。"
【例句】唐杜甫《八哀诗》："他日访江楼，含凄述飘荡。"明庄昶《承宿州守…》："今古有怀停酒盏，乾坤无语坐江楼。"明何璠《杂画》："独坐江楼思渺然，晚云散尽月当天。"

访落　fǎng luò
【分类】政治
【关键词】诗经
【释义】谓继位的国君与臣谋商讨国事。《诗经·周颂·访落序》："《访落》，嗣王谋于庙也。"毛传："访，谋。落，始。"汉郑玄笺："成王始即政，自以承父之业，惧不能遵其道德，故于庙中与群臣谋我始即政之事。"
【例句】宋宋祁《昭文王相…》："尧后除凶代，周王访落秋。"

宋任伯雨《述怀》:"圣主访落初,听言劳日昃。"宋晁补之《饮酒二十…》:"成王访落时,百室赋盈止。"宋刘克庄《送侍读常…》:"先帝倦勤扬末命,嗣皇访落记孤忠。"

访蓬瀛　fǎng péng yíng
【分类】政治
【关键词】秦始皇
【释义】咏帝王访仙道求长生之典。《史记·封禅书》:"自威、宣、燕昭使人入海求蓬莱、方丈、瀛洲。此三神山者…诸仙人及不死之药皆在焉。…及至秦始皇并天下,至海上,则方士言之不可胜数。始皇自以为至海上而恐不及矣,使人乃赍童男女入海求之。"
【例句】唐王维《早朝》:"仍闻遣方士,东海访蓬瀛。"唐上官婉儿《游长宁公…》:"寄言栖遁客,勿复访蓬瀛。"唐宗楚客《奉和幸安…》:"幸睹八龙游闰苑,无劳万里访蓬瀛。"宋徐经孙《北垒瀛洲亭》:"山中有水水中洲,欲访蓬瀛此处求。"

访莘　fǎng shēn
【分类】政治
【关键词】汤
【释义】咏君主访贤之典。《孟子·万章上》:"孟子曰:'否,不然。伊尹耕于有莘之野…'汤使人以币聘之,嚣嚣然曰:'我何以汤之聘币为哉?我岂若处畎亩之中,由是以乐尧舜之道哉?'汤三使往聘之,既而幡然改曰:'与我处畎亩之中,由是以乐尧舜之道,吾岂若使是君为尧舜之君哉?吾岂若使是民为尧舜之民哉?'"
【例句】唐李世民《春日登陕…》:"迹岩劳傅想,窥野访莘情。"宋朱松《公相起犁锄》:"厚币来莘野,幽人出冀墟。"

放鹤　fàng hè
【分类】文化
【关键词】鹤支公
【释义】用作咏高士爱好或鹤之典。《世说新语·言语》:"支公好鹤,住剡东岇。有人遗其双鹤,少时翅长欲飞。支意惜之,乃铩其翮。鹤轩翥不复能飞,乃反顾翅,垂头视之,如有懊丧意。林曰:'既有凌霄之姿,何肯为人作耳目近玩?'养令翮成置,使飞去。"
【例句】唐卢纶《题念济寺》:"放鹤临山阁,降龙步石桥。"唐贯休《山居诗》:"支公放鹤情相似,范泰论交趣不同。"唐王建《寻李山人…》:"山客长须少年时,溪中放鹤洞中棋。"唐刘禹锡《赠日本僧…》:"深夜降龙潭水黑,新秋放鹤野田青。"

放鹤为信　fàng hè wéi xìn
【分类】政治
【关键词】林逋
【释义】形容隐居生活或作为邀宾、客至的信号。《梦溪笔谈·人事二》:"林逋隐居杭州孤山,常畜两鹤,纵之则飞入云霄,盘旋久之,复入笼中。逋常泛小艇游西湖诸寺,有客至逋所居,则一童子出应门,迎客坐,为开笼纵鹤,良久,逋必棹小船而归,盖常以鹤飞为验也。"
【例句】宋宋自逊《答客问》:"岂是林逋放鹤迟,习闲成懒静相宜。"宋张眇《寓钱塘得…》:"西子湖边放鹤仙,几回同醉木兰船。"明林熙春《寿寒兄》:"已信逋仙笼放鹤,无烦绮圣杖扶鸠。"明施闰章《奉束王大…》:"看云白昼从舒卷,放鹤高秋信往还。"

放麑　fàng ní
【分类】生活
【关键词】秦西巴
【释义】咏仁慈之典。《韩非子·说林》:"孟孙猎得麑。使秦西巴持之归,其母随之而啼,秦西巴弗忍而与之。孟孙适至而求麑。答曰:'余弗忍而与其母。'孟孙大怒,逐之。居三月,复召以为其子傅…孟曰:'夫不忍麑,又将忍吾乎?'"
【例句】唐陈子昂《感遇》:"吾闻中山相,乃属放麑翁。"宋文彦博《中书令鲁…》:"先朝付嘱非无谓,必为其仁在放麑。"宋李复《杂诗》:"中山昔置相,尝取放麑翁。"宋魏了翁《肩吾生日》:"放麑心事人夸说,得似如今累岁留。"

放太甲　fàng tài jiǎ
【分类】政治
【关键词】伊尹
【释义】咏贤相之典。《史记·殷本纪》:"帝中壬即位四年,崩,伊尹乃立太丁之子太甲。太甲,成汤嫡长孙也,是为帝太甲。…太甲既立三年,不明,暴虐,不遵汤法,乱德,于是伊尹放之于桐宫。三年,伊尹摄行政当国,以朝诸侯。帝太甲居桐宫三年,悔过自责,反善,于是伊尹乃迎帝太甲而受之政。"
【例句】唐李白《纪南陵题…》:"桐宫放太甲,摄政无愧色。"宋魏野《寓兴》:"伊尹放太甲,董贤居高位。"宋陈普《历代传授歌》:"太甲太戊及武丁,三宗有商为专美。"元叶懋《感兴》:"伊尹放太甲,圣人用其权。"

放萤　fàng yíng
【分类】生活
【关键词】隋炀帝
【释义】咏奢靡逸乐之典。《隋书·炀帝纪》:"大业十二年…五月壬午,上于景华宫征求萤火,得数斛,夜出游山,放之,光遍岩谷。"
【例句】唐杜牧《扬州》:"秋风放萤苑,春草斗鸡台。"宋王禹偁《扬州寒食…》:"何不策我马,废苑寻放萤。"宋梅尧臣《平山堂杂言》:"亦笑炀帝造楼摘星放萤火,锦帆落樯旗建杠。"明钱谦益《后秋兴八首》:"夜度放萤然堞火,宵征依鹊啸樯风。"

飞帛　fēi bó
【分类】生活
【关键词】书法
【释义】同飞白,书法中的一种特殊笔法,笔画中丝丝露白,像枯笔所写。唐张怀瓘《书断》:"飞白者,后汉左中郎将蔡邕所作也。王隐、王愔并云：飞白变楷制也。本是宫殿题署，势既径丈，字宜轻微不满，名为飞白。"

【例句】宋梅尧臣《张圣民学…》："主人欲客心意欢，出以飞帛腾龙鸾。"宋张明中《静室》："当年梁武造飞寺，子云飞帛书萧字。"宋魏了翁《万杉寺》："万杉深处着僧庐，中有昭陵飞帛书。"元胡布《南丰县丞…》："虎卧龙跳迅骞鬐，游丝飞帛潜充盈。"

飞凫　fēi fú

【分类】文化
【关键词】曹植
【释义】飞翔的野鸭。三国魏曹植《洛神赋》："体迅飞凫，飘忽若神。"
【例句】唐薛稷《饯唐永昌》："河洛风烟壮市朝，送君飞凫去渐遥。"唐李适《饯唐永昌…》："闻道飞凫向洛阳，翩翩矫翮度文昌。"唐李咸用《送窦宾于…》："澄潭跃鲤摇轻浪，落日飞凫趁远樯。"宋赵叚《缘识》："细柳高来齐拂岸，飞凫时下傍轻舟。"

飞光　fēi guāng

【分类】生活
【关键词】沈约
【释义】指飞逝的光阴。南朝梁沈约《宿东园》："飞光忽我遒，岂止岁云暮。"
【例句】唐李白《古风》："珍色不贵道，讵惜飞光沈。"唐孟郊《路病》："飞光赤道路，内火焦肺肝。"唐李贺《感讽》："飞光染幽红，夸娇来洞房。"宋曾巩《移守江西…》："南北相望十八年，俯仰飞光如转烛。"宋梅尧臣《依韵和永…》："万家乞巧心不尽，斜汉飞光望有余。"

飞花　fēi huā

【分类】文化
【关键词】韩翃
【释义】指落花飘飞。唐韩翃《寒食》："春城无处不飞花，寒食东风御柳斜。"比喻飘飞的雪花。宋苏辙《上元前雪》："不管上元灯火夜，飞花处处作春寒。"
【例句】初李峤《春日侍宴…》："飞花随蝶舞，艳曲伴莺娇。"唐薛稷《奉和幸安…》："曲阁交映金精板，飞花乱下珊瑚枝。"宋王之道《和张文纪…》："朝来经阁课楞严，撩乱飞花竞扑帘。"宋王安石《清明辇下…》："春阴天气草如烟，时有飞花舞道边。"

飞黄　fēi huáng

【分类】文化
【关键词】马
【释义】亦名乘黄，传说为八骏中的神马。《淮南子·览冥训》："青龙进驾，飞黄伏皂。"汉高诱注："飞黄，乘黄也。出西方，状如狐，背上有角，寿千岁。"
【例句】唐韩愈《符读书城南》："飞黄腾踏去，不能顾蟾蜍。"唐张说《舞马千秋…》："不因兹白人间有，定是飞黄天上来。"唐张九龄《和姚令公…》："万乘飞黄马，千金狐白裘。"宋石介《送李生谒…》："不识伯乐氏，飞黄遍牛皂。"

飞廉　fēi lián

【分类】文化
【关键词】楚辞
【释义】风神。《楚辞补注·离骚》："前望舒使先驱兮，后飞廉使奔属。"王逸注："飞廉，风伯也。"
【例句】唐元稹《苦雨》："安得飞廉车，磔裂云将躯。"唐白居易《题海图屏风》："喷风激飞廉，鼓波怒阳侯。"宋夏竦《奉和御制…》："中宸夜驻飞廉辔，东阙朝迎绿错篇。"宋孙复《中秋夜不…》："立召飞廉举其职，驱除拥蔽扬清光。"

飞鸟倦未还　fēi niǎo juàn wèi huán

【分类】政治
【关键词】陶渊明
【释义】晋陶渊明《归去来辞》："云无心以出岫，鸟倦飞而知还。"表明自己已无心仕途，愿从此隐遁之意。"飞鸟倦未还"是反用陶渊明句意，表现思归未归的心绪。
【例句】唐崔橹《春晚岳阳…》："虚舟尚叹萦难解，飞鸟空惭倦未还。"宋沈与求《有怀山中》："它年猿鹤应相笑，倦羽卑飞久未还。"明王世贞《敛霏亭》："倦鸟初栖犹未还，一生贪看夕阳山。"清朱彝尊《寄周参军》："加餐道远弥相忆，倦旅秋深尚未还。"

飞奴　fēi nú

【分类】文化
【关键词】鸽
【释义】咏信鸽之典。《开元天宝遗事·传书鸽》："张九龄少年时，家养群鸽，每与亲知书信往来，只以书系鸽足上，依所教之处，飞往投之。九龄目之为'飞奴'。时人无不爱讶。"
【例句】宋李弥逊《山居寄友人》："不遣飞奴频过我，欲将怀抱向谁开。"宋李弥逊《夜宿昭亭…》："归途遇酒成叹咏，飞奴持送空联翩。"宋欧阳澈《寄周居安》："远辱飞奴传翰墨，颜筋柳骨俨秋蛇。"宋姚勉《问雁》："飞奴解递丞相笺，鹈鹕亦传商妇简。"

飞蓬　fēi péng

【分类】生活
【关键词】草
【释义】指枯后根断、遇风飞旋的蓬草，形容居无定所、四处飘零，也形容凌乱无序。源见"秋蓬"。
【例句】唐杜甫《复阴》："万里飞蓬映天过，孤城树羽扬风直。"唐刘禹锡《令狐相公…》："飞蓬卷尽塞云寒，战马闲嘶汉地宽。"唐欧阳詹《泉州赴上…》："天长地阔多岐路，身即飞蓬共水萍。"宋苏轼《颍州初别…》："语此长太息，我生如飞蓬。"

飞鹊镜　fēi què jìng

【分类】生活

【关键词】镜

【释义】咏离别、或咏妆镜之典。《太平御览》引《神异经》："昔有夫妇将别，破镜，人执半以为信。其妻与人通，其镜化鹊，飞至夫前，其夫乃知之。后人因铸镜为鹊安背上，自此始也。"

【例句】唐王维《清如玉壶冰》："晓凌飞鹊镜，宵映聚萤书。"唐刘元淑《妾薄命》："彩鸾琴里怨声多，飞鹊镜前妆梳断。"唐姚合《咏镜》："孤光常见鸾踪在，分处还因鹊影回。"明屈大均《慰蒲衣》："月沉飞鹊镜，花落合欢枝。"

飞觞 fēi shāng

【分类】生活

【关键词】左思

【释义】喝酒时把杯子传来传去，接传酒令。西晋左思《吴都赋》："里宴巷饮，飞觞举白。"刘良注："行觞疾如飞也。大白，杯名，有犯令者举而罚之。"

【例句】唐薛稷《奉和圣制…》："飞觞竞醉心回日，走马争先眼著鞭。"唐禹炯《送临津房…》："烟霞驻征盖，弦奏促飞觞。"唐刘宪《夜宴安乐…》："层轩洞户旦新披，度曲飞觞夜不疲。"宋张孝祥《定风波》："见说墙西歌吹好，玉人扶坐劝飞觞。"

飞天 fēi tiān

【分类】文化

【关键词】乐

【释义】佛家语，是佛教中天帝司乐之神，常见佛教壁画或石刻中，多女相。也指在空中飞翔的神仙。《洛阳伽蓝记》："石桥南道，有景兴尼寺，亦阉官等所共立也。有金像辇，去地三尺，施宝盖，四面垂金铃七宝珠，飞天伎乐，望之云表。"

【例句】唐司马承祯《太上升玄…》："真性号神王，飞天无定方。"唐陈陶《赠别离》："碧玉飞天星坠地，玉剑分风交合水。"五代谭用之《塞上》："秋风汉北雁飞天，单骑那堪绕贺兰。"聂绀弩《给马飞天…》："馌饟捧献心惭绝，君自飞天我地行。"

飞兔 fēi tù

【分类】文化

【关键词】马

【释义】骏马名。《吕氏春秋·离俗》："飞兔、要褭，古之骏马也。"汉高诱注："飞兔、要褭，皆马名也。日行万里，驰若兔之飞，因以为名也。"

【例句】唐杜甫《八哀诗》："飞兔不近驾，鸷鸟资远击。"宋石介《感兴》："飞兔与骥骖，日牵在都市。"宋欧阳修《奉答原甫…》："飞兔不恋群，奔风谁能追。"宋王安石《次韵舍弟…》："飞兔已闻追骥裹，太阿犹恨失龙泉。"

飞锡 fēi xī

【分类】文化

【关键词】释氏要览

【释义】谓僧人等执锡杖飞空，为称誉得道高僧之典，也指僧人游方。《释氏要览》："今僧游行，嘉称飞锡。此因高僧隐峰游五台，出淮西，掷锡飞空而往也。若西天得道僧，往来多是飞锡。"

【例句】唐钱起《送外甥怀…》："飞锡离乡久，宁亲喜腊初。"唐戎昱《送僧法和》："不知飞锡后，何处是恒沙？"唐杜甫《留别公安…》："先蹋炉峰置兰若，徐飞锡杖出风尘。"唐杜甫《大觉高僧…》："飞锡去年啼邑子，献花何日许门徒。"

飞仙 fēi xiān

【分类】文化

【关键词】蓬莱山

【释义】会飞的仙人。《海内十洲记》："蓬邱，蓬莱山是也。对东海之东北岸，周回五千里，外别有海绕山。圆海水正黑，而谓之冥海也。无波而洪波百丈，不可得往来…盖太上真人所居，唯飞仙能到其处耳。"

【例句】唐道世《颂》："华幡高飞扬，应感下飞仙。"唐王勃《观音大士…》："足下祥云五色捧，顶上飞仙歌万种。"唐王建《宫词》："日照彩盘高百尺，飞仙争上取金鸡。"唐李皋《游南雁诗》："词客墨苔观照耀，飞仙环佩听玲珑。"

飞扬跋扈 fēi yáng bá hù

【分类】政治

【关键词】侯景

【释义】飞扬：放纵。跋扈：蛮横。原谓意气举动超越常轨，不受约束，多形容骄横放肆，不遵法度。《北史·齐纪上》："（侯）景专制河南十四年矣，常有飞扬跋扈志。"

【例句】唐杜甫《赠李白》："痛饮狂歌空度日，飞扬跋扈为谁雄？"宋苏辙《秋祀高禖》："后来秦汉何堪数，跋扈飞扬得几年。"宋赵鼎《泊盈川步…》："飞扬跋扈今安取，放浪酣歌亦所长。"宋王迈《嘲解》："智名功勇渠何欠，跋扈飞扬子过疑。"

飞乙 fēi yǐ

【分类】文化

【关键词】燕

【释义】飞燕。《尔雅注疏·释鸟》："燕燕，鳦。"晋郭璞注引《诗》："燕燕于飞者，邶风卫庄姜送归妾之诗也。"

【例句】宋宋祁《送萧山宰…》："畏蛟俗富风移古，飞乙天长日际冥。"宋欧阳修《渔家傲》："双双款语怜飞乙，留客醉花迎晓日。"清洪繻《过枕阳江》："中流惟见燕飞乙，南狩不闻蛟叠双。"

飞雨 fēi yǔ

【分类】文化

【关键词】雨

【释义】飞飘的雨，骤雨。南朝齐谢朓《观朝雨》："朔风吹飞雨，萧条江上来。"

【例句】唐李白《早秋单父…》："散为飞雨川上来，遥帷却卷清浮埃。"唐王昌龄《郑县宿陶…》："飞雨祠上东，霭然关中暮。"唐杜甫《立秋雨院…》："飞雨动华屋，萧萧梁栋秋。"唐韩愈《卢郎中云…》:"冲风吹破落天外,飞雨白日洒洛阳。"

妃子笑　fēi zǐ xiào
【分类】文化
【关键词】杨玉环
【释义】喻指上等荔枝。唐玄宗贵妃杨玉环爱吃荔枝,荔枝成熟时,就用驿马一站接一站地飞速传送到长安,荔枝到时鲜味不减。唐杜牧《过华清宫绝句》:"一骑红尘妃子笑,无人知是荔枝来。"
【例句】宋苏轼《四月十一…》:"不须更待妃子笑,风骨自是倾城姝。"宋陈瓘《荔枝台》:"颗小不堪妃子笑,味酸犹发少陵诗。"宋周紫芝《客舍有井…》:"诗成白雪真同调,咫尺回姿妃子笑。"宋曾觌《玉环山》:"天宝胡尘暗两京,祸从妃子笑中生。"

非夫　fēi fū
【分类】政治
【关键词】左传
【释义】谓非大丈夫,懦夫。《左传·宣公十二年》:"且成师以出,闻敌强而退,非夫也。"晋杜预注:"非丈夫。"
【例句】唐李白《赠别从甥…》:"自笑我非夫,生事多契阔。"唐孟郊《雪》:"为尔作非夫,忍耻轰喝雷。"唐权德舆《璨授京兆…》:"因惭玉润客,应笑此非夫。"唐温庭筠《病中书怀…》:"鹿鸣皆缀士,雉伏竟非夫。"

非马辩　fēi mǎ biàn
【分类】生活
【关键词】儿说
【释义】用作过关的典故。《韩非子·外储说左上》:"儿说,宋人,善辩者也。持白马非马也服齐稷下之辩者,乘白马而过关,则顾白马之赋。故籍之虚词则能胜一国,考实按形不能谩于一人。"
【例句】唐胡宿《函谷关》:"谩持白马先生论,未抵鸣鸡下客功。"唐罗隐《送宣武徐…》:"白知关畔元非马,玄觉壶中别有天。"唐齐己《送胤公归阙》:"关令莫疑非马辩,道安还跨赤驴行。"宋释道潜《送远上人…》:"富渚江平非白马,子陵滩稳异黄牛。"宋宋祁《初到郡斋》:"浮云富贵外,一马是非间。"宋释契嵩《诚题》:"道德二篇徒自辩,是非一马岂能齐。"

非时花　fēi shí huā
【分类】政治
【关键词】殷七七
【释义】咏神仙方术的典故。源见"殷七七"。
【例句】唐王建《薛二十池亭》:"异花多是非时有,好竹皆当要处生。"唐殷七七《醉歌》:"解酝顷刻酒,能开非时花。"宋欧阳修《寄梅圣俞》:"丛林白昼飞妖鸟,庭砌非时见异花。"宋晁冲之《和寄叶粥…》:"园宜杏子非时结,溪阔梅花过日开。"

非熊兆　fēi xióng zhào
【分类】政治
【关键词】姜太公
【释义】指帝王得贤臣的预兆。《六韬·文师》载:周文王将往渭水边打猎,行前占卜(一说占梦),卜辞曰:"田于渭阳,将大得焉,非龙非彲,非虎非罴,兆得公侯,天遣汝师,以之佐昌。"后果见姜太公坐渭水边垂钓,与之语而大悦,遂同车而归,拜为太师,辅周强盛。
【例句】唐卢纶《腊月观咸…》:"非熊之兆庆无极,愿纪雄名传百蛮。"唐李峤《雾》:"倘入非熊兆,宁思玄豹情。"唐胡曾《渭滨》:"当时未入非熊兆,几向斜阳叹白头。"宋苏颂《次韵王宣…》:"仁皇始擢自藩翰,渭水兆告非熊罴。"

非烟　fēi yān
【分类】政治
【关键词】列子
【释义】指五色祥云,古人视为祥瑞,用为赞美时世的典故。源见"庆云"。
【例句】唐杜正伦《玄武门侍宴》:"玉池流若醴,云阁聚非烟。"唐薛克构《奉和展礼…》:"非烟泛济浦,绿字启河汀。"唐吴融《八月十五…》:"中秋月满尽相寻,独入非烟宿禁林。"唐韩常侍《寄织锦篇…》:"锦字龙梭织锦篇,凤皇文采间非烟。"

肥遁　féi dùn
【分类】政治
【关键词】周易
【释义】退隐,咏归隐的旨趣。《周易注疏·遁卦》:"上九,肥遁,无不利。"唐孔颖达疏:"子夏传曰:'肥,饶裕也…上九最在外极,无应于内,心无顾虑,是遁之最优,故曰肥遁。'指隐居避世的处世态度最优。
【例句】唐牟融《登环翠楼》:"我亦人间肥遁客,也将踪迹寄林丘。"唐白居易《晚归香山…》:"岂唯乐肥遁,聊复祛忧患。"唐李山甫《早秋山中作》:"荣枯无路入仙峰,肥遁谁谐此志同。"宋王十朋《陈商英挽词》:"退居不见香山老,肥遁谁知秀野翁。"

肥马轻裘　féi mǎ qīng qiú
【分类】生活
【关键词】论语
【释义】骑肥壮的马,穿轻暖的皮衣,形容富贵豪华的生活。《论语·雍也》:"赤之适于齐也,乘肥马,衣轻裘。"
【例句】唐白居易《闲适》:"肥马轻裘还且有,粗歌薄酒亦相随。"唐白居易《对酒闲吟…》:"声妓放郑卫,裘马脱轻肥。"宋毕仲游《寄蔡州欧…》:"东西相去若比邻,肥马轻裘有故人。"宋张镃《酬张子立…》:"慵随肥马轻裘俗,要结高山流水缘。"

匪躬　fěi gōng
【分类】政治

【关键词】周易

【释义】谓忠心耿耿,不顾自身。《周易注疏·蹇》:"王臣蹇蹇,匪躬之故。"唐孔颖达疏:"尽忠于君,匪以私身之故而不往济君,故曰:匪躬之故。"

【例句】唐宋务光《海上作》:"粤我遭休明,匪躬期正直。"唐张九龄《和姚令公…》:"畴昔尝论礼,兴言每匪躬。"唐白居易《初受拾遗》:"岂不思匪躬,适遇时无事。"唐李商隐《今月二日…》:"乐道乾知退,当官蹇匪躬。"

匪席 fěi xí

【分类】政治

【关键词】诗经

【释义】不像席子可以卷曲,比喻心志坚不可屈。《诗经·邶风·柏舟》:"我心匪石,不可转也。我心匪席,不可卷也。威仪棣棣,不可选也。"唐孔颖达疏:"我心又非如席然。席虽平,尚可卷;我心平,不可卷也。"

【例句】唐岑参《西河太守…》:"秉心常匪席,行义每挥金。"唐钱起《客舍赠郑贲》:"结交意不薄,匪席言莫违。"唐寒山《诗三百》:"秉志不可卷,须知我匪席。"宋刘攽《熙州行》:"帝家将军勇无敌,谋如转圜心匪席。"

翡翠兰苕 fěi cuì lán tiáo

【分类】文化

【关键词】郭璞

【释义】翡翠:一种羽毛美丽的小鸟。兰苕:兰花和苕花。翡翠停在兰苕花上,形容俏丽美好的春色,也比喻文人所作的浓丽纤巧的诗篇。晋郭璞《游仙诗》:"翡翠戏兰苕,容色更相鲜。"

【例句】唐杜甫《戏为六绝句》:"或看翡翠兰苕上,未掣鲸鱼碧海中。"宋欧阳修《小圃》:"桂树鸳鸯起,兰苕翡翠翔。"宋苏轼《书艾宣画》;"只应翡翠兰苕上,独见玄夫曝日时。"宋王洋《古诗赠沈…》:"跨海鲸鱼要力求,翡翠兰苕不须数。"

废蓼莪 fèi lù é

【分类】政治

【关键词】顾欢

【释义】谓伤悼亡故的父母。源见"蓼莪废讲"。

【例句】宋许及之《次韵转庵…》:"犯戒成章贤博弈,门人已废蓼莪篇。"宋张嵲《刘无虞尊…》:"此日悲风树,他时废蓼莪。"宋徐积《赠张教授》:"哀复哀兮将奈何,愿期弟子废蓼莪。"宋沈与求《吴宜人挽词》:"上郡方蒙汤沐地,诸郎应废蓼莪篇。"

费长房 fèi zhǎng fáng

【分类】文化

【关键词】费长房

【释义】咏道术之士的典故。《后汉书·费长房传》:"费长房者,汝南人也…能医疗众病,鞭笞百鬼,及驱使社公…或一日之间,人见其在千里之外者数处焉。后失其符,为众鬼所杀。"

【例句】唐曹唐《小游仙诗》:"长房自贵解仙翻,五色云中独闭门。"宋吕南公《有见》:"壶中自少闲天地,岂是今无费长房。"宋刘宰《赠江西吴…》:"子岂费长房,一壶挂檐前。"宋方回《赠沈雷阳》:"十五早学张道陵,二十已成费长房。"

分半席 fēn bàn xí

【分类】生活

【关键词】韩忠宪

【释义】咏朋友情义之典。《桐阳旧话》:"(韩忠宪)公与李康靖公同行应举,有一毡同寝卧,至别,割毡为二,分之。其后浸贵,以长女嫁康靖公子邯郸公…数世婚姻不绝。"

【例句】宋方岳《式贤和杜…》:"交游分半席,谈笑俯层巅。"宋叶茵《水天一色…》:"好景自应分半席,雅歌政不欠繁弦。"宋史弥宁《黄》:"不入湘累俎豆闲,也分半席缀诗坛。"宋李流谦《吊李允成》:"英灵不合世间著,蚁宫历游无半席。"

分钗断带 fēn chāi duàn dài

【分类】生活

【关键词】陆罩

【释义】钗分开,带断了,比喻夫妻的离别。南朝梁陆罩《闺怨》:"自怜断带日,偏恨分钗时。"

【例句】宋吴文英《生查子》:"醉情啼枕冰,往事分钗燕。"宋李致远《剪牡丹》:"破镜重圆,分钗合钿,重寻绣户珠箔。"明彭孙贻《紫玉簪》:"相思红泪分钗断,一别琼枝带恨看。"明石宝《闺怨》:"破镜分钗碎玉簪,碧山无语海沉沉。"

分风 fēn fēng

【分类】文化

【关键词】水经注

【释义】谓神仙把风分为两个方向,借指分离,也指无定向的风。《水经注疏·庐江水》:"山庙甚神,能分风擘流,住舟遣使,行旅之人过必敬祀而后得去。故晋曹毗咏云:'分风为二,擘流为两。'"

【例句】唐王维《赠焦道士》:"饮人聊割酒,送客乍分风。"唐皎然《奉同颜使…》:"应移内景还飞去,且从分风当此留。"宋杨亿《水部何郎…》:"淮南落木摇鞭里,溢浦分风挂席初。"宋黄庭坚《寄余干徐…》:"东江始分风,苔网馈百纸。"

分甘 fēn gān

【分类】生活

【关键词】杨震

【释义】本谓分享甘美之味,后亦以喻慈爱、友好、关切等。《后汉书·杨震传》注引《孝经援神契》:"母之与子也,鞠养(恭身抚养)殷勤,推燥居湿,绝少分甘(分享甘甜)也。"

【例句】唐李德裕《奉和韦侍…》:"偶分甘露味,偏觉众香饶。"唐周昙《春秋战国门》:"宣尼行教何形迹,不肯分甘救子渊。"唐和凝《宫词》："明君宵旰分甘处,便索金盘赐重臣。"宋杨亿《朱侍郎致…》："旧僚送别倾三省,御醴分甘倒百壶。"宋蔡襄《谢宋评事》："并赏昔闻思故友,分甘今喜奉慈亲。"

分光　fēn guāng
【分类】生活
【关键词】战国策
【释义】分享别人的烛光,指得人之惠而不费人之财。源见"余光"。
【例句】宋穆脩《烛》："佳人盼影横哀柱,狎客分光缀艳诗。"宋苏轼《卧病逾月…》："分光御烛星辰烂,拜赐宫壶雨露香。"宋刘克庄《竹溪和予…》："会有神医为刮膜,岂无邻女肯分光。"宋狄咸《齐山》："秋浦分光来郡阁,清溪送影落征船。"

分虎符　fēn hǔ fú
【分类】政治
【关键词】后汉书
【释义】同分虎竹、分虎节,为封侯或委任地方官吏之典。《后汉书·宦者传序》："苴茅分虎,南面臣人者,盖以十数。"唐李贤注："封诸侯各以其方土色,苴以白茅,而分铜虎符也。"
【例句】唐张九龄《当涂界寄…》："如何分虎竹,相与间山川。"唐李白《塞下曲》："将军分虎竹,战士卧龙沙。"唐黄滔《郎畤李相公》："分虎名高初命相,攀龙迹下愧登门。"宋徐鹿卿《史君宠和…》："买牛已解田间剑,分虎难淹岭下麾。"

分阃推毂　fèn kǔn tuī gū
【分类】政治
【关键词】冯唐
【释义】指委任主帅在外统兵。《史记·张释之冯唐列传》："唐对曰:'臣闻上古王者之遣将也,跪而推毂,曰阃以内者,寡人制之;阃以外者,将军制之。军功爵赏皆决于外,归而奏之。'"
【例句】唐李隆基《饯王晙巡边》："分阃仍推毂,援枹且训车。"唐杨巨源《述旧纪勋…》："五载登坛真宰relief,六重分阃正司徒。"唐顾况《闲居怀旧》："贫居谪所谁推毂,仕向侯门耻曳裾。"唐陈陶《闲居杂兴》："云堆西昱贼连营,分阃何当举义兵。"唐杜甫《秋日荆南…》："盘石圭多剪,凶门毂少推。"

分茅列土　fēn máo liè tǔ
【分类】政治
【关键词】李陵
【释义】谓分封侯位和土地。古代分封诸侯,用白茅裹泥土赐予被封者,象征授予土地和权力。汉李陵《答苏武书》："陵谓足下当享茅土之荐。"唐李善注引《尚书纬》："天子社,东方青,南方赤,西方白,北方黑,上冒以黄土。将封诸侯,各取方土,苴以白茅,以为社。"

【例句】唐罗隐《秋日有酬》："分茅列土才三十,犹拟回头赌锦袍。"唐李颀《行路难》："汉家名臣杨德祖,四代五公享茅土。"唐高适《辟阳城》："奸淫且不戮,茅土孰云宜。"唐王建《赠李恕仆射》："次第各分茅土贵,殊勋并在一门中。"

分陕之重　fēn shǎn zhī zhòng
【分类】政治
【关键词】史记
【释义】原指周成王时,周公、召公分陕而治,后指朝廷对守土重臣的委任。陕:今河南三门峡市一带。《史记·燕召公世家》："其在成王时,召公为三公。自陕以西,召公主之;自陕以东,周公主之。"晋陶渊明《晋故征西大将军长史孟府君传》："太尉颍川庾亮,以帝舅民望,受分陕之重,镇武昌,并领江州。"
【例句】唐虞世南《奉和幸江…》："封唐昔敷锡,分陕被荆吴。"唐张说《奉和圣制…》："周召尝分陕,诗书空复传。"唐司马札《登河中鹳…》："烟树遥分陕,山中曲向秦。"宋王柏《薰风歌代…》："玉麟堂上歌薰风,周公分陕方居东。"

分司狂御史　fēn sī kuáng yù shǐ
【分类】文化
【关键词】杜牧
【释义】指杜牧。分司:唐宋制度,中央之官有分在陪都(洛阳)执行任务者,称为"分司"。源见"杜牧风流"。
【例句】宋苏洞《金陵杂兴》："人间抵死无殊丽,免唤分司御史狂。"宋陈师道《减字木兰花》："花前月底。谁唤分司狂御史。"金段成已《梅花十咏》："可能惠我黄昏伴,休笑分司御史狂。"元高启《倚楼》："自怜对酒还惆怅,不及分司御史狂。"

分香饼　fēn xiāng bǐng
【分类】文化
【关键词】茶
【释义】咏茶叶之典。《归田录》："茶之品,莫贵于龙、凤,谓之团茶,凡八饼重一斤。庆历中…始造小片龙茶以进,其品绝精,谓之小团,凡二十饼重一斤,其价直金二两。然金可有而茶不可得,每因南郊致斋,中书、枢密院各赐一饼,四人分之。"
【例句】宋苏轼《行香子》："初拆臣封。看分香饼。黄金缕、密云龙。"宋刘克庄《东涧为余…》："金虀银钩俱妙绝,石泉香饼太清生。"明张綎《蝶恋花》："一线碧烟紫藻井,小鬟茶进龙香饼。"清孙原《湘情苗》："枕函弘结联环带,香饼潜薰垫角巾。"

分香旧事　fēn xiāng jiù shì
【分类】生活
【关键词】曹颖
【释义】指李英华魂赠灵香给曹颖之事。《西塘集耆旧续闻》载:北宋元丰年间,县令开封李长卿女英华…染疯疾而逝,殡于邑之仙岩寺三峰阁…王传庆及内表曹颖偕来…后曹颖从军赴朔方…与诀曰:"…敬授灵香一瓣,有急,请爇此香,当阴有所护。"后曹获谴麾下,追惟英华之言,欲取所遗香爇之,军行无宿火,卒正法。

【例句】宋韩元吉《水龙吟》:"问分香旧事,刘郎去后,知谁伴,风前醉?"

分香卖履　fēn xiāng mài lǚ

【分类】生活
【关键词】曹操
【释义】喻指人临终前恋念所爱的妻妾。汉曹操《遗令》:"余香可分与诸夫人,不命祭。诸舍中(指众妾)无所为,可学做组履卖也。"
【例句】唐杜牧《杜秋娘诗》:"咸池升日庆,铜雀分香悲。"唐罗隐《邺城》:"英雄亦到分香处,能共常人较几多。"宋艾性夫《诸公赋东…》:"分香卖履吁可怜,所志止在儿女前。"元孙蕡《铜雀台》:"赋诗横槊气何雄,卖履分香泪如霰。"

分野　fēn yě

【分类】生态
【关键词】国语
【释义】与星次相对应的地域。古以十二星次的位置划分地面上州、国的位置与之相对应。就天文说,称作分星;就地面说,称作分野。《国语·周语下》:"岁之所在,则我有周之分野也。"三国吴韦昭注:"岁星在鹑火。鹑火,周分野也,岁星所在,利以伐之也。"亦指分界、界限或政治、思想方面的分歧。
【例句】唐张鼎《邺城引》:"隐隐都城紫阳开,迢迢分野黄星见。"唐韦应物《登西南冈…》:"纤曲水分野,绵延稼盈畴。"唐方干《和剡县陈…》:"烟霞若接天台地,分野应侵婺女星。"五代贯休《上卢使君》:"步出林泉多吉梦,帆侵分野入祥烟。"

分源豕韦　fēn yuán shǐ wéi

【分类】生活
【关键词】左传
【释义】咏姓氏之典。《左传·襄公二十四年》:"宣子曰:'昔(范)匄之祖,自虞以上,为陶唐氏,在夏为御龙氏,在商为豕韦氏,在周为唐杜氏,晋主夏盟为范氏,其是之谓乎?'"晋杜预注:"御龙氏谓刘累也。"
【例句】唐杜甫《重送刘十…》:"分源豕韦派,另浦雁宾秋。"

分宅　fēn zhái

【分类】政治
【关键词】邛成子
【释义】指朋友间不负生死之义。南朝梁刘峻《广绝交论》:"自昔把臂之英,金兰之友,曾无羊舌下泣之仁,宁慕邛成分宅之德。"唐李善注:"《孔丛子》曰:邛成子自鲁聘晋,过于卫,右宰榖臣止而觞之,陈乐而不作,酣毕而送以璧…行三十里而闻卫乱作,右宰榖臣死之。成子于是迎其妻子,还其璧,隔宅而居之。"
【例句】唐杜甫《八哀诗》:"分宅脱骖间,感激怀未济。"唐韩愈《南山诗》:"藩都配德运,分宅占丁戊。"宋刘敞《同永叔哭…》:"上书立后禄绍先,分宅恤穷祭有田。"明李确《确遭家难…》:"穷途下泣逢羊舌,分宅高风见邛城。"

坟籍　fén jí

【分类】文化
【关键词】李固
【释义】指古代典籍。《后汉书·李固传》:"少好学,常步行寻师,不远千里。遂究览坟籍,结交英贤。四方有志之士,多慕其风而来学。"
【例句】唐皮日休《二游诗徐诗》:"唯写坟籍多,必云清俸绝。"唐李频《江上送从…》:"坟籍因穷览,江湖却纵游。"宋晏殊《过华夫书屋》:"坟籍岂惟精四部,弦歌常见习三余。"宋冯时行《有感》:"万里水云闲有约,一床坟籍静无厌。"

汾水游　fén shuǐ yóu

【分类】政治
【关键词】庄子
【释义】形容超然物外的处世态度。《庄子·逍遥游》:"尧治天下之民,平海内之政,往见四子藐姑射之山,汾水之阳,窅然丧其天下焉。"
【例句】唐武平一《奉和幸韦…》:"地若游汾水,畋疑历渭滨。"宋汪藻《己酉乱后…》:"汾水游仍远,瑶池宴未归。"宋刘敞《嘉祐大行…》:"汾水游仍往,华胥梦转遥。"明薛瑄《河汾逢王…》:"京师一别几经秋,汾水相逢话旧游。"

汾阳驾　fén yáng jià

【分类】政治
【关键词】庄子
【释义】借指帝王的车驾。源见"汾水游。"
【例句】唐杜甫《收京》:"暂屈汾阳驾,聊飞燕将书。"唐沈佺期《嵩山石淙…》:"自惜汾阳纡道驾,无如太室览真图。"明苏祐《集唐句送…》:"自惜汾阳纡道驾,北人南去雪纷纷。"

枌榆社　fén yú shè

【分类】政治
【关键词】汉高祖
【释义】汉高祖刘邦故里的土地神祠。《史记·封禅书》:"高祖初起,祷丰枌榆社。徇沛,为沛公,则祠蚩尤,衅鼓旗。"高祖即位后,于秦故骊邑移置新丰县枌榆社。后借指帝乡,亦泛指故乡。
【例句】唐张九龄《奉和圣制…》:"户蒙枌榆复,邑争牛酒欢。"唐审言《和李大夫嗣…》:"井邑枌榆社,陵园松柏田。"宋杨亿《十九哥赴…》:"枌榆旧社虽堪恋,星火严程不可违。"宋王曾《送何水部…》:"停骖却访枌榆社,恋阙回瞻析木津。"

棼丝 fén sī
【分类】生活
【关键词】左传
【释义】表现心情纷乱、或政局愈加紊乱的典故。《左传·隐公元年》:"(鲁大夫众仲对鲁隐公说)臣闻以德和民,不闻以乱。以乱,犹治丝而棼之也。"晋杜预注:"丝见棼缊,益所以乱。"
【例句】唐阎朝隐《饯唐永昌》:"洛阳难理若棼丝,椎破连环定不疑。"唐刘禹锡《和河南裴…》:"黑烟耸鳞甲,洒液如棼丝。"唐张九龄《荆州作》:"众口金可铄,孤心936共棼。"唐韩偓《有瞩》:"谁将覆辙询长策,愿把棼丝属老成。"

焚稿 fén gǎo
【分类】政治
【关键词】羊祜
【释义】慎密之典。《晋书·羊祜传》:"祜历职二朝,任典枢要,政事损益,皆谘访焉,势利之求,无所关与。其嘉谋说议,皆焚其草,故世莫闻。凡所进达,人皆不知所由。"
【例句】唐刘长卿《秋日夏口…》:"藏弓身已退,焚稿事难闻。"唐杨巨源《和卢谏议》:"对客默焚稿,何人知谏书。"宋张纲《次韵王周…》:"会令后学轻焚稿,消得诗名号倚楼。"宋周必大《次韵章茂…》:"谏书夜奏常焚稿,讲舌时乾每赐茶。"

焚芰裂荷 fén zhí liè hé
【分类】政治
【关键词】孔稚珪
【释义】隐士趋炎附势、再度入仕之典。南朝齐孔稚珪《北山移文》:"尔乃眉轩席次,袂耸筵上,焚芰制而裂荷衣,抗尘容而走俗状。"描绘周颙在接到皇帝诏令时,眉飞色舞,伸臂扬袖,焚毁、撕裂了菱、荷制的衣服,显现出庸俗之状。
【例句】宋杨备《咏钟山》:"周子无心隐姓名,裂荷焚芰使猿惊。"宋贺铸《将进酒》:"驰单车,致缄书,裂荷焚芰,接武曳长裾。"宋周文璞《遣兴》:"坏车杀马空嗟晚,裂芰焚荷直到今。"元蓝仁《放歌一首…》:"裂荷焚芰别山谷,带牛佩犊趋边庭。"

焚介子 fén jiè zǐ
【分类】政治
【关键词】介子推
【释义】求取贤士之典,亦指寒食。源见"焚山林"。
【例句】唐顾况《拟古》:"浮生果何慕,老去羡介推。"唐孟云卿《寒食》:"贫居往往无烟火,不独明朝为子推。"唐元稹《春六十韵》:"晋悲焚介子,鲁愿浴沂童。"明吴伟业《言怀》:"只为鲁连宁蹈海,谁云介子不焚山。"

焚琴煮鹤 fén qín zhǔ hè
【分类】生活
【关键词】蔡绦

【释义】比喻糟蹋美好的事物。《苕溪渔隐丛话》:引《西清诗话》《义山杂纂》,品自数十,盖以文滑稽者。其一曰杀风景,谓'清泉濯足''花上晒裈''背山起楼''烧琴煮鹤''对花啜茶''松下喝道'"。
【例句】唐韦鹏翼《戏题盱眙…》:"自从煮鹤烧琴后,背却青山卧月明。"宋李彭《坡自海…》:"十年呵禁烦神物,奈尔焚琴煮鹤何。"宋洪适《满江红》:"吹竹弹丝谁不爱,焚琴煮鹤人何肯。"宋刘辰翁《文姬归汉图》:"琴烧笛折嗓灰冷,开卷草深归鹤饥。"

焚山林 fén shān lín
【分类】政治
【关键词】介子推
【释义】咏求取贤士之典。谓晋人介子推从晋文公流亡,割股食公,有功而不受禄,隐入绵山,后晋文公焚烧树林逼迫,仍不出,抱树焚死。《左传·僖公二十四年》:"晋侯赏从亡者,介子推不言禄,禄亦弗及…遂隐而死。晋侯求之,不获,以绵上为田。"
【例句】唐吴仁璧《投谢钱武肃》:"累重虽然容食椹,力微无计报焚林。"唐韦蟾《上元》:"熏穴应无取,焚林固有求。"五代徐夤《烟》:"燎野焚林见所从,惹空横水展形容。"

焚书坑儒 fén shū kēng rú
【分类】政治
【关键词】秦始皇
【释义】指秦始皇下令焚烧诗书、坑死儒生之事。《史记·秦始皇本纪》:"丞相李斯曰:'…非博士官所职,天下敢有藏《诗》、《书》、百家语者,悉诣守、尉杂烧之。有敢偶语《诗》、《书》者弃市,以古非今者族。'""于是使御史悉案问诸生,诸生传相告引,乃自除犯禁者四百六十余人,皆坑之咸阳。"
【例句】唐王绩《独坐》:"周文方定策,秦帝即焚书。"唐李显《幸秦始皇陵》:"政烦方改篆,愚俗乃焚书。"唐李益《华山南庙》:"常闻坑儒后,此地返秦璧。"宋刘苿《咸阳》:"却缘火是秦人火,只与焚书一样红。"宋陈普《李斯》:"李斯何敢妄坑儒,但作逢君固位图。"

焚香扫地 fén xiāng sǎo dì
【分类】生态
【关键词】韦应物
【释义】形容清幽的隐居生活。《唐国史补》:"韦应物立性高洁,鲜食寡欲,所坐焚香扫地而坐。其为诗驰骤建安以还,各得其风韵。"
【例句】唐吕岩《绝句》:"闭门清昼读书罢,扫地焚香到日晡。"五代花蕊夫人《宫词》:"修仪承宠住龙池,扫地焚香日午时。"宋苏轼《是日宿水…》:"拾薪煮药怜僧病,扫地焚香净客魂。"宋苏轼《南堂》:"扫地焚香闭阁眠,簟纹如水帐如烟。"

焚砚 fén yàn
【分类】文化

【关键词】陆机
【释义】意指自恨文章不如别人。《晋书·陆机传》："机天才秀逸，辞藻宏丽，张华尝谓之曰：'人之为文，常恨才少，而子更患其多。'弟云尝与书曰：'君苗见兄文，辄欲烧其笔砚。'"
【例句】唐李峤《砚》："君苗徒见爇，谁咏士衡篇。"唐冯伉《和权载之…》："息心欲焚砚，自腼陪群英。"宋曾巩《戏呈休文…》："已闻清论至更仆，更读新诗欲焚砚。"宋陈造《再次韵马…》："三吴才隽应焚砚，万里风烟尽入诗。"

焚芝 fén zhī
【分类】生活
【关键词】陆机
【释义】咏亲友去世之典。晋陆机《叹逝赋》："信松茂而柏悦，嗟芝焚而蕙叹。"唐李周翰注："同类相感也、芝、蕙，香草也，言亲友既逝，其情无聊。"其中"芝焚而蕙叹"句，用以抒发哀伤亡友之情。
【例句】唐孔绍安《伤顾学士》："游人行变桔，逝者遽焚芝。"唐武则天《从驾幸少…》："昔遇焚芝火，山红连野飞。"唐王勃《伤裴录事丧子》："芝焚空叹息，流恨满簋金。"宋谢翱《和靖墓》："琳宇焚芝秋寂历，斗天下无人祠太乙。"

羵羊 fén yáng
【分类】生活
【关键词】国语
【释义】古代传说土中所生的精怪，羊形，雌雄不分。源见"土怪"。
【例句】唐苏味道《咏井》："流声集孔雀，带影出羵羊。"元陈泰《引龙珠歌龙》："虾须蟹眼即龙媒，罔象羵羊应龙出。"元谢应芳《石箭头歌》："羵羊肝胆破，魍魉走折足。"清颜光敏《戊申六月…》："大噬羵羊细蝼蚁，苍生履厚徒惛惛。"

粉色 fěn sè
【分类】生活
【关键词】唐玄宗
【释义】喻女子容颜，借指美女。《太平广记·长恨传》："玄宗在位岁久，倦于旰食宵衣…时每岁十月，驾幸华清宫…上心油然，恍若有遇，顾左右前后，粉色如土。"
【例句】唐薛逢《追昔行》："风惊粉色入蝉鬟，愁送镜花潜堕枝。"唐李白《邯郸南亭…》："粉色艳日彩，舞衫拂花枝。"唐李群玉《送萧十二…》："玉佩定催红粉色，锦衾应惹翠云香。"宋梅尧臣《依韵和…》："粉色酒容欢四座，花光烛影照西墙。"

粉署 fěn shǔ
【分类】政治
【关键词】汉官仪
【释义】尚书省的别称，宋时多称粉省。《汉官仪》："尚书郎奏事明光殿，省中皆胡粉涂壁。"
【例句】唐沈佺期《李员外秦…》："盈盈粉署郎，五日宴春光。"唐武平一《饯唐永昌》："寄谢铜街攀柳日，无忘粉署握兰时。"唐周繇《和段成式》："回鞶转黛喜猜防，粉署裁诗助酒狂。"宋洪刍《次韵陈使…》："霜台如不践，粉省定须归。"

粉围香阵 fěn wéi xiāng zhèn
【分类】生活
【关键词】唐玄宗
【释义】指美女歌妓簇拥周围，为咏生活淫奢之典。《岁时习俗资料汇编·月令》："《天宝遗事》：申王每至冬日，有风雪苦寒之际，使宫妓密围坐侧，以御寒气，自呼为妓围。"
【例句】宋宋白《牡丹诗》："风排香阵拂瑶埠，御苑新晴烂漫时。"宋李弥逊《春日同游…》："卑枝横路霭香阵，远树山林扬紫波。"宋仇远《无题》："粉围香阵画梁尘，几梦梨花漠漠云。"宋张镃《烛摇红》："粉围香阵拥诗仙，战退春寒峭。"宋黄简《怀古》："翠里红遮艳粉围，春风夜夜可曾归。"宋范成大《与至先兄…》："拄杖无边处处过，粉围红绕奈春何。"

奋飞 fèn fēi
【分类】生活
【关键词】诗经
【释义】振翅高飞，比喻人奋发有为。《诗经·邶风·柏舟》："静言思之，不能奋飞。"毛传："不能如鸟奋翼而飞去。"
【例句】唐刘知几《读汉书作》："奋飞出草泽，啸咤驭群雄。"唐王维《偶然作》："几回欲奋飞，踟蹰复相顾。"唐杜甫《寄韩谏议注》："今我不乐思岳阳，身欲奋飞病在床。"唐杜甫《寄韩谏议注》："今我不乐思岳阳，身欲奋飞病在床。"

丰城宝剑 fēng chéng bǎo jiàn
【分类】政治
【关键词】张华
【释义】指龙泉、太阿神剑，借喻杰出人才。源见"丰城剑气"。
【例句】唐李白《梁甫吟》："张公两龙剑，神物合有时。"唐窦巩《题剑津》："双剑变成龙化去，两溪相水归南。"宋郑獬《哀苏明允》："丰城宝剑忽飞去，玉匣灵踪自此无。"宋李光《载酒堂》："丰城宝剑埋狱中，光焰犹能射牛斗。"

丰城剑气 fēng chéng jiàn qì
【分类】政治
【关键词】张华
【释义】赞美宝物或杰士，亦指宝物、杰士有待识者发现。《晋书·张华传》载：吴灭晋兴之际，斗牛间常有紫气。尚书张华请教于雷焕。焕说"宝剑之精，上彻于天耳"。并说剑在豫章丰城…"焕到县，掘狱屋基，入地四丈余，得一石函，光气非常，中有双剑，并刻题，一曰龙泉，一曰太阿。其夕斗牛间气不复见焉。"华、焕分佩二剑，后"华诛,失剑所在。焕卒,子华为州从事,持剑行经延平津,剑忽于腰间跃出堕水。使人汲水取之,不见剑,但见两龙各长数丈。"

【例句】唐无可《书事寄万…》:"凫飞将去叶,剑气尚埋丰。"唐杨炯《和刘长庄…》:"宝剑丰城气,明珠魏国珍。"唐韦庄《和李秀才…》:"不应双剑气,长在斗牛傍。"宋范祖禹《和五十四…》:"光如剑气斗间没,文似河源天上流。"

丰亨豫大　fēng hēng yù dà

【分类】生活

【关键词】周易

【释义】形容君德隆盛,国家富足,后多指好大喜功,奢侈挥霍。《周易注疏·丰》:"丰、亨,王假之。"又《周易注疏·豫》:"由豫,大有得,志大行也。"亨:通达。豫:和顺。

【例句】宋刘仙伦《沁园春》:"贤奋建,定丰亨豫大,扬夬王庭。"明李东阳《题清明上…》:"丰亨豫大纷彼徒,当时谁进流民图。"清查慎行《二月朔闻…》:"时逢豫大丰亨会,德感坛壝社稷神。"清程盛修《三司告》:"春秋鼎盛府库余,丰亨豫大非良图。"清弘历《正月十七》:"慢骋丰亨豫大说,当思敬怠吉凶关。"

丰隆　fēng lóng

【分类】文化

【关键词】雷

【释义】古代神话中的雷神、云师,多用作雷的代称。《楚辞补注·离骚》:"吾令丰隆椉云兮,求宓妃之所在。"汉王逸注:"丰隆,云师,一曰雷师。"

【例句】唐刘禹锡《和河南裴…》:"丰隆震天衢,列缺挥火旗。"宋田锡《李谟吹笛歌》:"丰隆惊得蛟螭起,雨趁云随初啸噑。"宋晏殊《建茶》:"丰隆已助新芽出,更作欢声动地催。"宋白玉蟾《拙庵》:"欲雨只消呼滠沉,要雷略目召丰隆。"

丰年玉　fēng nián yù

【分类】文化

【关键词】庾亮

【释义】比喻太平盛世的人才。《世说新语·赏誉》:"也称庾文康(庾亮)为丰年玉,稚恭(庾翼,字稚恭)为荒年谷。"刘孝标注:"谓亮(庾亮)有廊庙之器。"即称庾亮有治国之才。

【例句】唐李白《赠韦侍御…》:"我如丰年玉,弃置秋田草。"宋吕本中《送虞澹季…》:"庾公故是丰年玉,道貌更见不足。"宋张嵲《送人赴阙》:"共贵丰年玉,咸推席上珍。"宋李洪《次韵寺丞…》:"表仪共仰丰年玉,赋咏宜陪庾载歌。"

丰盈　fēng yíng

【分类】政治

【关键词】国语

【释义】指体态丰满;年谷丰熟。丰收富足。源见"角犀"。

【例句】唐高适《遇崔二有别》:"颔颐尚丰盈,毛骨未合过。"唐张碧《农父》:"运锄耕斸侵星起,陇亩丰盈满家喜。"宋方岳《食猫笋》:"此君乃有宁馨儿,犀角丰盈玉不如。"宋苏轼《将至筠…》:"未见丰盈犀角儿,先逢玉雪王郎子。"

风标公子　fēng biāo gōng zǐ

【分类】文化

【关键词】杜牧

【释义】鹭的别名。唐杜牧《晚晴赋》:"白鹭潜来兮,邈风标之公子,窥此美人兮,如慕悦其容媚。"

【例句】宋黄庭坚《叔晦宿邀…》:"风标公子诚多自,波净月明如鸥何。"宋许志仁《鹭》:"春暗汀洲杜若香,风标公子白霓裳。"宋张耒《二十三日…》:"风标公子鹭得意,跂扈将军风敛威。"宋曾几《置酒签厅…》:"静濯明妆何所待,风标公子远飞来。"

风病辞　fēng bìng cí

【分类】政治

【关键词】姜肱

【释义】咏高士逃名之典。《后汉书·姜肱传》:"桓帝乃下彭城使画工图其形状。肱卧于幽暗,以被韬面,言患眩疾,不欲出风。工竟不得见之…乃隐身遁命,远浮海滨。"

【例句】唐杜甫《舟中苦热…》:"耻以风病辞,胡然泊湘岸。"唐皇甫冉《闲居作》:"多病辞官罢,闲居作赋成。"唐张籍《送白宾客…》:"病辞省闼归闲地,恩许宫曹作上宾。"唐白居易《祭社宵兴…》:"欲将闲送老,须著病辞官。"

风尘表物　fēng chén biǎo wù

【分类】文化

【关键词】王戎

【释义】称赞超凡出俗的杰出人物的典故。《晋书·王戎传》:"王衍神姿高彻,如琼林玉树,自然是风尘表物。"

【例句】唐独孤及《庚子岁避…》:"安知风尘表,偶与琼瑶亲。"宋王信《视旱田赋…》:"轮蹄旦旦风尘表,入眼群山青未了。"宋李之仪《和储子椿竹》:"固应表见风尘外,莫作寻常草木看。"宋吕本中《张祎秀才…》:"风尘表物自无意,神仙中人聊与游。"宋洪适《江州尘外亭》:"使君人物风尘表,亭下纤埃远白蘋。"

风吹幡动　fēng chuī fān dòng

【分类】文化

【关键词】惠能

【释义】咏禅宗悟道之典。《坛经》中云:"时有风吹幡动。一僧曰风动,一僧曰幡动,议论不已。惠能进曰:'非风动,非幡动,仁者心动。'"

【例句】宋释本先《非风幡动…》:"非风幡动唯心动,自古相传直至今。"宋刘忠顺《留题资圣…》:"了毕如来藏,任他风动幡。"宋梅挚《新繁县显…》:"禅斋不顾幡风影,讲席乱飞花雨香。"宋李大临《题招提院》:"客到空弹指,风来不动幡。"宋张耒《和北寺》:"悟理观幡动,临风想锡飞。"宋谢逸《潜心堂》:"要先舟壑藏时悟,莫向风幡动处寻。"

风从虎云从龙　fēng cóng hǔ yún cóng lóng
【分类】政治
【关键词】周易
【释义】比喻事物之间的相互感应。《周易注疏·乾》:"同声相应,同气相求。水流湿,火就燥。云从龙,风从虎。圣人作而万物睹。"
【例句】唐独孤及《送长孙将…》:"浪逐楼船破,风从虎竹生。"宋释善清《偈五首》:"云从龙,风从虎,冬至寒食一百五。"宋释德洪《南丰曾垂…》:"作诗愿见亦不恶,谷风从虎云从龙。"宋朱诗《寄长庆寺…》:"一言决洪涛,四海云从龙。"宋李纲《读诸葛武…》:"心期吻合论世故,如鱼得水云从龙。"

风后　fēng hòu
【分类】政治
【关键词】黄帝
【释义】即风伯,黄帝的宰相,发明指南车和八阵兵图。《史记·五帝本纪》:"(黄帝)举风后、力牧、常先、大鸿以治民。"南朝宋裴骃集解引郑玄曰:"风后,黄帝三公也。"唐张守节《史记正义》:"四人皆帝臣也。"
【例句】唐王维《故太子太…》:"轩皇用风后,傅说是星精。"唐卢僎《奉和李令…》:"风后轩皇佐,云峰谢客居。"唐白居易《奉酬元侍中》:"帝将风后待,人作谢公看。"唐白居易《早祭风伯…》:"夙兴祭风伯,天气晓冥冥。"唐舒元舆《桥山怀古》:"知勇神天不自大,风后力牧输长筹。"唐黄滔《闻八月》:"唯恐雨师风伯意,至时还夺上楼天。"

风胡子　fēng hú zǐ
【分类】生活
【关键词】风胡子
【释义】春秋时楚人,精于识剑、铸剑。《越绝书·记宝剑》:"于是乃令风胡子之吴,见欧冶子、干将,使人作铁剑。"
【例句】唐崔融《咏宝剑》:"欲知天下贵,持此问风胡。"唐裴夷直《观淬龙泉剑》:"欧冶将成器,风胡幸见逢。"唐卢士衡《钟陵铁柱》:"安得风胡借方便,铸成神剑斩鲸鲵。"宋陈襄《古剑谢李…》:"风胡侧目观如堵,一唱人间万金贾。"

风化　fēng huà
【分类】政治
【关键词】毛诗
【释义】谓统治者对人民施以教育感化。《毛诗序》:"上以风化下。"
【例句】唐戎昱《赠韦况征君》:"今日巢由旧冠带,圣朝风化胜尧时。"唐杜甫《遭田父泥…》:"感此气扬扬,须知风化首。"唐李隆基《端午三殿…》:"股肱良足咏,风化可还淳。"唐司空曙《秋日感府》:"谪吏何能沐风化,空将歌颂拜车前。"

风火生　fēng huǒ shēng
【分类】生活
【关键词】曹景宗
【释义】咏射猎武勇之典。《南史·曹景宗传》:"景宗谓所亲曰:'我昔在乡里,骑快马如龙、拓弓弦作霹雳声,箭如饿鸱叫,平泽中逐獐,数肋射之…觉耳后生风,鼻头出火,此乐使人忘死,不知老之将至。'"
【例句】唐杜甫《戏作花卿歌》:"用如快鹘风火生,风贼唯多身始轻。"元李鹏《鬼首法刀歌》:"酒酣激烈风火生,我欲持刀待明发。"元张昱《捕虎行》:"司兵受令即出城,怒气填膺风火生。"

风鉴　fēng jiàn
【分类】文化
【关键词】陆机
【释义】风度和鉴识。《晋书·陆机陆云传论》:"风鉴澄爽,神情俊迈,文藻宏丽,独步当时。"相面术,以及以此为业者。《青箱杂记》:"余尝谓风鉴一事,乃昔贤甄识人物拔擢贤才之所急,非市井卜相之流用以贾鬻取资者。"
【例句】唐段成式《句》:"高谈敬风鉴,古貌怯冰棱。"宋赵崇皤《送还吴山稿》:"万卷文书一幅巾,不将风鉴落埃尘。"宋曾丰《赠玉牒道人》:"神融气会李淳风,收拾乾坤风鉴中。"宋释德洪《思禹兄生日》:"文章瑞世本奇豪,风鉴霜天夜月高。"

风流　fēng liú
【分类】文化
【关键词】赵充
【释义】指风度,仪表;犹遗风;流风余韵。《汉书·赵充辛庆赞国忌等传》:"其风声气俗自古而然,今之歌谣慷慨,风流犹存耳。"
【例句】唐张说《奉和圣制…》:"路上天心重豫游,御前恩赐特风流。"唐李颀《寄綦毋三》:"顾昐一过丞相府,风流三接令公香。"唐皎然《述祖德赠…》:"世业相承及我身,风流自谓过时人。"聂绀弩《推磨》:"百事输人我老牛,惟余转磨稍风流。"

风流尽　fēng liú jìn
【分类】生活
【关键词】张绪
【释义】悼才士之典。《南齐书·张绪传》:"从弟融敬重绪,事之如亲兄,赍酒于绪前酌饮,恸哭曰:'阿兄风流顿尽!'"张绪字思曼,吴郡人。宋武帝曾赞张绪风流可爱,似灵和殿前的杨柳。
【例句】唐杜甫《哭李常侍峄》:"一代风流尽,修文地下深。"唐杜甫《将赴成都…》:"习池未觉风流尽,况复涪州赏更新。"宋刘敞《度支苏员…》:"零落风流尽,平生意气亲。"宋苏轼《王晋卿所…》:"迩来一变风流尽,谁见将军著色山?"

风流罪　fēng liú zuì
【分类】生活
【关键词】郎基

【释义】因风雅之事而犯的过失,后指因男女私情而引起的过错。《北齐书·郎基》:"潘子义曾遗之书曰:'在官写书,亦是风流罪过。'基答书曰:'观过知仁,斯亦可矣。'"

【例句】宋刘克庄《再和》:"只愁人议风流罪,屡出看花数赋诗。"宋张道洽《对梅》:"为渠拚受风流罪,只恐风流不到侬。"宋黄大受《昭潭寄内人》:"客中亦有风流罪,长伴梅花对月眠。"明王彦泓《和端己韵》:"狂生易得风流罪,好女难参月上禅。"

风马牛 fēng mǎ niú

【分类】生活

【关键词】左传

【释义】即风马牛不相及,比喻双方没有任何利害冲突关系。《左传·僖公四年》:"君处北海,寡人处南海,唯是风马牛不相及也。"

【例句】宋苏轼《送李公择》:"已得其为人,不待风马牛。"宋谢逸《闻徐师川…》:"满城恶少弋鬼雁,对面故人风马牛。"宋陆游《天气作雪…》:"八十又过二,与人风马牛。"聂绀弩《挽毕高士》:"丈夫白死花岗石,天下苍生风马牛。"

风木之悲 fēng mù zhī bēi

【分类】生活

【关键词】韩诗

【释义】比喻父母亡故,不及侍养的悲伤。《韩诗外传》:"树欲静而风不止,子欲养而亲不待。往而不可追者,年也,去而不可得见者,亲也。"

【例句】唐牟融《翁母些》:"先垄每怀风木夜,画堂无复彩衣时。"唐卢尚书《哭李远》:"不堪旧里经行处,风木萧萧邻笛悲。"宋綦崇礼《故福国夫…》:"騄驹不究期颐寿,风木长悲欲养情。"宋刘克庄《挽赵硕人》:"风木终身恨,朝华过眼荣。"

风声鹤唳 fēng shēng hè lì

【分类】政治

【关键词】谢玄

【释义】听到风吹声、鹤啼叫声都以为是追兵,形容惊慌失措或自相惊扰。《晋书·谢玄传》:"决战肥水南。坚中流矢,临阵斩融,坚众奔溃…余众弃甲宵遁,闻风声鹤唳,皆以为王师之至。"

【例句】唐刘禹锡《赠澧州高…》:"残兵疑鹤唳,空垒静乌声。"宋梅尧臣《吴仲庶殿…》:"风声鹤唳传九皋,何用宝刀称孟劳。"宋刘跂《行次长风…》:"石裂崖颓非快意,风声鹤唳než消忧。"宋朱熹《次子有闻…》:"莫烦王旅追穷寇,鹤唳风声尽好音。"

风师 fēng shī

【分类】政治

【关键词】周礼

【释义】传说中的风神,又称风伯、箕伯、飞廉。《周礼·春官·大宗伯》:"以槱燎祀司中、司命、风师、雨师。"汉郑玄注引郑司农曰:"雨师,毕也。风师,箕也。"汉蔡邕《独断》:"风伯神,箕星也。其象在天,能兴风。"

【例句】唐无名氏《春》:"风师剪翠换枯条,青帝染蓝染江水。"唐罗隐《自湘川东…》:"只见风师长占路,不知青帝已行春。"唐黄滔《闻八月》:"唯恐雨师风伯意,至时还夺上楼天。"唐钱珝《江行无题》:"箕伯无多少,回头讵不能。"唐白居易《题海图屏风》:"喷风激飞廉,鼓波怒阳侯。"宋赵善括《真妃祠》:"好乘云车命箕伯,去击雷鼓驱丰隆。"宋宋祁《和道卿舍…》:"飞廉披苑路,南斗抱城隅。"

风斯在下 fēng sī zài xià

【分类】政治

【关键词】庄子

【释义】斯:乃。风就在下面,言鹏鸟凭借风力而往高处飞,后用来比喻后人超过了前人。《庄子·逍遥游》:"风之积也不厚,则其负大翼也无力。故九万里则风斯在下矣,而后乃今培风。"

【例句】宋黄庭坚《钱忠懿王…》:"九万里则风斯在下,眇大物而成仁。"宋辛弃疾《贺新郎》:"九万里风斯在下,翻覆云头雨脚。"宋陈著《如岳上人…》:"九万里风斯在下,三千世界本来空。"元蔡廷秀《武夷山》:"石门雁荡今回首,风斯在下生尘埃。"

风台 fēng tái

【分类】文化

【关键词】徐湛之

【释义】指敞露透风的台榭。源见"月观"。

【例句】唐储光羲《效古》:"晨登凉风台,暮走邯郸道。"唐韩愈《和崔舍人…》:"风台观溔溔,冰砌步青荧。"唐柳宗元《行路难》:"风台露榭生光饰,死灰弃置参与商。"唐吴融《奉和御制…》:"芰荷笼水殿,杨柳蔽风台。"

风雅 fēng yǎ

【分类】生活

【关键词】陆机

【释义】指《诗经》中的《国风》和《大雅》、《小雅》,亦用以指代《诗经》,泛指诗文方面的事,也指人的风流儒雅。晋陆机《辩亡论上》:"风雅则诸葛瑾、张承、步骘,以名声光国。"

【例句】唐皮日休《鲁望昨以…》:"既作风雅主,遂司歌咏权。"唐孟浩然《陪卢明府…》:"文章推后辈,风雅激颓波。"唐王维《送张舍人…》:"清范何风流,高文有风雅。"聂绀弩《集体写诗》:"唯大英雄甘木讷,是真风雅不虚吹。"

风烟 fēng yān

【分类】生活

【关键词】谢朓

【释义】风与烟(或雾气),或指朦胧的景物;犹风尘,尘世;也比喻战乱。南朝齐谢朓《和王著作融八公山诗》:"风烟四时犯,霜雨朝夜沐。"
【例句】唐骆宾王《在江南赠…》:"风烟标迥秀,英灵信多美。"唐白居易《西湖留别》:"征途行色惨风烟,祖帐离声咽管弦。"宋张耒《登海州城楼》:"客心不待伤千里,槛外风烟尽是愁。"宋苏舜钦《扬州城南…》:"风烟远近思高通,豺虎纵横难息机。"

风偃草　fēng yǎn cǎo
【分类】政治
【关键词】论语
【释义】称美官员以德化民之典。《论语·颜渊》:"孔子对曰:'子为政,焉用杀？子欲善而民善矣。君子之德风,小人之德草。草上之风,必偃。'"
【例句】唐高适《奉酬睢阳…》:"坐堂风偃草,行县雨随辀。"唐权德舆《奉和李相…》:"化成风偃草,道合鼎调梅。"唐李中《和浔阳宰…》:"政化有同风偃草,更将余力拯孤寒。"唐柳宗元《韦使君黄…》:"惠风仍偃草,灵雨会随车。"

风雨飘摇　fēng yǔ piāo yáo
【分类】政治
【关键词】诗经
【释义】在风雨中飘荡摇摆,比喻动荡不安。《诗经·豳风·鸱鸮》:"予室翘翘,风雨所漂摇。"郑笺:"巢之翘翘而危,以其所托枝條弱也。"
【例句】唐陆敬《巫山高》:"别有阳台处,风雨共飘飘。"唐王建《送韦处士…》:"风雨一飘飘,亲情多阻隔。"宋范成大《送文处厚…》:"死生契阔心如铁,风雨飘摇鬓欲丝。"宋赵希逢《和容膝》:"乾坤同广大,风雨任飘摇。"

风雨如晦　fēng yǔ rú huì
【分类】生活
【关键词】诗经
【释义】旧以风雨如晦象征乱世黑暗,今为咏乱世或咏怀故人之典。《诗经·郑风·风雨》:"风雨如晦,鸡鸣不已。既见君子,云胡不喜。"
【例句】五代韦庄《秦妇吟》:"一从狂寇陷中国,天地晦冥风雨黑。"唐韩偓《凄凄》:"风雨今如晦,堪怜报晓鸡。"唐杨衡《寄赠田仓…》:"若因风雨晦,应念寂寥居。"宋章甫《秋日》:"鸡鸣风雨晦,雁急稻粱谋。"

风月三千首　fēng yuè sān qiān shǒu
【分类】文化
【关键词】欧阳修
【释义】赞美诗人才华横溢。宋欧阳修《赠王介甫》:"翰林风月三千首,吏部文章二百年。"
【例句】宋邵雍《首尾吟》:"莺花旧管三千首,风月初收二百题。"宋苏轼《刁景纯席…》:"欲穷风月三千界,愿化天人百亿躯。"宋仲并《上平江李…》:"十万人家等风露,三千风月政当仁。"宋沈继祖《和黄叔万…》:"从今风月三千篇,要扫冰溪九万楮。"

风月主人　fēng yuè zhǔ rén
【分类】文化
【关键词】欧阳彬
【释义】指管领风光景色的主人。《海录碎事·刺史》:"伪蜀欧阳彬守嘉州,曰:'青山绿水中为二千石,作诗饮酒为风月主人,岂不佳哉！'"
【例句】宋蔡延庆《送详禅师…》:"此景去为风月主,五湖应不起归心。"宋黄庭坚《次韵文潜》:"试问淮南风月主,新年桃李为谁开？"宋孙觌《余杭道中》:"我是此君风月主,不应便与俗人言。"宋洪适《开岁五日…》:"天知风月主人贤,况是江梅望著鞭。"

风云际会　fēng yún jì huì
【分类】政治
【关键词】耿纯
【释义】比喻有能力的人物在良好的时机相聚。《后汉书·耿纯传》:"大王以龙虎之姿,遭风云之时。"
【例句】唐陈元光《至人行》:"际会风云上,清平岭中。"唐杜甫《夔府书怀…》:"社稷经纶地,风云际会期。"唐李山甫《下第献所知》:"四海风云难际会,一生肝胆易开张。"聂绀弩《喜晤奚如》:"一谈龙虎风云会,顿觉乾坤日夜浮。"

风烛　fēng zhú
【分类】生活
【关键词】乐府
【释义】风中之烛,喻人临近死亡或事物行将灭亡。《乐府诗集·怨诗行》:"天德悠且长,人命一何促。百年未几时,奄若风吹烛。"
【例句】唐上官仪《江王太妃…》:"银消风烛尽,珠灭夜轮虚。"唐韦庄《哭同舍崔…》:"池塘春草在,风烛故人亡。"唐祖咏《宿陈留李…》:"风帘摇烛影,秋雨带虫声。"唐武元衡《同诸公夜…》:"五侯门馆百花繁,红烛摇风白雪翻。"

枫宸　fēng chén
【分类】政治
【关键词】何晏
【释义】宫殿。宸,北辰所居,指帝王的殿廷。汉代宫廷多植枫树,故有此称。三国魏何晏《景福殿赋》:"芸若充庭,槐枫被宸。"
【例句】唐牟融《七言绝句》:"千山积雪凝寒碧,梦入枫宸绕御床。"宋文彦博《尚书令魏…》:"唱第枫宸陪骥尾,秉钧槐府并貂冠。"宋苏轼《次韵韶倅…》:"回首天涯一惆怅,却登梅岭望枫宸。"宋文天祥《和龚使君韵》:"近日贞元朝士少,蒲轮有命出枫宸。"

枫落吴江　fēng luò wú jiāng
【分类】文化
【关键词】崔信明

【释义】借指诗文佳句。《新唐书·崔信明传》："(信明)尝矜其文,谓过李百药…(郑世翼)遇信明江中,谓曰:'闻公有"枫落吴江冷",愿见其余。'信明欣然多出众篇。世翼览未终,曰:'所见不逮所闻!'"
【例句】宋王庭圭《次韵杨廷…》："只今老钝无新语,枫落吴江恐误传。"宋陆游《夜步》："鹤归辽海逾千岁,枫落吴江又一秋。"宋葛胜仲《呈去非》："云飞陇首高情远,枫落吴江好句重。"宋曹勋《题董亨道…》："晓云贴水菰蒲冷,正是吴江枫落时。"

枫子鬼　fēng zǐ guǐ
【分类】生活
【关键词】枫
【释义】即枫人,指老枫树上生长的瘿瘤,因似人形,故称。为咏鬼神之典。《艺文类聚》引《述异记》："南中有枫子鬼,枫木之老者为人形,亦呼为灵枫。"
【例句】唐司空图《送流人》："山林枫子鬼,江庙石郎神。"宋韩琦《狮子柳》："枫瘤嗤鬼伏,松干让龙豪。"宋苏舜钦《送陈进士…》："归来莫恋溪山胜,枫鬼揶揄解笑人。"宋乐雷发《桂林送人…》："旌旗枫鬼雨,舟楫鲨鼋风。"

封禅　fēng shàn
【分类】政治
【关键词】泰山
【释义】封为祭天,禅为祭地,是古代帝王在太平盛世或天降祥瑞时祭祀天地的大型典礼。古人认为群山中泰山最高,为天下第一山,因此帝王应到最高的泰山祭过天帝,才算受命于天。《五经通义》："易姓而王,致太平,必封泰山,禅梁父,天命以为王,使理群生,告太平于天,报群神之功。"
【例句】唐卢照邻《登封大酺歌》："明君封禅日重光,天子垂衣历数长。"唐元稹《代曲江老…》："泰岳陪封禅,汾阴颂鬼神。"唐王昌龄《代扶风主》："天子初封禅,贤良刷羽翰。"唐窦庠《冬夜寓怀…》："汉家若欲论封禅,须及相如未病时。"

封禅文　fēng shàn wén
【分类】生活
【关键词】司马相如
【释义】西汉司马相如写的散文遗作,多喻落泊文人。《史记·司马相如列传》："相如既病免,家居茂陵…其遗札书言封禅事,奏所忠。忠奏其书,天子异之。"
【例句】唐李白《宣城哭蒋…》："安得相如草,空余封禅文。"唐钱起《哭常征君》："不遂苍生望,空留封禅文。"宋吴锡畴《林和靖墓》："遗稿曾无封禅文,鹤归何处吊孤坟。"明王廷陈《过廖子故宅》："琴罢广陵散,匣遗封禅文。"

封德彝　fēng dé yí
【分类】政治
【关键词】封伦
【释义】封伦,字德彝,唐朝宰相,曾阴持两端,死后被唐太宗追夺封赠,改谥为缪。《旧唐书·封伦列传》："伦素险诐,与瑀商量可奏者,至太宗前,尽变易之,由是与瑀有隙…册赠司空,谥曰明。"
【例句】唐杜牧《过魏文贞…》："可怜贞观太平后,天且不留封德彝。"宋苏轼《阅世堂…》："却留封德彝,天意眇难测。"宋苏轼《次韵王定…》："人那识郗鉴,天不留封伦。"宋陆游《读书》："魏征嬉笑封德彝,生亦岂责绛灌知。"

封侯万里　fēng hóu wàn lǐ
【分类】政治
【关键词】班超
【释义】谓立功封爵于边远之地。《东观汉记·班超传》："相者曰:'生燕颔虎头,飞而食肉,此万里侯相也。'"
【例句】唐严维《送薛居士…》："年少不应辞苦节,诸生若遇亦封侯。"唐杜甫《后出塞》："男儿生世间,及壮当封侯。"唐李频《送许归…》："封侯万里者,燕颔乃徒劳。"宋周必大《卢帅钱待制…》："鹤唳八公垂破贼,虎飞万里欠封侯。"

封胡羯末　fēng hú jié mò
【分类】生活
【关键词】谢道韫
【释义】均为谢道韫兄弟的小名:封指谢韶,胡指谢朗,羯指谢玄,末指谢川,后用以称美兄弟子侄之辞。《晋书·列女传·王凝之妻谢氏》："(谢道韫)初适凝之,还,甚不乐。安曰:'王郎,逸少子,不恶,汝何恨也?'答曰:'一门叔父则有阿大(谢尚)、中郎(谢据);群从兄弟复有封胡羯末,不意天壤之中乃有王郎!'"
【例句】宋苏轼《又一首答…》："封胡羯末已可怜,不知更有王郎子。"宋饶节《阿智歌》："封胡羯末自行列,麟凤龟龙各异致。"宋吴则礼《垌邈公卷…》："外家典刑有诸老,封胡羯末端复好。"宋沈与求《喜次律兄…》："封胡羯末名终在,许史金张迹浪投。"

封君　fēng jūn
【分类】政治
【关键词】韩非子
【释义】受有封邑的贵族。秦汉以后,亦及妇女。因子孙显贵而受封典者。《韩非子·和氏》："昔者吴起教楚悼王以楚国之俗曰:'大臣太重,封君太众,若此则上逼主而下虐民,此贫国弱兵之道也。'"
【例句】唐刘禹锡《酬元九院…》："无事寻花至仙境,等闲栽树比封君。"唐刘禹锡《贾客词》："高赀比封君,奇货通幸卿。"唐储光羲《题崔山人…》："封君渭阳竹,逸士汉阴园。"宋王禹偁《送邵察院…》："重戴旧称秦御史,高堂新授汉封君。"

封狼居胥　fēng láng jū xū
【分类】政治
【关键词】霍去病
【释义】意指北伐立功复国。《史记·卫将军骠骑列传》:

"骠骑将军去病率师…封（积土为坛祭天叫封）狼居胥山，禅（祭地叫禅）于姑衍，登临翰海（翰海即北海，因为群鸟在这里脱换羽毛，故称翰海）。"
【例句】唐袁朗《饮马长城…》："朝服践狼居，凯歌旋马邑。"宋辛弃疾《永遇乐》："元嘉草草，封狼居胥，赢得仓皇北顾。"宋刘辰翁《金缕曲》："健笔风云蛟龙起，人物山川形势。犹有封、狼居胥意。"宋李至《春色渐浓…》："安得安边一长策，少酬明主定狼居。"

封留 fēng liú
【分类】政治
【关键词】汉高祖
【释义】意谓功成获封之典。《史记·留侯世家》："高帝曰：'运筹策帷帐中，决胜千里外，子房功也。自择齐三万户。'良曰：'始臣起下邳，与上会留，此天以臣授陛下…不敢当三万户。'乃封张良为留侯，与萧何等俱封。"
【例句】宋毕仲游《秦州道中》："苏季金多才过洛，子房功大愿封留。"宋王炎《招同官诸…》："老我余年思钓渭，诸君他日合封留。"宋刘一止《俞居易阁…》："年虽濒钓渭，志不在封留。"宋赵彦端《寿张守》："亦有人言识仙骨，只看何日议封留。"

封绵 fēng mián
【分类】政治
【关键词】介子推
【释义】指晋文公为介子推封绵上田之事，借喻功臣未能及时受到封赏。源见"焚山林"。
【例句】宋葛胜仲《临江仙》："春风寒食夜，遗恨在封绵。"

封豕 fēng shǐ
【分类】政治
【关键词】左传
【释义】大猪，比喻贪暴者。源见"封豕长蛇"。
【例句】唐褚遂良《辽东侍宴…》："弯弧射封豕，解网纵前禽。"唐杜甫《奉送郭中…》："燕蓟奔封豕，周秦触骇鲸。"唐白居易《寄献北都…》："荡蔡擒封豕，平齐斩巨鳖。"宋梅尧臣《范饶州坐…》："忿腹若封豕，怒目犹吴蛙。"

封豕长蛇 fēng shǐ cháng shé
【分类】政治
【关键词】左传
【释义】大猪和长蛇，比喻贪婪强暴的势力。《左传·定公四年》："吴为封豕长蛇，以荐食上国，虐始于楚。"
【例句】唐独孤及《奉和李大…》："长蛇稽天讨，上将方北伐。"唐李觏《酬陈屯田…》："封豕长蛇战岭南，何人肉食不怀惭。"宋邵雍《首尾吟》："长蛇封豕休撩乱，狡兔妖狐莫陆离。"宋刘一止《夜起观雪》："长蛇封豕欲荐食，执笔固陋惭书生。"

封姨 fēng yí
【分类】文化
【关键词】风
【释义】古时传说中的风神，亦称十八姨。《博异志·崔玄微》载：唐天宝中，崔玄微于春夜遇美人绿衣杨氏…绯衣小女石醋醋和封家十八姨，把酒共饮，十八姨翻污醋醋裙，不欢而散。明夜再聚，醋醋言住苑中，多被恶风所挠，求崔每年元旦于苑东立幡除难。崔照行，是日大风折树飞沙，而苑中繁花无恙。崔始悟诸女皆花精，而封十八姨乃风神。
【例句】宋朱淑真《雪》："梅花恣逞春情性，不管风姨号令严。"宋陆游《连日云兴…》："封姨漫妒阳台梦，却付长空与素娥。"宋张嵲《读太平广记》："唯余阿醋偏骄妒，不畏封家十八姨。"元冯子振《风梅》："凭谁领取东君意，传语封家十八姨。"

葑菲 fēng fēi
【分类】生活
【关键词】诗经
【释义】用为鄙陋之人或有一德可取之谦辞。《诗经·邶风·谷风》："采葑采菲，无以下体。"郑笺："此二菜者，蔓菁与葍之类也，皆上下可食，然而其根有美时有恶时，采之者不可以其根恶时并弃其叶。"
【例句】唐贯休《贺郑使君》："释子沾恩无以报，只将葑菲贺阶墀。"唐郑孺华《赋得生刍…》："葑菲如ựa采，山苗自可逾。"唐刘长卿《罢摄官后…》："去缘焚玉石，来为采葑菲。"唐高退之《和主司王起》："葑菲采时皆有道，权衡分处且无情。"

锋镝 fēng dí
【分类】政治
【关键词】秦始皇
【释义】刀刃和箭镞，指兵器，喻战争。源见"锋镝铸"。
【例句】唐白居易《答箭镞》："精在利其镞，错磨锋镝成。"唐李贺《感讽》："恂恂乡门老，昨夜试锋镝。"唐元衡《塞下曲》："吾身许报主，何暇避锋镝。"唐罗虬《比红儿诗》："锋镝纵横不敢看，泪垂玉箸正汍澜。"

锋镝铸 fēng dí zhù
【分类】政治
【关键词】秦始皇
【释义】息兵偃武之典。《史记·秦始皇本纪》："收天下兵，聚之咸阳，销以为钟镶，金人十二，重各千石，置迁宫中。"《太史公自序》："始皇既立，并兼六国，销锋铸鐻，维偃干革。"
【例句】唐杜甫《秋日荆南…》："愿闻锋镝铸，莫使栋梁摧。"

锋猥斧螳 fēng wěi fǔ táng
【分类】政治
【关键词】柳宗元
【释义】刺猬的锋刺，螳螂的前腿，比喻渺小的力量。《柳宗元集·平淮夷雅二篇》："《皇武》：'进次于郾，彼昏卒狂。哀凶鞠顽，锋猥斧螳。赤子匍匐，厥父是亢。怒其萌芽，以悖太阳。'"

【例句】宋李曾伯《水调歌头》："斧蟪锋猬梦集,腥雾扫难开。"宋周孚《次韵赣州…》："锋猬斧蟪当著语,病夫今岁懒于文。"清弘历《乌什战图…》："斧蟪锋猬势将成,将恐多伤退我兵。"

蜂虿 fēng chài
【分类】政治
【关键词】左传
【释义】比喻凶恶的叛乱势力。《左传·僖公二十二年》:"邾人以须句故出师。公卑邾,不设备而御之。臧文仲曰:'…君其无谓邾小,蜂虿有毒,而况国乎!'弗听。"
【例句】唐高适《李云南征…》:"蜂虿隔万里,云雷随九攻。"唐高适《赠别王十…》:"亦谓扫欃枪,旋惊陷蜂虿。"唐杜甫《遣愤》:"蜂虿终怀毒,雷霆可震威。"唐贯休《贺郑使君》:"三衢蜂虿陷城池,八咏龙韬整武貔。"

蜂窠 fēng kē
【分类】文化
【关键词】管辂
【释义】即蜂巢,比喻小屋。《三国志·管辂传》:"第二物,家家倒悬,门户众多,藏精育毒,得秋乃化,此蜂窠也。"
【例句】唐秦瑀《柏梁体状…》:"蜂窠倒挂枯莲房。燃灯幽殿星煌煌。"宋宋庠《和运使王…》:"暗期玉蕊蜂窠润,偷裛天香蝶粉乾。"宋王十朋《宿多福院》:"蜂窠悬败壁,燕垒满空梁。"宋苏轼《赠葛苇》:"竹椽茆屋半摧倾,肯向蜂窠寄此生。"

蜂蚁 fēng yǐ
【分类】政治
【关键词】蔡琰
【释义】原指蜂与蚁,亦喻地位低微的百姓,也喻叛乱者。汉蔡琰《胡笳十八拍》:"逐有水草兮安家葺垒,牛羊满野兮聚如蜂蚁。"
【例句】唐柳宗元《行路难》:"须臾力尽道渴死,狐鼠蜂蚁争噬吞。"宋文天祥《赣州》:"遗老犹应愧蜂蚁,故交已久化豺狼。"宋李纲《郑梦锡…》:"只今兵革未衰息,群盗蜂蚁犹纵横。"宋叶梦得《秋高申戒…》:"传箭犹闻聚蜂蚁,控弦那得犯貔貅。"

冯妇 féng fù
【分类】生活
【关键词】冯妇
【释义】古男子名,善搏虎,喻指勇猛、凶狠的人。源见"再作冯妇"。
【例句】宋王安石《虎图》:"山墙野壁黄昏后,冯妇遥看亦下车。"宋黄庭坚《乙未移舟出》:"刘郎弓石八,猛气厌冯妇。"宋李弥逊《次韵硕夫…》:"下车何必笑冯妇,投杼未免疑曾参。"宋程俱《仲嘉被檄》:"平生暴虎笑冯妇,岂向兔脚分雌雄。"

冯敬 féng jìng
【分类】政治
【关键词】冯敬
【释义】汉文帝御史大夫,曾与丞相周勃、太尉灌婴共同诋毁才子贾谊,后做雁门郡守,与匈奴力战而死。《汉书·贾谊传》:"陛下之臣虽有悍如冯敬者,适启其口,匕首已陷其匈矣。"
【例句】唐柳宗元《古东门行》:"当街一叱百吏走,冯敬胸中函匕首。"

冯唐 féng táng
【分类】生活
【关键词】冯唐
【释义】汉文帝时,为郎中署长,年纪老。曾在文帝前为云中守魏尚辩解,指出轻赏重罚之失。文帝乃复以魏尚为云中守,并任车骑都尉,景帝时任楚相。唐王勃《滕王阁序》:"冯唐易老。"喻冯唐有才干而一直不受重用,很老了还只做一个职位很低的官。
【例句】唐王维《重酬苑郎中》:"扬子解嘲徒自遣,冯唐已老复何论。"唐钱起《送张员外…》:"应笑冯唐衰且拙,世情相见白头新。"唐杜甫《寄岑嘉州》:"谢朓每篇堪讽诵,冯唐已老听吹嘘。"聂绀弩《挽柏山》:"冯唐易老老彭难,何似当初美孔颜。"

冯小怜 féng xiǎo lián
【分类】生活
【关键词】冯小怜
【释义】北齐后主妃,封淑妃,为咏美色亡国之典,亦咏琵琶。《北史·冯淑妃》:"冯淑妃名小怜…及帝遇害,以淑妃赐代王达,甚嬖之。淑妃弹琵琶,因弦断,作诗曰:'虽蒙今日宠,犹忆昔时怜。欲知心断绝,应看胶上弦。'达失为淑妃所谮,几致于死。隋文帝将赐达妃兄李询,令著布裙配春。询母逼令自杀。"
【例句】唐李贺《冯小怜》:"湾头见小怜,请上琵琶弦。"唐李商隐《北齐》:"小怜玉体横陈夜,已报周师入晋阳。"唐罗虬《比红儿诗》:"陷却平阳为小怜,周师百万战长川。"聂绀弩《独木桥》:"虢国蛾眉浮翠带,小怜玉体失金铺。"

冯谖弹铗 féng xuān dàn jiá
【分类】生活
【关键词】冯谖
【释义】比喻生活贫困,有求于人。《战国策·齐策》:"齐人有冯谖者…左右以君贱之也,食以草具。居有顷,倚柱弹其剑,歌曰:'长铗,归来乎!食无鱼。'…居有顷,复弹其铗,歌曰:'长铗,归来乎!出无车。'…于是冯谖不复歌。"
【例句】唐骆宾王《寒夜独坐…》:"富钩徒有想,贫铗为谁弹。"唐刘禹锡《送韦秀才…》:"因君时遐游,长铗不复弹。"唐朱湾《逼寒节寄…》:"门前下客虽弹铗,溪畔穷鱼且曝腮。"唐姚岩杰《报颜标》:"田子莫嫌弹铗恨,宁生休唱饭牛歌。"

冯谖剑　féng xuān jiàn
【分类】生活
【关键词】冯谖
【释义】谓怀才未遇者希望为人赏识重用。源见"冯谖弹铗"。
【例句】唐钱起《新丰主人》:"客里冯谖剑,歌中宁戚牛。"清林则徐《乙巳子月…》:"非徒范叔绨袍赠,不待冯谖剑铗弹。"

冯谖鱼　féng xuān yú
【分类】生活
【关键词】冯谖
【释义】咏怀才不遇,期望得到重用之典。源见"冯谖弹铗"。
【例句】唐权璩《奉和御制…》:"郭隗惭无骏,冯谖愧有鱼。"唐元稹《韦兵曹臧文》:"殷勤为话深相感,不学冯谖待食鱼。"唐于武陵《过侯王故第》:"不知弹铗客,何处感新恩。"聂绀弩《咏猫为正…》:"铗边冯媛鱼歌晚,花底秦宫蝶梦蘧。"

冯衍归里　féng yǎn guī lǐ
【分类】政治
【关键词】冯衍
【释义】咏罢官归乡之典。《后汉书·冯衍传》:"冯衍字敬通,京兆杜陵人也…帝惩西京外戚宾客,故皆以法绳之,大者抵死徙,其余至贬黜。衍由此得罪,尝自诣狱,有诏赦不问。西归故郡,闭门自保,不敢复与亲故通。"
【例句】宋王安石《严陵祠堂》:"崎岖冯衍才终废,索寞桓谭道不谋。"宋方回《拟咏贫士》:"昔在冯敬通,晚节极穷困。"宋赵文《次韵郭梅…》:"杜门却扫冯敬通,何人载酒暖此翁。"聂绀弩《亦代尊兄…》:"坎壈无时冯敬通,伊哦有句聂夷中。"

冯夷　féng yí
【分类】文化
【关键词】河神
【释义】传说中的黄河之神,即河伯。泛指水神。《楚辞·远游》:"使湘灵鼓瑟兮,令海若舞冯夷。"汉王逸注:"冯夷,河伯字也,水仙人也,《淮南》言:'冯夷得道以潜大川。'"
【例句】唐李商隐《七月二十…》:"瞥见冯夷殊怅望,鲛绡休卖海为田。"唐高适《自淇涉黄…》:"坎德昔滂沱,冯夷胡不仁。"唐杜甫《玉台观》:"遂有冯夷来击鼓,始知嬴女善吹箫。"唐钱珝《江行无题》:"寸心同尺璧,投此报冯夷。"

冯招　féng zhāo
【分类】政治
【关键词】冯唐
【释义】借指被招任为官,有长期不得重用之意。晋左思《咏史》:"世胄蹑高位,英俊沈下僚…金张籍旧业,七叶珥汉貂。冯公岂不伟,白首不见招。"唐李善注:"荀悦《汉纪》曰:'冯唐白首,屈于郎署。'"冯公:冯唐,汉安陵人,文帝时,官中郎署。伟:奇。
【例句】唐杜甫《哭韦大夫…》:"贡喜音容间,冯招病疾缠。"宋虞俦《比收张伯…》:"贡喜惭何暮,冯招恐不虚。"

冯子都　féng zǐ dū
【分类】生活
【关键词】冯子都
【释义】西汉权臣霍光的宠奴,光死后与光妻私通。《汉书·霍光传》:"初,光爱幸监奴冯子都,常与计事,及显寡居,与子都乱。"
【例句】唐李益《金吾子》:"绣帐博山炉,银鞍冯子都。"唐李颀《放歌行答…》:"空歌汉世萧相国,肯事霍家冯子都。"唐王梵志《诗并序》:"未羡霍去病,谁论冯子都。"元杨维桢《乱宫奴》:"淫如秦嫪毐,骄如冯子都,春风永巷花龙驹。"

逢蒙杀羿　féng méng shā yì
【分类】政治
【关键词】孟子
【释义】指夏代射手逢蒙杀害其师羿之事,比喻恩将仇报。《孟子·离娄下》:"逢蒙学射于羿,尽羿之道,思天下惟羿为愈己,于是杀羿。孟子曰:'是亦羿有罪焉。'"
【例句】宋郑獬《杂兴》:"折弓断其臂,安得为逢蒙。"宋程俱《复次韵酬…》:"虚怀得逢蒙,泛爱近藉福。"宋薛季宣《贵游行》:"忽弯射羿逢蒙弓,怡然自得豁心胸。"宋俞德邻《遣兴》:"逢蒙学羿射,杀羿射始神。"

逢牧马　féng mù mǎ
【分类】政治
【关键词】黄帝
【释义】借指君王得贤。源见"襄野童"。
【例句】唐王维《和仆射晋…》:"出游逢牧马,罢猎有非熊。"唐陈子昂《蓟丘览古…》:"应龙已不见,牧马空黄埃。"唐陈陶《圣帝击壤歌》:"政源归牧马,宫法付神羊。"明施闰章《江行次池…》:"饥鸿叫修渚,牧马散平原。"

逢猰犬　féng yà quǎn
【分类】政治
【关键词】楚辞
【释义】猰犬:疯狗。为咏君门难进、奸佞当道之典。《楚辞补注·九辩》:"岂不郁陶而思君兮,群之门以九重。猛犬狺狺而迎吠兮,关梁闭而不通。"
【例句】唐李贺《仁和里杂…》:"洛风送马入长关,阊扇未开逢猰犬。"宋陈造《闻盱眙北…》:"猰犬妖狐合故栖,函关底限一丸泥。"元陈孚《鹦鹉洲》:"天乎鸾凤姿,乃此侣猰犬。"明成鹫《兵后还山…》:"饥虎伺人餐,猰犬当路吠。"

凤采珠实　fèng cǎi zhū shí
【分类】政治

219

【关键词】庄子

【释义】喻志向高洁。《艺文类聚》引《庄子》："吾闻南方有鸟，其名为凤，所居积石千里，天为生食，其树名琼枝，高百仞，以璆琳、琅玕为实。天又为生离珠，一人三头，递卧递起，以伺琅玕。"（今本《庄子》无此文。）

【例句】宋梅尧臣《和范景仁…》："龙鳞已爱松身直，珠实还看柏叶垂。"宋韩琦《山芋》："会须霜晚餐珠实，可挹浮丘作地仙。"宋刘敞《寄苏州张六》："丹橘垂珠实，肥鱼荐玉腴。"宋雷孚《林塘双头莲》："红成珠实心犹苦，疑是英皇怨舞宫。"

凤钗 fèng chāi

【分类】文化

【关键词】钗

【释义】钗的一种，妇女的首饰，钗头作凤形。《中华古今注》："始皇以金银作凤头，以玳瑁为脚，号曰凤钗。"

【例句】唐李洞《赠入内供…》："因逢夏日西明讲，不觉宫人拔凤钗。"唐徐凝《郑女出参…》："凤钗翠翘双宛转，出见丈人梳洗晚。"宋强至《次韵游山…》："独有佳人折残艳，归来满插凤钗头。"宋邓允端《古乐府》："凤钗金冷鬓云涧，可惜红颜镜中老。"

凤巢 fèng cháo

【分类】政治

【关键词】中书省

【释义】喻指中书省。《艺文类聚》引《尚书·中候》："尧即政七十载，凤皇止庭，巢阿阁谨树。"

【例句】唐包佶《奉和柳相…》："凤巢方得地，牛喘最关心。"唐孟郊《覆巢行》："灵枝珍木满上林，凤巢阿阁重且深。"唐李商隐《赠刘司户蕡》："万里相逢欢复泣，凤巢西隔九重门。"唐白居易《重赠李大夫》："凤巢阁上容身稳，鹤锁笼中展翅难。"

凤雏 fèng chú

【分类】政治

【关键词】庞统

【释义】幼凤，为称美才俊之典。《三国志·诸葛亮传》：南朝宋裴松之注引晋习凿齿《襄阳记》："刘备访世事于司马德操。德操曰：'识时务者在乎俊杰。此间自有伏龙、凤雏。'备问为谁？曰：'诸葛孔明、庞士元也。'"

【例句】唐孟浩然《送吴悦游…》："五色怜凤雏，南飞适鹧鸪。"唐杜甫《别苏溪》："岂知台阁旧，先拂凤皇雏。"唐李端《奉和秘书…》："凤雏终食竹，鹤侣暂巢松。"唐白居易《崔侍御以…》："洞房门上挂桑弧，香水盆中浴凤雏。"

凤吹 fèng chuī

【分类】文化

【关键词】王子乔

【释义】对笙箫等细乐的美称。源见"王乔控鹤"。

【例句】唐王勃《临高台》："瑶轩绮构何崔嵬，鸾歌凤吹清且哀。"唐李白《宫中行乐词》："莺歌闻太液，凤吹绕瀛洲。"唐郎士元《听邻家吹笙》："凤吹声如隔彩霞，不知墙外是谁家。"唐顾况《八月五日歌》："清乐灵香几处闻，鸾歌凤吹动祥云。"

凤垂鸿猷 fèng chuí hóng yóu

【分类】政治

【关键词】刘穆之

【释义】咏光大帝业之典。《异苑》："东莞刘穆之字道和，小字道人，世居京口，隆安中凤凰集其庭，相人韦数谓之曰：'子必协赞大猷。'"

【例句】唐杜甫《凤凰台》："图以奉至尊，凤以垂鸿猷。"元孙蕡《古河》："明当作颂献天子，高镌宝册垂鸿猷。"明王汝玉《文会轩》："圣代复淳古，唐虞共鸿猷。"明金幼孜《长林书屋…》："清华职论思，秉笔赞鸿猷。"

凤带 fèng dài

【分类】文化

【关键词】李贺

【释义】绣有凤凰花饰的衣带，古代贵族女子所系。唐李贺《洛姝真珠》："金鹅屏风蜀山梦，鸾裾凤带行烟重。"

【例句】宋袁点《呈东坡》："青盖美人回凤带，绣衣男子返云车。"宋卢秉《宫词》："翠环双凤带，小队五花蹄。"宋洪适《野处述百…》："双衔疑凤带，百结类鹑衣。"宋朱淑真《诉愁》："锦夜楼台双凤带，兽炉闲爇水沉烟。"

凤阁 fèng gé

【分类】政治

【关键词】中书省

【释义】唐武则天光宅元年改中书省为凤阁，遂用为中书省的别称。《旧唐书·职官志·序言》："门下省为鸾台，中书省为凤阁…神龙元年二月，台阁官名，并依永淳已前故事。"

【例句】唐崔日用《奉和圣制…》："凤阁斜通平乐观，龙旗直逼望春亭。"唐朱冲和《嘲张祜》："自在东都元已蒦，兰台凤阁少人登。"唐钱起《寻司勋李…》："唯有早朝趋凤阁，朝时怜羽接鹓行。"唐李郢《赠李商隐…》："花庭避客鸣环佩，凤阁持杯泥管弦。"

凤凰池 fèng huáng chí

【分类】政治

【关键词】中书省

【释义】禁苑中池沼。魏晋时设中书省于禁苑，掌管机要，接近皇帝，故称中书省为凤凰池。《晋书·荀勖传》："勖久在中书，专管机事。及失之，甚冈怅怅。或有贺之者，勖曰：'夺我凤凰池，诸君贺我邪！'"

【例句】唐李顾《听董大弹…》："长安城连东掖垣，凤凰池对青琐门。"唐羊士谔《春日朝罢…》："玉树笼烟鸡鹊观，石渠流水凤凰池。"宋刘昌言《上吕相公》："一举首登龙虎榜，十年身到凤凰池。"宋董渊《太常山》："虎豹关中千树色，凤凰池上万花香。"

凤凰来仪　fèng huáng lái yí
【分类】政治
【关键词】尚书
【释义】喻指德化天下的瑞应。《尚书·益稷》："《箫韶》九成，凤皇来仪。"汉孔安国《传》："仪，有容仪。备乐九奏而致凤皇，则余鸟兽不待九而率舞。"
【例句】宋邹浩《寄题孔先…》："故知造物有深意，凤凰来仪治功成。"宋郭祥正《毂毂》："劝尔勿毂毂，凤凰倏来仪。"宋彭汝砺《持正率和…》："遥想玉山禾粒熟，来仪还见凤凰秋。"宋李鹰《凤凰台》："舜韶奏九成，凤凰故来仪。"宋周彦质《宫词》："果见晴空鸾鹤舞，未饶当日凤凰仪。"

凤凰琴　fèng huáng qín
【分类】文化
【关键词】琴
【释义】琴名，泛指美琴。《西京杂记》："赵后（汉成帝后赵飞燕）有宝琴曰凤凰，皆以金玉隐起，为龙凤螭鸾古贤列女之象。"
【例句】唐骆宾王《代女道士…》："鹦鹉杯中浮竹叶，凤凰琴里落梅花。"唐司空曙《同张参军…》："新琴传凤凰，晴景称高张。"唐杜甫《陪柏中丞…》："醉客沾鹦鹉，佳人指凤凰。"唐史凤《闭门羹》："入门独慕相如侣，欲拨瑶琴弹凤凰。"

凤凰台①　fèng huáng tái
【分类】生态
【关键词】杜甫
【释义】在甘肃成县东南的凤凰山，山峻，人不能至其顶，唐时为同谷县，杜甫曾在此居住。《水经注·漾水》："南径凤溪中，有二石双高，其形若阙。汉世有凤凰止焉，故谓之凤凰台。"
【例句】唐杜甫《凤凰台》："亭亭凤凰台，北对西康州。"宋郭祥正《追和李白…》："高台不见凤凰游，望极青天入海流。"宋彭汝砺《答张知常》："曰归去上凤凰台，已见云中鸣雁来。"聂绀弩《歪诗两首…》："杜陵昔上凤凰台，独念凤雏乏食来。"

凤凰台②　fèng huáng tái
【分类】生态
【关键词】李白
【释义】古台名，在今江苏省南京市南。唐李白《登金陵凤凰台》："凤凰台上凤凰游，凤去台空江自流。"王琦注："《江南通志》：凤凰台，在江宁府城内之西南隅，犹有陂陀，尚可登览。"
【例句】唐宋之问《奉和春初…》："青门路接凤凰台，素浐宸游龙骑来。"唐陈元光《候夜行师》："凤凰台上几声笛，鹦鹉洲边一苇舟。"宋刘过《题润州多…》："一朝放浪金陵去，凤凰台上望长安。"宋陈元鉴《金陵怀古》："举目便怀千古恨，凤凰台上不须游。"

凤凰于飞　fèng huáng yú fēi
【分类】生活
【关键词】齐姜
【释义】比喻夫妻生活美满，相敬相随。源见"卜凤凰"。
【例句】唐裴守真《奉和太子…》："还如桃李发，更似凤凰飞。"唐张说《安乐郡主…》："姬姜本来舅甥国，卜筮俱道凤皇飞。"唐岑参《冬宵家会…》："且看正马行，不得鸣凤飞。"唐贾岛《送李校书…》："不同牛女夜，是配凤凰年。"

凤喙　fèng huì
【分类】文化
【关键词】东方朔
【释义】凤凰的嘴，神话中认为是制作续弦胶的原料。源见"煎胶续弦"。
【例句】宋王迈《送蜀名父…》："众羽群中鸣凤喙，潜渊深处摘龙鳞。"宋晁补之《阎子常求…》："欲求凤喙胶，弱水毛犹沉。"宋朱松《有怀舍弟…》："猇膏非凤喙，车辖无可脂。"清彭孙遹《未央宫瓦歌》："壮丽经营二千载，无限荆榛蚀凤喙。"

凤将雏　fèng jiāng chú
【分类】生活
【关键词】应璩
【释义】古曲名。三国魏应璩《百一诗》："为作《陌上桑》，反言《凤将雏》。"
【例句】唐岑参《玉门关盖…》："清歌一曲世所无，今日喜闻《凤将雏》。"唐吴融《赠李长史歌》："紫凤将雏叫山月，玄兔丧子啼江春。"宋苏轼《寄刘孝叔》："忽令独奏《凤将雏》，仓卒欲吹那得谱。"宋苏轼《送宋构朝…》："卷鞴上寿白玉壶，公堂登歌《凤将雏》。"

凤蜡　fèng là
【分类】文化
【关键词】王僧虔
【释义】蜡烛的美称。《南齐书·王僧虔列传》："僧虔年数岁，独正坐采蜡烛珠为凤凰。弘曰：'此儿终当为长者。'"
【例句】唐皇甫松《抛球乐》："几回冲凤蜡，千度入香怀。"宋史浩《再次韵胡…》："高烧凤蜡类星繁，正恐夜深花欲睡。"宋项安世《承甫兄生朝》："鹤云丝雨弄春柔，凤蜡龙薰淑气浮。"元成廷圭《广陵岳宫…》："蒙蒙云气湿霓旌，小队红绡凤蜡明。"

凤蜡红巾　fèng là hóng jīn
【分类】生活
【关键词】韩偓
【释义】追怀死去才子的典故。宋郑文宝《南唐近事》载：唐诗人韩偓有才名，死后，人们发现他箱子里收藏着唐昭宗所赐烧残的龙凤蜡百余支、金缕红巾百余幅。
【例句】唐杜甫《丽人行》："杨花雪落覆白蘋，青鸟飞去衔红巾。"宋周邦彦《风流子》："泪花销凤蜡,风幕卷金泥。"宋史浩《再次韵胡…》："高烧凤蜡类星繁,正恐夜深花欲睡。"宋项安世《承甫兄生朝》："鹤云丝雨弄春柔,凤蜡龙薰淑气浮。"

凤麟胶　fèng lín jiāo
【分类】文化
【关键词】东方朔
【释义】传说中的一种黏合剂,以凤喙及麟角合煎而成,能续弓弩已断之弦,连刀剑断折之金。源见"煎胶续弦"。
【例句】唐张贲《奉和袭美…》："凤麟胶尽夜如何,共叹先生剑解多。"宋葛立方《张千里惠…》："儿辈政忧书种断,灵胶忽至凤麟洲。"元许有壬《杏苑初春》："此去东风吹不散,仙家自有凤麟胶。"明袁华《春夜乐》："凤麟胶丝光莹蜡,雁泣骊珠落银甲。"

凤麟洲　fèng lín zhōu
【分类】生态
【关键词】东方朔
【释义】传说为神仙所居之地。汉东方朔《海内十洲记》："在西海之中央,方地一千五百里。洲四面有弱水绕之,鸿毛不浮,不可越也。洲上多凤麟…亦多仙家。"
【例句】唐王勃《怀仙》："鹤岑有奇径,麟洲富仙家。"唐狄仁杰《奉和圣制…》："羽杖遥临鸾鹤驾,帷宫直坐凤麟洲。"宋苏轼《次韵章子…》："款段曾陪马少游,而今人在凤麟洲。"宋葛立方《张千里惠…》："儿辈政忧书种断,灵胶忽至凤麟洲。"

凤领九雏　fèng lǐng jiǔ chú
【分类】文化
【关键词】凤
【释义】咏凤凰之典。《玉台新咏·陇西行》："凤凰鸣啾啾,一母将九雏。顾视世间人,为乐甚独殊。"
【例句】唐杜甫《病柏》："丹凤领九雏,哀鸣翔其外。"唐杜甫《凤凰台》："恐有无母雏,饥寒日啾啾。"宋孙觌《领省枢相…》："国瑞麟一角,家肥凤九雏。"宋赵蕃《杨录事……》："丹凤哀鸣领九雏,雀飞饱食下平芜。"

凤楼　fèng lóu
【分类】生活
【关键词】鲍照
【释义】原指宫内的楼阁,亦借指朝廷,后多指女子风月场所。南朝宋鲍照《代陈思王京洛篇》："凤楼十二重,四户八绮窗。"
【例句】唐韦庄《和集贤侯…》："洛岸秋晴夕照长,凤楼龙阙倚清光。"唐刘禹锡《题于家公…》："马埒蓬蒿藏狡兔,凤楼烟雨啸愁鸱。"唐骆宾王《代女道士…》："凤楼迢递绝尘埃,莺时物色正裴回。"唐邵升《奉和初春…》："二圣忽从鸾殿幸,双仙正下凤楼迎。"

凤毛　fèng máo
【分类】文化
【关键词】谢灵运
【释义】凤凰的羽毛,比喻珍贵稀少之物。《南史·谢超宗传》："凤(指谢凤,晋谢灵运之子,早卒)子超宗…王母殷淑仪卒,超宗作谏奏之,帝(宋武帝)大嗟赏,谓谢庄曰:'超宗殊有凤毛,灵运复出。'"
【例句】唐杜甫《奉和贾至…》："欲知世掌丝纶美,池上于今有凤毛。"唐元稹《去杭州》："骏骨凤毛真可贵,冈头泽底何足论。"唐岑参《送张郎中…》："中郎凤一毛,世上独贤豪。"宋魏野《和三门窦…》："闲制曲教鸦角唱,醉吟诗遣凤毛书。"

凤鸣岐山　fèng míng qí shān
【分类】政治
【关键词】国语
【释义】咏国家兴盛的典故。《国语·周语上》："周之兴也,鹥鷟鸣于岐山。"三国吴韦昭注："三君云:'鹥鷟'凤之别名也。'《诗》云:'凤皇鸣矣,于彼高冈。'其在岐山之脊乎?"
【例句】唐李峤《凤》："鸣岐今日见,阿阁伫来翔。"唐李隆基《幸凤泉汤》："不重鸣岐凤,谁矜陈宝雄。"唐杜甫《凤凰台》："西伯今寂寞,风声亦悠悠。"唐沈佺期《夏日梁王…》："秦鸡常下雍,周凤昔鸣岐。"

凤栖碧梧　fèng qī bì wú
【分类】政治
【关键词】庄子
【释义】比喻志行高洁的人。《庄子·秋水》："夫鹓鶵发于南海而飞于北海,非梧桐不止,非练石不食,非醴泉不饮。"唐陆德明《经典释文》："鹓鶵,鸾凤之属也。"
【例句】唐李白《陌上桑》："寒螀爱碧草,鸣凤栖青梧。"唐杜甫《秋兴》："香稻啄余鹦鹉粒,碧梧栖老凤凰枝。"唐高适《酬秘书弟…》："游鳞戏沧浪,鸣凤栖梧桐。"唐丘丹《奉酬韦使…》："涉海得骊珠,栖梧惭凤质。"唐郑嵎《津阳门诗》："竹花唯养栖梧凤,水藻周游巢叶龟。"

凤求凰　fèng qiú huáng
【分类】生活
【关键词】司马相如
【释义】汉代古琴曲,喻男子求佳侣。《艺文类聚·琴歌》："富人卓王孙家,有女文君。新寡,窃于壁见之。相如因以琴歌挑之曰:'凤兮凤兮归故乡,游遨四海求其凰。有艳淑女在此房,何缘交接为鸳鸯…'"多用于赞颂男女自由婚恋结合之事。
【例句】唐李端《送夏侯审游蜀》："琴心正幽怨,莫奏凤凰诗。"唐杜甫《琴台》："归凤求凰意,寥寥不复闻。"宋陈造《次韵朱万卿》："雌凤求凰曲,人前莫误讴。"宋胡次焱《媒冰辭》："何妨鸾舞镜,应彼凤求凰。"

凤去台空　fèng qù tái kōng
【分类】生活
【关键词】李白

【释义】慨叹好景已去,孤独寂寥。唐李白《登金陵凤凰台》:"凤凰台上凤凰游,凤去台空江自流。"
【例句】宋葛胜仲《再赋十绝》:"凤台空应不恨,赋诗同有谪仙人。"宋方信孺《凤皇台》:"凤去台空岁月更,百年陈迹埒榛荆。"宋朱复之《九日偕翁…》:"裹将破帽凤山游,凤去台空余古丘。"元杨谦《湘竹龙》:"凤去台空秋梦寒,紫鸾声断玉阑干。"

凤辖 fèng xiá
【分类】文化
【关键词】汉宣帝
【释义】指车辖(车轴两端的键)上所饰的凤凰,为咏贵族车舆之典。《续齐谐记》:"汉宣帝以阜盖车一乘赐大将军霍光,悉以金铰具。至夜,车辖上金凤凰辄亡去,莫知所之…后南郡黄君仲北山罗鸟,得凤凰,入手即化成紫金,毛羽冠翅,宛然具足。"后数日,君仲献之于帝。帝令释之,"直入光家,止车辖上,乃知信然。帝取其车,每游行,即乘御之。至帝崩,凤凰飞去,莫知所在。"
【例句】唐郭良《题李将军…》:"凤辖将军位,龙门司隶家。"唐骆宾王《秋水》:"泛曲鹍弦动,随轩凤辖惊。"明陈吾德《寄吴明卿…》:"莫言凤辖愁罗网,已有灵珠照乘回。"明陈吾德《得陈及卿…》:"翩翩凤辖逢罗网,渺渺鱼缄隔岁除。"

凤穴 fèng xué
【分类】文化
【关键词】北史
【释义】凤凰的居处,比喻文才荟萃的地方。《北史·文苑传序》:"曹、王、陈、阮负宏衍之思,挺栋干于邓林;潘、陆、张、左、擅伟丽之才,饰翔仪于凤穴。"
【例句】唐孙逖《故陈州刺…》:"台庭为凤穴,相府是鸰原。"唐杜甫《奉赠鲜于…》:"凤穴雏皆好,龙门客又新。"唐李商隐《拟意》:"夫向羊车觅,男从凤穴求。"宋王十朋《万叔永诞…》:"凤穴生雏梧正碧,龙山开宴菊初黄。"宋叶衡《昆山吕正…》:"已知凤穴梧栖稳,谁谓鹏程云路艰。"

凤臆 fèng yì
【分类】文化
【关键词】马
【释义】凤凰的胸脯,为咏宝马之典,比喻骏马的前胸健壮秀美。《晋书·苻坚载记上》:"大宛献天马千里驹,皆汗血、朱鬣、五色、凤膺、麟身,及诸珍异五百余种。"
【例句】唐顾云《苏君厅观…》:"麟鬐凤臆真相似,秋竹惨惨披两耳。"唐杜甫《李鄠县丈…》:"凤臆龙鬐未易识,侧身注目长风生。"宋黄庭坚《黄鹤生歌》:"炼形蓬莱山,凤臆紫燕膺。"宋王质《集少陵佳…》:"凤臆龙鬐未易识,不与八骏俱先鸣。"

凤沼 fèng zhǎo
【分类】政治
【关键词】中书省
【释义】指凤凰池,喻称中书省。源见"凤凰池"。
【例句】唐钱起《乐游原晴…》:"不知凤沼霖初霁,但觉尧天日转明。"唐崔峒《虔州见郑…》:"萍乡露冕真堪惜,凤沼鸣珂已讶迟。"唐许浑《贺少师相…》:"龙城凤沼棠阴在,只恐归鸿更北飞。"唐李群玉《送秦錬师…》:"春归凤沼恩波暖,晓入鸳行瑞气寒。"

凤兆 fèng zhào
【分类】生活
【关键词】齐姜
【释义】谓占卜佳偶的吉兆。源见"卜凤凰"。
【例句】唐白居易《和梦游春诗》:"鸾歌不重闻,凤兆从兹卜。"

凤诏 fèng zhào
【分类】政治
【关键词】石崇
【释义】即诏书。源见"木凤衔书"。
【例句】唐王岳灵《闻漏》:"徐闻传凤诏,晓唱辨鸡人。"唐太易《赠司空拾遗》:"望阁未承丹凤诏,掩门空对楚人家。"唐李绅《拜宣武军…》:"油幢并入虎旗开,锦囊从天凤诏来。"唐权德舆《送黔中裴…》:"内臣持凤诏,天厩锡龙媒。"

俸钱散 fèng qián sàn
【分类】政治
【关键词】黄香
【释义】赞美官吏爱民之典。《后汉书·黄香传》:"延平元年,迁魏郡太守…时被水年饥,乃分奉禄及所得赏赐班赡贫者,于是丰富之家各出义谷,助官禀贷,荒民获全。"
【例句】唐杜甫《惜别行送…》:"俸钱时散士子尽,府库不为骄虚耗。"元张仲深《赠萧君》:"昔年乌府躬鞠躬,俸钱散尽儿啼寒。"明陈恭尹《送张振六…》:"见说俸钱俱散尽,归装还典鹅鹳裘。"清汤右曾《寿徐少司空》:"最是素丝清节久,俸钱恒散故交贫。"

缝囊 fèng náng
【分类】生态
【关键词】步骘
【释义】用为异想天开之典。《三国志·步骘传》南朝宋裴松之注引《吴录》云:"骘表言曰:'北降人王潜等说,此相部伍,图以东向,多作布囊,欲以盛沙塞江,以向荆州。夫备不预设,难以应卒,宜为之防。'"
【例句】唐杜牧《西江怀古》:"魏帝缝囊真戏剧,苻坚投棰更荒唐。"宋王安石《寄茶与和甫》:"彩缝缝囊海上舟,月团苍润紫烟浮。"宋周紫芝《传朋为作…》:"溪藤捣纸滑胜玉,古锦缝囊牢秘藏。"明苏葵《长江即事》:"缝囊未破三分固,定鼎才看一统优。"

缝掖 fèng yè
【分类】生活

【关键词】儒

【释义】大袖单衣,古儒者所服,亦指儒者。《礼记·儒行》:"丘少居鲁,衣逢掖之衣。"汉郑玄注:"逢犹大也。大掖之衣,大袂单衣也。"

【例句】唐陈子昂《酬田逸人…》:"还疑缝掖子,复似洛阳才。"唐高适《同李太守…》:"乃知缝掖贵,今日对诸侯。"唐独孤及《季冬自嵩…》:"腐儒著缝掖,何处议邹鲁。"唐钱起《送李判官…》:"欲知儒道贵,缝掖见诸侯。"

佛日豆爆 fó rì dòu bào

【分类】文化

【关键词】佛日

【释义】禅宗公案名,为唐末禅师佛日与夹山之机缘问答。《大正新修大藏经》:"夹山即谓:'恁么即从他人得也。'佛日乃驳道:'自己尚是冤家,从人得,堪作什么?'夹山叹道:'冷灰里有一粒豆子爆。'遂唤维那来,令安排住下。"

【例句】宋苏洞《和九兄古梅》:"冷灰豆爆真奇事,枯树中间忽放花。"宋释昙贲《颂古》:"若谓平常便无事,须防豆爆冷灰中。"宋释祖钦《偈颂》:"冷灰堆里忽豆爆,大地通红火一炉。"清李宗瀛《喜香甫至》:"檐前几点社公雨,烛花一粒青豆爆。"

夫差 fū chāi

【分类】政治

【关键词】夫差

【释义】春秋时吴国末代国君,阖闾之子,攻破越都,打败齐国,黄池之会与中原诸侯歃血为盟,后为越所灭,自刎。《史记·吴太伯世家》:"吴王曰:'孤老矣,不能事君王也。吾悔不用子胥之言,自令陷此。'遂自到死。越王灭吴,诛太宰嚭,以为不忠,而归。"

【例句】唐张祜《题苏州楞…》:"树隔夫差苑,溪连句践城。"唐殷尧藩《馆娃宫》:"夫差旧国久破碎,红燕自归花自开。"唐陈羽《经夫差庙》:"姑苏城畔千年木,刻作夫差庙里神。"唐徐凝《题伍员庙》:"千载空祠云海头,夫差亡国已千秋。"

夫人城 fū rén chéng

【分类】政治

【关键词】朱序

【释义】以妇女主建或守护而著名的城,为咏巾帼英范之典。《晋书·朱序传》:"朱序字次伦…镇襄阳。是岁,苻坚遣其将苻丕等率众围序…序母韩自登城履行,谓西北角当先受弊,遂领百余婢并城中女子于其角斜筑城二十余丈…丕遂引退,襄阳人谓此为夫人城。"

【例句】唐岑参《钱王岑判…》:"津头习氏宅,江上夫人城。"金李俊民《夫人城》:"未应有子如豚犬,何在夫人自筑城。"明王世贞《娘子关偶成》:"夫人城北走降氏,娘子军前高义旗。"聂绀弩《调怀沙新婚》:"夫人城下有雷池,胆怯方山慑吼狮。"

夫人法 fū rén fǎ

【分类】政治

【关键词】王湛

【释义】称颂母仪之典。《世说新语·贤媛》:"王汝南(汝南内史王湛)少无婚,自求郝普女。司空以其痴,会无婚处,任其意,便许之。既婚,果有令姿淑德。生东海,遂为王氏母仪。""王司徒妇,钟氏女,太傅曾孙,亦有俊才女德。钟、郝为娣姒,雅相亲重。钟不以贵陵郝,郝亦不以贱下钟。东海家内,则郝夫人之法。京陵家内,范钟夫人之礼。"

【例句】唐王维《故南阳夫…》:"淑女诗长在,夫人法尚存。"明屈大均《赠小妓凤求》:"小楷钟王解画沙,卫夫人法使纷葩。"

夫子墙 fū zǐ qiáng

【分类】文化

【关键词】论语

【释义】称颂道德学问高深之典。《论语·子张》:"子贡曰:'譬之宫墙,赐之墙也及肩,窥见室家之好。夫子之墙数仞,不得其门而入,不见宗庙之美,百官之富。得其门者或寡矣。夫子之云,不亦宜乎!'"

【例句】唐姚合《和裴令公…》:"丘墙高莫比,萧宅僻还清。"唐钱起《寻司勋李…》:"重花不隔陈蕃榻,修竹能深夫子墙。"唐柳宗元《弘农公以…》:"独弃伧人国,难窥夫子墙。"唐李德裕《仆射相公…》:"赋感邻人箧,诗留夫子墙。"

肤如凝脂 fū rú níng zhī

【分类】文化

【关键词】诗经

【释义】皮肤像凝结的脂膏一样,形容皮肤白嫩。《诗经·卫风·硕人》:"领如蝤蛴,肤如凝脂。"

【例句】唐白居易《长恨歌》:"春寒赐浴华清池,温泉水滑洗凝脂。"唐李商隐《咏怀寄秘…》:"官衔同画饼,面貌乏凝脂。"唐卢仝《与马异结…》:"此婢娇饶恼杀人,凝脂为肤翡翠裙。"唐赵光远《咏手》:"妆成皓腕洗凝脂,背接红巾掬水时。"

肤使 fū shǐ

【分类】政治

【关键词】张骞苏武

【释义】指能圆满完成使命的使者。《法言·渊骞》:"张骞、苏武之奉使也,执节没身,不屈王命,虽古之肤使,其犹劣诸?"晋李轨注:"肤,美也。"

【例句】宋苏颂《紫宸殿正…》:"北邦肤使星持节,近侍词臣颂献椒。"宋吴师孟《和王公觌…》:"忽传诗帅邀肤使,不用歌姬侍宴杯。"宋孔平仲《星名诗呈…》:"尚德真肤使,存心信吉人。"宋王安国《送德之提…》:"欲推恩泽求肤使,果见谋猷简大庭。"

鄜畤　fū zhì
【分类】政治
【关键词】秦文公
【释义】指鄜州。春秋时秦文公在此筑鄜畤，祭祀白帝。畤，古代祭祀天地五帝的固定处所。《史记·封禅书》"其后十六年，秦文公东猎汧渭之间，卜居之而吉。文公梦见黄蛇自天下属地，其口止于鹿衍。文公问史敦，敦曰：'此上帝之征，君其祠之'。于是作鄜畤，用三牲郊祭白帝焉。"
【例句】唐贺知章《奉和御制…》："尚有灵蛇下鄜畤，还征瑞宝入陈仓。"唐杜甫《北征》："陂陀望鄜畤，岩谷互出没。"唐杨凝《送客往鄜州》："回中地近风常急，鄜畤年多草自生。"五代张昭《汉宗庙乐…》："礼神鄜畤馆，布政未央宫。"

伏波将军　fú bō jiāng jun
【分类】政治
【关键词】马援
【释义】将军的一种封号，意为降伏波涛。《后汉书·马援列传》："马援字文渊，扶风茂陵人也。…于是玺书拜援伏波将军…南击交阯。"
【例句】唐杨师道《陇头水》："阵开都护道，剑聚伏波营。"唐王无竞《灭胡》："伏波塞后援，都尉失前途。"唐司空曙《送人归黔府》："伏波箫鼓水云中，长戟如霜大旆红。"唐李益《塞下曲》："伏波惟愿裹尸还，定远何须生入关。"唐杜甫《奉寄别马…》："勋业终归马伏波，功曹非复汉萧何。"

伏波聚米　fú bō jù mǐ
【分类】政治
【关键词】马援
【释义】比喻指划形势，运筹决策。《后汉书·马援》："援因说隗嚣将帅有土崩之势，兵进所必破之状。又于帝前聚米为山谷，指画形执，开示众军所从道径往来，分析曲折，昭然可晓。"
【例句】唐韦应物《酬豆卢仓…》："运筹知决胜，聚米似论边。"宋刘鸷《旧将》："橐沙泽畔知兵法，聚米山前识阵形。"宋杨亿《次韵和盛…》："应见流钱从地上，特闻聚米向君前。"宋刘敞《观陕西图》："乘槎汉使者，聚米马将军。"

伏龟　fú guī
【分类】文化
【关键词】龟
【释义】传说俯伏在松树下的神龟，为松树之精所化。《淮南子·说山训》："千年之松，下有茯苓；上有丛蓍，下有伏龟。"
【例句】唐李商隐《高松》："上药终相待，他年访伏龟。"唐朱存《段石冈》："孙吴纪德旧刊碑，草没蟠螭与伏龟。"宋苏轼《中隐堂诗》："古隧埋蝌蚪，崩崖露伏龟。"宋赵鼎《龟山寺诗》："波流荡伏龟，山脚插秋汉。"

伏虎威　fú hǔ wēi
【分类】政治
【关键词】马
【释义】咏马之典。《管子·小问》："桓公乘马，虎望见之而伏…管仲对曰：'此駮象也。駮食虎豹，故虎疑焉。'"駮马，毛色青白相杂的马。駮是《山海经》中记载能吃虎豹的一种猛兽。
【例句】唐李贺《马诗》："不从桓公猎，何能伏虎威。"张力夫《双城辽沈…》："驱倭声震亚欧美，伏虎威加山海关。"

伏蒲　fú pú
【分类】政治
【关键词】史丹
【释义】也称伏青蒲，喻忠臣耿介、犯颜直谏。《汉书·王商史丹傅喜列传·史丹》："丹以亲密臣得侍视疾，候上间独寝时，丹直入卧内，顿首伏青蒲上，涕泣言曰…"
【例句】唐杜甫《壮游》："斯时伏青蒲，延争守御床。"唐许浑《闻边将刘…》："却赖汉庭多烈士，至今犹自伏蒲论。"唐白居易《东南行一…》："议高通白虎，谏切伏青蒲。"唐杜牧《闻开江相…》："宵衣旰食明天子，日伏青蒲不为言。"

伏虔　fú qián
【分类】文化
【关键词】伏生
【释义】伏生和服虔，喻有专长、有成就的大儒。伏生，朝廷召他研究整理《尚书》，因年老而未成行。东汉儒生服虔，善于研究《春秋左氏传》。事见《汉书·伏生传》和《汉书·儒林传·服虔传》。
【例句】唐杜甫《寄岳州贾…》："弟子贫原宪，诸生老伏虔。"宋沈与求《次韵行简…》："东观无人数伏虔，一廛尘土独凄然。"宋陆文圭《送卫月山…》："学者师王式，时人老伏虔。"明唐之淳《将及凤阳…》："青年从事惭孙楚，白首穷经慕伏虔。"

伏生授经　fú shēng shòu jīng
【分类】文化
【关键词】伏生
【释义】喻指传授经书学术。《汉书·儒林列传·伏生》："伏生，济南人也，故为秦博士…秦时禁书，伏生壁藏之，其后大兵起，流亡。汉定，伏生求其书，亡数十篇，独得二十九篇，即以教于齐、鲁之间。"
【例句】宋欧阳修《新营小斋…》："传经伏生老，爱酒杨雄吃。"宋韩维《郑冏中挽辞》："守道贫原宪，传经老伏生。"宋曾巩《郡斋即事》："睏氏宿奸投海外，伏生新学始山东。"宋李彭《泮宫曝书…》："乐正足伤何必虑，伏生口授尚能传。"

伏犀贯顶　fú xī guàn dǐng
【分类】政治

【关键词】李固

【释义】指人前额至发际骨骼隆起，旧时以为显贵之相。《后汉书·李固传》："固貌状有奇表，鼎角匿犀，足履龟文。"唐李贤注："匿犀，伏犀也。谓骨当额上入发际隐起也。"

【例句】唐韩愈《送僧澄观…》："有僧来访呼使前，伏犀插脑高颊权。"唐欧阳炯《贯休应梦…》："形如瘦鹤精神健，顶似伏犀头骨粗。"宋孙觌《枫桥璨书…》："白氎青鞋竹杖随，伏犀插脑看魁奇。"宋陆游《送襄阳郑…》："郑侯骨相非复常，伏犀贯额面正方。"

伏羲初制　fú xī chū zhì

【分类】生活

【关键词】瑟

【释义】咏瑟之典。《太平御览》引《世本》："庖牺氏作瑟。"《帝王世纪》："太昊帝庖牺氏，风姓也，蛇身人首，有圣德，都陈，作瑟三十六弦。"传说伏羲是古代乐器瑟的创制人。

【例句】唐李峤《瑟》："伏羲初制法，素女昔传名。"

凫短鹤长　fú duǎn hè cháng

【分类】生活

【关键词】庄子

【释义】喻指事物各有长短优劣。源见"断鹤续凫"。

【例句】宋苏辙《次韵子瞻…》："凫鹥不足鹤有余，一俯一仰戚与蓬。"宋黄庭坚《丙寅》："自是鹤足长，难齐凫胫短。"宋张侃《偶书》："久知凫短鹤长语，谁赋花荣竹脆诗。"元李稷《述怀》："凫短鹤长元有种，牛牟驼匼各成群。"

凫氏　fú shì

【分类】政治

【关键词】钟

【释义】《周礼》官名，职掌作钟之事。《周礼·考工记·辀人》："攻金之工，筑氏执下齐，冶氏执上齐，凫氏为声。"唐贾公彦疏："凫氏为钟。此言声者，钟类非一，故言声以包之。"

【例句】唐戴叔伦《晓闻长乐…》："近杂鸡人唱，新传凫氏文。"宋薛田《成都作事…》："聚源待拟求凫氏，贮怨那能雪杜鹃。"元赵孟頫《七月六日…》："故人赏我趣，遗我凫氏钟。"元陆仁《乾明寺钟…》："猗嗟凫氏久不作，乾明寺钟奚制度。"

凫藻　fú zǎo

【分类】生活

【关键词】后汉书

【释义】谓凫戏于水藻，比喻欢悦。《后汉书·杜诗》："陛下起兵十有三年，将帅和睦，士卒凫藻。"

【例句】唐司空图《复安南碑》："抚士乐同于凫藻，伐谋动契于龟蓍。"唐刘歊《郊祀庆成诗》："士勇欢凫藻，天晴候晏温。"宋寇准《奉和御制…》："将睹虞巡陪法从，幸同凫藻乐昌辰。"宋胡宿《馆中锡宴》："凫藻深欢意，鱼蒲溢颂声。"

扶木　fú mù

【分类】文化

【关键词】树

【释义】谓神树。源见"扶桑"。

【例句】宋魏了翁《次韵李参…》："扶木之阴三万丈，晓光绝出众山尖。"宋魏了翁《送杨仲博…》："晓空霜唳三两声，扶木枝上阳乌惊。"明陈经《天津观潮》："甘渊浴白日，扶木撑青冥。"明黄省曾《旸谷行》："我闻大荒之东开旸谷，千古芳菲耀扶木。"

扶倾　fú qīng

【分类】文化

【关键词】隗嚣

【释义】喻挽救危局。《后汉书·隗嚣传》："将军操执款款，扶倾救危。"

【例句】唐韦应物《种药》："汲井既蒙泽，插植亦扶倾。"唐韩偓《赠薛颠尊师》："半酣思救世，一手拟扶倾。"唐周昙《王夷甫》："是知济弱扶倾术，不属高谈虚论人。"宋王迈《送黄殿讲…》："馆列翘才难致仕，杖携灵寿莫扶倾。"

扶筇　fú qióng

【分类】文化

【关键词】山海经

【释义】指扶杖。《山海经·山经》："又东南一百三十里，曰龟山，其木多穀柞椆椐，其上多黄金，其下多青雄黄，多扶竹。"晋郭璞注："邛竹也。高节实中，中杖也；名之扶老竹。"

【例句】宋张咏《郊居会傅…》："书叶招邻彦，扶筇话肺肝。"宋米芾《壮观亭》："扶筇上瑶台，一笑领清绝。"宋湖杓《大涤洞天…》："平生昼里看丘壑，便欲扶筇快赏心。"宋卫宗武《雪山和丹…》："面面青山悦客情，扶筇到处有云生。"

扶桑　fú sāng

【分类】文化

【关键词】树

【释义】神话中的树木，在东方极远处或太阳出来的地方。《山海经·海外东经》："汤谷上有扶桑，十日所浴，在黑齿北。"晋郭璞注："扶桑，木也。"《说文》："榑桑，神木，日所出也。"后以扶桑为日出处。亦借指太阳。

【例句】唐王绩《赠薛学士…》："月明看桂树，日下觅扶桑。"唐王维《送秘书晁…》："乡树扶桑外，主人孤岛中。"唐杜甫《白帝城最…》："扶桑西枝对断石，弱水东影随长流。"唐薛涛《上王尚书》："碧玉双幢白玉郎，初辞天帝下扶桑。"

扶头酒　fú tóu jiǔ

【分类】生活

【关键词】酒

【释义】指醇厚浓烈易醉人之酒。杜牧《醉题五绝》:"醉头扶不起,三丈日还高。"
【例句】唐戴叔伦《白苎词》:"吴王扶头酒初醒,秉烛张筵乐清景。"唐杜荀鹤《晚春寄同…》:"无金润屋浑闲事,有酒扶头是了人。"五代徐铉《又和寄光…》:"官闲有饮扶头酒,地僻谁同敌手棋。"宋李清照《念奴娇》:"险韵诗成,扶头酒醒,别是闲滋味。"

扶阳侯 fú yáng hóu
【分类】文化
【关键词】韦贤
【释义】指韦贤,汉昭帝丞相,封扶阳侯,时称邹鲁大儒。《汉书·韦贤传》:"本始三年,代蔡义为丞相,封扶阳侯。"
【例句】唐杨炯《送李庶子…》:"诏赐扶阳宅,人荣御史车。"唐苏颋《夜闻故柝…》:"序发扶阳赠,文因司寇酬。"唐权德舆《送韦行军…》:"记事还同楚倚相,传经远自汉扶阳。"唐权德舆《韦宾客宅…》:"宾筵徵稷嗣,家法自扶阳。"唐杨凝《送客往郴州》:"近喜扶阳系戎事,从来卫霍笑长缨。"

芙蓉城① fú róng chéng
【分类】生态
【关键词】孟昶
【释义】四川省成都市的别名,后蜀孟昶于宫苑城上遍植木芙蓉,因以得名。《蜀梼杌》:"城上尽种芙蓉,九月间盛开,望之皆如锦绣。昶谓左右曰:'自古以蜀为锦城,今日观之,真锦城也。'"
【例句】唐未知《芙蓉堂》:"暗想旧游浑似梦,芙蓉城下水茫茫。"唐李煜《感怀》:"空有当年旧烟月,芙蓉城上哭蛾眉。"宋黄庭坚《次韵和台…》:"石屏重叠翡翠玉,莲荡宛转芙蓉城。"

芙蓉城② fú róng chéng
【分类】文化
【关键词】欧阳修
【释义】传说中的仙境,常用为悼念亡友之典。宋欧阳修《六一诗话》:"曼卿卒后,其故人有见之者,云:恍惚如梦中,(石曼卿)言:'我今为鬼仙也,所主芙蓉城。'"
【例句】宋苏轼《芙蓉城》:"芙蓉城中花冥冥,谁其主者石与丁。"宋孔平仲《呈王子高…》:"芙蓉城在蓬莱外,海阔波深千万重。"宋叶李《纪梦》:"宋时豪士石曼卿,帝命作主芙蓉城。"

芙蓉出水 fú róng chū shuǐ
【分类】文化
【关键词】钟嵘
【释义】比喻诗文清新不俗,也形容天然艳丽的女子。南朝梁钟嵘《诗品》:"谢诗如芙蓉出水,颜如错彩镂金。"
【例句】唐刘希夷《初度岭过…》:"净花山木槿,真蒂水芙蓉。"唐刘希夷《江南曲》:"北堂红草盛芊茸,南湖绿水照芙蓉。"唐姜皎《龙池篇》:"日日芙蓉生夏水,年年杨柳变春湾。"宋欧阳修《鹧鸪天》:"学画宫眉细细长,芙蓉出水斗新妆。"

芙蓉寄隐 fú róng jì yǐn
【分类】生活
【关键词】读曲歌
【释义】比喻朦胧的爱情。南北宋《读曲歌》:"雾露隐芙蓉,见莲讵分明。"莲谐音怜,古时表示爱慕。
【例句】唐李贺《恼公》:"密书题豆蔻,隐语笑芙蓉。"宋舒雅《答内翰学士》:"金莲烛下裁诗句,麟角峰前寄隐沦。"宋利登《选冠子》:"芙蓉寄隐,豆蔻传香,便许翠鬟偷剪。"

芙蓉面 fú róng miàn
【分类】生活
【关键词】卓文君
【释义】原形容卓文君姣好的面容,后形容美女的面容。源见"远山眉"。
【例句】唐白居易《长恨歌》:"芙蓉如面柳如眉,对此如何不泪垂!"唐施肩吾《冬词》:"锦绣堆中卧初起,芙蓉面上粉犹残。"宋朱熹《次韵寄题…》:"不须艇子棹歌来,且看芙蓉面面开。"宋何梦桂《芙蓉》:"马嵬坡下芙蓉面,犹觊君王轴上看。"

芙蓉帐 fú róng zhàng
【分类】文化
【关键词】萧纲
【释义】用芙蓉花染缯制成的帐子,泛指华丽的帐子。南梁萧纲《戏作谢惠连体十三韵诗》:"珠绳翡翠帷,绮幕芙蓉帐。"
【例句】唐牛峤《女冠子》:"绣带芙蓉帐,金钗芍药花。"唐史凤《迷香洞》:"自从邂逅芙蓉帐,不数桃花流水溪。"唐李白《对酒》:"玳瑁筵中怀里醉,芙蓉帐里奈春何。"唐刘长卿《昭阳曲》:"芙蓉帐小云屏暗,杨柳风多水殿凉。"

孚号 fú hào
【分类】政治
【关键词】易经
【释义】指君王的号令或诏命,后谓呼吁。《易经注疏·夬》:"扬于王庭,孚号有厉。"唐孔颖达疏:"'孚号有厉'者,号,号令也,行决之法,先须号令。夬,以刚决柔,施之于人,则是用明信之法而宣其号令。"
【例句】宋苏颂《太皇太后…》:"雷风孚号令,草木动萌芽。"宋苏颂《元日鸿庆…》:"孚号兴王泽,尊名象日畿。"明霍与瑕《和古林何…》:"孚号还惕厉,由豫羡朋簪。"

拂衣而去 fú yī ér qù
【分类】政治
【关键词】孔融
【释义】喻指对朝政不满而罢官隐退。《后汉书·杨彪传》:"融曰:'…今横杀无辜,则海内观听,谁不解体!孔融鲁国男子,明日便当拂衣而去,不复朝矣。'"

【例句】唐陈子昂《答洛阳主人》:"不然拂衣去,归从海上鸥。"唐李端《送丘丹归…》:"肯学求名者,经年未拂衣。"唐杨巨源《送陈判官…》:"练思多时冰雪清,拂衣无语别书生。"唐孟浩然《东京留别…》:"拂衣从此去,高步蹑华嵩。"

苻坚 fú jiān

【分类】政治

【关键词】苻坚

【释义】前秦皇帝,统一北方,淝水之战中大败给东晋谢安,国家亦陷入混乱,最终亦遭羌人姚苌杀害。《晋书·苻坚载记》:"苻坚字永固…有童谣云:'河水清复清,苻诏死新城。'坚闻而恶之,每征伐,戒军候云:'地有名新者避之。'…在位二十七年,因寿春之败,其国大乱,后二年,竟死于新平佛寺,咸应谣言矣。"

【例句】唐李白《送张遥之…》:"苻坚百万众,遥阻八公山。"唐杜甫《寄岳州贾…》:"小儒轻董卓,有识笑苻坚。"唐温庭筠《谢公墅歌》:"江南王气系疏襟,未许苻坚过淮水。"唐杜牧《西江怀古》:"魏帝缝囊真戏剧,苻坚投箠更荒唐。"

服媚 fú mèi

【分类】生活

【关键词】左传

【释义】指人喜爱佩带之。《左传·宣公三年》:"以兰有国香,人服媚之如是。"晋杜预注:"媚,爱也。"杨伯峻注:"'服媚之'者,佩而爱之也。"

【例句】宋张嵲《芍药》:"时人惟解爱芳菲,服媚香浓竟莫知。"宋周必大《吴斗南架…》:"君是国香人服媚,诗情端合反离骚。"宋项安世《又次王醇…》:"环面钗头人服媚,杯唇盘口客争看。"明严易《蜜萱之最…》:"应似徵兰人服媚,秋风纫佩暗香含。"

服虔 fú qián

【分类】文化

【关键词】服虔

【释义】东汉经学家。《后汉书·服虔》:"服虔字子慎…少以清苦建志,入太学受业。有雅才,善著文论,作《春秋左氏传解》,行之至今。又以《左传》驳何休之所驳汉事六十条。…中平末,拜九江太守。"

【例句】唐杜甫《秋日夔府…》:"恳谏留匡鼎,诸儒引服虔。"明郑真《用韵答王…》:"自笑吾生似服虔,西窗风雪半床毡。"明郑真《次韵答冯…》:"书来袜寄紫茸毡,霜雪应怜老服虔。"明童冀《三用韵自警》:"易经王弼诗郑玄,春秋何休礼服虔。"

绂麟 fú lín

【分类】政治

【关键词】孔子

【释义】绂:古代系印纽的丝绳。为庆贺生辰之典。《拾遗记·周灵王》:"孔子生于鲁襄公之世…未生时,有麟吐玉书于阙里人家,文曰:'水精之子,系衰周而素王。'故二龙绕室,五星降庭。征在贤明,知为神异,乃以绣绂繫麟角,信宿而麟去。"

【例句】宋翁溪园《寿刘上舍…》:"鲁台昨夜已兄云,喜报今朝纪绂麟。"宋无名氏《鹧鸪天》:"冬至阳生才两日,欣逢伯氏绂麟辰。"宋刘克庄《居厚弟生日》:"门无宾客临罗爵,庭有儿孙贺绂麟。"元周伯琦《七月十二…》:"温诏面宣乘驲使,明禋心报绂麟乡。"

俘颉利 fú xié lì

【分类】政治

【关键词】颉利

【释义】打败外敌之典。《旧唐书·太宗本纪下》:"四年春正月乙亥,定襄道行军总管李靖大破突厥…三月庚辰,大同道行军副总管张宝相生擒颉利可汗,献于京师…甲午,以俘颉利告于太庙。"

【例句】宋冯武仲《献西俘》:"淮阴甘就缚,颉利许留京。"宋张舜民《灵寿木》:"他时俘颉利,拜赐敢忘身。"宋陆游《醉书秦望…》:"黄金铸就决河塞,俘献颉利长安宫。"宋刘克庄《水龙吟》:"但愿王师,早俘颉利,早禽长狄。"

浮白 fú bái

【分类】生活

【关键词】魏文侯

【释义】谓饮酒中的满饮或畅饮。源见"浮以大白"。

【例句】宋杨亿《福州古田…》:"雪天畅饮连浮白,海县抄书剩杀青。"宋邹浩《君瑞酒来…》:"开壶日月欣浮白,放眼乾坤得倍青。"宋王洋《雪中赴季…》:"浮白自怜偏户小,醉归全是梦中人。"宋艾性夫《悯蟹》:"支解肯供浮白醉,壳空竟弃外黄城。"

浮槎 fú chá

【分类】文化

【关键词】严君平

【释义】木筏,传说中来往于海上和天河之间的木筏。源见"乘槎"。

【例句】唐皇甫师道《还山宅》:"垂藤扫幽石,卧柳碍浮槎。"唐张说《同赵侍御…》:"云间坠翮散泥沙,波上浮查栖树木。"唐杜甫《江上值水…》:"新添水槛供垂钓,故著浮槎替入舟。"唐韦应物《龙潭》:"浪引浮槎依北岸,波分晓日浸东山。"

浮词 fú cí

【分类】政治

【关键词】汉明帝

【释义】虚饰浮夸的言词。《后汉书·明帝纪》:"先帝诏书,禁人上书言圣,而闲者章奏颇多浮词。"唐白居易《论于頔所进歌舞人事宜状》:"内足以辩明圣意,外足以止息浮词。"

【例句】宋楼钥《高端叔挽词》:"清节成瑰伟,浮词尚蘖芽。"

元释明本《次韵答盛…》：" 可怜半世聪明种，甘为浮词又陆沈。" 明张弼《谕俗二律》：" 读书大义全抛弃，讼谍浮词苦应酬。" 聂绀弩《辛之赠印》：" 感子明珠先暗掷，还君五十六浮词。"

浮花浪蕊　fú huā làng ruǐ
【分类】生活
【关键词】韩愈
【释义】比喻寻常花草，或轻浮的妓女。唐韩愈《杏花》："浮花浪蕊镇长在，才开还落瘴雾中。"
【例句】宋苏轼《次韵王廷…》："浪蕊浮花不辨春，归来可识岁寒人。" 宋苏轼《贺新郎》："待浮花浪蕊都尽，伴君幽独。" 宋杨时《春晓》："浮花浪蕊自纷纷，点缀梅苔作绣茵。" 宋王阮《传舍中竹》："浪蕊浮花不足看，岁寒独与此君观。"

浮家泛宅　fú jiā fàn zhái
【分类】生活
【关键词】张志和
【释义】原指以船为家，漂浮不定，借喻古代隐士的江湖隐逸之趣，后又用喻游山玩水。《新唐书·张志和传》："颜真卿为湖州刺史，志和来谒，真卿以舟敝漏，请更之，志和曰：'愿为浮家泛宅，往来苕、霅间。'"
【例句】宋吕颐浩《次韵刘省…》："昔年曾伴江湖客，泛宅浮家烟水阔。" 宋葛胜仲《次韵陆岩…》："问舍求田应犯忌，浮家泛宅未忘情。" 宋王宗贤《舫斋》："满船载月归时趣，泛宅浮家避世狂。" 宋陆游《秋夜怀…》："更堪临水登山处，正是浮家泛宅时。"

浮丘伯　fú qiū bó
【分类】文化
【关键词】王子乔
【释义】也称浮丘公，借指引路的仙人。源见"王乔控鹤"。
【例句】唐崔融《和梁王众…》："昔遇浮丘伯，今同丁令威。" 唐刘禹锡《酬令狐相…》："何时得把浮丘袖？白日将升第九天。" 唐储光羲《同王十三…》："仙人浮丘公，对月时吹笙。" 唐卢象《紫阳真人歌》："田田列侍浮丘伯，曾子荣过朱买臣。" 唐卢纶《陈翃中丞…》："因声远报浮丘子，不奏登封时不容。" 唐缪岛云《望黄山诸峰》："浮丘处处留丹灶，黄帝层层隐玉书。"

浮丘鹤　fú qiū hè
【分类】文化
【关键词】王子乔
【释义】指仙鹤。源见"王乔控鹤"。
【例句】唐卢顺邻《羁卧山中》："倘遇浮丘鹤，飘摇凌太清。" 宋杨亿《次韵和盛…》："驾鹤浮丘应暂下，偷桃方朔合留残。" 元陈秀民《寄题集上…》："几时借得浮丘鹤，与尔题诗在上头。" 明王宠《赠曲岩山…》："暂驻浮丘鹤，长吹子晋笙。"

浮丘迎子晋　fú qiū yíng zi jìn
【分类】文化
【关键词】王子乔
【释义】喻指仙人；或形容仙道之事。《列仙传》："王子乔者，周灵王太子晋也。好吹笙，作凤凰鸣，游伊洛之间，道士浮丘公接以上嵩高山。" 晋郭璞《游仙诗》："左挹浮丘袖，右拍洪崖肩。"
【例句】唐李白《凤吹笙曲》："莫学吹笙王子晋，一遇浮丘断不还。" 唐刘禹锡《酬令狐相…》："何时得把浮丘袂？白日将升第九天。" 元凌云翰《送谢铁崖…》："瑶笙声断白鹤远，知有子晋从浮丘。" 明胡承诺《陵阳山水歌》："欲及浮丘偕子晋，毛褐金策白云间。"

浮生　fú shēng
【分类】生活
【关键词】庄子
【释义】因人生在世，虚浮不定，因称人生为浮生。源见"浮休"。
【例句】唐骆宾王《早秋出塞…》："吊影惭连茹，浮生倦触藩。" 唐张说《岳州西城》："潜穴探灵诡，浮生揖圣仙。" 唐元稹《酬哥舒大…》："自言行乐朝朝是，岂料浮生渐渐忙。" 唐韦庄《对酒赠友人》："浮生都是梦，浩叹不如吟。"

浮休　fú xiū
【分类】生活
【关键词】庄子
【释义】谓达观生死，听其自然，淡泊处世。《庄子·刻意》："其生若浮，其死若休。" 成玄英疏："夫圣人动静无心，死生一贯，故其生也，如浮沤之暂起，变化俄然；其死也，若疲劳休息，曾无系恋也。"
【例句】唐白居易《永崇里观居》："何必待衰老，然后悟浮休。" 宋司马光《又代孙检…》："人为天地客，处世若浮休。" 宋苏颂《翰林侍读…》："平生喜名理，一致视浮休。" 宋苏轼《景纯复以…》："等是浮休无得丧，粗分忧乐有闲忙。"

浮蚁　fú yǐ
【分类】生活
【关键词】酒
【释义】指酒面上的浮沫，借指酒。汉张衡《南都赋》："醪敷径寸，浮蚁若萍。"
【例句】唐虞世南《门有车马…》："轻裾染回雪，浮蚁泛流霞。" 唐刘禹锡《酬乐天衫…》："动摇浮蚁香浓甚，装束轻鸿意态生。" 唐尊岭书生《示边洞元》："邂逅相逢萼岭边，对倾浮蚁共谈玄。" 唐郑谷《自适》："浮蚁满杯难暂舍，贯珠一曲莫辞听。"

浮以大白　fú yǐ dà bái
【分类】生活
【关键词】魏文侯

【释义】浮,罚酒。大白,大酒杯。喻指满饮大杯酒。《说苑·善说》:"魏文侯与大夫饮酒,使公乘不仁为觞政,曰:'饮不釂者,浮以大白。'"

【例句】宋杨亿《夜宴》:"连浮大白须判醉,促驾鸣驺又趁朝。"宋欧阳修《答端明王…》:"酒面拨醅浮大白,舞腰催拍趁繁弦。"宋范成大《次韵答吴…》:"安得对君浮大白,想应噀手汗新青。"宋苏轼《赠孙莘老》:"若对青山谈世事,当须举白便浮君。"

浮云蔽日　fú yún bì rì

【分类】政治
【关键词】新语

【释义】比喻奸臣当道,掩蔽君主之明,也喻坏人得势,社会黑暗。《新语·慎微》:"故邪臣之蔽贤,犹浮云之障日月也。"

【例句】唐李白《登金陵凤…》:"总为浮云能蔽日,长安不见使人愁。"唐李白《答杜秀才…》:"浮云蔽日去不返,总为秋风摧紫兰。"唐杜甫《梦李白》:"浮云终日行,游子久不至。"宋刘敞《雨中北轩…》:"浮云蔽日绵绵雨,积水婴城惨惨寒。"

浮云骢　fú yún cōng

【分类】文化
【关键词】马

【释义】咏骏马之典。《西京杂记》:"文帝自代还,有良马九匹,皆天下之骏足也。一名浮云,一名赤电…号为九逸。"

【例句】唐李白《效古》:"归时ประ日晚,鼙蹀浮云骢。"唐李白《长干行》:"好乘浮云骢,佳期兰渚东。"金周昂《吊张益之》:"新诗如洗露芒锋,逸气欲倒浮云骢。"元李昱《王昭君歌》:"画图妾貌两不同,玉鞭催上浮云骢。"

浮云游子　fú yún yóu zǐ

【分类】政治
【关键词】游子

【释义】比喻邪臣蔽贤,只得远游在外,不得返回,后遂用为咏遭贬游子之典。《昭明文选·古诗十九首首》:"浮云蔽白日,游子不顾反。"

【例句】唐李白《送友人》:"浮云游子意,落日故人情。"唐杜甫《梦李白》:"浮云终日行,游子久不至。"唐权德舆《嘉兴九日…》:"积水曾南渡,浮云失旧乡。"元曹伯启《九日月下…》:"浮云苍狗悲游子,白酒黄鸡愧野人。"

涪翁　fú wēng

【分类】生态
【关键词】涪翁

【释义】咏医生或世外人之典。《后汉书·郭玉传》:"有父老不知何出,常渔钓于涪水,因号涪翁。乞食人间,见有疾者,时下针石,辄应时而效,乃著《针经》、《诊脉法》传于世。"

【例句】唐李端《赠道士》:"懒说岁年齐绛老,甘为乡曲号涪翁。"宋鲜于侁《涪江风月》:"涪江风月为谁清,莫向涪翁问姓名。"宋黄庭坚《吴执中有…》:"皆为涪翁赴汤鼎,主人言汝不能歌。"宋卫石卿《游石通洞》:"手扶青藜访奇古,岩洞妙墨识涪翁。"

袱被　fú bèi

【分类】政治
【关键词】魏舒

【释义】用布巾卷捆衣被,喻指去职。《晋书·魏舒传》:"入为尚书郎。时欲沙汰郎官,非其才者罢之。舒曰:'吾即其人也。'袱被而出。"

【例句】唐宋之问《桂州三月…》:"载笔儒林多岁月,襆被文昌佐吴越。"唐岑参《省中即事》:"到来恒襆被,随例且含香。"唐张怀《吴江别王…》:"多年襆被玉山岑,鬓雪欺人忽满簪。"聂绀弩《情景》:"挡面雪花抡掌大,压肩袱被耸山高。"

蜉蝣羽　fú yóu yǔ

【分类】生活
【关键词】诗经

【释义】比喻只顾目前、不图将来的人。《诗经·曹风·蜉蝣》:"蜉蝣之羽,衣裳楚楚。"毛传:"蜉蝣,渠略也,朝生夕死,犹有羽翼以自修饰。"宋朱熹集传:"此诗盖以时人有玩细娱而忘远虑者,故以蜉蝣为比而刺之。"

【例句】唐张九龄《感遇》:"嗟尔蜉蝣羽,薨薨亦何为?"元刘基《杂诗》:"英英木槿花,振振蜉蝣羽。"元刘崧《水口山居…》:"翩翩蜉蝣羽,时至亦矜束。"明何乔新《宪副郁公…》:"诗人莫刺蜉蝣羽,骚客空夸薜荔裳。"

福田　fú tián

【分类】文化
【关键词】佛

【释义】佛教用语,敬三宝之德为"敬田",报君父之恩为"恩田",怜贫者为"悲田",此三种功德称为"福田",言其能获福报。《诸经要集·佛说福田经》:"佛告天帝,复有七法广施,名曰福田,行者得福,即生梵天。"

【例句】唐道世《颂》:"鸟弄千声啭,人歌百福田。"唐寒山《诗三百》:"福田一个无,虚设一群秃。"唐明瓒《乐道歌》:"我不乐生天,亦不爱福田。"宋王迈《挽平昌戴…》:"福田三古刹,恩泽四舆梁。"

福星　fú xīng

【分类】文化
【关键词】星

【释义】古称木星为岁星,所在主福,故称福星,与禄星、寿星并称为"福禄寿"三天神。《史记正义》天官占云:"岁星者,东方木之精,苍帝之象也。其色明而内黄,天下安宁。"

【例句】唐李商隐《无愁果有…》:"东有青龙西白虎,中含福星包世度。"五代贯休《别卢使君…》:"从兹还似归首,唯倚台星与福星。"唐罗隐《送汝州李…》:"官品尊台秩,山河拥福星。"宋朱翌《送福帅》:"千里福星临福地,一时天使挽天河。"

斧钺 fǔ yuè
【分类】政治
【关键词】礼记
【释义】斧与钺,泛指兵器,或指刑罚、杀戮,亦借指封疆大吏或贵臣。《礼记·王制》:"诸侯赐弓矢,然后征;赐铁钺,然后杀。"汉郑玄注:"得其器乃敢为其事。"
【例句】唐许浑《贵游》:"斧钺旧威龙塞北,池台新赐凤城西。"唐杜甫《衡州送李…》:"斧钺下青冥,楼船过洞庭。"唐姚合《送郑尚书》:"斧钺来天上,诗书理汉中。"宋魏野《送王秘丞…》:"图书官职人间美,斧钺威权阃外尊。"

俯拾 fǔ shí
【分类】生活
【关键词】夏侯胜
【释义】俯身拾取,引喻成事之易。《汉书·夏侯胜传》:"士病不明经术;经术苟明,其取青紫如俯拾地芥耳。学经不明,不如归耕。"唐颜师古注:"青紫,卿大夫之服也。"
【例句】唐杜甫《入奏行赠…》:"省郎京尹必俯拾,江花未落还成都。"唐陆龟蒙《鸣根》:"驱之就深处,用以资俯拾。"宋王令《赠刘成文》:"遇我数日语,收若俯拾芥。"宋苏轼《代书答梁先》:"学如富贾在博收,仰取俯拾无遗筹。"

俯仰 fǔ yǎng
【分类】政治
【关键词】庄子
【释义】低头和抬头,泛指一举一动,比喻在外应酬或受人驱使。《庄子·天运》:"且子独不见夫桔槔者乎?引之则俯,舍之则仰,彼人之所引,非引人也,故俯仰而不得罪于人。"
【例句】唐杜甫《秦州杂诗》:"俯仰悲身世,溪风为飒然。"唐萧颖士《游马耳山》:"高深变气候,俯仰暮天晴。"唐卢象《叹白发》:"俯仰天地间,能为几时客。"唐皮日休《青城暮雨》:"芭蕉滴沥伤心处,俯仰空怀一笑名。"唐白居易《题赠郑秘…》:"俯仰受三命,从容辞九重。"

俯仰无愧 fǔ yǎng wú kuì
【分类】生活
【关键词】孟子
【释义】比喻没有做亏心事,并不感到惭愧。《孟子·尽心》:"仰不愧于天,俯不怍于人。"
【例句】唐卢象《叹白发》:"俯仰天地间,能为几时客。"唐白居易《题浔阳楼》:"因高偶成句,俯仰愧江山。"宋邵雍《病亟吟》:"俯仰天地间,浩然无所愧。"宋刘克庄《效颦》:"俯仰两无愧怍,有辞可以白先人。"宋邹浩《元鲁侍亲…》:"他年同我心,俯仰无愧怍。"

俯仰一世 fǔ yǎng yī shì
【分类】生活
【关键词】王羲之
【释义】周旋,应付,周旋在这个世界上。晋王羲之《兰亭集序》:"夫人之相与,俯仰一世,或取诸怀抱,晤言一室之内。"
【例句】宋苏轼《孔毅父妻…》:"云何抱沉疾,俯仰便一世。"宋黄裳《题杨氏聚…》:"金珠壮人颜,俯仰一世间。"宋张耒《秋怀》:"区区竟何有,俯仰终一世。"明许赞《集兰亭记…》:"夫人有生具形质,相与俯仰一世余。"

釜甑 fǔ zèng
【分类】文化
【关键词】孟子
【释义】釜和甑,皆古炊煮器名。《孟子·滕文公》:"'许子以釜甑爨,以铁耕乎?'曰:'然。'"朱熹集注:"釜,所以煮;甑,所以炊。"《史记·项羽本纪》:"皆沉船破釜甑,烧庐舍。"
【例句】宋欧阳修《哭圣俞》:"文章落笔动九州,釜甑过午无饋馈。"宋陆游《苦热》:"无因羽翮氛埃外,坐觉蒸炊釜甑中。"宋朱熹《杉木长涧》:"室庐或仅存,釜甑久已空。"聂绀弩《岁暮焚所作》:"诗亡人乞春秋作,身贱吟须釜甑妨。"

辅嗣往 fǔ sì wǎng
【分类】生活
【关键词】王弼
【释义】才士早逝之典。《三国志·钟会传》:"会弱冠与山阳王弼(字辅嗣)并知名。弼好论儒道,词才逸辩,注《易》及《老子》,为尚书郎,年二十余卒。"
【例句】唐褚亮《伤始平李…》:"辅嗣俄长往,颜生即短辰。"唐李嘉祐《与从弟正…》:"辅嗣外生还解易,惠连群从总能诗。"宋方回《赠沈雷阳》:"自云今代王辅嗣,憔悴形容人不识。"金耶律楚材《和景贤》:"只知辅嗣能谈易,谁识相如善属文。"

腐草 fǔ cǎo
【分类】生活
【关键词】礼记
【释义】腐败的草,喻卑微。源见"温风"。
【例句】唐司空曙《酬张芬有…》:"已将心变寒灰后,岂料光生腐草余。"唐李商隐《隋宫》:"于今腐草无萤火,终古垂杨有暮鸦。"唐欧阳詹《元日陪早朝》:"江皋腐草今何幸,亦与恒星拱北辰。"唐不详《邢君才旧…》:"莫笑今来同腐草,曾经终日扫朱门。"

腐儒 fǔ rú
【分类】生活
【关键词】黥布
【释义】指迂腐的儒生,只知读书,不通世事。《史记·黥布列传》:"上折随何之功,谓何为腐儒,为天下安用腐儒。"
【例句】唐杜甫《江汉》:"江汉思归客,乾坤一腐儒。"唐杜甫《草堂》:"天下尚未宁,健儿胜腐儒。"唐杜甫《有客》:"竟日淹留佳客坐,百年粗粝腐儒餐。"唐杨巨源《述旧纪勋…》:"曾闻转战平坚寇,共说题诗压腐儒。"

腐鼠　fǔ shǔ
【分类】生活
【关键词】庄子
【释义】比喻贱物,亦借指庸人。源见"鸱得腐鼠"。
【例句】唐刘禹锡《飞鸢操》:"忽闻饥乌一噪聚,瞥下云中争腐鼠。"唐李商隐《安定城楼》:"不知腐鼠成滋味,猜意鹓雏竟未休。"唐白居易《感鹤》:"饥不啄腐鼠,渴不饮盗泉。"宋钱惟演《鹤》:"从来腐鼠何曾顾,不似鹓雏枉见疑。"

黼黻　fǔ fú
【分类】文化
【关键词】北齐书
【释义】借指辞藻华美的文辞,或指修饰文辞。《北齐书·文苑传序》:"其有帝资悬解,天纵多能,摘黼黻于生知,问珪璋于先觉。"
【例句】唐薛能《孔雀》:"天仙黼黻毛应是,宫后屏帏尾忽开。"宋仲并《再和高提…》:"人物芝兰晋王谢,篇章黼黻汉卿云。"宋李纲《送士特兄…》:"文章黼黻虽有许,时运龃龉将安施。"宋吕陶《赴官唐安…》:"此日诗章形黼黻,当时匠手器轮舆。"

父母国　fù mǔ guó
【分类】政治
【关键词】孟子
【释义】犹祖国。《孟子·万章》:"(孔子)去鲁,曰:'迟迟吾行也,去父母国之道也。'"
【例句】唐阎朝隐《奉和送金…》:"迥瞻父母国,日出在东方。"唐梁琼《昭君怨》:"回看父母国,生死毕胡尘。"宋黄庶《大孤山》:"宦游远去父母国,心病若有山水淫。"明陈恭尹《赠郭幼隗》:"言恋父母国,已恐贰师拔。"清江湜《七月廿五…》:"迟行为去父母国,多难弥知兄弟情。"

负鼎　fù dǐng
【分类】政治
【关键词】伊尹
【释义】商时,伊尹曾背负鼎俎见汤,喻以烹调致汤实行王道之事,亦指辅佐帝王,担当治国之任。《史记·殷本纪》:"伊尹名阿衡。阿衡欲奸汤而无由,乃为有莘氏媵臣,负鼎俎,以滋味说汤,致于王道。"相传伊尹本系汤妃的陪嫁之臣。周文王妃太姒为有莘之女。
【例句】唐骆宾王《夏日游德…》:"言谢垂钩隐,来参负鼎职。"唐李白《送梁四归…》:"殷王期负鼎,汶水起垂竿。"唐崔湜《景龙二年…》:"进无负鼎说,退惭补衮诗。"唐李昂《题雍丘崔…》:"伊尹即今须负鼎,王乔何事欲冲天。"宋刘攽《次韵晁单…》:"拨弓试复穿杨叶,负鼎何妨待鸽羹。"

负郭田　fù guō tián
【分类】文化
【关键词】苏秦
【释义】指近郊良田。《史记·苏秦列传》:"富贵则亲戚畏惧之,贫贱则轻易之,况众人乎!且使我有雒阳负郭田二顷,吾岂能佩六国相印乎!"
【例句】唐骆宾王《畴昔篇》:"只为须求负郭田,使我再干州县禄。"唐杜甫《惠义寺园…》:"朱樱此日垂朱实,郭外谁家负郭田。"唐白居易《题王处士…》:"负郭田园八九顷,向阳茅屋两三间。"唐高适《别韦参军》:"归来洛阳无负郭,东过梁宋非吾土。"

负荆　fù jīng
【分类】生活
【关键词】廉颇
【释义】指向朋友请罪、道歉。源见"刎颈交"。
【例句】晋卢湛《览古》:"廉公何为者,负荆谢厥愆。"唐李白《自广平乘…》:"两虎不可斗,廉公终负荆。"

负局先生　fù jú xiān shēng
【分类】文化
【关键词】负局
【释义】指仙人,亦借指磨镜者。源见"磨镜客"。
【例句】唐李群玉《古镜》:"不必负局仙,金沙发光炯。"唐鲍溶《古鉴》:"隐山道士未曾识,负局先生不敢磨。"明王世贞《楼道人一…》:"何如负局先生好,只挟真形五岳图。"清王士禛《磨镜》:"黄尘碧海须臾事,负局先生自往来。"

负芒　fù máng
【分类】政治
【关键词】汉宣帝
【释义】指背负芒刺,喻局促不安,多指大臣权重,皇帝憺惧之甚。《汉书·霍光传》:"宣帝始立,谒见高庙,大将军光从骖乘,上内严惮之,若有芒刺在背。"
【例句】唐王绩《赠梁公》:"成王已兴诮,宣帝如负芒。"唐杜甫《毒热寄简…》:"束带负芒刺,接居成阻修。"唐贯休《行路难》:"我闻忽如负芒刺,不独为君空叹息。"宋徐积《寄颖叔》:"定知远俗怀公议,若说威名背负芒。"

负米　fù mǐ
【分类】政治
【关键词】子路
【释义】喻奉养父母,或喻为奉养父母而在外谋求禄米。《孔子家语·致思》:"子路见于孔子曰:'昔者由也,事二亲之时,常食藜藿之实,为亲负米百里之外。亲殁之后,南游于楚,从车百乘,积粟万钟,累茵而坐,列鼎而食,愿欲食藜藿,为亲负米,不可复得也。枯鱼衔索…二亲之寿,忽若过隙。'"
【例句】唐杜甫《八哀诗》:"负米晚为身,每食脸必泫。"唐王维《送李员外…》:"少年何处去,负米上铜梁。"唐钱起《罢官后酬…》:"忘机贫负米,忆戴出无车。"唐戴叔伦《越溪村居》:"负米到家春未尽,风萝闲扫钓鱼矶。"

负弩前驱 fù nǔ qián qū
【分类】政治
【关键词】秦始皇
【释义】背着弓箭走在前面，表示极为尊敬。《史记·秦始皇本纪》："蜀太守以下郊迎，县令负弩矢先驱，蜀人以为宠。"唐司马贞《史记索隐》案："霍去病出击匈奴，河东太守郊迎负弩。"
【例句】唐刘禹锡《历阳书事…》："无能甘负弩，不慎在提衡。"宋王初《送叶秀才》："汉庭狗监深知己，有日前驱负弩归。"宋杨亿《陈小著从…》："会稽友婿堪羞死，邑令今来负弩驱。"宋宋祁《渊宗郎中…》："即日前驱催负弩，几旬论报罢移书。"

负且乘 fù qiě chéng
【分类】政治
【关键词】周易
【释义】负是小人之事，乘是君子之器。负乘，用以比喻小人居于君子之位。《周易·解》："六三，负且乘，致寇至，贞吝。"
【例句】唐权德舆《伏蒙十六…》："内惟负且乘，徒以弱似仁。"五代徐铉《亚元舍人…》："吞舟可漏岂无恩，负乘自贻非不幸。"宋晁公溯《蔡光禄》："负乘初莫责，循墙乃当诛。"宋王安石《寓言》："彼哉负且乘，能使正日微。"金王寂《拙轩》："一行作吏负且乘，简书夜下催晨兴。"

负矢还 fù shǐ huán
【分类】政治
【关键词】司马相如
【释义】谓衣锦还乡。源见"负弩前驱"。
【例句】唐李商隐《灵仙阁晚…》："想就安车召，宁期负矢还。"唐刘禹锡《历阳书事…》："无能甘负弩，不慎在提衡。"唐张九龄《郡江南上…》："身负邦君寄，情纤御史骢。"唐王初《送叶秀才》："汉庭狗监深知己，有日前驱负弩归。"

负书归 fù shū guī
【分类】政治
【关键词】苏秦
【释义】咏士失意落魄之典。源见"季子貂敝"。
【例句】唐萧翼《宿云门东…》："拄杖负书寻远寺，倩童牵鹿渡深溪。"唐陈子昂《送梁李二…》："负书犹在汉，怀策未闻秦。"宋司马光《送仲更归…》："展墓乘春走乡陌，负书拂晓下兰台。"宋苏轼《游罗浮山…》："负书从我盍归去，群仙正草《新宫铭》。"

负薪挂角 fù xīn guà jiǎo
【分类】文化
【关键词】朱买臣
【释义】喻指边劳动边读书，不畏辛苦。负薪：背负柴草。汉朱买臣，家贫，担着柴边读书，40岁妻改嫁工匠，50岁被授会稽太守。挂角：把备读的书挂在牛角上，隋代李密骑在牛背上读书。《三字经》："如负薪，如挂角。身虽劳，犹苦卓。"
【例句】唐骆宾王《畴昔篇》："垂钓甘成白首翁，负薪何处逢知己？"唐张九龄《叙怀》："被褐有怀玉，佩印从负薪。"唐杜甫《负薪行》："十有八九负薪归，卖薪得钱应供给。"宋释居简《葛仙迁居图》："弗教鸡犬荤腾去，犹看随行挂角书。"元汪克宽《题李营丘…》："挂角青编一束书，梦对重瞳意相得。"明吴与弼《牧江家坑》："残经挂角日来游，邃谷青山处处幽。"

负薪裘 fù xīn qiú
【分类】政治
【关键词】披裘公
【释义】借指隐士衣着。源见"披裘负薪"。
【例句】唐王昌龄《放歌行》："幸蒙国士识，因脱负薪裘。"宋刘攽《寄王深甫》："狐裘匪负薪，鼎鼐宁柱车。"宋黄庭坚《招子高二…》："负薪泣裘褐，公子御狐貂。"元王蒙《林泉读书图》："披裘负薪士，拾金罕所闻。"

妇人在军 fù rén zài jūn
【分类】政治
【关键词】李陵
【释义】古以为女子随军影响士气。《汉书·李陵传》"吾士气少衰而鼓不起者何也？军中岂有女子乎？…陵搜得皆剑斩之。"
【例句】唐杜甫《新婚别》："妇人在军中，兵气恐不扬。"宋李复《兵馈行》："将军帐下鼓无声，妇人在军军气弱。"元郭钰《征妇别》："妇人在军古所忌，今者召募如追囚。"

附耳 fù ěr
【分类】生活
【关键词】淮南子
【释义】贴近耳朵，指窃窃私语状。《淮南子·说林训》："附耳之言，闻于千里也。"汉高诱注："附，近也。近耳之言，谓窃语。"
【例句】唐韩愈《月蚀诗效…》："天门西北祈风通，丁宁附耳莫漏泄。"唐吕岩《敲爻歌》："附耳低言玄妙旨，提上蓬莱第一峰。"宋吕本中《十一月一…》："老叟环我前，更作附耳语。"宋曾丰《五羊同官…》："附耳俱情话，巡檐各意行。"

附骥尾 fù jì wěi
【分类】生活
【关键词】伯夷
【释义】喻依附先辈或名人之后而成名。《史记·伯夷列传》："颜渊虽笃学，附骥尾而行益显。"唐司马贞《史记索隐》："苍蝇附骥尾而致千里，以譬颜回因孔子而名彰也。"
【例句】唐张曙《下第戏状…》："千里江山陪骥尾，五更风水失龙鳞。"唐温庭筠《题李卫公诗》："三年骥尾有人附，一日龙须无路攀。"唐李咸用《和彭进士》:"若向云衢陪骥尾,直须天畔落矞头。"宋戴复古《饮中》:"蝇随骥尾宜千里,鹤在鸡群亦九皋。"

附葭之亲　fù jiā zhī qīn
【分类】生活
【关键词】刘胜
【释义】咏亲戚关系之典,比喻关系疏远、感情很薄的亲戚。《汉书·中山靖王刘胜传》:"今群臣非有葭莩之亲,鸿毛之重。"唐颜师古注:"葭,芦也。莩者,其筒中白皮至薄者也。葭莩喻薄。"
【例句】唐柳宗元《同刘二十…》:"慕友惭连璧,言姻喜附葭。"宋葛立方《余赴官宫…》:"结友方倾盖,连姻复附葭。"宋周必大《宣州蔡子…》:"鹓缀闻相藻,鸰原忝附葭。"

阜乡　fù xiāng
【分类】文化
【关键词】安期生
【释义】借指仙乡。源见"安期遗舃"。
【例句】唐刘禹锡《游桃源》:"枕中淮南方,床下阜乡舃。"唐李德裕《遥伤茅山…》:"空闻留玉舃,犹在阜乡亭。"元贝琼《杂诗》:"置酒阜乡亭,起然忘故都。"元贝琼《海翁谣》:"祖龙一别阜乡晚,已见六鳌脊腐三山倾。"

阜乡舃　fù xiāng xì
【分类】文化
【关键词】安期生
【释义】指仙人的鞋子。源见"安期遗舃"。
【例句】唐刘禹锡《游桃源一…》:"枕中淮南方,床下阜乡舃。"明区大相《安期岩》:"借问阜乡舃,何如叶县凫。"明欧大任《泰山歌寄王公仪》:"翩然舃舃渺安在,阜乡一去今无踪。"明欧大任《西游歌寄张羽王》:"因过勾漏问丹砂,亦揖阜乡留玉舃。"

复公侯　fù gōng hóu
【分类】政治
【关键词】毕万
【释义】咏名门子弟恢复、光大祖业之典。源见"毕万昌大"。
【例句】唐杜甫《奉送二十…》:"必见公侯复,终闻盗贼平。"唐唐彦谦《咸通中始…》:"未见公侯复,寻伤嗣续凋。"宋苏洞《送陆怀祖…》:"肯为管库官无小,会复公侯泽更绵。"明凌云翰《复锦轩为…》:"公侯复始事非夸,忠孝相传有几家。"

赋罢为郎　fù bà wèi láng
【分类】文化
【关键词】司马相如
【释义】咏因文才而得官之典。源见"赋上林"。
【例句】唐张继《洛阳作》:"书成休逐客,赋罢遂为郎。"唐徐夤《休说》:"梓桐赋罢相如隐,谁为君前永夜吟。"宋苏轼《宋叔达家…》:"梦回只记归舟字,赋罢双垂紫锦绦。"宋晁补之《次韵鲁直…》:"可怜赋罢群玉晚,宁忆睡余双井香。"

赋归欤　fù guī yú
【分类】政治
【关键词】公冶长
【释义】表示告归,辞官归里。《论语注疏·公冶长》:"子在陈曰:'归与!归与!吾党之小子狂简,斐然成章,不知所以裁之。'"
【例句】唐储光羲《仲夏入园…》:"且言重观国,当此赋归欤。"唐范旻《游南雁荡》:"何日结巢依石室,早从湖海赋归欤。"宋孔武仲《晚兴》:"黄花恼陶令,搔首赋归欤。"宋范成大《病起公见…》:"追此良辰公事少,天恩倪许赋归欤。"

赋上林　fù shàng lín
【分类】文化
【关键词】司马相如
【释义】咏因文才得封之典。《史记·司马相如传》:"上读《子虚赋》而善之…乃召问相如。相如曰:'此乃诸侯之事,未足观也,请为天子游猎赋,赋成奏之。'"赋奏,天子以为郎。"赋即《上林赋》。
【例句】唐张说《对酒行巴…》:"本为成王业,初由赋上林。"唐姚鹄《骁阳献杨…》:"碧山曾共惜分阴,暗学相如赋上林。"宋王安石《送文学士…》:"操笔赋上林,脱巾选为郎。"宋李之仪《再次韵奉…》:"倾倒已辜将进酒,追随休赋上林回。"

赋舆　fù yú
【分类】政治
【关键词】左传
【释义】兵车。古代以田赋出兵,故称。《左传·成公二年》:"群臣帅赋舆,以为鲁卫请。"
【例句】唐权德舆《送商州杜…》:"安康地理接商于,帝命专城总赋舆。"宋郑清之《可斋陈大…》:"官但督赋舆,谁肯趋田驾。"

傅粉何郎　fù fěn hé láng
【分类】生活
【关键词】何晏
【释义】泛指美男子。南朝宋刘义庆《世说新语·容止》:"何平叔(何晏)美姿仪,面至白。魏明帝疑其傅粉,正夏月,与热汤饼。既啖,大汗出,以朱衣自拭,色转皎然。"
【例句】唐李端《赠郭驸马》:"熏香荀令偏怜爹,傅粉何郎不解愁。"唐刘禹锡《题于家公…》:"何郎独在无恩泽,不似当初傅粉时。"唐方干《赠山阴崔…》:"平叔正堪汤饼试,风流不合问年颜。"宋欧阳修《忆江南》:"身似何郎曾傅粉,心如韩寿爱偷香。"

傅介子　　fù jiè zǐ

【分类】政治

【关键词】傅介子

【释义】西汉勇士和著名外交家。《史记·建元以来侯者年表》："傅介子，家在北地…诏书曰：'平乐监傅介子使外国，杀楼兰王，以直报怨，不烦师…为义阳侯。'"

【例句】唐杜甫《忆昔》："愿见北地傅介子，老儒不用尚书郎。"宋沈遘《五言城北…》："上羞傅介子，下愧苏子卿。"宋汪藻《次韵苏养…》："愿从北地傅介子，西吞青海东元菟。"宋王十朋《赠王吉老…》："他年当作傅介子，誓斩楼兰雪国耻。"

傅燮遭忌　　fù xiè zāo jì

【分类】政治

【关键词】傅燮

【释义】廉吏遭忌之典，也用作咏州郡长官的典故。《后汉书·傅燮传》："傅燮字南容，…慕南容三复白珪，乃易字焉。""由是朝廷重其方格，每公卿有缺，为众议所归…权贵亦多疾之，是以不得留，出为汉阳太守。"

【例句】唐杜牧《除官归京…》："网今开傅燮，书旧识黄香。"清杨芳灿《伏羌纪事诗》："周苛惟誓死，傅燮敢求生。"清杜关《沪上感咏》："至今悲傅燮，孤节独峥嵘。"

傅岩　　fù yán

【分类】生态

【关键词】傅说

【释义】古地名，相传商代贤士傅说为奴隶时版筑于此，后泛指栖隐之处或隐逸之士。源见"傅说版筑"。

【例句】唐李峤《野》："谁言版筑士，犹处傅岩中。"唐王勃《三月曲水…》："傅岩来筑处，磻溪入钓前。"唐姚合《和郑相演…》："江同渭滨远，山似傅岩高。"唐郑启《严塘经乱…》："在野傅岩君不梦，乘轩卫懿鹤何功。"

傅说版筑　　fù yuè bǎn zhú

【分类】政治

【关键词】傅说

【释义】谓贤人在野或将相起于贫贱。传说，武丁丞相，殷商时期著名贤臣。《史记·殷本纪》："帝武丁即位，思复兴殷，而未得其佐…是时说为胥靡，筑于傅险。见于武丁，武丁曰是也。得而与之语，果圣人，举以为相，殷国大治。故遂以傅险姓之，号曰傅说。"

【例句】唐李白《纪南陵题…》："当时版筑辈，岂知傅说情。"唐李白《冬夜醉宿…》："傅说版筑臣，李斯鹰犬人。"唐王维《登河北城…》："井邑傅岩上，客亭云雾间。"元叶颙《感兴》："傅说居版筑，岂拟图丹青。"

傅说霖　　fù yuè lín

【分类】政治

【关键词】傅说

【释义】称颂贤臣为民造福之典，亦称久旱后的甘霖。《尚书·说命上》："（傅）说筑傅岩之野，惟肖。爰立作相，王置诸其左右。命之曰：'…若金，用汝作砺；若济巨川，用汝作舟楫；若岁大旱，用汝作霖雨。'"

【例句】唐苏颋《奉和马常…》："作霖期傅说，为旱听周宣。"唐李白《赠从弟冽》："傅说降霖雨，公输造云梯。"宋柴望《梦傅说》："傅说为霖瘴疬中，高宗一念与天通。"宋苏轼《次韵朱光…》："久苦赵盾日，欣逢傅说霖。"

富春濑　　fù chūn lài

【分类】政治

【关键词】严光

【释义】在浙江桐庐县南，相传为东汉严光隐居垂钓处。源见"严陵钓处"。

【例句】宋杨冠卿《壬寅夏五…》："归钓富春濑，濯缨歌沧浪。"宋刘克庄《满江红》："把富春濑与首阳山，图斋壁。"明胡应麟《钓台谒严…》："长啸还归富春濑，采药桐君坐相待。"清李锴《富春濑》："旦气肃高空，扁舟富春濑。"

富钩　　fù gōu

【分类】生态

【关键词】鸠

【释义】咏生财致富之典。《搜神记》："京兆长安，有张氏，独处一室。有鸠自外入，止于床。张氏祝曰：'鸠来为我祸也，飞上承尘；为我福也，即入我怀。'鸠飞入怀。以手探之，则不知鸠之所在，而得一金钩。遂宝之。自是子孙渐富，资财万倍。"

【例句】唐骆宾王《寒夜独坐…》："富钩徒有想，贫铗为谁弹。"清释今无《陈柱江应…》："自有富钩归贾客，更无贫铗向田文。"

富贵浮云　　fù guì fú yún

【分类】政治

【关键词】孔子

【释义】把富贵看得像浮云一样轻，意为富贵利禄变幻无常，不足看重。《论语·述而》："子曰：'饭疏食（吃粗粮），饮水（喝冷水），曲肱而枕之，乐亦在其中矣。不义而富且贵，于我如浮云。'"

【例句】唐刘商《题刘偃庄》："何事退耕沧海畔，闲看富贵白云飞。"唐杜甫《丹青引赠…》："丹青不知老将至，富贵于我如浮云。"唐杜甫《短歌行赠…》："兄将富贵等浮云，弟切功名好权势。"唐齐己《答崔校书》："雪色衫衣绝点尘，明知富贵是浮云。"

富贵花　　fù guì huā

【分类】文化

【关键词】花

【释义】指牡丹花。宋周敦颐《爱莲说》："牡丹，花之富贵者也。"

【例句】宋陆游《留樊亭三…》："何妨海内功名士，共赏人间富贵花。"宋赵蕃《木犀》："我生天与山林相，不羡人间富贵花。"宋马廷鸾《奉谢龙山…》："匙抄天上神仙饭，瓶插人间富贵花。"聂绀弩《与海燕公…》:"何来百日红楼梦,贫贱人看富贵花。"

富贵迫人来　fù guì pò rén lái
【分类】生活
【关键词】杨素
【释义】指不求富贵而富贵自来。《北史·杨素传》:"常令为诏,下笔立成,词义兼美。帝嘉之,谓曰:'善相自勉,勿忧不富贵。'素应声曰:'臣但恐富贵来逼臣,臣无心图富贵。'"
【例句】宋吴芾《泽民因诵…》:"自古功名须遇主,到头富贵不由人。"宋王十朋《昌龄和诗…》:"行看富贵来逼人,江左家声子当续。"元赵孟頫《送岳德敬…》:"功名到手不可避,富贵逼人那得休。"聂绀弩《苗公两度…》:"戏演一台又一台,难逢富贵逼人来。"

富贵未知天　fù guì wèi zhī tiān
【分类】生活
【关键词】子夏
【释义】咏天命未知之典。《论语·颜渊》:"子夏曰:'商闻之矣:死生有命,富贵在天。'"
【例句】唐陈子昂《赠严仓曹…》:"栖遑长委命,富贵未知天。"宋邵雍《和登封裴…》:"既知富贵须由命,难把升沉更问天。"宋刘攽《寄王宗杰》:"已知富贵非吾望,欲以诗书老此身。"明李时《行寿亲》:"寒门共庆天伦乐,富贵人间总未知。"

富贵有危机　fù guì yǒu wēi jī
【分类】生活
【关键词】诸葛长民
【释义】咏守志自警明哲保身之典。《晋书·诸葛长民传》:"长民骄纵贪侈,不恤政事…自以多行无礼,恒惧国宪。及刘毅被诛…既而叹曰:'贫贱常思富贵,富贵必履危机。今日欲为丹徒布衣,岂可得也。'"
【例句】宋苏轼《宿州次韵…》:"晚觉文章真小技,早知富贵有危机。"宋葛起耕《赠乌龙山…》:"笑把儒冠换墨衣,深思富贵有危机。"宋梅尧臣《依韵和孙…》:"古来富贵蹈危机,乐性安贫莫谓非。"宋释德洪《和忠子》:"高笑痴儿倚富贵,危如乳燕方巢幕。"

富韩文范　fù hán wén fàn
【分类】政治
【关键词】富弼
【释义】指富弼、韩琦、文彦博、范仲淹四位大臣,为咏朝廷重臣之典。《五朝名臣言行录·韩琦》:"峣与范公同召拜枢密使副…熙宁七年春·帝遣中使赐富弼、韩琦、文彦博、曾公亮手诏,问以计策。"
【例句】宋曾寓轩《沁园春》:"惟断乃成,非贤罔任,真是富韩文范传。"金杨用道《题怀范楼》:"古人直许到夔契,当世独能并富韩。"

富民侯　fù mín hóu
【分类】政治
【关键词】车千秋
【释义】喻安天下、富百姓的高官。源见"一言悟主"。
【例句】唐刘禹锡《奉和裴侍…》:"岘首风烟看未足,便应重拜富民侯。"唐朱湾《长安喜雪》:"平地已沾盈尺润,年丰须荷富人侯。"宋宋祁《和季长学…》:"持节频年烦出使,富民虚日待封侯。"宋张方平《哭刘潜》:"蒿野已埋经国策,岩廊谁是富民侯。"

腹背毛　fù bèi máo
【分类】文化
【关键词】鸿鹄
【释义】比喻平庸之人,不堪大任。《说苑·尊贤》:"舟人古乘对曰:'鸿鹄高飞远翔,其所恃者六翮也,背上之毛,腹下之毳,无尺寸之数,去之满把,飞不能为之益卑;益之满把,飞不能为之益高。不知门下左右客千人者,有六翮之用乎? 将尽毛毳也。"
【例句】唐李咸用《赠友弟》:"他日讵有盐梅味,今日犹疑腹背毛。"唐周昙《平公》:"能知翼戴穹苍力,不是蒙茸腹背毛。"宋蔡戡《朱丈朝宗…》:"况如腹背毛,敢意青云翮。"宋释居简《宋贤良见过》:"仰窥扶摇翻,俯愧腹背毛。"

腹笥　fù sì
【分类】文化
【关键词】边韶
【释义】笥,藏书之器,比喻满腹经纶。源见:"五经笥"。
【例句】宋李吕《和韩羲仲…》:"腹笥兼收线五色,准拟补衮膺时须。"宋郑之《再和劝学韵》:"诸生竞诧边腹笥,正音如闻孔堂石。"宋曾极《寄陈正己》:"公车战策三千牍,腹笥兵书五十家。"聂绀弩《挽云彬》:"读破诗书撑破肚,愁看腹笥火成灰。"

缚楚王　fù chǔ wáng
【分类】政治
【关键词】韩信
【释义】指汉高祖依陈平计,抓捕楚王韩信一事。《史记·淮阴侯列传》:"信持其(钟离昧)首,谒高祖于陈。上令武士缚信,载后车。"
【例句】唐杜牧《云梦泽》:"日旗龙斾想飘扬,一索功高缚楚王。"唐王翰《春女行》:"君不见楚王台上红颜子,今日皆成狐兔尘。"唐罗隐《四皓庙》:"楚王谩费闲心力,六里青山尽属君。"唐胡曾《细腰宫》:"楚王辛苦战无功,国破城荒霸业空。"

覆杯　fù bēi
【分类】生活
【关键词】司马睿
【释义】克己戒酒之典。《世说新语·规箴》:"元帝过江…刘孝标注引邓粲《晋纪》:'上(晋元帝司马睿)身服俭约,以先时务。性素好酒,将渡江,王导深以谏,帝乃令左右进觞,饮而覆之,自是遂不复饮。克己复礼,官修其方,而中兴之业隆焉。"

【例句】宋王炎《春兴》:"书乱时开帙,樽空久覆杯。"宋刘攽《昭君赋戏赠》:"覆杯反水难再收,深渊瞬息为高丘。"宋韦骧《京居》:"弥月不书刺,经时长覆杯。"宋李之仪《次韵君俞》:"未能海运参抟翼,聊复舟行共覆杯。"

覆车　fù chē
【分类】政治
【关键词】韩诗
【释义】喻指不接受前面教训之典。《韩诗外传》:"前车覆而后车不诫,是以后覆也。"
【例句】唐吴筠《览古》:"覆车世不悟,秦氏兴阿房。"唐寒山《诗三百》:"汝今须改行,覆车须改辙。"五代徐钧《潘好礼》:"废王立武覆车同,抗疏精忠幸见从。"宋文彦博《长平怀古》:"却令后代承家者,每到长平戒覆车。"

覆车粟　fù chē sù
【分类】生活
【关键词】杨宣鸟
【释义】咏麻雀之典,或比喻追求非分之享受。《艺文类聚》引《益都耆旧传》:"杨宣为河内太守,行县,有群雀鸣桑树上。宣谓吏曰:'前有覆车粟,此雀相随,欲往食之,'行数里,果如其言。"据说杨宣通鸟言。
【例句】唐李白《空城雀》:"耻涉太行险,羞营覆车粟。"元胡布《鸟生八九子》:"不学奔波覆车粟,却归空城身局促。"清苏去疾《代飞来双…》:"朝拾覆车粟,暮还空城栖。"

覆篑成山　fù kuì chéng shān
【分类】政治
【关键词】孔子
【释义】篑,土筐。喻咏做事应坚持不懈方能成功。《论语·子罕》:"子曰:'譬如为山,未成一篑;止,吾止也。譬如平地,虽覆一篑,进,吾进也。'"
【例句】唐李颀《别梁锽》:"莫言贫贱长可欺,覆篑成山当有时。"宋晁迥《假山》:"覆篑由心匠,多奇势逼真。"宋郑獬《太仓隆福…》:"为山贵覆篑,弹冠重初沐。"宋吴儆《题古岩旧…》:"覆篑一拳进,嵌空百肘宽。"

覆盆　fù pén
【分类】政治
【关键词】司马迁
【释义】比喻社会黑暗或不白之冤。源见"戴盆望天"。
【例句】唐骆宾王《幽絷书情…》:"覆盆徒望日,蛰户未经雷。"唐李白《赠宣城赵…》:"愿借羲皇景,为人照覆盆。"唐李白《狱中上崔…》:"应念覆盆下,雪泣拜天光。"唐沈佺期《答魑魅代…》:"身犹纳履误,情为覆盆伤。"

覆水难收　fù shuǐ nán shōu
【分类】政治
【关键词】何进
【释义】形容事情已成定局,难以挽回。《后汉书·何进传》:"(何)苗谓(何)进曰:'始共从南阳来。俱以贫贱,依省内以致贵富。国家之事,亦何容易!覆水不可收。宜深思之,且与省内和也。'"
【例句】唐骆宾王《艳情代郭…》:"情知唾井终无理,情知覆水也难收。"唐刘禹锡《怀妓》:"金盆已覆难收水,玉轸长抛不续弦。"唐李白《白头吟》:"覆水再收岂满杯,弃妾已去难重回。"唐李频《将赴黔州…》:"丹嶂耸空无过鸟,青林覆水有垂猿。"

覆焘　fù tāo
【分类】政治
【关键词】礼记
【释义】犹覆被,谓施恩,加惠,喻咏德高望重。《礼记·中庸》:"仲尼祖述尧舜,宪章文武,上律天时,下袭水土。譬如天地之无不持载,无不覆帱。"
【例句】唐郑仁轨《五言奉日…》:"大君弘覆焘,禁暴抚遐荒。"唐柳宗元《游南亭夜…》:"三辟咸肆宥,众生均覆焘。"唐韩愈《荐士》:"庙堂有贤相,爱遇均覆焘。"唐陆龟蒙《南泾渔父》:"同覆天地中,违仁幸覆焘。"唐沈东美《奉和苑舍…》:"弹冠声实贵,覆被渥恩偏。"唐沈东美《送陆郎中…》:"覆被恩难报,西看成白头。"宋张耒《贫病投劾…》:"不敢弯弓轻妄射,争如覆被逐山郎。"明杨士奇《示稻秋及昱》:"世德流传远,天恩覆被多。"

覆吴图　fù wú tú
【分类】生活
【关键词】棋
【释义】咏下棋之典。《南史·萧惠基传》:"当时能棋人琅邪王抗第一品,吴郡褚思庄、会稽夏赤松第二品…宋文帝时,羊玄保为会稽,帝遣思庄入东,与玄保战,因置局图,还于帝前覆之。"
【例句】唐杜牧《重送绝句》:"别后竹窗风雪夜,一灯明暗覆吴图。"宋黄庭坚《元翁坐中…》:"枯棋覆吴图,青简玩秦烬。"

覆盂　fù yú
【分类】政治
【关键词】东方朔
【释义】倒置的盂,喻稳固、安定。《汉书·东方朔传》:"连四海之外以为带,安于覆盂,动犹运之掌,贤不肖何以异哉?"唐颜师古注:"言不可倾摇。"
【例句】唐李商隐《大卤平后…》:"不忧悬磬乏,乍喜覆盂安。"宋王安中《朵楼侍宴》:"一气已从调鼎顺,八方今比覆盂安。"宋蒋之奇《失题》:"中间可置邮戍,隐然高阜如覆盂。"宋洪适《闻景严弟…》:"爵位方知稽古力,论思当使覆盂安。"

覆辙　fù zhé
【分类】政治

【关键词】韩诗
【释义】翻车的轨迹,比喻先前的失败。源见"前车之鉴"。
【例句】唐顾况《奉酬刘侍郎》:"镜破似倾台,轮斜同覆辙。"唐刘长卿《按覆后归…》:"羊肠留覆辙,虎口脱余生。"唐韩偓《有瞩》:"谁将覆辙询长策,愿把梦丝属老成。"宋许景衡《白沙驿吊…》:"千金不垂堂,覆辙戒后车。"

宓妃留枕 fú fēi liú zhěn
【分类】生活
【关键词】曹植
【释义】谓美女倾心爱才士。三国魏曹植《洛神赋》序:"植还,度轘辕,少许时,将息洛水上,思甄后。忽见女来,自云:'我本托心君王,其心不遂。此枕是我在家时从嫁前与五官中郎将,今与君王。'遂用荐枕席,欢情交集,岂常辞能具。为郭后以糠塞口,今被发,羞将此形貌重睹君王尔!'"
【例句】唐李商隐《无题》:"贾氏窥帘韩掾少,宓妃留枕魏王才。"明张吉《和双溪杭…》:"水滨故事堪搜案,宓妃枕也湘妃瑟。"清许雷地《拂床》:"宓妃玉枕留芳泽,汉帝云帱覆素缣。"清李希圣《无题》:"秦女卷衣春脉脉,宓妃留枕夜厌厌。"

宓妃腰 fú fēi yāo
【分类】生活
【关键词】曹植
【释义】咏美人细腰之典。三国魏曹植《洛神赋·序》:"古人有言斯水之神,名曰宓妃。感宋玉对楚王神女之事,遂作斯赋,其词曰:…肩若削成,腰如约素。"
【例句】唐李商隐《蜂》:"宓妃腰细才胜露,赵后身轻欲倚风。"清黄之隽《芳年》:"宓妃腰细才胜露,韩寿香焦亦任偷。"清弘历《水木樨黄蜂》:"腰细宓妃原可拟,身轻赵后足相齐。"清文廷式《为人题照》:"嫦娥衣薄不禁寒,宓妃腰细才胜露。"

宓子贱 fú zǐ jiàn
【分类】政治
【关键词】宓子贱
【释义】宓不齐字子贱,孔子弟子,曾为单父宰。喻指县官。源见"鸣琴而治"。
【例句】唐高适《宋中》:"常爱宓子贱,鸣琴能自亲。"唐李白《赠阎丘宿松》:"何衔宓子贱,不减陶渊明。"唐贾岛《别徐明府》:"口尚袁安节,身无子贱名。"宋胡寅《题单令双…》:"主人蔼优政,不愧宓子贱。"

G

改词曹 gǎi cí cáo
【分类】政治
【关键词】羊祜
【释义】哀悼纪念地方良吏之典。《晋书·羊祜(字叔子传)》:"襄阳百姓于岘山祜平生游憩之所建碑立庙,岁时飨祭焉。…荆州人为祜讳名,屋室皆以门为称,改户曹为辞曹焉。"
【例句】唐元稹《阳城驿》:"辞曹讳羊祜,此驿何不侔。"唐权德舆《湖南观察…》:"湘南罢亥市,汉上改词曹。"明李之世《答赠陈岭外美》:"南国词曹属代兴,仙槎渺渺兴堪乘。"明区怀瑞《寄韩孟郁…》:"三辅衣冠归讲部,五陵车马识词曹。"

改瑟 gǎi sè
【分类】政治
【关键词】董仲舒
【释义】原指琴瑟音调不和谐经调整其弦使之悦耳。董仲舒用以比喻改革法度政策,使能治理国家。《汉书·董仲舒传》:"窃譬之琴瑟不调,甚者必解而更张之,乃可鼓也;为政而不行,甚者必变而更化之,乃可理也。"
【例句】唐张九龄《奉和圣制…》:"垂衣深共理,改瑟其咸若。"宋高斯得《邹枢密挽诗》:"改瑟新化,持枢赞国成。"唐李绅《拜三川守》:"改张琴瑟移胶柱,止息笙竽辨鲁鱼。"宋刘克庄《丞相信庵…》:"丙午遭逢瑟改调,先皇记忆忝弓招。"

改事 gǎi shì
【分类】政治
【关键词】左传
【释义】请求改正过失或改事他主之典。《左传·宣公十二年》:"郑伯肉袒牵羊以逆,曰:'…若惠顾前好,徼福于厉、宣、桓、武,不泯其社稷,使改事君,夷于九县,君之惠也,孤之愿也。'"
【例句】唐韩愈《除官赴阙…》:"公其务贳过,我亦请改事。"宋赵蕃《通问赣州…》:"只信此心无改事,讵知彼潜欲何如。"宋黄庭坚《寄余干徐…》:"书来俛垂教,改事从此始。"宋赵蕃《通问赣州…》:"只信此心无改事,讵知彼潜欲何如。"

改辕 gǎi yuán
【分类】政治
【关键词】左传
【释义】辕,车辕。车行改道,借指改变发展方向。《左传·宣公十二年》:"王病之,告令尹改乘辕而北之,次于管以待之。"
【例句】唐韩愈《奉和兵部…》:"来朝当路日,承诏改辕时。"唐白居易《长庆二年…》:"东道既不通,改辕遂南指。"唐李敬方《题黄山汤院》:"胜地非无栋,征途遽改辕。"宋孙规《吴汉逸挽词》:"北道改辕谁解剑,西州无路相鸣鞭。"

盖棺 gài guān
【分类】生活
【关键词】韩诗

【释义】指死亡。《韩诗外传》:"孔子曰:故学而不已,盖棺乃止。"
【例句】唐杜甫《自京赴奉…》:"盖棺事则已,此志常觊豁。"唐韩愈《同冠峡》:"行矣且无然,盖棺事了矣。"唐皮日休《伤进士严…》:"十哭都门榜上尘,盖棺终是五湖人。"宋文天祥《挽太博朱…》:"西风一挥泪,世事盖棺休。"

盖棺论定　gài guān lùn dìng
【分类】生活
【关键词】刘毅
【释义】意谓人死后,是非功过才能断定。《晋书·刘毅传》:"丈夫盖棺事方定。"唐代杜甫《自京赴奉先咏怀》:"盖棺事则已,此志常觊豁。"
【例句】唐杜甫《君不见简…》:"丈夫盖棺事始定,君今幸未成老翁。"唐韩愈《同冠峡》:"行矣且无然,盖棺事了矣。"唐皮日休《伤进士严…》:"十哭都门榜上尘,盖棺终是五湖人。"宋文天祥《海上》:"身事盖棺定,挑灯看剑频。"

甘谷士　gān gǔ shì
【分类】生活
【关键词】胡广
【释义】咏服食致长寿之典。《后汉书·胡广传》:"时年已八十,而心力克壮。"唐李贤注引南朝宋盛弘之《荆州记》:"菊水出穰县。芳菊被涯,水极甘香…太尉胡广所患风疾,休沐南归,恒饮此水,后疾遂瘳,年八十二薨。"
【例句】唐李德裕《忆药苗》:"岂如甘谷士,只得香泉啜。"宋苏轼《和陶读…》:"黄华育甘谷,灵根固深长。"宋杨时《乐语口号》:"甘谷残英留晚翠,雍门余曲有新声。"宋朱翌《重阳不见…》:"甘谷谁能汲,瓶罂走莫徐。"

甘谷水　gān gǔ shuǐ
【分类】文化
【关键词】抱朴子
【释义】水名,水味甘美,饮之令人益寿,为咏菊或咏水之典。《抱朴子·仙药》:"南阳郦县山中有甘谷水,谷水所以甘者,谷上左右皆生甘菊,菊花堕其中,历世弥久,故水味为变…食者无不老寿。"
【例句】宋朱翌《重阳不见…》:"甘谷谁能汲,瓶罂走莫徐。"宋杨时《乐语口号》:"甘谷残英留晚翠,雍门余曲有新声。"元吕诚《菊田》:"晚岁拟寻甘谷老,颓龄幸值傅延年。"元刘基《再用前韵颂菊》:"酿成甘谷千年液,满泛瑶台百宝觞。"

甘露　gān lù
【分类】文化
【关键词】老子
【释义】本指甘美的露水。《老子》:"天地相合,以降甘露。"佛教喻意为佛法、涅槃等。《法华经·药草喻品》:"为大众说甘露净法。"《维摩诘所说经·香积佛品》:"时维摩诘语舍利弗等诸大声闻,仁者可食如来甘露饭。"
【例句】唐李忱《南安夕阳…》:"夜深闻法餐甘露,喜在莲花法界中。"唐柳宗元《巽上人以…》:"犹同甘露饭,佛事薰毗耶。"唐李迥秀《奉和九月…》:"御酒调甘露,天花拂彩旒。"唐李颀《照公院双橙》:"永愿香炉洒甘露,夕阳时映东枝斜。"

甘罗作相　gān luó zuò xiāng
【分类】政治
【关键词】甘罗
【释义】喻指少年励志,通达显贵。《史记·甘罗传》:"甘罗年十二,事秦相文信侯吕不韦。始皇召见,使甘罗于赵。赵襄王郊迎甘罗。甘罗还报秦,乃封甘罗以为上卿,复以始甘茂田宅赐之。"
【例句】唐杜牧《偶题》:"甘罗昔作秦丞相,子政曾为汉辇郎。"唐路德延《小儿诗》:"项橐称师日,甘罗作相年。"宋周贯《题虚白观》:"仙隐记甘罗,观名取庄生。"宋张景脩《送朱天锡…》:"甘罗相秦理不诬,世人看取掌中珠。"

甘猛虎　gān měng hǔ
【分类】政治
【关键词】郭文
【释义】咏隐士之典。《晋书·郭文传》:"洛阳陷,乃步担入吴兴余杭大辟山中穷谷无人之地,倚木于树,苫覆其上而居焉,亦无壁障。时猛兽为暴,入屋害人,而文独宿十余年,卒无患害。"
【例句】唐杜甫《贻阮隐居》:"更议居远村,避喧甘猛虎。"宋韩淲《霞山》:"避喧甘猛虎,杜语诚有味。"宋槻伯圜《大涤洞》:"莫教俗驾来相尾,只恐诒讥晋郭文。"宋王介《洞霄宫》:"许迈林中丹灶冷,郭文山上白云深。"

甘宁　gān níng
【分类】政治
【关键词】甘宁
【释义】字兴霸,三国时期孙吴名将,被赞为江表之虎臣,为咏勇将之典。《三国志·甘宁传》:"权嘉宁功,拜西陵太守…宁手持练,身缘城,为吏士先,卒破获朱光。计功,吕蒙为最,宁次之,拜折冲将军。"
【例句】唐罗隐《春日忆湖…》:"旅榜前年过洞庭,曾提刀笔事甘宁。"宋司马光《寄ende李舍…》:"非同王剪私求宅,更似甘宁晚好书。"宋吴锡畴《癸酉元日》:"酒泉郡里宁甘饮,饭颗山头尚苦吟。"宋刘克庄《灵著祠》:"甘宁关羽至今传,名将为神自古然。"

甘宁奢侈　gān níng shē chǐ
【分类】生活
【关键词】甘宁
【释义】咏奢侈之典。《三国志·甘宁传》南朝宋裴松之注引《吴书》:"其出入,步则陈车骑,水则连轻舟,侍从被文绣,所如光道路,住止常以缯锦维舟,去或割弃,以示奢也。"
【例句】唐唐彦谦《红叶》:"谢朓留霞绮,甘宁弃锦张。"唐孙元晏《吴甘宁研营》:"百口宝刀千匹绢,也应消得与甘宁。"宋白玉蟾《除夕客桂岭》："黄刘不喜瑜蒙喜，须信甘宁有赏音。"元佚名《十二月》："想我那甘宁凌统。比将来似鼠如狸。"

甘盘　gān pán
【分类】政治
【关键词】甘盘
【释义】殷贤臣，曾辅佐武丁继位，为美称大臣之典范。《尚书·说命下》："王曰：'来汝说，台小子旧学于甘盘。'"汉孔安国《传》："甘盘，殷贤臣，有道德者。"
【例句】宋王圭《资善堂御…》："少室旧游窥玉雷，甘盘余训薄金籯。"宋王禹称《寄献仆射…》："圣君宵旰念生民，重命甘盘秉国钧。"宋朱长文《英宗皇帝…》："代邸推贤久，甘盘授学精。"宋朱长文《奉谢司封…》："甘盘德业满天区，博学承家行有余。"

甘棠　gān táng
【分类】政治
【关键词】燕召公
【释义】称颂或追怀官吏美政的典故。源见"召公棠"。
【例句】唐刘禹锡《朗州窦员…》："白芷江边分驿路，山桃蹊外接甘棠。"唐刘禹锡《答衢州徐…》："闻道天台有遗爱，人将琪树比甘棠。"唐刘禹锡《酬窦员外…》："渚宫油幕方高步，澧浦甘棠有几丛。"唐高适《同群公…》："已听甘棠颂，欣陪旨酒欢。"

甘英穷西海　gān yīng qióng xī hǎi
【分类】政治
【关键词】甘英
【释义】汉臣出使西域之典。《后汉书·西域传》："班超遣掾甘英穷临西海而还。皆前世所不至，《山经》所未详。"又，《西域传论》："其后甘英乃抵条支而历安息，临西海以望大秦，拒玉门、阳关者四万余里，靡不周尽焉。"
【例句】唐杜牧《郡斋独酌》："甘英穷西海，四万到洛阳。"唐庞蕴《诗偈》："有人见我归东土，我本元居西海头。"宋司马光《送郑推官…》："休穷西海路，辛苦学甘英。"宋陆游《冬暖》："老夫壮气横九州，坐想提兵西海头。"

甘雨随车　gān yǔ suí chē
【分类】政治
【关键词】百里嵩
【释义】称颂地方官施行德政之典。《太平御览》引《后汉书》："百里嵩字景山，为徐州刺史。境旱，嵩出巡处，遂甘雨辄澍。东海、祝其、合乡三县父老诉曰：'人等是公百姓，独不迁降。'迥赴，雨随车而下。"
【例句】唐柳宗元《韦使君黄…》："惠风仍偃亭，灵雨会随车。"唐韩愈《郴州祈雨》："行看五马入，萧飒已随轩。"唐徐夤《烟》："能滋甘雨随车润，不并行云逐梦踪。"宋徐铉《御筵送邓王》："满座清风天子送，随车甘雨郡人迎。"

甘旨　gān zhǐ
【分类】文化
【关键词】汉书
【释义】喻指美味的食物。《汉书·食货志上》："夫寒之于衣，不待轻暖；饥之于食，不待甘旨；饥寒至身，不顾廉耻。"
【例句】唐陈元光《候夜行师…》："火田黄稻俱甘旨，纲水金鱼洽醉醺。"唐杜甫《别董颋》："士子甘旨阙，不知道里寒。"唐孟郊《送陆畅归…》："手自撷甘旨，供养欢冲融。"唐韩愈《嗟哉董生行》："入厨具甘旨，上堂问起居。"

干城　gān chéng
【分类】政治
【关键词】诗经
【释义】干，盾牌。城，城墙。盾牌和城墙，比喻捍卫者，借指捍卫国家之人。《诗经·周南·兔罝》："赳赳武夫，公侯干城。"
【例句】唐惟劲《觉地颂》："不了五阴如空聚，岂由四大若干城。"唐皮日休《初夏即事…》："土室作深谷，薛垣为干城。"宋释云岫《悼灵隐性…》："三唤声中负不平，兴师百万欲干城。"聂绀弩《访丘东平…》："任是尸山血海行，中华儿女志干城。"

干鼎　gàn dǐng
【分类】政治
【关键词】伊尹
【释义】喻指开国元勋、辅国重臣。源见"负鼎"。
【例句】唐高适《淇上酬薛…》："永愿拯刍尧，孰云干鼎镬。"宋邓肃《和明远喜…》："自嗟笔力无韩豪，不敢逸风干鼎镬。"宋李道纯《性理歌》："何须乾鼎炼金精，不假坤炉烹玉汁。"明顾炎武《帝京篇》："侧席推干鼎，回车载钓璜。"

干蛊　gàn gǔ
【分类】生活
【关键词】周易
【释义】泛指主事，办事，喻指干练有才能。《周易·蛊》："初六，干父之蛊，有子，考无咎，厉终吉。"三国魏王弼注："以柔巽之质，干父之事，能承先轨，堪其任者也，故曰'有子也'。"
【例句】唐卢象《马跑神泉》："优香推干蛊，班匠择精专。"唐包何《相里使君…》："他时干蛊声名著，今日悬弧宴乐酣。"宋李昉《将就十章…》："谢傅儿孙皆干蛊，郑家姬妾尽知书。"宋苏轼《戏和正辅…》："已归耕稼供蒿秸，公贵干蛊高巾冠。"

干将莫邪　gān jiāng mò yé
【分类】文化
【关键词】吴越春秋
【释义】指称宝剑、利剑，或喻良才美器。《吴越春秋·阖闾内传》："干将者，吴人也，与欧冶子同师，俱能为剑。""莫耶，干将之妻也。干将作剑，采五山之铁精，六合之金英，候天伺地，阴阳同光，百神临观，天气下降而金铁之金不销沦流…于是干将妻乃断发剪爪，投于炉中，使童女童男三百人鼓橐装炭,金铁乃濡,遂以成剑。阳曰干将,阴曰莫耶。"

【例句】唐李商隐《赠司勋杜…》:"心铁已从干镆利,鬓丝休叹雪霜垂。"宋卫宗武《和叶野渡…》:"干将与莫邪,蛟龙可水断。"宋王禹称《酬种放寄君》:"褒我尘埃韵,铅刀干镆。"明解缙《寄族中诸…》:"干将莫邪世不识,屠龙斩虎人始惊。"

干吕 gān lǚ

【分类】政治

【关键词】东方朔

【释义】犹入吕。古称律为阳,吕为阴,故以干吕谓阴气调和。《海内十洲记·聚窟洲》:"臣国去此三十万里,国有常占,东风入律,百旬不休,青云干吕,连月不散者,中国时有好道之君。"

【例句】唐王履贞《青云干吕》:"异方占瑞气,干吕见青云。"唐林藻《青云干吕》:"应节偏干吕,亭亭在紫氛。"明杨慎《送守之…》:"玉马朝周封壤旧,青云干吕瑞图来。"明黎民表《赠瞿生》:"采衣持节即远道,青云干吕随行船。"

干旄 gàn máo

【分类】政治

【关键词】诗经

【释义】旌旗,以旄牛尾饰旗竿,作为仪仗。喻帝王,也意喻尊贤招贤之意。《诗经·鄘风·干旄》:"孑孑干旄,在浚之郊。素丝纰之,良马四之。彼姝者子,何以畀之。"

【例句】唐陈元光《修文语土民》:"庙算符天象,干旄格有苗。"唐冯伉《送文舞迎…》:"干旄羽籥相亏蔽,一进一退殊行缀。"唐李德裕《寒食日三…》:"雪凝陈组练,林植耸干旄。"唐柳宗元《游南亭夜…》:"观象嘉素履,陈诗谢干旄。"

干木富义 gàn mù fù yì

【分类】政治

【关键词】段干木

【释义】形容富有德义之行。《淮南子·修务训》:"段干木辞禄而处家,魏文侯过其闾而轼之…文侯曰:'段干木光于德,寡人光于势;段干木富于义,寡人富于财。势不若德尊,财不若义高。'"

【例句】唐费冠卿《酬范中丞见》:"战国方须礼干木,康时何必重侯嬴。"唐孙合《古意》:"魏礼段干木,秦王方止戈。"宋石介《密直杜公…》:"解榻延徐孺,过门轼干木。"宋胡宿《上客》:"上客何为者,平生富义名。"

干卿底事 gān qīng dǐ shì

【分类】生活

【关键词】冯延巳

【释义】喻指事不关己而好操闲心管闲事。《南唐书·冯延巳传》:"延巳有'风乍起,吹皱一池春水'之句,元宗尝戏延巳曰:'吹皱一池春水,干卿底事?'"

【例句】宋方岳《如梦令》:"春去。春去。且道干卿何事。"元梁寅《送洞阳杨…》:"自向名山窥玉简,羞干卿相论丹砂。"清邹祗谟《贺新郎》:"何事干卿春水皱,漫道齐名韦鹿。"清王士禛《踏莎行》:"蓦地愁来,干卿何事。"

干舞 gàn wǔ

【分类】生活

【关键词】周礼

【释义】中国古代舞蹈六小舞之一,周朝教育贵族子弟的乐舞教材,也用于某些祭祀场合。《周礼注疏·乐师》:"乐师掌国学之政,以教国子小舞。凡舞,有帗舞,有羽舞,有皇舞,有旄舞,有干舞,有人舞。"

【例句】宋沈辽《和李子仪…》:"君王方讲羽干舞,太守何妨乐圣杯。"宋李复《寄延帅赵…》:"干舞旄星落,弓囊译舌传。"宋韩驹《上太师公…》:"直欲生灵跻寿域,聊将干舞解平城。"宋李纲《小阁晚望…》:"意妙操干舞,声希舍瑟铿。"

肝胆楚越 gān dǎn chǔ yuè

【分类】政治

【关键词】庄子

【释义】也称肝胆胡越。为有密切关系的双方,却互不关心,互相敌对的典故。《庄子·德充符》:"自其异者视之,肝胆楚越也。"

【例句】唐李白《赠别从甥…》:"肝胆不楚越,山河亦衾裯。"唐钱起《长ду旅宿》:"蕙花渐寒暮,心事犹楚越。"唐曹邺《杏园即席…》:"永怀共济心,莫起胡越意。"聂绀弩《柬钟三》:"从来肝胆恩都少,如此风波怨便痴。"

肝胆轮囷 gān dǎn lún qūn

【分类】政治

【关键词】韩愈

【释义】轮囷:高大的样子。形容勇气过人,气魄雄大。唐韩愈《赠别元十八协律》:"穷途致感激,肝胆还轮囷。"

【例句】宋孙觌《宜黄尉李…》:"穷途得重惠,肝胆久轮囷。"宋陆游《夜意》:"轮囷肝胆在,白首倚乾坤。"宋陆游《寄龚实之…》:"学道皮肤虽脱落,忧时肝胆尚轮囷。"宋陆游《送苏赵叟…》:"关路谁非观国宾,此君肝胆独轮囷。"

肝胆相照 gān dǎn xiāng zhào

【分类】政治

【关键词】文天祥

【释义】比喻真心诚意,以真心相见。宋文天祥《与陈察院文龙书》:"所恃知己肝胆相照,临书不惮倾倒。"肝胆:喻勇气、血性。《庄子·大宗师》:"假于异物,托于同体,忘其肝胆,遗其耳目,反覆终始,不知端倪。"

【例句】唐顾况《行路难》:"一生肝胆向人尽,相识不如不相识。"唐佚名《临水闻雁》:"肝胆暂离凡几度,云山阻隔况千重。"唐罗隐《夏州胡常侍》:"国计已推肝胆许,家财不为子孙谋。"宋王安中《李永终还…》:"相从宾客老,莫逆肝胆照。"明郭登《楸子树》:"心淳语直意真率,肝胆相照无疵瑕。"

旰食 gàn shí

【分类】政治

【关键词】左传

【释义】晚食,指因事情忙碌不能按时吃饭。《左传·昭公二十年》:"奢闻员不来,曰:'楚君大夫其旰食乎!'"晋杜预注:"将有吴忧,不得早食。"

【例句】唐杜甫《奉送二十…》:"至尊旰食,仗尔布嘉惠。"唐皎然《同薛员外…》:"杨公当此晨,省灾常旰食。"唐刘长卿《太行苦热行》:"九重今旰食,万里传明略。"唐罗隐《中元甲子…》:"已闻旰食思真将,会待畋游致假王。"

罡风 gāng fēng

【分类】文化

【关键词】刘克庄

【释义】指强劲的风,所到之处,扫荡一切,多见于神话和道教书籍。宋刘克庄《梦馆宿》:"罡风误送到蓬莱,昔种琪花今已开。"

【例句】宋范成大《古风上知…》:"身轻亦仙去,罡风与之俱。"宋范成大《小望州》:"丛霄一握近,罡风振衣冷。"宋韩淲《夏夜玩月》:"乘云度罡风,天上有宫阙。"聂绀弩《背草赠李…》:"九月罡风吹草死,三山鳌背与天连。"

皋比 gāo bǐ

【分类】生活

【关键词】左传

【释义】古人坐虎皮讲学,后因以指讲席。《左传·庄公十年》:"自雩门窃出,蒙皋比而先犯之。"晋杜预注:"皋比,虎皮。"

【例句】唐戴叔伦《寄禅师寺…》:"猊座翻萧瑟,皋比喜接连。"宋吕本中《毛彦谟容…》:"世人纷纷不自治,何异羊质蒙皋比。"宋苏籀《次韵王丈…》:"叶实根株尚老苍,龙鳞皋比贵先尝。"宋王迈《读林去华…》:"乡校设皋比,户外纷屡屦。"

皋陶 gāo yáo

【分类】政治

【关键词】尚书

【释义】虞舜时的司法官,代称狱官或狱神。源见"皋陶夔契"。

【例句】唐储光羲《观范阳递俘》:"皇皇轩辕君,赞赞皋陶谟。"唐孟郊《峡哀》:"既非皋陶吏,空食沉狱魂。"唐陆敬《游隋故都》:"皋陶德不建,汾隅祀忽焉。"宋邵雍《观棋大吟》:"虽皋陶陈谟,而伊周献规。"宋邵雍《诗画吟》:"既有虞舜歌,岂无皋陶赓。"

皋陶夔契 gāo yáo kuí qì

【分类】政治

【关键词】尚书

【释义】舜时贤臣皋陶、夔、后稷和契的并称,亦借指辅弼大臣、贤臣。《尚书·舜典》:"帝曰:'契…汝作司徒,敬敷五教在宽。'帝曰:'皋陶…汝作士,五刑有服。'""帝曰:'夔,命汝典乐,教胄子。'"

【例句】唐张祜《元和直言诗》:"陛下欲垂衣,一与夔契论。"宋郑獬《简兆北墅》:"孔颜虽绝鲁,夔契未忘尧。"宋文彦博《太尉韩国…》:"黾勉经邦策,皋夔济世贤。"宋王安礼《上王端明…》:"政声虽召杜,学术本皋夔。"宋程俱《兴龙节日…》:";姜任垂德化,夔契拱岩廊。"

高才 gāo cái

【分类】政治

【关键词】甘罗

【释义】指才智过人者。《东周列国志》:"忽一夕,甘罗梦紫衣吏持天符来,言:'奉上帝命,召归天上。'遂无疾而卒。高才不寿,惜哉!太子丹遂留于秦矣。"

【例句】唐张子容《除夜乐城…》:"妙曲逢卢女,高才得孟嘉。"唐李颀《听董大弹…》:"高才脱略名与利,日夕望君抱琴至。"唐高适《同颜六少…》:"逸气从来凌燕雀,高才何更混妍媸。"唐李绛《和裴相国…》:"高才名价欲凌云,上驷光华远赠君。"

高舂 gāo chōng

【分类】生态

【关键词】淮南子

【释义】指日影西斜近黄昏时。《淮南子·天文训》:"(日)至于渊虞,是谓高舂;至于连石,是谓下舂。"汉高诱注:"高舂,时加戌,民碓舂时也。"

【例句】唐柳宗元《柳州寄丈…》:"越绝孤城千万峰,空斋不语坐高舂。"唐李商隐《垂柳》:"碧虚随转笠,红烛近高舂。"宋宋庠《小疾请告》:"昼枕高舂体不勤,客来犹复著纶巾。"宋晁说之《次韵和韩…》:"笑语若同游下泽,鸡豚亦共卧高舂。"

高凤漂麦 gāo fèng piāo mài

【分类】生活

【关键词】高凤

【释义】形容专心读书不及暇顾。《东观汉记·高凤传》:"高凤,南阳人,诵读昼夜不绝声。妻尝之田,曝麦于庭,以竿授凤,令护鸡。凤受竿诵经如故,天大雷,暴雨流淹。凤留意在经史,忽不视麦,麦随水漂去。"

【例句】宋宋庠《南轩望雨》:"幸无漂麦虑,舒啸倚前楹。"宋司马光《和家兄喜…》:"既有膏苗益,宁无漂麦嫌。"宋苏轼《徐大正闲轩》:"卧看毡取盗,坐视麦漂雨。"宋沈辽《杂诗》:"高凤会幽趣,乃贻漂麦让。"

高冠 gāo guān

【分类】文化

【关键词】楚辞

【释义】借指端庄高洁的品质,比喻志洁行芳。源见"陆离"。

【例句】唐柳宗元《酬娄秀才…》:"高冠余肯赋,长铗子忘贫。"唐李端《樵歌呈郑…》:"高冠长剑立石堂,鬓眉飒爽瞳子方。"宋祖无择《次韵和》："高冠满坐皆贤豪,谈笑喧呼时各有。"宋刘敞《至日早起》："鸣珂列炬随丞相,长剑高冠满未央。"

高价奇才 gāo jià qí cái
【分类】文化
【关键词】边让
【释义】赞美人才之典。《后汉书·边让传》："边让字文礼……议郎蔡邕深敬之,以为让宜处高任,乃荐于何进曰:'窃见令史陈留边让,天授逸才,聪明贤智……若复随辈而进,非所以章瑰伟之高价,昭知人之绝明也。"
【例句】唐李白《赠僧朝美》："高价倾宇宙,余辉照江湖。"唐罗隐《秋夜寄进…》："空羡良朋尽高价,可怜东箭与南金。"唐武元衡《酬谈校书…》："蓬山高价传新韵,槐市芳年挹盛名。"宋黄庚《送梅昌言…》："文章一代喧高价,忠直三朝受圣知。"

高廪 gāo lǐn
【分类】生活
【关键词】诗经
【释义】高大的米仓,喻农事丰收。《诗经·周颂·丰年》："丰年多黍多稌,亦有高廪,万亿及秭。"
【例句】宋苏轼《丰年有高…》："近见藏高廪,遥知熟大田。"宋华镇《和陈承ית…》："更待秋冬类高廪后,与君同赋誉尧诗。"宋王十朋《夏四月不…》："今岁家家定高廪,多苗宁复羡吴侬。"宋白玉蟾《明堂礼成》："丰年有高廪,宗祀拜明堂。"

高禖 gāo méi
【分类】文化
【关键词】高禖
【释义】也称郊禖,主婚姻和生育之神。《礼记·月令》："至之日,以太牢祠于高禖,天子亲往,后妃帅九嫔御。"汉郑玄注："天子所御,谓今有娠者,于祠大祝。"
【例句】唐钱起《贞懿皇后…》："有恩加象服,无日祀高禖。"宋周紫芝《皇帝亲祀…》："有司修祝册,天子祭高禖。"宋梅尧臣《次韵景彝…》："闻说郊禖喜气翔,曾由乙卯命封商。"宋李廌《题郭功甫…》："有时清贞叩玄关,至诚直可歆郊禖。"

高门大屋 gāo mén dà wū
【分类】政治
【关键词】孟子
【释义】高大的房屋,喻指权贵之家。《史记·孟子荀卿列传》："自如淳于髡以下,皆命曰列大夫,为开第康庄之衢,高门大屋,尊宠之。"
【例句】唐杜甫《哀王孙》："又向人家啄大屋,屋底达官走避胡。"唐杜甫《立春》："盘出高门行白玉,菜传纤手送青丝。"宋方回《路傍草》："高门先破碎,大屋例倾倒。"金元好问《南冠行》："曹侯少年出纨绮,高门大屋垂杨里。"

高鹏低鹦 gāo péng dī yàn
【分类】政治
【关键词】庄子
【释义】比喻志量、识见、才具等完全不同、差异十分悬殊的两种人。源见"鲲鹏展翅"、"斥鹦笑鹏"。
【例句】唐白居易《喜杨六侍…》："浊水清尘难会合,高鹏低鹦各逍遥。"宋李清照《投翰林学…》："高鹏尺鹦,本异升沉,火鼠冰蚕,难同嗜好。"明王世贞《寄答明卿》："高鹏与低鹦,天地亦茫然。"明方文《会试榜发…》："高鹏与低鹦,各自一行飞。"

高趣 gāo qù
【分类】政治
【关键词】阮卓
【释义】高雅的志趣,为咏隐逸之典。南北朝阮卓《咏鲁仲连诗》："鲁连有高趣,意气本相求。"
【例句】唐齐己《送惠空上…》："吾子多高趣,秋风独自还。"唐耿湋《秋夜寄卢…》："严子多高趣,卢公有盛名。"唐韩偓《两贤》："卖卜严将卖饼孙,两贤高趣恐难伦。"宋李昭述《书用师庵》："珍重支郎得高趣,一庵一榻自忘机。"

高僧传 gāo sēng zhuàn
【分类】文化
【关键词】佛
【释义】佛教史书,又称《梁高僧传》,所载僧人共二百五十七人,附见者二百余人。《旧唐书·经籍志》："《高僧传》十四卷,释惠皎撰。《续高僧传》二十卷,释道宣撰。"
【例句】唐孙逖《送新罗法…》："异域今无外,高僧代所稀。"唐于鹄《赠兰若僧》："附入高僧传,长称二远公。"唐贾岛《寄无得头陀》："貌堪良匠抽ščí写,行称高僧续传书。"宋杨蟠《宿永安方…》："千年道在高僧传,未论诗人更有评。"

高山景行 gāo shān jǐng xíng
【分类】政治
【关键词】诗经
【释义】比喻崇高的德行。《诗经·小雅·车舝》："高山仰止,景行行止。"高山,比喻高尚的德行。景行,比喻行为正大光明。
【例句】宋韩琦《寄题西京…》："雅志呈未谐,高山徒景行。"宋司马光《故相国颍…》："高山亡景行,流水失知音。"宋李廌《范蜀公得…》："老恋林泉拒衮衣,高山景行众思齐。"宋马光祖《迎享送神》："高山兮景行,千秋兮难忘。"

高山流水 gāo shān liú shuǐ
【分类】文化
【关键词】伯牙
【释义】原为乐曲名,后喻知音难遇,或喻乐曲高妙。《列子·汤问》："伯牙善鼓琴,钟子期善听。伯牙鼓琴,志在登高山。钟子期曰:'善哉!峨峨兮若泰山。'志在流水。

钟子期曰:'善哉!洋洋兮若江河。'伯牙所念,钟子期必得之。"

【例句】唐牟融《写意》:"高山流水琴三弄,明月清风酒一樽。"唐李咸用《览友生古风》:"高山闲巍峨,流水声呜咽。"宋王安石《次韵张德…》:"赏尽高山见流水,唱残白雪值阳春。"聂绀弩《伐木赠董…》:"满怀流水高山意,一片苍松翠柏心。"

高山仰止 gāo shān yǎng zhǐ
【分类】政治
【关键词】诗经
【释义】谓崇敬仰慕。源见"高山景行"。
【例句】唐陈子良《赞德上越…》:"高山徒仰止,终是恨才轻。"唐岑参《酬崔十三…》:"高山徒仰止,不得日攀跻。"宋彭汝砺《与宁予推…》:"高山知仰止,池水不可泳。"聂绀弩《六鹢》:"仰止龙门登未得,浴乎汾水咏而归。"

高烧银烛 gāo shāo yín zhú
【分类】生活
【关键词】苏轼
【释义】即高烧银烛照红妆,表示对名花、美人的欣赏与眷念。银烛:形容烛光明亮。红妆:喻指美女。宋苏轼《海棠》:"只恐夜深花睡去,故烧高烛照红妆。"
【例句】宋李弥逊《季申枢密…》:"击鲜举白不厌深,高烧银烛花成阴。"宋吴潜《海棠》:"春银烛莫高烧,春愁无多许。"宋张侃《西溪湖》:"月当下弦迟开镜,高烧银烛行冰壶。"宋绍兴间人《投秦丞相》:"多少儒生新及第,高烧银烛照蛾眉。"

高适 gāo shì
【分类】文化
【关键词】高适
【释义】唐诗人,字达夫,有《高常侍集》,与岑参、王昌龄、王之涣合称边塞四诗人。《唐才子传·高适》:"年过五十始留意诗什。"
【例句】五代贯休《訾光大师…》:"看师逸迹两相宜,高适歌行李白诗。"宋王十朋《梁彭州归…》:"西州贤守得高适,东观人才推孟坚。"宋方回《次韵刘元…》:"五十始学诗,定复笑高适。"聂绀弩《迩冬五十》:"题诗今已满江湖,高适此年句有无?"

高唐梦 gāo táng mèng
【分类】生活
【关键词】宋玉
【释义】借指男女欢会。源见"巫山云雨"。
【例句】唐李涉《遇湖州妓…》:"当时惊觉高唐梦,唯有如今宋玉知。"宋钱惟演《又赠一绝》:"不知惟有高唐梦,翠被华灯彻曙香。"宋王圭《宫词》:"多情更逐东流水,还作高唐梦里人。"宋韩元吉《再用前韵…》:"自怜已作高唐梦,须信饥肠眼易花。"

高屋建瓴 gāo wū jiàn líng
【分类】政治
【关键词】汉高祖
【释义】比喻居高临下,有不可阻挡之有利形势。瓴,盛水瓶。建瓴,倾倒瓶中之水。《史记·高祖本纪》:"田肯贺,因说高祖曰:'地势便利,其以下兵于诸侯,譬犹居高屋之上建瓴水也。'"
【例句】宋王十朋《和韩答张…》:"轻愿苦窘幅,高屋钦建瓴。"宋曾极《天门山》:"高屋建瓴无计取,二梁刚把当涌函。"宋李曾伯《过新滩作…》:"建瓴高屋易,百里一瞬息。"聂绀弩《冰道》:"屋建瓴高天并泻,橇因地险虎真飞。"

高轩过 gāo xuān guò
【分类】文化
【关键词】李贺
【释义】敬辞,意谓大驾过访。《新唐书·李贺》:"李贺字长吉,系出郑王后。七岁能辞章,韩愈、皇甫湜始闻未信,过其家,使取赋诗,援笔辄就如素构,自目曰高轩过,二人大惊,自是有名。"轩:有帷幕的车。
【例句】宋曾巩《上人》:"烟沙辘轳高轩过,路上千人瞻羽蘩。"宋陈师道《题明发高…》:"明窗写出高轩过,便逐愈湜闻吟哦。"宋王庭圭《赠筠州司…》:"高轩过我不停轮,风袂飘飘如出岭云。"聂绀弩《苗公两度》:"高轩偶有芳嘉客,亲致长安市上埃。"

高阳多夔龙 gāo yáng duō kuí lóng
【分类】生活
【关键词】舜
【释义】子孙多贤之典。源见"八元八恺"。
【例句】唐王维《同卢拾遗…》:"高阳多夔龙,荆山积玙璠。"宋王质《挽赵处士》:"龙卧高阳呼不醒,鹏飞北海去无踪。"明陈恭尹《赠宜新宁…》:"勋名汉代推三杰,兄弟高阳号八龙。"清柳宝贻《寿吴翔之…》:"慧晓文侯多俊誉,高阳才子属龙孙。"

高阳酒徒 gāo yáng jiǔ tú
【分类】生活
【关键词】郦食其
【释义】喻指狂放而好饮酒者。《史记·郦生陆贾列传》:"沛公引兵过陈留,郦生(郦食其)踵军门上谒…使者出谢曰:'沛公敬谢先生…未暇见儒人也。'郦生瞋目按剑叱使者曰:'走!复入言沛公,吾高阳酒徒也,非儒人也。'"高阳,今河南杞县西南。
【例句】唐李白《梁甫吟》:"君不见高阳酒徒起草中,长揖山东隆准公。"唐罗隐《曲江春感》:"高阳酒徒半凋落,终南山色空惟嵬。"唐韩翃《送别郑明府》:"独恋郊扉已十春,高阳酒徒连此身。"宋李鹰《对春》:"高阳酒徒多白发,长安佳妓今老妪。"

高阳里　gāo yáng lǐ
【分类】生活
【关键词】荀淑
【释义】借指贤士众多的居地。源见"八龙"。
【例句】唐韦应物《答裴处士》："来暑高阳里，不遇白衣还。"唐裴度《中书即事》："高阳旧田里，终使谢归耕。"宋胡宿《题承诏亭》："八才素擅高阳里，五返曾迁使者车。"宋韩维《六弟亲诣…》："怀今又出高阳里，夹道争看太守旌。"

高圆　gāo yuán
【分类】文化
【关键词】礼记
【释义】指天空，后亦指太阳。《大戴礼记·曾子天圆》："参尝闻之夫子曰：'天道曰圆，地道曰方。'"
【例句】唐韩愈《杂诗》："长风飘襟裾，遂起飞高圆。"宋刘才邵《中秋》："上到高圆处，亭亭轮更安。"宋王之道《和秦寿之…》："坐送落霞含杳霭，倚看明月上高圆。"宋许及之《再游雁荡…》："不到双峰一纪年，梦随清磬上高圆。"

高枕卧　gāo zhěn wò
【分类】政治
【关键词】战国策
【释义】即高枕无忧。《战国策·魏策》："无楚韩之患，则大王高枕而卧，国必无忧矣。"
【例句】唐韩翃《送张儃水…》："片帆依白水，高枕卧青州。"唐许棠《送裴拾遗…》："县斋高枕卧，犹梦犯天颜。"宋邵雍《答人见寄》："既乏长才康盛世，无如高枕卧南窗。"宋毕仲游《次韵和褚…》："小床高枕书空倚，节物凄凉岁月同。"聂绀弩《调高旅》："海上潮来高枕卧，楼头月满洞箫吹。"

高冢卧麒麟　gāo zhǒng wò qí lín
【分类】生活
【关键词】杜甫
【释义】形容荣华富贵如过眼烟云，转瞬即逝。唐杜甫《曲江》："江上小堂巢翡翠，花间高冢卧麒麟。细推物理须行乐，何用浮名绊此身？"仇兆鳌注引《西京杂记》："五柞宫西青梧观前，有三梧桐树，树下有石麒麟二枚，云是始皇墓物。"
【例句】宋孙觌《某送妻母…》："宰树连山泪叶春，累累高冢卧麒麟。"宋张守《次韵曾天…》："翻笑花间沾醉客，空看高冢卧麒麟。"金元好问《杂著》："半纸虚名百战身，转头高冢卧麒麟。"明程敏政《拜端明公墓》："苑边高冢卧麒麟，曾是贞元花下人。"

羔儿酒　gāo ér jiǔ
【分类】生活
【关键词】党太尉
【释义】即羊羔酒。源见"扫雪烹茶"。
【例句】宋刘过《鹧鸪天》："一杯自劝羔儿酒，十幅销金暖帐笼。"宋虞俦《冬至后五…》："羊羔儿酒浮琼酥，牛尾狸酥映玉舟。"宋苏轼《正月三日…》："试开云梦羔儿酒，快泻钱塘药玉船。"宋曾几《绍兴帅相…》："酒压羔儿雪煮茶，红罗斗帐锦笼花。"

羔雁　gāo yàn
【分类】政治
【关键词】礼记
【释义】小羊和雁，古代用为卿、大夫的贽礼，常用作征召、婚聘、晋谒的礼物。《礼记·曲礼》："凡挚，天子鬯，诸侯圭，卿羔大夫雁。"汉郑玄注："羔，小羊，取其群而不失其类。雁，取其候时而行。"
【例句】唐孟浩然《送桓子之…》："摽梅诗有赠，羔雁礼将行。"唐王维《哭祖六自虚》："才望望羔雁，寿促青貂蝉。"唐储光羲《奉酬张五…》："星辰动异色，羔雁成新行。"唐武元衡《送韦侍御…》："文宪芙蓉沼，元方羔雁群。"

羔羊之义　gāo yáng zhī yì
【分类】政治
【关键词】诗经
【释义】称誉士大夫正直节俭，内德与外仪皆美。《诗经·召南·羔羊》："羔羊之皮，素丝五紽；退食自公，委蛇委蛇。"唐孔颖达疏："毛以为召南大夫皆正直节俭…既外服羔羊之裘，内有羔羊之德，故退朝而食，从公门入私门，布德施行。"
【例句】唐杜甫《杜鹃》："鸿雁及羔羊，有礼太古前。"唐白居易《禽虫》："羔羊口在缘何事，暗屠门无一声。"唐褚朝阳《五丝》："锦绣俸新段，羔羊寝旧诗。"宋刘敛《晁美叔前…》："文昌近极官清贵，不负羔羊及素丝。"

糕诗　gāo shī
【分类】文化
【关键词】刘禹锡
【释义】指重阳节题诗事。源见"题糕字"。
【例句】宋魏了翁《贺新郎》："糕诗酒帽茱萸席。算今朝、无谁不饮，有谁真得？"清敦敏《九日和敬…》："题糕诗自惊飘馆，拄笏谁能识马曹？"

膏车秣马　gào chē mò mǎ
【分类】生活
【关键词】韩愈
【释义】车上油，给马喂料，指准备起程。唐韩愈《送李愿归盘谷序》："膏吾车兮秣吾马，从子于盘兮，终吾生以徜徉。"
【例句】宋张舜民《起椸》："何似北人将远适，呼童秣马与膏车。"宋韩维《和崔象之…》："向风长想日复夜，膏车秣马吾西东。"宋唐庚《题洪川驿》："倦游征人鬓欲丝，膏车秣马东南驰。"宋韩驹《送葛亚卿…》："王孙未归迹已扫，秣马膏车何太早。"

膏火自煎　gāo huǒ zì jiān
【分类】生活

【关键词】庄子
【释义】膏能照明以充镫炬,为其有用,故被煎烧。比喻人因有才能或有财产而得祸。源见"木直自寇。"
【例句】唐张九龄《自始兴溪…》:"非梗胡为泛,无膏亦自煎。"宋刘植《答东阁》:"松下耕樵相尔汝,人间膏火自煎熬。"宋吕本中《读书》:"胡为良自苦,膏火自煎熬。"宋葛立方《王季恭蓬斋》:"膏火自煎身有累,几人不踏风波地。"

膏粱 gāo liáng
【分类】文化
【关键词】国语
【释义】肥美的食物,借指富贵人家及其后嗣。《国语·晋语》:"夫膏粱之性难正也。"三国吴韦昭注:"膏,肉之肥者;粱,食之精者。"
【例句】唐杜甫《驱竖子摘…》:"饱食复何心,荒哉膏粱客。"唐皎然《妙喜寺达…》:"野饭敌膏粱,山榼代藻梲。"唐白居易《赠内》:"蔬食足充饥,何必膏粱珍。"宋王之道《用东坡三…》:"那知膏粱肥,但觉蔬笋瘦。"

膏秣 gāo mò
【分类】生活
【关键词】韩愈
【释义】泛指车旅津贴。源见"膏车秣马"。
【例句】宋章琰《送韩时斋…》:"慷慨怀前烈,膏秣趣晨装。"宋李曾伯《赋庐山》:"何时谢人事,膏秣以从盘。"宋李曾伯《水调歌头》:"膏秣归盘去,无乐亦无忧。"清王式丹《过万泉寺》:"公余兴发更招邀,膏秣从公辔还整。"

膏沐 gào mù
【分类】文化
【关键词】诗经
【释义】古代妇女洗涤、润泽头发所用的油膏。《诗经·卫风·伯兮》:"岂无膏沐,谁适为容?"
【例句】唐白居易《和祝苍华》:"岂是乏膏沐,非关栉雨风。"唐柳宗元《晨诣超师…》:"日出雾露余,青松如膏沐。"宋梅尧臣《送李献甫》:"愿言膏沐妇,相望石头城。"宋徐积《灘阳》:"面不御膏沐,首不加冠笄。"

杲杲 gǎo gǎo
【分类】生态
【关键词】诗经
【释义】明亮的样子。《诗经·卫风·伯兮》:"其(表祈求语气)雨其雨,杲杲日出。"南朝刘勰《文心雕龙·物色》:"杲杲为日出之容,洒洒拟雨雪之状。"
【例句】唐储光羲《秋次霸亭…》:"杲杲初景出,油油鲜云卷。"唐杜甫《醉歌行》:"风吹客衣日杲杲,树搅离思花冥冥。"唐韦应物《拟古诗》:"绮楼含氤氲,朝日正杲杲。"唐韩愈《谒衡岳庙…》:"猿鸣钟动不知曙,杲杲寒日生于东。"

藁砧 gǎo zhēn
【分类】生活
【关键词】玉台新咏
【释义】妇女称谓丈夫的隐语。《玉台新咏·古绝句四首》:"藁砧今何在?山上复有山。何当大刀头?破镜飞上天。"古代处死刑,罪人伏席藁置于砧上,用斧斩之。斧与夫谐音。宋许顗《彦周诗话》:"藁砧何在,言夫也;山上复有山,言出也;何当大刀头,破镜飞上天,言月半当还也。"
【例句】唐徐彦伯《芳树》:"藁砧刀头未有期,攀条拭泪坐相思。"唐李白《代美人愁镜》:"藁砧一别若箭弦,去有日,来无年。"唐王琚《美女篇》:"可怜盈盈直千金,谁家君子为藁砧。"唐权德舆《薄命篇》:"丽质全胜秦氏女,藁砧宁用专城居。"

告朔饩羊 gào shuò xì yáng
【分类】政治
【关键词】子贡
【释义】比喻办事不认真负责,敷衍塞责。饩羊,祭庙用的活羊。《论语·八佾》:"子贡欲去告朔之饩羊。子曰:赐也,尔爱其羊,我爱其礼。"告朔:指诸侯于每月朔日(阴历初一)行告庙听政之礼。
【例句】唐柳宗元《弘农公以…》:"合乐来仪凤,尊祠重饩羊。"宋邵雍《观五伯吟》:"虽则饩羊能爱礼,奈何鸣凤未来仪。"宋孙应时《临海道中…》:"饩羊诚无用,礼意傥可存。"元郝经《楷木杖笏行》:"岂为区区徇枯木,亦如告朔存饩羊。"聂绀弩《有赠(胡风)》:"补天共比通灵玉,画虎人呼告朔羊。"

郜鼎 gào dǐng
【分类】政治
【关键词】左传
【释义】郜国所造的鼎,喻指贿赂之物。源见"郜鼎在庙"。
【例句】唐韩愈《石鼓歌》:"荐诸太庙比郜鼎,光价岂止百倍过?"宋王之望《寿台州黄守》:"当年郜鼎争尤力,此日于门报已隆。"宋王之望《以鼎炉遗》:"两首新诗愧虚辱,恨无郜鼎为君移。"宋释居简《杨文昌得…》:"同盟今几辈,郜鼎与宗彝。"

郜鼎在庙 gào dǐng zài miào
【分类】政治
【关键词】左传
【释义】用于讽刺把贿赂物放置神圣肃穆之处所。《左传·桓公二年》:"夏四月,取郜大鼎于宋。戊申,纳于大庙,非礼也。"郜国造的宗庙祭器,被宋国掠去,宋又将此鼎贿赂给鲁桓公,桓公献于太庙,不合乎礼制。郜国在今山东省城武县。
【例句】唐韩愈《石鼓歌》:"荐诸太庙比郜鼎,光价岂止百倍过。"唐韩愈《荐士》:"鲁侯国至小,庙鼎犹纳郜。"明王叔承《石鼓歌》:"贵如郜鼎宜在庙,祭酒却谓韩生狂。"

割鸿沟 gē hóng gōu

【分类】政治

【关键词】项羽

【释义】割据之典。《史记·项羽本纪》:"项王乃与汉约,中分天下,割鸿沟以西者为汉,鸿沟而东者为楚。"

【例句】唐李白《南奔书怀》:"槐枪扫河洛,直割鸿沟半。"宋徐俯《咏史》:"楚汉分争辨士忧,东归那复割鸿沟。"宋苏洞《绿阴》:"绿树阴中石枕头,功成不愿割鸿沟。"宋黄文雷《往年因读…》:"狱吏但能书胠背,相公终欲割鸿沟。"

割酒 gē jiǔ

【分类】文化

【关键词】左慈

【释义】咏道家筵宴之典。《神仙传·左慈》:"公闻慈求分杯饮酒,谓当使公先饮,以余与慈耳。而(慈)拔刀簪以画杯酒,中断,其间相去数寸,即饮半,半与公。"

【例句】唐王维《赠焦道士》:"饮人聊割酒,送客乍分风。"

歌尘 gē chén

【分类】生活

【关键词】虞公

【释义】形容歌声优美动听。源见"声动梁尘"。

【例句】唐李峤《梅》:"妆面回青镜,歌尘起画梁。"陈陈标《长安秋思》:"舞袖慢移疑瑞雪,歌尘微动避雕梁。"唐温庭筠《题柳》:"香随静婉歌尘起,影伴娇娆舞袖垂。"唐刘沧《望未央宫》:"舞席歌尘空岁月,宫花春草满池塘。"唐郑谷《蜡烛》:"多情更有分明处,照得歌尘下燕梁。"

歌喉 gē hóu

【分类】生活

【关键词】白居易

【释义】指唱歌人的音色,多借指歌声。唐白居易《寄明州于驸马使君》:"何郎小妓歌喉好,严老呼为一串珠。"

【例句】唐张祜《退宫人歌》:"歌喉渐出宫闱,泣话伶官上许归。"唐李商隐《拟意》:"银河扑醉眼,珠串咽歌喉。"唐郑嵎《津阳门诗》:"迎娘歌喉玉窈窕,蛮儿舞带金葳蕤。"宋孔平仲《近乾元节…》:"歌喉断续微风外,舞队差池细雨间。"

歌来晚 gē lái wǎn

【分类】政治

【关键词】贾琮

【释义】赞美地方长官之典。《后汉书·贾琮传》:"琮即移书告示,各使安其资业,招抚荒散,蠲复徭役,诛斩渠帅为大害者,简选良吏试守诸县…巷路为歌曰:'贾父来晚,使我先反;今见清平,吏不敢饭。'"

【例句】唐孟浩然《经七里滩》:"观奇恨来晚,倚棹惜将暮。"唐高适《奉酬睢阳…》:"梁国歌来晚,徐方怨不留。"宋洪刍《次韵李商…》:"邮传颇怪诗来晚,技痒遥怜笔不休。"宋林光朝《城山国清塘》:"古人古人嗟已远,长歌商颂归

来晚。"

歌骊驹 gē lí jū

【分类】生活

【关键词】王式

【释义】《骊驹》是《诗经》篇名,客人告别歌唱,为咏告别之典。《汉书·王式传》:"(江公)谓歌吹诸生曰:'歌《骊驹》。'式曰:'闻之于师,客歌《骊驹》,主人歌《客毋庸归》。今日诸君为主人,日尚早,未可也。'"

【例句】唐李商隐《令狐八拾…》:"二十中郎未足希,骊驹先自有光辉。"唐韩翃《赠窃州孟…》:"愿学平原十日饮,此时不忍骊驹歌。"宋胡宿《寄昭潭王…》:"吴苑歌骊成久别,楚峰回雁好归音。"宋梅尧臣《王龙图知…》:"祖帐山川阔,歌骊道路愁。"宋方回《次韵仁近…》:"归与归与巾柴车,不用祖席歌骊驹。"

歌王子 gē wáng zǐ

【分类】文化

【关键词】南海王

【释义】咏竹之典。《南史·南海王传》:"南海王(萧)子罕字云华…母尝寝疾,子罕昼夜祈祷。于是以竹为灯缵照夜,此缵宿昔枝叶大茂,母病亦愈,咸以为孝感所致。主簿刘霞及侍读贺子乔为之赋颂,当时以为美谈。"

【例句】唐贾岛《题郑常侍…》:"万顷歌王子,千竿伴阮公。"

歌遗民 gē yí mín

【分类】政治

【关键词】季札

【释义】遗民:后人。为赞颂遗民风范之典。《左传·襄公二十九年》:吴公子札来聘,请观于周乐。使工"为之歌《唐》,曰:'思深哉!其有陶唐氏之遗民乎?不然,何忧之远也。非令德之后,谁能若是?'"

【例句】唐杜甫《送樊二十…》:"陶唐歌遗民,后汉更列帝。"唐权德舆《奉和圣制…》:"微臣徒窃抃,岂足歌唐虞。"宋苏轼《清平调引》:"遗民几度垂老,游女长歌缓缓归。"元陈与言《凤山钓矶》:"渔矶夜夜歌明月,谁道遗民去不还。"

歌钟 gē zhōng

【分类】生活

【关键词】左传

【释义】指伴唱的编钟,也指歌乐声。《左传·襄公十一年》:"郑人赂晋侯…歌钟二肆。"汉杜预注:"肆,列也。县钟十六为一肆。二肆,三十二枚。"唐孔颖达疏:"言歌钟者,歌必先金奏,故钟以歌名。《晋语》孔晁注云:'歌钟,钟以节歌也。'"

【例句】唐沈佺期《邙山》:"城中日夕歌钟起,山上唯闻松柏声。"唐张说《药园宴武…》:"文学引邹枚,歌钟陈卫霍。"唐苏颋《奉和恩赐…》:"夺晴纷剑履,喧听杂歌钟。"唐高适《古大梁行》:"忆昨雄都旧朝市,轩车照耀歌钟起。"

歌钟重锡　gē zhōng zhòng xī

【分类】政治

【关键词】魏绛

【释义】咏封赏使臣之典。《左传·襄公十一年》："郑人赂晋侯以师悝⋯凡兵车百乘，歌钟二肆，及其镈磬，女乐二八。晋侯以乐之半赐魏绛，曰：'子教寡人和诸戎狄，以正诸华。八年之中，九合诸侯，如乐之和，无所不谐。'"

【例句】唐长孙正隐《晦日宴高⋯》："歌钟虽戚里，林薮是山家。"唐杜审言《送高郎中⋯》："歌钟期重锡，拜手落花春。"唐沈佺期《邙山》："城中日夕歌钟起，山上唯闻松柏声。"宋方凤《赠张叔元⋯》："拔距三千堪敌忾，歌钟二八陋和戎。"

革面　gé miàn

【分类】生活

【关键词】周易

【释义】改变旧日面目，比喻重新作人。《周易注疏·革》："君子豹变，小人革面，征凶，居贞吉。"

【例句】宋黄公度《闻太母还⋯》："大哉圣孝回天眷，万类革心非革面。"宋黄裳《寄及之》："有客交游多革面，无君谈笑少开襟。"宋韩驹《上富枢密⋯》："生民莫识兵革面，坐令中国如石磐。"宋孔平仲《和天觉钱⋯》："革面匪诚君岂然，木强我只思林泉。"

格天　gé tiān

【分类】政治

【关键词】尚书

【释义】感通上天。《尚书·君奭》："在昔成汤既受命，时则有若伊尹，格于皇天。"

【例句】唐刘禹锡《门下相公⋯》："特膺平上拜，光赞格天功。"五代徐钧《王祥》："卧冰得鲤供亲养，至孝诚能上格天。"宋王之道《信阳和同⋯》："愿修人事格天心，天若不从非所恤。"宋史浩《送王嘉叟⋯》："雍容奏凯还，礼乐格天地。"

格磔　gé zhé

【分类】生活

【关键词】鹧鸪

【释义】鹧鸪的鸣声，亦泛指鸟声。唐李群玉《九子坡闻鹧鸪》："正穿诘曲崎岖路，更听钩辀格磔声。"钩辀：亦鹧鸪鸣声。

【例句】唐刘禹锡《武陵书怀》："禽惊格磔起，鱼戏噞喁繁。"唐钱珝《江行无题》："秖知秦塞远，格磔鹧鸪啼。"宋杨亿《前槛十二韵》："惊禽时格磔，戏蝶自翩翾。"聂绀弩《歪诗两首》："蹒跚舞影人跳井，格磔歌喉鬼劈柴。"

葛藟　gé lěi

【分类】生活

【关键词】诗经

【释义】比喻妇人依附于夫家，喻指妇人。《诗经·周南·樛木》："南有樛木，葛藟纍之。乐只君子！福履绥之。"葛藟：葛蔓。纍：同"累"。履：禄。

【例句】唐李华《杂诗》："葛藟附柔木，繁阴蔽曾原。"唐杜审言《都尉山亭》："紫藤萦葛藟，绿刺胃蔷薇。"唐张祜《戊午年寓兴》："《葛藟》机尤巧，《鸤鸠》义可精。"唐李群玉《哭小女痴儿》："条蔓纵横输葛藟，子孙蕃育羡螽斯。"

葛藟庇根　gé lěi bì gēn

【分类】政治

【关键词】乐豫

【释义】护本保根之典。《左传·文公七年》："宋昭公将去群公子，乐豫曰：'不可。公族，王室之枝叶也，若去之，则本根无所庇阴矣。葛藟犹能庇其本根，故君子以为此，况国君乎？'"

【例句】宋刘克庄《次君畴洪⋯》："葛藟尚为庇根计，戎葵难改向阳心。"明周子谅《读子书作》："绵延比葛藟，根远益缠绊。"明黄佐《陆义姑姊⋯》："葛藟庇本根，况乃集于枯。"明吴嘉纪《送汪扶晨》："云霞不忘岫，葛藟知庇根。"

葛亮贵和篇　gé liàng guì hé piān

【分类】生活

【关键词】诸葛亮

【释义】咏以和待人之典。《三国志·诸葛亮传》附《诸葛氏集目录》："《贵和》第十一。"诸葛亮曾经撰写《贵和》篇。

【例句】唐杜甫《赤霄行》："老翁慎莫怪少年，葛亮贵和书有篇。"宋刘敞《过太康县》："多士和相让，诸侯贵不骄。"

葛帔　gé pèi

【分类】生活

【关键词】任昉

【释义】用葛制成的披肩，为咏怜恤友人贫困之典。《南史·任昉传》："西华冬月著葛帔练裙，道逢平原刘孝标，泫然矜之，谓曰：'我当为卿作计。'"

【例句】宋刘克庄《挽方倅岩仲》："葛帔谁托，蒿簪妇亦贤。"宋葛胜仲《依韵和工⋯》："葛帔练裙一散仙，亲携畚锸道蒙泉。"宋葛胜仲《记梦诗》："俄然正梦半山老，练裙葛帔泉石间。"宋葛胜仲《初得庵基⋯》："练裙葛帔居山村，共怪膏梁相国孙。"

葛玄吐蜂　gé xuán tǔ fēng

【分类】文化

【关键词】葛玄蜂

【释义】咏道家仙术之典。《神仙传·葛玄》："葛玄，字孝先，从左元放受《九丹金液仙经》⋯玄方与客对食，食毕漱口，口中饭尽成大蜂数百头，飞行有声，良久张口，群蜂还飞入口中，玄嚼之，故是饭也。"

【例句】唐罗隐《圣真观刘⋯》："鱼跳介象鲙，饭吐葛玄蜂。"宋李建中《福圣观》："山名孙绰赋，观额葛书书。"宋杨备《洞玄观》："葛玄功行满三千，白日骖鸾上碧天。"宋苏洞《金陵杂兴》："方山四面不曾圆，中有仙人号葛玄。"

葛洪　gě hóng
【分类】文化
【关键词】葛洪
【释义】东晋道教学者、炼丹家，求为句漏令，隐罗浮山修行炼丹，著书讲学。《晋书·葛洪传》："葛洪字稚川，自号抱朴子，因以名书。其余所著碑诔诗赋百卷…洪博闻深洽，江左绝伦。著述篇章富于班马…时年八十一。视其颜色如生，体亦柔软，举尸入棺，甚轻，如空衣，世以为尸解得仙云。"
【例句】唐严向《送贺秘监…》："闻道葛洪丹灶畔，至今霜果有金衣。"唐李白《炼丹井》："闻说神仙晋葛洪，炼丹曾此占云峰。"唐元结《说洄溪招…》："勿惮山深与地僻，罗浮尚有葛仙翁。"唐杜甫《奉寄河南…》："浊酒寻陶令，丹砂访葛洪。"

葛洪丹井　gě hóng dān jǐng
【分类】文化
【关键词】葛洪
【释义】晋葛洪炼丹之处，后指道士炼丹之井，常引申为咏仙道般潇洒生活之典。《晋书·葛洪传》："以年老，欲炼丹以祈遐寿，闻交址出丹，求为句漏令…而洪坐至日中，兀然若睡而卒。"
【例句】唐顾况《山中》："野人爱向山中宿，况在葛洪丹井西。"唐杜甫《赠李白》："秋来相顾尚飘蓬，未就丹砂愧葛洪。"唐赵嘏《送剡客》："若到天台访阳观，葛洪丹井在云涯。"宋彭大辨《大涤洞天…》："平明游子出门去，家住葛洪丹井西。"

葛天歌　gě tiān gē
【分类】生活
【关键词】葛天氏
【释义】葛天氏，上古圣皇，与燧人氏、伏羲氏等齐名，我国音乐、歌舞始祖。为古朴民歌之典。《吕氏春秋·古乐》："昔葛天氏之乐，三人操牛尾投足以歌八阕：一曰《载民》，二曰《玄鸟》，三曰《遂草木》，四曰《奋五谷》，五曰《敬天常》，六曰《达帝功》，七曰《依地德》，八曰《总万物之极》。"
【例句】唐独孤及《客舍月下…》："慷慨葛天歌，悁悁广陵陌。"宋范仲淹《松风阁》："淳如葛天歌，太古传于今。"宋沈辽《杂诗》："欲咏葛天歌，支难自强。"宋刘克庄《警斋侍郎…》："里鼓闻咸池，山歌混葛天。"

葛天民　gě tiān mín
【分类】生活
【关键词】葛天氏
【释义】借指风气淳朴之民。源见"葛天歌"。
【例句】唐杜甫《晦日寻崔…》："上古葛天民，不贻黄屋忧。"唐白居易《不出门》："祖跣北窗下，葛天之遗民。"宋刘敞《李氏池上…》："薄俗不容白眼客，醉乡自有葛天民。"宋李复《陶渊明》："投绂归来眠北牖，高风自是葛天民。"

给丧　gěi sàng
【分类】生活
【关键词】周勃
【释义】咏出身微贱的吹鼓手之典。《史记·周勃世家》："绛侯周勃者，沛人也。其先卷人，徙沛。勃以织薄曲为生，常为人吹箫给丧事。"
【例句】唐杜牧《杜秋娘诗》："给丧蹶张辈，廊庙冠峨危。"宋欧阳修《谢公挽词》："旧国难归葬，余赀不给丧。"宋司马光《吹箫》："后世不复贵，给丧仍卖饧。"宋孔武仲《陈用之学…》："馆阁应留像，朝廷为给丧。"元丁鹤年《闻箫》："给丧未必无周勃，乞食谁能辨伍员？"

艮岳　gèn yuè
【分类】生态
【关键词】枫窗小牍
【释义】中国宋代古典园林建筑，著名宫苑。《枫窗小牍》："寿山艮岳，在汴城东北隅，徽宗所筑。初名凤凰山，后改寿山。艮岳周围十余里，其最高一峰九十步。上有介亭…"
【例句】宋王安中《重和春宴…》："午夜雷霆来艮岳，东风未耗出天田。"宋任希夷《绿萼梅》："萼绿华堂艮岳东，梅花万数绕离宫。"宋沈与求《天宁节致…》："何须更效南山祝，艮岳连云自不移。"宋刘子翚《荔子歌》："骊山废苑狐兔静，艮岳新宫鼙鼓急。"

庚桑畏垒　gēng sāng wèi lěi
【分类】政治
【关键词】庚桑楚
【释义】指隐者绝圣弃智，清静无为，安心隐居；或用以指隐者所居之地。《庄子·庚桑楚》："老聃之役有庚桑楚者，偏得老聃之道，以北居畏垒之山，其臣之画然知者去之，其妾之挈然仁者远之；拥肿之与居，鞅掌之为使。居三年，畏垒大壤（穰）。"
【例句】宋辛弃疾《睡起即事》："居山一似庚桑楚，种树真成郭橐驼。"宋范成大《藻侄比课…》："畏垒吾安土，支离饱太仓。"宋孙抗《岘山》："庚桑畏垒既褆荐，鲁国灵光亦颠踣。"宋王之望《次韵陈庭…》："已闻华封祝尧帝，岂但畏垒歌庚桑。"

赓载　gēng zǎi
【分类】文化
【关键词】皋陶
【释义】谓相续而成，多指诗词唱和。《尚书·益稷》："皋陶拜手稽首，飏言曰：'念哉，率作兴事，慎乃宪钦哉，屡省乃成钦哉。'乃赓载歌曰：'元首明哉，股肱良哉，庶事康哉。'"汉孔安国《传》："赓，续；载，成也。"
【例句】唐刘叉《作诗》："未逢赓载人，此道终寂寞。"宋黄庭坚《再次韵兼…》："李侯诗律严且清，诸生赓载笔纵横。"宋史浩《上明良庆…》："一自皋陶赓载后，于今始得颂明良。"宋刘克庄《甲辰春日》:"薰琴何患无赓载,秋扇明知有弃捐。"

耕稼陶渔 gēng jià táo yú
【分类】生活
【关键词】舜
【释义】耕地、种田、制瓦、打鱼,指古代各种生产劳动。《孟子·公孙丑》"(舜)自耕稼陶渔以至为帝,无非取于人者。"
【例句】唐杜牧《洛中送冀…》:"不爱事耕稼,不乐干王侯。"宋孙因《舜禹》:"历山其所耕稼兮,陶渔皆有遗迹。"宋翁卷《偶题》:"丘陵知几变,耕稼学陶渔。"元丁鹤年《寄余姚滑…》:"陶渔耕稼遗风在,差胜桃源长子孙。"

耕十亩田 gēng shí mǔ tián
【分类】政治
【关键词】颜回
【释义】谓弃仕归田。《庄子·让王》:"颜回对曰:'不愿仕。回有郭外之田五十亩,足以给饘粥;郭内之田十亩,足以为丝麻;鼓琴足以自娱,所学夫子之道者足以自乐也。回不愿仕。'"
【例句】唐牟融《陈使君山庄》:"数椽潇洒临溪屋,十亩膏腴附郭田。"唐韩愈《岳阳楼别…》:"誓耕十亩田,不取万乘相。"唐许浑《秋晚怀茅…》:"十亩山田近石涵,村居风俗旧曾谙。"唐徐夤《人事》:"平生生计何为者,三径苍苔十亩田。"

耿邓 gěng dèng
【分类】政治
【关键词】汉光武帝
【释义】东汉名臣耿弇和邓禹的并称。王莽篡汉,二人皆起而佐光武定天下。《后汉书·邓禹传》:"光武即位于鄗,使使者持节拜禹为大司徒。"《后汉书·耿弇传》:"光武即位,拜弇为建威大将军。"
【例句】唐杜甫《谒先主庙》:"孰与关张并,功临耿邓亲。"宋王禹偁《送礼部苏…》:"遗踪寻耿邓,善政法龚黄。"宋方回《李寅之招…》:"远追邴尚踪,高谢耿邓略。"元郝经《晓登昆阳…》:"子陵不屈亦堪惜,乃使耿邓升云台。"

耿家勋 gěng jiā xūn
【分类】生活
【关键词】耿弇
【释义】赞美家族贵盛之典。《后汉书·耿弇传》:"耿氏自中兴已后迄建安之末,大将军二人,将军九人,卿十三人,尚公主三人,列侯十九人,中郎将、护羌校尉及刺史、二千石数十百人,遂与汉兴衰云。"
【例句】唐李端《送路司谏》:"勋业耿家盛,风流荀氏均。"唐杜牧《寄唐州李…》:"先揖耿弇声寂寂,今看黄霸事摐摐。"清弘历《望叶赫旧…》:"折冲底用称韩信,决策无须听耿弇。"清刘绎《赠章子清》:"有志竟能成耿弇,诸艰偏欲试张纲。"

耿贾 gěng jiǎ
【分类】政治
【关键词】汉光武帝
【释义】东汉名臣耿弇和贾复的并称,为咏武臣之典。《后汉书·耿弇传》:"光武即位,拜弇为建威大将军。"《后汉书·贾复列传》:"光武即位,拜为执金吾,封冠军侯。"
【例句】唐杜甫《述古》:"耿贾亦宗臣,羽翼共徘徊。"唐杜甫《秋日夔府…》:"耿贾扶王室,萧曹拱御筵。"唐李商隐《五言述德…》:"耿贾官勋大,荀陈地望清。"宋洪适《叶提刑挽诗》:"属鞬寻耿贾,投笔远渊云。"

更生 gēng shēng
【分类】政治
【关键词】主父偃
【释义】喻得到新生。《史记·平津侯主父列传》:"及至秦王,蚕食天下,并吞战国,称号曰皇帝。主海内之政,坏诸侯之城,销其兵,铸以为钟虡,示不复用。元元黎民得免于战国,逢明天子,人人自以为更生。"
【例句】唐杜甫《晚登瀼上堂》:"春气晚更生,江流静犹涌。"唐严巨川《太清宫闻…》:"残魄栖初尽,余案滴更生。"唐韩愈《赠贾岛》:"天恐文章浑断绝,更生贾岛著人间。"唐刘长卿《观李凑所…》:"无闻已得象,象外更生意。"

绠短汲深 gěng duǎn jí shēn
【分类】政治
【关键词】庄子
【释义】比喻力小任重,不胜负荷之典。《庄子·至乐》:"昔者管子有言…褚小者不可以怀大,绠短者不可以汲深。"唐成玄英疏:"绠,汲索也。夫容小之器,不可以藏大物;短促之绳,不可以引深井。"
【例句】宋宋庠《雨夜秋兴…》:"群才方构厦,短绠徒汲深。"宋黄庭坚《次韵高子勉》:"经笥难窥底,词源幸汲深。"宋黄庭坚《次韵孙子实》:"骥来盐车骋,井下短绠引。"宋陈师道《寄酬咸平》:"绠短徒施巧,终然莫汲深。"宋张舜民《试院感怀》:"疏凿叩洪钟,短绠汲深渊。"

弓弓 gōng gōng
【分类】生活
【关键词】脚
【释义】形容旧时妇女的小脚缠后弯曲如弓,亦指妇女的小脚,或借指女子。源见"弓履"。
【例句】唐李隆基《又作妃子…》:"窄窄弓弓,手中弄新月。"宋史浩《浣溪沙》:"一握钩儿能几何。弓弓珠蹙杏红罗。"宋张元干《春光好》:"正是踏青天气好,忆弓弓。"明王世贞《署中独酌…》:"弓弓窄窄双窝玉,袅袅亭亭一片云。"

弓箕 gōng jī
【分类】生活
【关键词】礼记】

【释义】谓父子世代相传的事业。源见"弓冶箕裘。"
【例句】唐陆龟蒙《袭美先辈…》:"少小不好弄,逡巡奉弓箕。"元丁复《赠缝人》:"早信远圭币,孰忍弃弓箕。"明王鏊《挽施仁德》:"又是山阳听笛时,状元门第旧弓箕。"清陈廷敬《次韵宋稚…》:"矫矫有父风,弓箕传吴欧。"

弓旌　gōng jīng

【分类】政治
【关键词】孟子
【释义】咏延聘贤士之典,亦指征聘贤者的信物。《孟子·万章下》:"敢问招虞人何以?曰:'以皮冠,庶人以旃,士以旗,大夫以旌。'"
【例句】唐皎然《送沈居士…》:"高逸虽成性,弓旌肯忘招。"唐张荐《奉酬礼部…》:"弘雅重当朝,弓旌早见招。"唐刘禹锡《酬杨八…》:"幢盖今虽贵,弓旌会见招。"唐窦群《经潼关…》:"古有弓旌礼,今微草泽臣。"

弓履　gōng lǚ

【分类】文化
【关键词】鞋
【释义】即弓鞋,古代缠足妇女所穿的鞋子,因缠足脚呈弓形。《花间集·浣溪沙》:"碧玉冠轻袅燕钗。捧心无语步香阶。缓移弓底绣罗鞋。"
【例句】宋姜夔《眉妩》:"风流疏散,有暗藏弓履,偷寄香翰。"宋孙惟信《赋女冠还俗》:"重调蛾黛为眉浅,再试弓鞋与步迟。"宋王洋《以酒饷惢…》:"后房彩女弓鞋窄,持得金莲鉴上开。"

弓如霹雳　gōng rú pī lì

【分类】政治
【关键词】曹景宗
【释义】形容神威勇武压倒敌人的气概。源见"风火生"。
【例句】宋辛弃疾《破阵子》:"马作的卢飞快,弓如霹雳弦惊。"宋陈亮《赠刘改之》:"弓弦霹雳饿鸱叫,鼻尖出火耳生风。"元高启《忆昨行寄…》:"狐裘蒙茸欺北风,霹雳应手鸣雕弓。"清都长蘅《沛县官舍》:"弓弦拓作霹雳响,饿鸱飞去嗷空桑。"

弓弯　gōng wān

【分类】生活
【关键词】舞
【释义】亦称弓腰,向后弯腰及地如弓形。唐沈亚之《异梦录》:"其词曰:'…舞袖弓弯浑忘却,罗衣空换九秋霜。'凤卒诗,请曰:'何谓弓弯?'…美人乃起,整衣张袖,舞数拍,为弓弯状以示凤。"
【例句】宋苏轼《凌虚台》:"台前飞雁过,台上雕弓弯。"宋黄庭坚《舟子》:"弓影夜月射鸣雁,舷影晓风歌采菱。"宋关注《记梦》:"满引铜杯红效鲸吸,低回红袖作弓弯。"宋郑清之《虹出》:"轻红浅翠抹弓腰,高映斜阳跨碧霄。"

弓冶　gōng yě

【分类】生活

【关键词】礼记
【释义】谓父子世代相传的事业。源见"弓冶箕裘。"
【例句】唐白居易《阿崔》:"弓冶将传汝,琴书勿坠吾。"宋杨亿《魏奉礼昭…》:"弓冶传家久,弦歌宰邑频。"宋宋庠《留别知郡…》:"在昔未胜冠,先畴弓冶倾。"宋李鹰《下第留别…》:"季父勉问学,弓冶付吾弟。"

弓冶箕裘　gōng yě jī qiú

【分类】生活
【关键词】礼记
【释义】子孙能继承祖先的事业。《礼记·学记》:"良冶之子,必学为裘,良弓之子,必学为箕。"
【例句】唐李群玉《将之京国…》:"圭衮照崇阁,文儒嗣箕裘。"唐钱起《海畔秋思》:"箕裘空在念,咄咄谁推贤。"唐蒋偕《入朝》:"力振箕裘应不坠,身承纶绂有余光。"唐范质《诫儿侄八…》:"童年志于学,不惰为箕裘。"

公超市　gōng chāo shì

【分类】政治
【关键词】张楷
【释义】喻指学者群集之典。《后汉书·张楷传》:"楷字公超,通《严氏春秋》、《古文尚书》,门徒常百人…隐居弘农山中,学者随之,所居成市。"
【例句】唐董思恭《咏雾》:"待访公超市,将予赴华阴。"唐苏味道《咏雾》:"方谢公超步,终从彦辅游。"宋刘仲堪《来学亭》:"止同夔相圃,阅类公超市。"明沈守正《秋日感怀》:"公超市罢门生散,南北东西止一人。"清高孝本《赠王山史…》:"欲依张楷市,可许一尘分?"

公车　gōng chē

【分类】政治
【关键词】汉成帝
【释义】汉代官署名,或指官府车辆。《汉书·成帝纪》:"丞相、御史与将军、列侯、中二千石及内郡国举贤良方正能直言极谏之士,诣公车,朕将览焉。"
【例句】唐王维《苑舍人能…》:"名儒待诏满公车,才子为郎典石渠。"唐李白《走笔赠独…》:"是时仆在金门里,待诏公车谒天子。"唐权德舆《戏赠表兄…》:"明时早献甘泉去,若待公车却误人。"唐皇甫冉《送钱唐路…》:"公车待诏赴长安,客里新正阻旧欢。"

公旦思周　gōng dàn sī zhōu

【分类】政治
【关键词】周公旦
【释义】大臣忠诚之典。《史记·鲁周公世家》:"周公在丰,病,将没,曰:'必葬我成周,以明吾不敢离成王。'"
【例句】唐李德裕《夏晚有怀…》:"公旦既思周,宣尼亦念鲁。"金李俊民《修禊亭》:"相唤相呼上巳游,国人无日不思周。"元李稿《古意》:"卷阿不复作,渺渺思周成。"明王洪《新开河》:"江汉思周德,河山表禹功。"

公干病　gōng gàn bìng

【分类】生活

【关键词】刘桢

【释义】刘桢字公干,为建安七子之一。喻身患疾病。三国魏刘桢《赠五官中郎将四首》:"余婴沉痼疾,窜身清漳滨。自夏涉玄冬,弥旷十余旬。"

【例句】唐孟浩然《李氏园林…》:"伏枕嗟公干,归山羡子平。"唐钱起《再得华侍…》:"更闻公干病,一夜二毛新。"唐李端《卧病寄苗…》:"因恨刘桢病,空园卧见秋。"唐杜牧《中秋日拜…》:"人惭公干卧,频送子牟还。"唐李中《晋陵罢任…》:"卧弃琴书公干病,笑迎风月步兵闲。"

公侯复　gōng hóu fù

【分类】政治

【关键词】毕万

【释义】咏名门子弟光大祖业之典,意谓公侯的后代必能发扬光大祖业。源见"毕万昌大"。

【例句】唐杜甫《奉送苏州…》:"公侯终必复,经术竟相传。"宋刘攽《钱子高…》:"公侯终必复,廊庙定谁先。"宋强至《依韵和李…》:"公侯必复君勿迟,志士由来轻尺璧。"宋卫宗武《宣妙坟院古柏》:"公侯复始此符,衮衮人英须辈出。"

公牛哀　gōng niú āi

【分类】生态

【关键词】公牛哀

【释义】鲁国人,传说他病了七日变虎,把去看他的哥哥吃了。《淮南子·俶真训》:"昔公牛哀转病也,七日化为虎。"

【例句】唐白居易《达理》:"舒姑化为泉,牛哀病作虎。"宋晁公溯《师永锡少…》:"吾敢轻鳖灵,人有化牛哀。"元胡奎《重题涌金…》:"岂不闻牛哀七日化为虎,兽面不知兄与父。"明彭孙贻《次万为别…》:"莫怪纵横豺虎迹,只今随地有牛哀。"

公荣不与饮　gōng róng bù yǔ yǐn

【分类】生活

【关键词】阮籍

【释义】饮酒择人的典故。晋刘昶字公荣,时为兖州刺史。《世说新语·简傲》:"王戎弱冠诣阮籍,时刘公荣在坐,阮谓王曰:'偶有二斗美酒,当与君共饮。'彼公荣者无预焉。'二人交觞酬酢,公荣遂不得一杯,而言语谈戏,三人无异。或有问之者,阮答曰:'胜公荣者不得不与饮酒,不如公荣者不可不与饮酒,惟公荣可不与饮酒。'"

【例句】宋王庭圭《次韵魏伯元》:"公荣自可不与饮,子美何时得细论。"宋刘敞《秋月》:"不可不与饮,子真胜公荣。"宋刘攽《送刘四畋》:"好书如子政,饮酒胜公荣。"宋苏轼《和田仲宣…》:"未许低头拜东野,徒言饮酒胜公荣。"

公输般　gōng shū bān

【分类】生活

【关键词】鲁班

【释义】春秋末鲁国人,亦称公输盘、鲁班,曾发明风筝、云梯、铠甲、砲磨以及锯、刨等木工工具,被建筑工匠尊为祖师。《墨子·公输》:"公输盘为楚造云梯之械,成,将以攻宋。子墨子闻之,起于鲁,行十日十夜而至于郢,见公输盘…公输盘九设攻城之机变,子墨子九距之。公输盘之攻械尽,子墨子守圉有余。"

【例句】唐李白《赠从弟冽》:"傅说降霖雨,公输造云梯。"宋刘克庄《墨翟》:"墨子城无恙,公输械有穷。"宋陆游《香炉》:"谁能为此器,公输与鲁般。"元曹伯启《中丞公叠…》:"清时会构凌云厦,留取公输简众材。"

公输造云梯　gōng shū zào yún tī

【分类】政治

【关键词】鲁班

【释义】咏战事之典。《淮南子·修务训》:"楚王曰:'公输天下之巧士,作云梯之械,设以攻宋。'"汉高诱注:"公输,鲁般号,时之楚。云梯,攻城具,高长上与云齐,故曰云梯。"鲁人公输般亦称公输盘、鲁班。

【例句】唐李白《赠从弟冽》:"傅说降霖雨,公输造云梯。"宋刘克庄《墨翟》:"墨子城无恙,公输械有穷。"宋方回《记游自次…》:"梯冲百道公输攻,一默不答坚墨守。"清钱大昕《赤城》:"鄙哉公输子,云梯乃敢樱。"

公孙弘牧猪　gōng sūn hóng mù zhū

【分类】政治

【关键词】公孙弘

【释义】公孙弘,西汉丞相。为咏普通人励志之典。《史记·平津侯主父列传》:"丞相公孙弘者…家贫,牧豕海上。年四十余,乃学春秋杂说。养后母孝谨。"

【例句】唐王绩《薛记室收…》:"尝学公孙弘,策杖牧群猪。"唐王绩《田家》:"小池聊养鹤,闲田且牧猪。"宋王十朋《谢李侍郎…》:"诏求贤良论阙政,翻取曲学公孙弘。"宋王禹偁《又和曾秘…》:"失马叟言徒喻道,牧猪奴戏任争棋。"

公孙恃险　gōng sūn shì xiǎn

【分类】政治

【关键词】公孙述

【释义】指东汉初公孙述凭仗蜀地之险,在益州自立为帝。《后汉书·公孙述传》:"乃使其弟恢于绵竹击宝、忠,大破走之,由是威震益都…于是自立为蜀王,都成都。""建武元年四月,遂自立为天子,号成家。"

【例句】唐杜甫《上白帝城》:"公孙初恃险,跃马意何长。"唐杜甫《风疾舟中…》:"公孙仍恃险,侯景未生擒。"清赵熙《峡门》:"莫怪公孙初恃险,经霜树树赭黄衣。"

公孙跃马　gōng sūn yuè mǎ

【分类】政治

【关键词】公孙述

【释义】表现蜀地史迹之典。晋左思《蜀都赋》:"公孙跃马而称帝,刘宗下辇而自王。"唐李善注:"《后汉书》曰:'公孙述字子阳,扶风人也。王莽时为导江卒正,更始立,述持其地险众附,遂自立为天子。'"

【例句】唐骆宾王《畴昔篇》:"诸葛才雄已号龙,公孙跃马轻称帝。"唐杜甫《上白帝城》:"公孙初恃险,跃马意何长。"唐杜甫《阁夜》:"卧龙跃马终黄土,人事音书漫寂寥。"金李俊民《和参谋李…》:"尽道公孙能跃马,应怜学士独焚鱼。"

公望　gōng wàng

【分类】政治
【关键词】虞騑
【释义】可与三公的重要职位相称的名望。《世说新语·品藻》:"会稽虞騑,元皇时与桓宣武同侠,其人有才理胜望。王丞相尝谓騑曰:'孔愉有公才而无公望,丁潭有公望而无公才,兼之者其在卿乎?'騑未达而丧。"
【例句】唐杜甫《奉赠太常…》:"于于皆挺拔,公望各端倪。"唐杨巨源《上刘侍中》:"军容雄朔漠,公望冠岩廊。"唐权德舆《太原郑尚…》:"公望数承黄纸诏,虚怀自号白云翁。"宋苏颂《知枢密院》:"三朝弼亮推公望,一品哀荣厚葬仪。"宋吕颐浩《次韵台守…》:"青蒲谏诤推公望,皂盖承宣屈大才。"

公无渡河　gōng wú dù hé

【分类】生活
【关键词】丽玉
【释义】古代乐曲名,也叫作《箜篌引》,用作悲伤哀曲的代称。晋崔豹《古今注·音乐》:"朝鲜津卒霍里子高妻丽玉所作也。高晨起刺船,有白首狂夫被发提壶,乱河流而渡,其妻随止不及,遂堕河水死。于是援箜篌而鼓之,作《公无渡河》之曲,声甚凄怆,曲终,自投河而死。子高还,以其声语妻,丽玉伤之。乃引箜篌而写其声,闻者莫不堕泪饮泣焉。丽玉以其曲传邻女丽容,名之曰《箜篌引》。"
【例句】唐李白《公无渡河》:"旁人不惜妻止之,公无渡河苦渡之。"唐李白《横江词》:"惊波一起三山动,公无渡河归去来。"唐储光羲《明妃曲》:"朝来马上箜篌引,稍似宫中闲夜时。"唐元稹《六年春遣怀》:"公无渡河音响绝,已隔前春复去秋。"明吴嘉纪《宁四公诗》:"君看东海箜篌引,凄怆哀音千载长。"

公冶非罪　gōng yě fēi zuì

【分类】政治
【关键词】公冶长
【释义】比喻人无辜蒙冤或获罪。《论语·公冶长》:"子谓公冶长:'可妻也。虽在缧绁之中,非其罪也。'以其子妻之。"南朝梁皇侃疏引《论释》:"公冶长懂鸟语,将黄雀相互召呼"到清溪食肉"的讯息告诉走失儿子的老妪,老妪找到儿子时,儿子已死。公冶长无端被怀疑杀人,入狱。"
【例句】唐沈佺期《枉系》:"昔日公冶长,非罪遇缧绁。"唐刘禹锡《送华阴尉…》:"公冶本非罪,潘郎一为民。"宋苏颂《元丰己未…》:"已知公冶本非罪,免似邹阳更上书。"清施梅樵《慰樱航》:"明知公冶原非罪,萤语任他鬼一车。"

公在壑谷　gōng zài hè gǔ

【分类】生活
【关键词】郑伯
【释义】嗜酒长饮之典。《左传·襄公三十年》:"郑伯有耆酒,为窟室,而夜饮酒,击钟焉。朝至,未已。朝者曰:'公焉在?'其人曰:'吾公在壑谷。'皆自朝布路而罢。"壑谷:山沟。此喻地下窟室。
【例句】宋苏轼《夜饮次韵…》:"月未上时应早散,免教壑谷问吾公。"宋司马光《酬永乐…》:"又非郑伯有,壑谷甘糟醨。"宋孙觌《新居城》:"未怪席门多长者,肯教壑谷问吾公。"元李稷《又吟》:"醉乡天地多淳风,欲向壑谷寻吾公。"

公主花　gōng zhǔ huā

【分类】生活
【关键词】寿阳公主
【释义】指梅花。源见"梅花妆"。
【例句】宋陈与义《次韵富季…》:"同心不见昭仪种,五出时惊公主花。"明叶小鸾《早春红于…》:"公主梅花先傅额,美人杨柳未垂腰。"

公子挟弹　gōng zǐ xié dàn

【分类】政治
【关键词】战国策
【释义】喻指危险已至、祸将及身。源见"黄雀哀"。
【例句】唐庄南杰《黄雀行》:"林间公子夹弹弓,一丸致毙花丛里。"唐韩愈《南山有高…》:"不知挟丸子,心默有所规。"元刘崧《闻莺》:"公子多情休挟弹,佳人注意漫调笙。"明韩殷《寓兴》:"锦袍公子挟金弹,朱颜玉女抱青螺。"

工度　gōng dù

【分类】政治
【关键词】左传
【释义】原指工匠善于选择美材,后比喻用人善选良才。《左传·隐公十一年》:"君与滕君辱在寡人。周谚有之曰:'山有木,工则度之;宾有礼,主则择之。'"
【例句】唐白居易《涧底松》:"涧深山险人路绝,老死不逢工度之。"宋王益柔《奉答尧夫…》:"望气尝言玉宝藏,贾胡几遭良工度。"宋姚辟《游山门呈…》:"老木卧深坞,不肯就工度。"

功大心愈小　gōng dà xīn yù xiǎo

【分类】生活
【关键词】楚庄王
【释义】咏居高而谨慎之典。《杜诗详注》:"仇赵鳌注引《唐书》:'至德二载十二月,广平王俶进爵楚王。乾元元年二月,徙封成王。'刘昼《慎言篇》:'楚庄王功大而心惧,晋文公战胜而绝忧,非憎荣而恶胜,乃功大而心小,居安而念为也。'"

【例句】唐杜甫《洗兵马》:"成王功大心转小,郭相谋深古来少。"宋李流谦《送任漕赴召》:"周宣功大心愈小,盈而持之甚持水。"明王世贞《题阙》:"才宏识更远,功大心转细。"清祁寯藻《题煦斋夫》:"将军功大心更厚,念旧惜劳及奔走。"

功亏一篑 gōng kuī yī kuì
【分类】政治
【关键词】尚书
【释义】比喻做事只差最后一点努力未能完成,多含惋惜意。《尚书·旅獒》:"为山九仞,功亏一篑。"唐孔颖达疏:"以喻树德行政小有不终,德政则不成矣。必当慎终如始,以成德政。"
【例句】唐李世民《伤辽东战亡》:"未展六奇术,先亏一篑功。"唐刘耕《和主司王起》:"一篑勤劳成太华,三年恩德仰维嵩。"宋丁谓《山》:"不起纤尘让,宁辞一篑劳。"宋刘筠《刘校理属疾》:"戏习五禽成妙术,学亏一篑阻微言。"

功铭鼎彝 gōng míng dǐng yí
【分类】政治
【关键词】刘穆之
【释义】彝,古代盛酒的铜制祭器。把功德、业绩铭刻在宗庙中的礼器上,以示垂之不朽。《宋书·刘穆之传》:"高祖受禅,思佐命元勋,诏曰:'故侍中、司徒、南康文宣公穆之,秉德佐命…功铭鼎彝,义彰典策。'"
【例句】宋方岳《田头》:"田头科斗古文字,石上曰洼山鼎彝。"宋李纲《题富郑公…》:"莱郑之功实终始,配入太庙铭鼎彝。"宋欧阳修《四月九日…》:"人生此事尚难必,况欲功名书鼎彝。"宋韩维《送李阁使…》:"祖门事业如南仲,无使家声愧鼎彝。"

功人 gōng rén
【分类】政治
【关键词】萧何
【释义】喻谋臣。《史记·萧相国世家》:"夫猎,追杀兽兔者狗也,而发踪指示兽处者人也。今诸君徒能得走兽耳,功狗也。至如萧何,发踪指示,功人也。"
【例句】宋刘克庄《生日和竹溪》:"学神仙者丹多坏,立事功人传少全。"宋苏轼《和陶杂诗》:"兔系缚淮阴,狗功指平阳。"清田雯《咏史》:"注金注瓦谁为巧,功狗功人总是才。"清王昙《留侯词》:"功人功狗两无益,徒令亭公谩骂名。"

功行满三千 gōng xíng mǎn sān qiān
【分类】生活
【关键词】真诰
【释义】咏多行善事,便有福报之典。《真诰·甄命授》:"积功满千,虽有过故,得仙。功满三百,而过不足相补者,子仙。功满二百者,孙仙。"
【例句】宋郭祥正《书寻真观…》:"寿龄过九十,功行满三千。"宋王庭珪《和刘英臣…》:"诸葛奇才当十倍,谪仙词句满三千。"宋王镃《游仙词》:"修成功行三千,或在人间或在天。"宋蔡戡《故庐陵府…》:"享龄余七十,积行满三千。"

供奉曲 gòng fèng qǔ
【分类】生活
【关键词】刘禹锡
【释义】宫廷内演奏的歌曲。唐刘禹锡《听旧宫中乐人穆氏唱歌》:"休唱贞元供奉曲,当时朝士已无多。"
【例句】宋周密《踏莎行》:"重翻花外侍儿歌,休听酒边供奉曲。"宋汪元量《歌楼感事》:"却把向来供奉曲,酒边对客续朱弦。"元张翥《宫中舞队…》:"请将供奉曲,同贺太平年。"元黄溍《次韵答济公》:"听彻贞元供奉曲,羞将短发照西湖。"

宫魂断 gōng hún duàn
【分类】生活
【关键词】蝉
【释义】咏蝉之典。指齐王后忿死,尸变为蝉。源见"齐蝉"。
【例句】宋王沂孙《齐天乐》:"一襟余恨宫魂断,年年翠阴庭树。"清郑文焯《高阳台》:"宫魂枉续长生缕,误旧情、臂约红疏。"丁宁《摸鱼子》:"空自苦,叹销尽宫魂,鬓影偏如许。"沈祖棻《澡兰香》:"三年蓄艾,五色缠丝,一缕宫魂暗续。"

宫眉 gōng méi
【分类】生活
【关键词】李商隐
【释义】谓妇女依宫中流行样式描画的眉毛。唐李商隐《蝶》:"寿阳公主嫁时妆,八字宫眉捧额黄。"
【例句】唐李商隐《效徐陵体…》:"楚腰知便宠,宫眉正斗强。"宋晏几道《鹧鸪天》:"皇州又奏圜扉静,十样宫眉捧寿觞。"宋王洋《闻秀实归…》:"闻道梨园采新曲,长安十样画宫眉。"宋黄公度《不见》:"风流回首年华晚,愁与宫眉添宛转。"

宫人斜 gōng rén xié
【分类】政治
【关键词】宫女
【释义】秦朝都城咸阳旧城墙内埋葬宫女的地方。《类说》引《秦京杂记》:"咸阳旧城内谓之内人斜,宫人死者葬之,长二三里,风雨闻歌哭声。"
【例句】唐张籍《宿山祠》:"秋草宫中斜里墓,宫人谁送葬来时。"唐孟迟《宫人斜》:"云惨烟愁苑路斜,路傍人家尽宫娃。"唐王建《宫人斜》:"未央墙西青草路,宫人斜里红妆墓。"唐陆龟蒙《宫人斜》:"须知一种埋香骨,犹胜昭君作虏尘。"

宫商角徵羽　gōng shāng jué zhǐ yǔ
【分类】生活
【关键词】国语
【释义】古代汉族音律。五声音阶的意思就是按五度的相生顺序,从宫音开始到羽音。如按音高顺序排列,即为:1 2 3 5 6。《国语·周语下》:"夫宫,音之主也,第以及羽。"《礼记·乐记》:"宫为君、商为臣、角为民…"
【例句】唐刘允济《咏琴》:"雕琢今为器,宫商不自守。"唐李颀《听董大弹…》:"先拂商弦后角羽,四郊秋叶惊摵摵。"唐薛能《舞者》:"筵停匕箸无非听,吻带宫商尽是词。"宋彭耜《道闻元枢歌》:"但教仁义礼智信,自然宫商角徵羽。"

宫妆　gōng zhuāng
【分类】生活
【关键词】刘禹锡
【释义】宫中女子的妆束,喻美女。源见"杜韦娘"。
【例句】唐郑嵎《津阳门》:"鸣鞭后骑何躞蹀,宫妆襟袖皆仙姿。"唐高适《听张立本…》:"危冠广袖楚宫妆,独步闲庭逐夜凉。"唐殷尧藩《宫人入道》:"卸却宫妆锦绣衣,黄冠素服制相宜。"唐韩偓《梅花》:"龙笛远吹胡地月,燕钗初试汉宫妆。"

恭显　gōng xiǎn
【分类】政治
【关键词】刘向
【释义】西汉宦官弘恭、石显的并称,喻宦官弄权。《汉书·楚元王传·刘向》:"患苦外戚许、史在位放纵,而中书宦官弘恭、石显弄权。"
【例句】唐韩偓《感事…》:"恭显诚甘罪,韦平亦怅权。"宋王安石《读汉书》:"毕竟论心异恭显,不妨略国相同。"宋朱淑真《刘向》:"王氏滔天擅国权,可惜恭显厕其间。"宋刘宰《戏和荆公…》:"自是京刘异恭显,未知君意与谁同。"

龚渤海　gōng bó hǎi
【分类】政治
【关键词】龚遂
【释义】龚遂,汉宣帝渤海太守,是有德政的循吏,其单车赴任的俭约作风,也被咏作地方官吏廉明俭约的典故。《汉书·循吏传》:"诸持锄钩田器者皆为良民,吏无得问,持兵者乃为盗贼。遂单车独至府,郡中翕然。"
【例句】唐张九龄《送赵都护…》:"戎即昆山守,车同渤海单。"唐杜荀鹤《寄温州朱…》:"教化静师龚渤海,篇章高体谢宣城。"宋释道潜《赠太守林…》:"风流谢守宣城日,恺悌龚公渤海年。"宋李纲《辞免不允…》:"龚遂有心安渤海,谢安无计恋东山。"

龚黄　gōng huáng
【分类】政治
【关键词】龚遂
【释义】汉循吏龚遂与黄霸的并称,亦泛指循吏。《汉书·循吏传序》:"王成、黄霸、朱邑、龚遂、郑弘、召信臣等,所居民富,所去见思,生有荣号,死见奉祀,此廪廪庶几德让君子之遗风矣。"
【例句】唐徐夤《依韵赠南…》:"晋楚忙忙起战尘,龚黄门外有高人。"唐高适《同李太守…》:"每揖龚黄事,还陪李郭舟。"唐陆畅《出蓝田关…》:"七盘九折难行处,尽是龚黄界外山。"五代贯休《大蜀皇帝》:"虽然周孔心相似,其奈龚黄政不如。"

龚胜不屈　gōng shèng bù qū
【分类】政治
【关键词】龚胜
【释义】喻忠贞不事二主。龚胜,汉哀帝光禄大夫,王莽篡国,义不屈附,绝食而死。《汉书·龚胜传》:"莽复遣使者奉玺书,太子师友祭酒印绶,安车驷马迎胜…遂不复开口饮食,积十四日死。"
【例句】唐李白《自溧水道…》:"楚国一老人,来嗟龚胜亡。"唐颜真卿《咏陶渊明》:"张良思报韩,龚胜耻事新。"宋王十朋《次韵龚实…》:"去国雅钦龚胜节,得州欣近郑公乡。"宋谢枋得《魏参政执…》:"天下久无龚胜洁,人间何独伯夷清。"

觥筹交错　gōng chóu jiāo cuò
【分类】生活
【关键词】欧阳修
【释义】觥:用兽角做的酒器。筹:投壶之矢。酒器和酒筹交互错杂,形容宴饮尽欢。宋欧阳修《醉翁亭记》:"射者中,弈者胜,觥筹交错,起坐而喧哗者,众宾欢也。"
【例句】唐赵嘏《宛陵寓居…》:"觥筹不尽须归去,路在春风缥缈间。"宋曾巩《寄孙正之》:"回首至嘉兴在,梦魂犹拟奉觥筹。"宋秦造《次陈宰韵》:"觥筹交错舞僛僛,晓色侵窗客未知。"宋秦观《寄题倪敦…》:"觥筹交错银河挂,文史纵横角簟铺。"

拱北辰　gǒng běi chén
【分类】政治
【关键词】论语
【释义】咏拱卫君王或四裔归附之典。《论语·为政》:"为政以德,譬如北辰,居其所,而众星共(拱)之。"
【例句】唐苏颋《饯刑州崔…》:"水连南海涨,星拱北辰居。"唐武元衡《德宗皇帝…》:"尝闻阊阖前,星拱北辰篆。"唐欧阳詹《元日陪早朝》:"江皋腐草今何幸,亦与恒星拱北辰。"唐刘禹锡《和令狐相…》:"相印昔辞东阁去,将星还拱北辰来。"

拱木　gǒng mù
【分类】生活
【关键词】左传
【释义】径围大如两臂合围的树,泛指大树,喻指墓旁之木,婉指已死。源见"木已拱"。

【例句】唐杨炯《和旻上人…》："德音殊未远,拱木已生烟。"唐钱起《过温逸人…》》："玄堂闭几春,拱木齐云峤。"唐白居易《六十六》："交游成拱木,婢仆只见曾孙。"宋王之道《吊魏敏功…》："埋玉不可见,拱木徒兴悲。"

共传　gòng chuán
【分类】政治
【关键词】和氏璧
【释义】谓共同传诵,即公认的。《史记·廉颇蔺相如列传》："和氏璧,天下所共传宝也。"
【例句】唐杜甫《奉赠王中…》："共传收庾信,不比得陈琳。"唐韩愈《和虞部卢…》："共传滇神出水献,赤龙拔须血淋漓。"唐白居易《八月十五…》："月好共传唯此夜,境闲皆道是东都。"唐罗隐《奉使宛陵…》："官品共传胜曩日,酒杯争肯忍当时。"

共工触不周　gòng gōng chù bù zhōu
【分类】政治
【关键词】共工
【释义】咏时局混乱或咏灾难之典。《淮南子·天文训》："昔者共工与颛顼争为帝,怒而触不周之山,天柱折,地维绝。天倾西北,故日月星辰移焉;地不满东南,故水潦尘埃归焉。"
【例句】唐胡曾《不周山》："共工争帝力穷秋,因此捐生触不周。"唐杜甫《自京赴奉…》："疑是崆峒来,恐触天柱折。"宋释智圆《读韩文诗》："共工触不周,能令地维绝。"聂绀弩《查慧九以…》："开缄佳句追樊榭,索和强兵压共工。"

共姜誓盟　gòng jiāng shì méng
【分类】政治
【关键词】诗经
【释义】指妇女丧夫后誓守贞节。源见"柏舟"。
【例句】宋徐积《孀妇扇》："已写共姜誓,仍题督护歌。"宋陈东《彦隽母挽章》："虽夺共姜誓,曾无贤母瑕。"宋王之望《张和公母…》："誓比共姜早,贫如翟母希。"宋杨万里《白头吟》："除却共姜是女师,柏舟便到白头辞。"

共命鸟　gòng mìng niǎo
【分类】文化
【关键词】鸟
【释义】佛经里所称的雪山神鸟,一身两头,人面禽形,自鸣其名,又译作命命鸟或生生鸟。《翻译名义集·杂宝藏经》："雪山有鸟,名为共命,一身二头,识神各异,同共报命,故曰命命。"
【例句】唐杜甫《岳麓山道…》："莲花交响共命鸟,金榜双迴三足乌。"唐苏颋《慈恩寺二…》："共命枝间鸟,长生水上鱼。"明王微《有人以断…》："西方鸟共命,东海鱼比目。"明张乔《赠邻姬与…》："修成共命迦陵鸟,不似鸳鸯半世痴。"

共少　gòng shǎo
【分类】政治
【关键词】王孝瑾
【释义】共享少许东西,谓上下同甘苦。《北齐书·兰陵王孝瑾传》："为将躬勤细事,每得甘美,虽一瓜数果,必与将士共之。"
【例句】唐杜甫《园人送瓜》："食新先战士,共少及溪老。"明释真净《寂轩》："我欲辞多事,谁来共少缘。"

贡公喜　gòng gōng xǐ
【分类】生活
【关键词】贡禹
【释义】贡公,贡禹。《汉书·王贡两龚鲍传》："吉与贡禹为友,世称'王阳在位,贡公弹冠',言其取舍同也。"唐颜师古注："弹冠者,且入仕也。"刘峻《广绝交论》："王阳登而贡公喜。"
【例句】唐杜甫《承沈八丈…》："徒怀贡公喜,飒飒鬓毛苍。"唐杜甫《奉赠韦左…》："窃效贡公喜,难甘原宪贫。"宋李正民《寄孙邦求》："知有弹冠贡公喜,休嗟华发镜中生。"宋李正民《寄孙邦求》："知有弹冠贡公喜,休嗟华发镜中生。"

贡禹　gòng yǔ
【分类】政治
【关键词】贡禹
【释义】西汉元帝御史大夫,"以明经洁行著闻",主张选贤能,诛奸臣,罢倡乐,修节俭。后世尊为贡公。《汉书·贡禹传》："自禹在位,数言得失,书数十上。"
【例句】唐卢纶《冬夜赠别…》："更送乘轺归上国,应怜贡禹未成名。"唐李峤《田》："贡禹怀书日,张衡作赋辰。"宋文彦博《登通山阁…》："莺喧曲槛韩冯树,薛晦幽庭贡禹綦。"宋晁补之《次韵两苏…》："虽愧彭宣惟赐食,未惭贡禹亦弹冠。"

贡禹弹冠　gòng yǔ tán guān
【分类】生活
【关键词】贡禹
【释义】庆贺他人做官,喻乐意辅佐志向相同的人。源见"贡公喜"。
【例句】唐牟融《有感》："栖迟未遇常鋗荐,邂逅宁弹贡禹冠。"唐许浑《灞上逢元…》："何人更结王生袜,此客虚弹贡禹冠。"唐王维《酌酒与裴迪》："白首相知犹按剑,朱门先达笑弹冠。"宋杨亿《次韵和盛…》："陈琳草檄应非久,贡禹弹冠素有期。"

勾漏令　gōu lòu lìng
【分类】文化
【关键词】葛洪
【释义】勾漏:山名,在今广西北流县东北。汉置勾漏县。为咏道家炼丹之典。《晋书·葛洪传》："以年老,欲炼丹以祈遐寿，闻交趾出丹，求为勾漏令。帝以洪资高，不许。洪曰：'非欲为荣，以有丹耳。'帝从之。"

【例句】唐何仙姑《凤台云母》："笑杀狂游勾漏令，更从何处觅丹砂？"唐杜甫《为农》："远惭勾漏令，不得问丹砂。"宋苏轼《桄榔杖寄…》："独步倘逢勾漏令，远来莫恨曲江张。"聂绀弩《调高旅》："何来勾漏沙千粒，挽此南天笔一枝。"

沟水东西　gōu shuǐ dōng xī
【分类】生活
【关键词】宋书
【释义】咏别离之典。《宋书·乐志三》："《白头吟》古词：'今日斗酒会，明日沟水头。躞蹀御沟上，沟水东西流。'"
【例句】唐白居易《送韦侍御…》："莫恨东西沟水别，沧溟长短拟同归。"唐温庭筠《夜宴谣》："清夜恩情四座同，莫令沟水东西别。"唐庾抱《别蔡参军》："人世多飘忽，沟水易东西。"宋韩琦《和春卿学…》："却为多情足离恨，故教沟水亦东西。"

沟中断　gōu zhōng duàn
【分类】生活
【关键词】庄子
【释义】比喻被遗弃者。喻指人贫富虽有不同，但其害生伤性则相同。《庄子·天运》："百年之木，破为牺尊，青黄而文之，其断在沟中。比牺尊于沟中之断，则美恶有间矣，其于失性一也。"
【例句】唐韩愈《题木居士》："为神诅比沟中断，遇赏还同爨下余。"宋梅尧臣《尹师鲁治…》："莫比沟中断，区区望牺樽。"宋刘敞《灵椿馆风》："芳华寂寞未及衰，萎迟遂比沟中断。"宋黄庭坚《岁寒知松柏》："牺象沟中断，徽弦爨下残。"

钩陈　gōu chén
【分类】政治
【关键词】班固
【释义】指后宫。东汉班固《西都赋》："周以钩陈之位，卫以严更之署。"唐李善注引《乐叶图》："钩陈，后宫也。"
【例句】唐宋之问《扈从登封…》："复道开行殿，钩陈列禁兵。"唐许敬宗《奉和元日…》："武帐临光宅，文卫象钩陈。"唐崔知辅《九日侍宴应制》："尧樽列钟鼓，汉阙辟钩陈。"唐杜审言《扈从出长安…》："龙旗紫漏夕，凤辇出钩陈。"

缑山鹤　gōu shān hè
【分类】文化
【关键词】王子乔
【释义】歌咏仙家之典。相传王子乔于缑氏山乘鹤成仙。源见"王乔控鹤"。
【例句】唐李皋《游南雁诗》："何当偕得缑山鹤，驾入嶙峋翠几重。"唐裴度《亚献终献》："礼成神既醉，仿彿缑山鹤。"唐元稹《别李三》："苍苍秦树云，去去缑山鹤。"宋严嘉《游洞霄》："十二栏干天一握，教人望断缑山鹤。"

缑氏山　gōu shì shān
【分类】文化
【关键词】王子乔
【释义】在河南省偃师县，指修道成仙之处。源见"王乔控鹤"。
【例句】唐李白《凤笙篇》："绿云紫气向函关，访道应寻缑氏山。"唐孟浩然《题李十四…》："左右澶涧水，门庭缑氏山。"唐罗公远《大还丹口诀》："七日应归缑氏山，千年少别辽东水。"宋郑文宝《题缑氏山…》："秋阴漠漠秋云轻，缑氏山头月正明。"

鞲上鹰　gōu shàng yīng
【分类】政治
【关键词】鲍照
【释义】鞲，臂鞲，缚于臂上，打猎者用以架鹰。鞲上鹰指被豢养的鹰。喻指被豢养的鹰犬。南朝宋鲍照《代东武吟》："昔如鞲上鹰，今似槛中猿。"
【例句】唐杜甫《去矣行》："君不见鞲上鹰，一饱即飞掣。"唐韩愈《送侯参谋…》："今君有所附，势若脱鞲鹰。"唐薛涛《鹰离鞲》："无端窜向青云外，不得君王臂上擎。"宋姜夔《答沈器》："野鹿知随草，饥鹰故上鞲。"

狗窦大开　gǒu dòu dà kāi
【分类】生活
【关键词】张吴兴
【释义】笑人缺齿之典。《世说新语·排调》："张吴兴年八岁亏齿，先达知其不常，故戏之曰：'君口中何为开狗窦？'张应声答曰：'正使君辈从此中出入。'"
【例句】宋刘克庄《齿落》："嚼比牛饲衰毕现，豁如狗窦丑难遮。"宋郑樵《家园示弟樵》："看人呼狗窦，纵我泛渔槎。"宋李彭《元亮次韵…》："狗窦相呼竟何补，献酬故属画眉人。"宋戴表元《丙子除夜》："客任低头从狗窦，妻休掩面对牛衣。"

狗窦光逸　gǒu dòu guāng yì
【分类】生活
【关键词】光逸
【释义】咏名士狂放不羁之典。《晋书·光逸传》："光逸字孟祖…初至，属辅之与谢鲲、阮放、散发裸裎，闭室酣饮已累日。逸将排户入，守者不听，逸便于户外脱衣露头于狗窦中窥之而大叫。辅之惊曰：'他人决不能尔。必我孟祖也。'遽呼入，遂与饮，不舍昼夜。时人谓之八达。"
【例句】唐韩偓《赠吴颠尊师》："狗窦号光逸，渔阳裸祢衡。"宋徐积《花下饮》："闲乌下牛背，奔豚穿狗窦。"宋李新《醉中歌》："家酿憙次道，狗窦招光逸。"宋李彭《元亮次韵…》："狗窦相呼竟何补，献酬故属画眉人。"

狗监荐才　gǒu jiān jiàn cái
【分类】文化

【关键词】司马相如

【释义】指狗监(管皇帝猎犬的官)杨得意推荐司马相如给汉武帝,比喻受人荐引而得到赏识和重用。《史记·司马相如列传》:"蜀人杨得意为狗监……上读《子虚赋》而善之,曰:'朕独不得与此人同时哉!'得意曰:'臣邑人(同乡)司马相如自言为此赋。'上惊,乃召问相如。"

【例句】唐刘禹锡《酬宣州崔…》:"再入龙楼称绮季,应缘狗监说相如。"宋王安石《宝应二三…》:"草庐有客歌梁甫,狗监无人荐子虚。"宋曹辅《慎思屡以…》:"赋罢吹嘘因狗监,诗成传诵到鸡林。"聂绀弩《除夜怀查九》:"脚在羊城冬怕冷,人无狗监老当孤。"

狗尾续貂 gǒu wěi xù diāo

【分类】政治

【关键词】赵王伦

【释义】喻以次充好,前后不相称。《晋书·赵王伦传》:"其余同谋者咸超阶越次,不可胜纪,至于奴卒厮役亦加以爵位。每朝会,貂蝉盈坐,时人为之谚曰:'貂不足,狗尾续。'"

【例句】宋张孝祥《和都运判…》:"君诗我续貂不足,曹邻大楚非匹俦。"宋黄庭坚《再次韵兼…》:"经术貂蝉续狗尾,文章瓦釜作雷鸣。"宋刘弇《赠贾仲武》:"狗尾续貂弥足伤,雕胡未易加糠籺。"宋释德洪《季长见和…》:"敢将丑恶酬绝倡,狗尾续貂堪笑耳。"

构厦 gòu shà

【分类】政治

【关键词】尚书

【释义】喻治政。源见"构堂"。

【例句】唐赵彦昭《奉和元日…》:"器乏雕梁器,材非构厦材。"唐杜甫《自京赴奉…》:"当今廊庙具,构厦岂云缺。"唐罗隐《寄钟常侍》:"风高渐展摩天翼,干霄方呈构厦材。"唐元稹《酬郑从事…》:"忆年十五学构厦,有意盖覆天下穷。"

构堂 gòu táng

【分类】政治

【关键词】尚书

【释义】喻先人的基业。《尚书·大诰》:"若考作室,既底法,厥子乃弗肯堂,矧肯构?"汉孔安国《传》:"以作室喻治政也,父已致法,子乃不肯为堂基,况肯构立室乎?"

【例句】宋赵抃《题江原张…》:"构堂宾族聚于斯,屈指高风剑外稀。"宋苏舜钦《若神栖心堂》:"上人搆堂号栖心,不欲尘累相追攀。"宋沈庄可《题分宜上…》:"茸圃承祖志,构堂先庐傍。"宋韩维《次韵和君…》:"构堂始云基,筑圃亦已樊。"

垢氛 gòu fēn

【分类】政治

【关键词】谢灵运

【释义】污浊的气氛。南朝宋谢灵运《述祖德诗》:"兼抱济物性,而不缨垢氛。"

【例句】唐元稹《解秋》:"夜闲心寂默,洞庭无垢氛。"唐陈子昂《感遇诗》:"吾爱鬼谷子,青溪无垢氛。"唐李白《赠僧崖公》:"冥机发天光,独朗谢垢氛。"唐皇甫冉《同李万晚…》:"释子身心无垢氛,独将衣钵去人群。"

句陈 gōu chén

【分类】政治

【关键词】晋书

【释义】星名。也喻指皇后。《晋书·天文志上》:"中宫北极五星,钩陈六星,皆在紫宫中…钩陈,后宫也,大帝之正妃也,大帝之常居也。"

【例句】唐皇甫冉《东郊迎春》:"句陈霜骑肃,御道雨师清。"唐窦庠《陪留守韩…》:"愁烟漠漠草离离,太乙句陈处处疑。"唐李商隐《陈后宫》:"渚莲参法驾,沙鸟犯句陈。"唐李商隐《谢往桂林…》:"辰象森罗正,句陈翊卫宽。"

句芒 gōu máng

【分类】文化

【关键词】礼记

【释义】古代传说中的主木之官,又为木神名。《礼记·月令》:"(孟春之月)其帝大皞,其神句芒。"唐孔颖达疏:"其神句芒者,谓自古以来主春立功之臣,其祀以为神。是句芒生木之官,木初生之时句屈而有芒角,故云句芒。"

【例句】唐张碧《游春引》:"句芒爱弄春风权,开萌发翠无党偏。"唐王初《早春咏雪》:"句芒宫树已先开,珠蕊琼花斗剪裁。"唐李商隐《赠句芒神》:"愿得句芒索青女,不教容易损年华。"唐皮日休《鲁望以花…》:"不知家道能多少,只在句芒一夜风。"

句曲山 gōu qū shān

【分类】文化

【关键词】云笈七签

【释义】在今江苏省句容市东南。相传汉茅盈与其弟固、衷修道于此,故又称茅山。上有蓬壶、玉柱、华阳三洞,道家以为十大洞天中的第八洞天。《云笈七签》:"第八句曲山洞:'周回一百五十里,名曰金坛华阳之洞天。润州句容县,属紫阳真人治之。'"

【例句】唐李嘉祐《句容县东…》:"句曲千峰暮,归人向远烟。"唐郑畋《题缑山王…》:"句曲筋金洞,天台啸石桥。"唐罗隐《送程尊师…》:"溪含句曲清连底,酒贯余杭渌满樽。"

孤标 gū biāo

【分类】政治

【关键词】水经注

【释义】指山、树等特出的顶端,形容人的品行高洁。《水经注·涑水》:"东侧磻溪万仞,方岭云迥,奇峰霞举,孤标秀出,罩络群山之表。"

【例句】唐杜甫《醉歌行赠…》:"神仙中人不易得,颜氏之子才孤标。"唐崔全素《与郑辕薛…》:"石笋生孤标,屹立青冥直。"唐李山甫《松》:"孤标百尺雪中见,长啸一声风里闻。"宋李曾伯《赋庐山》:"孤标横碧落,百里见青峦。"

孤讽 gū fěng
【分类】生活
【关键词】苏轼
【释义】谓独自吟咏。宋苏轼《次韵李公择梅花》:"忽见早梅花,不饮但孤讽。"
【例句】宋洪适《次韵朱宜…》:"黄山白水空孤讽,叠嶂双溪属好诗。"宋秦观《秋夜病起》:"檐花伴徐步,笼烛窥孤讽。"宋喻良能《星源县斋…》:"短檠一窗灯,孤讽至夜分。"宋虞俦《有怀汉老弟》:"诗篇纵好成孤讽,心事凭谁与共论。"

孤凤 gū fèng
【分类】政治
【关键词】论语
【释义】咏生不逢时的高尚之人。源见"楚狂"。
【例句】唐李白《闻李太尉…》:"孤凤向西海,飞鸿辞北溟。"唐陈子昂《感遇诗》:"溟海皆震荡,孤凤其如何。"唐李商隐《当句有对》:"但觉游蜂饶舞蝶,岂知孤凤忆离鸾。"唐周朴《哭李端》:"竹在晓烟孤凤去,剑荒秋水一龙沉。"

孤光 gū guāng
【分类】文化
【关键词】沈约
【释义】指远处映射的光。南朝沈约《咏湖中雁》:"群浮动轻浪,单泛逐孤光。"
【例句】唐李白《自巴东舟…》:"周游孤光晚,历览幽意多。"唐杜甫《王兵马使…》:"中有万里之长江,回风滔日孤光动。"唐贾岛《酬朱停御…》:"相思唯有霜台月,望尽孤光见却生。"唐颜真卿《五言玩初…》:"孤光远近满,练色往来轻。"

孤鸿 gū hóng
【分类】文化
【关键词】张九龄
【释义】孤单的鸿雁。唐张九龄《感遇》:"孤鸿海上来,池潢不敢顾。"
【例句】唐李商隐《夕阳楼》:"欲问孤鸿向何处,不知身世自悠悠。"唐钱起《七盘岭阻…》:"陇肠暗与孤鸿断,江水遥连别恨深。"唐贾至《初至巴陵…》:"明月秋风洞庭水,孤鸿落叶一扁舟。"唐杨凭《晚泊江戍》:"云月孤鸿晚,关山几路愁。"

孤鸾 gū luán
【分类】生活
【关键词】鸟
【释义】喻指失去配偶或没有配偶的人。源见"镜鸾"。
【例句】唐卢照邻《长安古意》:"生憎帐额绣孤鸾,好取门帘帖双燕。"唐崔十娘《游仙窟诗》:"羞见孤鸾影,悲看一骑尘。"唐鲍溶《旧镜》:"侍儿不遣照,恐学孤鸾死。"聂绀弩《元日寄高旅》:"笔逢秋姊有书写,命犯孤鸾无药医。"

孤山处士 gū shān chǔ shì
【分类】政治
【关键词】林逋
【释义】指北宋林逋,人称孤山处士。源见"梅妻鹤子"。
【例句】宋苏轼《和秦太虚…》:"西湖处士骨应槁,只有此诗君压倒。"宋周紫芝《次韵相之…》:"莫唤孤山林处士,扬州何逊自能诗。"宋文天祥《八月十六》:"广寒殿里玉楼开,那得孤山处士来。"宋史弥宁《吊和靖》:"风林辊雪冷惊鸦,来吊孤山处士家。"

孤山梅鹤 gū shān méi hè
【分类】政治
【关键词】林逋
【释义】喻指隐逸之士,也借喻妻子儿女。源见"梅妻鹤子"。
【例句】宋林逋《宿姑苏净…》:"孤山猿鸟西湖上,懒对寒灯咏《式微》。"明龚敩《孤山梅鹤》:"莫将梅鹤等闲看,惯与幽人共考槃。"明朱诚泳《除夕有怀…》:"风惊爆竹鸦声乱,雪映寒梅鹤影矆。"聂绀弩《杂诗》:"自怜本是红尘客,错爱孤山几树梅。"

孤鹜 gū wù
【分类】文化
【关键词】王勃
【释义】孤单的野鸭。源见"水天一色"。
【例句】唐崔觐《汉中城楼》:"断烟横污水,孤鹜入洋州。"宋宋祁《送江西转…》:"双笔讵能藏藻思,落霞孤鹜向萧辰。"宋王十朋《次韵吴明…》:"紫帽清源游已倦,落霞孤鹜看无期。"宋王秬《登绮霞亭》:"夕阳寒未敛,孤鹜远犹闻。"

孤屿诗 gū yǔ shī
【分类】文化
【关键词】谢灵运
【释义】南朝谢灵运曾写过一首《登江中孤屿》的诗,抒发登临永嘉江中孤屿的感受。后作为咏江游之典。南朝宋谢灵运《登江中孤屿》。
【例句】唐孟浩然《永嘉上浦…》:"众山遥对酒,孤屿共题诗。"唐刘长卿《送杜越江…》:"见说江中孤屿在,此行应赋谢公诗。"唐钱起《送包何东游》:"子好谢公迹,常吟孤屿诗。"唐朱庆馀《送唐中丞…》:"空余孤屿来诗景,无复横槎碍柳条。"

孤云 gū yún
【分类】政治
【关键词】陶渊明
【释义】代指仕途失意潦倒之士。晋陶渊明《咏贫士诗》:

"万族各有托,孤云独无依。"唐李善注:"孤云,喻贫士也。"

【例句】唐乔知之《苦寒行》:"胡天夜清迥,孤云独飘飏。"唐李颀《送陈章甫》:"醉卧不知白日暮,有时空望孤云高。"唐马戴《华下逢杨…》:"柱史息车看,孤云心浩然。"唐郑谷《谷自乱离…》:"孤云终负约,薄宦转堪伤。"

孤忠 gū zhōng

【分类】政治

【关键词】韩琦

【释义】忠贞自持,不求别人体察的节操,喻指忠贞自持的人。《宋史·韩琦传》:"如琦孤忠。"

【例句】五代徐钧《孔巢父》:"力仗孤忠化积顽,奉辞竟不遣生还。"宋胡宿《翰林南阳…》:"直寻无枉道,方寸有孤忠。"宋文天祥《泰州》:"羁臣家万里,天目鉴孤忠。"聂绀弩《雪峰六十》:"天下寓言能几手,酒边危言亦孤忠。"

孤竹 gū zhú

【分类】文化

【关键词】周礼

【释义】独生的竹,代指古代的一种管乐器,用孤竹制成。《周礼注疏·大司乐》:"孤竹之管,云和之琴瑟,云门之舞,冬日至,于地上圜丘奏之。"汉郑玄注:"孤竹,竹特生者。云和、空桑、龙门,皆山名。"

【例句】唐刘禹锡《答杨八敬…》:"饱霜孤竹声偏切,带火焦桐韵本悲。"唐温庭筠《病中书怀…》:"百神歆佛偶,孤竹韵含胡。"唐皮日休《江南书情…》:"孤竹宁收笛,黄琮未作瑊。"唐韦庄《鹧鸪》:"孤竹庙前啼暮雨,汨罗祠畔吊残晖。"

姑苏台 gū sū tái

【分类】生活

【关键词】西施

【释义】在姑苏山上,相传为吴王夫差所筑。据传吴王夫差与西施曾在此游玩宴饮。为咏美女宴乐之典。《越绝书·内经九术》:"吴王不听,遂受之而起姑胥台。三年聚材,五年乃成。高见二百里。"

【例句】唐李白《口号吴王…》:"风动荷花水殿香,姑苏台上宴吴王。"唐李白《对酒》:"棘生石虎殿,鹿走姑苏台。"唐白居易《九日宴集》:"姑苏台榭倚苍霭,太湖山水含清光。"唐卫万《吴宫怨》:"句践城中非旧春,姑苏台下起黄尘。"

姑射 gū yè

【分类】文化

【关键词】庄子

【释义】神仙、美人的代称。《庄子·逍遥游》:"藐姑射之山,有神人居焉,肌肤若冰雪,淖约若处子。不食五谷,吸风饮露。乘云气,御飞龙,而游乎四海之外。其神凝,使物不疵疠而年谷熟。"

【例句】唐杨师道《奉和夏日…》:"青岩类姑射,碧涧似汾阳。"唐于瑰《和绵州于…》:"山宜姑射貌,江泛李膺舟。"唐赵中虚《游清都观…》:"青溪阻千仞,姑射藐汾阳。"五代周濆《红梅》:"姑射仙人笑脸开,肯将脂粉涴香腮。"宋余靖《过大孤山》:"绰约姑射姿,梦魂巫峡想。"

菰米沉云黑 gū mǐ chén yún hēi

【分类】文化

【关键词】杜甫

【释义】形容菰丛生长密集幽深。菰米,茭白,生于湖泊中,结的果实像米,很稀有。产江苏等地。功效主治:止渴,解烦热,调理肠胃。唐杜甫《秋兴》:"波漂菰米沉云黑,露冷莲房坠粉红。"

【例句】宋孔平仲《寄孙元忠》:"江石决裂青枫摧,波漂菰米沉云黑。"元吴存《次杨仲弘…》:"雁声叫月来无尽,菰米沉云散不收。"明刘炳《见月行》:"菰米黑随乌啄雪,柳条翠减雁啼霜。"清钱澄之《曾青藜过…》:"野饭莫辞菰米黑,江篱难负菊花黄。"

菰黍 gū shǔ

【分类】文化

【关键词】端午

【释义】粽子,泛指食物。《太平御览》引《风土记》:"仲夏端五,端,初也。俗重五日。与夏至同,先节一日,又以菰叶裹粘米,以栗枣灰汁煮,令熟,节日啖。"

【例句】唐温庭筠《寄崔先生》:"菰黍正肥鱼正美,五侯门下负平生。"宋白玉蟾《孤鸿曲》:"非无稻粱与菰黍,食不下咽情永辞。"宋苏轼《端午帖子词》:"朝来藉田令,菰黍献时芳。"宋贺铸《送时适归…》:"为话吴门非乐土,鲈鱼菰黍漫淹留。"

觚棱 gū léng

【分类】政治

【关键词】班固

【释义】宫阙上转角处的瓦脊成方角棱瓣之形,借指宫阙。东汉班固《西都赋》:"设璧门之凤阙,上觚棱而栖金爵。"吕向注:"觚棱,阙角也。"

【例句】五代花蕊夫人徐氏《宫词》:"夜色楼台月数层,金猊烟穗绕觚棱。"唐杜牧《长安杂题长句》:"觚棱金碧照山高,万国圭璋捧赭袍。"宋马廷鸾《恭进理宗…》:"春暗觚棱影,星回羽卫班。"宋司马光《送李益之…》:"瀑布寒云湿,觚棱瑞气扶。"

古鼎跃水 gǔ dǐng yuè shuǐ

【分类】政治

【关键词】鼎

【释义】咏国家沦丧之典。《史记·封禅书》:"周太史儋见秦献公…其后百二十岁而秦灭周,周之九鼎入于秦。或曰宋太丘社亡,而鼎没于泗水彭城下。"《水经注·泗水》:"周显王四十二年,九鼎沦没泗渊。秦始皇时,而鼎见于斯水…使数千人没水求之,不得,所谓鼎伏也。"

【例句】唐韩愈《石鼓歌》:"金绳铁索锁纽壮,古鼎跃水龙腾梭。"元何中《郝思温大…》："重如岱岳镇坤维,奇如古鼎跃泗侧。"清文昭《焦山古鼎歌》："彭城跃水不可见,蘉尔那许同轩轻。"清范咸《岣嵝碑》："翚飞翼跂倚短剑,古鼎跃水罗珊瑚。"

古风 gǔ fēng
【分类】生活
【关键词】谢惠连
【释义】古人之风,指质朴淳古的习尚、气度和文风。南朝宋谢惠连《祭古冢文》："仰羡古风,为君改卜。"唐吕延济注："《礼记·月令》：'孟春之月,掩骼埋胔。'此为古风也,谓卜改葬也。"
【例句】唐许浑《登尉佗楼》："越人未必知虞舜,一奏薰弦万古风。"唐殷尧藩《帝京》："都将俭德熙文治,淳俗应还太古风。"唐吴筠《览古》："奈何淳古风,既往不复返。"宋陆游《游山西村》："箫鼓追随春社近,衣冠简朴古风存。"

古锦囊 gǔ jǐn náng
【分类】文化
【关键词】李贺
【释义】用锦作成的袋子,古人多用以收藏诗文或文件,喻指优秀的诗篇。唐李商隐《李长吉小传》："恒从小奚奴,骑驴,背一古破锦囊,遇有所得,即书投囊中。及暮归,太夫人使婢受囊出之,见所书多,辄曰：'是儿要当呕出心始已耳！'"
【例句】宋宋庠《同年胡宿…》："寄怀何止三年字,留秘传家古锦囊。"宋王安石《次韵张仲…》："爱君古锦囊中句,解道今秋似去秋。"宋孔平仲《呈陆农师》："虫鱼草木吟何苦,古锦囊封寄逸筒。"宋毛滂《仁义驿中》："骑驴何似贾司仓,行李唯余古锦囊。"

古井水 gǔ jǐng shuǐ
【分类】生活
【关键词】孟郊
【释义】枯井止水,风再大也掀不起任何波澜,比喻不受外界干扰。源见"心如古井"。
【例句】唐白居易《赠元稹》："无波古井水,有节秋竹竿。"宋苏轼《书王定国…》："君看古井水,万象自往还。"宋苏辙《和迟田舍…》："湛然古井心,在独无意。"宋陈造《赠臧汝舟…》："此心疑όσα古井水,与俗方圆宁得之。"宋程公许《寿制使董…》："公心浑如古井水,泛泛外物何关情。"

古兰陵 gǔ lán líng
【分类】文化
【关键词】萧衍
【释义】南兰陵,南朝梁时郡县,梁武帝故籍。《元和郡县图志·武进县》："吴大帝改丹徒为武进,晋武帝复改武进曰丹徒,别置武进于丹阳县东五十里。梁武帝改武进为兰陵,入晋陵。"
【例句】宋张炎《木兰花慢·锦街穿戏鼓》："清狂尚如旧否,倚东风、啸咏古兰陵。"宋苏颂《送沈学士…》："兰陵郡邑今尤盛,阳羡溪山古有名。"宋陆游《闻韩无咎…》："书剑飘然去国时,南兰陵郡日题诗。"宋陆游《断碑叹》："二萧同起南兰陵,正如文叔与伯升。"

古人吾不见 gǔ rén wú bú jiàn
【分类】文化
【关键词】张融
【释义】咏自美自矜之典。《南史·张融》："常叹云：'不恨我不见古人,所恨古人又不见我。'"
【例句】唐陈子昂《登幽州台歌》："前不见古人,后不见来者。"唐李颀《登首阳山…》："古人已不见,乔木竟谁过。"唐李白《把酒问月》："今人不见古时月,今月曾经照古人。"宋范成大《木兰花慢·送郑伯昌》："古人吾不见,君莫是、郑当时。"宋辛弃疾《贺新郎》："不恨古人吾不见,恨古人、不见吾狂耳。"

古文 gǔ wén
【分类】文化
【关键词】字
【释义】泛指甲骨文、金文、籀文和战国时通行于六国的文字。汉朝通行隶书,因此把秦以前的字体叫做古文,特指许慎《说文解字》里的古文。《说文解字·叙》："周太史籀著大篆十五篇,与古文或异。"
【例句】唐李白《赠何七判…》："羞作济南生,九十诵古文。"唐皎然《奉陪颜使…》："外史刊新韵,中郎定古文。"唐杜牧《卢秀才将…》："王屋山中有古文,欲攀青桂弄氛氲。"聂绀弩《风车式收…》："镰光九转仍新月,茬字千行尽古文。"

古希 gǔ xī
【分类】生活
【关键词】杜甫
【释义】指人的年龄到了七十岁,在古代这便是难得的高龄了。源见"七十古来稀"。
【例句】宋叶茵《杂兴》："七十云古希,予年三之二。"宋方回《次韵谢李…》："古希年迫公犹健,不仕风高我所思。"宋陈藻《一古一律…》："醲饮高堂庆古希,名存寔是节常仪。"明邵宝《寿知微子》："纵是古希休便道,静中已透百年关。"

古香 gǔ xiāng
【分类】文化
【关键词】李贺
【释义】微弱的香气,指图书、藏画、法帖等发出的气味。唐李贺《帝子歌》："山头老桂吹古香,雌龙怨吟寒水光。"
【例句】宋程俱《秀峰游戏…》："古香飘桂夜阴阴,云楼报晚生铜吼。"宋黄敏求《古香亭》："吏散予方有公事,嚼花斟酒古香诗。"宋卫宗武《首春同枌…》："瘗影参差浓复淡,古香传送有还无。"宋陆游《小室》："窗几穷幽致,图书发古香。"

谷旦 gǔ dàn

【分类】生活

【关键词】诗经

【释义】良辰;吉日。《诗经·国风·东门之枌》:"谷旦于差,东方之原。"汉毛传:"谷,善也。"唐孔颖达疏:"见朝日善明,无阴云风雨,则曰可以相择而行乐矣。"

【例句】宋彭汝砺《和上官彦…》:"万国祭祠严谷旦,百年文物盛贤关。"宋张元干《李丞相生朝》:"欢声逢谷旦,善颂达苍穹。"宋项安世《四伯父生朝》:"动地欢声连谷旦,降神喜颂入春闱。"宋王志道《和谭云翔…》:"捷钤果副联鞶祝,谒谢当期谷旦差。"

谷口 gǔ kǒu

【分类】政治

【关键词】郑子真

【释义】地名,在陕西淳化西北,秦时置云阳县,借指隐者所居之处。源见"谷口子真"。

【例句】唐王绩《春日还庄》:"地形疑谷口,川势似河阳。"唐钱起《暮春归故…》:"谷口春残黄鸟稀,辛夷花尽杏花飞。"唐张乔《七松亭》:"已比子真耕谷口,岂同陶令卧江边。"唐皎然《答郑方回》:"时美城北徐,家承谷口郑。"

谷口子真 gǔ kǒu zi zhēn

【分类】政治

【关键词】郑子真

【释义】指隐居躬耕、修身自保的人。《法言·问神》:"谷口郑子真,不屈其志而耕乎岩石之下,名震于京师。"

【例句】唐杜甫《江雨有怀…》:"谷口子真正忆汝,岸高瀼滑限西东。"唐张乔《七松亭》:"已比子真耕谷口,岂同陶令卧江边。"唐王维《戏赠张五…》:"何事须夫子,邀予谷口真。"唐胡曾《谷口》:"子真独有烟霞趣,谷口耕锄到白头。"

谷蠡王 gǔ lí wáng

【分类】政治

【关键词】匈奴

【释义】匈奴藩王封号。《史记·匈奴列传》:"置左右贤王,左右谷蠡王。"南朝宋裴骃《史记集解》:"服虔曰:'谷音鹿,蠡音离。'"

【例句】唐虞世南《从军行》:"朝摩骨都垒,夜解谷蠡围。"唐张柬之《出塞》:"手擒郅支长,面缚谷蠡王。"唐李益《再赴渭北…》:"结发逐鸣鼙,连兵追谷蠡。"元祝蕃《月氏王头…》:"贤王起舞谷蠡歌,传饮欢呼两耳热。"

谷帘 gǔ lián

【分类】生态

【关键词】庐山

【释义】指庐山康王谷瀑布,其状如帘,故名。也泛指如帘状的水流。唐张又新《煎茶水记》:"庐山康王谷水帘水第一。"

【例句】宋王安石《题南康晏…》:"未尝遣汲谷帘水,三岁只望香炉云。"宋王十朋《游南山…》:"不饮谷帘山下水,徒观瀑布下长川。"宋张辑《次汤制干…》:"诗于水品进三叠,名与谷帘真两全。"宋吴则礼《清谷水煎茶》:"竟陵谷帘定少味,唤取阿羽来说尝。"

谷林 gǔ lín

【分类】政治

【关键词】尧

【释义】地名,在今山东郓县境内,借指皇帝的墓地。《史记·五帝本纪》:"尧辟位凡二十八年而崩。百姓悲哀,如丧父母。"裴骃集解引《皇览》曰:"尧冢在济阴城阳。"又引《吕氏春秋》曰:"尧葬谷林。"又引皇甫谧注曰:"谷林即城阳。"

【例句】唐权德舆《奉使丰陵…》:"曙月思兰室,前山辨谷林。"唐权德舆《德宗神武…》:"今日谷林归,灵辅烟雨霏。"宋王洋《寄曹嘉父》:"朱坊琼园玩月夜,谷林九曲秋阳徂。"宋李处权《戊申春登…》:"已过平山又谷林,登高能赋兴何深。"

谷神不死 gǔ shén bù sǐ

【分类】文化

【关键词】道

【释义】谷指山谷,形容空虚。神,谓不测的变化。谷神即道家老子所谓的道,且是空虚的、变化莫测的。不死:比喻变化不停歇。谷神不死意谓道是永存的。《老子》:"谷神不死,我本长生。"

【例句】唐吕岩《谷神歌》:"谷神不死玄牝门,出入绵绵道若存。"唐杜甫《冬日洛城…》:"谷神如不死,养拙更何乡?"宋苏辙《送葆光蹇…》:"萧然孤鹤鸣鸡群,子欲不死存谷神。"宋张伯端《绝句》:"要得谷神长不死,须凭玄牝立根基。"

谷永才 gǔ yǒng cái

【分类】政治

【关键词】谷永

【释义】喻干谒权臣之才。汉成帝时,谷永周旋王侯之间,取得各方好感。《汉书·谷永杜邺传》:"永陈三七之戒,斯为忠焉,至其引申伯以阿凤,隙平阿于车骑,指金火以求合,可谓谅不足而谈有余者。"

【例句】唐高适《奉酬北海…》:"谷永独言事,匡衡多引经。"唐武元衡《夏日对雨…》:"才非谷永传,无意谒王侯。"唐白居易《和微之诗…》:"一缄疏入掩谷永,三都赋成排左思。"宋徐积《和杨掾月…》:"谷永之才蔽权势,有若鹰犬供指呼。"

谷雨 gǔ yǔ

【分类】生活

【关键词】牡丹

【释义】二十四节气之一,为雨生百谷之意。宋欧阳修《洛阳牡丹记》:"洛花,以谷雨为开候。"

【例句】唐孟浩然《与崔二十…》:"帆得樵风送,春逢谷雨晴。"唐崔国辅《奉和圣制…》:"桃花春欲尽,谷雨夜来收。"唐王贞白《白牡丹》:"谷雨洗纤素,裁为白牡丹。"宋方惟深《牡丹》:"嫚黄妖紫间轻红,谷雨初晴早景中。"唐陆希声《茗坡》:"二月山家谷雨天,半坡芳茗露华鲜。"

股肱 gǔ gōng
【分类】政治
【关键词】尚书
【释义】大腿和胳膊,喻左右辅佐之臣。《尚书·夏书》:"帝曰:'臣作朕股肱耳目,予欲左右忧民,汝翼。予欲宣力四方,汝为。'"
【例句】唐李世民《执契静三边》:"元首伫盐梅,股肱惟辅弼。"唐高适《酬河南节…》:"股肱瞻列岳,唇齿赖长城。"唐吴筠《建业怀古》:"爱资股肱力,以静淮海民。"唐邵谒《论政》:"内政由股肱,外政由诸侯。"唐张祜《投魏博田…》:"国除心腹病,时咏股肱良。"

骨出似飞龙 gǔ chū sì fēi lóng
【分类】生活
【关键词】乐府
【释义】咏悲苦相思之典。《乐府诗集·读曲歌》:"自从别郎后,卧宿头不举。飞龙落药店,骨出只为汝。"以飞龙、骨出形容思妇相思之苦及瘦骨憔悴之态。
【例句】唐李贺《恼公》:"心摇如舞鹤,骨出似飞龙。"宋释正觉《退天童上…》:"洗霜骨出山宜瘦,答响神藏谷应虚。"宋卫宗武《冬留紫芝…》:"天寒鸟声静,木落山骨出。"宋陈普《雨霁山皆…》:"远远修眉明碧落,棱棱瘦骨出清秋。"

骨鲠 gǔ gěng
【分类】文化
【关键词】曹志
【释义】比喻诗文的主旨或风格;刚直的人。《晋书·曹志传》:"干植不强,枝叶不茂;骨鲠不存,皮肤不充。"《史记·吴太伯世家》:"方今吴外困于楚,而内空无骨鲠之臣,是无奈我何。"
【例句】唐蒋洌《台中书怀》:"披书唯骨鲠,循迹少同和。"唐韩愈《送进士刘…》:"由来骨鲠材,喜被软弱吞。"唐徐夤《上卢三拾…》:"骨鲠如君道尚存,近来人事不须论。"宋朱翌《次韵常子正》:"骨鲠当朝迹未尘,但知谋国不谋身。"

骨节专车 gǔ jié zhuān chē
【分类】生态
【关键词】禹
【释义】骨节极大可装满一车厢,为咏异闻奇物之典。源见"防风骨"。
【例句】唐胡曾《涂山》:"防风谩有专车骨,何事兹辰最后来。"宋梅尧臣《青龙海上》:"推鳞伐肉走千艘,骨节专车无大及。"宋欧阳修《奉答圣俞…》:"骨节骇专车,须牙

俘剑戟。"宋徐积《李阳冰篆》:"专车骨节世不朽,今乃一纵而一横。"

骨清 gǔ qīng
【分类】文化
【关键词】蒋歆
【释义】谓超凡脱俗,具有神仙资质。据说神仙的骨质清。源见"蒋侯"。
【例句】唐杜甫《赠左仆射》:"巍然大贤后,复见秀骨清。"唐李涉《奉宣慰使…》:"年才二十众知名,孤鹤仪容彻骨清。"唐朱庆馀《赠韩协律》:"永日微吟在竹前,骨清唯爱漱寒泉。"唐杜牧《赠李秀才》:"骨清年少眼如冰,凤羽参差五色层。"

骨瘦如柴 gǔ shòu rú chái
【分类】生活
【关键词】维摩诘
【释义】形容消瘦到极点。《敦煌变文集·维摩诘讲经文》:"旧日神情威似虎,今来体骨瘦如柴。"
【例句】宋释道济《影壁自赞》:"面黄以蜡,骨瘦如柴。"元陈宜甫《道友黄石…》:"苍髯丑道士,骨瘦撑枯柴。"元丁复《题画马为…》:"非徒丧志失天性,病骨瘦柴如宛锥。"清待考《寒病》:"衾凝于铁寒难遣;骨瘦如柴病不支。"聂绀弩《依韵再和…》:"九妹当年胸有竹,梁兄一旦骨如柴。"

鼓盆而歌 gǔ pén ér gē
【分类】生活
【关键词】庄子
【释义】喻指丧妻。《庄子·至乐》:"庄子妻死,惠子吊之,庄子则方箕踞鼓盆而歌。"唐成玄英疏:"盆,瓦缶也。庄子知生死之不二,达哀乐之为一,是以妻亡不哭,鼓盆而歌,垂脚箕踞,敖然自乐。"
【例句】唐薛逢《送韩绎归…》:"相逢且问荆州事,曾鼓庄盆对逝川。"宋杨杰《得安南颜…》:"我愧动心非孟子,谁能鼓缶吟蒙庄。"宋张商英《跋胡德林…》:"鼓盆新恨度良宵,怅望仙娥未见邀。"宋黄庭坚《再赠陈季…》:"鼓盆庄叟赋情浓,天遣霜华慰此公。"

穀亦亡羊 gǔ yì wáng yáng
【分类】政治
【关键词】庄子
【释义】谓彼此的结局相同。源见"臧穀亡羊"。
【例句】宋辛弃疾《哨遍》:"夔乃怜蚿,穀亦亡羊,算来何异?"宋宋祁《旬休》:"自笑此生疲挟策,不知呼塞亦亡羊。"宋杨时《次韵蔡武…》:"自信放鱼真得计,却怜挟策亦亡羊。"宋陈渊《寄曹载德…》:"未即卖刀归买犊,自怜挟策亦亡羊。"

贾马 gǔ mǎ
【分类】文化
【关键词】贾谊

【释义】称美文学作品或文士之典。《晋书·文苑传序》："自时已降,轨躅同趋,西都贾马耀灵蛇于掌握,东汉班张发雕龙于绨椠,俱标称首,咸推雄伯。"贾马:司马相如、贾谊。班张:班固、张衡。

【例句】唐皎然《因游支硎…》:"论文征贾马,述隐许右羊。"唐李中《献乔侍郎》:"贾马才无敌,褒雄誉益臻。"唐杜牧《长安杂题》:"舐笔和铅欺贾马,赞功论道鄙萧曹。"五代徐铉《奉和宫傅…》:"西掖新官同贾马,南朝兴运似开天。"

贾余勇　gǔ yú yǒng

【分类】政治

【关键词】左传

【释义】形容勇气过人或尚有余力。《左传·成公二年》："齐高固入晋师,桀石以投人,禽之而乘其车,系桑本焉。以徇齐垒,曰:'欲勇者贾余余勇。'"晋杜预注:"贾,买也。言己勇有余,欲卖之。"

【例句】唐权德舆《送灵武范…》:"伐谋师以律,贾勇士争先。"唐骆宾王《从军中行…》:"天子按剑征余勇,将军受脤事横行。"唐储光羲《猛虎词》:"君能贾余勇,日夕长相亲。"宋刘敞《出塞曲》:"出身义许国,桀石贾余勇。"宋苏轼《次前韵再…》:"醉乡追旧游,笔阵贾余勇。"

固穷　gù qióng

【分类】政治

【关键词】论语

【释义】赞扬文士安守穷困的节操。《论语·卫灵公》:"子曰:'君子固穷,小人穷斯滥矣。'"宋朱熹集注:"程子曰:'固穷者,固守其穷。'"

【例句】唐杜甫《前出塞》:"丈夫四方志,安可辞固穷!"唐张九龄《杂诗》:"道家至贵柔,儒家何固穷。"唐孟浩然《书怀贻京…》:"感激遂弹冠,安能守固穷。"唐储光羲《华阳作贻…》:"旧识无高位,新知尽固穷。"

固若金汤　gù ruò jīn tāng

【关键词】管子

【释义】形容防守工事无比坚固,像金城汤池一样。源见"金城汤池"。

【例句】唐孔绍安《别徐永元…》:"金汤既失险,玉石乃同焚。"唐杜甫《有感》:"莫取金汤固,长令宇宙新。"唐杜甫《入衡州》:"君臣忍瑕垢,河岳空金汤。"唐吕温《经河源军…》:"金汤天险长全设,伏腊华风亦暗存。"

故侯　gù hóu

【分类】政治

【关键词】召平

【释义】喻指前朝遗民,也指弃官隐居之人。源见"东陵瓜"。

【例句】唐王维《老将行》:"路旁时卖故侯瓜,门前学种先生柳。"唐杜甫《园人送瓜》:"园人非故侯,种此何草草?"唐刘长卿《家园瓜熟…》:"谁能更向青门外,秋草茫茫觅故侯。"唐戴叔伦《赠康老人洽》:"多识故侯悲宿草,曾看流水没桑田。"

故家乔木　gù jiā qiáo mù

【分类】政治

【关键词】孟子

【释义】称颂乡贤及官宦世家之典。谓世族出来的人才或遗留的器物必定出众,也比喻乡贤。《孟子·梁惠王》:"所谓故国者,非谓有乔木之谓也,有世臣之谓也。"

【例句】唐崔国辅《杭州北郭…》:"乔木故园意,鸣蝉穷巷悲。"唐于邵《野外行》:"寒鸦噪晚景,乔木思故乡。"宋艾性夫《题艾溪》:"鼻祖桑弧蓬矢地,耳孙乔木故家心。"宋家铉翁《题李氏敬…》:"故家乔木知谁在,五世同居是义门。"

故剑　gù jiàn

【分类】生活

【关键词】汉宣帝

【释义】指元配之妻,也喻不忘旧日情爱。《汉书·外戚列传上·孝宣许皇后》:"上乃诏求微时故剑,大臣知指,白立许婕妤为皇后。"

【例句】唐王昌龄《行路难》:"一闻汉主思故剑,使妾长嗟万古魂。"唐骆宾王《艳情代郭…》:"倒提新缔成谦谦,翻将故剑作平平。"唐权德舆《昭德皇后…》:"往年求故剑,今夕袝元陵。"唐长孙佐辅《古宫怨》:"莫道新缣长绝比,犹逢故剑会相迢。"

故人明主　gù rén míng zhǔ

【分类】生活

【关键词】孟浩然

【释义】咏有才之士不被重用之典。《唐摭言》:"上欣然曰:'朕素闻其人。'…(孟)浩然奉诏,拜舞念诗曰:'此阙休上书,南山归卧庐;不才明主弃,多病故人疏。'上闻之怃然曰:'朕未曾弃人,自是卿不求进,奈何反有此作!'因命放归南山。终身不仕。"

【例句】唐李白《温泉侍从…》:"逢君奏明主,他日共翻飞。"唐岑参《送杨千牛…》:"归期明主赐,别酒故人欢。"唐白居易《答马侍御》:"蟠木讵堪明主用,笼禽徒与故人疏。"宋喻良能《輂下言怀》:"不才讵敢诬明主,厚禄那能羡故人。"宋楼钥《赵左司挽词》:"深蒙明主眷,未觉故人疏。"

故要　gù yào

【分类】政治

【关键词】褚伯玉

【释义】咏恳切邀请之典。故,通"固"。要,通"邀"。《南齐书·褚伯玉传》:"褚伯玉少有隐操…在山三十余年,隔绝人物。王僧达为吴郡,苦礼致之,伯玉不得已,停郡信宿,裁交数言而退。守朝将军丘珍孙与僧达书…僧达答曰:'褚先生从白云游旧矣…近故要其来此,冀慰日夜。'"

【例句】唐杜甫《西阁三度…》:"问子能来宿,今疑索故要。"宋黄庶《明月台》:"四边不肯著闲树,故要满坐清光来。"宋黄庭坚《效孔文举》:"良贾故要深藏,屈体下心堂堂,灰头土面辉光。"

故纸 gù zhǐ
【分类】文化
【关键词】韩轨
【释义】指积年的文牍簿册,借指古书旧籍。《北齐书·韩轨传》:"安能作刀笔吏,返披故纸乎?"
【例句】唐神赞《偈》:"百年钻故纸,何日出头时?"宋孙觌《吴江教院…》:"石火光中寄此身,只钻故纸敝精神。"宋苏轼《书破琴诗…》:"偶见一张闲故纸,便疑身是永禅师。"宋李之仪《为道见还…》:"经营一饱困南北,未易功名输故纸。"

顾虎头 gù hǔ tóu
【分类】生活
【关键词】顾恺之
【释义】东晋著名画家顾恺之小字虎头,亦借指画家。《太平广记·顾恺之》:"晋顾恺之字长康,小字虎头,晋陵人。多才气,尤工丹青,傅写形势,莫不妙绝。谢安谓长康曰:'卿画自生人已来未有。'"
【例句】唐杜甫《题玄武禅…》:"何年顾虎头,满壁画沧洲。"宋王安石《次韵吴仲…》:"画史虽非顾虎头,还能满壁写沧洲。"宋苏轼《郭熙秋山…》:"要看万壑争流处,他日终烦顾虎头。"宋黄庭坚《送顾子敦…》:"虎头妙墨能频寄,马乳蒲萄不待求。"

顾荣扇 gù róng shàn
【分类】政治
【关键词】顾荣
【释义】指称儒将之典。《晋书·顾荣传》:"明年,周玘与顾荣及甘卓、纪瞻潜谋起兵攻敏。荣废桥敛舟于南岸,敏率万余人出,不获济。荣麾以羽扇,其众溃散。"
【例句】唐李白《江夏寄汉…》:"长呼结浮云,埋没顾荣扇。"宋李之仪《再登斗野…》:"拂衣归待旦,南州逢顾荣。"宋王之道《苦雨呈蕲…》:"何妨见君子,大厌顾荣炙。"宋陶梦桂《漫兴》:"下及长须辈,人言似顾荣。"

顾氏传神 gù shì chuán shén
【分类】生活
【关键词】顾恺之
【释义】咏美画家之典。《世说新语·巧艺》:"顾长康画人,或数年不点目精。人问其故,顾曰:'四体妍蚩,本无关于妙处;传神写照,正在阿堵中。'"
【例句】唐李群玉《规公业在…》:"生公吐辩真无敌,顾氏传神实有灵。"宋韩维《答杜孝锡…》:"华发苍然亮直身,谁将彩笔欲传神。"清黄之隽《无题代寄》:"谢家咏雪徒相比,顾氏传神实有灵。"清弘历《新正学诗…》:"传神颇似

顾加鬣,契妙浑如匡解颐。"

顾兔 gù tù
【分类】文化
【关键词】月亮
【释义】咏月之典。《楚辞·天问》:"夜光何德,死则又育?厥利维何,而顾菟在腹?"汉王逸注:"言月中有菟,何所贪利,居月之腹而顾望乎?"菟,一作兔。
【例句】唐韩愈《和崔舍人…》:"净堪分顾兔,细得数飘萍。"唐柳宗元《杨尚书寄…》:"桂阳卿月光辉遍,毫末应传顾兔灵。"唐方干《听段处士…》:"窗中顾兔初圆夜,竹上寒蝉尽散时。"唐鲍溶《秋思》:"顾兔蚀残月,幽光不如星。"

顾惟 gù wéi
【分类】生活
【关键词】李隆基
【释义】自念、自谓、自感之义。唐李隆基《鹡鸰颂》:"顾惟德凉,夙夜兢惶。"
【例句】唐杜甫《自京赴奉…》:"顾惟蝼蚁辈,但自求其穴。"杜甫《寄题江外…》:"顾惟鲁钝姿,岂识悔吝先。"唐孟郊《石淙》:"顾惟非时用,静言还自哈。"唐白居易《贺雨》:"顾惟眇眇德,遽有巍巍功。"

顾彦先 gù yàn xiān
【分类】文化
【关键词】顾荣
【释义】顾荣,字彦先,吴人也,为尚书郎,与陆机兄弟号为"三俊",曾助建东晋,诈酒避祸,亡后张翰为之鼓琴数首。晋陆机《赠尚书郎顾彦先二首》。
【例句】唐韩翃《送蒋员外…》:"御史王元贶,郎官顾彦先。"唐权德舆《贞元七年…》:"远惭周君较,聊拟顾彦先。"明张萱《寄海阳广…》:"春明壁水兆三鳣,江左名流顾彦先。"明王世贞《赠郭舜举…》:"才子当今顾彦先,燕中花柳胜伊川。"

瓜代 guā dài
【分类】政治
【关键词】左传
【释义】泛称任职期满,由他人继任。《左传·庄公八年》:"齐侯使连称、管至父戍葵丘,瓜时而往,曰:'及瓜而代'。期戍,公问不至。请代,弗许。故谋作乱。"
【例句】宋韦骧《再和》:"似得葵丘瓜代信,如销都护玉关愁。"宋刘宰《分韵送王…》:"坐看积薪上,笑谊及瓜代。"宋梅尧臣《河南受代…》:"固乏横草功,当蒙及瓜代。"宋沈辽《奉送景升…》:"适当及瓜代,浩然治西舟。"

瓜葛相连 guā gé xiāng lián
【分类】政治
【关键词】独断
【释义】瓜与葛,皆蔓生植物,比喻辗转相连的亲戚关系或社会关系,泛指牵连,相关。汉蔡邕《独断》:"四姓小侯,

诸侯家妇,凡与先帝先后有瓜葛者…皆会。"
【例句】唐权德舆《奉和韦曲…》:"小生忝瓜葛,慕义斯无穷。"宋林希逸《戊午与诸…》:"身前枯槁似山僧,瓜葛虽存亦强名。"宋苏轼《赠王觏》:"莫怪围棋忘瓜葛,已能作赋继《灵光》。"宋黄庭坚《谢王子予…》:"想共余甘有瓜葛,苦中真味晚方回。"

瓜时 guā shí

【分类】政治
【关键词】左传
【释义】瓜熟之时,指七月,借指任职期满。源见"瓜代"。
【例句】唐骆宾王《在军中赠…》:"蓬转俱行役,瓜时独未还。"唐孟浩然《送新安张…》:"仲月送君从此去,瓜时须及邵平田。"唐杜甫《秋日夔府…》:"瓜时犹旅寓,萍泛苦夤缘。"宋杨万里《斋房戏题》:"醉乡无日不瓜时,书囿何朝无菜色。"

瓜田李下 guā tián lǐ xià

【分类】生活
【关键词】曹植
【释义】比喻容易引起嫌疑的地方。三国魏曹植《君子行》:"君子防未然,不处嫌疑间;瓜田不纳履,李下不整冠。"
【例句】唐白居易《杂感》:"嫌疑远瓜李,言动慎毫芒。"宋黄庭坚《鹧鸪天》:"淫坊酒肆狂居士,李下何妨也整冠。"宋晁冲之《和新乡二…》:"暂游莲社同陶令,终向瓜田学邵平。"宋邹浩《和仲孺前…》:"一日秋阳十日寒,李下多机难整冠。"

刮骨 guā gǔ

【分类】政治
【关键词】关羽
【释义】用作称颂勇将之典。《三国志·关羽传》:"医曰:'矢镞有毒,毒入于骨,当破臂作创,刮骨去毒,然后此患乃除耳。'羽便伸臂令医劈之。时羽适请诸将饮食相对,臂血流离,盈于盘器,而羽割炙引酒,言笑自若。"
【例句】唐元稹《酬乐天见寄》:"瘴色满身治不尽,疮痕刮骨洗应难。"唐王维《燕支行》:"报仇只是闻亲胆,饮酒不曾妨刮骨。"唐李涉《却归巴陵…》:"巧缀五言才刮骨,却怕柱天身硬础。"唐杜牧《池州送孟…》:"古训屹如山,古风冷刮骨。"

刮目相见 guā mù xiāng jiàn

【分类】生活
【关键词】吕蒙
【释义】指另眼看待,用新眼光看人。源见"吴下阿蒙"。
【例句】唐李商隐《和孙朴韦…》:"约眉怜翠羽,刮目想金篦。"唐苏舜钦《送李冀州》:"众人刮目看能事,著鞭无为儒生羞。"宋赵蕃《次韵彦审…》:"异时相见定刮目,敢作吴下旧阿蒙。"宋苏舜钦《送李冀州诗》:"众人刮目看能事,著鞭无为儒生羞。"

挂冠 guà guān

【分类】政治
【关键词】逢萌
【释义】即辞职。解下头上的冠,挂在城门上,辞官而去。《后汉书·逢萌传》:"时王莽杀其子宇,萌谓友人曰:'三纲绝矣!不去,祸将及人。'即解冠挂东都城门,归。"
【例句】唐骆宾王《畴昔篇》:"挂冠裂冕已辞荣,南亩东皋事耕凿。"唐厉玄《送顾非熊…》:"名在仪曹籍,何人肯挂冠。"唐顾况《洛阳行送…》:"疏家父子错挂冠,梁鸿夫妻虚适越。"聂绀弩《嘲悠然搬…》:"已无冠挂凭腰折,盆花五斗米不同。"

挂胡床 guà hú chuáng

【分类】政治
【关键词】裴潜
【释义】称誉地方长官清廉俭朴之典。《三国志·裴潜传》:"潜出为沛国相,迁兖州刺史…谥曰贞侯。"南朝宋裴松之注引《魏略》:"潜为兖州时,尝作一胡床,及其去也,留以挂柱。"
【例句】唐李白《寄上吴王》:"去时无一物,东壁挂胡床。"明王世贞《感兴》:"胡床挂壁未曾收,欲烬炉香袅尚浮。"明王世贞《寄题清懒窝》:"荆户启南薰,胡床挂东壁。"明李贽《岁暮过胡…》:"胡床挂空壁,穷巷有深居。"

挂瓢 guà piáo

【分类】政治
【关键词】许由
【释义】亦称悬瓢,为隐居或隐者傲世的典故。《太平御览·琴操》:"许由无杯器,常以手捧水。人以一瓢遗之。由操饮毕,以瓢挂树。风吹树,瓢动,历历有声。由以为烦扰,遂取捐之。"
【例句】唐骆宾王《送尹大赴…》:"挂瓢余隐舜,负鼎尔干汤。"唐钱起《谒许由庙》:"松上挂瓢枝几变,石间洗耳水空流。"唐李峤《扈从还洛…》:"邑罕悬磬贫,山无挂瓢逸。"唐李中《赠蒯亮处士》:"吾君侧席求贤切,未可悬瓢枕碧流。"宋杨亿《送张蜕秀才》:"悬瓢颜巷安贫久,泣玉荆山失意频。"宋释智圆《送人归旧隐》:"到时云树下,静听厌悬瓢。"

挂席 guà xí

【分类】生活
【关键词】谢灵运
【释义】犹挂帆。随风张幔曰帆,或以席为之,故曰帆席也。南朝宋谢灵运《游赤石进帆海》:"扬帆采石华,挂席拾海月。"唐李善注:"扬帆、挂席,其义一也。"
【例句】唐孟浩然《晚泊浔阳…》:"挂席几千里,名山都未逢。"唐丘为《渡汉江》:"漾舟汉江上,挂席候风生。"唐李白《永王东巡歌》:"长风挂席势难回,海动山倾古月摧。"唐方干《送吴彦融…》:"西陵柳路摇鞭尽,北固潮程挂席飞。"

怪雨盲风 guài yǔ máng fēng
【分类】生活
【关键词】韩愈
【释义】犹疾风暴雨。唐韩愈《南海神庙碑》："盲风怪雨,发作无节,人蒙其害。"
【例句】宋释道潜《春晚》："怪雨盲风卷却春,傍栏萧瑟只青筠。"宋王十朋《二月望日…》："卞山龙欲阻吾行,怪雨盲风不肯晴。"宋王炎《春日丛桂…》："寒生怪雨盲风后,春在斜阳暮霭间。"宋度正《今春大震…》："盲风怪雨岂徒然,颠倒横纵未遑恤。"

关关 guān guān
【分类】文化
【关键词】鸟
【释义】鸟类雌雄相和的鸣声,后亦泛指鸟鸣声。源见"关雎"。
【例句】唐张说《离会曲》："可怜河树叶萎蕤,关关河水声相思。"唐钱起《暇日览旧…》："逍遥心地得关关,偶被功名涴我闲。"唐薛能《献仆射相公》："致却垂名更何事,几多诗句咏关关。"聂绀弩《有赠(胡风)》："客子休嗟泥滑滑,河洲定有鸟关关。"

关雎 guān jū
【分类】生活
【关键词】诗经
【释义】咏婚姻或咏后德之典。《诗经·周南·关雎》："关关雎鸠,在河之洲,窈窕淑女,君子好逑。"毛传:"关关,和声也。"《关雎·序》:"《关雎》,后妃之德也,风之始也,所以风天下而正夫妇也。"
【例句】唐薛能《恭禧皇太…》："国人伤莫及,应只咏关关。"唐刘叉《狂夫》："不读关雎篇,安知后妃德。"唐钱起《暇日览旧…》："逍遥心地得关关,偶被功名涴我闲。"唐张琰《春词》："垂柳鸣黄鹂,关关若求友。"宋王令《次韵介甫…》："毛羽鲜明疑振鹭,声鸣和似关雎。"宋苏轼《余主簿母》："岂独家人在中馈,却因《麟趾》识《关雎》。"

关雎之乱 guān jū zhī luàn
【分类】生活
【关键词】论语
【释义】把关雎诗定为乐歌的末章。《论语·泰伯》:"师挚之始,关雎之乱,洋洋乎盈耳哉。"集注:乱,乐之章名也。
【例句】宋陆游《甲子秋八…》："赠诗温其似玉瓒,我亦粗识关雎乱。"宋黄庭坚《见子瞻粲…》："文似离骚经,诗窥关雎乱。"宋九成《论语绝句》："看来商颂继关雎,乱训为终始是初。"宋魏了翁《次韵薛秘…》":"熙熙大雅歌,洋洋关雎乱。"

关令 guān lìng
【分类】政治
【关键词】尹喜
【释义】古代司关的官员,后专指关令尹喜。《列仙传》:"关令尹喜者,周大夫也…老子西游,喜先见其气,知真人当过,候物色而迹之,果得老子。老子亦知其奇,为著书。与老子俱之流沙之西,服巨胜实,莫知其所终。"
【例句】唐岑参《题观楼》："荒楼荒井闭空山,关令乘云去不还。"唐李群玉《别尹炼师》："若非函谷令,谁注流沙说。"唐李洞《华山》："万户烟侵关令宅,四时云在使君楼。"唐齐己《送胤公归阙》":"关令莫疑非马辩,道安还跨赤驴行。"宋苏轼《谢关景仁》":"珍重多情关令尹,直和根拨送春来。"

关念 guān niàn
【分类】生活
【关键词】齐己
【释义】关心挂念。五代齐己《闭门》":"外事休关念,灰心独闭门。"
【例句】唐张子明《孤雁》":"江南塞北俱关念,两地飞归是故乡。"宋刘克庄《送五六弟…》":"亲闻最关念,频寄雁传声。"宋寇准《送人》":"莫动乡关念,徒令白发生。"宋蒲宗孟《锦屏山》":"自从旧句曾关念,纵有新诗总厚颜。"

关山月 guān shān yuè
【分类】生活
【关键词】李白
【释义】乐府横吹曲调名,多抒离别哀伤之情,表现戍卒从军怀乡之情。唐李白《关山月》":"明月出天山,苍茫云海间。长风几万里,吹度玉门关。"
【例句】唐郑愔《胡笳曲》":"曲断关山月,声悲雨雪阴。"唐王昌龄《从军行》":"更吹羌笛关山月,谁解金闺万里愁。"唐杜甫《洗兵马》":"三年笛里关山月,万国兵前草木风。"唐辨正《与朝主人》":"唯有关山月,偏迎北塞人。"

关西孔子 guān xī kǒng zǐ
【分类】文化
【关键词】杨震
【释义】借指大儒。《后汉书·杨震传》":"杨震字伯起,弘农华阴人也。…震少好学,受欧阳尚书于太常桓郁,明经博览,无不穷究。诸儒为之语曰:'关西孔子杨伯起。'"
【例句】唐李白《口号赠徵…》":"不知杨伯起,早晚向关西。"唐李行言《秋晚度废关》":"赠言杨伯起,非复是关西。"唐张祜《寄朗州徐…》":"关西今孔子,城北旧徐公。"宋李新《谢杨秀才…》":"岂羞东郭先生履,行谢关西孔子家。"宋唐庚《赠谭微之》":"今年讲学鹅城里,关西孔子杨伯起。"

关羽 guān yǔ
【分类】政治
【关键词】关羽
【释义】借指镇守一方的武将。关羽字云长,东汉末年名将。去世后被民间尊为关公,义绝。《三国志·关羽传》":"先主收江南诸郡,乃封拜元勋,以羽为襄阳太守、荡寇将军,驻江北。"

【例句】唐杜甫《奉寄章十…》:"湘西不得归关羽,河内犹宜借寇恂。"五代贯休《贺郑使君》:"龚遂刘宽同煦妪,张飞关羽太驱驰。"宋蔡襄《陈将军庙》:"力屈已嗟关羽死,势孤犹笑李陵降。"宋孔武仲《闻王师破…》:"蜀境粗偿关羽恨,汉津今奏武皇功。"

关中事　guān zhōng shì
【分类】政治
【关键词】萧何
【释义】咏萧何辅佐太子治理后方政务之典。《史记·萧相国世家》:"汉二年,汉王与诸侯击楚,何守关中,侍太子,治栎阳…关中事计户口转漕给军,汉王数失军遁去,何常兴关中卒,辄补缺。上以此专属任何关中事。"
【例句】唐刘长卿《重阳日鄂…》:"今日关中事,萧何其尔忧。"宋王安石《偶书》:"穰侯老擅关中事,长恐诸侯客子来。"宋王洋《庸斋薛微…》:"笑谈已了关中事,慷慨还成濡上行。"宋廖行之《上湖南孙漕》:"关中事业非难办,要看他时第一功。"

观风　guān fēng
【分类】政治
【关键词】礼记
【释义】谓观察民情,了解施政得失。源见"陈诗"。
【例句】唐上官婉儿《驾幸新丰…》:"三冬季月景龙年,万乘观风出灞川。"唐刘禹锡《送华阴尉…》:"重为上客长裾客,佐彼观风臣。"唐张说《奉和圣制…》:"问俗兆人阜,观风五教宣。"唐苏颋《奉和圣制…》:"在德何夷险,观风复往还。"

观国宾　guān guó bīn
【分类】政治
【关键词】周易
【释义】咏入京朝见天子之典。《周易·观》:"六四,观国之光,利用宾于王。"唐孔颖达疏:"最近至尊是观国之光。利用宾于王者,居在亲近,而得其位,明习国之礼仪,故曰利用宾于王庭也。"主有利于作朝见君主的贵宾。
【例句】唐杜甫《奉赠韦左…》:"甫昔少年日,早充观国宾。"唐皎然《送穆寂赴举》:"君抛青霞去,荣资观国宾。"唐独孤及《酬梁二十…》:"厌贫学干禄,欲徇宾王利。"宋李新《送时仲西归》:"尔来试拟观国宾,执笔四顾旁无人。"

观经鸿都　guān jīng hóng dōu
【分类】政治
【关键词】韩愈
【释义】鸿都门为藏书的处所。灵帝熹平四年,蔡邕奏请正定六经文字,并刻石碑,立于太学门外,即熹平石经。从此,每天前来观看和摹写的人很多,十分拥挤,阻塞街道。唐韩愈《石鼓歌》:"观经鸿都尚填咽,坐见举国来奔波。"
【例句】宋苏轼《和陶赠羊…》:"欲令海外士,观经似鸿都。"明童冀《方斋隶书…》:"鸿都石经变愈下,苦县枣刻肥失中。"明童轩《题清隐山…》:"鸿都官好羞输直,虎观门深

懒议经。"明王家屏《观太学石…》:"鸿都石经久矣讹,鼓文虽剥存者多。"

观名计利　guān míng jì lì
【分类】政治
【关键词】庄子
【释义】咏施行仁义之典。《庄子·盗跖》:"子张问于满苟得曰:'盍不为行?无行则不信,不信则不任,不任则不利。故观之名,计之利,而义真是也'。"
【例句】唐韩愈《寄崔二十…》:"观名计之利,讵足相陪辨。"宋葛胜仲《幽居书怀》:"观名计利了非真,何似江湖习隐沦。"宋陈造《次韵王解元》:"观名计利心,惴惴日交战。"明阮大铖《出摄山至…》:"此际观名利,何机触定颜。"

观涛　guān tāo
【分类】生活
【关键词】枚乘
【释义】咏观涛之典。汉枚乘《七发》:"楚太子有疾,而吴客往问之。""客曰:'将以八月之望,与诸侯远方交游兄弟,并往观涛乎广陵之曲江。至则未见涛之形也,徒观水力之所到,则恤然足以骇矣。'"
【例句】唐孟浩然《自浔阳泛…》:"观涛壮枚发,吊屈痛沉湘。"唐李白《送当涂赵…》:"因夸楚太子,便睹广陵涛。"唐李白《送纪秀才…》:"海水不满眼,观涛难释心。"唐李白《与从侄杭…》:"挂席凌蓬丘,观涛憩樟楼。"

观鱼　guān yú
【分类】政治
【关键词】左传
【释义】泛指观看捕鱼或观赏游鱼以为戏乐。《左传·隐公五年》:"五年春,公将如棠观鱼者。"杨伯峻注:"鱼者意即捕鱼者。"《三国志·鲍勋传》:"昔鲁隐观渔于棠,《春秋》讥之。虽陛下以为务,愚臣所不愿也。"
【例句】唐张文琮《赋桥》:"别有临濠上,栖偃独观鱼。"唐张说《相州山池作》:"观鱼乐何在,听鸟情都歇。"唐张九龄《初发道中…》:"承颜方弄鸟,放性或观鱼。"唐孟浩然《寻梅道士》:"重以观鱼乐,因之鼓枻歌。"唐钱起《蓝溪休沐…》:"肯想观鱼处,寒泉照发斑。"

官水土　guān shuǐ tǔ
【分类】政治
【关键词】尚书
【释义】代指官居司空(掌管工程建筑的长官)。《尚书·舜典》:"佥曰:'伯禹作司空。'帝曰:'俞,咨禹,汝平水土,惟时懋哉。'"
【例句】唐元稹《后湖》:"我实司水土,得为官事无。"唐韩偓《和王舍人…》:"削玉风姿官水土,黑头公自古来难。"明区大相《南行感怀》:"水土可空职,漕渠太史乎。"清查慎行《送杨致轩…》:"司空职水土,特简非畴咨。"清汤右曾《寿徐少司空》:"七叶英华传仆射,九州水土倚司空。"

官蛙私蛙　guān wā sī wā
【分类】政治
【关键词】蛙
【释义】喻指愚蒙寡识。《晋书·孝惠帝纪》："帝又尝在华林园，闻虾蟆声，谓左右曰：'此鸣者为官乎，私乎？'或对曰：'在官地为官，在私地为私。'"
【例句】唐温庭筠《春日野行》："野岸明媚山芍药，水田叫噪官虾蟆。"宋王令《和束熙之…》："如何农亩三时望，只得官蛙一饷鸣？"宋虞俦《喜晴》："雨余今天宇十分清，到处官蛙噤不鸣。"宋文彦博《闲斋偶作》："鼓吹尽私蛙，蓬蒿蒋径斜。"宋姚宽《绝句》："一雨一风花欲零，在官在私蛙乱鸣。"宋陆游《村饮》："试说暮年如意事，细倾村酿听私蛙。"

官烛未然　guān zhú wèi rán
【分类】政治
【关键词】巴祇
【释义】称颂官员清廉奉公之典。《初学记·后汉书》："巴祇为扬州刺史，与客坐暗中，不然官烛。"
【例句】唐李白《送杨山人…》："诗人多见重，官烛未曾然。"唐羊昭业《皮袭美见留…》："知君不肯然官烛，争得华筵彻夜明。"唐刘叉《途次马上…》："官烛邻鸡常晓色，林花巢燕总春余。"宋李庚《题尤使君…》："吾爱巴扬州，夜不然官烛。"

纶巾　guān jīn
【分类】文化
【关键词】谢万
【释义】冠名。古代用青色丝带做的头巾。一说配有青色丝带的头巾。相传三国蜀诸葛亮在军中服用，故又称诸葛巾。《晋书·谢万传》："万著白纶巾，鹤氅裘，履版而前。既见，与帝共谈移日。"
【例句】唐白居易《陕府王大…》："纶巾发少浑欹厌，篮舆肩齐甚稳平。"唐刘言史《扶病春亭》："强梳稀发著纶巾，舍杖空行试病身。"唐陆龟蒙《奉和袭美…》："仙道最高黄玉篆，暑天偏称白纶巾。"五代谭用之《别江上一…》："白纶巾卸苏门月，红锦衣裁御苑花。"

鳏鱼　guān yú
【分类】生活
【关键词】释名
【释义】借指郁郁不眠者，比喻无妻独居的成年男子。《释名·释亲属》："无妻曰鳏。鳏，昆也；昆，明也。愁悒不寐，目恒鳏鳏然也。故其字从鱼，鱼目恒不闭者也。"
【例句】唐于武陵《长信宫》："一从悲画扇，几度泣鳏鱼。"唐李商隐《李夫人歌》："清澄有余幽素香，鳏鱼渴凤真珠房。"宋张先《句》："愁似鳏鱼知夜永，懒同蝴蝶为春忙。"宋刘过《浣溪沙》："海燕成巢终是客，鳏鱼入夜几曾眠。"

鳏鱼渴凤　guān yú kě fèng
【分类】生活
【关键词】李商隐
【释义】比喻独身的男子急于求得配偶。唐李商隐《李夫人歌》："清澄有余幽素香，鳏鱼渴凤真珠房。"
【例句】宋项安世《任咏道生日》："鳏鱼渴凤尘缘净，寿鹤灵龟内景迟。"清林朝崧《獭江曾节…》："从此想思天一隅，鳏鱼骠泊雌凤孤。"

馆陶恩　guǎn táo ēn
【分类】生活
【关键词】韩光
【释义】咏公主之典。《后汉书·皇后纪》附《皇女》："皇女红夫，十五年封馆陶公主，适驸马都尉韩光。"刘红夫：汉光武帝刘秀的女儿。
【例句】唐窦常《凉国惠康…》："早加于氏对，偏占馆陶恩。"唐刘宪《奉和幸三…》："林披馆陶榜，水浸昆明灰。"唐罗隐《贵游》："馆陶园外雨初晴，绣毂香车入凤城。"

馆陶园　guǎn táo yuán
【分类】生态
【关键词】汉武帝
【释义】汉武帝姑姑汉文帝女儿馆陶公主（刘嫖），有园在长门，称长门园，世亦名馆陶园，亦泛指显贵之家的园林。《汉书·东方朔传》："上大说，更名窦太主园为长门宫。主大喜，使僕以黄金百斤为爱叔寿。"
【例句】唐杜牧《忆游朱坡…》："猎逢韩嫣骑，树识馆陶园。"元许有壬《舟次馆陶》："烟村渔火微茫外，一簇人家是馆陶。"明张元凯《北游诗》："羞称霍家奴，云是馆陶客。"

馆娃宫　guǎn wá gōng
【分类】生态
【关键词】西施
【释义】古代吴宫名，春秋吴王夫差为西施所造，在今江苏苏州灵岩寺，常借指西施。晋左思《吴都赋》："幸乎馆娃之宫，张女乐而娱群臣。"
【例句】唐李白《西施》："提携馆娃宫，杳渺讵可攀！"唐戴叔伦《白苎词》："馆娃宫中露华冷，月落啼鸦散古井。"唐王建《舞曲歌辞》："馆娃宫中春日暮，荔枝木瓜花满树。"唐李绅《回望馆娃…》："因问馆娃何所恨，破吴红脸尚开莲。"

管鲍之交　guǎn bào zhī jiāo
【分类】生活
【关键词】管仲
【释义】常用以比喻交情深厚的朋友。《史记·管晏列传》："管仲贫困，常欺鲍叔，鲍叔终善遇之，不以为言…天下不多管仲之贤而多鲍叔能知人也。"
【例句】唐李白《箜篌谣》："管鲍久已死，何人继其踪。"唐杜甫《过故斛斯…》："遂有山阳作，多惭鲍叔知。"唐杜甫《贫交行》："君不见管鲍贫时交，此道今人弃如土。"宋范仲淹《得李四宗…》："须期管鲍垂千古，不学张陈负一朝。"

管蔡 guǎn cài

【分类】政治
【关键词】周公旦
【释义】叛逆,谗害忠良之典。《史记·管蔡世家》:"管叔鲜、蔡叔度者,周文王子而武王弟也。""武王既崩,成王少,周公旦专王室。管叔、蔡叔疑周公之为不利于成王,乃挟武庚以作乱。周公旦承成王命伐诛武庚,杀管叔,而放蔡叔。"
【例句】唐李白《箜篌谣》:"周公称大圣,管蔡宁相容。"唐周昙《管蔡》:"伊商胡越尚同图,管蔡如何有异谟。"宋梅尧臣《农难》:"管蔡与盗跖,同气讵能迁。"宋李觏《元纪》:"若使周家纯任德,亲如管蔡忍行诛。"

管城子 guǎn chéng zǐ

【分类】文化
【关键词】韩愈
【释义】毛笔的别称。唐韩愈《毛颖传》:"秦皇帝使(蒙)恬赐之(指兔)汤沐,而封诸管城,号曰'管城子'。"
【例句】宋苏轼《和黄秀才…》:"借君方诸泪,一沐管城颖。"宋章甫《与常不轻…》:"亦学管城子,来从毛颖游。"宋黄庭坚《戏呈孔毅父》:"管城子无食肉相,孔方兄有绝交书。"宋张耒《送李公辅…》:"抱椠石渠无所欲,劳君时致管城侯。"

管葛 guǎn gě

【分类】政治
【关键词】管仲
【释义】管仲和诸葛亮的并称,两人皆古代名相,为咏栋梁之典。《世说新语·赏誉》:"殷渊源在墓所几十年。于时朝野以拟管、葛。"
【例句】唐李白《驾去温泉…》:"自言管葛竟谁许,长吁莫错还闭关。"唐杜甫《别张十三…》:"君臣各有分,管葛本时须。"宋张咏《蜀中伤陈…》:"英贤去世世同悲,管葛才能更比谁。"宋陆游《自警》:"少年不自量,妄意慕管葛。"

管窥蠡测 guǎn kuī lí cè

【分类】政治
【关键词】东方朔
【释义】喻学识浅薄,所知有限。汉东方朔《答客难》:"以管窥天,以蠡测海,以莛撞钟,岂能通其条贯、考其文理、发其音声哉?"
【例句】唐李商隐《咏怀寄秘…》:"典籍将蠡测,文章若管窥。"宋岳珂《六月二日》:"彼管窥天ія蠡测海,亦何异量。"宋王迈《赠术士陈…》:"俗人筹星乱如麻,蠡测管窥工窃剽。"宋胡仲弓《题山居》:"许大乾坤满世间,管窥蠡测已为难。"

管辂 guǎn lù

【分类】文化
【关键词】管辂
【释义】字公明,三国时期曹魏术士,被后世奉为卜卦观相的祖师。《三国志·管辂传》南朝宋裴松之注引《辂别传》曰:"辂年八九岁,便喜仰视星辰,得人辄问其名,夜不肯寐。…及成人,果明周易,仰观、风角、占、相之道,无不精微。…于是发声徐州,号之神童。"
【例句】唐杜甫《上韦左相…》:"聪明过管辂,尺牍倒陈遵。"唐杜甫《哭李尚书》:"修文将管辂,奉使失张骞。"宋黄公度《挽方宋贤》:"管辂相无壬甲寿,郑玄梦告己辰年。"宋何梦桂《赠尹巽斋…》:"执笑不须谈管辂,太玄休复问扬雄。"

管辂无年 guǎn lù wú nián

【分类】生活
【关键词】管辂
【释义】中年亡故之典。《三国志·管辂传》:"辂长叹曰:'吾自知有分直耳,然天与我才明,不与我年寿,恐四十七八间,不见女嫁儿娶妇也。'""是岁八月,为少府丞。明年二月卒,年四十八岁。"
【例句】唐张九龄《眉州康司…》:"刘桢徒有气,管辂独无年。"唐徐凝《游安禅寺》:"楼台有日连汉汉,壑谷无年断水声。"唐李绅《题法华寺》:"色尘知有数,劫烬当无年。"五代徐钧《昭明太子》:"有德无年亦可矜,腊鹅兴谤竟难明。"

管埋舜祠 guǎn mái shùn cí

【分类】文化
【关键词】舜
【释义】咏古乐器之典。《风俗通义·声音》:"昔章帝时,零陵文学奚景于冷道舜祠下得笙,白玉管。知古以玉为管,后乃易之以竹耳。"
【例句】唐李贺《苦篁调啸引》:"无德不能得此管,此管沉埋虞舜祠。"元万砥《凤笙篇赠…》:"自从轩辕调律后,谁将弦管置之虞舜祠。"明戚继光《申太夫人…》:"彤管称尧舜,瑶枢映楚秦。"

管宁穿坐 guǎn níng chuān zuò

【分类】政治
【关键词】管宁
【释义】指生活简朴,亦以咏旧榻。源见"管宁榻。"
【例句】唐李德裕《思山居》:"管宁穿亦坐,徐孺去常悬。"宋释德洪《复次元韵》:"管宁木床五十载,好事空传膝处穿。"明来复《题庐陵王…》:"坚心自下董生帷,兀坐忘穿管宁榻。"清陆懋修《丁卯初夏…》:"管宁久坐常穿榻,郭泰微行自垫巾。"

管宁割席 guǎn níng gē xí

【分类】生活
【关键词】管宁
【释义】谓不与非志同道合者为友。《世说新语·德行》:"管宁、华歆共园中锄菜,见地有片金,管挥锄与瓦石不异,华捉而掷去之。又尝同席读书,有乘轩冕过门者,宁读如故,歆废书出看,宁割席分坐曰:'子非吾友也。'"
【例句】宋晁说之《别亲旧》:"久分云霄能割席,乍惊褴缕有离尊。"宋毛滂《送巨中教…》:"定免幼安还割席,拟从东野若为云。"宋杨万里《斋房戏题》:"欲从举者便弹冠,回顾石交难割席。"宋徐瑞《丙申元日》:"安道何事竟碎琴,管宁何意至割席。"

管宁祭礼　guǎn níng jì lǐ
【分类】政治
【关键词】管宁
【释义】用为归隐、祭拜之典。《三国志·管宁传》:"宁常著皂帽、布襦袴、布裙…四时祠祭,辄自力强,改加衣服,著絮巾,故在辽东所有白布单衣,视荐馈馔,跪拜成礼。"管宁十分重视祭祀祖先之礼。
【例句】唐王绩《赠李征君…》:"管宁存祭礼,王霸重朝章。"宋韩琦《寒食东坡》:"农畴失稔烟徒禁,祭礼从风尚寒。"宋苏轼《同年程筠…》:"祭礼传家法,阡名载版图。"明薛侃《送刘生归…》:"归读丧祭礼,崇德乃其基。"

管宁榻　guǎn níng tà
【分类】政治
【关键词】管宁
【释义】管宁,汉末三国时期隐士。借指隐居高士心意恬静、甘于淡泊的生活,亦用以形容行事端正、心意恬静。《高士传》:"管宁(字幼安)自越海及归,常坐一木榻,积五十余年,未尝箕股,其榻上当膝处皆穿。"
【例句】元薛敬《题高士图》:"是谁高坐飞泉下,木榻翛然似管宁。"明来复《题庐陵王…》:"坚心自下董生帷,兀坐忘穿管宁榻。"明金幼孜《赠周韶风》:"夜雨频穿管宁榻,春风时下董生帏。"明林光郊《斋宿西厅》:"希颜却有心斋乐,木榻无劳笑管宁。"

管弦　guǎn xián
【分类】生活
【关键词】淮南子
【释义】管乐器与弦乐器,亦指管弦乐。《淮南子·原道训》:"夫建钟鼓,列管弦。"晋张华《情诗》:"终晨抚管弦,日夕不成音。"
【例句】唐董思恭《春日代情人》:"昔日管弦调,将人舞细腰。"唐张若虚《代答闺梦还》:"情催桃李艳,心寄管弦飞。"唐马逢《新乐府》:"朝臣冠剑退,宫女管弦迎。"唐白居易《琵琶行》:"主人下马客在船,举杯欲饮无管弦。"

管萧　guǎn xiāo
【分类】政治
【关键词】管仲
【释义】指管仲、萧何,为咏举荐贤才之典。《三国志·诸葛亮传》:"昔萧何荐韩信,管仲举王子城父,皆忖己之长,未能兼有故也。"
【例句】唐白居易《和微之诗》:"因读管萧书,窃慕大有为。"唐陆长源《酬孟十二…》:"将必继管萧,岂惟蹑应徐。"宋刘季孙《有美堂燕集》;"谁使管萧江上住,胸中事业九门知。"宋陈古《过武侯庙》:"材并管萧非亚匹,气吞曹马直庸奴。"

管夷吾　guǎn yí wú
【分类】政治
【关键词】管仲
【释义】管仲,名夷吾,字仲。借指贤臣。源见"管鲍之交"。
【例句】唐高适《真定即事…》:"郡称廉叔度,朝议管夷吾。"宋杨备《覆杯池》:"东晋中兴股肱力,元皇也学管夷吾。"宋邵雍《观十六国吟》:"尼父有言堪味处,当时欠一管夷吾。"宋马之纯《新亭》:"未论重见管夷吾,祇今谁为楚囚泣。"

管乐　guǎn yuè
【分类】政治
【关键词】管仲
【释义】指管仲、乐毅。用为济世之才的典故。《三国志·诸葛亮传》:"亮躬耕陇亩,好为《梁父吟》。身长八尺,每自比于管仲、乐毅,时人莫之许也。"
【例句】唐陈子昂《同宋参军…》:"诸君推管乐,之子慕巢夷。"唐李白《赠何七判》:"夫子今管乐,英才冠三年。"唐秦系《山中崔大…》:"迹愧巢由隐,才非管乐俦。"唐李郢《奉陪裴相…》:"绛霄轻霭翊三台,稽阮襟怀管乐才。"

管中窥豹　guǎn zhōng kuī bào
【分类】政治
【关键词】王献之
【释义】喻见识不广,或喻从部分推知全貌。《世说新语·方正》:"王子敬数岁时,尝看诸门生摴蒲,见有胜负,因曰:'南风不竞。'门生辈轻其小儿,乃曰:'此郎亦管中窥豹,时见一斑。'"
【例句】唐刘威《遣怀寄欧…》:"似豹一斑时或有,如龟三顾岂全无。"唐归仁《掉罗隐》:"管中窥豹我犹在,海上钓鳌君也沉。"宋宋祁《客自茂来…》:"左手持鳌人嗜饮,一斑窥豹客争棋。"宋绍积《送娄六秀才》:"挺然特起麟孤角,鄙矣谁窥豹一斑。"

贯朽钱　guàn xiǔ qián
【分类】政治
【关键词】平准书
【释义】贯,古代穿钱的绳索,每一千个为一贯。贯朽,谓穿钱的绳子因钱久储不用而朽烂。形容财货充足。《史记·平准书》:"民则人给家足,都鄙廪庾皆满,而府库余货财。京师之钱累巨万,贯朽而不可校。"
【例句】唐白居易《伤宅》:"厨有臭败肉,库有贯朽钱。"宋仲并《上枢密生辰》:"已遣烽消边障火,行看贯朽大农钱。"宋刘攽《神宗皇帝…》:"贯朽三泉府,方输九牧金。"宋周紫芝《次韵伯尹…》:"昔年贯朽内府钱,诸公何苦开汉边。"

贯珠　guàn zhū
【分类】文化
【关键词】礼记
【释义】成串的珍珠,比喻珠圆玉润的诗文、声韵。《礼记·乐记》:"故歌者上如抗,下如队,曲如折,止如槀木,倨中矩,句中钩,累累乎端如贯珠。"唐孔颖达疏:"言声之状,累累乎感动人心,端正其状,如贯于珠,言声音感动于人,令人心想形状如此。"
【例句】唐欧阳詹《智达上人…》:"良工磨拭成贯珠,泓澄洞澈看如无。"唐元稹《和李校书…》:"珊珊佩玉动腰身,一一贯珠随咳唾。"唐白居易《和新楼北…》:"歌声凝贯珠,舞袖飘乱麻。"唐段成式《和徐商贺…》:"连璧座中斜日满,贯珠歌里落花频。"

灌夫骂座　guàn fū mà zuò
【分类】生活
【关键词】灌夫
【释义】喻为人刚直,或指谩骂同座之人。《汉书·窦田灌韩传·灌夫》:"(灌)夫无所发怒,乃骂贤曰:'平生毁程不识不直一钱,今日长者为寿,乃效女曹儿呫嗫耳语!'"
【例句】宋苏轼《会客有美…》:"颇忆呼卢袁彦道,难邀骂座灌将军。"宋苏轼《次韵和刘…》:"好士余刘表,穷交忆灌夫。"宋郑清之《雨中即事…》:"怒蛙频作灌夫骂,老鹳唯闻庄舄吟。"明徐渭《予作花十…》:"初来竞唱迎姨曲,转眼翻为骂座人。"

灌坛雨　guàn tán yǔ
【分类】政治
【关键词】姜太公
【释义】咏雨或咏德政之典。《博物志》:"太公为灌坛令。文王梦妇人当道夜哭,问之,曰:'吾是东海神女,嫁于西海神童。今灌坛当道,废我行。我行必有大风疾雨,而太公有德,吾不敢以风雨过。是毁君德。'文王觉,明日召太公。三日三夜,果有疾风暴雨,从太公邑过。"
【例句】唐杜甫《题都县郭…》:"云散灌坛雨,春青彭泽田。"唐高适《同房侍御…》:"灌坛有遗风,单父多鸣琴。"唐赵志集《秋日在县…》:"方惭灌坛术,空慕颍川巾。"宋洪炎《石门中夏…》:"灌坛风雨行将戢,陋巷箪瓢且自宽。"

冠章甫　guàn zhāng fǔ
【分类】生活
【关键词】孔子
【释义】咏儒生之典。章甫,殷时冠名,即缁布冠。源见"鲁衣冠"。
【例句】唐权德舆《奉和张仆…》:"自古全才贵文武,懦夫只解冠章甫。"唐权德舆《太原郎尚…》:"时看介士阅犀渠,每狎儒生冠章甫。"唐元稹《送王协律…》:"章甫官人戴,纨丝姹女提。"宋王禹偁《射弩》:"谁知戴章甫,终老弄辛酸。"

光风霁月　guāng fēng jì yuè
【分类】生态
【关键词】黄庭坚
【释义】指雨过天晴后风和月明的景象,喻人品高洁、胸襟开阔,或指政治清明、时世太平。唐无名氏《楚泊亭》:"天垂六幕水浮空,霁月光风上下同。"宋黄庭坚《濂溪诗序》:"舂陵周茂叔,人品甚高,胸中洒落,如光风霁月。好读书,雅意林壑。"
【例句】宋毛滂《属者观池…》:"谁伴玉皇香案吏,光风霁月在阑干。"宋释德洪《赠石头志…》:"道骨清闲神秀彻,湛湛光风磨霁月。"宋卫宗武《雨后坚山…》:"山灵久拟骚人到,霁月光风不待邀。"宋王炎《和廖守岳…》:"霁月光风供笑傲,长篇短句总流传。"

光武　guāng wǔ
【分类】政治
【关键词】汉光武帝
【释义】指汉光武帝刘秀,喻中兴之君。《艺文类聚》引《续汉书》:"至于光武,承王莽之篡,起自匹庶,一民尺土,靡有凭焉…讨贼平乱,克复汉业,号称中兴。"
【例句】唐严向《送贺秘监…》:"客星一夜凌光武,华表千年送今威。"唐李白《流夜郎半…》:"遥欣克复美,光武安可同。"唐李白《笁篌谣》:"贵贱结交心不移,唯有严陵及光武。"唐汪遵《桐江》:"光武重兴四海宁,汉臣无不受浮荣。"

光逸偷眠　guāng yì tōu mián
【分类】政治
【关键词】光逸
【释义】咏史吏之典。《晋书·光逸传》:"光逸字孟祖…县令使逸送客,冒寒举体冻湿,还遇令不在,逸解衣炙之,入令被中卧…逸曰:'家贫衣单,沾湿无可代。若不暂温,势必冻死,奈何惜一被而杀一人乎!'…令奇而释之。"
【例句】唐李峤《被》:"光逸偷眠稳,王章泣恨长。"唐韩偓《赠吴颠尊师》:"狗窦号光逸,渔阳裸祢衡。"宋宋白《中酒》:"中酒事俱妨,偷眠就黑房。"明唐之淳《黄犬》:"花畔偷眠日,芦边惯吠星。"

光阴蓟子训　guāng yīn jì zi xùn
【分类】文化
【关键词】蓟子训
【释义】咏术士之典。《后汉书·蓟子训传》:"尝抱邻家婴儿,故失手堕地而死…后月余,子训乃抱儿归焉。士大夫皆豪风向慕之。""后人复于长安东霸城见之,与一老公共摩挲铜人,相谓曰:'适见铸此,已近五百岁矣。'"
【例句】唐罗隐《期徐道者…》:"只应蓟子训,醉后懒分身。"唐高适《赠别褚山人》:"光阴蓟子训,才术褚先生。"宋释德洪《次韵朝阴》:"如追蓟子训,可望不可及。"元冯子振《游报恩寺》:"且从蓟子训,铜狄三千秋。"

广成子　guǎng chéng zǐ
【分类】文化
【关键词】庄子
【释义】古代传说中的仙人。《庄子·在宥》："黄帝立为天子十九年，令行天下，闻广成子在于空同之山，故往见之。"陆德明释文："广成子，或云即老子。"
【例句】唐陈子昂《蓟丘览古…》："尚想广成子，遗迹白云隈。"唐王维《山中示弟》："安知广成子，不是老夫身。"唐李白《赠宣城宇…》："岂峣广成子，倜傥鲁仲连。"宋祖无择《简寂观》："石室深居广成子，布囊薄葬杨王孙。"

广寒宫　guǎng hán gōng
【分类】政治
【关键词】唐玄宗
【释义】旧指月中仙宫。《龙城录·明皇梦游广寒宫》载：唐玄宗于八月望日游月中，见一大宫府，"榜曰'广寒清虚之府'。"
【例句】唐鲍溶《六宿水亭》："夜深星月伴芙蓉，如在广寒宫里宿。"唐陆龟蒙《秋赋有期…》："广寒宫树枝多少，风送高低便可攀。"宋杨亿《窦咏从淮…》："名题仙籍广寒宫，负羽从军意气雄。"宋卫宗武《过吴兴城》："舟过恍如蓬岛客，人行疑在广寒宫。"

广汉钩距　guǎng hàn gōu jù
【分类】政治
【关键词】赵广汉
【释义】咏地方官良吏之典。《汉书·赵广汉传》："赵广汉字子都…以廉洁通敏下士为名。""见吏民，或夜不寝至旦。尤善为钩距，以得事情。钩距者，设欲知马贾，则先问狗，已问羊，又问牛，然后及马，参伍其贾，以类相准，则知马之贵贱不失实矣。"唯广汉至精能行之，它人效者莫能及也。"钩距：砍价。辗转推问，究得情实，亦指机谋。
【例句】唐寒山《诗三百》："转怀钩距意，买绢先拣绫。"唐白居易《七年春题…》："推诚废钩距，示耻用蒲鞭。"宋葛胜仲《郡斋书怀》："马牛价杂慵钩距，凫鹜行多厌簿书。"宋王禹称《故尚书兵…》："掌选循故实，尹京耻钩距。"

广陵花　guǎng líng huā
【分类】文化
【关键词】扬州
【释义】指扬州的芍药花和琼花，借指美艳的鲜花。《遁斋闲览》："扬州芍药，名著天下。"扬州旧名广陵，宋人因称芍药及琼花为广陵花。
【例句】唐许浑《汴河亭》："广陵花盛帝东游，先劈昆仑一派流。"宋欧阳修《寄子春发…》："广陵花月尝同醉，睢苑风霜暂破颜。"宋韩琦《狎鸥亭同…》："东亭尝种广陵花，美艳新增出旧芽。"宋晁补之《再和嘉父…》："曾共广陵花下醉，绛袍应叹一何寒。"

广陵客　guǎng líng kè
【分类】文化
【关键词】嵇康
【释义】指嵇康，三国时名士，以清名重于世，不满于司马氏擅权，被司马昭借故处死。嵇康善抚琴，死时弹《广陵散》而就戮。后亦借指善抚琴者。源见"广陵散"。
【例句】唐李颀《琴歌》："主人有酒欢今夕，请奏鸣琴广陵客。"宋蔡襄《广陵》："广陵归客叹飞蓬，怀古伤离向此中。"明宗臣《仙人石》："我欲扪萝枕石眠，明月偏醉广陵客。"明宋琬《八月十五…》："赖有广陵客，清商弹哀丝。"

广陵散　guǎng líng sǎn
【分类】文化
【关键词】嵇康
【释义】古曲名，喻指高雅乐曲，也谓感叹仁人贤士受谗被害；或悼念亡友。《晋书·嵇康列传》："康将刑东市，太学生三千人请以为师，弗许。康顾视日影，索琴弹之，曰：'昔袁孝尼尝从吾学广陵散，吾每靳固之，广陵散于今绝矣！'"
【例句】唐李白《忆崔郎中…》："谁传广陵散，但哭邙山骨。"唐韦庄《赠峨嵋山…》："广陵故事无人知，古人不说今人疑。"唐陈存《楚州赠别…》："淮南木叶飞，夜闻广陵散。"唐陆龟蒙《酒杯》："一弄广陵散，又裁绝交书。"

广柳车　guǎng liǔ chē
【分类】文化
【关键词】季布
【释义】古代载运棺柩的大车。柳是棺车的装饰。《史记·季布栾布列传》："乃髡钳季布，衣褐布，置广柳车中。"髡钳：古代刑罚名。剃去头发叫髡，用铁圈束颈叫钳。
【例句】唐温庭筠《病中书怀》："顽童逃广柳，羸马卧平芜。"宋葛胜仲《大卿表兄…》："方期老验长桑药，忽见神升广柳车。"宋苏筠《别墅》："铃奴藏广柳，剑骑骋长楸。"明黎民表《唐寅仲卜…》："尔非广柳车中客，亦岂皋桥庑下人。"

广厦　guǎng shà
【分类】文化
【关键词】楚辞
【释义】指高大的房屋。《楚辞·陶壅》："息阳城兮广夏，衰色罔兮中息。"王逸注："遂止炎野大屋庐也。"
【例句】唐刘希夷《孤松篇》："吁嗟深涧底，弃捐广厦材。"唐徐仁友《古意赠孙翃》："云日落广厦，莺花对孤琴。"宋夏竦《槛竹》："广厦长廊四面围，小栏霜雪两三枝。"宋韩维《和景仁同…》："广厦阴凉回暑气，平波炎赫变秋光。"

广文先生　guǎng wén xiān shēng
【分类】文化
【关键词】郑虔
【释义】指唐郑虔，泛指儒学教官。《新唐书·郑虔传》："玄宗爱其才，欲置左右，以不事事，更为置广文馆，以虔为博士…宰相曰：'上增国学，置广文馆，以居贤者，令后世言广文博士自君始，不亦美乎？'虔乃就职。"

【例句】唐杜甫《醉时歌》:"诸公衮衮登台省,广文先生官独冷。"唐郑谷《送田光》:"著书笑破苏司业,赋咏思齐郑广文。"唐杜牧《郑瓘协律》:"广文遗韵留橰散,鸡犬图书共一船。"宋梅尧臣《裴直讲得…》:"我今老病寡肉食,广文先生分遗微。"

广武庐 guǎng wǔ lú
【分类】政治
【关键词】张华
【释义】晋灭吴之后,张华以功封广武侯。何劭在《赠张华》诗中称张华的住处为广武庐。后用为称美公卿官邸之典。晋何劭《赠张华》:"周旋我陋圃,西瞻广武庐。"唐李善注:"臧荣绪《晋书》曰:'吴灭,封张华广武侯。'"
【例句】唐郑絪《奉和武相…》:"高阁安仁省,名园广武庐。"宋宋祁《郑天休舍…》:"闻道青云友,曾过广武庐。"宋宋祁《宫保庞丞…》:"挂冠尚有三年调,高躅空瞻广武庐。"

广武叹 guǎng wǔ tàn
【分类】政治
【关键词】阮籍
【释义】怀才不遇的典故。《晋书·阮籍传》:"(籍)尝登广武,观楚汉战处,叹曰:'时无英雄,使竖子(指汉高祖刘邦)成名!'登武牢山,望京邑而叹,于是赋'豪杰诗'。"
【例句】唐韩偓《秋郊闲望…》:"可怜广武山前语,楚汉宁教作战场。"宋王洙《重建岘山…》:"孔登泰山小天下,阮升广武叹竖昏。"宋苏轼《甘露寺》:"聊兴广武叹,不待雍门弹。"宋文天祥《远游》:"或登广武叹,或上北邙悲。"

广宵翁 guǎng xiāo wēng
【分类】生活
【关键词】陆机
【释义】指逝去的人。晋陆机《挽歌诗》:"广宵何寥廓,大暮安可晨。"唐李善注:"宵、暮,皆夜,谓圹中也。"
【例句】唐孟郊《送陆畅归…》:"杼山砖塔禅,竟陵广宵翁。"宋曾丰《挽王抚干》:"三釜未终身大暮,九泉无憾意长春。"元张羽《节妇诗》:"昔与君别离,乃为大暮期。"明王廷陈《咏怀》:"急节不可淹,大暮焉能违。"

广长舌相 guǎng cháng shé xiàng
【分类】文化
【关键词】佛
【释义】佛三十二大人相之一,意指语必真实。《智度论》:"问曰:'如佛世尊,大德尊重,何以故,出广长舌似如轻相?'答曰:'舌相如是,语必真实。如昔佛出广长舌,覆面上,至发际。'语婆罗门言:'汝见经书,颇有此舌人而作妄语不?'婆罗门言:'若人舌能覆鼻无虚妄,何况至发际。我心信佛必不妄语。'"
【例句】唐陆善经《寓泊罗芭…》:"清净耳聆绝弦琴,广长舌相无生曲。"宋史尧弼《赠友人》:"遥想文殊造摩诘,玄妙深谈舌广长。"宋苏轼《赠东林总…》:"溪声便是广长舌,山色岂非清净身。"宋释怀深《偈》:"火焰时时转法轮,广长舌相耀乾坤。"

归皓 guī hào
【分类】政治
【关键词】孙皓
【释义】指晋将王濬率军攻破建康,使吴主孙皓归降,并解送京师之事。《晋书·王濬传》:"濬入于石头。皓乃备亡国之礼…造于垒门。濬躬解其缚,受璧焚榇,送于京师。"
【例句】唐张九龄《奉和圣制…》:"与浑虽不协,归皓实为雄。"唐吕温《晋王龙骧墓》:"孙皓小儿何足取,便令千载笑争功。"唐李商隐《药转》:"长筹未必输孙皓,香枣何劳问石崇。"宋杨简《历代诗》:"吴传孙亮至孙休,晋封孙皓归命侯。"

归马放牛 guī mǎ fàng niú
【分类】政治
【关键词】周武王
【释义】周武王伐商纣之后,把作战用的牛马放归牧于山野,表示不再乘用。为咏罢战休兵之典。《尚书·武成》:"乃偃武修文,归马于华山之阳,放牛于桃林之野,示天下弗服。"唐孔颖达疏:"此是战时牛马,放牧之,示天下不复乘用。"
【例句】唐李白《上皇西巡…》:"剑阁重关蜀北门,上皇归马若云屯。"唐张籍《没蕃故人》:"无人收废帐,归马识残旗。"唐杜甫《白帝》:"戎马不如归马逸,千家今有百家存。"宋饶节《赠伯容》:"放牛归马老将军,直道从来不党群。"

归马华山 guī mǎ huà shān
【分类】政治
【关键词】周武王
【释义】喻指天下太平,战争止息。源见"归马放牛"。
【例句】唐杜甫《有感》:"大君先息战,归马华山阳。"唐杜审言《扈从出长…》:"山追散马日,水忆钓鱼人。"唐张碧《野田行》:"愿得华山之下长归马,野田无复堆冤者。"唐曹唐《三年冬大礼》:"华山秋草多归马,沧海寒波绝洗兵。"

归田录 guī tián lù
【分类】政治
【关键词】欧阳修
【释义】宋欧阳修撰写古代中国文言轶事小说。《归田录》:"归田录者,朝廷之遗事,史官之所不记,与夫士大夫笑谈之余而可录者,录之以备闲居之览也。"
【例句】宋刘克庄《念奴娇》:"取次著绝交书,续归田录,谁掣先生肘。"元陈镒《次前韵答…》:"投闲已著归田录,养老还求种树方。"元王冕《村居》:"卧看归田录,行听击壤歌。"明薛瑄《送李永年…》:"欧公曾写归田录,好继遗芳播迩遐。"

圭璋　guī zhāng

【分类】政治

【关键词】诗经

【释义】比喻高尚的品德。《诗经·大雅·卷阿》："颙颙卬卬,如圭如璋。"汉郑玄笺："王有贤臣,与之以礼义相切磋,体貌则颙颙然敬顺,志气则卬卬然高朗,如玉之圭璋也。"

【例句】唐张说《送苏合宫颂》："畴昔圭璋友,雍容文雅多。"唐储光羲《敬酬陈掾…》："特达资圭璋,节操方松筠。"唐杨于陵《和权载之…》："校德尽圭璋,才臣时所扬。"唐皎然《答郑方回》："菶萋鸾凤彩,特达圭璋性。"

龟藏六　guī cáng liù

【分类】生活

【关键词】龟

【释义】谓龟遇危险便将头尾和四足缩入甲中以避害,比喻人的才智不外露或深居简出,以免招嫉惹祸。《大正新脩大藏经》："龟虫畏罗干,藏六于壳内,比丘善摄心,密藏诸觉想,不依之甫彼,覆心勿言说。"

【例句】唐陈陶《题僧院紫竹》："从来道生一,况伴龟藏六。"宋苏轼《寄傲轩》："得如虎挟乙,失若龟藏六。"宋黄庭坚《和曹子方…》："朵颐论诗猬毛张,龟藏六用中有光。"宋李彭《潮州木龟…》："忽见灵龟藏六用,定巢莲叶阔千年。"

龟触网　guī chù wǎng

【分类】政治

【关键词】龟

【释义】比喻身受羁縻,不得自在。《史记·龟策列传》："夜半,龟来见梦于宋元王曰:'我为江使于河,而幕网当吾路。泉阳豫且得我,我不能去。身在患中,莫可告语。王有德义,故来告诉。'"

【例句】唐杜甫《遣闷奉呈…》："信然龟触网,直作鸟窥笼。"元贝琼《辛亥初度》："触网笑神龟,束身悲老蚕。"清弘历《剌舟》："为阱我所戒,触网彼自惹。"

龟化城　guī huà chéng

【分类】文化

【关键词】秦惠王

【释义】四川成都的别称。《搜神记》："秦惠王二十七年,使张仪筑成都城,屡颓。忽有大龟浮于江,至东子城东南隅而毙。仪以问巫。巫曰:'依龟筑之。'便就。故命名'龟化城'。"

【例句】唐戎昱《成都暮雨秋》："九月龟城暮,愁人闭草堂。"唐顾非熊《行经褒城…》："往岁客龟城,同时听鹿鸣。"唐蜀太后徐氏《题天回驿》："所恨风光看未足,却驱金翠入龟城。"宋刘兼《蜀都道中》："千载龟城终失守,一堆鬼录漫留名。"

龟鉴　guī jiàn

【分类】政治

【关键词】周书

【释义】比喻可供人对照学习的榜样或引以为戒的教训。鉴同鑑,镜子。《周书·皇后传序》："至于邪僻既进,法度莫修,冶容迷其主心,私谒蠹其朝政,则风化凌替,而宗社不守矣。夫然者,岂非皇王之龟鉴与?"

【例句】宋李廌《上姑丈闻…》："乞言用龟鉴,履德均权衡。"宋彭汝砺《忠孝图》："丹青彼虽工,龟鉴吾自得。"宋张商英《睢阳五老图》："太平犹自存龟鉴,后进仪刑仰慕看。"宋黄裳《会黄正臣》："樽罍且慰人离合,龟鉴应知我有无。"

龟冷支床　guī lěng zhī chuáng

【分类】政治

【关键词】龟

【释义】比喻壮志未酬,蛰居待时。《史记·龟策列传》："南方老人用龟支床足,行二十余岁,老人死,移床,龟尚生不死。"

【例句】唐白居易《寄微之》："鹦为能言长剪翅,龟缘难死久支床。"唐李群玉《龟》："曳尾辞泥后,支床得水初。"唐罗隐《圣真观刘…》："支床龟纵老,取箭鹤何惭。"宋陆游《夜读隐书…》："倦鹤摧颓宁望料,寒龟蹙缩且支床。"

龟年鹤寿　guī nián hè shòu

【分类】生活

【关键词】李商隐

【释义】龟、鹤:都是长寿的动物,比喻人之长寿。唐李商隐《祭张书记文》："神道甚微,天理难究,桂蠹兰败,龟年鹤寿。"亦作"龟龄鹤算"。

【例句】宋赵抃《运使王举…》："堪笑蚊蝇惊八月,岂知龟鹤寿千年。"宋侯寘《水调歌头》："坐享龟龄鹤算,稳佩金鱼玉带,常近赭黄袍。"宋史浩《寄居庆汪…》："笑捧一卮龟鹤寿,欢腾六乐凤鸾鸣。"宋丘处机《沁园春》："童颜在,镇龟龄鹤寿,罢喝黄鸡。"

龟三顾　guī sān gù

【分类】政治

【关键词】孔愉

【释义】咏感恩回报之典。《艺文类聚》引《会稽后贤传》："孔愉尝至吴兴县余干亭,见人笼龟于路。愉求买放之。至水,反顾愉。及封此亭侯而铸印,龟首回屈,三铸不正,有似昔龟之顾,灵德应感如此。愉悟,乃取而佩焉。"

【例句】唐刘威《遣怀寄欧…》："似豹一斑时或有,如龟三顾岂全无。"宋俞德邻《寿沿江黄…》："愿言保千龄,持用答三顾。"元胡奎《左顾龟》："龟行盘跚向中流,裴回三顾谢余不。"明伍瑞隆《掩骼诗赠…》："养雀归环会四枚,铸印成龟亦三顾。"

龟山　guī shān

【分类】生态

【关键词】诗经

【释义】山名,在山东省泗水县东北。《诗经·鲁颂·閟宫》："奄有龟蒙。"唐孔颖达疏："鲁境又同有龟山、蒙山，遂包有极东之地。"

【例句】唐李白《纪南陵题…》："龟山蔽鲁国，有斧且无柯。"唐严休复《唐昌观玉…》："羽车潜下玉龟山，尘世何由睹藐颜。"唐杜甫《又上后园…》："龟蒙不复见，况乃怀旧乡。"唐许棠《送刘校书…》："暗海龟蒙雨，连空赵魏秋。"唐权德舆《戏赠张炼师》："半酣乍奏云和曲，疑是龟山阿母家。"唐李商隐《戊辰会静…》："龟山有慰荐，南真为弥纶。"

龟山蔽鲁　guī shān bì lǔ

【分类】政治

【关键词】季桓子

【释义】咏权臣蔽君专政之典。《乐府诗集·龟山操》题解引东汉蔡邕《琴操》："《龟山操》，孔子所作也。季桓子受齐女乐，孔子欲谏不得，退而望鲁龟山，作此曲，以喻季氏若龟山之蔽鲁也。"

【例句】唐李白《纪南陵题…》："龟山蔽鲁国，有斧且无柯。"宋晁说之《和二十二…》："龟山之操恨时危，语乐徒劳鲁太师。"元胡布《思归引》："延颈望所思，龟山蔽东鲁。"明吴伟业《赠文园公》："为君既难臣亦苦，龟山东望思宗鲁。"

龟台　guī tái

【分类】文化

【关键词】西王母

【释义】传说中的仙人居处。《太平广记·西王母》："西王母者，九灵太妙龟山金母也，一号太虚九光龟台金母元君。乃西华之至妙，洞阴之极尊。"

【例句】唐罗隐《雪中怀友人》："兔苑旧游尽，龟台仙路长。"唐曹唐《送刘尊师…》："龟台欲署长生籍，鸾殿还论不死方。"宋胡宿《皇后阁端…》："更有龟台仙药在，河洲贤德保长生。"宋白玉蟾《赠陈高士…》："龟台烟冷风萧萧，十万彩女歌云璈。"

龟紫　guī zǐ

【分类】政治

【关键词】欧阳修

【释义】指金龟袋与紫服。唐宋时贵官的服饰。宋四品以上佩金鱼袋服紫。宋欧阳修《回贺环庆帅天章滕待制谢赐龟紫启》："伏以龟紫之重，唐制所难。武元衡、牛僧孺为宰相，裴度为中丞，李宗闵为学士，方有是赐。"

【例句】宋葛胜仲《尧卿兄改…》："持荷入侍从兹始，龟紫应皁五两纶。"宋洪适《朱叔子遗…》："幻出荷衣点雪衣，更将龟紫换牙绯。"宋流谦《送宇文德…》："朱轮照华櫜，龟紫映翠貂。"宋陆游《秋兴》："龟紫拜恩如梦寐，残年其实一渔蓑。"

龟组　guī zǔ

【分类】政治

【关键词】后汉书

【释义】即龟绶，龟纽印绶，亦借指官爵。《后汉书·西域传论》："先驯则赏籯金而赐龟绶。"李贤注："龟谓印文也。《汉旧仪》曰：'银印皆龟纽，其文刻曰"某官之章"。'"

【例句】唐杨持《寄朗陵兄》："行看换龟组，奏最谒承明。"宋朱长文《郡牧李侍…》："腰边龟组光华动，膝下龙驹礼法闲。"宋梅尧臣《和谢希深…》："龟组恭来诣，貂珰肃奉承。"宋李正民《挽鲁奉议》："鲤庭遵善教，龟组贲恩章。"

鬼斧神工　guǐ fǔ shén gōng

【分类】生活

【关键词】庄子

【释义】像是鬼神制作出来的，形容艺术技巧高超，不是人力所能达到的。《庄子·达生》："梓庆削木为鐻；鐻成；见者惊犹鬼神。"

【例句】唐段成式《游长安诸…》："纵有天中匠，神工讵可成。"唐薛谞之《太姥山》："鬼斧巧开凿，仙踪常往还。"唐齐己《和翁员外…》："神工旧制泓澄在，天泽时加潋滟寒。"宋楼钥《游initial旸谷…》："清澈见石底，镵刻惊神工。"元陈孚《七星山玄…》："鬼斧凿裂苍崎岖，要令吞吐如蟾蜍。"聂绀弩《北大荒歌》："天精地力，鬼斧神工，何能改其面庞。"

鬼谷子　guǐ gǔ zǐ

【分类】文化

【关键词】苏秦

【释义】战国时纵横家之祖，传说为苏秦、张仪师徒。《史记·苏秦列传》："苏秦者，东周雒阳人也。东事师于齐，而习之于鬼谷先生。"南朝宋裴骃《史记集解》："徐广曰：'颍川阳城有鬼谷，盖是其人所居，因为号'。骃案：《风俗通义》曰：'鬼谷先生，六国时从横家。'"

【例句】唐张九龄《送杨道士…》："鬼谷还成道，天台去学仙。"唐陈子昂《感遇诗》："吾爱鬼谷子，青溪无垢氛。"唐孟浩然《梅道士水亭》："水接仙源近，山藏鬼谷幽。"五代徐钧《鬼谷子》："苍颉书成能哭鬼，不知鬼谷事何如。"

鬼瞰其室　guǐ kàn qí shì

【分类】政治

【关键词】扬雄

【释义】鬼神厌恶盈满，瞰其室盈满，降灾祸，比喻坏人阴谋加害。汉扬雄《解嘲》："且吾闻之，炎炎者灭，隆隆者绝…高明之家，鬼瞰其室。"唐李善注引李奇曰："鬼神害盈而福谦。"

【例句】唐李商隐《李肱所遗…》："一旦鬼瞰室，稠叠张罻罝。"宋刘敞《爆竹》："但令休鬼瞰，非敢愿高明。"宋黄庭坚《伤歌行》："高明从来畏鬼瞰，贫贱不能全孝心。"聂绀弩《挽荃麟》："天下事岂尔可为？家太高明恶鬼窥。"

鬼哭　guǐ kū

【分类】生活

【关键词】李华

【释义】据说阴雨天可闻鬼哭。唐李华《吊古战场文》："往往鬼哭，天阴则闻。"
【例句】唐王翰《饮马长城…》："黄昏塞北无人烟，鬼哭啾啾声沸天。"唐杜甫《兵车行》："新鬼烦冤旧鬼哭，天阴雨湿声啾啾。"唐高适《同李员外…》："鬼哭黄埃暮，天愁白日昏。"唐常建《塞下曲》："龙斗雌雄势已分，山崩鬼哭恨将军。"

鬼母哭 guǐ mǔ kū
【分类】政治
【关键词】汉高祖
【释义】传说刘邦未发迹时，曾夜行斩一挡道白蛇，有人见斩蛇处有一老妪哭泣，自称其子白帝子被赤帝子杀死。后遂用为斩蛇之典，亦可为咏剑的典故。东汉班彪《王命论》："始起沛泽，则神母夜号，以彰赤帝之符。"
【例句】唐李贺《春坊正字…》："提出西方白帝惊，嗷嗷鬼母秋郊哭。"元刘基《上云乐》："仓颉制文字，鬼母夜哭声哀哀。"明宋云龙《宝剑篇送…》："有时飞电出西方，白帝魂销鬼母哭。"明余翔《高帝斩蛇剑》："拔剑长驱万里心，蛇分鬼母哭空林。"

鬼笑穷 guǐ xiào qióng
【分类】生活
【关键词】刘伯龙
【释义】咏士人贫困、生计窘迫之典。《南史·刘伯龙》："刘伯龙…贫穷尤甚。常在家慨然，召左右将营十一之方，忽见一鬼在傍抚掌大笑。伯龙叹曰：'贫穷固有命，乃复为鬼所笑。'遂止。"
【例句】宋陆游《碌碌》："安贫无鬼笑，守道有天知。"宋陆游《书幸》："破屋颓垣鬼笑穷，暗中调护赖天公。"宋曹彦约《师绎题宦…》："任性天怜老，贪闲鬼笑穷。"

鬼雄 guǐ xióng
【分类】政治
【关键词】屈原
【释义】也称雄鬼，鬼中之雄杰，用以誉为国捐躯者。《九歌·国殇》："身既死兮神以灵，魂魄毅兮为鬼雄。"王逸注："言国殇既死之后，精神强壮，魂魄武毅，长为百鬼之雄杰也。"
【例句】宋刘敞《哀三良诗》："存为百夫防，逝为万鬼雄。"宋李清照《夏日绝句》："生当作人杰，死亦为鬼雄。"宋陆游《书愤》："壮心未与年俱老，死去犹能作鬼雄。"聂绀弩《访丘东平…》："才三十岁真雄鬼，无敌七连也霸才。"

鬼揶揄 guǐ yé yú
【分类】政治
【关键词】罗友
【释义】仕途不如意之典。《世说新语·任诞》："襄阳罗友有大韵。"南朝梁刘孝标注引《晋阳秋》："友字他仁…后同府人有得郡者，温为席起别，友至尤晚。问之，友答曰：'民性饮道嗜味，昨奉教旨，为是首且出门，于中路逢一鬼，大见揶揄，云：我只见人送人作郡，何以不见人送汝

作郡？'民始怖终惭，回还以解，不觉成淹缓之罪。'温虽笑其滑稽，而心颇惭焉。后以为襄阳太守。"
【例句】唐罗隐《钟陵见杨…》："赖得与君同此醉，醒来愁被鬼揶揄。"唐骆宾王《春日离长…》："揶揄惭路鬼，憔悴切波臣。"唐白居易《东南行一…》："时遭人指点，数被鬼揶揄。"唐李绅《趋翰苑遭…》："未平人睚眦，谁俱鬼揶揄。"唐徐夤《咏怀》："道在或期君梦想，贫来争奈鬼揶揄。"

鬼夜哭 guǐ yè kū
【分类】文化
【关键词】淮南子
【释义】比喻伟大的创举能感动鬼神。源见"仓颉造字"。
【例句】宋苏轼《次韵孔毅…》："诗人雕刻闲草木，搜抉肝肾神应哭。"宋王十朋《次韵韶美…》："异书照神藜，奇字哭妖鬼。"宋陆文圭《壬申冬晦…》："苍颉制字传羲皇，鬼神夜哭殊仓黄。"聂绀弩《题黄黑妮…》："错教佛物栩栩仙，风雨忽来鬼夜哭。"

鬼一车 guǐ yī chē
【分类】生态
【关键词】周易
【释义】喻指什么也没有。《周易·睽》："上九，睽孤见豕负涂，载鬼一车，先张之弧，后说之弧。匪寇，婚媾。往遇雨则吉。"三国魏王弼注："见鬼盈车，吁可怪也…贵于遇雨，和阴阳也，阴阳既和，群疑亡也。"宋朱熹注："见豕负涂，见其污也。载鬼一车，以无为有也。"
【例句】宋孔平仲《二十八宿…》："载鬼一车疑已捐，人欲折柳送公船。"宋李流谦《忆乐季和》："安有鬼一车，蕴疑在目前。"明张萱《李念劬观…》："载鬼一车逢二憾，负涂群豕竞三尸。"聂绀弩《钟三四清归》："忙中腹烂诗千首，战后人俘鬼一车。"

鬼质 guǐ zhì
【分类】政治
【关键词】卢杞
【释义】指形质丑恶者。《新唐书·卢杞》："卢杞字子良…有口才，体陋甚，鬼貌蓝色，不耻恶衣菲食，人未悟其情，咸谓有祖风节。"
【例句】宋朱翌《颜鲁公画像》："结刿续体弩中丞，鬼质何为苦见嗔。"宋刘克庄《相法》："姑射仙风肌似雪，卢郎鬼质面如蓝。"宋周麟之《破虏凯歌》："何ыми图形到九埤，岂容鬼质近神奎。"宋范成大《采菱户》："采菱辛苦似天刑，刺手朱殷鬼质青。"

簋簠 guǐ fǔ
【分类】政治
【关键词】礼记
【释义】簋与簠，盛黍稷的祭器，借指礼仪。《礼记·乐记》："簠簋俎豆，制度文章，礼之器也。"
【例句】宋梅尧臣《送刘郎中…》："功利欲及民，血食宜簠簋。"宋吴则礼《田不伐玉…》："常临罍洗荐清庙，获迩天

球亲笾簠。"宋史浩《祭祀篇》:"馨香出釜甑,滋味登笾簠。"宋陈与行《句》:"椒兰平酒酌,笾簠散香箕。"

贵妃捧砚 guì fēi pěng yàn
【分类】文化
【关键词】李白
【释义】咏李白贵宠之典。《摭遗》:"李白失意游华山,过县,宰方开门决事,白乘醉跨驴过门,宰怒…曰:'曾龙巾拭吐,御手调羹,贵妃授砚,力士抹靴,天子殿前,尚容走马,华阴县里,不得我骑驴?'宰惊起,揖曰:'不知翰林至此。'"
【例句】宋林景熙《杨妃菊》:"亦是前身曾捧砚,品题因得入诗瓢。"宋度正《昨蒙谓卿…》:"脱靴辱权幸,捧砚夸宠妃。"明解缙《采石吊李…》:"贵妃捧砚恬不怪,力士脱靴惭复羞。"明王叔承《采石矶吊…》:"幸臣脱靴紫貂耻,贵妃捧砚青娥怜。"

贵妃醉脸 guì fēi zuì liǎn
【分类】生活
【关键词】李正封
【释义】咏贵妃醉态姣美之典,也喻牡丹。源见"国色天香"。
【例句】宋李清照《咏白菊》:"也不似贵妃醉脸,也不似孙寿愁眉。"宋张方平《两浙张兵…》:"写题更愧诗情浅,折带应宜醉脸红。"宋强至《闻无愧夜…》:"烛边醉脸拟融酥,盏畔歌喉欲贯珠。"宋苏轼《堂后白牡丹》:"城西千叶岂不好,笑舞春风醉脸丹。"

贵相知心 guì xiāng zhī xīn
【分类】生活
【关键词】李陵
【释义】咏好友知心之典。汉李陵《答苏武书》:"嗟呼子卿,人之相知,贵相知心。"李陵(字少卿)与苏武(字子卿)为至交好友。
【例句】唐韦庄《钟陵夜阑作》:"流落天涯谁见问,少卿应识子卿心。"宋李彭《有怀张㯰…》:"谁能领斯妙,士贵相知心。"宋胡如埙《答大年马…》:"吾侪异市道,所贵相知心。"明于慎行《杂诗》:"结交宁在广,所贵相知心。"

桂馆求仙 guì guǎn qiú xiān
【分类】政治
【关键词】汉武帝
【释义】汉武帝十分迷信神仙之术,特为仙人下凡建楼,有桂馆、飞廉等。后遂用为帝王求仙下凡之典。《汉书·郊祀志下》:"于是上令长安则作飞廉、桂馆,甘泉则作益寿、延寿馆,使卿持节设具而候神人。"
【例句】唐杜甫《覆舟》:"竹宫时望拜,桂馆或求仙。"宋任随《汉武》:"殊庭深恨隔仙曹,桂馆蕋廉事竟劳。"宋姜特立《西湖夜天》:"洞天别是一蓬瀛,桂馆时时吹玉笙。"元李隼《汉宫春望》:"桂馆兰宫锁翠苔,九重春色望中回。"

桂魄 guì pò
【分类】文化
【关键词】月亮
【释义】亦称桂轮,指月。源见"月桂"。
【例句】唐王涯《秋夜曲》:"桂魄初生秋露微,轻罗已薄未更衣。"唐武元衡《奉酬淮南…》:"江长梅笛怨,天远桂轮孤。"唐李涉《秋夜题夷…》:"凝碧初高海气秋,桂轮斜落到江楼。"唐方干《月》:"桂轮秋半出东方,巢鹊惊飞夜未央。"唐李商隐《对雪》:"侵夜可能争桂魄,忍寒应欲试梅妆。"唐罗邺《冬日旅怀》:"乌焰才沈桂魄生,霜阶拥褐暂吟行。"

桂影 guì yǐng
【分类】文化
【关键词】月亮
【释义】指月影,月光。源见"月桂"。
【例句】唐骆宾王《秋月》:"裛露珠晖冷,凌霜桂影寒。"唐胡曾《自岭下泛…》:"旦游萧帝新松寺,夜宿嫦娥桂影潭。"唐不详《青萝帐女…》:"桂影已圆攀折后,子孙长作栋梁材。"唐皮日休《褚家林亭》:"萧疏桂影移茶具,狼籍苹花上钓筒。"

桂玉之地 guì yù zhī dì
【分类】政治
【关键词】苏秦
【释义】指京师,喻昂贵的柴米或宝贵地域。源见"食玉炊桂"。
【例句】唐李群玉《金塘路中》:"冰霜想度商于冻,桂玉愁居帝里贫。"唐薛逢《长安夜雨》:"心关桂玉天难晓,运落风波梦亦惊。"唐罗邺《东归》:"都缘桂玉无门住,不算山川去路非。"唐林宽《苦雨》:"尺薪功比桂,寸粒价高琼。"

桂子 guì zǐ
【分类】文化
【关键词】柳永
【释义】指桂花。唐宋之问《灵隐寺》:"桂子月中落,天香云外飘。"
【例句】唐栖白《哭刘得仁》:"直须桂子落坟上,生得一枝冤始消。"唐方干《因话天台…》:"藕花飘落前岩去,桂子流从别洞来。"唐戎昱《中秋夜登…》:"初惊桂子从天落,稍误芦花带雪平。"唐白居易《寄韬光禅师》:"遥想吾师行道处,天香桂子落纷纷。"

桂子飘香 guì zǐ piāo xiāng
【分类】生活
【关键词】桂花
【释义】形容桂花散发的香气,借喻仲秋时节。《本事诗·微异》:"之问愕然,讶其遒丽。又续终篇曰:'桂子月中落,天香云外飘…'"《岁时广记·拾桂子》:"《南部新书》:'杭州灵隐山多桂,寺僧云月中种也,至今中秋夜,往往子坠，寺僧亦尝拾得。'"
【例句】宋虞俦《有怀汉老…》："芙蓉泣露坡头见，桂子飘香月下闻。"宋董嗣杲《秋凉怀归》："槐花缀粉粘苔砌，桂子飘香入草堂。"明王绅《送周大庆…》："清秋桂子飘香日，稳步蟾宫待子先。"明欧大任《送谢进士…》："杏花拂盖燕城晓，桂子飘香海国秋。"

桂楫 guì jí
【分类】文化
【关键词】诗经
【释义】桂木作的船桨，借指舟船。《诗经·卫风·竹竿》："淇水浟浟，桧楫松舟。"
【例句】唐李颀《送东阳王…》："桧楫今何去，星郎出守时。"唐李煜《送邓王二…》："君驰桧楫情何极，我凭阑干日向西。"宋丁谓《松》："轻舟随桧楫，深涧映山苗。"宋钱惟济《送从进长…》："月露空濛迷桂楫，天香芬郁湿兰袍。"

鲧化黄熊 gǔn huà huáng xióng
【分类】政治
【关键词】尧
【释义】指臣子被处死或遭斥逐；或咏有关古代洪水事。《左传·昭公七年》："昔尧殛鲧于羽山，其神化为黄熊，以入于羽渊，实为夏郊，三代祀之。"释文："熊，音雄，兽名，亦作能，如字，一音奴。能，三足鳖也。"
【例句】唐韩愈《忆昨行…》："近者三奸皆破碎，羽窟无底幽黄能。"宋苏轼《用旧韵送…》："初囚羽渊愧，尽返湘江魂。"宋张耒《逐蛇》："下民既病夸帝弗康，黄熊幽殛兮羽山阳。"明杨慎《禹碑歌》："黄熊三足变鲧服，白狐九尾歌庞裖。"

鲧死羽山 gǔn sǐ yǔ shān
【分类】政治
【关键词】尧
【释义】法办罪人之典。源见"鲧化黄熊"。
【例句】唐韩愈《永贞行》："膺图受禅登明堂，共流幽州鲧死羽。"唐韩愈《嘲鼾睡》："黄河弄濆薄，梗涩连拙揪。"唐元稹《遭风》："历阳旧曾为鳖，鲧穴相传有化能。"宋李复《鲧庙》："治水弗绩鲧当殛，逃入羽渊为黄能。"

衮衣绣裳 gǔn yī xiù cháng
【分类】政治
【关键词】周公旦
【释义】画有卷龙的上衣和绣有花纹的下裳，形容衣着华丽奢华，借指显官。《诗经·豳风·九罭》："我觏之子，衮衣绣裳。"宋朱熹集传："之子，指周公也。"
【例句】宋曾公许《述九颂》："归来兮何时，绣裳兮衮衣。"宋范纯仁《和张坊州》："褒言如衮绣，雅意戒鹓梁。"宋陆佃《依韵和孙…》："衮衣绣裳毕竟是，祇是即今髭鬓改。"宋洪咨夔《罗浮高寿…》："雪山不隔跸犷聪，衮衣绣裳遄归东。"

衮职有阙 gǔn zhí yǒu quē
【分类】政治
【关键词】诗经
【释义】表示天子职责有亏损。衮是古代帝王穿的一种绣有龙纹的礼服。衮职：帝王的职责。阙：通"缺"，缺点，错误。《诗经·大雅·烝民》："衮职有阙，维仲山甫补之。"
【例句】宋邓林《瓮茧吟》："衮职岂无阙，终当补虞裳。"宋贺铸《送周寿元…》："方今百废举，衮职补何阙。"宋邓林《瓮茧吟》："衮职岂无阙，终当补虞裳。"明黄佐《庚子二月…》："衮职云无阙，徒闻上谏章。"

郭丹约关 guō dān yuē guān
【分类】政治
【关键词】郭丹
【释义】咏大志之典。《后汉书·郭丹列传》："后从师长安，买符入函谷关，乃慨然叹曰：'丹不乘使者车，终不出关'…征为谏议大夫，持节使归南阳，安集受降。丹自去家十有二年，果乘高车出关，如其志焉。"
【例句】唐岑参《函谷关歌》："故人方乘使者车，吾知郭丹却不如。"明王恭《送人度分…》："君今欲度归何日，应使行人羡郭丹。"明萧端蒙《送香山郭…》："海郡惊仇览，乡闾壮郭丹。"明欧大任《喜郭侍御…》："赐召旋于放逐余，郭丹风采更谁如。"

郭巨将坑 guō jù jiāng kēng
【分类】政治
【关键词】郭巨
【释义】咏孝行之典。《搜神记》："郭巨…独与母居客舍，夫妇佣赁以给公养。居有顷，妻产男，巨念举儿妨事亲，一也；老人得食，喜分儿孙，减馔，二也；乃于野凿地，欲埋儿，得石盖，下有黄金一釜，中有丹书，曰：'孝子郭巨，黄金一釜，以用赐汝。'于是名振天下。"
【例句】宋白玉蟾《灵竹寺》："只闻郭巨曾埋子，岂得曾参亦杀人。"宋李觏《惜鸡诗》："埋子得黄金，迩来唯郭巨。"明于谦《孝义县怀古》："郭巨墓荒春草合，比干台古野烟生。"明阎调鼎《唶冯孝子歌》："奈何非孝者，郭巨反见訾。"

郭况金穴 guō kuàng jīn xué
【分类】政治
【关键词】郭况
【释义】喻豪富之家。《后汉书·光武郭皇后纪》："二十年，中山王辅复徙封沛王，后为沛太后。况迁大鸿胪。帝数幸其第，会公卿诸侯亲家饮燕，赏赐金钱缣帛，丰盛莫比，京师号况家为金穴。"
【例句】唐杜牧《华清宫…》："雨露偏金穴，乾坤人醉乡。"唐孟浩然《宴荣二山池》："甲第开金穴，荣期乐自多。"宋杨亿《明德皇太…》："外戚黄金穴，深宫大练衣。"宋赵佶《宫词》："雨露不偏金穴贵，六宫春晓念关雎。"

郭郎 guō láng
【分类】生活
【关键词】郭郎
【释义】本指戏剧行当中的丑角,后亦指木偶。《乐府杂录·傀儡子》:"后乐家翻为戏,其引歌舞有郭郎者,髪正秃,善优笑,闾里呼为郭郎,凡戏场必在俳儿之首也。"
【例句】唐王梵志《诗并序》:"造化成为我,如人弄郭郎。"宋杨亿《傀儡》:"鲍老当筵笑郭郎,笑他舞袖太郎当。"宋王迈《赠不净和尚》:"学道参禅空自忙,郭郎鲍老各郎当。"宋刘克庄《无题》:"郭郎线断事都休,卸了衣冠返沐猴。"

郭璞游仙 guō pú yóu xiān
【分类】文化
【关键词】郭璞
【释义】晋郭璞著有《游仙诗》,得到唐李善的好评。后遂用为咏游仙之典。晋郭璞《游仙诗》唐李善注:"凡游仙之篇,皆所以滓秽尘网,锱铢缨绂,餐霞倒景,饵玉玄都。而璞之制,文多自叙,虽志狭中区,而辞无俗累。见非前识,良有以哉!"
【例句】唐刘禹锡《韩十八侍…》:"郭璞验幽经,罗含著前纪。"唐钱起《登覆釜山…》:"郭璞赋游仙,始愿今可就。"明薛蕙《药室咏》:"招隐刘安赋,游仙郭璞诗。"明佘翔《襄山迟郭…》:"不见游仙来郭璞,缁衣何处负青山。"

郭钦上书 guō qīn shàng shū
【分类】政治
【关键词】郭钦
【释义】忠臣献策之典。《晋书·匈奴传》:"泰始七年,单于猛叛…渐为边患。侍御史西河郭钦上疏曰:'戎狄强犷,历古为患。宜及平关之威…渐徙平阳、弘农、魏郡、京兆、上党杂胡,峻四夷出入之防,明先王荒服之制,万世之长策也。'"
【例句】唐杜甫《暮秋枉裴…》:"郭钦上书见大计,刘毅答诏惊群臣。"唐周昙《郭钦》:"谁疑忠谏郭钦言,不逐戎夷出塞垣。"明陈履《送张希夔…》:"为问秦中多俊彦,只今谁并郭钦名。"明黄毓祺《咏史》:"偃卧不出户,蒋诩暨郭钦。"

郭舍人 guō shě rén
【分类】生活
【关键词】汉武帝
【释义】咏有专长技艺者之典。《西京杂记》:"武帝时,郭舍人善投壶,以竹为矢,不用棘也。古之投壶,取中而不求还,故实小豆于中,恶其矢跃而出也。郭舍人则激矢令还,一矢百余反,谓之为骁。言如博之击枭于掌中,为骁杰也。每为武帝投壶,辄赐金帛。"
【例句】唐杜甫《能画》:"能画毛延寿,投壶郭舍人。"宋郑清之《家园即事》:"休儒饱愧东方朔,妪母呼回郭舍人。"明祝允明《樱桃白头翁》:"柏梁台上刘郎老,断送因他郭舍人。"明张元凯《赠翟生》:"彻侯争致严夫子,中贵偏寻郭舍人。"

郭索 guō suǒ
【分类】文化
【关键词】蟹
【释义】螃蟹爬行貌,亦指蟹爬行时的声音,借指蟹。《太玄·锐》:"蟹之郭索,心不一也。"
【例句】唐陆龟蒙《酬袭美见…》:"自是扬雄知郭索,且非何胤敢饾饤。"宋林通《句》:"草泥行郭索,云木叫钩辀。"宋黄庭坚《又借答送…》:"草泥本自行郭索,玉人为开桃李颜。"宋毛友《康判官寄…》:"沙头郭索众横行,岂料身归五鼎烹。"

郭泰碑铭 guō tài bēi míng
【分类】文化
【关键词】郭泰
【释义】喻内容真实、感情真挚的墓碑文。《后汉书·郭泰传》:"(郭泰卒)四方之士千余人皆来会葬。同志者乃共刻石立碑,蔡邕为其文,既而谓涿郡卢植曰:'吾为碑铭多矣,皆有惭德,唯郭有道无愧色耳。'"
【例句】唐李商隐《哭遂州萧…》:"登舟惭郭泰,解榻愧陈蕃。"唐罗隐《围城偶作》:"自从郭泰碑铭后,只见黄金不见人。"宋余靖《送苏祠部…》:"江淹赋笔虽伤别,郭泰归舟只恐仙。"宋黄庭坚《孙不愚索…》:"范丹出后尘生釜,郭泰归来雨垫巾。"

郭隗台 guō wěi tái
【分类】政治
【关键词】燕昭王
【释义】指招良纳贤之处。源见"黄金台"。
【例句】唐卢照邻《送幽州陈…》:"郭隗池台处,昭王尊酒前。"唐罗隐《县斋秋晚…》:"千枝白露陶渊明柳,百尺黄金郭隗台。"唐徐寅《草》:"燕昭没后多卿士,千载流芳郭隗台。"五代贯休《陈情献蜀…》:"自惭林薮龙钟者,亦得亲登郭隗台。"

郭隗尊 guō wěi zūn
【分类】政治
【关键词】燕昭王
【释义】咏招贤良之士的典故。《战国策·燕策》:"郭隗先生曰:'今王诚欲致士,先从隗始;隗且见事,况贤于隗者乎?岂远千里哉?'于是昭王为隗筑宫而师之。乐毅自魏往,邹衍自齐往,剧辛自赵往,士争凑燕。"
【例句】唐宋璟《奉和御制…》:"郭隗惭无骏,冯谖愧有鱼。"唐李白《行路难》:"君不见昔时燕家重郭隗,拥篲折节无嫌猜。"唐秦系《山中枉皇…》:"卧多共息嵇康病,才劣虚同郭隗尊。"五代吴仁璧《投谢钱武肃》:"东门上相好知音,数尽台前郭隗金。"

郭熙画山 guō xī huà shān
【分类】生活

【关键词】郭熙
【释义】咏绘画之典。《画鉴》："郭熙，河阳人。师李成，善得烟云出没、峰峦显隐之态。尝论画山曰：'春山淡冶而如笑，夏山苍翠而如滴，秋山明净而如妆，冬山惨淡而如睡。'观其议论，可以知其画也。"
【例句】宋王正己《天开图画亭》："向来神秀造化钟，李成郭熙将无同。"宋苏轼《郭熙画秋…》："玉堂昼掩春日闲，中有郭熙画春山。"宋王之道《追和东坡…》："我家山水擅平远，未向郭熙见秋晚。"宋吴则礼《贯道惠其…》："李成既死作者谁，元丰以来惟郭熙。"

郭细侯　guō xì hóu
【分类】政治
【关键词】郭伋
【释义】借指有政绩受欢迎的地方良吏。源见"竹马交迎"。
【例句】唐司空曙《送卢彻之…》："翩翩羽骑双双后，上客亲随郭细侯。"唐羊士谔《游郭驸马…》："马嘶芳草自淹留，别馆何人属细侯。"唐刘禹锡《奉送浙西…》："郡人重得黄丞相，童子争迎郭细侯。"唐薛涛《和郭员外…》："细侯风韵兼前事，不止为舟也作霖。"

郭相　guō xiàng
【分类】政治
【关键词】郭子仪
【释义】指郭子仪，安史之乱时任朔方节度使，率军勤王，收复河北、河东，拜兵部尚书。公元757年，收复西京长安、东都洛阳，以功加司徒，封代国公。《新唐书·郭子仪传》："十四载，安禄山反，诏子仪为卫尉卿、灵武郡太守，充朔方节度使，率本军东讨。"
【例句】唐杜甫《洗兵马》："成王功大心转小，郭相谋深古来少。"五代贯休《读玄宗幸…》："始忆张丞相，全师郭子仪。"宋王禹偁《太师中书…》："朝廷年德刘仁轨，终始功名郭子仪。"宋李光《予得罪南…》："追攀重见蔡明远，赎罪难逢郭子仪。"

郭有道碑　guō yǒu dào bēi
【分类】文化
【关键词】郭泰
【释义】东汉蔡邕撰并书。碑文见《文选》，碑石已失，有谓为外人盗去。郭泰字林宗，人称有道先生，后世称郭有道。源见"郭泰碑铭"。
【例句】唐李白《赠郭季鹰》："河东郭有道，于世若浮云。"宋王十朋《杜殿院挽词》："贤哉郭有道，无愧蔡邕碑。"宋虞俦《中书黄舍…》："平生郭有道，真不愧碑铭。"聂绀弩《真宅》："郭有道碑何处在，陈将军字满墙糊。"

郭最非雄　guō zuì fēi xióng
【分类】政治
【关键词】郭最
【释义】咏败将被俘之典。《左传·襄公二十一年》："齐庄公期，指殖绰、郭曰：'是寡人之雄也。'州绰曰：'君以为雄，谁敢不雄？然臣不敏，平阴之役，先二子鸣。'"晋杜预注："十八年，晋伐齐，及平阴。州绰获殖绰、郭最。故自比于鸡，斗胜而先鸣。"
【例句】唐李端《长安感事》："王陵固似戆，郭最遂非雄。"宋陈造《次韵程安…》："倏随主父死五鼎，岂止郭最遭寝皮。"

国宝　guó bǎo
【分类】政治
【关键词】左传
【释义】国家的宝器。《左传·成公二年》："自得其宝，我亦得地。"
【例句】唐沈佺期《哭苏眉州…》："国宝亡双杰，天才丧两贤。"唐张说《奉和圣制…》："山河非国宝，明主爱忠臣。"唐赵冬曦《陪张燕公…》："良臣乃国宝，麾守去承明。"宋吕陶《送刘仪甫…》："纯有英华为国宝，贵无雕琢是天真。"

国步艰难　guó bù jiān nán
【分类】政治
【关键词】诗经
【释义】谓国家处于困难危急之中。《诗经·大雅·桑柔》："於乎有哀，国步斯频。"
【例句】唐杜甫《送韦讽上…》："国步犹艰难，兵革未衰息。"唐杜牧《司分东都…》："顺美皇恩洽，扶颠国步宁。"唐郑谷《读前集》："风骚如线不胜悲，国步多艰即此时。"宋张孝祥《送谢梦得…》："国步艰难日，人间浩荡秋。"

国多狗　guó duō gǒu
【分类】政治
【关键词】左传
【释义】喻指阻挠政令施行、害国害民的奸邪之辈。《左传·哀公十二年》："国狗之瘈，无不噬也。而况大国乎？"晋杜预注："瘈，狂也。"
【例句】唐杜甫《大云寺赞…》："泱泱泥污人，听听国多狗。"明湛若水《赠吾廷介…》："启口恐吠声，听听国多狗。"明湛若水《寿杨石翁…》："众论正嚣嚣，国狗亦狺狺。"明何湛之《午日秦淮…》："江鱼之腹不可饱，国狗之啮何其雄。"

国钧　guó jūn
【分类】政治
【关键词】诗经
【释义】犹国柄，即国家权力。《诗经·小雅·节南山》："尹氏大师，维周之氏。秉国之均，四方是维。天子是毗，俾民不迷。"
【例句】唐李隆基《左丞相说…》："由来丞相重，分掌国之钧。"唐白居易《赠樊著作》："卒使不仁者，不得秉国钧。"唐白居易《去岁罢杭…》："为问三丞相，如何秉国钧。"宋欧阳修《晏元献公…》："上心方喜亲耆德，物论犹期秉国钧。"

国老 guó lǎo
【分类】政治
【关键词】礼记
【释义】指告老退职的卿大夫、士,也指掌教化的官,喻重臣。《礼记·王制》:"有虞氏养国老于上庠,养庶老于下庠。"唐孔颖达疏:"老熊氏云国老谓卿大夫安作者,庶老谓士也。"上庠:古代大学。下庠:古代小学。
【例句】唐卢纶《皇帝感词》:"禁花呈瑞色,国老见星精。"唐柳宗元《从崔中丞…》:"莳药闲庭延国老,开樽虚室值贤人。"唐张祜《读狄梁公传》:"上保储皇位,深然国老勋。"宋刘翰《上元小亭》:"靖康诏令文章种,桐邑公侯国老家。"

国色天香 guó sè tiān xiāng
【分类】生活
【关键词】李正封
【释义】喻牡丹,也形容女子容貌美丽。《松窗杂录》:"对曰:'臣尝闻公卿间多吟赏中书舍人李正封诗曰:天香夜染衣,国色朝酣酒。'上(文宗)闻之,嗟赏移时。杨妃方恃恩宠,上笑谓贤妃曰:'妆镜台前宜饮以一紫金盏酒,则正封之诗见矣。'"
【例句】唐白居易《山石榴花…》:"此时逢国色,何处觅天香。"宋范成大《与至先兄…》:"欲知国色天香句,须是倚栏烧烛看。"宋范仲淹《和葛闳寺…》:"国色晶明动韶景,天香旖旎飘芳尘。"宋邵雍《同王胜之…》:"雅知国色善移物,更著天香暗结人。"

国手 guó shǒu
【分类】生活
【关键词】裴说
【释义】精通某种技能(如医道、棋艺等)在所处时代达到国内该领域的最高水平。唐裴说《棋》:"人心无算处,国手有输时。"
【例句】唐白居易《醉赠刘二…》:"诗称国手徒为尔,命压人头不奈何。"唐齐己《寄欧阳侍郎》:"棋轻国手知难敌,诗是天才易酬。"宋潘阆《赠吴处士棋》:"昔日长饶国手先,如今多病卧林泉。"宋苏轼《循守临行…》:"趁着春衫游上苑,要求国手教新音。"

国香 guó xiāng
【分类】文化
【关键词】燕姞
【释义】指兰花或其他名花,亦借喻王侯公卿的后裔。源见"梦兰"。
【例句】唐宋之问《过史正议宅》:"国香兰已歇,里树橘犹新。"唐温庭筠《鸿胪寺有…》:"婵娟得神艳,郁烈闻国香。"唐来鹏《牡丹》:"中国名花异国香,花开得地更芬芳。"宋苏轼《再和杨公…》:"凭仗幽人收艾蒳,国香和雨入青苔。"

国桢 guó zhēn
【分类】政治
【关键词】任昉
【释义】《诗经》中有以桢(筑墙用的木柱)喻指栋梁之臣的诗句,后用作喻咏朝廷要员。南朝梁任昉《出郡传舍哭范仆射》:"平生礼数绝,式瞻在国桢。"唐李周翰注:"实为国家桢干。"
【例句】唐张说《岳州赠广…》:"亚相本时英,归来复国桢。"唐卢纶《雪谤后书…》:"盛德总群英,高标仰国桢。"唐刘禹锡《送李策秀…》:"曳绶司徒府,所以信国桢。"唐白居易《和渭北刘…》:"巨镇为邦屏,全材作国桢。"

国之利器 guó zhī lì qì
【分类】政治
【关键词】韩非子
【释义】指权势禁令之类。《韩非子·喻老》:"赏罚者,邦之利器也,在君则制臣,在臣则胜君。君见赏,臣则损之以为德;君见罚,臣则益之以为威。人君见赏而人臣用其势,人君见罚而人臣乘其威。故曰:'邦之利器不可以示人。'"
【例句】唐王昌龄《上侍御士兄》:"利器必先举,非贤安可任。"唐舒元舆《坊州按狱》:"自顾孱钝姿,利器非能操。"唐薛涛《酬祝十三…》:"诗家利器驰声久,何用春闱榜下看。"唐周昙《春秋战国门》:"诚哉利器全由用,可惜吹毛不得人。"

虢国夫人 guó guó fū rén
【分类】政治
【关键词】唐玄宗
【释义】唐杨贵妃姊,嫁裴氏,早寡,天宝七载(748年)封虢国夫人,得玄宗宠遇,穷奢极侈。十五载安禄山攻长安,随玄宗西走,至马嵬坡,贵妃被缢杀,她逃至陈仓自杀。《旧唐书·列传第一》:"太真姿质丰艳,善歌舞,通音律,智算过人…有姊三人…长曰大姨,封韩国;三姨,封虢国;八姨,封秦国。"
【例句】唐薛逢《开元后乐》:"邠王玉笛三更咽,虢国金车十里香。"唐元稹《连昌宫词》:"禄山宫里养作儿,虢国门前闹如市。"唐张祜《集灵台》:"虢国夫人承主恩,平明骑马入宫门。"聂绀弩《独木桥》:"虢国蛾眉浮翠带,小怜玉体失金铺。"

果下马 guǒ xià mǎ
【分类】文化
【关键词】马
【释义】因身材矮小,骑着它能穿行于果树下,因此得名。《汉书·霍光传》:"召皇太后御小马车,使官奴骑乘,游戏披庭中。"三国魏张晏注:"皇太后所驾游宫中辇车也。汉厩有果下马,高三尺,以驾辇。"
【例句】唐李贺《马诗》:"吾闻果下马,羁策任蛮儿。"宋梅尧臣《拣花》:"金鞍结束果下马,低枝不碍无阑遮。"宋朱明之《羁旅呈王…》:"游无果下马,坐乏囊中金。"宋司马光《宿南园》:"虽有果下马,款段非渥洼。"

裹饭 guǒ fàn
【分类】生活
【关键词】子桑
【释义】谓包裹着饭食送人解饿。源见"子桑寒饥"。
【例句】唐韩愈《赠崔立之》:"寒裳触泥水,裹饭往食之。"唐陈裕《过旧居》:"昔日颜回宅,今为裹饭家。"宋苏舜元《悲二子联句》:"既无裹饭交,疾走继粗粝。"宋王安石《张明甫主…》:"何时复能还,裹饭冶城侧。"

过都历块 guò dū lì kuài
【分类】政治
【关键词】王褒
【释义】汉王褒《圣主得贤臣颂》:"过都越国,蹶(疾行)如历块。"言骏马越过都城如同跨越土块一样,用以形容行动迅捷。
【例句】唐杜甫《戏为六绝句》:"龙文虎脊皆君驭,历块过都见尔曹。"唐杜甫《瘦马行》:"当时历块误一蹶,委弃非汝能周防。"宋杨万里《和萧判官东府韵寄之》:"尚策爬沙追历块,未甘直作水中凫。"宋陆佃《易守建业…》:"得郡免营三釜粟,过都容捋万年筋。"宋李复《按视沙苑》:"过都历块汗流血,朝刷幽并暮楚越。"

过江誓水 guò jiāng shì shuǐ
【分类】政治
【关键词】祖逖
【释义】形容立志平叛复国的决心。《晋书·祖逖传》:"帝乃以逖为奋威将军…仍将本流徙部曲百余家渡江,中流击楫而誓曰:'祖逖不能清中原而复济者,有如大江!'辞色壮烈,众皆慨叹。"
【例句】唐李白《南奔书怀》:"过江誓流水,志在清中原。"宋王十朋《和韩答张…》:"壮怀誓白水,愤气干青冥。"宋陆游《示儿》:"前年还东时,指心誓江水。"宋释元肇《送杜守》:"名垂岘首山能重,誓指江流水自知。"

过秦 guò qín
【分类】政治
【关键词】贾谊
【释义】指秦王朝的过失。汉贾谊《过秦论》唐李善注:"《汉书》应劭曰:'贾谊书第一篇名也,言秦之过。'"
【例句】唐张九龄《和黄门卢…》:"一闻过秦论,载怀空杼轴。"唐孟郊《寄崔纯亮》:"时读过秦篇,为君涕滂沱。"唐罗隐《酬寄右司》:"闲摘丽藻嫌秋兴,静猎遗编笑过秦。"唐韩偓《八月六日作》:"袁安坠睫寻忧汉,贾谊濡毫但过秦。"

H

虾蟆 há ma
【分类】文化
【关键词】淮南子
【释义】即蛤蟆,指月中蟾蜍,喻月亮。《淮南子·说林训》:"月照天下,蚀于詹诸。"汉高诱注:"詹诸,月中蛤蟆,食月,故曰'食于詹诸'。"
【例句】唐杜甫《月》:"魍魉移深树,虾蟆动半轮。"唐贾岛《寄令狐绹…》:"不妨圆魄里,人亦指虾蟆。"唐岑参《晦日陪侍…》:"月带虾蟆冷,霜随獬豸寒。"唐张籍《游襄阳山寺》:"薜荔侵禅窟,虾蟆占浴池。"

海陵仓 hǎi líng cāng
【分类】政治
【关键词】枚乘
【释义】汉吴王濞所建仓库名,在江苏省姜堰区东面的海陵,亦泛指国家府库。《汉书·枚乘传》:"转粟西乡,陆行不绝,水行满河,不如海陵之仓。"晋臣瓒曰:"海陵,县名也。有吴大仓。"
【例句】唐宋之问《送姚侍御…》:"帝忧河朔郡,南发海陵仓。"唐刘长卿《送营田判…》:"幸论开济力,已实海陵仓。"唐张继《酬李书记…》:"量空海陵粟,赐乏水衡钱。"宋刘攽《寄胡完夫》:"海陵仓粟年丰熟,吾亦惭为饱暖家。"

海鸟悲钟鼓 hǎi niǎo bēi zhōng gǔ
【分类】政治
【关键词】庄子
【释义】比喻身不由己,受到拘束,不堪于官宦生活。《庄子·至乐》:"昔者海鸟止于鲁郊,鲁侯御而觞之于庙,奏九韶以为乐,具太牢以为膳。鸟乃眩视而悲,不敢食一脔,不敢饮一杯,三日而死。此以己养养鸟也,非以鸟养养鸟也。"
【例句】唐白居易《驯犀感为…》:"海鸟不知钟鼓乐,池鱼空结江湖心。"唐李商隐《赠送前刘》:"海鸟悲钟鼓,狙公畏服裘。"唐罗隐《村桥》:"莫学鲁人疑海鸟,须知庄叟恶牺牛。"元赵汸《次韵答王…》:"钟鼓有人迎海鸟,江湖无地著沙鸥。"

海若 hǎi ruò
【分类】文化
【关键词】海若
【释义】传说中的海神。《楚辞补注·远游》:"使湘灵鼓瑟兮,令海若舞冯夷。"汉王逸注:"海若,海神名也。"
【例句】唐李颀《杂兴》:"波惊海若潜幽石,龙抱胡髯卧黑泉。"唐孙逖《江行有怀》："昼行疑海若,夕梦识江妃。"唐段成式《河出荣光》："冯夷矜海若,汉武贵宣房。"宋陈赓《游龙祠》："雷公电母踏烟雾,天吴海若驱鼍鼋。"

海市蜃楼 hǎi shì shèn lóu
【分类】生态
【关键词】史记
【释义】一种因光学折射形成的奇异景象,古人误认为是蜃吐气而成,多比喻虚幻的事物。《史记·天官书》："海旁蜃气象楼台,广野气成宫阙然。"蜃即蛤蜊。
【例句】唐苏味道《咏雾》："乍似含龙剑,还疑映蜃楼。"唐杜甫《第五弟⋯》："影著啼猿树,魂飘结蜃楼。"宋梅尧臣《送朱司封⋯》："海市有时望,屋空虚生。"宋黄庭坚《清心院双⋯》："人无物度桥疑海市,楼台拍水信蓬壶。"宋洪刍《次山谷韵》："海市楼台涌金碧,木落牖户明江湖。"宋胡寅《题朝阳阁》："浑疑海蜃喷珠宫,复讶楼船塞绣帘。"

海水不可量 hǎi shuǐ bù kě liáng
【分类】生活
【关键词】淮南子
【释义】比喻不可根据某人的现状就低估他的未来。《淮南子·泰族训》："江海不可斗斛。"斛:中国旧量器名,亦是容量单位,一斛本为十斗,后来改为五斗。
【例句】唐李群玉《雨夜呈长官》："请量东海水,看取浅深愁。"宋释祖钦《偈颂》："海水不可量,虚空不可尺度。"明董纪《纪梦》："麻姑相约看扶桑,海水如可斗量。"聂绀弩《北大荒歌》："人力真无限,海水不可量。"

海棠春睡 hǎi táng chūn shuì
【分类】生活
【关键词】杨贵妃
【释义】咏海棠之典,或比喻娇美的女子。《杨太真外传》："上皇登沉香亭,诏太真妃子。妃子时卯醉未醒,命力士从侍儿扶掖而至。妃子醉颜残妆,鬓乱钗横,不能再拜。上皇笑曰:'岂是妃子醉,真海棠睡未足耳。'"
【例句】宋黄公度《次韵宋永⋯》："金钗困懒海棠睡,玉斝淋漓琥珀浓。"宋苏轼《海棠》："只恐夜深花睡去,故烧高烛照红妆。"宋石孝友《踏莎行》："绿柔红小不禁风,海棠无力贪春睡。"宋韩淲《次仲至》："空对海棠春睡足,数枝红湿露溥溥。"

海棠无香 hǎi táng wú xiāng
【分类】文化
【关键词】海棠
【释义】咏海棠之典。《宋人轶事汇编·范讽石延年杜默彭几》:"(彭渊材)乃曰:'一恨鲥鱼多骨,第二恨金橘太酸,第三恨莼菜性冷,第四恨海棠无香,第五恨曾子固不能作诗。'闻者大笑。"
【例句】宋王十朋《海棠》:"雨中如有恨,疑是为无香。"宋顾禧《海棠秋》:"瑶枝重整临秋水,蓼蒲历历羞无香。"宋陆游《海棠》:"讥弹更到无香处,常恨人言太刻深。"宋喻良能《再用前韵⋯》:"新诗迥出南丰右,不是无香似海棠。"

海屋筹添 hǎi wū chóu tiān
【分类】生活
【关键词】东坡志林
【释义】原指长寿,后为祝寿之词。《东坡志林·三老语》:"尝有三老人相遇,或问之年——一曰:'海水变桑田时,吾辄下一筹,尔来吾筹已满十闲屋。'"
【例句】明刘崧《登王氏承⋯》:"但期天河远抱石,不记海屋曾添筹。"明孙蕡戍《辽渡海》:"灵筌降夕通仙语,海屋添筹纪岁闲。"明李昌祺《周孟瑄六⋯》:"看教弱水十回浅,海屋方把筹重添。"明曹义《贺陈都宪⋯》:"霞觞满劝麻姑酒,寿算频添海屋筹。"

海晏河清 hǎi yàn hé qīng
【分类】政治
【关键词】郑锡
【释义】沧海平静,黄河水清,形容天下太平。唐郑锡《日中有王字赋》:"当是时也,河清海晏,时和岁丰,车书混合,华夷会同。"
【例句】唐顾况《八月五日歌》:"率土普天无不乐,河清海晏穷寥廓。"唐吕岩《七言》:"河清海晏乾坤净,世共安居道德中。"唐薛逢《九日曲池⋯》:"正当海晏河清日,便是修文偃武时。"唐翁洮《赠进士王雄》:"河清海晏少波涛,几载垂钩不得鳌。"

海沂咏 hǎi yí yǒng
【分类】政治
【关键词】王祥
【释义】称美别驾政绩之典。《晋书·王祥传》:"王祥,字休征⋯览劝之,为具车牛,祥乃启召,(吕)虔委以州事。于时寇盗充斥,祥率励兵士,频讨破之。州界清静,政化大行。时人歌之曰:'海沂之康,实赖王祥。邦国不空,别驾之功。'"
【例句】唐钱起《送任先生⋯》:"衣摧莲女织,颂听海人词。"唐皇甫冉《送荣别驾⋯》:"还将海沂咏,籍甚汉公卿。"宋司马光《送王郡官》:"优游仲举坐,洋溢海沂谣。"宋孔平仲《送吴全甫⋯》:"海沂歌舞待王祥,喜得淮南一道堂。"宋陈棣《郑倅生辰》:"万口争歌王海沂,悬榻已题陈仲举。"

骇鸡宝 hǎi jī bǎo
【分类】文化
【关键词】抱朴子
【释义】犀牛角的别称。古人认为通天犀可以使鸡惊骇。《抱朴子·登涉》:"又通天犀角有一赤理如缒,有自本彻末,以角盛米置群鸡中,鸡欲啄之,未至数寸,即惊却退。故商人或名通天犀为骇鸡犀。"
【例句】唐元稹《酬东川李⋯》:"因持骇鸡宝,一照浊水昏。"唐白居易《醉后走笔⋯》:"唯有沉犀屈未伸,握中自有骇鸡珍。"唐欧阳詹《智达上人…》：""星辉月耀莫之逾，骇鸡照乘徒称殊。"宋刘筠《无题》：""更看山远惟凝黛，纵许犀灵祗骇鸡。"

邯郸道　hán dān dào
【分类】生活
【关键词】卢生
【释义】比喻求取功名的道路，也指虚幻之路。源见"邯郸梦"。
【例句】唐杜甫《柳司马至》："设备邯郸道，和亲逻些城。"唐岑参《送郭乂杂言》："朝歌城边柳掸地，邯郸道上花扑人。"唐李德裕《秋日登郡…》："北指邯郸道，应无归去期。"宋梅尧臣《送阎中孚…》："箫管梁王台，风雪邯郸道。"

邯郸故步　hán dān gù bù
【分类】政治
【关键词】庄子
【释义】谓因袭守旧，不求创新。源见"邯郸学步"。
【例句】宋晁补之《送欧诚发》："自古江山胜尘土，无穷故步爱邯郸。"宋苏过《归途次日…》："却返邯郸寻故步，儿童童态觉卑喧。"宋赵蕃《连日昏雾…》："胡不返故步，无为学邯郸。"聂绀弩《挽包于轨》："我思闻道耳偏聋，君以邯郸故步封。"

邯郸鸠　hán dān jiū
【分类】政治
【关键词】列子
【释义】咏放生之典。《列子·说符》："邯郸之民以正月之旦献鸠于简子，简子大悦，厚赏之。客问其故。简子曰：'正旦放生，示有恩也。'"
【例句】唐柳宗元《放鹧鸪词》："齐王不忍觳觫牛，简子亦放邯郸鸠。"明蒋主孝《宴金粟公…》："竹隐邯郸鸠，庭舞青田鹤。"

邯郸梦　hán dān mèng
【分类】生活
【关键词】卢生
【释义】亦称黄粱梦、邯郸枕，喻虚幻之事，或指奢望的破灭。唐《枕中记》载：唐开元间青年卢生在邯郸官道上遇一道士。道士送他一只枕头。卢生枕后睡去，梦见他与崔氏女联姻，考中进士，升任节度使。后被谗入狱。后皇上赦免他的死罪，流放边地。数年后，皇上又起用他为相，直到晚年。此时醒来，店主人蒸的黄粱饭还没熟。
【例句】唐郑良士《游九鲤湖》："我来不乞邯郸梦，取醉聊乘郑国风。"宋方岳《次韵招য়…》："往持邯郸枕，分此一睡美。"宋赵抃《和前人见寄》："应将往事闲追忆，疑是邯郸梦枕中。"宋王安石《中年》："中年许国邯郸梦，晚岁还家圹垠游。"

邯郸虱　hán dān shī
【分类】政治
【关键词】韩非子
【释义】比喻形势危急。《韩非子·内储说》："应侯谓秦王曰：'王得宛叶、蓝田、阳夏，断河内，困梁郑，所以未王者，赵未服也。弛上党在一而已，以临东阳，则邯郸口中虱也。'"旧注："以守上党之兵临东阳，则邯郸危如口中虱也。"
【例句】唐温庭筠《过华清宫…》："不料邯郸虱，俄成即墨牛。"清姚燮《冬日月湖…》："与公处褌中，譬诸邯郸虱。"清胡延《左将军歌》："无端骤长邯郸虱，败盟毁约思蚕食。"

邯郸学步　hán dān xué bù
【分类】政治
【关键词】庄子
【释义】指学习方法不当，不仅未学到新技能，反而失去了原有技能。《庄子·秋水》："且子独不闻夫寿陵余子之学行于邯郸与？未得国能，又失其故行矣，直匍匐而归耳。"唐成玄英疏："寿陵，燕之邑；邯郸，赵之都。弱龄未壮，谓之余子。赵都之地，其俗能行，故燕国少年远来学步。"
【例句】唐李白《古风…》："寿陵失本步，笑杀邯郸人。"宋释重显《往复无间》："邯郸学步笑傍观，岂知凶祸逐其后。"宋宋祁《感怀》："久许横经陪阙里，更忧举步学邯郸。"宋欧阳修《镇阳读书》："有类邯郸步，两失皆茫茫。"宋李之仪《次韵君俞》："端能不学邯郸步，正可同尝沆瀣杯。"

含哺鼓腹　hán bǔ gǔ fù
【分类】生活
【关键词】庄子
【释义】口含食物，饱食盈腹，形容人过着安乐的生活。《庄子·马蹄》："夫赫胥氏之时，民居不知所为，行不知所之，含哺而熙，鼓腹而游，民能以此矣。"
【例句】唐岑参《南溪别业》："逍遥自得意，鼓腹醉中游。"唐顾况《闲居怀旧》："日长鼓腹爱吾庐，洗竹浇花兴有余。"宋范钟《荆门州》："含哺鼓腹欢以讴，俯仰凶壤夫何求。"元末贡性之《百马图》："只今四海罢征战，含哺鼓腹歌升平。"

含睇　hán dì
【分类】生活
【关键词】楚辞
【释义】指含情而视。《楚辞补注·九歌·山鬼》："既含睇兮又宜笑，子慕予兮善窈窕。"汉王逸注："睇，微眄貌也。言山鬼之状，体含妙姿，美目盼然，又好口齿，而宜笑也。"
【例句】宋汪莘《水调歌头》："山鬼正含睇，慕我欲何如。"宋晁补之《和东坡先…》："山阿若有人含睇，望里不到霜烟昏。"明陈谟《题吕仲善…》："寻香逐艳何从来，含睇凝情如欲语。"明释函是《咏木兰花》："赤体凌霜寒彻骨，多情含睇暗怜春。"

含沙射影　hán shā shè yǐng
【分类】政治

【关键词】搜神记

【释义】比喻暗中诽谤中伤。《搜神记》："汉光武帝中平中，有物处于江水，其名曰'蜮'，一曰'短狐'，能含沙射人。所中者则身体筋急，头痛，发热，剧者至死。"

【例句】唐宋之问《早发韶州》："触影含沙怒，逢人女草摇。"唐白居易《读史》："含沙射人影，虽病人不知。"宋黄庭坚《演雅》："天蝼伏隙录人语，射工含沙须影过。"宋苏过《闻郭太尉…》："支天所坏仍鸱张，含沙射影出复藏。"

含沙蜮 hán shā yù

【分类】政治

【关键词】搜神记

【释义】泛指害人的毒虫或鬼物，亦借指暗中作祟伺机害人的阴险小人。源见"含沙射影"。

【例句】唐白居易《寄元九》："山无杀草霜，水有含沙蜮。"宋陈著《又次韵帅…》："世机毒甚含沙蜮，民命危于减水鱼。"元王瓒《送聂梅轩…》："照水山鸡晴吐绶，潜江天蜮夜含沙。"明张时彻《留郎曲》："哀猿叫月不可闻，妖蜮含沙讵知数。"

含香 hán xiāng

【分类】政治

【关键词】尚书郎

【释义】喻指侍奉君王，借指朝官。《汉官仪》："尚书郎奏事明光殿，省中皆胡粉涂壁，其边以丹漆地，故曰丹墀。尚书郎含鸡舌香，伏其下奏事。"鸡舌香：即丁香。

【例句】唐卢照邻《哭金部韦…》："金曹初受拜，玉地始含香。"唐王勃《采莲赋附歌》："何当婀娜花实移，为君含香藻凤池。"唐王维《重酬苑郎中》："何幸含香奉至尊，多惭未报主人恩。"唐杨巨源《同太常尉…》："此地含香从白首，冯唐何事怨明时。"

含饴弄孙 hán yí nòng sūn

【分类】生活

【关键词】东观汉记

【释义】意为含着糖浆逗弄孙儿，形容老年人的闲适生活。《东观汉记·明德马皇后》："穣岁之后，惟予之志，吾但当含饴弄孙，不能复知政事。"饴：麦芽糖。

【例句】宋卫泾《寿成惠圣…》："含饴供乐事，戏彩ован重孙。"宋石介《赴任嘉州》："慈母含饴垂秃发，先生怀道接茅庐。"宋吴颐《酥花韵》："近比含饴知有味，不须嚼蕊自闻香。"宋葛胜仲《道祖见和…》："时危花柳自村村，未害含饴仍弄孙。"

含章 hán zhāng

【分类】文化

【关键词】易经

【释义】指包含美质。《易经·坤》："六三，含章可贞。"唐孔颖达疏："章，美也。"《三国志·管宁传》："含章素质，冰絜渊清。"

【例句】唐褚亮《赋得蜀都》："连骑簪缨满，含章词赋新。"唐骆宾王《伤祝阿王…》："含章光后烈，继武嗣前雄。"唐储光羲《贻衰三拾…》："珥笔朝文陛，含章讽紫宸。"宋元绛《早梅》："多情欲著红妆面，故上含章白玉台。"

韩白 hán bái

【分类】政治

【关键词】抱朴子

【释义】古代名将汉韩信和秦白起的并称，以善用兵著称。《抱朴子·君道》："韩白毕力以折衡，萧曹竭能以经国。"

【例句】唐罗隐《钱尚父生日》："伊夔事业扶千载，韩白机谋冠九州。"唐贯休《少监》："偏爱曾颜终必及，或如韩白亦无妨。"宋周紫芝《洗马行…》："庙堂伊吕自有策，不与韩白齐功名。"宋刘过《呈陈总领》："黔黎殷忧痛无策，愿得空中降韩白。"

韩碑 hán bēi

【分类】政治

【关键词】韩愈

【释义】指唐代韩愈撰写的《平淮西碑》。《旧唐书·韩愈列传》："淮、蔡平，十二月随度还朝，以功授刑部侍郎，仍诏愈撰平淮西碑，其辞多叙裴度事。"

【例句】宋汪藻《灵惠公庙》："偃王遗种班班在，好乞韩碑记邈绵。"宋项安世《次前韵答…》："世擅文章从魏氏，家传仁义见韩碑。"宋文天祥《挽萧帅机…》："韩碑照原草，含笑有斯文。"宋刘克庄《送丁元晖…》："鲍井聊供饮，韩碑待拭苔。"

韩昌拜节 hán chāng bài jié

【分类】政治

【关键词】韩昌

【释义】指结好塞外少数民族之事。《汉书·匈奴传下》："（韩）昌、猛即与为盟约曰：'自今以来，汉与匈奴合为一家，世世毋得相诈相攻。'"

【例句】唐胡皓《大漠行》："韩昌拜节偏知送，郑吉驱旌坐见迎。"清胡凤丹《游洪山八…》："古寺荒凉经浩劫，雄城高筑胜韩昌。"

韩昌黎 hán chāng lí

【分类】文化

【关键词】韩愈

【释义】韩愈为昌黎人，世称韩昌黎，"唐宋八大家"之首，元丰元年，追封昌黎伯。《旧唐书·韩愈列传》："韩愈字退之，昌黎人。"

【例句】唐杜牧《游盘谷》："友人韩昌黎，文章惊世俗。"宋方岳《古人行》："昌黎老韩手笔大，光范三书看渠破。"宋王十朋《小小园纳凉》："平生愿学昌黎伯，宰相三书独不能。"宋王迈《谢陈尉宏…》："何时揩拭眵昏眼，待看昌黎玉洁文。"

韩娥 hán é

【分类】文化

【关键词】韩娥
【释义】泛指善歌艺人,亦借指歌妓。源见"绕梁三日"。
【例句】唐贯休《酷吏词》:"韩娥唱一曲,锦段鲜照屋。"唐于濆《里中女》:"徒惜越娃貌,亦蕴韩娥音。"唐崔涂《声》:"韩娥绝唱唐衢哭,尽是人间第一声。"宋刘跂《次韵智夫…》:"为问尊前醉阿谁,韩娥应嘖缕金衣。"

韩非孤愤 hán fēi gū fèn
【分类】政治
【关键词】韩非
【释义】韩非子,战国末期杰出的思想家。《史记·韩非列传》:"非见韩之削弱,数以书谏韩王,韩王不能用…故作《孤愤》、《五蠹》、《内外储》、《说林》、《说难》十余万言。"以表孤独和愤懑之情。
【例句】唐杜甫《寄岳州贾…》:"贾笔论孤愤,严诗赋几篇。"唐罗隐《秋日怀贾…》:"长缨惭贾谊,孤愤忆韩非。"宋沈与求《次韵次律…》:"剩叹飞腾怜杜老,过为孤愤陋韩非。"宋宋祁《衰感》:"长吟病庄舄,孤愤老韩非。"

韩干 hán gàn
【分类】生活
【关键词】韩干
【释义】唐代杰出画家,师曹霸,工人物,尤擅画鞍马,得骨肉停匀之法。唐杜甫《画马赞》:"韩干画马,笔端有神,骅骝老大,腰袅清新。"
【例句】唐杜甫《丹青引赠…》:"弟子韩干早入室,亦能画马穷殊相。"唐顾况《露青竹杖歌》:"陈闳韩干丹青妍,欲貌未貌眼欲穿。"唐顾云《苏君厅观…》:"直言弟子韩干马,画马无骨但有肉。"宋苏轼《韩干马十…》:"韩生画马真是马,苏子作诗如见画。"

韩侯蔌 hán hòu sù
【分类】文化
【关键词】诗经
【释义】指竹和蒲蒻。《诗经·大雅·韩奕》:"韩侯出祖,出宿于屠。显父饯之,清酒百壶。其殽维何?炰鳖鲜鱼。其蔌维何?维笋及蒲。"毛传:"蔌,菜殽也。笋,竹也。蒲,蒲蒻也。"
【例句】宋王安石《招约之职…》:"满门陶令株,弥岸韩侯蔌。"

韩家五鬼 hán jiā wǔ guǐ
【分类】生活
【关键词】韩愈
【释义】咏厄运、困境的典故。唐韩愈《送穷文》:"穷鬼有五,其名曰:智穷、学穷、文穷、命穷、交穷。凡此五鬼,为吾五患,饥我寒我,兴讹造讪。"
【例句】宋晁说之《病中谢张…》:"药有一君元长厚,病教五鬼逞狂知。"宋范成大《题漫斋壁》:"三彭已罢庚申守,五鬼从教乙丑归。"刘克庄《三和友人…》:"悬知五鬼为渠祟,不晓三彭有底仇。"宋陆游《闲中乐事》:"五穷虽偃

塞,二竖已奔亡。"

韩康卖药 hán kāng mài yào
【分类】生活
【关键词】韩康
【释义】咏神医良药之典;也指说话算数,说一不二;或泛指隐逸高士、采药卖药者。《后汉书·韩康传》:"韩康,字伯休,家世姓姓。常采药名山,卖于长安市,口不二价,三十余年。时有女子从康买药,康守价不移,女子怒曰:'公是韩伯休耶,乃不二价乎?'"
【例句】唐李颀《答高三十…》:"韩康虽复在人间,王霸终思隐岩窦。"唐白居易《酬梦得贫…》:"病添庄舄吟声苦,贫欠韩康药债多。"宋李之仪《李府君挽词》:"卖药韩康伯,著书河上公。"聂绀弩《以拙集…》:"鬼谷先生立我前,乡人卖药兔开言。"

韩彭 hán péng
【分类】政治
【关键词】韩信彭越
【释义】韩信,彭越,二人都是汉高祖手下功臣,一封齐王,一封梁王,又都被诛杀。后遂用为咏良将之典。汉李陵《答苏武书》:"昔萧樊囚絷,韩彭葅醢。"
【例句】唐杜光庭《赠将军》:"未会汉家青史上,韩彭何处有功劳。"唐高骈《写怀》:"却恨韩彭兴汉室,功成不向五湖游。"五代贯休《送郑使君》:"天资刘邵龚黄笔,神助韩彭卫霍才。"五代徐钧《周勃》:"若使当时逢吕后,诛夷又是一韩彭。"

韩凭 hán píng
【分类】生活
【关键词】韩凭
【释义】也作韩朋,比喻男女相爱、生死不渝者,借指鸳鸯。源见"青陵台"。
【例句】唐王初《即夕》:"月明休近相思树,恐有韩凭一处栖。"唐邵谓《金谷园怀古》:"不学韩侯妇,衔冤报宋王。"唐罗虬《比红儿诗》:"可中得似红儿貌,若遇韩朋好杀伊。"宋丁谓《蝶》:"韩凭飞处妒,庄叟梦时疑。"

韩擒虎 hán qín hǔ
【分类】政治
【关键词】韩擒虎
【释义】隋朝名将,生俘陈后主陈叔宝。《隋书·韩擒虎列传》:"任蛮奴为贺若弼所败,弃军降于擒,擒以精骑五百,直入朱雀门。陈人欲战,蛮奴撝之曰:'老夫尚降,诸君何事!'众皆散走。遂平金陵,执陈主宝宝。"
【例句】唐杜牧《台城曲》:"门外韩擒虎,楼头张丽华。"唐王贞白《赠刘台处士》:"兵机不让韩擒虎,笑癖微方陆士龙。"宋苏轼《虢国夫人…》:"当时亦笑张丽华,不知门外韩擒虎。"宋方岳《泊龙湾》:"筹边事付韩擒虎,种树书传郭橐驼。"

韩檠 hán qíng
【分类】生活
【关键词】韩愈
【释义】指儒生寒夜点灯苦读。唐韩愈《短灯檠歌》："长檠八尺空自长，短檠二尺便且光……此时提携当案前，看书到晓那能眠。"檠：灯架。
【例句】宋岳珂《经进百韵诗》："衣裘供羿射，灯火近韩檠。"宋林希逸《送三文书…》："秋赋屡曾飞祢墨，夜寒未肯舍韩檠。"宋杨公远《雨后》："韩檠擢用因书荐，班扇投闲被雨妨。"金李俊民《和新秋》："可见韩檠灯下志，且怜班扇箧中情。"

韩山石 hán shān shí
【分类】政治
【关键词】高欢
【释义】借指记述战功的碑石。《北史·齐高祖神武帝纪》载：北魏高欢于普泰二年败尔朱兆于韩陵山，在此建定国寺旌功，命温子昇作《韩陵山寺碑》以记其事。
【例句】宋静山《摸鱼儿》："为他一片韩山石，直到红云天尺五。"明郭贞顺《上指挥俞…》："愿续壶民歌太平，磨崖勒尽韩山石。"明胡俨《遣兴》："庾信何须赋萧瑟，韩山片石亦堪夸。"明吴与弼《闲中偶述》："支颐窗下一沈吟，人间几片韩山石。"

韩寿偷香 hán shòu tōu xiāng
【分类】生活
【关键词】韩寿
【释义】喻男女偷情，指女子爱悦男子。《世说新语·惑溺》载：晋贾充掾韩寿美姿容，贾充女在门帘后窥见而悦之，两人私通。将家中所藏珍贵异香送给他。不久，贾充发现此事，"乃取女左右婢考问，即以状对。充秘之，以女妻寿。"
【例句】唐乔知之《倡女行》："昨宵绮帐迎韩寿，今朝罗袖引潘郎。"唐刘禹锡《泰娘歌》："秦家镜有前时结，韩寿香销故箧衣。"唐杨巨源《独不见》："香传贾娘手，粉离何郎面。"聂绀弩《放牛》："水镜偷香唇就吻，烟波祝酒沼为卮。"

韩王剑 hán wáng jiàn
【分类】政治
【关键词】苏秦
【释义】自强不屈之典。《史记·苏秦列传》："（苏秦）于是说韩宣王曰：'夫以大王之贤，挟强韩之兵，而有牛后之名，臣窃为大王羞之。'于是韩王勃然作色，攘臂瞋目，按剑仰天太息曰：'寡人虽不肖，必不能事秦！'"
【例句】唐骆宾王《夏日游德…》："凄断韩王剑，生死翟公罗。"唐骆宾王《夏日游德…》："罗悲翟公意，剑负韩王气。"

韩文公 hán wén gōng
【分类】文化

【关键词】韩愈
【释义】指唐代文学家韩愈，唐代古文运动的倡导者，"唐宋八大家"之首。《旧唐书·韩愈列传》："韩愈字退之……长庆四年十二月卒，时年五十七，赠礼部尚书，谥曰文。"
【例句】宋魏野《寄赠蓝田…》："韩文公记存厅壁，王右丞居对县衙。"宋徐侨《韩退之蓝…》："自唐及今袭讹舛，文公有神应点嗤。"宋辛弃疾《周氏敬荣…》："长歌滴仙李，茂记文公韩。"宋陈师道《拱翠亭》："便有文公来作记，尚须吾辈与题诗。"

韩五 hán wǔ
【分类】政治
【关键词】韩世忠
【释义】韩世忠，南宋中兴四将之一。《四朝名臣言行别录》："韩世忠：'家贫无生业，嗜酒豪纵，不拘绳检，人呼为泼韩五。'"
【例句】宋刘克庄《贺新郎》："未必人间无好汉，谁与宽些尺度。试看取、当年韩五。"清郑珍《与赵仲渔…》："司直擎拳冯两撮，韩五李三亦异旨。"

韩嫣金丸 hán yān jīn wán
【分类】生活
【关键词】汉武帝
【释义】喻指富贵子弟挥金如土。《西京杂记》："韩嫣好弹，常以金为丸。所失者日有十余。长安为之语曰：'苦饥寒，逐金丸。'京师儿童每闻嫣出弹，辄随之，望丸之所落，辄拾焉。"韩嫣为汉武帝的宠幸佞臣。
【例句】唐杜牧《长安杂题…》："韩嫣金丸莎覆绿，许公鞴汗杏黏红。"唐骆宾王《畴昔篇》："且知无玉馔，谁肯逐金丸。"唐皮日休《早春у橘…》："不为韩嫣金丸重，直是周王玉果圆。"宋欧阳修《寄枣人行》："甘辛楚国赤萍实，磊落韩嫣黄金丸。"

韩岳张刘 hán yuè zhāng liú
【分类】政治
【关键词】韩世忠
【释义】咏中兴四将之典。《臞轩集·乙未间七月轮对第一札》："往者中兴之初，张俊、岳飞、刘光世、韩世忠皆善将兵，惟不相能，遂误大计。"
【例句】宋陈人杰《沁园春》："怅书生浪说，皇王帝霸，功名已属，韩岳张刘。"宋陆游《感事》："堂堂韩岳两骁将，驾驭可使复中原。"宋彭秋宇《边事》："安得扶持今社稷，重来韩岳数英雄。"明何允泓《读岳忠武传》："傅张不得终经制，韩岳何劳更枕戈。"

韩众 hán zhòng
【分类】文化
【关键词】韩众
【释义】古代传说中的仙人。《楚辞·远游》："奇傅说之托辰星兮，羡韩众之得一。"汉王逸注："众，一作终。"宋洪兴祖补注引《列仙传》："齐人韩终，为王采药，王不肯服，终自服之，遂得仙也。"
【例句】唐李白《古风》："唯应清都境，长与韩众亲。"唐李白《至陵阳山…》："韩众骑白鹿，西往华山中。"宋陈造《赠送行六子》："缅思六客同献酬，如挹韩众追浮丘。"宋朱熹《伏承示及…》："回头叫安期，举手邀韩终。"明顾璘《岭傍深溪…》："欲访韩终求石髓，洞门深锁一溪霞。"

韩子卢 hán zǐ lú
【分类】文化
【关键词】战国策
【释义】战国时韩国良犬，色墨，泛指良犬。《战国策·齐策》："韩子卢者，天下之疾犬也。东郭逡者，海内之狡兔也。韩子卢逐东郭逡，环山者三，腾山者五，兔极于前，犬废于后；犬兔俱罢，各死其处。田父见之，无劳倦之苦而擅其功。今齐、魏久相持，以顿其兵，弊其众，臣恐强秦大楚承其后，有田父之功。"
【例句】唐胡曾《霸陵》："原头日落雪边云，犹放卢逐兔群。"宋李至《桃花犬歌…》："鹊拳空击或未仆，继嗾韩卢追以咋。"宋王迈《猎者》："焚网毁弩矢，放鹰逐韩卢。"宋张耒《赠天启友弟》："搏捷仍放韩卢狂，麋鹿日暮随登堂。"宋苏籀《咸阳县令…》："韩卢前奔宋鹊举，角逐海内如驱羊。"

寒蝉 hán chán
【分类】政治
【关键词】礼记
【释义】秋蝉，像秋天的蝉，冷得直打寒战，比喻不敢说话。《礼记·月令》："凉风至，白露降，寒蝉鸣。"《后汉书·杜密》："而知善不荐，闻恶无言，隐情惜己，自同寒蝉，此罪人也。"
【例句】唐王昌龄《山中别庞十》："幽娟松筱径，月出寒蝉鸣。"唐李白《代秋情》："寒蝉聒梧桐，日夕长鸣悲。"唐白居易《酬牛相公…》："碧树未摇落，寒蝉始悲鸣。"宋卫宗武《和戚秋涧…》："肯羡鸣春为候鸟，自甘饮露作寒蝉。"

寒风子 hán fēng zǐ
【分类】政治
【关键词】寒风氏
【释义】咏辨识人才之典。《吕氏春秋·观表》："古之善相马者，寒风氏相口齿，麻朝相颊，子女厉相目，卫忌相髭，许鄙相髁，投伐褐相胸胁，管青相䐃䐃，陈悲相股脚，秦牙相前，赞君相后。"
【例句】唐李白《天马歌》："不逢寒风子，谁采逸景孙。"

寒谷 hán gǔ
【分类】政治
【关键词】邹衍
【释义】相传为邹衍吹律生黍的地方，常用以自比为对别人提携奖掖的谢词。源见"邹衍吹律"。
【例句】唐李白《经离乱后…》："暖气变寒谷，炎烟生死灰。"唐孟郊《献汉南樊》："自公理斯郡，寒谷皆变春。"唐武元衡《中春亭雪…》："广庭飞雪对愁人，寒谷由来不悟春。"唐刘禹锡《罢郡归洛…》："颖微囊未出，寒甚谷难吹。"

寒乞 hán qǐ
【分类】生活
【关键词】宋书
【释义】寒天乞食，比喻贫寒。《宋书·明恭王皇后传》："外舍家寒乞，今共为笑乐，何独不视。"
【例句】宋释德洪《题清富堂》："买山归隐真寒乞，借竹为轩落笑中。"宋陆游《周洪道招…》："向向妻孥夸至夕，书生寒乞定难医。"宋叶适《超然堂》："宅舍空荒转颓漏，驺仆蓝缕常寒乞。"聂绀弩《悠然五十八》："尊相何寒乞，寿章也预支。"

寒泉秋菊 hán quán qiū jú
【分类】文化
【关键词】苏轼
【释义】咏圣洁、高雅之典。宋苏轼《书林逋诗后》："不然配食水仙王，一盏寒泉荐秋菊。"
【例句】宋刘才邵《游西湖天…》："寒泉秋菊水仙堂，华竟无人荐晚香。"宋陈起《汪起潜谢…》："未赓疏影暗香句，且继寒泉秋菊篇。"宋释慧空《和支提秀…》："安得从之游，寒泉荐秋菊。"宋史弥宁《吊和靖》："只有寒泉欠秋菊，一杯聊复荐梅花。"

寒儒 hán rú
【分类】政治
【关键词】欧阳修
【释义】指贫寒的读书人。宋欧阳修《读书》："吾生本寒儒，老尚把书卷。"
【例句】宋李琪《赈荒到天…》："驰驱徒步仰民饥，似我寒儒负笈时。"宋张及《赠杜提升》："家本樊川老蜀都，世家冠剑岂寒儒。"宋王谌《次岳尚书韵》："和篇聊博先生笑，应笑寒儒太瘦生。"宋韦骧《和雪》："光借寒儒牖，威消贵冑门。"

寒食禁烟 hán shí jìn yān
【分类】生活
【关键词】寒食
【释义】寒食：节令名，在农历清明前一或二天。寒食禁烟指寒食节那天禁止生火煮食，只吃冷食。《荆楚岁时记》："去冬节一百五日，即有疾风甚雨，谓之寒食，禁火三日，造饧大麦粥。"
【例句】唐张仁宝《题芭蕉叶上》："寒食家家尽禁烟，野棠风坠小花钿。"唐杜甫《小寒食舟…》："佳辰强饮食犹寒，隐几萧条带鹖冠。"唐元稹《寒食日》："今年寒食好风流，此日一家同出游。"宋薛季宣《复和仲蟠》："寒食禁烟春已半，佳人倾国态悬殊。"

寒英 hán yīng
【分类】文化

【关键词】梅花雪花

【释义】寒天的花,指梅花、雪花、菊花。唐柳宗元《早梅》:"寒英坐销落,何用慰远客。"

【例句】唐李山甫《刘员外寄…》:"烟含细叶交加емы,露拆寒英次第黄。"宋范仲淹《依韵和提…》:"昨宵天意骤回复,繁阴一布飘寒英。"宋毛滂《新酒熟奉…》:"不妨力饮荐寒英,只忧秋老金肤涩。"宋葛胜仲《菁山梅花…》:"山头云物冻吴天,几树寒英唤我前。"

寒玉 hán yù

【分类】文化

【关键词】李贺

【释义】玉质寒冷,比喻清冷雅洁的东西(水、月、竹等)或人的容貌清俊。唐李贺《江南弄》:"吴歈越吟未终曲,江上团团帖寒玉。"

【例句】唐张果《题登真洞》:"风摇翠筱敲寒玉,水激丹砂走素鳞。"唐韦应物《五弦行》:"古刀幽磐初相触,千珠贯断落寒玉。"唐白居易《苦热中寄…》:"藤床铺晚雪,角枕截寒玉。"唐李群玉《引水行》:"一条寒玉走秋泉,引出深萝洞口烟。"

罕言命 hǎn yán mìng

【分类】政治

【关键词】孔子

【释义】很少谈论天命,喻天命不可违。《论语·子罕》:"子罕言利,与命与仁。"

【例句】唐皎然《答郑方回》:"庄生诚近名,夫子罕言命。"唐鲍溶《秋思》:"吾师罕言命,感激潜伤思。"宋宋祁《南斋》:"孔书罕言命,庄意暗同人。"明何瑭《赠星士》:"杏坛寂寂罕言命,沧海茫茫空问津。"

汉皋解佩 hàn gāo jiě pèi

【分类】生活

【关键词】郑交甫

【释义】谓男女相爱,赠物传情。《列仙传》:"江妃二女者,不知何所人也。出游于江汉之湄,逢郑交甫。见而悦之,不知其神人也。谓其仆曰:'我欲下,请其佩。'遂手解佩与交甫。交甫悦爱而怀之中当心,趋去数十步,视佩,空怀无佩。顾二女,忽然不见。"皋:水边高地。

【例句】唐张九龄《杂诗》:"汉水访游女,解佩欲谁与。"唐白居易《代书诗一…》:"心摇汉皋佩,泪堕岘亭碑。"唐王勃《采莲归》:"不惜南津交佩解,还羞北海雁书迟。"宋赵鼎臣《七月朔集…》:"解佩时时梦汉滨,不将喜事报交亲。"

汉皋游女 hàn gāo yóu nǚ

【分类】生活

【关键词】郑交甫

【释义】相传周郑交甫游于汉皋台下,遇二游女,二女解珮相赠。源见"汉皋解佩"。

【例句】唐梁洽《观汉水》:"求思咏游女,投吊悲昭王。"唐白居易《代书诗一…》:"心摇汉皋佩,泪堕岘亭碑。"宋王禹偁《送夏侯正…》:"汉皋游女曾相识,应解鸣珰换佩鱼。"聂绀弩《望桥》:"游女汉皋遥指点,老人圯上互温存。"

汉宫题柱 hàn gōng tí zhù

【分类】政治

【关键词】田凤

【释义】喻指官员仪表出众受皇上褒扬。《三辅决录》:"长陵田凤,字季宗,为尚书郎,仪貌端正,入奉事,灵帝目送之,因题殿柱曰:'堂堂乎张,京兆田郎。'"

【例句】唐李颀《寄司勋卢…》:"秦地立春传太史,汉宫题柱忆仙郎。"唐颜真卿《登望栗桥…》:"更览诸公作,知高题柱名。"唐钱起《和王员外…》:"题柱盛名兼绝唱,风流谁继汉田郎。"唐杜甫《投赠哥舒…》:"壮节初题柱,生涯独转蓬。"

汉宫巫 hàn gōng wū

【分类】政治

【关键词】汉高祖

【释义】汉高祖刘邦在长安设祠祀宫,内置巫女多人,使其主祭祀之事。后用为咏祭祀之典。《汉书·郊祀志上》:"长安置祠祀官、女巫。其梁巫祠天、地、天社…晋巫祠五帝、东君…秦巫祠杜主…"

【例句】唐李商隐《圣女祠》:"肠回楚国梦,心断汉宫巫。"

汉家侧席 hàn jiā cè xí

【分类】政治

【关键词】汉章帝

【释义】帝王求贤之典。《后汉书·章帝纪》载:汉章帝曾下诏:"朕思迟直士,侧席异闻。"李贤注:"侧席,谓不正坐,所以待贤良也。"

【例句】唐崔涂《己亥岁感事》:"见说圣君能仄席,不知谁是请长缨。"唐钱起《送褚大落…》:"汉家侧席明扬久,岂意遗贤在林薮。"唐钱起《温泉宫礼见》:"顺风求至道,侧席问遗贤。"唐唐思言《和主司王起》:"时方侧席征贤急,况说歌谣近帝京。"

汉剑飞 hàn jiàn fēi

【分类】文化

【关键词】剑

【释义】咏剑,或咏贤才腾达之典,或喻贤者之死。《异苑》:"晋惠帝元康五年,武库火,烧汉高祖斩白蛇剑、孔子履、王莽头等三物。中书监张茂先惧难作,列兵陈卫,咸见此剑穿屋飞去,莫知所向。"

【例句】唐李贺《出城寄权…》:"自言汉剑当飞去,何事还车载病身。"唐卢纶《和王仓少…》:"剑飞终上汉,鹤梦不离云。"

汉节 hàn jié

【分类】政治

【关键词】苏武

【释义】汉天子所授予的符节,是国家的象征。或指持节的使者。《汉书·苏武传》："杖汉节牧羊，卧起操持，节旄尽落。"

【例句】唐李白《苏武》："苏武在匈奴，十年持汉节。"唐杜甫《去秋行》："遂州城中汉节在，遂州城外巴人稀。"唐李德裕《东郡怀古…》："就烹感汉使，握节悲阳秋。"唐温庭筠《赠蜀府将》："志气已曾明汉节，功名犹自滞吴钩。"

汉南春 hàn nán chūn

【分类】文化

【关键词】桓温

【释义】借指当年所植，现已长大的柳树。源见"汉南柳"。

【例句】唐孙逖《送魏骑曹…》："观风布明诏，更是汉南春。"唐徐凝《浙东故孟…》："不似当时大司马，重来得见汉南春。"唐唐彦谦《红叶》："树异桓宣武，园非顾辟疆。"宋郑樵《昭君怨》："故知关北夜，无分汉南春。"

汉南柳 hàn nán liǔ

【分类】生活

【关键词】桓温

【释义】也称桓公柳，为咏光阴迅速，年华易逝之典。《世说新语·言语》："桓公(桓温)北征，经金城，见前为琅邪时种柳皆已十围，慨然曰：'木犹如此，人何以堪！'攀枝执条，泫然流泪。"北周庾信《枯树赋》："桓大司马闻而叹曰：'昔年种柳，依依汉南；今看摇落，凄怆江潭。树犹如此，人何以堪！'"

【例句】宋黄庭坚《次韵道辅…》："儿时汉南柳，摇落伤岁暮。"宋程俱《戏示江协…》："邂逅记昔游，空嗟汉南柳。"元赵孟頫《次韵周公…》："却笑桓公言，凄然汉南柳。"明顾璘《马上见霜》："十月繁霜满原草，汉南柳枝犹自青。"

汉南应老 hàn nán yīng lǎo

【分类】生活

【关键词】桓温

【释义】感叹岁月易逝，不觉老之将至的典故。源见"汉南柳"。

【例句】唐杜甫《柳边》："汉南应老尽，霸上远愁人。"宋程俱《题蒋永仲…》："春江莽苍迷东西，汉南老柳参差垂。"元高启《题黄大痴…》："汉南已老司马树，岘首已仆羊公碑。"清沈德潜《赠胡鸣玉联》："汉南诗老犹存社，鲁国诸生半在门。"清钱载《百花洲燕…》："天上公归华烂，汉南树老露华流。"

汉求季布 hàn qiú jì bù

【分类】政治

【关键词】季布

【释义】追捕逃犯或负罪逃亡之典。《史记·季布列传》："季布者，楚人也。为气任侠，有名于楚。项籍使将兵，数窘汉王。及项羽灭，高祖购求布千金，敢有舍匿，罪及三族。"

【例句】唐李白《江上赠窦…》："汉求季布鲁朱家，楚逐伍胥去章华。"五代徐钧《季布》："一诺千金汉重臣，平生任侠

报何曾。"明屈大均《咏古》："季布多战功，数能窘汉王。"

汉上题襟 hàn shàng tí jīn

【分类】文化

【关键词】温庭筠

【释义】指文人以诗文唱和抒怀。宋王安石《奉酬约之见招》："子猷怜水竹，逸少惬山林。况复能招我，亲题汉上衿。"宋李壁注："唐段成式与温庭筠等唱和并往来书，目之为汉上题衿。大抵多闺闼中情昵事。"整理为《汉上题襟集》。

【例句】宋黄庭坚《喝火令》："昨夜灯前见，重题汉上襟。"宋艾性夫《张宛丘寄…》："要识关雎乐不淫，勿疑汉上有题衿。"明吴俨《和西涯先…》："画船曾泊旧城阴，彩笔亲题汉上襟。"

汉失中策 hàn shī zhōng cè

【分类】政治

【关键词】严尤

【释义】汉将严尤对讨伐匈奴曾向王莽提出看法：认为征而服之，是为上策…逐而慑之，是为中策…征而不服，遗患无穷，是为下策。《汉书·匈奴传下》："周得中策，汉得下策，秦无策焉。"

【例句】唐陈子昂《答韩使同…》："汉家失中策，胡马屡南驱。"唐李白《塞上曲》："大汉无中策，匈奴犯渭桥。"宋吕本中《明妃》："汉氏失中策，清边烽燧频。"明蔡可贤《楼颊》："却思大汉无中策，一曲胡笳倚戍楼。"

汉室赖图书 hàn shì lài tú shū

【分类】政治

【关键词】萧何

【释义】汉萧何极有远见，汉军攻入咸阳，他却搜集秦庭的图书资料，为汉朝统治提供了文牍资料典章的依据。后用为咏宰辅之才之典。《汉书·萧相国世家》："何独先入收秦丞相御史律令图书藏之。"

【例句】唐王维《故太子太…》："齐侯疏土宇，汉室赖图书。"唐张南史《宣城雪后…》："山水还鄢郡，图书入汉朝。"元杨载《次田师孟…》："李耳旧藏周典礼，萧何元得汉图书。"

汉威仪 hàn wēi yí

【分类】政治

【关键词】汉光武帝

【释义】咏朝廷威仪之典。《后汉书·光武帝纪上》："及见司隶僚属，皆欢喜不自胜。老吏或垂涕曰：'不图今日复见汉官威仪！'由是识者皆属心焉。"

【例句】唐张九龄《奉和圣制…》："霸迹在沛庭，旧仪睹汉官。"唐李白《赠张相镐》："庶同昆阳举，再睹汉仪新。"唐杜甫《狄明府》："太宗社稷一朝正，汉官威仪重昭洗。"唐皇甫曾《送汤中丞…》："已传尧雨露，更说汉威仪。"

汉文却马 hàn wén què mǎ

【分类】政治

【关键词】汉文帝

【释义】指汉文帝注重节俭,退还千里马,后用为皇帝提倡俭朴的典故。《汉书·贾捐之传》:"于是还马,与道里费,而下诏曰:'朕不受献也,其令四方毋求来献。'当此之时,逸游之乐绝,奇丽之赂塞,郑卫之倡微矣。"

【例句】唐白居易《八骏图》:"文帝却之不肯乘,千里马去汉道兴。"宋史浩《童丱须知》:"文帝却回千里马,项王独爱一名骓。"明朱诚泳《感寓》:"远方献名马,汉文乃深辞。"

汉文思贾傅　hàn wén sī jiǎ fù

【分类】政治

【关键词】贾谊

【释义】借指帝王思念贤士才臣。唐贯休《送吴融员外赴阙》:"汉文思贾傅,贾傅遂生还。"

【例句】宋晁公溯《师安抚生日》:"忧时惟贾傅,疾恶甚张纲。"宋傅察《送杜守口号》:"宣室异时思贾傅,蒲轮应召枚生。"宋卫泾《为乐提刑寿》:"闻道中宵思贾傅,江湖未可老鳣鲸。"宋许及之《送何正言…》:"只恐夜深思贾傅,长沙宁久驻招轩。"

汉文遗美　hàn wén yí měi

【分类】政治

【关键词】汉文帝

【释义】喻指汉文帝节俭之美德。源见"露台之产"。

【例句】唐白居易《德宗皇帝…》:"因山有遗诏,如葬汉文时。"唐司马扎《筑台》:"汉文有遗美,对此清飙生。"金王寂《庆州北山…》:"惭愧汉文遗治命,瓦棺深葬霸陵山。"明黎民表《粤台山怀古》:"汉文宽大诏,犹自感遗民。"

汉五陵　hàn wǔ líng

【分类】政治

【关键词】原涉

【释义】指汉代帝王所葬长陵、安陵、阳陵、茂陵、平陵,在长安、咸阳间。汉徒富豪于五陵之间,故五陵为富豪聚居之地。源见"五陵少年"。

【例句】唐李颀《望秦川》:"秋声万户竹,寒色五陵松。"唐李颀《送ագ治入…》:"柳色偏浓九华殿,莺声醉杀五陵儿。"唐杜甫《哀王孙》:"哀哉王孙慎勿疏,五陵佳气无时无。"唐白居易《琵琶行》:"五陵少年争缠头,一曲红绡不知数。"

汉武横汾　hàn wǔ héng fén

【分类】政治

【关键词】汉武帝

【释义】咏帝王泛舟巡游之典。《汉武故事》:"上幸河东,欣言中流,与群臣饮宴。顾视帝京,乃自作《秋风辞》曰:'泛楼船兮汾河,横中流兮扬素波。箫鼓吹,发棹歌,极乐欢兮哀情多!'"

【例句】唐宋之问《奉和晦日…》:"镐饮周文乐,汾歌汉武才。"唐李适《侍宴安乐…》:"贵主称觞万年寿,还疑汉武济汾游。"唐王维《大同殿柱…》:"欲笑周文歌宴镐,遥轻汉武乐横汾。"唐李忱《幸华严寺》:"今日追游何所似,莫惭汉武赏汾中。"

汉武射蛟　hàn wǔ shè jiāo

【分类】政治

【关键词】汉武帝

【释义】汉武帝在今枞阳县城西达观山之巅,曾射蛟江中。《汉书·武帝纪》:"登潜天柱山,自寻阳浮江,亲射蛟江中,获之。"

【例句】唐李白《永王东巡歌》:"祖龙浮海不成桥,汉武寻阳空射蛟。"唐杜甫《韦讽录事…》:"自从献宝朝河宗,无复射蛟江水中。"唐韦应物《汉武帝杂歌》:"何为临深亲射蛟,示威以夺诸侯魄。"宋杨杰《潜山行》:"汉武射蛟浮九江,舳舻千里来枞阳。"

汉阴灌　hàn yīn guàn

【分类】政治

【关键词】子贡

【释义】指汉阴丈人抱瓮灌畦之事,后用为退隐学道的典实。源见"抱瓮灌园"。

【例句】宋欧阳澈《秋日山居…》:"亲灌蔬畦慕汉阴,不辞抱瓮汲泉深。"宋文同《阅岁感事》:"安得汉阴归抱瓮,满园青甲灌新蔬。"宋刘敞《读庄子》:"汉阴灌园叟,抱瓮力难任。"宋韩淲《十二日灌园》:"蓬蕽之间见花竹,灌园休说汉阴人。"

汉阴机　hàn yīn jī

【分类】政治

【关键词】子贡

【释义】指汉阴丈人所斥笑的机心。源见"抱瓮灌园"。

【例句】唐陈子昂《题田洗马…》:"谁怜北陵客,未息汉阴机。"唐杜甫《登舟将适…》:"鹿门自此往,永息汉阴机。"宋杨亿《游王氏东园》:"万树未饶金谷富,百畦犹有汉阴机。"宋胡寅《和仲固春…》:"况是汉阴机事息,岂忧芳草翳嘉蔬。"

汉阴老　hàn yīn lǎo

【分类】政治

【关键词】子贡

【释义】即汉阴丈人,喻隐者。源见"抱瓮灌园"。

【例句】唐张九龄《与生公寻…》:"疑入武陵源,如逢汉阴老。"唐储光羲《过新丰道中》:"自愧无此容,归从汉阴老。"宋沈辽《水车》:"善彼汉阴老,忘怀抱纯朴。"宋李纲《水砬》:"方知抱瓮汉阴老,混沌何须是假倩。"

汉阴诮　hàn yīn qiào

【分类】政治

【关键词】子贡

【释义】指子贡过汉阴时受到一灌畦老人讥嘲的典实。源见"抱瓮灌园"。

【例句】唐奚贾《严陵滩下…》:"已息汉阴诮,且同濠上观。"

清弘历《鳌山联句》："机心漫拟汉阴消，凿窍还看混沌存。"

汉征东　hàn zhēng dōng
【分类】政治
【关键词】马超
【释义】借指屡建战功，不断升迁。《三国志·马超传》："后腾与韩遂不和，求还京畿。于是征为卫尉，以超为偏将军，封都亭侯，领腾部曲。"南朝宋裴松之注引《典略》："腾字寿成，马援后也…讨贼有功，拜军司马，后以功迁偏将军，又迁征西将军…初平中，拜征东将军。"
【例句】唐武元衡《秋日经潼…》："昔年曾遂汉征东，三授兵符百战中。"

汉主冠　hàn zhǔ guān
【分类】政治
【关键词】汉高祖
【释义】咏冠或咏竹之典。《汉书·高帝纪上》："高祖为亭长，乃以竹皮为冠，令求盗之薛治之，时时冠之，及贵常冠，所谓'刘氏冠'乃是也。"汉应劭注："以竹始生皮作冠，今鹊尾冠是也…薛，鲁国县也，有作冠师，故往治之。"
【例句】唐李涉《头陀寺看竹》："可惜皮空满地，无人解取作头冠。"唐王睿《竹》："翠筼不乐湘娥泪，斑箨堪裁汉主冠。"明皇甫汸《题钟山送…》："鼎定周王业，冠游汉主魂。"

汉主思李牧　hàn zhǔ sī lǐ mù
【分类】政治
【关键词】汉文帝
【释义】咏帝王忧思边患之典。《史记·冯唐列传》："上（汉文帝）既闻廉颇、李牧为人，良说，而搏髀曰：'吾独不得廉颇、李牧时为吾将！'（冯）唐曰：'主臣！陛下虽得廉颇、李牧，弗能用也。'"
【例句】唐雍陶《罢还边将》："汉主岂劳思李牧，赵王犹是用廉颇。"宋胡宿《吴兴秋晚…》："边人思李牧，天子问中郎。"宋王安石《次韵酬子…》："赵将时皆思李牧，楚音身自感钟仪。"宋苏轼《次韵张安…》："艰危思李牧，述作谢王褒。"

汉主新丰　hàn zhǔ xīn fēng
【分类】政治
【关键词】汉高祖
【释义】咏君主游幸之典。《括地志》云："新丰故城在雍州新丰县西南四里，汉新丰宫也。太上皇时凄怆不乐，高祖窃因左右问故，答以平生所好皆屠贩少年，酤酒卖饼，斗鸡蹴鞠，以此为欢…高祖乃作新丰，徙诸故人实之，太上皇乃悦。"
【例句】唐李世民《重幸武功》："列筵欢故老，高宴聚新丰。"唐苏颋《奉和姚令…》："汉主新丰邑，周王尚父师。"唐王维《和太常韦…》："新丰树里行人度，小苑城边猎骑回。"唐徐坚《饯唐永昌》："此时怅望新丰道，握手相看共

黯然。"

汉筑　hàn zhù
【分类】政治
【关键词】汉高祖
【释义】指汉高祖在家乡击筑高歌。筑，古代乐器，形似琴。《史记·高祖本纪》："高祖还归，过沛…酒酣，高祖击筑，自为歌诗曰：'大风起兮云飞扬…'"
【例句】唐上官仪《奉和山夜…》："凄风移汉筑，流水入虞琴。"唐李世民《重幸武功》："于焉欢击筑，聊以咏南风。"宋李廌《谢公定所…》："汉筑朔方置上郡，晚岁款塞惟呼韩。"宋华岳《怒题》："卖浆岂料周分国，盗粟焉知汉筑坛。"

汗马功劳　hàn mǎ gōng láo
【分类】政治
【关键词】韩非子
【释义】指战马奔走而出汗，喻征战功勋。《韩非子·五蠹》："弃私家之事，而必汗马之劳。"
【例句】唐鲍溶《述德上太…》："甲马不及汗，天骄自亡魂。"唐马植《奉和白敏…》："四帅有征无汗马，七关虽戍已韬弓。"唐李昌符《咏铁马鞭》："汗马不侵诛虏血，神功今见补亡篇。"聂绀弩《嘲王奇赶车》："你是唐朝薛仁贵，奇功汗马淤泥河。"

汗漫　hàn màn
【分类】文化
【关键词】淮南子
【释义】谓广漠深远，不着边际，借指天宇。《淮南子·道应训》："吾与汗漫期于九垓之上，吾不可以久。"汉高诱注："汗漫，不可知之也。九垓，九天之外。"
【例句】唐张说《邺都引》："都邑缭绕西山阳，桑榆汗漫漳河曲。"唐李白《庐山谣寄…》："先期汗漫九垓上，愿接卢敖游太清。"唐李群玉《登蒲涧寺…》："行尽岖嵝路，惊从汗漫游。"唐崔国辅《奉和华清…》："豫游皆汗漫，斋处即崆峒。"

汗牛充栋　hàn niú chōng dòng
【分类】文化
【关键词】柳宗元
【释义】谓书籍存放时可堆至屋顶，运输时可使牛马累得出汗，形容著作或藏书极多。唐柳宗元《文通先生陆给事墓表》："其为书，处则充栋宇，出则汗牛马。"
【例句】宋陆游《冬夜读书…》："汗牛充栋成何事，堪笑迂儒错用功。"宋钱时《千古吟》："小黠大痴亦何苦，汗牛充栋终不补。"宋廖行之《呈四表兄…》："汗牛充栋号繁博，简策冗长何其丰。"明皇桂芳《题徐县丞…》："汗牛充栋书五车，平生正赖稽古力。"

汗逾水浆　hàn yú shuǐ jiāng
【分类】政治

【关键词】曹丕

【释义】咏出汗之典。《世说新语·言语》:"钟毓、钟会少有令誉。年十三,魏文帝闻之⋯于是敕见。毓面有汗,帝曰:'卿面何以汗?'毓对曰:'战战惶惶,汗出如浆。'复问会:'卿何以不汗?'对曰:'战战栗栗,汗不敢出。'"

【例句】唐杜甫《贻华阳柳⋯》:"老少多喝死,汗逾水浆翻。"宋孔平仲《孙元忠寄⋯》:"欻禽炎蒸景,汗踊水浆翻。"宋杨万里《初二日苦热》:"掀篷更无风半点,挥扇只有汗如浆。"宋李俊民《上九里谷⋯》:"十步回头五步坐,栗栗汗出如浆翻。"

旱魃 hàn bá

【分类】文化

【关键词】诗经

【释义】传说中的旱神。《诗经·大雅·云汉》:"旱魃为虐,如惔如焚。"毛传:"魃,旱神也。"唐孔颖达疏引《神异经》:"南方有人,长二三尺,袒身,而目在顶上,走行如风,名曰魃。所见之国大旱,赤地千里。一名旱母。遇者得之,投溷中,既死,旱灾消。"

【例句】唐杜甫《七月三日⋯》:"退藏恨雨师,健步闻旱魃。"唐刘禹锡《龙门祷雨歌》:"偶因旱魃恣为虐,火旗烧空诚炽燠。"唐白居易《酬郑侍御⋯》:"却思逢旱魃,谁喜见商羊。"唐袁郊《云》:"楚甸尝闻旱魃侵,从龙应合解为霖。"

沆瀣 hàng xiè

【分类】文化

【关键词】楚辞

【释义】夜间的水气,露水,旧谓仙人所饮,喻指珍贵的饮水。《楚辞补注·远游》:"餐六气而饮沆瀣兮,漱正阳而含朝霞。"东汉王逸注:"《陵阳子明经》言:春食朝霞⋯冬饮沆瀣。沆瀣者,北方夜半气也。"

【例句】唐元稹《赠毛仙翁》:"一言亲授希微诀,三夕同倾沆瀣杯。"唐白居易《病中数会⋯》:"张道士输白道士,一杯沆瀣便逍遥。"唐李绅《庆云见》:"还入九霄成沆瀣,夕岚生处鹤归松。"唐元稹《赠毛仙翁》:"一言亲授希微诀,三夕同倾沆瀣杯。"

蒿莱 hāo lái

【分类】文化

【关键词】原宪

【释义】野草;杂草,喻指草野。《韩诗外传》:"原宪(子思)居鲁,环堵之室,茨以蒿莱。"

【例句】唐陈子昂《感遇诗》:"感时思报国,拔剑起蒿莱。"唐高适《秋日作》:"寂寞无一事,蒿莱通四邻。"唐甫《夏日叹》:"万人尚流冗,举目惟蒿莱。"唐岑参《送杜佐下⋯》:"还须及秋赋,莫即隐蒿莱。"

毫楮 háo chǔ

【分类】文化

【关键词】苏轼

【释义】指毛笔和纸。宋苏轼《书鄢陵王主簿所画折枝》:"若人富天巧,春色入毫楮。"

【例句】宋郭祥正《谢李公择⋯》:"明窗静几列毫楮,而与此物真相宜。"宋黄裳《送人赴官⋯》:"学海无从今几年,谩惜公家费毫楮。"宋王庭珪《题向巨源⋯》:"壁间有客旧题诗,倾倒湖山入毫楮。"宋陈士徽《广荫亭诗》:"袖携毫楮觅扁题,鸿飞冥冥留爪泥。"

豪曹 háo cáo

【分类】文化

【关键词】剑

【释义】古剑名,借指利剑。《越绝书·记宝剑》:"王使取毫曹,薛烛对曰:'豪曹,非宝剑也。'"

【例句】唐韩翃《东城水亭⋯》:"金羁络骢骥,玉匣闭豪曹。"唐刘禹锡《浙西李大⋯》:"羽仪呈鸑鷟,铓刃试豪曹。"五代齐己《晚дж金江⋯》:"时裁未可出,且欲淬豪曹。"宋王庭珪《杨文发将⋯》:"欲赠初无金错刀,待凭巧冶铸豪曹。"

豪侠窟 háo xiá kū

【分类】政治

【关键词】蜀

【释义】咏蜀地之典。《华阳国志·蜀志》:"然秦惠文、始皇克定六国,辄徙其豪侠于蜀,资我丰土,家有盐铜之利,户专山川之材,居给人足,以富相尚。"

【例句】唐杜甫《鹿头山》:"纤余脂膏地,惨澹豪侠窟。"宋朱松《寄题起莘⋯》:"一变豪侠窟,遂成邹鲁乡。"宋陈师道《再赠寇司户》:"少年豪侠窟,杵臼得梁鸿。"宋赵鼎臣《乙未寒食⋯》:"城中十万家,古来豪侠窟。"

濠上 háo shàng

【分类】文化

【关键词】庄子

【释义】比喻别有会心、自得其乐之地。源见"鱼游濠上"。

【例句】唐张文琮《赋桥》:"别有临濠上,栖偃独观鱼。"唐奚贾《严陵滩下⋯》:"已息汉阴消,且同濠上观。"唐储光羲《贻王侍御⋯》:"南华在濠上,谁辩魏王瓠。"唐贾岛《寄令狐绹⋯》:"不无濠上思,唯食圃中蔬。"

号三匝 háo sān zā

【分类】生活

【关键词】延陵季子

【释义】咏葬礼之典。源见"延陵葬子"。

【例句】唐韩愈《去岁自刑⋯》:"绕坟不暇号三匝,设祭惟闻饭一盘。"宋孙觌《癸丑寒食⋯》:"梦里号三匝,愁边荐一箪。"

镐饮 hào yǐn

【分类】生活

【关键词】诗经

【释义】君臣欢宴之典。《诗经·小雅·鱼藻》:"王在在镐,岂乐饮酒!"汉郑玄笺:"岂,亦乐也。天下平安,万物得其性,武王何所处乎?处于镐京,乐八音之乐,与群臣饮酒而已。"
【例句】唐宋之问《奉和晦日…》:"镐饮周文乐,汾饮汉武才。"唐崔湜《奉和春日…》:"即此欢娱齐镐宴,唯应率舞乐薰风。"宋文彦博《和副枢吴…》:"回御端闱张镐饮,兰灯桂魄耀星津。"宋王圭《集英殿乾…》:"镐饮篇中鱼演漾,虞韶声里凤徘徊。"

好山如好色　hào shān rú hào sè
【分类】文化
【关键词】孔子
【释义】形容喜欢山水景观如同喜欢美色那样真挚、强烈。《论语·子罕》:"子曰:'吾未见好德,如好色者也。'"宋苏轼《自径山回…》:"多君贵公子,爱山如爱色。"
【例句】宋程俱《送赵子昼…》:"纷华眩人剧朱碧,子独书如好色。"宋李彭《观吕居仁诗》:"鄙夫好诗如好色,嫣然一笑可倾国。"宋方岳《丫头岩》:"佳山要自胜佳人,未见好山如好色。"宋辛弃疾《浣溪沙》:"自笑好山如好色,只今怀树更怀人。"

好事　hào shì
【分类】生活
【关键词】扬雄
【释义】指有某种爱好,或喜欢某种事业。《汉书·扬雄传赞》:"家素贫,耆酒,人希至其门。时有好事者载酒肴从游学,而钜鹿侯芭常从雄居,受其《太玄》《法言》焉。"
【例句】唐韦嗣立《自汤还都…》:"栖闲有愚谷,好事枉朝轩。"唐李白《早秋单父…》:"曾无好事来相访,赖尔高文一起予。"唐杜甫《可叹》:"贫穷老瘦家卖屐,好事就之为携酒。"唐杜甫《赠郑十八贲》:"数杯资好事,异味烦县尹。"

好头谁斫　hǎo tóu shuí zhuó
【分类】政治
【关键词】隋炀帝
【释义】喻指将受杀戮。《资治通鉴·唐高祖武德元年》:"(隋炀帝)又尝引镜自照,顾谓萧后曰:'好头颈,谁当斫之?'"
【例句】宋黄干《读史记荆…》:"古来亭士君知否,拚手颅斫与人。"宋陆游《看镜》:"局促人间百不如,每临清镜叹头颅。"宋文天祥《己卯十月…》:"可怜杜宇空流血,惟愿严颜便斫头。"元钱宰《天游方丈歌》:"弯弓射书固燕士,猛将吞声甘斫头。"清林朝崧《发》:"大好头颅斫与谁,心长发短不胜悲。"

好音　hào yīn
【分类】生活
【关键词】诗经
【释义】喜爱音乐,亦指好的音乐。《诗经·鲁颂·泮水》:"食我桑黮,怀我好音。"汉祢衡《鹦鹉赋》:"采采丽容,咬咬好音。"悦耳的声音。《史记·廉颇蔺相如列传》:"寡人窃闻赵王好音,请奏瑟。"
【例句】唐陈子昂《鸳鸯篇》:"文章负奇色,和鸣多好音。"唐崔湜《杂诗》:"喈喈多好音,矫矫奋轻翼。"唐张九龄《尝与大理…》:"蘋藻复佳色,凫鹥亦好音。"唐杜甫《蜀相》:"映阶碧草自春色,隔叶黄鹂空好音。"聂绀弩《悼熊猫》:"可怜弱土藏殊色,竟有强邻慕好音。"

浩歌　hào gē
【分类】生活
【关键词】楚辞
【释义】放声高歌,大声歌唱,也指浩荡、宏大的音乐。《楚辞·九歌·少司命》:"望美人兮未来,临风恍兮浩歌。"鲁迅《野草·墓碣文》:"于浩歌狂热之际中寒;于天上看见深渊。"
【例句】唐李白《怀仙歌》:"仙人浩歌望我来,应攀玉树长相待。"唐唐彦谦《送许户曹》:"将军楼船发浩歌,云樯高插天嵯峨。"五代贯休《大蜀皇帝…》:"浩浩歌谣闻禁掖,重重襦裤满樵渔。"聂绀弩《挽雪峰》:"狂热浩歌中中寒,复于天上见深渊。"

浩浩洪流　hào hào hóng liú
【分类】政治
【关键词】谢安
【释义】临危坦然之典。《世说新语·雅量》:"桓公伏甲设馔,广延朝士,因此欲诛谢安、王坦之…谢之宽容,愈表于貌。望阶趋席,方作洛生咏,讽'浩浩洪流'。桓惮其旷远,乃趣解兵。"
【例句】唐李白《东山吟》:"彼亦一时,此亦一时,浩浩洪流之咏何必奇。"宋王十朋《夏禹》:"洪流浩浩浸襄区,民杂蛇龙鸟兽居。"宋杨万里《和石湖居…》:"不知浩浩洪流后,曾有兹游奇特来。"宋方回《次韵宾旸…》:"大胜新亭集,洪流吟浩浩。"

浩然之气　hào rán zhī qì
【分类】政治
【关键词】孟子
【释义】浩:盛大、刚直的样子;气:指精神。浩然之气指浩大刚正的精神。《孟子·公孙丑》:"我善养吾浩然之气。"
【例句】唐白居易《感时》:"胡为方寸间,不贮浩然气。"唐刘沧《题桃源处…》:"穷达尽为身外事,浩然元气乐樵渔。"宋丘葵《李养吾董…》:"浩然之气非袭取,所要与道与义俱。"宋许月卿《跋东坡墨迹》:"海外归来衰鬓皤,浩然之气笔嵯峨。"

浩态　hào tài
【分类】生活
【关键词】韩愈
【释义】谓仪态大方。唐韩愈《芍药》:"浩态狂香惜未逢,红灯烁烁绿盘笼。"
【例句】宋晁补之《望海潮》:"红药万株,佳名千种,天然浩态狂香。"宋曹勋《花心动》："九重晓，狂香浩态，暖风轻细。"宋卢祖皋《水龙吟》："浩态难留，粉香吹散，几时重会。"金元好问《水龙吟》："醉魂摇荡，尊前何恨，狂香浩态。"

鄗池　hào chí

【分类】文化

【关键词】秦始皇

【释义】水神。《史记·秦始皇本纪》："使者从关东夜过华阴平舒道，有人持璧遮使者曰：'为吾遗滈池君。'因言曰：'今年祖龙死。'"南朝宋裴骃《史记集解》引服虔曰："水神也。"

【例句】宋刘辰翁《金缕曲》："渺渺茂陵安期叟，共鄗池、夜别还于楚。"钱之江《樱花》："知否前宵风雨里，有人遗璧鄗池君。"

合欢蠲忿　hé huān juān fèn

【分类】生活

【关键词】嵇康

【释义】咏消除怨忿而和好之典。合欢树：俗称夜合欢。《古今注·草木》："合欢，树似梧桐，枝叶繁，互相交结。每一风来，辄自相离，了不相牵缀。树之阶庭，使人不忿。嵇康种之舍前。"三国魏嵇康《养生论》："合欢蠲忿，萱草忘忧，愚智所共知也。"

【例句】唐张九龄《题画山水障》："萱草忧可纾，合欢忿益蠲。"宋杨亿《无题》："合欢蠲忿亦休论，梦蝶翩翩逐怨魂。"明李梦阳《东园遣兴…》："忘忧岂帝凭萱草，蠲铍何劳问合欢。"清杨继端《咏栀子花》："笑绮窗、对此同心，也算合欢蠲忿。"

合浦珠还　hé pǔ zhū huán

【分类】政治

【关键词】孟尝君

【释义】比喻以有德行为来感动万物，连走失的蚌也返回原处；又用于比喻人去复返或东西失而复得。《后汉书·孟尝传》："先时宰守并多贪秽…珠遂渐徙于交阯郡界。…尝到官，革易前弊，求民病利，曾未逾岁，去珠复还，百姓皆反其业。"

【例句】唐李峤《珠》："昆池明月满，合浦夜光回。"唐钱起《送韦信爱…》："借问还珠盈合浦，何如鲤也入庭闱。"唐陈陶《题赠高闲…》："珠还合浦老，龙去玉川贫。"宋朱晞颜《伏波岩》："地接三山真迹在，天连合浦宝珠还。"

何充爱禅　hé chōng ài chán

【分类】文化

【关键词】何充

【释义】咏宰相信佛之典。《晋书·何充传》："充居宰相，虽无澄正改革之能，而强力有器局…不以私恩树亲戚，谈者以此重之。然所昵庸杂，信任不得其人，而性好释典，崇修佛寺，供给沙门以百数，靡费巨亿而不吝也。"

【例句】唐贯休《和韦相公…》："仲虺专为诰，何充雅爱禅。"

明孙传庭《午日西溪…》："一掷能轻百万钱，弟充落魄爱逃禅。"

何范　hé fàn

【分类】文化

【关键词】何逊

【释义】南朝梁诗人何逊与范云并称。何逊年青时有文名，范云很赏识他，两人结为忘年交。《梁书·何逊传》："逊八岁能赋诗，弱冠州举秀才，南乡范云见其对策，大相称赏，因结忘年交好…沈约亦爱其文，尝谓逊曰：'吾每读卿诗，一日三复，犹不能已。'"

【例句】唐元稹《去杭州》："君名修范欲何范，君之烈祖遗范存。"唐李商隐《漫成》："不妨何范尽诗家，未解当年重物华。"唐杜甫《解闷》："沈范早知何水部，曹刘不待薛郎中。"明卢宁《闻兴国县…》："有怀空隐恻，何范可光垂。"

何戡　hé kān

【分类】生活

【关键词】何戡

【释义】唐长庆时著名歌者，借指遭逢世乱后幸存的歌者。唐刘禹锡《与歌者何戡》："旧人唯有何戡在，更与殷勤唱《渭城》。"

【例句】宋苏轼《书林次中…》："不见何戡唱《渭城》，旧人空数米嘉荣。"宋刘辰翁《摸鱼儿》："米嘉荣共何戡在，还忆永新娇小。"元李延夫《题垂虹亭壁》："莫唱何戡《渭城曲》，银筝鸣咽怨秋风。"明屠濆《闻王优弹唱》："白头重洗青春耳，不向何戡数渭城。"

何郎灯暗　hé láng dēng àn

【分类】生活

【关键词】何逊

【释义】咏别绪离愁之典。意自"夜雨滴空阶，晓灯暗离室"句。源见"何逊空阶"。

【例句】唐韩偓《闻情》："何郎灯暗谁能咏，韩寿香焦亦任偷。"唐李百药《咏萤火示…》："窗里怜灯暗，阶前畏月明。"唐崔圭《孤寝怨》："灯暗愁孤坐，床空怨独眠。"唐李贺《谢秀才有…》："月明啼阿姊，灯暗会良人。"

何郎汤饼　hé láng tāng bǐng

【分类】生活

【关键词】何晏

【释义】本指青年男子洁白美丽的天然面容，亦喻指洁白美丽的花朵。源见"傅粉何郎"。

【例句】宋贺铸《和田录事…》："枉费铅华思楚女，不禁汤饼试何郎。"宋黄庭坚《观王立簿》："露湿何郎试汤饼，日烘荀令炷炉香。"宋史弥宁《和叔振晓…》："净洗宫妆转明洁，恰如汤饼试何郎。"宋廖行之《次韵酬宋…》："珍重三薰更三沐，全胜汤饼试何郎。"

何水部　hé shuǐ bù

【分类】文化

【关键词】何逊

【释义】南朝梁诗人何逊,其诗善于写景,工于炼字,借指诗才卓著之人。《梁书·何逊传》:"逊八岁能赋诗,弱冠举秀才…兼尚书水部郎。"也称何水曹,曾任建安王水曹、行参军兼记室。

【例句】唐杜甫《北邻》:"爱酒晋山简,能诗何水曹。"唐杜甫《解闷》:"沈范早知何水部,曹刘不待薛郎中。"唐秦系《山中奉寄…》:"借问省中何水部,今人几个属诗家。"唐韩翃《寄徐州郑…》:"才子旧称何水部,使君还继谢临川。"

何武劾腐儒 hé wǔ hé fǔ rú

【分类】政治

【关键词】何武

【释义】喻地方官吏秉公执法。《汉书·何武传》:"九江太守戴圣,礼经号小戴者也,行治多不法…武使从事廉得其罪,圣惧,自免。"

【例句】唐刘禹锡《送湘阳熊…》:"何武劾腐儒,陈蕃礼高士。"宋薛田《成都书事》:"何武甲科曾继踵,严遵卜兆罕差肩。"宋韩绛《奉酬宋君》:"远慕文翁兴旧学,窃希何武见诸生。"宋苏轼《次韵李邦…》:"谁教部校如何武,只许清尊对孟光。"

何谢 hé xiè

【分类】文化

【关键词】何逊

【释义】南朝梁诗人何逊与南朝齐诗人谢朓并称。为咏诗才之典。源见"何逊"。

【例句】唐李白《劳劳亭歌》:"昔闻牛渚吟五章,今来何谢衰家郎。"唐李端《得山中道…》:"诗人识何谢,居士别宗雷。"唐贯休《别杜将军》:"偶披蓑笠事空王,余力为文拟何谢。"唐鲁收《怀素上人》:"观尔向来三五字,颠奇何谢张先生。"

何逊 hé xùn

【分类】文化

【关键词】何逊

【释义】咏诗才之典。《梁书·何逊传》:"何逊字仲言…八岁能赋诗…初,逊文章与刘孝绰并见重于世,世谓之'何刘'。世祖著论论之云:'诗多而能者沈约,少而能者谢朓、何逊。'"

【例句】唐张乔《省中偶作》:"不如何逊无佳句,若比冯唐是壮年。"唐曹松《陪湖南李…》:"酒边旧侣真何逊,云里新声是莫愁。"唐赵嘏《寄淮南幕…》:"郎官何逊最风流,爱月怜山不下楼。"唐李商隐《韩冬郎即…》:"为凭何逊休联句,瘦尽东阳姓沈人。"

何逊恨 hé xùn hèn

【分类】生活

【关键词】何逊

【释义】指夜雨所添的愁绪。源见"何逊空阶"。

【例句】唐吴融《府试雨夜…》:"已吟何逊恨,还赋屈平情。"

何逊空阶 hé xùn kōng jiē

【分类】文化

【关键词】何逊

【释义】咏夜雨之典。南朝梁何逊《临行与故游夜别》:"历稔共追随,一旦辞群匹。复如东注水,未有西归日。夜雨滴空阶,晓灯暗离室。相悲各罢酒,何时同促膝。"意自"夜雨滴空阶"句。

【例句】唐郑谷《文昌寓直》:"何逊空阶夜雨平,朝来交直雨新晴。"唐吴融《寄殿院高…》:"一夜自怜无羽翼,独当何逊滴阶愁。"

何逊咏梅 hé xùn yǒng méi

【分类】文化

【关键词】何逊

【释义】咏梅之典。南朝梁何逊《咏早梅诗》:"兔园标物序,惊时最是梅。衔霜当路发,映雪拟寒开。枝横却月观,花绕凌风台。朝洒长门泣,夕驻临邛杯。应知早飘落,故逐上春来。"为咏梅名诗。

【例句】唐杜甫《和裴迪登…》:"东阁官梅动诗兴,还如何逊在扬州。"宋卢炳《减字木兰花》:"惟有清香。何逊扬州暗断肠。"五代徐钧《何逊》:"泽底新吟清入骨,一生只为爱梅花。"宋苏轼《次韵王定…》:"何逊扬州又几年,官梅诗兴故依然。"宋晁说之《寒甚》:"只应是日无何逊,江上梅花未肯开。"宋陈与义《欲离均阳…》:"不如何逊在扬州,坐待梅花映妆额。"

何晏 hé yàn

【分类】政治

【关键词】何晏

【释义】字平叔,三国魏玄学家、大臣。曹操纳其母尹氏为妾,何晏因而被收养,娶曹操女金乡公主。高平陵之变后与曹爽同为司马懿所杀,灭三族。《三国志·何晏传》:"少以才秀知名,好老庄言,作道德论及诸文赋著述凡数十篇。"

【例句】唐刘禹锡《寓兴》:"寄语何平叔,无为轻老生。"唐韩翃《宴杨驸马…》:"中朝驸马何平叔,南国词人陆士龙。"宋胡宿《嘲蝶》:"双翅薄匀何晏粉,一身偷带贾充香。"宋喻汝砺《草堂诗》:"孟郊空鳖但彭越,何晏片甲非虬龙。"

何胤三遗红 hé yìn sān yí hóng

【分类】政治

【关键词】何胤

【释义】咏辞官归隐之典。遗红,意指弃官职不做。《南史·何胤传》:"胤虽贵显,常怀止足…乃拜表解职,不待报辄去…永元中,征为太常、太子詹事,并不就。梁武帝霸朝建,引为军谋祭酒,并与书诏,不至。"

【例句】唐韩偓《此翁》:"严光一唾垂绫紫,何胤三遗大带红。"唐皮日休《闻开元寺…》:"折烟束露如相遗,何胤明朝不茹荤。"唐陆龟蒙《酬袭美见…》:"自是扬雄知郭索,且非何胤敢怅恍。"明欧大任《飓风涨落…》:"江水未漂何胤室,竹林深掩戴颙山。"

和鼎 hé dǐng
【分类】政治
【关键词】傅说
【释义】谓调味。古以盐、梅调味。和鼎借喻辅佐君主的宰臣。源见"盐梅和鼎"。
【例句】唐张九龄《敕赐宁王…》:"徒参和鼎地,终谢巨川舟。"唐沈佺期《和户部岑…》:"盐梅和鼎食,家声众所归。"唐杜甫《上韦左相…》:"沙汰江河浊,调和鼎鼐新。"唐皎然《送陆侍御…》:"更怀西川府,主公昔和鼎。"

和羹 hé gēng
【分类】政治
【关键词】傅说
【释义】配以不同调味品而制成的羹汤,比喻大臣辅助君主综理国政。源见"盐梅和鼎"。
【例句】唐孟浩然《韩大使东…》:"徒攀朱仲李,谁荐和羹梅。"唐许棠《讲德陈情…》:"九郡竟歌兼煮海,四方皆得共和羹。"唐钱起《陪郭令公…》:"不愁欢乐尽,积庆在和羹。"唐刘长卿《至德三年…》:"运筹初减灶,调鼎未和羹。"

和会 hé huì
【分类】政治
【关键词】尚书
【释义】犹欢会。《尚书·康诰》:"四方民大和会。"汉孔安国《传》:"四方之民大悦而集会。"
【例句】宋晏殊《奉和圣制…》:"仰瞻魏阙宣和会,共识皇恩子万民。"宋释印肃《颂古》:"麟德殿光充六合,君臣和会少知音。"宋楼钥《吊陈卫道墓》:"平生学博更加详,和会三家尽较量。"宋释道济《颂古》:"道冠儒履释袈裟,和会三家作一家。"

和靖鹤 hé jìng hè
【分类】政治
【关键词】林逋
【释义】咏鹤之典。林逋,字君复,宋仁宗赐谥"和靖先生"。源见"梅妻鹤子"。
【例句】宋苏轼《西湖寿星…》:"孤鹤似寻和靖宅,盘空飞去复飞还。"宋顾逢《孤山梅后》:"飞来和靖鹤,相对立前滩。"宋崔与之《张进武善…》:"孤山放鹤林和靖,风雪骑驴孟浩然。"明韩日缵《梅岭种梅》:"和靖鹤归香已杳,师雄翠去梦初回。"

和銮 hé luán
【分类】政治
【关键词】诗经
【释义】即古代马车上的铃铛,代指帝王车驾。《诗经·小雅·蓼萧》:"和銮雍雍,万福攸同。"汉毛氏传:"在轼曰和,车镳曰銮。"东汉郑玄笺:"此说天子之车饰者。"
【例句】唐鲍溶《郊天回》:"日动萧烟上泰坛,帝从黄道整和銮。"唐郑谷《入阁》:"秘殿临轩日,和銮返正年。"宋孙沔《题子陵钓台》:"应笑渭滨周吕望,白头因猎从和銮。"宋文天祥《明堂庆成诗》:"都人报道君王喜,净睹和銮入建章。"

和亲 hé qīn
【分类】政治
【关键词】汉高祖
【释义】也称和藩,通过结亲等手段,与地方政权、少数民族结为友好关系,稳固中央政权。《史记·刘敬叔孙通列传》:"(高祖)取家人子名为长公主,妻单于。使刘敬往结和亲约。"
【例句】唐王之涣《凉州词》:"汉家天子今神武,不肯和亲归去来。"唐张籍《送和蕃公主》:"塞上如今无战尘,汉家公主出和亲。"唐苏郁《咏和亲》:"君王莫信和亲策,生得胡雏虏更多。"聂绀弩《悼熊猫》:"万里和藩天下计,一身报国女儿心。"

和戎 hé róng
【分类】政治
【关键词】左传
【释义】与异族结盟友好之典。《左传·襄公四年》:"无终子嘉父,使孟乐如晋,因魏庄子纳虎豹之皮,以请和诸戎…公说,使魏绛盟诸戎。"
【例句】唐杜审言《送和西蕃使》:"宁独锡和戎,更当封定远。"唐裴潾《奉和御制…》:"将军行逐虏,使者亦和戎。"唐张说《送郑大夫…》:"和戎因赏魏,定远莫辞班。"唐李商隐《漫成五章》:"郭令素心非黩武,韩公本意在和戎。"

和如瑟琴 hé rú sè qín
【分类】生活
【关键词】潘岳
【释义】喻和合友好,亦指夫妻和好。晋潘岳《夏侯常侍诔》:"子之承亲,孝齐闵参。子之友悌,和如瑟琴。"
【例句】唐宋务光《七夕感逝》:"嗟嗟瑟琴偶,一去无还时。"唐储光羲《升天行贻…》:"听者即王母,泠泠和瑟琴。"宋欧阳修《有马示徐…》:"六辔应吾手,调和如瑟琴。"宋朱熹《送彦集之…》:"所念家同产,与君如瑟琴。"

和氏之璧 hé shì zhī bì
【分类】政治
【关键词】和氏璧
【释义】泛指美玉,或喻指贤才。《韩非子·和氏》:"楚人和氏(卞和)得玉璞楚山中,奉而献之厉王…王以和为诳,而刖其左足…和又奉其璞而献之武王…王又以和为诳,而刖其右足…文王即位,和乃抱其璞而哭于楚山之下,三日三夜,泣尽而继之以血…王乃使玉人理其璞而得宝焉,遂命曰:'和氏之璧。'"
【例句】唐元稹《谕宝》:"圭璧无卞和,甘与顽石列。"唐宋之问《送赵司马…》:"定知和氏璧,遥掩玉轮辉。"唐敦煌曲子《行路难》:"和氏连城非不美。所叹唯逢楚国人。"唐刘得仁《送友人下…》:"莫将和氏泪,滴著老莱衣。"

河伯　hé bó
【分类】文化
【关键词】河神
【释义】传说中的河神。源见"冯夷"。
【例句】唐杜甫《阌乡姜七…》:"河冻未渔不易得,凿冰恐侵河伯宫。"唐鲍溶《采珠行》:"河伯空忧水府贫,天吴不敢相惊动。"唐顾况《露青竹杖歌》:"蛟龙稽颡河伯虔,拓羯胡雏脚手鲜。"唐李商隐《利州江潭作》:"河伯轩窗通贝阙,水宫帷箔卷冰绡。"

河东狮吼　hé dōng shī hǒu
【分类】生活
【关键词】方山子
【释义】比喻悍妇发怒,也用以嘲笑惧内的人。《容斋三笔·陈季常》:"陈慥字季常…曰'方山子'。好宾客,喜畜声妓,然其妻柳氏绝凶妒,故东坡有诗云:'忽闻河东狮子吼,拄杖落手心茫然。'"
【例句】宋程洵《游狮子岩》:"欲为河东吼,解使百兽哑。"明卢宁《狮子峰》:"平川不作河东吼,神岳如从西土还。"聂绀弩《调怀沙新婚》:"夫人城下有雷池,胆怯方山慑吼狮。"

河鼓星　hé gǔ xīng
【分类】生活
【关键词】尔雅
【释义】牵牛星之别称,喻咏夫妻分离、难以相聚事。《尔雅·释天》:"何鼓谓之牵牛。"《太象列星图》:"河鼓三星,在牵牛北,主军鼓…昔传牵牛织女七月七日相见者,则此是也。"
【例句】唐徐凝《七夕》:"别离还有经年客,怅望不如河鼓星。"唐罗虬《比红儿诗》:"京口喧喧百万人,竞传河鼓谢星津。"宋刘筠《明皇》:"河鼓暗期随日转,马嵬恨血染尘腥。"宋陈师道《题桂》:"桃李摧残风雨春,天孙河鼓隔天津。"

河汉　hé hàn
【分类】生活
【关键词】纂要
【释义】指银河。《初学记》引《纂要》:"天河谓之天汉。亦曰云汉、星汉、河汉、清汉…"
【例句】唐张文恭《七夕》:"谁念分河汉,还忆两心违。"唐宋之问《明河篇》:"八月凉风天气清,万里无云河汉明。"唐乔知之《和李侍郎…》:"高楼迢遰想金天,河汉昭回更怆然。"唐杜甫《同诸公登…》:"七星在北户,河汉声西流。"

河间礼乐　hé jiān lǐ yuè
【分类】文化

【关键词】刘德
【释义】汉景帝之子刘德为河间献王,爱搜集古代典籍,立博士,修礼乐。后因以用作修学访古之典。《汉书·河间献王刘德》:"从民得善书,必为好写与之,留其真,加金帛赐以招之。"
【例句】唐杜甫《别李义》:"子建文笔壮,河间经术存。"唐杜甫《奉汉中王…》:"枚乘文章老,河间礼乐存。"唐张继《河间献王墓》:"偶过河间寻往迹,却怜荒冢带寒烟。"唐元稹《恭王故太…》:"哀荣深孝嗣,仪卫在河间。"

河梁别　hé liáng bié
【分类】生活
【关键词】李陵
【释义】生死离别之典。汉李陵《与苏武》:"携手上河梁,游子暮何之。徘徊蹊路侧,恨恨不得辞。"
【例句】唐唐彦谦《春残》:"落花如便去,楼上即河梁。"唐贾岛《送别》:"门外便伸千里别,无车不得到河梁。"唐马戴《河梁别》:"河梁送别者,行哭半非亲。"宋杨亿《史馆阮比…》:"交朋莫惜河梁别,乡曲初期昼锦荣。"

河清难俟　hé qīng nán sì
【分类】政治
【关键词】左传
【释义】比喻时久难以等待。源见"黄河清"。
【例句】唐郑嵎《津阳门诗》:"河清海宴不难睹,我皇已上升平基。"宋刘克庄《戊午元日》:"过去光阴箭离弦,河清易俟鬓难玄。"宋洪适《送景卢》:"涉世难防犬吠声,放怀可俟河清。"宋朱熹《挽陈检正》:"祇今空老泪,难使浊河清。"

河清颂　hé qīng sòng
【分类】政治
【关键词】鲍照
【释义】歌颂太平盛世之祥瑞之典。《宋书·鲍照传》:"元嘉中,河、济俱清,当时以为美瑞,照为《河清颂》。"
【例句】唐杜甫《洗兵马》:"隐士休歌紫芝曲,词人解撰河清颂。"唐顾况《八月五日歌》:"率土普天无不乐,河清海晏穷寥廓。"唐薛逢《九日曲池游眺》:"正当海晏河清日,便是修文偃武时。"宋徐钧《鲍照》:"生际河清献颂文,尤工乐府丽春云。"

河润九里　hé rùn jiǔ lǐ
【分类】政治
【关键词】庄子
【释义】谓恩泽及人,如河水之滋润土地。《庄子·列御寇》:"河润九里,泽及三族。"《后汉书·郭伋传》:"贤能太守,去帝城不远,河润九里,冀京师并蒙福也。"
【例句】宋丁谓《河》:"润应逾九里,清必契千龄。"宋赵鼎臣《属疾在告…》:"壮士亦苦头风偏,河润九里风化传。"宋韩元吉《送汤丞相…》:"尚应九里蒙河润,他日一天今二天。"宋黄公度《挽陈夫人…》:"余润河九里,宁馨桂一枝。"宋张蕴《翠蛟亭》:"仙田种玉耕春烟,润流九里无凶年。"

河上公　hé shàng gōng
【分类】文化
【关键词】河上公
【释义】咏道家仙术之典。《神仙传·河上公》:"汉文帝时,公结草为庵于河之滨。帝读《老子》经……帝即幸其庵躬问之,帝曰:'子虽有道,犹朕民也,不能自屈,何乃高乎?'公即抚掌坐跃,冉冉在虚空中,去地数丈,俯仰而答曰:'余上不至天,中不累人,下不居地,何民臣之有?'传说其显灵不向汉文帝称臣。"
【例句】唐赵彦昭《奉和圣制…》:"逍遥自在蒙庄子,汉主徒言河上公。"宋项传《书邓先生…》:"昔闻河上公,今见濠上翁。"宋李之仪《李府君挽词》:"卖药韩康伯,著书河上公。"宋陈普《夜台》:"更须讲究铜驼事,结正当年河上公。"

河朔饮　hé shuò yǐn
【分类】生活
【关键词】刘松
【释义】指称酣饮的典故。《岁时习俗资料汇编·伏日》引《魏文·典略》:"大驾都许,使光禄大夫刘松北镇袁绍军,与绍子弟共宴饮,常以盛夏三伏之际,昼夜饮酒,至于无知,云以避一时之暑,故河朔有避暑饮。"
【例句】宋韩琦《留县公儒…》:"陶暑屡开河朔饮,聚星看别颍川贤。"宋强至《苦热》:"河朔饮杯空酪酊,临淄汗雨自沾濡。"宋孔武仲《武昌县西…》:"欢娱应似河朔饮,缥缈宜有云端楼。"宋吕陶《范才元参…》:"飘零河朔饮,怅望竹林贤。"

河图洛书　hé tú luò shū
【分类】政治
【关键词】周易
【释义】儒家关于《周易》卦形来源、《尚书·洪范》"九畴"创作过程的传说,用以形容帝王祥瑞。《周易·系辞上》:"河出图,洛出书,圣人则之。"疏曰:"孔安国以为河图则八卦是也,洛书则九畴是也。"
【例句】唐杨嗣复《仪凤》:"郊薮今翔集,河图意等伦。"唐沈佺期《答魑魅…》:"河谶随龙马,天书逐凤皇。"唐陆龟蒙《袭美先辈…》:"河图孕八卦,焕作玄中奇。"唐苏颋《奉和圣制…》:"盛业铭汾鼎,昌期应洛书。"宋夏竦《皇帝听讲…》:"洛书初罢讲,汉苑特开筵。"宋韦骧《石龟》:"世珍未许论荆璞,神迹当曾负洛书。"

河阳　hé yáng
【分类】文化
【关键词】潘岳
【释义】代指潘岳,曾任河阳县令。源见"河阳一县花"。
【例句】唐王勃《三月曲水…》:"彭泽官初去,河阳赋始传。"唐吕让《和人京》:"发改河阳鬓,衣余京洛尘。"唐宋之问《河阳》:"昔日河阳县,氛氲香气多。"唐李颀《寄司勋卢…》:"流渐腊月下河阳,草色新年发建章。"

河阳一县花　hé yáng yī xiàn huā
【分类】政治
【关键词】潘岳
【释义】称美县令或咏花之典。唐白居易《白氏六帖》:"潘岳为河阳令,树桃李花,人号曰'河阳一县花。'"
【例句】唐李白《赠崔秋浦》:"河阳花作县,秋浦玉为人。"唐卢纶《中书舍人…》:"颍阳春色似河阳,一望繁花一县香。"唐韩翃《送蒋县刘…》:"花深近县宿河阳,竹映春舟渡淇水。"唐李商隐《县中恼饮席》:"若无江氏五色笔,争奈河阳一县花。"

河尹与孔融　hé yǐn yǔ kǒng róng
【分类】生活
【关键词】孔融
【释义】喻咏识才或结交贤人。《后汉书·孔融传》:"融幼有异才。年十岁,随父诣京师。时河南尹李膺以简重自居,不妄接士宾客,敕外自非当世名人及与通家,皆不得白。融欲观其人,故造膺门。语门者曰:'我是李君通家子弟。'门者言之。膺请融,问曰:'高明祖父尝与仆有恩旧乎?'融曰:'然。先君孔子与君先人李老君同德比义,而相师友,则融与君累世通家。'众坐莫不叹息。太中大夫陈炜后至,坐中以告炜。炜曰:'夫人小而聪了,大未必奇。'融应声曰:'观君所言,将不早惠乎?'膺大笑曰:'高明必为伟器。'"
【例句】唐杜甫《奉寄河南…》:"有客传河尹,逢人问孔融。"

荷蒉　hé kuì
【分类】政治
【关键词】孔子
【释义】咏隐士之典。荷蒉:东周列国时期隐士。源见"击磬"。
【例句】宋李复《答李成季》:"怀沙曾愧垂纶客,击磬兴嗟荷蒉人。"宋何梦桂《和何逢原…》:"击磬斯已矣,荷蒉犹可宗。"宋许及之《宿德建驿…》:"相逢莫问滔滔事,荷蒉曾过有意哉。"宋魏了翁《山河叹送…》:"我非荷蒉不知磬,拟效执舆来问津。"

荷叶杯　hé yè bēi
【分类】生活
【关键词】历城
【释义】本为唐教坊曲牌名。为饮酒或酒器之典。源见"碧筒杯"。
【例句】唐白居易《酒熟忆皇…》:"疎索柳花盌,寂寞荷叶杯。"唐白居易《失题》:"石榴枝上花千朵,荷叶杯中酒十分。"宋王庭圭《郭教授南…》:"折得新荷叶,聊将当酒杯。"元许有壬《浣溪沙》:"荷叶杯中倾绿醅,瓜皮船上载红妆。"

荷衣蕙带　　hè yī huì dài
【分类】政治
【关键词】楚辞
【释义】用荷叶制成的衣裳,用兰花结成的带子,亦指高人、隐士之服。《楚辞补注·少司命》:"荷衣兮蕙带,儵而来兮忽而逝。"
【例句】唐刘长卿《喜朱拾遗…》:"诏书征拜脱荷裳,身去东山闭草堂。"唐钱起《送邬三落…》:"荷衣垂钓且安命,金马招贤会有时。"宋司马光《花庵诗寄…》:"犹恨簪绅未离俗,荷衣蕙带始相宜。"宋李薰《十五日同…》:"荷衣蕙带芙蓉裳,野服犹堪敌华衮。"

涸阴冰子　　hé yīn bīng zǐ
【分类】文化
【关键词】王沉
【释义】喻指寒门之士子。《晋书·王沉传》载:少有俊才,出于寒素,不能随俗沉浮,为时豪所抑。仕郡文学掾,郁郁不得志。乃作《释时论》,其辞曰:"东野丈人观时以居,隐耕污溲之墟,有冰氏之子者,出身沍寒之谷,过而问途,丈人曰:'子奚自?'曰:'自涸阴之乡。''奚适?'曰:'欲适煌煌之堂…'"
【例句】宋张道洽《梅花七律》:"冰氏根苗出涸阴,一团玉雪缟千林。"宋刘辰翁《水龙吟》:"念我何辰,涸阴冰子,生怜金虎。"宋陈与义《西风》:"不关明主弃,本出涸阴乡。"宋萧立之《食蟹》:"出涸阴乡奚所恨,煌煌堂上祸机深。"

涸辙　　hé zhé
【分类】政治
【关键词】庄子
【释义】比喻穷困的境地,犹搁浅。源见"涸辙之鲋"。
【例句】唐李白《江夏使君…》:"涸辙思流水,浮云失旧居。"唐韩翃《寄令狐尚书》:"他日感筋惭未报,举家犹似涸池鱼。"唐张祜《苦旱》:"鱼穷悲涸辙,井漆奈枯泉。"宋宋祁《江夏黄孝…》:"惊弦已疮雁,涸辙欲穷鳞。"

涸辙之鲋　　hé zhé zhī fù
【分类】生活
【关键词】庄子
【释义】比喻处于困境、急待援助的人或物。《庄子·外物》载:庄周忿然作色曰:"周昨来,有中道而呼者。周顾视车辙中,有鲋鱼焉。周问之曰:'鲋鱼来!子何为者邪?'对曰:'我,东海之波臣也。君岂有斗升之水而活我哉?'周曰:'诺。我且南游吴越之王,激西江之水而迎子,可乎?'鲋鱼忿然作色曰:'吾失我常与,我无所处。吾得斗升之水然活耳,君乃言此,曾不如早索我于枯鱼之肆!'"
【例句】唐李白《拟古》:"无事坐悲苦,块然涸辙鲋。"唐杜甫《奉赠李八…》:"真成穷辙鲋,或似丧家狗。"宋杨亿《己亥年郡…》:"辙鲋那忧涸,园蔬依旧浇。"宋司马同《贫士行》:"谁将斗升水,活此辙中鲋。"

盍朋簪　　hé péng zān
【分类】生活
【关键词】周易
【释义】咏友人来聚之典。《周易注疏·豫》:"九四,由豫,大有得。勿疑朋盍簪。"三国魏王弼注:"夫不信于物,物亦疑焉。故勿疑则朋合疾也。盍,合也。簪,疾也。"意谓不要疑神疑鬼,朋友会很快来相聚的。
【例句】唐戴叔伦《卧病》:"沧州诗社散,无梦盍朋簪。"宋文彦博《知府学士…》:"几年洛社盍朋簪,照席琼枝秀出林。"宋王安石《寄余温卿》:"云散风流不自禁,天涯无路盍朋簪。"宋丘葵《寄南剑詹…》:"可怜山海隔,无路盍朋簪。"

阖闾城　　hé lú chéng
【分类】政治
【关键词】夫差
【释义】即苏州古城,又称吴。晋左思《吴都赋》:"阖闾之所营,采夫差之遗法。抗神龙之华殿,施荣楯而捷猎。崇临海之崔巍,饰赤乌之韎昽。"唐李善注引刘渊林注:"阖闾造吴城郭宫室,其子夫差嗣,增崇侈靡。"
【例句】唐白居易《登阊门闲望》:"阖闾城碧铺秋草,乌鹊桥红带夕阳。"唐刘长卿《别严士元》:"春风倚棹阖闾城,水国春寒阴复晴。"唐李嘉祐《伤吴中》:"馆娃宫中春已归,阖闾城头莺已飞。"唐白居易《登阊门闲望》:"阖闾城碧铺秋草,乌鹊桥红带夕阳。"

阖门百口　　hé mén bǎi kǒu
【分类】生活
【关键词】赵岐
【释义】指全家所有人。《后汉书·赵岐传》:"(孙嵩)密问岐曰:'视子非卖饼者,以相问而色动,不有重怨,即亡命乎?我北海孙宾石,阖门百口,势能相济。'"
【例句】唐韩愈《此日足可…》:"谁云经艰难,百口无夭殇。"唐刘长卿《过裴舍人》:"孤坟何处依山木,百口无家学水萍。"唐李绅《溯西江》:"一身累困怀千载,百口无虞贵万金。"宋黄辅《哭卢榕父子》:"许国一心如铁劲,阖门百口等毛轻。"

鹖冠　　hé guān
【分类】政治
【关键词】鹖冠子
【释义】咏隐士之典。鹖:鸟名,即鹖鸡,羽毛黄黑色。鹖冠:插有鹖鸡羽毛的帽子。鹖冠子:春秋时楚国人,当齐威王、魏惠王之时,隐居深山,以鹖羽为冠。《汉书·艺文志》:"(著)《鹖冠子》一篇。楚人,居深山,以鹖为冠。"李善注:"《七略》鹖冠子者…以鹖为冠,故曰鹖冠。"
【例句】唐李颀《同张员外…》:"鹖冠葛屦无名位,博弈赋诗聊遣意。"唐杜甫《小寒食舟…》:"佳辰强饭食犹寒,隐几萧条带鹖冠。"唐杜甫《耳聋》:"生年鹖冠子,叹世鹿皮翁。"唐陆龟蒙《江南秋怀…》:"鹖冠难适越,羊酪未饶伦。"

贺家湖　hè jiā hú
【分类】生态
【关键词】贺知章
【释义】镜湖,在浙江绍兴西南,贺知章晚年隐退并终于此地。《新唐书·贺知章传》:"贺知章字季真…天宝初,病,梦游帝居,数日寤,乃请为道士…又求周宫湖数顷为放生池,有诏赐镜湖剡川一曲。"
【例句】宋吕夷简《天花寺》:"贺家湖上天花寺,一一轩窗向水开。"宋韦骧《再用前韵…》:"而我拘挛过佳节,岂不船在贺家湖。"宋王铚《倚岭阁》:"贺家湖东剡溪曲,白塔幽林声断续。"宋释文珦《游越》:"佛屋几迁王令宅,官租半入贺家湖。"

贺老　hè lǎo
【分类】生活
【关键词】琵琶
【释义】指唐贺怀智,唐天宝末乐工,善弹琵琶,世称贺老。唐元稹《连昌宫词》:"夜半月高弦索鸣,贺老琵琶定场屋。"
【例句】宋辛弃疾《贺新郎》:"贺老定场无消息,想沉香亭北繁华歇。"宋艾可叔《渡鉴潭望…》:"贺老生涯鉴湖曲,希夷别墅白云堆。"宋李纲《送李似之…》:"一曲鉴湖归贺老,可能分半乞比邻。"

贺若　hè ruò
【分类】生活
【关键词】贺若弼
【释义】琴曲名,相传出于唐代琴师贺若夷,或云出于隋代贺若弼,亦借指贺若弼或贺若夷。《苕溪渔隐丛话》:"宋惠洪《冷斋夜话》佚文:世传琴曲官声十小调,皆隋贺若弼所制,最为绝妙。一《不博舍》,二《不换玉》…十亡其名,琴家但名《贺若》而已。"
【例句】宋李光《县斋清坐…》:"君诗如清琴,平淡犹贺若。"宋林季仲《次曾纮甫》:"时弄清琴怀贺若,何妨后乘载樵青。"宋吴则礼《赠江贯道》:"老子从来知贺若,为我剩弹乌夜啼。"宋王洋《和周仲嘉…》:"闲静心情如此少,能听贺若是知琴。"

贺燕　hè yàn
【分类】生活
【关键词】淮南子
【释义】祝贺新居落成的套语。源见"燕雀相贺"。
【例句】唐刘禹锡《奉和裴令…》:"无因随贺燕,翔集画梁间。"唐白居易《和杨郎中…》:"祥鳣降伴趋庭鲤,贺燕飞和出谷莺。"宋杨亿《赠张季常》:"叠巘参差翠绕门,雕梁贺燕自成群。"宋宋祁《寄题相台…》:"迁莺贺燕翩翻集,大树甘棠次第春。"

褐衣客　hè yī kè
【分类】生活
【关键词】孟子
【释义】咏贫人之典。《孟子·滕文公上》:"许子衣褐。"汉赵歧注:"以毳为之,若今马衣者也。或曰:褐,枲衣也;一曰,粗布衣也。"
【例句】唐柳中庸《春思赠人》:"谁知褐衣客,憔悴在书窗。"唐白居易《东墉晚歇》:"褐衣半故白发新,人逢故知我是何人。"宋陆游《感寓》:"所以古达人,怀玉被褐衣。"宋王迈《莲花》:"争似泥涂隐君子,褐衣怀玉古人风。"

鹤发童颜　hè fà tóng yán
【分类】生活
【关键词】田颖
【释义】白鹤样的头发,孩童般的容颜,形容老年人气色好,有精神。唐田颖《梦游罗浮》:"自言非神亦非仙,鹤发童颜古无比。"
【例句】唐吴筠《游仙》:"羽服参烟霄,童颜皎冰雪。"唐李翱《赠毛仙翁》:"龟鹤计年承甲子,冰霜为质驻童颜。"唐钱起《省中对雪…》:"琼枝应比净,鹤发敢争先。"唐张志和《渔父》:"却把渔竿寻小径,闲梳鹤发对斜晖。"聂绀弩《访丘东平…》:"老母八旬披鹤发,默迎儿子故人来。"

鹤骨　hè gǔ
【分类】生活
【关键词】孟郊
【释义】谓伶仃瘦骨,喻修道者的骨相。唐孟郊《石淙》:"飘飘鹤骨仙,飞动鼇背庭。"
【例句】唐齐己《戊辰岁湘…》:"瘦应成鹤骨,闲想似禅心。"五代贯休《遇道者》:"鹤骨松筋风貌殊,不言名姓绝荣枯。"宋苏轼《寿星院寒…》:"道人绝粒对寒碧,为问鹤骨何缘肥?"

鹤骨霜髯　hè gǔ shuāng rán
【分类】生活
【关键词】苏轼
【释义】瘦骨白须,形容年老。宋苏轼《赠岭上老人》:"鹤骨霜髯心已灰,青松合抱手亲栽。"
【例句】唐孟郊《石淙》:"飘飘鹤骨仙,飞动鼇背庭。"唐李洞《曲江渔父》:"儿孙闲弄雪霜髯,浪飐南山影入檐。"五代贯休《遇道者》:"鹤骨松筋风貌殊,不言名姓绝荣枯。"五代徐铉《奉和武功…》:"霜髯病叟掩柴扃,禅客相寻有故情。"宋周紫芝《次韵同季…》:"鹤骨松园老,霜髯八十春。"

鹤归华表　hè guī huá biǎo
【分类】文化
【关键词】丁令威
【释义】喻久别重归而叹世事变迁,或喻人去世,或指鹤。华表,古代立于宫殿、城垣或陵墓前的石柱,柱身刻有花纹。鹤归、化鹤:比喻人亡故。源见"辽东鹤"。
【例句】唐李绅《新楼诗》:"何须化鹤归华表,却数凋零念越乡。"唐杜甫《陪李七司…》:"天寒白鹤归华表,日落青龙见水中。"唐吕岩《归鹤峰》："鹤归华表几千年,鸡犬随丹尽上天。"聂绀弩《挽毕高士》："雪满完山高士毕,鹤归华表古城秋。"

鹤驾　hè jià
【分类】文化
【关键词】王子乔
【释义】也称鹤驭,喻仙人或太子的车骑。源见"王乔控鹤"。
【例句】唐狄仁杰《奉和圣制…》："羽杖遥临鸾鹤驾,帷宫直坐凤麟洲。"唐宋之问《函谷关》："欲访乘牛求宝箓,愿随鹤驾遍瑶空。"唐杜甫《洗兵马》："鹤驾通霄凤辇备,鸡鸣问寝龙楼晓。"唐白居易《寄李相公…》："曾陪鹤驭两三仙,亲侍龙舆四五年。"唐吴融《和皮博士…》："鹤驭已从烟际下,凤膏还向月中焚。"宋杨亿《次韵和承…》："竹宫肃穆珠旒拜,华表飘飘鹤驭归。"

鹤警露　hè jǐng lù
【分类】文化
【关键词】鹤
【释义】咏鹤之典。《太平御览》引《风土记》："鸣鹤戒露。此鸟性警,至八月,白露降,流于草上,滴滴有声,因即高鸣相警,移徙所宿处,虑有变害。"
【例句】唐虞世南《飞来双白鹤》："危心犹警露,哀响讵闻天。"唐元稹《和李校书…》："辞雄皓鹤警露啼,失子哀猿绕林啸。"唐骆宾王《送王赞府…》："虚心恒警露,孤影尚凌烟。"唐白居易《鸡赠鹤》："一声警露君能薄,五德司晨我用多。"

鹤立鸡群　hè lì jī qún
【分类】文化
【关键词】嵇绍
【释义】比喻人的才能或仪表卓然出众。《晋书·嵇绍传》："嵇绍字延祖,魏中散大夫康之子也。十岁而孤,事母孝谨。…或谓王戎曰:'昨于稠人中始见嵇绍,昂昂然如野鹤之在鸡群。'戎曰:'君复未见其父耳。'"
【例句】唐李隆基《佛教梵文…》："鹤立蛇形势未休,五天文字鬼神愁。"唐贾岛《题峨州三…》："半岸泥沙孤鹤立,三堂风雨四门开。"唐李商隐《病中闻河…》："嵇鹤元无对,荀龙不在夸。"唐王维《送高适弟…》："野鹤终跼跄,威凤徒参差。"

鹤梦　hè mèng
【分类】政治
【关键词】曹唐
【释义】谓超凡脱俗的向往,借指隐居。唐曹唐《仙子洞中有怀刘阮》："不将清瑟理霓裳,尘梦那知鹤梦长。"
【例句】唐司空图《与李生论…》："地凉清鹤梦,林静肃僧仪。"唐戴叔伦《哭朱放》："碧窗月落琴声断,华表云深鹤梦长。"宋释重显《赋月生云…》："皎洁离云鹤梦时,孤光还与雪相宜。"宋舒亶《和游栖真…》："月底露惊猿鹤梦,

云中风动薜萝香。"

鹤鸣九皋　hè míng jiǔ gāo
【分类】文化
【关键词】诗经
【释义】比喻声名远扬,或仕途得志。《诗经·小雅·鹤鸣》："鹤鸣于九皋,声闻于天。鱼在于渚,或潜在渊。"汉毛传："皋,泽也。言身隐而名著也。"
【例句】唐韦元旦《饯唐州高…》："鸣皋夜鹤在,迁木早莺求。"唐陶翰《柳陌听早莺》："徒有知音赏,惭非皋鹤鸣。"唐唐彦谦《樊登见寄》："驰情望海波,一鹤鸣九皋。"唐王昌龄《送狄宗亨》："秋在水清山暮蝉,洛阳树色鸣皋烟。"

鹤寿　hè shòu
【分类】生活
【关键词】淮南子
【释义】鹤的年寿长,用为祝寿之辞。《淮南子·说林训》："鹤寿千岁,以极其游,蜉蝣朝生而暮死,而尽其乐。"
【例句】唐王建《闲说》："桃花百叶不成春,鹤寿千年也未神。"唐李正封《贡院楼北…》："鹤寿应成盖,龙形未有鳞。"宋赵抃《运使王举…》："堪笑蚊蝇惊八月,岂知龟鹤寿千年。"宋陈渊《陈漕生辰》："千秋期鹤寿,万里附鹏骞。"

鹤书　hè shū
【分类】政治
【关键词】孔稚珪
【释义】指古时用于招贤纳士的诏书。南朝齐孔稚珪《北山移文》："及其鸣驺入谷,鹤书赴陇。"唐李善注引萧子良《古今篆隶文体》曰:"鹤头书与偃波书俱诏板所用,在汉则谓之尺一简,仿佛鹄头,故有其称。"
【例句】唐李商隐《和刘评事…》："看封谏草归鸾掖,尚贲衡门待鹤书。"唐张九龄《饯陈学士…》："圣朝岩穴选,应待鹤书征。"唐皇甫曾《哭陆处士》："汉家偏访道,犹畏鹤书来。"唐无名氏《朝士戏任毂》："云林应讶鹤书迟,自入京来探事宜。"

鹤胎　hè tāi
【分类】生活
【关键词】杨文公
【释义】意指贵人的胞胎。《春渚纪闻·杨文公鹤诞》："杨文公之生也,其胞荫始脱,则见两鹤翅交掩块物而蠕动,其母急令密弃诸溪流,始出户祖母迎见,亟启视之,则两翅歘开,中有玉婴转侧而啼,举家惊异,非常器也。"
【例句】宋洪咨夔《寿程宰》："回翁十日前,先脱老鹤胎。"宋葛庆龙《题仙人洞…》："云长镇洞有时开,石匣终藏化鹤胎。"元陈谟《方丘生隐…》："晴沙金屑眠龙子,芝草瑶芳养鹤胎。"明苏学程《安期岩》："草树不知蝉蜕去,烟霞长伴鹤胎间。"

鹤舞　hè wǔ
【分类】生活

【关键词】韩非子
【释义】形容优美的舞姿。《韩非子·十过》："平公曰：'寡人之所好者，音也，愿试听之。'师旷不得已，援琴而鼓。一奏之，有玄鹤二八，道南方来，集于郎门之垝；再奏之而列；三奏之，延颈而鸣，舒翼而舞。"
【例句】唐司空图《杂题》："楼带猿吟逈，庭容鹤舞宽。"唐许浑《赠萧炼师》："吹笙延鹤舞，敲磬引龙吟。"唐陈子昂《春日登金…》："鹤舞千年树，虹飞百尺桥。"唐杜甫《秋日荆南…》："琴乌曲怨愤，庭鹤舞摧颓。"

鹤膝蜂腰 hè xī fēng yāo
【分类】生活
【关键词】魏庆之
【释义】本指诗歌声律八病的两种，后泛指诗歌声律上所犯的毛病。南朝宋魏庆之《诗人玉屑·诗病有八》："三曰蜂腰，第二字不得与第五字同声…四曰鹤膝，第五字不得与第十五字同声。"
【例句】唐李渤《喜弟淑再…》："云腾浪走势未衰，鹤膝蜂腰岂能障。"宋赵昇《缘识》："上捺下挑猛如虎，蜂腰鹤膝不堪睹。"宋苏轼《和流杯石…》："蜂腰鹤膝嘲希逸，春蚓秋蛇病子云。"宋陈造《朱俅索诗…》："龙文虎脊渠皆有，鹤膝蜂腰我未除。"

鹤相 hè xiāng
【分类】政治
【关键词】丁谓
【释义】指宋朝丞相丁谓。《东轩笔录》："丁晋公为玉清昭应宫使，每遇醮祭，即奏有仙鹤盘舞于殿庑之上…又以其令威之裔，而好言仙鹤，故但呼为'鹤相'，犹李逢吉呼牛僧孺为'丑座'也。"
【例句】宋王野《赏心亭》："非寻鹤相当年画，谁记坡仙旧日游。"宋李纲《见报以言…》："功似赞皇犹远涉，智如鹤相亦来游。"宋洪咨夔《丁谓》："鹤相专朝巧万般，中书位子太山安。"

鹤语 hè yǔ
【分类】文化
【关键词】丁令威
【释义】指劝人学仙，亦指鹤的鸣声。源见"辽东鹤"。
【例句】唐李端《游终南山…》："鸡声传洞远，鹤语报家迟。"唐储嗣宗《赠隐者》："鹤语松上月，花明云里春。"唐张祜《秋夜登润…》："人行中路月生海，鹤语上方星满天。"唐曹邺《寄嵩阳道人》："华表千年孤鹤语，人间一梦晚蝉鸣。"

鹤语尧年 hè yǔ yáo nián
【分类】文化
【关键词】鹤尧
【释义】形容历时久远，世事沧桑；亦用以咏鹤。《太平御览》引《异苑》："晋太康二年冬，大寒。南洲人见二白鹤语于桥下，曰：'今兹寒不减尧崩年也。'于是飞去。"

【例句】唐崔湜《幸白鹿观…》："鸾歌无岁月，鹤语记春秋。"唐元稹《有鸟》："尧年值雪度关山，晋室闻琴下寥廓。"明邓云霄《飞来双白鹤》："吹闻缑氏岭，寒忆帝尧年。"清文汉光《癸丑除夕…》："尚著黑貂存汉腊，愁听白鹤语尧年。"

鹤怨 hè yuàn
【分类】政治
【关键词】孔稚珪
【释义】指期待着归隐的人。南朝齐孔稚珪《北山移文》："蕙帐空兮夜鹤怨，山人去兮晓猿惊。"
【例句】唐罗隐《寄右省王…》："鱼惭张翰辞东府，鹤怨周颙负北山。"唐李商隐《赠宗鲁筇…》："鹤怨朝还望，僧闲暮有期。"五代徐钧《周颙》："何事轻招猿鹤怨，至今人讶北山移。"宋刘筠《题林处士…》："旧山鹤怨无钱买，新竹僧同借宅栽。"宋杨亿《再别陈建…》："篱畔菊荒环堵宅，山中鹤怨未归人。"

鹤怨周颙 hè yuàn zhōu yóng
【分类】政治
【关键词】周颙
【释义】讥弃隐出仕之人。源见"北山移文"。
【例句】唐李商隐《赠宗鲁筇…》："鹤怨朝还望，僧闲暮有期。"唐李商隐《和友人戏赠》："猿啼鹤怨终年事，未抵熏炉一夕间。"唐罗隐《寄右省王…》："鱼惭张翰辞东府，鹤怨周颙负北山。"宋徐钧《周颙》："何事轻命招猿鹤怨，至今人讶北山移。"

黑龙津 hēi lóng jīn
【分类】政治
【关键词】秦文公
【释义】黄河的代称。《史记·封禅书》："'昔秦文公出猎，获黑龙，此其水德之瑞。'于是秦更命河曰德水。"
【例句】唐骆宾王《畴昔篇》："遥瞻丹凤阙，斜望黑龙津。"唐蒋防《春风扇微和》："暖浮丹凤阙，韶媚黑龙津。"

黑眚 hēi shěng
【分类】生活
【关键词】左传
【释义】古代谓五行水气而生的灾祸。五行中水为黑色，故称黑眚。《左传·庄公二十五年》："非日月之眚不鼓。"晋杜预注："眚，犹灾也。月侵日为眚。"
【例句】宋刘克庄《居厚弟和…》："饮江马去黄旗捷，巢幕乌来黑眚收。"宋刘克庄《满江红》："九万里风清黑眚，三千世界纯银色。"宋陈普《王荆公》："鸳鸿阵阵落南溟，长乐钟中黑眚行。"明陈之遴《燕京杂诗》："黑眚蚤从三殿出，黄霾频障九天阴。"

黑槊公 hēi shuò gōng
【分类】政治
【关键词】于栗磾

【释义】称美勇将的典故。《魏书·于栗䃕传》："刘裕之伐姚泓也，栗䃕虑其北扰，遂筑垒于河上，亲自守焉…裕遗栗䃕书，远引孙权求讨关羽之事，假道西上，题书曰：'黑槊公麾下'。栗䃕以状表闻，太宗许之，因授黑槊将军。栗䃕好持黑槊以自标，裕望而异之，故有是语。"

【例句】唐韩翃《送刘将军》："青巾校尉遥相许，黑槊将军莫大夸。"唐李山甫《送刘将军…》："欲灭黄巾贼，须凭黑槊公。"唐杜牧《东兵长句》："落雕都尉万人敌，黑槊将军一鸟轻。"宋徐积《送人从军》："黑槊将陪黄钺帅，银枪队拥铁林兵。"

黑甜乡 hēi tián xiāng

【分类】生活
【关键词】苏轼
【释义】指梦乡。宋苏轼《发广州》："三杯软饱后，一枕黑甜余。"自注："俗谓睡为黑甜。"
【例句】宋章甫《益睡》："纷纷逐臭皆群儿，我正黑甜曾未知。"宋毛滂《建中上元…》："老去追游骨亦疲，黑甜唯觉睡如饴。"宋王炎《春日书怀》："唤取黄奶来，且尝黑甜味。"宋曾几《坐睡》："岂someone黑甜乡，于此得栖径。"宋苏籀《疏懒》："花开咄咄人清苦，鸟唼声声梦黑甜。"

黑头公 hēi tóu gōng

【分类】政治
【关键词】王珣
【释义】壮年居三公之典。《晋书·王珣传》："珣字元琳，弱冠与陈郡谢玄为恒温掾，俱为温所敬重，尝谓之曰：'谢掾年四十，必拥旄杖节。王掾当作黑头公。皆未易才也。'"
【例句】唐韩翃《送李中丞…》："当年紫髯将，他日黑头公。"唐吕温《镜中叹白发》："纵使他时能早达，定知不作黑头公。"唐李白《悲歌行》："还须黑发取方伯，莫漫白首为儒生。"唐韩偓《和王舍人…》："削玉风姿官水土，黑头公自古来难。"

很石 hěn shí

【分类】文化
【关键词】刘备
【释义】石名，一作狠石，在江苏省镇江市北固山甘露寺前。状如伏羊。相传刘备曾坐其上，与孙权共论曹操。唐罗隐《题润州妙善前石羊》："紫髯桑盖此沉吟，很石犹存事可寻。"
【例句】宋苏轼《甘露寺》："狠石卧庭下，穹隆如伏鼋。"宋苏轼《送李孝博…》："渡江吊很石，过岭酌贪泉。"宋傅梦得《多景楼》："痕留很石传千古，望断中原知几州。"

恨失未嫁时 hèn shī wèi jià shí

【分类】生活
【关键词】张籍
【释义】言已婚男女相悦，不能结合之憾。唐张籍《节妇吟》："还君明珠双泪垂，何不相逢未嫁时？"
【例句】宋赵彦端《鹧鸪天》："箫吹弄玉登楼月，弦拨昭君未嫁时。"宋黄文雷《二桥图》："那知不是未嫁时，本末无从勘彤史。"明王彦泓《无题》："弄玉当年未嫁时，徘徊好影自矜持。"明王世贞《彭城道中…》："报君一语君应笑，恨不相逢未嫁时。"

恨血 hèn xuè

【分类】政治
【关键词】庄子
【释义】谓屈死者的血。源见"苌弘化碧"。
【例句】唐李贺《秋来》："秋坟鬼唱鲍家诗，恨血千年土中碧。"唐陆龟蒙《和袭美馆…》："此地最应沾恨血，至今春草不匀生。"宋刘筠《明皇》："河鼓暗期随日转，马嵬恨血染尘腥。"明周霆震《杜鹃行》："暴骸泣霜关月老，恨血埋雨江波浑。"

亨会 hēng huì

【分类】政治
【关键词】周易
【释义】谓美好的事物聚集一起。源见"亨嘉"。
【例句】宋文彦博《英宗皇帝…》："乾德符亨会，天飞出庆宁。"宋吕陶《送李镇北归》："数路盛得人，君君赴亨会。"宋韩琦《次韵答宫…》："睿师当亨会，真贤上贵途。"宋邹浩《挽石适中》："刲犀翻羽早称奇，亨会难遭但布衣。"

亨嘉 hēng jiā

【分类】政治
【关键词】周易
【释义】谓美好的事物聚集一起，比喻优秀人物。《周易注疏·乾》："元者，善之长也；亨者，嘉之会也；利者，义之和也；贞者，事之干也。"唐孔颖达疏："亨者，嘉之会者，嘉，美也。言天能通畅万物，使物嘉美之会聚，故云嘉之会也。"
【例句】宋韩琦《裕享庆成》："此协亨嘉会，惭非辅翼功。"宋王之道《代人上段…》："千龄令庆亨嘉会，二府新分造化权。"宋李之仪《和子椿》："自是亨嘉相际会，便应从此出尘凡。"宋吴芾《和李光祖》："会际亨嘉膺昼接，且将粗粝疗朝饥。"

恒河沙数 héng hé shā shù

【分类】文化
【关键词】金刚经
【释义】形容数量多到无法计算。《金刚经·无为福胜分》："但诸恒河尚多无数，何况其沙…以七宝满尔所恒河沙数三千大千世界，以用布施。"恒河：南亚有名的大河，两岸都是沙子，被印度佛教徒奉为圣河。
【例句】唐玄觉《永嘉证道歌》："非但我今独达了，恒沙诸佛体皆同。"唐高适《同马太守…》："深知亿劫苦，善喻恒沙大。"唐刘长卿《齐一和尚》："一灯长照恒河沙，双树犹落诸天花。"唐戎昱《送僧法和》："不知飞锡后，何处是恒沙。"

横波 héng bō

【分类】生活

【关键词】傅毅

【释义】借指女子的眼睛。东汉傅毅《舞赋》:"眉连娟以增绕兮,目流睇而横波。"唐李善注:"横波,言目邪视,如水之横流也。"

【例句】唐张碧《古意》:"手持纨扇独含情,秋风吹落横波血。"唐元稹《崔徽歌》:"眼明正似琉璃瓶,心荡秋水横波清。"唐李群玉《醉后赠冯姬》:"二寸横波回慢水,一双纤手语香弦。"唐李群玉《和人赠别》:"嚬黛低红别怨多,深亭芳恨满横波。"

横草之功 héng cǎo zhī gōng

【分类】政治

【关键词】终军

【释义】如同将草踩倒的那样功劳,比喻轻微的功劳。《汉书·终军传》:"军自请曰:'军无横草之功,得列宿卫,食禄五年。边境时有风尘之警,臣宜被坚执锐,当矢石,启前行。'"

【例句】唐李白《书情题蔡…》:"愧无横草功,虚负雨露恩。"唐韩愈《答张彻》:"微诚慕横草,琐力摧撞筵。"唐韩琮《秋晚信州…》:"不量横草力,虚慕入云踪。"宋宋庠《冬至摄事》:"如何一介士,蔑著横草功。"

横陈 héng chén

【分类】生活

【关键词】宋玉

【释义】横卧,横躺。战国楚宋玉《讽赋》:"内怵惕兮徂玉牀,横自陈兮君之旁。"南朝梁沈约《梦见美人》:"立望复横陈,忽觉非在侧。"

【例句】唐李商隐《北齐》:"小怜玉体横陈夜,已报周师入晋阳。"唐陆龟蒙《蔷薇》:"倚墙当户自横陈,致得贫家似不贫。"宋刘筠《公子》:"别馆横陈张静婉,门江长揖霍嫖姚。"宋王安石《清凉寺》:"木落冈峦因自献,水归洲渚得横陈。"

横山 héng shān

【分类】政治

【关键词】薛仁贵

【释义】位于陕西省榆林市中部,为古代边关要塞。《旧唐书·薛仁贵列传》:"明年,又与梁建方、契苾何力于辽东共高丽大将温沙门战于横山,仁贵匹马先入,莫不应弦而倒。"

【例句】唐钱起《夜宿灵台》:"西日横山含碧空,东方吐月满禅宫。"宋刘宰《挽江宁丁尉》:"南部威方振,横山寇即安。"宋范仲淹《阅古堂诗》:"复我横山疆,限尔长河浔。"明林光《白岩为乔…》:"横山喜见云龙变,三晋回看道路长。"

横槊 héng shuò

【分类】文化

【关键词】曹操

【释义】形容气概豪迈。源见"横槊赋诗"。

【例句】宋苏轼《送钱承制…》:"踞床到处堪吹笛,横槊何人解赋诗。"宋张耒《送曹子方…》:"横槊尚传瞒相国,紫髯不是画将军。"宋王质《赵景山程…》:"鹊枝赋罢骄横槊,蚓鼎联成倦倚墙。"聂绀弩《桥夜想起…》:"周郎火快船江昼,孟德诗高柄槊横。"

横槊赋诗 héng shuò fù shī

【分类】政治

【关键词】曹操

【释义】喻指能文能武的英雄豪迈气概。唐元稹《唐故工部员外郎杜君墓系铭》:"建安之后,天下文士遭罹兵战,曹氏父子鞍马间为文,往往横槊赋诗。故其抑扬怨哀悲离之作,尤极于古。"

【例句】宋王庭珪《和曹温如…》:"阿瞒岂但能横槊,文彩风流世有人。"宋叶梦得《刘太保招》:"横槊赋诗非我事,车书会复见斯文。"宋李鹰《边城四时》:"公孙卿材名将种,横槊赋诗海涛涌。"宋周行己《几山出示》:"引杯看剑夜云黑,横槊赋诗寒日黄。"

衡门栖迟 héng mén qī chí

【分类】政治

【关键词】诗经

【释义】比喻隐居自乐。《诗经·陈风·衡门》:"衡门之下,可以栖迟。泌之洋洋,可以乐饥。"衡门:横木为门,言简陋。栖迟:游息。

【例句】唐白居易《戏答林园》:"衡门虽是栖迟地,不可终朝锁此身。"宋晁补之《叙旧感怀》:"栖迟自忆衡门后,可是登楼不称情。"宋吴则礼《新亭偶作》:"衡门宿昔只栖迟,惭愧三堂春事奇。"宋苏颂《寄译经清…》:"辇寺栖迟不计年,衡门无异对林泉。"

衡阳雁断 héng yáng yàn duàn

【分类】生活

【关键词】雁

【释义】比喻音信断绝。源见"衡阳雁归"。

【例句】宋李氏《书怀》:"衡阳雁断楚天阔,几度潮来问故舟。"宋魏了翁《和夔漕王…》:"鹏图海瀛骞新味,雁断衡阳感旧联。"元陈益稷《鄂馆书怀》:"衡阳雁断三千路,巫峡猿啼十二峰。"明霍与瑕《括滕王阁…》:"仙人旧馆朱华前,衡阳雁断对愁眠。"

衡阳雁归 héng yáng yàn guī

【分类】文化

【关键词】雁

【释义】咏雁南飞而止于衡阳。《毛诗草木鸟兽虫鱼疏广要》:"《山海经》云:雁门山,雁出其间,在高柳北。旧说,鸿雁南翔不过衡山。今衡山之旁,有峰曰回雁,盖南地极燠,人罕识雪者,故雁望衡山而止也。"

【例句】唐李百药《途中述怀》:"目送衡阳雁,情伤江上枫。"

唐沈佺期《遥同杜员…》：" 南浮涨海人何处？北望衡阳雁几群。" 唐杜甫《归雁》："万里衡阳雁，今年又北归。" 宋楼钥《送胡巨济…》："此行得句须频寄，直到衡阳有雁归。"

衡宇 héng yǔ
【分类】生活
【关键词】陶渊明
【释义】泛指房屋或特指简陋的屋舍。东晋陶渊明《归去来辞》："乃瞻衡宇，载欣载奔。" 唐李德裕《金松赋》："我有衡宇，依山岑寂。"
【例句】宋葛胜仲《次韵中散兄》："痴钝老人堪底用，故应衡宇自偷安。" 宋孙觌《次韵叔毅…》："倦听山城鸣鼓角，喜瞻衡宇挂衣冠。" 宋张守《李道士惠…》："负郭倪容供旨味，穷年衡宇足栖迟。" 宋喻良能《过严濑寄…》："拟求墨妙辉衡宇，应有黄庭换白鹅。"

弘恭陷萧望之 hóng gōng xiàn xiāo wàng zhī
【分类】政治
【关键词】萧望之
【释义】汉元帝时，前光禄勋萧望之反对宦官干政，被宦官弘恭、石显谋害。后因以作为宦官陷害忠良之典。《汉书·萧望之传》："时上初即位，不省'谒者召致廷尉'为下狱也，可其奏…（望之）竟饮鸩自杀。"
【例句】唐白居易《读史》："弘恭陷萧望，赵高谋李斯。" 宋郑獬《杂兴》："何独萧望之，诛锄恨不早。" 宋周必大《参政李秀…》："进贤自许唐师德，持论人推萧望之。" 明罗钦顺《送张黄门…》："弘恭恻目惮更生，潞公敛衽钦唐介。" 清王士禛《洪洞县谒…》："弘恭已自收萧传，夏恽翻能杀吕强。"

弘文馆 hóng wén guǎn
【分类】政治
【关键词】唐太宗
【释义】官署名，唐武德四年置修文馆于门下省。九年，太宗即位，改名弘文馆。《新唐书·弘文馆》："学士，掌详正图籍，教授生徒；朝廷制度沿革、礼仪轻重，皆参议焉。"
【例句】宋雷震发《读李群玉集》："光顺门前系马吟，弘文馆里翠云春。" 宋刘克庄《感昔》："曾见弘文馆盛开，难将汗脚浼金台。" 明童冀《赠丹崖隐者》："弘文馆深难置足，神武门高宦挂冠。" 明胡应麟《送徐惟得…》："弘文馆辟双龙近，神武门深一骑遥。"

弘演纳肝 hóng yǎn nà gān
【分类】政治
【关键词】弘演
【释义】咏杀身报主之典。《吕氏春秋·忠廉》："卫懿公有臣曰弘演，有所于使。翟人攻卫…及懿公于荥泽，杀之，尽食其肉，独舍其肝。弘演至，报使于肝毕，呼天而啼，尽哀而止，曰：'臣请为襮。'因自杀，先出其腹实，内懿公之肝。"
【例句】唐李商隐《行次西郊…》："我愿为此事，君前剖心肝。" 明王世贞《挽故温州…》："刳后呆卿空有舌，哭回弘演已无肝。" 明谢元汴《戊子二月…》："惭从地下逢弘演，浪向人间诵楚辞。" 明谢元汴《和黄伯城…》："祭草从今日，纳肝忆往年。" 明顾炎武《陈生芳绩…》："宏演纳肝犹报主，王裒泣血倍思亲。"

红豆相思 hóng dòu xiāng sī
【分类】生活
【关键词】王维
【释义】红豆，又叫相思子，古人常用以象征爱情。比喻男女相思。唐王维《相思》："愿君多采撷，此物最相思。"
【例句】五代花蕊夫人徐氏《宫词》："却被内监遥觑见，故将红豆打黄莺。" 唐温庭筠《南歌子词》："玲珑骰子安红豆，入骨相思知不知。" 唐韩偓《玉合》："中有兰膏渍红豆，每回拈著长相忆。" 宋周密《清平乐》："一树湘桃飞茜雪。红豆相思渐结。"

红儿 hóng ér
【分类】生活
【关键词】杜红儿
【释义】杜红儿，唐歌妓，泛称歌妓、美女。《唐摭言》："籍中有红儿者，善肉声，常为贰车属意。会贰车骈邻道，虬请红儿歌而赠之缯彩。孝恭以副车所贮，不令受所贶。（罗）虬怒拂衣而起，诘旦，手刃。既而思之，乃作绝句百篇，号比红诗，大行于时。"
【例句】宋方岳《海棠》："花比红儿谁作谱，诗传娇客已成编。" 宋张先《熙州慢》："持酒更听，红儿肉声长调。" 宋王洋《再赋红梅》："比玉比冰俱未切，恰是红儿兼比雪。" 宋陈棣《钱使君知…》："华堂不听红儿唱，净几唯闻黄奶言。"

红粉 hóng fěn
【分类】生活
【关键词】魏晋
【释义】红色的铅粉，代指美女。魏晋无名氏《古诗十九首》："娥娥红粉妆，纤纤出素手。"
【例句】唐司空图《南北史感遇》："花迷公子玉楼恩，镜弄佳人红粉春。" 唐裴束《出塞》："骤袅青丝骑，娉婷红粉妆。" 唐杜审言《戏赠赵使…》："红粉青娥映楚云，桃花马上石榴裙。" 宋欧阳修《浣溪沙》："红粉佳人白玉杯，木兰船稳棹歌催。" 聂绀弩《花月痕》："从来红粉青衫泪，末世官僚地主魂。"

红拂 hóng fú
【分类】生活
【关键词】红拂妓
【释义】喻指能识英雄、为追求美满婚姻而抗争的女子。《太平广记·虬髯客传》载：红拂相传为隋唐时的女侠，姓张，名出尘，是隋末权相杨素的侍妓。时天下方乱，李靖以布衣谒素献策骋辩。杨素姬妾中有一执红拂者，貌美而瞩目靖。其夜靖归旅舍,出尘奔之,乃与俱适太原。"

【例句】宋晁冲之《和集津兄…》:"近说城南王子妓,亦持红拂剧西风。"宋刘克庄《戏效屏山…》:"家无红拂妓,捉麈自驱蝇。"宋刘克庄《落花怨》:"无计留红拂,伤心坠绿珠。"元杨基《无题和唐…》:"楼上绿珠知报主,座中红拂解怜才。"

红巾 hóng jīn
【分类】生活
【关键词】杜甫
【释义】红色巾帕,借指美女。唐杜甫《丽人行》:"杨花雪落覆白苹,青鸟飞去衔红巾。"
【例句】唐王勃《落花落》:"绮阁青台静且闲,罗袂红巾复往还。"唐白居易《赞崔氏夫人》:"拜别高堂日欲斜,红巾拭泪贵新花。"宋周紫芝《千叶石榴…》:"红巾半蹙为谁苦,芳心何止千重重。"宋陈造《待众官致…》:"蔗浆玉醴壶天晚,翠盖红巾暑月春。"

红莲幕 hóng lián mù
【分类】政治
【关键词】王俭
【释义】官署幕府、幕僚之美称。《南史·庾杲之传》:"(王俭)用杲之为卫将军长史。安陆侯萧缅与俭书曰:'盛府元僚,实难其选。庾景行泛渌水,依芙蓉,何其丽也。'时人以入俭府为莲花池,故缀书美之。"
【例句】唐李商隐《寄成都高…》:"红莲幕下紫梨新,命断湘南病渴人。"唐方干《赠郑仁规》:"莲幕未来须更聘,桂枝才去即先攀。"唐杜荀鹤《维扬冬末》:"故人多在芙蓉幕,应笑孜孜道未光。"宋王禹偁《送同年刘…》:"仲宣旧佐红莲幕,裴度新开绿野堂。"

红鸾 hóng luán
【分类】文化
【关键词】鸟
【释义】古代传说中一种红色的仙鸟,也指星相家所说的吉星,主人间婚姻喜事。唐曹唐《小游仙诗》:"紫水风吹剑树寒,水边年少下红鸾。"
【例句】唐王建《和蒋学士…》:"瑞草唯承天上露,红鸾不受世间尘。"唐杜光庭《题都庆观》:"三仙一一驾红鸾,仙去云间绕古坛。"唐曹唐《小游仙诗》:"忽闻下界笙箫曲,斜倚红鸾笑不休。"宋刘挚《再次红梅》:"春酣白玉醉香入,日射红鸾扇影遮。"

红娘 hóng niáng
【分类】生活
【关键词】崔莺莺
【释义】代指媒人或中间介绍人。《太平广记·莺莺传》:"崔之婢曰红娘,生私为之礼者数四,乘间遂道其衷。婢果惊沮,腆然而奔,张生悔之。翼日,婢复至,张生乃羞而谢之,不复云所求矣。"
【例句】宋秦观《崔莺莺》:"夜半红娘拥抱来,脉脉惊魂约若

梦。"宋刘克庄《冬燠海棠…》:"忽被彩云瞒老眼,错呼青女作红娘。"明袁华《客吴兴春…》:"双眉刷翠小红娘,斗酒梨花为洗妆。"明曾棨《药房闲咏》:"笑杀红娘无远志,独倾竹叶向莲房。"

红旗 hóng qí
【分类】政治
【关键词】王昌龄
【释义】古代用作军旗或用于仪仗队的红色旗。唐王昌龄《从军行》:"大漠风尘日色昏,红旗半捲出辕门。"
【例句】唐苏颋《春日芙蓉…》:"御道红旗出,芳园翠辇游。"唐张建封《观竞渡》:"鼓声三下红旗开,两龙跃出浮水来。"唐元稹《送卢戡》:"红旗满眼襄州路,此别泪流千万行。"唐白居易《刘十九同宿》:"红旗破贼非吾事,黄纸除书无我名。"

红丝牵第三 hóng sī qiān dì sān
【分类】生活
【关键词】郭元振
【释义】咏婚姻或择婿之典。《开元天宝遗事·牵红丝娶妇》:"郭元振少时美风姿,有才艺,宰相张嘉贞欲纳为婿。元振曰:'知公门下有女五人,未知孰属…'张曰:'吾女各有姿色…欲令五女各持一丝幔前,使子取便牵之,得者为婿。'元振欣然从命,遂牵一红丝线,得第三女,大有姿色,后果然随夫贵达也。"
【例句】宋无名氏《柳梢青》:"他时佳婿成双,红丝应牵第三。"宋无名氏《抛球乐》:"玉纤高指红丝网,大家著意胜头筹。"明朱鼎《解三酲》:"绣幕红丝尚未牵。琼楼美人多婉娈。"清包彬《竹塘老姆行》:"皇孙一见叹奇绝,画屏当昼牵红丝。"

红粟 hóng sù
【分类】生活
【关键词】贾捐之
【释义】储藏过久而变为红色的陈米,亦指丰足的粮食。《汉书·贾捐之传》:"至孝武皇帝元狩六年,太仓之粟红腐而不可食。"
【例句】唐杜牧《题白云楼》:"高下绿苗千顷尽,新陈红粟万廒空。"唐杜甫《八哀诗赠…》:"意待犬戎灭,人藏红粟盈。"唐白居易《和张十八…》:"青衫乍见曾惊否,红粟难赊得饱无。"唐许浑《汉水伤稼》:"高下绿苗千顷尽,新陈红粟万廒空。"

红绡 hóng xiāo
【分类】生活
【关键词】冯延巳
【释义】红色薄绸,多用于歌舞妓名。南唐冯延巳《应天长》:"枕上夜长只如岁,红绡三尺泪。"
【例句】唐李白《连理枝》:"喷宝猊香烬麝烟浓,馥红绡翠被。"唐江采蘋《谢赐珍珠》:"桂叶双眉久不描,残妆和泪污红绡。"唐白居易《琵琶行》:"五陵年少争缠头,一曲红

绡不知数。"唐刘言史《偶题》："掬水远湿岸边郎,红绡缕中玉钏光。"

红杏出墙 hóng xìng chū qiáng
【分类】生活
【关键词】叶绍翁
【释义】比喻事业有成,崭露头角,也比喻妇女不守闺范,与人私通。唐吴融《途中见杏花》："一枝红杏出墙头,墙外行人正独愁。"宋叶绍翁《游小园不值》："春色满园关不住,一枝红杏出墙来。"
【例句】五代冯延巳《浣溪沙》："春到青门柳色黄,一梢红杏出低墙。"宋张耒《伤春》："红杏墙头最可怜,腻红娇粉两娟娟。"宋陆游《马上作》："杨柳不遮春色断,一枝红杏出墙头。"宋魏夫人《菩萨蛮》："隔岸两三家。出墙红杏花。"宋叶茵《香奁体》："绿杨红杏闹墙头,画出眉山却带秋。"

红袖 hóng xiù
【分类】生活
【关键词】王俭
【释义】古代女子襦裙长袖,后代指年轻女子。南朝齐王俭《白紵辞》："情发金石媚笙簧,罗袿徐转红袖扬。"
【例句】唐杜牧《书情》："摘莲红袖湿,窥渌翠蛾频。"唐元稹《遭风》："唤上驿亭还酩酊,两行红袖拂尊罍。"唐杜甫《奉送郭中···》："内人红袖泣,王子白衣行。"唐卢纶《宴席赋得···》："微收皓腕缠红袖,深遏朱弦低翠眉。"

红袖拂尘 hóng xiù fú chén
【分类】文化
【关键词】魏野
【释义】诗人自幸之词。《青箱杂记》："世传魏野尝从莱公(寇准)游陕府僧舍,各有留题,后复同游,见莱公之诗,已用碧纱笼护,而野诗独否,尘昏满壁。时有从行官妓,颇慧黠,即以袂就拂之。野徐曰:'或得常将红袖拂,也应胜似碧纱笼。'莱公大笑。"
【例句】宋魏野《诗一首》："闲暇若将红袖拂,还应胜得碧纱笼。"元叶颙《喜李公度···》》："已呼红袖拂,更遣碧纱遮。"元宋禧《题红梅画》："欲得君王同一笑,也将红袖拂春风。"明薛蕙《宫词》："红袖低回拂锦茵,玉颜憔悴掩罗巾。"

红颜 hóng yán
【分类】生活
【关键词】傅毅
【释义】指女子美丽的容颜。汉傅毅《舞赋》："貌嫽妙以妖蛊兮,红颜晔其扬华。"
【例句】唐骆宾王《帝京篇》："红颜宿昔白头新,脱素布衣轻故人。"唐刘希夷《白头吟》："寄言全盛红颜子,应怜半死白头翁。"唐李白《长干行》："感此伤妾心,坐愁红颜老。"唐王烈《塞上曲》："明镜不须生白发,风沙自解老红颜。"

红颜薄命 hóng yán bó mìng
【分类】生活
【关键词】汉武帝
【释义】旧指女子容貌美丽但多遭遇不幸。《汉书·孝武李夫人传》："李夫人少而早卒,上(汉武帝)怜闵焉,图画其形于甘泉宫。"并作赋伤悼,其辞曰:"···燕淫衍而抚盈兮,连流视而娥扬,既激感而心逐兮,包红颜而弗明。"
【例句】唐杨行真人《还丹歌》："世上喧喧车马人,红颜绿鬓不长春。"唐不详《白衣人》："自恨红颜留不住,莫怨春风道薄情。"宋欧阳修《再和明妃曲》："红颜胜人多薄命,莫怨春风当自嗟。"宋苏轼《薄命佳人》："自古佳人多薄命,闭门春尽杨花落。"

红药 hóng yào
【分类】生活
【关键词】谢朓
【释义】指芍药花。南朝齐谢朓《直中书省》："红药当阶翻,苍苔依砌上。"
【例句】唐钱起《宴曹王宅》："仙鸡引敌穿红药,宫燕衔泥落绮疏。"唐白居易《伤宅》："绕廊紫藤架,夹砌红药栏。"唐卢纶《玩春因寄···》："披垣春色自天来,红药当阶次第开。"宋周邦彦《瑞鹤仙》："惊飙动幕,扶残醉,绕红药。"

红叶题诗 hóng yè tí shī
【分类】生活
【关键词】卢渥
【释义】红叶题诗传情或良缘巧合之典。历来记载颇多。《太平广记·卢渥》:"卢渥应举之岁,偶临御沟,见一红叶···渥后亦一任范阳,独获其退宫人,睹红叶而吁怨久之,曰:'当时偶题随流,不谓郎君藏巾箧。'验其书迹,无不讶焉。诗曰:'流水何太急,深宫尽日闲。殷勤谢红叶,好去到人间。'"
【例句】唐天宝宫人《题洛苑梧···》："聊题一片叶,将寄接流人。"唐胡曾《七老会诗》："搜神得句题红叶,望景长吟对白云。"唐齐己《寄南雅上人》："清吟何处题红叶,旧社空怀堕白莲。"宋无名氏《车中》："欲题红叶无流水,别是桃源一段愁。"

红衣 hóng yī
【分类】生活
【关键词】羊士谔
【释义】谓红色衣裳,喻指红色羽毛或荷花瓣。唐羊士谔《玩荷花》:"红衣落尽暗香残,叶上秋光白露寒。"
【例句】唐李绅《寿阳罢郡···》:"鱼惊翠羽金鳞跃,莲脱红衣紫荐摧。"唐杜牧《齐安郡后···》:"尽日无人看微雨,鸳鸯相对浴红衣。"唐许浑《秋晚云阳···》:"烟开翠扇清风晓,水碧红衣白露秋。"

红玉 hóng yù
【分类】生活

【关键词】赵飞燕

【释义】红色宝玉,古人常以比喻美人肌色。《西京杂记》:"赵后(飞燕)体轻腰弱,善行步进退,女弟昭仪,不能及也。但昭仪弱骨丰肌,尤工笑语。二人并色如红玉,为当时第一,皆擅宠后宫。"

【例句】唐施肩吾《夜宴曲》:"被郎嗔罚琉璃盏,酒入四肢红玉软。"唐白居易《陵园妾》:"青丝发落丛鬓疏,红玉肤销系裙慢。"唐李贺《贵主征行乐》:"春营骑将如红玉,走马捎鞭上空绿。"唐吕岩《七言》:"九年采炼如红玉,一日圆成似紫金。"唐温庭筠《张静婉采…》:"兰膏坠发红玉春,燕钗拖颈抛盘云。"

红妆　hóng zhuāng

【分类】生活

【关键词】木兰诗

【释义】指女子的盛妆,喻指美女。《木兰诗》:"阿姊闻妹来,当户理红妆。"

【例句】唐张柬之《东飞伯劳歌》:"绝世三五爱红妆,冶袖长裾兰麝香。"唐李峤《倡妇行》:"红妆楼上歇,白发陇头新。"唐元稹《瘴塞》:"瘴塞巴山哭鸟悲,红妆少妇敛啼眉。"唐宋之问《和赵员外…》:"金鞍白马来从赵,玉面红妆本姓秦。"

红妆翠盖　hóng zhuāng cuì gài

【分类】文化

【关键词】荷

【释义】喻指荷花、荷叶。红妆:原指美女。翠盖:原称帝王,帝王的乘舆有翠羽为饰的华盖。宋欧阳修《采桑子》:"前后红幢绿盖随。画船撑入花深处,香泛金卮。"

【例句】唐宗楚客《奉和幸安…》:"玉楼银榜枕严城,翠盖红旗列禁营。"唐顾况《杂曲歌辞》:"翠盖浮佳气,朱楼倚太清。"宋刘敞《答钟子达…》:"红妆翠盖出污涂,水面风吹醉欲扶。"宋李光《海南气候》:"风飐圆荷翻翠盖,水涵芳蕊艳红妆。"

虹霓志　hóng ní zhì

【分类】政治

【关键词】尔雅

【释义】形容志气之远大。《尔雅注疏·释天》:"螮蝀,虹也。蜺为挈贰(霓的别名)。"宋邢昺《疏》:"《音义》云:'虹双出,色鲜盛者为雄,雄曰虹;暗者为雌,雌曰蜺。'"

【例句】宋刘弇《赠李子从》:"虹蜺蟠志气,天地贮心胸。"宋梅尧臣《逢王公愤…》:"勿言少壮日,志意吐虹霓。"宋高登《留别》:"壮风吐虹蜺,忠诚贯日月。"明梁维栋《赠郑惟超》:"虹霓直吐三千丈,鹏鹗横飞九万秋。"

虹气　hóng qì

【分类】文化

【关键词】孔子

【释义】咏玉之典。《礼记·聘义》:"孔子曰:'夫昔者,君子比德于玉焉。温润而泽,仁也…气如白虹,天也。'"孔子以玉比君子之德,又引申玉为天空之白虹。

【例句】唐杜元颖《赋得玉水…》:"斗回虹气见,磬折紫光浮。"唐潘存实《赋得玉声…》:"不独藏虹气,犹能畅物情。"唐浩虚舟《赋得琢玉…》:"琢磨虹气在,拂拭水容生。"唐丁居晦《琢玉》:"虹气冲天白,云浮入信贞。"

虹饮　hóng yǐn

【分类】生活

【关键词】异苑

【释义】宏饮海量的典故。《异苑》:"晋义熙初,晋陵薛愿,有虹饮其釜澳,须臾嚯响便竭。愿輦酒灌之,随投随涸。随咽便吐金满釜。于是灾弊日祛,而丰富岁臻。"

【例句】唐宋之问《自衡阳至…》:"猿啼山馆晓,虹饮江皋霁。"宋宋庠《题江南程…》:"云明别岛朝虹饮,月碎前溪夜鲤跳。"宋欧阳修《奉送原甫…》:"酒如长虹饮沧海,笔若骏马驰平坂。"宋邓深《市桥成次韵》:"虹饮江头愁雨霁,龙横水面暮云垂。"

洪钧　hóng jūn

【分类】政治

【关键词】张华

【释义】指天,比喻国家政权。西晋张华《答何劭二首》:"洪钧陶万类,大块禀群生。"唐李善注:"洪钧,大钧,谓天也。大块,谓地也。言天地陶化万类,而群化禀受其形也。"

【例句】唐杜甫《上韦左相》:"八荒开寿域,一气转洪钧。"唐郑絪《奉和武相…》:"洪钧齐万物,缥帙整群书。"唐李德裕《离平泉马…》:"十年紫殿掌洪钧,出入三朝一品身。"唐刘崇龟《寄桂帅》:"碧幢仁施合洪钧,桂树林前倍得春。"

洪炉　hóng lú

【分类】政治

【关键词】庄子

【释义】大火炉,比喻天地宇宙以及陶冶和锻炼人的环境。《庄子·大宗师》:"善吾生者,乃所以善吾死也。…今一以天地为大炉,以造化为大冶,恶乎往而不可哉!"

【例句】唐卢纶《敬酬大府…》:"顾己文章非酷似,敢将幽劣侯洪炉。"唐杜牧《道一大尹》:"斗间紫气龙埋狱,天上洪炉帝铸颜。"唐刘禹锡《九华山歌》:"奇峰一见惊魂魄,意想洪炉始开辟。"唐权德舆《病中苦热》:"三伏鼓洪炉,支离一病夫。"

洪乔传书　hóng qiáo chuán shū

【分类】生活

【关键词】殷羡

【释义】指代人寄递书信,或指书信失落、遗误。源见"致书邮"。

【例句】唐陆龟蒙《送友人之…》:"欲寄一函聊问讯,洪乔宁作置邮。"宋李光《赠陈谦》:"诸贤气稳致,定不作洪乔。"宋张元干《九月一日…》:"可同洪乔书,尽付澜江水。"宋刘宰《谢章泉再…》："书寄洪乔空尔耳,诗编杜集可容不。"

洪崖　hóng yá
【分类】文化
【关键词】洪崖
【释义】泛指仙人。源见"拍洪崖肩"。
【例句】唐张九龄《登城楼望…》："仙井今犹在,洪崖久不还。"唐李白《日夕山中…》："缅思洪崖术,欲往沧海隔。"唐李白《下途归石…》："惜别愁窥玉女窗,归来笑把洪崖手。"唐卢象《紫阳真人歌》："还如简子复归来,更与洪崖同寿考。"

鸿宝　hóng bǎo
【分类】文化
【关键词】刘向
【释义】指道教修仙炼丹之书,泛指珍贵的书籍。《汉书·刘向传》："上复兴神仙方术之事,而淮南有《枕中鸿宝》、《苑秘书》。"
【例句】唐骆宾王《叙寄员半千》："不学多能圣,徒思鸿宝仙。"唐卢藏用《宋主簿鸣…》："赵侯鸿宝气,独负青云姿。"唐杜甫《赠特进汝…》："鸿宝宁全秘,丹梯庶可凌。"唐权德舆《赠文敬太…》："方外留鸿宝,人间得善书。"

鸿都客　hóng dōu kè
【分类】文化
【关键词】白居易
【释义】鸿都指仙府。喻指神仙中人。唐白居易《长恨歌》："临邛道士鸿都客,能以精诚致魂魄。"
【例句】宋邢恕《送程给事…》："青琐夕郎传故事,鸿都仙客足风流。"宋程公许《寄谢碧云张…》："唐鸿都客尤奇俊,飞神碧落超蓬莱。"宋连文凤《无题》："精神我愧鸿都客,甲子谁同绛县人。"明王世贞《岁暮行送…》："兔苑留裁上客赋,鸿都待洒中郎墨。"

鸿飞冥冥　hóng fēi míng míng
【分类】政治
【关键词】杨雄
【释义】冥冥:遥空。鸿飞冥冥指大雁飞向远空,指有道之人遁隐,亦指远避祸害,逃之夭夭。《法言·问明》："治则见,乱则隐。鸿飞冥冥,弋人何篡焉?"晋李轨注："君子潜神重玄之域,世网不能制御之。"
【例句】唐皎然《送薛逢之…》："六月鹏尽化,鸿飞独冥冥。"唐杜甫《寄韩谏议注》："鸿飞冥冥日月白,青枫叶赤天雨霜。"唐陆希声《山居即事》："五鹿归来惊岳岳,孤鸿飞去入冥冥。"宋章甫《送王道士》："晴沙唤渡何匆匆,鸿飞冥冥天北风。"

鸿鹄　hóng hú
【分类】文化
【关键词】雁
【释义】指鹄,俗称天鹅,亦指鸿雁与天鹅。《管子·戒》："今夫鸿鹄,春北而秋南,而不失其时。"
【例句】唐刘希夷《钱李秀才…》："鸿鹄振羽翮,翻飞入帝乡。"唐胡皓《大漠行》："阵云不散鱼龙水,雨雪犹飞鸿鹄山。"唐王昌龄《留别岑参…》："貂蝉七叶贵,鸿鹄万里游。"唐权德舆《户部王曹…》："秋天鸿鹄姿,晚岁松筠质。"

鸿鹄志　hóng hú zhì
【分类】政治
【关键词】陈涉
【释义】比喻志向远大。《史记·陈涉世家》："曰:'苟富贵,无相忘。'庸者笑而应曰:'若为庸耕,何富贵也?'陈涉太息曰:'嗟乎,燕雀安知鸿鹄之志哉!'"
【例句】唐方干《赠赵崇侍御》："云鸿别有回翔便,应笑啁啾燕雀卑。"钱起《送任先生…》："鸿鹄志应在,荃兰香未衰。"宋张耒《过蕲泽》："耕叟不知鸿鹄志,笑观宫室忤陈王。"宋李纲《瑞光岩立…》："卑飞不出蓬蒿间,远举安知鸿鹄志。"

鸿渐　hóng jiàn
【分类】政治
【关键词】周易
【释义】鸿:鸿雁,渐:渐进。原指鸿雁渐进,飞向高地,后以比喻仕途顺畅,仕宦高升。《周易·渐》："初六,鸿渐于干,小子厉有言,无咎。"唐孔颖达疏："鸿,水鸟也。干,水涯也。渐进之道自下升高,故取譬鸿飞自下而上也。"
【例句】唐孟浩然《长安早春》："鸿渐看无数,莺歌听欲频。"唐刘商《送李元规…》："凤雏皆五色,鸿渐又双飞。"唐长孙佐辅《闻韦驸马…》："无阶异渐鸿,有志惭驯鸥。"唐张蠙《刺贾岛》："少年为理但公清,鸿渐行中是去程。"

鸿惊　hóng jīng
【分类】文化
【关键词】颜延之
【释义】鸿受惊而疾飞,形容疾奔。南朝宋颜延之《赭白马赋》："欻耸擢以鸿惊,时濩略而龙骧。"唐李善注引傅玄《乘舆马赋》："形便飞燕,势越惊鸿。"
【例句】唐岑参《送王著作…》："逆旅悲寒蝉,客梦惊飞鸿。"唐韦应物《鼋头山神》："精灵变态状无方,游龙宛转惊鸿翔。"唐霍总《九华楼》："鸿惊晓霜净,花明雨初收。"宋石介《猎》："兽困犹思斗,鸿惊不乱行。"

鸿毛　hóng máo
【分类】文化
【关键词】战国策
【释义】鸿雁之毛,常用以比喻轻微或不足道的事物。《战国策·楚策》："是以国权轻于鸿毛,而积祸重于丘山。"
【例句】唐李颀《送陈章甫》："东门酤酒饮我曹,心轻万事如鸿毛。"唐许浑《泊蒜山津…》："言下是非齐虎凫,宿来荣辱比鸿毛。"唐李白《结袜子》："感君恩重许君命,泰山一

· 311 ·

掷轻鸿毛。"唐韩愈《贞女峡》："漂船摆石万瓦裂,咫尺性命轻鸿毛。"

鸿门碎斗　hóng mén suì dǒu
【分类】政治
【关键词】项羽
【释义】指鸿门宴上项羽不忍杀死刘邦,刘邦逃走,赠范增玉斗,范增摔碎玉斗。《史记·项羽本纪》："亚父受玉斗,置之地,拔剑撞而破之,曰:'唉!竖子不足与谋。夺项王天下者,必沛公也,吾属今为之虏矣。'"
【例句】唐杜甫《久雨期王》："忆昔范增碎玉斗,未使吴兵著白袍。"宋田锡《琢玉歌》："尧兵曾用丹浦战,汉斗已碎鸿门营。"宋刘翰《鸿门宴》："张良已去玉斗碎,三月火照咸阳红。"金李俊民《汉高庙》："乾坤到底归真主,愁杀鸿门碎斗人。"

鸿门宴　hóng mén yàn
【分类】政治
【关键词】项羽
【释义】借指暗藏杀机的险境。《史记·项羽本纪》："沛公旦日从百余骑来见项王,至鸿门…项王即日因留沛公与饮…范增数目项王,举所佩玉玦以示之者三,项王默然不应。"
【例句】唐胡曾《鸿门》："项籍鹰扬六合晨,鸿门开宴贺亡秦。"唐李白《赠张相镐诗》："佐汉解鸿门,生唐为后身。"宋刘翰《鸿门宴》："子婴已降隆准公,君王置酒鸿门东。"宋赵公豫《戏马台》："宴设鸿门王气在,烟销秦阙霸图残。"

鸿雁　hóng yàn
【分类】文化
【关键词】苏武
【释义】喻书信。《汉书·李广苏建列传·苏武》："教使者谓单于,言天子射上林中,得雁,足有系帛书,言武等在某泽中…单于视左右而惊,谢汉使曰:'武等实在。'"
【例句】唐杜甫《天末怀李白》："鸿雁几时到,江湖秋水多。"唐王勃《蜀中九日》："人情已厌南中苦,鸿雁那从北地来。"唐张若虚《春江花月夜》："鸿雁长飞光不度,鱼龙潜跃水成文。"唐李颀《送魏万之京》："鸿雁不堪愁里听,云山况是客中过。"

澒洞　hòng dòng
【分类】政治
【关键词】贾谊
【释义】弥漫,浩大无际。汉贾谊《旱云赋》："运清浊之澒洞兮,正重沓而并起。"宋司马光《和范景仁西坼野老诗》："哀声澒洞彻四极,草木惨澹颜色伤。"
【例句】唐李复《恒岳晨望…》："澒洞镇河朔,嵯峨冠嵩丘。"唐李绅《泛五湖》："霞生澒洞远,月吐青荧乱。"唐杜甫《观公孙大…》："五十年间似反掌,风尘澒洞昏王室。"唐独孤及《观海》："澒洞吞百谷,周流无四垠。"

侯白　hóu bái
【分类】生活
【关键词】侯白
【释义】隋朝学者,为伶人善戏谑者之代称。《隋书·侯白》："爽同郡侯白,字君素,好学有捷才,性滑稽,尤辩俊。举秀才,为儒林郎。通倪不持威仪,好为诽谐杂说,人多爱狎之,所在之处,观者如市…著旌异记十五卷,行于世。"
【例句】宋刘克庄《水龙吟》："谁欤来者,吟诗张碧,诙谐侯白。"宋林逋《深居杂兴》："伶伦近日无侯白,奴仆当时有卫青。"明祝允明《赴报国院…》："欢喜来侯白,清真遇葛洪。"明王彦泓《训婢》："未妨帘下窥侯白,只莫泥中恼郑玄。"

侯调　hóu diào
【分类】生活
【关键词】箜篌
【释义】箜篌之代称。《风俗通义·声音》："空侯:谨按《汉书》:孝武皇帝赛南越,祷祠太乙、后土,始用乐人侯调依琴作坎坎之乐,言其坎坎应节奏也,侯以姓冠章耳。"汉武帝时,乐工侯调创制乐器箜篌。初称"坎侯"或"空侯"。
【例句】唐李贺《送秦光禄…》："周处长桥役,侯调短弄哀。"元杨维桢《西湖竹枝歌》："歌声唱入空侯调,不遣狂夫横渡河。"

侯景九锡　hóu jǐng jiǔ xī
【分类】政治
【关键词】侯景
【释义】比喻弄权的奸臣。《梁书·侯景传》："(梁简文帝大宝二年)景又矫诏自进位为相国…景乃废太宗,幽于永福省…景矫詔栋诏,自加九锡之礼,置丞相以下百官…景又矫萧栋诏,禅位于己。"九锡,古帝王尊礼大臣所给的九种器物,即车马、衣服、乐则、朱户、纳陛、虎贲、弓矢、鈇钺、秬鬯。
【例句】唐韩愈《永贞行》："董贤三公谁复惜,侯景九锡行可叹。"唐胡曾《金陵》："侯景长驱十万人,可怜梁武坐蒙尘。"宋李觏《梁帝》："但学禅心能忍辱,莫羞侯景陷台城。"宋孔武仲《读梁武帝纪》："鱼烂土崩俱自取,不须侯景到江东。"

侯景未擒　hóu jǐng wèi qín
【分类】政治
【关键词】侯景
【释义】咏讨伐叛逆不力之典。《南史·侯景传》："高澄又遣慕容绍宗追景…景军溃散,丧甲士四万人,马四千匹,辎重万余两…使谓绍宗曰:'景若就禽,公复何用?'绍宗乃纵之。"
【例句】唐杜甫《风疾舟中…》："公孙仍恃险,侯景未生擒。"宋李纲《次肇庆府…》："侯景南侵幽武帝,禄山西犯走明皇。"宋方回《丁亥生日》："霍光擅汉人皆恐,侯景归梁国欲危。"清王顼龄《读史有感》:"湘东漫说擒侯景,项羽徒能杀冠军。"

侯门仁义　hóu mén rén yì
【分类】政治
【关键词】庄子
【释义】咏指责权贵虚伪之典。《庄子·胠箧》:"圣人不死,大盗不止…为之仁以矫之,则并与仁义而窃之。何以知其然邪? 彼窃钩者诛,窃国者为诸侯,诸侯之门而仁义存焉,则是非窃仁义圣知邪?"
【例句】唐刘禹锡《效阮公体》:"侯门有仁义,灵台多苦辛。"明屠应埈《高阳行赠…》:"侯门峨峨仁义存,金貂白玉多殊恩。"明释函是《百一诗》:"侯门出仁义,俘房尽残贼。"明朱鹤龄《宝剑行》:"呜呼此物不用弹侯门,侯门仁义非纯真。"

侯门如海　hóu mén rú hǎi
【分类】政治
【关键词】崔郊
【释义】形容显贵之家门禁森严,外人不能随便出入。《云溪友议》载:唐崔郊之姑有侍婢,与郊相恋。姑贫,将婢卖与连帅。郊思慕无已。其婢因寒食出,与郊相遇,郊赠之以诗曰:"公子王孙逐后尘,绿珠垂泪滴罗巾。侯门一入深如海,从此萧郎是路人。"
【例句】宋石懋《长至》:"犹有祢衡漫一刺,侯门如海未容投。"宋邵雍《龙门道中作》:"侯门见说深如海,三十年来掉臂行。"明李之世《元旦词》:"侯门深锁真如海,不见阍人报晓更。"清黄人《咏荷用新…》:"渺渺微波已断魂,何堪如海说侯门。"

侯狦　hóu shān
【分类】政治
【关键词】王昭君
【释义】匈奴呼韩邪单于名字,自请为婿,娶汉宫女王嫱(昭君)为妻。《汉书·匈奴列传下》:"元帝以后宫良家子王嫱字昭君赐单于。"
【例句】唐柳宗元《酬韶州裴…》:"乘轺参孔仅,按节服侯狦。"清俞樾《闻戒篇》:"已闻命召虎,未见朝侯狦。"

侯生遭骂　hóu shēng zāo mà
【分类】政治
【关键词】侯嬴
【释义】他人树名而受怨之典。《史记·魏公子列传》:"魏有隐士曰侯嬴…公子从车骑,虚左,自迎夷门侯生。市人皆观公子执辔。从骑皆窃骂侯生。""侯生因谓公子曰:'市人皆以嬴为小人,而以公子为长者能下士也。'"
【例句】唐韩愈《县斋有怀》:"冶长信非罪,侯生或遭骂。"唐李白《侠客行》:"将炙啖朱亥,持觞劝侯嬴。"唐卢纶《浑赞善东…》:"公子无雠可邀请,侯嬴此坐是何人。"唐费冠卿《酬范中丞见》:"战国方须礼干木,康时何必重侯嬴。"

喉舌　hóu shé
【分类】政治
【关键词】诗经
【释义】比喻掌握机要、出纳王命的重臣,今喻代言者。《诗经·大雅·烝民》:"出纳王命,王之喉舌。"毛传:"喉舌,冢宰也。"
【例句】唐杜甫《上韦左相…》:"北斗司喉舌,东方领搢绅。"唐杜甫《哭李尚书》:"樵苏封葬地,喉舌罢朝天。"唐元稹《阳城驿》:"喉舌坐成木,鹰鹯化为鸠。"宋汤七《和强参军…》:"既教喉舌清能啭,何事飞翔始得时。"

后稷分地　hòu jì fēn dì
【分类】政治
【关键词】后稷
【释义】咏农事之典。《史记·周本纪》:"周后稷,名弃…及为成人,遂好耕农,相地之宜,宜谷者稼穑焉,民皆法则之。帝尧闻之,举弃为农师,天下得其利,有功。"《新语·道基》:"民知室居食谷而未知功力,于是后稷乃列封疆,画畔界,以分土地之所宜;辟土殖谷,以用养民。"
【例句】唐王维《座上走笔…》:"分地依后稷,用天信重黎。"唐周昙《后稷》:"人惟邦本本由农,旷古谁高后稷功。"宋梅尧臣《耒耜》:"推化本神农,维时思后稷。"宋史浩《稻粱八篇》:"后稷星光灿混仪,天教堕地作农师。"

后生　hòu shēng
【分类】生活
【关键词】论语
【释义】指后代子孙;较后出生;年轻人、晚辈。源见"后生可畏"。
【例句】唐杜甫《上水遣怀》:"后生血气豪,举动见老丑。"唐杜甫《戏为六绝句》:"今人嗤点流传赋,不觉前贤畏后生。"唐杜甫《短歌行送…》:"后生相何寂寥,君有长才不贫贱。"唐马云奇《怀素师草…》:"贺老遥闻怯后生,张颠不敢称先辈。"

后生可畏　hòu shēng kě wèi
【分类】文化
【关键词】论语
【释义】用以称誉年少人之典。《论语·子罕》:"子曰:'后生可畏,焉知来者之不如今也? 四十、五十而无闻焉,斯亦不足畏也已。'"
【例句】唐李白《上李邕》:"宣父犹能畏后生,丈夫未可轻年少。"唐杜甫《戏为六绝句》:"今人嗤点流传赋,不觉前贤畏后生。"唐崔峒《喜逢妻弟…》:"对酒悲前事,论文畏后生。"宋苏颂《次韵敦俟…》:"时乎易失年加我,来者安知畏后生。"

后羿　hòu yì
【分类】政治
【关键词】淮南子

【释义】夏东方族有穷氏首领,善射。夏王启子太康耽于游乐田猎,不理政事,被后羿所逐。传说后羿是嫦娥丈夫。源见"后羿射日"。
【例句】唐袁郊《月》:"后羿遍寻无觅处,谁知天上却容奸。"宋梅尧臣《日蚀》:"安逢后羿不乖暴,直中审虑弯强弓。"宋文同《送黄庶先…》:"君也经术三十年,此发必中后羿箭。"宋刘克庄《九和》:"人欲关弓戒后羿,天宁飞箭中王黑。"

后羿射日　hòu yì shè rì
【分类】政治
【关键词】淮南子
【释义】咏敢于同大自然作斗争或善射之典。《淮南子·本经训》:"尧乃使羿诛凿齿于畴华之野,杀九婴于凶水之上,缴大风于青丘之泽,上射十日而下杀猰貐,断修蛇于洞庭,禽封豨于桑林。万民皆喜,置尧以为天子。"
【例句】唐陆龟蒙《村夜》:"羿臂束如囚,徒劳夸善射。"唐李白《经乱离后…》:"安得羿善射,一箭落旄头。"唐杜甫《观公孙大…》:"㸌如羿射九日落,矫如群帝骖龙翔。"宋苏舜钦《依韵和胜…》:"争得羿复生,射此赤日落。"

后之视今　hòu zhī shì jīn
【分类】政治
【关键词】京房
【释义】即后之视今,亦犹今之视昔。后人看待今人,也像今人看待前人一样。常用以抒发古今递变的感慨,也表示要借鉴前人。《汉书·京房传》:"臣恐后之视今,犹今之视前也。"
【例句】宋郭祥正《金陵赏心亭》:"百年易得变尘土,后世视今今视古。"宋苏轼《孙莘老求…》:"后来视今犹视昔,过眼百世如风灯。"宋王琮《答友人》:"秋山曾是共登临,感慨兰亭后视今。"宋李复《上巳成季…》:"来者兴叹感斯文,后之视今今视昔。"

后至之诛　hòu zhì zhī zhū
【分类】政治
【关键词】禹
【释义】喻指诛杀叛逆。源见"防风骨"。
【例句】唐宋之问《谒禹庙》:"先驱总昌会,后至伏灵诛。"唐李商隐《送千牛李…》:"椹机宽之久,防风戮不行。"明钱澄之《贡川闻王…》:"争降何纷然,常恐后至诛。"清王文治《仓卒》:"军政才闻诛后至,将星忽报落前营。"

呼韩　hū hán
【分类】政治
【关键词】匈奴
【释义】汉时匈奴单于呼韩邪的省称。《汉书·匈奴列传上》:"姑夕王恐,即与乌禅幕及左地贵人共立稽侯狦为呼韩邪单于。"
【例句】唐李贺《送秦光禄…》:"屡断呼韩颈,曾然董卓脐。"唐皎然《从军行》:"百万众逐呼韩,频年不解鞍。"宋王安石

《涿州》:"万里如今持汉节,却寻此路使呼韩。"宋郑獬《被恩出使》:"万里尘沙卷飞雪,却持汉节使呼韩。"

呼牛呼马　hū niú hū mǎ
【分类】生活
【关键词】庄子
【释义】比喻随人毁誉,皆不计较。《庄子·天道》:"昔者子呼我牛也,而谓之牛,呼我马也,而谓之马。"
【例句】宋陆游《梅市道中》:"庙垣新画马,村笛远呼牛。"金李奎报《兀坐自状》:"呼马亦呼牛,任尔所当指。"明王履《玉泉院中…》:"呼马呼牛只旧情,我来不借仲尼声。"明王世贞《将抵浔阳…》:"为龙为蛇心自知,呼牛呼马那敢辞。"聂绀弩《看驹口号》:"呼牛呼马从君好,只此微劳叹蓺躬。"

呼竖子　hū shù zǐ
【分类】文化
【关键词】阮籍
【释义】慨叹世无英雄,使庸人得志。源见"广武叹"。
【例句】唐李白《登广武古…》:"沈湎呼竖子,狂言非至公。"明黄淳耀《和饮酒》:"痛饮呼竖子,斯人岂狂生。"清陈三立《余寓园经…》:"魂翻眼倒呼竖子,为我赤脚移远梅。"

呼五白　hū wǔ bái
【分类】生活
【关键词】楚辞
【释义】原谓赌博,借指角逐争胜。《楚辞补注·招魂》:"分曹并进,遒相迫些。成枭而牟,呼五白些。"汉王逸注:"五白,博齿也。言己棋已枭,当成牟胜,射张食棋,下兆于屈,故呼五白,以助投也。"
【例句】唐李白《梁园吟》:"连呼五白行六博,分曹赌酒酣驰辉。"唐杜甫《今夕行》:"冯陵大叫呼五白,祖跣不肯成枭卢。"宋赵鼎臣《送张彦政…》:"幕府辕门一事无,五白争枭半夜呼。"宋周紫芝《寒食滁阳…》:"闭门客舍颇无事,五白大呼同舍郎。"

呼鹰台　hū yīng tái
【分类】生态
【关键词】刘表
【释义】即景升台,在今湖北襄阳。《水经注疏·沔水中》:"水南有层台,号曰景升台,盖刘表治襄阳之所筑也。言表盛游于此,常所止憩,表性好鹰,尝登此台,歌《野鹰来曲》,其声韵似孟达《上堵吟》矣。"
【例句】宋王灼《前年一首…》:"呼鹰台边闲鼓角,望沙楼上陈书诗。"宋苏轼《人日猎城…》:"莫上呼鹰台,平生笑刘表。"宋苏辙《野鹰来》:"高台不可见,况复呼鹰子。"元陈宜甫《呼鹰台》:"当日呼鹰意气雄,高台挥羽立秋风。"

蝴蝶梦　hú dié mèng
【分类】政治
【关键词】庄子

【释义】比喻虚幻之事，迷离之梦。源见"庄周梦蝶"。
【例句】唐陈羽《西蜀送许…》："旅梦惊蝴蝶，残芳怨子规。"唐武元衡《西亭题壁…》："空余蝴蝶梦，迢递故山归。"唐罗隐《蝶》："此物那堪作，庄周梦不成。"唐张祜《题真娘墓》："舞为蝴蝶梦，歌谢伯劳飞。"

鹄立 hú lì
【分类】政治
【关键词】袁谭
【释义】像天鹅一样延颈而立，形容盼望等待。《后汉书·袁谭传》："今整勒士马，瞻望鹄立。"
【例句】宋邹浩《访仲у》："巽亭鹄立云霓上，未许山川落眼中。"宋赵鼎臣《次韵何德…》："晓来竹下失青莎，鹄立细长三四片。"宋李流谦《学中曝…》："尚想承平闲气象，从臣鹄立侍君王。"宋苏轼《上元侍饮…》："侍臣鹄立通明殿，一朵红云捧玉皇。"

鹄袍 hú páo
【分类】文化
【关键词】桯史
【释义】白袍，古代应试士子所服。《桯史·万春伶语》："胡给事既新贡院，嗣岁庚子适大比，乃侈其事，命供帐考校者，悉倍前规。鹄袍入试，茗卒馈浆，公庖继肉，坐案宽洁，执事恪敬，间闾于于，以鬯为文，士论大慽。"
【例句】宋李光《赠池元坚》："执卷多应鹄袍至，载醪无复绣衣来。"宋曾由基《胡讲书赴…》："初日融霜泮水清，鹄袍翔集宿中庭。"宋杨万里《送项圣与…》："鹄袍诣阙柳袍归，来年书价更光辉。"宋刘克庄《再和》："鹄袍再著姑行法，雁塔重来定策名。"

鹄已去 hú yǐ qù
【分类】文化
【关键词】淳于髡
【释义】善辩之典。《史记·滑稽列传》褚少林补："昔者，齐王使淳于髡献鹄于楚。出邑门，道飞其鹄，徒揭空笼，造诈成词，往见楚王曰：'…吾欲刺臣绞颈而死，恐人之议吾王以鸟兽之故自伤杀也。'楚王曰：'善，齐王有信士若此哉！'原赐之，财倍鹄在也。"
【例句】唐柳宗元《善谑驿和…》："水上鹄已去，亭中乌又鸣。"宋王洋《借坐泽丛…》："鸥夷已去乘海航，季鹰抚事惊秋霜。"明欧大任《送陈士鹄…》："君倘召还吾已去，铁桥双杖几时携。"明柳是《行行重行行》："黄鹄飞已去，鲤鱼何时将？"

鹘入鸦群 hú rù yā qún
【分类】政治
【关键词】王思好
【释义】鹘：一种凶猛的鸟。鹘闯入乌鸦群中，比喻骁勇无敌。《北齐书·南安王思好传》："本名思孝，天保五年，讨蠕蠕，文宣悦其骁勇，谓曰：'尔击贼如鹘入鸦群，宜思好事。'故改名焉。"

【例句】唐韩翃《寄哥舒仆射》："左盘右射红尘中，鹘入鸦群有谁敌？"清惠士奇《题座主安…》："独领数人探虎穴，何如一鹘入鸦群。"

狐假虎威 hú jiǎ hǔ wēi
【分类】政治
【关键词】狐
【释义】喻倚仗别人的威势恐吓他人。《战国策·楚策》："虎求百兽而食之，得狐。狐曰：'子无敢食我也。天帝使我长百兽——吾为子先行，子随我后，观百兽之见我而敢不走乎！'虎以为然，故遂与之行，兽见之皆走。虎不知兽畏己而走也，以为畏狐也。"
【例句】唐李商隐《哭遂州萧…》："虎威狐更假，隼击鸟逾喧。"唐杜牧《昔事文皇…》："狐威假白额，枭啸得黄昏。"宋石介《猎》："石惭羊质见，狐叹虎威亡。"宋方回《梅雨大水》："狐假虎威饶此辈，鼠穿牛角念吾民。"

狐鸣鱼书 hú míng yú shū
【分类】政治
【关键词】陈涉
【释义】指鼓动群众的计谋。《史记·陈涉世家》："陈胜、吴广喜…乃丹书帛曰'陈胜王'，置人所罾鱼腹中。卒买鱼烹食，得鱼腹中书，固以怪之矣。又间令吴广之次所旁丛祠中，夜篝火，狐鸣呼曰：'大楚兴，陈胜王。'"
【例句】唐韦皋《忆玉箫》："长江不见鱼书至，为遣相思梦入秦。"宋文同《蒲生钟馗》："寒风酸号月惨苦，枭飞狐鸣满墟墓。"宋张俞《除夜宿黄…》："夜半无人残月白，狐鸣枭啸满空山。"聂绀弩《雪峰难寻…》："草泽狐鸣惊大宝，鹑衣虎吼奋金田。"

狐死首丘 hú sǐ shǒu qiū
【分类】生活
【关键词】狐
【释义】比喻归葬故乡或怀念故乡。《礼记·檀弓上》："古之人有言曰：'狐死正丘首'，仁也。"汉郑玄注："正丘首，正首丘也。"唐孔颖达疏："所以正首而向丘者，丘是狐窟穴根本之处，虽狼狈而死，意犹向此丘。"
【例句】宋释德洪《送珠侍者…》："狐死必首丘，马嘶必望北。"宋潘文虎《为被虏妇作》："家乡欲归归未得，不如狐死犹首丘。"宋文天祥《生朝》："莫作长生祝，吾心在首丘。"宋王安石《道人北山来》："死狐正首丘，游子思故乡。"

狐听 hú tīng
【分类】生活
【关键词】狐
【释义】谓处事慎重。源见"听冰"。
【例句】唐舒元舆《履春冰》："鸟照微生水，狐听或过人。"唐李商隐《赋得月照…》："鹊惊俱欲绕，狐听始无疑。"宋郑清之《还云岑鲁…》："命意得了兔走穴，放字未安狐听冰。"明李濂《陇头水》："马饮秦时浪，狐听汉代冰。"

狐踪兔穴 hú zōng tù xué

【分类】生活

【关键词】张载

【释义】喻指坟墓。晋张载《七哀诗》:"蒙茏荆棘生,蹊径登童竖。狐兔穴其中,芜秽不复扫。颓陇并垦发,萌隶营农圃。昔为万乘君,今为丘中土。"昔日汉帝陵墓化作狐兔出没的废墟,慨叹盛衰、荣辱变化之大。

【例句】唐刘希夷《洛川怀古》:"昔时歌舞台,今成狐兔穴。"唐杜甫《忆昔》:"洛阳宫殿烧焚尽,宗庙新除狐兔穴。"宋沈遘《烽火台》:"历历相望隐旧堆,狐穿兔穴半空摧。"宋陆游《宫词》:"临春结绮底处所,回首已成狐兔穴。"

弧矢四方 hú shǐ sì fāng

【分类】生活

【关键词】礼记

【释义】喻生男孩,亦指男子当从小立大志。源见"悬弧射矢"。

【例句】宋刘敞《奉酬春卿…》:"弧矢亲观德,沧浪并濯缨。"宋韦骧《中书张侍…》:"巨室当时庆弧矢,熙朝今日赞机衡。"宋陆游《鹅湖夜坐…》:"士生始堕地,弧矢志四方。"宋陈文蔚《送周希颜…》:"堕地弧矢志,壮岁无不酬。"

胡雏长啸 hú chú cháng xiào

【分类】政治

【关键词】石勒

【释义】意指胸怀异志,或异族入侵。《晋书·石勒载记上》:"石勒字世龙…年十四,随邑人行贩洛阳,倚啸上东门,王衍见而异之,顾谓左右曰:'向者胡雏,吾观其声视有奇志,恐将为天下之患。'驰遣收之,会勒已去。"

【例句】唐李白《经乱后将…》:"何意上东门,胡雏更长啸。"唐杜牧《故洛阳城…》:"锢党岂能留汉鼎,清谈空解识胡儿。"唐李商隐《有感》:"竟缘尊汉相,不早辨胡雏。"清缪焕章《唐镜歌》:"上东门外胡儿啸,长信宫中帝业荒。"

胡广惭 hú guǎng cán

【分类】政治

【关键词】李固

【释义】大臣辱节之典。《后汉书·李固传》:"后岁余,梁冀畏固名德终为己害,乃更据奏前事,遂诛之…临命,与胡广、赵戒书曰:'公等受主厚禄,颠而不扶,倾复大事,后之良史,岂有所私?'广、戒得书悲惭,皆长叹流涕。"

【例句】唐李华《杂诗》:"孔光尊董贤,胡广惭李固。"宋司马光《药圃》:"佗年似胡广,养раз复扶衰。"宋郑刚中《砌下黄菊…》:"陶渊明属意空诗好,胡广随缘却寿长。"宋李龙高《老梅》:"老来想不为胡广,免被人将粪土看。"

胡家清白 hú jiā qīng bái

【分类】政治

【关键词】胡质

【释义】称美父子为官清廉之典。《三国志·胡质传》:"子威嗣。六年,诏书褒述质清行,赐其家钱谷。"南朝宋裴松之注引《晋阳秋》:"威字伯虎。少有志尚,厉操清白…帝叹其父清,谓威曰:'卿清孰与父清?'威对曰:'臣不如也。'帝曰:'以何为不如?'对曰:'臣父清恐人知,臣清恐人不知,是臣不如者远也。'"

【例句】唐皇甫冉《送李万州…》:"荀氏风流远,胡家清白齐。"唐白居易《广府胡尚…》:"尚书清白临南海,虽饮贪泉心不回。"唐许浑《贺少师相…》:"不拟优游同陆贾,已回清白遗胡威。"宋胡铨《家训》:"立身忠孝门,传家清白规。"

胡笳十八拍 hú jiā shí bā pāi

【分类】生活

【关键词】蔡文姬

【释义】古乐府琴曲歌辞,相传东汉蔡邕之女蔡文姬所作,一章为一拍,共十八章,故名。内容写她东汉末年为乱军所掳,落入南匈奴,后被赎归汉,途中想念亲生子女的矛盾心情。唐李颀《听董大弹…》:"蔡女昔造胡笳声,一弹一十有八拍。"

【例句】唐张谓《送皇甫龄…》:"楼上胡笳传别怨,尊中腊酒为谁浓。"唐顾况《刘禅奴弹…》:"明妃怨中汉使回,蔡琰愁处胡笳哀。"宋白玉蟾《赠蓝琴士》:"弹尽胡笳十八拍,床头剑吼月三更。"

胡椒八百斛 hú jiāo bā bǎi hú

【分类】生活

【关键词】元载

【释义】贪官污吏聚敛财富之典。《新唐书·元载列传》:"籍其家,钟乳五百两,诏分赐中书、门下台省官,胡椒至八百石,它物称是。"

【例句】宋苏轼《欧阳叔弼》:"胡椒铢两多,安用八百斛。"宋黄庭坚《梦中和觞…》:"何处胡椒八百斛,谁家金钗十二行。"宋李纲《偶题》:"生前能著几两屐,安用胡椒八百斛。"宋陈与义《食荠》:"君不见领军家有鞋一屋,相国藏椒八百斛。"

胡羯 hú jié

【分类】政治

【关键词】石勒

【释义】即羯胡,源出中亚别支,晋时羯人石勒建立后赵,后泛指北方游牧民族。《魏书·石勒传》:"其先匈奴别部,分散居于上党武乡羯室,因号羯胡。"

【例句】唐高适《登百丈峰》:"豺狼塞瀍洛,胡羯争乾坤。"唐杜甫《彭衙行》:"别来岁月周,胡羯仍构患。"宋张咏《骊山感事》:"行záré未停歌未阕,渔阳胡兵已渡黄河。"宋朱松《睢阳谒双庙》:"幽陵胡羯残中原,列城束手天子奔。"

胡虏 hú lǔ

【分类】政治

【关键词】晁错

【释义】秦汉时称匈奴为胡虏,后用为与中原敌对的北方部族之通称。《汉书·晁错传》："臣闻汉兴以来,胡虏数入边地。"
【例句】唐李白《关山月》："何日平胡虏,良人罢远征?"唐杜甫《诸将》："汉朝陵墓对南山,胡虏千秋尚入关。"唐周昙《悯帝》："御粥又闻无曲屑,不降胡房奈饥肠。"五代伊用昌《题游帷观…》："更与戎夷添礼乐,永教胡虏绝烽烟。"

胡麻好种　hú má hǎo zhòng
【分类】生活
【关键词】本事诗
【释义】即胡麻好种无人种,为咏思归之典。《本事诗·情感》："又令代妻作诗答,曰:'蓬鬓荆钗世所稀,布裙犹是嫁时衣。胡麻好种无人种,正是归时底不归。'"
【例句】宋晁补之《虞美人》："胡麻好种少人知,正是归时何处、误芳期。"宋晁补之《鹧鸪天》："胡麻好种无人种,正是归时君未归。"清钱谦益《孟冬十六…》："炊饭胡麻正好种,酿酒菊花旋应采。"清查慎行《任可将归…》："胡麻好种盍言归,怅望郊园白板扉。"

胡秦　hú qín
【分类】生活
【关键词】苏武
【释义】胡与秦,犹中外,比喻相距很远,为咏离别相隔难相逢之典。《艺文类聚》引汉苏武《别李陵》诗:"双凫俱北飞,一凫独南翔。子当留斯馆,我当归故乡。一别如胡秦,会见何讵央。怆恨切中怀,不觉泪沾裳。"
【例句】唐卢照邻《西使兼送…》："骨肉胡秦外,风尘关塞中。"唐陈子昂《合州津口…》："同食成楚越,别岛类胡秦。"唐顾况《李湖州孺…》："独把梁州几几拍,风沙对面胡秦隔。"宋邓忠臣《诗呈同院》："胡秦常恨邈,李杜岂堪齐。"

胡然　hú rán
【分类】生活
【关键词】诗经
【释义】什么,莫名其妙。《诗经·君子偕老》："胡然而天也,胡然而帝也。"
【例句】唐赵冬曦《陪张燕公…》："昔日青溪子,胡然此无状。"唐张九龄《高斋闲望》："坐惜芳时歇,胡然久滞留。"唐白居易《自在》："自问我为谁,胡然独安泰。"聂绀弩《步酬查九…》："胡然初白玉堂叟,下顾三红金水斋。"

胡威　hú wēi
【分类】政治
【关键词】胡质
【释义】借指为官清廉之人。源见"胡家清白"。
【例句】唐权德舆《送卢评事…》："双溪泊船处,候吏拜胡威。"唐许浑《贺少师相…》："不拟优游同陆贾,已回清节遗胡威。"唐许浑《送段觉之…》："镜中鸾影胡威去,剑外花卫卫珍还。"唐元稹《送公度之…》："若见白头须尽敬,恐曾江岸识胡威。"

胡威绢　hú wēi juàn
【分类】政治
【关键词】胡质
【释义】指称官吏廉洁的典故。《晋书·胡威传》："质(威父)之为荆州也,威自都定省…告归,父赐绢一匹为装。威曰:'大大清高,不审于得此绢?'质曰:'是吾俸禄之余,以为汝粮耳。'"
【例句】唐李商隐《送郑大台…》："君怀一匹胡威绢,争拭酬恩泪得干?"唐杜甫《送窦九归…》："读书云阁观,问绢锦官城。"明王世贞《吴门遇朱…》："知君不领胡威绢,鸡骨支床一布衣。"明宋琬《题苍松黄…》："知君不领胡威绢,鸡骨支床一布衣。"

胡质矫　hú zhì jiǎo
【分类】政治
【关键词】胡质
【释义】虽清廉但近于矫情之典。《三国志·胡质传》："胡质字文德…迁荆州刺史,加振威将军,赐爵关内侯…家无余财,惟有赐衣书箧而已。"
【例句】唐柳宗元《同刘二十…》："肯随胡质矫,方恶马融奢。"

壶公　hú gōng
【分类】文化
【关键词】费长房
【释义】传说中的仙人,所指各异。源见"壶中天地"。
【例句】唐钱起《药堂秋暮》："勉事壶公术,仙期待赤龙。"唐杜甫《寄司马山…》："家家迎蓟子,处处识壶公。"唐尚颜《宿寿安甘…》："愿值壶中客,亲传肘后方。"唐皎然《贻李汤》："茅氏常论七真记,壶公爱说三山事。"

壶丘子　hú qiū zǐ
【分类】文化
【关键词】壶丘子林
【释义】咏道士之典。《庄子·应帝王》："郑有神巫曰季咸…郑人见之,皆弃而走。列子见之而心醉,归,以告壶子,曰:'始吾以夫子之道为至矣,则又有存焉者矣。'"晋张湛注:"壶丘子林,列子(列御寇)之师。"
【例句】唐王维《酬慕容十一》："为极壶丘子,来人道姓蒙。"唐吴筠《壶丘子》："壶丘道为量,玄虚固难知。"宋刘克庄《赠高效士》："季咸莫测壶丘子,詹尹安知屈大夫。"宋刘克庄《赠杨相士》："似闻君识壶丘子,自笑吾非定远侯。"

壶中天地　hú zhōng tiān dì
【分类】文化
【关键词】费长房
【释义】喻称仙境或美景。《后汉书·费长房》："费长房者…曾为市掾。市中有老翁卖药,悬一壶于肆头,及市罢,辄跳入壶中。长房旦日复诣翁,翁乃与俱入壶中。唯见玉堂严丽,旨酒甘肴盈衍其中,共饮毕而出。"

【例句】唐陈子昂《感遇诗》："曷见玄真子,观世玉壶中。"唐元稹《幽栖》："壶中天地乾坤外,梦里身名旦暮间。"唐钱起《送柳道士》："海上春应尽,壶中日未斜。"唐鲍溶《与峨眉山》："玉壶贮天地,岁月亦已长。"

瑚琏器　hú liǎn qì
【分类】政治
【关键词】论语
【释义】比喻治国安邦的宝贵人才。《论语·公冶长》："子贡问曰：'赐也何如？'子曰：'女，器也。'曰：'何器也？'曰：'瑚琏也。'"《集解》引汉包咸曰："瑚琏，黍稷之器，夏曰瑚，殷曰琏，周曰簠簋。宗庙之器贵者。"
【例句】唐杜甫《水宿遣兴…》："巍巍瑚琏器,阴阴桃李蹊。"宋苏轼《送程之邵…》："念君瑚琏质,当今台阁宜。"宋周行己《送别》："磊磊栋梁姿,温温瑚琏器。"宋曹勋《持节和王…》："公等雍容瑚琏器,骞腾行见近长安。"

觳觫　hú sù
【分类】政治
【关键词】梁惠王
【释义】牛到死地处恐貌，借指牛。源见"衅钟悲牛"。
【例句】唐皎然《送顾处士歌》："门前便取觳觫乘,腰上还将鹿卢佩。"唐柳宗元《放鹧鸪词》："齐王不忍觳觫牛,简子亦放邯郸鸠。"唐皮日休《杂体诗》："穿烟泉潺湲,触竹犊觳觫。"宋宋祁《答李从著作》："全生正似婆娑树,不死翻成觳觫牛。"

觳觫车　hú sù chē
【分类】文化
【关键词】梁惠王
【释义】指牛车。源见"衅钟悲牛"。
【例句】唐丘丹《奉酬重送…》："步出芙蓉府,归乘觳觫车。"唐皮日休《杂体诗》："穿烟泉潺湲,触竹犊觳觫。"宋姜特立《送徐抚干》："莫辞去佐芙蓉幕,犹胜闲乘觳觫车。"清朱彝尊《二月自古…》："觳觫车轻簌两轮,残书秃管杂劳薪。"

虎豹当关　hǔ bào dāng guān
【分类】政治
【关键词】楚辞
【释义】喻指权奸当道。源见"九关虎豹"。
【例句】宋陈人杰《沁园春》："平戎策就,虎豹当关。"宋魏了翁《和虞退夫…》："虎豹当关路艰险,家人占鹊望方还。"明陈谟《天门山》："云黑蛟鼍腾出峡,月明虎豹卧当关。"明卢龙云《从张高二…》："水寨当关雄虎豹,楼船截海壮貔貅。"

虎变　hǔ biàn
【分类】政治
【关键词】易经
【释义】原谓虎皮的花纹斑斓多彩，比喻因时制宜、革新创制，以及非常之人变化莫测。《易经注疏·革》："九五,大人虎变,未占有孚。象曰：大人虎变,其文炳也。"唐孔颖达疏："损益前王,创制立法,有文章之美,焕然可观,有似虎变,其文彪炳。"
【例句】唐李白《梁甫吟》："大贤虎变愚不测,当年颇似寻常人。"唐李白《鞠歌行》："朝歌鼓刀叟,虎变蟠溪中。"唐李群玉《送萧绾之…》："丈夫未虎变,落魄甘风尘。"宋邵雍《逸书吟》："逸句得时如虎变,大篇成处若神交。"

虎吼龙鸣　hǔ hǒu lóng míng
【分类】政治
【关键词】剑
【释义】咏宝剑之典。《拾遗记》："（颛顼）有曳影之剑,腾空而舒,若四方有兵,此剑则飞起指其方,则克伐；未用之时,常于匣里,如龙虎之吟。"
【例句】唐李峤《宝剑篇》："一朝运偶逢大仙,虎吼龙鸣飞上天。"唐李益《夜发军中》："边马枥上惊,雄剑匣中鸣。"元钱宰《龙剑谣题…》："镇国家、安边陲,神剑长为龙虎吟。"明王绅《题松雪轩》："风号龙虎吟,岁晏珠玉聚。"

虎脊　hǔ jǐ
【分类】文化
【关键词】马
【释义】本谓骏马毛色如虎,后用作骏马的代称。《汉书·礼乐志》："天马徕,出泉水,虎脊两,化若鬼。"唐颜师古注引应劭曰："马毛色如虎脊（者）有两也。"
【例句】唐杜甫《戏为六绝句》："龙文虎脊皆君驭,历块过都见尔曹。"宋苏轼《次韵子由…》："元狩虎脊聊可友,开元玉花何足奇。"宋张耒《拳毛驹歌》："龙颅虎脊视天地,若灭若没三万里。"宋李弥逊《和渊老妙…》："虎脊横空山作队,鱼鳞倒影海成纹。"

虎将　hǔ jiàng
【分类】政治
【关键词】王莽
【释义】指英勇善战的将士,也指在某些方面表现较为突出的人。《汉书·王莽列传下》："莽拜将军九人,皆以虎为号,号曰'九虎',将北军精兵数万人东,内其妻子宫中以为质。"
【例句】唐李白《赠张相镐》："虎将如雷霆,总戎向东巡。"唐韩琮《兴平县野…》："几逢疑虎将,应逐犯牛仙。"唐吕岩《七言》："虎将龙军气宇雄,佩符持甲去匆匆。"宋叶梦得《淮西军大…》："六骡壮骑终须去,九虎将军亦漫为。"

虎节　hǔ jié
【分类】政治
【关键词】周礼
【释义】原为周代山国使者出行时所持的符节,后泛指符节。《周礼注疏·掌节》："凡邦国之使节,山国用虎节,土国用人节,泽国用龙节,皆金也。"汉郑玄注："使节,使卿大夫聘于天子诸侯,行道所执之信也。土,平地也。山多虎,平地多人,泽多龙,以金为节铸象焉。"
【例句】唐颜真卿《奉和颜使…》:"龙池护清澈,虎节到深邃。"唐戴公怀《奉和郎中…》:"凭高拥虎节,搏险窥龙湫。"唐韦庄《和郑拾遗…》:"功高分虎节,位下耻龙骧。"唐薛逢《送封尚书…》》:"陌上晚花迎虎节,马前新月学弯弓。"

虎狼都　hǔ láng dū
【分类】政治
【关键词】苏秦
【释义】喻凶猛之国、凶险之地。《史记·苏秦列传》:"夫秦,虎狼之国也,有吞天下之心。秦,天下之仇雠也。"
【例句】唐杜甫《行次昭陵》:"谶归龙凤质,威定虎狼都。"宋刘克庄《质子》:"七雄侧目虎狼都,仁暴端由取舍殊。"宋黄文雷《南丰道中》:"云疑鹅鹳阵,风想虎狼都。"清冯廷櫆《荆卿故里》:"一卷舆图计已粗,单车竟入虎狼都。"

虎旅　hǔ lǚ
【分类】政治
【关键词】张衡
【释义】卫士代称,泛指勇猛的军队。原为虎贲氏与旅贲氏的并称。两者均掌王之警卫。汉张衡《西京赋》:"陈虎旅于飞廉,正垒壁乎上兰。"李善注:"《周礼》:'虎贲,下大夫;旅贲氏,中士也。'"
【例句】唐杨巨源《送裴中丞…》:"龙韬何必陈三略,虎旅由来肃万方。"唐李商隐《马嵬》:"空闻虎旅传宵柝,无复鸡人报晓筹。"宋曹勋《送谢景思…》:"气隔龙荒朝陇蜀,令严虎旅肃旌麾。"宋鲁訔《观武侯阵图》:"一夜扫云惊虎旅,九天飞雨泣龙鳞。"

虎貔　hǔ pí
【分类】政治
【关键词】牧誓
【释义】比喻勇猛的战士。《书·牧誓》:"如虎如貔,如熊如羆。"
【例句】唐李商隐《韩碑》:"行军司马智且勇,十四万众犹虎貔。"宋魏野《奉赠长安…》:"九迁官职光鸂鶒,百二山河壮虎貔。"宋文彦博《雷ը夫自…》:"三部共推盐铁论,五溪曾制虎貔师。"宋陈襄《登雄州南…》:"雅爱六韬名将在,塞垣无事虎貔闲。"

虎皮羊质　hǔ pí yáng zhì
【分类】政治
【关键词】杨雄
【释义】比喻外强中干,虚有其表,以假乱真。汉扬雄《法言·吾子》:"羊质而虎皮,见草而悦,见豹而战,忘其皮之虎矣。"
【例句】唐李商隐《赠送前刘…》:"惊疑豹文鼠,贪窃虎皮羊。"唐刘兼《简竖儒》:"近日冰壶多晦昧,虎皮羊质也观光。"宋释德洪《寄楷禅师》:"虎皮羊质成何事,牛马襟裾亦谩陈。"宋汪元量《昝相公送…》:"白茅安用红锦包,虎皮难以裹羊质。"

虎气腾　hǔ qì téng
【分类】文化
【关键词】剑
【释义】赞咏神剑之典。《越绝书·记吴地传》:"阖庐冢,在闾门外,名虎邱…诸之剑三千,方圆之口三千,时耗、鱼肠之剑在焉。千万人筑治之,取土临湖口,筑三日而白虎居上,故号虎邱。"
【例句】唐杜甫《蕃剑》:"虎气必腾踔,龙身宁久藏。"宋郭祥正《古剑歌》:"书生无用暂挂壁,夜来虎气腾重泉。"元张翥《送匡山王…》:"侠客剑寒腾虎气,仙人笙响作鸾声。"元凌云翰《送谢铁崖…》:"星剑夜腾龙虎气,霞衣朝拂凤凰翎。"

虎丘　hǔ qiū
【分类】政治
【关键词】阖闾
【释义】山名,在苏州西北阊门外,相传春秋时,吴王阖闾葬于此。葬后三日有虎踞其上,故名。源见"虎气腾"。
【例句】唐李端《戏赠韩判…》:"欲随山水居茅洞,已有田园在虎丘。"唐白居易《寄题上强…》:"惯游山水住南州,行尽天台及虎丘。"唐元稹《再酬复言…》:"石缘类鬼名罗刹,寺为因坟号虎丘。"聂绀弩《访丘东平…》:"范张鸡黍存悲殁,蘸笔南溟画虎丘。"

虎丘剑光　hǔ qiū jiàn guāng
【分类】政治
【关键词】剑
【释义】咏吴越春秋时吴宫旧事之典。《吴地记》:"秦始皇巡至虎丘,求吴王宝剑,其虎当坟而踞。始皇以剑击之不及,误中于石,其虎西走二十五里忽失…剑无复获,乃陷成池,故号剑池。"
【例句】唐李商隐《和人题真…》:"虎丘山下剑池边,长遣游人叹逝川。"宋释昙肇《虎丘》:"池空剑光冷,坟缺鬼吟愁。"宋陆文圭《虎丘留题》:"属镂抱恨沈江底,潭碧犹生古剑光。"宋释居简《哭赵别驾》:"笔随文冢瘗,剑返虎丘藏。"

虎头　hǔ tóu
【分类】政治
【关键词】宣帝陈项
【释义】用作喻指人君或达官显贵的典故。《南史·宣帝纪》:"高宗孝宣皇帝讳(陈)项…帝貌若不慧,魏将杨忠门客张子煦见而奇之,曰:'此人虎头,当大贵也。'"
【例句】唐薛能《洛下寓怀》:"敢向官途争虎首,尚嫌身累爱猪肝。"宋苏轼《闻乔太博…》:"马革裹尸真细事,虎头食肉更何人。"宋刘子翚《次韵六四…》:"拟欲招邀无此客,虎头不是个中人。"宋文天祥《合江楼》:"天上名鹓尾,人间说虎头。"

虎头燕颔　hǔ tóu yàn hàn
【分类】政治
【关键词】班超
【释义】古相者谓万里封侯之相。源见"封侯万里"。
【例句】宋毛滂《孙使君见…》："五州自有定远侯,虎头燕颔飞食肉。"宋王之望《王钤辖出…》："虎头不用著三毫,燕颔须教飞万里。"宋刘过《代吴守与…》："虎头燕颔足奇谋,干帐兵形象水流。"明区越《贻杭僧清涌》："燕颔虎头知有相,孤云野鹤本同流。"

虎尾春冰　hǔ wěi chūn bīng
【分类】政治
【关键词】周易
【释义】比喻处于极其危险的境地。《周易注疏·履》："履虎尾,不咥人,亨。"三国魏王弼注："履虎尾,言其危也。"《书·君牙》："心之忧危,若蹈虎尾,涉于春冰。"汉孔安国《传》："虎尾畏噬,春冰畏陷,危惧之甚。"
【例句】唐白居易《江州赴忠…》："虎尾忧危切,鸿毛性命轻。"唐许浑《泊蒜山津…》："言下是非齐虎尾,宿来荣辱比鸿毛。"唐元稹《杂忆》："春冰消尽碧波湖,漾影残霞似有无。"唐张祜《庚子岁寓…》："足忧行夜露,心惧履春冰。"宋朱熹《择之所和…》："烦君属和增危惕,久矣虎尾春冰寄此生。"聂绀弩《独木桥》："谁堪虎尾春冰际,万树千山唤鹧鸪。"

虎卧庭前　hǔ wò tíng qián
【分类】文化
【关键词】高僧传
【释义】称颂高僧之典。《高僧传·晋庐山释慧永》："释慧永,姓鄱…年十二出家…行经浔阳,郡人陶范苦相要留,于是且停庐山之西林寺…又别立一茅室于岭上,每欲禅思,辄往居焉。时有至房者,辄闻殊香之气。永屋中常有一虎,人或畏者,辄驱出令上山,人去后,还复训伏。"
【例句】唐杜甫《谒文公上方》："庭前猛虎卧,遂得文公庐。"宋韩驹《题中寂堂》："虎卧文公庐,鸟巢道林室。"元谢肃冉《过积庆庵》："厓谷盘回路转绕,日高猛虎卧庭前。"明王绂《题杏花春…》："草色阶除看虎卧,花明帘幕听莺啼。"

虎溪　hǔ xī
【分类】文化
【关键词】慧远
【释义】咏高僧送别之典。《莲社高贤传·百二十三人传》："时远法师居东林。其处流泉匝寺下入于溪,每送客过此,辄有虎号鸣,因名虎溪。后送客未尝过。独陶渊明与修静至。语道契合不觉过溪。因相与大笑。"
【例句】唐苏味道《和武三思…》："人寻鹤洲返,舟逐虎溪回。"唐孟浩然《疾愈过龙…》："日暮辞远公,虎溪相送出。"唐王维《过感化寺》："暮持筇竹杖,相待虎溪头。"唐李白《秋夜宿龙…》："凤驾忆王子,虎溪怀远公。"

虎啸生风　hǔ xiào shēng fēng
【分类】政治
【关键词】张定和
【释义】啸:长鸣。猛虎长鸣,则大风四起,比喻英雄人物顺应时代潮流而出现,并且对社会产生极大的影响;亦指豪杰奋起,大展宏图。《北史·张定和传论》："虎啸生风,龙腾云起,英贤奋发,亦各因时。"
【例句】唐苏广文《春日过田…》："夜静林间风虎啸,月明竹上露禽栖。"唐韦应物《题化城寺》："平川不见龙行雨,幽谷遥闻虎啸风。"唐李白《鸣皋歌送…》："虎啸谷而生风,龙藏溪而吐云。"宋刁约《游五泄山》："风生虎啸层岩底,月上猿啼古木巅。"

虎穴得子　hǔ xué de zǐ
【分类】政治
【关键词】班超
【释义】比喻险境获胜。《后汉书·班超传》："官属皆曰:'今在危亡之地,死生从司马。'超曰:'不入虎穴,不得虎子。当今之计,独有因夜以火攻房,使彼不知我多少,必大震怖,可殄尽也。'"
【例句】唐李白《送羽林陶将军》："万里横戈探虎穴,三杯拔剑舞龙泉。"唐刘禹锡《观棋歌送…》："雁行布阵众未晓,虎穴得子人皆惊。"宋许景衡《蒲秀才集…》："独把长矛探虎穴,不教仙翼浪鸡群。"宋刘宰《周侯古祠》："虎穴云埋山寂寞,蛟溪波冷月黄昏。"

虎牙将军　hǔ yá jiāng jūn
【分类】政治
【关键词】盖延
【释义】借指勇猛威武的将军。《后汉书·盖延》："光武即位,以延为虎牙将军。"《后汉书·铫期》："王郎灭,拜期虎牙大将军。"
【例句】唐韩翃《送刘将军》："明光细甲照钲鍜,昨日承恩拜虎牙。"唐李商隐《行次昭应…》："暂逐虎牙临故绛,还含鸡舌过新丰。"宋李流谦《王正卿何…》："舞干元是吾皇事,不必券军号虎牙。"元徐贲《许将军墓》："旗卷虎牙空落木,剑埋龙气只寒云。"

虎彝　hǔ yí
【分类】文化
【关键词】周礼
【释义】古代祭祀用的酒器,器上刻画虎形。《周礼注疏·司尊彝》："凡四时之间祀,追享、朝享,祼用虎彝、蜼彝,皆有舟。"唐贾公彦疏："虎彝、蜼彝相配,皆为兽…其虎彝、蜼彝当是有虞氏之尊。"
【例句】宋洪适《满庭芳》："流觞近,诗筒暂歇,焉用虎文彝。"明彭孙贻《太伯祠》："断碑剥蚀残螭字,折鼎消亡故虎彝。"清王士禛《焦山古鼎…》："初疑周虎彝,复惑虞蜼敦。"清钟大源《西汉定陶…》："爱等周家虎彝庋,珍同虞氏蜼敦藏。"

瓠巴鼓瑟　hù bā gǔ sè
【分类】生活
【关键词】淮南子
【释义】借喻音律精妙。《淮南子·说山训》："昔者瓠巴鼓瑟，而淫鱼出听。"汉高诱注："瓠巴，楚人也，善鼓琴。淫鱼喜音，出头于水而听之。"
【例句】宋欧阳修《夜坐弹琴…》："瓠巴鱼自跃，此事见于书。"宋胡寅《和奇父再…》："爱公诗句如清瑟，自比流鱼感瓠巴。"宋白玉蟾《赠蓬壶丁…》："瓠巴骑鲸上天去，伯牙成连亦千古。"宋陈起《贺友人丝…》："一壶千金何处寻，愁绝瓠巴无措手。"

扈苗征　hù miáo zhēng
【分类】政治
【关键词】尚书
【释义】咏讨平叛乱之典。《尚书·甘誓序》："启与有扈，战于甘之野，作《甘誓》。"《尚书·大禹谟》："帝曰：'咨禹，惟时有苗弗率，汝徂征。'"禹子启征有扈氏，大禹征有苗氏，天下安定。
【例句】唐杜牧《感怀诗》："安得封域内，长有扈苗征。"

互乡童子　hù xiāng tóng zǐ
【分类】政治
【关键词】论语
【释义】喻可以由恶而善之人。《论语注疏·述而》："互乡难与言，童子见，门人惑。子曰：'与其进也，不与其退也，唯何甚！人洁己以进，与其洁也，不保其往也。'"宋朱熹《朱子集注》："互乡，乡名。其人习于不善，难与言善。惑者，疑夫子不当见之也。"
【例句】唐刘叉《勿执古寄…》："仲尼岂非圣，但为互乡嗤。"宋方岳《白鹿洞》："岳也互乡童，屡二不及户。"宋刘子翚《谕俗》："吾闻互乡童，翱翔圣贤囿。"

花萼楼　huā è lóu
【分类】生态
【关键词】唐玄宗
【释义】唐代长安著名皇家建筑花萼相辉楼的简称，是玄宗时代外交接待、国宴举办的场所。唐高盖《花萼楼赋》："中宫起楼，临瞰于外，乃以花萼相辉为名，盖所以敦友悌之义也。"
【例句】唐张说《踏歌词》："花萼楼前雨露新，长安城里太平人。"唐顾况《八月五日歌》："丹青庙里贮姚宋，花萼楼中宴岐薛。"唐刘禹锡《杨柳枝》："花萼楼前初种时，美人楼上斗腰肢。"唐韦庄《秦妇吟》："含元殿上狐兔行，花萼楼前荆棘满。"

花萼相辉　huā è xiāng huī
【分类】生活
【关键词】唐玄宗
【释义】花朵与花萼相互辉映，比喻兄弟友爱，手足情深。《旧唐书·让皇帝宪传》："玄宗于兴庆宫西南置楼，西面题曰花萼相辉之楼，南面题曰勤政务本之楼。"
【例句】宋张颢《句》："两州花萼竞相辉，间断红尘一水涯。"宋李龙高《梅兄》："花萼相辉暗递香，岂无难弟伴元方。"元耶律铸《唐家牡丹》："花萼相辉瑞锦屏，探春半度恋春情。"元王翰《奉教题夷…》："鹡鸰每诵常联榻，花萼相辉共倚楼。"

花姑　huā gū
【分类】文化
【关键词】黄灵微
【释义】指唐代女道士黄灵微。《云笈七签》："花姑者，女道士黄灵微也。年八十而有少容，貌如婴孺，道行高洁，世人号为花姑。"
【例句】唐李翔《宿西山凌…》："胡尊纵使今在，谁继花姑问事由？"宋汪藻《将至郡城》："花姑溪上问归舟，谢守城边识小楼。"宋周紫芝《次韵元素》："回望花姑溪北里，可能无路到华胥。"宋朱翌《宣城书怀》："轻烟藏石女，微雨浴花姑。"

花魁　huā kuí
【分类】生活
【关键词】花
【释义】百花的魁首。梅花开在百花之先，有花魁之称。亦有以兰花为花魁。喻指绝色佳人。宋王贵学《五氏兰谱·白兰》："千叶花同色，萼修齐，中有蕊黄，东野朴守漳时品为花魁。"
【例句】宋王信《咏扬州后…》："事纪扬州千古胜，名传天下万花魁。"宋韩琦《安正堂观…》："开晚要当三月盛，艳高宜作百花魁。"宋方岳《用韵简赵…》："竹友松朋真耐久，可曾将口问花魁。"宋王洋《琼花》："事纪扬州千古胜，名居天下万花魁。"

花门　huā mén
【分类】政治
【关键词】杜甫
【释义】代指回纥。花门山堡在居延海北，为回纥衙帐所在。唐常用它作为回纥的代称。唐杜甫《哀王孙》："花门剺面请雪耻，慎勿出口他人狙。"
【例句】唐杜甫《喜闻官军…》："花门腾绝漠，拓羯渡临洮。"唐岑参《与独孤渐…》："花门将军善胡歌，叶河蕃王能汉语。"宋魏了翁《李参政生日》："剺面花门未柔驯，夏人兵马薄熙秦。"元耶律铸《庚申岁夏…》："我平高阙旋龙勒，君取花门出凤林。"

花鸟使　huā niǎo shǐ
【分类】政治
【关键词】吕向
【释义】唐代专为皇帝挑选妃嫔宫女的使者。《新唐书·吕向》："玄宗开元十年，召入翰林…时帝岁遣使采择天下姝好，内之后宫，号'花鸟使'，向因奏《美人赋》以讽。"

【例句】唐元稹《上阳白发人》："天宝年中花鸟使,撩花狎鸟含春思。"宋苏轼《十一月二…》："蓬莱宫中花鸟使,绿衣倒挂扶桑暾。"宋周紫芝《菖蒲山子歌》："绣衣半是花鸟使,达官避路谁敢言。"宋赵文《赠媒者》："空谷佳人独笑歌,不烦花鸟使相过。"

花奴鼓　huā nú gǔ

【分类】生活

【关键词】唐玄宗

【释义】谓称羯鼓。花奴是汝南王李琎小字。源见"羯鼓解秽"。

【例句】宋孙觌《东坡先生…》："使君处处栽桃李,为报花奴羯鼓催。"宋刘克庄《九叠》："宁随太白金鞍去,莫放花奴羯鼓来。"宋李彭《余久不饮酒…》："何用花奴鸣羯鼓,新诗解秽思无穷。"宋林景熙《催梅》："禁中鼓绝花奴老,海上宫深鸟使迟。"

花前月下　huā qián yuè xià

【分类】生活

【关键词】白居易

【释义】指谈情说爱的处所。唐白居易《老病》："尽听笙歌夜醉眠,若非月下即花前。"

【例句】唐权德舆《薄命篇》："花前拭泪情无限,月下调琴恨有余。"唐寒山《诗三百》："鹦鹉花前弄,琵琶月下弹。"宋吴惟信《寄石越翁》："酒杯慵向花前举,琴索空移月下弹。"宋周紫芝《饮沈都曹家…》："花前楚客狂欲颠,月下吴牛空自喘。"

花乳　huā rǔ

【分类】文化

【关键词】刘禹锡

【释义】煎茶时水面浮起的泡沫,俗名水花。唐刘禹锡《西山兰若试茶歌》："欲知花乳清泠味,须是眠云跂石人。"

【例句】宋李正民《客有以茶…》："花乳试烹应有味,龙孙新种未嫌疏。"宋苏轼《和蒋夔寄茶》："临风饱食甘寝罢,一瓯花乳浮轻圆。"宋吕南公《和得茶杂韵》："蒙山顾渚建溪春,花乳清泠遍知味。"宋李光《自天姥入…》："花乳散瓯争供茗,瑞光腾彩竞拈香。"

花神　huā shén

【分类】生活

【关键词】陆龟蒙

【释义】掌管花的神。唐陆龟蒙《和袭美扬州看辛夷花次韵》："柳疏梅堕少春丛,天遣花神别致功。"

【例句】宋无名氏《山花子》："暗想花神多巧妙,黏酥缀玉压纤枝。"宋方蒙仲《以诗句咏梅》："樽前酹花神,诗因酒转新。"宋韦骧《剪金花》："花神委曲竞光阴,特向低丛剪寸金。"宋刘才邵《冬日牡丹》："花神显现东君意,说似何劳解语人。"宋沈与求《次韵郑维…》："未容霜女窥孤艳,定恐花神啬旧香。"

花十八　huā shí bā

【分类】生活

【关键词】碧鸡漫志

【释义】舞曲名。《碧鸡漫志·六幺》："欧阳永叔云:'贪看《六幺》《花十八》。'此曲内一叠名《花十八》,前后十八拍,又四花拍,共二十二拍,乐家者流所谓花拍,盖非其正也。曲节抑扬可喜,舞亦随之,而舞《筑毬》、《六幺》,至《花十八》益奇。"

【例句】宋欧阳修《玉楼春》："杯深不觉瑠璃滑,贪看《六幺》《花十八》。"宋贺铸《木兰花》："舞腰轻怯绛裙长,羞按筑球花十八。"宋苏颂《某奉使过…》："舞奏未终花十八,酒行先困玉东西。"宋陆佃《用田俫韵…》："花十八中看蹋鞠,玉东西外听扬卮。"

花石纲　huā shí gāng

【分类】生活

【关键词】宋徽宗

【释义】宋赵彦卫《云麓漫钞》载:北宋末年,徽宗在东京(开封)建万寿艮岳。崇宁四年(1105)使朱勔主持苏杭应奉局,凡民间一石一木能用的,即直入其家,破墙拆屋,劫往东京,这种运送花石的船队,号为花石纲。

【例句】宋崔中《和邓至宏…》："愚公纵有移山力,不入当年花石纲。"宋许之《灵壁道傍石》："花石纲成国蠹盈,贼臣卖国果连城。"明朱诚泳《感寓》："吁嗟花石纲,江淮尽虎蛇。"聂绀弩《水浒》："天罡地煞风雷吼,花石生辰齑粉灰。"

花信风　huā xìn fēng

【分类】文化

【关键词】风

【释义】即二十四番花信风,指应花期而吹来的风,为咏花时气候之典。《荆楚岁时记》："江南自初春至初夏,五日一番风候,谓之花信风。梅花风最先,楝花风最后,凡二十四番以为寒绝。"

【例句】宋梅尧臣《观刘元忠…》："君家歌管相催急,枝弱不胜花信风。"宋韩琦《次韵和春》："风传花信值寒晚,烟染柳姿随日春。"宋陆游《芳华楼赏梅》："一春花信二十四,纵有此香无此格。"聂绀弩《杂诗》："春风十里征花信,天下一匡扫霸才。"

花须　huā xū

【分类】文化

【关键词】花

【释义】指枫花,因外形酷似人的胡须,故称。唐李商隐《二月二日》："花须柳眼各无赖,紫蝶黄蜂俱有情。"

【例句】唐武则天《腊日宣诏…》："花须连夜发,莫待晓风吹。"唐张祜《偶题》："红垂果蒂樱珠重,黄点花须粉蝶轻。"唐韩偓《残春旅舍》："树头蜂抱花须落,池面鱼吹柳絮行。"

花艳 huā yàn
【分类】生活
【关键词】刘道彦
【释义】指女子容貌艳丽。《通典·杂歌曲》:"刘道彦为襄阳太守,有善政,百姓乐业…由此有襄阳乐歌也…其歌云:'朝发襄阳城,暮至大堤宿。大堤诸女儿,花艳惊郎目。'"
【例句】唐毕耀《情人玉清歌》:"善踏斜柯能独立,婵娟花艳无人及。"唐李绅《姑苏台杂句》:"西施醉舞花艳倾,妒月娇娥恣妖惑。"唐杜荀鹤《中山临上…》:"闲来吟绕牡丹丛,花艳人生事略同。"唐罗虬《比红儿诗》:"能将一笑使人迷,花艳何须上大堤。"

花雨 huā yǔ
【分类】文化
【关键词】法华经
【释义】称颂佛法影响或咏佛门灵异之典。《法华经·分别功德品》:"佛说是诸菩萨摩诃萨得大法利时,于虚空中,雨曼陀罗华,摩诃曼陀罗华。以散无量百千万亿众宝树下师子座上诸佛。"
【例句】唐李白《寻山僧不…》:"香云遍山起,花雨从天来。"唐路应《游南雁荡》:"织女支机堪索石,仙翁花雨不沾泥。"唐杨巨源《题清凉寺》:"一声寒磬空心晓,花雨知从第几天。"宋杨亿《译经光梵…》:"空界花成雨,仁祠地布金。"

花月妖 huā yuè yāo
【分类】生活
【关键词】太平广记
【释义】咏美人妖姿之典。《太平广记·素娥》:"三思问其由,曰:'某非他怪,乃花月之妖,上帝遣来,亦以多言公之心,将兴李氏。今梁公(狄仁杰)乃时之正人,某固不敢见。…愿公勉事梁公,勿萌他志。'"
【例句】宋黄裳《寄王之道》:"兰陵为别又多时,花月妖中想见几。"宋黄彦平《南部》:"花月妖时见,闺房美间钟。"宋曾极《张丽华》:"墓蓬科三尺光尘去,犹作台城花月妖。"明张弼《寄内翰东…》:"扶持元气文章笔,扫荡尘寰花月妖。"

花朝 huā zhāo
【分类】生活
【关键词】花
【释义】夏历二月十二日(也有人说是二月初二或二月十五),相传为百花生日,号花朝节,俗称花神节。宋吴自牧《梦粱录·二月望》:"仲春十五日为花朝节,浙间风俗,以为春序正中,百花争放之时,最堪游赏。"
【例句】唐李商隐《梓州罢吟…》:"不拣花朝与雪朝,五年从事霍嫖姚。"五代徐铉《观灯玉台体》:"歌声和夜漏,火树似花朝。"宋释智圆《读罗隐诗集》:"非非是是正人伦,月夜花朝几损神。"聂绀弩《尘中望且…》:"室有文章惊海内,人无年命见花朝。"

花砖 huā zhuān
【分类】政治
【关键词】元稹
【释义】表面有花纹的砖。唐时内阁北厅前阶有花砖道,冬日至五砖,为学士人值之候。唐元稹《樱桃花》:"花砖曾立摘花人,窣破罗裙红似火。"
【例句】唐王建《题应圣观》:"空廊鸟啄花砖缝,小殿虫缘玉像尘。"唐白居易《待漏入阁…》:"彩笔停书命,花砖趁立班。"唐韩偓《感事》:"人归三岛路,日过八花砖。"唐黄滔《投翰长赵…》:"五色笔驱神出没,八花砖接帝从容。"

华颠 huá diān
【分类】生活
【关键词】崔骃
【释义】白头,指年老。《后汉书·崔骃传》:"唐且华颠以悟秦,甘罗童牙而报赵。"
【例句】唐卢肇《被谪连州》:"黄绢外孙翻得罪,华颠故老莫相哓。"唐权德舆《早春南亭…》:"振衣惭艾绶,窥镜叹华颠。"宋宋庠《永兴端明…》:"公怀远略须经国,我愧华颠未乞身。"宋文彦博《伏睹致政…》:"华颠相顾最相亲,同是三朝二府人。"

华发 huá fà
【分类】生活
【关键词】墨子
【释义】斑白的头发,泛指老年人。《墨子·修身》:"华发隳颠,而犹弗舍者,其唯圣人乎?"
【例句】唐陈子昂《题居延古…》:"沧洲今何在?华发旅边城。"唐张九龄《旅宿淮阳…》:"暗草看华发,空亭雁影过。"唐白居易《洛阳春赠…》:"中有老朝客,华发映朱轩。"宋苏轼《次韵韶…》:"华发萧萧老遂良,一身萍挂海中央。"

华封三祝 huá fēng sān zhù
【分类】生活
【关键词】庄子
【释义】祝颂之辞,借指对方长寿、富有、多子的祝愿,亦称尧人祝。《庄子·天地》:"尧观乎华,华封人曰:'嘻,圣人。请祝圣人,使圣人寿。'尧曰:'辞。''使圣人富。'尧曰:'辞。''使圣人多男子。'尧曰:'辞。'"唐成玄英疏:"华,地名也,今华州也。封人者,谓华地守封疆之人也。"
【例句】唐张说《皇帝降诞…》:"不独华封老,千年喜祝尧。"唐权德舆《哭李晦群…》:"华封西祝尧,贵寿多男子。"唐杨巨源《元日观朝》:"微臣愿献尧人祝,寿酒年年太液池。"宋李新《归美堂》:"当时五章寄天保,而今三祝增华封。"

华盖 huá gài
【分类】政治

【关键词】古今注
【释义】帝王或贵官车上的伞盖,泛指达官贵人所乘之车。《古今注·舆服》:"华盖,黄帝所作。与蚩尤战于涿鹿之野,常有五色云气,金枝玉叶,止于帝上,有花葩之象,故因而作华盖也。"
【例句】唐张说《扈从南出…》:"迟日宜华盖,和风入祫衣。"唐罗公远《白金小还…》:"聚散既由壬癸水,玉神华盖体无为。"唐韦庄《和郑拾遗…》:"望阙飞华盖,趋朝振玉珰。"唐杜甫《赠翰林张…》:"翰林逼华盖,鲸力破沧溟。"聂绀弩《代周婆答》:"轻瘦华盖慕唐俟,傲岸南冠厕楚囚。"

华裾 huá jū

【分类】文化
【关键词】李贺
【释义】指华美的服饰。唐李贺《高轩过》:"华裾织翠青如葱,金环压辔摇玲珑。"
【例句】宋陈赓《游龙祠》:"仙官华裾乘朱轩,旗纛掩蔼蛟伏辕。"宋陈洎《南齐》:"曲江欢宴侍华裾,舞拍筝歌艺有余。"宋毛滂《代人和御…》:"海波翻雅奏,云露湿华裾。"宋白玉蟾《赠王太尉》:"笑曳华裾出禁庭,一声长啸万山青。"

华清玉莲 huá qīng yù lián

【分类】生活
【关键词】杨贵妃
【释义】咏杨贵妃宠幸的典故。《明皇杂录》:"玄宗幸华清宫,新广汤池,制作宏丽。安禄山于范阳以白玉石为鱼龙凫雁,仍为石梁及石莲花以献,雕镂巧妙,殆非人工。上大悦,命陈于汤中。又以石梁横亘汤上,而莲花才出于水际…其莲花至今犹存。"
【例句】唐王建《华清宫感旧》:"公主妆楼金锁涩,贵妃汤殿玉莲开。"唐杜牧《华清宫》:"零叶翻红万树霜,玉莲开蕊暖泉香。"唐李商隐《骊山有感》:"骊岫飞泉泛暖香,九龙呵护玉莲房。"唐徐夤《再幸华清宫》:"雪女冢头瑶草合,贵妃池里玉莲衰。"宋李处权《浴罢》:"华清之池故有名,玉莲出水香雾生。"

华亭鹤唳 huà tíng hè lì

【分类】政治
【关键词】陆机
【释义】悲叹不知及早隐退而受谗言、慨叹平生之典。《世说新语·尤悔》:"陆(机)平原河桥败,为卢志所谗,被诛,临刑叹曰:'欲闻华亭鹤唳,可复得乎?'"
【例句】唐李白《行路难》:"华亭鹤唳讵可闻,上蔡苍鹰何足道!"唐李商隐《曲江》:"死忆华亭闻唳鹤,老忧王室泣铜驼。"宋伯玉《题月波楼》:"烟波万里浮舟国,云木华亭鹤唳乡。"宋谢薖《送邑尉朱…》:"华亭自昔托鹤唳,蕙帐后夜闻猿呼。"

华胥梦 huá xū mèng

【分类】生活
【关键词】列子
【释义】华胥国是一个老庄思想无为而治、混沌初开的幻境。为梦境的代称,喻仙境。《列子·黄帝》:"昼寝而梦,游于华胥氏之国。"
【例句】唐李商隐《思贤顿》:"不见华胥梦,空闻下蔡迷。"唐张说《扈从温泉…》:"不知远梦华胥国,何如亲奉帝尧君。"唐贾曾《孝和皇帝…》:"梦游长不返,何国是华胥。"宋王禹偁《寿宁节祝…》:"华胥国土何时见,兜率天宫底处开。"

华阳巾 huá yáng jīn

【分类】文化
【关键词】卢程
【释义】道士所戴的一种帽子。《新五代史·卢程》:"程戴华阳巾,衣鹤氅,据几决事。"
【例句】唐牟融《春日山亭》:"醉来重整华阳巾,搔首惊看白发新。"唐陆龟蒙《和同润卿…》:"醉韵飘飘不可亲,掉头吟侧华阳巾。"宋李至《夏日直秘阁》:"蓬阁清虚称野情,华阳巾稳葛衣轻。"宋文彦博《华阳巾》:"华阳山相遗巾法,蜀国乌纱学制成。"

华簪 huá zān

【分类】政治
【关键词】陶渊明
【释义】华贵的冠簪,喻指显贵的官职。古人用簪把冠连缀在头发上。华簪为贵官所用。晋陶渊明《和郭主簿》:"此事真复乐,聊用忘华簪。"
【例句】唐张九龄《巡属县道…》:"华簪极身泰,衰鬓惭木荣。"唐钱起《赠阙下裴…》:"献赋十年犹未遇,羞将白发对华簪。"唐柳宗元《弘农公以…》:"采绥还垂艾,华簪更截肪。"宋司马光《送吴耿先生》:"人生贵适意,何必慕华簪。"

华芝 huá zhī

【分类】政治
【关键词】扬雄
【释义】灵芝,喻指帝王车驾的伞形顶盖。汉扬雄《甘泉赋》:"于是乘舆乃登夫凤皇兮翳华芝。"唐李善注:"服虔曰:'华芝,华盖也。'善曰:'言以华盖自翳也。'"
【例句】唐张说《奉和圣制…》:"蒲坂横临晋,华芝晓望秦。"唐王维《赠李颀》:"王母翳华芝,望尔昆仑侧。"唐李商隐《东还》:"自有仙才不自知,十年长梦采华芝。"唐温庭筠《春江花月夜词》:"杨家二世安九重,不御华芝嫌六龙。"

骅骝捕鼠 huá liú bǔ shǔ

【分类】政治
【关键词】马
【释义】以骅骝捕鼠不如狸狌,来比喻各有所长之意。后遂用为物各有用之典。源见"骅骝骐骥"。
【例句】唐寒山《诗三百》:"骅骝将捕鼠,不及跛猫儿。"宋刘跂《送高将永亨》:"三年默默趋戎行,骅骝捕鼠非所长。"

宋周必大《次韵广东芮漕时闻…》:"厩空不纳如羊马,才大常嗤捕鼠狸。"宋陈杰《题驿壁》:"骅骝捕鼠不如狸,鏌干缀履不如锥。"

骅骝骐骥　huá liú qí jì
【分类】政治
【关键词】马
【释义】骅骝,赤色骏马,相传为周穆王八骏之一。骐骥,青色良马。骅骝骐骥为骏马统称,喻贤才。《庄子·秋水》:"骐骥骅骝,一日而驰千里,捕鼠不如狸狌,言殊技也。"
【例句】唐杜甫《醉歌行》:"骅骝作驹已汗血,鸷鸟举翮连青云。"宋李复《按视沙苑》:"骅骝骐骥种各有,一一六印官字存。"宋吴魏《题韩左军…》:"骐骥骅骝志千里,屹立天闲甘伏枥。"聂绀弩《瘦石六十》:"骅骝骐骥昂其首,驰骤纵横荡我胸。"

划然　huá rán
【分类】生活
【关键词】张鷟
【释义】象声形容词,也指突然。唐张鷟《游仙窟诗又赠十娘》:"锦障划然卷,罗帷垂半歇。"宋苏轼《后赤壁赋》:"划然长啸,草木震动,山鸣谷应,风起水涌。"
【例句】唐萧颖士《焦湖夜归作》:"划然气象分,万顷行可见。"唐鲁收《怀素上人…》:"划然放纵惊云涛,或时顿挫萦豪发。"宋张镃《宿吴江县》:"划然长啸起蛟龙,共向吟笺飞霹雳。"宋陈著《老兴行慈…》:"划然长啸出门去,弟导吾子前子扶傍。"

化工　huà gōng
【分类】政治
【关键词】贾谊
【释义】指自然的造化者。《汉书·贾谊传》:"且夫天地为炉,造化为工;阴阳为炭,万物为铜。"唐颜师古注:"以冶铸为喻。"
【例句】唐张九龄《九度仙楼》:"应是女娲辈,化工挥巧斧。"唐庄南杰《红蔷薇》:"九天碎霞明泽国,造化工夫潜剪刻。"唐元稹《春蝉》:"作诗怜化工,不遣春蝉生。"唐刘威《题许子正…》:"坐爱风尘日已西,功成得与化工齐。"

化国　huà guó
【分类】政治
【关键词】潜夫论笺
【释义】教化施行之国。《潜夫论笺校正》:"铎按:'化'疑本作'治',唐人避唐高宗李治讳改,爱日篇:'治国之日舒以长',本传作'化国',是其例。"
【例句】宋孙觌《太令人施…》:"舒长真化国,青白旧儒家。"宋苏轼《郊祀庆成诗》:"化国安新政,孤臣返旧耕。"宋韩琦《癸丑灯夕》:"化国光阴方甚永,洞天风物不难寻。"宋李新《题北岩定…》:"东风桃李年年在,化国光阴日日长。"宋余深《奉和角楼…》:"民心康乐好时好,乐奏和平化国安。"

化鹤　huà hè
【分类】生活
【关键词】丁令威
【释义】谓成仙,多代称死亡。源见"辽东鹤"。
【例句】唐李昂《题雍丘崔…》:"白石既烧成化鹤,黄金未熟且烹鲜。"唐李绅《灵汜桥》:"何须化鹤归华表,却数凋零念越乡。"唐李商隐《题道静院…》:"紫府丹成化鹤群,青松手植变龙文。"五代徐夤《山阴故事》:"红鹅化鹤青天远,彩笔成龙绿水空。"

化履　huà lǚ
【分类】文化
【关键词】卢耽
【释义】咏仙术变化之典,指仙鹤幻化成履。源见"卢耽鹤"。
【例句】唐武三思《仙鹤篇》:"别有闻箫出紫烟,还如化履上青天。"唐骆宾王《伤祝阿王…》:"翔凫犹化履,狎雉尚驯童。"明边贡《题程时昭…》:"休令怨唳分行去,化履升云会有时。"

化人　huà rén
【分类】政治
【关键词】列子
【释义】有幻术的人。《列子·周穆王》:"周穆王时,西极之国有化人来,入水火,贯金石;反山川,移城邑;乘虚不坠,触实不硋。"东晋张湛注:"化幻人也。"有道术的人。《关尹子·四符》:"譬如化人,若有厌生死心、超生死心,止名为妖,不名为道。"佛教谓佛、菩萨变形为人,以化度众生者。也喻仙人。
【例句】唐于鹄《哭凌霄山…》:"买山寻主远,垒塔化人迟。"唐崔橹《莲花》:"轻雾晓和香积饭,片红时堕化人船。"宋刘敞《杂诗》:"昔者有化人,来集周王庭。"宋苏轼《同正辅表…》:"因随化人履巨迹,得与仙兄蹑飞鞚。"

化人汉文帝　huà rén hàn wén dì
【分类】政治
【关键词】汉文帝
【释义】史称汉文帝刘恒专为善政,注重教育,以德化民。后因用为咏颂教化之典。《汉书·文帝纪》:"专务以德化民,是以海内殷富,兴于礼义。"
【例句】唐杜牧《皇风》:"以德化人汉文帝,侧身修道周宣王。"唐岑参《送颜平原》:"易俗去猛虎,化人似驯鸥。"宋沈辽《和颖叔西…》:"追怀少年趣,那知化人功。"宋李熙载《九里》:"化人旧有阿罗汉,喜客今逢老比丘。"

画饼充饥　huà bǐng chōng jī
【分类】生活
【关键词】卢毓
【释义】比喻徒具形式,无济于事。引申指空想聊以自慰自欺。《三国志·卢毓传》："时举中书郎,诏曰:'得其人否,在卢生耳。选举莫取有名,名如坐地画饼,不可啖也。'"

【例句】唐白居易《每见吕南…》："望梅阁老无妨渴,画饼尚书不救饥。"唐李商隐《咏怀寄秘…》："官衔同画饼,面貌乏凝脂。"宋释本才《偈》："画饼不足以充饥,大羹必资于敏手。"宋宋祁《官舍》："画饼窃名真不食,衔枚邀宠更无言。"

画筹人 huà chóu rén

【分类】文化
【关键词】魏舒
【释义】比喻身居闲职者。源见"魏舒画筹"。
【例句】唐唐彦谦《试夜题省…》："今日竟飞杨叶箭,魏舒休作画筹人。"宋李纲《汉梁王太…》："从容画筹策,籍籍飞英声。"宋张元干《次仲弥性…》："律严虽许强绕尾,韵险岂复能画筹。"清弘历《赐浙江巡…》："辛丑番回变,画筹甚有方。"

画船听雨眠 huà chuán tīng yǔ mián

【分类】生态
【关键词】韦庄
【释义】形容江南水乡的优雅恬静。唐韦庄《菩萨蛮五首》："人人尽说江南好,游人只合江南老。春水碧于天,画船听雨眠。垆边人似月,皓腕凝霜雪。未老莫还乡,还乡须断肠。"
【例句】唐温庭筠《句》："春水碧于天,画船听雨眠。"唐殷文圭《寄广南刘…》："画船清宴蛮溪雨,粉阁闲吟瘴峤云。"宋贺铸《鹧鸪天》："谁爱松陵水似天。画船听雨奈无眠。"宋陆游《叙州》："画船冲雨入戎州,缥缈山横杜若洲。"元高启《闻人唱吴歌》："记得通波亭下路,画船归去雨鸣荷。"

画荻 huà dí

【分类】生活
【关键词】欧阳修
【释义】咏称颂母教之典。《宋史·欧阳修传》："四岁而孤。母郑守节自誓,亲诲之学。家贫,至以荻画地学书。"荻:指芦苇。
【例句】宋刘克庄《挽段夫人》："子贵简槐陪国论,母贤画荻课儿书。"宋刘克庄《挽刘母王…》："分灯照邻女,画荻训贤郎。"明欧大任《贞母诗为…》："画荻机杼侧,侍母如严师。"明林熙春《瑶会行为…》："昔有和熊与画荻,未闻曾占百岁槎。"明邹元标《荆溪吴节…》："丸熊画荻不辞倦,艰贞百倍谁为援。"

画地成沼 huà dì chéng zhǎo

【分类】文化
【关键词】刘向
【释义】咏喻方士法术的典故。《西京杂记》："淮南王好方士,方士皆以术见。遂有画地成江河,撮土为山岩,嘘吸为寒暑,喷嗽为雨雾。"
【例句】唐秦韬玉《亭台》："意将画地成幽沼,势拟驱山近小台。"唐雍裕之《大言》："挥汗曾成雨,画地亦成河。"唐李贺《荣华乐》;"欲作江河唯画地,峨峨虎冠上切云。"宋苏籀《将军》："画地成江河,鼻息吹云雾。"

画地难入 huà dì nán rù

【分类】政治
【关键词】司马迁
【释义】汉代司马迁曾称赞有的士人即使画地为牢也决不进入,借以表述他决不屈节受辱的心志。后遂用作喻指囚禁之辱的典故。《汉书·司马迁列传》："故士有画地为牢势不入,削木为吏议不对,定计于鲜也。"
【例句】唐骆宾王《畴昔篇》："画地终难入,书空不自安。"宋李觏《寄祖秘丞》："画地尚不入,丛棘易何置。"明王廷陈《狱中言怀…》："画地期无入,书空意颇哀。"明王世贞《纪戊午正…》："画地身从入,呼天听每迟。"

画地为牢 huà dì wéi láo

【分类】政治
【关键词】司马迁
【释义】在地上画一个圈当作监狱,比喻只许在指定的范围内活动。源见"画地难入"。
【例句】唐李贺《荣华乐》："欲作江河唯画地,峨峨虎冠上切云。"宋于石《赠王法官》："赤手缚鬼如缚虎,画地为牢通鬼语。"清黄遵宪《南汉修慧…》："画地为牢聚蛇毒,杀人下酒垂蛟涎。"聂绀弩《无题》："抽簪画地成银汉,背水施屏障锦衾。"

画虎不成 huà hǔ bù chéng

【分类】生活
【关键词】马援
【释义】比喻不能正确对待自己,好高骛远,不仅一无所成,反贻笑大方。《东汉观记·马援传》："效杜季良而不成,陷为天下轻薄子,所谓画虎不成反类狗也。"
【例句】唐李咸用《夜吟》："落笔思成虎,悬梭待化龙。"唐皮日休《宏词下第…》："画虎已成翻类狗,登龙才变即为鱼。"宋欧阳修《送徐生之…》："文章无用等画虎,名誉耳如飞蝇。"宋邵雍《谢宁寺丞…》："画虎不成心尚在,悲麟无应泪横流。"

画蛇添足 huà shé tiān zú

【分类】生活
【关键词】战国策
【释义】比喻做多余的事,反而有害无益。《战国策·齐策》："楚有祠者,赐其舍人卮酒。舍人相谓曰:'数人饮之不足,一人饮之有余,请画地为蛇,先成者饮酒。'一人蛇先成,引酒且饮,乃左手持卮,右手画蛇曰:'吾能为之足。'未成,一人之蛇成,夺其卮曰:'蛇固无足,子安能为之足?'遂饮其酒。为蛇足者,终亡其酒。"
【例句】唐韩偓《安贫》："谋身拙为安蛇足,报国危曾将虎须。"唐韩愈《感春》:"画蛇著足无处用,两鬓霜白趋埃尘。"唐李商隐《有感》:"劝君莫强安蛇足,一盏芳醪不得尝。"宋曾巩《冬晓书怀》:"屠龙破产习已妄,画蛇著足弃未能。"

画省 huà shěng
【分类】政治
【关键词】尚书
【释义】古称尚书省。汉尚书省以胡粉涂壁,紫素界之,画古烈士像。《汉官典职》:"尚书奏事于明光殿,省中画古烈士,重行书赞。"
【例句】唐杜甫《秋兴》:"画省香炉违伏枕,山楼粉堞隐悲笳。"唐韩翃《寄徐州郑…》:"江城五马楚云边,不羡雍容画省年。"唐王维《送崔五太守》:"欲持画省郎官笔,回与临邛父老书。"唐李憕《和户部杨…》:"落日弥纶地,公才画省郎。"

画堂 huà táng
【分类】政治
【关键词】汉成帝
【释义】古代宫中有彩绘的殿堂。《汉书·元后传》:"甘露三年,生成帝于甲馆画堂,为世适皇孙。宣帝爱之,自名曰骜,字太孙,常置左右。"
【例句】唐张说《奉和圣制…》:"禁林艳发青阳,春望逍遥出画堂。"唐杨巨源《和人与人…》:"莹质方从纶阁内,凝辉更向画堂中。"唐杜牧《杜秋娘诗》:"画堂授傅姆,天人亲捧持。"唐冯延巳《虞美人》:"画堂新霁情萧索,深夜垂珠箔。"

画图识春 huà tú shí chūn
【分类】生活
【关键词】王昭君
【释义】咏王昭君之典。《西京杂记》载:汉元帝使画工图后宫形貌,案图召幸之。宫人赂画工,独昭君不肯,遂不得见。匈奴入朝求美人为阏氏,元帝案图以昭君行。及去召见,貌为后宫第一。帝悔之,而名籍已定。乃穷案其事,画工皆弃市。
【例句】唐杜甫《咏怀古迹》:"画图省识春风面,环佩空归月夜魂。"宋万里《和祝汝玉…》:"玉奴何必减花奴,省识春风作画图。"宋李龏《梅花集句》:"画图省识春风面,莫遣孤芳老涧边。"元宋褧《少陵春游图》:"画图省识春风面,应是开元未乱时。"

画鸦黄 huà yā huáng
【分类】生活
【关键词】隋炀帝
【释义】指妇女在额上饰涂鸦黄。鸦黄,古代一种化妆品。《醒世恒言·隋炀帝逸游召谴》:"帝谓世南曰:'昔传飞燕可掌上舞…及得宝儿,方昭前事。然多憨态,今注目于卿。卿才人,可便作诗嘲之。'世南应诏,为绝句云:'学画鸦黄半未成,垂肩蝉袖太憨生。缘憨却得君王宠,长把花枝傍辇行。'帝大悦。"
【例句】宋苏轼《浣溪沙》:"学画鸦儿正妙年,阳城下蔡困嫣然。"宋方岳《送史子贯》》:"青灯书册夜深雨,莫为乘鸾学画鸦。"宋项安世《赠叶士少敏》:"银河已报桥成鹊,宝镜遥知鬓画鸦。"宋于石《祈雨》:"方士画符如画鸦,呵叱风伯鞭雷车。"

画檐 huà yán
【分类】文化
【关键词】郑嵎
【释义】指有画饰的屋檐。唐郑嵎《津阳门》:"象床尘凝罨飒被,画檐虫网颇梨碑。"
【例句】唐张祜《禅智寺》:"画檐齐木末,香砌压云根。"唐李涉《秋日登想…》:"画檐先弄朝阳色,朱槛低临众木秋。"唐杜牧《十九兄郡…》:"十二层楼敞画檐,连云歌尽草纤纤。"

画一法 huà yī fǎ
【分类】政治
【关键词】曹参
【释义】喻颂古代贤人所定的法令。《史记·曹相国世家》:"参为相国,出入三年…百姓歌之曰:'萧何为法,顜若画一;曹参代之,守而勿失。载其清净,民以宁一。'"
【例句】唐杜牧《感怀诗》:"因瞠画一法,且逐随时利。"元薛汉《和马伯庸…》:"吏法有章皆画一,将坛得士故无双。"明王世贞《寿少司寇何公》:"汉廷画一吾真幸,执法双瞻帝座傍。"明彭孙贻《上文灯岩司理》:"宫庭遵画一,金石著无刊。"

画脂镂冰 huà zhī lòu bīng
【分类】政治
【关键词】盐铁论
【释义】在凝固的脂肪上绘画,在冰块上雕刻,一旦融化,便化为乌有,比喻劳而无功。《盐铁论·殊路》:"内无其质,而外学其文,虽有贤师良友,若画脂镂冰,费日损功。"
【例句】唐张贲《和皮陆酒…》:"白编椰席镂冰明,应助杨青解宿醒。"宋张侃《客有诵唐…》:"镂冰与铸木,未免求虚名。"宋李正民《和舒伯源…》:"刻玉漫劳夸智巧,镂冰那复耐风吹。"宋王安石《示董伯懿》:"嚼蜡已能忘世味,画脂那更惜时名。"宋黄庭坚《次韵和台…》:"先生行乐在清溪,满世功名对画脂。"宋李复《赵嵝惠二…》:"顾予画脂已心朽,看君著鞭方力生。"

画纸棋局 huà zhǐ qí jú
【分类】生活
【关键词】李秀
【释义】指古代民间游戏四维戏。晋李秀《四维赋》记四维戏:"画纸为局,截木为戏。"
【例句】唐杜甫《江村》:"老妻画纸为棋局,稚子敲针作钓钩。"唐邓肃《次韵王信…》:"老妻画纸棋,赤脚沽村酿。"宋范成大《园林》:"光阴画纸为棋局,事业看题检药囊。"

元舒远《幽事》:"采松酿酒开除事,画纸围棋消遣心。"

画中人 huà zhōng rén

【分类】文化

【关键词】赵颜

【释义】喻指美人或指画中人物。《松窗杂记》:"唐进士赵颜,于画工处得一软障图,一妇人甚丽…画工曰:'余神画也,此亦有名,曰真真。呼其名百日,不夜不歇,即必应,则以百家采灰酒灌之必活。'"后疑女为妖,欲剑斩之"…言讫,携其子却上软障,呕出先所饮百家彩灰酒。睹其障,惟添一孩子,皆是画焉。"

【例句】宋孔武仲《王文玉出…》:"须知堂上客,便是画中人。"宋陆游《新晴泛舟…》:"青嶂会为身后冢,扁舟聊作画中人。"宋陆游《癸丑正月…》:"朱颜不老画中人,绿酒追欢梦里身。"明张宁《和阴金宪…》:"梦看桃源画里春,忽惊身是画中人。"

怀璧其罪 huái bì qí zuì

【分类】政治

【关键词】左传

【释义】比喻多财招祸或怀才遭忌。《左传·桓公十年》:"周谚有之:'匹夫无罪,怀璧其罪。'"晋杜预注:"人利其璧,以璧为罪。"

【例句】唐崔湜《至桃林塞作》:"怀璧常贻训,捐金诣得邻。"唐李华《咏史诗》:"得罪因怀璧,防身辄控弦。"宋伯雨《述怀》:"投湘为独醒,得罪因怀璧。"宋陈师道《次韵苏公…》:"向来怀璧真成罪,未必含光不屡惊。"

怀橘 huái jú

【分类】政治

【关键词】陆绩

【释义】咏爱亲、孝亲之典。《三国志·陆绩传》:"绩年六岁,于九江见袁术。术出橘,绩怀三枚,去,拜辞堕地,术谓曰:'陆郎作宾客而怀橘乎?'绩跪答曰:'欲归遗母。'术大奇之。"

【例句】唐骆宾王《畴昔篇》:"茹茶空有叹,怀橘独伤心。"唐张祜《送卢弘本…》:"怀中陆绩橘,江上伍员涛。"唐温庭筠《病中书怀…》:"笑语空怀橘,穷愁亦据梧。"宋邵雍《训世孝弟诗》:"奇哉让梨并怀橘,子孝亲兮弟敬哥。"

怀铅 huái qiān

【分类】文化

【关键词】扬雄

【释义】指从事著述,亦借指佳作。源见"铅椠"。

【例句】唐李群玉《始忝四座…》:"解薜龙凤署,怀铅兰桂丛。"唐骆宾王《久戍边城…》:"怀铅惭后进,投笔愿前驱。"唐张说《送宋休远…》:"怀铅书瑞府,横草事边尘。"唐包融《和陈校书…》:"色向怀铅白,光因翰简融。"五代徐铉《亚元舍人…》:"怀铅昼坐紫微宫,焚香夜直明光殿。"

怀人 huái rén

【分类】生活

【关键词】诗经

【释义】思念远行的人。《诗经·周南·卷耳》:"采采卷耳,不盈顷筐。嗟我怀人,置彼周行。"

【例句】唐李郢《即目》:"爱雪愁冬尽,怀人觉夜长。"宋孙觌《何利见新居》:"桃李卧开樱自吐,嗟我怀人道伊阻。"明邵宝《再答王郡公》:"为山坐雨谁三日,嗟我怀人又一秋。"聂绀弩《风怀》:"嗟我怀人十年往,涉江哀郢九章歌。"

怀沙自沉 huái shā zì chén

【分类】生活

【关键词】屈原

【释义】泛指自杀。《史记·屈原贾生列传》:"屈原至于江滨,被发行吟泽畔…乃作《怀沙》之赋。"

【例句】唐张说《过怀王墓》:"一闻怀沙事,千载尽悲凉。"唐李白《春滞沅湘…》:"予非怀沙客,但美采菱曲。"唐顾况《酬唐起居…》:"欲作怀沙赋,明时耻自沈。"宋梅尧臣《书窜》:"莫作楚大夫,怀沙自沈汨。"

怀素 huái sù

【分类】文化

【关键词】怀素

【释义】唐代书法家,史称草圣。《宣和书谱》:"怀素字藏真,俗姓钱,长沙人,徙家京兆…初励律法,晚精意于翰墨,追仿不辍,秃笔成冢。评者谓张长史为颠,怀素为狂,以狂继颠,孰为不可。及其晚年益进,则复评其与张芝逐鹿。"

【例句】唐李白《草书歌行》:"少年上人号怀素,草书天下称独步。"唐裴说《怀素台歌》:"杜甫李白与怀素,文星酒星草书星。"唐怀素《句》:"人从来问此中妙,怀素自云初不知。"唐王邕《怀素上人…》:"此中灵秀众所知,草书独有怀素奇。"

怀土 huái tǔ

【分类】生活

【关键词】论语

【释义】安于所处之地,不愿轻易迁移。谓安土重迁,也喻怀念故土。《论语·里仁》:"君子怀德,小人怀土。"三国魏何晏《论语集解》引汉孔安国曰:"怀土,重迁。"

【例句】唐王勃《麻平晚行》:"百年怀土望,千里倦游情。"唐卢仝《萧宅二三…》:"知君家近父母家,小人安得不怀土。"唐高适《自淇涉黄…》:"独行既未惬,怀土怅无趣。"唐武元衡《南徐别业…》:"虚度年华不相见,离肠怀土并关情。"

怀王迹穷 huái wáng jì qióng

【分类】政治

【关键词】楚怀王

【释义】指楚怀王客死秦地一事。《史记·屈原列传》:"怀王卒行。入武关,秦伏兵绝其后,因留怀王,以求割地。怀王怒,不听。亡走赵,赵不内。复之秦,竟死于秦而归葬。"

【例句】唐杜牧《题武关》:"碧溪留我武关东,一笑怀王迹自穷。"唐杜牧《题青云馆》:"四皓有芝轻汉祖,张仪无地与怀王。"唐戴叔伦《湘川野望》:"怀王独与佞人谋,闻道忠臣入乱流。"唐汪遵《招屈亭》:"三闾溺处杀怀王,感得荆人尽缟袭。"

怀县作 huái xiàn zuò
【分类】文化
【关键词】潘岳
【释义】喻指县令的诗作。晋潘岳任县令时写《在怀县作》诗二首。晋潘岳《在怀县作》:"南陆迎修景,朱明送末垂。初伏启新节,隆暑方赫羲。朝想庆云兴,夕迟白日移。挥汗辞中宇,登城临清池。"
【例句】唐独孤《酬常郿...》:"辞后读书怀县作,定知三岁字犹新。"唐甫《九日杨奉...》:"今日潘怀县,同时陆浚仪。"宋梅尧臣《夏侯彦济...》:"怀县曾余往,风谣为尔知。"宋贺铸《冠氏县斋...》:"秋鬓先于怀县令,春愁多似义城公。"

怀玉 huái yù
【分类】文化
【关键词】老子
【释义】谓怀抱仁德,犹怀璧。源见"被褐怀玉"。
【例句】唐罗立言《赋得沾美玉》:"谁怜被褐士,怀玉正求沽。"唐骆宾王《镂鸡子》:"谁知怀玉者,含响未吟晨。"唐陈昌言《赋得玉水...》:"明媚如怀玉,奇姿自托幽。"唐许浑《春日思旧...》:"怀玉尚悲迷楚塞,捧金犹羡乐燕台。"

怀赵 huái zhào
【分类】生活
【关键词】廉颇
【释义】咏思怀故国之典。《史记·廉颇蔺相如列传》:"廉颇居梁久之,魏不能信用。赵以数困于秦兵,赵王思复得廉颇,廉颇亦复思用于赵…赵王以为老,遂不召。楚闻廉颇在魏,阴使人迎之。廉颇一为楚将,无功,曰:'我思用赵人。'廉颇卒死于寿春。"
【例句】唐柳宗元《弘农公以…》:"顾士虽怀赵,知天讵畏匡。"宋郑思肖《即事》:"赤心怀赵日,绿鬓染吴霜。"

怀珠韫玉 huái zhū yùn yù
【分类】文化
【关键词】陆机
【释义】比喻怀藏才德。源见"川媚"。
【例句】宋杨万里《食老菱有感》:"幸自江湖可避人,怀珠韫玉冷无尘。"宋陆佃《圆石》:"苍㟽千寻画不如,信知韫玉胜怀珠。"宋周邦彦《赠常熟贺…》:"怀珠崖不枯,韫玉山有辉。"宋陈造《陈学正孙…》:"緊山韫玉渊怀珠,二子豪

爽仍廉隅。"

怀褚中 huái zhǔ zhōng
【分类】政治
【关键词】荀莹
【释义】咏感恩于帮助逃离恶境之典。《左传·成公三年》:"荀莹之在楚,郑贾人有将置诸褚中以出。既谋之,未行,而楚人归之。贾人如晋,荀莹善视之,如实出己。"褚:囊,袋。
【例句】唐柳宗元《游南亭夜…》:"知莹怀褚中,范叔恋绨袍。"宋梅尧臣《和绮翁游…》:"秘藏褚中为不朽,咨诹坐上皆自然。"宋周孚《哭员著作》:"叹息褚中惠,此生那可忘。"宋敖陶孙《雪中陈孔…》:"始秋我如京,褚中无所赘。"

槐鼎 huái dǐng
【分类】政治
【关键词】周礼
【释义】比喻三公或三公之位,亦泛指执政大臣。源见"三槐九棘"。
【例句】宋苏颂《次韵王宣…》:"圣圣相承倚时栋,入登槐鼎出拥麾。"宋陈棠《建炎丞相…》:"槐鼎政须还国老,溪山聊且慰骚人。"宋赵汝燧《史镇江丐…》:"固知槐鼎身将近,却爱莼鲈味不同。"宋李流谦《代上阆中…》:"相门出鼎槐,八叶有前芳。"

槐花黄 huái huā huáng
【分类】文化
【关键词】科举
【释义】指士子忙于准备科举考试的季节。《岁时习俗资料汇编·孟秋》:"进士下第,当年七月复献新文,求拔解,故曰'槐花黄,举子忙'。"
【例句】唐黄滔《出京别同年》:"虽恨别离还有意,槐花黄日出青门。"宋范成大《送刘唐卿…》:"槐黄灯火困豪英,此去书窗得此生。"宋吴儆《送王国器…》:"槐花黄时举子忙,君心应逐白云翔。"宋李弥逊《送族甥游…》:"薰风未放槐花黄,举子技痒撩枯肠。"

槐棘 huái jí
【分类】政治
【关键词】周礼
【释义】喻指三公九卿,亦指三公九卿之位。源见"三槐九棘"。
【例句】唐柳宗元《游南亭夜…》:"左右抗槐棘,纵横罗雁鹜。"宋刘克庄《甲辰书事》:"草茅匹士谋身拙,槐棘诸公议法平。"宋华镇《送左司董…》:"邂逅论情槐棘地,殷勤分袂雪霜晨。"宋翁升《挽蔡西山…》:"槐棘金谋虽日伪,草茅公论实难欺。"

槐市 huái shì
【分类】文化

【关键词】三辅黄图
【释义】借指学宫、学舍等文人会聚之地。《艺文类聚》引《三辅黄图》："为会市，但列槐树数百行，诸生朔望会此市，各持其郡所出物及经书，相与买卖，雍雍揖让，论议树下，侃侃訚訚。"
【例句】唐王绩《过乡学》："杏坛花正落，槐市叶新长。"唐武元衡《酬谈校书〈…〉》："蓬山高价传新韵，槐市芳年挹盛名。"唐白居易《西楼喜雪〈…〉》："散面遮槐市，堆花压柳桥。"唐卢照邻《文翁讲堂》："槐落犹疑市，苔深不辨铭。"

槐树婆娑 huái shù pó suō
【分类】生活
【关键词】殷仲文
【释义】指人衰颓败落，前景暗淡。《世说新语·黜免》："桓玄败后，殷仲文还为大司马咨议，意似二三，非复往日。大司马府听前有一老槐，甚扶疏。殷因月朔，与众在听，视槐良久，叹曰：'槐树婆娑，无复生意！'"
【例句】唐李怀远《凤阁南厅〈…〉》："庭槐岁月深，半死尚抽心。"宋吕洪秋《雨叹》："庭前槐树惟增叹，阶下决明空可怜。"宋赵蕃《登县楼有感》："见说南楼秋气多，夜凉槐竹影婆娑。"宋李揆《登县楼》："见说南楼秋气多，夜凉槐荫影婆娑。"

淮南大小山 huái nán dà xiǎo shān
【分类】文化
【关键词】刘安
【释义】咏文章词翰之典。汉王逸《楚辞章句·招隐士注》："昔淮南王安博雅好古，招怀天下俊伟之士，自八公之徒，咸慕其德而归其仁。各竭才智，著作篇章。分造辞赋，以类相从，故或称小山，或称大山，其义犹《诗》有小雅、大雅也。"
【例句】唐罗隐《暇日投钱〈…〉》："望高汉相东西阁，名重淮南大小山。"宋宋祁《答户部匀〈…〉》："大小山前怀古地，短长亭下未归人。"宋刘攽《和通判裴〈…〉》："伤春一振曹风陋，不羡淮南大小山。"宋辛弃疾《鹧鸪天》："羡君人物东西晋，分我诗名大小山。"

淮南鸡犬 huái nán jī quǎn
【分类】政治
【关键词】刘安
【释义】淮南王的鸡和狗，比喻投靠攀附别人而得势的人。《论衡·道虚》："淮南王刘安坐反而死，天下并闻，当时并见，儒书尚有言其得道仙去，鸡犬升天者。"
【例句】唐卢仝《忆金鹅山〈…〉》："自古圣贤放入土，淮南鸡犬驱上天。"五代伊用昌《题酒楼壁》："已在淮南鸡犬后，而今便到玉皇前。"宋张守《再惠诗有〈…〉》："海上鼋鼍谁可驾，淮南鸡犬故能仙。"宋梁竑《湖山楼》："壶中日月自天地，淮南鸡犬皆神仙。"

淮南药 huái nán yào
【分类】文化
【关键词】刘安
【释义】借指仙药。西汉淮南王刘安，好道术，传说他炼成仙药，白日升仙。《汉书·淮南王传》："招致宾客方术之士数千人，作为《内书》二十一篇。言神仙黄白之术……上使宗正以符节治王。未至，安自刑杀。"
【例句】唐张说《河上公》："济北神如在，淮南药未成。"唐李颀《送王道士〈…〉》："心穷伏火阳精丹，口诵淮王万毕术。"宋刘敞《闻王十八〈…〉》："乃知淮南药，力可及鸡犬。"清姚鼐《谢简斋惠〈…〉》："衰年不愿海山居，愿舐淮南药鼎余。"

淮王客 huái wáng kè
【分类】政治
【关键词】刘安
【释义】咏王室养客之典。《神仙传·刘安》："汉淮南王刘安者，汉高帝之孙也……唯安独折节下士，笃好儒学，兼占候方术，养士数千人，皆天下俊士……乃天下道书及方术之士，不远千里，卑辞重币请致之。于是乃有八公诣门，皆须眉皓白。"
【例句】唐宋之问《奉和梁王〈…〉》："淮王正留客，不醉莫言归。"唐杜甫《赠特进汝〈…〉》："淮王门有客，终不愧孙登。"宋王道士《美阁承旨》："淮王门下孙登客，还许升堂近耿光。"明何景明《寄赠庄国宾》："淮王门下客，冠盖日相望。"

淮王身死 huái wáng shēn sǐ
【分类】文化
【关键词】刘安
【释义】长生术难得之典。《论衡·道虚》："案淮南王刘安……怀反逆之心，招会术人，欲为大事。伍被之属充满殿堂，作道术之书，发怪奇之文，合景乱首。八公之俦欲示神奇若得道之状，道终不成，效验不立，乃与伍被谋为反事，事觉自杀，或言诛死……传称淮南王仙而升天，失其实也。"
【例句】唐袁瓘《惠文太子〈…〉》："羽化淮王去，仙迎太子归。"唐顾况《行路难》："淮王身死桂树折，徐福一去音书绝。"唐万楚《小山歌》："人说淮南有小山，淮王昔日此登仙。"唐薛能《彭门偶题》："淮王西舍固非夫，柳恽偏州未是都。"

淮王术 huái wáng shù
【分类】文化
【关键词】月亮
【释义】咏月之典，喻指淮南王刘安热衷方术。《淮南子》："画随灰而月晕阙。"汉许慎注曰："有军事相围守则月晕，以芦灰环，缺其一面，则月晕亦阙于上。"
【例句】唐于鹄《题服柏先生》："仍闻枕中术，曾授汉淮王。"唐杜甫《玩月呈汉〈…〉》："欲得淮王术，风吹晕已生。"宋朱熹《次刘秀野〈…〉》："早知淮王术，安坐获泉布。"清黄景仁《寄维衍》："移家葛令图虽就，拔宅淮王术未精。"

欢伯 huān bó
【分类】生活
【关键词】酒
【释义】酒的别名。汉焦赣《易林·坎之兑》:"酒为欢伯,除忧来乐。"
【例句】唐陆龟蒙《对酒》:"后代称欢伯,前贤号圣人。"宋田锡《吟情》:"春是主人饶荡逸,酒为欢伯伴纵横。"宋宋庠《提刑张司…》:"千重使移行府重,一觞欢伯故俦亲。"宋杨万里《题湘中馆》:"愁边正无奈,欢伯一相开。"

驩兜 huān dōu
【分类】政治
【关键词】舜
【释义】古代三苗族首领,传说与共工、鲧一起作乱。《尚书·舜典》:"流共工于幽洲,放驩兜于崇山。"汉孔安国《传》:"党于共工,罪恶同。"
【例句】唐沈佺期《从驩州廨…》:"古来尧禅舜,何必罪驩兜。"唐裴夷直《崇山郡》:"地尽炎荒瘴海头,圣朝今又放驩兜。"宋苏轼《次韵和王巩》:"雅宜驩兜放,颇讶虞舜陟。"元瞿士衡《宋故宫诗…》:"卷土自应从窜父,滔天谁复放驩兜。"

还丹 huán dān
【分类】文化
【关键词】抱朴子
【释义】道家术语,丹砂烧成水银之后,放置到一定时间水银又还原成丹砂。称服后可以即刻成仙。《抱朴子·金丹》:"若取九转之丹,内神鼎中,夏至之后,爆之鼎,热,内朱儿一斤于盖下,伏伺之。候日精照之,须臾,翕然俱起,煌煌辉辉,神光五色,即化为还丹。取而服之一刀圭,即白日升天。"
【例句】唐李白《庐山谣寄…》:"早服还丹无世情,琴心三叠道初成。"唐陈子昂《题李三书斋》:"还丹应有术,烟驾共君乘。"唐吕岩《七言》:"无中出有还丹象,阴里生阳大道基。"唐李翔《寄麻姑山…》:"如今万事皆轻弃,只待还丹驻鹤年。"

还笏 huán hù
【分类】政治
【关键词】褚遂良
【释义】唐高宗将立武则天为后,褚遂良谏,帝不听,遂还笏辞官。《旧唐书·褚遂良列传》:"遂良致笏于殿陛,曰:'还陛下此笏。'仍解巾叩头流血。"后用以形容坚持原则而不惜弃官。
【例句】唐陈彦谦《咸通中始…》:"不听还笏谏,几覆缀旒桃。"宋葛胜仲《诸人各见…》:"我祖还笏归乐天,不羡戴冕兼乘轩。"宋杨万里《送族弟子…》:"嗟予还笏归林下,看子乘船入月中。"宋刘克庄《徐洪二公…》:"笏天疏许初还笏,上水船难更掌纶。"

还家尚黑头 huán jiā shàng hēi tóu
【分类】政治
【关键词】江总
【释义】形容年纪还不算老。《陈书·江总传》:"侯景寇京都,诏以总权兼太常卿,守小庙。台城陷,总避难崎岖,累年至会稽郡,憩于龙华寺…总第九舅萧勃先据广州,总又自会稽往依焉…天嘉四年,以中书侍郎征还朝,直侍中省。"
【例句】唐李白《悲歌行》:"还须黑头取方伯,莫谩白首为儒生。"唐杜甫《晚行口号》:"远愧梁江总,还家尚黑头。"唐韩翃《送李中丞…》:"当年紫髯将,他日黑头公。"唐吕温《镜中叹白发》:"纵使他时能早达,定知不作黑头公。"

环堵 huán dǔ
【分类】文化
【关键词】礼记
【释义】一丈见方为堵。四周环着一丈见方的土墙,形容居室的隘陋。《礼记·儒行》:"儒有一亩之宫,环堵之室。"汉郑玄注:"环堵,面一堵也。五版为堵,五堵为雉。"
【例句】唐杜甫《秋雨叹》:"长安布衣谁比数,反锁衡门守环堵。"唐杜甫《寄柏学士…》:"几时高议排金门,各使苍生有环堵。"唐刘长卿《酬屈突陕》:"落叶纷纷满四邻,萧条环堵绝风尘。"聂绀弩《陪鸾公东…》:"天下苍生失环堵,使君孟德始雄才。"

桓山四凤 huán shān sì fèng
【分类】生活
【关键词】孔子
【释义】喻指父母多子。源见"桓山之悲"。
【例句】明张萱《寄怀潮阳…》:"最羡凤城歌四凤,一时千仞共翱翔。"明胡应麟《章纳言得…》:"四凤桓生重遘一,八龙荀氏仅余三。"

桓山之悲 huán shān zhī bēi
【分类】生活
【关键词】孔子
【释义】喻称家人离散的悲痛。《孔子家语·颜回》:"孔子在卫…闻哭者之声甚哀…曰:'回闻桓山之鸟生四子焉,羽翼既成,将分于四海。其母悲鸣而送之,哀声有似于此,谓其往而不返也。回窃以音类知之。'孔子使人问哭者,果曰:'父死家贫,卖子以葬,与之长决。'"
【例句】唐李白《上留田》:"桓山之禽别离苦,欲去回翔不能征。"唐包何《相里使君…》:"荀氏八龙唯欠一,桓山四凤已过三。"唐李群玉《乌夜号》:"既非蜀帝魂,恐是桓山禽。"宋李新《东平县君…》:"鸟沉孤影桓山外,虫返青冥壁水空。"

桓伊笛 huán yī dí
【分类】生活
【关键词】桓伊

【释义】美称笛子或优美的笛音。《晋书·桓伊》:"王徽之赴召京师…伊于岸上过,船中客称伊小字曰:'此桓野王也。'徽之便令人谓伊曰:'闻君善吹笛,试为我一奏。'伊是时已贵显,素闻徽之名,便下车,踞胡床,为作三调,弄毕,便上车去,客主不交一言。"
【例句】唐张祜《伊山》:"桓伊曾弄柯亭笛,吹落梅花万点香。"唐李郢《赠羽林将军》:"唯有桓伊江上笛,卧吹三弄送残阳。"唐杜牧《寄题甘露…》:"孤高堪弄桓伊笛,缥缈宜闻子晋笙。"唐陈陶《涪城赠别》:"气调桓伊笛,才华蔡琰琴。"

桓伊筝 huán yī zhēng
【分类】政治
【关键词】桓伊
【释义】以筝乐抒发忠愤之典。《晋书·桓伊》:"奴既吹笛,伊便抚筝而歌怨诗曰:'为君既不易,为臣良独难…推心辅王政,二叔反流言。'声节慷慨,俯仰可观。(谢)安泣下沾衿,乃越席而就之,捋其须曰:'使君于此不凡!'帝甚有愧色。"
【例句】唐刘禹锡《和汴州令…》:"谢傅何由接,桓伊定不凡。"宋苏轼《陪欧阳公…》:"不辞歌诗劝公饮,坐无桓伊能抚筝。"宋陆游《夜闻湖中…》:"悲伤似击渐离筑,忠愤如抚桓伊筝。"宋洪咨夔《东山怀谢…》:"桓伊筝外深情酒,幼度棋边定力香。"

萑苻 huán fú
【分类】生活
【关键词】左传
【释义】春秋郑国泽名,多称盗贼出没之处,喻指盗贼;草寇。《左传·昭公二十年》:"郑国多盗,取人于萑苻之泽。"晋杜预注:"萑苻,泽名。于泽中劫人。"
【例句】唐李商隐《有感》:"何成奏云物,直是灭萑苻。"宋陈造《寄兴化叶…》:"俗变容身如游建德,时清人不畏萑苻。"宋艾性夫《与林止庵…》:"遗像犹能立懦夫,悬知生气摄萑苻。"元柳贯《渡河宿麻…》:"旧闻萑苻间,弱肉饱强悍。"

圜冠 huán guān
【分类】文化
【关键词】庄子
【释义】儒者戴的圆形帽子,也叫鹬冠。《庄子·田子方》:"儒者冠圜冠者,知天时;履句屦者,知地形。"
【例句】宋蔡襄《欧阳永叔》:"圜冠博带不知本,榛栎安可施青黄。"宋刘攽《次韵和杨…》:"圜冠岂误身,儒术真寡要。"宋洪朋《别桃源山人》:"句履圜冠不乏贤,桃源深处隐癯仙。"宋袁甫《再和时习…》:"挈渠方屦圜冠士,登我光风霁月堂。"

寰区 huán qū
【分类】生活
【关键词】杜甫
【释义】区宇,谓广大的境域,如人寰、瀛寰。唐杜甫《昔游》:"是时仓廪实,洞达寰区开。"
【例句】唐皎然《陪使君…》:"文皆近风俗,名共溢寰区。"五代伍乔《观华夷图》:"笔端尽现寰区事,堪把长悬在户庭。"宋韩琦《屡雪》:"尽搜秋夏乘龙起,并与寰区瑞雪多。"聂绀弩《赓和大作》:"每闻棒喝如狮吼,吼破寰区百丈埃。"

缓缓归 huǎn huǎn guī
【分类】生活
【关键词】吴越王
【释义】咏夫妻爱恋情深之典。源见"陌上花开"。
【例句】宋苏轼《清平调引》:"遗民几度垂垂老,游女长歌缓缓归。"宋米芾《贞娘墓歌》:"陌上行游缓缓归,昨日红颜今日非。"宋王铚《古意》:"有恨匆匆别,无期缓缓归。"聂绀弩《血压》:"山中木落权枯卧,陌上花开或缓归。"

换鹅经 huàn é jīng
【分类】文化
【关键词】王羲之
【释义】指《黄庭经》,或谓《道德经》。王羲之曾写以换鹅,故称。源见"写经换鹅"。
【例句】唐卢纶《宴赵氏昆…》:"咏雪因饶妹,书经为爱鹅。"宋苏轼《宝墨亭》:"山阴不见换鹅经,京口空传瘗鹤铭。"宋胡寅《题净明观》:"佳句不随方士化,故应留作换鹅经。"宋张孝祥《送刘伯同…》:"枪急闲看飞鸟过,笔精时作换鹅经。"

换鹅书 huàn é shū
【分类】文化
【关键词】王羲之
【释义】喻指王羲之的书法。《晋书·王羲之列传》:"性爱鹅,会稽有孤居姥养一鹅,善鸣,求市未能得,遂携亲友命驾就观。姥闻羲之将至,烹以待之,羲之叹惜弥日。又山阴有一道士,养好鹅,羲之往观焉,意甚悦,固求市之。道士云:'为写道德经,当举群相赠耳。'羲之欣然写毕,笼鹅而归,甚以为乐。"
【例句】唐郭舟义《赠梦英大师》:"云水僧来说我师,换鹅书札转高奇。"宋徐积《和路朝奉…》:"爱酒自开浮蚁瓮,耽诗如好换鹅书。"宋毛滂《常山孙令…》:"门外初为罗雀地,壁间偶见换鹅书。"宋李洪《池中双鸭…》:"笼寄双凫古灵去,不因羽客换鹅书。"

唤不回头 huàn bù huí tóu
【分类】生活
【关键词】雪窦禅师
【释义】喻执迷不悟,怎样劝说都不改变初衷。《苕溪渔隐丛话》:"雪窦禅师尝作偈云:'三分光阴二早过,灵台一点不揩磨,贪生逐日区区去,唤不回头争奈何?'世人贪著爱境,以妄为真,迷而不返,读此偈者,宜如何哉?"
【例句】宋宋白《牡丹诗》:"把笔乍题先巧笑,凭栏微唤不回头。"宋阳枋《和赵景贤…》："人唤不回头,决眦强自勉。"宋释正觉《偈》："牢笼不肯住,呼唤不回头。"清许传霈《悼亡百绝句》："何图词祝方宣后,唤不回头两眼斜。"

唤雨鸠　huàn yǔ jiū
【分类】文化
【关键词】斑鸠
【释义】鸟名,即斑鸠。俗谓斑鸠呼啼能降雨。源见"鸣鸠呼妇"。
【例句】宋王迈《暮春即事》："桑柘熟时鸠唤雨,麦花黄后燕翻风。"宋邓深《月湖山谷…》："看看新燕衔泥低候,恰恰鸣鸠唤雨时。"宋刘敞《小桃》："鸣鸠唤雨天色变,迟日烘云花意催。"宋卫博《春晴》："海燕未来人斗草,野鸠相唤雨初晴。"

涣汗　huàn hàn
【分类】政治
【关键词】周易
【释义】喻帝王的圣旨、号令,也指发号施令。《周易注疏·涣》："九五,涣汗其大号,涣王居,无咎。"《涣卦》"九五"爻辞认为:王者处尊位,发布号令,如汗出身,不能收回,用以散险驱厄,故无灾咎。
【例句】唐储光羲《晚霁中园…》："涣汗发大号,坤元更资始。"唐郑审《奉使巡检…》："九重承涣汗,千里树芳菲。"唐吴融《赴阙次留…》："涣汗沾明主,沧浪别钓翁。"宋王安石《免参政上…》："虽已陈情而力避,犹疑涣汗之难回。"

浣纱人　huàn shā rén
【分类】生活
【关键词】西施
【释义】代指西施。《太平御览》引《会稽记》："勾践索美女以献吴王,得诸暨罗山卖薪女西施郑旦,先教习于土城山,山边有石,云是西施浣纱石。"
【例句】唐王维《山居秋暝》："竹喧归浣女,莲动下渔舟。"唐王轩《题西施石》："今逢浣纱石,不见浣纱人。"唐王昌龄《浣纱女》："钱塘江畔是谁家,江上女儿全胜花。"唐王维《洛阳女儿行》："谁怜越女颜如玉,贫贱江头自浣纱。"

浣纱石　huàn shā shí
【分类】文化
【关键词】西施
【释义】相传西施浣纱用石。源见"西施"。
【例句】唐李白《送祝八之…》："未入吴王宫殿时,浣纱古石今犹存。"唐张籍《寄远曲》："浣纱石上水禽栖,江南路长春日短。"宋王铚《诗送韩简…》："谪仙亦尝赋浣纱石,至今翠绡不停织。"明卜世臣《浣纱石》："浣纱石上藓痕多,千古红颜别苧萝。"

豢豹　huàn bào
【分类】生活
【关键词】枚乘
【释义】指豹胎,为美食之典。汉枚乘《七发》："山梁之餐,豢豹之胎。小饭大歠,如汤沃雪。此亦天下之至美也。太子能强起尝之乎?"
【例句】唐韩愈《答柳柳州…》："而君复何为,甘食此豢豹。"宋黄庭坚《谢张泰伯…》："五侯哕豢豹,谁谓美无度。"宋晁说之《柳集亡食…》："柳侯比豢豹,赖以韩诗传。"宋朱熹《次秀野杂…》："豢豹于人尽无分,蹲鸱从此不须生。"

荒台麋鹿　huāng tái mí lù
【分类】政治
【关键词】伍子胥
【释义】比喻亡国之破败凄凉景象;感叹朝代兴衰。源见"麋鹿游姑苏"。
【例句】唐骆宾王《宿山庄》："露积吴台草,风入郢门楸。"唐皮日休《馆娃宫怀古》："姑苏麋鹿真闲事,须为当时一怆怀。"唐许浑《姑苏怀古》："荒台麋鹿争新草,空苑凫鹭占浅莎。"宋程师孟《入涌泉道中》："虽无别馆虹霓带,但有荒台麋鹿游。"

黄霸　huáng bà
【分类】政治
【关键词】黄霸
【释义】事汉武昭宣三朝,汉宣帝丞相,为官清廉、外宽内明,文治有方,为循吏代表。《汉书·黄霸传》："会宣帝即位,在民间时知百姓苦吏急也,闻霸持法平,召以为廷尉正,数决疑狱,庭中称平。"
【例句】唐钱起《寄衮州李…》："愿征黄霸入,相见玉阶前。"唐戎昱《赠宜阳张…》："倘令黄霸在,今日耻同年。"唐李嘉祐《自常州还…》："黄霸初临郡,陶渊明未罢官。"唐皎然《酬张明府》："更说郡中黄霸在,朝朝无事许招寻。"

黄苞　huáng bāo
【分类】文化
【关键词】桔
【释义】柑桔之代称。晋潘岳《笙赋》："披黄苞以授甘,倾缥瓷以酌鄪。"唐张铣注："甘,桔也。甘皮黄,故云披黄苞,言剥之也。"黄苞指柑橘皮。
【例句】唐韩翃《送郭赞府…》："白苧歌西曲,黄苞寄北人。"唐韩翃《家兄自山…》："黄苞柑正熟,红缕鲙仍鲜。"唐韩愈《新竹》："缥节已储霜,黄苞犹掩翠。"宋李至《奉和独赏…》："绕台依榭一丛丛,紫映黄苞白映红。"

黄肠题凑　huáng cháng tí còu
【分类】政治
【关键词】霍光
【释义】指西汉帝王陵寝椁室四周用柏木枋堆垒成的框形结构。《汉书·霍光传》："梓宫、便房、黄肠题凑各一具。"三国魏苏林注："以柏木黄心致累棺外,故曰黄肠。木头皆内向,故曰题凑。"
【例句】唐柳宗元《咏三良》："壮躯闭幽隧,猛志填黄肠。"唐寒山《诗三百》："冢破压黄肠，棺穿露白骨。"元郑元祐《活死人窝…》："首戴髑髅蒿两目，肠悬题凑空孤坟。"元成廷圭《挽卞隐君》："乱世几人全白骨，他山何处凑黄肠。"

黄尘　huáng chén
【分类】生活
【关键词】马融
【释义】黄色的尘土，借指俗世；尘世。《后汉书·马融传》："风行云转，匈磕隐訇，黄尘勃滃，暗悬雾昏。"唐聂夷中《题贾氏林泉》："岂知黄尘内，迥有白云踪。"
【例句】唐王昌龄《塞下曲》："黄尘足今古，白骨乱蓬蒿。"唐王勃《临高台》："君看旧日高台处，柏梁铜雀生黄尘。"唐杨炯《战城南》："寸心明白日，千里暗黄尘。"唐徐晶《阮公体》："黄尘暗天起，白日敛精华。"唐杜甫《公安送韦…》："时危兵甲黄尘里，日短江湖白发前。"

黄池会盟　huáng chí huì méng
【分类】政治
【关键词】夫差
【释义】称霸之典。指吴王夫差与晋定公、鲁哀公会盟于黄池。越王勾践趁机攻吴。《史记·吴太伯世家》："（吴王夫差）十四年春，吴王北会诸侯于黄池，欲霸中国以全周室。"
【例句】唐骆宾王《夕次旧吴》："黄池通霸迹，赤壁畅戎威。"唐刘长卿《登吴古城歌》："黄池高会事未终，沧海横流人荡覆。"唐骆宾王《夕次旧吴》："黄池通霸迹，赤壁畅戎威。"唐胡曾《吴宫》："草长黄池千里余，归来宗庙已丘墟。"

潢池弄兵　huáng chí nòng bīng
【分类】政治
【关键词】龚遂
【释义】潢池：积水浅塘；弄兵：动干戈。比喻不自量力地发动兵变，多指农民起义或藩镇叛乱。《汉书·龚遂传》："其民困于饥寒而吏不恤，故使陛下赤子盗弄陛下之兵于潢池中耳。"
【例句】唐元稹《纪怀赠李…》："每想潢池寇，犹稽赤族惩。"宋张维《和刘颖》："不贤那得似长城，偶向潢池盗弄兵。"宋李纲《奉赠宣抚…》："赤子潢池学弄兵，柄臣仗节到闽城。"宋李纲《次衢州》："弄兵赤子满潢池，渤海龚生真吏师。"

黄帝弓剑　huáng dì gōng jiàn
【分类】政治
【关键词】黄帝
【释义】指先皇遗物，表示对已故帝王的追念与哀思。源见"鼎湖龙髯"。《水经注·河水篇》："阳周县故城南桥山。昔二世蒙恬死于此。王莽更名上陵畤，山上有黄帝冢故也。帝崩，惟弓剑存焉，故世称黄帝仙矣。"
【例句】唐李白《飞龙引》："鼎湖流水清且闲，轩辕去时有弓剑。"唐郑嵎《津阳门诗》："鼎湖一日失弓剑，桥山烟草俄霏霏。"唐窦庠《陪留守韩…》："武皇弓剑埋何处，泣问上阳宫里人。"唐舒元舆《桥山怀古》："谁言衣冠葬其下，不见弓剑何人收。"

黄帝四目　huáng dì sì mù
【分类】政治
【关键词】黄帝
【释义】帝王明察之典。《太平御览》引《帝王世纪》："力牧、常先、大鸿、神农、大山、稽鬼、臾区、封胡、孔甲等，或以为师，或以为将，分掌四方，各如己视，故号曰黄帝四目。"
【例句】唐韩愈《月蚀诗效…》："黄帝有四目，帝舜重其明。"唐韩愈《感春》："幸逢尧舜明四目，条理品汇皆得宜。"唐卢仝《月蚀诗》："二帝悬四目，四海生光辉。"宋王安石《进字说》："湖海老臣无四目，谩将糟粕污修门。"宋韩驹《次韵王给…》："非曼董相三篇切，自是重华四目明。"宋王十朋《次韵陈大…》："宴开文德赐群臣，喜溢天颜明四目。"

黄帝战蚩尤　huáng dì zhàn chī yóu
【分类】政治
【关键词】黄帝
【释义】咏天旱之典。《山海经·大荒北经》："蚩尤作兵伐黄帝，黄帝乃令应龙攻之冀州之野。应龙畜水，蚩尤请风伯雨师，纵大风雨。黄帝乃下天女曰魃，雨止，遂杀蚩尤。魃不得复上，所居不雨。"
【例句】唐杜牧《大雨行》："云缠风束乱敲磕，黄帝未胜蚩尤强。"唐吕岩《七言》："曾战蚩尤玉座前，六龙高驾振鸣銮。"宋薛季宣《春愁诗效…》："云昔黄帝轩辕氏，用斩铜头铁额横行天下之蚩尤。"元陈肃《杂兴》："黄帝作弓剑，一战擒蚩尤。"

黄犊　huáng dú
【分类】文化
【关键词】韩非子
【释义】指小牛，或蜗牛的别称。《韩非子·内储说上》："南门之外，有黄犊食苗道左者。"《庄子·则阳》："有所谓蜗者。"唐成玄英疏："蜗者，虫名，有类小螺也；俗谓之黄犊，亦谓之蜗牛，有四角。"
【例句】唐杜甫《百忧集行》："忆年十五心尚孩，健如黄犊走复来。"唐张籍《猛虎行》："谷中近窟有山村，长向村家取黄犊。"唐徐夤《题名琉璃院》："农罢树阴黄犊卧，斋时山下白来。"五代梁震《荆台道院》："黄犊依然花竹外，清风万古凛荆台。"

黄耳传书　huáng ěr chuán shū
【分类】生态
【关键词】陆机
【释义】传递家信之典。《晋书·陆机列传》："初机有骏犬，名曰黄耳，甚爱之。既而羁寓京师，久无家问，笑语犬曰：'我家绝无书信，汝能赍书取消息不？'犬摇尾作声。机乃为书以竹筒盛之而系其颈,犬寻路南走,遂至其家,得报还洛。其后因以为常。"

【例句】宋梅尧臣《和宋次道…》:"陆家兄弟苦东西,黄耳传书近已通。"宋梅尧臣《昨于发运…》:"陆机黄耳何时至,翳品分传事按杯。"宋苏轼《过新息留…》:"寄食方将依白足,附书未免烦黄耳。"明宋琬《舟中见猎…》:"黄耳传书事不讹,松江高冢尚嵯峨。"

黄发鲐背 huáng fā tái bèi

【分类】生活
【关键词】诗经
【释义】指长寿的老人,亦泛指老年人。黄发,指老年人头发由白转黄。鲐背,指老年人背上生斑如鲐鱼背。《诗经·鲁颂·閟宫》:"黄发台背,寿胥与试。"汉郑玄笺:"黄发台背,皆寿征也。"
【例句】唐王维《晚春严少…》:"自怜黄发暮,一倍惜年华。"唐刘长卿《酬灵阳公…》:"如今渐欲生黄发,愿脱头冠与白云。"宋史浩《采莲令》:"鲐背耸、黄发垂髫。"宋梅尧臣《元日》:"举杯更献酬,各尔祝鲐背。"宋蔡襄《十五日游…》:"空村鲐背行歌去,古寺头陀乞食还。"

黄扉 huáng fēi

【分类】政治
【关键词】南史
【释义】古代丞相、三公、给事中等高官办事的地方,以黄色涂门上,故称;指丞相、三公、给事中等官位;或宫门。《南史·梁武陵王纪传》:"武帝诸子罕登公位,唯纪以功业显著,先启黄扉。"
【例句】唐唐彦谦《贺李昌时…》:"黄扉议政参元化,紫殿称觞拂寿星。"唐皮日休《谏议以罢…》:"空将千感泪,异日拜黄扉。"唐李益《奉和武相…》:"黄扉晚下禁垣钟,归坐南闱山万重。"唐姚合《送崔郎中…》:"贵是鸰原在紫微,荣逢知己领黄扉。"

黄阁 huáng gé

【分类】政治
【关键词】宋书
【释义】指宰相府及官署、门下省。汉代丞相、太尉和汉以后的三公官署避用朱门,厅门涂黄色,以区别于天子。《宋书·礼志二》:"三公之与天子,礼秩相亚,故黄其阁,以示谦不敢斥天子,盖是汉家制也。"
【例句】唐沈佺期《哭苏眉州…》:"绛衣陪下列,黄阁谬差肩。"唐任希古《和左仆射…》:"玉鼎升黄阁,金章谒紫宸。"唐韩翃《奉送王相…》:"黄阁开帷幄,丹墀侍冕旒。"唐杜甫《奉赠严八…》:"扈圣登黄阁,明公独妙年。"

黄阁老 huáng gé lǎo

【分类】政治
【关键词】汉旧仪
【释义】此指严武。唐代中书、门下两省官员相呼为阁老。《汉旧仪》:"丞相…听事阁曰黄阁。"严武迁黄门侍郎,故以此相称。
【例句】唐白居易《行简初授…》:"尔随黄阁老,吾次紫微郎。"唐杜甫《送卢十四…》:"动询黄阁老,肯虑白登围。"唐杜甫《将赴成都…》:"生理只凭黄阁老,衰颜欲付紫金丹。"宋欧阳修《送张洞推…》:"相公黄阁老,与国为长城。"

黄公盖 huáng gōng gài

【分类】政治
【关键词】黄霸
【释义】黄公,指黄霸。汉宣帝以黄霸政绩卓著,诏赐"特高一丈"的车盖,以示嘉奖其德操。后因以咏官员所受宠遇。《汉书·黄霸传》:"居官赐车盖,特高一丈,别驾主簿车,缇油屏泥于轼前,以章有德。"
【例句】唐岑参《送襄州任…》:"莫羡黄公盖,须乘彦伯舟。"

黄公酒垆 huáng gōng jiǔ lú

【分类】生活
【关键词】王戎
【释义】伤逝怀旧之典。《晋书·王戎列传》:"尝经黄公酒垆下过,顾谓后车客曰:'吾昔与嵇叔夜、阮嗣宗酣畅于此,竹林之游亦预其末。自嵇、阮云亡,吾便为时之所羁绁。今日视之虽近,邈若山河!'"
【例句】唐李颀《别梁锽》:"朝朝饮酒黄公垆,脱帽露顶争叫呼。"唐皎然《张伯高草…》:"黄公酒垆兴偏入,阮籍不嗔嵇亦顾。"唐温庭筠《寄卢生》:"他年犹拟金貂换,寄语黄公旧酒垆。"唐卢照邻《哭明堂裴…》:"黄公酒垆处,青眼竹林前。"

黄公女 huáng gōng nǚ

【分类】生活
【关键词】尹文子
【释义】用为过分谦虚之典。《尹文子·大道上》:"齐有黄公者,好谦卑。有二女,皆国色。以其美也,常谦词毁之,以为丑恶。丑恶之名远布,年过而一国无聘者。卫有鳏夫,时冒娶之,果国色。然后曰:'黄公好谦,故毁其子不殊美。'"
【例句】唐李白《鞠歌行》:"丽莫似汉宫妃,谦似如黄公女。"唐李端《闲园即事…》:"幸接上宾登郑驿,羞为长女似黄家。"明程敏政《铜雀妓》:"君不见邺中长想二乔来,有心不到黄公女。"

黄姑 huáng gū

【分类】生活
【关键词】牵牛星
【释义】牵牛星的别称。《玉台新咏·歌辞》:"东飞伯劳西飞燕,黄姑织女时相见。"《岁时记》:"河鼓、黄姑,牵牛也。皆语之转。"也喻指腊梅。
【例句】唐赵彦昭《奉和七夕…》:"青女三秋节,黄姑七日期。"唐李白《拟古》:"黄姑与织女,相去不盈尺。"唐顾况《金珰玉佩歌》:"借问君欲何处来,黄姑织女机边出。"唐李绅《莺莺歌》:"黄姑上天阿母在,寂莫霜姿素莲质。"宋刘宰《邓县君挽辞》:"冢间白鹤空双舞,天上黄姑定卜邻。"

黄蒿　huáng hāo
【分类】文化
【关键词】汉书
【释义】枯黄了的蒿草,亦泛指枯草。《汉书·五行志》:"成帝建始四年九月,长安城南有鼠衔黄蒿、柏叶,上民冢柏及榆树上为巢,桐柏尤多。"
【例句】唐王昌龄《长歌行》:"旷野饶悲风,飕飕黄蒿草。"唐杜甫《乾元中寓…》:"黄蒿故城云不开,白狐跳梁黄狐立。"唐孟郊《悼幼子》:"一闭黄蒿门,不闻白日事。"唐白居易《东墟晚歇》:"凉风冷露萧索天,黄蒿紫菊荒凉田。"

黄鹤呼子安　huáng hè hū zǐ ān
【分类】文化
【关键词】陵阳子明
【释义】咏成仙之典。《列仙传·陵阳子明》:"陵阳子明者…于旋溪钓得白龙,子明惧,解钩拜而放之。后得白鱼,腹中有书,教子明服食之法…三年龙来迎去,止陵阳山上百余年。山去地千余丈。大呼山下人令上山半,告言溪中子安当来,问子明钓车在否。后二十余年,子安死,人取葬石山下,有黄鹤来栖其家边树上,鸣呼子安云。"
【例句】唐李白《自梁园至…》:"黄鹤久不来,子安在苍茫。"唐李白《敬亭山南》:"白龙降陵阳,黄鹤呼子安。"宋高斯得《次韵不浮》:"花残谁复倚栏干,黄鹤催归呼子安。"宋方一夔《比来东安…》:"功成早敛退,骑鹤伴子安。"明承诺《陵阳山水歌》:"凡体尘心将不去,黄鹤千龄呼子安。"明顾景星《黄鹤楼寄…》:"梦骑黄鹤携子安,一夜横飞洞庭月。"

黄鹤楼　huáng hè lóu
【分类】生态
【关键词】费祎
【释义】在武汉市蛇山的黄鹄矶头。《元和志》:"因矶为楼,名黄鹤楼。"《寰宇记》:"昔费祎登仙,每乘黄鹤于此憩驾,故号为黄鹤楼。"相传始建于三国黄武二年(223)。矶,水边突出的岩石或石滩。
【例句】唐王维《送康太守》:"城下沧江水,江边黄鹤楼。"唐孟浩然《江上别流人》:"分飞黄鹤楼,流落苍梧野。"唐孟浩然《鹦鹉洲送…》:"昔登江上黄鹤楼,遥爱江中鹦鹉洲。"聂绀弩《以诗一卷…》:"黄鹤楼高云梦泽,黑龙江远雪霜天。"

黄河清　huáng hé qīng
【分类】政治
【关键词】左传
【释义】指圣君在世的升平之瑞或喻时机难遇。《左传·襄公八年》:"子驷曰《周诗》有之曰:'俟河之清,人寿几何?'"《拾遗记·高辛》:"又有丹丘千年一烧,黄河千年

一清,至圣之君,以为大瑞。"
【例句】唐李白《西岳云台…》:"荣光休气纷五彩,千年一清圣人在。"唐钱起《广德初銮…》:"渴日候河清,沈忧催暮齿。"唐杜甫《洗兵马》:"隐士休歌紫芝曲,词人解撰河清颂。"宋李光《陈渭老…》:"饮客莫辞今夕醉,黄河清后卒无期。"

黄鹄　huáng hú
【分类】政治
【关键词】商君书
【释义】喻高洁之士。《商君书·画策》:"黄鹄之飞,一举千里。"乐府《黄鹄曲》:"黄鹄参天飞,半道忽哀鸣。"
【例句】唐刘方平《秋夜寄皇…》:"长怜西雍青门道,久别东吴黄鹄矶。"唐宋之问《送武进郑…》:"北谢苍龙去,南随黄鹄飞。"唐高适《自淇涉黄…》:"黄鹄何处来,昂藏寡俦侣。"唐杜甫《同诸公登…》:"黄鹄去不息,哀鸣何所投?"唐刘禹锡《吐绶鸟词》:"太液池中有黄鹄,怜君长向高枝宿。"

黄鹄举　huáng hú jǔ
【分类】政治
【关键词】田饶
【释义】咏贵远贱近用人不当,或奋志高翔之典。《韩诗外传》:"田饶事鲁哀公而不见察,谓哀公曰:'臣将去君,黄鹄举矣。'哀公曰:'何谓也?'田饶曰:'君独不见夫鸡乎…鸡虽有此五德,君犹日瀹而食之者何也?则以其所从来者近也。夫黄鹄一举千里,止君园池,食君鱼鳖,啄君黍粱,无此五德者,君犹贵之者何也?以其所从来者远也。"
【例句】唐岑参《送王大昌…》:"潜虬且深蟠,黄鹄举未晚。"宋梅尧臣《次韵和长…》:"愿同黄鹄举,远归沧海涯。"宋王炎《和祝圣乎…》:"试看辕下驹,何如黄鹄举。"宋陆游《峡州东山》:"老矣判无黄鹄举,归哉惟有白鸥盟。"

黄鸡白日　huáng jī bái rì
【分类】生活
【关键词】白居易
【释义】感叹年华易逝、岁月催人老的典故。唐白居易《醉歌示妓人商玲珑》:"罢胡琴,掩秦瑟,玲珑再拜歌初毕。谁道使君不解歌,听唱黄鸡与白日。黄鸡催晓丑时鸣,白日催年酉前没。腰间红绶系未稳,镜里朱颜看已失。玲珑玲珑奈老何,使君歌了汝更歌。"
【例句】宋苏轼《次韵苏伯固》:"只有黄鸡与白日,玲珑应识使君歌。"宋苏轼《与临安令》:"试呼白发感秋人,令唱黄鸡催晓曲。"宋陈与义《张迪功携诗…》:"黄鸡白日唱初阑,便觉杯觞耐薄寒。"宋虞俦《除夜书怀》:"莫唱黄鸡曲,宁为白石歌。"

黄巾　huáng jīn
【分类】政治
【关键词】张角

【释义】东汉末年张角所领导的农民起义军,因头包黄巾而得名。《后汉书·皇甫嵩传》:"角(张角)等知事已露,晨夜驰敕诸方,一时俱起,皆着黄巾为摽帜,时人谓之'黄巾'。"

【例句】唐李嘉祐《自苏台至…》:"南浦菰蒋覆白蘋,东吴黎庶逐黄巾。"唐方干《贼退后赠…》:"白马知无辔上肉,黄巾泣向箭头书。"唐李山甫《送刘将军…》:"欲灭黄巾贼,须凭黑槊公。"唐崔涂《己亥岁感事》:"正闻青犊起葭萌,又报黄巾犯汉营。"

黄金布地　huáng jīn bù dì
【分类】文化
【关键词】给孤独
【释义】咏佛教捐修之典。源见"祇园布金"。
【例句】唐杜甫《望牛头寺》:"传灯无白日,布地有黄金。"唐刘禹锡《唐侍御寄…》:"恨无黄金千万饼,布地买取为丘园。"宋许及之《次韵诚斋…》:"布地黄金间碧疏,归依大士摄心初。"宋郑清之《和白雪老…》:"檐铎吟风月半凹,黄金布地欠诛茅。"

黄金可成　huáng jīn kě chéng
【分类】政治
【关键词】汉书
【释义】咏口出大言或表示坚定决心之典。《汉书·郊祀志》:"臣之师曰:'黄金可成,而河决可塞,不死之药可得,仙人可致也。'然臣恐效文成,则方士皆掩口,恶敢言方哉!"
【例句】唐王维《秋夜独坐》:"白发终难变,黄金不可成。"宋苏轼《寄吴德仁…》:"黄金可成河可塞,只有霜鬓无由玄。"宋孔武仲《送李大夫…》:"妄排丹鼎夜不寐,邂逅黄金烧可成。"宋程俱《同江彦文…》:"黄金倪可成,绿发不复苍。"

黄金阙　huáng jīn què
【分类】文化
【关键词】史记
【释义】神仙处所之典。《史记·封禅书》:"此三神山者,其传在勃海中,去人不远;患且至,则船风引而去。盖尝有至者,诸仙人及不死之药皆在焉。其物禽兽尽白,而黄金银为宫阙。"
【例句】唐顾况《送从兄使…》:"曙色黄金阙,寒声白鹭潮。"唐吕岩《七言》:"神仙暮入黄金阙,将相门关白玉京。"唐李群玉《别尹炼师》:"愿骑紫盖鹤,早向黄金阙。"唐李商隐《五言述德…》:"帝作黄金阙,仙开白玉京。"五代徐铉《步虚词》:"天帝黄金阙,真人紫锦宫。"

黄金台　huáng jīn tái
【分类】政治
【关键词】燕昭王
【释义】古台名,故址在今河北省易县东南北易水南。比喻重视人材,招纳贤士。《太平御览》引《史记》:"燕昭王置千金于台上,以延天下士,谓之黄金台。"《述异记》:"燕昭王为郭隗筑台。今在幽州燕王故城中。土人呼为贤士台,亦谓之招贤台。"
【例句】唐刘沧《送友人罢…》:"此去黄金台上客,相思应羡雁南归。"唐李白《古风》:"燕昭延郭隗,遂筑黄金台。"唐李白《行路难》:"昭王白骨萦蔓草,谁人更扫黄金台。"唐杜甫《承闻河北…》:"紫气关临天地阔,黄金台贮俊贤多。"

黄金铸范蠡　huáng jīn zhù fàn lǐ
【分类】政治
【关键词】范蠡
【释义】咏尊贤之典,形容功业显赫,受人尊崇。《国语·越语》:"(范蠡)遂乘轻舟,以浮于五湖,莫知其所终极。王命金工以良金写范蠡之状而朝礼之,浃日而令大夫朝之。"
【例句】唐张祜《忆江东旧游》:"范蠡尝金铸,吴王昔土崩。"唐罗隐《雒城作》:"早得铸金夸范蠡,旋寻垂钓哭平津。"宋郑獬《嘲范蠡》:"若论破吴功第一,黄金只合铸西施。"宋戴表元《次韵任起…》:"黄金范蠡曾辞禄,白首虞翻未信方。"

黄九　huáng jiǔ
【分类】文化
【关键词】黄庭坚
【释义】指北宋诗人、书法家黄庭,排行第九,因以称之《后山诗话》:"退之以文为诗,子瞻以诗为词,如教坊雷大使之舞,虽极天下之工,要非本色。今代词手,惟秦七、黄九耳,唐诸人不迨也。"
【例句】宋杨万里《和文明主…》:"黄九陈三外,诸人总解诗。"宋王迈《代简奉寄…》:"词绝似秦七,诗已迫黄九。"宋徐照《石屏歌为…》:"大苏黄九来赋诗,百杯醉倒金钗阵。"金王寂《予叨谏员…》:"言忠政恐祝三俈,句好岂辞黄九穷。"

黄卷　huáng juàn
【分类】文化
【关键词】抱朴子
【释义】指书籍。《抱朴子·疾谬》:"章句之士,吟咏而向枯简,匍匐以守黄卷者所宜识。"杨明照《抱朴子外篇校笺》:"古人写书用纸,以黄檗汁染之防蠹,故称书为黄卷。"
【例句】唐卢肇《别宜春赴举》:"筵上芳樽今日酒,箧中黄卷古人书。"唐白居易《朝课》:"小亭中何有,素琴对黄卷。"唐李嘉祐《闻逝者自惊》:"黄卷清琴总为累,落花流水共添悲。"唐徐夤《萤》:"一一照通黄卷字,轻轻化出绿芜丛。"

黄绢碑　huáng juàn bēi
【分类】文化
【关键词】曹操

【释义】指曹娥碑。源见"绝妙好辞"。
【例句】宋王十朋《悯孝庙》:"我昔尝读黄绢碑,长叹越国无男儿。"宋周紫芝《题彦恢家…》:"囊空安得紫丝帐,车重只余黄绢碑。"宋欧阳澈《游盘龙涉…》:"黄绢碑亡思子礼,碧云诗好忆汤休。"元杨鹏翼《颍亭》:"断碑黄绢空尘迹,远水白鸥如画图。"

黄绢词 huáng juàn cí
【分类】文化
【关键词】曹操
【释义】指极好的文辞。或隐指"绝"字。源见"绝妙好辞"。
【例句】宋朱长文《重九与子…》:"才子就题黄绢语,高僧多讽碧云篇。"宋晁说之《病目作近…》:"图书虽满愧黄绢,桃李纵开嘲白头。"宋刘跂《张大年览…》:"多惭寂寞青毡地,又得风流黄绢词。"宋葛胜仲《次韵中散…》:"黄绢未能摘好语,青毡偶幸继前芳。"

黄绢外孙 huáng juàn wài sūn
【分类】文化
【关键词】曹操
【释义】隐语,谓绝好,喻才智超人。源见"绝妙好辞"。
【例句】唐卢肇《被谪连州》:"黄绢外孙翻得罪,华颠故老莫相嗤。"清张淑佳《伤春词》:"外孙黄绢题词少,小妹青溪短命多。"

黄口 huáng kǒu
【分类】文化
【关键词】淮南子
【释义】雏鸟的嘴,指雏鸟。借指幼儿。《淮南子·氾论训》:"古之伐国,不杀黄口,不获二毛。"汉高诱注:"黄口,幼也。"
【例句】唐元稹《有鸟》:"可惜官仓无限粟,伯夷饿死黄口肥。"唐杨莱儿《答小子弟》:"黄口小儿口莫凭,逡巡看取第三名。"唐韩翃《题张逸人…》:"春深黄口传窥树,雨后青苔散点墙。"唐李益《汉宫少年行》:"玉笼金锁养黄口,探雏取卵伴王孙。"

黄口为人罗 huáng kǒu wéi rén luó
【分类】生活
【关键词】孔子
【释义】咏咎由自取之典。《孔子家语·六本》:"孔子见罗雀者,所得皆黄口小雀。夫子问之曰:'大雀独不可得,何也?'罗者曰:'大雀善惊而难得,黄口贪食而易得。'孔子谓弟子曰:'善惊以远害,利食而忘患,自其心矣。以而所从为祸福。故君子慎其所从。'"
【例句】唐李白《流夜郎半…》:"黄口为人罗,白龙乃鱼服。"唐徐夤《润屋》:"百禽罗得皆黄口,四皓山居始白头。"宋张方平《门有车马…》:"触罗向稻粱,肯随黄口雏。"清陈廷敬《空城雀》:"回顾黄口儿,常有罗网忧。"

黄老 huáng lǎo
【分类】文化
【关键词】黄帝老子
【释义】也称黄老学说,古代一种思想流派。道家奉为始祖。《论衡·自然》:"黄者,黄帝也;老者,老子也。黄、老之操,身中恬澹,其治无为,正身共己。"
【例句】唐宋之问《始安秋日》:"世事黄老,妙年孤隐沦。"唐贾至《君山》:"湘中老人读黄老,手援紫藟坐碧草。"宋赵卨《缘识》:"还淳返朴非用智,黄老之术何简易。"宋陆游《古风》:"少年慕黄老,雅志在山林。"

黄粱梦 huáng liáng mèng
【分类】生活
【关键词】沈既济
【释义】喻指不可能实现的幻想,或指奢望的破灭。唐沈既济《枕中记》传奇中载:唐开元间青年卢生在邯郸官道上遇一道士。道士送他一只枕头。卢生枕此后睡去,梦见他与崔氏女联姻,考中进士,升任节度使。后被谗入狱。后皇上赦免他的死罪,流放边地。数年后,皇上又起用他为相,直到晚年。此时醒来,店主人蒸的黄粱饭还没熟。
【例句】唐吕岩《书与胡咏之》:"种成白璧人何处,熟了黄粱梦未回。"唐曹唐《送刘尊师…》:"从此枕中唯有梦,梦魂何处访三山。"宋席羲叟《小雨垂帘…》:"客舍黄粱今熟否,邯郸无梦梦游仙。"宋文天祥《七月二日…》:"百年一大梦,所历皆黄粱。"

黄流 huáng liú
【分类】文化
【关键词】诗经
【释义】指酒,后喻指黄河。《诗经·大雅·旱麓》:"瑟彼玉瓒,黄流在中。"毛传:"黄金所以饰流鬯也。"郑玄笺:"黄,秬鬯也。"孔颖达疏:"酿秬为酒,以郁金之草和之,使之芬香秬鬯,故谓之秬鬯。草名郁金,则黄如金色;酒在器流动,故谓之黄流。"
【例句】宋马世德《冬日观河清》:"瑞应黄流碧,晴清沴气消。"宋梅尧臣《答高判官…》:"黄流何日涨,绿酒暂时开。"宋沈遘《汴河赠审言》:"黄流千里从天来,中贯帝居萦斗魁。"宋文天祥《山中小集》:"夕风吹绛蜡,春色漾黄流。"

黄龙 huáng lóng
【分类】政治
【关键词】瑞应图
【释义】古代传说中的动物,被认为是帝王之瑞征。《艺文类聚》引《瑞应图》:"黄龙者,四龙之长,四方之正色,神灵之精也。能巨细,能幽明,能短能长,乍存乍亡。王者不漉池而渔,则应和气而游于池沼。"
【例句】唐王建《宫词》:"未明开著九重关,金画黄龙五色幡。"唐杜甫《秋日荆南…》:"赤雀翻然至,黄龙岂假媒。"唐张鹫《游仙宿诗…》:"黄龙透入黄金钏,白燕飞来白玉钗。"唐王维《榆林郡歌》:"黄龙戍上游侠儿,愁逢汉使不相识。"

黄龙府 huáng lóng fǔ

【分类】政治

【关键词】岳飞

【释义】今吉林省农安县，为辽金两代军事重镇和政治经济中心。代指外敌巢穴。源见"黄龙痛饮"。

【例句】唐沈佺期《杂诗》："闻道黄龙戍，频年不解兵。"唐王维《榆林郡歌》："黄龙戍上游侠儿，愁逢汉使不相识。"宋陆游《出塞曲》："阵前乞降马前舞，檄书夜入黄龙府。"宋陈与义《感事》："风断黄龙府，云移白鹭洲。"

黄龙见谯 huáng lóng jiàn qiáo

【分类】政治

【关键词】单飚

【释义】改朝换代之典。《三国志·文帝纪》："汉熹平五年，黄龙见谯，光禄大夫桥玄问太史令单飚：'此何祥也？'飚曰：'其国后当有王者兴，不及五十年，亦当复见。天事恒象，此其应也。'内黄殷登默而记之。至四十五年，登尚在。三月，黄龙见谯，登闻曰：'单飚之言，其验兹乎！'"

【例句】唐唐彦谦《咸通中…》："飞燕潜来凫，黄龙岂见谯。"宋刘攽《过太康县…》："象庵初观妙，犹龙此见谯。"明黄仲昭《登天妃庙…》："云开平海见谯橹，潮益禧江度客舟。"清史善长《过瀚海》："十日哈密见谯橹，面黑虚黄我亦疠。"

黄龙痛饮 huáng lóng tòng yǐn

【分类】政治

【关键词】岳飞

【释义】指攻下金国的首都黄龙府，大家痛痛快快地开怀畅饮。后泛指打垮敌人，开怀畅饮。《宋史·岳飞传》："金将军韩欲以五万众内附。飞大喜，语其下曰：'直抵黄龙府，与诸君痛饮耳。'"

【例句】宋吕本中《海上篇》："痛饮仁黄龙，酣醉大狼籍。"明何乔新《谒岳武穆…》："黄龙痛饮空遗恨，赤县分崩竟莫支。"清曾广钧《盛星使宣…》："今看沧海横流日，不是黄龙痛饮年。"聂绀弩《饮牛》："黄龙痛饮真堪羡，屡欲挥鞭手尚垂。"

黄帽① huáng mào

【分类】生活

【关键词】隋书

【释义】咏尊老敬老之典。《隋书·礼仪志》："州人年七十已上，赐鸠杖黄帽。"

【例句】唐杜甫《有怀台州…》："黄帽映青袍，非供折腰具。"唐杜甫《发刘郎浦》："白头厌伴渔人宿，黄帽青鞋归去来。"唐李郢《阳羡春歌》："楼下游人颜色喜，溪南黄帽应差死。"宋杨万里《寄谢蜀帅…》："剩雨残风黄帽底，颠诗中酒白鸥前。"

黄帽② huáng mào

【分类】政治

【关键词】邓通

【释义】咏船夫之典，亦代指佞幸之臣。《汉书·邓通传》："邓通…以濯船为黄头郎。文帝尝梦欲上天，不能，有一黄头郎推上天，顾见其衣尻带后穿。觉而之渐台，以梦中阴目求推者郎，见邓通，其衣后穿，梦中所见也。"唐颜师古注："善濯船池中也。一说能持楫行船也。土，水之母，故施黄旄于船头，因以名其郎曰黄头郎。"

【例句】宋苏轼《瑞鹧鸪》："映山黄帽螭头舫，夹岸青烟鹊尾炉。"宋徐俯《浣溪沙》："黄帽岂如青蒻笠，羊裘何似绿蓑衣。"宋强至《依韵和答…》："能趁繁枝开熟酿，先拼黄帽为君倾。"宋晁补之《赠杨景平》："昔时黄帽榜舟人，却向西湖当不识。"

黄妳 huáng nǎi

【分类】文化

【关键词】金楼子

【释义】书卷的别称。《金楼子·杂记上》："有人读书握卷而辄睡者，梁朝有名士呼书卷为黄妳，此盖见其美神养性如妳媪也。"

【例句】宋韩驹《湖南有大…》："更烦黄妳好看取，走入旁舍无人呼。"宋项安世《偶作》："不许红尘穿港入，独携黄妳过桥眠。"宋文天祥《有感》："闲陪黄妳坐，倦退白衣眠。"宋王炎《戏江子大》："应笑老夫甘寂寞，只将黄妳替婵娟。"

黄鸟 huáng niǎo

【分类】生活

【关键词】诗经

【释义】悲哀愤懑之典。《诗经·秦风·黄鸟》："交交黄鸟，止于棘，谁从穆公？"《左传·文公六年》："秦伯任好（穆公）卒，以子车氏之三子奄息、仲行、针虎为殉，皆秦之良也。国人哀之，为之赋《黄鸟》。"

【例句】唐张九龄《郢城西北…》："千春思窈窕，黄鸟复哀音。"唐李颀《遇刘五》："洛阳一别梨花新，黄鸟飞飞逢故人。"唐王昌龄《春怨》："音书杜绝白狼西，桃李无颜黄鸟啼。"唐王翰《春女行》："忽闻黄鸟鸣且悲，镜边含笑著春衣。"

黄鸟兴 huáng niǎo xìng

【分类】政治

【关键词】诗经

【释义】小吏劳苦之典。《诗经·小雅·绵蛮序》："微臣刺乱也，大臣不用仁心，遗忘微贱，不肯饮食教载之，故作是诗也。"其诗云："绵蛮黄鸟，止于丘阿。道之云远，我劳如何。"汉毛传："绵蛮，小鸟貌。"

【例句】唐朱湾《咏玉》："既哀黄鸟兴，还复白圭诗。"清张多益《题大姊遗照》："红羊浩劫肆虐刘，黄鸟兴歌我拙谋。"

黄甂少师 huáng pián shǎo shī

【分类】政治

【关键词】郭祚

【释义】咏佞臣向太子献媚之典。《魏书·郭祚传》："祚曾从世宗幸东宫，肃宗幼弱，祚怀一黄瓠出奉肃宗。时应诏左右赵桃弓与御史中尉王显迭相阿齿，深为世宗所信，祚私事之。时人谤祚者，号为桃弓仆射、黄瓠少师。"

【例句】唐徐夤《寄卢端公…》："须簪白笔匡明主，莫许黄瓠博少师。"

黄旗　huáng qí

【分类】政治

【关键词】孙皓

【释义】黄色的旗帜，指天子的仪仗之一。《汉书·吴书·孙皓传》："玄诈增其文以诳国人曰：'黄旗紫盖见于东南，终有天下者，荆、扬之君乎！'又得中国降人，言寿春下有童谣曰'吴天子当上'。"

【例句】唐王昌龄《箜篌引》："黄旗一点兵马收，乱杀胡人积如丘。"唐李白《留别金陵…》："黄旗一扫荡，割壤开吴京。"唐李商隐《览古》："空糊赪壤真何益，欲举黄旗竟未成。"唐韩偓《八月六日…》："黄旗紫气今仍旧，免使老臣攀画轮。"

黄琼　huáng qióng

【分类】政治

【关键词】黄琼

【释义】咏美大臣之典。《后汉书·黄琼传》："黄琼字世英…永兴元年，迁司徒…梁冀既诛，琼首居公位，举奏州郡素行贪污至死徙者十余人，海内由是翕然望之。"

【例句】唐韦嗣立《酬崔光禄…》："洛阳推贾谊，江夏贵黄琼。"唐刘禹锡《晚岁登武…》："华表廖王墓，莱地黄琼家。"宋魏泰《挽王平甫》："黄琼起处士，子夏遽修文。"元王逢《舟过吴门…》："南州孺子为民在，愧忝黄琼太尉知。"

黄筌　huáng quán

【分类】生活

【关键词】黄筌

【释义】五代时西蜀画院的宫廷画家。《宣和画谱》："黄筌字要叔，成都人。以工画早得名于时…尝画野雉于八卦殿，有方士呈鹰于陛殿之下，误认雉为生，掣臂者数四。"

【例句】五代徐光溥《题黄居寀…》："天与黄筌艺奇绝，笔精回感重瞳悦。"宋梅尧臣《观杨之美画》："李成山水晓景移，黄筌花竹雀拥枝。"宋王安石《江邻几邀…》："李成寒林树半枯，黄筌工妙白兔图。"宋王洋《咏蜡梅》："徐熙画花只画神，黄筌细琐皆逼真。"

黄犬书　huáng quǎn shū

【分类】文化

【关键词】陆机

【释义】谓家信。源见"黄耳传书"。

【例句】唐李贺《始为奉礼…》："犬书曾去洛，鹤病悔游秦。"宋王炎《寄潘维节》："黑貂裘敝君穷甚，黄犬书来我慨

然。"宋王炎《新晴出溪…》："日占乌鹊喜，不寄黄犬书。"元傅若金《次韵曾士…》："紫驼车动秋尘合，黄犬书回暮雪飞。"

黄雀哀　huáng què āi

【分类】政治

【关键词】战国策

【释义】喻指追求逸乐而不知祸之将至。《战国策·楚策》："庄辛对曰：'蜻蛉其小者也，黄雀因是已。俯啄白粒，仰栖茂树，鼓翅奋翼，自以为无患，与人无争也；不知夫公子王孙，左挟弹，右摄丸，将加己乎十仞之上，以其颈为的，倏忽之间，坠于公子之手，昼游乎茂树，夕调乎酸咸。'"

【例句】唐陈子昂《感遇诗》："雄图何今在？黄雀空哀吟。"唐韩愈《南山有高…》："弹汝枝叶间，汝翅不觉摧。"宋文天祥《葬无主骨碑》："螳螂知捕蝉，不知黄雀来。"明屠大山《杂咏》："慎尔抟攫才，勿谓黄雀哀。"

黄雀徒巢　huáng què tú cháo

【分类】政治

【关键词】汉书

【释义】西汉末年汉成帝时歌谣，中有"黄爵巢其颠"句，预言王莽将篡汉。后遂用为改朝换代之典。《汉书·五行志》："成帝时歌谣又曰：'…桂树华不实，黄爵巢其颠。故为人所羡，今为人所怜。'"

【例句】唐骆宾王《帝京篇》："黄雀徒巢桂，青门逐种瓜。"宋刘敞《送彦猷》："黄雀巢其巅，蝼蚁穴其卑。"宋晁补之《和关彦远…》："海中群鱼化黄雀，林乌移巢避岁恶。"

黄雀衔环　huáng què xián huán

【分类】政治

【关键词】杨宝

【释义】咏报恩之典。《搜神记》："汉时弘农杨宝，年九岁时…见一黄雀，为鸱枭所搏，坠于树下。宝见愍之，取归，置巾箱中，食以黄花。百余日，毛羽成…乃以白环四枚与宝，曰：'令君子孙洁白，位登三事，当如此环。'"

【例句】唐白居易《赎鸡》："莫学衔环雀，崎岖谩报恩。"唐储光羲《上长史王…》："灵乌酬德辉，黄雀报仁慈。"唐杨知至《复落后呈…》："此时泣玉情虽异，他日衔环事亦同。"明郭谏臣《寄徐大参…》："黄雀衔环谁复有，青蝇玷璧古来多。"

黄雀语　huáng què yǔ

【分类】政治

【关键词】公冶长

【释义】平反洗冤之典。《〈论语集解〉义疏·公冶长》："有雀子缘狱栅上，相呼唶唶嘈嘈。冶长含笑，吏启主：'冶长笑雀语，是似解鸟语。'…曰：'雀鸟唶唶嘈嘈——白莲水边，有车翻覆黍粱，牡牛折角，收敛不尽。相呼往啄。'狱主未信，遣人往看，果如其言。"

【例句】唐沈佺期《同狱者叹…》："不如黄雀语，能雪冶长冤。"宋陆游《鸥鸦》："并语黄雀群，勿轻败吾稼。"明邓云

霄《闻同年王…》：「谁传黄雀语，为雪冶长猜。」明彭孙贻《晚坐》：「为语报恩黄雀侣，当年国士竟谁投。」

黄沙狱　huáng shā yù
【分类】政治
【关键词】狱
【释义】监狱之代称。《三国志·高柔传》南朝宋裴松之注引《晋诸公赞》曰：「次光，字宣茂，少习家业，明练法理。晋武帝世，为黄沙御史，与中丞同，迁守廷尉，后即真。」《晋书·武帝纪》：「六月，初置黄沙狱。」
【例句】唐杜甫《赠裴南部…》：「即出黄沙在，何须白发侵。」唐白居易《和自劝》：「勤操丹笔念黄沙，莫使饥寒囚滞狱。」唐刘长卿《罪所留系…》：「白日浮云闭不开，黄沙谁问冶长猜。」宋司马光《悯狱谣》：「君不见古时牢狱地，几多冤骨埋黄沙。」

黄石履　huáng shí lǚ
【分类】政治
【关键词】张良
【释义】指汉相张良在下邳桥上，为老人拾履，获兵法书事。喻尊老受教。《史记·留侯世家》：「良尝闲从容步游下邳圯上，有一老父，衣褐，至良所，直堕其履圯下，顾谓良曰：『孺子，下取履！』…出一编书，曰：『读此则为王者师矣。后十年兴。十三年孺子见我济北，谷城山下黄石即我矣。』遂去，无他言，不复见。旦日视其书，乃《太公兵法》也。良因异之，常习诵读之。」
【例句】唐李峤《帷》：「方知决胜策，黄石受兵书。」唐李白《酬张卿夜…》：「身为下邳客，家有圯桥书。」唐刘禹锡《酬郓州令…》：「已通戎略邃黄石，仍占星文耀碧虚。」唐徐夤《尚书荣拜…》：「昂星人杰当王佐，黄石仙翁识帝师。」

黄绶　huáng shòu
【分类】政治
【关键词】官
【释义】黄色的印带，有时代指俸比六百石以下、比二百石以上的官，这一级别的官为黄绶铜印。《汉书·百官公卿表上》：「凡吏秩比二千石以上，皆银印青绶…秩比六百石以上，皆铜印黑绶。比二百石以上，皆铜印黄绶。」
【例句】唐陈子昂《同旻上人…》：「太息劳黄绶，长思谒紫宸。」唐权德舆《送三十叔…》：「黄绶轻装去，青门芳草深。」唐高适《同颜六少…》：「迹留黄绶人多叹，心在青云世莫知。」唐耿湋《得替后书…》：「黄绶名空罢，青春鬓又衰。」

黄枢　huáng shū
【分类】政治
【关键词】萧昱
【释义】指门下省，官署名，喻指门下省官员。《梁书·萧昱传》：「迁给事黄门侍郎。上表曰：『…圣监既谓臣愚短，不可试用，岂容久居显禁，徒秽黄枢。』」东汉曰黄侍中寺。晋时因其掌管门下众事，始称门下省。南北朝因之。梁朝习称门下省为黄枢。
【例句】唐钱起《蓝溪休沐…》：「侍臣黄枢宠，鸣玉青云间。」唐崔颢《奉和许给…》：「西掖黄枢近，东曹紫禁连。」唐岑参《苗侍中挽歌》：「青史遗芳满，黄枢故事存。」宋丁谓《送僧归护…》：「黄枢慕道飞书密，紫禁知名示宠深。」

黄台瓜辞　huáng tái guā cí
【分类】生活
【关键词】李贤
【释义】讽谕母残其子。《新唐书·承天皇帝倓传》载：太子弘被武后毒死，又立次子李贤。李贤惧，「乃作乐章…曰：『种瓜黄台下，瓜熟子离离。一摘使瓜好，再摘令瓜稀。三摘尚云可，四摘抱蔓归。』」
【例句】宋敖陶孙《高邮因师…》：「青门种色今余个，莫作黄台秋尽看。」宋刘克庄《贺新郎》：「叹归来、谢池草合，黄台瓜少。」宋艾性夫《哭菊存蕙…》：「黄台瓜蔓已凄凉，五雁飘零不著行。」元谢应芳《瓜隐为昆…》：「灌园自捧汉阴瓮，抱蔓别作黄台吟。」

黄太史　huáng tài shǐ
【分类】文化
【关键词】黄庭坚
【释义】指北宋诗人黄庭坚，曾任国史编修官。《芥隐笔记》：「黄太史庭坚年十七八时，自称清风客。俞清老澹见而目之曰：『奇逸通脱，真骥子堕地也。』」
【例句】宋张孝祥《有怀长沙…》：「更喜新来黄太史，剩拼佳句了新春。」宋戴复古《题渝江萧…》：「风流黄太史，古壁有留题。」宋姜特立《谢杨诚斋…》：「便拟近师黄太史，不须远慕白先生。」宋高文虎《水仙》：「恼彻会心黄太史，他花从此不须栽。」

黄堂　huáng táng
【分类】政治
【关键词】郭丹
【释义】古代太守衙门中的正堂，借指太守本人。《后汉书·郭丹传》：「勅以丹事编署黄堂，以为后法。」明李贤注：「黄堂，太守之厅事。」
【例句】唐牟融《邵公母》：「伤心独有黄堂客，几度临风咏蓼莪。」宋钱惟演《句》：「绿野桑麻连四水，黄堂歌吹拥千兵。」宋宋庠《送广州刘掾》：「外台谁举沈僚俊，编著黄堂有政经。」宋孔平仲《喜雨上太守》：「黄堂下视相欢意，助以袁宏一扇风。」

黄庭客　huáng tíng kè
【分类】文化
【关键词】黄庭经
【释义】指修仙学道的人。《旧唐书·经籍志下》：「《老子黄庭经》一卷。」
【例句】唐姚合《哭砚山孙…》：「永秘黄庭诀，高悬漉酒巾。」唐孟郊《伤哉行》：「岂知黄庭客，仙骨不成生。」宋葛胜仲

《近蒙夏蒙…》："公余绿绮乘闲抚,客退黄庭每自临。"宋程俱《寄彦文》："蹟息庵前草又青,庵中禅客养黄庭。"

黄头郎　huáng tóu láng
【分类】政治
【关键词】邓通
【释义】汉代掌管船舶行驶的吏员,后泛指船夫。源见"黄帽"。
【例句】宋杨万里《过建封寺…》："将取危舟飞过去,黄头郎只两三篙。"宋周文璞《题胡女骑》："海东青过流沙西,黄头郎主独自归。"宋卫宗武《和唐人惜…》："一觞一咏要相当,棹船唤取黄头郎。"元耶律铸《次韵舟行…》："白鼻騧腾横吹去,黄头郎递棹歌来。"

黄图　huáng tú
【分类】文化
【关键词】三辅黄图
【释义】书名,《三辅黄图》的略称,借指畿辅、京都。《隋书·经籍志》："《黄图》一卷,记三辅宫观、陵庙明堂、辟雍郊畤等事。"三辅是指汉代在都城长安附近的京畿地区所设立的三个郡级政区,即京兆尹、左冯翊、右扶风。
【例句】唐苏颋《奉和圣制…》："黄图巡沃野,清吹入离宫。"唐孙逖《丹阳行》："赤县唯余江树月,黄图半入海人烟。"唐杜甫《哭韦大夫…》："台阁黄图里,簪裾紫盖边。"唐蒋涣《故太常卿…》："白简尝持宪,黄图复尹京。"

黄屋　huáng wū
【分类】政治
【关键词】秦始皇
【释义】帝王专用的黄缯车盖,喻指帝宫、帝位。《史记·秦始皇本纪》附《子婴》："子婴度次得嗣,冠玉冠,佩华绂,车黄屋,从百司,谒七庙。"唐张守节《史记正义》引蔡邕曰："黄屋者,盖以黄为里。"
【例句】唐杜甫《将适吴楚…》："中原消息断,黄屋今安否?"唐钱起《汉武出猎》："且贪原兽轻黄屋,宁畏渔人犯白龙。"

黄须儿　huáng xū ér
【分类】政治
【关键词】王彰
【释义】勇将之典。《三国志·任城威王彰传》："任城威王彰,字子交…二十三年,代郡乌丸反,以彰为北中郎将…时鲜卑大人轲比能将数万骑观望强弱,见彰力战,所向皆破,乃请服…太祖喜,持彰须曰:'黄须儿童大奇也。'"
【例句】唐王维《老将行》："射杀中山白额虎,肯数邺下黄须儿。"宋苏辙《湖阴曲》："帐中昼梦月绕壁,惊起知是黄须儿。"宋吴泳《羽林郎》："黄须儿战邺下军,白袍兵劫花门塞。"明毛奇龄《即席赠安…》："葫芦吴伦一何幸,重逢邺下黄须儿。"

黄寻飞钱　huáng xún fēi qián
【分类】生态
【关键词】黄寻
【释义】咏暴富之典。《太平御览》引《幽冥录》："海陵人黄寻,先居家单贫,常因大风雨散钱飞至其家,钱来触篱援,误落在余处,皆拾而得之。寻巨富,钱至数千万。"
【例句】宋杨备《朱明寺》："何缘半夜狂风雨,暗里却飞钱帛来。"宋柯芝《耳耳》："飞钱如美色,乃入贵者阑。"宋韩琦《北第洛花…》："绝艳好将金作屋,清香宜引玉飞钱。"宋赵泽祖《甘泉洞》："三咽只因凡骨换,坐临盘石看飞钱。"

黄芽　huáng yá
【分类】文化
【关键词】云笈七签
【释义】亦作黄牙。道教称从铅里炼出的精华。《云笈七签》："(黄牙)是长生之至药,牙是万物之初也,故号牙,缘因白被火变色黄,故名黄牙。"
【例句】唐张果《金虎白龙诗》："世人何处觅黄芽,此物铅中是我家。"唐崔玄真《大还丹口诀》："状似凝酥黄芽雪,亦如玄圃玉华结。"唐白居易《对酒》："有时成白首,无处问黄牙。"唐吕岩《七言》："九鼎黄芽栖瑞凤,一躯仙骨养灵芝。"

黄杨厄闰　huáng yáng è rùn
【分类】生活
【关键词】苏轼
【释义】言黄杨生长遇闰年而受到厄止,比喻人处困境、厄运。宋苏轼诗《监洞霄宫…》："园中草木春无数,只有黄杨厄闰年。"自注曰："俗曰黄杨岁长一寸,遇闰退三寸。"
【例句】宋饶节《复用韵成…》："如今事事皆慵退,大似黄杨厄闰年。"宋陆游《春晚村居》："身世已如风六鹢,文章仍似闰黄杨。"宋冯时行《和史济川…》："向来共厄黄杨闰,别后相逢白发年。"宋杨万里《九日菊未花》："旧说黄杨厄闰年,今年并厄菊花天。"

黄羊祀灶　huáng yáng sì zào
【分类】生活
【关键词】阴识
【释义】咏祀灶之典。《后汉书·阴识传》："阴子方者,至孝有仁恩,腊日晨炊而灶神形见,子方再拜受庆。家有黄羊,因以祀之。自是已后,暴至巨富,田有七百余顷,舆马仆隶,比于邦君。子方常言:'我子孙必强大。'至识三世而遂繁昌,故后常腊日祀灶,而荐黄羊焉。"
【例句】宋林同《阴子方》："安知由至孝,非在荐黄羊。"明薛始亨《戊戌岁暮》："桥逢白鹤谈尧代,家乏黄羊似灶君。"清朱昆田《夏日村居…》："炊说麦糕先祭灶,胜如富室宰黄羊。"清査士铨《除夕和朱…》："白发趋朝人已老,黄羊祀灶语难通。"

黄叶丹灶　huáng yè dān zào
【分类】文化
【关键词】江淹
【释义】喻隐士炼丹修道的生活。黄叶:枯黄的树叶,亦借指将落之叶。南朝梁丘迟《赠何郎》："檐际落黄叶，阶前网绿苔。"丹灶：道士炼丹的灶。南朝江淹《别赋》："守丹灶而不顾，炼金鼎而方坚。"

【例句】唐元淳《句》："赤城峭壁无人到，丹灶芝田有鹤来。"唐王起《赠毛仙翁》："丹灶化金留秘诀，仙宫噈玉叩玄关。"唐张说《同贺八送…》："此别黄叶下，前期安可知。"唐苏颋《奉和圣制…》："丰树连黄叶，函关入紫云。"

黄莺别主　huáng yīng bié zhǔ
【分类】生活
【关键词】戎昱
【释义】喻旧时女子与主人分离。唐戎昱《移家别湖上亭》："黄莺久住浑相识，欲别频啼四五声。"
【例句】唐苏颋《赠彭州权…》："黄莺急啭春风尽，斑马长嘶落景催。"唐杜甫《即事》："黄莺过水翻回去，燕子衔泥湿不妨。"唐刘长卿《春日宴魏…》："白发乱生相顾老，黄莺自语岂知人。"宋苏轼《赠别》："青鸟衔巾久欲飞，黄莺别主更悲啼。"元无名氏《孤鸾》："听玉人言去苦难泄。任树上黄莺叹离别。"

黄云① huáng yún
【分类】政治
【关键词】杜甫
【释义】边塞之云。唐杜甫《佐还山后寄》："山晚黄云合，归时恐路迷。"明仇兆鳌注："塞云多黄，故公诗云…云'山晚黄云合'。"比喻成熟的稻麦。宋王安石《同陈和叔游齐安院》："缲成白雪桑重绿，割尽黄云稻正青。"
【例句】唐王维《送平澹然…》："黄云断春色，画角起边愁。"唐高适《别董大》："千里黄云白日曛，北风吹雁雪纷纷。"唐李白《庐山谣寄…》："黄云万里动风色，白波九道流雪山。"

黄云② huáng yún
【分类】政治
【关键词】古微书
【释义】祥瑞气；边塞云；黄尘。《古微书·洛书纬》："黄帝起，黄云扶日。"《宋书·符瑞志》："帝尧之母曰庆都，生于斗维之野，常有黄云覆护其上。"
【例句】唐李颀《听安万善…》："忽然更作《渔阳掺》，黄云萧条白日暗。"唐李颀《古意》："黄云陇底白云飞，未得报恩不能归。"唐白居易《效陶渊明体诗》："开窗望天色，黄云暗如土。"唐王无竞《灭胡》："黄云塞沙落，白刃断交衢。"

黄钟大吕　huáng zhōng dà lǚ
【分类】生活
【关键词】周礼
【释义】形容音乐或文辞庄严、正大、和谐和高妙。《周礼注疏·大司乐》："乃奏黄钟，歌大吕，舞云门，以祀天神。"汉郑玄注："以黄钟之钟、大吕之声为均者。黄钟，阳声之首，大吕为之合，奏之以祀天神，尊之也。"
【例句】唐褚亮《祀圜丘乐》："已奏黄钟歌大吕，还符宝历祚昌年。"唐李德裕《奉和圣制…》："磬管歌大吕，冕裘旅天神。"宋仲并《再用前韵》："雅奏黄钟仍大吕，旷怀明月与清风。"宋张方平《酬范思远》："两敦六瑚见古器，黄钟大吕闻鸣球。"宋邹浩《次韵和成…》："黄钟大吕相应和，儒风赖以扶倾颓。"

黄竹篇　huáng zhú piān
【分类】文化
【关键词】周穆王
【释义】咏雪之典，也比喻帝王诗作。《穆天子传》："日中大寒，北风雨雪，有冻人。天子作诗三章以哀民，曰：我徂黄竹…礼乐其民。"
【例句】唐李世民《喜雪》："伫咏幽兰曲，同欢黄竹篇。"唐李白《金门答苏…》："屡忝白云唱，恭闻黄竹篇。"唐窦庠《奉酬侍御…》："绿醑乍熟堪聊酌，黄竹篇成好命题。"唐宋之问《奉和幸韦…》："一承《黄竹》咏，长奉白茅居。"

黄祖　huáng zǔ
【分类】政治
【关键词】祢衡
【释义】东汉末年将领，刘表任荆州牧时，出任江夏太守。《后汉书·祢衡传》："后黄祖在蒙冲船上，大会宾客，而衡言不逊顺，祖惭，乃诃之，衡更熟视曰：'死公！云等道？'祖大怒，令五百将出，欲加箠，衡方大骂，祖恚，遂令杀之。"
【例句】唐李白《望鹦鹉洲…》："黄祖斗筲人，杀之受恶名。"唐李山甫《赴举别所知》："黄祖不怜鹦鹉客，志公偏赏麒麟儿。"唐罗隐《游江夏口》："黄祖不能容贱客，费祎终是负仙才。"唐胡曾《江夏》："黄祖才非长者俦，祢衡珠碎此江头。"

潢潦无源　huáng lǎo wú yuán
【分类】政治
【关键词】孟子
【释义】咏虚有其名、毫无根基之典。《孟子·离娄下》："孟子曰：'源泉混混，不舍昼夜，盈科后进，放乎四海。有本者如是，是之取尔。苟为无本，七八月之间雨集，沟浍皆盈；其涸也，可立而待也。故声闻过情，君子耻之。'"潢：积水。潦：雨水。
【例句】唐韩愈《符读书城南》："潢潦无根源，朝满夕已除。"唐钱起《酬考功杨…》："潢潦难滋沧海润，萤光空尽太阳前。"唐姚合《酬任畴协…》："青蛙多入户，潢潦欲胜舟。"唐徐夤《休说》："时来不怕沧溟阔，道大却忧潢潦深。"

皇甫谧　huáng fǔ mì
【分类】政治
【关键词】皇甫谧
【释义】字士安，自号玄晏先生。编撰了《针灸甲乙经》、《历代帝王世纪》、《高士传》、《逸士传》、《列女传》等书。沉静寡欲，有高尚之志，隐居不仕，后以"玄晏先生"泛指高人雅士或山林隐逸。晋皇甫谧《三都赋序》："玄晏先生曰:古人称不歌而颂谓之赋。…故文必极美…故辞必尽丽。"

【例句】唐李涉《秋日过员…》:"秋光何处堪消日,玄宴先生满架书。"唐罗隐《裴庶子除…》:"宫省旧推皇甫谧,寺曹今得夏侯婴。"宋苏轼《和陶赠羊…》:"我非皇甫谧,门人如挚虞。"宋韩驹《利济桥亭诗》:"生犹不见皇甫谧,死岂肯投刘禹锡。"

皇后发　huáng hòu fà

【分类】生活
【关键词】马皇后
【释义】咏美发之典。《东观汉记·明德马皇后传》:"后长七尺二寸,青白色,方口美发。""为四起大髻,但以发成,尚有余,绕髻三匝,复出诸发。"
【例句】唐杜牧《鸦》:"毛欺皇后发,声感楚姬弦。"唐李商隐《碧瓦》:"无双汉殿鬓,第一楚宫腰。"

皇华使　huáng huá shǐ

【分类】政治
【关键词】诗经
【释义】用为赞美使臣之典。《诗经·小雅·皇皇者华·序》:"《皇皇者华》,君遣使臣也。送之以礼乐,言远而有光华也。"东汉郑玄笺:"言臣出使能扬君之美,延其誉于四方,则为不辱命也。"
【例句】唐王维《送李判官…》:"闻道皇华使,方随皂盖臣。"唐杜甫《送张二十…》:"皇华吾善处,于汝定无嫌。"唐武元衡《西亭早秋…》:"有美皇华使,曾同白社游。"宋韩驹《同赵发运…》:"皇华使者下沧洲,十载题舆记旧游。"

皇树　huáng shù

【分类】文化
【关键词】橘树
【释义】咏橘树之典。《楚辞·橘颂》:"后皇嘉树,橘徕服兮。受命不迁,生南国兮。"汉王逸注:"言皇天后土生美橘树,异于众木,来服习南土,便其风气。"
【例句】唐柳宗元《柳州城西…》:"方同楚客怜皇树,不学荆州利木奴。"宋李洪《橘》:"皇树擅芳传楚颂,厥包锡贡纪荆扬。"宋乐雷发《送友人之…》:"正则自吟皇树颂,广微惟诵白华诗。"明王鏊《橘荒叹》:"曾闻后皇树,不过淮之郊。"

皇州　huáng zhōu

【分类】政治
【关键词】鲍照
【释义】京城及附近地区,借指国都。南朝鲍照《结客少年场行》:"升高临四关,表里望皇州。"
【例句】唐王昌龄《九日登高》:"青山远近带皇州,霁景重阳上北楼。"唐杜甫《同诸公登…》:"俯视但一气,焉能辨皇州。"唐骆宾王《代女道士…》:"朝云旭日照青楼,迟晖丽色满皇州。"唐岑参《奉和中书…》:"鸡鸣紫陌曙光寒,莺啭皇州春色阑。"

蝗不入境　huáng bù rù jìng

【分类】政治
【关键词】卓茂
【释义】称颂地方官吏政绩卓著的典故。《后汉书·卓茂》:"迁密令。劳心谆谆,视人如子,举善而教,口无恶言,吏人亲爱而不忍欺之…平帝时,天下大蝗,河南二十余县皆被其灾,独不入密县界。督邮言之,太守不信,自出案行,见乃服焉。"
【例句】唐白居易《捕蝗刺长…》:"我闻古之良史有善政,以政驱蝗蝗出境。"宋赵抃《夏末喜雨》:"预期多稼如云去,且免飞蝗入境来。"宋苏轼《梅圣俞诗…》:"羡君封境稻如云,蝗自识人人不识。"宋黄庭坚《戏答陈元舆》:"平生所闻陈汀州,蝗不入境年屡丰。"

遑遑　huáng huáng

【分类】生活
【关键词】陶渊明
【释义】惊恐匆忙,心神不定。晋陶渊明《归去来兮辞》:"曷不委心任去留,胡为乎遑遑欲何之?"
【例句】唐骆宾王《久戍边城…》:"扰扰风尘地,遑遑名利途。"唐韩愈《赠郑兵曹》:"当今贤俊皆周行,君何为乎亦遑遑。"唐白居易《饱食闲坐》:"怀才抱智者,无不走遑遑。"唐鲍溶《山行经樵翁》:"遑遑问身事,师友难为言。"

挥汗成雨　huī hàn chéng yǔ

【分类】政治
【关键词】战国策
【释义】形容人多,也形容出汗多。《战国策·齐策》:"临淄之途,车毂击,人肩摩,连衽成帷,举袂成幕,挥汗成雨。"
【例句】唐雍裕之《大言》:"挥汗曾成雨,画地亦成河。"宋陆游《涉溪》:"挥汗欲成雨,聚蚊真若雷。"宋赵抃《留前人度…》:"有美望湖风四面,尚留挥汗雨沾衣。"宋苏辙《临川陈宪…》:"开樽不惜清泉洁,挥汗相看白雨翻。"

挥毫万字　huī háo wàn zì

【分类】文化
【关键词】欧阳修
【释义】形容创作诗文极多。宋欧阳修《朝中措》:"平山栏槛倚晴空,文章太守,挥毫万字,一饮千钟。"
【例句】宋苏辙《范百嘉百…》:"展卷五行下,挥毫万字倾。"宋苏辙《饮饯玉巩》:"醉书大轴作歌诗,顷刻挥毫千万字。"宋秦观《望海潮》:"最好挥毫万字,一饮拼千钟。"宋张耒《寄陈器之》:"手携妇子口吟诗,文字挥毫便千百。"

挥金　huī jīn

【分类】生活
【关键词】疏广
【释义】散发或挥霍钱财。源见"疏傅散金"。
【例句】唐杜甫《秋日寄题…》:"挥金应物理,拖玉岂吾身。"唐权德舆《安语》:"挥金得谢归里间,象床角枕支体舒。"

唐岑参《河西太守…》："秉心常匪石,行义每挥金。"唐刘禹锡《酬杨侍郎…》："疏傅挥金忽相忆,远擎长句与招魂。"

挥金陌上郎 huī jīn mò shàng láng
【分类】生活
【关键词】秋胡妇
【释义】指负心淫佚的男子。源见"秋胡妇"。
【例句】唐韩翃《送齐明府…》："风流好爱杯中物,豪荡仍欺陌上郎。"唐汪遵《采桑妇》："为报跨踏陌上郎,蚕饥日晚妾心忙。"宋黄庭坚《戏咏江南…》："踏歌夜结田神社,游女多随陌上郎。"宋贺铸《生查子》："挥金陌上郎,化石山头妇。何物系君心,三岁扶床女。"

挥麈 huī zhǔ
【分类】政治
【关键词】王衍
【释义】晋人清谈时,常挥动麈尾以为谈助。后因称谈论为挥麈。《世说新语·容止》："王夷甫(衍)容貌整丽,妙于谈玄,恒捉白玉柄麈尾,与手都无分别。"
【例句】唐杨巨源《郊居秋日…》："闲言挥麈柄,清步掩蜗庐。"唐高适《自武威赴…》："清抢挥麈尾,乘醉持蟹螯。"唐范《送芝上人…》："一瓶一锡十方游,挥麈湘南夜语投。"宋文彦博《耆老会诗》："垂肩素发皆时彦,挥麈清谈尽席珍。"

徽容 huī róng
【分类】文化
【关键词】鲍照
【释义】喻指美好的风范;美好的容貌。南朝宋鲍照《数诗》："九族共瞻迟,宾友仰徽容。"
【例句】唐佚名《郊庙歌辞》："六佾荐徽容,三篮陈芳醴。"宋陈允平《塞垣春》："念徽容、都销瘦,漫将纨素描写。"宋陈允平《法曲献仙音》："念徽容已成憔悴,心期误。"宋翁卷《思远客》："何当乘梦时,倪遂徽容觌。"

徽音 huī yīn
【分类】生活
【关键词】诗经
【释义】犹德音,佳音,或优美的乐声。《诗经·大雅·思齐》："大姒嗣徽音,则百斯男。"郑笺："徽,美也。嗣大任之美音,谓续行其善教令。"
【例句】唐法宣《奉和窦使…》："徽音闻庐岳,精难动中京。"唐源乾曜《奉和御制…》："道合徽音畅,芳辰景命新。"唐权德舆《赠梁国惠…》："夜台留册谧,悽怆即徽音。"唐武元衡《秋日对酒》："宝瑟拂尘匣,徽音凝朱丝。"

回禄 huí lù
【分类】文化
【关键词】左传
【释义】指传说中的火神,喻指火灾。《左传·昭公十八年》："郊人助祝史除于国北,禳火于玄冥、回禄。"晋杜预注："回禄,火神。"
【例句】唐李白《答杜秀才》："陶公瞿铄呵赤电,回禄睢盱扬紫烟。"唐无名氏《唐武德祷…》："双龙嘤略垂长颔,回禄睢盱威早敛。"唐陆龟蒙《奉和袭美…》："昔予守圭窦,过于回禄囚。"宋吕陶《奉寄单州…》："是时回禄得乘便,取次薰灼须及椽。"

回盼 huí pàn
【分类】生活
【关键词】吴文英
【释义】回望、回头看。宋吴文英《水龙吟·送万信州》："儿骑空迎,舜瞳回盼。"
【例句】宋黄庭坚《题晁以道…》："飞雪洒芦如银箭,前雁惊飞后回眄。"宋曾巩《题张伯常…》："故栖勿回眄,黄鹄本高翔。"宋孔平仲《和萧十六…》："红颜回盼能溺人,有若大川无际涘。"宋史尧弼《古松》："惨澹空回盼,长吁立暝烟。"

回万牛 huí wàn niú
【分类】文化
【关键词】黄庭坚
【释义】形容笔力雄健。宋苏轼《木山并叙》："木生不愿回万牛,愿终天年仆沙洲。"宋黄庭坚《以团茶洮州绿石砚赠无咎文潜》："晁子智囊可以括四海,张子笔端可以回万牛。"
【例句】宋谢逸《送狄朝议》："狄公鹗立横清秋,真气端能回万牛。"宋黄庭坚《送少章从…》："欲攀天关守九虎,但有笔力回万牛。"宋王庭圭《刘天锡之…》："作戈如挽百钧弩,腕力想能回万牛。"宋田伯强《送歙砚与…》："平生足迹遍九州,知子笔端回万牛。"

回仙 huí xiān
【分类】文化
【关键词】苏轼
【释义】代指吕洞宾。宋苏轼诗《刘孝叔会虎丘…》："因公问回老,何处定相逢。"旧题宋王十朋注引赵次公曰："后有回先生诗是也。或言吕洞宾易姓为回处士,回字乃吕耳。"
【例句】宋范纯仁《上巳泛舟…》："龙楼影里回仙棹,隼旆光中从相车。"宋王真人《榴皮题壁》："东老回仙跨鹤归,同庵卜筑继其余。"宋周弼《岳阳楼》："老我未闻飞剑术,想须今度遇回仙。"宋范成大《倪文举奉…》："绮川亭上凌云赋,人在回仙旧游处。"

回雪 huí xuě
【分类】生活
【关键词】曹植
【释义】咏女子优美舞姿之典。三国魏曹植《洛神赋》："仿佛兮若轻云之蔽月,飘飘兮若流风之回雪。"
【例句】唐武三思《仙鹤篇》："月下分行似度云,风前飐疑回雪。"唐顾况《王郎中妓席》:"落花绕树疑无影,回雪从风暗有情。"唐元稹《曹十九舞…》:"骊袅柳牵丝,炫转风回雪。"唐李群玉《赠回雪》:"回雪舞萦盈,萦盈若回雪。"

回愚 huí yú
【分类】文化
【关键词】论语
【释义】谦称不才弟子。《论语·为政》:"子曰'吾与回言终日,不违,如愚。退而省其私,亦足以发,回也不愚。'"
【例句】唐杜牧《送王侍御…》:"礼数全优知傀始,讨论常见念回愚。"宋邓肃《呈几叟仪曹》:"期公终始不相绝,回愚参鲁余亦拙。"宋杨万里《题黄辰告…》:"杏坛独立无个事,只有回愚也大奇。"宋陈师道《石氏画苑》:"自谓知子谁如余,叔也不痴回不愚。"

讳穷 huì qióng
【分类】生活
【关键词】庄子
【释义】谓嫌憎困厄潦倒。《庄子·秋水》:"孔子曰:'来!吾语汝。我讳穷久矣,而不免,命也;求通久矣,而不得,时也。'"唐成玄英疏:"讳,忌也,拒也。穷,否塞也。"
【例句】宋宋庠《乾兴诏罢…》:"忍当昭世卧隆中,西笑无谋始讳穷。"宋宋祁《答答》:"十年通籍向苍龙,孤直何缘免讳穷。"宋方岳《夏日珠溪…》:"竹窗理残书,久已不讳穷。"宋陈师道《五子相送…》:"中年患别多作别,早日讳穷常得穷。"

绘事后素 huì shì hòu sù
【分类】生活
【关键词】论语
【释义】指描画文采应在素白粉底的基础上进行。有了好的素质,然后再加以修饰,才能愈见其美。《论语·八佾》:"子夏问曰:'巧笑倩兮,美目盼兮,素以为绚兮。何谓也?'子曰:'绘事后素。'"
【例句】宋黄庭坚《次韵答尧民》:"我如相绘事,素质施朽炭。"元吴镇《王晋卿画》:"晋卿绘事诚无匹,尺素能参造化功。"元凌云翰《郑生画卷》:"绘事后素知有分,如以霄漠行烟云。"清弘历《绘雨精舍作》:"青帝化机原后素,天公绘事实多能。"

绘素 huì sù
【分类】生活
【关键词】论语
【释义】在白色底面上绘画,引申为图、绘画。源见"绘事后素"。
【例句】唐郑谷《答谢段赞善》:"留心于绘素,得事在烟波。"宋文彦博《贤大师以…》:"能将绘素传奇表,似与公侯结胜因。"宋王拱辰《耆英会诗》:"敢云绘素得精笔,愿列霜壁如唐规。"宋陈振孙《题张氏十…》:"名贤叙述文章好,胜事流传绘素工。"

晦迹 huì jī
【分类】政治
【关键词】竺道壹
【释义】谓隐居匿迹。《大正新修大藏经》:"竺道壹姓陆,吴人也。少出家贞正有学业,而晦迹隐智,人莫能知。"
【例句】唐李白《题元丹丘…》:"卜地初晦迹,兴言且成文。"唐杜甫《岳麓山道…》:"昔遭衰世皆晦迹,今幸乐国养微躯。"唐钱起《过山人所…》:"空谷春云满,愚公晦迹深。"唐吴筠《览古》:"晦迹一何晚,天年夭当时。"唐湛贲《伏览吕侍…》:"名遂贵知己,道胜方晦迹。"

晦昧 huì mèi
【分类】生活
【关键词】吴均
【释义】昏暗、阴暗、愚昧、隐晦。南朝梁吴均《送柳吴兴竹亭集》:"踯躅牛羊下,晦昧崦嵫色。"
【例句】唐韩愈《谒衡岳庙…》:"我来正逢秋雨节,阴气晦昧无清风。"宋刘兼《简竖儒》:"近日冰壶多晦昧,虎皮羊质也观光。"宋梅尧臣《日蚀》:"不觉有物来晦昧,团团一片如顽铜。"宋方岳《秋热》:"于今几何时,秋夏终晦昧。"宋韩维《列子庙》:"晦昧尘笼墨,淋漓雨壁丹。"

惠连 huì lián
【分类】文化
【关键词】谢惠连
【释义】指南朝宋谢惠连,幼聪慧,族兄谢灵运深加爱赏。后诗文中常用为从弟或弟的美称。《南史·谢惠连传》:"其文甚美。又为雪赋,以高丽见奇。灵运见其新文,每曰'张华重生,不能易也'。"
【例句】唐韩翃《家兄自山…》:"雅论承安石,新诗与惠连。"唐李逢吉《奉酬忠武…》:"惠连忽赠池塘句,又遣羸师破胆惊。"唐李嘉祐《与从弟正…》:"辅嗣外生还解易,惠连群从总能诗。"宋苏轼《送翟安常…》:"松荒三径思元亮,草合平池忆惠连。"

惠连清兴 huì lián qīng xīng
【分类】文化
【关键词】谢惠连雪
【释义】《昭明文选》载:南朝宋谢惠连曾作《雪赋》,赋中假托梁孝王于兔园设宴,请邹阳、枚乘、司马相如共饮,席间由司马相如作赋咏雪。其文高丽见奇,为咏雪佳作,后遂用为咏雪之典。
【例句】唐高适《苦雪四首》:"惠连发清兴,袁公念高卧。"唐李咸用《雪十二韵》:"念物希周稷,含毫愧惠连。"唐王维《赠从弟司…》:"惠连素清赏,夙语尘外事。"明何其伟《元夜期小…》:"雅度推公辅,清标属惠连。"

惠施 huì shī
【分类】政治
【关键词】惠施

【释义】惠子,战国中期政治家、哲学家,主张魏、齐和楚联合抗秦。庄子好友。《吕氏春秋·不屈》:"魏惠王谓惠子曰:'上世之有国,必贤者也。今寡人实不若先生,愿得传国。'惠子辞。"
【例句】唐李白《悲歌行》:"惠施不肯干万乘,卜式未必穷一经。"唐陆希声《观鱼亭》:"惠施徒自学多方,谩说观鱼理未长。"唐韩愈《雪后寄崔…》:"乾坤惠施万物遂,独于数子怀偏悭。"宋邵雍《和王安之…》:"屡空滥得同颜子,历物固难如惠施。"

惠文冠 huì wén guān
【分类】政治
【关键词】冠
【释义】古代武官所戴的冠。《汉书·武五子传》:"衣短衣大绔,冠惠文冠,佩玉环,簪笔持牍趋谒。"三国魏孟康曰:"今侍中所著也。"东汉服虔曰:"武冠也,或曰赵惠文王所服,故曰惠文。"
【例句】唐权德舆《献岁送李…》:"志士感恩无远近,异时应戴惠文冠。"唐韦应物《寄别李儋》:"首戴惠文冠,心有决胜筹。"宋苏轼《送江公著》:"初冠惠文读《城旦》,晚人奉常陪剑履。"宋汪藻《何子应少…》:"向来奋舌动天意,不怕惠文霜凛凛。"

惠眼 huì yǎn
【分类】文化
【关键词】元量寿经
【释义】佛教语,又称灵眼,指二乘的智慧之目,可以洞察凡间一切,亦指能照见实相的智慧。《元量寿经》:"慧眼见真,能度彼岸。"
【例句】宋苏颂《和吴仲庶…》:"几日风沙结襟袖,忽传嘉惠眼重开。"宋苏辙《施崇宁寺马》:"支公惠眼识神骏,山下泉甘足芳草。"宋辛弃疾《破阵子》:"菩萨丛中惠眼,硕人诗里娥眉。"明倪岳《承西涯阁…》:"一橐萧然出凤城,砚砖分惠眼犹生。"

惠远公 huì yuǎn gōng
【分类】文化
【关键词】惠远
【释义】佛教净土宗创始人慧远,人称远公,泛指僧人。《高僧传·晋庐山释慧远》:"释慧远,本姓贾氏,雁门楼烦人也,弱而好书。""时有沙门慧永,居在西林,与远同门旧好,遂要远同止。永谓刺史桓伊曰:'远公方当宏道,今徒属已广而来者方多,贫道所栖褊狭,不足处此,如何?'桓乃为远复于山东更立房殿,即东林是也。"
【例句】唐刘长卿《禅智寺上…》:"绝巘东林寺,高僧惠远公。"唐李德裕《赠圆明上人》:"远公说易松下,龙树双轻海藏中。"宋释智圆《李秀才以…》:"静语前涂俱有意,谢公红药远公莲。"宋何耕《暇日与陈…》:"腾空似赴远公约,散花如入维摩城。"

惠子书 huì zǐ shū
【分类】文化

【关键词】惠施
【释义】五车书。《庄子·天下》:"惠施多方,其书五车。"意谓惠施的方术很多,本事很大,他读的书要五辆车拉。后遂用五车书指书多或形容读书多,学问深。
【例句】唐范尧佐《书》:"葛洪一万卷,惠子五车余。"唐陆龟蒙《江南秋怀…》:"才当曹斗怯,书比惠车盈。"宋周紫芝《西溪道人…》:"昭文琴在何须鼓,惠子书多亦费言。"聂绀弩《代周婆答》:"慨乎住宅恩公论,难以搬家惠子书。"

蟪蛄 huì gū
【分类】生活
【关键词】庄子
【释义】形容寿命短暂或孤陋寡闻、少见多怪之典。《庄子·逍遥游》:"小知不及大知,小年不及大年。奚以知其然也?朝菌不知晦朔,蟪蛄不知春秋,此小年也。楚之南有冥灵者,以五百岁为春,五百岁为秋;上古有大椿者,以八千岁为春,八千岁为秋,此大年也。"
【例句】唐李白《拟古》:"蟪蛄啼青松,安见此树老。"唐皎然《兵后余不…》:"时节伤蟪蛄,芳菲忌鹍鸠。"唐赵防《秋日寄弟》:"已经杨柳谢,犹听蟪蛄吟。"唐杜牧《题魏文贞》:"蟪蛄宁与霜雪期,贤哲难教俗士知。"

婚宦 hūn huàn
【分类】生活
【关键词】郑鲜之
【释义】指结婚与作官。《宋书·郑鲜之传》:"文皇帝以东关之役,尸骸不反者,制其子弟,不废婚宦。"宋苏轼《与刘宜翁书》:"某龆龀好道,本不欲婚宦,为父兄所强,一落世网,不能自遁。"
【例句】唐韦应物《登蒲塘驿…》:"茌苒斑鬓及,梦寐婚宦初。"宋邓深《溯峡诗》:"由来介性不婚宦,聊寓闲情在山水。"宋陈师道《寄晁载之…》:"人言婚宦情欲本,我始求脱君已半。"宋楼钥《送杓孙随…》:"婚宦有涯真是幸,巾箱所蓄要相传。"

浑不似 hún bù sì
【分类】生活
【关键词】王昭君
【释义】亦作浑拨四,乐器名,四弦,长项,圆鼙,又称火不思,胡拨思。后也为不尽相同之意。《两般秋雨庵随笔·浑不似》:"王昭君常用琵琶坏,令胡人为之而小,昭君笑曰:'浑不似。'"
【例句】唐唐求《题常乐寺》:"桂冷香闻十里间,殿台浑不似人寰。"宋王清惠《满江红》:"太液芙蓉,浑不似、旧时颜色。"明殷奎《除夕戏简…》:"除夕匆匆到客边,客怀浑不似当年。"聂绀弩《题瘦石为绘小影》:"影似牌名浑不似,予怀渺渺墨伤浓。"

魂招不来 hún zhāo bù lái
【分类】生活
【关键词】楚辞

【释义】谓魂已返归故乡,故招之不来。《楚辞·招魂》:"魂兮归来,反故居些。"

【例句】唐杜甫《乾元中寓…》:"呜呼五歌兮歌正长,魂不来归故乡。"宋陆游《杂感》:"遗魂招不来,我欲续楚骚。"宋汪元量《浮丘道人…》:"呜呼一歌兮歌无穷,魂招不来何所从。"宋黎伯元《神符山乡…》:"谁知生别成永诀,魂招不来我涕滂。"

活法　huó fǎ

【分类】文化

【关键词】吕本中

【释义】宋人诗论中提出的学诗所必须掌握的能灵活变通的法则。宋吕本中《〈夏均父集〉序》:"学诗当识活法。所谓活法者,规矩备具,而能出于规矩之外;变化不测,而亦不背于规矩也。是道也,盖有定法而无定法,无定法而有定法。知是者,则可以与语活法矣。"

【例句】宋胡宿《又和前人》:"诗中活法无多子,眼里知音有几人。"宋吕本中《大雪不出…》:"文章有活法,得与前古并。"宋张镃《携杨秘监…》:"目前言句知多少,罕有先生活法诗。"宋赵崇鉘《答维溪》:"会须握手论活法,静看碧水生玄珠。"

活火　huó huǒ

【分类】生活

【关键词】火

【释义】指有焰的火;烈火。《因话录·商上》:"茶须缓火炙,活火煎。活火谓炭火之焰者也。"

【例句】唐张又新《谢庐山僧…》:"竹匦新茶出,铜铛活火煎。"宋苏轼《试院煎茶》:"君不见昔时李生好客手自煎,贵从活火发新泉。"宋道遥子《罗浮茶》:"活水仍ма将活火煎,茶经妙处莫虚传。"宋陆游《夏初湖村…》:"寒泉自换菖蒲水,活火闲煎橄榄茶。"

火城　huǒ chéng

【分类】政治

【关键词】唐国史补

【释义】古代朝会时的火炬仪仗。《唐国史补》:"每元日、冬至立仗,大官皆备珂伞,列烛有至五六佰炬者,谓之火城。宰相火城将至,则众少皆扑灭以避之。"

【例句】唐张籍《谢裴司空…》:"长思岁旦沙堤上,得从鸣珂傍火城。"唐姚合《除夜》:"谁见长安陌,晨钟度火城。"唐罗隐《寄金吾李…》:"晓色严天仗,春寒避火城。"宋王安中《次韵右梁…》:"玉塞已传台衮拜,火城先看相家风。"宋宋祁《观上朝》:"金箭忽鸣衡漏尽,火城争扑相车来。"

火膏　huǒ gāo

【分类】政治

【关键词】庄子

【释义】喻自相攻伐者。源见"木直自寇"。

【例句】唐张九龄《杂诗》:"何言为用薄,而与火膏同?"明屈大均《答提坛》:"肥沃多火膏,咸气不能宣。"

火浣布　huǒ huàn bù

【分类】文化

【关键词】列子

【释义】即石棉布。《列子·汤问》:"火浣之布,浣之必投于火。"《铁围山丛谈》:"及哲宗朝,始得火浣布七寸…大抵若今之木棉布。色微青黡,投之火中则洁白,非鼠毛也。"

【例句】唐李顾《行路难》:"火浣单衣绣方领,茱黄锦带玉盘囊。"唐元稹《送岭南崔…》:"火布垢尘须火浣,木绵温软当绵衣。"唐元稹《估客乐》:"炎洲布火浣,蜀地锦织成。"宋梅尧臣《依韵答宋…》:"老松唯霜知,古布直火浣。"

火龙　huǒ lóng

【分类】文化

【关键词】龙

【释义】神话传说中口中吐火的神龙,也形容连绵不断的灯火。唐王毂《苦热行》:"祝融南来鞭火龙,火旗焰焰烧天红。"

【例句】唐吕岩《得火龙真…》:"昔年曾遇火龙君,一剑相传伴此身。"唐吕岩《七言》:"龙虎顺行阴鬼去,龟蛇逆往火龙来。"唐李隆基《早登太行…》:"火龙明鸟道,铁骑绕羊肠。"唐吴筠《游仙》:"赤帝跃火龙,炎官控朱鸟。"

火龙黼黻　huǒ lóng fǔ fú

【分类】文化

【关键词】左传

【释义】原指火形和龙形的文彩,后用以比喻作文只知雕章琢句,犹如补缀百家之衣。《左传·桓公二年》:"火、龙、黼、黻,昭其文也。"晋杜预注:"以文章明贵贱。"黼黻:泛指礼服上所绣的华美花纹,借指绣有华美花纹的礼服或高官爵禄。

【例句】唐席豫《奉和圣制…》:"风送箫韶曲,花迎黼黻文。"唐薛能《孔雀》:"天仙黼黻毛应是,宫后屏帏尾忽开。"唐贯休《陪冯使君游》:"对花语合希夷境,坐石苔黏黼黻衣。"五代李建勋《蔷薇》:"锦江风撼云霞碎,仙子衣飘黼黻香。"宋陆游《次韵和杨…》:"文章最忌百家衣,火龙黼黻世不知。"

火炉头语　huǒ lú tóu yǔ

【分类】文化

【关键词】沈彬

【释义】谓肤浅低俗的诗作。《唐诗纪事·孙鲂》:"鲂《夜坐》句云:'划多灰渐冷,坐久席成痕。'沈彬曰:'此田舍翁火炉头之作尔!'"

【例句】宋范成大《南塘冬夜…》:"为问灞桥风雪里,何如田舍火炉头。"宋释居简《端炭头求语》:"除却火炉头上事,别无分付越州端。"宋释智愚《白糙寄校匈》:"火炉头话烦君举,莫作粘牙缀齿人。"宋释智愚《颂古》:"火炉头话几多般,自己同时作么观。"

火齐珠　huǒ jī zhū

【分类】文化

【关键词】梁书
【释义】宝珠的一种,琉璃的别名。《梁书·中天竺国》:"火齐状如云母,色如紫金,有光耀。别之,则薄如蝉翼;积之,则如纱縠之重沓也。"
【例句】唐韩愈《永贞行》:"公然白日受贿赂,火齐磊落堆金盘。"唐皮日休《病中庭际…》:"火齐满枝烧冷月,金津含蕊滴朝阳。"宋方岳《效茶山咏…》:"雪融火齐骊珠冷,粟起丹砂鹤顶殷。"宋王安石《和王微之…》:"微之新诗动我目,烂若火齐金盘堆。"

火伞高张　huǒ sǎn gāo zhāng
【分类】生活
【关键词】韩愈
【释义】火伞:比喻酷烈的太阳。谓酷日高照。唐韩愈《游青龙寺赠崔大补阙》:"光华闪壁见神鬼,赫赫炎官张火伞。"
【例句】宋程俱《谒蔡开府…》:"赫赫云峰张火伞,阴阴冰洞却霜纨。"宋汪藻《即事》:"宫厨蔗浆若可挹,炎官火伞那复张。"宋周必大《端午帖子》:"炎官火伞漫高张,心静何妨五月凉。"宋方回《闻过》:"秋来火伞尚高张,心定还能热处凉。"

火生莲　huǒ shēng lián
【分类】文化
【关键词】佛道品
【释义】比喻虽身处烦恼中而能解脱,达到清凉境界。《维摩诘所说经·佛道品》:"火中生莲花,是可谓稀有。在欲而行禅,稀有亦如是。"
【例句】唐白居易《新昌新居…》:"浮荣水划字,真谛火生莲。"唐释大观《远法师陆》:"火生莲花,雪长芭蕉。"宋释守卓《送诸方行化》:"火里生莲世岂知,入廛须是丈夫儿。"明朱诚泳《寄遥日华》:"金色界中曾结缘,于今烈火生红莲。"

火鼠　huǒ shǔ
【分类】生态
【关键词】鼠
【释义】传说中的异鼠,其毛可织火浣布。《海内十洲记》:"炎洲,在南海中…又有火林山,山中有火光兽,大如鼠,毛长三寸,或赤或白…取其兽毛,以缉为布,时人号为火浣布,此是也。国人衣服垢污,以灰汁浣之,终无洁净,唯火烧其衣服,两盘饭间,振摆其垢自落,洁白如雪。"
【例句】唐王贞白《寄郑谷》:"火鼠重收布,冰蚕乍吐丝。"宋苏轼《徐大正闲轩》:"冰蚕不知寒,火鼠不知暑。"宋苏辙《和子瞻和…》:"冰蚕怀冻薮,火鼠安炎乡。"宋文天祥《壬午》:"忆昔三月朔,岁在火鼠乡。"元岑安卿《和舒宏道》:"大材小器本不同,火鼠冰蚕自寒暖。"

火鼠冰蚕　huǒ shǔ bīng cán
【分类】文化
【关键词】诗

【释义】比喻织诗思而为诗作,亦喻饱经寒暑。源见"火鼠""冰蚕"。
【例句】唐徐凝《员峤先生》:"逢人借问陶唐主,欲进冰蚕五色丝。"唐牟融《春游》:"锦袍日暖耀冰蚕,上客陪游酒半酣。"唐陈标《长安秋思》:"吴女秋机织曙霜,冰蚕吐丝月盈筐。"唐王贞白《寄郑谷》:"火鼠重收布,冰蚕乍吐丝。"宋苏辙《和子瞻和…》:"冰蚕怀冻薮,火鼠安炎乡。"宋薛季宣《雪蛆》:"火鼠可泽浣,朝菌宁晚出。"

火树银花　huǒ shù yín huā
【分类】生态
【关键词】苏味道
【释义】火树:火红的树,指树上挂满灯彩;银花:银白色的花,指灯光雪亮。形容张灯结彩或大放焰火的灿烂夜景。唐苏味道《正月十五夜》:"火树银花合,星桥铁锁开。"
【例句】宋王洋《上元》:"火树银花起夜烟,骖騑朱轓竞骈阗。"宋王洋《王亚之元…》:"沉沉华яз清夜起,火树银花月如水。"宋李錞《元夕》:"银花火树已春容,贝阙珠宫十二重。"宋文天祥《送前人元宵》:"火树银花,簇朱陵之明月;罗帏绣幕,开绿野之春风。"

火乌　huǒ wū
【分类】政治
【关键词】周
【释义】喻指周朝的国祚。《史记·周本纪》:"武王…既渡,有火自上复于下,至于王屋,流为乌,其色赤,其声魄云。"南朝宋裴骃《史记集解》注引郑玄曰:"《书说》云乌有孝名。武王卒父大业,故乌瑞臻。赤者,周之正色也。"
【例句】唐李贺《白虎行》:"火乌日暗崩腾云,秦皇虎视苍生群。"宋李复《杂诗》:"金魄溯游火乌,进退见腑朓。"宋方回《和陶渊明…》:"火乌化王屋,鼎迁亦有时。"元陈高《题太白纳…》:"六月炎天飞火乌,土焦石烁河流枯。"

火宅　huǒ zhái
【分类】文化
【关键词】法华经
【释义】佛教语,多用以比喻充满众苦的尘世。《法华经·譬喻品》:"三界无安,犹如火宅…众苦所烧,我皆拔济。"南朝梁武帝《宝亮法师〈涅槃义疏〉序》:"救灼烧于火宅,拯沉溺于浪海。"
【例句】唐义净《与无行禅…》:"既伤火宅眩中门,还嗟宝渚迷长坂。"唐白居易《赠昙禅师》:"欲知火宅焚烧苦,方寸如今化作灰。"唐皎然《兵后经永…》:"微踪旧是香林下,余烬今成火宅中。"唐庞蕴《诗偈》:"自入大海归火宅,不觉乘空失却牛。"

获麟　huò lín
【分类】文化
【关键词】孔子
【释义】指春秋鲁哀公十四年猎获麒麟事。相传孔子作《春秋》至此而辍笔。喻指著作绝笔。《春秋左传正义》:"经十有四年春，西狩获麟。"晋杜预注："麟者，仁兽……故因《鲁春秋》而修中兴之教，绝笔于获麟之一句。"

【例句】唐李峤《笔》："鹦鹉摛文至，麒麟绝句来。"唐李白《送方士赵……》："西过获麟台，为我吊孔丘。"唐杜甫《寄张十二……》："高兴知笼鸟，斯文起获麟。"唐元稹《秋堂夕》："况吟获麟章，欲罢久不能。"宋胡宿《览海东相……》："梦回方丈停批凤，句就伊川止获麟。"

祸福倚伏　huò fú yǐ fú

【分类】生活
【关键词】老子
【释义】倚，依托；伏，隐藏。意谓祸福相因，互相依存，互相转化。《老子》："祸，福之所倚；福，祸之所伏。熟知其极？"
【例句】唐李咸用《山中夜坐……》："祸福既能知倚伏，行藏争不要分明。"唐骆宾王《帝京篇》："古来荣利若浮云，人生倚伏信难分。"唐白居易《放言》："祸福回还车转毂，荣枯反覆手藏钩。"宋黄干《勉都干权君》："世间万事何足恃，祸福倚伏常相寻。"

祸起萧墙　huò qǐ xiāo qiáng

【分类】政治
【关键词】孔子
【释义】咏危机内伏之典。《论语·季氏》："季氏将伐颛臾。冉有、季路见于孔子……孔子曰：'……吾恐季孙之忧，不在颛臾，而在萧墙之内也。'"汉郑玄曰："萧之言肃也；墙谓屏也。君臣相见之礼，至屏而加肃敬焉，是以谓之萧墙。后季氏家臣阳虎果囚季桓子。"
【例句】唐王翰《饮马长城……》："一朝祸起萧墙内，渭水咸阳不复都。"唐无名氏《秦家行》："祸起萧墙不知戢，羽书催筑长城急。"唐胡曾《长城》："不知祸起萧墙内，虚筑防胡万里城。"唐周昙《桓帝》："襄楷忠言谁佞惑，忍教奸祸起萧墙。"

霍家亲　huò jiā qīn

【分类】政治
【关键词】霍光
【释义】霍光是汉昭帝上官皇后的外祖父，汉宣帝霍皇后的父亲，他官居大司马、大将军，子弟遍及朝廷文武要职。后因以喻指显达的外戚。《汉书·霍光传》："光长女为桀子安妻。有女年与帝相配……数月立为皇后。"
【例句】唐司空曙《观猎骑》："翩翩不知处，传是霍家亲。"唐张蠙《过萧关》："边戎莫相忌，非是霍家亲。"明魏时敏《题宝珠庵》："清樽谁是伴，喜有霍家亲。"明李东阳《题赵仲穆……》："道上相逢休借问，卫家兄弟霍家亲。"

霍将军　huò jiāng jūn

【分类】政治
【关键词】霍光
【释义】用作咏权臣之典。《史记·建元以来侯者年表》："霍光，家在平阳，以兄骠骑将军故贵。前事武帝，……中辅幼主昭帝，为大将军。谨信，用事擅治，尊为大司马，益封邑万户。后事宣帝。历事三主，天下信乡之，益封二万户。"
【例句】唐崔颢《长安道》："长安甲第高入云，谁家居住霍将军。"唐罗隐《使者》："四海霍光第，六宫张奉营。"唐王昌龄《塞下曲》："边头何惨惨，已葬霍将军。"唐高适《蓟门行》："勋庸今已矣，不识霍将军。"

霍嫖姚　huò piáo yáo

【分类】政治
【关键词】霍去病
【释义】霍去病，受封嫖姚校尉。借指守边立功的良将。《史记·卫将军骠骑列传》："善骑射，再从大将军，受诏与壮士，为剽姚校尉……元狩二年春，以冠军侯去病为骠骑将军，将万骑出陇西，有功。"
【例句】唐王勃《陇西行》："先锋秦子弟，大将霍嫖姚。"唐王维《出塞》："玉靶角弓珠勒马，汉家将赐霍嫖姚。"唐包佶《元日观百……》："花冠霜相府，绣服霍嫖姚。"唐李益《上黄堆烽》："年发已从书剑老，戎衣更逐霍将军。"唐崔颢《长安道》："长安甲第高入云，谁家居住霍将军。"唐李益《上黄堆烽》："年发已从书剑老，戎衣更逐霍将军。"

濩落无用　huò luò wú yòng

【分类】政治
【关键词】庄子
【释义】濩落，即瓠落。谓大而无用，或谓人才不得其用，引申谓沦落失意。源见"魏王瓠"。
【例句】唐王昌龄《赠宇文中丞》："仆本濩落人，辱当州郡使。"唐刘禹锡《和董庶中……》："如何今濩落，闻君辛苦辞。"唐李颀《东京寄万楚》："濩落久无用，隐身甘采薇。"唐戴叔伦《江干》："予生何濩落，客路转辛勤。"

镬汤　huò tāng

【分类】政治
【关键词】蔺相如
【释义】指以滚水烹人。佛经所说"十八地狱"之一。喻水深火热的处境。《史记·廉颇蔺相如列传》："臣知欺大王之罪当诛，臣请就汤镬，唯大王与群臣孰计议之。"
【例句】唐顾况《归阳萧寺……》："此辈之死后，镬汤所熬煎。"唐王梵志《回波乐》："明识大乘因，镬汤亦不热。"唐释法照《归去来》："饮酒食肉贪财色。长劫将身入镬汤。"宋金朋说《晨鸡吟》："日攘能防慎，终当免镬汤。"

击钵催诗　jī bō cuī shī

【分类】文化

【关键词】萧文琰
【释义】形容才思敏捷。源见"刻烛赋诗"。
【例句】宋陈师道《和李使君…》:"登高能赋属吾侪,不用传杯击钵催。"宋韦骧《又和孙太…》:"酒约覆盆分甲乙,诗成击钵互宫商。"宋韦骧《又用花字…》:"击钵题诗助清旷,藏阄传令止喧哗。"宋王庭圭《和欧阳炳…》:"两翁烂醉酕醄下,击钵成诗岂易酬。"

击缶 jī fǒu
【分类】生活
【关键词】诗经
【释义】饮酒欢庆之典。《诗经·陈风·宛丘》:"坎其击缶,宛丘之道。"《说文解字》:"缶,瓦器,所以盛酒浆,秦人鼓之以节歌。"
【例句】唐汪遵《渑池》:"何事君王亲击缶,相如有剑可吹毛。"唐张祜《题击瓯楼》:"驻旌元帅遗风在,击缶高人逸兴酣。"唐胡曾《渑池》:"能令百二山河主,便作樽前击缶人。"宋韦骧《和通甫见…》:"学譬治畦犹失溉,文参击缶不成声。"

击蒙 jī méng
【分类】生活
【关键词】周易
【释义】犹言启蒙,发蒙。《周易·蒙》:"上九,击蒙,不利为寇,利御寇。"三国魏王弼注:"处蒙之终,以刚居上,能击去童蒙,以发其昧者也。"
【例句】唐杜甫《夜听许十…》:"离索晚相逢,包蒙欣有击。"唐杜甫《寄司马山…》:"道术曾留意,先生早击蒙。"宋张纲《外祖李承…》:"总角承颜赖击蒙,后生因识古人风。"宋释居简《秋夜》:"嫩凉细意入帘栊,禁树秋声未击蒙。"

击磬 jī qìng
【分类】生活
【关键词】孔子
【释义】演奏乐器。《论语·宪问》:"子击磬于卫,有荷蒉而过孔氏之门者。曰:'有心哉,击磬乎!'既而曰:'鄙哉,硁硁乎!莫己知也,斯己而已矣。深则厉,浅则揭。'"宋朱熹集注:"此荷蒉者亦隐士也。"
【例句】唐鲍溶《风筝》:"夜和霜击磬,晴引凤归桐。"宋李复《答予成季》:"怀沙曾愧垂纶客,击磬兴嗟荷黄人。"宋王庠《庠窃观学…》:"尺无枉己空宿昔,岂尝有心犹击磬。"宋陆游《冬朝》:"圣贤虽远诗书在,殊胜邻翁击磬声。"

击壤 jī rǎng
【分类】政治
【关键词】高士传
【释义】古代的一种游戏。为颂太平盛世之典。《高士传》:"壤父者,尧时人也。帝尧之世,天下太和,百姓无事。壤父年八十余而击壤于道中。观者曰:'大哉,帝之德也。'壤父曰:'吾日出而作,日入而息,凿井而饮,耕田而食,帝何德于我哉!'"

【例句】唐李峤《田》:"宁知帝王力,击壤自安贫。"唐刘秩《过芜湖》:"相逢白头叟,击壤颂唐尧。"唐齐己《苦热行》:"何当一雨苏我苗,为君击壤歌帝尧。"聂绀弩《归途》:"击壤三年翁失马,沿途两耳妃呼豨。"

击碎珊瑚 jī suì shān hú
【分类】生活
【关键词】石崇
【释义】形容豪奢癫狂。源见"石崇斗奢"。
【例句】唐阎朝隐《夜宴安乐…》:"半醉徐击珊瑚树,已闻钟漏晓声传。"唐牛殳《方响歌》:"忽然碎打入破声,石崇推倒珊瑚树。"唐白居易《五弦弹》:"铁击珊瑚一两曲,冰泻玉盘千万声。"唐薛能《赠歌者》:"一字新声一颗珠,转喉疑是击珊瑚。"唐唐彦谦《咏葡萄》:"石家美人金谷游,罗帏翠幕珊瑚钩。"

击汰 jī tài
【分类】生活
【关键词】楚辞
【释义】拍击水波。亦指划船。《楚辞·九章·涉江》:"乘舲船余上沅兮,齐吴榜以击汰。"汉王逸注:"吴榜,船棹也。汰,水波也。"
【例句】唐王维《送邢桂州诗》:"赭圻将赤岸,击汰复扬舲。"唐皎然《奉和颜鲁…》:"停纶乍入芙蓉浦,击汰时过明月湾。"宋胡宿《送陈铎归…》:"六篇高论吐虹霓,报罢扁舟击汰归。"宋葛胜仲《幽居书怀》:"万顷烟波时击汰,潋潋簹簹弄晴竿。"

击瓮 jī wèng
【分类】生态
【关键词】司马光
【释义】用为幼儿智略不凡的典故。《宋人轶事汇编·司马光》:"温公(司马光卒赠温国公)童时与群儿戏于庭,庭有大瓮,一儿登之,偶坠水内,群儿皆奔去,公则以石击瓮,水由穴进,而儿得不死。今京洛间多为小儿击瓮图。"
【例句】宋王十朋《左原纪异》:"君不见温公年方龀齿时,奋然击瓮活小儿。"宋李商叟《寿傅宪》:"击瓮知奇略,惜阴起妙年。"元梅德明《宁国路别…》:"斩鹅击瓮骏奔走,穷呼昊天曾莫听。"明邹元标《仁文席上…》:"诸君欲问传心者,请听街前击瓮人。"

击衣 jī yī
【分类】政治
【关键词】豫让
【释义】咏报仇之典。源见"漆身吞炭"。
【例句】唐李白《东海有勇妇》:"豫让斩空衣,有心竟无成。"宋林希逸《了不了语》:"庞涓死怨悲题树,豫让酬恩喜击衣。"清魏裔介《奇毛遂》:"豫让击衣悲赵国,武灵探彀饿沙丘。"清吴兆骞《赠孔叟》:"击衣不得心自哀,置铅无成目空瞳。"

击辕　jī yuán

【分类】政治
【关键词】崔骃
【释义】谓敲打车辕中乐成声。借指村野生活。《崔亭伯集·上四巡颂表》："唐虞之世，樵夫牧竖，击辕中韶，感于和也。"相传尧舜时代，天下太平，农夫牧童，敲击车辕，和节而歌，过着淳朴生活。
【例句】唐储光羲《贻王侍御…》："牙旷三千里，击辕非所慕。"宋陆游《病起镜中…》："覆瓿书成空自苦，击辕歌罢遭谁听。"宋林希逸《和后村三…》："衰翁分已绝尘缘，自和新诗醉击辕。"清郭麐《得延庚侍…》："河复诗成兵马洗，采风或用击辕词。"

击贼笏　jī zéi hù

【分类】政治
【关键词】段秀实
【释义】形容忠臣誓死捐躯。《旧唐书·段秀实传》："秀实戎服，与(朱)泚并膝，语至僭位。秀实勃然而起，执(源)休腕夺其象笏，奋跃而前，唾泚面大骂曰：'狂贼，吾恨不斩汝万段，我岂逐汝反耶！'遂击之。"
【例句】宋文天祥《纪事》："袖中若有击贼笏，便使凶渠面血流。"宋文天祥《正气歌》："或为击贼笏，逆竖头破裂。"元赵孟頫《孔道辅击…》："以笏击蛇有孔公，义与段公击贼同。"清范咸《过段忠烈…》："笏能击贼犹余恨，志在成仁誓不回。"

击钟鼎食　jī zhōng dǐng shí

【分类】生活
【关键词】汉书
【释义】击钟列鼎而食。形容贵族或富人生活奢华。《汉书·货殖传》："质氏以洒削鼎食，浊氏以胃脯而连骑，张里以马医而击钟，皆越法矣。"
【例句】唐司马扎《猎客》："击钟传鼎食，尔来八十强。"唐李颀《缓歌行》："业就功成见明主，击钟鼎食坐华堂。"宋晁冲之《东阳山人…》："岁月冠盖如浮云，击钟鼎食江淮闻。"宋葛立方《赠友人莫…》："击钟烹鼎莫渠爱，小苄自许猴葵香。"

击筑　jī zhù

【分类】生活
【关键词】荆轲
【释义】筑，古代弦乐器，似筝，以竹尺击之，声音悲壮。击筑喻指慷慨悲歌或悲歌送别。《史记·刺客列传》："至易水之上，既祖，取道，高渐离击筑，荆轲和而歌，为变徵之声，士皆垂泪涕泣。"
【例句】唐李峤《市》："渐离初击筑，司马正弹琴。"唐李白《醉后赠从…》："欲邀击筑悲歌饮，正值倾家无酒钱。"唐刘长卿《山鹧鸪歌》："巴人峡里自闻猿，燕客水头空击筑。"唐吉皎《七老会诗》："低腰醉舞垂绯袖，击筑讴歌任褐裾。"

机心　jī xīn

【分类】政治
【关键词】子贡
【释义】指巧诈之心；机巧功利之心。源见"抱瓮灌园"。
【例句】唐司空图《携仙箓》："渔翁亦被机心误，眼暗汀边结钓钩。"唐骆宾王《夏日游德…》："赠言虽欲尽，机心庶应绝。"宋韩淲《灌园》："撁撁谁知旧汉阴，桔槔何待此机心。"宋方回《题赵继孙…》："之子息机心，抱瓮灌园蔬。"

鸡不如鹤　jī bù rú hè

【分类】文化
【关键词】田饶
【释义】讽贵远轻近之典。源见"黄鹄举"。
【例句】唐元稹《青云驿》："野鹤啄腥虫，贪饕不如鸡。"唐鲍防《杂感》："远物皆亲近皆轻，鸡虽有德不如鹤。"宋王安石《昆山》："不如猿与鹤，栖息尚全生。"宋杨万里《秋衣》："无发只是僧，有骨不如鹤。"

鸡虫得失　jī chóng dé shī

【分类】政治
【关键词】杜甫
【释义】咏事属细微，应将其得失置之度外的典故。唐杜甫《缚鸡行》："小奴缚鸡向市卖，鸡被缚急相喧争。家中厌鸡食虫蚁，不知鸡卖还遭烹。"后改变原意，比喻无关紧要的细微得失。
【例句】宋王安石《万事》："鸡虫得失何须算，鹏鷃逍遥各自知。"宋许及之《袁起岩侍…》："得失鸡虫何日了，去来凫雁逐时更。"宋洪咨夔《谨和老人…》："命有穷通分虎鼠，事无得失尽鸡虫。"聂绀弩《赠雪峰》："何物于天不刍狗，此心无地避鸡虫。"

鸡窗　jī chuāng

【分类】文化
【关键词】鸡
【释义】泛指书斋。源见"窗间鸡语"。
【例句】唐罗隐《题袁溪张…》："鸡窗夜静开书卷，鱼槛春深展钓丝。"宋欧阳澈《诸友乘兴…》："吟行牛渚裁佳句，坐对鸡窗嗜古文。"宋杨亿《次韵和章…》："鸡窗十载共论文，兰室依然有旧薰。"宋邹浩《晓雨枕上…》："鸡窗岂但开千卷，云稼悬知亘九原。"

鸡竿　jī gān

【分类】政治
【关键词】鸡
【释义】一端附有金鸡的长竿。古代多于大赦日树立。为咏赦罪之典。《新唐书·百官志》："赦日，树金鸡于仗南，竿长七丈，有鸡高四尺，黄金饰首，衔绛幡长七尺，承以彩盘，维以绛绳，将作监供焉。"
【例句】唐杨巨源《元日含元…》："丹凤楼前歌九奏，金鸡竿下鼓千声。"唐许浑《正元》："高揭鸡竿辟帝阊，祥风微暖瑞云屯。"宋赵抃《武林冬至…》:"銮辂肃还禋礼毕,鸡竿高揭赦书传。"宋刘克庄《三和》:"如何丹凤楼中手,未作金鸡竿下人。"

鸡距　jī jù
【分类】文化
【关键词】白居易
【释义】雄鸡的后爪。借指短锋的毛笔。唐白居易《鸡距笔赋》:"故不得兔毫,无以成起草之用;不名鸡距,无以表入木之功。"
【例句】唐齐己《寄黄晖处士》:"锋铓妙夺金鸡距,纤利精分玉兔毫。"宋梅尧臣《九华隐士…》:"鸡距初含润,龙鳞不自韬。"宋晁迥《清风十韵》:"健资鸡距笔,偷撼兽镮扉。"宋李至《仆射相公以…》:"觅句静拈鸡距笔,纳凉闲戴鹿胎冠。"

鸡口　jī kǒu
【分类】政治
【关键词】战国策
【释义】喻虽然低微但却自主、安宁之地位。源见"宁为鸡口"。
【例句】唐陆龟蒙《奉和袭美…》:"甘闲在鸡口,不贵封龙额。"宋李新《岁尽行县…》:"秕糠簸扬在米前,鸡口差池落牛后。"宋秦庠《求志》:"多年鸡口惭争食,自古驽筋爱举肥。"宋陈师道《次韵秦觏…》:"固知鸡口差牛后,不待鸣群已可惊。"

鸡肋　jī lèi
【分类】政治
【关键词】曹操
【释义】喻指本身无多大意味,但又不忍丢弃的事物。《九州春秋》:"时王欲还,出令曰'鸡肋',官属不知所谓。主簿杨修便自严装…修曰:'夫鸡肋,弃之如可惜,食之无所得,以比汉中,知王欲还也。'"
【例句】唐罗隐《寄洪正师》:"鸡肋曹公忿,猪肝仲叔惭。"宋刘克庄《用强甫蒙…》:"豹皮尚欲留名死,鸡肋安知与怒逢。"宋苏轼《次韵王滁…》:"笑捐浮利一鸡肋,多取清名几熊掌。"宋苏辙《送转运判…》:"官如鸡肋浪奔驰,政似牛毛常龟勉。"

鸡林传咏　jī lín chuán yǒng
【分类】文化
【关键词】白居易
【释义】称美诗文负有盛名之典。源见"诗人鸡林"。
【例句】唐皮日休《鲁望昨以…》:"乌垒房亦写,鸡林夷争传。"宋方岳《旅思》:"无诗传与鸡林去,有赋令狗监知。"宋孙觉《客有传朝议…》:"颖士声名动倭国,乐天辞笔过鸡林。"宋刘克庄《泉州南郭》:"似闻近日鸡林相,只博黄金不博诗。"

鸡鸣　jī míng
【分类】生活

【关键词】诗经
【释义】鸡叫。常指天明之前。《诗经·郑风·风雨》:"风雨凄凄,鸡鸣喈喈。既见君子,云胡不夷!"《序》:"《风雨》,思君子也。"也为身逢乱世当及时奋起之典。
【例句】唐杜审言《除夜有怀》:"冬氛恋虬箭,春色候鸡鸣。"唐李峤《雉》:"楚郊疑凤出,陈宝若鸡鸣。"唐杜牧《留题李侍…》:"鸡鸣应有处,不觉泪空流。"唐杜甫《雨过苏端》:"鸡鸣风雨交,久旱云亦好。"

鸡鸣狗盗　jī míng gǒu dào
【分类】生活
【关键词】孟尝君
【释义】喻指人物或技能不伦不类、委琐卑下。《史记·孟尝君列传》载:齐孟尝君出使秦被昭王扣留,孟尝君一食客装狗钻入秦营偷出狐白裘献给昭王姬以说情。孟尝君逃至函谷关时昭王又令追捕,另一食客装鸡叫引众鸡齐鸣骗开城门,孟尝君得以逃回齐国。
【例句】唐宋之问《过函谷关》:"鸡鸣将狗盗,论德不论勋。"唐罗隐《武牢关》:"欲学鸡鸣试关吏,太平时节懒思量。"唐柳宗元《古东门行》:"鸡鸣函谷客如雾,貌同心异不可数。"唐许浑《秋夜棹舟…》:"犬吠秋山迥,鸡鸣晓树深。"唐白居易《答箭镞》:"闻有狗盗者,昼伏夜潜行。"宋司马光《孟尝君歌》:"门下纷纷如市人,鸡鸣狗盗亦同尘。"

鸡栖　jī qī
【分类】文化
【关键词】诗经
【释义】鸡栖息之所,即鸡窝。《诗经·王风·君子于役》:"鸡栖于埘,日之夕矣,羊牛下来。"
【例句】唐杜甫《晚出左掖》:"避人焚谏草,骑马欲鸡栖。"唐王驾《社日》:"鹅湖山下稻粱肥,豚栅鸡栖半掩扉。"宋文同《守居园池…》:"竹篱如鸡栖,茅屋类蜗壳。"宋苏轼《自雷适廉…》:"荒凉海南北,佛舍如鸡栖。"

鸡栖车　jī qī chē
【分类】文化
【关键词】朱震
【释义】喻指失意者乘坐的小车。《后汉书·陈蕃传附朱震》:"三府谚曰:'车如鸡栖(鸡笼)马如狗,疾恶如风朱伯厚。'"
【例句】唐李贺《春归昌谷》:"独乘鸡栖车,自觉少风调。"宋刘克庄《咸淳龙飞…》:"龙首榜来春满郡,鸡栖车已夕还乡。"宋黄庭坚《赠张仲谋》:"车如鸡栖马如狗,闭门常多出门少。"宋程俱《戏呈虞君…》:"门施雀罗正可乐,车如鸡栖良不恶。"

鸡翘　jī qiào
【分类】政治
【关键词】后汉书
【释义】指鸾旗,帝王仪仗之一。《后汉书·舆服志上》:"鸾旗者,编羽旄,列系幢旁。民或谓之鸡翘,非也。"

【例句】唐李商隐《茂陵》："内苑只知含凤觜，属车无复插鸡翘。"宋白玉蟾《感咏十解…》："鸡翘豹尾中，凤阁鸾台客。"宋宋祁《答李从著作》："身是鸡翘侍从流，单车淮上老为州。"宋王安石《送项判官》："握手祝君能强饭，华簪常得从鸡翘。"

鸡犬升天　jī quǎn shēng tiān
【分类】文化
【关键词】刘安
【释义】即一人得道，鸡犬升天。比喻一人得势，与其有关者亦皆随之发迹。多含贬义。《神仙传·刘安》："时人传八公、刘安临去时，余药器置在中庭，鸡犬舐啄之，尽得升天。"
【例句】唐钱起《过王舍人宅》："鸡犬偷仙药，儿童授道书。"唐卢仝《忆金鹅山…》："自古圣贤放入土，淮南鸡犬驱上天。"唐韦庄《过扬州》："淮王去后无鸡犬，炀帝归来葬绮罗。"唐伊用昌《题酒楼壁》："已在淮南鸡犬后，而今便到玉皇前。"

鸡犬相闻　jī quǎn xiāng wén
【分类】生活
【关键词】老子
【释义】喻百姓安居乐业。《老子》："邻国相望，鸡犬之声相闻。"晋陶渊明《桃花源记》："阡陌交通，鸡犬相闻。"
【例句】唐陈元光《恩义操》："禄养生成忘义恩，不如鸡犬司门晨。"唐包融《武陵桃源…》："武陵川径入幽遐，中有鸡犬秦人家。"唐温庭筠《过新丰》："至今留得寻家恨，鸡犬相闻落照明。"宋卫泾《悼外姑安…》："鸡犬相闻地，湖山百里间。"

鸡人　jī rén
【分类】政治
【关键词】周礼
【释义】周官名。掌供办鸡牲。《周礼注疏·鸡人》："鸡人掌共鸡牲。辨其物。大祭祀，夜呼旦以叫百官。凡国之大宾客、会同、军旅、丧纪亦如之。凡国事为期，则告之时。凡祭祀、面禳、衅，共其鸡牲。"汉郑玄注："夜，夜漏未尽，鸡鸣时也。呼旦，以警起百官使夙兴。"
【例句】唐王维《和贾舍人…》："绛帻鸡人报晓筹，尚衣方进翠云裘。"唐白居易《闻杨十二…》："晓日鸡人传漏箭，春风侍女护朝衣。"唐李商隐《马嵬》："空闻虎旅传宵柝，无复鸡人报晓筹。"唐李贺《李夫人歌》："玉蟾滴水鸡人唱，露华兰叶参差光。"

鸡塞　jī sāi
【分类】政治
【关键词】匈奴
【释义】指鸡鹿塞，古塞名。在今内蒙古磴口西北哈隆格乃峡谷口。《汉书·匈奴列传下》："送单于出朔方鸡鹿塞。诏忠等留卫单于，助诛不服。"
【例句】唐崔日用《奉和圣制…》："拟清鸡鹿塞，先指朔方城。"唐李商隐《寄太原卢…》："鸡塞谁生事，狼烟不暂停。"南唐李璟《摊破浣溪沙》："细雨梦回鸡塞远，小楼吹彻玉笙寒。"宋李曾伯《送胡季辙…》："唤回鸡塞三更梦，趁取莺花二月春。"

鸡舌香　jī shé xiāng
【分类】文化
【关键词】尚书郎
【释义】即丁香。古代尚书上殿奏事，口含此香。《汉官仪》："尚书郎含鸡舌香伏奏事，黄门郎对揖跪受，故称郎怀香握兰，趋走丹墀。"
【例句】唐刘禹锡《郎州窦员…》："新恩共理犬牙地，昨日同含鸡舌香。"唐白居易《渭村退居…》："对秉鹅毛笔，俱含鸡舌香。"唐黄滔《遇罗员外衮》："豸角戴时垂素发，鸡香含处隔青天。"五代和凝《宫词百首》："明庭转制浑无事，朝下空余鸡舌香。"

鸡树　jī shù
【分类】政治
【关键词】中书省
【释义】代称中书省官署。《三国志·刘放传》南朝宋裴松之注引《世语》曰："放、资久典机任，献、肇心内不平。殿中有鸡栖树，二人相谓：'此亦久矣，其能复几？'指谓放、资。放、资俱怨，乃劝帝召宣王。"
【例句】唐张文琮《和杨舍人…》："影照凤池水，香飘鸡树风。"唐张说《奉裴中书…》："讵知鸡树后，更接凤池欢。"唐杜牧《奉和仆射…》："飘来鸡树凤池边，渐压琼枝冻碧涟。"唐李商隐《喜闻太原…》："刘放未归鸡树老，邹阳新去兔园空。"

鸡五德　jī wǔ dé
【分类】文化
【关键词】鸡
【释义】咏鸡之典。古谓鸡有文、武、勇、仁、信五德。《韩诗外传》："君独不见夫鸡乎？首戴冠者，文也；足傅距者，武也；敌在前敢鬭，勇也；得食相告，仁也；守夜不失时，信也。鸡有此五德，君犹日瀹而食之者，何也！"
【例句】唐白居易《鸡赠鹤》："一声警露君能薄，五德司晨我用多。"唐李频《府试风雨…》："不为风雨变，鸡德一何贞。"唐释延寿《金鸡峰》："造化功成彰五德，洞天云散露花冠。"宋陈著《金鸡报曙》："千金铄铄独文身，五德名标莫与群。"

鸡鹜　jī wù
【分类】政治
【关键词】楚辞
【释义】是指鸡和鸭。比喻小人或平庸的人。也比喻古代以之为赠送礼品。《楚辞·九章·怀沙》："凤皇在笯兮，鸡鹜翔舞。"王逸注："言贤人困厄，小人得志也。"
【例句】唐陆龟蒙《奉和袭美…》："如忧鸡鹜斗，似忆烟霞向。"宋王安石《自白土村…》："夕阳人不见，鸡鹜自成群。"宋张维《庭鹤》:"终日稻粱聊自足,满前鸡鹜漫相形。"宋梅尧臣《和公仪龙…》:"闲情且与稻粱饱,寄语休将鸡鹜驱。"

鸡彝　jī yí
【分类】文化
【关键词】礼记
【释义】亦作鸡夷。刻画有鸡形图饰的酒尊。古代祭器之一。《礼记·明堂位》:"灌尊,夏后氏以鸡夷,殷以斝,周以黄目。"汉郑玄注:"夷读为彝。"
【例句】宋洪适《满庭芳》:"洲盘有,山肴野蔌,安用设鸡彝。"清高士奇《成窑鸡缸歌》:"世人耳目贵所少,龙勺鸡彝竟爱宾。"清弘历《玉孟联句》:"典数鸡彝钦制作,句抽蚓窍愧麋联。"

积毁销骨　jī huǐ xiāo gǔ
【分类】政治
【关键词】邹阳
【释义】指不断的诽谤能使人毁灭。《汉书·贾邹枚路传·邹阳》:"众口铄金,积毁销骨也。"唐李善注:"毁之言,骨肉之亲,为之销灭。"
【例句】唐李群玉《宵民》:"谁于销骨地,一鉴玉壶冰。"唐温庭筠《病中书怀…》:"积毁方销骨,微瑕惧掩瑜。"唐马戴《寄远》:"积疹甘毁颜,沈忧更销骨。"宋王安石《寄友人》:"平生积惨应销骨,今日殊乡又见花。"

积甲山齐　jī jiǎ shān qí
【分类】政治
【关键词】刘秀
【释义】形容战绩辉煌之典。《后汉书·刘盆子传》:"樊崇乃将盆子及丞相徐宣以下三十余人肉袒降,上所得传国玺绶、更始七尺宝剑及玉璧各一,积兵甲于宜阳城西,与熊耳山齐。"
【例句】唐李白《送外甥郑…》:"破胡必用龙韬策,积甲应将熊耳齐。"宋梅尧臣《和江邻几…》:"积甲齐熊耳,观鹅入越都。"宋晁补之《过熊耳山》:"蜂蚁无王求所止,一朝积甲齐熊耳。"宋陆游《中夜闻大…》:"已闻三箭定天山,何啻积甲齐熊耳。"

积金满西园　jī jīn mǎn xī yuán
【分类】生活
【关键词】汉灵帝
【释义】昏君刮民财之典。《后汉书·宦者传·张让传》:"当之官者,皆先至西园谐价,然后得去…又造万金堂于西园,引司农金钱缯帛,仞积其中。"后汉灵帝刘宏大肆搜刮聚敛民财,并在西园建造万金堂,为堆积处所。
【例句】唐王梵志《诗并序》:"积金为宝山,气绝谁将用。"唐杜牧《昔事文皇…》:"堆时过北斗,积处满西园。"唐苏拯《金谷园》:"积金累作山,山高小于址。"宋辛弃疾《最高楼》:"西园买,谁载万金归。"

积薪　jī xīn
【分类】政治
【关键词】汲黯
【释义】指官吏年高资深反位居人下。《史记·汲郑列传》:"始黯列为九卿,而公孙弘、张汤为小吏…前言曰:'陛下用群臣如积薪耳,后来者居上。'上默然。"也喻隐伏危机。《汉书·贾谊传》:"夫抱火厝之积薪之下而寝其上,火未及燃,因谓之安,方今之势,何以异此!"
【例句】唐胡皓《春悲行》:"别怨如流水,移恩念积薪。"唐王希明《南方七宿》:"侯上北河西积水,欲觅积薪东畔是。"唐元稹《代曲江老…》:"尚齿悼耆艾,搜材拔积薪。"唐杜牧《春日言怀…》:"且嫌游昼短,莫问积薪长。"

笄年　jī nián
【分类】生活
【关键词】女子
【释义】笄,束发的簪子。古礼女子十五岁戴笄,谓女子成年。《旧五代史·晋书·高祖纪五》:"癸丑,长安公主薨,帝之长女也,笄年降于驸马杨承祚,帝悼惜之甚,辍视朝二日,追赠秦国公主。"
【例句】唐王韫秀《寄姨妹》:"笄年解笑鸣机妇,耻见苏秦富贵时。"唐李郢《赠李商隐…》:"金珠约臂近笄年,秋月嫦娥汉浦仙。"宋史浩《酒醴》:"居家姆教未曾成,才及笄年便有行。"聂绀弩《孽海花》:"相公幺女笄年玉,才士名姬绮貌麻。"

姬旦制礼乐　jī dàn zhì lǐ yuè
【分类】文化
【关键词】周公旦
【释义】咏礼乐创始人之典。《礼记·明堂位》:"武王崩,成王幼弱,周公践天子之位,以治天下。六年,朝诸侯于明堂,制礼作乐,颁度量,而天下大服。"据说周朝礼乐制度都由周公姬旦制订。
【例句】唐王绩《赠程处士》:"礼乐囚姬旦,诗书缚孔丘。"宋苏辙《奉使契丹…》:"上论召公奭,礼乐比姬旦。"宋王质《和袁丞海棠》:"大洋之内烟蒙蒙,不似周公礼乐中。"宋谢天民《赠陈常翁》:"我惭言偃弦歌化,君在周公礼乐中。"

姬姜　jī jiāng
【分类】政治
【关键词】诗经
【释义】喻称大国之女、贵族妇女。泛指美女。《左传·成公九年》:"《诗》曰:'虽有丝麻,无弃菅蒯。虽有姬姜,无弃蕉萃。'"上古时,黄帝为姬姓,炎帝为姜姓,二姓常通婚姻,因以姬姜为贵族女子之称。另周天子姓姬,而齐为姜太公封地姓姜。
【例句】唐段成式《和周繇见嘲》:"王谢初飞盖,姬姜尽下山。"宋宋祁《伤和靖林…》:"姬姜生不娶,封禅死无书。"宋黄庭坚《又戏为双…》:"勿以姬姜弃蕉萃,逢时瓦釜亦鸣雷。"宋叶适《怀远堂》："盘筵化蒲苋,歌舞讳姬姜。"

姬姜舅甥　jī jiāng jiù shēng
【分类】政治
【关键词】左传
【释义】咏皇族姻亲之典。《左传·成公二年》："晋侯使巩朔献齐捷于周,王弗见,使单襄王辞焉,曰:'夫齐,甥舅之国也,而大师之后也。'"晋杜预注："齐世与周昏,故曰甥舅。"周姓姬,齐姓姜,因称。
【例句】唐张说《安乐郡主…》："姬姜本来舅甥国,卜筮具道凤凰飞。"宋苏轼《崔文学甲…》："挺然齐鲁生,近出姬姜亲。"清钱大昕《元史杂诗》："金章螭纽备藩臣,甥舅姬姜肺附亲。"

嵇鹤　jī hè
【分类】文化
【关键词】嵇绍
【释义】原比喻嵇绍出众拔萃如独立鸡群之野鹤,后借指脱俗超群之士。源见"鹤立鸡群"。
【例句】唐李商隐《病中闻河…》："嵇鹤元无对,荀龙不在夸。"清林培张《题赖惠川…》："庚梅嵇鹤羡丰姿,飒爽须眉呈茧纸。"

嵇康　jī kāng
【分类】文化
【关键词】嵇康
【释义】字叔夜,三国时魏国文学家、音乐家、名士。官至中散大夫,世称嵇中散。竹林七贤之一。因得罪钟会,遭其构陷,而被司马昭处死,时年四十岁。《晋书·列传第十九》："嵇康,字叔夜…(钟会)因潜'…康、安等言论放荡,非毁典谟,帝王者所不宜容。宜因衅除之,以淳风俗'。帝既昵听信会,遂并害之。"
【例句】唐王绩《田家》："阮籍生涯懒,嵇康意气疏。"唐苏广文《夜归华川…》："嵇康懒慢仍耽酒,范蠡逋逃又拂衣。"唐杜甫《入衡州》："我师嵇叔夜,世贤张子房。"聂绀弩《有赠(胡风)》："买丝若绣平原像,恐使嵇生更不堪。"

嵇康寡识　jī kāng guǎ shí
【分类】文化
【关键词】嵇康
【释义】咏社会经验少,不知全身远害之典。《三国志·魏书·王粲传》附《嵇康传》："时又有谯郡嵇康…至景元中,坐事诛。"南朝宋裴松之注引《魏氏春秋》："康采药于汲郡共北山中,见隐者孙登,康欲与之言,登默然不对。逾时将去,康曰:'先生竟无言乎?'登乃曰:'子才多识寡,难乎免于今之世。'"
【例句】唐王昌龄《赵十四兄…》："嵇康殊寡识,张翰独知终。"唐李白《望鹦鹉洲…》："才高竟何施,寡识冒天刑。"宋俞德邻《山阳客中…》："嵇康殊寡识,陶渊明真固穷。"明屈大均《过潘七丈…》："嵇康悲寡识,阮籍笑长醒。"

嵇康好锻　jī kāng hào duàn
【分类】文化
【关键词】嵇康
【释义】形容士人隐居自适,不与权贵交往。《文士传》曰:"(嵇)康性绝巧,能锻铁。家有盛柳树,乃激水以圜之,夏天甚清凉,恒居其下傲戏,乃身自锻。"《晋书·嵇康传》："初,康居贫,尝与向秀共锻于大树之下,以自赡给。颍川钟会,贵公子也,精练有才辩,故往造焉。康不为之礼,而锻不辍。"
【例句】唐杜甫《赠比部萧…》："中散山阳锻,愚公野谷村。"唐杜甫《过南岳人…》："才淑随朋养,名贤隐锻炉。"唐白居易《洛下闲居…》："不锻嵇康弥懒静,无金疏傅更贫闲。"唐白居易《咏慵》："弹琴复锻铁,比我未为慵。"

嵇康懒寄书　jī kāng lǎn jì shū
【分类】文化
【关键词】嵇康
【释义】指书信之典。三国魏嵇康《与山巨源绝交书》："素不便书,又不喜作书,而人间多事,堆案盈几,不相酬答,则犯教伤义,欲自勉强,则不能久。四不堪也。"自称不愿写信,懒于写信。
【例句】唐皇甫冉《送元晟归…》："别后空相忆,嵇康懒寄书。"唐刘商《归山留别…》："鹤鸣华表应传语,雁度霜天懒寄书。"宋黄庚《寄云谷王…》："原宪非关病,嵇康懒寄书。"明吴琏《寄同年潘…》："山深地僻逢人少,不是无心懒寄书。"

嵇康疏懒　jī kāng shū lǎn
【分类】文化
【关键词】嵇康
【释义】指人懒散、不爱做事。为懒散之典。三国魏嵇康《与山巨源绝交书》："少加孤露,母兄见骄,不涉经学,性复疏懒,筋驽肉缓。头面常一月十五日不洗,不大闷痒,不能沐也。每常小便而忍不起,令胞中略转乃起耳。又纵逸来久,情意傲散,简与礼相背,懒与慢相成。"
【例句】唐王维《山中示弟等》："莫学嵇康懒,且安原宪贫。"唐杜牧《中秋日拜…》："分薄嵇心懒,哀多庾鬓斑。"唐苏广文《夜归华川…》："嵇康懒慢仍耽酒,范蠡逋逃又拂衣。"唐李端《山中期张…》："谁道嵇康懒,山中自掩扉。"

嵇康闲　jī kāng xián
【分类】文化
【关键词】嵇康
【释义】养生之典。三国魏嵇康《幽愤诗》："古人有言,善莫近名。奉时恭默,咎悔不生。万石周慎,安亲保荣。世务纷纭,祗搅予情。安乐必诚,乃终利贞。煌煌灵芝,一年三秀。予独何为,有志不就。惩难思复,心焉内疚。庶勖将来,无馨无臭。采薇山阿,散发岩岫。永啸长吟,颐性养寿。"阐述了他生活的主旨,即修身养性,不争名利,闲逸养寿等。

【例句】唐孟郊《访疾》:"古有焕辉句,嵇康闲婆娑。"唐白居易《洛下闲居…》:"不锻嵇康弥懒静,无金疏傅更贫闲。"宋梅尧臣《次韵永叔…》:"懒性真嵇康,闲坐喜扪虱。"宋晁说之《自咏》:"懒似嵇康初不锻,闲于陶令更无琴。"

嵇吕　jī lǚ
【分类】生活
【关键词】嵇康
【释义】三国魏嵇康与吕安的并称。二人相交甚为友善。后因以借指挚友。《世说新语·简傲》:"嵇康与吕安善,每一相思,千里命驾。"
【例句】唐褚亮《伤始平李…》:"风期嵇吕好,存殁范张亲。"唐白居易《晚归香山…》:"尝闻嵇吕辈,尤悔生疏顽。"宋宋庠《啸台》:"嵇吕膏砧斧,涛舒受羁鞿。"

嵇阮　jī ruǎn
【分类】文化
【关键词】嵇康
【释义】三国魏嵇康与阮籍的并称。两人诗文齐名,皆以嗜酒、孤高不阿著称。南朝梁刘勰《文心雕龙·时序》:"于时正始余风,篇体轻澹,而嵇、阮、应、缪,并驰文路矣。"
【例句】唐杜甫《哭台州郑…》:"班扬名甚盛,嵇阮逸相须。"唐杜甫《有怀台州》:"夫子嵇阮流,更被时俗恶。"唐白居易《哭王质夫》:"篇咏陶谢辈,风流嵇阮徒。"唐韦庄《过樊川旧居》:"应刘去后苔生阁,嵇阮归来雪满头。"

嵇绍不孤　jī shào bù gū
【分类】政治
【关键词】嵇绍
【释义】咏托子之谊的典故。《晋书·山涛传》:"山涛字巨源,河内怀人也…与嵇康、吕安善,后遇阮籍,便为竹林之交,著忘言之契。康后坐事,临诛,谓子绍曰:'巨源在,汝不孤矣。'"
【例句】唐杜甫《别ús十三…》:"范云堪晚友,嵇绍自不孤。"唐温庭筠《感旧陈情…》:"嵇绍垂髫日,山涛筮仕年。"唐刘禹锡《奉和吏部…》:"当轴龙为友,临池凤不孤。"明余翔《过汪仲淹…》:"不孤嵇绍在,腰下解吴钩。"

嵇氏幼男　jī shì yòu nán
【分类】生活
【关键词】嵇绍
【释义】稚子丧母之典。《昭明文选·三国魏嵇康〈与山巨源绝交书〉》:"吾新失母兄之欢,意常凄切。女年十三,男年八岁,未及成人,况复多病,顾此恨恨,如何可言。"言子女年幼失母又多病。
【例句】唐李商隐《王十二兄…》:"嵇氏幼男犹可悯,左家娇女岂能忘。"明屈大均《哭蔡二西》:"男怜嵇氏幼,女爱左家娇。"

嵇侍中血　jī shì zhōng xuè
【分类】政治

【关键词】嵇绍
【释义】形容臣子誓死卫君的义烈行为。喻指忠臣之血。《晋书·嵇绍传》:"值王师败绩于荡阴,百官及侍卫莫不散溃,唯绍俨然端冕,以身捍卫…绍遂被害于帝侧,血溅御服,天子深哀叹之。及事定,左右欲浣衣,帝曰:'此嵇侍中血,勿去。'"
【例句】唐杜甫《伤春》:"岂无嵇绍血,沾洒属车尘。"唐罗隐《题段太尉庙》:"堪嗟侍中血,不及御衣前。"唐韩偓《八月六日作》:"御衣空惜侍中血,国玺几危皇后身。"宋陈普《嵇绍》:"御衣炯炯嵇生血,不似王生泪著枝。"

嵇喜　jī xǐ
【分类】生活
【关键词】嵇喜
【释义】字公穆,嵇康兄长,历徐州刺史、扬州刺史、宗正。"有当世才",但过于注重官场,不为清流所重。《晋书·阮籍传》:"籍又能为青白眼,见礼俗之士,以白眼对之。及嵇喜来吊,籍作白眼,喜不怿而退。"
【例句】唐李商隐《咏怀寄秘…》:"礼俗拘嵇喜,侯王忻戴逵。"宋陈造《次韵寄叶》:"题凤不真嵇喜下,杀鸡容羞季路前。"宋仇远《寒食游陈园》:"春波涨绿春日晴,柳下扣门嵇喜迎。"明王世贞《承明伯文…》:"客到可缘嵇喜在,主贫应避吕安无。"

嵇向　jī xiàng
【分类】生活
【关键词】嵇康
【释义】指嵇康和向秀。借指挚友及深厚的友谊。《晋书·向秀传》:"康善锻,秀为之佐,相对欣然,傍若无人。又共吕安灌园于山阳。…秀乃自此役,作《思旧赋》云:余与嵇康、吕安居止接近,其人并有不羁之才。"
【例句】唐钱起《客舍赠郑贲》:"嵇向林庐接,携手行将归。"宋朱槔《用东坡武…》:"肩摩嵇向挽焦贺,欲倒瀛海为尊罍。"宋孙岩《酬赵隐君…》:"嵇向诸人远,周雷再世遭。"

箕簸扬　jī bǒ yáng
【分类】生活
【关键词】诗经
【释义】咏空有虚名之典。《诗经·小雅·大东》:"维南有箕,不可以簸扬。"孔疏:"言维此天上,其南则有箕星,不可以簸扬米粟。"
【例句】唐李白《拟古》:"北斗不酌酒,南箕空簸扬。"唐韩愈《三星行》:"箕独有神灵,无时停簸扬。"宋王十朋《记风》:"渐停箕簸扬,会见气交泰。"宋文天祥《生日和谢…》:"簸扬且听箕张口,丈夫壮气须冲斗。"

箕山之节　jī shān zhī jié
【分类】政治
【关键词】鲍宣
【释义】归隐以保全节操。也可以称誉不愿在乱世做官的人。箕山传说是许由、巢父隐居的地方。《汉书·鲍宣传》附《薛方传》:"尧舜在上,下有巢由,今明主方隆唐虞之德,小臣欲守箕山之节也。"
【例句】唐陈子昂《感遇诗》:"箕山有高节,湘水有清源。"宋萧立之《邓梅朦雪…》:"此时梅花独清绝,箕山高风首阳节。"明王渐逵《访子陵钓台》:"子陵当炎汉,志节存箕山。"明陈邦彦《丙戌冬日…》:"箕山节苦尧何损,湘浦人留楚未残。"

箕山志 jī shān zhì
【分类】政治
【关键词】许由
【释义】谓一心做隐士的志愿。《高士传·许由》:"许由字武仲。尧闻致天下而让焉,乃退而遁于中岳颍水之阳、箕山之下隐。尧又召为九州长,由不欲闻之,洗耳于颍水滨。"
【例句】宋孔武仲《县斋偶书》:"低回未遂箕山志,慷慨犹希梁甫吟。"宋苏过《叔父生日》:"退藏欲遂箕山志,谈笑归来颍水滨。"宋刘克庄《送古为徐…》:"少君早有箕山志,昔者闻之西涧公。"明屈大均《赠邳州季生》:"贫贱聊娱怀,敦我箕山志。"

箕颍 jī yǐng
【分类】政治
【关键词】许由
【释义】箕山和颍水。指隐居者或隐居之地。源见"箕山志"。
【例句】唐皎然《白云上人…》:"持此一日高,未肯谢箕颍。"唐元稹《表夏》:"心到物自闲,何劳远箕颍。"唐韩愈《赠侯喜》:"便当提携妻与子,南入箕颍无还时。"宋李觏《书楼夏晚》:"高情梦箕颍,闲景画潇湘。"宋韩维《和三哥入山》:"长啸箕颍间,悲风肃然至。"

箕颍客 jī yǐng kè
【分类】政治
【关键词】许由
【释义】借指隐士。源见"箕山志"。
【例句】唐杜甫《贻阮隐居》:"足明箕颍客,荣贵如粪土。"宋释文珦《林卧》:"所以箕颍客,翛然竟遗名。"元范梈《晓出西郊》:"卓哉箕颍客,使我抱深诚。"元胡布《题画》:"惟此箕颍客,天下邈如遗。"

箕张口 jī zhāng kǒu
【分类】政治
【关键词】诗经
【释义】用为谗谤之典。《史记·天官书》:"箕为敖客,曰口舌。"唐司马贞《史记索隐》:"《诗》云'维南有箕,载翕其舌。'又《诗纬》云'箕为天口,主出气。'是箕有舌,象谗言。"箕,星名,二十八宿之一,因它像张着大嘴的样子,所以古人相信它是多嘴多舌,主谗言。
【例句】唐韩愈《三星行》:"我生之辰,月宿南斗,牛奋其角,箕张其口。"宋孔平仲《星名诗呈…》:"最要箕张口,深怜井有人。"宋文天祥《生日和谢…》:"簸扬且听箕张口,丈夫壮气须冲斗。"宋方回《记游自次…》:"况如韩子生之辰,牛奋其角箕张口。"宋于石《赠星命松坡》:"昌黎之生月南斗,牛奋其角箕张口。"

稽古之力 jī gǔ zhī lì
【分类】文化
【关键词】桓荣
【释义】得力于研习古代经书之典。《后汉书·桓荣传》:"即拜佚为太子太傅,而以荣为太子少傅,赐以辎车、乘马。荣大会诸生,陈其车马印绶,曰:'今日所蒙,稽古之力也,可不勉哉!'"
【例句】唐刘长卿《落第赠杨…》:"官成稽古力,名达济时功。"唐白居易《叙德书情…》:"还将稽古力,助立太平基。"唐许棠《东归留辞…》:"稽古成何事,龙钟负已知。"宋宋庠《送王秘校…》:"稽古方知力,腾飞自有程。"

齑粉 jī fěn
【分类】文化
【关键词】庄子
【释义】齑、粉均呈碎末状。比喻粉碎的细粉,也指使东西粉碎。《庄子·列御寇》:"使宋王而寤,子为齑粉夫!"
【例句】唐杜甫《青丝》:"殿前兵马破汝时,十月即为齑粉期。"唐孟郊《峡哀》:"齑粉一闪间,春涛百丈雷。"宋司马光《走索》:"参差有万一,齑粉安可逃。"宋王十朋《左原纪异》:"土石相衔危不倒,齑粉余生仅能保。"

齑臼 jī jiù
【分类】文化
【关键词】曹操
【释义】原指捣姜椒等辛辣食品用的器具。《东观汉记·逢萌传》:"萌素明阴阳,知莽将败,…乃首戴盆盎,哭于市曰:'辛乎!辛乎!'"辞字之隐语。后因称极好的文辞。源见"绝妙好辞"。
【例句】宋王庭圭《再和一篇…》:"清诗何绝妙,齑臼识余辛。"宋杨亿酬《秘阁黄少…》:"豆萁已乏不休思,齑臼兼无绝妙辞。"宋仇远《雨雪闭关》:"袖中黄绢齑臼辞,涂抹既醉凫鹥篇。"明黄淳耀《过露筋祠口占》:"齑臼有碑词黯黯,投金无濑水茫茫。"

羁雌 jī cí
【分类】生活
【关键词】枚乘
【释义】比喻孤独无伴。汉枚乘《七发》:"龙门三桐,高百尺而无枝…朝则鹂黄鸤鵙鸣焉,暮则羁雌迷鸟宿焉。"鹂黄、鸤鵙:皆鸟名。羁雌:失群无伴的雌鸟。迷鸟,迷失归途的鸟。
【例句】唐韦承庆《直中书省》:"唯应集鸾鹭,何为宿羁雌。"唐张说《送尹补阙…》:"羁雌众雏故山曲,其鸣嗸嗸。"唐王维《黄雀痴》:"薄暮空巢上,羁雌独自归。"唐郑嵎《津阳门诗》:"三郎紫笛弄烟月,怨如别鹤呼羁雌。"唐韩愈

《归彭城》："归来戎马间，惊顾似羁雌。"

羁贯　jī guàn
【分类】生活
【关键词】春秋
【释义】古代儿童八岁以后所剪之发式。女曰羁，男曰贯。后泛指童年。《春秋穀梁传·昭公十九年》："羁贯成童，不就师傅，父之罪也。"晋范宁注："羁贯，谓交午剪发以为饰。成童，八岁以上。"
【例句】唐柳宗元《游朝阳岩…》："羁贯去江介，世仕尚函崤。"宋张登辰《挽赵秋晓》："羁贯分灯读，论交若弟兄。"明黄佐《题药洲传…》："老来却忆曾羁贯，崇正芝楣构南涧。"清全祖望《七峰草堂…》："乡心犹为石头悬，羁贯已随瓜步更。"

羁鸟　jī niǎo
【分类】政治
【关键词】陶渊明
【释义】犹笼鸟。也比喻局限在官位上的士人。晋陶渊明《归园田居》："羁鸟恋旧林，池鱼思故渊。"
【例句】唐孟郊《张徐州席…》："羁鸟无定栖，惊蓬在他乡。"唐刘沧《留别山中…》："欲辞松月恋知音，去住多同羁鸟心。"宋项安世《辑陶句送…》："羁鸟恋旧林，我心固匪石。"宋文天祥《送刘其发…》："江南有羁鸟，悠悠怀故乡。"

羁牵　jī qiān
【分类】政治
【关键词】申屠蟠
【释义】比喻入仕任职。《后汉书·申屠蟠传》："使蟠同郡黄忠书劝曰：'今颖川荀爽载病在道，北海郑玄北面受署。彼岂乐羁牵哉，知时不可逸豫也。'"羁牵：羁绊牵制。东汉申屠蟠屡召不就，同乡黄忠规劝申屠蟠不要视从仕为羁牵。
【例句】唐权德舆《奉送韦起…》："以此耸风俗，岂必效羁牵。"唐萧颖士《仰答韦司…》："罗网幸免伤，蒙君复羁牵。"宋欧阳修《书怀感事…》："颠狂无所阂，落魄去羁牵。"宋韩琦《读刘易春…》："遂令学者蹈迷径，不探元本遭羁牵。"

羁绁　jī xiè
【分类】政治
【关键词】左传
【释义】马络头和马缰绳。亦泛指驭马或缚系禽兽的绳索。《左传·僖公二十四年》："臣负羁绁从君巡于天下。"杜预注："羁，马羁；绁，马缰。"
【例句】唐元稹《谕宝》："大鹏无长空，举翮受羁绁。"唐独孤及《奉和李大…》："维念剖竹人，无因执羁绁。"唐佚名《临水闻雁》："羁绁祇令肠自断，更闻哀雁叫嘲嘲。"唐佚名《晚秋羁情》："羁绁时深情愤怒，漂泊乡遥心感激。"

及骭　jí gàn
【分类】生活
【关键词】宁戚
【释义】长及小腿处。南朝宋裴骃《史记集解》："应劭曰：'齐桓公夜出迎客，而宁戚疾击其牛角商歌曰：南山矸，白石烂，生不遭尧与舜禅。短布单衣适至骭，从昏饭牛薄夜半，长夜漫漫何时旦？'公召与语，说之，以为大夫。"
【例句】唐柳宗元《游南亭夜…》："及骭足为温，满腹宁复饕。"宋饶节《和周提刑…》："老农终岁忙，濯足不及骭。"宋陆游《镜湖有鸟…》："麦饭勿谓薄，耕时泥及骭。"宋陆游《雪夜》："短裘不及骭，手脚尽皲瘃。"

吉甫清风　jí fǔ qīng fēng
【分类】文化
【关键词】诗经
【释义】借指意韵深长、风格和美的作品。《诗经·大雅·烝民》："吉甫作诵，穆如清风。仲山甫永怀，以慰其心。"吉甫：尹吉甫，周宣王大臣。仲山甫：即樊侯，周宣王大臣。樊是仲山甫封地。全诗写周宣王重臣仲山甫筑城于齐，令人怀念。因而尹吉甫作美如清风一般的诗歌颂扬他。
【例句】唐王维《和仆射晋…》："长吟吉甫颂，朝夕仰清风。"宋文彦博《谢太傅相…》："文通推杂体，吉甫让清风。"宋司马光《谢始平公…》："大篇短韵间金石，远追吉甫流清风。"宋毛滂《玉楼春》："我欲形容无妙语。颂穆清风须吉甫。"

吉甫颂　jí fǔ sòng
【分类】政治
【关键词】诗经
【释义】周代贤臣尹吉甫所作赞美周宣王之颂歌。相传《诗经·大雅》中之《崧高》《烝民》《韩奕》《江汉》等篇皆是。后以指宰辅颂君之作。《诗经·大雅·嵩高序》："尹吉甫美宣王也。"
【例句】唐张九龄《和姚令公…》："还闻吉甫颂，不共郢歌传。"唐王维《和仆射晋…》："长吟吉甫颂，朝夕仰清风。"唐高适《古乐府飞…》："能为吉甫颂，善用子房筹。"

岌岌　jí jí
【分类】生活
【关键词】楚辞
【释义】高貌。《楚辞·离骚》："高余冠之岌岌兮，长余佩之陆离。"王逸注："岌岌，高貌。"危急貌。《孟子·万章上》："天下殆哉岌岌乎？"
【例句】唐张九龄《奉和圣制…》："攒峰势岌岌，翊辇气雄雄。"唐不详《时人号王…》："丘山岌岌连天峻，洒水澄澄彻底清。"宋邹浩《揽秀轩》："岌岌云收腾日月，滔滔鱼跃起风雷。"宋范成大《寄题潭帅…》："匹马幡幡恃天日，危言岌岌愁鬼神。"

汲黯寝谋　jí àn qǐn móu
【分类】政治
【关键词】汲黯
【释义】指由于汲黯的忠直，制约了淮南王刘安的谋反阴谋。《史记·汲黯列传》："淮南王谋反，惮黯，曰：'好直谏，守节死义，难惑以非。至如说丞相弘，如发蒙振落耳。'"寝谋：停止谋划；停止施行。
【例句】唐李德裕《寒食日三…》："寝谋惭汲黯，秉羽贵孙敖。"宋胡宿《吴994晚…》："寝谋思汲黯，禽敌想陈汤。"宋李廌《孔北海堂》："倘令坐庙堂，大盗不寝谋。"清吴振棫《松文清公…》："蔾藿不采众慑伏，淮南寝谋赖汲直。"

汲黯直言　jí àn zhí yán
【分类】政治
【关键词】汲黯
【释义】汲黯字长孺。言汲黯愚直，能够直言谏诤。《史记·汲黯列传》："迁为荥阳令，黯耻为令，病归田里。上闻，乃召拜为中大夫。以数切谏，不得久留内，迁为东海太守。"
【例句】唐崔融《哭蒋詹事俨》："汲黯言当直，陈平智本奇。"唐杜甫《奉和严中…》："汲黯匡君切，廉颇出将频。"唐任华《寄杜拾遗》："只缘汲黯好直言，遂使安仁却为掾。"唐戴叔伦《奉天酬别…》："宽饶狂自比，汲黯直为邻。"

汲引　jí yǐn
【分类】政治
【关键词】刘向
【释义】引荐、提拔；吸取；引导、开导。《汉书·楚元王传》附刘向上封事："昔孔子与颜渊、子贡更相称誉，不为朋党；禹、稷与皋陶传相汲引，不为比周。"
【例句】唐刘长卿《杂咏八首…》："岂能无汲引，长讶君恩绝。"唐杜甫《白丝行》："君不见才士汲引难，恐惧弃捐忽羁旅。"唐岑参《河西太守…》："汲引窥兰室，招携入翰林。"聂绀弩《推车同李四》："天下人方勤汲引，地中海莫久徘徊。"

汲冢书　jí zhǒng shū
【分类】生活
【关键词】荀勖
【释义】晋成宁五年（279），汲郡人偷盗魏襄王的陵墓，得到竹书数十车，全是蝌蚪文书写，称"汲冢古文"。经过荀勖、束皙等多年释读与整理，最终写定先秦古书约十余种，共七十五篇。源见"荀勖定汲书"。
【例句】唐卢纶《和常舍人…》："汲书荀勖定，汉史蔡邕专。"宋张扩《顾景蕃以…》："犹访汲书真好事，谬怜野鹜定痴人。"宋王遵《题黄陵二…》："妫汭旧存虞史载，苍梧谁证汲书讹。"宋范成大《伊尹墓》："汲书猥述流传妄，剖击嗟无答单篇。"

汲冢详蠹　jí zhǒng xiáng dù
【分类】文化
【关键词】束皙
【释义】考辨古籍之典。《晋书·束皙传》："太康二年，汲郡人不准盗发魏襄王墓，或言安釐王冢，得竹书数十车。…武帝以其书付秘书校缀次第，寻考指归，而以今文写之。皙在著作，得观竹书，随疑分释，皆有义证。"
【例句】唐骆宾王《早秋出塞…》："汲冢宁详蠹，秦牢讵辨冤。"唐独孤及《奉和中书…》："汲冢同刊谬，蓬山共补亡。"唐李德裕《雨中自秘…》："青编尽以汲冢来，科斗皆从鲁室至。"宋李复《唐秘书省…》："荥河温洛龟龙呈，鲁壁汲冢科斗行。"

急流勇退　jí liú yǒng tuì
【分类】政治
【关键词】钱若水
【释义】比喻在官场得意时及时引退，以明哲保身。《邵氏闻见录》："钱若水为举子时，见陈希夷于华山。希夷曰：'明日当再来。'若水如期往，见一老僧与希夷拥炉坐。僧熟视若水久之，不语，以火箸画灰，作'做不得'三字。徐曰：'急流勇退人也。'若水辞去。后为枢密使，年才四十致仕。"
【例句】宋杜范《和林簿》："荒径赋归人已远，急流勇退意犹存。"宋苏轼《赠善相程杰》："火色上腾虽有数，急流勇退岂无人。"宋苏过《范季远作…》："急流勇退真难事，要取荣枯君一味。"宋葛胜仲《先兄中散》："袖手旁观真得计，急流勇退更何人。"

棘刺情　jí cì qíng
【分类】文化
【关键词】顾恺之
【释义】以恶行求爱之典。《晋书·顾恺之传》："尝悦一邻女，挑之弗从，乃图其形于壁，以棘针钉其心，心遂患痛。恺之因致其情，女从之，遂密去针而愈。"
【例句】唐吴融《个人三十韵》："额点梅花样，心通棘刺情。"宋陈叔度《双皂荚行》："侍从宫娃共争取，攀援棘刺血罗襦。"宋司马光《和景仁喷》："棘刺胃衣行路难，枯藤寿柏同攀援。"宋刘攽《金沙花》："嫩绿藤垂架，深红棘刺人。"

棘端猴　jí duān hóu
【分类】生活
【关键词】韩非子
【释义】在棘刺的尖端刻猴。喻徒费心力或欺诈诞妄之典。《韩非子·外储说》："宋人有请为燕王以棘刺之端为母猴者，必三月斋然后能观之，燕王因以三乘养之。右御、治工王曰：'王因囚问之，果妄，乃杀之。'"
【例句】唐李白《古风》："棘刺造沐猴，三年费精神。"宋苏轼《次韵王都…》："病客巧闻床下蚁，痴人强觑棘端猴。"宋黄庭坚《次韵答宗…》："棘端могут沐猴，且愿观其削。"宋邹浩《效十二属体》："棘端犹作刻猴用，宝鼎忽患烹鸡求。"

棘生殿　jí shēng diàn
【分类】政治

【关键词】佛图澄

【释义】王朝将亡之典。《晋书·佛图澄传》："佛图澄…少学道，妙通玄术。…季龙大享群臣于太武前殿，澄吟曰：'殿乎！殿乎！棘子成林，将坏人衣。'季龙令发殿石下视之，有棘生焉。冉闵小字棘奴。"《晋书·石季龙载记下》："季龙十三子，五人为冉闵所杀…至是终为闵所灭。"

【例句】唐李白《对酒》："棘生石虎殿，鹿走姑苏台。"宋刘敞《古寺》："唐殿弛栋梁，空庭长荆棘。"宋晁说之《实纪二十韵》："亦尝奏对明光殿，寒饥徒步荆棘里。"宋邹浩《玉虚观》："独殿纷纷罗杞棘，老君寂寂看鸡豚。"

棘寺　jí sì

【分类】政治

【关键词】大理寺

【释义】大理寺的别称。古代听讼于棘木之下，大理寺为掌刑狱的官署。《礼记·王制》："史以狱成告于正，正听之，正以狱成告于大司寇，大司寇听之棘木之下。"

【例句】唐刘长卿《西庭夜燕…》："棘寺初衔命，梅仙已误身。"唐苑咸《送大理正…》："垂银棘庭印，持斧柏台纲。"宋王禹偁《献转运使…》："棘寺下僚叨末路，斋心唯愿秉陶钧。"宋华镇《湖南运使》："棘寺入陪鹓列久，湘源来著绣衣新。"

棘庭　jí tíng

【分类】政治

【关键词】大理寺

【释义】公卿的官署。《礼记·王制》："史以狱成告于正，正听之，正以狱成告于大司寇，大司寇听之棘木之下。"汉张衡《周天大象赋》："耀棘庭之金印，燊椒宫之玉齿。"

【例句】唐苑咸《送大理正…》："垂银棘庭印，持斧柏台纲。"明李玮《城南行》："榛莽棘庭阶，蘼芜存井碓。"清吴敬梓《石臼湖吊…》："团蒲为屋交枝格，棘庭蓬雷幽人宅。"

集枯　jí kū

【分类】生活

【关键词】国语

【释义】谓遭到冷遇。《国语·晋语》："（优施）乃歌曰：'暇豫之吾吾，不如鸟乌。人皆集于苑，己独集于枯。'"苑：生长茂盛的树林。枯：干死的树木。

【例句】唐柳宗元《感遇》："栖息岂殊性，集枯安可任。"宋苏轼《留别叔通…》："我穷交itudes绝，计拙集枯槁。"宋孙氏《与周默》："雨集枯池时渐满，藤笼老木一翻新。"宋郑清之《诗别可斋…》："子长固多爱，舍菀乃集枯。"

鹡鸰在原　jí líng zài yuán

【分类】生活

【关键词】诗经

【释义】兄弟友爱之典。也谓鸰原。《诗经·小雅·常棣》："脊令在原，兄弟急难。每有良朋，况也永叹。"郑玄笺："水鸟，而今在原，失其常处，则飞则鸣，求其类也，天性也。犹兄弟之于急难。"脊令，也写作"鹡鸰"。

【例句】唐薛稷《饯许州宋…》："别序闻鸿燕，离章动鹡鸰。"唐张说《奉和圣制…》："神藻飞为鹡鸰赋，仙声飔出凤皇台。"唐吴融《赋雪十韵》："终无鸥鸰识，先有鹡鸰知。"唐孟浩然《送袁十岭…》："早闻牛渚咏，今见鹡鸰心。"唐杜甫《赠韦左丞…》："鸰原荒宿草，凤沼接亨衢。"宋范成大《新馆》："鸰原定相念，因风报无恙。"

籍甚　jí shèn

【分类】生活

【关键词】陆贾

【释义】盛大；盛多。《汉书·陆贾传》："贾以此游汉廷公卿间，名声籍甚。及诛吕氏，立孝文，贾颇有力。"

【例句】唐杜甫《暮春江陵》："激扬音韵彻，籍甚众多推。"唐韦应物《送陆侍御…》："英声颇籍甚，交辟乃时珍。"唐皇甫冉《送荣别驾…》："还将海沂咏，籍甚汉公卿。"唐唐彦谦《寄台省知己》："久怀声籍甚，千里致双鱼。"宋杨亿《史馆赵祠…》："风流华省含香客，籍甚先朝奏赋人。"

几杖　jǐ zhàng

【分类】生活

【关键词】礼记

【释义】坐几和手杖。皆老者所用，古为敬老者之物，亦借指老人。《礼记·曲礼上》："谋于长者，必操几杖以从之。"

【例句】唐王绩《山园》："风烟长入咏，几杖悉为铭。"唐杜甫《回棹》："几杖将衰齿，茅茨寄短椽。"唐杜甫《赠韦左丞丈》："家人忧几杖，甲子混泥途。"唐杜甫《锦树行》："飞书白帝营斗粟，琴瑟几杖柴门幽。"

虮虱　jǐ shī

【分类】政治

【关键词】韩非子

【释义】虱及其卵。比喻卑贱或微小。源见"甲胄生虮虱"。

【例句】唐李白《古风》："虮虱生虎鹖，心魂逐旌旃。"唐白居易《不如来饮酒》："虮虱衣中物，刀枪面上痕。"唐元稹《捕捕行》："虮虱谁不轻，鲸鲵谁不恶。"宋王迈《甲戌九月…》："爱有虮虱臣，拜跪泪沾领。"

计然之策　jì rán zhī cè

【分类】政治

【关键词】计然

【释义】比喻治国之道；或比喻经商谋生的手段。《史记·货殖列传》："昔者越王句践困于会稽之上，乃用范蠡、计然。计然曰：'知斗则修备，时用则知物，二者形则万货之情可得而观已。故岁在金，穰…'修之十年，国富。"

【例句】唐萧颖士《山庄月夜作》："且事计然策，将符公冶言。"唐耿湋《上将行》："谁道古来多计策，功成唯有卫将军。"唐王建《赠郭将军》："密封计策非时奏，别赐衣裳到处薰。"唐刘禹锡《送曹璩归…》："地远何当随计吏，策成终自诣公车。"

计日受奉　jì rì shòu fèng
【分类】政治
【关键词】羊陟
【释义】咏廉吏之典。《后汉书·羊陟传》：羊陟字嗣祖，太山梁父人。拜侍御史，再迁冀州刺史。"帝嘉之，拜陟河南尹。计日受奉，常食干饭茹菜，禁制豪右，京师惮之。"东汉人羊陟，为官清正廉洁，任河南尹时，按照实际工作日计日领受俸银，不贪一点便宜。
【例句】唐杜审言《赠苏绾书记》："红粉楼中应计日，燕支山下莫经年。"唐钱起《送裴颋侍…》："多才自有云霄望，计日应追鸳鹭行。"唐崔峒《题桐庐李…》："观风竟美新为政，计日还知旧触邪。"唐杜牧《使回枉唐…》："人心计日殷勤望，马首随云早晚回。"

计相　jì xiāng
【分类】政治
【关键词】张苍
【释义】咏相府官吏的典实。《史记·张丞相列传》："张丞相苍者…以代相从攻臧荼有功，以六年中封为北平侯，食邑千二百户。迁为计相，一月，更以列侯为主计四岁。""令苍以列侯居相府，领主郡国上计者。"裴骃集解："文颖曰：'能计，故号曰计相。'"
【例句】唐李洞《赠长安毕…》："从此几迁为计相，蓬莱三刻奏东巡。"宋王禹偁《送童谏议…》："暂去长沙非贾谊，犹虚计相待张苍。"宋杨亿《殿院卞侍…》："早是都人避骢马，近陪计相运牙筹。"宋苏辙《送张恕朝…》："老如计相非无齿，清似留侯未却粮。"

记姓名　jì xìng míng
【分类】生活
【关键词】项羽
【释义】讥讽不读书之典。源见"万人敌"。
【例句】唐于鹄《书情》："不知书与剑，十载两无成。"唐刘禹锡《答后篇》："昔日慵工记姓名，远劳辛苦写西京。"唐韦蟾《长乐驿谑…》："只应学得虞姬婿，书字才能记姓名。"宋邵雍《天津感事》："前朝无限贵公卿，后世徒能记姓名。"

纪昌贯虱　jǐ chāng guàn shī
【分类】生活
【关键词】纪昌
【释义】咏功力深厚、技艺精湛之典。《列子·汤问》："纪昌者，又学射于飞卫。飞卫曰：'尔先学不瞬，而后可言射矣。'昌卧织机下，目承牵挺。飞卫又教他学视小如大。昌以牦毛悬虱于窗，望之三年，挽弓射之，'贯虱之心，而悬不绝。以告飞卫。飞卫高踭拊膺曰：'汝得之矣。'"
【例句】唐元稹《献荥阳公…》："劲矢鳌足断，精贯虱心穿。"宋刘克庄《再和张文学》："孰可执牛耳，君能贯虱心。"宋刘克庄《还黄镛诗卷》："贯虱功夫须切近，脍鲸力量要雄深。"宋刘克庄《方岩尹主…》："贯虱心推白社族，执牛耳属紫薇公。"

纪渻木鸡　jì shěng mù jī
【分类】政治
【关键词】鸡
【释义】喻指修养深淳以镇定取胜者。亦比喻呆笨或发愣之态。《庄子·达生》："纪渻子为王养斗鸡，十日而问曰：'鸡已乎？'曰：'未也，方虚憍而恃气。'…十日又问，曰：'几矣，鸡虽有鸣者，已无变矣，望之似木鸡矣，其德全矣，异鸡无敢应者，反走矣。'"
【例句】唐张祜《送韦正字…》："木鸡方备德，金马正求贤。"宋李之仪《次韵鲁直…》："何年纪渻子，相向犹木鸡。"宋黄庭坚《养斗鸡》："虽有英心甘斗死，其如纪渻木鸡何。"宋曾丰《题水牸庵》："何当纪渻重驯养，四十日间如木鸡。"

芰荷　jì hé
【分类】文化
【关键词】楚辞
【释义】指菱叶与荷叶。《楚辞·离骚》："制芰荷以为衣兮，集芙蓉以为裳。"
【例句】唐贺知章《采莲曲》："莫言春度芳菲尽，别有中流采芰荷。"唐罗隐《宿荆州江…》："风动芰荷香四散，月明楼阁影相侵。"唐陆光义《同武平一…》："池边命酒怜风月，浦口回船惜芰荷。"宋刘琰《王刚仲惠…》："芰荷可裳菊可餐，肯逐纤埃与尘土。"

际会　jì huì
【分类】政治
【关键词】王莽
【释义】遇合，适逢其时。《汉书·王莽传》："安汉公莽辅政三世，比遭际会，安光汉室，遂同殊风。"
【例句】唐陈元光《至人行》："际会风云上，清平岭海中。"唐杜甫《古柏行》："君臣已与时际会，树木犹为人爱惜。"唐姚鹄《寄友人》："明时难际会，急景易蹉跎。"唐李山甫《下第献所知》："四海风云难际会，一生肝胆易开张。"

季布折公卿　jì bù zhé gōng qīng
【分类】政治
【关键词】季布
【释义】称美刚直不阿之人。《史记·季布列传》："季布曰：'樊哙可斩也！夫高帝将兵四十余万众，困于平城，今哙奈何以十万众横行匈奴中，面欺；且秦以事于胡，陈胜等起。于今创痍未瘳，哙又面谀，欲动摇天下。'是时殿上皆恐，太后罢朝，遂不复议击匈奴事。"使群臣折服。
【例句】唐李白《江上赠窦…》："汉求季布鲁朱家，楚逐伍胥去章华。"唐李白《献从叔当…》："鲁连善谈笑，季布折公卿。"

季冬诛　jì dōng zhū
【分类】政治

【关键词】司马迁
【释义】代指判处死刑或身处死境。季冬为冬季的第三个月，即农历十二月。汉代每年于十二月处决犯人。《汉书·司马迁传》："今少卿抱不测之罪，涉旬月，迫季冬，仆又薄从上上雍，恐卒然不可讳。"
【例句】唐李商隐《哭虔州杨…》："深知狱吏贵，几迫季冬诛。"唐杜审言《守岁侍宴…》："季冬除夜接新年，帝子王孙捧御筵。"唐杜甫《石匮阁》："季冬日已长，山晚半天赤。"唐丘丹《季冬》："江南季冬月，红蟹大如觚。"

季伦园 jì lún yuán
【分类】生态
【关键词】石崇
【释义】喻指华美的园林。晋名士石崇（字季伦）建造名胜金谷园。源见"金谷园"。
【例句】唐楼颖《东郊纳凉…》："今知季伦沼，旧是辟疆园。"唐韩仲宣《晦日宴高…》："地接安仁县，园是季伦家。"唐刘希夷《洛川怀古》："词赋归潘岳，繁华称季伦。"明毛奇龄《高固斋徵…》："邀宾季伦涧，载酒子云居。"

季孟之间 jì mèng zhī jiān
【分类】政治
【关键词】论语
【释义】指位于上等和下等之间。比喻比上不足，比下有余。《论语·微子》："齐景公待孔子，曰：'若季氏，则吾不能；以季孟之间待之。'"何晏集解："孔曰：鲁三卿，季氏为上卿，最贵；孟氏为下卿，不用事。言待之以二者之间。"
【例句】唐罗隐《途中逢刘…》："吴楚烟波里，巢由季孟间。"五代贯休《闻大愿和…》："邺卫松杉外，芝兰季孟间。"宋刘敞《齐州史君…》："开国东西夸十二，待贤季孟哂中间。"宋吕岳《次韵行甫》："醉乡别在乾坤外，诗社宁容季孟间。"

季心恭 jì xīn gōng
【分类】政治
【关键词】季心
【释义】喻指待人态度恭谨有礼。《史记·季布列传》："季布弟季心，气盖关中，遇人恭谨，为任侠，方数千里，士皆争为之死。"
【例句】唐陆龟蒙《江南秋怀…》："尘埃злх耳分，肝胆季心倾。"宋王安石《平甫与宝…》："宠参时宰道人琳，气盖诸公弟季心。"宋范来《闻苏先生…》："滞留穷县许记我，心不负千金诺。"宋周孚《再次深字…》："当时怀越悲庄舄，此日游吴忆季心。"

季鹰杯 jì yīng bēi
【分类】生活
【关键词】张翰
【释义】咏人旷达自适之典。张翰字季鹰。源见"张翰杯"。
【例句】唐高适《酬裴员外…》："辛酸陈侯诛，叹息季鹰杯。"宋李纲《次韵李似…》："且尽季鹰杯，更饱卢仝茗。"清彭孙遹《真定相国…》："心迹久同神虎帻，身名且付季鹰杯。"

季鹰鱼 jì yīng yú
【分类】政治
【关键词】张翰
【释义】指鲈鱼。亦用为隐居不仕、闲适安居的典故。源见"莼羹鲈脍"。
【例句】唐杜牧《许七侍御…》："冻醪元亮秫，寒鲙季鹰鱼。"唐韦庄《桐庐县作》："白羽鸟飞严子濑，绿蓑人钓季鹰鱼。"宋周紫芝《次韵黄文…》："便可且倾陶令酒，未须真忆季鹰鱼。"明汤珍《简袁五永之》："雪后屡移安道楫，秋来真钓季鹰鱼。"

季札 jì zhá
【分类】政治
【关键词】季札
【释义】春秋时吴王寿梦少子，孔子老师，史称南季北孔、南方第一圣人。数次辞让王位。《史记·吴太伯世家》："季札封于延陵，故号曰'延陵季子'。"
【例句】唐司空曙《哭苗员外…》："季子生前别，羊昙醉后悲。"唐李频《送延陵韦…》："延陵称贵邑，季子有高踪。"宋刘敞《题浙西新学》："吴前泰伯后季札，礼让继为天下师。"

季札挂剑 jì zhá guà jiàn
【分类】政治
【关键词】季札
【释义】比喻对死去的朋友恪守信义，始终不渝。《史记·吴太伯世家》："季札之初使，北过徐君。徐君好季札剑，口弗敢言。季札心知之，为使上国，未献。还至徐，徐君已死，于是乃解其宝剑，系之徐君冢树而去。从者曰：'徐君已死，尚谁予乎？'季子曰：'不然。始吾心已许之，岂以死倍吾心哉！'"
【例句】唐骆宾王《夕次旧吴》："悬剑空留信，亡珠尚识机。"唐王维《哭祖六自虚》："不期先挂剑，长恐后着鞭。"唐刘禹锡《西州李尚…》："无复双金报，空余挂剑悲。"唐方干《哭江西处…》："虽云挂剑来坟上，亦恐藏书在壁中。"宋黄庭坚《李濠州挽词》："挂剑自知吾已许，脱骖不为涕无从。"

季札听歌 jì zhá tīng gē
【分类】文化
【关键词】季札
【释义】欣赏品评乐舞之典。源见"自郐无讥"。
【例句】唐韩翃《宴吴王宅》："听歌吴季札，纵饮汉中山。"唐元稹《立部伎》："惌滞难令季札辨，迟回但恐文侯卧。"

季真接子 jì zhēn jiē zǐ
【分类】文化

【关键词】季真接子

【释义】季真、接子,战国时齐之贤人。季真认为:道本自然,人力莫为干预之事。接子认为:万物之动或有某种力量使之然,这个力量即是道。《庄子·则阳》:"季真之莫为,接子之或使,二家之议,孰正于其情,孰偏于其理?"道家认为都没有脱俗于物,都是不妥当,都不符合老子的大道。

【例句】宋张继先《更漏子》:"接子谬,季真非。无为翻有为。"

季重旧游　jì zhòng jiù yóu

【分类】生活

【关键词】季重

【释义】咏叹故友分离怀念旧情。三国魏曹丕《与吴质书》:"昔日游处,行则连舆,止则接席,何曾须臾相失?…谓百年已分,可长共相保。何图数年之间,零落略尽,言之伤心!"吴质字季重,书中感叹二人昔日同游共饮之欢。

【例句】唐韩偓《乱后春日…》:"季重旧游多丧逝,子山新赋极悲哀。"宋释善珍《和徐国录韵》:"赋诗推义山,论诗数季重。"明孙默《哭李公从》:"老泪何堪吴季重,何人解惜李宣城。"明王世贞《吴比部范…》:"季重追旧欢,巨卿吐新好。"

季子貂敝　jì zǐ diāo bì

【分类】生活

【关键词】苏秦

【释义】游说未遂、失意穷困、处境困顿之典。《战国策·秦策》:"(苏秦,字季子)说秦王书十上而说不行。黑貂之裘弊,黄金百斤尽,资用乏绝,去秦而归。羸縢履跻,负书担橐,形容枯槁,面目犁黑,状有归(愧)色。归至家,妻不下纴,嫂不为炊,父母不与言。"

【例句】唐杜甫《奉送魏六…》:"季子黑貂敝,得无妻嫂欺!"宋虞俦《十一月一…》:"貂敝人谁怜季子,楼高吾岂干元龙。"宋李纲《雪霁》:"貂敝不禁寒料峭,客愁惟藉酒凭陵。"宋方岳《官满将归…》:"貂敝那禁塞上寒,所成何事许悲酸。"

季子高风　jì zǐ gāo fēng

【分类】政治

【关键词】季札

【释义】比称高风亮节。《史记·吴太伯世家》:"吴人固立季札,季札弃其室而耕,乃舍之。…季札封于延陵,故号曰'延陵季子'。"

【例句】唐刘长卿《送李挚赴…》:"清风季子邑,想见下车时。"宋刘敞《貂裘》:"季子高谈万乘前,黄金白璧等虚捐。"宋袁默《季子庙》:"巢由高风不可及,后世家邦皆子袭。"

季子贫　jì zǐ pín

【分类】生活

【关键词】苏秦

【释义】咏失意穷困、处境困顿之典。源见"季子貂敝"。

【例句】唐潘唐《下第归宜…》:"承明未荐相如赋,故国犹惭季子贫。"宋王十朋《宋孝先示…》:"渊明酷爱尊中酒,季子贫无负郭亩。"宋王炎《杜工部有…》:"叔氏鳏居苦多病,季子宦游依旧贫。"元刘永之《赠别傅商翁》:"旧弹长铗冯谖老,新著衡书季子贫。"

季子邑　jì zǐ yì

【分类】政治

【关键词】季札

【释义】代指延陵之地。《史记·吴太伯世家》:吴王寿梦第四子季札让国于兄,国人贤之。"季札封于延陵(邑),故号曰'延陵季子'。"

【例句】唐刘长卿《送李挚赴…》:"清风季子邑,想见下车时。"唐李频《送延陵韦…》:"延陵称贵邑,季子有高踪。"宋释文珦《闲居多暇…》:"毗陵季子邑,阳羡蜀仙佃。"

济河焚舟　jì hé fén zhōu

【分类】政治

【关键词】秦穆公

【释义】有进无退,誓死而战的典故。《左传·文公三年》:"秦伯伐晋,济河焚舟,取王官,及郊,晋人不出。遂自茅津济,封殽尸(在殽阵亡将士的尸体)而还。"晋杜预注:"示必死也。"

【例句】唐李端《送潘述宏…》:"弈棋知胜偶,射策请焚舟。"唐雍陶《离家后作》:"出门便作焚舟计,生不成名死不归。"宋刘攽《贺隐直》:"焚舟济河后,埋剑发硎初。"宋王庭圭《赠胡初立》:"将军三战成功后,未数焚舟老孟明。"

济济多士　jì jǐ duō shì

【分类】政治

【关键词】诗经

【释义】用为称美贤臣众多之典。《诗经·大雅·文王》:"思皇多士,生此王国…济济多士,文王以宁。"《毛传》:"济济,多威仪也。"

【例句】唐杜甫《寄薛三郎中》:"凤池日澄碧,济济多士新。"唐卢纶《元日早朝》:"济济延多士,跹跹舞百蛮。"宋吕陶《有感》:"太平日久德泽厚,济济多士追昔贤。"宋赵蕃《和史浩曲…》:"予力初何能,济济赖多士。"

济江篇　jì jiāng piān

【分类】文化

【关键词】谢灵运

【释义】喻酬答之作,亦泛指诗作。南朝宋谢灵运《酬从弟惠连》:"倾想迟佳音,果枉济江篇。"

【例句】唐耿湋《送郭正字…》:"济江篇已出,书府俸犹贫。"唐高适《秦中送李…》:"归来莫忘此,兼示济江篇。"宋曾巩《王虞部惠…》:"已矣空闻怀旧赋,泫然犹获济江篇。"明宋琬《送既庭孝…》:"惜别欲成芳草梦,怀人须有济江篇。"

济巨川 jǐ jù chuān

【分类】政治
【关键词】尚书
【释义】称美大臣之典。指辅佐君王治理天下。《尚书·说命序》:"高宗(武丁)梦得(傅)说,使百工营求诸野,得诸傅岩……命之曰:'朝夕纳诲,以辅台德。若金,用汝作砺。若济巨川,用汝作舟楫。若岁大旱,用汝作霖雨。'"
【例句】唐李世民《春日登陕…》:"巨川何以济,舟楫伫时英。"唐沈佺期《哭苏眉州…》:"崔昔挥宸翰,苏尝济巨川。"唐孟浩然《洞庭寄阎九…》:"迟尔为舟楫,相将济巨川。"唐独孤及《庚子岁避…》:"已无济川分,甘作乘桴人。"

济南剑 jǐ nán jiàn

【分类】政治
【关键词】韩棱
【释义】赞美敦厚质朴、善不外露之尚书。源见"题剑"。
【例句】唐崔融《户部尚书…》:"空余济南剑,天子署高名。"宋苏轼《张文裕挽词》:"济南名士新雕丧,剑外生祠已洁除。"

济南生 jǐ nán shēng

【分类】文化
【关键词】伏生尚书
【释义】谓汉朝伏生。西汉今文《尚书》最早传播者。《史记·儒林列传》:"伏生者,济南人也。故为秦博士。孝文帝时,欲求能治《尚书》者,天下无有,乃闻伏生能治,欲召之。"
【例句】唐李白《赠何七判…》:"羞作济南生,九十诵古文。"唐司空曙《送王先生…》:"儒中年最老,独有济南生。"唐皇甫冉《沣水送郑…》:"上古全经皆在口,秦人如见济南生。"宋苏轼《和致仕张…》:"跪履数从圯下老,逸书闲问济南生。"

济西田 jǐ xī tián

【分类】政治
【关键词】左传
【释义】喻指瓜分而来的土地。《左传·僖公三十一年》:"取济西田……分曹地自洮以南,东傅于济,尽曹地也。"
【例句】唐张丰《余瑞麦》:"已闻天下泰,谁为济西田。"唐李中《夏云》:"多谢好风吹起后,化为甘雨济田苗。"

既醉 jì zuì

【分类】生活
【关键词】诗经
【释义】意指饮酒。《诗经·大雅·既醉》:"既醉以酒,既饱以德。君子万年,介尔景福。"
【例句】唐张说《奉和圣制…》:"春园既醉心和乐,共识皇恩造化同。"唐韦元旦《奉和幸安…》:"仙榜承恩争既醉,方知朝野更欢娱。"唐独孤及《客舍月下…》:"既醉万事遗,耳热心亦适。"唐寒山《诗》:"既醉莫言归,留连日未央。"

寄当归 jì dāng guī

【分类】政治
【关键词】姜维
【释义】用为咏盼归,或以孝殉忠、舍亲求志的典故。《三国志·姜维传》南朝宋裴松之注引孙盛《杂记》:"初,姜维诣亮,与母相失,复得母书,令求当归。维曰:'良田百顷,不在一亩(与母谐音),但有远志,不在当归。'"远志与当归均为中草药名。
【例句】唐孙元晏《吴太史慈》:"陈韩昔日尝投楚,岂是当归召得伊。"宋苏辙《次韵宋构…》:"得郡迎亲愿不违,书来无复寄当归。"宋陆游《和范待制…》:"坐客笑谈嘲远志,故人书札寄当归。"宋朱翌《寄方允迪》:"为信在山名远志,便令满箧寄当归。"

寄灵台 jì líng tái

【分类】政治
【关键词】第五颉
【释义】咏居处僻陋之典。《后汉书·第五伦传》附《第五颉》唐李贤注引《三辅决录注》:"颉字子陵,为郡功曹,州从事,公府辟举高第,为持御史……谏议大夫。洛阳无主人,乡里无田宅,客止灵台中,或十日不炊。"
【例句】唐陈子昂《酬田逸人…》:"游人献书去,薄暮返灵台。"唐高适《行路难》:"安知憔悴读书者,暮宿灵台私自怜。"唐皇甫冉《酬李补阙…》:"夕宿灵台伴烟月,晨趋建礼逐衣裳。"唐戴叔伦《吴明府自…》:"倚城容弊宅,散职寄灵台。"

寄奴 jì nú

【分类】政治
【关键词】刘裕
【释义】南朝宋高祖刘裕的乳名。《宋书·武帝纪上》:"高祖武皇帝讳裕,字德舆,小字寄奴。"
【例句】宋方岳《郑总干致…》:"并刀失手刘寄奴,蘩余得与诗为地。"宋李壁《再和雁湖》:"平南上策归诸葛,伐北奇功属寄奴。"宋刘子翚《建康六感》:"寄奴真伟人,落拓龙潜地。"宋曾极《宋受禅坛》:"赤纸藤书宋鼎归,寄奴柴燎告功时。"

寄书杓直 jì shū biāo zhí

【分类】生活
【关键词】柳宗元
【释义】乞人解困之典。唐柳宗元贬谪柳州之后,曾给在朝廷的友人李建(字杓直)寄书信,催请李建设法解救。《全唐文·柳宗元五·与李翰林建书》:"杓直足下:州传递至,得足下书…"
【例句】宋刘克庄《满江红》:"懒投诗见素,寄书杓直。"

寂寞滨 jì mò bīn

【分类】政治

【关键词】韩愈
【释义】宁静寂寥的水滨。喻指隐居之地。唐韩愈《答崔立之书》：“若都不可得，犹将耕于宽闲之野，钓于寂寞之滨，求国家之遗事，考贤人哲士之终始，作唐之一经，垂之于无穷。”
【例句】宋穆脩《秋浦会遇》："已叹栖迟郡，尤居寂寞滨。"宋王安石《度麈岭寄…》："施为已坏生平学，梦想犹归寂寞滨。"宋王安石《寄张谔招…》："好须自致青冥上，可且相从寂寞滨。"宋丘葵《与应得李…》："花时莫负此良辰，信杖闲行寂寞滨。"

绩五斗　jì wǔ dǒu
【分类】生活
【关键词】王绩
【释义】形容善饮。源见"王绩醉乡"。
【例句】唐元稹《放言》："五斗解醒犹恨少，十分飞盏未嫌多。"宋吕本中《汴上作》："五斗漫随王绩隐，一裘聊待晏婴归。"宋陆游《对酒》："朝饮绩五斗，暮饮髡一石。"宋刘攽《张君以六…》："贫居玩一瓢，健饮轻五斗。"

蓟训历家　jì xùn lì jiā
【分类】文化
【关键词】蓟子训
【释义】咏道家筵宴之典。《神仙传·蓟子训》："蓟子训者，齐人也…如此三百余年，颜色不老…明日至朝，各问子训何时到宅，二十三人所见皆同时，所服饰颜貌无异，唯所言话，随主人意答，乃不同也。京师大惊异，其神变如此。"
【例句】唐严维《中元日鲍…》："青骡蓟训引，白犬伯阳牵。"唐高适《赠别褚山人》："光阴蓟子训，才术褚先生。"明胡应麟《乙未仲冬…》："餐苓延蓟训，服乳疗茅衷。"清李锴《留宿陈卫…》："蓟训争相接，韩康窃自完。"

稷契　jì qì
【分类】政治
【关键词】尚书
【释义】咏贤臣之典。稷是帝舜的大臣，契是舜的司徒，二人都是有德之臣。《尚书·舜典》："帝曰：'俞！咨禹，汝平水土，惟时懋哉！'禹拜稽首，让于稷、契暨皋陶。"
【例句】唐杜甫《客居》："稷契易为力，犬戎何足吞。"唐杜甫《自京赴奉…》："许身一何愚，窃比稷与契。"唐韩偓《锡宴日作》："才有异恩颁稷契，已将优礼及邹枚。"宋欧阳修《留题齐州…》："一朝垂衣正南面，皋夔稷契来联翩。"

髻拥千螺　jì yōng qiān luó
【分类】文化
【关键词】释迦牟尼佛
【释义】借指释迦牟尼佛。《大智度论·文尼佛》："如释迦文尼佛本为螺髻仙人，名尚阇利。常行第四禅，出入息断，在一树下坐，兀然不动。鸟见如此，谓之为木，即髻中生卵。"
【例句】唐李商隐《镜槛》："仙眉琼作叶，佛髻钿为螺。"宋余靖《游韶石》："青螺佛髻高，群玉仙都敞。"宋方岳《沁园春》："笑身居内侍，阶翻万玉，面丐菩萨，髻拥千螺。"宋岳珂《春晴将游…》："大哉象教尊，俨若螺髻仙。"

骥伏盐车　jì fú yán chē
【分类】政治
【关键词】伯乐
【释义】比喻才华遭到抑制，处境困厄。《战国策·楚策》："骥之齿至矣，服盐车而上太行。蹄申膝折…负辕不能上。伯乐遭之，下车攀而哭之，解纻衣以幂之。骥于是俯而喷，仰而鸣，声达于天，若出金石者，何也？彼见伯乐之知己也。"
【例句】唐李商隐《喜雪》："人疑游面市，马似困盐车。"唐汪遵《吴坂》："蜷局盐车万里蹄，忽逢良鉴始能嘶。"唐元稹《予病瘴乐…》："金籍真人天上合，盐车病骥轭前惊。"唐元稹《病马诗寄…》："遥看云路心空在，久服盐车力渐烦。"

骥子龙文　jì zǐ lóng wén
【分类】文化
【关键词】裴延俊
【释义】骥子：千里马；龙文：骏马名，旧时多指神童。原为佳子弟的代称。后多比喻英俊人才。《北史·裴延俊传》："延俊从父兄宣明二子景鸾、景鸿，并有逸才，河东呼景鸾为骥子，景鸿为龙文。"
【例句】唐张说《阙题》："亲迎骥子跃，吉兆凤雏飞。"唐钱起《送马员外…》："二十为郎事汉文，鸳雏骥子自为群。"宋王迈《和毗陵傅…》："渥洼骥子展足长，朝发燕都夕夜郎。"明吴伟业《满江红》："看龙文骥子，凤毛殊特。"

期月有成　jī yuè yǒu chéng
【分类】政治
【关键词】孔子
【释义】形容办事治国见效迅速。《论语·子路》："子曰：'苟有用我者，期月而已可也，三年有成。'"宋邢昺疏："期月，周月也，谓周一年之十二月也。"
【例句】唐李绅《宿越州天…》："海隅布政惭期月，江上沾巾愧万人。"宋文彦博《驾经略太…》："政成期月报，四海望洪钧。"宋田锡《代吕呈苏…》："下车犹未逾期月，官舍初经禁烟节。"宋晁迥《句》："期月政成当事简，不妨游燕楚宫春。"

奇肱飞车　jī gōng fēi chē
【分类】生态
【关键词】山海经
【释义】喻指驾车出行。《山海经·海外西经》："奇肱之国在其北，其人一臂三目，有阴有阳，乘文马也。"晋郭璞注："其人为机巧，以取百禽，能作飞车，从风远行。汤时得之于豫州界中，即坏之，不以示人。后十年西风至，复遣之。"

【例句】唐韩愈《感春》："谁能驾飞车,相从观海外?"宋唐泾《和朱以性》："拟驾奇肱阅四方,转头又是海生桑。"宋王安石《读眉山集…》："神女青腰宝髻鸦,独藏云气委飞车。"元刘基《立夏日有感》："天路修且阻,惜无奇肱车。"

加餐饭　jiā cān fàn
【分类】生活
【关键词】古诗十九首
【释义】尽量多吃一些饭。劝慰对方保重之词。《古诗十九首》："弃捐无复道,努力加餐饭。"
【例句】唐杜甫《垂老别》："此去必不归,还闻劝加餐。"唐白居易《有感》："二事最关身,安寝加餐饭。"唐白居易《寄元九》："上言少愁苦,下道加餐饭。"唐李顾《送三阴姚…》："加餐共爱鲈鱼肥,醒酒仍怜甘蔗熟。"

加葱　jiā cōng
【分类】生活
【关键词】庄子
【释义】咏饮食粗淡之典。《庄子·徐无鬼》："徐无鬼见武侯,武侯曰:'先生居山林,食芧栗,厌葱韭,以宾寡人,久矣夫!今老邪?其欲干酒肉之味邪?'"《庄子》(佚文):"春月饮酒加葱,以通五脏。"
【例句】唐李端《长安感事…》："原门唯有席,并饮但加葱。"明毛奇龄《夏杪集宋…》："钓鱼作鲙供仙史,笼饼加葱有侍郎。"清陈三立《立春日瞻…》："霜草故冬活,骤讶加葱翠。"

佳丽地　jiā lì dì
【分类】生态
【关键词】谢朓
【释义】指古金陵属地。为赞美某地佳美之典。南朝齐谢朓《鼓吹曲》："江南佳丽地,金陵帝王州。"
【例句】唐杜牧《润州首》："谢朓诗中佳丽地,夫差传里水犀军。"唐张说《三月三日…》："旧识平阳佳丽地,今逢上巳盛明年。"唐白居易《长洲曲新词》："茂苑绮罗佳丽地,女湖桃李艳阳时。"宋刘筠《南朝》："千古风流佳丽地,尽供哀思与兰成。"

佳气　jiā qì
【分类】政治
【关键词】汉光武帝
【释义】喻咏帝德之典。《后汉书·光武帝纪》："王莽篡位,忌恶刘氏…后望气者苏伯阿为王莽使至南阳,遥望见舂陵郭,唶曰:'气佳哉,郁郁葱葱然。'"此指汉王朝运气未衰。
【例句】唐许敬宗《奉和初春…》："春晖发芳甸,佳气满层城。"唐杜甫《哀王孙》："哀哉王孙慎勿疏,五陵佳气无时无。"唐卢照邻《长安古意》："弱柳青槐拂地垂,佳气红尘暗天起。"唐钱起《和李员外…》："经寒不入宫中树,佳气常薰仗外峰。"

家藏笏　jiā cáng hù
【分类】政治
【关键词】魏征
【释义】表示先辈政绩卓著和家世荣显。源见"魏公笏"。
【例句】宋刘克庄《沁园春》："读枕函书,宝家藏笏,免使他人笑弗堂。"明王恭《寄题灵武…》："新制文章行简箧,旧藏袍笏尚堆床。"明吴宽《送夏司封》："知是箧中藏旧笏,诸孙应不愧玄成。"明顾栎曾《寿瀛麓叔…》："朱云上殿请尚方,传笏已随弓箭藏。"

家鸡野雉　jiā jī yě zhì
【分类】生活
【关键词】庾翼
【释义】喻书法艺术的不同风格。晋何法盛《晋中兴书》："庾翼书,少时与王右军齐名。右军后进,庾犹不分(忿)。在荆州与都下书云:'小儿辈厌家鸡,爱野雉,皆学逸少书,须吾下当北之。'"
【例句】唐白居易《鹤答鸡》："不可遣他天下眼,却轻野鹤重家鸡。"宋米友仁《题禊帖诗》："庾翼儿郎岂不黠,自是家鸡惭野雉。"宋陈师道《赠吴氏兄弟》："不解征西诡子弟,却怜野鹜厌家鸡。"宋苏轼《次韵米黻…》："秋蛇春蚓久相杂,野鹜家鸡定谁美。"

家贫亲老　jiā pín qīn lǎo
【分类】生活
【关键词】韩诗外传
【释义】家里贫穷,父母年老。指家境困难,又不能离开年老父母出外谋生。《韩诗外传》："故家贫亲老,不择官而仕;若夫信其志,约其亲者,非孝也。"
【例句】唐岑参《阆乡送上…》："亲老无官养,家贫在外多。"唐杜甫《送孟十二…》："君行别老亲,此去苦家贫。"唐戎昱《岁暮客怀》："异乡三十口,亲老复家贫。"宋释行海《送宁雪矶》："无缘同上浙东船,亲老家贫每自怜。"

家数　jiā shù
【分类】生活
【关键词】沧浪诗话
【释义】喻指家法传统、流派风格。宋严羽《沧浪诗话·答出继叔临安吴景仙书》："世之技艺,犹各有家数。"
【例句】宋卫泾《别吴荆溪》："家数文章有路寻,云韶殊世不殊音。"宋赵与时《题张也愚…》："学就右军家数字,笔成东鲁圣人书。"宋刘克庄《黄宽夫示…》："肯为唐季小家数,须做僧中大辨材。"聂绀弩《读刘再复…》："因人俯仰终奴仆,家数自成始丈夫。"

家徒四壁　jiā tú sì bì
【分类】生活
【关键词】司马相如
【释义】比喻家境贫寒,一无所有。《史记·司马相如列传》："文君夜亡奔相如,相如乃与驰归成都。家居徒四壁立。"《索隐》孔文祥云:"徒,空也。家空无资储,但有四壁而已,云就此中以安立也。"

【例句】唐张称《少年行》:"一掷千金浑是胆,家无四壁不知贫。"宋毛滂《隋堤采藁》:"家徒四壁不自怜,客来笑呼客且止。"宋黄庭坚《次韵宋懋…》:"家徒四壁书侵坐,马瘦三山叶拥门。"宋葛胜仲《先兄中散…》:"书聚五车缘嗜学,家徒四壁为轻财。"

笳鼓 jiā gǔ
【分类】生活
【关键词】曹景宗
【释义】笳声与鼓声。借指军乐。《南史·曹景宗传》:"时韵已尽,唯餘竞病二字。景宗便操笔,斯须而成,其辞曰:'去时儿女悲,归来笳鼓竞。借问行路人,何如霍去病?'帝叹不已。"
【例句】唐韩愈《大行皇太…》:"秋天笳鼓歇,松柏遍山鸣。"宋苏轼《西山戏题…》:"篙竿击舠菰荽隔,笳鼓过军鸣狗惊。"宋石介《送范曙赴…》:"秋风萧萧动笳鼓,落叶撼撼鸣樽罍。"宋赵抃《将还三衢…》:"彩舟笳鼓双双闹,金地楼台处处明。"

葭灰 jiā huī
【分类】生活
【关键词】后汉书
【释义】咏季节变化之典。《后汉书·律历志上》:"候气之法,为室三重:户闭,涂衅必周,密布缇缦,室中以木为案,每律各一,内庳外高,从其方位,加律之上,以葭莩灰抑其内端,按历而候之。气至者灰动。"
【例句】唐杨炯《和骞右丞…》:"玄律葭灰变,青阳斗柄临。"唐李世民《正日临朝》:"条风开献节,灰律动初阳。"唐杜甫《小至》:"刺绣五纹添弱线,吹葭六琯动浮灰。"五代韦庄《铜仪》:"铜仪一夜变葭灰,暖律还吹岭上梅。"

嘉遯 jiā dùn
【分类】政治
【关键词】周易
【释义】谓合乎正道的退隐,合乎时宜的隐遁。《周易注疏·遯》:"九五,嘉遯,贞吉。《象》曰:'嘉遯贞吉',以正志也。"
【例句】唐宋之问《宿云门寺》:"兹焉多嘉遯,数子今莫同。"唐张九龄《商洛山行…》:"园绮值秦末,嘉遯此山阿。"唐许景先《征君宅》:"征君昔嘉遯,抗迹遗俗尘。"唐陶翰《晚出伊阙…》:"岂念嘉遯时,依依偶沮溺。"

嘉谷 jiā gǔ
【分类】文化
【关键词】司马相如
【释义】古以粟(小米)为嘉谷,后为五谷的总称。《书·吕刑》:"稷降播种,农殖嘉谷。"指嘉禾。汉司马相如《封禅文》:"嘉谷六穗,我穑曷蓄。"
【例句】唐李白《感兴》:"嘉谷隐丰草,草深苗且稀。"唐欧阳詹《徐十八晦…》:"嘉谷不夏熟,大器当晚成。"唐柳宗元《咏史》:"宁知世情异,嘉谷坐燔焚。"宋孔平仲《用常甫元…》:"我如荒田废耕垦,嘉谷不植岁且灾。"

嘉禾 jiā hé
【分类】政治
【关键词】尚书
【释义】即双穗之禾。为咏祥瑞的典故。《尚书·归禾序》:"唐叔得禾,异亩同颖,献诸天子。王命唐叔归周公于东,作《归禾》。"
【例句】唐丁儒《归闲诗》:"杂卉三冬绿,嘉禾两度新。"唐韩愈《奉使常山…》:"地失嘉禾处,风存蟋蟀辞。"唐白居易《牡丹芳》:"去岁嘉禾生九穗,田中寂寞无人至。"唐孟简《嘉禾合颖》:"八方沾圣泽,异亩发嘉禾。"

嘉石 jiā shí
【分类】政治
【关键词】周礼
【释义】有纹理的石头。上古惩戒罪过较轻者时,于外朝门左立嘉石,命犯人坐在石上示众,并使其思善改过。《周礼·地官·司救》:"凡民之有邪恶者,三让三罚,而士加明刑,耻诸嘉石。役诸司空。"
【例句】唐虞世南《赋得慎罚》:"蠓巾示廉耻,嘉石务详平。"明倪谦《送周司寇…》:"紫苔翳雨封嘉石,绿柳凝烟绕贯城。"明ande俊《送汪可亭…》:"嘉石衡量法许平,海乡随处绝冤声。"

挟纩 jiā kuàng
【分类】政治
【关键词】左传
【释义】披着丝绵。比喻因受抚慰关怀而感到温暖。《左传·宣公十二年》:"冬,楚子伐萧…申公巫臣曰:'师人多寒。'王巡三军,拊而勉之,三军之士,皆如挟纩。"
【例句】唐薛奇童《拟古》:"吮痈世所薄,挟纩恩难顾。"唐杨巨源《奉酬窦郎…》:"谁家挟纩心,何地当垆热。"唐柳公权《应制贺边…》:"挟纩非真纩,分衣是假衣。"唐卢延让《雪》:"吾皇忧挟纩,犹自问君家。"

挟书律 jiā shū lǜ
【分类】政治
【关键词】汉书
【释义】秦颁布的民间有私藏《诗》《书》和百家书籍者族诛的法令。《汉书·惠帝纪》:"省法令妨吏民者;除挟书律。"东汉应劭注:"挟,藏也。"三国魏张晏注:"秦律敢有挟书者族。"
【例句】唐李商隐《赠送前刘…》:"挟书秦二世,坏宅汉诸王。"唐陆龟蒙《袭美先辈…》:"加于挟书律,尽取坑焚之。"宋宋庠《求遗书》:"家无藏壁恨,人弭挟书忧。"宋葛庆龙《咏黄石公》:"挟书律重火犹光,天下严搜不敢藏。"

加诸膝 jiā zhū xī
【分类】生活

【关键词】礼记

【释义】放在膝盖上，表示非常亲热。《礼记·檀弓下》："今之君子，进人若将加诸膝，退人若将坠诸渊。"对人亲近就把他放在膝盖上，对人疏远就把他推进深水潭。指按照自己的好恶来决定对人的态度。

【例句】宋刘克庄《满江红》："老去何烦援以手，向来不要加诸膝。"宋释绍昙《偈颂》："进人若将加诸膝，退人若将坠诸渊。"明王世贞《题阙》："虽复加诸膝，委之若敝屣。"

甲第　jiǎ dì

【分类】政治

【关键词】张衡

【释义】指唐贵族宅第。汉张衡《西京赋》："北阙甲第，当道直启。"《文选》李善注："第，馆也。甲，言第一也。"

【例句】唐王勃《临高台》："旗亭百隧开新市，甲第千甍分戚里。"唐杜甫《醉时歌》："甲第纷纷厌粱肉，广文先生饭不足。"唐王维《燕支行》："誓辞甲第金门里，身作长城玉塞中。"唐崔颢《江畔老人愁》："南山赐田接御苑，北宫甲第连紫宸。"

甲煎　jiǎ jiān

【分类】文化

【关键词】石崇

【释义】香料名。以甲香和沉麝诸药花物制成，可作口脂及焚爇，也可入药。《世说新语·汰侈》："石崇厕常有十余婢侍列，皆丽服藻饰，置甲煎粉沉香汁之属，无不毕备。"

【例句】唐李商隐《隋宫守岁》："沉香甲煎为庭燎，玉液琼苏作寿杯。"宋无名氏《鹧鸪天》："沉香甲煎薰炉暖，玉树明金蜜炬融。"宋苏轼《和陶拟古》："沉香作庭燎，甲煎粉相和。"宋李之仪《胡希圣在…》："和香索料多甲煎，幽兰几弄理孤桐。"

贾笔　jiǎ bǐ

【分类】文化

【关键词】贾谊

【释义】西汉贾谊文才出众，所遗文章均为后人所称誉。后遂用为咏佳作之典。《汉书·贾谊传》："以能诵诗书属文称于郡中…谊数上疏陈政事，多所欲匡建。"

【例句】唐杜甫《寄岳州贾…》："贾笔论孤愤，严诗赋几篇。"明余继登《朱太史养…》："莫以董贾笔，虚负邹枚言。"

贾鵩　jiǎ fú

【分类】生活

【关键词】贾谊

【释义】指人去世的凶讯或预兆。《史记·贾生列传》："贾生为长沙王太傅三年，有鵩飞入贾生舍…自以为寿不得长，伤悼之，乃为赋以自广。"

【例句】唐罗隐《秋日怀孟…》："知己秦貂没，流年贾鵩悲。"唐杜甫《题郑十八…》："贾生对鵩伤王傅，苏武看羊陷贼庭。"宋苏轼《滕达道挽词》："公方占贾鵩，我正买龚牛。"宋华岳《有激呈江…》："齐牛难爇吴元济，贾鵩何惭董仲舒。"

贾傅　jiǎ fù

【分类】文化

【关键词】贾谊

【释义】指西汉政治家、文学家贾谊。借指以才遭贬之人。《史记·屈原贾谊列传》："绛、灌、东阳侯、冯敬之属尽害之…于是天子后亦疏之，不用其议，乃以贾生为长沙王太傅。"

【例句】唐杜甫《秋日寄题…》："官序潘生拙，才名贾傅多。"唐吴融《登七盘岭》："才非贾傅亦迁官，五月驱羸上七盘。"唐包佶《酬于侍郎…》："长沙今贾傅，东海旧于公。"唐窦常《奉寄辰州…》："汉代文明今盛明，犹将贾傅暂专城。"

贾生脆促　jiǎ shēng cuì cù

【分类】文化

【关键词】贾谊

【释义】贾谊，西汉初年著名政论家、文学家，世称贾生。脆促，生命脆弱而短暂。《史记·贾生列传》："数上疏，言诸侯或连数郡，非古之制，可稍削之。文帝不听…贾生自伤为傅无状，哭泣岁余，亦死。贾生之死时年三十三矣。"

【例句】唐徐彦伯《题东山子…》："回也实夭折，贾生亦脆促。"唐郑立之《哭林杰》："才高未及贾生年，何事孤魂逐逝川。"唐李白《金陵送张…》："空余贾生泪，相顾共凄然。"唐杜甫《久客》："去国哀王粲，伤时哭贾生。"

贾生赋鵩　jiǎ shēng fù fú

【分类】文化

【关键词】贾谊

【释义】仕途失意、遭逢凶讯、自伤不幸之典。《史记·屈原贾生列传》："贾生（贾谊）为长沙王太傅三年，有鵩飞入贾生舍，止于坐隅。楚人名鵩曰'服（即鵩）'。贾生既以适（谪）居长沙，长沙卑湿，自以为寿不得长，伤悼之，乃为赋以自广。其辞曰：单阏之岁兮，四月孟夏，庚子日施兮，服集予舍，止于坐隅，貌甚闲暇。异物来集兮，私怪其故，发书占之兮，策言其度。曰'野鸟入处兮，主人将去'。"

【例句】唐张说《赠赵侍御》："长沙鵩作赋，任道可知浅。"唐杜甫《题郑十八…》："贾生对鵩伤王傅，苏武看羊陷贼庭。"唐王维《哭祖六自虚》："鵩起长沙赋，麟终曲阜编。"唐戴叔伦《过贾谊旧居》："楚乡卑湿叹殊方，鵩赋人非宅已荒。"

贾生泪　jiǎ shēng lèi

【分类】政治

【关键词】贾谊

【释义】也称贾生哭。咏忧国伤时之典。《汉书·贾谊列传》："臣窃惟事势，可为痛哭者一，可为流涕者二，可为长太息者六，若其它背理而伤道者，难遍以疏举。"

【例句】唐李白《答高山人…》："未作仲宣诗，先流贾生涕。"

唐杜甫《别蔡十四…》："贾生恸哭后，寥落无其人。"唐孟郊《罗氏花下…》："劳收贾生泪，强起屈平身。"唐张祜《丁巳年仲…》："唯是贾生先恸哭，不堪天意重阴云。"

贾氏窥帘　jiǎ shì kuī lián

【分类】生活
【关键词】韩寿
【释义】形容女子对所爱之人倾心相慕。源见"韩寿偷香"。
【例句】唐李商隐《无题》："贾氏窥帘韩掾少，宓妃留枕魏王才。"唐乔知之《倡女行》："昨宵绮帐迎韩寿，今朝罗袖引潘郎。"唐吴融《赠李长史歌》："卖珠曾被武皇知，薰香不怕贾公知。"宋胡宿《嘲蝶》："双翅薄匀何晏粉，一身偷带贾充香。"

贾谊　jiǎ yì

【分类】文化
【关键词】贾谊
【释义】西汉政治家、文学家。著有《陈政事疏》《过秦论》等。借指以才遭忌之人。《史记·屈原贾生列传》："贾生名谊…年十八，以能诵诗属书闻于郡中。吴廷尉为河南守，闻其秀才，召置门下…文帝召以为博士。"
【例句】唐李乂《奉和幸长…》："代挹孙通礼，朝称贾谊才。"唐郑愔《哭郎著作》："诗礼康成学，文章贾谊才。"唐罗隐《湖南春日…》："洛阳贾谊自无命，少陵杜甫兼有文。"唐卢象《赠程秘书》："将相猜贾谊，图书归马融。"

假王徼福　jiǎ wáng yǎo fú

【分类】政治
【关键词】韩信
【释义】指韩信向刘邦要求立自己为王一事。《史记·淮阴侯列传》："使人言汉王曰：'愿为假王便。'…汉王大怒，骂曰：'吾困于此，旦暮望若来佐我，乃欲自立为王！'"假王：暂署的、非正式受命的王。
【例句】唐李绅《却过淮阴…》："英主任贤增虎翼，假王徼福犯龙鳞。"唐罗隐《中元甲子…》："已闻旰食思真将，会待畋游致假王。"宋邵雍《题淮阴侯庙》："生身既逢真主，立事何须作假王。"宋杨杰《过鸿沟》："乾坤混一归真主，郡国平分亦假王。"

假鼋鼍　jiǎ yuán tuó

【分类】政治
【关键词】周穆王
【释义】咏桥梁之典。《艺文类聚》引《竹书纪年》："周穆王三十七年，伐楚，大起九师，至于九江，比鼋鼍为梁。"
【例句】唐杜甫《临邑舍弟…》："难假鼋鼍力，空瞻乌鹊毛。"唐刘禹锡《踏潮歌》："轰如鞭石矻且摇，亘空欲ža鼋鼍桥。"宋刘攽《南征》："猿鹤愁君子，鼋鼍忆架桥。"明杨慎《孝津行》："宁假鼋鼍梁，直下蛟龙宫。"

甲胄生虮虱　jiǎ zhòu shēng jǐ shī

【分类】政治
【关键词】韩非子
【释义】战士的铠甲和头盔上生出了虱子和虱卵。形容战乱历时之久。《韩非子·喻老》："天下无道，攻击不休，相守数年不已，甲胄生虮虱，燕雀处帷幄，而兵不归。"
【例句】唐李圭《咏汉高祖》："虮虱生介胄，将卒多苦辛。"宋刘子翚《次韵明仲…》："当年百战疲，虮虱生戎胄。"宋黄宏《呈萧大帅》："虮虱几曾生介胄，貂蝉又见出兜鍪。"宋邵雍《观十六国吟》："衣到敝时多虮虱，瓜当烂后足虫蛆。"宋刘敞《南伐诗》："三年戍西荒，虮虱生金革。"宋苏轼《李氏园》："将军竟何事，虮虱生刀鞘。"

驾鼓车　jià gǔ chē

【分类】政治
【关键词】后汉书
【释义】咏大材小用之典。《后汉书·循吏传序》："建武十三年，异国有献名马者，日行千里，又进宝剑，贾兼百金，诏以马驾鼓车，剑赐骑士。"
【例句】唐乔知之《赢骏篇》："忽闻天将出龙沙，汉主持将驾鼓车。"唐杜甫《送从弟亚…》："吾闻驾鼓车，不合用骐骥。"唐杜牧《骐骥》："遭遇不遭遇，盐车与鼓车。"宋彭汝砺《子直见和…》："凤凰固合栖阿阁，骐骥谁令驾鼓车。"

驾海　jià hǎi

【分类】政治
【关键词】唐太宗
【释义】航海。唐李世民《幸武功庆善宫》："梯山咸入款，驾海亦来思。"
【例句】唐李郢《骊山怀古》："武帝寻仙驾海游，禁门高闭水空流。"唐柳宗元《同刘二十…》："朝宗延驾海，师役罢梁溠。"唐柳宗元《游南亭夜…》："披山穷木禾，驾海逾蟠桃。"宋华岳《上赵漕》："大枝擎天作砥柱，小枝驾海成虹梁。"

驾御　jià yù

【分类】政治
【关键词】张昭
【释义】驾驶车马。驱使；控制。《三国志·张昭传》："夫为人君者，谓能驾御英雄，驱使群贤。"
【例句】唐杜甫《投赠哥舒…》："君王自神武，驾驭必英雄。"宋黄庭坚《病起荆江…》："岂谓高才难驾御，空归万里白头翁。"宋徐积《虞姬别项羽》："汉王聪明有大度，天下英雄能驾御。"宋梅尧臣《重送曾子固》："且自摧藏随浪去，何当驾驭使云从。"

嫁鸡随鸡　jià jī suí jī

【分类】政治
【关键词】埤雅
【释义】即嫁鸡随鸡，嫁狗随狗。古礼认为女子出嫁后，不论丈夫性格如何，都要温顺，恪守妇道。《埤雅》："嫁鸡与之飞，嫁狗与之走。"
【例句】唐杜甫《新婚别》："生女有所归，鸡狗亦得将。"宋欧阳修《代鸠妇言》："人言嫁鸡逐鸡飞,安知嫁鸠被鸠逐。"宋周紫芝《长干曲》："谩道嫁鸡逐鸡飞,长干夫婿那得知。"宋赵汝燧《古别离》："嫁狗逐狗鸡逐鸡,耿耿不寐展转思。"

稼轩　　jià xuān

【分类】文化
【关键词】辛弃疾
【释义】宋代大词人辛弃疾的自号；曾谓"人生在勤,当以力田为先",因取以为名。词集名《稼轩词》。《宋史·辛弃疾传》："辛弃疾字幼安,齐之历城人。…时虞允文当国,帝锐意恢复,弃疾因论南北形势及三国、晋、汉人才,持论劲直,不为迎合。"
【例句】宋陆游《送辛幼安…》："稼轩落笔凌鲍谢,退避声名称学稼。"宋刘过《呈辛稼轩》："只欲稼轩一题品,春风侯骨死犹香。"宋韩淲《送陈同甫…》："又见稼轩趋召节,却随举子赴南宫。"聂绀弩《挽陈帅》："水侧磨刀工部句,楼头看剑稼轩词。"

价值连城　　jià zhí lián chéng

【分类】生活
【关键词】蔺相如
【释义】连城：连在一起的许多城池。形容物品十分贵重。《史记·廉颇蔺相如列传》："赵惠文王时,得楚和氏璧。秦昭王闻之,使人遗赵王书,愿以十五城请易璧。"
【例句】唐杨炯《夜送赵纵》："赵氏连城璧,由来天下传。"唐陈子昂《答洛阳主人》："再取连城璧,三陟津阳侯。"唐李白《鞠歌行》："楚国青蝇何太多？连城白璧遭逸毁。"唐钱起《片玉篇》："连城美价幸逢时,命代良工岂见遗。"

奸人妇人泣　　jiān rén fù rén qì

【分类】生活
【关键词】孔丛子
【释义】咏哭泣之典。《孔丛子·儒服》："其徒曰：'凡泣者一无取乎？'子高（孔诸梁字）曰：'有二焉,大奸之人,以泣自信；妇人懦夫,以泣达爱。'言奸人泣涕是为了取信于人,妇人泣涕是为了表示爱心。
【例句】唐罗隐《泪》："自从鲁国潸然后,不是奸人即妇人。"元梁寅《初夏》："野战哀田叟,山行泣妇人。"明谢元汴《哭林非斋…》："哭泣妇人俱不可,相传司马旧青衫。"清邵帆《箜篌引》："中流无人兵匆立,河边妇人对河泣。"

坚城　　jiān chéng

【分类】政治
【关键词】韩非子
【释义】坚固的城池。《韩非子·五蠹》："万乘之国,莫敢自顿于坚城之下,而使强敌裁其弊也,此必不亡之术也。"
【例句】唐陆龟蒙《筑城词》："筑城畏不坚,坚城在何处。"宋强至《送李去病…》："坚城高寨碍飞鸟,天兵百万方云屯。"宋文天祥《平原》："一朝渔阳动鼙鼓,大河以北无坚城。"宋张孝祥《秦城》："堑山堙谷北防胡,南筑坚城更

远图。"

间气　　jiàn qì

【分类】政治
【关键词】春秋演孔
【释义】旧谓英雄豪杰上应天象,禀天地特殊之气,间世而出,称为间气。《春秋演孔图》："正气为帝,间气为臣。"唐柳宗元《祭杨凭詹事文》："公禀间气,心灵洞开,翱翔自得,谁屑群猜。"
【例句】唐刘长卿《湖南使还…》："大才生间气,盛业拯横流。"唐殷文圭《省试夜投…》："混沌分来融间气,搀枪灭处炫文星。"宋陆佃《依韵和再…》："丹梯直上三千级,间气于今五百年。"宋王庭圭《江虞仲生日》："公家今夕果何夕,适逢间气生英才。"聂绀弩《代周婆答》："肺腑忠言多郁勃,江山间气有盘陀。"

肩吾　　jiān wú

【分类】文化
【关键词】庄子
【释义】传说中的神名。《庄子·大宗师》："夫道有情有信,无为无形,可传而不可受…肩吾得之以处大山。"成玄英疏："肩吾,神名也。"
【例句】宋许广渊《春日游隐…》："珍重肩吾能自适,尝招诗友避喧行。"宋李复《残编》："韦述投山藏旧史,肩吾去国失宫谣。"宋孔武仲《再用奴字…》："晚交夫子谈道妙,应笑连叔惊肩吾。"宋韩驹《题王内翰…》："便欲凭轩问连叔,却愁挂壁惊肩吾。"

兼济　　jiān jì

【分类】政治
【关键词】庄子
【释义】谓使天下民众、万物咸受惠益。《庄子·列御寇》："小夫之知,不离苞苴竿牍,敝精神乎蹇浅,而欲兼济导物。"唐韩愈《争臣论》："自古圣人贤士…得其道,不敢独善其身,而必以兼济天下也。"
【例句】唐魏奉古《奉酬韦祭…》："遂初诚已重,兼济实为贤。"唐高适《信安王幕…》："直道常兼济,微才独弃捐。"唐卢僎《稍秋晓坐…》："独善与兼济,语默奉良筹。"唐白居易《新制布裘》："丈夫贵兼济,岂独善一身。"

兼金　　jiān jīn

【分类】生活
【关键词】孟子
【释义】价值倍于常金的好金子。古代金银铜通言金。亦泛指多量的金银钱帛。《孟子·公孙丑》："前日于齐,王馈兼金一百而不受。"汉赵岐注："兼金,好金也,其价兼倍于常者。"
【例句】唐陈元光《酬裴使君…》："馈我兼金佩,和之美玉箫。"唐韩愈《晚次宣溪…》："兼金那足比清文,白首相随愧使君。"宋王十朋《陈郎中赠…》："兼金白璧不足道,愿宝兹集为家藏。"宋韦骧《寄明守刘…》："两篇佳咏兼金

重,三复长吟万虑销。"

兼善天下　jiān shàn tiān xià
【分类】政治
【关键词】孟子
【释义】兼:兼顾。使天下的人都得到好处。源见"独善其身"。
【例句】宋史浩《次韵沈泽…》:"远则兼善非附势,穷而独处非左计。"宋释居简《杨宗伯知…》:"荣以依光如昼锦,乐于兼善胜专城。"宋苏泂《有叹》:"平生兼善意,孤独叹沉沦。"宋刘子翚《寿周丞相…》:"兼善工夫自古难,有谁志学合伊颜。"

菅蒯　jiān kuǎi
【分类】政治
【关键词】左传
【释义】比喻低贱之物。《左传·成公九年》:"《诗》曰:'虽有丝麻,无弃菅蒯。虽有姬、姜,无弃蕉萃。凡百君子,莫不代匮。'言备之不可以已也。"菅、蒯皆多年生草本植物,古人用以编草绳、席、鞋等。
【例句】唐柳宗元《游南亭夜…》:"安将蒯及菅,谁慕粱与膏。"唐高适《赠别王十…》:"何意薄松筠,翻然重菅蒯。"唐刘商《赠严四草履》:"轻微菅蒯将何用,容足偷安事颇同。"唐韩愈《纳凉联句》:"惟忧弃菅蒯,敢望侍帷幄。"

湔裙　jiān qún
【分类】生活
【关键词】窦泰
【释义】度厄避灾之典。古代的一种风俗,指农历正月元日至月晦,女子洗衣于水边,以避祸殃,平安度厄难。《北史·窦泰传》:"(窦泰母)遂有孕。期而不产,大惧。有巫曰:'度河湔裙,产子必易。'"
【例句】唐吕渭《皇帝移晦…》:"湔裙移旧俗,赐尺下新科。"宋周弼《冬赛行》:"大巫舞袍奉酒尊,小巫湔裙进盘盏。"宋王初《银河》:"犹残仙媛湔裙水,几见星妃度袜尘。"宋曾巩《南湖行》:"轻舟短楫此溪人,相要水上亦湔裙。"

缄口　jiān kǒu
【分类】生活
【关键词】孔子
【释义】谓闭口不言。源见"三缄其口"。
【例句】唐杜荀鹤《闻子规》:"啼得血流无用处,不如缄口过残春。"唐寒山《诗》:"捺头遮小心,鞭背令缄口。"唐杜荀鹤《闻子规》:"啼得血流无用处,不如缄口过残春。"唐徐夤《献内翰杨…》:"欲言温树三缄口,闲赋宫词八斗才。"

缄题报亲爱　jiān tí bào qīn ài
【分类】文化
【关键词】许迈
【释义】咏学道之典。《艺文类聚》引《许迈别传》:"迈好养生,遭妻归家。东游,采药于桐庐山。欲断谷,以山近人,不得专一,移入临安。自以无复返,乃改名远游,书与妇别。"晋许迈远游学道曾作书与妻相别。
【例句】唐刘威《送元秀才…》:"空有缄题报亲爱,一千年后始西归。"宋苏轼《送邵道士…》:"许迈有妻还学道,陶渊明无酒亦从人。"宋王介《洞霄宫》:"许迈林中丹灶冷,郭文山上白云深。"元顾瑛《次韵张田…》:"贫余许迈餐金法,乐止陶渊明《饮酒》诗。"

蒹葭　jiān jiā
【分类】生活
【关键词】诗经
【释义】蒹和葭都是价值低贱的水草,因喻微贱。亦常用作谦词。泛指思念异地友人。《诗经·秦风·蒹葭》:"蒹葭苍苍,白露为霜;所谓伊人,在水一方。"
【例句】唐苏味道《始背洛城…》:"蟋蟀秋风起,蒹葭晚露深。"唐张九龄《和苏侍郎…》:"兴逐蒹葭变,文因棠棣飞。"唐李颀《与诸公游…》:"霜凝远村渚,月静蒹葭丛。"唐马戴《送柳秀才…》:"蒹葭行广泽,星月楫寒流。"聂绀弩《送诗人邹…》:"汉皋烟雨天门远,秋水蒹葭怀者劳。"

蒹葭伊人　jiān jiā yī rén
【分类】生活
【关键词】诗经
【释义】怀思故人、思念恋人之典。《诗经·秦风·蒹葭》:"蒹葭苍苍,白露为霜。所谓伊人,在水一方。"
【例句】宋龚璛《题陆梅南…》:"岁晚空江一滩雪,伊人何处渺蒹葭。"明王鏊《和林见素…》:"蒹葭望伊人,宛见水中央。"明唐顺之《金泽寺中…》:"伊人只在蒹葭外,独对清尊奈尔何。"明郭之奇《邕江午眺》:"蒹葭乍拂伊人水,兰芷仍含故国馨。"

蒹葭玉树　jiān jiā yù shù
【分类】生活
【关键词】魏明帝
【释义】喻指才德或品貌差的人高攀他人。《世说新语·容止》:"魏明帝(曹叡)使后弟毛曾与夏侯玄共坐,时人谓'蒹葭倚玉树'。"
【例句】唐李群玉《龙安寺佳…》:"若教亲玉树,情愿作蒹葭。"宋田锡《和温仲舒…》:"官满替人如未到,蒹葭玉树且相依。"宋释德洪《次韵题颙…》:"杖屦相从年可忘,不羞蒹葭玉树旁。"

煎胶续弦　jiān jiāo xù xián
【分类】生活
【关键词】东方朔
【释义】喻指续继事物,如续文续物,不一定专指续刀弓武器。也比喻男娶继室。《海内十洲记》:"(凤麟)洲上多凤麟,数万为群…煮凤喙及麟角,合煎作膏,名之为续弦胶,或名连金泥。此胶能续弓弩已断之弦,刀剑断折之金。"
【例句】唐杜甫《病后遇王…》:"麟角凤觜世莫识,煎胶续弦奇自见。"唐杜牧《读韩杜集》：："天外凤凰谁得髓，无人解合续弦胶。"宋黄庭坚《再和元礼…》："回肠无奈别愁煎，待得鸾胶续断弦。"宋喻良能《题叶省干…》："穿天出月摘清芬，煎胶续弦唯有君。"

鹣鹠　jiān jué
【分类】生活
【关键词】尔雅
【释义】比翼鸟和比肩兽。比喻关系密切的亲友。《尔雅·释地》："南方有比翼鸟焉，不比不飞，其名谓之鹣鹠。西方有比肩兽焉，与邛邛岠虚比，为邛邛岠虚啮甘草。即有难，邛邛岠虚负而走，其名谓之蹶。"
【例句】唐韩愈《送文畅师…》："况逢旧相识，无不比鹣鹠。"明王九思《对菊有怀》："川原邈相隔，鹣鹠不可属。"明郑善夫《赠道夫》："中逵判绸缪，岂不念鹣鹠。"明黄淳耀《释褐后以…》："斯文苏陈辈，鹣鹠互携将。"

籛铿　jiān kēng
【分类】文化
【关键词】彭祖
【释义】即彭祖。长寿仙人。《论语·述而》："子曰：'述而不作，信而好古，窃比于我老彭。'"宋邢昺疏："老彭即庄子所谓彭祖也。李云：名铿，尧臣，封于彭城，历虞、夏至商，年七百岁，故以久寿见闻。《世本》云：姓籛名铿，在商为守藏史，在周为柱下史，年八百岁，籛音剪，一云即老子也。"
【例句】宋张元干《叶少蕴生朝》："庞眉鹤骨超籛铿，清都绛阙吞蓬瀛。"宋释心道《野狐》："石崇富贵籛铿寿，潘岳容仪子建才。"宋曾丰《代贺皇太…》："尚稽陪角绮，遥祝寿籛铿。"宋舒岳祥《老彭像》："籛铿自古寿称延，上下尧殷九百年。"

茧帖　jiǎn tiè
【分类】生活
【关键词】游戏
【释义】古代的一种竞猜游戏或卜祝形式。《开元天宝遗事》："都中每至正月十五日，造面茧，以官位帖子，置其中探之，卜官位高下，或赌筵宴，以为戏笑。"
【例句】宋赵必《齐天乐》："茧帖争先，芋郎卜巧，细说成都旧话。"元顾瑛《三月三日…》："书出拨灯侵茧帖，诗成夺锦斗香奁。"

俭府　jiǎn fǔ
【分类】政治
【关键词】王俭
【释义】南朝齐王俭的府第，为幕府的美称。俭于高帝时为卫将军，领朝政，用才名之士为幕僚，获誉。源见"红莲幕"。
【例句】唐李郢《奉陪裴相…》："莲沼昔为王俭府，菊篱今作孟嘉杯。"唐李山甫《送职方王…》："莲影一时空俭府，兰香同处扑尧衣。"唐罗隐《淮南送卢…》："朱绂两参王俭府，绣衣三领杜林官。"唐黄滔《送僧归北…》："旋为俭府招，未得穷野步。"

剪不断　jiǎn bù duàn
【分类】生活
【关键词】李煜
【释义】不能了断，也不能理出个头绪来。比喻感情的缠绵、繁杂。南唐李煜《相见欢·无言独上西楼》："剪不断，理还乱，是离愁。"
【例句】唐卢仝《新蝉》："长风剪不断，还在树枝间。"宋李之仪《为僧作石…》："叶磨数刃剑，惟有清风剪不断。"宋陆游《对酒》："闲愁剪不断，剩欲借并刀。"宋释慧空《送正维那…》："无丝线子搜不断，正要并州快剪刀。"

剪彩　jiǎn cǎi
【分类】生活
【关键词】荆楚岁时记
【释义】剪裁花纸或彩绸，制成虫鱼花草之类的装饰品。《荆楚岁时记》："立春之日，悉剪彩为燕，戴之。"
【例句】宋王安石《次韵次道…》："今日盘中看剪彩，当时花下就传杯。"宋胡安国《十二月立春》："人家剪彩应书字，天仗迎春尽广郊。"元宋褧《和赵鲁瞻…》："烧香人拜弯弓月，穿市儿携剪彩花。"元郭居敬《剪彩花》："剪彩为花花异常，枝枝点缀作春光。"

剪春韭　jiǎn chūn jiǔ
【分类】生活
【关键词】杜甫
【释义】谓深情厚谊、热情待客的典故。唐杜甫《赠卫八处士》："夜雨剪春韭，新炊间黄粱。"
【例句】宋洪咨夔《奚知县挽诗》："炊粱剪春韭，无复奉从容。"明杨子善《忆乡中诸…》："诗联石鼎秋灯冷，韭剪春园夜雨深。"明王鏊《秉之作且…》："麦垄瓜畦桑枣墟，晚菘早韭剪春余。"明文徵明《伍畴中太…》："山园夜雨剪春韭，花径春风候小车。"

剪翎送笼　jiǎn líng sòng lóng
【分类】生活
【关键词】祢衡
【释义】喻处于困境。后遂以陷入困境之典。东汉祢衡《鹦鹉赋》："尔乃归穷委命，离群丧侣，闭以雕笼，剪其翎羽。"
【例句】唐韩愈《调张籍》："剪翎送笼中，使看百鸟翔。"宋刘一止《送吴兴太…》："剪翎但鸣悲，坐阅百鸟翔。"宋王安石《邢太保有…》："每怜今日长垂翅，却悔当时误剪翎。"宋刘弇《赠致政曾…》："小轩静把琴开匣，幽苑深将鹤剪翎。"

剪取吴淞　jiǎn qǔ wú sōng
【分类】生活
【关键词】杜甫

【释义】典出唐杜甫《戏题王宰画山水图歌》："焉得并州快剪刀，剪取吴淞半江水。"原意是王宰山水画画得极好，很想用快剪刀剪下半幅画来留在身边。后引申为对艺术作品的评论、赞美。

【例句】宋卢祖皋《贺新郎》："谁剪吴淞江上水，笑乾坤、奇事成儿剧。"宋孙应时《举帆松江…》："扁舟谁倚高楼望，画入吴淞春晚图。"元谢宗可《水纹》："何如袖取并刀去，剪取吴淞半幅归。"明陆深《山居和答…》："倚阑正见三江口，剪取吴淞共试茶。"

剪商　jiǎn shāng

【分类】政治

【关键词】诗经

【释义】谓剪灭商纣。借指剿灭无道，建立王业。《诗经·鲁颂·閟宫》："后稷之孙，实维大王，居岐之阳，实始翦商。"

【例句】唐张九龄《奉和圣制…》："剪商自文祖，夷项在兹山。"唐张九龄《奉和圣制…》："缅惟剪商后，岂独微禹叹。"宋洪适《石鼓诗》："天作高山太王荒，鸷鸟一鸣周剪商。"元张达《杂言》："泰伯耻剪商，泯踪去宗国。"

剪桐　jiǎn tóng

【分类】政治

【关键词】唐叔虞

【释义】指帝王分封。《史记·晋世家》："成王与叔虞戏，削桐叶为圭以与叔虞，曰：'以此封若。'史佚因请择日立叔虞。成王曰：'吾与之戏耳。'史佚曰：'天子无戏言。言则史书之，礼成之，乐歌之。'于是遂封叔虞于唐。"

【例句】唐李世民《过旧宅》："纫佩兰凋径，舒圭叶剪桐。"唐张说《惠文太子…》："剪桐悲曩戏，攻玉怆新恩。"唐高适《信安王幕…》："剪桐光宠锡，题剑美贞坚。"宋家诚之《挽黄忠文公》："嗜饱岂容登鼎俎，剪桐争肯戏圭璋。"

剪纸招魂　jiǎn zhǐ zhāo hún

【分类】生活

【关键词】杜甫

【释义】古人风俗，剪纸为旐，为重病或受惊吓者招魂。唐杜甫《彭衙行》："暖汤濯我足，剪纸招我魂。"

【例句】宋李之仪《夜投临颍…》："招魂几剪纸，感惠非尚聚。"宋毛直方《悼亡》："客中自有未招魂，剪纸空教夜祭门。"元萨都剌《拟李陵送…》："汉家恩爱君须厚，剪纸招魂望塞边。"明郭钰《旅馆怀旧》："天涯剪纸赋招魂，寂寞空斋昼掩门。"

剪烛西窗　jiǎn zhú xī chuāng

【分类】生活

【关键词】李商隐

【释义】原指思念远方妻子，盼望相聚夜语。后泛指亲友聚谈。唐李商隐《夜雨寄北》："何当共剪西窗烛，却话巴山夜雨时。"

【例句】宋刘一止《次韵邵子…》："会须剪烛西窗语，莫怪长头酒事频。"宋朱松《留别卓民表》："剪烛西窗惊晓梦，对床夜雨话平生。"宋叶福孙《题汪水云…》："今雨水云来访我，西窗剪烛话辽东。"宋刘克庄《挽赵虚斋》："可怜老病忘昏昼，但记西窗剪烛时。"

简要清通　jiǎn yào qīng tōng

【分类】文化

【关键词】钟会

【释义】谓行事简练扼要，为人清明通达。《世说新语·赏誉》："吏部郎阙，文帝问其人于钟会。会曰：'裴楷清通，王戎简要，皆其选也。'于是用裴。"

【例句】唐张九龄《和裴侍中…》："生才作霖雨，继代有清通。"唐卢僎《季冬送户…》："汉庭瞻直谅，楚峡望清通。"唐殷寅《铨试后徵…》："裴楷能清通，山涛急推荐。"宋欧阳修《送焦千之…》："读书趋简要，害说去杂冗。"宋叶适《还华贤良…》："四邻黄策家，简要获天宠。"明施闰章《宋司马拜…》："清通见裴楷，简要复王戎。"明王世贞《赠王吏部…》："先朝论吏部，简要有王戎。"

戬穀　jiǎn gǔ

【分类】生活

【关键词】诗经

【释义】指福禄。《诗经·小雅·天保》："天保定尔，俾尔戬穀。"毛传："戬，福；穀，禄。"一说，犹尽善。朱熹集传："闻人氏曰：戬，与翦同，尽也；穀，善也。"后用为吉祥之语。

【例句】宋王炎《贺东宫诞辰》："愿言申戬穀，夷夏仰元良。"宋刘弇《上熊待制…》："祈公戬穀终何拟，星有元台木有椿。"宋张耒《代人上颍…》："世仰风规旧，公膺戬谷繁。"宋王炎《林宝文生日》："戬谷既鼎来，何以为祝辞。"

謇吃　jiǎn chī

【分类】生活

【关键词】庾信

【释义】口吃；言语不顺利。北周庾信《谢滕王集序启》："言辞謇吃，更甚扬雄。"

【例句】宋谢薖《偶书》："平生謇吃不解语，终日坐窗从客嘲。"宋谢薖《次韵之南…》："平生说诗喙三尺，只今謇吃成期期。"宋袁甫《辛亥寒食》："一语謇吃涕泗滂，老大空腹徒悲伤。"清邓廷桢《秋后酷暑…》："颠风偶作郎当语，静日微吟謇吃诗。"

蹇驴　jiǎn lǘ

【分类】生活

【关键词】楚辞

【释义】跛蹇驽弱的驴子。比喻驽钝的人。《楚辞·七谏·谬谏》："驾蹇驴而无策兮，又何路之能极？"汉王逸注："蹇，跛也。"

【例句】唐李白《答王十二…》："骅骝拳跼不能食，蹇驴得志鸣春风。"唐杜甫《逼仄行赠…》："东家蹇驴许借我，泥滑不敢骑朝天。"唐杜甫《画像题诗》："迎旦东风骑蹇驴，旋呵冻手暖髯须。"宋王禹称《再赋一章…》："独跨蹇驴云外去,仍携稚子雪中行。"

蹇修　jiǎn xiū
【分类】政治
【关键词】伏羲氏
【释义】古贤者。《楚辞·离骚》："解佩纕以结言兮,吾令蹇修以为理。"汉王逸注："蹇修,伏羲氏之臣也…言己既见宓妃,则解我佩带之玉,以结语言,使古贤蹇修而为媒理也。"亦指媒妁。
【例句】唐张九龄《感遇》："永日徒旅忧,临风怀蹇修。"宋宋祁《寄王共》："我惭芳岁晚,犹俊蹇修媒。"宋文同《遣兴》："蹇修无嗣者,谁可吾与媒。"宋刘敞《和圣俞织…》："蹇修古不存,乌鹊相为谋。"

见溺不援　jiàn nì bù yuán
【分类】生活
【关键词】孟子
【释义】讽不通情理之人。《孟子·离娄上》："淳于髡曰:'男女授受不亲,礼与?'孟子曰:'礼也'。曰:'嫂溺,则援之以手乎?'曰:'嫂溺不援,是豺狼也。男女授受不亲,礼也;嫂溺援之以手者,权也。'"
【例句】唐李咸用《公无渡河》："见溺不援能语狼,忍听丽玉传悲伤。"宋朱松《与陈彦时…》："职卑困掣肘,见溺不得援。"宋周孚《次韵程道徽》："见溺不解援,我空三叹息。"

见在身　jiàn zài shēn
【分类】生活
【关键词】牛僧孺
【释义】谓至今健在的身体。唐牛僧孺《席上赠刘梦得》："休论世上升沉事,且斗樽前见在身。"
【例句】宋岳《岁朝》："贫中只是寻常日,醉里何知见在身。"宋苏轼《过密州次…》："黄鸡催晓凄凉曲,白发惊秋见在身。"宋彭汝砺《老儿挈幼…》："莫言法法与尘尘,祇论而今见在身。"宋葛胜仲《中秋夜宿…》："已抛世外无穷事,独喜尊前见在身。"

建安骨　jiàn ān gǔ
【分类】文化
【关键词】文心雕龙
【释义】指汉魏之际曹操父子和建安七子等人诗文的刚健遒劲、悲凉慷慨的风格。为赞扬诗文有深意、有气势的典故。《文心雕龙·时序》中谓汉末建安年间,曹操父子和王粲、孔融等七子的诗文具有"志深而笔长,梗概而多气"的风骨。
【例句】唐李白《宣州谢朓…》："蓬莱文章建安骨,中间小谢又清发。"宋舒亶《送韦太守》："太守文章建安骨,爽气冷侵寒月窟。"宋孔平仲《郡名诗呈…》："似追少陵步,真得建安骨。"宋方一夔《杂兴》："文章何啻建安骨,议论能无元祐心。"

建安七子　jiàn ān qī zǐ
【分类】文化
【关键词】曹丕
【释义】代称文士。三国魏曹丕《典论·论文》："今之文人,鲁国孔融文举、广陵陈琳孔璋、山阳王粲仲宣、北海徐干伟长、陈留阮瑀元瑜、汝南应玚德琏、东平刘桢公干,斯七子者,于学无所遗,于辞无所假,咸以自骋骥𬴊于千里,仰齐足而并驰。"
【例句】唐曹邺《寄监察从兄》："空留建安书,传说七子名。"唐皮日休《奉送浙东…》："建安才子太微仙,暂上金台许二年。"唐李涉《李独携酒见访》："果然文字称仪容,已觉建安风彩俗。"唐李绅《转寿春守…》："那遇八公生羽翼,空悲七子委尘泥。"

建礼门　jiàn lǐ mén
【分类】政治
【关键词】汉官仪
【释义】汉宫门名,为尚书郎值勤之处。《汉官仪》："尚书郎主作文书起草。夜更直五日于建礼门内。"
【例句】唐皇甫冉《送处州裴…》："新衔趋建礼,旧位识文昌。"唐皇甫冉《酬李补阙》："夕宿灵台伴烟月,晨趋建礼逐衣裳。"唐莫宣卿《百官乘月》："建礼俨朝冠,重门耿夜阑。"唐罗隐《送陆郎中…》："三署履声通建礼,九霄星彩映明光。"

建隆臣普　jiàn lóng chén pǔ
【分类】政治
【关键词】赵普
【释义】咏宠臣之典。《五朝名臣言行录·中书令韩国赵忠献王》："赵普,韩国忠献公…事太祖、太宗位至中书令…太祖宠侍韩王如左右手,御史中丞雷德骧劾奏普强市人第宅、聚敛财贿。上怒叱之曰:'鼎铛尚有耳,汝不闻赵普吾之社稷臣乎?'"建隆,宋太祖赵匡胤年号。
【例句】宋无名氏《沁园春》："有建隆臣普,上天宰辅,绍光臣鼎,平地神仙。"宋陈普《历代传授歌》："太祖姓赵都汴京,雪夜常幸赵普第。"宋尹廷高《丙午端阳…》："云台勋臣家寇恂,薇垣上相人赵普。"元王恽《挽漕篇》："尝闻建隆间,有相曰赵普。"

建平家　jiàn píng jiā
【分类】文化
【关键词】刘景素
【释义】喻指爱文学士的亲王。《宋书·建平王宏传》附《刘景素传》："子景素,少爱文义,有父风…景素好文章书籍,招集方义之士,倾身礼接,以收名誉,由是朝野翕然,莫不属意焉。"
【例句】唐王维《送孙秀才》："帝城风日好,况复建平家。"明潘希曾《送丁司训…》："几年场屋擅才名,教铎初持向建平。"明皇甫汸《送日者朱氏》："逢君布卦似公明,尽朱家有建平。"

建章宫 jiàn zhāng gōng
【分类】政治
【关键词】汉武帝
【释义】汉武帝所建宫苑,跨城筑有飞阁辇道,可从未央宫直至建章宫。《汉书·郊祀志下》:"勇之乃曰:'粤俗有火灾,复起屋,必以大,用胜服之。'于是作建章宫,度为千门万户。前殿度高未央。"
【例句】唐李世民《采芙蓉》:"栖乌还密树,泛流归建章。"唐贾至《早朝大明诗》:"千条弱柳垂青琐,百啭流莺绕建章。"唐吴少微《怨歌行》:"建章西宫焕若神,燕赵美女二千人。"唐苏颋《春晚紫微…》:"直省清华接建章,向来无事日犹长。"

荐鹗 jiàn è
【分类】政治
【关键词】孔融
【释义】推荐贤士的典故。汉孔融《荐祢衡表》:"鸷鸟累百,不如一鹗…使衡立朝,必有可观。"鹗,善捕鱼,益鸟。
【例句】唐戴叔伦《寄禅师寺…》:"礼罗加璧至,荐鹗与云连。"宋孔武仲《寄张端父》:"追思荐鹗门阑旧,默感跳丸岁月空。"宋范仲淹《寄赠林逋…》:"朝廷唯荐鹗,乡党不伤麟。"宋韦骧《呈户部李…》:"密启更惭先荐鹗,高门况是晚登龙。"

荐菊井 jiàn jú jǐng
【分类】生态
【关键词】苏轼
【释义】井名。位于杭州孤山。《西湖游览志·孤山三堤胜迹》:"(堤南第四桥)水仙王庙,亦名龙王祠。先是,以乐天、和靖、子瞻附祀两庑。有井曰荐菊,盖取苏诗'不然配食水仙王,一盏寒泉荐秋菊'之义也,今废。"
【例句】宋张炜《荐菊泉》:"独有菊泉能定力,岁寒坚守此山前。"宋赵蕃《水仙》:"荐菊要令和靖配,思鲈更儗步兵贤。"宋刘克庄《居厚弟示…》:"秋田易了渊明醉,菊井无渊伯始颜。"宋刘克庄《夜检故书…》:"戴花起舞生无闷,荐菊为肴死亦清。"

荐夷吾 jiàn yí wú
【分类】政治
【关键词】管仲
【释义】赞颂知交荐举之典。《史记·管仲列传》:"管仲夷吾者颍上人也,少时尝与鲍叔牙游,鲍叔知其贤。…及小白立,为桓公,公子纠死,管仲囚焉。鲍叔遂进管仲。管仲既用,任政于齐,齐桓公以霸。"
【例句】唐李白《陈情赠友人》:"鲍生荐夷吾,一举致齐相。"宋彭汝砺《上刘推官》:"见知虽鲍叔,蒙遇岂夷吾。"宋葛立方《闻我师大…》:"保江卑谢傅,图霸小夷吾。"元孙蕡《梁父吟》:"君不见夷吾奋袂投南冠,故人荐引登君门。"

荐藻 jiàn zǎo
【分类】政治
【关键词】左传
【释义】咏心诚敬献之典。《左传·隐公三年》:"苟有明信,涧溪沼沚之毛,苹蘩蕰藻之菜,筐筥锜釜之器,潢污行潦之水,可荐于鬼神,可羞于王公。"言人有诚心,虽涧溪中之藻类,亦可荐于鬼神。
【例句】唐张九龄《洪州西山…》:"迟明申藻荐,先夕旅岩扉。"唐刘沧《长洲怀古》:"停车日晚荐蘋藻,风静寒塘花正开。"唐杜甫《槐叶冷淘》:"献芹则小小,荐藻明区区。"唐张翔《经罗渊吊…》:"却借微香荐蘋藻,海门何处问渔樵?"唐白元鉴《抚掌泉》:"夜镜涵星斗,春杯荐藻蘋。"

荐枕席 jiàn zhěn xí
【分类】生活
【关键词】宋玉
【释义】借指陪侍、侍寝。源见"巫山云雨"。
【例句】唐李和风《题敬爱诗后》:"若向此中求荐枕,参差笑杀楚襄王。"唐刘长卿《少年行》:"荐枕青蛾艳,鸣鞭白马骄。"唐李白《怨歌行》:"荐枕娇夕月,卷衣恋春风。"宋韩驹《次韵黑毡歌》:"托身似与青女约,荐枕常须黄你随。"

剑阁 jiàn gé
【分类】生态
【关键词】晋书
【释义】指剑门关,在今四川剑阁县北,是由秦入蜀的要道。此地群山如剑,峭壁中断处,两山对峙如门。诸葛亮相蜀时,凿石驾凌空栈道以通行。《晋书·地理志》:"桓温入蜀后…又于晋寿置剑阁县,属梁州,后孝武帝分梓潼北界立晋寿郡…罢剑阁县"。
【例句】唐骆宾王《畴昔篇》:"阳关积雾万里昏,剑阁连山千种色。"唐骆宾王《从军中行…》:"长驱一息背铜梁,直指三巴登剑阁。"唐白居易《长恨歌》:"黄埃散漫风萧索,云栈萦纡登剑阁。"唐王泠然残句:"陈兵剑阁山将动,饮马珠江水不流。"

剑化 jiàn huà
【分类】生活
【关键词】张华
【释义】喻人去世。源见"丰城剑气"。
【例句】唐韩愈《大行皇太…》:"凤飞终不返,剑化会相从。"唐白居易《重寄》:"萧散弓惊雁,分飞剑化龙。"宋章惇《游虎丘次韵》:"纯钩剑化空池在,幽独诗成白日闲。"宋王洋《吕尚书挽章》:"谁如双剑化,义烈一门俱。"

剑决浮云 jiàn jué fú yún
【分类】文化
【关键词】剑
【释义】截断浮云。常用以形容宝剑之威力。源见"截云"。
【例句】唐李白《送白利从…》:"剑决浮云气,弓弯明月辉。"唐李白《古风》:"飞剑决浮云,诸侯尽西来。"唐白居易《鸦九剑》:"不如持我决浮云,无令漫漫蔽白日。"宋杨冠卿《塞上与郑…》:"安得君王倚天剑,提携直上决浮云。"

剑履　jiàn lǚ

【分类】政治

【关键词】萧何

【释义】佩着剑穿着鞋上朝,被视为极大的优遇。《史记·萧相国世家》:"于是乃令相第一,赐带剑履上殿,入朝不趋。"

【例句】唐刘禹锡《同乐天送…》:"尚书剑履出明光,居守旌旗赴洛阳。"唐宋之问《奉和幸韦…》:"入朝荣剑履,退食偶琴书。"唐白居易《行次夏口…》:"曾陪剑履升鸾殿,欲谒旌幢入鹤楼。"唐曹唐《仙都即景》:"衣冠留葬桥山月,剑履将随浪海风。"

剑器　jiàn qì

【分类】生活

【关键词】舞

【释义】舞蹈名。属唐代健舞曲。唐沈亚之《叙草书送山人王传义》序:"昔张旭善草书,出见公孙大娘舞《剑器》《浑脱》,鼓吹既作,言能使孤蓬自振,惊砂坐飞,而旭归为之书,则非常矣。"

【例句】唐杜甫《观公孙大…》:"昔有佳人公孙氏,一舞剑器动四方。"宋吕本中《别后寄舍…》:"因观剑器舞,复悟担夫争。"宋陆游《思夔州》:"壮忆公孙剑器舞,愁思宾客竹枝歌。"宋陆游《蹋碛》:"竹枝惨戚云不动,剑器联翩日将夕。"

剑三千　jiàn sān qiān

【分类】政治

【关键词】庄子

【释义】咏朝廷武士之典。《庄子·说剑》:"昔赵文王喜剑,剑士夹门而客三千余人,日夜相击于前。死伤者岁百余人。"

【例句】唐杜甫《寄岳州贾…》:"苍茫城七十,流落剑三千。"宋杨冠卿《又用韵》:"杏坛铿尔瑟声稀,剑佩三千羽盖飞。"宋释守珣《颂古》:"三千剑客今何在,独许将军建太平。"元高启《阖闾墓》:"地下应知无敌国,何须深葬剑三千。"

剑头炊　jiàn tóu chuī

【分类】政治

【关键词】世说新语

【释义】即矛头淅米剑头为炊,形容处境危险。《世说新语·排调》:"次复作危语。桓曰:'矛头淅米剑头炊。'"

【例句】宋黄庭坚《次韵奉答…》:"两个泥牛齐著力,矛头淅米剑头炊。"宋周紫芝《次韵次卿…》:"人情危甚剑头炊,未可云鹏笑一枝。"宋文天祥《简琴窗云…》:"世情千万变,险甚剑头炊。"宋吕本中《赠涤上人》:"本自妨人枕边梦,不能陪汝剑头炊。"

剑头一吷　jiàn tóu yī xuè

【分类】生活

【关键词】庄子

【释义】用以比喻言语无足轻重。《庄子·则阳》:"夫吹管也,犹有嗃也;吹剑首者,吷而已矣。尧、舜,人之所誉也;道尧、舜于戴晋人之前,譬犹一吷也。"管:竹管。嗃:大声。剑首:剑环头之小孔。吷:小声。戴晋人:圣哲。

【例句】宋苏轼《舟游径山》:"榻上双痕凛然在,剑头一吷何须角。"宋苏轼《送参寥师》:"剑头惟一吷,焦谷无新颖。"宋范成大《过松江》:"人生意气得失间,轻重剑头吹一吷。"清曾国藩《陈庆贾诗…》:"褊夫例缚文字禅,剑头一吷真粲然。"

健儿胜腐儒　jiàn ér shèng fǔ rú

【分类】政治

【关键词】随何

【释义】咏乱世儒生无能为之典。要勇士,不需要无用的儒生。《史记·黥布列传》:"项籍死,天下定,上置酒。上折随何之功,谓何为腐儒,为天下安用腐儒。"

【例句】唐杜甫《草堂》:"天下尚未宁,健儿胜腐儒。"宋文天祥《第一百八…》:"赤骥顿长缨,健儿胜腐儒。"

涧底松　jiàn dǐ sōng

【分类】文化

【关键词】左思

【释义】咏有才之士受到压抑。晋左思《咏史八首》:"郁郁涧底松,离离山上苗。以彼径寸茎,荫此百尺条。"寄托出身寒微者颇受压抑的感慨。

【例句】唐寒山《诗》其二二一:"涧底松常翠,溪边石自斑。"唐王季友《还山留别…》:"惟余涧底松,依依色不改。"唐郑谷《叙事感恩…》:"顾念梁间燕,深怜涧底松。"唐杜荀鹤《夏日留题…》:"涧底松摇千尺雨,庭中竹撼一窗秋。"

渐鸿　jiàn hóng

【分类】政治

【关键词】周易

【释义】从水中进到岸上的鸿雁。常以喻仕进。源见"鸿渐"。

【例句】唐长孙佐辅《闻韦驸马…》:"无阶异渐鸿,有志惭驯鸥。"宋叶适《次韵韩仲止》:"林迷久已随牲鹿,磐止何曾有渐鸿。"明林鸿《送郑孝廉…》:"丹穴锵鸣凤,青冥起渐鸿。"明黄衷《送方鉴湖…》:"天际千峰紫映楼,渐鸿迢上思悠悠。"

渐离曈　jiàn lí huò

【分类】政治

【关键词】秦始皇

【释义】喻残害士人之典。《史记·刺客列传》:"秦皇帝惜其善击筑,重赦之,乃曈其目。使击筑,未尝不称善…举筑朴秦皇帝,不中。于是遂诛高渐离,终身不复近诸侯之人。"

【例句】唐皮日休《初夏游楞…》:"斯须到绝顶,似愈渐离曈。"唐李峤《市》:"渐离初击筑,司马正弹琴。"宋陆游

《夜闻湖中…》："悲伤似击渐离筑,忠愤如抚桓伊筝。"宋韩淲《偶成》："渐离荆卿易水流,图穷匕首非霸谋。"

渐入佳境　jiàn rù jiā jìng
【分类】生活
【关键词】顾恺之
【释义】比喻境况逐渐变好,或兴味渐浓。《晋书·顾恺之传》："恺之每食甘蔗,恒自尾至本。人或怪之。云：'渐入佳境。'"
【例句】宋葛胜仲《次长清寺》："松筠引幽步,以渐入佳境。"宋王十朋《病中食火…》："从今渐入荔佳境,陈江未擘先流涎。"宋周端臣《奉谢芸居…》："佳境喜渐入,恺之未痴蠢。"清朱彝尊《啖福州荔》："啖荔如啖蔗,佳境须渐入。"

渐台水死　jiàn tái shuǐ sǐ
【分类】生活
【关键词】楚昭王
【释义】咏美后妃之典。《列女传·楚昭贞姜》："贞姜者,齐侯之女,楚昭王之夫人也。楚昭王出游,留夫人渐台之上而去…夫人曰：'王与宫人约,令召宫人必以符。今使者不持符,妾不敢从使者行。'于是使者取符,则水大至。台崩,夫人流而死。"
【例句】唐鲍溶《辞辇行》："千年名姓香氛氲,渐台水死何伤闻。"宋陈普《烈女秋》："守符终古渐台水,坠血经今金谷园。"宋王安石《次杨乐道韵》："苑中谁得从春游,想见渐台瓦欲流。"明皇甫汸《长安十六…》："铁锁遥开天上桥,渐台何必待符招。"

谏鼓　jiàn gǔ
【分类】政治
【关键词】管子
【释义】设于朝廷供进谏者敲击以闻的鼓。为歌颂帝王纳谏之典。《管子·桓公问》："舜有告善之旌,而主不蔽也；禹立谏鼓于朝,而备讯唉。"
【例句】唐张说《奉和圣制》："侍酒酌樽满,询刍谏鼓悬。"唐韦庄《和郑拾遗…》："舜庭招谏鼓,汉殿上书囊。"唐白居易《采诗官》："诤臣杜口为冗员,谏鼓高悬作虚器。"清唐孙华《吴歈为陈…》："谁能鸣谏鼓,慷慨伏青蒲。"

谏虎　jiàn hǔ
【分类】政治
【关键词】诗经
【释义】咏爱护勇士之典。《诗经·郑风·大叔于田》："叔于田,乘乘马…襢裼暴虎,献于公所。将叔无狃,戒其伤女。"郑庄公弟太叔段空手与虎搏斗事,并警告他不要干这冒险的事。
【例句】唐长孙佐辅《闻韦驸马…》："谏虎曾赐骏,安人将问牛。"

谏猎　jiàn liè
【分类】政治
【关键词】扬雄
【释义】指对天子迷恋游猎,不务政事,予以规劝。《汉书·扬雄传上》："又恐后世复修前好,不折中以泉台,故聊因校猎赋以风。"
【例句】唐李白《秋夜独坐…》："夸胡新赋作,谏猎短书成。"唐钱起《酬考功杨》："上林谏猎功才薄,尺组承恩愧命牵。"唐李端《长安感事…》："谏猎一朝寝,论边素未工。"唐卢纶《送袁称》："谏猎名空久,多因病与贫。"

江鲍　jiāng bào
【分类】文化
【关键词】杨炯
【释义】南朝梁文学家江淹和南朝宋文学家鲍照的并称。为咏诗词大家之典。唐杨炯《〈王子安集〉序》："继之以颜谢,申之以江鲍。"
【例句】唐李白《经乱离后…》："览君荆山作,江鲍堪动色。"唐杜甫《赠毕四》："流传江鲍体,相顾免无儿。"宋扈蒙《桐庐县外…》："王谢高门江鲍才,东游何用更裴回。"宋汪炎昶《友人江顺…》："应笑雍端惟觅果,定传江鲍总能诗。"

江充　jiāng chōng
【分类】政治
【关键词】江充
【释义】汉武帝绣衣使者、水衡都尉。制造巫蛊之祸,害死太子刘据、皇后卫子夫。《汉书·江充传》："遂掘蛊于太子宫,得桐木人。太子惧,不能自明,收充,自临斩之。"
【例句】唐权德舆《盘豆驿》："江充得计太子死,日暮庚园风雨秋。"唐白居易《思子台有感》："但以恩情生隙罅,何人不解作江充。"唐杜牧《李给事中敏》："元礼去归缑氏学,江充来见犬台宫。"唐郑还古《望思台》："何因掘得江充骨,捣作微尘祭望思。"

江东步兵　jiāng dōng bù bīng
【分类】文化
【关键词】张翰
【释义】咏名士风度之典。《世说新语·任诞》："张季鹰纵任不拘,时人号为'江东步兵'。曰：'使我有身后名,不如即时一杯酒。'"张翰能文而放浪,时人比诸阮籍。籍曾为步兵校尉,人称阮步兵。
【例句】唐李群玉《寄张祜…》："不游都邑称平子,只向江东作步兵。"唐罗隐《寄杨秘书》："萧萧檐雪打窗声,因忆江东阮步兵。"宋彭汝砺《答张大夫…》："天上旧传公子贵,江东还见步兵才。"宋贺铸《寄清凉和…》："莫作江东步兵待,翻然端不为鲈鱼。"

江东独步　jiāng dōng dú bù
【分类】文化
【关键词】王坦之
【释义】泛指人才俊美,在一定范围之内独占鳌头。《晋书·王坦之传》："坦之字文度,弱冠与郗超俱有重名,时人为之语曰：'盛德绝伦郗嘉宾，江东独步王文度。'"江东：古指长江以南芜湖以下地区。

【例句】宋王之道《满庭芳》："心犹壮，会看文度，独步大江东。"宋赵蕃《送王子尊…》："王郎妙人物，独步向江东。"宋刘克庄《叠前韵谢…》："顾我牢愁来泽畔，放君独步向江东。"明王世贞《殷无美应…》："已自江东称独步，还应冀北有空群。"

江东二乔 jiāng dōng èr qiáo
【分类】生活
【关键词】周瑜
【释义】喻指美女，爱人等。《三国志·周瑜传》："（孙）策欲取荆州，以瑜为中护军，领江夏太守，从攻皖，拔之。时得桥公两女，皆国色也。策自纳大桥，瑜纳小桥。"
【例句】唐罗虬《比红儿诗》："周郎若见红儿貌，料得无心念小乔。"唐杜牧《赤壁》："东风不与周郎便，铜雀春深锁二乔。"宋石延年《咏小桃》："二乔二赵俱倾国，女弟娇强意自先。"宋周紫芝《读徐伯远…》："但将红袖供歌舞，却为周郎笑二乔。"

江东父老 jiāng dōng fù lǎo
【分类】政治
【关键词】项羽
【释义】指故乡德望辈分高的人。多用于愧而无颜相见的情形之下。《史记·项羽本纪》："项王乃欲东渡乌江，乌江亭长舣船待…项王笑曰：'天之亡我，我何渡为！且籍与江东子弟八千人渡江而西，今无一人还，纵江东父兄怜而王我，我何面目见之？'"
【例句】宋陈舜俞《南阳春日》："江东父老应相忆，燕子来时语不休。"宋姜夔《项里》："江东父老空相忆，枝上年年长绿苔。"宋李曾伯《望富池卷…》："江东父老犹王我，天下英雄有使君。"聂绀弩《挽荃麟》："天苍苍兮地茫茫，踵上江东父老堂。"

江东子弟 jiāng dōng zǐ dì
【分类】政治
【关键词】项羽
【释义】喻同乡，或指嫡系部队。江东，指长江以东地区，古人以东为左，故又称江左。长江在自金陵以上至九江一段为南北走向。源见"江东父老"。
【例句】唐杜牧《题乌江亭》："江东子弟多才俊，卷土重来未可知。"宋王安石《乌江亭》："江东子弟今虽在，肯为君王卷土来。"宋郭祥正《刘交侍禁…》："江东子弟谁怜我，洛下文章只有公。"聂绀弩《挽陈帅》："江东子弟娴兵甲，天下英雄爱垤壤。"

江娥啼竹 jiāng é tí zhú
【分类】生活
【关键词】舜
【释义】表示生离死别悲苦之情。源见"斑竹"。
【例句】唐李贺《李凭箜篌引》："江娥啼竹素女怨，李凭中国弹箜篌。"唐李商隐《潭州》："湘泪浅深滋竹色，楚歌重叠怨兰丛。"宋之仪《四时词拟…》："画图展尽潇湘绿，窈窕新词写啼竹。"元宋褧《和杜德常…》："双娥有泪仍啼竹，四老无情谩采芝。"

江妃 jiāng fēi
【分类】文化
【关键词】江妃
【释义】传说中的神女。《列仙传·江妃二女》："江妃二女者，不知何所人也，出游于江汉之湄，逢郑交甫，见而悦之，不知其神人也。"
【例句】唐张子容《赠司勋萧…》："渔父留歌咏，江妃入兴词。"唐王翰《赋得明星…》："江妃玉佩留为念，嬴女银箫空自怜。"唐顾况《龙宫操》："汉女江妃杳相续，龙王宫中水不足。"宋王安石《读眉山集…》："争妍恐落江妃手，耐冷疑连月姊家。"

江干 jiāng gān
【分类】生活
【关键词】萧绎
【释义】指岸边、江畔。南朝梁元帝《乌栖曲》："复置西施新浣纱，共泛江干瞻月华。"
【例句】唐杜甫《有客》："岂有文章惊海内，漫劳车马驻江干。"唐戎昱《秋月》："江干入夜杵声秋，百尺疏桐挂斗牛。"唐张祜《登乐游原》："几年诗酒滞江干，水积云重思万端。"聂绀弩《归途》："扪虱纵横诚痼疾，屠龙古今古老江干。"

江关 jiāng guān
【分类】生态
【关键词】水经注
【释义】长江关隘。《水经注·江水》："又东出江关，入南郡界，江水自关，东径弱关、捍关。"
【例句】唐张南史《西陵怀灵…》："淮海风涛起，江关忧思长。"唐杜甫《咏怀古迹》："庾信平生最萧瑟，暮年诗赋动江关。"唐王建《田侍郎归镇》："触处不如别处乐，可怜秋月照江关。"唐马戴《送柳秀才…》："何处江关锁，风涛阻客愁。"

江汉美宣王 jiāng hàn měi xuān wáng
【分类】政治
【关键词】诗经
【释义】咏歌颂帝王功德之典。《诗经·大雅·江汉序》："《江汉》，尹吉甫美宣王也。能兴衰拨乱，命召公平淮夷。"
【例句】唐杜牧《奉和古相…》："吉甫裁诗歌盛业，一篇江汉美宣王。"元杨弘道《遣兴》："莫道书生无用处，也能歌雅美宣王。"元蓝智《赠张尚书》："中兴期汉武，小雅美宣王。"明王维桢《石鼓残文歌》："人言禽荒古有诫，彼美宣王罔攸解。"

江令锦袍 jiāng lìng jǐn páo
【分类】文化
【关键词】江总
【释义】用以比喻在朝有文才的官员。《艺文类聚》引南朝陈江总《山水纳袍赋序》:"皇储监国余辰,劳谦终宴,有令以纳袍降赐。何以奉扬恩德?因题此赋。"江总在陈后主时任尚书令,故世称江令。
【例句】唐杜甫《秋日夔府…》:"管宁纱帽净,江令锦袍鲜。"元贝琼《和张思广…》:"锦袍江令还家早,白发秋娘对客悲。"唐李商隐《对雪》:"已随江令夸琼树,又入卢家妒玉堂。"唐韦庄《上元县》:"残花旧宅悲江令,落日青山吊谢公。"

江山有待 jiāng shān yǒu dài
【分类】生活
【关键词】杜甫
【释义】仿佛山水花柳也有性灵,对人脉脉含情。咏风光美好。唐杜甫《后游》:"江山如有待,花柳自无私。"
【例句】五代詹敦仁《劝王氏入…》:"江山有待早归去,好向鹪林择一枝。"宋释行海《寄一贯道》:"江山有待人皆往,桃李无言客自看。"金赵滋《黄石庙》:"一编尚各续后尘,江山有待终此身。"明谢士元《寄吏部彭…》:"客路江山如有待,旧时琴鹤尚随行。"

江生魂 jiāng shēng hún
【分类】生活
【关键词】江淹
【释义】咏伤别离之典。南朝江淹《别赋》:"黯然销魂者,唯别而已矣。"唐李善注:"言黯然魂将离散,唯别而然也。…明恨深也。"
【例句】唐李商隐《自桂林奉…》:"江生魂黯黯,泉客泪涔涔。"唐赵光远《题妓莱儿壁》:"欲知肠断相思处,役尽江淹别后魂。"明唐寅《和沈石田…》:"长洲日暮生芳草,消尽江淹黯黯魂。"明朱应登《晓发宜阳…》:"扶持病体供驱使,未羡江淹赋别魂。"

江夏黄童 jiāng xià huáng tóng
【分类】文化
【关键词】黄香
【释义】称誉聪颖博学、才华洋溢的年轻人。《东观汉记·黄香》:"黄香,字文强,江夏安陆人。年九岁,失母,思慕憔悴,殆不免丧,乡人称其至孝。年十二,博览传记。京师号曰'日下无双,江夏黄香。'"
【例句】唐罗隐《送姚安之…》:"江夏黄童徒逞辩,广都庞令恐非才。"宋苏轼《再用前韵》:"江夏无双应未去,恨无文字相娱嬉。"元陈谟《怀杨子将》:"建安七才子,江夏一黄童。"金耶律楚材《兰仲文寄》:"洛阳传白傅,江夏誉黄童。"明皇甫汸《送淳甫之…》:"年少相看头易白,无言江夏是黄童。"

江夏姿 jiāng xià zī
【分类】文化
【关键词】黄香
【释义】称美有才德之典。源见"江夏黄童"。
【例句】唐杜甫《八哀诗》:"呜呼江夏姿,竟掩宣尼袂。"元吴克恭《送黄秘书…》:"无双江夏姿,豫章元祐脚。"

江淹愁 jiāng yān chóu
【分类】生活
【关键词】江淹
【释义】指感伤人生无常的愁怀。南朝江淹《恨赋》:"于是仆本恨人,心惊不已;直念古者,伏恨而死。…自古皆有死,莫不饮恨而吞声。"感慨不论富贵还是困厄,都将饮恨而死。有人生虚幻的消极倾向。
【例句】唐李峤《原》:"王粲销忧日,江淹起恨年。"五代张泌《惆怅吟》:"江淹彩笔空留恨,壮叟玄谭未及情。"明胡应麟《不佞隶博…》:"酬恩亦是书生事,愁绝江淹赋未成。"明冷士嵋《寄刘今言》:"艰难阮籍穷途哭,憔悴江淹去国愁。"

江淹梦笔 jiāng yān mèng bǐ
【分类】文化
【关键词】江淹
【释义】喻才思减退。《南史·江淹列传》:"梦一丈夫自称郭璞,谓淹曰:'吾有笔在卿处多年,可以见还。'淹乃探怀中得五色笔一以授之。尔后为诗绝无美句,时人谓之才尽。"
【例句】唐李商隐《江上忆严…》:"征南幕下带长刀,梦笔深藏五色毫。"唐罗邺《闻友人人…》:"正哭阮途归未得,更闻江笔赴嘉招。"唐齐己《寄黄晖处士》:"何妨寄我临池兴,忍使江淹役梦劳。"宋杨亿《留别》:"梦笔山前君别我,下沙桥上我思君。"

江总 jiāng zǒng
【分类】文化
【关键词】江总
【释义】南朝陈大臣、文学家。官至尚书令,虽居执政之位,而不理政务,专与陈后主游宴宫中,时人称为狎客。诗长于七言,为宫体诗代表作家之一。
【例句】唐杜甫《复愁》:"莫看江总老,犹被赏时鱼。"唐陈宫妃嫔《与颜浚冥…》:"彩笺曾擘欺江总,绮阁尘消玉树空。"唐韩愈《韶州留别…》:"久钦江总文才妙,自叹虞翻骨相屯。"宋方回《七十翁吟…》:"江总不惭同北狩,钟仪何限尚南音。"

江总外家养 jiāng zǒng wài jiā yǎng
【分类】生活
【关键词】江总
【释义】常用以表现甥舅关系。《陈书·江总传》:"江总字总持…岁七岁而孤,依于外氏。幼聪敏,有至性。舅吴平光侯萧励,名重当时,特所钟爱,尝谓总曰:'尔操行殊异,神采英拔,后之知名,当出吾右。'及长,笃学有辞采,家传赐书数千卷,总昼夜寻读,未尝辍手。"
【例句】唐杜甫《入衡州》:"江总外家养,谢安乘兴长。"

江左风流　jiāng zuǒ fēng liú
【分类】文化
【关键词】谢安
【释义】喻指东晋名士、宰相谢安。江左即江东,指长江下游南岸地区。
【例句】唐刘禹锡《自左冯归…》:"更接东山文酒会,始知江左未风流。"宋黄庭坚《癸亥立春…》:"中叔风流映江左,当年桃李自光辉。"宋辛弃疾《书清凉境…》:"江左何时见王谢,风流且对竹间梅。"宋邹应龙《登谢公楼》:"风流江左今何处,吊古吟诗谁解听。"

江左夷吾　jiāng zuǒ yí wú
【分类】政治
【关键词】温峤
【释义】用以比喻江东有作为的军政要人。《晋书·温峤传》:"于时江左草创,纲维未举,峤殊以为忧。及见王导共谈,欢然曰:'江左自有管夷吾,吾复何虑!'"管夷吾:春秋时齐国贤相管仲。
【例句】宋叶梦得《府中即事》:"未有夷吾在江左,柴车空换两朱轮。"宋王洋《再赋前韵》:"恰和夷吾起江左,封胡羯末尽兰孙。"宋无名氏《寿太守傅…》:"关中有萧相,江左见夷吾。"宋毛开《送周元特》:"汉代李元礼,江左管夷吾。"

将雏曲　jiāng chú qǔ
【分类】生活
【关键词】应璩
【释义】咏父子相携之典。《宋书·乐志一》:"《凤将雏歌》者,旧曲也。三国魏应璩《百一诗》云'为作《陌上桑》,反言《凤将雏》'。"古曲《凤将雏》是咏凤雏,亦可咏俊杰。
【例句】唐杜甫《同豆卢峰…》:"倡和将雏曲,田翁号鹿皮。"唐骆宾王《艳情代郭…》:"思君欲上望夫台,端居懒听将雏曲。"元黄复圭《寿上官夫人》:"乐成彩凤将雏曲,礼尚嘉鱼式燕诗。"明欧大任《送顾叔潜…》:"桐花夜月将雏曲,橘子秋风报客书。"

将军死绥　jiāng jūn sǐ suí
【分类】政治
【关键词】魏书
【释义】谓军队败退,将领应当治罪。或指死于战事者。《三国志·武帝纪》南朝宋裴松之注引《魏书》:"《司马法》:'将军死绥。'绥,却也。有前一尺,无却一寸。'"
【例句】唐杜牧《闻庆州赵…》:"死绥却是古来有,骁将自惊今日无。"宋刘克庄《魏胜庙》:"龙颜帝子方推毂,猿臂将军忽死绥。"宋王同祖《时事感怀》:"一枕西风两行泪,封疆谁是死绥人。"元刘麟瑞《都统张公》:"祭篡有灵含嗟

二将,死绥无愧慨孤忠。"元张昱《杨忠愍公…》:"死绥固是将军事,国史旂常画隽功。"

将军西第　jiāng jūn xī dì
【分类】政治
【关键词】梁冀
【释义】咏权豪势要之典。《后汉书·梁统传》附《梁冀传》:"冀又起别第于城西,以纳奸亡。"《后汉书·马融传》:"融征于邓氏,不敢复违忤势家,遂为梁冀草奏李固,又作大将军《西第颂》,以此颇为正直所羞。"
【例句】唐杜审言《春日京中…》:"公子南桥应尽兴,将军西第几留宾。"唐杜甫《暮秋枉裴…》:"无数将军西第成,早作丞相东山起。"宋陈序《游钟山题…》:"西第将军成底事,北朝开府是何人。"元王逢《奉陪神保…》:"玄阴亘天雪欲作,将军西第夜张幕。"

将星　jiāng xīng
【分类】政治
【关键词】诸葛亮
【释义】古人认为帝王将相与天上星宿相应,将星即象征大将的星宿。《三国志·诸葛亮传》:"其年八月,亮疾死,卒于军,时年五十四。"南朝宋裴松之注引《晋阳秋》:"有星赤而芒角,自东北西南流,投于亮营,三投再还,往大还小。俄而亮卒。"
【例句】唐张说《送王晙自…》:"将星移北洛,神雨避东京。"唐高适《李云南征…》:"将星独照耀,边色何溟濛。"唐刘禹锡《河南王少…》:"将星夜落使星来,三省清臣到外台。"唐岑参《送张郎中…》:"还家卿月迥,度陇将星高。"

姜肱共被　jiāng gōng gòng bèi
【分类】生活
【关键词】姜肱
【释义】同被而寝。亦谓亲如兄弟。《后汉书·姜肱传》:"肱与二弟仲海、季江,俱以孝行著闻。"李贤注引谢承书曰:"肱性笃孝,事继母恪勤…肱感《恺风》之孝,兄弟同被而寝,不入房室,以慰母心。"
【例句】唐杜牧《冬至日遇…》:"旅馆夜忧姜被冷,暮江寒觉晏裘轻。"唐杜甫《寄张十二…》:"历下辞姜被,关西得孟邻。"唐吴融《祝风三十…》:"将正陶令巾,又盖姜肱被。"宋晁公溯《置酒北郊…》:"春暖姜肱被,川平雍齿城。"

姜诗跃鲤　jiāng shī yuè lǐ
【分类】政治
【关键词】姜诗
【释义】咏孝行感天之典。《东观汉记·姜诗传》:"姜诗,字士游…母好饮江水,令儿常取水,溺死。夫妇痛,恐母知,诈曰行学。岁岁作衣,投于江中。俄而涌泉出舍侧,味如江水,日生鲤一双。"
【例句】唐李端《奉和元丞…》:"献寿回龟顾,和羹跃鲤香。"唐李商隐《过姚孝子…》:"鱼因感姜出,鹤为吊陶来。"唐杜甫《送王十五…》:"青青竹笋迎船出,日日江鱼入馔

来。"宋苏轼《次韵李修》："好去江鱼煮江水,剑南归路有姜诗。"宋黄庭坚《伤歌行》："孟氏至诚通竹笋,姜诗纯孝感渊鱼。"宋王十朋《离夷陵移…》："疑游神女行云峡,忽到姜诗跃鲤溪。"

姜维 jiāng wéi
【分类】政治
【关键词】姜维
【释义】三国时蜀汉名将,官至大将军。希望凭自己的力量复兴蜀汉,失败被杀。
【例句】宋葛胜仲《幽居书怀》："安石困应存远志,姜维那遽觅当归。"宋陆游《登千峰榭》："王衍诸人宁足责,姜维竖子自应穷。"宋刘克庄《刘玄德》："可惜姜维胆如斗,功虽不就有余忠。"宋阳枋《赴大宁司…》："誓出祁山禽仲达,肯屯汉口学姜维。"

讲殿书帷 jiǎng diàn shū wéi
【分类】政治
【关键词】汉文帝
【释义】宣扬统治者躬行节俭。古时上书奏事以皂囊(黑绸口袋)封缄。史称汉文帝刘恒集上书囊做成殿帷以示敦朴。《汉书·东方朔传》："愿近述孝文皇帝之时…兵木无刃,衣缊无文,集上书囊以为殿帷。"
【例句】唐杜甫《夔府书怀》："凶兵铸农器,讲殿辟书帷。"唐韦庄《和郑拾遗…》："舜庭招谏鼓,汉殿上书囊。"宋张演《次袁说友…》："天香来时满衣袖,讲殿几日辞书帷。"元周伯琦《进讲纪事…》："九重森仗卫,南面辟书帷。"

蒋侯 jiǎng hóu
【分类】文化
【关键词】蒋歆
【释义】指三国蒋歆(字子文)死后成神之事。《搜神记》："蒋子文者…常自谓:'己骨清,死当为神。'汉末,为秣陵尉,逐贼至钟山下,贼击伤额,因解绶缚之,有顷遂死…谓曰:'我当为此土地神,以福尔下民。尔可宣告百姓,为我立祠。不尔,将有大咎。'封子文为中都侯…转号钟山为蒋山…自是灾厉止息,百姓遂大事之。"
【例句】宋李埴《题金陵杂…》："孙帝陵傍水最悲,蒋侯庙下月来迟。"宋沈遘《杭州燕思…》："维昔孰经始,蒋侯世称贤。"宋彭汝砺《送颖叔帅…》："蒋侯文如江海注,一决万里无尽处。"宋秦观《和蔡天启…》："蒋侯山中伴香火,三年不厌长蔬苦。"

蒋陵 jiǎng líng
【分类】政治
【关键词】孙权
【释义】又名孙陵,吴王坟,位于南京市明孝陵景区内,是三国时吴大帝孙权的葬地。《初学记·丹阳记》："蒋陵,因山以为名,吴大帝陵也。"
【例句】宋王安石《九日》："蒋陵西曲风烟惨,也有黄花一两枝。"宋王安石《次韵酬朱…》："联裾萧寺寻真觉,方驾孙陵吊仲谋。"宋李弥逊《守风瓜步…》："蒋陵秀色应凋尽,造物还能借便休。"宋苏洞《金陵杂兴》："孙陵冈上丛生草,太傅坟前没字碑。"

蒋山 jiāng shān
【分类】生态
【关键词】孙权
【释义】即南京东北的钟山。又称紫金山。在江苏省南京市东北。三国时吴主孙权因避祖父讳钟,以东汉末秣陵尉蒋子文葬于此而改名。源见"蒋侯"。
【例句】唐李白《登梅冈望…》："钟山抱金陵,霸气昔腾发。"唐李商隐《咏史》："三百年间同晓梦,钟山何处有龙盘。"唐王昌龄《送朱越》："远别舟中蒋山暮,君行举首燕城路。"五代徐铉《宣威苗将…》："蒋山南望近西坊,亭馆依然锁院墙。"宋马之纯《蒋山太平…》："凌晨同作蒋山游,细雨丝轻雾不收。"宋杨亿《次韵和致…》："都缘梁苑慵为赋,且免钟山被勒文。"聂绀弩《赠电工小蒋》："沁园春雪蒋山青,二十五龄一岁星。"

蒋诩 jiǎng xǔ
【分类】政治
【关键词】蒋诩
【释义】也称蒋生。西汉末年,王莽专权,兖州刺史蒋诩(元卿)不满朝政,辞官退隐。后遂用为隐居高士之典。《汉书·王贡两龚鲍传》："而杜陵蒋诩元卿为兖州刺史,亦为廉直为名。王莽居摄,钦、诩皆以病免官,归乡里,卧不出户,卒于家。"
【例句】唐杜甫《舍弟观赴…》："卜筑应同蒋诩径,为园须似邵平瓜。"唐吴筠《览古》："二疏返海滨,蒋诩归田园。"唐封孟绅《赋得行不…》："不复由莱径,无由见蒋生。"唐岑参《自潘陵尖…》："尚子不可见,蒋生难再逢。"

绛灌 jiàng guàn
【分类】政治
【关键词】周勃　灌婴
【释义】西汉武将绛侯周勃、颍阴侯灌婴,两人都尚武无文。故后以喻武将之典。《史记·高祖功臣年表序》："汉兴,功臣受封者百有余人…户口可得而数者十二三,是以大侯不过万家,小者五六百户。后数世,民咸归乡里,户益息,萧、曹、绛、灌之属或至四万,小侯自倍,富厚如之。"
【例句】唐张说《城南亭作》："汉家绛灌余兵气,晋代浮虚安足贵。"唐李白《答王十二…》："韩信羞将绛灌比,祢衡耻逐屠沽儿。"唐韩愈《陪杜侍御…》："椒兰争妒忌,绛灌共谗诡。"唐罗隐《送臧濆下…》："也知绛灌轻才子,好谒尤常醉少年。"五代吴仁璧《贾谊》："谁道恃才轻绛灌,却将惆怅吊湘川。"

绛老 jiàng lǎo
【分类】生活
【关键词】左传
【释义】同绛县老人。为高寿之人的代称。源见"绛老问年"。

【例句】唐王浚《送贺秘监…》："业盛王公秩，名高绛老年。"唐岑参《故仆射裴…》："罢市秦人送，还乡绛老迎。"唐李端《赠道士》："懒说岁年齐绛老，甘为乡曲号涪翁。"

绛老问年 jiàng lǎo wèn nián
【分类】生活
【关键词】左传
【释义】咏老人之典。《左传·襄公三十年》："晋悼夫人食舆人之城杞者。绛县人或年长矣，无子，而往与于食。有与疑年，使之年。曰：'臣小人也，不知纪年。臣生之岁，正月甲子朔，四百有四十五甲子矣，其季于今三之一也。'吏走问诸朝，师旷曰：'鲁叔仲惠伯会郤成子于承匡之岁也…七十三年矣。'"
【例句】唐李端《赠道士》："懒说岁年齐绛老，甘为乡曲号涪翁。"唐韩巨源《送绛州卢…》："绛老问年须算字，庾公逢月要题诗。"唐灵澈《答徐广叔》："长沙岂敢论年几，绛老惟知甲子生。"宋韩维《答外孙杨…》："居民未睹黄公化，过客空疑绛老年。"

绛树 jiàng shù
【分类】文化
【关键词】淮南子
【释义】传说中的仙树。《淮南子·墬形训》："(昆仑山) 上有木禾，其修五寻，珠树、玉树、璇树、不死树在其西，沙棠、琅玕在其东，绛树在其南，碧树、瑶树在其北。"古代歌妓。借指美女。三国魏曹丕《答繁钦书》："今之妙舞莫巧于绛树，清歌莫善于宋腊。"
【例句】唐吴筠《步虚词》："绛树结丹实，紫霞流碧津。"唐韦应物《咏珊瑚》："绛树无花叶，非石亦非琼。"唐曹唐《小游仙诗》："绛树彤云户半开，守花童子怪人来。"聂绀弩《赠迈进》："须眉一世徐公老，喉鼻两声绛树奇。"

绛帐 jiàng zhàng
【分类】文化
【关键词】马融
【释义】敬称师门、讲席之典。《后汉书·马融传》：融字季长，"才高博洽，为世通儒，教养诸生，常有千数。…常坐高堂，施绛纱帐，前授生徒，后列女乐，弟子以次相传，鲜有入其室者。"后因称师长或讲座为降帐、绛纱、马融帐、扶风帐。
【例句】唐李端《问张山人疾》："不见领徒过绛帐，唯闻与婢削丹书。"唐卢纶《上巳日陪…》："礼卑瞻绛帐，恩洽厕华缨。"唐元稹《奉和荥阳…》："南郡生徒辞绛帐，东山妓乐拥油旌。"唐元稹《酬翰林白…》："心轻马融帐，谋夺子房帷。"宋李鹰《范蜀公挽诗》："清无马融帐，荣预李舟舟。"明陈子升《稚子弄促…》："歌舞人矜却月楼，诗书婢笑扶风帐。"

交梨火枣 jiāo lí huǒ zǎo
【分类】文化
【关键词】真诰
【释义】道教称神仙所食的两种果品，即仙果。《真诰·运象》："玉醴金浆，交梨火枣，此则腾飞之药，不比于金丹也。"
【例句】唐罗隐《第五将军》："交梨火枣味何如，闻说苕川已下车。"宋秦观《和程给事…》："火枣交梨近可餐，不须地肺及天坛。"宋王迈《寿仙游许宰》："交梨火枣君家物，从此蓬莱不计年。"宋张继先《金丹诗》："未必妙光方火枣，始思玄理号交梨。"

交龙 jiāo lóng
【分类】文化
【关键词】周礼
【释义】两龙蟠结的图案。《周礼·春官·司常》："日月为常，交龙为旂。"
【例句】唐鲍溶《赠远》："金泥舞虎精神暗，银缕交龙气色寒。"宋胡宿《送江宁监…》："帐中密印交龙虎，麾下全军解水犀。"宋董渊《太常山》："势凌筹谷接苍苍，十二交龙绣作裳。"宋杨时《游武夷》："翠琬温辞耀华袞，金榜大字缠交龙。"

郊寒岛瘦 jiāo hán dǎo shòu
【分类】文化
【关键词】孟郊　贾岛
【释义】指唐代孟郊、贾岛之诗，清峭瘦硬，好作苦语。亦形容与贾孟相类似诗文的风格语意。也喻寒酸相。宋苏轼《祭柳子玉文》："元轻白俗，郊寒岛瘦。嘹然一吟，众作卑陋。"
【例句】宋朱熹《次韵谢刘…》："君诗高处古无师，岛瘦郊寒讵足差。"宋叶茵《寄社友》："此道自来多冷淡，郊寒岛瘦少陵贫。"宋释德洪《次韵通明…》："杰句天资人不及，勿嗔瘦与郊寒。"宋刘一止《次韵维心…》："郊寒岛瘦复可哂，汉风楚国真能兼。"

郊居赋 jiāo jū fù
【分类】文化
【关键词】沈约
【释义】南朝梁文学家沈约所撰，后常以此典喻称文士有文名。《梁书·沈约传》："约性不饮酒，少嗜欲，虽时遇隆重，而居处俭素。立宅东田，瞩望郊阜。尝为《郊居赋》。"
【例句】唐皎然《送沈居士…》："名重郊居赋，才高独酌谣。"宋刘敞《为转沈沈…》："风流复见郊居赋，荣观归乘使者车。"宋文同《霜柏亭试墨》："几欲赋郊居，奇词未如沈。"宋赵蕃《沈沉陵生日》："十载郊居赋，当年蜡屐游。"

郊特 jiāo tè
【分类】文化
【关键词】礼记
【释义】古天子祭天所用的赤色小牛。《礼记·郊特牲》汉郑玄注："以其记祭天用骍犊之义也。郊者，祭天之名，用一牛故曰特牲。"

【例句】宋刘克庄《水龙吟》:"道旁喘月,田间卧草,也胜郊特。"

浇肠 jiāo cháng
【分类】生活
【关键词】阮籍
【释义】谓饮酒。喻指借酒消愁。《世说新语·任诞》:"王孝伯问王大:'阮籍何如司马相如?'王大曰:'阮籍胸中垒块,故须酒浇之。'"
【例句】唐韩愈《感春》:"数杯浇肠虽暂醉,皎皎万虑醒还新。"宋苏舜钦《独酌》:"一酌浇肠俗虑奔,鹍微鸱大岂堪论。"宋苏颂《春日会饮…》:"浊酒浇肠遣旅怀,春宵常苦漏声催。"宋王之道《和张文纪…》:"三杯强沃浇肠酒,一捻聊分暖砚盐。"

娇饶 jiāo ráo
【分类】生活
【关键词】抱朴子
【释义】指娇纵、娇宠;柔美妩媚。《抱朴子·自叙》:"洪者,君之第三子也。生晚,为二亲所娇饶,不早见督以书史。"
【例句】唐郑谷《海棠》:"秾丽最宜新著雨,娇饶全在欲开时。"唐元稹《哭女樊四…》:"为占娇饶分,良多眷恋诚。"唐卢仝《与马异结交诗》:"此婢娇饶恼杀人,凝脂为肤翡翠裙。"

胶船 jiāo chuán
【分类】政治
【关键词】周昭王
【释义】比喻无济于事或处境危殆。《帝王世纪·周》:"昭王在位五十一年,以德衰南征,及济于汉,楚人恶之,乃以胶船进王。王御船至中流,胶液船解,王及祭公俱没于水中而崩。"
【例句】唐白居易《岁暮寄微之》:"池冰晓合胶船底,楼雪晴销露瓦沟。"唐胡曾《汉江》:"借问胶船何处没,欲停兰棹祀昭王。"金元好问《甲午除夜》:"已恨太官余曲饼,争教汉水入胶船?"金耶律楚材《和抟霄韵…》:"穿心土碗元无漏,没底胶船却不沉。"

胶葛 jiāo gě
【分类】生活
【关键词】楚辞
【释义】交错纷乱貌;深远广大貌。《楚辞·远游》:"骑胶葛以杂乱兮,斑漫衍而方行。"汉王逸注:"参差骈错而纵横也。"宋洪兴祖补注:"车马喧杂貌。"
【例句】唐杜甫《自京赴奉…》:"君臣留欢娱,乐动殷胶葛。"宋陈造《归自淮南…》:"百年眷属无宁居,崩腾胶葛周太虚。"元傅若金《古杉行题…》:"灵隐道中古杉树,上与云雾相胶葛。"清姚范《游金山同…》:"客来鹳鹤趋先路,胶葛松桂穿云龛。"

胶胶扰扰 jiāo jiāo rǎo rǎo
【分类】生活
【关键词】庄子
【释义】比喻纷乱不宁。《庄子·天道》:"尧曰:'胶胶扰扰乎!子,天之合也,我,人之合也。'"唐成玄英疏:"胶胶扰扰,皆扰乱之貌也。"
【例句】宋王安石《答韩持国…》:"乞得胶胶扰扰身,五湖烟水替风尘。"宋王十朋《早起》:"老欲投闲尚未成,胶胶扰扰厌余生。"宋苏轼《东园》:"岑寂东园可散愁,胶胶扰扰梦神州。"宋李之仪《句容澄上…》:"幻化浪攀缘,胶扰窘囊槛。"宋邹浩《和阳先生…》:"嗟我曳裾胶扰处,荷君置榻寂寥间。"

胶漆 jiāo qī
【分类】政治
【关键词】孙子
【释义】作弓的原料。代指军需品。后用于比喻关系亲密无间。《孙子·作战》:"凡用兵之法,驰车千驷,革车千乘,带甲十万,千里馈粮,则内外之费,宾客之用,胶漆之材,车甲之奉,日费千金,然后十万之师举矣。"
【例句】唐杜甫《长沙送李…》:"久存胶漆应难并,一辱泥涂遂晚收。"唐杜甫《夔府书怀…》:"田父嗟胶漆,行人避蒺藜。"唐魏氏《赠外》:"谐和类琴瑟,坚固同胶漆。"唐白居易《庐山草堂…》:"终身胶漆心应在,半路云泥迹不同。"

胶折 jiāo shé
【分类】生活
【关键词】晁错
【释义】指秋冬时节。《汉书·晁错传》:"欲立威者,始于折胶。"颜师古注引苏林曰:"秋至,胶可折,弓弩可用,匈奴以为候而出军。"喻指秋高气爽,宜于行军之时。
【例句】唐虞世南《从军行》:"全兵值月满,精骑乘胶折。"唐骆宾王《宿温城望…》:"房地寒胶折,边城夜柝闻。"唐李贺《送秦光禄》:"北房胶堪折,秋沙乱晓謦。"唐贾至《燕歌行》:"季秋胶折边草腓,治兵羽猎因出师。"

胶牙饧 jiāo yá táng
【分类】文化
【关键词】荆楚岁时记
【释义】用麦芽制成的糖,食之黏齿,故名。旧俗常用作送灶时的供品。源见"椒柏酒"。
【例句】唐白居易《七年元日…》:"三杯蓝尾酒,一楪胶牙饧。"唐白居易《岁暮家宴…》:"岁盏后推蓝尾酒,春盘先劝胶牙饧。"明张萱《己未元日…》:"胶牙饧嚼霜华脆,蓝尾酒开柏叶浓。"明张萱《壬子人日…》:"稚儿竞帖镂金胜,小妇更进胶牙饧。"

椒柏酒 jiāo bǎi jiǔ
【分类】生活
【关键词】荆楚岁时记

【释义】椒酒和柏酒。古代农历正月初一用以祭祖或献之于家长以示祝寿拜贺之意。《荆楚岁时记》:"正月一日…于是长幼悉正衣冠,以次拜贺。进椒、柏酒、饮桃汤。进屠苏酒、胶牙饧,下五辛盘,进敷于散服却鬼丸各进一鸡子,凡饮酒次第,从小起。"
【例句】宋苏颂《皇太后合…》:"瑶觞进椒柏,眉寿祝灵椿。"宋王灼《呈陈崇青…》:"椒柏浮觥盘列辛,今年春晚去年春。"宋文天祥《景定壬戌…》:"椒柏同欢贺,萍蓬可叹嗟。"宋李流谦《姚和中母…》:"赠君椒柏酒,慰我蓼莪心。"

椒房 jiāo fáng
【分类】政治
【关键词】车千秋
【释义】西汉未央宫皇后所居殿名,亦称椒室。《汉书·车千秋传》:"江充先治甘泉宫人,转至未央椒房。"唐颜师古注:"椒房,殿名,皇后所居也。"亦用为后妃的代称。以椒和泥涂壁,取温、香、多子之义。
【例句】唐骆宾王《帝京篇》:"桂殿嶔岑对玉楼,椒房窈窕连金屋。"唐沈佺期《七夕曝衣篇》:"椒房金屋宠新流,意气娇奢不自由。"唐杜甫《丽人行》:"就中云幕椒房亲,赐名大国虢与秦。"唐白居易《长恨歌》:"梨园弟子白发新,椒房阿监青娥老。"

椒花颂 jiāo huā sòng
【分类】生活
【关键词】刘臻妻
【释义】新年贺词之典。《晋书·列女传·刘臻妻陈氏传》:"刘臻妻陈氏者,亦聪辩能属文。尝正旦献《椒花颂》,其词曰:'旋穹周回,三朝肇建。青阳散辉,澄景载焕。标美灵葩,爱采爱献。圣容映之,永寿于万。'"
【例句】唐上官仪《江王太妃…》:"黄鹤悲歌绝,椒花清颂余。"唐崔日用《奉和人日…》:"金屋瑶筐开宝胜,花笺彩笔颂春椒。"唐杜甫《十二月一日》:"未将梅蕊惊愁眼,要取椒花媚远天。"唐戴叔伦《二灵寺守岁》:"无人更献椒花颂,有客同参柏子禅。"

椒兰 jiāo lán
【分类】文化
【关键词】荀子
【释义】椒与兰。皆芳香之物。喻美好贤德者。《荀子·礼论》:"刍豢稻粱,五味调香,所以养口也;椒兰芬苾,所以养鼻也。"指楚大夫子椒和楚怀王少弟司马子兰。二人均为佞人。《楚辞·离骚》:"览椒兰其若兹兮,又况揭车与江蓠。"汉王逸注:"言观子椒、子兰变节若此。"喻指后妃居住处。亦代指后妃。
【例句】唐韩愈《陪杜侍御…》:"椒兰共妒忌,绛灌共谗诡。"唐邵谒《金谷园怀古》:"如何金谷园,郁郁椒兰房。"宋晏殊《句》:"漫取忠臣比芳草,不知谗口起椒兰。"宋文彦博《送果州李…》:"德满椒兰学满籯,升堂鸿藻继公卿。"宋王镃《咸阳》:"独有椒兰香不散,春风移过草花中。"

椒兰妒忌 jiāo lán dù jì
【分类】政治
【关键词】楚辞
【释义】用作诋佞臣妒忌之典。也喻指佞人。《楚辞·离骚》:"余以兰为可恃兮,羌无实而容长。委厥美以从俗兮,苟得列乎众芳。椒专佞以慢慆兮,樧又欲充夫佩帏。"用椒、兰分别代指楚大夫子椒和楚怀王弟司马子兰二人,他们妒忌楚怀王信任屈原。
【例句】唐韩愈《陪杜侍御…》:"椒兰共妒忌,绛灌共谗诡。"唐刘知几《咏史》:"作赋刺椒兰,投江溺流潦。"宋晏殊《句》:"漫取忠臣比芳草,不知谗口起椒兰。"宋程俱《歙溪砚》:"仪箫韶兮鸣凤味,金玉相兮椒兰臭。"

椒盘 jiāo pán
【分类】生活
【关键词】四民月令
【释义】盛有椒的盘子。古时正月初一日用盘进椒,饮酒则取椒置酒中。《四民月令》:"下腊一日,谓之小岁,拜贺君亲。进椒酒,饮酒则撮置酒中,号椒盘焉。"
【例句】唐杜甫《杜位宅守岁》:"守岁阿戎家,椒盘已颂花。"唐无名氏《却鬼丸》:"走鹿枯凤吼夜阑,颂花还喜向椒盘。"宋刘敞《元日有古…》:"桂酒椒盘共发春,山川虽旧物华新。"宋丁石《景定壬戌…》:"罗列椒盘人未眠,红炉围坐笑灯前。"

椒觞 jiāo shāng
【分类】文化
【关键词】乐府诗集
【释义】盛有椒浆酒的杯子。亦指椒浆酒。为祝福、祝寿之典。《乐府诗集·晋朝飨乐章》:"椒觞再献,宝历万年。"
【例句】宋富弼《岁在癸丑》:"亲宾何用举椒觞,已觉闲中岁月长。"宋韦骧《元丰改元…》:"椒觞初献寿,仙木已书神。"宋李新《送周晋叔》:"萱堂归去椒觞近,珠佩收来汉月空。"宋陆游《岁未尽前…》:"想得城中盛冠盖,家家来往荐椒觞。"

椒涂 jiāo tú
【分类】政治
【关键词】车千秋
【释义】借指后宫。也借指布椒之路。源见"椒房"。
【例句】唐罗隐《仿玉台体》:"青楼枕路隅,壁甃复椒涂。"唐崔颢《邯郸宫人怨》:"百堵涂椒接青琐,九华阁道连洞房。"宋夏竦《皇后阁端…》:"千门朱索迎嘉祉,九禁椒涂纳美祥。"宋董嗣杲《寄杨云静》:"公借椒涂成达宦,我传草檄守清贫。"

椒糈 jiāo xǔ
【分类】生活
【关键词】楚辞
【释义】以椒香拌精米制成,为祭神的食物。《楚辞·离骚》：" 巫咸将夕降兮,怀椒糈而要之。"汉王逸注：" 椒,香物,所以降神;糈,精米,所以享神。"

【例句】唐皮日休《圣姑庙》："野风旋芝盖,饥乌衔椒糈。"宋张嵲《入峡诗》："土人事神何敢侮,桂酒春秋荐椒糈。"宋黄庭坚《观秘阁苏…》："招延青云士,共醉椒糈筋。"宋王应麟《吴刺史庙…》："神之来兮飙轮下,兰觞勺兮荐椒糈。"

蛟龙引子 jiāo lóng yǐn zǐ
【分类】文化
【关键词】西京杂记
【释义】咏蛟龙戏水的典故。《西京杂记》："瓠子河决,有蛟龙从九子自决中逆上入河,喷沫流波数十里。"
【例句】唐杜甫《到村》："蛟龙引子过,荷叶逐花低。"宋葛胜仲《送伸仲归…》："江湖风浪高,愧子蛟龙苦。"明毛奇龄《风雨渡鄱…》："山浮星子蛟龙起,云满溢城风雨来。"清姚鼐《查篆仙于…》："一团紫璧堕僧扉,无复蛟龙引墨飞。"

蛟龙玉匣 jiāo lóng yù xiá
【分类】政治
【关键词】西京杂记
【释义】古代殡殓帝王之具。后亦指贵官的棺。《西京杂记》："汉帝送死,皆珠襦玉匣。匣形如铠甲,连以金缕。武帝匣上皆镂为蛟龙、鸾凤、龟龙之象,世谓为蛟龙玉匣。"
【例句】唐杜甫《八哀诗》："平生白羽扇,零落蛟龙匣。"唐孟郊《题韦少保…》："书秘漆文字,匣藏金蛟龙。"宋史浩《严光墓》："玉匣蛟龙已草莱,一丘马鬣尚封培。"明黎民表《古墨斋歌》："冲腾紫气初交砚,匣之恐作蛟龙吼。"

焦革 jiāo gé
【分类】生活
【关键词】焦革
【释义】唐代善酿酒者。《新唐书·王绩》："时太乐署史焦革家善酿,绩求为丞。革死,妻送酒不绝,岁余,又死…追述革酒法为经,又采杜康、仪狄以来善酒者为谱。…立杜康祠祭之,尊为师,以革配。"
【例句】宋陆游《酒药》："焦革死已久,宋清今亦无。"宋贺铸《三鸟咏》："朝廷未除私酿律,安得一试焦革术。"宋陈深《寄东皋叟》："爱酒定从焦革饮,卜邻应近仲长居。"明徐渭《挽陈君之…》："陈君辖我饮青春,焦革贤闺酿绝伦。"

焦头烂额 jiāo tóu làn é
【分类】生活
【关键词】霍光
【释义】形容被火烧伤得很严重。喻指牺牲惨重或处境狼狈。源见"曲突徙薪"。
【例句】唐周昙《春秋战国门》："曲突徙薪不谓贤,焦头烂额飨盘筵。"宋田锡《句》："自知不是明时用,烂额焦头力谩多。"宋邹浩《送杜君章…》："焦头烂额岂足尚,长堤蚁穴

今图之。"宋陆游《戌卒说沈…》："焦头烂额知何补？弭患从来贵未形。"

焦尾琴 jiāo wěi qín
【分类】文化
【关键词】蔡邕
【释义】琴的美称。或喻人才遭到埋没。《后汉书·蔡邕列传下》："吴人有烧桐以爨者,邕闻火烈之声,知其良木,因请而裁为琴,果有美音,而其尾犹焦,故时人名曰'焦尾琴'焉。"
【例句】唐李颀《题僧房双桐》："谁能事音律,焦尾蔡邕家。"唐贾岛《投孟郊》："愿倾肺肠事,尽入焦梧桐。"宋刘鹭《题义门胡…》："已说烂柯忘意远,定知焦用用心专。"宋刘敞《送张器著作》："骐骥老成方得路,梧桐焦尾始知音。"

鲛人 jiāo rén
【分类】文化
【关键词】博物志
【释义】指传说中的美人鱼。源见"鲛人泣珠"。
【例句】唐张署《赠韩退之》："鲛人远泛渔舟水,鹚鸟闲飞露里天。"唐李涉《六叹》："海中洞穴寻难极,水底鲛人半相识。"唐陈标《露荷》："犹疑波底鲛人泪,滴在衣裳半欲零。"宋梅尧臣《依韵和秋…》："虫催织妇机成素,露逼鲛人泪作珠。"

鲛人泣珠 jiāo rén qì zhū
【分类】文化
【关键词】博物志
【释义】指传说中的鲛人流泪成珠。《博物志》："南海外有鲛人,水居如鱼,不废绩织,其眼泣则能出珠。从水出,寓人家,积日卖绡。将去,从主人索一器,泣而成珠满盘,以与主人。"
【例句】唐杜甫《客从》："客从南溟来,遗我泉客珠。"宋韦骧《雨池荷花》："红面浑羞泣珠泪,翠盘微重泻琼浆。"明高启《梅花》："云暖空山栽玉遍,月寒深浦泣珠频。"聂绀弩《紫鹃》："爱海珠荒全是泪,情炉铁冷怎成钢。"

鲛室 jiāo shì
【分类】文化
【关键词】博物志
【释义】指鲛人水中居室,或谓龙宫。源见"鲛人泣珠"。
【例句】唐章孝标《送金可纪…》："鲛室夜眠阴火冷,蜃楼朝泊晓霞深。"唐姚康《赋得巨鱼》："龙门应可度,鲛室岂常居。"唐杜甫《秋日夔府》："俗异邻鲛室,朋来坐马鞯。"唐胡曾《赠渔者》："往来南越谙鲛室,生长东吴识蜃楼。"

鲛绡 jiāo xiāo
【分类】文化
【关键词】博物志

【释义】指传说中鲛人所织的绡。借指薄绢、轻纱。源见"鲛人泣珠"。

【例句】唐温庭筠《张静婉采…》:"掌中无力舞衣轻,剪断鲛绡破春碧。"唐顾况《送从兄使…》:"帝女飞衔石,鲛人卖泪绡。"唐李商隐《七月二十…》:"瞥见冯夷殊怅望,鲛绡休卖海为田。"宋田锡《乾明节祝…》:"古字数行仙药诀,鲛绡十幅寿星图。"

蕉黄荔丹　jiāo huáng lì dān
【分类】文化
【关键词】韩愈
【释义】黄色的香蕉,红色的荔枝。为咏水果之典。唐韩愈《柳州罗池庙碑》:"荔子丹兮蕉黄。杂肴蔬兮进侯堂。"
【例句】宋郑昂《刚显庙》:"于荐荔丹与蕉黄,岁时来享以为常。"宋秦梓《贞义女咏》:"蕉黄荔丹几千古,薦蒿凄怆若见之。"宋方蒙仲《和刘后村…》:"便当纯用梅花祭,一洗蕉黄与荔丹。"宋王庭圭《豫章别彭…》:"荔子欲丹蕉叶黄,别君南浦正凄凉。"

蕉鹿梦　jiāo lù mèng
【分类】生活
【关键词】列子
【释义】喻世事虚幻。也比喻把真事看作梦幻的消极想法。《列子·周穆王》载:春秋郑国樵夫打死一只鹿,先藏在无水壕里,盖上蕉叶,后取鹿时,却忘记藏处。于是他以为是一场梦。后梦见人与得鹿人发生争执,找法官(士师)诉理。法官认为梦的真伪难辨,将鹿给二人平分。
【例句】宋王安石《夜读试卷…》:"蕉中得鹿初疑梦,牖下窥龙稍眩真。"宋苏轼《次韵刘贡…》:"梦觉真同鹿覆蕉,相君脱屣一参寥。"宋晁补之《次韵苏中…》:"范鱼何用惊生釜,郑鹿应知梦覆蕉。"聂绀弩《无题柴韵诗》:"蕉鹿文名真抑梦,莼鲈去志胆兼才。"

鹪鹩　jiāo liáo
【分类】政治
【关键词】庄子
【释义】此鸟形微处卑,因以比喻弱小者或易于自足者。源见"鹪鹩一枝"。
【例句】唐孟浩然《送丁大凤…》:"吾观鹪鹩赋,君负王佐才。"唐李白《空城雀》:"本与鹪鹩群,不随凤凰族。"唐孟郊《落第》:"雕鹗失势病,鹪鹩假翼翔。"唐杜甫《奉赠卢五…》:"流年疲蟋蟀,体物幸鹪鹩。"

鹪鹩一枝　jiāo liáo yī zhī
【分类】政治
【关键词】庄子
【释义】喻栖身之所或所任低级职位。《庄子·逍遥游》:"尧让天下于许由。…许由曰:'鹪鹩巢于深林,不过一枝;偃鼠饮河,不过满腹。归休乎君,予无所用天下为!'"
【例句】唐杜牧《洛下送张…》:"七叶汉貂真密近,一枝诜桂亦徒然。"唐杜甫《秦州杂诗》:"为报鸳行旧,鹪鹩在一枝。"唐寒山《诗三百三首》其五:"常念鹪鹩鸟,安身在一枝。"唐白居易《我身》:"穷则为鹪鹩,一枝足自容。"

鹪鹏　jiāo péng
【分类】生活
【关键词】庄子
【释义】表明人应各安其份。《庄子·逍遥游》:"有鸟焉,其名为鹏,背若泰山,翼若垂天之云…此小大之辩也。"又"鹪鹩巢于深林,不过一枝"。以大鹏与鹪鹩对比为喻,说明大小有别,各有所求之理。
【例句】唐吴融《闲吟》:"大底鹪鹏须自适,何尝玉石不同焚。"宋蔡襄《唐公以公…》:"到官应过庄生庙,试问鹪鹏两是非。"宋韦骧《和苏正甫…》:"兰菊时难一,鹪鹏乐自齐。"宋韦骧《感兴》:"富贵功名岂足邀,鹪鹏所得各逍遥。"

角弓诗　jiǎo gōng shī
【分类】生活
【关键词】左传
【释义】喻兄弟之邦应该互相亲善。《左传·昭公二年》:"晋侯使韩宣子来聘…韩子赋《角弓》…既享,宴于季氏,有嘉树焉,宣子誉之。武子曰:'宿敢不封殖此树,以无忘《角弓》。'"《诗经·小雅·角弓序》:"父兄刺幽王也。不亲九族而好谗佞,骨肉相怨,故作是诗也。"角弓,用兽角装饰的弓。
【例句】唐杜甫《冬日有怀》:"更寻嘉树传,不忘角弓诗。"唐李端《单推官厅…》:"还同李家树,争赋角弓诗。"宋刘攽《晁美叔前…》:"与子径为竹林宴,到今长记角弓诗。"宋葛胜仲《维心以诗…》:"异县聊寻郭驼传,他年敢忘角弓诗。"

角巾东路　jiǎo jīn dōng lù
【分类】政治
【关键词】羊祜
【释义】辞官归隐之典。《晋书·羊祜传》:"尝与从弟琇书曰:'既定边事,当角巾东路,归故里,为容棺之墟。以白士而居重位,何能不以盛满受责乎!疏广是吾师也。'"
【例句】宋王安石《全椒张公…》:"东路角巾非故约,西州华屋漫修椽。"宋孙觌《王左司致…》:"独片角巾东路去,休惊蕙帐北山空。"宋刘克庄《避客》:"簪笔西清惭德薄,角巾东路喜身轻。"宋陆游《闲趣》:"贵公漫说林间事,东路何人岸角巾。"

角亢　jiǎo kàng
【分类】生活
【关键词】尔雅
【释义】角宿与亢宿的并称。即二十八宿中东方苍龙七宿中的第一、第二宿。旧传均为寿星。《尔雅注疏·释天》:"寿星,角亢也。"晋郭璞注:"数起角亢,列宿之长,故曰寿。"
【例句】宋王柏《寿秋壑》:"当此秋正中,角亢迎长庚。"宋项安世《十七弟生…》:"寿星合在角亢旁,为尔来临翼轸乡。"宋慕容彦逢《许冲元生日》:"气钟奎壁粹,寿禀角亢全。"宋项安世《十七弟生…》:"寿星合在角亢旁,为尔来临翼轸乡。"

角生鱼 jiǎo shēng yú
【分类】文化
【关键词】子英
【释义】咏升仙之典。《述异记》:"江阴北有子英庙。子英即野人也。善入水捕鱼。得一赤鲤,将著池水养之。后长径一丈,有角翅,谓子英曰:'我迎汝身,汝上我背。'遂升于天,为神仙,晋时人。"
【例句】唐贾岛《寄李輶侍郎》:"谁言姓琴氏,独跨角生鱼。"唐陈陶《将进酒》:"麻姑爪秃瞳子昏,东皇肉角生鱼鳞。"

角黍 jiǎo shǔ
【分类】文化
【关键词】风土记
【释义】即粽子。《艺文类聚》引《风土记》:"仲夏端五,烹鹜角黍。端,始也,谓五月初五日也…进筒粽,一名角黍,一名粽。"
【例句】唐杨巨源《谢人送粽》:"珍重主人意勤腆,满槃角黍细包金。"唐和凝《宫词》:"绣额朱门插艾人,羞将角黍近香唇。"唐薛能《西县途中》:"忆归临角黍,良遇得新瓜。"宋周紫芝《竞渡曲》:"饭筒角黍缠五彩,楚俗至今犹未改。"

角犀 jiǎo xī
【分类】政治
【关键词】国语
【释义】额角入发处隆起,有如伏犀。古代迷信以为显贵贤明之相。亦借指贤明者。《国语·郑语》:"今王弃高明昭显,而好谗慝暗昧,恶角犀丰盈,而近顽童穷固。"三国吴韦昭注:"角犀,谓顶角有伏犀。丰盈,谓颊辅丰满,皆贤明之相。"
【例句】宋晁说之《和斯立夜…》:"喜见双头锦,争求独角犀。"宋邹浩《将至南京…》:"双眸已似清江洗,况入亭城见角犀。"宋王洋《代徐思远…》:"奚事千张锦,真成一角犀。"宋朱松《以月团为…》:"年长那知虫鼠等,眼明已见角犀丰。"

角枕 jiǎo zhěn
【分类】文化
【关键词】诗经
【释义】角制的或用角装饰的枕头。《诗经·唐风·葛生》:"角枕粲兮,锦衾烂兮。"
【例句】唐白居易《卧听法曲…》:"金磬玉笙调已久,牙床角枕睡常迟。"唐白居易《苦热中寄…》:"藤床铺晚雪,角枕截寒玉。"唐权德舆《安语》:"挥金得谢归里间,象床角枕支体舒。"唐徐夤《溪上要一…》:"直在引风欹角枕,且图遮日上渔船。"

狡兔三窟 jiǎo tù sān kū
【分类】政治
【关键词】战国策
【释义】比喻做事要留有余地。或喻为人狡猾,诡计多端。《战国策·齐策》:"冯谖曰:'狡兔有三窟,仅得免其死耳,今君有一窟,未得高枕而卧也。请为君复凿二窟。'"
【例句】唐陈陶《悲哉行》:"狡兔有三穴,人生又何常。"唐李白《送薛九被…》:"孟尝知狡兔,三窟赖冯谖。"唐杜甫《见王监兵…》:"鹏碍九天须却避,兔藏三窟莫深忧。"唐白居易《新昌新居…》:"狐兔同三径,蒿莱共一塵。"唐鲍溶《蔡平喜遇…》:"看寻狡兔翻三窟,见射妖星落九天。"

狡穴 jiǎo xué
【分类】政治
【关键词】战国策
【释义】指狡兔之穴。喻指敌人的巢穴。源见"狡兔三窟"。
【例句】宋孔武仲《献西俘》:"一朝锄狡穴,万里振天声。"宋韦骧《次韵和邓…》:"穷奸摧狡穴,辨柱愈绵痾。"宋陆游《猎罢夜饮…》:"洗空狡穴银头鹘,突过重城玉腕骝。"宋范成大《次韵李子…》:"犬骄鹰俊马蹄快,狡穴未尽须穷追。"

脚敲两舷 jiǎo qiāo liǎng xián
【分类】文化
【关键词】夏统
【释义】咏泛舟之典。《晋书·夏统传》:"统于是以足叩船,引声喉啭,清激慷慨,大风应至,含水嗽天,云雨响集,叱咤欢呼。"
【例句】唐韩愈《奉酬卢给…》:"撑舟昆明度云锦,脚敲两舷叫吴歌。"宋李彭《何生复用…》:"秋风醉索武昌鱼,脚敲两舷声函胡。"

皦日 jiǎo rì
【分类】政治
【关键词】诗经
【释义】明亮的太阳。多用于誓辞。《诗经·王风·大车》:"谓予不信,有如皦日。"唐孔颖达疏:"谓我之言为不信乎,我言之信有如皦然之白日。"
【例句】唐祖咏《送丘为下第》:"皦日媚春水,绿蘋香客船。"宋陈舜俞《送李户曹…》:"皦日心胸无愧耻,青衫颜色任尘埃。"宋李之仪《次韵东坡…》:"几因皦日疑镂蜡,试沃清泉觉弄香。"宋刘克庄《资殿清惠…》:"清德在人如皦日,荣名加我等浮云。"

叫帝关 jiào dì guān
【分类】政治
【关键词】楚辞
【释义】因冤情向朝廷申诉。源见"叫阊"。
【例句】唐张乔《哭陈陶》:"神理今难问,予将叫帝关。"明刘基《题谢皋羽…》:"又不能学邹衍长号彻帝关,飞霜六月凄燕山。"元陈孚《开平即事》："微臣亦有河汾策,愿叩刚风上帝关。"

叫阍 jiào hūn
【分类】政治
【关键词】楚辞
【释义】指吏民因冤屈等原因向朝廷申诉。《楚辞·离骚》："吾令帝阍开关兮,倚阊阖而望予。"汉王逸注："帝,谓天帝。阍,主门者也。阊阖,天门也。言己求贤不得,疾谗恶佞,将上诉天帝,使阍人开关,又倚天门望而距我,使我不得入也。"表达了自己为上诉于天帝而呼叫打开天门的悲愤心情。
【例句】唐李玖《喷玉泉冥…》："白昼叫阍无近戚,缟衣饮气只门生。"唐李群玉《将之京国…》："叫阍路既阻,浩荡怀灵修。"宋杨亿《外弟张湜…》："秦关百二聊乘兴,汉牍三千待叫阍。"宋刘弇《丫头岩》："不知何冤上诉帝,叫阍之势难稽留。"

教坊 jiào fāng
【分类】生活
【关键词】新唐书
【释义】唐代设立的朝廷音乐机构。《新唐书·百官志》："开元(玄宗)二年,又置内教坊于蓬莱宫侧。有音声博士,第一曹博士,第二曹博士。京都置左右教坊,掌俳优、杂伎,自是不隶太常,以中官为教坊使。"
【例句】唐王建《春日于门…》："唯有教坊南草绿,古苔阴地冷凄凄。"唐李涉《寄荆娘写真》："教坊大使久知名,郚上词人歌不足。"唐司空图《歌》："太平故事因君唱,马上曾听隔教坊。"宋刘克庄《重次躔轩…》："何当雅奏登郊庙,一洗梨园与教坊。"

嚼雪餐毡 jiáo xuě cān zhān
【分类】政治
【关键词】苏武
【释义】指在困境中艰难生存。多表示忠贞不屈。源见"苏武牧羊"。
【例句】唐李白《塞下曲》："握雪海上餐,拂沙陇头寝。"宋王炎《雪中怀韩…》："当知曳履郭先生,可作餐毡苏属国。"宋苏轼《至济南李…》》："自笑餐毡典属国,来看换酒谪仙人。"宋释德洪《出朱崖驿》："报德定应追结草,效忠那肯愧餐毡。"

阶蓂 jiē míng
【分类】文化
【关键词】竹书纪年
【释义】即蓂荚。瑞草名,夹阶而生,故名。源见"尧阶蓂荚"。
【例句】唐赵彦昭《奉和人日…》："庭树千花发,阶蓂七叶新。"唐李益《白虎通义》："故人为柱史,为我数阶蓂。"唐无可《中秋月》："蟾宜天地静,三五对阶蓂。"唐许稷《闰月定四时》："月桂亏还正,阶蓂落复滋。"唐元稹《别李三》："阶蓂附瑶砌,丛兰偶芳荪。"

接淅 jiē xī
【分类】生活
【关键词】孟子
【释义】捧着已经淘湿的米。喻指行色匆忙。《孟子·万章》："孔子之去齐,接淅而行。"宋朱熹集注："接,犹承也;淅,渍米也。渍米将炊,而欲去之速,故以手承米而行,不及炊也。"
【例句】宋刘敞《次衰陂…》："接淅予征远,看云反顾深。"宋刘敞《依韵谢某…》》："行记简书聊接淅,去怀印绶正逢春。"宋陈宓《暮宿化成庵》："斋厨夜半无留火,不待晨鸡接淅行。"宋晁补之《赠王顺之歌》："接淅去齐未敢言,退飞过宋聊堪比。"

接舆 jiē yú
【分类】政治
【关键词】论语
【释义】春秋楚人,佯狂不仕。代指隐士。源见"楚狂"。
【例句】唐李颀《杂兴》："济水自清河自浊,周公大圣接舆狂。"唐顾况《赠韦清将军》："接舆亦是狂歌者,更就将军乞一声。"唐白居易《吾土》："荣先生老何妨乐,楚接舆歌未必狂。"聂绀弩《真宅》："到门不敢题凡鸟,略想狂歌效接舆。"

接踵而至 jiē zhǒng ér zhì
【分类】生活
【关键词】战国策
【释义】踵:脚后跟。一个跟随一个到来。形容人来得多,连续不断而来。《战国策·齐策》："子来,寡人闻之,千里而一士,是比肩而立,百世而一圣,若随踵而至也,今子一朝而见七士,则士不亦众乎!"
【例句】宋王安石《寄题思轩》："名郎此地昔徘徊,天诱良孙接踵来。"宋王南一《西湖》："邦人接踵登科去,我亦京华共宦游。"宋李曾伯《宴湖南章…》》："何参接踵新规在,侨札论心旧识然。"宋虞俦《往瓜州护…》》："外使方将接踵至,淮民未有息肩期。"

嗟来之食 jiē lái zhī shí
【分类】政治
【关键词】礼记
【释义】原指悯人饥饿,呼其来食。后多指侮辱性的施舍。《礼记·檀弓下》："齐大饥,黔敖为食于路,以待饿者…曰:'嗟!来食。'扬其目而视之曰:'予唯不食嗟来之食,以至于斯也!'从而谢焉,终不食而死。"
【例句】唐李绅《却到浙西》："野悲扬目称嗟食,林极攀桑顾所求。"宋陈造《学宫诸士…》》："忍饥不嗅嗟来食,强项从教俗子嗤。"宋梅尧臣《勉致仕李…》》："譬之食嗟来,应自甘退缩。"宋欧阳修《初食车螯》："坐客初未识,食之先叹嗟。"宋刘敞《遣怀》："昔有蒙袂子,耻从嗟来食。"

节楼　jié lóu
【分类】政治
【关键词】新唐书
【释义】唐、宋节度使植纛之楼。《新唐书·百官志》："(节度使)入境,州县筑节楼,迎以鼓角。"纛:指仪仗、旗帜。
【例句】宋无名氏《沁园春》："况节楼辟命,管城草檄,计台顼试,玉笋联班。"元马祖常《翰林故事…》："赞书誉副节楼前,筐篚盈庭邸吏传。"明欧大任《答朱兵宪…》："百二关城借使权,河山半在节楼前。"明欧大任《赣州歌》："大纛高牙秋色里,白云长对节楼闲。"

劫灰　jié huī
【分类】政治
【关键词】竺法兰
【释义】谓战乱或大火毁坏后的残迹或灰烬。《高僧传·竺法兰》："昔汉武穿昆明池底,得黑灰,问东方朔。朔云:'不知,可问西域胡人。'后法兰既至,众人追以问之,兰云:'世界终尽,劫火洞烧,此灰是也。'"
【例句】唐郑愔《奉和幸三…》："旧苑经寒露,残池问劫灰。"唐杜甫《千秋节有感》："凤纪编生日,龙池堑劫灰。"唐李商隐《寄恼韩同年》："年华若到经风雨,便是胡僧话劫灰。"聂绀弩《挽胡明树》："我觉青山犹妩媚,青山浼我话劫灰。"

洁身乱伦　jié shēn luàn lún
【分类】政治
【关键词】子路
【释义】咏批评隐居之典。《论语·微子》："子路曰:'不仕无义。长幼之节,不可废也;君臣之义,如之何其废之?欲洁其身,而乱大伦。君子之仕也,行其义也。'"乱伦,搞乱了君臣间的人伦关系。
【例句】唐韩愈《寄卢仝》："故知忠孝本天地,洁身乱伦安足拟。"宋杨时《题赠吴国…》："圣贤遇合自有时,洁身乱伦非所知。"宋刘宰《吴子隆兼…》："古来隐者亦已多,洁身乱伦如彼何。"明王汝玉《挽林先生》："违俗本全节,洁身非乱伦。"

结草河滨　jié cǎo hé bīn
【分类】政治
【关键词】河上公
【释义】咏高士隐遁之典。《神仙传·河上公》："河上公者,莫知其姓字。汉文帝时,公结草为庵于河之滨。"
【例句】唐杜甫《寄张十二…》："耕岩非谷口,结草即河滨。"宋陈襄《题仙居伟…》："此山未及西山好,下有仙人结草庐。"宋苏颂《沙陀路》："结草枝梢知里堠,放牛墟落见人烟。"宋郭祥正《南安岩》："嗟予俗缚未能往,愿得结草与岩松。"

结草以报　jié cǎo yǐ bào
【分类】政治
【关键词】左传
【释义】咏身受厚恩虽死犹报的典故。《左传·宣公十五年》："魏武子有嬖妾,无子。武子疾,命颗(武子之子)曰:'必嫁是。'疾病,则曰:'必以为殉。'及卒,颗嫁之,曰:'疾病则乱,吾从其治也。'及辅氏之役,颗见老人结草以亢杜回,杜回踬而颠,故获之。夜梦之曰:'余,而所嫁妇人之父也。尔用先人之治命,余是以报。'"
【例句】宋王令《答束孝先》："何以论报心,结草效魏颗。"宋吴名扬《咏史》："海羽知衔石,冥魂能结草。"宋苏轼《送蒋颖叔…》："阴功在不杀,结草酬魏颗。"宋释德洪《出朱崖驿…》："报德定应追结草,效忠那肯愧餐毡。"

结发　jié fà
【分类】生活
【关键词】苏武
【释义】指刚刚成年。古代男年二十、女年十五为成人,行笄冠之仪,用簪结发。汉苏武《诗四首》："结发为夫妻,恩爱两不疑。"
【例句】唐陈子昂《感遇诗》："自言幽燕客,结发事远游。"唐高适《秋胡行》："一朝结发从君子,将妾迢迢东鲁陲。"唐杜甫《新婚别》："结发为君妻,席不暖君床。"唐白居易《续古诗》："我本幽闲女,结发事豪家。"

结发夫妻　jié fà fū qī
【分类】生活
【关键词】苏武
【释义】谓初成年即结婚的夫妻,通常指第一次结婚的夫妇。源见"结发"。
【例句】宋李氏《句》："清朝富贵利名在,结发夫妻日月长。"宋周紫芝《日出东南…》："念吾夫婿良家子,委身结发为夫妻。"

结邻里　jié lín lǐ
【分类】生活
【关键词】海录碎事
【释义】指结为邻居。《周礼·地官司徒》："五家为邻,五邻为里,四里为酂,五酂为鄙,五鄙为县。"
【例句】唐袁瓘《句》："青州熟铁不足数,卫公结邻差可方。"宋石介《留题敏夫…》："终待共君结邻里,竹边相并两间房。"宋苏过《次韵叔父…》："屏间怪石千年根,端为先生来结邻。"宋释德洪《题水镜轩》："我亦思归老丘壑,结邻西崦肯容么。"

结绮阁　jié qǐ gé
【分类】生活
【关键词】陈叔宝
【释义】楼阁名。喻指陈后主穷奢极欲的宫廷生活,也泛指宫廷建筑。《南史·后主张贵妃》："至德二年,乃于光昭殿前起临春、结绮、望仙三阁…后主自居临春阁,张贵妃居结绮阁,龚、孔二贵嫔居望仙阁,并复道交相往来。"
【例句】唐温庭筠《题西平王…》："披香殿下樱桃熟,结绮楼前芍药开。"宋吴泳《和洪司令…》："结绮临春贮丽华,吹香偶到野人家。"宋陆游《无题》："结绮诗成江令醉,橐泉梦断沈郎愁。"宋范成大《寄题石湖…》："手开芳径越城头,红锦屠苏结绮楼。"

结驷　jié sì
【分类】生活
【关键词】楚辞
【释义】一车并驾四马。用以指乘驷马高车之显贵。《楚辞·招魂》："青骊结驷兮齐千乘,悬火延起兮玄颜烝。"汉王逸注："结,连也。四马为驷。"
【例句】唐上官婉儿《游长宁公…》："结驷填街槛,闾阎满邑居。"唐苏颋《寒食宴于…》："子推山上歌龙罢,定国门前结驷来。"五代李建勋《惜花寄孙…》："侵晨结驷携酒徒,寻芳踏尽长安衢。"唐李中《暮春有感…》："明年才候东风至,结驷期君预去寻。"

结袜王生　jié wà wáng shēng
【分类】政治
【关键词】张释之
【释义】比喻贤德;或比喻敬老。汉处士王生让廷尉张释之结袜,使张得到别人敬重。《史记·张释之冯唐列传》："王生曰:'吾故聊辱廷尉,使跪结袜,欲以重之。'诸公闻之,贤王生而重张廷尉。"
【例句】唐薛逢《上吏部崔…》："公车未结王生袜,客路虚弹贡禹冠。"唐许浑《灞上逢元…》："何人更结王生袜,此客虚弹贡氏冠。"宋陈造《次韵朱逢…》："莫惜驱车饷元亮,须防结袜要王生。"宋刘过《呈胡季解》："虽然结袜王生偕,人以此贤张释之。"

结缨　jié yīng
【分类】政治
【关键词】子路
【释义】表现大义凛然、从容死难之典。源见"仲由缨"。
【例句】宋文天祥《言志》："易箦不必如曾参,结缨犹当效子路。"宋周邦彦《楚平王庙》："奸臣乱国纪,伍奢思结缨。"宋沈与求《刘资政挽词》："结缨季路空遗迹,投阁扬雄亦厚颜。"宋王十朋《会稽三贤…》："临河更效结缨死,颠沛于礼曾无亏。"

桀犬吠尧　jié quǎn fèi yáo
【分类】政治
【关键词】邹阳
【释义】桀的犬向尧狂吠。比喻只知一心为主,而不分贤愚善恶。《汉书·邹阳传》："则桀之犬可使吠尧,跖之客可使刺由。"唐颜师古注："此言被之以恩,则用命也。"
【例句】唐吴融《和严谏议…》："美舜歌徒作,欺尧犬正狞。"唐李白《经乱离后…》："桀犬尚吠尧,匈奴笑千秋。"宋华岳《闷题》："事当桀犬吠尧日,书在塞鸿归汉时。"元李稿《金五宰将…》："杜鹃入洛是将乱,桀犬吠尧非不仁。"

榔栗　jié lì
【分类】文化
【关键词】贾岛
【释义】亦作榔栎。木名,可为杖。后借为手杖、禅杖。唐贾岛《送空公往金州》："七百里山水,手中榔栗粗。"
【例句】唐曹松《送乞雨禅》："珠穿闽国菩提子,杖把灵峰榔栗枝。"五代贯休《寄天台叶…》："注意同契未将出,寻榔栗僧多宿来。"宋陆游《小园》："倦就盘陀坐,闲拈榔栗行。"宋范成大《丙午新正》："病怜榔栗随身惯,老觉屠苏到手迟。"

捷报孙歆头　jié bào sūn xīn tóu
【分类】政治
【关键词】杜预
【释义】将领虚报战功而邀赏之典。《晋书·杜预传》："预以太康元年正月,陈兵于江陵…吴都督孙歆震恐,…(杜预部将周旨)房歆而还。""王濬先列上得孙歆头,预后生送孙歆,洛中以为大笑。"
【例句】唐李商隐《随师东》："军令未闻诛马谡,捷书惟是报孙歆。"宋蔡肇《上呈方…》："不学行间妄校尉,尽斩孙歆封万户。"清张鸿《甲午七月…》："雅有孙歆传露布,枉教杨仆号楼船。"

睫不见　jié bù jiàn
【分类】文化
【关键词】杜牧
【释义】比喻对才士视而不见。唐杜牧《登池州九峰楼寄张祜》："睫在眼前长不见,道非身外更何求。"睫,睫毛。
【例句】宋王安石《再用前韵…》："远求而近违,如目不见睫。"宋戴表元《大名元复…》："明有不见睫,智有不卫足。"宋华镇《秦望山》："睫在眼前终不见,不知登望竟何求。"

截发留宾　jié fā liú bīn
【分类】政治
【关键词】陶侃
【释义】称颂贤母的典故。《晋书·陶侃传》："侃早孤贫,为县吏。鄱阳孝廉范逵尝过侃,时仓卒无以待宾,其母乃截发得双髲,以易酒肴,乐饮极欢,复仆从亦过所望。"
【例句】唐杜甫《送重表侄…》："自陈剪髻鬟,市鬻充杯酒。"宋刘克庄《挽连夫人》："畴昔曾为宾截发,暮年亲见子腰金。"宋邹浩《母氏安康…》："卜邻严子教,截发盛宾筵。"

截肪　jié fáng
【分类】文化
【关键词】曹丕
【释义】指切开的脂肪。比喻颜色和质地白润。三国魏曹丕《与钟大理书》："窃见玉书称美玉,白如截肪,黑譬纯漆,赤拟鸡冠,黄侔蒸栗。"《文选》唐李善注："《通俗文》曰:脂在腰曰肪,音方。"

【例句】唐柳宗元《弘农公以…》："采绶还垂艾,华簪更截肪。"唐李损之《都堂试贡…》："匪地如铺练,凝阶似截肪。"唐杜牧《怀钟陵旧游》："一谒征南最少年,虞卿双璧截肪鲜。"宋晁公溯《谢曾子长…》："红螺为酱胜食肉,白械作炙如截肪。"

截云　jié yún
【分类】文化
【关键词】剑
【释义】咏利剑之典。《庄子·说剑篇》："天子之剑…此剑,直之无前,举之无上,案之无下,运之无旁。上决浮云,下绝地纪。"
【例句】唐李贺《走马引》："我有辞乡剑,玉锋堪截云。"唐杨巨源《述旧纪勋…》："倚天长剑截云孤,报国纵横见丈夫。"唐杨巨源《圣恩洗雪》："曾贺截云翻栅远,仍闻斸冻下营深。"唐张登《秋夜馆中…》："闽山截云不过雁,涨海浸日谁为梁。"

碣石宫　jié shí gōng
【分类】政治
【关键词】燕昭王
【释义】战国时燕昭王为齐邹衍所建的宫。源见"燕馆"。
【例句】唐李商隐《今月二日…》："感激淮山馆,优游碣石宫。"元马祖常《出都》："水出卢龙塞,山连碣石宫。"明杨巍《寿刘广文…》："只今客傍秦王岛,何似家连碣石宫。"明李攀龙《韦氏池亭…》："白云寥廓迷幽蓟,骆衍谈天碣石宫。"明胡应麟《再挽王长公》："华阳馆内飞谈柄,碣石宫前斗赋晨。"

碣石山　jié shí shān
【分类】政治
【关键词】秦始皇
【释义】在河北省昌黎县北。秦始皇东巡入海求仙处。《史记·秦始皇本纪》："三十二年,始皇之碣石,使燕人卢生求羡门、高誓(溪)。刻碣石门。"
【例句】唐李世民《春日望海》："芝罘思汉帝,碣石想秦皇。"唐韦应物《石鼓歌》："秦家祖龙还刻石,碣石之罘李斯迹。"唐郑仁轨《五言奉日…》："观兵临碣石,极目眺扶桑。"唐高适《别冯判官》："碣石辽西地,渔阳蓟北天。"

竭泽而渔　jié zé ér yú
【分类】政治
【关键词】吕氏春秋
【释义】比喻取之不留余地,只图眼前利益。《吕氏春秋·义赏》："竭泽而渔,岂不获得? 而明年无鱼;焚薮而田,岂获不得? 而明年无兽。诈伪之道,虽今偷可,后将无复,非长术也。"
【例句】唐柳宗元《同刘二十…》："不应虞竭泽,宁复叹栖苴。"唐皮日休《药鱼》："吾无竭泽心,何用药鱼药。"宋卫宗武《之雪》："泽竭鱼龙困,空林鸟雀稀。"宋苏轼《和陶拟古》："本欲竭泽渔,奈此明年何。"

羯鼓　jié gǔ
【分类】文化
【关键词】新唐书
【释义】古代打击乐器的一种。两面蒙皮,腰部细,用公羊皮做鼓皮。起源于印度,盛行于唐代。《通典·乐》："羯鼓,正如漆桶,两头俱击。以出羯中,故号羯鼓,亦谓之两杖鼓。"《新唐书·礼乐志》："羯鼓,八音之领袖,诸乐不可方也。"
【例句】唐张继《华清宫》："朝元阁峻临秦岭,羯鼓楼高俯渭河。"唐白居易《改业》："柘枝紫袖教丸药,羯鼓苍头遣种蔬。"唐张祜《邠娘羯鼓》："新教邠娘羯鼓成,大酺初日最先呈。"唐李商隐《龙池》："龙池赐酒敞云屏,羯鼓声高众乐停。"

羯鼓催花　jié gǔ cuī huā
【分类】文化
【关键词】唐玄宗
【释义】咏鼓声或鼓之典。《羯鼓录》："尝遇二月初诘旦,(明皇)巾栉方毕,时宿雨初晴,景色明丽,小殿内庭,柳杏将吐…独高力士遭戏羯鼓。上旋命之,临轩纵击一曲,曲名《春光好》,神思自得。及顾柳杏,皆已发坼。"
【例句】宋苏轼《虢国夫人…》："宫中羯鼓催花柳,玉奴弦索花奴手。"宋周紫芝《后数日以…》："知君不羡鹤林神,但将诗律催花鼓。"宋杨万里《正月五日…》："一声白雨催花鼓,十二竿头总下来。"宋陆游《芳华楼夜宴》："难觅长绳縻日住,且凭羯鼓唤花开。"

羯鼓解秽　jié gǔ jiě huì
【分类】政治
【关键词】唐玄宗
【释义】喻豪爽之声能涤除烦腻。《羯鼓录》："上洞晓音律…上性俊迈,酷不好琴,会听弹琴,正弄未及毕,叱琴者曰:'待诏出去。'谓内宫曰:'速召花奴,将羯鼓来为我解秽。'"花奴是汝南王李琎小字。
【例句】唐李商隐《龙池》："龙池赐酒敞云屏,羯鼓声高众乐停。"唐齐己《赠琴客》："此境此身谁更爱,掀天羯鼓满长安。"宋苏轼《有美堂暴雨》："十分潋滟金樽凸,千杖敲铿羯鼓催。"宋范成大《开元天宝…》："御前羯鼓透春空,笑觉花奴手未工。"

解鞍　jiě ān
【分类】政治
【关键词】李广
【释义】解下马鞍,以示不再前行。也用作咏武将勇敢机智之典。《史记·李将军列传》："令曰:'皆下马解鞍!'其骑曰:'虏多且近,即有急,奈何?'广曰:'彼虏以我为走,今皆解鞍以示不走,用坚其意。'于是胡骑遂不敢击。"
【例句】唐吴融《赴阙次留…》："解鞍聊欺李广,煮弩笑臧洪。"唐孟郊《赠姚怤别》："倦客厌出门,疲马思解鞍。"唐李翔《军山前马…》":"非论塞步须回驾,纵使追风亦解鞍。"宋刘敞《安福院》："下马解鞍一长啸,便疑身已出尘中。"

解薜　jiě bì
【分类】政治
【关键词】谢安
【释义】弃隐入仕之典。《晋书·谢安传》："暨于褫薜萝而袭朱组,去衡泌而践丹墀,庶绩于是用康,彝伦以之载穆。"
【例句】唐张九龄《商洛山行…》："避世辞轩冕,逢时解薜萝。"唐李群玉《始忝四座…》："解薜龙凤夏,怀铅兰桂丛。"元王翰《春日客至》："为怜霄汉客,暂解薜萝衣。"明王恭《书高翰林…》："周子辞天便拂衣,龙门解薜上金扉。"

解骖　jiě cān
【分类】政治
【关键词】晏子
【释义】意指拿出财物济人之困的典故。《晏子春秋·杂上》："晏子之晋,至中牟,睹弊冠反裘负刍,息于途侧者,以为君子也…晏子曰:'为仆几何?'对曰:'三年矣。'晏子曰:'可得赎乎?'对曰:'可。'遂解左骖以赠之。"
【例句】唐王维《晦日游大…》："侧闻尘外游,解骖轭朱轮。"宋宋祁《奉和晏相…》："搁笔暂停黄纸尾,解骖犹放紫茸题。"宋文彦博《令弟坚官…》："有意将投阁,无人为解骖。"宋杨冠卿《代秦干上…》："解骖旧事无人继,恸哭穷涂只自叹。"

解醒刘伶　jiě chéng liú líng
【分类】生活
【关键词】刘伶
【释义】借指嗜酒善饮之人。《世说新语·任诞》："刘伶病酒…伶曰:'甚善。我不能自禁,唯当祝鬼神自誓断之耳。'便可具酒肉。'…伶跪而祝曰:'天生刘伶,以酒为名,一饮一斛,五斗解醒。妇人之言,慎不可听!'便引酒进肉,隗然已矣。"解醒:以饮酒来消除酒病。
【例句】唐李益《答窦二曹…》："解醒元有数,不必吓刘伶。"唐白居易《长斋月满…》："乘兴还同访戴客,解醒仍对姓刘人。"唐元稹《放言》："五斗解醒知恨少,十分飞盏未嫌多。"宋邹浩《简君瑞觅…》："通道三杯如李白,解醒五斗似刘伶。"

解绂　jiě fú
【分类】政治
【关键词】沈炯
【释义】解下印绶。喻指辞官。《陈书·沈炯列传》："诏答曰:'朕嗣奉洪基,思弘景业,顾兹寡薄,兼缠哀疚,实赖贤哲,同致雍熙,岂便释简南闻,解绂东路。'"
【例句】宋文彦博《西归日琼…》："趋朝再睹新宫省,解绂还归旧里庐。"宋王拱辰《耆英会诗》："顾方北道倚烦剧,未许解绂披荷衣。"宋吕溱《饯光禄两…》："清时解绂端荣侠,不独贤哉咏木瓜。"宋韩维《襄柑分惠》："荆州解绂

十经春,回梦青林绕汉滨。"

解龟　jiě guī
【分类】政治
【关键词】谢灵运
【释义】解下龟印。指辞官。东晋谢灵运《初去郡》："牵丝及元兴,解龟在景平。"《文选》唐李善注："解龟,去官也。"北魏张铣注："解龟,谓解去所佩龟印也。"
【例句】唐杜牧《正初奉酬…》："一堑风烟险羡里,解龟休去路非赊。"唐李蟠《题善权寺…》："报国虽当存死节,解龟终得遂生还。"宋刘兼《秋夕书怀》："荒僻淹留岁已深,解龟无计恨难任。"宋王禹称《滁州官舍》："解龟且作三年调,下马先吟八绝诗。"

解褐　jiě hè
【分类】政治
【关键词】曹毗
【释义】脱去粗布衣服,喻入任为官。《晋书·曹毗》："故五典克明于百揆,虞音齐响于五弦,安期解褐于秀林,渔父摆钩于长川。"
【例句】宋王洋《挽程伯禹》："待问盈朝日,群生解褐初。"宋刘克庄《送陈德刚…》："不消负笈趁槐黄,解褐惟于孔庙堂。"宋陈舜俞《送南康刘…》："时髦往往出江南,解褐须期居幕右。"宋朱翌《谢刘宪惠…》："不须直待枯成腊,便遣尊前解褐衣。"

解巾　jiě jīn
【分类】政治
【关键词】韦著
【释义】咏入仕之典。《后汉书·韦著传》载:韦著屡被征辟,不应命。灵帝即位,中常侍曹节"白帝就家拜著东海相。诏书逼切,不得已,解巾之郡"。唐李贤注:"巾,幅巾也。既服冠冕,故解幅巾。"
【例句】唐魏氏《赠外》："游子倦风尘,从官初解巾。"唐权德舆《春送十四…》："随牒忽离南北巷,解巾都吏有清风。"唐权德舆《送岳州温…》："解巾州主簿,捧檄不辞遥。"元张翥《中秋乐陵》："西风吹尽马蹄尘,凉夜中庭暂解巾。"

解连环　jiě lián huán
【分类】政治
【关键词】战国策
【释义】比喻解决难题。用以称颂女子聪慧,也用作咏后妃之典。《战国策·齐策》："秦始皇尝使使者遗君王后玉连环,曰:'齐多智,而解此环不?'君王后以示群臣,群臣不知解;君王后引椎椎破之,谢秦使曰:'谨以解矣!'君王后,齐襄王之后。襄王卒,子建立,君王后摄政。"
【例句】唐李商隐《赠歌妓》："水精如意玉连环,下蔡城危莫破颜。"唐罗虬《比红儿诗》："再三为谢齐皇后,要解连环别与人。"宋黄庭坚《次韵郭明…》："诗书自可老斫轮,智略足以解连环。"宋程俱《次韵江子…》："岂有高标如冠

玉,况无谈舌解连环。"

解网　jiě wǎng
【分类】政治
【关键词】成汤
【释义】称颂仁政。喻宽宥、仁德。《史记·殷本纪》："汤出,见野张网四面,祝曰:'自天下四方皆入吾网。'汤曰:'嘻,尽之矣!'乃去其三面,祝曰:'欲左,左。欲右,右。不用命,乃入吾网。'诸侯闻之,曰:'汤德至矣,及禽兽。'"
【例句】唐褚遂良《辽东侍宴…》："弯弧射封豸,解网纵前禽。"唐王维《既蒙宥罪…》："忽蒙汉诏还冠冕,始觉殷王解网罗。"唐杜甫《秋日荆南…》："垂旒资穆穆,祝网但恢恢。"唐柳宗元《寄韦珩》："幸因解网入鸟兽,毕命江海终游遨。"

解衣般礴　jiě yī pán bó
【分类】生活
【关键词】庄子
【释义】般礴:箕坐,坐地时两腿张开。表示行为随便,不受拘束。《庄子·田子方》："宋元君将画图,众史皆至,受揖而立,舐笔和墨,在外者半。有一史后至者,儃儃然不趋,受揖不立,因之舍。公使人视之,则解衣般礴,裸。君曰:'可矣,是真画者也。'"
【例句】宋陈造《刘有诗再…》："只应月地饶般礴,心醉寒梢曳晓烟。"宋陈造《急笔赠欧…》："酒边搜句敢言工,不解似君般礴裸。"宋王炎《到寿安精舍》："崎岖短策频行路,盘薄胡床暂解衣。"宋刘应子《游九锁》："迤逦跨五洞,解衣小盘礴。"

解衣磅礴　jiě yī páng bó
【分类】生活
【关键词】庄子
【释义】喻神闲气定、不拘形迹。源见"解衣般礴"。
【例句】宋陈师道《题画李白真》："周郎韵胜笔有神,解衣磅礴未ထ真。"宋邓朴《舫斋》："解衣磅礴舞翠阁,笔端写作诗中画。"宋方凤《九日同皋…》："不惜逍遥投杖屦,何妨磅礴解衣冠。"聂绀弩《集体写诗》："解衣磅礴床头坐,万烛齐明共写诗。"

解衣推食　jiě yī tuī shí
【分类】政治
【关键词】韩信
【释义】形容对人极为关怀,慷慨帮助。《史记·淮阴侯列传》："故倍楚而归汉。汉王授我上将军印,予我数万众,解衣衣我,推食食我,言听计用,故吾得以至于此。夫人深亲信我,我倍之不祥,虽死不易。"
【例句】唐李适《奉和幸望…》："解衣延宠命,横剑总威名。"唐萧至忠《送张亶赴…》："推食天厨至,投醪御酒传。"宋饶节《寄夏均父》："四海交情未有君,解衣推食见情真。"宋董嗣杲《寄杨云静》："饮水曲肱无此量,解衣推食有

何人。"

解语花　jiě yǔ huā
【分类】生活
【关键词】唐玄宗
【释义】指善解人意的美女,喻指美人聪慧可人。《开元天宝遗事·解语花》："明皇秋八月,太液池,有千叶白莲,数枝盛开。帝与贵戚宴赏,左右皆叹羡久之。帝指贵妃示于左右曰:'争如我解语花!'"
【例句】唐李涉《遇湖州妓…》："陵阳夜会使君筵,解语花枝出眼前。"宋邓肃《次韵李状…》："年来樽酒是生涯,赤脚曾无解语花。"宋尤袤《德翁有诗…》："把酒问花花解语,定应催促要新诗。"宋王同祖《夜坐》："古今多少难言事,笑说梅花解语无。"

介圭觐　jiè guī jìn
【分类】政治
【关键词】尚书
【释义】泛指朝见天子。《尚书·顾命》："太保承介圭,上宗奉同瑁,由阼阶。"周制,诸侯朝享,太保捧大圭,太宗捧酒杯和瑁,由东阶缓上。
【例句】唐权德舆《奉和郴州…》："何时介圭觐,携手咏康哉。"宋孔平仲《咏大》："介圭催入觐,夏屋示优贤。"宋周必大《请卢帅乐…》："介圭早晚催归觐,应记台城此日游。"宋周必大《送张端明…》："介圭入觐由公始,莫把题名取次镌。"

介眉寿　jiè méi shòu
【分类】生活
【关键词】诗经
【释义】祝寿之词。《诗经·豳风·七月》："为此春酒,以介眉寿。"郑玄笺："介,助也。"
【例句】宋晁补之《王拱辰太…》："曾有新诗介眉寿,悲歌何忍送归墙。"宋郭祥正《田家四时》："何以介眉寿,瓮中酒新熟。"宋史浩《上绍兴守…》："春醑如渑介眉寿,亦应兼喜颂陈椒。"宋张扩《老白堂》："君不见三朝魏公拓天手,旌节言归介眉寿。"

介象鲙　jiè xiàng kuài
【分类】文化
【关键词】介象
【释义】咏道家仙术之典。《神仙传·介象》："介象者字元则…吴主共论鲙鱼何者最美,象曰:'鲻鱼鲙为上。'…乃令人于殿中作方坎,汲水满之,并求钩。象起饵之,垂纶于坎。须臾,果得鲻鱼。"
【例句】唐罗隐《圣真观刘…》："鱼跳介象鲙,饭吐葛玄蜂。"宋苏颂《景德寺饮…》："盘丰介象鲙,手马毕生鳌。"

介胄不拜　jiè zhòu bù bài
【分类】政治
【关键词】尉缭子

【释义】介：披铁甲。胄：戴头盔。拜：跪拜。身着铠甲的武士例不下拜。这是古代军中礼节。《尉缭子·武议》："乞人之死不索尊，竭人之力不责礼，故古者介胄之士不拜，示人无己烦也。"
【例句】唐杜甫《垂老别》："男儿既介胄，长揖别上官。"宋刘敞《滕司谏知…》："遥知谒明光，介胄但长揖。"宋郑清之《冬节忤寒…》："衣冠古岸绮季至，介胄嶙峋亚夫色。"明康海《赠行边使》："列镇迎恩介胄雄，赭袍遥映塞云红。"

介子推 jiè zǐ tuī
【分类】政治
【关键词】介子推
【释义】春秋时晋国义士。曾协助晋文公重耳，隐居不仕，死于介休绵山。并由此产生了寒食节（清明节前一天）。亦代称寒食节，指介子推忌日。源见"焚山林"。
【例句】唐孟云卿《寒食》："贫居往往无烟火，不独明朝为子推。"宋苏辙《郭纶》："此非介子推，安肯不计功。"元高启《读史张昭》："孝廉犹有当年意，不遣真从介子推。"聂绀弩《风怀》："介推焚死哈哈笑，思考世真脚底皮。"

芥羽 jiè yǔ
【分类】文化
【关键词】鸡
【释义】指用以角斗的鸡羽。《左传·昭公二十五年》："季郈之鸡斗，季氏介其鸡，郈氏为之金距。"孔颖达疏引郑司农曰："介，甲也，为鸡着甲。"
【例句】唐杜淹《咏寒食斗…》："花冠初照日，芥羽正生风。"唐韩偓《观斗鸡偶作》："白日枭鸣无意问，唯将芥羽害同群。"宋丁谓《鸡》："花冠诚可爱，芥羽亦难防。"宋周紫芝《责鸡》："嗟我笼中鸡，芥羽光照人。"

芥舟 jiè zhōu
【分类】文化
【关键词】庄子
【释义】喻小船。《庄子·逍遥游》："覆杯水于坳堂之上，则芥为之舟，置杯焉则胶，水浅而舟大也。"陆德明释文："芥，小草也。"
【例句】唐郑缙《咏浮沤为…》："晶晃明苔砌，参差绕芥舟。"宋苏轼《和参寥》："芥舟只合在坳堂，纸帐心期老孟光。"宋王庭珪《次韵刘炳…》："鹏翼端能翻碧汉，芥舟唯可置坳堂。"宋范成大《次韵袁起…》："二山巉绝照南州，俯看千樯总芥舟。"

借车无载 jiè chē wú zài
【分类】生活
【关键词】孟郊
【释义】极言家贫无物，为家清贫之典。唐孟郊《移居》："借车载家具，家具少于车。"
【例句】宋苏轼《次韵秦太…》："君不见诗人借车无可载，留得一钱何足赖！"宋徐瑞《东绿叔祖…》："两僮自足负琴书，载具何劳远借车。"元谢应芳《答徐伯枢…》："借车载具家频徙，应俗为文笔大惭。"明吴宽《答潘时用…》："总道诗人家具少，载书仍有借车劳。"

借寇恂 jiè kòu xún
【分类】政治
【关键词】寇恂
【释义】地方百姓挽留良吏的典故。《后汉书·寇恂》："即日车驾南征，恂从至颍川，盗贼悉降，而竟不拜郡。百姓遮道曰：'愿从陛下复借寇君一年。'乃留恂长社，镇抚吏人，受纳余降。"
【例句】唐杜甫《奉寄章十…》："湘西不得归关羽，河内犹宜借寇恂。"唐白居易《自到郡斋…》："常未征黄霸，湖犹借寇恂。"唐罗隐《雪溪晚泊…》："道穷谩有依刘感，才急应无借寇恂。"唐方干《睦州吕郎…》："暂来此地非多日，明主那容借寇恂。"

借润 jiè rùn
【分类】生活
【关键词】顾云
【释义】指请求别人帮助。犹借水以润物。唐顾云《投户部郑员外启》："倪或冰壶借润，水镜分光；如其积玉之名，示以鉴金之誉。"
【例句】宋韩维《和宋中散…》："稻塍常借润，黍尺讵能晞。"宋韦骧《灯花》："翠幕障风稳，兰膏借润频。"宋李石《古柏》："濡染东家虽借润，风烟西爽亦宜秋。"宋陈造《送臧汝舟…》："邻近玉渊尝借润，眼中珠树看争芳。"

桔柣门 jié dié mén
【分类】生态
【关键词】左传
【释义】代称郑地之典。《左传·庄公二十八年》："子元以车六百乘伐郑，入于桔柣之门。"晋杜预注："桔柣，郑远郊之门也。"
【例句】唐刘禹锡《酬郑州权…》："人从桔柣至，书到漆沮傍。"清郑珍《过新郑》："天清马度茉馺道，日落乌盘桔柣门。"清易顺鼎《续寓台咏怀》："久无剧盗崔苻泽，那有强藩桔柣门。"清苏镜潭《东宁百咏》："秋来禾黍临官道，不见先朝桔柣门。"

巾车 jīn chē
【分类】文化
【关键词】陶渊明
【释义】指整车出行；或指有帷幕的车子。《孔丛子·记问》："文武既坠，吾将焉出…巾车命驾，将适唐都。"晋陶渊明《归去来辞》："或命巾车，或棹孤舟。"
【例句】唐李峤《锦》："汉使巾车远，河阳步障陈。"唐元德秀《归隐》："缓步巾车出鲁山，陆浑佳处恣安闲。"唐权德舆《离合诗赠…》："帐殿汉官仪，巾车塞垣草。"唐储光羲《游茅山》："巾车云路入，理棹瑶溪行。"

巾角弹棋 jīn jiǎo tán qí
【分类】生活

【关键词】世说新语

【释义】形容技艺高妙。《世说新语·巧艺》:"弹棋始自魏宫内,用妆奁戏。文帝于此戏特妙,用手巾角拂之,无不中。有客自云能,帝使为之。客著葛巾角,低头拂棋,妙逾于帝。"

【例句】宋杨亿《夜宴》:"巾角弹棋胜,琴心促轸哀。"宋饶节《次韵吕居…》:"角巾拂弹棋,运斤斫蝇翼。"明袁宏道《饮方渭津…》:"山斋多快事,弹棋角杯斝。"明毛奇龄《明河篇》:"巾角弹棋四座惊,花门蹋鞠三郎喜。"

斤斧 jīn fǔ

【分类】文化

【关键词】管子

【释义】指斧头。谓请人修改诗文的敬辞。《管子·乘马》:"其木可以为棺,可以为车,斤斧得入焉。"《抱朴子·广譬》:"凡木结根于灵山,而匠石为之寝斤斧。"

【例句】唐李白《咏山樽》:"蟠木不雕饰,且将斤斧疏。"唐杜甫《遣闷奉呈…》:"藩篱生野径,斤斧任樵童。"唐王建《山中寄及…》:"俱承日月照,幸免斤斧伤。"宋王庭圭《彭青老好…》:"好诗浑厚如金玉,妙质勿令斤斧侵。"

今朝 jīn zhāo

【分类】生活

【关键词】李适之

【释义】指今日;目前。《诗经·白驹》:"萦之维之,以永今朝。"唐李适之《罢相作》:"为问门前客,今朝几个来?"

【例句】唐萧翼《宿云门东…》:"今朝独跨岩东院,唯听猿吟与鸟啼。"唐刘方平《送别》:"华亭雾色满今朝,云里樯竿去转遥。"唐崔融《嵩山石淙…》:"今朝出豫临悬圃,明日陪游向赤城。"唐白居易《井底引银瓶》:"瓶沉簪折知奈何,似妾今朝与君别。"

今为时怜 jīn wéi shí lián

【分类】政治

【关键词】汉成帝

【释义】谓为时人所怜悯。汉成帝时,有歌谣嘲讽奸佞之人,说他们原来以谗言而害忠良身居高位,如今已失势,被人们所怜悯。《汉书·五行志》:"成帝时歌谣又曰:'邪径败良田,谗口乱善人。桂树华不实,黄爵巢其颠。故为人所羡,今为人所怜。'"

【例句】唐杜甫《遣兴》:"赫赫萧京兆,今为时所怜。"宋赵汝迕《哭赵蹈中》:"族老今为海内怜,清名多是布衣传。"宋董嗣杲《渔郎》:"桃源共楚泽,枉为时所怜。"宋王之望《上曾二丈…》:"文章昔谓古可到,踪迹今为人所怜。"

今我不乐 jīn wǒ bù lè

【分类】生活

【关键词】诗经

【释义】形容心情抑郁不高兴。《诗经·唐风·蟋蟀》:"蟋蟀在堂,岁聿其莫。今我不乐,日月其除。"

【例句】唐杜甫《寄韩谏议注》:"我今不乐思岳阳,身欲奋飞病在床。"宋刘敞《怀归操》:"蟋蟀在堂岁云除,今我不乐郁以纡。"宋王质《留别陈阜卿》:"今我不乐思还乡,石头渡口呼归航。"

今夕何夕 jīn xī hé xī

【分类】生活

【关键词】诗经

【释义】意为今夜是什么日子?喻今夕难忘。《诗经·唐风·绸缪》:"今夕何夕,见此邂逅。"

【例句】唐钱起《中书王舍…》:"今夕复何夕,归休寻旧欢。"唐杜甫《今夕行》:"今夕何夕岁云徂,更长烛明不可孤。"唐杜甫《赠卫八处士》:"今夕复何夕,共此灯烛光?"宋杨亿《冬夕与诸…》:"今夕知何夕,良交会以文。"

金榜 jīn bǎng

【分类】政治

【关键词】神异经

【释义】金色的匾额或姓名榜。借指科举时代殿试揭晓的榜。《神异经·中荒经》:"中央有宫,以金为墙,有金榜,以银镂题,曰:'天皇之宫'。"

【例句】唐李适《侍宴安乐…》:"平阳金榜凤皇楼,沁水银河鹦鹉洲。"唐岑羲《夜宴安乐…》:"金榜重楼开夜扉,琼筵爱客未言归。"唐刘禹锡《送裴处士…》:"彤庭翠松迎晓日,凤衔金榜云间出。"宋李昉《寄孟宾于》:"初携书剑别湘潭,金榜标名第十三。"

金篦刮目 jīn bì guā mù

【分类】生活

【关键词】张元

【释义】咏治疗眼疾之典。亦比喻去除障碍,豁然开朗或翻然醒悟。《周书·张元》:"其夜,梦见一老公,以金鎞治其祖目。谓元曰:'勿忧悲也,三日之后,汝祖目必差。'"

【例句】唐杜甫《谒文公上方》:"金篦刮眼膜,价重百车渠。"唐白居易《眼病》:"人间方药应无益,争得金篦试刮看。"唐刘禹锡《裴侍郎大…》:"卷尽轻云月更明,金篦不用且闲行。"宋王灼《题赵德脩…》:"细看尹喜磬折处,金篦刮膜见全天。"

金波 jīn bō

【分类】文化

【关键词】汉书

【释义】谓月光。借指月亮。《汉书·礼乐志》:"月穆穆以金波,日华耀以宣明。"颜师古注:"言月光穆穆,若金之波流也。"

【例句】唐刘斌《登楼望月》:"未得金波转,俄成玉箸流。"唐沈佺期《古歌》:"水精帘外金波下,云母窗前银汉回。"唐白居易《对琴待月》:"玉轸临风久,金波出雾迟。"宋司马光《闰正月十…》:"雾净金波溢,天开碧幕空。"

金蚕 jīn cán

【分类】文化

【关键词】王玄象

【释义】金铸的蚕。古代帝王的一种殉葬品。《南史·王玄象》："有一棺尚全,有金蚕、铜人以百数。"

【例句】唐许浑《懿安皇太…》："未信金蚕老,先惊玉燕空。"唐孟郊《悼亡》："泉下双龙无再期,金蚕玉燕空销化。"元刘炳《拜大父墓》："华表年深遗白鹤,黄肠春暖蚀金蚕。"元刘炳《闻马孽馘…》："金蚕春冷云迷树,碧血年深草蚀烟。"

金钗换酒 jīn chāi huàn jiǔ

【分类】生活

【关键词】元稹

【释义】原谓贤妻拔金钗给丈夫换酒,后用以形容贫穷潦倒,落拓失意。唐元稹《三遣悲怀》："顾我无衣搜荩箧,泥他沽酒拔金钗。"

【例句】唐杜牧《代吴兴妓…》："金钗有几丹,挡当酒家钱。"宋韩琦《再和题休…》："铜壶报刻缓星箭,金钗送酒排花行。"宋晏几道《清平乐》："归来紫陌东头,金钗换酒消愁。"宋戴复古《代人送别》："粉壁题诗句,金钗当酒钱。"

金钗十二行 jīn chāi shí èr háng

【分类】生活

【关键词】萧衍

【释义】形容姬妾众多。南朝梁武帝(萧衍)《河中之水歌》："河中之水向东流,洛阳女儿名莫愁…头上金钗十二行,足下丝履五文章。"

【例句】唐白居易《酬思黯戏…》："钟乳三千两,金钗十二行。"唐施肩吾《收妆词》："灯前再览青铜镜,枉插金钗十二行。"宋宋白《宫词》："九嫔参酌前朝礼,须戴金钗十二行。"宋黄庭坚《梦中和殇…》："何处胡椒八百斛,谁家金钗十二行。"

金蝉 jīn chán

【分类】生活

【关键词】沈约

【释义】古代妇女所用金色蝉形的贴面饰物。南梁沈约《还园宅奉酬华阳先生诗》："鸣玉响洞门,金蝉映朝日。"

【例句】唐李贺《屏风曲》："团回六曲抱膏兰,将鬟镜上掷金蝉。"唐李商隐《燕台》："破鬟委堕凌朝寒,白玉燕钗黄金蝉。"宋田锡《江南曲》："金蝉饰绿云,细屧蕊黄新。"宋陈允平《香奁体》："鬓拢金蝉蠹,钗横玉燕翔。"

金城汤池 jīn chéng tāng chí

【分类】政治

【关键词】管子

【释义】喻防守坚固、不易攻破的城池。《管子·度地》："城外为之郭,郭外为之阆。地高则沟之,下则堤之,命之曰金城,树以荆棘,上下稸著者,所以为固也。"《汉书·食货志上》："神农之教曰:'有石城十仞,汤池百步,带甲百万,而忘粟,弗能守也。'"

【例句】唐杜甫《秋日荆南…》："汤池虽险固,辽海尚填淤。"唐敦煌人《分流泉咏》："一源分异派,两道入汤池。"唐张良璞《览史》："建都用鹑宿,设险因金城。"宋王迈《送莆守赵…》："独元所治一无犯,镇抚孤垒如金城。"宋梅尧臣《铁瓮城》："铁瓮喻其坚,金城非所敌。"宋晁说之《无题》："梦寐无烦征锦段,笑谈谁敢犯汤池。"

金船 jīn chuán

【分类】生活

【关键词】庾信

【释义】一种金质的盛酒器。北周庾信《北园新斋成应赵王教诗》："玉节调笙管,金船代酒卮。"

【例句】唐张祜《少年乐》："醉把金船掷,闲敲玉镫游。"唐韦庄《绛州过夏…》："朝朝沉醉引金船,不觉西风满树蝉。"唐高骈《赠歌者》："酒满金船花满枝,佳人立唱惨愁眉。"唐黄滔《江州夜宴…》："清管彻时掛玉醑,碧筹回处掷金船。"

金错 jīn cuò

【分类】生活

【关键词】杨赐

【释义】谓在器物上用黄金涂饰或镶嵌文字或花纹。《后汉书·杨赐传》："玉壶革带,金错钩佩。"

【例句】唐杜甫《虎牙行》："壁立石城横塞起,金错旌竿满云直。"唐岑参《与独孤渐…》："冰片高堆金错盘,满堂凛凛五月寒。"唐雍裕之《豪家夏冰咏》："金错银盘贮赐冰,清光如鲎玉山棱。"唐白居易《偶以拙诗…》："银钩金错两殊重,宜上屏风张座隅。"

金错刀 jīn cuò dāo

【分类】政治

【关键词】王莽

【释义】古代钱币名。王莽摄政时铸造,以黄金错镂其文。也称错刀、金错。《汉书·王莽传》载:王莽摄政时铸造钱币如刀形,以黄金错镂其文。后泛指钱财。也指刀名。汉张衡《四愁诗》："美人赠我金错刀,何以报之英琼瑶。"《文选》唐李善注引《续汉书》："佩刀,诸侯王黄金错镮"也指写字、绘画的一种笔体。

【例句】唐马戴《赠别北客》："饮尽玉壶酒,赠留金错刀。"五代贯休《夜夜曲》："孤灯耿耿征妇劳,更深扑落金错刀。"唐齐己《谢人自钟…》："故人犹忆苦吟劳,所惠何殊金错刀。"聂绀弩《奉赠二首…》："故人寄我金错刀,何以报之三脚猫。"

金狄 jīn dí

【分类】文化

【关键词】张衡

【释义】指铜铸人像。东汉张衡《西京赋》："高门有闶,列坐金狄。"《文选》唐李善注:"金狄,金人也。"

【例句】唐李商隐《石城》："玉童收夜钥,金狄守更筹。"宋钱惟演《灯夕寄献…》："九枝火树连金狄,万里霜轮上碧甃。"宋李彭《和冯仲宣韵》："秋风寂寞仲宣楼,金狄伤嗟卧一丘。"宋刘攽《送李士宁…》："自有药壶容到客,独摩金狄叹流年。"

金狄移　jīn dí yí
【分类】政治
【关键词】三国志
【释义】用作喻指改朝换代之典。《三国志·明帝纪》南朝宋裴松之注引《魏略》："是岁,徙长安诸钟簴、铜人、承露盘。盘折,铜人重不可致,留于霸城。"金狄:金人,铜铸的人像。
【例句】唐王绩《过汉故城》："金狄移灞岸,铜盘向洛阳。"唐李商隐《石城》："玉童收夜钥,金狄守更筹。"宋宋庠《正月望夜…》："帝阙开金狄,仙舆下玉京。"宋苏轼《次韵答元…》"流落天涯先有谶,摩挲金狄会当同。"

金貂换酒　jīn diāo huàn jiǔ
【分类】生活
【关键词】阮孚
【释义】形容为官者狂放不羁。《晋书·阮孚传》："孚字遥集。其母,即胡婢也…尝以金貂换酒,复为所司弹劾,帝宥之。"金貂:近臣冠饰。
【例句】唐温庭筠《寄卢生》："他年犹拟金貂换,寄语黄公旧酒垆。"唐骆宾王《畴昔篇》："不识金貂重,偏惜玉山颓。"唐卢照邻《行路难》："金貂有时换美酒,玉麈恒摇莫计钱。"宋张辑《贺新郎》："且趁霜天鲈鱼好,把貂裘、换酒长安市。"

金风玉露　jīn fēng yù lù
【分类】生态
【关键词】谢朓
【释义】秋风吹起,寒露降临。形容寒秋的景色。南朝齐谢朓《泛水曲》："玉露沾翠叶,金风鸣素枝。"
【例句】唐李商隐《辛未七夕》："由来碧落银河畔,可要金风玉露时。"唐李群玉《秋怨》："金风死绿蕙,玉露生寒松。"宋廖刚《王守生辰…》："月华浑似十分圆,玉露金风处暑天。"宋李纲《七夕》："璀璨珠星连璧月,凄凉玉露坠金风。"

金刚不坏身　jīn gāng bù huài shēn
【分类】文化
【关键词】佛
【释义】指佛身。《大般涅槃经》："过去诸如来,金刚不坏身,亦为无常迁,今我岂独异!"
【例句】唐广宣《安国寺随…》："初传宝诀长生术,已证金刚不坏身。"宋王十朋《观石佛》："何人著意镌山骨,长现金刚不坏身。"宋周紫芝《金刚般若…》："有如金刚不坏身,经大水聚性不灭。"宋释宗杲《偈颂》："舍利坚固金刚身,虚空可坏此不朽。"

金戈铁马　jīn gē tiě mǎ
【分类】政治

【关键词】李袭吉
【释义】戈闪耀着金光,马配备了铁甲。喻指战事。也用以形容战士持枪驰马的威武雄姿。《新五代史·李袭吉》："使袭吉为书谕梁,辞甚辨丽。梁太祖使人读之,至于'毒手尊拳,交相于暮夜,金戈铁马,蹂践于明时',叹曰:'李公僻处一隅,有士如此,使吾得之,傅虎以翼也!'"
【例句】宋张耒《读中兴碑》："金戈铁马从西来,郭公凛凛英雄才。"宋李纲《以旧赐战…》："铁马金戈睢水上,碧油红旆海山滨。"宋辛弃疾《永遇乐》："想当年金戈铁马,气吞万里如虎。"宋李流谦《关王祠》："此地晚钟晨梵,生前铁马金戈。"

金根车　jīn gēn chē
【分类】政治
【关键词】车
【释义】以黄金为饰的根车。帝王所乘。《古今注·舆服》："金根车,秦制也。秦并天下,阅三代之舆服,谓殷得瑞山车,一曰金根,故因作为金根之车。秦乃增饰而乘御,汉因而不改焉。"根车:用自然圆曲的树木做车轮的车子。
【例句】唐李峤《车》："天子驭金根,蒲轮辟四门。"唐章孝标《蜀中赠…》："曾持麈尾引金根,万乘前头草五言。"唐顾况《哭从兄苌》："从驾至梁汉,金根复京师。"宋夏竦《皇太后恭…》："瑶爵因周制,金根益汉仪。"

金谷园　jīn gǔ yuán
【分类】政治
【关键词】石崇
【释义】多指贵族园林。《晋书·石崇》："崇有别馆在河阳之金谷,一名梓泽。"石崇《金谷园诗序》："有别庐在河南县界金谷涧中…有清泉茂林,众果竹柏,药草之属。金田十顷,羊二百口,鸡猪鹅鸭之类莫不毕备。又有水碓鱼池土窟,其为娱目欢心之物备矣。"
【例句】唐骆宾王《艳情代郭…》："铜驼路上柳千条,金谷园中花几色。"唐徐凝《金谷览古》："金谷园中数尺土,问人知是绿珠台。"唐方干《尚书新创…》："笙歌引出桃花洞,罗袖拥来金谷园。"唐唐彦谦《春草》："随梦入池塘,无心在金谷。"

金管　jīn guǎn
【分类】生活
【关键词】江淹
【释义】亦作"金琯"。指金属制的吹奏乐器。南朝江淹《萧被侍中敦劝表》："结象金珸于前衡,奏金管于后阵。"
【例句】唐李白《江上吟》："木兰之枻沙棠舟,玉箫金管坐两头。"唐李白《江夏赠韦…》："玉箫金管喧四筵,苦心不得申长句。"唐张谓《宴郑伯玙宅》："堂上吹金管,庭前试舞衣。"唐于鹄《公子行》："玉箫金管迎归院,锦袖红妆拥上楼。"

金管银笔　jīn guǎn yín bǐ
【分类】文化

【关键词】全唐诗话

【释义】咏文人雅事之典。《全唐诗话·韩定辞》:"昔梁元帝为湘东王时,好学著书,常纪忠臣义士及文章之美者。笔有三品,或以金银雕饰,或以斑竹为管。忠孝全者用金管书之,德行清粹者用银笔书之,文章赡丽者以斑竹书之。'"

【例句】宋崔敦诗《淳熙七年…》:"琅函自检长生箓,金管时书急就章。"宋杨万里《题龟山塔…》:"银笔书空天作纸,玉龙拔地海成湫。"宋林尚仁《贺陈石泉》:"家学传金管,春风人紫薇。"宋邓肃《罗知县挽诗》:"人间端欲挥银笔,天上俄闻记玉楼。"

金龟换酒　jīn guī huàn jiǔ

【分类】生活

【关键词】李白

【释义】喻豪放豁达,任情纵酒。唐李白《对酒忆贺监诗序》:"太子宾客贺公(之章),于长安紫极宫一见余,呼余为'谪仙人',因解金龟,换酒为乐。"

【例句】唐李白《对酒忆贺监》:"金龟换酒处,却忆泪沾巾。"宋郭祥正《次韵和孔…》:"金龟换酒要佳客,归棹须乘月下风。"宋秦观《寄李端叔…》:"马革裹尸心未艾,金龟换酒气方丧。"宋吴可《送李秀才…》:"金龟换酒当年客,白鹿升天后世孙。"

金龟婿　jīn guī xù

【分类】生活

【关键词】李商隐

【释义】指身份高贵的女婿。《旧唐书·文武官服》:"久视元年十月,职事三品已上龟袋,宜用金饰,四品用银饰,五品用铜饰,上守下行,皆从官给。"唐李商隐《为有》:"无端嫁得金龟婿,辜负香衾事早朝。"

【例句】宋陈起《分得无题》:"定知玉凤人吹怨,还念金龟婿远游。"宋贺铸《菩萨蛮》:"章台游冶金龟婿。归来犹带醺醺醉。"清李慈铭《贺新郎》:"还忆缃奁回面目,把小乔、已属金龟婿。"清樊增祥《金缕曲》:"问稿砧今何处,是郭家、最小金龟婿。"

金闺　jīn guī

【分类】生活

【关键词】王昌龄

【释义】闺阁的美称。特指女子卧室。南朝范云《赠何秀才诗》:"待尔金闺北,予艺青门东。"唐王昌龄《从军行》:"更吹羌笛关山月,无那金闺万里愁。"

【例句】唐乔知之《定情篇》:"君时不得意,弃妾还金闺。"唐刘孝孙《赋得春莺…》:"料取金闺意,因君问所思。"唐刘希夷《春女行》:"频想玉关人,愁卧金闺里。"唐王泠然《寒食》:"金闺待看红妆早,先过陌上垂杨好。"

金闺籍　jīn guī jí

【分类】政治

【关键词】谢朓

【释义】喻指做朝官。南朝齐谢朓《始出尚书省》:"惟昔逢休明,十载朝云陛。既通金闺籍,复酌琼筵醴。"《文选》唐李善注:"金闺,即金门也。应劭《汉书注》曰:'籍者,为二尺竹牒,记其年纪、名字、物色,悬之宫门,案省相应,乃得入也。'"

【例句】唐李白《效古》:"谬题金闺籍,得与银台通。"唐杜甫《两当县吴…》:"昔在凤翔都,共通金闺籍。"唐皎然《送梁拾遗…》:"天子初未起,金闺籍先通。"唐韦应物《答韩库部》:"名列金闺籍,心与素士同。"

金闺彦　jīn guī yàn

【分类】政治

【关键词】江淹

【释义】金闺指金马门,汉官署门。彦,俊美之士。喻朝廷才俊。南朝江淹《别赋》:"金闺之诸彦。"

【例句】唐杜甫《赠李白》:"李侯金闺彦,脱身事幽讨。"唐霍总《九华楼》:"主人金闺彦,高兴思穷幽。"宋苏舜钦《送闵永言…》:"永言金闺彦,器识当世无。"宋王灼《投秦太师》:"有文数过金闺彦,无籍堪联玉笋班。"

金虎　jīn hǔ

【分类】政治

【关键词】张衡

【释义】比喻国君所亲厚的小人。东汉张衡《东京赋》:"周姬之末,不能厥政,政用多僻。始于宫邻,卒于金虎。"东汉应劭《汉官仪》曰:"不制之臣,相与比周。比周者,宫邻金虎。宫邻金虎,言小人在位,比周相进,与君为邻,贪求之德坚若金,谗谤之言恶若虎也。"

【例句】唐李贺《梁台古愁》:"撞钟饮酒行射天,金虎蹙裘喷血斑。"唐杜牧《昔事文皇…》:"金虎知难动,毛厘亦耻言。"唐韩偓《八月六日…》:"金虎挺灾不复论,搆成狂狷犯车尘。"宋王迈《用徐编修…》:"锁掣玉麟辞绀殿,符分金虎坐辕门。"

金花诰　jīn huā gào

【分类】政治

【关键词】苏轼

【释义】古代以金花绫罗纸书制的赐爵封赠的诰书。宋苏轼《朱寿昌郎中…》:"金花诏书锦作囊,白藤肩舆帘蹙绣。"宋胡继宗《书言故事·命妇类》:"妇人诰,谓金花诰。"

【例句】宋杨万里《郭汉卿母…》:"未拜金花诰,空悲玉树郎。"宋刘黻《挽曹夫人》:"金花屡锡华封诰,白发重看禁从荣。"宋陈著《挽史允叟…》:"生荣梦视金花诰,死瞑培成玉树根。"宋刘迎《代主簿上…》:"锦囊看读金花诰,画戟闲凝燕寝香。"

金华赤松子　jīn huá chì sōng zǐ

【分类】文化

【关键词】黄初平

【释义】黄初平,号黄大仙,晋朝丹溪人。由道士带到浙江金华山石室中,学道成仙。亦称赤松子。《水经注·浙江水》:"溪水又东径长山县北,北对高山,山下水际,是赤松羽化之处也。"《元和郡县图志·金华县》:"金华山,在县北二十里。赤松子得道处。"赤松子,原为中国古代神话中的上古仙人。汉刘向《列仙传》:"赤松子者,神农时雨师也。"

【例句】唐李白《对酒行》:"松子栖金华,安期入蓬海。"唐李白《送王屋山…》:"落帆金华岸,赤松若可招。"宋郑刚中《此心》:"金华山下赤松乡,何日横门杜短墙。"宋喻良能《王枢使生辰》:"金华千古赤松宅,中有初平叱羊石。"宋王淹《吾兄文夫…》:"何年金华客,异世赤松子。"

金华洞　jīn huá dòng
【分类】文化
【关键词】云笈七签
【释义】胜迹名。道书称三十六洞天之一,在浙江省金华市北金华山下。《云笈七签》:"第三十六金华山洞,周回五十里,名曰金华洞元天,在婺州金华县,属戴真人治之。"
【例句】唐刘禹锡《寻汪道士…》:"受箓金华洞,焚香玉帝宫。"宋白玉蟾《题迎仙堂》:"玉笥岩前曾结草,金华洞里独餐霞。"宋王十朋《万孝全赠…》:"天辟金华一洞奇,洞中石是化羊遗。"宋葛起耕《雨中梦故山》:"金华洞口羊惊起,石佛山头鹿伴行。"

金华牧羊儿　jīn huá mù yáng ér
【分类】文化
【关键词】黄初平
【释义】指传说中的仙人黄初平。因其牧羊遇仙而出世修炼,故称。源见"叱石成羊"。
【例句】唐李白《古风》:"金华牧羊儿,乃是紫烟客。"宋黄庭坚《赠别李端叔》:"牧羊金华道,载酒太玄宅。"宋柴元彪《击壤歌》:"君不见丹溪牧羊儿,服苓餐松入金华。"元李道坦《送人归严…》:"金华洞天清且幽,神仙牧羊松下游。"

金华省　jīn huá shěng
【分类】政治
【关键词】汉书
【释义】代指古代朝廷官署或侍郎。《汉书·叙传上》:"大将军王凤荐伯宜劝学…拜为中常侍。时上方乡学,郑宽中、张禹朝夕入说《尚书》《论语》于金华殿中,诏伯受焉。"唐颜师古注:"金华殿(省)在未央宫。"
【例句】唐李白《朝下过卢…》:"君登金华省,我入银台门。"唐杜甫《八哀诗》:"上君白玉堂,倚君金华省。"唐崔湜《襄阳早秋》:"故人金华省,肃穆秉天机。"唐独孤及《同岑郎中…》:"金华省郎惜佳辰,只持棨戟照青春。"

金徽　jīn huī
【分类】生活
【关键词】琴
【释义】用金属镶制的琴面音位标识。借指琴。《唐国史补》:"蜀中雷氏斫琴,常自品第,第一者以玉徽,次者以瑟瑟徽,又次者以金徽,又次者螺蚌之徽。"
【例句】唐孟浩然《赠道士参寥》:"丝脆弦将断,金徽色尚荣。"唐皎然《风入松》:"夜未央,曲何长,金徽更促声泱泱。"唐黄滔《塞上》:"金徽互鸣咽,玉笛自凄清。"唐李商隐《寄蜀客》:"金徽却是无情物,不许文君忆故夫。"

金鸡　jīn jī
【分类】文化
【关键词】鸡
【释义】报晓雄鸡的美称。《神异经·东荒经》:"盖扶桑山有玉鸡,玉鸡鸣则金鸡鸣,金鸡鸣则石鸡鸣,石鸡鸣则天下之鸡悉鸣,潮水应之矣。"
【例句】唐武元衡《昭德皇后…》:"玉宸将迁坐,金鸡忽报晨。"唐武毅《醉中袭美…》:"月落金鸡一声后,不知谁悔醉如泥。"聂绀弩《送大学生…》:"五台张耳向三台,定有金鸡报晓来。"

金鸡鸣　jīn jī míng
【分类】生活
【关键词】鸡
【释义】喻指天亮。源见"金鸡"。
【例句】唐吕岩《题东都妓…》:"玉楼唤醒千年梦,碧桃枝上金鸡鸣。"唐韩愈《桃源图》:"夜半金鸡啁哳鸣,火轮飞出客心惊。"宋何梦桂《和卢可庵…》:"自从夫君去,听尽金鸡鸣。"明万霁《东岭朝霞》:"金鸡鸣处灿,彩凤蹴时新。"

金鸡赦　jīn jī shè
【分类】政治
【关键词】新唐书
【释义】咏大赦之典。古颁赦诏日,设金鸡于竿,以示吉辰。《新唐书·百官志》:"赦日,树金鸡于仗南,竿长七丈,有鸡高四尺,黄金饰首,衔绛幡长七尺,承以彩盘,维以绛绳…击搋鼓千声,集百官、父老,囚徒。"
【例句】唐李白《流夜郎赠…》:"我愁远谪夜郎去,何日金鸡放赦回。"唐沈佺期《赦到不得…》:"忽闻铜柱使,走马报金鸡。"宋宋白《宫词》:"楼前宣赦掣金鸡,大礼新成彩仗归。"宋刘克庄《次王元度韵》:"铁马即今征战士,金鸡何日赦累臣。"

金齑玉脍　jīn jī yù kuài
【分类】文化
【关键词】齐民要术
【释义】原名鲈鱼脍,喻指精美的食物。《齐民要术·八和齑》:"熟粟黄。谚曰:金齑玉脍。橘皮多,则不美;故加粟黄,取其金色,又益味甜。"
【例句】宋苏轼《过子忽出…》:"莫将南海金齑脍,轻比东坡玉糁羹。"宋李石《大渡河鱼…》:"莫将北海金齑脍,轻比西江石桂鱼。"宋罗与之《此悟》:"空羡驼峰烹翠釜,漫思鲈脍拌金齑。"明于慎行《夏日村居》:"不羡金齑玉脍,休称琬液琼苏。"

金甲　jīn jiǎ

【分类】政治

【关键词】蔡琰

【释义】意指铠甲。汉蔡琰《悲愤诗》："卓众来东下，金甲耀日光。"

【例句】唐王昌龄《从军行》："黄沙百战穿金甲，不破楼兰终不还。"唐岑参《走马川行…》："将军金甲夜不脱，半夜军行戈相拨，风头如刀面如割。"唐李益《过马嵬》："金甲银旌尽已回，苍烟罗袖隔风埃。"唐武元衡《出塞作》："白羽矢飞先火炮，黄金甲耀夺朝暾。"

金茎玉露　jīn jīng yù lù

【分类】政治

【关键词】班固

【释义】指汉宫中铜铸仙人手掌上承露盘中的露水。后常借以吟咏与皇帝宫廷有关的故事。或喻比佳酿。东汉班固《西都赋》："抗仙掌以承露，擢双立之金茎。"

【例句】唐常衮《赴京旅次感怀》："秋风翠阁看初动，玉露金茎望欲流。"唐杜甫《秋兴》："蓬莱宫阙对南山，承露金茎霄汉间。"唐姚合《文宗皇帝…》："金茎复难见，寒露落空中。"宋陈普《秋日即事》："玉露金茎晓发寒，秋风仍作去年看。"

金井　jīn jǐng

【分类】生活

【关键词】费昶

【释义】井栏上有雕饰的井。一般用以指宫廷园林里的井。南朝梁费昶《行路难》："唯闻哑哑城上乌，玉栏金井牵辘轳。"后借指墓穴或骨瓮。

【例句】唐王昌龄《长信秋词》："金井梧桐秋叶黄，珠帘不卷夜来霜。"唐李白《扶风豪士歌》："梧桐杨柳拂金井，来醉扶风豪士家。"唐卢纶《仲秋望华…》："玉坛标八桂，金井识双桐。"宋苏轼《用前韵答…》："双猊蟠础龙缠栋，金井辘轳鸣晓瓮。"

金镜　jīn jìng

【分类】政治

【关键词】刘孝标

【释义】喻显明的正道。南朝梁刘孝标《广绝交论》："盖圣人握金镜，阐风烈，龙骧蠖屈，从道污隆。"唐李善注："《春秋孔录法》曰：'有人卯金刀，握天镜。'《雒书》曰：'秦失金镜。'汉郑玄曰：'金镜，喻明道也。'"

【例句】唐李白《商山四皓》："秦人失金镜，汉祖升紫极。"唐秦韬玉《读五侯传》："汉亡金镜道将衰，便有奸臣竞佐时。"唐孙逖《丹阳行》："可怜宫观重江里，金镜相传三百年。"唐朱琳《缄怨》："玉琴知旧日，金镜识愁容。"唐卢纶《清如玉壶冰》："瑶池惭洞澈，金镜让澄明。"

金块珠砾　jīn kuài zhū lì

【分类】政治

【关键词】杜牧

【释义】黄金被当成土块，珍珠被当成砂砾。喻世事变迁。唐杜牧《阿房宫赋》："鼎铛玉石，金块珠砾，弃掷逦迤。"

【例句】宋史浩《玩好》："金块珠砾今何在，但见阿房满地灰。"宋刘克庄《满江红》："月露晶英，融结做、秦宫块砾。"元宋濂《诸将伐蜀…》："金块珠砾，纳政于邪。"

金匮石室　jīn guì shí shì

【分类】政治

【关键词】汉高祖

【释义】古代朝廷收藏重要文书的处所。《汉书·高帝纪下》："（帝）又与功臣剖符作誓，丹书铁契，金匮石室，藏之宗庙。"唐颜师古注："以金为匮，以石为室，重缄封之，保慎之义。"

【例句】唐刘禹锡《送分司陈…》："常时载笔窥金匮，暇日登楼到石渠。"唐李白《在水军宴…》："愿与四座公，静谈金匮篇。"宋方逢振《悼亡秘书》："剖藏发金匮，抉蕴破石室。"宋方回《送滕玉霄…》："金匮石室绸瑶编，大书特书笔如椽。"

金兰之契　jīn lán zhī qì

【分类】生活

【关键词】世说新语

【释义】金属般坚固，兰花般芳郁。指情意相投的朋友。也指结拜兄弟。《世说新语·贤媛》："山公（涛）与嵇（康）、阮（籍）一面，契若金兰。"契：投合。

【例句】唐陈子昂《同旻上人…》："金兰徒有契，玉树已埋尘。"唐白居易《代书诗…》："分定金兰契，言通药石规。"唐范质《诫儿侄八…》："举世重交游，拟结金兰契。"宋邵雍《代书寄白…》："金兰契重思无限，手足情多感未终。"

金兰之友　jīn lán zhī yǒu

【分类】生活

【关键词】周易

【释义】称谓志同道合的好友。《周易注疏·系辞上》："二人同心，其利断金；同心之言，其臭如兰。"

【例句】唐孟郊《劝友》："胶漆武可接，金兰文可思。"唐白居易《代书诗一…》："分定金兰契，言通药石规。"唐吴融《酬僧》："双林不见金兰久，丹楚空翻组绣来。"宋孔平仲《又谢诸君》："金兰诸益友，一一皆诗家。"

金莲步　jīn lián bù

【分类】生活

【关键词】齐废帝

【释义】美称女子娇美的走路姿态。《南史·齐废帝东昏侯纪》："凿金为莲华以帖地，令潘妃行其上，曰：'此步步生莲华也。'"

【例句】唐李商隐《南朝》："谁言琼树朝朝见，不及金莲步步来。"唐孙元晏《齐潘妃》："曾步金莲宠绝伦，岂甘今日委埃尘。"五代徐钧《潘贵妃》："宠冠天家十二楼，金莲步步总娇羞。"宋赵师侠《鹧鸪天》："凌波稳称金莲步，蘸甲从教玉笋斟。"

金莲花炬　jīn lián huā jù
【分类】政治
【关键词】令狐绹
【释义】用为天子对臣子特殊礼遇的典故。《新唐书·令狐绹传》:"夜对禁中,烛尽,帝以乘舆、金莲华炬送还,院吏望见,以为天子来。"
【例句】唐程太虚《醮坛峰》:"高烧华岳金莲炬,齐到黄冈玉笋班。"宋赵福元《寿赵推官》:"莲炬金辉油幕下,兰牙玉立宝香前。"宋舒雅《答内翰学士》:"金莲烛下裁诗句,麟角峰前寄隐沦。"宋刘筠《灯夕寄内…》:"帘卷交疏莲炬密,通中枕上独闻铃。"

金埒　jīn liè
【分类】生活
【关键词】王济
【释义】指豪侈的骑射场。借指生活奢靡。《晋书·王济》:"性豪侈,丽服玉食。时洛京地贵,济买地为马埒,编钱满之,时人谓为'金埒。'"
【例句】唐李端《赠郭驸马》:"新开金埒看调马,旧赐铜山许铸钱。"唐宗楚客《安乐公主…》:"马向铺钱埒,箫闻弄玉台。"唐杨巨源《赠崔驸马》:"平阳不惜黄金埒,细雨花骢踏作泥。"唐翁绶《白马》:"金埒乍调光照地,玉关初别远嘶风。"

金銮殿　jīn luán diàn
【分类】政治
【关键词】范传正
【释义】唐朝宫殿名,文人学士待诏之所。泛指皇宫正殿。唐范传正《赠左拾遗翰林学士李公新墓碑》:"天宝初,召见于金銮殿,元宗明皇帝降辇步迎,如见园、绮,论当世务,草答蕃书,辩如悬河,笔不停缀。"
【例句】唐李白《赠从弟南…》:"承恩初入银台门,著书独在金銮殿。"唐徐夤《赠垂光同年》:"须知红杏园中客,终作金銮殿里臣。"唐王建《上杜元颖…》:"学士金銮殿后居,天中行坐侍龙舆。"唐白居易《山中与元…》:"忆昔封书与君夜,金銮殿后欲明天。"

金缕衣　jīn lǚ yī
【分类】文化
【关键词】刘孝威
【释义】以金丝编织的衣服。南朝梁刘孝威《拟古应教》:"青铺绿琐琉璃扉,琼筵玉笥金缕衣。"也为唐曲调名。
【例句】唐许浑《听歌鹧鸪辞》:"山行水宿不知ży,犹梦青楼金缕衣。"唐杜牧《杜秋娘诗》:"秋持玉斝醉,与唱金缕衣。"唐欧阳炯《题景焕画…》:"地神对出宝匣子,天女倒披金缕衣。"唐韩偓《遥见》:"悲歌泪湿澹胭脂,闲立东风吹金缕衣。"

金蟆　jīn má
【分类】文化
【关键词】酉阳杂俎
【释义】指月中蟾蜍。《酉阳杂俎》:"旧言月中有桂,有蟾蜍。"唐代童谣对农民起义军首领黄巢的称谓。《新唐书·五行志》:"僖宗时,童谣曰:'金色虾蟆争努眼,翻却曹州天下反。'"
【例句】宋孔平仲《青州作》:"隆准蹙秦亡,金蟆伺唐隙。"宋杨万里《李圣俞郎…》:"身骑鸿鹄太液池,脚踏金蟆攀桂枝。"元张雨《月山石诗》:"入林误踏金蟆背,激水犹思雪浪盆。"元周棐《寄道士胡…》:"池上雨来飞赤鲤,林间月出见金蟆。"

金马碧鸡　jīn mǎ bì jī
【分类】政治
【关键词】汉书
【释义】古时以为祥瑞之物。《汉书·郊祀志下》:"或言益州有金马碧鸡之神,可醮祭而致,于是遣谏大夫王褒使持节而求之。"三国魏如淳注:"金形似马,碧形似鸡。"
【例句】唐吴融《岐下闻杜鹃》:"怨已惊秦凤,灵应识汉鸡。"唐韩翃《赠别成明…》:"霁水远映西川时,闲望碧鸡飞古祠。"宋夏竦《奉和御制…》:"月驷云螭徒骏逸,碧鸡金马漫璘彬。"宋强至《送王宾玉》:"朝廷急贤恢远图,碧鸡金马不用渠。"

金门　jīn mén
【分类】政治
【关键词】史记
【释义】汉宫有金马门。代指朝廷。《史记·滑稽列传》:"金马门者,宦者署门也,门傍有铜马,故谓之曰'金马门'。"
【例句】唐明解《因致酒欢…》:"幸得金门诏,行背玉毫晖。"唐张说《赠崔二安…》:"君臣一意金门宠,兄弟双飞玉殿游。"唐周朴《赠李裕先辈》:"马疑金马门前马,香认芸香阁上香。"唐王维《送綦毋潜…》:"既至金门远,孰云吾道非?"

金木诛　jīn mù zhū
【分类】政治
【关键词】庄子
【释义】喻指遭受严刑拷打。《庄子·列御寇》:"为外刑者,金与木也;为内刑者,动与过也。宵人之离外刑者,金木讯之;离内刑者,阴阳食之。夫免乎内外之刑者,唯真人能之。"
【例句】唐韩愈《泷吏》:"不即金木诛,敢不识恩私。"

金牛　jīn niú
【分类】文化
【关键词】蜀王本纪
【释义】能便金之牛。即秦惠王为探灭蜀之路所琢之石牛,托言能便金。源见"五丁开道"。
【例句】唐李白《上皇西巡…》:"秦开蜀道置金牛,汉水元通星汉流。"唐刘禹锡《令狐相公…》:"金牛蜀栈远,玉树帝城春。"唐李商隐《井络》："将来为报奸雄辈，莫向金牛访旧踪。"唐胡曾《金牛驿》："五丁不凿金牛路，秦惠何由得并吞。"

金瓯 jīn ōu
【分类】政治
【关键词】侯景
【释义】黄金之瓯，盛酒之器。喻指疆土完整，政权巩固。《梁书·侯景传》：："我家国犹若金瓯，无一伤缺，今便受地，讵是事宜；脱致纷纭，非可悔也。"
【例句】唐陈陶《圣帝击壤歌》："宝鼎无灵应，金瓯肯破伤。"唐司空图《南北史感遇》："兵围梁殿金瓯破，火发陈宫玉树摧。"唐罗隐《台城》："玉井已干龙不起，金瓯已破虎曾争。"宋韩琦《荣归观莲…》："时折嫩梢供玉筹，更裁圆叶代金瓯。"

金瓶落井 jīn píng luò jǐng
【分类】生活
【关键词】释宝月
【释义】犹言石沉大海。南朝齐释宝月《估客乐》："莫作瓶落井，一去无消息。"
【例句】唐李白《寄远》："金瓶落井无消息，令人行叹复坐思。"唐刘复《长相思》："何言一去瓶落井，流尘歇灭金炉前。"唐刘商《胡笳十八拍》："破瓶落井空永沉，故乡望断无归心。"宋毛开《玉楼春》："金瓶落井翻相误。可惜馨香随手故。"

金叵罗 jīn pǒ luó
【分类】生活
【关键词】祖珽
【释义】金制酒器。《北齐书·祖珽传》："神武宴寮属，于坐失金叵罗，窦泰令饮酒者皆脱帽，于珽髻上得之。"
【例句】唐李白《对酒》："蒲萄酒，金叵罗，吴姬十五细马驮。"唐唐彦谦《送许户曹》："白虹走香倾翠壶，劝饮花前金叵罗。"宋苏轼《百步洪》："归来笛声满山谷，明月正照金叵罗。"宋杨万里《初三日游…》："老夫欲醉金叵罗，稚子先唱骊驹歌。"

金仆姑 jīn pú gū
【分类】文化
【关键词】左传
【释义】箭名。《左传·庄公十一年》："乘丘之役，公以金仆姑射南宫长万。"晋杜预注："金仆姑，矢名。"
【例句】唐卢纶《和张仆射…》："鹫翎金仆姑，燕尾绣蝥弧。"唐欧阳詹《送张骠骑…》："宝马雕弓金仆姑，龙骧虎视出皇都。"唐杜牧《闻庆州赵…》："将军独乘铁骢马，榆溪战中金仆姑。"宋吴则礼《自太和冲…》："休论驼背锦模糊，且试腰间金仆姑。"

金钱会 jīn qián huì
【分类】生活
【关键词】唐玄宗
【释义】指掷金钱为戏。《旧唐书》："开元元年九月，(唐玄宗)宴王公百寮于承天门，令左右于楼下撒金钱。许中书以上五品官及诸司三品以上官争拾之。"
【例句】唐杜甫《曲江对雨》："何时诏此金钱会，暂醉佳人锦瑟旁。"宋王洋《喜杨致平…》："隔江阻预金钱会，梦到君家社瓮边。"宋王洋《喜杨致平…》："隔江阻预金钱会，梦到君家社瓮边。"元凌云翰《挽沈子龄》："眼中无复金钱会，身后空遗宝剑篇。"

金券 jīn quàn
【分类】政治
【关键词】尧君素
【释义】铁券的美称。帝王赐大臣的信物。一种带有奖赏和盟约性质的凭证。《隋书·尧君素》："大唐又赐金券，待以不死。君素卒无降心。"也叫免死券。
【例句】宋释慧空《送本书记…》："金券揭起益高价，栗蒲突出重耿光。"明李东阳《过朱文埙…》："黄金券后书空散，华馆宾余楊正悬。"明王守仁《铁笔行为…》："太平天子封功臣，脱囊去写黄金券。"明王慎中《从军行》："贰师帐下分金券，猿臂将军老不封。"

金人 jīn rén
【分类】文化
【关键词】孔子
【释义】铜铸的人像。源见"三缄其口"。
【例句】唐宋之问《奉和幸大…》："殿饰金人影，窗摇玉女扉。"唐顾况《刻纸歌》："欲写金人金口经，寄与山阴山里僧。"聂绀弩《割草赠莫言》："莫言料恐言多败，草为金人缚嘴皮。"

金人祭 jīn rén jì
【分类】政治
【关键词】霍去病
【释义】汉元狩二年，霍去病率骑兵击匈奴，进到焉耆山以北，缴获匈奴休屠王祭天的金人。后为咏边将出征，异域建功的典故。《汉书·匈奴列传上》："得胡首虏八千余级，得休屠王祭天金人。"
【例句】唐陈子昂《答韩使同…》："当取金人祭，还歌凯入都。"唐李贺《摩多楼子》："玉塞去金人，二万四千里。"唐顾况《刻纸歌》："欲写金人金口经，寄与山阴山里僧。"唐崔元翰《奉和圣制…》："流觞想兰亭，捧剑传金人。"

金人梦 jīn rén mèng
【分类】政治
【关键词】佛
【释义】喻帝王尊崇佛法。《后汉书·天竺传》："世传明帝梦见金人，长大，顶有光明，以问群臣。或曰：'西方有神，名曰佛，其形长丈六尺而色黄色。'帝于是遣使天竺问佛道法，遂于中国图画形像焉。"
【例句】唐沈佺期《奉和圣制…》："金人来梦里，白马出城中。"宋王禹偁《酬处才上人》：" 无端更作金人梦，万里迎来万民重。"宋王圭《依韵和元…》："梦绕金人云气满，笑回玉女电光流。"元陆侗《赤乌碑》："金人入梦兴梵宗，重玄始创沪渎东。"

金人捧剑 jīn rén pěng jiàn
【分类】文化
【关键词】秦昭王
【释义】咏修禊之典。源见"洛水流杯"。
【例句】唐李适《三日书怀…》："流觞想兰亭，捧剑传金人。"唐王维《奉和圣制…》："金人来捧剑，画鹢去回舟。"唐崔元翰《奉和圣制…》："流觞想兰亭，捧剑传金人。"宋葛胜仲《临江仙》："羽觞浮玉瓚，宝剑捧金人。"

金狨 jīn róng
【分类】文化
【关键词】黄庭坚
【释义】指狨皮制成的鞍垫。狨毛长而金黄，借指马匹。狨：金丝猴。宋黄庭坚《次韵宋楙宗三月十四日到西池》："金狨系马晓莺边，不比春江上水船。"宋任渊注："金狨谓鞍毛金色，国朝禁从皆跨软鞍。"
【例句】宋韩驹《送赵承之…》："方今群贤从法驾，金狨塞路嘶骅骝。"宋周紫芝《送孙秀才…》："当年御史凛霜风，见说金狨玉面骢。"宋刘克庄《次竹溪所…》："金狨马上惭穷相，玉镜台中识幻人。"宋张守《客居坐无…》："金狨覆鞍容坠伤，祸福由来相伏倚。"

金蛇 jīn shé
【分类】文化
【关键词】顾云
【释义】比喻雷电之光。唐顾云《天威行》："金蛇飞状霍闪过，白日倒挂银绳长。"
【例句】宋苏颂《元丰己未…》："楼上金蛇惊妙句，卷中腰鼓伏长篇。"宋苏轼《望海楼晚景》："雨过潮平江海碧，电光时掣紫金蛇。"宋陆游《龙湫歌》："鳞间出火作飞电，金蛇夜掣层云中。"

金神 jīn shén
【分类】文化
【关键词】吕氏春秋
【释义】代指司秋之神。《吕氏春秋·孟秋》："孟秋之月…其帝少皞其神蓐收。"汉高诱注："少皞，帝喾之子挚兄也，以金德王天下，号为金天氏，死配金，为西方金德之帝。少皞氏裔子曰该（即蓐收），皆有金德，死托祀为金神。"
【例句】唐韩愈《答张彻》："日驾此回辕，金神所司刑。"唐韩愈《丰陵行》："是时新秋七月初，金神按节炎气除。"宋孔武仲《初秋大热》："金神整霜仗，昨日从西回。"宋陈杰《宪使魏青…》："分来上界金神节，竖起平生铁脊梁。"

金声玉色 jīn shēng yù sè
【分类】政治
【关键词】管宁
【释义】像钟声一样响亮明晰，像玉色一样不易改变。比喻坚贞的操守。《三国志·管宁传》："经危蹈险，不易其节，金声玉色，久而弥彰。"
【例句】唐卢纶《送黎燧尉…》："玉貌承严训，金声称上才。"唐唐彦谦《乱后经表…》："醉中篇什金声在，别后音书锦字空。"宋刘敞《赠文显》："高冠长剑天子侧，他时金声复玉色。"宋韦骧《和答韩循…》："谈塵追思挥玉色，送篇珍重发金声。"

金声玉振 jīn shēng yù zhèn
【分类】政治
【关键词】孟子
【释义】比喻天子的德音昭著远扬。亦比喻语言文字响亮和谐。《孟子·万章》："集大成也者，金声而玉振之也。金声也者，始条理也；玉振之也者，终条理也。始条理者，智之事也；终条理也，圣之事也。"
【例句】唐敦煌曲子《皇帝感辞》："金声玉振恒常妙，近来歌舞转加新。"宋释觉勤《颂》："拈椎竖拂奋雄辩，金声玉振犹奔雷。"宋刘克庄《梅州重建…》："天子金声兼玉振，会徵褚大与儿生。"宋张孝祥《赋王唐卿…》："金声玉振义不辱，六丁徙置康庐巅。"

金石可镂 jīn shí kě lòu
【分类】政治
【关键词】荀子
【释义】比喻只要有毅力，坚持不懈，就一定能够达到目的。《荀子·劝学》："锲而舍之，朽木不折；锲而不舍，金石可镂。"
【例句】唐元稹《代杭人作…》："无复见冰壶，唯应镂金石。"宋强至《上运使工部》："松筠贞节劲，金石亮诚坚。"

金石为开 jīn shí wéi kāi
【分类】政治
【关键词】熊渠子
【释义】喻指人有诚意恒心。《新序·杂事》："昔者，楚熊渠子夜行，见寝石，以为伏虎；关弓射之，灭矢饮羽。下视，知石也。却复射之，矢摧无迹。熊渠子见其诚心，而金石为之开，况人心乎？"后人认为其以诚心感化了金石。
【例句】唐杜甫《奉酬薛十…》："人生相感动，金石两青荧。"唐元稹《思归乐》："我心终不死，金石贯以诚。"宋度正《正同诸丈…》："精诚贯金石，勇气激顽懦。"宋徐瑞《饶娥祠》："精诚裂金石，冥感驱鱼龙。"明卢楠《杂诗》："精诚逾金石，烈思扬清讴。"

金石声 jīn shí shēng
【分类】文化
【关键词】孙绰
【释义】指铿锵有力之声。亦比喻文辞优美动人。《晋书·孙绰传》："尝作《天台山赋》，辞致甚工，初成，以示友人范荣期，云：'卿试掷地，当作金石声也。'"

【例句】唐张籍《赠别孟郊》:"纯诚发新文,独有金石声。"唐李益《华阴东泉…》:"美质兼琼瑶,英声铿金石。"宋孙何《正旦病中》:"旌旗影里陈方物,金石声中举寿觞。"宋杨万里《谢木韫之…》:"开缄不但似见面,叩之咳唾金石声。"

金丝帐　jīn sī zhàng
【分类】生活
【关键词】薛瑶英
【释义】用金丝嵌缝的锦帐。为咏姬妾恩宠之典。《杜阳杂编》:"载宠姬薛瑶英攻诗书,善歌舞,仙姿玉质,肌香体轻…瑶英之母赵娟,亦本岐王之爱姬也,后出为薛氏之妻,生瑶英而幼以香啖之,故肌香也。及载纳为姬,处金丝之帐,却尘之褥。"
【例句】唐冯延巳《贺圣朝》:"金丝帐暖牙床稳,怀香方寸。"宋柳永《洞仙歌》:"金丝帐暖银屏亚。"明张景《香柳娘》:"珠山琼盏。宝镶溺器金丝帐。"明王世贞《袁江流铃…》:"银床金丝帐,玉枕象牙席。"

金粟堆　jīn sù duī
【分类】政治
【关键词】唐玄宗
【释义】指陕西蒲城东北金粟山唐玄宗的陵墓。唐杜甫《韦讽录事宅观曹将军画马图歌》:"君不见金粟堆前松柏里,龙媒去尽鸟呼风。"
【例句】唐杜甫《观公孙大…》:"金粟堆南木已拱,瞿塘石城草萧瑟。"唐李贺《吕将军歌》:"独携大胆出秦门,金粟堆边哭陵树。"宋韩驹《金粟堆》:"少陵金粟堆前泪,叹息开元万事空。"宋杨万里《合路马坊…》:"玉花骢里龙归去,金粟堆前鸟自呼。"

金粟如来　jīn sù rú lái
【分类】文化
【关键词】佛
【释义】过去佛之名,指维摩居士之前身。维摩,意为净名。南朝梁王巾《头陀寺碑文》:"金粟来仪,文殊戾止。"《文选》唐李善注引《发迹经》曰:"净名大士,是往古金粟如来。"
【例句】唐李白《答湖州迦…》:"湖州司马何须问,金粟如来是后身。"唐白居易《内道场永…》:"正传金粟如来偈,何用钱塘太守诗。"唐刘禹锡《送慧则法…》:"雪山童子应前世,金粟如来是本师。"宋黄庭坚《再答并简…》:"妙舌寒山一居士,净居金粟几如来。"

金台　jīn tái
【分类】文化
【关键词】东方朔
【释义】指神仙居所。《海内十洲记·昆仑》:"其一角有积金为天墉城,而方千里,城上安金台五所,玉楼十二所。"《幽明录》:"海中有金台,出水百丈,结构巧丽,穷尽神功。"

【例句】唐吴筠《游仙》:"金台罗中天,羽客恣游息。"唐齐己《荆州新秋…》:"井梧黄落暮蝉清,久驻金台但暗惊。"唐阎朝隐《奉和圣制…》:"金台隐隐陵黄道,玉辇亭亭下绛雾。"宋魏野《依韵和长…》:"一声玉管风流处,百尺金台雨霁时。"

金桃　jīn táo
【分类】文化
【关键词】康国
【释义】桃的一种。《旧唐书·康国》:"十一年,又献金桃、银桃,诏令植之于苑囿。"
【例句】唐杜甫《山寺》:"麝香眠石竹,鹦鹉啄金桃。"唐皎然《赋得灯心…》:"彩妓窗偏丽,金桃动更香。"唐陈陶《洛城见贺…》:"子晋鸾飞古洛川,金桃再熟贺郎仙。"宋无名氏《春日田园…》:"金桃接种连花蕊,紫竹移根带笋芽。"

金縢　jīn téng
【分类】文化
【关键词】尚书
【释义】用金属制的带子将收藏书契的柜封存。也指收藏书契的柜。《尚书·金縢》:"公归,乃纳册于金縢之匮中。"蔡沉集传:"金縢,以金缄之也。"
【例句】唐李白《寓言》:"金縢若不启,忠信谁明之。"唐许浑《闻韶州李…》:"恩回玉扆人先喜,道在金縢世不忧。"唐曹唐《三年冬大礼》:"千官不起金縢议,万国空瞻玉藻声。"唐温庭筠《中书令裴…》:"玉玺终无虑,金縢意不开。"

金庭　jīn tíng
【分类】文化
【关键词】道
【释义】山名。道教称为福地。在会稽以东、东海之滨的桐柏山中。传说中天上神仙所居之处。《真诰·稽神枢四》:"金庭有不死之乡,在桐柏之中。"
【例句】唐陈子昂《题李三书斋》:"愿与金庭会,将待玉书徵。"唐皎然《奉同颜使…》:"名山洞府到金庭,三十六洞称最灵。"唐陈端《以剡笺赠…》:"清含天姥岭头雪,润带金庭谷口云。"宋余爽《福圣观》:"紫府金庭太帝宫,露坛苍桧响天风。"

金碗　jīn wǎn
【分类】生活
【关键词】卢充
【释义】借指殉葬的器物。《搜神记》载:范阳卢充与崔少府女幽婚。别后四年,三月三日,充于水旁遇二犊车,见崔氏女与三岁男共载。"女抱儿还充,又与金碗,并赠诗曰:'…何以赠余亲?金碗可颐儿。'"
【例句】唐杜甫《崔驸马山…》:"客醉挥金碗,诗成得绣袍。"唐杜甫《诸将》:"昨日玉鱼蒙葬地,早时金盌出人间。"宋郑獬《石榴》:"试剖紫金碗,满堆红玉珠。"宋李纲《次韵曾徽…》:"金碗擎来碧玉浆,端令祥暑吸飞霜。"

金微山　jīn wēi shān
【分类】政治
【关键词】窦宪
【释义】金微,古山名,即今阿尔泰山。《后汉书·和帝纪》:"大将军窦宪遣左校尉耿夔出居延塞,围北单于于金微山,大破之,获其母阏氏。"
【例句】唐崔湜《早春边城…》:"山川凌玉嶂,旌节下金微。"唐王烈《塞上曲》:"红颜岁岁老金微,砂碛年年卧铁衣。"唐柳中庸《凉州曲》:"高榱连天望武威,穷阴拂地戍金微。"唐张仲素《秋思》:"梦里分明见关塞,不知何路向金微。"

金乌　jīn wū
【分类】文化
【关键词】公无渡河
【释义】太阳代称。古代传说太阳中有三足乌。《乐府诗集·公无渡河》:"请公无渡河,河广风威厉。櫂偃落金乌,舟倾没犀枻。"
【例句】唐李涉《寄河阳从…》:"金乌欲上海如血,翠色一点蓬莱光。"唐韩愈《李花赠张…》:"金乌海底初飞来,朱辉散射青霞开。"唐钟离权《破迷正道歌》:"南辰移入北辰位,金乌飞入玉蟾宫。"唐庄南《杰晓歌》:"鹍鸡哭树星河转,海上金乌翅如电。"

金屋藏娇　jīn wū cáng jiāo
【分类】生活
【关键词】汉武帝
【释义】指娶妻纳妾,或有外宠。《汉武帝故事》:"(胶东王)数岁,长公主嫖抱置膝上,问:'儿欲得妇不?'王曰:'欲得妇。'…末指其女问:'阿娇好不?'于是乃笑对曰:'好!若得阿娇作妇,将作金屋贮之也。'"
【例句】唐刘方平《春怨》:"纱窗日落渐黄昏,金屋无人见泪痕。"唐沈佺期《七夕曝衣篇》:"椒房金屋宠新流,意气娇奢不自由。"唐吴融《春寒》:"固教梅忍怨,休与杏藏娇。"聂绀弩《四绝句》:"喜宴欣开十步廊,不知何处许娇藏。"

金吾不禁　jīn wú bù jìn
【分类】政治
【关键词】西京杂记
【释义】泛指没有夜禁,通宵出入无阻。《西都杂记》:"西都京城街衢,有金吾晓暝传呼,以禁夜行;惟正月十五日夜,敕许金吾弛禁,前后各一日。"
【例句】唐苏味道《正月十五夜》:"金吾不禁夜,玉漏莫相催。"宋宋白《宫词》:"今夜金吾不禁街,灯山火树准宣牌。"宋王圭《依韵和梅…》:"金吾不禁天街鼓,独有文闱已上关。"宋葛立方《闻行在今…》:"鸣珂箫烛竞游衍,金吾不禁春宵长。"

金相玉质　jīn xiàng yù zhì
【分类】文化
【关键词】诗经
【释义】比喻诗文内容形式俱美。或人才英俊,秀外慧中。《诗经·大雅·棫朴》:"追琢其章,金玉其相。勉勉我王,纲纪四方。"唐孔颖达疏:"言文王之有圣德,其文如雕琢,其质如金玉。"
【例句】宋王炎《魏倅同杜…》:"只恐挥毫惊蛰龙,金相玉质音玲珑。"宋杨万里《寄朱元晦…》:"子孙总角道归根,金相玉质芝兰芬。"宋袁燮《蜡梅》:"金相玉质旧同科,暗里清香万斛多。"宋陈宓《游南康栖…》:"金相定变作玉质,华山千丈难为容。"

金衣公子　jīn yī gōng zǐ
【分类】文化
【关键词】黄莺
【释义】黄莺的别名。《开元天宝遗事·金衣公子》:"明皇每于禁苑中见黄莺,常呼之为金衣公子。"也为曲牌名。
【例句】宋王洋《闻莺》:"戒汝一物莫叹嗟,金衣公子春为家。"宋陈景沂《杨柳》:"金衣公子经过处,不辨其身只辨音。"宋释行海《暮春词》:"雨洗樱红蚕豆绿,金衣公子可怜谁。"元耶律铸《四公子廋…》:"细腰宫里芳菲处,唯有金衣公子知。"

金银气　jīn yín qì
【分类】政治
【关键词】地镜图
【释义】喻指有钱财或图谋发迹。《艺文类聚》引《地镜图》:"凡观金玉宝剑铜铁,皆以辛之日,待雨而止,明日平旦,亦黄昏夜半观之,所见光白者玉也,赤者金,黄者铜,黑者铁。"
【例句】唐杜甫《题张氏隐居》:"不贪夜识金银气,远害朝看麋鹿游。"宋史浩《宣州李漕…》:"佳气浮金银,层观可仿佛。"元元好问《赤石谷》:"南台说有金银气,可是并汾处土星。"元张翥《上清山中》:"山中观阙金银气,天上神仙黼黻衣。"

金银台　jīn yín tái
【分类】文化
【关键词】郭璞
【释义】代指海上仙境。晋郭璞《游仙诗七首》:"神仙排云出,但见金银台。"《文选》唐李善注引《汉书》:'齐威、宣、燕昭,使人入海,求蓬莱方丈瀛洲,此三神山者,仙人及不死之药皆在焉。而黄金白银为宫阙,未至,望之如云。'
【例句】唐李白《梦游天姥…》:"青冥浩荡不见底,日月照耀金银台。"唐萧祜《游石堂观》:"一丘人境尚堪恋,何况海上金银台。"唐独孤及《观海》:"超遥蓬莱峰,想象金台存。"宋刘子翚《梦仙谣》:"乘槎夜泛牛女渡,鞭鸾晓入金银台。"

金印如斗　jīn yìn rú dǒu
【分类】政治
【关键词】周颛

【释义】咏得高官荣显之典。《晋书·周𫖮列传》："𫖮喜饮酒，致醉而出。导犹在门，又呼𫖮。𫖮不与言，顾左右曰：'今年杀诸贼奴，取金印如斗大系肘。'"

【例句】唐高适《同河南李…》："武侯腰间印如斗，郎官无事时饮酒。"唐杜甫《同元使君…》："色阻金印大，兴含沧浪清。"唐韩翃《送孙泼赴…》："匈奴破尽人看归，金印酬功如斗大。"五代徐铉《文彧少卿…》："腰间金印从如斗，镜里霜华已满梳。"

金英与侍郎 jīn yīng yǔ shì láng
【分类】生活
【关键词】释惠休
【释义】喻咏情谊之深厚。《鲍氏集》附释惠休《赠鲍侍郎》："玳枝兮金英，绿叶兮紫茎。不入君王杯，低彩还自荣。"南朝宋释惠休曾以咏菊（即金英）诗赠给侍郎鲍照，借以表达二人之间的友情。
【例句】唐柳宗元《闻彻上人…》："空花一散不知处，谁采金英与侍郎。"

金鱼袋 jīn yú dài
【分类】政治
【关键词】新唐书
【释义】喻指高官显爵。《新唐书·车服志》载：唐制，三品以上官员佩带金鱼袋，金饰鱼形，用以盛放标志品级、身份的金鱼符。
【例句】"唐元稹《自责》："犀带金鱼束紫袍，不能将命报分毫。"宋郭应祥《鹊桥仙》："封胡羯末，综缞缜绛，堪羡金鱼垂袋。"元黄溍《送赵继清…》："承恩特与金鱼袋，访旧争迎驷马车。"明何吾驺《胜好亭》："醉来忘却金鱼袋，梦去空传玉燕钗。""

金玉满堂 jīn yù mǎn táng
【分类】生活
【关键词】老子
【释义】极言财富之多。《老子·道经》："金玉满堂，莫之能守。富贵而骄，自遗其咎。"亦用以誉称富有才学。
【例句】唐白居易《读〈道德经〉》："金玉满堂非己物，子孙委蜕是他人。"唐罗邺《偶题离亭》："五月波涛争下峡，满堂金玉为何人。"唐ุ咸用《临川逢陈…》："不如含德反婴儿，金玉满堂真可贵。"宋陈文蔚《老人生旦》："满堂虽无金玉富，六籍诸子幸满家。"

金玉王度 jīn yù wáng dù
【分类】政治
【关键词】左传
【释义】称颂帝王品德高尚，旷达大度。《左传·昭公十二年》："思我王度，式如玉，式如金。"言以金玉为喻赞美周穆王。
【例句】唐武元衡《奉和圣制…》："金玉美王度，欢康谣国风。"唐武元衡《奉酬淮南…》："金玉裁王度，丹书奉帝俞。"宋王禹偁《故尚书兵…》："丹青生帝典，金玉铿王

度。"宋朱熹《用林择之…》："昔公秉钧衡，金玉我王度。"

金跃 jīn yuè
【分类】政治
【关键词】庄子
【释义】喻指不顺从自然造化。《庄子·大宗师》："今之大冶铸金，金踊跃曰'我且必为镆铘'，大冶必以为不祥之金。今一犯人之形，而曰'人耳人耳'，夫造化者必以为不祥之人。"王先谦集解："偶成为人，遂欣爱郑重，以为异于众物，则造化亦必以为不祥。"
【例句】唐白居易《渭村退居…》："珠沉犹是宝，金跃未为祥。"唐韦庄《和郑拾遗…》："良金炉自跃，美玉椟难藏。"唐司空图《丁巳元日》："金跃洪炉动，云驱众蛰惊。"宋晁公溯《闻范道卿…》："理无珠遗海，果见金跃冶。"

金张许史 jīn zhāng xǔ shǐ
【分类】政治
【关键词】盖宽饶
【释义】西汉权臣金日磾、张安世，贵戚许伯、史高的合称。谕贵戚权臣。《汉书·盖宽饶传》："司隶校尉宽饶居不求安，食不求饱，进有忧国之心，退有死节之义，上无许、史之属，下无金、张之托。"
【例句】唐丘丹《忆长安四月》："芳草落花无限，金张许史相随。"唐李益《汉宫少年行》："金张许史同颜色，王侯将相莫敢论。"唐杜牧《长安杂题…》："韦貂长组金张辈，驷马文衣许史家。"五代贯休《山居诗》："不行朝市多时也，许史金张安在哉。"五代韦庄《咸通》："咸通时代物情奢，欢杀金张许史家。"

金掌 jīn zhǎng
【分类】政治
【关键词】汉书
【释义】也谓仙掌。铜制的仙人手掌。为汉武帝作承露盘擎盘之用。后亦喻帝王提拔。《汉书·郊祀志上》："其后又作柏梁、铜柱、承露仙人掌之属矣。"三国魏苏林注："仙人以手掌擎盘承甘露。"
【例句】唐张九龄《和许给事…》："树摇金掌露，庭徙玉楼阴。"唐岑参《尹相公京…》："魏宫铜盘贮，汉帝金掌持。"唐杜牧《早雁》："仙掌月明孤影过，长门灯暗数声来。"唐李商隐《寄令狐学士》："晓饮岂知金掌迥，夜吟应讶玉绳低。"

金枝玉叶 jīn zhī yù yè
【分类】政治
【关键词】古今注
【释义】原形容花木枝叶美好。后多指皇族子孙。现也比喻出身高贵或娇嫩柔弱的人。《古今注·舆服》："与蚩尤战于涿鹿之野，常有五色云气金枝玉叶止于帝上。"
【例句】唐李世民《赋得含峰云》："玉叶依岩聚，金枝触石分。"宋胡宿《皇帝合春》："彩胜朱幡宜此日，金枝玉叶庆新年。"宋王十朋《次韵潢十…》："未于茅舍疏篱见，先

为金枝玉叶开。"聂绀弩《四绝句》："玉叶金枝挨了打,痴聋岳反劝翁姑。"

金紫　jīn zǐ
【分类】政治
【关键词】汉书
【释义】金印紫绶,黄金印章和系印的紫色绶带。代指高官显爵。《汉书·百官公卿表上》："相国、丞相,皆秦官,金印紫绶,掌丞天子助理万机…太尉,秦官,金印紫绶,掌武事。"
【例句】唐李白《与诸公送…》》："气清岳秀有如此,郎将一家拖金紫。"唐李廓《长安少年行》："金紫少年郎,绕街鞍马光。"唐段成式《和徐商贺…》》："银黄年少偏欺酒,金紫风流不让人。"唐白居易《早春雪后…》》："有何功德纡金紫,若比同年是幸人。"

津妾棹歌　jīn qiè zhào gē
【分类】生态
【关键词】列女传
【释义】指才女救父。源见"赵津歌"。
【例句】唐李白《东海有勇妇》："津妾一棹歌,脱父于严刑。"唐杜甫《陪郑公秋…》》："杯酒沾津吏,衣裳与钓翁。"宋吕陶《河津女》："河津女娟者,可与壮士涛。"

衿喉　jīn hóu
【分类】政治
【关键词】李晟
【释义】衣领和咽喉。比喻要害之地。《新唐书·李晟传》："当先文制备,请假神佐赵光铣、唐良臣、张彧为洋、利、剑三州刺史,各勒兵以通漢水衿喉。"
【例句】宋王遂《送李果州…》》："微言析脉理,要指会衿喉。"宋赵汝回《送张敬甫…》》："荆门形势衿喉地,新城突兀壕未凿。"宋释居简《平江太守…》》："不据喉衿地,如何展壮图。"元陶安《送师鲁倅…》》："金斗城坚湨水流,淮西重地控衿喉。"

襟埃　jīn āi
【分类】生活
【关键词】蔡襄
【释义】犹襟尘,既指外在(衣襟)的尘污,也指内在(胸襟)的郁闷。宋蔡襄《达观亭》："鸣弦俯清流,对酒环苍山。重拂襟尘净,从带夕岚还。"
【例句】宋王十朋《同舍再约…》》："渴来西湖探春色,濡毫一洗匈襟埃。"宋章鉴《石觊钓台》："何时来借闲灯览,涤尽尘襟万斛埃。"宋刘攽《寄题萧山》："山川濯尘襟,药饵纡客幰。"聂绀弩《无题柴韵诗》："再到东城幸过我,黄娇为尔洗襟埃。"

襟期　jīn qī
【分类】政治
【关键词】高澄

【释义】襟怀、志趣。北齐高澄《与侯景书》："缱绻襟期,绸缪素分。"《北史·李谐传》："庶弟蔚,少清秀,有襟期伦理。"
【例句】唐李縠《和皮日休…》》："才子襟期本上清,陆家公鹤伴闲情。"唐郑浣《和李德裕…》》："顾步襟期远,参差物象横。"唐吴融《秋兴》："襟期渐萧洒,精爽欲飞扬。"聂绀弩《雪峰六十》："小帽短衣傲一时,灵山献松见襟期。"

锦步障　jīn bù zhàng
【分类】生活
【关键词】石崇
【释义】奢侈斗富之典。《晋书·石崇》："恺以饴糈澳釜,崇以蜡代薪。恺作紫丝布步障四十里,崇作锦步障五十里以敌之。崇涂屋以椒,恺用赤石脂。"
【例句】唐侯冽《金谷园花…》》："犹疑施锦帐,堪叹罢朱纶。"唐李群玉《山榴》："可怜夹水锦步障,羞数石家金谷园。"唐李商隐《朱槿花》："不卷锦步障,未登油壁车。"唐吴融《咏柳》："好拂锦步障,莫遮铜雀台。"

锦车使　jīn chē shǐ
【分类】政治
【关键词】汉书
【释义】指使者。《汉书·乌孙国传》："冯夫人锦车持节,诏乌就屠诣长罗侯赤谷城,立元贵靡为大昆弥。"东汉服虔注："锦车,以锦衣车也。"
【例句】唐虞世南《拟饮马长…》》："前逢锦车使,都护在楼兰。"宋司马光《和王介甫…》》："胡雏上马唱胡歌,锦车已驾白橐驼。"明董其昌《昭君村》："北使迎奉诏书,锦车从此换穹庐。"清林旭《和友人韵》："锦车使者归来晚,雾阁云窗又起家。"

锦帆天子　jīn fān tiān zǐ
【分类】政治
【关键词】隋炀帝
【释义】指隋炀帝。《隋书·食货志》："(炀帝)又造龙舟凤䑦,黄龙赤舰,楼船篾舫。募诸水工,谓之殿脚,衣锦行縢,执青丝缆挽船,以幸江都。"
【例句】唐罗隐《中元夜泊…》》："锦帆天子狂魂魄,应过扬州看月明。"唐胡曾《汴水》："锦帆未落干戈起,惆怅龙舟更不回。"宋朱继芳《扬州》："夜半一声天上曲,锦帆天子下扬州。"清杨寿杓《昆陵竹枝词》："不见锦帆天子到,冷萤夜夜逐秋风。"

锦官城　jīn guān chéng
【分类】生态
【关键词】华阳国志
【释义】成都的别称。源见"锦里"。
【例句】唐杜甫《春夜喜雨》："晓看红湿处,花重锦官城。"唐杜甫《蜀相》："丞相祠堂何处寻,锦官城外柏森森。"唐杜甫《将赴成都…》》："锦官城西生事微,乌皮几在还思归。"唐薛涛《送卢员外》："玉垒山前风雪夜,锦官城外别离魂。"

锦缆龙舟　jǐn lǎn lóng zhōu
【分类】生活
【关键词】隋炀帝
【释义】咏帝王穷极侈靡、招致国破身亡之典。源见"锦帆天子"。
【例句】唐杜牧《汴河怀古》:"锦缆龙舟隋炀帝,平台复道汉梁王。"五代江为《隋堤柳》:"锦缆龙舟万里来,醉乡繁盛忽尘埃。"宋汪元量《越州歌》:"内湖三月赏新荷,锦缆龙舟缓缓拖。"明吴世忠《春江花月夜》:"翠华巡幸驻离宫,锦缆龙舟万乘东。"

锦缆牙樯　jǐn lǎn yá qiáng
【分类】生活
【关键词】杜甫
【释义】以锦为缆绳,以象牙饰樯桅,言曲江游船之华丽。唐杜甫《秋兴》:"珠帘绣柱围黄鹄,锦缆牙樯起白鸥。"
【例句】宋王阮《长风沙次…》:"锦缆牙樯君送酒,蓑衣箬笠我浮家。"宋赵公豫《邗上闻莺》:"牙樯锦缆泊江边,红颜放棹来翩跹。"宋杨万里《送沈虞卿…》:"鸡翅豹尾无多子,锦缆牙樯有底忙。"宋赵公豫《邗上闻莺》:"牙樯锦缆泊江边,红颜放棹来翩跹。"

锦里　jǐn lǐ
【分类】生态
【关键词】华阳国志
【释义】代指成都。《华阳国志·蜀志》:"州夺郡文学为州学,郡更于夷里桥南岸道东边文学,有女墙,其道西城,故锦官也。锦工织锦,濯其中则鲜明,他江则不好,故命曰锦里也。"
【例句】唐钱起《题嵩阳焦…》:"三峰花畔碧堂悬,锦里真人此得仙。"唐李商隐《筹笔驿》:"他年锦里经祠庙,梁父吟成恨有余。"唐杜甫《为农》:"锦里烟尘外,江村八九家。"唐杜甫《将赴成都…》:"雪山斥候无兵马,锦里逢迎有主人。"

锦鳞　jǐn lín
【分类】文化
【关键词】鲍照
【释义】鱼的美称。喻指传说中的龙门鲤鱼。南朝宋鲍照《芙蓉赋》:"戏锦鳞而夕映,曜绣羽以晨过。"
【例句】唐李白《赠汉阳辅…》:"汉口双鱼白锦鳞,令传尺素报情人。"唐罗邺《东归》:"秦树梦愁黄鸟啭,吴江钓忆锦鳞肥。"唐元稹《放言》:"得成蝴蝶寻花树,倪化江鱼掉锦鳞。"唐方干《桐庐江阁》:"卷箔槛前沙鸟散,垂钩床下锦鳞沉。"

锦鳞书　jǐn lín shū
【分类】文化
【关键词】信

【释义】指远方的书信。源见"鱼传尺素"。
【例句】唐杜牧《春思》:"绵羽啼来久,锦鳞书未传。"宋袁去华《荔枝香近》:"锦鳞书断,宝篆香销向谁表。"宋王炎《送谢庭玉》:"喜逢青眼语,胜寄锦鳞书。"

锦幪独行　jǐn méng dú xíng
【分类】生态
【关键词】释宝志
【释义】咏沙门俗僧怪异之典。《南史·释宝志》:"时有沙门释宝志者…被发徒跣,语嘿不伦。或被锦袍,饮啖同于凡俗。恒以铜镜、剪刀、镊属挂杖,负之而趋…俗呼为志公,好为谶记,所谓《志公符》是也。"
【例句】唐李白《志公画赞》:"锦幪乌爪,独行绝侣。"唐杜甫《往在》:"合昏排铁骑,清旭散锦幪。"宋秦观《秋夜病起…》:"自匪嬷母容,对客施锦幪。"宋王庭圭《次韵伍孺…》:"艳姬香入骨,熏炷锦幪头。"宋陆游《志公院在…》:"锦幪老人盖古佛,现身为作大慈荫。"

锦袍仙　jǐn páo xiān
【分类】文化
【关键词】李白
【释义】咏李白之典。《新唐书·李白传》:"白自知不为亲近所容,恳求还山,帝赐金放还。白浮游四方,尝乘月…著宫锦袍坐舟中,旁若无人。"
【例句】宋王圭《刘损斋…》:"黄蘖人亡空有寺,锦袍仙去更无诗。"宋许及之《再次常之…》:"锦袍仙想前峣古,饭颗神游绝境孤。"宋郑獬《初入姑苏》:"湘江姹女碧瑶佩,金谷谪仙红锦袍。"宋吴泳《洪都病中…》:"锦袍仙人去不返,乘月忽作斯亭游。"

锦衾　jǐn qīn
【分类】文化
【关键词】诗经
【释义】锦缎做的被子。《诗经·唐风·葛生》:"角枕粲兮,锦衾烂兮。"
【例句】唐王勃《临高台》:"锦衾夜不襞,罗帷昼未空。"唐宋之问《北邙古墓》:"锦衾香覆青楼月,罗袂娇弄紫台云。"唐王丽真《字字双》:"床头锦衾斑复斑,架上朱衣殷复殷。"唐岑参《白雪歌送…》:"散入珠帘湿罗幕,狐裘不暖锦衾薄。"

锦瑟　jǐn sè
【分类】生活
【关键词】瑟
【释义】指漆有织锦纹的装饰华美的瑟。瑟为古代拨弦乐器。唐杜甫《曲江对雨》:"何时诏此金钱会,暂醉佳人锦瑟傍。"明仇兆鳌注引《周礼乐器图》:"饰以宝玉者曰宝瑟,绘文如锦者曰锦瑟。"
【例句】唐崔颢《渭城少年行》:"可怜锦瑟筝琵琶,玉壶清酒就倡家。"唐杜甫《曲江对雨》:"何时诏此金钱会,暂醉佳人锦瑟旁。"唐李商隐《锦瑟》:"锦瑟无端五十弦,一弦一柱思华年。"聂绀弩《紫鹃》:"秋悲春困困潇湘,我在佳人锦瑟旁。"

锦书封泪　jǐn shū fēng lèi
【分类】生活
【关键词】灼灼
【释义】喻女子寄书表达相思情意的典故。《丽情集》:"灼灼,锦城官妓也。善舞《柘枝》,能歌《水调》。相府筵中与河东人坐,神迪自授,如故相识。自此不复面矣,灼灼以软绡多聚红泪密封寄河东人。"
【例句】宋贺铸《木兰花》:"西风燕子会来时,好付小笺封泪帖。"宋秦观《调笑令》:"红绡粉泪知何限,万古空传遗怨。"金元好问《满江红》:"绣被留欢香未减,锦书封泪红犹湿。"元陈樵《临花亭》:"调水分符到西涧,惜花封泪寄东皇。"

锦心绣口　jǐn xīn xiù kǒu
【分类】文化
【关键词】李白
【释义】比喻满腹文章,才思横溢。源见"锦绣肝肠"。
【例句】宋王洋《赠栖贤僧》:"锦心绣口绝铅华,白甋铜瓶古梵家。"宋杨万里《跋姜春坊…》:"锦心绣口擎",雪碗冰瓯泻肺肝。"宋杨长孺《和曾无疑》:"锦心绣口垂金薤,月露天浆贮玉杯。"宋杨长孺《和徐思叔…》:"三间破屋一床书,锦心绣口冰肌肤。"

锦绣肝肠　jǐn xiù gān cháng
【分类】文化
【关键词】李白
【释义】谓满腹诗文,善出佳句。唐李白《冬日于龙门送从弟…》:"(紫云仙季)常醉目吾曰:'兄心肝五藏,皆锦绣耶?不然,何开口成文,挥翰雾散?'"
【例句】宋史浩《次韵林吉…》:"夫子肝肠真锦绣,归途新句已斑斑。"宋史浩《和建王颐…》:"夫君锦绣裹肝肠,思涌秋涛溢海塘。"宋刘子翚《次韵白水…》:"无言自得幽贞意,莫吐肝肠锦绣才。"宋韩淲《次韵王寺…》:"君侯锦绣作肝肠,句到江梅韵更芳。"

锦绣裹山川　jǐn xiù guǒ shān chuān
【分类】生活
【关键词】钱镠
【释义】显示高官显贵荣耀。《新五代史·钱镠》:"昭宗诏钱镠图形凌烟阁,升衣锦营为衣锦城,石鉴山曰衣锦山,大官山曰功臣山。镠游衣锦城,宴故老,山林皆覆以锦,号其幼所尝戏大木曰'衣锦将军'。"
【例句】宋苏轼《锦溪》:"五百年间异人出,尽将锦绣裹山川。"宋苏轼《自净土寺…》:"锦绣被原野,金珠散贫贱。"宋杨万里《杨村园户…》:"都种芙蓉作篱落,真将锦绣裹山川。"金李俊民《彩楼》:"山川谓可锦绣裹,尘土岂皆罗绮封。"

锦帐郎　jǐn zhàng láng
【分类】政治
【关键词】药崧
【释义】咏郎官之典。《后汉书·钟离意传》附《药崧传》:"药崧者,河内人,天性朴忠。家贫为郎,常独直台上,无被,枕杻,食糟糠。帝每夜入台,辄见崧,问其故,甚嘉之,自此诏太官赐尚书以下朝夕餐,给帷被皂袍,及侍史二人。"
【例句】唐卢纶《和王员外…》:"高步长裾锦帐郎,居然自是汉贤良。"唐杜牧《新转南曹…》:"喜抛新锦帐,荣借旧朱衣。"唐罗隐《湖州裴郎…》:"锦帐郎官塞诏年,汀州曾驻木兰船。"唐韦庄《九江逢卢…》:"陶渊明岂是铜符吏,田凤终为锦帐郎。"

进贤冠　jìn xián guān
【分类】文化
【关键词】冠
【释义】古时朝见皇帝的一种礼帽。原为儒者所戴,唐时百官皆戴用。喻朝官。《后汉书·舆服志下》:"进贤冠,古缁布冠也,文儒者之服也…公侯三梁,中二千石以下至博士两梁,自博士以下至小史私学弟子,皆一梁。"
【例句】唐杜甫《丹青引赠…》:"良相头上进贤冠,猛将腰间大羽箭。"唐权德舆《省中春晚…》:"去年簪进贤,赞导法宫前。"唐韩愈《朝归》:"峨峨进贤冠,耿耿水苍佩。"宋丁谓《冠》:"盛礼尊元服,嘉名重进贤。"

晋楚富　jìn chǔ fù
【分类】生活
【关键词】孟子
【释义】咏达官富人之典。《孟子·公孙丑下》:"曾子曰:'晋楚之富不可及也;彼以其富,我以吾仁;彼以其爵,我以吾义,吾何慊乎哉!'"楚为鱼米之乡,晋地多煤、竹、谷、纩、旄、玉石等。
【例句】唐柳宗元《饮酒》:"彼哉晋楚富,此道未必存。"宋刘攽《南窗诗》:"彼哉晋楚富,吾道安用慊。"宋曾协《题大儿新…》:"下视晋楚富,商歌满乾坤。"明张吉《梅花图为…》:"晋楚非富颜非穷,敢将腆菲论拙工。"

晋侯锡马　jìn hóu xī mǎ
【分类】政治
【关键词】周易
【释义】谓受到赏识。源见"晋接"。
【例句】宋刘仙伦《沁园春》:"看九重有命,晋侯锡马,三公论道,鼎足承君。"宋方回《次韵徐子…》:"幸际乾龙亨庶物,故希晋马锡康侯。"宋廖行之《为老人寿…》:"望洽青毡旧,荣须锡马蕃。"元谢肃《奉贺太尉…》:"上公仗钺维藩壮,天子临轩锡马蕃。"

晋接　jìn jiē
【分类】政治

【关键词】周易
【释义】喻称接见。《周易注疏·晋》：“晋，康侯用锡马蕃庶，昼日三接。”唐孔颖达疏：“臣既柔进，天子美之，赐以车马，蕃多而众宾，故曰康侯用锡马蕃庶也。昼日三接者，言非惟蒙赐蕃多，又被亲宠频数，一昼之间三度接见也。”蕃庶：众多。
【例句】宋洪迈《秀川馆联句》：“君恩晋接三，臣职坤用六。”明孙承恩《和许松皋…》：“晋接偶同日休暇，谦光并著德温良。”明黄佐《送秦刑曹…》：“晋接有遗构，丰芑多良材。”明皇甫汸《九日纪胜…》：“晋接来枢掖，恩酺罢柏梁。”

晋君听琴 jìn jūn tīng qín
【分类】生活
【关键词】韩非子
【释义】比喻不务国政，却一味追求声色狗马引出的教训。《韩非子·十过》：“平公曰：'清角可得而闻乎？'…师旷不得已而鼓之。一奏之，有玄云从西北方起；再奏之，大风至，大雨随之，裂帷幕，破俎豆，隳廊瓦，坐者散走，平公恐惧，伏于廊室之间。晋国大旱，赤地三年。平公之身遂癃病。”
【例句】唐李白《答王十二…》：“折杨皇华合流俗，晋君听琴枉清角。”唐汪遵《晋河》：“风引征帆管吹高，晋君张宴侈雄豪。”宋胡宿《送崔谏议…》：“水是晋昼沉璧后，地经唐叔赐圭余。”宋吴栻《题秦君亭》：“拂琴无复尘埃想，落落霜风一晋松。”

晋尚书 jìn shàng shū
【分类】政治
【关键词】谢安
【释义】居官而又居住山水之地的典故。《晋书·谢安传》：简文帝时，谢安"征拜传中，迁吏部尚书，中护军"。至晋武帝朝，"寻为尚书仆射，领吏部，加后将军"。"又于土山营墅，楼馆林竹甚盛，每携中外子侄往来游集"。
【例句】唐刘宪《奉和圣制…》：“非吏非隐晋尚书，一丘一壑降乘舆。”

晋竖 jìn shù
【分类】生活
【关键词】晋景公
【释义】也成二竖。指称病魔。源见"病入膏肓"。
【例句】唐杜甫《八哀诗》：“炯炯一心在，沉沉二竖婴。”唐韦庄《贼中与萧…》：“胸中疑晋竖，耳下斗殷牛。”唐韦庄《和郑拾遗》：“殷牛常在耳，晋竖欲潜育。”宋文同《蒲生钟馗》：“前诃后拥役二竖，此神唉鬼充旦暮。”宋张耒《止酒赠郡…》：“何妨二竖即奔忙，不废三婴更滋泽。”

晋司空 jìn sī kōng
【分类】政治
【关键词】张华
【释义】晋人张华官至司空，有台辅之声誉，文才冠世，受人

称羡。《晋书·张华传》：“华名重一世，众所推服，晋史及仪礼宪章并属于华，多所损益，当时诏诰皆其草定，声誉益盛，有台辅之望焉。…代下邳王晃为司空，领著作。”
【例句】唐司空曙《送翰林张…》：“文独司空羡，书兼太尉能。”唐李商隐《奉和太原…》：“谁惮士龙多笑疾，美髯终类晋司空。”唐罗隐《淮南送节…》：“珠履旧参萧相国，彩衣今佐晋司空。”明胡应麟《赠孙太宰》：“黜陟千官周太宰，安危一代晋司空。”

晋武焚裘 jìn wǔ fén qiú
【分类】政治
【关键词】司马炎
【释义】用为帝王崇尚俭朴警惕奢靡的典故。《晋书·武帝纪》：“太医司马程据献雉头裘，帝以奇技异服典礼所禁，焚之于殿前。”
【例句】唐沈佺期《七夕曝衣篇》：“汉文宜惜露台费，晋武须焚前殿裘。”唐沈佺期《和崔正谏…》：“河宗来献宝，天子命焚裘。”宋史浩《衣服》：“唐帝宫中三浣濯，未如晋武雉裘焚。”宋罗荣祖《读祖宗伯…》：“执手痛罹鸣鹘难，焚裘梦断树萱乡。”

晋武轻后事 jìn wǔ qīng hòu shì
【分类】政治
【关键词】司马炎
【释义】咏国亡之典。《晋书·武帝纪》制曰：“武皇承基…况以新集易动之基，而无久安难拔之虑，故贾充凶竖，怀奸志以拥权…曾未数年，纲纪大乱，海内版荡，宗庙播迁。…惠帝可废而不废，终使倾覆洪基。”
【例句】唐高适《登百丈峰》：“晋武轻后事，惠皇终已昏。”唐韦应物《金谷园歌》：“晋武平吴恣欢燕，余风靡靡朝廷变。”唐周昙《晋武帝》：“晋武鬻官私室富，是知犹不及桓灵。”元宋讷《客北平闻…》：“轻如晋武平吴日，远似唐皇幸蜀年。”

晋宣狼顾 jìn xuān láng gù
【分类】政治
【关键词】司马懿
【释义】咏篡位异相之典。《晋书·宣帝纪》：“宣皇帝讳懿，字仲达…姓司马氏。…帝内忌而外宽，猜忌多权变。魏武察帝有雄豪志，闻有狼顾相，欲验之。乃召使前行，令反顾，面正向后而身不动。”
【例句】唐杨乘《甲子岁书事》：“蛊毒久萌牙，狼顾非日夕。”唐柳宗元《行路难》：“柏梁天灾武库火，匠石狼顾相愁冤。”宋陈师道《送外舅郭…》：“盗贼非人情，蛮夷正狼顾。”宋文天祥《高沙道中》：“行行180狼顾，常恐追骑先。”宋释居简《艰石》：“蜀相死犹胜，晋宣生可偷。”

晋阳甲 jìn yáng jiǎ
【分类】政治
【关键词】赵鞅
【释义】咏平息叛乱之典。《春秋公羊传·定公十三年》：

"晋赵鞅取晋阳之甲,以逐荀寅与士吉射。荀寅与士吉射者曷为者也?君侧之恶人也。此逐君侧之恶人,曷为以叛言之?无君命也。"晋卿赵鞅未奉君命取晋阳的士兵讨伐叛逆荀寅和士吉谢。

【例句】唐杜甫《八哀诗》:"司徒天宝末,北收晋阳甲。"唐权德舆《读穀梁传》:"奈何赵志父,专举晋阳兵。"宋王十朋《汉高祖》:"石氏君臣尽播迁,晋阳兵起据中原。"清全祖《望左宁南像》:"晋阳甲岂人臣事,党人曲说吾勿听。"

搢笏 jìn hù

【分类】政治
【关键词】春秋穀梁
【释义】插笏。古代君臣朝见时均执笏,用以记事备忘,不用时插于腰带上。喻指朝见。《春秋穀梁传·僖公三年》:"阳穀之会,桓公委端搢笏而朝诸侯。"晋范宁注:"搢,插也。笏,所以记事也。"
【例句】唐和凝《宫词》:"班定千牛立受宣,佩刀搢笏凤墀前。"宋刘克庄《送陈德刚…》:"士子堵墙观罋圃,公卿搢笏诵阿房。"宋王禹偁《谢宣赐御…》:"折腰搢笏拭双目,汗流魄骇聊一窥。"宋刘跂《以鄜绿赠…》:"金玺鳌缓丙丁文,鱼须宝笏搢锦绅。"

靳尚 jìn shàng

【分类】政治
【关键词】靳尚
【释义】楚怀王佞臣,接受张仪厚赂,通过怀王宠姬郑袖进言,张仪得以释归。随张仪同去秦;途中被魏人张旄杀死。《史记·屈原列传》:"上官大夫见而欲夺之,屈平不与,因谗之曰:'王使屈平为令,众莫不知,每一令出,平伐其功,以为非我莫能为也。'王怒而疏屈平。"唐张守节《史记正义》:"王逸云上官靳尚。"
【例句】唐顾况《题歙山栖…》:"已是伤离客,仍逢靳尚祠。"唐李德裕《汨罗》:"都缘靳尚图专国,岂是怀王厌直臣。"唐徐凝《浙西李尚…》:"欲慰灵均恨,先烧靳尚祠。"宋释行肇《湘江有感…》:"靳尚一言巧,灵均千古愁。"

禁城 jìn chéng

【分类】政治
【关键词】颜延之
【释义】指宫城。南朝宋颜延之《拜陵庙作》:"凤御严清制,朝驾守禁城。"
【例句】唐陈元光《语州县诸…》:"总角趋朝对,雄飞出禁城。"唐岑参《送郭仆射…》:"铁马擐红缨,幡旗出禁城。"唐纥干讽《新阳故故阴》:"禁城佳气换,北陆翠烟深。"唐陈羽《长安卧病…》:"九重门锁禁城秋,月过南宫渐映楼。"

禁脔 jìn luán

【分类】政治
【关键词】谢混
【释义】比喻他人不得染指之物,又用为帝婿的典故。《晋书·谢混传》:"孝武帝为晋陵公主求婿…珣对曰:'谢混虽不及真长,不减子敬。'帝曰:'如此便足。'未几,帝崩,袁山松欲以女妻之(谢混),珣曰:'卿莫近禁脔。'"
【例句】唐杜牧《送大理封…》:"禁脔去东床,趋庭赴北堂。"唐李颀《赠别张兵曹》:"君为禁脔婿,争看玉人游。"唐李商隐《韩同年新…》:"南朝禁脔无人近,瘦尽琼枝咏四愁。"唐孙元晏《谢混》:"可怜谢混风华在,千古翻传禁脔名。"

尽信书 jìn xìn shū

【分类】生活
【关键词】孟子
【释义】泛指不加分析地相信书本。《孟子·尽心下》:"孟子曰:'尽信《书》,则不如无《书》。吾于《武成》,取二三策而已。'"
【例句】唐韩偓《闲居》:"拙谋却为多循理,所短深惭尽信书。"宋宋祁《咏怀》:"尽信书奚信,难言命敢言。"宋刘攽《嘲昼眠》:"利名苦厌兹多口,朝市那能尽信书。"宋张嵲《七月二日…》:"得非造化夸能事,要使人无尽信书。"

缙云仙子 jìn yún xiān zǐ

【分类】文化
【关键词】黄帝
【释义】喻指神仙、道士。《太平御览》引《郡国志》:"括州括苍县缙云山,黄帝游仙之处。"《元和郡县图志》:"缙云山,一名仙都,一曰缙云,黄帝炼丹于此。"
【例句】唐孙逖《送杨法曹…》:"东海天台山,南方缙云驿。"唐刘长卿《饯王相公…》:"缙云讵比长沙远,出牧犹承明主恩。"唐李群玉《谪仙吟赠…》:"汗漫东游黄鹤雏,缙云仙子住清都。"宋宋庠《宿缙云僧舍》:"石磴跻攀上缙云,九峰苍翠与天邻。"

京观 jīng guān

【分类】政治
【关键词】左传
【释义】谓战胜者为炫耀而收敌尸封土而成的高冢。《左传·宣公十二年》:"君盍筑武军而收晋尸以为京观?"晋杜预注:"积尸封土其上,谓之京观。"
【例句】唐储光羲《同诸公送…》:"京观在七德,休哉我神皇。"唐杜甫《夔府书怀》:"大庭终反朴,京观且僵尸。"宋邵雍《芳草长吟》:"徒能蔽京观,仍愿且升平。"宋司马光《太行》:"战场空爝火,京观悉蒿莱。"

京口酒 jīng kǒu jiǔ

【分类】生活
【关键词】郗超
【释义】喻指烈酒。《晋书·郗超传》:"时(郗)愔在北府,徐州人多劲悍,温恒云'京口酒可饮,兵可用',深不欲(郗)愔居之。"
【例句】唐罗隐《北固亭东…》:"病怜京口酒,老怯海门风。"唐罗隐《第五将军…》:"瓦槛尚携京口酒,草堂应写颍阳书。"唐胡蕴玉《纪游》："雄饮思沽京口酒,隽游待访中泠泉。"宋叔敩《送裴如晦…》："缥壶盈前京口酒,红旆相随北府兵。"

京洛尘 jīng luò chén
【分类】政治
【关键词】陆机
【释义】喻咏宦游京城。晋陆机《为顾彦先赠妇二首》："辞家远行游,悠悠三千里。京洛多风尘,素衣化为缁。"
【例句】唐顾况《送友失意…》："衣挥京洛尘,完璞伴归人。"唐孟郊《江邑春霖…》："始知吴楚水,不及京洛尘。"唐孟郊《梦泽中行》："楚泪滴章句,京尘染衣裳。"唐吕让《和入京》："发改河阳鬓,衣余京洛尘。"宋杨亿《文慧大师…》："归路峨眉雪,旧房京洛尘。"

京兆画眉 jīng zhào huà méi
【分类】生活
【关键词】张敞
【释义】用为夫妇或男女相爱的典实。《汉书·张敞传》："敞为妇画眉,长安中传张京兆眉妩。有司以奏,上问之。对曰:'臣闻闺房之内,夫妇之私,有甚于画眉者。'上爱其能,弗备责也。"
【例句】唐皮日休《咏白莲》："腻于琼粉白于脂,京兆夫人未画眉。"唐常浩《寄远》："却念容华非昔好,画眉犹自待君来。"唐杨志坚《送妻》："荆钗任意撩新鬓,明镜从他别画眉。"宋毛滂《次韵答琳老》："居山应免逢京兆,过我聊当见子虚。"聂绀弩《调怀沙新婚》："描成京兆双眉样,不合时宜一肚皮。"

京兆牛衣 jīng zhào niú yī
【分类】生活
【关键词】王章
【释义】形容寒士贫居困厄的凄凉之态。《汉书·王章》："章为诸生学长安,独与妻居。章疾病,无被,卧牛衣中,与妻诀,涕泣。"
【例句】唐皮日休《鲁望读襄…》："甘穷卧牛衣,受辱对狗窦。"唐刘兼《中春登楼》："王章莫耻牛衣泪,潘岳休惊鹤鬓霜。"宋苏辙《和柳子玉》："京兆牛衣聊可藉,公孙布被旋须继。"金段克己《和家弟诫…》："肯学班超谋肉食,更怜京兆泣牛衣。"

京兆阡 jīng zhào qiān
【分类】政治
【关键词】原涉
【释义】咏京兆尹为民所怀念之典。《汉书·原涉》："武帝时,京兆尹曹氏葬茂陵,民谓其道为京兆阡。涉慕之,乃买地开道,立表署曰'南阳阡',人不肯从,谓之'原氏阡'。"
【例句】唐骆宾王《丹阳刺史》："佳城非旧日,京兆即新阡。"唐崔融《韦长史挽词》："京兆新阡辟,扶风甲第空。"唐张九龄《眉州康司…》："谪去长沙国,魂归京兆阡。"唐王维《恭懿太子…》："虽蒙绝驰道,京兆别开阡。"

京兆田郎 jīng zhào tián láng
【分类】政治
【关键词】田凤
【释义】美称田姓官员。源见"汉宫题柱"。
【例句】唐杜甫《赠田九判…》："陈留阮瑀谁争长,京兆田郎早见招。"唐钱起《和王员外…》："题柱盛名兼绝唱,风流谁继汉田郎。"明孙继皋《寄酬李宛…》："京兆田郎题柱名,相逢我未厌承明。"明宋琬《送褚旦旭…》："广陵枚叟观涛赋,京兆田郎题柱才。"

泾渭分明 jīng wèi fēn míng
【分类】政治
【关键词】诗经
【释义】比喻界限十分明显,或是非曲直不可混淆。《诗经·邶风·谷风》："泾以渭浊,湜湜其沚。"汉毛传："泾渭相入,而清浊异。"唐孔颖达疏："言泾水以有渭水清,故见泾水浊。"
【例句】唐李敬玄《奉和别越王》："别馆分泾渭,归路指衡漳。"唐沈佺期《答宁处州书》："自怜泾渭别,谁与秦明君。"唐孟郊《答昼上人…》："渭水不可浑,泾流徒相侵。"唐骆宾王《夏日游德…》："夙昔怀江海,平生混泾渭。"

经传拱汉皇 jīng zhuàn gǒng hàn huáng
【分类】政治
【关键词】河上公
【释义】喻咏帝王读经治国。《神仙传·河上公》："公结草为庵于河之滨。帝(汉文帝)读《老子经》颇好之…闻时皆称河上公解《老子经》义旨,乃使赍所不决之事以问。公曰:'道尊德贵,非可遥问也。'帝即幸其庵躬问之…公乃授《素书》二卷与帝。"
【例句】唐杜甫《冬日洛城…》："身退卑周室,经传拱汉皇。"五代徐铉《和门下殷…》："任公因焙显,陆氏有经传。"宋赵昇《缘识》："经传归实相,水印月皆空。"宋王雍《题三学山》："藕丝织出三衣妙,贝叶经传一偈难。"

经纶 jīng lún
【分类】政治
【关键词】周易
【释义】本指整理丝缕、理出丝绪和编丝成绳。后比喻筹画治理国家大事。《周易·屯》："《象》曰:云雷屯,君子以经纶。"唐孔颖达疏："经谓经纬,纶谓纲纶。言君子法此屯象。有为之时,以经纶天下,约束于物。"
【例句】唐赵彦昭《奉和送金…》："圣后经纶远,谋臣计画多。"唐熊曜《送杨谏议…》："筹议秉刀尺,话言在经纶。"唐杜甫《谒先主庙》："力侔分社稷,志屈偃经纶。"唐皎然《送穆寂赴举》："立身素耿介,处难思经纶。"唐贯休《赠抱麻刘…》："生徒希匠化,寰海仰经纶。"

经神学海 jīng shén xué hǎi
【分类】文化

【关键词】郑玄　何休

【释义】咏学识渊博之典。《拾遗记》："何休木讷多智…历代图籍,莫不咸诵也…作《左氏膏肓》《公羊废疾》《穀梁墨守》…及郑康成锋起而攻之,求学者不远千里,赢粮而至,如细流之赴巨海,京师谓康成为经神,何休为学海。"何休著"三阙",郑玄起而与之抗衡论难,学者争相归附。

【例句】唐皎然《答苏州韦…》："荡漾学海资,郁为诗人英。"宋王子俊《贺李宪校…》："乃翁学海深无底,材如莫耶淬清水。"明屈大均《端州访砚…》："风雅纷葩思赋客,春秋羽翼忆经神。"清汤右曾《题汪苍孚…》："承家学海与经神,司马风流迹未湮。"

经行　jīng xíng

【分类】生活

【关键词】法华经

【释义】佛教语。谓旋绕往返或径直来回于一定之地。佛教徒作此行动,为防坐禅而欲睡眠,或为养身疗病,或表示敬意。《法华经·序品》："又见佛子,未尝睡眠,经行林中,勤求佛道。"行程中经过。南梁庾肩吾《北城门沙门》："经行竹树下,求道志能坚。"

【例句】唐骆宾王《四月八日…》："今日经行处,曲音号盖烟。"唐道世《颂》："经行林树下,求道志能坚。"唐陈子昂《同王员外…》："钟梵经行罢,香林坐入禅。"唐钱起《同王锜起…》："慧眼沙门真远公,经行宴坐有儒风。"

荆布　jīng bù

【分类】生活

【关键词】孟光

【释义】荆钗布裙的省称。或对己妻的谦称。源见"荆钗布裙"。

【例句】宋华镇《题桃源图》："俗缘如瑕涤不去,荆布还念糟糠妻。"宋孔平仲《再吟六诗…》："草莱依瑞穗,荆布缀明珈。"宋史浩《闻家中被…》："欲得此曹心不动,只将荆布在冠裾。"元张昱《贞妇诗》："尽抛妆具洗铅华,尽弃罗襦服荆布。"

荆钗布裙　jīng chāi bù qún

【分类】生活

【关键词】孟光

【释义】表示妇女朴素的服饰,借指贫家妇女。又谦称自己的妻子为荆妻、山荆等。晋皇甫谧《列女传》："梁鸿妻孟光;荆钗布裙。"以荆枝作钗,粗布为裙。

【例句】唐徐月英《叙怀》："虽然日逐笙歌乐,长羡荆钗与布裙。"唐葛鸦儿《怀良人》："蓬鬓荆钗世所稀,布裙犹是嫁时衣。"宋梅尧臣《代书寄王…》："解装无复山兴久,且对荆钗与布裙。"宋敖陶孙《续薄薄酒》："不如浊酒三杯对丑妇,荆钗布裙相媚妩。"

荆鸡卵　jīng jī luǎn

【分类】文化

【关键词】张衡

【释义】代指珍珠。《昭明文选·东汉张衡〈南都赋〉》："游女弄珠于汉皋之曲。"唐李善注引《韩诗内传》："郑交甫将南适楚,遵彼汉皋台下,乃遇二女,佩两珠,大如荆鸡之卵。"

【例句】唐鲍溶《采珠行》："饮风衣日亦饱暖,老翁掷却荆鸡卵。"宋黄庭坚《己未过太…》："荆鸡伏鹄卵,久望羽翼成。"宋黄庭坚《众人观俳优》："鹄卵待啄抱,自怜非荆鸡。"宋宋复《依韵酬朱…》："山薝何由蔚豹斑,荆鸡岂解伏鹄卵。"

荆棘丛生　jīng jí cóng shēng

【分类】生活

【关键词】老子

【释义】荆棘:山野丛生的带棘小灌木。荆条蒺藜成堆地长了出来。比喻环境恶劣艰难。《老子·道经》："师之所处,荆棘生焉。"

【例句】唐李峤《汾阴行》："昔时青楼对歌舞,今日黄埃聚荆棘。"唐杜甫《昼梦》："故乡门巷荆棘底,中原君臣豺虎边。"唐司空图《赛神》："庙深荆棘厚,但见狐兔蹲。"唐韦庄《秦妇吟》："含元殿上狐兔行,花萼楼前荆棘满。"

荆棘铜驼　jīng jí tóng tuó

【分类】政治

【关键词】索靖

【释义】慨叹山河残破,世乱荒凉。《晋书·索靖传》："靖有先识远量,知天下将乱,指洛阳宫门铜驼,叹曰:'会见汝在荆棘中耳。'"

【例句】宋苏轼《百步洪》："纷纷争夺醉梦里,岂信荆棘埋铜驼。"宋朱翌《寄胡明仲》："铜驼可惜埋荆棘,会有人能为扫除。"宋陆游《醉题》："只愁又踏河关路,荆棘铜驼使我悲。"宋方信孺《铁柱》："败堑颓垣今日见,想曾荆棘汉铜驼。"

荆轲　jīng kē

【分类】政治

【关键词】荆轲

【释义】卫国朝歌人,刺秦王不成被杀。《史记·刺客列传》："荆轲者,卫人也。其先乃齐人,徙于卫,卫人谓之庆卿。而之燕,燕人谓之荆卿…于是左右既前杀轲,秦王不怡者良久。"

【例句】唐李山甫《游侠儿》："荆轲只为闲言语,不与燕丹了得人。"唐高适《酬裴员外…》："荆卿吾所悲,适秦不复回。"五代黄损《赠剑客》："荆轲不了处,扼腕到如今。"宋文同《刘生》："提槌击朱亥,引剑刺荆轲。"

荆蛮　jīng mán

【分类】政治

【关键词】左传

【释义】古代中原人对楚越或南人的称呼。《左传·昭公二十六年》："兹不谷震荡播越,窜在荆蛮,未有攸底。"《史记·吴太伯世家》："太王欲立季历以及昌,于是太伯、仲雍二人奔荆蛮,文身断发,示不可用。"
【例句】唐杜甫《一室》:"巴蜀来多病,荆蛮去几年。"唐杜甫《远游》:"尘沙连越巂,风雨暗荆蛮。"唐独孤及《将赴京答…》:"胶漆常投分,荆蛮各倦游。"唐韩愈《八月十五…》:"州家申名使家抑,坎轲只得移荆蛮。"

荆山玉 jīng shān yù
【分类】政治
【关键词】和氏璧
【释义】指和氏璧,喻良才。荆:春秋时楚国别称。源见"和氏之璧"。
【例句】唐刘长卿《赠别于群…》:"顷游灵台下,频弃荆山玉。"唐庾抱《卧疴喜霁…》:"忽对荆山璧,委照越吟人。"唐薛涛《赠韦校书》:"芸香误比荆山玉,那似登科甲乙年。"唐李涉《送颜觉赴举》:"居然一片荆山玉,可怕无人是卞和。"

荆枝茂 jīng zhī mào
【分类】生活
【关键词】孝子传
【释义】咏兄弟和美之典。源见"三荆"。
【例句】唐黄滔《贺清源…》:"虚说古贤龙虎盛,谁攀荆树上金台。"唐黄滔《送人往苏…》:"到日荆枝应便茂,别时珠泪不须流。"宋王炎《贺景高新居》:"庭下紫荆方秀茂,阶前玉树亦扶疏。"元吴definite《新堂甫完…》:"荆花再茂春逾好,棣萼相辉日正长。"

荆州瘿 jīng zhōu yǐng
【分类】文化
【关键词】杜预
【释义】泛指颈部瘿之典。《晋书·杜预传》:杜预拜镇南大将军,都督荆州诸军事。"攻江陵,吴人知预病瘿,惮其智计。以瓠系狗颈示之。每大树似瘿,辄斫使白,题曰'杜预颈'。及城平,尽捕杀之。"
【例句】唐王维《林园即事…》:"地多齐后溃,人带荆州瘿。"宋梅尧臣《郏城道中》:"不独荆州民,居险颈瘿大。"

旌节 jīng jié
【分类】政治
【关键词】周礼
【释义】古代使者所持的节。泛指信符。《周礼·地官·掌节》:"货贿用玺节,道路用旌节。"汉郑玄注:"旌节,今使者所拥节是也。"借指军权。唐制,节度使赐双旌双节。旌以专赏,节以专杀。
【例句】唐王维《送岐州源…》:"征西旧旌节,从此向河源。"唐戎昱《哭黔中薛…》:"夜郎城外谁人哭,昨日空余旌节还。"唐高适《真定即事》:"轩车辞魏阙,旌节副幽都。"唐孟匡明《饯王将军…》:"关山横代北,旌节壮河东。"唐杜甫《奉待严大夫》:"常怪偏裨终日待,不知旌节隔年回。"

旌阳令 jīng yáng lìng
【分类】文化
【关键词】许真君
【释义】咏仙之典。《太平广记》引《十二真君传·许真君》载:晋许逊曾任蜀旌阳县令,他曾学道于大洞君吴猛,后因晋室乱而弃官东归。相传于东晋孝武帝太康二年,在洪州西山全家升仙而去。
【例句】五代徐铉《寄萧给事》:"买宅尚寻徐处士,餐霞终访许真君。"宋王安石《祈泽寺见…》:"高人遗迹空佳句,谁识旌阳后世孙。"宋王庆升《人道诗》:"天上有之无计得,积功须及许旌阳。"宋张继先《汤明权挈…》:"闻之旌阳令,拔宅脱凡世。"宋王阮《铁柱观》:"西晋旌阳令,南昌铁柱宫。"明李之世《梁口观灯词》:"铁柱千年镇浪底,家家人赛许真君。"

惊鸿 jīng hóng
【分类】生活
【关键词】曹植
【释义】喻女子体态轻盈,多代指美女。三国魏曹植《洛神赋》:"翩若惊鸿,婉若游龙。"
【例句】唐韦应物《鼋头山神…》:"精灵变态状无方,游龙宛转惊鸿翔。"唐韦应物《秋夜》:"朔风中夜起,惊鸿千里来。"唐刘禹锡《酬窦员外…》:"彩笔谕戎矜倚马,华堂留客看惊鸿。"聂绀弩《挽王莹》:"红氍毹上一惊鸿,万里雄飞震白宫。"

惊雷破柱 jīng léi pò zhù
【分类】生态
【关键词】夏侯玄
【释义】咏临危不惧之典。《世说新语·雅量》:"夏侯太初(玄)尝倚柱作书。时大雨,霹雳破所倚柱,衣服焦然,神色无变,书亦如故。宾客左右,皆跌荡不得住。"
【例句】唐李商隐《异俗》:"未惊雷破柱,不报水穿檐。"宋洪咨夔《拜和老人…》:"惊雷破柱眠逾稳,明月中庭酌屡更。"宋王遂《赠陈师宓…》:"疾雷破柱识忠臣,急雨冲泥见故人。"清陈三立《庐夜雷雨…》:"侵夜果惊雷破柱,引杯旋听雨鸣廊。"

惊鹊 jīng què
【分类】生活
【关键词】苏轼
【释义】受惊的乌鹊。比喻无处栖身的人。唐张鷟《游仙窟诗》:"月下时惊鹊,池边独舞鸾。"宋苏轼《次韵蒋颖叔》:"月明惊鹊未安枝,一樟飘然影自随。"
【例句】唐钱起《秋夜梁七…》:"星影低惊鹊,虫声傍旅衣。"唐武元衡《酬谈校书…》:"惊鹊绕枝风满幌,寒钟送晓月当楹。"宋苏辙《次韵知郡…》:"得坎浮槎应有命,投林惊鹊且安枝。"宋连文凤《送友人归越》:"征鸿去去秋风急,惊鹊栖栖夜月孤。"

惊人句 jīng rén jù
【分类】文化
【关键词】杜甫
【释义】指写作时追求精炼的语言和意境。唐杜甫《江上值水如海势聊短述》:"为人性僻耽佳句,语不惊人死不休。"
【例句】宋李清照《渔家傲》:"我报路长嗟日暮,学诗谩有惊人句。"宋周紫芝《次韵罗仲…》:"莫教句法惊人甚,便恐功名入手迟。"宋周紫芝《王元东寄…》:"惊人未有平生句,绝妙空贻幼妇词。"宋张守《次韵张辉…》》:"羡子笔回霜气劲,惊人句与月魂高。"

惊天动地 jīng tiān dòng dì
【分类】文化
【关键词】白居易
【释义】惊动了天地。形容声势极大,令人震惊或震动。唐白居易《李白墓》:"可怜荒垅穷泉骨,曾有惊天动地文。"
【例句】宋吴可《学诗》:"春草池塘一句子,惊天动地至今传。"宋刘弇《送友人赴省》其一:"惊天动地文堪揶,捉月拿云手定伸。"宋刘弇《送友人赴省》其二:"久蕴惊天动地文,乘秋得志正逢辰。"宋林亦之《黄司业挽词》:"只应傲雪凌云气,合得惊天动地名。"

惊坐 jīng zuò
【分类】生态
【关键词】陈遵
【释义】亦作惊座,使在座者震惊。《汉书·陈遵》:"时列侯有与遵同姓字者,每至人门,曰陈孟公,坐中莫不震动,既至而非,因号其人曰陈惊坐云。"
【例句】唐孟浩然《襄阳公宅饮》:"坐非陈惊座,门还魏公扫。"唐骆宾王《春日离长…》:"剧谈推曼倩,惊坐揖陈遵。"宋王安石《赠李士宁…》:"曾令宋贾叹车上,更使刘侯惊坐中。"宋刘攽《灯夕陈人…》:"上客欢娱得惊坐,佳人歌笑敌蓝桥。"

精兵 jīng bīng
【分类】政治
【关键词】战国策
【释义】训练有素、战斗力强的士兵。精良的武器。精锐的士卒。《战国策·赵策二》:"今富非有齐威、宣之余也,精兵非有富韩劲魏之库也,而将非有田单、司马之虑也。"
【例句】唐刘禹锡《送浑大夫…》:"故吏来辞辛属国,精兵愿逐李轻车。"唐张文彻《龙泉神剑歌》:"蕃汉精兵一万强,打却甘州坐五凉。"五代贯休《东阳罹乱…》:"只报精兵过大河,东西南北杀人多。"宋苏轼《赠青潍将…》:"骁将新除三十六,精兵共领五千都。"

精兵处 jīng bīng chù
【分类】政治
【关键词】韩信
【释义】用为叛逆盘踞地之典。《史记·淮阴侯列传》:"陈豨拜为巨鹿守,辞于淮阴侯…淮阴侯曰:'公之所居,天下精兵也;而公,陛下之信幸臣也,…吾为公从中起,天下可图也。'…汉十年,陈豨果反。"
【例句】唐杜牧《感怀诗》:"号为精兵处,齐蔡燕赵魏。"

精舍 jīng shè
【分类】文化
【关键词】刘淑
【释义】指学舍;书斋。或修行之所。《后汉书·刘淑》:"淑少学明《五经》,遂隐居,立精舍讲授,诸生常数百人。"
【例句】唐张九龄《冬中至玉…》:"石壁开精舍,金光照法筵。"唐无可《秋夜寄青…》:"精舍池边古,秋山树下遥。"唐王维《同比部杨…》:"竟向长杨柳市北,肯过精舍竹林前。"唐郎士元《题精舍寺》:"石林精舍武溪东,夜扣禅关谒远公。"

精爽 jīng shuǎng
【分类】生活
【关键词】左传
【释义】指精神。《左传·昭公七年》:"用物精多,则魂魄强,是以有精爽,至于神明。"
【例句】唐杜甫《魏将军歌》:"魏侯骨耸精爽紧,华岳峰尖见秋隼。"唐李华《咏史》:"高标尚可仰,精爽今何之。"唐吴融《秋兴》:"襟期渐萧洒,精爽欲飞扬。"唐李群玉《题二妃庙》:"不知精爽归何处,疑是行云秋色中。"

精卫填海 jīng wèi tián hǎi
【分类】政治
【关键词】女娲
【释义】比喻不畏艰难,矢志不移。《山海经·北山经》:"发鸠之山,其上多柘木,有鸟焉,其状如乌,文首、白喙、赤足,名曰精卫,其鸣自诙。是炎帝之少女,名曰女娲。女娲游于东海,溺而不返,故为精卫,常衔西山之木石,以堙于东海。"
【例句】唐顾况《龙宫操》:"龙宫月明光参差,精卫衔石东飞时。"唐元稹《有酒十章》:"精卫衔芦塞海溢,枯鱼喷沫救池燔。"唐崔融《嵩山启母…》:"精卫衔木而偿冤,女尸化草而成媚。"聂绀弩《反省时作》:"一石未含精卫老,此生误尽闭门车。"

鲸背 jīng bèi
【分类】生活
【关键词】刘禹锡
【释义】借指水面。唐刘禹锡《有僧言罗浮事因为诗以写之》:"日光吐鲸背,剑影开龙鳞。"
【例句】宋王令《吴江长桥》:"渴龙枯死乾无鳞,绝海失舟踏鲸背。"宋李正民《送刘子材…》:"雄堞连云左海傍,曾攀鲸背到扶桑。"宋苏辙《新桥》:"虹腰宛转三百尺,鲸背参差十五舟。"宋释德洪《赠修上人》:"醉骑鲸背诗遗落,闲把牛毛字细编。"

鲸波 jīng bō
【分类】生活
【关键词】杜甫
【释义】指惊涛骇浪。唐杜甫《舟出江陵南浦奉寄郑少尹诗》："溟涨鲸波动,衡阳雁影徂。"
【例句】宋周紫芝《十月十七…》："涛头不受水犀弩,鲸波欲卷冯夷宫。"宋李纲《家问自闽…》："身脱鲸波真偶尔,家邻兵火幸恬如。"宋刘才邵《谢人惠花…》："鲸波荐液香难比,龙焙先春玉作团。"宋李弥逊《次韵王彦…》："鲸波坐隔三山外,鹏翼终腾万里余。"

鲸目 jīng mù
【分类】文化
【关键词】广州记
【释义】代指明月珠。亦称月明珠。《艺文类聚》引《广州记》："鲸鲵目,即明月珠,故死不见有目睛。"古有鲸鱼目即明月珠之说。
【例句】唐李群玉《中秋寄南…》："海静天高景气殊,鲸睛失彩蚌潜珠。"唐李群玉《中秋越台…》："皓耀迷鲸目,晶荧失蚌胎。"唐僧鸾《逸句》："鳌头浪蹙掀天白,鲸目光烧半海红。"宋韩琦《中秋月》："海际掀鲸目,云端擢露盘。"

鲸鲵 jīng ní
【分类】政治
【关键词】左传
【释义】即鲸。雄曰鲸,雌曰鲵。比喻凶恶的敌人。《左传·宣公十二年》："古者明王伐不敬,取其鲸鲵而封之,以为大戮。于是乎有京观,以惩淫慝。"晋杜预注："鲸鲵,大鱼名,以喻不义之人吞食小国。"
【例句】唐高适《酬裴员外…》："誓言剪鲸鲵,永以竭驽骀。"唐李白《中丞宋公…》："戎虏行当剪,鲸鲵立可诛。"唐朱冲和《遗临平监吏》："三千里外布干戈,果得鲸鲵入网罗。"唐李逢吉《奉酬忠武…》："剑门失险曾缚虎,淮水安流缘斩鲸。"

鲸鲵陆死骨 jīng ní lù sǐ gǔ
【分类】文化
【关键词】木华
【释义】喻积雪之状。西晋木华《海赋》："鱼则横海之鲸…陆死盐田,巨鳞插云,鬐鬣刺天,颅骨成岳,流膏为渊。"唐李善注："《魏武《四时食制》曰:东海有鱼如山,长五六里,谓之鲵,时死岸上,膏流九顷。"
【例句】唐韩愈《咏雪赠张籍》："鲸鲵陆死骨,玉石火炎灰。"宋洪适《雪诗用晁…》："鲸鲵陆骨腐,鸱鹭野翎燋。"

井公六著 jǐng gōng liù zhù
【分类】生活
【关键词】周穆王
【释义】咏博戏之典。《穆天子传》："是日也,天子北于邢,与井公博,三日而决。"晋郭璞注："疑井公贤人而隐祊,故穆王就之游戏也。"南朝陈谢燮《方诸曲》："井公能六著,玉女善投壶。"
【例句】唐卢仝《萧宅二三…》："井公莫怪惊,说我成憨痴。"唐李峤《夏晚九成…》："一枰移昼景,六著度宵钟。"宋李冀《飞仙篇用…》："仙人揽六著,著以赪玉盘。"元郭翼《行路难》："爱从王母访井公,复约元君谒东父。"

井络 jǐng luò
【分类】生活
【关键词】左思
【释义】井络,星宿名。井络星下临岷山之地,故使蜀地山川顿生灵气。后因用为咏蜀地之典。西晋左思《蜀都赋》："岷山之精,上为井络。"精,灵气。
【例句】唐刘禹锡《吐绶鸟词》："不学碧鸡依井络,愿随青鸟向层城。"唐武元衡《元和癸巳…》："天光临井络,春物度巴山。"唐李商隐《井络》："井络天彭一掌中,漫夸天设剑为峰。"宋刘筠《成都》："井络共知天与险,蚕丛无奈世兴妖。"

井蛙 jǐng wā
【分类】生活
【关键词】庄子
【释义】比喻见闻狭隘、目光短浅的人。《庄子·秋水》："子独不闻夫坎井之蛙乎？谓东海之鳖曰：'吾乐与！出跳梁乎井干之上，入休乎缺甃之崖；赴水则接腋持颐，蹶泥则没足灭跗；还虷蟹与科斗，莫吾能若也。且夫擅一壑之水，而跨跱坎井之乐，此亦至矣，夫子奚不时来入观乎！'"
【例句】唐白居易《秋霖即事…》："井蛙争入户,辙鲋乱归泉。"后周陶谷残句："井蛙休恃重溟险,泽马曾嘶九曲滨。"宋刘攽《江汉》："淫毒皆伐蜮,跳梁自井蛙。"宋司马光《春日书寄…》："舍之归入户庭隘,仰视青天如井蛙。"

景山枪 jǐng shān qiāng
【分类】生活
【关键词】何点
【释义】嗜酒好饮之典。《南齐书·何点传》："竟陵王子良闻之,曰：'豫章王尚不屈,非吾所议。'遗点嵇叔夜酒杯、徐景山酒枪以通意。点常自得,遇酒便醉,交游宴乐不隔也。"景山枪为徐邈所有的古酒具,属温酒器。
【例句】唐陆龟蒙《江南秋怀》："惟荒稚珪宅,莫赠景山枪。"宋宋祁《中秋望夕…》："心孤王粲族,案对景山枪。"清彭孙遹《罗生贻龙…》："已成真一酒,为致景山枪。"清汤右曾《以一尊送…》："送君明月夜,不负景山枪。"

景阳井 jǐng yáng jǐng
【分类】政治
【关键词】陈叔宝
【释义】喻指受辱之地。亦以咏史或咏南京风物。《南史·陈本纪下》："既而军人窥井而呼之,后主不应。欲下石,乃闻叫声。以绳引之，惊其太重……乃与张贵妃、孔贵人三人同乘而上。"陈后主与爱妃张丽华投景阳殿井。

【例句】唐李白《金陵歌送…》："天子龙沉景阳井，谁歌玉树后庭花。"唐温庭筠《题望苑驿》："景阳寒井人难到，长乐晨钟鸟自知。"唐李商隐《景阳井》："景阳宫井剩堪悲，不尽龙鸾誓死期。"宋李之仪《同子椿游…》："桑柘丘墟辇路长，景阳依旧在山阳。"

景阳台　jǐng yáng tái
【分类】生活
【关键词】储嗣宗
【释义】南朝陈宫中台名。
【例句】唐储嗣宗《春怀寄秣…》："借问景阳台下客，谢家谁更卧东山。"唐张祜《杨柳枝》："凝碧池边敛翠眉，景阳台下缈青丝。"宋徐铉《景阳台怀古》："今日景阳台上，闲人何用伤神。"明陆仁《题金陵》："丽正门当天阙高，景阳台下草萧萧。"

景阳钟　jǐng yáng zhōng
【分类】生活
【关键词】南史
【释义】谓早起梳妆的信号。源见"景阳妆"。
【例句】唐李贺《追赋画江…》："今朝画眉早，不待景阳钟。"唐温庭筠《投翰林萧…》："万象晚归仁寿镜，百花春隔景阳钟。"唐刘邺《待漏院吟》："闲听景阳钟尽后，两莺飞上万年枝。"唐李商隐《览古》："长乐瓦飞随水逝，景阳钟堕失天明。"

景阳妆　jǐng yáng zhuāng
【分类】政治
【关键词】南史
【释义】咏宫女之典。《南史·武穆裴皇后传》：宫内深隐，不闻端门鼓漏声，置钟于景阳楼上，应五鼓及三鼓。宫人闻钟声，早起妆饰。
【例句】唐温庭筠《照影曲》："景阳妆罢琼窗暖，欲照澄明香步懒。"唐韩琮《牡丹》："云凝巫峡梦，帘闭景阳妆。"唐徐夤《尚书会仙…》："景阳妆赴严钟出，楚峡神教暮雨晴。"明杨慎《无题》："景阳妆罢金星出，子夜歌残璧月斜。"

靓妆　jìng zhuāng
【分类】生活
【关键词】司马相如
【释义】浓妆艳抹。借指妆饰华美的女子。汉司马相如《上林赋》："若夫青琴、宓妃之徒，绝殊离俗，妖冶娴都，靓庄刻饬，便嬛绰约，柔桡嫚嫚，妩媚纤弱。"南朝宋裴骃《史记集解》引晋郭璞曰："靓庄，粉白黛黑也。"
【例句】唐王绩《咏妓》："妖姬饰靓妆，窈窕出兰房。"唐宋之问《浣纱篇赠…》："一朝还旧都，靓妆寻若耶。"唐贾至《长门怨》："舞蝶萦愁绪，繁花对靓妆。"唐王初《春日咏梅花》："靓妆才罢粉痕新，递晓风回散玉尘。"

敬姜犹绩　jìng jiāng yóu jì
【分类】政治
【关键词】敬姜
【释义】咏母仪勤劳、品格高尚之典。《国语·鲁语下》载：春秋时文伯歜已为鲁相，其母敬姜犹纺绩不辍，歜问之，敬姜曰："今我，寡也，尔又在下位，朝夕处事，犹恐忘先人之业，况有怠惰，其何以避辟！"
【例句】宋刘克庄《挽месяц扬…》："荆练孟光饰，玉雪敬姜身。"宋杨万里《近故魏国…》："秋衣孟光布，夜绩敬姜灯。"宋楼钥《商侍郎挽词》："敬姜嗟哭子，伯道痛无儿。"明张国维《奉母》："隽母欢颜时问政，敬姜懿训每鸣机。"

靖节松　jìng jié sōng
【分类】政治
【关键词】陶渊明
【释义】咏松树或咏松树风格之典。晋陶渊明《和郭主簿》："芳菊开林耀，青松冠岩列。怀此贞秀姿，卓为霜下杰。"又《饮酒》其八："青松在东园，众草没其姿。凝霜殄异类，卓然见高枝。"南朝梁萧统《陶渊明传》："世号'靖节先生'。"
【例句】唐赵嘏《题昭应王…》："靖节何须彭泽逢，菊洲松岛水悠溶。"五代徐铉《送薛少卿…》："我爱陶靖节，吏隐从弦歌。"宋卫宗武《挽南塘朱…》："晚年陶靖节，松菊更凄凉。"宋释重显《和范监簿》："谁夸靖节偏栽柳，自笑隐居高听松。"

靖长官　jìng zhǎng guān
【分类】文化
【关键词】集仙传
【释义】咏仙道之典。宋曾慥《集仙传》："靖不知何许人，唐僖宗时为登封令，既而弃官学道，遂仙去。隐其姓而以名显，故世谓之靖长官。"
【例句】宋苏轼《送范景仁…》："试与刘夫子，重寻靖长官。"宋陈师道《送姚先生…》："此身已许壶丘子，他日争寻靖长官。"宋陆游《书屋壁》："旧慕嵇中散，今师靖长官。"宋辛弃疾《鹧鸪天》："看君不了痴儿事，又似风流靖长官。"

静婉腰　jìng wǎn yāo
【分类】生活
【关键词】张净婉
【释义】指称细腰。源见"掌中舞"。
【例句】唐牛峤《杨柳枝》："金羁白马临风望，认得羊家静婉腰。"宋喻良能《雪》："欲知回旋空中舞，恰似杨家静婉腰。"明胡应麟《狄明叔后…》："争夸静婉腰围细，每忆娇娆态度柔。"明吴伟业《听朱乐隆歌》："谁画张家静婉腰，轻绡一幅美人蕉。"

镜湖　jìng hú
【分类】生态
【关键词】贺知章

【释义】古代长江以南的大型农田水利工程之一。在今浙江绍兴会稽山北麓。东汉永和五年（公元140年）在会稽太守马臻主持下修建。唐贺知章《回乡偶书》："唯有门前镜湖水，春风不改旧时波。"
【例句】唐贺知章《答朝士》："鈒镂银盘盛蛤蜊，镜湖莼菜乱如丝。"唐李白《梦游天姥…》："我欲因之梦吴越，一夜飞度镜湖月。"唐李白《送贺宾客》："镜湖流水漾清波，狂客归舟逸兴多。"唐白居易《同崔十八…》："镜湖水远何由泛，棠树枝高不易攀。"

镜花水月　jìng huā shuǐ yuè
【分类】生活
【关键词】裴休
【释义】镜中花水中月，喻虚幻不可求之物，表现朦胧空灵的意境。唐裴休《唐赐紫方袍大达法师玄秘塔碑铭》："空门正辟，法宇方开，峥嵘栋梁，一旦而摧，水月镜像，无心去来，徒令后学，瞻仰徘徊。"
【例句】宋晏几道《木兰花》："夜凉水月铺明镜，更看娇花闲弄影。"宋张炜《学吟》："池塘春草英灵处，水月梅花颖悟时。"明陆澄原《春游支硎…》："得水月痕宜晚镜，隔帘花气在春衣。"清仓央嘉措《情诗》："此情惘然逝如梦，镜花水月原非真。"

镜奁换　jìng lián huàn
【分类】生活
【关键词】汉明帝
【释义】喻指祭祀哀挽之情。《后汉书·光烈阴皇后纪》："明帝性孝爱，…遂率百官及故家上陵。…会毕，帝从席前伏御床，视太后镜奁中物，感动悲涕，令易脂泽装具。"更换祭品和妆具，以致哀思。
【例句】唐杜甫《往在》："镜奁换粉黛，翠羽犹葱胧。"唐韩愈《大行皇太…》："只有朝陵日，妆奁一暂开。"宋陆游《水龙吟》："镜奁掩月，钗梁拆凤，秦筝斜雁。"清黄之隽《闺情》："镜奁换粉黛，犹得折黄金。"

镜鸾　jìng luán
【分类】生活
【关键词】鸟
【释义】比喻失偶。妆镜因此称鸾镜。《艺文类聚》引《鸾鸟诗序》："昔罽宾王…获一鸾鸟…三年不鸣。其夫人曰：'尝闻鸟见其类而后鸣，何不悬镜以映之。'王从其意，鸾睹形悲鸣，哀响冲霄，一奋而绝。"
【例句】唐李贺《贝宫夫人》："长眉凝绿几千年，清凉堪老镜中鸾。"唐白居易《太行路》："何况如今鸾镜中，妾颜未改君心改。"唐王涣《惆怅诗》："诀别徐郎泪如雨，镜鸾分后属何人。"宋陆佃《依韵和查…》："镜鸾羞愧临梳裹，盐虎推先在飨尝。"

鸠形　jiū xíng
【分类】文化
【关键词】后汉书
【释义】指年老者所用的手杖。源见"鸠杖"。
【例句】唐李频《赋得长城…》："莫作鸠形并，空将鹤发期。"唐王维《春日上方…》："鸠形将刻杖，龟壳用支床。"宋梅尧臣《依韵和扬…》："鸠形殊用刻，马棰不同功。"元张雨《方泳道令…》："扶行绿竹鸠形杖，濯足金沙鸭嘴滩。"

鸠杖　jiū zhàng
【分类】文化
【关键词】后汉书
【释义】上方刻有鸠鸟的手杖。泛指拐杖。借指老人。《后汉书·礼仪志》："年始七十者，授之以王杖，铺之糜粥。八十九十，礼有加赐。王杖长九尺，端以鸠鸟为饰。鸠者，不噎之鸟也。欲老人不噎。"
【例句】唐李群玉《与三山人…》："兔裘堆膝暖，鸠杖倚床偏。"宋杨亿《次韵奉和…》："身健宁须策鸠杖，心闲无复梦刀州。"宋文天祥《生日谢朱…》："伟然冠剑朋孔鸾，鲐背鸠杖蒲轮安。"聂绀弩《除夜怀查九》："此夜高楼微醉后，哦诗欲倒一鸠扶。"

鸠拙　jiū zhuō
【分类】生活
【关键词】诗经
【释义】比喻性拙，不善营生治事。亦用为自谦之辞。《诗经·召南·鹊巢》："维鹊有巢，维鸠居之。"毛传："鸤鸠不自为巢，居鹊之成巢。"《禽经》："鸠拙而安。"晋张华注："鸠，尸鸠也。《方言》云'蜀谓之拙鸟，不善营巢，取鸟巢居之'，虽拙而安处也。"
【例句】唐孟郊《投所知》："自惭业业微，功用如鸠拙。"宋刘子寰《偶成》："蛛丝纤巧得飞虫，鸠拙营巢子堕空。"宋彭汝砺《雪夜饮分…》："一巢安稳身自在，生涯却羡鸤鸠拙。"宋黄庭坚《演雅》："五技鼫鼠笑鸠拙，百足马蚿怜鳖跛。"

啾啾　jiū jiū
【分类】生活
【关键词】楚辞
【释义】凄厉的叫声。《楚辞·九歌·山鬼》："猿啾啾兮狖夜鸣。"
【例句】唐王昌龄《箜篌引》："其时月黑猿啾啾，微雨沾衣令人愁。"唐杜甫《兵车行》："新鬼烦冤旧鬼哭，天阴雨湿声啾啾。"唐李颀《听安万善…》："枯桑老柏寒飕飕，九雏鸣凤乱啾啾。"唐王翰《饮马长城…》："黄昏塞北无人烟，鬼哭啾啾声沸天。"

樛木之仁　jiū mù zhī rén
【分类】政治
【关键词】诗经
【释义】比喻女子有仁爱之德。樛木：枝向下弯曲的树。《毛诗正义》唐孔颖达疏："后妃能以恩义接及其下姬妾，使俱以进御于王也。"源见"葛藟"。
【例句】唐白居易《游悟真寺诗》："扪萝蹋樛木，下逐饮涧猿。"宋李含章《题庐山上…》:"窗临榉木排深涧,檐拂长萝下翠巅。"宋司马光《春贴子词》:"榉木犹藏叶,夭桃未作花。"宋王安石《示安大师》:"踞堂俯视何所有,窈窕榉木垂榠楂。"

九苞 jiǔ bāo

【分类】文化
【关键词】论语
【释义】凤的九种特征。后为凤的代称。《论语摘衰圣》:"凤有六像九苞…九苞者:一曰口包命;二曰心合度;三曰耳听达;四曰舌诎伸;五曰彩色光;六曰冠矩州;七曰距锐钩;八曰音激扬;九曰腹文户。"
【例句】唐吕岩《七言》:"九苞凤向空中舞,五色云从足下生。"唐李峤《凤》:"九苞应灵瑞,五色成文章。"五代贯休《送刘相公…》:"九苞仙瑞曜垂衣,一品高标百辟师。"宋彭汝砺《拟赏花钓…》:"五色灵池鱼拨剌,九苞阿阁凤徊翔。"

九虫 jiǔ chóng

【分类】生活
【关键词】云笈七签
【释义】泛指在人身中作祟的种种尸虫。九,九脏。《云笈七签》:"人身并有三尸九虫。人之生也,皆寄形于父母胞胎五谷精气,是以人腹中尽有尸虫,为人之大害…身中三尸九虫种类群多。"
【例句】宋孔平仲《余比见管…》:"当使百灵朝,如闻九虫哭。"宋欧阳修《病中代书…》:"饥肠未惯饱甘脆,九虫寸白争为孽。"

九重城 jiǔ chóng chéng

【分类】政治
【关键词】楚辞
【释义】代称京城。宫禁。源见"九重门"。
【例句】唐杨师道《阙题》:"汉家伊洛九重城,御路浮桥万里平。"唐白居易《长恨歌》:"九重城阙烟尘生,千乘万骑西南行。"五代徐铉《纳后夕侍》:"四海未知春色至,今宵先入九重城。"唐崔峒《书情寄上》:"谁念献书来万里,君王深在九重城。"

九重门 jiǔ chóng mén

【分类】政治
【关键词】楚辞
【释义】代指皇宫。喻难以相见《楚辞·九辩》:"岂不郁陶而思君兮,君之门以九重。"汉王逸注:"闺阖扃闭,道路塞也。一云闺闼。五臣云:虽思见君,而君门身邃,不可至也。"
【例句】唐李白《赠从弟…》:"天门九重谒圣人,龙颜一解四海春。"唐卢纶《长安卧病》:"九重门锁禁城秋,月过南宫渐映楼。"唐张南史《奉酬李舍》:"九重门更肃,五色诏初成。"唐卢纶《长安卧病》:"九重门锁禁城秋,月过南宫渐映楼。"

九重天 jiǔ chóng tiān

【分类】生活
【关键词】淮南子
【释义】古人认为天有九层,因泛言天为九重天。也代指帝王或朝廷。《淮南子·天文训》:"天有九重,人亦有九窍。"
【例句】唐王涯《宫词》:"霏霏春雨九重天,渐暖龙池御柳烟。"唐李白《赠宣城宇…》:"何言一水浅,似隔九重天。"唐顾况《宫词》:"九重天乐降神仙,步舞分行踏锦筵。"唐何坚《除授太学…》:"九重天子重英豪,御殿传恩赐绿袍。"

九畴 jiǔ chóu

【分类】政治
【关键词】尚书
【释义】传说中天帝赐给禹治理天下的九类大法,即《洛书》。泛指治理天下的大法。《尚书·洪范》:"天乃锡禹洪范九畴,彝伦攸叙。初一曰五行…次九曰飨用五福、威用六极。"
【例句】唐张钦敬《洛出书》:"奇象八卦分,图书九畴出。"唐韩愈《双鸟诗》:"不停两鸟鸣,大法失九畴。"唐王昌龄《箜篌引》:"明光殿前论九畴,簏读兵书尽冥搜。"五代和凝《宫词》:"洛河自契千年运,更拟波中出九畴。"

九德 jiǔ dé

【分类】政治
【关键词】尚书
【释义】古谓贤人所具备的九种优良品格。《尚书·皋陶谟》:"皋陶曰:'都!亦行有九德。亦言其人有德,乃言曰:载采采。'禹曰:'何?'皋陶曰:'宽而栗,柔而立,愿而恭,乱而敬,扰而毅,直而温,简而廉,刚而塞,强而义,彰厥有常,吉哉!'"
【例句】唐贯休《酬王相公…》:"九德陶镕空有迹,六窗清净始通禅。"唐窦常《奉贺太保…》:"五色诏中宣九德,百僚班外置三师。"宋徐元杰《供铨部职》:"二南美意存召周,九德淳风慨禹皋。"明陆深《南郊雪后…》:"扬雄老献河东赋,何似中堂九德歌。"

九顶 jiǔ dǐng

【分类】生态
【关键词】范成大
【释义】指四川乐山凌云山上,九座山峰的峰顶。宋范成大《凌云九顶》:"江摇九顶风雷过,云抹三峨日夜浮。"
【例句】宋苏辙《初发嘉州》:"崭岏九顶峰,可爱不可住。"宋李新《凌云》:"江汇漾流摇地轴,路穷九顶切彤霄。"宋孙应时《游凌云峰…》:"行行欲尽剑南州,满意凌云九顶游。"宋张舜民《赠奉议沈…》:"佛留九顶千株石,天赐清溪一水湾。"

九鼎 jiǔ dǐng

【分类】政治

【关键词】史记

【释义】象征国家政权,是统一昌盛的象征。《史记·封禅书》:"禹收九牧之金,铸九鼎。皆尝亨鬺上帝鬼神。遭圣则兴,鼎迁于夏商。周德衰,宋之社亡,鼎乃沦没,伏而不见。"

【例句】唐司空图《淮西》:"鳌冠三山安海浪,龙盘九鼎镇皇都。"唐李白《鲁郡尧祠…》:"生前一笑轻九鼎,魏武何悲铜雀台。"唐吕岩《献郑思远…》:"比见至人论九鼎,欲穷大药访三清。"唐罗隐《严陵滩》:"中都九鼎勤英髦,渔钓牛蓑且遁逃。"

九方皋 jiǔ fāng gāo

【分类】文化

【关键词】九方皋

【释义】春秋时人,善相马。比喻善于发现人才的人。《列子·说符》:"秦穆公谓伯乐曰:'子之年长矣,子姓有可使求马者乎?'伯乐对曰:'…臣有所共担纆薪菜者,有九方皋,此其于马,非臣之下也,请见之。'穆公见之,使行求马。三月而反报,曰:'已得之矣,在沙丘。'…马至,果天下之马也。"

【例句】宋苏颂《契丹马》:"用力已过东野稷,相形不待九方皋。"宋黄庭坚《过平舆与…》:"世上岂无千里马,人中难得九方皋。"宋李弥逊《次韵叶成…》:"问事不知三语掾,阅人无意九方皋。"聂绀弩《马号》:"王良造父九方皋,造次相逢瑞雪飘。"

九凤 jiǔ fèng

【分类】文化

【关键词】山海经

【释义】传说中的神名。为咏神鸟之典。《山海经·大荒北经》:"大荒之中,有山名曰北极天柜,海水北注焉。有神,九首,人面,鸟身,名曰九凤。"

【例句】唐张九龄《故荣阳君…》:"剑去双龙别,雏哀九凤鸣。"宋王仲修《宫词》:"绮窗人静月明夜,能作箫台九凤声。"宋张耒《吕郡君挽词》:"龙去孤神剑,雏成九凤凰。"宋杨万里《古风送刘…》:"诸孙个个九凤雏,此郎轩轩千里驹。"

九垓 jiǔ gāi

【分类】政治

【关键词】司马相如

【释义】九重之天。司马相如《封禅文》:"上畅九垓,下溯八埏。"唐李善注:"垓,重也…言其德上于九重之天。"中央至八极之地。晋葛洪《抱朴子·审举》:"今普天一统,九垓同风。"

【例句】唐刘宪《奉和幸三…》:"下辇登三袭,褰旒望九垓。"唐高适《和贺兰判…》:"湛湛朝百谷,茫茫连九垓。"唐李白《庐山谣寄…》:"先期汗漫九垓上,愿接卢敖游太清。"唐李白《司马将军歌》:"将军自起舞长剑,壮士呼声动九垓。"

九皋 jiǔ gāo

【分类】政治

【关键词】诗经

【释义】曲折深远的沼泽。喻隐居之地。源见"九皋禽"。

【例句】唐武三思《仙鹤篇》:"九皋独唳方清切,五里惊群俄断绝。"唐孙顾《清露被皋兰》:"九皋兰叶茂,八月露华清。"唐孟球《和主司王起》:"谁料羽毛方出谷,许教齐和九皋鸣。"唐章孝标《闻云中唳鹤》:"九皋宁足道,此去透纲缊。"

九皋禽 jiǔ gāo qín

【分类】文化

【关键词】诗经

【释义】指称鹤。《诗经·小雅·鹤鸣》:"鹤鸣于九皋,声闻于野。"毛传:"皋,泽也。言身隐而名著也。"

【例句】唐李远《失鹤》:"秋风吹却九皋禽,一片闲云万里心。"宋魏野《送赵寺簿…》:"九皋禽畔偏辞我,六出花中独送君。"宋杨亿《寄刘秀州》:"震泽析酲千树橘,华亭惊梦九皋禽。"宋司马光《昌言谪官…》:"相阁书传紫闼深,破缄先问九皋禽。"

九歌 jiǔ gē

【分类】生活

【关键词】楚辞

【释义】古代乐曲。相传为禹时乐歌。泛指各种乐章。《楚辞补注·九歌序》:"《九歌》者,屈原之所作也。昔楚国南郢之邑,沅、湘之间,其俗信鬼而好祠…出见俗人祭祀之礼,歌舞之乐,其词鄙陋,因为作《九歌》之曲。"

【例句】唐刘禹锡《别夔州官吏》:"惟有九歌词数首,里中留与赛蛮神。"宋孙嵩《和谢虚谷》:"未同子美投三赋,且为灵均释九歌。"宋宋庠《屈原》:"司命湘君各有情,九歌愁苦荐新声。"宋苏轼《沧洲亭怀古》:"心衰目极何可望,九歌寂寂令人哀。"

九功 jiǔ gōng

【分类】生活

【关键词】左传

【释义】古谓六府三事为九功。《左传·文公七年》:"六府、三事,谓之九功。水、火、金、木、土、谷,谓之六府。正德、利用、厚生,谓之三事。"

【例句】唐李世民《执契静三边》:"戢武耀七德,升文辉九功。"唐权德舆《奉和圣制…》:"声明畅八表,宴喜陶九功。"宋张方平《提刑祠部…》:"五事肃时敛在宥,九功美利属持权。"宋吴泳《堰上行上…》:"地平天成九功叙,今秋都筑沙堤路。"

九关 jiǔ guān

【分类】政治

【关键词】楚辞

【释义】本指九重天门或九天之关。借指宫阙,朝廷。源见

"九关虎豹"。

【例句】唐李白《书情题蔡…》:"猛犬吠九关,杀人愤精魂。"唐沈佺期《奉和立春…》:"风射蛟冰千片断,气冲鱼钥九关开。"唐李咸用《升天行》:"志定功成飞九关,逍遥长揖辞人寰。"宋宋祁《屈原祠》:"五日长蛟虚望祭,九关雕虎枉招魂。"

九关虎豹　jiǔ guān hǔ bào

【分类】政治
【关键词】楚辞
【释义】比喻凶残的权臣。《楚辞·招魂》:"虎豹九关,啄害下人些。"汉王逸注:"言天门凡有九重,使神虎豹执其关闭。"
【例句】宋方岳《唐律》:"猿猱三径小,虎豹九关深。"宋王炎《冬雪行》:"九关有路豹虎守,欲语不敢空长吁。"宋刘攽《次韵范王四…》:"虎豹深沉九关远,鹪鹩栖息一枝安。"宋黄庭坚《再次韵呈…》:"从军补掾百僚底,九关虎豹何由攀。"

九光　jiǔ guāng

【分类】文化
【关键词】东方朔
【释义】五光十色,形容光芒四射,色彩绚烂。《海内十洲记·昆仑》:"碧玉之堂,琼华之室,紫翠丹房,锦云烛日,朱霞九光。"
【例句】唐元稹《天坛上境》:"万里洞中朝玉帝,九光霞外宿天坛。"宋张孝祥《鹧鸪天》:"九光倒景腾青简,一气回春达绛坛。"宋刘筠《七夕》:"已看素魄过三让,何用华灯更九光。"宋钱惟演《寄灵仙观…》:"闲园露草开三径,灵宇华灯烛九光。"

九轨　jiǔ guǐ

【分类】生活
【关键词】周礼
【释义】可容九辆车并列行驶的路面宽度。泛指道路。《周礼注疏·匠人》:"国中九经九纬,经涂九轨。"汉郑玄注:"经纬之涂,皆容方九轨。轨,谓辙广。乘车六尺六寸,旁加七寸,凡八尺,是为辙广。"
【例句】唐封孟绅《赋得行不…》:"三条遵广道,九轨尚安贞。"唐白居易《牡丹》:"息肩移九轨,无胫到千官。"宋苏轼《赠眼医王…》:"如行九轨道,并驱无击毂。"宋孙应时《遂安县兴…》:"大途九轨自可识,广居安宅宁当僦。"

九合诸侯　jiǔ hé zhū hóu

【分类】政治
【关键词】论语
【释义】指多次会盟。合谐和。为咏霸主业绩之典。《论语·宪问》:"桓公九合诸侯,不以兵车,管仲之力也!如其仁!如其仁!"
【例句】唐王铎《罢都统守…》:"三尘上相逢明主,九合诸侯愧昔贤。"宋石介《安道再登…》:"千人尽服俎丘议,九合

谁干小白盟。"宋王十朋《齐威公》:"诸侯九合霸图成,晋宋江黄尽会盟。"聂绀弩《脱坯同林义…》:"看我一匡天下土,与君九合塞边泥。"

九华殿　jiǔ huá diàn

【分类】生活
【关键词】西京杂记
【释义】汉掖庭中的殿名。喻奢华宫殿。《西京杂记》:"汉掖庭有月影台、云光殿、九华殿、开襟阁、临池观,不在簿籍,皆繁华窈窕之所栖宿焉。"
【例句】唐王翰《古娥眉怨》:"君不见宜春苑中九华殿,飞阁连连直如发。"唐李颀《送康洽入…》:"柳色偏浓九华殿,莺声醉杀五陵儿。"唐崔兴宗《和王维敕…》:"朱实初传九华殿,繁花旧杂万年枝。"明秦东阳《送金太守…》:"晓日长趋九华殿,春风烂醉五侯家。"

九华门　jiǔ huá mén

【分类】生活
【关键词】西京杂记
【释义】喻称奢丽的宫门。源见"九华殿"。
【例句】唐李商隐《公子》:"外戚封侯自有恩,平明通籍九华门。"元钱仲益《题钱教授…》:"额外医官特赐恩,当年通籍挂华门。"清徐北玮《咏史》:"平明通籍九华门,但保红颜莫保恩。"

九回肠　jiǔ huí cháng

【分类】生活
【关键词】司马迁
【释义】形容回环往复的忧思。汉司马迁《报任安书》:"是以肠一日而九回,居则忽忽若有所亡,出则不知所如往。"
【例句】唐崔橹《春日即事》:"画桥春暖清歌变,肯信愁肠日九回。"唐高蟾《关中》:"西游无紫气,一夕九回肠。"唐柳宗元《登柳州城》:"岭树重遮千里目,江流曲似九回肠。"唐湘妃庙《又湘妃诗》:"峰峦一一俱相似,九处堪疑九断肠。"

九节菖蒲　Jiǔ Jié chāng pú

【分类】生活
【关键词】汉武帝
【释义】咏长生不老之典。源见"采菖蒲"。
【例句】唐李贺《帝子歌》:"九节菖蒲石上死,湘神弹琴迎帝子。"宋苏轼《常州太平…》:"六花苍卜林间佛,九节菖蒲石上仙。"宋李陵《菖蒲寺》:"飞泉一派木千章,九节蒲根涧里香。"宋李纲《菖蒲涧》:"寸根九节结孤芳,青剑凌波日月长。"

九金　jiǔ jīn

【分类】政治
【关键词】史记
【释义】谓九鼎。源见"九鼎"。
【例句】唐杜牧《道一大尹…》:"九金神鼎重丘山,五玉诸侯

杂佩环。"宋胡宿《礼毕庆成》："九金徕贡职,万玉俨朝伦。"宋毛滂《水调歌头》："九金增累重,八玉变秦余。"明郭棐《崖门》："九金神鼎重邱山,何事飘零岭海间。"

九茎三秀 jiǔ jīng sān xiù
【分类】政治
【关键词】汉宣帝
【释义】咏祥瑞之典。《史记·孝武本纪》："乃下诏曰:'甘泉房生芝九茎,赦天下,毋有复作。'"东汉班固《汉书·宣帝纪》："金芝九茎,产于函德殿铜池中。"灵芝生九茎相连。三秀,是灵芝的别名。据说它一年开三次花。
【例句】唐李颀《送暨道士…》："空山何窈窕,三秀日氤氲。"唐王维《大同殿柱…》："岂知玉殿生三秀,讵有铜池出五云。"唐段成式《寄周繇求…》："九茎仙草真难得,五叶灵根许惠无。"宋吕本中《题延丞瑞…》："甘泉殿中芝九茎,不与百草同条生。"宋孙觌《郑惇老谦…》："斋房九茎芝,岳井十丈莲。"

九井山 jiǔ jǐng shān
【分类】生态
【关键词】桓温
【释义】在安徽省当涂县南。山有九井,世传晋桓温所凿。《元和郡县图志·当涂县》："九井山,在县南一十里。殷仲文九日从桓温登九井赋诗,即此山也。"
【例句】宋张商英《游濮山叙…》："九井共投青竹筒,谁知老子自犹龙。"宋陈仁玉《步虚歌》："九井丹液藏П童,赤明浩劫传无穷。"宋释正觉《游司真洞》："三峰拥翠云吞屋,九井扬波雪溅坛。"明聂大年《断桥残雪》："九井晴添新水活,两峰浓压宿云低。"

九老图 jiǔ lǎo tú
【分类】文化
【关键词】白居易
【释义】咏告老还乡者聚会之典。《新唐书·白居易列传》："尝与胡杲、吉旼、郑据、刘真、卢真、张浑、狄兼谟、卢贞燕集,皆高年不事者,人慕之,绘为九老图。"
【例句】宋周必大《刘讷画庐陵…》："三人不用邀明月,九老何妨续画图。"宋卫宗武《月集呼声…》："拟洛耆英宜有咏,班though九老可成图。"宋司马光《见山台》："至今传画图,风流称九老。"宋叶明《和陈子华…》："前因本是四禅派,今日相追九老图。"

九里松 jiǔ lǐ sōng
【分类】生态
【关键词】袁仁敬
【释义】地名。在浙江省杭州市西湖以北。唐刺史袁仁敬守杭时,于行春桥至灵隐、三天竺间植松,左右各三行,凡九里,苍翠夹道,人称九里松。《老学庵笔记》："中官欲于苑中作墨灶,取西湖九里松作煤。"
【例句】唐贾岛《送僧归天台》："石涧双流水,山门九里松。"宋李光《感松》："每忆西湖九里松,眼明忽见紫髯翁。"宋

赵企《宿普圆寺》："芒鞋侵晓踏青霜,九里松阴引兴长。"宋李石《谢浩然以…》："步绕西湖九里松,归来诗句有新工。"

九龄 jiǔ líng
【分类】生活
【关键词】礼记
【释义】指九十岁。喻长寿。《礼记·文王世子》："文王谓武王曰:'女何梦矣?'武王对曰:'梦帝与我九龄。'文王曰:'女以为何也?'武王曰:'西方有九国焉,君王其终抚诸。'文王曰:'非也! 古者谓年龄,齿亦龄也。我百,尔九十,我与尔三焉。'文王九十七乃终,武王九十三而终。"汉郑玄注："九龄,九十年之祥也。"
【例句】唐殷寅《玄元皇帝…》："言因六梦接,庆叶九龄传。"宋刘敞《和吴几元会》："道旁击壤九龄叟,校室受书三尺童。"宋王十朋《郑夫人挽词》："身世九龄家万石,定应含笑向重泉。"宋范成大《别拟太上…》："如何千万寿,不待九龄终。"

九龄风度 jiǔ líng fēng dù
【分类】文化
【关键词】张九龄
【释义】咏气度风姿之典。《旧唐书·张九龄列传》："后宰执每荐引公卿,上必问:'风度得如九龄否?'…笏囊之设,自九龄始也。"
【例句】宋王之道《追和贾明…》："九龄风度高难挹,举世纷纷漫笏囊。"宋释德洪《代夏均甫…》："九龄风度照峠台,宴寝香凝画戟开。"明吴伟业《即事》："元僚白发领槐厅,风度须看似九龄。"明龚鼎孳《洞门六十…》："宾朋北海行三雅,风度西清待九龄。"

九龄疏谏 jiǔ líng shū jiàn
【分类】政治
【关键词】张九龄
【释义】咏直言忠告之典。《旧唐书·张九龄列传》："九龄奏曰:'禄山狼子野心,面有逆相,臣请因罪戮之,冀绝后患。'上曰:'卿勿以王夷甫知石勒故事,误害忠良。'遂放归藩。"
【例句】宋晁说之《题明王打…》："九龄已去韩休死,无复明朝谏疏来。"宋无名氏《沁园春》："昔九龄疏谏,禄山必叛。"元张昱《明皇妃子…》："九龄犹是开元日,何事都无谏疏来?"元张昱《题明皇击…》："九龄老去无人谏,不破中原不肯休。"

九流 jiǔ liú
【分类】政治
【关键词】汉书
【释义】先秦时代有九个学派:儒家、道家、阴阳家、法家、名家、墨家、纵横家、杂家、农家。泛指各学术流派。《汉书·叙传下》："刘向司籍,九流以别。"
【例句】唐许敬宗《奉和九月…》："九流参广宴,万宇抃恩

隆。"唐骆宾王《夏日游德…》:"灵台万顷浚,学府九流深。"唐宋之问《伤王七秘…》:"学奥九流异,机玄三语同。"聂绀弩《枕头》:"天下人民本九流,时迁盗宅又烧楼。"

九旒 jiǔ liú
【分类】政治
【关键词】礼记
【释义】古代旌旗上的九条丝织垂饰。喻指天子之兵旗。《礼记·乐记》:"龙旂九旒,天子之旌也。"
【例句】宋周必大《同年杨谨…》:"谬向初元从九旒,坐狂朝迹自宜收。"明马汝骥《邵园行》:"五营万骑罗九旒,扫除阁道云霄游。"明欧大任《游蒲涧寺…》:"白麻不起摇双佩,孔盖高悬望九旒。"明郭之奇《附后蜀二主》:"九旒殊锡何须赐,半载虚称谬握乾。"

九马 jiǔ mǎ
【分类】政治
【关键词】汉文帝
【释义】泛指御马。《西京杂记》载:汉文帝自代郡还长安,有良马九乘。
【例句】唐杜甫《哀王孙》:"金鞭断折九马死,骨肉不待同驰驱。"唐杜甫《韦讽录事…》:"可怜九马争神骏,顾视清高气深稳。"宋白玉蟾《洞庭》:"天垂九马层云外,人在孤鸿过影中。"宋李纲《胡笳十八拍》:"金鞭断折九马死,邂逅岂即非良图。"

九门 jiǔ mén
【分类】政治
【关键词】礼记
【释义】禁城中的九种门。古宫室制度,天子设九门。喻称宫门。借指宫禁、天子。《礼记·月令》:"田猎、罝罘、罗罔、毕翳、喂兽之药,毋出九门。"汉郑玄注:"天子九门者,路门也、应门也、雉门也、库门也、皋门也、城门也、近郊门也、远郊门也、关门也。"
【例句】唐宋之问《花烛行》:"帝城九门乘夜开,仙车百两自天来。"唐李白《梁甫吟》:"倏烁晦冥起风雨,阊阖九门不可通。"唐卢纶《敬酬大府…》:"九门洞启延高论,百辟联行挹大儒。"唐王维《同崔员外…》:"九门寒漏彻,万井曙钟多。"

九命 jiǔ mìng
【分类】政治
【关键词】周礼
【释义】周代官爵的九个等级。上公九命为伯;王之三公八命…公、侯伯之士,子男之大夫一命。子男之士不命。其宫室、车旗、衣服、礼仪等,各按等级作具体规定。九等官爵中的最高一级亦称九命。《周礼注疏·典命》:"上公九命为伯,其国家、宫室、车旗、衣服、礼仪皆以九为节。"
【例句】唐袁晖《奉和圣制…》:"出师宣九命,分阃用三台。"唐徐浩《谒禹庙》:"既膺九命锡,乃建洪范畴。"唐杨巨源《上刘侍中》:"一言弘社稷,九命备圭璋。"宋洪适《寿秦太师》:"九命衮衣蝉插首,万钉宝带玉围腰。"

九牛力 jiǔ niú lì
【分类】生活
【关键词】列子
【释义】形容很大的力气。常用于很费力才做成一件事的场合。《列子·仲尼》:"吾之力者,能裂犀兕之革,曳九牛之尾。"
【例句】宋孔平仲《官松》:"千夫拥一柱,九牛力回旋。"宋孙觌《次韵向伯…》:"大舸横江日千里,凭谁倒曳九牛回。"宋黄庭坚《次韵七兄…》:"挽船逆牵九牛尾,寸步关梁论万里。"宋杨时《题赠吴国…》:"巨钩沉饵牵九牛,一钓直掣金鳌头。"

九牛毛 jiǔ niú máo
【分类】生活
【关键词】华谭
【释义】形容差异悬殊的自谦之词。《晋书·华谭传》:"或问谭曰:'谚言人之相去,如九牛毛,宁有此理乎?'谭对曰:'昔许由、巢父让天子之贵,市道小人争半钱之利,此之相去,何啻九牛毛也!'闻者称善。"
【例句】唐权德舆《宿严陵》:"今夜子陵滩下泊,自惭相去九牛毛。"唐张九龄《登南岳事…》:"相去九牛毛,惭叹知何已。"唐段成式《题僧壁》:"到此既知闲最乐,俗心何啻九牛毛。"宋余靖《和王子元…》:"贤愚相远九牛毛,宠辱去就何足惊。"

九牛一毛 jiǔ niú yī máo
【分类】生活
【关键词】司马迁
【释义】许多牛身上的一根毛,比喻极大数量中微不足道的一点。汉司马迁《报任书安》:"假令仆伏法受诛,若九牛亡一毛,与蝼蚁何异!"
【例句】唐杜牧《洛中监察…》:"独鹤初冲太虚日,九牛新落一毛时。"唐韩愈《庭楸》:"九牛亡一毛,未在多少间。"宋刘弇《感寓》:"足己不累物,一毛轻九牛。"宋黄履《闰八月十…》:"余亦叹群雄,一毛争九牛。"

九清 jiǔ qīng
【分类】政治
【关键词】白居易
【释义】道教用语。犹九天。也喻指天庭。唐白居易《送毛仙翁》:"所憩九清外,所游五岳巅。"前蜀杜光庭《白可球明真斋赞老君词》:"伏冀倾光三境,回驾九清。"
【例句】唐吴融《玉女庙》:"九清何日降仙霓,掩映荒祠路欲迷。"宋方泽《诗一首》:"五色灵霜浮玉籥,九清明月射金鳌。"宋吕陶《说学送句》:"譬如就寸管,窥觇九清位。"

九秋 jiǔ qiū
【分类】生活

【关键词】曹植
【释义】指九月深秋。泛指秋天。三国曹植《七启》:"九秋之夕,为欢未央。"南朝梁元帝《纂要》:"秋…亦曰三秋、九秋。"
【例句】唐上官仪《和太尉戏…》:"天津一别九秋长,岂若随闻三日香。"唐刘希夷《死马赋》:"桃花零落三春月,桂枝摧折九秋风。"唐白居易《自河南经…》:"吊影分为千里雁,辞根散作九秋蓬。"聂绀弩《咏千头菊…》:"何事紫云开口笑,满头花插九秋霜。"

九曲 jiǔ qū
【分类】生活
【关键词】河图
【释义】原谓迂回曲折。喻指黄河。《河图》:"黄河出昆仑山,东北流千里,折西而行,至于蒲山…河水九曲,九九千里,入于渤海。"
【例句】唐齐己《潇湘二十韵》:"对兹临九曲,含浊出昆仑。"唐张继《秋日道中》:"九曲应非禹迹,三山何处是仙洲。"唐刘禹锡《浪淘沙》:"九曲黄河万里沙,浪淘风簸自天涯。"五代花蕊夫人徐氏《宫词》:"龙池九曲远相通,杨柳丝牵两岸风。"

九日 jiǔ rì
【分类】生活
【关键词】续齐谐记
【释义】指农历九月九日重阳节。《艺文类聚》引南朝梁吴均《续齐谐记》:"今世人每至九日,登山饮菊酒。"
【例句】唐卢照邻《九月九日…》:"九月九日眺山川,归心归望积风烟。"唐李白《九日龙山饮》:"九日龙山饮,黄花笑逐臣。"唐张说《九月九日…》:"蜀王望蜀旧台前,九日分明见一川。"聂绀弩《九日戏柬…》:"十年已在人前矮,九日思知何处高。"

九韶 jiǔ sháo
【分类】生活
【关键词】史记
【释义】古代音乐名,周朝雅乐之一,简称《韶》。为舜时的所作。《史记·夏本纪》:"舜德大明,于是夔行乐,祖考至,群后相让,鸟兽翔舞,箫韶九成(即乐舞由九段组成,故名九韶),凤凰来仪,百兽率舞。"
【例句】唐鲍防《元日早朝行》:"九韶九变五声里,四方四友一身中。"唐薛元超《奉和同太…》:"欲应重轮倒,锵洋韵九韶。"唐李翔《舞凤石》:"烟海日摇双翅影,洞天风散九韶音。"唐陆龟蒙《杂讽》:"朝趋九韶音,暮列五鼎食。"

九世鸡窠 jiǔ shì jī kē
【分类】生活
【关键词】洞微志
【释义】祝颂人长命百岁、数代同堂之典。《洞微志》:"太平兴国中,李守忠为承旨,奉使南方。过海至琼州界,道逢一翁,自称杨遐举,年八十一。邀守忠诣所居,见其父曰叔连,年一百二十二。又见其祖曰宋卿,年一百九十五。语次,见梁上一鸡窠,中有一小儿,头下视。宋卿曰:'此吾九代祖也,不语不食,不知其年,朔望取下,子孙列拜而已。'"
【例句】宋周必大《永丰监税…》:"藉令十此如彭祖,亦是鸡窠九世人。"宋杨无咎《蝶恋花》:"更愿远孙逢九世。安排君在鸡窠里。"宋王迈《贺陈侍郎…》:"鸡窠侲老精神健,燕颔宜侯爵邑加。"宋刘克庄《三和》:"鱼戏罕逢同队子,鸡窠会见二毛孙。"

九逝魂 jiǔ shì hún
【分类】生活
【关键词】楚辞
【释义】咏思乡之典。《楚辞·九章·抽思》:"唯郢路之辽远兮,魂一夕而九逝。"汉王逸注:"精魂夜归,几满十也。"描写梦魂眷恋郢都。
【例句】唐陈子昂《宿空舲峡…》:"忆作千金子,宁知九逝魂。"唐柳宗元《哭连州凌…》:"顾余九逝魂,与子各何之。"宋李弥逊《郭君建挽诗》:"浮云终负三余学,流水难追九逝魂。"明陈子升《自感》:"空江落日双悬泪,衰草秋山九逝魂。"

九死 jiǔ sǐ
【分类】生活
【关键词】楚辞
【释义】犹万死。《楚辞·离骚》:"亦余心之所善兮,虽九死其犹未悔。"刘良注:"虽九死无一生,未足悔恨。"
【例句】宋冯时行《和杨拱辰…》:"九死不能悔,百炼未失真。"宋文同《五里三滩》:"捎涡撇濑出九死,众命幸免鱼鳖餐。"宋苏颂《元丰己未…》:"君恩天地何由报,九死鸿毛比尚轻。"聂绀弩《闻伍禾入…》:"一生守口口难瓶,九死形骸长颈罂。"

九素元气 jiǔ sù yuán qì
【分类】文化
【关键词】云笈七签
【释义】道教语。即先天九气,亦称九素。道教认为天地混沌之时为先天,有玄、元、始三气,三气又各化生三气,合成九气,为万物之源。素,本源。《云笈七签》:"太初九素金华景元君曰:太初天中有华景之宫。宫有自然九素之气。气烟乱生,雕云九色。入其烟中者易貌,居其烟中者百变。"
【例句】唐薛涛《试新服裁…》:"九气分为九色霞,五灵仙驭五云车。"唐李沇《梦仙谣》:"九气真翁骑白犀,临池静听雌蛟啼。"宋白玉蟾《华阳吟》:"家在神仙九气天,天中楼殿贮群仙。"宋范成大《白玉楼》:"九素烟中寒一色,扶阑四面是青冥。"

九天 jiǔ tiān
【分类】生活
【关键词】楚辞

【释义】谓天之中央与八方。或天空最高处。《楚辞·离骚》："指九天以为正兮,夫唯灵修之故也。"汉王逸注："九天谓中央八方也。"

【例句】唐王维《和贾舍人…》："九天阊阖开宫殿,万国衣冠拜冕旒。"唐马湘《登杭州秦…》》："九天日月移朝暮,万里山川换古今。"唐姜皎《龙池篇》："愿似飘飘五云影,从来从去九天关。"唐王维《和贾舍人…》："九天阊阖开宫殿,万国衣冠拜冕旒。"

九围　jiǔ wéi
【分类】政治
【关键词】诗经
【释义】指九州。也喻重围。《诗经·商颂·长发》："帝命式于九围。"唐孔颖达疏："谓九州为九围者,盖以九分天下,各为九处,规围然,故谓之九围也。"
【例句】唐李世民《过旧宅》："昔地一蕃内,今宅九围中。"唐褚亮《明堂乐章》："偃弓修文九围泰,沉烽静柝八荒宁。"唐骆宾王《夕次旧吴》："盛德弘三让,雄图枕九围。"唐崔泰之《奉和圣制…》："地脉平千古,天声振九围。"

九乌落　jiǔ wū luò
【分类】政治
【关键词】淮南子
【释义】借指为民除害。源见"后羿射日"。
【例句】唐李白《古朗月行》："羿昔落九乌,天人清且安。"宋刘攽《寄丁元珍》："虚弓祇是弦声急,不向云霄堕九乌。"宋李正民《送元叔守…》："芸阁九乌刊蠹简,霜台一鹗在清秋。"宋李弥逊《夏日登台…》："九乌堕翼天地暗,六鳌矫首山川随。"

九五　jiǔ wǔ
【分类】政治
【关键词】周易
【释义】指帝位。亦指帝王。源见"九五龙飞"。
【例句】唐陈元光《喜雨次曹…》："九五垂衣裳,千万监忠朴。"唐吕岩《七言》："飞龙九五已升天,次第还当赤帝权。"唐李绅《趋翰苑遭…》："九五当乾德,三千应瑞符。"宋孔武仲《武昌县西…》："一朝名号僭九五,朱紫罗列皆公侯。"

九五龙飞　jiǔ wǔ lóng fēi
【分类】政治
【关键词】周易
【释义】喻称皇帝之典。《周易注疏·乾》："九五,飞龙在天,利见大人。"唐孔颖达疏："言九五阳气盛于天,故云飞龙在天,此自然之象,犹若圣人有龙德,飞腾而居天位。"也称"九五之尊"。
【例句】宋王禹偁《先帝登遐…》："鼎湖髯断去难攀,九五飞龙已御乾。"宋方回《前参政浙…》："鹏运三千,龙飞九五朝。"宋李道纯《火候歌》："九五飞龙成化育,阳极阴生须退缩。"元戴奎《赠别乡友…》："龙飞九五万物睹,紫泥屡下征贤书。"明李东阳《艾光禄所…》："龙飞在上九五尊,公今为云正纲缊。"

九霞觞　jiǔ xiá shāng
【分类】生活
【关键词】许碏
【释义】亦称九霞卮。酒杯名。借指美酒。也为曲调名。《太平广记·许碏》："许碏…晚学道于王屋山,周游五岳名山洞府…常醉吟曰:'阆苑花前是醉乡,踏翻王母九霞觞。群仙拍手嫌轻薄,谪向人间作酒狂。'"
【例句】宋王安国《金明池》："三岛路深游阆苑,九霞觞满奏钧天。"宋刘允《纪梦》："一曲云和鸾鹤舞,劝人争捧九霞觞。"宋杨万里《宿庐山栖…》："方丈祝融抹轻黛,群仙遥劝九霞觞。"宋文天祥《端午初度》："楚囚一杯水,胜似九霞卮。"明程敏政《具庆寿堂》："尽酿泮宫池下水,年年增入九霞卮。"明游朴《铁少山司》："锦水时将双鲤鲙,瑶池日御九霞卮。"

九仙　jiǔ xiān
【分类】文化
【关键词】云笈七签
【释义】九类仙人。泛指众仙。《云笈七签》："九仙者,第一上仙,二高仙,三火仙,四玄仙,五天仙,六真仙,七神仙,八灵仙,九至仙。"
【例句】唐李显《立春日游…》："神皋福地三秦邑,玉台金阙九仙家。"唐无名氏《咏九仙宫》："一峰鳞次开一观,片石朋来会九仙。"五代徐铉《送孟宾于…》："双涧水边欹醉石,九仙台下听风松。"宋苏轼《次韵周邠…》："二华行看雄陕右,九仙今已压京东。"

九叙重歌　jiǔ xù chóng gē
【分类】政治
【关键词】尚书
【释义】以歌称颂九功德政之典。《尚书·大禹谟》："禹曰:'於！帝念哉！德惟善政,政在养民。水火金木土谷,惟修,正德、利用、厚生惟和,九功惟叙,九叙惟歌。'"汉孔安国《传》："言六府三事之功有次叙,皆可歌乐,乃德政之致。"
【例句】宋晁端礼《玉女摇仙佩》："九叙重歌,元圭再锡,已把成功来告。"宋慕容彦逢《和刘著作…》："九叙民歌遂,三阶夜彩平。"元沈梦麟《中秋夜泊》："欲酹一觞歌九叙,千秋万岁禹功存。"明沈錬《送屠直翁…》："中朝饯别千官出,夹道弦歌九叙陈。"

九仪　jiǔ yí
【分类】政治
【关键词】周礼
【释义】天子接待不同来朝者而制定的九种礼节。代指朝见天子之礼。《周礼注疏·大行人》："以九仪辨诸侯之命,等诸臣之爵。"汉郑玄注："九仪,谓命者五:公、侯、伯、子、男也；爵者四:公、卿、大夫、士也。"

【例句】唐富嘉谟《明冰篇》:"明冰时出御至尊,彤庭赫赫九仪备。"宋柳永《御街行》:"九仪三事仰天颜,八彩旋生眉宇。"元胡宽《大明宫早朝》:"九仪肃清跸,日月开旂常。"明程敏政《庆成宴与…》:"羽林扈跸环千骑,宗伯垂绅正九仪。"

九疑山　jiǔ yí shān
【分类】政治
【关键词】舜
【释义】在湖南宁远县南。《山海经·海内经》:"南方苍梧之丘,苍梧之渊,其中有九嶷山,舜之所葬,在长沙零陵界中。"晋郭璞注:"其山九谿皆相似,故云'九疑'。"
【例句】唐宋之问《桂州黄潭…》:"虞世巡百越,相传葬九疑。"唐李涉《寄荆娘写真》:"苍梧九疑在何处,斑斑竹泪连潇湘。"唐刘言史《潇湘游》:"北人莫作潇湘游,九疑云入苍梧愁。"唐李白《远别离》:"九疑联绵皆相似,重瞳孤坟竟何是。"

九疑夙驾　jiǔ yí sù jià
【分类】文化
【关键词】楚辞
【释义】咏九嶷山神仙之典。《楚辞·离骚》:"百神翳其备降兮,九疑缤其并迎。"汉王逸注:"九疑,舜所葬也…舜又使九疑之神,纷然来迎,知己之志也。"
【例句】五代陈德诚《游南雁荡诗》:"诗思凭空吟不了,那堪夙驾入星躔。"宋徐铉《送张学士…》:"单车唯载支机石,夙驾长先使者星。"宋曹勋《满庭芳》:"身已病,九疑夙驾,来顾台山。"宋范浚《龙游吴宰…》:"夙驾勤民力劝耕,肯停车轨访柴荆。"

九原　jiǔ yuán
【分类】生活
【关键词】礼记
【释义】春秋时晋国卿大夫的墓地。泛指墓地。《礼记·檀弓下》:"赵文子与叔誉观乎九原。"
【例句】唐杜颀《故绛行》:"一代繁华皆共绝,九原唯望冢累累。"唐杜甫《哭长孙侍御》:"惟余旧台柏,萧瑟九原中。"唐皎然《短歌行》:"萧萧烟雨九原上,白杨青松葬者谁?"唐郭郧《寒食寄李…》:"万井闾阎皆禁火,九原松柏自生烟。"

九原可作　jiǔ yuán kě zuò
【分类】生活
【关键词】国语
【释义】谓人死复生。《国语·晋语》:"赵文子与叔向游于九原,曰:'死者若可作也,吾谁与归?'"
【例句】唐杜牧《长安杂题…》:"九原可作吾谁与？师友琅琊邢曼容。"唐骆宾王《乐大夫挽词》:"九原如可作,千载与谁归。"宋唐询《三女岗》:"九原谁可作,千载或如生。"宋司马光《臧郎中挽歌》:"九原那可作,空复想音尘。"

九酝　jiǔ yùn
【分类】生活
【关键词】西京杂记
【释义】一种经过重酿的美酒。《西京杂记》:"汉制,宗庙八月饮酎,用九酝、太牢。皇帝侍祠,以正月旦作酒,八月成,名曰酎,一曰九酝,一名醇酎。"
【例句】唐韦安石《梁王宅侍…》:"九酝倾钟石,百兽协丝桐。"唐元稹《西凉伎》:"哥舒开府设高宴,八珍九酝当前头。"唐白居易《轻肥》:"尊罍溢九酝,水陆罗八珍。"唐汪遵《咏酒》:"九酝松醪一曲歌,本图闲放养天和。"

九折坂　jiǔ zhé bǎn
【分类】生活
【关键词】王尊
【释义】形容道路曲折,多险阻。源见"王尊叱驭"。
【例句】唐王维《送崔五太守》:"黄花县西九折坂,玉树宫南五丈原。"宋杨亿《黄小著震…》:"九折坂长须叱驭,三声猿苦莫沾衣。"宋陆游《遣兴》:"九折坂头休绝叹,世间何地不羊肠。"宋陆游《世事》:"山林已结三生愿,朝市谁非九折途?"

九折回车　jiǔ zhé huí chē
【分类】政治
【关键词】王尊
【释义】喻指激流勇退,撤出仕途。源见"王尊叱驭"。
【例句】唐李商隐《明禅师院…》:"斯游悦为胜,九折幸回轩"宋宋祁《滕寺守丞…》:"人思孟母三邻养,车避王阳九折回。"宋赵鼎《红门扫役…》:"九折势须回故道,三山天为障狂澜。"宋文天祥《发海陵》:"若将九折回车看,倦鸟何年可得还。"

九真君　jiǔ zhēn jūn
【分类】文化
【关键词】黄庭内景
【释义】咏仙道之典。九真君是道教中尊奉的神仙。《黄庭内景经》:"泥丸九真皆有房。"《注》:"三元隐化则成三宫,三三如九,故有三丹田,又有三洞房,合上元为九宫,中有九真君。"
【例句】唐李商隐《戊辰会静…》:"蒋璨玉琳华,翱翔九真君。"宋沈遘《五言送陈…》:"鸾凤来丹穴,麒麟出九真。"元张羽《赠胡若海》:"乘轺九真界,策马三晋冲。"明苏方晋《柏梁体送…》:"九真日南天宇宽,牛女星分朱明端。"

九州箴　jiǔ zhōu zhēn
【分类】政治
【关键词】扬雄
【释义】原指各州牧向朝廷提出规箴之词。后用为称美地方长官有政绩之典。《汉书·扬雄列传》:"箴莫善于《虞箴》,作《州箴》。"晋晋灼注:"九州之箴也。"
【例句】唐杜甫《风疾舟中…》:"畏人千里井,问俗九州箴。"

唐李商隐《自桂林奉…》："长怀五羖赎,终著九州箴。"宋宋庠《读书多所…》："苍茫万机论,零落九州箴。"宋曹勋《和国器喜…》："小轩多暇日,为赋九州箴。"

九转丹　jiǔ zhuǎn dān
【分类】文化
【关键词】抱朴子
【释义】道教谓经九次提炼、服之能成仙的丹药。《抱朴子·金丹》："一转之丹,服之三年得仙…九转之丹,服之三日得仙…其转数多,药力盛,故服之用少,而得仙速也。"
【例句】唐元阳子《金液还丹歌》："九转丹成岁欲终,开炉忽见药花红。"唐吕温《同恭夏日…》："愿君此地攻文字,如炼仙家九转丹。"唐滔《寄罗郎中隐》："三徵不起时贤议,九转终成道者言。"宋凌唐佐《炼丹灶》："虽留此地千般药,难问当时九转方。"

九子铃　jiǔ zǐ líng
【分类】文化
【关键词】西京杂记
【释义】金玉饰物。《西京杂记》："（汉昭阳宫）上设九金龙,皆衔九子铃。"
【例句】唐李商隐《齐宫词》："梁台歌管三更罢,犹自风摇九子铃。"宋欧阳修《甘露寺》："危栏徙倚吟忘下,九子铃寒塔影移。"明陈子龙《彭舍人因…》："六幺曲唱人将近,九子铃言夜未阑。"聂绀弩《阔猫》："笑他鼠辈真多事,计议赠君九子铃。"

酒兵　jiǔ bīng
【分类】生活
【关键词】陈暄
【释义】谓酒。古人认为酒能浇愁消闷,如兵能克敌制胜一样。《南史·陈暄》："故江咨议有言:'酒犹兵也,兵可千日而不用,不可一日而不备;酒可千日而不饮,不可一饮而不醉。'"
【例句】唐唐彦谦《无题》："忆别悠悠岁月长,酒兵无计敌愁肠。"宋韩琦《次韵答滑…》："对故公如论酒兵,病夫虽劣敢先登。"宋王庭圭《早春怀叶…》："诗律未堪作乐府,酒兵聊且下愁城。"宋苏轼《景贶履常…》："君家文律冠西京,旋筑诗坛按酒兵。"

酒到脐　jiǔ dào qí
【分类】文化
【关键词】世说新语
【释义】指好酒。源见"青州从事"。
【例句】宋陆游《幽居岁暮》："闲赖书遮眼,愁须酒到脐。"宋陆游《雨中小酌》："愁看场上禾生耳,且泥杯中酒到脐。"元郑元祐《仲春六日…》："酒杯浅于脐,楼居小如磬。"明陈献章《至日病初起》："暖脐一盏金樱酒,降气连朝附子汤。"

酒德颂　jiǔ dé sòng
【分类】生活
【关键词】刘伶
【释义】嗜酒之典。亦指饮酒的旨趣和修养。魏晋刘伶《酒德颂》："有大人先生…止则操卮执觚,动则挈榼提壶,唯酒是务,焉知其余…无思无虑,其乐陶陶。"
【例句】唐杜甫《殿中杨监…》："念昔挥毫端,不独观酒德。"唐皮日休《奉和鲁望…》："酒德有神多客颂,醉乡无货没人争。"宋邓林《刘阮》："试看劝进表,何似酒德颂。"宋华镇《诗酒》："诗名未到出蓝者,酒德忘为垂白翁。"

酒赋　jiǔ fù
【分类】生活
【关键词】邹阳
【释义】咏嗜酒之典。《西京杂记》："梁孝王游于忘忧之馆,集诸游士,各使为赋。枚乘为《柳赋》…公孙诡为《文鹿赋》…邹阳为《酒赋》。其辞曰:'清者为酒,浊者为醴…庶民以为欢,君子以为礼。'"邹阳在《酒赋》中盛赞饮酒之乐。
【例句】唐杜甫《夔府书怀…》："拙被林泉滞,生逢酒赋欺。"宋孙应时《答简夫》："不怪年来万事非,聊须把酒赋新诗。"金赵渢《和崔深道…》："琴歌酒赋两寂莫,悬知此兴殊未阑。"元孙蕡《寄琪琳黄…》："琴歌久已断,酒赋何由续。"

酒酣耳热　jiǔ hān ěr rè
【分类】生活
【关键词】曹丕
【释义】酒酣:酒喝得很畅快。耳热:耳根发热。形容酒兴正浓。三国魏曹丕《与吴质书》："每至觞酌流行,丝竹并奏,酒酣耳热,仰而赋诗,当此之时,忽然不自知乐也。"
【例句】唐杜甫《醉歌行赠…》："酒酣耳热忘头白,感君意气无所惜,一为歌行歌主客。"宋唐庚《醉后怒笔》："酒酣耳热身体轻,抚膺大吼黄钟声。"宋周紫芝《和郑文昌…》："烹羊炰羔且为乐,酒酣耳热亦不恶。"宋朱熹《借韵呈府…》："景好身闲真复乐,酒酣耳热却堪忧。"

酒浇垒块　jiǔ jiāo lěi kuài
【分类】生活
【关键词】阮籍
【释义】怀才不遇,借酒消愁之典。《世说新语·任诞》："王孝伯问王大:'阮籍何如司马相如?'王大曰:'阮籍胸中垒块,故需酒浇之。'"刘孝标注:"言阮皆同相如,而饮酒异耳。垒块,胸中郁结的愁闷或气愤。泛指郁积之物。
【例句】宋黄庭坚《次韵答张…》："胸中垒块正须酒,东海可揽北斗斟。"宋刘弇《莆田杂诗》："赖足樽中物,时将块磊浇。"宋华镇《蒙云叟司…》："樽酒且须浇垒块,不须更作畔牢愁。"宋陆游《幽居》："捐书已叹空虚腹,得酒还浇垒块胸。"

酒困 jiǔ kùn
【分类】生活
【关键词】论语
【释义】谓饮酒过多，神志迷乱。为酒所困扰。《论语·子罕》："出则事公卿，入则事父兄，丧事不敢不勉，不为酒困，何有于我哉？"
【例句】唐李商隐《崇让宅东…》："新秋仍酒困，幽兴暂江乡。"宋苏轼《浣溪沙》："酒困路长惟欲睡，日高人渴漫思茶。"宋文天祥《病中作》："病怀如酒困，倦睫似书痴。"宋郑刚中《简孙立之》："仙翁若苦催归旆，不比山斋酒困人。"

酒醴曲糵 jiǔ lǐ qū niè
【分类】政治
【关键词】尚书
【释义】好酒须用好酒曲才能酿成。比喻帝王英明离不开忠臣辅佐。《尚书·说命》："若作酒醴，尔惟曲糵。"糵，酿酒的曲。代指酒曲。
【例句】唐卢仝《忆酒寄刘…》："君为曲糵主，酒醴莫辞劳。"唐白居易《题酒瓮呈…》："曲糵销愁真得力，光阴催老苦无情。"宋邓肃《洪丞和来…》："酒醴祇今须曲糵，要今六合共盈缸。"宋张舜民《打麦》："贵人荐庙已尝新，酒醴雍容会所亲。"

酒龙 jiǔ lóng
【分类】生活
【关键词】陆龟蒙
【释义】指以豪饮著名的人。唐陆龟蒙《自遣》："思量北海徐刘辈，枉向人间号酒龙。"
【例句】唐陆龟蒙《正月十五…》："花匠凝寒应束手，酒龙多病尚垂头。"宋胡宿《一年好景》："酒龙春力健，诗将夜谋多。"宋葛长庚《贺新郎》："来此人间不知岁，仍是酒龙诗虎。"元耶律铸《鹊桥仙》："酒龙歌凤，莫相回避。"

酒盆饮 jiǔ pén yǐn
【分类】生活
【关键词】阮咸
【释义】咏痛饮之典。《晋书·阮咸传》："诸阮皆饮酒，咸至，宗人间共集，不复用杯觞斟酌，以大盆盛酒，圆坐相向，大酌更饮。"
【例句】唐张祜《江南杂题》："大笑俯尘甑，高歌敲酒盆。"唐杜牧《哭韩绰》："归来冷笑悲身事，唤妇呼儿索酒盆。"宋吴则礼《次子方题…》："凭君细说枭卢事，暂借生香到酒盆。"明吴俨《谕骥儿》："盛酒盆埋红杏底，采莲舟系绿杨阴。"

酒圣酒贤 jiǔ shèng jiǔ xián
【分类】生活
【关键词】徐邈
【释义】咏酒品之典。源见"中圣人"。
【例句】唐李白《月下独酌》："所以知酒圣，酒酣心自开。"唐杨巨源《上刘侍中》："消忧期酒圣，乘兴任诗狂。"唐杜甫《对雨书怀…》："座对贤人酒，门听长者车。"唐权德舆《酬蔡十二…》："终岁白屋贫，独谣清酒圣。"唐独孤及《下弋阳江…》："离忧未易销，莫道樽酒贤。"唐刘禹锡《送卢处士…》："药炉烧姹女，酒瓮贮贤人。"

酒圣诗狂 jiǔ shèng shī kuáng
【分类】文化
【关键词】李白
【释义】喻指唐代诗人李白。《开元天宝遗事·醉圣》："李白嗜酒，不拘小节，然沉酣中所撰文章未尝错误，而与不醉之人相议事，皆不出太白所见。时人号为'醉圣'。"
【例句】宋徐钧《李白》："风骨神仙籍里人，诗狂酒圣且平生。"宋黄庭坚《谢答闻善…》："诗狂克念作酒圣，意态忽如少年时。"宋梅时举《挽赵秋晓》："酒圣诗狂唐太白，笔精墨妙晋羲之。"宋陈造《夏夜饮客》："胜日诗狂输酒圣，转头渭北复江东。"

酒有别肠 jiǔ yǒu bié cháng
【分类】生活
【关键词】资治通鉴
【释义】与众不同的肠胃。比喻能豪饮。《资治通鉴·后晋高祖天福七年》："曦曰：'维岳身甚小，何饮之多？'左右或曰：'酒有别肠，不必长大。'"
【例句】宋戴复古《饮中》："腹有别肠能贮酒，天生左手惯持螯。"宋张孝祥《止酒》："饮酒有别肠，劝酒无恶意。"宋苏轼《次韵答黄…》："病肺一春难白酒，别肠三夜绕朱弦。"宋陆游《书志》："读书虽复具只眼，贮酒其如无别肠。"

酒中趣 jiǔ zhōng qù
【分类】生活
【关键词】孟嘉
【释义】嗜酒之典。《晋书·孟嘉传》："嘉好酣饮，愈多不乱。温问嘉：'酒有何好，而卿嗜之？'嘉曰：'公未得酒中趣耳。'"
【例句】唐李白《月下独酌》："但得酒中趣，勿为醒者传。"唐唐怡《述怀》："惟余酒中趣，不减少年时。"宋刘挚《冬日游蔡》："暂得酒中趣，讵须求酪酊。"宋李清臣《答苏子由》："缘君未得酒中趣，与我漫为方外游。"

旧国 jiù guó
【分类】政治
【关键词】庄子
【释义】指故乡、故国、故都。《庄子·则阳》："旧国旧都，望之畅然。"
【例句】唐骆宾王《过故宋》："旧国千年尽，荒城四望通。"唐王勃《三月曲水…》："田园归旧国，诗酒间长筵。"唐李颀《送人归河南》："旧国云山在，新年风景余。"唐李白《梁园吟》："洪波浩荡迷旧国，路远西归安可得？"唐顾况《奉酬茅山…》："鹤庙新家近，龙门旧国遥。"

旧雨今雨 jiù yǔ jīn yǔ
【分类】生活
【关键词】杜甫
【释义】谓老朋友与新朋友。唐杜甫《秋述》:"秋,杜子卧病长安旅次,多雨生鱼,青苔及榻,常时车马之客,旧,雨来,今,雨不来。"
【例句】宋范成大《丙午新正…》:"人情旧雨非今雨,老境增年是减年。"宋张炎《长亭怨》:"故人何许?浑忘了江南旧雨。"宋程俱《二月二日…》:"旧雨来时花未齐,今雨一过花团枝。"宋范成大《丙午新正…》:"人情旧雨非今雨,老境增年是减年。"

救晋饥 jiù jìn jī
【分类】政治
【关键词】左传
【释义】咏救急荒之典。《左传·僖公十三年》:"冬,晋荐饥,使乞籴于秦。秦伯…谓百里:'与诸乎?'对曰:'天灾流行,国家代有,救灾恤邻,道也。行道有福。'…秦于是乎输粟于晋。"
【例句】唐韩愈《雨中寄张…》:"岁晚偏萧条,谁当救晋饥。"宋魏野《次韵和李…》:"邻封愿得还如此,免说秦饥与晋饥。"宋宋庠《汉上春雪…》:"民畴脉偾农祥近,壤有尧歌绝晋饥。"宋刘一止《次韵寄酬…》:"宠辱更事耳,何异秦晋饥。"

救暍 jiù yē
【分类】政治
【关键词】初学记
【释义】救护中暑的人。《初学记·帝王世纪》:"武王自孟津还乎及于周,见喝人,王自左拥而右扇之。"《淮南子·说林训》:"病热而强之餐,救暍而饮之寒…欲救之,反为恶。"暍:中暑。
【例句】唐杜甫《七月三日…》:"前圣慎焚巫,武王亲救暍。"唐陆龟蒙《奉酬袭美…》:"有力即扶危,怀仁过救暍。"宋徐铉《奉和御制扇》:"救暍自符仁主意,扬风须假手中扇。"宋刘敞《飞轮团扇歌》:"主人顾嗟颜色辇,安得救暍通下民。"

舅姑 jiù gū
【分类】生活
【关键词】尔雅
【释义】指公婆。《尔雅·释亲》:"妇称夫之父曰舅,称夫之母曰姑。姑舅在,则曰君舅、君姑;没,则曰先舅、先姑。"
【例句】唐张籍《春江曲》:"欲辞舅姑先问人,私向江头祭水神。"唐白居易《初到江州…》:"伤禽侧翅惊弓箭,老妇低颜事舅姑。"唐朱庆馀《近试上张…》:"洞房昨夜停红烛,待晓堂前拜舅姑。"聂绀弩《答重禹二绝》:"冬郎妙语尤惊座,千载何人释舅姑。"

狙公 jū gōng
【分类】生活
【关键词】庄子
【释义】养猴人。狙,猕猴。《庄子·齐物论》:"狙公赋芧,曰朝三而暮四,众狙皆怒。曰然则朝四而暮三,众狙皆悦。"
【例句】唐杜甫《乾元中寓…》:"岁拾橡栗随狙公,天寒日暮山谷里。"唐李商隐《赠送前刘…》:"鸟悲钟鼓,狙公畏服裳。"唐皮日休《鞠侯》:"泉遣狙公护,果教猩子供。"宋孔武仲《西园独步》:"庭馆渐虚容散涉,时攀园果作狙公。"

居仁由义 jū rén yóu yì
【分类】政治
【关键词】孟子
【释义】居住于仁,行走由义。意谓居心行事,一切都遵循仁义。《孟子·尽心上》:"居仁由义,大人之事备矣。"
【例句】宋袁甫《读朱冠之…》:"至刚大勇本来有,由义居仁熟处行。"宋韩维《依前韵和…》:"居仁由义吾之素,处顺安时理则然。"明薛瑄《鸿山侨寓》:"卜邻择地居仁厚,教子传经可切磋。"明佚名《玉芙蓉》:"先忧后乐师忠彦。由义居仁效昔贤。"

居吾语汝 jū wú yǔ rǔ
【分类】生活
【关键词】论语
【释义】坐下来,我告诉你。古代一般对话之语。《论语·阳货》:"子曰:'由也,女(汝)闻六言六蔽矣乎?'对曰:'未也。''居,吾语女。'"
【例句】唐白居易《遇物感兴…》:"我有老狂词,听之吾语汝。"宋刘克庄《闻五月八…》:"黄吻小儿吾语汝,古来天子礼高年。"宋江万里《劝农》:"父老来前吾语汝,官民相近古遗风。"明陆铨《嘉靖丙申…》:"苏君苏君吾语汝,世间设险俱如天。"

居甬东 jū yǒng dōng
【分类】政治
【关键词】吴王夫差
【释义】做臣虏的典故。《左传·哀公二十二年》:"越灭吴,请使吴王居甬东,辞曰:'孤老矣,焉能事君?'乃缢,越人以归。"
【例句】唐刘长卿《登吴古城歌》:"一朝空谢会稽人,万古犹伤甬东客。"唐吴商浩《塞上即事》:"分明更想残宵梦,故国依然在甬东。"宋皇甫明子《海口》:"谁能居甬东?一死谅非难。"宋胡宿《馆娃宫》:"君王不得西施去,万户那能住甬东。"

居诸 jū zhū
【分类】生活
【关键词】诗经
【释义】代指日月或喻指光阴。《诗经·邶风·柏舟》:"日居月诸?胡迭而微。"唐孔颖达疏:"居诸者,语助也。"
【例句】唐杜甫《别张十三…》:"乃吾故人子,童卯聊居诸。"唐张南史《早春书事…》:"一身从弃置,四节苦居诸。"唐韩愈《符读书城南》："岂不旦夕念，为尔惜居诸。"唐白居易《冀城北原作》："废兴相催迫，日月互居诸。"

鞠躬尽瘁 jū gōng jìn cuì
【分类】政治
【关键词】诸葛亮
【释义】鞠躬：弯下身子以示恭敬、谨慎。尽瘁：竭尽劳苦。意指不辞辛苦地献出自己的一切。三国蜀诸葛亮《后出师表》："鞠躬尽瘁，死而后已。"
【例句】宋曾渊子《漳南示义…》："鞠躬尽瘁固常事，愿教一涌歼豺狼。"宋郑思肖《无题》："鞠躬尽瘁吊无君，满耳冤声不忍闻。"元刘鹗《暇日有怀…》："老病君王不见疏，鞠躬尽瘁意何如？"明杨士奇《赠澹庵杨…》："不闻诸葛云，鞠躬以尽瘁。"

局量 jú liàng
【分类】生活
【关键词】黄权
【释义】指气量，气度。《三国志·黄权传》："文帝察权有局量，欲试惊之。"
【例句】宋叶巽斋《寿汤吏部》："精神秀发气宇新，造化局量推宽仁。"宋饶节《送曾伯容…》："襟怀朗朗百间屋，局量汪汪万顷陂。"明李梦阳《西山湖春…》："纵使撑天拄地无比伦，古人局量非今人。"明胡应麟《参知张公…》："丰标凝卫玠，局量峙王珣。"

桔井 jú jǐng
【分类】政治
【关键词】苏耽
【释义】喻指仙丹妙药，或咏孝养父母之典。源见"苏耽井"。
【例句】唐杜甫《奉送二十…》："郴州可凉冷，桔井尚凄清。"唐元结《橘井》："灵橘无根井有泉，世间如梦又千年。"宋张舜民《郴州》："橘井苏仙宅，茶经陆羽泉。"宋徐照《哭翁诚之》："桔井尝甘冷，兰亭辨是非。"

淏梁 jú liáng
【分类】政治
【关键词】春秋穀梁
【释义】咏会盟之典。淏梁，淏水边的大堤。《春秋穀梁传·襄公十六年》："三月，公会晋侯、宋公、卫侯、郑伯、曹伯、莒子、邾子、薛伯、杞伯、小邾子于淏梁。戊寅，大夫盟。"
【例句】唐权德舆《读穀梁传》："忆昔淏梁会，岂伊无诸侯。"宋文彦博《淏水》："谁谓淏梁大，不能容鲂鲤。"清王称《登河阳城楼》："令尹花开摘税后，将军树老淏梁西。"

橘化为枳 jú huà wéi zhǐ
【分类】生活
【关键词】晏子
【释义】比喻事物由于环境的影响而发生变化。《晏子春秋·杂下之十》："婴闻之：橘生淮南则为橘，生于淮北则为枳，叶徒相似，其实味不同。所以然者何？水土异也。"
【例句】宋宋祁《树柳》："肯共桑榆悲旦晚，宁同枳橘过江移。"宋张耒《春日杂兴》："时徂鹰化鸠，地迁橘为枳。"宋刘子翚《和士特栽果》："逾淮种橘今为枳，岂比中人性易迁。"宋释居简《送傅兄归…》："艾萧杂处芝兰馥，风土殊方枳橘移。"

橘中戏 jú zhōng xì
【分类】生态
【关键词】玄怪录
【释义】喻称象棋游戏。《玄怪录·巴邛人》载：传说古时有一巴邛人家橘园，霜后两橘大如三斗盎。剖开，有二老叟相对象戏，谈笑自若。一叟曰："君输我，阿母女态盈娘子跻虚龙缟袜八纳。"一叟曰："橘中之乐不减商山。"
【例句】宋刘克庄《象弈一首》："君看橘中戏，妙不出局外。"宋戴复古《赵尊道郎…》："采芝商山秦四皓，象戏橘中为四老。"宋张元干《左举善人》："不妨游戏橘中乐，政尔经营湖上山。"金王寂《王子告竹…》："琴书笑咏有真乐，不减仙翁戏巴橘。"

沮溺 jǔ nì
【分类】政治
【关键词】论语
【释义】长沮、桀溺，楚国两隐者。《论语·微子》："长沮、桀溺耦而耕。孔子过之，使子路问津焉。"
【例句】唐王维《皇甫岳云…》："借问问津者，宁知沮溺贤。"唐吴筠《长沮桀溺》："贤哉彼沮溺，避世全其真。"唐韦应物《答库部韩…》："愚者世所遗，沮溺共耕犁。"聂绀弩《受表扬》："梁颢老登龙虎榜，孔丘难化溺沮身。"

沮丧 jǔ sàng
【分类】生活
【关键词】颜延之
【释义】灰心、失望貌；或惊而失色貌。南朝颜延之《庭诰》："岂识向之夸慢，只足以成今之沮丧邪？"《旧五代史·唐书·庄宗纪》："是时，李嗣源已入于汴，帝闻诸军离散，精神沮丧，至万胜镇即命旋师。"
【例句】唐杜甫《观公孙大…》："观者如山色沮丧，天地为之久低昂。"宋文同《新霜》："精光竹劲健，沮丧柳怯懦。"宋刘攽《观鱼》："余人不及色沮丧，数奇天幸相贤愚。"宋饶节《比复僧相…》："把简丝毫浑沮丧，放开顷刻便芳鲜。"

举案齐眉 jǔ àn qí méi
【分类】生活
【关键词】梁鸿
【释义】比喻夫妻互敬互爱。《后汉书·梁鸿传》："梁鸿字伯鸾…依大家皋伯通，居庑下，为人赁舂。每归，妻(孟光)为具食，不敢于鸿前仰视，举案齐眉。"
【例句】唐李绅《趋翰苑遭…》："俯首安蠃业，齐眉慰病夫。"宋胡宿《山居》："提篮买菜须灵照，举案齐眉只孟光。"宋范纯仁《子骏作真…》:"齐眉举案人谁似,异膳常珍必自调。"聂绀弩《赠周婆》:"今世曹刘君与妾,古之梁孟案齐眉。"

举仇举子　jǔ chóu jǔ zǐ
【分类】政治
【关键词】左传
【释义】既推荐仇敌,也推荐儿子。形容对人才选择公平公正。《左传·襄公三年》:"祁奚请老,晋侯问嗣焉。称解狐,其仇也,将立之而卒。又问焉,对曰:'午也可。'…于是使祁午为中军尉,羊舌赤佐之,君子谓祁奚于是能举善矣。称其雠,不为谄。"
【例句】唐萧颖士《仰答韦司…》:"举仇且不弃,何必论亲疏。"宋苏颂《奉陪府公…》:"举当仇无避,义在亲则灭。"元李稿《有感》:"举仇与举子,中世犹有之。"清陈廷敬《遣兴》:"祁奚请老归,举仇且举子。"

举鼎绝膑　jǔ dǐng jué bìn
【分类】政治
【关键词】秦武王
【释义】用为力小不胜重任的典故。《史记·秦本纪》:"武王有力,好戏。力士任鄙、乌获、孟说皆至大官。王与孟说举鼎,绝膑。"
【例句】宋梅尧臣《古柳》:"卧干越大鼎,绝膑不可扛。"宋梅尧臣《依韵奉和…》:"扛鼎绝膑者,乃自恃力。"宋岳珂《滻中水浅…》:"绝膑正扛鼎,化身如转轮。"明胡应麟《行路难》:"邦家覆败手足露,绝膑刳肠示行路。"

举棋不定　jǔ qí bù dìng
【分类】政治
【关键词】左传
【释义】着棋下子犹豫不决。喻临事无决断。《左传·襄公二十五年》:"弈者举棋不定,不胜其耦。"
【例句】宋姚勉《赠定轩…》:"但愁国事纷披猖,举棋不定观惊旁。"宋魏了翁《满江红》:"枰上举棋元不定,磨边旋蚁何曾息。"明陈邦彦《丙戌冬日…》:"举棋不定君看否,山色相招到烂柯。"清邓廷桢《少穆偕厚…》:"局似举棋浑不定,绪同抽茧本难分。"

举十六相　jǔ shí liù xiàng
【分类】政治
【关键词】左传
【释义】咏善用贤臣之典。《左传·文公十八年》:"昔高阳氏有才子八人…天下之民谓之'八恺'。高辛氏有才子八人…天下之民谓之'八元'…是以尧崩而天下如一,同心戴舜以为天子,以其举十六相,去四凶也。"
【例句】唐杜甫《述古》:"舜举十六相,身尊道何高。"宋林同《贤者之孝…》:"能举十六相,斯为舜大功。"

巨鳌冠山　jù áo guān shān
【分类】政治
【关键词】鳌
【释义】指传说中巨鳌头顶仙山使之稳定在海上。借指力大无穷。源见"龙伯钓鳌"。
【例句】唐李群玉《龟》:"冠山期不小,铸印何事宁虚。"宋李虚己《次韵和内翰…》:"鳌冠三峰碧海宽,云谣初下霭芝兰。"宋洪刍《次山谷韵》:"巨鳌冠山勿惊走,欲寻高处垂明珠。"宋葛胜仲《送任元延之官》:"宠以鳌冠诗,独步文章伯。"

巨灵开山　jù líng kāi shān
【分类】政治
【关键词】张衡
【释义】据传说,西岳华山原先阻住黄河流水,河神巨灵用手足将山分开,方使河流疏通。后用为咏黄河和华山之典,或用以咏壮举。东汉张衡《西京赋》:"缀以二华,巨灵赑屃,高掌远跖,以流河曲,厥迹犹存。"
【例句】唐赵彦昭《奉和圣制…》:"河看大禹凿,山见巨灵开。"唐李白《西岳云台…》:"巨灵咆哮擘两山,洪波喷箭射东海。"唐王维《华岳》:"昔闻乾坤闭,造化生巨灵。"唐岑参《东归晚次…》:"自从巨灵开,流血千万秋。"

巨阙　jù quē
【分类】文化
【关键词】剑
【释义】古代名剑。《荀子·性恶》:"桓公之葱,太公之阙,文王之录,庄君之忽,阖闾之干将、莫邪、巨阙、辟闾,此皆古之良剑也;然而不加砥厉则不能利,不得人力则不能断。"
【例句】唐敦煌曲子《皇帝感辞》:"剑号巨阙七星文,珠称夜光蛇报恩。"唐僧鸾《赠李粲秀才》:"笔下铦磨巨阙锋,胸中静滟西江水。"宋王庭圭《次前韵酬…》:"使君才气雄山东,豪曹巨阙谁争锋。"宋李纲《宝剑联句》:"纯卢非妩媚,巨阙太坚刚。"

句龙坛　jù lóng tán
【分类】政治
【关键词】左传
【释义】即祭祀句龙之坛。借指祭祀之处。《左传·昭公二十九年》:"颛顼氏有子曰犁,为祝融,共工氏有子曰句龙,为后土,此其二祀也。后土为社。"言句龙奉为后土之神(土地神)。
【例句】唐权德舆《和丑祭酒…》:"无礼门前劳引望,句龙坛下阻欢娱。"宋刘克庄《田舍》:"负耒耦耕沮溺溺,操盂三祝弃句龙。"清吴敬梓《夕阳》:"近岸绣幡飘柳外,谁家糕酒祭句龙。"

句曲仙诀　jù qū xiān jué
【分类】文化
【关键词】陶弘景
【释义】咏得道成仙之典。《南史·陶弘景传》:"陶弘景字通明…于是止于句容之句曲山…乃中山立馆,自号华阳陶隐居。""始从东阳孙游岳受符图经法,遍历名山,寻访仙药…合合飞丹,色如霜雪,服之体轻。"
【例句】唐李商隐《酬令狐郎…》:"句曲闻仙诀,临川得佛经。"宋方回《过句容县》:"王气金陵宅,仙家句曲山。"元成廷圭《广陵岳宫…》:"淮南高士青毛节,句曲仙人碧玉笙。"元成廷圭《题韩致用…》:"坐开句曲仙人酒,起读临川太史文。"

具茨　jù cí
【分类】生态
【关键词】黄帝
【释义】山名,在今河南省中部。为黄帝与七圣迷途之地。源见"襄野童"。
【例句】唐李颀《送王道士…》:"吾闻仙地多后身,安知不是具茨人。"唐杜甫《夔府书怀》:"不必陪名圃,超然待具茨。"唐钱起《奉和圣制…》:"睿想入希夷,真游到具茨。"宋宋庠《闻子京拜…》:"更问具茨南复北,那边堪作种芝田。"

剧孟　jù mèng
【分类】政治
【关键词】史记
【释义】西汉时洛阳豪侠。《史记·游侠列传》:"吴楚反时,条侯为太尉,乘传车将至河南,得剧孟,喜曰:'吴楚举大事而不求孟,吾知其无能为已矣。'天下骚动,宰相得之若得一敌国云。"
【例句】唐李白《梁甫吟》:"吴楚弄兵无剧孟,亚夫哈尔为徒劳。"唐李白《结客少年…》:"托交从剧孟,买醉入新丰。"唐杜甫《入衡州》:"剧孟七国畏,马卿四赋良。"唐钱起《逢侠者》:"燕赵悲歌士,相逢剧孟家。"

剧辛乐毅来　jù xīn yuè yì lái
【分类】政治
【关键词】燕昭王
【释义】咏士为知己者所用的典故。燕昭王招纳贤士,魏之乐毅、赵之剧辛、齐之邹衍等众贤皆之燕。源见"郭隗尊"。
【例句】唐李白《行路难》:"剧辛乐毅感恩分,输肝剖胆效英才。"宋李之仪《送郑彦庄》:"剧辛已老乐毅去,荆棘平地多龙媒。"元梵琦《燕京绝句》:"昔者昭王未筑台,应无乐毅剧辛来。"

据梧而瞑　jù wú ér míng
【分类】生活
【关键词】庄子
【释义】梧:梧几,古琴;瞑:休息。靠着古琴休息。《庄子·齐物论》:"惠子之据梧也。"唐陆德明释文:"司马云:'梧,琴也。'崔云:'琴瑟也。'"
【例句】唐王维《故人张諲…》:"药阑花径皆门里,时复据梧聊隐几。"唐权德舆《奉和许商…》:"忆昔同驱传,忘怀或据梧。"唐耿湋《春寻柳先生》:"白髯垂策短,乌帽据梧

偏。"宋苏辙《和刘贡父》:"野阔时闻籁,人闲归据梧。"

锯屑　jù xiè
【分类】文化
【关键词】胡毋辅之
【释义】喻善于言谈,娓娓动听。《晋书·胡毋辅之传》:"彦国吐佳言如锯木屑,霏霏不绝,诚为后进领袖也。"
【例句】宋苏轼《生日王郎…》:"高论无穷如锯屑,小诗有味似连珠。"宋谢逸《题捉玉轩》:"客来便扫玉麈,清谈霏锯屑。"宋李纲《再次前韵》:"霏霏玉屑洒层宵,皓色轻盈已覆凹。"宋王之道《和李难老》:"风神要在山庭峻,辞吐初疑锯屑飞。"

駏蛩　jù qióng
【分类】生活
【关键词】淮南子
【释义】形容关系密切、互相救助或狼狈为奸。《淮南子·道应训》:"北方有兽,其名曰蹷,鼠前而兔后,趋则顿,走则颠,当为蛩蛩駏驉取甘草以与之,蹷有患害,蛩蛩駏驉必负而走。"
【例句】唐韩愈《醉留东野》:"低头拜东野,愿得终始如駏蛩。"宋李吕《清友堂为…》:"今时无胶漆,安得如駏蛩。"宋韩维《答前厚和…》:"韩孟天下好,祝身犹駏蛩。"宋杨时《寄湘乡令…》:"身游羿彀偶相逢,安得初终若駏蛩。"

聚沙　jù shā
【分类】文化
【关键词】法华经
【释义】原比喻积小善为大行。后亦指年幼慕道,学佛论道。《法华经·方便品》:"乃至童子戏,聚沙为佛塔;如是诸人等,皆已成佛道。"
【例句】唐孟浩然《登总持寺…》:"累劫从初地,为童忆聚沙。"唐陈陶《题居上人…》:"能诱泥犁客,超然识聚沙。"唐齐己《寄怀江西…》:"长忆旧山日,与君同聚沙。"宋史铸《塔子菊》:"更添佛顶周遭种,成此良缘胜聚沙。"

窶人子　jù rén zǐ
【分类】生活
【关键词】霍光
【释义】指贫家子弟。《汉书·霍光传》:"诸儒家生多窶人子,远客饥寒,喜妄说狂言,不避忌讳。"
【例句】宋刘克庄《挽建昌詹…》:"依然窶人子,不似贵公孙。"宋邹浩《南堂八绝句》:"窶人何缘有遗啄,一饮聊分秋水清。"宋释德洪《邓循道分…》:"纷纷窶人子,悬鹑露两肘。"聂绀弩《元日寄高旅》:"多少世间豪富客,名驹肯借窶人骑。"

醵酒　jù jiǔ
【分类】生活
【关键词】礼记
【释义】聚集宴会。《礼记·礼器》:"周礼其犹醵与。"注

"合钱饮酒为醵。"另如:醵宴、醵饮。

【例句】宋魏了翁《和虞退夫韵》:"醵酒成欢似旅酬,偶然解后得英游。"唐郑谷《贺进士骆…》:"题名登塔喜,醵宴为花忙。"宋梅尧臣《次韵和景…》:"善歌知寡和,醵饮遂成酺。"宋苏辙《次韵王巩…》:"秋社相从醵钱饮,日高时作叩门声。"聂绀弩《约仲衡迩…》:"我有一言同意否,中秋醵宴为称觞。"

捐馆舍　juān guǎn shè
【分类】生活
【关键词】战国策
【释义】去世的讳称。《战国策·赵策》:"(苏秦)说赵王曰:'…虽然,奉阳君妒,大王不得任事,是以外宾客游谈之士,无敢尽忠于前者。今奉阳君捐馆舍,大王乃今然后得与士民相亲。'"
【例句】唐白居易《雪后过集…》:"梁王捐馆后,枚叟过门时。"唐白居易《题故曹王宅》:"捐馆梁王去,思人楚客来。"唐白居易《感旧》:"微之捐馆将一纪,杓直归丘二十春。"明陈琏《挽董伯琪…》:"道学渊源众所推,一朝捐馆实堪悲。"

涓埃　juān āi
【分类】生活
【关键词】周书
【释义】细流与微尘,比喻微小。《周书·萧撝传》:"臣披款归朝,十有六载,恩深海岳,报浅涓埃。"
【例句】唐杜甫《野望》:"唯将迟暮供多病,未有涓埃答圣朝。"唐李德裕《郊坛回舆…》:"自惭衰且病,无以效涓埃。"宋黄庭坚《次韵张昌…》:"圣功惠我丰年食,未有涓埃可报君。"聂绀弩《歪诗两首…》:"但得时有微补,谁从顶踵惜涓埃。"

涓滴　juān dī
【分类】生活
【关键词】柳宗元
【释义】指水点,极少的水。后多用以比喻极小的事物或功劳。唐柳宗元《谢赐端午绫帛衣服表》:"臣谬典方州,效微涓滴;叨承大贶,荣重丘山。"
【例句】唐杜甫《倦夜》:"重露成涓滴,稀星乍有无。"唐徐夤《寓题》:"见说天池波浪阔,也应涓滴溅穷鳞。"唐徐夤《尚书命题…》:"莫嫌涓滴润,深染古今情。"唐窦叔向《青阳馆望…》:"毫芒映日千重树,涓滴垂空万丈泉。"

娟娟　juān juān
【分类】生活
【关键词】杜甫
【释义】喻姿态柔美。或指细长弯曲。唐杜甫《寄韩谏议注》:"美人娟娟隔秋水,濯足洞庭望八荒。"
【例句】唐杜牧《南楼夜》:"歌声袅袅彻清夜,月色娟娟当翠楼。"唐刘沧《晚归山居》:"娟娟唯有西林月,不惜清光照竹扉。"唐吴融《秋池》:"香啼蓼穗娟娟露,乾动莲茎渐渐

风。"宋曾巩《金线泉》:"已绕渚花红灼灼,更萦沙竹翠娟娟。"

卷地西风　juǎn dì xī fēng
【分类】生活
【关键词】辛弃疾
【释义】形容深秋萧瑟的景致。宋辛弃疾《浪淘沙·山寺夜半闻钟》:"惊起西窗眠不得,卷地西风。"
【例句】宋李弥逊《次韵林袖》:"只愁卷地西风里,幽梦圆时与子妨。"宋陆游《秋晚登城…》:"幅巾藜杖北城头,卷地西风满眼愁。"宋彭秋宇《秋兴》:"西风卷地送凄凉,目断归帆落渺黄。"聂绀弩《杂诗》:"欲揩老眼望山川,卷地西风漠漠天。"

卷石　juǎn shí
【分类】文化
【关键词】礼记
【释义】指如拳大之石。《礼记·中庸》:"今夫山,一卷石之多,及其广大,草木生之,禽兽居之,宝藏兴焉。"
【例句】宋孔平仲《和常父湖…》:"吹堤卷石冒城郭,余波之潴此乃是。"宋许元信《刘磐幕》:"始知天高应无极,幕阜苍苍一卷石。"宋吴文震《元石》:"卷石之中有道存,岩岩气象峻于天。"宋吴通《炼丹台》:"仙人昔炼丹,嶙嶒一卷石。"

倦游　juàn yóu
【分类】政治
【关键词】司马相如
【释义】泛指厌倦仕宦之人。《史记·司马相如列传》:"今文君已失身于司马长卿,长卿故倦游,虽贫,其人材足依也。"
【例句】唐王勃《临江》:"归骖将别棹,俱是倦游人。"唐卢照邻《山行寄刘…》:"安知倦游子,两鬓渐如丝。"唐徐晶《赠温驸马…》:"宁知倦游者,华发老京师。"唐独孤及《将赴京答…》:"胶漆常投分,荆蛮各倦游。"

绝驰道　jué chí dào
【分类】政治
【关键词】汉成帝
【释义】汉元帝特准太子(成帝)横越天子的专道。喻太子受信任、褒奖。《汉书·成帝纪》:"上大说,乃著令,令太子得绝驰道云。"东汉应劭注:"驰道,天子所行道也,若今之中道。"唐颜师古注:"绝,横度也。"
【例句】唐王维《恭懿太子…》:"虽蒙绝驰道,京兆别开阡。"唐李白《月夜金陵…》:"绿水绝驰道,青松摧古丘。"唐李益《汉宫少年行》:"平明走马绝驰道,呼鹰挟弹通缭垣。"明沈一贯《长安行》:"韩嫣副车绝驰道,张放单鞭逗归鸟。"

绝代佳人　jué dài jiā rén
【分类】生活

【关键词】杜甫
【释义】绝代：当代独一无二；佳人：美人。当代最美的女人。唐杜甫《佳人》："绝代有佳人，幽居在空谷。"
【例句】唐韩偓《意绪》："绝代佳人何寂寞，梨花未发梅花落。"宋张孝祥《浣溪沙》："绝代佳人淑且真。雪为肌骨月为神。"宋程俱《二月二日…》："当年赤白桃李花，恨无佳人绝代歌。"宋朱涣《倾城误人…》："当时见者心为狂，共谓绝代惊非常。"

绝顶 jué dǐng

【分类】生活
【关键词】沈约
【释义】山的最高峰。非常、极甚。南朝梁沈约《早发定山》："倾壁忽斜竖，绝顶复孤圆。"
【例句】唐玄奘《题中岳山》："孤峰绝顶万余嶒，策杖攀萝渐渐登。"唐萧翼《留题云门》："绝顶高峰路不分，岚烟长锁绿苔纹。"唐王仁裕《题秦积山…》："绝顶路危人少到，古岩松健鹤频栖。"唐韩愈《谒衡岳庙…》："喷云泄雾藏半腹，虽有绝顶谁能穷？"

绝缣 jué jiān

【分类】政治
【关键词】薛宣
【释义】咏判断疑案之典。临淮二人争缣，太守薛宣有意把一匹缣断为两段，分给二人，诈者称恩，缣主称怨，借此查明真正的缣主。《风俗通义》："雨霁当别，因共争斗，各云我缣，诣府自言…呼骑吏中断缣，各与半；使追听之。后人曰：'受恩。'前撮之。缣主称怨不已。宣曰：'然，固知其当尔也。'因诘责之，具服，悉俾本主。"
【例句】唐骆宾王《幽系书情…》："绝缣非易辨，疑璧果难裁。"清夏孙桐《吉林成淡…》："郑重诗人抱杞忧，残缣绝笔见忠谋。"

绝交书 jué jiāo shū

【分类】政治
【关键词】嵇康
【释义】三国时，山涛推荐嵇康为曹郎，康写绝交书拒绝入仕。后遂用为拒绝入仕之典。三国魏嵇康《与山巨源绝交书》唐李善注："《魏氏春秋》曰：'山涛为选曹郎，举康自代。康答书拒绝，因自说不堪流俗，而非薄汤武，大将军闻而恶焉。'"
【例句】唐白居易《答马侍御…》："浅薄求贤思自代，嵇康莫寄绝交书。"唐顾况《闲居怀旧》："骚客空传成相赋，晋人已负此交书。"唐陆龟蒙《酒杯》："一弄广陵散，又裁绝交书。"宋寇准《寄漳川隐士》："为我红尘偶为吏，近来还寄绝交书。"

绝粒 jué lì

【分类】生态
【关键词】道
【释义】犹辟谷。道家以摒除火食、不进五谷求得延年益寿的修养术。也指绝食。晋孙绰《游天台山赋》序："非夫遗世玩道，绝粒茹芝者，乌能轻举而宅之。"
【例句】唐杜甫《寄常征君》："万事纠纷犹绝粒，一官羁绊实藏身。"唐刘佑仁《赠敬晊助教》："已能绝粒无饥色，早晚休官买隐居。"唐韩偓《赠湖南李…》："知余绝粒窥仙事，许到名山看药炉。"唐戴叔伦《曾游》："绝粒感楚囚，丹衷犹照耀。"

绝麟 jué lín

【分类】文化
【关键词】春秋
【释义】咏著作辍笔之典。《春秋·哀公十四年》："春，西狩获麟。"晋杜预注："麟者仁兽，圣王之嘉瑞也。时无明王，出而遇获。仲尼伤周道之不兴，感嘉瑞之无应，故因《鲁春秋》而修中兴之教，绝笔于获麟之一句，所感而作，固所以为终也。"
【例句】宋苏轼《东楼》："独栖高阁多旅客，为著新书未绝麟。"宋陆游《夜泛西湖…》："明发复扰乱，吾诗其绝麟。"宋刘克庄《挽南塘赵…》："贵矣犹施马，悲哉笔绝麟。"宋方岳《梦书十字…》："绝麟才此笔，春梦试平章。"

绝妙好辞 jué miào hǎo cí

【分类】文化
【关键词】曹操
【释义】意指暗赞碑文撰写之妙，兼诵孝女曹娥的事迹。《世说新语·捷悟》："魏武尝过曹娥碑下，杨修从。碑背上见题作'黄绢幼妇，外孙齑臼'八字…修曰：'黄绢，色丝也，于字为绝。幼妇，少女也，于字为妙。外孙，女子也，于字为好。齑臼，受辛也，于字为辞：所谓绝妙好辞也。'"
【例句】唐赵嘏《题曹娥庙》："文字在碑已堕，波涛辜负色丝文。"宋赵抃《次韵前人…》："绝妙好辞旌至性，丰碑千古奉坟祠。"宋宋应时《答剑门朱…》："好辞绝妙过邯郸，开卷清风起坐间。"元郏经《题读碑图》："绝妙好辞天下无，异代读碑传作图。"

绝弦 jué xián

【分类】生活
【关键词】列子
【释义】咏失去知音之典。《列子·汤问》："（钟）子期死，伯牙绝弦，以无知音者。"
【例句】唐卢照邻《崔录事…》："闻君绝弦曲，吾恨更无言。"唐储光羲《同王十三…》："迢遰亲灵榇，顾予悲绝弦。"唐崔珏《哭李商隐》："良马已因无主踠，旧交心为绝弦哀。"唐陆善经《寓汨罗芭…》："清净耳聆绝弦琴，广长舌相无生曲。"

绝学 jué xué

【分类】生活
【关键词】老子
【释义】弃绝学业。《老子》："绝学无忧。"《庄子·山木》："孔子曰：'敬闻命矣，'徐行翔佯而归，绝学捐书。"

【例句】唐吕岩《七言》："守中绝学方知奥,抱一无言始见佳。"唐韩愈《赠别元十…》："或师绝学舍贤,不以艺自挽。"宋韩维《谢李公达…》："知音罕遇忘言士,绝学常思过量人。"宋苏轼《和桃花源》："躬耕任地力,绝学抱天艺。"

绝缨　jué yīng
【分类】政治
【关键词】楚庄王
【释义】喻臣下轻浮;也喻君主原宥小过,宽仁待下;或用来比喻知恩报遇。《韩诗外传》："楚庄王赐其群臣酒…有牵王后衣者,后挖冠缨而绝之…立出令曰:'与寡人饮、不绝缨者,不为乐也。'…后吴兴师攻楚,遂取大军之首而献之。王怪而问之曰:'…子何为于寡人厚也。'对曰:'臣先殿上绝缨者也。'"
【例句】唐李颀《绝缨歌》："罗衣半醉春夜寒,绝缨解带一为欢。"唐罗虬《比红儿诗》："毕竟章华会中客,冠缨虚绝为何人?"唐曹生《献卢常侍》："寻思往岁绝缨事,肯向朱门泣夜长。"宋饶节《戏赵元达》："可怜一息绝缨会,破坏经年设醴心。"

绝足　jué zú
【分类】政治
【关键词】孔融
【释义】喻指千里马。后遂泛指难得的人才。东汉孔融《论盛孝章书》："燕君市骏马之骨,非欲以骋道里,乃当以招绝足也。"
【例句】唐杜甫《行次昭陵》："风云随绝足,日月继高衢。"唐杜甫《沙苑行》："逸群绝足信殊杰,倜傥权奇难具论。"唐刘禹锡《裴令公见…》："常奴安得似方回,争望追风绝足来。"宋刘敞《佚老堂为…》："老成宜鹤发,绝足信龙媒。"

爵马　jué mǎ
【分类】生活
【关键词】鲍照
【释义】古代两种角斗性质的杂耍。泛指玩赏之物。爵,通雀。源见"鱼龙爵马"。
【例句】宋黄彦平《乐府杂拟》："鱼龙与爵马,共尽谁能数。"明薛蕙《梁园歌赠…》："爵马珍奇外域来,宾客游谈四方至。"

矍铄翁　jué shuò wēng
【分类】生活
【关键词】马援
【释义】称精神健旺的老人。《后汉书·马援传》："(马援)时年六十二,(光武)帝愍其老,未许之。援自请曰:'臣尚能被甲上马。'帝令试之。援据鞍顾眄,以示可用。帝笑曰:'矍铄哉是翁也!'"
【例句】唐李白《流夜郎半…》："愧无秋毫力,谁念矍铄翁。"唐杜甫《送杨六判…》："垂泪方投笔,伤时即据鞍。"唐皎然《访朱放山人》："应非矍铄翁,或是沧浪客。"唐许浑《登蒜山观…》："定系猖狂房,何烦矍铄翁。"

爝火　jué huǒ
【分类】生活
【关键词】庄子
【释义】火把,小火。《庄子·逍遥游》："日月出矣,而爝火不息,其于光也,不亦难乎?"唐成玄英疏:"爝火,犹炬火也,亦小火也。"
【例句】唐朱湾《赠饶州韦…》："爝火乱白日,夜光杂飞萤。"唐温庭皓《观山灯献…》："春山收暝色,爝火集余辉。"宋梅尧臣《送梵才吉…》："我言亦爝火,岂使万木灰。"聂绀弩《岁暮焚所作》："斗牛光焰知何似,但赏深宵爝火光。"

蹶张　jué zhāng
【分类】政治
【关键词】申屠嘉
【释义】出身低微而获得高位之典。《史记·张丞相列传》："申屠丞相嘉者,梁人,以材官蹶张从高帝击项籍,迁为队率。"南朝宋裴骃《史记集解》："如淳曰:'材官之多力,能踏强弩发之,故曰蹶张。'"
【例句】唐储光羲《哥舒大夫…》："韩魏多锐士,蹶张在幕庭。"唐杜牧《杜秋娘》："给丧蹶张辈,廊庙冠峨危。"宋王禹称《射弩》："蹶张见旧史,强弩亦古官。"宋宋庠《读史》："蹶张抵几能为相,谁序儒家冠九流。"

君臣一德　jūn chén yī dé
【分类】政治
【关键词】尚书
【释义】谓君臣同心同德。也比喻德行纯正。《尚书·泰誓中》："乃一德一心,立定厥功,惟克永世。"
【例句】唐岑参《尹相公京…》："君臣日同德,祯瑞方潜施。"唐不详《群臣酒行歌》："一德君臣合,重瞳日月临。"宋苏颂《开府潞公…》："君臣一德千龄后,柱石三朝四纪中。"宋洪咨夔《荆公》："君臣一德盛熙宁,厌故趋新用六经。"宋释道潜《寄子开内翰》："天将有作会云龙,一德君臣邂近同。"

君陈　jūn chén
【分类】政治
【关键词】尚书
【释义】人名。周公旦之子。为皇家重臣。《尚书·君陈序》："周公既没,命君陈分正东郊成周,作《君陈》。"《礼记·坊记》："君陈曰…"汉郑玄注:"君陈,盖周公之子,伯禽弟也。"
【例句】唐杨巨源《薛司空…》："天眷君陈久在东,归朝人看大司空。"宋范祖禹《和子开从…》："亿兆欢呼真帝启,谋猷左右尽君陈。"宋王炎《赵处州挽诗》："君陈兼孝友,子政极忠精。"明金幼孜《孝友堂诗》："书纪君陈垂往牒,诗陈张仲著遗编。"

君家　jūn jiā
【分类】生活

【关键词】玉台新咏

【释义】敬词。犹贵府，您家。或敬称对方。犹您。《玉台新咏》收录《古诗为焦仲卿妻作》："非为织作迟，君家妇难为。"《续资治通鉴·宋宁宗嘉泰三年》："我与君家是白翎雀，他人鸿雁耳！"

【例句】唐乔知之《绿珠篇》："君家闺阁不曾关，常将歌舞借人看。"唐万楚《五日观妓》："谁道五丝能续命，却令今日死君家。"唐王维《寄河上段…》："与君相见即相亲，闻道君家在孟津。"唐韩愈《醉赠张秘书》："今日到君家，呼酒持劝君。"

君谟 jūn mó
【分类】生活

【关键词】蔡襄

【释义】蔡襄字君谟，宋代书法家、文学家，官至端明殿学士。著有《茶录》《荔枝谱》。书法为"宋四家"之一。宋蔡襄《端明殿学士蔡公墓志铭》："公讳襄，字君谟…遇事感激，无所回避，权幸畏敛，不敢挠法干政。"为咏名士之典。

【例句】宋梅尧臣《送杜君懿…》："最先赏爱杜丞相，中间喜用蔡君谟。"宋韩琦《次韵和崔…》："名因先帝鸿恩锡，牌得君谟大字书。"宋王十朋《不欺室三…》："国朝君谟书第一，大字劣于行与草。"宋白玉蟾《大都督制…》："掀髯醉接君谟笔，击缶吟招子美魂。"

君谟旧谱 jūn mó jiù pǔ
【分类】文化

【关键词】蔡襄

【释义】指宋蔡襄所著的《荔枝谱》。蔡襄字君谟。《能改斋漫录》："蔡君谟守福唐。以闽中荔枝著谱。而郑熊亦尝记广中荔枝。凡二十二种。"

【例句】宋萧蒯《龙眼》："林家新出金钗子，合入君谟谱后刊。"宋王十朋《诗史堂荔…》："君谟亦作闽中谱，陈紫声名重南土。"宋牟巘《宴黄倅乐…》："文物君谟丹荔谱，江山白傅百花亭。"宋萧蒯《龙眼》："林家新击金钗子，合入君谟谱后刊。"

君王神武 jūn wáng shén wǔ
【分类】政治

【关键词】尚书

【释义】指帝王神明而威武。《尚书·大禹谟》："益曰：'都。帝德广运，乃圣乃神，乃武乃文。皇天眷命，奄有四海，为天下君。'"

【例句】唐杜甫《投赠哥舒…》："君王自神武，驾驭必英雄。"宋王安石《金陵怀古》："山水雄豪空复在，君王神武自难双。"宋方岳《阅视赏射》："汉家君王神武，边头将臣如卧虎。"宋王庭圭《夜读唐鉴…》："可惜君王自神武，不知卢杞是奸邪。"

君向潇湘 jūn xiàng xiāo xiāng
【分类】生活

【关键词】郑谷

【释义】送别之辞。唐郑谷《淮上与友人别》："数声风笛离亭晚，君向潇湘我向秦。"

【例句】宋美奴《卜算子》："君向潇湘我向秦，鱼雁何时到？"宋释清远《颂古》："数声风笛离亭晚，君向潇湘我向秦。"宋杨万里《送张定叟》："君向潇湘我闽粤，寄书只在寄茶前。"宋楼钥《送胡巨济…》："君向潇湘忽语离，江城离思乱云飞。"

君子墓 jūn zǐ mù
【分类】政治

【关键词】延陵季子

【释义】指延陵季子的墓葬。季札，春秋时吴王寿梦第四子，受封于延陵。季札于公元前485年死后葬在今江阴市申港西南。后人在墓旁建季子祠，墓前立碑，传说碑铭"呜呼有吴延陵君子之墓"10个古篆字是孔子所书。

【例句】唐窦牟《故秘监问…》："有吴君子墓，返葬故山遥。"宋刘攽《挽刁景纯》："延陵君子墓，南极老人星。"明邵宝《追悼鲍庵公》："十字谁题君子墓，一编自许大方家。"明王世贞《屠田叔弃…》："娄江忽有孝廉船，问我求题君子墓。"

钧衡 jūn héng
【分类】政治

【关键词】高适

【释义】喻平衡公正。《艺文类聚》引南朝梁王僧孺《吏部郎表》："方愧朱紫，永憯钧衡。"

【例句】唐刘禹锡《和仆射牛…》："用才同贱钧衡地，禀气终分大小年。"唐罗隐《赠先辈令…》："中间声迹早薰然，阻避钧衡过十年。"唐翁承赞《天祐元年…》："萧何相印钧衡重，韩信斋坛雨露新。"唐高适《留上李右相》："钧衡持国柄，柱石总贤经。"

钧韶 jūn sháo
【分类】生活

【关键词】赵简子

【释义】指神话中天上的音乐。源见"钧天广乐"。

【例句】宋张耒《齐安春谣》："问春著人作何味，半酣美酒听韶钧。"宋欧阳修《鹤联句》："岳湛有仙姿，钧韶无俗音。"宋文彦博《和太师相…》："云笙一幅西园什，如听钧韶下九天。"元周权《接竹引泉》："空阶落琴筑，虚瓮鸣钧韶。"

钧天广乐 jūn tiān guǎng yuè
【分类】生活

【关键词】赵简子

【释义】指神话中的天上音乐。《史记·赵世家》："（赵）简子寤，语诸大夫曰：'我之帝所甚乐，与百神游于钧天，广乐九奏万舞，不类三代之乐，其声动心。'"

【例句】唐魏征《奉和正日…》："庭实超王会，广乐盛钧天。"唐司马逸客《雅琴篇》："传闻帝乐奏钧天，侥冀微身备玉弦。"唐李世民《春日玄武…》："娱宾歌湛露，广乐奏钧天。"宋夏竦《赏花钓鱼…》：":"湛露芳尊酒,钧天广乐陈。"宋刘跂《次韵大人…》：":"烛龙影落陆海中,广乐声在钧天上。"

钧天梦　jūn tiān mèng
【分类】生活
【关键词】赵简子
【释义】钧天,喻指美乐。钧天梦,泛指梦幻,亦指迷蒙昏睡之态。源见"钧天广乐"。
【例句】唐苏味道《初春行宫…》："微臣从此醉,还似梦钧天。"唐曹唐《三年冬大礼》："歌压钧天闲梦尽,诏归秋水道情深。"唐李郢《骊山怀古》："不闻缑岭仙成日,空想钧天梦尽时。"宋杨亿《直夜》："负郭春耕废,钧天晓梦长。"

菌蟪　jūn huì
【分类】政治
【关键词】庄子
【释义】朝菌和蟪蛄。喻极短的生命。源见"朝菌"。
【例句】唐李群玉《别尹炼师》："徒以菌蟪姿,缅攀修真诀。"宋苏轼《九日次定…》："朝菌无晦朔,蟪蛄疑春秋。"明卢楠《甲辰岁张…》："敢辞先菌蟪,为恨失腾骞。"明施闰章《茅山》："菌蟪无修期,鹍鹏匪脆质。"

俊逸　jùn yì
【分类】文化
【关键词】杜甫
【释义】英俊洒脱,超群拔俗。或指超群拔俗的人。唐杜甫《春日忆李白》："清新庾开府,俊逸鲍参军。"
【例句】宋孔平仲《送周文之…》："俊逸驹千里,孤高桂一枝。"宋孔平仲《李白》："卓哉太白诗家徒,天然俊逸不可拘。"宋郭祥正《酬蔡温老…》："俊逸自追天马健,崩腾还与海涛深。"宋释德洪《复次韵》："八篇俊逸狂言语,五色光芒雨后霓。"

俊鹰解绦　jùn yīng jiě tāo
【分类】政治
【关键词】崔铉
【释义】前程远大之典。《太平广记·崔铉》："魏公崔相铉…随父访乎韩公滉。滉乃指驾上鹰令咏焉。遂命笺笔,略无伫思,于是进曰：'天边心性架头身,欲拟飞腾未有因。万里碧霄终一去,不知谁是解绦人。'滉益奇之,叹曰：'此儿可谓前程万里也。'"
【例句】唐章孝标《饥鹰词》："纵令啄解丝绦结,未得人呼不敢飞。"宋陆游《游園觉乾…》："俊鹰解绦即万里,岂比倦翼方知还。"明洪性《边城出猎图》："臂上苍鹰初解绦,劲秋六翮铦如刀。"

峻宇雕墙　jùn yǔ diāo qiáng
【分类】生活
【关键词】尚书
【释义】高大的屋宇和彩绘的墙壁。形容居处豪华奢侈。

源见"色禽合为荒"。
【例句】宋李纲《章华宫用…》："乾溪之辱岂其寿,峻宇雕墙湎于酒。"宋史浩《宫室》："雕墙峻宇垂丕训,更有遗风及后人。"宋李覯《闻贵家搗浣》："峻宇雕墙云雨外,那知此石有离声。"元张昱《辇下曲》："大安阁是延春阁,峻宇雕墙古有之。"

骏马换小妾　jùn mǎ huàn xiǎo qiè
【分类】文化
【关键词】曹彰
【释义】形容风流倜傥的人。源见"妾换马"。
【例句】唐李白《襄阳歌》："千金骏马换小妾,醉坐雕鞍歌落梅。"宋苏轼《次韵许冲…》："坐看飞鸿迎使节,归来骏马换倾城。"宋陆游《即事》："高人霜骼放柳枝,豪士骏马换蛾眉。"宋张耒《晁二家有…》："骏马无因迎小妾,鸥夷何用强随车。"

骏马名姬　jùn mǎ míng jī
【分类】生活
【关键词】李白
【释义】矫健的宝马,有名的美女。形容风光奢华的生活。《李太白全集·唐魏颢〈李翰林集序〉》："间携昭阳、金陵之妓,迹类谢康乐,世号为李东山。骏马美妾,所适二千石郊迎。"
【例句】宋刘克庄《贺新郎》："骏马名姬俱散去,参透南华微妙。"宋陆游《吊李翰林墓》："骏马名姬如昨日,断碑乔木不知年。"宋仇远《寄陈仲麟》："清风朗月思元度,骏马名姬羡谪仙。"元释明本《梅花百咏…》："名姬骏马空词笔,废苑荒台老战尘。"

鵕鸃冠　jùn yí guān
【分类】政治
【关键词】史记
【释义】以鵕鸃鸟的羽毛装饰的帽子。意谓华贵,汉以后为近臣所著。喻权贵。《史记·佞幸列传》："故孝惠时,郎、侍中皆冠鵕鸃,贝带。"唐颜师古注："以鵕鸃羽毛饰冠,海贝饰带。鵕鸃,即鷩鸟也。"
【例句】唐李颀《送司农崔丞》："词人洞箫赋,公子鵕鸃冠。"唐严武《寄题杜拾…》："莫倚善题鹦鹉赋,何须不著鵕鸃冠。"宋文彦博《公子》："甲第峨峨爵观前,对回微岸鵕鸃冠。"宋李鹰《镜屏诗》："映座未容华表客,整簪空慕鵕鸃冠。"

K

开厨走画　kāi chú zǒu huà
【分类】生活

【关键词】顾恺之

【释义】咏妙画之典。《晋书·顾恺之传》："恺之尝以一厨画糊题其前，寄桓玄，皆其深所珍惜者。玄乃发其厨后，窃取画，而缄闭如旧以还之，绐云未开。恺之见封题如初，但失其画，直云妙画通灵，变化而去，亦犹人之登仙，了无怪色。"

【例句】唐温庭筠《病中书怀…》："内史书千卷，将军画一厨。"唐王维《春过贺遂…》："画畏开厨走，来蒙倒屣迎。"唐皎然《送顾处士歌》："醉书在箧称绝伦，神画开厨怕飞出。"宋宋祁《旬休》："慢态已成书几积，黠姿无半画厨空。"

开府 kāi fǔ

【分类】政治

【关键词】李傕

【释义】古代指高级官员（如三公、大将军、将军等）成立府署，选置僚属。喻指有权开府的官员。《后汉书·董卓传》："傕（李傕）又迁车骑将军，开府，领司隶校尉，假节。"

【例句】唐皎然《酬乌程杨…》："开府集秀士，先招士林英。"唐杜甫《投赠哥舒…》："开府当朝杰，论兵迈古风。"五代徐钧《庾信》："白头开府成何事，博得江南一赋哀。"宋文彦博《知府学士…》："帝纶中出荣开府，使节西驰伧判襟。"

开国济民 kāi guó jì mín

【分类】政治

【关键词】杜甫

【释义】喻创建大业，扶助民生。唐杜甫《蜀相》："三顾频频天下计，两朝开济老臣心。"

【例句】唐胡曾《赤壁》："烈火西焚魏帝旗，周郎开国虎争时。"唐钱起《南中春意》："平生愿开济，遇物千怀抱。"唐岑参《西蜀旅舍…》："却为文章累，幸有开济策。"宋朱长文《元少保生日》："经国文章垂睿想，济民德泽感神扶。"

开金榜 kāi jīn bǎng

【分类】政治

【关键词】唐摭言

【释义】谓张榜公布科举考试被录取名单。也称金榜题名。江南人称状榜为开榜。《唐摭言·今年及第明年登科》："何扶，太和九年及第，明年，捷三篇，因以一绝寄旧同年曰：'金榜题名墨尚新，今年依旧去年春。花间每被红妆问：何事重来只一人？'"

【例句】唐李迥秀《夜宴安乐…》："金榜岧峣云里开，玉箫参差天际回。"唐秦韬玉《曲江》："金榜真仙开乐席，银鞍公子醉花尘。"唐金厚载《和主司王起》："天书再受恩波远，金榜三开日月明。"聂绀弩《望桥》："伊谁作画天开榜，似我题诗雁过村。"

开口笑 kāi kǒu xiào

【分类】生活

【关键词】庄子

【释义】笑口难开之典。《庄子·盗跖》："（跖谓孔丘曰）人上寿百岁，中寿八十，下寿六十，除病瘦死丧忧患，其中开口而笑者，一月之中不过四五日而已矣。"

【例句】唐杜牧《九日齐安…》："尘世难逢开口笑，菊花须插满头归。"唐杜甫《醉为马坠…》："语尽还成开口笑，提携别扫清溪曲。"唐岑参《临洮客舍…》："心知别后久，开口笑应稀。"唐岑参《喜韩樽相过》："长安城中足年少，独共韩侯开口笑。"

开目为晨 kāi mù wèi chén

【分类】生态

【关键词】钟山之神

【释义】咏昼夜运行之典。《山海经·海外北经》："钟山之神，名曰烛阴，视为昼，瞑为夜，吹为冬，呼为夏，不饮，不食，不息，息为风，身长千里。"晋郭璞注："烛龙也，是烛九阴，因名云。"传说钟山之神开目为昼，闭目为夜。

【例句】唐苏涣《变律》："开目为晨光，闭目为夜色。"唐王建《将归故山…》："如何百里间，开目不见明。"唐贾岛《寓兴》："莫居暗室中，开目闭目同。"宋释遵式《日观第一》："见已闭目开目间，皆令明了心坚住。"

堪舆 kān yú

【分类】生活

【关键词】扬雄

【释义】堪，天道，舆，地道。谓天地宇宙。《汉书·扬雄传上》："属堪舆以壁垒兮，梢夔魖而抶獝狂。"唐颜师古注："张晏曰：'堪舆，天地总名也。'孟康曰：'堪舆，神名，造图宅书者。'…堪舆，张说是也。"

【例句】唐皮日休《鲁望昨以…》："李宽包堪舆，孟濬拟潇洒。"唐陆龟蒙《开元寺楼》："须臾造化惨，倏忽堪舆变。"宋韩琦《贺宫师杜…》："何似诏公还庙席，万灵和乐浃堪舆。"宋秦观《进南郊庆…》："堪舆同顾飧，河岳尽怀柔。"

坎井 kǎn jǐng

【分类】政治

【关键词】庄子

【释义】废井，浅井，陷井。喻艰难或险阻。源见"井蛙"。

【例句】唐李商隐《酬令狐郎…》："土宜悲坎井，天怒识雷霆。"宋刘敞《奉酬春卿…》："会知私坎井，未可屈长鲸。"宋苏颂《陈和叔内…》："方游溟海大空外，坎井讵能谈尾闾。"宋刘克庄《跋方云台…》："坎井疑天大，溪流笑海浑。"

坎壈 kǎn lǎn

【分类】政治

【关键词】文心雕龙

【释义】原指不平坦的道路，后专指人生道路的艰险。《文心雕龙·才略》："敬通雅好辞说，而坎壈盛世。"

【例句】唐杜甫《丹青引赠…》："但看古来盛名下，终日坎壈缠其身。"唐韦应物《白沙亭逢…》:"盛时忽去良可恨,一生坎壈何足云。"宋吕南公《山中即事…》:"鄙夫自分为儒生,坎壈薄佑来蚕耕。"聂绀弩《亦代尊兄…》:"坎壈无时冯敬通,伊哦有句聂夷中。"

看囊钱　　kàn náng qián
【分类】生活
【关键词】阮孚
【释义】戏称囊中仅有的几文钱。源见"阮囊羞涩"。
【例句】唐白居易《秋暮西归…》:"忆归复愁归,归无一囊钱。"唐皮日休《鲁望昨以…》:"我未九品位,君无一囊钱。"宋郑清之《除夜求屠苏》:"行路间关穿履雪,薄官羞涩看囊钱。"宋周紫芝《次韵余宅…》:"何曾留得守囊钱,长坐羁愁只断编。"

看杀卫玠　　kàn shā wèi jiè
【分类】生活
【关键词】卫玠
【释义】比喻为众人所仰慕。也喻好事变成了坏事。《晋书·卫玠传》:"卫玠(字叔宝)以王敦…恐非国之忠臣,求向建邺。京师人闻其姿容,观看如堵。玠劳疾遂甚,永嘉六年卒,时年二十七,时人谓玠被看杀。"
【例句】唐杜甫《花底》:"恐是潘安县,堪留卫玠车。"唐李端《送吉中孚…》:"貌应同卫玠,鬓且异潘生。"唐李适《安乐公主…》:"人同卫叔美,客似长卿才。"明邓云霄《京华元夕诗》:"无人不掷潘安果,何处堪停卫玠车。"明屈大均《苗烈妇挽诗》:"卫玠人看杀,陶婴自可怜。"

看朱成碧　　kàn zhū chéng bì
【分类】生活
【关键词】王僧孺
【释义】把红的看成绿的。形容眼花不辨五色。南朝梁王僧孺《夜愁》:"谁知心眼乱,看朱忽成碧。"
【例句】唐武则天《如意娘》:"看朱成碧思纷纷,憔悴支离为忆君。"唐李白《前有一尊…》:"催弦拂柱与君饮,看朱成碧颜始红。"宋钱惟演《无题》:"耿耿寒灯照醉罗,看朱成碧意如何。"宋王安石《送吴显道》:"觥船一棹百分空,看朱成碧颜始红。"

看竹　　kàn zhú
【分类】文化
【关键词】王徽之
【释义】名士不拘礼法的典故。《世说新语·简傲》:"王(徽之)肩舆径造竹下,讽啸良久。主已失望,犹冀还当通,遂直欲出门。主人大不堪,便令左右闭门不听出。王更以此赏主人,乃留坐,尽欢而去。"
【例句】唐刘长卿《春过裴虬…》:"听莺情念友,看竹恨无君。"唐王维《春日与裴…》:"到门不敢题凡鸟,看竹何须问主人。"唐陈羽《若耶溪边…》:"溪上春晴聊看竹,谁言驿使此相逢。"唐陈羽《戏题山居》:"门前自有千竿竹,免向人家看竹林。"

阚泽佣书　　kàn zé yōng shū
【分类】生活
【关键词】阚泽
【释义】用作咏贫士的典故,也借以咏勤学致仕。《三国志·阚泽传》:"阚泽,字德润…家世农夫,至泽好学,居贫无资,常为人佣书,以供纸笔。…(孙权)称尊号,以泽为尚书。嘉禾中,为中书令,加侍中。"
【例句】唐徐夤《尚书荣拜…》:"三五月明临阚泽,百千人众看王恭。"唐韦庄《癸丑年下…》:"未酬阚泽佣书债,犹欠君平卖卜钱。"明胡应麟《参知张公…》:"佣书疑阚泽,讲易类严遵。"

康成诗礼　　kāng chéng shī lǐ
【分类】文化
【关键词】郑玄
【释义】通经博学之典。《后汉书·郑玄传》:"郑玄字康成…凡玄所着《周易》《尚书》《毛诗》《论语》…凡百余万言。玄质于词训,通人颇讥其繁。至于经传洽熟,称为纯儒,齐鲁间宗之。"
【例句】唐郑愔《哭郎著作》:"诗礼康成学,文章贾谊才。"唐黄滔《奉和翁文…》:"山简愧兼诸郡命,郑玄惭秉六经权。"宋吕文仲《题义门胡…》:"康成业自诗书显,卜世家由孝弟彰。"宋强至《依韵和郑…》:"政兼子产那专惠,学近康成最爱诗。"

康侯马　　kāng hóu mǎ
【分类】文化
【关键词】周易
【释义】咏良马之典。《周易·晋》:"康侯用锡马蕃庶,昼日三接。"言康侯(周武王弟封为卫康叔)曾得到武王赏赐的良马。
【例句】唐韩翃《送康洗马…》:"青丝玉勒康侯马,孟水金堤滑伯城。"宋彭汝砺《送叶宪》:"载锡康侯马,重吹伯氏埙。"宋方回《次韵徐子…》:"幸际乾龙亨庶物,故希晋马锡康侯。"元李稽《忆郑散骑…》:"马锡康侯三见接,女真不字十经年。"

康节先生　　kāng jié xiān shēng
【分类】文化
【关键词】邵雍
【释义】北宋哲学家、诗人邵雍。谥号康节。与富弼、司马光、吕公着诸贤相从游。《宋史·邵雍》:"邵雍字尧夫…熙宁十年,卒,年六十七,赠秘书省著作郎。元祐中赐谥康节。"
【例句】宋王迈《和刘编修…》:"怀哉康节先生语,作事莫教人绉眉。"宋王遂《闻杜鹃有感》:"天津有此惊康节,西蜀无之感少陵。"宋张衡《杜鹃》:"自从康节先生后,孤汝天津故意啼。"明庄昶《江上偶作》:"东坡老子门冬酒,康节先生击壤篇。"

康衢咏 kāng qú yǒng
【分类】政治
【关键词】尧
【释义】咏歌颂帝德盛世之典。《列子·仲尼》:"尧治天下五十年,不知…尧乃微服游于康衢,闻儿童谣曰:'立我烝民,莫匪尔极。不识不知,顺帝之则。'尧喜问曰:'谁教尔为此言?'童儿曰:'我闻之大夫。'问大夫,大夫曰:'古诗也。'"
【例句】唐李适《重阳日即事》:"未知康衢咏,所仰惟年丰。"唐元稹《和李校书…》:"古时陶尧作天子,逊遁亲听康衢歌。"宋李洪《中春二十…》:"欢声试采康衢咏,帝力熙熙物自春。"宋曾巩《送李撰赴举》:"康衢四辟通万里,天驷得地方腾骧。"宋苏洵《金陵杂兴》:"凭谁为集康衢咏,翻作金陵贺太平。"

抗行比元常 kàng xíng bǐ yuán cháng
【分类】生活
【关键词】王羲之
【释义】抗行,即抗衡,不相上下。自赞书法成就之典。《晋书·王羲之传》:"羲之每自称'我书比钟繇,当抗行;比张芝书,犹当雁行也。'"元常:钟繇字。
【例句】唐卢象《紫阳真人歌》:"青门抗行谢客儿,健笔连骞王献之。"唐刘禹锡《答后篇》:"近来渐有临池兴,为报元常欲抗行。"宋苏轼《次韵舒教…》:"草书妙绝吾所兄,真书小低犹抗行。"宋谢逸《右军墨池》:"右军睥睨难抗行,恨不临池作书癖。"

康哉 kāng zāi
【分类】政治
【关键词】舜
【释义】咏歌颂太平之典。《尚书·益稷》:"(虞舜)乃赓载歌曰:'元首明哉,股肱良哉,庶事康哉!'"汉孔安国《传》:"帝歌归美股肱,义未足,故续歌'先君后臣,众事乃安',以成其义。"被称《康哉之歌》。
【例句】唐卢象《奉和幸安…》:"诚愿北极拱尧日,微臣抃舞咏康哉。"唐张九龄《奉和圣制…》:"还闻股肱郡,元首咏康哉。"唐杨巨源《早朝》:"圣道逍遥更何事,愿将巴曲赞康哉。"唐韩愈《感春》:"如今到死得闲处,还有诗赋歌康哉。"唐王甚夷《风不鸣条》:"康哉帝尧代,寰宇共澄清。"

尻轮神马 kāo lún shén mǎ
【分类】文化
【关键词】庄子
【释义】随心所欲遨游自然之典。《庄子·大宗师》:"浸假而化予之尻以为轮,以神为马,予因以乘之,岂更驾哉!"唐成玄英疏:"尻无识而为轮,神有知而作马,因渐溃而变化,乘轮马以遨游,苟随任之所,何而不适者也。"强调不假外物而信意神游。
【例句】宋苏轼《赠袁陟》:"不见袁夫子,神马载尻舆。"宋苏辙《和子瞻和…》:"尻舆驾神马,孰为策与羁。"宋杨时

《假山》:"尻轮神马自足驾,已觉两腋风泠然。"宋吴镒《崇仙观》:"翠盖霓裳君过我,尻舆神马我从君。"

考槃 kǎo pán
【分类】政治
【关键词】诗经
【释义】亦作考盘。指成德乐道。《诗经·卫风·考槃》:"考槃在涧,硕人之宽。"毛传:"考,成;槃,乐。"陈奂传疏:"成乐者,谓成德乐道也。"
【例句】唐高适《同群公十…》:"良牧征高赏,褰帷问考槃。"唐奚贾《严陵滩下…》:"纷吾成独往,自速耽考槃。"唐岑参《太一石鳖…》:"此地可遗老,劝君来考槃。"宋苏辙《次韵秦观…》:"考槃溪山间,自献耻干谒。"

匼匝 kē zā
【分类】生活
【关键词】鲍照
【释义】意指周匝环绕。南朝宋鲍照《代白纻舞歌辞》:"象床瑶席镇犀渠,雕屏匼匝组帷舒。"
【例句】唐任华《寄杜拾遗》:"积翠扈游花匼匝,披香寓直月团栾。"唐白居易《仙娥峰下作》:"参差树若插,匼匝云如抱。"唐罗虬《比红儿诗》:"匼匝千山与万山,碧桃花下景长闲。"宋赵昇《缘识》:"匼匝烟云杨柳岸,罗绮纵横长不断。"

柯亭笛 kē tíng dí
【分类】文化
【关键词】蔡邕
【释义】指良笛或喻良才。《搜神记》:"蔡邕尝至柯亭,以竹为椽。邕仰眄之,曰:'良竹也。'取以为笛,发声嘹亮。"
【例句】唐姚鹄《和陕州参…》:"寻仙郑谷烟霞里,避暑柯亭树石间。"宋王之道《次韵张进…》:"中郎去后人难继,漫诧柯亭富笛椽。"宋陈克《画梅花》:"误人吹裂柯亭笛,岂有残英落绮席。"宋陈知微《送高学士知越》:"知音好采柯亭竹,博物应探禹穴书。"

科斗 kē dǒu
【分类】文化
【关键词】尚书
【释义】指科斗文字。我国古代字体之一。以其笔画头圆大尾细长,状似蝌蚪而得名。《尚书序》:"至鲁共王好治宫室,坏孔子旧宅以广其居,于壁中得先人所藏古文虞、夏、商、周之书,及传《论语》《孝经》,皆科斗文字。"
【例句】唐岑参《送王伯伦…》:"科斗皆成字,无令错古文。"唐白居易《春池闲泛》:"古文科斗出,新叶剪刀生。"唐刘禹锡《和苏郎中…》:"池看科斗成文字,鸟听提壶忆献酬。"唐刘言史《放萤怨》:"架中科斗万余卷,一字千回重照见。"

咳唾成珠 ké tuò chéng zhū
【分类】文化

【关键词】庄子

【释义】原形容唾沫星之大者，后比喻文字优美，或言谈议论的高明精当。《庄子·秋水》："蚿曰：'不然，子不见夫唾者乎？喷则大者如珠，小者如雾，杂而下者不可胜数也。今予动吾天机，而不知其所以然。'"

【例句】唐元稹《和李校书…》："珊珊佩玉动腰身，一一贯珠随咳唾。"宋梅尧臣《依韵和宋…》："池塘梦句君能得，咳唾成珠我未闲。"唐李白《妾薄命》："咳唾落九天，随风生珠玉。"唐方干《赠孙百篇》："羽翼便从吟处出，珠玑续向笔头生。"

渴羌 kě qiāng

【分类】生活

【关键词】姚馥

【释义】指称嗜酒的人。源见"姚馥醉"。

【例句】唐李端《晚春过夏…》："尝知渴羌好，亦觉醉胡贤。"唐皮日休《寄怀南阳…》："鹿门山下捕鱼郎，今向江南作渴羌。"宋黄庭坚《今岁官茶…》："乳花翻碗正眉开，时苦渴羌冲热来。"宋黄庭坚《以小团龙…》："鸡苏胡麻留渴羌，不应乱我官焙香。"

刻楮 kè chǔ

【分类】生活

【关键词】韩非子

【释义】喻技艺工巧或治学刻苦。源见"楮叶"。

【例句】宋李复《送章发这窭》："旧学谩雕龙，巧伎羞刻楮。"宋李复《依韵答胡…》："东蒙野老工何拙，刻楮三年不成叶。"宋王洋《再赋前韵》："不劳刻楮三年力，攻破刘郎五字城。"宋陆游《别曾学士》："画石或十日，刻楮有三年。"

刻鹄 kè hú

【分类】政治

【关键词】马援

【释义】谓模仿得虽不逼真，但亦大体相似。汉马援《诫兄子严敦书》："效伯高不得，犹为谨敕之士，所谓'刻鹄不成尚类鹜'者也。"另意指仿效前贤。

【例句】唐崔日知《冬日述怀…》："谁谓登龙日，翻成刻鹄年。"唐陆龟蒙《袭美先辈…》："刻鹄尚未已，雕鱼奋而为。"宋王禹偁《谪居感事》："收萤秋不倦，刻鹄夜忘疲。"宋华镇《丛玉山》："分知方外学屠龙，不及人间谋刻鹄。"聂绀弩《又谢辛之…》："雕虫刻鹄臣能作，叫姓叱名君久伤。"

刻画无盐 kè huà wú yán

【分类】生活

【关键词】周颛

【释义】无盐，齐国丑妇；西施，越国美女。谓以丑比美，比拟不伦不类。《晋书·周颛传》："庾亮尝谓颛曰：'诸人咸以君方乐广。'颛曰：'何乃刻画无盐，唐突西施也。'"

【例句】宋欧阳修《和武平学…》："无盐烦刻画，寒谷借吹嘘。"宋苏轼《答孔周翰…》："不蒙讥诃子厚疾，反复刻画无盐丑。"宋朱松《梅花》："刻画无盐浼西子，法当试我古藤枝。"宋张元干《希道使君…》："我真蒲柳欲师承，刻画无盐恐唐突。"

刻木难对 kè mù nán duì

【分类】政治

【关键词】路温舒

【释义】即使是木头削刻成的狱吏，人们都不愿与其见面，唯恐避之不及。用此衬托或比喻狱吏的凶暴可怖，令人生畏。《汉书·路温舒传》："故俗语曰：'画地为狱，议不入；刻木为吏，期不对。'此皆疾吏之风，悲痛之辞也。"

【例句】唐柳宗元《弘农公以…》："刻木终难对，焚芝未改芳。"宋范仲淹《和葛闳寺…》："中途得罪情多故，刻木在前何敢诉。"宋俞德邻《送刘伯宣…》："刻木期难对，屯膏施易穷。"明赵完璧《月林遗酒…》："画地谁能违，刻木威难禁。"

刻象求 kè xiàng qiú

【分类】政治

【关键词】帝王世纪

【释义】求贤之典。《帝王世纪》："武丁即位…梦天赐贤人，胥靡之衣，蒙之而来。且云：'我，徒也。姓傅名说，天下得我者，岂徒也哉？'…明以梦视百官，百官皆非也。乃使百工写其形象，求诸天下。"

【例句】唐杜牧《洛中送冀…》："好人天子梦，刻像来尔求。"清王又曾《马嵴分半…》："邦人刻像纪公德，缅想风流元祐间。"清侯桐《题邵文庄…》："壁上前贤新刻像，两朝遗迹此中留。"清姚燮《对酒抒怀…》："息影蜗居无弱梦，龛檀刻像拜天随。"

刻舟求剑 kè zhōu qiú jiàn

【分类】政治

【关键词】吕氏春秋

【释义】喻不知变通，死守成规；或喻事过境迁，不可复得。《吕氏春秋·察今》："楚人有涉江者，其剑自舟中坠于水，遽契其舟，曰：'是吾剑之所从坠。'舟止，从其所契者入水求之。舟已行矣，而剑不行，求剑若此，不亦惑乎？"

【例句】宋孙觌《德清龟溪…》："赤鳞腾出无留踪，刻舟求剑何时逢。"宋许景衡《宿呆峰赠…》："去留聚散元无著，自笑多情更刻舟。"宋宋庠《官况》："文无饰巧，心有刻舟愚。"宋苏轼《王中甫哀…》："堪笑东坡痴钝老，区区犹记刻舟痕。"

刻烛赋诗 kè zhú fù shī

【分类】文化

【关键词】萧文琰

【释义】比喻诗才敏捷，下笔成章。《南史·王僧孺传》："(萧)文琰曰：'顿烧一寸烛，而成四韵诗，何难之有？'乃与令楷、江洪等共打铜钵立韵，响灭则诗成，皆可观览。"

【例句】宋华镇《用石桂阳…》："刻烛赋诗曾有意，临池扫罨未能精。"宋强至《次韵答正老》："我更典衣邀浅饮，君犹刻烛赋新诗。"宋陆游《冬暖颇有…》："刻烛赋诗空入梦，倾家酿酒不供愁。"宋韩驹《次韵馆中…》："多情如共春流转，刻烛题诗又一回。"

客星犯御座　kè xīng fàn yù zuò
【分类】政治
【关键词】严光
【释义】喻受知于帝王的隐士。亦借指客居者。《后汉书·严光传》："(光武帝)引光入论道旧故，…因共偃卧，光以足加帝腹上。明日，太史奏客星犯御座甚急。帝笑曰：'朕故人严子陵共卧耳。'"
【例句】唐洪子舆《严陵祠》："客星今安在，隐迹犹可见。"唐高适《遇冲和先生》："莫见今如此，曾为一客星。"唐杜甫《赠翰林张…》："天上张公子，宫中汉客星。"明王弘诲《桐江谒客》："不信客星侵御座，岂缘狂态忤痴人。"

肯綮　kěn qìng
【分类】政治
【关键词】庄子
【释义】筋骨结合的地方。比喻要害或最重要的关键。《庄子·养生主》："技经肯綮之未尝，而况大軱乎？"陆德明释文："肯，著骨肉。綮，犹结处也。"
【例句】唐李商隐《寄太原卢…》："只忧非綮肯，未觉有膻腥。"宋钱协《分韵奉送…》："游刃无全牛，岂复论肯綮。"宋黄庭坚《戏题葆真阁》："真常自在如来性，肯綮修持袛益劳。"宋李吕《泊雷公步…》："强作捧心罄，语出辄肯綮。"

坑赵　kēng zhào
【分类】政治
【关键词】赵括
【释义】秦将白起破赵，活埋赵降卒四十万人。后遂以坑赵为惨败和杀降的典实。《史记·赵世家》："秦人围赵括，赵括以军降，卒四十余万皆坑之。王悔不听赵豹之计，故有长平之祸焉。"
【例句】唐杜甫《聂耒阳书…》："人非西谕蜀，兴在北坑赵。"唐李益《从军夜次…》："秦坑赵卒四十万，未若格斗伤戎房。"唐李端《送彭将军…》："设伏军谋密，坑降塞邑愁。"宋邵雍《观七国吟》："肯谓破齐存即墨，能胜坑赵尽长平。"

空洞无物　kōng dòng wú wù
【分类】文化
【关键词】王导
【释义】比喻文章没有实际内容。《世说新语·排调》："王丞相(导)枕周伯仁(顗)膝，指其腹曰：'卿此中何所有？'答曰：'此中空洞无物，然容卿辈数百人。'"
【例句】宋叶适《寄程朝宗…》："莫云空洞当无物，读遍五车江水东。"宋苏轼《宝山昼睡》："此中空洞浑无物，何止容君数百人。"宋周紫芝《题周掾西…》："伯仁空洞浑无物，容我清樽一笑同。"宋李长庚《己巳七月…》："莫言空洞中无物，须信崒嵂不可家。"

空华　kōng huá
【分类】文化
【关键词】大藏经
【释义】亦作空花。佛教语。隐现于病眼者视觉中的繁花状虚影。比喻纷繁的妄想和假象。也指雪花。《大正新修大藏经》："意树发空花，心莲吐轻馥。喻斯沧海变，譬彼庵罗熟。"
【例句】宋司马光《游三门开…》："狂象调难伏，空华灭复生。"宋洪朋《喜雪》："漫天乾雨纷纷暗，到地空花片片明。"唐庞蕴《杂句》："有为名相う空华，无名无相出生死。"宋张方平《读楞伽经》："龟毛兔角妄有无，海浪空华不清净。"

空弮　kōng quān
【分类】政治
【关键词】李陵
【释义】指无箭的弓。《汉书·司马迁传》："李陵一呼劳军，士无不起，躬流涕，沫血饮泣，张空弮，冒白刃，北首争死敌。"颜师古注引李奇曰："弮，弩弓也。"
【例句】唐李商隐《送千牛李…》："空弮转斗地，数板不沉城。"唐皮日休《鲁望昨以…》："纵有命世才，不如一空弮。"宋黄叔达《将次施州…》："空弮不易当坚敌，振臂犹思起病创。"宋苏过《次韵少蕴》："谈麈生风看落屑，诗坛余勇战空弮。"

空梁落燕泥　kōng liáng luò yàn ní
【分类】文化
【关键词】薛道衡
【释义】咏名诗佳句之典。《容斋随笔·昔昔盐》："薛道衡以'空梁落燕泥'之句，为隋炀帝所嫉。考其诗名昔昔盐，凡十韵：'…暗牖悬蛛网，空梁落燕泥。前年过代北，今岁往辽西…'昔昔盐为羽调曲，唐为舞曲。"
【例句】宋陈克《菩萨蛮》："幽恨有谁知。空梁落燕泥。"宋戴复古《滕王阁次…》："当年杰阁栖龙子，今日空梁落燕泥。"元孙蕡《过隋宫故址》："燕泥时自落空梁，庭草无人随意绿。"明夏良胜《郊游》："村落空梁新燕泥，受风斜影乱东西。"

空蒙　kōng méng
【分类】生态
【关键词】谢朓
【释义】指细雨迷茫的样子。南朝齐谢朓《观朝雨》："空蒙如薄雾，散漫似轻埃。"
【例句】唐武元衡《题嘉陵驿》："悠悠风旆绕山川，山驿空蒙雨似烟。"唐权德舆《桃源篇》："渐入空蒙迷鸟道，宁知掩映有人家。"唐焦郁《春雪》："春雪空蒙帘外斜，霏微半入野人家。"宋苏轼《饮湖上初…》："水光潋滟晴方好，山色空蒙雨亦奇。"

空桑　kōng sāng
【分类】文化
【关键词】楚辞
【释义】代指琴瑟。一说为古代琴瑟名。《楚辞·大招》："魂乎归徕,定空桑只。"汉王逸注："空桑,瑟名也。《周官》云:古者斲空桑而为瑟。言魂急徕归,定意楚国,听瑟之乐也。或曰:空桑,楚地名。"或指上古地名,主要指今鲁西豫东地区。因有大片桑林而得名,又是伊尹和孔子出生地。源见"出空桑"。
【例句】唐李白《纪南陵题…》:"伊尹生空桑,捐庖佐皇极。"唐孟郊《上张徐州》:"愿鼓空桑弦,永使万物和。"唐曹松《荆南道中》:"高柳莫遮寒月落,空桑不放夜风回。"宋司马光《奉和始平…》:"委地鱼盐随处市,蔽空桑柘不容田。"宋郭祥正《逍遥园》:"孤猿啸兮秋夜长,空桑嘷兮冬雪昼。"

空桑子　kōng sāng zǐ
【分类】政治
【关键词】伊尹
【释义】指伊尹。伊尹是空桑人,其母生伊尹后即死去。源见"出空桑"。
【例句】宋李觏《启母庙》:"伯阳指株李,阿衡降空桑。"宋白玉蟾《西湖大醉…》:"谁言空桑生,乃嗣白仲理。"明夏原吉《题湘山樵寓》:"谓是空桑子,不把莘野锄。"明宛《庚寅狱中…》:"自非空桑子,岂不念所生。"清戴亨《训士吟》:"缅彼空桑子,崛起自邱原。"

空色　kōng sè
【分类】文化
【关键词】多心经
【释义】色法即是空性,空性即是色法。一切的色相皆为空。《般若波罗密多心经》:"色不异空,空不异色;色即是空,空即是色。受想行识,亦复如是。"
【例句】唐广宣《驾幸圣寺…》:"却指容颜非我相,自言空色是吾真。"唐庞蕴《杂句》:"枉用功夫来去苦,毕竟到头空色还。"唐朱庆馀《题开元寺》:"何必更将空色遗,眼前人事是浮生。"唐司空图《淛上》:"愁看地色连空色,静听歌声似哭声。"

空王　kōng wáng
【分类】文化
【关键词】圆觉经
【释义】佛教用语。佛的尊称。佛说世界一切皆空,故称空王。《圆觉经》:"佛为诸 法之王,又曰空王。"
【例句】唐白居易《宿香山寺…》:"君王圣主方行道,我事空王正坐禅。"唐孟郊《和蔷薇花歌》:"飞散葩馥绕空王,忽惊锦浪洗新色。"唐鲍溶《送僧择栖…》:"身非居士常多病,心爱空王稍觉闲。"唐吕岩《七言》:"先教玄母归离户,后遣空王镇坎门。"

空弦落雁　Kōng xián luò yàn
【分类】政治
【关键词】战国策
【释义】比喻受过某种打击或刺激后,一遇到类似情况,便十分惊恐。《战国策·楚策四》:"雁从东方来,更赢以虚发而下之…对曰:'其飞徐而悲鸣。飞徐者,故疮痛也;悲鸣者,久失群也,故疮未息,而惊心未去也。闻弦音,引而高飞,故疮陨也。'"
【例句】唐李白《单父东楼…》:"折膈翻飞随转蓬,闻弦虚坠下霜空。"宋陆游《杂兴》:"空弦可落雁,此事盖自昔。"宋仲并《中秋不见月》:"且看惊鸾呈妙舞,却愁落雁怯虚弦。"宋虞俦《暇日邀王…》:"送鸿烦远目,落雁惊虚弦。"

空中书　kōng zhōng shū
【分类】文化
【关键词】史宗
【释义】指从神仙界寄来的书信。《高僧传·晋上虞龙山史宗》:"道人以书付小儿…小儿云:'道人令其捉杖,飘然而去,或闻足下波浪耳。'并说山中人寄书犹在小儿衣带…令人送此小儿以白土埭,送与史宗。宗开书大惊云:'汝那得蓬莱道人书耶?'"
【例句】唐杜甫《送孔巢父…》:"罢琴惆怅月照席,几岁寄我空中书?"宋程俱《奉陪知府…》:"斯游入清妙,傥寄空中书。"宋周紫芝《次韵似表…》:"可怜多病闭门叟,对月痴坐空中书。"宋谢翱《寄所知》:"偶同海鸟梦,为致空中书。"

孔北海　kǒng běi hǎi
【分类】文化
【关键词】孔融
【释义】孔融,字文举。东汉末年文学家,建安七子之一。《后汉书·孔融列传》:"会董卓废立,融每因对答,辄有匡正之言。以忤卓旨,转为议郎。时黄巾寇数州,而北海最为贼冲,卓乃讽三府同举融为北海相。"
【例句】唐武元衡《送兄归洛…》:"殷勤孔北海,时节易流移。"唐高适《奉酬睢阳…》:"朝瞻孔北海,时用杜荆州。"唐李群玉《经费拾遗…》:"唯应孔北海,为立郑公乡。"唐赵嘏《十无诗寄…》:"孔融襟抱称名儒,爱物怜才与世殊。"唐罗隐《虚白堂前…》:"香暖几飘袁虎扇,格高常对孔融樽。"

孔壁　kǒng bì
【分类】生活
【关键词】孔子
【释义】也称鲁壁。是孔子故宅的墙壁。据传,古文经曾出于壁中。《汉书·艺文志》:"武帝末,鲁共王坏孔子宅,欲以广其宫,而得古文尚书及礼记、论语、孝经凡数十篇,皆古字也。"
【例句】唐崔日知《冬日述怀…》:"孔壁采遗篆,周韦考绝编。"唐宋之问《宴安乐公…》:"箫奏秦台里,书开鲁壁中。"唐方干《哭江西陈…》："虽云挂剑来坟上,亦恐藏书在壁中。"宋李复《残编》："须知孔壁遗文在,岂逐秦燔烈焰销。"宋文彦博《仆射侍中…》："鲁壁再传科斗字,稽山长咏永和春。"

孔巢父　kǒng cháo fù
【分类】文化
【关键词】孔巢父
【释义】字弱翁,与李白等六人隐居山东徂徕山,号竹溪六逸。孔子三十七世孙。代宗广德中授右卫兵曹参军。天宝年间辞官归隐。后复出。唐李白《送韩准裴政孔巢父还山》："孔侯复秀出,俱与云霞亲。"
【例句】唐杜甫《送孔巢父…》："巢父掉头不肯住,东将入海随烟雾。"五代徐钧《孔巢父》："力仗孤忠化积顽,奉辞竟不遣生还。"明宋琬《送曹顾庵…》："论文赖有孔巢父,击筑今无高渐离。"

孔淳辞散骑　kǒng chún cí sǎn qí
【分类】政治
【关键词】孔淳之
【释义】咏隐遁不仕之典。《南史·孔淳之传》："孔淳之字彦深,鲁人也…性好山水,每有所游,必穷其幽峻,或旬日忘归。元嘉初,复征为散骑侍郎,乃逃于上虞县界,家人莫知所在。"
【例句】唐王绩《山家夏日》："孔淳书数帙,朝朝还自看。"唐王绩《赠李徵君…》："孔淳辞散骑,陆昶谢中郎。"元张翥《寄越宝林…》："孔淳自许游方者,须觅岩居竺法崇。"清彭启丰《再过剡溪》："平生雅爱孔淳之,剡曲山川镜里移。"

孔德璋　kǒng dé zhāng
【分类】文化
【关键词】孔稚圭
【释义】指南朝齐骈文家孔稚圭,字德璋。代表作《北山移文》,嘲讽名士周颙故作高蹈而又醉心利禄。源见"孔稚圭"。
【例句】唐卢纶《过司空曙…》："何言张掾傲,每重德璋亲。"宋苏颂《和刘明仲…》："年事已高心虑息,山堂无俟德璋移。"宋贺铸《题甘露寺…》："悠悠德璋辈,未办勒移文。"宋陈与义《送张仲宗…》："旧山虽好慎勿过,恐有德璋能勒文。"

孔鼎　kǒng dǐng
【分类】政治
【关键词】孔子
【释义】正考父庙之鼎。正考父孔子先祖。《左传·昭公七年》："及正考父佐戴、武、宣,三命兹益共,故其鼎铭云:'一命而偻,再命而伛,三命而俯。循墙而走,亦莫余敢侮。饘于是,鬻于是,以糊余口。'其共也如是。"
【例句】唐李商隐《韩碑》："汤盘孔鼎有述作,今无其器存其辞。"清王士禛《冬日读唐…》："元和碑版照千春,孔鼎汤盘迹未湮。"清田雯《题殷彦来…》："睥睨昌黎不多让,汤盘孔鼎同攀追。"清朱昆田《诸葛武侯…》："未若此鼓号诸葛,汤盘孔鼎同流馨。"

孔父伤时　kǒng fù shāng shí
【分类】政治
【关键词】孔子
【释义】形容对世道的伤感与惆怅。《论语·子罕》："子曰:'凤鸟不至,河不出图,吾已矣夫!'"《史记·孔子世家》："及西狩见麟,曰:'吾道穷矣!'"孔父:指孔子。《后汉书·申屠刚传》："损益之际,孔父攸叹。"唐李贤注引《说苑》曰:"孔子读《易》,至《损》《益》,则喟然而叹。"
【例句】唐吴筠《项橐》："孔父惭至理,颜生赖真授。"唐杜甫《通泉驿南…》："伤时愧孔父,去国同王粲。"唐杜甫《久客》："去国哀王粲,伤时哭贾生。"明何景明《水营壁治…》："谅怀原生耻,庶悟孔父叹。"

孔光尊董贤　kǒng guāng zūn dǒng xián
【分类】政治
【关键词】孔光
【释义】讽名臣失体统之典。《汉书·佞幸传·董贤传》："知上欲尊宠贤,及闻贤当来也,光警戒衣冠出门待…乃出拜谒,送迎甚谨,不敢以宾客均敌之礼。"
【例句】唐李华《杂诗》："孔光尊董贤,故广惭李固。"宋徐积《山中乐》："孔光屈身事董贤,谷永阴与王凤交。"宋王禹称《和冯中允…》："西汉董贤方佞倖,孔光迎拜卑如奴。"宋陈与义《留别葛汝州》："劝公慎勿学孔光,荐士何妨似张禹。"

孔贵嫔　kǒng guì pín
【分类】生活
【关键词】陈叔宝
【释义】南朝陈后主陈叔宝的贵嫔。和张丽华、龚贵嫔等备受后主宠爱。《陈书·皇后列传》："至德二年,乃于光照殿前起临春、结绮、望仙三阁…后主自居临春阁,张贵妃居结绮阁,龚、孔二贵嫔居望仙阁,并复道交相往来。"
【例句】唐欧阳询《道失》："已惑孔贵嫔,又被辞人侮。"

孔怀　kǒng huái
【分类】生活
【关键词】诗经
【释义】原谓甚相思念。后用为兄弟的代称。《诗经·小雅·常棣》："死丧之威,兄弟孔怀。"郑笺："维兄弟之亲,甚相思念。"
【例句】唐李峤《被》："孔怀欣共寝,棣萼几含芳。"唐王梵志《题阙》："孔怀须敬重,同气并连枝。"宋范纯仁《程明道挽词》："孔怀存爱弟,皓首奈慈亲。"宋苏洞《存没口号》："毋忘在莒孔怀日,可咏陟冈何怙诗。"

孔伋缊袍　kǒng jí yùn páo
【分类】生活

【关键词】子思

【释义】咏清高贫寒之典。《说苑·立节》:"子思居于卫,缊袍无表,二旬而九食。田子方闻之,使人遗狐白之裘,恐其不受,因谓之曰:'吾假人,遂忘之,吾与人也,如弃之。'子思辞而不受。"缊袍:以乱麻为絮的袍子。

【例句】唐李瀚《蒙求》:"孔伋缊袍、祭遵布被。"唐杜甫《大雨》:"执热乃沸鼎,纤缔成缊袍。"唐杜甫《遣遇》:"自喜遂生理,花时甘缊袍。"唐常建《渔浦》:"沤纻为缊袍,折麻为长缨。"唐章孝标《赠庐山钱卿》:"箧有新征诏,囊余旧缊袍。"

孔仅 kǒng jǐn

【分类】政治

【关键词】孔仅

【释义】汉武帝时任大农丞,主管盐铁之事。谓聚敛之臣。《汉书·食货志下》:"于是以东郭咸阳、孔仅为大农丞,领盐铁事⋯孔仅,南阳大冶,皆致产累千金。"

【例句】唐柳宗元《酬韶州裴⋯》:"乘轺参孔仅,按节服侯狲。"明王慎中《放歌行送⋯》:"南阳孔仅故贾人,卜式田间牧竖子。"清王式丹《南中书事》:"孔仅算缗原始祸,卢循入海岂他军?"清翁同龢《叠前韵题⋯》:"赤手能增无量数,桑羊孔仅尔何人。"

孔悝铭 kǒng kuī míng

【分类】政治

【关键词】礼记

【释义】咏报国功之典。《礼记·祭统》:"故卫孔悝之鼎铭曰⋯公曰:'叔舅,予女铭。若纂乃考服。'悝拜稽首。曰:'对扬以辟之,勤大命,施于烝彝鼎。'"卫庄公令孔悝将其先人之功绩刻在鼎上,以志不朽。

【例句】唐窦庠《酬韩愈侍⋯》:"自悲由也瑟,敢坠孔悝铭。"宋沈与求《蒋司成挽词》:"汉室首推施氏易,卫人端识孔悝铭。"清阮常生《齐侯罍歌》:"孔悝读铭未云多,张敞识鼎岂足数。"

孔李通家 kǒng lǐ tōng jiā

【分类】生活

【关键词】孔融

【释义】世交之典,亦用于赞美儿童聪慧。源见"河尹与孔融"。

【例句】唐李端《赠神童》:"不是通家旧,频劳文举过。"唐柳宗元《弘农公以⋯》:"通家殊孔李,旧好即潘杨。"宋王十朋《途中寄何⋯》:"韩张呼酒情虽重,孔李通家好未修。"宋汪炎昶《晦庵先生⋯》:"孔李通家争几许,当时独未作门生。"

孔鲤趋庭 kǒng lǐ qū tíng

【分类】生活

【关键词】孔鲤

【释义】指子承父教。也指对尊长敬畏之礼。《论语·季氏》:"(孔子)尝独立,鲤趋而过庭。曰:'学诗乎?'对曰:'未也。''不学诗,无以言。'鲤退而学诗。"

【例句】唐王维《故太子太⋯》:"旧里趋庭日,新年置酒辰。"唐杜甫《登兖州城楼》:"东郡趋庭日,南楼纵目初。"唐刘禹锡《酬郑州权⋯》:"鲤庭传事业,鸡树遂翱翔。"唐朱湾《逼寒节寄⋯》:"他日趋庭应问礼,须言陋巷有颜回。"

孔墨 kǒng mò

【分类】文化

【关键词】孔墨

【释义】儒家学派创始人孔子与墨家学派创始人墨子的并称。亦指儒墨二派。《韩非子·显学》:"孔墨之后,儒分为八,墨离为三,取舍相反不同,而皆自谓真孔墨。孔墨不可复生,将谁使定世之学乎?"

【例句】唐王维《赠东岳焦⋯》:"不能师孔墨,何事问长沮。"唐吕温《同舍弟恭⋯》:"伊吕偶然得,孔墨徒below为。"宋王安石《读墨》:"孔墨必相用,自古宁有此。"宋宋庠《冬至摄事⋯》:"夔禹值虞奋,孔墨遭周穷。"

孔丘 kǒng qiū

【分类】文化

【关键词】孔子

【释义】大思想家、大教育家,儒家学派创始人。《史记·孔子世家》:"鲁襄公二十二年而孔子生。生而首上圩顶,故因名曰丘云。字仲尼,姓孔氏。⋯孔子以诗书礼乐教,弟子盖三千焉,身通六艺者七十有二人。"

【例句】唐王绩《赠程处士》:"礼乐囚姬旦,诗书缚孔丘。"唐储光羲《同王十三⋯》:"孔丘贵仁义,老氏好无为。"唐王维《疑梦》:"黄帝孔丘何处问,安知不是梦中身?"聂绀弩《受表扬》:"梁颢老登龙虎榜,孔丘难化溺沮身。"

孔雀东南飞 kǒng què dōng nán fēi

【分类】生活

【关键词】焦仲卿

【释义】咏挚爱夫妻婚姻悲剧之典。《玉台新咏·古诗为焦仲卿妻作序》:"汉末建安中,庐江府小吏焦仲卿妻刘氏,为仲卿母所遣⋯乃没水而死。仲卿闻之,亦自缢于庭树。时人伤之,为诗云尔。"其诗云:"孔雀东南飞,五里一徘徊⋯"

【例句】唐李白《庐江主人妇》:"孔雀东飞何处栖,庐江小吏仲卿妻。"明何景明《闻歌》:"莫言此曲终堪听,孔雀东南各自分。"明李攀龙《九里松图⋯》:"孔雀东飞烦再顾,欲从威凤托清光。"明宋琬《韩氏双烈诗》:"孔雀东飞雏凤随,青陵台畔草离离。"

孔雀屏中 kǒng què píng zhōng

【分类】政治

【关键词】李渊

【释义】择婿许婚的典故。《旧唐书·高祖太穆皇后窦氏》:"乃于门屏画二孔雀,诸公子有求婚者,辄与两箭射之,潜约中目者许之。前后数十辈莫能中,高祖后至,两发各一目。毅大悦,遂归于我帝。"

【例句】唐杜甫《李监宅》："屏开金孔雀，褥隐绣芙蓉。"宋释居简《次韵惠寺…》："孔雀屏开金错落，蟾蜍玉冷墨淋漓。"明李昌祺《著存堂歌…》："忆昔金闺中雀屏，高堂具庆喜康宁。"明陆采《划锹儿》："雀屏射目夸连中。不劳丝幕更牵红。"

孔融让果　kǒng róng ràng guǒ
【分类】生活
【关键词】孔融
【释义】谓兄弟友爱。《后汉书·孔融传》："融幼有异才。"唐李贤注引《融家传》曰：兄弟七人，融第六，幼有自然之性。年四岁时，每与诸兄共食梨，融辄引小者。大人问其故，答曰：'我小儿，法当取小者。'"
【例句】唐钱起《送冷朝阳…》："兄弟相欢初让果，乡人争贺旧登龙。"唐钱起《酬刘起居…》："竹静携琴术，林香让果时。"宋万衣《赠柳泗澜…》："怀橘让果等闲事，服劳就养宁艰辛。"明皇甫汸《哭子安兄》："攀荆余敝宅，让果荐灵筵。"

孔融修刺　kǒng róng xiū cì
【分类】文化
【关键词】孔融
【释义】喻孩童机智。修刺，指置备名帖，作通报姓名之用。源见"河尹与孔融"。
【例句】唐刘禹锡《同乐天送…》："阁上掩书刘向去，门前修刺孔融来。"唐李嘉祐《送樊兵曹…》："修刺辕门里，多怜尔为亲。"明皇甫汸《寄孔督学》："几人修刺怀衣袖，犹恨无从谒孔融。"明皇甫汸《别何中丞迁》："阁上题诗思帝子，门前修刺谒君侯。"

孔席不暖　kǒng xí bù nuǎn
【分类】政治
【关键词】淮南子
【释义】即孔席不暖，墨突不黔。喻志在济世，奔忙不歇。《淮南子·修务训》："孔子无黔突，墨子无暖席。"原意是孔子、墨子四处周游，每到一处，坐席没有坐暖，灶突没有熏黑，又匆匆地到别处去了。形容忙于世事，各处奔走。
【例句】唐杜甫《发同谷县》："贤有不黔突，圣有不暖席。"唐雍裕之《四色》："已见池尽墨，谁言突不黔。"宋梅尧臣《和江邻几…》："共是空囊客，曾非暖席儒。"宋梅尧臣《莱宣遗酒》："破屋有空缸，冷灶无黔突。"

孔颜　kǒng yán
【分类】文化
【关键词】孔子
【释义】孔子与其弟子颜回的并称。喻指圣贤之人。《陆机集·君子行》："掇蜂灭天道，拾尘惑孔颜。"源见"孔丘""颜回"。
【例句】唐杜光庭《句》："降因天下思姚宋，出为儒门继孔颜。"宋赵抃《题公御史…》："遭时致主期尧舜，力道终身致孔颜。"宋陈襄《怀友人陈烈》："时无正说非杨墨，天与多才继孔颜。"聂绀弩《挽柏山》："冯唐易老老彭难，何似当初美孔颜。"

孔愉放龟　kǒng yú fàng guī
【分类】政治
【关键词】孔愉
【释义】形容知恩报恩；也借指将帅之印。《晋书·孔愉传》："（孔愉）以讨华轶功，封余不亭侯。愉尝行经余不亭，见笼龟于路者，愉买而放之溪中，龟中流左顾者数四。及是，铸侯印，而印龟左顾，三铸如初。印工以告，愉乃悟，遂佩焉。"
【例句】唐李商隐《寄太原卢…》："神物龟酬孔，仙才鹤姓丁。"唐刘禹锡《浙西李大…》："左顾龟成印，双飞鹄织袍。"清吴绮《寄上大司…》："衔玉酬杨宝，镕金顾孔愉。"清彭孙遹《寿徐健庵…》："李揆声名三绝擅，孔愉才望一身兼。"

孔璋檄书　kǒng zhāng xí shū
【分类】文化
【关键词】陈琳
【释义】咏幕宾文事之典。陈琳字孔璋，曾作《为袁绍檄豫州文》。《三国志·陈琳》："太祖谓曰：'卿昔为本初移书，但可罪状孤而已，恶恶止其身，何乃上及父祖邪？'琳谢罪，太祖爱其才而不咎。""文帝书与元城令吴质曰：'孔璋章表殊健，微为繁富。'"
【例句】唐刘长卿《行营酬吕…》："孔璋才素健，早晚檄书成。"唐刘禹锡《令狐相公…》："孔璋旧檄家家有，叔度新歌处处听。"明方孝孺《览陈先生…》："孔璋挥翰檄曹公，烈日秋霜格力雄。"明陈经《暑雨微凉…》："下榻尽延徐孺客，赋诗深愧孔璋才。"

孔稚圭　kǒng zhì guī
【分类】政治
【关键词】孔稚圭
【释义】南朝齐骈文家。《南齐书·孔稚圭传》："孔稚圭字德璋…迁正员郎，中书郎，尚书左丞…不乐世务，居宅盛营山水，凭机独酌，傍无杂事。门庭之内，草莱不剪，中有蛙鸣，或问之曰：'欲为陈蕃乎？'稚圭笑曰：'我以此当两部鼓吹，何必期效仲举。'"
【例句】唐吴融《蛙声》："稚圭伦鉴未精通，只把蛙声鼓吹同。"唐陆龟蒙《江南秋怀…》："唯荒稚圭宅，莫赠景山枪。"五代徐钧《孔稚圭》："北山不用讥猿鹤，亦有人嘲两部蛙。"宋李觏《虾蟆》："何者孔稚圭，爱之如鼓吹。"

控鲤　kòng lǐ
【分类】文化
【关键词】琴高
【释义】喻指得道成仙。源见"琴高乘鲤"。
【例句】唐王贞白《送芮尊师》："他年控鲤升天去，庐岳遗民愿从行。"唐韦庄《和侯秀才》："轻如控鲤初离岸，远似乘槎欲上天。"唐张铸《道士》："乘龙控鲤真吾偶，化石烧金即我曹。"宋苏轼《醴泉观真…》："眉间三出香而清,何必控鲤浮南溟。"

抠衣　kōu yī

【分类】生活

【关键词】礼记

【释义】提起衣服前襟。古人迎趋时的动作,表示恭敬。《礼记·曲礼上》："毋践屦,毋踖席,抠衣趋隅,必慎唯诺。"唐孔颖达疏："抠衣趋隅者,抠,提也。衣,裳也。趋,犹向也。隅,犹角也。既不踖席,当两手提裳之前,徐徐向席之下角,从下而升,当已位而就坐也。"

【例句】唐王绩《过乡学》："杖藜寻学舍,抠衣向讲堂。"唐权德舆《酬李二十…》："联袂共支策,抠衣赏绝编。"唐崔日知《冬日述怀…》："更执抠衣礼,仍开函丈筵。"唐太奉《五言四韵…》："飞锡登云路,抠衣拂戍烟。"

口碑　kǒu bēi

【分类】政治

【关键词】五灯会元

【释义】有口皆碑。宋释普济《五灯会元》："劝君不用镌顽石,路上行人口似碑。"即所有人的嘴都是活的记功碑。喻到处受到人们的颂扬和称赞。

【例句】宋赵时韶《余出留远…》："乾坤秀气孕三奇,勋叶人间有口碑。"宋楼钥《送伯父汪…》："州县小试囊中锥,政绩今在众口碑。"宋方大琮《送俊明李…》："耳闻眼见谁虚实,写与行人作口碑。"聂绀弩《赠周而复》："小说大书晨上海,口碑一传夜神京。"

口伐　kǒu fá

【分类】政治

【关键词】郑元璹

【释义】用语言谴责,声讨。《新唐书·郑元璹传》："太宗赐书曰:'知公口伐可汗如约,遂使边火息燧,朕何惜金石赐于公哉!'"

【例句】宋曹勋《王德言枢…》："口伐可汗初不识,得陪后乘始应知。"宋吴芾《哭元帅宗…》："公首慨然乞奉使,欲以口伐定扰攘。"宋王遂《口伐》："口伐归来战马闲,诗书只守一编残。"宋李洪《送范至能…》："口伐奇谋詟可汗,归来犹著侍臣冠。"

口若悬河　kǒu ruò xuán hé

【分类】文化

【关键词】郭象

【释义】形容人能言善辩,滔滔不绝。《晋书·郭象列传》："郭象字子玄,少有才理,好老庄,能清言。太尉王衍每云:'听象语,如悬河泻水,注而不竭。'"

【例句】唐韩愈《石鼓歌》："安能以此上论列,愿借辩口如悬河。"唐白居易《赠僧》："心如定水随形应,口似悬河逐病治。"唐刘长卿《西陵寄一…》："多谢清言异玄度,悬河高论有谁持。"宋赵希逢《和忧世寄…》："一片忠肝明贯日,十分辩口势悬河。"

口中雌黄　kǒu zhōng cí huáng

【分类】政治

【关键词】广绝交论

【释义】南朝刘俊《广绝交论》："雌黄出其唇吻。"《文选》李善注引《晋阳秋》："王衍能言,于言有不安者,辄更易之,号曰'口中雌黄'。"信,随意。雌黄,鸡冠石,黄色矿物。古时写字用黄纸,写错了用雌黄涂抹后重写。比喻不顾事实,随口乱说。

【例句】宋万衣《赠柳泗澜…》："高歌长啸眇六合,不与尘世论雌黄。"宋张孝祥《和刘国正…》："口中雌黄盖天下,聊欲教我烦新诗。"宋方岳《始见台章…》："口角雌黄吾岂敢,并忘皮里有春秋。"聂绀弩《挽雪峰》："文章信口雌黄易,思想锥心坦白难。"

扣马陈　kòu mǎ chén

【分类】政治

【关键词】王洛

【释义】喻直言相谏。《晋书·苻坚载记》："坚尝如邺,狩于西山,旬余,乐而忘返。伶人王洛叩马谏曰:'臣闻千金之子坐不垂堂,万乘之主行不履危。…陛下为百姓父母,苍生所系,何可盘于游田,以玷圣德。'"

【例句】唐杜甫《八哀诗》："袖中谏猎书,扣马久上陈。"宋郑思肖《夷齐西山图》："扣马痴心谏不休,既拼一死百无忧。"元乃贤《京城杂言》："扣马谏不杀,嘉辞动天容。"明吴伟业《赠家侍御…》："扣马忽上陈,挺身成艰际。"

寇邓勋　kòu dèng xūn

【分类】政治

【关键词】寇恂　邓禹

【释义】咏赞功臣之典。《后汉书·中兴二十八将传论》："虽寇、邓之高勋,耿、贾之鸿烈,分土不过大县数四,所加特进、朝请而已。"东汉中兴二十八将中,寇恂、邓禹二人都是辅佐刘秀成就帝业的重臣。

【例句】唐杜甫《述古》："吾慕寇邓勋,济时信良哉。"宋张镃《臞庵书事》："若有一丘能作主,更惭寇邓立功勋。"宋张镃《钓台》："赵梁雍代迹俱空,冯吴寇邓勋相望。"

寇瑊交子　kòu jiān jiāo zǐ

【分类】生活

【关键词】纸币

【释义】咏宋代建立纸币流通之典。交子,宋代发行的一种纸币。《宋史·食货志》："交子之法,盖有取于唐之飞钱。真宗时,张咏镇蜀,患蜀人铁线重…一交一缗…谓之交子,富民十六户主之。"《文献通考·钱币》："寇瑊尝守蜀,乞禁交子。薛田为转运使,议废交子则贸易不便,请官为置务,禁民私造,诏从其请,置交子务于益州。"

【例句】宋释慧空《送僧》："蜀川老觉家潼川,怀中交子是铁钱。"宋薛田《成都书事…》："货出军储推赈济,转行交子颂轻便。"

寇莱公　kòu lái gōng

【分类】政治

【关键词】寇准

【释义】即北宋宰相、莱国公寇准。《渑水燕谈录》："初,寇莱公十九擢进士第,有善相者曰:'君相甚贵,但及第太早,恐不善终。若功成早退,庶免深祸。盖君骨类卢多逊耳。'后果如其言。"

【例句】宋王十朋《寇莱公取…》："莱公相业韦郎句,付与诗人子细搜。"宋刘克庄《魏处士》："曾箴王太尉,亦讽寇莱公。"宋黄庭坚《和谢公定…》："莱公庙略传耆旧,韩令风流在井疆。"宋华镇《道守董公…》："平昔莱公此栖止,目穷佳丽真明暸。"

刳肠　kū cháng

【分类】政治

【关键词】庄子

【释义】剖腹摘肠。《庄子·外物》："仲尼曰:'神龟能见梦于元君,而不能避余且之网,知能七十二钻而无遗筴,不能避刳肠之患。'"

【例句】唐白居易《放言》："龟灵未免刳肠患,马失应无折足忧。"唐李贺《公莫舞歌》："汉王今日颁秦印,绝膑刳肠臣不论。"唐齐己《刳肠龟》："刳肠徒自屠,曳尾复何累。"唐释延寿《山居诗》："刳肠祇为生灵智,剖舌多因强语言。"

枯鳞　kū lín

【分类】政治

【关键词】庄子

【释义】枯鱼。亦喻处于困境者。源见"涸辙之鲋"。

【例句】唐骆宾王《咏怀古意…》："出笼穷短翮,委辙涸枯鳞。"唐刘长卿《狱中闻收…》："持法不须张密网,恩波自解惜枯鳞。"唐元稹《酬乐天得…》："饥摇困尾丧家狗,热暴枯鳞失水鱼。"唐罗隐《投寄韦右丞》："便应酬倚注,何处话穷鳞。"

枯鱼　kū yú

【分类】政治

【关键词】庄子

【释义】干鱼。困于涸辙之鱼。比喻处于困境。源见"涸辙之鲋"。

【例句】唐钱起《罢官后酬…》："宦名随落叶,生事感枯鱼。"唐白居易《春寒》："助酌有枯鱼,佐餐兼旨蓄。"唐元稹《有酒十章》："精卫衔芦塞海溢,枯鱼喷沫救池燔。"宋刘克庄《闻讯大渊…》："纵使村翁穷到骨,岂无薄醴与枯鱼。"

枯鱼章　kū yú zhāng

【分类】政治

【关键词】卞彬

【释义】咏自伤不遇之典。《南史·卞彬传》："卞彬字士蔚,济阴冤句人也…彬险拔有才,与物多忤。齐高帝辅政…(彬)大忤旨,因此摈废数年,不得仕进。乃拟赵壹《穷鸟》为《枯鱼赋》以喻意。"

【例句】唐李群玉《自澧浦东…》："咋笔话肝肺,咏兹枯鱼章。"宋王禹偁《还杨遂蜀…》："相逢且说文章乐,为君酌酒焚枯鱼。"宋王安中《再和》："向来天不雨,啜泣歌枯鱼。"元蓝仁《拟送蒋伯羽》："怪事只今看失马,前程未用叹枯鱼。"

哭穿市　kū chuān shì

【分类】政治

【关键词】左传

【释义】咏夫人被废逐之典。《左传·文公十八年》："夫人姜氏归于齐,大归也。将行,哭而过市曰:'天乎,仲为不道,杀适立庶。'市人皆哭,鲁人谓之哀姜。"

【例句】唐韩愈《谁氏子》："翠眉新妇年二十,载送还家哭穿市。"元杨维桢《览古》："出姜哭过市,呼天天实闻。"

哭寝门　kū qǐn mén

【分类】生活

【关键词】孔子

【释义】悼伤朋友去世之典。《礼记·檀弓》："伯高死于卫,赴于孔子。孔子曰:'吾恶乎哭诸?兄弟,吾哭诸庙;父之友,吾哭者庙门之外;师,吾哭诸寝;朋友,吾哭诸寝门之外。'"

【例句】唐苏颋《蜀城哭台…》："变衣寝门外,挥涕少城隈。"唐孟郊《哭李丹员…》："十年同在平原客,更遣何人哭寝门。"唐鲍溶《过薛舍人…》："寝门来哭夜,此月小祥初。"唐白居易《哭刘尚书…》："今日哭君吾道孤,寝门泪满白髭须。"

哭穷途　kū qióng tú

【分类】生活

【关键词】阮籍

【释义】伤感人生世道艰难之典。《晋书·阮籍传》:阮籍"时率意独驾,不由径路,车迹所穷,辄恸哭而反"。

【例句】唐陈子良《送别》："以我穷途泣,沾君出塞衣。"唐骆宾王《畴昔篇》："穷途行泣玉,愤路未藏金。"唐钱起《七盘岭阻…》："日暮穷途泪满襟,云天南望羡飞禽。"唐李端《长安感事…》："蹉跎潘鬓至,蹭蹬阮途穷。"唐杜甫《秋暮枉裴…》："齿落未是无心人,舌存耻作穷途哭。"

哭田横　kū tián héng

【分类】生活

【关键词】田横

【释义】田横,秦末占据齐地为王。汉高祖统一天下,率五百门客逃往海岛,刘邦派人招抚,被迫赴洛,在距洛阳三十里处首阳山自杀。部属闻田横死,亦全部自杀。《史记·田单列传》："(横)遂自到,令客奉其头,从使者驰奏之高帝。"

【例句】唐李涉《哭田布》："纵使将军能伏剑,何人岛上哭田横。"唐杜甫《八哀诗》："永系五湖舟,悲甚田横客。"唐李玫《喷玉泉冥…》》：“六合茫茫皆汉土,此身无处哭田横。”宋刘克庄《丞相信庵…》：“古有诗人悼房琯,今无壮士哭田横。”

哭香囊 kū xiāng náng
【分类】生活
【关键词】杨贵妃
【释义】咏李杨爱情悲剧之典。《新唐书·杨贵妃》：“启瘗,故香囊犹在,中人以献,帝视之,凄感流涕,命工貌妃于别殿,朝夕往,必为鲠欷。”
【例句】唐郑嵎《津阳门诗》：“花肤雪艳不复见,空有香囊和泪滋。”唐徐夤《荔枝》：“朱弹星丸粲日光,绿琼枝散小香囊。”宋余靖《落花》：“金谷已空新步障,马嵬徒见旧香囊。”宋李周《华清怀古》：“蜀道归来应悔祸,香囊特地泣娉婷。”

哭阴山 kū yīn shān
【分类】政治
【关键词】汉武帝
【释义】指汉武帝时匈奴败退失去阴山而悲痛。后用以咏边塞战争。《汉书·匈奴传下》：“至孝武世,出师征伐,斥夺此地,攘之于幕北·边长老言匈奴失阴山之后,过之未尝不哭也。”
【例句】唐李益《拂云堆》：“单于每近沙场猎,南望阴山哭始回。”唐武元衡《单于罢战…》：“曾是五年莲府客,每闻胡房哭阴山。”宋刘敞《寄孙秦州》：“自失阴山常恸哭,更闻消息向金微。”宋周绪《书事》：“阴山闻鬼哭,征人昼夜行。”

哭真长 kū zhēn zhǎng
【分类】生活
【关键词】刘惔
【释义】怀念亡友之典。《晋书·刘惔传》：“刘惔字真长…尚明帝女庐陵公主。以惔雅善言理…年三十六,卒官。孙绰为之诔云：‘居官无官官之事,处事无事事之心。’时人以为名言。后绰尝诣褚裒,言及惔,流涕曰：‘可谓人之云亡,邦国殄瘁。’”
【例句】唐韩彦谦《闻李浑司…》》：“任被褚裒泉下笑,重将北面哭真长。”唐杜审言《赠崔融二…》：“日疑怀叔度,夜似忆真长。”宋邓肃《次韵师皋》：“羡君好古慕羲皇,品流不减刘真长。”宋楼钥《吴少由惠…》：“江左一世称名公,首出刘惔与王濛。”明王世贞《送凌云鹄…》：“麈尾轻刘惔,刀环识吕虔。”

哭征西 kū zhēng xī
【分类】政治
【关键词】耿秉
【释义】塞外民族痛悼边将之典。《后汉书·耿秉传》：“建初元年,拜度辽将军。视事七年,匈奴怀其恩信。…章和二年,复拜征西将军,副车骑将军窦宪击北匈奴,大破之。”“明年夏卒,时年五十余。…匈奴闻秉卒,举国号

哭,故至犁面流血。”
【例句】唐王维《故西河郡…》》：“犹闻陇上客,相对哭征西。”唐刘长卿《送李将军》：“征西诸将莫如君,报德谁能不顾勋。”

苦海 kǔ hǎi
【分类】文化
【关键词】华严经
【释义】佛家语。指尘世间的烦恼和苦难。《华严经·寿量品》：“我见诸众生,没在于苦海。”
【例句】唐道世《颂》：“苦海深河趣,思登般若船。”唐惟劲《觉地颂》：“业识茫茫没苦海,徇流浩浩逐飘零。”唐白居易《寓言题僧》：“劫风火起烧荒宅,苦海波生荡破船。”宋文天祥《泰州》：“长淮行不断,苦海望无穷。”

苦心 kǔ xīn
【分类】政治
【关键词】庄子
【释义】指辛勤地耗在某种事物上的心思或精力。《庄子·渔夫》：“苦心劳形,以危其真。”
【例句】唐杜甫《古柏行》：“苦心岂免容蝼蚁,香叶终经宿鸾凤。”唐韩翃《送崔秀才…》：“诗家行辈如君少,极目苦心怀谢朓。”唐李绅《寿阳罢郡…》：“食蘖苦心甘处困,饮冰持操敢辞寒。”唐方干《上杭州杜…》：“苦心多为安民术,援笔皆成出世文。”

酷似牢之 kù sì láo zhī
【分类】生活
【关键词】何无忌
【释义】咏甥舅之典。《晋书·何无忌传》：“初,桓玄闻裕等及无忌之起兵也,甚惧…玄曰：‘刘裕勇冠三军,当今无敌。…何无忌,刘牢之之甥,酷似其舅。共举大事,何谓无成！’”
【例句】唐权德舆《奉和崔评…》：“酷似仰牢之,雄词挹亭伯。”唐许浑《余谢病东…》：“酷似牢之玉不如,落星山下白云居。”唐赵嘏《赠薛勋下第》：“牢之一坐被青云逼,只问君能酷似无。”宋陈师道《和张奉议…》：“人言酷似牢之舅,未有新诗锦不如。”

夸夺子 kuā duó zǐ
【分类】政治
【关键词】韩愈
【释义】谓名利之徒。唐韩愈《杂诗》：“向者夸夺子,万坟厌其巅。”
【例句】宋刘敞《读庄子》：“彼哉夸夺子,佩服烂朱金。”宋沈辽《古兴》：“寄语夸夺子,古人已皆然。”宋程俱《同叶内翰…》》：“却顾夸夺子,心兵战方酣。”宋陈渊《再和邓志宏》：“人间得丧岂偶然,可笑纷纷夸夺子。”

夸娥 kuā é
【分类】文化

【关键词】愚公
【释义】喻指天上的大力神。源见"愚公移山"。
【例句】唐皮日休《游毛公坛》："将山待夸娥,以肉投猰貐。"唐陆龟蒙《奉和袭美…》："恐是夸娥怒,教临嶻嶭衰。"宋刘攽《和李公择…》："巨灵擘华疏黄河,夸娥移山开汉东。"宋范祖禹《和子进千…》："夸娥素月人疑近,姑射仙山路岂遥。"

夸父逐日　kuā fù zhú rì
【分类】政治
【关键词】夸父
【释义】形容敢于同大自然搏斗的牺牲精神。也比喻志向虽大,但事业难成。《山海经·海经》："夸父与日逐走,入日。渴欲得饮,饮于河渭;河渭不足,北饮大泽。未至,道渴而死。弃其杖,化为邓林。"
【例句】唐皎然《拟古》："夸父亦何愚,竟走先自疲。"唐杜牧《池州送孟…》："子提健笔来,势若夸父渴。"宋梅尧臣《鸡声》："谁教夸父逐,远向邓林趋。"宋刘攽《负暄》："鹰扬肯顾跂乌逝,龙衮尤怜夸父奔。"

夸毗　kuā pí
【分类】政治
【关键词】诗经
【释义】指谄媚,卑屈。屈己卑身以随顺别人。《诗经·大雅·板》："天之方懠,无为夸毗。"又《尔雅·释训》："夸毗,体柔也。"汉毛传："懠,怒也。夸毗,体柔人也。"
【例句】唐陈子昂《感遇诗》："蚩蚩夸毗子,尧禹以为谩。"宋梅尧臣《张斯立遂…》："去勿藉芳草,世俗多夸毗。"宋司马光《偶成》："鄙哉夸毗子,结驷乘朱轩。"宋汪莘《野趣亭》："遂令举世不复野,村夫俚妇争夸毗。"

跨灶　kuà zào
【分类】生活
【关键词】杂箴
【释义】比喻儿子胜过父亲。三国魏王朗《杂箴》："家人有严君焉,井灶之谓也,是以父喻井灶。或曰:灶上有釜,故生子过父者,谓之跨灶。"
【例句】宋张昭子《挽赵秋晓》："抚几自悲还自慨,喜君跨灶有诸儿。"宋曾丰《王元宾之…》："家传自许已跨灶,庭对相期毋聩奥。"宋王大烈《贺人生子》："寄语王浑防跨灶,阿戎清赏只须臾。"宋刘克庄《赠钟主簿…》："竟说郎君能跨灶,顿令老子欲答儿。"

会稽霞举　kuài jī xiá jǔ
【分类】文化
【关键词】司马昱
【释义】意谓气宇轩昂、红光映照,给人以朝霞升起之感,因以形容仪度之爽朗。《世说新语·容止》："海西时,诸公每朝,朝堂犹暗,唯会稽王(司马昱)来,轩轩如朝霞举。"
【例句】唐刘蕃《状江南季秋》："枫叶红霞举,苍芦白浪川。"宋李廌《有怀都下…》："锦标霞举夺日精,万楫竞渡驰蛟

虬。"宋朱熹《次子厚秋句…》："今晨枉秀句,烂若朝霞举。"宋郑清之《家园即事》："水满横塘占晓凉,莲腮霞举叶云生。"

会稽之耻　kuài jī zhī chǐ
【分类】政治
【关键词】句践
【释义】指越王勾践在会稽山被吴王夫差击败。《史记·越王句践世家》："吴既赦越,越王句践反国,乃苦身焦思,置胆于坐,坐卧即仰胆,饮食亦尝胆也。曰:'女忘会稽之耻邪?'…深谋二十余年,竟灭吴,报会稽之耻。"
【例句】唐李白《赠从孙义…》："誓雪会稽耻,将奔宛陵道。"唐李白《闻李太尉…》："愿雪会稽耻,将期报恩荣。"唐皇甫冉《和袁郎中…》："节比全疏勒,功当雪会稽。"宋梅尧臣《正仲见赠…》："如负会稽辱,欲雪效尝胆。"

脍鲤　kuài lǐ
【分类】生活
【关键词】诗经
【释义】待客热情之典。《诗经·小雅·六月》："饮御诸友,炰鳖脍鲤。"
【例句】唐钱起《送丁著作…》："带经怡府吏,脍鲤待乡人。"唐丘为《湖中寄王…》："小僮能脍鲤,少妾事莲舟。"宋黄庶《次韵和酬…》："偷闲把酒罗脍鲤,鱼冻难趁烦鸣舷。"宋陆佃《和毅夫倒…》："况有鳖裙胜脍鲤,岂无鹅掌代蒸凫。"

脍炙　kuài zhì
【分类】生活
【关键词】孟子
【释义】细切的肉和烤熟的肉。泛指佳肴。也比喻美好的诗文或事物。《孟子·尽心》："公孙丑问曰:'脍炙与羊枣孰美?'孟子曰:'脍炙哉!'"
【例句】唐齐己《读李白集》："锵金铿玉千余篇,脍吞炙嚼人口传。"宋杨万里《病中屏肉…》："人间脍炙无此味,天上酥酡恐尔甜。"宋邵雍《登山临水吟》："言味止知甘脍炙,语真谁是识琼瑶。"宋黄庭坚《观秘阁苏…》："雄文终脍炙,妙墨见垣墙。"

宽饶狂　kuān ráo kuáng
【分类】政治
【关键词】盖宽饶
【释义】谓谏臣敢于劲谏。指西汉盖宽饶,为人刚直,敢于劲奏,即权贵亦不避忌,丞相魏侯称他"醒而狂"。《汉书·盖宽饶》："擢为司隶校尉,刺举无所回避…公卿贵戚及郡国吏繇使至长安,皆恐惧莫敢犯禁,京师为清。"
【例句】唐戴叔伦《奉天酬别…》："宽饶狂自比,汲黯直为邻。"唐李绅《州中小饮…》："耻矜学步贻身患,岂慕醒狂蹋祸阶。"宋宋庠《默诵》："笃学自依袁伯业,醒狂谁比盖宽饶。"宋杨公远《用前韵酬…》："宁同子美吟诗瘦,岂效宽饶肆酒狂。"

款段马　kuǎn duàn mǎ

【分类】文化

【关键词】马援

【释义】指行动迟缓的马。喻指普通的生活或悔悟之情。源见"跕鸢"。

【例句】唐高适《同吕判官…》："款段苦不前,清冥信难致。"唐李白《江南赠韦…》："昔骑天子大宛马,今乘款段诸侯门。"唐韩翃《家兄自山…》："枥中嘶款段,阶下引潺湲。"唐韩愈《雨中寄孟…》："惟当骑款段,岂望觐圭珩。"

匡衡抗疏　kuāng héng kàng shū

【分类】政治

【关键词】匡衡

【释义】咏忠臣直谏之典。匡衡,汉元帝时官至太子少傅、丞相。《汉书·匡衡传》："衡上疏陈便宜,及朝廷有政议,傅经以对,言多法义。"

【例句】唐杜甫《秋兴》："匡衡抗疏功名薄,刘向传经心事违。"唐杜甫《同元使君…》："贾谊昔流恸,匡衡常引经。"唐权德舆《奉送孔十…》："乞身已见抗疏频,优礼新闻诏书许。"五代徐钧《潘好礼》："废王立武覆车同,抗疏精忠幸见从。"

匡汲　kuāng jí

【分类】政治

【关键词】匡衡汲黯

【释义】指西汉匡衡和汲黯,都曾因小过失而免官。后因以"匡汲"喻为官有升有降。《汉书·匡衡传》："有司奏衡专地盗土,衡竟坐免。"《汉书·汲黯传》："黯坐小法,会赦,免官。"

【例句】唐杜甫《八哀诗》："匡汲俄宠辱,卫霍竟哀荣。"

筐篚恩　kuāng fěi ēn

【分类】政治

【关键词】诗经

【释义】皇帝赏赐。筐篚用以盛物。《毛诗序》："《鹿鸣》,燕君臣嘉宾也。既饮食之,又实币帛筐篚,以将其厚意。然后忠臣嘉宾,得尽其心矣。"

【例句】唐杜甫《自京赴奉…》："圣人筐篚恩,实欲邦国活。"唐陈陶《冬日暮旅…》："楚国蕙兰增怅望,番禺筐篚屡虚空。"宋刘学箕《姜薄命》："二十许嫁豪家儿,阿爷已受筐篚仪。"宋释文珦《秋胡诗》："重义不受金,采采实筐篚。"

狂狷　kuáng juàn

【分类】文化

【关键词】论语

【释义】指志向高远的人与拘谨自守的人。《论语·子路》："子曰:'不得中行而与之,必也狂狷乎!狂者进取,狷者有所不为也。'"三国魏何晏《集解》引汉包咸曰:"狂者进取于善道,狷者守节无为。"也喻狂妄偏急。

【例句】唐孟郊《吊元鲁山》："小生奏狂狷,感慨增等列。"唐李绅《州中小饮…》："从此别离长酩酊,洛阳狂狷任椎埋。"唐李商隐《行次西郊…》："乐祸忘怨敌,树党多狂狷。"宋张九成《论语绝句》："狂狷虽云执一偏,一偏所执尚能坚。"

狂澜　kuáng lán

【分类】政治

【关键词】韩愈

【释义】指巨大的波浪,比喻动荡的局势或社会动乱。唐韩愈《进学解》："障百川而东之,回狂澜于既倒。"

【例句】宋刘挚《老子画象》："谓可愚斯民,狂澜复既倒。"宋苏辙《次韵子瞻…》："眼看狂澜倒百川,孤根漂荡水无边。"宋卫宗武《伐墓松》："欲为狂澜障,无奈铄金口。"宋王十朋《答毛唐卿…》："韩子皇皇慕仁义,力排佛老回狂澜。"

狂奴　kuáng nú

【分类】文化

【关键词】严光

【释义】喻傲世之隐者。狂放不羁的人。《后汉书·严光传》:严光与光武帝是同学,司徒侯霸差人请严光,仅回一封信:"位至鼎足,甚善。怀仁辅义天下悦,阿谀顺旨要领绝。"奏光武帝,帝笑曰:"狂奴故态也。"

【例句】唐张祜《酬郑模司…》："喜是狂奴态,羞为老婢声。"唐皮日休《钓矶》："狂奴卧此多,所以踏帝腹。"宋徐积《谢皇华使者》："蛮酋鼠窜稽天诛,官兵指日缚狂奴。"聂绀弩《桥夜》："平生光景谁今夕,美死狂奴定此桥。"

狂童　kuáng tóng

【分类】政治

【关键词】诗经

【释义】轻狂顽劣的少年。指狂悖作乱的人。《诗经·郑风·褰裳》："狂童之狂也且。"孔疏："狂童,谓狂顽之童稚。"

【例句】唐韩愈《送张道士序》："臣有平贼策,狂童不难治。"唐刘禹锡《平蔡州》："狂童面缚登槛车,太白夭矫垂捷书。"唐杜牧《东兵长句》："狂童何者欲专地,圣主无私岂玩兵。"唐韩偓《乱后却至…》："狂童容易犯金门,比屋齐人作旅魂。"

狂吟老监　kuáng yín lǎo jiān

【分类】文化

【关键词】贺知章

【释义】称喻放诞狂吟者。《旧唐书·贺知章》："知章晚年尤加纵诞,无复规检,自号四明狂客,又称'秘书外监',遨游里巷。醉后属词,动成卷轴,文不加点,咸有可观。"

【例句】宋宋敏求《送程给事…》："老人日俟刘公至,狂客今无贺监归。"宋王之望《鹧鸪天》："谪仙狂监从来识,七步初看子建诗。"宋王汾《送程给事…》："诗编岂愧微之富,杯酒应嗤贺监狂。"宋周密《一萼红》："为唤狂吟老监,共赋销忧。"

纩息定　kuàng xī dìng
【分类】生活
【关键词】礼记
【释义】指人已停止呼吸。《礼记·丧大记》："疾病…属纩以俟绝气。"汉郑玄注："纩,今之新绵,易动摇,置口鼻之上,以为候。"
【例句】唐柳宗元《掩役夫张…》："一朝纩息定,枯朽无妍媸。"宋孙觌《愚溪》："一朝纩息定,白日断履綦。"清李宪噩《寄子受》："一旦纩息定,灭如风中尘。"

旷士　kuàng shì
【分类】文化
【关键词】鲍照
【释义】喻胸襟开阔之士。南朝宋鲍照《代放歌行》："小人自龌龊,安知旷士怀。"
【例句】唐杜甫《同诸公登…》："自非旷士怀,登兹翻百忧。"宋朱熹《再赋解嘲》："岂悟旷士怀,泛若不系舟。"宋韩维《奉送永州…》："循良今慰远人望,潇洒仍惬旷士怀。"宋郭印《汉州塔》："自笑情怀非旷士,谁知筋力已衰翁。"

旷原　kuàng yuán
【分类】生态
【关键词】周穆王
【释义】广阔的原野。《穆天子传》："自西王母之邦,北至于旷原之野,飞鸟之所解羽,千有九百里。宗周至于西北大旷原,万四千里。"晋郭璞注引《山海经》："群鸟所集泽有两处,一方百里,一方千里,即此大旷原也。"
【例句】唐杜甫《奉同郭给…》："阊风入辙迹,旷原延冥搜。"宋刘敞《铁浆馆》："旷原开碛口,别道入松亭。"宋邓深《乡人祷雨…》："剩水有平畴,旷原无焦土。"明李梦阳《田居喜雨》："薄暮断虹收霹雳,旷原西日倚筇看。"

岿然独存　kuī rán dú cún
【分类】生态
【关键词】王延寿
【释义】岿然：高峻独立的样子。形容经过变乱而唯一幸存的事物。源见"鲁殿灵光"。
【例句】宋何异《宗老堂》："岿然独存灵光殿,再世袭封康乐公。"宋李曾伯《八窗叔用…》："洛川已矣不复见,斯地岿然犹独存。"宋魏了翁《寿四川制…》："厥美钟在季,鲁殿岿然存。"宋艾性夫《大佛头》："锦帆翠楫照吴川,系缆犹存石岿然。"

奎文　kuí wén
【分类】政治
【关键词】王义丰
【释义】犹御书。亦称奎书、奎章。《桯史·王义丰诗》："王者,德安人,仕至抚州守,尝从张紫微学诗。紫微罢荆州,侍总得翁以归,偕之游庐山。暇日,出诗卷相与商榷,自谓有得。山南有万杉寺,本仁皇所建,奎章在焉。"

【例句】宋吕陶《游文水寿…》："三朝宸札旧所赐,奎文宝迹人间藏。"宋马廷鸾《恭和御制诗》："奎文河汉天垂象,藻思波澜海驾鳌。"宋岳珂《洞霄宫》："金榜奎章红日照,石崖仙影白云封。"宋王容《登第诗》："奎章读罢三千字,胪唱传来第一声。"元陈孚《呈傅初庵…》："又骑箕尾宿,来主壁奎书。"元郭钰《别萧伯章》："酒来独对公荣饮,诗成笑遣王奎书。"

奎星　kuí xīng
【分类】文化
【关键词】史记
【释义】北斗七星中前四颗星。亦称魁星。中国神话中主宰文运、文章兴衰。《史记·天官书》："北斗七星,所谓'旋、玑、玉衡以齐七政'。杓携龙角,衡殷南斗,魁枕参首。"汉郑玄注："魁,犹首也。天文北斗魁为首,杓为末。"唐司马贞《史记索隐》引《春秋运斗枢》："第一至第四为魁,第五至第七为标,合而为斗。"
【例句】宋王禹偁《应制皇帝》："天王出震寰海清,奎星灿灿昭文明。"宋陈襄《送郑洙赴举》："天上奎星专主文,地下嵩岳惟降神。"宋刘克庄《杂咏》："灾是旄头出,祥是奎星聚。"宋孔武仲《次韵酬昌…》："划若震雷惊蛰户,烂如奎宿照云端。"宋傅察《和鲍守次…》："何日蒲轮趋加节,便看两两映魁星。"宋洪适《答木缊之…》："魁星秀句挟东风,便觉阳春变盛冬。"宋王迈《送黄殿讲…》："胪句一传暗万马,祥云五色捧魁星。"宋叶梦鼎《建府戊午…》："黄堂燕衎盛衣冠,人道魁星照建安。"

葵藿　kuí huò
【分类】政治
【关键词】曹植
【释义】葵为冬葵,藿为豆叶,性向阳。比喻下对上赤心趋向。三国曹植《求通亲亲表》："若葵藿之倾叶太阳,虽不为之回光,然终向之者诚也。"《大般若涅槃经》卷三三："譬如葵藿,随日而转。"
【例句】唐杜甫《自京赴奉…》："葵藿倾太阳,物性固难夺。"唐郑愔《奉和春日…》："幸同葵藿倾阳早,愿比盘根应候荣。"唐徐夤《霜》："露结芝兰琼屑厚,日乾葵藿粉痕残。"五代和凝《宫词》："葵藿一心期捧日,强搜狂斐拟宫词。"

葵丘　kuí qiū
【分类】政治
【关键词】左传
【释义】代称征戍行役。源见"瓜代"。
【例句】唐王纬《喜陆侍御…》："更怜羁旅客,从此罢葵丘。"宋韦骧《再和》："似得葵丘瓜代信,如销都护玉关愁。"宋章岷《春日独登…》："自怜莫厌登临数,即是葵丘代戍人。"

葵丘之会　kuí qiū zhī huì
【分类】政治
【关键词】左传

【释义】诸侯会盟之典。葵丘,宋地,河南杞县东有葵丘聚落。《左传·僖公九年》:"夏,会于葵丘,寻盟,且修好。""秋,齐侯盟诸侯于葵丘,曰:'凡我同盟之人,既盟之后,言归于好。'"

【例句】宋彭汝砺《春秋成字韵》:"泣血葵丘会,伤心首止盟。"宋范成大《合江亭》:"蒸湘伯叔国,禀命会葵丘。"宋王之道《追和苏养⋯》:"商歌未绝惊齐侯,遂从仲父盟葵丘。"聂绀弩《过刈后向⋯》:"齐桓不喜葵瓜子,肯会诸侯到尔丘。"

葵菽 kuí shū

【分类】文化
【关键词】诗经
【释义】喻农作物收获。葵,楚葵。菽,豆类。《诗经·豳风·七月》:"七月亨葵及菽,八月剥枣。"
【例句】唐皮日休《吴中苦雨⋯》:"恶阴潜过午,未及烹葵菽。"宋郑之《和茸芷笋诗》:"曾无导吏随贾倰,坐遣跛奚委葵菽。"宋乐雷发《次韵熊云⋯》:"荃衡岂不如葵菽,谁继豳风补楚风。"明凌义渠《进士顾君⋯》:"家风葵菽宜幽雅,仙路蓬瀛接紫宸。"

暌隔 kuí gé

【分类】政治
【关键词】邵护
【释义】指分离;乖隔。《北史·邵护传》:"护与母暌隔多年,一朝聚集,凡所资奉,穷极华盛。"宋洪迈《夷坚丁志·太原旁娘》:"自乱离暌隔,不复相闻。"
【例句】宋王洋《次韵酬江⋯》:"共贪静适且过从,追恨穷途昔暌隔。"宋郑刚中《寄姚文发》:"怀书亦复清渡瀍,从此参商远暌隔。"宋李正民《哭友人诗》:"死生暌隔伤千里,泪洒丛兰素秋。"聂绀弩《对镜》:"十年暌隔先生面,千里重逢异物惊。"

夔皋 kuí gāo

【分类】政治
【关键词】尚书
【释义】夔和皋陶的并称。两人居官皆有政绩。后借指贤明的辅弼大臣。《尚书·舜典》:"帝曰:夔,命汝典乐。"《尚书·大禹谟》:"帝曰:'皋陶⋯汝作士,明于五刑,以刑五教,期于予治。"
【例句】唐韩偓《感事》:"鹓鹭皆回席,皋夔亦慕膻。"唐韩愈《八月十五⋯》:"昨者州前捶大鼓,嗣皇继圣登夔皋。"宋彭汝砺《平居多忧⋯》:"平昔至诚倾益契,昨宵游梦得夔皋。"宋吕南公《道先贤良⋯》:"陈侯嵩丘降灵土,传世事业师夔皋。"

夔国 kuí guó

【分类】政治
【关键词】左传
【释义】又称隗国或者归国,为楚国国君熊绎的六世孙熊挚所建立,公元前634年为楚国所灭。《左传·僖公二十六年》:"秋,楚人灭夔,以夔子归。"晋杜预注:"夔,楚同姓国,今建平秭归县。"
【例句】唐杜甫《大历二年⋯》:"瘴余夔子国,霜薄楚王宫。"唐杜甫《续得观书⋯》:"天旋夔子国,春近岳阳湖。"宋邓润甫《道中咏怀⋯》:"交印夔人国,分襟汴水堤。"宋王十朋《至归州宿⋯》:"城邑旧为夔子国,民人多是楚王孙。"

夔怜蚿 kuí lián xián

【分类】生活
【关键词】庄子
【释义】以不足羡有余之典。《庄子·秋水》:"夔怜蚿,蚿怜蛇,蛇怜风,风怜目,目怜心。"夔,一足兽。蚿,多足虫。怜,爱尚爱慕之意。蛇无足而小,风庞大而暗,目明而外,心于内。庄子认为:天地万物,各有不同,皆禀于自然天成,不必以己为短而羡人之长,听之任之,自合玄道。
【例句】宋许及之《和袁同年⋯》:"了知鹏鷃悬微分,只觉夔蚿有故怜。"宋黄庭坚《寺斋起睡》:"小黠大痴螳捕蝉,有余不足夔怜蚿。"宋李公彦《题澹山岩⋯》:"续貂顾我不著便,千古一笑夔怜蚿。"宋陈耆卿《和芥庵韵》:"竞作夔怜蚿,徒劳螟祝祼。"

夔龙 kuí lóng

【分类】政治
【关键词】尚书
【释义】相传舜的二臣名。夔为乐官,龙为谏官。喻指辅弼良臣。《尚书·舜典》:"帝曰:'夔,命汝典乐,教胄子。'""帝曰:'命汝作纳言,夙夜出纳朕命,惟允。'"
【例句】唐李峤《扈从还洛⋯》:"叨承廊庙选,谬齿夔龙弼。"唐李白《送岑征君⋯》:"奕世皆夔龙,中台竟三拆。"唐曹唐《三年冬大⋯》:"沧海举歌夔是相,历山何禅舜为君。"唐杜甫《奉赠萧十⋯》:"巢许山林志,夔龙廊庙珍。"

夔契 kuí qì

【分类】政治
【关键词】白居易
【释义】亦作夔卨。帝舜二贤臣之名。夔典乐,契为司徒。喻指治世之良臣。唐白居易《闻李尚书拜相因以长句寄贺微之》:"夔卨定求才济世,张雷应辩气冲天。"
【例句】唐南诏骠信《星回节游⋯》:"自我家震旦,朔卫类夔契。"宋张耒《淮阴太宁⋯》:"从今万事付天工,致安民庶看夔契。"宋王迈《用徐编修⋯》:"悬知夔卨班难继,且龚黄传亦荣。"宋郭祥正《喜雨》:"一人尧舜圣,三公夔卨备。"

夔乐 kuí yuè

【分类】生活
【关键词】尚书
【释义】借指庙堂雅乐。《尚书·舜典》:"帝曰:'夔,命汝典乐,教胄子。直而温,宽而栗。'"
【例句】唐杜甫《奉赠太常⋯》:"伶官诗必诵,夔乐典犹稽。"元吴当《辛巳秋初⋯》:"共稽夔乐律,独咏鲁风零。"明龚敦《凤凰台》:"夔乐九成春寂寞,秦箫三弄月荒凉。"明庄昶《送郁先生…》:"天地谩言夔乐里,治平有例汉廷间。"

愧汗　kuì hàn
【分类】生活
【关键词】韩愈
【释义】羞愧得冒出了汗,形容羞愧至极。唐韩愈《祭柳子厚文》:"不善为斫,血指汗颜。"
【例句】唐李商隐《送千牛李…》:"灵衣沾愧汗,仪马困阴兵。"五代詹敦仁《题佛耳山》:"不见佛耳面,愧汗不开颜。"宋梅尧臣《读汉书梅…》:"是时卿大夫,曾不负愧汗。"聂绀弩《读钟三民…》:"雄奇文有悲风响,老懒人惟愧汗揩。"

愧孙登　kuì sūn dēng
【分类】生活
【关键词】嵇康
【释义】咏悔不当初之典。《世说新语·栖逸》:"嵇康游于汲郡山中,遇道士孙登…临去,登曰:'君才则高矣,保身之道不足。'"南朝梁刘孝标注引《文士传》:"及遭吕安事,在狱为诗自责云:'昔惭下惠,今愧孙登!'"
【例句】唐杜甫《赠特进汝…》:"淮王门有客,终不愧孙登。"宋李廌《啸台》:"当知愧孙登,不独嵇中散。"宋晁说之《次韵答涧…》:"世无孔子徒为尔,今愧孙登重悯然。"宋陆游《夜坐》:"无人论道德,长啸愧孙登。"

坤牛　kūn niú
【分类】文化
【关键词】周易
【释义】道家借以指至阴之精。源见"乾马"。
【例句】唐张祜《和岳州徐…》:"飞栏控乾马,却住压坤牛。"唐吕岩《七言》:"乾马屡来游九地,坤牛时驾出三天。"宋洪咨夔《青草梦诗…》:"乾马坤牛放手骑,纵横上下尽通逵。"宋卫宗武《为徐进士…》:"会驱乾马及坤牛,捕虎擒龙归鼎灶。"

坤牛乾马　kūn niú qián mǎ
【分类】文化
【关键词】周易
【释义】咏牛马之典。《周易·说》:"乾,健也。坤,顺也。乾为马,坤为牛。"唐孔颖达疏:"乾象天,天行健,故为马也。坤为牛:坤象地,任重而顺,故为牛也。"《说卦》:"乾为天…为良马,为老马,为瘠马,为驳马…坤为地…为子母牛。"
【例句】唐吕岩《七言》:"乾马屡来游九地,坤牛时驾出三天。"宋卫宗武《为徐进士…》:"会驱乾马及坤牛,捕虎擒龙归鼎灶。"宋洪咨夔《青草梦诗…》:"乾马坤牛放手骑,纵横上下尽通逵。"宋吴潜《谒金门》:"休问坤牛乾马。大率人生且且。"宋魏了翁《黄成之求…》:"仰山俯泽乘巽木,藏离伏坎含坤牛。"

坤轴　kūn zhóu
【分类】文化
【关键词】博物志
【释义】古人想象中的地轴。《博物志》:"昆仑山北地转下三千六百里,有八玄幽都,方二十万里。地下有四柱,四柱广十万里,地有三千六百轴,犬牙相举。"
【例句】唐杜甫《南池》:"安知有苍池,万顷浸坤轴。"唐韩愈《咏雪赠张籍》:"日轮埋欲侧,坤轴压将颓。"宋彭汝砺《暴雨》:"电母摇睛吓风伯,疾雷怒张坤轴侧。"宋刘弇《和安中铁…》:"力回坤轴阴机壮,妙洒银钩榜墨新。"

昆冈火　kūn gāng huǒ
【分类】生活
【关键词】尚书
【释义】昆仑山失火,将玉和石头一起烧掉。比喻不分好坏,同归于尽。源见"玉石俱焚"。
【例句】唐杜牧《昔事文皇帝》:"昆冈怜积火,河汉注清源。"唐徐铉《和笃州谈…》:"共叹昆冈火,谁知玉自分。"元丁鹤年《寄胡敬文…》:"昆冈火后余双璧,锦里书回抵万金。"明薛始亨《高望公于…》:"凤鸟不来昆冈火,时有苌弘血成碧。"

昆阆　kūn làng
【分类】文化
【关键词】鲍照
【释义】代指仙境。昆仑和阆苑两地的合称,古代传说是神仙居住之地。南朝宋鲍照《舞鹤赋》:"指蓬壶而翻翰,望昆阆而扬音。"
【例句】唐皮日休《鹤屏》:"愿升君子堂,不必思昆阆。"唐杨于陵《赠毛仙翁》:"昆阆无穷路,何时下故山。"宋王钦若《登泰山》:"幽鸟似通昆阆信,真松深隐栋梁材。"宋杨亿《后苑赏花…》:"波平鳌背浮昆阆,日转金茎艳赭黄。"

昆仑关　kūn lún guān
【分类】政治
【关键词】汉明帝
【释义】喻西北边关。《后汉书·明帝纪》:"冬十一月,遣奉车都尉窦固…出敦煌昆仑塞,击破白山虏于蒲类海上,遂入车师。"唐李贤注:"昆仑,山名,因以为塞,在今肃州酒泉县西南。山有昆仑之体,故名之。周穆王见西王母于此山,有石室、王母台。"
【例句】唐杜甫《后苦寒行》:"蛮夷长老怨苦寒,昆仑天关冻应折。"宋陶弼《顺应庙》:"见说昆仑关北畔,曾将草木作人形。"宋陶弼《句》:"今日昆仑关外将,也能酣醉也能吟。"清严遂成《博望城》:"烽屯绝塞昆仑远,血膏离宫苜蓿肥。"

昆仑渠　kūn lún qú
【分类】政治
【关键词】尔雅

【释义】指黄河。《尔雅·释水》："河出昆仑虚，色白，所渠并千七百一川，色黄。"
【例句】唐韩愈《病中赠张…》："君乃昆仑渠，籍乃岭头泷。"宋曾巩《寄孙之翰》："更能议论恣倾倒，万里一泻昆仑渠。"宋王炎《用元韵答…》："倾倒五色昆仑渠，洗涤万斛尘埃胸。"宋叶适《潘广度》："一文全舍绝乘除，得福便过昆仑渠。"

昆仑山　kūn lún shān
【分类】生活
【关键词】山海经
【释义】在新疆和西藏之间。传说昆仑山上有瑶池、阆苑、增城、县圃等仙境。元始天尊的道场玉虚宫坐落其上，故别名：玉京山。《山海经·海经》："海内昆仑之虚，在西北，帝之下都。昆仑之虚，方八百里，高万仞。"
【例句】唐武平一《奉和幸新…》："秦王登碣石，周后袭昆仑。"唐张果《玄珠歌》："荡尽尘劳分日月，直交本宝入昆仑。"唐储光羲《刘先生闲居》："方将游昆仑，又欲小崆峒。"唐鲍溶《怀仙》："昆仑九层台，台上宫城峻。"唐吴融《王母庙》："鸾龙一夜降昆丘，遗庙千年枕碧流。"唐武元衡《甫构西亭…》："瀛海无因泛，昆丘岂易寻。"

昆仑竹　kūn lún zhú
【分类】生活
【关键词】吕氏春秋
【释义】昆仑山所产之竹，相传黄帝取之以制律管。亦泛指能制律管的良竹。源见"伶伦凤律"。
【例句】唐杜甫《秋日夔府…》："律比昆仑竹，音知燥湿弦。"宋方信孺《清远峡》："昆仑截竹事空传，不见春潮送客船。"明张弼《寿金员外…》："昆仑竹实盈瑶筐，昆仑云窦流瑶浆。"明丘夫人《题吹弹歌…》："谁家有女颜如玉，手持几竿昆仑竹。"

昆明池　kūn míng chí
【分类】政治
【关键词】汉武帝
【释义】汉武帝时开凿，用以习水战。《汉书·武帝纪》："发谪吏穿昆明池。"晋臣瓒注："今欲伐之，故作昆明池象之，以习水战，在长安西南，周回四十里。"
【例句】唐杜甫《秋兴》："昆明池水汉时功，武帝旌旗在眼中。"唐沈佺期《昆明池侍…》："武帝伐昆明，穿池习五兵。"宋刘敞《城南杂题》："当日龙船校五兵，旋开池沼学昆明。"宋真德秀《皇后阁端…》："玄武门前罗百戏，昆明池上斗千艘。"

昆明灰　kūn míng huī
【分类】政治
【关键词】竺法兰
【释义】劫火的余灰。借指战乱。源见"劫灰"。
【例句】唐刘宪《奉和幸三…》："林披馆陶榜，水浸昆明灰。"宋王安石《秋热》："咸阳陵使更暴横，燉我欲作昆明灰。"宋何梦桂《和岳文二…》："昆明灰出海扬尘，老去英雄白发新。"宋俞德邻《聂道录和…》："江南澶漫数十郡，太半化作昆明灰。"

昆山玉　kūn shān yù
【分类】政治
【关键词】李斯
【释义】喻指优秀人才或应举及第之事。秦李斯《上书秦始皇》："今陛下致昆山之玉，有随和之宝。"唐李善注引《新序》："夫剑产于越，珠产于江南，玉产于昆山。"
【例句】唐李白《拟古》："人非昆山玉，安得长璀错。"唐刘禹锡《送李中丞…》："忆君初得昆山玉，同向扬州携手行。"唐杜甫《暮秋枉裴…》："盈把那须沧海珠，入怀本倚昆山玉。"唐李贺《李凭箜篌引》："昆山玉碎凤凰叫，芙蓉泣露香兰笑。"

昆吾剑　kūn wú jiàn
【分类】文化
【关键词】剑
【释义】古代宝剑名。《山海经·昆吾山》："又西二百里，曰昆吾之山，其上多赤铜。"晋郭璞注："此山出名铜，色赤如火，以之作刃，切玉如割泥也；周穆王时西戎献之，尸子所谓昆吾之剑也。"
【例句】唐李峤《剑》："我有昆吾剑，求趋夫子庭。"唐郭震《古剑篇》："君不见昆吾铁冶飞炎烟，红光紫气俱赫然。"唐真元《上李尚书》："精明合浦珠相似，断割昆吾剑不如。"宋邵雍《感事吟》："切玉如泥剑不虚，谁知世上有昆吾。"

昆阳功业　kūn yáng gōng yè
【分类】政治
【关键词】王莽
【释义】昆阳，今河南叶县。东汉刘秀曾以少胜多，于昆阳破王莽军。后谓指歼敌解围之战。《汉书·王莽传下》："昆阳中兵出并战，邑走，军乱…各还归其郡。邑独与所将长安勇敢数千人还雒阳。"
【例句】唐李白《赠张相镐》："庶同昆阳举，再睹汉仪新。"唐韦庄《和郑拾遗…》："熊罴驱逐鹿，犀象走昆阳。"唐罗隐《经故洛阳城》："千载昆阳好功业，与君门下作恩威。"宋欧阳修《龙兴寺小…》："罚筹多似昆阳矢，酒令严于细柳军。"

髡钳　kūn qián
【分类】政治
【关键词】季布
【释义】古代刑罚名，将头发剃掉，用铁箍束住脖子。《史记·季布列传》："季布许之。乃髡钳季布，衣褐衣，置广柳车中，并与其家僮数十人，之鲁朱家所卖之。"
【例句】唐卢照邻《咏史》："髡钳为台隶，灌园变姓名。"唐杜牧《李甘诗》："喜无李杜诛，敢惮髡钳苦。"唐陆龟蒙《江南秋怀…》："髡钳为皂隶，谭笑得公卿。"宋祖无择

《微子庙》："铁锧岂甘因谏死,髡钳仍免作官奴。"

鹍化　kūn huà
【分类】政治
【关键词】庄子
【释义】谓称人升擢高第。源见"鲲鹏"。
【例句】唐刘长卿《客舍赠别…》："人生未鹍化,物议如鸿毛。"唐独孤及《送虞秀才…》："海运同鹍化,风帆若鸟飞。"宋吕本中《秋窗遣兴》："春风起层波,鹍化失南溟。"宋袁说友《和薛公叔…》》："未堪鹍化摇而上,肯类蝇营去复还。"

鹍鹏　kūn péng
【分类】政治
【关键词】庄子
【释义】传说中能变化的大鸟。比喻才能卓异、志向高远的人。源见"鲲鹏"。
【例句】唐杜甫《寄刘峡州…》："翠虚捎魍魉,丹极上鹍鹏。"唐孟郊《立德新居》："仰笑鹍鹏辈,委身拂天波。"唐白居易《禽虫十二章》："蛙跳蛾舞仰头笑,焉用鹍鹏鳞羽多。"唐徐夤《北》："穷溟驾浪鹍鹏化,极海寄书鸿雁迟。"

鲲鹏　kūn péng
【分类】政治
【关键词】庄子
【释义】传说中能变化的大鱼。借指才高志远的人。《庄子·逍遥游》载："北冥有鱼,其名为鲲。鲲之大,不知其几千里也。化而为鸟,其名为鹏。鹏之背,不知其几千里也;怒而飞,其翼若垂天之云。是鸟也,海运则将徙于南冥。南冥者,天池也…水击三千里,抟扶摇而上者九万里,去以六月息者也。"
【例句】唐杜甫《泊岳阳城下》："图南未可料,变化有鲲鹏。"宋姜屿《送张无梦》："鲲鹏运海涯,岂复顾泥沙。"宋郭祥正《谢余干陆…》："鲲鹏未化忽拓翼,地老天云海幽。"宋王十朋《南宫揭榜》》："龙虎乡邦地最灵,鲲鹏相继上南溟。"

鲲弦　kūn xián
【分类】生活
【关键词】酉阳杂俎
【释义】即鹍弦。用鹍鸡筋做的琵琶弦。亦泛指乐器的弦。《酉阳杂俎·乐》："古琵琶弦用鹍鸡筋。开元中,段师能弹琵琶,用皮弦,贺怀智破拨弹之,不能成声。"
【例句】宋晁端礼《浣溪沙》："十里闲情凭蝶梦,一春幽怨付鲲弦。"宋周邦彦《开元夜游图》："连催羯鼓汝阳来,一抹鲲弦薛王醉。"宋周密《重过东园…》："兔葵燕麦情何恨,雁柱鲲弦事已空。"元李穑《献寿》："风轻雨细产微凉,凤管鲲弦舞袖长。"

困豫且　kùn yù jū
【分类】政治
【关键词】豫且
【释义】喻遭受困厄或灾难。源见"白龙鱼服"。
【例句】唐李白《枯鱼过河泣》："白龙改常服,偶被豫且制。"唐李群玉《龟》："有志酬毛宝,无心畏豫且。"宋薛季宣《河豚》："白龙未免豫且困,膨脖唯唯浮鱼梁。"

廓清　kuò qīng
【分类】政治
【关键词】汉高祖
【释义】澄清,肃清。《汉纪·高帝纪四》："征乱伐暴,廓清帝宇,八载之内,海内克定。"明净,清澈。《旧唐书·肃宗纪》："风沙顿止,天地廓清。"
【例句】唐权德舆《安语》："岩岩五岳镇方舆,八极廓清氛浸除。"唐赵普《王氏孝义歌》："凛然千钧引一丝,终期宇宙廓清彝。"宋袁默《钓鱼台》："君臣相得渔猎间,廓清八表公名起。"宋陈普《石堂》："廓清摧陷儒家事,不谓青山识正邪。"

L

拉攞　lā luō
【分类】政治
【关键词】世说新语
【释义】谓崩塌。《世说新语·任诞》："任恺既失权势,不复自检括。或谓和峤曰:'卿何以坐视元裒败而不救?'和曰:'元裒如北夏门,拉攞自欲坏,非一木所能支。'"
【例句】宋辛弃疾《贺新郎》："北夏门高从拉攞,何事须人料理。"宋程俱《同游道场…》》："琅珰鸣老屋,拉攞相倚薄。"明王世贞《感怀》："拉攞枯松树,上有乾鹊噪。"清沈曾植《答李审言》："打折三台文已秽,拉攞一木语难箴。"

莱公扶景德　lái gōng fú jǐng dé
【分类】政治
【关键词】寇准
【释义】咏忠臣匡扶国难之典。《邵氏闻见录》："真宗皇帝景德元年,契丹入寇。右相寇莱公独劝帝亲征…既射杀死房骁将顺国王挞览,房惧请和…帝回銮,每叹莱公之功。"
【例句】宋王十朋《观国朝故事》："昔在景德初,胡房犯中原。"宋刘克庄《满江红》："不下莱公扶景德,又如涑水开元祐。"

莱公骰　lái gōng tóu
【分类】政治
【关键词】寇准
【释义】咏两军交战,将帅主官风度之典。《宋人轶事汇编·寇准》："澶渊之役,真宗使候准,曰:'相公饮酒矣,唱曲子矣,挪骰子矣,鼾睡矣。'"寇准获封莱国公。

【例句】宋刘克庄《即事》:"谢傅方争弈,莱公亦挪骰。"宋刘克庄《沁园春》:"谢傅棋边,莱公骰畔,泚水澶渊送捷旗。"

来日苦无多 lái rì kǔ wú duō
【分类】生活
【关键词】韩愈
【释义】未来的日子苦恨没有多少了。常用作叹老之辞。唐韩愈《除官赴阙至江州》:"年皆过半百,来日苦无多。"
【例句】宋丘葵《病中作》:"独坐茅檐养养疴,亦知来日苦无多。"宋苏轼《满庭芳》:"百年强半,来日苦无多。"宋吴芾《耿曼老将…》:"嗟乎来日苦无多,况是频年婴拙恙。"宋宇文虚中《房中作》:"倚仗循环如可待,未愁来日苦无多。"

来苏 lái sū
【分类】政治
【关键词】尚书
【释义】形容百姓盼望明君来解脱其苦难。《尚书·仲虺之诰》:"徯予后,室家相庆,曰:'徯予后,后来其苏。'"汉孔安国《传》:"汤所往之民,皆喜曰:'待吾君来,其可苏息。'"徯后:表示对明君的盼望。
【例句】唐虞世南《奉和幸江…》:"肆觐遵天豫,顺动悦来苏。"唐陆敬《游隋故都》:"来苏仁圣德,濡足乃乘乾。"唐陈陶《赠容南韦…》:"不独来苏发歌咏,天涯半是泣珠人。"唐李忱《句》:"今遣股肱亲养治,一方狱市获来苏。"宋陆游《闻鼓角感怀》:"亿万遗民望来苏,艺祖有命行天诛。"

兰山羞 lán shān xiū
【分类】政治
【关键词】李陵
【释义】汉武帝天汉二年,将军李陵到兰于山南分兵击匈奴,被围困箭尽粮绝,投降匈奴。后用为咏战败之典。《汉书·李广传》:"李陵自请带一队人马'到兰于山南以分单于兵。'……陵曰:'无面目报陛下!'遂降。"
【例句】唐骆宾王《夕次蒲类津》:"莫作兰山下,空令汉国羞。"

兰阇 lán shé
【分类】政治
【关键词】世说新语
【释义】亦作兰奢。梵语或伊朗语译音。为褒赞之辞。《世说新语·政事》:"王丞相拜扬州,宾客数百人并加沾接,人人有说色。唯有临海一客姓任及胡人为未洽。公因便还到过任边云:'君出,临海便无复人。'任大喜说。因过胡人前弹指云:'兰阇,兰阇。'群胡同笑,四坐并欢。"
【例句】宋尹济翁《风入松》:"朝衣熨贴天香在,如今但、弹指兰阇。"宋俞德邻《淮楚无…》:"客里招邀惭草率,座中沾洽笑兰阇。"宋方回《武林书事》:"兰阇兰阇一弹指,

高鼻人人俱喜欢。"明史鉴《宿灵隐禅…》:"莲社逍遥将继远,兰奢称赞独输王。"明黄衷《挽太虚上人》:"从此空山人不到,止交莲社忆兰奢。"明卢次云《赠施茶僧…》:"清风习习语兰奢,解渴功曾及万家。"

兰台 lán tái
【分类】政治
【关键词】汉书
【释义】战国时楚国台名。战国楚宋玉《风赋》:"楚襄王游于兰台之宫,宋玉、景差侍。"汉宫廷藏书处,置兰台令史。《汉书·百官公卿表上》:"御史大夫……一曰中丞,在殿中兰台,掌图籍秘书。"宫内的典籍收藏府库、御史台、秘书省和史官,都曾被称为兰台。
【例句】唐李商隐《无题》:"嗟余听鼓应官去,走马兰台类转蓬。"唐独孤及《送别荆南…》:"轺车驷马往从谁,梦浦兰台日更迟。"唐武元衡《春晓闻莺》:"寂寂兰台晓梦惊,绿林残月思孤莺。"聂绀弩《铭德季惺…》:"走马兰台晨鼓阔,佣书楚馆夜灯蔫。"

兰台风 lán tái fēng
【分类】政治
【关键词】宋玉
【释义】咏清爽畅快之风。战国楚宋玉《风赋》:"楚襄王游于兰台之宫,宋玉、景差侍。有风飒然而至,王乃披襟而当之,曰:'快哉,此风!寡人所与庶人共者邪!'"
【例句】唐李贺《罗浮山父…》:"依依宜织江雨空,雨中六月兰台风。"宋曹勋《和钱处和…》:"兰台风致在,更喜读新诗。"宋韩琦《次韵答提…》:"几遇雪天留兔苑,尝因风赋重兰台。"明徐中行《赠中丞江…》:"云梦火明秋较猎,兰台风起昼披襟。"

兰亭会 lán tíng huì
【分类】文化
【关键词】王羲之
【释义】咏修禊游乐之典。源见"兰亭修禊"。
【例句】唐孟浩然《江上寄山…》:"不及兰亭会,空吟被禊诗。"唐权德舆《和九华观…》:"地殊兰亭会,人似山阴归。"唐柳宗元《韩漳州书…》:"他时若写兰亭会,莫画高僧支道林。"宋宋庠《同万秀才…》:"风光不减兰亭会,醉墨凭君纪岁华。"

兰亭入昭陵 lán tíng rù zhāo líng
【分类】文化
【关键词】王羲之
【释义】咏《兰亭》手卷的典故。《隋唐嘉话》:"王右军《兰亭序》……太宗为秦王日,见拓本,惊喜……以武德四年入秦府。贞观十年乃拓十本以赐近臣。帝崩,中书令褚遂良奏:'《兰亭》,先帝所重,不可留。'遂秘于昭陵。"
【例句】宋苏轼《孙莘老求…》:"兰亭茧纸入昭陵,世间遗迹犹龙腾。"宋李纲《浔守李侯…》:"欧虞颜柳邈已远,兰亭况复昭陵埋。"宋单炜《与郭敬叔》:"兰亭一入昭陵后,笔

法于今未易回。"宋楼钥《钱清王千…》:"书家千载称兰亭,兰亭真迹藏昭陵。"

兰亭修禊　lán tíng xiū xì
【分类】文化
【关键词】王羲之
【释义】咏宴集与修禊之典。修禊,古代民间在三月三日到水边嬉游采兰、以驱不祥的一种风俗。晋王羲之《兰亭集序》:"永和九年…会于会稽山阴之兰亭,修禊事也。群贤毕至,少长咸集…又有清流激湍,映带左右,引以为流觞曲水。"
【例句】唐王驾《永和县上巳》:"记得兰亭被禊辰,今朝兼是永和春。"唐孟浩然《江上寄山…》:"不及兰亭会,空吟被禊诗。"宋文彦博《耆老会诗》:"兰亭雅集寻修禊,洛社英游贵尔宾。"聂绀弩《赠迟冬》:"何日山阴同载酒,兰亭曲水访羲之。"

兰友　lán yǒu
【分类】生活
【关键词】周易
【释义】金兰指交友相投合。因称好友为金兰友、兰友。源见"金兰之友"。
【例句】唐李咸用《秋日访同人》:"忽忆金兰友,携琴去自由。"宋彭汝砺《次韵尧民…》:"龙飞第一榜,四百如兰友。"宋周紫芝《七月十六…》:"平生金兰友,老去半人存。"聂绀弩《即事呈张…》:"兰友黄金吾末座,稗官红水尔雄才。"

兰浴　lán yù
【分类】生活
【关键词】大戴礼记
【释义】或称浴兰。为咏端午之典。《大戴礼记·五月》:"蓄兰,为沐浴也。"端午时值仲夏,是皮肤病多发季节,古人以兰草汤沐浴以去污为俗。
【例句】唐李白《沐浴子》:"沐芳莫弹冠,浴兰莫振衣。"唐元稹《表夏》:"灵均死波后,是节常浴兰。"宋苏轼《少年游》:"兰条荐浴,菖花酿酒,天气尚清和。"宋夏竦《御阁端午…》:"浴兰袭祉良辰启,握纪无为圣道尊。"

兰棹　lán zhào
【分类】文化
【关键词】述异记
【释义】即兰舟。源见"木兰舟"。
【例句】唐张九龄《东湖临泛…》:"兰棹无劳速,菱歌不厌长。"唐黄滔《送君南浦赋》:"玉窗之归步愁举,兰棹之移声忍闻。"唐张松龄《渔父》:"兰棹快,草衣轻,只钓鲈鱼不钓名。"唐鲍溶《南塘》:"画舟兰棹欲破浪,恐畏惊动莲花心。"

兰芷萧艾　lán zhǐ xiāo ài
【分类】政治
【关键词】楚辞
【释义】由香草转化为杂草,比喻士节的变易。《楚辞·离骚》:"兰芷变而不芳兮,荃蕙化而为茅。何昔日之芳草兮,今直为此萧艾也。"萧艾:艾蒿,臭草。
【例句】唐沈佺期《别侍御严凝》:"静言芝枳棘,慎勿伤兰芷。"宋赵抃《和范御史…》:"薰莸兰芷逐萧艾,玷颣琼玖俄珉。"明谢榛《登太原城…》:"是非俊矣多莠书,萧艾何曾混兰芷。"明薛始亨《送屈子》:"鸥鹭吓凤凰,萧艾蔽兰芷。"

兰滋九畹　lán zī jiǔ wǎn
【分类】生活
【关键词】楚辞
【释义】咏植兰之典。《楚辞·离骚》:"余既滋兰之九畹兮,又树蕙之百亩。"汉王逸注:"十二亩曰畹,或曰田之长为畹也。"
【例句】唐韩愈《合江亭》:"树兰盈九畹,栽竹逾万个。"唐吴融《玉堂种竹》:"有韵和宫漏,无香杂畹兰。"宋张纲《次韵酬彦达》:"已种芳兰滋九畹,更遣胎仙舞三叠。"清金福曾《周富儿歌》:"万紫千红总护持,况是幽兰滋九畹。"

婪尾酒　lán wěi jiǔ
【分类】生活
【关键词】苏鹗
【释义】也称蓝尾酒。为咏劝人豪饮之典。唐代亲朋欢聚宴饮时,巡到末座的酒称为婪尾酒。末座要将杯中酒一饮而尽。唐苏鹗《苏氏演义》:"今人以酒巡匝为婪尾。又云:'婪,贪也。'谓处于座末,得酒贪婪。"
【例句】唐白居易《岁日家宴…》:"岁盏后推蓝尾酒,春盘先劝胶牙饧。"唐白居易《七年元日…》:"三杯蓝尾酒,一楪胶牙饧。"宋宋祁《甲申岁首》:"迎新送故祗如此,且尽灯前蓝尾杯。"宋岳珂《与高紫微…》:"华豪虽思奉婪尾,粗官何敢作遨头。"宋洪刍《始年》:"门换桃符官落拓,酒传婪尾岁侵寻。"宋范成大《除夜》:"婪尾杯残雪满簪,床头历日费光阴。"

阑干　lán gān
【分类】生活
【关键词】曹植
【释义】横斜貌。借指北斗。三国魏曹植《善哉行》:"月没参横,北斗阑干。"纵横散乱貌;交错杂乱貌。汉赵晔《吴越春秋·勾践入臣外传》:"王与夫人叹曰:'吾已绝望,永辞万民,岂料再还,重复乡国。'言竟掩面,涕泣阑干。"栏杆,作遮拦用。唐李白《清平调词》:"解释春风无限恨,沉香亭北倚阑干。"
【例句】唐隔窗鬼《题窗上诗》:"何人窗下读书声,南斗阑干北斗横。"唐刘方平《夜月》:"更深月色半人家,北斗阑干南斗斜。"唐戎昱《谪官辰州…》:"北望南郊消息断,江头唯有泪阑干。"唐柳中庸《河阳桥送别》:"若傍阑干千里望,北风驱马雨萧萧。"唐富嘉谟《明冰篇》:"北陆苍茫河海凝,南山阑干昼夜冰。"唐李白《鲁郡尧祠…》:"红泥亭子赤阑干,碧流环转青锦湍。

蓝桥捣药　lán qiáo dǎo yào
【分类】生活
【关键词】裴航
【释义】在陕西省蓝田县蓝溪之上,喻为男女相约幽会之处。《传奇·裴航》载:秀才裴航应试下第,在鄂渚同舟遇樊夫人,航心羡之。夫人遣婢送诗曰:"一饮琼浆百感生,玄霜捣尽见云英。蓝桥便是神仙窟,何必崎岖上玉清。"后航经蓝桥驿,果遇美女云英。其祖母要求裴航寻得玉杵臼捣仙药玄霜百日才允婚。航果找到,终成婚,双双仙去。
【例句】唐吕岩《遇仙桥》:"不作巫阳云雨梦,却寻仙侣到蓝桥。"唐唐彦谦《无题》:"情似蓝桥桥下水,年来流恨几时干。"宋王洋《王提干送…》:"蓝桥不用鸳鸯语,只合壶中贮玉浆。"宋李之仪《千秋岁》:"人未老,蓝桥谩促霜砧捣。"

蓝田日暖　lán tián rì nuǎn
【分类】生态
【关键词】司空图
【释义】喻日光熙照,山川生辉。源见"玉生烟"。
【例句】唐李商隐《锦瑟》:"沧海月明珠有泪,蓝田日暖玉生烟。"宋王之望《登大峨绝…》:"沧海潮回波浪平,蓝田日暖烟霏布。"宋郑清之《再和村边…》:"蓝田日暖烟生玉,闽峤霜浓木有绵。"明林址《题海山一…》:"龙浦雨余鱼变化,蓝田日暖玉玲珑。"明释今岩《送李明府》:"蓝田日暖赋归耕,冠盖萧萧出凤城。"

蓝田山　lán tián shān
【分类】生态
【关键词】李预
【释义】在京兆府所属蓝田县(今陕西蓝田)东,产美玉。《魏书·李预传》:"居长安,每羡古人餐玉之法,乃采访蓝田,躬往攻掘…乃椎七十枚为屑,日服食之。"
【例句】唐李季顾《弹棋歌》:"蓝田美玉清如砥,白黑相分十二子。"唐杜甫《去矣行》:"未试囊中餐玉法,明朝且入蓝田山。"唐白居易《蓝田刘明…》:"玄晏舞狂乌帽落,蓝田醉倒玉山颓。"唐白居易《青石》:"青石出自蓝田山,兼车运载来长安。"

蓝田生玉　lán tián shēng yù
【分类】生活
【关键词】诸葛恪
【释义】比喻贤父生贤子。《三国志·诸葛恪传》:"恪少有才名,发藻岐嶷,辩论应机,莫与为对。权见而奇之,谓瑾曰:'蓝田生玉,真不虚也。'"
【例句】宋陈辅《送曾公衮…》:"芝生瑶圃三重秀,玉出蓝田一尺长。"宋洪刍《再次洪上…》:"由来江夏多可人,蓝田片片生美玉。"宋王庭圭《赠别黄超然》:"蓝田生玉海生珠,谓君眉目有无似。"

篮舆　lán yú
【分类】文化
【关键词】陶渊明
【释义】古代供人乘坐的交通工具,以人力抬着行走。《晋书·陶渊明传》:"弘要之还州,问其所乘,答云:'素有脚疾,向乘篮舆,亦足自反。'"
【例句】唐王维《酬严少尹…》:"偶值乘篮舆,非关避白衣。"唐权德舆《送李处士…》:"想到家山无俗侣,逢迎只是坐篮舆。"唐韩翃《送客归江州》:"闻道泉明居止近,篮舆相访为淹留。"唐韦应物《送丘员外…》:"为君量革履,且愿住篮舆。"

览揆　lǎn kuí
【分类】生活
【关键词】楚辞
【释义】原意观察衡量,后代指生辰。《楚辞·离骚》:"皇览揆余初度兮,肇锡余以嘉名。"汉王逸注:"皇,皇考也。览,观也。揆,度也。初,始也。"
【例句】宋李曾伯《寿蜀帅》:"岁比硙人逾甲子,日逢皇览揆庚寅。"宋家铉翁《为景山题》:"惟兹皇览揆度辰,临阳浸长泰遵享。"明顾谧《题孙丹霞…》:"皇览揆予始鸿濛,五十四载遗尘踪。"明王彦泓《奉寿寒溪…》:"羁旅乍违莼菜国,览揆欣遇菊花辰。"

懒残煨芋　lǎn cán wēi yù
【分类】政治
【关键词】明瓒
【释义】喻求取功名;也指方外之遇。《宋高僧传·唐南岳山明瓒》载:唐衡岳寺僧明瓒,性疏懒而好食残余饭菜,人以懒残称之。李泌读书寺中,以为非凡人,中夜往谒。懒残发火取芋啖之,取所啖芋之半以授泌,李泌尽食而谢。懒残谓李泌曰:"慎勿多言,领取十年宰相。"李拜而退。后李泌果十年为相。
【例句】宋孔武仲《思南岳呈…》:"曾逐篮舆访懒残,楼台萦转在峰峦。"宋刘过《简能仁礼老》:"牛粪火堆煨芋熟,时时拾得懒残余。"宋洪咨夔《谨和老人…》:"方穷蔡泽问唐举,未遇邺侯逢懒残。"宋曹勋《和英上人…》:"好闲懒瓒聊煨芋,不病维摩尚倚床。"

烂肠　làn cháng
【分类】生活
【关键词】吕氏春秋
【释义】损伤胃肠;使胃肠溃烂。《吕氏春秋·本生》:"肥肉厚酒,务以自强,命之曰烂肠之食。"借指酒。《金楼子·立言下》:"殷洪远云:周旦腹中有三斗烂肠。"
【例句】宋王之道《和李宜仲》:"少年心性消磨尽。三斗烂肠浑是闷。"宋吕南公《济道过饮…》:"虽非烂肠宴,亦知足一酣。"宋黄庭坚《题子瞻寺…》:"烂肠五斗对狱吏,白发千丈濯沧浪。"宋方一夔《初秋杂兴》:"贮腹谩夸李书簏,烂肠难拟董糟丘。"

烂柯　làn kē
【分类】生活
【关键词】王质
【释义】谓岁月流逝,人事变迁。也借指下棋。《述异记》:"信安郡石室山,晋时王质伐木至,见童子数人棋而歌。质因听之。童子以一物与质,如枣核,质含之,不觉饥。俄顷,童子谓曰:'何不去?'质起,视斧柯烂尽。既归,无复时人。"
【例句】唐王绩《围棋》:"相公摧屐日,樵客烂柯年。"唐戎昱《送吉州阎…》:"他年会相访,莫作烂柯棋。"宋陆游《东轩花时…》:"还家常恐难全璧,阅世深疑已烂柯。"聂绀弩《雪峰六十…》:"津惜渔人归一棹,弈嗟樵子烂千柯。"

滥竽充数　làn yú chōng shù
【分类】政治
【关键词】韩非子
【释义】比喻没有真才实学,虚在其位,有时也用于自谦。《韩非子·内储说上》:"齐宣王使人吹竽,必三百人。南郭处士请为王吹竽,宣王说之,廪食以数百人。宣王死,湣王立,好一一听之,处士逃。"
【例句】唐温庭筠《病中书怀…》:"对虽希鼓瑟,名亦滥吹竽。"唐韩偓《安贫》:"举世可能无默识,未知谁拟试齐竽。"唐郑畋《人不易知》:"和玉翻为泣,齐竽或滥吹。"唐李商隐《七夕偶题》:"花果香千户,笙竽滥四邻。"

阆风　làng fēng
【分类】生态
【关键词】张衡
【释义】即阆风巅。山名,在昆仑之上。源见"层城"。
【例句】唐杜甫《夔州歌》:"阆风玄圃与蓬壶,中有高堂天下无。"唐吴筠《游仙》:"扬盖造辰极,乘烟游阆风。"唐李商隐《玉山》:"玉山高与阆风齐,玉水清流不贮泥。"唐罗隐《郑州献卢…》:"海槎闲暇阆风轻,不是安流不肯行。"

阆苑　làng yuàn
【分类】生态
【关键词】张衡
【释义】阆风之苑,传说中仙人的住处。借指苑囿。亦指翰林院。源见"层城"。
【例句】唐张昌宗《奉和圣制…》:"即此陪欢游阆苑,无劳辛苦向崆峒。"唐宗楚客《奉和幸安…》:"幸睹八龙游阆苑,无劳万里访蓬瀛。"唐牟融《送羽衣之京》:"阆苑云深孤鹤迥,蓬莱天近一身遥。"唐李绅《海棠》:"琼蕊籍中闻阆苑,紫芝图上见蓬莱。"

琅玕　láng gān
【分类】文化
【关键词】山海经
【释义】传说中的仙树,其实似珠。《山海经·海内西经》:"服常树,其上有三头人,伺琅玕树。"晋郭璞注:"琅玕子似珠。"比喻珍贵、美好之物。如佳肴或美文。
【例句】唐杜甫《玄都坛歌寄元逸人》:"知君此计成长往,芝草琅玕日应长。"唐韩愈《龊龊》:"排云叫阊阖,披腹呈琅玕。"唐钱起《长安客舍…》:"遂令丹穴凤,晚食金琅玕。"唐皎然《薛卿教长…》:"黄杨文局龟螭蟠,琢成骰子双琅玕。"

廊庙　láng miào
【分类】政治
【关键词】申屠刚
【释义】殿下屋和太庙。借指朝廷。《后汉书·申屠刚传》:"廊庙之计,既不豫定,动军发众,又不深料。"唐李贤注:"廊,殿下屋也;庙,太庙也。国事必先谋于廊庙之所也。"
【例句】唐李峤《扈从还洛…》:"叨承廊庙选,谬齿夔龙弼。"唐张说《魏齐公元忠》:"入相廊庙静,出军沙漠霁。"唐苏味道《使岭南闻…》:"喜得廊庙举,嗟为台阁分。"唐赵彦昭《奉和圣制…》:"廊庙心存岩壑中,銮舆瞩在灞城东。"

廊庙具　láng miào jù
【分类】政治
【关键词】萧绎
【释义】喻栋梁之才。廊庙指朝廷。南北朝萧绎《中书令庾肩吾墓志》:"杞梓之才,有均廊庙。"
【例句】唐杜甫《自京赴奉…》:"当今廊庙具,构厦岂云缺。"宋黄庭坚《奉和慎思…》:"济时之才吾岂敢,樗栎初无廊庙具。"宋王之道《次韵王山…》:"可怜廊庙具,沉滞三家村。"宋周紫芝《二十八日…》:"虞皇七友廊庙具,元和十子非渠伦。"

廊庙器　láng miào qì
【分类】政治
【关键词】许靖
【释义】借指能治国安邦的贤才。《三国志·许靖传》:"许靖夙有名誉,既以笃厚为称,又以人物为意,虽行事举动,未悉允当,蒋济以为'大较廊庙器'也。"
【例句】唐李顾《裴尹东溪…》:"公才廊庙器,官亚河南守。"唐岑参《潼关镇国…》:"何为廊庙器,至今居外藩。"唐陈陶《寄兵部任…》:"昆玉已成廊庙器,涧松犹是薜萝身。"宋王禹偁《太师中书…》:"何处更求廊庙器,是谁重作帝王师。"

朗陵公　lǎng líng gōng
【分类】生活
【关键词】傅咸
【释义】咏内兄之典。晋傅咸《赠何劭王齐序》:"朗陵公何敬祖,咸之从内兄。"《文选》唐李善注:"臧荣绪《晋书》曰:'何劭袭封朗陵郡公。'"
【例句】唐韩翃《寄雍丘窦…》:"入里亲过朗陵伯,出门高视颍川儿。"唐李益《赠内兄卢纶》:"却将悲与病,来对朗陵翁。"唐法振《送人游闽越》:"道游玄度宅,身寄朗陵公。"明吴伟业《送何省斋》:"矫矫朗陵公,竟下考功第。"

浪婆　làng pó
【分类】文化
【关键词】孟郊
【释义】谓波浪之神。唐孟郊《送淡公》:"侬是拍浪儿,饮则拜浪婆。"
【例句】宋苏轼《瑞鹧鸪》:"拍手欲嘲山简醉,齐声争唱浪婆词。"宋周紫芝《竞渡曲》:"岢来醉作踏浪歌,应笑吴儿拜浪婆。"元陈镒《再次韵答…》:"云间后土来天女,风外清淮舞浪婆。"元张羽《望太湖》:"舟师拍浪咒浪婆,我亦再拜不敢言。"

浪士　làng shì
【分类】政治
【关键词】设难
【释义】本指寄迹于水滨的隐士。晋《设难·客傲》:"是以水无浪士,岩无幽人。"唐元结的别号。《新唐书·元结传》:"(结)后家瀼滨,乃自称浪士。"
【例句】宋郭祥正《浪士歌》:"浪士乘浪舟,兀兀在浪间。"宋张耒《次韵苏公…》:"洗樽致酒招浪士,荒坟空余黄土堆。"宋杨万里《过太湖…》:"笠泽古今多浪士,包山远近在何村。"宋释德洪《次韵游…》:"浯溪山水今无恙,浪士曾为烂熳游。"

劳者歌其事　láo zhě gē qí shì
【分类】生活
【关键词】春秋公羊
【释义】即饥者歌其食,劳者歌其事。饥饿的人得到食物歌唱,劳力的人干着重活歌唱。意谓诗歌是人们在生活和劳动中感情的流露。《春秋公羊传·宣公十五年》:"什一行而颂声作矣。"汉何休注:"男女有所怨恨,相从而歌。饥者歌其食,劳者歌其事。"
【例句】唐张九龄《杂诗》:"终日块然坐,有时劳者歌。"宋王安石《度麾岭寄…》:"风月一歌劳者事,能明吾意可无人。"宋石介《入蜀至左…》:"暂休又作故山梦,闲唱还成劳者歌。"清弘历《锦州道中》:"风沙碍眼手频摩,凭轼还听劳者歌。"

劳止　láo zhǐ
【分类】生活
【关键词】诗经
【释义】指辛劳;劳苦。《诗经·大雅·民劳》:"民亦劳止,汔可小康。"汉郑玄笺:"今周民罢劳矣,王几可以小安之乎?"意思是人民也很疲劳了,应尽可能让他们稍稍喘息。
【例句】唐王昌龄《途中作》:"永图岂劳止,明节期所归。"唐白居易《李卢二中…》:"脂辖复裹粮,心力颇劳止。"唐白居易《饮后戏示…》:"先生馈酒食,弟子服劳止。"宋杨亿《受诏修书…》:"晨趋叹劳止,夕惕念归与。"

牢愁　láo chóu
【分类】生活
【关键词】扬雄
【释义】忧愁,忧郁。《汉书·扬雄传上》:"又旁《惜诵》以下至《怀沙》一卷,名曰《畔牢愁》。"
【例句】唐皮日休《病后春思》:"牢愁有度应如月,春梦无心只似云。"唐刘禹锡《和苏郎中…》:"旧隐来寻通德里,新篇写出畔牢愁。"唐杜牧《寄浙东韩…》:"梦寐几回迷蛱蝶,文章应解伴牢愁。"宋寇准《秋夜怀归》:"牢愁闻雨眠疏屋,归梦随云彻故林。"

老蚌胚生　lǎo bàng pēi shēng
【分类】生活
【关键词】吕氏春秋
【释义】咏生子或寄希望于未来之典。《吕氏春秋·精通》:"德也者,万民之宰也。月也者,群阴之本也。月望则蚌蛤实,群阴盈;月晦则蚌蛤虚,群阴亏。"古人以为蚌孕珠如人怀妊,并与月之盈亏有关。
【例句】唐白居易《见李苏州…》:"自怜沧海伴,老蚌不生珠。"唐刘禹锡《答乐天所…》:"骊龙颔被探珠去,老蚌胚还应月生。"唐曹松《南海》:"文鳅隔雾朝含碧,老蚌凌波夜吐丹。"宋蔡襄《诏贡士》:"天闲未减真龙种,沧海还空老蚌胎。"

老蚌生珠　lǎo bàng shēng zhū
【分类】生活
【关键词】荀彧
【释义】比喻人有贤子或晚年得子。《三国志·荀彧传》南朝宋裴松之注引《三辅决录》:"孔融与韦父端书曰:'前日元将来…伟世之器也。昨日仲将又来…保家之主也。不意双珠,近出老蚌。甚珍贵之。'"
【例句】唐白居易《见李苏州…》:"自怜沧海伴,老蚌不生珠。"宋邵雍《不可知吟》:"犁牛生骍角,老蚌产明珠。"宋苏轼《赠山谷子》:"笑君老蚌生明珠,自笑此物吾家无。"宋王之道《送神童胡…》:"奇童小友良不诬,异哉老蚌生双珠。"

老成典型　lǎo chéng diǎn xíng
【分类】政治
【关键词】诗经
【释义】年老有德,足以为人师表。《诗经·大雅·荡》:"虽无老成人,尚有典刑。"
【例句】宋王之道《一经堂为…》:"韦贤不可作,高风看典型。"宋王质《送虞丞相…》:"父祖有家法,典型如老人。"宋苏轼《次韵子由…》:"功利争先变法初,典型独守老成余。"宋韩驹《送苏世美…》:"樽俎每留仓猝客,典型犹识老成人。"

老大徒伤悲　lǎo dà tú shāng bēi
【分类】生活
【关键词】乐府诗集
【释义】指年老时一事无成,徒然悲伤。《乐府诗集·相和歌辞五·长歌行》:"少壮不努力,老大徒伤悲。"

【例句】唐杜甫《曲江对酒》:"吏情更觉沧洲远,老大徒伤未拂衣。"宋孔平仲《寄孙元忠》:"老大徒伤未拂衣,白头吟望苦低垂。"宋苏辙《睡起》:"身将抱瓮灌田畴,老大徒伤鬓已秋。"元陶宗仪《长安市》:"百年世事如云雨,老大徒伤易白头。"

老聃 lǎo dān
【分类】文化
【关键词】老子
【释义】老子,姓李名耳,字聃。著有《道德经》。被尊为道教始祖。孔子曾数次向老子问礼、求道。《史记·老子列传》:"老子修道德,其学以自隐无名为务。"
【例句】唐陈子昂《感遇诗》:"仲尼推太极,老聃贵窈冥。"唐刘威《赠道者》:"过海独辞王母面,度关谁识老聃身。"唐张九龄《故刑部李…》:"尝闻继老聃,身退道弥耽。"宋韩琦《蒙恩加职…》:"老聃道大谁同传,千古韩非是罪人。"

老而不死 lǎo ér bù sǐ
【分类】生活
【关键词】论语
【释义】即老而不死是为贼。用作责备老而无德者的典故。《论语·宪问》:"幼而不孙弟,长而无述焉,老而不死是为贼。"
【例句】唐白居易《云居寺孤桐》:"山僧年九十,清净老不死。"唐李贺《湘妃》:"筠竹千年老不死,长伴神娥盖湘水。"宋吴芾《周相士谓…》:"万事都捐无复念,老而不死待如何。"聂绀弩《慎之来函…》:"如老不死定为贼,百年谁有两头半?"

老凤 lǎo fèng
【分类】政治
【关键词】李商隐
【释义】对别人父亲的誉称。唐李商隐《寄酬韩冬郎》:"桐花万里丹山路,雏凤清于老凤声。"唐宋时称丞相《小凤小仪》:"翰林学士为大凤,丞相为老凤,盖以中书省有凤池也。"
【例句】宋李复圭《句》:"老凤池边蹲不去,饥乌台上噪无声。"宋邹极《题县簿清…》:"谁怜老凤堪栖棘,梦断韶音奏九成。"宋朱长文《元厚之少…》:"千载神龟巢叶稳,九霄老凤带雏游。"宋谢逸《送高彦应》:"小儒百鸟喧春风,大儒老凤栖梧桐。"

老夫耄矣 lǎo fū mào yǐ
【分类】政治
【关键词】左传
【释义】老夫:古时士大夫年七十以上自称老夫。耄:老年,高龄,常用作自称衰老之辞。《左传·隐公四年》:"老夫耄矣,无能为也。"
【例句】唐白居易《谈氏小外…》:"自念老夫今耄矣,因思稚子更茫然。"宋吴则礼《招李汉臣》:"老夫亦耄矣,戒律今全除。"宋李吕《诗勉粹夫…》:"老夫耄矣诚堪笑,何惜同来试问津。"聂绀弩《丁聪画上…》:"小伙轩然齐跃进,老夫耄矣啥能为。"

老归 lǎo guī
【分类】政治
【关键词】王翦
【释义】年老致仕归休。《史记·秦始皇本纪》:"王翦谢病老归。"
【例句】唐许浑《送僧归金…》:"老归江上寺,不忘旧师恩。"唐黄滔《退居》:"老归江上村,孤寂欲何言。"宋俞德邻《记梦》:"老归燕国常悲陇,梦断荥河偶得图。"聂绀弩《挽王莹》:"老归大泽菰蒲尽,露冷莲房坠粉红。"

老龟祸枯桑 lǎo guī huò kū sāng
【分类】生活
【关键词】龟
【释义】比喻无辜而遭受连累。《异苑》载:三国时有人得大龟,持献吴主孙权。途中,龟与大桑对话。龟曰:"我被拘系,方见烹臛,虽然,尽南山之樵不能溃(煮熟)我!"桑曰:诸葛恪博学,如议以我等来煮你,怎么办?龟要其勿多言,免得也受连累。后孙权得龟,果用诸葛恪之言,伐此大桑树煮龟。龟即熟。
【例句】唐白居易《杂感》:"老龟烹不烂,延祸及枯桑。"宋黄庭坚《观秘阁…》:"鲁酒围邯郸,老龟祸枯桑。"宋林冲之《春日郊居》:"枯桑伐火怜龟毂,野鼠食禾讼谷神。"明毛奇龄《食熊蹯口…》:"晋侯杠笞宰夫暴,老龟须用千年桑。"

老汉滨 lǎo hàn bīn
【分类】政治
【关键词】荀爽
【释义】隐遁之典。《后汉书·荀叔传》附《荀爽传》:"后遭党锢,隐于海上,又南遁汉滨,积十余年,以著述为事,遂称为硕儒。"
【例句】唐李白《赠张相镐》:"斯言傥不合,归老汉江滨。"唐李端《送友入关》:"近更婴衰疾,空思老汉滨。"宋刘挚《次韵赵伯山…》:"梦雨一惊巫峡曲,佩香somewhat记汉江滨。"宋赵鼎臣《七月朔集…》:"解佩时时梦汉滨,不将喜事报交亲。"

老骥伏枥 lǎo jì fú lì
【分类】政治
【关键词】曹操
【释义】比喻人虽老而壮志犹存。三国魏曹操《步出夏门行》:"老骥伏枥,志在千里;烈士暮年,壮心不已。"
【例句】宋王信《视旱田赋》:"公如老骥暂伏枥,我类游鳞终屈沼。"宋陆游《闻房乱有感》:"羞为老骥伏枥悲,宁作枯鱼过河泣。"宋范仲淹《依韵答蒋…》:"奋飞每羡冥鸿远,驰骋那怖老骥闲。"宋欧阳修《送张生》:"老骥骨奇心尚壮,青松岁久色逾新。"

463

老莱妻　lǎo lái qī
【分类】政治
【关键词】老莱子
【释义】贤妻的代称。《列女传·楚老莱妻》载:楚王遣使聘老莱子出仕,妻对他说:"可食以酒肉者,可随以鞭捶;可授以官禄者,可随以斧钺。今先生食人酒肉,受人官禄,为人所制也,能免于患乎?"于是夫妻二人离开蒙山,迁居到江南去了。
【例句】唐白居易《秋晚》:"莱妻卧病月明时,不捣寒衣空捣药。"宋王安石《爱日》:"孟母知身从,莱妻耻人制。"宋王之道《冬日出郊》:"岁饥冬暖聊相补,抉藕归来饷莱妻。"宋陈造《次韵张守…》:"莱妻魂逝不容招,敢问何方处寂寥。"

老莱衣　lǎo lái yī
【分类】政治
【关键词】老莱子
【释义】老莱子娱亲所穿的小儿彩衣。表示对父母的孝养。源见"老莱娱亲"。
【例句】唐孟浩然《夕次蔡阳馆》:"明朝拜家庆,须著老莱衣。"唐祖咏《赠苗发员外》:"花惭潘岳貌,年称老莱衣。"唐王贞白《赠刘评事》:"春深颜子巷,花映老莱衣。"唐杜甫《送韩十四…》:"兵革不见老莱衣,叹息人间万事非。"

老莱娱亲　lǎo lái yú qīn
【分类】政治
【关键词】老莱子
【释义】孝养父母之典。《艺文类聚·列女传》:"老莱子孝养二亲,行年七十,婴儿自娱,著五色采衣。尝取浆上堂,跌仆,因卧地为小儿啼,或弄乌鸟于亲侧。"
【例句】唐岑参《梁州对雨…》:"二人事慈母,不弱古老莱。"唐孟浩然《送王五昆》:"水乘舟楫去,亲望老莱归。"唐杜荀鹤《和友人见…》:"南昌一榻延徐孺,楚国千钟逼老莱。"五代贯休《避地寄高蟾》:"空余老莱子,相见独依依。"

老龙吉　lǎo lóng jí
【分类】政治
【关键词】庄子
【释义】咏道家之典,或用以哀悼道长之词。《庄子·知北游》:"妸荷甘与神农同学于老龙吉。妸荷甘日中奓户而入,曰:'老龙死矣!'神农隐几拥杖而起,嚗然放杖而笑,曰:'天知予僻陋慢訑,故弃予而死。已矣,夫子无所发予之狂言而死矣夫!'"老龙吉是神农氏和妸荷甘的老师。
【例句】唐王维《哭褚司马》:"谁言老龙吉,未免伯牛灾。"

老马　lǎo mǎ
【分类】生活
【关键词】韩非子
【释义】喻指阅历经验丰富者。源见"老马识途"。
【例句】唐李白《送薛九被…》:"田家养老马,穷士归其门。"唐杜甫《江汉》:"古来存老马,不必取长途。"唐杜甫《观安西兵…》:"老马夜知道,苍鹰饥著人。"唐杜甫《有叹》:"穷猿号雨雪,老马怯关山。"

老马识途　lǎo mǎ shí tú
【分类】政治
【关键词】韩非子
【释义】比喻富于经验的人能够在工作中起引导作用。《韩非子·说林》:"管仲、隰朋从于桓公伐孤竹,春往冬返,迷惑失道,管仲曰:'老马之智可用也。'乃放老马而随之,遂得道。"
【例句】唐李频《送友人游蜀》:"蜀马知归路,巴山似旧游。"唐杜甫《江汉》:"古来存老马,不必取长途。"唐张祜《投魏博李…》:"指途谙老马,望海哂长鲸。"宋梅尧臣《吴冲卿学…》:"老马力尽道路长,岂若壮骥思腾骧。"

老马为驹　lǎo mǎ wéi jū
【分类】政治
【关键词】诗经
【释义】驾驭老马如马驹。喻丧失敬老之礼。《诗经·小雅·角弓》:"老马反为驹,不顾其后。"郑笺:"比喻幽王见老人反侮慢之,遇之如幼稚,不自顾念后至年老,人之遇己亦将然。"
【例句】唐杜甫《病后遇王…》:"老马为驹信不虚,当时得意况深眷。"宋饶节《次韵镜上人》:"因师聊作逢场戏,老马为驹不受鞭。"明杨慎《老马行》:"老马为驹下皂栈,昔日友龙今伴雁。"明黄佐《草堂喜诸…》:"男儿须读五车书,老马为驹总不虚。"

老彭　lǎo péng
【分类】生活
【关键词】论语
【释义】指传说中长寿的彭祖。《论语·述而》:"述而不作,信而好古,窃比于我老彭。"三国魏何晏集解引汉包咸曰:"老彭,殷贤大夫。"一说为老聃、彭祖的并称。意谓像李耳和彭祖那样,转述先哲的思想而不创立自己的思想,相信且喜好古人的东西。
【例句】唐白居易《放言》:"泰山不要欺毫末,颜子无心羡老彭。"唐李商隐《五言述德…》:"自是依刘表,安能比老彭。"唐李咸用《临川逢陈…》:"自言混沌凿不死,大笑老彭非久视。"聂绀弩《有赠(胡风)》:"偷比老彭吾岂敢,一山溪水一汪洋。"

老罴当道　lǎo pí dāng dào
【分类】政治
【关键词】王罴
【释义】比喻猛将把守要塞。《北史·王罴传》:"罴,尚卧未起,闻阁外汹汹有声,便祖身露髻徒跣,持一白棒,大呼而出,谓曰:'老罴当道卧,貉子那得过!'敌见,惊退。"

【例句】宋王安石《辄次公辟…》：“老罴岂得长高卧,雏凤仍闻已甾生。”宋陆游《秋晚》：“老罴尚欲身当道,乳虎何疑气食牛。”清全祖望《水木明瑟…》：“踞地先成偃卧形,老罴当道群貉屏。”清王振尧《杨莲甫督…》：“真见老罴横卧道,肯教房马近窥边。”

老圃 lǎo pǔ
【分类】生活
【关键词】论语
【释义】有经验的菜农。《论语·子路》：“樊迟请学稼。子曰：'吾不如老农。'请学为圃。曰：'吾不如老圃。'”
【例句】唐孟浩然《南山下与…》：“先人留素业,老圃作邻家。”唐裴谞《储潭庙》：“老农老圃望天语,储潭之神可致雨。”唐方干《寄谢麟》：“后来若要知优劣,学圃无过老圃知。”聂绀弩《三月十三》：“老农老圃都难学,学个诗僧老翠微。”

老气 lǎo qì
【分类】生活
【关键词】杜甫
【释义】喻老练的气概。唐杜甫《送韦十六评事充同谷判官》：“子虽躯干小,老气横九州。”
【例句】宋方岳《次韵滕和…》：“白发相过各暮年,颜间老气自轩轩。”宋陆游《晓出至湖…》：“老气犹能作罴卧,壮怀谁复记鸿轩？”宋陈师道《隐者郊居》：“高斋缭绕度双沟,老气轩昂盖九州。”宋孙觌《弋阳县古…》：“松骨倚天增老气,溪毛著水渡微香。”

老人星 lǎo rén xīng
【分类】生活
【关键词】史记
【释义】南部天空一颗光度较亮的二等星。古人认为它象征长寿,故又名寿星。源见“南极老人”。
【例句】唐李白《与诸公送…》：“衡山苍苍入紫冥,下看南极老人星。”唐杜甫《泊松滋江亭》：“今宵南极外,甘作老人星。”唐杜甫《覃山人隐居》：“南极老人自有星,北山移文谁勒铭。”唐张籍《送郑尚书》：“此处莫言多瘴疠,天边看取老人星。”

老人圯上 lǎo rén yí shàng
【分类】政治
【关键词】张良
【释义】东楚把桥叫做圯。《史记·留侯世家》：言张良在下邳圯上,为父拾履,得《太公兵法》,老父自称济北谷城山下黄石。张良死,葬黄石冢旧事。
【例句】宋胡宿《题承诏亭》：“圯上早传黄石略,隆中难恋武侯庐。”宋宋祁《书怀》：“樽中酒美催良会,圯上书闲待细看。”宋李纲《读留侯传…》：“圯上老人亲授书,言从志合真其偶。”聂绀弩《望桥》：“游女汉皋遥指点,老人圯上互温存。”

老氏训 lǎo shì xùn
【分类】政治
【关键词】老子
【释义】用为讽咏畋猎之典。《老子》：“五色令人目盲；五音令人耳聋；五味令人口爽；驰骋畋猎令人心发狂；难得之货令人行妨。是以圣人为腹不为目。故去彼取此。”
【例句】唐高适《同群公出…》：“犹怀老氏训,感叹此欢娱。”宋释文珦《二疏》：“托之老氏训,辞禄偕归田。”

老饕 lǎo tāo
【分类】政治
【关键词】苏轼
【释义】谓指饕餮。传说中的一种凶恶贪食的野兽。喻指贪食的人、贪得无厌者。《吕氏春秋·先识》：“周鼎著饕餮,有首无身,食人未咽,害及其身,以言报更也。”宋苏轼《老饕赋》：“盖聚物之夭美,以养吾之老饕。”
【例句】唐韦庄《南阳小将…》：“老饕已毙众雏恐,童稚揶揄皆自勇。”宋周紫芝《次韵强使…》：“梦泽南州听晓鸡,老饕于此寄朱麾。”宋吴锡畴《擘蟹》：“且与老饕成后赋,正须一笑付姜橙。”宋张明中《谢惠红桃》：“枯肠消得三十颗,只恐儿曹赋老饕。”

老头皮 lǎo tóu pí
【分类】生活
【关键词】杨朴
【释义】戏称年老男子。源见"断送老头皮"。
【例句】宋王洋《病瘴有感》：“更若寻思年少戏,如何不送老头皮。”宋刘克庄《三赠月蓬…》：“赚汝一双穷相眼,饶吾九十老头皮。”明钱澄之《过椰云禅师》：“闽海风波不可思,与君留得老头皮。”

老瓦盆 lǎo wǎ pén
【分类】政治
【关键词】杜甫
【释义】指民间粗陋酒器。喻指隐士的酒器。唐杜甫《少年行》：“莫笑田家老瓦盆,自从盛酒长儿孙。”
【例句】宋区仕衡《郑寺丞邓…》：“不惭居士新藤帽,亦醉田家老瓦盆。”宋方岳《汪运干饷酒》：“酒吾其爱径须醉,快洗平生老瓦盆。”宋章甫《九日》：“江风冷拂乌纱帽,篱菊香浮老瓦盆。”宋王庭圭《和刘端礼…》：“老瓦盆随田舍饮,半溪云属野人家。”

老之将至 lǎo zhī jiāng zhì
【分类】生活
【关键词】论语
【释义】老境就要来到。多用作自称衰老之语。《论语·述而》：“子曰：'女奚不曰,其为人也,发愤忘食,乐以忘忧,不知老之将至云尔。'”
【例句】唐杜甫《丹青引赠…》：“丹青不知老将至,富贵于我如浮云。”唐李端《忆故山赠…》：“旧山暂别老将至,芳草

· 465 ·

欲阑归去来。"唐白居易《洛中偶作》："不知老将至,犹自放诗狂。"聂绀弩《马兜铃姑…》："吾舌尚存老将至,人心不死花自妍。"

老子婆娑　lǎo zǐ pó suō
【分类】文化
【关键词】陶侃
【释义】泛指自夸襟怀豪放。《晋书·陶侃传》："(侃)将出府门,顾谓怨曰:'老子婆娑,正坐诸君辈。'"老子:男子的自称。婆娑:放逸不羁的样子。
【例句】宋陈师道《除夜》："西归端著便,老子不婆娑。"宋马廷鸾《挽许秋浦》："政复安车裹轮好,情知老子不婆娑。"宋孙觌《致政中奉…》："此翁矍铄丹心在,老子婆娑两鬓催。"宋文天祥《自叹》："门掩牢愁白日过,不应老子坐婆娑。"

酪奴　lào nú
【分类】文化
【关键词】洛阳伽蓝记
【释义】茶的别名。北魏《洛阳伽蓝记·正觉寺》："羊比齐鲁大邦,鱼比邾莒小国。惟茗不中,与酪作奴…彭城王重谓曰:'卿明日顾我,为卿设邾莒之食,亦有酪奴。'因此复号茗饮为酪奴。"
【例句】宋林逋《孤山寺》："破殿静披斋白古,斋房闲试酪奴春。"宋范镇《金莲泉》："暗穿竹径仍清冷,为我烹茶敌酪奴。"宋黄庭坚《景珍太博…》："欲收百斛供春酿,放出声名压酪奴。"宋周紫芝《玉友初成…》："方从欢伯作幽事,莫唤酪奴相继来。"

乐不可支　lè bù kě zhī
【分类】生活
【关键词】张堪
【释义】快乐到不能撑持的地步。形容欣喜到极点。支:支撑、撑持。源见"两岐歌"。
【例句】宋范成大《次韵袁起…》："乐不可支聊发咏,田间日日是芳时。"明林儒《麦秀两岐颂》："渔阳民乐不可支,清风千载歌谣习。"清洪亮吉《偶成》："哀乐中年讵可支,未衰恐已鬓添丝。"聂绀弩《赠迈进》："丘家有几女孩儿,问得人人乐不支。"

乐极则悲　lè jí zé bēi
【分类】政治
【关键词】淮南子
【释义】高兴到极点时,发生使人悲伤的事。《淮南子·道应训》："夫物盛而衰,乐极则悲。"
【例句】唐杜甫《酬孟云卿》："乐极伤头白,更深爱烛红。"唐杜甫《观公孙大…》："锦筵急管曲复终,乐极哀来月东出。"唐独孤及《东平蓬莱…》："固知别多相逢少,乐极哀至心婵娟。"五代徐ళ《李夫人》："不望金舆到锦帷,人间乐极即须悲。"

乐莫乐兮　lè mò lè xī
【分类】生活
【关键词】楚辞
【释义】即乐莫乐兮新相知。最快乐的事莫过于新结识一个知己。为咏友情、情感之典。《楚辞·九歌·少司命》："悲莫悲兮生别离,乐莫乐兮新相知。"
【例句】宋洪咨夔《程广文季…》："乐莫乐乎遇合新,忧莫忧乎缪辕始。"宋黄庭坚《颐轩诗》："辱莫辱多欲,乐莫乐无求。"宋邵定翁《归去乐》："乐莫乐兮此一归,禽知我知渊明知。"宋释善珍《骚词》："苍苍上兮皇皇下,乐莫乐兮郴之土。"

乐圣　lè shèng
【分类】生活
【关键词】徐邈
【释义】谓嗜酒。源见"中圣人"。
【例句】唐李适之《罢相作》："避贤初罢相,乐圣且衔杯。"唐杜甫《饮中八仙歌》："饮如长鲸吸百川,衔杯乐圣称避贤。"宋王旦《禁林宴会》："得陪嘉会荣观大,虔效赓歌乐圣心。"宋钱惟演《与客启明》："干时不为侏儒米,乐圣犹衔叔夜杯。"

乐事　lè shì
【分类】生活
【关键词】谢灵运
【释义】指欢乐的事。源见"四美"。
【例句】唐于邺《野外行》："老病无乐事,岁秋悲更长。"唐白居易《和微之春…》："醉乡虽咫尺,乐事亦须臾。"唐戴叔伦《赠康老人洽》："南邻北里日经过,处处淹留乐事多。"唐韩翃《赠王随》："青云自致晚应遥,朱邸新婚乐事饶。"

乐天知命　lè tiān zhī mìng
【分类】生活
【关键词】周易
【释义】乐于顺从天道安排,知道性命的始终与限度。常用以称顺从自然,悠然自得的一种宿命论的人生观。《周易·系辞上》："乐天知命,故不忧。"唐孔颖达疏："顺天施化,是欢乐于天;识物始终,是自知性命,任自然之理,故不忧也。"
【例句】唐白居易《枕上作》："若问乐天忧病否,乐天知命了无忧。"宋赵抃《次韵金判…》："勇退如公世少俦,乐天命富春秋。"宋邵雍《首尾吟》："若圣与仁虽不敢,乐天知命又何疑。"宋刘学箕《书怀》："坎止流行随所寓,乐天知命一闲翁。"

乐土　lè tǔ
【分类】政治
【关键词】诗经
【释义】指幸福快乐之地。《诗经·魏风·乐土》："逝将去女,适彼乐土。乐土乐土,爰得我所。"郑笺："乐土,有德之国。"

【例句】唐薛据《初去郡斋…》：" 从此适乐土，东归知几年。" 唐杜甫《垂老别》：" 何乡为乐土，安敢尚盘桓。" 唐李幼卿《题琅琊山…》：" 同依妙乐土，别占净居天。" 聂绀弩《北大荒歌》：" 烂草污泥真乐土，毒虫猛兽美家乡。"

乐游原　lè yóu yuán
【分类】生态
【关键词】西安
【释义】古汉唐长安游览胜地，在今陕西西安城南。汉宣帝神爵三年在此建乐游苑，辟为休息之地。唐代建城时把西北部围入城内。高宗时太平公主在原上建亭游赏。唐张九龄《登乐游原春望书怀》：" 城隅有乐游，表里见皇州。"
【例句】唐李白《忆秦娥》：" 乐游原上清秋节，咸阳古道音尘绝。" 唐张祜《登乐游原》：" 今日南方惆怅尽，乐游原上见长安。" 唐豆卢回《登乐游原…》：" 昔为乐游苑，今为狐兔园。" 聂绀弩《遇有光西安》：" 举碗自谦茶博士，乐游原上马蹄轻。"

乐职吟　lè zhí yín
【分类】政治
【关键词】王褒
【释义】谓庶民歌功颂德之典。《汉书·王褒传》：" 使褒作《中和》《乐职》《宣布》诗，选好事者令依鹿鸣之声习而歌之。" 唐颜师古注：" 乐职者，言百官各得其职也。" 西汉益州刺史王襄曾使王褒作《中和》《乐职》等诗，颂扬君臣功德。
【例句】唐权德舆《奉和张仆…》：" 雄词乐职波涛阔，旷度交欢云雾披。" 唐羊士谔《上元日紫…》：" 闲似淮阳卧，恭闻乐职吟。" 唐羊士谔《酬礼部崔…》：" 春行乐职咏，秋感伴牢词。" 宋范仲淹《和黄惣太…》：" 金台下客思何报，愿上中和乐职诗。" 宋胡宿《送益州运…》：" 时平幕府无留事，乐职何妨颂圣功。"

雷封　léi fēng
【分类】政治
【关键词】白氏六帖
【释义】古代县令的代称。《白氏六帖·县令》：" 雷震百里，县令象之，分土百里。" 古代的 " 县大率方百里 "（《汉书·百官公卿表上》）。
【例句】唐陈陶《赠江南李…》：" 雷封始贺堂溪剑，花府寻邀玉树枝。" 宋易时敏《顾王遗址》：" 雷封已并田同井，烟爨犹疑灶满营。" 宋陈造《再用前韵》：" 雷封局缩聊偿债，衮字褒嘉但寸长。" 宋陈著《代前人次…》：" 旧来曾此摄雷封，勉策驽鞭愧罔功。"

雷公　léi gōng
【分类】文化
【关键词】雷
【释义】神话中管打雷的神。《论衡·雷虚》：" 图画之工，图雷之状，累累如连鼓之形。又图一人，若力士之容，谓之雷公，使之左手引连鼓，右手推椎，若击之状。"
【例句】唐罗公远《大还丹口诀》：" 乘龙驾鹤倾城市，驱策雷公使神鬼。" 唐李白《梁甫吟》：" 我欲攀龙见明主，雷公砰訇震天鼓。" 唐韩愈《陆浑山火…》：" 雷公擘山海水翻，齿牙嚼啮舌腭反。" 唐韩愈《双鸟诗》：" 雷公告天公，百物须膏油。"

雷轰荐福碑　léi hōng jiàn fú bēi
【分类】生活
【关键词】范仲淹
【释义】比喻命途多舛，办事不顺。《冷斋夜话》：" 范文正公（仲淹）镇鄱阳，有书生献诗甚工，文公礼之。书生自言：' 天下之至寒饿者，无在某右。' 时盛行欧阳率更字，荐福寺碑墨本直千钱。文正为具纸墨，打千本，使售于京师。纸墨已具，一夕，雷击碎其碑。"
【例句】宋许月卿《赠谈命韩…》：" 时来风送滕王阁，运去雷轰荐福碑。" 宋汪兼山《黄山遇雨》：" 碑翻荐福雷轰碎，舟近蓬莱风勒回。" 宋艾性夫《荐福寺》：" 曾有虎来听法去，更无碑可付雷轰。"

雷化龙梭　léi huà lóng suō
【分类】政治
【关键词】陶侃
【释义】喻贤才应时而起，飞黄腾达。《晋书·陶侃传》：" 侃少时渔于雷泽，网得一织梭，以挂于壁。有顷雷雨，自化为龙而去。"
【例句】唐李咸用《夜吟》：" 落笔思成虎，悬梭待化龙。" 唐韩愈《石鼓歌》：" 金绳铁索锁纽壮，古鼎跃水龙腾梭。" 宋苏轼《和仲伯达》：" 人不我知斯我贵，不须雷雨起龙梭。" 宋邹浩《王宪湖上…》：" 异日定应如此少，云雷行欲起龙梭。"

雷居士　léi jū shì
【分类】政治
【关键词】雷次宗
【释义】咏出世隐遁之典。《宋书·雷次宗传》：" 雷次宗，字仲伦…少入庐山，事沙门释慧远…本州辟从事、员外散骑侍郎，征并不就。"" 后又征诣京邑，为筑室于钟山西岩下，谓之招隐馆，使为皇太子诸王讲《丧服》经。次宗不入公门，乃使自华林东门入延贤堂就业。"
【例句】唐耿湋《宿万固寺…》：" 为报故人雷处士，尘心终日自劳生。" 唐韩翃《题玉山观…》：" 薄宦深知误此心，回心愿学雷居士。" 唐方干《宁国寺》：" 此时惟有雷居士，不厌篮舆去住频。" 五代贯休《送缘有禅…》：" 师与雷居士，寻山道入闽。"

雷门鹤　léi mén hè
【分类】政治
【关键词】太平御览
【释义】借指俊才。《太平御览》引《临海记》：" 古老相传云，此山昔有晨飞鹤入会稽雷门鼓中,于是雷门鼓鸣,洛阳闻之。孙恩时斫此鼓,见白鹤飞出,高翔入云,此后鼓无复远声。"

【例句】唐陆敬《游清都观…》:"矫翰雷门鹤,飞来叶县凫。"明黎民表《同李枣阳…》:"未返雷门鹤,叨从叶县凫。"

雷塘葬　léi táng zàng

【分类】政治

【关键词】隋炀帝

【释义】咏隋炀帝墓地之典。雷塘:地名。在江苏扬州城北。隋唐时为风景胜地。《隋书·炀帝纪》:"上崩于温室,时年五十。萧后令宫人撤床簀为棺以埋之。""葬吴公台下…大唐平江南之后,改葬雷塘。"

【例句】唐罗隐《炀帝陵》:"君王忍把平陈业,只博雷塘数亩田。"唐杜牧《扬州》:"炀帝雷塘土,迷藏有旧楼。"唐李山甫《隋堤柳》:"年年只有晴风便,遥为雷塘送雪花。"唐徐振《雷塘》:"若问皇天惆怅事,只应斜日照雷塘。"

雷霆威　léi tíng wēi

【分类】政治

【关键词】贾山

【释义】喻君权如雷霆般严厉。《汉书·贾山传》:"雷霆之所击,无不摧折者…今人主之威,非特雷霆也。"唐颜师古注:"霆,疾雷也。""特,独也。"

【例句】唐杜甫《遣愤》:"蜂虿终怀毒,雷霆可震威。"唐韩愈《华山女》:"不知谁人暗相报,訇然震动如雷霆。"唐杜牧《东兵长句》:"羽林东下雷霆怒,楚甲南来组练明。"宋刘子翚《谕俗》:"雷霆不言威,肉食忍自诬。"

雷同　léi tóng

【分类】生活

【关键词】礼记

【释义】随声附和。泛指相同。《礼记·曲礼上》:"毋剿说,毋雷同。"汉郑玄注:"雷之发声,物无不同时应者;人之言当各由己,不当然也。"

【例句】唐杜甫《前出塞》:"众人贵苟得,欲语羞雷同。"唐王梵志《诗并序》:"管户无五百,雷同一概看。"唐李商隐《今月二日…》:"所求因渭浊,安肯与雷同。"宋刘克庄《和兴化赵…》:"道是单传曾雪立,元来一字耻雷同。"

雷野　léi yě

【分类】政治

【关键词】汉光武帝

【释义】指战车的隆隆之声如雷般震动原野。《后汉书·光武帝纪下》:"寻、邑百万,貔虎为群。长毂雷野,高锋彗云。"唐李贤注:"长毂,兵车。雷野,言其声盛。"

【例句】唐许敬宗《奉和春日…》:"雷野清玄菟,腾笳振白狼。"唐储光羲《次天元十…》:"雷野大车发,震云灵鼓鸣。"宋刘褒《六州歌头》:"看追风骑,攒云槊,雷野毂,激天钲。"

雷音　léi yīn

【分类】政治

【关键词】司马相如

【释义】汉司马相如《长门赋》:"雷殷殷而响起兮,声象君之车音。"陈皇后失宠后幽居长门宫,一听到雷声,便联想到皇帝临幸的车驾声。后因用以喻指车驾声音,并作为思念故人的典故。

【例句】唐李德裕《王京兆》:"峥嵘金堤下,喷薄风雷音。"唐钱起《离居夜雨…》:"雷声匪君车,犹听过我庐。"唐杜牧《杜秋娘》:"雷音后车远,事往落花时。"宋赵抃《次程给事…》:"师悟赵州庭柏境,我知青岭震雷音。"

雷雨发萌芽　léi yǔ fā méng yá

【分类】政治

【关键词】周易

【释义】咏皇恩大赦之典。《周易·解》:"彖曰:…天地解而雷雨作,雷雨作而百果草木皆甲坼。解之时,大矣哉!象曰:雷雨作,解,君子以赦过宥罪。"言天有雷雨,草木万物得惠,亦比喻皇恩浩荡,大赦天下。

【例句】唐韩愈《次邓州界》:"早晚王师收海岳,普将雷雨发萌芽。"宋苏辙《和子瞻和…》:"幽忧如蛰虫,雷雨惊奋豫。"宋宋无《蕃釐观感…》:"雷雨还惊蛰,潜藏重发芽。"明吴宣《题钱秋官菊》:"匝地风云空暮色,溥天雷雨自春芽。"

雷远　léi yuǎn

【分类】生活

【关键词】雷次宗

【释义】南朝的居士雷次宗与释慧远的合称,为咏儒释之交的典故。《宋书·雷次宗传》:"雷次宗字仲伦,豫章南昌人也。少入庐山,事沙门释慧远,笃志好学,尤明《三礼》《毛诗》,隐退不交世务。"

【例句】唐皎然《杼山禅居…》:"既得庐霍趣,乃高雷远情。"唐李端《同司空文…》:"我与雷居士,平生事远公。"唐齐己《假山》:"旧说雷居士,曾闻远大师。"宋曾巩《灵岩寺兼…》:"更闻雷远相从乐,世道嚣尘岂可干?"

磊魂　léi kuǐ

【分类】生活

【关键词】阮籍

【释义】众石累积貌。亦喻胸中不平之气。源见"酒浇垒块"。

【例句】宋洪炎《次韵和了…》:"尘沙欲枯冈象眼,酒醴难浇磊块胸。"宋李弥逊《与粹之游…》:"扫除磊魂装怀地,为载千岩万壑归。"宋方岳《赠写照吴生》:"山须未压棱层骨,诗不能平磊魂胸。"宋吕祖异《呈孙元素》:"酒好便能浇魂磊,饭香何必御膻荤。"

泪成河　lèi chéng hé

【分类】生活

【关键词】顾恺之
【释义】咏伤痛之典。《世说新语·言语》："顾长康（恺之）拜桓宣武（温）墓…人问之曰：'卿凭重桓乃尔，哭之状其可见乎？'顾曰：'鼻如广莫长风，眼如悬河决溜。'或曰：'声如震雷破山，泪如倾河注海。'"
【例句】唐佚名《忆故人》："一更独坐泪成河，半夜想思愁转多。"唐杜甫《得舍弟消息》："犹有泪成河，经天复东注。"宋程俱《哭阿申》："悲来泪成河，俯仰吊孤影。"宋韩淲《留永丰数…》："思子泪成河，触目意莫骋。"

累安邑 lèi ān yì
【分类】生活
【关键词】闵贡
【释义】谓烦扰地方官吏。源见"仲叔猪肝"。
【例句】唐王维《赠房卢氏琯》："或可累安邑，茅茨君试营。"宋黄庭坚《答永新宗…》："闵仲叔不以口腹累安邑，我其敢共鲑菜烦嘉禾。"宋沈与求《托长兴吴…》："肯将口腹累安邑，正欲弦歌闻武城。"聂绀弩《柬慎之谢…》："终朝驴背祭诗神，万里猪肝累使君。"

累骑而返 lèi qí ér fǎn
【分类】生活
【关键词】阮咸
【释义】载女同归之典。《晋书·阮咸传》："而居母丧，纵情越礼。素幸姑之婢，姑当归于夫家，初云留婢，既而自从去。时方有客，咸闻之，遽借客马追婢，既及，与婢累骑而还，论者甚非之。"《世说新语》："曰：'人种不可失！'即遥集（阮孚）之母也。"
【例句】唐段成式《和周繇见嘲》："傥恕相如瘦，应容累骑还。"明张元凯《塘上行逢…》："又不见阮仲容，鲜卑之婢累骑从。"清弘历《五君咏题…》："累骑追婢归，或亦失贞素。"清洪缵《生四庶男…》："赤足卢仝婢，累骑阮咸息。"

离娄至明 lí lóu zhì míng
【分类】政治
【关键词】离娄
【释义】咏明察之典。《孟子·离娄》："孟子曰：'离娄之明，公输子之巧，不以规矩，不能成方圆。'"汉赵岐注："离娄者，古之明目者…黄帝亡其玄珠，使离娄索之。离朱即离娄也，能视于百步之外，见秋毫之末。"
【例句】唐李白《雪谗诗赠…》："子野善听，离娄至明。神靡遁响，鬼无逃形。"唐孟郊《失意归吴…》："离娄岂不明，子野岂不聪。"唐张籍《罔象得玄珠》："离娄徒肆目，罔象乃通玄。"宋王信《视旱田赋》："详于禹贡辨等级，明似离娄烛幽眇。"

离鸾别凤 lí luán bié fèng
【分类】生活
【关键词】西京杂记
【释义】喻夫妻离散。《西京杂记》："庆安世年十五，为成帝侍郎，善鼓琴，能为双凤离鸾之曲。"

【例句】唐李贺《湘妃》："离鸾别凤烟梧中，巫云蜀雨遥相通。"唐李商隐《代应》："离鸾别凤今何在，十二玉楼空更空。"宋李龏《致酒行》："离鸾别凤烟梧中，曦轮送客沟水东。"元李序《大堤曲》："刘郎肉薄愁心重，天上离鸾思别凤。"

离骚 lí sāo
【分类】生活
【关键词】屈原
【释义】战国诗人屈原所作。作品倾诉了对楚国命运和人民生活的关心，对后世有深远影响。比喻遭遇忧患。《史记·屈原贾生列传》："离骚者，犹离忧也…屈平之作《离骚》，盖自怨生也。"
【例句】唐李白《笑歌行》："平生不解谋此身，虚作离骚遣人读。"唐包佶《酬顾况见寄》："于越城边枫叶高，楚人书里寄离骚。"唐元稹《送东川马…》："旋吟新乐府，便续古离骚。"唐包佶《酬于侍郎…》："章甫经殊俗，离骚继雅风。"

骊歌 lí gē
【分类】生活
【关键词】王式
【释义】喻离别之歌。源见"歌骊驹"。
【例句】唐卢藏用《饯许州宋…》："骊歌一曲罢，愁望正凄凄。"唐李白《灞陵行送别》："正当今夕断肠处，骊歌愁绝不忍听。"唐李毂《浙东罢府…》："相逢只恨相知晚，一曲骊歌又几年。"宋韩维《湖上招曼叔》："故人旄旆镇邻城，未奏骊歌已怆情。"

骊姬之乱 lí jī zhī luàn
【分类】政治
【关键词】国语
【释义】咏宠姬杀太子夺嗣之典。《国语·晋语》："献公伐骊戎，克之，灭骊子，获骊姬以归，立以为夫人，生奚齐。其娣生卓子。骊姬果作难，杀太子而逐二公子。"
【例句】唐李华《咏史》："侧闻骊姬事，申生不自保。"唐岑参《骊姬墓下作》："骊姬北原上，闭骨已千秋。"唐吴筠《览古》："汉储殒江充，晋嗣灭骊姬。"唐元稹《有鸟》："汉后忍渴天岂知，骊姬坟地君宁觉。"

骊龙 lí lóng
【分类】文化
【关键词】庄子
【释义】黑龙。喻宝物。源见"探骊得珠"。
【例句】唐徐彦伯《题东山子…》："图高黄鹤羽，宝夺骊龙群。"唐钱起《过瑞龙观…》："白鹿顾坛草，骊龙蟠玉泉。"唐李涉《赠友人孩子》："骊龙颔下亦生珠，便与人间众宝殊。"唐杜甫《渼陂行》："此时骊龙亦吐珠，冯夷击鼓群龙趋。"

骊龙睡 lí lóng shuì
【分类】生活

【关键词】庄子
【释义】喻睡觉，或喻因侥幸获得机遇。源见"探骊得珠"。
【例句】唐刘禹锡《泰和裴晋…》："骊龙睡后珠元在,仙鹤行时步又轻。"唐曹邺《杏园即席…》："日日探得珠,不待骊龙睡。"宋吕蒙正《岳阳楼望…》："探珠直待骊龙睡,莫遣迷津浩渺中。"宋刘鹜《代意》："翡翠巢成珠树密,骊龙睡起玉渊深。"

骊山 lí shān
【分类】政治
【关键词】秦始皇
【释义】喻厚葬。秦始皇陵寝在骊山脚下。《史记·秦始皇本纪》："葬始皇郦山。始皇初即位,穿治郦山,及并天下,天下徒送诣七十余万人,穿三泉,下铜而致椁,宫观百官奇器珍怪徙臧满之。"
【例句】唐上官婉儿《驾幸新丰…》："隐隐骊山云外耸,迢迢御帐日边开。"唐司马扎《感古》："骊山与茂陵,相对秋草绿。"唐沈佺期《咸阳览古》："唯有骊峰在,空闻厚葬余。"唐崔泰之《奉酬韦嗣…》："关塞临伊水,骊山枕灞川。"唐李颀《送李回》："知君官属大司农,诏幸骊山职事雄。"

骊珠 lí zhū
【分类】文化
【关键词】庄子
【释义】指宝珠。传说出自骊龙颔下,故名骊珠。比喻珍贵的人或物。源见"探骊得珠"。
【例句】唐白居易《与微之唱…》："烦君赞咏心知愧,鱼目骊珠同一封。"唐温庭筠《莲浦谣》："荷心有露似骊珠,不是真圆亦摇荡。"唐元稹《赠童子郎》："杨公莫讶清无业,家有骊珠不复贫。"唐卢肇《和主司王起》："凤诏仁归专北极,骊珠搜得尽东瀛。"

梨花雪 lí huā xuě
【分类】生态
【关键词】玉台新咏
【释义】形容梨花洁白纷繁。《燕歌行》："风光迟舞出青蘋,兰条翠鸟鸣发春。洛阳梨花落如雪,河边细草纤如茵。"
【例句】唐李白《宫中行乐词》："柳色黄金嫩,梨花白雪香。"唐杜牧《初冬夜饮》："砌下梨花一堆雪,明年谁此凭阑干。"唐司空图《杨柳枝寿…》："好是梨花相映处,更胜松雪日初晴。"宋许玠《汉宫春夜》："遥夜春寒听晓钟,角声满地梨花雪。"

梨园 lí yuán
【分类】生活
【关键词】唐玄宗
【释义】唐代宫内教坊机构所在。泛指戏班。《新唐书·礼乐志》："玄宗既知音律,又酷爱法曲,选坐部伎子弟三百教于梨园,声有误者,帝必觉而正之,号'皇帝梨园弟子'。又宫女数百,亦为梨园弟子,居宜春北院。"
【例句】唐李白《春日陪杨…》："新弦采梨园,古舞娇吴歈。"唐杜甫《观公孙大…》："梨园子弟散如烟,女乐余姿映寒日。"唐赵嘏《冷日过骊山》："霓裳一曲千门锁,白尽梨园弟子头。"唐严维《相里使君》："秦僧吹竹闭秋城,早在梨园称主情。"

梨园弟子 lí yuán dì zǐ
【分类】生活
【关键词】唐玄宗
【释义】泛称戏曲演员。源见"梨园"。
【例句】唐王昌龄《殿前曲》："胡部笙歌西殿头,梨园弟子和凉州。"唐元稹《和李校书…》："玄宗爱乐爱新乐,梨园弟子承恩横。"唐白居易《长恨歌》："梨园弟子白发新,椒房阿监青娥老。"唐于鹄《赠碧玉》："霓裳禁曲无人解,暗问梨园弟子家。"

犁牛骍角 lí niú xīng jiǎo
【分类】生活
【关键词】论语
【释义】比喻劣父生贤明的儿女。《论语·雍也》："子谓仲弓,曰：'犁牛之子骍且角,虽欲勿用,山川其舍诸？'"骍,纯赤色也。指杂文之牛生纯赤且角周正之子。
【例句】宋邵雍《不可知吟》："犁牛生骍角,老蚌产明珠。"宋周紫芝《试湖阴徐…》："骍牲自是犁牛出,忠臣但孝子门。"宋卓田《沁园春》："正椿松未老,芝兰竞秀,奇毛雏凤,骍角犁牛。"明郑文康《诸儿灯下…》："犁牛曾见生骍犊,良马还期出大宛。"

犁庭扫穴 lí tíng sǎo xué
【分类】政治
【关键词】汉书
【释义】谓彻底摧毁敌对势力。《汉书·匈奴传》："故已犁其庭,扫其闾,郡县而置之。"
【例句】宋王之道《次韵陈勉仲》："开府莫辞金帛尽,犁庭当冀浸氛空。"宋许及之《三次澄鳞…》："犁庭真破竹,入境若无人。"宋岳珂《饯紫微高…》："大数恰逢一百年,埽穴犁庭当复再。"宋葛希逢《和寄王谓夫》："直须扫穴犁庭后,放马山阳脚始酸。"明杨廉《送陈都宪…》："因河践华窥雄略,扫穴犁庭上首功。"聂绀弩《咏猫为正…》："犁彼穴庭鼠焉往,相君颜貌虎何殊。"

劓面 lí miàn
【分类】生态
【关键词】东观汉记
【释义】以刀划面。古代匈奴、回鹘等族遇大忧大丧,则划面以表示悲戚。亦用以表示诚心和决心。《东观汉记·耿秉传》："南单于举国发丧,劓面流血。"
【例句】唐杜甫《哀王孙》："花门劓面请雪耻,慎勿出口他人狙。"宋魏了翁《李参政生日》："劓面花门未果驯,夏人兵马薄熙秦。"金赵秉文《题阎立本…》："金犀劓面觇天庭,王会图中垦典刑。"明李昱《月氏王头…》："血魂劓面诉上帝,怒鲸倒吸银河空。"

嫠不恤纬　lí bù xù wěi

【分类】政治
【关键词】左传
【释义】比喻忧国忘家,公而忘私的志向。《左传·昭公二十四年》:"郑伯如晋,子大叔相,见范献子。献子曰:'若王室何?'对曰:'老夫其国家不能恤,敢及王室?'抑人亦有言曰:'嫠不恤其纬,而忧宗周之陨,为将及焉。'"嫠,寡妇;纬,织物的纬线。寡妇不忧她的织物,而忧虑国亡祸及自身。
【例句】宋任伯雨《述怀》:"周嫠不恤纬,我意何穷极。"宋刘弇《感寓》:"嫠妇不恤纬,琐琐悲宗周。"宋杨时《向和卿览…》:"虫鸣鸟噪感时节,嫠不恤纬羞前言。"宋李流谦《送何子应…》:"嫠不恤纬忧宗周,宁有裙襦能念国。"

嫠妇之忧　lí fù zhī yōu

【分类】政治
【关键词】左传
【释义】指称百姓忧国。源见"嫠不恤纬"。
【例句】唐吴融《风雨吟》:"虽然小或可谋大,嫠妇之忧史尚存。"宋王迈《送刘无竞…》:"周嫠空愤切,不虑岁无衣。"宋苏辙《读书》:"悃然嫠妇忧,嗟哉肉食鄙。"宋李伯圭《送胡季昭…》:"伏马总为刍豆谋,孤忠嫠纬不胜忧。"

藜不糁　lí bù sǎn

【分类】生活
【关键词】庄子
【释义】喻处境艰难,生活困窘。《庄子·让王》:"孔子穷于陈蔡之间,七日不火食,藜羹不糁,颜色甚惫,而弦歌于室。"据说孔子困于陈蔡时,七天曾食不掺粮食的藜菜汤。
【例句】唐杜甫《水宿遣兴…》:"童稚频书札,盘餐诘糁藜。"唐杜甫《风疾舟中…》:"吾安藜不糁,汝贵玉为琛。"唐陆龟蒙《水国诗》:"况是乾苗结子疏,归时只得藜羹糁。"宋吕陶《焦夫子画》:"野饭有藜糁,浊杯无醨醇。"

藜光　lí guāng

【分类】文化
【关键词】刘向
【释义】指烛光。源见"青藜照阁"。
【例句】宋刘克庄《喜大渊至》:"聊为先儒增管见,不烦太乙下藜光。"宋宋祁《看雪》:"偷寻柳絮思隋岸,误折藜光认洛阳。"宋孔平仲《和子瞻西…》:"昨夜青藜光照席,绿阴相对小除书。"宋邓忠臣《敬次无咎…》:"太乙下照青藜光,要我挟椠弄铅黄。"

藜杖　lí zhàng

【分类】文化
【关键词】山涛
【释义】用藜的老茎制成的手杖。《晋书·山涛传》:"魏帝尝赐景帝(司马师)春服,帝以赐涛,又以母老,并赐藜杖一枚。"
【例句】唐王维《菩提寺禁…》:"悠然策藜杖,归向桃花源。"唐杜甫《九月一日…》:"藜杖侵寒露,蓬门启曙烟。"唐司空图《休休亭》:"可怜藜杖者,真个种瓜侯。"聂绀弩《束钱》:"我在黄金台畔住,几时藜杖款荆扉。"

礼干木　lǐ gàn mù

【分类】政治
【关键词】段干木
【释义】借指礼贤下士。《吕氏春秋·期贤》:"魏文侯过段干木之闾而轼之,其仆曰:'君胡为轼?'曰:'此非段干木之闾欤?段干木盖贤者也,吾安敢骄之?段干木光乎德,寡人光乎地;段干木富乎义,寡人富乎财。'…于是国人皆喜,相与诵之曰:'吾君好正,段干木之敬;吾君好忠,段干木之隆。'"
【例句】唐孙合《古意》:"魏礼段干木,秦王乃止戈。"唐费冠卿《酬范中丞见》:"战国方须礼干木,康时何必重侯嬴。"宋王安石《奉酬约之…》:"君家段干木,为义畏人侵。"清弘历《式间礼士》:"欲相干木辞,致禄国人喜。"

礼轻人意重　lǐ qīng rén yì zhòng

【分类】生活
【关键词】邢俊臣
【释义】礼物虽然很轻,但人的情意却很深厚。宋邢俊臣《嘲置花石纲——临江仙》:"巍峨万丈与天高,物轻人意重,千里送鹅毛。"
【例句】宋孔武仲《寄信州交…》:"勿云千里移致难,以古物轻人意重。"宋蔡伸《临江仙》:"物轻人意至,千里赠鹅毛。"

李白坟　lǐ bái fén

【分类】文化
【关键词】李白
【释义】唐代诗人李白的墓地,位于安徽省马鞍山市当涂县城东南的青山西麓。唐李华《故翰林学士李君墓志铭》:"姑孰东南,青山北址,有唐高士李白之墓。"
【例句】唐白居易《李白墓》:"采石江边李白坟,绕田无限草连云。"唐郑谷《松》:"那堪寂寞悲风起,千树深藏李白坟。"宋孔平仲《题姑孰台》:"青山便是玄晖宅,采石相传李白坟。"宋林逋《采石山》:"翻然却怪宣城守,是甚移将李白坟。"

李淳风　lǐ chún fēng

【分类】政治
【关键词】李淳风
【释义】唐代天文学家、数学家、易学家,精通道家之说,是《推背图》的作者之一。预知唐"帝传三世,武代李兴"的卜象。《新唐书·李淳风》:"淳风幼爽秀,通群书,明步天历算…于占候吉凶,若节契然,当世术家意有鬼神相之,非学习可致,终不能道也。"
【例句】宋刘克庄《李淳风》:"逆知生女主,预说覆唐宗。"宋曾丰《赠玉牒道人》:"神融气会李淳风,收拾乾坤风鉴中。"宋释绍昙《偈颂》："李淳风与袁天纲,推尽先天算不出。"

李杜齐名　lǐ dù qí míng
【分类】文化
【关键词】范滂
【释义】借指与二人同为名士。《后汉书·范滂》："滂向母曰:'惟大人割不可忍之恩,勿增感戚。'母曰:'汝今得与李、杜齐名,死亦何恨!'"汉桓帝时,李固、杜乔,李膺、杜密,均为名士直臣,蜚声当世。
【例句】唐杜甫《长沙送李…》："李杜齐名真忝窃,朔云寒菊倍离忧。"唐杨凭《赠窦牟》："直用天才众却瞋,应欺李杜久为尘。"唐杜牧《李甘诗》："喜无李杜诛,敢惮髡钳苦。"宋陈师道《寄文潜无…》："李杜齐名吾岂敢,晚风无树不鸣蝉。"

李杜诛　lǐ dù zhū
【分类】政治
【关键词】杜密
【释义】咏陷害忠良之典。东汉桓、灵二帝时,宦官诬陷忠良之臣,李膺杜密等均被捕死在狱中。《后汉书·杜密传》："后桓帝征拜尚书令,迁河南尹,转太仆。党事既起,免归本郡,与李膺俱坐,而名行相次,故时人亦称'李杜'焉。"
【例句】唐杜牧《李甘诗》："喜无李杜诛,敢惮髡钳苦。"宋梅尧臣《读后汉书…》："汉家诛党人,谁与李杜死。"宋韩维《答曼叔见…》："兴来落纸成大句,势欲李杜相凌摩。"金赵秉文《过杨太尉坟》："李杜就诛钩党起,可能天下独伤君。"

李夫人　lǐ fū rén
【分类】生活
【关键词】汉武帝
【释义】汉武帝宠妃,音乐家李延年、贰师将军李广利之妹。源见"红颜薄命"。
【例句】唐司空图《力疾山下…》："秋艳三千临粉镜,独悲掩面李夫人。"唐温庭筠《和道溪君…》："屏上楼台陈后主,镜中金翠李夫人。"唐李商隐《汉宫》："王母不来方朔去,更须重见李夫人。"唐韩偓《过茂陵》："景帝龙髯消息断,异香空见李夫人。"

李固冤　lǐ gù yuān
【分类】政治
【关键词】李固
【释义】咏大臣蒙冤而死之典。《后汉书·李杜列传》："梁冀因此诬(李)固与文、鲔共为妖言,下狱…太后明之,乃赦焉。及出狱,京师市里皆称万岁。冀闻之大惊,畏固名德终为己害,乃更据奏前事,遂诛之"。
【例句】唐李玖《四丈夫同赋》："李固有冤藏蘁简,邓攸无子续清风。"唐李华《杂诗》："孔光尊董贤,胡广惭李固。"宋葛胜仲《马融》："为梁草奏枉忠臣,李固夤缘遂杀身。"清梁鼎芬《江船遇长…》："李固可冤季长谄,弥远不罪西山贪。"

李广不侯　lǐ guǎng bù hóu
【分类】政治
【关键词】李广
【释义】慨叹功高不爵,命运乖舛。《史记·李将军列传》："广曰:'…降者八百余人,吾诈而同日杀之。至今大恨独此耳。'朔曰:'祸莫大于杀已降,此乃将军所以不得侯者也。'"
【例句】唐徐夤《赠杨著》："李广不侯身渐老,子山操赋恨何深。"唐郑锡《出塞》："战余能送阵,身老未封侯。"唐温庭筠《伤温德彝》："侯印不闻封李广,他人丘垄似天山。"宋宋祁《拟东武曲》："李广不生高祖世,岂得今封万户侯。"

李广射虎　lǐ guǎng shè hǔ
【分类】政治
【关键词】李广
【释义】指汉代李广射虎故事。喻武将勇猛。《史记·李将军列传》："广所居郡,闻有虎,尝自射之。及居右北平,射虎,虎腾伤广,广亦竟射杀之。"
【例句】唐刘商《赠головой陀师》："秋山年长头陀处,说我军前射虎归。"唐卢纶《送彭开府…》："夺旗貂帐侧,射虎雪林前。"唐张祜《射虎词》："高山路傍射虎儿,执弓走箭如星驰。"宋王安石《寄朱昌叔》："射虎未能随李广,割鸡空欲戏言游。"

李龟年　lǐ guī nián
【分类】生活
【关键词】明皇杂录
【释义】唐玄宗时著名宫廷乐人,安史之乱后流落江南。《明皇杂录》："龟年能歌,尤妙制《渭川》。特承顾遇,于东都大起第宅,僭侈之制,逾于公侯…流落江南,每遇良辰胜赏,为人歌数阕,座中闻之,莫不掩泣罢酒。"
【例句】宋戴表元《感旧歌者》："头白江南一尊酒,无人知是李龟年。"元何中《春怨》："江南却遇李龟年,苏州空感杨开府。"元吾丘衍《听张供奉…》："不意秋风寥落后,江南更识李龟年。"元乃贤《次段吉甫…》："修禊每怀王逸少,听歌却忆李龟年。"

李郭同舟　lǐ guō tóng zhōu
【分类】生活
【关键词】李膺郭泰
【释义】好友相交,使人称羡之典。《后汉书·郭泰传》载:郭泰字林宗,游于洛阳,始见河南尹李膺,膺大奇之,遂相友善。后归乡里,衣冠诸儒,送至河上,车数千辆。林宗唯与李膺同舟而济。众宾望之,以为神仙焉。
【例句】唐于瑰《和绵州于…》："山宜姑射貌,江泛李膺舟。"唐岑参《送郭司马…》："江上舟中月,遥思李郭仙。"唐刘禹锡《龙门祷雨歌》："车骑联镳逊鞭答,夹道传呼真李郭。"宋宋祁《寄连元礼…》："人惊李郭同舟日,句索羊何共和时。"

李汉 lǐ hàn
【分类】文化
【关键词】韩愈
【释义】字南纪,擢进士第,累迁左拾遗。韩愈子婿。《旧唐书·李汉列传》:"汉,韩愈子婿,少师愈为文,长于古学,刚讦类愈。"
【例句】宋游稚仙《浣溪沙》:"明日贾逵添戏彩,异时李汉看乘龙。"宋许月卿《代弟》:"墓碑不载韩翃字,文集应传李汉编。"宋石介《送进士高…》:"韩门有李汉,柳氏得晦之。"宋陈渊《邓季明挽词》:"尽道东床如李汉,会传余论落人间。"

李贺 lǐ hè
【分类】文化
【关键词】李贺
【释义】字长吉,唐诗人。唐杜牧《李长吉歌诗叙》:"鲸呿鳌掷,牛鬼蛇神,不足为其虚诞幻也。"
【例句】唐齐己《酬湘幕徐…》:"诗同李贺精通鬼,文拟刘轲妙入禅。"唐齐己《还人卷》:"李白李贺遗机杼,散在人间不知处。"宋魏野《和酬何泳…》:"杜牧科名李贺曹,初官花幕莫辞劳。"聂绀弩《沁园春》:"藐鸡鸣狗盗,孟尝宾客;蛇神牛鬼,小贺章篇。"

李勣 lǐ jì
【分类】政治
【关键词】李勣
【释义】原名徐世勣,字懋功,唐初名将,凌烟阁二十四功臣之一。《旧唐书·李勣列传》:"太宗即位,拜并州都督,赐实封八百户。"
【例句】宋吴渊《送杜尚书…》:"万里长城唐李勣,百年勋业汉留侯。"宋赵万年《却敌凯歌》:"吁嗟李勣贤长城,不假援兵却胡羯。"宋詹初《读李敬业传》:"闲笑唐明主,深怜李勣忠。"宋范成大《京城》:"如许金汤尚资盗,古来李勣胜长城。"宋晁补之《复用前韵》:"我无懋功突厥名,横身为国作长城。"宋金朋说《李绛裴度》:"辅主中兴划懋功,削平僭叛一循公。"

李将军 lǐ jiāng jūn
【分类】政治
【关键词】李广
【释义】李广,西汉名将,匈奴畏服,称之为飞将军。《史记·李将军列传》:"广以良家子从军击胡,用善骑射,杀首虏多,为汉中郎…遂引刀自刭。广军士大夫一军皆哭。"
【例句】唐骆宾王《帝京篇》:"朱门无复张公子,灞亭谁畏李将军。"唐李白《悲歌行》:"汉帝不忆李将军,楚王放却屈大夫。"唐高适《送浑将军》:"李广从来先将士,卫青未肯学孙吴。"唐皎然《武源行赠…》:"灞亭不重李将军,汉爵犹轻苏属国。"

李金吾 lǐ jīn wú
【分类】政治
【关键词】李嗣业
【释义】李嗣业。唐朝名将。唐天宝十四年为左金吾大将军。唐杜甫《陪李金吾花下饮》:"醉归应犯夜,可怕李金吾。"
【例句】元杨维桢《毗陵行》:"智谋无过史万叶,嫖姚无加李金吾。"元杨维桢《和金粟道…》:"酒酣不怕归路晚,将军曾识李金吾。"明王世贞《徐孟章索…》:"醉后能轻田太尉,归时那怕李金吾。"聂绀弩《毛肚开膛…》:"定然狂醉归休晚,怕李金吾正夜巡。"

李陵 lǐ líng
【分类】政治
【关键词】李陵
【释义】即汉将李陵。善骑射。借指戍边的将领。《史记·李将军列传》:"陵既至期还,而单于以兵八万围击陵军。陵军五千人,兵矢既尽,士死者过半…陵曰:'无面目报陛下。'遂降匈奴。"
【例句】唐李白《苏武》:"泣把李陵衣,相看泪成血。"唐顾况《刘禅奴弹…》:"李陵寄书别苏武,自有生人无此苦。"唐司空图《狂题》:"不是史迁书与说,谁知孤负李陵心。"唐卢纶《从军行》:"李陵甘此没,惆怅汉公卿。"

李陵诗 lǐ líng shī
【分类】文化
【关键词】李陵
【释义】泛指赠别诗。汉李陵《与苏武》诗之一:"良时不再至,离别在须臾。…风波一失所,各在天一隅。"西汉苏武出使匈奴被押十九年,节志不变,归汉时降将李陵作诗赠别。
【例句】唐薛能《题盐铁李…》:"备足好中还有阙,许昌军里李陵诗。"唐顾况《刘禅奴弹…》:"李陵寄书别苏武,自有生人无此苦。"宋郑思肖《雁足》:"醉后爱歌诸葛表,生来耻读李陵诗。"元蓝智《雨中怀李…》:"颇讶故人音问绝,经句不见李陵诗。"

李牧 lǐ mù
【分类】政治
【关键词】李牧
【释义】咏戍边良将之典。《史记·廉颇蔺相如列传》:"李牧者,赵之北边良将也。…李牧多为奇陈,张左右翼击之,大破杀匈奴十余万骑。灭襜褴,破东胡,降林胡,单于奔走。其后十余岁,匈奴不敢近赵边城。"
【例句】唐雍陶《罢还边将》:"汉主岂劳思李牧,赵王犹是用廉颇。"唐高适《睢阳酬别…》:"李牧制僝蓝,遗风岂寂寥。"唐周昙《郭开》:"廉颇还国李牧在,安得赵王为尔擒。"宋范仲淹《河朔吟》:"子房帷幄方无事,李牧耕桑合有秋。"

李轻车 lǐ qīng chē
【分类】政治
【关键词】李蔡
【释义】指李广从弟李蔡。因其勇武善战,曾为轻车将军。《史记·卫将军骠骑列传》:"将军李蔡,成纪人也……以轻车将军从大将军有功,封为乐安侯。已为丞相,坐法死。"
【例句】唐王维《送宇文三…》:"还闻田司马,更逐李轻车。"唐韩翃《送刘将军》:"胆大欲欺姜伯约,功多不让李轻车。"唐刘长卿《送南特进…》:"翩翩新结束,去逐李轻车。"唐张籍《陇头行》:"谁能更使李轻车,收取凉州入汉家。"

李少君 lǐ shào jūn
【分类】生态
【关键词】汉武帝
【释义】异人,方士。因懂得祭祀灶神求福、种谷得金、长生不老的方术而得到汉武帝的重要。《汉书·郊祀志上》:"李少君亦以祠灶、谷道、却老方见上,上尊之。"
【例句】唐皇甫冉《送张道士…》:"师事少君年岁久,欲随旄节往层城。"唐陈羽《游洞灵观》:"初访西城礼少君,独行深入洞天云。"唐刘禹锡《八月十五…》:"少君引我升玉坛,礼空遥请真仙官。"唐皇甫冉《少室山韦…》:"红霞紫气昼氤氲,绛节青幢迎少君。"

李斯 lǐ sī
【分类】政治
【关键词】李斯
【释义】借指蒙冤受害的贤士。《史记·李斯列传》:"李斯者,楚上蔡人也。…二世二年七月,其斯五刑,论腰斩咸阳市。"
【例句】唐白居易《读史》:"弘恭陷萧望,赵高谋李斯。"唐李德裕《到恶溪夜…》:"青蝇岂独悲虞氏,黄犬应闻笑李斯。"

李斯溷鼠 lǐ sī hùn shǔ
【分类】政治
【关键词】李斯
【释义】谓改变自处境以求得富贵安逸。《史记·李斯列传》:"年少时,为郡小吏,见吏舍厕中鼠食不洁,近人犬,数惊恐之。斯入仓,观仓中鼠,食积粟,居大庑之下,不见人犬之忧。于是李斯乃叹曰:'人之贤不肖譬如鼠矣,在所自处耳。'"
【例句】唐元稹《酬翰林白…》:"溷鼠虚求洁,笼禽方讶饥。"唐李咸用《物情》:"李斯溷鼠心应动,庄叟泥龟意已坚。"唐薛逢《惊秋》:"长笑李斯称溷鼠,每多庄叟喻牺牛。"明何允泓《和受之浒…》:"反复台端猫溷鼠,养成夷孽胫如腰。"

李斯忌韩非 lǐ sī jì hán fēi
【分类】政治
【关键词】李斯
【释义】指李斯因嫉妒韩非才能而诬害之。《史记·韩非列传》:"乃遣非使秦。秦王悦之,未信用。李斯、姚贾害之…秦王以为然,下吏治非。李斯使人遗非药,使自杀。"
【例句】唐孟迟《寄浙右旧幕僚》:"勾践岂能容范蠡,李斯何暇救韩非。"

李西平 lǐ xī píng
【分类】政治
【关键词】李晟
【释义】李晟,字良器,唐代中期名将,因封西平郡王,世称李西平。《旧唐书·李晟列传》:"蕃相尚结赞颇多诈谋,尤恶晟,乃相与议云:'唐之名将,李晟与马燧、浑瑊耳。不去三人,必为我忧。'"
【例句】宋陆游《长歌行》:"犹当出作李西平,手杖旄钺清旧京。"宋陆游《秋夜思南…》:"盛事何由观北伐,后人谁可继西平。"宋陈长方《李西平画…》:"西平忠武根于天,奋身一旅当无前。"明张萱《居停古庐…》:"下榻喜逢陈仲举,论兵转忆李西平。"

李下整冠 lǐ xià zhěng guān
【分类】政治
【关键词】曹植
【释义】喻指不避嫌疑。源见"瓜田李下"。
【例句】宋陶弼《李》:"主人肝胆无猜忌,果下游人任整冠。"宋黄庭坚《鹧鸪天》:"淫坊酒肆狂居士,李下何妨也整冠。"宋邹浩《和仲孺前…》:"一日秋阳十日寒,李下多机难整冠。"宋吕陶《再和》:"温风一袖已薰然,燕坐何须更整冠。"

李延年 lǐ yán nián
【分类】生活
【关键词】李延年
【释义】汉武帝时音乐家,代表作《佳人曲》。借指以善歌得宠之人。《汉书·李延年传》:"是时上方兴天地诸祠,欲造乐,令司马相如等作诗颂。延年辄承意弦歌所造诗,为之新声曲。"
【例句】唐梁锽《戏赠歌者》:"若逢汉武帝,还是李延年。"唐骆宾王《帝京篇》:"延年女弟双凤入,罗敷使君千骑归。"唐李白《春日行杨…》:"延年献佳作,邀与诗人俱。"唐张祜《宫词》:"新声何处唱,肠断李延年。"唐殷尧藩《汉宫词》:"骏马金鞍白玉鞭,宫中来取李延年。"

李膺 lǐ yīng
【分类】政治
【关键词】李膺
【释义】借指直臣循吏。李膺字元礼,东汉官吏、名士。灵帝初,死于党锢之祸。《后汉书·李膺传》:"是时朝廷日乱,纲纪颓弛,膺独持风裁,以声名自高。"
【例句】唐孟浩然《荆门上张…》:"坐登徐孺榻,频接李膺杯。"唐李白《鲁城北郭…》:"何时一杯酒,更与李膺同。"

唐周朴《喜贺拔先…》："李膺门客为闲客,梅福官衔改旧衔。"唐李白《陪从祖济…》："湖西正有月,独送李膺还。"

李膺门　lǐ yīng mén
【分类】政治
【关键词】李膺
【释义】指官高品端者的门第。《后汉书·李膺传》："是时朝廷日乱,纲纪颓弛,膺独持风裁,以声名自高。士有被其容接者,名为登龙门。"
【例句】唐王季友《酬李十六岐》："于何车马日憧憧,李膺门馆争登龙。"唐杜牧《川守大夫…》："昔为扬子宅,今是李膺门。"唐周朴《喜贺拔先…》："李膺门客为闲客,梅福官衔改旧衔。"五代贯休《送友生入…》："知将刖足恨,去击李膺门。"宋王禹偁《送李成叔…》："独羡冰清萧处士,通家能入李膺门。"

李营丘　lǐ yíng qiū
【分类】生活
【关键词】李成
【释义】五代宋初著名画家李成。原籍长安,祖父于五代时避乱迁家营丘(今山东青州),故称李营丘。《渑水燕谈录》："画平远寒林,前人所未尝为,气韵萧洒,烟林清旷,笔势挺脱,墨法精绝,高妙入神,古今一人,真画家百世师也。"
【例句】宋文同《许道宁寒林》："许生虽学李营丘,墨路纵横多自由。"宋冯山求《刘忱明…》："营丘李成称绝迹,峰岩秀拔非常模。"宋晁补之《酬李唐臣…》："不见李侯今五载,苦向营丘有余态。"元吴镇《李营丘真迹》："疏钟遥落空禽里,尽属营丘笔底收。"

李谪仙　lǐ zhé xiān
【分类】文化
【关键词】李白
【释义】谪仙,旧时称誉才学优异的人,谓如谪降人世的仙人。《新唐书·李白传》:李白"往见贺知章,知章见其文,叹曰:'子,谪仙人也!'"后因以专指李白。
【例句】唐白居易《江楼夜吟…》："每叹陈夫子,常嗟李谪仙。"唐徐夤《咏写真》："借将前辈真仪比,未愧金銮李谪仙。"唐范质《贺李昉》："翰苑重求李谪仙,词锋颖利胜龙泉。"唐吴融《题兖州…》："谪仙醉后云为态,野客吟时月作魂。"宋梅尧臣《回首青龙…》："与君无复更留醉,醉死谁能为谪仙。"聂绀弩《叠韵答曙南》："输君魏国徐无鬼,笑我长安李谪仙。"

理窟　lǐ kū
【分类】文化
【关键词】张凭
【释义】用为称人言语含义深远之词。借指才学渊博,善于思辨之人。《世说新语·文学》:"张凭既前,抚军(简文帝司马昱)与之话言,咨嗟称善,曰:'张凭勃窣(深邃)为理窟。'即用为太常博士。"
【例句】唐包融《酬忠公林亭》："一谈入理窟,再索破幽襟。"唐司空曙《送王使君…》："张凭本名士,蔡廓是佳儿。"唐罗隐《哭张博士…》："只应移理窟,泉下对真长。"唐释延寿《山居诗》："驱得万途归理窟,更无一事出心源。"宋田锡《酬桐庐知…》："议论精微穷理窟,赋咏升高能体物。"

鲤庭　lǐ tíng
【分类】生活
【关键词】孔鲤
【释义】谓子受父训之典。源见"孔鲤趋庭"。
【例句】唐李端《慈恩寺怀旧》："鲤庭埋玉树,那忍见门人。"唐刘禹锡《酬郑州权…》："鲤庭传事业,鸡树遂翱翔。"唐杨汝士《宴杨仆射…》："文章旧价留鸾掖,桃李新阴在鲤庭。"唐李中《献中书汤…》："銮殿对时亲舜日,鲤庭过处著莱衣。"

鲤鱼风　lǐ yú fēng
【分类】生活
【关键词】玉台新咏
【释义】指九月风;秋风。亦为咏水上风之典。《玉台新咏·艳歌篇十八韵》："灯生阳燧火,尘散鲤鱼风。"
【例句】唐李贺《江楼曲》："楼前流水江陵道,鲤鱼风起芙蓉老。"唐陆龟蒙《江行》："醉帆张数幅,唯待鲤鱼风。"唐李商隐《湖中》："后溪暗起鲤鱼风,船旗闪断芙蓉干。"宋余靖《暮春》："农家榆荚雨,江国鲤鱼风。"

鲤鱼跳龙门　lǐ yú tiào lóng mén
【分类】政治
【关键词】三秦记
【释义】比喻中举、升官等飞黄腾达之事。源见"鱼化龙"。
【例句】唐方干《侯郎中新…》："孤鹤必应思凤诏,凡鱼岂合在龙门。"唐黄滔《寄南海黄…》："燕颔已知飞食肉,龙门犹自退为鱼。"宋郭印《再和》："鱼跳须过龙门,虎骤不从兔径。"宋汪元量《小桃源入…》："人近碧潭才抚掌,唤鱼出洞跳龙门。"宋李复《题载记》："河鱼出龙门,云雷走平地。"

醴泉　lǐ quán
【分类】生活
【关键词】庄子
【释义】甜美的泉水。也喻指及时之雨。《庄子·秋水》："夫鹓雏,发于南海而飞于北海,非梧桐不止,非练实不食,非醴泉不饮。"
【例句】唐杜甫《凤凰台》："血以当醴泉,岂徒比清流。"唐韩愈《驽骥赠欧…》："饥食玉山禾,渴饮醴泉流。"唐白居易《辨味》："甘露太甜非正味,醴泉虽洁不芳馨。"唐白居易《江楼夜吟…》："醴泉流出地,钓乐下从天。"唐鲍溶《题吴徵君…》："地脉发醴泉,岩根生灵芝。"

力牧　lì mù
【分类】政治

【关键词】力牧

【释义】黄帝大臣,在涿鹿之战中,为黄帝战胜蚩尤立了大功。《史记·五帝本纪》:"于是依二占而求之,得风后于海隅,登以为相,得力牧于大泽,进以为将。"

【例句】唐李商隐《送千牛李…》:"曾无力牧御,宁待雨师迎。"唐杜甫《可叹》:"吾辈碌碌饱饭行,风后力牧长回首。"唐舒元舆《桥山怀古》:"知勇神天不自大,风后力牧输长筹。"宋王质《赠杨溥》:"致君逸气常翩跹,风后力牧参吾前。"

力士脱靴 lì shì tuō xuē

【分类】文化

【关键词】李白

【释义】形容才子清高豪放,不拘形迹。《新唐书·李白传》:"白尝侍帝,醉,使高力士脱靴。力士素贵,耻之,擿其诗以激杨贵妃,帝欲官白,妃辄沮止。"

【例句】五代贯休《古意》:"一朝力士脱靴后,玉上青蝇生一个。"宋周麟之《呈郸人李…》:"脱靴未屈力人手,探囊已压犀奴背。"宋苏轼《次韵李…》:"脱靴咏芍药,给札赋云梦。"宋文天祥《陈贯道…》》:"江湖流浪何不可,亦曾力士为脱靴。"

力挽狂澜 lì wǎn kuáng lán

【分类】政治

【关键词】韩愈

【释义】原意是阻止异端邪说的横行。后比喻尽力挽回危险的局势。唐韩愈《进学解》:"障百川而东之,回狂澜于既倒。"狂澜:大浪。

【例句】宋马廷鸾《癸酉春暮…》》:"精诚可使岳云开,浊世狂澜挽不回。"宋王十朋《答毛唐卿…》:"韩子皇皇慕仁义,力排佛老回狂澜。"宋李光《赠林桂高》:"卷中更赌忠斋笔,力障狂澜有二公。"宋周紫芝《时宰生日诗》:"太师回狂澜,仅在谈笑中。"

历草 lì cǎo

【分类】生态

【关键词】草

【释义】亦称历荚、蓂荚。传说中的一种瑞草。南朝齐王融《三月日曲水诗序》:"紫脱华,朱英秀,佞枝植,历草滋。"南朝梁任昉《述异记》:"尧为仁君,一日十瑞……历草生阶,宫禽五色。"

【例句】唐鲍溶《忆郊天》:"浓暖气中生历草,是非烟里爱瑶浆。"唐陈陶《圣帝击壤歌》:"历草何因见,衢尊岂暂忘。"宋韩琦《夜合》:"不惭历草滋,独擅尧阶祥。"宋华镇《峄阳孤桐》:"誓与箫韶并,宁随历草空。"

历历 lì lì

【分类】生活

【关键词】榆

【释义】指排列成行。源见"白榆"。

【例句】唐杜甫《江边星月》:"历历竟谁种,悠悠何处圆。"唐张九龄《奉和圣制…》:"羽卫森森西向秦,山川历历在清晨。"唐杨巨源《杨花落》:"历历瑶琴舞金陈,菲红拂黛怜玉人。"宋司马光《静斋》:"聊窥碧甃缺,寒草生历历。"

历阳湖波 lì yáng hú bō

【分类】政治

【关键词】淮南子

【释义】喻处境险恶。《淮南子·俶真训》:"夫历阳之都,一夕反而为湖,勇力圣知与罢怯不肖者同命。"相传历阳城一夜下陷为湖,城内众生同陷湖底。

【例句】唐李贺《公无出门》:"我虽跨马不得还,历阳湖波大如山。"唐杜牧《和州绝句》:"历阳前事知何实,高位纷纷见陷人。"唐元稹《遭风》:"历阳旧事曾为鳖,鲧穴相传有化能。"宋郭祥正《奉和安中…》:"晴川疏树历阳近,浮云蔽日长安遥。"

立谈 lì tán

【分类】生活

【关键词】孟子

【释义】站着谈话。喻时间短暂。《孟子·离娄下》:"蚤起,施从良人之所之,徧国中无与立谈者。"

【例句】唐高适《饯宋八充…》:"立谈多感激,行李即严凝。"唐王季友《酬李十六岐》:"下笔新诗行满壁,立谈古人坐在席。"唐杜甫《送樊二十…》:"南伯从事贤,君行立谈际。"唐王季友《酬李十六岐》:"下笔新诗行满壁,立谈古人坐在席。"

立谈封侯 lì tán fēng hóu

【分类】政治

【关键词】虞卿

【释义】咏时运亨通迅得封侯之典。汉扬雄《解嘲》:"夫上世之士…或七十说而不遇,或立谈而封侯。"《文选》唐李善注:"《史记》曰:'虞卿说赵孝成王,再见,为赵上卿,故号为虞卿'。"战国虞卿说赵孝成王,两次谈论即被封为上卿。

【例句】宋王安石《丁年》:"早晚青云须自致,立谈平取彻侯封。"宋苏辙《再和》:"燕窠泥土一春衔,惭愧封侯止立谈。"宋姜特立《纪恩诗》:"自古封侯赐璧,慷慨只立谈间。"宋苏泂《次韵虞叟兄》:"忙事尽归跌坐里,侯封从付立谈中。"

立雪 lì xuě

【分类】文化

【关键词】慧可

【释义】咏僧人精诚求法之典。《景德传灯录·菩提禅师》:"(达摩)师寓止于嵩山少林寺…时有僧神光(慧可)者,…晨夕参承…十二月九日夜,天大雨雪,光坚立不动,迟明,积雪过膝…潜取利刀自断左臂。置于师前。师知是法器。"

【例句】唐贯休《题简禅师院》:"继后传衣者,还须立雪中。"唐贾岛《送金州鉴…》:"峨嵋省春上,立雪指流沙。"宋丁谓《送僧归护…》："南归八桂禅庭在,后夜僧怀立雪心。"

立仗马 lì zhàng mǎ

【分类】政治
【关键词】李林甫
【释义】排立在宫门前为皇帝作仪仗的马。喻畏祸而不敢直谏的臣子。亦称仗下马。《新唐书·李林甫》："君等独不见立仗马乎,终日无声,而饫三品刍豆;一鸣,则黜之矣。后日欲不鸣,得乎?"
【例句】宋苏轼《次韵孔文…》："君看立仗马,不敢鸣且窥。"宋释居简《洪御史》："或云乡来立仗马,画然勇作朝阳鸣。"元刘基《为张生题…》："神完气定吺止时,素餐立仗马耻之。"宋陆游《长饥》："早年羞学仗下马,末路幸似泥中龟。"

吏部眠 lì bù mián

【分类】生活
【关键词】毕卓
【释义】咏嗜酒废事之典。《晋书·毕卓传》："卓少希放达…大兴末,为吏部郎,尝饮酒废职。比舍郎酿熟,卓因醉夜至瓮间盗饮之,为掌酒者所缚,明旦视之,乃毕吏部也,遽释其缚。卓遂引主人宴于瓮侧,致醉而去。"
【例句】唐杜甫《游子》："厌就成都卜,休为吏部眠。"唐王绩《戏题卜铺壁》："且逐刘伶去,宵随毕卓眠。"宋韩宗文《醉眠亭》："世间反覆无穷事,吏部难忘抱瓮眠。"明王世贞《世贞迩来…》："早阙梁松床下拜,叨陪毕卓瓮头眠。"

丽姬 lì jī

【分类】生活
【关键词】丽姬
【释义】古美人名。泛指美人。《庄子·齐物论》："毛嫱、丽姬,人之所美也,鱼见之深入,鸟见之高飞。"唐陆德明释文:"丽姬,晋献公之嬖,以为夫人。"
【例句】唐李商隐《李肱所遗…》："邹颠蓐发软,丽姬眉黛浓。"宋黄庭坚《次韵章禹…》："丽姬泣又悔,生故难豫谋。"宋范成大《有感今昔》："縻见丽姬翻决骤,鸟闻韶乐却忧悲。"明朱鹤龄《牡丹花下作》："花色总输伊,横陈当丽姬。"

利器 lì qì

【分类】政治
【关键词】论语
【释义】锋利的武器。《书·说命上》："若金,用汝作砺。"汉孔安国《传》："铁须砺以成利器。"精良的工具。《论语·卫灵公》："工欲善其事,必先利其器。"汉孔安国注:"言工以利器为用。"喻指有才能的治吏。
【例句】唐刘允济《经庐岳…》："清辉靖岩电,利器腾霜锷。"唐王昌龄《上侍御七兄》："利器必先举,非贤安可任。"唐薛涛《酬祝十三…》："诗家利器驰声久,何用春闱榜下看。"唐周昙《春秋战国门》："诚哉利器全由用,可惜吹毛不得人。"

栗过拳 lì guò quán

【分类】文化
【关键词】西京杂记
【释义】咏佳栗之典。《西京杂记》："初修上林苑,群臣远方,各献名果异树…栗四:侯栗、榛栗、瑰栗、峄阳栗(峄阳都尉曹龙所献,大如拳)。"
【例句】唐杜甫《秋日夔府…》："色好梨胜颊,穰多栗过拳。"唐刘蕡《季秋》："江南季秋天,栗熟大如拳。"宋苏辙《将移绩溪令》："山栗似拳应自饱,蜂糖如土不须悭。"宋陈与义《谨次十七…》："怀亲更值薪如桂,作客重看栗过拳。"

栗里 lì lǐ

【分类】生态
【关键词】陶渊明
【释义】在庐山温泉北面一里许,晋诗人陶渊明的故乡。《宋书·陶渊明传》："弘令潜故人庞通之赍酒具于半道栗里要之。"
【例句】唐李白《戏赠郑溧阳》："何时到栗里,一见平生亲。"唐白居易《访陶公旧宅》："柴桑古村落,栗里旧山川。"唐李咸用《庐山》："月好虎溪路,烟深栗里源。"宋王十朋《和韩答张…》："胜游仿栗里,雅会修兰亭。"

粒我烝民 lì wǒ zhēng mín

【分类】政治
【关键词】诗经
【释义】用粮食拯救百姓之典。《诗经·周颂·思文》："思文后稷!克配彼天。粒我烝民,莫匪尔极。"大意是:这个有文德的后稷!真能与天相比。他用粮食养育了众民,哪里没有他大德所及。
【例句】宋司马光《谢胡文学…》："引耒刺中田,粒食烝民赖。"宋苏籀《甲寅岁雪》："匀分帝泽烝民粒,止此人寰世界尘。"元张养浩《赠刘仲实》："烝民既粒教乃敷,和气春风生比屋。"明张天赋《浏有四仓…》："东作西成丰且满,南盈北赡粒烝民。"

连璧 lián bì

【分类】政治
【关键词】庄子
【释义】也作联璧。并列的美玉。喻并列美的人或事物。《庄子·列御寇》："吾以天地为棺椁,以日月为连璧,星辰为珠玑,万物为赍送。"
【例句】唐武元衡《德宗皇帝…》："日月光连璧,烟尘屏大风。"唐李绅《登禹庙回…》："裂缯分井陌,连璧混楼台。"唐柳宗元《答刘连州…》："连璧本难双,分符刺小邦。"唐段成式《和徐商贺…》："连璧座中斜月满,贯珠歌里落花频。"

连城璧 lián chéng bì

【分类】政治

【关键词】蔺相如
【释义】咏宝玉或国宝的典故。源见"价值连城"。
【例句】唐刘商《殷秀才求诗》："连城犹隐石,唯有卞和知。"唐窦冀《怀素上人…》："连城之璧不可量,五百年来草圣当。"唐钱众仲《玉壶冰》："色润连城璧,形分照乘珠。"五代韦庄《乞彩笺歌》："也知价重连城璧,一纸万金犹不惜。"

连鸡　lián jī
【分类】政治
【关键词】战国策
【释义】缚在一起的鸡。喻群雄相互牵掣,不能一致行动。亦指联盟。《战国策·秦策》："诸侯不可一,犹连鸡之不能俱上于栖之明矣。"
【例句】唐韩偓《隰州新驿》："掷鼠须防误,连鸡莫惮惊。"宋李昭玘《十月晦日…》："狡兔有三窟,连鸡无两雄。"宋王庭圭《次韵周秀…》："提兵扫寇来江西,探取贼窟如连鸡。"宋吴泳《寿安宣相》："连鸡纵不能资夏,捕鹿何妨暂掎戎。"

连理枝　lián lǐ zhī
【分类】生活
【关键词】韩凭
【释义】韩凭和何氏死后墓生长出梓树,枝叶相连,成为连理枝。比喻夫妻恩爱永不相负。源见"青陵台"。
【例句】唐孟郊《感兴》："昔为连理枝,今为断弦声。"唐白居易《长恨歌》："在天愿作比翼鸟,在地愿为连理枝。"唐韦应物《喜于广陵…》："青青连枝树,苒苒久别离。"唐鲍溶《秋思》："风折连枝树,水翻无蒂萍。"

怜取眼前人　lián qǔ yǎn qián rén
【分类】生活
【关键词】太平广记
【释义】怜爱自己身边的人。旧时常指男子断绝外遇把爱心移向自己的妻子。《太平广记·莺莺传》："后数日,张生将行,又赋一章以谢绝云:'弃置今何道,当时且自亲。还将旧时意,怜取眼前人。'"
【例句】宋晏殊《浣溪沙》："满目山河空念远,落花风雨更伤春。不如怜取眼前人。"宋晏殊《木兰花》："不如怜取眼前人,免更劳魂兼役梦。"清黄之隽《艳情》："绮筵陪一笑,怜取眼前人。"清林庚白《如蕙夜过》："扑朔迷离别是春,灯边怜取眼前人。"

莲花十丈　lián huā shí zhàng
【分类】文化
【关键词】真人关尹
【释义】咏莲花之典。据说仙人游玩时所坐的莲花直径有十丈,香闻三十里。《真人关尹传》："老子曰:'真人游时,各各坐莲花之上,华径十丈,有反生灵香,逆风闻三十里。'"
【例句】唐韩愈《古意》："太华峰头玉井莲,开花十丈藕如船。"宋鲁宗道《莲花源》："花开十丈照峰头,露裛红衣烂不收。"宋秦观《次韵朱李…》："十丈莲花开处远,三年楮叶刻成迟。"宋李石《荷花》："峰顶莲花高十丈,便敷妙座出花心。"

莲花似六郎　lián huā shì liù láng
【分类】生活
【关键词】杨再思
【释义】形容人的容貌姣好俊美;或咏莲花。《旧唐书·杨再思传》："又易之弟昌宗以姿貌见宠幸,再思又谀之曰:'人言六郎(张昌宗)面似莲花;再思以为莲花似六郎,非六郎似莲花也。'其倾巧取媚也如此。"
【例句】宋王庭圭《程子山侍…》："莫把莲花比六郎,六郎元自不禁霜。"宋李龙高《桃梅》："谁知划被虚名误,污却莲花是六郎。"宋辛弃疾《鹧鸪天》："最怜杨柳如张绪,却笑莲花似六郎。"宋陆游《荷花》："犹嫌翠盖红妆句,何况人言似六郎。"

莲勺困　lián sháo kùn
【分类】政治
【关键词】汉宣帝
【释义】汉时莲勺县,在今陕西渭南东北,县内有一盐池,纵横十余里,当地人称为卤中。汉宣帝被霍光迎立前,曾在莲勺县被当地人困辱。《汉书·宣帝纪》："数上下诸陵,周遍三辅,常困于莲勺卤中。"
【例句】唐杜甫《赤霄行》："皇孙犹曾莲勺困,卫庄见贬伤其足。"唐豆卢回《登乐游原…》："驱逐莲勺道,出入诸陵门。"宋刘攽《出都》："王孙莲勺卤中困,文叔芜蒌亭下寒。"明杨慎《朝暾行》："王孙曾遭莲勺困,宣父亦被伐木屯。"

莲叶田田　lián yè tián tián
【分类】生态
【关键词】莲
【释义】形容荷叶繁密翠绿的样子。《乐府诗集·江南》："江南可采莲,莲叶何田田。"
【例句】宋孔平仲《莲叶》："莲叶田田出水齐,清香已有晓风吹。"宋刘一止《方时敏寄…》："畴昔城南隅,莲叶秋田田。"宋蔡肇《杭州次周…》："湖边莲叶已田田,闻道花开胜去年。"明边贡《送钱水部…》："莲叶田田溪日曙,竹竿袅袅白鸥群。"

涟漪　lián yī
【分类】生态
【关键词】诗经
【释义】形容被风吹起的水面波纹。常用作比喻心里细微的活动。《诗经·魏风·伐檀》："坎坎伐檀兮,寘之河之干兮,河水清且涟漪。"
【例句】唐高适《同敬八卢…》："昔陟乃平原,今来忽涟漪。"唐王维《纳凉》："涟漪涵白沙,素鲔如游空。"唐白居易《草堂前新…》："未如新塘上,微风动涟漪。"唐李郢《冬至后西…》：" 山影浅中留瓦砾，日光寒外送涟漪。"

联拳 lián quán
【分类】生活
【关键词】杜甫
【释义】屈曲貌。唐杜甫《漫成一绝》："沙头宿鹭联拳静，船尾跳鱼泼剌鸣。"
【例句】宋李纲《六月十八…》："乱萤行熠熠，宿鹭立联拳。"宋刘学箕《紫溪庄即事》："古木叶雕乌矍铄，平田沙冷鹭联拳。"宋释德洪《岁穷僧众…》："隅坐小僧寒附火，联拳赢仆睡和衣。"宋陈与义《谨次十七…》："广陌遥知驹款段，曲池犹记鹭联拳。"

廉蔺 lián lìn
【分类】政治
【关键词】廉颇 蔺相如
【释义】喻指将相忠心为国而结下深厚友谊。《后汉书·孔融传》："操故书激厉融曰：'昔廉、蔺小国之臣，犹能相下。'"唐李贤注："赵惠文王与秦昭王会渑池，归，拜蔺相如为上卿，位在廉颇右。颇曰：'吾不忍为之下，必辱之。'相如每朝，常避之。颇闻之，肉袒负荆谢之，相与为刎颈之友。事见《史记》。"
【例句】唐李白《醉后赠从…》："时清不及英豪人，三尺儿童重廉蔺。"唐高适《李云南征…》："廉蔺若未死，孙吴知暗同。"唐元稹《酬乐天东…》："廉蔺声相让，燕秦势岂俱。"宋黄庭坚《观道》："廉蔺向千载，凛凛若生者。"

廉颇 lián pō
【分类】政治
【关键词】廉颇
【释义】战国末期赵国的名将。喻指老将。《史记·廉颇蔺相如列传》："以勇气闻于诸侯…颇闻之，肉袒负荆谢之，相与为刎颈之友。"
【例句】唐骆宾王《夏日游德…》："泣魏伤吴起，思赵切廉颇。"唐张说《南中送北使》："廉颇诚未老，孙叔巨无谋。"唐杜甫《奉寄高常侍》："今日朝廷须汲黯，中原将帅忆廉颇。"宋陆游《亲旧见过…》："据鞍马援虽堪笑，强饭廉颇亦未非。"

廉颇强饭 lián pō qiáng fàn
【分类】政治
【关键词】廉颇
【释义】喻老当益壮，雄风未减；或反其意而用之，称年老体衰不能任用。《史记·廉颇蔺相如列传》："赵使者既见廉颇，廉颇为之一饭斗米，肉十斤，被甲上马，以示尚可用。赵使还报王曰：'廉将军虽老，尚善饭，然与臣坐，顷之三遗矢矣。'赵王以为老，遂不召。"
【例句】唐张说《南中送北使》："廉颇诚未老，孙叔宜无谋。"唐刘长卿《奉寄婺州…》："似鸮占贾谊，上马试廉颇。"唐韩愈《秋怀诗》："犀首空好饮，廉颇尚能饭。"宋陆游《亲旧见过…》："据鞍马援虽堪笑，强饭廉颇亦未非。"

廉叔度 lián shū dù
【分类】政治
【关键词】廉范
【释义】喻指有佳政之太守。东汉廉范字叔度。《后汉书·廉范传》："再迁为云中太守。…后频历武威、武都二郡太守，随俗化导，各得治宜。建初中，迁蜀郡太守，其俗尚文辩，好相持短长，范每厉以淳厚，不受偷薄之说。"
【例句】唐于鹄《醉后寄山…》："都忘醉后逢廉度，不省归时见鲁恭。"唐高适《真定即事…》："郡称廉叔度，朝议管夷吾。"宋梅尧臣《闵尚衣盗裤》："昔闻廉叔度，能使民多裤。"宋慕容彦逢《上毛运使》："暮已歌廉叔度，去思还似谢吴兴。"宋杨亿《何大博知…》："叔孙旧礼妨绵蕝，廉范新歌待裤襦。"宋郑侠《送杜靖国…》："蜀郡廉范不禁夜，一襦五裤惟民利。"宋周邦彦《寿宋守》："民讴在处思廉范，谏疏何人忆贾山。"宋王十朋《送傅兴化》："欢传此日来廉范，记得当时借寇恂。"

廉隅 lián yú
【分类】政治
【关键词】周礼
【释义】棱角。比喻端方(不邪曲)、不苟(不苟且)的行为、品性。《周礼·考工记·轮人》："欲其帱之廉也"汉郑玄注："帱，幔毂之革也。革急则裹木廉隅见。"
【例句】宋韦骧《方竹杖》："既能同劲直，还自表廉隅。"宋苏轼《章钱二君…》："醉里冰髭失缨络，梦回布被起廉隅。"宋彭汝砺《自谢》："学不达本原，行行无廉隅。"宋黄庭坚《明叔惠示…》："平生讨经论，苦行峻廉隅。"

练光乱马 liàn guāng luàn mǎ
【分类】生活
【关键词】孔子
【释义】喻咏古代吴地或遥望故地。《论衡·书虚》："传书或言颜渊与孔子俱上鲁太山，孔子东南望吴昌门外有系白马，引颜渊指以示之曰：'若见吴昌门乎？'颜渊曰：'见之。'孔子曰：'门外何有？'曰：'有如系练之状。'"颜渊将门外的白马看成系练。
【例句】唐骆宾王《久客临海…》："练光遥乱马，剑气上连牛。"明彭梦祖《登泰山》："天阔练光为白马，峰高岚气作苍龙。"明郑鹏《题元人画》："峰峦驰突如奔马，万顷澄江练光泻。"明顾璘《和望之中…》："鸲鹆云高鸿影度，卢龙江动练光回。"

练先书 liàn xiān shū
【分类】生活
【关键词】张伯英
【释义】咏勤奋练习书法之典。《四体书势》："弘农张伯英者，因而转精其巧，凡家之衣帛，必书而后练之。临池学书，池水尽黑。"言家中衣帛，一定要拿来练习书写，然后再漂洗干净。练，漂煮。
【例句】唐杜甫《殿中杨监…》："有练实先书，临池真尽墨。"

宋李彭《先成都访…》》："我生性僻喜客卿,有练先书无复赢。"

楝花风 liàn huā fēng
【分类】文化
【关键词】风
【释义】二十四番花信风之一。在谷雨末,时当暮春。源见"花信风"。
【例句】唐无名氏《散句》："楝花开后风光好,梅子黄时雨意浓。"宋王安石《钟山晚步》："小雨轻风落楝花,细红如雪点平沙。"宋何梦桂《和牛知事》："白首相逢叹暮年,楝花风后草连天。"宋何梦桂《再和昭德…》："处处社时茅屋雨,年年春后楝花风。"

良弼 liáng bì
【分类】政治
【关键词】尚书
【释义】喻称贤良的辅佐大臣。《尚书·说命上》："恭默思道,梦帝赉予良弼,其代予言。"汉孔安国《传》："梦天与我辅弼良佐,将代我言政教。"
【例句】唐李洞《述怀二十…》："帝梦求良弼,生申属圣明。"宋王禹称《桑魏公》："下民得具瞻,上帝赉良弼。"宋苏颂《中书令程…》："骑箕良弼去,罢社国人悲。"宋王圭《依韵和元…》："良弼为霖辜宿望,神僧作雾应精求。"

良家子 liáng jiā zǐ
【分类】政治
【关键词】李广
【释义】古代常以罪人、赘婿等充军,平民子弟从军称良家子。《史记·李将军列传》："广以良家子从军击胡。"
【例句】唐杜甫《悲陈陶》："孟冬十郡良家子,血作陈陶泽中水。"唐张籍《少年行》："不同六郡良家子,百战始取边城功。"唐张籍《妾命》："薄命妇,良家子,无事从军去万里。"宋胡宿《将家子》："北地良家子,山西旧将儿。"

良乐 liáng lè
【分类】生活
【关键词】王良 伯乐
【释义】王良和伯乐的并称。王良善御马,伯乐善相马。《汉书·叙传上》："班固《答宾戏》:'良乐轶能于相驭,乌获抗力于千钧。'"唐颜师古注:"'良,王良也。乐,伯乐也。轶与逸同。相,相马也。驭,善驭也。"
【例句】唐贾岛《寄令狐绹…》："良乐知骐骥,张雷验镆铘。"唐杜牧《骕骦骏》："瑶池罢游宴,良乐委尘沙。"宋韦骧《咏马》："未为良乐遇,春陌自长鸣。"宋陈渊《次韵杨丈…》："銮辂盐车等是劳,便逢良乐肯鸣号。"

良人 liáng rén
【分类】生活
【关键词】孟子
【释义】古代妇女对丈夫的称谓。贤良、善良之人。《孟子·离娄下》："良人者,所仰望而终身也。"
【例句】唐骆宾王《艳情代郭…》："良人何处醉纵横?直如循默守空名。"唐沈佺期《杂诗》："少妇今春意,良人昨夜情。"唐李白《关山月》："何日平胡虏,良人罢远征?"唐王建《秋夜曲》："秋灯向壁掩洞房,良人此夜直明光。"

良史之材 liáng shǐ zhī cái
【分类】文化
【关键词】司马迁
【释义】优秀的史官。指能秉笔直书、记事信而有征者。《汉书·司马迁传赞》："然自刘向、扬雄博极群书,皆称迁有良史之材…其文直,其事核,不虚美,不隐恶。"
【例句】唐杨师道《中书寓直…》："玉阶良史笔,金马揽天才。"唐白居易《赠樊著作》："虽有良史才,直笔无所申。"唐孙逖《冬末送魏…》："大名将起魏,良史更逢迁。"唐杨汝士《宴杨仆射…》："再岁生徒陈贺宴,一时良史尽传馨。"

良哉 liáng zāi
【分类】政治
【关键词】舜
【释义】誉称贤相。源见"康哉"。
【例句】唐许敬宗《奉和圣制…》："良哉既深留帝念,沃化方有赞天聪。"唐陆坚《奉和圣制…》："复有夔龙相,良哉简帝心。"唐羊士谔《和武相早…》："良哉致君日,维岳有光辉。"五代孟宾于《磻溪怀古》："良哉吕尚父,深隐始归周。"宋吕陶《奉和胡右…》："良哉乐安伯,治体由本基。"

良造 liáng zào
【分类】生活
【关键词】王良 造父
【释义】春秋晋王良和西周造父的并称。二人皆以善御马著名。源见"王良执辔"。
【例句】唐元稹《阴山道》："四十八监选龙媒,时贡天庭付良造。"宋王安中《次韵和彭…》："轻车驾驷马,邂逅王良造。"宋周紫芝《季共置酒…》："王良造父眼未识,骅骝骐骥天与才。"元丁复《题画马为…》："王良造父死已久,当时不知驭者谁。"

凉州 liáng zhōu
【分类】生态
【关键词】尚书
【释义】古称雍州,今甘肃省武威市。前121年,汉骠骑大将军霍去病远征河西,击败匈奴为彰显武功军威而得名。古丝绸之路上的商埠重镇和战略要地。《尚书·禹贡》："黑水西河惟雍州。"
【例句】唐李顺《听安万善…》："流传汉地曲转奇,凉州胡人为我吹。"唐元稹《和李校书…》》："吾闻昔日西凉州,人烟扑地桑柘稠。"唐王昌龄《殿前曲》："胡部笙歌西殿头,梨园弟子和凉州。"唐王维《凉州赛神》："凉州城外少行人,百尺烽头望虏尘。"

梁甫吟　liáng fǔ yín

【分类】生活

【关键词】诸葛亮

【释义】乐府楚调曲名。梁甫，即梁父，山名，在泰山下。《梁甫吟》，盖言人死葬此山，亦为葬歌。今传诸葛亮所作《梁甫吟》辞，乃述春秋时相晏婴二桃杀三士事。《三国志·诸葛亮传》："亮躬耕陇亩，好为《梁父吟》。"

【例句】唐孟浩然《与白明府…》："谁识躬耕者，年年梁甫吟。"唐张九龄《陪王司马…》："曾是陪游日，徒为梁父吟。"唐杜甫《登楼》："可怜后主还祠庙，日暮聊为梁甫吟。"唐吕温《道州敬酬…》："严陵钓处江初满，梁甫吟时月正高。"

梁鸿赁庑　liáng hóng lìn wǔ

【分类】政治

【关键词】梁鸿

【释义】称贤士在民间下层隐居，生活清贫。《后汉书·梁鸿传》载：梁鸿（字伯鸾）与妻孟光先隐居齐鲁之间，后至吴地皋桥，生活无着，"依大家皋伯通，居庑下，为人赁舂"，"潜闭著书十余篇"。庑：正房两侧的屋子。

【例句】唐贾岛《送令狐绹…》："鸿春乖汉爵，祯病卧漳滨。"唐权德舆《酬南园新…》："不厌梁鸿贫，常讥伯宗直。"宋蒋九成《鸿山谒梁…》："赁庑甘成借隐志，出关犹忆五噫风。"宋梅尧臣《送傅越石…》："买臣负薪樵径荒，伯鸾赁舂苔白弃。"明吴嘉纪《仙女庙》："梁孟吴门有赁庑，朱孔山阴会采薪。"

梁冀跋扈　liáng jì bá hù

【分类】政治

【关键词】梁冀

【释义】用为咏权奸专横，危害朝廷的典故。《后汉书·梁统传》附《梁冀传》："冀立质帝。帝少而聪慧，知冀骄横，尝朝群臣，目冀曰：'此跋扈将军也。'冀闻，深恶之，遂令左右进鸩加煮饼，帝即日崩。"

【例句】唐罗隐《经洛阳故城》："跋扈已成梁冀在，简书难问杜乔归。"唐蔡孚《打球篇》："窦融一家三尚主，梁冀频封万户侯。"唐周昙《桓帝》："能嫌跋扈斩梁王，宁便荣枯信段张。"宋宋庠《梁冀》："支期一世惟偷宠，虚秉东京跋扈权。"

梁家黛　liáng jiā dài

【分类】生活

【关键词】孙寿

【释义】咏女子装扮入时之典。《后汉书·梁统传》："寿色美而善为妖态，作愁眉、啼妆、堕马髻、折腰步、龋齿笑，以为媚惑。"唐李贤注："愁眉者，细而曲折。"东汉大将军梁冀的妻子孙寿，色美而善为妖态，好化妆，把眉毛画得又细又弯。

【例句】唐李群玉《醉后赠冯姬》："桂形浅拂梁家黛，瓜字初分碧玉年。"清黄之隽《艳歌行》："桂形浅拂梁家黛，绿云

轻绾湘娥鬟。"

梁魁擢第年　liáng kuí zhuó dì nián

【分类】文化

【关键词】容斋随笔

【释义】咏老年科举及第之典。形容老有所为。《容斋随笔·梁状元八十二岁》："陈正敏遁斋闲览：'梁灏八十二岁，雍熙二年状元及第。其谢启云：白首穷经，少伏生之八岁；青云得路，多太公之二年。'后终秘书监，卒年九十余。'"

【例句】宋陆文圭《赠郑元明…》："梁灏八十有二岁，自从天福逮雍熙。"宋石麟《鹧鸪天》："莫言大器韬藏久，犹是梁魁擢第年。"明张宁《送赵士英…》："梁灏登科尽头白，位望虽迟年八十。"聂绀弩《受表扬》："梁颢老登龙虎榜，孔丘难化溺沮身。"

梁孟　liáng mèng

【分类】生活

【关键词】梁鸿

【释义】对人夫妇的美称。泛指恩爱夫妻。东汉梁鸿、孟光夫妇，守贫高义，相敬如宾。源见"举案齐眉"。

【例句】唐陆龟蒙《和袭美咏…》："今来未必非梁孟，却是无人断伯通。"唐顾况《洛阳行送…》："疏家父子错桂冠，梁鸿夫妻虚适越。"明顾清《华鲸母邹…》："梁孟高材偶，朱陈奕代亲。"明胡应麟《次公子县…》："机云洛下堪同住，梁孟皋桥欲借佣。"

梁山曲　liáng shān qǔ

【分类】生活

【关键词】曾子

【释义】也作梁山操。为咏悲愁哀伤之典。《琴操·梁山操》："梁山操者，曾子之所作也。曾子幼少慈仁质孝，在孔子门有令誉。居贫无业以事父母，尝耕泰山之下，遭天霖泽，雨雪寒冻，旬月不得归。思其父母，乃作忧思之歌。"

【例句】唐骆宾王《夏日游德…》："白雪梁山曲，寒风易水歌。"唐张九龄《南还以诗…》："思扰梁山曲，情遥越鸟枝。"宋刘敞《风雨》："自昔梁山有遗操，试凭繁手一清弹。"宋吴潜《七八用喜…》："梁山操里声愁听，湘水图中景喜看。"

梁竦庙食　liáng sǒng miào shí

【分类】文化

【关键词】梁竦

【释义】咏志趣高远之典。《后汉书·梁统传》附《梁竦传》："尝登高远望，叹息言曰：'大丈夫居世，生当封侯，死当庙食。如其不然，闲居可以养志，《诗》《书》足以自娱，州郡之职，徒劳人耳。'"

【例句】唐杨巨源《题赵孟庄》："王浚爱旌旗，梁棠劳州县。"宋胡则《题严子陵…》："泽国几家供庙食，客星千载落云墩。"宋祖无择《微子庙》："千年庙食应无愧，知退知亡即

481

圣徒。"宋高登《立冬道中》："梁竦负才徒感慨,嵇康赋性本疏慵。"宋王安石《张工部庙》："独君遗像今如在,庙食真须德与功。"明毛奇龄《梁令索赋》："梁竦声名著有年,临安试宰岂徒然。"

梁王　liáng wáng
【分类】文化
【关键词】刘武
【释义】借指好文士的皇室宗亲。《史记·梁孝王世家》："梁孝王武者,孝文皇帝子也,而与孝景帝同母…招延四方豪桀,自山以东游说之士。莫不毕至,齐人羊胜、公孙诡、邹阳之属。"
【例句】唐韦应物《大梁亭会…》："梁王昔爱才,千古化不泯。"唐韩偓《边上看猎…》："燕卒铁衣围汉相,鲁儒戎服从梁王。"唐杨巨源《秋日登亭》："梁王旧客皆能赋,今日因何独怨秋。"唐王建《寄汴州令…》："秋日梁王池阁好,新歌散入管弦声。"

梁王傅　liáng wáng fù
【分类】政治
【关键词】贾谊
【释义】借指失意之人。源见"宣室召"。
【例句】唐储光羲《贻阮侍御…》："惆怅长岑长,寂寞梁王傅。"宋陈辅《悲昔游》："贾生竟止梁王傅,三世郎官虚白头。"明林大春《读刘文敏…》："召还不比梁王傅,得告真如太子师。"

梁王驷马　liáng wáng sì mǎ
【分类】政治
【关键词】刘武
【释义】咏宗室入朝之典。《史记·梁孝王世家》："梁孝王入朝。景帝使使持节乘舆驷马,迎梁王于关下。"南朝宋裴骃《史记集解》："瓒曰:'称乘舆驷马,则车马皆往,言不驾六马耳。天子副车驾驷马。'"
【例句】唐李元操《和从叔録…》："叶令双凫至,梁王驷马来。"唐李峤《诗》："都尉仙凫远,梁王驷马来。"唐张九龄《故刑部李…》："宿昔三台践,荣华驷马归。"唐高适《崔司録宅…》："饮醉欲言归刿溪,门前驷马光照衣。"

梁狱上书　liáng yù shàng shū
【分类】政治
【关键词】邹阳
【释义】比喻含冤入狱;或比喻不甘屈辱,上书辩白。《史记·鲁仲连邹阳列传》："胜等嫉邹阳,恶之梁孝王。孝王怒,下之吏,将欲杀之。邹阳客游,以谗见禽,恐死而负累,乃从狱中上书曰…书奏梁孝王,孝王使人出之,卒为上客。"
【例句】唐崔国辅《送韩十四…》："梁王虽好事,不察狱中书。"唐杜牧《寄李十二…》："楚筵辞醴日,梁狱上书辰。"唐杜甫《赠裴南部…》："梁狱书仍作,秦台镜欲临。"元谢肃《初入狱》："楚囚冠束萧骚发,梁狱书陈恳恻情。"

梁园　liáng yuán
【分类】生态
【关键词】刘武
【释义】也称兔苑。西汉梁孝王刘武在都城睢阳(商丘市睢阳区)城内所建的游赏迎宾之所。《史记·梁孝王世家》："孝王筑东苑,方三百余里。"葛洪《西京杂记》云:"梁孝王苑中有落猿岩、栖龙岫、雁池、鹤洲、凫岛。诸宫观相连,奇果佳树,瑰禽异兽,靡不毕备。"
【例句】唐张说《安乐郡主…》："梁园山竹凝云汉,仰望高楼在天半。"唐王昌龄《梁苑》："梁园秋竹古时烟,城外风悲欲暮天。"唐李白《书情题蔡…》："一朝去京国,十载客梁园。"唐罗隐《所思》："梁王兔苑荆榛里,炀帝鸡台梦想中。"

梁园赋雪　liáng yuán fù xuě
【分类】文化
【关键词】刘武
【释义】谓文人宴集赏雪,吟咏歌赋。《史记·梁孝王世家》："于是孝王筑东苑,方三百余里。"南朝宋谢惠连《雪赋》："岁将暮,时既昏,寒风积,愁云繁。梁王不悦,游于兔园,乃置旨酒,命宾友,召邹生,延枚叟,相如末至,居客之右。王乃歌北风于卫诗,咏南山于周雅。授简于司马大夫,曰:'抽子秘思,骋子妍辞,俟色揣称,为寡人赋之。'"
【例句】唐杜牧《过大梁闻…》："梁园纵玩归应少,赋雪搜才去必频。"宋刘筠《秋夜对月》："梁园休赋雪,隋苑漫飞萤。"元马祖常《送王秀才…》："梁园赋雪汉枚皋,不去江南左把螯。"明张萱《谭永明翟…》："正忆梁园同赋雪,何来楚泽独悲秋。"

梁园雪　liáng yuán xuě
【分类】文化
【关键词】刘武
【释义】泛指白雪。源见"梁园赋雪"。
【例句】唐罗隐《淮南送节…》："醉离淮甸寒星下,吟指梁园密雪中。"唐韦庄《代书寄马》："鬃白似披梁苑雪,颈肥如扑杏园花。"五代徐铉《和旻道人…》："引领梁园雪,扬鞭华毂尘。"宋杨亿《史馆高司…》："援毫厌赋梁园雪,缓辔闲看华岳莲。"

梁苑客　liáng yuàn kè
【分类】文化
【关键词】刘武
【释义】借指才华出众的文士。源见"梁园赋雪"。
【例句】唐李白《秋夜与刘…》："文招梁苑客,歌动郢中儿。"唐齐己《贺雪》："歌扬郢路谁同听,声洒梁园客共闻。"唐李群玉《腊夜雪霁…》："怀哉梁苑客,思作剡溪游。"宋杨亿《吴延年原…》："献赋多年梁苑客,谪仙重世武夷孙。"

梁溠　liáng zhà
【分类】政治

【关键词】左传
【释义】兴兵开路架桥之典。《左传·庄公四年》："（楚）令尹鬭祁，莫敖屈重除道梁溠，营军临随。"晋杜预注："时秘王丧，故为奇兵更开直道。溠水在义阳厥西，东南入鄢水。梁，桥也。随人不意其至，故惧而行成。"
【例句】唐柳宗元《同刘二十…》："朝宗延驾海，师役罢梁溠。"

两部鼓吹　liǎng bù gǔ chuī
【分类】政治
【关键词】孔稚珪
【释义】也称蛙吹。喻蛙鸣。又喻乐声合鸣。《南齐书·孔稚珪传》："门庭之内，草莱不剪，中有蛙鸣，或问之曰：'欲为陈蕃乎？'稚珪笑曰：'我以此当两部鼓吹，何必期效仲举。'"
【例句】宋陆游《久雨排闷》："老盆浊酒且复醉，两部鼓吹方施行。"黄庭坚《次韵黄斌…》："万竿苦竹旌旗卷，一部鸣蛙鼓吹秋。"宋王庭圭《题王主簿…》："两部池蛙当鼓吹，万叠云山作屏幕。"宋韩元吉《晓霁再用…》："十年敢有旌麾意，两部空遗鼓吹声。"

两部蛙　liǎng bù wā
【分类】文化
【关键词】孔稚珪
【释义】指鸣叫着的青蛙。源见"两部鼓吹"。
【例句】五代徐钧《孔稚圭》："北山不用讥猿鹤，亦有人嘲两部蛙。"宋宋庠《春晚坐建…》："单车刺史无铙吹，叫杀荒池两部蛙。"宋戴复古《豫章巨浸…》："自成鼓吹喧朝夕，输与东湖两部蛙。"宋苏轼《赠王子直…》："水底笙歌蛙两部，山中奴婢橘千头。"

两大　liǎng dà
【分类】政治
【关键词】左传
【释义】指两者并大。《左传·庄公二十二年》："物莫能两大，陈衰，此其昌乎！"
【例句】唐杜甫《草堂》："其势不两大，始闻蕃汉殊。"宋王炎《金夫人挽诗》："两大家声著，三从妇德全。"宋刘敞《同永叔哭…》："此自可敌当世权，物莫两大犹信然。"宋黄庭坚《次韵谢黄…》："吾诗被压倒，物固不两大。"

两龚　liǎng gōng
【分类】政治
【关键词】龚胜龚舍
【释义】咏高洁有名节之士的典故。汉龚胜和龚舍的合称。《汉书·两龚传》："两龚皆楚人也，胜字君宾，舍字君倩。二人相友，并著名节，故世谓之楚两龚。"
【例句】宋陆佃《寄龚深…》："两龚清洁推君子，二陆文章属当家。"宋刘克庄《余除铸钱…》："髭髯昔似晋诸谢，华发今成楚两龚。"宋辛弃疾《念奴娇》："看取香月堂前，岁寒相对，楚两龚之洁。"

两虎斗　liǎng hǔ dòu
【分类】政治
【关键词】蔺相如
【释义】咏两强相斗不和之典。《史记·廉颇蔺相如列传》："夫以秦王之威，而相如廷叱之，辱其群臣，相如虽驽，独畏廉将军哉？顾吾念之，强秦之所以不敢加兵于赵者，徒以吾两人在也。今两虎共斗，其势不俱生。"
【例句】唐李白《古风》："赵倚两虎斗，晋为六卿分。"唐李白《自广平乘…》："两虎不可斗，廉公负荆。"宋郭印《再用前韵》："何异两虎斗，大小终死伤。"宋刘一止《将如京师…》："成功未解斗两虎，援翰徒劳秃千兔。"

两戒　liǎng jiè
【分类】政治
【关键词】新唐书
【释义】指国家疆域的南北界线。《新唐书·天文志》："一行以为天下山河之象，存乎两戒。故《星传》谓北戒为胡门，南戒为越门。"由唐代僧人一行提出。
【例句】宋魏了翁《山河叹…》："山河两戒南北分，天地一气华戎钧。"宋方岳《山行》："蟠胸自作三分国，觌面相悬两戒山。"宋方岳《旅思》："两戒山河饶虎落，五湖烟水欠鸥夷。"元黄镇成《用韵酬涂…》："两戒山河随蜡屐，十年风雨重绨袍。"

两轮　liǎng lún
【分类】政治
【关键词】吕岩
【释义】指日、月。唐吕岩《七言》："两轮日月从他载，九个山河一担担。"
【例句】五代欧阳炯《棋》："静算山川千里近，闲销日月两轮空。"宋王安石《客至当饮酒》："天提两轮光，环我屋角走。"宋刘克庄《狂吟》："两轮屋角走如梭，争奈樗翁老病何。"宋苏辙《戊子正旦》："旧陈刍狗今无用，付与时人藉两轮。"

两鸟停语　liǎng niǎo tíng yǔ
【分类】生活
【关键词】韩愈
【释义】喻人生愁闷。唐韩愈《双鸟诗》："双鸟海外来，飞飞到中州。…两鸟各闭口，万象衔口头。"
【例句】宋刘克庄《温陵诸贤…》："雷挟六丁来取易，天教两鸟不鸣难。"宋张堉《酬刘和叔》："延伫群龙开日月，可堪两鸟聒春秋。"宋陈普《王荆公》："两鸟相酬声沸天，治平重著一啼鹃。"宋刘克庄《贺新郎》："怪两鸟、新来停语。"

两岐歌　liǎng qí gē
【分类】政治
【关键词】张堪
【释义】称颂地方官有善政之典。《后汉书·张堪传》："拜渔阳太守…堪率数千骑奔击，大破之，郡界以静。乃于狐奴开稻田八千余顷…百姓歌曰:'桑无附枝,麦穗两岐。张君为政,乐不可支。'""两岐",指一茎两穗。

【例句】唐包何《和孟虔州…》:"麦秋今欲至,君听两岐歌。"唐司空曙《送夔州班…》:"夷陵旧人吏,犹诵两岐歌。"宋袁说友《新繁县麦…》:"鲁国不闻三月治,渔阳敢说两岐歌。"明张宁《麦陇翻云》:"欲赋两岐歌,周诗更堪咏。"

两绶　liǎng shòu

【分类】政治
【关键词】金赏　金建
【释义】喻少年得志,贵盛非凡。《汉书·金日磾传》:"日磾两子,赏、建俱侍中,与昭帝略同年,共卧起。赏为奉车、建驸马都尉。及赏嗣侯,佩两绶,上谓霍将军曰:'金氏兄弟两人不可使俱两绶邪?'霍光对曰:'赏嗣父为侯耳。'上笑曰:'侯不在我与将军乎?'光曰:'先帝之约,有功乃得封侯。'时年俱八九岁。绶:印绶。
【例句】唐崔颢《古游侠呈…》:"腰间带两绶,转盼生光辉。"唐皮日休《奉和鲁望…》:"借问两绶人,谁知种鱼利。"唐杜牧《少年行》:"两绶藏不见,落花何处期。"五代徐铉《送杨郎中…》:"两绶对悬云梦日,方舟齐泛洞庭春。"

两苏　liǎng sū

【分类】文化
【关键词】苏轼　苏辙
【释义】亦称二苏。宋代文学家苏轼和苏辙兄弟的合称。《豫章集·和答子瞻和子由常父忆馆中故事》:"二苏上连璧,三孔立分鼎。"
【例句】宋黄庭坚《题君子泉》:"两苏翰墨相为重,未刻他山世已传。"宋谢逸《怀李方叔》:"儒林丈人称两苏,一言为重轻璠玙。"宋刘克庄《贺新郎》:"不羡两苏并二宋,愿弟兄、岁岁同吹帽。"宋文天祥《次鹿鸣宴诗》:"二苏高科犹易事,两苏清节乃真荣。"

两头娘子　liǎng tóu niáng zǐ

【分类】生活
【关键词】杨汝士
【释义】也称两头大。是一夫多妻制下的一种称谓,指拥有两个或多个正房妻子。《唐摭言》:"杨汝士尚书镇东川,其子如温及第。汝士开家宴相贺,营妓咸集。汝士命人与红绫一匹。诗曰:'郎君得意及青春,蜀国将军又不贫,一曲高歌一匹,两头娘子谢夫人。'"
【例句】宋魏了翁《临江仙》:"两头娘子拜,笑领伯仁觞。"宋魏了翁《虞美人》:"约住两头娘子、索新声。"

两忘　liǎng wàng

【分类】生活
【关键词】庄子
【释义】两者一起忘记。或特指物我、身世两者一起忘记。《庄子·大宗师》:"与其誉尧而非桀也,不如两忘而化其道。"
【例句】唐骆宾王《在江南赠…》:"揆拙迷三雀,劳生昧两忘。"唐李白《金门答苏…》:"身世如两忘,从君老烟水。"唐白居易《分司洛中》:"性与时相远,身将世两忘。"唐白居易《寄皇甫宾客》:"名利既两忘,形体方自遂。"唐独孤及《三月三日…》:"言筌暂两忘,霞月只相新。"

两楹奠　liǎng yíng diàn

【分类】生活
【关键词】礼记
【释义】指停放棺柩、举行祭奠之所。《礼记·檀弓上》:"殷人殡于两楹之间。"也表示人之将终。或兆梦亡故。《礼记·檀弓上》:"子曰:'…予畴昔之夜,梦坐奠于两楹之间。夫明王不兴,而天下其孰能宗予…予殆将死也。'"两楹:房屋正厅当中两根柱子,房屋正中所在。
【例句】唐李隆基《经邹鲁祭…》:"今看两楹奠,当与梦时同。"唐王维《赠房卢氏琯》:"岂复少千室,弦歌在两楹。"唐陈至《荐冰》:"色静澄三酒,光寒肃两楹。"宋张耒《故仆射司…》:"那知两楹奠,遽失万夫望。"

谅阴　liàng yīn

【分类】政治
【关键词】论语
【释义】指帝王居丧。《论语·宪问》:"高宗谅阴,三年不言。"宋朱熹注:"谅阴,天子居丧之名,未详其义。"也指高级官吏居丧。一说谅阴是凶庐,即守丧之处。
【例句】唐韩愈《永贞行》:"君不见太皇谅阴未出令,小人乘时偷国柄。"明王汝玉《次翰林博…》:"谅阴始终毕,南面袭衣垂。"明苏葵《弘治十八…》:"日落风悲涕泪流,谅阴元老要伊周。"明王世贞《题阙》:"顺宗长谅阴,伾文遂窃柄。"

量革履　liàng gé lǚ

【分类】文化
【关键词】陶渊明
【释义】钦慕名士之典。《晋书·陶渊明传》:"弘乃出于相见,遂欢宴穷日。潜无履,弘顾左右为之造履。左右请履度,潜便于坐中伸脚令度焉。"
【例句】唐韦应物《送丘员外…》:"为君量革履,且愿住篮舆。"

辽东鹤　liáo dōng hè

【分类】文化
【关键词】丁令威
【释义】谓久别重归故里,慨叹人世变迁。《搜神后记》:"丁令威,本辽东人,学道于灵虚山。后化鹤归辽,集城门华表柱。时有少年,举弓欲射之。鹤乃飞,徘徊空中而言曰:'有鸟有鸟丁令威,去家千年今始归。城郭如故人民非,何不学仙冢垒垒。'遂高上冲天。"
【例句】唐杜甫《卜居》:"归羡辽东鹤,吟同楚执珪。"唐何千里《送贺秘监…》:"辽东鹤驾忽飞去,挥手无言辞紫宸。"唐白居易《吴七郎中…》:"第三松树非华表,那得辽东鹤下来。"唐张彦胜《露赋附歌》:"辽东之鹤中夜惊,日南之鸡凌晨鸣。"

辽东帽　liáo dōng mào
【分类】文化
【关键词】管宁
【释义】指清高守志,有操守;或喻隐居不仕。《三国志·管宁传》:"貢说:'宁常著皂帽、布襦裤、布裙,随时单复,出入闺庭,能自任杖,不须扶持…'臣揆宁前后辞让之意,独自以生长潜逸,耆艾智衰,是以栖迟,每执谦退。此宁志行所欲必全,不为守高。"三国魏管宁学行皆高,避乱辽东,拒绝征聘,甘守清贫。
【例句】宋文天祥《正气歌》:"或为辽东帽,清操厉冰雪。"宋刘克庄《题张元德…》:"笑我赭衣钳楚市,愧君白帽老辽东。"明杨爵《和紫阳先生》:"风高吹冷辽东帽,天远愁劳杞国臣。"明高叔嗣《东壁偶题》:"皂帽辽东客,青门汉代瓜。"

辽东豕　liáo dōng shǐ
【分类】生态
【关键词】朱浮
【释义】喻指知识浅薄,少见多怪。《后汉书·朱浮传》:"往时辽东有豕,生子白头,异而献之,行至河东,见群豕皆白,怀惭而还。若以子之功论于朝廷,则为辽东豕也。"
【例句】唐李白《赠范金卿》:"辽东惭白豕,楚客羞山鸡。"宋梅尧臣《和宋中道…》:"吾惭辽东豕,未见西狩麟。"宋释元肇《见北闱》:"人皆去献辽东豕,我亦来观屋上乌。"宋江端友《牛酥行》:"持归空惭辽东豕,努力明年趁头市。"

寥天　liáo tiān
【分类】文化
【关键词】庄子
【释义】指道教所谓的虚无之境。《庄子·大宗师》:"安排而去化,乃入于寥天一。"郭象注:"安于推移,而与化俱去,故乃入于寂寥而与天为一也。"
【例句】唐方干《题赠李校书》:"却是偶然行未到,元来有路上寥天。"唐宋之问《使至嵩山…》:"笙歌入玄地,诗酒生寥天。"唐綦毋潜《过方尊师院》:"洞户逢双履,寥天有一琴。"唐储光羲《荐玄德公庙》:"君居寥天上,德在玉华泉。"唐权德舆《奉送韦起…》:"威凤翔紫气,孤云出寥天。"

缭墙　liáo qiáng
【分类】文化
【关键词】班固
【释义】指围墙。东汉班固《西都赋》:"西郊则有上囿禁苑,林麓薮泽,陂池连乎蜀汉。缭以周墙,四百余里。"
【例句】唐杜牧《华清宫》:"绣岭明珠殿,层峦下缭墙。"宋朱熹《次彦集经…》:"杰阁已资邻筑胜,新基还见绕缭墙宽。"宋沈与求《次韵行简》:"门对青山水缭墙,隔畦花卉尽流芳。"宋秦观《游鉴湖》:"画舫珠帘出缭墙,天风吹到芰荷乡。"

蓼莪废讲　liǎo é fèi jiǎng
【分类】政治
【关键词】顾欢
【释义】追念伤悼亡故父母之典。《南史·顾欢传》:"母亡,水浆不入口六七日,庐于墓次,遂隐不仕。于剡天台山开馆聚徒。读《诗》至'哀哀父母',辄执书恸泣,由是受学者废《蓼莪篇》,不复讲焉。"《诗经·小雅·蓼莪》:"蓼蓼者莪,匪莪伊蒿。哀哀父母,生我劬劳…"
【例句】唐牟融《邵公母》:"伤心独有黄堂客,几度临风咏蓼莪。"唐牟融《翁母些》:"独有贤人崇孝义,伤心共咏蓼莪诗。"宋陆游《生日子聿…》:"负米养亲无复日,蓼莪废讲岂胜悲。"宋陈泊《寄宝臣寺丞》:"先域定生连理树,门人多废蓼莪篇。"

廖井　liào jǐng
【分类】文化
【关键词】抱朴子
【释义】指传说中廖家含丹水井,人食其水可长寿。源见"丹砂井"。
【例句】宋苏轼《和陶渊明读…》:"廖井窖丹砂,红泉涌寻常。"清钱载《将至兴安》:"廖井居多寿,严关趣一程。"清刘咸荣《寿廖君季…》:"微言奥旨费钻坚,海外争传廖井研。"

猎较　liè jiào
【分类】生活
【关键词】孔子
【释义】争夺猎物。表示和众随俗。泛指打猎。《孟子·万章下》:"孔子之仕于鲁也,鲁人猎较,孔子亦猎较。"汉赵岐注:"猎较者,田猎相较夺禽兽,得之以祭,时俗所尚,以为吉祥。孔子不违而从之,所以小同于世也。"
【例句】唐韩愈《答柳柳州…》:"猎较务同俗,全身斯为孝。"宋王安石《招丁元珍》:"画墁聊取食,猎较久随时。"宋王安石《次韵杨乐…》:"猎较趣时终琐琐,画墁营职信悠悠。"宋刘克庄《田舍即事》:"欲与鲁人同猎较,可怜身世尚它州。"

列缺　liè quē
【分类】文化
【关键词】司马相如
【释义】指闪电。《史记·司马相如列传》:"贯列缺之倒景兮,涉丰隆之滂沛。"裴骃集解引《汉书音义》:"列缺,天闪也。"
【例句】唐储光羲《苏十三瞻…》:"鸿蒙已笑云,列缺仍挥电。"唐刘禹锡《和河南裴…》:"丰隆震天衢,列缺挥火旗。"宋郭昭符《秋日同知…》:"波神一夜收风涡,列缺先秋静林麓。"宋邓忠臣《初伏大雨…》:"丰隆列缺及时来,苍生解除焦焚苦。"

列圣 liè shèng
【分类】政治
【关键词】左思
【释义】指历代帝王;诸皇帝。亦指历代圣人。晋左思《魏都赋》:"且魏地者,毕昴之所应,虞夏之余人,先王之桑梓,列圣之遗尘。"
【例句】唐李商隐《韩碑》:"誓将上雪列圣耻,坐法宫中朝四夷。"唐李商隐《行次西郊…》:"列圣蒙此耻,含怀不能宣。"宋释重显《颂》:"列圣丛中作者知,法王家令不如斯。"宋宋鹰《观吴正献真》:"累朝名臣俨冠剑,列圣御坐开乾坤。"

列肆 liè sì
【分类】生活
【关键词】史记
【释义】谓开设商铺。也谓成列的商铺。《史记·平准书》:"今弘羊令吏坐市列肆,贩物求利。"或指古星名。《星经》:"列肆二星,在斛西北,主货珍宝金玉等也。"
【例句】唐张说《城南亭作》:"北堂珍重琥珀酒,庭前列肆茱萸席。"唐黄滔《寄杨赞图…》:"君恩凤阁含毫数,诗景珠宫列肆供。"宋文彦博《游花市示…》:"列肆千灯争闪烁,长廊万蕊斗鲜妍。"宋宗泽《至洛》:"都人士女各纷华,列肆飞楼事事嘉。"

列土封疆 liè tǔ fēng jiāng
【分类】政治
【关键词】谷永
【释义】列:同裂;封疆:划定疆界。指帝王将土地分封给大臣。《汉书·谷永传》:"方制海内非为王子,列土封疆非为诸侯,皆以为民也。"
【例句】唐杜甫《遣兴》:"汉虏互胜负,封疆不常全。"唐皎然《因游支硎…》:"三军成父子,杂虏避封疆。"唐白居易《长恨歌》:"姊妹弟兄皆列土,可怜光彩生门户。"唐李竦《赋得西戎…》:"列土金河北,朝天玉塞东。"唐翁承赞《奉使封王…》:"不因列土封千乘,争得衔恩拜二天。"

列子居郑圃 liè zǐ jū zhèng pǔ
【分类】政治
【关键词】列子
【释义】咏隐士之典。《列子·天瑞篇》:"子列子(列御寇)居郑圃,四十年人无识者。国君卿大夫视之,犹众庶也。"
【例句】唐李白《赠张公洲…》:"列子居郑圃,不将众庶分。"唐罗隐《送郑州严…》:"满扇好风吹郑圃,一车甘雨别皇州。"宋宋庠《赋风》:"清拂兰客,徐飘郑圃仙。"宋宋祁《次韵宫师…》:"武当宴席挥金罍,郑圃联章驿雾成。"

列子御风 liè zǐ yù fēng
【分类】文化
【关键词】列子
【释义】乘风飞行。借指仙家。《庄子·逍遥游》:"夫列子御风而行,泠然善也,旬有五日而后反。"谓列御寇修炼成仙,能乘风在天空中遨游。
【例句】唐顾况《归阳萧寺…》:"列生御风归,饲豕如人焉。"唐刘禹锡《同乐天和…》:"云是淮王宅,风为列子车。"宋释智圆《寄蜀川王…》:"御风同列子,梦蝶拟庄周。"宋苏轼《和陶郭主簿》:"原因骑鲸李,追此御风列。"

裂麻 liè má
【分类】政治
【关键词】阳城
【释义】咏直臣敢谏之典。《旧唐书·阳城传》:"阳城字亢宗…时朝夕欲相延龄,城曰:'脱以延龄为相,城当取白麻坏之。'竟坐延龄事改国子司业。"唐时制书皆用白麻纸书写。阳城反对裴延龄为相,故说欲撕裂白麻纸诏命。
【例句】五代徐钧《阳城》:"裂麻已沮延龄相,抗疏能全陆贽生。"宋刘克庄《挽葛夫人》:"早共裂麻沮裴相,晚甘负耒作滕民。"宋李龙高《接梅》:"中条隐士唤唐麻,角里先生就汉车。"宋谢翱《文房四友叹》:"此时不平义重生,阳城裂麻欲死争。"

裂缯笑 liè zēng xiào
【分类】政治
【关键词】桀
【释义】讽喻昏庸失政的典故。《帝王世纪》:"妹喜好闻裂缯之声而笑,桀为发缯裂之,以顺适其意。"
【例句】唐李绅《登禹庙回…》:"裂缯分并陌,连璧混楼台。"唐李商隐《僧院牡丹》:"倾城惟待笑,要裂几多缯?"唐罗虬《比红儿诗》:"自从命向红儿去,不欲留心在裂缯。"元陈樵《玉雪亭》:"六丁凿碎玉崚嶒,刻玉为花笑裂缯。"

邻凶不杵 lín xiōng bù chǔ
【分类】生活
【关键词】礼记
【释义】咏邻里和睦之典。《礼记·曲礼》:"邻有丧,舂不相。里有殡,不巷歌。"汉郑玄注:"助哀也。相,谓送杵声。"古时邻居有丧事,舂谷之时便停止唱号子,以表示致哀而不相扰之意。
【例句】唐李贺《昌谷诗》:"邻凶不相杵,疫病无邪祀。"唐杜牧《题池州弄…》:"邻丧不相舂,公租无诟负。"宋晁补之《永嘉县君…》:"邻舂罢相春,况我五house间。"清查慎行《王令诒过…》:"所嗟不尽欢,邻丧舂不相。"

林逋 lín bū
【分类】文化
【关键词】林逋
【释义】林逋字和靖。北宋诗人。长期隐居西湖孤山,赏梅养鹤,终身不仕,不婚。源见"梅妻鹤子"。
【例句】宋方岳《梅花》:"立到夜深难著语,怕渠去说与林逋。"宋王镃《三潭印月》:"黄昏若看一潭月,不出林逋两句诗。"宋张九成《再用前韵》:"不然采向林逋庙,并与寒泉荐一卮。"宋曹勋《杂诗》:"孤山不复访林逋,杖策东风踏碧芜。"宋梅尧臣《送林大年…》："和靖先生负美才,族孙今似汉庭枚。"宋赵抃《题孤山寺…》："和靖久居勤赋咏,乐天临别叹勾留。"

林回弃璧　lín huí qì bì
【分类】政治
【关键词】林回
【释义】咏德义高行之典。《庄子·山木》："林回弃千金之璧,负赤子而趋。或曰：'为其布与？赤子之布寡矣；为其累与？赤子之累多矣。弃千金之璧,负赤子而何也？'林回曰：'彼以利合,此以天属(天性相贯通)也。'"
【例句】唐李白《赠武十七谔》："林回弃白璧,千里阻同奔。"唐韩愈《秋怀诗》："败虞千金врем,得比寸草荣。"宋黄庭坚《答德甫弟》："何况极天无以报,林回投璧负婴儿。"宋葛胜仲《邓伯道》："林回轻弃千金璧,始信皇天是有知。"

林下风致　lín xià fēng zhì
【分类】生活
【关键词】谢道韫
【释义】称颂妇女风度闲雅飘逸,仪态大方。《晋书·王凝之妻谢氏》："谢遏(谢玄)绝重其姊(谢道韫,嫁与王凝之),张玄常称其妹,欲以敌之。有济尼者,并游张、谢二家。人问其优劣。答曰：'王夫人神情散朗,故有林下风气。顾家妇清心玉映,自是闺房之秀。'道韫所著诗赋诔颂并传于世。"
【例句】唐孙逖《和左司张…》："河边淑气连芳草,林下轻风待落梅。"唐周朴《春日游北…》："冷酒杯中宜泛滟,暖风林下自氤氲。"宋范成大《梅林先生》："昔簉鲤庭后,尝瞻林下风。"宋王庭圭《挽瞿氏》："岂无名士当时论,自有夫人林下风。"

林下休官　lín xià xiū guān
【分类】政治
【关键词】云溪友议
【释义】谓辞去官职,沉湎于山林田野之人。《云溪友议》："江西韦大夫丹与东林灵辙上人笃忘形之契,篇诗唱和…诗曰：'王事纷纷无暇日,浮生冉冉只如云。已为平子归休计,五老岩前必共君。'辙公奉酬诗曰：'年老身闲无外事,麻衣草座亦容身。相逢尽道休官去,林下何曾见一人。'予谓韦亚台归意未坚,果为高僧所消。"
【例句】唐灵澈《东林寺酬…》："相逢尽道休官好,林下何曾见一人。"宋赵抃《次韵毛维…》："休官谁道何曾见,林下如今两处閒。"宋王十朋《知足》："二疏归去后,林下少休官。"宋刘克庄《用厚后弟…》："林下休官谁见一,岁寒取友不过三。"

林宗巾　lín zōng jīn
【分类】文化
【关键词】郭泰
【释义】慕贤效饰之典。《后汉书·郭泰传》："(泰)尝于陈梁间行,遇雨,巾一角垫,时人乃故折巾一角以为林宗巾,其见慕皆如此。"郭泰,字林宗。
【例句】唐李贺《南园》："方领惠带折角巾,杜若已老兰苕春。"唐卢照邻《咏史》："冲情甄负甄,重价折角巾。"宋苏颂《次韵李希…》："吾家自有青毡在,岂羡林宗垫角巾。"宋王之道《和富公权…》："后来模楷复何人,千载风流郭泰巾。"

林宗重黄生　lín zōng zhòng huáng shēng
【分类】政治
【关键词】郭泰　黄宪
【释义】谓对人器重,善于识人用贤之典。《后汉书·黄宪传》："郭林宗少游汝南,先过袁阆,不宿而退；进往从宪,累日方还。或以问林宗：'奉高之器,譬诸氿滥,虽清而易挹。叔度汪汪若千顷陂,澄之不清,淆之不浊,不可量也。'"
【例句】唐高适《若雨酬房…》："知人想林宗,直到惭死鱼。"唐魏万《金陵酬李…》："宣父敬项橐,林宗重黄生。"宋周紫芝《文殊老人…》："苦恨郭林宗,未遇黄叔度。"宋张扩《子温县丞…》："初非郭林宗,岂识黄叔度。"

临池学书　lín chí xué shū
【分类】生活
【关键词】张芝
【释义】形容刻苦练习书法。《后汉书·张奂列传》注引王愔《文志》曰："(张)芝少持高操,以名臣子勤学…尤好草书,学崔、杜之法,家之衣帛,必书而后练。临池学书,水为之黑。"
【例句】唐李峤《书》："削简龙文见,临池鸟迹舒。"唐柳宗元《殷贤戏批…》："闻道近来诸子弟,临池寻已厌家鸡。"唐张祜《酬房子客…》："近日稍闻池尽墨,他时谁见壁藏书。"唐韩愈《李员外寄…》："题是临池后,分从起草余。"

临海　lín hǎi
【分类】政治
【关键词】霍去病
【释义】称誉远征塞外之典。《史记·卫将军骠骑列传》："骠骑将军去病率师,躬将所获荤粥之士…封狼居胥山,禅于姑衍,登临翰海。"唐司马贞《史记索隐》："按,崔浩云'北海名,群鸟之所解羽,故云翰海'。《广异志》云'在沙漠北。'"
【例句】唐李昂《从军行》："夜闻鸿雁南渡河,晓望旌旗北临海。"唐崔融《从军行》："临海旧来闻骠骑,寻河本自有中郎。"唐王维《送崔三往…》："路绕天山雪,家临海树秋。"唐郎士元《送裴补阙…》："秋城临海树,寒日上营门。"

临海作　lín hǎi zuò
【分类】生活
【关键词】谢灵运
【释义】咏兄弟深情厚谊之典。源见"四友"。
【例句】唐李白《赠从弟南…》："别后遥传临海作,可见羊何共和之。"唐李白《送二季…》："初发强中作,题诗与惠连。"明王廷相《丹阳》:"不缘临海作,谁识谢公心。"明王宠《题文待诏…》:"康乐流传临海作,一时文采愧羊何。"

临江节士 lín jiāng jié shì
【分类】政治
【关键词】乐府诗集
【释义】咏赞卫士勇敢之典。《汉书·艺文志》:"《临江王及愁思节士歌诗》四篇。"《乐府诗集·临江王节士歌》:"节士慷慨发冲冠,弯弓挂若木,长剑竦云端。"
【例句】唐杜甫《魏将军歌》:"万岁千秋奉明主,临江节士安足数。"宋王质《集少陵佳…》:"伯仲之间见伊吕,临江节士安足数。"元张以宁《题赵子昂…》:"杜陵老子歌都护,临江节士趋下风。"清朱彝尊《舟经震泽》:"横海将军号,临江节士歌。"

临渴穿井 lín kě chuān jǐng
【分类】政治
【关键词】素问
【释义】临到渴时方才凿井。比喻平时无备,事到临头才想办法。《素问·四气调神大论》:"夫病已成而后药之,乱已成而后治之,譬犹渴而穿井,斗而铸锥,不亦晚乎!"
【例句】唐寒山《诗三百》:"蒸砂拟作饭,临渴始掘井。"宋许及之《再次转庵…》:"将军有待令,遽成临渴井。"明徐畛《引军旗》:"哥哥莫待祸临身。临渴怎生掘井。"清许南英《沈琛笙五…》:"临渴思泉方掘井,瞭饥吃饭且移厨。"

临牢说彘 lín láo shuō zhì
【分类】生活
【关键词】庄子
【释义】用以讽刺追求荣华爵禄之人。《庄子·达生》:"祝宗人玄端以临牢,说彘曰:'汝奚恶死!吾将三月豢汝,十日戒,三日齐,藉白茅,加汝肩尻乎雕俎之上,则汝为之乎?'为彘谋,曰不如食以糠糟而错之牢笑之中,自为谋,则苟生有轩冕之尊,死得于豚檐之上,聚偻之中则为之。为彘谋则去之,自为谋则取之,所异彘者何也?"在庄子看来,追求身外之物,均非达生之道。
【例句】唐柳宗元《游南亭夜…》:"问牛悲畔钟,说彘惊临牢。"明祝允明《述行言情诗》:"安知临牢豕,终为祝宗鳖。"

临岐 lín qí
【分类】生活
【关键词】杨朱
【释义】本为面临歧路,后亦用为赠别之辞。源见"杨朱泣歧路"。
【例句】唐李乂《饯唐州高…》:"终叹临岐远,行看拥传荣。"唐陈子昂《感遇诗》:"临岐泣世道,天命良悠悠。"唐杜甫《送李校书》:"临岐意颇切,对酒不能吃。"宋范成大《谭德称杨…》:"临岐心曲两茫然,但祝频书无别语。"

临邛客 lín qióng kè
【分类】文化

【关键词】司马相如
【释义】喻指司马相如。《史记·司马相如列传》:"会梁孝王卒,相如归,而家贫,无以自业。素与临邛令王吉相善,吉曰:'长卿久宦游不遂,而来过我。'"
【例句】唐张循之《长门怨》:"寄语临邛客,何时作赋成。"唐李德裕《奉送相公…》:"今来却笑临邛客,入蜀空驰使者车。"唐刘言史《嘉兴社日》:"消渴天涯寄病身,临邛我是何人。"唐薛能《西县途中…》:"杞国忧寻悟,临邛渴自加。"

临汝袁郎 lín rǔ yuán láng
【分类】政治
【关键词】袁闳
【释义】咏赞高洁隐士之典。《后汉书·袁安传》附《袁闳传》:"少励操行,苦身修节…卒于土室。"东汉袁安位三公,其后人多居高位,唯玄孙袁闳绝世不仕,居贫隐遁,德行高洁。
【例句】唐刘言史《葛巾歌》:"临汝袁郎得相见,闲云引到东阳县。"宋贺铸《晚泊东采…》:"谢卫将军怜苦吟,袁临汝郎遭赏音。"宋李之仪《告别子通》:"授馆不为宿宿去,知心黄宪异袁闳。"元许有壬《寄归彦温》:"袁闳筑土室,苑粲安一车。"明桑悦《感怀诗》:"攸维亲外戚,袁闳世三公。"

临颍美人 lín yǐng měi rén
【分类】生活
【关键词】杜甫
【释义】原指舞剑美女。泛指流落在外的梨园女子。杜甫《观公孙大弟子舞剑器行》:"临颍美人在白帝,妙舞此曲神扬扬,与余问答既有以,感时抚事增惋伤。"
【例句】宋彭元逊《子夜歌》:"临颍美人,秦川公子,晚共何人语。"清陈维崧《贺新郎》:"似临颍、十三娘舞,剑光奔突。"清田雯《小忽雷歌》:"临颍弟子好颜色,法曲妙舞世莫识。"

临渊羡鱼 lín yuān xiàn yú
【分类】生活
【关键词】董仲舒
【释义】面对深潭,羡慕鱼的美味。比喻虽有欲望,但无实际行动,仍不能如愿以偿。《汉书·董仲舒传》:"故汉得天下以来,常欲善治而至今不可善治者,失之于当更化而不更化也。古人有言曰:'临渊羡鱼,不如退而结网。'"
【例句】唐许浑《卜居招书侣》:"忆昨未知道,临川每羡鱼。"唐孟浩然《望洞庭湖…》:"坐观垂钓者,徒有羡鱼情。"宋黄庭坚《池口风雨…》:"翁从旁舍来收网,我适临渊不羡鱼。"宋杨损之《宗弟晦之…》:"且来在野同游鹿,莫学临渊却羡鱼。"

淋漓 lín lí
【分类】生活
【关键词】韩愈

【释义】沾湿或流滴貌。也用于形容酣畅、旺盛、充盈。南朝梁范缜《拟〈招隐士〉》:"岌峨兮倾欹,飞泉兮激沫,散漫兮淋漓。"

【例句】唐李颀《王母歌》:"霓旌照耀麒麟车,羽盖淋漓孔雀扇。"唐韩愈《醉后》:"淋漓身上衣,颠倒笔下字。"唐元稹《望云骓马歌》:"天子蒙尘天雨泣,巍岩道路淋漓湿。"唐李商隐《韩碑》:"公退斋戒坐小阁,濡染大笔何淋漓。"

琳宫　lín gōng
【分类】文化
【关键词】初学记
【释义】也为琳馆。仙宫。亦为道观、殿堂之美称。《初学记·空洞灵章经》:"众圣集琳宫,金母命清歌。"
【例句】唐白居易《题天柱峰》:"太微星斗拱琼宫,圣祖琳宫镇九垓。"宋欧阳修《景灵朝谒…》:"琳馆清晨蔼瑞氛,玉旒朝罢奏韶钧。"宋孙何《诗三首》:"贝阙琳宫紫雾深,凤凰仙乐尚愔愔。"宋钱易《送张无梦…》:"琳宫重启仙人室,金阙新辞太帝家。"

霖雨　lín yǔ
【分类】政治
【关键词】尚书
【释义】指甘雨,时雨。比喻济世泽民。《尚书·说命上》:"若岁大旱,用汝作霖雨。"汉孔安国《传》:"霖,三日雨。霖以救旱。"
【例句】唐张九龄《和裴侍中…》:"生才作霖雨,继代有清通。"唐张蠙《投翰林张…》:"愿与吾君作霖雨,且应平地活枯苗。"唐李白《自溧水道…》:"未成霖雨用,先失济川材。"唐李白《赠从弟冽》:"傅说降霖雨,公输造云梯。"

麟笔　lín bǐ
【分类】政治
【关键词】春秋
【释义】喻指史官之笔或吏官。因相传孔子作《春秋》到"西狩获麟"而停笔。源见"绝麟"。
【例句】唐卢纶《和常舍人…》:"麟笔删金篆,龙绡荐玉编。"唐吴融《送弟东归》:"偶持麟笔侍金闱,梦想三年在故溪。"

麟凤　lín fèng
【分类】文化
【关键词】汉武帝
【释义】指麒麟和凤凰。比喻才智出众的人。汉武帝《贤良诏》:"麟凤在郊薮,河洛出图书,呜呼,何施而臻此乎?"《文选》唐李善注引《礼记》:"圣王所以顺,故凤凰骐麟,皆在郊薮。"
【例句】唐李洞《寓言》:"麟凤隔云攀不及,空山惆怅夕阳时。"唐陈陶《闲居杂兴》:"中原莫道无麟凤,自是皇家结网疏。"唐陈陶《夏日怀天台》:"竹斋睡余柘浆清,麟凤诱我劳此生。"五代贯休《大蜀皇帝…》:"丈夫勋业正乾坤,麟凤龟龙尽在门。"

麟符　lín fú
【分类】政治
【关键词】新唐书
【释义】古代朝廷颁发的麒麟形符节。《新唐书·车服志》:"皇太子监国给双龙符,左右皆十。两京、北都留守给麟符,左二十,右十九。"
【例句】五代徐铉《还过东都…》:"麟符上相恩偏厚,隋苑留欢日欲斜。"宋宋庠《送虞部元…》:"朱轓按俗麟符郡,青被为郎斗籍宫。"宋文同《正肃吴公》:"虎节归兵日,麟符命使年。"宋叶梦得《石林诗话》:"虎节麟符抛不得,却将清景付闲人。"

麟角　lín jiǎo
【分类】文化
【关键词】抱朴子
【释义】比喻稀罕而又可贵的人才或事物。《抱朴子·极言》:"故为者如牛毛,获者如麟角也。"
【例句】唐刘禹锡《酬郑州权…》:"麟角看就成,龙驹见抑扬。"唐李商隐《咏怀寄秘阁》:"曲艺垂麟角,浮名状虎皮。"唐刘兼《寄高书记》:"齐朝庆裔祖敖曹,麟角无双凤九毛。"宋白玉蟾《赠薛氏振歌》:"麟角独异凤毛轻,得龙之秀龟之青。"

麟脯　lín fǔ
【分类】文化
【关键词】麻姑
【释义】干麒麟肉。为咏仙人之典。《神仙传·麻姑》:"(麻姑)入拜方平,方平为之立起。坐定,召进行厨,皆金盘玉杯…擘脯行之如柏灵,云是麟脯也。"仙人王方平曾用麒麟脯作为仙肴,款待麻姑。
【例句】唐白居易《九年十一…》:"麒麟作脯龙为醢,何似泥中曳尾鱼。"唐韩偓《无题》:"麟脯随重酿,霜华间八珍。"宋徐积《催妆》:"鸾歌迎弄玉,麟脯宴麻姑。"宋王庭圭《仙人春宴曲》:"双成翠袖织藕丝,麻姑行厨擘麟脯。"

麟台　lín tái
【分类】政治
【关键词】通典
【释义】唐武后时秘书省。《通典·秘书监》:"天授初,改秘书省为麟台,神龙初复旧。"麒麟阁的别称。功臣彰名享誉之处。源见"麒麟阁"。
【例句】唐白居易《酬卢秘书…》:"世家标甲地,官职滞麟台。"唐颜真卿《裴将军诗》:"功成报天子,可以画麟台。"唐刘禹锡《秘书山崔…》:"麟台少监旧仙郎,洛水桥边坠马伤。"后周李昉《将就十章…》:"凤阙有恩殊未报,麟台无德岂堪书。"

麟吐玉书　lín tǔ yù shū
【分类】政治
【关键词】孔子

【释义】圣人诞生天降祥瑞的典故。《拾遗记·周灵王》："夫子未生时,有麟吐玉书于阙里人家,文云:'水精之子,继衰周而素王。'"

【例句】宋郑刚中《送符正民…》："夔龙有室俱可入,愿吐诗书资硕画。"宋黄人杰《贺新郎》："金石台边人语闹,惊怪麟书夜吐。"明杨起元《仙人篇》："苍龙绕彩电,祥麟衔玉书。"清黄家鼎《厅斋消夏》："露布已令神鬼泣,玉书曾见凤麟来。"

麟趾 lín zhǐ
【分类】政治
【关键词】诗经
【释义】比喻有仁德、有才智的贤人。或子孙昌盛。《诗经·周南·麟之趾》："麟之趾,振振公子。"郑笺:"喻今公子亦信厚,与礼相应,有似于麟。"
【例句】唐权德舆《奉和礼部…》："家承麟趾贵,剑有龙泉赐。"唐沈佺期《岁夜安乐…》："咏歌麟趾合,箫管凤雏来。"唐钱起《送李大夫…》："一贤间气生,麟趾凤凰羽。"唐陈陶《圣帝击壤歌》："构殿基麟趾,开藩表凤翔。"唐魏朴《题舜山后…》："纪凤仪同美,歌麟趾并荣。"

凛然生气 lǐn rán shēng qì
【分类】政治
【关键词】世说新语
【释义】形容严肃而有活力。《世说新语·品藻》："庾道季(和)云:'廉颇、蔺相如虽千载上死人,懔懔恒如有生气。曹蜍、李志虽见在,厌厌如九泉下人。'"
【例句】宋王炎《魏丞相挽…》："凛然生气在,端անے画麒麟。"宋谢薖《余尝念李…》："申凛然生气在,故知郎子有家风。"宋李炳《吊危一》："凛然生气申包胥,万古千秋葬忠义。"宋赵令衿《李伯纪丞…》："凛然生气在,谁谓哲人亡。"

伶伦 líng lún
【分类】生活
【关键词】吕氏春秋
【释义】传说为黄帝时乐官。古代以为乐律的创始者。后为乐人或戏曲演员的代称。源见"伶伦凤律"。
【例句】唐柳宗元《青水驿丛竹》："只应更使伶伦见,写尽雌雄双凤鸣。"唐子昂《与东方左…》："不意伶伦子,吹之学凤鸣。"唐元稹《酬乐天余…》："律吕同声我尔身,文章君是一伶伦。"唐元稹《有鸟》："伶伦凤律乱宫商,盘木天鸡误时节。"

伶伦吹 líng lún chuī
【分类】生活
【关键词】吕氏春秋
【释义】指吹奏美妙的音乐。源见"伶伦凤律"。
【例句】唐韩愈《嘲鼾睡》："虽令伶伦吹,苦韵难可改。"唐李商隐《钩天》："伶伦吹裂孤生竹,却为知音不得听。"元陈旅《题杨显民…》："轩后来张乐,伶伦吹凤笙。"元刘基《初夏即景》："安得伶伦吹嶰竹,四气不愆同玉烛。"

伶伦凤律 líng lún fèng lǜ
【分类】生活
【关键词】吕氏春秋
【释义】咏创制音律的典故。《吕氏春秋·古乐》："昔黄帝令伶伦作为律。伶伦自大夏之西,乃之阮隃之阴。取竹于嶰溪之谷,以生空窍厚钧者,断两节间,其长三寸九分而吹之,以为黄钟之宫,吹曰舍少。次制十二筒,以之阮隃之下,听凤皇之鸣,以别十二律。其雄鸣为六,雌鸣亦六,以比黄钟之宫,适合,黄钟之宫皆可以生之,故曰黄钟之宫,律吕之本。"
【例句】唐张文恭《七夕》："凤律惊秋气,龙梭静夜机。"唐元稹《有鸟》："伶伦凤律乱宫商,盘木天鸡误时节。"宋司马光《和次道大…》："凤律年华到尚新,九重气象已成春。"

伶伦管 líng lún guǎn
【分类】生活
【关键词】吕氏春秋
【释义】美称箫笛类管乐器。源见"伶伦凤律"。
【例句】唐张祜《叙诗》："伶伦管尚在,此律谁能吹?"唐裴次元《律中应钟》："伶管灰先动,秦正节已逢。"元胡奎《东园对竹》："不待伶伦裁律管,自有天声谐凤凰。"元刘基《题李息斋…》："修茎拟截伶伦管,和气潜驱嶰谷寒。"

伶伦曲 líng lún qǔ
【分类】生活
【关键词】吕氏春秋
【释义】借指古典乐曲。源见"伶伦凤律"。
【例句】唐陈陶《小笛弄》："江南一曲罢伶伦,芙蓉水殿春风起。"唐杜牧《奉和门下…》："肉管伶伦曲,箫韶清庙章。"宋释道潜《思正挈家…》："伶伦奏曲千般巧,锦彩缠头一样红。"明何吾驺《夏日同侯…》："莫把伶伦看,截作凤皇曲。"

伶玄 líng xuán
【分类】文化
【关键词】伶玄
【释义】即汉朝大臣伶元。著《赵飞燕外传》。《全上古三代秦汉三国六朝文·伶玄〈飞燕外传自序〉》:"伶玄字子于…知音善属文…买妾樊通德…颇能言赵飞燕姊弟故事…于是撰《赵后别传》。"
【例句】宋晏殊《寒食东城作》："荒田野草人间事,谁向伶玄泪满衣。"宋苏轼《朝云诗》："不似杨枝别乐天,恰如通德伴伶玄。"宋黄庭坚《和陈君仪…》："养得禄儿倾四海,千秋更有一伶玄。"宋萧立之《开元天宝…》："野草荒田自他日,断无外传与伶玄。"

灵鳌 líng áo
【分类】文化
【关键词】楚辞

【释义】神话传说中的巨龟。《楚辞·天问》："鳌戴山抃，何以安之？"汉王逸注引《列仙传》："有巨灵之鳌，背负蓬莱之山而抃舞。"
【例句】唐李绅《新楼》："山耸翠微连郡阁，地临沧海接灵鳌。"唐陈陶《将进酒》："灵鳌柱骨半枯朽，骊龙德悔愁耕人。"唐李商隐《韩碑》："碑高三丈字如斗，负以灵鳌蟠以螭。"宋刘攽《与宋次道…》："汗血来时皆骥子，神仙不动倚灵鳌。"

灵宝经 líng bǎo jīng
【分类】文化
【关键词】抱朴子
【释义】道教经名。《抱朴子·辨问》："《灵宝经》有《正机》《平衡》《飞龟授袟》凡三篇，皆仙术也。"
【例句】唐皎然《奉同颜使…》："不有古仙启其秘，今日安知灵宝经。"唐卢象《紫阳真人歌》："长男泣血求司命，少女攀眉诵灵宝。"宋释昙贲《颂古其四》："明宣一道聪明咒，暗写两行灵宝符。"宋王镃《游仙词》："演穷灵宝玄元法，大梵天仙带月回。"

灵草 líng cǎo
【分类】文化
【关键词】东方朔
【释义】仙草，瑞草。借指起死回生之药。《海内十洲记》："（祖洲）上有不死之草，草形如菰苗，长三四尺，人已死三日者，以草覆之皆当时活也，服之，令人长生…(不死之草)生琼田中，或名为养神芝，其叶似菰苗，丛生，一株可活一人。"
【例句】唐皎然《湛处士枬…》："天生灵草生灵地，误生人间人不贵。"唐李绅《新楼诗》："地无尘染多灵草，室鉴真空有定泉。"唐施肩吾《夜岩谣》："夜上幽岩踏灵草，松枝已疏桂枝老。"唐赵嘏《寄道者》："别来几度向蓬岛，自傍瑶台折灵草。"

灵椿 líng chūn
【分类】文化
【关键词】庄子
【释义】古代传说中的长寿之树。源见"大椿"。
【例句】唐韩偓《小隐》："灵椿朝菌由来事，却笑庄生始欲齐。"唐张蠙《投翰林张…》："丹穴虽无凡羽翼，灵椿还向细枝条。"宋范纯仁《到汉东和…》："顾我衰残如槁木，羡公眉寿若灵椿。"宋郭祥正《宣州双溪》："御史曾书治绩碑，州人尽祝灵椿寿。"

灵府 líng fǔ
【分类】文化
【关键词】庄子
【释义】指心。《庄子·德充符》："故不足以滑和，不可入于灵府。"唐成玄英疏："灵府者，精神之宅，所谓心也。"
【例句】唐元稹《去杭州》："与君言语见君性，灵府坦荡消尘烦。"唐方干《项洙处士…》："虽云智惠生灵府，要且功夫在笔端。"唐方干《赠李郢端公》："山川正气侵灵府，雪月清辉引思风。"唐陆龟蒙《次和袭美…》："气和灵府渐氤氲，酒有贤人药有君。"

灵关 líng guān
【分类】文化
【关键词】云笈七签
【释义】道教指仙界的关门或人体内部器官的重要部位。《云笈七签》："登七宝于玄圃，攀飞梯于灵关。"山名。在今四川宝兴南。喻指关隘。晋左思《蜀都赋》："廓灵关而为门，包玉垒而为宇。"
【例句】唐骆宾王《代女道士…》："青牛紫气度灵关，尺素艳鳞去不还。"唐吴筠《高士咏》："灵关畅玄旨，万乘趋道风。"唐白元鉴《石门》："灵关非世力，造化创元功。"宋丁谓《梨》："真定如拳大，灵关爽口清。"宋薛田《成都书事…》："倚剑灵关凌绝顶，梦刀孤垒削危巅。"

灵和柳 líng hé liǔ
【分类】文化
【关键词】张绪
【释义】咏柳之典。形容人与物的形态仪表清柔素雅。源见"张绪风流"。
【例句】唐唐彦谦《汉代》："梓泽花犹满，灵和柳未凋。"宋杨亿《故比部李…》："风韵灵和柳，襟怀叔度陂。"宋毛滂《和郭倅见寄》："每得新诗如见公，风流好在灵和柳。"宋陆游《小市》："楼台到处灵和柳，帘幕谁家子晋笙？"

灵均 líng jūn
【分类】文化
【关键词】楚辞
【释义】指屈原。泛指词章之士。《楚辞·离骚》："名余曰正则兮，字余曰灵均。"
【例句】唐马戴《送客南游》："灵均如可问，一为哭清湘。"唐韦庄《泛鄱阳湖》："纷纷雨外灵均过，瑟瑟云中帝子归。"唐赵冬曦《灉湖作》："盈虚用舍轮舆旋，勿学灵均远问天。"唐司空曙《迎神》："假山鬼兮请东皇，托灵均兮邀帝子。"

灵旗 líng qí
【分类】政治
【关键词】汉书
【释义】战旗。出征前必祭祷之，以求旗开得胜。或指神灵的旗子。《汉书·礼乐志》："招摇灵旗，九夷宾将。"唐颜师古注："画招摇于旗以征伐，故称灵旗。"
【例句】唐杜牧《即事》："竹帛未闻书死节，丹青空见画灵旗。"唐储光羲《同诸公送…》："邦人颂灵旗，侧听何洋洋。"宋夏竦《观夜醮》："万条银烛间灵旗，一片清香匝玉墀。"宋蔡襄《陈将军庙》："宿坟古剑龙腥匣，环壁灵旗兽缠扛。"

灵鹊报喜 líng què bào xǐ
【分类】生活

【关键词】鹊

【释义】咏喜鹊之典。或形容喜事将到。《开元天宝遗事·灵鹊报喜》："时人之家闻鹊声，皆为喜兆，故谓'灵鹊报喜'。"

【例句】唐晁采《寄文茂》："并蒂已看灵鹊报，倩郎早觅买花船。"唐敦煌曲子《征夫早归》："叵奈灵鹊多瞒语。送喜何曾有凭据。"唐来鹏《偶题》："近来灵鹊语何疏，独凭栏干恨有殊。"宋寇准《奉和御制…》："绛河横度灿云章，灵鹊群飞绕宫树。"宋赵善括《念奴娇》："已倩双鳞，更须灵鹊，先报归消息。"

灵山 líng shān

【分类】文化

【关键词】佛

【释义】指印度灵鹫山，在印度王舍城。著名的佛陀说法之地。喻指佛教圣山。《大唐西域记》："宫城东北行十四五里，至姞栗陀罗矩吒山。接北山之阳，孤摽特起，既栖鹫鸟，又类高台，空翠相映，浓淡分色，如来御世垂五十年，多居此山广说妙法。"

【例句】唐薛令之《草堂吟》："草堂栖在灵山谷，勤苦诗书向灯烛。"唐韦应物《骊山行》："访道灵山降圣祖，沐浴华池集百祥。"唐白居易《内道场永…》："苦海出来应有路，灵山别后可无期。"唐顾况《从剡溪至…》："灵溪宿处接灵山，窈映高楼向月闲。"

灵修 líng xiū

【分类】政治

【关键词】楚辞

【释义】指楚怀王。泛指君主。《楚辞·离骚》："指九天以为正兮，夫唯灵修之故也。"汉王逸注："灵，神也。修，远也。能神明远见者，君德也，故以论君。"

【例句】宋祖无择《琵琶亭》："贾傅有才悲鵩鸟，楚骚终古怨灵修。"宋李纲《次韵王尧…》："憔悴三闾空泽畔，离骚终日念灵修。"宋方岳《题司理采…》："蛟宫夜泣悲灵修，鳞幢欲湿行云留。"宋王十朋《续访得七…》："述志哀正则，陈词讽灵修。"

灵胥 líng xū

【分类】文化

【关键词】伍子胥

【释义】相传伍子胥死后为涛神，故称。亦指波涛、浪涛。源见"伍胥潮"。

【例句】宋杨亿《景阳谏议…》："油襄仙姥流霞酒，鳅穴灵胥白鹭涛。"宋王安石《送萧山钱…》："灵胥引水清穿市，神禹分山翠入帘。"宋文天祥《送行中斋》："灵胥目未抉，端欲诣所见。"宋陆游《感昔》："云生神禹千年穴，雪卷灵胥八月涛。"

灵囿 líng yòu

【分类】生态

【关键词】诗经

【释义】周文王苑囿名。泛指园林。《诗经·大雅·灵台》："王在灵囿，麀鹿攸伏。"

【例句】唐陆龟蒙《袭美先辈…》："谁若灵囿鹿，谁犹清庙牺。"宋王禹称《太卜中书…》："麟衰虚灵囿，凤衰空帝梧。"宋蒋堂《和梅挚北池》："寸岑有灵囿，可使遂微生。"宋苏颂《和胡俛学…》："灵囿无禁止，都人任游适。"

灵辄扶轮 líng zhé fú lún

【分类】政治

【关键词】灵辄

【释义】咏受恩图报之典。《敦煌遗书》引《左传·晋灵公不君章》："辙扶车以臂承轴，驰驾而行。"《左传·宣公二年》："宣子(赵盾)田于首山，舍于翳桑。见灵辄饿，问其病，曰：'不食三日矣。'既而与为介介，倒戟以御公徒，而免之。问何故，对曰：'翳桑之饿人也。'"

【例句】唐周昙《灵辄》："朱轮为染酬恩血，公子何由见赤诚。"宋赵鼎臣《子庄出猎…》："不容杜曲随李广，顾肯桑间问灵辄。"金耶律楚材《和王君玉韵》："王孙蒙馈饭，灵辄未扶轮。"清王士禛《饿夫》："灵辄饿翳桑，倒戟一何力。"

玲珑 líng lóng

【分类】生活

【关键词】班固

【释义】指清越的声音。精巧状。汉班固《东都赋》："凤盖琴丽，和銮玲珑。"《文选》唐李善注引《埤苍》："玲珑，玉声。"明彻貌。《昭明文选·汉扬雄〈甘泉赋〉》："前殿崔巍兮，和氏玲珑。"唐李善注引晋灼曰："玲珑，明见皃也。"

【例句】唐贾岛《就峰公宿》："残月华暗暖，远水响玲珑。"唐邵楚苌《题马侍中…》："树影参差斜入檐，风动玲珑水晶箔。"唐卢纶《赋得彭祖楼…》："四户八窗明，玲珑逼上清。"唐刘禹锡《吐绶鸟词》："赤玉雕成彪炳毛，红绡剪出玲珑翅。"

铃阁 líng gé

【分类】政治

【关键词】羊祜

【释义】指翰林院以及将帅或州郡长官办事的地方。《晋书·羊祜列传》："在军常轻裘缓带，身不被甲，铃阁之下，侍卫者不过十数人，而颇以畋渔废政。"

【例句】唐皇甫冉《韦中丞西…》："末客朝朝铃阁下，从公步履玩年华。"唐韩翃《寄裴郓州》："官树阴阴铃阁暮，州人转忆白头翁。"唐窦牟《奉使至邢…》："今宵铃阁内，醉舞复何如。"唐羊士谔《郡斋感物…》："闲吟铃阁巴歌里，回首神皋瑞气中。"

凌波梦 líng bō mèng

【分类】文化

【关键词】唐玄宗

【释义】喻指梦中遇仙，也用以比喻恋情。《杨太真外传》：

"玄宗在东都,梦一女…上问:'汝何人?'曰:'妾是陛下凌波池中龙女,卫宫护驾,妾实有功。今陛下洞晓钧天之音,乞赐一曲以光族类。'上于梦中为鼓胡琴,拾新旧之曲声,为《凌波曲》,龙女再拜而去。"

【例句】宋吴文英《好事近》:"花下凌波入梦,引春雏双鹣。"宋曾惇《朝中措》:"凌波一去,平山梦断,谁是关心。"金蔡松年《鹧鸪天》:"醉魂应逐凌波梦,分付西风此夜凉。"元杜瑛《环翠亭宴饮》:"歌声唤起凌波梦,莲叶香深路恐迷。"

凌波袜 líng bō wà

【分类】生活
【关键词】曹植
【释义】指美女的袜子。或喻指女子轻盈的脚步。源见"凌波微步"。
【例句】宋刘才邵《郑守宣化…》:"双娥殊胜姿,同驻凌波袜。"宋孙觌《何倅利见…》:"尘绕梁飞散白雪,袜凌波去舞回风。"宋释德洪《庆长出仲…》:"岂惟有诗癖,亦醉凌波袜。"宋王庭珪《题刘端礼…》:"洛浦清流古有神,罗袜凌波生暗尘。"

凌波微步 líng bō wēi bù

【分类】生活
【关键词】曹植
【释义】形容女子之步履轻盈。三国魏曹操之子曹植《洛神赋》,描写洛神的步态之美云:"体迅飞凫,飘忽若神。凌波微步,罗袜生尘。"
【例句】唐羊士谔《彭州萧使…》:"玉颜红烛忽惊春,微步凌波暗拂尘。"宋韩元吉《以双莲戏…》:"雨洗风梳两斗新,凌波微步袜生尘。"宋孙觌《舟次宁陵》:"何人勃窣夜深行,微步凌波上船唇。"宋程公许《改作池亭…》:"凌波微步玉亭亭,华艳深遮万盖青。"

凌歊台 líng xiāo tái

【分类】生态
【关键词】刘裕
【释义】位于安徽省当涂县城关镇(姑孰)黄山塔南。相传为南朝宋高祖刘裕所建。后有宋孝武避暑离宫。宏伟巨丽,高出尘埃,有"笙镛黛绿之胜"。唐许浑《凌歊台》:"宋祖凌歊乐未回,三千歌舞宿层台。"
【例句】唐李白《书怀赠南…》:"置酒凌歊台,欢娱未曾歇。"唐杜牧《题池州贵…》:"势比凌歊宋武台,分明百里远帆开。"宋王安石《示黄吉甫》:"三山半落青天外,势比凌歊宋武台。"宋郭祥正《姑熟堂歌…》:"牛渚对峙凌歊台,长江倒挂天门开。"

凌烟阁 líng yān gé

【分类】政治
【关键词】唐太宗
【释义】唐代图画功臣肖像的地方。咏功臣受勋。《新唐书·太宗皇帝纪》:"月己亥,虑囚。戊申,图功臣于凌烟阁。"
【例句】唐杨巨源《薛司空自…》:"一门累叶凌烟阁,次第仪形汉上公。"唐杜甫《丹青引赠…》:"凌烟功臣少颜色,将军下笔开生面。"唐白居易《题酒瓮呈…》:"凌烟阁上功无分,伏火炉中药未成。"聂绀弩《风怀》:"当日万言名论在,凌烟诸将首功谁。"

凌云笔 líng yún bǐ

【分类】文化
【关键词】司马相如
【释义】借指非凡的文才。《史记·司马相如列传》:"相如既奏《大人之颂》,天子(汉武帝)大悦,飘飘然有凌云之气,似游天地之间矣。"
【例句】唐宋之问《和库部李…》:"气耿凌云笔,心摇待漏车。"唐杜甫《戏为六绝句》:"庾信文章老更成,凌云健笔意纵横。"宋华镇《赠温幕张…》:"如何汉殿凌云笔,肯赋寒山水石幽。"宋李新《送吴使君》:"传来旧物凌云笔,楷字君王无第一。"

陵独何心 líng dú hé xīn

【分类】政治
【关键词】李陵
【释义】降将愁思之典。汉李陵《答苏武书》:"身之穷困,独坐愁苦。…嗟乎子卿,陵独何心,能不悲哉!"表达了李陵投降匈奴后的悲愤心情和思友、思家、思国之情。
【例句】唐郑悟《胡笳曲》:"传书问苏武,陵也独何心。"

陵谷 líng gǔ

【分类】政治
【关键词】诗经
【释义】丘陵和山谷。比喻君臣高下易位。或世事巨变。《诗经·小雅·十月之交》:"高岸为谷,深谷为陵。"毛传:"言易位也。"郑笺:"易位者,君子居下,小人处上之谓也。"
【例句】唐骆宾王《叙寄员半千》:"坐历山川险,吁嗟陵谷迁。"唐王勃《观佛迹寺》:"共嗟陵谷远,俄视化城虚。"唐韩偓《乱后春日…》:"眼看朝市成陵谷,始信昆明是劫灰。"唐韦庄《北原闲眺》:"欲问向来陵谷事,野桃无语泪花红。"

零雨 líng yǔ

【分类】生活
【关键词】诗经
【释义】零星雨滴。《诗经·豳风·东山》:"我来自东,零雨其蒙。"诗写远征之人途中想家,零雨象征情思缠绵。比喻关系亲密的人分隔两地。
【例句】唐卢照邻《西使兼送…》:"零雨悲王粲,清尊别孔融。"唐徐坚《饯许州宋…》:"断烟伤别望,零雨送离杯。"唐卢藏用《饯许州宋…》:"零雨征轩骛,秋风别骥嘶。"唐杜甫《随章留后…》:"已堕岘山泪,因题零雨诗。"

岭梅　lǐng méi
【分类】文化
【关键词】梅
【释义】指大庾岭上的梅花。因岭上南北气候差异，梅花南枝已落，北枝方开。《白氏六帖·梅》："大庾岭上梅，南枝落，北枝开。"
【例句】唐杜甫《秋日荆南…》："秋雨漫湘竹，阴风过岭梅。"唐白居易《福先寺雪…》："庾岭梅花落歌管，谢家柳絮扑金田。"唐许浑《和宾客相…》："尽日隋堤絮，经冬越岭梅。"唐罗隐《西塞山》："岭梅乍暖残妆恨，沙鸟初晴小队闲。"

领袖　lǐng xiù
【分类】政治
【关键词】裴秀
【释义】比喻同类人或物中之突出者。《世说新语·赏誉》："谚曰：'后来领袖有裴秀。'"河东裴秀字彦，少年时即风操不凡，为时人所重，有"后进领袖"之美誉。入晋后官至司空。
【例句】唐白居易《叙德书情…》："行为时领袖，言作世蓍龟。"唐吕温《奉和李相…》："准绳临百度，领袖映千官。"宋卫宗武《和张菊存…》："骚坛新领袖，上国旧衣冠。"宋赵抃《谢赐飞白…》："御衾蒙领袖，和气入肝脾。"宋释道潜《寄子开内翰》："表率衣冠真领袖，羽仪台阁旧家风。"

令公喜怒　lìng gōng xǐ nù
【分类】政治
【关键词】郗超　王珣
【释义】影响作用重大之典。源见"髯参军"。
【例句】宋陆游《杂感》："向来何事令公怒，问著渠侬自不知。"宋黄庭坚《鄂州节推…》："颇忆郗参军，能令公喜怒。"宋黄庭坚《再次韵呈…》："且向华阴郡下作参军，要令公怒令公喜。"宋周紫芝《送乔民瞻…》："只今尚作人幕宾，无事不令公怒喜。"

令公香　lìng gōng xiāng
【分类】生态
【关键词】荀彧
【释义】多指高人雅士的风采。源见"荀令香"。
【例句】唐李百药《安德山池宴集》："云飞凤台管，风动令君香。"唐李颀《寄綦毋三》："顾昐一过丞相府，风流三接令公香。"唐刘禹锡《广宣上人…》："振锡常过长者宅，披衣犹带令公香。"明张萱《唐明府过…》："草木亦知同领略，芬芳长惹令公香。"

令尹无喜　lìng yǐn wú xǐ
【分类】政治
【关键词】斗子文
【释义】谓不以仕途得失而喜怒。《论语·公冶长》："令尹子文，三仕为令尹，无喜色；三已之，无愠色。"令尹：楚官名，相当于宰相。子文：楚国大夫。
【例句】唐权德舆《湖南观察…》："令尹自无喜，羊公人不疑。"宋苏过《次韵孙志…》："看取子文无喜愠，从来冰鉴恃尧仁。"宋苏轼《减字木兰花》："贤哉令尹。三仕已之无喜愠。"宋向子諲《水调歌头》："谁似芝林老，无喜亦无忧。"

刘安　liú ān
【分类】文化
【关键词】刘安
【释义】借指学道成仙之士。源见"刘安服食"。
【例句】唐许浑《疾后与郡…》："莫引刘安倚西槛，夜来红叶下江村。"唐吕岩《七言》："万卷仙经三尺琴，刘安闻说是知音。"唐刘叉《自古无长…》："何曾见天上，著得刘安宅。"唐贯休《赠轩辕先生》："略问先生真甲子，只言弟子是刘安。"

刘安服食　liú ān fú shí
【分类】文化
【关键词】刘安
【释义】求仙道之典。《古今注·音乐》："王服食求仙，遍礼方士，遂与八公相携俱去，莫知所在。王之徒，思恋不已，乃作《淮南王》之曲也。"传说八公授以炼丹之法。
【例句】唐杜甫《追酬故高…》："文章曹植波澜阔，服食刘安德业尊。"唐王贞白《送芮尊师》："石上菖蒲节节灵，先生服食得长生。"宋刘敞《寄题黄州…》："服食早知仁者寿，退休前惜大夫贤。"

刘宾客　liú bīn kè
【分类】文化
【关键词】刘禹锡
【释义】指刘禹锡，唐代文学家，有诗豪之称。刘禹锡《子刘子自传》："子刘子，名禹锡，字梦得一一年，加检校礼尚书兼太子宾客。行年七十有一……"
【例句】宋方岳《过楚道人舍》："平生诗友刘宾客，醉墨曾传到雪庐。"宋艾性夫《玄都韩植…》："玄都旧日神仙宅，种桃羞杀刘宾客。"宋陆游《送查元章…》："白发刘宾客，青衫杜拾遗。"宋方回《寄寿牟提…》："诗名我愧刘宾客，心事君真白乐天。"

刘跛子　liú bǒ zǐ
【分类】政治
【关键词】冷斋夜话
【释义】咏隐士赏花之典。《冷斋夜话》："刘跛子，青州人，拄一拐。每岁必一至洛中看花，馆范家园，春尽即还京师。为人谈噱有味，范家子弟多狎戏之。"
【例句】宋刘克庄《小饮》："枕曲惜人真远祖，看花跛子亦同宗。"宋刘克庄《最高楼》："补还瞎子重开卷，放教跛子出看花。"宋释德洪《戏赠刘跛子》："相逢一拐大梁间，妙语时见一斑。"宋萧立之《赠相士刘…》："庐陵跛子代声，相法如镜开玄冥。"

刘跛子　liú bǒ zǐ
【分类】政治
【关键词】冷斋夜话
【释义】咏隐士赏花之典。《冷斋夜话》："刘跛子，青州人，拄一拐。每岁必一至洛中看花，馆范家园，春尽即还京师。为人谈噱有味，范家子弟多狎戏之。"
【例句】宋刘克庄《小饮》："枕曲惰人真远祖，看花跛子亦同宗。"宋刘克庄《最高楼》："补还瞎子重开卷，放教跛子出看花。"宋释德洪《戏赠刘跛子》："相逢一拐大梁间，妙语时时见一斑。"宋萧立之《赠相士刘…》："庐陵跛子代有声，相法如镜开玄冥。"

刘聪劫天子　liú cōng jié tiān zǐ
【分类】政治
【关键词】刘聪
【释义】指前赵昭武帝刘聪俘虏并杀害西晋的怀、愍帝。《晋书·怀帝纪》："丁酉，刘曜、王弥入京师，……百官士庶死者三万余人。帝蒙尘于平阳，刘聪以帝为会稽公。"
【例句】唐李白《赠张相镐》："石勒窥神州，刘聪劫天子。"唐周昙《晋门怀帝》："刘聪大会平阳日，遣帝行觞事可哀。"宋杨简《西晋》："刘聪害怀愍，由此失中原。"宋钱选《题石勒问…》："一言能悟圆通理，却笑刘聪事事非。"

刘蕡未第　liú fén wèi dì
【分类】文化
【关键词】刘蕡
【释义】谓高才正直敢言之士被埋没。《旧唐书·刘蕡传》："时登科者二十二人，而中官当途，考官不敢留蕡在籍中。物论喧然不平之…唯登科人李邰谓人曰：'刘蕡不第，我辈登科实厚颜矣！'"
【例句】宋梅尧臣《送刘定贤…》："刘蕡不登科，众口诵其策。"宋高登《多丽》："李广不侯，刘蕡未第，千年公论谁差？"宋郑獬《和汪正夫梅》："刘蕡直气压群才，却束尘衣取次来。"宋刘挚《次韵余翼…》："有才元子名为污，失意刘蕡策自高。"

刘纲妇同仙　liú gāng fù tóng xiān
【分类】文化
【关键词】刘纲
【释义】咏仙人之典。《太平广记·女仙传》："樊夫人者，刘纲妻也。纲仕为上虞令，有道术…庭中两株桃，各呪一株，使相斗击，良久，纲所呪者不如…将升天，县厅侧先有大皂荚树，纲升树数丈，方能飞举，夫人平坐，冉冉如云气之升，同升天而去。"
【例句】唐李绅《新楼诗》："坐疑许宅驱鸡犬，笑类樊妻化羽毛。"唐白居易《酬赠李炼…》："刘纲有妇仙同得，伯道无儿智更轻。"唐上元夫人《再赠》："弄玉有夫皆得道，刘纲兼室已登仙。"明黄佐《刘与清尚…》："蓬瀛恍惚落人世，君家翁姥如刘纲。"

刘葛鱼水　liú gé yú shuǐ
【分类】政治
【关键词】诸葛亮
【释义】咏君臣相得的典故。《三国志·诸葛亮传》："（刘备）于是与亮情好日密。关羽、张飞等不悦，先主解之曰：'孤之有孔明，犹鱼之有水也，愿诸君勿复言。'"
【例句】唐李白《君道曲》："小白鸿翼于夷吾，刘葛鱼水本无二。"宋袁说友《孔明庙柏》："当年鱼水奋云龙，天不兴刘死诸葛。"

刘根见鬼术　liú gēn jiàn guǐ shù
【分类】文化
【关键词】刘根
【释义】咏方术之士的典故。《后汉书·刘根传》："刘根者…太守史祈以根为妖妄，乃收执诣郡，数之曰：'汝有何术，而诳惑百姓？'根曰：'实无它异，颇能令人见鬼耳。'…根于是左顾而啸，有顷，祈之亡父祖近亲数十人，皆反缚在前，向根叩头。"
【例句】唐杜牧《赠朱连灵》："刘根丹篆三千字，郭璞青囊两卷书。"唐高适《同熊少府…》："江山归谢客，神鬼下刘根。"明黄省曾《赠沈博士…》："角皓曾烦汉皇诏，刘根枉致人间疑。"清沈嗣《西山》："缥缈峰居众壑尊，神仙仿佛有刘根。"

刘公荣　liú gōng róng
【分类】生活
【关键词】刘公荣
【释义】指称豪饮之人的典故。《世说新语·任诞》："刘公荣与人饮酒杂秽非类，人或讥之。答曰：'胜公荣者不可不与饮，不如公荣者亦不可不与饮，是公荣辈者又不可不与饮。'故终日共饮而醉。"
【例句】唐李白《留别西河…》："闲倾鲁壶酒，笑对刘公荣。"元李昱《戏柬池莘仲》："座中甘作刘公荣，醒眼终朝看山碧。"明安绍芳《醉石》："惟应刘公荣，箕踞日相对。"清潘伯鹰《为方去疾…》："野果倾供何次道，山鸟解劝刘公荣。"

刘公书　liú gōng shū
【分类】政治
【关键词】刘弘
【释义】用为咏州、郡地方官善于为政之典。源见"刘弘一纸书"。
【例句】唐皇甫冉《送谢十二…》："不辞终日离家远，应为刘公一纸书。"唐许浑《寄献三川…》："长闻季氏千金诺，更望刘公一纸书。"五代徐铉《得浙西郝…》："秋风海上久离居，曾得刘公一纸书。"宋叶梦得《送马参议…》："好去刘公书一纸，无忘老子上南楼。"

刘弘一纸书　liú hóng yī zhǐ shū
【分类】政治

【关键词】刘弘

【释义】尊称他人来函。《晋书·刘弘传》载：晋惠帝宰相刘弘，勤于政事，凡兴废之事，皆亲自过问，并详细地写出意见，指示下级妥善处理，"所以人皆感悦，争赴之。咸曰：'得刘公一纸书，贤于十部从事。'"

【例句】唐刘禹锡《送湘阳熊…》："箧留马卿赋，袖有刘弘书。"唐皮日休《宏词下第…》："空惭季布千金诺，但负刘弘一纸书。"宋徐积《谢颖叔》："一绝便胜书一纸，情知义过刘弘。"清叶方蔼《冢宰贞庵…》："已钦季布千金诺，肯惜刘弘一纸书。"

刘家异同　liú jiā yì tóng

【分类】文化

【关键词】刘向

【释义】指汉代学者刘向、刘歆父子。二人对《春秋》的看法不同，分别治《穀梁传》和《左传》，并且常常互相驳难。后用以喻持不同学术观点。《汉书·刘歆传》："歆数以难向，向不能非间也，然犹自持其穀梁义。"

【例句】唐柳宗元《重赠》："闻道将雏向墨池，刘家还有异同词。"明黄裳《挽杨质夫…》："胡氏承清白，刘家起异同。"

刘宽　liú kuān

【分类】政治

【关键词】刘宽

【释义】刘宽（字文饶），汉仁吏。借指施行惠政的官吏。源见"蒲鞭示辱"。

【例句】唐贯休《贺郑使君》："龚遂刘宽同熙妪，张飞关羽太驱驰。"唐贯休《避地毗陵…》："庾亮风流澹，刘宽政事超。"宋梅尧臣《赠太子太…》："共看刘宽墓，碑阴几许人。"明王缜《送萧府镇》："清如阅道还携鹤，宽似文饶不用鞭。"

刘宽雅量　liú kuān yǎ liàng

【分类】政治

【关键词】刘宽

【释义】咏宽和雅量有涵养之典。《后汉书·刘宽传》："夫人欲试宽，令恚，伺当朝会，装严已讫，使侍婢奉肉羹，翻污朝衣，婢遽收之，宽神色不异，乃徐言：'羹烂汝手乎？'"

【例句】宋张守《婢子翻羹》："穷鬼还来调韩愈，夫人真欲试刘宽。"宋黄公度《别吕守》："不有刘宽恕，何堪阮籍疏。"宋李新《即席次必…》："市酒郫筒去未还，宗人厚德敌刘宽。"明韩雍《寄乡郡朱…》："爱民不数刘宽恕，律已还高伯起清。"

刘琨啸　liú kūn xiào

【分类】政治

【关键词】刘琨

【释义】称颂大将从容退敌的风采。《晋书·刘琨列传》："在晋阳，尝为胡骑所围数重，城中窘迫无计，琨乃乘月登楼清啸，贼闻之，皆凄然长叹。中夜奏胡笳，贼又流涕歔歔，有怀土之切。向晓复吹之，贼并弃围而走。"

【例句】唐骆宾王《咏怀》："阮籍空长啸，刘琨独未欢。"唐武元衡《酬严司空…》："刘琨坐啸风清塞，谢朓题诗月满楼。"唐韦庄《睹军回戈》："漫教韩信兵涂地，不及刘琨啸解围。"唐殷文圭《中秋自宛…》："郡楼遐想刘琨啸，相阁方窥谢傅棋。"

刘伶妇　liú líng fù

【分类】生活

【关键词】刘伶

【释义】指劝谏戒酒者。源见"刘伶好酒"。

【例句】宋苏轼《小儿》："大胜刘伶妇，区区为酒钱。"宋曾几《匜瓮酒》："请君痛饮当解醒，贤哉大胜刘伶妇。"元谢应芳《马公振以…》："老妻颇胜刘伶妇，不惜春衣典酒频。"明顾清《戏和石潭…》："细君不学刘伶妇，晚出双鱼更自佳。"

刘伶好酒　liú líng hào jiǔ

【分类】生活

【关键词】刘伶

【释义】嗜酒、纵酒、醉酒的典故。字伯伦。竹林七贤之一。嗜酒，被称为"醉侯"。《晋书·刘伶传》："常乘鹿车，携一壶酒，使人荷锸而随之，谓曰：'死便埋我。'其遗形骸如此。醉后或脱衣裸形在屋中，人见讥之，伶曰：'我以天地为栋宇，屋室为裈衣。'曾病酒渴，从妇求酒。妇涕泣谏其断酒。伶请备酒肉祝鬼神自誓以断。妇备酒肉，伶跪而祝曰：'天生刘伶，以酒为名，一饮一斛，五斗解酲，妇人之言，慎不可听。'祝讫，复饮刘食肉而醉。…惟著《酒德颂》一篇。"

【例句】唐卢仝《苦雪寄退之》："但恨口中无酒气，刘伶见我相揄揶。"唐皮日休《夏景冲澹…》："他年谒帝言何事，请赠刘伶作醉侯。"明于谦《醉时歌》："刘伶好酒称世贤，李白骑鲸飞上天。"明徐祯卿《将进酒》："君不见刘伶好酒无日醒，幕天席地身冥冥。"

刘阮天台　liú ruǎn tiān tāi

【分类】文化

【关键词】刘晨　阮肇

【释义】用为游仙或男女幽会的典故。《幽明录》："汉明帝永平五年，剡县刘晨、阮肇共入天台取谷皮，迷不得返…度山出一大溪，溪边有二女子，姿质妙绝…因要还家，家筒瓦屋，南壁及东壁下各有一大床。…便敕云：'刘、阮二郎，经涉山阻，向虽得琼实，犹尚虚弊，可速作食。'有胡麻饭、山羊脯，甚美，食毕行酒。…遂留半年。气候草木是春时，百鸟鸣呼，更怀土，求归甚苦。…遂呼前来女子，有三四十人，集会奏乐，共送刘阮，指示还路。既出，亲旧零落，邑屋全异。无复相识，问得七世孙，传闻上世入山，迷不得归。"后遂以刘郎、阮郎指女子的心上人；或以仙源、胡麻饭等指遇仙、仙家生活。

【例句】唐潘雍《赠葛氏小…》："曾闻仙子住天台，欲结灵姻愧短才。"唐张祜《忆游天台…》："今来尽是人间梦，刘阮茫茫何处行。"唐卢纶《酬金部郎…》："更有阮郎迷路处，万株红树一溪深。"聂绀弩《六七八次…》："昔年刘阮下天台，知否此生会重来。"

刘商观弈　liú shāng guān yì
【分类】文化
【关键词】刘商
【释义】咏仙道之典。《侍儿小名录拾遗》引《树萱录》："刘商夜游潇湘中，秋月方皎。忽见水中一画舫，有七八女子容止儇丽，若为呼卢戏，其具俱稀世之宝，前有红蜡枝擎以金盘。商骇讶未绝，闻舟中语曰：'紫阳真人昨舍刘商黄精二斤，乃玉帝所饵之余，食之者为地仙。'…果得至人遗精，服饵后，不知所在。"
【例句】宋许及之《次韵饯振…》："却笑刘商长得醉，为无管属爱浮萍。"宋苏颂《寄题蒲传…》："班嗣一丘虽道卷，刘商七业已名彰。"元张雨《梧叶儿》："刘商观棋罢，韩康卖药还。"元王冕《刘商观弈…》："棋畔樵人斧柯烂，正与刘商旧画同。"

刘讼石中书　liú sòng shí zhōng shū
【分类】政治
【关键词】刘向
【释义】西汉刘向（更生）曾因参与弹劾罢免专权的中书宦官石显等人而下狱。《汉书·刘向传》："擢为散骑宗正给事中，与侍中金敞拾遗于左右。四人同心辅政，患苦外戚许、史在位放纵，而中书宦官弘恭、石显弄权。望之、堪、更生议，欲白罢退之。未白而语泄，遂为许、史及恭、显所谮诉，堪、更生下狱，及望之皆免官。"
【例句】唐杜牧《李给事中…》："可怜刘校尉，曾讼石中书。"宋黄庭坚《叔父给事…》："更生苦讼石中书，宰掾非人欲引裾。"宋刘克庄《京房》："区区推卦气，欲撼石中书。"宋刘克庄《杂咏》："雪萧太傅几罹祸，讼石中书又纳忠。"

刘惔倾酿　liú tán qīng niàng
【分类】生活
【关键词】何充
【释义】咏善饮酒之典。《晋书·何充传》："充能饮酒，雅为刘惔所贵。惔每云：'见次道饮，令人欲倾家酿。'言其能温克也。"
【例句】唐王绩《独酌》："不如多酿酒，时向竹林倾。"唐刘禹锡《裴侍郎大…》："若倾家酿招来客，何必池塘春草生。"宋刘筠《休沐端居…》："思君只欲倾家酿，待警同谁赋柏梁。"宋胡宿《送谭寺丞…》："花垂晚席倾家酿，柳拂春车过里门。"

刘向　liú xiàng
【分类】政治
【关键词】刘向
【释义】本名更生，字子政，西汉经学家、目录学家、文学家。曾校阅皇家藏书，撰成《别录》，为我国最早的目录学著作。著有《新序》《说苑》《列女传》等。治《春秋穀梁传》。《汉书·刘向传》："诏向领校中五经秘书。"
【例句】唐张祜《戊午年寓兴》："朱云曾痛愤，刘向几吞声。"唐刘禹锡《同乐天送…》："阁上掩书刘向去，门前修刺孔融来。"宋王安石《读汉书》："京房刘向各称忠，诏狱当时迹自穷。"宋宋庠《答叶道卿》："莫惊书录题臣向，便是当时刘更生。"宋赵鼎臣《送赵胜非…》："吏民犹记孔北海，宗室谁如刘更生。"

刘向传经　liú xiàng chuán jīng
【分类】文化
【关键词】刘向
【释义】咏儒官之典。《汉书·刘向传》："向字子政，本名更生。""以通达能属文辞，与王褒、张子侨等并进对，献赋颂凡数十篇。""会初立《穀梁春秋》，征更生受（授）《穀梁》，讲论《五经》于石渠，复拜为郎中给事黄门，迁散骑谏大夫给事中。"
【例句】唐杜甫《秋兴》："匡衡抗疏功名薄，刘向传经心事违。"宋赵鼎《河中太守》："传经固自卑刘向，遗直犹资见魏谟。"元郑元祐《送李举人…》："李峤初梦笔，刘向老传经。"

刘孝标　liú xiào biāo
【分类】政治
【关键词】刘峻
【释义】刘峻（字孝标）著《广绝交论》，发挥汉朝人朱穆《绝交论》之文意，列举"五交三衅"，抨击小人势利之交，慨叹交友之难，指出交友之不可不慎。后用为戒慎交之典。南朝梁刘峻《广绝交论》："是以耿介之士，疾其若斯，裂裳裹足，弃之长鹜，独立高山之顶，欢与麋鹿同群，皦皦然绝其雰浊，诚耻之也，诚畏之也。"
【例句】唐马异《答卢全结…》："我心不畏朱公叔，君意须防刘孝标。"宋龚璛《呈高显卿…》："葛陂令人愧刘峻，鸡群往日见嵇康。"明谢榛《秋夕张少…》："作赋张平子，能文刘孝标。"明胡应麟《金华山三…》："回看昔日讲堂洞，却忆当时刘孝标。"明龚鼎孳《赠柳叟敬…》："论交古道推刘峻，置驿通都愧郑庄。"

刘孝威　liú xiào wēi
【分类】文化
【关键词】刘孝威
【释义】南朝梁诗人。为咏才子诗人之典。《梁书·刘潜传》："第六弟孝威，初为安北晋安王法曹，转主簿…大同九年，白雀集东宫，孝威上颂，其辞甚美。"
【例句】唐韩翃《送刘评事…》："征南官属似君稀，才子当今刘孝威。"

刘玄德　liú xuán dé
【分类】政治
【关键词】刘备
【释义】刘备，字玄德，三国时期蜀汉开国皇帝、政治家。《三国志·蜀书·先主传》："先主少孤，与母贩履织席为业。舍东南角篱上有桑树生高五丈余,遥望见童童如小车盖,往来者皆怪此树非凡,或谓当出贵人…先主病笃,托孤于丞相亮,尚书令李严为副。夏四月癸巳,先主殂于永安宫,时年六十三。"

【例句】宋王安石《读蜀志》:"无人语与刘玄德,问舍求田意最高。"宋李正民《和刘叔再…》:"不须更语刘玄德,始觉元龙用意深。"宋王十朋《连日至瞿》:"鼎分虽愧刘玄德,面缚肯为安乐公。"宋严羽《寄赠张南…》:"君知海内刘玄德,我识弘农皇甫规。"

刘毅答诏 liú yì dá zhào

【分类】政治

【关键词】刘毅

【释义】谓敢于谏诤之典。《晋书·刘毅传》:"对曰:'桓灵卖官,钱入官库,陛下卖官,钱入私门。以此言之,殆不如也。'帝大笑曰:'桓灵之世不闻此言。今有直臣,故不同也。'"

【例句】唐杜甫《暮秋枉裴…》:"郭钦上书见大计,刘毅答诏惊群臣。"宋高斯得《孤愤吟四…》:"崔烈为公近日有,刘毅答诏今时无。"宋高斯得《三丽人行》:"呼卢一掷数百万,刘毅酸寒何足陈。"元陈泰《万里行》:"挼捕又不学刘毅,百万一掷生辉光。"

刘尹信诚 liú yǐn xìn chéng

【分类】政治

【关键词】刘惔

【释义】咏京尹之典。《世说新语·德行》:"刘尹在郡,临终绵惙,闻阁下祠神鼓舞。正色曰:'莫得淫祀!'"南朝梁刘孝标注引《刘尹别传》:"惔字真长…有雅裁,虽荜门陋巷,晏如也。历…丹阳尹。为政务镇静信诚,风尘不能移也。"

【例句】唐李端《和张尹忆…》:"传书报刘尹,何事忆陶家。"唐温庭筠《赠袁司录》:"刘尹故人谙往事,谢郎诸弟得新知。"唐吴融《过丹阳》:"山带梁朝陵寝断,水连刘尹宅基平。"明毛奇龄《碧树》:"丹阳新柳下,何处觅刘惔。"明皇甫汸《简长垣刘尹》:"裁诗寄刘尹,佳政欲相闻。"明王世贞《程京兆汝…》:"丹阳刘尹多佳话,京兆张郎不妩眉。"

刘舆腻 liú yú nì

【分类】政治

【关键词】刘舆

【释义】咏叛臣之典。《晋书·刘舆传》:"舆字庆孙。俊朗有才局,与琨并尚书郭奕之甥,名著当时。…虓薨,东海王越将召之,或曰:'舆犹腻也,近则污人。'及至,越疑而御之。"

【例句】唐韩偓《驿步》:"物近刘舆招垢腻,风经庾亮污尘埃。"宋葛立方《八月二十…》:"不障庾公尘,那有刘舆腻。"宋王迈《读庆元党》:"庾亮尘难污,刘舆腻莫加。"宋刘克庄《送张守秘丞》:"舆腻岂为名士涴,羊碑长遗后人思。"

刘章歌田 liú zhāng gē tián

【分类】政治

【关键词】刘章

【释义】形容人胆识豪壮,不惧强势。《史记·齐悼惠王世家》:"太后曰:'试为我言田。'章曰:'深耕穊种,立苗欲疏;非其种者,锄而去之。'吕后默然。顷之,诸吕有一人醉,亡酒,章追,拔剑斩之而还…自是之后,诸吕惮朱虚侯,虽大臣皆依朱虚侯,刘氏为益强。"

【例句】唐李白《朱虚侯赞》:"朱虚来归,会酌高堂。雄剑奋击,太后震惶。"宋苏轼《自昌化双…》:"共疑杨恽非锄豆,谁信刘章解立苗。"宋刘弇《人日》:"南冠故声祇操楚,刘章雅志惟歌田。"清吴兆骞《送宇三归楚》:"陆机自草辩亡论,刘章漫作耕田歌。"

刘桢 liú zhēn

【分类】文化

【关键词】刘桢

【释义】字公干,东汉文学家,建安七子之一。《三国志·刘桢传》:"玚、桢各被太祖辟,为丞相掾属。玚转为平原侯庶子,后为五官将文学。桢以不敬被刑,刑竟署吏。咸著文赋数十篇。"

【例句】唐戴叔伦《行营送马…》:"故人多病尽归去,唯有刘桢不得眠。"唐白居易《病中辱崔…》:"刘桢病发经春卧,谢朓诗来尽日吟。"唐李白《赠刘都使》:"东平刘公干,南国秀余芳。"唐韦庄《冬日长安…》:"病如原宪谁能疗,塞似刘桢岂用占。"宋苏轼《次韵刘景…》:"将辞邺下刘公干,却见云间陆士龙。"

刘桢病 liú zhēn bìng

【分类】生活

【关键词】刘桢

【释义】卧病难以视事之典。汉刘桢《赠五官中郎将》:"余婴沉痼疾,窜身清漳滨。自夏涉玄冬,弥旷十余旬。"又《三国志·王粲传》南朝宋裴松之注引《先贤行状》:"(刘桢)建安中,太祖特加旌命,以疾休息。后除上艾长,又以疾不行。漳滨:漳水边。

【例句】唐戴叔伦《行营送马…》:"故人多病尽归去,唯有刘桢不得眠。"唐李端《卧病寄苗…》:"因恨刘桢病,空园卧见秋。"唐张祜《投太原李…》:"栖遑穷蔡泽,屠弱病刘桢。"唐白居易《病中辱崔…》:"刘桢病发经春卧,谢朓诗来尽日吟。"唐李商隐《楚泽》:"刘桢元抱病,虞寄数辞官。"

刘桢有气 liú zhēn yǒu qì

【分类】文化

【关键词】刘桢

【释义】刘桢为建安七子之一,他的诗文以风格遒劲,气体高妙为其特征。后用为称美诗才之典。南朝宋谢灵运《拟魏太子邺中集诗八首·刘桢序》:"卓荦偏人,而文最有气,所得颇经奇。"气为齐气。

【例句】唐张九龄《眉州康司…》:"刘桢徒有气,管辂独无年。"唐张祐《叙诗》:"刘桢骨气真,王粲文质奇。"明刘麟《寄李古冲…》:"展氏道昭三黜后,刘桢今在九人中。"

刘中垒　liú zhōng lěi
【分类】文化
【关键词】刘向
【释义】刘向汉成帝时曾为中垒校尉。《汉书·楚元王传》附《刘向传》:"天子召见向,叹息悲伤其意…以向为中垒校尉。"
【例句】唐独孤及《送李宾客…》:"宗室刘中垒,文场谢客儿。"宋喻良能《怀王侍郎…》:"平生西蜀刘中垒,四海东嘉王右军。"宋刘克庄《梦与尤木…》:"然藜曾伴刘中垒,起菢谁招鲁两生。"明王世贞《寿南昌龙…》:"有儿肯学刘中垒,养得丹砂胜榴子。"

留侯　liú hóu
【分类】政治
【关键词】张良
【释义】张良,字子房,汉初杰出的谋士、大臣。后世敬其谋略出众,称其为谋圣。《史记·李将军列传》:"良曰:'始臣起下邳,与上会留,此天以臣授陛下。陛下用臣计,幸而时中,臣愿封留足矣,不敢当三万户。'乃封张良为留侯。"
【例句】唐李皓《奉和圣制…》:"佐命留侯业,词华博物才。"唐白居易《从同州刺…》:"留侯爵秩诚虚贵,疏受生涯未苦贫。"唐温庭筠《简同志》:"留侯功业何容易,一卷兵书作帝师。"唐卢纶《奉陪侍中…》:"国泰事留侯,山春纵康乐。"

留侯疾　liú hóu jí
【分类】生活
【关键词】张良
【释义】大臣休养之典。《史记·留侯世家》:"留侯从入关。留侯性多病,即道引不食谷,杜门不出岁余。"
【例句】唐张九龄《奉和圣制…》:"山甫归应疾,留侯功复成。"唐李德裕《余所居平…》:"未谢留侯疾,常怀仲蒿园。"

留侯辟谷　liú hóu bì gǔ
【分类】文化
【关键词】张良
【释义】弃世学仙之典。《史记·留侯世家》:"乃学辟谷,道引轻身。会高帝崩,吕后德留侯,乃强食之,曰:'人生一世间,如白驹过隙,何至自苦如此乎!'留侯不得已,强听而食。"
【例句】唐司空图《有感》:"留侯却粒商翁去,甲第何人意气归。"唐王维《故太子太…》:"留侯常辟谷,何害不长生。"唐白居易《裴侍中晋…》:"乘舟范蠡俱,辟谷留侯饥。"宋沈辽《仙居阁》:"当时留侯强辟谷,黄石老翁悟终身。"

留髡　liú kūn
【分类】生活
【关键词】淳于髡
【释义】用为留客畅饮的典故。《史记·滑稽列传》:"日暮酒阑,合尊促坐,男女同席,履舄交错,杯盘狼藉,堂上烛灭,主人留髡而送客,罗襦襟解,微闻芗泽,当此之时,髡心最欢,能饮一石。"
【例句】唐刘禹锡《武陵书怀》:"筑台先自隗,送客独留髡。"唐陈陶《赠别离》:"杨柳听歌莫向隅,鸡鸣一石留髡醉。"宋苏轼《闻李公择…》:"纵使先生能一石,主人未肯独留髡。"宋曾丰《余以檄出…》:"明年访戴留髡日,大白梨花烂熳酬。"

留三宿　liú sān sù
【分类】政治
【关键词】孟子
【释义】借指在某地羁留待用。泛指留宿。《孟子·公孙丑》:"千里而见王,是予所欲也;不遇故去,岂予所欲哉?予不得已也。予三宿而出昼,于予心犹以为速,王庶几改之!"昼,在今山东临淄西南。庶几,或许。
【例句】唐赵璜《正月》:"世网留三宿,真源寄一杯。"唐薛能《自广汉游…》:"世缺一来应薄命,雨留三宿是前缘。"宋王十朋《送吴宪知叔》:"郡不留三宿,人皆仰二天。"宋李洪《赠法传》:"云山宴坐千春木,尘境难留三宿桑。"

留文　liú wén
【分类】政治
【关键词】张良　萧何
【释义】留侯与文终侯的合称。为咏美功臣之典。《史记·留侯世家》:"汉六年正月…乃封张良为留侯。"《史记·萧相国世家》:"孝惠二年,相国何卒,谥为文终侯。"
【例句】唐翁承赞《文明殿受…》:"吟寄短篇追往事,留文功业不寻常。"

留仙裙　liú xiān qún
【分类】生活
【关键词】赵飞燕
【释义】即有绉褶的裙。为咏皇后轶事之典。《飞燕外传》:"婕妤接帝于太液池…风大起…后裙髀,曰:'顾我顾我!'后扬袖曰:'仙乎,仙乎!去故而就新,宁忘怀乎?'帝曰:'元方为我持后!'元方舍吹持裙…他日,宫姝幸者,或襞裙为绉,号曰'留仙裙'。"
【例句】宋张炎《绿意》:"回首当年汉舞,怕飞去、谩皱留仙裙褶。"宋姚勉《赞磁直阁…》:"留仙裙舞风力软,不知何处荷花香。"明李袭《妓锄田行》:"红楼昔日高入云,云中摇曳留仙裙。"明龚鼎孳《灯屏词次…》:"楼阁凭将结绮猜,留仙裙带斗春来。"

留徐剑　liú xú jiàn
【分类】政治

【关键词】季札

【释义】咏悼念亡友之典。源见"季札挂剑"。

【例句】唐刘长卿《哭魏兼遂》："泛舟悲向子，留剑赠徐君。"唐杜甫《哭李尚书》："欲挂留徐剑，犹回忆戴船。"明何景明《哭以道》："他时若挂留徐剑，忍向桥山觅墓林。"明胡应麟《过晋陵哭…》："吞声欲挂留徐剑，蔓草何因识故丘。"

流杯亭 liú bēi tíng

【分类】生活

【关键词】阖闾

【释义】相传为吴王阖闾游春之处。为咏富贵荣华不永驻的典故，常用以寄托兴衰之慨。《吴地记》："赵晔《吴越春秋》云：'阖闾有女哀怨王先食蒸鱼，乃自杀。王痛之，厚葬于阊门外，其女化为白鹤，舞于吴市，千万人随观之。后陷成湖，号女坟湖。'流杯亭在女坟湖西二百步，阖闾三月三日泛舟游赏之处。"

【例句】五代花蕊夫人徐氏《宫词》："春日龙池小宴开，岸边亭子号流杯。"宋连文凤《流杯亭》："流杯亭下水无声，满地牛羊野草腥。"明奠奎《打碑》："流杯亭石何年破，立马镌名几字存"明皇甫涍《宴东湖流…》："流杯亭上酹，修竹乱溪沄。"

流金 liú jīn

【分类】生活

【关键词】楚辞

【释义】咏酷暑之典。《楚辞·招魂》："十日代出，流金铄石。"汉王逸注："铄，销也。言东方有扶桑之木，十日并在其上，以次更行，其热酷烈，金石坚刚，皆为销释也。"

【例句】唐韩偓《再思》："流金铄石玉长润，败柳凋花松不知。"唐李峤《晚秋喜雨》："国惧流金告，人深悬磬忧。"宋杨亿《慧初道人…》："畏日流金征路远，长松偃盖旧房幽。"宋钱惟济《苦热》："蘋末风休飞阁深，亭亭日御渐流金。"

流民图 liú mín tú

【分类】政治

【关键词】郑侠

【释义】亦称郑侠图。借指反映民间疾苦的作品。《东轩笔录》："熙宁六七年，河东、河北、陕西大饥，百姓流移于京师就食者，无虑数万。选人郑侠监安上门，遂画《流民图》。"《宋史·郑侠传》载：宋神宗看后，下责躬诏，罢保甲、青苗法等。

【例句】宋萧立之《赠周材叔…》："江南和籴米如珠，急图流民献天子。"宋洪咨夔《荆公》："但怪画图来郑侠，何期奏议出唐坰。"明李东阳《题清明上…》："丰亨豫大纷彼徒，当时谁进流民图。"明韩雍《送同年杨…》："忧勤已辨崔峣树，忠节还陈郑侠图。"明张弼《送宋秋官…》："懒提动鼠张汤笔，谁献监门郑侠图。"

流沫 liú mò

【分类】文化

【关键词】庄子

【释义】谓水势激湍腾沫。《庄子·达生》："孔子观于吕梁，县水三十仞，流沫四十里，鼋鼍鱼鳖之所不能游也。"口中流涎沫。汉扬雄《解嘲》："蔡泽，山东之匹夫也，颇颐折颜，涕唾流沫。"

【例句】唐李白《望庐山瀑…》："飞珠散轻霞，流沫沸穹石。"唐李商隐《韩碑》："愿书万本诵万遍，口角流沫右手胝。"宋梅尧臣《游水帘岩》："穿藤出溪口，流沫萦山足。"宋苏轼《百步洪》："四山眩转风掠耳，但见流沫生千涡。"宋何梦桂《送阮梅》："仙流沫吕梁游十仞，抟风溟海上三千。"

流水绕孤村 liú shuǐ rào gū cūn

【分类】生态

【关键词】隋炀帝

【释义】潺潺的河流环绕着孤独的村庄。形容农村的自然风貌。隋炀帝杨广诗："寒鸦飞数点，流水绕孤村。斜阳欲落处，一望暗消魂。"

【例句】宋秦观《满庭芳》："斜阳外，寒鸦万点，流水绕孤村。"宋释祖珍《偈》："是处青山可埋跟，白云流水绕孤村。"宋释慧远《偈颂》："潦倒南泉没碑记，夜随流水绕孤村。"清田雯《村望》："数点寒鸦投远树，一川流水绕孤村。"

流霞 liú xiá

【分类】文化

【关键词】酒

【释义】即霞杯、霞觞。指仙人饮料，亦借指美酒。《论衡·道虚》："居月之劳，其寒凄怆，口饥欲食，仙人辄饮我以流霞一杯。每饮一杯，数月不饥。"

【例句】唐李百药《安德山池…》："细草开金埒，流霞泛羽觞。"唐李峤《池》："诗情对明月，云曲拂流霞。"唐许碏《醉吟》："阆苑花前是醉乡，踏翻王母九霞觞。"唐曹唐《送刘尊师…》："霞觞共饮身虽在，风驭难倍迹未开。"唐李白《游泰山》："含笑引素手，遗我流霞杯。"唐许浑《赠萧鍊师》："旄节纤腰举，霞杯皓腕斟。"

流幽州 liú yōu zhōu

【分类】政治

【关键词】舜

【释义】比喻惩办坏人或贬谪罪臣。《尚书·舜典》："流共工于幽州，放驩兜于崇山，窜三苗于三危，殛鲧于羽山；四罪而天下咸服。"

【例句】唐韩愈《永贞行》："膺图受禅登明堂，共流幽州鲧死羽。"宋文天祥《涿鹿》："迩来三千年，王气行幽州。"

流转 liú zhuǎn

【分类】政治

【关键词】董卓

【释义】流离转徙。《后汉书·董卓传》："黄巾余党郭太等复起西河白波谷，转寇太原，遂破河东，百姓流转三辅。"指诗文流畅圆转。《南史·王筠传》："好诗圆美流转如弹丸。"

【例句】唐杜甫《曲江》:"传语风光共流转,暂时相赏莫相违。"唐白居易《秋晚》:"光阴流转忽已晚,颜色凋残不如昨。"唐赵嘏《八月二十…》:"无奈风光易流转,强须倾酒一杯筋。"宋李之仪《兼江祥瑛…》:"弹丸流转即轻举,龙蛇飞动真超然。"

琉璃 liú li

【分类】生活
【关键词】西域传
【释义】一种有色半透明的玉石。诗文中常喻晶莹碧透之物。《后汉书·西域传·大秦》:"土多金银奇宝、有夜光璧、明月珠、骇鸡犀、珊瑚、虎魄、琉璃、琅玕、朱丹、青碧。"
【例句】唐郭震《古剑篇》:"琉璃玉匣吐莲花,错镂金环映明月。"唐李世民《题龟峰山》:"天开云现琉璃碧,日落霞明玛瑙红。"唐李白《自汉阳病…》:"去岁在迁夜郎道,琉璃砚水长枯槁。"唐元稹《酬乐天寄》:"水魄轻涵黛,琉璃薄带尘。"

柳边 liǔ biān

【分类】文化
【关键词】杜甫
【释义】柳树旁。借指纯色或闲暇之意。唐杜甫《晚出左掖》:"退朝花底散,归院柳边迷。"仇兆鳌注引《文昌杂录》:"唐殿庭多种花柳。"
【例句】唐温庭筠《利州南渡》:"坡上马嘶看棹去,柳边人歇待船归。"唐温庭筠《哭王元裕》:"柳边犹忆青骢影,坟上俄生碧草烟。"唐罗邺《洛水》:"桥畔月来清见底,柳边风紧绿生波。"宋方蒙仲《和刘后村…》:"花底柳边真梦事,居然短褐鬓如丝。"

柳家汀洲 liǔ jiā tīng zhōu

【分类】生态
【关键词】柳恽
【释义】咏吴兴之典。南朝梁柳恽为吴兴太守时,写有"汀洲采白萍"句。源见"吟白萍"。
【例句】唐朱长文《吴兴送梁…》:"柳家汀洲孟冬月,云寒水清荻花发。"唐白居易《裴侍中晋…》:"柳恽在江南,只赋汀洲诗。"唐皎然《奉酬于中…》:"伊昔柳太守,曾赏汀洲蘋。"唐陆龟蒙《严子重以…》:"只有汀洲连旧业,岂无章疏动遗文。"

柳郎 liǔ láng

【分类】文化
【关键词】柳永
【释义】对北宋著名词人,婉约派代表人物柳永的美称。宋苏轼《与鲜于子骏书》:"近却颇作小词,虽无柳七郎风味,亦自是一家。"
【例句】宋王洋《赋洞庭柑》:"重待扁舟落吾手,为君先报柳郎回。"宋汪莘《鹊桥仙》:"曲终金石满吾庐,争羡少、柳家风味。"明汪琬《湖上杂曲》:"鸳央如有意,飞上柳郎祠。"清查慎行《题顾桓吴…》:"此景此图谁会得,江郎赋笔柳郎词。"

柳老悲桓 liǔ lǎo bēi huán

【分类】生活
【关键词】桓温
【释义】谓人老感叹华年易逝。源见"汉南柳"。
【例句】唐韩翃《留题宁川…》:"柳放寒条秋已老,雁摇孤翼暮空回。"唐李嘉祐《九日》:"叹老堪嗟柳,伤秋对白蘋。"唐白居易《池边》:"柳老香丝宛,荷新钿扇圆。"宋姜夔《永遇乐》:"柳老悲桓,松高对阮,未办为邻地。"

柳柳州 liǔ liǔ zhōu

【分类】文化
【关键词】柳宗元
【释义】柳宗元,字子厚。唐宋八大家之一。因是河东人,终于柳州刺史任上,人称柳河东或柳柳州。唐柳宗元《种柳戏题》:"柳州柳刺史,种柳柳江边。"
【例句】宋李光《次韵元裕…》:"相望柳柳州,追配韩潮阳。"宋李弥逊《和明甫南…》:"寻源探穴上林丘,宛似愚溪柳柳州。"宋王十朋《杨溪》:"临溪更年青青木,故事专同柳柳州。"宋王之望《和制帅》:"词章怪底犹雄健,棠荫曾联柳柳州。"

柳七郎 liǔ qī láng

【分类】文化
【关键词】柳永
【释义】宋柳永排行第七,人以此称之。源见"柳郎"。
【例句】宋程正同《朝中措》:"周郎学识,秦郎风度,柳七文章。"宋刘克庄《哭孙李蕃》:"相君未识陈三面,儿女多知柳七名。"宋刘克庄《病中杂兴》:"柳七葬淮头,营妓岁沥酒。"宋方回《送紫阳王…》:"欧九登庸柳七弃,昭陵曾筑太平基。"

柳三变 liǔ sān biàn

【分类】文化
【关键词】柳永
【释义】北宋著名词人柳永,原名三变。《滹水燕谈录》:"柳三变,景祐末登进士第,有俊才,尤精乐章,后以疾更名永,字耆卿。"
【例句】宋李清照《句》:"露花倒影柳三变,桂子飘香张九成。"宋方一夔《秋晚杂兴》:"词度柳三变,书临顾八分。"清吴绮《用前韵赠…》:"新词独许柳三变,老友无过陶九成。"清朱彝尊《龚尚书挽诗》:"檀板柳三变,金荃温八叉。"

柳生左肘 liǔ shēng zuǒ zhǒu

【分类】政治
【关键词】庄子
【释义】喻指疾病或灾变。《庄子·至乐》:"俄而柳生其左肘,其意蹶蹶然恶之。"郭庆藩集释引郭嵩焘曰:"柳,瘤字,一声之转。"

【例句】唐王维《老将行》:"昔时飞箭无全目,今日垂杨生左肘。"唐贾岛《元日女道…》:"立听师语了,左肘系符归。"宋蔡襄《和答孙推…》:"穷秋忽闻感疾恙,斗蚁入床扬左肘。"聂绀弩《春夜诣迹…》:"乙夜言谈杨左肘,故人居住李东街。"

柳吴兴 liǔ wú xīng

【分类】文化

【关键词】柳恽

【释义】指柳恽,南朝梁著名诗人、音乐家、棋手。曾两度为吴兴太守。为咏才子、循吏之典。《梁书·柳恽传》:"恽立行贞素,以贵公子早有令名,少工篇什…至是预宴曲,必被诏赋诗…复为吴兴太守六年,为政清静,民吏怀之。"

【例句】唐李益《九月十…》:"柳吴兴近无消息,张长公贫苦寂寥。"唐张又新《吹台山》:"应谓焦桐堪采斫,不知谁是柳吴兴。"唐李商隐《西溪》:"苦吟防柳恽,多泪怯杨朱。"宋晁说之《近作小池…》:"过尽秋风独不见,此时肠断柳吴兴。"

柳下官资 liǔ xià guān zī

【分类】政治

【关键词】柳下惠

【释义】咏官卑禄薄之典。《论语·微子》:"柳下惠为士师,三黜。人曰:'子未可以去乎?'曰:'直道而事人,焉往而不三黜?枉道而事人,何必去父母之邦?'"《孟子·万章下》:"柳下惠不羞污君,不辞小官…厄穷而不悯。"

【例句】唐高骈《依韵奉酬…》:"柳下官资颜子居,闲情入骨若为除。"唐吴筠《柳下惠》:"百行既无点,三黜道弥真。"宋李觏《女色无定…》:"柳下无仲尼,小官终灭磨。"宋苏轼《子由生日》:"端如柳下惠,焉往不三黜。"

柳巷花街 liǔ xiàng huā jiē

【分类】生活

【关键词】续传灯录

【释义】旧指妓院聚集之处。宋释惟白《续传灯录·广慧冲云禅师》:"诸佛出兴,随缘设教,或茶房酒肆,徇器投机;或柳巷花街,优游自在。"

【例句】唐吕岩《敲爻歌》:"花街柳巷觅真人,真人只在花街玩。"清刘大观《感旧》:"比邱不是佛中人,柳巷花街染孽尘。"清费椿龄《示儿葆和诗》:"心猿意马常牢锁,柳巷花街勿浪游。"聂绀弩《即事用雷…》:"虽邻柳巷岂花街,不为借书死不来。"

柳眼 liǔ yǎn

【分类】文化

【关键词】元稹

【释义】早春初生的柳叶如人睡眼初展,因以为称。唐元稹《生春》:"何处生春早,春生柳眼中。"

【例句】唐路半千《赏春》:"呼童远取溪心水,待客来煎柳眼茶。"唐元稹《寄乐天》:"冰销田地芦锥短,春入枝条柳眼低。"唐韦庄《含香》:"微红几处花心吐,嫩绿谁家柳眼开。"唐齐己《渚宫西城…》:"风摇柳眼开烟小,暖逼兰芽出土齐。"

柳毅传书 liǔ yì chuán shū

【分类】生活

【关键词】柳毅

【释义】表示不畏艰险、救人危难或咏。男女爱情的典故。《柳毅传》:"柳毅下第归湘滨,至泾阳,见妇人牧羊,曰:'妾洞庭龙君小女,嫁泾川次子,为婢妾所惑,毁黜至此。闻君将还,托寄尺书。'"柳毅将书信传交洞庭君,龙女因而获救,后龙女追随柳毅回至尘世,两人终结为夫妻。

【例句】宋华岳《读苏武李…》:"柳毅不行沙漠路,却凭归雁为传书。"明王恭《题山水图》:"空陵草没皇英骨,古井苔荒柳毅泉。"明苏仲《游君山》:"柳毅井边青草绕,轩辕台上白云闲。"明何景明《寄君山》:"空岩竹映湘妃庙,旧井潮深柳毅祠。"

六百步 liù bǎi bù

【分类】政治

【关键词】苏秦

【释义】意指联合六国以抗秦军之典。《史记·苏秦列传》:苏秦"说韩宣王曰:'韩北有巩、成皋之固…带甲数十万,天下之强弓劲弩皆从韩出。溪子、少府时力、距来者,皆射六百步之外。'"

【例句】唐李峤《弩》:"苏秦六百步,持此说韩王。"宋喻汝砺《八阵图》:"距垒直射六百步,房尸蔽江一千里。"清阮元《珠湖草堂…》:"曲渠如碧环,循行六百步。"清汤贻汾《十七日自…》:"筑场六百步,种柳千万株。"

六察 liù chá

【分类】政治

【关键词】监察御史

【释义】唐宋时置监察御史,分察六部、六事,号六察官。亦为监察御史的代称。《新唐书·百官志》:"监察御史…掌分察百寮,巡按州县,狱讼、军戎、祭祀、营作、太府出纳皆莅焉。"

【例句】宋洪适《余吏部…》:"入台光六察,言事过同寮。"宋赵蕃《送周守》:"而于守令最注意,往往六察并郎官。"宋赵蕃《送莫万安》:"六察与郎官,迁除匪他径。"元张知言《上御史》:"岂但乘骢司六察,会看补衮上三台。"

六尘 liù chén

【分类】文化

【关键词】楞严经

【释义】佛教语,指六尘,即色、声、香、味、触、法。《楞严经·卷四》:"谓此六尘能以眼、耳等六根为媒介,劫掠法财,损害善性,故称。"六根:眼、耳、鼻、舌、身、意。

【例句】唐道世《颂》:"冀除五昏盖,方悟六尘轻。"唐苏颋《利州北佛…》:"地疑三界出,空是六尘销。"唐白居易《和送刘道…》:"尚色是香味,六尘之所熏。"唐苏颋《利州北佛…》:"地疑三界出,空是六尘销。"

六出花　liù chū huā
【分类】文化
【关键词】韩诗外传
【释义】花分瓣叫"出","六出"就是六个花瓣。雪花六角,因用为雪花的别名。宋李昉《太平御览》引《韩诗外传》"凡草木花多五出,雪花独六出。"
【例句】唐熊孺登《雪中答僧书》:"八行银字非常草,六出天花尽是梅。"唐刘叉《冰柱》:"天人一夜剪琼瑛,诘旦都成六出花。"唐徐夤《和尚书咏…》:"千寻练striving年在,六出花开夏日消。"聂绀弩《钟三四清归》:"陌上霏微六出花,先生归缓四清夸。"

六典　liù diǎn
【分类】政治
【关键词】周礼
【释义】古代六方面的治国之法。《周礼注疏·大宰》:"大宰之职,掌建邦之六典,以佐王治邦国:一曰治典,以经邦国,以治官府,以纪万民……六曰事典,以富邦国,以任百官,以生万民。"
【例句】唐白居易《道州民美…》:"城云臣按六典书,任土贡有不贡无。"宋刘攽《挽伏德华…》:"黉堂深惜昔,六典共寻源。"宋姚颖《句》:"六典未新周礼乐,三河正想汉官仪。"元刘崧《公文契尚…》:"礼乐远稽周六典,声华肯让汉诸贤。"

六丁　liù dīng
【分类】文化
【关键词】卜忌
【释义】咏道教之典。道教认为六丁(丁卯、丁巳、丁未、丁酉、丁亥、丁丑)为阴神,为天帝所役使,道士则可用符箓召请,以供驱使。《后汉书·梁节王畅传》:"畅性聪惠,然少贵骄,颇不遵法度。归国后,数有恶梦,从官卜忌自言能使六丁,善占梦,畅数使卜筮。"
【例句】唐韩愈《调张籍》:"仙官敕六丁,雷电下取将。"宋孔武仲《次韵和王…》:"南帝尊严敕六丁,剡湘为砚岳为屏。"宋王令《寒林石屏》:"天公怒恐浸成就,六丁桃斧摩云挥。"宋张耒《听客话澶…》:"城上黄旗坐真主,夜遣六丁张猛弩。"

六飞　liù fēi
【分类】政治
【关键词】爰盎
【释义】古代指皇帝的车驾六马,疾行如飞。《汉书·爰盎晁错列传》:"今陛下骋六飞,驰不测山,有如马惊车败,陛下纵自轻,奈高庙、太后何?"
【例句】唐司马扎《观郊礼》:"钟鼓旌旗引六飞,玉皇初著画龙衣。"唐杜牧《长安杂题…》:"六飞南幸芙蓉苑,十里飘香入夹城。"唐罗隐《岐王宅》:"承平旧物惟君尽,犹写雕鞍六飞。"宋程宿《旅舍述怀》:"淹留恐复荒三径,潦倒

宁堪护六飞。"

六符　liù fú
【分类】政治
【关键词】东方朔
【释义】谓三台六星的符验。称颂朝廷或辅臣之词。《汉书·东方朔传》:"愿陈泰阶六符,以观天变,不可不省。"三国魏孟康注:"泰阶,三台也,台星凡六星。六符,六星之符验也。"古代认为天分为"三阶",或称"三台",每台二星共为六星。符,是每星相应的符验,即天象与世事的对照反应。
【例句】唐权德舆《奉和新卜…》:"六符既昭晰,万象随陶钧。"宋石延年《赠人》:"六符摇斗极,八座冠文章。"宋宋祁《程密学知…》:"只恐廉襦歌未厌,萤煌归应六符星。"宋沈遘《七言和吴…》:"承明待诏尽名儒,一愿当君奏六符。"

六宫　liù gōng
【分类】政治
【关键词】周礼
【释义】《周礼·天官·内宰》载:古代皇帝设六宫,正寝(日常处理政务之地)一,燕寝(休息之地)五,合称六宫。
【例句】唐高适《遇冲和先生》:"万乘亲问道,六宫无敢听。"唐牛峤《红蔷薇》:"若缀寿阳公主额,六宫争肯学梅妆。"唐白居易《长恨歌》:"回眸一笑百媚生,六宫粉黛无颜色。"唐李贺《贝宫夫人》:"六宫不语一生闲,高悬银榜照青山。"

六合　liù hé
【分类】政治
【关键词】庄子
【释义】天地四方,整个宇宙的巨大空间。喻指天下、人世间。《庄子·齐物论》:"六合之外,圣人存而不论;六合之内,圣人论而不议。"唐成玄英疏:"六合者,谓天地四方也。"
【例句】唐沈佺期《和户部岑…》:"大君制六合,良佐参万机。"唐李白《古风》:"秦王扫六合,虎视何雄哉!"唐杜甫《北风》:"十年杀气盛,六合人烟稀。"唐苏涣《变律》:"居然六合外,旷哉天地德。"唐韦应物《骊山行》:"缵承鸿业圣明君,威震六合驱妖氛。"

六珈　liù jiā
【分类】生活
【关键词】诗经
【释义】古贵族妇女发簪上的玉饰。《诗经·鄘风·君子偕老》:"君子偕老,副笄六珈。"汉毛传:"副者,后夫人之首饰编发为之。笄,衡笄也。珈,笄饰之最盛者,所以别尊卑。"汉郑玄笺:"珈之言加也。副既笄而加饰,如今步摇上饰。"古时王后和诸侯夫人编发作假髻,称为副;副需用衡笄别在头上,衡笄即横簪,笄上加玉饰叫珈。珈数多寡不一,六珈为侯伯夫人之饰。

【例句】唐柳宗元《同刘二十…》："册府荣八命,中闱盛六珈。"宋苏颂《秦国夫人…》："旧宅邻三徙,新恩副六珈。"宋孙觌《永嘉郡夫…》："彩服联三组,褕衣珥六珈。"宋王洋《挽杨承事…》："疏恩合自开新邑,比德还应副六珈。"

六甲　liù jiǎ
【分类】生活
【关键词】汉书
【释义】用天干地支相配计算时日,其中有甲子、甲戌、甲申、甲午、甲辰、甲寅,故称。《汉书·食货志上》："八岁入小学,学六甲五方书计之事,始知室家长幼之节。"指妇女怀孕称身怀六甲。
【例句】唐柳宗元《龟背戏》："八方定位开神卦,六甲离离齐上下。"唐无名氏《阴长生口诀》："七月怀胎分六甲,终岁人转乃成真。"唐李商隐《戊辰会静…》："戏掷万里火,聊召六甲旬。"唐沈佺期《则天门赦…》："六甲迎黄气,三元降紫泥。"

六甲　liù jiǎ
【分类】文化
【关键词】张说
【释义】道教神名,供天帝驱使的阳神;道士可用符箓召请以祈禳驱鬼。唐张说《大唐祀封禅颂》："天老练书,雨师洒道,六甲按队,八阵警跸。"也谓道教符箓名。
【例句】唐沈佺期《则天门赦…》："六甲迎黄气,三元降紫泥。"唐柳宗元《龟背戏》："八方定位开神卦,六甲离离齐上下。"唐褚载《赠道士》："六甲威灵藏瑞检,五龙雷电绕霜都。"宋周密《赠李若虚》："袖中六甲三关式,肘后千金九炼丹。"

六经　liù jīng
【分类】政治
【关键词】庄子
【释义】指经过孔子整理而传授的六部先秦古籍。《庄子·天运》：即《诗》《书》《礼》《易》《春秋》《乐经》。也有称六经为六艺。
【例句】唐杜甫《奉酬薛十…》："不是无膏火,劝郎勤六经。"唐黄滔《奉和翁文…》："山简愧兼诸郡命,郑玄惭秉六经权。"宋林逋《寄傅霖》："葛蔓烟枯束六经,高廉浑与昔贤停。"聂绀弩《答钟书》："老怀一刻如能遣,生面六经匪所思。"

六经心醉　liù jīng xīn zuì
【分类】文化
【关键词】文中子
【释义】形容十分喜爱,沉醉于古代国学经籍学习研习中。《文中子·事君》："子游河间之渚,河上丈人曰：'何居乎？斯人也。心若醉六经,目若营四海。何居乎？斯人也。'"
【例句】宋彭汝砺《师言》："陋迹已生千古后,微怀方醉六经中。"宋韦骧《和述志》："振职提三尺,潜心醉六经。"宋刘子翚《致中诗戏…》："只应心醉六经醇,自是陶陶晋魏人。"宋黄庭坚《闻致政胡…》："手抄万卷未阁笔,心醉六经还荷锄。"

六龙　liù lóng
【分类】政治
【关键词】羲和
【释义】相传羲和驾六龙为太阳驭车,因以"六龙"指太阳。源见"羲和驭日"。
【例句】唐李白《上皇西巡…》："谁道君王行路难,六龙西幸万人欢。"唐杜甫《晚晴》："六龙寒急光裴回,照我衰颜忽落地。"唐皎然《效古》："六龙驱群动,古今无尽时。"唐戴叔伦《春日早朝…》："六龙扶御日,只许近臣看。"

六梦　liù mèng
【分类】生活
【关键词】周礼
【释义】古代把梦分为六类,根据日月星辰以占其吉凶。《周礼·春官·占梦》："以日月星辰占六梦之吉凶：一曰正梦,二曰噩梦,三曰思梦,四曰寤梦,五曰喜梦,六曰惧梦。"
【例句】唐殷寅《玄元皇帝…》："言因六梦接,庆叶九龄传。"明成鹫《别诸友住静》："六梦懒从醒后说,三心先向死前休。"清黄景仁《悲来行》："周环六梦罗预间,有我无非以悲事。"钱锺书《叔子书来…》："一流顿尽惊身在,六梦徐回视夜阑。"

六奇　liù qí
【分类】政治
【关键词】陈平
【释义】西汉陈平曾为高祖刘邦六次出奇谋。后遂以六奇等指出奇制胜的谋略。《史记·陈丞相世家》："凡六出奇计,辄益邑,凡六益封。奇计或颇秘,世莫能闻也。"
【例句】唐殷济《岁日送王…》："三边罢战犹长策,二国通和藉六奇。"唐黄滔《郎畤李相公》："计吐六奇谁敢敌,学穷三略不须论。"宋黄公度《和宋永兄…》："九械难窥墨翟守,六奇终破白登围。"宋冯时行《和蔡伯世韵》："还收北伐六奇计,归作东游五胜诗。"

六亲　liù qīn
【分类】生活
【关键词】老子
【释义】指血缘关系较近的亲戚。《老子》："六亲不法有孝慈。"王弼注："六亲,父母兄弟夫妇。"历代说法不一。
【例句】唐杜甫《前出塞》："路逢相识人,附书与六亲。"唐王建《路中上田…》："去路何词见六亲,手中刀尺不如人。"唐于濆《织素谣》："一曲古凉州,六亲长血食。"唐李商隐《行次西郊…》："官清若冰玉,吏善如六亲。"

六卿分晋　liù qīng fēn jìn
【分类】政治

【关键词】晋世家
【释义】比喻权臣危及王室。《史记·晋世家》："昭公六年卒。六卿强，公室卑。"唐司马贞《史记索隐》："（顷公）十二年，晋之宗家祁傒孙、叔向子，相恶于君。六卿欲弱公室，乃遂以法尽灭其族，而分其邑为十县，各令其子为大夫。晋益弱，六卿皆大。"
【例句】唐李白《古风》："赵倚两虎斗，晋为六卿分。"唐周昙《文公》："文公徒欲三强服，分晋元来是六卿。"清翁照《咏史》："六卿专权政，《扬水》为之先。"清林纾《七十自寿》："金台讲席就神京，老友承而晋六卿。"

六虱 liù shī
【分类】政治
【关键词】商君书
【释义】谓危害国家的六事。《商君书·弱民》："三官生虱六；曰岁，曰食，曰美，曰好，曰志，曰行…六虱成俗，兵必大败。"
【例句】唐韩愈《泷吏》："得无虱其间，不武亦不文。"宋李流谦《送何子应…》："朝廷未漆月支首，抱戈虎旅衣生虱。"元张仲深《负暄行》："方今战士苦寒栗，介胄生虱罹风霜。"清邵堂《荥阳汉循…》："方今吏局愈败坏，五蠹六虱织人儿。"

六韬 liù tāo
【分类】政治
【关键词】庄子
【释义】兵书名，也作《六弢》。旧题周吕望撰。后泛指兵法韬略。分文韬、武韬、龙韬、虎韬、豹韬、犬韬六卷。《庄子·徐无鬼》："吾所以说吾君者，横说之则以《诗》《书》《礼》《乐》，从说之则以《金板》《六弢》。"
【例句】唐白居易《寄献北都…》："始擅文三捷，终兼武六韬。"唐陈陶《闲居寄太…》："闲来长得留侯癖，罗列楂梨校六韬。"唐韦庄《喻东军》："五运未教移汉鼎，六韬何必待秦师。"五代徐铉《奉和御制棋》："沉思迥觉忘千虑，妙诀终须附六韬。"

六条 liù tiáo
【分类】政治
【关键词】汉书
【释义】汉设刺史，指刺史颁行六条诏书，以考察官吏。《汉书·百官公卿表上》："刺史掌奉宣，周行郡国，省察治状，黜陟能否，断治冤狱，以六条问事，非条所问，即不省。"
【例句】唐权德舆《酬冯绛州…》："六条萦印绶，三晋辨山川。"唐徐安贞《送丹阳采访》："旧俗吴三让，遗风汉六条。"唐张籍《赠李杭州》："仙郎白首未归朝，应为苍生领六条。"五代贯休《蜀王入大…》："六条消息心常苦，一剑晶荧敌尽摧。"

六阳 liù yáng
【分类】政治
【关键词】礼记
【释义】古以天气为阳，地气为阴，十一月至来年四月为阳气上升之时，合称六阳。《礼记·月令》："（孟春之月）天气下降，地气上腾。"唐孔颖达疏："阳气之升，从十一月为始，阳气渐升，阴气渐下；至四月，六阳皆升，六阴皆伏。"
【例句】宋苏轼《真一酒歌》："涉阅四气更六阳，森然不受螟与蝗。"宋度正《上茶使…》："六阳浩荡奏薰风，白雨肥梅篆篆红。"宋何梦桂《入夏初晴》："沴阴抗六阳，入夏苦旬雨。"元陶安《首尾吟》："五月豕羸防至弱，六阳龙亢戒全刚。"

六乐 liù yuè
【分类】生活
【关键词】周礼
【释义】或称六歌、六舞。指黄帝、尧、舜、禹、汤、周武王六代的古乐。泛指音乐。《周礼注疏·大司徒》："以六乐防万民之情，而教之和。"汉郑玄注引郑司农曰："六乐，谓《云门》《咸池》《大韶》《大夏》《大濩》《大武》。"
【例句】宋史浩《寄居庆汪…》："笑捧一卮龟鹤寿，欢腾六乐凤鸾鸣。"宋胡宿《大庆殿元会》："后夔六乐调时律，太皞千春入御樽。"宋周紫芝《时宰相生…》："甘泉羽书久不至，六乐初成礼初备。"元柳贯《次伯长待…》："三辰上应旒旍象，六乐中陈鼓吹词。"

六一词 liù yī cí
【分类】文化
【关键词】欧阳修
【释义】宋欧阳修所撰词集。因其疏隽、深婉，受后世追崇。《直斋书录解题·歌词类》："《六一词》一卷，欧阳文忠公修撰。"
【例句】宋王十朋《五月四日…》："愿因角黍询遗俗，学士宁无六一词。"宋刘辰翁《摸鱼儿》："便六一词高，君谟字伟，但见说行昼。"

六一居士 liù yī jū shì
【分类】文化
【关键词】欧阳修
【释义】欧阳修，晚号六一居士。唐宋八大家之一。主修《新唐书》，独撰《新五代史》。《欧阳修全集·六一居士传》："吾家藏书一万卷，集录三代以来金石遗又一千卷，有琴一张，有棋一局，而常置酒一壶。""以吾一翁，老于此五物之间，不为六一乎？"
【例句】宋李处权《次韵德基…》："六一居士最能赋，东坡先生追撚髭。"宋杨万里《跋王顺伯…》："皇朝爱碑首欧阳，集古万卷六一堂。"明王世贞《酌六一泉…》："六一居士迹不到，千古人呼六一泉。"

六一泉 liù yī quán
【分类】生态
【关键词】欧阳修
【释义】在杭州西湖孤山。欧阳修晚年自号六一居士，与西湖僧惠勤交好。后苏轼为纪念欧公与惠勤，将寺后泉水命名为六一泉，喻瀹茶之清泉。宋苏轼《六一泉铭》："乃取勤旧语，推其本意，名之曰'六一泉'。"

【例句】宋苏轼《次韵聪上…》："不似欧阳子，空留六一泉。"宋杨万里《古风敬次…》："螺浦晓酌六一泉，露冕期月惠化传。"宋杨万里《以六一泉…》："细参六一泉中味，故有涪翁句子香。"宋周密《重游孤山…》："茗碗清分六一泉，暗香曾赋月娟娟。"

六衣 liù yī

【分类】政治
【关键词】周礼
【释义】咏皇后之典。《周礼注疏·内司服》："内司服掌王后之六服：袆衣、揄狄、阙狄、鞠衣、展衣、缘衣。"周朝时，王后有六种服饰，称六衣，分别为祭服（袆衣、揄狄、阙狄）、告桑之服（鞠衣）、朝服（展衣）和便服（缘衣）。
【例句】唐薛能《恭禧皇太…》："平生六衣在，曾著祀高禖。"五代徐铉《纳后夕侍…》："六衣盛礼礼如金屋，彩笔分题似柏梁。"金赵秉文《明惠皇后…》："蘋藻亲三奠，袆褕备六衣。"明王世贞《大行方皇…》："深宫六衣卷，导扇五华层。"

六艺 liù yì

【分类】政治
【关键词】周礼
【释义】周王官学要求学生掌握的六种基本才能。《周礼·保氏》："养国子以道，乃教之六艺：一曰五礼，二曰六乐，三曰五射，四曰五御，五曰六书，六曰九数。"
【例句】唐孟郊《读张碧集》："天宝太白殁，六艺已消歇。"唐皮日休《七爱诗》："立身百行足，为文六艺全。"唐刘禹锡《南海马大…》："身在绛纱传六艺，腰悬青绶亚三台。"唐李山甫《山中寄梁…》："星郎雅是道中侣，六艺拘牵在隗台。"

六鹢退飞 liù yì tuì fēi

【分类】生活
【关键词】春秋
【释义】咏人失意，或咏风。《春秋·僖公十六年》："六鹢退飞，过宋都。"杜预注："鹢，水鸟。高飞遇风而退。"宋人以为灾，告于诸侯，故书。《史记·宋微子世家》："六鹢退蜚，风疾也。"
【例句】宋张镃《改旧诗戏成》："全牛迎刃未能解，六鹢遇风先退飞。"宋陆游《感事》："倚楼不用悲身世，倦鹢无风亦退飞。"元郑洪《寄张景叔…》："七州聚铁不成错，六鹢过都甘退飞。"聂绀弩《六鹢》："六鹢何因定退飞，秦人似比越人肥。"

六印 liù yìn

【分类】政治
【关键词】苏秦
【释义】指战国时苏秦佩六国相印。《史记·苏秦列传》："于是六国从合而并力焉。苏秦为从约长，并相六国…嫂委蛇蒲服，以面掩地而谢曰：'见季子位高金多也。'"
【例句】唐李白《魏郡别苏…》："六印虽未佩，轩车若飞龙。"唐杜甫《瘦马行》："细看六印带官字，众道三军遗路旁。"唐崔道融《过农家》："苏秦无负郭，六印又如何。"唐杜牧《赠别》："苏秦六印归何日，潘岳双毛去值秋。"

六英 liù yīng

【分类】生活
【关键词】吕氏春秋
【释义】古乐名。相传为帝喾或颛顼之乐。《吕氏春秋·古乐》："帝喾令咸黑作为声歌：《九招》《六列》《六英》。"也喻雪花。
【例句】唐刘禹锡《历阳书事…》："早忝游三署，曾闻奏《六英》。"唐陆龟蒙《奉酬袭美…》："海浪刷三岛，天风吹六英。"宋范仲淹《依韵酬毌…》："奉制歌三秀，称觞听六英。"宋李纲《次韵志宏…》："六英飘舞片片好，谁与刻削嗟神工。"

六月兵 liù yuè bīng

【分类】政治
【关键词】诗经
【释义】咏王师出征之典。《诗经·小雅·六月》："六月栖栖，戎车既饬。"意为：六月检阅真忙碌，兵车都已经排列整齐。《六月·序》："《六月》，宣王北伐也。"
【例句】唐崔日用《奉和圣制…》："吉日四黄马，宣王六月兵。"宋释怀深《洞庭十二偈》："六月江头兵未休，尽向众生心上起。"明王应鹏《次瓜州有述》："淮北三年水，江西六月兵。"明欧大任《塞下曲》："吉囊莫向硝河渡，曾见泾阳六月兵。"

六月飞霜 liù yuè fēi shuāng

【分类】政治
【关键词】邹衍
【释义】咏冤狱、冤情之典。《论衡·感虚》："邹衍无罪，见拘于燕，当夏五月，仰天而叹，天为陨霜。"唐张说《狱箴》："匹夫结愤，六月飞霜。"
【例句】唐灵澈《简寂观》："五月有霜六月寒，时见山翁来取雪。"唐吕岩《七言》："三冬大热玄中火，六月霜寒表外阴。"宋彭汝砺《送正夫之郓》："清河如练月如霜，六月舟行亦自凉。"聂绀弩《答迩冬托…》："千诗举火羊头硬，六月飞霜狗脸皴。"

六凿相攘 liù záo xiāng rǎng

【分类】生活
【关键词】庄子
【释义】指喻感观心灵受世事干扰影响之意。六凿，指耳、目等六孔。《庄子·外物》："目彻为明，耳彻为聪，鼻彻为颤，口彻为甘，心彻为知，德彻为德。凡道不欲壅，壅则哽，哽而不止则跈，跈则众害生。…室无空虚，则妇姑勃谿；心无天游，则六凿相攘。"

【例句】宋苏轼《次韵秦太…》："大朴初散失浑沌，六凿相攘更胜坏。"宋苏轼《送塞道士…》："心无天游室不空，六凿相攘如争席。"宋李之仪《题僧道符…》："六凿相攘不暂休，超然谁复与天游。"宋李弥逊《虞仲通判…》："此声不属闻中取，六凿相攘竟谁主。"

六贼 liù zéi
【分类】文化
【关键词】涅槃经
【释义】佛教语。指六根，即眼、耳、鼻、舌、身、意。《涅槃经》："六大贼者即外六尘。菩萨摩诃萨观此六尘如六大贼。何以故。能劫一切诸善法故。"
【例句】唐道世《颂》："五欲混神因，六贼乱心色。"唐道世《颂》："四魔恒相娆，六贼竟来牵。"唐王梵志《回波乐》："六贼都成体，败坏一时分。"唐白居易《斋戒》："六贼定知无气色，三尸应恨少恩情。"唐吕岩《七言》："活捉三尸焚鬼窟，生禽六贼破魔宫。"

六州铸错 liù zhōu zhù cuò
【分类】政治
【关键词】罗绍威
【释义】谓造成大错，后悔莫及。源见"铸成大错"。
【例句】宋洪咨夔《酬程嘉定…》："六州铁铸错，四海金为瓯。"宋方岳《旧传有客…》："铸错空糜六州铁，补鞋不似两钱锥。"宋释月涧《偈颂》："天下名山到因脚，六州之铁难铸错。"明王世贞《思归吟》："千言辨讳讳奈何，六州铁铸错更多。"

六铢衣 liù zhū yī
【分类】文化
【关键词】长阿含经
【释义】指佛、仙之衣。《长阿含经·世纪经忉利天品》："忉利天衣重六铢，炎摩天衣重三铢，兜率天衣重二铢半，化乐天衣重一铢，他化自在天衣重半铢。"谓佛衣轻而薄。
【例句】唐宋之问《奉和幸大…》："欲知皇运远，初拂六铢衣。"唐顾况《归阳萧寺…》》："身披六铢衣，亿劫为大仙。"唐权德舆《晚秋陪崔…》》："银钩三洞字，瑶笥六铢衣。"唐韦庄《送福州王…》》："八韵赋吟梁苑雪，六铢衣惹杏园风。"唐徐夤《云》："似盖好临千乘载，如罗堪剪六铢衣。"

飂叔豢龙 liù shū huàn lóng
【分类】政治
【关键词】龙
【释义】咏龙之典。《左传·昭公二十九年》："昔有飂叔安，有裔子曰董父，实甚好龙，能求其耆欲以饮食之，龙多归之，乃扰畜龙，以服事帝舜，帝赐之姓曰董，氏曰豢龙。"汉杜预注："飂，古国也。叔安，其君名。"
【例句】唐李贺《马诗》："飂叔去匆匆，如今不豢龙。"宋刘克庄《喜雨》："虽无豢龙氏，尚有斩蛟侯。"宋梅尧臣《依韵和刘…》："山寻顺风处，城得豢龙迁。"宋李新《送刘金部》："千载誓言飞将种，一生归报豢龙孙。"

龙变 lóng biàn
【分类】政治
【关键词】史记
【释义】谓神奇变化。也喻乘时兴起。《史记·封禅书》："今鼎至甘泉，光润龙变，承休无疆。"《史记·外戚世家褚少孙论》："丈夫龙变。《传》曰：'蛇化为龙，不变其文；家化为国，不变其姓。'"
【例句】唐张说《舞马千秋…》："连骞势出鱼龙变，蹀躞骄生鸟兽行。"唐韦庄《放榜日作》："喜水雾中龙乍变，猴山烟外鹤初飞。"唐姚鹄《将归蜀留…》》："龙变偶因资巨浪，鸟飞谁肯借高风。"五代贯休《少监》："荀氏门风龙变化，谢家庭树玉扶疏。"

龙伯钓鳌 lóng bó diào áo
【分类】文化
【关键词】鳌
【释义】喻超凡豪迈的行动举止。《列子·汤问》："（勃海之东）有五山焉：一曰岱舆，二曰员峤，三曰方壶（方丈），四曰瀛洲，五曰蓬莱。其山高下周旋三万里，其顶平处九千里…所居之人皆仙圣之种…而五山之根无所连著，乃命愚强使巨鳌十五举首而戴之…五山始峙。而龙伯之国有大人，举足不盈数步而暨五山之所，一钓而连六鳌…于是岱舆、员峤二山流于北极，沉于大海。"
【例句】唐司空图《淮西》："鳌冠三山安海浪，龙盘九鼎镇皇都。"唐李商隐《异俗》："点对连鳌饵，搜求缚虎符。"唐李白《赠薛校书》："未夸观涛作，空郁钓鳌心。"唐杜甫《荆南兵马…》："苍水使者扪赤绦，龙伯国人罢钓鳌。"

龙城 lóng chéng
【分类】政治
【关键词】匈奴
【释义】又称龙庭，匈奴祭天，大会诸部处。在今蒙古国鄂尔浑河西侧的和硕柴达木湖附近。《汉书·匈奴传下》："五月，大会龙城，祭其先、天地、鬼神。"
【例句】唐王绩《在边》："雁门霜雪苦，龙城冠盖稀。"唐李义府《和边塞秋…》："霜结龙城吹，冰照龟林月。"唐虞世南《从军行》："涂山烽候惊，弭节度龙城。"唐骆宾王《秋晨同淄…》》："盖阴连凤阙，阵影翼龙城。"

龙笛 lóng dí
【分类】文化
【关键词】马融
【释义】指笛子，据说其声似水中龙鸣。后多指管首为龙形的笛。汉马融《长笛赋》："龙鸣水中不见已，截竹吹之声相似。"
【例句】唐唐远悊《奉和送金…》："龙笛迎金榜，骊歌送锦轮。"唐李白《陪宋中丞…》："龙笛吟寒水，天河落晓霜。"唐韩偓《梅花》："龙笛远吹胡地月，燕钗初试汉宫妆。"唐章碣《癸卯岁毗…》："凤笙龙笛数巡酒，红树碧山无限诗。"

龙额侯　lóng é hóu
【分类】政治
【关键词】韩说
【释义】咏功臣之典。《汉书·卫青传》:"都尉韩说从大军出窦浑,至匈奴右贤王庭,为戏下搏战获王,封说为龙额侯。"
【例句】唐骆宾王《从军中行…》:"但使封侯龙额贵,讵随中妇凤楼寒。"唐李嘉祐《送从侄端…》:"皇华今绝少,龙额也相迎。"唐李顾《别梁锽》:"一言不合龙额侯,击剑拂衣从此弃。"唐张祜《投太原李…》:"虎头膺将号,龙额擅侯名。"

龙飞　lóng fēi
【分类】政治
【关键词】周易
【释义】喻指帝王的兴起或即位。源见"九五龙飞"。
【例句】唐道世《颂》:"法鼓振玄教,龙飞应人天。"唐宋之问《游禹穴回…》:"鹤往笼犹挂,龙飞剑已空。"唐李益《赠宣大师》:"先皇诏下征还日,今上龙飞入内时。"唐杨乘《南徐春日…》:"豹变资陈武,龙飞拥晋元。"

龙飞榜　lóng fēi bǎng
【分类】政治
【关键词】朝野类要
【释义】新皇帝即位后第一次考试选士。《朝野类要·举业》:"往年遇主上即位以后第一次选士,谓之龙飞榜。"
【例句】宋王庭圭《送刘简之…》:"弟兄连榜俱高荐,正遇龙飞急诏求。"宋林希逸《送陈清夫…》:"高科迟取君休讶,恩数龙飞榜最优。"宋刘挚《寄尹元佐》:"此去玉皇恩泽异,龙飞新榜看风雷。"

龙飞凤舞　lóng fēi fèng wǔ
【分类】生态
【关键词】郭璞
【释义】原形容山势蜿蜒起伏,雄伟壮观。现多指书法笔势有力,灵活奔放。《吴越备史》:"郭璞撰《临安地志》云:'天目山前两乳长,龙飞凤舞到钱塘。'"
【例句】宋赵元清《题江湖伟观》:"凤舞龙飞王气蟠,两都赋在一阑干。"宋晁公溯《怀浙中兄弟》:"径山苍溪两奇绝,凤舞龙飞临观阙。"宋刘过《嘉泰开乐…》:"谁知凤舞龙飞外,别有楼阁横云霄。"聂绀弩《看火车载…》:"河山此是如椽笔,挥洒龙飞凤舞诗。"

龙凤　lóng fèng
【分类】文化
【关键词】王僧虔
【释义】比喻才能优异的人。《南齐书·王僧虔传》:"舍中亦有少负令誉弱冠越超清级者,于时王家门中,优者则龙凤,劣者犹虎豹。"
【例句】唐杜甫《行次昭陵》:"谶归龙凤质,威定虎狼都。"唐

释彪《宝琴》:"刻作龙凤象,弹为山水音。"唐李群玉《始忝四座…》:"解薛龙凤署,怀铅兰桂丛。"唐陈元光《祀潮州三…》:"雨旸祈响应,龙凤敕碑铭。"

龙膏　lóng gāo
【分类】文化
【关键词】燕昭王
【释义】传说中龙的脂膏。《拾遗记·方丈山》:"燕昭王二年,海人乘霞舟,以雕壶盛数斗膏,以献昭王。王坐通云之台,亦曰通霞台,以龙膏为灯,光耀百里,烟色丹紫。国人望之,咸言瑞光,世人遥拜之。"
【例句】宋华镇《灯》:"未言金碗沃龙膏,且免邻墙旋雕凿。"宋洪皓《和送双鸭》:"漫咏续弦求凤髓,休夸辟谷献龙膏。"元耶律铸《琳宫月夜…》:"花界不应辞琬液,海人休便献龙膏。"元谢宗可《松酿酒》:"春色未香浮蚁绿,雨声先沸老龙膏。"

龙公　lóng gōng
【分类】文化
【关键词】苏轼
【释义】指龙王。宋苏轼《聚星堂雪》:"窗前暗响鸣枯叶,龙公试手初行雪。"
【例句】宋王洋《四月二十…》:"龙公不费丝毫力,收起鸣车水满畦。"宋王十朋《陈提刑永…》:"颍川老龙公,落落前朝英。"宋陈造《十六夜张…》:"雁阵低空危欲堕,龙公驱雨未成眠。"宋姚舜陟《杨高士听…》:"我来请雨谒龙公,日脚已敛云冲融。"

龙光　lóng guāng
【分类】政治
【关键词】诗经
【释义】皇帝给予的恩宠,荣光。龙,通宠。《诗经·小雅·蓼萧》:"既见君子,为龙为光。"汉毛传:"龙,宠也。"汉郑玄笺:"'为宠为光',言天子恩泽光耀被及己也。"
【例句】唐王勃《忽梦游仙》:"电策驱龙光,烟途俨鸾态。"唐鲍溶《苦哉远征人》:"闲弓失月影,劳剑无龙光。"唐薛能《华清宫和…》:"禁清余凤吹,池冷映龙光。"唐皮日休《吴中苦雨》:"龙光倏闪照,蚪角掷狰触。"

龙醢　lóng hǎi
【分类】文化
【关键词】左传
【释义】咏龙之典。《左传·昭公二十九年》:"有陶唐氏既衰,其后有刘累,学扰龙于豢龙氏,以事孔甲,能饮食之。夏后嘉之。…龙一雌死,潜醢以食夏后。"扰龙,驯龙。孔甲,夏少康九世孙。陶唐氏,指尧子丹朱的后代。豢龙氏,即董父的后代,善于养龙。传说夏代有一雌龙死后,养龙人刘累偷偷把龙做成肉酱给夏后(天子)吃了。
【例句】唐元稹《青云驿》:"获麟书诸册,豢龙醢为醯。"唐白居易《九年十一…》:"麒麟作脯龙为醢,何似泥中曳尾龟。"唐无名氏《鲁阳城》:"豢术缘何竟醢龙,因迁僻壤隔

云封。"宋王令《梦蝗》："万生未死饥饿间,支骸遂转蛟龙醢。"

龙虎榜　lóng hǔ bǎng
【分类】政治
【关键词】科举
【释义】泛指科举考试中之进士榜。《新唐书·欧阳詹传》："举进士,与韩愈…庚承宣联第,皆天下选,时称'龙虎榜'。"
【例句】宋刘昌言《上吕相公》："一举首登龙虎榜,十年身到凤凰池。"聂绀弩《受表扬》："梁颢老登龙虎榜,孔丘难化溺沮身。"宋张舜民《壬戌孙览…》："事契且论龙虎榜,行藏休问孝廉船。"宋王庭圭《送李仲文…》："壮志未登龙虎榜,荐书重入帝王州。"

龙虎风云　lóng hǔ fēng yún
【分类】政治
【关键词】周易
【释义】喻英雄豪杰际遇得时,或指君臣遇合。《周易·乾·文言》："云从龙,风从虎。"三国应璩《与尚书诸郎书》："二三执事,以龙虎之姿,遭风云之会。"
【例句】唐李白《献从叔当…》："激昂风云气,终协为龙虎精。"唐杜甫《病柏》："偃蹙龙虎姿,主当风云会。"唐韦渠牟《步虚词》："风云皆会一,龙虎亦全真。"唐黄滔《出京别崔…》："不道鹤鸡殊羽翼,许依龙虎借风云。"聂绀弩《雪峰难寻…》："曾经龙虎风云会,最解天朝始末题。"

龙华会　lóng huá huì
【分类】文化
【关键词】弥勒
【释义】庙会名。旧时荆楚以四月八日设会祝弥勒下生。《荆楚岁时记》："四月八日,诸寺各设香汤浴佛,共作龙华会,以为弥勒下生之徵。"
【例句】唐刘长卿《陪元侍御…》："支公去已久,寂寞龙华会。"唐刘长卿《早春赠别…》："深居凤城曲,日预龙华会。"唐陆海《题龙门寺》："更与龙华会,炉烟满夕风。"宋孔武仲《留别真戒…》："持斋欲趁龙华会,升座能翻贝叶书。"

龙蠖　lóng huò
【分类】政治
【关键词】周易
【释义】指屈伸。亦指以屈求伸,走捷径。源见"龙蛰蠖屈"。
【例句】唐刘允济《经庐岳回…》："仙才惊羽翰,幽居静龙蠖。"唐李白《金门答苏…》："栖岩君灭寂,处世余龙蠖。"唐阎防《宿岸道人…》："愿言舍尘事,所趣非龙蠖。"唐殷文圭《和友人送…》："鹍鹏变化知难测,龙蠖升沈各有由。"

龙节　lóng jié
【分类】政治
【关键词】周礼
【释义】龙形符节。泛指奉王命出使者所持之节。《周礼·地官·掌节》："凡邦国之使节,山国用虎节,土国用人节,泽国用龙节。"汉郑玄注："泽多龙,以金为节,铸象焉。"
【例句】唐张说《道家四首…》："香随龙节下,云逐凤箫飞。"唐皇甫曾《送王相公…》："凤池东掖宠,龙节北方尊。"唐王维《平戎辞》："卷旆生风喜气新,早持龙节静边尘。"唐高骈《平流园席上》："却缘龙节为萦绊,好是狂时不得狂。"

龙津　lóng jīn
【分类】政治
【关键词】孙绰
【释义】尤龙门。借指仕途之门。《晋书·孙绰传》："绰字兴公…居于会稽,游放山水,乃作《遂初赋》以致其意。尝鄙山涛,而谓人曰:'山涛吾所不解,吏非吏,隐非隐,若以元礼门为龙津,则当点额暴鳞矣。'"
【例句】唐钱起《送李四擢…》："鸿羽不低飞,龙津徒自险。"唐鲍溶《寄张十七…》："一与清风上芸阁,再期秋雨过龙津。"唐李德裕《离平泉马…》："文帝宠深陪雉尾,武皇恩厚宴龙津。"唐黄滔《酬俞钧》："莫论蟾月无梯接,大抵龙津有浪翻。"

龙驹凤雏　lóng jū fèng chú
【分类】政治
【关键词】陆云
【释义】借喻才华出众的孩子,常用作恭维语。《晋书·陆云传》："少与兄机齐名,虽文章不及机,而持论过之。号曰'二陆'。幼时吴尚书广陵闵鸿见而奇之,曰:'此儿若非龙驹,当是凤雏。'后举云贤良,时年十六。"
【例句】唐李商隐《杨本胜说…》："寄人龙种瘦,失母凤雏痴。"唐杜甫《奉赠鲜于…》："凤穴雏皆好,龙门客又新。"宋陆文圭《送节之衡…》："龙驹凤雏两陆子,并驾秋风鞭驿骊。"宋杨万里《赠左元规》："谁道古人今不如,龙生龙驹凤凤雏。"

龙君　lóng jūn
【分类】文化
【关键词】柳毅
【释义】即龙王。《太平广记》引唐李朝威《异闻集·柳毅》："妇始楚而谢,终泣而对曰:'贱妾不幸,今日见辱于长者。然而恨贯肌骨,亦何能愧避,幸一闻焉。妾,洞庭龙君小女也。'"
【例句】宋米芾《观雪》："月姊封银界,龙君幻玉壶。"宋杨冠卿《辛丑残腊…》："稽首谢龙君,放我扁舟去。"宋陈著《次韵陈帅…》："闲时试向龙君觅,未必滂沱应手来。"宋王义山《龙仙诗》："楚尾吴头风乍薰,沧波深拥小龙君。"

龙窟　lóng kū
【分类】文化

【关键词】梁简文帝
【释义】蛟龙藏身的水府。喻指深潭激流。南朝梁简文帝《上菩提树颂启》:"弘龙窟之威,绍鹫山之法。"
【例句】唐司空图《狂题》:"轰霆搅破蛟龙窟,也被狂风卷出山。"唐杜甫《绝句》:"青溪先有蛟龙窟,竹石如山不敢安。"唐杜甫《瞿塘两崖》:"猱獠须髯古,蛟龙窟宅尊。"唐唐扶《使南海道…》:"泉清或戏蛟龙窟,殿豁数尽高帆掀。"

龙鳞 lóng lín
【分类】政治
【关键词】陈叔宝
【释义】借指人主。亦喻指人主之威。源见"犯鳞"。
【例句】唐李白《忆旧游寄…》:"浮舟弄水箫鼓鸣,微波龙鳞莎草绿。"唐杜甫《秋兴》:"云移雉尾开宫扇,日绕龙鳞识圣颜。"唐白居易《酬赠李錬》:"曾犯龙鳞容不死,欲骑鹤背觅长生。"唐王维《春日与裴…》:"闭户著书多岁月,种松皆老作龙鳞。"

龙楼 lóng lóu
【分类】政治
【关键词】汉成帝
【释义】太子之宫。《汉书·成帝纪》:"上尝急召,太子出龙楼门,不敢绝驰道。"
【例句】唐张说《安乐郡主…》:"鸾车凤传王子来,龙楼月殿天孙出。"唐杜甫《洗兵马》:"鹤驾通宵凤辇备,鸡鸣问寝龙楼晓。"唐李频《过四皓庙》:"龙楼曾作客,鹤氅不为臣。"唐皇甫冉《酬张二仓…》:"莫怪杜门频乞假,不堪扶病拜龙楼。"

龙媒 lóng méi
【分类】政治
【关键词】汉书
【释义】原称骏马。后喻才俊。《汉书·礼乐志》:"天马徕龙之媒。"颜师古注引应劭曰:"言天马者乃神龙之类,今天马已来,此龙必至之效也。"唐杨炯《后周明威将军梁公神道碑》:"于是龙媒间出,麟驹挺生。"
【例句】唐宋之问《桂州三月…》:"昆明御宿侍龙媒,伊阙天泉复几回。"唐乔知之《赢骏篇》:"喷玉长鸣西北来,自言当代是龙媒。"唐杜甫《韦讽录事…》:"君不见金粟堆前松柏里,龙媒去尽鸟呼风。"唐高适《和贺兰判…》:"长鸣谢知己,所愧非龙媒。"

龙门 lóng mén
【分类】政治
【关键词】三秦记
【释义】禹门口,黄河至此,两岸峭壁对峙,形如阙门。《三秦记》:"河津一名龙门,大鱼集龙门下数千,不得上,上者为龙,不上者鱼,故云曝鳃龙门。"指科举试场的正门。也喻声望高的人的府第。
【例句】唐骆宾王《畴昔篇》:"峰开华岳耸疑连,水激龙门急

如箭。"唐李峤《桐》:"高映龙门迥,双依玉井深。"唐杜甫《奉留赠集…》:"倚风遗鹢路,随水到龙门。"聂绀弩《六鹢》:"仰止龙门登未得,浴乎汾水咏而归。"

龙门客 lóng mén kè
【分类】政治
【关键词】党锢
【释义】喻称高门上客。源见"登龙门"。
【例句】唐杜甫《奉赠鲜于…》:"凤穴雏皆好,龙门客又新。"唐刘禹锡《福先寺雪…》:"龙门宾客会龙宫,东去旌旗驻上东。"宋王十朋《用贡院韵…》:"何时更作龙门客,共话樽前见在身。"宋范纯仁《康国韩公…》:"弟兄俱是龙门客,数载难忘国士知。"

龙眠居士 lóng mián jū shì
【分类】生活
【关键词】李公麟
【释义】泛指善画之人。《宋史·李公麟传》:"李公麟字伯时…既归老,肆意于龙眠山岩壑间。雅善画,自作山庄图,为世宝传。"龙眠即龙眠山。在今安徽桐城西北。北宋画家李公麟工书画,晚年居龙眠山,号龙眠居士。时人将他与同乡李亮工、李元中合称为"龙眠三李"。
【例句】宋苏轼《书林次中…》:"龙眠独识殷勤处,画山阳关意外声。"宋苏轼《次韵吴传…》:"龙眠胸中有千驷,不独画肉兼画骨。"宋晁说《奉和子瞻…》:"风流千载无虎头,于今妙绝推龙眠。"宋黄庭坚《次韵子瞻…》:"龙眠不似虎头痴,笔妙天机可并时。"

龙脑 lóng nǎo
【分类】文化
【关键词】香料
【释义】香料名。《酉阳杂俎·忠志》:"天宝末,交趾贡龙脑,如蝉茧形。波斯言老龙脑树节方有,禁中呼为瑞龙脑。上唯赐贵妃十枚,香气彻十余步。"
【例句】唐戴叔伦《早春曲》:"博山吹云龙脑香,铜壶滴愁更漏长。"唐长孙佐辅《古宫怨》:"看笼不记薰龙脑,咏扇空曾秃鼠须。"唐刘禹锡《同乐天和…》:"炉添龙脑炷,绶结虎头花。"唐李贺《嗰少年》:"青骢马肥金鞍光,龙脑入缕罗衫香。"

龙女 lóng nǚ
【分类】文化
【关键词】唐玄宗
【释义】传说中指龙王的女儿。源见"凌波梦"。
【例句】唐天然《弄珠吟》:"龙女灵山亲献佛,贫儿衣里几蹉砣。"唐李群玉《题金山寺…》:"千叶红莲高会处,几曾龙女献珠来。"宋李觏《东湖》:"水仙坐下鱼鳞赤,龙女门前橘树香。"宋孙谔《文州》:"烟笼合处日华明,龙女山横拥郡城。"

龙盘虎踞 lóng pán hǔ jù
【分类】政治

【关键词】诸葛亮
【释义】形容地势雄壮险要,宜作帝王之都。《太平御览》引晋吴勃《吴录》:"刘备曾使诸葛亮至京,因睹秣陵山阜,叹曰:'钟山龙盘,石头虎踞,此帝王之宅。'"
【例句】唐李白《永王东巡歌》:"龙蟠虎踞帝王州,帝子金陵访古丘。"唐李群玉《秣陵怀古》:"龙虎势衰佳气歇,凤皇名在故台空。"唐李绅《忆万岁楼…》:"山绝地维消虎踞,水浮天险上龙盘。"唐雍陶《河阴新城》:"高城新筑压长川,虎踞龙盘气色全。"

龙泉剑　lóng quán jiàn
【分类】文化
【关键词】剑
【释义】泛指宝剑。比喻杰出的人才。《晋书·张华传》载:吴灭晋兴之际,斗牛间常有紫气。尚书张华请教于雷焕。焕说"宝剑之精,上彻于天耳"。并说剑在豫章丰城。华即补焕为丰城令。"焕到县,掘狱屋基,入地四丈余,得一石函,光气非常,中有双剑,并刻题,一曰龙泉,一曰太阿。其夕斗牛间气不复见焉。"
【例句】唐郭震《古剑篇》:"良工锻炼经几年,铸得宝剑名龙泉。"唐李白《在水军宴…》:"宁知草间人,腰下有龙泉。"唐白居易《闻李尚书…》:"肯向泥中抛折剑,不收重铸作龙泉。"唐戎昱《赋得铁马鞭》:"希君剖腹取,还解抱龙泉。"

龙沙　lóng shā
【分类】政治
【关键词】匈奴
【释义】本指白龙堆。泛指塞外漠北边塞之地;荒漠。源见"白龙堆"。
【例句】唐虞世南《结客少年…》:"云起龙沙暗,木落雁门秋。"唐武元衡《出塞作》:"要须洒扫龙沙净,归谒明光一报恩。"唐张文彻《龙泉神剑歌》:"天符下降到龙沙,便有明君膺紫霞。"唐罗隐《送张绾游…》:"南忆龙沙两岸行,当时天下尚清平。"

龙山　lóng shān
【分类】生态
【关键词】楚辞
【释义】即逴龙山,因地处极北,天气严寒。为咏雪之典。《楚辞·大招》:"魂乎无北!北有寒山,逴龙赩只。"汉王逸注:"逴龙,山名也。赩,赤色,无草木貌也。言北方有常寒之山,阴不见日,名曰逴龙。其土赤色,不生草木。"
【例句】唐骆宾王《帝京篇》:"皇居帝里崤函谷,鹑野龙山侯甸服。"唐姜皎《龙池篇》:"龙池初出此龙山,常经此地谒龙颜。"唐李益《立春日宁…》:"龙山不可望,千里一裴回。"唐许浑《蒙河南刘…》:"风度龙山暗,云凝象阙阴。"

龙山会　lóng shān huì
【分类】生活
【关键词】孟嘉

【释义】指重阳登高雅集欢宴。《晋书·孟嘉传》:"九月九日,温(桓温)燕龙山,僚佐毕集。"
【例句】唐朱湾《九日登青山》:"想见龙山会,良辰亦似今。"唐赵嘏《重阳日寄…》:"不知此日龙山会,谁是风流落帽人。"宋吴则礼《满庭芳》:"想见征西旧事,龙山会、宾主俱豪。"元王翰《九日登瑶…》:"今朝幸忝龙山会,醉卧黄花绣作堆。"

龙蛇　lóng shé
【分类】政治
【关键词】左传
【释义】喻杰出的人、物。源见"大泽龙蛇"。
【例句】唐李隆基《旋师喜捷》:"龙蛇开阵法,貔虎振军威。"唐綦毋潜《题栖霞寺》:"龙蛇争霉习,神鬼皆密护。"唐高适《自淇涉黄…》:"屠钓称侯王,龙蛇争霸王。"唐王昌龄《寒食即事》:"雨灭龙蛇火,春生鸿雁天。"

龙蛇落笔　lóng shé luò bǐ
【分类】生活
【关键词】温庭筠
【释义】形容书法笔势遒劲生动。唐温庭筠《秘书省有贺监知章草题诗笔力遒健风尚高远拂尘寻玩因有此作》:"出笼鸾鹤归辽海,落笔龙蛇满坏墙。"宋苏轼《偶至野人汪氏居…》:"已闻龟策通神语,更看龙蛇落笔痕。"
【例句】宋郭祥正《卧龙山…》:"醉来落笔驱龙蛇,电霍万里轰雷车。"宋释德洪《赠许邦基》:"高烧银烛拥新妆,看君落笔龙蛇走。"宋释德洪《送朱泮英…》:"明年对殿陛,落笔翻龙蛇。"宋辛弃疾《鹧鸪天》:"都无丝竹衔杯乐,却有龙蛇落笔忙。"

龙蛇起陆　lóng shé qǐ lù
【分类】政治
【关键词】阴符经
【释义】龙蛇惊出地面。形容发生战事动乱;或形容秋冬肃杀之季。源见"天发杀机"。
【例句】唐陆龟蒙《读阴符经…》:"龙蛇竞起陆,斗血浮中原。"宋田锡《拟古》:"有时风雨至,欲作龙蛇起。"宋黄庭坚《戏答赵伯…》:"龙蛇起陆雷破柱,自喜奇观绕绳床。"宋李吕《宣和殿新…》:"已惊虎豹留皮处,更看龙蛇起陆痕。"

龙首　lóng shǒu
【分类】文化
【关键词】冯贽
【释义】科举时代称状元为龙首或龙头。唐冯贽《云仙杂记·虬肝龙首》:"虬肝之奉何堪,龙首之攀可望。"
【例句】唐沈佺期《人日重宴…》:"拂旦鸡鸣仙卫陈,凭高龙首帝城春。"唐刘禹锡《阙下待传…》:"殿含佳气当龙首,阁倚晴天见凤巢。"宋王禹偁《赠湖州张…》:"前年春榜亚龙头,词赋曾推第一流。"宋陈绎《登高》:"落帽声名何足取,孟嘉一会登龙首。"

龙孙 lóng sūn
【分类】文化
【关键词】马
【释义】指良马。也喻指帝王后裔。或为笋的别称。唐曹唐《病马五首呈郑校书章三吴十五先辈》:"不剪焦毛鬣半翻,何人别是古龙孙。"
【例句】唐李商隐《过华清内…》:"自是明时不巡幸,至今青海有龙孙。"唐李商隐《西溪》:"凤女弹瑶瑟,龙孙撼玉珂。"唐罗隐《送程尊师…》:"高道乍为张翰侣,使君兼是世龙孙。"唐陆龟蒙《舞马》:"月窟龙孙四百蹄,骄骧轻步应金鞞。"唐温庭筠《昆明池水…》:"赤帝龙孙鳞甲怒,临流一盼生阴风。"宋梅尧臣《韩持国遗…》:"龙孙春吐一尺芽,紫锦包玉离泥沙。"宋王十朋《爱松堂前》:"不许闲花放鹰爪,要看高节迸龙孙。"宋陆游《癸亥正月…》:"一夜四山雷雨起,满林无数长龙孙。"

龙韬 lóng tāo
【分类】政治
【关键词】姜太公
【释义】太公望兵书《六韬》之一。泛指兵法、战略。《隋书·经籍志》:"《太公六韬》五卷。"《注》:"周文王师姜望撰。"
【例句】唐李白《送外甥郑…》:"破胡必用龙韬策,积甲应将熊耳齐。"唐杨巨源《送裴中丞…》:"龙韬何必陈三略,虎旅由来肃万方。"唐贺朝《从军行》:"骑射先鸣推任侠,龙韬决胜仁时英。"唐熊孺登《寄安南马…》:"蕃客不须愁海路,波神今伏马将军。"

龙听法 lóng tīng fǎ
【分类】文化
【关键词】类说
【释义】咏佛法威力或咏高僧有道之典。《类说》引《幕府燕闲录》:"有僧讲经山寺,常有一叟来听,问其姓氏,曰:'某乃山下潭中龙也,幸岁旱得闲,来此听法。'僧曰:'公能救旱乎?'曰:'上帝封江湖,有水不得辄用。'僧曰:'此砚中水可用乎?'乃就砚吸水径去。是文雷雨大作,逮晓视之,雨悉黑水。"

龙庭 lóng tíng
【分类】政治
【关键词】匈奴
【释义】匈奴单于祭天地鬼神之所。借指匈奴和其他边塞少数民族国家。也喻指朝廷。源见"龙城"。
【例句】唐王维《送赵都督…》:"忘身辞凤阙,报国取龙庭。"唐司空图《南北史感遇》:"雨淋麟阁名画,雪卧龙庭猛将碑。"宋释智圆《边将》:"穿庐烧尽龙庭破,却上燕然更勒铭。"宋郭庭芝《送赵中仲…》:"虎旅亦知平房易,龙庭不数靖边难。"

龙头 lóng tóu
【分类】政治

【关键词】华歆
【释义】指杰出人物的首领。或状元别称。《三国志·华歆传》:"议论持平,终不毁伤人。"南朝宋裴松之注引三国魏鱼豢《魏略》:"歆与北海邴原、管宁俱游学,三人相善,时人号三人为'一龙',歆为龙头,原为龙腹,宁为龙尾。"
【例句】唐李贺《酒罢张大…》:"往还谁是龙头人,公主遣秉鱼须笏。"唐罗隐《寄礼部郑…》:"班资冠鸡舌,人品压龙头。"唐黄滔《辄吟七言》:"龙头龙尾前年梦,今日须怜应若神。"宋王禹偁《赠湖州张…》:"前年春榜亚龙头,词赋曾推第一流。"

龙尾道 lóng wěi dào
【分类】政治
【关键词】安禄山
【释义】唐代含元殿前的甬道。自上望下,宛如龙尾下垂。借指朝廷。《新唐书·安禄山》:"禄山计天下可取,逆谋日炽,每过朝堂龙尾道,南北睥睨,久乃去。"
【例句】唐张籍《赠赵将军》:"身贵早登龙尾道,功高自破鹿头城。"唐白居易《浔阳岁晚…》:"螭头阶下立,龙尾道前行。"宋洪咨夔《龙尾》:"谁知龙尾道,却在鹿头东。"宋王质《赠开怀道人》:"乌寞披上粗缯衣,龙尾引入黄金堋。"

龙文 lóng wén
【分类】文化
【关键词】马
【释义】骏马名。《汉书·西域传赞》:"蒲梢、龙文、鱼目、汗血之马,充于黄门。"唐颜师古注引孟康曰:"四骏马名也。"南朝宋颜延之《三月三日曲水诗序》:"龙文饰辔,青翰侍御。"后常以比喻才华出众的子弟。也指形如龙鳞的波纹。
【例句】唐杜甫《戏为六绝句》:"龙文虎脊皆君驭,历块过都见尔曹。"唐杜牧《东兵长句…》:"即墨龙文光照曜,常山蛇阵势纵横。"唐元稹《早春登龙》:"龙文远水吞平岸,羊角轻风旋细尘。"宋刘敞《次韵奉答…》:"汗血龙文千里驹,长楸未试局庭隅。"

龙香拨 lóng xiāng bō
【分类】生活
【关键词】郑嵎
【释义】用龙香木料制成的拨子。用以弹奏月琴、琵琶等弦乐器。唐郑嵎《津阳门古诗》:"玉奴琵琶龙香拨,倚歌促酒声娇悲。"
【例句】唐郑嵎《津阳门诗》:"玉奴琵琶龙香拨,倚歌促酒声娇悲。"宋苏轼《宋叔达家…》:"数弦已品龙香拨,半面犹遮凤尾槽。"宋曾诚《七夕王都》:"春葱细捻龙香拨,秀颈偏明逻迤槽。"宋范成大《浣溪沙》:"鱼子笺中词宛转,龙香拨上语玲珑。"

龙骧虎步 lóng xiāng hǔ bù
【分类】政治
【关键词】陈琳

【释义】昂首阔步、威武雄壮貌。《三国志·陈琳传》："进欲诛诸宦官，太后不听，进乃召四方猛将，并使引兵向京城⋯琳谏进曰：'今将军总皇威，握兵要，龙骧虎步，高下在心，以此行事，无异于鼓洪炉以燎毛发。'"
【例句】宋李之仪《送曾端伯⋯》："虎步龙骧推赞册，瑶环瑜珥见旁孙。"宋李之仪《古军门行》："龙骧虎步分拥旄出，蚁蚁部曲鸣鸣钲。"宋陈普《咏史何进》："龙骧虎步反狐疑，解事陈琳却似痴。"明成鹫《赠马卧仙》："龙骧虎步随高下，此翁岂合居林野。"

龙骧万斛舟 lóng xiāng wàn hú zhōu
【分类】文化
【关键词】王濬
【释义】指大船。晋龙骧将军王濬为伐吴曾造大船。宋苏轼《大风留金山两日》："龙骧万斛不敢过，渔舟一叶从掀舞。"
【例句】宋刘才邵《题清轩》："鱼龙并育细不遗，龙骧万斛浮若飞。"宋李石《山舫》："应笑周郎赤壁下，龙骧万斛风动天。"宋陆游《游山舟中⋯》："龙骧万斛去如鸿，巨浪惟能窘短篷。"宋赵葵《舟》："舟人忽报东风急，万斛龙骧喷雪飞。"

龙骧下蜀 lóng xiāng xià shǔ
【分类】政治
【关键词】王濬
【释义】咏率水军出征、东吴灭亡之典。《晋书·王濬传》："武帝谋伐吴，诏濬修舟舰。""拜濬为龙骧将军。"太康元年，"濬自发蜀，兵不血刃，功无坚城，夏口、武昌，无相支抗。于是顺流鼓棹，径造三山"。吴主孙皓遂自缚降濬。
【例句】唐李白《司马将军歌》："我见楼船壮心目，颇似龙骧下三蜀。"唐李群玉《凉公从叔⋯》："龙骧伐鼓下长川，直济云涛古庙前。"宋米芾《夜登鉴远⋯》："君不见红旗一卷无奔北，龙骧将军初下蜀。"元贝琼《送文从周⋯》："龙骧未见下益州，虎旅犹闻驻灵武。"

龙骧茔 lóng xiāng yíng
【分类】政治
【关键词】王濬
【释义】咏将军死后受哀荣之典。《晋书·王濬传》："寻以谣言拜濬为龙骧将军、监梁益诸军事。""太康六年卒，时年八十，谥曰武。葬柏谷山，大营茔域，葬垣周四十五里，面别开一门，松柏茂盛。"
【例句】唐杜甫《八哀诗》："虚无马融笛，怅望龙骧茔。"唐杜甫《送卢十四⋯》："墓待龙骧诏，台迎獬豸威。"明陈子龙《上念故戚⋯》："既赐武侯祠，复表龙骧茔。"清王士禛《送浦潜夫》："恸哭龙骧茔，手刊第二碑。"

龙象 lóng xiàng
【分类】文化
【关键词】僧
【释义】龙与象。佛教中喻诸阿罗汉中修行勇猛有最大能力者。喻指高僧或帝王。《翻译名义集·大论》："那伽或名龙，或名象，是五千阿罗汉中最大力，以是故言如龙如象，水行中龙力最大，陆行中象力最大。"
【例句】唐令狐楚《游义兴寺⋯》："凤鸾飞去仙巢在，龙象潜来讲席空。"唐刘禹锡《和令狐仆⋯》："天子旌旗度，法王龙象随。"唐刘禹锡《谢寺双桧》："龙象界中成宝盖，鸳鸯瓦上出高枝。"宋卫宗武《为湖州赵⋯》："法筵乃见龙象尊，天池且作鹍鹏息。"

龙性谁能驯 lóng xìng shuí néng xùn
【分类】政治
【关键词】颜延之
【释义】喻龙的倔强难驯的性格，或喻帝心难测之典。《宋书·颜延之传》："出为永嘉太守，延之甚怨愤。乃作《五君咏》。"《五君咏》咏嵇康有句"鸾翮有时铩，龙性谁能驯？"
【例句】唐李白《酬王补阙⋯》："鸾翮我先铩，龙性君莫驯。"唐杜甫《天育骠骑歌》："矫矫龙性合变化，卓立天骨森开张。"宋钱选《五君咏嵇康》："鸾翮有时铩，龙性谁能驯。"明薛蕙《病起偶作》："晚岁禅心了无住，平生龙性独难驯。"

龙颜 lóng yán
【分类】政治
【关键词】汉高祖
【释义】谓眉骨圆起。借指帝王。《史记·高祖本纪》："高祖为人，隆准而龙颜，美须髯。"南朝宋裴骃《史记集解》："应劭曰：'隆，高也。准，颊权准也。颜，额颡也，齐人谓之颡，汝南、淮、泗之间曰颜。'"
【例句】唐姜皎《龙池篇》："龙池初出此龙山，常经此地谒龙颜。"唐李白《赠从弟南⋯》："天门九重谒圣人，龙颜一解四海春。"唐黄滔《喜侯舍人⋯》："五色彩毫裁凤诏，九重天子豁龙颜。"唐张祜《入潼关》："秦皇曾虎视，汉祖亦龙颜。"

龙阳泣前鱼 lóng yáng qì qián yú
【分类】政治
【关键词】战国策
【释义】咏悲泣失宠之典。《战国策·魏策四》："（龙阳君）曰：'臣亦犹曩臣之前所得鱼也。臣亦将弃矣，臣安能无涕出乎？'魏王曰：'误！有是心也，何不相告也？'于是布令于四境之内曰：'有敢言美人者族。'"龙阳君：魏安釐王男宠，史书上第一个有记载的同性恋。
【例句】唐李贺《钓鱼诗》："詹子情无限，龙阳恨有余。"唐长孙左辅《宫怨》："重远岂能惭鹧鸪，弃前方见泣船鱼。"唐于武陵《长信宫》："一从悲画扇，几度泣前鱼。"宋赵构《渔父词》："唯有此，更无居，从教红袖泣前鱼。"宋吕本中《山园即事》："闻道龙阳千匹绢，何如山圃四时芳。"

龙吟 lóng yín
【分类】生活

【关键词】郑述祖
【释义】喻琴音美妙或笛声清亮美好。《北齐书·郑述祖传》："述祖能鼓琴，自造《龙吟》十弄，云尝梦人弹琴，寤而写得，当时以为绝妙。"
【例句】唐李峤《凤》："带花迎凤舞，向竹似龙吟。"唐李颀《听安万善…》："龙吟虎啸一时发，万籁百泉相与秋。"唐全同《风中琴》："五音六律十三徽，龙吟鹤响思庖羲。"唐薛能《赠欢娘》："一束龙吟细竹枝，青笛擎在手中吹。"

龙鱼 lóng yú
【分类】文化
【关键词】鱼
【释义】即龙鲤。一说指鲵鱼，人鱼。为咏鱼之典。《山海经·海外西经》："龙鱼陵居在其北，状如狸鲤。一曰鰕。"晋郭璞注："或曰：龙鱼似狸鲤，一角。"
【例句】唐牟融《春日山亭》："龙鱼失水难为用，龟玉蒙尘未见珍。"唐韩愈《送诸葛觉…》："入海观龙鱼，矫翻逐黄鹄。"宋张耒《厌雨》："风清日出未敢喜，天公高居龙鱼悍。"宋李纲《上巳日》："宝马骁腾随鼓吹，彩舟曼衍戏龙鱼。"

龙跃 lóng yuè
【分类】政治
【关键词】易经
【释义】也称龙起。喻王者兴起。《易经·乾》："见龙在田…或跃在渊。"唐李德裕《幽州纪圣功碑铭》："天地应而品物生，君臣应而功业成。故龙跃而云从，鹤鸣而子和。"也比喻纵横驰骋，奋发有为。汉孔融《荐祢衡表》："如得龙跃天衢，振翼云汉，扬声紫微，垂光虹霓，足以昭近署之多士，增四门之穆穆。"
【例句】唐卢怀慎《奉和圣制…》："代邸东南龙跃泉，清漪碧浪远浮天。"唐王翰《答客问》："龙跃汤泉云渐回，龙飞香殿气还来。"唐杜甫《诸将》："胡未不觉潼关засlined，龙起犹闻晋水清。"唐李商隐《送千牛李…》："大卤思龙跃，苍梧失象耕。"

龙杖 lóng zhàng
【分类】文化
【关键词】费长房
【释义】美称竹杖。源见"杖化龙"。
【例句】唐沈亚之《别庞子肃》："今朝龙杖去，早晚鹤书来。"唐骆宾王《出石门》："暂策为龙杖，何处得神仙。"唐高适《咏马鞭》："龙竹养根凡几年，工人截之为长鞭。"宋廖刚《朱藏一除…》："霜节留公化龙杖，烟梢忆我钓鱼竿。"

龙蛰蠖屈 lóng zhé huò qū
【分类】政治
【关键词】周易
【释义】喻隐居不仕。《周易注疏·系辞下》："尺蠖之屈，以求信也；龙蛇之蛰，以存身也。"信通伸。
【例句】唐卢照邻《酬张少府…》："鹏飞俱望昔，蠖屈共悲今。"唐李白《赠从孙义…》："蠖屈虽百里，鹏骞望三台。"唐翁洮《冬》："云凝止水鱼龙蛰，雪点遥峰草木荣。"唐徐夤《龙蛰》："龙蛰蛇蟠却待伸，和光可惜且同尘。"唐白居易《哭刘敦质》："龙亢彼无悔，蠖屈此不伸。"宋石介《文中子》："龙蛰河汾道不行，吁谟经济授诸生。"

龙争虎斗 lóng zhēng hǔ dòu
【分类】政治
【关键词】班固
【释义】比喻势均力敌的各方之间，斗争或竞赛十分激烈。汉班固《答宾戏》："分裂诸夏，龙战虎争。"
【例句】宋白玉蟾《华阳吟》："得诀归来试炼丹，龙争虎斗片时间。"宋戴表元《南山下行》："龙争虎斗尚未决，六合一阱何所逃。"宋于石《读史》："今来古往一封疆，虎斗龙争几帝王。"聂绀弩《武汉大桥》："更利长驱百万兵，拔河两岸戏龙争。"

龙智 lóng zhì
【分类】文化
【关键词】左传
【释义】咏龙之典。《左传·昭公二十九年》："秋，龙见于绛郊。魏献子问于蔡墨曰：'吾闻之，虫莫知于龙，以其不生得也。谓之知，信乎？'对曰：'人实不知，非龙实知。'"唐陆德明《经典释文》："知，音智。"魏献子，即魏舒，晋臣。蔡墨，晋大夫。魏舒听到龙智的说法，蔡墨指出这种说法不可靠，并作了解释。
【例句】唐韩愈《题炭谷湫…》："嗟龙独何智，出入人鬼间。"唐白居易《东南行…》："龙智犹经醢，龟灵未免刳。"

龙种 lóng zhǒng
【分类】政治
【关键词】汉高祖
【释义】代称帝王的后裔。《史记·外戚世家》："汉王（汉高祖）入织室，见薄姬有色，诏内后宫…汉王心惨然，怜薄姬，是日召而幸之。薄姬曰：'昨暮夜妾梦苍龙据吾腹。'高帝曰：'此贵征也，吾为女遂成之。'一生男，是为代王。"
【例句】唐杜甫《哀王孙》："高帝子孙尽隆准，龙种自与常人殊。"唐李商隐《鄠杜马上…》："世上苍龙种，人间武帝孙。"唐薛曜《舞马篇》："星精龙种竞腾骧，双眼黄金紫艳光。"唐翁绶《白马》："渥洼龙种雪霜同，毛骨天生胆气雄。"

龙舟 lóng zhōu
【分类】政治
【关键词】周穆王
【释义】专供皇帝乘御的船。《穆天子传》："天子乘鸟舟龙舟，浮于大沼。"晋郭璞注："舟皆以龙鸟为形制。今吴之青雀舫，此其遗象也。"
【例句】唐李峤《太平公主…》："龙舟下瞰鲛人室，羽节高临凤女台。"唐杜甫《寄李十二…》："龙舟移棹晚，兽锦夺袍新。"唐刘禹锡《敬宗睿武…》："长杨收羽骑,太液泊龙舟。"唐许浑《汴河亭》："百二禁兵辞象阙,三千宫女下龙舟。"

龙辀 lóng zhōu
【分类】文化
【关键词】楚辞
【释义】神话传说中的龙车,太阳所乘。《楚辞补注·九歌·东君》："驾龙辀兮乘雷,载云旗兮委蛇。"汉王逸注："辀,车辕也。言日以龙为车辕,乘雷而行。"
【例句】宋周紫芝《次韵仲平…》："龙辀来下未为轮,九奏迎神不动尘。"宋慕容彦逢《许中元生日》："龙辀迎舜日,鳌柱拱尧天。"宋牟巘《己巳秋七…》："龙辀欲驾已多时,父老遮留一日迟。"元马祖常《奉陪荐食…》："乘石松阴偃翠虬,先皇曾此驻龙辀。"

聋丞 lóng chéng
【分类】政治
【关键词】黄霸
【释义】地方长官所属副佐人员的谦称。《汉书·黄霸传》："(黄)霸力行教化而后诛罚,务在成就全安长吏。许丞老,病聋,督邮白欲逐之,霸曰:'许丞廉吏,虽老,尚能拜起送迎,正颇重听,何伤?且善助之,毋失贤者意。'"
【例句】宋苏轼《初到杭州…》："迟钝终须投劾去,使君何以换聋丞。"宋饶节《用前韵答…》："聪明强健不聋丞,时出高言欲作僧。"宋赵鼎臣《戏杨丞许尉》："看却聋丞并酒尉,何曾敢说故将军。"宋陆游《锦亭》："乐哉今从石湖公,大度不计聋丞聋。"

笼鸟槛猿 lóng niǎo jiàn yuán
【分类】政治
【关键词】白居易
【释义】笼中鸟槛中猿。比喻受拘禁没有自由的人。唐白居易《山中与元九书因题书后》："笼鸟槛猿俱未死,人间相见是何年!"
【例句】唐杜牧《闻开江相国…》："谁能力制乘轩鹤,自取机沉在槛猿。"唐许浑《太和初靖恭…》："谤起乘轩鹤,机沉在槛猿。"宋贺铸《送寇元弼…》："笼鸟槛猿思,烹鸡炊黍期。"宋贺铸《送寇元弼…》："笼鸟槛猿思,烹鸡炊黍期。"

隆准 lóng zhǔn
【分类】政治
【关键词】汉高祖
【释义】高鼻梁儿。《史记·高祖本纪》："高祖为人,隆准而龙颜,美须髯,左股有七十二黑子。"南朝宋裴骃《史记集解》引文颖曰："高祖感龙而生,故其颜貌似龙,长颈而高鼻。"
【例句】唐李白《梁甫吟》："君不见高阳酒徒起草中,长揖山东隆准公。"唐李商隐《偶成转韵…》："我来不见隆准人,沥酒空余庙中客。"唐杜甫《哀王孙》："高帝子孙尽隆准,龙种自与常人殊。"唐李远《赠写御容…》："初分隆准山

河秀,乍点重瞳日月明。"

陇水呜咽 lǒng shuǐ wū yè
【分类】生活
【关键词】三秦记
【释义】咏思乡伤别之典。《太平御览》引《三秦记》："陇西开,其坂九回,不知高几里,欲上者七日乃越…上有清水四注。俗歌曰:'陇头流水,鸣声幽咽。遥望秦川,心肝断绝。'去长安千里,望秦川如带。又关中人上陇者,还望故乡,悲思而歌,则有绝死者。"
【例句】唐岑参《初过陇山…》："陇水不可听,呜咽令人愁。"唐雍裕之《自君之出矣》："思君如陇水,长闻呜咽声。"唐司马逸客《雅琴篇》："陇水悲风已呜咽,离鹍别鹤更凄清。"宋黄庭坚《李濠州挽词》："善人报施今如此,陇水长寒呜咽声。"

龙听法
【例句】宋白麟《峨眉》："山深龙听法,野迥鹿衔花。"宋俞德邻《游金山寺…》："凭阑落日芦风起,时有鱼龙听法还。"宋刘攽《长芦寺》："鱼龙听法多因雨,江海归心每上潮。"

陇头水 lǒng tóu shuǐ
【分类】生活
【关键词】三秦记
【释义】喻边塞征夫、远方离人的愁苦之情。源见"陇水呜咽"。
【例句】唐李白《猛虎行》："肠断非关陇头水,泪下不为雍门琴。"唐孟简《咏欧阳行》："忽如陇头水,坐作东西分。"唐于濆《陇头水》："借问陇头水,终年恨何事?"唐温庭筠《觱篥歌》："鸣梭淅沥金丝蕊,恨语殷勤陇头水。"

娄敬策 lóu jìng cè
【分类】政治
【关键词】刘敬
【释义】和亲之典。《史记·刘敬传》："于是上曰:'本言都秦地者娄敬,娄者乃刘也。'赐姓刘氏,拜为郎中,号为奉春君。""刘敬对曰:'陛下诚能以适长公主妻之,厚奉遗之,彼知汉适女送厚,蛮夷必慕以为阏氏,生子必为太子,代单于…'高帝曰:'善。'…上竟不能遣长公主,而取家人子名为长公主,妻单于。使刘敬往结和亲约。"
【例句】唐戴叔伦《塞上曲》："汉祖谩夸娄敬策,却将公主嫁单于。"唐徐夤《忆潼关》："隋炀远游宜不返,奉春长策竟何如。"宋李曾伯《昭君溪》："忍死定仇娄敬策,惜生不遇武皇时。"明林鸿《送高郎中…》："谁知清漠北,娄敬策居多。"

楼烦 lóu fán
【分类】政治
【关键词】匈奴
【释义】古代北方部族名,精于骑射。因以代指善射的将士。《史记·匈奴列传》："而晋北有林胡、楼烦之戎,燕北有东胡、山戎。"
【例句】唐李益《来从窦车…》："自经皋兰战,又破楼烦地。"

唐陶翰《赠郑员外》："西分雁门骑,北逐楼烦王。"唐李白《宣城送刘…》："结交楼烦将,侍从羽林儿。"唐武元衡《出塞作》："虽云风景异华夏,亦喜地理通楼烦。"

楼护智　lóu hù zhì

【分类】生态

【关键词】楼护

【释义】西汉齐人楼护,为人短小精悍,机智善辩。后遂用为机智善谈之典。《汉书·游侠传·楼护》："为人短小精辩,论议常依名节,听之者皆靡。与谷永俱为五侯上客,长安号曰'谷子云笔札,楼君卿唇舌。'"

【例句】唐杜牧《长安杂题…》："自笑苦非楼护智,可怜船槊竟何功。"宋张方平《离都招友人》："张汤筋力奈寒暑,楼护口舌摇风霆。"金元好问《寄答溪南…》："长安正有五侯鲭,肮脏谁能作楼护?"明何乔新《归田后连…》："有口耻尝楼护膳,无庐肯主廖亭家。"

楼居　lóu jū

【分类】生活

【关键词】汉书

【释义】指楼房,或住楼房。《汉书·郊祀志下》："公孙卿曰:'今陛下可为观,如缑城,置脯枣,神人宜可致也。且仙人好楼居。'"

【例句】唐杜甫《收京》："须为下殿走,不可好楼居。"唐卢纶《送道士邰…》："楼居五云里,几与武皇登。"唐张籍《咏陀罗山》："云外无时不闲在,楼居何处得超然。"唐柳宗元《摘樱桃赠…》："海上朱樱赠所思,楼居况是望仙时。"

蝼蚁　lóu yǐ

【分类】政治

【关键词】吉翂

【释义】蝼蛄和蚂蚁。比喻力量弱小、无足轻重的动物或人。《梁书·吉翂传》："夫鲲鲕蝼蚁,尚惜其生。"

【例句】唐杜甫《自京赴奉…》："顾惟蝼蚁辈,但自求其穴。"唐杜甫《谒文公上方》："王侯与蝼蚁,同尽随丘墟。"唐杜甫《古柏行》："苦心岂免容蝼蚁,香叶终经宿鸾凤。"唐柳宗元《跂乌词》："还顾泥涂备蝼蚁,仰看栋梁防燕雀。"

漏夺名籍　lòu duó míng jí

【分类】政治

【关键词】李膺

【释义】自请免官之典。《后汉书·李膺传》："时侍御史蜀郡景毅子顾为膺门徒,而未有录牒,故不及于谴。毅乃慨然曰:'本谓膺贤,遣子师之,岂可以漏夺名籍,苟安而已!'遂自表免归。"李膺被宦官党祸之名杀害,牵连门生。景顾被借口漏掉名字而取消名籍。

【例句】唐戴叔伦《敬酬陆山人》："当时漏夺无人问,出宰东阳笑杀君。"

漏尽　lòu jìn

【分类】生活

【关键词】独断

【释义】刻漏已尽。谓夜深或天将晓。《独断》："夜漏尽,鼓鸣则起;昼漏尽,钟鸣则息也。"

【例句】唐宋之问《花烛行》："漏尽更深斗欲斜,可怜金翠满庭花。"唐顾况《宫词》："禁柳烟中闻晓乌,风吹玉漏尽铜壶。"唐刘沧《长安逢友人》："风度重城宫漏尽,月明高柳禁烟深。"唐许浑《李定言自…》："闾阖欲开宫漏尽,冕旒初坐御香高。"

漏网　lòu wǎng

【分类】政治

【关键词】史记

【释义】刑法宽大之典。《史记·酷吏列传序》："汉兴,破觚而为圜,斫雕而为朴,网漏于吞舟之鱼,而吏治烝烝,不至于奸,黎民艾安。"

【例句】唐杜甫《暮秋枉裴…》："授钺筑坛闻意旨,颓纲漏网期弥纶。"唐杜甫《建都十二韵》："牵裾恨不死,漏网荷殊恩。"唐张云容《与薛昭合…》："误入宫垣漏网人,月华静洗玉阶尘。"宋吕夏卿《谒张相公祠》："波涛漏网鱼龙活,日月无光蟪蛄昏。"

卢敖　lú áo

【分类】文化

【关键词】淮南子

【释义】本齐国方士。曾为秦始皇寻求古仙人羡门、高誓及芝奇长生仙药,秦始皇赏赐甚厚,进为博士。《淮南子·道应训》："卢敖游乎北海…卢敖与之语曰:'子殆可与敖为友乎?'若士者龋然而笑曰:'然子处矣,吾与汗漫期于九垓之外,吾不可以久驻。'"

【例句】唐李白《庐山谣寄》："先期汗漫九垓上,愿接卢敖游太清。"唐李合《贺州思九…》："嬺作卢敖游,愿为曼倩狂。"宋李正民《送李及甫…》："自惭为郡无佳政,且作卢敖汗漫游。"宋韩武仲《送李大夫》："未应谢傅入沧海,行见卢敖朝玉京。"

卢谌故吏　lú chén gù lì

【分类】政治

【关键词】卢谌

【释义】晋卢谌,曾任并州刺史刘琨的主簿,后转为从事中郎。他在赠刘琨一首四言诗前的书信中,开头便以老部下的口吻,自称"故吏从事中郎卢谌"。后因用为典实。喻不忘旧故。晋卢谌《赠刘琨一首并书》："故吏从事中郎卢谌…"

【例句】唐萧至忠《荐福寺应》："制甚欢延故吏,大觉拯生人。"唐皎然《重联句》："仍怜故吏依依恋,自有清光处处随。"唐张南史《送郑录事》："卢谌即故吏,还复向并州。"唐李德裕《送张中丞…》："自嗟文废久,此曲为卢谌。"

卢谌幄内璆　lú chén wò nèi qiú

【分类】文化

【关键词】卢谌

【释义】晋卢谌曾在并州刺史刘琨部下任幕僚。刘琨在赠卢的诗中，将卢比为崐山中之美玉。后用为称美僚属之典。晋刘琨《重赠卢谌一首》："崐山有悬璧，本自荆山璆。"唐李善注："悬璧，悬黎以为璧，以喻谌也……璆，玉也。"

【例句】唐张登《冬至夜郡…》："王俭花为府，卢谌幄内璆。"唐李逢吉《和严揆省…》："致斋分直宿南宫，越石卢谌此夜同。"《文选》唐张南史《送郑录事…》："卢谌即故吏，还复向并州。"五代徐铉《闻查建州…》："自怜放逐无长策，空使卢谌泪满裾。"

卢耽鹤 lú dān hè

【分类】文化

【关键词】卢耽

【释义】咏出行或咏仙术变化之典。《水经注·浪水》引邓德明《南康记》："昔有卢耽仕州为治中，少栖仙术，善解云飞。每夕辄凌虚归家，晓则还州，尝于元会至朝，不及朝列，化为白鹄至阙回翔欲下，威仪以石掷之，得一只履。耽惊还就列。内外左右，莫不骇异。"

【例句】唐李白《赠卢司户》："借问卢耽鹤，西飞几岁还。"元胡布《再联韵三…》："从古饭牛知宁戚，于今呼鹤有卢耽。"明邓云霄《仙鹤篇寿…》："养鹤常同和靖心，步虚已化卢耽骨。"清黎简《昔年》："君去卢耽鹤，吾归海客鸥。"

卢鸿屋 lú hóng wū

【分类】政治

【关键词】卢鸿

【释义】泛指隐士居所。《新唐书·卢鸿传》："博学，善书籍，庐嵩山。玄宗开元初，备礼征，再，不至……鸿到山中，广学庐，聚徒至五百人。"

【例句】宋徐俯《念奴娇》："万丈辉光，奔云涌雾，飞过卢鸿屋。"宋尹公远《齐天乐》："卢鸿旧时隐处，想斜阳草树，水榭云屋。"宋于石《秋思》："草堂何必仿卢鸿，水色苍茫山色浓。"金赵秉文《庆学士叔…》："小筑龙潭德不孤，卢鸿新有草堂图。"

卢郎 lú láng

【分类】文化

【关键词】卢元明

【释义】原是对北魏卢元明叔侄的赞语。泛指儒雅、有为少年。《魏书·卢玄传》："（元明）少时常从还洛，途遇相州刺史、中山王熙。熙博识之士，见而叹曰：'卢郎有如此风神，唯须诵《离骚》，饮美酒，自为佳器。'"

【例句】唐杨巨源《酬卢员外》："谢傅庭旗控上游，卢郎樽俎借前筹。"五代崔氏《述怀》："自恨妾身生较晚，不及卢郎年少时。"宋张守《次韵张煇…》："因识卢郎是佳器，定能痛快诵离骚。"宋赵长卿《鹧鸪天》："相携共学骖鸾侣，却笑卢郎旧约寒。"

卢郎妻怨 lú láng qī yuàn

【分类】生活

【关键词】崔氏女

【释义】咏妻子嫌怨丈夫年老体衰之典。《南部新书》："卢家有子弟，年暮而为校书郎，晚娶崔氏女。崔有词翰，结婚之后，微存嫌色。卢因请诗以述为戏。崔立成诗曰：'不怨檀郎年纪大，不怨檀郎官职卑，自恨妾身生较晚，不见卢郎年少时。'"

【例句】宋周邦彦《玉楼春》："夕阳深锁绿苔门，一任卢郎愁里老。"宋贺铸《玉楼春》："卢郎任老也多才，不数五陵狂侠少。"宋谢逸《玉楼春》："更无卓氏白头吟，只有卢郎年少恨。"明于慎行《为侯六悼妾》："红颜不待卢郎老，付与文君共白头。"

卢女 lú nǚ

【分类】生活

【关键词】曹操

【释义】泛指善奏乐器的女子。《乐府诗集·卢女曲》引《乐府解题》曰："卢女者，魏武帝时宫人也，故将军阴升之姊。七岁入汉宫，善鼓琴。至明帝崩后，出嫁为尹更生妻。梁简文帝《妾薄命》曰：'卢姬嫁日晚，非复少年时。'盖伤其嫁迟也。"

【例句】唐张子容《除夜乐城…》："妙曲逢卢女，高才得孟嘉。"唐储光羲《同武平一…》："舟中对舞邯郸曲，月下双弹卢女弦。"宋陈克《浣溪沙》："卢女嫁时终薄命，徐娘身老谩多情。"明胡应麟《梦游卢下…》："酒压吴姬春似海，香消卢女夜如年。"

卢矢 lú shǐ

【分类】政治

【关键词】尚书

【释义】黑色箭。诸侯有大功，天子赐予黑色弓矢，以之象征征伐之权。源见"彤弓"。

【例句】宋何梦桂《沁园春》："衮衣绣裳，彤弓卢矢，山西将门。"元郭奎《从军行》："彤弓卢矢倍，受言宜允臧。"明董其昌《贺郭青螺…》："彤弓卢矢蕊珠庭，瑞霭遥连执法星。"明毛奇龄《蒙孙国公…》："家自传卢矢，门无咏蒯缑。"

卢仝七碗茶 lú tóng qī wǎn chá

【分类】文化

【关键词】茶

【释义】言饮茶不须七碗即通仙灵，极赞茶之妙用。后以为称颂饮茶的典故。唐卢仝《走笔谢孟谏议寄新茶》："……七碗吃不得也，唯觉两腋习习清风生。"

【例句】宋张纲《次韵孙仲…》："腐儒一饱忘粗粝，更索卢仝七碗茶。"宋苏轼《游诸佛舍》："何须魏帝一丸药，且尽卢仝七碗茶。"宋强至《依韵和崔…》："一丸道士曾投药，七碗先生亦爱茶。"宋鹿敏求《上城院》："抵寒犹欠千钟酒，破睡聊资七碗茶。"

卢绾须征 lú wǎn xū zhēng

【分类】政治

【关键词】卢绾

【释义】汉人卢绾跟随刘邦起事，被封为燕王。后刘邦发现陈豨谋反与他有牵连，于是派樊哙去征剿，绾遂逃往匈奴。后用为比喻叛臣之典。《汉书·卢绾传》："汉既斩豨，其裨将降，言燕王绾使范齐通计豨所。"

【例句】唐杜甫《暮冬送苏…》："卢绾须征日，楼兰要斩时。"元杨基《淮阴祠》："卢绾且称王，耻与绛灌随。"明邝颐《卢绾故宅》："野禽不解兴亡恨，犹自飞飞下碧川。"

庐江吏妇 lú jiāng lì fù

【分类】生活

【关键词】焦仲卿

【释义】指庐江府小吏焦仲卿妻。喻指遭受家庭虐待的人妇。源见"孔雀东南飞"。

【例句】元胡奎《焦仲卿妇辞》："嫁作庐江焦氏妇，低眉不离老姑傍。"明王世贞《孔雀》："咸阳公主萧史曲，庐江小妇仲卿妻。"明王世贞《双燕离》："不如庐江小吏妇，犹胜会稽太守妻。"明毛奇龄《饮垆下作》："庐江小妇偏能美，洛下名姝实可怜。"

庐江小吏 lú jiāng xiǎo lì

【分类】生活

【关键词】焦仲卿

【释义】指庐江府小吏焦仲卿。为咏挚爱夫妻婚姻悲剧之典。源见"孔雀东南飞"。

【例句】唐乔知之《定情篇》："庐江小吏妇，非夫织作迟。"唐李白《庐江主人妇》："孔雀东飞何处栖，庐江小吏仲卿妻。"唐温庭筠《懊恼曲》："庐江小吏朱斑轮，柳缕吐芽香玉春。"明李攀龙《送郭子坤…》："吴楚西南郡阁重，庐江小吏日从容。"

胪唱 lú chàng

【分类】政治

【关键词】宋史

【释义】科举时代，进士殿试后，皇帝召见，按甲第唱名传呼，称胪唱。其制始于宋时。宋曾敏行《独醒杂志》卷九："翌日胪唱，元用居第一，表卿次之。"

【例句】宋陈宗远《闻八月…》："北斗三魁夜吐芒，竞传胪唱摆王扬。"宋喻良能《挽周判院》："昔年胪唱下彤墀，名压人头似牧之。"宋赵扩《赐状元蔡…》："内庭考最称文异，胪唱宣名奖意浓。"宋洪咨夔《省闱试士》："容受直言天子圣，好听胪唱响春雷。"

鸬鹚杓 lú cí sháo

【分类】生活

【关键词】李白

【释义】刻为鸬鹚形的酒杓。为咏饮酒之典。唐李白《襄阳歌》："鸬鹚杓，鹦鹉杯，百年三万六千日，一日须倾三百杯。"王琦注："杨齐贤曰：鸬鹚，水鸟，其颈长，刻杓为之形。"

【例句】宋黄庭坚《戏答王子…》："病来孤负鸬鹚杓，禅板蒲团入眼中。"宋方岳《上巳溪汎》："舴艋舟轻暖欲酣，鸬鹚杓重何能堪。"宋朱弁《秋泉次韵》："翡翠杯深云液凝，鸬鹚杓满月波翻。"宋方岳《别陈尉》："瀔鹚滩深犹昨日，鸬鹚杓醉复何时。"

鲁褒钱神 lǔ bāo qián shén

【分类】政治

【关键词】鲁褒

【释义】讽刺贪财之典。《晋书·鲁褒传》："鲁褒字元道，南阳人也。好学多闻，以贫素自立。元康之后，纲纪大坏，褒伤时之贪鄙，乃隐姓名，而著《钱神论》以刺之。"讽刺金钱万能，世风日下。

【例句】唐李峤《钱》："九府五铢世上珍，鲁褒曾咏道通神。"唐杜牧《李给事中敏》："因看鲁褒论，何处是吾庐？"唐杜牧《题桐叶》："钱神任尔知无敌，酒圣于吾亦庶几。"唐韦庄《遣兴》："乱来知酒圣，贫去觉钱神。"宋张耒《送穷》："不用为文送穷鬼，直须图事祝钱神。"宋刘筠《偶作》："却忆侯封安邑枣，不能兄事鲁褒钱。"

鲁殿灵光 lǔ diàn líng guāng

【分类】生态

【关键词】王延寿

【释义】比喻硕果仅存的人或事物。《昭明文选·汉王延寿〈鲁灵光殿赋序〉》："鲁灵光殿者，盖景帝程姬之子恭王余之所立也。…自西京未央、建章之殿，皆见隳坏，而灵光岿然独存。"意有神明的保祐。

【例句】唐杜甫《登兖州城楼》："孤嶂秦碑在，荒城鲁殿余。"宋李曾伯《挽尤端明》："典型周大雅，人物鲁灵光。"元周巽《送贺元忠…》："送君之曲阜，鲁殿谒灵光。"元陈谟《寄项如山…》："尧民击壤应同乐，鲁殿灵光让独尊。"

鲁二生 lǔ èr shēng

【分类】政治

【关键词】叔孙通

【释义】指保持儒家节操，不与时俗同流合污的代表人物。《史记·刘敬叔孙通列传》："叔孙通使征鲁诸生三十余人。鲁有两生不肯行。曰：'…今天下初定，死者未葬，伤者未起，又欲起礼乐。礼乐所由起，积德百年而后可兴也。吾不忍为公所为。公所为不合古，吾不行。公往矣，无污我！'"

【例句】宋陆游《晚晴闻角…》："议郎博士多新奏，谁致当时鲁二生。"宋陆游《昔人有画…》："衣冠简朴未可轻，安知中无鲁二生。"宋赵蕃《子进昆仲…》："古途荆棘少人行，制礼难招鲁二生。"明钱谦益《戊辰七月…》："长吟颇惜齐三士，抚卷谁知鲁二生。"

鲁缟薄 lǔ gǎo báo

【分类】生活

【关键词】韩安国

【释义】缟，未经染色的绢。为咏织艺精高之典。《史记·韩长孺列传》："且强弩之极，矢不能穿鲁缟。"《汉书·韩安国传》："力不能入鲁缟。"唐颜师古注："缟,素也,曲阜之地,俗善作之,尤为轻细,故以取喻也。"

【例句】唐杜甫《忆昔》："齐纨鲁缟车班班,男耕女桑不相失。"唐韩翃《鲁中送从…》："轻橐归时鲁缟薄,寒衣缝处郑绵多。"元李延兴《上总戎》："旗拂戎旌空,箭穿鲁缟薄。"明曹学佺《和高太史…》："还同鲁缟穿风薄,讵比湘筠染泪多。"

鲁公伯禽 lǔ gōng bó qín
【分类】政治
【关键词】周公旦
【释义】周公旦长子,鲁国第一任国君。周公旦受封鲁国,因其在镐京辅佐成王,故派伯禽代其受封鲁国。《史记·鲁周公世家》："于是卒相成王,而使其子伯禽代就封于鲁…是为鲁公。"

【例句】唐李白《送萧三十…》："君行既识伯禽子,应驾小车骑白羊。"唐白居易《杂感》："伯禽鞭见血,过失由成王。"唐高适《题李别驾壁》："礼乐遥传鲁伯禽,宾客争过魏公子。"唐周昙《成王》："成王有过伯禽笞,圣惠能新日自奇。"

鲁恭文字 lǔ gōng wén zì
【分类】政治
【关键词】刘余
【释义】指鲁恭王刘馀于孔子旧宅得经书一事。《汉书·鲁恭王馀传》："恭王初好治宫室,坏孔子旧宅以广其宫,闻钟磬琴瑟之声,遂不敢复坏,于其壁中得古文经传。"

【例句】唐杜甫《玉台观》："彩云萧史驻,文字鲁恭留。"唐于鹄《醉后寄山…》："都忘醉后逢廉度,不省归时见鲁恭。"宋刘敞《曲阜圣…》："文字鲁恭经改观,履綦钟意想攀枝。"宋宋庠《过普明禅院》："虽开居士室,未坏鲁恭堂。"宋唐庚《六一堂》："勿毁鲁恭宅,中有夫子天。"

鲁恭驯雉 lǔ gōng xùn zhì
【分类】政治
【关键词】鲁恭
【释义】颂扬地方官吏施行仁政、泽及禽兽的典故。《后汉书·鲁恭传》："(鲁恭)拜中牟令。时郡国螟伤稼,犬牙缘界,不入中牟…使仁恕掾肥亲往察之…有雉过止其傍,傍有童儿。亲曰:'何不捕之?'儿言:'雉方将雏。'"

【例句】唐独孤及《酬常郿县…》："爱君修政若修身,鳏寡来归乳雉驯。"唐骆宾王《伤祝阿王…》："翔凫犹化履,狎雉尚驯童。"唐杜甫《桥陵诗三…》："侧闻鲁恭化,秉德崔瑗铭。"唐于鹄《醉后寄山…》："都忘醉后逢廉度,不省归时见鲁恭。"宋曾巩《送高秘丞》："公退种花常满县,政成驯雉不惊人。"宋李流谦《宿魏城驿…》："人夸驯雉碑犹在,书托文鳞水漫流。"

鲁句践 lǔ gōu jiàn
【分类】政治
【关键词】荆轲

【释义】邯郸侠士,曾呵斥荆轲,荆轲避走。获知荆轲刺杀秦王后懊悔不已。《史记·刺客列传》："荆轲游于邯郸…鲁句践怒而叱之,荆轲嘿而逃去…鲁句践已闻荆轲之刺秦王,私曰:'嗟乎,惜哉其不讲于刺剑之术也!甚矣吾不知人也!曩者吾叱之,彼乃以我为非人也!'"

【例句】唐李白《少年行》："因声鲁句践,争情勿相欺。"元周砥《放歌行赠…》："荆卿不答鲁句践,项羽肯顾齐安期。"明胡应麟《易水垆头…》："君不见鲁句践,叱咤干将起雷电。"明胡应麟《布帆行寄…》："道傍叱咤鲁句践,白虹怒吼昭王台。"

鲁国髽 lǔ guó zhuā
【分类】生活
【关键词】左传
【释义】咏服丧之典。《左传·襄公四年》："臧纥救鄫,侵邾,败于狐骀。国人逆丧者皆髽。鲁于是乎始髽。"晋杜预注："髽,麻发合结也。遭丧者多,故不能备凶服,髽而已。"

【例句】唐柳宗元《同刘二十…》："祀变荆巫祷,风移鲁妇髽。"唐皮日休《卒妻怨》："处处鲁人髽,家家祀妇哀。"元郑元祐《吊刘龙洲墓》："才贤尽毙贼桧手,君相甘同鲁妇髽。"元吴当《节妇挽诗》："台倚巴清墓,风传鲁妇髽。"

鲁侯燕喜 lǔ hóu yàn xǐ
【分类】生活
【关键词】诗经
【释义】指吉庆之宴。《诗经·鲁颂·閟宫》："鲁侯燕喜,令妻寿母。"汉郑玄笺："燕,燕饮也。令,善也。喜公燕饮于内寝,则善其妻,寿其母,谓为之祝庆也。"

【例句】唐张说《岳州别子均》："离筵非燕喜,别酒正销魂。"唐陆龟蒙《奉酬袭美…》："蚕寒茧尚薄,燕喜雏新成。"五代骆仲舒《句》："张鸿诗在楞伽峡,韩愈碑留燕喜亭。"宋宋绶《送何水部…》："退食斋中多燕喜,暖泉春酿泛瑶觞。"宋王九万《寿游侍郎…》："嘉平报初度,吉音随燕喜。"

鲁酒薄 lǔ jiǔ bó
【分类】政治
【关键词】庄子
【释义】指薄酒、淡酒。《庄子·胠箧》："鲁酒薄而邯郸围。"陆德明释文："许慎注《淮南》云:'楚会诸侯,鲁赵俱献酒于楚王,鲁酒薄而赵酒厚。楚之主酒吏求酒于赵,赵不与,吏怒,乃以赵厚酒易鲁薄酒奏之。楚王以赵酒薄,故围邯郸也。'"后以"鲁酒薄而邯郸围"喻事情展转相因,或指牵连致祸。

【例句】唐李白《沙丘城下…》："鲁酒不可饮,齐歌空复情。"唐白居易《杂感》："鲁酒薄如水,邯郸开战场。"宋刘筠《秋夜对月》："欲销千里恨,鲁酒薄还醒。"宋刘攽《茂陵徐生歌》："高岸为谷邱渊移,鲁酒之薄邯郸为。"

鲁连蹈海 lǔ lián dǎo hǎi
【分类】政治

【关键词】鲁仲连

【释义】咏高尚之人、坚守节义之典。《战国策·赵策》载：鲁仲连反对尊帝为帝，向辛垣衍指出"彼秦者，弃礼义而上首功之国也。权使其士，虏使其民。彼则肆然而为帝，过而遂正于天下，则连有赴东海而死矣。吾不忍为之民也！"秦围赵都邯郸，魏使辛垣衍劝赵尊秦为帝，遭鲁仲连驳斥。信陵君又率兵救赵，秦退。

【例句】唐李颀《行路难》："鲁连所以蹈东海，古往今来称达人。"唐鲍溶《淮南卧病…》："鲁连未必蹈沧海，应见麒麟新画图。"唐王维《送崔三往…》："鲁连功未报，且莫蹈沧洲。"宋李觏《三贤咏》："鲁连誓蹈海，夷齐甘采薇。"宋刘敞《杂诗》："虽诧平原倾食客，鲁连犹蹈海滨还。"

鲁连书　lǔ lián shū

【分类】政治

【关键词】鲁仲连

【释义】喻以文克敌，不战而胜。《史记·鲁仲连邹阳列传》："齐田单攻聊城岁余，士卒多死而聊城不下。鲁连乃为书，约之矢以射城中，遗燕将…燕将见鲁连书，泣三日，犹豫不能自决，欲归燕，已有隙，恐诛；欲降齐，所杀虏于齐甚众，恐已降而后见辱。喟然叹曰：'与人刃我，宁自刃。'乃自杀。聊城乱，田单遂屠聊城。"

【例句】唐李白《奔亡道中》："仍留一只箭，未射鲁连书。"唐李白《江夏寄汉…》："君草陈琳檄，我书鲁连箭。"唐钱起《送屈突司…》："星飞庞统骥，箭发鲁连书。"唐薛能《赠苗端公》："身欢步兵酒，吏写鲁连书。"

鲁连谢金　lǔ lián xiè jīn

【分类】政治

【关键词】鲁仲连

【释义】指鲁连帮助赵国却秦，辞谢千金事。《史记·鲁仲连邹阳列传》："以千金为鲁连寿。鲁连笑曰：'所贵于天下之士者，为人排患释难解纷乱而无取也。即有取者，是商贾之事也，而连不忍为也。'"

【例句】唐李白《留别王司…》："鲁连卖谈笑，岂是顾千金。"唐李绅《忆过润州》："谈笑谢金何所愧，不为偷买用兵符。"唐高适《酬河南节…》："鲁连真义士，陆逊岂书生。"唐张祜《咏史》："留名鲁连去，于世绝遗音。"金王元粹《寿李长源》："一饭见哀韩信耻，千金为寿鲁连轻。"

鲁门爰居　lǔ mén yuán jū

【分类】政治

【关键词】庄子

【释义】泛指受到不顺其自身情理对待的人或物。爰居：海鸟名。源见"海鸟悲钟鼓"。

【例句】唐杜甫《故著作郎…》："鹓鸰至鲁门，不识钟鼓飨。"唐杜甫《白凫行》："鲁门爰居亦蹭蹬，闻道如今犹避风。"唐胡曾《鲁城》："因笑臧孙才智少，东门钟鼓祀鹓鸰。"宋刘敞《读庄子》："箫韶岂不美，爰居自悲。"

鲁禽情　lǔ qín qíng

【分类】政治

【关键词】庄子

【释义】比喻违反事理性情，后果不堪设想。源见"海鸟悲钟鼓"。

【例句】唐骆宾王《远使海曲…》："未安胡蝶梦，遽切鲁禽情。"宋邹浩《至日依韵…》："但喜奉身归膝下，自余皆是鲁禽杯。"

鲁司寇　lǔ sī kòu

【分类】政治

【关键词】孔子

【释义】指孔子。曾担任鲁国大司寇。《史记·孔子世家》："其后定公以孔子为中都宰，一年，四方皆则之。由中都宰为司空，由司空为大司寇。"

【例句】唐卢仝《感古》："仲尼鲁司寇，出走为群婢。"唐李山甫《早秋山中作》："司寇亦曾遭鲁黜，步兵何事哭途穷。"宋苏洵《又答邓公美》："仲尼鲁司寇，官职亦已优。"宋刘敞《朱云》："昔时仲尼鲁司寇，七日行戮端乾坤。"

鲁卫　lǔ wèi

【分类】生活

【关键词】论语

【释义】代称兄弟。泛指礼仪之邦。比喻情况类似、实质相同。《论语·子路》："鲁卫之政，兄弟也。"三国魏何晏《集解》引汉包咸曰："鲁，周公之封；卫，康叔之封。周公、康叔既为兄弟，康叔睦于周公，其国之政亦如兄弟。"

【例句】唐李隆基《过大哥宅…》："鲁卫情先重，亲贤爱转多。"唐杜甫《戏题寄上…》："鲁卫弥尊重，徐陈略丧亡。"唐白居易《同梦得暮…》："鲁卫定知连气色，潘杨亦觉有光华。"唐黄颇《和主司王起》："独陪宣父蓬瀛奏，方接颜生鲁卫游。"

鲁为齐弱　lǔ wèi qí ruò

【分类】政治

【关键词】左传

【释义】意谓鲁国比齐国弱小。《左传·哀公十四年》："甲午，齐陈恒弑其君壬于舒州。孔丘三日齐，而请伐齐，三。公曰：'鲁为齐弱久矣，子之伐之，将若之何？'"

【例句】宋陈亮《贺新郎》："涕出女吴成倒转，问鲁为齐弱何年月。"宋彭汝砺《累承见酬…》："齐晋亦当忧鲁弱，韩吴终是怯秦强。"宋欧阳修《再和圣俞…》："有时争胜不量力，何异弱鲁攻强齐。"宋米芾《题麟凤碑》："汉德已衰还应孽，鲁邦既弱不为妖。"

鲁阳挥戈　lǔ yáng huī gē

【分类】生态

【关键词】鲁阳

【释义】谓人力回天，力挽颓局。《淮南子·览冥训》："鲁阳公与韩构难，战酣，日暮，援戈而挥之，日为之反三舍。"

【例句】唐杜甫《伤春》："难分太仓粟，竟弃鲁阳戈。"唐岑参《送裴侍御…》："惜别津亭暮，挥戈忆鲁阳。"唐吴融《红白牡丹》："看久愿成庄叟梦，惜留须倩鲁阳戈。"唐董思恭《咏日》:"更也人皆仰,无待挥戈正。"

鲁衣冠　lǔ yī guān
【分类】文化
【关键词】孔子
【释义】咏儒生之典。《礼记·儒行》:"鲁哀公问于孔子曰:'夫子之服,其儒服欤?'孔子对曰:'丘少居鲁,衣缝掖之衣,长居宋,冠章甫之冠。丘闻之也,君子之学也博,其服也乡。丘不知儒服。'"
【例句】唐权德舆《送山人归…》:"工为楚辞赋,更著鲁衣冠。"宋杨亿《吴门问之…》:"长安车马偏欺汉,鲁国衣冠肯戏儒。"宋张方平《兖海孙学…》:"邹鲁衣冠古士乡,义方不独有扶阳。"宋李光《八月一日…》:"远稽邹鲁衣冠古,近揖江山气象新。"

鲁元公主　lǔ yuán gōng zhǔ
【分类】政治
【关键词】汉高祖
【释义】汉高祖刘邦和皇后吕雉的女儿。《史记·高祖本纪》:"吕公女乃吕后也,生孝惠帝、鲁元公主。"《史记·张耳陈馀列传》:"高祖长女鲁元公主为赵王敖后。…张敖,高后六年薨。"
【例句】唐岑参《感遇》:"汉家鲁元君不闻,今作城西一古坟。"宋沈少南《题储福宫…》:"割尽齐封奉鲁元,更开沁水占名园。"宋秦观《庆张君俞…》:"鲁元福禄何人似,坐见张敖数子侯。"明徐渭《王右参取…》:"不是野鸡终夜哭,鲁元先尔嫁如今。"

鲁雉　lǔ zhì
【分类】政治
【关键词】鲁恭
【释义】用作称美官有善政,化及禽兽的典故。源见"鲁恭驯雉"。
【例句】唐骆宾王《春夜韦明…》:"雅琴驯鲁雉,歌清落范尘。"宋吴泳《又和洪司…》:"柳外游丝难系日,麦边驯雉亦惊春。"明陈恭尹《送沈丹山…》:"鲁雉亲人朝尚集,鲍骢行步日方开。"

鲁中都　lǔ zhōng dū
【分类】政治
【关键词】孔子
【释义】指孔子曾任鲁国中都宰。《史记·孔子世家》:"定公以孔子为中都宰,一年,四方皆则之。由中都宰为司空,由司空为大司寇。"
【例句】唐权德舆《送从翁赴…》:"地雄韩上党,秩比鲁中都。"元胡祗遹《题思圣堂》:"汶上鲁中都,哲人宰兹邑。"

鲁仲连　lǔ zhòng lián
【分类】政治
【关键词】鲁仲连
【释义】齐国士人。义不帝秦,说赵、魏两国联合抗秦;箭书助田单收复聊城。《史记·鲁仲连邹阳列传》:"好奇伟俶傥之画策,而不肯仕宦任职,好持高节。"
【例句】唐李白《赠宣城公…》:"岩峣广成子,倜傥鲁仲连。"唐李白《献从叔当…》:"鲁连善谈笑,季布折公卿。"唐王维《送崔三往…》:"鲁连功未报,且莫蹈沧洲。"唐皎然《苕溪草堂…》:"吾嘉鲁仲连,功成弃圭璧。"

六安丞　lù ān chéng
【分类】政治
【关键词】桓谭
【释义】遭贬官之典。《后汉书·桓谭传》:"谭复极言谶(预言吉凶得失的文与图)之非经。帝大怒曰:'桓谭非圣无法,将下斩之。'谭叩头流血,良久乃得解。出为六安郡丞,意忽忽不乐,道病卒"。
【例句】唐杜甫《寄刘峡州…》:"皆为百里宰,正似六安丞。"明张鸣凤《留别黄门…》:"朝议遽宽重遣吏,圣恩因借六安丞。"

陆沉　lù chén
【分类】政治
【关键词】庄子
【释义】陆地无水而沉。比喻隐居。《庄子·则阳》:"方且与世违而心不屑与之俱,是陆沉者也。"晋郭象注:"人中隐者,譬无水而沉也。"
【例句】唐上官仪《五言辽东…》:"信美陪仙跸,长歌慰陆沉。"唐祖咏《家园夜坐…》:"谁念穷居者,明时嗟陆沉。"唐徐夤《休说》:"休说人间有陆沉,一樽闲待月明斟。"唐王维《送从弟蕃…》:"高义难自隐,明时宁陆沉。"

陆池莲　lù chí lián
【分类】文化
【关键词】述异记
【释义】泛指莲花。《述异记》:"越中有王氏之橘园…吴中有陆家白莲,顾家斑竹。"
【例句】唐杜甫《秋日夔府…》:"紫收岷岭芋,白种陆池莲。"宋陆游《感旧绝句》:"半红半白官池莲,半醒半醉女郎船。"宋黄裳《湖上闲赋》:"问言居士庵何处,为指中洲有陆莲。"宋释惠日《白莲花》:"白羽芬葩陆地莲,可曾摇曳水中天。"

陆海潘江　lù hǎi pān jiāng
【分类】文化
【关键词】陆机潘岳
【释义】陆:指晋朝陆机。潘:指晋朝潘岳。陆机的文才如大海,潘岳的文才如长江。比喻学识渊博,才华横溢的人。南朝钟嵘《诗品》:"陆才如海,潘才如江。"
【例句】宋梅尧臣《谢永叔答…》:"天下才名罕有双,今逢陆海与潘江。"宋杨万里《王式之…》:"君才陆海与潘江,句里芒寒万丈长。"宋方回《次韵吴僧…》:"潘江陆海一笑唾,暂借禅衣隐此身。"聂绀弩《题〈宋诗选注〉…》:"倒翻陆海潘江水,淹死一穷二白文。"

陆机　lù jī

【分类】文化
【关键词】陆机
【释义】字士衡,西晋文学家、书法家。与潘岳有"潘江陆海"之称。历任吴国郎中令、著作郎等职,与贾谧等结为金谷二十四友。成都王司马颖表为平原内史,世称陆平原。任后将军、河北大都督,遭谗遇害,被夷三族。源见"陆机雾"。
【例句】唐刘长卿《送陆沣仓…》:"长安此去欲何依,先达谁当荐陆机。"唐李白《题金陵王…》:"此堂见明月,更忆陆平原。"唐李白《行路难》:"陆机才多岂自保,李斯税驾苦不早。"唐韩翃《送王少府…》:"吴郡陆机称地主,钱塘苏小是乡亲。"唐高适《酬秘书弟…》:"多才陆平原,硕学郑司农。"

陆机雾　lù jī wù

【分类】政治
【关键词】陆机
【释义】咏蒙冤遭戮之典。《晋书·陆机传》:"机既死非其罪,士卒痛之,莫不流涕。是日昏雾昼合,大风折木,平地尺雪,议者以为陆氏之冤。"
【例句】唐张祜《哭汴州陆…》:"冤深陆机雾,愤积伍员涛。"

陆贾　lù jiǎ

【分类】政治
【关键词】陆贾
【释义】西汉政治家、外交家。两次出使南越,说服赵佗臣服汉朝。说和陈平、周勃同力诛吕。《史记·郦生陆贾列传》:"及诛诸吕,立孝文帝,陆生颇有力焉…往使尉他,令尉他去黄屋称制,令比诸侯,皆如意旨。"
【例句】唐刘长卿《送裴二十…》:"陆贾千年后,谁看朝汉台。"唐许浑《登尉佗楼》:"南来作尉任嚣力,北向称臣陆贾功。"唐杜甫《送魏二十…》:"明白山涛鉴,嫌疑陆贾装。"唐郎士元《送崔侍御…》:"畴昔常闻陆贾说,故人今日岂徒然。"

陆贾分金　lù jiǎ fēn jīn

【分类】生活
【关键词】陆贾
【释义】指官吏退休后平分家产与子孙以为生计。《史记·郦生陆贾列传》载:孝惠帝时,吕太后用事,欲王诸吕,陆生自度不能争之,乃病免家居。出所使越得橐中装卖千金,分其子,子二百金,令为生产。
【例句】唐白居易《闲居贫活计》:"尊有陶渊明酒,囊无陆贾金。"唐骆宾王《帝京篇》:"陆贾分金将宴会,陈遵投辖正留宾。"宋李思衍《行赆有礼》:"蜀人爱命相如檄,越使何求陆贾金。"元陈旅《送赵子期…》:"上书不奏唐蒙策,归橐宁将陆贾金。"

陆贾著书　lù jiǎ zhù shū

【分类】政治
【关键词】陆贾
【释义】指陆贾著《新语》,言国之成败之道。《史记·郦生陆贾列传》:"高帝…乃谓陆生曰:'试为我著秦所以失天下,吾所以得之者何,及古成败之国。'…号其书曰《新语》。"
【例句】唐李德裕《述梦诗》:"著书同陆贾,待诏比王褒。"五代徐钧《陆贾》:"新语见称应有意,当时人未说诗书。"金萧贡《汉歌》:"已令陆贾说诗书,更诏孙通制仪礼。"明田登《刘尧夫宪…》:"马援铜柱风声远,陆贾新书计虑长。"

陆浚仪　lù jùn yí

【分类】政治
【关键词】陆云
【释义】称美县令之典。《晋书·陆云传》:"出补浚仪令。县居都会之要,名为难理。云到官肃然,下不能欺,市无二价。一县称其神明。郡守害其能,屡谴责之,云乃去官。百姓追思,图画形象,配食县社。"
【例句】唐杜甫《九日杨奉…》:"今日潘怀县,同时陆浚仪。"宋梅尧臣《送襄邑知…》:"无惭浚仪政,才比陆云多。"宋杨万里《再和云龙…》:"乃是故人陆浚仪,诗骨点化黄金丹。"明陈邦彦《赠梁渐子》:"同时陆浚仪,一见惊绝倒。"

陆凯传情　lù kǎi chuán qíng

【分类】文化
【关键词】陆凯
【释义】咏梅或怀友之典。《太平御览》引南朝宋盛弘之《荆州记》:"陆凯与范晔相善,自江南寄梅花一枝诣长安与晔,并赠花诗曰:'折花逢驿使,寄与陇头人。江南无所有,聊赠一枝春。'"
【例句】宋王十朋《用贡院韵…》:"陆凯寄梅情愈重,谢公梦草句尤神。"宋钱惟演《柳絮》:"陆凯传情梅暗落,韩凭遗恨蝶争飞。"宋宋庠《梅》:"一枝寄远真何益,费尽南朝陆凯才。"宋郑獬《和汪正夫梅》:"酒味渐佳春渐好,苦教陆凯咏寒梅。"

陆抗尝药　lù kàng cháng yào

【分类】政治
【关键词】羊祜
【释义】称颂人品高尚之典。《晋书·羊祜传》:"祜与陆抗相对,使命交通,抗称祜之德量,虽乐毅、诸葛孔明不能过也。抗尝病,祜馈之药,抗服之无疑心。人多谏抗,抗曰:'羊祜岂耽人者!'"
【例句】唐权德舆《湖南观察…》:"今尹自无喜,羊公人不疑。"宋敖陶孙《思古人》:"包胥伍员不失其友,羊祜陆抗不害其为敌。"宋刘克庄《端嘉杂诗》:"鸩杯定不疑羊傅,匕首何曾害魏公。"元汪广洋《到星源闻…》:"陆抗已闻羊祜德,伏波安受子阳稽。"

陆郎　lù láng

【分类】政治
【关键词】陆瑜

【释义】指南朝陈后主宠臣陆瑜。王琦汇解："《乐府诗集·明下童曲》：'陈孔骄白赭，陆郎乘斑骓。徘徊射堂头，望门不欲归。'陈孔，谓陈宣、孔范，陆谓陆瑜。皆陈后主狎客。"狎客，为陪伴权贵游乐之人。
【例句】唐李商隐《对雪》："关河冻合东西路，肠断斑骓送陆郎。"唐李贺《洛妹真珠》："玉喉窱窱排空光，牵云曳雪留陆郎。"唐李贺《少年乐》："陆郎倚醉牵罗袂，夺得宝钗金翡翠。"唐韩翃《送李舍人…》："承颜陆郎去，携手谢娘归。"

陆离　　lù lí
【分类】文化
【关键词】楚辞
【释义】参差不齐；光彩绚丽。《楚辞·离骚》："高余冠之岌岌兮，长余佩之陆离。芳与泽其杂糅兮，唯昭质其犹未亏。"长铗低昂貌。《楚辞补注·涉江》："带长铗之陆离兮，冠切云之崔嵬。"
【例句】唐李白《酬殷明佐…》："文章彪炳光陆离，应是素娥玉女之所为。"唐马异《答卢仝结…》："开缄金玉焕陆离，乃是卢仝结交诗。"宋陈与义《蒙赐佳什…》："南州短簿令公喜，巍峨峨冠陆离佩。"宋赵蕃《李大椿伯…》："谁能长佩矜陆离，但取短铗歌归来。"

陆逊　　lù xùn
【分类】政治
【关键词】陆逊
【释义】字伯言，三国吴政治家、军事家。一生出将入相，在夷陵火烧连营击败刘备。《三国志·陆逊传》："逊对曰：'受恩深重，任过其才。又此诸将或任腹心…臣虽驽懦，窃慕相如、寇恂相下之义，以济国事。'权大笑称善。"
【例句】唐高适《酬河南节…》："鲁连真义士，陆逊岂书生。"宋苏颂《元祐癸酉…》："马迁称晏婴，羊祜交陆逊。"明王夫之《春兴》："马殷家在生新草，陆逊荒挂古藤。"明袁华《娄侯庙》："伯言虽后出，智略雄万夫。"

陆羽茶　　lù yǔ chá
【分类】文化
【关键词】茶
【释义】唐陆逸陆羽，著有《茶经》，民间祀为茶神。后因称茶为陆羽茶。《新唐书·陆羽》："羽嗜茶，著经三篇，言茶之原、之法、之具尤备，天下益知饮茶矣。时鬻茶者，至陶羽形置炀突间，祀为茶神。"
【例句】唐皮日休《题惠山泉》："马卿消瘦年才有，陆羽茶门近始闲。"宋王禹偁《惠山寺…》："好抛此日陶渊明米，学煮当年陆羽茶。"宋王禹偁《诗一首》："陆羽茶泉金鼎冷，右军墨沼兔毫香。"宋魏野《酬和知府…》："旋烧陆羽烹茶鼎，忙换陶渊漉酒巾。"

录屏风姓字　　lù píng fēng xìng zì
【分类】政治
【关键词】唐太宗

【释义】喻重臣、政绩卓著，或得到皇帝垂青。《新唐书·循吏列传序言》："太宗尝曰：'朕思天下事，丙夜不安枕，永惟治人之本，莫重刺史，故录姓名于屏风，卧兴对之，得才否状，辄疏之下方，以拟废置。'"
【例句】宋无名氏《沁园春》："君王问，录屏风姓字，趣对金銮。"宋石麟《贺新郎》："自是平准勋名在，姓字屏风纪录。"宋葛胜仲《次韵陆岩…》："催科拙似阳公考，敢觊屏风录姓名。"元张以宁《万安邑令…》："御屏风上书名姓，即见紫泥下日边。"

鹿车　　lù chē
【分类】文化
【关键词】刘伶
【释义】古代的一种小车。《太平御览》引汉应劭《风俗通》："鹿车，窄小裁容一鹿也。"源见"刘伶好酒"。
【例句】唐郑璧《和袭美容…》："邠原虽不无端醉，也爱临风从鹿车。"宋徐积《和路朝奉…》："卸帆便去寻村酒，醉使儿孙推鹿车。"宋宋祁《寄郭仲微》："顾我且偶陪螭陛立，无人并驾鹿车还。"宋梅尧臣《送周谏议…》："里儿尚唱铜鞮曲，耆旧争随画鹿车。"

鹿门采药　　lù mén cǎi yào
【分类】政治
【关键词】庞公
【释义】咏举家隐居之典。《后汉书·庞公传》："庞公者，南郡襄阳人也。居岘山之南，未尝入城府。夫妻相敬如宾。荆州刺史刘表数延请，不能屈。后遂携其妻子登鹿门山，因采药不反。"
【例句】唐孟浩然《夜归鹿门…》："人随沙路向江村，余亦乘舟归鹿门。"唐杜甫《遣兴》："鹿门携不遂，雁足系难期。"宋洪朋《潘氏园引》："大名今代庞德公，采药鹿门终不起。"宋陆游《初秋书感》："马革裹尸违壮志，鹿门采药卜幽期。"

鹿鸣　　lù míng
【分类】生活
【关键词】诗经
【释义】诗经篇名。亦用为与客人欢宴之典。《诗经·小雅·鹿鸣》："呦呦鹿鸣，食野之苹。我有嘉宾，鼓瑟吹笙。"《鹿鸣·序》："《鹿鸣》，燕群臣嘉宾也。"
【例句】唐耿湋《送郭秀才…》："乡赋鹿鸣篇，君为贡士先。"唐韩愈《此日足可…》："相公朝服立，工席歌鹿鸣。"唐韩愈《答张彻》："苹甘谢呦鹿，叠满惭磬瓶。"唐元稹《何满子歌》："古者诸侯飨外宾，鹿鸣三奏陈圭瓒。"

鹿鸣客　　lù míng kè
【分类】文化
【关键词】诗经
【释义】借指参加进士考试之人。源见"鹿鸣"。
【例句】唐白居易《醉后走笔…》："问我栖栖何所适，乡人荐为鹿鸣客。"唐姚合《寄马戴》："天府鹿鸣客，幽山秋未归。"宋王禹称《送姚著作…》:"谢公向此凭熊轼,白傅曾为鹿鸣客。"宋林泳《仙都白鹿歌》:"山中白鹿老而灵,有客有客占鹿鸣。"

鹿鸣仙客 lù míng xiān kè
【分类】文化
【关键词】孟梁录
【释义】喻指科举考试进士登科者。《孟梁录·士人赴殿试唱名》:"两状元差委同年进士充本局职事官,措置题名登科录。帅司差拨六局人员,安抚司关借银器等物,差拨妓乐。就丰楼开鹿鸣宴,同年人俱赴,团拜于楼下。"
【例句】唐白居易《醉后走笔…》:"问我栖栖何所适,乡人荐为鹿鸣客。"宋王禹称《送姚著作…》:"谢公向此凭熊轼,白傅曾为鹿鸣客。"宋林泳《仙都白鹿歌》:"山中白鹿老而灵,有客有客占鹿鸣。"宋吴泳《谒金门》:"金榜揭。都是鹿鸣仙客。"

鹿皮公 lù pí gōng
【分类】文化
【关键词】鹿皮公
【释义】民间传说中的仙人。《列仙传·鹿皮公》:"鹿皮公者…举手能成器械。岑山上有神泉,人不能至也…梯道四闲成,上其巅,作祠舍,留止其旁。食芝草,饮神泉…淄水来山下,呼宗族得六十余人…著鹿皮衣,升阁而去。"
【例句】唐杜甫《耳聋》:"生年鹖冠子,叹世鹿皮翁。"唐杜甫《遣兴》:"但讶鹿皮翁,忘机对芝草。"宋刘攽《九日病起…》:"无酒无人更无菊,重阳愁过鹿皮翁。"宋李之仪《罢官后稍…》:"何须叹世鹿皮翁,得句真能发笑容。"

鹿裘 lù qiú
【分类】政治
【关键词】礼记
【释义】鹿皮做的大衣。常用为丧服或隐士之服。《礼记·檀弓上》:"鹿裘衡、长、袪。"孔疏:"鹿裘者,亦小祥后也,为冬时吉凶衣,里皆有裘。吉时则贵贱有异,丧时则同用大鹿皮为之,鹿色近白,与丧相宜也。"
【例句】唐秦系《山中崔大…》:"带月乘渔艇,迎寒绽鹿裘。"唐许浑《赠王处士》:"归卧养天真,鹿裘乌角巾。"唐李群玉《请告出春…》:"鹿裘藜杖且归去,富贵荣华春梦中。"唐曹唐《赠南岳冯…》:"烟岚晚过鹿裘湿,水月夜明山舍虚。"

鹿裘不完 lù qiú bù wán
【分类】生活
【关键词】虞延
【释义】穿的鹿皮袄不完整。形容生活俭朴。《后汉书·虞延传》:"昔晏婴辅齐,鹿裘不完,季文子相鲁,妾不衣帛,以约失之者鲜矣。"
【例句】唐杜牧《送沈处士…》:"空山三十年,鹿裘挂窗睡。"唐秦系《山中崔大…》:"带月乘渔艇,迎寒绽鹿裘。"唐马戴《边馆逢贺…》:"鹿裘共弊同为客,龙阙将移拟献文。"

鹿死谁手 lù sǐ shuí shǒu
【分类】政治
【关键词】石勒
【释义】鹿:猎取的对象,比喻争夺的政权。指天下未知为谁所得。《晋书·石勒载记下》:"人岂不自知,卿言亦以太过。朕若逢高皇,当北面而事之,与韩彭竞鞭而争先耳。脱遇光武,当并驱于中原,未知鹿死谁手。"
【例句】宋周紫芝《吴兴道中…》:"天厌孤隋失群丑,鹿走中原死谁手。"宋释居简《谒樊将军…》:"鹿虽未果死谁手,鼎已潜知开汉图。"明汤珍《题沈石田…》:"并驱逐鹿知谁手,何必敷文待制为。"聂绀弩《排水赠姚…》:"荒原百战鹿谁手,大喝一声豹子头。"

鹿爪 lù zhǎo
【分类】生活
【关键词】羊侃
【释义】鹿角爪。古时弹筝用的工具。源见"羊侃豪侈"。
【例句】宋杨亿《宣曲》:"麝脐熏翠被,鹿爪试银筝。"明杨慎《戏效西昆…》:"翠被龙涎透,银筝鹿爪长。"

渌水 lù shuǐ
【分类】生活
【关键词】马融
【释义】古曲名,属琴曲歌辞。汉马融《长笛赋》:"上拟法于《韶箾》《南籥》,中取度于《白雪》《渌水》,下采制于《延露》《巴人》。"
【例句】唐杜审言《泛舟送郑…》:"行舟萦渌水,列戟满红尘。"唐司马逸客《雅琴篇》:"犹怜雅歌淡无味,渌水白云谁相贵。"唐李颀《琴歌》:"铜炉华烛烛增辉,初弹渌水后楚妃。"唐白居易《琴茶》:"琴里知闻唯渌水,茶中故旧是蒙山。"

漉酒巾 lù jiǔ jīn
【分类】生活
【关键词】陶渊明
【释义】滤酒用的布巾。泛指葛巾。《宋书·陶渊明传》:"郡将候潜,值其酒熟,取头上葛巾漉酒,毕,还复著之。"
【例句】唐贺知章《春兴》:"泉疑横琴膝,花黏漉酒巾。"唐白居易《效陶渊明体》:"口吟《归去来》,头戴漉酒巾。"唐朱放《经故贺宾…》:"雪里登山履,林间漉酒巾。"唐卢纶《无题》:"高歌犹爱思归引,醉语惟夸漉酒巾。"

辘轳剑 lù lú jiàn
【分类】文化
【关键词】剑
【释义】剑名。剑首以玉作辘轳形为饰。《宋书·乐志三》:"《艳歌罗敷行》:'何用识夫婿?白马从骊驹。青丝系马尾,黄金络马头。腰中鹿卢剑,可直千万余。'"
【例句】唐李峤《宝剑篇》:"龟甲参差白虹色,辘轳宛转黄金饰。"唐常建《张公子行》:"侠客白云中,腰间悬辘轳。"唐皇甫曾《赠老将》:"辘轳剑折虬髯白,转战功多独不侯。"唐韩翃《赠张建》:"传看辘轳剑,醉脱骅骝裘。"

戮仆　lù pú
【分类】政治
【关键词】左传
【释义】严肃法纪之典。《左传·襄公三年》:"晋侯之弟扬干乱其行于曲梁,魏绛戮其仆。"晋杜预注:"行,陈次也。仆,御也。"
【例句】唐韩愈《寄卢仝》:"放纵是谁之过欤,效尤戮仆愧前史。"元杨维桢《览古》:"韩厥戮赵仆,不以私害公。"

潞国公　lù guó gōng
【分类】政治
【关键词】文彦博
【释义】北宋著名政治家、书法家文彦博。《宋宰辅编年录》:"二月庚戌,文彦博罢太师、平章军国重事致仕…彦博自言自在,在嘉祐中封潞国公,经今三十余年为是乡国,乞不改封。从之。"
【例句】宋罗适《送致政太…》:"潞国封来多少岁,太师以上更无官。"宋高斯得《宴建宁知…》:"并游元自从迁叟,将漕何妨拜潞公。"宋孙觌《鲁国太夫…》:"魏公丞相妇,潞国太师孙。"宋李商隐《寿国益公》:"莱公少避中元日,潞国同生丙午年。"宋王拱辰《耆英会诗》:"六相衔中潞公第,碧瓦万木辉参差。"宋苏轼《试院煎茶》:"又不见今时潞公煎茶学西蜀,定州花瓷琢红玉。"

骒骥　lù jì
【分类】文化
【关键词】马
【释义】也作骥骒。骒耳和赤骥的合称。骏马名。泛指骏马。源见"八骏"。
【例句】唐道世《颂》:"骒骥资鞭策,兰蕙仁熏风。"唐张说《舞马千秋…》:"试听紫骝歌乐府,何如骒骥舞华冈。"唐杜甫《偶题》:"骒骥皆良马,骐骥带好儿。"唐蔡孚《打毬篇》:"红鬣锦鬃风骒骥,黄络青丝电紫骝。"

绿耳　lù ěr
【分类】文化
【关键词】马
【释义】古骏马名。《穆天子传》:"天子命驾八骏之乘,右服华骝,而左绿耳,右骖赤骥而左白羲,主车则造父为御,秦丙为右。"
【例句】唐韩愈《寄卢仝》:"近来自说寻坦途,犹上虚空跨绿耳。"宋石介《感兴》:"倚鞍思骏骨,抚辔念绿耳。"元刘基《次韵和石…》:"绿耳骅骝不服驾,王良造父亦难堪。"明王缜《送湖东陈…》:"一夜西风吹绣幕,游人绿耳嘶金络。"唐李白《经乱离后…》:"无人贵骏骨,绿耳空腾骧。"唐杜甫《暮秋枉裴…》:"军符侯印取岂迟,紫燕绿耳行甚速。"唐刘禹锡《裴令公见…》:"若把翠娥酬绿耳,始知天下有奇才。"唐张籍《谢裴司空…》:"绿耳新驹骏得名,司

空远自寄书生。"

绿林　lù lín
【分类】政治
【关键词】王莽
【释义】指称聚集山林反抗统治者或抢劫财物的武装集团。《汉书·王莽传下》:"是时,南郡张霸、江夏羊牧、王匡等起云杜绿林,号曰下江兵,众皆万余人。武功中水乡民三舍垫为池。"绿林山,在今湖北省当阳东北。
【例句】唐陈羽《旅次沔阳…》:"江上烟消汉水清,王师大破绿林兵。"唐窦巩《唐州东途作》:"绿林兵起结愁云,白羽飞未解纷。"唐钱起《归故山路…》:"谁知绿林盗,长占彩霞峰。"唐李涉《井栏砂宿…》:"暮雨潇潇江上村,绿林豪客夜知闻。"

露布　lù bù
【分类】政治
【关键词】桓温
【释义】军旅文书。泛指布告、通告。《世说新语·文学》:"桓宣武北征,袁虎时从,被责免官。会须露布文,唤袁倚马前令作。手不辍笔,俄得七纸,殊可观。"桓温,谥号宣武。
【例句】唐白居易《何处难忘酒》:"还乡随露布,半路授旌旄。"唐吴融《简州归蓐…》:"云间堕箭飞书去,风里擎竿露布来。"宋胡宿《送伟长…》:"行见司徒封露布,邺城歌舞夹行台。"宋徐积《再送端叔》:"落笔挥成露布草,主人更索平戎表。"

露两肘　lù liǎng zhǒu
【分类】生活
【关键词】庄子
【释义】喻衣衫不整。《庄子·让王》:"捉襟而肘见。"
【例句】唐杜甫《述怀》:"麻鞋见天子,衣袖露两肘。"宋赵鼎臣《杨时可作…》:"霍侯尘土中,衣破露两肘。"宋释道印《颂古》:"只知敛袂出人前,不觉衣穿露两肘。"元成廷圭《戚戚行》:"短衣破绽露两肘,自说行年今七十。"

露门　lù mén
【分类】政治
【关键词】周书
【释义】即路门。天子五门之一,宫室最内之正门。露,通路。《周书·武帝纪上》:"(建德)三年春正月壬戌,朝群臣于露门。"
【例句】宋宋庠《讲读春秋…》:"睿览凝星璧,才儒集露门。"宋宋祁《再侍经筵…》:"露门重幄紫云开,何意孤臣得重陪。"宋韩维《王侍读挽辞》:"露门虚进位,东观束残书。"宋晁补之《次韵两苏…》:"日高初散露门讲,天上五云宫殿深。"

露台之产　lù tái zhī chǎn
【分类】政治

【关键词】汉文帝
【释义】指百金之资或为数不小的钱财。为咏帝王节俭的典故。《史记·孝文本纪》："（汉文帝）尝欲作露台，召匠计之，直百金。上曰：'百金中民十家之产，吾奉先帝宫室，常恐羞之，何以台为？'"
【例句】唐沈佺期《七夕曝衣篇》："汉室宜惜露台费，晋武须焚前殿裘。"唐高适《古歌行》："苍生偃卧休征战，露台百金以为费。"宋王安石《汉文帝》："露台惜百金，灞陵无高丘。"宋陆游《僧庐》："露台百金止不为，尚愧七月周公诗。"

露桃 lù táo
【分类】文化
【关键词】乐府诗集
【释义】指桃树、桃花。《乐府诗集·相和歌辞三》："桃生露井上，李树生桃旁"。
【例句】唐顾况《瑶草春》："露桃秾李自成蹊，流水终天不向西。"唐杜牧《题桃花夫…》："细腰宫里露桃新，脉脉无言度几春。"唐李商隐《汴上送李…》："露桃涂颊依苔井，风柳夸腰住水村。"唐韦庄《忆昔》："银烛树前长似昼，露桃华里不知秋。"

绿章 lù zhāng
【分类】文化
【关键词】李贺
【释义】即青词。旧时道士祭天时所写的奏章表文，用朱笔写在青藤纸上。唐李贺《绿章封事》："绿章封事谘元父，六街马蹄浩无主。"王琦汇解："《演繁露》：'今世上自人主，下至臣庶，用道家科仪奏事于天帝者，皆青藤纸朱字，名为青词。'绿章即青词，谓以绿纸为表章也。"
【例句】唐韩愈《奉和杜相…》："紫极观忘倦，青词奏不哗。"唐陆龟蒙《奉和袭美…》："暂应青词为穴凤，却思丹徼伴冥鸿。"宋吴芾《再和》："归来深欲断尘缘，常拜青词密吁天。"宋郭祥正《潜山行》："群仙长哦空洞绝，绿章封事乘虚辀。"宋方岳《次韵汪少…》："正草绿章笺玉帝，顿惊碧宙舞瑶妃。"宋陆游《花时遍游…》："绿章夜奏通明殿，乞借春阴护海棠。"

驴背敲诗 lǘ bèi qiāo shī
【分类】文化
【关键词】贾岛
【释义】形容在行进中凝神斟酌诗句。源见"推敲"。
【例句】宋吕本中《长啸夜泊》："敲诗吟人瓮，点字墨池前。"宋徐寿仁《题昼寂轩》："泛酒谁同话，敲诗独写心。"宋周密《挽雪林李…》："梁园授简春风醉，吴苑敲诗夜雪吟。"聂绀弩《反省时作》："敲诗白日从君永，止酒桃花笑我迂。"

驴鸣一声 lǘ míng yī shēng
【分类】生活
【关键词】曹丕
【释义】咏伤悼故友之典。《世说新语·伤逝》："王仲宣（粲）好驴鸣。既葬，文帝（曹丕）临其丧，顾与同游曰：'王好驴鸣，可各作一声以送之。'赴客皆一作驴鸣。"
【例句】唐刘言史《题王况故居》："尘满空床见天，独作驴鸣一声去。"宋林同《贤者之孝》："真能感鹤唳，何至学驴鸣。"清厉鹗《二月十五…》："墓下驴鸣犹有客，松阴鹤返定思家。"清汪棣《寄春桥》："中夜忽思笺蝎赋，隔邻偏觉僻驴鸣。"

吕葛 lǚ gě
【分类】政治
【关键词】诸葛亮
【释义】周吕尚与三国蜀诸葛亮的并称。意谓国家重臣之典。《史记·齐太公世家》："太公望吕尚者，东海上人。"《三国志·诸葛亮传》："诸葛亮字孔明，佐刘备，拜为蜀相，成就三分天下大业。"
【例句】唐杜甫《晚登瀼上堂》："凄其望吕葛，不复梦周孔。"宋陈邕《二月晦游…》："世人漫作诗老看，肩拍吕葛心羲皇。"宋赵汝谠《访张宣公…》："闵曾行独显，吕葛策未施。"明黄衷《瀼西怀杜》："吕葛未期空白首，独携妻子下江陵。"

吕公篆 lǚ gōng zhuàn
【分类】文化
【关键词】吕洞宾
【释义】咏仙人遗迹之典。《朝野事实类苑·吕先生》："宿州天庆观，有神仙题诗二绝于五星门扉之上，俗传云吕先生（洞宾）神篆。其诗曰：'秋景萧条叶乱飞，庭松影里坐移时。云迷鹤驾何方去？仙洞朝元失我期。'…后为人刮去，墨迹犹存，乃知非常人书也。"
【例句】宋李訦《水调歌头》："钟离歌，吕公篆，醉张颠。"

吕禄 lǚ lù
【分类】政治
【关键词】吕禄
【释义】借指结党谋反之人。《史记·齐悼惠王世家》："高后崩。赵王吕禄为上将军，吕王产为相国，皆居长安中，聚兵以威大臣，欲为乱…朱虚侯与太尉勃、丞相平等珠之。"
【例句】唐张说《魏齐公元忠》："见深吕禄忧，举后陈平计。"宋陈文蔚《和余方叔…》："范睢倾穰侯，郦寄卖吕禄。"宋陈普《曹爽》："死近天教为吕禄，罪深地不著良宵。"清丘逢甲《叠韵答潘…》："禁卫全军归吕禄，中原重镇付朱滔。"

吕蒙营 lǚ méng yíng
【分类】政治
【关键词】吕蒙
【释义】咏将帅之典。《三国志·吕蒙传》："权统事，料诸小将兵少而用薄者，欲并合之。蒙阴赊贳，为兵作绛衣行縢，及简日，陈列赫然，兵人练习，权见之大悦，增其兵。"

【例句】唐杜甫《公安县怀古》:"野旷吕蒙营,江深刘备城。"宋王之道《次韵陈勉…》:"探虎愧吕蒙,思鲈抗张翰。"宋李石《感事》:"是儿虽乳臭,莫近吕蒙营。"元高启《寄余左司》:"何处吹愁角一声,大江东岸吕蒙营。"

吕虔刀　lǚ qián dāo
【分类】政治
【关键词】王览
【释义】称颂辅相之语,又用以代表功名仕途。《晋书·王览》:"初,吕虔有佩刀,工相之,以为必登三公,可服此刀。虔谓祥曰:'苟非其人,刀或为害。卿有公辅之量,故以相与,'祥固辞,强之乃受。祥临薨,以刀授览,曰:'汝后必兴,足称此刀。'览后奕世多贤才,兴于江左矣。"
【例句】唐杜甫《喜闻官军…》:"前军苏武节,左将吕虔刀。"唐李商隐《谢书》:"自蒙半夜传衣后,不羡王祥得佩刀。"宋杨亿《次韵和钱…》:"祖祢勤王国史褒,传家自有吕虔刀。"宋葛胜仲《陪枢密富…》:"奕世当传张颠印,三公行佩吕虔刀。"

旅邸　lǚ dǐ
【分类】生活
【关键词】陶渊明
【释义】犹旅馆。晋陶渊明《杂诗》:"家为逆旅舍,我如当去客。去去欲何之,南山有旧宅。"
【例句】唐皮日休《青城暮雨》:"旅邸愁人宁复梦,书堂倦客若为情。"宋赵师吕《贺希颜侄…》:"天潢一派福流长,旅邸重闻夹乌香。"宋刘克庄《念奴娇》:"道眼看来,叹人生如寄,家如旅邸。"宋陈藻《呼卢》:"年少相看百虑无,绕过旅邸便呼卢。"

旅食　lǚ shí
【分类】政治
【关键词】仪礼
【释义】谓士人未得官禄。《仪礼·燕礼》:"尊士旅食于门。"汉郑玄注:"旅,众也。"士众食,谓未得正禄,所谓庶人在官者也。
【例句】唐王勃《白下驿饯…》:"下驿穷交日,昌亭旅食年。"唐沈佺期《伤王学士》:"忆汝曾旅食,屡空瀍涧湄。"唐惟审《别友人》:"几时休旅食,向夜宿江村。"唐杜甫《奉赠韦左…》:"骑驴三十载,旅食京华春。"

屡空　lǚ kōng
【分类】生活
【关键词】颜回
【释义】形容颜回生活贫困。为咏贫穷之典。《论语·先进》:"子曰:'回也其庶乎,屡空。'"三国魏何晏集解:"言回庶几圣道,虽数空匮而乐在其中。"指颜回的笾、瓢等盛粮食的食物器具中,经常是空空的。
【例句】唐李顾《欲之新乡…》:"年少作吏家屡空,谁道黑头成老翁。"唐孟浩然《书怀贻京…》:"甘脆朝不足,箪瓢夕屡空。"唐李白《月下独酌》:"辞粟卧首阳,屡空饥颜回。"

唐杜甫《郑典设自…》:"旅兹殊俗远,竟以屡空迫。"

履霜坚冰至　lǚ shuāng jiān bīng zhì
【分类】生活
【关键词】周易
【释义】脚踩着霜,就可预知严冰季节将到。比喻从事物的征兆可看出其发展结果。《周易·坤》:"初六,履霜坚冰至。象曰:履霜坚冰,阴始凝也;驯致其道,至坚冰也。"
【例句】唐王绩《赠梁公》:"履霜成坚冰,知足胜不祥。"宋田锡《辩惑篇》:"辨之胡不早,坚冰自履霜。"宋薛季宣《和贾簿雪》:"履霜至坚冰,何当介如石。"宋魏了翁《李微之闻…》:"乾鹊颇惊仁鸟害,坚冰已向履霜知。"

履长　lǚ cháng
【分类】生活
【关键词】曹植
【释义】指冬至。三国魏曹植《冬至献袜履颂表》:"亚岁迎祥,履长纳庆。"《玉烛宝典》:"十一月建子,周之正月,律当黄钟,其管最长,为万物之始,故至节有履长之贺。"
【例句】宋游慈《多丽》:"才履长、便登八帙,那须要、更待来年。"宋方回《今秋行》:"一切时节不复讲,履长贺岁犹卤莽。"明杨士奇《冬至早朝…》:"履长庆罢天颜悦,和气冲融散雪来。"明黄淮《乙未夏五…》:"黄钟应律启初阳,中外臣僚贺履长。"

绿暗红稀　lǜ àn hóng xī
【分类】生态
【关键词】韩琮
【释义】绿树幽暗,红花稀少。形容暮春景象。唐韩琮《暮春浐水送别》:"绿暗红稀出凤城,暮云楼阁古乡情。"
【例句】宋宋祁《秋阴》:"杜若汀洲残绿暗,芙蓉池沼坠红稀。"宋张耒《晚春》:"绿暗红稀君莫叹,满枝梅杏欲尝新。"宋白玉蟾《城楼晚望》:"绿暗红稀春结局,望中白鸟入青峰。"宋孙觌《题妙觉寺壁》:"叶底红稀不见花,枝头绿暗可藏鸦。"

绿鬓　lǜ bìn
【分类】生活
【关键词】吴均
【释义】乌黑而有光泽的鬓发。形容年轻美貌。南朝梁吴均《和萧洗马子显古意诗》:"绿鬓愁中改,红颜啼里灭。"
【例句】唐李白《怨歌行》:"沉忧能伤人,绿鬓成霜蓬。"唐李白《久别离》:"至此肠断彼心绝,云鬟绿鬓罢揽结。"唐崔颢《虞姬篇》:"虞姬少小魏王家,绿鬓红唇桃李花。"聂绀弩《悠然六十》:"始逢绿鬓春风面,初版白门秋柳诗。"

绿蝉　lǜ chán
【分类】生活
【关键词】魏文帝
【释义】形容像蝉翼一样的发型,亦借指美女。源见"蝉鬓"。

【例句】唐毛熙震《女冠子》:"蝉鬓低含绿,罗衣澹拂黄。"唐李贺《夜来乐》:"新客下马故客去,绿蝉秀黛重拂梳。"清弘历《西北风》:"绿蝉调簧初,白蜗写篆皆。"

绿葵紫蓼 lǜ kuí zǐ liǎo
【分类】生活
【关键词】周颙
【释义】喻指清苦的生活。绿葵:葵菜。紫蓼:苦菜。源见"赤米白盐"。
【例句】宋葛胜仲《谢人惠笋》:"白醪赤米最相称,紫蓼绿葵当少贬。"宋范浚《怀曹宗臣…》:"绿葵紫蓼园蔬课,白葛朱藤野步供。"宋宋祁《游小圃》:"紫蓼青葵正堪摄,于陵何必是逃名。"宋范浚《怀曹宗臣…》:"绿葵紫蓼园蔬课,白葛朱藤野步供。"

绿醽 lǜ líng
【分类】生活
【关键词】左思
【释义】泛指美酒。西晋左思《吴都赋》:"飞轻轩而酌绿醽,方双辔而赋珍羞。"三国吴刘渊林注引《湘州记》曰:"湘州临水县有醽湖,取水为酒,名曰醽酒。"
【例句】唐窦庠《奉酬侍御…》:"绿醽乍熟堪聊酌,黄竹篇成好命题。"唐杨汝士《宴杨仆射…》:"当时疏广虽云盛,讵有兹筵醉绿醽。"唐元稹《饮致用神》:"七月调神曲,三春酿绿醽。"前蜀韦庄《耒阳县浮…》:"山曾尧代浮洪水,地有唐臣莫绿醽。"

绿罗裙 lǜ luó qún
【分类】生活
【关键词】花间集
【释义】原指用绿叶编织出来的裙子。喻定情之物。现为词牌名,原名《生查子》。《花间集·生查子》:"记得绿罗裙,处处怜芳草。"
【例句】唐张泌《戏示诸妓》:"绿罗裙上标三棒,红粉腮边泪两行。"宋于本大妻《诗一首》:"醉舞狂歌踏落花,绿罗裙带有丹砂。"宋贺铸《登快哉亭…》:"南浦东风拂水文,汀洲芳草绿罗裙。"明逯昶《芙蓉辞》:"一笑嫣然忽向人,胭脂肌肉绿罗裙。"

绿绮琴 lǜ qǐ qín
【分类】生活
【关键词】琴
【释义】古琴名。泛指名琴。晋傅玄《琴赋序》:"齐桓公有鸣琴曰号钟,楚庄有鸣琴曰绕梁,中世司马相如有绿绮,蔡邕有焦尾,皆名琴也。"
【例句】唐张纮《行路难》:"君不见相如绿绮琴,一抚一拍凤凰音。"唐畅当《题沈八斋》:"绿绮琴弹白雪引,乌丝绢勒黄庭经。"唐刘沧《江行夜泊》:"绿绮韵高湘女怨,青霞色映水禽寒。"唐许棠《题闻琴馆》:"代公存绿绮,谁更寄清音。"

绿苔 lǜ tái
【分类】生活
【关键词】古今注
【释义】指新梢的绿色嫩梗。亦指青苔。《古今注·草木》:"空室中无人则生苔藓,或紫或青,名曰圆藓,又曰绿藓,亦曰绿钱。"
【例句】唐萧翼《留题云门》:"绝顶高峰路不分,岚烟长锁绿苔纹。"唐崔液《代春闺》:"玉关遥遥戍未回,金闺日夕生绿苔。"唐元稹《小暑六月节》:"户牖van青霭,阶庭长绿苔。"唐方干《废宅》:"入门缭绕穿荒竹,坐石逡巡染绿苔。"

绿杨两家春 lǜ yáng liǎng jiā chūn
【分类】生活
【关键词】陆慧晓
【释义】咏贤士结邻之典。《南史·陆慧晓传》:"慧晓与张融并宅,其间有池,池上有二株杨柳。(何)点叹曰:'此波便是醴泉,此木便是交让。'"南朝齐尚书郎陆慧晓与张融皆有高士清名,二人结邻,宅间有池有杨,时人传为佳话。
【例句】唐白居易《欲与元八…》:"明月好同三径夜,绿杨宜作两家春。"宋郑士洪《牡丹亭》:"绿杨深处两三家,几度凭阑看紫霞。"明沈野《斜塘招星甫》:"田家村巷都相似,须识门前两绿杨。"清黄之隽《赋得闲情》:"此日相逢魂合断,绿杨宜作两家春。"

绿杨枝 lǜ yáng zhī
【分类】生活
【关键词】李白
【释义】杨柳的枝条。旧俗于分别之际常折以送行。唐李白《宣城送刘副使入秦》:"无令长相忆,折断绿杨枝。"
【例句】唐杜牧《句溪夏日…》:"行人碧溪渡,系马绿杨枝。"唐丘为《伤河兔老人》:"蒲叶高低没钓矶,破舟仍系绿杨枝。"唐金车美人《与谢翱赠》:"惆怅金闺却归去,晓莺啼断绿杨枝。"宋叶杲《闲题》:"春色三分桃李去,一分犹在绿杨枝。"

绿腰 lǜ yāo
【分类】生活
【关键词】碧鸡漫志
【释义】唐代乐曲名。贞元时乐工进曲,德宗令录出要者,故称录要,后转呼绿腰,或六么。《碧鸡漫志》:"六么:一名绿腰,一名乐世,一名录要…段安节《琵琶录》云:绿腰,本录要也,乐工进曲,上令录其要者。"
【例句】唐白居易《乐世》(一名《六么》):"管急丝繁拍渐稠,绿腰宛转曲终头。"唐白居易《琵琶行》:"轻拢慢捻抹复挑,初为霓裳后绿腰。"宋朱继芳《用前韵谢…》:"清漪浴日开金面,晴哢调风衮绿腰。"宋祖无择《琵琶亭》:"霓裳绿腰杳何许,枫叶荻花空自秋。"

绿野堂   lǜ yě táng
【分类】文化
【关键词】裴度
【释义】唐裴度的别墅名。源见"午桥庄"。
【例句】唐白居易《奉和令公…》:"绿野堂开占物华,路人指道令公家。"唐白居易《奉和裴令…》:"青山为外屏,绿野是前堂。"宋王禹偁《送同年刘…》:"仲宣旧佐红莲幕,裴度新开绿野堂。"宋张承《赠胡侍郎…》:"寻幽好结香山社,乘兴闲登绿野堂。"

绿叶成阴   lǜ yè chéng yīn
【分类】生活
【关键词】杜牧
【释义】喻指女子已出嫁,且生子女。《唐诗纪事·杜牧》载:唐诗人杜牧在湖州遇一少女,相约十年后成婚。"后十四年,牧刺湖州,其人已嫁生子矣,乃怅而为诗曰:'自是寻春去校迟,不须惆怅怨芳时。狂风落尽深红色,绿叶成阴子满枝。'"
【例句】宋苏轼《寒食与器…》:"红英扫地风惊晓,绿叶成阴雨洗春。"宋苏辙《马上见卖…》:"绿叶成阴花结子,便须携客到君家。"宋孔平仲《春晚遣兴》:"狂鞭进笋偏当户,绿叶成阴巧覆墀。"宋刘一止《同诸曹泛…》:"五马会寻芳草路,肯教绿叶便阴成。"

绿衣黄里   lǜ yī huáng lǐ
【分类】生活
【关键词】诗经
【释义】旧时用来比喻贵贱不分,妾僭妻位。《诗经·邶风·绿衣》:"绿兮衣兮,绿衣黄里。心之忧矣,曷维其已!"古人把黄色视为正色,绿色为不纯不正之色。相传此系卫庄姜伤己之诗。
【例句】宋洪适《金莲》:"绿衣黄里水苍笄,朝暮凌波步武齐。"宋陈师道《杨夫人挽词》:"绛幔未经亲栖母,绿衣犹记识黄裳。"元李昱《海棠留春…》:"双鸟绿衣黄作裳,声声苦欲留春光。"明谢肇浙《黄香荔支》:"金屋正宜藏玉貌,绿衣何用怨黄裳。"

绿衣使者   lǜ yī shǐ zhě
【分类】文化
【关键词】开元天宝
【释义】指鹦鹉。《开元天宝遗事·鹦鹉告事》载:唐时,长安城中豪民杨崇义之妻刘氏,与邻居李弇私通,谋杀亲夫,埋尸枯井中,并报案于官,谎称丈夫失踪。县官至杨家察看,杨家堂前鹦鹉忽作人言,谓杀主人的是刘氏、李弇。案情由此大白。唐玄宗听闻此事,遂封鹦鹉为绿衣使者。
【例句】唐白居易《双鹦鹉》:"绿衣整顿双栖起,红觜分明对语时。"唐白居易《新乐府上》:"绿衣监使守宫门,一闭上阳多少春。"唐吴融《古锦褥六韵》:"绿衣犹逼画,丹顶尚迷真。"唐张祜《再吟鹦鹉》:"未胜有无丹觜嘴,何劳事绿衣。"

绿蚁   lǜ yǐ
【分类】生活
【关键词】酒
【释义】本为酒面上浮起的淡绿色泡沫;亦借指酒。南朝齐谢朓《在郡卧病呈沈尚书诗》:"嘉鲂聊可荐,绿蚁方独持。"
【例句】唐白居易《问刘十九》:"绿蚁新醅酒,红泥小火炉。"唐骆宾王《在兖州饯…》:"别路青骊远,离尊绿蚁空。"唐高适《同河南李…》:"杯中绿蚁吹转来,瓮上飞花拂还有。"唐温庭筠《送陈嘏之…》:"纵得步兵无绿蚁,不缘句漏有丹砂。"

绿云   lǜ yún
【分类】生活
【关键词】杜牧
【释义】形容女子乌黑光亮的秀发。借指年轻女子。源见"渭流涨腻"。
【例句】唐元稹《刘阮妻》:"芙蓉脂肉绿云鬟,罨画楼台青黛山。"唐王涯《宫词》:"一丛高鬓绿云光,宫样轻轻淡淡黄。"唐严休复《唐昌观玉…》:"唯有多情枝上雪,好风吹缀绿云鬟。"唐李白《白头吟》:"长吁不整绿云鬓,仰诉青天哀怨深。"

绿珠坠楼   lǜ zhū zhuì lóu
【分类】生活
【关键词】石崇
【释义】佳人殉情之典。《晋书·石崇》:"崇字季伦…有妓曰绿珠,美而艳,善吹笛。孙秀使人求之…崇竟不许。秀怒,乃劝伦诛崇、建…崇谓绿珠曰:'我今为尔得罪。'绿珠泣曰:'当效死于官前。'因自投于楼下而死。"
【例句】唐骆宾王《艳情代郭…》:"绿珠得ведь石崇怜,飞燕曾经汉皇宠。"唐李峤《楼》:"笛怨绿珠去,箫随弄玉来。"唐刘希夷《洛川怀古》:"绿珠不可夺,白首同所归。"唐李咸用《落花》:"祗应公子见,先忆坠楼红。"

绿字   lǜ zì
【分类】文化
【关键词】河图
【释义】原指河图上的绿色文字。也指古代石碑上刻的文字。《晋书·地理志序》:"大禹观于浊河,而受绿字,寰瀛之内可得而言也。"
【例句】唐李峤《洛》:"神龟方锡瑞,绿字重来臻。"唐薛克构《奉和展礼…》:"非烟泛济浦,绿字启河汀。"唐张说《奉和圣制…》:"旧庙青林古,新碑绿字生。"唐李白《秋浦歌》:"题诗留万古,绿字锦苔生。"

栾巴噀酒   luán bā xùn jiǔ
【分类】文化
【关键词】栾巴

【释义】饮酒或救火之典。《神仙传·栾巴》："征为尚书郎…赐百官酒，又不饮而西南向噀之。有司奏巴不敬，诏问巴。巴曰：'……臣适见成都市上火，臣故漱酒为尔救之……'乃发驿书问成都，已奏言：正旦食后失火，须臾，有大雨三阵，从东北来，火乃止，雨着人皆作酒气。"

【例句】唐杜甫《秋日荆南…》："九钻巴噀火，三蛰楚祠春。"唐岑参《醴泉东溪…》："西南如噀酒，遥向雨中看。"唐马云奇《白云歌》："栾巴噀酒应随去，子晋吹笙定伴来。"唐崔致远《七言记德…》："应笑栾巴噀杯酒，雨师风伯自归行。"

栾公社　luán gōng shè

【分类】政治

【关键词】栾布

【释义】得到地方的爱戴之典。《史记·季布栾布列传》："孝文时，(栾布)为燕相，至将军…于是尝有德者厚报之，有怨者必以法灭之。吴楚反时，以军功封侯，复为燕相。燕齐之间皆为栾布立社，号曰'栾公社'。"立社以祭祀。

【例句】唐罗隐《送丁明府…》："栾公社在怜乡树，潘令花繁贺版舆。"宋王炎《李阁学挽诗》："自有栾公社，何须叔子碑。"宋司马光《文太师挽歌》："栾公当日社，邵父至今歌。"宋王应麟《吴刺史庙》："广德湖为鸿隙陂，召棠栾社谁敢毁。"

鸾凤和鸣　luán fèng hémíng

【分类】生活

【关键词】齐姜

【释义】比喻夫妻和睦，婚姻美满。源见"卜凤凰"。

【例句】唐张说《奉和圣制…》："鸾凤调歌曲，虹霓动舞衣。"唐孟浩然《赠道士参寥》："不遇钟期听，谁知鸾凤声。"唐李白《忆旧游寄…》："餐霞楼上动仙乐，嘈然宛似鸾凤鸣。"唐李绅《皋桥》："犹有余风未磨灭，至今乡里重和鸣。"唐卢纶《王评事骈…》："比翼和鸣双凤皇，欲栖金帐满城香。"

鸾鹤　luán hè

【分类】文化

【关键词】公无渡河

【释义】鸾与鹤。相传为仙人所乘。为咏仙人之典。《乐府诗集·公无渡河》："骖驾鸾鹤，往来仙灵。"

【例句】唐狄仁杰《奉和圣制…》："羽杖遥临鸾鹤驾，帷宫直坐凤麟洲。"唐陈元光《真人操》："青牛出关避世纷，招呼鸾鹤引霞樽。"唐元稹《冬夜怀李…》："飘飘魂神举，若骖鸾鹤舆。"唐姚系《五老峰大…》："颇觉鸾鹤迹，忽为烟雾飞。"

鸾胶　luán jiāo

【分类】生活

【关键词】东方朔

【释义】比喻续娶后妻。源见"煎胶续弦"。

【例句】唐刘兼《秋夕书怀…》："鸾胶处处难寻觅，断尽相思寸寸肠。"宋卫宗武《和南塘嘲谑》："断弦漫说鸾胶续，剜肉难将獭髓填。"唐刘兼《征妇怨》："鸾胶岂续愁肠断，龙剑难挥别绪开。"宋黄庭坚《再和元礼…》："回肠无奈别愁煎，待得鸾胶续断弦。"

鸾辂　luán lù

【分类】政治

【关键词】吕氏春秋

【释义】天子王侯所乘之车。《吕氏春秋·孟春纪》："天子居青阳左个。乘鸾辂，驾苍龙。"汉高诱注："辂，车也。鸾鸟在衡，和在轼，鸣相应和。后世不能复致，铸铜为之，饰以金，谓之鸾辂也。"

【例句】唐李峤《奉和初春…》："鸾辂已辞乌鹊渚，箫声犹绕凤皇台。"唐李益《过马嵬》："浓香犹自随鸾辂，恨魄无由离马嵬。"宋陆佃《依韵和门…》："缥帛升龙日月章，平明鸾辂幸胶庠。"宋周邦彦《春帖子》："鸾辂青旂殿阁宽，祠官奠璧下春坛。"

鸾坡　luán pō

【分类】政治

【关键词】石林燕语

【释义】翰林院的别称。《石林燕语》："俗称翰林学士为坡，盖唐德宗时，尝移学士院于金銮坡上，故亦称銮坡。"

【例句】宋韦骧《和周开祖…》："何处追谈此佳趣，主人不晚在鸾坡。"宋孔武仲《苏子由示…》："鸾坡凤閤蔚相望，灿灿奎壁连晶光。"宋赵善括《赠赵舍人》："龙文宝册传青琐，凤阁鸾坡近紫宸。"元曹伯《启送朱教之…》："韩愈有书思象阙，郑虔无路侍鸾坡。"

鸾台　luán tái

【分类】政治

【关键词】新唐书

【释义】唐时门下省的别名。后借指朝廷高级政务机构。《新唐书·百官志二》："垂拱元年改门下省曰鸾台。"

【例句】唐刘禹锡《和杨师皋…》："鸾台夜直衣衾冷，云雨无因入禁城。"唐鱼玄机《代人悼亡》："珠归龙窟知谁见，镜在鸾台话向谁。"宋刘兼《再见从弟…》："屈指依稀十五年，鸾台秘阁位相悬。"宋赵君锡《送程给事…》："鸾台给事领东藩，画鼓朱旗下浚川。"

鸾翔凤翥　luán xiáng fèng zhù

【分类】生活

【关键词】书法

【释义】翔：盘旋而飞；翥：高飞。比喻书法笔势飞动舒展。晋陆机《浮云赋》："鸾翔凤翥，鸿惊鹤飞，鲸鲵溯波，鲛鳄冲道。"

【例句】唐韩愈《石鼓歌》："鸾翔凤翥众仙下，珊瑚碧树交枝柯。"宋李弥逊《夏日登台…》："鸾翔凤翥露纤巧，虎踞龙蟠惊崛奇。"宋袁说友《恭和御制…》："云汉昭回下建章，鸾翔凤翥灿龙光。"宋赵与时《题张也愚…》："鸾翔凤翥三千许,鹤发鸡皮七十余。"

乱丝理 luàn sī lǐ

【分类】政治

【关键词】高洋

【释义】咏治乱有方之典。《北齐书·文宣纪》:"高祖尝试观诸子意识,各使治乱丝,帝独抽刀斩之,曰:'乱者须斩。'高祖是之。"

【例句】唐杜甫《荆南兵马…》:"万岁持之护天子,得君乱丝与君理。"唐韦应物《始至郡》:"到郡方逾月,终朝理乱丝。"宋黄庭坚《别蒋颖叔》:"金城千里要人豪,理君乱丝须孟劳。"宋王十朋《追和范文…》:"理郡端如理乱丝,范公往矣欲谁师。"

纶綍 lún fú

【分类】政治

【关键词】礼记

【释义】谓皇帝的诏令。《礼记·缁衣》:"王言如丝,其出如纶。王言如纶,其出如綍。"汉郑玄注:"言言出弥大也。"綍:同绋,大绳索。言君王的话容易被渲染。

【例句】唐赵冬曦《酬燕公出…》:"纶綍有成命,旌麾不可攀。"唐无可《奉和裴舍…》:"早晚辞纶綍,观农下杜西。"唐皇甫曾《奉寄中书…》:"西掖几年纶綍贵,东山遥夜薜萝情。"唐李商隐《行次昭应…》:"早勒勋庸燕石上,伫光纶綍汉廷中。"

纶命 lún mìng

【分类】政治

【关键词】礼记

【释义】指天子的诏命。源见"纶綍"。

【例句】宋慕容彦逢《恭和御赐…》:"如犀亟应丝纶命,带粉初萦雨露痕。"宋杜安世《玉楼春》:"纶命忽从天上至,便绾兵权辞漕计。"宋葛胜仲《凌丞事挽词》:"紫诰恩华重,青纶命服荣。"宋曹玮幕客《献曹南院》:"君王看降如纶命,旌节前驱马首红。"

轮扁 lún biǎn

【分类】生活

【关键词】轮扁

【释义】春秋时齐国有名的造车工人。比喻技艺精湛的工匠。源见"轮扁斫轮"。

【例句】唐卢照邻《赤谷安禅…》:"古人有糟粕,轮扁情未分。"宋苏辙《和子瞻三…》:"轮扁不能令子巧,老聃虽智若为传。"宋黄庭坚《戏题小雀…》:"丹青妙处不可传,轮扁斫轮如此用。"宋陆游《贫甚戏作》:"读书但觉惭轮扁,补吏非能去箭张。"

轮扁斫轮 lún biǎn zhuó lún

【分类】生活

【关键词】轮扁

【释义】形容某人经验丰富,技艺湛绝妙。《庄子·天道》:"桓公读书于堂上。轮扁斫轮于堂下,释椎凿而上,问桓公:'敢问,公之所读者何言邪?'公曰:'圣人之言也。'…轮扁曰:'臣也以臣之事观之。斫轮,徐则甘而不固,疾则苦而不入。不徐不疾,得之于手而应于心,口不能言,有数存焉于其间。臣不能以喻臣之子,臣之子亦不能受之于臣,是以行年七十而老斫轮。古之人与其不可传也死矣,然则公之所读者,古人之糟魄已夫!'"

【例句】唐杜甫《偶题》:"车轮徒已斫,堂构仍亏亏。"宋苏轼《嘲子由》:"妙哉斫轮手,堂下笑桓公。"宋王炎《过涪翁墓》:"千古诗中老斫轮,久埋玉树未修文。"明许伯旅《岁暮有怀…》:"带剑不辞屠狗辱,读书空愧斫轮讥。"

轮奂 lún huàn

【分类】生活

【关键词】礼记

【释义】喻指房屋高大华美。《礼记·檀弓下》:"晋献文子成室,晋大夫发焉。张老曰:'美哉轮焉!美哉奂焉!歌于斯,哭于斯,聚国族于斯。'汉郑玄注:"轮,轮囷,言高大;奂,言众多。"

【例句】唐韦璀《留题桂州…》:"轮奂未有绳墨在,规模已壮闳闳高。"唐陈元光《落成会咏》:"轮奂云霄望,晶华日月通。"唐张九龄《奉和圣制…》:"追兹事追远,轮奂复增鲜。"宋赵抃《次韵吴充…》:"轮奂相辉映,严扉耸画楹。"

轮囷 lún qūn

【分类】生活

【关键词】邹阳

【释义】意谓盘曲、硕大。西汉邹阳《狱中上书自明》:"蟠木根柢,轮囷离奇。"《文选》唐李善注引张晏曰:"轮囷离奇,委曲盘戾也。"《礼记·檀弓下》:"美哉轮焉。"汉郑玄注:"轮,轮囷,言高大。"

【例句】唐韩愈《赠别元十…》:"穷途safely感激,肝胆还轮囷。"唐崔立之《南至隔仗…》:"轮囷洒宫阙,萧索散乾坤。"唐秦韬玉《桧树》:"翠云交干瘦轮囷,啸雨吟风几百春。"聂绀弩《对镜》:"手提肝胆轮囷血,互对宵窗望到明。"

轮台 lún tái

【分类】政治

【关键词】岑参

【释义】古轮台国,在今新疆轮台县东南。泛指边塞。借指带有轮子的水车的井台。唐岑参《白雪歌送武判官归京》:"轮台东门送君去。"

【例句】唐岑参《轮台即事》:"轮台风物异,地是古单于。"唐郑愔《秋闺》:"征客向轮台,幽闺寂不开。"唐岑参《轮台歌奉…》:"戍楼西望烟尘黑,汉兵屯在轮台北。"聂绀弩《推车同李四》:"孰后谁前各自猜,你追我赶在轮台。"

轮台归汉 lún tái guī hàn

【分类】政治

【关键词】李广利

【释义】汉武帝曾派贰师将军李广利出师西域,攻占轮台使其归附汉朝。后以此典咏汉王朝与西域诸国的关系。《汉书·李广利传》:"兵多,所至小国莫不迎,出食给军。至轮台,轮台不下,攻数日,屠之。"

【例句】唐岑参《登北庭北…》:"尝读西域传,汉家得轮台。"唐岑参《轮台歌奉…》:"戍楼西望烟尘黑,汉兵屯在轮台北。"唐郑锡《千里思》:"渭水通胡苑,轮台望汉关。"元耶律铸《庭州》:"可道汉家哀痛诏,未应元自为轮台。"

轮台诏　lún tái zhào

【分类】政治
【关键词】汉武帝
【释义】咏皇帝追悔往事、引咎自责之典。《汉书·西域传下》:"自武帝初通西域…海内虚耗…上乃下诏,深陈既往之悔,曰:'…乃者贰师败,军士死略离散,悲痛常在朕心。今请远田轮台,欲起亭隧,是扰劳天下,非所以优民也。今朕不忍闻。'由是不复出军。"

【例句】宋徐钧《武帝》:"后来下不下轮台诏,黩武求仙又一秦。"宋杨万里《读罪己诏》:"莫读轮台诏,令人泪点垂。"元耶律铸《庭州》:"可道汉家哀痛诏,未应元自为轮台。"元叶懋《望思台》:"秋风慷慨歌楼船,轮台下诏犹凄然。"

论道　lùn dào

【分类】政治
【关键词】周礼
【释义】谋虑治国的政令。也谓议论、阐明道理。《周礼·考工记序》:"或坐而论道。"汉郑玄注:"论道,谓谋虑治国之政令也。"

【例句】唐李隆基《集贤书院…》:"集贤昭衮职,论道命台臣。"唐杜甫《可叹》:"王也论道阻江湖,李也丞疑旷前后。"唐杜甫《鹿头山》:"冀公柱石姿,论道邦国活。"唐卢纶《送静居法师》:"九天论道当宸眷,七祖传心合圣踪。"

论思　lùn sī

【分类】政治
【关键词】班固
【释义】议论、思考。特指皇帝与学士、臣子讨论学问。汉班固《两都赋》序:"朝夕论思,日月献纳。"

【例句】唐李百药《安德山池…》:"朝宰论思暇,高宴临方塘。"唐罗隐《投宣武郑尚书》:"翰苑论思外,纶闱啸傲中。"宋苏轼《次韵蒋颖叔》:"岂敢便为鸡黍约,玉堂金殿要论思。"宋刘一止《送希仲出守》:"丧乱有谁谈旧事,论思此日要真才。"

论心　lùn xīn

【分类】政治
【关键词】荀子
【释义】指研究思想。或谈心,倾心交谈。《荀子·非相》:"故相形不如论心,论心不如择术。"

【例句】唐韩襄客《闺怨诗》:"连理枝前同设誓,丁香树下共论心。"唐高适《同群公题…》:"与语多远情,论心知所益。"唐刘威《尉迟将军》:"扶病暂将弓试力,感恩重与剑

论心。"宋王安石《相送行》:"忆昔论心两绸缪,那知相送不得留。"

捋虎须　luō hǔ xū

【分类】政治
【关键词】朱恒
【释义】喻撩拨强有力者、冒风险。《三国志·朱恒传》:"引晋张勃《吴录》恒奉殇曰:'臣当远去,愿一捋陛下须,无所复恨。'(孙)权凭几前席,恒进前捋须曰:'臣今日可谓捋虎须也。'权大笑。"

【例句】唐李绅《忆过润州》:"帛书投笔封鱼腹,玄发冲冠捋虎须。"唐韩偓《安贫》:"谋身拙为安蛇足,报国危曾捋虎须。"宋彭汝砺《去年行建…》:"门前不设羊牛车,谁捋虎须跋狼胡。"聂绀弩《迄冬五十》:"自捋虎须嗟弱小,谁云大事不糊涂。"

罗池客　luó chí kè

【分类】文化
【关键词】柳宗元
【释义】指柳宗元,唐宋八大家之一。因托梦建祠于柳州罗池,故称罗池客。唐韩愈《柳州罗池庙碑》:"其夕,梦翼而告之曰:'馆我于罗池。'"罗池为柳州名胜,西侧建有柳侯祠。

【例句】宋吴文英《六么令》:"瓜果几度凄凉,寂寞罗池客。"元郭钰《哀杨和吉》:"仙客已闻遗橘井,故侯犹待馆罗池。"清陈匪石《鹧鸪天》:"人间尽有罗池客,织倦耕慵奈尔何。"

罗敷　luó fū

【分类】生活
【关键词】罗敷
【释义】古代美女名。借指美貌的女子。《古今注·音乐》:"《陌上桑》出秦氏女子。秦氏,邯郸人,有女名罗敷,为邑人千乘王仁妻。王仁后为越王家令,罗敷出采桑于陌上,赵王登台见而悦之,因饮酒欲夺焉。罗敷乃弹筝,乃作《陌上歌》以自明焉。"

【例句】唐李峤《筝》:"君听陌上桑,为辨罗敷洁。"唐杜审言《戏赠赵使…》:"罗敷独向东方去,漫学他家作使君。"唐岑参《敷水歌送…》:"罗敷昔时秦氏女,千载无人空处所。"唐胡ents宿《城南》:"罗敷正苦桑蚕事,惆怅南来五马蹄。"唐白居易《罗敷水》:"野店东头花落处,一条流水号罗敷。"

罗浮梦　luó fú mèng

【分类】文化
【关键词】赵师雄
【释义】咏梅之典。也喻指美丽的幻梦。《龙城录》:"隋开皇中,赵师雄迁罗浮,一日天寒,日暮,于松竹林间见美人…言极清丽,芳香袭人,因与之叩酒家共饮;少顷,一绿衣童来歌舞,师雄醉寝…起视,乃在梅花树下,上有翠羽,啾嘈相顾,月落参横,但惆怅而已。"

【例句】唐殷尧藩《送刘禹锡…》："梅花清人罗浮梦,荔子红分广海程。"唐殷尧藩《友人山中…》："好风吹醒罗浮梦,莫听空林翠羽声。"宋释智鉴《梅溪即事》："几回欲断罗浮梦,鸟语花香未肯残。"宋吴柔胜《三友图》："一声翠羽琅玕东,罗浮梦断微茫中。"

罗含菊　luó hán jú
【分类】文化
【关键词】罗含
【释义】咏菊或赞美花主德行高尚。《晋书·罗含传》："初,含在官舍,有一白雀栖集堂宇,及致仕还家,阶庭忽兰菊丛生,以为德行之感焉。"
【例句】唐李商隐《菊》："陶令篱边色,罗含宅里香。"李商隐《寄太原卢…》："罗含黄菊宅,柳恽白蘋汀。"唐徐夤《草木》："菊英空折罗含宅,榆荚不生原宪家。"明胡应麟《寄邓远游…》："径压蓬蒿同蒋诩,阶藏兰菊类罗含。"

罗幕　luó mù
【分类】文化
【关键词】陆机
【释义】罗帐、丝罗帐幕。晋陆机《君子有所思行》："遴宇列绮窗,兰室接罗幕。"唐张铣注："罗幕即罗帐。"
【例句】唐王无竞《铜雀台》："长袖拂玉尘,遗情结罗幕。"唐张虚若《代答闺梦》："还燕入窥罗幕,蜂来上画衣。"唐岑参《白雪歌送…》："散入珠帘湿罗幕,狐裘不暖锦衾薄。"唐冯延巳《舞春风》："燕燕巢儿罗幕卷,莺莺啼处凤楼空。"

罗平妖鸟　luó píng yāo niǎo
【分类】政治
【关键词】董昌
【释义】借指叛臣作乱或妖人造反。《新唐书·董昌传》："咸通末,越中秘记言:'有罗平鸟,主越祸福。'中和时,鸟见吴、越,四目而三足,其鸣曰'罗平天册',民祀以攘难。今大王署名,文与鸟类。"
【例句】宋艾性夫《山谷跋杨…》："人间极宠皆祸兆,莫把妖魂幻飞鸟。"宋梅尧臣《淮阴》："山夔一足走,妖鸟九头鸣。"明高启《唐昭宗赐…》："罗平恶鸟初起,犀弩三千射潮水。"明林弼《题钱氏铁…》："白马不饮浊河血,罗平妖鸟啼未歇。"

罗友默记　luó yǒu mò jì
【分类】文化
【关键词】罗友
【释义】用作称美善于记忆之典。《世说新语·任诞》："襄阳罗友有大韵…从桓宣武平蜀,按行蜀城阙观宇,内外道陌广狭,植种果竹多少,皆默记之…宣武验以蜀城阙簿,皆如所言。"默记,暗暗记住。
【例句】宋刘弇《伤段谦叔…》："默记迹三箧,疏通贯九流。"宋谢伋《恭谒台岳…》："按图默记金人赋,意气直欲登仙槎。"宋刘克庄《村校书》："久诵经书皆默记,试挑史传亦旁通。"宋周必大《端明尚书…》："有书皆默记,无事不冥搜。"明王世贞《王丞明辅…》："罗友须羊肉,王猷似马曹。"清曾习经《送夏闿中…》："过江历数吴兴守,作郡偏怜罗友辞。"

罗昭谏　luó zhāo jiàn
【分类】文化
【关键词】罗隐
【释义】罗隐,字昭谏,唐文学家。以十举进士不第,乃改名。其散文小品,笔锋犀利。诗亦颇有讽刺现实之作。有诗集《甲乙集》,《罗昭谏集》。
【例句】宋牟巘《新城罗氏…》："昭谏而来名节伟,更添新记与无穷。"宋方回《次韵邓善…》："昭谏先生宅,咸平处士庐。"元钱惟善《九月晦日…》："伤时我岂同昭谏,觅句师能及道潜。"聂绀弩《庚和大作…》："取人以貌遇澹台,昭谏能诗孰嫁来。"

罗纸　luó zhǐ
【分类】政治
【关键词】宋史
【释义】用绫、绢装裱的纸。《宋史·礼志十四》："后妃皆写册命告身,以金花龙凤罗纸,金涂褾袋,有司进入,学士院草制,宣于正殿。"
【例句】宋张孝祥《鹧鸪天》："金花罗纸新裁诏,贝叶旁行别授经。"宋郭应祥《钱太夫人…》："人言阴德报,罗纸重重诰。"宋郭应祥《鹧鸪天》："罗纸贵,彩衣鲜。鼎来盛事乐无边。"清黄莘浚《寄呈太夷…》："寒斋清供无多物,罗纸端求虎卧书。"

逻娑　luó suō
【分类】生态
【关键词】旧唐书
【释义】地名。唐朝时吐蕃的都城,今西藏的拉萨。唐太宗时曾嫁文成公主给吐蕃国王松赞冈布以结好。《旧唐书·薛仁贵传》："咸亨元年,吐蕃入寇,又以仁贵为逻娑道行军大总管。"也指用逻娑檀制的精美的琵琶。
【例句】唐李颀《听董大弹…》："乌孙部落家乡远,逻娑沙尘哀怨生。"唐刘景复《梦为吴泰…》："繁弦已停杂吹歇,胜儿调弄逻娑拨。"元吴莱《客夜闻琵…》："大雅清商久寂寥,鹍鸡逻娑多弦索。"明释ana可《同诸子过…》："逻娑残魄又重圆,霜散冰丸贮瓦盘。"

洛宾笙　luò bīn shēng
【分类】文化
【关键词】王子乔
【释义】借指仙人吹笙声。源见"王乔控鹤"。
【例句】唐许敬宗《游清都观…》："或命余杭酒,时听洛滨笙。"唐司空曙《风筝》："松泉鹿门夜,笙鹤洛滨朝。"唐武元衡《缑山道中…》："王子白云仙去久,洛滨行路夜吹笙。"

洛神　luò shén
【分类】文化
【关键词】司马相如
【释义】代指高洁淑美的女性。西汉司马相如《上林赋》："若夫青琴、宓妃之徒。"索隐："如淳曰：'宓妃，伏羲女，溺死洛水，遂为洛水之神。'"三国魏曹植为甄氏女作有《洛神赋》。
【例句】唐慧净《冬日普光…》："回飘洛神赋，皎映齐纨篇。"唐李涉《醉中赠崔膺》："扬州歌酒不可追，洛神映箔湘妃语。"唐孟浩然《宴崔明府…》："倘使曹王见，应嫌洛浦神。"唐李商隐《判春》："敢言西子短，谁觉宓妃长。"

洛生咏　luò shēng yǒng
【分类】文化
【关键词】谢安
【释义】文人雅量与风度的典故。源见"拥鼻吟"。
【例句】唐刘长卿《寄万州崔…》："自解书生咏，愁猿莫夜吟。"唐李白《经乱后将…》："闷为洛生咏，醉发吴越调。"宋刘敞《送王肃侍…》："流传洛生咏，叹赏贵公孙。"宋苏籀《僧庵崖上…》："江峤琐蛮烟，空烦洛生咏。"

洛水流觞　luò shuǐ liú shāng
【分类】生活
【关键词】秦昭王
【释义】咏修禊渊源之典。《续齐谐记》："晋武帝问尚书郎挚虞仲洽：'三月三日曲水，其义何者？'…尚书郎束晳进曰：'…昔周公成洛邑，因流水泛酒，故逸诗云："羽觞随波流。"又秦昭王三月上巳置酒河曲，见金人自河而出，捧水心剑曰："令君制有西夏。"乃秦霸诸侯，乃因此处，立为曲水。二汉相缘，皆为盛集。'"
【例句】唐王维《奉和圣制…》："赋掩陈王作，杯333洛水流。"唐王维《三月三日…》："不数秦王日，谁将洛水同。"宋司马光《和刘伯寿…》："觞随洛水周公事，月映凤楼裴相游。"明祁顺《和徐议政》："洛水有觞曾泛羽，楚山无树不啼鹃。"

洛阳才子　luò yáng cái zǐ
【分类】文化
【关键词】贾谊
【释义】原指汉代贾谊，因其是洛阳人，少年有才。后泛称洛阳有文学才华的人。西晋潘岳《西征赋》："汲长孺之正直，郑当时之推士。终童山东之英妙，贾生洛阳之才子。"
【例句】唐李如璧《明月》："沅湘纠合森漫漫，洛阳才子忆长安。"唐王维《同崔傅答…》："洛阳才子姑苏客，桂苑殊非故乡陌。"唐储光羲《贻袁三拾…》："高帝黜儒生，文皇谪才子。"唐唐彦谦《寄台省知己》："才名贾太傅，文学马相如。"

洛阳花　luò yáng huā
【分类】文化
【关键词】谈士云
【释义】牡丹的别称。因唐宋时洛阳牡丹最盛，故称洛阳花。南北朝谈士云《咏安仁得果诗》："月上河阳县，来看洛阳花。"
【例句】唐李商隐《送王十三…》："多少分曹掌秘文，洛阳花雪梦随君。"唐李商隐《漫成》："远把龙山千里雪，将来拟并洛阳花。"宋张咏《劝酒惜别》："明朝匹马嘶春风，洛阳花发胭脂红。"宋王洋《以前韵再…》："洛阳花谱今存否，借问谁居第一流。"

洛阳耆英会　luò yáng qí yīng huì
【分类】文化
【关键词】文彦博
【释义】喻指老人聚会以诗酒怡情悦性。《宋史·文彦博传》："（文彦博）与富弼、司马光等十三人，用白居易九老会故事，置酒赋诗相乐，序齿不序官。为堂，绘像其中，谓之'洛阳耆英会'，好事者莫不慕之。"
【例句】宋苏颂《次韵王宣…》："今春欲作耆英会，涓日象值神俱比。"宋洪咨夔《戊子新元…》："嘉庆图中身最贵，耆英会上爵犹卑。"宋吴泳《满江红》："君不见洛阳耆英会，花前雅放诗闲适。"宋赵文《题耆英图》："耆英会上十三人，当时世道如初春。"

洛阳社　luò yáng shè
【分类】政治
【关键词】董京
【释义】指退隐者的居所。《晋书·董京》："初与陇西计吏俱至洛阳，被发而行，逍遥吟咏，常宿白社（隐士居所称白社）中。时乞于市，得残碎缯絮，结以自覆，全帛佳棉则不肯受。"
【例句】唐王维《过李楫宅》诗："一罢宜城酌，还归洛阳社。"唐耿湋《与清江上…》："汤公多外友，洛社自相依。"唐司空曙《岁暮怀崔…》："洛阳旧社各东西，楚国游人不相识。"明郭钰《题欧阳先…》："钟鼓清时金谷园，衣冠前辈洛阳社。"

洛阳狱　luò yáng yù
【分类】政治
【关键词】蔡邕
【释义】咏冤狱之典。《后汉书·蔡邕传》："于是下邕、质于洛阳狱，劾以仇怨奉公，议害大臣，大不敬…有诏减死一等，与家属髡钳徙朔方，不得以赦令除。"东汉名士蔡邕遭刘郃、阳球中伤陷害，下洛阳狱中。
【例句】唐杜甫《八哀诗》："终悲洛阳狱，事近小臣毙。"宋周紫芝《读蔡中郎传》："朝奏皂囊封，暮就洛阳狱。"明沈溱《狱中自述》："身系洛阳狱，旦夕且就毙。"明宋琬《壬寅除夕作》："事同朱并罔，狱与洛阳均。"

洛阳纸贵　luò yáng zhǐ guì
【分类】文化
【关键词】左思

【释义】称颂诗文作品为世所重,流传一时。《晋书·左思传》:"(左思)复欲赋《三都》…遂构思十年,…司空张华见而叹曰:'班、张之流也。使读之者尽而有余,久而更新。'于是豪贵之家竞相传写,洛阳为之纸贵。"

【例句】唐元稹《和王侍郎…》:"都中纸贵流传后,海外金填姓字时。"唐宋之问《范阳王挽词》:"洛阳今纸贵,犹写太冲词。"唐元稹《和王侍郎…》:"都中纸贵流传后,海外金填姓字时。"宋宋庠《和吴侍郎…》:"欲知传诵人多少,正似三都纸贵年。"

络秀 luò xiù

【分类】文化
【关键词】周顗
【释义】借指有才识的女子。《晋书·周顗母李氏》:"周顗母李氏,字络秀…顗父浚为安东将军…过止络秀之家…因求为妾。其父兄不许,络秀曰:'门户殄瘁,何惜一女!若连姻贵族,将来庶有大益矣。'父兄许之。"

【例句】宋苏轼《朝云诗》:"阿奴络秀不同老,天女维摩总解禅。"宋苏轼《次韵黄鲁…》:"但使伯仁长,还兴络秀家。"宋韩元吉《平生八见…》:"为君聘络秀,椎牛事宾筵。"宋王迈《贺谢景芳…》:"林家络秀如闻此,好好来求依样杯。"宋刘克庄《北苑》:"汝何惭络秀,吾自志朝云。"

落灯花 luò dēng huā

【分类】生活
【关键词】赵师秀
【释义】形容游子的孤寂心情。宋赵师秀《约客》:"约客不来过夜半,闲敲棋子落灯花。"

【例句】宋陈与义《夜雨》:"棋局可观浮世理,灯花应为好诗开。"宋王同祖《寄诗人》:"忆君夜夜看灯花,暗数归期未到家。"宋孙应时《三用沙字…》:"此语非君谁举似,夜阑清坐落灯花。"元李齐贤《题长安逆旅》:"梦里家山空蕙帐,酒阑檐雨落灯花。"

落花人独立 luò huā rén dú lì

【分类】生活
【关键词】翁翃
【释义】谓抒发人的寂寥惆怅的伤春之情。五代翁翃《闺怨》:"落花人独立,微雨燕双飞。"

【例句】宋晏几道《临江仙》:"去年春恨却来时,落花人独立,微雨燕双飞。"清黄之隽《无题》:"落花人独立,马过隔墙鞭。"

落迦山观音 luò jiā shān guān yīn

【分类】文化
【关键词】观音
【释义】咏观音显形之典。《云麓漫钞》:"补陀落迦山,自明州定海县招宝山泛海东南行…又东曰'潮音洞',即观音示现之处。"相传观音菩萨常在东海普陀落迦山显形。

【例句】宋郑之《郑德言亲…》:"补陀洛伽相,在在犹日揭。"宋洪咨夔《闰月廿六》:"大士慈悲出补陀,扫除阴翳作人和。"宋陆游《海山》:"补落迦山访旧游,庵摩勒果隘中州。"明李攀龙《题候涛山…》:"落迦山上古祇林,白马西来峡口深。"

落梅 luò méi

【分类】生活
【关键词】李白
【释义】即《梅花落》。古笛曲名。唐李白《司马将军歌》:"羌笛横吹阿嚲回,向月楼中吹落梅。"

【例句】唐骆宾王《和孙长史…》:"节变惊衰柳,筇繁思落梅。"唐骆宾王《代女道士…》:"鹦鹉杯中浮竹叶,凤凰琴里落梅花。"唐刘得仁《听歌》:"朱槛满明月,美人歌落梅。"唐张乔《笛》:"剪雨裁烟一节秋,落梅杨柳曲中愁。"

落木萧萧下 luò mù xiāo xiāo xià

【分类】生活
【关键词】杜甫
【释义】落木:指飘落的树叶。萧萧:草木摇落之声。茫无边际的落叶萧萧而下。形容秋江景色,兼诉悲秋情怀。唐杜甫《登高》:"无边落木萧萧下,不尽长江滚滚来。"

【例句】宋陈师道《次韵李节…》:"落木无边江不尽,此身此日更须忙。"宋楼钥《入雁山过…》:"风高落木无边下,气劲闲云逐处收。"明戴良《秋兴》:"咸阳城下动秋风,落木萧萧汉苑空。"明田汝俵《登古城吊…》:"寂寂饥乌归野戍,萧萧落木下寒溪。"

M

麻姑搔背 má gū sāo bèi

【分类】文化
【关键词】麻姑
【释义】咏仙人侍奉之典。或喻感到舒服痛快。《神仙传·麻姑》:"汉孝桓帝时,神仙王远,字方平,降于蔡经家…麻姑至矣…又麻姑鸟爪,蔡经见之,心中念言:背大痒时,得此爪以爬背,当佳。方平已知经心中所念,即使人牵经鞭之。谓曰:'麻姑神人也,汝何谓爪可以爬背耶?'但见鞭着经背,亦不见有人持鞭者。"

【例句】唐李白《西岳云台…》:"明星玉女备洒扫,麻姑搔背指爪轻。"唐李商隐《海上》:"直遣麻姑与搔背,可能留命待桑田。"唐杜牧《读韩杜集》:"杜诗韩集愁来读,似倩麻姑痒处搔。"宋章甫《归自真州…》:"纵复技痒存,敢念麻姑搔。"

麻姑爪 má gū zhǎo

【分类】文化
【关键词】麻姑
【释义】麻姑的手。形容美女纤长灵巧的手。源见"麻姑搔背"。

【例句】唐陈陶《将进酒》:"麻姑爪秃瞳子昏,东皇肉角生鱼鳞。"宋徐积《和李道源…》:"快心何美楚王台,披襟适得麻姑爪。"宋苏辙《赠吴子野…》:"道成若见王方平,背痒莫念麻姑爪。"宋张元干《子立昆仲…》:"字中仙爪便搔痒,句里灵犀解辟尘。"

麻中直　má zhōng zhí
【分类】政治
【关键词】荀子
【释义】表示受外在条件的影响而带来的结果。《荀子·劝学》:"蓬生麻中,不扶而直。"蓬草虽然迂曲,如果生长在麻丛中则倚麻而直。
【例句】唐宋之问《浣纱篇赠…》:"愿言托君怀,倘类蓬生麻。"唐柳宗元《同刘二十…》:"鸢翼尝披攀,蓬心类倚麻。"唐李咸用《小松歌》:"劲节暂因君子移,贞心不为麻中直。"宋林同《刘祎之》:"蓬在麻中直,多应不待扶。"

马安巧宦　mǎ ān qiǎo huàn
【分类】政治
【关键词】司马安
【释义】用为讥人善于钻营向上爬。《史记·汲郑列传》:"黯姑姊子司马安亦少与黯为太子洗马。安文深巧善宦,官四至九卿,以河南太守卒。"
【例句】唐罗隐《裴庶子除…》:"应笑马安虚巧宦,四回迁转始为卿。"唐韩偓《避地》:"白面儿郎犹巧宦,不知谁与正乾坤。"唐郑谷《试笔偶书》:"任笑孤吟僻,终嫌巧宦卑。"宋王迈《父执德化…》:"马安为巧宦,孔光位宰辅。"

马超勋　mǎ chāo xūn
【分类】政治
【关键词】马超
【释义】咏将军多变之典。《三国志·马超传》:"马超字孟起…父腾…初平三年,遂、腾率众诣长安。汉朝以遂为镇西将军,遣还金城,腾为征西将军,遣屯郿。"马超初为汉将,后依汉中张鲁,再投蜀汉。
【例句】唐戎昱《闻颜尚书…》:"能持苏武节,不受马超勋。"

马齿徒增　mǎ chǐ tú zēng
【分类】生活
【关键词】穀梁传
【释义】马年龄越大,牙齿越多。泛作自谦年齿增长没有成就之意。《春秋穀梁传·僖公二年》:"荀息牵马操璧而前曰:'璧则犹是也,而马齿加长矣。'"
【例句】宋洪咨夔《读史》:"马齿虽高人未老,五湖风月　陶朱。"宋方一夔《诗人咏鸥…》:"未惊马齿长,犹喜鸡皮少。"元张以宁《题进士卜…》:"忆昔马齿未长日,金羁鬃蹀鸣天衢。"聂绀弩《某事既竟…》:"失马塞翁今得马,不谈马齿更人情。"

马革裹尸　mǎ gé guǒ shī
【分类】政治
【关键词】马援
【释义】形容军人决死沙场之典。《后汉书·马援传》:"男儿要当死于边野,以马革裹尸还葬耳,何能卧床上在儿女子手中邪!"
【例句】唐员半千《陇头水》:"喋血多壮胆,裹革无怯魂。"唐李益《塞下曲》:"伏波惟愿裹尸还,定远何须生入关。"唐薛能《筹笔驿》:"葛相终宜马革还,未开天意便开山。"宋刘敞《送张四隐…》:"生图万里勋,死裹马革还。"

马空冀北　mǎ kōng jì běi
【分类】政治
【关键词】韩愈
【释义】比喻人才得到充分的选拔任用。《左传·昭公四年》:"冀之北土,马之所生。"唐韩愈《送温处士赴河阳军序》:"伯乐一过冀北之野,而马群遂空。"
【例句】宋王庭圭《谒魏彦成…》:"更愿兼收湖海士,当令冀北马空群。"宋杜范《清贞祠…》:"冀北奇才万马空,惊人佳句墨浓浓。"元陶宗仪《送薛应翔…》:"马空冀北标雄逸,凤起河东仰圣明。"清今无《陈静公典…》:"冀北马空驱紫电,平舆龙出袭黄裳。"

马鬣　mǎ liè
【分类】生活
【关键词】礼记
【释义】马鬃。《述异记》:"松有两鬣、三鬣、七鬣者,言如马鬣形也。"坟墓封土的一种形状。亦指坟墓。《礼记·檀弓》:"马鬣封之谓也。"
【例句】唐陈元光《晓发佛潭桥》:"马鬣嘶风耸,龙旂闪电临。"唐李白《上留田行》:"蓬科马鬣今已平,昔之弟死兄不葬。"唐皇甫冉《送王相公…》:"雁行缘古塞,马鬣起长风。"宋陆游《秋郊有怀》:"永怀桑干河,夜渡拥马鬣。"

马南郡　mǎ nán jùn
【分类】文化
【关键词】马融
【释义】借指博学良师。《后汉书·马融传》载:马融曾任南郡太守。源见"绛帐"。
【例句】唐刘长卿《送郑说之…》:"尝闻马南郡,门下有康成。"宋田锡《李谟吹笛歌》:"何人懒忆马南郡,知予已胜桓将军。"宋梅尧臣《代书寄欧…》:"尝亲马南郡,果谒谢临川。"宋黄庭坚《次韵师厚…》:"尝闻马南郡,少有拔俗韵。"元戴良《投王郡守》:"惟应马南郡,偏重郑康成。"

马癖　mǎ pǐ
【分类】文化
【关键词】王济
【释义】亦称王济癖。为咏爱马知马性之典。《晋书·王济传》:"济善解马性,尝乘一马,著连乾障泥,前有水,终不肯渡。济云:'此必是惜障泥。'使人解去,便渡。故杜预谓济有马癖。"障泥,即马鞯。
【例句】唐杜甫《骢马行》:"邓公马癖人共知,初得花骢大宛种。"唐韩琮《咏马》："难逢王济知音癖，欲就燕昭买骏名。"宋刘敞《和过骐骥…》："子真王济徒，爱马有马癖。"宋刘攽《寄王子直》："著书轻古人，时论有马癖。"宋葛胜仲《初得庵基…》："从来不办王济癖，石磴骑危甘脚历。"清钱大昕《题杜太守…》："杜公夙有王济癖，皂荚桥头回玉勒。"

马卿多病 mǎ qīng duō bìng
【分类】生活
【关键词】司马相如
【释义】借指文人失意贫病交加。源见"相如病渴"。
【例句】唐李端《忆故山赠…》："汉主金门正召才，马卿多病自迟回。"唐杜甫《即事》："多病马卿无日起，穷途阮籍几时醒。"宋杨冠卿《美人隔秋水》："多病马卿无日起，青眼高歌望吾子。"元赵孟頫《和姚子敬…》："多病马卿聊假日，数奇李广不逢时。"

马去奔郑 mǎ qù bēn zhèng
【分类】政治
【关键词】左传
【释义】咏宋地故事以抒胸臆的典故。《左传·宣公二年》："郑公子归生受命于楚，伐宋，宋华元、乐吕御之…战于大棘，宋师败绩。囚华元，获乐吕…华元逃归，立于门外。告而入，见叔牂，曰：'子之马然也？'对曰：'非马也，其人也。'"宋帅华元因其御者叔牂没有吃到羊羹，有意将马车驶入郑师，被郑人俘获。华元逃出后，见到叔牂，婉词诘问他是否因为马不受驾驭而向郑师奔去的呢？叔牂照实作了回答后，知在宋难以自保，便逃到了鲁国去。
【例句】唐骆宾王《过故宋》："马去遥奔郑，蛇分近带丰。"

马群空 mǎ qún kōng
【分类】政治
【关键词】韩愈
【释义】比喻人才被招揽已尽。源见"马空冀北"。
【例句】宋王安石《思王逢原》："鹰隼奋飞凰羽短，骐骥埋没马群空。"宋李之仪《又寄性之》："千载难期人物盛，一时休叹马群空。"宋王之道《寄别江…》："会见马群空冀野，还同鹤驾到扬州。"聂绀弩《瘦石六十》："本住江南烟景好，一巡冀北马群空。"

马融 mǎ róng
【分类】文化
【关键词】马融
【释义】借指饱学之士。《后汉书·马融传》："马融字季长…为人美辞，有俊才。…融才高博洽，为世通儒，教养诸生，常有千数。涿鹿卢植，北海郑玄，皆其徒也。善鼓琴，好吹笛，达生任性，不拘儒者之节。"
【例句】唐卢象《赠程秘书》："将相猜贾谊，图书归马融。"唐李端《酬前驾部…》："马融方直校，阅校复持铅。"唐卢象《赠广川马…》："愿接诸生礼，三年事马融。"宋文同《和子山种花》："风流从事季长家，绕遍官居尽花。"宋庚《张祖同挽词》："豪逸陈惊座，风流马季长。"

马融笛 mǎ róng dí
【分类】生活
【关键词】马融
【释义】东汉大儒马融，博学多才，又极擅长音乐，尤其喜欢吹笛，著有《长笛赋》。后用为咏善长笛艺之典。《后汉书·马融传上》："融才高博洽，为世通儒；善鼓琴，好吹笛。"
【例句】唐杜甫《八哀诗》：'虚无马融笛，怅望龙骧茔。"唐杜甫《风疾舟中…》："如闻马融笛，若倚仲宣襟。"唐郑谷《长安感兴》："可悲闻玉笛，不见走香车。"元张雨《泂阿对雨》："与闻季长笛，宁从中散锻。"

马融奢 mǎ róng shē
【分类】生活
【关键词】马融
【释义】讥讽奢侈之典。《后汉书·马融传》："（马融）达生任性，不拘儒者之节。居宇器服，多存侈饰。常坐高堂，施绛帐纱，前授生徒，列列女乐。"
【例句】唐柳宗元《同刘二十…》："肯随胡质矫，方恶马融奢。"

马上得天下 mǎ shàng dé tiān xià
【分类】政治
【关键词】陆贾
【释义】比喻凭武功建国。《史记·郦生陆贾列传》："陆生时前说称《诗》《书》。高帝骂之曰：'乃公居马上而得之，安事《诗》《书》！'陆生曰：'居马上得之，宁可以马上治之乎？且汤武逆取而以顺守之，文武并用，长久之术也。'"
【例句】唐卢言《上安禄山》："马上取天下，雪中朝海神。"唐林宽《歌风台》："莫言马上得天下，自古英雄尽解诗。"金李俊民《庙学落成》："迩来天下事，多自马上得。"聂绀弩《放牛戏作》："马上当能得天下，牛行只合关亲家。"

马上送明君 mǎ shàng sòng míng jūn
【分类】政治
【关键词】王昭君
【释义】咏王昭君远嫁匈奴之典。《乐府诗集·王明君》题解引南朝陈释智匠《古今乐录》："明君歌舞者，晋太康中，（石）季伦所作也。王明君本名昭君，以触文帝讳，故晋人谓之明君。"
【例句】唐孟浩然《凉州词》："胡地迢迢三万里，那堪马上送明君。"唐王偃《明妃曲》："北望单于日半斜，明君马上泣胡沙。"

马少游 mǎ shǎo yóu
【分类】生活
【关键词】马援
【释义】指满足于平常生活之人。《后汉书·马援传》："吾从弟少游常哀吾慷慨多大志,曰:'士生一世,但取衣食裁足,乘下泽车,御款段马,为郡掾吏,守坟墓,乡里称善人,斯可矣。致求盈余,但自若耳。'"

【例句】唐刘禹锡《经伏波神祠》:"一以功名累,翻思马少游。"宋刘敞《自京师泛汴》:"昔在马少游,抗志安故土。"宋刘敞《寄贡甫》:"晚慕马少游,结庐守乡井。"宋王安石《次韵酬朱…》:"已知轩冕真吾累,且可追随马少游。"宋文天祥《挽龚用和》:"郦州避乱杜工部,下泽乘车马少游。"

马首欲东 mǎ shǒu yù dōng
【分类】政治
【关键词】左传
【释义】指东归或即将返回。《左传·襄公十四年》:"栾黡曰:'晋国之命,未是有也。余马首欲东。'乃归。"杨伯峻注:"秦兵在西,东则归矣。"
【例句】唐李颀《百花原》:"穷秋旷野行人绝,马首东来知是谁。"唐杜甫《投赠哥舒…》:"胡人愁逐北,宛马又从东。"唐独孤及《代书寄上…》:"昔余马首东,君在海北汭。"唐独孤及《答李滁州…》:"猪肝无足累,马首敢辞勤。"

马蹄 mǎ tí
【分类】政治
【关键词】庄子
【释义】《庄子》篇名。以伯乐善治马为残害马之真性等比喻,抨击儒家提倡仁义礼乐为桎梏民性,要求回到自然状态。后遂以指怀其自然。《庄子·马蹄》:"马,蹄可以践霜雪,毛可以御风寒…此马之真性也。世称之曰'伯乐善治马而陶匠善治埴木',此亦治天下者之过也。"
【例句】唐杜甫《课小竖锄…》:"薄俗防人面,全身学马蹄。"唐杜甫《将赴成都》:"书签药裹封蛛网,野店山桥送马蹄。"唐白居易《送令狐相…》:"诗作马蹄随笔走,猎酣鹰翅伴骹飞。"唐岑参《青门歌送…》:"灞头落花没马蹄,昨夜微雨花成泥。"

马嵬恨血 mǎ wéi hèn xiě
【分类】政治
【关键词】新唐书
【释义】喻指女子以色媚君,最后招致身亡。《新唐书·后妃传》:"及西幸至马嵬,陈玄礼等以天下计诛国忠,已死,军不解。帝遣力士问故,曰:'祸本尚在!'帝不得已,与妃决,引而去,缢路祠下。"
【例句】唐杜牧《华清宫…》:"喧呼马嵬血,零落羽林枪。"唐李商隐《马嵬》:"君王若道能倾国,玉辇何由过马嵬。"宋刘筠《明皇》:"河鼓暗期随日转,马嵬恨血染尘腥。"宋戴表元《看花曲》:"又不闻马嵬山前玉环血,岁岁春风吹不灭。"

马武弹剑 mǎ wǔ dàn jiàn
【分类】政治
【关键词】马武
【释义】咏战将勇武之典。《后汉书·吴盖陈臧列传》:"斯诚雄心尚武之几,先志玩兵之日。臧宫、马武之徒,抚鸣剑而抵掌,志驰于伊吾之北矣。"
【例句】唐杜牧《东兵长句…》:"雄如马武皆弹剑,少似终军亦请缨。"宋苏轼《九月十五…》:"文思天子师文母,终闭玉关辞马武。"宋赵希逢《和寄小王…》:"拟向伊吾驰马武,并于易水吊燕丹。"元汪广洋《风雨舟次…》:"马武拔身终仕汉,周瑜仗剑早从吴。"

马惜障泥 mǎ xī zhàng ní
【分类】生活
【关键词】王济
【释义】咏知马爱马之典。源见"马癖"。
【例句】唐李白《紫骝马》:"临流不肯渡,似惜锦障泥。"唐刘禹锡《三月三日…》:"人夸绫步障,马惜锦障泥。"宋宋祁《汉南州按…》:"侧帽风轻过大堤,水村骄马惜障泥。"宋韩元吉《次韵赵仲…》:"便须蜡屐穿花去,莫惜障泥傍水行。"

马萧萧 mǎ xiāo xiāo
【分类】政治
【关键词】诗经
【释义】马鸣声。《诗经·小雅·车攻》:"萧萧马鸣,悠悠旆旌。"
【例句】唐王勃《陇西行》:"烽火照临洮,榆塞马萧萧。"唐韦庄《过旧宅》:"华轩不见马萧萧,廷尉门人久寂寥。"唐杜甫《兵车行》:"车辚辚,马萧萧,行人弓箭各在腰。"唐刘长卿《送李录事…》:"行人杳杳看西月,归马萧萧向北风。"

马慵立仗 mǎ yōng lì zhàng
【分类】政治
【关键词】李林甫
【释义】比喻尸位素餐者不敢言事。源见"立仗马"。
【例句】宋方岳《次韵徐宰…》:"群公岂堪立仗马,贱子只跨寻诗驴。"宋陆游《感惜》:"马慵立仗宁辞斥,兰偶当门敢怨锄。"宋黄庭坚《题李亮功…》:"韩生画肥马,立仗有辉光。"宋晁公溯《师安抚生日》:"马皆贪立仗,凤独见朝阳。"

马援铜柱 mǎ yuán tóng zhù
【分类】政治
【关键词】马援
【释义】咏马援功绩之典。《后汉书·马援传》:"进击九真贼征侧余党都羊等,自无功至居风,斩获五千余人,峤南悉平。"唐李贤注引《广州记》云:"援到交趾,立铜柱,为汉之极界。"玄宗天宝七载曾遣何履光以兵定南诏境,复立马援铜柱。
【例句】唐李峤《安辑岭表…》:"境遥铜柱出,山险石门开。"唐沈佺期《初达驩州》:"自昔闻铜柱,行来向一年。"唐杜甫《诸将》:"回首扶桑铜柱标,冥冥氛祲未全销。"唐齐己

《送迁客》:"瘴昏铜柱黑,草赤火山秋。"

马周困新丰 mǎ zhōu kùn xīn fēng
【分类】政治
【关键词】马周
【释义】喻怀才不遇、英雄失路。《新唐书·马周传》:"留客汴,为浚仪令崔贤所辱,遂感激而西,舍新丰,逆旅主人不之顾,周命酒一斗八升,悠然独酌,众异之。"唐中书令马周贫贱时曾倍受冷落。
【例句】唐李贺《致酒行》:"吾闻马周昔作新丰客,天荒地老无人识。"唐白居易《新丰路逢…》:"惆怅新丰店,何人识马周。"宋冯山《题范亦颜…》:"高适游大梁,马周隐新丰。"宋张耒《马周》:"马周未遇虬须公,布衣落魄来新丰。"

埋轮 mái lún
【分类】政治
【关键词】张纲
【释义】喻不畏权贵,直言正谏。《后汉书·张纲》:"汉安元年,选遣八使徇行风俗,皆耆儒知名,多历显位,唯纲年少,官次最微。余人受命之部,而纲独埋其车轮于洛阳都亭,曰:'豺狼当路,安问狐狸!'遂上书弹劾梁冀,揭露其罪恶,京都为之震动。
【例句】唐薛涛《赠苏十三…》:"洛阳陌上埋轮气,欲逐秋空击隼飞。"唐刘禹锡《早秋送台…》:"圣朝寰海静,所至不埋轮。"唐罗隐《淮南送卢…》:"应笑张纲漫生事,埋轮不得在长安。"五代徐铉《送和州张…》:"塞诏官班聊慰否,埋轮意气尚存无。"

埋玉 mái yù
【分类】政治
【关键词】庾亮
【释义】比喻富有才华的人或美人之死,兼表哀挽悼惜之情。《晋书·庾亮传》:"亮将葬,何充会之,曰:'埋玉树于土中,使人情何能已!'"祭神的一种仪式。唐李峤《汾阴行》:"埋玉陈琴礼神毕,举麾上马乘舆出。"
【例句】唐李峤《汾阴行》:"埋玉陈琴礼神毕,举麾上马乘舆出。"唐窦巩《哭吕衡州…》:"还家路远儿童小,埋玉泉深昼夜长。"唐刘禹锡《西川李尚…》:"只应埋玉树,同向土中销。"唐陈子昂《同旻上人…》:"金兰徒有契,玉树已埋尘。"

埋照 mái zhào
【分类】政治
【关键词】颜延之
【释义】人才遭埋没之典。南朝宋颜延之《五君咏五首·阮步兵》:"阮公虽沦迹,识密鉴亦洞。沉醉似埋照,寓辞类托讽。"
【例句】唐钱起《片玉篇》:"空山埋照凡几年,古色苍痕宛自然。"唐杜甫《暮冬送苏…》:"尔贤埋照久,余病长年悲。"宋尤袤《梅》:"不奈雪埋照,可堪风漏香。"宋葛胜仲《曾梦良惠…》:"居然埋照向穷山,谁识龙媒伏帝闲。"

买椟还珠 mǎi dú huán zhū
【分类】政治
【关键词】韩非子
【释义】比喻舍本逐末,取舍失当。《韩非子·外储说左上》:"楚人有卖其珠于郑者,为木兰之柜,薰以桂椒,缀以珠玉,饰以玫瑰,辑以羽翠,郑人买其椟而还其珠…墨子之说,传先王之道,论圣人之言心以宣告人。若辩其辞,则恐人怀其文,忘其直,以文害用也。"
【例句】宋苏轼《生日王郎…》:"但信椟藏终自售,岂知碗脱本无橅。"宋苏轼《明日南禅…》:"请归视故椟,静夜珠当返。"元张养浩《读史有感…》:"久知好瑟吹竽拙,每笑还珠买椟非。"明王渐逵《曲肱吟》:"买椟还珠计非得,求鱼缘木意何穷。"

买君顾 mǎi jūn gù
【分类】政治
【关键词】郑瞀
【释义】咏欲结欢心之典。《列女传·楚成郑瞀传》:"郑瞀者,郑女之嬴媵,楚成王之夫人也…子瞀曰:'妾闻妇人以端正和颜为容。今者,大王在台上而妾顾,则是失仪节也。'"楚成王宫人郑瞀不慕名利,恪守仪节,成王亲临后宫,她却不回头一看。
【例句】唐李颀《行路难》:"当时一顾登青云,自谓生死长随君。"唐李白《赠裴十四》:"身骑白鼋不敢度,金高南山买君顾。"唐李白《感时留别》:"君王一顾盼,选色献蛾眉。"宋林希逸《雷隐象车音》:"只谓君王顾,因知神女推。"

买山 mǎi shān
【分类】政治
【关键词】支道林
【释义】喻贤士归隐。《世说新语·排调》:"支道林因人就深公买印山。深公答曰:'未闻巢、由买山而隐。'"
【例句】唐秦系《鲍防员外…》:"览镜已知身渐老,买山将作计偏长。"唐白居易《端居咏怀》:"从此万缘都摆落,欲携妻子买山居。"唐齐己《渚宫莫问诗》:"终当学支遁,买取个青山。"唐戴叔伦《题招隐寺》:"宋时有井如今在,却种胡麻不买山。"

买丝绣平原 mǎi sī xiù píng yuán
【分类】政治
【关键词】赵胜
【释义】称扬好客的贤者之典。《史记·平原君虞卿列传》:"平原君赵胜者,赵之诸公子也。诸子中胜最贤,喜宾客,宾客盖至者数千人。"唐李贺《浩歌》:"买丝绣作平原君,有酒唯浇赵州土。"
【例句】宋毛滂《上曾枢密》:"不须买丝绣平原,不用黄金铸子期。"宋陈与义《陈叔易赋…》:"从今俱尽来世,买丝不绣平原容。"宋刘克庄《梦方孚若》:"铸成范蠡何嗟及,绣作平原未必知。"宋胡仲弓《感兴》："有丝不绣平原君,有金不铸钟子期。"

买田阳羡 mǎi tián yáng xiàn
【分类】政治
【关键词】苏轼
【释义】咏辞官归田之典。宋苏轼《登州谢表》："坐受六年之谪,甘如五鼎之珍。击鼓登闻,止求自便,买田阳羡,誓毕此生。"阳羡在常州宜兴。苏轼晚年谪官,遭遇坎坷,有买田阳羡之念。
【例句】宋苏轼《浣溪沙》："阳羡姑苏已买田,相逢谁信是前缘。"宋曾几《宜兴郡…》："问君许作邻翁否,阳羡溪边即买田。"宋晁公溯《郭外》："终拟买田阳羡去,肯浮沧海远乘桴。"明吴宽《送贞伯致仕》："引去谁谋及故人,买田阳羡遂成真。"

买笑 mǎi xiào
【分类】生活
【关键词】贾氏说林
【释义】谓狎妓游冶。《贾氏说林》："武帝与丽娟看花时,蔷薇始开,态若含笑。帝曰:'此花绝。胜佳人笑也。'丽娟曰:'笑可买乎?'帝曰:'可。'丽娟遂取黄金百斤,作买笑钱,奉帝为一日之欢。"
【例句】唐白居易《慕巢尚书…》："如愁翠黛应堪重,买笑黄金莫诉贫。"唐刘禹锡《怀妓》："情知点污投泥玉,犹自经营买笑金。"唐刘禹锡《怀妓》："买笑树边花已老,画眉窗下月犹残。"唐李涉《赠苏小》："自言夫婿心不骨,黄金买笑轻侯王。"

买鲊市中 mǎi zhǎ shì zhōng
【分类】文化
【关键词】苏仙公
【释义】咏仙人之典。《神仙传·苏仙公》："先生常与母共食,母曰:'食无鲊。他日可往市买也。'先生于是以箸插饭中,携钱而去,斯须即以鲊至。母食未毕,母曰:'何处买来?'对曰:'便县市也。'母曰:'便县去此百二十里,道途径险,往来遽至,汝欺我也!'欲杖之。欲杖之。先生跪曰:'买鲊之时,见舅在市,与我语云:明日来此。请待舅至以验虚实。'母遂宽之。明晓,舅果到,云昨见先生便县市买鲊。母即惊骇,方知其神异。"鲊:海蜇。
【例句】唐韩翃《赠别华阴…》："卖鲊市中何许人,钓鱼坐上谁家子。"

买猪肝 mǎi zhū gān
【分类】生活
【关键词】闵贡
【释义】指生活贫困,亦指地方官吏爱才。源见"仲叔猪肝"。
【例句】宋苏轼《送千乘千…》："口腹恐累人,宁我食无肝。"宋葛胜仲《送伸仲归…》："牛心饷会稽,猪肝售安邑。"宋陆游《蔬食》："何由取熊掌,幸免买猪肝。"明沈守正《和

王献叔…》："且待梅开披鹤氅,恐君为我费猪肝。"

麦城 mài chéng
【分类】生活
【关键词】楚昭王
【释义】古城名。相传为楚昭王所筑。故址在今湖北当阳东南,沮漳两水间。北魏郦道元《水经注·沮水》："又南迳麦城西,昔云长诈降处,自此遂叛。"
【例句】唐杜甫《送田四弟…》："燕辞枫树日,雁度麦城霜。"唐罗隐《春日投钱…》："一句黄河千载事,麦城王粲谩登楼。"元杨维桢《送吕左辖…》："麦城又报捷书至,江上将军是吕蒙。"明宋登春《白石歌送…》："渚宫杨柳春依依,麦城宿雨朝雄飞。"

麦城赋 mài chéng fù
【分类】生活
【关键词】王粲
【释义】指羁旅异乡而怀念故土之作。《水经注·沮水》："沮水又南径楚昭王墓,东对麦城,故王仲宣之赋《登楼》云'西接昭丘'是也。"
【例句】唐罗隐《寄京阙陆…》："争奈乱罹人渐少,麦城新赋许谁传?"

麦化蛾飞 mài huà é fēi
【分类】生态
【关键词】述异记
【释义】比喻世乱的凶兆。《述异记》："晋永嘉中,梁州雨七旬,麦化为飞蛾。"
【例句】唐韩愈《雨中寄张…》："见墙生菌遍,忧麦作蛾飞。"宋陆游《农舍》："雨畏禾头蒸耳出,润忧麦粒化蛾飞。"宋丘葵《雨中宿言…》："紫荆成子落,黑蚁化蛾飞。"宋方回《喑织蓑翁》："杵亡石臼破,残麦化蛾飞。"

麦秀 mài xiù
【分类】政治
【关键词】箕子
【释义】指麦子秀发而未实。感叹国破家亡之痛。《史记·宋微子世家》："箕子朝周,过故殷虚,感宫室毁坏…乃作《麦秀》之诗以歌咏之。其诗曰:'麦秀渐渐兮,禾黍油油。彼狡僮兮,不与我好兮!'"
【例句】唐张说《相州山池作》："邺中秋麦秀,淇上春云没。"唐杜甫《行次古城…》："白屋花开里,孤城麦秀边。"唐卢象《奉和张使…》："停杯歌麦秀,秉烛醉棠阴。"宋王安石《金陵怀古》："黍离麦秀从来事,且置兴亡近酒缸。"

麦秀两歧 mài xiù liǎng qí
【分类】政治
【关键词】张堪
【释义】一株麦子长出两穗。喻指丰收之兆,多用以称颂吏治卓著。《艺文类聚》引《东观汉记》："张堪为渔阳太守,开田八千余顷,劝民耕种,以致殷富。百姓歌曰:桑无附

枝,麦秀两歧。张君为政,乐不可欺。"

【例句】宋王安石《送李才元…》:"北堂已足夸三釜,南亩当今识两歧。"宋王阮《瑞麦谣》:"三歧鼎足如争雄,两歧对秀攒眉峰。"宋傅察《傅倅请杜…》:"麦秀两歧翻翠浪,槐阴四面舞轻风。"宋吴芾《丁亥守当…》:"陇麦秀两岐,池莲绽双蕊。"明黎贞《送张郎牧…》:"瑞应两歧春麦秀,光生沧海夜珠还。"

卖饼　mài bǐng

【分类】政治
【关键词】赵岐
【释义】指因避难而隐姓埋名。《后汉书·赵岐传》:"延熹元年,玹为京兆尹,岐惧祸及,乃与从子戬逃避之…自匿姓名,卖饼北海市中。时安丘孙嵩年二十余,游市见岐,察非常人,停车呼与共载…岐素闻嵩名,即以实告之,遂以俱归。"
【例句】唐韩偓《两贤》:"卖卜严将卖饼孙,两贤高趣恐难伦。"宋张耒《冬至赠潘郎》:"获篱茅屋柯山下,卖饼归来也佐冬。"宋陆游《寓怀》:"我尝卖饼儿,自衒三家市。"宋陈普《光武》:"经邦论道职何卑,又是前朝卖饼儿。"

卖饼诉公羊　mài bǐng sù gōng yáng

【分类】文化
【关键词】严干
【释义】作为歌咏善才的典故。《三国志·裴潜传》南朝宋裴松之注引《魏略》:"(严)干从破乱之后,更折节学问,特善《春秋公羊》。司隶钟繇不好《公羊》而好《左氏》,谓《左氏》为太官,而谓《公羊》为卖饼家,故数与干共辩析长短。繇为人机捷,善持论,而干讷口,临时屈无以应。繇谓干曰:'公羊高竟为左丘明服矣。'干曰:'直故吏为明使君眼耳,公羊未肯也。'"
【例句】唐唐彦谦《送樊琯司…》:"唉嗷讥尔雅,卖饼诉公羊。"明吴伟业《友人斋说饼》:"食经二事皆堪注,休说公羊卖饼家。"清宋湘《法梧门前…》:"平生牙慧及,卖饼愧公羊。"

卖剑买牛　mài jiàn mǎi niú

【分类】政治
【关键词】龚遂
【释义】咏地方官员劝民务农,提倡生产之典。《汉书·龚遂传》:"遂见齐俗奢侈,好末技,不田作,乃躬率以俭约,劝民务农桑,令口种一树榆,百本薤…民有带持刀剑者,使卖剑买牛,卖刀买犊,曰:'何为带牛佩犊!'…郡中皆有畜积,吏民皆富实。狱讼止息。"
【例句】宋苏轼《常润道中…》:"卖剑买牛吾欲老,杀鸡为黍子来无?"宋苏轼《马上走笔…》:"迨将解缨绶,卖剑买牛具。"宋苏轼《次韵曹九…》:"卖剑买牛真欲老,得钱沽酒更无疑。"宋赵鼎《戊申正月…》:"折腰为米岂所愿,卖剑买牛端可贤。"

卖杏花　mài xìng huā

【分类】生活

【关键词】陆游
【释义】咏春之典。宋陆游《临安春雨初霁》:"小楼一夜听春雨,深巷明朝卖杏花。"
【例句】宋刘克逊《江城》:"江城可是春先到,已有盈街卖杏花。"宋戴复古《都中冬日》:"一冬天气如春暖,昨日街头卖杏花。"明阮大铖《减字木兰花》:"细雨窗纱,深巷清晨卖杏花。"明梁清标《菩萨蛮》:"晴影入窗纱。街头卖杏花。"

蛮触交争　mán chù jiāo zhēng

【分类】政治
【关键词】庄子
【释义】比喻为小事进行无意义争斗。《庄子·则阳》:"有国于蜗之左角者,曰触氏;有国于蜗之右角者,曰蛮氏。时相与争地而战,伏尸数万,逐北,旬有五日而后反。"
【例句】唐白居易《禽虫》:"蟭螟杀敌蚊巢上,蛮触交争蜗角中。"宋张方平《彭门城上…》:"幻泡兴废速,蛮触战争频。"宋苏颂《暇日游道…》:"至细不必陋蛮触,倪大恶用惊鹏鲲。"宋黄由《盘墅入园》:"上人只为贪风月,蛮触交争笑尔蜗。"

蛮貊可行　mán mò kě xíng

【分类】政治
【关键词】孔子
【释义】咏己身忠厚老实,不怕身处险地。《论语·卫灵公》:"子张问行。子曰:'言忠信,行笃敬,虽蛮貊之邦,行矣。言不忠信,行不笃敬,虽州里,行乎哉?'"蛮貊:指南方和北方落后部族。
【例句】唐白居易《初入峡有感》:"常闻仗忠信,蛮貊可行矣。"唐刘禹锡《游桃源》:"尝闻履忠信,可以行蛮貊。"唐元稹《代曲江老…》:"蛮貊同车轨,乡原尽里仁。"宋邵雍《答友人》:"虽居蛮貊亦行矣,无患乡情未亲。"

蛮语参军　mán yǔ cān jūn

【分类】政治
【关键词】郝隆
【释义】咏参军之典。《世说新语·排调》:"郝隆为桓公南蛮参军,三月三日会作诗,不能者罚酒三升,隆初以不能受罚,既饮,揽笔便作一句云:'娵隅跃清池。'桓问:'娵隅是何物?'答曰:'蛮名鱼为娵隅。'桓公曰:'作诗何以作蛮语?'隆曰:'千里投公,始得蛮府参军,那得不作蛮语也?'"蛮语,南方少数民族的言语。
【例句】唐杜甫《秋野》:"儿童解蛮语,不必作参军。"唐韩翃《寄武陵李…》:"楚歌催晚醉,蛮语入新诗。"唐徐凝《山鹧鸪词》:"化为飞鸟怨何人,犹有啼声带蛮语。"唐李毂《浙东罢府…》:"岂有头风笔下痊,浪成蛮语向初筵。"

满城风雨　mǎn chéng fēng yǔ

【分类】生活
【关键词】潘大临
【释义】原指秋天的景象。后比喻消息一经传出,就众口喧腾，到处轰动。《冷斋夜话》载：宋诗人谢无逸写信问诗友潘大临最近可有佳作，潘回信说："秋来景物，件件是佳句，恨为俗气所蔽。昨日清卧，闻搅林风雨声，欣然起题其壁云'满城风雨近重阳'，忽催租人至，遂败意，止此一句奉寄。"

【例句】宋王圭《依韵和吴…》："满城风雨逢寒食，更听春岩第一雷。"宋王安石《惜春》："满城风雨满城尘，浅紫残红漫惜春。"宋方岳《访恭率翁…》："山客不归秋自老，满城风雨又黄花。"宋范成大《春晚》："手把青梅春已去，满城风雨怕黄昏。"

满床笏　mǎn chuáng hù

【分类】政治
【关键词】崔神庆
【释义】形容一门多人为官，家族显赫。《旧唐书·崔神庆传》："开元中，神庆子琳等皆至大官，群从数十人，趋奏省闼。每岁时家宴，组珮辉映，以一榻置笏，重叠于其上。"
【例句】宋苏轼《过于海舶…》："他年汝曹笏满床，中夜起舞踏破瓮。"宋陆游《黄氏冲和堂》："冲和堂中和气袭，堆笏满床群众集。"宋苏过《寄题折嗣…》："满床簪笏不足道，万石家风今复闻。"宋吕祖谦《东阳郭彦…》："传家签轴书盈幄，择婿簪缨笏满床。"

曼倩　màn qiàn

【分类】文化
【关键词】东方朔
【释义】东方朔，字曼倩。文学家，诙谐善辞赋。任常侍郎、太中大夫等职，常以正道讽谏武帝，终不得重用。《史记·滑稽列传》："初入长安，至公车上书，凡用三千奏牍。"
【例句】唐白居易《与沈杨二…》："偷须防曼倩，惜莫掷安仁。"唐李涉《赠苏小》："偶逢曼倩巧言词，不觉投花忽相许。"唐许浑《春日郊园…》："相如渴后狂还减，曼倩归来语更多。"聂绀弩《过刘后向…》："田横五百人何在，曼倩三千牍似留。"

曼殊　màn shū

【分类】文化
【关键词】文殊菩萨
【释义】佛教菩萨名。曼殊室利（意为妙吉祥），即文殊菩萨。释迦世尊十大弟子之一，智慧辩才第一。手持宝剑，骑狮子座，和普贤菩萨（骑白象座），同为释迦如来的左右二胁侍。《妙法莲华经·序品偈》："是时天雨曼陀罗华、摩诃曼陀罗华、曼殊沙华、摩诃曼殊沙华。"
【例句】宋释慧空《次直指老…》："忽睹曼殊说三偈，坐令身在对谈边。"宋释清远《病中示光…》："我病无形不可见，曼殊室利española深知。"宋吕本中《答钱逊叔》："公能忘机我亦倦，不待曼殊见摩诘。"宋李彭《游云居歌》："玉函贝叶渡流沙，法筵复雨曼殊花。"

幔亭　màn tíng

【分类】文化
【关键词】云笈七签
【释义】用帐幕围成的亭子。《云笈七签》："武夷君，地官也，相传每于八月十五日大会村人于武夷山上，置幔亭，化虹桥通山下。"也指福建武夷山。因山上有幔亭峰胜境。
【例句】唐杨希古《武夷》："万壑千岩叠翠微，幔亭红日浸涟漪。"五代徐铉《奉和御制…》："幔亭高敞九门前，银箭迟迟夜漏迁。"宋韦骧《刘仲诚以…》："幔亭曾会千余客，石洞元居十六天。"宋刘子翚《游武夷山》："幔亭落日笙箫远，毛竹连云洞府深。"

漫郎　màn láng

【分类】生态
【关键词】元结
【释义】指唐朝元结。借指放浪形骸不守世俗检束的文人。唐颜真卿《容州都督兼御史中丞本管经略使元君表墓碑铭》序："将家瀼滨，乃自称浪士，著《浪说》七篇。及为郎，时人以浪者亦漫为官乎，遂见呼为漫郎。"
【例句】宋文同《漫郎亭》："有亭如许人蒙密，谁比次山称漫郎。"宋毛滂《友龙侄来…》："归时先驱烦蜀令，却过竹间寻漫郎。"宋程颢《陪陆子履…》："遨头自是谢康乐，后乘独惭元漫郎。"宋秦观《漫郎》："自呼漫郎示真率，日与聋叟为嬉遨。"

慢陶渊明　màn táo qián

【分类】政治
【关键词】陶渊明
【释义】比喻为难、怠慢文士。《晋书·陶渊明传》："执事者闻之，以为彭泽令…郡遣督邮至县，吏白应束带见之，潜叹曰：'吾不能为五斗米折腰，拳拳事乡里小人邪！'义熙二年，解印去县，乃赋《归去来》。"
【例句】唐杜甫《东津送韦…》："他时如按县，不得慢陶渊明。"宋王安石《送萧山钱…》："好去弦歌聊自慰，郡人谁敢慢陶渊明。"

芒鞋竹杖　máng xié zhú zhàng

【分类】生活
【关键词】释贯休
【释义】草鞋和竹拐杖。古人外出漫游的常备用具。喻指到处漫游。唐释贯休《寒月送玄道士入天台》："芒鞋竹杖寒冻时，玉霄忽去非有期。"
【例句】五代贯休《寒月送玄…》："芒鞋竹杖寒冻时，玉霄忽去非有期。"宋白玉蟾《武夷有感》："两脚初收起暮烟，芒鞋竹杖翠云边。"宋刘子翚《次韵吴教…》："芒鞋竹杖日随身，所向逍遥乐任真。"宋苏轼《自兴国往…》："芒鞋竹杖自轻软，蒲荐松床亦香滑。"

龙　máng

【分类】文化

【关键词】狗

【释义】杂色五毛的狗,泛指狗。《诗经·召南·野有死麇》:"无使尨也吠。"

【例句】唐杜牧《感怀诗》:"流品极蒙尨,网罗渐离弛。"宋梅尧臣《幽庙》:"尨茸毛尚存,独使尾徒大。"宋王之道《题宿云轩》:"村尨怪我醉,忽吠三两声。"宋邓忠臣《邯郸道中…》:"问津尨吠处,觅路霓光中。"

尨眉皓发 máng méi hào fà

【分类】生活

【关键词】张衡

【释义】眉毛黑白相杂而发已全白,指老人。东汉张衡《思玄赋》:"尉尨眉而郎潜兮,逮三叶而遘武。"《文选》唐李善注引《汉武故事》:"颜驷,不知何许人,汉文帝时为郎。至武帝,尝辇过郎署,见驷尨眉皓发。上问曰:'叟,何时为郎?何其老也?'"也作"庞眉皓发"。

【例句】唐杜甫《戏为双松…》:"松根胡僧憩寂寞,庞眉皓首无住著。"宋黄大受《读四皓传》:"白云茫茫歌紫芝,人间无路瞻尨眉。"宋李中师《送程给事…》:"民贫惠政空叹嗟,重见尨眉出若邪。"宋黄大受《读四皓传》:"白云茫茫歌紫芝,人间无路瞻尨眉。"

盲人骑瞎马 máng rén qí xiā mǎ

【分类】生态

【关键词】世说新语

【释义】瞎子骑着瞎马,形容乱闯瞎撞,非常危险或面临极危险的情况而不自知。《世说新语·排调》:"次作危语。桓曰:'矛头淅米剑头炊。'殷曰:'百岁老翁攀枯枝。'顾曰:'井上辘轳卧婴儿。'殷有一参军在坐,云:'盲人骑瞎马,夜半临深池。'殷曰:'咄咄逼人!'仲堪眇一目故也。"

【例句】宋程俱《初到书局…》:"故应造物巧相戏,却比盲人骑瞎马。"金许安仁《草木虫鱼咏》:"大似盲人骑瞎马,不知平地有深坑。"清钱大昕《金陵寓斋…》:"盲人骑瞎马,欲致万里程。"聂绀弩《沁园春》:"惯驶倒车,长骑瞎马,论出风头手段高。"

莽卓 mǎng zhuó

【分类】政治

【关键词】王莽 董卓

【释义】西汉王莽与东汉董卓。为咏逆臣贼子之典。二人都曾废帝篡权,事见《汉书·王莽列传》和《三国志·魏书·董卓》。

【例句】唐李商隐《送千牛李…》:"马前烹莽卓,坛上揖韩彭。"唐皮日休《泰伯庙》:"当时尽解称高义,谁敢教他莽卓闻。"唐韩偓《余卧疾深…》:"不羞莽卓黄金印,却笑羲皇白接䍦。"宋邵雍《观两汉吟》:"剥丧既而遭莽卓,经营殊不念高光。"

毛宝放龟 máo bǎo fàng guī

【分类】政治

【关键词】毛宝

【释义】咏施恩获报之典。《晋书·毛宝传》:"初,宝在武昌,军人有于市买得一白龟,长四五寸,养之渐大,放诸江中。邾城之败,养龟人被铠持刀,自投于水中,如觉堕石上,视之,为先所养白龟,长五六尺,送至岸边。"

【例句】唐李群玉《龟》:"有志酬毛宝,无心畏豫且。"宋薛季宣《夏口怀旧》:"白龟生不报,黄鹄去无期。"

毛传 máo zhuàn

【分类】文化

【关键词】毛亨

【释义】《毛诗故训传》(一作《毛诗诂训传》)的简称。传为汉鲁国人毛亨解释《诗经》之作。《郡斋读书志》:"《毛诗故训传》二十卷:右古诗三千余篇,孔子删取其三百一十篇为经,后亡其六。汉兴,分为三:申公作《训诂》,号《鲁诗》;辕固生作传,号《齐诗》;韩婴作传,号《韩诗》,皆列学官。最后毛公诗出,自谓子夏所传。"

【例句】宋叶适《魏华甫鹤…》:"曾经秦祸多散阙,郑笺毛传悲纷如。"明黄省曾《寄汪给事…》:"毛传开多士,曾田养老亲。"清弘历《天禄琳琅…》:"续后韦编王弼注,笺依毛传郑公乡。"

毛骨 máo gǔ

【分类】生活

【关键词】祖约

【释义】指人的风貌。为誉人风貌出众不凡之典。《世说新语·赏誉》:"王右军道谢万石'在林泽中,为自遒上'。叹林公'器朗神俊'。道祖士少(约)'风领毛骨,恐没世不复见如此人'。道刘真长'标云柯而不扶'。"

【例句】唐高适《遇崔二有别》:"颐颔尚丰盈,毛骨未合迤。"唐杜甫《奉送魏六…》:"众中见毛骨,犹是麒麟儿。"唐平曾《紫白马诗…》:"自知毛骨还应异,更请孙阳仔细看。"唐韦庄《寄薛先辈》:"不说文章与门第,自然毛骨是公卿。"

毛玠公方 máo jiè gōng fāng

【分类】政治

【关键词】毛玠

【释义】用为赞誉为官公正之典。《三国志·毛玠传》:"毛玠字孝先…少为县吏,以清公称。""初,太祖平柳城,班所获器物,特以素屏风素冯几赐玠。"南朝宋裴松之注引《先贤行状》曰:"玠雅亮公正,在官清恪。其典选举,拔贞实,斥华伪,进逊行,抑阿党。"

【例句】宋刘敞《诏赐御书…》:"毛玠素屏非俗物,韩棱宝剑得龙渊。"宋傅察《和鲍守次…》:"仁风已播袁宏扇,素尚行须毛玠屏。"明林俊《寿太宰乔…》:"粹雅谢庄谁独右,公清毛玠重无前。"明黄省曾《送钱验封…》:"云台毛玠题书密,春馆山涛启事新。"

毛女 máo nǚ

【分类】文化

【关键词】毛女

【释义】传说中得道于华山的仙女。《列仙传·毛女》："毛女者，字玉姜，在华阴山中，猎师世世见之，形体生毛，自言秦始皇宫人也，秦坏，流亡入山避难，遇道士谷春，教食松叶，遂不饥寒，身轻如飞，百七十余年，所止岩中有鼓琴声云。"

【例句】唐钱起《赋得归云…》："欲依毛女岫，初卷少姨峰。"唐刘长卿《关门望华山》："琼浆岂易挹，毛女非空传。"唐陆畅《望毛女峰》："我种东峰千叶莲，此峰毛女始求仙。"唐项斯《送华阴隐者》："近来移住处，毛女旧峰前。"唐储嗣宗《宿玉箫宫》："绿毛辞世女，白发入壶翁。"

毛嫱 máo qiáng

【分类】生活

【关键词】毛嫱

【释义】古代美女名。《庄子·齐物论》："毛嫱、丽姬，人之所美也。"唐成玄英疏："毛嫱，越王嬖妾；丽姬，晋国之宠嫔。此二人者，姝妍冠世。"

【例句】宋韦骧《雨后城上…》："不待毛嫱妒，何嫌毛相怜。"宋邓忠臣《欲知归期…》："政似逢毛嫱，归憎孟光丑。"宋苏过《寄题岑彦…》："毛嫱与西施，未易笑倚市。"宋谢举廉《西捷口号》："不遣毛嫱嫔漠北，只将魏尚守云中。"

毛生檄 máo shēng xí

【分类】政治

【关键词】毛义

【释义】谓孝子为养亲而出仕。源见"毛义捧檄"。

【例句】宋王迈《阙题》："儿娇胜拾隋氏珠，母喜如捧毛生檄。"宋廖行之《和松坡刘…》："浪走毛生惭捧檄，清贫羊续漫悬鱼。"宋赵鼎臣《挽故致政…》："乍捧毛生檄，初登贾傅年。"宋程公许《中元节日…》："忽捧毛生檄，往撷鲁宫芹。"

毛遂 máo suì

【分类】政治

【关键词】毛遂

【释义】赵公子平原君赵胜门客，居三年未得展露锋芒。自荐使楚，促楚、赵合纵，获得"三寸之舌，强于百万之师"的美誉。《史记·平原君虞卿列传》："使遂早得处囊中，乃脱颖而出，非特其末见而已。"

【例句】唐员半千《陇右途中…》："赵有两毛遂，鲁闻二曾参。"唐张昌宗《少年行》："白璧赠穰苴，黄金奉毛遂。"唐李白《系寻阳上…》："毛遂不堕井，曾参宁杀人。"唐李咸用《赠陈望尧》："明时公道还堪信，莫遣锥锋久在囊。"

毛遂堕井 máo suì duò jǐng

【分类】生活

【关键词】毛遂

【释义】咏不可靠的传闻之典。《西京杂记》："赵有两毛遂…野人毛遂堕井而死，客以告平原君，平原君曰：'嗟乎！天丧予矣。'既而知野人毛遂，非平原君客也。"

【例句】唐李白《系寻阳上…》："毛遂不堕井，曾参宁杀人？"

唐张祜《江上旅泊…》："野人未必非毛遂，太守还须是孟尝。"

毛延寿 máo yán shòu

【分类】生活

【关键词】毛延寿

【释义】汉元帝宫廷画师。因丑画王昭君被弃市。《西京杂记》："匈奴入朝求美人为阏氏，于是上案图以昭君行。及去召见，貌为后宫第一…帝重信于外国，故不复更人。乃穷案其事，画工皆弃市，籍其家赀，皆巨万。画工有杜陵毛延寿，为人形丑好老少必得其真。"

【例句】唐李商隐《王昭君》："毛延寿画欲通神，忍为黄金不顾人。"唐杜甫《能画》："能画毛延寿，投壶郭舍人。"唐周昙《毛延寿》："不拔金钗赂汉臣，徒嗟玉艳委胡尘。"宋王安石《明妃曲》："意态由来画不成，当时枉杀毛延寿。"

毛义捧檄 máo yì pěng xí

【分类】政治

【关键词】毛义

【释义】孝子因养亲而出仕的典故。《后汉书·刘平王望等传序》："庐江毛义少节，家贫，以孝行称。南阳人张奉慕其名，往候之。坐定而府檄适至，以义守令，义捧檄而入，喜动颜色。…及义母死，去官行服…后举贤良，公车征，遂不至。张奉叹曰：'贤者固不可测。往日之喜，乃为亲屈也。斯盖所谓家贫亲老，不择官而仕者也。'"

【例句】唐温庭筠《感旧陈情》："宦无毛义檄，婚乏阮修钱。"唐元稹《追封李逢…》："贫则有啜菽之欢，仕则有捧檄之庆。"唐曹邺《送曾德迈…》："几府争驰毛义檄，一乡看惜老莱衣。"宋张商英《护国寺》："就禄勉持毛义檄，读书空满惠生车。"

毛锥 máo zhuī

【分类】文化

【关键词】史弘肇

【释义】即毛锥子，毛笔的别称。《新五代史·汉臣传》："（史）弘肇曰：'安朝廷，定祸乱，直须长枪大剑，若毛锥子安足用哉！'三司使王章曰：'无毛锥子，军赋何从集乎。'毛锥子盖言笔也。"

【例句】宋李觏《览余尧辅…》："少年心苦向毛锥，老大生涯只有诗。"宋晁补之《李端叔…》："毛锥变化有风雨，余事亦已疲群儿。"宋方岳《雪后梅边》："月是毛锥烟是纸，为予写作百梅图。"宋方武裘《赋笔》："当时定远成何事，轻掷毛锥恐不然。"

矛戟 máo jǐ

【分类】政治

【关键词】裴楷

【释义】形容锋芒毕露、杀气逼人。亦用以泛称兵器。《世说新语·赏誉》："裴令公(楷)目夏侯太初(玄)：'不修敬而人自敬。'一曰：'如入宗庙，琅琅但见礼乐器。见钟士季(会)，如观武库，但睹矛戟。'"

【例句】唐李白《述德兼陈…》:"天为国家孕英才,森森矛戟拥灵台。"唐任华《寄李白》:"见说往年在翰林,胸中矛戟何森森。"唐独孤及《贾员外处…》:"暂若窥武库,森然矛戟寒。"唐刘禹锡《游桃源》:"平地生峰峦,深心有矛戟。"宋曾巩《鲍山》:"若道人心是矛戟,山前那得叔牙城?"

矛头淅米　　máo tóu xī mǐ
【分类】生态
【关键词】世说新语
【释义】形容处境极险。源见"盲人骑瞎马"。
【例句】宋陆游《秋来瘦甚…》:"矛头淅米谁能食,甑里生尘却自奇。"宋郑若冲《纪梦》:"矛头淅米剑头炊,耕常得晴刈常雨。"宋丘葵《村学》:"矛头淅米末途难,活计僧梳刖屦间。"清蒋春霖《辘轳金井》:"帐角支铛,矛头淅米,凉飙催晚。"

茅柴酒　　máo chái jiǔ
【分类】生活
【关键词】酒
【释义】村酿薄酒。亦省作"茅柴"。《观林诗话》:"东坡:'几思压茅柴,禁纲日夜急。'盖市号市沽为茅柴,以其易著易过。周美成诗云:'冬曦如村酿,奇温只须臾。行行正须此,恋恋忽已无。'非惯饮茅柴,不能为此语也。"
【例句】宋刘挚《二子访酒…》:"仙家竹叶未必美,舟尾茅柴还可斟。"宋章甫《飓稻行》:"妻儿春糯试新曲,村舍茅柴相接续。"宋王舫《春日郊行…》:"舞麦正香田舍乐,茅柴初熟酒家连。"宋刘汝钧《春日田园…》:"满饮茅柴拚烂醉,踏歌社下自成腔。"

茅茨　　máo cí
【分类】文化
【关键词】韩非子
【释义】茅草盖的屋子。《韩非子·五蠹》:"尧之王天下也,茅茨不剪,采椽不斫。"
【例句】唐丘为《寻西山隐…》:"绝顶一茅茨,直上三十里。"唐皎然《与潘述集》:"幽独何以慰,友人顾茅茨。"唐高适《寄宿田家》:"牛壮日耕十亩地,人闲常扫一茅茨。"唐戎昱《赠韦况徵君》:"身欲逃名名自随,凤衔丹诏降茅茨。"

茅茨不剪　　máo cí bù jiǎn
【分类】生活
【关键词】司马迁
【释义】用茅草覆盖屋顶,而且没有修剪整齐。意为崇尚简朴,不事修饰。《史记·太史公自序》:"堂高三尺,土阶三等,茅茨不剪,采椽不刮。"
【例句】唐王维《送高适弟…》:"公吏叅缊组,安车去茅茨。"唐王建《宋氏五女》:"乡中尚其风,重为修茅茨。"唐张乔《归旧山》:"昔年山下结茅茨,村落重来野径移。"聂绀弩《看火车载…》:"我在今朝亲粗耒,君来大野剪茅茨。"

茅焦脱衣谏　　máo jiāo tuō yī jiàn
【分类】政治
【关键词】茅焦
【释义】咏直臣切谏之典。《说苑·正谏》:"茅焦对曰:'陛下车裂假父,有嫉妒之心…臣窃恐秦亡,为陛下危之。所言已毕。乞行就质。'乃解衣伏质。皇帝下殿…乃立焦为仲父,爵之为上卿。"
【例句】唐元稹《四皓庙》:"茅焦脱衣谏,先生无一言。"宋苏轼《颍大夫庙》:"千年惟茅焦,世亦贵其胆。"宋晁补之《复用前韵》:"茅焦逆评磨虎口,何似淳于饮一斗。"宋苏洞《再和陶韵》:"古今君臣义,比干更茅焦。"

茅君骑鹤　　máo jūn qí hè
【分类】文化
【关键词】三茅君
【释义】形容求仙学道,得道成仙;或咏茅山仙事。《真诰·稽神枢》:"句曲山,秦时名为句金之坛,以洞天内有金坛百丈,因以致名。汉有三茅君来治其上,时父老又转名茅君之山。三君往曾各乘一白鹄,各集山之三处,时人互有见者。"
【例句】唐储光羲《题茅山华…》:"玉箫遍满仙坛上,应是茅家兄弟归。"唐顾况《山居即事》:"下泊降茅仙,萧闲隐洞天。"宋陈舜俞《送河吏部…》:"老臣连上皂囊封,去访三茅驾鹤翁。"宋舒亶《咏雪》:"茅君失却三神鹤,王母应添五色麟。"

茅茹　　máo rú
【分类】生活
【关键词】周易
【释义】茅根相牵连貌。喻同类事物之相互牵引。源见"拔茅连茹"。
【例句】唐王绩《新园旦坐》:"草香罗户穴,茅茹结檐楹。"唐刘长卿《瓜洲驿奉…》:"茅茹能相引,泥沙肯再蟠。"宋梅尧臣《次韵和韩…》:"此地结根千万岁,联华荣莫比茅茹。"宋金君卿《范资政移…》:"咄哉小人正用事,亦以茅茹相引牵。"

茅山　　máo shān
【分类】文化
【关键词】云笈七签
【释义】即句曲山。源见"句曲山"。
【例句】唐韦嗣立《奉和初春…》:"已陪沁水追欢日,行奉茅山访道朝。"唐皇甫冉《秋日东郊作》:"庐岳高僧留偈别,茅山道士寄书来。"唐王建《送顾非熊…》:"江城柳色海门烟,欲到茅山始下船。"唐张籍《送扬州判官》:"应得烟霞出俗心,茅山道士共追寻。"

茅盈　　máo yíng
【分类】文化
【关键词】茅盈

【释义】咏得道成仙之典。《史记·秦始皇本纪》："三十一年，十二月，更名腊曰'嘉平'。"南朝宋裴骃《史记集解》引《太原真人茅盈内纪》："始皇三十一年九月庚子，盈曾祖父濛，乃于华山之中，乘云驾龙，白日升天。先是其邑谣歌曰：'神仙得者茅初成，驾龙上升入泰清，时下玄洲戏赤城，继世而往在我盈，帝若学之腊嘉平。'"传说茅盈曾得道成仙道号"太原真人"。

【例句】唐罗邺《献池州庾…》："须存彭寿千年在，终见茅公九转成。"唐鲍溶《会仙歌》："王母初自昆仑来，茅盈王方平在侧。"唐鲍溶《杨真人篆…》："应见茅盈衰老弟，为持金箓救生人。"宋洪咨夔《罗浮高寿…》："招邀茅盈挟赤松，麾诃列缺鞭丰隆。"

旄头 máo tóu
【分类】政治
【关键词】汉书
【释义】二十八星宿之一，为白虎七宿之第四星。喻指外侵之敌。《汉书·天文志》："昴曰旄头，胡星也，为白衣会。"旄头落意谓胡人覆灭。也指担任先驱的骑兵。《汉书·东方朔传》："羿为旄头，宋万为式道候。"

【例句】唐李白《在水军宴…》："所冀旄头灭，功成追鲁连。"唐李白《经乱离后…》："安得羿善射，一箭落旄头。"唐李白《送族弟绾…》："君王按剑望边邑，旄头已落胡天空。"唐岑参《轮台歌奉…》："轮台城头夜吹角，轮台城北旄头落。"

蝥弧 máo hú
【分类】政治
【关键词】左传
【释义】春秋诸侯郑伯旗名。后借指军旗。《左传·隐公十一年》："颍考叔取郑伯之旗蝥弧以先登，子都自下射之，颠。"孔颖达疏："《周礼》诸侯建旂，孤卿建旜。而《左传》郑有蝥弧，齐有灵姑铚，皆诸侯之旗也……其名当时为之，其义不可知也。"

【例句】唐高适《送浑将军…》："银鞍玉勒绣蝥弧，每逐嫖姚破骨都。"唐杜牧《史将军》："取蝥弧登垒，以骈邻翼军。"唐卢纶《和张仆射…》："鹫翎金仆姑，燕尾绣蝥弧。"宋杨万里《古路》："会当挥蝥弧，一笑封鲸鲵。"

卯金 mǎo jīn
【分类】政治
【关键词】汉光武帝
【释义】即卯金刀之省略，暗指"刘"字。为咏刘汉得天下之典。《后汉书·光武帝纪上》："咸曰：'……上当天地之心，下为元元所归。'谶记曰：'刘秀发兵捕不道，卯金修德为天子。'秀犹固辞，至于再，至于三。……于是建元为建武，大赦天下。"

【例句】唐王无竞《北使长城》："卯金竟握谶，反璧俄沦祀。"宋王安石《次韵张子…》："青鸾几世开兰若，黄鹤当年瑞卯金。"宋毛翊《山中吟》："予非卯金人，安能动星纬。"宋范浚《读孔北海传》："未容禾女鬼，辄代卯金刀。"

卯酒 mǎo jiǔ
【分类】生活
【关键词】白居易
【释义】指早晨喝的酒。唐白居易《卯时酒》："未如卯时酒，神速功力倍。"

【例句】唐白居易《醉吟》："耳底斋钟初过后，心头卯酒未消时。"宋苏轼《上巳日…》："三杯卯酒人径醉，一枕春眠日亭午。"宋俞德邻《范仲山以…》："三杯卯酒醉未醉，一枕午窗凉更凉。"宋张侃《红梅》："卯酒酾酣红玉软，春风触拨瑞龙香。"

卯君 mǎo jūn
【分类】生活
【关键词】苏轼
【释义】指卯年生的人。宋苏轼《子由生日…》："东坡持是寿卯君，君少与我师皇坟。"赵次公注："卯君，子由也。子由己卯生，故云。"卯年就是兔年。喻聪慧。

【例句】宋楼钥《题韩氏所…》："今日犹存卯君笔，向来谁造粉昆书。"宋李刘《贺参政》："共知崧岳生申伯，竟把旄檀寿卯君。"宋姚勉《题左国…》："桃李隔墙花满园，卯君曾此赋东轩。"宋徐鹿卿《寿冯宫教》："但同南国歌申伯，敢效东坡寿卯君。"

昴降 mǎo jiàng
【分类】生活
【关键词】初学记
【释义】称颂显贵之词。源见"昴宿"。

【例句】唐韦庄《琵琶洲和吟》："已觉地灵因昴降，更闻川媚有珠生。"宋无名氏《水调歌头》："星昴降，蓬矢挂，属芳辰。"宋强至《韩魏公生日》："天地开秋气兆凉，当年大昴降星芒。"宋敖陶孙《代刘漕使…》："前周后鲁夌相望，孕昴降嵩天所设。"

昴宿 mǎo xiù
【分类】生活
【关键词】初学记
【释义】星宿名。二十八宿之一。白虎七宿的第四宿。又名髦头、旄头。有亮星七颗（古代以为五颗，故有昴宿之精转化为五老的传说）。传说汉萧何为昴星精转世，后因借为颂人之辞。《初学记·佐助期》："汉相萧何，长七尺八寸，昴星精，生耳参漏，月角大形。"

【例句】唐徐夤《尚书荣拜…》："昴星人杰当王佐，黄石仙翁识帝师。"唐徐夤《府主仆射…》："李树影笼周柱史，昴星光照汉郑侯。"唐吕岩《七言》："箕星昴宿下长天，凡景宁教不愕然。"宋强至《代上余太…》："天上光连奎昴宿，人间身占凤凰池。"

茂林修竹 mào lín xiū zhú
【分类】生态
【关键词】王羲之

【释义】茂盛的森林,修长的丛竹。形容自然景色之美。晋王羲之《兰亭集序》:"此地有崇山峻岭,茂林修竹。又有清流激湍,映带左右。"
【例句】唐杜甫《佳人》:"天寒翠袖薄,日暮倚修竹。"宋吴文英《风入松》:"欢宴良宵好月,佳人修竹清风"。宋刘筠《许洞归吴中》:"茂林修竹多嘉客,万壑千岩忆同游。"宋孙沔《题天章寺》:"茂林修竹碧溪头,梵宇深沉锁翠巘。"

茂陵金碗　mào líng jīn wǎn
【分类】政治
【关键词】汉武帝
【释义】咏皇陵被盗之典。《汉武故事》:"居岁余,邺县又有一人于市货玉杯,吏疑其御物,欲捕之,因忽不见;县送其器,又茂陵中物也。光自呼吏问之,说市人形貌如先帝。光于是嘿然,乃赦前所系者。"
【例句】唐戴叔伦《赠徐山人》:"汉陵帝子黄金碗,晋代神仙白玉棺。"唐杜甫《诸将》:"昨日玉鱼蒙葬地,早时金碗出人间。"唐李之仪《和两翁轩》:"何处又传金碗出,几人争看玉山颓。"宋晁补之《答陈履常…》:"驱车触热中烦满,苦无蔗浆冻金碗。"

茂陵书　mào líng shū
【分类】生活
【关键词】司马相如
【释义】西汉司马相如写的散文遗作。多喻文人落泊潦倒。源见"封禅文"。
【例句】唐崔宗之《赠李十二白》:"袖有匕首剑,怀中茂陵书。"唐李端《重送郑宥…》:"为报长卿休涤器,汉家思见茂陵书。"唐杜甫《十二月一日》:"新亭举目风景切,茂陵著书消渴长。"唐陆长源《酬孟十二…》:"爱君蒋生径,且著茂陵书。"

茂陵仙客　mào líng xiān kè
【分类】政治
【关键词】汉武帝
【释义】指汉武帝。喻其乐道好仙。《汉武帝内经》:"三月葬茂陵,是夕帝棺自动,而有声闻官外。"
【例句】宋李纲《念奴娇》:"茂陵仙客,算真是、天与雄才宏略。"明郑阎《题东山草堂》:"别后君还几回首,茂陵仙客深知久。"清王戭《延熹华岳…》:"嬴颠刘炽盛祠祀,茂陵仙客秋风才。"清任兆麟《金铜仙人…》:"茂陵剩有土花碧,盘底铜人真仙客。"

茂陵滞骨　mào líng zhì gǔ
【分类】政治
【关键词】汉武帝
【释义】神话中西王母曾说汉武帝刘彻骨无津液,不能成仙。《汉武帝内传》:"骨无津液,脉浮行升,肉多精少,瞳子不夷,三尸狡乱,玄白失时,虽当可至道,始恐非仙才也。"
【例句】唐李贺《苦昼短》:"刘彻茂陵多滞骨,嬴政梓棺费鲍鱼。"唐李德裕《述梦四十韵》:"每怀仙驾远,更望茂陵号。"宋钱易《初夏病中》:"可怜余滞骨,无复动心灰。"宋洪炎《游都梁山》:"轻驱变滞骨,尘鞅思灵关。"

茂叔溪头　mào shū xī tóu
【分类】生态
【关键词】周敦颐
【释义】咏庐山之典。《濂溪先生墓志铭》:"吾友周茂叔,讳敦颐…尝过浔阳,爱庐山,因筑室溪上,名之曰濂溪书堂。"
【例句】宋刘克庄《风流子》:"记茂叔溪头,深衣听讲,远公社里,素袂安禅。"宋孙应时《郑倅是岁…》:"东山怀太傅,濂溪想茂叔。"明薛纲《莲峰》:"千古莲溪周茂叔,个中风味少人知。"清王元复《宿车补旃…》:"磻溪石上钩难曲,茂叔庭前草不除。"

茂先博物　mào xiān bó wù
【分类】文化
【关键词】张华
【释义】称代博学多闻的文士。《晋书·张华传》:"华学业优博,辞藻温丽,朗赡多通,图纬方伎之书莫不详览。""著《博物志》十篇,及文章并行于世。"张华字茂先。
【例句】唐李隆基《送张说巡边》:"茂先惭博物,平子谢文章。"宋杜范《七夕歌》:"博物有志张茂先,客槎亲见织与牵。"宋郑清之《再和前韵》:"茂先博物憺星台,世味沉酣酷鸩怀。"明龚鼎孳《和孙退翁…》:"茂先博物倾流辈,十乘三长好共谋。"

茂先王佐　mào xiān wáng zuǒ
【分类】文化
【关键词】张华
【释义】咏赞具有辅佐王室之才的典故。《晋书·张华传》:"张华字茂先…器识宏旷,时人罕能测之。初未知名,著《鹪鹩赋》以自寄。""陈留阮籍见之,叹曰:'王佐之才也。'由是声名始著。"
【例句】唐韦嗣立《奉和张岳…》:"茂先王佐才,作牧楚江限。"唐裴耀卿《敬酬张九…》:"茂先实王佐,仲举信时英。"

茂先知味　mào xiān zhī wèi
【分类】文化
【关键词】张华
【释义】喻指见多识广之人。《博物志》:"樱桃者或如弹丸,或如手指。春秋冬夏,华实竟岁。"西晋张华(字茂先)以博闻广识著称。在他所著的《博物志》及佚诗中对樱桃等果木多有研究。
【例句】唐权德舆《酬裴杰秀…》:"茂先知味易,曼倩恨偷难。"宋郑清之《再和前韵》:"茂先博物憺星台,世味沉酣酷鸩怀。"

茂苑　mào yuàn
【分类】生态

【关键词】左思

【释义】又名长洲苑。故址在今江苏省吴县西南。后也作苏州的代称。晋左思《吴都赋》："造姑苏之高台，临四远而特建。带朝夕之浚池，佩长洲之茂苑。"

【例句】唐骆宾王《在江南赠…》："为听短歌行，当忆长洲苑。"唐崔峒《送丘二十…》："曾见长洲苑，尝闻大雅篇。"唐韦应物《寄皎然上人》："茂苑文华地，流水古僧居。"唐张籍《寄苏州白…》："阊门柳色烟中远，茂苑莺声雨后新。"唐白居易《忆江游》："长洲苑绿杨万树，齐云楼春酒一杯。"唐白居易《初到郡斋…》："雪溪殊冷僻，茂苑太繁雄。"唐皮日休《褚家林亭》："茂苑楼台低槛外，太湖鱼鸟彻池中。"

氄毻 mào sào

【分类】生活

【关键词】唐语林

【释义】烦恼，郁闷。《唐语林校证·文学》："既捷，列其姓名慈恩寺，谓之'题名'…不捷而醉饱，谓之'打氄毻'。"

【例句】唐韦庄《买酒不得》："停尊待尔怪来迟，手挈空瓶氄毻归。"宋王圭《信字卷子》："侵更竞看仓惶笔，薄晚谁衔氄毻杯。"宋李觏《寄净慈寺…》："几回行到言诗处，水寺秋云氄毻飞。"宋徐瑞《戊寅雪中…》："酒垆群聚浇氄毻，市楼歌吹闻呕哑。"

瞀光让天下 mào guāng ràng tiān xià

【分类】政治

【关键词】瞀光

【释义】用为轻视权位之典。《庄子·让王》："瞀光辞曰：'废上，非义也；杀民，非仁也；人犯其难，我享其利，非廉也。吾闻之曰："非其义者，不受其禄；无道之世，不践其土。"况尊我乎！吾不忍久见也。'乃负石而自沉于庐水。"

【例句】唐陈子昂《感遇诗》："务光让天下，商贾竞刀锥。"唐李白《雉子斑》："善卷让天子，务光亦逃名。"唐李白《叙旧赠江…》："泰伯让天下，仲雍扬波涛。"宋余靖《和王子元…》："高人洗耳让天下，下士绛臂争杯羹。"

枚乘 méi chéng

【分类】文化

【关键词】枚乘

【释义】也作枚叟。西汉辞赋家。吴王刘濞、梁王刘武的文学侍从。七国叛乱前后两次上谏吴王，景帝时拜弘农都尉。《汉书·枚乘列传》："乘久为大国上宾，与英俊并游，得其所好，不乐郡吏，以病去官。"

【例句】唐李白《送友人寻…》："八月枚乘笔，三吴张翰杯。"唐杜甫《奉汉中王…》："枚乘文章老，河间礼乐存。"唐林藻《晚泊鄞阳》："梦中美酒酬枚乘，江上秋风属屈平。"唐卢纶《九日奉陪…》："彩笔征枚叟，花筵舞莫愁。"

枚马 méi mǎ

【分类】文化

【关键词】文心雕龙

【释义】汉代著名辞赋家枚乘、司马相如的并称。借指才华出众的人。《文心雕龙·诠赋》："汉初词人，顺流而作，陆贾扣其端，贾谊振其绪，枚马同其风，王扬骋其势。"

【例句】唐张说《酬崔光禄…》："徐陈尝并作，枚马亦同时。"唐崔湜《景龙二年…》："入掌迁固笔，出参枚马词。"唐李白《梁园吟》："梁王宫阙今安在，枚马先归不相待。"唐潘慎修《禁林宴会…》："况当枚马从容地，仍集班扬侍从贤。"

枚叔愈疾 méi shū yù jí

【分类】文化

【关键词】枚乘

【释义】枚乘在《七发》一文中描述了一位吴客以妙语使楚太子病愈的故事。后因用作称美作品、言谈妙可愈病之典。汉枚乘《七发》："楚太子有疾，而吴客往问之。…客曰：'今太子之疾，可无药石针刺灸疗而已，可以要言妙道说而去也，不欲闻之乎？'"

【例句】唐赵冬曦《奉酬燕公…》："愈疾同枚叔，销忧比仲宣。"唐李顾《圣善阁送…》："清吟可愈疾，携手同欢。"唐皎然《题秦系山…》："满院竹声堪愈疾，乱床花片足忘情。"宋邵雍《首尾吟》："好话说时常愈疾，善人逢处每忘机。"

枚藻 méi zǎo

【分类】文化

【关键词】枚乘

【释义】西汉文学家枚乘善辞赋，尤以藻饰华美而著称。后因以为称美辞臣文藻的典故。《汉书·枚乘传》："复游梁，梁客皆善属辞赋，乘尤高。"

【例句】唐李峤《夏晚九成…》："枚藻清词律，邹谈耀辩锋。"

眉攒万国愁 méi cuán wàn guó chóu

【分类】生活

【关键词】黄庭坚

【释义】因极度哀愁而皱起眉头。宋黄庭坚《老杜浣花溪图引》："中原未得平安报，醉里眉攒万国愁。"

【例句】宋许月卿《次绩溪赵…》："吟边兴落千峰外，醉里眉攒万国愁。"宋程许公《小圃茅亭…》："醉里眉攒万国愁，杜陵聊复傲沧洲。"宋陈元晋《赠刘贤良》："谁当心耻四郊垒，子独眉攒万国愁。"明胡俨《赠章伯高》："平生豪气慕西州，莫怪眉攒万国愁。"

眉斧 méi fǔ

【分类】生活

【关键词】吕氏春秋

【释义】喻指女色。源见"伐性之斧"。

【例句】宋苏轼《次韵钱穆…》："鬓霜未易扫，眉斧真自伐。"宋谢逸《广寿寺》："学道护心城，养生戒眉斧。"宋吕本中《往年与关…》："虽无蛾眉斧，亦有晏安鸠。"宋王炎《戏江大》："莫年尚念蛾眉斧，平日空谈蜡脚禅。"宋刘克庄《梅州杨守…》："身重岂容眉斧伐，时危犹要脊梁檐。"

眉间黄色　méi jiān huáng sè
【分类】政治
【关键词】太平御览
【释义】《太平御览》引《相书占气杂要》："黄气如带当额横，卿之相也。"后因以为吉兆，谓人有喜事或吉庆之事。
【例句】唐韩愈《郾城晚饮…》："城上赤云呈胜气，眉间黄色见归期。"宋张耒《无咎兄赠…》："眉间黄色是何祥，晁侯约我走门墙。"宋慕容彦逢《上毛运使》："眉间黄色已可庆，襟怀不复叹秋蓬。"宋刘克庄《又和》："眉间黄色元无事，因拆诗筒一点浓。"

眉山帽　méi shān mào
【分类】文化
【关键词】苏轼
【释义】即东坡帽。苏轼（字子瞻，号东坡居士）为四川眉山人。《宋人轶事汇编·老苏二苏》："盖东坡喜戴矮帽，当时谓之东坡帽。"
【例句】宋刘克庄《贺新郎》："谁问进贤冠底说，画出来、不似眉山帽。"宋孙惟信《失调名》："谢屐唐衣眉山帽。"明孙一元《赠青城道士》："传来彭蠡鱼经古，见说眉山帽桶长。"

眉寿　méi shòu
【分类】生活
【关键词】诗经
【释义】周代金文铭刻有万年眉寿、眉寿无疆等语。旧说或以为年寿高的人眉长是长寿的象征。《诗经·豳风·七月》："为此春酒，以介眉寿。"
【例句】唐和凝《宫词》："六宫进酒尧眉寿，舞凤盘龙满御衣。"宋欧阳修《寄题洛阳…》："春酒养眉寿，童颜如渥丹。"宋邵雍《代书谢王…》："始知此器用有时，吾当为君献眉寿。"聂绀弩《重到海城》："人称九十为眉寿，我以沧桑纪岁华。"

梅吹　méi chuī
【分类】政治
【关键词】沈佺期
【释义】古代军乐用梅花角，故亦泛指军乐。唐沈佺期《塞北》："柏坛飞五将，梅吹动三军。"
【例句】唐刘长卿《送李校书…》："芸香辞乱事，梅吹听军声。"唐刘长卿《奉钱郎中…》："梅吹前军发，棠阴旧府空。"宋郑亿《咸平六年…》："云管飘梅吹，蜺旌错鸟章。"宋葛胜仲《次韵工部…》："梅吹画角余寒尽，柏欲飞觥暖律来。"

梅䫇　méi é
【分类】生活
【关键词】寿阳公主
【释义】指梅花妆装点的额头。源见"梅花妆"。

【例句】唐吴融《还俗尼》："柳眉梅额倩妆新，笑脱袈裟得旧身。"宋宋祁《上元观灯…》："酒胡矜酐美，梅额衔妆新。"宋朱南杰《东新桥值雪》："柳眉遮旧影，梅额上新妆。"宋李弥逊《冬雪呈太…》："见晛半消梅额粉，因风犹染鬓毛斑。"

梅妃　méi fēi
【分类】政治
【关键词】唐玄宗
【释义】唐玄宗妃。后因杨贵妃所妒失宠。《梅妃传》："梅妃姓江氏…名曰采蘋…妃善属文，自比谢女，淡妆雅服，而姿态明秀，笔不可描画。性喜梅，所居门槛悉植数株，上榜曰'梅亭'。梅开赋赏，至夜分尚留恋花下不能去。上以其所好，戏名曰梅妃。"
【例句】宋刘克庄《梅妃》："吹彻宁哥笛，梅妃未必闻。"宋刘辰翁《八声甘州》："招得梅妃魂也，好似去年春。"元胡天游《赠黄梅谷》："北风吹面君始归，正恐梅妃有嗔语。"明文嘉《无题》："瑶编曾览梅妃传，素篼新窥点颊图。"

梅福　méi fú
【分类】政治
【关键词】梅福
【释义】西汉南昌县县尉。婿严子陵。料知王莽必篡政，乃隐居于南昌西郊飞鸿山学道，后人赞赏梅福的高风亮节，将飞鸿山改称梅岭。梅福在会稽梁弄为山民治病。《汉书·梅福传》："人有见福于会稽者，变名姓，为吴市门卒云。"
【例句】唐高适《封丘作》："乃知梅福徒为尔，转忆陶渊明归去来。"唐皎然《贻李汤》："宁知梅福在人间，独为苍生作仙吏。"唐司空曙《闲园即事…》："近水方同梅市隐，曝衣多笑阮家贫。"唐郎士元《送李遂之越》："梅市门何处，兰亭水向流。"

梅花角　méi huā jiǎo
【分类】政治
【关键词】沈佺期
【释义】古代军号的一种。亦指梅花鹿的角。源见"梅吹"。
【例句】宋赵企《题兜率寺》："归时听得梅花角，落日西城未掩关。"宋王平子《题雪猎图》："丽谯声里梅花角，云暗雪深风色恶。"宋刘过《上刘和州》："戟外梅花角有声，使君心与月华明。"宋李曾伯《宜兴山房》："山中不用梅花角，自有枝禽报五更。"

梅花落　méi huā lào
【分类】生活
【关键词】乐府诗集
【释义】汉乐府横吹曲名。赞颂梅花凌霜绽放、不媚春风的高贵品质。《乐府诗集·梅花落》宋郭茂倩题解："《梅花落》本笛中曲也。按唐大角曲，亦有《大单于》、《小单于》、《大梅花》、《小梅花》等曲，今其声犹有存者。"
【例句】唐李白《与史郎中…》："黄鹤楼中吹玉笛，江城五月落梅花。"唐孙逖《和常州崔…》："闻唱梅花落，江南春意深。"唐杨巨源《长城闻笛》："惆怅梅花落，山川不可寻。"唐韩偓《意绪》："绝代佳人何寂寞，梨花未发梅花落。"

梅花妆 méi huā zhuāng
【分类】生活
【关键词】寿阳公主
【释义】指古代女子妆式，描梅花于额上为饰。《太平御览》引《宋书》："武帝女寿阳公主人日卧于含章檐下，梅花落公主额上，成五出之花，拂之不去。皇后留之，自后有梅花妆。"
【例句】唐李白《上清宝鼎诗》："龙子善变化，化作梅花妆。"唐牛峤《红蔷薇》："若缀寿阳公主额，六宫争肯学梅妆。"宋朱翌《人日雪》："细挑生菜羹鼎香，落尽梅花妆额巧。"宋虞俦《和林正甫…》："苑梅花妆额半，章台柳叶画眉长。"

梅妻鹤子 méi qī hè zǐ
【分类】政治
【关键词】林逋
【释义】谓隐居或清高。《宋诗抄·林和靖诗抄序》："林逋字君复，少孤，力学刻志不仕，结庐西湖孤山，逋不娶，无子，所居多植梅畜鹤，泛舟湖上，客至则放鹤致之，因谓'梅妻鹤子'云。"《宋人轶事汇编》："常畜两鹤。"
【例句】宋林景熙《送横舟真…》："蟠蜍窟冷手自探，西湖一鹤梅花仙。"宋杨公远《借张山长…》："笑呼臞鹤梅边去，旋买寒花竹外栽。"明罗万杰《夏日有感》："诗板酒枪新业障，梅妻鹤子旧因缘。"明彭孙贻《述闲险韵…》："梅妻鹤子代姬姜，种秫无劳典鹡鸰。"

梅兄 méi xiōng
【分类】文化
【关键词】黄庭坚
【释义】对梅花的雅称。《宋诗抄·山谷诗钞》："含香体素欲倾城，山矾是弟梅是兄。"宋黄庭坚字鲁直，号山谷道人。
【例句】宋邓深《留别赵徽猷》："酒子常同醉，梅兄已再香。"宋陈棣《白菊》："粉面真能延月姊，檀心端不羡梅兄。"宋杨万里《烛下和雪…》："梅兄冲雪来相见，雪片满须仍满面。"宋方岳《复雪》："有难为者梅兄弟，岂易卑哉竹丈夫。"

梅鋗十万 méi xuān shí wàn
【分类】政治
【关键词】梅鋗
【释义】梅鋗是秦末的一位名将，他以战功被项羽封为十万户侯。故遂用为咏赞战将之典。《汉书·吴芮传》："其将梅鋗功多，封十万户，为列侯。"
【例句】唐罗隐《吴门晚泊…》："十万梅鋗空寸土，三分孙策竟荒丘。"明李汛《郡守留公》："修文不愧梅鋗业，制锦还须子产才。"明欧大任《俞参藩士…》："梅鋗岭合交州

部，赵尉台临涨海潮。"明陈子升《舟泊平步…》："使节不须来陆贾，台关空说镇梅鋗。"

美目盼兮 měi mù pàn xī
【分类】生活
【关键词】诗经
【释义】形容女子妩媚之态。《诗经·卫风·硕人》："螓首蛾眉，巧笑倩兮，美目盼兮。"指美人眼珠黑白分明，流连顾盼。
【例句】唐毕耀《古意》："横波美目虽往来，罗袂遥遥不相及。"唐刘禹锡《马嵬行》："低回转美目，风日为无晖。"宋黄庭坚《髑髅颂》："业风相鼓击，美目巧笑倩。"聂绀弩《题韩羽画…》："将军何技真神武，美目盼兮万马翻。"

美人 měi rén
【分类】生活
【关键词】诗经
【释义】意指美男子、君子。隋唐后渐指美女。《诗经·邶风·简兮》："云谁之思，西方美人，彼美人兮，西方之人兮！"
【例句】唐刘斌《登楼望月》："下分征客路，上有美人愁。"唐许敬宗《安德山池…》："风花萦少女，虹梁聚美人。"唐王建《寄远曲》："美人别来无处所，巫山月明湘江雨。"聂绀弩《立秋日悠…》："水中央者谁家子，彼美人兮张顾周。"

美人迟暮 měi rén chí mù
【分类】生活
【关键词】楚辞
【释义】美人到了晚年，红颜衰老，不可挽回。比喻时光易逝，青春难再。《楚辞·离骚》："惟草木之零落兮，恐美人之迟暮。"
【例句】宋朱熹《秋怀》："美人殊不来，岁月恐迟暮。"宋晁补之《八音歌…》："竹马非妙龄，美人恐迟暮。"宋龚璛《送杨起行》："忠贞满眼真能几，迟暮相看耿不忘。"明高启《南园》："园中欢游恐迟暮，美人能歌客能赋。"

美人虹 měi rén hóng
【分类】文化
【关键词】尔雅
【释义】虹的别称。《尔雅·释天》："螮蝀谓之雩。螮蝀，虹也。"晋郭璞注："俗名为美人虹，江东呼雩。"
【例句】唐楼颖《东郊纳凉…》："枝交帝女树，桥映美人虹。"唐苏味道《咏虹》："空因壮士见，还共美人沉。"宋梅尧臣《景彝率和…》："两壁美人虹已收，苍崖纤手藓痕秋。"宋晁说之《复次韵寄…》："虹断美人情不竟，雨回神女分还疏。"

美如冠玉 měi rú guān yù
【分类】生活
【关键词】陈平
【释义】形容男子貌美。《史记·陈丞相世家》："绛侯、灌婴

等咸谗陈平曰：'平虽美丈夫，如冠玉耳，其中未必有也。'"
【例句】宋王十朋《万府君挽词》："冠玉贫宁久，兰亭秀更蕃。"宋李处权《谒翁丈…》："世家非冠玉，人物是壶冰。"宋廖刚《新知明州…》："红英趁拍莫教错，冠玉周郎正汝怜。"宋廖刚《贺知府毛…》："英姿冠玉便挥麈，雅座生风谢舞雩。"

美如玉　měi rú yù
【分类】生活
【关键词】古诗十九首
【释义】形容女子色美。源见"颜如玉"。
【例句】唐杜甫《佳人》："夫婿轻薄儿，新人美如玉。"宋梅尧臣《文惠师赠…》："煮之桉酒美如玉，甘脆入齿馋流津。"宋华镇《咏古》："窈窕备嫔御，芳颜美如玉。"宋韩信同《双柱擎天》："钟英特产栋梁材，不坠簪缨美如玉。"

美玉经三火　měi yù jīng sān huǒ
【分类】政治
【关键词】淮南子
【释义】赞美君子美好坚贞品质的典故。《淮南子·俶真训》："譬若钟山之玉，炊以炉炭，三日三夜而色泽不变。"
【例句】唐白居易《题赠郑秘…》："在火辨良玉，经霜识贞松。"唐元稹《青云驿》："在梁或在火，不变玉与鹅。"唐卢仝《常州孟谏…》："烈火先烧玉，庭芜不养兰。"宋范仲淹《送习纺户…》："火炎方试玉，沙密偶遗金。"宋苏轼《次韵子由…》："羡君美玉经三火，笑我枯桑困八蚕。"

美竹　měi zhú
【分类】政治
【关键词】尔雅
【释义】赞誉人才之典。《尔雅·释地》："东南之美者，有会稽之竹箭焉。"会稽山所产之小竹，为东南之冠。
【例句】唐杜甫《桥陵诗三…》："王刘美竹润，裴李春兰馨。"宋司马光《又和游吴…》："名园易主似行邮，美竹高松景自幽。"宋蔡襄《和黄介夫…》："君家有美竹，绕庐千百个。"宋洪适《答景裴》："长杨美竹虽当户，语燕流莺不到园。"

渼陂湖　měi bēi hú
【分类】生态
【关键词】杜甫
【释义】在今中国陕西省户县西，源出终南山，西北流入涝水。兴于秦，盛于唐，为关中著名游览地。唐杜甫《秋兴》："昆吾御宿自逶迤，紫阁峰阴入渼陂。"
【例句】唐郑谷《渼陂》："昔事东流共不回，春深独向渼陂来。"唐高骈《寄鄂杜少…》："吟社客归秦渡晚，醉乡渔去渼陂晴。"宋李弥逊《次韵李伯…》："蜀栖自笑卧秦盘谷，健句争先诵渼陂。"宋周孚《次韵寄日新》："别后渼陂谁与赋，老来梁父不须吟。"

媚灶　mèi zào
【分类】政治
【关键词】论语
【释义】咏阿附权贵之典。《论语·八佾》："王孙贾问曰：'与其媚于奥，宁媚于灶，何谓也？'子曰：'不然。获罪于天，无所祷也。'"三国魏何晏《集解》引汉孔安国曰："奥，内也，以喻近臣；灶以喻执政。"宋朱熹《集注》："喻自结于君，不如阿附权臣也。"
【例句】唐韩愈《荐士》："行身践规矩，甘辱耻媚灶。"宋宋祁《咏史》："欲重高门地，非论媚灶天。"宋楼璹《缫丝》："盈盈意媚灶，拍拍手探汤。"聂绀弩《无题柴韵诗》："炉眼窥锅难煮肉，贼心媚灶易偷柴。"

门戟　mén jǐ
【分类】政治
【关键词】宋史
【释义】唐宋时庙社、宫殿、府州、贵官私第等门前陈列的戟。数目各有定制，用来表示威仪。《宋史·门戟旄节》："门戟。木为之而无刃，门设架而列之，谓之棨戟。天子宫殿门左右各十二。品官恩赐者，正一品十六，二品以上十四。"
【例句】唐刘禹锡《和董庶中…》："上将赐甲第，门戟不可窥。"唐白居易《寄微之》："外竟关身底事，谩排门戟系腰章。"宋王禹偁《腊月》："吏人散后无公事，门戟森森夕鸟还。"宋司马光《送峡州陈…》："骊珂通峡响，门戟照秋寒。"

门可罗雀　mén kě luó què
【分类】政治
【关键词】汲黯
【释义】喻指门庭冷落或世态炎凉。《史记·汲郑列传》："下邽翟公有言，始翟公为廷尉，宾客阗门；及废，门外可设雀罗。"
【例句】唐陶翰《燕歌行》："雄剑委尘匣，空门垂雀罗。"唐白居易《小庭寒夜…》："庭小同蜗舍，门闲称雀罗。"唐方干《偶作》："未妨溪上泛渔艇，又为门前张雀罗。"唐罗邺《伤侯第》："世间荣辱半相和，昨日权门今雀罗。"

门阑之厮　mén lán zhī sī
【分类】政治
【关键词】史记
【释义】用为咏才士愿投奔门下服役之典。《史记·楚世家》："敝邑之王所甚憎者无先齐王，虽仪之所甚憎者亦无先齐王。而大王和之，是以敝邑之王不得事王，而令仪亦不得为门阑之厮也。"张仪奉秦惠王之命，为了离间楚齐两国关系，故意说如楚与齐和好，则秦王不能为楚王服务，自己也不得为楚王充任门阑之役。
【例句】唐杜甫《入衡州》："门阑苏生在，勇锐白起强。"唐顾况《寄上兵部…》："道路五千里，门阑三十年。"唐司空曙《哭王注》："异才伤促短，诸友哭门阑。"唐刘长卿《瓜洲驿奉…》:"后来惭辙迹,先达仰门闱。"

门闾之望　mén lǘ zhī wàng
【分类】生活
【关键词】战国策
【释义】喻指父母对子女的想望。源见"倚门倚闾"。
【例句】宋俞德邻《呈孟兵部…》:"母氏圣且善,门闾望朝夕。"宋胡寅《挽李太孺人》:"一经不负门闾望,五鼎端宜馈祀丰。"宋方回《题徐子愚…》:"远忆门闾望,巡归涧谷盘。"元陈樵《送仲举…》:"门闾千里望,天地一编诗。"元陶安《送江子宜…》:"慈亲应有门闾望,捧得天书及早还。"

门庭才旋马　mén tíng cái xuán mǎ
【分类】政治
【关键词】李沆
【释义】咏官员宅第门庭之典。《宋史·李沆列传》:"治第封丘门内,厅事前仅容旋马。或言其太隘,沆笑曰:'居第当传子孙,此为宰相厅事诚隘,为太祝、奉礼厅事已宽矣。'"
【例句】宋刘克庄《挽崔丞相》:"萧然旋马第,人指相君居。"宋陆游《和陈鲁山》:"门无容车高,庭止旋马广。"宋刘克庄《满江红》:"风骨清臞如野鹤,门庭低小才旋马。"宋林希逸《代怀安王…》:"见说只今杨子宅,庭容旋马地生衣。"

门外楼头　mén wài lóu tóu
【分类】生活
【关键词】陈叔宝
【释义】指君主荒淫,国破家亡。《南史·陈纪下·后主》载:后主陈叔宝宠贵妃张丽华。建临春、结绮、望仙三阁,阁高数丈。隋将韩擒虎率精骑五百,直入朱雀门,后主与张贵妃等均为隋军所执,国亡。
【例句】唐杜牧《台城曲》:"门外韩擒虎,楼头张丽华。"宋王安石《桂枝香》:"念往昔、繁华竞逐。叹门外楼头,悲恨相续。"清洪亮吉《叶舍人雯…》:"楼头璧山作两峰,门外江汉流无穷。"

扪虱而谈　mén shī ér tán
【分类】生态
【关键词】王猛
【释义】扪:按、摸。一边从身上捉虱子,一边与人交谈。形容放达从容,侃侃而谈。《晋书·王猛传》:"桓温入关,猛被褐而诣之,一面谈当世之事,扪虱而言,旁若无人。"
【例句】唐李颀《野老曝背》:"有时扪虱独搔盲,目送归鸿篱下眠。"唐李白《赠韦秘书…》:"披云睹青天,扪虱话良图。"唐张祜《偶信》:"无机坐上休扪虱,失脚溪头便钓鱼。"聂绀弩《狱中记聂…》:"扪虱纵横群侧耳,隔窗行政亦偷听。"

扪天　mén tiān
【分类】生活
【关键词】楚辞
【释义】摸天。极言其高。《楚辞·九章·悲回风》:"据青冥而摅虹兮,遂倏忽而扪天。"宋洪兴祖补注:"扪,抚也。"
【例句】唐李白《游太山》:"扪天摘匏瓜,恍惚不忆归。"宋朱熹《自上封登…》:"扪天滑青壁,俯瞰崩银涛。"宋宋祁《忆上苑锡宴》:"秦地河流疑绕汉,上林宫缭欲扪天。"宋徐积《太华》:"镇压秦冲仞千,莲薰白日掌扪天。"

蒙锦绣　méng jǐn xiù
【分类】政治
【关键词】优孟
【释义】殊宠之典。《史记·优孟传》:"楚庄王之时,有所爱马,衣以文绣,置之华屋之下,席以露床,啖以枣脯。"
【例句】唐杜牧《往年随故…》:"驽骀蒙锦绣,尘土浴潺湲。"宋范成大《闰月四日》:"尽把园林蒙锦绣,多添门户锁烟霞。"宋赵善括《题马氏避…》:"不见园林蒙锦绣,空教钟鼓唤笙歌。"宋公许《上茶使邹…》:"驽驷何堪蒙锦绣,木瓜无复报琼琚。"

蒙汜　méng sì
【分类】生活
【关键词】楚辞
【释义】本指日落之处,后用以喻垂暮之年。《楚辞·天问》:"出自汤谷,次于蒙汜;自明及晦,所行几里?"汉王逸注:"次,舍也;汜,水涯也。言日出东方汤谷之中,暮入西极蒙水之涯也。"
【例句】唐白居易《开成大行…》:"鼎湖龙渐远,濛汜日初沉。"唐鲍溶《忆旧游》:"日入濛汜宿,石烟抱山门。"明韩上桂《秋江月》:"蒙汜虽沉犹有回,独无人故可重来。"明韩上桂《紫陌行》:"斗杓星汉回蒙汜,象管鸾笙喧戚里。"

蒙恬制笔　méng tián zhì bǐ
【分类】文化
【关键词】蒙恬
【释义】咏笔之典。《古今注·问答释义》:"蒙恬始造即秦笔耳,以柘木为管,鹿毛为柱,羊毛为被,非兔毫竹管也。"
【例句】宋方回《赠笔工杨…》:"上古苍颉初制字,后人蒙恬始造笔。"宋谢枋得《书林笔峰》:"何用蒙恬制作工,五色光芒焕星斗。"明史谨《谢欧阳御史送笔》:"蒙恬制作久尘埃,今日劳君远寄来。"明徐庸《梦笔图》:"蒙恬制笔从先秦,往昔至今千万春。"

蒙庄说剑　méng zhuāng shuō jiàn
【分类】政治
【关键词】庄子
【释义】论武谈兵之典。《庄子·说剑》载:昔赵文王好剑,剑士三千,日夜击剑,死伤者岁百余人。庄子往劝之,曰:"有天子剑,有诸侯剑,有庶人剑","今大王有天子之位而好庶人之剑,臣窃为大王薄之"。
【例句】唐李白《秋夜独坐…》:"庄周空说剑,墨翟耻论兵。"

唐李白《赠韦秘书…》："谈天信浩荡，说剑纷纵横。"宋释智圆《古剑》："剑道如之何，达者惟庄周。"宋王令《谢几道见…》："利能绝地同庄剑，巧可凌云上鲁梯。"

幪巾　méng jīn
【分类】政治
【关键词】舜
【释义】传说舜时以巾蒙首作为墨刑的象征，以示仁厚。《太平御览》引《慎子》曰："有虞之诛，以幪巾当墨。"
【例句】唐虞世南《赋得慎罚》："幪巾示廉耻，嘉石务详平。"

猛兽奔　měng shòu bēn
【分类】政治
【关键词】庾黔娄
【释义】咏地方官施仁政之典。《南史·庾黔娄传》："仕齐为编令，政有异绩。先是县境多猛兽暴，黔娄至，猛兽皆度往临沮界，时人以为仁化所感。"
【例句】唐李白《赠宣城赵…》："出牧历三郡，所居猛兽奔。"宋刘弇《元丰辛酉…》："初疑昆阳遁猛兽，又讶伏弩攒庞涓。"宋王安石《吴王猎场》："猛兽亦已尽，牛羊在田坡。"明周是修《再赓酬光…》："治感祥麟至，威凌猛兽逃。"

孟贲　mèng bēn
【分类】政治
【关键词】孟贲
【释义】战国时勇士。《孟子·公孙丑》："若是，则夫子过孟贲远矣。"宋孙奭疏引《帝王世说》："秦武王好多力之人，齐孟贲之徒并归焉。孟贲生拔牛角，是谓之勇士也。"
【例句】宋苏颂《暇日游道…》："养生之主悟文惠，治气其勇过孟贲。"宋吕陶《送范尧夫》："迁从邹叟得，勇在孟贲先。"宋方回《赠笔工冯…》："空弓难责养由射，快剑始堪孟贲击。"元萨都剌《黯淡滩歌》："上滩之难难于上绝壁，虽有孟贲难致力。"

孟参军　mèng cān jūn
【分类】文化
【关键词】孟嘉
【释义】东晋名士孟嘉。曾任征西大将军桓温的参军。源见"孟嘉落帽"。
【例句】唐权德舆《九日北楼…》："不见携觞王太守，空思落帽孟参军。"宋梅尧臣《九日次寿州》："登临不学孟参军，帽坠山风费嘲纸。"宋钱亿年《重阳》："龙山孟参军，帽落初不羞。"元凌云翰《墨菊》："醉眼只疑乌帽落，令人重忆孟参军。"

孟尝君　mèng cháng jūn
【分类】政治
【关键词】孟尝君
【释义】田文，齐国贵族，战国四公子之一。鸡鸣狗盗、狡兔三窟典故之源。《史记·孟尝君列传》："孟尝君在薛，招致诸侯宾客及亡人有罪者…以故倾天下之士。食客数千人，无贵贱一与文等。"
【例句】唐张昌宗《少年行》："依倚孟尝君，自知能市义。"唐李白《与诸公送…》："门前食客乱浮云，世人皆比孟尝君。"唐张祜《江上旅泊…》："野人未必非毛遂，太守还须是孟尝。"唐王维《送歧州源…》："秋风正萧索，客散孟尝门。"

孟公孟姥　mèng gōng mèng mǔ
【分类】文化
【关键词】北户录
【释义】传说中的船神。《北户录·鸡骨卜》："南方除夜，及将发船，皆杀鸡择骨为卜，存古法也。占吉，即以肉祀船神，呼为孟公孟姥；其来尚矣。按梁简文帝《船神记》云：'船神名冯耳。'《五行书》云：'下船三拜三呼其名，除百忌。又呼为孟公孟姥。'"
【例句】唐张说《岳州观竞渡》："齐歌迎孟姥，独舞送阳侯。"唐寒山《诗三百三首》其一〇八："孟公问其术，我子亲教汝。"宋刘敞《游龙山》："愁来乘兴时时往，楚老相疑是孟公。"宋谢逸《与诸人集…》："踏雪敲门愧履穿，孟公饮我酒盈船。"

孟公投辖　mèng gōng tóu xiá
【分类】生活
【关键词】陈遵
【释义】喜酒好客之典。辖，车轴的键，去辖则车不能行。《汉书·游侠列传·陈遵》："陈遵字孟公。遵耆酒，每大饮，宾客满堂，辄关门，取客车辖投井中，虽有急，终不得去。"
【例句】唐元稹《酬窦校书…》："潜投孟公辖，狂乞莫愁钱。"唐杜牧《将赴池州…》："投辖暂停留酒客，绛帷斜系满松阴。"宋苏轼《送赵寺丞…》："若见孟公投辖饮，莫忘冲雪送君时。"宋黄庭坚《陈季张有…》："剪花莫学韩中令，投辖惟闻陈孟公。"

孟光　mèng guāng
【分类】政治
【关键词】梁鸿
【释义】东汉隐士梁鸿之妻，字德曜。喻称有德的妻室。源见"举案齐眉"。
【例句】唐王绩《山中叙志》："孟光傥未嫁，梁鸿正须妇。"唐窦群《初入谏司…》："一旦悲欢见孟光，十年辛苦伴沧浪。"唐白居易《冬至夜》："今宵始觉房栊冷，坐索寒衣托孟光。"唐张祜《所居即事》："辛勤最爱孟光意，除却梁鸿无急妻。"

孟家珠　mèng jiā zhū
【分类】生活
【关键词】乐府诗集
【释义】咏爱情之典。《乐府诗集·孟珠》题解引《古今乐录》："《孟珠》十曲，二曲，依歌八曲。旧舞十六人，梁八人。"其词有"道逢游冶郎，恨不早相识""愿得无人处，回身与郎抱"。

【例句】唐徐凝《八月灯夕…》:"想得越人今夜见,孟家珠在镜中央。"唐温庭筠《春日雨》:"细雨蒙蒙人绛纱,湖亭寒食孟珠家。"明杨慎《湖艳曲》:"东风湖滟好,疑是孟珠家。"清梁佩兰《久不到博…》:"兰林倚孟珠,纨扇侍小玉。"

孟嘉落帽 mèng jiā luò mào
【分类】文化
【关键词】孟嘉
【释义】形容才子文思敏捷,举止洒脱。《晋书·孟嘉传》:"孟嘉字万年…温宴龙山,僚佐毕集。…有风至,吹嘉帽堕落,嘉不之觉。温令取还之,命孙盛作文嘲嘉,著嘉坐处。嘉还见,即答之,其文甚美,四坐嗟叹。"
【例句】唐戎昱《九日贾明…》:"却笑孟嘉吹帽落,登高何必上龙山。"唐元稹《答姨兄胡…》:"登楼王粲思,落帽孟嘉情。"唐权德舆《九日北楼…》:"不见携觞王太守,空思落帽孟参军。"宋韦骧《和邓温伯…》:"登高预整孟嘉帽,访古闲寻白傅诗。"

孟劳 mèng láo
【分类】文化
【关键词】穀梁传
【释义】宝刀名。亦泛指宝刀。《穀梁传·僖公元年》:"孟劳者,鲁之宝刀也。"晋葛洪《抱朴子·博喻》:"沉闾、孟劳,须楚砥以敛锋。"
【例句】宋梅尧臣《问答》:"美人赠我万钱贵,何必剪犀夸孟劳。"宋梅尧臣《吴仲庶殿…》:"风声鹤唳九皋,何用宝刀称孟劳。"宋王安石《次俞秀老韵》:"解我珍珩脱孟劳,暮年甘与子同袍。"宋黄庭坚《别蒋颖叔》:"金城千里要人豪,理君乱丝须孟劳。"

孟邻 mèng lín
【分类】生活
【关键词】孟子
【释义】孟母的邻居。借指好邻居。源见"孟母三迁"。
【例句】唐张九龄《与袁补阙…》:"辙迹陈家巷,诗书孟子邻。"唐张子容《送孟八浩…》:"因怀故园意,归与孟家邻。"唐刘慎虚《寄江滔求…》:"偏知汉水广,应与孟家邻。"唐杜甫《奉送十七…》:"飘缈苍梧帝,推迁孟母邻。"

孟母断机 mèng mǔ duàn jī
【分类】政治
【关键词】孟子
【释义】咏母亲督子勤学之典。《列女传·邹孟轲母》:"孟子之少也,既学而归,孟母方绩,问曰:'学何所至矣?'孟子曰:'自若也。'孟母以刀断其织。孟子惧而问其故,孟母曰:'子之废学,若吾断斯织也。'孟子惧,旦夕勤学不息,师事子思,遂成天下之名儒。"
【例句】宋王铚《陆左丞夫…》:"断机慈训在,怀橘孝思多。"宋史浩《丰必强母…》:"蟾窟初看攀桂子,萱堂忽失断机人。"宋沈与求《吴宜人挽词》:"断机志节酬平日,举案风流记昔年。"宋欧阳澈《读书》:"自惭闻见多迂阔,何幸慈亲屡断机。"

孟母三迁 mèng mǔ sān qiān
【分类】政治
【关键词】孟子
【释义】颂扬母教有方的典故。《列女传·邹孟轲母》:"邹孟轲之母也,号'孟母'。其舍近墓。孟子之少也,嬉游为墓间之事,踊跃筑埋。孟母曰:'此非吾所以居处子也。'乃去。舍市傍,其嬉戏为贾人衒卖之事。孟母又曰:'此非吾所以居处子也。'复徙,舍学宫之傍,其嬉游乃设俎豆,揖让进退。孟母曰:'真可以居吾子矣。'遂居之。及孟子长,学六艺,卒成大儒之名。君子谓孟母善以渐化。"
【例句】唐李峤《宅》:"孟母迁邻罢,将军辞第初。"唐温庭筠《献淮南李…》:"邻里才三徙,云霄已九迁。"宋邵雍《训世学弟诗》:"好遵孟母三迁教,须读张公百忍歌。"宋陈舜俞《挽刘夫人词》:"卜邻早效三迁教,负米方休百里劳。"

孟孙问孝 mèng sūn wèn xiào
【分类】政治
【关键词】论语
【释义】咏重视孝道之典。《论语·为政》:"孟懿子问孝。子曰:'无违。'…子曰:'生,事之以礼;死,葬之以礼,祭之以礼。'"
【例句】唐苏颋《故高安大…》:"孟孙家代宠,元女国朝封。"唐皇甫冉《刘侍御朝…》:"孟孙唯问孝,莱子复辞官。"宋苏过《送孙志康》:"季孙爱我如美疢,孟孙恶我如药石。"宋胡宏《别吴卫道》:"醇醪自昔怀公瑾,药石谁今识孟孙。"

孟轲好辩 mèng kē hǎo biàn
【分类】政治
【关键词】孟子
【释义】咏孟子之典。《孟子·滕文公》:"公都子曰:'外人皆称夫子好辩,敢问何也?'孟子曰:'予岂好辩哉!予不得已也…我欲正人心,息邪说,距詖行,放淫辞,以承三圣者,岂好辩哉!予不得已也。'"
【例句】宋黄庭坚《和程德裕颂》:"金粟默然轲好辩,唱歌须是帝乡人。"宋王十朋《哭陈阜卿》:"孟轲非好辩,羊祜有先知。"宋释居简《怀赵府录》:"轲岂好辩哉,隐若不得平。"宋虞俦《和张文潜…》:"财由政事足,轲也岂好辩。"

孟宗泣笋 mèng zōng qì sǔn
【分类】政治
【关键词】孟宗
【释义】事亲尽孝、至诚感天之典。《三国志·孙皓传》:"司空孟仁。"南朝宋裴松之注引《楚国先贤传》:"宗母嗜笋。冬节将至,时笋尚未生,宗入竹林哀叹,而笋为之出,得以供母,皆以为至孝之所致感。"孟仁本名孟宗。

【例句】唐司空曙《送李嘉祐…》:"归来喜调膳,寒笋出林中。"唐王干《题故人废宅》:"旧径已知无孟仁,前溪应不浸荀星。"宋张商英《吴孟宗》:"孟宗泣竹冬笋生,岂是青青竹有情。"宋宋庆之《寓武昌报…》:"孟宗祠下竹依然,借得空房竹树边。"

孟宗献鲊　mèng zōng xiàn zhà
【分类】政治
【关键词】孟宗
【释义】称赞子孝母贤之典。《三国志·孙皓传》:"右大司马丁奉、司空孟仁(宗)卒。"南朝宋裴松之注引《吴录》曰:"除为监池司马。自能结网,手以捕鱼,作鲊寄母,母因以还之,曰:'汝为鱼官,而鲊寄我,非避嫌也。'"鲊:一种用盐和红曲腌的鱼。孟宗字恭武,避孙皓字,改名孟仁。
【例句】唐李端《送吉中孚…》:"孟宗应献鲊,家近守鱼官。"宋王庭珪《读晋史偶书》:"鲊鱼虾鲊方乘献,豆粥萍齑立可须。"宋王十朋《买鱼行》:"寄鲊不须劳孟宗,但愿清白传家风。"

孟陬　mèng zōu
【分类】生活
【关键词】楚辞
【释义】指春正月。正月为陬,又为孟春月,故称。《楚辞·离骚》:"摄提贞于孟陬兮,惟庚寅吾以降。"王逸注:"孟,始也。贞,正也。…正月为孟陬。"
【例句】宋韦骧《和正闰晦日》:"孟陬闰晦半春光,夜刻初消昼刻强。"宋苏颂《皇帝合春…》:"律管已当人统月,斗杓初建孟陬辰。"宋程公许《寿漕使者…》:"东风破冷初和柔,皇觉揆度当孟陬。"宋刘克庄《立春一首》:"懒陪内史吟人日,不记灵均降孟陬。"

梦笔生花　mèng bǐ shēng huā
【分类】文化
【关键词】李白
【释义】比喻文人才情横溢,文思丰富,才思大进。《开元天宝遗事·梦笔头生花》:"李太白少时,梦所用之笔头上生花。后天才赡逸,名闻天下。"
【例句】唐李商隐《江上忆严…》:"征南幕下带长刀,梦笔深藏五色毫。"宋释德洪《宵启道次…》:"寄我三诗争妙丽,疑公曾梦笔花生。"明童冀《次前韵简…》:"陋儒拟制河清颂,梦笔生花夜吐红。"聂绀弩《雪峰难寻…》:"流风胜迹花千朵,都待冯郎梦笔开。"

梦草　mèng cǎo
【分类】文化
【关键词】东方朔
【释义】神话中的草名,怀之可以入梦,也称怀梦草。《别国洞冥记》:"有梦草,似蒲,色红,昼缩入地,夜则出,亦名怀梦。怀其叶,则知梦之吉凶,立验也。帝思李夫人之容不可得,朔乃献一枝,帝怀之,夜果梦夫人,因改曰怀梦草。"
【例句】金王或《和落花韵》:"好事只传怀梦草,殊乡谁致返魂香。"明陈子龙《为杜徕西…》:"返魂香自煮,怀梦草空眠。"明徐波《次牧翁六…》:"怀梦自珍方朔草,急行须借阿香车。"明屈大均《媚歌》:"不种忘忧花,但栽怀梦草。"

梦得文章　mèng dé wén zhāng
【分类】文化
【关键词】刘禹锡
【释义】喻精美的文章。《旧唐书·刘禹锡列传》:"刘禹锡字梦得…精于古文,善五言诗,今体文章复多才丽。"
【例句】宋柳永《木兰花慢》:"继梦得文章,乐天286爱,布政优优。"宋熊以宁《醉蓬莱》:"梦得文章,水心谈论,家声相继。"

梦惠连　mèng huì lián
【分类】文化
【关键词】谢灵运
【释义】形容诗文创作得有神助的典故。《南史·谢方明传》:"子惠连…族兄灵运嘉赏之,云:'每有篇章,对惠连辄得佳语。'尝于永嘉西堂思诗,竟日不就,忽梦见惠连,即得'池塘生春草',大以为工。常云:'此语有神功,非吾语也。'"
【例句】唐李白《书情寄从…》:"昨梦见惠连,朝吟谢公诗。"唐李群玉《送唐侍御…》:"到日池塘春草绿,谢公应梦惠连来。"宋杨蟠《西堂》:"忽梦惠连弟,遂得春草篇。"宋吕本中《怀从弟》:"每吟春草池塘句,尚想诗成梦惠连。"

梦尽失欢　mèng jǐn shī huān
【分类】文化
【关键词】宋玉
【释义】宋玉在《神女赋序》中描述了楚襄王梦见神女,醒来感觉心情十分惆怅。后遂用为梦后不乐之典。战国楚宋玉《神女赋序》:"果梦与神女遇…玉曰:'其梦若何?'王曰:'晡夕之后,精神恍忽…见一妇人,状甚奇异,寐而梦之,寤不自识。'罔兮不乐,怅然失志。"
【例句】唐杜甫《大历三年…》:"曲留明怨惜,梦尽失欢娱。"

梦兰　mèng lán
【分类】生活
【关键词】燕姞
【释义】喻指妇女怀孕。《左传·宣公三年》:"初,郑文公有贱妾曰燕姞,梦天使与己兰,曰:'余为伯儵。余而祖也。以是为而子。以兰有国香,人服媚之如是。'既而文公见之,与之兰而御之。辞曰:'妾不才,幸而有子。将不信,敢征兰乎。'公曰:'诺。'生穆公,名之曰兰。"
【例句】唐杜甫《同豆卢峰…》:"梦兰他日应,折桂早年知。"唐薛逢《贫女吟》:"南邻送女初鸣佩,北里迎妻已梦兰。"宋丁谓《再赋》:"笑倾行雨国,香返梦兰魂。"宋项安世《承甫兄生朝》:"颂柏杯盘连逸月尾,梦兰时节占年头。"

梦褥光宗 mèng rù guāng zōng
【分类】生活
【关键词】柳庆远
【释义】咏光宗耀祖之典。《梁书·柳庆远列传》:"初,庆远从父兄卫将军世隆尝谓庆远曰:'吾昔梦太尉以褥席见赐,吾遂亚台司;适又梦以吾褥席与汝,汝必光我公族。'至是,庆远亦继世隆焉。"
【例句】宋王以宁《临江仙》:"梦褥清孙今禄隐,漫郎自许风期。"宋王以宁《踏莎行》:"梦褥光宗,河东右族。向来到耳声华熟。"

梦熊罴 mèng xióng pí
【分类】生活
【关键词】诗经
【释义】生男吉兆。《诗经·小雅·斯干》:"吉梦维何,维熊维罴。"又:"大人占之,维熊维罴,男子之祥;维虺维蛇,女子之祥。"郑玄笺:"熊罴在山,阳之祥也,故为生男。"
【例句】唐李贺《恼公》:"匀脸安斜雁,移灯想梦熊。"唐李群玉《哭小女痴儿》:"平生未省梦熊罴,稚女如花坠晓枝。"宋杨亿《闻扬州司…》:"华堂何夕梦熊罴,卫氏如今有一儿。"宋王安石《思王逢原》:"贤者宜有后,固当梦熊罴。"

梦月悬名 mèng yuè xuán míng
【分类】生态
【关键词】阚泽
【释义】致身通显之典。《太平御览》引《会稽先贤传》:"吴侍中阚泽,字德润,山阴人也。在母胎八月,而叱声震外。年十三,夜梦名字炳然悬在月,后遂升进也。"
【例句】唐骆宾王《在江南赠…》:"占星非聚德,梦月讵悬名。"唐卢照邻《咏史》:"名与日月悬,义与天壤俦。"唐杜甫《陈拾遗故宅》:"公生扬马后,名与日月悬。"唐章孝标《赠刘宽夫…》:"天假声名悬日月,国凭骚雅变浮华。"

梦云 mèng yún
【分类】生活
【关键词】宋玉
【释义】喻指美女。亦指幽会之事。战国楚宋玉《高唐赋》:"昔者先王尝游高唐,怠而昼寝,梦见一妇人,曰:'妾,巫山之女也,为高唐之客,闻君游高唐,愿荐枕席。'王因幸之。去而辞曰:'妾在巫山之阳,高丘之阻,旦为朝云,暮为行雨,朝朝暮暮,阳台之下。'旦朝视之,如言,故为立庙,号曰朝云。"
【例句】唐杜牧《润州》:"城高铁瓮横强弩,柳暗朱楼多梦云。"宋丁谓《句》:"楚子梦云铃阁密,郢人歌雪射堂开。"宋晏几道《浣溪沙》:"楼上灯昏欲闭门,梦云归去不留痕。"宋孔武仲《和竹元珍…》:"旅枕梦云萦宋玉,空阶诗思感何郎。"

梦中梦 mèng zhōng mèng
【分类】生活
【关键词】庄子
【释义】喻幻境。极言虚幻。《庄子·齐物论》:"方其梦也,不知其梦也。梦之中又占其梦焉,觉而后知其梦也。"
【例句】唐澹交《写真》:"已是梦中身,更逢身外身。"唐李群玉《自遣》:"浮生暂寄梦中梦,世事如闻风里风。"宋洪炎《公实示闲…》:"劳生聊作梦中梦,苦语莫酬山复山。"宋程俱《和答何蒙…》:"与君同觉梦中梦,顾我长嗟山复山。"

梦中身 mèng zhōng shēn
【分类】生活
【关键词】关尹子
【释义】比喻人生如梦、世事无定。《关尹子·四符》:"知夫此身如梦中身,随情所见者,可以飞神作我而游太清。"
【例句】唐王维《疑梦》:"黄帝孔丘何处问?安知不是梦中身。"唐许浑《题苏州虎…》:"万里高低门外路,百年荣辱梦中身。"唐杨发《春园醉醒…》:"从今北窗蝶,长是梦中身。"唐李中《所思》:"解佩当时在洛滨,悠悠疑是梦中身。"

梦中说梦 mèng zhōng shuō mèng
【分类】文化
【关键词】大般若波
【释义】原为佛家语,比喻虚幻无凭。后也比喻胡言乱语。《大般若经》:"复次善勇猛,如人梦中说梦所见种种自性。"
【例句】唐白居易《读禅经》:"言下忘言一时了,梦中说梦两重虚。"宋邵雍《闲行吟》:"梦中说梦重重妄,床上安床叠叠非。"宋王庭圭《答王道之》:"未省梦中重说梦,醉来添酒几时醒。"聂绀弩《有赠(胡风)》:"驴背寻驴曾万里,梦中说梦已千场。"

梦中吞鸟 mèng zhōng tūn niǎo
【分类】文化
【关键词】罗含
【释义】喻才华非凡,文词华美。《晋书·罗含传》:"(罗含)尝昼卧,梦一鸟文彩异常,飞入口中,因起惊说之。朱氏(其养母)曰:'鸟有文彩,汝后必有文章。'自此后藻思日新。"
【例句】唐钱起《和刘七读书》:"梦鸟富清藻,通经仍妙年。"唐黄滔《寓题》:"竿底得璜犹未用,梦中吞鸟拟何为?"唐崔日知《冬日述怀…》:"终期吞鸟梦,振翼上云烟。"唐姚合《答友人招游》:"闻鸟宁惊梦,看花怕引愁。"

梦周 mèng zhōu
【分类】生活
【关键词】论语
【释义】哀伤衰老或缅怀先贤之典。《论语·述而》:"子曰:'甚矣吾衰也!久矣吾不复梦见周公!'"
【例句】唐杜甫《晚登瀼土堂》:"凄其望吕葛,不复梦周孔。"宋刘攽《在郡作》:"吾衰不复梦周公,闻道家丘居在东。"

宋苏轼《周公庙》:"吾今那复梦周公,尚喜秋来过故宫。"宋廖刚《梦授访及…》:"知是高轩应倒屣,妙谈全胜梦周公。"

弥纶　mí lún
【分类】政治
【关键词】周易
【释义】指笼盖。也谓治理、贯通。《周易注疏·系辞上》:"《易》与天地准,故能弥纶天地之道。"高亨注:"《释文》引京云:'准,等也。弥,遍也。'《集解》引虞翻曰:'纶,络也。'弥纶即普遍包络。"
【例句】唐王维《故太子太…》:"功德冠群英,弥纶有大名。"唐杜甫《暮秋枉裴…》:"授钺筑坛闻意旨,颇纲漏网期弥纶。"唐李澄《和户部杨…》:"落日弥纶地,公才画省郎。"宋齐茸《长葺圣寿寺》:"建中天子寄弥纶,筑隐商岩旧叶存。"

弥天对　mí tiān duì
【分类】文化
【关键词】释道安
【释义】谓与高僧和洽相处。《高僧传·晋释道安传》:"时襄阳习凿齿锋辩天逸,笼罩当时…及闻(道)安至即往修造。即坐,称言:'四海习凿齿。'安曰:'弥天释道安。'时人以为名答。"
【例句】唐高适《同马太守…》:"愿用初地因,永奉弥天对。"唐皮日休《奉和鲁望…》:"云林满眼空罥滞,欲对弥天却自伤。"宋释重显《和王殿直…》:"清风凛凛字人官,堪对弥天释道安。"宋张孝祥《和如庵》:"诗成十手不供写,凿齿敢对弥天僧。"

弥天秀　mí tiān xiù
【分类】文化
【关键词】释道安
【释义】形容僧人修行高深。源见"弥天对"。
【例句】唐孟浩然《与张折冲…》:"释子弥天秀,将军武库才。"宋曾丰《余出疏语》:"弥天北秀经三藏,旷劫南能偈一篇。"明黄省曾《访东丘上…》:"言访弥天秀,秋过兜率宫。"清朱昆田《题鉴微上…》:"未如释子弥天秀,淡著铅黄写折枝。"

迷楼　mí lóu
【分类】生活
【关键词】隋炀帝
【释义】隋炀帝所建楼名。故址在今江苏省扬州市西北郊。《南部烟花记·迷楼》:"迷楼凡役夫数万,经岁而成。楼阁高下,轩窗掩映,幽房曲室,玉栏朱楯,互相连属。帝大喜,顾左右曰:'使真仙游其中,亦当自迷也。'故云。"亦指妓院。
【例句】唐白居易《隋堤柳》:"紫髯郎将护锦缆,青娥御史直迷楼。"唐李绅《宿扬州》:"今日市朝风俗变,不须开口问迷楼。"唐许浑《汴河亭》:"四海义师归有道,迷楼还似景

阳楼。"唐汪遵《汴河》:"还待春风锦帆暖,柳阴相送到迷楼。"

祢衡怀刺　mí héng huái cì
【分类】生活
【关键词】祢衡
【释义】求人引荐的典故。《后汉书·祢衡传》:"(祢衡)建安初,来游许下,始达颍川,乃阴怀一刺,既而无所之适,至于刺字漫灭。"
【例句】唐郑锡《襄阳乐》:"磨灭怀中刺,曾将示孔融。"唐宋之问《桂州陪王…》:"投刺登龙日,开怀纳鸟晨。"唐孟浩然《书怀贻京…》:"当途诉知己,投刺匪求蒙。"宋王令《上杭帅吕…》:"毛生祢衡刺,麻系吕匡鞋。"

祢衡俊　mí héng jùn
【分类】文化
【关键词】祢衡
【释义】东汉处士祢衡,甚有才名,英俊年少,甚得北海孔融推崇。后遂用为称美少年俊才之典。东汉孔融《荐祢衡表》:"臣闻洪水横流,帝思俾乂,旁求四方,以招贤俊…窃见处士平原祢衡…淑质贞亮,英才卓砾。"
【例句】唐杜甫《寄李十二…》:"处士祢衡俊,诸生原宪贫。"唐白居易《哭皇甫七…》:"志业过玄晏,词华似祢衡。"宋李正民《哭友人诗》:"作赋曾惊祢衡俊,行歌不见接舆狂。"元王祎《钱唐赠别…》:"贾谊论高仍见屈,祢衡才俊莫教狂。"

猕猴骑土牛　mí hóu qí tǔ niú
【分类】政治
【关键词】州泰
【释义】比喻晋升缓慢。《三国志·邓艾传》南朝宋裴松之注引《世语》:"宣王为州会,使尚书钟繇调泰:'君释褐登宰府,三十六日拥麾盖,守兵东郡,乞儿乘小车,一何驶乎?'泰曰:'诚有此。君,名公之子,少有文采,故守吏职,猕猴骑土牛,又何迟也!'众宾咸悦。"州泰,以才识为司马懿所重。因父、母、祖父相继去世,居丧九年。司马懿一直虚缺相待,居丧期满仅三十六天,即授新城太守,并为他举行宴会。
【例句】唐李白《赠宣城赵…》:"猕猴骑土牛,羸马夹双辕。"唐拾得《诗》:"壮士志未骋,猕猴骑土牛。"宋苏轼《梅圣俞诗》:"更将嘲笑调朋友,人道猕猴骑土牛。"宋周紫芝《伯瞻作酒…》:"有才无命百寮底,人笑猕猴骑土牛。"

糜竺收资　mí zhú shōu zī
【分类】文化
【关键词】糜竺
【释义】咏行善之典。《搜神记》:"糜竺字子仲…常从洛归,未至家数十里,见路次有一好新妇,从竺求寄载。行可二十余里,新妇谢去,谓竺曰:'我天使也。当往烧东海糜竺家。感君见载,故以相语。'…妇曰:'不可得不烧。如此,君可快去,我当缓行。日中必火发。'"

【例句】唐李瀚《蒙求》："糜竺收资，桓景登高。"宋牟巘《和王寅甫…》："当时气象雄一方，谁教劫火烧糜竺。"

麋鹿同群　mí lù tóng qún
【分类】政治
【关键词】金楼子
【释义】喻咏高士隐遁之典。《金楼子·兴王》："伯夷叔齐不食周粟，饿于首阳，依麋鹿以为群。"
【例句】唐陈子昂《感遇诗》："岂徒山木寿，空与麋鹿群。"唐姚合《秋夕遣怀》："只拟随麋鹿，悠悠过一生。"唐高适《奉寄平原…》："始余梁宋间，甘与麋鹿同。"唐郑纲《奉酬宣上…》："中年偶逐鸳鸯侣，弱岁多从麋鹿群。"

麋鹿游姑苏　mí lù yóu gū sū
【分类】政治
【关键词】伍子胥
【释义】比喻繁华之地变为荒凉之所，暗示国家沦亡。《史记·淮南衡山列传》："臣闻子胥谏吴王，吴王不用，乃曰：'臣今见麋鹿游姑苏之台也。'今臣亦见宫中生荆棘，露沾衣也。"
【例句】唐陈子昂《感遇诗》："鸱鸮悲东国，麋鹿泣姑苏。"唐张九龄《经江宁览…》："桑田东海变，麋鹿姑苏游。"唐刘长卿《登吴古城歌》："望平原兮寄远目，叹姑苏兮聚麋鹿。"唐罗隐《送王使君…》："两地干戈连越绝，数年麋鹿卧姑苏。"

麋鹿姿　mí lù zī
【分类】政治
【关键词】金楼子
【释义】山野人的模样。为咏归隐山林之典。源见"麋鹿同群"。
【例句】宋李若水《次韵倪巨…》："尘埃不染溪山梦，冠盖政妨麋鹿姿。"宋苏轼《次韵奉和…》："还朝暂接鹓鸾翼，谢病行收麋鹿姿。"宋苏轼《和陶饮酒》："我坐华堂上，不改麋鹿姿。"宋洪适《次韵朱宣…》："十载萧萧麋鹿姿，那知出守得同时。"

蘼芜山下　mí wú shān xià
【分类】生活
【关键词】玉台新咏
【释义】咏弃妇或夫妻分离之典。源见"下山"。
【例句】唐刘长卿《见秦系离…》："何况蘼芜绿，空山不见人。"唐孟郊《妾薄命》："青山有蘼芜，泪叶长不干。"唐刘损《愤惋诗》："从此蘼芜山下过，只应将泪比黄泉。"唐严郾《望夫石》："近来岂少征人妇，笑采蘼芜上北山。"唐庄南杰《春草歌》："含芳吊影争芬敷，绕云恨起山蘼芜。"

米家书画船　mǐ jiā shū huà chuán
【分类】生活
【关键词】米芾
【释义】借指米芾的书画。宋黄庭坚《戏赠米元章》："沧江尽夜虹贯月，定是米家书画舡。"宋任渊注："崇宁间，元章为江淮发运，揭牌于行舸之上曰'米家书画舡'。"米芾喜乘舟蓄书画游览江湖，行止不离，也作书画舫。
【例句】黄庭坚《戏赠米芾》："沧江静夜虹贯月，定是米家书画船。"宋项安世《次韵吴少…》："米家书画最难忘，唤起眉间大宅阳。"宋楼钥《送朱叔止…》："麻沙剩买新文字，归满米家书画船。"聂绀弩《永玉家》："道是米家书画舫，多他两代女相如。"

米嘉荣　mǐ jiā róng
【分类】生活
【关键词】米嘉荣
【释义】唐代著名的歌唱家，西域米国人。曾在宪宗、穆宗、敬宗三代任供奉（首席乐官）。唐刘禹锡《与歌者米嘉荣》："唱得《凉州》意外声，旧人唯数米嘉荣。"
【例句】宋苏轼《书林次中…》："不见何戡唱渭城，旧人空数米嘉荣。"宋周紫芝《次韵范提干》："欲唱清歌送行客，不知谁是米嘉荣。"明王鏊《王成宪府…》："欲唱凉州调未真，米嘉荣后更何人。"清田雯《长句赠赵生》："晴丝一阕夜方午，水调愁听米嘉荣。"

弭节　mǐ jié
【分类】生活
【关键词】楚辞
【释义】驻节，停车。节，车行节度。或指驾驭车子徐行。《楚辞·离骚》："吾令羲和弭节兮，望崦嵫而勿迫。"洪兴祖补注："弭，止也。"
【例句】唐韦应物《寄大梁诸友》："分竹守南谯，弭节过梁池。"宋苏轼《次韵孔文…》："候吏报君来，弭节江之湄。"宋宋祁《朱舜卿南…》："汉皋烟浪泼酷春，弭节江干一问津。"宋欧阳修《太清宫烧香》："清晨琳阙耸巉屼，弭节斋坊暂整冠。"

汨罗　mì luó
【分类】生活
【关键词】屈原
【释义】指战国时楚国诗人屈原投汨罗江而死。《史记·屈原贾生列传》："屈原至于江滨，被发行吟泽畔。颜色憔悴，形容枯槁。乃作《怀沙》之赋…于是怀石遂自沉汨罗以死。"
【例句】唐杜甫《天末怀李白》："应共冤魂语，投诗赠汨罗。"唐杜甫《建都十二韵》："永负汉庭哭，遥怜湘水魂。"唐韩翃《送客游江南》："遥想汨罗上，吊屈秋风初。"唐孟郊《楚怨》："秋入楚江水，独照汨罗魂。"

蜜炬　mì jù
【分类】文化
【关键词】西京杂记
【释义】指蜡烛。《西京杂记》："闽越王献高帝石蜜五斛、蜜烛二百枚、白鹇黑鹇各一双，高帝大悦，厚报遗其使。"
【例句】唐李德裕《述梦诗》："无聊燃蜜炬，谁复劝金卮。"唐方干《陪王大夫…》："蜜炬烧残银汉昃，羽觞飞急玉山倾。"唐李贺《河阳歌》："觥船饫口红，蜜炬千枝烂。"唐郑畋《酬隐圭舍…》："蜜炬殿红画不如，且将归去照吾庐。"

绵蕝　mián jué
【分类】政治
【关键词】叔孙通
【释义】制订、整顿朝仪典章的典故。《史记·刘敬叔孙通列传》载：叔孙通欲为汉高祖立朝仪，"遂与所征三十人（鲁诸生）西，及上左右为学者与其弟子百余人为绵蕝野外"，习肄月余始成。唐司马贞索隐引韦昭云："引绳为绵，立表为蕝。"又引贾逵云："束茅以表位为蕝。"蕝，通"蕝"。
【例句】唐皮日休《忆洞庭观…》："上戍看绵蕝，登村度石矼。"五代贾纬《与监修国…》："绵蕝非所好，一日疑三秋。"宋杨亿《何大博知…》："叔孙旧礼妨绵蕝，廉范新歌待裤襦。"宋王安石《嘲叔孙通》："马上功成不喜文，叔孙绵蕝共经纶。"

绵蛮　mián mán
【分类】文化
【关键词】诗经
【释义】指小鸟或鸟鸣声。《诗经·小雅·绵蛮》："绵蛮黄鸟，止于丘阿。"毛传："绵蛮，小鸟貌。"宋朱熹集传："绵蛮，鸟声。"
【例句】唐卢照邻《绵州官池…》："欲叙他乡别，幽谷有绵蛮。"唐崔知贤《晦日宴高…》："绵蛮变时鸟，照曜起春霞。"唐朱湾《咏玉》："既哀黄鸟兴，还复白圭诗。"唐杜牧《中秋日拜…》："龙门君夭矫，莺谷我绵蛮。"

绵绵瓜瓞　mián mián guā dié
【分类】政治
【关键词】诗经
【释义】意指周朝开国的历史如藤蔓上的大瓜小瓜那样，绵绵相继不绝。比喻子孙繁盛，也比喻传世久远。《诗经·大雅·绵》："绵绵瓜瓞，民之初生，自土沮漆。"
【例句】宋范仲淹《上都行送…》："怀有绮绣文，朝无瓜瓞亲。"宋苏宿《皇后合端…》："西域葡萄初蔓衍，成周瓜瓞更绵长。"宋黄庭坚《寄别陈氏妹》："汝今始归人，绵绵比瓜瓞。"宋叶梦得《徽宗皇帝…》："帝业承瓜瓞，天伦映棣华。"宋卓田《贺人生女》："德积于门庆必延，果然瓜瓞自绵绵。"

绵上隐　mián shàng yǐn
【分类】政治
【关键词】介子推
【释义】弃禄退隐之典。《左传·僖公二十四年》："晋侯赏从亡者，介子推不言禄，禄亦弗及……遂隐而死。晋侯求之，不获，以绵上为田。"
【例句】唐李德裕《近于伊川…》："欲追绵上隐，况近子平村。"宋李纲《再用奴字…》："绵上之田方欲隐，草堂之灵

休谢通。"宋陆游《寄赠湖中…》："子推绵上终身隐，叔度颜回一辈人。"明傅汝楫《招隐》："行藏未梦商岩卜，既隐空存绵上田。"

绵竹颂　mián zhú sòng
【分类】文化
【关键词】扬雄
【释义】举荐文士之典。汉扬雄《甘泉赋》："孝成帝时，客有荐雄文似相如者。"《文选》唐李周翰注：雄"尝作《绵竹颂》，成帝时直宿郎杨庄诵此文，帝曰：'此似相如之文。'庄曰：'非也，此臣邑人杨子云。'帝即召见，拜为黄门侍郎。"
【例句】唐李商隐《令狐舍人…》："几时绵竹颂，拟荐子虚名。"宋文同《送张正夫…》："好将绵竹颂，重拊入关衣。"明毛奇龄《沈萃址入蜀》："晓店散书绵竹颂，春帆高送锦江船。"

冕旒　miǎn liú
【分类】政治
【关键词】礼记
【释义】帝王戴的冕冠。喻指帝王。《礼记·礼器》："天子之冕，朱绿藻，十有二旒。"
【例句】唐王维《和贾舍人…》："九天阊阖开宫殿，万国衣冠拜冕旒。"唐许浑《李定言自…》："阊阖欲开宫漏尽，冕旒初坐御香高。"唐杜甫《冬日洛城…》："冕旒俱秀发，旌旆尽飞扬。"唐章八元《元日望含…》："冕旒开处见，钟磬合时闻。"

冕旒黈纩　miǎn liú tǒu kuàng
【分类】政治
【关键词】东方朔
【释义】冕旒是皇冠前后悬垂的玉串，表示帝王不应苛察；黈纩是黄绵，悬于冠冕两侧耳旁，表示帝王不听无益之言。喻君子应举大德，赦小过，勿求全责备。后用为咏帝王修养明察之典。《汉书·东方朔传》："水至清则无鱼，人至察则无徒，冕而前旒，所以蔽明；黈纩充耳，所以塞聪。"
【例句】唐白居易《骠国乐》："德宗立仗御紫庭，黈纩不塞为尔听。"唐韩愈《苦寒》："塞ംങ去耳纩，调和进梅盐。"唐杨巨源《元日含元…》："三朝气爽迎恩泽，万岁声长绕冕旒。"宋洪咨夔《罗浮高寿…》："雪山不隔黈纩聪，衮衣绣裳遍归东。"

面壁九年　miàn bì jiǔ nián
【分类】文化
【关键词】达摩
【释义】喻指默坐静修或勤苦攻读。《景德传灯录》："（达摩）寓止于嵩山少林寺，面壁而坐，终日默然，人莫之测，谓之壁观婆罗门……迄九年已。"
【例句】宋文彦博《宿少林寺》："五品封槐今尚在，九年面壁昔何如。"宋何耕《远色阁》："根尘应接无留碍，笑杀胡僧

面壁禅。"宋黄裳《六祖传付…》:"九年面壁谁能少,秘密先当得祖传"宋苏过《次韵叔父…》:"求田问舍追三径,面壁灰心过九年。"

面如凝脂 miàn rú níng zhī
【分类】生活
【关键词】王羲之
【释义】凝脂,凝固了的油脂。形容面貌皮肤洁白细柔。《诗经·卫风·硕人》:"手如柔荑,肤如凝脂,领如蝤蛴,齿如瓠犀,螓首蛾眉。"《世说新语·容止》:"王右军见杜弘治,叹曰:'面如凝脂,眼如点漆,此神仙中人。'"
【例句】唐武平一《妾薄命》:"红脸如开莲,素肤若凝脂。"唐白居易《杨柳枝》:"身轻委回雪,罗薄透凝脂。"唐卢仝《与马异结…》:"此婢娇饶恼杀人,凝脂为肤翡翠裙。"宋王炎《留献之初…》:"小儿学语解揖客,眼如点漆肤凝脂。"

面似靴皮 miàn sì xuē pí
【分类】生活
【关键词】田元均
【释义】指脸上皮肤如同靴皮。形容满脸皱纹。《归田录》:"田元均为人宽厚长者,其在三同,深厌干请者,虽不能从,然不欲峻拒之,每温颜强笑,尝谓人曰:'作三司使数年,强笑多矣,直笑得面似靴皮。'"
【例句】宋郑清之《赠育王堪…》:"笑翁底事真堪笑,面似靴皮笑未休。"宋刘克庄《春寒》:"薄酒不红皱靴面,湿薪难直曲钩身。"元陈谟《效谣体》:"面似靴皮犹有笑,才如袜线绝须歌。"

渺渺予怀 miǎo miǎo yú huái
【分类】生活
【关键词】苏轼
【释义】谓自抒情怀、悠远深沉。宋苏轼《赤壁赋》:"渺渺兮予怀,望美人兮天一方。"渺渺:茫茫,苍茫。予怀:我之情思。
【例句】宋陈著《次韵梅山…》:"一枝在手驿风远,渺渺予怀谁与同。"元张昱《无题》:"萋萋谁信南园草,渺渺予怀北渚春。"明申佳允《偶怀》:"渺渺予怀天际阔,藕花十里梦中还。"聂绀弩《再扫萧红墓》:"悠悠此恨成终古,渺渺予怀忽甘冬。"

藐姑射 miǎo gū yè
【分类】文化
【关键词】庄子
【释义】神话中的山名。在山西临汾县西,即古石孔山,九孔相通。亦指仙女。亦用以喻梅花。源见"姑射"。
【例句】宋艾性夫《岭梅》:"神人藐姑射,相对成二绝。"宋洪炎《盛彦光次…》:"更上藐姑射,冲途冰雪人。"宋方回《过李景安…》:"郁轮袍曲异筝笛,藐姑射姿无粉脂。"元宋褧《宣文博士…》:"神仙身在藐姑射,居士梦入罗浮村。"

妙高台 miào gāo tái
【分类】生态
【关键词】金山寺
【释义】镇江金山寺内建筑。刘编《金山志》(镇江金山寺)载:"妙高台在伽蓝殿后,宋元祐僧佛印凿崖为之,高逾十丈,上有阁,一称晒台台。"
【例句】宋赵文昌《登金山观潮》:"万里雄风双秃鬓,妙高台上看潮生。"宋苏轼《题灵峰寺壁》:"前世德云今我是,依稀犹记妙高台。"宋卢襄《再登接山堂》:"着地岚阴拨不开,傍闲同到妙高台。"聂绀弩《杂诗》:"辟户披襟细雨来,偶思独上妙高台。"

妙理 miào lǐ
【分类】生活
【关键词】曹摅
【释义】喻指精微的道理。晋曹摅《思友人》:"精义测神奥,清机发妙理。"
【例句】唐皇甫冉《问正上人疾》:"医王犹有疾,妙理竟难穷。"唐灵一《题东兰若》:"更惜片阳谈妙理,归时莫待暝钟催。"唐杜甫《晦日寻崔…》:"浊醪有妙理,庶用慰沉浮。"唐许敬宗《游清都观…》:"既诠众妙理,聊畅远游情。"

庙瑟音 miào sè yīn
【分类】生活
【关键词】礼记
【释义】喻质朴而可施于教化的音乐。《礼记·乐记》:"《清庙》之瑟,朱弦而疏越,壹倡而三叹,有遗音者矣。"唐孔颖达疏:"谓歌《清庙》之诗所弹之瑟…弦声既浊,瑟音又迟,是质素之声,非要妙之响。"
【例句】唐赵嘏《归于道中》:"静语乍临清庙瑟,披风如在九层台。"宋宋庠《和吴侍郎…》:"霞浆不杂甘辛味,庙瑟都遗掩抑弦。"宋李鹰《崔先生所…》:"珍重遗音清庙瑟,萧条寡和郢中春。"宋吕陶《送闻人夷…》:"庖刀发虚刃,庙瑟鼓遗音。"

庙堂巾笥 miào táng jīn sì
【分类】生活
【关键词】庄子
【释义】指位尊而受拘困的生活。源见"曳尾泥涂"。
【例句】唐柳宗元《龟背戏》:"庙堂巾笥非余慕,钱刀儿女徒纷纷。"宋程公许《自道场山…》:"神龟宝巾笥,曳尾宁坳洼。"元释妙声《张仲和放…》:"庙堂巾笥闷朽骨,岂若曳尾于涂中。"清弘历《龟》:"庙堂之上藏巾笥,曳尾涂中自弗如。"

黾勉 mǐn miǎn
【分类】生活
【关键词】诗经
【释义】勉力,努力。《诗经·邶风·谷风》:"黾勉同心。"

【例句】唐丘为《寻西山隐…》："差池不相见，黾勉空仰止。"宋王禹偁《吾志》："黾勉为何事，亲老与妻儿。"宋赵抃《次韵程给…》："有为怀黾勉，无术可收甄。"宋马廷鸾《用大东莱…》："斯文岂终穷，小子宜黾勉。"

民受其赐 mín shòu qí cì
【分类】政治
【关键词】管仲
【释义】咏施惠政于民之典。源见"被发左衽"。
【例句】唐白居易《道州民》："民到于今受其赐，欲说使君先下泪。"唐陆龟蒙《奉和袭美…》："所贵风雨时，民皆受其赐。"宋廖行之《寿湖南管仓》："到今民受赐，微管嗟吾其。"宋王禹偁《筵上狂歌…》："当时受赐感君恩，藏于箧笥传子孙。"

岷峨 mín é
【分类】生态
【关键词】江淹
【释义】岷山和峨眉山的并称。或特指峨眉山，其在岷山之南。南朝江淹《建平王让右将军荆州刺史表》："水交沅澧，山通岷峨，襟带百县，縈抱七州。"
【例句】唐张谓《别韦郎中》："星轺计日赴岷峨，云树连天阻笑歌。"唐卢纶《送张郎中…》："回首岷峨半天黑，传筹接膝何由得。"唐齐己《寄蜀国广…》："终思相约岷峨去，不得携筇一路行。"唐李群玉《送郑子宽…》："岷峨雪气来，寒涨潇湘碧。"

岷下芋 mín xià yù
【分类】文化
【关键词】史记
【释义】芋的美称。《史记·货殖列传》："吾闻汶山之下，沃野，下有蹲鸱，至死不饥。"唐张守节《史记正义》："汶音岷。""蹲鸱，芋也。言邛州临邛县其地肥又沃，平野有大芋等也。"
【例句】唐杜甫《赠别贺兰铦》："我恋岷下芋，君思千里莼。"唐杜甫《秋日夔府…》："紫收岷岭芋，白种陆池莲。"宋宋祁《奉节朱尉》："邑籍饶岷芋，公囊满邓钱。"宋朱翌《南华五十韵》："斗茶夸顾渚，羹芋说西岷。"

闵子 mǐn zǐ
【分类】政治
【关键词】闵子骞
【释义】闵损，字子骞，省称闵骞。春秋时鲁国人，孔子弟子，以德行著称。《史记·仲尼弟子列传》："孔子曰：'孝哉闵子骞！人不间于其父母昆之言。'不仕大夫，不食污君之禄。'如有复我者，必在汶上矣。'"
【例句】宋欧阳澈《世弼和酬…》："闵子家风惟啜水，龟蒙活计在渔舟。"宋邹浩《母氏安康》："就养逾曾晳，承颜继闵骞。"宋叶茵《晚年辟地》："瞻彼闵子巷，卜居千载前。"宋洪皓《寄范郎中》："相门有相未多年，德行双全亚子骞。"

名标雁塔 míng biāo yàn tǎ
【分类】文化
【关键词】唐摭言
【释义】谓考中进士。源见"雁塔题名"。
【例句】宋仲并《上孟郡王…》："诏下龙墀思旧德，名标雁塔看诸郎。"宋张栻《廉州何使…》："姓名题雁塔，文字上瀛洲。"

名覆金瓯 míng fù jīn ōu
【分类】政治
【关键词】崔琳
【释义】金瓯，盛酒器。形容人的名声很大，为国家的栋梁之材。《新唐书·崔琳传》："一日书琳等名，覆以金瓯，会太子入，帝谓曰：'此宰相名，若意之，谁乎？即中，且赐酒。'"
【例句】宋王之道《再用前韵…》："时来看崔卢，姓名覆金瓯。"宋王炎《吕待制…》："已覆金瓯名，姑作绿野游。"宋苏颂《重次前韵…》："姓名昨夕金瓯覆，手笔他年玉简题。"宋葛胜仲《次韵正臣…》："谈理清风生玉麈，覆名殊宠谢金瓯。"

名缰利锁 míng jiāng lì suǒ
【分类】生活
【关键词】东方朔
【释义】谓功名利禄如束缚人的缰绳和锁链。汉东方朔《与友人书》："不可使尘网名缰拘锁，怡然长笑，脱去十洲三岛，相期拾瑶草，吞日月之光华，共轻举耳。"
【例句】宋史浩《又次韵汉卿》："利锁名缰此幻身，故园一别五经春。"宋陈造《言怀》："林壑风烟当未憖，利名缰锁听横陈。"宋傅求《寄张觊》："利锁名缰脱者希，钟鸣漏尽尚忘归。"宋慕容彦逢《答王及之…》："公圭侯印人所优，利锁名缰吾所羞。"

名王 míng wáng
【分类】政治
【关键词】匈奴
【释义】匈奴诸王中名位尊贵者。《汉书·宣帝纪》："匈奴单于遣名王奉献。"唐颜师古注："名王者，谓有大名，以别诸小王也。"
【例句】唐王维《从军行》："尽系名王颈，归来献天子。"唐张籍《少年行》："斩得名王献桂宫，封侯起第一日中。"唐崔铉《进宣宗收…》："右地名王争解辫，远方戎垒尽投戈。"宋王安石《次韵王禹…》："称觞别殿传新曲，衔璧名王按旧仪。"

名为公器 míng wéi gōng qì
【分类】生活
【关键词】庄子
【释义】指名誉是世人共有的东西，个人不应取得太多。《庄子·天运》："老子曰：'名公器也，不可多取；仁义，先王之蓬庐也,止可以一宿,而不可以久处。'"

【例句】唐白居易《感兴》:"名为公器无多取,利是身灾合少求。"唐白居易《闲坐看书…》:"多取终厚亡,疾驱必先堕。"唐范质《诫儿侄》:"朝廷悬爵秩,命之曰公器。"宋赵蕃《呈严黎二…》:"名者世公器,丈也宁取虚。"

名纸毛生　míng zhǐ máo shēng
【分类】生活
【关键词】刘鲁风
【释义】原谓名片受磨起毛致字迹漫灭。比喻长时间求谒而不得见。《唐摭言》:"刘鲁风,江西投谒所知,颇为典谒所沮,因赋一绝曰:'万卷书生刘鲁风,烟波千里谒文翁,无钱乞与韩知客,名纸毛生不为通。'"
【例句】唐卢延让残句:"名纸毛生五门下,家僮骨立六街中。"宋李正民《和叔来谒》:"蕙帷鹤怨空寒夜,名纸毛生踏路尘。"金李俊民《子荣途中…》:"囊锥颖脱何难出,名纸毛生未肯通。"

明当　míng dāng
【分类】生活
【关键词】萧宝夤
【释义】犹明日,明天。《北史·萧宝夤传》:"宝夤明当拜命,其夜恸哭。"
【例句】唐栖白《寿昌节赋…》:"行逐赤龙千岁出,明当朱夏万方瞻。"宋赵恒《游裴公亭》:"箫鼓明当催晓发,柳烟花露湿旌旗。"宋梅尧臣《送弟赴和…》:"此日停舟聊举酌,明当水驿自加餐。"宋葛胜仲《次韵朝隐…》:"我亦头巾漉家酿,明当相速醉芳醪。"

明妃　míng fēi
【分类】生活
【关键词】王昭君
【释义】即王昭君,晋代避文帝司马昭讳,改称明妃,又称明君。南朝江淹《恨赋》:"若夫明妃去时,仰天太息。"《文选》唐李周翰注:"王昭君,齐国王襄女也,年十七献汉元帝。会匈奴遣使,请一女子,帝谓后宫欲至单于者起。昭君喟然而叹,越席而起,乃赐单于。"
【例句】唐陈子昂《居延海树…》:"明妃失汉宠,蔡女没胡尘。"唐杜甫《咏怀古迹》:"群山万壑赴荆门,生长明妃尚有村。"唐李敬方《太和公主…》:"胡笳悲蔡琰,汉使泣明妃。"唐韦庄《绥州作》:"明妃去日花应笑,蔡琰归时鬓已秋。"

明皇游广寒　míng huáng yóu guǎng hán
【分类】文化
【关键词】唐玄宗
【释义】咏明皇逸事之典。《龙城录》:"开元六年,上皇与申天师、道士鸿都客,八月望日夜,因天师作术,三人同在云上游月…顷见一大宫府,榜曰'广寒清虚之府'…有素娥十余人皆皓衣,乘白鸾,往来舞笑于广寒大树之下。又听乐音嘈杂,亦甚清丽。上皇素解音律,熟览而意自传。"

【例句】宋韩琦《中秋席上》:"但引流霞歌白雪,岂殊身在广寒游。"宋邹浩《次韵和永…》:"须知身世尘埃尽,直到广寒宫里游。"宋王庭圭《送刘简之…》:"兰省深严清禁近,丹梯曾上广寒游。"宋李纲《志宏复示…》:"乘风游广寒,三十亿万里。"

明良　míng liáng
【分类】政治
【关键词】尚书
【释义】君明臣良,也作为君臣的代称。《尚书·益稷》:"乃赓歌曰:元首明哉,股肱良哉,庶事康哉。"
【例句】唐张说《喜雨岭》:"盛明良可遇,莫后洛城游。"唐彦谦《留别》:"起喜赓歌日,明良际会时。"宋宋祁《守寒三年…》:"皋陶旧曲明良内,邹毂高谈礼乐中。"宋厉寺正《贺郑丞相》:"明良千载会风云,虎拜万年同国寿。"

明眸皓齿　míng móu hào chǐ
【分类】生活
【关键词】曹植
【释义】明亮的眼珠,洁白的牙齿。喻指美女。三国魏曹植《洛阳赋》:"丹唇外朗,皓齿内鲜。明眸善睐,辅靥承权。"
【例句】唐杜甫《哀江头》:"明眸皓齿今何在?血污游魂归不得。"唐杜甫《听杨氏歌》:"佳人绝代歌,独立发皓齿。"宋苏轼《虢国夫人…》:"明眸皓齿谁复见,只有丹青余泪痕。"宋张耒《寒夜拥炉》:"人生有情亦可怜,明眸皓齿如眼前。"

明日黄花　míng rì huáng huā
【分类】生活
【关键词】苏轼
【释义】借喻已过时的事物。宋苏轼《九日次韵王巩》:"相逢不用忙归去,明日黄花蝶也愁。"
【例句】宋洪适《大母诞日…》:"西风白酒何劳劝,明日黄花不用催。"宋虞俦《九月八日…》:"明日黄花须斗酒,莫将容易换凉州。"宋韩淲《初八日登…》:"明日黄花是重九,更寻桥月看溪流。"宋方岳《漫兴》:"明日黄花定何似,无钱相待若为容。"

明四目　míng sì mù
【分类】政治
【关键词】舜
【释义】称颂明君广开视听明察下情之典。《尚书·舜典》:"舜格于文祖,询于四岳,辟四门,明四目,达四聪。"唐孔颖达疏:"明四方之目,使为己远视四方也;达四方之聪,使为已远听闻四方也。"汉孔安国《传》:"开辟四方之门未开者,广致众贤。""广视听于四方,使天下无壅塞。"
【例句】唐王维《奉和圣制…》:"塞旒明四目,伏槛纡三顾。"唐舒元舆《坊州按狱》:"大君明四目,烛之洞秋毫。"唐韩愈《感春》:"幸逢尧舜明四目,条理品汇皆得宜。"宋邵雍《唐虞吟》:"天下目为目,谓之明四目。"明朱诚泳《感寓》：" 圣人明四目，烛理洞无遗。"

明堂 míng táng
【分类】政治
【关键词】礼记
【释义】古代天子举行大典的地方。开创了明堂建筑由方到圆的先河，其形制及理念为北京天坛祈年殿所沿用。《礼记·明堂位》："昔者周公朝诸侯于明堂之位，天子负斧依南乡而立。"
【例句】唐王明《太微宫》："宫外明堂布政宫，三个灵台候云雨。"唐韦应物《鼋头山神…》："云没烟销不可期，明堂翡翠无人得。"唐韩愈《石鼓歌》："大开明堂受朝贺，诸侯剑佩鸣相磨。"唐王建《行宫词》："禁兵夺得明堂后，长闭桃源与绮绣。"

明扬侧陋 míng yáng cè lòu
【分类】政治
【关键词】尚书
【释义】谓明察举荐出身低微的人。也指举用；选拔。《尚书·尧典》："明明扬侧陋。"汉孔安国《传》："尧知子不肖，有禅位之志，故明举明人在侧陋者，广求贤也。"
【例句】唐沈佺期《答魑魅》："宰臣更献纳，郡守各明扬。"唐柳宗元《弘农公…》："降神终入辅，种德会明扬。"唐李华《咏史》："蒲帛扬侧陋，薜萝为缙绅。"明杨慎《和章水部…》："西南侧陋阻明扬，官府神仙多蔽美。"清陈廷敬《李厚庵少…》："民有耕桑居，士有侧陋举。"

明月之珠 míng yuè zhī zhū
【分类】文化
【关键词】淮南子
【释义】明月：珠名。《淮南子·氾论训》："明月之珠，不能无颣。"汉高诱注："夜光之珠，有似明月，故曰明月。"
【例句】唐李峤《海》："楼写春云色，珠含明月辉。"唐韦元旦《奉和幸安…》："琼箫暂下钩天乐，绮缀长悬明月珠。"唐白居易《杂兴》："冠垂明月珠，带束通天犀。"宋方回《次韵刘元…》："顾无明月珠，何以报私觌。"

明珠暗投 míng zhū àn tóu
【分类】政治
【关键词】邹阳
【释义】指怀才不遇、忠贤受谤；或指误投不贤之境。《史记·鲁仲连邹阳列传》："臣闻明月之珠、夜光之璧，以暗投人于道路，人无不按剑而相眄者。何则？无因而至前也。"
【例句】唐高适《涟上别王…》："何意照乘珠，忽然欲暗投。"唐高适《送魏八》："此路无知己，明珠莫暗投。"唐李白《留别贾舍…》："远客谢主人，明珠难暗投。"唐郑谷《游蜀》："所向明知是暗投，两行清泪语前流。"

明珠报恩 míng zhū bào ēn
【分类】政治

【关键词】哙参
【释义】咏知恩报遇之典。《搜神记》："哙参，养母至孝。曾有玄鹤，为弋人所射，穷而归参。参收养，疗治其疮，愈而放之。后鹤夜到门外，参执烛视之，见鹤雌雄双至，各衔明珠，以报参焉。"
【例句】唐王昌龄《留别司马…》："黄鹤青云一当举，明珠吐著报君恩。"唐刘禹锡《吐绶鸟词》："鹤吐明珠暂报恩，鹊衔金印空为瑞。"唐梁涉《送贺秘监…》："垂耀珠随转，驰轩鹤送飞。"唐钱起《送李兵曹…》："骊珠难隐耀，皋鹤会长鸣。"

明珠买妾 míng zhū mǎi qiè
【分类】生活
【关键词】石崇
【释义】咏富贵骄奢之典。《岭表录异》："绿珠井在白州双角山下。昔梁氏之女有容质，石季伦为交趾采访使，以真珠三斛买之。梁氏女即是绿珠。"
【例句】唐乔知之《绿珠篇》："石家金谷重新声，明珠十斛买娉婷。"宋郑清之《目昔忌食…》："我闻养生先实腹，幸乏明珠买娉婷。"宋杨亿《听珍珠泉…》："何须十斛买明珠，滴沥泉声迥不殊。"宋姚勉《赠王生》："闻君一艺尤更精，明珠为人买娉婷。"

明珠十斛 míng zhū shí hú
【分类】生活
【关键词】石崇
【释义】咏富贵骄奢之典。源见"明珠买妾"。
【例句】唐乔知之《绿珠篇》："石家金谷重新声，明珠十斛买娉婷。"唐鲍溶《古鉴》："世间纵有应难比，十斛明珠酬未多。"宋郭祥正《次韵湛判…》："十斛明珠君不惜，珊珊投掷满巴笺。"宋郭祥正《即席和酬…》："南风更送琳琅篇，明珠十斛投归船。"

鸣鼓 míng gǔ
【分类】政治
【关键词】曹植
【释义】击鼓。借指声讨。三国魏曹植《洛神赋》："冯夷鸣鼓，女娲清歌。"
【例句】唐杜甫《玉台观》："遂有冯夷来击鼓，始知嬴女善吹箫。"唐刘禹锡《同乐天和…》："盗息无鸣鼓，朝回自走车。"宋苏轼《正月二十…》："卧听使君鸣鼓角，试呼稚子整冠巾。"宋孙觌《次韵叔毅…》："倦听山城鸣鼓角，喜瞻衡宇挂衣冠。"

鸣鼓而攻 míng gǔ ér gōng
【分类】政治
【关键词】论语
【释义】指宣布罪状，公开声讨。《论语·先进》："季氏富于周公，而求也为之聚敛而附益之。子曰：'非吾徒也！小子鸣鼓而攻之，可也。'"季孙的享受已超周公，违背礼法，冉求却又去做他的宰辅，替他搜刮民财，孔子发动弟

563

子对其进行攻击。
【例句】唐杜牧《和野人殷…》："仗义悬无敌，鸣攻故有辞。"宋刘克庄《自和》："陋矣鸣钩而中者，壮哉鸣鼓以攻之。"宋刘攽《寄杭州通…》："伏蒲宁曲学，鸣鼓尚深攻。"宋黄庭坚《林为之送…》："作诗当鸣鼓，聊自攻短阙。"

鸣鸠呼妇　míng jiū hū fù
【分类】生活
【关键词】斑鸠
【释义】形容天阴雨或天晴。鸣鸠即斑鸠。《嘉泰会稽志·鸟部》："鹁鸠，一名斑鸠，似鹞鸠而大。鹁鸠，灰色，无绣项。阴则屏逐其匹，晴则呼之，语曰：'天将雨，鸠逐妇'者是也。"
【例句】唐司空图《冯燕歌》："梁间客燕正相欺，屋上鸣鸠空自斗。"唐李端《题元注林园》："乳鹊呴巢花巷静，鸣鸠鼓翼竹园深。"宋欧阳修《啼鸟》："谁谓鸣鸠拙无用，雄雌各自知阴晴。"宋陆游《夏雨》："行蚁君臣初徙穴，鸣鸠夫妇正争巢。"

鸣珂　míng kē
【分类】政治
【关键词】何逊
【释义】显贵者所乘的马以玉为饰，行则作响，因名。也喻指官居高位。南朝梁何逊《车中见新林分别甚盛》："隔林望行幰，下阪听鸣珂。"
【例句】唐杨师道《咏马》："鸣珂屡度章台侧，细蹀经向濯龙傍。"唐宋之问《桂州三月…》："晨趋北阙鸣珂至，夜出南宫把烛归。"唐王维《既蒙宥罪…》："闻道百城新佩印，还来双阙共鸣珂。"唐卢象《杂诗》："列鼎会中贵，鸣珂朝至尊。"

鸣珂里　míng kē lǐ
【分类】政治
【关键词】张嘉贞
【释义】喻指贵人的居处。《新唐书·张嘉贞传》："嘉祐，嘉贞弟，有干略。方嘉贞为相时，任右金吾卫将军，昆弟每上朝，轩盖驺导盈闾巷，时号所居坊曰'鸣珂里'。"
【例句】宋王炎《和何应辰…》："追攀前辈岂无意，偶来弛担鸣珂里。"宋刘过《过无锡见…》："高门扫日鸣珂里，吹竹弹丝煖响中。"宋刘过《清溪阁交…》："依稀王谢鸣珂里，彷佛秦筝云母屏。"宋范成大《梅林先生…》："择对鸣珂里，宜家驷马门。"

鸣榔　míng láng
【分类】生活
【关键词】潘岳
【释义】亦作鸣桹。敲击船舷作声，或为歌声之节。晋潘岳《西征赋》："纤经连白，鸣榔厉响。"《文选》唐李善注："《说文》曰：桹，高木也。以长木叩舷为声，言曳纤经于前，鸣长桹于后，所以惊鱼，令入网也。"
【例句】唐李白《送殷淑》："惜别耐取醉，鸣榔且长谣。"唐独孤及《早发龙沮…》："沙禽相呼曙色分，渔浦鸣榔十里闻。"唐皮日休《鸣榔》："尽日平湖上，鸣榔仍动桨。"宋吴则礼《归自河西…》："试问锦貂看射虎，何如乌几听鸣榔。"

鸣岐　míng qí
【分类】政治
【关键词】国语
【释义】喻指吉祥之兆。《国语·周语上》："周之兴也，鸑鷟鸣于岐山。"三国吴韦昭注："鸑鷟，凤之别名也。"
【例句】唐沈佺期《夏日梁王…》："秦鸡常下雍，周凤昔鸣岐。"唐袁朗《和洗掾登…》："龙飞灞水上，凤集岐山阳。"唐独孤及《送陈兼应…》："凤凰翔千仞，今始一鸣岐。"唐章孝标《闻云中唳鹤》："出谷莺何待，鸣岐凤欲群。"

鸣岐凤　míng qí fèng
【分类】政治
【关键词】国语
【释义】鸣于岐山的凤凰。喻指兆示国运兴隆的祥瑞之物。源见"鸣岐"。
【例句】唐李隆基《幸凤泉汤》："不重鸣岐凤，谁矜陈宝雄。"唐沈佺期《夏日梁王…》："秦鸡常下雍，周凤昔鸣岐。"宋胡寅《和叔夏视获》："闲客何如乐圣时，欣闻威凤再鸣岐。"宋戴表元《大名元复…》："神马已出河，凤皇且鸣岐。"

鸣琴而治　míng qín ér zhì
【分类】政治
【关键词】宓子贱
【释义】指以礼乐教化人民，或称颂地方官吏治事有方。《吕氏春秋·察贤》："宓子贱治单父，弹鸣琴，身不下堂，而单父治…逸四肢，全耳目，平心气，而百官以治，义矣，任其数而已矣。"
【例句】唐杜甫《七月一日…》："宓子弹琴邑宰日，终军弃繻英妙时。"唐郎士元《送长沙韦…》："遥知讼堂里，佳政在鸣琴。"唐高适《同房侍御…》："灌坛有遗风，单父多鸣琴。"唐高适《宓公琴台诗》："宓子昔为政，鸣琴登此台。"

鸣玉　míng yù
【分类】政治
【关键词】潘岳
【释义】古代贵族身佩玉饰，走起路来有鸣声。后以借指出入朝廷的贵官。晋潘岳《西征赋》："飞翠緌，拖鸣玉，以出入禁门者众矣。"《文选》唐李善注引《礼记》曰："君子行则鸣佩玉。"
【例句】唐魏征《奉和正日…》："锵洋鸣玉佩，灼烁耀金蝉。"唐张文琮《同潘屯田…》："腰剑动陆离，鸣玉和清越。"唐权德舆《县君赴兴…》："顾我华簪鸣玉佩，看君盛服耀金钿。"唐杜甫《冬至》："杖藜雪后临丹壑，鸣玉朝来散紫宸。"

鸣玉宴　　míng yù yàn
【分类】政治
【关键词】国语
【释义】春秋时晋定公设宴招待楚国大夫，赵简子鸣佩玉以为礼。后作为描写宴饮的典故。《国语·楚语下》：“王孙圉聘于晋，定公飨之，赵简子鸣玉以相。”三国吴韦昭注：“鸣玉，鸣其佩玉以相礼也。”
【例句】唐李贺《河阳歌》：“今日见银牌，今夜鸣玉宴。”唐牛殳《方响歌》：“又似公卿入朝去，环佩鸣玉长街路。”宋王禹偁《茶园十二韵》：“汲泉鸣玉甃，开宴压瑶樽。”宋程俱《常州会三…》：“暂比挥金同宴衎，即看鸣玉侍严宸。”

鸣驺　　míng zōu
【分类】政治
【关键词】孔稚珪
【释义】古人把达官贵人出行时骑卒在前喝道称作鸣驺。后以喻指贵官出行之威仪。南朝齐孔稚珪《北山移文》：“及其鸣驺入谷，鹤书赴陇，形驰魄散，志变神动。”《文选》唐李善注：“臧荣绪《晋书》曰：'驺，六人。'”
【例句】唐崔湜《襄阳作》：“按节巡河右，鸣驺入汉阳。”唐孙逖《和登会稽山》：“野老听鸣驺，山童拥行轸。”唐长孙佐辅《闻韦附马…》：“溟藩轸帝忧，见说初鸣驺。”唐韦应物《游琅琊山寺》：“鸣驺响幽涧，前旌耀崇冈。”

冥鸿　　míng hóng
【分类】政治
【关键词】扬雄
【释义】高飞的鸿雁。喻避世隐居之士。也比喻高才之士或有远大理想的人。源见"鸿飞冥冥"。
【例句】唐陆龟蒙《和寄题罗…》：“暂应青词为冗凤，却思丹徼伴冥鸿。”唐羊士谔《小园春至》：“幽抱想前蹰，冥鸿度南山。”唐裴度《西池送白…》：“威凤池边别，冥鸿天际翔。”唐白居易《见萧侍御…》：“玉架绊野鹤，珠笼锁冥鸿。”宋司马光《和宇文公…》：“斥鹞卑飞聊取适，冥鸿高举益难亲。”

冥灵　　míng líng
【分类】文化
【关键词】庄子
【释义】古代树木名。《庄子·逍遥游》：“楚之南有冥灵者，以五百岁为春，五百岁为秋。”陆德明释文引李颐曰：“冥灵，木名也。江南生，以叶生为春，叶落为秋。”
【例句】唐张说《遥同蔡起…》：“莫比冥灵楚南树，朽老江边代不闻。”宋张方平《闲居述怀》：“思与老彭游，坐阅冥灵春。”宋葛胜仲《咏槐》：“那知山谷无斤斧，坐与冥灵结后期。”宋敖陶孙《次韵张长…》：“威名遍满淮草木，肯借妙语春冥灵。”

冥搜　　míng sōu
【分类】政治
【关键词】孙绰
【释义】探幽，深思苦想，也指登高所见。晋孙绰《游天台山赋》：“夫非远寄冥搜，笃信通神者，何肯遥想而存之。”
【例句】唐王昌龄《箜篌引》：“明光殿前论九畴，簏读兵书尽冥搜。”唐高适《东平旅游…》：“观棋知战胜，探象会冥搜。”唐杜甫《同诸公登…》：“方知象教力，足可追冥搜。”唐方干《宋从事》：“冥搜太苦神应乏，心在虚无更那边。”唐齐己《酬尚颜上人》：“还怜我有冥搜癖，时把新诗过竹寻。”

铭鼎　　míng dǐng
【分类】政治
【关键词】礼记
【释义】在钟鼎等器物上刻铸文辞。引申为建功立业，以传后世。《礼记·祭统》：“夫鼎有铭。铭者自名也。自名以称扬其先祖之美。而明著之后世者也。”
【例句】唐羊士谔《西川独孤…》：“文章立事须铭鼎，谈笑论功耻据鞍。”唐陈子昂《同宋参军…》：“铭鼎功未立，山林事亦微。”宋王安礼《奉和留守…》：“乘车朝魏阙，铭鼎颂舆人。”宋刘挚《题致政朱…》：“生涯适意最难事，安用勋业铭鼎钟。”

铭功会稽　　míng gōng kuài jī
【分类】政治
【关键词】秦始皇
【释义】立碑树德之典。源见"渡浙"。
【例句】唐李白《古风》：“铭功会稽岭，骋望琅邪台。”唐陆龟蒙《袭美先辈…》：“南勒会稽颂，北恢胡亥阢。”清奕绘《翻香令》：“三千载，百四字，问何时、更见会稽铭。”

铭功景钟　　míng gōng jǐng zhōng
【分类】政治
【关键词】国语
【释义】咏褒赞功绩之典。《国语·晋语》：“昔克路之役，秦来图败晋功。魏颗以其身却退秦师于辅氏，亲止杜回，其勋铭于景钟。”三国吴韦昭注：“景钟，景公钟。”春秋晋景公所铸之钟。
【例句】唐柳宗元《同刘二十…》：“只令文字传青简，不使功名上景钟。”唐独孤及《代书寄上…》：“及时当树勋，高悬景钟铭。”唐李群玉《始忝四座…》：“日见帝道升，谋猷垂景钟。”宋强至《和重九晚…》：“自酬佳节挥鸿笔，谁诧元勋载景钟。”

螟蛉　　míng líng
【分类】生活
【关键词】诗经
【释义】螟蛉：一种绿色小虫。为养子的代称。《诗经·小雅·小宛》：“螟蛉有子，蜾蠃负之。”毛传：“螟蛉，桑虫也；蜾蠃，蒲卢也。”郑玄笺：“蒲卢取桑虫之子，负持而去，煦妪养之，以成其子。”蜾蠃常捕捉螟蛉喂它的幼虫，古人误认为蜾蠃不产子，养螟蛉为子，因此称养子为螟蛉。"

螟螣 míng téng
【分类】政治
【关键词】诗经
【释义】两种食苗的害虫。比喻为害人民者。《诗经·小雅·大田》:"去其螟螣,及其蟊贼,无害我田稚。"汉毛传:"食心曰螟,食叶曰螣,食根曰蟊,食节曰贼。"汉郑玄笺:"此四虫者恒害我田中之稚禾,故明君以正已而去之。"
【例句】宋苏轼《和田国博…》:"螟螣无遗种,流亡稍占田。"宋晁说之《杨班湫纳…》:"宜囚厉鬼缚恶虎,螟螣何足烦怒嗔。"宋卫宗武《立秋夜雨》:"但虞耗鼠雀,尤恐资螟螣。"宋陆游《项王祠》:"肃清亭障息剽夺,扫荡螟螣囚神奸。"

命不犹 mìng bù yóu
【分类】生活
【关键词】诗经
【释义】意指人与人命运不同。《诗经·召南·小星》:"肃肃宵征,抱衾与裯,寔命不犹。"
【例句】宋岳珂《山中书怀》:"更惭德难称,敢谓命不犹。"宋陈元晋《和胡文昌…》:"富民有诏封千秋,我生谁叹命不犹。"宋许及之《胡伯晖有…》:"悠悠天壤卑微休,安得叹叫命不犹。"明宋琬《寄其武六兄》:"竞爽才何盛,长嗟命不犹。"聂绀弩《曙南咯血…》:"时虽多病实多愁,心骨从来命不犹。"

命世才 mìng shì cái
【分类】政治
【关键词】李陵
【释义】称颂才识卓著之士。汉李陵《答苏武书》:"其余佐命立功之士,贾谊、亚夫之徒,皆信命世之才,抱将相之具。"
【例句】唐韦庄《对雨独酌》:"能诗岂是经时策,爱酒原非命世才。"唐皮日休《鲁望昨以…》:"纵有命世才,不如一空拳。"唐黄滔《贺清源仆…》:"虽言嵩岳秀灵嵬,少降连枝命世才。"宋张扩《贺两府人…》:"光生金铉调元地,荣极璿枢命世才。"

摸金校尉 mō jīn xiào wèi
【分类】政治
【关键词】陈琳
【释义】诋毁曹操之典。亦借以指贪官暴政、盗墓贼。三国魏陈琳《为袁绍檄豫州》:"操又特置发丘中郎将、摸金校尉,所过隳突,无骸不露。"
【例句】宋黄庭坚《次韵几复…》:"不取丁仪米,疑成校尉金。"宋俞德邻《次韵程道…》:"匹夫无罪空怀璧,校尉有官从摸金。"清弘历《望大房山…》:"伐许檄传千载笑,何殊校尉有摸金。"清黄定文《禅陵行》:"祠官旧事空投玉,校尉新衔有摸金。"

嫫母 mó mǔ
【分类】文化
【关键词】荀子
【释义】传说嫫母为黄帝第四妃,以貌丑德高闻名。为咏丑女之典。《荀子·赋》:"闾娵、子奢,莫之媒也。嫫母、力父,是之喜也。"汉高诱注:"姆母,古之丑女,而行贞正,故曰有所美。"
【例句】唐于濆《苦辛吟》:"我愿燕赵姝,化为嫫母姿。"唐白居易《山石榴寄…》:"花中此物似西施,芙蓉芍药皆嫫母。"唐吕岩《题广陵妓屏》:"嫫母西施共此身,可怜老少隔千春。"宋梅尧臣《次韵和宋…》:"无盐嫫母正逞貌,越客未可言西施。"

模糊 mó hu
【分类】生活
【关键词】崔珏
【释义】形容不清楚或指覆盖。唐崔珏《道林寺》:"潭州城郭在何处?东边一片青模糊。"
【例句】唐杜甫《送蔡希鲁…》:"马头金匼匝,驼背锦模糊。"唐李洞《赠可上人》:"模糊书卷烟岚滴,狼籍衣裳瀑布绒。"宋文同《惜杏》:"急教取酒对之饮,满头乱插红模糊。"宋宋祁《登齐云亭》:"模糊烟树鸟边静,突兀云山天外来。"

摩顶放踵 mó dǐng fàng zhǒng
【分类】生活
【关键词】孟子
【释义】从头顶到脚跟都磨伤。形容不辞劳苦,舍己为人。《孟子·尽心上》:"墨子兼爱,摩顶放踵,利天下为之。"摩:摩擦。顶:头顶。放:到。踵:脚后跟。
【例句】宋刘攽《重用前韵》:"胡为突不黔,憔悴摩顶踵。"宋苏籀《游鼓山》:"跻摩顶踵历蹊术,牵挽葛藟披榛荆。"宋陈造《竹米行》:"摩顶放踵忘其躯,所学无乃墨者徒。"聂绀弩《歪诗两首》:"但得时有微补,谁从顶踵惜涓埃。"

摩诘丹青 mó jié dān qīng
【分类】生活
【关键词】王维
【释义】喻指绘画高手。《新唐书·王维》:"王维字摩诘…维工草隶,善画,名盛于开元、天宝间,豪英贵人虚左以迎,宁、薛诸王待若师友。画思入神,至山水平远,云势石色,绘工以为天机所到,学者不及也。"
【例句】宋郭祥正《子中修撰…》:"丹青迥压王摩诘,骚雅仍兼白乐天。"宋李纲《善权即事》:"安得丹青似摩诘,生绡写作画图看。"宋周紫芝《次韵吕仁…》："恨无摩诘丹青手，貌得潇湘两岸秋。"明王格《圣水庵》："摩诘丹青杜陵句,亦难摹写十分全。"

摩挲铜狄　mó suō tóng dí
【分类】生态
【关键词】蓟子训
【释义】感慨光阴急逝,世事变迁。《后汉书·蓟子训传》："时有百岁翁,自说童儿时见子训卖药于会稽市,颜色不异于今。后人复于长安 东霸城见之,与一老公共摩挲铜人(即秦时所铸十二铜狄),相谓曰:'适见铸此,已近五百岁矣。'顾视见人而去,犹驾昔所乘驴车也。"
【例句】宋孙觌《王左司致…》："待挂一筇随蓟叟,摩挲铜狄霸城东。"宋王炎《陈宰生日》："摩挲铜狄阅人世,何止他年方两瞳。"宋史浩《上绍兴守…》："摩挲铜狄长安道,肉眼它年记此翁。"宋陆游《后寓叹》："会与高人期物外,摩挲铜狄灞陵秋。"

摩耶　mó yē
【分类】文化
【关键词】大藏经
【释义】释迦牟尼生母,有陵墓寝殿供奉。生悉达多太子(即释迦牟尼),逾七日而殁。借以美称人母。《大正新修大藏经》："其侧不远有故基,摩诃耶夫人寝殿也。"
【例句】唐顾况《八月五日歌》："四月八日明星出,摩耶夫人降前佛。"宋刘克庄《挽章孺人》："此女安知非妙善,夫人亦恐是摩耶。"宋释印肃《偈颂》："稽首摩耶大肚皮,无忧树下手攀枝。"宋洪咨夔《次韵姿罗花》："摩耶树老无多子,天女花妍有许般。"

磨盾鼻　mó dùn bí
【分类】政治
【关键词】荀济
【释义】在盾牌上磨墨草檄。喻称在军队里做文书工作。源见"楯墨"。
【例句】宋宋祁《送高记室…》："贪磨盾鼻檄,重冠珥簪筵。"宋林希逸《题范晞文…》："才高欲进竿头步,兴到还磨盾鼻吟。"明屈大均《读韩李廉…》："书生磨盾鼻,一檄似雷惊。"清张若采《江中孤屿》："玉带空磨盾鼻烟,黄冠肯照钱塘水。"

磨而不磷　mó ér bù lín
【分类】政治
【关键词】论语
【释义】坚硬之物,磨而不能使薄。比喻不因外力而有所改变。源见"不磷不缁"。
【例句】唐佚名《谒法门寺…》："万遍磨不磷,千回涅不缁。"宋王令《中秋望月》："古今磨不磷,刚耿固可谅。"宋黄人杰《次袁尚书》："好刊苍珉示千古,磨而不磷涅不缁。"宋刘奉世《自述》："金石磨不磷,松柏寒逾芳。"

磨镜客　mó jìng kè
【分类】文化
【关键词】负局
【释义】喻咏仙人或隐士。《列仙传》："负局先生者…常负磨镜局,徇吴市中,衒磨镜,一钱因磨之,辄问主人,得无有疾苦者,辄出紫丸药以与之,得者莫不愈…后大疫病,家至户到,与药活者万计,不取一钱。吴人乃知其真人也。"
【例句】唐王维《郑果州相过》："床前磨镜客,树下灌园人。"唐吕岩《为贾师雄…》："须知物外烟霞客,不是尘中磨镜人。"明刘逢源《补锅匠》："高隐昔传磨镜客,奇踪今见补锅人。"明宋琬《张幼量以…》："衔泥自爱巢居屋,磨镜还应笑客装。"

磨蚁　mó yǐ
【分类】生活
【关键词】晋书
【释义】喻指日月在天体中的运行。《晋书·天文志上》："天旁转如推磨而左行,日月右行,随天左转…譬之于蚁行磨石之上,磨左旋而蚁右去,磨疾而蚁迟,故不得不随磨以左回焉。"
【例句】宋张瑰《送梵才上…》："宦途如磨蚁,何日重登临。"宋邵雍《皇极经世…》："日月如磨蚁,往来无休息。"宋李纲《立春日龙…》："往返循环真磨蚁,已将大地等微尘。"宋晁说之《实纪二十韵》："铁马渡河京城闭,堤上奔亡如磨蚁。"

陌上尘　mò shàng chén
【分类】生活
【关键词】陶渊明
【释义】即路上的尘埃。喻指漂泊的人生或卑微的身世。陌,阡陌,指田间小路。晋陶渊明《杂诗》："人生无根蒂,飘如陌上尘。"
【例句】唐戎昱《上湖南崔…》："山上青松陌上尘,云泥岂合得相亲。"唐蒋吉《昭君冢》："曾为汉帝眼中人,今作狂胡陌上尘。"宋释智圆《勉隐者》："茫茫陌上尘,不沾静者身。"宋王安石《陈桥》："杨柳初回陌上尘,烟脂洗出杏花匀。"

陌上花开　mò shàng huā kāi
【分类】生活
【关键词】吴越王
【释义】咏思念爱人之典。宋苏轼《陌上花三首》："陌上花开蝴蝶飞,江山犹是昔人非。"自注："…吴越王妃,每岁春必归临安,王以书遗妃曰:'陌上花开,可缓缓归矣。'"
【例句】宋晁补之《陌上花》："内官走马传书报,陌上花开缓缓归。"宋王庭圭《题罗畤老…》："陌上花开大堤暖,细雨春风归缓缓。"宋刘克庄《又和宋侯》："坐中客醉傚傚舞,陌上花开缓缓歌。"宋释元肇《初至建邺》："陌上花开又花落，看人来往是钟山。"

莫愁　mò chóu
【分类】生活
【关键词】莫愁
【释义】古乐府中传说的女子。南朝梁武帝（萧衍）《河中之水歌》："河中之水向东流，洛阳女儿名莫愁⋯十五嫁为卢家妇，十六生儿字阿侯。"泛指美女或歌女。《旧唐书·音乐志》："石城有女子名莫愁，善歌谣。"
【例句】唐徐彦伯《拟古》："中有绮罗人，可怜名莫愁。"唐李商隐《富平少侯》："当关不报侵晨客，新得佳人字莫愁。"唐元稹《和李校书⋯》："楼下当垆称卓女，楼头伴客名莫愁。"唐韦庄《忆昔》："西园公子名无忌，南国佳人号莫愁。"

莫愁嫁卢　mò chóu jià lú
【分类】生活
【关键词】莫愁
【释义】咏美人、歌女、少妇之典。源见"莫愁"。
【例句】唐吴融《即席方窥宋，平生未嫁卢。"宋宋祁《偶记洛下⋯》："今日风光两无赖，莫愁应已嫁卢家。"明胡应麟《娇女诗》："莫愁年少女，十五嫁卢家。"清林朝崧《浪淘沙》："珍重莫愁年尚少，好嫁卢家。"

莫愁艇子　mò chóu tǐng zǐ
【分类】生活
【关键词】莫愁
【释义】咏爱情的悲欢离合之典。《乐府诗·莫愁乐》："莫愁在何处？莫愁石城西。艇子打两桨，催送莫愁来。"写石城歌女莫愁的爱人正急切地等待莫愁划着小艇到来，之后愉快地相会。
【例句】唐蒋吉《石城》："江人桡艇子，将谓莫愁来。"唐李商隐《莫愁》："若是石城无艇子，莫愁还是有愁时。"宋杨备《桃叶渡》："相看不语横波急，艇子翻成送莫愁。"宋陆游《一笑》："莫愁艇子急冲雨，何逊梅花频倚阑。"

莫惜金缕衣　mò xī jīn lǚ yī
【分类】生活
【关键词】杜秋娘
【释义】金缕衣：即金线所织之衣。古代贵族的华丽服装。缕，线。劝人及时行乐之语。唐杜秋娘《金缕衣》："劝君莫惜金缕衣，劝君惜取少年时。花开堪折直须折，莫待无花空折枝。"
【例句】宋李之仪《失题》："回头便见飘红雨，莫惜频歌金缕衣。"宋晏殊《酒泉子》："劝君莫惜金缕衣，把酒看花须强饮。"宋孔平仲《族人春饮》："家人共酌榴花酒，蛮姑争歌金缕衣。"宋无名氏《庆金枝》："莫惜金缕衣。劝君惜、少年时。"

莫须有　mò xū yǒu
【分类】政治
【关键词】岳飞
【释义】比喻无罪被冤。《宋史·岳飞传》："狱之将上也，韩世忠不平，诣桧诘其实，桧曰：'飞子云与张宪书虽不明，其事体莫须有。'世忠曰：'莫须有三字，何以服天下？'"
【例句】宋释行海《岳飞》："可怜身死莫须有，从此王基未得宽。"宋尹东高《西湖岳王坟》："当年莫须有，翁仲寂无言。"明王彦泓《删社再集⋯》："取异将无同，应无莫须有。"明尤侗《题韩蕲王庙》："英雄短气莫须有，明哲保身归去来。"

莫徭　mò yáo
【分类】生活
【关键词】隋书
【释义】部分瑶族的古称。《隋书·地理志》："长沙郡又杂有夷蜒，名曰莫徭，自云：'其先祖有功，常免徭役，故以为名。'"
【例句】唐杜甫《岁晏行》："渔父天寒网罟冻，莫徭射雁鸣桑弓。"唐常建《空灵山应⋯》："莫徭射禽兽，浮客烹鱼鲛。"唐顾况《酬漳州张⋯》："薜鹿莫徭洞，网鱼卢亭洲。"宋萧立之《虎皮送周⋯》："莫徭客子心胆雄，鸡翎衔矢山桑弓。"

秣陵报　mò líng bào
【分类】生活
【关键词】刘孝标
【释义】南朝梁刘孝标为哀痛亡友秣陵令刘沼去世，未能亲自去吊唁，故作《重答刘秣陵沼书》一文，以表哀痛悲伤之情。后遂用为撰文报亡友之典。
【例句】唐权德舆《张工部至⋯》："今日难裁秣陵报，蓠歌寥落柳东边。"唐权德舆《哭张十八⋯》："更忆八行前日到，含凄为报秣陵书。"唐皎然《送至洪沙⋯》："今随秣陵信，欲及蔡州坛。"宋苏洞《金陵杂兴》："忆杀当年刘改之，风流曾赋秣陵诗。"

秣陵尉　mò líng wèi
【分类】文化
【关键词】蒋歆
【释义】咏县尉之典。源见"蒋侯"。
【例句】唐韩翃《赠别上无⋯》："上书一见平津侯，剑笏斜齐秣陵尉。"宋周文璞《回次秣陵》："旧为秣陵尉，今为钟山神。"明徐勃《喜能始到家》："廷尉官曹冷，三年寄秣陵。"清郑孝胥《杂感》："秣陵有胡尉，狂简吾何取。"

墨敕斜封　mò chì xié fēng
【分类】政治
【关键词】上官婉儿
【释义】指任命官吏不遵制度，常由皇帝直接颁下敕书，用斜封付中书执行，时人称为斜封官。《旧唐书·中宗韦庶人》："时上官昭容与其母⋯树用亲党，广纳货贿，别降墨敕斜封授官，或出臧获屠贩之类，累居荣秩。"
【例句】唐黄滔《寓题》："纷纷墨敕除官日，处处红旗打贼时。"宋吕陶《上韩端明》："紫封传墨敕，金印坐黄堂。"宋陆游《王成之…》："囊封震朝右，墨敕绝宫中。"宋刘克庄《送陈叔方…》："清苦吏人无厚禄，殷勤军将有斜封。"宋范浚《次韵翁承…》："忽喜斜封书绢白，更传妙语色丝黄。"宋岳珂《宫词》："诏旨今年法祖宗，御前无复旧斜封。"

墨翟耻论兵　mò dí chǐ lùn bīng

【分类】政治
【关键词】墨子
【释义】用作谏止征伐的典故。《墨子·非攻》："是故墨子曰：'今且天下之王公大人士君子，中情将欲求兴天下之利，除天下之害；当若繁为攻伐，此实天下之巨害也。'"
【例句】唐李白《秋夜独坐…》："庄周空说剑，墨翟耻论兵。"唐韩愈《晚春邺城…》："平生耻论兵，末暮不轻诺。"唐权德舆《戏和三韵》："墨翟突不黔，范丹甑生尘。"宋冯山《送李之纯…》："平生玉帐耻论兵，劝学儒风只自成。"宋王安石《无营》："墨翟真自苦，庄周吾所爱。"宋晁说之《外甥三郎…》："墨翟商翟心总厚，司空城旦术何残。"

墨翟问　mò dí wèn

【分类】生活
【关键词】墨子
【释义】咏问卜之典。《墨子·贵义》："子墨子北之齐，遇日者。日者曰：'帝以今日杀黑龙于北方，而先生之色黑，不可以北。'子墨子不听，遂北。至淄水不遂，而反焉。"日者：古时以占候卜筮为业的人。
【例句】唐陈子昂《赠严仓曹…》："非同墨翟问，空滞杀龙川。"

墨客　mò kè

【分类】文化
【关键词】扬雄
【释义】文人。指诗人、作家等风雅的文人。《汉书·扬雄传下》："其辞曰：'子墨客卿问于翰林主人曰'…言未卒，墨客降席再拜稽首。"
【例句】唐李白《自梁园至…》："雪山扫粉壁，墨客多新文。"唐钱起《送褚大落…》："玉堂金马隔青云，墨客儒生皆白首。"唐严维《哭灵一上人》："经论传缁侣，文章遍墨卿。"唐卢纶《同耿拾遗…》："春游随墨客，夜宿伴潜公。"

墨子悲染丝　mò zǐ bēi rǎn sī

【分类】生活
【关键词】墨子
【释义】慨叹易受习俗影响以及由此而发感叹之典。《墨子·所染》："子墨子(墨翟)言，见染丝者而叹曰：'染于苍则苍，染于黄则黄。所入者变，其色亦变…故染不可不慎也。"
【例句】唐刘驾《白髭》："素丝易染髭难染，墨翟当年合泣髭。"唐张九龄《酬宋使君…》："顾已欢乌鸟，闻君泣素丝。"明陆深《晨兴见白发》："古人悲染丝，一变不复故。"明张天赋《秋日示儿曹》："曾闻墨向染丝悲，谁笑悲丝是老痴。"

墨子回车　mò zǐ huí chē

【分类】政治
【关键词】墨子
【释义】比喻珍重名誉、恪守情操。《史记·鲁仲连邹阳列传》："臣闻盛饰入朝者不以利污义，砥厉名号者不以欲伤行，故名胜母而曾子不入，邑号朝歌而墨子回车。"墨子认为早晨不宜唱歌，这个地名与他反对奢侈享乐的"非乐"主张不合。
【例句】唐李白《赠宣城宇…》："回车避朝歌，掩口去盗泉。"宋韩维《景仁招况…》："范滂揽辔方清俊，墨子回车岂恶歌。"宋宋祁《祗役邻郡…》："息影有时悲恶木，回车无暇避朝歌。"宋彭元逊《忆旧游》："记新楼试酒，上客回车，初识能歌。"

缧牵长　mò qiān cháng

【分类】政治
【关键词】战国策
【释义】指千里马因受缧绳束缚而难以日行千里。喻指对人才的限制。《战国策·韩策》："王良弟子曰：'马，千里之马也；服，千里之服也。而不能取千里，何以？'(造父之弟子)曰：'子缧牵长。故缧牵于事，万分之一也，而难千里之行。'"缧牵，马缧绳。
【例句】唐柳宗元《弘农公以…》："不言缧继枉，徒恨缧牵长。"宋宋祁《退居》："利固惭龙断，长非累缧牵。"宋刘攽《寄梅圣俞…》："吏课轻涓露，官箴恨缧牵。"清袁枚《除夕读蒋…》："高君年少眼光好，能以缧牵律诗老。"

冒顿　mò dú

【分类】政治
【关键词】冒顿
【释义】匈奴单于，杀父头曼单于而自立。匈奴族中第一个雄才大略的军事统帅。《史记·匈奴列传》："高帝先至平城，步兵未尽到，冒顿纵精兵四十万骑围高帝于白登，七日，汉兵中外不得相救饷。"
【例句】唐元稹《古筑城曲》："自从冒顿强，官筑遮房城。"唐卢照邻《战城南》："将军出紫塞，冒顿在乌贪。"宋韩元吉《次韵子云…》："拟蹑冒顿居，端谋渭亩耕。"宋方丰之《句》："汉室虽然和冒顿，贾生终愿系单于。"

没齿　mò chǐ

【分类】生活
【关键词】张衡
【释义】意为终生。汉张衡《同声歌》："乐莫斯夜乐，没齿焉可忘。"
【例句】唐白居易《哭孔戡》："惜哉两不谐，没齿为闲官。"唐皮日休《初夏游楞…》："胡为儒家流，没齿勤且恪。"宋邹浩《感年》："高名非我心，没齿庶无咎。"聂绀弩《反省时作》："多情故作无情样，没齿难忘切齿声。"

眸子瞭眊　móu zǐ liǎo mào
【分类】生活
【关键词】孟子
【释义】判别正邪之典。《孟子·离娄上》："孟子曰：'存乎人者，莫良于眸子…胸中正，则眸子瞭焉；胸中不正，则眸子眊焉。听其言也，观其眸子，人焉廋哉？'"汉赵岐注："瞭，明也。眊者，蒙蒙目不明之貌。"
【例句】唐韩愈《荐士》："孟轲邪正辨，眸子看瞭眊。"宋苏过《次韵任况之》："愿言绝臧否，安用分瞭眊。"明张萱《甲戌夏六…》："胸中虽正眸今眊，阳里东门病共怜。"明张萱《丙子人日》："老去自怜眸已眊，客来何意眼犹青。"

某丘某水　mǒu qiū mǒu shuǐ
【分类】政治
【关键词】杨巨源
【释义】咏告老还乡或退居乡里之典。唐韩愈《送杨少尹序》："杨侯始冠，举于其乡，歌《鹿鸣》而来也。今之归，指其树曰：'某树吾先人之所种也。某水某丘，吾童子时所钓游也。'乡人莫不加敬，诫子孙以杨侯不去其乡为法。"
【例句】宋刘克庄《挽陈常卿》："差胜于朝于市者，相携某水某丘边。"宋刘克庄《送叶尚书…》"："报答吾君专相了，倘徉某水某丘边。"宋戴复古《李深道得…》："一言一语堪传世，某水某丘仍属谁。"宋方岳《竹下》："一夔一契付公等，某水某丘如我何。"

某在斯　mǒu zài sī
【分类】生活
【关键词】孔子
【释义】某人（物）在这里之意。《论语·卫灵公》："师冕见，及阶，子曰：'阶也。'及席，子曰：'席也。'皆坐，子告之曰：某在斯，某在斯。"师冕是盲人。
【例句】宋张九成《论语绝句》："及阶及席皆坐，犹告之曰某在斯。"宋郭印《次何耕道韵》："飘然至是邦，为言某在斯。"明钱谦益《和徐祯起》："昆冈玉石吾何有，东海沧桑某在斯。"聂绀弩《夜读》："荧荧灯火沉沉屋，得失兴亡某在斯。"

母殁不临　mǔ mò bù lín
【分类】政治
【关键词】吴起
【释义】母死而不临丧。喻大不孝。《史记·吴起列传》："啮臂而盟曰：'起不为卿相，不复入卫。'遂事曾子。居顷之，其母死，起终不归。曾子薄之，而与起绝。"
【例句】唐白居易《慈乌夜啼》："昔有吴起者，母殁丧不临。"宋梅尧臣《送吴季野》："母殁未归土，女长未出门。"

牡丹坪　mǔ dān píng
【分类】生态
【关键词】舆地纪胜

【释义】咏胜景之典。《舆地纪胜》："牡丹坪者，自青城之长平山，扪罗而上，历鸟道三十里许，有平阜数十亩，高树蔽天，春深先花后叶，壮如芙蕖，香类牡丹，人号为枯枝牡丹。谨定天授、季浩太素二先生隐其中云。"
【例句】宋刘子庄《满庭芳》："浑疑是，芙蓉城里，又似牡丹坪。"宋陆游《病中杂咏》："醉怜花坞好，恐是牡丹坪。"明朱国祚《嘉禧寺》："始信精庐风日好，秋深犹绿牡丹坪。"清姚燮《分筵》："留住春光仗酒罍，分筵团坐牡丹坪。"

牡丹谱　mǔ dān pǔ
【分类】文化
【关键词】欧阳修
【释义】宋欧阳修撰。分为洛阳牡丹记、陈州牡丹记等几部分内容，记录各种牡丹花的形态及轶事。《直斋书录解题·农家类》："《牡丹谱》一卷，欧阳修撰。少年为河南从事，目击洛阳花之盛，遂为此谱。蔡君谟书之，盛行于世。"
【例句】宋王十朋《诸公和诗…》："安排名字知何人，误与牡丹同入谱。"宋李龙高《读范谱》："刘叟空将芍药夸，欧公浪谱牡丹花。"宋李纲《牡丹》："归来试作牡丹谱，未服秉笔惟欧阳。"

木帝　mù dì
【分类】生活
【关键词】礼记
【释义】代指春天。《礼记·月令》："孟春之月…其帝太皞（伏羲）。"唐孔颖达疏："谓自古以来木德之君，其帝太皞也。"又，"大史谒之天子曰：'某日立春，盛德在木，天子乃齐。'立春之日，天子…以迎春于东郊。"
【例句】唐李商隐《隋宫守岁》："消息东郊木帝回，宫中行乐有新梅。"宋胡宿《岁除》："仙人收腊去，木帝送春来。"宋胡宿《题撷芳亭》："仙壶分气象，木帝借风光。"宋李新《立春前密…》："水官休隶一时惨，木帝已夸群物妍。"

木铎　mù duó
【分类】文化
【关键词】周礼
【释义】以木为舌的大铃，铜质。古代宣布政教法令时，巡行振鸣以引起众人注意。《周礼注疏·小宰》："徇以木铎。"汉郑玄注："古者将有新令，必奋木铎以警众，使明听也…文事奋木铎，武事奋金铎。"
【例句】唐元稹《骠国乐》："又遣遒人持木铎，遍采讴谣天下过。"唐张九龄《奉和圣制…》："首路回竹符，分镳扬木铎。"唐武少仪《和权载之…》："木铎比群英，八方流德声。"唐张籍《拜丰陵》："身逐陵官齐再拜，手持木铎叩三声。"

木凤衔书　mù fèng xián shū
【分类】政治
【关键词】石崇
【释义】用为颁布诏书的典故。《初学记·邺中记》："石季龙与皇后在观上,有诏书五色纸,著凤口中。凤既衔诏,侍人放数百文绯绳,辘轳回转,凤皇飞下。凤以木作之,五色漆画,咮脚皆用金。"

【例句】唐司空曙《酬张芬有…》:"紫凤朝衔五色书,阳春忽布网罗除。"唐薛逢《题上皇观》:"当时丹凤衔书处,老柏苍苍已合围。"唐黄滔《贺清源仆…》:"二天在顶家家咏,丹凤衔书岁岁来。"唐李昭象《寄献山中…》:"祥麟避网虽山野,丹凤衔书即薜萝。"

木公金母　mù gōng jīn mǔ
【分类】文化
【关键词】出仙传
【释义】指传说中的仙人东王公和西王母。常用作对男女年高者的祝寿之辞。《太平广记》引《出仙传·拾遗》:"著青裙,入天门,揖金母,拜木公。"
【例句】唐韦渠牟《步虚词》:"西海辞金母,东方拜木公。"宋苏轼《赠陈令道》:"楼台十二红玻璃,木公金母相东西。"宋王洋《庚午岁伯…》:"木公金母传瑶爵,九虎开门动鱼钥。"宋程公许《寿后溪刘…》:"木公金母人间现,桂子桐孙寿籍同。"

木瓜报琼瑶　mù guā bào qióng yáo
【分类】生活
【关键词】诗经
【释义】意谓酬报别人的深厚情义。《诗经·王风·木瓜》:"投我以木瓜,报之以琼琚,匪报也,永以为好也。投我以木桃,报之以琼瑶,匪报也,永以为好也。…"
【例句】唐张九龄《叙怀》:"木瓜诚有报,玉楮论无实。"唐钱起《重赠赵给事》:"能迂骕骦寻蜗舍,不惜瑶华报木桃。"宋范成大《次韵严子…》:"雷电已将金薤取,琼瑶难报木瓜投。"宋朱熹《再和》:"木瓜更得琼琚报,吟咏从今乐有余。"

木禾　mù hé
【分类】生态
【关键词】山海经
【释义】传说昆仑仙境有树木一样高大的谷类植物。借指奇异的植物。《山海经·海经》:"海内昆仑之虚,在西北,帝之下都。昆仑之虚,方八百里,高万仞。上有木禾,长五寻,大五围。"
【例句】唐柳宗元《游南亭夜…》:"披山穷木禾,驾海逾蟠桃。"宋葛造《旅馆三适》:"厌初木禾种,移殖云水乡。"明朱鹤龄《送潘次耕…》:"昆仑木禾天下无,当其未发同枯株。"

木尽天年　mù jìn tiān nián
【分类】生活
【关键词】庄子
【释义】指处世无能而得以全身的哲理。源见"樗栎"。
【例句】唐孟郊《山老吟》:"蟠木为我身,始得全天年。"唐白居易《闲卧有所思》:"虫全性命缘无毒,木尽天年为不才。"宋苏轼《木山并叙》:"木生不愿回万牛,愿终天年仆沙洲。"宋郭印《又用前韵》:"不材终天年,庶比山中木。"

木槿花　mù jǐn huā
【分类】生活
【关键词】说文解字
【释义】庭院灌木,朝开暮落。喻指人心或时事易变。《说文解字·草部》:"蕣,木堇。朝华暮落者。"
【例句】唐钱起《避暑纳凉》:"木槿花开畏日长,时摇轻扇倚绳床。"唐孟郊《审交》:"小人槿花心,朝在夕不存。"唐柳公绰《赠毛仙翁》:"莫遣旧篱槿,朝荣暮化尘。"唐皇甫曾《秋夕寄怀…》:"已见槿花朝委露,独悲孤鹤在人群。"

木客　mù kè
【分类】生态
【关键词】南康记
【释义】伐木工。喻指传说中的深山精怪。《太平御览》引晋邓德明《南康记》:"木客,头面语声亦不全异人,但手脚爪如钩利,高岩绝峰然后居之。"
【例句】唐刘禹锡《莫猺歌》:"市易杂鲛人,婚姻通木客。"唐张祜《送韦整尉…》:"木客提蔬束,江乌接饭丸。"唐皮日休《寄琼州杨…》:"竹遇行王因设奠,居逢木客又迁家。"唐陈陶《旅泊涂江》:"断沙雁起金精出,孤岭猿愁木客归。"

木兰桡　mù lán ráo
【分类】文化
【关键词】述异记
【释义】小舟的美称。源见"木兰舟"。
【例句】唐太宗《帝京篇》:"飞盖去芳园,兰桡游翠渚。"唐韩翃《送丹阳刘…》:"相访不辞千里远,西风好借木兰桡。"唐骆宾王《晚泊江曲》:"通波竹箭水,轻舸木兰桡。"唐崔融《次苏州》:"夕烟杨柳岸,春水木兰桡。"唐李义《侍宴安乐…》:"向晚平阳歌舞合,前溪更转木兰桡。"

木兰征戍女　mù lán zhēng shù nǚ
【分类】政治
【关键词】木兰诗
【释义】咏巾帼英雄之典。《乐府诗集·木兰诗》:"阿爷无大儿,木兰无长兄。愿为市鞍马,从此替爷征…万里赴戎机,关山度若飞。将军百战死,壮士十年归…策勋十二转,赏赐百千强。可汗问所欲,木兰不用尚书郎,愿驰千里足,送儿还故乡。"
【例句】唐徐凝《和白使君…》:"见说木兰征戍女,不知那作酒边花。"唐韦元甫《木兰歌》:"木兰代父去,秣马备戎行。"宋谢薖《和李智伯…》:"莫遣木兰当户织,须烦阿买八分书。"宋饶节《赵元达妇…》:"木兰买马替爷征,班昭嗣兄成汉表。"

木兰舟　mù lán zhōu
【分类】文化

【关键词】述异记

【释义】用木兰树造的船,为木兰船的美称。《述异记》:"木兰洲在浔阳江中,多木兰树。昔吴王阖闾植木兰于此,用构宫殿也。七里洲中,有鲁般刻木兰为舟,舟至今在洲中。诗家云木兰舟,出于此。"

【例句】唐韩翃《兖州送李…》:"枫树林中经楚雨,木兰舟上踯江潮。"唐戎昱《采莲曲》:"浔阳女儿花满头,毵毵同泛木兰舟。"唐罗隐《秋晓寄友人》:"更见南来钓翁说,醉吟还上木兰舟。"唐刘禹锡《采菱行》:"争多逐胜纷相向,时转兰桡破轻浪。"

木末 mù mò

【分类】文化

【关键词】楚辞

【释义】谓树梢。《楚辞·九歌·湘君》:"采薜荔兮水中,搴芙蓉兮木末。"宋朱熹集注"薜荔缘木,而今采之水中;芙蓉在水,而今求之木末,既非其处,则用力虽勤而不可得。"

【例句】唐方干《题宝林山…》:"罗列众星依木末,周回万室在檐前。"唐方干《再题龙泉…》:"牛斗正齐群木末,鸟行横截众山腰。"唐鲍溶《周先生画》:"水文不浪烟不动,木末棱棱山碧重。"唐刘沧《赠天台隐者》:"回望一巢悬木末,独寻危石坐岩中。"

木讷 mù nè

【分类】生活

【关键词】论语

【释义】指人质朴而不善辞令。《论语·子路》:"刚毅木讷,近仁。"

【例句】宋邵雍《答友人》:"吉凶悔吝生乎动,刚毅木讷近于仁。"宋苏轼《颍州初别…》:"念子似先君,木讷刚且静。"宋张九成《论语绝句》:"若观木讷与刚毅,方见风流是个中。"聂绀弩《集体写诗》:"唯大英雄甘木讷,是真风雅不虚吹。"

木人骑土牛 mù rén qí tǔ niú

【分类】生活

【关键词】苏轼

【释义】意谓无用之举。宋苏轼《云师无著自金陵来…》:"还君画图君自收,不如木人骑土牛。"

【例句】宋苏轼《梅圣俞诗…》:"更将嘲笑调朋友,人道狲猴骑土牛。"宋白玉蟾《西林入室歌》:"缺唇石女驾土牛,跛脚木人骑纸鹤。"宋释润《偈》:"当头荐得便归去,看取木人骑土牛。"宋赵师侠《沁园春》:"遇酒开颜,逢欢乐意,有似木人骑土牛。"

木人石心 mù rén shí xīn

【分类】政治

【关键词】夏统

【释义】形容意志坚定,不受外物诱惑。也比喻人没有感情。《晋书·夏统》:"须臾,鼓吹乱作,胡葭长鸣…又使妓女之徒服袿襦,炫金翠,绕其船三匝…充等各散曰:'此吴儿是木人石心也。'"

【例句】唐李端《杂歌》:"犀烛江行见鬼神,木人登席呈歌舞。"唐庞蕴《诗偈》:"铁牛不怕师子吼,恰似木人见花鸟。"唐鱼玄机《次韵西邻…》:"西看已有登垣意,远望能无化石心。"五代崔道融《悲李拾遗》:"故友从来匪石心,谏多难得主恩深。"

木石生怪 mù shí shēng guài

【分类】生态

【关键词】国语

【释义】咏精怪之典。《国语·鲁语》:"丘闻之:木石之怪曰夔、魍魉。"三国吴韦昭注"木石谓山也。或云:夔,一足,越人谓之山缫,音'骚',或作'獟',富阳有之,人面猴身,能言。或云'独足'。魍魉,山精,效人声而迷惑人也。"

【例句】唐韩愈《谢自然诗》:"木石生怪变,狐狸骋妖患。"宋苏轼《题文与可》:"时时出木石,荒怪轶象外。"宋苏过《次韵叔父…》:"屏间怪石千年根,端为先生来结邻。"元郝经《青州山行》:"阴森木石怪,惨洌霜露气。"

木天 mù tiān

【分类】文化

【关键词】梦溪笔谈

【释义】指宏敞高大的木结构建筑物。秘书阁的别称。《梦溪笔谈·杂志一》:"内阁诸司舍惟秘书阁最宏壮,穹窿高敞,谓之木天。"

【例句】唐薛能《秋日将离…》:"闲园露湿鸣蛩夜,急雨风吹落木天。"唐释德洪《元祐五年…》:"玉笙哀怨初凉夜,秋月婵娟落木天。"宋杨万里《送罗正夫…》:"即看给札试兰台,飞上木天校文字。"宋陆游《恩除秘书监》:"扶上木天君莫笑,衰残不似壮游时。"

木雁 mù yàn

【分类】生活

【关键词】庄子

【释义】比喻处于材与不材之间,以全生避祸。《庄子·山木》:"庄子行于山中,见大木,枝叶盛茂,伐木者止其旁而不取也。问其故,曰:'无所可用。'庄子曰:'此木以不材得终其天年。'夫子出于山,舍于故人之家,故人喜,命竖子杀雁而烹之。竖子请曰:'其一能鸣,其一不能鸣,请奚杀?'主人曰:'杀不能鸣者。'明日,弟子问于庄子曰:昨日山中之木,以不材得终其天年;今主人之雁,以不材死,先生将何处?'庄子笑曰:'周将处乎材与不材之间。材与不材之间,似之而非也,故未免乎累。…'"

【例句】唐权德舆《八音诗》:"木雁才不才,吾知养生主。"唐韩愈《落齿》:"我言庄周云,水雁各有喜。"唐刘禹锡《酬乐天醉…》:"处身于木雁,任世变桑田。"唐白居易《咏怀寄皇…》:"与君别有相知分,同置身于木雁间。"

木叶下 mù yè xià

【分类】生态

【关键词】楚辞
【释义】树叶纷纷落下。为咏秋天之典。《楚辞·九歌·湘夫人》:"帝子降兮北渚,目眇眇兮愁予。袅袅兮秋风,洞庭波兮木叶下。"
【例句】唐李白《送鲁郡刘…》:"闭门木叶下,始觉秋非春。"唐胡皓《大漠行》:"南山木叶飞下地,北海蓬根乱上天。"宋寇准《成安感秋》:"蝉噪木叶下,远客忽惊秋。"宋饶节《寄夏思道…》:"忆昔江南方木叶下,祝融逗留不退舍。"

木已拱 mù yǐ gǒng
【分类】生活
【关键词】左传
【释义】墓木已拱:坟墓上的树木已有两手合抱那么粗了。意思是人死了很久。拱:拱抱,两手合围。《左传·僖公三十二年》:"尔何知?中寿,尔墓之木拱矣。"
【例句】唐杜甫《观公孙大…》:"金粟堆南木已拱,瞿塘石城草萧瑟。"宋司马光《谢兴公惠…》:"人墓木已拱,其徒颇能工。"宋刘挚《三老堂》:"但闻三人墓,萧萧木已拱。"宋刘过《书高塘庵》:"庵上木已拱,山前水可陂。"

木鱼 mù yú
【分类】文化
【关键词】犹龙传
【释义】打击乐器。最初做为道教召集教众,讲经设典的法器。后被佛教引用。《犹龙传》载:衢州建观穿地得一鱼…殆非人功所能也,叩之甚响,其鱼亦不能名,遣使进贡,帝令宣示百僚,亦不能辨。帝乃呼为瑞鱼磬,仍令悬于太微宫,非讲经设斋不得击之。于是诸宫观竞以木石模之,以代集众。
【例句】唐曹唐《长安客舍…》:"木鱼金钥锁春城,夜上红楼纵酒情。"唐司空图《上陌梯寺…》:"松日明金像,山风向木鱼。"宋郑祥正《次韵行中…》:"木鱼声断东台晓,水荇香传后浦秋。"聂绀弩《妙玉》:"木鱼清磬伴弥陀,栊翠庵中恨几多。"

木直自寇 mù zhí zì kòu
【分类】生活
【关键词】庄子
【释义】寇,砍伐。树木因生长得直而招致砍伐。为咏因自身的优越而致祸之典。《庄子·人间世》:"山木自寇也,膏火自煎也。桂可食,故伐之;漆可用,故割之。"唐陆德明释文引司马彪曰:"膏起火,还自消。"
【例句】唐张九龄《杂诗》:"木直几自寇,石坚亦他攻。"唐李白《古风》:"直木忌先伐,芳兰哀自焚。"唐温庭筠《感旧陈情…》:"木直终难怨,膏明只自煎。"宋曾极《挽蔡西山…》:"木直宜先伐,兰芳竟自锄。"明何景明《子衡在狱…》:"木直防先伐,兰芳忌自焚。"

目不见睫 mù bù jiàn jié
【分类】生活
【关键词】句践
【释义】自己看不见自己的睫毛,比喻看别人缺点很容易,看自己不足则很难;考虑问题常常想将来很远的事,却难以把握眼前的情况。《史记·越王句践世家》:"齐使者曰:'吾不贵其用智之如目,见豪毛而不见其睫也。'"
【例句】唐杜牧《登池州九…》:"睫在眼前长不见,道非身外更何求。"宋王安石《再用前韵…》:"远去而近遗,如目不见睫。"宋吴儆《题新安金…》:"终日对屠颜,如目不见睫。"明宋登春《饮酒》:"睫常在目前,如何目不见。"

目成 mù chéng
【分类】生活
【关键词】楚辞
【释义】通过眉目传情来结成亲好。《楚辞·九歌·少司命》:"满堂兮美人,忽独与余兮目成"汉王逸注:"言万民众多,美人并会,盈满于堂,而司命独与我睨而相视,成为亲家也。"
【例句】唐皇甫冉《见诸姬学…》:"传杯见目成,结带明心许。"唐杜易简《湘川新曲》:"本欲凌波去,翻为目成留。"唐李顾《绝缨歌》:"玉颜艳艳空相向,满堂目成不得语。"唐刘禹锡《伤秦姝行》:"芳筵银烛一相见,浅笑低鬟初目成。"

目光在牛背 mù guāng zài niú bèi
【分类】生活
【关键词】王衍
【释义】形容人的目光犀利。《晋书·王衍》:"尝因宴集,为族人所怒,举樏掷其面。衍初无言,引王导共载而去。然心不能平,在车中揽镜自照,谓导曰:'尔不看吾目光乃在牛背上矣。'"南朝梁刘孝标注:"王夷甫盖自谓风神英俊,不至与人校。"将受掷的脸比作被鞭打的牛背,以嘲戏的口吻表现自己风度高雅,不屑与庸俗之辈计较。
【例句】宋范成大《送王仲显》:"电光射牛书过目,虹气千斗酒淋衣。"宋陆游《忆昔》:"诗思已惭驰阵马,目光犹觉射车牛。"宋赵鼎臣《寒食道中…》:"会放目光牛背上,转头何事不成空。"宋王之道《和沈次韩…》:"小人老矣病且衰,目光近在牛背上。"元张雨《寄京师吴…》:"看我目光牛背上,忆君佩声凤池头。"

目击道存 mù jī dào cún
【分类】政治
【关键词】温伯雪子
【释义】眼睛相看,便知彼此心志。表示不必再以言语去沟通。源见"温伯雪子"。
【例句】唐法宣《秋日游东…》:"心欢即顶礼,道存仍目击。"唐吴筠《舟中遇柳…》:"目击道已存,一笑遂忘言。"唐卢全《赠稚禅师》:"我来契平生,目击道自存。"宋韩维《照禅师久…》:"道在岂须烦目击,亭前双柏自葱葱。"

目送 mù sòng
【分类】生活
【关键词】左传

【释义】以目光相送。《左传·桓公元年》:"宋华父督见孔父之妻于路,目逆而送之。曰:'美而艳。'"
【例句】唐李百药《途中述怀》:"目送衡阳雁,情伤江上枫。"唐崔湜《冀北春望》:"问乡何处所,目送白云还。"唐王昌龄《独游》:"手携双鲤鱼,目送千里雁。"唐李颀《野老曝背》:"有时扪虱独搔首,目送归鸿篱下眠。"

目无全牛 mù wú quán niú
【分类】生活
【关键词】庄子
【释义】形容技艺达到极纯熟的境界。亦形容办事精明熟练。《庄子·养生主》:"始臣之解牛之时,所见无非牛者;三年之后,未尝见全牛也。"
【例句】唐刘长卿《送裴四判…》:"逢时将骋骥,临事无全牛。"唐李白《送方士赵…》:"长桑晓洞视,五藏无全牛。"宋胡宿《送张著…》:"弦歌聊自慰,不足论全牛。"宋司马光《送丁秘丞…》:"足犹妨老骥,目不碍全牛。"宋沈辽《奉送醇老》:"三年州从事,利刀无全牛。"

沐恩 mù ēn
【分类】政治
【关键词】许敬宗
【释义】蒙受恩惠。唐许敬宗《奉和初春登楼即日应诏》:"沐恩空改鬓,将何谢夏成。"
【例句】唐鲍至《早春大明…》:"共沐恩波凤池上,朝朝染翰侍君王。"唐翁承赞《天祐元年…》:"得侍丹墀官异宠,此身何幸沐恩频。"唐翁承赞《天祐元年…》:"得侍丹墀官异宠,此身何幸沐恩频。"聂绀弩《哭周总理》:"总理今朝登假去,斯民卅载沐恩来。"

沐猴而冠 mù hóu ér guàn
【分类】政治
【关键词】项羽
【释义】沐猴:猕猴;冠:戴帽子。猴子穿衣戴帽,究竟不是真人。比喻虚有其表,目光浅薄。《史记·项羽本纪》:"项王见秦宫皆以烧残破,又心怀思欲东归,曰:'富贵不归故乡,如衣绣夜行,谁知之者!'说者曰:'人言楚人沐猴而冠耳,果然。'"
【例句】唐李白《单父东楼…》:"沐猴而冠不足言,身骑土牛滞东鲁。"唐皮日休《初夏游楞…》:"沐猴本不冠,未是谋生错。"宋张方平《金陵府署》:"时凭静几随飞蝶,强拂危冠笑沐猴。"宋苏拭《锦溪》:"楚人休笑沐猴冠,越俗徒夸翁子贤。"

苜蓿堆盘 mù xu duī pán
【分类】生活
【关键词】薛令之
【释义】形容小官吏或塾师生活清苦。《唐语林校证·补遗》:"薛令之…为左补阙兼太子侍讲。时东宫官冷落,之次难进,令之有诗曰:'明月夜团团,照见先生盘。盘中何所有?苜蓿长阑干。饭涩匙难绾,羹稀箸易宽。只以

谋朝夕,那能度岁寒?'"
【例句】宋梅尧臣《江邻几寄…》:"蒺藜苗尽初蕃息,苜蓿盘空莫叹嗟。"宋苏轼《和子由柳…》:"久陪方丈曼陀雨,羞对先生苜蓿盘。"宋陆游《书怀》:"苜蓿堆盘莫笑贫,家园瓜剖渐轮囷。"宋苏辙《次韵王适…》:"相从万里试南餐,对案长思苜蓿盘。"

牧童火 mù tóng huǒ
【分类】政治
【关键词】秦始皇
【释义】借指意外之灾。《汉书·刘向传》:"秦始皇帝葬于骊山之阿…其后牧儿亡羊,羊入其凿,牧者持火照求羊,失火烧其臧椁。"
【例句】唐杜牧《过骊山作》:"牧童火入九泉底,烧作灰时犹未枯。"唐鲍溶《倚瑟行》:"泉宫一闭秦国丧,牧童弄火骊山上。"元史紫微《荒冢谣》:"牧童烧火山叶赤,花砖迸裂松行根。"元刘崧《观野烧》:"牧童敲火枯柳根,青烟猎猎起荒原。"

牧野之战 mù yě zhī zhàn
【分类】政治
【关键词】纣
【释义】又称武王伐纣,是周武王联军与商朝军队在牧野(今淇县南、卫河以北,今卫辉)进行的决战。帝辛(商纣王)兵败自焚,商朝灭亡。《诗经·大雅·大明》:"牧野洋洋,檀车煌煌,驷騵彭彭。维师尚父,时维鹰扬。"
【例句】唐白居易《效陶渊明体诗》:"太公战牧野,伯夷饿首阳。"唐白行简《归马华山》:"牧野功成后,周王战马闲。"唐白敏中《贺收复秦…》:"成楼吹笛人休战,牧野嘶风马自闲。"宋薛田《成都书事…》:"云敷牧野耕桑雨,柳拂旗亭市井烟。"

幕天席地 mù tiān xí dì
【分类】生活
【关键词】刘伶
【释义】把天当作帷幕,把地当作铺席。比喻在露天活动。也用来形容胸襟旷达,放任不拘。晋刘伶《酒德颂》:"行无辙迹,居无室庐,幕天席地,纵意所如。"
【例句】唐白居易《小庭亦有月》:"幕天而席地,谁奈刘伶何。"唐韩偓《惆怅》:"何如饮酒连年醉,席地幕天无所知。"宋白玉蟾《华阳堂》:"幕天席地做生涯,凡圣同居气象佳。"宋陆游《春日》:"席地幕天君但醉,苦无多日是清明。"

慕蔺 mù lìn
【分类】政治
【关键词】司马相如
【释义】喻慕贤。《史记·司马相如列传》:"既学,慕蔺相如之为人,更名相如。"
【例句】唐李白《赠饶阳张…》:"慕蔺岂曩古,攀嵇是当年。"唐魏万《金陵酬李…》:"长卿慕蔺久,子猷意已深。"宋余

靖《和伯恭殿…》："交情深慕藺,风韵遏闻韶。"宋吕南公《古人》："扬雄比孟必有辨,马卿慕藺良足怪。"

慕膻　mù shān
【分类】政治
【关键词】舜
【释义】喻因爱嗜（嗜好）而争相附集。《庄子·徐无鬼》："羊肉不慕蚁,蚁慕羊肉。羊肉,膻也。舜有膻行,百姓悦之。故三徙成都,至邓之虚,而十有万家。"
【例句】唐韩偓《感事三十…》："鸳鹭皆回席,皋夔亦慕膻。"宋吴潜《出郊用劭…》："人正慕膻争似蚁,谁能换骨蜕如蝉。"宋徐积《雪》："乞余之夫尤慕膻,附炎之子弥胁肩。"宋李洪《寿老饷笋》："陋巷晨炊乐一箪,慕膻逐臭两知难。"

暮齿　mù chǐ
【分类】生活
【关键词】释僧䂮
【释义】暮,晚,迟暮。齿,年齿,年龄。指人到晚年。后用为咏年老的典故。《高僧传·释僧䂮传》："(姚兴)因下书曰:'大法东迁于今为盛…僧䂮法师学优早年,德芳暮齿,可为国内僧正。'"
【例句】唐刘希夷《北邙篇》："不信草经延暮齿,惟求史列虚名。"唐王维《叹白发》："宿昔朱颜成暮齿,须臾白发变垂髫。"唐白居易《哭刘尚书》："夜台暮齿期非远,但问前头相见无。"唐方干《湖北有茅…》："古贤暮齿方如此,多笑愚儒鬓未斑。"

穆天子　mù tiān zǐ
【分类】政治
【关键词】周穆王
【释义】周穆王,姬姓,名满。作《吕刑》。《史记·周本纪》："昭王南巡狩不返,卒于江上…立昭王子满,是为穆王。穆王即位,春秋已五十矣。"
【例句】唐陈子昂《感遇诗》："荒哉穆天子,好与白云期。"唐温庭筠《马嵬驿》："穆满曾为物外游,六龙经此暂淹留。"唐李昭象《学仙词寄…》："无路洞天寻穆满,有时人世美刘郎。"唐苏颋《春日芙蓉…》："宁知穆天子,空赋白云秋。"唐陈羽《步虚词》："笙歌出见穆天子,相引笑看琪树花。"宋杨亿《十二月四…》："相如赋就梁王苑,穆满歌传阿母家。"

N

拿云　ná yún
【分类】政治
【关键词】李贺

【释义】上揽云霄之意。比喻志向高远或本领高强。唐李贺《致酒行》："少年心事当拿云,谁念幽寒坐呜呃。"
【例句】唐德诚《拨棹歌》："卧海拿云势莫知,优悠何处不相宜。"唐蒋贻恭《题张道隐…》："威疑喷浪归沧海,势欲拿云上杳冥。"宋黄裳《桐庐县仙…》："俗离岩洞欲拿云,造化难窥幻与真。"宋王之望《和关子东…》："汉阁灯来徒照夜,葛陂龙去谩拿云。"

纳履　nà lǚ
【分类】生活
【关键词】乐府歌辞
【释义】提鞋、穿鞋。汉《乐府歌辞·君子行》："君子防未然,不处嫌疑间。瓜田不纳履,李下不正冠。"
【例句】唐沈佺期《答魑魅代…》："身犹纳履误,情为覆盆伤。"宋宋祁《公会亭》："畦瓜已堪摘,纳履自无嫌。"宋黄庭坚《食瓜有感》："田中谁问不纳履,坐上适来何处蝇。"聂绀弩《对镜》："纳履随君天下往,无非山在缺柴时。"

南八男儿　nán bā nán ér
【分类】政治
【关键词】南霁云
【释义】南八:即南霁云。像南霁云一样的男子汉。比喻临难不苟,慷慨就义。《新唐书·张巡》："巡呼曰:'南八!男儿死尔,不可为不义屈!'霁云笑曰…亦不肯降。乃与姚訚、雷万春等三十六人遇害。"
【例句】宋汪元量《浮丘道人…》："睢阳临难气塞充,大呼南八男儿忠。"宋黄庭坚《书睢阳事后》："政使贺兰非长者,岂妨南八是男儿。"宋刘一止《悼忠显刘公》："豫生真国士,南八是男儿。"宋谢枋得《魏参政执…》："南八男儿终不屈,皇天上帝眼分明。"

南斗　nán dǒu
【分类】生活
【关键词】度人经
【释义】星宿名。旧时民间信仰的神祇,专司延寿之事。即斗宿,二十八宿之一。南斗六星,与北斗七星遥相呼应。《度人经》："北斗注死,南斗注生。"
【例句】唐骆宾王《从军中行》："南中南斗映星河,秦川秦塞阻烟波。"唐綦毋潜《春泛若耶溪》："际夜转西壑,隔山望南斗。"唐刘方平《夜月》："更深月色半人家,北斗阑干南斗斜。"唐李乂《奉和初春…》："地出东郊回日御,城临南斗度云车。"

南风不竞　nán fēng bù jìng
【分类】政治
【关键词】左传
【释义】泛指军事或棋事等两相交锋中,处于南边的一方有失势失利的态势。《左传·襄公十八年》："晋人闻有楚师,师旷曰:'不害。吾骤歌北风,又歌南风,南风不竞（强劲）,多死声;楚必无功。'"
【例句】唐李百药《郢城怀古》："南风忽不竞,西师日侵壒。"

唐李白《避地司空…》：" 南风昔不竞，豪圣思经纶。"唐贾至《燕歌行》："南风不竞多死声，鼓卧旗折黄云横。"宋刘克庄《北耗》："南风不竞师将老，春水方生庞必归。"

南风薰　nán fēng xūn
【分类】生活
【关键词】舜
【释义】上古歌谣，相传为舜帝所作。借指帝王之歌。《孔子家语》："昔者舜弹五弦之琴，造南风之诗，其诗曰：'南风之薰兮，可以解吾民之愠兮，南风之时兮，可以阜吾民之财兮。'"
【例句】唐令狐楚《青云干吕》："湛露羞依草，南风耻带薰。"唐曹唐《三年冬大礼》："不闻北斗倾尧酒，空觉南风入舜琴。"唐卢仝《感古》："阶下蓂荚生，琴上南风薰。"宋司马光《和安之今…》："春冻消时种两芽，南风薰日见孤花。"

南陔　nán gāi
【分类】政治
【关键词】诗经
【释义】咏奉养和孝敬双亲之典。《诗经·小雅·南陔序》："《南陔》，孝子相戒以养也；《白华》，孝子之絜白也；《华黍》，时和岁丰，宜黍稷也。有其义而亡其辞。"《昭明文选·晋束晳〈补亡诗六首·南陔〉》："循彼南亩，言采其兰。眷恋庭闱，心不遑安。"陔：田埂。
【例句】唐上官仪《故北平公…》："北里清音绝，南陔芳草残。"唐李峤《笙》："欢娱分北里，纯孝即南陔。"唐苏颋《寒食宴于…》："自有长筵欢不极，还将彩服咏南陔。"唐刘禹锡《闻韩宾擢…》："兰陔旧地花才结，桂树新枝色更青。"

南宫　nán gōng
【分类】政治
【关键词】郑弘
【释义】尚书省的别称。谓尚书省象列宿之南宫，故称。《后汉书·郑弘传》："建初，为尚书令…弘前后所陈有补益王政者，皆著之南宫，以为故事。"
【例句】唐骆宾王《帝京篇》："剑履南宫入，簪缨北阙来。"唐宋之问《桂州三月…》："晨趋北阙鸣珂至，夜出南宫把烛归。"唐韦应物《和张舍人…》："西垣草诏罢，南宫忆上才。"唐韦承贻《策试夜潜…》："才唱第三条烛尽，南宫风月画难成。"

南宫舍人　nán gōng shè rén
【分类】政治
【关键词】唐国史补
【释义】指礼部郎中。唐李肇《唐国史补》："旧说吏部为省眼，礼部为南省舍人。"宋敏求《春明退朝录》："按唐旧说，礼部郎中掌省中文翰，谓之'南宫舍人'，百日内须知制诰。"
【例句】宋王禹偁《赠礼部宋…》："未还西掖旧词臣，且向南宫作舍人。"宋楼钥《吴大监挽词》："旷典将行日，南宫得舍人。"宋刘克庄《卜算子》："应念南宫老舍人，闲袖丝纶手。"

南冠楚囚　nán guān chǔ qiú
【分类】政治
【关键词】左传
【释义】指被囚禁或流落异乡之人。《左传·成公九年》："晋侯观于军府，见钟仪，问之曰：'南冠而絷者谁也？'有司对曰：'郑人所献楚囚也。'…使与之琴。操南音。"
【例句】唐赵嘏《长安晚秋》："鲈鱼正美不归去，空戴南冠学楚囚。"五代徐铉《移饶州别…》："正怜东道感贤侯，何幸南冠脱楚囚。"宋梅尧臣《依韵和偶…》："车中变服为秦客，头上南冠学楚囚。"聂绀弩《悠然六十》："大错邀君朝北阙，半生无冕忽南冠。"

南郭子綦　nán guō zǐ qí
【分类】政治
【关键词】庄子
【释义】庄子人物。喻物我两忘，清高淡泊之人。《庄子·齐物论》："南郭子綦隐机而坐，仰天而嘘，答焉似丧其耦。颜成子游立侍乎前，曰：'何居乎？形固可使如槁木，而心固可使如死灰乎？今之隐机者，非昔之隐机者也。'"唐成玄英疏："楚昭王之庶弟，楚庄王之司马，字子綦。古人淳质，多以居处为号，居于南郭，故南郭…其人怀道抱德，虚心忘淡，故庄子羡其清高而托为论首。"
【例句】唐韩偓《送贺秘监…》："子綦南国隐，同氏北山居。"唐皎然《郑容全成…》："南郭子綦我不识，非君独是是何人。"宋宋庠《夜炉》："束缊未求曹相火，冥心将冷子綦灰。"宋苏轼《海会寺清…》："南郭子綦初丧我，西来达摩尚求心。"宋苏过《和伯充兄…》："形似子綦独枯槁，诗如开府日清新。"

南国纪　nán guó jì
【分类】生态
【关键词】诗经
【释义】指江、汉地区，亦可代指南方。《诗经·小雅·四月》："滔滔江汉，南国之纪。"郑笺："江也，汉也，南国之大水，纪理众川，使不壅滞。"以长江、汉水为南国之准则。
【例句】唐李百药《渡汉江》："东流既弥弥，南纪信滔滔。"唐杨炯《西陵峡》："盘薄荆之门，滔滔南国纪。"宋周紫芝《小蔡许借…》："西江自是南国纪，公有高名政如此。"明朱孟烷《大别山歌》："江汉滔滔南国纪，万里朝宗自兹始。"

南国貌　nán guó mào
【分类】生活
【关键词】曹植
【释义】咏美女之典。三国魏曹植《杂诗六首》："南国有佳人，华容若桃李。"
【例句】唐杜牧《为人题赠》："虚传南国貌，争奈五陵心。"唐李绅《新楼诗》："窦闺织妇惭诗句，南国佳人怨锦食。"唐包何《同阎伯均…》》："南国佳人去不回，洛阳才子更须媒。"唐李绅《城上蔷薇》："窦闺织妇惭诗句，南国佳人怨锦衾。"

南海献荔支 nán hǎi xiàn lì zhī
【分类】政治
【关键词】汉和帝
【释义】刺献荔支腐败政治之典。《后汉书·和帝纪》："旧南海献龙眼、荔支，十里一置，五里一候，奔腾阻险，死者继路。时临武长汝南唐羌，县接南海，乃上书陈状…由是遂省焉。"后汉时，南海郡有献荔支之劣政。
【例句】唐杜甫《病桔》："昔忆南海使，奔腾献荔支。"明韩雍《五月十六…》："海邦荔支品多美，绝美无如进奉子。"明唐胄《藤作》："交州荔支建州茶，惊尘溅血民始咨。"

南华真经 nán huá zhēn jīng
【分类】政治
【关键词】庄子
【释义】《庄子》的别称。《新唐书·艺文志三》："天宝元年，诏号《庄子》为《南华真经》。"《唐会要·杂记》："天宝元年二月二十二日敕文，追赠庄子南华真人，所著书为《南华真经》。"
【例句】唐白居易《咏意》："常闻南华经，巧劳智忧愁。"唐施肩吾《访松岭徐…》："开经犹在松阴里，读到南华第几篇。"宋陆游《怀镜中故庐》："从宦只思乘下泽，忤人常悔读南华。"宋赵希逢《和南剑水阁》："寸念空劳驰北阙，真经早合诵南华。"

南箕北斗 nán jī běi dǒu
【分类】生活
【关键词】诗经
【释义】比喻徒有虚名而无实际。《诗经·小雅·大东》："维南有箕，不可以簸扬；维北有斗，不可以挹酒浆。"
【例句】唐李白《拟古》："北斗不酌酒，南箕空簸扬。"宋刘敞《种萱》："南箕与北斗，灿烂空成章。"宋黄庭坚《和程德裕颂》："如来刹利与尘尘，北斗南箕透法身。"宋黄庭坚《寄李次翁》："南箕与北斗，亲友多离索。"宋王炎《次韵答熊…》："绛帐先生应抚掌，南箕北斗只虚名。"

南极老人 nán jí lǎo rén
【分类】生活
【关键词】史记
【释义】用为吉祥瑞兆之典。《史记·天官书》："狼比地有大星，曰南极老人。老人见，治安；不见，兵起。常以秋分时候之于南郊。"星辰中有一大星，名南极老人。俗传，主国泰民安，人长寿。
【例句】唐李白《与诸公送…》："衡山苍苍入紫冥，下看南极老人星。"唐杜甫《寄韩谏议注》："周南留滞古所惜，南极老人应寿昌。"唐杜甫《覃山人隐居》："南极老人自有星，北山移文谁勒铭。"宋刘敞《和章都官…》："南极老人坐盘石，赤足蟠髻濯项颐。"宋范祖禹《四皓》："赤精斩蛇入咸阳，南极老人转遁藏。"

南金 nán jīn
【分类】政治
【关键词】尔雅
【释义】比喻南方的优秀人才。源见"南金东箭"。
【例句】唐杜甫《题省中院壁》："衮职曾无一字补，许身愧比双南金。"唐元稹《春晚寄杨…》："寄之二君子，希见双南金。"唐许浑《寄郴州李…》："高楼王与谢，逸韵比南金。"唐令狐楚《节度宣武…》："洛下相逢肯相寄，南金璀错玉凄凉。"

南金东箭 nán jīn dōng jiàn
【分类】政治
【关键词】尔雅
【释义】比喻卓越、俊秀的人才。《尔雅·释地》："东南之美者，有会稽之竹箭焉…西南之美者，有华山之金石焉。"
【例句】唐罗隐《秋夜寄进…》："空羡良朋尽高价，可怜东箭与南金。"宋程公许《岷峨叹》："南金东箭输不竭，岷峨之产何独穷。"元王冕《悼止斋王…》："南金东箭谁堪拟，绿水青山尽可悲。"明钱谦益《金陵归过…》："东箭采揉输贡尽，南金冶铸许身难。"

南柯梦 nán kē mèng
【分类】生活
【关键词】淳于棼
【释义】也称槐安梦。比喻人生如梦、富贵无常。唐《南柯太守传》载：淳于棼饮酒古槐树下，醉后入梦，见一城楼题大槐安国。槐安国王招其为驸马，任南柯太守三十年，享尽富贵荣华。醒后见槐下有一大蚁穴，南枝又有一小穴，即梦中的槐安国和南柯郡。
【例句】唐陈璠《临刑诗》："五年荣贵今何在，不异南柯一梦中。"宋强至《依韵和镇》："却思广陌追游处，都似南柯梦寐中。"宋韦骧《和徐仲元…》："往还倏忽南柯梦，离合殷勤北海罍。"宋虞俦《再和以莲…》："竹轩旋碾香尘散，槐梦初回齿颊甜。"

南楼 nán lóu
【分类】生活
【关键词】庾亮
【释义】指吟咏欢娱之所。《晋书·庾亮列传》："亮在武昌，诸佐吏殷浩之徒，乘秋夜往共登南楼，俄而不觉亮至，诸人将起避之。亮徐曰：'诸君少住，老子于此处兴复不浅。'便据胡床与浩等谈咏竟坐。"
【例句】唐宋之问《明河篇》："昏见南楼清且浅，晓落西山纵复横。"唐杜甫《登兖州城楼》："东郡趋庭日，南楼纵目初。"唐杜甫《舟中夜雪…》："暗度南楼月，寒深北渚云。"唐陆龟蒙《新定陪太…》："却嫌殷浩南楼夕，一带秋声入恨长。"宋孔武仲《送韩密学…》："北府魏豻瞻玉节，南楼风月寄胡床。"

南陆　nán lù

【分类】生活

【关键词】后汉书

【释义】代指夏天。《后汉书·律历下》："日月之行，则有冬有夏；冬夏之间，则有春有秋。是故日行北陆谓之冬，西陆谓之春，南陆谓之夏，东陆谓之秋。"

【例句】唐王季文《九华山谣》："九华峥嵘占南陆，莲花擢本山半腹。"宋胡宿《皇帝合端…》："阳暑移南陆，天光盛紫微。"宋徐积《和杨掾…》："月行赤道日南陆，营丘分野星虚危。"宋周行己《寿郡守》："永日辉南陆，融风丽北堂。"

南溟　nán míng

【分类】生活

【关键词】庄子

【释义】南边的大海。喻指南方。《庄子·逍遥游》："南冥者，天池也。"

【例句】唐卢照邻《宿玄武》："庭摇北风柳，院绕南溟禽。"唐宋之问《途中寒食…》："北极怀明主，南溟作逐臣。"唐孙逖《下京口埭…》："南溟接潮水，北斗近乡云。"唐刘禹锡《南海马大…》："汉家旄节付雄才，百越南溟统外台。"唐杜甫《客从》："客从南溟来，遗我泉客珠。"

南亩　nán mǔ

【分类】生活

【关键词】诗经

【释义】谓农田。南坡向阳，利于农作物生长，古人田土多向南开辟，故称。《诗经·小雅·大田》："俶载南亩，播厥百谷。"

【例句】唐王绩《晚年叙志…》："归来南亩上，更坐北溪头。"唐骆宾王《畴昔篇》："挂冠裂冕已辞荣，南亩东皋事耕凿。"唐韦庄《题汧阳县…》："西园夜雨红樱熟，南亩清风白稻肥。"聂绀弩《遇狼》："南亩饁羹一杠杠，道逢狞犬色苍黄。"

南浦　nán pǔ

【分类】生活

【关键词】楚辞

【释义】喻指送别之地。《楚辞·九歌·河伯》："子交手兮东行，送美人兮南浦。"王逸注："愿河伯送己南至江之涯。"

【例句】唐王勃《滕王阁》："画栋朝飞南浦云，珠帘暮卷西山雨。"唐王维《齐州送祖二》："送君南浦泪如丝，君向东州使我悲。"唐杜牧《见刘秀才…》："远风南浦万重波，未似生离别恨多。"唐王昌龄《西江寄越弟》："南浦逢君岭外还，沅溪更远洞庭山。"

南迁虞翻　nán qiān yú fān

【分类】政治

【关键词】虞翻

【释义】感叹才人良士遭冤流落，心怀愤抑。《三国志·虞翻传》："翻数犯颜谏争，权不能悦，又性不协俗，多见谤毁…权积怒非一，遂徙翻交州。虽处罪放，而讲学不倦，门徒常数百人。"

【例句】唐李白《赠易秀才》："地远虞翻老，秋深宋玉悲。"唐贾至《送王员外…》："共叹虞翻枉，同悲阮籍途。"唐韩愈《韶州留别…》："久钦江总文才妙，自叹虞翻骨相屯。"宋宋祁《又寄王都官》："虞翻到骨终无媚，阮籍逢途但有穷。"

南荣　nán róng

【分类】文化

【关键词】司马相如

【释义】房屋的南檐。荣，屋檐两头翘起的部分。亦指南方之地。汉司马相如《上林赋》："偓佺之伦，暴于南荣。"

【例句】唐李世民《赋得夏首…》："北阙三春晚，南荣九夏初。"唐陆龟蒙《自遣诗》："无多药圃近南荣，合有新苗次第生。"唐包佶《近获风痹…》："唯借南荣地，清晨暂负暄。"唐李宾《登瓦官寺阁》："钟山对北户，淮水入南荣。"

南容　nán róng

【分类】生活

【关键词】孔子

【释义】即南宫括，孔子的学生。《论语·先进》："南容三复白圭，孔子以其兄之子妻之。"《史记·仲尼弟子列传》："南宫括字子容。"子谓南容："邦有道，不废，邦无道，免于刑戮。"亦借指所爱的女子。

【例句】宋晁说之《再用丰字…》："镇玉无时非北渚，磨圭在处是南容。"宋饶节《无求用前…》："素纸不书思雪老，白圭无玷忆南容。"宋刘克庄《方氏侄女…》："吾常才道韫，汝竟妻南容。"宋许及之《再用韵酬…》："暂肯闻闲入诗社，来篇三复叹南容。"

南阮　nán ruǎn

【分类】文化

【关键词】阮籍

【释义】晋阮籍与其侄阮咸同负盛名，共居道南，合称南阮。《世说新语·任诞》："阮仲容（咸）、步兵（阮籍）居道南，诸阮居道北。北阮皆富，南阮贫。"后因借指侄辈。亦借指贫穷之家。

【例句】唐戴叔伦《旅次寄湖…》："闭门茅底偶为邻，北阮那怜南阮贫。"唐李端《送判驾赴…》："南阮贫无酒，唯将泪湿衣。"唐陆翱《闲居即事》："悔下东山石，贫于南阮家。"宋晁补之《复用前韵…》："平生傲世予南阮，臧否未容留齿间。"

南山豆苗　nán shān dòu miáo

【分类】政治

【关键词】杨恽

【释义】咏田间劳作，以寄寓罢官闲居的情怀之典。源见"杨恽种豆"。

【例句】唐杜甫《投简咸华…》："南山豆苗早荒秽，青门瓜地新冻裂。"唐骆宾王《夏日游德…》："一顷南山豆，五色东陵瓜。"宋梅尧臣《田家》："去锄南山豆，归灌东园瓜。"宋李复《依韵酬朱…》："东陵瓜地久已荒，南山豆苗岁常旱。"

南山寿 nán shān shòu
【分类】生活
【关键词】诗经
【释义】人祝寿之词。《诗经·小雅·天保》："如南山之寿，不骞不崩。"唐孔颖达疏："天定其基业长久，且又坚固，如南山之寿。"
【例句】唐李峤《汾阴行》："声明动天乐无有，千秋万岁南山寿。"唐魏元忠《银潢宫侍…》："愿奉南山寿，千秋长若斯。"唐李白《春日行》："小臣拜献南山寿，陛下万古垂鸿名。"唐魏元忠《修书院学…》："愿陪南岳寿，长奉北宸樽。"

南山雾豹 nán shān wù bào
【分类】政治
【关键词】列女传
【释义】比喻隐居避世、爱惜其身或潜心进德修业、富有文采之人。《列女传·陶答子妻》："答子治陶三年，名誉不与，家富三倍。…其妻忧曰：'妾闻南山有玄豹，雾雨七日而不下食者何也？欲以泽其毛而成文章也，故藏而远害。犬彘不择食以肥其身，坐而欲死耳。'"玄：黑色。
【例句】唐李白《经乱离后将…》："我垂北溟翼，且学南山豹。"唐许浑《酬河中柑…》："文章已变南山雾，羽翼应抟北海风。"宋黄庭坚《次韵郭右…》："曹秋水寒沙鱼得计，南山浓雾豹成文。"宋黄庭坚《和范信中…》："何时鲲化北溟波，好在豹隐南山雾。"

南山有乌 nán shān yǒu wū
【分类】生活
【关键词】夫差
【释义】即南山有乌，北山张罗。喻做事不合情理，无法成功。《搜神记》载：吴王夫差小女紫玉与韩重相恋，遭到夫差阻止，忧愤而死，她的魂魄和韩重相会，"（歌）曰：'南山有乌，北山张罗，乌既高飞，罗将奈何？'"原意是指紫玉自己已经死去，韩重再回来寻找她又有什么用。
【例句】宋文同《乌生八九子》："南山有乌乌，生子层崖巅。"宋罗公升《赠游仁翁》："南山有好鸟，来集鸿鹄行。"宋赵抃《绣川湖》："东南山水闻之久，未省何人曾说义乌。"宋张镃《夜宿龙井…》："阳乌翅焦云既兔，避热马转南山限。"

南史 nán shǐ
【分类】政治
【关键词】南史
【释义】春秋时齐国史官。喻指直书史实的良史官。《左传·襄公二十五年》："太史书曰：'崔杼弑其君。'崔子杀之。其弟嗣书而死者二人；其弟又书，乃舍之。南史氏闻太史尽死，执简以往；闻既书矣，乃还。"
【例句】唐权德舆《奉送孔十…》："南史编年著盛名，东朝侍讲常虚伫。"唐高适《奉酬北海…》："盛烈播南史，雄词豁东溟。"宋李彭《李成德求…》："安得董狐南史笔，发扬潜德到云仍。"元高启《节妇吟》："此日谁能问南史，如妇曾书几人死？"

南威 nán wēi
【分类】生活
【关键词】晋文公
【释义】春秋时晋国的美女。为咏美女之典。《战国策·魏策》："晋文公得南之威，三日不听朝，遂推南之威而远之，曰：'后世必有以色亡其国者。'…左白台而右闾须，南威之美也。"
【例句】唐刘言史《桂江逢王…》："故人丹旐出南威，少妇随丧哭渐归。"唐卢仝《与马异结…》："绝胜明珠千万斛，买得西施南威一双婢。"唐聂夷中《公子行》："美人尽如月，南威莫能匹。"唐罗隐《庭花》："南威病不起，西子老兼至。"

南阳躬耕 nán yáng gōng gēng
【分类】政治
【关键词】诸葛亮
【释义】隐居劳作之典。三国蜀诸葛亮《前出师表》："臣本布衣，躬耕于南阳，苟全性命于乱世，不求闻达于诸侯。"诸葛未遇刘备前，曾隐居于南阳，躬耕自给度日。
【例句】唐李白《读诸葛武…》："当其南阳时，陇亩躬自耕。"唐杜甫《武侯庙》："犹闻辞后主，不复卧南阳"。宋范仲淹《依韵和提…》："南阳风俗常苦耕，太守忧民敢不诚。"宋程俱《北固怀古》："喔中况有南阳客，布衣躬耕无瓯石。"

南阳寿 nán yáng shòu
【分类】生活
【关键词】抱朴子
【释义】咏饮用甘谷水而长寿之典。源见"甘谷水"。
【例句】宋陈师道《和苏公洞…》："方从罗浮山，已作南阳寿。"宋项安世《又次王醇…》："仙方旧说南阳寿，异色新添雪水寒。"宋张栻《寿伯叟弟》："不用南阳三十斛，家山根蒂好栽培。"宋蒲寿宬《舶使王会…》："南阳有菊水，一掬清且鲜。"

南阳有近亲 nán yáng yǒu jìn qīn
【分类】政治
【关键词】刘隆
【释义】君王近亲之典。《后汉书·刘隆传》："时诸郡各遣使奏事，帝见陈留吏牍上有书，视之，云：'颍川、弘农可问，河南、南阳不可问。'…对曰：'河南帝城，多近臣，南阳帝乡，多近亲，田宅逾制，不可为准。'"
【例句】唐韩愈《题广昌馆》："丘坟发掘当官路，何处南阳有近亲。"元吴莱《二月六日…》："南阳近亲最舞蹈，京兆者旧争歌谣。"明王鏊《送李士钦…》："归路恩光满,南阳有近亲。"明李梦阳《送人之南郡》："南阳帝里近亲多,冈势盘龙绕白河。"

南夷 nán yí

【分类】政治
【关键词】诗经
【释义】古代称南方未开化的民族。《诗经·鲁颂·閟宫》："淮夷蛮貊,及彼南夷,莫不率从,莫敢不诺。"
【例句】唐周渭《游兼山》："一路接天连楚界,两峰拔地镇南夷。"唐白敏中《贺收复秦…》："西边北塞今无事,为报东南夷与蛮。"唐柳宗元《溪居》："久为簪组束,幸此南夷谪。"唐储光羲《同诸公秋…》："骤闻汉天子,征彼西南夷。"

南辕北辙 nán yuán běi zhé

【分类】政治
【关键词】战国策
【释义】形容行动与目的相反,不会达到目的。《战国策·魏策》："今者臣来,见人于大行,方北面而持其驾,告臣曰:'我欲之楚。'臣曰:'君之楚,将奚为北面?'曰:'吾马良。'曰:'马虽良,此非楚之路也。'曰:'吾用多。'曰:'用虽多,此非楚之路也。'曰:'吾御者善。'此数者愈善,而离楚愈远耳。"辕:车前驾牲畜的两根直木。
【例句】宋俞德邻《怀萧道夫》："北辙南辕一昔分,何时尊酒细论文。"宋胡仲弓《过大官岭》："前山万仞如壁立,南辕北辙何时停。"宋陈渊《至荆州寄…》："但期君马当北首,岂谓我辔今南辕。"金赵秉文《郑子产庙》："玉帛事楚方南辕,晋师已及国北门。"

南枝北枝 nán zhī běi zhī

【分类】文化
【关键词】梅
【释义】用以咏梅。或比喻苦乐殊异。源见"岭梅"。
【例句】唐观梅女仙《题壁》："南枝向暖北枝寒,一种春花有两般。"唐薛逢《醉春风》："时节先从暖处开,北枝未发南枝晚。"唐李峤《鹧鸪》："南枝日照暖,北枝霜露滋。"

南仲 nán zhòng

【分类】政治
【关键词】南仲
【释义】咏歌颂将帅之典。《诗经·小雅·出车》："王命南仲,往城于方…赫赫南仲,玁狁于襄。""赫赫南仲,薄伐西戎。"描述了周宣王大将南仲的功勋。
【例句】唐岑参《送郭仆射…》："南仲今时往,西戎计日平。"唐钱起《送鲍中丞…》："将略过南仲,天心寄北京。"宋韩维《送李阁使…》："祖门事业如南仲,无使家声愧鼎彝。"元刘基《题钱舜举…》："天闲乘黄越在野,出车未见歌南仲。"

难弟难兄 nán dì nán xiōng

【分类】生活
【关键词】世说新语
【释义】原指兄弟两人才德俱佳,难分高下。现指共患难的人或彼此处于同样困境。《世说新语·德行》："陈元方子长文有英才,与季方子孝先,各论其父功德。争之不能决,咨于太丘。太丘曰:'元方难为兄,季方难为弟。'"
【例句】宋游酢《韩魏公读…》："前辈浑厚应有此,难弟难兄俱可书。"宋邹浩《题双芝轩》："难弟难兄强氏子,太学声名耸多士。"宋王十朋《送潜老赴…》："难弟难兄汉二龚,袭袭缝衲各清风。"聂绀弩《访丘东平…》："难弟难兄此墙屋,成龙成虎各风雷。"

难为水 nán wéi shuǐ

【分类】生活
【关键词】孟子
【释义】即观于海者难为水,游于圣门难为言。看过海洋的人,别的水就看不上眼了;曾在圣人门下学习过的人,别的议论也就难于吸引他了。比喻见多识广,眼界自高。语出《孟子·尽心》："孟子曰:'孔子登东山而小鲁,登泰山而小天小,故观于海者难为水,游于圣人之门者难为言。'"
【例句】唐元稹《离思》："曾经沧海难为水,除却巫山不是云。"宋潘玙《送僧铁山…》："固知海里难为水,须认衣中自蕴珠。"宋楼扶《沁园春》："难为水,算平生未有,此番登高。"宋潘玙《送僧铁山…》："固知海里难为水,须认衣中自蕴珠。"

囊药未陈 náng yào wèi chén

【分类】文化
【关键词】王和平
【释义】咏有道术者之典。《后汉书·王和平传》："北海王和平,性好道术,自以当仙。济南孙邕少事之,从至京师。会和平病殁,邕因葬之东陶。有书百余卷,药数囊,悉以送之。后弟子夏荣言其尸解,邕乃恨不取其宝书仙药焉。"
【例句】唐杜甫《寄张十二…》："时后符应验,囊中药未陈。"元周棐《次韵顾玉…》："养生况有封囊药,坐听流莺手自圆。"明韩雍《谢陈少卿…》："感君惠我行囊药,一颗乌丸抵万金。"明成鹫《自春迄夏…》："青囊药裹留不住,光芒飞出香山城。"

囊萤照读 náng yíng zhào dú

【分类】生活
【关键词】车胤
【释义】就着袋子中萤火虫的光读书,形容家贫但读书刻苦,勤奋好学。《晋书·车胤传》："家贫不常得油,夏月则练囊盛数十萤火以照书,以夜继日焉。"
【例句】唐李渤《喜弟淑再…》："次兄一生能节节,夏聚流萤冬映雪。"唐高适《奉酬北海…》："一生徒羡鱼,四十犹聚萤。"唐李商隐《句》："好向书生窗畔种,免教辛苦更囊萤。"宋朱复之《冬夜读书…》："欲学囊萤车,十月霜无萤。"

猱玃须古 náo jué xū gǔ
【分类】生态
【关键词】述异记
【释义】咏老猿之典。《述异记》："猿五百岁化为玃,玃千岁化为老人。"
【例句】唐杜甫《瞿塘两崖》："猱玃须髯古,蛟龙窟宅尊。"张耒《道士矶》："蛟龙穴乱石,猱玃在乔木。"宋陆游《小竖醉》："可怜小竖如猱玃,却有平阳吏舍风。"宋程公许《连日驻白…》："绝壁走猱玃,深潭伏鼍鼍。"

内相 nèi xiàng
【分类】政治
【关键词】陆贽
【释义】喻指宫中太监。后为翰林学士的别称。《旧唐书·陆贽传》："及出居艰阻之中,虽有宰臣,而谋猷参决,多出于贽,故当时目为'内相'。"唐开元二十六年,改翰林供奉为学士,专掌内命,参裁朝廷大议,人称"内相"。
【例句】宋司筠《属疾》："职清唐内相,宅僻鲁东家。"宋梅尧臣《永叔内翰…》："内相能来顾,为郎乐有余。"宋吕陶《和周简州…》："内相贵名虽烜赫,山翁行李甚优游。"宋郭祥正《寿宁禅院…》："一种琼花内相栽,隔年琲环待春开。"

能言鸭 néng yán yā
【分类】文化
【关键词】陆龟蒙
【释义】咏巧捷多智的典故。《类说·杨文公谈苑》："唐陆龟蒙善为赋…小童奴以小舟驱群鸭出,内养弹其一绿头雄鸭,折头。龟蒙遽舍出,大呼云:'此绿鸭有异,善人言,适将献状本州,贡天子,今持此死鸭以诣官自耳。'内养少长宫禁,不知外事,信然,甚惊骇,厚以金帛遗之,龟蒙乃止。因徐问龟蒙曰:'此鸭何言?'龟蒙曰:'常自呼其名。'"
【例句】宋文彦博《依漾园池…》："贪看池上能言鸭,小立桥边称意苔。"宋苏轼《陆龟蒙》："却因养得能言鸭,惊破王孙金弹丸。"宋辛弃疾《六幺令》："便整松江一棹,点检能言鸭。"宋洪炎《初入浙中》："池足能言鸭,蹊多喘月牛。"

尼甫縻匡 ní fǔ mí kuāng
【分类】生活
【关键词】孔子
【释义】用为圣人遭困厄之典。《史记·孔子世家》："将适陈,过匡…匡人闻之,以为鲁之阳虎。阳虎尝暴匡人,匡人于是遂止孔子。孔子状类阳虎,拘焉五日…匡人拘孔子益急,弟子俱。孔子曰:'文王既没,文不在兹乎?…天之未丧斯文也,匡人其如予何?'孔子使从者为宁武子臣于卫,然后得去。"尼甫,即尼父,指孔子。縻,束缚,此指遭受困厄。
【例句】唐白居易《杂感》："阳货肆凶暴,仲尼畏于匡。"唐李咸用《君子行》："尼甫至圣贤,犹为匡所縻。"宋胡融《伏虎坛》："西伯困羑里,仲尼畏匡人。"明彭孙贻《毛槐眉明…》："关尹留聘老,匡人厄孔尼。"

泥封函谷 ní fēng hán gǔ
【分类】政治
【关键词】王元
【释义】喻称关隘把守严密坚固。《东观汉记·隗嚣载记》："嚣将王元说嚣曰:'…今天水完富,士马最强,北取河西,东收三辅,案秦旧迹,表里山河。元请以一丸泥,为大王东封函谷关,此万世一时也。'"
【例句】唐唐彦谦《送樊琯司…》："未见泥函谷,俄惊火建章。"唐张说《奉和圣制…》："不将千里隔,何用一丸泥。"五代徐钧《李密》："泥封函谷策诚奇,人不能从己不疑。"金无名氏《题崖略》："坐笑瞿塘沈铁锁,何须函谷用泥封。"

泥滑滑 ní huá huá
【分类】文化
【关键词】梅尧臣
【释义】竹鸡的别名、叫声。宋梅尧臣《宛陵集·寓言·竹鸡》："泥滑滑,苦竹冈,雨潇潇,马上郎。"宋刘宰《开禧纪事》："泥滑滑,仆仆姑,唤晴唤雨无时无。"
【例句】宋梅尧臣《和欧阳永…》："苦竹冈头泥滑滑,君时最赏趣向精。"宋欧阳修《答和阁老…》："花间鸟语愁泥滑,屋上鸠鸣厌雨多。"宋文同《奉送少讷…》："丛冈复岭谁敢度,且暮寒鸡叫泥滑。"聂绀弩《有赠(胡风)》："客子休嗟泥滑滑,河洲定有鸟关关。"

泥金帖子 ní jīn tiě zǐ
【分类】政治
【关键词】开元天宝
【释义】用泥金涂饰的笺帖。唐以来用于报新进士登科之喜。《开元天宝遗事·泥金帖子》："新进士才及第,以泥金书帖子附家书中,用报登科之喜,至文宗朝,遂寖削此仪也。"
【例句】宋吕陶《和陈图南…》："尺书已报泥金帖,丹字仍题衣锦人。"宋葛立方《喜子邲登第》："泥金帖报家庭喜,烧尾筵张帝里春。"宋杨万里《送族弟子…》："淡墨榜头先快睹,泥金帖子不须封。"宋王迈《贺宋兄令…》："欢驰帝里泥金帖,喜溢亲庭药玉杯。"

泥涂 ní tú
【分类】政治
【关键词】左传
【释义】比喻卑下的地位。《左传·襄公三十年》："武不才,任君之大事,以晋国之多虞,不能由吾子,使吾子辱在泥涂久矣,武之罪也。"
【例句】唐贺知章《奉和圣制…》："迹同游汗漫,荣是出泥涂。"唐刘长卿《赠别于群…》："本持乡曲誉,肯料泥涂辱。"唐杜甫《赠韦左丞丈》："家人忧几杖,甲子混泥涂。"唐杜甫《折槛行》："青衿胄子困泥涂,白马将军若雷电。"

輗軏　ní yuè
【分类】政治
【关键词】论语
【释义】比喻事物的关键。《论语注疏·为政》："人而无信，不知其可也。大车无輗，小车无軏，其何以行之哉？"輗，大车车杠与前端衡木连接的销子。軏，小车车杠与前端衡木连接的销子。
【例句】唐韩愈《送文畅师…》："已穷佛根源，粗识事輗軏。"唐薛能《将赴镇过…》："十万旌旗移巨镇，几多輗軏负孤庄。"宋翁合《贺参政生…》："言如车行得輗軏，尼山上有孤凤栖。"元张昱《天马歌》："纵行不受羲和辔，肯使王良驭輗軏？"

霓裳　ní cháng
【分类】文化
【关键词】楚辞
【释义】神仙的衣裳。相传神仙以云为裳。《楚辞·九歌·东君》："青云衣兮白霓裳，举长矢兮射天狼。"汉王逸注："言日神来下，青云为上衣，白蜺为下裳也。"亦指飘拂轻柔的舞衣。
【例句】唐马戴《送王道士》："霓裳云气润，石径术苗香。"唐韦述《送贺秘监…》："霓裳标逸气，丹灶理童颜。"唐武则天《游仙篇》："绛宫珠阙俯仙家，霓裳羽旆自凌霞。"唐钱起《题嵩阳焦…》："玉体才飞西蜀雨，霓裳欲向大罗天。"

霓裳羽衣曲　ní cháng yǔ yī qǔ
【分类】生活
【关键词】唐玄宗
【释义】唐代著名法曲。为开元中河西节度使杨敬忠所献。初名《婆罗门曲》。经唐玄宗润色并制歌词，改用今名。传说中亦有为唐玄宗登三乡驿望女儿山及游月宫密记仙女之歌归而所作。《杨太真外传》："于凤凰园册太真宫女道士杨氏为贵妃，半后服用。进见之日，奏《霓裳羽衣曲》。"
【例句】唐白居易《长恨歌》："渔阳鼙鼓动地来，惊破霓裳羽衣曲。"唐刘禹锡《三乡驿楼…》："三乡陌上望仙山，归作霓裳羽衣曲。"唐元稹《琵琶歌》："曲名无限知者鲜，霓裳羽衣偏宛转。"宋田锡《紫云曲》："俾与霓裳羽衣曲，递相奏向梨花园。"

霓忆虹　ní yì hóng
【分类】生活
【关键词】汉书
【释义】喻指男女思恋。古人认为虹有雄雌之别，雄者叫做虹，雌者称为霓。《汉书·天文志》："抱珥蜺霓。"三国魏如淳注："挈或作虹。…蝃蝀谓之挈，表云雄为虹，雌为蜺。"
【例句】唐李贺《恼公》："晚树迷新蝶，残霓忆断虹。"唐齐己《夏日原西…》："闲处雨声随霹雳，旱田人望隔虹霓。"唐司空曙《送张鍊师…》："松籁万声和管磬，丹光五色杂虹

蜺。"唐卢象《紫阳真人歌》："鸳鹭差池攀羽盖，虹霓夭矫翙车轮。"

齯齿　ní chǐ
【分类】生活
【关键词】尔雅
【释义】老人齿落后复生之细齿。喻长寿之典。也借指老人。《尔雅·释诂上》："黄发、齯齿、鲐背、耇老，寿也。"晋郭璞注："齯齿，齿堕更生细者。"鲐背，背上生鲐鱼般的斑纹。耇老，年高有德的贤人。指老成人。
【例句】宋史浩《上绍兴守…》："试向黄堂寿我公，庞眉齯齿气冲融。"宋项安世《又代作》："岁晚逢春知有意，天教齯齿受新裋。"宋项安世《四伯父生朝》："浴冠舞童春服盛，秀眉齯齿颂声长。"宋邹浩《送章显父…》："郡邑疏恩寿齯齿，斑衣儿啼奉甘旨。"

惄焉心如捣　nì yān xīn rú dǎo
【分类】生活
【关键词】诗经
【释义】咏忧伤之典。《诗经·小雅·小弁》："我心忧伤，惄焉如捣。"毛传："惄，思也。捣，心疾也。"
【例句】唐陶翰《早过临淮》："川路日浩荡，惄焉心如捣。"宋刘奉世《过都》："天意不可知，烦心惄焉捣。"宋李纲《冬日来观…》："惄焉感时心，未免如阻篝。"宋韩淲《夜醉处晦…》："惄焉如调饥，山阿休采薇。"明韩日缵《为冯源明…》："仰天时一鸣，惄焉摧心肝。"

拈花微笑　niān huā wēi xiào
【分类】文化
【关键词】释迦牟尼
【释义】佛家语。喻心领神会，参透禅机。《五灯会元·释迦牟尼佛》："世尊在灵山会上，拈花示众，是时众皆默然，唯迦叶尊者破颜微笑。世尊云：'吾有正法眼藏，涅槃妙心，实相无相，微妙法门，不立文字，教外别传，付嘱摩诃迦叶。'"迦叶：摩诃迦叶，后被推尊为禅宗始祖。
【例句】唐大乂《坐禅铭》："若将此等当禅宗，拈花微笑丧家风。"宋李之仪《觉老求诗》："会上拈花虽未笑，坐中持钵顿生光。"宋李之仪《瑛侍者欲…》："击竹有声先了悟，拈花微笑已知音。"宋释心月《无净》："拈花微笑争端起，面壁安心闹铺开。"

年命　nián mìng
【分类】生活
【关键词】汉书
【释义】寿命，年庚。《汉书·刑法志》："《书》曰：'立功立事，可以永年。'言为政而宜于民者，功成事立，则受天禄而永年命。"
【例句】唐李贺《恼公》："跳脱看年命，琵琶道吉凶。"宋释文珦《重阜崔嵬行》："听我蒿里歌，年命如朝露。"元杜本《寒月泉》："此水若寒月，饮之年命长。"聂绀弩《尘中望且…》："室有文章惊海内，人无年命见花朝。"

年算六身 nián suàn liù shēn
【分类】生活
【关键词】史赵
【释义】用作咏村老的典故。《左传·襄公三十年》："史赵曰：'亥有二首六身，下二如身，是其日数也。'"晋杜预注："史赵，晋太史。亥字二画在上，并三六为身，如算之六。""下亥上二画，竖置身旁。"春秋时，晋之史赵曾将亥字上部之二竖置于下部之六侧，表示绛老年龄的日数。
【例句】唐王维《慕容承携…》："门看五柳识，年算六身知。"明阮大铖《和壶中天…》："六身年算，浩劫恒沙，腊指阶前树。"

念奴 niàn nú
【分类】生活
【关键词】念奴
【释义】唐天宝年间著名歌女。喻指歌女。《开元天宝遗事·眼色媚人》："念奴者，有姿色，善歌唱，未尝一日离帝左右。每执板当席，顾眄左右。帝谓妃子曰：'此女妖丽，眼色媚人。'每啭声歌喉，则声出于朝霞之上，虽钟鼓笙竽嘈杂，而莫能遏。"
【例句】唐元稹《连昌宫词》："力士传呼觅念奴，念奴潜伴诸郎宿。"宋宋白《宫词》："慢拍红牙转眼波，念奴楼上一声歌。"宋王山《答盈盈》："压倒念奴价百倍，兴来奇怪生毫端。"宋刘挚《次韵蔡景…》："天上念奴春睡足，风前飞燕舞容斜。"

酿泉 niàng quán
【分类】生态
【关键词】欧阳修
【释义】泉名。在今安徽省滁州市西南。宋欧阳修《醉翁亭记》："山行六七里，渐闻水声潺潺，而泻出于两峰之间者，酿泉也…酿泉为酒，泉香而酒洌。"
【例句】宋郭祥正《卧龙山泉…》："酿泉为酒饮辄醉，自号醉翁乐无涯。"宋杨万里《题兴宁县》："酿泉为酒不用曲，春风吹作蒲萄绿。"宋苏轼《雪诗》："拟欲为之修水记，惠山泉冷酿泉清。"宋赵蕃《寄孙子进…》："酿泉饮佳客，采溪荇朝餐。"

鸟覆危巢 niǎo fù wēi cháo
【分类】政治
【关键词】诗经
【释义】比喻处境危险。源见"风雨飘摇"。
【例句】唐李商隐《引次昭应…》："鱼游沸鼎知无日，鸟覆危巢岂待风。"唐温庭筠《病中书怀》："乔木能求友，危巢莫吓雏。"明于谦《秋林》："枝垂硕果霜初落，鸟覆危巢叶渐稀。"清许宝蘅《辛亥纪事》："星沉海底当窗见，鸟覆危巢岂待风。"

鸟喙 niǎo huì
【分类】政治

【关键词】勾践
【释义】指代勾践。《史记·越王句践世家》："范蠡遂去，自齐遗大夫种书曰：'蜚鸟尽，良弓藏；狡兔死，走狗烹。越王为人长颈鸟喙，可与共患难，不可与共乐。子何不去？'种见书，称病不朝。"
【例句】唐陆龟蒙《范蠡》："勾践不知嫌鸟喙，归来犹自铸良金。"宋周密《游灵岩馆…》："鸟喙只堪同患难，蛾眉何事管兴亡。"宋黄好谦《题淮阴侯庙》："隆准早知同鸟喙，将军应起五湖心。"宋王十朋《禹庙歌》："鸟喙辛勤十九年，平吴霸越世称贤。"

鸟迹 niǎo jì
【分类】生活
【关键词】淮南子
【释义】鸟的爪印。借指鸟篆。《淮南子·说山训》："见飞蓬转而知为车，见鸟迹而知著书，以类取之。"
【例句】唐杜甫《李潮八分…》："苍颉鸟迹既茫昧，字体变化如浮云。"唐柳宗元《叠前》："左家弄玉唯娇女，空觉庭前鸟迹多。"唐敦煌人《墨池咏》："舒笺行鸟迹，研墨染鱼缁。"宋司马光《夏日西斋…》："小院地偏人不到，满庭鸟迹印苍苔。"

鸟申 niǎo shēn
【分类】生活
【关键词】庄子
【释义】亦作鸟伸。古代一种养身术，运动肢体如飞鸟之伸脚。《庄子·刻意》："吹呴呼吸，吐故纳新，熊经鸟申，为寿而已矣。"
【例句】唐欧阳詹《送高士安…》："就养思儿戏，延年爱鸟伸。"宋刘弇《晚晴》："熊经与鸟申，仿佛犹能学。"宋陆游《自立秋前…》："不动成罴卧，微劳学鸟伸。"元黄玠《酒歌》："熊经鸟申尽无益，三杯可使颜再红。"

鸟鼠 niǎo shǔ
【分类】生态
【关键词】杜甫
【释义】鸟鼠，山名，又名青雀山，是渭水的发源地，位于甘肃渭源县西南。即《禹贡》"鸟鼠同穴"之山。唐杜甫《秦州杂诗》："水落鱼龙夜，山空鸟鼠秋。"亦指鸟与鼠。
【例句】宋刘攽《渭水》："鸟鼠流清渭，岍岐导众山。"宋周行己《次胡志衡韵》："渭水来从鸟鼠穴，陇山真接首阳巅。"宋刘子寰《挽忠烈刘侯》："那知惯把鲸鲵戮，到底翻为鸟鼠欺。"聂绀弩《自遣》："偶从完达赤松游，得道归来鸟鼠秋。"

鸟言 niǎo yán
【分类】生活
【关键词】度尚
【释义】汉朝时，人们称自己听不懂的少数民族语言为鸟言。《后汉书·度尚传》："初试守宣城长，悉移深林远薮椎髻鸟语之人，置于县下，由是境内无复盗贼。"唐李贤

注：“鸟语谓语声似鸟也。"

【例句】唐李商隐《异俗》："鸟言成谍诉,多是恨彤幨。"宋穆修《樊ібон士化…》："树惊人面果,俗骇鸟言夷。"宋刘攽《观虎翼士…》："魑魅非人境,蛮夷尽鸟言。"明李本《送郁林司…》："墟日鸟言夷出洞,秋天人面果登盘。"

鸟耘象耕 niǎo yún xiàng gēng
【分类】政治
【关键词】舜 禹
【释义】咏帝王德政或丧葬之典。汉王充《论衡·书虚》："舜葬于苍梧,象为之耕;禹葬会稽,鸟为之田。盖以圣德所致。天使鸟兽报祐之也。世莫然不。"咏德感上天,象为耕田,鸟为耘地。
【例句】唐宋之问《游称心寺》："未忧龟负岳,且识鸟耘田。"唐李商隐《昭肃皇帝…》："万方同象鸟,举翩满秋尘。"宋王禹偁《送融州任…》："吏供版籍多鱼税,民种山田见象耕。"宋文彦博《神宗皇帝…》："乔山去日乘龙驭,苍野巡时见象耕。"宋刘敞《褒信新蔡…》："忆昔虞舜德动天,象为耕地鸟耘田。"明李尹耕《云门山》："仙家井灶依狐穴,齐国宫庭半鸟耘。"

鸟篆 niǎo zhuàn
【分类】生活
【关键词】蔡邕
【释义】篆书的一种,其笔画由鸟形组成。《后汉书·蔡邕传》："本颇以经学相招,后诸为尺牍及工书鸟篆者,皆加引召,遂至数十人。"
【例句】唐韩愈《喜雪献裴…》："阵势ông丽远,书文鸟篆奇。"唐许浑《赠河东虞押衙》："旧工鸟篆谙书体,新授龙韬识战机。"宋刘过《闲步》："山径无人鸟篆沙,杖藜闲看摘新茶。"宋张耒《和晁应之…》："青引嫩苔留鸟篆,绿垂残叶带虫书。"

镊白 niè bái
【分类】生活
【关键词】萧道成
【释义】谓拔除白发和白须。为咏老之典。《南史·齐本纪下》："废帝郁林王…时年五岁,床前戏。高帝方令左右拔白发…高帝笑谓左右曰:'岂有为人作曾祖而拔白发者乎。'即掷镜、镊。"
【例句】唐杜甫《西阁》："不道含香贱,其如镊白休。"唐耿湋《许下书情…》："银杯乍灭心中火,金镊唯多鬓上丝。"唐韦应物《送秦系赴…》："近作新婚镊白髯,长怀旧卷映蓝衫。"宋李石《扇子诗》："芳菲未碍沧浪色,照水吟诗镊白须。"

啮臂 niè bì
【分类】政治
【关键词】吴起
【释义】咬臂出血,以示诚信和坚决。《史记·孙子吴起列传》："(吴起)与其母诀,啮臂而盟曰:'起不为卿相,不复

入卫!'"后也称男女密约婚嫁为啮臂之盟。
【例句】宋杨泽民《满路花》："深盟密约,啮臂曾流血。"宋徐积《题寄亭》："有人啮臂遗其亲,有人之楚复之秦。"明石宝《清夜游》："杨郎萧郎各一席,千年啮臂宫娃泣。"明徐煃《无题》："啮臂尚思当日约,同心空结片时缘。"

啮毡 niè zhān
【分类】政治
【关键词】苏武
【释义】咬吞毡毛充饥。比喻坚贞不屈。源见"苏武牧羊"。
【例句】宋项安世《次韵孙司…》："水花冰叶来满筵,清寒彻骨思啮毡。"宋苏轼《次韵郑介夫》："相与啮毡持汉节,何妨振履出商音。"宋刘辰翁《忆秦娥》："白头卧起餐毡雪,餐毡雪,上林雁断,上林书绝。"元岑安卿《元正二日…》："苏卿啮毡心壮烈,王恭披氅身毵毵。"

聂政姊 niè zhèng zǐ
【分类】政治
【关键词】聂政
【释义】咏赞烈女之典。《战国策·韩策》："聂政直入,上阶刺韩傀…因自皮面抉眼,自屠出肠,遂以死。韩取聂政尸于市,悬购之千金。久之莫知谁子。聂姊闻之,曰:'弟至贤,不可爱妾之躯,灭吾弟之名,非弟意也。'乃之韩…乃抱尸而哭曰:'此吾弟轵深井里聂政也。'亦自杀于尸下。"
【例句】唐李白《秦女休行》："何惭聂政姊,万古共惊嗟。"宋洪咨夔《楞伽山房》："风标劲似聂政姊,笔力健如曹大家。"明施闰章《为张木弟…》："我欲奉卮酒,为母寿,多母高义能不朽。聂政姊,范滂母。"明吴嘉纪《大姊没百…》："不类屈原嫠,不惭聂政姊。"

宁王玉笛 níng wáng yù dí
【分类】生活
【关键词】李宪
【释义】咏唐宫奏乐之典。宁王李宪,唐睿宗长子,唐玄宗兄,善吹笛。《新唐书·礼乐志》："帝又好羯鼓,而宁王善吹横笛,达官大臣慕之,皆喜言音律。"
【例句】唐温庭筠《弹筝人》："天宝年中事玉皇,曾将新曲教宁王。"唐韦庄《江南送李…》："我为孟馆三千客,君继宁王五代孙。"宋苏泂《梦游海山》："一声何处宁王笛,吹入春风百万家。"

宁武愚 níng wǔ yú
【分类】政治
【关键词】宁武子
【释义】咏明哲自保或称人愚戆之典。《论语·公冶长》："子曰:'宁武子,邦有道,则知;邦无道,则愚。其知可及也,其愚不可及也。'"宁武子,春秋卫国大夫宁俞。
【例句】唐张九龄《登荆州城楼》："直似王陵戆,非如宁武愚。"唐权德舆《奉和许阁…》："孰谓原思病,非关宁武愚。"唐杜牧《歙州卢中…》："醺醺若借嵇康懒,兀兀仍添

宁武愚。"唐白居易《放言》："但爱臧生能诈圣,可知甯子解佯愚。"

宁馨儿　níng xīn ér
【分类】生活
【关键词】王衍
【释义】即这样的孩子。原为贬义,后转为褒义。意指好孩子。《晋书·王衍传》："(衍)总角尝造山涛,涛嗟叹良久,既去,目而送之曰:'何物老妪,生宁馨儿!然误天下苍生者,未必非此人也。'"
【例句】唐刘禹锡《赠日本僧…》："为问中华学道者,几人雄猛得宁馨。"宋方岳《食猫笋》："此君乃有宁馨儿,犀角丰盈玉不如。"宋梅尧臣《开封古城…》："以道为任自可遵,目前况有宁馨儿。"宋苏轼《赠王觏》："何人生得宁馨子,今夜初逢擎笔郎。"

凝碧池　níng bì chí
【分类】生态
【关键词】安禄山
【释义】唐洛阳禁苑中池名。《明皇杂录》："天宝末,群贼陷两京,大掠文武朝臣及黄门宫嫔乐工骑士…送于洛阳…禄山尤致意乐工,求访颇切,于旬日获梨园弟子数百人。群贼因相与大会于凝碧池,宴伪官数十人。"
【例句】唐王维《菩提寺禁…》："秋槐叶落空宫里,凝碧池头奏管弦。"宋王安中《题陈去非…》："江山已暗大同殿,弦管犹喧凝碧池。"宋杨备《剑池》："三尺龙盘古至今,波光凝碧暮云深。"宋仇远《阎氏园池》："凝碧荒凉弦管静,萍花浮满钓鱼船。"

凝寒积雪　níng hán jī xuě
【分类】生态
【关键词】王羲之
【释义】形容天寒雪大。晋王羲之《十七帖》："顷积雪凝寒,五十年中所无。"
【例句】唐牟融《闽中回》："千山积雪凝寒碧,梦入枫宸绕御床。"宋牟巘《题四画》："积雪凝寒不肯融,梅花伫立待春风。"明李昌祺《己亥房山…》："向曙繁星没,凝寒积雪新。"明谢榛《严阁下敏…》："积雪凝寒罢登眺,呼童煮茗莫开门。"

凝旒　níng liú
【分类】政治
【关键词】刘泊
【释义】冕旒静止不动。形容帝王态度肃穆专注。代称帝王。《旧唐书·刘泊列传》："陛下降恩旨,假慈颜,凝旒以听其言,虚襟以纳其说,犹恐群下未敢对扬。"
【例句】唐权德舆《奉和张仆…》："拜恩稽首挽无已,凝旒前席皇情喜。"唐和凝《宫词》："金吾细仗俨威仪,旨旨凝旒对远夷。"五代李建勋《宫词》："自远凝旒守上阳,舞衣顿减旧朝香。"宋王洧《送程给事…》："清班经岁侍凝旒,宠寄稽山第一州。"

宁戚饭牛　níng qī fàn niú
【分类】政治
【关键词】宁戚
【释义】比喻穷困未显,怀才不遇,而忧闷感慨。《楚辞·离骚》："宁戚之讴歌兮,齐桓闻以该辅。"东汉王逸注："宁戚,卫人。该,备也。宁戚脩德不用,退而商贾,宿齐东门外。桓公夜出,宁戚方饮牛,叩角而歌。桓公闻之,知其贤,举用为卿,备辅佐也。"
【例句】唐高适《苦雪》："安能羡鹏举,且欲歌牛下。"唐刘禹锡《游桃源》："楚奏系钟仪,商歌劳宁戚。"唐元稹《放言》："宁戚饭牛图底事,陆通歌凤也无端。"宋陆游《连日大雨…》："尚鄙朱公养鱼术,肯为宁戚饭牛歌。"

宁为鸡口　nìng wéi jī kǒu
【分类】政治
【关键词】战国策
【释义】即宁为鸡口,无为牛后。鸡嘴虽小,却能自由地啄食啼鸣;牛屁股虽大,却常挨鞭挞。比喻宁肯在小范围里独立自主,不愿在大范围里受制于人。《战国策·韩策一》："臣闻鄙谚曰:'宁为鸡口,无为牛后。'今大王西面交臂而臣事秦,何以异于牛后乎?"
【例句】宋师道《送冯翊宋令》："宁为鸡口官无小,欲试牛刀久要新。"宋陈宓《和方丞》："宁为鸡口羞牛后,孔圣从来耻孰鞭。"宋李处权《次韵刘端…》："从来膏粱鄙世胄,岂知牛后与鸡口。"清龚景瀚《延平怀古》："宁为鸡口勿牛后,丈夫固当自不朽。"

宁作我　nìng zuò wǒ
【分类】政治
【关键词】殷浩
【释义】自守其志之典。《世说新语·品藻》："桓公(桓温)少与殷侯(殷浩)齐名,常有竞心。桓问殷:'卿何如我?'殷云:'我与我周旋久,宁作我!'"
【例句】宋方蒙仲《此君室》："问卿自用卿,为我宁作我。"宋张扩《曹南官舍…》："与世周旋宁作我,罢官休去亦由人。"宋陆游《短歌行》："二者求兼势安可,与我周旋宁作我。"明张萱《刘觐国方…》："千古周旋宁作我,一时礼法亦从卿。"

牛不服箱　niú bù fú xiāng
【分类】生活
【关键词】诗经
【释义】用以嘲讽中看不中用,徒有其表。《诗经·小雅·大东》："睆彼牵牛,不以服箱。"意为:明明亮亮的那牵牛星啊,不可用来驾车箱!
【例句】唐韩愈《三星行》："牛不见服箱,斗不挹酒浆。"宋杨亿《书怀寄刘五》："休夸失马曾归塞,未省牵牛解服箱。"宋苏轼《黄牛庙》："江边石壁高无路,上有黄牛不服箱。"

牛车　niú chē
【分类】文化

【关键词】法华经

【释义】佛教语。喻普渡一切众生的菩萨道。《法华经·譬喻品》："憨念安乐无量众生，利益天人，度脱一切，是名大乘，菩萨求此乘故，名为摩诃萨，如彼诸子为求牛车出于火宅。"

【例句】唐张渭《送僧》："殷勤结香火，来世上牛车。"唐李商隐《题白石莲…》："漫夸鹭子真罗汉，不会牛车是上乘。"宋蔡襄《送驯鹿与…》："送汝给孤园里去，此生长伴大牛车。"宋王昇《题招提院…》："新堂复胜牛车乐，旧阁犹如抛火宅萦。"

牛喘 niú chuǎn

【分类】政治

【关键词】丙吉

【释义】比喻百姓的疾苦。源见"丙吉问牛"。

【例句】唐包佶《奉和柳相…》："凤巢多得地，牛喘最关心。"宋梅尧臣《和刘原甫…》："道旁吹喘谁复问，佛寺吹螺空唱号。"宋陈渊《自梅花村…》："道傍牛喘无情问，惭愧林间布谷啼。"宋杨冠卿《冬十月百…》："道傍牛喘不复问，欲了公事真痴儿。"

牛刀 niú dāo

【分类】文化

【关键词】子游

【释义】宰牛的刀。喻有大才之人。源见"武城弦歌"。

【例句】唐孟浩然《赠萧少府》："鸿渐升羽仪，牛刀列下班。"唐许浑《广陵送剡…》："寻仙在仙骨，不用废牛刀。"宋田锡《和安仪凤》："酬答愧无明月佩，纵横争及解牛刀。"宋史尧弼《挽宋邑宰》："当时书雁塔，晚岁试牛刀。"

牛铎有宫商 niú duó yǒu gōng shāng

【分类】生活

【关键词】荀勖

【释义】借指未被发现的才能；也指人或物虽低微但有用。《晋书·荀勖传》："荀勖字公曾…既掌乐事，又修律吕，并行于世。初，勖于路逢赵贾人牛铎，识其声。及掌乐，音韵未调，乃曰：'得赵之牛铎则谐矣。'遂下郡国，悉送牛铎，果得谐者。"牛铎：牛铃。

【例句】唐韦应物《杂体》："谁知贾人铎，能使大乐谐。"宋黄庭坚《再答元舆》："偶然樽酒相劳苦，牛铎调与黄钟同。"宋戴炳《有妄论宋…》："人道凤箫谐律吕，谁知牛铎有宫商。"宋萧立之《谢包宏斋…》："春风一笺入明光，牛铎可使调宫商。"

牛后 niú hòu

【分类】政治

【关键词】战国策

【释义】指牛的肛门，比喻处于从属卑下地位。源见"宁为鸡口"。

【例句】唐元稹《酬翰林白…》："那能作牛后，更拟助洪基"。宋王安石《和圣俞农》："利物博如此，何惭在牛后。"宋苏辙《次韵张耒…》："怜君与我同一手，微官肮脏羞牛后。"宋刘一止《将如京师》："群儿鼠窃均有遇，老矣自知牛后误。"

牛祸 niú huò

【分类】生态

【关键词】刘武

【释义】指发生于牛身上的怪异现象。多指怪胎。古时认为预示将有灾祸。《汉书·梁孝王传》："北猎梁山，有献牛，足上出背上，孝王恶之。六月中，病热，六日薨。"

【例句】唐李德裕《清冷池怀古》："牛祸衅将发，羊孙谋始回。"宋李流谦《吾友黄仲…》："梁亦殒牛祸，庙社几夺主。"明王称《感寓》："豺声馁獒鬼，牛祸成庚宗。"清查慎行《抱犊词》："东村牛祸秋不熟，别向村西买黄犊。"

牛继马后 niú jì mǎ hòu

【分类】政治

【关键词】晋书

【释义】咏史之典。《晋书·元帝纪》："初，玄石图有'牛继马后'，故宣帝深忌牛氏。遂为二榼，共一口，以贮酒焉。帝先饮佳者，而以毒酒鸩其将牛金。而恭王妃夏侯氏竟通小吏牛氏而生元帝，亦有符云。"

【例句】宋刘克庄《吕不韦》："绝嬴由吕相，继马乃牛金。"宋黎廷瑞《晋元帝庙》："不知牛继马，却道马为龙。"宋艾性夫《赋太和寺…》："牛继马来几换骨，鹤乘鸾去忽通家。"明陈政《谢安东山图》："晋辙已东牛继马，名流谁复居林下。"

牛李 niú lǐ

【分类】政治

【关键词】李德裕

【释义】指唐朝以牛僧孺、李宗闵为首和以李吉甫、李德裕父子为首的两个宗派。《新唐书·李德裕传》："（李逢吉）欲引僧孺益树党，乃出德裕为浙西观察使。俄而僧孺入相，由是牛李之憾结矣。"

【例句】宋赵蕃《以孟交唱…》："往事谁能论牛李，旧书聊欲借穷愁。"宋刘克庄《挽叶谦夫…》："不作金张门下客，亦非牛李党中人。"宋苏洞《存没口号》："唐家不靖白牛李，党籍何劳口舌争。"元李复《题刘松年…》："绝怜牛李方倾轧，独羡先生保贞白。"

牛马走 niú mǎ zǒu

【分类】生活

【关键词】司马迁

【释义】旧时自谦之辞。汉司马迁《报任安书》："太史公牛马走司马迁再拜言。"唐李善注："走，犹仆也…自谦之辞也。"

【例句】唐李敬方《近无西耗》："自怜牛马走，未识犬羊心。"宋方岳《月下大醉》："亦知本是麋鹿群，那解作人牛马走。"宋蔡襄《和答孙推…》："去年大暑过京口，唯子见牛马走。"宋苏辙《次前韵答》："儒林谈道亦云旧，远自太史牛马走。"

牛眠地 niú mián dì
【分类】生活
【关键词】陶侃
【释义】指风水好的墓地,可使后辈发达。《晋书·周访传》:"初,陶侃微时,丁艰,将葬,家中忽失牛而不知所在。遇一老父,谓曰:'前岗见一牛眠山污中,其地若葬,位极人臣矣。'又指一山云:'此亦其次,当世出二千石。'言讫不见。三世为益州四十一年,如其所言云。"
【例句】宋韩琦《寄院主净…》:"冈指牛眠今果验,益知囊诀尽精微。"宋葛胜仲《题寄仲仲…》:"宰树成行无鹿触,佳城卜吉自牛眠。"宋卫宗武《重到雪陇…》:"莫恨牛眠无瑞应,且欣老寿此身存。"宋王迈《挽平昌戴…》:"鹤化空华表,牛眠占吉藏。"

牛僧孺 niú sēng rú
【分类】文化
【关键词】牛僧孺
【释义】唐贞元年进士,宪宗时与李宗闵对策,条指失政,以方正敢言进身,累官御史中丞。敬宗时与李宗闵、杨嗣复结为朋党,排斥异己,权震天下,时人指为牛李。《旧唐书·牛僧孺传》:"僧孺奏曰:'臣等待罪辅弼,无能康济,然臣思太平亦无象。今四夷不至交侵,百姓不至流散…虽未及至理,亦谓小康。陛下若别求太平,非臣等所及。'"
【例句】宋白玉蟾《奇章台》:"偃月堂中人用事,牛家僧孺得称贤。"宋胡仲弓《次韵柬李…》:"分朋尽屏牛僧孺,取女亲逢羊角哀。"明琵琶亭诗《韶答诗》:"自惭不是牛僧孺,也向云阶拜玉容。"清郑用锡《幕》:"半生知己牛僧孺,绝代怜才严挺之。"

牛山泪 niú shān lèi
【分类】生活
【关键词】晏子春秋
【释义】也作牛山叹、牛山悲。形容为人生短暂而悲叹。《晏子春秋·内篇谏上》:"景公游于牛山,北临其国城而流涕曰:'若何滂滂去此而死乎?'"
【例句】唐李白《古风》:"景公一何愚,牛山泪相续。"唐李白《君子有所…》:"无作牛山悲,恻怆泪沾臆。"唐杜牧《九日齐安…》:"古往今来只如此,牛山何必泪沾衣。"宋丘葵《九日》:"牛山泪落龙山宴,付与西风一样吹。"明杨爵《重九用杜…》:"丈夫一念真机在,岂效牛山悲老催。"

牛心炙 niú xīn zhì
【分类】生活
【关键词】王济
【释义】用为豪侈的典故。亦指用牛心做的菜肴。《世说新语·汰侈》:"王君夫(恺)有牛,名'八百里驳',常莹其蹄角。王武子(济)语君夫:'我射不如卿,今指赌卿牛,以千万对之。'君夫既恃手快,且谓骏物无有杀理,便相然可。令武子先射。武子一起便破的,却据胡床,叱左右:'速探牛心来!'须臾,炙至,一脔便去。"脔:小片的肉。
【例句】宋杨亿《董温其赴…》:"只应偏啖牛心炙,自此声名汉殿知。"宋唐庚《次郑太玉…》:"他时名誉牛心炙,晚岁穷空犊鼻裈。"宋王洋《圆通至乐…》:"莫贪豪侈牛心炙,来看孤圆马耳峰。"金史肃《偶读贾达…》:"当时快意牛心炙,今日伤怀马鬣封。"

牛衣病卧 niú yī bìng wò
【分类】生活
【关键词】王章
【释义】形容贫病交迫。源见"牛衣对泣"。
【例句】唐刘禹锡《谪居悼往》:"牛衣独自眠,谁哀仲卿泣。"唐皮日休《鲁望读襄…》:"甘穷卧牛衣,受辱对狗窦。"宋王安石《谩成》:"清时无路取封侯,病卧牛衣已数秋。"宋王令《日益无聊…》:"困卧牛衣空有泪,剧弹铁剑不成歌。"

牛衣对泣 niú yī duì qì
【分类】生活
【关键词】王章
【释义】咏贫病交加、生活困难之典。《汉书·王章传》:"王章字仲卿…初,章为诸生学长安,独与妻居。章疾病,无被,卧牛衣中,与妻决,涕泣。其妻呵怒之曰:'仲卿!京师尊贵在朝廷人谁逾仲卿者?今疾病困厄,不自激昂,乃反涕泣,何鄙也!'"
【例句】唐刘禹锡《谪居悼往》:"牛衣独自眠,谁哀仲卿泣?"宋苏轼《示过》:"合浦卖珠无复有,常年笑我泣牛衣。"宋刘攽《夜携贤十…》:"丈夫立气须激昂,岂能中夜牛衣泣。"宋徐积《题寄亭》:"侯门洒扫宁苦辛,牛衣涕泣伤贱贫。"

牛饮 niú yǐn
【分类】生活
【关键词】酒
【释义】俯身而饮,形态如牛。指大口喝。《太公·六韬》:"纣为酒池回船糟丘而牛饮者三千余人为辈。"
【例句】宋梅尧臣《和韵三和…》:"将学时人斗牛饮,还从上客舞银杯。"宋李珏《题金陵杂…》:"恨渠不便效牛饮,那得孟津师旅来。"宋陆游《牛饮市中…》:"牛饮桥头小市东,店门系马一尊同。"聂绀弩《赠徐介城》:"端阳三队曾牛饮,大雪三冬在虎饶。"

牛渚燃犀 niú zhǔ rán xī
【分类】生态
【关键词】温峤
【释义】形容鬼神怪异之事;或指洞烛事物。源见"犀照牛渚"。
【例句】唐韩翃《牛渚》:"温峤南归辇棹晨,燃犀牛渚照通津。"宋陆游《客怀》:"坚坐懒穷牛渚怪,倦游可恨雁门踦。"宋王琪《秋日白鹭亭》:"安得犀灯然,煌煌发水怪。"

清杨圻《乌玙曲》:"牛渚燃犀过温峤,渥洼汗血记张骞。"

牛渚吟 niú zhǔ yín

【分类】文化

【关键词】袁宏　谢尚

【释义】文人讽咏逢时,偶得知遇之典。《晋书·袁宏》:"袁宏字彦伯…谢尚时镇牛渚…会宏在舫中讽咏,声既清会,辞又藻拔。答云:'是袁临汝郎诵诗。'…尚倾率有胜致,即迎升舟,与之谭论,申旦不寐,自此名誉日茂。"

【例句】唐李白《劳劳亭歌》:"昔闻牛渚吟五章,今来何谢袁家郎。"唐吴融《松江晚泊》:"吟尽长江一江月,更无人似谢将军。"唐岑参《送襄州任…》:"莫羡黄公盖,须乘彦伯舟。"宋孙俟《和周絜合…》:"炎夏江风冷欲冰,坐陪袁谢有余清。"

农扈 nóng hù

【分类】政治

【关键词】左传

【释义】古时各种农官的总称。亦借指农事。《左传·昭公十七年》:"九扈为九农正。"晋杜预注:"扈有九种也。春扈鸤鹉,夏扈窃玄,秋扈窃蓝,冬扈窃黄,棘扈窃丹,行扈唶唶,宵扈啧啧,桑扈窃脂,老扈鷃鷃。以九扈为九农之号,各随其宜以教民事。"

【例句】唐宋之问《龙门应制…》:"吾皇不事瑶池乐,时雨来观农扈春。"唐陈子昂《奉和皇帝…》:"愿罢瑶池宴,来观农扈春。"宋宋祁《进幸南园…》:"农扈方迎夏,宫田首告秋。"宋史浩《送曾原伯…》:"不贪农扈登卿月,正喜秦淮拥使轮。"

弄潮儿 nòng cháo ér

【分类】文化

【关键词】李益

【释义】船夫。喻搏击风浪创事业的人。唐李益《江南曲》:"早知潮有信,嫁与弄潮儿。"

【例句】宋梅尧臣《青龙海上…》:"何时更看弄潮儿,头戴火盆来就湿。"宋晁说之《无题》:"身世何如荐福碑,浮沉聊学弄潮儿。"宋潘阆《酒泉子》:"弄潮儿向涛头立,手把红旗旗不湿。"宋陆游《一落索》:"此身恰似弄潮儿,曾过了、千重浪。"

弄巧成拙 nòng qiǎo chéng zhuō

【分类】生活

【关键词】豫章集

【释义】谓本欲取巧结果反而坏了事。《豫章集·拙轩颂》:"弄巧成拙,为蛇画足。何况头上安头,屋下盖屋。毕竟巧者有余,拙者不足。"

【例句】宋白玉蟾《纯阳会》:"洞宾弄巧翻成拙,蓬莱路上空明月。"宋戴复古《都下书怀》:"明知弄巧翻成拙,除却谋归总是虚。"宋张镃《七夕口占》:"乞巧频年但成拙,懒将祈请效儿童。"元李稷《七夕》:"乞得巧时用底用,弄来成拙取讥多。"

弄印 nòng yìn

【分类】政治

【关键词】赵尧

【释义】指任命御史大夫。喻荣任官职。《史记·张丞相列传》:"高祖持御史大夫印弄之,曰:'谁可以为御史大夫者?'孰视赵尧曰:'无以易尧。'遂拜赵尧为御史大夫。"

【例句】唐皇甫曾《送徐大夫…》:"位重登坛后,恩深弄印时。"唐苏颋《钱赵尚书…》:"赵尧宁易印,邓禹即分麾。"宋欧阳修《次韵再作》:"手持心爱不欲碾,有类弄印几成窝。"宋楼钥《送王粹中…》:"朝廷谋帅弄印久,宣谕尚书剖符竹。"

弄獐贻笑 nòng zhāng yí xiào

【分类】生活

【关键词】李林甫

【释义】形容人才疏学浅,出乖露丑;或戏用以贺人生子。《旧唐书·李林甫传》:"太常少卿姜度,林甫舅子。度妻诞子,林甫手书庆之曰:'闻有弄獐之庆。'客视之掩口。"原意为"璋",指圭璧。

【例句】宋苏轼《贺陈述古…》:"其欲去为汤饼客,惟愁错写弄獐书。"宋陈傅良《廷植侄…》:"但欲健如黄犊走,不妨错写弄獐书。"宋阳伯高《梦宗氏子…》:"晓来搔首搜句喜,奋笔仓惶书弄獐。"宋卓田《贺人生孙》:"未得踵门索啼看,先投林甫弄獐书。"明吴宽《喜李贞伯…》:"台高又复看招凤,书好何曾写弄獐。"

弄璋 nòng zhāng

【分类】生活

【关键词】诗经

【释义】指生男。《诗经·小雅·斯干》:"乃生男子,载寝之床,载衣之裳,载弄之璋。"毛传:"半圭曰璋…璋,臣之职也。"诗意祝所生男子成长后为王侯,执圭璧。

【例句】唐寒山《诗》:"弄璋字乌●,掷瓦名婠妠。"唐白居易《崔侍御以…》:"弄璋诗句多才思,愁杀无儿老邓攸。"宋王禹偁《张屯田弄…》:"布素相知二十年,喜君新咏弄璋篇。"宋傅大询《贺生第五子》:"偶逢贺夏随飞燕,不误题书作弄璋。"

奴仆命骚 nú pú mìng sāo

【分类】文化

【关键词】李贺

【释义】形容才华出众,诗文华美。唐杜牧《李贺集叙》:"贺生二十七年死矣。世皆曰:'使贺且未死,少加以理,奴仆命《骚》可也。'"本谓屈原的《离骚》与李贺的作品相比,只能看作为奴仆。

【例句】宋刘挚《送句龙纬…》:"误借鼓钟娱海鸟,自堪奴仆命离骚。"宋刘挚《次韵余粟…》:"居闲更觉新诗好,词力还堪仆命骚。"宋刘攽《赠钱承务…》:"可播管弦升乐府,自堪奴仆命离骚。"宋辛弃疾《吴克明广…》:"君诗穷草木,命骚可奴仆。"宋王之道《和周少隐…》:"夫子文章仆

驽马恋栈豆 nú mǎ liàn zhàn dòu
【分类】政治
【关键词】桓范曹爽
【释义】比喻无能之辈只顾眼前私利,而贪位不去。《晋书·高祖宣帝纪》:"大司农桓范出赴爽,蒋济言于帝曰:'智囊往矣。'帝曰:'爽与范内疏而智不及,驽马恋栈豆,必不能用也。'"驽马:劣马,跑不快。栈豆:马枥中的豆料。言曹爽目光短浅,贪图个人的私利,因此不能用桓范这种有才智的人。
【例句】唐张怀《吴江别王…》:"驽马虽然贪短豆,野麋终是忆长林。"宋苏辙《饮酒过量…》:"达人遗形骸,驽马怀豆萁。"宋黄庭坚《次韵寄李…》:"驽马恋栈豆,岂能辞挚缧。"宋释善珍《送孚老再…》:"常憎驽马恋栈豆,今见苍鹰掣臂鞲。"

驽马十驾 nú mǎ shí jià
【分类】生活
【关键词】荀子
【释义】十驾指十天路程。谓驽马奋力拉车,亦可致远。比喻能力低下的人只要奋勉从事,同样能达到目的。《荀子·劝学》:"骐骥一跃,不能十步;驽马十驾,功在不舍。"
【例句】唐张九龄《酬周判官…》:"一麾尚云忝,十驾宜求税。"宋文天祥《和衡守宋…》:"临行笑觅藏香谱,十驾那追逸骥材。"明李学一《此日不再得》:"驽马十驾勤,终见能千里。"清王易《似实先》:"驽马十驾能千里,檐蛛千丝成一罗。"

怒蛙可轼 nù wā kě shì
【分类】政治
【关键词】勾践
【释义】俯在车前横木上向鼓足了气的青蛙致敬,表示对勇士的尊敬。《韩非子·内储说上》:"越王勾践见怒蛙而式之。御者曰:'何为式?'曰:'蛙有气如此,可无为式乎?'士人闻之曰:'蛙有气,王犹为式,况士人有勇者乎!'"
【例句】唐张祜《江南杂题》:"怒蛙横饱腹,斗雀堕轻毛。"唐柳宗元《同刘二十…》:"耳静烦喧蚁,魂惊怯怒蛙。"宋王禹称《省中苦雨》:"阶下怒蛙休跳跃,浮云遮日不多时。"宋宋祁《苦雨中作》:"战蚁争封缘暗穴,怒蛙邀轼沸空蹊。"

女床 nǚ chuáng
【分类】生态
【关键词】山海经
【释义】山名。在华阴西六百里。源见"女床之鸾"。另为星座名。《晋书·天文志》:"女床三星,在纪星北。"
【例句】唐徐彦伯《赠刘舍人…》:"女床闻灵鸟,文章世所希。"唐韩偓《有感》:"万里关山如咫尺,女床唯待凤归巢。"唐王希明《天市垣》:"纪北三星名女床,此坐还依织女傍。"唐李商《碧城》:"阆苑有书多附鹤,女床无树不栖鸾。"

女床之鸾 nǚ chuáng zhī luán
【分类】政治
【关键词】山海经
【释义】歌颂盛世太平或借以咏仙境。《山海经·西山经》:"西南三百里,曰女床之山…有鸟焉,其状如翟而五采文,名曰鸾鸟,见则天下安宁。"《昭明文选·东汉张衡〈东京〉》:"鸣女床之鸾鸟,舞丹穴之凤凰。"三国吴薛综注:"女床,山名。在华阴西六百里。"
【例句】唐李商隐《碧城》:"阆苑有书多附鹤,女床无树不栖鸾。"唐韩偓《有感》:"万里关山如咫尺,女床唯待凤归巢。"宋陈造《次韵赵帅》:"吟边更厌秋蛩苦,满听青鸾啸女床。"清丘逢甲《有忆叠前韵》:"女床镜照双鸾舞,夜半阳台行梦雨。"

女校书 nǚ jiào shū
【分类】文化
【关键词】薛涛
【释义】指有文才能诗文的妓女。《资暇集》载:蜀中名妓薛涛,幼时随父入蜀,后为乐妓。喜吟诗,常与镇蜀高官交往,时人称为女校书。曾居成都浣花溪,自制深红小彩笺写诗,人称薛涛笺。
【例句】唐王建《寄蜀中薛…》:"万里桥边女校书,枇杷花里闭门居。"元瞿佑《薛涛彩笺》:"枇杷花下门扉掩,赢得人称女校书。"明苏潢《写兰寄王…》:"寄语女校书,秋来心莫变。"

女萝 nǚ luó
【分类】文化
【关键词】诗经
【释义】植物名,即松萝。多依附生在松树上,成丝状下垂。《诗经·小雅·颊弁》:"茑与女萝,施于松柏。"毛传:"女萝,菟丝,松萝也。"
【例句】唐乔知之《和李侍郎…》:"南山幂幂兔丝花,北陵青青女萝树。"唐卢崇道《新都南亭…》:"竹径女萝蹊,莲洲文石堤。"唐曹邺《古词》:"妾面虽有花,妾心非女萝。"唐古直《哀朝鲜》:"女萝附松柏,妄信可始终。"唐李白《春归终南…》:"蔷薇缘东窗,女萝绕北壁。"

女娲补天 nǚ wā bǔ tiān
【分类】文化
【关键词】女娲
【释义】比喻救时匡世,挽回世运。《淮南子·览冥训》:"往古之时,四极废,九州裂,天不兼覆,地不周载…于是女娲炼五色石以补苍天,断鳖足以立四极。"
【例句】唐罗公远《大还丹口诀》:"女娲炼得五常气,变化成形补天地。"唐姚合《天竺寺殿》:"补天残片女娲抛,扑落禅门压地坳。"唐李贺《李凭箜篌引》:"女娲炼石补天处,石破天惊逗秋雨。"聂绀弩《闻某诗人…》:"地耕伊尹

589

耕前地,天补女娲补后天。"

女娲戏土　nǚ wā xì tǔ
【分类】文化
【关键词】女娲
【释义】人类起源之典。《太平御览》引《风俗通》:"俗说天地开辟,未有人民,女娲抟黄土作人,剧务,力不暇供,乃引绳絚泥中,举以为人。故富贵者黄土人也,贫贱凡庸者絚人也。"
【例句】唐李白《上云乐》:"女娲戏黄土,团作愚下人。"唐张九龄《九度仙楼》:"应是女娲辈,化工挥巧斧。"唐皮日休《偶书》:"女娲掉绳索,絚泥成下人。"宋潘访《相士》:"女娲抟土费工夫,个个生来个个粗。"清丘逢甲《叠韵答夏…》:"满目女娲抟土人,濛濛梦入蟪蛄春。"

女媭　nǚ xū
【分类】生活
【关键词】屈原
【释义】屈原之姐。为家姊的代称。《楚辞·离骚》:"女媭之婵媛兮,申申其詈予。"汉王逸注:"女媭,屈原姊也。"
【例句】唐李白《古风》:"虎口何婉娈,女媭空婵媛。"唐李商隐《念远》:"床空鄂君被,杵冷女媭砧。"宋宋祁《拟杜子美…》:"岷井北抛王粲宅,楚衣南逐女媭砧。"宋晁补之《复用前韵…》:"去年抛却青竹竿,女媭婵媛呼我还。"

女媭嫌直　nǚ xū xián zhí
【分类】生活
【关键词】屈原
【释义】意谓不要亡于刚直。《楚辞·离骚》:"女媭之婵媛兮,申申其詈予。曰:鲧婞直以亡身兮,终然夭乎羽之野。汝何博謇而好修兮,纷独有此姱节。"
【例句】宋刘克庄《满江红》:"任天孙笑拙,女媭嫌直。"宋杨万里《行部暂辞…》:"生遭女媭骂,老解子云嘲。"宋李彭《端午》:"何堪女媭骂,竟与冯夷游。"明李云龙《寄张太史》:"闻道女媭相怨骂,兰皋回马意如何。"

女乐　nǚ yuè
【分类】生活
【关键词】周穆王
【释义】歌舞伎。指古代侍候统治者的女性乐工及舞者。《列子·周穆王》:"事之若君,推路寝以居之,引三牲以进之,选女乐以娱之。"
【例句】唐杜甫《观公孙大…》:"梨园弟子散如烟,女乐余姿映寒日。"唐王建《宫词》:"移来女乐部头边,新赐花檀木五弦。"宋苏轼《壬寅二月…》:"侍臣簪武弁,女乐抱箜篌。"宋刘克庄《军中乐》:"更阑酒醒山月落,彩缠百段支女乐。"

暖热　nuǎn rè
【分类】生活
【关键词】顾况

【释义】指温暖。唐顾况《宜城放琴客歌》:"南山阑干千丈雪,七十非人不暖热。"
【例句】唐元稹《苦乐相倚曲》:"未有因由相决绝,犹得半年伴暖热。"唐白居易《对酒》:"赖有酒仙相暖热,松乔醉即到前头。"唐白居易《答梦得秋…》:"应是天教相暖热,一时垂老与闲官。"宋范仲淹《依韵答贾…》:"烟郊空阔猎者健,酒市暖热沽人稠。"

疟鬼　nüè guǐ
【分类】文化
【关键词】汉书
【释义】旧时迷信,谓疟疾为鬼作祟,称疟鬼。《后汉书·礼仪志中》:"先腊一日,大傩,谓之逐疫。"南朝梁刘昭注引《汉书》:"颛顼氏有三子,生而亡去为疫鬼。一居江水,是为虐鬼;一居若水,是为罔两蜮鬼;一居人宫室区隅,善惊人小儿。"
【例句】唐杜甫《寄彭州高…》:"三年犹疟疾,一鬼不销亡。"唐韩愈《谴疟鬼》:"如何不肖子,尚奋疟鬼威。"宋孔平仲《晦之诗尤…》:"句中有意谴疟鬼,词气凌铄吏部高。"宋曾几《钱仲修饷…》:"横行足使班寅惧,乾死能令疟鬼亡。"

O

讴歌　ōu gē
【分类】政治
【关键词】孟子
【释义】歌颂。《孟子·万章上》:"讴歌者不讴歌丹朱而讴歌舜。"
【例句】唐陈子昂《奉和皇帝…》:"揖让期明辟,讴歌且顺人。"唐杜审言《和李大夫…》:"讴歌移火德,图谶在金天。"唐沈佺期《赦到不得…》:"圣主讴歌洽,贤臣法令齐。"唐杜甫《奉寄河南…》:"盘错神明惧,讴歌德义丰。"

欧九　ōu jiǔ
【分类】文化
【关键词】欧阳修
【释义】指北宋文学家欧阳修。在宗族兄弟中排行第九。
【例句】宋刘克庄《木兰花慢》:"向欧九记中,思公屏上,描画难成。"宋刘克庄《寄方时父》:"欧九玉堂在天上,不如杜二草堂东。"宋赵必㠏《吟社递至…》:"梅自工于诗,欧九却识梅。"宋方回《送紫阳王…》:"欧九登庸柳七弃,昭陵曾筑太平基。"

欧冶铸剑　ōu yě zhù jiàn
【分类】文化
【关键词】剑

【释义】咏良剑工或指冶铸刀剑之典。《越绝书·记宝剑》载:应越王聘,"欧冶乃因天之精神,悉其伎巧,造为大刑(型)三,小刑二。一曰湛卢,二曰纯钧,三曰胜邪,四曰鱼肠,五曰巨阙。"又受楚王请'欧冶子、干将凿茨山,泄其溪,取铁英,作为铁剑三枚:一曰龙渊,二曰泰阿,三曰工布。"
【例句】唐杜甫《同豆卢峰…》:"炼金欧冶子,喷玉见大宛儿。"唐任华《怀素上人…》:"锋芒利如欧冶剑,劲直浑是并州铁。"唐元稹《书剑》:"渝工剑刃皆欧冶,巴吏书踪尽子云。"唐章孝标《思越州山…》:"还将欧冶剑,更淬若耶泉。"

鸥鹭盟 ōu lù méng
【分类】政治
【关键词】列子
【释义】与海鸥、白鹭为友。比喻隐逸生活。源见"鸥鹭忘机"。
【例句】宋韩元杰《吉祥寺》:"黄尘久厌市朝梦,青蒻已孤鸥鹭盟。"宋仲并《用仲伦益…》:"行有丝纶诏,宁终鸥鹭盟。"宋文天祥《山中泛舟…》:"雪堂眠二客,梦与白鸥盟。"宋方岳《次韵梁俅…》:"鸥鹭盟应怜久客,梧桐雨亦问归途。"

鸥鹭忘机 ōu lù wàng jī
【分类】生活
【关键词】列子
【释义】教人勿萌机心,以诚相见,或隐遁自适,不以世俗之事萦怀。《列子·黄帝》:"海上之人有好沤鸟者,每旦之海上,从沤鸟游,沤鸟之至者百住而不止。其父曰:'吾闻沤鸟皆从汝游,汝取来,吾玩之。'明日之海上,沤鸟舞而不下也。"
【例句】唐苏广文《夜归华川…》:"汀畔数鸥闲不起,只应知我已忘机。"唐李白《江上吟》:"仙人有待乘黄鹤,海客无心随白鸥。"唐陆龟蒙《酬袭美夏…》:"除却伴谈秋水外,野鸥何处更忘机。"唐李中《思九江旧居》:"无机终日狎沙鸥,得意高吟景且幽。"

藕断丝犹连 ǒu duàn sī yóu lián
【分类】生活
【关键词】孟郊
【释义】比喻表面上关系断绝,实际上情意还在牵连。多指男女间情意未绝。唐孟郊《去妇》:"妾心藕中丝,虽断犹牵连。"
【例句】宋杨绘《荷花借字诗》:"向来因藕断,特地见丝多。"宋俞桂《采莲曲》:"折连恐伤藕,藕断丝难续。"宋曹彦约《春同伯中…》:"藕断山钟黄檗外,枝分水转石榴头。"明朱诚泳《无题》:"藕断尚怜丝袅娜,花深偏怪雾凄迷。"

藕丝孔 ǒu sī kǒng
【分类】文化
【关键词】阿修罗

【释义】咏逃遁之典。阿修罗王与帝释战斗,大败而走,欲遁无所,以神通力潜身,入于藕丝之孔。源见"阿修罗战"。
【例句】宋黄庭坚《补陀岩颂》:"修罗身量等须弥,入藕丝孔逃遁北。"宋谢翱《秋风海上曲》:"水花生云起如荠,神龙下宿藕丝孔。"宋释德光《偈颂十首》:"藕丝孔里骑大鹏,竹篦打落天边月。"宋释绍昙《题荷衣沼》:"百万军藏藕丝孔,岂知绵密度金针。"

P

帕首 pà shǒu
【分类】文化
【关键词】韩愈
【释义】裹头之巾。指裹头。唐韩愈《送郑尚书序》:"大府帅或道over其府,府帅必戎服,左握刀,右属弓矢,帕首袴鞾,迎郊。"
【例句】宋苏颂《送襄州李…》:"帕首诸侯趋道左,题襟群彦寄邦中。"宋孙觌《次韵王次…》:"悠然一梦南柯去,千骑靴刀帕首红。"宋陆游《严州大阅》:"铁骑森森帕首红,角声旗影夕阳中。"宋喻良能《送陈给事…》:"裤靴帕首郊迎处,想见旌麾入境初。"

拍浮 pāi fú
【分类】生活
【关键词】毕世茂
【释义】浮游;游泳。为咏诗酒娱情之典。源见"持蟹螯"。
【例句】唐卢注《酒胡子》:"刘伶虚向酒中死,不得酒池中拍浮。"宋苏轼《莫笑银杯》:"万斛船中着美酒,与君一生长拍浮。"宋苏舜钦《病起》:"争得松江变醇酒,拍浮终日恣酣歌。"宋廖刚《抚州试院…》:"青藜定遣相辉映,绿蚁何妨共拍浮。"

拍洪崖肩 pāi hóng yá jiān
【分类】文化
【关键词】洪崖
【释义】喻指游历仙境之典。表示与仙人同游。洪崖是神话传说中的仙人,黄帝臣子伶伦的仙号。西晋郭景纯《游仙诗》:"左把浮丘袖,右拍洪崖肩。"
【例句】唐李白《答族侄僧…》:"曝成仙人掌,似拍洪崖肩。"唐刘禹锡《游桃源》:"黄石磨看堕,洪崖肩可拍。"唐李商隐《碧城》:"不逢萧史休回首,莫见洪崖又拍肩。"唐白居易《题裴晋公…》:"勿追赤松游,勿拍洪崖肩。"

排冥筌 pái míng quán
【分类】政治
【关键词】江淹

【释义】脱世遁隐之典。南朝江淹《杂体诗三十首·许征君自序》："一时排冥筌，冷然空中赏。"唐李善注："筌，捕鱼之器，言鱼之在筌，犹人之处尘俗，今既排而去之，超在埃尘之外，故冷然涉空，得中而留也。"

【例句】唐李白《赠僧行融…》："何当共携手，相与排冥筌。"明王称《自牧居士…》："微言扫烦障，妙契排冥筌。"明黄省曾《遵玉岑山…》："五衍排冥筌，三危摄净住。"明张萱《旗峰歌七…》："相期携手排冥筌，婆娑二老日盘旋，永矢勿遣乾糇愆。"

排闼　pái tà

【分类】生活

【关键词】樊哙

【释义】推开门，撞开门。《史记·樊郦滕灌列传》："高祖尝病甚，恶见人，卧禁中，诏户者无得入群臣。群臣绛灌等莫敢入。十余日，哙乃排闼直入，大臣随之。"唐张守节《史记正义》："闼，宫中小门。"

【例句】宋王安石《书湖阴先…》："一水护田将绿绕，两山排闼送青来。"宋黄庭坚《题樊侯庙》："鼓刀屠狗少时事，排闼谏君身后名。"宋晁说之《郡斋戏句》："一夫肆力能排闼，万旅无谋漫仰关。"聂绀弩《六十》："诗挣乱梦破墙出，老踢中年排闼来。"

潘安白发　pān ān bái fà

【分类】生活

【关键词】潘岳

【释义】指早生白发，未老先衰。晋潘岳《秋兴赋》序："晋十有四年，余春秋三十有二，始见二毛。"潘岳字安仁，又称潘安，曾任河阳县令，故也称潘河阳。

【例句】唐白居易《不准拟》："多于贾谊长沙苦，小校潘安白发生。"明云上行《闲居》："苍生有谢傅，白发任潘安。"

潘安貌　pān ān mào

【分类】生活

【关键词】潘岳

【释义】称誉美男子。代指情郎。《晋书·潘岳列传》："岳美姿仪，辞藻绝丽，尤善为哀诔之文。少时常挟弹出洛阳道，妇人遇之者，皆连手萦绕，投之以果，遂满车而归。时张载甚丑，每行，小儿以瓦石掷之，委顿而反。"

【例句】唐乔知之《倡女行》："昨宵绮罗帐迎韩寿，今朝罗袖引潘郎。"唐祖咏《赠苗发员外》："花惭潘岳貌，年称老莱衣。"唐崔峒《送韦八少…》："玄成世业紫真官，文似相如貌胜潘。"唐李嘉祐《送崔十一…》："潘郎美貌谢公诗，银印花骢年少时。"

潘安秋兴　pān ān qiū xìng

【分类】生活

【关键词】潘岳

【释义】喻指赏秋的兴致和咏秋的才情。晋潘岳《〈秋兴赋〉序》："譬犹池鱼笼鸟，有江湖山薮之思。于是染翰操纸，慨然而赋。于时秋也，故以'秋兴'名篇。"

【例句】唐李端《同苗员外…》："潘安秋兴动，凉夜宿僧房。"唐李颀《赠别张兵曹》："荀令焚香日，潘郎振藻秋。"宋文彦博《秋夕偶作》："独诵潘郎秋兴赋，闲吟谢守怨情诗。"宋傅察《又次申教…》："潘郎寓直生秋兴，韩子长歌忆短檠。"

潘鬓　pān bìn

【分类】生活

【关键词】潘岳

【释义】谓中年鬓发初白。源见"潘安白发"。

【例句】唐李端《长安感事…》："蹉跎潘鬓至，蹭蹬阮途穷。"唐赵嘏《春尽独游…》："秦城马上半年客，潘鬓水边今日愁。"唐李德裕《秋日登郡…》："越吟因病感，潘鬓入秋悲。"唐王毂《秋》："欲知潘鬓愁多少，一夜新添白数茎。"

潘赋登山　pān fù dēng shān

【分类】生活

【关键词】潘岳

【释义】喻咏伤愁思远之情。晋潘岳《秋兴赋》："夫送归怀慕徒之恋兮，远行有羁旅之愤；临川感流以叹逝兮，登山怀远而悼近。"寄寓登山怀远的悲伤心情。

【例句】唐王初《书秋》："潘赋登山魂易断，楚歌遗佩怨何穷。"

潘衡墨　pān héng mò

【分类】文化

【关键词】苏轼

【释义】咏砚墨之典。《墨记·南海松煤》："如东坡先生在儋耳时潘衡所造，铭曰：'海南松煤，东坡法墨'者是也。"《避暑录话》："宣和初，有潘衡者，卖墨江西，自言尝为子瞻造墨海上，得其法，故人争趋之。"

【例句】宋杨万里《赠墨工张…》："庐陵旧墨说潘衡，庐陵新墨说张生。"宋曾丰《试宜黄侯湛墨》："初怀不拟潘衡贡，晚趣宁便薛稷封。"宋陈宓《试潘衡墨》："胶煤鸾麝号潘衡，老剂尤令举世惊。"宋赵蕃《闻潘衡有…》："如闻墨潘氏，一派传婢子。"

潘花　pān huā

【分类】文化

【关键词】潘岳

【释义】形容花美，或称赞官吏勤于政事，善于治理。源见"河阳一县花"。

【例句】唐卢纶《送黎燧尉…》："潘县花添发，梅家鹤暂来。"宋王十朋《和喻叔奇》："鄱水连天碧，潘花满县红。"宋梅尧臣《县署丛竹》："陶柳应惭弱，潘花只竞红。"宋范镇《韩太丞同…》："汉竹分新契，潘花过旧阴。"

潘锦　pān jǐn

【分类】文化

【关键词】潘岳

【释义】称喻诗文有文采。《世说新语·文学》："孙兴公曰：

'潘文烂若披锦，无处不善；陆文若排沙简金，往往见宝。"西晋潘安仁(岳)以诗赋著称，被人赞誉为色彩绚丽的锦缎。

【例句】唐王起《和李校书…》："忽柱情人吐芳讯，临风不羡潘锦舒。"唐徐铉《梦游》："锦书若要知名字，满县花开不姓潘。"宋裹万顷《挽霞溪高…》："柳丝阴里陶渊明乐，花锦香中潘岳闲。"宋徐经孙《思訯生朝…》："潘县花将锦，陶门柳欲丝。"

潘郎　pān láng
【分类】生活
【关键词】潘岳
【释义】指晋潘岳。喻指美貌男子。《世说新语·容止》："潘岳妙有姿容，好神情。少时挟弹出洛阳道，妇人遇者，莫不连手共萦之。左太冲绝丑，亦复效岳游遨，于是群妪齐共乱唾之，委顿而返。"
【例句】唐乔知之《倡女行》："昨宵绮帐迎韩寿，今朝罗袖引潘郎。"唐韦庄《同旧韵》："貌愧潘郎璧，文惭吕相金。"唐窦常《奉寄辰州…》："新年只可三十二，却笑潘郎白发生。"

潘诔　pān lěi
【分类】文化
【关键词】潘岳
【释义】咏悼文之典。《晋书·潘岳传》："岳美姿仪，辞藻艳丽，尤善为哀诔之文。"
【例句】唐李商隐《哭刘蕡》："只有安仁能作诔，何曾宋玉解招魂。"宋刘克庄《徐潭即事》："韩公作志潘郎诔，得似先生自举扬。"宋姜特立《山堂巩先…》："行须潘岳诔，碑已蔡邕文。"明蔡汝楠《哭皇甫子安》："词客招魂终渺邈，独惭作诔似潘安。"

潘令　pān lìng
【分类】文化
【关键词】潘岳
【释义】指潘岳。亦称美县令。晋潘岳《闲居赋》："逮事世祖武皇帝，为河阳怀令，尚书郎，廷尉平。"潘岳曾为河阳、怀县县令。
【例句】唐孟浩然《同卢明府…》："故人分职去，潘令宠行来。"唐施肩吾《酬张明府》："潘令新诗忽寄来，分明绣段对花开。"唐卢纶《送申屠正字》："坦腹定逢潘岳醉，上楼应伴庾公闲。"唐罗隐《送丁明府》："栾公社在怜乡树，潘令花繁贺版舆。"

潘陆　pān lù
【分类】文化
【关键词】潘岳陆机
【释义】晋文学家潘岳和陆机的并称。泛指文人学士。《宋书·谢灵运传论》："降及元康，潘陆特秀。"《南齐书·文学传论》："潘陆齐名，机岳之文永异。"
【例句】唐杜甫《暮春江陵…》："潘陆应同调，孙吴亦异时。"唐骆宾王《畴昔篇》："潘陆词锋络绎飞，张曹翰苑纵横起。"唐顾云《池阳醉歌…》："呵叱潘陆鄙琐屑，提挈扬孟归孔门。"宋苏颂《次韵致政…》："文如潘陆倾江海，学造重黎绝地天。"

潘年　pān nián
【分类】生活
【关键词】潘岳
【释义】指三十二岁左右的年纪。源见"潘鬓"。
【例句】唐卢照邻《送郑司仓…》："潘年三十外，蜀道五千中。"唐李山甫《蒲关西…》："来来去去身依旧，未及潘年鬓已斑。"唐韩偓《夏课成…》："谁怜愁苦多衰改，未到潘年有二毛。"明何景明《和张子纯…》："愁多不道潘年少，吟苦谁知越思深。"

潘骑省　pān qí shěng
【分类】文化
【关键词】潘岳
【释义】也简称潘省。指寓直官署。晋潘岳《秋兴赋序》："余春秋三十有二，始见二毛，以太尉掾兼虎贲中郎将，寓直于散骑之省。高阁连云，阳景罕曜。"
【例句】唐杜甫《寄刘峡州…》："潘生骖阁远，黄霸玺书增。"唐杜甫《同豆卢峰…》："谢庭瞻不远，潘省会于斯。"唐韦庄《避地越中作》："伤心潘骑省，华发不禁秋。"宋祖无择《秋日天平…》："衰鬓已同潘骑省，壮心犹羡霍嫖姚。"

潘生拙　pān shēng zhuō
【分类】政治
【关键词】潘岳
【释义】晋文士潘岳在《闲居赋·序》中自叙仕途失意，感叹自己笨拙无能。后遂用为拙于为官之典。晋潘岳《闲居赋·序》："方今俊乂在官，百工惟时，拙者可以绝意乎宠荣之事矣。"
【例句】唐张九龄《酬王履震…》："既负潘生拙，俄从周任官。"唐杜甫《秋日寄题…》："官序潘生拙，才名贾傅多。"宋邓润甫《道中咏怀》："官序潘生拙，诗文庚信齐。"明李时勉《七夕喜晴》："可惭独守潘生拙，圉圉诗成只自歌。"

潘杨之睦　pān yáng zhī mù
【分类】生活
【关键词】潘岳
【释义】指姻亲交好。晋潘岳《杨仲武诔·序》："杨绥，字仲武，荥阳宛陵人也…既藉三叶世亲之恩，而子之姑，余之伉俪焉。往岁卒于德宫里。丧服间次，缌绖累月，苟人必有心，此亦款诚之至也。不幸短命，春秋二十九，元康九年夏五月己亥卒。呜呼哀哉！乃作诔曰：…潘杨之穆，有自来矣。矧乃今日，慎终如始。"
【例句】唐卢照邻《哭明堂裴…》："潘杨称代穆，秦晋忝姻连。"唐孟浩然《送桓子之》："为结潘杨好，言过鄢郢城。"唐白居易《同梦得暮…》："鲁卫定知连气色，潘杨亦觉有光华。"宋赵鼎臣《次韵赵伯…》:"奏雅不应参郑卫,论交何必减潘杨。"

潘鱼 pān yú
【分类】生活
【关键词】潘岳
【释义】哀挽丧妻或伤悼之典。晋潘岳《悼亡诗三首》:"如彼游川鱼,比目中路析。"
【例句】唐沈佺期《天官崔侍…》:"潘鱼从此隔,陈凤宛然飞。"清陈宝琛《衮甫缵藕…》:"潘鱼江豉虽晚出,例以陶菜美可羞。"

潘舆 pān yú
【分类】政治
【关键词】潘岳
【释义】也称板舆。为尽孝养亲之典。晋潘岳《闲居赋》:"微雨新晴,六合清朗。太夫人乃御版舆(版舆,是古时一种车的名称,又名步舆,方四尺,用白色的木材做成),升轻轩,远览王畿,近周家园。"
【例句】唐杜甫《奉贺阳城…》:"卫幕衔恩重,潘舆送喜频。"唐岑参《奉送李宾…》:"鹊随金印喜,乌傍板舆飞。"唐王昌龄《留别伊阙…》:"幸随板舆远,负谴何忧哉!"宋杨亿《邵奉礼归乡》:"万里归宁承汉诏,三牲供膳奉潘舆。"

潘玉儿 pān yù ér
【分类】生活
【关键词】潘玉儿
【释义】南朝齐东昏侯妃。源见"玉奴"。
【例句】唐刘禹锡《和西川李…》:"玉儿已逐金镮葬,翠羽先随秋草萎。"唐和凝《句》:"波上人如潘玉儿,掌中花似赵飞燕。"唐孙元晏《齐潘妃》:"玉儿还有怀恩处,不肯将身嫁小臣。"宋谢逸《菩萨蛮》:"插鬓有谁宜。惟应潘玉儿。"宋黄子行《探梅》:"玉儿应有恨,为怅望东昏相记忆。"宋李洪《菁山观梅歌》:"西子犹疑逐范蠡,玉儿宁肯负东昏。"

潘园 pān yuán
【分类】政治
【关键词】潘岳
【释义】孝亲之典。晋潘岳《闲居赋》:"爰定我居,筑室穿池,长杨映沼,芳枳树篱。太夫人乃御版舆,升轻轩,远览王畿,近周家园。"潘岳于洛水边筑一家园,以娱老母。
【例句】唐李群玉《湖阁晓晴…》:"遥想潘园里,琴尊兴转清。"唐钱起《送冷朝阳…》:"莱子昼归今始好,潘园景色夏偏浓。"宋宋庠《蔬食》:"何箸空图贵,潘园且荐羞。"明张弼《南安守训…》:"潘园花暖肩舆稳,庾岭梅酸口味新。"

潘岳悼亡 pān yuè dào wáng
【分类】生活
【关键词】潘岳

【释义】晋代诗人潘安仁(岳)曾作悼亡诗痛悼亡妻,抒发哀婉之情。后用作悼亡妻之典。晋潘安仁(岳)《悼亡诗三首》:"之子归穷泉,重壤永幽隔…如彼翰林鸟,双栖一朝只;如彼游川鱼,比目中路析。"
【例句】唐元稹《遣悲怀》:"邓攸无子寻知命,潘岳悼亡犹费词。"唐李商隐《五言述德…》:"悼伤潘岳重,树立马迁轻。"唐温庭筠《和友人悼亡》:"玉貌潘郎泪满衣,画罗轻鬓雨霏微。"明佘翔《悼》:"悼亡不尽潘安泪,忍读生前幼妇词。"

潘岳闲居 pān yuè xián jū
【分类】政治
【关键词】潘岳
【释义】晋人潘岳因尽孝侍奉父母而被免官,后作《闲居赋》借以抒发失意之情。后以此典咏去官闲居或仕宦不达。《晋书·潘岳传》:"岳性轻躁,趋世利。""既仕宦不达,乃作《闲居赋》。"
【例句】唐骆宾王《夏日游德…》:"潘岳本自闲,梁鸿不因热。"唐李峤《李》:"潘岳闲居日,王戎戏陌辰。"唐齐己《溪斋》:"闲居有亲赋,搔首忆潘安。"唐储光羲《同张侍御…》:"潘岳闲居赋,钟期流水琴。"

潘岳瘗夭 pān yuè yì yāo
【分类】生活
【关键词】潘岳
【释义】喻咏哀挽亡子。晋潘岳《西征赋》:"夭赤子于新安,坎路侧而瘗之。亭有千秋之号,子无七旬之期。虽勉励于延吴,实潜恸乎余慈。"赋中描写了其子不足七旬而夭亡,葬于路侧的情景。
【例句】唐杜甫《风疾舟中…》:"瘗夭追潘岳,持危觅邓林。"

潘子赋橘 pān zǐ fù jú
【分类】文化
【关键词】潘岳
【释义】咏桔之典。《艺文类聚》引晋潘岳《橘赋》并《序》:"余斋前橘树,冬夏再熟,聊为赋云尔:'嗟嘉卉之芳华,信氛氲而芬馥。…故成都美其家园,江陵重其千树。既见称乎陆言,亦摽名乎马赋。'"
【例句】唐李峤《橘》:"既荣潘子赋,方重陆生言。"

攀柏 pān bǎi
【分类】生活
【关键词】王裒
【释义】咏哀痛父丧,悼亡伤逝之典。《晋书·王裒传》:"王裒字伟元…痛父非命,未尝西向而坐,示不臣朝廷也。于是隐居教授,三征七辟皆不就。庐于墓侧,旦夕常至墓所拜跪,攀柏悲号,涕泪著树,树为之枯。"
【例句】宋许及之《周时伸提…》:"扫松拜亲墓,攀柏念亲泣。"明程本立《题郭掾未…》:"家圃卖瓜归去好,墓庐攀柏种来高。"明王世贞《承于鳞为…》:"攀柏千年黯自悲,九京心事向谁期。"明王世贞《杜翁少时…》:"死孝仍攀攀柏身,生还刚及启关辰。"

攀丹桂　pān dān guì
【分类】政治
【关键词】郤诜
【释义】喻指求取科举功名。源见"蟾宫折桂"。
【例句】唐路应《仙岩四瀑…》:"含意攀丹桂,凝情顾紫芝。"唐徐夤《温陵即事》:"非才岂合攀丹桂,多病犹堪伴白云。"唐黄滔《寓题》:"损生莫若攀丹桂,免俗无过咏紫芝。"宋林逋《寄宣城宗…》:"谢家元住青山郭,郤氏近攀丹桂枝。"

攀附　pān fù
【分类】政治
【关键词】汉光武帝
【释义】比喻依附权贵。源见"攀龙附凤"。
【例句】唐陶雍《和兵部郑…》:"何由比萝蔓,攀附在条枚。"唐杜牧《奉和门下…》:"滞顿堪白屋,攀附亦周行。"宋梅尧臣《送签判张…》:"嘉禾主人余久知,迹冗不拟强攀附。"宋陈淳《送赵守备…》:"阃门惟知自卑修,何敢越分求攀附。"

攀桂　pān guì
【分类】政治
【关键词】淮南小山
【释义】留友或送别之典。汉淮南小山《招隐士》:"攀援桂枝兮聊淹留。"也喻指求取科举功名。同攀丹桂。
【例句】唐骆宾王《冬日宴》:"何须攀桂树,逢此自留连。"唐皎然《裴端公使…》:"昔年攀桂为留人,今朝攀桂送归客。"唐李白《忆旧游寄…》:"我向淮南攀桂枝,君留洛北愁梦思。"唐贾岛《青门里作》:"若无攀桂分,只是卧云休。"

攀嵇　pān jī
【分类】生活
【关键词】向秀　嵇康
【释义】赞美贤士交往之典。南朝宋颜延《五君咏五首·向常侍》:"交吕既鸿轩,攀嵇亦凤举。"为咏赞向秀与嵇康(二人都在"竹林七贤"之列)的交谊。唐李善注:"《向秀别传》曰:'秀常与嵇康偶锻于洛邑。'"
【例句】唐李白《赠饶阳张…》:"慕蔺岂羲古,攀嵇是当年。"唐吴融《和诸学士…》:"正遂攀嵇愿,翻追访戴欣。"唐胡宿《赵宗道归…》:"沿牒相逢楚水湄,竹林文酒此攀嵇。"宋刘攽《舟中夜饮…》:"访戴舟已惭,攀嵇驾难命。"

攀龙附凤　pān lóng fù fèng
【分类】政治
【关键词】汉光武帝
【释义】喻依附皇帝或有声望者以成就功业或扬威立名。《汉书·光武帝纪上》:"从大王于矢石之间者,其计固望其攀龙鳞,附凤翼,以成其所志耳。"

【例句】唐刘知几《读〈汉书〉作》:"淮阴既附凤,黥彭亦攀龙。"唐李白《猛虎行》:"萧曹曾作沛中吏,攀龙附凤当有时。"唐李咸用《途中作》:"退鹢风虽急,攀龙志已坚。"唐郑谷《寄职方李…》:"曾袖篇章谒长卿,今来附凤事何荣。"

攀辕卧辙　pān yuán wò zhé
【分类】政治
【关键词】侯霸
【释义】挽留或眷恋良吏之典。《后汉书·侯霸传》载:东汉侯霸为淮平大尹,有能名。后来调职被征召入京,"百姓老弱相携号哭,遮使者车,或当道而卧",皆曰:"愿乞侯君复留期年。"
【例句】唐刘长卿《奉饯郑中…》:"五马嘶城隅,万人卧车辙。"唐白居易《立碑》:"攀辕不得归,留葬此江湄。"唐薛逢《越王楼送…》:"方当游艺依仁日,便到攀辕卧辙秋。"宋史浩《和答东流…》:"了知风伯恳留意,正是攀辕卧辙时。"

盘庚迁　pán gēng qiān
【分类】政治
【关键词】盘庚
【释义】迁都之典。《史记·殷本纪》:"帝盘庚之时,殷已都河北,盘庚渡河南,复居成汤之故居,乃五迁,无定处。殷民咨胥皆怨,不欲徙。盘庚乃告谕诸侯大臣曰:'昔高后成汤与尔之先祖俱定天下,法则可修,舍而弗勉,何以成德!'乃遂涉河南,治亳,行汤之政,然后百姓由宁,殷道复兴。"
【例句】唐陈元光《落成会咏》:"盘庚迁美土,陶侃效兼庸。"宋刘子翚《望京谣》:"盘庚五迁方择利,昆阳一战何当卜。"

盘谷　pán gǔ
【分类】政治
【关键词】韩愈
【释义】咏隐居之地。唐韩愈《送李愿归盘谷序》:"太行之阳有盘谷。盘谷之间,泉甘而土肥,草木丛茂,居民鲜少。或曰:'谓其环两山之间,故曰盘。'或曰:'是谷也,宅幽而势阻,隐者之所盘旋。'友人李愿居之。"
【例句】唐胡曾《玉川偶兴》:"玉川鹤避卢仝啜,盘谷猿惊李愿归。"宋赵恒《游裴公亭》:"昔年曾此远风尘,盘谷烟霞每见分。"宋文天祥《罗山长存…》:"天开盘谷隐,春到浣溪家。"宋方岳《感怀》:"野处生成盘谷序,襟期写在醉时歌。"

盘飧　pán sūn
【分类】生活
【关键词】左传
【释义】飧,晚饭,亦泛指熟食、饭食。盘飧,盘中的菜肴。《左传·僖公二十三年》:"乃馈盘飧,置璧焉。"
【例句】唐杜甫《彭衙行》:"众雏烂漫睡,唤起沾盘飧。"唐杜甫《客至》："盘飧市远无兼味,樽酒家贫只旧醅。"唐孟郊《往河阳宿…》："鹁鸠犬吠霜烟昏,开囊拂巾对盘飧。"唐白居易《咏拙》："缝布作袍被,种谷充盘飧。"聂绀弩《查九柱顾》："市近盘飧兼味有,葫芦上了又冬瓜。"

盘陀　pán tuó
【分类】生活
【关键词】寒山
【释义】曲折回旋,突兀不平。唐寒山《诗》："盘陀石上坐,溪涧冷凄凄。"
【例句】唐顾云《苔歌》："波回梳开孔雀尾,根细贴著盘陀石。"宋净端《渔家傲》："一只孤舟巡海岸。盘陀石上垂钩线。"宋苏轼《游金山寺》："中泠南畔石盘陀,古来出没随涛波。"聂绀弩《代周婆答》："肺腑忠言多郁勃,江山间气有盘陀。"

盘中舞　pán zhōng wǔ
【分类】生活
【关键词】汉成帝
【释义】咏舞姿轻盈之典。《杨太真外传》："上在百花院便殿,因览《汉成帝内传》,时妃子后至,以手整上衣领,曰:'看何文书?'上笑曰:'莫问,知则又滞人。'觅去,乃是:'汉成帝获飞燕,身轻欲不胜衣,恐其飘翥,帝为造水晶盘,令宫人掌之而歌舞。'"
【例句】宋杨泽民《解蹀躞》："一掬金莲微步。堪向盘中舞。"金耶律楚材《再用前韵》："妙舞盘中尘不飞,采莲一曲绕梁悲。"元魏初《马嵬》："思量前日盘中舞,含笑君王是路人。"元贡师泰《新蝶》："燕舞盘中嫌露重,莺歌扇底避风轻。"

盘中引鲈　pán zhōng yǐn lú
【分类】文化
【关键词】左慈
【释义】神仙方术之典。《后汉书·左慈》："左慈字元放…操从容顾众宾曰:'今日高会,珍羞略备,所少吴松江鲈鱼耳。'放于下坐应曰:'此可得也。'因求铜盘贮水,以竹竿饵钓于盘中,须臾引一鲈鱼出。"
【例句】唐王维《赠东岳焦…》："玉管时来凤,铜盘即钓鱼。"唐韩翃《赠别华阴…》："卖鲊市中何许人,钓鱼坐上谁家子。"唐孙元晏《吴介象》："介先生有神仙术,钓得鲈鱼在玉盘。"宋周麟之《与苏州守…》："剪橘霜包照座黄,鲙鲈雪缕堆盘白。"

槃涧　pán jiàn
【分类】政治
【关键词】诗经
【释义】指山林隐居之地。《诗经·卫风·考槃》："考槃在涧,硕人之宽。"汉毛传："考,成;槃,乐也。山夹水曰涧。"宋朱熹集传："诗人美贤者隐处涧谷之间,而硕大宽广,无戚戚之意。"
【例句】宋项安世《送张子真…》："南轩学待真传绎,槃涧家

须旧业修。"宋阳枋《寿韩司理》："共指武陵槃涧地,桃花深处屋三间。"宋卫宗武《过安吉县…》："屏山森秀色,槃涧漱清音。"宋刘克庄《挽陈北山》："虽拜龙图号,自称槃涧翁。"

磻溪叟　pán xī sǒu
【分类】政治
【关键词】姜太公
【释义】磻溪,一名璜河。源出南山兹谷,北流入渭水。相传吕尚垂钓于此。亦借指吕尚。源见"渭滨垂钓"。
【例句】唐方干《陆山人画水》："我来拟学磻溪叟,白首钓璜非陆沉。"唐韩愈《和裴仆射…》："傅氏筑已卑,磻溪钓何激。"唐王勃《三月曲水…》："傅岩来筑处,磻溪入钓前。"唐高适《金城北楼》："垂竿已羡磻溪老,体道犹思塞上翁。"

蟠木　pán mù
【分类】文化
【关键词】邹阳
【释义】指盘曲而难以为器之树木。喻无用之才。《史记·鲁仲连邹阳列传》："(邹阳)狱中上书曰:'…蟠木根柢,轮囷离诡,而为万乘器者。何则?以左右先为之容也。'"唐颜师古注："蟠木,屈曲之木也。"
【例句】唐钱起《同程九早…》："汉家贤相重英奇,蟠木何材也见知。"唐钱起《山斋读书…》："丛兰齐稚子,蟠木老潜夫。"唐孟郊《山老吟》："蟠木为我身,始得全天年。"唐白居易《答马侍御…》："蟠木讵堪明主用,笼禽徒与故人疏。"

蟠桃　pán táo
【分类】文化
【关键词】山海经
【释义】神话中的仙桃。《论衡·订鬼》引《山海经》："沧海之中,有度朔之山,上有大桃木,其蟠屈三千里。"
【例句】唐林仙人《七言》："尘世暗移知几代,蟠桃初熟未经年。"唐施肩吾《望晓词》："蟠桃树上日欲出,白榆枝畔星无多。"唐柳宗元《游南亭夜…》："披山穷木禾,驾海逾蟠桃。"唐张碧《惜花》："阿母蟠桃香未齐,汉皇骨葬秋山碧。"

泮水　pàn shuǐ
【分类】生活
【关键词】诗经
【释义】代指古代学宫。《诗经·鲁颂·泮水》："思乐泮水,薄采其芹。鲁侯戾止,言观其旂。"毛诗序："泮水,颂僖公能修泮宫也。"毛传："泮水,泮宫之水也。"汉郑玄笺："泮之言半也,半水者,盖东西门以南通水,北无也。"
【例句】唐温庭筠《病中书怀…》："泮水思芹味,琅琊得稻租。"宋石介《留守待制…》："春早沂风暖,芹生泮水深。"宋曾巩《孔教授张…》："泮水吟谈邀法饮,高斋闲燕属佳篇。"宋王十朋《张廷直挽词》："芹芳泮水声辈早,花满河

阳迹到稀。"

畔牢愁　pàn láo chóu
【分类】生活
【关键词】扬雄
【释义】汉扬雄所作辞赋篇名,借指离愁之作,已佚。《汉书·扬雄传上》:"又旁《惜诵》以下至《怀沙》一卷,名曰《畔牢愁》。"李奇注:"畔,离也。牢,聊也。与君相离,愁而无聊也。"
【例句】唐武元衡《闻相公三…》:"位高天禄阁,词异畔牢愁。"唐刘禹锡《和苏郎中…》:"旧隐来寻通德里,新篇写出畔牢愁。"唐杜牧《寄浙东韩…》:"梦寐几回迷蛱蝶,文章应广畔牢愁。"唐李商隐《拟意》:"书成祓禊帖,唱杀畔牢愁。"

庞德公　páng dé gōng
【分类】政治
【关键词】庞德
【释义】指东汉隐士庞德。亦借指隐士。源见"鹿门采药"。
【例句】唐李白《寄弄月溪…》:"尝闻庞德公,家住洞湖水。"唐孟浩然《夜归鹿门…》:"鹿门月照开烟树,忽到庞公栖隐处。"唐杜甫《秦州杂诗》:"阮籍行多兴,庞公隐不还。"唐杜甫《寄从孙崇简》:"庞公隐时尽室去,武陵春树他人迷。"

抛掷　pāo zhì
【分类】生活
【关键词】隋文帝
【释义】丢弃;弃置。《隋遗录》:"帝饮之甚欢,因请丽华舞《玉树后庭花》。丽华辞以抛掷岁久,自井中出来,腰肢依拒,无复往时姿态。"
【例句】唐张籍《答刘竞》:"刘君久被时抛掷,老向城中作选人。"唐刘禹锡《杨柳枝》:"如今抛掷长街里,露叶如啼欲向谁。"唐司空图《南北史感遇》:"惟向眼前怜易落,不如抛掷任春风。"唐白居易《寄黔州马…》:"可惜风情与心力,五年抛掷在黔中。"

庖丁解牛　páo dīng jiě niú
【分类】生活
【关键词】庄子
【释义】比喻养生之道,或用以赞美神妙的技艺。《庄子·养生主》:"庖丁为文惠君解牛,手之所触,肩之所倚,足之所履,膝之所踦,砉然响然,奏刀騞然,莫不中音。合于桑林之舞,乃中经首之会。"
【例句】唐温庭筠《过孔北海墓》:"轮辕无匠石,刀几有庖丁。"唐李咸用《长歌行》:"要衣须破束,欲炙须解牛。"唐高适《奉酬睢阳…》:"着鞭驱驷马,操刃解全牛。"宋黄庭坚《寄上叔父…》:"庖丁解牛妙世故,监市履豨知民心。"宋黄庭坚《送徐隐父…》:"割鸡不合庖丁手,家传风流更著鞭。"

匏瓜空悬　páo guā kōng xuán
【分类】政治
【关键词】孔子
【释义】比喻闲置不用或求仕不得之典。《论语·阳货》:"子曰:'…吾岂匏瓜也哉?焉能系而不食!'"
【例句】唐李白《早秋赠裴…》:"荆人泣美玉,鲁叟悲匏瓜。"宋杨亿《岁暮有怀》:"匏瓜宣父叹,江海子牟情。"宋孔平仲《八音诗呈…》:"匏瓜系累虽不久,土风堪美人皆贤。"宋张耒《寄晁应之》:"匏瓜有系身难去,人足无音境更幽。"

陪台　péi tái
【分类】政治
【关键词】左传
【释义】臣之臣,末等奴隶。泛指微贱罪隶。《左传·昭公七年》:"故王臣公,公臣大夫,大夫臣士,士臣皂,皂臣舆,舆臣隶,隶臣僚,僚臣仆,仆臣台…若从有司,是无所执逃臣也。逃而舍之,是无陪台也。"
【例句】宋卫宗武《和南塘咏梅》:"暗香明艳无纤埃,俯视众植为陪台。"宋王安石《秋热》:"岂惟宾至得清坐,因有余地苏陪台。"宋王安石《和王微之…》:"当时谋臣非不众,上国拔取多陪台。"宋胡寅《和唐寿隆…》:"名章络绎走陪台,得对春风一笑开。"

陪羽猎　péi yǔ liè
【分类】政治
【关键词】扬雄
【释义】文士侍从帝王之典。西汉扬雄《羽猎赋序》:"孝成帝时,羽猎。雄从。"唐吕向注:"羽,箭边,言使士卒负箭而猎。"谓扬雄曾陪伴汉成帝刘骜羽猎(帝王狩猎,士卒背负羽箭随从)。
【例句】唐杜甫《奉赠太常…》:"几时陪羽猎,应指钓璜溪。"唐杜牧《寄崔钧》:"词臣陪羽猎,战将骋骐骥。"明徐祯卿《拟古宫词》:"见说上林陪羽猎,君王同著紫云裘。"明龚鼎孳《立春后六…》:"银蟾光射衣裘薄,霜鬓惭陪羽猎新。"

培塿　pǒu lǒu
【分类】生态
【关键词】左传
【释义】小土丘。本作部娄。《左传·襄公二十四年》:"部娄无松柏。"晋杜预注:"部娄,小阜。"《春秋左氏传》:"培塿无松柏。"
【例句】唐杜甫《可叹》:"王生早曾拜颜色,高山之外皆培塿。"唐陈陶《草木言》:"勿轻培塿阜,或有奇栋梁。"唐殷尧藩《闲居》:"虚游心在鸿蒙外,穴处身疑培塿中。"宋楼璹《耆》:"有如布山川,部娄势相峙。"宋释文珦《南山松柏章》:"寻常部娄间,琐琐唯薪蒸。"明袁华《在上亭》:"众山皆部娄,小亭立屠颜。"

裴楷清通 péi kǎi qīng tōng

【分类】政治

【关键词】裴楷

【释义】指为人精明通达。为咏公正清廉博识通达之典。《晋书·附裴楷》："裴楷字叔则，明悟有识量…吏部郎缺，文帝问其人于钟会。会曰：'裴楷清通，王戎简要，皆其选也。'于是以楷为吏部尚书郎。"

【例句】唐张九龄《和裴侍中…》："生737乍作霖雨，继代有清通。"唐殷寅《铨试后微…》："裴楷能清通，山涛急推荐。"唐郑昉《人不易知》："寅亮推多士，清通固赏奇。"宋王炎《王倅成老…》："持身无表襮，为吏极清通。"

裴王 péi wáng

【分类】政治

【关键词】裴楷王戎

【释义】晋人裴楷、王戎。为咏杰出官吏之典。《艺文类聚》引《让吏部尚书表》："窃以汉室五曹，方今六尚；魏隆八凯，拟古六卿…至如东京许郭，西晋裴王，仰首伸眉，可得论列此矣。"晋人裴楷、王戎有才华，被钟会推荐为吏部郎。

【例句】唐元稹《代曲江…》："裴王持藻镜，姚宋斡陶钧。"唐卢象《赠张均员外》："公门世业昌，才子冠裴王。"唐罗隐《寄礼部郑…》："栾都门风大，裴王礼乐优。"宋王应麟《吴刺史庙》："吾闻是邦多贤守，裴王碑字颜与李。"

佩兰 pèi lán

【分类】文化

【关键词】楚辞

【释义】佩系兰草。以兰草为佩饰，表示志趣高洁。源见"纫兰结佩"。

【例句】唐杜淹《寄赠齐公》："佩兰长坂上，攀桂小山前。"唐孟郊《遣兴联句》："殷鉴谅不远，佩兰永芬芳。"唐李贺《公无出门》："嗾犬狺狺相索索，舐掌偏宜佩兰客。"唐崔珏《有赠》："锦里芬芳少佩兰，风流全占似君难。"

佩韦 pèi wéi

【分类】生活

【关键词】韩非子

【释义】韦皮性柔韧，性急者佩之以自警。谓以有余补不足。源见"韦弦"。

【例句】唐卢纶《送丹阳赵…》："佩韦宗懒慢，偷橘爱芳香。"宋王迈《以喜闻过…》："未尝不佩韦，因循及老大。"宋王庠《谋退》："佩韦防事急，分肉倚心平。"宋王十朋《送曹梦良…》："才如子建岂论斗，性类西门能佩韦。"

佩觽 pèi xī

【分类】生活

【关键词】诗经

【释义】喻指童年人。《诗经·卫风·芄兰》："芄兰之友，童子佩觽。虽则佩觽，能不我知。"觽：一种饰品。

【例句】唐皎然《潘丞孩子》："我识婴儿意，何须待佩觽。"唐司空曙《送王使君…》："年少通经学，登科尚佩觽"。唐元稹《赠严童子》："十岁佩觽娇稚子，八行飞札老成人。"宋刘克庄《见新历有感》："尚记嬉游佩觽日，安知荏苒钓璜年。"

佩玉鸣鸾 pèi yù míng luán

【分类】政治

【关键词】王勃

【释义】佩玉：古代玉制衣饰，玉与玉相碰，发出悦耳的响声。鸣鸾：车上鸾铃的声音。喻指王公权贵。唐王勃《滕王阁》："滕王高阁临江渚，佩玉鸣鸾罢歌舞。"

【例句】唐李隆基《途经华岳》："饬驾去京邑，鸣鸾指洛川。"宋胡寅《题朝阳阁》："鸣鸾佩玉不须论，西雨南云手覆翻。"宋王洋《冬雨不止…》："貂裘公子思寒侣，佩玉鸣鸾不成舞。"宋释智远《偈》："佩玉鸣鸾歌舞罢，门前依旧夕阳斜。"

喷饭 pēn fàn

【分类】生活

【关键词】苏轼

【释义】谓吃饭时因忍不住笑而喷出饭粒。喻指惹人发笑。苏轼《文与可画筼筜谷偃竹记》："予诗云：'汉川修竹贱如蓬，斤斧何曾赦箨龙。料得清贫馋太守，渭滨千亩在胸中。'与可是日与其妻游谷中，烧笋晚食，发函得诗，失笑喷饭满案。"

【例句】宋许景衡《送笋与经臣》："题诗分赠君应笑，何似东坡喷饭时。"宋郑清之《旧冬得蒌…》："遣送兵厨羞俎笾，喷饭一笑筼筜边。"元叶颙《画竹王汝…》："渭川千亩在心胸，喷饭满案馋唾堕。"元宋禧《四月二日…》："谁知北郭销愁日，岂似筼筜喷饭时。"

喷玉 pēn yù

【分类】文化

【关键词】马

【释义】咏骏马矫健之典。也借喻人才智不凡。《穆天子传》："东游于黄泽，宿于曲洛…使宫乐谣曰：'黄之池，其马喷沙，皇人威仪。黄之泽，其马喷玉，皇人寿谷。'"神话传说，穆天子的神马有喷玉(马嘘气或奔跪时喷散雪白的唾沫)之态。

【例句】唐乔知之《羸骏篇》："喷玉长鸣西北来，自言当代是龙媒。"唐杜甫《同豆卢峰…》："炼金欧冶子，喷玉大宛儿。"唐杜甫《醉为马坠…》："安知决臆追风足，朱汗骖騑犹喷玉。"唐韩翃《少年行》："千点斓斑喷玉骢，青丝结尾绣缠骏。"

烹小鲜 pēng xiǎo xiān

【分类】政治

【关键词】老子

【释义】喻治国便民之道。《老子·德经》："治大国若烹小鲜。"河上公注："鲜，鱼。烹小鱼，不去肠，不去鳞，不敢挠，恐其糜也。治国烦则下乱。"三国魏王弼注："不扰也。"

【例句】唐李颀《赠别穆元林》："彼卿有令弟，小邑试烹鲜。"唐高适《过卢明府…》："何幸逢大道，愿言烹小鲜。"金耶律楚材《用刘正叔韵》："视民每羞如刍狗，治国常思烹小鲜。"元李孝光《送达兼善…》："未将鼎俎烹小鲜，如吾但当归力田。"

朋簪 péng zān

【分类】生活
【关键词】周易
【释义】指朋辈。源见"盍朋簪"。
【例句】宋晏殊《忆临川旧游》："浮生莫道今如昨，曷月朋簪争此欢。"宋梅挚《和王益新…》："朋簪峨峨尽才子，椽笔交辉云藻丽。"宋卫宗武《赴野渡招…》："几年寥落负秋光，剩喜朋簪列耐堂。"宋文天祥《送曹大著…》："馆舍朋簪旧，都门祖帐新。"

彭城戏马 péng chéng xì mǎ

【分类】生活
【关键词】刘裕
【释义】借指达官贵人的嬉游饮宴。《南齐书·礼志上》："宋武为宋公，在彭城，九日出项羽戏马台，至今承袭，以为旧准。"
【例句】唐孟郊《南阳公请…》："方知戏马会，永谢登龙宾。"宋陆游《重九会饮…》："彭城戏马平生意，强为巴歌一解颐。"宋许及之《次才叔和…》："恍思杜老浮舟日，绝胜彭城戏马年。"明阮大铖《姑溪雨泊…》："烟绵漂母炊鱼地，云接彭城戏马台。"

彭郎 péng láng

【分类】生态
【关键词】归田录
【释义】指江西彭泽县长江南岸澎浪矶，谬传为彭郎。隔江与大、小孤山相望，俚因谬转为姑山。《归田录》："江南有大、小孤山，在江水中岿然独立，而世俗转孤为姑，江侧有一石矶谓之澎浪矶，遂转为彭郎矶，云'彭郎者，小姑婿也'。"
【例句】宋杨万里《大孤山》："小姑小年嫁彭郎，大姑不嫁空自媚。"宋苏轼《李思训画…》："舟中贾客莫漫狂，小姑前年嫁彭郎。"宋苏轼《予initial滴岭…》："倚天巉绝玉浮图，肯与彭郎作小姑。"宋韩驹《题大姑山》："小姑已嫁彭郎去，大姑长随女儿住。"

彭咸沦没 péng xián lún mò

【分类】政治
【关键词】彭咸
【释义】称美忠谏之臣的典故。《楚辞·离骚》："虽不周于今之人兮，愿依彭咸之遗则。"汉王逸注："彭咸，殷贤大夫，谏其君，不听，自投水而死。"
【例句】唐李白《古风》："彭咸久沦没，此意与谁论。"宋周紫芝《读楚词》："已分世间无鲍叔，便须水底觅彭咸。"宋赵汝谠《屈原祠》："下将从彭咸，终已投汨罗。"明张萱《甲寅秋兴》："曾闻哲匠感萧晨，欲向彭咸问水滨。"

彭宣 péng xuān

【分类】政治
【关键词】张禹彭宣
【释义】彭宣，字子佩，淮阳阳夏人。师从张禹，深通易经。《汉书》："禹成就弟子尤著者，淮阳彭宣至大司空，沛郡戴崇至少府九卿…崇心亲爱崇，敬言而疏之。崇每候禹，常责师宜置酒设乐与弟子相娱…而宣之来也，禹见之于便坐，讲论经义，日晏赐食，不过一肉卮酒相对。宣未尝得至后堂。及两人皆闻知，各自得也。"
【例句】唐李商隐《华州周大…》："若共门人推礼分，戴崇争得及彭宣。"宋晏殊《安昌侯》："身服儒衣同蔡复，日将卮酒对彭宣。"宋梅尧臣《社日饮家…》："彭宣不预后堂会，康成一举三百钟。"宋蔡启向《题张子正…》："别墅岂堪陪谢傅，后堂那复醉彭宣。"

彭祖寿长 péng zǔ shòu zhǎng

【分类】生活
【关键词】彭祖
【释义】咏长寿之典。彭祖，姓籛名铿，传说中人物，曾活到八百岁。《楚辞·天问》："彭铿斟雉帝何飨？受寿永多夫何久长？"汉王逸注："彭铿，彭祖也。好和滋味，善斟雉羹，能事帝尧…至八百岁，犹自悔不寿。"
【例句】唐刘威《感寓》："颜回徒恨少成古，彭祖何曾老至今。"唐皇甫冉《彭祖井》："访古因知彭祖宅，得仙何必葛洪乡。"唐王梵志《回波乐》："彭祖七百岁，终成老烂鬼。"唐李贺《浩歌》："王母桃花千遍红，彭祖巫咸几回死。"聂绀弩《挽柏山》："冯唐易老彭难，何似当初美孔颜。"

蓬池咏 péng chí yǒng

【分类】生活
【关键词】阮籍
【释义】咏愁思之典。三国魏阮籍《咏怀十七首》："徘徊蓬池上，还顾望大梁。""羁旅无俦匹，俯仰怀哀伤。"
【例句】唐李白《梁园吟》："却忆蓬池阮公咏，因吟渌水扬洪波。"宋刘敞《和江十饮…》："朅来蓬池上，咏怀激哀声。"明顾璘《赠施子仁…》："梁王宾客知谁在，莫唱蓬池阮籍歌。"明佘翔《题立朝叔…》："白眼猖狂避世心，蓬池谁解阮公吟。"

蓬蒿人 péng hāo rén

【分类】政治
【关键词】张仲蔚
【释义】指隐居不仕之人。源见"仲蔚蓬蒿"。
【例句】唐李白《南陵别儿…》："仰天大笑出门去，我辈岂是蓬蒿人。"宋贺铸《小梅花》："白纶巾，扑黄尘，不知我辈可是蓬蒿人！"宋戴表元《招子昂饮歌》："虚名何用等灰尘，不如世上蓬蒿人。"金元好问《范宽秦川图》："元龙未除湖海气,李白岂是蓬蒿人?"

蓬莱 péng lái
【分类】文化
【关键词】鳌
【释义】也称蓬山,传说中的仙山名。泛指仙境。源见"龙伯钓鳌"。借指秘书省、秘书监或秘阁等。《后汉书·窦章传》:"是时学者称东观为老氏臧室,道家蓬莱山。"北魏李贤注:"蓬莱,海中神山,为仙府,幽经秘录并皆在焉。"
【例句】唐李白《宣州谢朓…》:"蓬莱文章建安骨,中间小谢又清发。"唐杨巨源《早朝》:"双阙薄烟笼菡萏,九成初日照蓬莱。"唐无名氏《题华岩洞石壁》:"东望蓬莱三万里,等闲归去等闲来。"唐僧鸾《赠李粲秀才》:"仙鹤闲从净碧飞,巨鳌头戴蓬莱出。"

蓬莱弱水 péng lái ruò shuǐ
【分类】文化
【关键词】续仙传
【释义】谓相距遥远之意。《续仙传》:"蓬莱隔弱水三十万里,非舟楫可行,非飞仙无以到。"
【例句】唐何仙姑《有道士自…》:"蓬莱弱水今清浅,满地花阴护月明。"宋苏轼《金山妙高台》:"蓬莱不可到,弱水三万里。"宋赵崇垓《游七星岩…》:"弱水蓬莱仙境界,石桥方广佛神通。"宋王庭圭《和李彦文》:"往岁闻名未相识,常如弱水隔蓬莱。"

蓬头垢面 péng tóu gòu miàn
【分类】生活
【关键词】封轨
【释义】头发蓬乱,脸上很脏。形容生活条件很差的样子。也泛指没有修饰。北齐魏收《魏书·封轨传》:"君子正其衣冠,尊其瞻视,何必蓬头垢面,然后为贤?"
【例句】五代韦庄《秦妇吟》:"蓬头垢面眉犹赤,几转横波看不得。"宋吕本中《观宁子仪…》:"君不见寒山子,垢面蓬头何所似。"宋戴表元《行妇怨次…》:"蓬头垢面谁氏子,放声独哭哀闻天。"聂绀弩《赠戴行健…》:"蓬头灶下小丫鬟,八十衰翁赖尔安。"

蓬心 péng xīn
【分类】生活
【关键词】庄子
【释义】比喻知识浅薄,不能通达事理。后亦常作自喻浅陋的谦词。《庄子·逍遥游》:"今子有五石之瓠,何不虑以为大樽而浮乎江湖,而忧其瓠落无所容?则夫子犹有蓬之心也夫!"成玄英疏:"蓬,草名。拳曲不直也…言惠生既有蓬心,未能直达玄理。"
【例句】唐王适《蜀中言怀》:"蓬心犹是客,华发欲成翁。"唐白居易《对酒闲吟》:"莫言蓬心叟,胸中残是非。"唐柳宗元《同刘二十…》:"鹖翼尝披隼,蓬心类倚麻。"宋宋庠《立春》:"朝来独曝茅檐日,且暖蓬心一寸灰。"

蓬瀛 péng yíng
【分类】文化
【关键词】鳌
【释义】指海上仙山蓬莱和瀛洲。相传为仙人所居之处。亦泛指仙境。源见"龙伯钓鳌"。
【例句】唐吕岩《七言》:"云鬟双明骨更轻,自言寻鹤到蓬瀛。"唐曹邺《寄嵩阳道人》:"三山浮海倚蓬瀛,路入真元险尽平。"唐刘禹锡《送唐舍人出镇…》:"暂辞鵷鹭镇蓬瀛,忽拥貔貅镇粤城。"唐李远《过旧游见…》:"蓬瀛路断君何在,云水情深我尚留。"

鹏程万里 péng chéng wàn lǐ
【分类】政治
【关键词】庄子
【释义】比喻前程远大。源见"鲲鹏"。
【例句】唐唐彦谦《留别》:"鹏程三万里,别酒一千钟。"宋邵雍《崇德阁下…》:"鹏程万里非由驾,鹤算三千别有春。"宋邓仲倚《御风亭》:"飘摇万里鹏程远,缥缈三山鹤驾轻。"宋王迈《游温陵得…》:"直须一举魁天下,方快鹏程万里风。"

捧日 pěng rì
【分类】政治
【关键词】程昱
【释义】用为忠于君主之典。《三国志·程昱传》南朝宋裴松之注引《魏书》曰:"昱少时常梦上泰山,两手捧日。昱私异之,以语荀彧。及兖州反,赖昱得完三城。于是彧以昱梦白太祖。太祖乃曰:'卿当终为吾腹心。'昱本名立,太祖乃加其上"日",更名昱也。"
【例句】唐李咸用《酬进士秦…》:"在野孤云终捧日,朝宗高浪本蒙泉。"唐王表《赋得花发…》:"欲托凌云势,先开捧日心。"唐崔日用《奉和立春…》:"圣泽阳和宜宴乐,年年捧日向东城。"唐钱起《赠阙下裴…》:"阳和不散穷途恨,霄汉长怀捧日心。"

捧膳 pěng shàn
【分类】政治
【关键词】谢嚼
【释义】咏孝行之典。《宋书·谢嚼传》:"嚼字宣镜,幼有殊行。年数岁,所生母郭氏,久婴痼疾,晨昏温清,尝药捧膳,不阙一时,勤容戚颜,未尝暂改,恐仆役营疾懈倦,躬自执劳。母为病畏惊,微疾过甚,一家尊卑,感嚼至性,咸纳履而行,屏气而语,如此者十余年。"
【例句】唐卢纶《送萍炼归…》:"执珪期已迫,捧膳步宁徐。"宋梅尧臣《依韵和昭…》:"捧膳溪童絜,衔花鹿女香。"

捧心 pěng xīn
【分类】生活
【关键词】西施
【释义】美女病态。喻拙劣的模仿。源见"东施效颦"。

【例句】唐韦蟾《句》："伤颊讵关舞,捧心非效嚬。"唐柳宗元《重赠》："世世悠悠不识真,姜芽尽是捧心人。"唐湘妃庙《与崔渥冥…》："亡国破家皆有恨,捧心无语泪苏台。"宋黄庭坚《同子瞻和…》："家酿可供开口笑,侍儿工作捧心颦。"宋黄庭坚《次韵文潜…》："重游樊素病,捧心不能妆。"

被发缨冠　pī fà yīng guàn
【分类】生活
【关键词】孟子
【释义】来不及束发、系帽带。借指急于救助他人。《孟子·离娄》："今有同室之人斗者,救之,虽被发缨冠而救之,可也。"
【例句】宋刘鄂《读许右丞…》："悬知必有代庖责,被发缨冠赴东市。"宋朱熹《寄题宜春…》："闭户不忘忧,缨冠剡行义。"清易顺鼎《寓台咏怀》："谁忘被发缨冠义,各念茹毛践土身。"清郑孝胥《世已乱身…》："驻颜却老竟无方,被发缨冠亦太狂。"

被发左衽　pī fà zuǒ rèn
【分类】政治
【关键词】管仲
【释义】被发:披散头发。衽:衣襟。左衽,指古代部分少数民族的服装,前襟向左掩。形容像少数民族那样处于落后状态。借指异族或沦陷为异族统治。也指死者所着的服装。《论语·宪问》："子曰:'管仲相桓公,霸诸侯,一匡天下,民到于今受其赐。微管仲,吾其被发左衽矣。岂若匹夫匹妇之为谅也,自经于沟渎而莫之知也?'"
【例句】唐白居易《城盐州》："自筑盐州十余载,左衽毡裘不犯塞。"唐魏扶《和白敏中…》："左衽尽知歌帝泽,从兹不更备三边。"宋王陶《异服》："仲尼叹微管,几为左衽属。"宋刘黻《韩文公》："不忍中原沦左衽,甘寻南土作累臣。"

被褐怀玉　pī hè huái yù
【分类】文化
【关键词】老子
【释义】被同披,褐为穷苦人穿的粗麻短衣。玉:比喻才德。比喻处境贫苦而怀有真才实学的人,或有才德而深藏不露。《老子·德经》："知我者希,则我者贵,是以圣人被褐怀玉。"
【例句】唐张九龄《叙怀》："被褐有怀玉,佩印从负薪。"唐杜甫《醉时歌》："杜陵野客人更嗤,被褐短窄鬓如丝。"唐罗立言《赋得沽美玉》："谁怜被褐士,怀玉正求沽。"宋姜特立《潘德久永…》："被褐既怀玉,脱囊可无锥。"

批黄敕　pī huáng chì
【分类】政治
【关键词】李藩
【释义】黄敕,皇帝的诏书,用黄纸书写。批注黄敕,喻位高权重。《旧唐书·李藩传》："制敕有不可,遂于黄敕后批之。吏曰:'宜别连白纸。'藩曰:'以白纸,是文状,

曰批敕耶!'"
【例句】宋刘克庄《端明无惰…》："惯看东阁批黄敕,同向南衙泪白麻。"宋刘克庄《居厚弟…》："呼来谁遣批黄敕,谪去何须著锦袍。"宋刘克庄《转调二郎神》："更不草白麻,不批黄敕,稍觉心清力省。"

批其逆鳞　pī qí nì lín
【分类】政治
【关键词】战国策
【释义】批:触。逆鳞:倒生的鳞。相传龙有逆鳞,人们触犯着它,必受其害。比喻臣下直言劝谏、触犯君主。也比喻弱国侵犯强国。《战国策·燕策》："秦地遍天下,威胁韩、魏、赵氏,则易水以北,未有所定也,奈何以见陵之怨,欲批其逆鳞哉?"
【例句】唐李白《猛虎行》："有策不敢犯龙鳞,窜身南国避胡尘。"唐杜牧《梁秀才以…》："处困羞摇尾,怀忠壮犯鳞。"宋田锡《赠宋小著》："逆鳞满颔如锋铓,触之则怒无人当。"宋王安石《次韵酬邓…》："论心未忍遗横目,干世还忧近逆鳞。"

披襟　pī jīn
【分类】生活
【关键词】宋玉
【释义】敞开衣襟。多喻舒畅心怀,心地坦白。楚宋玉《风赋》："有风飒然而至,王乃披襟而当之,曰:'快哉此风…'"披襟解带:南朝刘义庆《世说新语》："遂披襟解带,留连不能已。"犹披心。谓推诚相与。《晋书·周顗传》："伯仁总角于东宫相遇,一面披襟,便许三事,何图不幸自贻王法。"
【例句】唐李世民《春日望海》："披襟眺沧海,凭轼玩春芳。"唐杜甫《奉赠卢五…》："入幕知孙楚,披襟得郑侨。"唐韦应物《西郊燕集》："列坐遵曲岸,披襟袭兰芳。"聂绀弩《杂诗》："辟户披襟细雨来,偶思独上妙高台。"

披裘负薪　pī qiú fù xīn
【分类】政治
【关键词】披裘公
【释义】穿着裘褐,背着柴薪。喻指孤高清廉的隐逸贫居者。《高士传》："披裘公者,吴人也。延陵季子出游,见道中遗金,顾而睹之,与公曰:'取彼金。'公投镰瞋目拂手而言曰:'何子居之高而视之卑?吾披裘而负薪,岂取遗金者哉?'"
【例句】唐王绩《山家夏日》："九春宁解褐,五月自披裘。"唐李白《杭州送裴…》："五月披裘者,应知不取金。"唐骆宾王《畴昔篇》："垂钓甘成白首翁,负薪何处逢知己。"唐钱起《县中池竹…》："官小志已足,时清免负薪。"

披沙拣金　pī shā jiǎn jīn
【分类】文化
【关键词】潘岳
【释义】沙里淘金,多中见精。为称美诗文精妙之典。源见

"潘锦"。

【例句】唐白居易《赠能七伦》:"手中一百篇,句句披沙金。"唐白居易《醉后走笔…》:"赠我一篇行路吟,吟之句句披沙金。"唐李群玉《赠元绂》:"隐石那知玉,披沙始遇金。"唐方干《路入金州…》:"知是从来贡金处,江边牧竖亦披沙。"

披香殿　pī xiāng diàn
【分类】政治
【关键词】班固
【释义】汉宫殿名。东汉班固《西都赋》:"合欢增城,安处常宁。茞若椒风,披香发越。"唐李善注:"汉宫阙名。长安有合欢殿、披香殿。"
【例句】唐李白《阳春歌》:"披香殿前花始红,流芳发色绣户中。"唐温庭筠《题西平王…》:"披香殿下樱桃熟,结绮楼前芍药开。"唐李商隐《宫妓》:"珠箔轻明拂玉墀,披香新殿斗腰支。"唐贺知章《望人家桃…》:"的皪长奉明光殿,氤氲半入披香苑。"

披云雾　pī yún wù
【分类】文化
【关键词】乐广
【释义】即披云雾,睹青天。谓披开云雾,见到青天。比喻驱开黑暗,见到光明。《晋书·乐广传》:"尚书令卫瓘,朝之耆旧…见广而奇之…命诸子造焉,曰:'此人之水镜,见之莹然,若披云雾而睹青天也。'"
【例句】唐李白《赠溧阳宋…》:"扫洒青天开,豁然披云雾。"唐李白《赠韦秘书…》:"披云睹青天,扪虱话良图。"唐钱起《宴郁林观…》:"仙侣披云集,霞杯达曙斜。"唐白居易《酬南阳阳…》:"欲披云雾联襟去,先喜琼琚入袖来。"宋沈遘《七言访净…》:"不是重阴开白日,自披云雾睹青天。"

皮里阳秋　pí lǐ yáng qiū
【分类】政治
【关键词】褚裒
【释义】内心臧否人物之典。《晋书·褚裒传》:"裒少有简贵之风…谯国桓彝见而目之曰:'季野有皮里阳秋。'言其外无臧否,而内有所褒贬也。"臧否:褒贬,评论。原为皮里春秋,因避郑太后名春之讳,故以阳代春。
【例句】宋宋庠《休日》:"枉是胸中无块垒,可能皮里有阳秋。"宋唐庚《收景初贬…》:"见说胸中养云梦,莫将皮里贮阳秋。"宋丁逢《赠姜邦杰…》:"皮里阳秋有公论,胸中泾渭不同流。"宋王之望《怀李相之》:"胸中足今古,皮里贮阳秋。"

皮之不存　pí zhī bù cún
【分类】政治
【关键词】左传
【释义】即皮之不存,毛将安傅?比喻事物失去了借以生存的基础,就不能存在。《左传·僖公十四年》:"文侯曰:

'胡为反裘而负刍?'对曰:'臣爱其毛。'文侯曰:'若不知其里尽而毛无所恃耶?'"
【例句】唐李端《下第上薛…》:"幸得皮存矣,须劳翼长之。"宋叶寘《送熊掌熊白》:"熊皮兀坐二十年,毛去皮存缝谁补。"宋范仲淹《送河东提…》:"腹心苟不守,皮肤安得存。"宋孙觌《明水寺五…》:"骨朽余三窟,皮存尚一斑。"

琵琶胡语　pí pá hú yǔ
【分类】政治
【关键词】宋书
【释义】表示对外屈辱求和之意。《宋书·乐志一》:"傅玄《琵琶赋》曰:'汉遣乌孙公主嫁昆弥,念其行路思慕,故使工人裁筝、筑,为马上之乐。欲从方俗语,故名曰琵琶。'"
【例句】唐杜甫《咏怀古迹》:"千载琵琶作胡语,分明怨恨曲中论。"宋黄庭坚《次以道韵…》:"鼓缶多秦声,琵琶作胡语。"宋张元幹《贺新郎…》:"要斩楼兰三尺剑,遗恨琵琶旧语。"元白立《和西湖竹…》:"手抱琵琶作胡语,记得吴中吴大姑。"

琵琶怨曲　pí pá yuàn qǔ
【分类】政治
【关键词】石崇
【释义】咏辞国远行,思念故土之典。晋石崇《琵琶引序》:"昔公主嫁乌孙,令琵琶马上作乐,以慰其道路之思。其送明君,亦必尔也。"琴曲歌辞中,有《昭君怨》。
【例句】唐李颀《从军行》:"行人刁斗风砂暗,公主琵琶幽怨多。"唐杜甫《咏怀古迹》:"千载琵琶作胡语,分明怨恨曲中论。"宋梅尧臣《景彝率和…》:"昭君殁后更多恨,弹作琵琶曲未休。"宋李纲《明妃曲》:"穹庐腥膻厌酥酪,曲调幽怨传琵琶。"

罴卧　pí wò
【分类】政治
【关键词】王罴
【释义】喻有志之士虽退处草野而意气犹盛。源见"老罴当道"。
【例句】宋陆游《自立秋前…》:"不动成罴卧,微劳学鸟伸。"宋陆游《晓出至湖…》:"老气犹能作罴卧,壮怀谁复记鸿轩。"明施闰章《雪》:"岩穴熊罴卧,阶除鸟雀悲。"清曾国藩《西征一首…》:"老罴卧三边,犬羊敢狙诈。"

貔虎　pí hǔ
【分类】政治
【关键词】尚书
【释义】貔和虎。泛指猛兽。《尚书·牧誓》:"尚桓桓,如虎如貔、如熊如罴,于商郊,弗迓克奔,以役西土。"汉孔安国《传》:"貔,执夷虎属也,四兽皆猛健,欲使士众法之奋击于牧野。"
【例句】唐李隆基《旋师喜捷》:"龙蛇开阵法,貔虎振军威。"唐李白《忆旧游寄…》:"君家严君勇貔虎,作尹并州遏戎房。"唐韩琮《京西即事》:"豺狼毳幕三千帐,貔虎金戈十万军。"唐李商隐《韩碑》:"行军司马智且勇,十四万众犹虎貔。"

貔貅 pí xiū
【分类】政治
【关键词】礼记
【释义】神话传说的猛兽,有嘴无肛,也称招财神兽。古代常用作军队称呼。《礼记·曲礼上》:"前有挚兽,则载貔貅。"东汉郑玄注:"载谓举于旌首以警众也。""貔貅亦挚兽也。"唐孔颖达疏:"貔貅是一兽,亦有威猛也。"
【例句】唐李洞《东川高仆射》:"油幢影里拜清风,十里貔貅一片雄。"唐杨巨源《邵州陪王…》:"西塞无尘多玉筵,貔貅鸳鹭俨相连。"唐刘禹锡《送唐舍人…》:"暂辞鸳鹭出蓬瀛,忽拥貔貅镇粤城。"唐贾岛《观冬设上…》:"罗绮舞中收雨点,貔貅闹外卷云根。"

鼙鼓 pí gǔ
【分类】政治
【关键词】周礼
【释义】中国古代军队中用的小鼓,汉以后亦名骑鼓。《周礼·春官·锺师》:"掌鼙鼓缦乐。"《六韬·兵征》:"金铎之声扬以清,鼙鼓之声宛以鸣。"
【例句】唐徐坚《奉和圣制…》:"鼙鼓喧雷电,戈剑凛风霜。"唐胡皓《大漠行》:"旌旆悠悠静闻源,鼙鼓喧喧动卢谷。"唐韦庄《闻官军继…》:"阵前鼙鼓晴应响,城上凫鸢饱不飞。"唐白居易《长恨歌》:"渔阳鼙鼓动地来,惊破霓裳羽衣曲。"

匹练 pǐ liàn
【分类】文化
【关键词】汉书
【释义】一匹白绢。《汉书·食货志下》:"布皂广二尺二寸为幅,长四丈为匹。"
【例句】唐李白《赠武十七…》:"马如一匹练,明日过吴门。"唐白元鉴《瀑布》:"秋山匹练净,寒谷万珠明。"唐徐凝:"今古长如白练飞,一条界破青山色。"聂绀弩《冰道》:"一痕界破千山雪,匹练能裁几件衣。"

匹马只轮 pǐ mǎ zhī lún
【分类】政治
【关键词】春秋公羊
【释义】形容微不足道的一点兵马装备。《春秋公羊传·僖公三十三年》:"然而晋人与姜戎要之殽而击之,匹马只轮无反者。"汉何休注:"匹马,一马也;只,踦也。皆喻尽。"
【例句】唐李昂《赋戚夫人…》:"逐战曾迷只轮下,随君几陷重围里。"宋刘克庄《淮捷》:"匹马只轮番部曲,寸天尺地汉山河。"明江源《凯歌为阳…》:"只轮疋马不得返,犁庭扫穴胡巢空。"明王玉峰《节节高》:"雄兵一一都精练,管教不放只轮返。"

庀具见贫 pǐ jù jiàn pín
【分类】政治
【关键词】左传
【释义】咏清忠为官之典。《左传·襄公五年》:"季文子卒。大夫入敛,公在位。宰庀(具备)家器为葬备,无衣帛之妾,无食粟之马,无藏金玉,无重器备。君子是以知季文子之忠于公室也。"
【例句】唐权德舆《哭刘四尚书》:"撤弦惊闻故,庀具见家贫。"

否极泰来 pǐ jí tài lái
【分类】生活
【关键词】周易
【释义】否:闭塞。泰:畅达。原指事物发展到一定程度,就要转化到它的对立面。后常形容情况从坏变好。《周易注疏·泰》:"天地交,泰。"《周易注疏·否》:"天地不交,否;君子以俭德辟难,不可荣以禄。"《周易注疏·杂卦》:"否泰反其类也。"
【例句】唐王维《哭祖六自》:"虚否极尝闻泰,嗟君独不然。"唐白居易《遣怀》:"乐往必生悲,泰来由否极。"唐李商隐《送千牛李…》:"否极时还泰,屯余运果亨。"宋郭祥正《送余秘校》:"否极泰来如覆手,阔步自此凌烟霄。"

辟寒金 pì hán jīn
【分类】生态
【关键词】拾遗记
【释义】昆明国献魏明帝之嗽金鸟所吐金屑。《拾遗记》:"昆明国贡嗽金鸟,形如雀而色黄,羽毛柔密,常吐金屑如粟,铸之可以为器。此鸟畏霜雪,乃起小屋处之,名曰辟寒台。宫人争以鸟吐之金,用饰钗珮,谓之辟寒金。"
【例句】唐许浑《赠萧炼师》:"还磨照宝镜,犹插辟寒金。"唐赵嘏《宫乌栖》:"香辇不回花自落,春来空佩辟寒金。"五代和凝《宫词百首》:"怪得宫中无兽炭,步摇钗是辟寒金。"宋王仲修《宫词》:"和气先春宫掖暖,凤钗不用辟寒金。"

辟寒犀 pì hán xī
【分类】生态
【关键词】开元天宝
【释义】犀角名,据说可驱除寒气。喻指家室温暖。《开元天宝遗事·辟寒犀》:"开元二年冬至,交趾国进犀一株,色黄如金;使者请以金盘置于殿中,温温然有暖气袭人。上问其故,使者对曰:'此辟寒犀也…'上甚悦,厚赐之。"
【例句】宋刘一止《浣溪沙》:"午夜明蟾冷浸溪。姮娥应有辟寒犀。"宋李清照《浣溪沙》:"朱樱斗帐掩流苏,通犀还解辟寒无。"元胡奎《拟唐人十…》:"绿毛倒挂梨花云,辟寒犀暖蕙帏春。"清王士禛《又戏呈钝翁》:"红蕤枕畔辟寒犀,梦觉时闻乌夜啼。"

辟户 pì hù
【分类】生活

【关键词】虞书
【释义】开门。《说文》："辟,开也。"《虞书》："辟四门。"《易·系辞传》："辟户为之乾。"
【例句】唐韩翃《送客之江宁》："千闾万井无多事,辟户开门向山翠。"宋司马光《和子华喜…》："园吏望尘皆辟户,肩舆回步即开筵。"宋陈造《再次韵后…》："辟户浑疑云气近,诵诗如在玉壶清。"聂绀弩《杂诗》："辟户披襟细雨来,偶思独上妙高台。"

辟疆园　pì jiāng yuán
【分类】生态
【关键词】顾辟疆
【释义】咏园林胜地之典。《世说新语·简傲》："王子猷自会稽经吴,闻顾辟疆有名园。先不识主人,径往其家,值顾方集宾友酣燕。而王历游既毕,指麾好恶,旁若无人。"
【例句】唐李白《留别龚处士》："柳深陶令宅,竹暗辟疆园。"唐楼颖《东部纳凉…》："今知季伦沼,旧是辟疆园。"唐皇甫冉《题卢十一…》："春风来几日,先入辟疆园。"唐独孤及《萧文学山…》："檀栾千亩绿,知是辟疆园。"

辟四门聪　pì sì mén cōng
【分类】政治
【关键词】舜
【释义】咏称美帝王广开视听之典。源见"明四目"。
【例句】唐李峤《车》："天子驭金根,蒲轮辟四门。"唐孙逖《奉和御制…》："方巡五年狩,更辟四门聪。"宋苏舜钦《感兴》："在昔虞舜日,光宅辟四门。"宋黄庭坚《次韵子由…》："天聪四门辟,国势九鼎定。"

澼絖　pì kuàng
【分类】生态
【关键词】庄子
【释义】借指医治皴手的药方或小技艺。源见"不龟手药"。
【例句】宋胡宿《次韵徐爽…》："侏儒自是长三尺,澼絖都来直数金。"宋胡宿《仲夏有感》："鹡鸰已享鸣钟赐,澼絖焉知裂地封。"宋刘攽《次韵晁单…》："龟手但知能澼絖,纬萧何意得骊珠。"宋李之仪《次韵参寥》："又不见江头龟手洴澼絖,裂地得侯终有逢。"

扁舟　piān zhōu
【分类】政治
【关键词】范蠡
【释义】小舟。《史记·货殖列传》："(范蠡)乃乘扁舟,浮于江湖。"
【例句】唐陈子昂《感遇诗》："谁见鸥夷子,扁舟去五湖。"唐张九龄《初发江陵》："扁舟从此去,鸥鸟自为群。"唐元结《欸乃曲》："来谒大官兼问政,扁舟却入九疑山。"唐杜甫《乾元中寓…》："扁舟欲往箭满眼,杳杳南国多旌旗。"

片时　piàn shí
【分类】生活

【关键词】江总
【释义】片刻,不多时;一会儿。隋江总《闺怨篇》："愿君关山及早度,念妾桃李片时妍。"
【例句】唐王勃《临高台》："倡家少妇不须颦,东园桃李片时春。"唐杜甫《酬郭十五…》："乔口橘洲风浪促,系帆何惜片时程。"唐无名氏《抱朴子口诀》："一一事须合手眼传,采取只在片时间。"唐金车美人《与谢翱赠…》："相思无路莫相思,风里花开只片时。"

片语单言　piàn yǔ dān yán
【分类】生活
【关键词】陆机
【释义】片言只语,零零碎碎的话语。形容语言文字数量极少。晋陆机《谢平原内史表》："片言只字,不关其间。"
【例句】唐齐己《寄岘山愿公》："片言酬凿齿,半偈伏姚秦。"唐齐己《忆旧山》："高节未闻驯虎豹,片言何以傲王侯。"宋曾丰《题李克明…》："片言只字略点化,四时六气长含春。"聂绀弩《读钟三文…》："千锤万斧劈开山,片语单言也费才。"

飘零　piāo líng
【分类】生活
【关键词】杜甫
【释义】漂泊流落。也喻凋零。唐杜甫《衡州送李大夫七丈赴广州》："王孙丈人行,垂老见飘零。"
【例句】唐卢照邻《曲池荷》："常恐秋风早,飘零君不知。"唐白居易《惜牡丹花》："晴明落地犹惆怅,何况飘零泥土中。"唐刘禹锡《窦夔州见…》："忽惊暮雨飘零尽,唯有朝云梦想期。"唐陈标《健仔怨》："飘零怨柳凋眉翠,狼籍愁桃坠脸红。"

飘瓦　piāo wǎ
【分类】生活
【关键词】庄子
【释义】咏自然灾害之典。《庄子·达生》："虽有忮心者不怨飘瓦,是以天下平均。"唐成玄英疏："飘落之瓦,偶尔伤人,虽忮逆褊心之夫,终不怨恨,为瓦是无心之物。"
【例句】唐柳宗元《酬娄秀才…》："机事齐飘瓦,嫌猜比拾尘。"唐温庭筠《光风亭夜》："拂巾双雉叫,飘瓦两鸳飞。"唐李商隐《重过圣女祠》："一春梦雨常飘瓦,尽日灵风不满旗。"宋宋祁《度飞石岭》："人不怨飘瓦,何用罪飞石。"宋司马光《酬王安之…》："虚舟非有意,飘瓦不须嗔。"

漂母　piāo mǔ
【分类】政治
【关键词】韩信
【释义】漂洗衣物的老妇。《史记·淮阴侯列传》："信喜,谓漂母曰:'吾必有以重报母。'母怒曰:'大丈夫不能自食,吾哀王孙而进食,岂望报乎!'"
【例句】唐李白《送薛九被…》："沙丘无漂母,谁肯饭王孙。"

唐李白《赠新平少年》:"千金答漂母,万古共嗟称。"唐李白《猛虎行》:"暂到下邳受兵略,来投漂母作主人。"唐汪遵《淮阴》:"秦季贤愚混不分,只应漂母识王孙。"

牝鸡司晨　pìn jī sī chén
【分类】政治
【关键词】尚书
【释义】牝鸡:母鸡,比喻专权的妇人。比喻女人当政乱国。《尚书·牧誓》:"古人有言曰:牝鸡无晨,牝鸡之晨,惟家之索(尽)。"
【例句】唐徐夤《龙蛰》:"逐日莫矜驽马步,司晨谁要牝鸡鸣。"宋李之仪《次韵家室…》:"牝鸡久司晨,群吠移当阳。"宋方平《微子庙》:"抱器幸存天凤祀,丧邦都为牝鸡晨。"宋薛绍彭《秘阁观书》:"牝鸡司晨足才致,蛾眉文墨争蝉娟。"

牝牡骊黄　pìn mǔ lí huáng
【分类】政治
【关键词】列子
【释义】牝牡:雌雄。骊:黑色。马的雌雄和颜色。比喻事物的表面现象。《列子·说符》伯乐为秦穆公荐九方皋求马,三月而返报,穆公曰:"何马也。"对曰:"牝而黄。"使人往取之,牡而骊。穆公不悦,伯乐喟然曰:"…天机也,得其精而忘其粗,在其内而忘其外。"马至,果天下之马也。
【例句】宋李弥逊《次韵徐持…》:"似我鹳乌忘白黑,知君牝牡失骊黄。"宋项安世《送都大茶…》:"何如牝牡骊黄外,更相权奇磊落人。"宋许及之《再次转庵韵》:"骊黄牝牡元不问,智诈勇贪俱可使。"聂绀弩《看驹口号》:"九方牝牡骊黄外,一笠斜阳短笛中。"

娉娉袅袅　pīng pīng niǎo niǎo
【分类】生活
【关键词】杜牧
【释义】形容女子苗条俊美,体态轻盈。唐杜牧《赠别》:"娉娉袅袅十三余,豆蔻梢头二月初。"
【例句】宋陈师道《木兰花减字》:"娉娉袅袅,芍药枝头红玉小。"宋姜夔《虞美人》:"娉娉嫋嫋教谁惜,空压纱巾侧。"宋周紫芝《湖上题》:"何必娉娉仍袅袅,西湖过便是西施。"宋仲并《再过宜兴…》:"娉娉袅袅谁家子,浪说倾城总不如。"

娉婷　pīng tíng
【分类】生活
【关键词】辛延年
【释义】姿态美好貌。借指美人。汉辛延年《羽林郎》:"不意金吾子,娉婷过我庐。"
【例句】唐张柬之《出塞》:"骎骎青丝骑,娉婷红粉妆。"唐柳宗元《韦道安》:"货财足非吾,二女皆娉婷。"唐乔知之《绿珠篇》:"石家金谷重新声,明珠十斛买娉婷。"唐权德舆《薄命篇》:"宁知燕赵娉婷子,翻嫁幽并游侠儿。"

平安信　píng ān xìn
【分类】生活
【关键词】波斯
【释义】指报告平安的使者或书信。《酉阳杂俎·羽篇》:"大理丞郑复礼言:波斯舶上多养鸽,鸽能飞行数千里,辄放一只至家,以为平安信。"
【例句】宋周弼《收家信》:"可怜一纸平安信,不及衡阳雁字多。"宋赵鼎《建康得字…》:"东风一纸平安信,闻道黄岗春已来。"宋刘宰《送友人入京》:"故人欲问平安信,为说年来颇晏如。"宋彭汝砺《奉答诸兄…》:"愁肠日有平安信,只问江头双鲤鱼。"

平楚狱　píng chǔ yù
【分类】政治
【关键词】寒朗
【释义】平反冤狱之典。《后汉书·寒朗传》:"永平中,以谒者守侍御史,与三府掾属共考案楚狱颜忠、王平等…朗曰:'愿一言而死。小臣不敢欺,欲助国耳。'…后二日,车驾自幸洛阳录囚徒,理出千余人。"
【例句】唐权德舆《湖南观察…》:"常闻平楚狱,为报里门高。"宋薛季宣《外舅孙帅…》:"正辞平楚狱,折简罢蛮兵。"宋李鹰《观吴正献真》:"吾知袁公固有后,能平楚狱竟无冤。"清张晋《读〈后汉书〉…》:"郡公平楚狱,福宜及后嗣。"

平地一声雷　píng dì yī shēng léi
【分类】政治
【关键词】花间集
【释义】平地里突然响起一声巨大的雷声。比喻突然名声大振。也比喻突然发生重大事件。《花间集·喜迁莺》:"平地一声雷,莺已迁。龙已化,一夜满城车马。"
【例句】唐韦庄《喜迁莺》:"凤衔金榜出云来,平地一声雷。"宋释自清《偈》:"但愿老僧高著眼,管教平地一声雷。"宋释师观《偈颂》:"蓦然平地一声雷,惊得蟭螟眼豁开。"宋释亮《光上人求语》:"时来平地一声雷,四海五湖如鼎沸。"

平津阁　píng jīn gé
【分类】政治
【关键词】公孙弘
【释义】汉武帝时公孙弘封平津侯,故称其延贤东阁为平津阁。《汉书·公孙弘传》:"上于是下诏曰:'其以高成之平津乡户六百五十封丞相弘为平津侯。'其后以为故事,至丞相封,自弘始也。"
【例句】唐刘禹锡《奉送浙西…》:"自怜不识平津阁,遥望旌旗汝水头。"唐卢象《赠张均员外》:"出自平津邸,还为吏部郎。"唐孙逖《奉和李右…》:"作京雄近县,开阁宠平津。"

平康坊　píng kāng fāng
【分类】生活

【关键词】开元天宝

【释义】唐长安丹凤街有平康坊,为妓女聚居之地,亦称平康里。泛称妓女所居。《开元天宝遗事·风流薮泽》:"长安有平康坊,妓女所居之地,京都侠少萃集于此,兼以新进士以红笺名纸游谒其中,时人谓此坊为风流薮泽。"

【例句】唐施肩吾《金吾词》:"染须偷嫩无人觉,唯有平康小妇知。"五代詹琲《诏福建置…》:"我愿相君谨刑政,雨旸时若自平康。"宋王禹称《锡宴清明日》:"宴罢回来日欲斜,平康坊里那人家。"宋士人妻《寄鞋袜》:"好将稳步青云上,莫向平康漫惹尘。"

平乐 píng lè

【分类】生活

【关键词】汉武帝

【释义】汉代宫观名,汉高祖时始建,武帝增修,在长安上林苑。为咏宫廷游宴之典。《汉书·武帝纪》:"元封六年,夏,京师民观角抵于上林平乐馆。"三国吴薛综注:"平乐馆,大作乐处也。"

【例句】唐王维《寓言》:"斗鸡平乐馆,射雉上林园。"唐李白《将进酒》:"陈王昔时宴平乐,斗酒十千恣欢谑。"唐杨凝《戏赠友人》:"美酒非如平乐贵,十升不用一千钱。"唐耿湋《入塞曲》:"首登平乐宴,新破大宛归。"

平林 píng lín

【分类】生态

【关键词】诗经

【释义】指平原上的林木。《诗经·小雅·车辖》:"依彼平林,有集维鷮。"毛传:"平林,林木之在平地者也。"

【例句】唐王勃《伤裴录事…》:"露文晞宿草,烟照惨平林。"唐李白《菩萨蛮》:"平林漠漠烟如织,寒山一带伤心碧。"唐戴叔伦《喜雨》:"闲居倦时燠,开轩俯平林。"唐咸用《酬进士秦…》:"莺默平林燕别轩,相逢相笑话生前。"

平明 píng míng

【分类】生活

【关键词】江淹

【释义】天刚亮的时候。南朝江淹《谢临川灵运游山》:"平明登云峰,杳与庐霍绝。"

【例句】唐苏瑰《兴庆池侍…》:"金阙平明宿雾收,瑶池式宴俯清流。"唐赵彦昭《秋朝木芙蓉》:"平明露滴垂红脸,似有朝愁暮落时。"唐岑参《轮台歌奉…》:"上将拥旄西出征,平明吹笛大军行。"唐元稹《连昌宫词》:"平明大驾发行宫,万人歌舞在途中。"

平泉草木 píng quán cǎo mù

【分类】生活

【关键词】李德裕

【释义】咏庄园别墅消闲逸乐之典。《太平记·李德裕》:"东都平泉庄,去洛城三十里,卉木台榭,若造仙府。有虚槛,前引泉水,濛回疏凿,像巴峡洞庭十二峰九派,迄于海门,江山景物之状。"

【例句】宋晁补之《松菊堂读史》:"筹边措国俱无用,空对平泉草木闲。"宋李纲《次韵叶少…》:"平泉草木何须记,杜曲桑麻幸可图。"宋李邦《建炎丞相…》:"文饶佐武取河朔,平泉草木穷清英。"宋姜特立《因观赞皇…》:"平泉草木频移主,西雒园池几换人。"

平泉醒酒石 píng quán xǐng jiǔ shí

【分类】生活

【关键词】李德裕

【释义】可以醒酒解渴的石头。传说唐李德裕平泉别墅有醒酒石,醉则卧之。《新五代史·张全义》:"全义监军尝得李德裕平泉醒酒石,德裕孙延古,因托全义复求之。监军忿然曰:'自黄巢乱后,洛阳园宅无复能守,岂独平泉一石哉!'全义尝在巢贼中,以为讥已,因大怒,奏答杀监军者,天下冤之。"

【例句】宋王安中《安阳好》:"绿野移春花自老,平泉醒酒石空存。"宋林泳《杂述》:"错寻醉酒石,痴觅返魂香。"明袁华《灵璧石鱼…》:"君不见赞皇平泉醒酒石,子孙世宝称其贤。"明谢迁《再酬雪湖…》:"留客可无醒酒石,乞身原有种瓜田。"

平戎十八策 píng róng shí bā cè

【分类】政治

【关键词】王忠嗣

【释义】克敌谋策之典。《新唐书·王忠嗣传》:"乌苏米施可汗请降,忠嗣以其方强,特文降耳,乃营木刺、兰山,谍虚实。因上平戎十八策,纵反间于…斩米施可汗,筑大同、静边二城。"

【例句】唐高骈《言怀》:"恨乏平戎策,惭登拜将坛。"宋强至《送运使李…》:"朝廷好问平戎策,郡县无劳谕蜀辞。"宋郭祥正《送方奉议…》:"马上题诗泣鬼神,何时归奏平戎策。"宋刘过《蕲州道中》:"胸中自有平戎策,路入蕲州冷不知。"

平生几两屐 píng shēng jǐ liǎng jī

【分类】生活

【关键词】阮孚

【释义】慨叹人生短暂。源见"阮孚蜡屐"。

【例句】宋苏轼《岐亭五首》:"人生几两屐,莫厌频来集。"宋黄庭坚《和答钱穆父》:"平生几两屐,身后五车书。"宋程俱《试端溪石…》:"人生当复几两屐,我饮宁须三百杯。"聂绀弩《忆钟君》:"此去能穿几两屐,如何得卖许多痴。"

平水土 píng shuǐ tǔ

【分类】政治

【关键词】尚书

【释义】治理河道水患。源见"官水土"。

【例句】唐刘禹锡《江陵严司…》:"名重三司平水土,威雄八阵役风雷。"唐吕温《登少陵原…》:"大禹平水土,吾人得其宗。"宋李师中《客有写真…》:"文命力能平水土,阿衡功亦格皇天。"宋项安世《次韵王醇…》:"鼻祖有功平水土,耳孙无宅寄邱陵。"

平台　píng tái
【分类】生态
【关键词】刘武
【释义】古台名,又名雪台,在河南商丘县东北。汉梁孝王筑,并曾与邹阳枚乘等游此。《史记·梁孝王世家》:"(梁孝王)大治宫室,为复道,自宫连属于平台三十余里。"
【例句】唐李白《梁园吟》:"天长水阔厌远涉,访古始及平台间。"唐岑参《梁园歌送…》:"当时置酒延枚叟,肯料平台狐兔走。"唐李商隐《赠宇文中丞》:"欲构中天正急材,自缘烟水恋平台。"

平台　píng tái
【分类】生活
【关键词】左传
【释义】代称故里。《左传·襄公十七年》:"宋皇国父为大宰,为平公筑台。"
【例句】唐王昌龄《梁苑》:"万乘旌旗何处在?平台宾客有谁怜。"唐高适《宋中别李八》:"旧国多转蓬,平台下明月。"宋刘挚《九月十八…》:"若过平台寄家信,为言今日是归期。"

平阳第　píng yáng dì
【分类】政治
【关键词】汉武帝
【释义】泛指贵戚府第。源见"平阳歌舞"。
【例句】唐刘禹锡《咏古》:"可怜平阳第,歌舞娇青春。"唐高崿《晦日宴高…》:"歌入平阳第,舞对石崇家。"唐苏颋《奉和初春…》:"今朝扈跸平阳馆,不羡乘槎云汉边。"唐白居易《两朱阁刺…》:"忆昨平阳宅初置,吞并平人几家地。"

平阳拊背　píng yáng fǔ bèi
【分类】政治
【关键词】平阳公主
【释义】咏后妃之典。《史记·外戚世家》:"(武帝)既饮,讴者进,上望见,独说卫子夫。是日,武帝起更衣,子夫侍尚衣轩中,得幸…子夫因奉子夫送入宫。子夫上车,平阳主拊其背曰:'行矣,强饭,勉之!即贵,无相忘。'"
【例句】唐杜牧《出宫人》:"平阳拊背穿驰道,铜雀分香下璧门。"唐李百药《妾薄命》:"羞闻拊背人,恨说舞腰轻。"宋王令《送曹杜赴…》:"母送拊背父叹嘻,儿惜欲去哭挽衣。"宋苏辙《次迟韵》:"拊背问家事,嗟我久已忘。"

平阳歌舞　píng yáng gē wǔ
【分类】生活
【关键词】汉武帝
【释义】咏歌舞承欢之典。《汉书·孝武卫皇后传》:"子夫为平阳主讴者…讴者进,帝独说子夫。帝起更衣,子夫侍尚衣轩中,得幸。"平阳公主:汉武帝刘彻同母姐。
【例句】唐李迥秀《夜宴安乐…》:"莫惊侧弁还归路,只为平阳歌舞催。"唐孟浩然《美人分香》:"舞学平阳态,歌翻子夜声。"唐王昌龄《春宫曲》:"平阳歌舞新承欢,帘外春寒赐锦袍。"唐刘禹锡《咏古》:"可怜平阳第,歌舞娇青春。"

平阳公主　píng yáng gōng zhǔ
【分类】政治
【关键词】平阳公主
【释义】汉武帝刘彻同胞长姐。源见"平阳拊背"。
【例句】唐韦嗣立《奉和初春…》:"林间花杂平阳舞,谷里莺和弄玉箫。"唐马怀素《奉和幸安…》:"主家台馆胜平阳,帝幸欢娱乐未央。"唐李适《侍宴安乐…》:"平阳金榜凤皇楼,沁水银河鹦鹉洲。"唐陈嘉言《晦日宴高…》:"人是平阳客,地即石崇家。"

平阳骑　píng yáng qí
【分类】政治
【关键词】卫青
【释义】汉大将军卫青,原为平阳公主的家奴,其姊卫子夫被选为皇后,卫青也受到恩宠,封长平侯,尚平阳公主。后用为咏驸马之典,也可以平阳骑指称卫青其人。《汉书·卫青霍去病传》:"皇后言之,上乃诏青尚平阳主。"
【例句】唐周思钧《晦日宴高…》:"骑出平阳里,筵开卫尉家。"唐王维《奉和杨驸…》:"结束平阳骑,明朝入建章。"明王世贞《钧州变》:"谬称平阳骑,去狎秦淮倡。"明陈子龙《重游万都…》:"漫拟轻装随侠少,平阳羽骑五陵东。"

平舆二龙　píng yú èr lóng
【分类】文化
【关键词】许劭
【释义】咏兄弟俱贤之典。《后汉书·许劭传》:"许劭字子将,汝南平舆人也。少峻名节,好人伦,多所赏识。""兄虔亦知名,汝南人称平舆渊有二龙焉。"
【例句】唐权德舆《送许著作…》:"月旦继平舆,风流仕石渠。"唐权德舆《奉和馆张…》:"伯仲尽时贤,平舆与颍川。"明欧大任《送陈仲宪…》:"二龙宛自平舆出,双璧新从大赵来。"清释无《喜彭退庵…》:"漫言董氏探三策,那复平舆阆二龙。"

平原督邮　píng yuán dū yóu
【分类】生活
【关键词】世说新语
【释义】劣酒的隐语。源见"青州从事"。
【例句】宋冯岵《全州南城》:"一杯酸涩不可咽,平原督邮羞儿曹。"宋黄庭坚《送酒与毕…》:"瓮边吏部应欢喜,殊胜平原老督邮。"元李昱《答白便叟…》:"平原督邮胜青州,黑昆仑曾配冤旒。"明夏原吉《乙酉八月…》:"平原督邮走欲颓,青州从事惊相猜。"

平原赋　píng yuán fù
【分类】生活

【关键词】陆机

【释义】晋代文学家陆机因曾为平原内史,故称陆平原。为伤悼亲朋旧友的典故。西晋陆机《叹逝赋序》:"昔每闻长老追计平生同时亲故,或凋落已尽,或仅有存者。余年方四十,而嬿亲戚属亡多存寡,昵交密友亦不半在⋯⋯以是思哀,哀可知矣。"

【例句】唐李端《慈恩寺怀旧》:"缅怀山阳笛,永恨平原赋。"唐卢藏用《宋主簿鸣⋯》:"无复平原赋,空余邻笛声。"宋陆游《小筑》:"平原不复赋豪士,甫里但思歌散人。"明皇甫汸《至后酬子⋯》:"闻道平原赋招隐,桂丛深处幸相将。"

平原君　píng yuán jūn

【分类】政治

【关键词】赵胜

【释义】赵胜,战国四公子之一,赵惠文王之弟。赵孝成王七年,秦军围困赵都邯郸,赵胜带人坚守三年之久。后向魏楚取得救援,击败秦军。《史记·平原君列传》:"诸子中胜最贤,喜宾客,宾客盖至者数千人。平原君相赵惠文王及孝成王,三去相,三复位,封于东武城。"

【例句】唐刘长卿《江楼送太⋯》:"对酒怜君安可论,当官爱士如平原。"唐高适《邯郸少年行》:"未知肝胆向谁是,令人却忆平原君。"唐王维《夷门歌》:"秦兵益围邯郸急,魏王不救平原君。"唐崔颢《孟门行》:"金罍美酒满座春,平原爱才多众宾。"

平原客　píng yuán kè

【分类】政治

【关键词】赵胜

【释义】平原君门客。泛指依附于权贵的人。《史记·平原君列传》:"平原君赵胜者,赵之诸公子也。诸子中胜最贤,喜宾客,宾客盖至者数千人。"

【例句】唐王维《济上四贤咏》:"身为平原客,家有邯郸娼。"唐李白《访道安陵⋯》:"至今平原客,感激慕清风。"唐孟郊《哭李丹员⋯》:"十年同在平原客,更遣何人哭夜门。"金元好问《别冠氏诸人》:"他时细数平原客,看到还乡第几人?"

平子定情　píng zǐ dìng qíng

【分类】生活

【关键词】张衡

【释义】张衡字平子。为表达爱情之典。东汉张衡《四愁诗》:"我所思兮在太山,欲往从之梁父艰。⋯⋯美人赠我金错刀,何以报之英琼瑶。""我所思兮在桂林⋯""我所思兮在汉阳。""我所思兮在雁门⋯"

【例句】唐赵嘏《代人赠别》:"平子定情词丽绝,诗人匪石誓分明。"明宋琬《哀辞》:"平子定情良足羡,潘岳哀歌亦可伤。"明杨慎《木泾周公》:"四愁平子饶情兴,五噫梁鸿发啸歌。"清吴绮《赠张洮侯》:"平子翩翩逸世情,披裘带索晚逃名。"

平子赋归田　píng zǐ fù guī tián

【分类】政治

【关键词】张衡

【释义】张衡字平子。喻精美文章,或咏归隐及哀愁。东汉张衡《归田赋》:"游都邑以永久,无明略以佐时⋯⋯谅天道之微昧,追渔父以同嬉。"

【例句】唐王勃《春日还郊》:"还题平子赋,花树满春田。"唐皇甫冉《馆陶李丞⋯》:"词藻世传平子赋,园林人比郑公乡。"唐薛逢《座中走笔⋯》:"未学苏秦荣佩印,却思平子赋《归田》。"唐卢尚书《哭李远》:"洛下已传平子赋,临川争写谢公诗。"

平子四愁　píng zǐ sì chóu

【分类】生活

【关键词】张衡

【释义】张衡,字平子。咏愁思之典。汉张衡《四愁诗》序曰:"时天下渐弊,郁郁不得志,为《四愁诗》。"

【例句】唐王维《送丘为往⋯》:"四愁连汉水,百口寄随人。"唐崔峒《虔州见郑⋯》:"平子四愁今莫比,休文八咏自同时。"唐吴融《离雪溪感⋯》:"云沈鸟去回头否,平子才多好赋愁。"宋刘筠《小园秋夕》:"枳落莎渠急夜虫,翛然平子四愁中。"

平子文章　píng zǐ wén zhāng

【分类】文化

【关键词】张衡

【释义】咏善文章辞赋之典。《后汉书·张衡传》:"衡乃拟班固《两都》,作《二京赋》,因以讽谏。精思傅会,十年乃成。""衡常思图身之事,以为吉凶倚伏,幽微难明,乃作《思玄赋》,以宣寄情志。"

【例句】唐李隆基《送张说巡边》:"茂先惭博物,平子谢文章。"唐王湾《哭补阙亡⋯》:"词学张平子,风仪褚彦回。"宋王庭圭《次韵叶起商》:"清言自可容平子,文笔谁堪答挚虞。"明朱鹤龄《酬张大行⋯》:"平子文章擅石渠,每于謦咳借光誉。"

平子游都　píng zǐ yóu dū

【分类】生活

【关键词】张衡

【释义】张衡,字平子。为咏儒子宦游之典。《后汉书·张衡传》:"张衡字平子⋯衡少善属文,游于三辅,因入京师,观太学,遂通《五经》,贯六艺。""安帝雅闻衡善术学,公车特征拜郎中,再迁为太史令。"

【例句】唐李群玉《寄张祜》:"不游都邑称平子,只向江东作步兵。"唐皇甫冉《寄张八山中》:"平子游都久,知君坐见噎。"明赵秉忠《送张水部》:"平子归田去,山川赋旧游。"清曾广钧《送徐研芙⋯》:"共道神京宦游地,谁知平子乐归田。"

帡幪　píng méng

【分类】政治

【关键词】扬雄
【释义】本指帐幕，后亦引申为覆盖。喻指庇荫，庇护。《太平御览·雨上》："汉扬雄《法言》：'震风凌雨，然后知夏屋之帡幪。'"
【例句】宋苏颂《和门下侍…》："五年班缀望夔龙，曾托帡幪庇雨风。"宋王十朋《题从侄慎庄》："震凌得帡幪，幸免泥涂辱。"宋吕陶《郊祀礼成诗》："山河皆户牖，寰海一帡幪。"宋郑侠《上苏端明》："帡幪天地期功业，妙画奇书请暂焚。"

屏风误点　píng fēng wù diǎn
【分类】生活
【关键词】曹不兴
【释义】补拙成巧的典故。《三国志·赵达》南朝宋裴松之注引《吴录》："曹不兴善画，权使画屏风，误落笔点素，因就以作蝇。既进御，权以为生蝇，举手弹之。"
【例句】唐王维《张题以诗…》："屏风误点惑孙郎，团扇草书轻内史。"唐韦应物《咏徐正字…》："误点能成物，迷真许一时。"唐皎然《周长史昉…》："苟能下笔合神造，误点一点亦为道。"宋宋祁《谢提点刑…》："画作飞蝇缘误点，徐隔游尘不成污。"

屏翳　píng yì
【分类】文化
【关键词】楚辞
【释义】古代传说中的神名，谓雨师。《楚辞补注·天问》："蓱号起雨，何以兴之？"汉王逸注："蓱，蓱翳，雨师名也。"
【例句】唐钱起《秋霖曲》："焉得太阿决屏翳，还令率土见朝曦。"唐独孤及《代寄上…》："句芒布春令，屏翳收雷霆。"宋孙复《中秋夜不…》："吁嗟今夕何不幸，正逢屏翳恣猖狂。"宋王令《朝云》："拟鞭屏翳问白日，更谪星伯诛长风。"

屏障　píng zhàng
【分类】文化
【关键词】阮籍
【释义】屏风。《晋书·阮籍传》："籍乘驴到郡，坏府舍屏障，使内外相望，法令清简。"
【例句】唐杜甫《韦讽录事…》："贵戚权门得笔迹，始觉屏障生光辉。"唐白居易《重题别东楼》："湖卷衣裳白重叠，山张屏障绿参差。"唐元稹《以州宅夸…》："四面常时对屏障，一家终日在楼台。"唐陈陶《泉州刺桐…》："只是红芳移不得，刺桐屏障满中都。"

瓶沉簪折　píng chén zān zhé
【分类】生活
【关键词】白居易
【释义】本谓瓶沉水底难觅，簪断难续。喻情人或夫妻被迫分离。唐白居易《井底引银瓶》："瓶沉簪折知奈何，似妾今朝与君别。"

【例句】宋萧澥《读文君白…》："从来簪折瓶沈事，已在双鬟暗合时。"宋韩希孟《练裙带中诗》："簪坚折白玉，瓶沉断青绠。"

瓶竭罍耻　píng jié léi chǐ
【分类】政治
【关键词】诗经
【释义】喻休戚与共，痛痒相关。《诗经·小雅·蓼莪》："瓶之罄矣，维罍之耻。"汉郑笺："瓶小而尽，罍大而盈。言为罍者，刺王不使富分贫、众恤寡。"宋朱熹集传："言瓶资于罍而罍资瓶，犹父母与子相依为命也，故瓶罄矣，乃罍之耻。"
【例句】唐皮日休《酒箴》："自此好成功，无贻我罍耻。"宋周紫芝《次韵端若…》："枘方虽自与凿乖，瓶竭那知是罍耻。"宋黄公度《秋旱热甚》："敢意筑场圃，渐闻罄瓶罍。"宋毛滂《隋堤采藁》："牧羊幸得时击鲜，种秫足救瓶罍耻。"宋陆游《初夏幽居》："瓶罍重招病道士，床空新聘竹夫人。"宋袁说友《乞酒于林》："衰颜得酒尚能赪，笑我维罍耻弗盈。"

瓶罍　píng léi
【分类】文化
【关键词】诗经
【释义】泛指小口大腹的陶瓷容器。源见"瓶竭罍耻"。
【例句】唐杜甫《回棹》："巾拂那无眼，瓶罍易满船。"宋胡宿《翰林南阳…》："耻在瓶罍罄，嗟深杼轴空。"宋苏轼《和刘郎浴…》："瓶罍忽已竭，余兴自不收。"宋杨万里《鲎酱》："忽有瓶罍至，卷将江海来。"

瓶无储粟　píng wú chǔ sù
【分类】生活
【关键词】陶渊明
【释义】家中没有余粮。比喻生活清贫。晋陶渊明《归去来兮》："余家贫，耕植不足以自给。幼稚盈室，瓶无储粟。"
【例句】宋李光《和孚先兄…》："窗有残灯供夜读，瓶无储粟补朝饥。"宋朱翌《谢方务德…》："山中宿麦旧为农，瓶无储粟今何拙。"宋王十朋《祈雨不应》："欹岁还乡益困穷，瓶无储粟酒尊空。"宋吴苾《和楼大防韵》："瓶粟虽无储，风标松比峭。"

萍蓬　píng péng
【分类】生活
【关键词】潘岳
【释义】喻行踪转徙无定。晋潘岳《西征赋》："陋吾人之拘挛，飘浮萍而蓬转。"
【例句】唐杜甫《将别巫峡…》："苔竹素所好，萍蓬无定居。"唐陈陶《西川座上…》："蜀江水急驻不得，复此萍蓬二十秋。"唐李群玉《寄短书歌》："骨肉萍蓬各天末，十度附书九不达。"唐罗隐《江亭别裴饶》："日晚长亭问西使，不堪车马尚萍蓬。"

萍实　píng shí
【分类】文化
【关键词】孔子
【释义】谓甘美的水果。喻指吉祥之物。源见"楚江萍"。
【例句】唐石殿士《日华川上动》："萍实空随浪,珠胎不照渊。"唐李德裕《白芙蓉赋…》："菖花紫兮君不识,萍实丹兮君不逢。"唐张咸《题黎少府…》："肯于萍实夸颜色,要与芙蓉较先后。"宋王禹称《故国子博…》："古文识科斗,奥学辨萍实。"宋韦骧《荔子》："玉井莲房空赋咏,秀江萍实谩流传。"

萍水相逢　píng shuǐ xiāng féng
【分类】生活
【关键词】王勃
【释义】萍随水飘,泊无定所。喻人偶然相遇相识。唐王勃《滕王阁序》："萍水相逢,尽是他乡之客。"
【例句】宋王义山《和韩御史…》："休讶江东暮云隔,相逢萍水两知心。"宋黄庚《酒边呈张…》："萍水相逢俱老矣,家山自好盍归乎。"元许有壬《董仲达送…》："汨罗江上一杯酒,萍水相逢又几时。"元郭钰《和丁与善》："萍水相逢共为客,灯火长淹风雨夕。"

坡仙　pō xiān
【分类】文化
【关键词】苏轼
【释义】宋苏轼号东坡居士,文才盖世,仰慕者称之为坡仙。宋张矩《应天长》词："换桥渡舫,添柳护堤,坡仙旧迹今续。"
【例句】宋王稷《大涤洞天…》："山深九锁路逶迤,坡仙骨朽名不磨。"宋孙大雅《泊吴江寄僧》："稍待月明风细细,卧吹箫管学坡仙。"宋马元演《游洞霄记实》："坡仙纪旧游,壁间著遗墨。"宋文天祥《月夜》："夜深一鹤掠舟过,疑是坡仙赤壁来。"

坡仙曾梦　pō xiān céng mèng
【分类】文化
【关键词】苏轼
【释义】咏鹤之典。宋苏轼《后赤壁赋》："适有孤鹤,横江东来,翅如车轮,玄裳缟衣,戛然长鸣,掠予舟而西也。须臾客去,予亦就睡,梦一道士,羽衣翩跹,过临皋之下,揖予而言曰:'赤壁之游乐乎?'…畴昔之夜,飞鸣而过我者,非子也耶?"
【例句】宋无名氏《沁园春》："道临皋亭下,坡仙曾梦,锦宫城里,清献常携。"宋魏了翁《和李参政…》："落纸新诗万口传,逍遥旧梦记坡仙。"明陈娃《恣遨游适…》："洞箫吹醒坡仙梦,仰看一鹤横秋。"明严嵩《观音岩同…》："欲钓任公鳌,还梦坡仙鹤。"明边贡《和泛池》："白雪可须推郢调,黄州真屡梦坡仙。"

坡颍　pō yǐng
【分类】文化
【关键词】苏轼苏辙
【释义】苏轼、苏辙兄弟俩的并称。代指兄弟诗人。《三朝名臣言行录》："苏轼字子瞻…与田父野老相从溪谷之间,筑室东坡,自号东坡居士。"《宋史·苏辙列传》："筑室于许,号颍滨遗老,自作传万余言,不复与人相见。"
【例句】宋洪咨夔《次仲禹迓…》："坡颍风流几许年,依然夜雨落花边。"宋程公许《贺秀岩李…》："篮舆来往清苔岸,坡颍那能此乐全。"宋刘克庄《小圃有双…》："机云乍自吴中出,坡颍初从蜀道来。"宋方回《题三苏先…》："眉山万古老苏仙,坡颍儿孙世世贤。"

泼墨　pō mò
【分类】生活
【关键词】陆龟蒙
【释义】中国画技法,用笔蘸墨汁大片洒在纸或绢上,画出物体形象。像把墨汁泼上去一样。唐陆龟蒙《和五觊诗·华顶杖》："挂访谭玄客,持看泼墨图。"
【例句】五代贯休《春游凉泉寺》："几多僧只因泉在,无限松如泼墨为。"宋刘敞《晓起》："相重树色如泼墨,欲落月采成渥丹。"宋刘克庄《关全骤雨图》："四山昏昏如泼墨,行人对面不相觑。"聂绀弩《瘦石六十》："万马奔腾六秩翁,酒酣泼墨纸生风。"

婆饼焦　pó bǐng jiāo
【分类】文化
【关键词】鸟
【释义】鸟名,其鸣声听如婆饼焦。宋王质《林泉结契》："婆饼焦,身褐,声焦急,微清,无调。作三语:初如云婆饼焦,次云不与吃,末云归家无消息。后两声若微于初声。"
【例句】宋梅尧臣《寄送吴公…》："一闻春禽婆饼焦,竹林山木生萧条。"宋楼钥《泉口净明》："林间婆饼焦,悠悠时一鸣。"宋晁补之《出城》："春edge细雨篮舆湿,婆饼焦声在竹林。"宋释道潜《千顷廨院…》："蒙蒙春雨暗村桥,竹里禽啼婆饼焦。"

破瓜年　pò guā nián
【分类】生活
【关键词】孙绰
【释义】旧时文人拆瓜字为二八字,隐二八十六之意,特指女子十六岁。《艺文类聚》引晋孙绰《情人诗》："碧玉破瓜时,相为情颠倒。感郎不羞报,回身就郎抱。"
【例句】唐李德裕《鸳鸯篇》："亦有少妇破瓜年,春闺无伴独婵娟。"唐李群玉《醉后赠冯姬》："桂形浅拂梁家黛,瓜字初分碧玉年。"唐韦庄《伤灼灼》："尝闻灼灼丽于花,云髻盘时未破瓜。"唐孙棨《赠妓王…》："彩翠仙衣红玉肤,轻盈年在破瓜初。"

破镜飞　pò jìng fēi
【分类】生活
【关键词】玉台新咏
【释义】喻指半月或月半。源见"藁砧"。

【例句】唐李白《答裴侍御…》："今来何所似，破镜悬清秋。"唐钱起《送夏侯审…》："破镜催归客，残阳见旧山。"唐李群玉《初月》："破镜徒相问，刀头恐隔年。"宋陆游《新塘观月》："此夕不一醉，行叹破镜飞。"

破镜重圆　pò jìng chóng yuán
【分类】生活
【关键词】徐德言
【释义】喻夫妻离散或决裂后重又团聚或和好。《本事诗·情感》："陈太子舍人徐德言之妻，后主叔宝之妹…时陈政方乱，德言知不相保，乃破一镜，各执其半，约曰…遂于正月望日访于都市。有苍头卖半镜者，陈氏得诗，涕泣不食。素知之，怆然改容，即招德言，还其妻，乃厚遗之。"
【例句】唐罗虬《比红儿诗》："红儿若向隋朝见，破镜无因更重寻。"宋朱敦儒《临江仙》："直自凤凰城破后，擘钗破镜分飞。"宋白珽《河南妇》："母望明珠复，夫求破镜完。"元佚名《题薛夫人…》："破镜不复圆，孤鸾有余悲。"

破天荒　pò tiān huāng
【分类】生态
【关键词】北梦琐言
【释义】指前所未有，第一次出现的新事物。《北梦琐言》："唐荆州衣冠薮泽，每岁解送举人，多不成名，号曰天荒解。刘蜕舍人以荆解及第，号为破天荒。"
【例句】宋刘泾《石洞门》："未逢仙手破天荒，我得披云第一章。"宋苏轼《赠唐佐》："沧海何曾断地脉，白袍端合破天荒。"宋谢举廉《句》："万里一时开骥足，百年今始破天荒。"宋陆游《梅花》："屑玉定烦修月户，堆金难买破天荒。"

破竹　pò zhú
【分类】政治
【关键词】杜预
【释义】形容乘势而下，顺利无阻。《晋书·杜预传》："今兵威已振，譬如破竹，数节之后，皆迎刃而解。"
【例句】唐杜甫《洗兵马》："河广传闻一苇过，胡危命在破竹中。"唐元结《宿户崖翁宅》："丹崖之亭当石巅，破竹半山引寒泉。"唐刘长卿《奉陪使君…》："破竹从车乐，看花听讼闲。"唐殷尧藩《李节度平…》："元勋未论封茅异，捷势应知破竹然。"

破柱求奸　pò zhù qiú jiān
【分类】政治
【关键词】李膺
【释义】不畏权贵，搜索坏人，以正国法的典故。《后汉书·李膺》："时张让弟朔为野王令，贪残无道，至乃杀孕妇，闻膺厉威严，惧罪逃还京师，因匿兄让舍，藏于合柱中。膺知其状，率将吏卒破柱取朔，付洛阳狱。受辞毕，即杀之。"
【例句】唐白居易《和春深》："破柱行持斧，埋轮立驻车。"宋韩维《过李膺墓…》："登门盛贤俊，破柱发奸丑。"宋黄庭坚《谢公择舅》："乞与降魔大圆镜，真成破柱作惊雷。"宋刘克庄《关全骤雨图》："千丈拿空蛰龙起，一声破柱春雷疾。"

剖竹出守　pōu zhú chū shǒu
【分类】政治
【关键词】谢灵运
【释义】出任州郡地方官之典。南朝宋谢灵运《过始宁墅》："剖竹守沧海，枉帆过旧山。"唐李善注："《汉书》曰：'初与郡守为使符。'汉制，任命郡守分竹符，朝廷及郡各半以为信。"
【例句】唐张说《游洞庭湖湘》："剖竹守穷渚，开门对奇域。"唐黄滔《绛州郑尚书》："剖竹已知垂凤食，摘珠何必到龙宫。"唐白居易《自江州司…》："遗簪承旧念，剖竹授新官。"宋刘攽《送王兖州》："故人始得班荆语，督府相观剖竹符。"

匍匐礼　pú fú lǐ
【分类】生活
【关键词】诗经
【释义】指尽力救助邻里之丧事。《诗经·邶风·谷风》："凡民有丧，匍匐救之。"郑笺："匍匐，言尽力也。"《后汉书·章帝纪》："盖君人者，视民如父母，有憯怛之忧，有忠和之教，匍匐之救。"
【例句】唐杜甫《奉赠萧二…》："联翩匍匐礼，意气死生亲。"唐孟郊《吊卢殷》："孤丧鲜匍匐，闭哀抱郁陶。"宋石介《感事》："荆潭与瓯闽，助祭来匍匐。"宋方回《秀山霜晴…》："一峰何峥嵘，万象悉匍匐。"

菩提树　pú tí shù
【分类】文化
【关键词】大唐西域
【释义】树名，原产印度，与佛教同时传入我国。《大唐西域记·摩揭陀国上》："金刚座上菩提树者，即华钵罗之树也。"
【例句】唐神秀《偈》："身是菩提树，心如明镜台。"唐一钵和尚《一钵歌》："菩提树下度众生，度尽众生不生死。"唐李群玉《法性寺六…》："天香开茉莉，梵树落菩提。"聂绀弩《挽胡明树》："菩提非树镜非台，豹象文牙岂便灾？"

葡萄宫　pú táo gōng
【分类】政治
【关键词】匈奴
【释义】汉上林苑宫殿。汉元帝时匈奴单于来朝，安置于葡萄宫。唐肃宗曾在宣政殿接待回纥叶护可汗。《汉书·匈奴传下》："元寿二年，单于来朝，上以太岁厌胜所在，舍之上林苑蒲陶宫。"
【例句】唐杜甫《洗兵马》："京师皆骑汗血马，回纥喂肉葡萄宫。"唐岑参《胡歌》："黑姓蕃王貂鼠裘，葡萄宫锦醉缠头。"宋汪元量《燕歌行》："锦袍宣赐金团龙，天子锡宴葡萄宫。"宋宋无《旧内臣家…》："苜蓿地闲春草遍,葡萄宫废野花开。"

蒲鞭示辱　pú biān shì rǔ

【分类】政治
【关键词】刘宽
【释义】以蒲草为鞭,表示刑罚宽仁。喻官吏实施仁政。《东观汉记·刘宽传》："刘宽(字文饶)为南阳太守,温仁多恕,吏民有过,但用蒲鞭罚之,示辱而已。"
【例句】唐李白《赠清漳明…》："蒲鞭挂檐枝,示耻无扑挟。"唐白居易《七年春题…》："推诚废钩距,示耻用蒲鞭。"唐吕温《道州将赴…》："明朝别后无他嘱,虽是蒲鞭也莫施。"唐郑昌图《答楚儿》："如此兴情殊不减,始知昨日是蒲鞭。"

蒲葵扇　pú kuí shàn

【分类】文化
【关键词】谢安
【释义】喻物以人贵之典。《晋书·谢安传》载:谢安有盛名,凡有爱好,世人争习,安取蒲扇握用,京师士庶纷纷抢购。
【例句】唐雍裕之《题蒲葵扇》："羡尔逢提握,知名自谢公。"唐李嘉祐《寄王舍人…》："南风不要蒲葵扇,纱帽闲眠对水鸥。"唐李商隐《即目》："何人书破蒲葵扇,记著南塘移树时。"唐孙元晏《蒲葵扇》："若非名德喧寰宇,争得蒲葵价数高。"

蒲柳之质　pú liǔ zhī zhì

【分类】生活
【关键词】顾悦之
【释义】比喻体质衰弱。《晋书·顾悦之》："顾悦之字君叔,少有义行。与简文同年,而发早白。帝问其故。对曰:'松柏之姿,经霜犹茂;蒲柳之质,望秋先零。'简文悦其对。"
【例句】唐白居易《自题写真》："蒲柳质易朽,麋鹿心难驯。"唐卢纶《和崔侍郎》："风云才子冶游思,蒲柳老人惆怅心。"宋余靖《和王子元…》："深恩未报云天施,弱质易惊蒲柳秋。"宋文彦博《伏睹致政…》："我惭蒲柳衰残质,公称夔龙强健身。"

蒲密　pú mì

【分类】政治
【关键词】子路卓茂
【释义】《孔子家语·辩政》载:春秋时,子路治蒲三年,有政绩,孔子入其境,三称其善。《后汉书·卓茂传》载:卓茂为密令数年,教化大行,道不拾遗。后将二事合一,用蒲密喻指教化盛行的地方。
【例句】唐张说《徐高御挽歌》："蒲密遥千载,鸣琴始一追。"宋韩琦《过梁山泊》："蒲密遮如港,山遥势似彭。"宋宇文虚中《春》："细筝抽蒲密,长条舞柳斜。"

蒲泥　pú ní

【分类】政治
【关键词】卫青
【释义】咏建功塞北之典。《史记·卫将军骠骑列传》载,西汉名将卫青,于元朔二年出击匈奴有功,汉武帝制文云:"今车骑将军青度西河至高阙…讨蒲泥,破符离"。唐司马贞《史记索隐》引崔浩云:"漠北塞名。"
【例句】唐李益《送窦曾侍…》："行当收汉垒,直可取蒲泥。"明毛奇龄《送孙太史…》："象郡衔碑远,蒲泥赐印余。"

蒲梢骑　pú shāo qí

【分类】文化
【关键词】马
【释义】咏宝马良骑之典。《史记·乐书》："后伐大宛,得千里马,马名蒲梢,次作以为歌。歌诗曰:'天马来兮从西极,经万里兮归有德。承灵威兮降外国,涉流沙兮四夷服。'"
【例句】唐元稹《江边四十韵》："高门受车辙,华厩称蒲梢。"唐李商隐《茂陵》："汉家天马出蒲梢,苜蓿榴花遍近郊。"唐罗隐《题袁溪张…》："蒲梢猎猎燕差差,数里溪光日落时。"宋刘敞《寄佑之》："意气何激昂,骨干真蒲梢。"

蒲鱼　pú yú

【分类】文化
【关键词】四时食制
【释义】一种状如荷叶的鱼类。《太平御览》引《四时食制》曰:"蒲鱼,其鳞如粥,出郫县。"
【例句】唐韩愈《初南食贻…》："蒲鱼尾如蛇,口眼不相营。"唐卢纶《酬陈翃郎…》："终期买寒渚,同此利蒲鱼。"宋胡宿《讲毕周礼》："圣杯轻璧马,慈宴乐蒲鱼。"宋黄裳《澄清轩》："开轩何处野塘清,静见蒲鱼作队行。"

普贤　pǔ xián

【分类】文化
【关键词】悲华经
【释义】大乘佛教的四大菩萨之一,象征着理德、行德,与象征着智德、正德的文殊菩萨相对应,同为释迦牟尼佛的左、右胁侍。此外,如来、文殊、普贤被尊称为华严三圣。《悲华经》："我行应当胜诸菩萨。宝藏佛言,以是因缘,今改汝字,名曰普贤。"
【例句】唐顾况《归阳萧寺…》："左右二菩萨,文殊并普贤。"宋王十朋《游天衣寺》："香霭嘘成普贤像,风松吹作法华声。"宋曾会《题法华山…》："梁帝钵含山雨润,普贤台锁藓花重。"宋释慧空《慧知微以…》："普贤高系象王裤,妙德长拖师子衫。"

铺翠冠儿　pù cuì guān ér

【分类】生活
【关键词】梦梁录
【释义】以翠鸟羽毛装饰的帽子。《梦梁录·元宵》："戴花朵肩、珠翠冠儿。"
【例句】宋李清照《永遇乐》："铺翠冠儿,捻金雪柳,簇带争济楚。"宋陈世崇《元夕》："打块成团娇又颤,闹蛾簇簇翠冠儿。"

铺翠销金　pù cuì xiāo jīn
【分类】生活
【关键词】宋高宗
【释义】铺翠即点翠,用翠鸟羽毛做装饰。销金,即镶嵌金线。为咏生活奢侈之典。《宋朝事实》载宋高宗绍兴二十七年手诏:"…近年国所贡翠羽六百余只,可令焚之通衢,以示百姓。行法当自近始。自今后,宫中首饰衣服,并不许铺翠、销金。"
【例句】五代卢承丘《题花钿》："傅粉销金剪翠霞,黛烟浓处添铅华。"宋王圭《宫词》："数骑红妆晓猎还,销金罗袜缕金环。"宋周必大《太上皇后阁》："两宫勤俭§ 承姑,铺翠销金举世无。"宋项世安《次韵和谢…》："径苔铺翠叶堆黄,生怕人来便踏伤。"宋韦骧《栅山驿早起》："连峰峭怪浓铺翠,流水盘纡数送声。"宋吕胜已《鹧鸪天》："垒金梳子双双耍,铺翠花儿袅袅垂。"

曝裈当屋　pù kūn dāng wū
【分类】生活
【关键词】刘伶
【释义】咏嗜酒放诞之典。西晋刘伶任放不羁,曾自称以屋室为裈衣。裈,有裆的裤子。源见"刘伶好酒"。
【例句】唐李端《晚春过夏…》："曝裈还当屋,张幕便成天。"

曝鳃　pù sāi
【分类】政治
【关键词】交州记
【释义】喻挫折,困顿。《后汉书·郡国志五》："封谿建武十九年置。"刘昭注引晋刘欣期《交州记》："有堤防龙门,水深百寻,大鱼登此门化成龙;不得过,曝鳃点额,血流此水,恒如丹池。"
【例句】唐张九龄《酬王六寒…》："作骥君垂耳,为鱼我曝鳃。"唐张九龄《江上遇疾风》："投林鸟铩羽,入浦鱼曝鳃。"唐钱起《窃秋对雨》："始信宜城守,乘流畏曝鳃。"宋方回《寄题赵高…》："红尘回首即蓬莱,辛苦龙门柱曝鳃。"

Q

七哀　qī āi
【分类】文化
【关键词】曹植
【释义】魏晋乐府的一种诗题,起于汉末,泛指多种哀伤。三国魏曹植《七哀诗》唐吕向题解："七哀,谓痛而哀,义而哀,感而哀,怨而哀,耳目闻见而哀,口叹而哀,鼻酸而哀也。"
【例句】唐杜甫《垂白》："甘从千日醉,未许七哀诗。"唐陆龟蒙《次幽独君韵》："落日送千古,秋声含七哀。"宋吕本中《次韵李伯…》："顿令此地成三绝,不为它乡赋七哀。"宋释文珦《边思》："穷荒二月无青草,长对东风赋七哀。"

七宝鞭　qī bǎo biān
【分类】政治
【关键词】司马绍
【释义】躲避敌人、侥幸逃脱追捕的典故。《晋书·明帝纪》："帝密知之,乃乘巴滇骏马微行,至于湖,阴察敦营垒而…出于是使五骑物色追帝…见逆旅卖食妪,以七宝鞭与之,曰:'后有骑来,可以此示也。'"
【例句】唐李白《南奔书怀》："顾乏七宝鞭,留连道旁玩。"唐杜甫《释闷》："失道非关出襄野,扬鞭忽是过湖城。"唐温庭筠《奉天西佛寺》："宗臣欲舞千钧剑,追骑犹观七宝鞭。"唐韩偓《奉和峡州…》："多端莫撼三珠树,密策寻遗七宝鞭。"

七宝车　qī bǎo chē
【分类】生活
【关键词】北齐书
【释义】用多种珍宝装饰的车。泛指华贵的车子。《北齐书·后主穆后传》："属周武遭太后丧,诏侍中薛孤、康买等为吊使,又遣商胡赍锦彩三万定与吊使同往,欲市真珠为皇后造七宝车。"
【例句】宋文同《秦王卷衣》："君王顾之笑,为驻七宝车。"宋王圭《太上皇后阁》："钗头艾虎辟群邪,晓驾鲜云七宝车。"明詹同《金陵篇赠…》："枥喧贵介五色马,门过豪商七宝车。"明费元禄《含章殿》："镜边月晕连城璧,陌上尘埋七宝车。"

七宝床　qī bǎo chuáng
【分类】生活
【关键词】汉武帝
【释义】咏床之典。用多种珍宝装饰的床。《西京杂记》："武帝为七宝床、褥宝案、厕宝屏风、列宝帐,设于桂宫,时人谓之四宝宫。"
【例句】唐贯休《古意》："玄宗致之七宝床,虎殿龙楼无不可。"宋刘克庄《读大行皇…》："中伤竟发千钧弩,拂拭重登七宝床。"宋吕陶《上韩端明》："五花曾执判,七宝屡登床。"宋周麟之《破虏凯歌》："七宝为床坐殿衙,金猊双立喷飞霞。"

七宝床赐食　qī bǎo chuáng cì shí
【分类】政治
【关键词】李白
【释义】咏皇帝恩宠之典。唐李阳冰《唐李翰林草堂集序》："天宝中。皇祖下诏,征就金马,降辇步迎如见绮皓。以七宝床赐食，御手调羹以饭之。"
【例句】宋刘克庄《读大行皇…》："中伤竞发千钧弩，拂拭重登七宝床。"宋刘克庄《有感》："向来涉笔赋长杨，辱赐天家七宝床。"宋江湘《赠李崇义…》："召见金銮殿，承恩七宝床。"元宋道《次范药庄韵》："君才位置闻人说，宜在诗仙七宝床。"

七奔 qī bēn
【分类】生活
【关键词】左传
【释义】反复奔波之典。《左传·成公七年》："吴始伐楚，伐巢，伐徐。子重奔命。马陵之会，吴入州来。子重自郑奔命。子重、子反于是乎一岁七奔命。"
【例句】唐王维《和陈监…》："逸兴方三接，衰颜强七奔。"宋晁说之《题县南庄壁》："效官三黜未为恨，闭户七奔方可怜。"宋晁说之《远戍》："将军不战喜三北，逐客何堪厌七奔。"元贝琼《书事》："浪信传三捷，深忧病七奔。"

七不堪 qī bù kān
【分类】生态
【关键词】嵇康
【释义】拒绝作官之典。晋嵇康《与山巨源绝交书》："有必不堪者七，甚不可者二：卧喜晚起，而当关呼之不置，一不堪也…七不堪也。不堪：不能；不可；忍受不了。"
【例句】唐孟浩然《京还赠张维》："欲徇五斗禄，其如七不堪。"唐崔致远《梦中作》："乱世成何事，唯添七不堪。"宋苏轼《自金山放…》："展禽虽未三见黜，叔夜自知七不堪。"聂绀弩《有赠(胡风)》："买丝若绣平原像，恐使嵇生更不堪。"

七步才 qī bù cái
【分类】文化
【关键词】曹植
【释义】称赞有七步成诗的才能。或赞人才思敏捷。源见"七步成诗"。
【例句】唐李峤《诗》："天子三章传，陈王七步才。"唐李显《景龙四年…》："无心为子辄求郎，雄才七步谢陈王。"宋释如本《颂古》："才出胞胎便逸群，周行七步独宗尊。"聂绀弩《无题柴韵诗》："客逢鹦鹉千言赋，人羡豆萁七步才。"

七步成诗 qī bù chéng shī
【分类】文化
【关键词】曹植
【释义】誉称人文思敏捷，才华出众。《世说新语·文学》："文帝(曹丕)尝令东阿王(曹植)七步中作诗，不成者行大法。应声便为诗曰：'煮豆持作羹，漉菽以为汁，萁在釜下燃，豆在釜中泣。本是同根生，相煎何太急！'帝深有惭色。"
【例句】宋洪德章《希文枕边…》："七步成诗语近谐，坛荒李杜乏奇才。"宋王之望《鹧鸪天》："谪仙狂监从来识，七步

初看子建诗。"宋李处权《席上次表…》："楮刻三年殊未就，诗成七步可须催。"宋杨万里《李与贤来…》："休道曹诗成七步，不须三步已诗成。"

七步师旋 qī bù shī xuán
【分类】政治
【关键词】尚书
【释义】咏熊罴之典。《尚书·牧誓》："今予发，惟恭行天之罚。今日之事，不愆于六步、七步，乃止，齐焉。夫子勖哉！不愆于四伐、五伐、六伐、七伐，乃止，齐焉。勖哉夫子！尚桓桓，如虎如貔，如熊如罴，于商郊。"要求士兵作战时每前进七步，即要整顿一次队伍，每个战士要如熊如罴，英勇奋战。
【例句】唐李峤《熊》："列射三侯满，兴师七步旋。"

七臣 qī chén
【分类】政治
【关键词】孝经
【释义】泛指谏臣。《孝经·谏诤》："昔者天子有争臣七人，虽无道不失其天下。"汉郑玄注："七人谓三公及左辅、右弼、前疑、后丞。"唐玄宗注："争谓谏也。"
【例句】唐权德舆《省中春晚…》："疲羸只欲思三径，戆直那堪备七人。"宋周颂《宣仁圣烈…》："忧勤万机政，听纳七臣言。"明王跂《金陵》："济上忽传千骑入，襄城已逐七臣迷。"明王世贞《咏诸功臣…》："长陵寄台阁，所拔凡七臣。"

七萃 qī cuì
【分类】政治
【关键词】周穆王
【释义】周穆王的禁卫军，七支部队异常精干。后指皇家禁卫军或泛指精锐之师。《穆天子传》："天子于当水之阳，天子乃乐口，赐七萃之士哉。"晋郭璞注："萃，集也，聚也，亦犹《传》有七舆大夫，皆聚有智力者，为王之爪牙也。"
【例句】唐苏颋《扈从凤泉…》："何如穆天子，七萃几劳师。"唐许敬宗《奉和春日…》："长驱七萃卒，成功百战场。"唐权德舆《送吴武范…》："三公临右地，七萃拥中坚。"宋宋祁《和晏公圃…》："七萃禁戈攒月冷，万侯朝璧照霜空。"

七德 qī dé
【分类】政治
【关键词】左传
【释义】指武功的七种德行。《左传·宣公十二年》："夫武，禁暴、戢兵、保大、定功、安民、和众、丰财者也。故使子孙无忘其章…武有七德，我无一焉，何以示子孙？"
【例句】唐陈子良《赞德上越…》："七德播雄略，十万骋行兵。"唐李世民《执契静三边》："戢武耀七德，升文辉九功。"唐骆宾王《从军中行…》："七德龙韬开玉帐，千里鼍鼓垒金钲。"唐卢纶《皇帝感词》："两阶文物盛，七德武功成。"

七返还丹　qī fǎn huán dān

【分类】生态

【关键词】周易

【释义】传说中气功修炼的一种方法。李涵虚《三车秘旨》："三车者,三件河车也。第一件运气,即小周天子午运火也;第二件运精,即玉液河车,运水温养也;第三件精气兼运,即大周天运先天金汞,七返丹,九还大丹也……人能知三车秘谛,则精气神三品圆全,天地人三仙成就。"

【例句】宋苏轼《钱安道席…》："如今且作华阳服,醉唱侬家七返丹。"宋白玉蟾《必竟恁地歌》："七返还丹多不实,往往将谓人虚传。"宋白玉蟾《虚靖先生…》："七返还丹阿谁无,先生归去谁识渠。"元丁鹤年《寄郑高士》："闭门凝坐学长生,七返还丹一息成。"

七返九还　qī fǎn jiǔ huán

【分类】生态

【关键词】周易

【释义】谓以火炼金,使金返本还原,成为仙丹。道教以七代表火,以九代表金。《云笈七签》卷六九："更服至七返九还,自然魄炼尸灭,神怡体清。"元李好古《张生煮海》第一折："贫道乃东华上仙是也。自从无始以来,一心好道,修炼三田,种出黄芽至宝,七返九还,以成大罗神仙。"

【例句】唐钟离权《破迷正道歌》："换骨回阳身不朽,九还七返化真形。"唐吕岩《五言》："炉中七返毕,鼎内九还终。"唐吕岩《七言》："七返返成生碧雾,九还还就吐红霞。"宋朱熹《奉陪机仲…》："九还七返不易得,千岩万壑渠能专。"

七贵　qī guì

【分类】政治

【关键词】潘岳

【释义】指西汉七个显赫家族,大都以外戚关系,官居要职。后泛指权贵。晋潘岳《西征赋》："窥七贵于汉庭,讵姓之或在。"唐李善注："七姓谓吕、霍、上官、赵、丁、傅、王也。"

【例句】唐李白《流夜郎赠…》："昔在长安醉花柳,五侯七贵同杯酒。"唐李白《下途归石…》："何必长从七贵游,劳生徒聚万金产。"唐戴叔伦《赠康老人洽》："宫中美人皆唱得,七贵因之尽相识。"唐杨凝《上巳》："帝京元巳足繁华,细管清弦七贵家。"

七国三边　qī guó sān biān

【分类】政治

【关键词】晁错

【释义】喻指内忧外患。《史记·孝景本纪赞》："晁错刻削诸侯,遂使七国俱起,合从而西乡。"又《史记·律书》："高祖有天下,三边外畔。"西汉从高祖到景帝,曾先后遭受外部三边之患和内部七国之乱。

【例句】唐李商隐《富平少侯》："七国三边未到忧,十三身袭富平侯。"宋邵雍《首尾吟》："七国纵横如破的,九州吞吐若枰棋。"宋韩淲《次韵晁仲…》："邂逅五湖应自适,纵横七国漫争雄。"明邓云霄《长安少侯行》："豪雄意气骋遨游,七国三边不解忧。"

七闽　qī mǐn

【分类】政治

【关键词】周礼

【释义】指古代居住在今福建省和浙江省南部及广东潮汕地区的闽人。今指福建。《周礼注疏·职方氏》："辨其邦国、都、鄙、四夷、八蛮、七闽、九貉、五戎、六狄之人民。"唐贾公彦疏："叔熊居濮如蛮,后子从分为七种,故谓之七闽。"

【例句】宋杨亿《福州古田…》："五柳不须轻印绶,七闽聊且访图经。"宋胡宿《送清漳护…》："赋别匆匆涕泫然,七闽封堠接蛮烟。"宋王圭《送滕舜敷》："七闽虽远地,王事有程期。"宋王迈《闽岭遥岑》："天晴遥见七闽关,万仞丹梯莫可攀。"

七年辨材　qī nián biàn cái

【分类】政治

【关键词】司马相如

【释义】喻识别一个人的才能,不是一朝一夕的事情。《史记·司马相如列传》："《子虚赋》：'其北则有阴林巨树,楩楠豫章。'"唐张守节《史记正义》："豫,今之枕木也。章,今之樟木也。二木生至七年,枕樟乃可分别。"

【例句】唐杜甫《上韦左相…》："豫樟深出地,沧海阔无津。"唐白居易《寓意诗》："豫樟生深山,七年而后知。"唐白居易《放言》："试玉要烧三日满,辨材须待七年期。"宋宋祁《送徐秀才》："倦随东郭履,归养豫樟年。"

七擒七纵　qī qín qī zòng

【分类】政治

【关键词】诸葛亮

【释义】武功卓绝的典故。《三国志·诸葛亮传》南朝宋裴松之注引《汉晋春秋》："亮笑,纵使更战,七纵七擒,而亮犹遣获。获止不去,曰:'公,天威也,南人不复反矣。'"

【例句】唐李白《书怀赠南…》："将无七擒略,鲁女惜园葵。"唐苏晋《奉和圣制…》："三捷岂云尔,七擒良信然。"唐章孝标《诸葛武侯庙》："七纵七擒何处在,茅花枥叶盖空坛。"宋王刚中《滩石八阵…》："握奇有枢运无穷,七纵七擒仍敢攻。"

七人　qī rén

【分类】政治

【关键词】孔子

【释义】咏隐士之典。《论语·宪问》："子曰:'贤者辟世,其次辟地,其次辟色,其次辟言。''子曰:'作者七人矣。'"

【例句】唐武元衡《闻严秘书…》："闻道今宵阮家会,竹林明月七人同。"唐权德舆《腊日龙沙…》："帘外寒江千里色,林中樽酒七人期。"唐权德舆《省中春晚》："疲羸只欲思三径,懿直那堪备七人。"唐徐铉《送施州…》："珍重加餐顺风土,归来高步七人班。"

七十二 qī shí èr
【分类】生活
【关键词】古乐府
【释义】表示数量多。汉《古乐府·相逢行》:"入门时左顾,但见双鸳鸯。鸳鸯七十二,罗列自成行。"
【例句】唐元稹《出门行》:"骥騄千万双,鸳鸯七十二。"唐李白《梁甫吟》:"东下齐城七十二,指挥楚汉如旋蓬。"唐罗公远《大还丹口诀》:"三十六算世间知,七十二石列具位。"唐李益《大礼毕皇…》:"云亭之事略可记,七十二君宁独尊。"

七十古来稀 qī shí gǔ lái xī
【分类】生活
【关键词】杜甫
【释义】慨叹人生无常人寿几何之典。唐杜甫《曲江》:"酒债寻常行处有,人生七十古来稀。"
【例句】宋辛弃疾《感皇恩》:"七十古来稀,人人都道:不是阴功怎生到。"宋陆游《杂赋》:"七十八十古来稀,行年九十固应衰。"宋陈文蔚《壬申老人…》:"人生七十古来稀,吾亲八十脸如桃。"聂绀弩《挽包于轨》:"鬼话三千天下笑,人生七十号间逢。"

七十人 qī shí rén
【分类】生活
【关键词】孔子
【释义】喻孔门弟子之典,或借喻门生。《孟子·公孙丑》:"以德服人者,中心悦而诚服也,如七十子之服孔子也。"《孔子世家》:"孔子以诗书礼乐教,弟子盖三千焉,身通六艺者七十有二人。"
【例句】唐许浑《和人贺杨…》:"从军幕下三千客,闻礼庭中七十人。"唐敦煌曲子《新集孝经》:"子弟总有三千数,达者唯有七十余。"唐杜牧《送王侍御…》:"君为珠履三千客,我是青衿七十徒。"宋王禹偁《三月廿七…》:"韶光只有两三日,浮世稀逢七十人。"

七十说 qī shí shuō
【分类】政治
【关键词】孔子
【释义】指孔子游说诸侯各国事。喻窘境。《淮南子·泰族训》:"孔子欲行王道,东西南北,七十说而无所偶。"
【例句】唐李白《赠崔郎中…》:"仲尼七十说,历聘莫见收。"宋刘攽《陈州杂咏》:"历说诸侯七十余,绝粮桑落尚欢娱。"宋释重显《送义大师》:"长往之期犹未能,七十之年更何说。"宋郭祥正《诗一首》:"七十余岁老朝郎,曾向元祐说文章。"

七松家 qī sōng jiā
【分类】政治
【关键词】郑薰

【释义】指郑薰家。喻高洁。《新唐书·郑薰列传》:"既老,号所居为隐岩,莳松于廷,号'七松处士'云。"
【例句】宋文同《闲书》:"试问七松处士,何如五柳先生。"宋李石《山亭》:"处士七松宅,先生五柳家。"宋李弥逊《秋居杂咏》:"吾庐偶与邻,聊拟七松号。"宋李石《山亭》:"处士七松宅,先生五柳家。"

七夕 qī xī
【分类】生活
【关键词】风俗通
【释义】神话传说,农历七月初七的晚上,天上的牛郎织女每年在这天晚上相会。或喻指夫妇relief会。汉应劭《风俗通》:"织女七夕当渡河,使鹊为桥。"
【例句】唐李嘉祐《早秋京口…》:"千家闭户无砧杵,七夕何人望斗牛。"唐温庭筠《瑟瑟钗》:"只因七夕回天浪,添作湘妃泪两行。"唐曹邺《古相送》:"心如七夕女,生死难再匹。"聂绀弩《杂诗》:"语私七夕长生殿,秋在南湖烟雨楼。"

七香车 qī xiāng chē
【分类】生活
【关键词】曹操
【释义】用多种香料涂饰或用多种香木制作的车。亦泛指华美的车。三国魏曹操《与太尉杨彪书》:"今赠足下…画轮四望通幰七香车一乘,青犗牛二头。"
【例句】唐王维《洛阳女儿行》:"罗帷送上七香车,宝扇迎归九华帐。"唐王维《同比部杨…》:"聊看侍中千宝骑,强识小妇七香车。"唐白居易《石上苔》:"路傍凡草荣遭遇,曾得七香车辗来。"唐刘禹锡《和严给事…》:"玉女来看玉蕊花,异香先引七香车。"

七襄 qī xiāng
【分类】文化
【关键词】织女星
【释义】谓织女星白昼移位七次。亦指织女星。《诗经·小雅·大东》:"跂彼织女,终日七襄,虽则七襄,不成报章。"汉郑玄笺:"从旦至莫七辰一移,因谓之七襄。"意谓织女星一日七移,亦难以织成纹章。因用作赋诗作文的典故。
【例句】唐李峤《奉和七夕…》:"谁言七襄咏,重入五弦歌。"唐康翊仁《鲛人潜织》:"七襄牛女恨,三日大人嫌。"唐吴融《和座主尚…》:"谁知此日凭轩处,一笔功夫胜七襄。"宋吕本中《渡莺湖至…》:"七襄晓织怜花谱,百室春梭餍夕餐。"

七叶贵 qī yè guì
【分类】政治
【关键词】金日磾
【释义】喻世代显贵。金日磾在汉武帝朝历任要职,深得皇帝欢心,七世子孙皆为近臣。《汉书·金日磾列传》:"金日磾夷狄亡国,羁虏汉庭,而以笃敬寤主,忠信自著…世名忠孝,七世内侍,何其盛也!"
【例句】唐王昌龄《留别岑参…》:"貂蝉七叶贵,鸿鹄万里游。"唐杜牧《杜秋娘诗》:"珥貂七叶贵,何妨戎旃支。"宋宋祁《拟东武曲》:"不及金张藉旧勋,七叶华貂长富贵。"宋孙规《平江太守…》:"金貂七叶贵,鼓角十州雄。"

七月诗 qī yuè shī
【分类】政治
【关键词】诗经
【释义】叹王业艰难之典。《诗经·豳风·七月·序》:"《七月》,陈王业也。周公遭变故,陈后稷先公风化之所由,致王业之艰难也。"《诗经·豳风·七月》:"七月流火,九月授衣。一之日觱发,二之日栗烈。无衣无褐,何以卒岁…七月在野,八月在宇,九月在户,十月蟋蟀入我床下。"
【例句】唐张立《咏蜀都城…》:"虽妆蜀国三秋色,难入豳风七月诗。"唐杜牧《即事》:"因思上党三年战,闲咏周公七月诗。"五代张立《咏蜀都城…》:"虽妆蜀国三秋色,难入豳风七月诗。"宋王十朋《后稷》:"后王欲识艰难业,读取豳风七月诗。"

七札俱穿 qī zhá jù chuān
【分类】生活
【关键词】养由基
【释义】形容箭艺高超、弓力强劲。或喻速度极快。《左传·成公十六年》:"潘尪之党,与养由基蹲甲而射之,彻七札焉。"
【例句】唐寒山《诗三百》:"能射穿七札,读书览五行。"宋孔武仲《数诗分题》:"七札穿强弩,诸君必凯旋。"宋黄庭坚《再和寄子…》:"春波下数州,快若七札贯。"宋吕南公《中山感怀》:"自负七札豪,旌麾必摩垒。"宋张守《次韵范寥…》:"羽箭犀利七札薄,铁骑驰突一鸟轻。"

栖苴 qī jū
【分类】生活
【关键词】诗经
【释义】挂在树上的水草。为咏穷困窘迫之典。《诗经·大雅·召旻》:"如彼岁旱,草不溃茂,如彼栖苴。"宋朱熹《诗集传》:"栖苴,水中浮草栖于木上者。"
【例句】唐柳宗元《同刘二十…》:"不应虞竭泽,宁复叹栖苴。"宋刘敞《将入京得…》:"生理厌漂荡,三年若栖苴。"宋彭汝砺《暴雨》:"断槊栖苴在檐额,鸡飞犬跳上屋脊。"宋黄庭坚《戏赠王晦之》:"栖苴世上风波恶,情知不似田园乐。"

栖宿 qī sù
【分类】生活
【关键词】列子
【释义】寄居;止息。《列子·汤问》:"江浦之间生么虫,其名曰焦螟,群飞而集于蚊睫,弗相触也。栖宿去来,蚊弗觉也。"
【例句】唐刘长卿《小鸟篇上…》:"主人庭中荫乔木,爱此清

阴欲栖宿。"唐崔萱《叙别》:"碧池漾漾春水绿,中有佳禽暮栖宿。"唐元稹《大觜乌》:"百巢同一树,栖宿不复疑。"五代贯休《鹭鸶有怀》:"栖宿必多清濑梦,品流还次白猿徒。"

栖乌 qī wū
【分类】政治
【关键词】执金吾
【释义】本咏乌鸦,借以讥讽执金吾腐化堕落。后为执金吾之代称。《乐府诗集·城上乌》:"鸦焉(呜呜)城上乌,翩翩尾毕逋。凡生八九子,夜夜啼相呼。质微知虑少,体贱毛衣粗。陛下三万岁,臣至执金吾。"
【例句】唐李益《金吾子》:"黄昏莫攀折,惊起欲栖乌。"唐钱起《过杨驸马…》:"长袖留嘉客,栖乌下禁城。"唐元稹《暮秋》:"栖乌满树声声绝,小玉上床铺夜衾。"唐陈陶《殿前生桂树》:"栖乌暗惊仙子落,步月鬖云堕金雀。"

栖梧 qī wú
【分类】政治
【关键词】庄子
【释义】咏贤者择明主而从,或指身居清要之职,或为得到庇护之典。源见"凤栖碧梧"。
【例句】唐苏颋《奉和崔尚…》:"戏藻嘉鱼乐,栖梧见凤飞。"唐丘丹《奉酬韦使…》:"涉海得骊珠,栖梧惭凤质。"唐李柏鱼《桐叶赠张…》:"凤栖梧不愧,凤食竹何惭。"唐李白《赠饶阳张…》:"宁知鸾凤意,远托椅桐前。"

萋毁 qī huǐ
【分类】政治
【关键词】诗经
【释义】指谗言中伤。源见"贝锦"。
【例句】唐张九龄《咏史》:"小道致泥难,巧言因萋毁。"

期期 qī qī
【分类】生活
【关键词】周昌
【释义】口吃结巴貌。《史记·张丞相列传》载,汉代周昌口吃,有一次跟汉高祖争论一件事,说:"臣不能言,然臣期期知其不可。"《朱子语类》:"先生曰'期','极'也。'期期知其不可'亦言'极知其不可'。口吃,故重一字也。"
【例句】五代徐钧《周昌》:"三召归来竟无语,此时何不更期期。"宋谢逸《次韵之南…》:"平生说诗喙三尺,只今蹇吃成期期。"宋周紫芝《捡故书得…》:"期期尚有胸中意,种种真成鬖上悲。"聂绀弩《柬钟三》:"五载堂堂空过了,以为不可孰期期。"

期颐 qī yí
【分类】生活
【关键词】礼记
【释义】一百岁。《礼记·曲礼》:"百年曰期、颐。"汉郑玄注:"期,犹要也;颐,养也。不知衣服食味,孝子要尽养道

而已。"

【例句】宋宋祁《挽张元常…》:"婴病曾无苦,期颐未满年。"宋司马光《送致仕宋…》:"细校人生能此少,好从闾里乐期颐。"宋王十朋《致政宋丞…》:"兰玉盈庭戏彩衣,颜如童子寿期颐。"宋陆游《初夏幽居》:"余生已过足,不必到期颐。"

漆身吞炭 qī shēn tūn tàn

【分类】政治

【关键词】豫让

【释义】比喻义士毁容舍身复仇,报答知遇之恩。《战国策·赵策》:"豫让又漆身为厉,灭须去眉,自刑以变其容…又吞炭为哑,变其音…豫让伏所当过桥下。襄子至桥而马惊…使兵环之。豫让曰:'…然愿请君之衣而击之,虽死不恨。'…豫让拔剑三跃,呼天之曰:'而可以报知伯矣!'遂伏剑而死。"

【例句】唐周匡物《及第后谢…》:"中夜自将形影语,古来吞炭是何人。"唐雍裕之《四色》:"漆身恩未报,貂裘弊岂嫌。"唐周昙《豫让》:"门客家臣义莫俦,漆身吞炭不能休。"宋陈普《豫让》:"义士忠臣不二君,漆身吞炭欲成仁。"宋蒋芸《辞荐呈余…》:"愧不漆身吞豫让,聊将洗耳弃由瓢。"元李承休《庆源李侍中》:"遇如国士堪吞炭,报岂渊人但泣珠。"

漆园傲吏 qī yuán ào lì

【分类】政治

【关键词】庄周

【释义】指庄周。晋郭景纯(璞)《游仙诗七首》:"漆园有傲吏,莱氏有逸妻。"唐李贤注引《史记》曰:"庄子者,蒙人也,名周,尝为蒙漆园吏。楚威王…许以为相。庄周笑谓楚使者曰:'亟去,无污我。'"

【例句】唐孟浩然《梅道士水亭》:"傲吏非凡吏,名流即道流。"唐孟浩然《与王昌龄…》:"漆园有傲吏,惠好在招呼。"唐钱起《送弹琴李…》:"抱琴为傲吏,孤棹复南行。"唐张观《过衡山留…》:"未向漆园为傲吏,定应明代作征君。"

漆园吏 qī yuán lì

【分类】政治

【关键词】庄周

【释义】代称庄子。源见"漆园傲吏"。

【例句】唐独孤及《得柳员外…》:"说剑常宗漆园吏,戒严应笑棘门军。"宋宋庠《吴侍郎生朝》:"贰官礼乐春闱卿,托迹逍遥漆园吏。"宋梅尧臣《夏虫》:"寄言漆园吏,已知鹍与鹏。"宋强至《依韵奉和…》:"尝爱漆园吏,寓言姑射神。"

漆园说剑 qī yuán shuō jiàn

【分类】政治

【关键词】剑

【释义】用作论兵咏剑的典故。《庄子·说剑》:"天子之剑,以燕溪石城为锋,齐岱为锷…""诸侯之剑,以知勇士为锋,以清廉士为锷…""庶人之剑,蓬头突鬓…无异于斗鸡,一旦命已绝矣,无所用于国事。今大王有天子之位而好庶人之剑,臣窃为大王薄之。"

【例句】唐独孤及《得柳员外…》:"说剑常宗漆园吏,戒严应笑棘门军。"宋徐瑞《仲退对月…》:"吾方师漆园,因剑论养生。"明郭之奇《读南华杂…》:"漆园宁剑士,肯为千金使。"

齐蝉 qí chán

【分类】生活

【关键词】蝉

【释义】蝉之代称。喻指受冤屈女性。《古今注·问答释义》:"牛享问曰:'蝉名齐女者何也?'答曰:'齐王后忿而死,尸变为蝉,登庭树,嘒唳而鸣,王悔恨。故世名蝉曰齐女也。'"

【例句】唐皎然《南湖春泛…》:"蝉号齐王邸,月苦隋帝楼。"唐李商隐《韩翃舍人即事》:"鸟应悲蜀帝,蝉是怨齐王。"宋李宗谔《清风十韵》:"阮啸终时尽,齐蝉度日吟。"宋胡宿《咏蝉》:"莫道齐姬无伴侣,海边精卫亦冤禽。"

齐国社 qí guó shè

【分类】政治

【关键词】石奋

【释义】官吏行惠政,受到百姓崇敬的典故。《史记·万石张叔列传》:"万石君少子庆为太仆…举齐国皆慕其家行,不言而齐国大治,为立石相祠。"

【例句】唐柳宗元《弘农公以…》:"敬逾齐国社,恩比召南棠。"明阮大铖《挽徐侍御…》:"卓荦家声齐万石,出处平生况贞白。"明屈大均《赠广州某…》:"恭谨已知齐万石,循良自可得三公。"

齐侯好紫衣 qí hóu hào zǐ yī

【分类】政治

【关键词】韩非子

【释义】谓上有所好,下必甚焉。源见"邹缨齐紫"。

【例句】唐李华《杂诗》:"齐侯好紫衣,魏帝妇人饰。"唐韩翃《送王光辅…》:"身著紫衣趋阙下,口衔丹诏出关东。"唐元稹《赠别杨员…》:"朱紫衣裳浮世重,苍黄岁序长年悲。"唐齐己《寄江夏仁公》:"白日有余闲送客,紫衣何音贵封侯。"

齐桓公 qí huán gōng

【分类】政治

【关键词】齐桓公

【释义】齐国国君,姜姓,名小白,春秋五霸之首。《史记·齐太公世家》:"桓公既得管仲,与鲍叔、隰朋、高傒修齐国政…以赡贫穷,禄贤能,齐人皆说…七年,诸侯会桓公于甄,而桓公于是始霸焉。"

【例句】唐李白《君道曲》:"小白鸿翼于夷吾,刘葛鱼水本无二。"唐贯休《大蜀皇帝…》:"扶持社稷似齐桓,百万雄师贵可观。"唐胡曾《召陵》："小白匡周入楚郊，楚王雄霸亦咆哮。"宋梅尧臣《依韵和王…》："尊王兴霸国，古莫重齐桓。"宋石介《安道再登…》："千人尽服徂丘议，九合谁干小白盟。"聂绀弩《过刘后向…》："齐桓不喜葵瓜子，肯会诸侯到尔丘。"

齐家治国　qí jiā zhì guó
【分类】政治
【关键词】礼记
【释义】整治家庭和治理国家。《礼记·大学》："所谓治国必先齐其家者。其家不可教，而能教人者，无之。故君子不出家而成教于国。"
【例句】唐白居易《官牛讽执…》："右丞相，但能济人治国调阴阳，官牛领穿亦无妨。"宋范祖禹《御制太皇…》："长言永慕遵遗训，要在齐家与正身。"宋陆游《自儆》："造道浅深看应物，修身勤惰验齐家。"宋魏了翁《李参政生日》："凭谁提起源头话，治国齐家要六经。"

齐姜　qí jiāng
【分类】生活
【关键词】诗经
【释义】指齐君的宗女。后借指名门官宦人家的女儿。《诗经·陈风·衡门》："岂其取妻，必齐之姜？"郑笺："何必大国之女然后可妻，亦取贞顺而已。"
【例句】唐阎德隐《薛王花烛行》："从来六行比齐姜，自许千门奉楚王。"唐刘驾《山中有招》："齐姜早作妇，岂识闺中情。"宋李正民《挽齐安郡…》："懿范闺房秀，齐姜素望优。"明薛瑄《曲沃道中》："何事齐姜坟上草，忍将芳意度流年。"

齐景驷千　qí jǐng sì qiān
【分类】生活
【关键词】论语
【释义】咏豪富之典。《论语·季氏》："齐景公有马千驷，死之日，民无德而称焉。伯夷叔齐饿于首阳之下，民到于今称之。'诚不以富，亦只以异。'其斯之谓与？"
【例句】宋徐积《答李昂长…》："景公马千驷，孔子贤夷齐。"宋李纲《次韵志宏…》："须信全齐千驷景，未如陋巷一瓢颜。"宋吴儆《题骑牛图》："试问齐景公，乌用马千驷。"元袁凯《古意》："我闻齐景公，千驷亦徒然。"

齐垒啼乌　qí lěi tí wū
【分类】政治
【关键词】左传
【释义】咏敌军败遁之典。《左传·襄公十八年》："丙寅晦，齐师夜遁。师旷告晋侯曰：'鸟乌之声乐，齐师其遁？'"晋杜预注："鸟乌得空营，故乐也。"
【例句】唐李峤《安辑岭…》："返旆收龙虎，空营集鸟乌。"唐贺朝《从军行》："始看晋幕飞鹅人，旋闻齐垒啼乌声。"宋丁谓《乌》："声为空营乐，心因止屋驯。"明韩上桂《塞上曲》："乌声今夜乐，知是虏空营。"

齐梁体　qí liáng tǐ
【分类】文化
【关键词】诗
【释义】南朝齐、梁时代出现的一种诗风，诗歌多以吟咏风云月露，题材狭窄；形式上，多追求音律精细，对偶工整，辞藻巧艳，世称齐梁体。后来刘勰、陈子昂等指出其弊病，李白也曾说："自从建安来，绮丽不足珍。"
【例句】唐杜甫《戏为六绝句》："窃攀屈宋宜方驾，恐与齐梁作后尘。"唐李群玉《自澧浦东…》："经术震浮荡，国风扫齐梁。"唐曹松《拜访陆处士》："将知谷口耕烟者，低视齐梁楚赵君。"唐郑谷《李夷遇侍…》："江流爱吴越，诗格迈齐梁。"

齐门操瑟　qí mén cāo sè
【分类】政治
【关键词】韩愈
【释义】喻指不投所好，不得赏识。唐韩愈《答陈商书》："齐王好竽，有求仕于齐者，操瑟而往，立王之门三年不得入…客骂之曰：'王好竽而子鼓瑟，虽工，如王不好何？'是所谓工于瑟而不工于求齐也。"
【例句】宋李流谦《吾友黄仲…》："操瑟走齐门，托身恐非所。"宋晁补之《次韵答叶…》："操瑟立齐门，乃反怨不收。"明童遂《华溪》："华溪的隐诚自豪，齐门操瑟非吾曹。"明毛奇龄《答乔侍读…》："齐门操瑟总难工，谁复相要到上宫。"

齐奴物　qí nú wù
【分类】政治
【关键词】石崇
【释义】喻称不义之财。《晋书·石崇传》："崇字季伦，生于青州，故小名齐奴。…崇颖悟有才气，而任侠无行检。在荆州，劫远使客商，致富不赀…与贵戚王恺、羊琇之徒以奢靡相尚。"
【例句】唐王涣《惆怅》："齐奴不说平生事，忍看花枝谢玉楼。"唐罗虬《比红儿诗》："齐奴却是来东市，不为红儿死更冤。"宋释怀深《拟寒山寺》："君看石齐奴，不义蓄财货。"宋陈普《咏史何曾》："家国儿曹付五胡，奉身恨不及齐奴。"

齐女　qí nǚ
【分类】文化
【关键词】蝉
【释义】蝉之代称。源见"齐蝉"。
【例句】唐刘兼《新蝉》："齐女屏帏失旧容，侍中冠冕有芳踪。"宋杨亿《次韵和昭…》："饮露吸风齐女怨，登山临水楚人愁。"宋徐照《柳下闻蝉》："晚凉多处听蝉声，齐女当年变化成。"元张弘范《晚蝉》："三生齐女旧精魂，哭断残阳雨后村。"

齐讴　qí ōu
【分类】生活

【关键词】韩娥
【释义】借指美妙的歌声。源见"绕梁三日"。
【例句】唐李白《送族弟凝…》:"舍此戒禽荒,微声列齐讴。"唐李白《古风》:"香风引赵舞,清管随齐讴。"唐皎然《观李中丞…》》:"赵琴素所嘉,齐讴世称绝。"宋刘攽《次韵和登…》》:"闲留方士谈迂怪,醉听齐讴起艳歌。"

齐烹　qí pēng
【分类】政治
【关键词】郦食其
【释义】郦食其为汉王游说齐王,齐王田广怀疑郦食其出卖自己,便把他烹死。《史记·郦生陆贾列传》:"郦生说齐王。田广以为然,乃听食其,罢历下兵守战备…郦生曰:'举大事不细谨,盛德不辞让。而公不为若更言!'齐王遂亨郦生,引兵东走。"
【例句】唐李咸用《依韵修睦…》》:"不是不同明主意,懒将唇舌与齐烹。"唐白居易《答四皓庙》:"君看齐鼎中,焦烂者郦其。"唐白居易《咏史》:"秦磨利刀斩李斯,齐烧沸鼎烹郦其。"五代徐钧《郦食其》:"掉舌降齐七十城,休因掩袭恨遭烹。"

齐说客　qí shuì kè
【分类】政治
【关键词】郦食其
【释义】指郦食其。源见"齐烹"。
【例句】唐杜甫《奉送郭中…》》:"耻非齐说客,甘作鲁诸生。"

齐万物　qí wàn wù
【分类】政治
【关键词】庄子
【释义】指一切事物归根到底都是相同的,没有什么差别,也没有是非、美丑、善恶、贵贱之分。《庄子集释·齐物论》晋郭象注:"夫自是而非彼,美己而恶人,物莫不皆然。然,故是非虽异而彼我均也。"
【例句】唐郑纲《奉和武相…》》:"洪钧齐万物,缥帙整群书。"唐鲍溶《辞辇行》:"愿陪阿母同小星,敢使太阳齐万物。"唐张说《奉和圣制…》》:"皇心齐万物,何处不同尘。"宋刘跂《遣怀》:"此身为客几东西,万物须于一马齐。"

齐物论　qí wù lùn
【分类】政治
【关键词】庄子
【释义】《庄子》篇名。庄子认为一切事物归根到底都是相同的,没有什么差别,也没有是非、美丑、善恶、贵贱之分。庄子认为万物都是浑然一体的,并且在不断向其对立面转化,因而没有区别。
【例句】唐张祜《题曾氏园林》:"还将齐物论,终岁自安排。"宋丁宝臣《次韵十五…》》:"曾读南华齐物论,均无迟速可惊嗟。"宋李纲《自蒲圻临…》》:"处世久师齐物论,摅怀聊赋畔牢愁。"聂绀弩《雪峰以诗…》》:"最解庄生齐物论,无非物论本非齐。"

齐谐　qí xié
【分类】生态
【关键词】齐谐
【释义】人名,一说古书名。亦指谈笑说怪。《庄子·逍遥游》:"齐谐者,志怪者也。《谐》之言曰:'鹏之徙于南冥也。'"唐成玄英疏:"姓齐名谐,人姓名也;亦言书名也,齐国有此俳谐之书也。"后志怪之书以及敷演此类故事的戏剧,多以齐谐为名。
【例句】唐刘禹锡《卧病闻常…》:"禽鱼各有化,予欲问齐谐。"宋刘筠《与客启明》:"垂天借喻齐谐志,握火寻盟越绝书。"宋刘敞《吴九秋过…》》:"韩生肆爽言,观变均齐谐。"宋范祖禹《子瞻尚书…》》:"齐谐志怪不能状,欲说但恐同优伶。"宋陆游《航海》:"作诗配齐谐,发子笑齿瑳。"

齐烟九点　qí yān jiǔ diǎn
【分类】生态
【关键词】李贺
【释义】居最高之处,九州不过点烟杯水。喻指中国。现多指山东济南。唐李贺《梦天》:"遥望齐州九点烟,一泓海水杯中泻。"
【例句】宋潘景良《游金山》:"齐州九点落眼底,岷峨西望沧溟濛。"宋龚璛《王伯仪往…》》:"来参缥缈峰头句,付与齐州九点烟。"宋刘辰翁《新火起新烟》:"当户三星出,齐州九点连。"聂绀弩《六七八次…》》:"俯视齐州九点烟,双双何以返尘埃。"

祁连冢　qí lián zhǒng
【分类】政治
【关键词】霍去病
【释义】汉骠骑将军霍去病墓,外形像祁连山。《史记·卫将军骠骑列传》:"元狩六年而卒。天子悼之,发属国玄甲军,陈自长安至茂陵,为冢象祁连山。"
【例句】唐吴融《彭门用兵…》》:"细柳旧营烽犹锁月,祁连新冢已封苔。"唐薛逢《君不见》:"碑文半缺碑堂摧,祁连冢象狐兔开。"宋周紫芝《武溪深》:"祁连高结卫青冢,文渊藁葬无人送。"宋崔敦礼《挽太尉王…》》:"好象祁连筑新冢,鼓鼙遗恨意何穷。"

岐王　qí wáng
【分类】文化
【关键词】李龟年
【释义】睿宗四子、玄宗弟李范。宅在东都洛阳尚善坊。《云仙杂记》:"李龟年至岐王宅,闻琴声曰:'此秦声。'良久又曰:'此楚声。'主人入问之,前弹者陇西沈妍也,后弹者扬州薛满二妓,大服。"
【例句】唐杜甫《江南逢李…》》:"岐王宅里寻常见,崔九堂前几度闻。"宋钱选《韩左军马》:"曾为岐王天上赐,不随都护雪中驱。"元高启《闻旧教坊》:"今日岐王宾客尽,江南谁识李龟年。"元高启《唐昭宗赐》:"岐王已去梁王来,长安宫阙生蒿莱。"

其臭如兰　qí xiù rú lán

【分类】生活
【关键词】周易
【释义】即同心之言,其臭如兰。指同心同德的人发表的意见,说服力强,就像嗅到芬芳的兰花香味一样,容易接受。为喻友情之典。源见"金兰之友"。
【例句】唐骆宾王《咏怀》:"一言芬若兰,四海臭如兰。"宋欧阳澈《寄良臣》:"谗口任教华似锦,忠言到底臭如兰。"宋华镇《咏古》:"飘举冠凌烟,腾芳臭如兰。"聂绀弩《挽包于轨》:"岁寒松柏涧当后,室隘芝兰臭更浓。"

其人如玉　qí rén rú yù

【分类】政治
【关键词】诗经
【释义】形容人的品德像玉一样洁白。《诗经·小雅·白驹》:"生刍一束,其人如玉。"郑笺:"其德如玉然。"
【例句】唐杜甫《佳人》:"夫婿轻薄儿,新人已如玉。"唐独孤及《东平蓬莱…》:"夜清酒浓人如玉,一斗何膂直十千。"唐武元衡《送田三端…》:"青油幕里人如玉,黄鹤楼中月并钩。"宋胡铨《戏题陈晦…》:"其人如玉德满身,笑杀西湖比西子。"宋释文珦《逝水》:"于焉自逍遥,其人美如玉。"

奇策陈平　qí cè chén píng

【分类】政治
【关键词】陈平
【释义】咏谋臣之典。《史记·陈丞相世家》:"陈平既多以金纵反间于楚军,…项羽果意不信钟离昧等。…项王果大疑亚父。""封平以户牖乡。用其奇计策,卒灭楚。"
【例句】唐骆宾王《咏怀古意…》:"勒功思比宪,决略暗欺陈。"宋孔平仲《十三日南…》:"逸交希李白,奇策拟陈平。"宋彭显《和赵统制…》:"徒羡祖生鞭,莫效陈平计。"明李昌祺《送缺生还乡》:"陈平非是困长贫,贾谊终当射奇策。"

奇服　qí fú

【分类】政治
【关键词】楚辞
【释义】新奇的服饰。比喻高洁的志行。《楚辞补注·涉江》:"余幼好此奇服兮,年既老而不衰。"明王夫之通释:"奇,珍异也。奇服,喻其志行之美,即所谓修能也。"
【例句】唐李群玉《晚莲》:"楚客罢奇服,吴姬停棹歌。"宋苏过《北山杂诗》:"余幼好奇服,簪组鸿毛轻。"宋郑獬《还汪正夫…》:"要之尽是圣贤也,奇服怪玩一不施。"宋张耒《赠张嘉甫》:"髯张幼好此奇服,白璧刻佩鸣玦环。"

奇男子　qí nán zǐ

【分类】生活
【关键词】韩愈
【释义】指好汉,不平凡的男子。唐韩愈《试大理评事王君墓志铭》:"乃踣门告曰:'天下奇男子王适,愿见将军白事。'"
【例句】宋文同《送喻介夫》:"介夫陵阳奇男子,节义素为人所谈。"宋贺铸《曹永州哀词》:"翩翩五六奇男子,肯使高门坠厥声。"宋方岳《即事》:"世间所谓奇男子,除却梅花更是谁。"宋王迈《反艳歌曲…》:"生为奇男子,先辨许国身。"

奇庞福艾　qí páng fú ài

【分类】生活
【关键词】李勣
【释义】咏面相之典。奇:出众;庞:脸盘;艾:美好。旧时谓相貌奇伟,年老福大。《新唐书·李勣传》:"临事选将,必臵相其奇庞福艾者遣之。或问故,答曰:'薄命之人,不足与成功名。'"
【例句】宋孙觌《太令人施…》:"奇庞五世祖,福艾百年身。"宋曾几《赠外甥吕…》:"昔ון溪南寺,奇庞总兒儿。"宋綦崇礼《故丞相高…》:"登庸疑早贵,福艾欠长年。"元黄玠《次韵戴彦…》:"两穷相值各可笑,宁尔臵相非奇庞。"元蒲道源《赠传神李…》:"京师摹写富箱箧,奇庞福艾多王公。"

歧路　qí lù

【分类】生活
【关键词】杨朱
【释义】从大路上分出来的小路;岔路。喻指错误的道路。源见"杨朱泣歧路"。
【例句】唐王绩《过汉故城》:"在昔高门内,于今歧路傍。"唐许敬宗《奉和圣制…》:"万乘腾镳警歧路,百壶供帐饯离宫。"唐骆宾王《叙寄员半千》:"歧路情虽狎,人伦地本偏。"唐王勃《杜少府之…》:"无为在歧路,儿女共沾巾。"宋乐雷发《拟游长沙》:"乾坤纳纳催霜鬓,歧路悠悠又菊花。"

歧路亡羊　qí lù wáng yáng

【分类】生活
【关键词】列子
【释义】比喻因情况复杂多变而迷失方向,走入迷途。《列子·说符》:"大道以多歧亡羊,学者以多方丧生。学非本不同,非本不一,而末异如是。唯归同反一,为亡得丧。子长先生之门,习先生之道,而不达先生之况也。哀哉。"
【例句】唐张祜《偶作》:"南穷海徼北天涯,惆怅亡羊是路歧。"唐徐铉《和江西萧…》:"亡羊岐路愧司南,二纪穷通聚散三。"宋刘敞《寄密令杨…》:"得鹿在诡遇,亡羊实多岐。"宋程俱《送庄大夫…》:"麟阁功名应未晚,羊肠歧路莫争先。"

祇园　qí yuán

【分类】文化
【关键词】给孤独
【释义】祇树给孤独园的简称。喻指佛寺。相传释迦牟尼成道后,憍萨罗国的给孤独长者用大量黄金购置舍卫城南祇陀太子园地,请释迦说法。祇陀太子也奉献了园内的树木,故以二人名字命名。源见"祇园布金"。

【例句】唐孔德绍《送舍利宿…》:"仁祠表虚旷,祇园展肃恭。"唐李绅《龟山寺鱼池》:"祇园说法无高下,尔辈何劳尚世情。"唐白居易《题东武丘寺》:"香刹看非远,祇园入始深。"唐陈陶《题豫章西…》:"祇园树老梵声小,雪岭花香灯影长。"

祇园布金 qí yuán bù jīn

【分类】文化

【关键词】给孤独

【释义】借指佛寺、经堂;也用以指布施。唐玄奘《大唐西域记》:"号给孤独焉。愿建精舍,请佛降临。太子戏言:'金遍乃卖。'善施闻之,心豁如也,即出藏金,随言布地。有少未满,太子留言,曰:'佛诚良田,宜植善种。'即于空地,建立精舍。世尊即之,告阿难曰:'…应谓此地为祇陀林给孤独园。'"

【例句】宋韩维《招蓭叟厚…》:"恍然身出尘心,香霭祇园地布金。"宋李之仪《欲过大乘…》:"大乘此去有几里,闻道祇园近布金。"宋释道冲《偈颂》:"禅流不负王臣意,行看祇园侧布金。"元胡奎游《天禧寺》:"祇园地布金沙满,香积厨分玉露甘。"

耆英 qí yīng

【分类】文化

【关键词】文彦博

【释义】指高年硕德者。源见"洛阳耆英会"。

【例句】宋文彦博《楚正议挽词》:"公年九九虽无憾,散尽耆英我屹然。"宋文彦博《中书令鲁…》:"龟蒙启土世传荣,犹倚耆英作政卿。"宋卫宗武《月集呼声…》:"拟洛耆英宜有咏,班唐九老可成图。"宋韩维《和微之》:"庭讼萧然昼景清,每因闲暇接耆英。"

蚔蛙 qí wā

【分类】政治

【关键词】蚔蛙

【释义】齐国大夫,因为谏言不被采纳辞职。《孟子·公孙丑》:"孟子谓蚔蛙曰:'子之辞灵丘而请士师,似也,为其可以言也。今既数月矣,未可以言与?'蚔蛙谏于王而不用,致为臣而去。"

【例句】宋陈傅良《用前韵招…》:"行乐不妨随邂逅,我无官守似蚔蛙。"

淇澳 qí ào

【分类】生态

【关键词】诗经

【释义】指淇水弯曲处。用以称颂辅佐国政的人。《诗经·卫风·淇奥》:"瞻彼淇奥,绿竹猗猗,有匪君子,如切如磋,如琢如磨。"汉毛传:"奥,隈也。"《诗经·卫风·淇奥序》:"《淇奥》美武公之德也。有文章,又能听其规谏,以

礼自防,故能入相于周。"

【例句】宋文彦博《舟中别后…》:"相逢在淇澳,所乐似潇湘。"宋许月卿《南堂》:"岂无绿竹诗淇澳,亦有苍苔书篆文。"宋苏辙《林笋》:"天与岁寒终倔强,泽分淇澳转敷荣。"宋张元干《福帅生朝》:"淇澳会须歌绿竹,渭滨犹待猎非黑。"

淇园 qí yuán

【分类】生态

【关键词】述异记

【释义】古代卫国园林名,产竹,在今河南淇县西北。《述异记》:"卫有淇园,出竹,在淇水之上。《诗》云:'瞻彼淇澳,绿竹猗猗。'"

【例句】宋王汝舟《咏归堂隐…》:"种竹淇园远致君,生平孤节负辛勤。"宋司马光《送龚章判…》:"淇园春竹美,军宴日椎牛。"宋徐积《大河上天…》:"伐尽魏国薪,下尽淇园竹。"宋苏轼《题过所画…》:"惟有长身六君子,猗猗犹得似淇园。"

骑白鹿 qí bái lù

【分类】文化

【关键词】卫叔卿

【释义】咏神仙之典。《神仙传·卫叔卿》:"卫叔卿者…服云母得仙。汉元封二年八月壬辰,孝武皇帝闲居殿上,忽有一人乘云车,驾白鹿,从天而下。来集殿前。帝乃惊问,曰:'为谁?'答曰:'吾中山卫叔卿也。'…忽焉不知所在。"

【例句】唐李贺《兰香神女庙》:"走天呵白鹿,游水鞭锦鳞。"唐钱起《题嵩阳焦…》:"彩云不散烧丹灶,白鹿时藏种玉田。"唐李白《酬殷明佐…》:"身骑白鹿行飘飘,手翳紫芝笑披拂。"唐杜甫《寄张十二…》:"存想青龙秘,骑行白鹿驯。"

骑曹不记马 qí cáo bù jì mǎ

【分类】文化

【关键词】王徽之

【释义】喻指有名士习气,不理事务。源见"王徽之"。

【例句】唐杜甫《寄从孙崇简》:"吾孙骑曹不记马,业学尸乡多养鸡。"宋程俱《戏赠江仲…》:"不知骑曹底官职,朝来拄颊看西山。"宋周紫芝《赵丞家野堂》:"骑曹休问马,聱叟漫为郎。"宋虞俦《和安抚王…》:"且容司马吹纱帽,莫向参军问骑曹。"

骑赤鲤 qí chì lǐ

【分类】文化

【关键词】琴高

【释义】咏仙术之典。源见"琴高乘鲤"。

【例句】唐李贺《兰香神女庙》:"走天呵白鹿,游水鞭锦鳞。"宋王益柔《遥题钱公…》:"春风浩荡波涛起,仿佛仙人骑赤鲤。"宋王安石《小姑》:"初学水仙骑赤鲤,竟寻山鬼从文狸。"宋释长吉《游栖霞宫》:"时泛绿觥陪侠客,未骑赤

鲤归蓬瀛。"

骑鹤上扬州　qí hè shàng yáng zhōu
【分类】文化
【关键词】殷芸小说
【释义】比喻不可能实现的妄想，也用指虚无缥缈之事，或指称遨游。《殷芸小说》："有客相从，各言所志：或愿为扬州刺史，或愿多赀财，或愿骑鹤上升。其一人曰：'腰缠十万贯，骑鹤上扬州。'欲兼三者。"
【例句】宋陆佃《依韵和孙…》："扬州骑鹤未足羡，便欲共醉花中间。"宋邹浩《招俞清老》："腰钱骑鹤上扬州，妄想空来事事休。"宋王庭圭《梁道人借…》："相见缠腰无十万，待看骑鹤上扬州。"宋辛弃疾《丙寅岁山…》："去年骑鹤上扬州，意气平吞万户侯。"

骑虎难下　qí hǔ nán xià
【分类】生活
【关键词】温峤
【释义】骑在老虎背上不能下来，用来比喻做事情进行到中途遇到困难，迫于形势又无法中止不能停止。《晋书·温峤传》："今之事势，义无旋踵，骑猛兽（虎）安可中下载！"
【例句】唐李白《留别广陵…》："骑虎不敢下，攀龙忽堕天。"宋高斯得《酒阑》："骑虎不敢下，悲鸣亦可嗤。"元贝琼《题夏颐贞…》："骑虎不得下，短衣归饭牛。"聂绀弩《没字碑》："骑虎难下终须下，君问归期未有期。"

骑黄鹤　qí huáng hè
【分类】文化
【关键词】荀瑰
【释义】咏升仙之典。源见"乘黄鹤"。
【例句】唐何仙姑《将游罗浮…》："去去沧洲弄明月，倒骑黄鹤听鸾箫。"宋王志道《寄兴》："尘世不如烟水阔，笑骑黄鹤上层霄。"宋陆游《醉中作》："却骑黄鹤横空去，今夕垂虹醉月明。"宋刘过《代吴守与…》："不须便即骑黄鹤，且为皇家致太平。"

骑箕尾　qí jī wěi
【分类】政治
【关键词】傅说
【释义】傅说一星，在箕星尾星之间，相传为傅说死后升天而化。后因以指游仙。喻指大臣死亡。《庄子·大宗师》："傅说得之，以相武丁，奄有天下，乘东维，骑箕尾，而比于列星。"
【例句】唐杜牧《感怀诗》："旄头骑箕尾，风尘蓟门起。"宋司马光《吕宣徽挽歌》："遽骑箕尾去，何以慰苍生。"宋曾巩《韩魏公挽歌》："忽骑箕尾精灵远，长誓山河宠数新。"宋孔武仲《晁无咎张…》："名臣已去骑箕尾，尚有规模在新史。"

骑鲸　qí jīng
【分类】生活
【关键词】扬雄
【释义】指文人隐遁或死亡。汉扬雄《羽猎赋》："乘巨鳞，骑京鱼。"唐李善注："京鱼，大鱼也，字或为鲸，鲸亦大鱼也。"
【例句】唐薛涛《西岩》："凭阑却忆骑鲸客，把酒临风手自招。"唐李贺《神仙曲》："清明笑语闻空虚，斗乘巨浪骑鲸鱼。"宋苏轼《次韵张安…》："骑鲸遁沧海，捋虎得绨袍。"宋赵蕃《挽周德友》："此日骑鲸去，它年化鹤还。"

骑驴觅驴　qí lú mì lú
【分类】生活
【关键词】景德传灯
【释义】即俗语骑驴找驴。比喻东西就在自己这里，还到处去找。《景德传灯录》："诵经不见有无意，真似骑驴更觅驴。"
【例句】朝宝志《大乘赞》："不解即心即佛，真似骑驴觅驴。"宋苏轼《和黄龙清…》："骑驴觅驴真可笑，以马喻马亦成痴。"宋黄庭坚《寄黄龙清老》："骑驴觅驴但可笑，非马喻马亦成痴。"聂绀弩《有赠（胡风）》："驴背寻驴曾万里，梦中说梦已千场。"

骑驴索句　qí lú suǒ jù
【分类】文化
【关键词】郑綮
【释义】苦吟的典故。亦谓在实际生活体验中唤起诗情，写出佳作。源见"灞桥风雪"。
【例句】宋范成大《北门覆舟山道中》："骑驴索句当年事，岁暮骚人不自聊。"宋戴炳《代简约诸…》："骑驴索句真颜面，要向清溪洗出来。"元李昱《梅花绝句》："忍冻骑驴早得春，寻香索句不无神。"聂绀弩《柬慎之谢…》："终朝驴背祭诗神，万里猪肝累使君。"

骑省　qí shěng
【分类】政治
【关键词】王维
【释义】官署名。唐两省皆有散骑常侍，故称之为骑省。唐王维《春日直门下省早朝》："骑省直明光，鸡鸣谒建章。"赵殿成笺注："谓散骑之省。"指潘岳。晋潘岳《秋兴赋序》："寓直于散骑之省。"
【例句】唐钱起《闲居酬张…》："向夕野人思，难忘骑省文。"唐司空曙《立秋日》："今朝散骑省，作赋兴何如。"唐皇甫冉《同韩给事…》："龙楼不竞繁花吐，骑省偏宜迢夜直。"唐独孤及《自东都还》："高阁连云骑省夜，新文会友凉风秋。"

骑羊成仙　qí yáng chéng xiān
【分类】文化
【关键词】葛由
【释义】咏出世升仙之典。《艺文类聚》引《列仙传》："葛由者…好刻木羊卖之。一旦，骑羊而入西蜀。蜀中王侯贵人追上，上绥山…随之者不复还，皆得仙道。故里谚曰：

'得绶山桃,虽不得仙,亦足以豪。'"

【例句】唐李白《留别曹南…》:"知恋峨眉去,弄景偶骑羊。"唐李白《登峨眉山》:"倘逢骑羊子,携手凌白日。"宋郭祥正《五仙谣》:"番禺五仙人,骑羊各一色。"明张弼《五羊滩》:"五仙骑羊过梅岭,行到章江趁客船。"

骑羊执穗 qí yáng zhí suì
【分类】生态
【关键词】广州
【释义】咏广州的典故。《方舆胜览·广州》:"五仙观:在南海。《寰宇记》:'昔高固为楚相。有五仙人骑五色羊,各持谷穗一茎六出,以遗州人,腾空而去。今呼为五羊。'"后人因称广州为五羊城,简称穗。
【例句】唐白炎《游仙》:"猎猎天风下五羊,罗浮归路月昏黄。"唐皮日休《送李明府…》:"五羊城在蜃楼边,墨绶垂腰正少年。"宋邹浩《再酬仲孺》:"端如肖壁人,骑羊入城肆。"宋洪咨夔《罗浮高寿…》:"前旌招摇导树融,从以五色骑羊翁。"明苏葵《答林宗敬…》:"五羊城下引长年,虽不骑羊亦是仙。"清阮元《羚羊峡峡…》:"五羊仙人来何处,必从此峡骑羊去。"

骑猪遁 qí zhū dùn
【分类】文化
【关键词】张元一
【释义】讽临阵惊惶逃遁之典。《本事诗·嘲戏》:"(武)懿宗短陋,(张)元一嘲之曰:'长弓短度箭,蜀马临高蹁。忽然逢著贼,骑猪向南奔。'则天闻之,初未悟,曰:'懿宗无马邪?何故骑猪?'元一解之曰:'骑猪者,是夹豕走也。'则天乃大笑。"豕与屎同音。
【例句】宋刘一止《和云门行…》:"烦师放出紫湖狗,骑猪穿声喧啾。"宋刘克庄《居厚弟和…》:"奔逃尤甚骑猪窘,惩创从前饮马心。"宋晁说之《恨契诗》:"如或骑猪归,铁甲遮羞愧。"明李云龙《闻杨都督…》:"白面监军不足道,骑猪南窜称元戎。"

琪树 qí shù
【分类】文化
【关键词】山海经
【释义】琪树即玗琪树,是神话传说仙境中的玉树。后用为咏仙境、仙树之典。《山海经·海内西经》:"昆仑之虚,方八百里,高万仞…面有九门,门有开明兽守之,百神之所在。""开明北有视肉、珠树、文玉树、玗琪树、不死树。"
【例句】唐崔湜《寄天台司…》:"尚惜金芝晚,仍攀琪树荣。"唐徐彦伯《石淙》:"琪树琁娟花未落,银芝窈窕露初还。"唐权德舆《送台州崔…》:"诗因琪树丽,心与瀑泉清。"唐钱起《送柳道士》:"不知相忆处,琪树几枝花。"

棋局 qí jú
【分类】生活
【关键词】张衡
【释义】亦作棊局。棊同棋。棋盘。古代多指围棋棋盘。《急就篇》:"棊局博戏相易轻。"宋王应麟补注:"所以行棊谓之局。"指弈棋。《后汉书·张衡传》:"弈秋以棊局取誉,王豹以清讴流声。"
【例句】唐杜甫《因许八奉…》:"棋局动随寻涧竹,袈裟忆上泛湖船。"唐白居易《登观音台…》:"百千家似围棋局,十二街如种菜畦。"唐许浑《题邹处士…》:"岩花阴棋局,山花落酒樽。"唐护国《题醴陵玉…》:"南山石上有棋局,曾使樵夫烂斧柯。"

棋院长日 qí yuàn cháng rì
【分类】政治
【关键词】李远
【释义】咏弈棋之典。也喻指官吏懒政。《幽闲鼓吹》:"宣宗坐朝,次对官趋至,必待气息平均,然后问事。令狐相进李远为杭州,宣宗曰:'比闻李远诗云:长日唯销一局棋。岂可以临郡哉?'对曰:'诗人之言,不足有实也。'仍荐远廉察可任,乃俞之。"
【例句】宋刘敞《与杨十二…》:"长日消棋局,微风引酒杯。"宋赵鼎臣《闰月中浣…》:"逢棋便可消长日,下马何妨问主人。"宋陈与义《棋》:"长日无公事,闲围李远棋。"宋正民《访祝舜俞…》:"棋枰胜负消长日,琴韵清幽见古心。"宋辛弃疾《念奴娇》:"儿辈功名都付与,长日惟消棋局。"

旗亭 qí tíng
【分类】生活
【关键词】褚少孙
【释义】市楼,古代观察、指挥集市的处所,上立有旗。《史记·三代世表褚少孙论》:"臣为郎时,与方士考功会旗亭下。"也代指酒楼。悬旗为酒幌。
【例句】唐王勃《临高台》:"旗亭百隧开新市,甲第千甍分戚里。"唐刘禹锡《堤上行》:"春堤缭绕水徘徊,酒舍旗亭次第开。"唐元稹《茅舍》:"旗亭红粉泥,佛庙青鸳瓦。"唐刘禹锡《堤上行》:"春堤缭绕水徘徊,酒舍旗亭次第开。"

麒麟阁 qí lín gé
【分类】政治
【关键词】汉宣帝
【释义】汉代阁名。喻指卓越功勋和最高的荣誉。汉宣帝时曾图霍光等十一功臣像于阁上,以表扬其功绩。《汉书·李广苏建列传》:"甘露三年,单于始入朝。上思股肱之美,乃图画其人于麒麟阁,法其形貌,署其官爵姓名。"三国魏张晏注:"武帝获麒麟时作此阁,图画其象于阁,遂以为名。"
【例句】唐李九龄《代边将》:"据鞍遥指长安路,须刻麟台第一功。"唐李白《送张秀才》:"今令千古后,麟阁著奇勋。"唐李白《鸣皋歌奉…》:"麒麟阁上春还早,著书却忆伊ппо好。"唐杜甫《季夏送乡…》:"莫度清秋吟蟋蟀,早闻黄阁画麒麟。"

麒麟楦 qí lín xuàn
【分类】政治

【关键词】杨炯

【释义】唐朝人称演戏时装假麒麟的驴子叫麒麟楦。比喻虚有其表没有真才的人物。《云仙杂记·麒麟楦》引唐张鷟《朝野佥载》："唐杨炯每唤朝士为麒麟楦。或问之，曰：'今假弄麒麟者，以修饰其形，覆之驴上，宛然异物。及去其皮，还是驴耳。'无德而朱紫，何以异是。"

【例句】宋曾由基《赵岁寒昆…》："紫麒麟楦岂身荣，腹有诗书气便清。"宋王迈《钱方言岩…》："才高不数麒麟楦，气盛曾排虎豹关。"宋陆游《自嗟》："残骸皆作麒麟楦，旧友仍非处士牙。"宋岳珂《十月廿五…》："衣章不称麒麟楦，袍缊谁惭狐貉侪。"

乞赐处士 qǐ cì chǔ shì

【分类】政治

【关键词】徐复

【释义】咏辞官隐居之典。《宋人轶事汇编·林逋常秩陈恬》："徐复，所谓冲晦处士者，建州人。初亦举进士，自筮终身无禄，遂罢举…仁宗闻而召见，问以兵事。命以官，不就，(乞赐冲晦处士)归杭州万松岭。"

【例句】宋刘克庄《好事近》："乞赐先生处士，换一张黄敕。"宋蒲宗孟《题徐冲晦…》："冲晦先生不肯官，布衣谒帝衣还。"清钱载《读五代史…》："逡巡自缺桓文业，却赐湘阴处士宫。"清王德溥《过高士坞…》："遥遥千古谁为侣，冲晦先生可结邻。"

乞墦 qǐ fán

【分类】生活

【关键词】孟子

【释义】墦，坟墓。乞求施舍，向祭墓者乞求所余酒肉。指喻人生活困窘或为谋利而不择手段。《孟子·离娄》："(齐人)之东郭墦间，之祭者乞其余。不足，又顾而之他，此其为餍足之道也。"

【例句】宋苏轼《送安节》："乞墦何足羡，负米可忘艰。"宋贺铸《过晁揆端智》："吾岂乞墦者，不为妻妾容。"陆游《寒食临川…》："道边醉饱休相避，作吏堪羞甚乞墦。"宋陆游《新秋感事》："强颜未忍乞墦祭，积毁仅逃输鬼薪。"

乞火 qǐ huǒ

【分类】生活

【关键词】蒯通

【释义】原谓求取火种。后喻指向人说情、推荐。亦指为人排解纠纷。《汉书·蒯通传》："然物有相感，事有适可。臣请乞火于曹相国。"

【例句】唐杜牧《寄崔钧》："自愧扫门士，谁为乞火人。"唐杜牧《酬张祜处…》："荐衡昔日知文举，乞火无人作蒯通。"宋宋祁《古邑》："乞火黔薪突，翻经振隙尘。"宋李觏《寄祖秘丞》："携钱赁破屋，乞火蒸陈米。"

乞浆得酒 qǐ jiāng dé jiǔ

【分类】生活

【关键词】袁准

【释义】讨杯水喝，却得到了酒。比喻所得超过所求。《意林》引三国魏袁准《正书》："太岁在酉，乞浆得酒，太岁在巳，贩妻鬻子。则知灾祥有自然之理。"

【例句】宋苏轼《浣溪沙》："卖剑买牛吾欲老，乞浆得酒更何求。"宋陆游《对食作》："乞浆得酒岂嫌薄，卖马僦船常觉宽。"宋陆游《游近村》："乞浆得酒人情好，卖剑买牛农事兴。"宋李洪《钱史开府…》："家给乞浆皆得酒，年丰卖剑有耕牛。"

乞邻 qǐ lín

【分类】生活

【关键词】论语

【释义】求助于邻人。《论语·公冶长》："子曰：孰谓微生高直？或乞醯焉，乞诸其邻而与之。"

【例句】宋林逋《和酬周寺丞》："门横野水席凝尘，束缊谁能问乞邻。"宋王安石《杨德逢送…》："全有邻僧来乞米，我今送米乞邻僧。"宋卫博《次韵谢王…》："祭灶乞邻端有志，只愁多指费困麋。"聂绀弩《答迮冬托…》："倘有幽兰当自佩，乞邻而与意逡巡。"

乞巧楼 qǐ qiǎo lóu

【分类】生活

【关键词】开元天宝

【释义】指乞巧的棚架。为咏七夕之典。《开元天宝遗事·乞巧楼》："宫中以锦结成楼殿，高百尺，上可以胜数十人，陈以瓜果、酒炙，设坐具，以祀牛、女二星。嫔妃各以九孔针、五色线向月穿之，过者为得巧之候。动清商之曲，宴乐达旦。"

【例句】唐陆畅《云安公主…》："万人惟待乘鸾出，乞巧齐登明月楼。"唐王建《宫词》："每年宫女穿针夜，敕赐新恩乞巧楼。"唐薛能《嘲赵璘》："巡дина每傍捋蒲局，望月还登乞巧楼。"宋钱惟演《戊申年七…》："欲闻天语犹嫌远，更结三层乞巧楼。"

乞食子 qǐ shí zi

【分类】生活

【关键词】韩信

【释义】咏穷达变化之典。《史记·淮阴侯列传》："(韩信)始为布衣时，贫无行，不得推择为吏，又不能治生商贾，常从人寄饮食，人多厌之者。"

【例句】唐白居易《读史》："汉曰大将军，少为乞食子。"唐陆龟蒙《京口与友…》："乞食羞孤凤，无衣羡八蚕。"宋司马光《偶成》："渊明耻为令，乞食倚人门。"宋释德洪《访鉴师不…》："独自来游微雨后，道人乞食及清晨。"

乞言 qǐ yán

【分类】政治

【关键词】礼记

【释义】古代帝王及其嫡长子请养一些德高望重的老人，以便向他们求教。泛指请求教言。《礼记·文王世子》："凡祭与养老乞言合语之礼，皆小乐正诏之于东序。"汉郑玄注："养老乞言,养老人之贤者,因从乞善言可行者也。"

【例句】唐韦应物《学仙》："读多亡过可乞言,为子心精得神仙。"唐窦常《奉贺太保…》："不学铸金思范蠡,乞言犹许上丹墀。"宋杨亿《朱侍郎致…》："下诏已闻推异礼,乞言犹自渴嘉谟。"宋丰稷《幸太学》："问道贾生称五学,乞言戴圣美三王。"

岂其卿　qǐ qí qīng

【分类】政治
【关键词】扬雄
【释义】岂其,犹何必。卿,官职。何必做官意。为咏归隐之典。《法言·问神》："谷口郑子真,不屈其志,而耕乎岩石之下,名振于京师。岂其卿!岂其卿!"

【例句】宋梅尧臣《依韵武平…》："终寻谷口郑子岂其卿。"宋方岳《唐律》："谷口岂其卿,胡然朝市争。"宋郑刚中《悼勾龙府君》："自古英豪在钓耕,先生传后岂其卿。"宋郑刚中《衡岳左右…》："仁义到头焉用稼,声名真是岂其卿。"

杞妇崩城　qǐ fù bēng chéng

【分类】生活
【关键词】杞梁妻
【释义】咏妇女哀伤至极、精诚动天的典故。《列女传·齐杞梁妻》："齐杞梁殖之妻也,庄公袭莒,殖战而死…梁之妻无子,内外皆无五属之亲,既无所归,乃就其夫之尸于城下而哭,内诚动人,道路过者莫不为之挥涕。十日而城为之崩。"

【例句】唐李白《白头吟》："城崩杞梁妻,谁道土无心。"唐贾驰《复睹三乡…》":杞妇哭夫时,城崩无此说。"唐皮日休《卒妻怨》":处处鲁人髽,家家杞妇哀。"元张师愚《题郭节妇…》":淮海兵戈满,崩城哭杞梁。"

杞梁妻　qǐ liáng qī

【分类】生活
【关键词】杞梁妻
【释义】指哀恸亡夫的贞妇。源见"杞妇崩城"。

【例句】唐李白《白头吟》":城崩杞梁妻,谁道土无心。"唐李白《东海有勇妇》":梁山感杞妻,恸哭为之倾。"唐敦煌曲子《捣练子》":孟姜女,杞梁妻。一去燕山更不归。"宋刘克庄《征妇词》":君非秋胡子,妾是杞梁妻。"元曹伯启《梁门咏古》":清风千古杞梁妻,三尺荒坟古道西。"

杞人忧天　qǐ rén yōu tiān

【分类】生活
【关键词】列子
【释义】杞国有个人怕天塌下来。比喻没有根据或不必要的忧虑。《列子·天瑞》":杞国有人,忧天地崩坠,身亡所寄,废寝食者。"

【例句】唐李白《梁甫吟》":白日不照吾精诚,杞国无事忧天倾。"唐曹松《山中》":众心惟恐地无剩,吾意亦忧天惜

闲。"宋邵雍《代书寄程…》":料得预忧天下计,不忘君者更为谁。"宋林季仲《天柱峰》":我忧穹昊欲撑柱,莫笑杞人心独苦。"宋王十朋《天柱岩》":蓬莱深怀杞人念,擎天端赖柱坚牢。"聂绀弩《六十赠周婆》":摇落人间六十年,补天失计共忧天。"

杞梓　qǐ zǐ

【分类】政治
【关键词】国语
【释义】两种优质木材。比喻贤良人才。《国语·楚语》":子木与之语,曰:'子虽兄弟于晋,然蔡吾甥也,二国孰贤?'(子家)对曰:'晋卿不若楚,其大夫则贤,其大夫皆卿材也,若杞梓、皮革焉,楚实遗之,虽楚有材,不能用也。'"

【例句】唐储光羲《秋庭贻马九》":而我信空虚,提携过杞梓。"唐白居易《酬卢秘书》":闻有蓬壶客,知怀杞梓材。"唐韩偓《和王侨人…》":席上弟兄皆杞梓,花前宾客尽鸳鸯。"唐韩愈《赠崔立之…》":当今圣人求侍从,拔擢杞梓收楛箘。"

启沃　qǐ wò

【分类】政治
【关键词】尚书
【释义】竭诚开导,辅佐君王。《尚书·说命上》":启乃心,沃朕心。"唐孔颖达疏":当开汝心所有,以灌沃我心,欲令以彼所见,教己未知故也。"

【例句】唐李乂《故西台侍…》":立言多启沃,论道盛谋猷。"唐高适《古乐府飞…》":迹与松乔合,心缘启沃留。"唐白居易《饱食闲坐》":尧舜求理切,夔龙启沃忙。"唐和凝《宫词》":晓光初入右银台,鹓鹭分班启沃来。"五代张义方《献冯李二…》":两处沙堤同日筑,其如启沃藉良谋。"

起晚　qǐ wǎn

【分类】政治
【关键词】嵇康
【释义】不出仕之典。三国魏嵇康《与山巨源绝交书》":有必不堪者七,甚不可者二,卧喜晚起,而当关呼之不置,一不堪也。"

【例句】唐杜甫《览镜呈柏…》":起晚堪从事,行迟更学仙。"唐卢纶《卧病书怀》":貌衰缘药尽,起晚为山寒。"唐白居易《龙花寺主…》":步慵行道困,起晚诵经迟。"唐白居易《腊后岁前…》":郡中起晚听衙鼓,城上行慵倚女墙。"

起夜来　qǐ yè lái

【分类】生活
【关键词】乐府诗集
【释义】咏女子思慕情人之典。《乐府诗集·起夜来》":城南断车骑,阁道覆青埃。洞房且莫掩,应门或复开。飒飒秋桂响,非君起夜来。"题解引《乐府题》":《起夜来》其辞意犹念畴昔思君之来也。"

【例句】唐施肩吾《起夜来》":懒卧相思枕,愁吟起夜来。"唐

李商隐《正月崇让宅》:"背灯独共余香语,不觉犹歌起夜来。"宋杨亿《夜宴》:"风细传疏漏,犹歌起夜来。"宋陈造《次韵郭帅梅》:"不妨东阁撩诗兴,未分愁听起夜来。"

起予　qǐ yǔ
【分类】生活
【关键词】论语
【释义】启发自己之意。《论语·八佾》:"子曰:'起予者,商也,始可与言《诗》已矣。'"三国魏何晏《集解》引包咸曰:"孔子言子夏能发明我意,可与共言《诗》。"
【例句】唐孟浩然《送告八从军》:"好勇方过我,多才便起予。"唐王维《上张令公》:"学易思求我,言诗或起予。"唐杜甫《赠李八秘…》:"触目非论故,新文尚起予。"唐韩愈《量移袁州…》:"将经贵郡烦留客,先惠高文谢起予。"

绮罗　qǐ luó
【分类】生活
【关键词】颜氏家训
【释义】华贵的丝织品或丝绸衣服。代指穿着绮罗的人,多指贵妇、美女。《颜氏家训·治家》:"邺下风俗,专以妇持门户,争讼曲直,造请逢迎,车乘填街衢,绮罗盈府寺,代子求官,为夫诉屈。"
【例句】唐宋之问《伤曹娘》:"无复绮罗娇白日,直将珠玉闭黄泉。"唐沈佺期《铜雀妓》:"绮罗君不见,歌舞妾空来。"唐韦庄《江亭酒醒…》:"满坐绮罗皆不见,觉来红树背银屏。"唐秦韬玉《贫女》:"蓬门未识绮罗香,拟托良媒益自伤。"

棨戟　qǐ jǐ
【分类】政治
【关键词】张俭
【释义】有缯衣或油漆的木戟。古代官吏所用的仪仗。《旧唐书·张俭列传》:"唐制三品已上,门列棨戟,俭兄弟三院门皆立戟,时人荣之,号为'三戟张家'。"
【例句】唐韦嗣立《酬崔光禄…》:"庭聚歌钟丽,门罗棨戟荣。"唐崔泰之《同光禄弟…》:"门庭聚变色,棨戟日生光。"唐白居易《九日宴集》:"郊无戎马期无事,门有棨戟腰有章。"宋刘攽《寄范佑之》:"将门严棨戟,王略尽流沙。"

气缠霜匣　qì chán shuāng xiá
【分类】文化
【关键词】剑
【释义】咏宝剑之典。借喻志大才高。《西京杂记》:"汉帝相传以秦王子婴所奉白玉玺、高帝斩白蛇剑。剑上有七采珠、九华玉以为饰,杂厕五色琉璃为剑匣。剑在室中,光景犹照于外,与挺剑不殊。十二年一加磨莹,刃上常若霜雪。开匣拔鞘,辄有风气,光彩射人。"
【例句】唐杜甫《湖中送敬…》:"气缠霜匣满,冰置玉壶多。"明罗钦顺《瀛洲会次…》:"净洗玉盘行海错,徐开霜匣看吴钩。"清陈匪石《兰陵王》:"清樽对、豪气半消,霜匣故鸣剑三尺。"

气食牛　qì shí niú
【分类】政治
【关键词】尸子
【释义】赞颂幼儿勇气之典。周尸佼《尸子》:"虎豹之驹,未成文,而有食牛之气;鸿鹄之鷇,羽翼未全,而有四海之心。"
【例句】唐杜甫《徐卿二子歌》:"小儿五岁气食牛,满堂宾客皆回头。"宋陈师道《赠寇国宝》:"虎子堕地气食牛,雀儿浴处鱼何求。"宋芹庵《寿运使》:"庞眉相对讲英猷,尽说当年气食牛。"宋吴则礼《登城楼》:"河西诸将气食牛,白羽雕弧锦臂韝。"

气势　qì shì
【分类】文化
【关键词】汉光武帝
【释义】气象,气派。也指诗文的气韵或格调。《东观汉记·光武帝纪》:"帝既有仁圣之明,气势形体,天然之姿,固非人之敌也。"
【例句】唐韩愈《送诸葛觉…》:"我虽官在朝,气势日局缩。"唐李微《无题》:"我为异物蓬茅下,君已乘轺气势豪。"唐秦韬玉《天街》:"烟光正入南山色,气势遥连北阙春。"宋王安石《和钱学士…》:"闾阎与风生气势,常娥交月借光辉。"

弃繻　qì rú
【分类】生活
【关键词】终军
【释义】表示决心在关中创立事业。后因用为年少却创立远大志向。繻,古时用帛制成的出入关卡的凭证。《汉书·严朱吾丘主父徐严终王贾列传·终军》:"军曰:'大丈夫西游,终不复传还。'弃繻而去。"
【例句】唐李世民《入潼关》:"弃繻怀远志,封泥负壮情。"唐王维《哭祖六自虚》:"国讶终军少,人知贾谊贤。"唐杜甫《七月一日…》:"宓子弹琴邑宰日,终军弃繻英妙时。"唐权德舆《送殷卿罢…》:"志业尝探绝编义,风尘虚作弃繻生。"

泣麟　qì lín
【分类】政治
【关键词】孔子
【释义】咏哀叹悲泣世衰道穷之典。《孔子家语》:"叔孙氏之车士曰子锄商,采薪于大野,获麟焉…孔子往观之,曰:'麟也。胡为来哉?胡为来哉?'反袂拭面,涕泣沾衿。"汉何休注:"麟者太平之符,圣人之类,时得麟而死,此亦天告夫子将没之征,故云尔。"
【例句】唐李隆基《经邹鲁祭…》:"叹凤嗟身否,伤麟怨道穷。"唐李白《鞠歌行》:"二侯行事在方册,泣麟老人终困厄。"唐杜甫《寄李十二…》:"几年遭鵩鸟,独泣向麒麟。"唐卢纶《同兵部李…》:"攀龙与泣麟,哀乐不同尘。"

泣铜驼 qì tóng tuó

【分类】政治
【关键词】索靖
【释义】形容对时事不安定的忧叹。源见"荆棘铜驼"。
【例句】唐李商隐《曲江》:"死忆华亭闻唳鹤,老忧王室泣铜驼。"宋刘克庄《北来人》:"寝园残石马,废殿泣铜驼。"宋文天祥《壬午》:"惨淡铜驼泣,威垂朱鸟翔。"元雅琥《汴梁怀古》:"蔓草有风嘶石马,荆榛无月泣铜驼。"

泣血 qì xuè

【分类】生活
【关键词】礼记
【释义】泣无声,如血出,称泣血。比喻极为悲恸。《礼记·檀弓》:"高子皋之执亲之丧也,泣血三年,未尝见齿,君子以为难。"旧称居父母之丧者为泣血。
【例句】唐李白《鞠歌行》:"荆山长号泣血人,忠臣死为刖足鬼。"唐杜甫《惜别行送…》:"向公泣血洒行殿,佐佑卿相乾坤平。"唐曹邺《成名后献…》:"僻居城南隅,颜子须泣血。"唐窦常《凉国惠康…》:"泪有潜成血,香无却返魂。"

契苾知诗 qì bì zhī shī

【分类】文化
【关键词】契苾何力
【释义】咏少数民族精通诗词之典。《新唐书·契苾何力》:"司稼少卿梁脩仁…植白杨于廷,示何力曰:'此木易成,不数年可庇。'何力不答,但诵'白杨多悲风,萧萧愁杀人'之句,脩仁惊悟,更植以桐。"
【例句】宋张先《西江月》:"肃肃稑侯清慎,温温契苾知诗。"明殷奎《打碑》:"契苾坟前崖子上,家鸡笔法尚堪论。"明郑学醇《五行志》:"绣陌休歌契苾儿,百年天地几推移。"清弘历《阿尔楚尔…》:"蕃部勤王随契苾,旗军励志定坚昆。"

欹器满覆 qī qì mǎn fù

【分类】政治
【关键词】孔子
【释义】欹器:一种倾斜易覆盛水器。为咏谦谨自戒之典。《荀子·宥坐》:"孔子观于鲁桓公之庙,有欹器焉…孔子曰:'吾闻宥坐之器者,虚则欹,中则正,满则覆。'…孔子喟然而叹曰:'吁!恶有满而不覆者哉!'"
【例句】唐权德舆《郊居岁暮…》:"就学缉韦编,铭心对欹器。"唐刘禹锡《奉和吏部…》:"诚满澄敧器,成功别大垆。"宋苏轼《画车》:"何人画此只轮车,便是当年欹器图。"宋李廌《有怀都下…》:"况今持盈戒敧器,不使逸豫常从流。"

千杯 qiān bēi

【分类】生活
【关键词】孔丛子
【释义】亦称千钟,比喻人的酒量大。《孔丛子·鲁服》:"尧舜千钟,孔子百觚。子路嗑嗑,尚饮十榼。古之圣贤,无不能饮者。"
【例句】唐李世民《帝京篇》:"千钟合尧禹,百兽谐金石。"唐苏味道《初春行宫…》:"圣酒千钟洽,宸章七曜悬。"唐白居易《谕友》:"我今赠一言,胜饮酒千杯。"聂绀弩《杂诗其二…》:"酒逢知己千杯少,泪倩封神三眼流。"

千仓万箱 qiān cāng wàn xiāng

【分类】生活
【关键词】诗经
【释义】形容丰年储粮之多。《诗经·小雅·甫田》:"乃求千斯仓,乃求万斯箱。"汉郑玄注:"成王见禾谷之税,委积之多,于是求千仓以处之,万车以载之,是亦年丰收入逾前也。"宋朱熹集传:"箱,车箱也。"
【例句】唐张祜《忧旱吟》:"桔槔置无用,何计盈仓箱。"唐薛能《秋雨》:"仓箱足可恃,归去傲吾庐。"唐韦庄《和郑拾遗…》:"路愁千里月,田爱万斯箱。"唐杜荀鹤《和舍弟题…》:"团圆便是家肥事,何必盈仓与满箱。"宋曾巩《秋怀》:"幸兹桑麻熟,复尔仓箱盈。"明徐庸《祝周彝斋寿》:"千仓万箱任积聚,歌咏鼓腹欢无边。"

千锤百炼 qiān chuí bǎi liàn

【分类】文化
【关键词】刘琨
【释义】比喻经历多次艰苦斗争的锻炼和考验。也指对文章和作品进行多次精心的修改。晋刘琨《重赠卢谌》:"何意百炼刚,化为绕指柔。"唐皮日休《刘枣强碑》:"自李太白百岁,有是业者,雕金篆玉,牢奇笼怪。百锻为字,千炼为句,虽不迫蹑太白,亦后来之佳作也。"
【例句】唐柳宗元《弘农公以…》:"干有千寻辣,精闻百炼钢。"唐孟郊《古意赠梁…》:"不有百炼火,孰知寸金精。"唐窦庠《于阗钟歌…》:"手提文锋百炼成,恐制此钟无一声。"明于谦《咏石灰》:"千锤万凿出深山,烈火焚烧若等闲。"聂绀弩《题迟冬诗卷》:"逢兹百炼千锤句,愧我南腔北调人。"

千佛名经 qiān fó míng jīng

【分类】文化
【关键词】张倬
【释义】借指科举登科的榜录。《唐语林》:"进士张倬,濮阳王柬之曾孙也。时初落第,两手捧登科记顶之,曰:'此千佛名经也。'其企羡如此。"
【例句】宋周紫芝《次韵彭叔容》:"维其有之也以似,千佛名经中一豪。"宋李若水《送宋周臣…》:"胪传指日承新渥,千佛名经第姓名。"宋杨万里《送吉守赵…》:"赵侯端是宋间平,妙年策名千佛经。"宋范成大《送同年万…》:"当年千佛名经里,又见西游第二人。"

千斛米 qiān hú mǐ

【分类】生活
【关键词】陈寿

【释义】讥讽文人索润笔之典。《晋书·陈寿传》："丁仪、丁廙，有盛名于魏。陈寿谓其子曰：'可觅千斛米，当为尊公作佳传。'子不与，竟不立传。"

【例句】宋刘克庄《和季弟韵》："那有传求千斛米，更无策救五铢钱。"宋苏轼《台头寺雨…》："门外想无千斛米，墓中知有百年人。"宋黄庭坚《次韵王炳》："愿公进德使见书，不敢求公米千斛。"宋赵鼎臣《贺韩子苍》："著撰初无千斛米，般移空有五车书。"

千户侯 qiān hù hóu
【分类】政治
【关键词】史记
【释义】古代的封号，意为食邑千户的侯爵。《史记·货殖列传》："陆地牧马二百蹄，牛蹄角千，千足羊，泽中千足彘。""燕秦千栗树，此其人皆与千户侯等。""江陵千树橘，与千户侯等。"
【例句】唐韩翃《别李明府》："五侯焦石烹江笋，千户沈香染客衣。"宋张耒《题义门胡》："清闲官秩清闲景，千户侯封未足伦。"宋黄庭坚《和世弼中》："偶然青衫五斗米，夺去黄柑千户侯。"宋王十朋《赵果州送》："贤于齐下六从事，好似平阳千户侯。"

千金方 qiān jīn fāng
【分类】文化
【关键词】孙思邈
【释义】又称《备急千金要方》，中国古代中医学经典著作之一，唐朝孙思邈所著。《新唐书·孙思邈传》："思邈于阴阳、推步、医药无不善。"《宋史·医书类》："孙思邈《千金方》三十卷。"
【例句】五代孙鲂《主人司空》："绝代贞名应愈重，千金方笑更难移。"宋王之道《有荐胡仁》："岂无九转丹，为助千金方。"宋史浩《史伯鱼》："譬如沈痼痊，安用千金方。"明唐顺之《赠宜兴张医》："千金方不惜，百草味俱谙。"

千金价 qiān jīn jià
【分类】文化
【关键词】马
【释义】用以夸所咏骢马身价之高。《史记·大宛列传》："天子既好宛马，闻之甘心，使壮士车令等持千金及金马以请宛王贰师城善马。"
【例句】唐杜甫《骢马行》："朝来久试华轩下，未觉千金满高价。"唐陈凝《马》："自有千金价，宁忘伯乐酬。"唐徐夤《尚书打毬》："善价千金未可论，燕王新寄小龙孙。"宋梅尧臣《次韵和宋…》："骏马明珠未用人，千金美价思燕随。"

千金买骨 qiān jīn mǎi gǔ
【分类】政治
【关键词】战国策
【释义】花费千金，买千里马的骨头。比喻若能真心求贤，贤士将闻风而至。《战国策·燕策》："臣闻古之君人，有以千金求千里马者，三年不能得。涓人言于君曰：'请求之。'君遣之。三月得千里马，马已死，买其首五百金，反以报君…于是不能期年，千里之马至者三。"
【例句】唐刘希夷《死马赋》："八骏驰名终已矣，千金买骨复何时？"唐乔知之《赢骏篇》："君王倘若不见遗，白骨黄金犹可市。"唐顾况《苏君厅观》："当时若遇燕昭王，肯把千金买枯骨。"聂绀弩《马号》："曾闻买骨来多士，行见挥鞭上九霄。"

千金一字 qiān jīn yī zì
【分类】文化
【关键词】吕不韦
【释义】比喻文章佳作之精妙，一字不可改。《史记·吕不韦列传》："号曰《吕氏春秋》。布咸阳市门，悬千金其上，延诸侯游士宾客有能增损一字者予千金。"
【例句】唐杨炯《和郑校雠》："游雾千金字，飞云五色笺。"唐张说《奉和圣制》："大风将小雅，一字尽千金。"唐王维《上张令公》："市阅千金字，朝开五色书。"唐许孟容《答权载之》："圣贤三代意，工艺千金字。"宋刘才邵《次韵赠刘》："袖有泸溪诗，价敌千金字。"

千钧一发 qiān jūn yī fà
【分类】政治
【关键词】枚乘
【释义】千钧重物用一根头发系着，比喻万分危急或异常要紧。《汉书·枚乘传》："夫以一缕之任，系千钧之重，上悬无极之高，下垂不测之渊，虽甚愚之人，犹知哀其将绝也。"
【例句】唐韦应物《学仙》："千钧巨石一发悬，卧之石下十三年。"宋苏轼《送乔全寄》："垂老区区岂为身，微言一发重千钧。"宋邹浩《送郑祭酒》："千钧一发谁挽得，径约赤松歌紫芝。"宋释月涧《送亲宗古》："期君硬著腕头力，一发千钧在此时。"

千里不留行 qiān lǐ bù liú xíng
【分类】政治
【关键词】庄子
【释义】千里之内，不留行人。比喻天下无敌。《庄子·说剑》："庄子曰：'臣之剑十步一人，千里不留行。'楚王大悦之曰：'天下无敌。'"
【例句】唐李白《侠客行》："十步杀一人，千里不留行。"宋刘才邵《次韵朱新》："偏师扫狂寇，千里不留。"元谢宗可《雁阵》："洲渚网罗应有伏，横空千里不留行。"明屈士煌《赠剑》："事去寸心难自按，时来千里不留行。"

千里不唾井 qiān lǐ bù tuò jǐng
【分类】生活
【关键词】玉台新咏
【释义】咏念恋旧情之典。意为饮过此井水，虽去千里，犹不应唾弃，比之于人，亦应念旧。《玉台新咏·杂诗》：

"谁言去妇薄,去妇情更重,千里不唾井,况乃昔所奉。"
【例句】唐李白《平房将军妻》:"古人不唾井,莫忘昔缠绵。"唐杜甫《丈人山》:"自为青城客,不唾青城地。"元刘因《平昔》:"自怜不唾青城地,共笑仍忧杞国天。"明程敏政《阜城南门…》:"居人不唾刘郎借,犹把亭名号御庄。"

千里草　qiān lǐ cǎo
【分类】政治
【关键词】董卓
【释义】《后汉书·五行志》:"献帝践祚之初,京都童谣曰:'千里草,何青青。十日卜,不得生。'"千里草为董,十日卜为卓。意思是说,董卓残暴,不得人心,必将因失败而被处死。
【例句】唐许浑《送杜秀才…》:"两岸晓烟千里草,半帆斜日一溪风。"宋朱熹《斋居感兴》:"青青千里草,乘时起陆梁。"宋周邦彦《早梅芳牵情》:"路迢迢,恨满千里草。"宋周紫芝《读蔡中郎传》:"起依千里草,九徙如转轴。"

千里莼羹　qiān lǐ chún gēng
【分类】政治
【关键词】陆机
【释义】泛指有地方风味的特产。《晋书·陆机传》:"陆机诣王武子,武子前置数斛羊酪,指以示陆曰:'卿江东何以敌此?'陆云:'有千里(千里,湖名,在江苏溧阳县)莼羹(用莼菜做的汤),但未下盐豉耳。'"
【例句】唐孟浩然《岘潭》:"因谢陆内史,莼羹何足传。"唐岑参《送张秘书…》:"鲈鲙剩堪忆,莼羹殊可餐。"唐李商隐《赠郑谠处士》:"越桂留烹张翰鲙,蜀姜供煮陆机莼。"唐刘禹锡《送周鲁儒》:"若逢广坐问羊酪,从此知名在一言。"

千里骥　qiān lǐ jì
【分类】政治
【关键词】陈蕃
【释义】比喻贤臣良才。《艺文类聚》引《青州先贤传》:"京师号曰:'陈仲举昂昂如千里骥,周孟玉浏浏如松下风。'"
【例句】唐杜甫《赠韦左丞丈》:"老骥思千里,饥鹰待一呼。"唐刘长卿《题冤句宋…》:"洞澈万顷陂,昂藏千里骥。"宋祖无择《送刘进士…》:"场藿未縻千里骥,食鱼翻嗜五侯鲭。"宋黄裳《送仲时南归》:"休叹盐车千里骥,且夸天汉一帆风。"

千里驹　qiān lǐ jū
【分类】政治
【关键词】楚辞
【释义】少壮的良马。后喻极有才能的少年人才。《楚辞补注·卜居》:"宁昂昂若千里之驹乎,将氾氾若水中之凫乎。"
【例句】唐杜甫《赠特进汝…》:"霜蹄千里骏,风翮九霄鹏。"唐高适《又送族侄…》:"世上五百年,吾家一千里。"宋梅尧臣《运使刘察…》:"天马日千里,岂并局促驹。"宋赵抃《赠别周元…》:"穷经不治五亩宅,教子已为千里驹。"

千里客　qiān lǐ kè
【分类】生活
【关键词】张耳
【释义】远方的客人。《史记·张耳陈馀列传》:"张耳尝亡命游外黄…张耳是时脱身游,女家厚奉给张耳,张耳以故致千里客,乃宦魏为外黄令。名由此益贤。"
【例句】唐僖宗宫人《金锁诗》:"锁寄千里客,锁心终不开。"唐卢纶《与从弟组…》:"对酒已成千里客,望山空寄两乡心。"唐李嘉祐《晚发咸阳…》:"去路全无千里客,秋田不见五陵儿。"唐杨宇《赠舍弟》:"千里客心难寄梦,两行乡泪为君流。"

千里马　qiān lǐ mǎ
【分类】政治
【关键词】战国策
【释义】也称千里足。泛指日行千里的骏马。比喻难得的人才。源见"千金买骨"。
【例句】唐佚名《王昭君变文》:"赐走熊罴千里马,争来竞逐五军兵。"唐文鉴《题马迹山》:"常说使君千里马,至今龙迹尚堪攀。"唐杜甫《题柏大兄…》:"萧萧千里足,个个五花文。"唐戎昱《秋日感怀》:"日下未驰千里足,天涯徒泛五湖舟。"唐陆龟蒙《寄怀华阳…》:"六辔未收千里马,一囊空负九秋萤。"宋邵雍《安乐窝中诗》:"意去乍乘千里马,兴来初上九重天。"

千里命驾　qiān lǐ mìng jià
【分类】生活
【关键词】嵇康
【释义】至交情深千里相访之典。《晋书·嵇康列传》:"东平吕安服康高致,每一相思,辄千里命驾,康友而善之。"
【例句】唐韦嗣立《奉和张岳…》:"无因千里驾,忽睹四愁篇。"唐房琯《题汉州西湖》:"同人千里驾,邻国五马车。"唐储光羲《送人寻裴斐》:"迟君千里驾,方外赏云泉。"唐崔兴宗《酬王维卢…》:"今朝忽枉嵇生驾,倒屣开门遥解颜。"

千里目　qiān lǐ mù
【分类】文化
【关键词】孙楚
【释义】谓远望之目。晋孙楚《之冯翊祖道诗》:"举翮抚三秦,抗我千里目。"
【例句】唐王之涣《登鹳鹊楼》:"欲穷千里目,更上一层楼。"唐柳宗元《登柳州城…》:"岭树重遮千里目,江流曲似九回肠。"宋苏轼《和王晋卿》:"醒来送归雁,一寄千里目。"宋郭祥正《次韵宜掾…》:"怅望欲穷千里目,相思不寄一行书。"

千里赠鹅毛　qiān lǐ zèng é máo
【分类】生活

【关键词】苏轼

【释义】比喻礼物微薄而情意深重。宋苏轼《杨州以土物寄少游》："且同千里寄鹅毛，何用孜孜饮麋鹿。"

【例句】宋欧阳修《梅圣俞寄…》："鹅毛赠千里，所重以其人。"宋蔡伸《临江仙》："物轻人意重，千里赠鹅毛。"

千虑一失 qiān lǜ yī shī

【分类】政治

【关键词】韩信

【释义】不管多聪明的人，在很多次的考虑中，也会出现个别错误。《史记·淮阴侯列传》："臣闻智者千虑，必有一失；愚者千虑，必有一得。故曰'狂夫之言，圣人择焉'。"

【例句】唐张九龄《荆州作》："千虑且犹失，万绪何业纷。"唐鲍溶《长安言怀》："千虑恐一失，翔阳已蹉跎。"唐高适《人日寄杜…》："身在远藩无所预，心怀百忧复千虑。"五代徐铉《奉和御制棋》："沉思迥觉忘千虑，妙诀终须附六韬。"

千门万户 qiān mén wàn hù

【分类】生活

【关键词】汉武帝

【释义】形容屋宇深广。也指人家众多。《史记·孝武本纪》："于是作建章宫，度为千门万户。"

【例句】唐王维《听百舌鸟》："万户千门应觉晓，建章何必听鸣鸡。"唐王建《未央风》："五更先起玉阶东，渐入千门万户中。"唐李白《上皇西巡…》："九天开出一成都，万户千门入画图。"唐李端《昭君词》："忆著长安旧游处，千门万户玉楼台。"

千亩业 qiān mǔ yè

【分类】政治

【关键词】史记

【释义】指有千亩漆或千亩桑麻或千亩竹的产业，汉代种一千亩这样的经济林或经济作物，其收入与千户侯相等。后常用作咏竹林的典故。《史记·货殖列传》："故曰陆地牧马二百蹄，…陈夏千亩漆；齐鲁千亩桑麻；渭川千亩竹；…此其人皆与千户侯等。"

【例句】唐鲍溶《云溪竹园翁》："因兹千亩业，以代双牛耕。"

千年调 qiān nián diào

【分类】生活

【关键词】王梵志

【释义】指为求长生做长远之计。唐王梵志《世无百年人》："世无百年人，强作千年调。打铁作门限，鬼见拍手笑。"

【例句】宋陈师道《卧疾绝句》："一生也作千年调，两脚犹须万里回。"宋释行海《癸酉春侨…》："生来不作千年调，死亦何须五鼎烹。"宋陈造《观山》："道人动作千年调，京兆才余五日留。"

千千万万 qiān qiān wàn wàn

【分类】生活

【关键词】杜牧

【释义】形容数量极多。唐杜牧《晚晴赋》："千千万万之状分，不可得而状也。"

【例句】唐白履忠《还丹口诀》："敬将朱砂酒醋煎，千千万万化为烟。"唐张籍《宿华祠》："千千万万皆如此，家在边城亦不知。"唐无名氏《兴文塔铭》："东西南北总铜山，万万千千弥亿千。"宋苏轼《和庐山上…》："洞外复空中，千万万同。"

千秋万岁 qiān qiū wàn suì

【分类】政治

【关键词】韩非子

【释义】千年万年。形容岁月长久。《韩非子·显学》："今巫祝之祝人曰：'使若千秋万岁。'千秋万岁之声恬耳，而一日之寿无征于人，此人所以简巫祝也。"

【例句】唐王绩《过汉故城》："千秋并万岁，空使咏歌伤。"唐卢照邻《登封大酺歌》："九州四海常无事，万岁千秋乐未央。"唐王昌龄《万岁楼》："江上巍巍万岁楼，不知经历几千秋。"唐杜甫《梦李白》："千秋万岁名，寂寞身后事。"

千树橘 qiān shù jú

【分类】生活

【关键词】李衡

【释义】形容家道殷足。也用以咏橘。源见"千头木奴"。

【例句】唐李端《送友人宰…》："唯须千树橘，暂救李衡贫。"唐陈羽《春园即事》："霜中千树橘，月下五湖人。"宋邵伯温《句》："霜后秋香千树橘，雨余春色一川花。"宋李纲《客饷新橙…》："湛岘旧栽千树橘，洞庭初落满林霜。"

千头木奴 qiān tóu mù nú

【分类】生活

【关键词】李衡

【释义】指千棵柑橘树或指维持生计的家产。多形容人家道殷足。《三国志·孙休传》南朝宋裴松之注引《襄阳记》："衡(李衡)每欲治家，妻辄不听，后密遣客十人于武陵龙阳汜洲上作宅，种甘橘千株。临死，敕儿曰：'尔母恶我治家，故穷如是。然吾州里有千头木奴，不责汝衣食，岁上一匹绢，亦可足用耳。'""吴末，衡甘橘成，岁得绢数千匹，家道殷足。"

【例句】唐杜甫《驱竖子摘…》："加点瓜薤间，依稀橘奴迹。"唐李商隐《陆发荆南…》："青辞木奴橘，紫见地仙芝。"唐刘禹锡《伤愚溪》："草圣数行留坏壁，木奴千树属邻家。"宋杨亿《次韵奉和》："岁计将何资伏腊，龙阳千树木奴洲。"宋陈师道《和苏公洞…》："洞庭千木奴，寸丝不挂手。"

千头万绪 qiān tóu wàn xù

【分类】政治

【关键词】曹植

【释义】比喻事情的开端，头绪非常多。也形容事情复杂纷乱。三国魏曹植《自试令》："机等吹毛求疵，千端万绪，然终无可言者。"
【例句】宋双渐《厅壁山水》:"我有春情方似织,万绪千头难求觅。"宋晁说之《张平叔家…》:"客子千头万绪苦,方寸五絃谁得知。"宋王安石《忆昨诗示…》:"令人感嗟千万绪,不忍仓卒回骖騑。"宋冯时《行秋夜书事》:"二十五声秋点冷,百千万绪客愁多。"

千万买邻 qiān wàn mǎi lín

【分类】生活
【关键词】吕僧珍
【释义】形容择邻而居,好邻居难得。《南史·吕僧珍传》:"宋季雅罢南康郡,市宅居僧珍宅侧。僧珍问宅价,曰:'一千一百万。'怪其贵,季雅曰:'一百万买宅,千万买邻。'"
【例句】宋晁说之《引伴宣事…》:"三千红锦工为帐,百万黄金肯买邻。"宋刘克庄《洪秘监徐…》:"争三十里敢言智,有百万钱难买邻。"宋张纲《索仲弼和…》:"百万买邻轻去我,十千沽酒屡思君。"宋沈与求《行简以曾…》:"千万买邻真左计,一丘端约老相过。"

千寻 qiān xún

【分类】生活
【关键词】左思
【释义】古以八尺为一寻。形容极高或极长。晋左思《吴都赋》:"擢本千寻,垂荫万亩。"
【例句】唐左匡政《白龟城》:"城堞千寻险,池隍十里余。"唐法宣《秋日游东…》:"万丈窥深涧,千寻仰绝壁。"唐武则天《石淙》:"万仞高岩藏日色,千寻幽涧浴云衣。"唐刘禹锡《西塞山怀古》:"千寻铁锁沉江底,一片降幡出石头。"唐方干《叙龙瑞观…》:"千顷涵虚寒激滟,千寻耸翠秀屏颜。"

千言万语 qiān yán wàn yǔ

【分类】生活
【关键词】郑谷
【释义】形容说的话很多。唐郑谷《燕》:"千言万语无人会,又逐流莺过短墙。"
【例句】唐吕岩《七言》:"此道非从它外得,千言万语谩评论。"宋陈普《乙巳邵武…》:"孔颜思孟老庄释,万语千言唤不回。"聂绀弩《萧军枉过》:"千言万语从何说,先到街头饮一巡。"

千钟季孙粟 qiān zhōng jì sūn sù

【分类】政治
【关键词】孔子
【释义】钟,量器,可容粮六斛四斗。季孙,春秋时鲁大夫孙斯,又称季桓子。为咏赏赐丰厚之典。《孔子家语·致思》:"孔子曰:'季孙之赐我粟千钟,而交益亲。'"
【例句】唐徐夤《温陵即事》:"争得千钟季孙粟,沧洲归与故人分。"唐杜荀鹤《和友人见…》:"南昌一榻徐延孺,楚国千钟逼老莱。"宋赵恒《励学篇》:"富家不用买良田,书中

自有千钟粟。"明顾炎武《吴兴行赠…》:"岂无季孙粟,义不当人惠。"

迁鼎 qiān dǐng

【分类】政治
【关键词】禹
【释义】谓迁都。或指改朝换代。九鼎,借指国家政权。源见"定鼎"。
【例句】唐陆敬《游隋故都》:"水斗宫初毁,风变鼎将迁。"唐韦庄《湘中作》:"臣心未肯教迁鼎,天道还应欲止戈。"唐周繇《送洛阳崔…》:"城迁周古邑,地列汉诸陵。"宋刘鹭《汉武》:"盘踞碧霄甘露白,鼎迁幽壤瑞云黄。"宋杨亿《次韵和席…》:"何当献赋论迁鼎,便欲抛官学种瓜。"

迁固笔 qiān gù bǐ

【分类】政治
【关键词】崔慰祖
【释义】汉司马迁和班固的并称。代指汉司马迁所著之《史记》和班固所著之《汉书》。《南齐书·崔慰祖传》:"与从弟纬书云:'常欲更注迁、固二史,采史、汉所漏二百余事,在厨簏,可检写之,以存大意。'"
【例句】唐崔湜《景龙二年…》:"入掌迁固笔,出参校马词。"宋汪晫《次韵叶子…》:"他日或提迁固笔,删修订实望研穷。"明陈基《送高元善…》:"开口澜翻说刘项,抵掌纵横论迁固。"

迁莺 qiān yīng

【分类】政治
【关键词】陈阳慎
【释义】谓黄莺飞升移居高树。喻登第、升官。南朝陈阳慎《从驾祀麓山庙》:"栅巢始入燕,轩树已迁莺。"
【例句】唐李商隐《喜舍弟羲…》:"朝满迁莺侣,门多吐凤才。"唐苏味道《使岭南闻…》:"振鹭齐飞日,迁莺远听闻。"唐许浑《李秀才近…》:"东堂望绝迁莺起,南国哀余候雁飞。"唐韩偓《病中初闻…》:"曾避暖池将浴凤,却同寒谷乍迁莺。"

牵裾谏 qiān jū jiàn

【分类】政治
【关键词】辛毗
【释义】比喻直臣苦谏。《三国志·辛毗传》:"帝(魏文帝曹丕)欲徙冀州士家十万户实河南…帝不答,起入内;毗随而引其裾(衣襟),帝遂奋衣不还,良久乃出,曰:'佐治(辛毗字),卿持我何太急邪?'毗曰:'今徙,既失民心,又无以食也。'帝遂徙其半。"
【例句】唐杜甫《赠李八秘…》:"不才同补衮,奉诏许牵裾。"唐杜甫《风疾舟中…》:"牵裾惊魏帝,投阁为刘歆。"宋张纲《与韩子苍…》:"愁绝不知尊酒尽,醉归儿女笑牵裾。"宋刘攽《唐参政挽诗》:"听履余荣在,牵裾旧事空。"

牵牛南渡 qiān niú nán dù

【分类】文化

【关键词】三辅皇图
【释义】咏渭桥之典,泛咏桥梁。《水经注·魏水》:"水上有梁,谓之渭桥,秦制也。亦曰便门桥。秦始皇作离宫于渭水南北,以象天宫。故《三辅皇图》曰:'渭水贯都,以象天汉;横桥南渡,以法牵牛。南有长乐宫,北有咸阳宫,欲通二宫之间,故造此桥。'"
【例句】唐李乂《侍宴安乐…》:"牵牛南渡象昭回,学凤楼成帝女来。"

铅刀 qiān dāo
【分类】政治
【关键词】贾谊
【释义】铅制的刀。铅质软,作刀不锐,故比喻无用的人和物。《史记·屈原贾生列传》引《吊屈原赋》:"世谓伯夷贪兮,谓盗跖廉;莫邪为顿兮,铅刀为铦。"
【例句】唐白居易《喜与韦左…》:"金剑淬来长透匣,铅刀磨尽不成锋。"唐韩琮《秋晚信州…》:"洁水空澄鉴,持铅亦砺锋。"唐马戴《酬李景章…》:"金镝自宜先中鹄,铅刀甘且学雕虫。"五代韦庄《冬日长安…》:"未知匣剑何时跃,但恐铅刀不再铦。"

铅刀一割 qiān dāo yī gē
【分类】政治
【关键词】班超
【释义】比喻才能虽弱,但未尝不可一用。多用于自谦。《东观汉记·班超传》:"班超上疏曰:'臣乘圣汉威神,出万死之志,冀效铅刀一割之用。'"
【例句】唐马戴《酬李景章先辈》:"金镝自宜先中鹄,铅刀甘且学雕虫。"唐刘兼《登郡楼书怀》:"瑞玉岂知将抵鹊,铅刀何事却屠龙。"宋王洋《茶荈》:"往陪雪茁千重贵,顾试铅刀一割如。"宋蔡戡《再用前韵…》:"顾我羞涩难为容,铅刀一割无余锋。"

铅椠 qiān qiàn
【分类】文化
【关键词】扬雄
【释义】古人书写文字的工具。借指写作,校勘。《西京杂记》:"杨子云(雄)好事,常怀铅(石墨笔)提椠(木简),从诸计吏,访殊方绝域四方之语,以为裨补輶轩所载,亦洪意也。"
【例句】唐杜牧《长安杂题…》:"自笑苦无楼护智,可怜铅椠竟何功。"唐皎然《奉和颜使…》:"错简记铅椠,阅书移玉镇。"唐李合《贺州思九…》:"锋铓避英锐,铅椠费挥张。"唐陆龟蒙《寄怀华阳…》:"为分科斗亲铅椠,与说蜉蝣坐竹根。"

谦尊而光 qiān zūn ér guāng
【分类】政治
【关键词】周易
【释义】简称谦光。谓尊者谦虚就显示其光明美德。《周易·谦》:"谦,尊而光,卑而不可踰。"唐孔颖达疏:"尊者有谦而更光明盛大,卑谦而不可踰越。"
【例句】唐权德舆《八音诗》:"革道当在早,谦光斯可取。"唐贾岛《寄令狐绹…》:"谦光贤将相,别纸圣龙蛇。"宋李吕《上黄端明…》:"人特诵谦光,我独知德厚。"宋徐积《赠王观文》:"德功甚盛谦尊光,始终一节郭汾阳。"宋司马光《司徒开府…》:"谦光俨在目,协哭望佳城。"

褰裳 qiān cháng
【分类】生活
【关键词】诗经
【释义】撩起下裳。《诗经·郑风·褰裳》:"子惠思我,褰裳涉溱。"
【例句】唐殷遥《友人山亭》:"凿牖对山月,褰裳拂涧霓。"唐杜甫《贻阮隐居》:"寻我草径微,褰裳踏寒雨。"唐白居易《闲居自题…》:"解缨收朝佩,褰裳出野船。"唐白居易《香山寺石…》:"摇扇风甚微,褰裳汗霢霂。"

褰帷 qiān wéi
【分类】政治
【关键词】贾琮
【释义】官吏清简廉明之典。《后汉书·贾琮传》:"贾琮字孟坚…乃以琮为冀州刺史…及琮之部,升车言曰:'刺史当远视广听,纠察美恶,何有反垂帷裳以自掩塞乎?'乃命御者褰之。百城闻风,自然竦震。"
【例句】唐张谓《寄崔沣州》:"共襆台郎被,俱褰郡守帷。"唐卢藏用《钱唐州高…》:"钱饯临丰树,褰帷出鲁阳。"唐孟浩然《题长安主…》:"枕席琴书满,褰帷远岫连。"唐高适《同群公十…》:"良牧徵高赏,褰帷问考槃。"

前车之鉴 qián chē zhī jiàn
【分类】政治
【关键词】韩诗
【释义】比喻以往的失败,后来可以当作教训。《韩诗外传》:"鄙语曰:'不知为吏,视已成事。'或曰:'前车覆而后车不诫,是以后车覆也。'"
【例句】唐拾得《诗》:"前车既落坑,后车须改辙。"唐薛据《古兴》:"已看覆前车,未见易后轮。"唐郑谷《渭阳楼闲望》:"后车宁见前车覆,今日难忘昨日忧。"宋苏轼《骊山三绝句》:"上皇不念前车戒,却怨骊山是祸胎。"

前筹 qián chóu
【分类】政治
【关键词】张良
【释义】张良借刘邦的筷子在饭桌上分析楚汉双方的形势。喻为人谋划。《史记·留侯世家》:"臣请藉前箸为大王筹之。"
【例句】唐高适《东平旅游…》:"军书陈上策,廷议借前筹。"唐杜甫《立秋雨院…》:"穷途愧知己,暮齿借前筹。"唐皎然《杂寓兴》:"燕昭昧往事,嬴政亡前筹。"唐贯休《绣州张相…》:"出师暂放张良箸,得罪惟撑范蠡船。"

前度刘郎　qián dù liú láng
【分类】政治
【关键词】刘禹锡
【释义】形容人去而复来，多有感伤追怀之意；也用以咏桃花。《本事诗·事感》："刘尚书自屯田员外左迁…诗曰：'紫陌红尘拂面来，无人不道看花回。玄都观里桃千树，尽是刘郎去后栽。'…出为连州刺史…重游玄都，荡然无复一树，唯兔葵燕麦动摇于春风耳。因再题二十八字以俟后游。百亩中庭半是苔，桃花净尽菜花开。种桃道士归何处？前度刘郎今又来。"
【例句】宋苏轼《三月二十…》："刘郎归何日，红桃烂残霞。"宋苏轼《留别释迦…》："去年崔护若重来，前度刘郎在千里。"宋陆游《次韵范参…》："桃花荣谢吾何预，一任刘郎去后栽。"宋张伯玉《赏春亭》："纵教颜色明年在，前度刘郎肯再来。"

前功尽灭　qián gōng jìn miè
【分类】政治
【关键词】战国策
【释义】以前取得的功劳全部作废。《战国策·西周策》："公之功甚多，今公又以秦兵出塞，过两周，践韩，而以攻梁，一攻而不得，前功尽灭。"
【例句】唐可隆《观棋》："万般思后行，一失废前功。"唐刘禹锡《故相国燕…》："雕弓封旧国，黑弰继前功。"宋刘子翚《投壶》："傍观惊妙手，一失废前功。"元李稷《登舍北小…》："碌碌壮年迷上策，悠悠晚节弃前功。"

前进士　qián jìn shì
【分类】政治
【关键词】唐国史补
【释义】唐代称及第而尚未授官的进士。《唐国史补》："投刺谓之乡贡，得第谓之前进士。"
【例句】唐周朴《赠李裕先辈》："仙籍旧题前进士，圣朝新奏校书郎。"唐韩仪《记知闻近…》："今日便称前进士，好留春色与明年。"宋李至《小子只自…》："辇下十年前进士，省中四品次尚书。"宋文天祥《池州》："南冠前进士，北部故将军。"

前席　qián xí
【分类】政治
【关键词】贾谊
【释义】想要更加接近对方而向前移动座位。《史记·屈原贾生列传》："上因感鬼神事，而问鬼神之本。贾生因具道所以然之状。至夜半，文帝前席。既罢，曰：'吾久不见贾生，自以为过之，今不及也。'"
【例句】唐李乂《奉和人日…》："后庭联舞唱，前席仰恩辉。"唐杜甫《春日江村》："登楼初有作，前席竟为荣。"唐高适《奉酬睢阳…》："握兰多昱美，前席有嘉谋。"唐李绅《逾岭峤止…》："贾生谪去因前席，痛哭书成竟何益。"

前鱼　qián yú
【分类】政治
【关键词】战国策
【释义】谓失宠或被遗弃者。源见"龙阳泣前鱼"。
【例句】唐刘得仁《长信宫》："一从悲画扇，几度泣前鱼。"唐郑锡《玉阶怨》："前鱼不解泣，共辇岂相羞？"宋范浚《读长门赋》："自怜身世等前鱼，旧宠全移卫夫子。"宋李彭《何生复用…》："元符相国泣前鱼，长流百粤复冤胡。"

钱流地　qián liú dì
【分类】政治
【关键词】刘晏
【释义】形容理财得法，钱财充盈。《新唐书·刘晏传》："是能权万货重轻，使天下无甚贵贱而物常平，自言如见钱流地上。"
【例句】宋杨亿《次韵和盛…》："应见流钱从地上，特闻聚米向君前。"宋宋祁《送荆湖北…》："方船万粟浮江下，封府三钱出地流。"宋孙觌《致政运使…》："能令天粟雨，故作地钱流。"宋阳枋《赟何总领》："塞边粟积汉而上，地上钱流唐以来。"

乾鹄知来　qián hú zhī lái
【分类】政治
【关键词】淮南子
【释义】谓预知未来。《淮南子·氾论训》："猩猩知往而不知来，乾鹄知来而不知往。"汉高诱注："乾鹄，鹊也。人将有来事忧喜之征则鸣，此知来也。"
【例句】李商隐《北禽》："知来有乾鹄，何不向雕陵。"宋刘克庄《杂咏》："乾鹄噪送喜，训狐鸣主灾。"

乾坤　qián kūn
【分类】政治
【关键词】周易
【释义】《周易·说卦》："乾为天…坤为地。"汉班固《典引》："经纬乾坤，出入三光。"本是易经上的两个卦名，后借称天地、阴阳、国家、男女、夫妇、日月、局势等。
【例句】唐陈元光《云龙》："乾坤成列神流通，纯阳附阴生神龙。"唐高适《同李员外…》："威棱慑沙漠，忠义感乾坤。"唐元稹《幽栖》："壶中天地乾坤外，梦里身名旦暮间。"聂绀弩《花月痕》："北里诗歌淹日月，中华儿女挽乾坤。"

乾马　qián mǎ
【分类】文化
【关键词】周易
【释义】借指道家所谓的纯阳之气。《周易注疏·说卦》："乾为马，坤为牛。"唐孔颖达疏："乾象天，天行健，故为马也。坤为牛，坤象地，任重而顺，故为牛也。"
【例句】唐吕岩《七言》："乾马屡来游九地，坤牛时驾出三天。"宋卫宗武《为徐进士…》："会驱乾马及坤牛，捕虎擒龙归鼎灶。"宋白玉蟾《水调歌头》："只这坤牛乾马，便是离龙坎虎,不必更猜疑。"清弘历《赋得至人…》:"静专象乾马,妙有蕴坤舆。"

潜夫论 qián fū lùn
【分类】政治
【关键词】王符
【释义】借指隐居者的诗文著作。或指写作生活。《后汉书·王符传》:"少好学,有志操…耿介不同于俗,以此遂不得升迁。志意蕴愤,乃隐居著书三十余篇,以讥当时失得,不欲章显其名,故号曰《潜夫论》。"
【例句】唐杜甫《偶题》:"漫作潜夫论,虚传幼妇碑。"唐杜甫《将赴成都…》:"五马旧曾谙小径,几回书札待潜夫。"唐祖咏《田家即事》:"方求静者赏,偶与潜夫论。"元傅若金《王氏山庄》:"山人自述《潜夫论》,吏部空留处士庐。"

潜公 qián gōng
【分类】文化
【关键词】竺道潜
【释义】咏僧人之典。《高僧传·剡东峁山竺道潜》:"竺道潜字法深,姓王…年二十四,讲《法华大品》,既蕴深解,复能善说,故观风味道者常数盈五百…建武太宁中,潜恒著屐至殿内,时人咸谓方外之士,以德重故也。"
【例句】唐权德舆《与沈十九…》:"永愿事潜师,穷年此栖宿。"唐卢纶《同耿拾遗》:"春游随墨客,夜宿伴潜公。"唐卢纶《题念济寺…》:"泉响竹潇潇,潜公居处遥。"金李奎报《次韵诸君…》:"地亲上苑花姚魏,正合潜公眼底观。"

潜龙 qián lóng
【分类】政治
【关键词】周易
【释义】指阳气潜藏,龙蛇蛰伏。比喻圣人在下位,隐而未显。也比喻贤才失时不遇。《周易注疏·乾》:"初九,潜龙勿用,阳气潜藏。"唐李鼎祚集解引汉马融曰:"物莫大于龙,故借龙以喻天之阳气。初九,建子之月,阳气始动于黄泉,既未萌芽,犹是潜伏,故曰潜龙也。"
【例句】唐姚崇《奉和圣制…》:"此时舜海潜龙跃,此地尧河带马巡。"唐张果《金虎白龙诗》:"甲乙神驱造化图,潜龙知是好铅酥。"唐甫《戏寄崔评…》:"隐豹深愁雨,潜龙故起云。"唐杜牧《使回枉唐…》:"莫为霜台愁岁暮,潜龙须待一声雷。"

潜心 qián xīn
【分类】生活
【关键词】扬雄
【释义】用心专一、深沉;专心致志地做一件事。汉扬雄《法言·问神》:"敢问潜心于圣。"《三国志·蜀志·向郎传》:"潜心典籍,孜孜不倦。"
【例句】唐徐彦伯《赠刘舍人…》:"浩歌在西省,经传恣潜心。"唐韩愈《谒衡岳庙…》:"潜心默祷若有应,岂非正直能感通?"宋赵抃《寄题袁教…》:"补过尽思随进退,潜心

高与古贤期。"宋孔平仲《和人见赠》:"少年有志慕轲雄,十载潜心黄卷中。"

黔娄被 qián lóu bèi
【分类】生活
【关键词】鲁黔娄妻
【释义】形容高士清贫。《列女传·鲁黔娄妻》载,黔娄死,曾子往吊,见以布被覆尸,覆头则足见,覆足则头见。曾子曰:"斜引其被则敛矣。"黔妻曰:"斜而有余,不如正而不足也。"
【例句】唐皮日休《元鲁山》:"既卧黔娄衾,空立陈寔碑。"唐白居易《过颜处士墓》:"箪瓢颜子生仍促,布被黔娄死更贫。"元刘因《杂著集陶句》:"自古有黔娄,被服常不完。"元赵孟頫《胡穆仲先…》:"泪落黔娄被,神伤郭泰巾。"元张以宁《自挽》:"覆身粗有黔娄被,垂橐都无陆贾金。"元宋讷《挽霍元方…》:"三载书帷留董子,一朝布被盖黔娄。"

黔娄妻 qián lóu qī
【分类】政治
【关键词】鲁黔娄妻
【释义】喻指安贫乐道的贤德之妻。源见"黔娄被"。
【例句】唐白居易《赠内》:"黔娄固穷士,妻贤忘其贫。"宋刘克庄《挽郑郎公…》:"刘尹真长妹,黔娄处士妻。"元许希颜《和赵阳山…》:"黔娄有仁妻,正衾覆其尸。"明胡应麟《二酉山房歌》:"黔娄妻子困欲死,君山箧笥富可量。"明施闰章《松筠图篇…》:"贤齐伯鸾妇,贫娄黔娄妻。"

黔驴技穷 qián lǘ jì qióng
【分类】生态
【关键词】柳宗元
【释义】比喻有限的一点本领也已经用完了。唐柳宗元《黔之驴》:有人把驴运往一向无驴的黔中道,老虎见了这个庞然大物很害怕。不久便发现它的本领不过只会踢腿罢了,就把它吃了。
【例句】宋欧阳修《和武平学…》:"贪荣同卫鹤,取笑类黔驴。"宋秦观《次韵出省…》:"羌人谁谓多筹策,止有黔驴技一蹄。"宋吴栋《重游道岩》:"山中自笑黔驴技,天外谁知海鹤身。"聂绀弩《雪峰以诗…》:"我本黔驴无武技,君之赛马有归时。"

黔首 qián shǒu
【分类】生活
【关键词】秦始皇
【释义】秦代对百姓的称谓,与庶民同。《史记·秦始皇本纪》:"更名民曰'黔首'。"南朝宋裴骃《史记集解》:"黔亦黎,黑也。"
【例句】唐张九龄《和黄门卢…》:"黔首无寄命,赭衣相追逐。"唐钱起《秋霖曲》:"公卿红粒爨丹桂,黔首白骨封青苔。"唐元稹《出门行》:"丧车黔首葬,吊客青蝇至。"唐周昙《献帝》:"只为曹侯数贵人,普天黔首尽黄巾。"

浅深揭厉 qiǎn shēn qì lì
【分类】生活
【关键词】诗经
【释义】过河时水深则连衣涉水,水浅则提衣涉水。比喻应因时制宜之理。《诗经·邶风·匏有苦叶》:"匏有苦叶,济有深涉,深则厉,浅则揭。"汉毛传:"以衣涉水为厉,谓由带以上也。揭褰衣也。遭时制宜,如遇水深则厉,浅则揭矣。"
【例句】唐杜牧《除官归京》:"浅深须揭厉,休更学张纲。"宋王安石《答刘季孙》:"轻轩已任人前后,揭厉安知世浅深。"宋释居简《赵节推挂冠》:"虚舟所至信浮沉,揭厉何曾较浅深。"宋释居简《赵节推挂冠》:"虚舟所至信浮沉,揭厉何曾较浅深。"

浅斟低唱 qiǎn zhēn dī chàng
【分类】生活
【关键词】党太尉
【释义】斟着茶酒,低声吟唱。形容悠然自得、遣兴消闲的样子。源见"扫雪烹茶"。
【例句】宋方岳《次韵刘簿》:"乱飘密洒寒正苦,低唱浅斟痴亦绝。"宋辛弃疾《鹧鸪天》:"莫上扁舟向剡溪。浅斟低唱正相宜。"宋邵雍《六十二吟》:"美景良辰非易得,浅斟低唱又何妨。"宋周必大《十二月二…》:"浅斟低唱非吾事,醉梦惟应踏菜园。"

倩女离魂 qiàn nǚ lí hún
【分类】生态
【关键词】倩娘
【释义】赞誉女子情笃的典故。也喻称少女之死。《太平广记》引《离魂记》载:清河张镒曾欲以幼女倩娘许配外甥王宙,后又悔约别许他人,至倩娘抑郁成病。一日,王庙乘船离去,夜半倩娘忽至,遂相偕赴蜀。居五年,生二子。后同归宁,镒大惊,以其女病卧闺中未尝外出。病女得讯出迎,与宙合为一体。镒乃知出奔之女即倩娘精魂所化。
【例句】宋秦观《离魂记》:"兰舟欲解春江暮,精爽随君归去。"宋张炎《梅影》:"依稀倩女离魂处,缓步出、前村时节。"金李汾《州北》:"梨园法曲怀奴舞,月窟新声倩女歌。"元雅徽《崔徽写真》:"未得离魂如倩女,衰容先我到君家。"明郑琰《半生行》:"万古钟情不似崔,一夜离魂应比倩。"

羌笛 qiāng dí
【分类】生活
【关键词】马融
【释义】古羌人所造的管乐器。东汉马融《长笛赋》:"近世双笛从羌起,羌人伐竹未及已。"
【例句】唐刘方平《寄严八判官》:"汉家宫里风云晓,羌笛声中雨雪深。"唐杜审言《赠苏味道》:"边声乱杂羌笛,朔气卷戎衣。"唐乔知之《倡女行》:"莫吹羌笛惊邻里,不用琵琶喧洞房。"唐王之焕《凉州词》:"羌笛何须怨杨柳?春风不度玉门关。"唐王昌龄《从军行》:"更吹羌笛关山月,无那金闺万里愁。"

羌胡毂下起 qiāng hú gǔ xià qǐ
【分类】政治
【关键词】司马相如
【释义】毂:车轴。比喻在切近处发生的危险。《汉书·司马相如传》:"(司马相如上疏谏猎曰)今陛下好陵阻险,射猛兽…是胡越起于毂下,而羌夷接轸也,岂不殆哉!"
【例句】唐柳宗元《古东门行》:"羌胡毂下一朝起,敌国舟中非我拟。"

强饭 qiáng fàn
【分类】生活
【关键词】平阳公主
【释义】喻保重身体。前途无量的祝词。源见"平阳拊背"。
【例句】唐杜甫《小寒食舟…》:"佳辰强饭食犹寒,隐几萧条带鹖冠。"唐高适《自淇涉黄…》:"所思强饭食,永愿在乡里。"宋王安石《送项判官》:"握手祝君能强饭,华簪常得从鸡翘。"宋章甫《春日村居》:"年饥儿强饭,春困妇煎茶。"

强干弱枝 qiáng gān ruò zhī
【分类】政治
【关键词】汉光武帝
【释义】比喻帝王控制诸侯不使其过于强大。后遂用为王室集权之典。《后汉书·光武帝纪》:"博士丁恭议曰:'古帝王封诸侯不过百里,故利以建侯,取法于雷,强干弱枝,所以为治也。今封诸侯四县,不合法制。'"
【例句】唐李峤《李》:"蝶游芳径馥,莺啭弱枝新。"唐杜甫《有感五首》:"由来强干地,未有不臣朝。"宋邵雍《观棋大吟》:"罢侯以置守,强干而弱枝。"宋韩维《奉同中道…》:"曾见芳春二月时,弱枝繁萼动辉辉。"

强梁 qiáng liáng
【分类】政治
【关键词】老子
【释义】有力量。引申为强横、凶暴之义。多指强横。《说文·木部》:"梁,水桥也。"段注:"《毛传》:'石绝水曰梁。'"《老子》:"强梁者不得其死。"
【例句】唐元稹《答子蒙》:"强梁御史人觑步,安得夜开沽酒户。"唐杜牧《题商山四…》:"吕氏强梁嗣子柔,我于天性岂恩仇。"唐杜牧《冬至日寄…》:"近者四君子,与古争强梁。"宋王安石《诸葛武侯》:"竖子祖余策,犹能走强梁。"

强弩 qiáng nǔ
【分类】政治
【关键词】桓宽
【释义】劲度强硬的弓。汉桓宽《盐铁论·伐功》:"以汉之强,攻于匈奴之众,若以强弩溃痈疽。"

【例句】唐韩愈《荐士》："青冥送吹嘘,强箭射鲁缟。"唐杜牧《润州》："城高铁瓮横强弩,柳暗朱楼多梦云。"宋陈舜俞《遇便风》："气张中军旗,势疾强弩箭。"宋苏轼《八月十五…》："安得夫差水犀手,三千强弩射潮低。"

强韵　qiáng yùn
【分类】文化
【关键词】王筠
【释义】险韵,生僻少用的韵。《梁书·王筠传》："筠又能用强韵,每公宴并作,辞必妍靡。"
【例句】唐皮日休《寒夜文宴…》："清言闻后醒,强韵压来艰。"宋师道《和舅氏公…》："追陪强韵愧难过,应接前闻觉未多。"宋宋祁《天台梵才…》："已轻安石为老生,更恼王筠赋强韵。"宋蔡襄《忆弟》："酒酣襞纸探强韵,胡涂醉字成乱鸦。"

墙东　qiáng dōng
【分类】政治
【关键词】王君公
【释义】比喻隐者的居处。《后汉书·逢萌传》："君公遭乱独不去,侩牛自隐。时人谓之曰:'避世墙东王君公。'"
【例句】唐皎然《晦夜李侍…》："墙东隐者在,淇上逸僧来。"唐戴叔伦《酬翁屋耿…》："家近小山当海畔,身留环卫隐墙东。"唐白居易《欲元八卜…》："平生心迹最相亲,欲隐墙东不为身。"唐皮日休《奉和鲁望…》："无事有杯持永日,共君惟好隐墙东。"

墙里佳人　qiáng lǐ jiā rén
【分类】生活
【关键词】苏轼
【释义】喻指钟情女子。宋苏轼《蝶恋花》："墙里秋千墙外道,墙外行人,墙里佳人笑。"
【例句】宋王洋《贵溪尉厅…》："墙里佳人墙外笑,冶容招悔岂无因。"明于谦《游春曲》："墙里佳人颦黛眉,惜情不语知伊谁。"张伯驹《菩萨蛮》："出墙红杏春风闹,秋千墙里佳人笑。"

墙头马上　qiáng tóu mǎ shàng
【分类】生活
【关键词】白居易
【释义】喻男女爱慕。唐白居易《井底引银瓶》："墙头马上遥相顾,一见知君即断肠。"
【例句】宋强至《二月十二日…》："绿垂波面官桥柳,红出墙头御苑花。"宋陆游《马上作》："杨柳不遮春色断,一枝红杏出墙头。"宋柳永《长相慢》："墙头马上,漫迟留、难写深诚。"宋赵长卿《鹧鸪天》："半藏密叶墙头女,勾引配颜马上郎。"

蔷薇水　qiáng wēi shuǐ
【分类】文化
【关键词】新五代史

【释义】古代香水名。《新五代史·占城》："蔷薇水,云得自西域,以洒衣,虽敝而香不灭。"
【例句】宋郭祥正《颖叔招饮…》："唯有蔷薇水,衣襟四时薰。"宋杨万里《紫牡丹》："夜输百斛蔷薇水,晓洗千层玉雪肌。"宋刘克庄《宫词》："旧恩恰似蔷薇水,滴在罗衣到死香。"宋杨万里《紫牡丹》："夜输百斛蔷薇水,晓洗千层玉雪肌。"

抢榆枋　qiāng yú fāng
【分类】生活
【关键词】庄子
【释义】枋,檀木。为咏才疏志卑之典。《庄子·逍遥游》："蜩与学鸠笑之曰:'我决起而飞,抢榆枋,时则不至而控于地而已矣,奚以之九万里而南为?'"
【例句】唐储光羲《哥舒大夫…》："顾我抢榆者,莫能翔青冥。"唐权德舆《酬穆七侍…》："小鸟抢榆枋,大鹏激三千。"唐刘禹锡《洛中初冬…》："寄谢殷勤九天侣,抢榆水击各逍遥。"唐刘禹锡《送僧方及…》："抢榆念陵厉,覆篑图穹崇。"

敲磬青鹢　qiāo qìng qīng dí
【分类】文化
【关键词】鸟
【释义】咏鸟鸣之典。《拾遗记》："幽州之墟,羽山之北,有善鸣之禽,人面鸟喙,八翼一足,毛色如雉,行不践地,名曰青鹢,其声似钟磬笙竽也。《世语》曰:'青鹢鸣,时太平。'"
【例句】唐陆善经《寓泊罗芭…》："敲磬愁惊晓鹭眠,停经坐看昏鸦浴。"唐姚揆《晚步》："岛寺渐疏敲石磬,渔家方半掩柴关。"唐贾岛《赠无怀禅师》："捧盂观宿饭,敲磬过清流。"唐杜牧《题张处士…》："好鸟疑敲磬,风蝉以轧筝。"

乔迁　qiáo qiān
【分类】生活
【关键词】诗经
【释义】祝贺用语,贺人迁居或贺人官职升迁之辞。源见"出谷迁乔"。
【例句】唐张籍《赠殷山人》："满堂虚左待,众目望乔迁。"宋释居简《米知县之…》："盘根小试难藏利,剖竹乔迁勿复疑。"宋赵发《留题白龙山》："刷羽上林今有日,乔迁我欲快鸣翰。"元蓝仁《追赋怀富…》："乔迁此日知何处,江上逢梅寄一枝。"

侨札　qiáo zhá
【分类】生活
【关键词】左传
【释义】泛指亲密的朋友。《左传·襄公二十九年》："(季札)聘于晋,见子产(郑侨),如旧相识,与之缟带,子产献纻衣焉。"
【例句】宋周必大《寄题新居…》："堂中延客三千履,可结侨札参雷陈。"宋李曾伯《宴湖南章…》："何参接踵新规在,侨札论心旧识然。"宋谢枋得《谢张四居…》："缟带执纻衣，侨札真契分。"明倪元璐《道经吴桥…》："侨札推襟非素欢，相逢不奈有云肝。"

桥山　qiáo shān
【分类】生态
【关键词】黄帝
【释义】黄帝陵所在地，位于陕西省黄陵县桥山镇。《史记·五帝本纪·黄帝》："黄帝崩，葬桥山。"
【例句】唐武元衡《顺宗至德…》："桥山同轨会，轩后葬衣冠。"唐徐夤《追和贾浪…》："谁开黄帝桥山冢，明月飞光出九泉。"唐郑嵎《津阳门诗》："鼎湖一日失弓剑，桥山烟草俄霏霏。"唐曹唐《仙都即景》："衣冠留葬桥山月，剑履将随浪海风。"

谯周独笑　qiáo zhōu dú xiào
【分类】文化
【关键词】谯周
【释义】好学而忘情之典。《三国志·谯周传》："谯周，字允南…耽古笃学，家贫，未尝问产业。诵读典籍，欣然独笑，以忘寝食。"
【例句】唐罗隐《筹笔驿》："千里山河轻孺子，两朝冠剑恨谯周。"唐唐彦谦《邓艾庙》："昭烈遗黎死不羞，挥刀斫石恨谯周。"唐韦庄《和友人》："却想从来意，谯周亦自嗤。"宋张耒《梁父吟》："邓艾老翁夸至计，谯周鼠子辨兴衰。"

憔悴　qiáo cuì
【分类】生活
【关键词】国语
【释义】指瘦弱无力，脸色难看。《国语·吴语》："使吾甲兵钝弊，民日离落而日以憔悴，然后安受吾烬。"
【例句】唐武则天《如意娘》："看朱成碧思纷纷，憔悴支离为忆君。"唐骆宾王《春日离长…》："揶揄惭路鬼，憔悴切波臣。"唐杜甫《梦李白》："冠盖满京华，斯人独憔悴。"聂绀弩《挽云彬》："在京多少人憔悴，与子三千年久违。"

憔悴湘滨　qiáo cuì xiāng bīn
【分类】政治
【关键词】楚辞
【释义】形容贬谪失意之状。《楚辞补注·渔父》："屈原既放，游于江潭，行吟泽畔；颜色憔悴，形容枯槁，渔父见而问之曰：'子非三闾大夫欤？何故至于斯？'"
【例句】唐李群玉《送萧绾…》："竹花不给口，憔悴清湘滨。"宋郭祥正《左蠡亭重…》："屈原憔悴湘水滨，夷齐自守西山饿。"宋陈元晋《代钱转运…》："憔悴湘滨客，怀哉有此逢。"明张弼《题三香图歌》："憔悴湘累浪作歌，招不徕兮可奈何。"

樵风　qiáo fēng
【分类】文化
【关键词】郑弘

【释义】指顺风、好风。源见"郑公风"。
【例句】唐丘为《泛若耶溪》："每ించ樵风便，往来殊不难。"唐宋之问《游禹穴回…》："归舟何虑晚，日暮使樵风。"唐孟浩然《寻张五回…》："挂席樵风便，开轩琴月孤。"唐刘长卿《东湖送朱…》："山色湖光并在东，扁舟归去有樵风。"

樵青　qiáo qīng
【分类】生活
【关键词】张志和
【释义】代指女婢。唐颜真卿《浪迹先生玄真子张志和碑》："肃宗尝赐奴婢各一，玄真配为夫妻，名夫曰渔僮，妻曰樵青。"
【例句】宋毛滂《友龙侄来…》："樵青煎茶青竹里，汝欲过门鹊先喜。"宋刘跂《舍弟寄茶》："平头奴子堪瓶碗，可带樵青竹叶煎。"宋汪莘《访吴安抚…》："渔童樵青足驱使，夜深醉和风雨归。"宋陆游《幽居即事》："炊烹付樵青，钼灌赖阿对。"

巧历　qiǎo lì
【分类】生活
【关键词】庄子
【释义】精于历算的人。《庄子·齐物论》："一与言为二，二与一为三。自此以往，巧历不能得。而况其凡乎？"南朝梁刘孝标《广绝交论》："巧历所不知，心计莫能测。"
【例句】唐钱起《秋夜作》："浮生会何穷，巧历不能算。"唐白居易《读邓鲂诗》："此理勿复道，巧历不能推。"宋刘攽《咏雪》："运筹思巧历，语异吒神奸。"宋苏轼《游灵隐寺…》："若教从此成千里，巧历如今也被谩。"宋陆游《久雨》："巧历莫能知雨点，孤桐那解写溪声。"

巧言如簧　qiǎo yán rú huáng
【分类】政治
【关键词】诗经
【释义】比喻善为巧伪之言。簧，乐器中用以发声的片状振动体。《诗经·小雅·巧言》："巧言如簧，颜之厚矣。"
【例句】唐刘禹锡《唐侍御寄…》："泉清石布博棋子，萝密鸟韵如簧言。"唐徐夤《楚国史》："君王不翦如簧舌，再得张仪欲奈何？"唐刘兼《诫是非》："巧舌如簧总莫听，是非多自爱憎生。"唐殷文圭《鹦鹉》："丹觜如簧翠羽轻，随人呼物旋知名。"

帩头　qiào tóu
【分类】文化
【关键词】乐府诗集
【释义】古代男子包头发的纱巾，即帕头。《乐府诗集·陌上桑》："少年见罗敷，脱帽着帩头。"《宋书·五行志一》："太元中，人不复着帩头。头者，元首；帩者，令髪不垂，助元首为仪饰者也。"
【例句】唐段成式《嘲飞卿》："见说自能裁袨腹，不知谁更著帩头。"明毛奇龄《沈华席上…》："帩头碧发裹绿罗，铜鎜滟滟倾金波。"明毛奇龄《忆江南》："碧带帩头骑马客，红钉屐子拢船娘。"清黄遵宪《日本杂事诗》："湘帘半卷绮窗开，帕腹悄头烂漫堆。"

翘车 qiào chē
【分类】政治
【关键词】左传
【释义】指礼聘贤士的车子。《左传·庄公二十二年》引逸《诗》："翘翘车乘，招我以弓。"晋杜预注："古者聘士以弓。"
【例句】唐韦庄《寄从兄遵》："江上秋风正钓鲈，九重天子梦翘车。"宋杨亿《景阳谏议…》："盘石起家传典训，翘车开幕聘英髦。"宋杨亿《偶作》："翘车蕊佩谒明光，禁籞多年费稻粱。"宋宋祁《王沂公挽词》："宣室君朝罢，翘车客涕垂。"

翘楚 qiáo chǔ
【分类】政治
【关键词】诗经
【释义】比喻杰出的人才或突出的事物。《诗经·周南·汉广》："翘翘错薪，言刈其楚。"郑笺："楚，杂薪之中尤翘翘者。"
【例句】唐颜真卿《奉和颜使…》："诛榛养翘楚，鞭草理芳穗。"唐李群玉《将离澧浦…》："上国刈翘楚，才微甘陆沉。"唐钱起《海畔秋思》："魏阙贡翘楚，此身长弃捐。"宋赵恒《又将放榜》："伫观翘楚登时用，布政分忧协庶功。"

翘馆 qiào guǎn
【分类】文化
【关键词】公孙弘
【释义】谓招致才学颖异之士的馆舍。《西京杂记》："平津侯自以布衣为宰相，乃开东阁营客馆以招天下之士。其一曰钦贤馆以待大贤，次曰翘材馆以待大才，次曰接士馆以待国士。"
【例句】宋强至《韩魏公生日》："洪炉物品常无滞，翘馆群英永有依。"宋沈辽《七言奉寄…》："昔年翘馆青衫客，非佛非心江水东。"宋刘子寰《贺郑枢齐》："只今翘馆延人物，只似萧斋接友朋。"宋刘克庄《挽柳斋陈公》："客散翘材馆，樵窥独乐园。"

翘首 qiáo shǒu
【分类】生活
【关键词】阮籍
【释义】抬头而望。喻盼望或思念之殷切。三国魏阮籍《奏记诣蒋公》："群英翘首，俊贤抗足。"
【例句】唐牟融《翁母些》："停车遥望孤云影，翘首惊看吊鹤悲。"唐殷尧藩《送沈亚之…》："对江翘首望，愁泪叠如波。"唐唐彦谦《寄友》："别来客邸空翘首，细雨春风忆往年。"宋龙辅《暮闺》："暮闺翘首觉愁添，凿壁书生隔翠烟。"

且食蛤蜊 qiě shí gé lì
【分类】生活
【关键词】王融
【释义】随便敷衍一下，对事情姑置不问的典故。《南史·王融》："融殊不平，谓曰：'仆出于扶桑，入于汤谷，照耀天下，谁云不知，而卿此问？'（沈）昭略云：'不知许事，且食蛤蜊。'"
【例句】宋文同《放言》："胡不往见蒙毂士，看卷龟壳食蛤蜊。"宋丘葵《磊落》："早知人世暗如漆，只合灶间食蛤蜊。"宋黄庭坚《戏赠世弼…》："谁能著意知许事，且为元长食蛤蜊。"宋周紫芝《次韵吕仁…》："汗漫谁从食蛤游，岁穷真似贾胡留。"

且住为佳 qiě zhù wéi jiā
【分类】生活
【关键词】颜真卿
【释义】劝人暂留的话。唐颜真卿《寒食帖》："天气殊未佳，汝定成行否，寒食只数日间，得且为佳耳。"
【例句】宋赵蕃《宜春县斋…》："故知寒食住为佳，可奈携家更忆家。"宋刘克庄《用强甫蒙…》："得君小住为佳耳，姑置闲谈叙别怀。"宋方岳《晚春》："春今且住为佳耳，雨不能晴将奈何。"宋李曾伯《勉时思王…》："得住且住则为佳，敬以此为上人祝。"

切齿 qiè chǐ
【分类】生活
【关键词】战国策
【释义】切齿，齿相磨切，表示极端愤怒。《战国策·魏策一》："是故天下之游士，莫不日夜搤腕瞋目切齿，以言从之便，以说人主。"
【例句】宋司马光《和王胜之…》："昔遭绛灌深切齿，奔走十年为下吏。"宋邵雍《诏三下答…》："生平不作皱眉事，天下应无切齿人。"宋李正民《寄尹叔》："一朝解印谢疲民，至豪强犹切齿。"聂绀弩《反省时作》："多情故作无情样，没齿难忘切齿声。"

切泥 qiē ní
【分类】文化
【关键词】剑
【释义】切玉如切泥，形容宝剑之锋利。为咏剑之典。源见"昆吾剑"。
【例句】唐刘复《杂曲》："宝剑饰文犀，当风似切泥。"唐李咸用《谢友生遗…》："娲天补剩石，昆剑切来泥。"唐何儒亮《亚父碎玉斗》："匪狥切泥功，将明怀璧辱。"宋李新《高祖试剑石》："拔山盖世何为者，三尺青龙不切泥。"

切切 qiè qiè
【分类】生活
【关键词】盐铁论
【释义】象声词，声音轻细或凄切，还有急迫、忧伤、恳挚、深切之意。《盐铁论·国疾》："夫辩国家之政事，论执政之得失，何不徐徐道理相喻，何至切切如此乎？"
【例句】唐刘希夷《独鹤篇》："秋风四起声切切，边心一听泪霏霏。"唐崔融《韦长史挽词》："冥冥多苦雾,切切有悲风。"唐张九龄《西江夜行》："悠悠天宇旷,切切故乡情。"唐王梵志《回波乐》："情中常切切,燋燋度百年。"聂绀弩《雪峰以诗…》："君每言之何切切,我能为此肯惺惺。"

切玉剑 qiē yù jiàn
【分类】文化
【关键词】剑
【释义】泛指锋利的刀剑。源见"昆吾剑"。
【例句】唐李峤《剑》："白虹时切玉,紫气夜干星。"唐李白《白马篇》："秋霜切玉剑,落日明珠袍。"唐独孤及《代书寄上…》："畴昔切玉刃,应如新发硎。"宋钱惟演《梨》："已忧仙佩悬珠重,更恐金刀切玉难。"

切云 qiè yún
【分类】文化
【关键词】楚辞
【释义】上摩青云,极言其高。《楚辞补注·九章·涉江》："带长铗之陆离兮,冠切云之崔嵬。"汉王逸注："崔嵬,高貌也。言己内修忠信之志,外带长利之剑,戴崔嵬之冠,其高切青云也。"
【例句】唐李贺《荣华乐》："欲作江河唯画地,峨峨虎冠上切云。"宋夏竦《奉和御制…》："切云层阁倚龙城,霜紫缇油聚壁经。"宋刘敞《招友上清宫》："高阁切云衔落日,广庭霢雨湿清眠。"宋刘克庄《竹溪直院…》："吾宁垫雨过,君欲切云难。"

窃药 qiè yào
【分类】文化
【关键词】月亮
【释义】传说后羿得不死之药,其妻姮娥盗食之,成仙奔月。后以窃药喻求仙。亦为死亡的婉词。源见"嫦娥"。
【例句】唐李白《感遇》："昔余闻姮娥,窃药驻云发。"唐李商隐《月夜重寄…》："偷桃窃药事难兼,十二城中锁彩蟾。"唐袁郊《月》："嫦娥窃药出人间,藏在蟾宫不放还。"金林椿《戏密州倅》："乘楼未作吹箫伴,奔月还为窃药仙。"

挈瓶之知 qiè píng zhī zhì
【分类】生活
【关键词】左传
【释义】比喻知识浅薄,不能深明事理。《左传·昭公七年》："虽有挈瓶之知(智),守不假器,礼也。"晋杜预注："挈瓶,汲者,喻小知。为人守器,犹知不以借人。"
【例句】唐陈子昂《感遇诗》："挈瓶者谁子,姣服当青春。"唐朱湾《赠饶州韦…》："大音比叫钟,大智同挈瓶。"唐李商隐《寄太原卢…》："自顷徒窥管,于今愧挈瓶。"唐杜荀鹤《送僧归国…》："撼锡度冈猿抱树,挈瓶盛浪鹭翘沙。"

侵疆 qīn jiāng
【分类】政治
【关键词】扬雄
【释义】侵夺之地。《法言·寡见》："孔子用于鲁,齐人章章,归其侵疆。"
【例句】唐张文彻《龙泉神剑歌》："今年回鹘数侵疆,直到便桥列战场。"宋胡寅《题能仁照…》："邻僧无赖苦侵疆,何似古人不争畔。"宋文天祥《自汶阳至郓》："夫子昔相鲁,侵疆自齐归。"宋王十朋《次韵龚实…》："初开宣室汉思贾,欲复侵疆鲁召丘。"

亲临贺循 qīn lín hè xún
【分类】政治
【关键词】贺循
【释义】君王哀挽宠臣之典。《晋书·贺循传》："疾渐笃,表乞骸骨…帝临轩,遣使持节,加印绶。循虽口不能言,指麾左右,推为章服。车驾亲幸,持手流涕。太子亲临者三焉,往还皆拜。儒者以为荣。"
【例句】唐苏颋《赠司徒豆…》："宠赠追胡广,亲临比贺循。"宋仇远《怀方严州》："依刘王粲檄,入洛贺循船。"元黄玠《郭索行》："张翰亟上贺循舟,能不为尔思江东。"明王世贞《寿封给事…》："江左宗盟陆凯前,中兴风雅贺循联。"

亲戚 qīn qi
【分类】生活
【关键词】左传
【释义】与自己有血缘或婚姻关系的人。《左传·僖公二十四年》："昔周公吊二叔之不咸,故封建亲戚,以屏藩周。"
【例句】唐道世《颂》："亲戚无相救,残害有余情。"唐张说《喜度岭》："乡关绝归望,亲戚不相求。"唐储光羲《同王十三…》："故乡满亲戚,道远情日疏。"唐元稹《后湖》："邻里近相告,亲戚远相呼。"唐张籍《伤歌行》："出门无复部曲随,亲戚相逢不容语。"

嵚崎历落 qīn qí lì luò
【分类】生态
【关键词】周顗
【释义】比喻品格卓异出群。《世说新语·容止》："周伯仁(顗)道桓茂伦,嵚崎历落,可笑人。"
【例句】唐李白《当涂赵炎…》："南昌仙人赵夫子,妙年历落青云士。"宋释契嵩《嘉公济冲…》："初接风流殊历落,更张灯火倍迎逢。"宋秦观《南都新亭…》："亭下嵚崎淮海客,末路逢公诗酒共。"宋谢逸《明水寺》："嗟予嵚崎人,平生百忧扰。"宋白玉蟾《画石》："一片嵯峨堕碧空,嵚崎历落最玲珑。"聂绀弩《即事》："白苎临风原窈窕,黄葵捧日更崎嵚。"

秦川公子 qín chuān gōng zǐ
【分类】文化
【关键词】王粲
【释义】东汉王粲代称。南朝宋谢灵运《拟魏太子邺中集诗八首·王粲·序》："家本秦川,贵公子孙。遭乱流寓,自伤情多。"
【例句】唐杜甫《地隅》："丧乱秦公子,悲凉楚大夫。"宋高茂华《城东寄王…》:"忽忆秦川贵公子,桃花落尽合归来。"宋晁说之《承议郎王…》:"洛下书生誉,秦川公子豪。"宋彭元逊《子夜歌》:"临颍美人,秦川公子,晚共何人语。"

秦娥 qín é
【分类】生活
【关键词】萧史弄玉
【释义】指秦穆公女弄玉。后亦借指公主、仙女或美女。源见"乘鸾"。
【例句】唐张碧《林书记蔷薇》:"秦娥晚凭栏干立,柔枝坠落青罗襟。"唐韩琮《春愁》:"秦娥十六语如弦,未解含花惜杨柳。"唐胡曾《凤凰台》:"秦娥一别凤凰台,东入青冥更不回。"唐黄滔《催妆》:"吹箫不是神仙曲,争引秦娥下凤台。"

秦封大夫 qín fēng dài fū
【分类】政治
【关键词】秦始皇
【释义】谓受恩知遇。源见"五大夫"。
【例句】唐李涉《题五松驿》:"人生不得似如松树,却遇秦封作大夫。"唐白行简《贡院楼北…》:"山苗不可荫,孤直俟秦封。"宋王与山《斋居杂兴》:"可怜直节如松劲,刚被秦作大夫。"明张岐《登岱》:"汉时尚传天子柏,秦封已改大夫松。"

秦凤 qín fèng
【分类】生活
【关键词】萧史弄玉
【释义】也称秦鸾,指弄玉夫妇成仙飞升所乘之凤凰。亦美称凤凰。源见"乘鸾"。
【例句】唐吴融《岐下闻杜鹃》:"怨已惊秦凤,灵应识汉鸡。"宋杨亿《无题》:"湘兰自古成幽怨,秦凤何年入杳冥。"宋石介《感事》:"再岁复秦凤,不庭自柔格。"宋陈允平《秦鸾曲》:"无处说相思,羞对秦鸾舞。"明游朴《明虹未出…》:"悬知代马空无匹,却怪秦鸾去不回。"清姚燮《春申君庙…》:"碧天楚蜺蜷云语,青树秦鸾贴雪翔。"

秦宫 qín gōng
【分类】生活
【关键词】秦宫梁冀
【释义】汉大将军梁冀之嬖奴(宠爱的奴仆)。宫年少而兼有龙阳、文信之资,冀与妻孙寿争幸之。《后汉书·梁冀传》:"冀爱监奴秦宫,官至太仓令。得出入寿所。寿见宫,辄屏御者,讬以言事,因与私焉。"亦指秦朝宫殿。
【例句】唐张说《岳州宴别…》:"孤城临楚塞,远树入秦宫。"唐李贺《秦宫诗》:"皇天厄运犹曾裂,秦宫一生花底活。"唐李商隐《可叹》:"梁家宅里秦宫入,赵后楼中赤凤来。"聂绀弩《咏猫为正…》:"铗边冯媛鱼歌晚,花底秦宫蝶梦蘧。"

秦关百二 qín guān bǎi èr
【分类】政治
【关键词】汉高祖
【释义】言秦地形势险要。《史记·高祖本纪》:"秦,形胜之国,带河山之险,悬隔千里,持戟百万,秦得百二焉。"
【例句】唐杜甫《诸将》:"洛阳宫殿化为烽,休道秦关百二重。"唐权德舆《贞元七年…》:"秦关信百二,征驾逾三千。"宋陈尧叟《披云亭》:"秦关百二山河固,陕服城闉控此中。"宋赵抃《入蜀先寄…》:"蜀道五千驰驿去,秦关百二拂云开。"

秦皇东幸 qín huáng dōng xìng
【分类】政治
【关键词】秦始皇
【释义】秦始皇东巡之典。《史记·秦始皇本纪》:"二十八年,始皇东行郡县,上邹峄山。立石,与鲁诸儒生议,刻石颂秦德,议封禅望祭山川之事。"
【例句】唐杨师道《奉和圣制…》:"北巡非汉后,东幸异秦皇。"宋王圭《登海州楼》:"疏傅里闾寻故老,秦皇车甲想东游。"宋梅尧臣《沛公歌》:"秦皇玉舆来向东,安知隐在芒砀中。"宋冯熙载《烂柯山》:"秦皇东欲游蓬莱,神人鞭起何崔嵬。"

秦吉了 qín jí liǎo
【分类】文化
【关键词】太平广记
【释义】鸟名,也称了哥,产于秦中,可学人语。《太平广记·秦吉了》:"大约似鹦鹉,嘴脚皆红,两眼后夹脑,有黄肉冠,善效人言,音语雄大,分明于鹦鹉。"
【例句】唐李白《自代内赠》:"安得秦吉了?为人道寸心。"唐张籍《昆仑儿》:"言语解教秦吉了,波涛初过郁林洲。"唐白居易《秦吉了…》:"秦吉了,出南中,彩毛青黑花颈红。"宋李叔与《乌衣园》:"枝上莫弹秦吉了,游人借此当笙簧。"

秦嘉书 qín jiā shū
【分类】生活
【关键词】秦嘉
【释义】咏夫妇相思之典。汉秦嘉《赠妇诗序》:"嘉为郡上掾,其妻徐淑,寝疾还家,不获面别,赠诗示尔。"《玉台新咏·赠妇诗》:"人生譬朝露,居世多屯蹇。忧艰常早至,欢会常苦晚…"
【例句】唐宋务光《七夕感逝》:"昔有秦嘉赠,今为潘岳诗。"唐刘禹锡《泰娘歌》:"秦嘉镜有前时结,韩寿香销故箧衣。"宋龙辅《镜》:"收藏敢轻慢,曾得照秦嘉。"宋仇远《九日次程…》:"七里冈前归路暗,月悬破镜忆秦嘉。"

秦堇勇 qín jǐn yǒng
【分类】政治
【关键词】秦堇
【释义】称誉勇士之典。《左传·襄公十年》:"孟氏之臣秦堇父辇重如役…主人县布,堇父登之,及堞而绝之。队则又县之,苏而复上者三。主人辞焉,乃退,带其断以徇于军三日。"晋杜预注:"偪阳人县布以试外勇者。""主人嘉其勇,故辞谢不复县布。""带其断布以示勇"。
【例句】唐陆龟蒙《杂讽》:"何防秦董勇,又有曹刿说。"

秦晋匹 qín jìn pǐ
【分类】生活
【关键词】左传
【释义】联姻之词,谓秦晋两国地位相当。《左传·僖公二十三年》:"秦伯纳女五人,怀嬴与焉,奉匜沃盥,既而挥之。怒曰:'秦,晋匹也,何以卑我!'公子惧,降服而囚。"
【例句】唐李百药《戏赠潘徐…》:"秦晋称旧匹,潘徐有世亲。"唐杜甫《送大理封…》:"颇谓秦晋匹,从来王谢郎。"唐卢储《催妆》:"今日幸为秦晋会,圣教鸾凤下妆楼。"宋晁说之《途中》:"悠悠秦晋山河在,漠漠金张冢墓空。"宋卫宗武《和人杂咏》:"拟为嵇阮交,愧匪秦晋匹。"

秦镜 qín jìng
【分类】政治
【关键词】西京杂记
【释义】称颂官吏清明、善于断狱之典。《西京杂记》:"高祖初入咸阳宫,周行库府…有方镜,广四尺,高五尺九寸。表里有明,人直来照之,影则倒见;以手扪心而来,则见肠胃五脏,历然无碍;人有疾病在内,掩心而照之,则知病之所在。又女子有邪心,则胆张心动。秦始皇常以照宫人,胆张心动者则杀之。"
【例句】唐张南容《静女歌》:"河水自浊济自清,仙台蛾眉秦镜明。"唐刘长卿《避地江东…》:"何辞向物开秦镜,却使他人得楚弓。"唐刘禹锡《奉和吏部…》:"铨材秉秦镜,典乐去齐竽。"聂绀弩《八十》:"十载班房资本论,一朝秦镜白头翁。"

秦郎 qín láng
【分类】文化
【关键词】秦观
【释义】指秦观,字少游,北宋文学家、词人。宋苏轼《次韵秦少游…》:"好遣秦郎供帖子,尽驱春色入毫端。"
【例句】宋李彭《遣兴兼寄…》:"国士无双有山谷,斗南独步忆秦郎。"宋刘克庄《记辛酉端…》:"内中称赏秦郎帖,御笔批依不必更。"宋李之仪《秦太虚寄…》:"秦郎才语新,高低秀ril柳。"宋释德洪《送秦少逸》:"秦郎毛骨玉壶秋,望见令人忘百忧。"

秦牢冤 qín láo yuān
【分类】政治
【关键词】东方朔
【释义】冤狱之典。《艺文类聚》引《东方朔别传》:"武帝幸甘泉,长平坂道中有虫,赤如肝,头目口齿悉具…令往视焉。朔曰:'此谓怪气,是必秦狱处也。'上使按地图,果秦狱地。上问朔何以知之,朔曰:'夫积忧者,得酒而解。'乃取虫置酒中,立消。"
【例句】唐骆宾王《幽系书情…》:"自悯秦冤痛,谁怜楚奏哀。"唐骆宾王《早秋出塞…》:"汲冢宁详蠹,秦牢讵辨冤。"宋葛立方《挽歌词》:"委质肯轻从晋鼓,摛文空见泣秦牢。"明皇甫汸《诏狱》:"徒闻怀楚奏,未见理秦冤。"

秦楼 qín lóu
【分类】文化
【关键词】箫史弄玉
【释义】亦名凤楼,秦穆公为其女弄玉所建之楼。后泛指仙女或公主所居的楼台。源见"乘鸾"。
【例句】唐薛稷《夜宴安乐…》:"秦楼宴喜月裴回,妓筵银烛满庭开。"唐李显《景龙四年》:"鸾鸣凤舞向平阳,秦楼鲁馆沐恩光。"唐杜甫《郑驸马宅…》:"自是秦楼压郑谷,时闻杂佩声珊珊。"唐长孙佐辅《关山月》:"忽忆秦楼妇,流光应共有。"

秦桥 qín qiáo
【分类】文化
【关键词】秦始皇
【释义】相传秦始皇东游时所造的石桥。源见"驱石架沧津"。
【例句】唐李贺《古悠悠行》:"海沙变成石,鱼沫吹秦桥。"宋梅尧臣《王平甫惠…》:"朝日下天窗,东海无秦桥。"宋刘筠《汉武》:"夏鼎几迁空象物,秦桥未就已沉波。"明王世贞《和峻伯蓬…》:"风雷忽捲秦桥去,日月还依禹碣悬。"

秦人策 qín rén cè
【分类】政治
【关键词】左传
【释义】秦人所送马鞭,意谓赠别。源见"绕朝策"。
【例句】唐杜甫《别苏徯》:"赠尔秦人策,莫鞭辕下驹。"宋夏竦《石梁》:"秦人若驱策,蓬岛路非深。"元周权《客中赠别》:"莫嫌市酒薄,赠子秦人策。"元张昱《题后堂壁》:"绕朝漫赠秦人策,孔子将书鲁国麟。"

秦人盆 qín rén pén
【分类】生活
【关键词】杨敞
【释义】战国时,秦人欢庆时常击缶歌舞。后遂用为咏欢乐庆贺之典。《汉书·杨敞传》附《杨恽传》:"家本秦也,能为秦声。妇,赵女也,雅善鼓瑟…仰天拊缶而呼乌乌。"东汉应劭注:"缶,瓦器也,秦人击之以节歌。"
【例句】唐杜甫《贻华阳柳…》:"醉从赵女舞,歌данд秦人盆。"宋洪朋《送谢无逸…》:"起予虞帝韶,和汝秦人缶。"清姚燮《拊缶歌当…》:"乱愁积草芟益多,楚人拊缶秦人歌。"清曾习经《汪子贤宅…》:"最念东篱乾净地,醉倒且击秦人缶。"

秦声 qín shēng
【分类】生活
【关键词】陈轸
【释义】思念故土之典。《史记·陈轸传》:"居秦期年,秦惠王终相张仪,而陈轸奔楚。楚未之重也,而使陈轸使于秦。"陈轸适至秦,惠王曰:'子去寡人之楚,亦思寡人不?'陈轸…曰:'越人庄舄仕楚执圭,有顷而病…犹尚越声也。今臣虽弃逐之楚,岂能无秦声哉!'"

【例句】唐骆宾王《在江南赠…》:"寂寥伤楚奏,凄断泣秦声。"唐白居易《奉酬淮南…》:"楚醴来尊里,秦声送耳边。"唐顾况《王郎中妓席》:"秦声楚调怨无穷,陇水胡笳咽复通。"宋晏殊《赋得秋雨》:"秦声未觉朱弦润,楚梦先知薤叶凉。"

秦始皇　qín shǐ huáng
【分类】政治
【关键词】秦始皇
【释义】姓嬴名政,秦庄襄王之子,首位完成华夏大一统的铁腕政治人物,也是古今中外第一个称皇帝的君主。《史记·秦始皇本纪》:"王曰:去'泰',著'皇',采上古'帝'位号,号曰'皇帝'。""朕为始皇帝。后世以计数,二世三世至于万世,传之无穷。"
【例句】唐杨师道《奉和圣制…》:"北巡非汉后,东幸异秦皇。"唐李世民《春日望海》:"之罘思汉帝,碣石想秦皇。"唐白居易《戒求仙也》:"秦皇汉武信此语,方士年年采药去。"唐李贺《白虎行》:"火乌日暗崩腾云,秦皇虎视苍生群。"唐李贺《苦昼短》:"刘彻茂陵多滞骨,嬴政梓棺费鲍鱼。"唐胡曾《博浪沙》:"嬴政鲸吞六合秋,削平天下虏诸侯。"

秦太虚　qín tài xū
【分类】文化
【关键词】秦观
【释义】指秦观,北宋文学家、词人。《宋史·秦观》:"秦观字少游,一字太虚…轼以为有屈、宋才。又介其诗于王安石,安石亦谓清新似鲍、谢。"
【例句】宋史弥宁《看李成画》:"岩壑蟠胸秦太虚,辋川一见病全苏。"宋牟巘《挽师叔理》:"四海东坡老,平生秦太虚。"

秦望碑　qín wàng bēi
【分类】政治
【关键词】秦始皇
【释义】咏秦始皇南巡事之典。《史记·秦始皇本纪》:"上会稽,祭大禹,望于南海,而立石刻颂秦德。"唐张守节《史记正义》:"其碑见在会稽山上。其文及书皆李斯,其字四寸,画如小指,圆镌。今文字整顿,是小篆字。"
【例句】唐徐铉《送赞宁道…》:"因行过秦望,为致李斯碑。"宋梁安世《秦碑一纸…》:"公生博物好奇古,劝我搜求秦望碑。"

秦医　qín yī
【分类】生活
【关键词】晋景公
【释义】喻指良医。源见"病入膏肓"。

【例句】唐罗隐《投所思》:"雕琢只应劳郢匠,膏肓终恐误秦医。"唐韦庄《贼中与萧…》:"纵有秦医在,怀乡亦泪流。"唐周昙《景公》:"晋侯徒有秦医缓,疾在膏盲救已迟。"宋苏辙《皇帝阁》:"九门已散秦医药,百辟初颁凌室冰。"

秦佚　qín yì
【分类】文化
【关键词】秦佚
【释义】春秋时人,曾吊唁老子。为咏得道之士的典故。隋薛道衡《老氏碑》:"庄周云:老聃死,秦佚吊之,三号而出。"
【例句】唐皎然《因游支硎…》:"得道殊秦佚,隳名似楚狂。"清沈曾植《越缦先生…》:"苍凉秦佚三号出,无复犹龙变化思。"

秦狱气　qín yù qì
【分类】政治
【关键词】东方朔
【释义】冤愤郁结难消的典故。源见"秦牢冤"。
【例句】唐杜甫《秦州见敕…》:"独惭投汉阁,俱议哭秦庭。"唐白居易《效陶渊明体诗》:"咸阳秦狱气,冤痛结为物。"唐陆龟蒙《徐方平后…》:"秦狱已收为厉气,瘴江初返未招魂。"明王世贞《东方曼倩行》:"怪哉辨秦狱,骀牙表降夷。"

秦筝　qín zhēng
【分类】生活
【关键词】筝
【释义】古秦地(今陕西一带)的一种弦乐器,形似瑟。《风俗通义校注·筝》:"谨按:《礼乐记》:'筝五弦,筑身也。'今并、凉二州筝形如瑟,不知谁所改作也。或曰:秦蒙恬所造。"
【例句】唐陈子昂《于长史山…》:"金弦挥赵瑟,玉指弄秦筝。"唐徐安贞《闻邻家理筝》:"忽闻画阁秦筝逸,知是邻家赵女弹。"唐丘为《对雨闻莺》:"间关正在秦筝里,历乱偏伤楚客时。"唐白居易《夜招晦叔》:"高调秦筝一两弄,小花蛮榼二三升。"

秦痔　qín zhì
【分类】政治
【关键词】庄子
【释义】指阿谀说谄媚、出卖人格而求取物质利益;或泛指痔疮。《庄子·列御寇》:"秦王有病召医,破痈溃痤者得车一乘,舐痔者得车五乘。所治愈下,得车愈多。"
【例句】唐李商隐《自桂林奉…》:"尚怜秦痔苦,不遣楚醪沉。"唐陆龟蒙《奉酬袭美…》:"唾壶虎子尽能执,舐痔折枝无所辞。"宋刘筠《与客启明》:"秦痔从来易得车,邺枝今比我何如。"宋杨亿《灯夕寄献…》:"秦痔未痊齐阁掩,梦回宫树已啼鸦。"

秦赘　qín zhuì
【分类】生活

【关键词】贾谊
【释义】秦代男子家贫无以为婚者,得入赘妇家。后因以借指赘夫。《汉书·贾谊传》:"故秦人家富子壮则出分,家贫子壮则出赘。"东汉应劭注:"出作赘婿也。"
【例句】唐杜甫《遣闷》:"倚著如秦赘,过逢类楚狂。"唐李商隐《与同年李…》:"相携花下非秦赘,对泣春天类楚囚。"宋李洪《得家书》:"花前块处怜秦赘,泽畔行吟类楚囚。"宋陈渊《钱塘书怀》:"远客真秦赘,清时谢楚狂。"

琴高乘鲤 qín gāo chéng lǐ
【分类】文化
【关键词】琴高
【释义】咏游仙、登仙之典。《列仙传·琴高》:"琴高者,赵人也…后辞入涿水中取龙子,与诸弟子期曰:'皆洁斋,待于水傍,设祠。'果乘赤鲤来,出坐祠中,旦有万人观之,留一月余,复入水去。"
【例句】唐李白《九日登山》:"赤鲤涌琴高,白龟道冯夷。"唐李群玉《洞庭风雨》:"羽化思乘鲤,山漂欲拚鳌。"五代贯休《漱江秋居作》:"面前小沼清如镜,终养琴高赤鲤鱼。"宋林景熙《翠蛟亭》:"乘鲤琴高风,捉月太白手。"

琴瑟 qín sè
【分类】生活
【关键词】诗经
【释义】指弹奏琴瑟。比喻夫妇间感情和谐。亦借指夫妇、匹配。《诗经·周南·关雎》:"窈窕淑女,琴瑟友之。"
【例句】唐袁朗《和洗掾登…》:"端拱肃岩廊,思贤听琴瑟。"唐袁晖《二月闺情》:"有恨离琴瑟,无情怨绮罗。"唐李郢《为妻作生…》:"鸳鸯交结期千岁,琴瑟谐和愿百年。"唐魏氏《赠外》:"谐和类琴瑟,坚固同胶漆。"

琴堂 qín táng
【分类】政治
【关键词】宓子贱
【释义】指县衙。源见"鸣琴而治"。
【例句】唐高适《单父逢邓…》:"开襟自公余,载酒登琴堂。"唐李白《赠从孙义…》:"退食无外事,琴堂向山开。"唐萧颖士《重阳日陪…》:"赖兹琴堂暇,傲睨倾菊酒。"唐韦应物《送唐明府…》:"到此安畎俗,琴堂又宴然。"

琴挑文君 qín tiāo wén jūn
【分类】生活
【关键词】司马相如
【释义】男子求爱之典。《史记·司马相如列传》载,卓王孙招临邛令及司马相如饮,"是时卓王孙有女文君新寡,好音,故相如缪与令相重,而以琴心挑之…文君窃从户窥之,心悦而好之,恐不得当也"。
【例句】唐李贺《咏怀》:"弹琴看文君,春风吹鬓影。"唐罗虬《比红儿诗》:"料得相如偷见面,不应帘里挑文君。"宋刘克庄《梅妃》:"箫能妻弄玉,琴可挑文君。"宋姜特立《昭君》:"莫谓琵琶慰行役,琴心不比卓文君。"

琴心 qín xīn
【分类】生活
【关键词】司马相如
【释义】以琴声表达的情意。犹春心。源见"琴挑文君"。
【例句】唐李白《庐山谣寄…》:"早服还丹无世情,琴心三叠道初成。"唐白居易《和殷协律…》:"烦君玉指分明语,知是琴心伴不闻。"唐李群玉《戏赠魏十四》:"兰浦秋来烟雨深,几多情思在琴心。"聂绀弩《首有调…》:"底事至今犹未娶,文君不遇不琴心。"

琴心三叠 qín xīn sān dié
【分类】文化
【关键词】黄庭内景
【释义】道家术语。道家认为修道成功的标志是练功练到心和气静,三丹田和积如一,认为丹田有三:在脐下为下丹田,在心下为中丹田,在两眉间为上丹田。琴为琴音,是和的意思。心为意识活动。叠是积的意思,三叠为三丹田合一。《黄庭内景经·上清章》:"琴心三叠舞胎仙,九气映明出霄间。"
【例句】唐李白《庐山谣寄…》:"早服还丹无世情,琴心三叠道初成。"宋张方平《览九丹上…》:"琴心三叠胎仙舞,箫筦双迎帝子归。"宋郭祥正《赠历溪张…》:"三叠琴心调夜月,一杯茗酌送春风。"宋李纲《次韵艾宣…》:"琴心试与弹三叠,从看婆娑舞羽衣。"

琴奏悲调 qín zòu bēi diào
【分类】生活
【关键词】说苑
【释义】咏悲苦不幸之典。《说苑·尊贤》:"应侯与贾午子坐,闻其鼓琴之声。应侯曰:'今日之琴,一何悲也!'贾午子曰:'夫张急调下,故使人悲耳。急张者良材也,调下者官卑也。取夫良材而卑官之,安能无悲乎?'"
【例句】唐骆宾王《畴昔篇》:"昨夜琴声奏悲调,旭旦含颦不成笑。"宋文天祥《题王甫…》:"狂吟发悲调,谷鸣相律吕。"元高启《答余左司…》:"豪吟自欲继燕歌,悲调岂将同楚些。"明黄泽《己巳盗息…》:"正愁戍角翻悲调,忽喜征衣洗血痕。"

禽庆游 qín qìng yóu
【分类】政治
【关键词】禽庆
【释义】咏归隐之典。《高士传·向长》:"建武中,男女娶嫁完毕…于是遂肆意,与同好北海禽庆俱游五岳名山,竟不知所终。"
【例句】唐李德裕《思归赤松…》:"禽庆潜名岳,鸱夷漾钓舟。"明陈万言《春日集浮…》:"游岳借禽庆,全身拟大疏。"明皇甫汸《春暮索居》:"还期向子招禽庆,为报支公待许询。"明欧大任《丁庸卿陆…》:"游可期禽庆,归能待邴容。"

勤王 qín wáng
【分类】政治
【关键词】谢安
【释义】尽力于王事。《晋书·谢安传》："夏禹勤王，手足胼胝。"臣下发兵救援地位岌岌可危的主子。《宋史·文天祥传》："德祐初，江上报急，诏天下勤王。"
【例句】唐储光羲《奉别长史…》："方伯骤勤王，杞人亦忧天。"唐张谓《送别龙一公》："事佛轻金印，勤王度玉关。"唐岑参《轮台歌奉…》："亚相勤王甘苦辛，誓将报主静边尘。"唐崔涂《赤壁怀古》："汉室河山鼎势分，勤王谁肯顾元勋。"

螓首蛾眉 qín shǒu é méi
【分类】生活
【关键词】诗经
【释义】螓首：额广而方。蛾眉：眉弯而细长。形容女子貌美。《诗经·卫风·硕人》："螓首蛾眉，巧笑倩兮！美目盼兮。"螓：蝉的一种。
【例句】唐司空图《游仙》："蛾眉新画觉娟娟，斗走将花阿母边。"唐皮日休《扬州看辛…》："螓首不言披晓雪，麝脐无主任春风。"宋白玉蟾《赠紫华侍…》："螓首蛾眉天上人，不知何事到红尘。"元欧阳应《小姑山谣》："翡翠奋翼青霞光，宛其螓首蛾眉长。"

沁园 qìn yuán
【分类】生态
【关键词】沁水公主
【释义】汉明帝刘庄第五女刘致——沁水公主的田园，在今河南省沁阳东北。泛称公主的园林。《后汉书·皇后纪下》附《世祖五女》："皇女致，三年封沁水公主，适高密侯邓乾。"
【例句】唐邵升《奉和初春…》："沁园佳丽夺蓬瀛，翠壁红泉绕上京。"唐李适《侍宴安乐…》："平阳金榜凤皇楼，沁水银河鹦鹉洲。"唐韩愈《梁国惠康…》："从今沁园草，无复更芳菲。"唐吴融《无题》："万态千端一瞬中，沁园芜没伫秋风。"

青编 qīng biān
【分类】政治
【关键词】文惠太子
【释义】即青丝简编，用青丝连缀成的竹简书。借指古代史册。《南齐书·文惠太子列传》："时襄阳有盗发古冢者，相传云是楚王冢，大获宝物玉屐、玉屏风、竹简书、青丝编。简广数分，长二尺，皮节如新。"
【例句】唐司空曙《奉和常舍…》："香卷青编内，铅分绿字中。"唐李德裕《雨中自秘…》："青编尽以汲冢来，科共皆从鲁室至。"唐李山甫《读汉史》："当时虚受国君者，谩向青编作鬼林。"宋陆游《读史有感》："读尽青编窗日晚，一樽聊复吊兴亡。"

青出于蓝 qīng chū yú lán
【分类】文化
【关键词】荀子
【释义】比喻学生胜过先生，后人胜过前人。《荀子·劝学》："君子曰：学不可以已。青，取之于蓝，而青于蓝；冰，水为之，而寒于水。"
【例句】唐李白《鲁郡尧祠…》："笑夸故人指绝境，山光水色青于蓝。"唐陆龟蒙《京口与友…》："香还须是桂，青会出于蓝。"宋石介《竹书筒》："长犹不盈尺，青若出于蓝。"宋刘克庄《哭吴卿明辅》："水心文印虽传嫡，青出于蓝自一家。"宋陈贵谦《敬赞月林…》："重重话堕全担荷，青出于蓝只自知。"

青春 qīng chūn
【分类】生活
【关键词】楚辞
【释义】春天；青年时代；也比喻旧的事物重新焕发神采。《楚辞·大招》："青春受谢，白日昭只。"汉王逸注："青，东方春位，其色青也。"
【例句】唐刘希夷《北邙篇》："金谷青春珠绮舞，铜阶碧树玉人游。"唐郭震《米囊花》："却笑野田禾与黍，不闻弦管过青春。"唐杜甫《闻官军收…》："白日放歌须纵酒，青春作伴好还乡。"唐司空曙《送曹同椅》："青春三十余，众艺尽无如。"

青帝 qīng dì
【分类】文化
【关键词】史记
【释义】古代神话中的五天帝之一，是位于东方的司春之神，又称苍帝、木帝、东帝。《史记·封禅书》："秦宣公作密畤于渭南，祭青帝。"
【例句】唐储光羲《秦中守岁》："众星已穷次，青帝方行春。"唐鲍防《元日早朝行》："玄冥无事归朔土，青帝放身入朱宫。"唐韦庄《立春》："青帝东来日驭迟，暖烟轻逐晓风吹。"唐黄巢《题菊花》："他年我若为青帝，报与桃花一处开。"

青犊 qīng dú
【分类】政治
【关键词】东观汉记
【释义】新莽末年河北地区较为强大的一支农民起义军，建武三年为刘秀所镇压。后泛称农民起义军。《东观汉记·邓禹传》："今山东未安，赤眉、青犊之属，动以万数。"
【例句】唐崔涂《己亥岁感事》："正闻青犊起葭萌，又报黄巾犯汉营。"宋文彦博《读汉史》："未暇平青犊，旋闻奉赤符。"宋周紫芝《次韵道卿…》："息马投戈知有日，黑山青犊已先平。"宋沈与求《山西行》："真人中兴似光武，赤眉青犊折箠笞。"

青娥殿脚 qīng é diàn jiǎo
【分类】生活

【关键词】隋炀帝

【释义】指为隋炀帝巡游江都时牵挽龙舟的女子。源见"锦帆天子"。

【例句】唐韦庄《河传》："青娥殿脚春妆媚,轻云里,绰约司花妓。"五代孙光宪《河传》："如花殿脚三千女,争云雨,何处留人住?"宋孔武仲《大业》："春风咫尺伊川路,不放君王殿脚回。"宋王庭圭《丽人行》："君王喜凭绛仙立,殿脚争画双长眉。"

青蚨　qīng fú

【分类】生态

【关键词】淮南万毕

【释义】传说中的虫名,借指钱。《太平御览》引汉刘安《淮南万毕术》："青蚨还钱:青蚨一名鱼,或曰蒲,以其子母各等,置瓮中,埋东行阴垣下,三日后开之,即相从。以母血涂八十一钱,亦以子血涂八十一钱,以其钱更互市,置子用母,置母用子,钱皆自还。"

【例句】唐寒山《诗》："囊里无青蚨,箧中有黄绢。"唐温庭筠《病中书怀…》："客来斟绿蚁,妻试踏青蚨。"唐王苏苏《和李标》："阿谁乱引闲人到,留住青蚨热赶归。"宋郑刚中《米尽》："青蚨不过百枚去,可得明珠一斗还。"

青宫　qīng gōng

【分类】政治

【关键词】东方朔

【释义】太子所居东宫。东方属木,于色为青。《初学记·皇太子》："青宫:东方朔《神异经》曰:东方有宫,青石为墙,高三仞,左右阙高百丈,画以五色,门有银榜,以青石碧镂,题曰:'天地长男之宫'。"

【例句】唐王维《登楼歌》："舍人下兮青宫,据胡床兮书空。"唐韩翃《送李舍人…》："二十青宫吏,成名似者稀。"唐白居易《初授赞善》："病身初谒青宫日,衰貌新垂白发年。"唐姚合《和高谏议》："紫殿讲筵邻御座,青宫宾榻入龙楼。"

青绸　qīng guā

【分类】政治

【关键词】史记

【释义】即青绶带,用于系印钮。汉代二千石的官员用银章青绶,后遂以青绸或青绶作为咏相当于二千石的刺史级官员的典故。《史记·滑稽列传》褚少孙补："及其拜为二千石,佩青绸,出宫门,行谢主人。"

【例句】唐皎然《送柳淡扶…》："自顾青绸好,来将黄鹤辞。"唐柳宗元《同刘二十…》："共思捐佩处,千骑拥青绸。"唐黄滔《寄少常卢》："官拜少常休,青绸换鹿裘。"宋司马光《寄题常州…》："青绸旧已临佳郡,墨客新归耀故乡。"

青海马　qīng hǎi mǎ

【分类】文化

【关键词】马

【释义】吐谷浑放牧于青海的千里马。泛指骏马。《隋书·吐谷浑》："青海周回千余里,中有小山,其俗至冬辄放牝马于其上,言得龙种。吐谷浑尝得波斯草马,放入海,因生骢驹,能日行千里,故时称青海骢焉。"

【例句】唐李商隐《思贤顿》："舞成青海马,斗杀汝南鸡。"唐李商隐《咏史》："运去不逢青海马,力穷难拔蜀山蛇。"唐李商隐《今月二日…》："服箱青海马,入兆渭川熊。"元贝琼《题赵仲穆…》："君不见龙庭首蓿与天远,何人更收青海骢。"明倪谦《题成侍御…》："铁冠执法宝殿东,衣绣更骑青海骢。"

青海头　qīng hǎi tóu

【分类】政治

【关键词】杜甫

【释义】青海边,今青海湖一带,为唐与吐蕃多次作战相争的地区。唐杜甫《兵车行》："君不见青海头,古来白骨无人收。"

【例句】宋罗公升《次韵严叔…》："柳营岂云远,邈若青海头。"宋阎苍舒《赠郡帅郭侯》："将军山西名将种,家声直到青海头。"元郝经《巴陵女子行》："芙蓉零乱入秋水,玉骨直葬青海头。"明张昱《题燕山万…》："风沙日日黄龙塞,雨雪年年青海头。"

青翰舟　qīng hàn zhōu

【分类】文化

【关键词】说苑

【释义】木舟名,刻饰鸟形,涂以青色,故以之称。《说苑·善说》："君独不闻夫鄂君子皙之泛舟于新波之中也?乘青翰之舟…"

【例句】唐刘太真《顾十二况…》："以我碧流水,泊君青翰舟。"唐韩翃《送客知鄂州》："春风落日谁相见,青翰舟中有鄂君。"唐皮日休《初入太湖》："好放青翰舟,堪弄白玉笛。"唐温庭筠《昆明池水…》："滇池海浦俱喧豗,青翰画鹢相次来。"

青巾校尉　qīng jīn xiào wèi

【分类】政治

【关键词】汉光武帝

【释义】东汉时设置的军事官名。代指军队将领。《后汉书·光武帝纪下》："建武九年三月辛亥,初置青巾左校尉官。十五年,改青巾校尉为越骑校尉。"

【例句】唐韩翃《送刘将军》："青巾校尉遥相许,墨槊将军莫大夸。"

青衿　qīng jīn

【分类】生活

【关键词】诗经

【释义】青色交领的长衫。古代学子和明清秀才的常服。借指学子。《诗经·郑风·子衿》："青青子衿,悠悠我心。"汉毛传:"青衿,青领也。学子之所服。"

【例句】唐杜甫《元日示宗武》："训谕青衿子,名惭白首郎。"唐许浑《和淮南王…》："碧油红旆想青衿,积雪窗前尽日吟。"唐方干《感时》："今朝犹作青襟子,明日还成白首翁。"唐杜牧《送王侍御…》："君为珠履三千客,我是青衿七十徒。"

青精饭　qīng jīng fàn
【分类】生活
【关键词】本草拾遗
【释义】即立夏吃的乌米饭。相传为道家太极真人所制,服之延年。唐陈藏器《本草拾遗》："取南烛茎叶捣碎,渍汁浸粳米,九浸九蒸九曝,米粒紧小,黑如莹珠,袋盛可以适远方也。"
【例句】唐杜甫《赠李白》："岂无青精饭,使人颜色好。"唐陆龟蒙《润卿遗青…》："旧闻香积金仙食,今见青精玉斧餐。"宋邓林《题刘功父…》："太平国里青精饭,永熟乡中玉液杯。"宋刘挚《二月二日…》："案头日有青精饭,珊面常浮白玉醅。"

青骊　qīng lí
【分类】文化
【关键词】马
【释义】青马和黑马。青骊马,毛色青黑相杂的骏马。《楚辞补注·招魂》："青骊结驷兮齐千乘,悬火延起兮玄颜烝。"汉王逸注："纯黑为骊…言屈原尝与君俱猎于此,官属齐驾骊马,或青或黑,连千乘,皆同服也。"
【例句】唐王维《燕支行》："麒麟锦带佩吴钩,飒沓青骊跃紫骝。"唐骆宾王《在兖州饯…》："别路青骊远,离尊绿蚁空。"唐韩翃《送蓚县刘…》："草色连绵几千里,青骊躞蹀路旁子。"唐霍总《骢马》："青骊八尺高,侠客倚雄豪。"

青藜杖　qīng lí zhàng
【分类】文化
【关键词】刘向
【释义】亦简称青藜,指夜读照明的灯烛。咏勤奋苦学。源见"青藜照阁"。
【例句】唐刘言史《山中喜雀…》："鹿袖青藜鼠耳巾,潜夫岂解拜朝臣。"宋孔平仲《和子瞻西…》："昨夜青藜光照席,绿阴相对小除书。"宋方岳《八月十四…》："云窗自照青藜杖,月户重修白玉盘。"宋舒亶《再游天童…》："却杖青藜趁流水,目送征鸿下山嘴。"

青藜照阁　qīng lí zhào gé
【分类】文化
【关键词】刘向
【释义】指勤学夜读,精于学问。《三辅黄图·阁》："刘向于成帝之末,校书天禄阁,专精覃思。夜有老人,著黄衣,植青藜杖,叩阁而进。见向暗中独坐诵书,老父乃吹杖端,烟然,因以见向,授《五行洪范》之文。恐词说繁广忘之,乃裂裳及绅以记其言。至曙而去,请问姓名,云:'我是太乙之精,天帝闻卯金之子有博学者,下而观焉。'"
【例句】宋李壁《钱史君见…》："青藜不照蓬莱阁,云断苍梧怆百神。"宋龚璛《盛庶斋先…》："白雪共闻楼上曲,青藜

谁照阁中书。"宋韩琦《陈商学士…》："青藜照字观奇废,朱雀分符锡命优。"宋王安石《上元戏呈…》："不知太乙游何处,定把青藜独照公。"

青李来禽　qīng lǐ lái qín
【分类】生活
【关键词】王羲之
【释义】晋王羲之《与蜀郡守朱书帖》的别称,因其首有青李来禽。亦省称来禽。《青李来禽帖》："青李、来禽、樱桃、日给藤子,皆囊盛为佳,函封多不生。足下所疏云:'此果佳,可为致子,当种之。此种,彼胡桃皆生也。'吾笃喜种果,今在田里,惟以此为事,故远及足下致子者,大惠也。"青李:李子的一种。来禽:即沙果。
【例句】唐温庭筠《洞户二十…》："画图惊《走兽》,书帖得《来禽》。"唐李煜《病中书事》："月照静居唯捣药,门扃幽院只来禽。"宋苏轼《玉堂栽花…》："只有《来禽青李帖》,他年留与学书人。"宋苏轼《次韵答舒…》："作书寄君君莫笑,但觅来禽与青李。"宋毛滂《师文莫君…》："归田当赋觅桃诗,岂有来禽青李帖。"宋谢薖《寄王立之》："家有来禽帖,门无载酒车。"

青帘　qīng lián
【分类】生活
【关键词】刘禹锡
【释义】旧时酒店门口挂的幌子,多用青布制成。借指酒家。唐刘禹锡《鱼复江中》："风樯好住贪程去,斜日青帘背酒家。"
【例句】唐郑谷《旅寓洛阳…》："白鸟窥鱼网,青帘认酒家。"唐牟融《沈存尚林…》："近山红叶堆林屋,隔浦青帘拂画楼。"唐杨汉公《明月楼》："吴兴城阙水云中,画舫青帘处处通。"宋强至《送吕监簿…》："白发亲庭宽北望,青帘客舫喜南飞。"

青莲居士　qīng lián jū shì
【分类】文化
【关键词】李白
【释义】李白,字太白,号青莲居士,又号谪仙人,唐代诗人,被誉为诗仙。唐李白《答湖州迦叶司马问白是何人》："青莲居士谪仙人,酒肆藏名三十春。"
【例句】唐杜光庭《读书台》："华月冰壶依旧在,青莲居士几时来。"宋师道《题画李白真》："青莲居士亦其亚,斗酒百篇天所借。"宋敖陶孙《代人寿度…》"；"青莲居士亦其裔,太白沦精来谒帝。"宋白玉蟾《冥鸿阁即事》："夜饮青莲居士家,高吟大笑对梅花。"

青陵台　qīng líng tái
【分类】生活
【关键词】韩凭
【释义】咏爱情忠贞之典。《搜神记》："宋康王以韩凭(也作韩朋)妻美而夺之,使筑青陵台,然后杀之。其妻请临丧,遂投身而死。王令分埋台左右。期年各生一梓树,及大,

树枝相交,有二鸟哀鸣其上。因号之曰相思树。"
【例句】唐李白《白头吟》:"古来得意不相负,只今惟有青陵台。"唐李商隐《青陵台》:"青陵台畔日光斜,万古贞魂倚暮霞。"唐储嗣宗《宋州月夜…》:"寂寞青陵台上月,秋风满树鹊南飞。"元胡布《陌上桑》:"使妾家贫成独处,梦魂亦绕青陵台。"

青绫被 qīng líng bèi
【分类】政治
【关键词】汉官旧仪
【释义】汉朝时,尚书郎值夜,官家给青缣白绫被褥使用。《汉官旧仪》:"中臣在省中皆白请,其宦者不白请。尚书郎宿留省,中官给青缣白绫被或锦被、帷帐、毡褥、通中枕,太官供食,汤官供饼饵果实,下天子一等。"
【例句】宋王禹偁《谢同年黄…》:"官供谩说青绫被,私便全胜白接䍦。"宋宋祁《蜡祠宿太…》:"无奈此时怀共被,各分台署拥青绫。"宋王安石《送王郎中…》:"持归霄汉青绫被,去看吴都白马潮。"宋韦骧《又和忆小…》:"幽香不到青绫被,冷艳应迷白羽衣。"

青龙白虎车 qīng lóng bái hǔ chē
【分类】文化
【关键词】沈羲
【释义】喻指得道成仙之典。源见"沈羲升天"。
【例句】唐李白《早望海霞边》:"举手何所待,青龙白虎车。"唐元阳子《金液还丹歌》:"阴阳冥寞不可知,青龙白虎自相持。"宋赵昚《逍遥咏》:"朱雀坎虬安在后,青龙白虎免交争。"宋张伯端《挨排四象…》:"东方青龙西白虎,南面朱雀北玄武。"

青楼 qīng lóu
【分类】生活
【关键词】曹植
【释义】青漆涂饰的豪华精致的楼房。现多指妓院或妓女。三国魏曹植《美女篇》:"借问女安居?乃在城南端。青楼临大路,高门结重关。"
【例句】唐骆宾王《帝京篇》:"小堂绮帐三千户,大道青楼十二重。"唐骆宾王《代女道士…》:"朝云旭日照青楼,迟晖丽色满皇州。"唐处默《织妇》:"成缣犹自陪钱纳,未直青楼一曲歌。"唐王建《铜雀台》:"青楼月夜长寂寞,碧云日暮空徘徊。"

青楼薄幸名 qīng lóu bó xìng míng
【分类】生活
【关键词】杜牧
【释义】在青楼妓女中间,有轻薄负心的坏名声。形容人行为轻薄不检点。唐杜牧《遣怀》:"十年一觉扬州梦,赢得青楼薄倖名。"
【例句】宋秦观《满庭芳》:"谩赢得、青楼薄倖名存。"宋贺铸《扬州叙游》:"杜紫微灵定相笑,青楼薄倖不知名。"明徐熥《马姬馆赠…》:"千秋白社工文客,半世青楼薄倖名。"明释函可《寄与然师》:"半世风流薄倖名,蛮烟琴韵苦冰清。"

青鸾 qīng luán
【分类】文化
【关键词】庾信
【释义】古代传说中凤凰一类的神鸟,赤色多者为凤,青色多者为鸾,多为神仙坐骑。喻指美貌女子。也喻指青鸟。北周庾信《谢赵王赉干鱼启》:"文鳐夜触,翼似青鸾。"
【例句】唐王昌龄《萧驸马宅》:"青鸾飞入合欢宫,紫凤衔花出禁中。"唐李白《代美人愁镜》:"影中金鹊飞不灭,台下青鸾思独绝。"唐戴叔伦《早春曲》:"玉颊啼红梦初醒,羞见青鸾镜中影。"宋柳永《木兰花》:"坐中年少暗消魂,争问青鸾家远近。"

青骡 qīng luó
【分类】文化
【关键词】李少君
【释义】咏神仙、方士之典。《太平御览》引《鲁女生别传》:"李少君死后百余日后,人有见少君在河东蒲坂乘青骡,帝闻之,发棺,无所有。"
【例句】唐王维《哭褚司马》:"尚忆青骡去,宁知白马来。"唐李贺《马诗》:"少君骑海上,人见是青骡。"唐雍陶《哭饶州吴…》:"神仙难见青骡事,谏议空留白马名。"唐张贲《奉和袭美…》:"几度吊来唯白鹤,此时乘去必青骡。"

青螺髻 qīng luó jì
【分类】生活
【关键词】皮日休
【释义】形如青螺的发髻。唐皮日休《太湖诗》:"似将青螺髻,撒在明月中。"
【例句】宋韩维《和景仁探春》:"山色青螺髻,清波绿鸭头。"宋苏轼《宝山新开径》:"回观佛国青螺髻,踏遍仙人碧玉壶。"宋苏轼《蝶恋花》:"北固山前三面水,碧琼梳拥青螺髻。"宋谢逸《陪通守承…》:"山横云外青螺髻,树列檐前翠羽幢。"

青梅竹马 qīng méi zhú mǎ
【分类】生活
【关键词】李白
【释义】形容男女儿童之间两小无猜的情状。唐李白《长干行》:"郎骑竹马来,绕床弄青梅。同居长干里,两小无嫌猜。"
【例句】唐韦庄《下邳感旧》:"昔为童稚不知愁,竹马闲乘绕县游。"唐白居易《赠楚州郭…》:"笑看儿童骑竹马,醉携宾客上仙舟。"唐赵嘏《淮信贺滕…》:"旌旆影前横竹马,咏歌声里乐樵童。"唐卢肇《嘲小儿》:"昨日见来骑竹马,今朝早是有年人。"

青门 qīng mén
【分类】生活

【关键词】三辅黄图
【释义】汉长安城东南门,本名霸城门,因其门色青,故俗呼为青城门。青门外有灞桥,汉人送客至此桥,折柳赠别。后泛指游冶、送别之处。《三辅黄图·都城十二门》:"长安城东,出南头第一门曰霸城门。民见门色青,名曰青城门,或曰青门。"
【例句】唐杨师道《阙题》:"羊车讵畏青门闭,兔月今宵照后庭。"唐刘方平《秋夜寄皇…》:"长怜西雍青门道,久别东吴黄鹄矶。"唐于武陵《感情》:"尽向青门外,东随渭水波。"唐王维《奉和圣制…》:"长乐青门外,宜春小苑东。"

青冥 qīng míng
【分类】政治
【关键词】楚辞
【释义】指苍天。喻仙境、天庭。形容青苍幽远。或喻高位,显要的职位。源见"青冥姿"。
【例句】唐李白《梦游天姥…》:"青冥浩荡不见底,日月照耀金银台。"唐施肩吾《瀑布》:"豁开青冥颠,写出万丈泉。"宋欧阳修《感事》:"开坟见空棺,谓已超青冥。"明徐渭《泛舟九曲》:"老王乱青冥,皇天夜遗蜕。"

青冥姿 qīng míng zī
【分类】政治
【关键词】楚辞
【释义】能直上云天的风姿。喻身居高位。青冥,形容青苍幽远。指青天;也指仙境;天庭。《楚辞·九章·悲回风》:"据青冥而摅虹兮,遂倏忽而扪天。"王逸注:"上至玄冥,舒光耀也。所至高眇不可逮也。"
【例句】唐岑参《虢中酬陕…》:"夫子廊庙器,迥然青冥姿。"唐李白《梦游天姥…》:"青冥浩荡不见底,日月照耀金银台。"明钟芳《有感》:"峨峨白玉堂,矫矫青冥姿。"

青囊书 qīng náng shū
【分类】文化
【关键词】郭璞
【释义】指道家经典。《晋书·郭璞传》:"有郭公者,客居河东,精于卜筮,璞从之受业。公以青囊中书九卷与之,由是遂洞五行、天文、卜筮之术…璞门人赵载尝窃青囊书,未及读,而为火所焚。"
【例句】唐陈子昂《酬田逸人…》:"传道寻仙友,青囊卖卜来。"唐岑参《上嘉州青…》:"早岁爱丹经,留心向青囊。"唐杨巨源《题赵孟庄》:"愿事郭先生,青囊书几卷。"唐杜牧《赠朱道灵》:"刘根丹篆三千字,郭璞青囊两卷方。"

青鸟 qīng niǎo
【分类】文化
【关键词】汉武帝
【释义】青色的禽鸟。传说中为西王母取食传信的神鸟;代称信使。《汉武故事》:"七月七日,上于承华殿斋,正中,忽有一青鸟从西方来,集殿前。上问东方朔,朔曰:'此西王母欲来也。'有顷,王母至,有两青鸟如乌,侠侍王母旁。"
【例句】唐卢照邻《行路难》:"黄莺——向花娇,青鸟双双将子戏。"唐李峤《拟古东飞…》:"传书青鸟迎箫凤,巫岭荆台数通梦。"唐杜甫《丽人行》:"杨花雪落覆白苹,青鸟飞去衔红巾。"唐李贺《恼公》:"符因青鸟送,囊用绛纱缝。"

青鸟独来 qīng niǎo dú lái
【分类】政治
【关键词】汉武帝
【释义】哀挽帝王后妃之典。《汉武故事》:钩弋夫人既葬而失尸,帝"为起通灵台于甘泉,常有一青鸟集台上往来,至宣帝时乃止。"
【例句】唐钱起《贞懿皇后…》:"通灵深眷想,青鸟独飞来。"

青鸟使 qīng niǎo shǐ
【分类】文化
【关键词】山海经
【释义】神话传说中为西王母传递信息的使者,后指传递书信的使者。《山海经·大荒西经》:"沃之野有三青鸟,赤首黑目,一名曰大鵹,一名少鵹,一名曰青鸟。"《注》:"皆西王母所使也。"
【例句】唐孟浩然《清明日宴…》:"忽逢青鸟使,邀入赤松家。"唐白居易《山石榴花…》:"好差青鸟使,封作百花王。"唐李商隐《昨日》:"昨日紫姑神去也,今朝青鸟使来赊。"唐段成式《戏高侍御》:"曾城自有三青鸟,不要莲东双鲤鱼。"

青牛 qīng niú
【分类】文化
【关键词】老子
【释义】全名板角青牛,太上老君之坐骑,乃上古瑞兽兕。相传兕状如牛,苍黑,板角。逢天下盛,而现世出。《史记·老子伯夷列传》:"老子西游,关令尹喜望见有紫气浮关,老子果骑青牛而过也。"
【例句】唐李世民《焚经台》:"青牛漫说函关去,白马亲从印土来。"唐骆宾王《代女道士…》:"青牛紫气度灵关,尺素艳鳞去不还。"唐岑参《函谷关歌》:"白马公孙何处去,青牛老人更不还。"聂绀弩《放牛》:"青牛此饮尤当饱,函谷关高缺渼陂。"

青牛道士 qīng niú dào shì
【分类】文化
【关键词】甘始
【释义】汉朝方士封君达常爱骑青牛在乡间以道术行医,号称青牛道士。后常代指有道术之士。《后汉书·甘始传》:"甘始、郭延年、冯君达三人者,皆方士也。…君达号'青牛师'。"
【例句】唐骆宾王《秋日钱陆…》:"青牛游华岳,赤马走吴宫。"唐曹邺《偶题》:"白玉先生多在市,青牛道士不居山。"唐储嗣宗《山邻》:"柱史从来非俗吏,青牛道士莫相疑。"唐曹邺《偶题》:"白玉先生多在世,青牛道士不居山。"

青奴 qīng nú
【分类】文化
【关键词】苏轼
【释义】夏日取凉寝具,用竹青篾编成,或用整段竹子做成。源见"竹夫人"。
【例句】宋章甫《谢张倅惠茶》:"青奴可怜姑少却,睡魔退舍诗魔作。"宋黄庭坚《赵子充示…》:"我无红袖堪娱夜,正要青奴一味凉。"宋王炎《即事》:"拂拭青奴供昼眠,半晴半雨酿愁天。"宋周紫芝《舟中睡起》:"幅巾听雨卧风檐,呼得青奴伴晚凉。"

青女 qīng nǚ
【分类】文化
【关键词】淮南子
【释义】古代传说中掌管霜雪的女神;借指霜雪;喻指白发。《淮南子·天文训》:"至秋三月…青女乃出,以降霜雪。"汉高诱注:"青女,天神,青霄玉女,主霜雪也。"
【例句】唐杜审言《重九日宴…》:"降霜青女月,送酒白衣人。"唐李商隐《霜月》:"青女素娥俱耐冷,月中霜里斗婵娟。"唐杜甫《秋野》:"飞霜任青女,赐被隔南宫。"唐李商隐《十一月中…》:"素娥惟与月,青女不饶霜。"

青袍白马 qīng páo bái mǎ
【分类】政治
【关键词】侯景
【释义】咏叛乱之典。喻指叛军。《梁书·侯景传》:"(景)自篡立之后,时著白沙帽,而尚披青袍…普通(梁武帝萧衍年号)中,童谣曰:'青丝白马寿阳来。'后景果乘白马,兵皆青衣。"
【例句】唐李端《送黎少府…》:"白马如风疾,青袍夺草新。"唐杜甫《洗兵马》:"青袍白马更何有,后汉今周喜再昌。"唐杜甫《至后》:"青袍白马有何意,金谷铜驼非故乡。"宋郑獬《送盛寺丞》:"秋风嘶白马,路草照青袍。"

青萍 qīng píng
【分类】文化
【关键词】剑
【释义】古宝剑名。泛指剑。喻指兵柄,军权。汉陈琳《答东阿王笺》:"君侯体高世之才,秉青萍、干将之器。"吕延济注:"青萍、干将,皆剑名也。"
【例句】唐李白《邺中赠王大》:"紫燕枥下嘶,青萍匣中鸣。"唐方干《王将军》:"保宁帝业青萍在,投弃儒书绦帐空。"唐杜甫《秦州见敕…》:"仰思调玉烛,谁定握青萍。"唐权德舆《户部王曹…》:"含毫白雪飞,出匣青萍利。"

青萍风 qīng píng fēng
【分类】文化
【关键词】宋玉
【释义】咏风之典。指风之初起乍作。

【例句】宋杨亿《游王氏东园》:"青萍风暖天鸡出,文杏巢乾海燕归。"宋洪刍《次韵和彦…》:"玉局思无限,青萍风自生。"元王恽《满江红》:"三尺青萍冠义在,看君冠盖长安陌。"清方鹤斋《遣兴》:"风约青萍池皱面,雨肥红薜石生肤。"

青萍末 qīng píng mò
【分类】文化
【关键词】宋玉
【释义】亦称青萍风。指初起的风,小风。比喻大影响、大思潮从微细不易察觉之处引发。战国楚宋玉《风赋》:"夫风生于地,起于青萍之末,侵淫溪谷,盛怒于土囊之口。"
【例句】唐刘长卿《负谪后登…》:"秦台悲白首,楚泽怨青萍。"唐韦元旦《奉和立春…》:"向苑云疑承翠幄,入林风若起青萍。"唐鲍溶《客途逢乡…》:"青萍寄流水,安得长相亲。"唐温庭筠《过孔北海墓》:"钝工磨白璧,凡石砺青萍。"

青旗 qīng qí
【分类】政治
【关键词】礼记
【释义】绘蛟龙并有铃铛的绿色旗子,为帝王所用。喻指帝王。《礼记·月令》:"天子居青阳左个。乘鸾路,驾仓龙,载青旗,衣青衣。"
【例句】唐宋之问《苑中遇雪…》:"紫禁仙舆诘旦来,青旗遥倚望春台。"唐刘宪《奉和立春…》:"禁苑韶华此日归,东郊道上转青旗。"唐武平一《奉和立春…》:"銮辂青旗下帝台,东郊上苑望春来。"宋张公庠《宫词》:"太皞祠坛数级红,青旗摇曳日朦胧。"

青钱 qīng qián
【分类】文化
【关键词】杜甫
【释义】即青铜钱。唐杜甫《北邻》:"青钱买野竹,白帻岸江皋。"
【例句】唐杜甫《逼仄行赠…》:"径须相就饮一斗,恰有三百青铜钱。"唐白居易《晚春重到》:"满砌荆花铺紫毯,隔墙榆荚撒青钱。"宋刘敞《和伯镇初…》:"腰间紫绶新光彩,都内青钱厚宠私。"宋郭祥正《闻陈伯育…》:"美名合预青钱选,邪党今从白眼分。"

青钱万选 qīng qián wàn xuǎn
【分类】文化
【关键词】员半千
【释义】比喻文采出众。《新唐书·张荐传》:"员外郎员半千数为公卿称'鷟文辞犹青铜钱,万选万中',时号鷟'青钱学士'。"
【例句】宋晏殊《示张寺丞…》:"游梁赋客多风味,莫惜青钱万选才。"宋黄庭坚《次韵文潜》:"谁怜旧日青钱选,不立春风玉笋班。"宋赵抃《次韵前人…》:"谪宦青钱曾万选,承恩白首是三公。"宋郭祥正《闻陈伯育…》:"美名合预青钱选,邪党今从白眼分。"

青禽 qīng qín
【分类】政治
【关键词】汉武帝
【释义】悼念死者之典。源见"青鸟独来"。
【例句】唐温庭筠《马嵬佛寺》:"曼倩死来无绝艺,后人谁肯惜青禽。"宋晁说之《我昔题南…》:"白叟披衣论甲子,青禽哺乳占莓台。"宋谢翱《鄞女墓》:"网草新垂月中露,青禽夜宿菱塘渚。"宋释长吉《桐柏崇道观》:"蓬丘不断青禽位,仙仗时来白虎軿。"

青青成斧柯 qīng qīng chéng fǔ kē
【分类】政治
【关键词】说苑
【释义】意为如果不趁青青翠嫩之时砍伐,必将长成斧柄粗的巨干。比喻应见微知著,防甚于始。《说苑·敬慎》:"绵绵不绝,将成网罗。青青不伐,将寻斧柯。诚不能慎之,祸之根也。"
【例句】唐陈子昂《感遇诗》:"谁见枯城蘖,青青成斧柯。"唐陈子昂《感遇诗》:"微霜知岁晏,斧柯始青青。"明李之淳《拾薪》:"山北山南万树,斧柯不到青枝。"明文彭《五月新晴…》:"茶烹雪乳新罗岭,砚洗青花旧斧柯。"

青青河畔草 qīng qīng hé pàn cǎo
【分类】生活
【关键词】古诗
【释义】托物起兴诗句,后常用以抒发对恋人或对友人的思念之情。汉《古诗十九首》:"青青河畔草,郁郁园中柳。盈盈楼上女,皎皎当窗牖。"
【例句】唐不详《东阳夜怪诗》:"赖有青青河畔草,春来犹得慰羁情。"唐张仲素《秋思赠远》:"为问青青河畔草,几回经雨复经霜。"唐韩琮《晚春江晴》:"青青河畔草,不是望乡时。"五代和凝《宫词》:"遥望青青河畔草,几多归马与休牛。"

青雀舫 qīng què fǎng
【分类】文化
【关键词】方言
【释义】指船首画有青雀的船。泛指华贵游船。《方言》:"舟…或谓之鹢首。"晋郭璞注:"鹢,鸟名也。今江东贵人船前作青雀,是其像也。"
【例句】唐刘长卿《秋日夏口…》:"偶乘青雀舫,还在白鸥群。"唐刘吉史《送人随姊…》:"闲congo维私向武城,北风青雀片时行。"唐韩翃《送客归江州》:"客舍不离青雀舫,人家旧在白鸥洲。"唐白居易《池上小宴…》:"雨滴篷声青雀舫,浪摇花影白莲池。"

青山葬 qīng shān zàng
【分类】文化
【关键词】李白
【释义】咏李白墓葬之典。《新唐书·李白传》:"元和末,宣歙观察使范传正祭其冢,禁樵采。访后裔,惟二孙女嫁为民妻,进止仍有风范,因泣曰:'先祖志在青山,顷葬东麓,非本意。'传正为改葬,立二碑焉。"
【例句】宋刘克庄《李杜》:"谪仙葬青山,女嫁为农妻。"宋赵蕃《十六夜月》:"青山葬李白,苏门隐孙登。"元凌希惠《挽陈公辅…》:"青山葬地生前定,缥帙遗书没后传。"明李昌祺《悼王翁》:"白头赢得青山葬,多少寒沙暴骨人。"

青衫 qīng shān
【分类】政治
【关键词】江淹
【释义】古时学子所穿之服。南朝江淹《丽色赋》:"楚臣既放,魂往江南。弟子曰:玉释佩,马解骖。蒙蒙绿水,裹裹青衫。乃召巫史:兹忧何止?"
【例句】唐白居易《琵琶行》:"座中泣下谁最多?江州司马青衫湿。"唐耿湋《过三郊驿…》:"冉冉青衫客,悠悠白发人。"唐张籍《同行作韦…》:"重著青衫承诏命,齐趋紫殿异班行。"唐白居易《山居》:"除却青衫在,其余便是僧。"

青史 qīng shǐ
【分类】政治
【关键词】江淹
【释义】古代以竹简记事,故称史籍为青史。南朝江淹《诣建平王上书》:"俱启丹册,并图青史。"
【例句】唐刘希夷《北邙篇》:"不信草经延暮齿,惟求青史列虚名。"唐李颀《送刘十》:"诸兄相继掌青史,第五之名齐骠骑。"唐岑参《轮台歌奉…》:"古来青史谁不见,今见功名胜古人。"唐温庭筠《过陈琳墓》:"曾于青史见遗文,今日飘蓬过此坟。"

青琐 qīng suǒ
【分类】政治
【关键词】元后
【释义】装饰皇宫门窗的青色连环花纹。借指宫廷。泛指豪华富丽的房屋建筑。《汉书·元后传》:"曲阳侯根骄奢僭上,赤墀青琐。"唐颜师古注:"孟康曰:'以青画户边镂中,天子之制也。'…孟说是。青琐者,刻为连环文,而青涂之也。"
【例句】唐王翰《飞燕篇》:"红妆宝镜珊瑚台,青琐银簧云母扇。"唐岑参《宿歧州北…》:"君虽在青琐,心不忘沧洲。"唐李白《玉壶吟》:"揄扬九重万乘主,谑浪赤墀青琐贤。"唐崔颢《邯郸宫人怨》:"百堵涂椒接青琐,九华阁道连洞房。"

青琐郎 qīng suǒ láng
【分类】政治
【关键词】汉官仪
【释义】黄门侍郎的别称。黄门侍郎又称黄门郎,秦代初置,即给事于宫门之内的郎官,是皇帝近侍之臣,可传达诏令。《汉官仪》:"黄门郎,每日暮,向青琐门拜,谓之夕郎。"

【例句】唐杜甫《奉同郭给…》:"飘飘青琐郎,文采珊瑚钩。"唐罗衮《赠罗隐》:"向夕便思青琐郎,近年寻伴赤松游。"唐岑参《初至西虢…》:"敢恨青琐客,无情华省郎。"唐韦庄《和郑拾遗…》:"诏催青琐客,时待紫微郎。"

青琐门 qīng suǒ mén
【分类】政治
【关键词】王允
【释义】汉代宫门名。古皇宫宫门有门楣格两重,里重为青色,称青锁,因此宫门又称青琐门。《后汉书·王允传》:"布驻马青琐门外,招允曰:'公可以去乎?'"

【例句】唐李颀《听董大弹…》:"长安城连东掖垣,凤凰池对青琐门。"唐韩翃《别孟都督》:"他时相忆如相问,青琐门前开素书。"宋陈普《王允》:"青琐门前招不去,相期犹不负林宗。"明陆粲《送魏师召…》:"魏子昨捧分司檄,与我青琐门相逢。"

青田鹤 qīng tián hè
【分类】文化
【关键词】鹤
【释义】咏仙鹤或赞喻才士之典。《初学记·永嘉郡记》:"有沐溪野,去青田九里,此中有双白鹤,年年生子,长大便去,只余父母一双在耳。清白可爱,多云神所养。"

【例句】唐武三思《仙鹤篇》:"白鹤乘空何处飞,青田紫盖本相依。"唐胡嘉鄢《送贺秘监…》:"凤书开紫观,鹤驾待青田。"唐杜甫《秋日夔府…》:"马来皆汗血,鹤唳必青田。"唐陆龟蒙《送浙东德…》:"诗怀白阁僧吟苦,俸买青田鹤价偏。"

青芜国 qīng wú guó
【分类】生态
【关键词】杜甫
【释义】形容杂草丛生。唐杜甫《徐步》:"整履步青芜,荒庭日欲晡。"

【例句】唐温庭筠《春江花月》:"玉树歌阑海云黑,花庭忽作青芜国。"宋刘克庄《满江红》:"飘荡随他红叶水,萧条化作青芜国。"明杨慎《春望》:"梁王阁道青芜国,渔父帆樯白鸟风。"清严遂成《题耕岩草…》:"君不见洛阳铜驼卧荆棘,玉津金谷青芜国。"

青溪道士 qīng xī dào shì
【分类】文化
【关键词】鬼谷子
【释义】晋郭璞《游仙诗七首》:"青溪千余仞,中有一道士。借问此何谁,云是鬼谷子。"诗中称战国时期的纵横家之师鬼谷子为青溪道士。后遂用为咏隐居的道术之士之典。

【例句】唐白居易《和微之诗》:"暮与一道士,出寻青溪居。"唐施肩吾《同张鍊师…》:"青溪道士紫霞巾,洞里仙家旧是邻。"唐高骈《步虚词》:"青溪道士人不识,上天下地鹤一只。"宋陈虞之《山水小景》:"青溪道士坐船上,自按玉箫人不闻。"

青箱 qīng xiāng
【分类】文化
【关键词】王准之
【释义】指收藏书籍字画的箱笼。源见"青箱传学"。

【例句】唐贾耽《赋虞书歌》:"须知孔子庙堂碑,便是青箱中至宝。"唐陆龟蒙《药名离合…》:"青箱有意终须续,断简遗编一半通。"宋汪藻《致政王参…》:"手把青箱传后裔,日陪黄阁转洪钧。"宋韩驹《次韵苏文…》:"青箱教子书千卷,白发思亲天一方。"

青箱传学 qīng xiāng chuán xué
【分类】生活
【关键词】王准之
【释义】谓以史学为家学世代相传。《宋书·王准之传》:"曾祖彪之…博闻多识,练悉朝仪,自是家世相传,并谙江左旧事,缄之青箱,世人谓之'王氏青箱学'。"

【例句】唐刘禹锡《南海马大…》:"青箱传学远,金匮纳书成。"唐刘禹锡《衢州徐员…》:"远放歌声分白纻,知传家学与青箱。"宋葛胜仲《诸人各见…》:"从来家学传青箱,禄侈万石今方将。"明叶芝《庐陵赠别…》:"世有青箱传绛帐,文从学海起词林。"

青鞋布袜 qīng xié bù wà
【分类】政治
【关键词】杜甫
【释义】指平民的装束。常形容归隐的生活。唐杜甫《奉先刘少府新画山水障歌》:"吾独胡为在泥滓?青鞋布袜从此始。"

【例句】宋毛滂《雨中采石…》:"皂盖铜章久污人,青鞋布袜亦生尘。"宋王之望《又题鸿祐寺》:"青鞋布袜云门路,拄杖穿林归去来。"宋李纲《送周元中…》:"青鞋布袜平生事,野鹤孤云到处山。"宋陆游《天凉时往…》:"万壑千岩自古传,青鞋布袜更谁先。"

青眼白眼 qīng yǎn bái yǎn
【分类】生态
【关键词】阮籍
【释义】青眼:正视的眼光;白眼:斜视的眼光。形容用不同的眼光看待自己好恶的人。《晋书·阮籍传》:"籍又能为青白眼。见礼俗之士,以白眼对之。及嵇喜来吊,籍作白眼,喜不怿而退;喜弟康闻之,乃赍酒挟琴造焉,籍大悦,乃见青眼。"

【例句】唐王维《与卢员外…》:"科头箕踞长松下,白眼看他世上人。"唐杜甫《饮中八仙歌》:"举觞白眼望青天,皎如玉树临风前。"唐李绅《移九江》:"四座眼全青,一麾头半白。"聂绀弩《钟三四清归》:"青眼高歌望吾子,红心大干管他妈。"

青阳　qīng yáng

【分类】生活
【关键词】尔雅
【释义】指春天。借指青春年少的面容。《尔雅注疏·释天》："春为青阳，夏为朱明，秋为白藏，冬为玄英，四气和谓之玉烛。"晋郭璞注："气清而温阳。"宋邢昺疏："言春之气和则青而温阳也。"
【例句】唐潘孟阳《元日和布泽》："青阳初应律，苍玉正临轩。"唐李贺《赠陈商》："黄昏访我来，苦745阳皱。"唐张说《奉和圣制…》："禁林艳裔发青阳，春望逍遥出画堂。"唐刘长卿《岁日见新…》："青阳振蛰初颁历，白首衔冤欲问天。"

青腰　qīng yāo

【分类】文化
【关键词】淮南子
【释义】传说中主降霜雪的女神。喻仙女。《淮南子·天文训》："至秋三月，地气不藏，乃收其杀，百虫蛰伏，静居闭户，青女乃出，以降霜雪。"喻荷梗。宋晏几道《蝶恋花》："笑艳秋莲生绿浦，红脸青腰，旧识凌波女。"
【例句】唐柳冲用《巨胜歌并序》："未知赤血与青腰，终日只向铅中作。"唐徐真君《石胆歌》："将军此朝须舞剑，青腰小儿莫相厌。"唐曹唐《小游仙诗》："天上鸡鸣海日红，青腰侍女扫朱宫。"宋王安石《读眉山集…》："神女青腰宝髻鸦，独藏云气委飞车。"

青翼　qīng yì

【分类】文化
【关键词】山海经
【释义】即青鸟使，神话中为西王母传递信息的鸟，后因指传递书信的使者。源见"青鸟使"。
【例句】唐孟浩然《清明日宴…》："忽逢青鸟使，邀入赤松家。"宋赵令畤《蝶恋花》："青翼蓦然来报喜，鱼笺微谕相容意。"宋张商英《金精山留题》："苦凭青翼致消息，陈说富贵夸膏粱。"宋邹浩《曾氏北园》："凭仗开时属青翼，已判飞雪满悬鹑。"宋赵鼎臣《戏马子约》："见说黄金难可意，试凭青翼去相闻。"

青鹦鹉　qīng yīng wǔ

【分类】文化
【关键词】鹦鹉
【释义】鹦鹉等珍禽的泛称。《太平御览》引《南方异物志》："鹦鹉有三种：一种青，大如乌白，一种白，大如鸱鸮，一种五色，大于青而小于白者，交州以南尽有之。"
【例句】唐李商隐《和孙朴韦…》："可在青鹦鹉，非关碧野鸡。"宋胡宿《闻莺》："肯比青鹦鹉，雕笼受闭关。"明卢楠《寄高贞庵…》："愿作青鹦鹉，能言向陇西。"清元祚《从安节宓…》："我家住近黄鹤楼，门对青青鹦鹉洲。"

青蝇报赦　qīng yíng bào shè

【分类】政治
【关键词】苻坚
【释义】赦罪之典。《晋书·苻坚载记》："坚亲为赦文…有一大苍蝇入自牖间，鸣声甚大，集于笔端，驱而复来。俄而长安街巷市里人相告曰：'官今大赦。'…于是敕外穷推之，咸言有一小人衣黑衣，大呼于市曰：'官今大赦。'须臾不见。"
【例句】唐刘禹锡《浙西李大…》："议赦蝇栖笔，邀歌蚁泛醪。"唐李端《杂歌呈郑…》："且闻童子是苍蝇，谁谓庄生异蝴蝶。"宋王禹偁《放言》："关从白马欺来度，赦被青蝇暗里传。"宋范成大《别拟太上…》："甫贺蝇传赦，俄惊鹤驭风。"

青蝇吊客　qīng yíng diào kè

【分类】生活
【关键词】虞翻
【释义】意谓生前没有知己。《三国志·虞翻传》南朝宋裴松之注引《虞翻别传》："翻放弃南方，云'自恨疏节，骨体不媚，犯上获罪，当长没海隅，生无可与语，死以青蝇为吊客，使天下一人知己者，足以不恨。'"
【例句】唐元稹《出门行》："丧车黔首葬，吊客青蝇至。"唐李德裕《到恶溪夜…》："青蝇岂独悲虞氏，黄犬应闻笑李斯。"明曹学佺《挽周先生…》："不知寂寞高堂下，尚有青蝇吊客无。"明彭孙贻《哭伯父孝…》："腐草游魂化萤火，凭棺吊客止青蝇。"

青蝇营营　qīng yíng yíng yíng

【分类】政治
【关键词】诗经
【释义】形容奸佞进谗，加害忠良，诽谤君子。青蝇指谗佞。《诗经·小雅·青蝇》："营营青蝇，止于樊。岂弟君子，无信谗言。营营青蝇，止于棘。谗人罔极，交乱四国。"郑笺："蝇之为虫，污白使黑，污黑使白，喻佞人变乱善恶也。"
【例句】唐陈子昂《宴胡楚真…》："青蝇一相点，白璧遂成冤。"唐李白《鞠歌行》："楚国青蝇何太多，连城白璧遭谗毁。"唐李贺《感讽》："都门贾生墓，青蝇久断绝。"唐刘禹锡《伤丘中丞》："何人为吊客，唯是有青蝇。"

青油幕　qīng yóu mù

【分类】文化
【关键词】萧韶
【释义】青油涂饰的帐幕。《南史·萧韶传》："韶接信甚薄，坐青油幕下，引信入宴。"
【例句】唐刘禹锡《酬令狐相…》："熊罴交黑槊，宾客满青油。"唐武元衡《送田三端…》："青油幕里人如玉，黄鹤楼中月并钩。"唐羊士谔《看花》："歌筵更覆青油幕，忽似朝云瑞雪飞。"宋杨万里《野炊青白沙…》："旋将白石支燃鼎，却展青油当野庐。"

青玉案　qīng yù àn

【分类】生活

【关键词】张衡

【释义】青玉所制的短脚盘子，指名贵的食用器具。泛指古诗。后为词牌名。汉张衡《四愁诗》："美人赠我锦绮段，何以报之青玉案。"

【例句】唐李白《忆旧游寄…》："琼杯绮食青玉案，使我醉饱无归心。"唐杜甫《又示宗武》："试吟青玉案，莫羡紫罗囊。"唐耿湋《朝下寄韩…》："瑞气回浮青玉案，日华遥上赤霜袍。"唐李绅《忆至巩县…》："闺信坐迟青玉案，弄儿闲望白羊车。"

青云路 qīng yún lù

【分类】政治

【关键词】范雎

【释义】喻高位或谋取高位的途径。源见"青云自致"。

【例句】唐张乔《别李参军》："静想青云路，还应寄此身。"唐白居易《答崔侍郎…》："同飞青云路，独堕黄泥泉。"唐刘长卿《小鸟篇上…》："自怜天上青云路，吊影徘徊独愁暮。"唐窦庠《醉中赠符载》："白社会中尝共醉，青云路上未相逢。"

青云器 qīng yún qì

【分类】文化

【关键词】颜延之

【释义】指胸怀旷达志趣远大的人才。南朝宋颜延之《五君咏》："仲容青云器，实秉生民秀。"唐李善注："青云，言高远也。《史记》太史公曰：'夫闾巷之人，欲砥行立名者，非附青云之士，恶能施于后代哉！'"

【例句】唐李白《赠清漳明…》："天开青云器，日为苍生忧。"唐李端《奉和秘书…》："白社陶元亮，青云阮仲容。"唐独孤及《江宁酬郑…》："何为青云器，犹嗟浊水泥。"唐李商隐《和刘评事…》："白社幽闲君暂居，青云器业我全疏。"

青云自致 qīng yún zì zhì

【分类】政治

【关键词】范雎

【释义】形容仕途得意，升至高位。《史记·范雎蔡泽列传》："须贾顿首言死罪，曰：'贾不意君能自致于青云之上。贾不敢复读天下之书，不敢复与天下之事。'"

【例句】唐李白《冬夜醉宿…》："青云当自致，何必求知音。"唐韩翃《赠王随》："青云自致晚应遥，朱邸新婚乐事饶。"唐吕温《道州敬酬…》："期君自致青云上，不用伤心叹二毛。"唐李玫《喷玉泉冥…》："青云自致惭天爵，白首同归感昔贤。"

青毡旧物 qīng zhān jiù wù

【分类】生活

【关键词】王献之

【释义】借指文士故家旧物。《晋书·王献之传》："夜卧斋中，而有偷人入其室，盗物都尽，献之徐曰：'偷儿，青毡我家旧物，可特置之。'群偷惊走。"

【例句】唐杜甫《与任城许…》："晨白露，遥忆青毡旧。"唐卢纶《寄郑七纲》："他日吴公如记问，愿将黄绶比青毡。"唐张祜《戊午年感…》："新秋唯白发，旧物只青毡。"唐白居易《病后寒食》："故纱绛帐旧青毡，药酒醺醺引醉眠。"宋杨亿《鄱阳皮录事》："三世青毡传旧物，十年黄绶叹徒劳。"

青冢埋魂 qīng zhǒng mái hún

【分类】生活

【关键词】王昭君

【释义】青冢，指王昭君墓，传说当地多白草而此冢独青，故名。谓远死于他乡。源见"昭君出塞"。

【例句】唐王昌龄《箜篌引》："弹作蓟门桑叶秋，风沙飒飒青冢头。"唐杜甫《咏怀古迹》："一去紫台连朔漠，独留青冢向黄昏。"宋欧阳修《唐崇徽公…》："青冢埋魂知不返，翠崖遗迹为谁留。"聂绀弩《赠王观泉》："何日同寻青冢好，此身亲见黄河清。"

青州从事 qīng zhōu cóng shì

【分类】生活

【关键词】世说新语

【释义】称美酒。《世说新语·术解》："桓公(温)有主簿善别酒，有酒辄令先尝。好者谓'青州从事'，恶者谓'平原督邮'。青州有齐郡，平原有鬲县。从事，言到脐；督邮，言在鬲上住。"意谓好酒的酒气可直到脐部。从事、督邮，均官名。

【例句】唐皮日休《醉中寄鲁…》："醉中不得亲相倚，故遣青州从事来。"唐韦庄《江上题所居》："青州从事来偏熟，泉布先生老渐悭。"宋苏轼《真一酒并引》："人间真一东坡老，与作青州从事名。"宋黄庭坚《醇道得蛤…》："青州从事难得来，墙底数樽犹未眠。"

青子 qīng zǐ

【分类】文化

【关键词】橄榄

【释义】橄榄的别称。《说郛》宋史绳祖《学斋呫哗·诗人咏物》："盖凡果之生也必青，及熟也必变色…惟有橄榄虽熟亦青，故谓之青子。"

【例句】唐吕从庆《梅》："调羹还有藉，青子百千枚。"宋苏轼《橄榄》："纷纷青子落红盐，正味森森苦且严。"宋苏轼《正月二十…》："缥蒂细枝出绛房，绿阴青子送春忙。"宋陆游《夜大雨…》："芳蹊入夏多青子，白发今年有黑丝。"

青紫 qīng zǐ

【分类】政治

【关键词】夏侯胜

【释义】本为古时公卿绶带之色，借指高官显爵。亦指显贵之服。源见"取青拾芥"。

【例句】唐孟郊《擢第后东…》："松萝虽可居，青紫终当拾。"唐杜甫《夏夜叹》："青紫虽被体，不如早还乡。"唐韦应物《题从侄成…》："虽甘巷北筚，岂塞青紫耀。"唐白居易《别苏州》："青紫行将吏，班白列黎氓。"

轻车熟路　qīng chē shú lù
【分类】生活
【关键词】韩愈
【释义】赶着装载很轻的车子走熟悉的路。比喻事情又熟悉又容易。唐韩愈《送石处士序》："若驷马驾轻车就熟路,而王良、造父为之先后也。"
【例句】宋王炎《再和前韵》："道在褐衣怀美玉,文成熟路驾轻车。"宋许及之《侯机宜挽词》："头风正待陈琳檄,熟路轻车痛折箱。"宋赵崇洁《读书趣》："从此已知身即道,便便熟路驾轻车。"元刘鹗《题兴化县…》："轻车熟路老为县,短什长篇真当家。"

轻尺璧　qīng chǐ bì
【分类】生活
【关键词】淮南子
【释义】珍惜时光之典。源见"重寸阴"。
【例句】唐许康佐《日暮碧云合》："时景讵能留,凡思轻尺璧。"唐权德舆《星名诗》："自当轻尺璧,岂复扫一室。"宋强至《依韵和李…》："公侯必复君勿迟,志士由来轻尺璧。"宋刘一止《宋景文公…》："悬知忠孝萃公门,寸印便应轻尺璧。"

轻董卓　qīng dǒng zhuó
【分类】政治
【关键词】袁绍
【释义】敢于抗击国贼之典。《后汉书·袁绍传》："卓按剑叱绍曰:'竖子敢然!天下之事,岂不在我?我欲为之,谁敢不从!'绍诡对曰:'此国之大事,请出与太傅议之。'卓复言:'刘氏种不足复遗'。绍勃然曰:'天下健者,岂惟董公!'"
【例句】唐杜甫《寄岳州贾…》："小儒轻董卓,有识笑苻坚。"唐吕温《题阳人城》："天下起兵诛董卓,长沙子弟最先来。"唐李贺《送秦光禄…》："屡断呼韩颈,曾然董卓脐。"宋黄公度《和龚实之…》："请缨未系单于颈,置火须然董卓脐。"

轻鸿毛　qīng hóng máo
【分类】政治
【关键词】司马迁
【释义】极言其轻微不足道之典。汉司马迁《报任安书》："人固有一死,死有重于泰山,或轻于鸿毛,用之所趋异也。"
【例句】唐李白《梁甫吟》："世人见我轻鸿毛,力排南山三壮士,齐相杀之费二桃。"唐李白《结袜子》："感君恩重许君命,泰山一掷轻鸿毛。"唐韩愈《贞女峡》："漂船摆石万瓦裂,咫尺性命轻鸿毛。"宋马永卿《赠申孝子…》："世宁孝行何高高,慨慷性命轻鸿毛。"

轻举远游　qīng jǔ yuǎn yóu
【分类】政治
【关键词】楚辞
【释义】轻举:隐遁;避世。形容隐遁避世。《楚辞补注·远游》："悲时俗之迫厄兮,愿轻举而远游。"
【例句】宋马廷鸾《水调歌头》："一笑远游轻举,三叹道长世短,晦朔自秋春。"宋张嵲《赠相僧杨…》："逸兴轻远游,滞念牵离思。"明屈大均《赠友》："我持远游章,被之雅琴声。"清汪荣宝《病起》："轻举远游俱未得,华胥还向梦中寻。"

轻拍红牙　qīng pāi hóng yá
【分类】文化
【关键词】苏轼
【释义】咏柳永词风格之典。红牙:指红牙板,用红色檀木制成,是在唱歌时打拍子用的牙板。源见"大江东去"。
【例句】唐无名氏《渔家傲》："轻拍红牙留客住。"韩家石鼎联新句。"宋刘克庄《贺新郎》："安得春莺雪儿辈,轻拍红牙按舞。"清赵芬《锦缠道》："擅它时、定有双鬟听,红牙轻拍,传唱旗亭遍。"

倾薄糜　qīng báo mí
【分类】政治
【关键词】裴子野
【释义】谓吃稀粥。为咏居官清苦之典。《梁书·裴子野传》："无宅,借官地二亩,起茅屋数间。妻子恒苦饥寒,唯以教诲为本,子侄祗畏,若奉严君。末年深信释氏,持其教戒,终身饭麦食蔬。"
【例句】唐权德舆《丙庚岁苦…》："中忆裴子野,泰然倾薄糜。"宋沈与求《次韵次律…》："惭愧君恩许闲佚,食蔬那比首阳薇。"元王祎《杂诗》："食蔬岂不美,淡薄味孔长。"明徐枋《赠五牧劭…》："我钦裴子野,时时省墓侧。"

倾盖如故　qīng gài rú gù
【分类】生活
【关键词】邹阳
【释义】指途中相遇,停车交谈,双方车盖往一起倾斜。形容一见如故。《史记·邹阳列传》："乃从狱中上书曰…谚曰:'有白头如新,倾盖如故。'何则? 知与不知也。"唐司马贞《史记索隐》引服虔云："人不相知,自初交至白头,犹如新也。"
【例句】唐杜甫《七月一日…》："可怜宾客尽倾盖,何处老翁来赋诗。"唐高正臣《晦日重宴》："班荆陪旧识,倾盖得新知。"唐牟融《楼城叙别》："故人为客上神州,倾盖相逢感昔游。"唐赵嘏《寄淮南幕…》："休向西斋久闲卧,满朝倾盖是依刘。"

倾国倾城　qīng guó qīng chéng
【分类】生活
【关键词】汉武帝
【释义】形容女子美貌绝伦。《汉书·孝武李夫人》："歌曰:'北方有佳人,绝世而独立。一顾倾人城,再顾倾人国。宁不知倾城复倾国,佳人难再得。'"平阳公主进言,谓李延年有妹,姿容绝代,妙丽善舞。武帝纳入后宫。"

【例句】唐刘希夷《公子行》:"倾国倾城汉武帝,为云为雨楚襄王。"唐张鷟《又赠十娘》:"相看未相识,倾城复倾国。"唐李白《感兴》:"蛾眉艳晓月,一笑倾城欢。"唐李白《清平调》:"名花倾国两相欢,长得君王带笑看。"

倾家酿　qīng jiā niàng
【分类】生活
【关键词】刘尹
【释义】咏欣逢酒友而豪饮不辍,或赞人善饮酒之典。《世说新语·赏誉》:"刘尹(晋刘惔字真长,又称刘尹)云:'见何次道(何充字次道)饮酒,使人欲倾家酿。'"南朝梁刘孝标注:"充饮酒能温克。"《诗经·小宛》有"人之齐圣,饮酒温克"之语。
【例句】唐刘禹锡《裴侍郎大…》:"若倾家酿招来客,何必池塘春草生。"宋刘筠《休沐端居…》:"思君只欲倾家酿,待警同谁赋柏梁。"宋胡宿《暮冬离京师》:"鸱夷痛饮倾家酿,如意狂歌缺唾壶。"宋陆游《别王伯高》:"倾家酿酒犹嫌少,入海求诗未厌深。"

倾筐倒庋　qīng kuāng dào guǐ
【分类】生活
【关键词】世说新语
【释义】谓全部倾倒出来。《世说新语·贤媛》:"王右军郗夫人谓二弟司空、中郎曰:'王家见二谢,倾筐倒庋;见汝辈来,平平尔;汝可无烦复往。'"
【例句】唐杜甫《园人送瓜》:"倾筐蒲鸽青,满眼颜色好。"唐钱起《酬长孙绎…》:"懿此倾筐赠,想知怀橘年。"明钱谦益《移居》:"倾筐倒庋正欣然,瓮酱瓶齑亦播迁。"明钱谦益《送座主王…》:"逢迎谁倒庋,宴会罕加笾。"

倾身　qīng shēn
【分类】政治
【关键词】隗嚣
【释义】身体向前倾。本谓谦卑恭顺。喻指竭尽全力。《后汉书·隗嚣传》:"嚣素谦恭爱士,倾身引接为布衣交。"
【例句】宋晁说之《饮酒》:"醉来无意诛谗鬼,醒后倾身事曲神。"宋汪藻《吕丞相自…》:"几度倾身安社稷,一朝袖手向林泉。"宋陆游《生涯》:"倾身营一饱,自笑又蹉跎。"宋陆游《独夜》:"倾身营薪米,得食已过午。"

倾吴市　qīng wú shì
【分类】政治
【关键词】阊闾
【释义】咏生殉之典。也借以咏鹤。《吴越春秋·阖闾内传》:"吴王有女滕玉,因谋伐楚,与夫人及女会食蒸鱼,王前尝半而与女,女怒曰:'王食鱼辱我,不忍久生。'乃自杀。阖闾痛之,葬于国西阊门外。乃舞白鹤于吴市中,令万民随而观之。还使男女与鹤俱入羡门,因发机以掩之,杀生以送死,国人非之。"
【例句】南北朝萧绎《飞来双白鹤》:"紫盖学仙成,能令吴市倾。"唐武三思《仙鹤篇》:"宛转能倾吴国市,裴回巧拂汉皇坛。"明虞淳熙《万历乙未…》:"顿启神通藏,俄倾吴市廛。"清陈士荣《咏鹤》:"此日声闻应更远,漫怜吴市一时倾。"

卿卿　qīng qīng
【分类】生活
【关键词】世说新语
【释义】指夫妇或情人间的昵称。有时亦含有戏谑、嘲弄之意。《世说新语·惑溺》:"王安丰妇常卿安丰,安丰曰:'妇人卿婿,于礼为不敬,后勿复尔。'妇曰:'亲卿爱卿,是以卿卿;我不卿卿,谁当卿卿?'遂恒听之。"
【例句】唐苏颋《春晚紫微…》:"别离不惯年无穷忆,莫误卿卿学太常。"唐韩偓《偶见》:"小叠红笺书恨字,与奴方便寄卿卿。"唐李绅《真娘墓》:"还似钱塘苏小小,只应回首是卿卿。"唐油蔚《赠别营妓…》:"为报花时少惆怅,此生终不负卿卿。"

卿相　qīng xiàng
【分类】政治
【关键词】孟子
【释义】执政的大臣。《孟子·公孙丑》:"夫子加齐之卿相,得行道焉,虽由此霸王,不异矣。"
【例句】唐杜甫《石笋行》:"恐是昔时卿相墓,立石为表今仍存。"唐杜甫《惜别行送…》:"向公泣血洒行殿,佐佑卿相乾坤平。"唐吕岩《七言》:"诗句若喧卿相口,姓名还动帝王心。"唐罗邺《吴门再逢…》:"一朝卿相俱前席,千古篇章冠后人。"

卿言复佳　qīng yán fù jiā
【分类】政治
【关键词】司马徽
【释义】指人韬光养晦,全身避祸;也用以指人一味附合他人意见。源见"司马称好"。
【例句】宋张耒《寓陈杂诗》:"清夜何晏晏,客眠亦复佳。"明顾清《戏和石潭…》:"逃虚避俗吾何敢,正若君言也复佳。"清钱大昕《题姚和伯…》:"江乡那有宽平地,姑妄言之亦复佳。"清马日思《夜坐示内》:"人生随遇须安处,方信卿言亦复佳。"

卿用卿法　qīng yòng qīng fǎ
【分类】政治
【关键词】庾敳
【释义】谓各行其是之意。《世说新语·方正下》:"王太尉(衍)不与庾子嵩(敳)交,庾卿之不置。王曰:'君不得为尔。'庾曰:'卿自君我,我自卿卿,我自用我法,卿自用卿法。'"
【例句】宋陆游《寄宇文成州》:"复起卿当用卿法,长闲吾实爱吾庐。"宋徐瑞《田园》:"卿宜用卿法,吾亦饭吾牛。"宋戴复古《寄山台赵…》:"要自用卿法,如何与妇谋。"宋洪咨夔《林同年被…》:"寄声卿自用卿法,我独举酒留诗臞。"宋方一夔《杂兴》："处变卿还用卿法,养高吾自爱吾庐。"

卿月　qīng yuè

【分类】政治
【关键词】尚书
【释义】月亮的美称。借指百官。《尚书·洪范》："王省惟岁,卿士惟月,师尹惟日。"汉孔安国《传》："卿士各有所掌,如月之有别。"
【例句】唐岑参《西河太守…》："惟余卿月在,留向杜陵悬。"唐岑参《送李卿赋…》："君心能不转,卿月岂相离。"唐杜甫《暮春江陵…》："卿月昇金掌,王春度玉墀。"唐柳宗元《杨尚书寄…》："桂阳卿月光辉遍,毫末应传顾兔灵。"

卿云　qīng yún

【分类】生活
【关键词】竹书纪年
【释义】一种彩云,古人视为祥瑞。《竹书纪年》："十四年,卿云见,命禹代虞事。"《史记·天官书》："若烟非烟,若云非云,郁郁纷纷,萧索轮囷,是谓卿云。卿云见,喜气也。"
【例句】唐刘禹锡《平齐行》："妖氛扫尽河水清,日观呆呆卿云见。"唐和凝《宫词》："五色卿云覆九重,香烟高舞御炉中。"唐李绅《庆云见》："礼成中岳陈金册,祥报卿云冠玉峰。"宋宋白《牡丹诗》："深染鲛绡笼玉槛,莫教飞去作卿云。"

清裁范滂　qīng cái fàn pāng

【分类】政治
【关键词】范滂
【释义】咏清官之典。《后汉书·范滂传》："滂以其人,寝而不召。资迁怒,摭书佐朱零。零仰曰:'范滂清裁,犹以利刃齿腐朽。今日宁受笞死,而滂不可违。'"范滂为人公正刚直,疾恶如仇。时人有范滂清裁之议。
【例句】唐杜牧《夜泊桐庐…》："十载违清裁,幽怀未一论。"唐杜牧《春日言怀…》："无计披清裁,唯持祝寿筋。"宋楼钥《范叔刚舍…》："敢从象齿窥清裁,屡批龙鳞备大忠。"宋楼钥《跋余子寿…》："岩岩汝南范孟博,清裁千载无比伦。"

清尘　qīng chén

【分类】政治
【关键词】司马相如
【释义】车后扬起的尘埃。亦用作对尊贵者的敬称。《汉书·司马相如传下》："犯属车之清尘,舆不及还辕,人不暇施巧。"
【例句】唐骆宾王《代女道士…》："不把凡心比玄石,惟将浊水况清尘。"唐李白《送程刘二…》："胡塞清尘几日归,汉家草绿遥相待。"唐杜甫《奉赠萧二…》："艰危参大府,前后间清尘。"唐刘威《赠欧阳秀才》："桐上知音日下身,道光谁不仰清尘。"

清都紫微　qīng dōu zǐ wēi

【分类】政治
【关键词】周穆王
【释义】喻指天上宫阙。也指帝王居住的都城。《列子·周穆王》："清都、紫微、钧天、广乐,帝之所居。"
【例句】唐裴守真《奉和太子…》："瑜佩升青殿,秾华降紫微。"唐宋之问《桂州三月…》："赐金分帛奉恩辉,风举云摇入紫微。"唐元稹《蛤蟆》："梨笑清都月,蜂游紫殿春。"唐韦应物《寄刘尊师》："白鹤徘徊看不去,遥知下有清都人。"

清风明月　qīng fēng míng yuè

【分类】文化
【关键词】谢譓
【释义】咏高人雅士之典。比喻超尘脱俗、悠闲自在的生活。《南史·谢譓传》："(譓)有时独醉,曰:'入吾室者但有清风,对吾饮者唯当明月。'"
【例句】唐王勃《江南弄》："紫雾香烟渺难托,清风明月遥相思。"唐白居易《闲卧有所思》："偶因明月清风夜,忽想迁臣逐客心。"唐方干《李侍御…》："若将明月为俦侣,应把清风遗子孙。"唐牟融《写意》："高山流水琴三弄,明月清风酒一樽。"

清光　qīng guāng

【分类】文化
【关键词】谢朓
【释义】皎洁、清亮的光辉。多指月光、灯光之类。南朝齐谢朓《侍宴华光殿曲水》："欢饫终日,清光欲暮。"清美的风采。多喻帝王的容颜。
【例句】唐王勃《秋夜长》："月明白露澄清光,层城绮阁遥相望。"唐李白《赠潘侍御…》："君能礼此最下士,九州拭目瞻清光。"唐栖白《八月十五…》："清光凝有露,皓魄爽无烟。"唐广宣《早秋降诞…》："万方瞻圣日,九土仰清光。"

清洛荐尧书　qīng luò jiàn yáo shū

【分类】政治
【关键词】尚书中候
【释义】颂赞时世圣明之典。《艺文类聚》引《尚书中候》："尧沉璧于雒,玄龟负书出,背甲赤文成字。"
【例句】唐李群玉《龟》："他时清洛汭,会荐帝尧书。"

清门　qīng mén

【分类】政治
【关键词】张欣泰
【释义】即清贯,清贵的官职,指侍从文翰之官。《南齐书·张欣泰传》："(世祖)谓之曰:'卿不乐为武职驱使,当处卿以清贯。'除正员郎。"
【例句】唐王建《荆南赠别…》："素传学道徒,清门有君子。"唐杜甫《丹青引赠…》："将军魏武之子孙,于今为庶为清门。"唐元稹《去杭州》："房杜王魏之子孙,虽及百代为清门。"唐张祜《投苏州卢…》："金紫清门美丈夫,圣人忧地诏分符。"宋黄君俞《送程给事…》："夕郎清贯籍殊材,曾宠南州刺史回。"宋王庭圭《和通判周…》："少年历清贯,高名谁不知。"

清庙生民 qīng miào shēng mín
【分类】文化
【关键词】诗经
【释义】泛指先秦诗文。清庙是《诗经·周颂》的第一篇,为先秦时代的汉族诗歌,即所谓颂之始。生民是中国古代诗歌,属《诗经·大雅》第十一篇,是周人记录关于始祖后稷的传说,歌咏其功德和灵异的民族史诗。
【例句】唐李商隐《韩碑》："点窜尧典舜典字,涂改清庙生民诗。"宋王十朋《读东坡诗》："碑淮颂圣十琴操,生民清庙离骚词。"宋陆游《读杜诗》："常憎晚辈言诗史,清庙生民伯仲间。"宋俞德邻《次韵简黄…》："交游副墨洛诵里,诗句生民清庙间。"

清宁 qīng níng
【分类】政治
【关键词】老子
【释义】清明宁静。喻指时世太平。《老子·德经》："昔之得一者,天得一以清,地得一以宁。"
【例句】宋沈与求《次韵郑维…》："豺狼饱吞噬,天地失清宁。"宋韩滤《听琴》："山川既闲远,天地亦清宁。"宋夏竦《奉和御制…》："严召近臣容侍从,载赓宸唱乐清宁。"宋沈与求《刘资政挽词》："国耻宁言城下盟,忽惊河洛失清宁。"

清琴 qīng qín
【分类】文化
【关键词】司马相如
【释义】古代神女。《史记·司马相如列传》："《上林赋》：'若夫青琴宓妃之徒,绝殊离俗,姣冶娴都,靓庄刻饬,便嬛绰约。'"唐司马贞《史记索隐》引东汉伏俨曰："青琴,古神女也。"
【例句】唐王绩《北山》："幽兰独夜清琴曲,桂树凌云浊酒杯。"唐李贺《秦王饮酒》："仙人烛树蜡烟轻,清琴醉眼泪泓泓。"唐鲍溶《夏日怀杜…》："闲遣青琴飞小雪,自看碧玉破甘瓜。"唐李嘉祐《闻逝者自惊》："黄卷清琴总为累,落花流水共添悲。"

清商曲 qīng shāng qǔ
【分类】生活
【关键词】苏武
【释义】三国、两晋、南北朝兴起并占主导的一种汉族传统音乐。它是晋室南迁之后,旧有的相和歌和由南方地区汉族民歌发展起来的吴声、西曲相结合的产物,是相和歌的直接继续和发展,声调比较清越,故名。汉苏武《诗》："欲展清商曲,念子不能归。"
【例句】宋陶弼《安城即事》："樽前一节清商曲,销尽穷边万里愁。"宋王洋《和周仲嘉…》："后生欲听清商曲,莫学无弦只抚琴。"宋严羽《送吴会卿…》："调琴鼓罢清商曲,愁见孤鸿天际飞。"聂绀弩《悠然六十》："无弦琴会清商曲,没字碑寻白雪篇。"

清圣浊贤 qīng shèng zhuó xián
【分类】生活
【关键词】徐邈
【释义】指清酒和浊酒。源见"中圣人"。
【例句】宋黄庭坚《答明略并…》："可以忘忧惟有酒,清圣浊贤皆可口。"宋李新《怀酒》："清圣浊贤莫区分,一人愁肠功等伦。"宋陆游《溯溪》："闲携清圣浊贤酒,重试朝南莫北风。"宋陆游《暮秋》："闲倾清圣浊贤酒,稳泛朝南暮北风。"

清溪三百曲 qīng xī sān bǎi qū
【分类】文化
【关键词】苏轼
【释义】谓一条条清溪小河,其潺潺流水如诗人吟唱。宋苏轼《梅花》："幸有清溪三百曲,不辞相送到黄州。"
【例句】宋孙觌《湖泖上冢…》："清溪三百曲,一片春风绿。"宋辛弃疾《清平乐》："路绕清溪三百曲。香满黄昏雪屋。"清王士祯《自锦绣峰…》："行尽清溪三百曲,东林才打午时钟。"清查慎行《归舟杂咏》："转尽清溪三百曲,万株乌柏一霜红。"

清扬 qīng yáng
【分类】生活
【关键词】诗经
【释义】谓眼球明亮,黑白分明。引申为丰采,对人容颜的敬称。亦表示声音清亮高扬。《诗经·郑风·野有蔓草》："有美一人,清扬婉兮。"汉毛传："清扬,眉目之间婉然美也。"
【例句】唐钱起《送裴頔侍…》："柱史才年四十强,须髯玄发美清扬。"唐储光羲《陆著作挽歌》："松门一长想,仿佛见清扬。"宋王安石《次韵范景…》："何知此邂逅,谈笑接清扬。"宋黄庭坚《戏赠曹子…》："目如点漆射清扬,归时自能文章。"

清议 qīng yì
【分类】政治
【关键词】宋武帝
【释义】公正的议论。《南史·宋武帝纪》："其犯乡论清议、赃污淫盗,一皆荡涤。"对时政或政治人物的批评议论。《三国志·吴书·张温传》："艳性狷厉,好为清议。"
【例句】宋范纯仁《寄李审言…》："欲报重知惭国士,喜同清议属真贤。"宋曾丰《赠陈养廉》："身后相多清议同,大归何者是家风。"宋刘克庄《次韵实之》："清议自为儒者设,未应羁束老黄冠。"宋何梦桂《送入都金事》："云山有分高名在,江水无情清议长。"

清真 qīng zhēn

【分类】生活

【关键词】周邦彦

【释义】指纯真朴素,或真实自然。《藏一话腴外编》:"周邦彦字美成,自号清真。二百年来以乐府独步。"现为穆斯林常用语,意为清净无染、至清至真和真主原有独尊,谓之清真等。

【例句】唐李白《留别广陵…》:"还家守清真,孤洁励秋蝉。"唐陈子昂《喜遇冀侍…》:"惠风吹宝瑟,微月忆清真。"唐刘慎虚《寄阎防》:"深林度空夜,烟月资清真。"五代徐钧《茅容》:"礼遇何须分厚薄,论交只是贵清真。"宋刘一止《沈夫人挽诗》:"相夫惟礼义,玩意独清真。"

情伤荀倩 qíng shāng xún qiàn

【分类】生活

【关键词】荀粲

【释义】指荀奉倩(粲)因妻亡而极度感伤。泛指悼念爱妻。源见"荀粲熨妇"。

【例句】宋周邦彦《过秦楼》:"谁信无憀为伊,才减江淹,情伤荀倩。"宋刘筠《霜月》:"那知荀奉倩,体薄不胜寒。"明凌义渠《赋得薄命词》:"薄倖总惭荀奉倩,微名敢傍汉伶玄。"清王松《遣悲怀》:"伤情荀奉倩,那不倍凄其。"清曾广钧《晋阳君子忌…》:"生世不逢荀奉倩,再来休嫁窦连波。"

情之所钟 qíng zhī suǒ zhōng

【分类】生活

【关键词】王戎

【释义】喻多情重情。源见"情钟我辈"。

【例句】唐李群玉《哭小女痴儿》:"方同王衍钟情切,犹念商瞿有庆迟。"宋欧阳修《绿竹堂独饮》:"伊人达者尚乃尔,情之所钟况吾曹。"宋苏轼《游东西岩》:"况复情所钟,感慨萃中年。"宋陆游《庚子正月…》:"情之所钟在我曹,莫倚心肠如铁石。"宋蔡肇《和慎思重…》:"清秋官舍酒瓶空,满袖黄花情所钟。"

情钟我辈 qíng zhōng wǒ bèi

【分类】生活

【关键词】王戎

【释义】多情重情之典,或咏丧子之痛的典故。《世说新语·伤逝》:"王戎丧儿万子…(山)简曰:'孩抱中物,何至于此?'曰:'圣人忘情,最下不及情,情之所钟,正在我辈。'"

【例句】唐李群玉《哭小女痴儿》:"方同王衍钟情切,犹念商瞿有庆迟。"宋苏轼《吊天竺海…》:"生死犹如臂屈伸,情钟我辈一酸辛。"宋张耒《止酒赠郡…》:"情钟我辈独痛制,慧通则流那可测。"宋陆游《读唐人愁…》:"我辈情钟不自由,等闲抛却九分头。"

擎苍牵黄 qíng cāng qiān huáng

【分类】文化

【关键词】苏轼

【释义】擎:举;苍:指苍鹰;黄:黄犬,指猎狗。形容带着鹰和犬出猎时的姿态。宋苏轼《江城子·密州出猎》:"老夫聊发少年狂,左牵黄,右擎苍,锦帽貂裘,千骑卷平冈。"

【例句】唐刘禹锡《题歌器图》:"无因上蔡牵黄犬,愿作丹徒一布衣。"唐白居易《九年十一…》:"顾索索琴应不暇,忆牵黄犬定难追。"宋张舜民《紫骝马》:"红银鞍勒青油缰,左牵黄犬右擎苍。"宋张耒《十二月十…》:"擎苍未减飞扬兴,引满何辞斗石添。"宋吴可《九日》:"不惜登山聊举句,欲因戏马漫擎苍。"

擎天柱 qíng tiān zhù

【分类】政治

【关键词】楚辞

【释义】喻担负重大任务的人。《楚辞·天问》:"八柱何当?"汉王逸注:"言天有八山为柱。"洪兴祖补注引《神异经》:"昆仑有铜柱,其高入天,所谓天柱也。"

【例句】唐刘禹锡《龙门祷雨歌》:"擎天石柱胜刀削,四壁溜纹成孔雀。"唐顾况《独秀山》:"会得乾坤融结意,擎天一柱在南州。"宋蒋之奇《芙蓉峰》:"擎天一柱万山低,九朵奇葩秀一枝。"宋王十朋《金华先生…》:"我有千峰藏雁荡,擎天一柱插空虚。"

黥阵 qíng zhèn

【分类】政治

【关键词】黥布

【释义】汉将黥布所布的军阵。《史记·黥布列传》:"布兵精甚,上乃壁庸城,望布军置陈如项籍军,上恶之。"

【例句】唐杜牧《昔事文皇帝》:"周钟既窆枫,黥阵亦瘢痕。"唐杜牧《池州送孟…》:"秦台破心胆,黥阵惊毛发。"唐杜牧《赠张祜》:"鲸阵人人慑,秋星历历分。"

庆云 qìng yún

【分类】政治

【关键词】列子

【释义】五色云,古人以为祥瑞之气。《孙氏瑞应图》:"景云者,太平之应也。一曰庆云。非气非烟,五色纷缊,谓之庆云。"《列子·汤问》:"庆云浮,甘露降。"

【例句】唐张说《舞马千秋…》:"岁岁相传指树日,翩翩来伴庆云翔。"唐王维《奉和圣制…》:"灵芝生兮庆云见,唐尧后兮稷卨臣。"唐段成式《观山灯献…》:"驯狁移高柱,庆云遮半层。"唐李群玉《将离澧浦…》:"卿云被文彩,芳价摇词林。"

磬襄入海 qìng xiāng rù hǎi

【分类】生活

【关键词】论语

【释义】咏古乐之典。《论语·微子》:"大师挚适齐,亚饭干适楚,三饭缭适蔡,四饭缺适秦,鼓方叔入于河,播鼗武入于汉,少师阳、击磬襄入于海。"指鲁国乐官师襄子在鲁亡后,抱磬入居海岛。

659

【例句】唐白居易《华原磬》:"磬襄入海去不归,长安市儿为乐师。"宋苏轼《东阳水乐亭》:"闻道磬襄东入海,遗声恐在海山间。"宋程公许《步自南定…》:"乾坤杀气凄凉甚,浮海吾宁逐磬襄。"宋林希逸《玉水记方流》:"磬襄何入海,应为访鸣球。"

磬折 qìng shé
【分类】政治
【关键词】礼记
【释义】弯腰。表示谦恭。泛指人身、物体或自然形态曲折如磬。也喻卑躬屈膝;受屈辱。《礼记·曲礼》:"立则磬折垂佩。"唐孔颖达疏:"臣则身宜偻折如磬之背,故云磬折也。"
【例句】唐刘禹锡《学阮公体》:"不学腰如磬,徒使甑生尘。"唐杜甫《遣遇》:"磬折辞主人,开帆驾洪涛。"唐杜元颖《赋得玉水…》:"斗回虹气见,磬折紫光浮。"宋梅尧臣《赠陈无逸…》:"憔悴未得展,磬折忽言卑。"

磬竹 qìng zhú
【分类】政治
【关键词】李密
【释义】即磬南山之竹,书罪无穷。形容罪大恶极。隋李密《讨炀帝檄》:"磬南山之竹,书罪无穷,决东海之波,流恶难尽。"
【例句】宋王洋《代徐思远…》:"借筹难献策,磬竹莫陈词。"明佚名《解三酲》:"恶端磬竹难书写,贪秽熏天怎掩遮。"清吴性诚《入山歌》:"何物莠民敢戕害,磬竹书难其罪大。"清罗秀惠《叠前韵兼…》:"磬竹书成胸溢恨,树萱谁信背忘忧。"

穷发 qióng fà
【分类】生活
【关键词】庄子
【释义】指北方荒芜不毛之地。《庄子·逍遥游》:"穷发之北,有冥海者,天池也。"唐成玄英疏:"地以草为毛发,北方寒沍之地,草木不生,故名穷发,所谓不毛之地。"
【例句】唐李白《同友人舟…》:"塞予访前迹,独往造穷发。"唐贾至《燕歌行》:"匈奴慑窜穷发北,大荒万里无尘飞。"唐独孤及《海上寄萧立》:"远海入大荒,平芜际穷发。"唐温庭筠《鸿胪寺有》:"西覃积石山,北至穷发乡。"

穷鸟客 qióng niǎo kè
【分类】政治
【关键词】赵壹
【释义】比喻遭逢困厄之人。《后汉书·赵壹传》:"赵壹字元叔…后屡抵罪,几至死,友人救得免。壹乃贻书谢恩曰:'余畏禁,不敢班班显言,窃为《穷鸟赋》一篇。'"以无处投宿的穷鸟比喻自己处境之艰难危急。
【例句】唐骆宾王《幽絷书情…》:"汉阳穷鸟客,梁甫卧龙才。"唐高适《留上李右相》:"江海呼穷鸟,诗书问聚萤。"唐张南史《早春书事…》:"翠羽怜穷鸟,琼枝顾散樗。"宋陈造《再次前韵…》:"穷鸟低摧客吟苦,九虎眈视天门深。"

穷似虱 qióng sì shī
【分类】生活
【关键词】商君书
【释义】喻极度贫困。源见"虱官"。
【例句】宋周文璞《遣兴》:"茶人穷似虱,药户狭于舟。"宋赵鼎臣《偶成》:"未解营生穷似虱,不堪作吏钝如椎。"宋刘克庄《念奴娇》:"白发长官穷似虱,刚被天公调戏。"

穷通 qióng tōng
【分类】生活
【关键词】庄子
【释义】困厄与显达。《庄子·让王》:"古之得道者,穷亦乐,通亦乐,所乐非穷通也。"谓干涸与流通,或谓阻隔与通畅。北魏郦道元《水经注·滱水》:"川渠又东北合滱水,水有穷通,不常津注。"
【例句】唐白居易《南浦岁暮…》:"相看渐老无过醉,聚散穷通总是闲。"唐白居易《答微之咏…》:"聚散穷通何足道,醉来一曲放歌行。"唐陈陶《冬日暮旅…》:"弃置侯鲭任羁束,不劳龟瓦问穷通。"唐罗隐《西京道中》:"未必他时能富贵,只应从此见穷通。"

穷亦乐 qióng yì lè
【分类】生活
【关键词】庄子
【释义】即穷亦乐,通亦乐。穷,贫困;通,显达。为达观处世之典。《庄子·让王》:"古之得道者,穷亦乐,通亦乐;所乐非穷通也,道德于此,则穷通为寒暑风雨之序矣。"
【例句】宋谢薖《陶渊明写…》:"此闻道穷亦乐,容貌不枯似丹渥。"宋巩丰《送汤麟之…》:"人生本自有丘壑,陋巷栖迟穷亦乐。"宋陆游《东斋偶书》:"诗酒放怀穷亦乐,文移肆骂老难堪。"宋王炎《和何元清韵》:"巾褐翛然穷亦乐,岂曾有梦到金莲。"

穹苍 qióng cāng
【分类】生活
【关键词】诗经
【释义】即苍天,或称苍穹。《诗经·大雅·桑柔》:"靡有旅力,以念穹苍。"唐孔颖达疏:"穹苍,苍天,《释天》云。李巡曰:'古时人质仰视天形,穹隆而高,色苍苍然,故曰穹苍。'是也。"
【例句】唐高适《李云南征…》:"精诚动白日,愤薄连苍穹。"唐李白《出自蓟北…》:"兵威冲绝漠,杀气凌穹苍。"唐杜甫《冬狩行》:"禽兽已毙十七八,杀声落日回苍穹。"唐周昙《平公》:"能知翼戴穹苍力,不是蒙茸腹背毛。"

琼瑰 qióng guī
【分类】文化
【关键词】诗经

【释义】次于玉的美石。泛指珠玉。喻美好的诗文。《诗经·秦风·渭阳》:"何以赠之,琼瑰玉佩。"毛传:"琼瑰,石而次玉。"

【例句】唐裴度《度自到洛…》:"奉觞承曲蘖,落笔捧琼瑰。"唐罗隐《县斋秋晚…》:"中和节后捧琼瑰,坐读行吟数月来。"唐白居易《看梦得题…》:"看题锦绣报琼瑰,俱是人天第一才。"唐刘禹锡《洛中酬福…》:"静对道流论药石,偶逢词客与琼瑰。"

琼花　qióng huā

【分类】生活

【关键词】渑水燕谈

【释义】一种珍贵的花,叶柔而莹泽,花色微黄而有香。《渑水燕谈录》:"扬州后土庙有花一株,洁白可爱,岁久,木大而花繁,俗目为'琼花',不知实何木也,世以为天下无之,惟此一株…近年京师亦有之,或云,乃李文饶所赋'玉蕊花'也。"

【例句】唐皎然《花石长枕…》:"赠予比之金琅玕,琼花烂熳浮席端。"唐陆畅《云安公主…》:"天上琼花不避秋,今宵织女嫁牵牛。"唐元稹《早春寻李…》:"梅含鸡舌兼红气,江弄琼花散绿纹。"唐吴融《隋堤》:"曾笑陈家歌玉树,却随后主看琼花。"

琼浆　qióng jiāng

【分类】生活

【关键词】楚辞

【释义】仙人的饮料。喻美酒。《楚辞·招魂》:"华酌既陈,有琼浆些。"

【例句】唐韦应物《骊山行》:"三清小鸟传仙语,九华真人奉琼浆。"唐杜甫《寄韩谏议注》:"星宫之君醉琼浆,羽人稀少不在旁。"唐刘长卿《望龙山怀…》:"中有一人披霓裳,诵经山顶飨琼浆。"唐薛涛《忆荔枝》:"近有青衣连楚水,素浆还得类琼浆。"

琼玖　qióng jiǔ

【分类】文化

【关键词】诗经

【释义】琼和玖。泛指美玉。后世常用以美称礼物。《诗经·卫风·木瓜》:"投我以木瓜,报之以琼玖。"毛传:"琼、玖,玉名。"

【例句】唐张九龄《与袁补阙…》:"赠我如琼玖,将何报所亲。"唐钱起《酬长孙绎…》:"芳馨来满袖,琼玖愿酬篇。"唐吴筠《酬刘侍御…》:"予惭乏琼玖,无以报兼金。"唐徐夤《偶书》:"琼玖鬻来燕石贵,蓬蒿芳处楚兰衰。"

琼琚　qióng jū

【分类】文化

【关键词】诗经

【释义】指精美的玉佩。比喻美好的诗文。《诗经·卫风·木瓜》:"投我以木瓜,报之以琼琚。"毛传:"琼,玉之美者。琚,佩玉名。"

【例句】唐褚遂良《安德山池…》:"良朋比兰蕙,雕藻迈琼琚。"唐常衮《晚秋集贤…》:"缥囊披锦绣,翠轴卷琼琚。"唐韦应物《善福精舍…》:"忽因西飞禽,赠我以琼琚。"唐白居易《岁暮枉衢…》:"贫薄诗家无好物,反投桃李报琼琚。"

琼林宴　qióng lín yàn

【分类】文化

【关键词】宋史

【释义】泛指皇帝赐新科进士的宴会。《宋史·选举志》:"进士始分三甲。自是锡宴就琼林苑。"

【例句】宋王禹偁《杏花》:"登龙曾入少年场,锡宴琼林醉御觞。"宋文同《和子山种花》:"曾宴琼林烂熳红,宝津楼下看春风。"宋王十朋《送表叔贾…》:"琼林宴罢跃归骑,薰风拂面吹恩袍。"宋徐通《琼林宴罢作》:"白发青衫晚得官,琼林宴罢酒肠宽。"

琼楼金阙　qióng lóu jīn què

【分类】文化

【关键词】酉阳杂俎

【释义】犹如琼楼玉宇。泛指华丽的建筑物。《酉阳杂俎·壶史》:"翟天师名乾祐…曾于江岸与弟子数十玩月。或曰:'此中竟何有?'翟笑曰:'可随吾指观。'弟子中两人见月规半天,琼楼金阙满焉。"

【例句】宋王铚《缙云县仙…》:"琼楼金阙涤地尽,松柏半带斤斧痕。"宋范成大《中秋卧病…》:"琼楼与金阙,想像屋角边。"明张宁《玄真院题画》:"金阙琼楼虎豹关,蓬莱方丈五云间。"清谢其仁《淡溪秋月》:"琼楼泻影含波净,金阙流辉浴水莹。"

琼圃　qióng pǔ

【分类】文化

【关键词】李峤

【释义】喻神仙的园圃。犹瑶圃。唐李峤《上清晖阁遇雪》:"即此神仙对琼圃,何须辙迹向瑶池。"

【例句】唐赵彦伯《苑中遇雪…》:"即此神仙对琼圃,何烦辙迹向瑶池。"宋杨亿《后苑赏花…》:"云罗霞绮媚芳辰,琼圃花开烂漫春。"宋石介《刘生病归》:"泰山山前有琼圃,其中不树蕨与薇。"宋廖行之《春雪》:"万里冰壶尘不染,一番琼圃日初长。"

琼室　qióng shì

【分类】政治

【关键词】竹书纪年

【释义】商纣王所造的玉室。后亦泛指奢华的帝宫或仙人所居。《竹书纪年》:"(殷帝辛)九年,王师伐有苏,获妲己以归。作琼室,立玉门。"

【例句】唐陆畅《帝》:"劳将素手捲虾须,琼室流光更缀珠。"唐李绅《登禹庙回》:"玉田千亩合,琼室万家开。"宋赵抃《次韵王宪》:"比屋万层琼室遍,夷涂千里玉沙平。"宋邓肃《和谢吏部…》:"琼室瑶池津不绝,冷笑人间卫生拙。"

琼台　qióng tái
【分类】政治
【关键词】石勒
【释义】相传为桀纣所建的玉台。指玉饰的楼台，亦泛指华丽的楼台。《十六国春秋·后赵录·石勒》："续咸谏：'追夏商之琼台、瑶陛，楚章台，秦阿房，资财内竭，华夷外判。'"
【例句】唐颜曹《古意》："逶迤临云雨，蛾眉戏琼台。"唐皎然《奉和裴使…》："散从天上至，集向琼台飞。"唐方干《因话天台…》："积翠千层一径开，遥盘山腹到琼台。"唐独孤及《和虞部韦…》："金屋琼台萧史家，暮春三月渭州花。"

琼瑶　qióng yáo
【分类】文化
【关键词】诗经
【释义】指美玉。喻美好的诗文。《诗经·卫风·木瓜》："投我以木桃，报之以琼瑶。"毛传："琼瑶，美玉。"
【例句】唐司空曙《酬张芬有…》："劳君故有诗相赠，欲报琼瑶恨不如。"唐贾岛《投张太祝》："欲买双琼瑶，惭无一木瓜。"唐岑参《和刑部成…》："名香播兰蕙，重价蕴琼瑶。"唐韦渠牟《览外生卢…》："关心珠玉曾无价，满手琼瑶更有光。"

琼英　qióng yīng
【分类】文化
【关键词】诗经
【释义】似玉的美石。喻美丽的花。美妙的诗文。《诗经·齐风·著》："尚之以琼英乎而。"毛传："琼英，美石似玉者。"
【例句】唐卢纶《纶与吉侍…》："月香飘桂实，乳溜滴琼英。"唐柳宗元《新植海石榴》："粪壤擢珠树，莓苔插琼英。"唐孟郊《同从叔简…》："羞将片石文，斗此双琼英。"

琼枝　qióng zhī
【分类】文化
【关键词】楚辞
【释义】传说中的玉树。喻贤才或美女。《楚辞·离骚》："溘吾游此春宫兮，折琼枝以继佩。"宋洪兴祖补注："琼，玉之美者。《传》曰：南方有鸟，其名为凤，天为生树，名曰琼枝。高百二十仞，大三十围，以琳琅为实。"
【例句】唐李德裕《访韦楚老…》："今来招隐逸，恨不见琼枝。"唐韦应物《鼋头山神…》："皓首琼枝殊异色，北方绝代徒倾国。"唐钱起《送严维尉…》："欲知别后相思处，愿植琼枝向柏台。"唐窦叔向《酬李袁州…》："想到长安诵佳句，满朝谁不念琼枝。"

琼枝玉树　qióng zhī yù shù
【分类】政治
【关键词】李煜
【释义】形容树木华美。比喻贵家子弟。唐李煜《破阵子》："凤阁龙楼连霄汉，玉树琼枝作烟萝，几曾识干戈。"
【例句】宋刘敞《梅》："杂花乱草斗青春，玉树琼枝比颜色。"宋陈元晋《和邓帅参…》："琼枝夸丽羞陈苑，玉树争妍比谢家。"宋周紫芝《湖堤步游…》："野水横分青草陂，谁埋玉树与琼枝。"宋楼钥《喜雪》："玉树琼枝无限好，雪窗高阁不胜寒。"

跫然　qióng rán
【分类】生活
【关键词】庄子
【释义】指喜悦；形容脚步声等。《庄子·徐无鬼》："夫逃空虚者，藜藋柱乎鼪鼬之径，踉位其空，闻人足音跫然喜矣。"
【例句】唐陆龟蒙《袭美先辈…》："饵薄钩不曲，跫然守空坻。"宋苏轼《闻正辅表…》："虽怀跫然喜，岂免跕堕忧。"宋方岳《次韵费司法》："空谷跫然余故人，且谈风月未论文。"聂绀弩《赠雪峰》："桃花红矣同春色，空谷跫然互足音。"

龟兹　qiū cí
【分类】政治
【关键词】龟兹
【释义】古代西域国名，在今新疆库车市一带。龟兹人擅长音乐，龟兹乐舞发源于此。龟兹冶铁业兴盛，西域许多国家的铁器多仰给于此地。《隋书·龟兹》："龟兹国，汉时旧国，都白山之南百七十里，东去焉耆九百里…"
【例句】唐刘商《胡笳十八拍》："龟兹觱篥愁中听，碎叶琵琶夜深怨。"唐李颀《听安万善…》："南山截竹为觱篥，此乐本自龟兹出。"唐岑参《北庭贻宗…》："今日还龟兹，臂上悬角弓。"唐权德舆《朝回阅乐…》："子城风暖百花初，楼上龟兹引导车。"

丘迟花木　qiū chí huā mù
【分类】文化
【关键词】丘迟
【释义】称美文才和文章之典。南朝梁丘迟《与陈伯之书》："暮春三月，江南草长；杂花生树，群莺乱飞。"唐李善注引刘璠《梁典》曰："帝使吕僧珍寓书于陈伯之，丘迟之辞也。"
【例句】唐张子容《赠司勋萧…》："江山清谢朓，花木媚丘迟。"唐罗隐《送陆郎中…》："少瑜镂管丘迟锦，从此西垣使凤凰。"宋葛胜仲《再赋十绝》："天际余霞似残锦，只堪收拾饷丘迟。"明钱陆灿《白门送邱…》："重九光阴在桃叶，江南花草属邱迟。"

丘迟文美　qiū chí wén měi
【分类】文化
【关键词】丘迟
【释义】咏文士及其才华之典。《梁书·丘迟传》："时劝进梁王及殊礼,皆迟文也。高祖践阼,拜散骑侍郎,俄迁中书侍郎…时高祖著连珠,诏群臣继作者数十人,迟文最美。"

【例句】唐杨巨源《冬夜陪丘…》:"若将雅调吟诗兴,未抵丘迟一片心。"唐李群玉《寄长沙许…》:"未把彩毫还郭璞,乞留残锦与丘迟。"宋周孚《次韵德裕…》:"闻君近得丘迟笔,不堕斯文信有天。"清叶方蔼《酬邱迟生》:"不见邱迟久,新诗更斐然。"

丘祷　qiū dǎo
【分类】生活
【关键词】孔子
【释义】指祈求消灾去病。《论语·述而》:"子疾病,子路请祷…子曰:'丘之祷久矣。'"
【例句】唐文宗皇帝《上巳日赐…》:"我家柱石衰,忧来学丘祷。"唐张九龄《洪州西山…》:"丘祷虽已久,眭心难重违。"唐陈陶《旅次铜山…》:"梯穷闻戍鼓,魂续赖丘祷。"宋喻良能《次韵侍御…》:"使君慕丘祷,用志端不分。"

丘陵自伤　qiū líng zì shāng
【分类】生活
【关键词】法言
【释义】比喻难以达到期望的目标。也形容技不如人。《法言·学行》:"百川学海而至于海;丘陵学山而不至于山。"
【例句】唐李益《长社窦明…》:"海峤年年别,丘陵徒自伤。"宋王安石《寄朗侍郎》:"江汉但归沧海阔,丘陵难学太山高。"宋刘敞《和永叔喜雪》:"丘陵迤逦增其高,市井喧卑听逾静。"宋黄庭坚《赠别李端叔》:"成山更崇崛,顾我丑丘陵。"

丘明耻　qiū míng chǐ
【分类】政治
【关键词】孔子
【释义】借指苟且偷生之耻。《论语·公冶长》:"子曰'巧言、令色、足恭,左丘明耻之,丘亦耻之;匿怨而友其人,左丘明耻之,丘亦耻之。'"左丘明:相传为鲁国史官,《左传》作者。
【例句】宋苏过《送赵承之…》:"俱怀丘明耻,共弃夫子恶。"宋范纯仁《目盲》:"小冠希子夏,令色耻丘明。"宋苏轼《和陶饮酒》:"各怀伯业能,共有丘明耻。"

丘亦同耻　qiū yì tóng chǐ
【分类】政治
【关键词】孔子
【释义】与对方节操相同。源见"丘明耻"。
【例句】唐杜甫《敬简王明府》:"看君用高义,耻与万人同。"唐于頔《和丘员外…》:"湛生久已没,丘也亦同耻。"宋石延年《偶成》:"力振前文觉道孤,耻同流辈论荣枯。"宋苏舜钦《有客》:"何人同国耻,余愤落樽前。"

丘中志　qiū zhōng zhì
【分类】政治
【关键词】诗经
【释义】借指归隐之志。《诗经·王风·丘中有麻》:"丘中有麻,彼留子嗟。彼留子嗟,将其来施施。"
【例句】唐李百药《春眺》:"栖息在何处?丘中鸣素琴。"唐骆宾王《秋日山行…》:"不如从四皓,丘中鸣一弦。"唐权德舆《郊居岁暮…》:"素履期不渝,永怀丘中志。"唐白居易《早饮醉中…》:"应须了却丘中计,女嫁男婚三径资。"唐王季友《酬李十六岐》:"亦知世上公卿贵,且养丘中草木年。"

秋波　qiū bō
【分类】生活
【关键词】苏轼
【释义】秋水的波纹,形容美人的眼睛。喻爱意。唐王勃《观音大士神歌赞》:"红纤十指疑酥腻,青莲两目秋波细。"宋苏轼《百步洪》:"佳人未肯回秋波,幼舆欲语防飞梭。"幼舆:晋代谢鲲的字;谢鲲曾挑逗邻家女子,邻女掷梭打落他两颗牙齿。
【例句】唐李白《鲁郡东石…》:"秋波落泗水,海色明徂徕。"唐张碧《鸿沟》:"吴娃捧酒横秋波,霜天月照空城垒。"宋杨泽民《满路花》:"双眼滟秋波,两脸凝春雪。"宋俞桂《采莲曲》:"道旁骏马金叵罗,欲住不住横秋波。"

秋风过耳　qiū fēng guò ěr
【分类】政治
【关键词】季札
【释义】比喻对事物毫不关心。《吴越春秋·吴王寿梦传》:"欲授位季札,季札让,逃去,曰:'吾不受位,明矣!昔前君有命,已附子臧之义,洁身清行,仰高履尚,唯仁是处。富贵之于我,如秋风之过耳!'遂逃归延陵。"
【例句】宋刘弇《招季山还家》:"浮名莫羡风过耳,久客可憎尘满衣。"宋文天祥《端午》:"人命草头露,荣华风过耳。"宋史浩《次韵潘德…》:"是非风过耳,名利束高阁。"宋陆游《社日小饮》:"世事恰如风过耳,微聋自好不须治。"

秋风客　qiū fēng kè
【分类】文化
【关键词】汉武帝
【释义】指汉武帝。汉武帝曾幸河东,欣言中流,作《秋风辞》。源见"汉武横汾"。
【例句】唐李贺《金铜仙人…》:"茂陵刘郎秋风客,夜闻马嘶晓无迹。"宋苏轼《过莱州雪…》:"茂陵秋风客,劝尔麾一杯。"宋王安石《秣陵道中》:"岁熟田家乐,秋风客自悲。"宋晁说之《和斯立见…》:"今日秋风客,襟度更为优。"

秋风渭水　qiū fēng wèi shuǐ
【分类】生态

【关键词】贾岛

【释义】形容长安秋天萧瑟凄凉的景致。唐贾岛《忆江上吴处士》："秋风生渭水，落叶满长安。"

【例句】唐刘沧《秋日登醴…》："渭水自流汀岛色，汉陵空长石苔纹。"宋陆游《纵笔》："暮雨潼关încet，秋风渭水寒。"宋陆游《忆昔》："渭水秋风夜，岐山晓雪天。"宋刘边《仙掌峰》："铜盘捧露几何年，渭水秋风泪泫然。"

秋毫之末　qiū háo zhī mò

【分类】政治

【关键词】孟子

【释义】秋日禽兽毛的末端。比喻极为微细的东西。也指代毛笔。《孟子·梁惠王上》："明足以察秋毫之末，而不见舆薪，则王许之乎？"宋朱熹集注："毛至秋而末锐，小而难见也。"

【例句】唐王邕《怀素上人…》："铜瓶锡杖倚闲庭，斑扫秋毫多逸意。"唐陈昌言《白日丽江皋》："清明开镜镜，昭晰辨秋毫。"唐齐己《观李琼处…》："李琼夺得造化本，都卢缩在秋毫端。"唐杜甫《八月十五…》："此时瞻白兔，直欲数秋毫。"

秋胡妇　qiū hú fù

【分类】政治

【关键词】秋胡妇

【释义】喻指贞洁的妇女。《西京杂记》："昔鲁人秋胡，娶妻三月而游宦，三年休还家。其妇采桑于郊，胡至郊而不识其妻也。见而悦之，乃遗黄金一镒…（妇）不顾，胡惭而退。至家，问家人妻何在，曰行采桑于郊未返。既还，乃向所挑之妇也，夫妻并惭，妻赴沂水而死。"

【例句】唐李白《湖边采莲妇》："愿学秋胡妇，贞心比古松。"宋程公许《和景韩赠…》："彼姝秋胡妇，真节甘独守。"宋胡仲弓《寄意三绝》："千金莫试秋胡妇，持向青楼买笑归。"宋真山民《醉题斋壁》："人心少似秋胡妇，世事多参春梦婆。"宋刘克庄《征妇词》："君非秋胡子，妾是杞梁妻。"

秋罗帕　qiū luó pà

【分类】生活

【关键词】贾知微

【释义】天上织女用玉蚕丝织成，比喻女子所用之物。《岁时广记·服岁丹》："贾知微遇曾城夫人杜兰香及舜二妃于巴陵…贾与夫人别，命青衣以秋罗帕覆定命丹五十粒，曰：'此罗是织女采玉蚕丝织成，遇雷雨密收之。其丹每岁旦服一粒，可保一年。'后大雷雨，见箧中一物如云烟腾空而去。"

【例句】宋蒋捷《绛都春》："几拟倩人，付与兰香秋罗帕。"清王昶《迈陂塘》："认几许、连珠染遍秋罗帕。"

秋娘　qiū niáng

【分类】生活

【关键词】谢秋娘

【释义】唐代歌妓女伶的通称。《太平御览》引《乐府杂录》："《望江南》者，因朱崖李太尉镇浙西日，为亡姬谢秋娘所撰。后进入教坊，遂改名《梦江南曲》也。"

【例句】唐白居易《和元九与…》："闻道秋娘犹且在，至今时复问微之。"唐白居易《琵琶引》："曲罢曾教善才伏，妆成每被秋娘妒。"唐元稹《赠吕二校书》："共占花园争赵辟，竞添钱贯定秋娘。"宋郑獬《舟次芜湖…》："平子解酬青玉案，秋娘能唱缕金衣。"

秋蓬　qiū péng

【分类】文化

【关键词】草

【释义】秋天的蓬草，有叶而无根。形容人无处安居，身世飘零。《说苑·敬慎》："是犹秋蓬，恶其根本而美于枝叶，秋风一起，根且拔矣。"

【例句】唐韩愈《赠族侄》："作书献云阙，辞家逐秋蓬。"唐高适《宋中遇陈二》："离别十年外，飘飏千里来。"唐白居易《萧相公宅…》："转似秋蓬无定处，长于春梦几多时。"唐李贺《高轩过》："庞眉书客感秋蓬，谁知死草生华风。"

秋水　qiū shuǐ

【分类】生活

【关键词】白居易

【释义】秋天的水，喻指女人清澈明亮的眼睛。晋潘岳《秋兴赋》："澡秋水之涓涓兮，玩游鯈之潎潎。"唐白居易《筝诗》："双眸剪秋水，十指剥春葱。"

【例句】唐韦庄《秦妇吟》："西邻有女真仙子，一寸横波剪秋水。"唐无名氏《长信宫》："珠帘欲捲抬秋水，罗幌微开动冷烟。"唐亚栖《题英禅师》："欲识用心精洁处，一瓶秋水一炉香。"聂绀弩《杂诗》："美人四座周三匝，秋水千波窘二毛。"

秋水　qiū shuǐ

【分类】文化

【关键词】庄子

【释义】秋天的江湖水，雨水。《庄子·秋水》："秋水时至，百川灌河。"

【例句】唐邵大震《九日登玄…》："九月九日望遥空，秋水秋天生夕风。"唐王昌龄《送十五舅》："深林秋水近日空，归棹演漾清阴中。"宋王安石《散发一扁舟》："秋水泻明河，迢迢藕花底。"聂绀弩《送诗人邹…》："汉皋烟雨天门远，秋水兼葭怀者劳。"

秋阳　qiū yáng

【分类】生活

【关键词】烈日

【释义】烈日。《孟子·滕文公》："江汉以濯之，秋阳以暴之，皓皓乎不可尚已。"汉赵岐注："秋阳，周之秋，夏之五、六月，盛阳也。"

【例句】唐许浑《早行》："秋阳弄光影，忽吐半林红。"宋宋祁《苦热》："秋阳昼长不可度，身被单葛如重裘。"宋赵抃

《题三井瀑巾》：" 秋阳五彩随流照，纵有良工画不成。"宋王十朋《中元日得雨》："秋阳亢流火，时雨洗中元。"

秋以为期 qiū yǐ wéi qī
【分类】生活
【关键词】诗经
【释义】相约之典。《诗经·国风·氓》："将子无怒，秋以为期。"
【例句】唐王维《赠祖三咏》："仲秋虽未归，暮秋以为期。"宋王质《赠程元鼎》："归来定何日，秋事以为期。"宋张扩《欲出京寄…》："去时短袖怯风寒，春以为期秋未还。"宋黄庭坚《定交诗二首》："定交无一物，秋月以为期。"

秋芸 qiū yún
【分类】文化
【关键词】李贺
【释义】古人于秋日常采芸香草置书中以辟蠹虫，故借以指书卷。芸，香草。唐李贺《自昌谷到洛后门》诗："缃缥两行字，蛰虫蠹秋芸。"
【例句】宋范成大《秋芸有春绿》："秋芸有春绿，疏篱照孤芳。"宋吴文英《丹凤吟》："怕遣花虫蠹粉，自采秋芸熏架，香泛纤罗。"宋周密《次德范韵》："万卷牙签负善和，秋芸香浅蠹鱼多。"清陈匪石《疏影题缪…》："独抱遗芬，薄采秋芸，顾托成书增色。"

囚梁 qiú liáng
【分类】政治
【关键词】邹阳
【释义】指被监禁。源见"梁狱上书"。
【例句】唐杜甫《秦州见敕…》："还蜀只无补，囚梁亦固扃。"明郑善夫《赠郑中丞》："囚梁脱虎口，归汉远龙颜。"明顾炎武《子德李子…》："救宋裘初裛，囚梁狱未成。"

求童蒙 qiú tóng méng
【分类】生活
【关键词】周易
【释义】比喻卜问吉兆。《周易·蒙》："蒙，亨。匪我求童蒙，童蒙求我。初筮告，再三渎，渎则不告。利贞。"蒙：物之稚，物始生稚小，蒙昧未发。筮：占卜决疑。渎：轻侮不敬。贞：正。
【例句】唐卢照邻《咏史》："归来教乡里，童蒙远相求。"唐王适《蜀中言怀》："时来不可问，何用求童蒙。"唐苏颋《秋夜寓直…》："恩渥迷天施，童蒙慰我求。"宋王十朋《送谢任之》："七岁吾从乃祖游，童蒙深愧未能求。"

求衣 qiú yī
【分类】生活
【关键词】汉文帝
【释义】索衣。谓起床。寻求衣物穿着。《汉书·邹阳传》："始孝文皇帝据关入立，寒心销志，不明求衣。"唐颜师古注引臣瓒曰："文帝入关而立，以天下多难，故乃寒心战栗，未明而起。"
【例句】唐无名氏《挽歌》："香婵郁金袍，求衣不重劳。"唐王棨《未明求衣》："良宵犹未曙，深殿早求衣。"唐徐夤《依御史温…》："履朔求衣早，临阳解佩羞。"宋杨亿《禁直》："投签乍应严鼓节，求衣误听苍蝇声。"

虬髯客 qiú rán kè
【分类】政治
【关键词】虬髯客
【释义】唐代杜光庭传奇小说《虬髯客传》中的人物，隋末人，赤髯如虬。时天下方乱，欲起事中原。于旅邸遇李靖、红拂，与红拂认为兄妹，因李靖得见李世民，以为真天子，乃遁去。悉以其家所有赠靖，以佐真主。
【例句】宋洪咨夔《次韵临安…》："橘中老翁虬髯客，冷看世变从旁嗤。"宋刘克庄《沁园春》："牛角书生，虬髯豪客，谈笑皆堪折简招。"宋周紫芝《题赵安定像》："仇池客多谁在亡，高准虬髯唯汝阳。"清释今无《题腰趼旅…》："道傍多少虬髯客，尽是区区行路人。"

虬须 qiú xū
【分类】文化
【关键词】崔琰
【释义】蜷曲的胡须。《三国志·魏志·崔琰传》："太祖令曰：'琰虽见刑，而通宾客，门若市人，对宾客虬须直视，若有所瞋。'"
【例句】唐李郢《赠羽林将军》："虬须憔悴羽林郎，曾入甘泉侍武皇。"唐李颀《送陈章甫》："陈侯立身何坦荡，虬须虎眉仍大颡。"唐白居易《赠李兵马使》："江南别有楼船将，燕颔虬须不姓杨。"宋杨景《政和二年…》："丈丈蛇矛锦甲新，虬须虎头汉将军。"

裘弊金尽 qiú bì jīn jìn
【分类】生活
【关键词】苏秦
【释义】皮袍破了，钱用完了。比喻境况困难。源见"季子貂敝"。
【例句】唐李白《赠从兄襄…》："一朝乌裘敝，百镒黄金空。"唐杜甫《摇落》："鹅费义之墨，貂余季子裘。"宋陆游《凤兴弄笔…》："道旁岁晚貂裘弊，灯下书成铁砚穿。"清方守敦《寄怀臧雪…》："淮山风雪征裘弊，幕府诗篇画角哀。"

裘马 qiú mǎ
【分类】生活
【关键词】论语
【释义】轻裘肥马。形容生活豪华。《论语·雍也》："赤之适齐也，乘肥马，衣轻裘。"宋朱熹集注："言其富也。"
【例句】唐杜甫《重赠郑鍊》："江山路远羁离日，裘马谁为感激人。"唐韩愈《送文畅师…》："从兹富裘马，宁复茹藜蕨。"唐薛能《留题汾上…》："尚胜邻叟常寂寞，敢嫌裘马未轻肥。"宋强至《送吕监簿…》："年少身名当自立，不须

Q

665

裘马事轻肥。"

蝤蛴领　qiú qí lǐng
【分类】生活
【关键词】诗经
【释义】蝤蛴，天牛的幼虫，黄白色。比喻女子洁白丰润的颈项。《诗经·卫风·硕人》："手如柔荑，肤如凝脂，领如蝤蛴，齿如瓠犀，螓首蛾眉，巧笑倩兮，美目盼兮。"毛传："领，颈也；蝤蛴，蝎虫也。"
【例句】宋张耒《赠人三首…》："未必蝤蛴如素领，故应新月学蛾眉。"宋李新《过东界》："孔明不死吾其归，左衽岂宜蝤蛴领。"宋陈造《寄陈用晦》："琼也领蝤蛴，懿也目秋水。"元胡秋《高句丽》："东人之领如蝤蛴，落日唱曲过大堤。"

仇梅　qiú méi
【分类】政治
【关键词】循吏
【释义】西汉人仇览（仇香）与梅福，二人曾为主簿和县尉的小官吏。后为咏主簿或咏县尉之典。《后汉书·循吏传·仇览传》："仇览字季智…躬助丧事，赈恤穷寡。"《汉书·梅福传》："梅福字子真…明尚书、穀梁春秋。"
【例句】唐耿湋《下邦客舍…》："不是仇梅至，何人问百忧。"宋苏辙《汪王庙》："归告仇梅省文字，麦苗含穗欲蚕眠。"宋葛胜仲《柏悦堂宴…》："仇梅诸钜公，燕笑欢一席。"宋虞俦《病起据案…》："仇梅二友生，洒落邦之彦。"

仇香印　qiú xiāng yìn
【分类】政治
【关键词】循吏
【释义】仇览，又名仇香。为代指主簿官之典。《后汉书·仇览传》："躬助丧事，赈恤穷寡。期年称大化。…时考城令河内王涣，政尚严猛，闻览以德化人，署为主簿。"
【例句】唐贾岛《送友人之…》："南陵暂掌仇香印，北阙终行贾谊书。"宋魏野《送李主簿…》："南陵暂掌仇香印，北阙终行贾谊书。"

曲尘　qū chén
【分类】文化
【关键词】周礼
【释义】本指酒曲所生的霉菌，色淡黄如土，因指淡黄色。《周礼注疏·内司服》："曲衣。"汉郑玄注："黄桑服也，色如曲尘，象桑叶始生。"唐贾公彦疏："云'色如鞠尘'者，曲尘不为曲字者，古通用。"亦借指柳树、柳条、茶水或春水。
【例句】唐顾况《哭绚法师》："楚客停桡欲问谁，白沙江草曲尘丝。"唐戎昱《红槿花》："花是深红叶曲尘，不将桃李共争春。"唐唐彦谦《黄子陂荷花》："十顷狂风撼曲尘，绿堤照水露红新。"宋张先《蝶恋花》："柳舞曲尘千万线，青楼百尺临天半。"

曲尘罗　qū chén luó
【分类】文化
【关键词】周礼
【释义】指淡黄色的丝织品。源见"曲尘"。
【例句】唐牛峤《杨柳枝》："袅翠笼烟拂暖波，舞裙新染曲尘罗。"宋张叔夜《岐王宫侍》："六尺轻罗染曲尘，金莲步稳衬湘裙。"宋陆游《鹧鸪天》："微步处，奈娇何。春衫初换曲尘罗。"明王彦泓《丁卯春夏…》："曲尘罗剪麝尘封，淡紫殷红叠几重。"

曲肱枕　qū gōng zhěn
【分类】生活
【关键词】孔子
【释义】曲臂代枕。为咏安贫乐道安闲自然之典。《论语·述而》："子曰：'饭疏食饮水，曲肱而枕之，乐亦在其中矣。不义而富且贵，于我如浮云。'"
【例句】唐唐彦谦《感物》："幸无忧迫忧，聊复曲吾肱。"唐权德舆《多病戏书…》："唯思曲肱枕，搔首掷华缨。"金赵秉文《和渊明饮酒》："曲肱枕书卧，乐亦在其中。"明游朴《恭和先人…》："曲肱枕入羲皇梦，抱膝吟毕管乐功。"

曲径通幽　qū jìng tōng yōu
【分类】生态
【关键词】常建
【释义】意谓弯曲的小路通向深邃幽僻的地方。唐常建《破山寺禅院》："曲径通幽处，禅房花木深。"
【例句】宋李弥逊《永遇乐》："曲径通幽，小亭依翠，春事才过。"宋赵崇嶓《望海潮》："曲径通幽，小阑斜护，水天薄暮人家。"明张宁《西林》："瀼西佳致杜陵庄，曲径通幽入草堂。"明钟士楚《阴那题壁》："曲径通幽留鹤迹，石桥流水似龙涎。"

曲水流觞　qū shuǐ liú shāng
【分类】文化
【关键词】王羲之
【释义】指古俗三月上巳日引曲水以流觞，围坐取饮为乐的故事。源见"兰亭修禊"。
【例句】宋苏轼《和王胜之》："流觞曲水无多日，更作新诗继永和。"宋晁说之《依韵和钟…》："胡然乘兴稽山去，为问流觞曲水人。"宋王十朋《和喻叔奇…》："群贤少长毕经过，曲水流觞忆永和。"宋王之道《春日郊行…》："胜集清游定何处，它年曲水记流觞。"

曲突徙薪　qū tū xǐ xīn
【分类】生活
【关键词】霍光
【释义】把烟囱改建成弯的，把灶旁的柴草搬走。比喻对可能发生的事故应防备。《汉书·霍光金日磾列传》："乡使听客之言，不费牛酒，终亡火患。今论功而请宾，曲突徙薪亡恩泽，燋头烂额为上客耶？"

【例句】唐周昙《春秋战国门》》:"曲突徙薪不谓贤,焦头烂额飨盘筵。"唐李商隐《失题》:"拯溺休规步,防虞要徙薪。"唐杜牧《李给事中敏》:"曲突徙薪人不会,海边今作钓鱼翁。"五代徐铉《送萧尚书…》》:"主忧臣辱谁非我,曲突徙薪唯有君。"

驱鸡 qū jī
【分类】政治
【关键词】申鉴
【释义】赶鸡,喻做官御民。《申鉴·政体》:"睹孺子则驱鸡也,而见御民之方。孺子驱鸡者,急则惊,缓则滞。方其北也,遽之,则折而过南;方其南也,遽要之,则折而过北。迫则飞,疏则放。志闲则比之,流缓而不安则食之。不驱之驱,驱之至者也。志安则循路入门。"
【例句】唐韦应物《送崔押衙…》》:"驱鸡尝理邑,走马却从戎。"唐李端《赠道者》:"来取图书安枕里,便驱鸡犬向山行。"唐许浑《泛溪》:"遁迹驱鸡吏,冥心失马翁。"唐韦庄《赠云阳县…》》:"暴客至今犹战鹤,故人何处尚驱鸡?"唐翁洮《上子男寿…》》:"百里江山聊展骥,九皋云月怪驱鸡。"

驱石驾沧津 qū shí jià cāng jīn
【分类】文化
【关键词】秦始皇
【释义】指神助秦始皇驱石造桥之典。《艺文类聚》引《三齐略记》:"始皇作石桥,欲过海观日出处,于时有神人,能驱石下海,城阳一山石,尽起立…云石去不速,神人辄鞭之,尽流血,石莫不悉赤。"
【例句】唐李白《古风》:"逐日巡海右,驱石驾沧津。"唐马湘《登杭州秦…》:"秦皇谩作驱山计,沧海茫茫转更深。"唐杜甫《陪李七司…》》:"合欢却笑千年事,驱石何时到海东。"宋李纲《许嵩老赋…》:"跨海斩长鲸,驱石驾鼍鼋。"

屈淮阴 qū huái yīn
【分类】生活
【关键词】韩信
【释义】喻韩信受胯下之辱。《史记·淮阴侯列传》:"众辱之曰:'信能死,刺我,不能死,出我胯下。于是信孰视之,俛出胯下,蒲伏。一市人皆笑信,以为怯。"
【例句】唐戴叔伦《行路难》:"淮阴不免恶少辱,阮生亦作穷途悲。"唐李白《鲁郡尧祠…》》:"岂无横腰剑,屈彼淮阴人。"唐李白《行路难》:"淮阴市井笑韩信,汉朝公卿忌贾生。"宋张咏《解嘲》:"君不见淮阴汉将未逢时,市人颇领相轻欺。"

屈贾 qū jiǎ
【分类】政治
【关键词】屈原 贾谊
【释义】战国屈原与汉贾谊的并称。两人平生都忧谗畏讥,从容辞令,遭遇相似。《史记·屈原贾生列传》:"顷襄王怒而迁之。屈原至于江滨,被发行吟泽畔。颜色憔悴,形容枯槁。""贾生自伤为傅无状,哭泣岁余,亦死。贾生之死时年三十三矣。"
【例句】唐杜甫《壮游》:"气劘屈贾垒,目短曹刘墙。"唐杜甫《上水遣怀》:"中间屈贾辈,谗毁竟自取。"唐杜扶《使南海道…》》:"稍挹皇英颁浓泪,试与屈贾招清魂。"宋欧阳修《送赵山人…》》:"屈贾江山思不休,霜飞翠葆忽惊秋。"

屈平 qū píng
【分类】文化
【关键词】屈原
【释义】屈原。借指失意流离的贤士。源见"屈原"。
【例句】唐李峤《赋》:"布义孙卿子,登高楚屈平。"唐王维《送杨少府…》》:"长沙不久留才子,贾谊何须吊屈平。"唐白居易《效陶渊明体诗》:"楚王疑忠臣,江南放屈平。"唐孟郊《罗氏花下…》》:"劳收贾生泪,强起屈平身。"

屈宋 qū sòng
【分类】文化
【关键词】屈原 宋玉
【释义】战国楚屈原和宋玉的合称,二人都以辞赋著称。为称美文士之典。《隋书·王贞传》:"炀帝即位,齐王…以书召之…贞启谢曰:'…昔公旦之才艺,能事鬼神,夫子之文章,性与天道,雅志传于游夏,余波鼓于屈宋,雕龙之迹,具在风骚。"
【例句】唐李白《赠王判官》》:"荆门倒屈宋,梁苑倾邹枚。"唐杜甫《戏为六绝句》:"窃攀屈宋宜方驾,恐与齐梁作后尘。"唐杜甫《送覃二判官》:"迟迟恋屈宋,渺渺卧荆衡。"唐崔涅《和濮阳人…》:"风生屈宋魂应散,雨过黄娥恨亦轻。"唐吴融《楚事》:"悲秋应亦抵伤春,屈宋当年并楚臣。"

屈轶 qū yì
【分类】政治
【关键词】尧
【释义】亦称屈佚草、屈草,古代传说中的一种草,谓能指识佞人。喻指能识别奸佞的贤臣。源见"指佞草"。
【例句】唐白居易《赠樊著作》:"其手如屈轶,举必指佞臣。"唐李咸用《读修睦上…》:"才似烟霞生则媚,直如屈轶佞则指。"唐苏味道《赠封御史…》:"夕鸦共鸣舞,屈草接芳霏。"宋夏竦《送李殿院…》:"屈草联芳映法冠,亭亭风度耸朝端。"元杨维桢《铁面郎美…》:"手持尧时屈轶枝,独立殿前言国是。"清弘历《灵珀诗》:"屈草祥祛佞,嘉禾瑞兆农。"

屈原 qū yuán
【分类】文化
【关键词】屈原
【释义】楚国诗人、政治家,秦破楚,屈原怀石自沉于汨罗江。《史记·屈原贾生列传》:"屈原者,名平,楚之同姓也。为楚怀王左徒…故忧愁幽思而作离骚。离骚者,犹离忧也…屈原至于江滨,被发行吟泽畔。颜色憔悴,形容枯槁。"
【例句】唐张碧《秋日登岳…》:"屈原回日牵愁吟,龙宫感激致应沉。"唐杜甫《最能行》:"若道士无英俊才,何得山有屈原宅。"唐护国《归山作》:"靳尚那可论,屈原亦可叹。"唐清江《湘川怀古》:"浪势屈原冢,竹声渔父歌。"

躯干小 qū gàn xiǎo
【分类】政治
【关键词】陈安
【释义】称美武将之典。《晋书·刘曜载记》:"(陈)安善于抚接,吉凶夷险与众同之。及其死,陇上歌之曰:'陇上壮志有陈安,躯干小腹中宽,爱养将士同心肝…西流之水东流河,一去不还奈子何!'"
【例句】唐杜甫《送韦十六…》:"子虽躯干小,老气横九州。"宋吕本中《赠汪莘叔野》:"勿云躯干小,气吞横海鲸。"宋强至《寄保安军…》:"肝胆不同躯干小,几时献画请开边。"宋黄庭坚《次韵惜范生》:"范侯躯干小,实有四海心。"

劬劳 qú láo
【分类】政治
【关键词】诗经
【释义】咏孝亲之典。特指父母抚养儿女的劳累。《诗经·小雅·蓼莪》:"哀哀父母,生我劬劳。"
【例句】唐储光羲《同王十三…》:"无钱可沽酒,何以解劬劳?"唐牟融《赠欧阳詹》:"服勤因念劬劳重,思养徒怀感慨深。"唐牟融《邵公母》:"劬劳常想三春恨,思养其如寸草何。"唐杜甫《八哀诗》:"庶以勤苦志,报兹劬劳显。"

鸲鹆舞 qú yù wǔ
【分类】生活
【关键词】谢尚
【释义】咏舞之典。《晋书·谢尚传》:"善音乐,博综众艺…(王)导以其有胜会,谓曰:'闻君能作鸲鹆舞,一坐倾想,宁有此理不?'…导令坐者抚掌击节,尚俯仰在中,傍若无人。"
【例句】唐杜审言《赠崔融二…》:"兴酣鸲鹆舞,言洽凤凰翔。"唐李白《对雪醉后…》:"谢尚自能鸲鹆舞,相如免脱鹔鹴裘。"唐赵嘏《句》:"鸲鹆舞酣人自醉,琵琶声缓客初来。"宋辛弃疾《玉楼春》:"侵天且拟凤凰巢,扫地从他鸲鹆舞。"

渠黄 qú huáng
【分类】文化
【关键词】马
【释义】骏马名。泛指骏马。源见"八骏"。
【例句】宋刘弇《送曾该》:"渠黄为世生,骏骨谢前朽。"宋李纲《九月八日…》:"长淮渺渺烟苍苍,扁舟初脱隋渠黄。"元李昱《五言古诗》:"渠黄既电迈,騄耳亦风驰。"明黎景义《寿清寰祖…》:"结绿晶芒升紫气,渠黄逸足绝红尘。"

蘧公志 qú gōng zhì
【分类】政治
【关键词】蘧伯玉
【释义】春秋卫国大夫蘧伯玉既善于应变又能保持自己的志节。为咏矢志不移之典。《庄子·则阳》:"蘧伯玉行年六十而六十化,未尝不始于是之,而卒诎之以非也。未知今之所谓是之非五十九非也。"
【例句】唐陶翰《早过临淮》:"范子名屡移,蘧公志不保。"唐李咸用《和友人喜…》:"年纪少他蘧伯玉,幸因多难早知非。"宋张耒《寒夜拥炉…》:"知书蘧公时一叹,读书梅叟并萧然。"宋司马光《六十寄景仁》:"见事晚于蘧伯玉,今知五十九年非。"明屈大均《林叔君六…》:"六十蘧公化,前贤似者希。"清田雯《春日》:"蘧公寡过功夫少,何待明年始悟非。"

蘧庐 qú lú
【分类】政治
【关键词】庄子
【释义】古代驿传中供人休息的房子。犹今言旅馆。《庄子·天运》:"仁义,先王之蘧庐也,止可以一宿,而不可久处。"
【例句】唐刘禹锡《管城新驿记》:"蘧庐有甲乙,床帐有冬夏。"宋吴则礼《过开宝谒…》:"万古万一瞬,天地真蘧庐。"宋张方平《送郭诚思…》:"莫执斧斤过栎社,懒施几席向蘧庐。"宋张方平《读混元经》:"还元当复定金锁,过宿宁更怀蘧庐。"

蘧轮 qú lún
【分类】政治
【关键词】蘧伯玉
【释义】咏贤臣之典。《列女传·卫灵夫人》:"灵公与夫人夜坐,闻车声辚辚,至阙而止,过阙复有声。公问夫人:'知此为谁?'夫人曰:'此蘧伯玉也。君子不以冥冥堕行,伯玉贤大夫,必不以暗昧废礼。故知之。'公使视之,果伯玉也。"
【例句】唐钱起《送蒋尚书…》:"郑履下天去,蘧轮满路声。"

蘧瑗知非 qú yuàn zhī fēi
【分类】生活
【关键词】蘧伯玉
【释义】咏常思迁善改过、自省之典。《淮南子·原道训》:"故蘧伯玉年五十而有四十九年非。"汉高诱注:"伯玉,卫大夫蘧瑗也。今年所行是也,则还顾知去年之所行非也。岁岁悔之,以至于死,故有四十九年非。"
【例句】唐武元衡《西亭题壁…》:"廉颇不觉老,蘧瑗始知非。"宋邵雍《新正吟》:"蘧瑗知非日,宣尼读易年。"宋邵雍《安乐窝中…》:"虚更蘧瑗知非日,谬历宣尼读易年。"宋苏轼《次韵曹九…》:"蘧瑗知非我所师,流年已似手中蓍。"

氍毹 qú shū

【分类】生活

【关键词】陇西行

【释义】毛织的布或地毯,旧时演戏多用来铺在地上。常借指舞台。汉《陇西行》:"请客北堂上,坐客毡氍毹。"

【例句】唐岑参《冀国夫人…》:"碎叶氍毹金烛盘,繁弦急管夜将阑。"唐岑参《玉门关盖…》:"暖屋绣帘红地炉,织成壁衣花氍毹。"唐陆龟蒙《和袭美寒…》:"唯求薏苡供僧食,别著氍毹待客床。"聂绀弩《挽王莹》:"红氍毹上一惊鸿,万里雄飞震白宫。"

臞儒 qú rú

【分类】政治

【关键词】司马相如

【释义】臞,消瘦。意指隐居的士人。《汉书·司马相如传下》:"相如以为列仙之儒居山泽间,形容甚臞,此非帝王之仙意也。"

【例句】宋苏轼《雪后便欲…》:"载酒邀诗将,臞儒不是仙。"宋杨时《与将乐令…》:"会须策蹇踏云车,无使吃口嗤臞儒。"宋方岳《百十一弟…》:"不妨主掌旧林泉,山泽臞儒半列仙。"宋王迈《送黄少遇…》:"三纪间关历宦途,萧然全似一臞儒。"

衢尊 qú zūn

【分类】政治

【关键词】淮南子

【释义】原意设酒通衢,行人自饮。为咏仁政之典。《淮南子·缪称训》:"圣人之道,犹中衢而致尊邪:过者斟酌,多少不同,各得所宜;是故得一人,则可以得百人也。"汉高诱注:"道,六通谓之衢。尊,酒器也。"

【例句】唐刘允济《经庐岳回…》:"游圣抱衢尊,邻畿恭木铎。"唐杜甫《千秋节…》:"衢尊不重饮,白首独余哀。"唐陈陶《圣帝击壤歌》:"历草何因见,衢尊岂暂忘。"五代徐铉《蒙恩赐酒…》:"今宵幸识衢尊味,明日知停入阁朝。"

曲高和寡 qǔ gāo hè guǎ

【分类】生态

【关键词】宋玉

【释义】比喻人品、言论或作品越高雅艰深,知音也就越少。战国楚宋玉《对楚王问》:"客有歌于郢中者…其为《阳春》、《白雪》,国中属而和者不过数十人…是其曲弥高,其和弥寡。"

【例句】唐法藏《歌行》:"古人重义不重金,曲高和寡勿知音。"宋苏轼《用前韵再…》:"唱高和自寡,非我谁当亲?"宋周紫芝《次韵季共…》:"曲高虽和寡,喜甚得所欲。"元王翰《归兴》:"价兼始识吴钩利,和寡方知郢曲高。"

曲江丽人 qǔ jiāng lì rén

【分类】生活

【关键词】杜甫

【释义】泛称美人。唐杜甫《丽人行》:"三月三日天气新,长安水边多丽人。"水,指曲江。

【例句】宋强至《长安上巳…》:"曲江芜没不堪觑,那复丽人来水边。"宋程先《锁窗寒》:"想曲江水边丽人,影沈香歇谁为主。"明欧大任《寄苏子冲》:"酒钱正待苏司业,三月水边多丽人。"明胡应麟《春日同叶…》:"曲江春事蚤,随处丽人行。"

曲糵 qǔ niè

【分类】政治

【关键词】尚书

【释义】幼芽屈曲。喻辅佐之臣。《尚书·说命下》:"王曰:'来汝说。自河徂亳,暨厥终罔显。尔惟训于朕志,若作酒醴,尔惟曲糵。'"汉孔安国《传》:"酒醴须曲糵以成,亦言我须汝以成。"

【例句】唐岑参《尹相公京…》:"为君天下酒,曲糵将用时。"宋李纲《次韵曾徽…》:"何须社瓮曲糵法,自带广寒风露香。"宋苏轼《又一首答…》:"诗书与我为曲糵,酝酿老夫成搢绅。"宋周紫芝《季夏极暑…》:"有如独醒人,不受曲糵醮。"

曲秀才 qǔ xiù cái

【分类】生活

【关键词】叶法善

【释义】也称曲君、曲生、曲道士,皆指酒。《太平广记·曲秀才》:"道士叶法善,精于符箓之术。满坐思酒,忽有人扣门,云曲秀才…扼腕抵掌,论难锋起,势不可当。法善密以小剑击之,随手丧元,坠于阶下…视其处所,乃盈瓶醇酝也,咸大笑。饮之其味甚佳。坐客醉而抚其瓶曰:'曲生曲生,风味不可忘也。'"

【例句】宋程俱《观王君玉…》:"簿领青州掾,风姿曲秀才。"宋萧立之《夏夜纳凉》:"竹夫人有专房想,曲秀才难折束招。"宋陈师道《再次韵苏…》:"府中顾长康,风味如曲君。"宋苏轼《泗州除夜…》:"欲从元放觅拄杖,忽有曲生来坐隅。"宋贺铸《许永席上赋》:"处士妄同公子议,曲生未减索郎贤。"宋陆游《村居日饮…》:"孤寂惟寻曲道士,一寒仍赖楮先生。"宋陆游《初夏幽居》:"瓶竭重招曲道士,床空新聘竹夫人。"

曲终人不见 qǔ zhōng rén bú jiàn

【分类】生活

【关键词】钱起

【释义】形容空虚寂寞的怅惘之情。《旧唐书·钱起列传》:"尝于客舍月夜独吟,遽闻人吟于庭曰:'曲终人不见,江上数峰青。'"

【例句】宋陆佃《悼亡》:"曲终人不见,花落梦无聊。"宋释居简《颂古》:"惆怅曲终人不见,数峰削玉水弥弥。"宋陆佃《悼亡》:"曲终人不见,花落梦无聊。"明李士淳《庚子偕大…》:"江上曲终人不见,兼葭白露望中迁。"

曲子相公 qǔ zi xiàng gōng

【分类】文化

【关键词】和凝

【释义】指后晋宰相和凝。《北梦琐言》:"晋相和凝,少年时好为曲子词,布于汴洛。洎入相,专托人收拾焚毁不暇。然相国厚重有德,终为艳词玷。契丹入夷门,号为'曲子相公'。"

【例句】宋刘克庄《答陈天骥…》:"宁作经学博士,勿为曲子相公。"宋刘克庄《临江仙》:"玉笛钿车当日事,东涂西抹都曾。等闲曲子压和凝。"明王鏊《送杨尚纲…》:"旧日和凝今老矣,登庸衣钵尚须传。"明陈琬《自悼》:"和凝多事文章版,张俭无家患难身。"

取给 qǔ jǐ

【分类】生活
【关键词】张建封
【释义】供给,维持生计。《旧唐书·张建封传》:"京师游手堕业者数千万家,无土著生业,仰宫市取给。"
【例句】唐杜甫《最能行》:"富豪有钱驾大舸,贫穷取给行艓子。"宋谢薖《许巨源送笋》:"厨人取给昼铺膳,顿使齿颊生甘寒。"宋李光《连日以…》:"随身具修绠,取给自无穷。"宋范浚《叹旱》:"公私取给有赢馀,作饭为糜肥口腹。"

取蒲类 qǔ pú lèi

【分类】政治
【关键词】窦固
【释义】咏边塞战争之典。《后汉书·窦融传》附《窦固传》:"固、忠至天山,击呼衍王,斩首千余级。呼衍王走,追至蒲类海。"蒲类海今名婆悉海,在今庭州蒲昌县东南也。
【例句】唐李益《再赴渭北…》:"截海取蒲类,跑泉饮鹘鹈。"唐王维《送宇文三…》:"蒲类成秦地,莎车属汉家。"宋杨万里《都下和同…》:"居延蒲类水如天,吹作春风一杯酒。"明黎民表《送洪山人…》:"蒲类即看登满簿,乌孙不久作藩臣。"

取青拾芥 qǔ qīng shí jiè

【分类】政治
【关键词】夏侯胜
【释义】形容取得高官显爵易于拾芥。青:青紫,古时公卿服饰,指高官显爵。芥:地芥,地上杂草。《汉书·夏侯胜》:"胜每讲授,常谓诸生曰:'士病不明经术,经术苟明,其取青紫,如俯拾地芥耳。学经不明,不如归耕。'"
【例句】唐李峤《经》:"青紫方拾芥,黄金徒满籯。"五代徐钧《夏侯胜》:"却道取青如拾芥,是贪利禄始明经。"宋张炜《题友人深居》:"拾芥取青紫,野人犹畏难。"宋王令《赠刘成文》:"遇我数日语,收若俯拾芥。"

去害马 qù hài mǎ

【分类】政治
【关键词】黄帝
【释义】咏善理朝政之典,即不断除去贪官污吏及一切为害之人。源见"襄野童"。

【例句】唐杜牧《分司东都…》:"马群先去害,民籍更添丁。"宋宋祁《感事寄子…》:"害马直宜去,劳鱼实恐赪。"宋郑獬《瘦马》:"古称去害群,吾宁痛鞭挞。"明黄省曾《哭张子言》:"去害能调马,游冥已化鲲。"

去三惑 qù sān huò

【分类】政治
【关键词】杨秉
【释义】拒腐蚀之典。《后汉书·杨震传》附《杨秉传》:"秉性不饮酒,又早丧夫人,遂不复娶,所在以淳白称。尝从容言曰:'我有三不惑:酒、色、财也。'"《杨震传赞》:"震畏四知,秉去三惑。"
【例句】唐许浑《金谷园》:"三惑沈身是此园,古藤荒草野禽喧。"唐杜牧《分司东都…》:"四知台上镜,三惑井中瓶。"唐苏拯《邹律》:"世患有三惑,尔律莫能抑。"唐徐寅《陈》:"三惑昏昏中紫宸,万机抛却醉临春。"

去天尺五 qù tiān chǐ wǔ

【分类】政治
【关键词】辛氏三秦
【释义】喻与宫廷相近。亦指地势之高。《辛氏三秦记》:"城南韦杜,去天尺五。"韦杜为贵族豪门聚居之地,天指帝王的宫廷。
【例句】宋梅尧臣《庙子湾下作》:"长安旧去天尺五,此在大梁眉睫前。"宋王安中《登丰乐楼》:"此地去天真尺五,九霄歧路不容寻。"宋刘敛《长安城南》:"城南地去天尺五,杜曲田皆亩一金。"宋赵文昌《天目山》:"椒峦隐隐入霄汉,从此去天才尺五。"

去邪勿疑 qù xié wù yí

【分类】政治
【关键词】尚书
【释义】废除奸邪不可犹豫不决。源见"任贤勿贰"。
【例句】唐白居易《和阳城驿》:"进贤不知倦,去邪勿复疑。"唐周昙《三代门又吟》:"匡政必能除苟媚,去邪当断勿狐疑。"宋颜太初《东州逸党》:"赫尔奋独断,去邪在勿疑。"清彭孙通《论史偶成》:"任贤勿之贰,去邪勿之疑。"

全疏勒 quán shū lè

【分类】政治
【关键词】耿恭
【释义】边关将士苦战守土之典。《后汉书·耿弇列传》附《耿恭传》:"耿恭以单兵固守孤城(疏勒),当匈奴之冲,对数万之众;凿山为井,煮弩为粮…前后杀伤丑虏数千百计,卒全忠勇,不为大汉耻。恭之节义,古今未有。"
【例句】唐骆宾王《久戍边城…》:"拜井开疏勒,鸣桴动密须。"唐皇甫冉《和袁郎中…》:"节比全疏勒,功当雪会稽。"唐李端《雨雪曲》:"丁零苏武别,疏勒范羌归。"宋王十朋《左原纪异》:"又不见耿恭昔年困疏勒,孤城凿井踰千尺。"

全树尽借 quán shù jìn jiè
【分类】政治
【关键词】唐太宗
【释义】比喻对有才华的人因赏识而给予厚遇。《隋唐嘉话》："李义府始召见，太宗试令咏乌，其末句云：'上林多许树，不借一枝栖。'帝曰：'吾将全树借汝，岂惟一枝。'寻除监察御史。"
【例句】宋刘克庄《和竹溪怀…》："昔曾苑内借全树，今向林间巢一枝。"宋朱松《三峰康道…》："不学霜台要全树，动人春色一枝多。"明王世贞《赋得柳条…》："一枝从主赐，全树借卿栖。"明胡应麟《虞鸿胪以…》："一枝吾自安幽谷，全树君犹借上林。"

泉客珠 quán kè zhū
【分类】文化
【关键词】博物志
【释义】咏鲛人吐珠之典。源见"鲛人泣珠"。晋左思《吴都赋》："泉室潜织而卷绡，渊客慷慨而陈珠。"泉客即渊客，避唐讳改渊为泉。
【例句】唐杜甫《客从》："客从南溟来，遗我泉客珠。"唐施肩吾《贫客吟》："今朝欲泣泉客珠，及到盘中却成血。"宋杨时《送袭守楚…》："两行渊客泪，感激自沾颐。"宋朱翌《冬前雪珠…》："固知渊客难藏宝，倒卷珠池立散天。"元博若金《泸江》："冯夷伐鼓迎汉节，泉客弄珠随越舟。"明钱谦益《放歌行赠…》："昆山抵鹊用良玉，泉客洒涕成明珠。"

泉石膏肓 quán shí gāo huāng
【分类】文化
【关键词】田游岩
【释义】形容酷爱大自然，如病入膏肓不可救药。《旧唐书·田游岩》："高宗幸嵩山…游岩曰：'臣泉石膏肓，烟霞痼疾，既逢圣代，幸得逍遥。'"
【例句】唐独孤均《题含虚洞》："泉石膏肓传亦久，神仙窟宅到何迟。"宋程俱《戏简陆学…》："泉石膏肓老更慵，岂堪华发抗尘容。"宋王灼《和唐山叟…》："神仙窟宅古多见，泉石膏肓今亦云。"宋王信《雪窗》："膏肓不除泉石念，胜处何如眼中见。"

拳毛䯄 quán máo guā
【分类】文化
【关键词】马
【释义】昭陵六骏之一，是李世民武德四年与刘黑闼在洺水作战时所乘的一匹战马，列于祭坛西侧三骏石刻中间。马黑嘴头，周身旋毛呈黄色。唐杜甫《韦讽录事宅观曹将军画马图》："昔日太宗拳毛䯄，近时郭家师子花。"
【例句】唐杜甫《韦讽录事…》："昔日太宗拳毛䯄，近时郭家师子花。"唐韦骧《观江都王…》："当时所画拳毛䯄，声名气格凌有唐。"宋周紫芝《题龙眠画…》："三骢岂是拳毛䯄，俶傥权奇颇闲暇。"宋释宝昙《拳毛䯄唐…》："人间只作拳毛看，谁知忠义事所难。"

筌蹄 quán tí
【分类】生活
【关键词】庄子
【释义】比喻达到目的的手段或工具。源见"得鱼忘筌"。
【例句】唐王绩《薛记室收…》："何事须筌蹄，今已得兔鱼。"唐杜甫《寄刘峡州…》："妙取筌蹄弃，高宜百万层。"唐权德舆《奉和李大…》："往事尽筌蹄，虚怀寄杯杓。"

筌蹄弃 quán tí qì
【分类】政治
【关键词】庄子
【释义】指作诗取材精妙。比喻脱落人工痕迹。
【例句】唐杜甫《寄刘峡州…》："妙取筌蹄弃，高宜百万层。"

犬马有盖帷 quǎn mǎ yǒu gài wéi
【分类】生活
【关键词】礼记
【释义】咏仁爱之典。《礼记·檀弓》："仲尼之畜狗死，使子贡埋之。曰：'吾闻之也，敝帷不弃，为埋马也；敝盖不弃，为埋狗也。'"敝盖，旧车盖。
【例句】唐柳宗元《掩役夫张…》："猫虎获迎祭，犬马有盖帷。"宋苏轼《和陶咏三良》："我岂犬马哉，从君求盖帷。"宋李流谦《七夕马逸…》："他日盖帷吾已许，暮年绳勒汝应羞。"宋陆游《长歌行》："既非狗马要盖帷，那计风霜悴蒲柳。"

犬戎 quǎn róng
【分类】政治
【关键词】左传
【释义】《左传·闵公二年》："虢公败犬戎于渭汭。"晋杜预注："犬戎，西戎别在中国者。"唐人以称吐蕃。
【例句】唐张说《送郭大夫…》："犬戎废东献，汉使驰西极。"唐李白《送族弟绾…》："汉家兵马乘北风，鼓行而西破犬戎。"唐杜甫《忆昔》："犬戎直来坐御床，百官跣足随天王。"唐杜甫《释闷》："四海十年不解兵，犬戎也复临咸京。"

犬戎坐御床 quǎn róng zuò yù chuáng
【分类】政治
【关键词】朱异
【释义】谓异族叛逆者篡夺帝位。《梁书·侯景传》："大同中，太臣令朱异尝直禁省，无何，夜梦犬羊各一在御坐，觉而恶之，告人曰：'犬羊者，非佳物也。今据御坐，将有变乎！'既而天子蒙尘，景登正殿焉。"
【例句】唐杜甫《忆昔》："犬戎直来坐御床，百官跣足随天王。"宋文天祥《壬午》："胡羯犯彤宫，犬戎升御床。"

犬牙 quǎn yá
【分类】生态

【关键词】汉文帝
【释义】像犬牙般交错,多指地形、地势。《史记·孝文本纪》:"高帝封王子弟,地犬牙相制,此所谓盘石之宗也,天下服其强,二矣。"
【例句】唐白居易《自到郡斋…》:"愧无铛脚政,徒忝犬牙邻。"唐刘禹锡《晚岁登武…》:"星象承乌翼,蛮陬想犬牙。"唐刘禹锡《朗州窦员…》:"新恩共理犬牙地,昨日同含鸡舌香。"唐杜牧《朱坡绝句》:"乳肥春洞生鹅管,沼避回岩势犬牙。"

阙里 quē lǐ
【分类】生活
【关键词】孔子
【释义】指孔子居住的地方。《汉书·梅福传》:"今仲尼之庙不出阙里。"唐颜师古注:"阙里,孔子旧里也。"
【例句】唐刘沧《经曲阜城》:"行经阙里自堪伤,曾叹东流逝水长。"唐权德舆《奉送孔十…》:"家法遥传阙里训,心源早逐嵩丘侣。"唐刘禹锡《唐秀才赠…》:"阙里庙堂空旧物,开方灶下岂天然。"唐殷文圭《贺同年第…》:"多愧受恩同阙里,不嫌师僻与颜贫。"

却秦 què qín
【分类】政治
【关键词】鲁仲连
【释义】谓智退强敌。源见"鲁连蹈海"。
【例句】唐吴筠《鲁仲连》:"一言却秦围,片札降聊城。"唐李白《古风》:"却秦振英声,后世仰末照。"唐李白《赠从兄襄…》:"却秦不受赏,救赵宁为功。"宋周邠《簪屦》:"簪屦定知高楚客,笑谈应好却秦军。"

却扫 què sǎo
【分类】政治
【关键词】江淹
【释义】不再扫径迎客。谓闭门谢客。南朝江淹《恨赋》:"至乃敬通见抵,罢归田里。闭ында却扫,塞门不仕。"唐李善注引司马彪《续汉书》曰:"赵壹闭关却扫,非德不交。"
【例句】唐齐己《示诸侄》:"侯门终谢去,却扫旧松萝。"宋欧阳修《百子坑赛龙》:"青天却扫万里静,但见绿野如云敷。"宋司马光《旬虑十七…》:"门前吏卒散,却扫谢来客。"宋王炎《双溪即事》:"往来皆物役,却扫独无求。"

却望 què wàng
【分类】生活
【关键词】杜甫
【释义】指回头远看。唐杜甫《暂如临邑率尔成兴》:"暂游阻词伯,却望怀青关。"
【例句】唐王昌龄《别辛渐》:"酒酣不识关西道,却望春江云尚残。"唐刘皂《渡桑干》:"无端又渡桑乾水,却望并州似故乡。"唐韩偓《离家第二…》:"却望山川空黯黯,回看僮仆亦依依。"宋徐铉《御筵送邓王》:"暂移黄阁只三载,却望紫垣都数程。"

鹊桥 què qiáo
【分类】生活
【关键词】风俗通
【释义】传说鸟神受牛郎织女的真挚情感而感动派来的乌鹊搭成的桥。《岁华纪丽》引《风俗通》:"织女七夕当渡河,使鹊为桥。"
【例句】唐杜审《玉台观》:"江光隐见鼋鼍窟,石势参差乌鹊桥。"唐刘商《送女子》:"青娥宛宛聚为裳,乌鹊桥成别恨长。"唐苏颋《奉和七夕…》:"窃观栖鸟至,疑向鹊桥回。"聂绀弩《周婆来探》:"此后定难窗再铁,何时重以鹊为桥。"

鹊喜 què xǐ
【分类】生活
【关键词】禽经
【释义】鹊的鸣叫声,旧传以鹊鸣声兆喜。《禽经》:"灵鹊兆喜。"晋张华注:"鹊噪则喜生。"
【例句】唐宋之问《发端州初…》:"破颜看鹊喜,拭泪听猿啼。"唐钱起《题杜舍人…》:"鹊喜娇迟日,莺啼惜暮春。"唐李峤《鹊》:"喜逐行人至,愁随织女归。"唐杜甫《得弟消息》:"浪传乌鹊喜,深负鹡鸰诗。"

鹊印 què yìn
【分类】政治
【关键词】搜神记
【释义】指称公侯之位或喻指升迁发迹。《搜神记》:"常山张颢,为梁州牧。天新雨后,有鸟如山鹊,飞翔入市,忽然坠地,人争取之,化为圆石。颢椎破之,得一金印,文曰'忠孝侯印'。颢以上闻,藏之秘府。后议郎汝南樊衡夷上言:'尧、舜时旧有此官,今天降印,宜可复置。'颢后官至太尉。"
【例句】唐岑参《献封大夫…》:"丈夫鹊印摇边月,大将龙旗掣海云。"唐李峰《西河郡太…》:"鹊印庆仍传,鱼轩宠莫先。"唐韦庄《和郑拾遗…》:"鹊印提新篆,龙泉夺晓霜。"唐徐夤《尚书惠蜡…》:"飞鹊印成香蜡片,啼猿溪走木兰船。"

鹊噪 què zào
【分类】生活
【关键词】禽经
【释义】鹊鸣声。俗谓喜兆。源见"鹊喜"。
【例句】唐刘禹锡《秋日送客…》:"鹊噪晚禾地,蝶飞秋草畦。"唐宋齐丘《陪华林园…》:"掌底轻瑰孤鹊噪,枝头乾快蝉吟。"宋梅尧臣《使者自随…》:"夜堂蛇结蟠,昼户鹊噪聚。"宋苏轼《木兰花令》:"乌啼鹊噪昏乔木。清明寒食谁家哭。"

逡巡 qūn xún
【分类】生活
【关键词】贾谊

【释义】意指因为有顾虑而徘徊不前。汉贾谊《新书·过秦论》:"逡巡而不敢进。"
【例句】唐刘希夷《将军行》:"诸将欲言事,逡巡不敢入。"唐任华《寄杜拾遗》:"曹刘俯仰惭大敌,沈谢逡巡称小儿。"唐元稹《梦游春》:"逡巡日渐高,影响人将寤。"聂绀弩《答迩冬托…》:"倘有幽兰当自佩,乞邻而与意逡巡。"

裙屐 qún jī
【分类】生活
【关键词】王安石
【释义】裙,下裳;屐,木底鞋。原指六朝贵游子弟的衣着,后泛指富家子弟的时髦装束。宋王安石《蒙亭》:"壶觞日笑傲,裙屐相追逐。"
【例句】宋周弼《南楼怀古》:"舳舻宵遁谁思忖,裙屐春游自笑谈。"宋周紫芝《仆归自武…》:"相国风流元有种,徐卿裙屐固应稀。"明顾可学《题复吟社》:"蒹葭露白三丘寺,裙屐风流一镜涵。"聂绀弩《代周婆答》:"草草杯盘重配备,翩翩裙屐早稀疏。"

裙腰 qún yāo
【分类】文化
【关键词】侯子响
【释义】裙的上端紧束于腰部之处。比喻狭长的小路。《南史·齐鱼复侯子响传》:"子响密作启数纸,藏妃王氏裙腰中,具自申明。"
【例句】唐白居易《和梦游春…》:"裙腰银线压,梳掌金筐蹙。"唐白居易《杭州春望》:"谁开湖寺西南路?草绿裙腰一道斜。"唐韩偓《余作探使》:"帝台春尽还东去,却系裙腰伴雪胸。"五代李珣《望远行》:"同心犹结旧裙腰,忍孤风月度良宵。"

群龙 qún lóng
【分类】政治
【关键词】周易
【释义】比喻贤臣或群圣。《周易·乾》:"用九,见群龙无首,吉。"《后汉书·郎顗传》:"顗又上书荐黄琼、李固,并陈消灾之术曰:'昔唐尧在上,群龙为用。'"
【例句】唐张九龄《奉和吏部…》:"双凤寒为阙,群龙俨若仙。"唐杜甫《渼陂行》:"此时骊龙亦吐珠,冯夷击鼓群龙趋。"宋宋庠《入朝感旧》:"昌辰尽见群龙出,急景俱随骇驷奔。"宋王庭圭《和黄元授…》:"天公叱起群龙颠,黑风立海倒百川。"

群鸥日日来 qún ōu rì rì lái
【分类】生态
【关键词】列子
【释义】鸥,水鸟名。源见"鸥鹭忘机"。
【例句】唐杜甫《客至》:"舍南舍北皆春水,但见群鸥日日来。"唐温庭筠《利州南渡》:"数丛沙草群鸥散,万顷江田一鹭飞。"宋文彦博《春日湖上》:"机心本不动,犹恐骇群鸥。"宋邹浩《次德符韵》:"群鸥安在哉,我与均尔得。"

群贤 qún xián
【分类】政治
【关键词】班固
【释义】指众多的德才兼备的人。汉班固《白虎通·谏诤》:"虽无道不失天下,仗群贤也。"
【例句】唐刘禹锡《哭庞京兆》:"俊骨英才气袖然,策名飞步冠群贤。"唐韦应物《善福精舍…》:"抚己亮无庸,结交赖群贤。"唐白居易《东都冬日…》:"盛时陪上第,暇日会群贤。"唐郑谷《春暮咏怀…》:"坐看群贤争得路,退量孤分且吟诗。"

群贤推郗诜 qún xián tuī xī shēn
【分类】政治
【关键词】郗诜
【释义】公正贤良之典。《晋书·郗诜传》:"吏部尚书崔洪荐诜为左丞。及在职,尝以事劾洪,洪怨诜,诜以公正距之…洪闻而惭服。累迁雍州刺史…诜在任威严明断,甚得四方声誉。"
【例句】唐高适《答侯少府》:"吾党谢王粲,群贤推郗诜。"元杨弘道《赠邓帅》:"迁逝同王粲,贤良愧郗诜。"元李延兴《灯夕》:"高尚尊严子,贤良笑郗诜。"明陈栎《送卢质中…》:"千人夺隽郗诜贤,百里鸣琴鲁公治。"

群彦 qún yàn
【分类】政治
【关键词】蔡邕
【释义】彦:有才学、德行的人。喻指众英才。汉蔡邕《答元式》:"济济群彦,如云如龙。"
【例句】唐韦应物《郡斋雨中…》:"吴中盛文史,群彦今汪洋。"唐高适《酬别薛三…》:"韩公有奇节,词赋凌群彦。"宋苏颂《送襄州李…》:"帕首诸侯趋道左,题襟群彦寄邦中。"宋秦观《与邓慎思…》:"校书天禄陪群彦,睎发阳阿遇故人。"

群玉 qún yù
【分类】政治
【关键词】穆天子传
【释义】本为传说中古帝王藏书册处,后指帝王珍藏图籍书画之所。《穆天子传》:"天子北征,东还,乃循黑水,癸巳,至于群玉之山…先王之所谓策府。"晋郭璞注:"言往古帝王以为藏书之府,所谓藏之名山者也。"
【例句】唐独孤及《寄赠徐薛…》:"图籍凌群玉,歌诗冠柏梁。"唐葛鸦儿《会仙诗》:"群玉山前人别处,紫鸾飞起望仙台。"唐刘禹锡《送韦秀才》:"至今群玉府,学者空纵观。"宋卫宗武《和人杂咏》:"撑肠书五车,何异群玉府。"

群玉山 qún yù shān
【分类】文化
【关键词】穆天子传

【释义】传说为西王母所居处。《穆天子传》:"天子北征,东还,乃循黑水。癸巳,至于群玉之山。"《山海经·西山经》:"玉山,是西王母所居也。"晋郭璞注:"此山多玉石,因以名云。《穆天子传》谓之'群玉之山'。"
【例句】唐李群玉《始花四座…》:"峨峨群玉山,肃肃紫殿东。"唐李白《清平调》:"若非群玉山头见,会向瑶台月下逢。"唐刘禹锡《酬令狐相…》:"群玉山头住四年,每闻笙鹤看诸仙。"宋苏轼《留题徐氏…》:"莫寻群玉山头路,莫看刘郎观里花。"

R

然明改俗 rán míng gǎi sú
【分类】政治
【关键词】张奂
【释义】颂扬州郡长官之典。《后汉书·张奂传》:"张奂字然明,…复拜武威太守。河西由是而全。其俗多妖忌,凡二月、五月产子及与父母同月生者,悉杀之。奂示以义方,严加赏罚,风俗遂改,百姓生为立祠。"
【例句】唐苏颋《同钱阳将…》:"然明方改俗,去病不为家。"

然然可可 rán rán kě kě
【分类】生活
【关键词】庄子
【释义】形容唯唯诺诺,凡事称好之词。《庄子·寓言》:"恶乎然?然于然。恶乎不然?不然于不然。恶乎可?可于可。恶乎不可?不可于不可。物固有所然,物固有所可。无物不然,无物不可。"
【例句】宋辛弃疾《庶庵小阁…》:"最要然然可可,万事称好。"明郭之奇《蜀馆除夕…》:"然也非然自得,可乎是可可宜求。"清李宗纮《沁园春》:"好好佳佳,然然可可,世爱中庸不爱狂。"

髯簿 rán bù
【分类】生活
【关键词】郗超王珣
【释义】髯参军,短主簿的凝缩,指称旧交相识。源见"髯参军"。
【例句】唐贯休《寄景判官…》:"髯参与短簿,始为一吟看。"宋曾几《次王元渤…》:"政恐曲生作祟,可怜髯簿顿成疏。"宋陆游《糟蟹》:"旧交髯簿久相忘,公子相从独味长。"宋曾丰《递呈余干…》:"南来岂是过从,一见如故髯簿公。"

髯参军 rán cān jūn
【分类】生活
【关键词】郗超王珣

【释义】晋代郗超的别名。《世说新语·宠礼》:"王珣、郗超并有奇才,为大司马(桓温)所眷拔,珣为主簿,超为记室参军。超为人多须,珣状短小,于时荆州为之语曰:'髯参军,短主簿,能令公喜,能令公怒。'"髯参军,短主簿:喻指旧交相识。
【例句】五代贯休《寄景判官…》:"髯参与短簿,始为一吟看。"宋贺铸《赠赵参军滂》:"髯参军,髯参军,平昔相好书相闻。"宋秦观《送裴仲谟》:"短簿髯参军,喜怒移顷刻。"宋李弥逊《春日同游…》:"嵩阳散人蓝田吏,紫髯参军三语罗。"清丘逢甲《重送王晓…》:"才人从古不宜官,置汝髯参短簿间。"

髯飞 rán fēi
【分类】文化
【关键词】鸟
【释义】咏当鳸鸟之典。《山海经·西山经》:"上申之山,上无草木,而多硌石,下多榛楛,兽多白鹿。其鸟多当鳸,其状如雉,以其髯飞,食之不眴目。"
【例句】唐许敬宗《奉和执契…》:"髯飞尚假息,乳视暂稽诛。"

燃桂 rán guì
【分类】生活
【关键词】苏秦
【释义】形容物价昂贵,生活困难。源见"食玉炊桂"。
【例句】唐羊士谔《永宁小园…》:"宿雨方燃桂,朝饥更摘蔬。"宋朱继芳《负薪》:"客里黄金燃桂尽,厨无烟火欲何如。"明黎民表《送何子还…》:"客邸嗟燃桂,乡心畏捣衣。"明王世贞《沈嘉则陶…》:"燕客始知燃桂易,牛山宁假负薪多。"

燃脐 rán qí
【分类】政治
【关键词】董卓
【释义】指恶人遭报应,也指元凶毙命。《后汉书·董卓传》载:东汉董卓被吕布刺死后,"乃尸卓于市。天时始热,卓素充肥,脂流于地。守尸吏燃火置卓脐中,光明达曙,如是积日。"
【例句】唐杜甫《郑附马池…》:"燃脐郿坞败,握节汉臣回。"唐刘禹锡《城西行》:"守吏能燃董卓脐,饥乌来觇桓玄目。"宋危涴《书灯蛾》:"汝自燃脐何所恨,可怜遗臭入诗书。"宋王迈《过建阳范…》:"谁知当时赏心事,不救后来燃脐苦。"

染指于鼎 rǎn zhǐ yú dǐng
【分类】政治
【关键词】左传
【释义】比喻沾取非所应得的利益。《左传·宣公四年》:"楚人献鼋于郑灵公。公子宋(字子公)与子家将见。子公之食指动,以示子家,曰:'他日我如此,必尝异味。'及入,宰夫将解鼋,相视而笑。公问之,子家以告。及食大夫黿,召子公而弗与也。子公怒,染指于鼎,尝之而出。公怒,欲杀子公。"

【例句】唐白居易《答皇甫…》:"未暇倾巾漉,还应染指尝。"宋王安中《次韵震子…》:"哺糟晚尤无赖,尚有馋夫染指争。"宋刘一止《太守生辰…》:"染指睨列鼎,炙手借余燠。"宋郭知运《偶成》:"黿鼎功名染指来,故园山水亦悠哉。"

穰侯宠 ráng hóu chǒng
【分类】政治
【关键词】魏冉
【释义】咏贵戚专宠之典。《史记·穰侯列传》:"穰侯魏冉者,秦昭王母宣太后弟也…昭王少,宣太后自治,任魏冉为政…天下皆西乡稽首者,穰侯之功也。"魏冉一生四任秦相,党羽众多。
【例句】唐陈子昂《感遇诗》:"穰侯富秦宠,金石比交欢。"唐张九龄《咏史》:"穰侯或见迟,苏生得阴揣。"唐徐夤《龙蛰》:"穰侯休忌关东客,张禄先生竟相秦。"唐李之仪《失题》:"祇恐穰侯迟见事,固应原宪本非穷。"

穰苴 ráng jū
【分类】政治
【关键词】田穰苴
【释义】田穰苴,春秋末期齐国将领,后因谗被罢黜,未几抑郁而死。《史记·司马穰苴列传》:"于是遂斩庄贾以徇三军。三军之士皆振慄…穰苴曰:'将在军,君令有所不受。'…乃斩其仆,车之左驸,马之左骖,以徇三军…晋师闻之,为罢去。燕师闻之,度水而解。"
【例句】唐薛逢《送灵州…》:"今日路傍谁不指,穰苴门户惯登坛。"唐张昌宗《少年行》:"白璧赠穰苴,黄金奉毛遂。"唐方干《贼退后赠…》:"非唯果起与穰苴,古今推排尽不如。"唐周昙《前凉张轨》:"益信用贤由拔擢,穰苴不是将家生。"

让德 ràng dé
【分类】政治
【关键词】周泰伯
【释义】逊让于有德之人,或将自己的德行归功于他人。源见"三让"。
【例句】唐冯友义《踵韵和兄…》:"薛包让德千年烈,太伯存仁万古清。"唐杜牧《长安杂题》:"谁识大君谦让德,一毫名利斗蛙蟆。"唐萧遘《和王侍中》:"青骨祀吴谁让德,紫华居越亦知名。"元丁复《送季潭北…》:"麟凤效灵当盛世,夔龙让德列清朝。"

让畔 ràng pàn
【分类】政治
【关键词】周本纪
【释义】称颂君王德政的典故。古代传说由于圣王的德化,种田人互相谦让,让对方多占有土地。《史记·周本纪》:"虞、芮之人有狱不能决,乃如周。入界,耕者皆让畔,民俗皆让长。"
【例句】唐李隆基《途次陕州》:"树古棠阴在,耕余让畔空。"唐蔡希寂《陕中作》:"川原余让畔,歌吹忆遗棠。"唐贯休《大蜀皇帝…》:"西伯最怜耕让畔,曹参空爱酒盈樽。"宋袁藏云《魏侯故城》:"长河漫有怀山迹,故国空传让畔名。"

让天下 ràng tiān xià
【分类】政治
【关键词】周泰伯
【释义】指周泰伯让位于季历之事。源见"三让"。
【例句】唐李白《叙旧赠江…》:"泰伯让天下,仲雍扬波涛。"宋余靖《和王子元…》:"高人洗耳让天下,下士终脣争杯羹。"宋刘敞《巢父井》:"何为让天下,牛口信为辱。"宋陆游《感寓》:"唐虞乃可让天下,光被万世常如新。"

让田 ràng tián
【分类】政治
【关键词】吴越春秋
【释义】谓因夺田界而责让(指责)。《吴越春秋·王僚使公子光传》:"初,楚之胛梁之女与吴边邑处女蚕,争界上之桑。二家相攻,吴国不胜,遂更相伐。灭吴之边邑。吴怒,故伐楚,取二邑而去。"
【例句】唐卢纶《寄赠库部…》:"威惩治粟尉,恩治让田人。"明陈汝言《姑苏钱塘…》:"败亡犹得士,千古让田横。"明沈周《心耕》:"奢哉让田者,所得安敢拟。"清梁佩兰《里言恭祝…》:"劝士乐頖宫,劳农让田畔。"

绕朝策 rào cháo cè
【分类】政治
【关键词】左传
【释义】临别赠鞭或赠言之典。喻指先见之明或高明的谋略。《左传·文公十三年》载:晋士会在秦,为秦康公所用,"晋人患秦之用士会也…乃使魏寿余伪以魏叛者,以诱士会。"计得逞,秦使士会归晋,临行,秦大夫"绕朝赠之以策,曰:'子无谓秦无人,吾谋适不用也。'既济,魏人躁而还。"
【例句】唐高适《送浑将军…》:"远别无轻绕朝策,平戎早寄仲宣诗。"唐李白《赠宣城宇…》:"敢献绕朝策,思同郭泰船。"宋苏轼《阅世堂诗…》:"任公镇西南,尝赠绕朝策。"宋许月卿《赠黄藻》:"别语明晨绕朝策,秋风来岁祖生鞭。"

绕床呼卢 rào chuáng hū lú
【分类】生活
【关键词】刘毅
【释义】咏豪赌之典。《晋书·刘毅传》:"聚樗蒲大掷,一判应至数万,余人并黑犊以还,唯刘裕及毅在后。毅次掷得雉,大喜,褰衣绕床,叫谓同座曰:'非不能卢,不事此耳。'裕恶之,因塞五木久之,曰:'老兄试为卿答。'既而四子俱黑,其一子转跃未定,裕厉声喝之,即成卢焉。"卢雄,旧时赌博的胜采。

【例句】唐郑嵎《津阳门诗》:"绕床呼卢恣樗博,张灯达昼尽漫欺。"唐李白《猛虎行》:"有时六博快壮心,绕床三匝呼一掷。"唐赵嘏《赠薛勋下第》:"一掷虽然未得卢,惊人不用绕床呼。"宋朱松《至节日建…》:"高堂绕床呼,一掷有余勇。"

绕梁三日　rào liáng sān rì
【分类】生活
【关键词】韩娥
【释义】形容歌声或乐声圆润优美,余韵无穷。《列子·汤问》:"昔韩娥东之齐,匮粮,过雍门,鬻歌假食,既去而余音绕梁欐,三日不绝,左右以其人弗去。"
【例句】唐许浑《听歌鹧鸪辞》:"南国多情多艳词,鹧鸪清怨绕梁飞。"唐章孝标《贻美人》:"轻轻舞汗初沾袖,细细歌声欲绕梁。"唐汪遵《郢中》:"不是楚词询宋玉,巴歌犹掩绕梁声。"唐陆岩《梦桂州筵…》:"舞态固难居掌上,歌声应不绕梁间。"

绕指柔　rào zhǐ róu
【分类】生活
【关键词】刘琨
【释义】形容柔软。比喻英雄失意,沉浮由人。晋刘琨《重赠卢谌》:"何意百炼刚,化为绕指柔。"唐吕延济注:"百炼之铁坚刚,而今可绕指,目喻经破败而至柔弱也。"
【例句】唐韦应物《寇季膺古…》:"厌见今时绕指柔,片锋折刃犹堪佩。"唐李白《留别贾舍…》:"谁念刘越石,化为绕指柔。"唐白居易《李都尉古剑》:"可使寸折,不能绕指柔。"宋陆佃《依韵和毅…》:"十年京洛从宸游,得郡终难绕指柔。"

人归落雁后　rén guī luò yàn hòu
【分类】生活
【关键词】薛道衡
【释义】即人归落雁后,思发在花前。描写游子春日思归之辞。《隋唐嘉话》:"薛道衡聘陈,为《人日》诗云:'入春才七日,离家已二年。'南人嗤之曰:'是底言?谁谓此房解作诗!'及云:'人归落雁后,思发在花前。'乃喜曰:'名下固无虚士。'"
【例句】宋陈坦之《沁园春》:"思发花前,人归雁后,误记归帆天际舟。"宋喻汝砺《草堂诗》:"人归后雁关塞阻,思入南凫离梦长。"明杨巨《次林宫保…》:"人归雁后应非晚,春到梅边尚欠诗。"明王彦泓《寄怀韬仲…》:"见说人归归雁后,那堪泪落落花前。"

人杰　rén jié
【分类】文化
【关键词】汉高祖
【释义】泛指英雄豪杰。源见"三杰"。
【例句】唐李百药《谒汉高庙》:"抑扬驾人杰,叱咤掩时雄。"唐张嘉贞《奉和圣制…》:"经纬称人杰,文章作代英。"唐张九龄《饯王尚书…》:"汉相推人杰,殷宗伐鬼方。"宋李清照《乌江》:"生当作人杰,死亦为鬼雄。"

人杰地灵　rén jié dì líng
【分类】生活
【关键词】王勃
【释义】谓英雄豪杰所生和所到之地,亦为胜地。后多以指杰出人物,出生于灵秀之地。唐王勃《滕王阁序》:"物华天宝,龙光射牛斗之墟;人杰地灵,徐孺下陈蕃之榻。"
【例句】宋王子昭《咏练川》:"地灵人杰萃斯景,尚传灵运严维诗。"宋史浩《上平江守…》:"翼轸腾光万代尊,地灵人杰萃侯门。"元谢应芳《昆山陈伯…》:"人杰地灵风物美,绝胜西蜀子云亭。"清施模《随办赈务…》:"潇湘云梦山水清,人杰地灵公诞生。"

人老簪花　rén lǎo zān huā
【分类】生活
【关键词】苏轼
【释义】咏老年人装扮不合时宜之典。宋苏轼《吉祥寺赏牡丹》:"人老簪花不自羞,花应羞上老人头。"
【例句】宋苏洞《见三山翁…》:"人老簪花却自然,花红应不厌华颠。"宋苏轼《答陈述古》:"城西亦有红千叶,人老簪花却自羞。"清承龄《长亭怨慢》:"但寄语、引凤骖鸾,莫轻误、簪花人老。"清汪东《卜算子》:"人老簪花莫自羞,花曾见、人年少。"

人柳三眠　rén liǔ sān mián
【分类】生活
【关键词】三辅旧事
【释义】人柳即柽柳,又称垂丝柳、观音柳。三眠则指时时伏倒,在飘拂摇荡中暂息。为咏柳或咏春色之典。也用以形容女子的腰肢。《三辅旧事》:"汉苑中有柳,状如人形,号曰人柳,一日三眠三起。"
【例句】宋宋祁《杨柳词》:"苑路黄黄隔翠霏,三眠初熟倚春晖。"宋刘筠《柳絮》:"汉家旧苑眠应足,岂觉黄金万缕空。"宋朱淑真《晴和》:"百结丁香夸美丽,三眠杨柳弄轻柔。"宋李之仪《次韵闻笛》:"好是群花应竞发,不须留待柳三眠。"

人面桃花　rén miàn táo huā
【分类】生活
【关键词】崔护
【释义】形容女子貌美。借指追念意中人。《本事诗·情感》载:博陵人崔护曾于清明日到长安郊外游玩,在一处人家,见一女子独倚一株小桃树伫立凝望,似有意想。第二年再去,见大门紧闭,桃花盛开,却不见人影儿。失望之余,命笔题于左扉:"去年今日此门中,人面桃花相映红。人面不知何处去,桃花依旧笑春风。"
【例句】宋黄庭坚《次韵梨花》:"桃花人面各相红,不及天然玉作容。"宋方岳《次韵徐宰…》:"斩新山色佛头绿,依旧桃花人面红。"宋陆游《春晚村居…》:"一篙湖水鸭头绿,千树桃花人面红。"

人琴俱亡　rén qín jù wáng
【分类】生活
【关键词】王徽之
【释义】睹物思人、悼念逝者之辞。《世说新语·伤逝》："王子猷（王徽之）、子敬（王献之）俱病笃，而子敬先亡。子猷问左右：'何以都不闻消息？此已丧矣。'语时了不悲，便索舆来奔丧，都不哭。子敬素好琴，便径入坐灵床上，取子敬琴弹。弦既不调，掷地云：'子敬子敬，人琴俱亡！'因恸绝良久，月余亦卒。"
【例句】唐陈子昂《同宋参军…》："变化竟无常，人琴遂两亡。"宋文彦博《致政仲损…》："人琴忽起芝焚叹，箫鼓俄随薤挽伤。"宋葛胜仲《哭卫卿弟》："邻笛他年那忍听，人琴此日遂俱亡。"聂绀弩《伐木赠董汉岑》："明朝风卷人琴去，墓志滇南董汉岑。"

人情冷暖　rén qíng lěng nuǎn
【分类】生活
【关键词】白居易
【释义】指人的情谊随着对方地位的变化而表现出冷淡或亲热。唐白居易《迁叟》："冷暖俗情谙世路，是非闲论任交亲。"
【例句】唐刘得仁《送车涛罢…》："朝是暮还非，人情冷暖移。"宋姚孝锡《句》："节物先后南北异，人情冷暖古今同。"宋王禹偁《和仲咸杏》："明朝落尽无蜂蝶，冷暖人情我最知。"宋陆游《读书》："人情冷暖可无问，手不触书吾自恨。"

人日　rén rì
【分类】生活
【关键词】女娲
【释义】又称人节。《荆楚岁时记》："正月七日为人日。"传说女娲创造苍生。《北史·魏收传》引董勋答问礼俗曰："正月一日为鸡，二日为狗，三日为羊，四日为猪，五日为牛，六日为马，七日为人。"
【例句】唐李峤《人日侍宴…》："凤城景色已含韶，人日风光倍觉饶。"唐高氏《人日》："花风才一信，人日故多阴。"唐高适《人日寄杜…》："人日题诗寄草堂，遥怜故人思故乡。"唐杜甫《人日两篇》："元日到人日，未有不阴时。"

人如月　rén rú yuè
【分类】生活
【关键词】韦庄
【释义】形容美女的冰姿玉魄、靓丽明澈。源见"画船听雨眠"。
【例句】唐卢照邻《长安古意》："北堂夜夜人如月，南陌朝朝骑似云。"宋范镇《诗四首》："边日照人如月色，野风吹草似泉声。"宋苏轼《三部乐》："美人如月。乍见掩暮云，更增妍绝。"宋成大《好事近》："相望有人人如月。"宋释道璨《和萧山…》："不须更服九转丹，目光射人如月寒。"

人瑞　rén ruì
【分类】政治
【关键词】郑肃
【释义】指有德行的人或年寿德高者。《旧唐书·郑肃列传》："（郑）仁表文章尤称俊拔，然恃才傲物，人士薄之。自谓门地、人物、文章具美，尝曰：'天瑞有五色云，人瑞有郑仁表。'"
【例句】唐杜牧《分司东都…》："命世须人瑞，匡君在岳灵。"宋卫宗武《和野渡…》："青溪人瑞名闻扬，剑气上射牛斗光。"宋彭龟年《代张京尹…》："世尽占人瑞，天应发子祥。"

人生如寄　rén shēng rú jì
【分类】生活
【关键词】古诗
【释义】人的一生好像暂时寄居在世间。比喻人生短促。汉《古诗十九首》："人生天地间，忽如远行客。"李善注引《尸子》："老莱子曰'人生于天地之间，寄也。寄者故归。'"又"人生忽如寄，寿无金石固。"
【例句】唐孟云卿《古挽歌》："薤露歌若斯，人生尽如寄。"宋强至《秋日咏楼…》："却恨人生如寄客，未容年少即衰郎。"宋刘过《次韵谢民师》："人生如寄何足道，富贵贫贱隙白驹。"宋苏轼《答吕梁仲…》："人生如寄何不乐，任使绛蜡烧黄昏。"

人似秋鸿　rén sì qiū hóng
【分类】生活
【关键词】苏轼
【释义】人就像大雁那样每年都是南北迁徙，原指为人讲信用。后比喻人生颠沛、难以安顿。宋苏轼《与潘郭二生…》："人似秋鸿来有信，事如春梦了无痕。"
【例句】宋辛弃疾《满江红》："人似秋鸿无定住，事如飞弹须圆熟。"宋刘过《西湖别…》："几度归程入梦间，秋鸿社燕两为难。"清承龄《金缕曲》："人似秋鸿来有信，算年年、筋咏何曾歇。"

人心不同　rén xīn bù tóng
【分类】生活
【关键词】左传
【释义】咏人心有异之典。《左传·襄公三一年》："子产曰：'人心之不同，如其面焉，吾岂敢谓子面如吾面乎？抑心所谓危，亦以告也。'"
【例句】唐皇甫冉《春早》："春色既已同，人心亦相似。"唐皎然《白云歌寄…》："白云遇物无偏颇，自是人心见同异。"唐寒山《诗三百》："俗薄真成薄，人心个不同。"宋自逊《照镜辞》："人心不同有如面，青铜照面不照心。"

人鲊瓮　rén zhǎ wèng
【分类】生态

【关键词】秦观

【释义】长江险滩之一，在今湖北秭归县西，号称峡下最险处。宋赵令畤《侯鲭录》："瞿塘之下，地名人鲊瓮，少游尝谓未有以对。南迁，度鬼门关，乃用为绝句云：'身在鬼门关外天，命轻人鲊瓮头船。'"

【例句】宋苏轼《竹枝词》："自过鬼门关外天，命同人鲊瓮船。"宋黄庭坚《梦李白诵…》："命轻人鲊瓮头船，日瘦鬼门关外天。"宋黄叔达《戏答刘文学》："人鲊瓮中危万死，鬼门关外更千岑。"宋无名氏《归州竹枝词》："人鲊瓮头波放颠，两岸青山青插天。"

人彘　rén zhì
【分类】政治
【关键词】吕太后
【释义】彘，豕也，即猪。人彘是指把人变成猪的一种酷刑，指人遭受残酷迫害。《史记·吕太后本纪》："高祖死后，太后(吕后)遂断戚夫人手足，去眼，熏耳，饮喑药，使居厕中，命曰'人彘'。"

【例句】宋刘筠《宣曲二十…》："下陈无自愧，人彘剧豺狼。"宋赵公豫《高祖庙》："堪怜戚氏终人彘，智略何曾事事工。"宋刘克庄《四皓图》："人彘昔擅宠，夺嫡谋甚工。"宋周密《子房》："四老已归如意死，不堪人彘戚姬愁。"

人中龙　rén zhōng lóng
【分类】政治
【关键词】宋纤
【释义】比喻豪杰之士或出类拔萃的人物。《晋书·宋纤传》："宋纤字令艾…酒泉太守马岌…鸣铙鼓，造焉。纤高楼重阁，距而不见。岌叹曰：'名可闻而身不可见，德可仰而形不可睹，吾而今而后知先生人中之龙也。'"

【例句】唐韦庄《冬日长安…》："如今正困风波力，更向人中问宋纤。"宋饶节《李太白画歌》："宣州长史粉黛工，谁令写此人中龙。"宋吴芾《符倅同游…》："自怜庸钝百不聪，晚来喜见人中龙。"宋陆游《梦入禅林…》："乐哉梦见德人容，巍巍堂堂人中龙。"

仁风　rén fēng
【分类】政治
【关键词】袁宏
【释义】宣颂善政之典。《晋书·袁宏》："安欲以卒迫试之，临别执其手，顾就左右取一扇而授之曰：'聊以赠行。'宏应声答曰：'辄当奉扬仁风，慰彼黎庶。'时人叹其率而能要焉。"

【例句】唐褚亮《和御史韦…》："无因轻羽扇，徒自仰仁风。"唐张说《洛桥北亭》："扇逐仁风传，车随霖雨流。"唐独孤及《送马郑州》："当使仁风动，遥听舆颂喧。"唐罗隐《途中晋州…》："楼移庾亮千山月，树待袁宏一扇风。"唐李幼卿《前年春与…》："缘君爱我疵瑕少，愿窃仁风寄老身。"

仁寿镜　rén shòu jìng
【分类】文化

【关键词】陆机

【释义】晋都洛阳仁寿殿之镜。为咏宫廷宝物之典。《太平御览》引晋陆机《与弟云书》："仁寿殿前有大方铜镜，高五尺余，广三尺二寸，立着庭中，向之便写人形体了了，亦怪也。"

【例句】唐温庭筠《投翰林萧…》："万象晚归仁寿镜，百花春隔景阳钟。"唐宋之问《奉和幸三…》："今日登仁寿，长看法镜圆。"唐李商隐《拟意》："仁寿遗明镜，陈仓拂彩球。"宋戴栩《上丞相寿》："万象晓归仁寿镜，旌旗初下玉关东。"

仁者乐山　rén zhě lè shān
【分类】文化
【关键词】论语
【释义】仁爱者喜爱山。谓像山一样平静稳定，宽容仁厚，不为外在的事物所动摇。源见"仁者寿"。

【例句】唐李商隐《灵仙阁晚…》："愚公方住谷，仁者本依山。"唐赵抃《龙昌寺西轩》："留诗都士知公否，仁者从来不厌山。"宋李师中《句》："山如仁者静，风似圣之清。"宋王十朋《题讷庵》："乐山自昔称仁者，利口由来恶啬夫。"

仁者寿　rén zhě shòu
【分类】政治
【关键词】论语
【释义】有仁德的人会长寿。为咏儒家仁德养生思想之典。《论语·雍也》："知者动，仁者静，知者乐，仁者寿。"宋邢昺疏："仁者寿者，言仁者少思寡欲，性常安静，故多寿考也。"

【例句】宋刘克庄《哭章泉》："后凋仁者寿，独往圣之清。"宋刘敞《寄题黄州…》："服食早知仁者寿，退休前惜大夫贤。"宋苏颂《宣徽南院…》："不忧仁者寿，早作哲人萎。"宋王十朋《和韩忆昨…》："他年定作仁者寿，齿背会见同鲲鲐。"

仁智乐　rén zhì lè
【分类】文化
【关键词】论语
【释义】指遨游山水的乐趣。《论语·雍也》："知者乐水，仁者乐山。"

【例句】宋邵雍《登山临水吟》："非无仁智斯为乐，少有登临不惮劳。"宋姚辟《游山门呈…》："仁智乐山水，小大等拳勺。"宋孔武仲《徐成之园亭》："坐兼仁智乐，岂独烦襟释。"宋陈宓《过黄源岭》："虽惭仁智粗知乐，憩听疏松夹水声。"

仁祖弹弦　rén zǔ tán xián
【分类】生活
【关键词】谢尚
【释义】善长音乐演奏之典。《艺文类聚》引《俗说》："谢仁祖(尚)为豫州主簿，在桓温阁下。桓闻其善弹筝，便呼之。既至，取筝令弹。谢即理弦抚筝，因歌《秋风》，意气殊逊，桓大以此知之。"
【例句】唐司马逸客《雅琴篇》："弹弦本自称仁祖，吹管由来许季长。"

任安 rén ān
【分类】政治
【关键词】任安
【释义】曾任汉大将军卫青舍人。比喻忠义之士。《史记·卫将军骠骑列传》："自是之后，大将军青日退，而骠骑日益贵。举大将军故人门下多去事骠骑，辄得官爵，唯任安不肯。"
【例句】唐杜甫《奉赠萧二…》："终始任安义，荒芜孟母邻。"唐骆宾王《乐大夫挽词》："谁当门下客，独见有任安。"唐白居易《和雉媒》："劝君今日后，结客结任安。"宋吕陶《笑往》："荣谢不同时事改，故人何独有任安。"

任笔沈诗 rén bǐ shěn shī
【分类】文化
【关键词】任昉　沈约
【释义】指南朝梁著名一时的任昉的文章和沈约的诗。《南史·任昉传》："（昉）既以文才见知，时人云'任笔沈诗'，昉闻甚以为病，晚节转好著诗，欲以倾沈。"
【例句】宋林希逸《后村再和…》："诗工如沈笔如任，到手篇篇玉应金。"宋葛胜仲《次去非韵…》："文词天分工，沈诗更任笔。"宋陆游《亲旧书来…》："沈诗任笔俱忘尽，酒户新来却少增。"清茹纶常《一笑山房…》："王名可冠杨卢骆，任笔能高晋宋齐。"

任昉笺 rén fǎng jiān
【分类】文化
【关键词】任昉
【释义】喻指擅长写作之人。《梁书·任昉传》："昉雅善属文，尤长载笔，才思无穷，当世王公表奏，莫不请焉。昉起草即成，不加点窜。""梁台建，禅让文诰，多昉所具。"
【例句】唐杜甫《八哀诗》："绮丽玄晖拥，笺诔任昉骋。"唐李商隐《读任彦升碑》："任昉当年有美名，可怜才调最纵横。"宋张伯玉《和王治臣…》："任昉旧诗题县石，贺齐高叠照江流。"宋张守《元举希范…》："白简留任昉，玄文付子云。"

任父 rén fù
【分类】政治
【关键词】庄周
【释义】指任公子，古代传说中善于捕鱼的人，亦称任公。常用以喻指超世之高士。晋左思《吴都赋》："术兼昌公，巧倾任父。"晋刘渊林注："任父，任公子也。庄周曰：'任公子为大钩巨缁，五十犗牛以为饵，蹲会稽，投竿东海。已而大鱼食巨钩。'"
【例句】唐李白《赠从弟南…》："愿随任公子，欲钓吞舟鱼。"唐薛据《登秦望山》："将寻会稽迹，从此访任公。"唐李贺《苦昼短》："谁似任公子，云中骑碧驴。"唐韦庄《渔塘十

六韵》："对景思任父，开图想不兴。"宋文同《寄彰明任…》："轩轩任公子，本是钓鳌人。"宋彭汝砺《和梅堂祖…》："投竿不比任公子，误得骊龙亦上钩。"

任公子 rén gōng zǐ
【分类】政治
【关键词】庄子
【释义】古代传说中善于捕鱼的人。喻指超世的高士。源见"钓东海"。
【例句】唐李白《赠从弟南…》："愿随任公子，欲钓吞舟鱼。"唐张南史《富阳南楼…》："欲问任公子，垂纶意若何。"唐薛据《登秦望山》："将寻会稽迹，从此访任公。"宋彭汝砺《和梅堂祖…》："投竿不比任公子，误得骊龙亦上钩。"

任姒 rén sì
【分类】政治
【关键词】列女传
【释义】周文王母太任与周武王母太姒的合称。为咏贤惠后妃之典。《列女传·周室三母》："三母者，大姜、大任、大姒。大姜者，王季之母…大任者，文王之母…大姒者，武王之母…"
【例句】宋梅尧臣《次韵景彝…》："任姒徽音继，邦家故事脩。"宋苏颂《宣仁圣烈…》："徽音继任姒，至治协黄尧。"宋黄庭坚《神宗皇帝…》："嗣皇朝万国，任姒正兴周。"宋周南《皇太后阁》："太母如任姒，深居宝俭慈。"宋范祖禹《御制太皇…》："任姒基王迹，涂莘首化风。"宋范祖禹《和子开从…》："载见辟王遐迩至，思齐任姒肃雍来。"

任棠水 rén táng shuǐ
【分类】政治
【关键词】庞参
【释义】比喻清廉。源见"拔薤"。
【例句】唐崔善为《答王无功…》："明朝蓬户侧，会自谒任棠。"唐高适《东平旅游…》："不改任棠水，仍传晏子裘。"唐吕温《道州夏日》："陶亮横琴空有意，任棠置水竟无言。"宋王十朋《陈提刑永…》："如觑任棠水，似濯沧浪缨。"

忍辱草 rěn rǔ cǎo
【分类】文化
【关键词】涅槃经
【释义】亦省作忍草，为咏佛事之典。《涅槃经·师子吼菩萨》："雪山有草，名为忍辱，牛若食者，则出醍醐。"佛家取其义而教育弟子应能忍辱，便自成佛。
【例句】唐贯休《遇五天僧…》："空余忍辱草，相对色萋萋。"唐宋之问《游法华寺》："晨行踏忍草，夜诵得灵花。"唐皎然《答道素上…》："忍草肯摇落，禅枝不枯荣。"唐李适《宝应初征…》："禅林吹梵响，忍草散香风。"

忍辱裤下 rěn rǔ kù xià
【分类】生活

【关键词】韩信

【释义】比喻有志之士暂时忍受耻辱。《史记·淮阴侯列传》："淮阴屠中少年有侮信者,曰:'若虽长大,好带刀剑,中情怯耳。'……于是信孰视之,俯出袴下,蒲伏。一市人皆笑信,以为怯。""召辱己之少年令出胯下者以为楚中尉。告诸将相曰:'此壮士也。方辱我时,我宁不能杀之邪?杀之无名,故忍而就于此。'"

【例句】唐李白《行路难》："淮阴市井笑韩信,汉朝公卿忌贾生。"唐李群玉《献王中丞…》："张仪会展平生舌,韩信那惭跨下羞。"宋黄裳《寄连君佐》："淮阴将军跨下过,鲁国至人东家丘。"宋邓肃《偶成》："但得瓮边眠吏部,不妨跨下辱淮阴。"

荏苒　rěn rǎn
【分类】生活

【关键词】潘岳

【释义】时光流逝,渐渐过去。晋潘岳《悼亡诗》："荏苒冬春谢,寒暑忽流易。"

【例句】唐杜甫《宿府》："风尘荏苒音书绝,关塞萧条行路难。"唐皎然《春夜期裴…》："逍遥方外侣,荏苒府中情。"唐韦应物《寄职方刘…》："别离寒暑过,荏苒春草生。"唐王昌龄《同从弟南…》："荏苒几盈虚,澄澄变今古。"

任贤勿贰　rèn xián wù èr
【分类】政治

【关键词】尚书

【释义】任用贤才必须充分信任。《尚书·大禹谟》："任贤勿贰,去邪勿疑,疑谋勿成,百志惟熙。"唐孔颖达疏："任用贤人,勿有二心,逐去回邪,勿有疑惑。"

【例句】唐钱起《送马使君…》："东土忽无事,专城复任贤。"宋释居简《读贾太傅传》："用贤勿贰君知否,不用何须叹不如。"元刘基《感时述事》："任贤苟不贰,焉用多人为。"清彭孙遹《论史偶成》："任贤勿之贰,去邪勿之疑。"

任重道远　rèn zhòng dào yuǎn
【分类】政治

【关键词】论语

【释义】任:负担;道:路途。担子很重,路很远。比喻责任重大,要经历长期的奋斗。《论语·泰伯》："士不可以不弘毅,任重而道远。"《商君书·弱民》："背法而治;此任重道远而无牛马;济大川而无舡楫也。"

【例句】唐崔湜《景龙二年…》："力薄惭任重,恩深知命轻。"唐武元衡《酬李十一…》："任重功无立,力微恩未酬。"宋田锡《赠杨临察》："御史班资如任重,谏官章绶愧才微。"聂绀弩《挑水》："任重途修坡又陡,鹧鸪偏向井边啼。"

纫兰　rèn lán
【分类】生活

【关键词】楚辞

【释义】喻人品高洁。《楚辞·离骚》："扈江离与辟芷兮,纫秋兰以为佩。"

【例句】宋徐铉《和萧郎中…》"：岂知泽畔纫兰客,来赴城中角黍期。"宋辛弃疾《西江月》："纫兰结佩有同心,唤取诗翁来饮。"宋王庭圭《李仲孙佩…》："开轩蓬户中,纫兰以为佩。"宋李纲《次通城送…》"：陆离长佩切云冠,泽畔行吟且纫兰。"

纫兰结佩　rèn lán jié pèi
【分类】文化

【关键词】楚辞

【释义】采秋兰捻成索状佩带在身上。喻人志行高洁之典。《楚辞·离骚》："扈江离与辟芷兮,纫秋兰以为佩。"汉王逸注："纫,索也。"

【例句】宋徐铉《和萧郎中…》"：岂知泽畔纫兰客,来赴城中角黍期。"宋吴泳《寿范洁斋》："青袍朝士走红尘,公独纫兰结佩绅。"宋辛弃疾《西江月》："纫兰结佩有同心,唤取诗翁来饮。"宋辛弃疾《兰陵王》："怅日暮云合,佳人何处,纫兰结佩带杜若。"

日边　rì biān
【分类】政治

【关键词】司马绍

【释义】太阳的旁边,犹言天边。比喻京师附近或帝王左右。源见"日近长安远"。

【例句】唐王勃《卜下驿饯…》："去去如何道,长安在日边。"唐宋之问《登粤王台》："南溟天外合,北户日开970"唐李白《望天门山》："两岸青山相对出,孤帆一片日边来。"唐高蟾《下第后献…》"：天上碧桃和露种,日边红杏倚云栽。"

日车　rì chē
【分类】生活

【关键词】羲和

【释义】指太阳或时光。亦指神话中太阳所乘的六龙驾的车。源见"羲和驭日"。

【例句】唐卢仝《叹昨日》："上帝板板主何物,日车劫劫西向没。"唐杜甫《宦亭夕坐…》"：南国调寒杵,西江浸日车。"唐鲍溶《秋思》："俯怜老期近,仰视日车速。"宋胡宿《海上》"：天幕纷纭海水浮,日车东上恶埃收。"

日出三竿　rì chū sān gān
【分类】生活

【关键词】南齐书

【释义】太阳出来已有三根竹竿那么高了,指时候已经不早了。《南齐书·天文志》"：永明五年十一月丁亥,日出高三竿,朱色赤黄,日晕,虹抱珥直背。"

【例句】唐刘禹锡《竹枝词》："日出三竿春雾消,江头蜀客驻兰桡。"宋杨亿《劝石集贤饮》"：日上三竿宿雾披,章台走马帽檐欹。"宋胡宿《和承旨尚…》"：书观春归雪意残,三竿初日照天关。"宋欧阳修《答枢密吴…》"：春寒拥被三竿日,宴坐忘言一炷香。"

日角　rì jiǎo
【分类】政治
【关键词】王符
【释义】谓额骨中央部分隆起，形状如日，旧时相术家以为是大贵之相。喻指帝王。汉王符《潜夫论·五德志》："大人迹出雷泽，华胥履之生伏羲。其相日角，世号太曎。"
【例句】唐李商隐《隋宫》："玉玺不缘归日角，锦帆应是到天涯。"唐贯休《寿春节进…》》："文经武纬包三古，日角龙颜遏四夷。"唐郑谷《回銮》："庙灵安国步，日角动天颜。"宋郑獬《伏谒太神…》："景烟满殿晓香清，日角龙颜五色明。"

日角珠庭　rì jiǎo zhū tíng
【分类】政治
【关键词】庾信
【释义】日角，额角隆起，形状如日。珠庭，天庭饱满。形容相貌不凡，为主贵之相。北周庾信《周大将军赵公墓志铭》："是以维岳降神，自天生德。凝脂点漆，日角珠庭。为子则名高五都，为臣则光照千里。"
【例句】宋程俱《哭阿申》："珠庭照日角，眉目秀而炯。"宋孙觌《涂子野九…》》："日角珠庭秀两眉，谁家有此宁馨儿。"宋李商叟《寿吴宰》："神仙风骨本巍峨，日角珠庭气更和。"宋许应龙《贺同知生辰》："日角珠庭辉绿鬓，仙风道骨真宣靖。"

日近长安远　rì jìn cháng ān yuǎn
【分类】政治
【关键词】司马绍
【释义】比喻向往帝都而不得至。也为形容幼年聪慧之典。《晋书·肃宗明帝纪》："明皇帝讳绍，字道畿…因问帝曰：'汝谓日与长安孰远？'对曰：'长安近。不闻人从日边来，居然可知也。'…对曰：'日近。'元帝失色，曰：'何乃异间者之言乎？'对曰：'举目则见日，不见长安。'"
【例句】唐权德舆《惠昭皇太…》："天归京兆新，日与长安远。"唐李白《登金陵凤…》："总为浮云能蔽日，长安不见使人愁。"唐刘禹锡《谪居悼往》："郁郁何郁郁，长安远如日。"唐温庭筠《送崔郎中…》："相思休话长安远，江月随人处处圆。"唐白居易《东南行一…》："日近恩虽重，云高势却孤。"

日攘一鸡　rì rǎng yī jī
【分类】生活
【关键词】孟子
【释义】攘，偷窃。不彻底改掉一个东西就会永远改不掉。《孟子·滕文公》："今有人日攘其邻人之鸡者，或告之曰：'是非君子之道。'曰：'请损之，月攘一鸡，以待来年，然后已。'如知其义，斯速已矣，待来年？"
【例句】宋金朋说《晨鸡吟》："日攘能防慎，终当免镬汤。"宋高斯得《孤愤吟》："上方月进步绝前蹊，污吏日攘行显儆。"聂绀弩《阔猫》："日攘一鸡扰户庭，坐观群属倒油瓶。"

日食万钱　rì shí wàn qián
【分类】生活
【关键词】何曾
【释义】形容生活极其奢侈。《晋书·何曾传》："然性豪奢，务有华侈，帷帐车服，穷极绮丽，厨膳滋味，过于王者。每燕见，不食太官所设，帝辄命取其食。蒸饼上不拆作十字不食。日食万钱，犹曰无下箸处。"
【例句】唐韩翃《寄上田仆射》："金装昼出罗千骑，玉案晨餐直万钱。"唐元稹《代曲江老…》："万钱才下箸，五酘未称醇。"唐刘禹锡《奉和吏部…》："唯应待华诰，更食万钱厨。"五代徐铉《奉和宫傅…》："朱门自得施行马，厚禄何妨食万钱。"

日下　rì xià
【分类】政治
【关键词】陆士龙
【释义】指京都。古代以帝王比日。源见"云间陆士龙"。
【例句】唐徐坚《棹歌行》："日下大江平，烟生归岸远。"唐钱起《送陈供奉…》："臣心尧日下，乡思楚云间。"唐钱起《送薛判官…》："边陲劳帝念，日下降才木。"唐戎昱《秋日感怀》："日下未驰千里足，天涯徒泛五湖舟。"唐刘长卿《送陆澧仓…》："日下凤翔双阙迥，雪中人去二陵稀。"

日下鸣鹤　rì xià míng hè
【分类】文化
【关键词】陆士龙
【释义】称美才士的典故。源见"云间陆士龙"。
【例句】唐贾岛《寓兴》："劝君跨仙鹤，日下云为衢。"唐李商隐《奉寄安国…》："日下徒推鹤，天涯正对萤。"宋张耒《赠李德载》："黄郎萧萧日下鹤，陈子峭峭霜中竹。"宋李处权《吊彦深》："宁论日下鹤，遽失掌中珠。"

日兄月姊　rì xiōng yuè zǐ
【分类】文化
【关键词】太平御览
【释义】代指日月。《太平御览》引《春秋感精符》："人主与日月同明，四时合信，故父天、母地、兄日、姊月。父天于圜丘之礼也，母地于方泽之祭也，兄日于东郊，姊月于西郊也。"
【例句】唐陆畅《云安公主…》："天母亲调粉，日兄怜赐花。"唐李商隐《槿花》："月里宁无姊，云中亦有君。"唐李商隐《楚宫》："月姊曾逢下彩蟾，倾城消息隔重帘。"宋陈造《再次韵小…》："雪神作意凌风伯，客子归途待日兄。"明袁中道《太和山中…》："楚泽秦川罗下界，日兄月姊贮天门。"

日饮无何　rì yǐn wú hé
【分类】生活
【关键词】爰盎

【释义】每天饮酒,不过问其他的事情。《汉书·爰盎传》:"南方卑湿,丝能日饮,无何,说王毋反而已。如此幸得脱。"唐颜师古注:"无何,言更无余事"。
【例句】宋方岳《木犀》:"君从底处移仙籍,日饮无何作醉乡。"宋苏轼《赵既见和…》:"寒酸可笑分一斗,日饮无何足衰盎。"宋苏轼《和刘道原…》:"名高不朽终安用,日饮无何计亦良。"宋周紫芝《寄幼安使君》:"日饮无何方得计,民歌来暮却成思。"

日驭   rì yù
【分类】文化
【关键词】羲和
【释义】驭同御。也称日御,指太阳。日形如轮,周行不息,故称。亦指为太阳驾车的神。或帝王的车驾。源见"羲和"。
【例句】唐李白《避地司空…》:"弄景奔日驭,攀星戏河津。"唐钱起《温泉宫礼见》:"云暖龙行处,山明日驭前。"唐鲍溶《忆郊天》:"六龙日驭天行健,神母星图地道光。"唐李乂《奉和初春…》:"地出东郊回日御,城临南斗度云车。"唐韩偓《寄禅师》:"劫灰聚散铢锱黑,日御奔驰茧栗红。"唐窦庠《酬韩愈侍…》:"月车才碾浪,日御已翻溟。"

日月经天   rì yuè jīng tiān
【分类】政治
【关键词】冯衍
【释义】日月每天都经过天空。比喻光明正大,历久不衰。《后汉书·冯衍传》:"其事昭昭,日月经天,河海带地。"
【例句】唐乔知之《定情篇》:"始如经天月,终若驰流星。"明韩上桂《登太白楼…》:"日月经天彩未休,天赋汝生既不薄。"清稽永仁《蒙谷寄心…》:"大千毫发照须眉,日月经天何可蚀。"聂绀弩《桥上望江》:"蛟龙得水腾身去,日月经天耀眼来。"

日月入怀   rì yuè rù huái
【分类】生活
【关键词】孙坚
【释义】指生贵子的吉兆,亦形容心胸广阔。《搜神记》:"孙坚夫人吴氏,孕而梦月入怀。已而生策。及权在孕,又梦日入怀…坚曰:'日月者,阴阳之精,极贵之象,吾子孙其兴乎。'"
【例句】唐李端《和李舍人…》:"盈手入怀皆不见,阳春曲丽转难酬。"唐温庭筠《醉歌》:"朔风绕指我先笑,明月入怀君自知。"唐白居易《新秋病起》:"秋多上阶白,凉足入怀风。"宋强至《依韵和李…》:"照眼暖光开野日,入怀晴气散江云。"宋黄裳《清胜亭》:"窥影冷光天上面,入怀清气水中心。"

日月相斗   rì yuè xiàng dòu
【分类】政治
【关键词】晋书
【释义】咏战乱之典。《晋书·天文志中》:"愍帝建兴…五年正月庚子,三日并照(白天星现),虹蜺弥天。日有重晕,左右两珥。占曰:'白虹,兵气也。三四五六日俱出并争,天下兵作。'"又:"元帝太兴…四年二月癸亥,日斗。"
【例句】唐杜甫《白帝》:"高江急峡雷霆斗,古木长藤日月昏。"唐杜甫《伤春》:"日月还相斗,星辰屡合围。"宋晁说之《正月六日…》:"咸疑白昼悬月魄,哗言日月相斗格。"宋陈岩《拱辰峰》:"居高素以谦为德,日月倾心斗极边。"

日长一线   rì cháng yī xiàn
【分类】生活
【关键词】唐杂录
【释义】指冬至以后白昼渐长。《岁时广记·增绣功》:"《唐杂录》言:'宫中以女功揆日之长短,冬至后,日晷渐长,比常日增一线之功。'"
【例句】唐杜甫《至日遣兴》:"何人却忆穷愁日,日日愁随一线长。"五代和凝《喜迁莺》:"春态浅,来双燕,红日渐长一线。"宋刘敞《至日早起》:"至日应添一线长,汉仪忆奉万年觞。"宋苏辙《冬日即事》:"寒日初加一线长,腊醅添浸隔罗光。"

日之夕矣   rì zhī xī yǐ
【分类】生活
【关键词】诗经
【释义】太阳西坠,喻指事物衰落或年岁已高。《诗经·王风·君子于役》:"君子于役,不知其期,曷至哉?鸡栖于埘,日之夕矣,羊牛下来。"
【例句】宋苏颂《和胡俛学…》:"逮赋醉言归,都忘日之夕。"宋赵蕃《八月八日…》:"日之夕矣下羊牛,想见吾庐树掩幽。"宋方岳《道中即事》:"日之夕矣樵风冷,簌簌一牛将犊归。"聂绀弩《代周婆答》:"日之夕矣归何处,天有头乎想什么。"

日逐   rì zhú
【分类】政治
【关键词】匈奴
【释义】匈奴王号。泛称古代北方少数民族首领。《汉书·匈奴传上》:"(左贤王)病死,其子先贤掸不得代,更以为日逐王。日逐王者贱于左贤王。"
【例句】唐李乂《夏日都门…》:"日逐滋病寇,天威抚北垂。"唐李世民《幸武功庆…》:"单于陪武帐,日逐卫文枕。"唐唐彦谦《游南明山》:"几度欲登临,日逐扰人事。"元刘基《战城南》:"休屠日逐浑邪王,毡车尾尾连马羊。"

戎车殷左轮   róng chē yān zuǒ lún
【分类】政治
【关键词】郤克
【释义】咏作战英勇之典。《左传·成公二年》:"郤克伤于矢,流血及屦,未绝鼓音,曰:'余病矣!'张侯曰:'自始合,而矢贯余手及肘,余折以御,左轮朱殷,岂敢言病。吾子忍之!'"
【例句】唐雍裕之《四色》:"平生血诚尽,不独左轮殷。"唐鲍溶《读李相心…》：" 谁将侯玉乖南面，几使戎车殷左轮。"宋方回《十月三日…》：" 世味已如玄酒淡，名场肯复左轮殷。"明纪坤《村居偶作》：" 亲见将军建旗鼓，左轮几度染朱殷。"

戎马生郊　róng mǎ shēng jiāo
【分类】政治
【关键词】老子
【释义】喻指战乱不断。《老子》："天下无道，戎马生于郊。"生于郊，指牝马生驹犊于战地的郊野。意谓国家政治不上轨道，连怀胎的母马也用来作战。
【例句】唐张南史《早春书事…》："戎马生郊日，贤人避地初。"唐杜甫《郑驸马池…》："不谓生戎马，何知共酒杯。"唐杜甫《云安九日…》："万国皆戎马，酣歌泪欲垂。"唐白居易《九日宴集…》："郊无戎马郡无事，门有桑麻腰有章。"

戎衣　róng yī
【分类】政治
【关键词】尚书
【释义】军服。《尚书·武成》："一戎衣，天下大定。"
【例句】唐骆宾王《在军登城楼》："戎衣何日定，歌舞入长安。"唐杜审言《赠苏味道》："边声乱羌笛，朔气卷戎衣。"唐于濆《沙场夜》："士卒浣戎衣，交河水为血。"聂绀弩《放牛》："马上戎衣天下事，牛旁稿荐牧夫家。"

戎旃　róng zhān
【分类】政治
【关键词】谢朓
【释义】军旗、军帐。亦指军旅、战事。南朝齐谢朓《拜中军记室辞隋王笺》："契阔戎旃，从容宴语。"李周翰注："戎，兵；旃，旌也。"
【例句】唐李逢吉《酬郑致政杨…》："初还相印罢戎旃，获守皇居在紫烟。"唐元结《贼退示官吏》："忽然遭世变，数岁亲戎旃。"唐张祜《游蔚过昭陵》："顺时兴义卒，拨乱起戎旃。"唐赵嘏《寄淮南幕…》："三佐戎旃换朱绂，一辞兰省见清秋。"

荣光　róng guāng
【分类】政治
【关键词】尚书
【释义】指五色云气。为喻指帝王执政之典实，亦为歌颂帝德的典实。《艺文类聚》引《尚书·中候》："帝尧即政，荣光出河，休气四塞，龙马衔甲，赤文绿色。"
【例句】唐李义府《在巂州遥…》："佳气浮丹谷，荣光泛绿坻。"唐杜甫《太岁日》："荣光悬日月，赐与出金银。"唐陆坚《奉和圣制…》："书殿荣光满，儒门喜气临。"唐裴潾《享龙池乐章》："休气荣光常不散，悬知此地是神仙。"

荣期三乐　róng qī sān lè
【分类】生活
【关键词】荣启期
【释义】咏达观乐生之典。《列子·天瑞》："（荣启期）对曰：'吾乐甚多：…而我得为人，是一乐也；…吾既得为男矣，是二乐也；…吾既已行年九十矣，是三乐也。'"
【例句】唐吴筠《荣启期》："三乐通至道，一言醉孔丘。"唐白居易《好听琴》："尤宜听三乐，安慰白头翁。"唐白居易《偶作》："张翰一杯酒，荣期三乐歌。"唐白居易《不与老为期》："百忧非我所，三乐是吾师。"

荣启期　róng qǐ qī
【分类】政治
【关键词】荣启期
【释义】春秋时隐士。为咏知足自乐之典。源见"荣期三乐"。
【例句】唐孟浩然《宴荣二山池》："甲第开金穴，荣期乐自多。"唐吴筠《荣启期》："荣期信知止，带索无所求。"唐白居易《解印出公府》："饱于东方朔，乐于荣启期。"唐白居易《览镜喜老》："傥得及此限，何羡荣启期。"

荣先生　róng xiān shēng
【分类】政治
【关键词】荣启期
【释义】指荣启期。借指隐居之人。源见"荣期三乐"。
【例句】唐白居易《吾土》："荣先生老何妨乐，楚接舆歌未必狂。"唐白居易《咏怀》："昔有荣先生，从事于其间。"唐白居易《池上幽境》："此是荣先生，坐禅三乐处。"

狨鞍　róng ān
【分类】政治
【关键词】萍洲可谈
【释义】有狨鞯的马鞍。喻指重臣。《萍洲可谈》："狨坐，文臣两制、武臣节度使以上许用…狨以大猴，生川中，其脊毛最长，色如黄金，取而缝之。数十片成一座，价值钱百千。"
【例句】宋李之仪《贺李方叔…》："翰林下直出玉堂，狨鞍宝辔声琅琅。"宋谢逸《和陈仲邦…》："葛巾藜杖真潇散，何必狨鞍鞯月题。"宋王同祖《湖上》："长安三月又三日，绣毂狨鞍富贵家。"宋王炎《和王右司…》："懒跨狨鞍趁晓班，却穿蜡屐小游山。"

容膝　róng xī
【分类】生活
【关键词】陶渊明
【释义】极言居室的狭小，仅能容下双膝。《晋书·陶渊明》："引壶觞以自酌，眄庭柯以怡颜，倚南窗以寄傲，审容膝之易安。"
【例句】唐苏拯《凡草诫》："人生行不修，何门可容膝。"唐奚贾《严陵滩下…》："旷然心无涯，谁问容膝安。"唐白居易《松斋自题》："充肠皆美食，容膝即安居。"唐苏拯《凡草诫》："人生行不修，何门可容膝。"

容与 róng yǔ
【分类】生活
【关键词】陶渊明
【释义】悠闲自得。晋陶渊明《闲情赋》："步容与于南林。"或徘徊犹疑。《楚辞·九章·涉江》："船容与而不进兮，淹回水而凝滞。"
【例句】唐沈佺期《和户部岑…》："庙堂喜容与，时物递芳菲。"唐张说《侍宴隆庆…》："鱼龙百戏纷容与，凫鹥双舟较溯洄。"唐白居易《府中夜赏》："舞袖飘飘棹容与，忽疑身是梦中游。"聂绀弩《钓台》："五月羊裘一钓竿，扁舟容与下江滩。"

容止 róng zhǐ
【分类】生活
【关键词】孝经
【释义】仪容举止。《孝经·圣治》："容止可观，进退可度。"《清平山堂话本》："爱妾曰非烟，姓步氏，容止纤丽，弱不胜绮罗。"
【例句】唐韦应物《送杨氏女》："孝恭遵妇道，容止顺其猷。"唐刘庭琦《奉和圣制…》："美人含笑出联翩，艳逸相轻斗容止。"宋宋白《牡丹诗》："澹黄容止间深檀，妥婧香红露未乾。"宋苏辙《和子瞻凤…》："美人婉娩守闲独，不出庭户修容止。"

容止汪洋 róng zhǐ wāng yáng
【分类】文化
【关键词】刘孝威
【释义】形容人的气度宽宏或文章气势磅礴。南朝刘孝威《重光诗》："风神洒落，容止汪洋。"南朝刘勰《文心雕龙·颂赞》："揄扬以发藻，汪洋以树义。"
【例句】唐韦应物《郡斋雨中…》："吴中盛文史，群彦今汪洋。"宋文同《送无演归…》："文章汪洋道义富，不止区区事其佛。"宋释智圆《湖居感伤》："理高山峭拔，道大海汪洋。"宋石介《赠李常李堂》："有虞渔雷泽，三帝声汪洋。"宋邵雍《首尾吟》："岌嶪五千仞华岳，汪洋十万顷黄陂。"

柔葱 róu cōng
【分类】生活
【关键词】焦仲卿妻
【释义】喻指手指纤细净白。汉《乐府古辞·为焦仲卿妻作》："指如削葱根，口如含朱丹。"
【例句】宋吴文英《齐天乐》："素骨凝冰，柔葱蘸雪，犹忆分瓜深意。"宋吴文英《点绛唇》："一握柔葱，香染榴巾汗。"清龚翔麟《梦横塘》："柔葱剥褪红衣，伴玲珑玉节，除我消渴。"清王昶《和友人作》："分座试藏钩，翠袖柔葱，含笑劝、桂醪荷盏。"

柔荑 róu tí
【分类】生活
【关键词】诗经
【释义】柔软而白的茅草嫩芽。喻指女子柔嫩的手。《诗经·卫风·硕人》："手如柔荑，肤如凝脂，领如蝤蛴，齿如瓠犀，螓首蛾眉，巧笑倩兮，美目盼兮。"朱熹集传："茅之始生曰荑，言柔而白也。"
【例句】唐权德舆《晓发武阳…》："泻卤成沃壤，枯株发柔荑。"唐李咸用《塘上行》："红绡撇水荡舟人，画桡掺掺柔荑白。"唐欧阳詹《小苑春望…》："柔荑生女指，嫩叶长龙鳞。"宋韩缜《崇法寺》："乘倦驻归策，荒园步柔荑。"

肉飞仙 ròu fēi xiān
【分类】生态
【关键词】沈光
【释义】称善于攀高、矫捷如飞的人。《北史·沈光》："初建禅定寺，其中幡竿高十余丈…光因取索口衔，拍竿而上，直至龙头。系绳毕，手足皆放，透空而下。观者骇悦，莫不嗟异，时人号为'肉飞仙'。"
【例句】宋无名氏《浣溪沙》："海燕舞空萦弱絮，岭猿连臂下层颠。算来真个肉飞仙。"明刘璟《梦校猎》："生平常慕肉飞仙，马上论文佩两鞬。"清严遂成《胡泰舒银…》："薄险王师身手健，拍张都是肉飞仙。"清赵翼《再拟老杜…》："过海地非头痛国，翘关人有肉飞仙。"

肉食 ròu shí
【分类】政治
【关键词】左传
【释义】指肉类食物。指高位厚禄。亦泛指做官的人。《左传·庄公十年》："肉食者鄙，未能远谋。"杜预注："肉食，在位者。"
【例句】唐权德舆《郊居岁暮…》："宁知肉食尊，自觉儒衣贵。"唐陈子昂《感遇诗》："肉食谋何失，藜藿缅纵横。"唐杜甫《昔游》："肉食三十万，猎射起黄埃。"唐吕温《和舍弟让…》："动触樊笼倦，闲消肉食难。"

肉阵 ròu zhèn
【分类】生活
【关键词】杨国忠
【释义】也称肉屏风。为咏穷奢极欲之典。《开元天宝遗事·肉阵》："杨国忠于冬月，常选婢妾肥大者，行列于前，令遮风，盖藉人之气相暖，故谓之'肉阵'。"
【例句】宋朱翌《用禁物体…》："起来砖炉荐软火，敢营肉阵张妓围。"宋刘克庄《春寒》："草鼓煖于狨坐子，蒲龛清似肉屏风。"明张萱《壬申夏五…》："如滩美酒助情澜，肉阵沽娇咏白团。"明王世贞《寿宁侯故…》："歌屏掩翠镜窥红，妆粉围春肉阵风。"

如登春台 rú dēng chūn tái
【分类】生活
【关键词】老子
【释义】春台：春日登临游览之处。好像春天登台览胜，形容示心旷神怡。《老子·道经》："众人熙熙，如享太牢，如登春台。"

【例句】唐钱起《登台》:"望山登春台,目尽趣难极。"宋薛季宣《十四日从…》:"闲到苏仙旧游处,熙熙不只登春台。"宋汪泌《题共乐堂》:"有如登春台,人心举熙熙。"宋汪莘《春怀》:"曳杖登春台,万物含光辉。"

如皋射雉　rú gāo shè zhì
【分类】生活
【关键词】贾大夫
【释义】喻以才华赢得心爱女子的欢心。《左传·昭公二八年》:"昔贾大夫恶,娶妻而美,三年不言不笑。御以如皋,射雉获之,其妻始笑而言。贾大夫曰:'才之不可以已。我不能射,女遂不言不笑夫!'"
【例句】唐段成式《和周繇见嘲》:"缚鸡难角逐,射雉岂开颜。"唐罗虬《比红儿诗》:"休话如皋一笑时,金镳中臆锦离披。"唐吴融《赠李长史歌》:"不是东城射雉处,即应南苑斗鸡时。"宋苏轼《和梅户曹…》:"向不如皋闲射雉,归来何以得卿卿?"

如虎傅翅　rú hǔ fù chì
【分类】政治
【关键词】韩非子
【释义】指为老虎增添附着翅膀。原比喻为恶人增添势力,后也指得到佐助,实力倍增。《韩非子·难势》:"故《周书》曰:'毋为虎傅翼,将飞入邑,择人而食之。'"
【例句】唐杜牧《送沈处士…》:"今依陇西公,如虎傅两翅。"唐李商隐《井泥四十韵》:"猛虎与双翅,更以角副之。"宋牟巘《有翅天马图》:"龙惟神,飞行天,若傅两翅何足贵。"元张昱《怀远亭诗…》:"马上飞尘虎添翅,出门志愿定远侯。"

如花似玉　rú huā sì yù
【分类】生活
【关键词】诗经
【释义】像花和玉那样美好。形容女子姿容出众。《诗经·魏风·汾沮洳》:"彼其之子,美如英…彼其之子,美如玉。"
【例句】唐李白《梁园吟》:"玉盘杨梅为君设,吴盐如花皎白雪。"唐李白《怨情》:"新人如花虽可宠,故人似玉由来重。"唐刘商《送刘南史…》:"清扬似玉须勤学,富贵不在天。"唐白居易《醉题沈子…》:"爱君帘下唱歌人,色似芙蓉声似玉。"唐白居易《寒食日寄…》:"蛮旗似火行随马,蜀妓如花坐绕身。"聂绀弩《无题柴韵》:"旁观窈窕如花女,但想扒摇打脊才。"

如旧识　rú jiù shí
【分类】生活
【关键词】左传
【释义】咏相知、友情之典。《左传·襄公二十九年》:"(吴公子季札)聘于郑,见子产,如旧相识。"
【例句】唐李白《赠从弟南…》:"秦人如旧识,出户笑相迎。"唐韩翃《别李明府》:"爱君一身游上国,阙下名公如旧识。"唐白居易《伤唐衢》:"同宿李翱家,一言如旧识。"唐刘禹锡《赠别君素…》:"相欢如旧识,问法到无言。"

如刻画　rú kè huà
【分类】政治
【关键词】赵充国
【释义】西汉赵充国在掩护贰师将军突围时,身上受伤二十余处,肤如刻画一般。因战功受赏,委以重任。后用为咏战将负伤立功之典。《汉书·赵充国传》:"身被二十余创,贰师奏状,诏征充国诣行在所,武帝亲见视其创。"
【例句】唐李端《题故将军庄》:"唯有老身如刻画,犹期圣主解衣看。"宋文同《子平寄惠…》:"烟云光润若洗濯,涧谷玲珑如刻画。"宋彭汝砺《夜登竹亭》:"沧溟月飞出,碎影如刻画。"明叶宫桃《官坊洞》:"四壁烟云象,玲珑如刻画。"

如履薄冰　rú lǚ bó bīng
【分类】政治
【关键词】诗经
【释义】行于冰上。比喻身处险境,戒慎恐惧。《诗经·小雅·小旻》:"战战兢兢,如临深渊,如履薄冰。"毛传:"恐陷也。"
【例句】唐张九龄《始兴南山…》:"多惭入火术,常惕履冰心。"唐贾岛《让纠曹上…》:"战战复兢兢,犹如履薄冰。"唐张祜《庚子岁寓…》:"足忧行夜露,心惧履春冰。"唐郑谷《投时相十韵》:"薄水安可履,暗室岂能欺。"宋释怀深《资福训童…》:"出家言行要相应,战战长如履薄冰。"

如棠　rú táng
【分类】政治
【关键词】左传
【释义】不合身份的行为之典。春秋时,鲁隐公到棠地去观看捕鱼,被认为是君主应当戒除的游乐之行。源见"陈鱼"。
【例句】唐韩愈《叉鱼招张功曹》:"如棠名既误,钓渭日徒消。"唐魏知古《从猎渭川…》:"子云陈羽猎,僖伯谏渔棠。"宋苏过《张几仲被…》:"臧孙自有后,何必谏如棠。"宋吴芾《黄超然参…》:"归到小西湖更好,观鱼何必远如棠。"

如许　rú xǔ
【分类】生活
【关键词】魏晋
【释义】如此、这样。若干。魏晋无名氏《孟珠》:"暂出后湖看,蒲菰如许长。"
【例句】唐张继《明德宫》:"摩云观阁高如许,长对河流出断山。"唐路应《游南雁荡》:"诗怀到此清如许,欲向银河蘸笔题。"唐杨巨源《谢人送鲫…》:"玉手行厨如许巧,说教鱼婢学应难。"聂绀弩《题瘦石为…》:"白头毛发森如许,北国冠裳厚几重。"

如意舞　rú yì wǔ
【分类】生活
【关键词】王戎
【释义】咏欢乐起舞之典。《世说新语·任诞》:"长史云:'谢掾能作异舞。'谢便起舞,神意甚暇。王公熟视,谓客曰:'使人思安丰(王戎)。'"北周庾信《庾子山集·对酒歌》:"山简接䍦倒,王戎如意舞。"传说王戎喜欢手持铁如意起舞。
【例句】唐杜甫《宴忠州使…》:"昔曾如意舞,牵率强为看。"唐杜甫《舍弟观赴…》:"剩欲提携如意舞,喜多行坐白头吟。"宋刘敞《酒后登清…》:"起提如意舞,自击唾壶歌。"宋陆游《南窗》:"闷拈如意舞,狂叩唾壶歌。"元郑元祐《盛氏野秀堂》:"酒醒忽持如意舞,诗成或击唾壶歌。"

孺人　rú rén
【分类】生活
【关键词】江淹
【释义】古代称大夫的妻子、唐代称王的妾、宋代用为通直郎等官员的母亲或妻子的封号,明清则为七品官的母亲或妻子的封号。亦通用为妇人的尊称。南朝江淹《恨赋》:"闭关却扫,塞门不仕。左对孺人,顾弄稚子。"《礼记·曲礼下》:"天子之妃曰后,诸侯曰夫人,大夫曰孺人,士曰妇人,庶人曰妻。"
【例句】唐张籍《祭退之》:"公疾浸日加,孺人视药汤。"唐韩愈《感春》:"已呼孺人戛鸣瑟,更遣稚子传清杯。"宋王禹称《闻鸦》:"孺人泣我右,稚子啼我傍。"宋邹浩《冒雪渡江…》:"孺人顾我忽然笑,却道君今休作痴。"

孺子贫　rú zǐ pín
【分类】政治
【关键词】徐稚
【释义】代指贤才高士。《后汉书·徐稚传》:"徐稚字孺子,豫章南昌人也。家贫,常自耕稼,非其力不食。恭俭义让,所居服其德。屡辟公府,不起。"
【例句】唐陈子昂《酬李参军…》:"未及冯公老,何惊孺子贫。"宋张耒《题荣不邕…》:"一室荒芜孺子贫,知君四海入经纶。"宋王十朋《司理叔文…》:"时人咸笑孺子贫,杜老惟蒙丈人厚。"明王绂《赠徐君邦孝》:"人生万事应难料,未信长年孺子贫。"

襦袴恩　rú kù ēn
【分类】政治
【关键词】萧统
【释义】咏体恤百姓困苦之典。《梁书·昭明太子传》:"又出主衣绵帛,多作襦袴,冬月以施贫冻。"
【例句】唐白居易《醉后狂言…》:"宾客不见绛袍惠,黎庶未沾襦袴恩。"唐陈陶《送江周…》:"楚谣襦袴整三千,喉舌新恩下九天。"宋孙觌《通川太守…》:"尽捐牛犊佩,争咏袴襦恩。"宋田锡《进瑞雪歌》:"宛丘之下为封部,宣布皇恩愧襦袴。"

汝南鸡　rǔ nán jī
【分类】生活
【关键词】鸡
【释义】古代汝南所产之鸡,善鸣。为咏鸡鸣司晨催起之典。《乐府诗集·鸡鸣歌》:"东方欲明星烂烂,汝南晨鸡登坛唤。"题解引《晋太康地记》:"后汉固始、鲖阳、公安、细阳四县卫士习此曲,于阙下歌之,今鸡鸣歌是也。然则此歌盖汉歌也。"
【例句】唐王泠然《寒食篇》:"花场斗鸡汝南鸡,春897遍在东郊道。"唐刘禹锡《鹤叹》:"主人朝谒早,贪养汝南鸡。"唐李商隐《思贤顿》:"舞成青海马,斗杀汝南鸡。"唐陆龟蒙《古别离》:"何事离情畏明发,一心唯恨汝南鸡。"

乳花　rǔ huā
【分类】文化
【关键词】茶
【释义】烹茶时所起的乳白色泡沫。唐李德裕《故人寄茶》:"碧流霞脚碎,香泛乳花轻。"
【例句】唐崔珏《美人尝茶行》:"银瓶贮泉水一掬,松雨声来乳花熟。"宋欧阳修《尝新茶呈…》:"停匙侧盏试水路,拭目向空看乳花。"宋王之道《和徐季功…》:"马头睡思浓无那,一碗何妨泛乳花。"宋梅尧臣《得雷太简…》:"汤嫩乳花浮,香新舌甘永。"

乳视　rǔ shì
【分类】政治
【关键词】形天
【释义】形容不甘失败。喻指反抗帝王之叛逆者。《山海经·海外西经》:"形天与帝争神,帝断其首,葬之常羊之山,乃以乳为目,以脐为口,操干戚以舞。"
【例句】唐许敬宗《奉和执契…》:"鸷飞尚假息,乳视暂稽诛。"明王世贞《自警》:"饮光迹乐章,形天舞干戚。"聂绀弩《胡风八十》:"不解垂纶渭水边,头亡身在老形天。"

入蔡奇兵　rù cài qí bīng
【分类】政治
【关键词】李愬
【释义】誉称率领足智多谋,或表示破敌立功的决心。亦喻兵士勇猛。《旧唐书·李愬传》:"诸将请所止,愬曰:'入蔡州取吴元济也。'诸将失色…自张柴行七十里,比至悬瓠城,夜半,雪愈甚…贼恃吴房、朗山之固,晏然无一人知者。"
【例句】唐李商隐《韩碑》:"入蔡缚贼献太庙,功无与让恩不訾。"宋苏轼《和刘景文雪》:"那堪李常侍,入蔡夜衔枚。"宋苏轼《大雪寄州…》:"君不是淮西李侍中,夜入蔡州缚取吴元济。"宋陆游《雪中作》:"已忘作赋游梁苑,但忆衔枚入蔡州。"

入韩剑客　rù hán jiàn kè
【分类】政治

【关键词】聂政

【释义】咏刺客之典，也指为报知遇之恩而赴死的侠义行为。《战国策·韩策》："（聂政）遂谢车骑人徒，辞，独行仗剑至韩。韩适有东孟之会，韩王及相皆在焉，持兵戟而卫者甚众。聂政直入，上阶刺韩傀。韩傀走而抱哀侯，聂政刺之，兼中哀侯，左右大乱。聂政大呼，所杀者数十人。因自皮面抉眼，自屠出肠，遂以死。"

【例句】唐李商隐《哭虔州杨…》："入韩非剑客，过赵受钳奴。"宋楼钥《谢文思许…》："别姊取韩相，多用聂政事。"宋文天祥《病目》："聂政心虽碎，刘伶醉未苏。"宋汪宗臣《鸿门舞剑歌》："黑云压垒骓嘶风，荆轲聂政粗豪同。"

入洛 rù luò

【分类】文化

【关键词】陆机

【释义】才士名扬京都之典。《晋书·陆机传》："至太康末，与弟云俱入洛，造太常张华。华素重其名，如旧相识，曰：'伐吴之役，利获二俊。'"

【例句】唐韦庄《和陆谏议…》："入洛声华当世重，闽闽章句满朝吟。"唐罗隐《寄京阙陆…》："家从入洛声名大，迹为依刘事分偏。"唐孟郊《春日同王…》："过隋柳憔悴，入洛花蒙笼。"唐白居易《会昌春连…》："滞周惭太史，入洛继先贤。"

入木三分 rù mù sān fēn

【分类】生活

【关键词】王羲之

【释义】相传王羲之在木板上写字，木工刻时，发现字迹透入木板三分深。形容书法极有笔力。现多比喻分析问题很深刻。唐张怀瓘《书断》："晋帝时祭北郊，更祝版，工人削之，笔入木三分。"

【例句】宋杨亿《笔》："墨妙三分斸新木，华褒一字重编年。"清弘历《王齐翰…》："粗勾入木三分信，细理得环一气完。"清宋湘《舟泊岳阳…》："楚山千里来江上，秋色三分入洞庭。"聂绀弩《首有调》："著书入木每三分，论事一言解百纷。"

入幕宾 rù mù bīn

【分类】政治

【关键词】郗超

【释义】指参与机密的幕僚。《晋书·郗超传》："谢安与王坦之尝诣温（桓温）论事，温令超帐中卧听之，风动帐开，安笑曰：'郗生可谓入幕之宾矣！'"

【例句】唐李端《送宋校书…》："远避看书吏，行当入幕宾。"唐贾岛《送陈判官…》："将军遥入幕，束带便离家。"宋苏颂《次韵林次…》："都府曾为入幕宾，玉符重忝守藩臣。"宋杜子能《次韵经略…》："而今入幕宾僚盛，又况褰帷政事修。"

入幕雀 rù mù què

【分类】政治

【关键词】王祥

【释义】咏孝行之典，或用以咏雀。《晋书·王祥传》："祥性至孝。早丧亲，继母朱氏不慈，数谮之，由是失爱于父，每使扫除牛下。父母有疾，衣不解带…母又思黄雀炙，复有黄雀数十飞入其幕，复以供母。乡里惊叹，以为孝感所至焉。"

【例句】唐李峤《雀》："衔书表周瑞，入幕应王祥。"宋宋尧臣《谕鸟》："蝙蝠尝入幕，捕蚊夜何忙。"明曹学佺《癸未上巳…》："登城预想鱼丽阵，入幕谁为燕子家。"明毛奇龄《题燕巢藏…》："弄书筑书巢，有若入幕燕。"

入鸟不乱行 rù niǎo bù luàn xíng

【分类】政治

【关键词】孔子

【释义】隐遁避世之典。《庄子·山木》："孔子…辞其交游，去其弟子，逃于大泽，衣裘褐，食杼栗，入兽不乱群，入鸟不乱行。鸟兽不恶，而况人乎！"

【例句】唐权德舆《奉和李大…》："入鸟不乱行，观鱼还自乐。"唐刘叙《椿下独坐》："我独安隐幽，入鸟不乱行。"宋宋祁《中山公损疾》："批成诏凤多焚草，戏人仙禽不乱行。"宋黄庭坚《次韵答曹…》："无机与游不乱行，何时解缨濯沧浪。"

入泮宫 rù pàn gōng

【分类】生活

【关键词】诗经

【释义】也称入泮林。旧称考中秀才入学的生员。源见"泮水"。

【例句】宋吕陶《怀鹤鸣》："棣华曾到翠微中，一别仙宫入泮宫。"宋徐积《谢蒋颖叔》："红旆缓摇春日晚，清风先入泮宫寒。"宋邹浩《简襄阳令》："似闻斋馆成功久，应许余材入泮宫。"宋虞俦《次韵曾使…》："朱扉早启雄潭府，秀气平分入泮林。"宋仇远《生日和洪…》："雪云无罅霁无期，勾引春光入泮池。"明王恭《题高漫士…》："轩佩追随入泮林，玉堂天路五云深。"

入羊中 rù yáng zhōng

【分类】文化

【关键词】左慈

【释义】咏仙术之典。《后汉书·左慈》："左慈字元放，庐江人也。少有神道。操知不可得，乃令就羊中告之曰：'不复相杀，本试君术耳。'忽有一老羝屈前两膝，人立而言曰：'遽如许。'即竞往赴之，而群羊数百皆变为羝，并屈前膝人立。"

【例句】唐许棠《成纪书事》："蹉跎远入犬羊中，荏苒将成白首翁。"唐李端《雪夜寻…》："出游居鹤上，避祸入羊中。"

蓐收 rù shōu

【分类】文化

【关键词】礼记

【释义】古代传说中的西方神名，司秋。《礼记·月令》：

"(孟秋之月)日在翼,昏建星中,旦毕中。其日庚辛,其帝少皞,其神蓐收。"汉郑玄注:"蓐收,少皞氏之子,曰该,为金官。"

【例句】唐李白《古风》:"蓐收肃金气,西陆弦海月。"唐杜甫《又上后园…》:"蓐收困用事,玄冥蔚强梁。"唐李贺《相劝酒》:"蓐收既断翠柳,青帝又造红兰。"宋仲并《呈彦平》:"不堪败菊愁彭泽,又恨寒云饯蓐收。"

阮步兵　ruǎn bù bīng
【分类】生态
【关键词】阮籍
【释义】嗜饮放达、与世不融之典。《晋书·阮籍传》:"籍闻步兵厨营人善酿,有贮酒三百斛,乃求为步兵校尉。遗落世事,虽去佐职,恒游府内,朝宴必与焉。"
【例句】唐司空曙《病减逢春…》:"琴待嵇中散,杯思阮步兵。"唐聂夷中《饮酒乐》:"安得阮步兵,同入醉乡游。"唐罗隐《得宣州窦…》:"步兵校尉辞公府,车骑将军忆本朝。"唐罗隐《寄杨秘书》:"萧萧檐雪打窗声,因忆江东阮步兵。"

阮放八隽　ruǎn fàng bā jùn
【分类】文化
【关键词】阮放
【释义】咏贤达众多之典。《世说新语·雅量》:"羊曼拜丹阳尹,客来早者,并得佳设…不问贵贱。"南朝梁刘孝标注引《羊曼别传》:"曼字延祖,颓纵宏任,饮酒诞节,与陈留阮放等号兖州八达。"
【例句】唐陆龟蒙《和袭美江…》:"谢才偏许朓,阮放最怜咸。"宋袁说友《会新第进…》:"两魁前躅高三辅,八隽飞觞照一州。"

阮孚蜡屐　ruǎn fú là jī
【分类】生活
【关键词】阮孚
【释义】纵情所好、自得其乐之典。《晋书·阮孚》:"孚性好屐…或有诣阮,正见自蜡屐,因自叹曰:'未知一生当著几量屐!'神色甚闲畅。"
【例句】唐王维《谒璿上人》:"床下阮家屐,窗前筇竹杖。"唐刘禹锡《送裴处士…》:"登山雨中试蜡屐,入洞夏里披貂裘。"唐皮日休《屐步访鲁…》:"雪晴墟里竹歘斜,蜡屐徐吟到陆家。"宋释文珦《周草窗吟…》:"尝闻阮孚心好屐,对客蜡之手不释。"

阮籍　ruǎn jí
【分类】文化
【关键词】阮籍
【释义】字嗣宗,三国魏诗人,竹林七贤之一,建安七子之一阮瑀之子,世称阮步兵。《三国志·阮籍传》:"瑀子籍,才藻艳逸,而倜傥放荡,行己寡欲,以庄周为模则。官至步兵校尉。"
【例句】唐杜甫《奉酬严公…》:"谢安不倦登临费,阮籍焉知礼法疏。"唐皇甫冉《题高云客舍》:"阮公道在醉,庄子生

常养。"唐崔峒《赠元秘书》:"也闻阮籍寻常醉,见说陈平不久贫。"唐章孝标《句》:"阮籍啸场人步月,子猷看处鸟栖烟。"

阮家屐　ruǎn jiā jī
【分类】文化
【关键词】阮孚
【释义】美称木屐。源见"阮孚蜡屐"。
【例句】唐王维《谒璿上人》:"床下阮家屐,窗前筇竹枝。"宋韦骧《雪后游琅…》:"登宜阮孚屐,隐称嵇康锻。"宋刘子翚《次韵明仲…》:"沉机已寄谢安棋,逸兴何惭阮孚屐。"元郭天锡《送乐伯善…》:"岁华正似阮孚屐,世事真成昭氏琴。"

阮家贫　ruǎn jiā pín
【分类】生活
【关键词】阮籍阮咸
【释义】咏贫而旷达之典。《晋书·阮咸》:"咸字仲容…任达不拘,与叔父籍为竹林之游…咸与籍居道南,诸阮居道北,北阮富而南阮贫。七月七日,北阮盛晒衣服,皆锦绮粲目。咸以竿挂大布犊鼻于庭,人或怪之,答曰:'未能免俗,聊复尔耳!'"
【例句】唐王维《郑梁州相过》:"中厨办粗饭,应恕阮家贫。"唐司空曙《闲园即事…》:"近水方同梅市隐,曝衣多笑阮家贫。"唐陆翱《闲居即事》:"梅下东山石,贫于南阮家。"明黎民表《唐寅仲卜…》:"割角谁轻王粲少,曝衣难笑阮家贫。"

阮简旷达　ruǎn jiǎn kuàng dá
【分类】生活
【关键词】阮简
【释义】形容生性旷达,不拘于礼法的典故。《世说新语·任诞》:"阮浑长成,风气韵度似父,亦欲作达。"南朝梁刘孝标注引《竹林七贤论》:"后咸兄子简,亦以旷达自居。父丧,行遇大雪,寒冻,遂诣浚仪令,令为他宾设黍臛,简食之,以致清议,废顿几三十年。"
【例句】唐皎然《因游支硎…》:"旷达机何有,深沉器莫量。"唐卢邻邻《咏史》:"伟哉旷达士,知命固不忧。"唐白居易《秋日与张…》:"开怀旷达无所系,触目胜绝不可名。"唐杜牧《润州》:"大抵南朝皆旷达,可怜东晋最风流。"

阮郎迷　ruǎn láng mí
【分类】生活
【关键词】刘晨阮肇
【释义】比喻留恋女色,迷不知返。源见"刘阮天台"。也为唐教坊曲名。崔令钦《教坊记·曲名》:"《阮郎迷》、《牧羊怨》。"
【例句】唐卢纶《酬金部王…》:"更有阮郎迷路处,万株红树一溪深。"唐李冶《送阎二十…》:"归来重相访,莫学阮郎迷。"唐元稹《代曲江老…》:"阮郎迷里巷,辽鹤记城闉。"清柴才《山行》:"共知仙女丽,莫学阮郎迷。"

阮囊羞涩 ruǎn náng xiū sè

【分类】生活

【关键词】阮孚

【释义】喻经济拮据,手头没有钱花。《韵府群玉·阳韵·一钱囊》:"阮孚持一皂囊,游会稽。客问:'囊中何物?'曰:'但有一钱看囊,恐其羞涩。'"

【例句】唐杜甫《空囊》:"囊空恐羞涩,留得一钱看。"宋葛胜仲《送友赴试…》:"出门有纷奢,囊空自羞涩。"宋范成大《元日马上》:"泥絮心情雪样髯,诗囊羞涩酒杯嫌。"宋欧阳澈《过巴川》:"悲吟玉未经三献,羞涩囊空乏一钱。"

阮始平 ruǎn shǐ píng

【分类】政治

【关键词】阮咸

【释义】借指外放的地方官。《晋书·阮咸传》:"咸字仲容。父熙,武都太守。咸任达不拘…荀勖每与论音律,自以为远不及也,疾之,出补始平太守。"

【例句】唐独孤及《贾员外处…》:"适逢阮始平,立马问长安。"唐皎然《奉和裴使》:"方知阮太守,一听识其微。"宋陈师道《晁无咎画…》:"前身阮始平,今代王摩诘。"宋晁说之《还诸唱和…》:"萧散人间阮始平,轻盈云外董双成。"

阮元瑜 ruǎn yuán yú

【分类】文化

【关键词】阮瑀

【释义】称美执掌文书的官员之典。阮瑀,字元瑜,建安七子之一,善军国书檄。曹丕尝赞他"书记翩翩,至足乐也"。《三国志·阮瑀传》:"太祖并以琳、瑀为司空军谋祭酒,管记室,军国书檄,多琳、瑀所作也。"

【例句】唐方干《寄台州孙…》:"梅真与仕提雄笔,阮瑀从军著彩衣。"唐杜甫《送蔡希鲁…》:"因君问消息,好在阮元瑜。"唐白居易《醉送李协…》:"不羡君官羡君幕,幕中收得阮元瑜。"唐李中《赠海上书》:"阮瑀不能专笔砚,嵇康唯作乐琴尊。"

蕤宾 ruí bīn

【分类】生活

【关键词】周礼

【释义】古乐十二律中之第七律。律分阴阳,奇数六为阳律,名曰六律;偶数六为阴律,名曰六吕。合称律吕。蕤宾属阳律。《周礼·大司乐》:"乃奏蕤宾,歌函钟,舞大夏,以祭山川。"指农历五月。代指农历五月端午节。《国语·周语下》:"四曰蕤宾。"三国吴韦昭注:"五月,蕤宾。"

【例句】唐白居易《代琵琶弟…》:"蕤宾掩抑娇多怨,散水玲珑峭更清。"唐元稹《夏至五月中》:"蕤宾移后至,二气各西东。"宋夏竦《淑妃阁端…》:"蕤宾布序逢良月,条达延祥记令辰。"宋宋庠《皇帝阁端…》:"吹律蕤宾动,乘离玉烛明。"

蕤宾铁响 ruí bīn tiě xiǎng

【分类】生活

【关键词】乐府杂录

【释义】赞扬弹奏技艺精妙超绝的典故。唐段安节《乐府杂录·琵琶》载:武宗初,朱崖李太尉有乐史廉郊者,"郊尝宿major泉别墅,值风清月朗,携琵琶于池上,弹《蕤宾调》…忽有一物锵然跃出池岸之上,视之,乃一片方响,盖蕤宾铁也。以指拨精妙,律吕相应也。"

【例句】宋王庭圭《次韵曾育》:"又如牛铎应黄钟,水中跃出蕤宾铁。"宋范成大《戏题方响洞》:"徒倚含风玉佩声,何须听作蕤宾铁。"宋葛立方《闻琵琶方》:"荷间纵有蕤宾铁,唤取廉郊始得知。"元高明《西湖葛岭…》:"师琴名以蕤宾铁,岂是七丝专一律。"

蕊珠宫 ruǐ zhū gōng

【分类】文化

【关键词】黄庭内景

【释义】亦称蕊宫,道教经典中所说的天上仙宫。《黄庭内景经》:"太上大道玉晨君,闲居蕊珠作七言。"

【例句】唐李白《访道安陵》:"学道北海仙,传书蕊珠宫。"唐李益《寄许炼师》:"扫石焚香礼碧空,露华偏湿蕊珠宫。"唐顾云《华清词》:"相公清斋朝蕊宫,太上符箓龙蛇踪。"

枘凿 ruì záo

【分类】生活

【关键词】楚辞

【释义】比喻事物的格格不入或互相矛盾。源见"圆凿方枘"。

【例句】宋李之仪《次韵君俞…》:"能忘枘凿方圆异,许接风云变化新。"宋王迈《送郑秉叔…》:"我正与时相枘凿,君方随诏赴弓旌。"宋邓肃《次韵王信州》:"平生耻为一身谋,枘凿方圆两不投。"宋陈造《寄兴化叶…》:"身世我方怜枘凿,风期君肯遽参商。"

锐头将军 ruì tóu jiāng jūn

【分类】政治

【关键词】白起

【释义】称赞将帅之典。《春秋后语·赵语》:"平原君对赵王曰:'渑池之会,臣察武安君之为人也,小头而锐,瞳子白黑分明,视瞻不转,执志强也,可以持久,难于争锋,廉颇足以当之。'"武安君即秦将军白起。锐:机敏。

【例句】唐杜甫《久雨期王》:"锐头将军来何迟,令我心中苦不足。"唐杜甫《遣兴》:"长陵锐头儿,出猎待明发。"宋徐俯《画虎行为…》:"锐头将军射不得,却挂江南使君壁。"明郑善夫《白将军》:"长挥白羽扇,岂羡锐头儿。"

瑞脑 ruì nǎo

【分类】文化

【关键词】香料

【释义】香料名,即龙脑。源见"龙脑"。
【例句】宋李清照《浣溪沙》:"瑞脑香消魂梦断,辟寒金小髻鬟松。"宋李清照《鹧鸪天》:"酒阑更喜团茶苦,梦断偏宜瑞脑香。"宋姜特立《圣驾幸东宫》:"薰风澹荡飘黄伞,瑞脑纷纭点翠裀。"宋周密《南郊庆成…》:"黄道宫罗瑞脑香,衮龙升降佩锵锵。"

瑞兽 ruì shòu
【分类】政治
【关键词】庾信
【释义】象征吉祥之兽,分别是东方青龙、南方朱雀、西方白虎、北方玄武,以及麒麟、凤凰、貔貅等。北周庾信《周祀五帝歌·白帝云门舞》:"瑞兽霜耀,祥禽雪映。"也指兽形香炉。
【例句】唐罗隐《寄前宣州窦尚书》:"喷香瑞兽金三尺,舞雪佳人玉一围。"宋周紫芝《时宰生日…》:"黄金三尺瑞兽暖,云横雾绕珠帘垂。"宋周紫芝《次韵庭藻…》:"云门一阕天乐奏,瑞兽三尺南金黄。"宋薛田《成都书事…》:"群葩艳里珍禽语,百草香中瑞兽眠。"

瑞图 ruì tú
【分类】政治
【关键词】春秋元命
【释义】瑞应之图,由上天赐予帝王。《春秋元命苞》载:黄帝游玄扈、洛水之上,凤凰衔书置帝前,帝再拜受图。
【例句】唐杜甫《凤凰台》:"自天衔瑞图,飞下十二楼。"唐卢纶《送崔邠拾遗》:"谏修郊庙开宸虑,议按休征浅瑞图。"宋程公许《再游凤凰…》:"瑞图那复来阿阁,王泽何当复下泉。"宋苏颂《又和塞侍…》:"瑞图丹采终难状,药谱神功未易通。"明夏原吉《题方尚书…》:"龙潜九地喷灵霨,凤入层霄衔瑞图。"

润屋 rùn wū
【分类】生活
【关键词】礼记
【释义】使居室华丽生辉。喻指富有。《礼记·大学》:"曾子曰:'十目所视,十手所指,其严乎!'富润屋,德润身,心广体胖,故君子必诚其意。"唐孔颖达疏:"言家若富则能润其屋,有金玉,又华饰见于外也。"
【例句】唐白居易《感兴》:"只见火光烧润屋,不闻风浪覆虚舟。"唐舒元舆《坊州按狱》:"奈何贪狼心,润屋沈脂膏。"唐杜荀鹤《晚春寄同…》:"无金润屋浑闲事,有酒扶头是了人。"唐杜荀鹤《登城有作》:"尽谓黄金堪润屋,谁思荒骨旋成尘。"

若敖鬼 ruò áo guǐ
【分类】生活
【关键词】左传
【释义】咏绝嗣之典。《左传·宣公四年》载:楚若敖氏的后代楚国令尹子文,担心他的侄儿越椒的行为将会使若敖氏灭宗,临死泣为族人说:"鬼犹求食,若敖氏之鬼不其馁

而?"后来越椒叛楚,若敖氏终于灭绝。
【例句】唐李商隐《哭遂州萧…》:"朝争屈原草,庙馁若敖魂。"宋陈著《书范景山…》:"至今上冢饭,免为若敖鬼。"宋强至《祠仙姑回…》:"生失四海位,没同若敖鬼。"宋黄通《岘山》:"而令公作若敖鬼,嗟我庸敢夸雄藩。"宋赵蕃《闵雨》:"闵闵望一雨,可招若敖魂。"

若木 ruò mù
【分类】文化
【关键词】山海经
【释义】指神话中的大树,生长于西方太阳降落之处。代指太阳。《山海经·大荒北经》:"大荒之中,有衡石山、九阴山、河野之山,上有赤树,青叶,赤花,名曰若木。"
【例句】唐李白《古风》:"挥手折若木,拂此西日光。"唐孟郊《汝州陆中…》:"愿折若木枝,却彼曜灵夕。"唐李贺《苦昼短》:"天东有若木,下置衔烛龙。"唐李贺《日出行》:"旸谷耳曾闻,若木眼不见。"

若士 ruò shì
【分类】文化
【关键词】淮南子
【释义】代指仙人。源见"卢敖"。
【例句】唐唐彦谦《乱后经表…》:"长忆映碑逢若士,未曾携杖逐壶公。"唐储光羲《升天行贻…》:"庐山逢若士,思欲化黄金。"唐皎然《答韦山人…》:"仙侯玉帖人漫传,若士青囊世何秘。"宋苏轼《次韵子由…》:"卢子不须从若士,盖公当自过曹参。"

若堂封 ruò táng fēng
【分类】生活
【关键词】礼记
【释义】指坟墓。《礼记·檀弓》:"子夏曰:'圣人之葬人,与人之葬圣人也,子何观焉?昔者夫子言之矣:吾见封之若堂者矣。'"汉郑玄注:"封,筑土为垄,堂形四方而高。"形容古代坟墓方而高的形状。
【例句】唐柳宗元《同刘二十…》:"三亩空留悬磬室,九原犹寄若堂封。"宋晁公溯《题先主庙》:"野人相指示,旁有若堂封。"宋曾季狸《题昌山圣…》:"路人俄见若堂封,事毕不知龙所在。"元魏初《挽姨兄尚…》:"莫恨终天曾不见,天高留付若堂封。"

弱水 ruò shuǐ
【分类】文化
【关键词】东方朔
【释义】古代神话中称险恶难渡的河海。《海内十洲记·凤麟洲》:"凤麟洲在西海之中央,地方一千五百里,洲四面有弱水绕之,鸿毛不浮,不可越也。"古代不通舟楫的地方,古人往往认为是水弱不能载舟,因称弱水。故古时所称弱水者甚多。《书·禹贡》:"黑水西河惟雍州,弱水既西。"《山海经·西山经》:"劳山,弱水出焉,而西流注于洛。"

【例句】唐卢照邻《西使兼送…》：“地道巴陵北,天山弱水东。”唐杜甫《白帝城最…》：“扶桑西枝对断石,弱水东影随长流。”唐刘敞《闻张隐直…》：“莫怪黄河来积石,又疑弱水隔昆仑。”宋王安石《酬和甫祥…》：“钧天忽忽清都梦,方丈寥寥弱水风。”

弱翁方大用　ruò wēng fāng dà yòng
【分类】政治
【关键词】魏相
【释义】西汉魏相字弱翁,初任杨州刺史时,丙吉(光禄大夫)曾在信中赞誉他有政绩,将被重用。后遂用为称美刺史之典。《汉书·魏相传》：“朝廷已深知弱翁治行,方且大用矣。愿少慎事自重,臧器于身。”
【例句】唐羊士谔《郡中端居…》：“弱翁方大用,延首迟双鱼。”宋王庭珪《送魏彦成…》：“民吏不须留召父,朝廷久已知弱翁。”宋楼钥《林正惠公…》：“紫枢方大用,惜不究经纶。”宋方一夔《谒融堂墓》：“时方大用文公学,士亦深排陆子禅。”

爇薪照字　ruò xīn zhào zì
【分类】生活
【关键词】侯瑾
【释义】喻贫而好学之典。《后汉书·侯瑾传》：“侯瑾字子瑜,敦煌人。少孤贫,依宗人居。性笃学,恒佣作为资,暮运辄爇柴以读书。”
【例句】唐杜甫《八哀诗》：“夜字照爇薪,垢衣生碧藓。”宋梅尧臣《宿矶上港》：“照蟹屡爇薪,张鱼未发笱。”明文洪《宿白土》：“爇薪代明烛,敷芧为重茵。”明杨廉《食梨戏作》：“梨择数颗呼爨仆,缊火爇薪为蒸熟。”

S

塞翁　sài wēng
【分类】生活
【关键词】淮南子
【释义】指置身物外、不以得失为怀的人。源见“塞翁失马”。
【例句】唐戴叔伦《赠韦评事攒》：“是非园吏梦,忧喜塞翁心。”唐赵嘏《三像寺酬…》：“不因高寺闲回首,谁识飘零一塞翁。”唐刘禹锡《览董评事…》：“文儒自袭胶西相,倚伏能齐塞上翁。”唐高适《金城北楼》：“垂竿已羡磻溪老,体道犹思塞上翁。”

塞翁失马　sài wēng shī mǎ
【分类】生活
【关键词】淮南子
【释义】喻福祸可以相互转化。《淮南子·人间训》：“塞上之人,有善术者,马无故亡而入胡,人皆吊之…故福之为祸,祸之为福,化不可极,深不可测也。”
【例句】唐杜牧《李侍郎于…》：“冥鸿不下非无意,塞马归来是偶然。”宋孔平仲《和经父寄…》：“倚伏万端宁有定,塞翁失马尚归来。”宋曹勋《送表弟丘…》：“莱子奉亲真是乐,塞翁失马定无忧。”聂绀弩《马逸》：“今夕塞翁真失马,倘非马会自行归。”

三白　sān bái
【分类】生活
【关键词】全唐诗
【释义】指三度下雪。《全唐诗·占年》：“要见麦,见三白。”“正月三白,田公笑赫赫。”
【例句】唐李隆基《批答安禄…》：“腊月忻三白,嘉平安四邻。”宋王信《雪窗》：“穷冬十日不出门,群玉峰前看三白。”宋许应龙《皇帝阁春…》：“三白从来兆岁丰,几看瑞雪舞回风。”宋苏轼《春帖子词》：“共道十年无腊雪,且欣三白压春田。”

三百篇　sān bǎi piān
【分类】文化
【关键词】论语
【释义】《诗经》代称。相传《诗》三千余篇,经孔子删定,实存305篇。《论语·为政》：“子曰：《诗》三百,一言以蔽之,曰：'思无邪。'”
【例句】唐杜审言《和李大夫…》：“学总八千卷,文倾三百篇。”唐白居易《留别微之》：“五千言里教知足,三百篇中劝式微。”唐白居易《偶以拙诗…》：“毛诗三百篇后得,文选六十卷中无。”唐齐己《偶题》：“君看三百篇章首,何处分明著姓名。”聂绀弩《挑水赠姚…》：“谁信成诗三百首,用心全不在田间。”

三百瓮齑　sān bǎi wèng jī
【分类】生活
【关键词】苏轼
【释义】齑,切碎的腌菜。指长期以咸菜度日,生活清贫。宋苏轼《禄有重轻》：“王状元未第时,醉堕汴河,为水神扶出,曰：'公有三百千料钱,若死于此,何处消破？'明年遂登第。士有久不第者,亦效之,佯醉落河。河神亦扶出。士大喜曰：'吾料钱几何？'神曰：'吾不知也。但三百瓮黄齑,无处消破耳。'”
【例句】宋李流谦《文约用韵…》：“笑言伏腊未一有,归办黄齑三百瓮。”宋苏辙《春旱弥月…》：“南斋遗老知尤幸,汤饼黄齑又一年。”宋陆游《病愈看镜》：“三百瓮齑消未尽,不知更著几年还？”宋陆游《斋中杂题》：“黄齑三百瓮,自是天所破。”

三般若　sān bō rě
【分类】文化
【关键词】大智度论
【释义】即文字般若、观照般若、实相般若。般若：梵语,犹言智慧。指通过直觉的洞察所获得的先验的智慧或最高的知识。《大智度论》："般若者，秦言智慧也。一切智慧中最为第一，无上、无比、无等，更无胜者，穷尽到边。"《法藏·般若心经略疏》：以实现、观相、文字为三般若。

【例句】唐庞蕴《居士见僧…》："菩提般若名相假，涅槃真如亦是虚。"唐义忠《答王侍郎…》："菩提慧日朝朝照，般若凉风夜夜吹。"五代徐夤《赠月君》："神传尊胜陀罗咒，佛授金刚般若经。"宋程俱《遣兴》："须乘般若超三界，有底穷通比四时。"聂绀弩《无题》："都能戕齿三般若，除却弯腰七不堪。"

三杯通大道 sān bēi tōng dà dào
【分类】生活
【关键词】李白
【释义】咏饮酒之典。谓饮酒能通向超脱之道。唐李白《月下独酌》："三杯通大道，一斗合自然。"
【例句】宋杨万里《留萧伯和…》："三杯未必通大道，一斗真能出百篇。"宋仇远《明朝》："未欠三杯通大道，且欣九日是明朝。"明屈大均《汪虞部以…》："秦娥一笑忘他乡，粤客三杯通大道。"清查慎行《谢院长惠…》："直可三杯通大道，谁教五斗博西凉。"

三表五饵 sān biǎo wǔ ěr
【分类】政治
【关键词】匈奴
【释义】汉贾谊陈献的防御匈奴的办法，以立信义、爱人之状和好人之技为三表；以赐之盛服车乘、盛食珍味、音乐妇人、高堂邃宇府库奴婢和亲近安抚为五饵。泛指笼络外族的种种策略。《新书·匈奴》："臣为陛下建三表，设五饵，以此与单于争其民，则下匈奴犹振槁也。"
【例句】唐李白《自广平乘…》："方陈五饵策，一使胡尘清。"唐张籍《赠孔尚书》："三表自陈辞北阙，一家相送入南山。"宋苏过《闻郭太尉》："匈奴自古夸豪强，三表五饵称前王。"宋苏轼《次韵子瞻…》："汉家五饵今方验，更愧当年叹息人。"明欧大任《送赵冀州》："司马部中名最著，尚留三表献君王。"

三不欺 sān bù qī
【分类】政治
【关键词】子产子贱
【释义】歌颂官吏贤良治理有方之典。《史记·滑稽列传》："子产治郑，民不能欺；子贱治单父，民不忍欺；西门豹治邺，民不敢欺。"
【例句】宋周紫芝《文殊老人…》："寄言三不欺，令尹勿轻作。"宋苏轼《徐君献挽词》："请看行路无从涕，尽是当年不忍欺。"宋陈造《次韵陈秀才》："顾惭德化一何取，敢意古人三不欺。"宋楼钥《林和叔侍…》："公时自谓二宜去，吏民犹诵三不欺。"

三藏 sān zàng
【分类】文化
【关键词】佛
【释义】佛教称谓。藏：梵文本义竹筐，佛教用来总称佛教典籍，和全书意思相近，分三部分：《经藏》、《律藏》、《论藏》。凡是通晓三藏的僧人，被称为三藏法师。唐僧是其中之一。南朝梁沈约《内典序》："义隐三藏之外，事非二乘所窥。"
【例句】唐江满昌《大唐大慈…》："依止三藏学性相，三千徒里绝等伦。"唐陆龟蒙《大圆载上…》："九流三藏一时倾，万轴光凌渤澥声。"唐郑嵎《津阳门诗》："罗公如意夺颜色，三藏袈裟成散丝。"聂绀弩《迓冬七十…》："松风水月唐三藏，绿脸红须窦二墩。"

三车 sān chē
【分类】文化
【关键词】莲花经
【释义】喻三乘，谓以羊车喻声闻乘（小乘），以鹿车喻缘觉乘（中乘），以牛车喻菩萨乘（大乘），比喻运载众生渡越生死到涅槃彼岸之三种法门。《妙法莲花经·譬喻品》："长者告诸子，言羊车、鹿车、牛车今在门外，可以游戏，汝等于此火宅宜速出来。"
【例句】唐广宣《安国寺随…》："万乘游仙宗有道，三车引路本无尘。"唐李白《僧伽歌》："真僧法号号僧伽，有时与我论三车。"唐岑参《赴嘉州过…》："门外不须催五马，林中且听演三车。"唐李峤《送沙门弘…》："三乘归净域，万骑饯通庄。"唐吴少微《和崔舍御…》："览物颂幽景，三乘动玄钥。"唐萧至忠《奉和九月…》："天跸三乘启，星舆六辔行。"唐白居易《病中看经…》："不如回念三乘乐，便得浮生百病空。"

三黜 sān chù
【分类】政治
【关键词】论语
【释义】三次被罢官。形容宦途不利。《论语·微子》："柳下惠为士师，三黜。人曰：'子未可以去乎？'曰：'直道而事人，焉往而不三黜？'"
【例句】唐吴筠《柳下惠》："百行既无点，三黜道弥真。"唐刘长卿《瓜洲驿奉…》："寸心宁有负，三黜竟无端。"唐韦应物《答令狐侍郎》："三黜故无愠，高贤当庶几。"唐白居易《和思归乐》："展禽任三黜，灵均长独醒。"唐刘禹锡《再授连州…》："重临事异黄丞相，三黜名惭柳士师。"

三川震 sān chuān zhèn
【分类】政治
【关键词】国语
【释义】三川震动。形容发生重大灾难变故。三川：指源于岐山的渭、泾、汭三条河流。源见"山崩川竭"。
【例句】唐苏颋《奉和圣制…》："用武三川震，归淳六代醲。"宋晁说之《夜来枕上…》："三川皆震大灾异，汴水绝流上帝仁。"宋陆游《题华山图》："中原当日三川震，关辅回头煨烬。"宋杨万里《和袁起岩…》："送眼飞鸿高四海，补天健笔震三川。"

三春晖　sān chūn huī

【分类】生活

【关键词】嵇康

【释义】三春，春季分为孟春、仲春、季春三个月。晋嵇康《琴赋》："若夫三春之初，丽服以时。"晖，喻阳光，母爱的象征。

【例句】唐孟郊《游子吟》："谁言寸草心，报得三春晖。"宋王拱辰《耆英会诗》："花王千品尽殊胜，风光绣画三春晖。"宋李纲《读东坡和…》："区区一寸心，未报三春晖。"宋郑思肖《苦怀》："难报三春晖，满地皆芳草。"

三寸舌　sān cùn shé

【分类】生态

【关键词】毛遂

【释义】形容能说会道、善于辞令的口才。《史记·平原君虞卿列传》："毛先生一至楚，而使赵重于九鼎大吕。毛先生以三寸之舌，强于百万之师。胜不敢复相士。"

【例句】唐于濆《南越谣》："三寸陆贾舌，万里汉山川。"宋胡宿《上客》："纵横三寸舌，厌饫五侯鲭。"宋李觏《江亭醉后》："嗟哉千里足，嗟乎三寸舌。"宋刘攽《秋日寄杨…》："富贵应须三寸舌，文章不及一囊钱。"

三达尊　sān dá zūn

【分类】政治

【关键词】孟子

【释义】谓天下共同尊重的三个方面：爵位、高龄、德行。《孟子·公孙丑》："天下有达尊三：爵一、齿一、德一。朝廷莫如爵，乡党莫如齿，辅世长民莫如德。"汉赵岐注："三者天下之所通尊也。"

【例句】宋史浩《上普安郡…》："欲向今朝伸善颂，世间唯有达尊三。"宋楼钥《约同社往…》："居然三达尊，后生邀影随。"明沈周《夜酌与浦…》："从容三达尊，娟媚两绝色。"清刘绎《潘文恭公…》："重题雁塔岿然存，朝野难忘三达尊。"

三丹田　sān dān tián

【分类】文化

【关键词】钟吕传道

【释义】道家谓两眉间为上丹田，心为中丹田，脐下为下丹田，合称三丹田，简称三田。《钟吕传道集·论还丹》："丹田有三：上田神舍，中田气府，下田精区。"

【例句】唐吕岩《赠刘方处士》："悠悠愧家复忧国，耗尽三田元宅火。"五代贯休《送道友归…》："气养三田传未得，药非八石许还曾。"宋赵抃《赠前人酒》："知君一饮无穷乐，和气三田长似春。"宋范成大《宿妙庭观…》："升隆三田自有丹，浪寻盘鼎觑仙坛。"

三刀梦　sān dāo mèng

【分类】政治

【关键词】王浚

【释义】指高升的梦兆。《晋书·王浚传》："浚夜梦悬三刀于卧屋梁上，须臾又益一刀，浚惊觉，意甚恶之。主簿李毅再拜贺曰：'三刀为州字（古州字写作"刕"），又益一刀，明府其临益州乎！'…果迁浚为益州刺史。"遂以三刀，代称刺史。

【例句】唐杨巨源《句》："三刀梦益州，一箭取辽城。"唐柳宗元《奉和周二…》："梦喜三刀近，书嫌五载违。"唐岑参《送严黄门…》："刀州重入梦，剑阁有题词。"唐姚合《裴大夫见过》："解下佩刀无所惜，新闻天子付三刀。"

三倒　sān dǎo

【分类】文化

【关键词】卫玠

【释义】咏议论非凡令人折服之典。《世说新语·赏誉》："每闻卫玠言，辄叹息绝倒。"梁刘孝标注引《玠别传》："玠少有名理，善通《老》、《庄》。琅邪王平子高气不群，迈世独傲，每闻玠之语议，至于理会之间，要妙之际，辄绝倒于坐。前后三闻，为之三倒。时人遂曰：'卫君谈道，平子三倒。'"

【例句】唐孟浩然《襄阳公宅饮》："谈笑光六义，发论明三倒。"宋李新《东津净行院》："蚕到两眠方健叶，柳成三倒却飞花。"宋吴则礼《次朱天球…》："阿球高气宁用论，为卿三倒实饱闻。"宋陆游《故人赵昌…》："就令觑面成三倒，未若冥心付两忘。"

三登　sān dēng

【分类】生态

【关键词】水经注

【释义】谓五谷一年三熟。《水经注·耒水》："（便县）县界有温泉，在郴县之西北，左右有田数十顷…温水所溉，年可三登。"

【例句】宋欧阳修《依韵和杜…》："一雨虽知为美泽，三登犹未补凶年。"宋王安石《神宗皇帝》："一变前无古，三登岁有秋。"宋强至《依韵奉和…》："行田岁望三登谷，按辔诗成万选钱。"宋韦骧《和刘公仪…》："丰年欲启三登兆，大巧先裁六出花。"

三冬学　sān dōng xué

【分类】生活

【关键词】东方朔

【释义】咏读书之典。《汉书·东方朔列传》："年十三学书，三冬文史足用。"如淳注："贫子冬日乃得学书，言文史之事足可用也。"

【例句】唐杜甫《柏学士茅屋》："古人已用三冬足，年少今开万卷余。"唐罗隐《投浙东王…》："自愧三冬学，来窥数仞墙。"唐卢纶《与从弟瑾…》："谁怜苦志已三冬，却欲躬耕学老农。"唐刘禹锡《酬乐天偶…》："三冬学任胸中有，万户侯须骨上来。"

三斗朝天　sān dǒu cháo tiān

【分类】生活

【关键词】杜甫
【释义】喻饮者的醉态或潇洒不羁的性格。唐杜甫《饮中八仙歌》：" 汝阳三斗始朝天，道逢麹车口流涎，恨不移封向酒泉。"
【例句】宋王庭珪《次韵谢郑…》："骑马凌风拟八仙，不须三斗始朝天。"宋刘一止《次韵宋希…》："十年持橐气横出，三斗朝天心独醒。"明杨爵《再进酒歌》："三斗竹叶朝天，一车曲蘖涎出口。"清姜宸英《东皋草堂…》："明朝三斗看朝天，白头闲共春风颠。"

三都赋　sān dū fù
【分类】文化
【关键词】左思
【释义】分别是《吴都赋》《魏都赋》《蜀都赋》，晋左思历时十年所作，一时被传为经典，是"洛阳纸贵""陆机辍笔"的典源。《晋书·左思》："复欲赋三都…遂构思十年，门庭藩溷皆著笔纸，遇得一句，即便疏之。"
【例句】唐白居易《和微之春…》："登楼诗八咏，置砚赋三都。"唐白居易《和酬郑侍…》："一缄疏入掩谷永，三都赋成排左思。"宋苏轼《杭州牡丹…》："十年且就三都赋，万户终轻千首诗。"宋王之望《和制帅》："太冲漫作三都赋，子美全无一字题。"

三独坐　sān dú zuò
【分类】政治
【关键词】宣秉
【释义】汉御史中丞、司隶校尉与尚书令，朝会时坐皆专席，故号三独坐。泛指高官显宦。《后汉书·宣秉传》："建武元年，拜御史中丞。光武特诏御史中丞与司隶校尉、尚书令会同并席而坐，故京师号曰：'三独坐'。"
【例句】唐严维《奉和独孤…》："光辉三独坐，登陟五云门。"唐吉中孚《送归中丞…》："官称汉独坐，身是鲁诸生。"宋晏殊《送凌侍郎…》："曾预汉庭三独坐，府中谁敢伴无觥。"明黎民表《送司马曾…》："官品最高三独坐，主恩新著九梁冠。"

三峨　sān é
【分类】生态
【关键词】苏轼
【释义】四川峨眉山有大峨、中峨、小峨三峰，故称三峨。宋苏轼《轼欲以石易画晋卿难之复次韵》："三峨吾乡里，万马君部曲。"
【例句】宋赵抃《荣譔学士…》："寻山举履三峨峻，度岭驱车九折长。"宋文同《题黎公照…》："常爱三峨临古郡，君之别业在其城。"宋范成大《凌云九顶》："江摇九顶风雷过，云抹三峨日夜浮。"宋唐庚《次张天觉…》："会引鉴湖为故事，要从英主乞三峨。"

三分春色　sān fēn chūn sè
【分类】生态
【关键词】苏轼

【释义】咏杨柳之典。或喻指春光逝去。宋苏轼《水龙吟·次韵章质夫杨花词》："晓来雨过，遗踪何在？一池萍碎。春色三分，二分尘土，一分流水。"
【例句】宋梅尧臣《和公仪龙…》："三分春色一分休，始见桃花著树头。"宋徐积《三月三日作》："今朝乃是三月三，三分春色二分去。"宋丘葵《麦秋和所…》："片片桃花逐水流，三分春色二分休。"宋华镇《和光道元…》："夜长秉烛可为乐，春色三分未一分。"

三分天下　sān fēn tiān xià
【分类】政治
【关键词】诸葛亮
【释义】指魏、蜀、吴分争的局势。《三国志·诸葛亮传》："（诸葛亮《前出师表》）先帝创业未半而中道崩殂，今天下三分，益州疲弊，此诚危急存亡之秋也。"
【例句】唐杜甫《咏怀古迹》："三分割据纡筹策，万古云霄一羽毛。"唐杜甫《八阵图》："功盖三分国，名成八阵图。"唐杜甫《鹿头山》："殊方昔三分，霸气曾问发。"唐徐凝《忆扬州》："天下三分明月夜，二分无赖是扬州。"

三凤　sān fèng
【分类】文化
【关键词】薛元敬
【释义】指唐薛元敬、薛收、薛德音三位文士。喻文学贤达。《旧唐书·薛元敬》："元敬…有文学，少与收及收族兄德音齐名，时人谓之'河东三凤'。"
【例句】宋王之道《次韵刘春…》："词华三凤蔚，诗律八音纯。"宋王信《题椿桂堂》："二龙三凤同呈祥，一门竞爽如圭璋。"宋宋庠《次韵和吴…》："孤鸿暂作云衢骋，三凤行看帝阁飞。"宋吕陶《道祖视及…》："名称三凤古为瑞，书仿二家今有人。"

三釜　sān fǔ
【分类】政治
【关键词】周礼
【释义】釜：今释为锅。古代一般年成每人每月的食米数量。《周礼·廪人》："凡万民之食食者，人四釜，上也；人三釜，中也。"汉郑玄注："此皆谓一月食也。六斗四升曰釜。"喻菲薄的俸禄。《庄子·寓言》："曾子再仕而心再化，曰：'吾及亲仕，三釜而心乐，后仕，三千钟而不洎，吾心悲。'"
【例句】宋宋庠《送上元勾…》："三釜乐及亲，尺檄甘为吏。"宋余靖《谨吟五十…》："三釜亲庭交禄养，夹河子舍接邻封。"宋王令《送庭老罢…》："莫叹一官淹五代，聊将三釜慰慈亲。"宋王安石《酬郑阁中》："三釜只知为养急，五浆非敢在人先。"

三复白圭　sān fù bái guī
【分类】生活
【关键词】南容
【释义】教人谨慎言语之典。《论语·先进》："南容三复三圭，孔子以其兄之子妻之。"南容多次吟诵"白圭"之诗。白圭诗是《诗经·大雅·抑》中的词句："白圭之玷，尚可磨也；斯言之玷，不可为之。"

【例句】唐骆宾王《夏日游德…》："一诺黄金信，三复白圭心。"唐朱湾《咏玉》："既哀黄鸟兴，还复白圭诗。"宋晁补之《叙旧感怀…》："白圭未可轻三复，小草须防得二名。"宋饶节《无求用前…》："素纸不书思雪老，白圭无玷忆南容。"

三阁 sān gé
【分类】生活
【关键词】陈叔宝
【释义】指南朝陈后主所建临春、结绮、望仙三阁。喻指陈后主的奢侈生活。泛指宫廷楼阁。源见"结绮阁"。
【例句】唐刘禹锡《三阁词》："贵人三阁上，日晏未梳头。"唐王涣《惆怅诗》："陈宫兴废事难期，三阁空余绿草基。"唐孙元晏《三阁》："三阁相通绮宴开，数朵朱翠绕周回。"宋苏轼《刁景纯席…》："绮罗胜事齐三阁，宾主谈锋敌两都。"

三庚暑 sān gēng shǔ
【分类】生活
【关键词】历忌释
【释义】旧时称夏暑之时为三庚。《太平御览》引《历忌释》："伏者何也？金气伏藏之日也。…金畏火，故至庚日必伏。庚者，金也。"《注》："《阴阳书》曰：'候夏至后第三庚为初伏，第四庚为中伏，立秋后初庚为后伏，谓之三伏。'"
【例句】唐包佶《同李吏部…》："火炎逢六月，金伏过三庚。"宋强至《依韵奉和…》："七夕三庚共此辰，风迎西火转南薰。"宋贺铸《暑夜》："三庚信可畏，一扇曾何功。"宋田况《伏日会江…》："长空赤日真可畏，三庚遇火气伏藏。"

三公 sān gōng
【分类】政治
【关键词】尚书
【释义】泛指朝中高官。《尚书·周官》："王曰：'…立太师、太傅、太保，兹惟三公，论道经邦，燮理阴阳，官不必备，惟其人。'"师：天子所师法。傅：傅相天子。保：保安天子于德义。到唐、宋仍称三公。
【例句】唐李逢吉《奉酬忠武…》："黄阁碧幢惟是俭，三公二伯未为荣。"唐武元衡《酬严司空…》："金貂再领三公府，玉帐连封万户侯。"唐韩愈《永贞行》："董贤三公谁复惜，侯景九锡行可叹。"聂绀弩《全撕某诗稿》："令人不作三公处，是尔吟安一字时。"

三孤 sān gū
【分类】政治
【关键词】尚书
【释义】指少师、少傅、少保。《尚书·周官》："少师、少傅、少保曰三孤。"汉孔安国《传》："此三官名曰三孤。孤，特也。言卑于公，尊于卿，特置此者。"

【例句】宋孙应时《挽楼文昌…》："中外三孤贵，康宁百岁期。"宋张纲《考妣赠官…》："位列三孤升极品，名加大国启新疆。"宋杨炎正《寿周益公》："一相今年老，三孤只旧班。"明解缙《和姚少师…》："名在三孤第一人，乌纱白发照青春。"

三顾茅庐 sān gù máo lú
【分类】政治
【关键词】诸葛亮
【释义】表示诚心诚意聘请贤士。三国蜀诸葛亮《出师表》："先帝不以臣卑鄙，猥自枉屈，三顾臣于草庐之中。"
【例句】唐李白《读诸葛武…》："鱼水三顾合，风云四海生。"唐杜甫《蜀相》："三顾频烦天下计，两朝开济老臣心。"唐汪遵《南阳》："若非先主垂三顾，谁识茅庐一卧龙。"唐胡曾《南阳》："蜀王不自垂三顾，争得先生出旧庐。"

三关 sān guān
【分类】文化
【关键词】淮南子
【释义】指人体的三个重要部分。《淮南子·主术训》："夫目妄视则淫，耳妄听则惑，口妄言则乱。夫三关者，不可不慎守也。"古代三个重要关隘的合称。《后汉书·冯衍传上》："夫上党之地，有四塞之固，东带三关。"
【例句】唐吴果《金虎白龙诗》："铅汞居乾不在山，三关昼夜好追攀。"宋毛滂《比得寒冰…》："手摩田中丹，三关气成霞。"宋王十朋《周世宗》："高平决战破刘旻，北取三关速若神。"宋饶节《次韵吕原…》："枹鼓不惊鸡午午，先生闭户养三关。"

三圭 sān guī
【分类】政治
【关键词】楚辞
【释义】三种玉圭，借指公、侯、伯。亦喻指高官重臣。《楚辞补注·大招》："三圭重侯，听类神只。"汉王逸注："谓公、侯、伯也。公执桓圭，侯执信圭，伯执躬圭，故言三圭也。"
【例句】唐权德舆《酬张秘监…》："正名推五字，贵仕仰三圭。"明杨慎《续百一诗》："名垂千载誉，位取三圭酬。"清孙元衡《与诸昆季…》："检身事三圭，五缄宁不华。"

三害 sān hài
【分类】政治
【关键词】周处
【释义】咏三种祸害或除害安民之典。《晋书·周处传》："周处字子隐。父老叹曰：'三害未除，何乐之有？'处曰：'何谓也？'答曰：'南山白额猛兽，长桥下蛟，并子为三矣。'…处乃入山射杀猛兽，因投水搏蛟。…遂励志好学。"
【例句】唐张祜《晚次荆溪…》："况是无三害，弦歌初政成。"唐王维《老将行》："射杀中山白额虎，肯数邺下黄须儿。"唐罗隐《夜泊义兴…》："溪畔维舟问戴星，此中三害有图经。"宋郭祥正《王元当家…》："老钟笔法何奇古,三害精灵一图聚。"

三韩　sān hán
【分类】政治
【关键词】后汉书
【释义】古代朝鲜半岛南部有三个小部族,它们是马韩、辰韩、弁韩,合称三韩。《后汉书·三韩》："韩有三种:一曰马韩,二曰辰韩,三曰弁辰。…马韩最大,共立其种为辰王,都目支国,尽王三韩之地。"
【例句】唐高士廉《五言春日…》："三韩沐醇化,四郡仁唯良。"唐杜甫《奉赠太常…》："方丈三韩外,昆仑万国西。"唐钱起《重送陆侍…》："万里三韩国,行人满目愁。"宋苏轼《鳆鱼行》："三韩使者金鼎来,方奁馈送烦舆台。"

三何许水曹　sān hé xǔ shuǐ cáo
【分类】文化
【关键词】何逊
【释义】赞美文士佼佼者之典。《梁书·何思澄传》："思澄与宗人逊及子朗俱擅文名,时人语曰:'东海三何,子朗最多。'思澄闻之,曰:'此言误耳。如其不然,故当归逊。'思澄意谓宜在己也。"三何,指南朝梁何思澄、何逊、何子朗。何思澄曾虚言,三何中以逊成就最高。逊天监中曾为建安王水曹行参军兼记室,故称何水部或何水曹。
【例句】唐李嘉祐《送舍弟》："诸谢偏推永嘉守,三何独许水曹郎。"明陈玺《和鸾峰雅…》："三何声价数君多,长约耆英载酒过。"明郑学醇《结客少年场》："三何富年少,任侠轻王侯。"清钱大昕《赠何南原》："风流东海说三何,今代南原较更多。"

三洪　sān hóng
【分类】文化
【关键词】洪适
【释义】宋洪适、洪遵、洪迈三兄弟的合称。喻指兄弟高中皇榜。《宋史·洪适传》："绍兴十二年,与弟遵同中博学宏词科。高宗曰:'父在远方,子能自立,此忠义报也,宜升擢。'遂除敕令所删定官。后三年,弟迈亦中是选。由是三洪文名满天下。"
【例句】宋姜特立《次洪监簿…》："三洪文字照乾坤,小谢风流笔力存。"宋刘克庄《挽段夫人》："丹桂义方如五窦,碧梧典册继三洪。"宋林希逸《怨斋洪尚…》："坐政事堂无六丈,登文章簶似三洪。"明郑真《贻祥符古…》："笑我忝为方外客,世家应解说三洪。"

三后　sān hòu
【分类】政治
【关键词】楚辞
【释义】三个君主或诸侯。古代天子、诸侯皆称后。也指禹、汤、文王。《楚辞·离骚》："昔三后之纯粹兮,固众芳之所在。"汉王逸注："后,君也,谓禹汤文王也。"
【例句】唐吴筠《览古》："霍孟翼三后,伊戚及后昆。"宋余靖《仁宗皇帝…》："丕承三后绩,盛烈古难陪。"宋梅尧臣《和谢希深》："三后威灵远,层峦栋宇兴。"宋文同《仁宗皇帝…》："仙仗朝三后,蕃仪集四夷。"

三虎　sān hǔ
【分类】文化
【关键词】贾彪
【释义】指有才名的三兄弟。《后汉书·贾彪传》："贾彪字伟节。少游京师,志节慷慨,与同郡荀爽齐名。""初,(贾)彪兄弟三人,并有高名,而彪最优,故天下称曰:'贾氏三虎,伟节最怒。'"
【例句】唐元稹《代曲江老…》："雄推三虎贾,群擢八龙荀。"唐黄滔《投翰长赵…》："贾氏许频趋季虎,荀家因敢谒头龙。"唐卢纶《酬赵少尹…》："八龙三虎俨成行,琼树花开鹤翼张。"宋高斯得《不浮欲卜…》："昔人兄弟多,八龙及三虎。"

三户亡秦　sān hù wáng qín
【分类】政治
【关键词】项羽
【释义】虽只几户人家,也能灭掉秦国。比喻正义而暂时弱小的力量,对暴力的必胜信心。《史记·项羽本纪》："故楚南公曰'楚虽三户,亡秦必楚'也。"
【例句】唐刘长卿《使次安陆…》："孤城尽日空花落,三户无人自鸟啼。"唐司空曙《送严使君…》："家楚依三户,辞州选一钱。"宋苏轼《竹枝歌》："三户亡秦信不虚,一朝兵起尽欢呼。"宋贺铸《题项羽庙》："三户眈眈竟破秦,君王武略世称神。"

三槐九棘　sān huái jiǔ jí
【分类】政治
【关键词】周礼
【释义】三公、九卿之代称。《周礼注疏·朝士》："朝士掌建邦外朝之法。左九棘,孤卿大夫位焉,群士在其后;右九棘,公侯伯子男位焉,群吏在其后;面三槐,三公位焉,州长众庶在其后。"
【例句】唐权德舆《奉和太府…》："春山仙掌百花开,九棘腰金有上才。"宋杨亿《大理黄丞…》："一廛通守彤襜贵,九棘评刑赤笔闲。"宋梅尧臣《送王郎中》："家有三槐为太守,弟兄谁似李文饶。"宋员兴宗《寿李巽岩》："九棘三槐前鲁一,一椿五桂老燕山。"宋董贞元《梅》："三槐九棘浮云外,一树寒梅寄我心。"

三槐堂　sān huái táng
【分类】文化
【关键词】周礼
【释义】也称三槐府,宋王祐子孙所建。三公的官署或宅第。泛指高官的宅第。源见"三槐九棘"。
【例句】宋王庭圭《李郎中生日》："三槐堂下清阴满,太华峰头绿叶圆。"宋林希逸《信庵赵少…》："客游槐府珍遗帖,世诵樗翁序近诗。"宋刘宰《答王去非…》："只愁五柳门前景,不称三槐堂里人。"宋文天祥《题陈正献…》:"五柳门前空寂寞,三槐堂上竟萧疏。"

三皇五帝　sān huáng wǔ dì
【分类】政治
【关键词】周礼
【释义】三皇:燧人氏、伏羲氏、神农氏。五帝:黄帝、颛顼、帝喾、尧、舜。原为传说中我国远古的部落酋长。后借指远古时代。《周礼·春官·外史》:"掌三皇五帝之书。"
【例句】唐杜甫《剑门》:"三皇五帝前,鸡犬各相放。"唐吴筠《览古》:"三皇已散朴,五帝初尚贤。"唐释智严《十二时》:"三皇五帝总成空,四皓七贤皆作土。"宋文天祥《有感》:"八州风雨暗连天,三皇五帝如飞烟。"

三戟之家　sān jǐ zhī jiā
【分类】政治
【关键词】张俭
【释义】比喻高官贵族之家。《旧唐书·张俭传》:"唐制三品上,门列棨戟,俭兄弟三院门皆立戟,时人荣之,号为'三戟张家'。"
【例句】宋李流谦《挽张雅州》:"酣饱风烟德有芽,从来三戟是张家。"宋楼钥《少潜兄再…》:"虽无崔氏联三戟,肯学杨家簇五花。"宋张孝祥《送子云…》:"高门自惜联三戟,飞佩何当乞九霞。"宋陆游《放慵》:"进愧门三戟,归无亩一钟。"

三家村　sān jiā cūn
【分类】生态
【关键词】王季友
【释义】指偏僻的小乡村。唐王季友《代贺若令誉赠沈千运》:"山上双松长不改,百家唯有三家村。"
【例句】宋苏轼《用旧韵送…》:"永谢十年旧,老死三家村。"宋苏轼《雪浪石》:"削成山东二百郡,气压代北三家村。"宋刘克庄《送山甫赴…》:"二尺棨命今与古,三家村有是和非。"宋陆游《舟中醉题》:"上船初发十字港,鼓棹忽过三家村。"

三间瓦屋　sān jiān wǎ wū
【分类】生活
【关键词】陆机
【释义】借指友人或自己的简陋居处。《世说新语·赏誉》:"蔡司徒(谟)在洛,见陆机兄弟住参佐廨中,三间瓦屋,士龙住东头,士衡住西头。士龙为人,文弱可爱。士衡长七尺余,声作钟声,言多慷慨。"
【例句】宋陈与义《寄若拙弟…》:"三间瓦屋亦易求,着子东头我西头。"宋陆游《述意》:"结茅林下从来事,瓦屋三间已太奢。"宋喻良能《叔度贤良…》:"他日约君为伯仲,三间瓦屋住东头。"宋戴表元《次韵答邻…》:"三间瓦屋数弓园,旋学桑麻又一年。"

三缄其口　sān jiān qí kǒu
【分类】生活
【关键词】孔子
【释义】喻指言语谨慎,少说或不说话。《说苑·敬慎》:"孔子之周,观于太庙,右陛之侧,有金人焉,三缄其口而铭其背曰:'古之慎言人也。戒之哉,戒之哉!无多言,多言多败。'"
【例句】唐骆宾王《幽絷书情…》:"一命沦骄饵,三缄慎祸胎。"唐杜牧《鹦鹉》:"不念三缄事,世途皆尔曹。"唐许浑《维舟秦淮》:"帝图忧一失,臣节耻三缄。"唐皮日休《江南书情…》:"时讹轻五杀,俗浅重三缄。"

三谏之义　sān jiàn zhī yì
【分类】政治
【关键词】礼记
【释义】指事君、事亲之正道。《礼记·曲礼》:"为人臣之礼,不显谏。三谏而不听,则逃之。子之事亲也,三谏而不听,则号泣而随之。"
【例句】唐窦常《谒三闾庙》:"君非三谏瘝,礼许一身逃。"唐李涛《句》:"一言瘝主宁复听,三谏不从归去来。"唐冯友仁《题诗壁上》:"呼号三谏信音难,义利分明一念间。"唐徐铉《贬官泰州…》:"三谏不从为逐客,一身无累似虚舟。"

三鉴　sān jiàn
【分类】政治
【关键词】魏徵
【释义】指治理国家、正人心身的标准和措施。《新唐书·魏徵传》:"帝后临朝,叹曰:'以铜为鉴,可正衣冠;以古为鉴,可知兴替;以人为鉴,可明得失。朕尝保此三鉴,内防己过。今魏徵逝,一鉴亡矣。'"
【例句】宋张纲《何丞相诔词》:"帝念亏三鉴,天临动八銮。"宋范祖禹《答孙莘老…》:"桓荣大师尊,郑公三鉴备。"宋刘著《次韵彦高…》:"中道亡三鉴,危时忆九龄。"清弘历《鉴古堂》:"常怀三鉴对,宁棘一身安。"

三箭定天山　sān jiàn dìng tiān shān
【分类】政治
【关键词】薛仁贵
【释义】形容大将武艺高强,声威服人。《新唐书·薛仁贵传》:"时九姓众十余万,令骁骑数十来挑战,仁贵发三矢,则杀三人,于是虏气慑,皆降。军中歌曰:'将军三箭定天山,壮士长歌入汉关。'"
【例句】唐不详《薛将军歌》:"将军三箭定天山,战士长歌入汉关。"唐白居易《答箭镞》:"不然学仁贵,三矢平房庭。"宋苏轼《次韵王晋…》:"天山自可三箭取,海国何劳一苇杭。"宋陆游《中夜闻…》:"已闻三箭定天山,何啻积甲齐熊耳。"

三角梳　sān jiǎo shū
【分类】生活
【关键词】汉武帝
【释义】亦称三角髻。为咏仙女之典。《汉武帝内传》:"(上元)夫人年可二十余，天姿精耀，灵眸绝朗，服青霜之袍，云彩乱色，非锦非绣，不可名字，头作三角髻，余发散垂至腰。"上元夫人为女仙。

【例句】唐段成式《戏高侍御》："七尺发犹三角梳，玳牛独驾长檐车。"宋文同《仙人》："头梳三角髻，余发散垂腰。"宋赵汝燧《迎仙引》："王母云车九色龙，上元霜袍三角髻。"明苏谷《步虚词》："三角峨峨鬓上绡，散垂余发过纤腰。"

三接　sān jiē

【分类】政治
【关键词】周易
【释义】指旧时皇帝对所亲近的宠臣，一日之间接见三次之多。为咏大臣受到宠遇之典。源见"晋接"。
【例句】唐李颀《寄綦毋三》："顾眄一过丞相府，风流三接令公香。"唐武元衡《休暇日中⋯》："尝闻圣主得贤臣，三接能令四海春。"唐刘禹锡《和浙西李⋯》："早入八元数，尝承三接恩。"唐韩偓《赠僧》："三接旧承前席遇，一灵今用戒香熏。"

三节　sān jié

【分类】政治
【关键词】礼记
【释义】帝王征召所用的三个符节。喻帝王旨命。《礼记·玉藻》："凡君召以三节，二节以走，一节以趋。在官不俟屦，在外不俟车。"汉郑玄注："节所以明信辅君命也。使使召臣，急则持二，缓则持一。"
【例句】宋钱易《拟张籍上⋯》："昨日庭趋三节度，淮西曾是执戈人。"宋刘敞《和滕巴陵⋯》："会看使者持三节，缓带轻裘且自闲。"宋韦骧《别叔家》："回首海城烟雾杳，愿闻三节召公归。"宋叶适《送郑丈赴⋯》："频繁三节召，荏苒二毛侵。"

三杰　sān jié

【分类】政治
【关键词】汉高祖
【释义】咏人杰之典。《史记·高祖本纪》："高祖曰：'公知其一，未知其二。夫运筹策帷帐之中，决胜于千里之外，吾不如子房。镇国家，抚百姓，给馈饷，不绝粮道，吾不如萧何。连百万之军，战必胜，攻必取，吾不如韩信。此三者，皆人杰也，吾能用之，此吾所以取天下也。'"
【例句】唐任希古《和左仆射》："丰野光三杰，妫庭赞五臣。"唐苏颋《饯赵尚书⋯》："野钺回三杰，军谋出六奇。"唐许景先《奉和圣制⋯》："汉主知三杰，周官统六卿。"唐陈子良《赞德上越⋯》："已踵四知举，非无三杰名。"

三捷　sān jié

【分类】政治
【关键词】诗经
【释义】咏征战戍守或咏科考连捷之典。《诗经·小雅·采薇》："岂敢定居，一月三捷。"《采薇序》："《采薇》，遣戍役也。"

【例句】唐陈子昂《还至张掖⋯》："屡斗关月满，三捷房云平。"唐苏晋《奉和圣制⋯》："三捷岂云尔，七擒良信然。"唐杜甫《送韦书记⋯》："书记赴三捷，公车留二年。"唐杨巨源《上裴中丞》："六年西掖弘汤浩，三捷东堂总汉科。"

三荆　sān jīng

【分类】生活
【关键词】孝子传
【释义】一株三枝的荆树。喻指同胞兄弟。《艺文类聚》引《孝子传》曰："古有兄弟，忽欲分异，出门见三荆同株，接叶连荫。叹曰：'木犹欣聚，况我而殊哉！'还为雍和。"
【例句】唐杨炯《和刘长史⋯》："三荆忽有赠，四海更相亲。"唐孟浩然《岘山送萧⋯》："伫立三荆使，看君驷马旋。"宋杨亿《留题张彝⋯》："正逢五彩承颜日，兼是三荆并秀时。"宋刘敞《三瑞堂》："凯风孝子尝悲思，三荆兄弟伤分离。"

三旌　sān jīng

【分类】政治
【关键词】庄子
【释义】指公、侯、伯三公。《庄子·让王》："子綦为我延之以三旌之位。"陆德明《经典释文》："三旌，三公位也。司马本作三珪。"
【例句】唐贯休《寿春进祝圣》："厌席三旌切，移山万里来。"唐张永进《颂曰》："白银枪悬太白旗，白虎三旌三戟枝。"宋石介《寄赵庶明⋯》："明日边烽高百尺，同时御府出三旌。"宋陆游《笥中偶得⋯》："浮世正如投六博，野人何意慕三旌。"

三径　sān jìng

【分类】生活
【关键词】蒋诩
【释义】指归隐者的家园。《三辅决录·逃名》："蒋诩归乡里，荆棘塞门，舍中有三径，不出，唯求仲、羊仲从之游。"
【例句】唐王维《晚春严少⋯》："松菊荒三径，图书共五车。"唐钱起《秋园晚沐》："五株衰柳下，三径小园深。"唐蒋防《题杜宾客⋯》："退迹依三径，辞荣继二疏。"唐王勃《赠李十四》："乱竹开三径，飞花满四邻。"

三韭　sān jiǔ

【分类】生活
【关键词】庾杲之
【释义】指韭菹、瀹韭、生韭三种蔬菜。亦泛指蔬菜，多形容生活清贫。源见"庾郎鲑菜"。
【例句】宋李之仪《袭前韵再⋯》："只欲期君拾瑶草，庾郎三韭未为贫。"宋黄庭坚《大雷口阻风》："孤村无十室，旅饭困三韭。"宋方岳《畦菜》："谁言庾郎贫，未觉三韭乏。"宋王庭珪《次韵欧阳⋯》："庾郎三韭徒多品，颜巷一瓢真绝伦。"

三军　sān jūn

【分类】政治

【关键词】论语

【释义】军队的通称。源见"三军夺帅"。

【例句】唐李峤《送骆奉礼…》："剑动三军气，衣飘万里尘。"唐沈佺期《塞北》："柏坛飞五将，梅吹动三军。"唐刘长卿《送卢侍御…》："千里按图收故地，三军罢战及春耕。"聂绀弩《鸳鸯》："三军夺帅情何迫，匹女忘威事可歌。"

三军夺帅　sān jūn duó shuài

【分类】政治

【关键词】论语

【释义】即三军可夺帅，匹夫不可夺志。比喻意志和信念坚强不可改变。《论语·子罕》："子曰：三军可夺帅也，匹夫不可夺志也。"

【例句】宋胡寅《挽刘忠显》："纷然尽夺三军帅，谁识公心死不移。"宋袁说友《送诚斋》："抗章宁夺三军帅，去国尤轻一叶身。"元宋濂《游泾川水…》："有时气雄拔，欲夺三军帅。"聂绀弩《鸳鸯》："三军夺帅情何迫，匹女忘威事可歌。"

三君子　sān jūn zǐ

【分类】政治

【关键词】后汉书

【释义】指三个受人敬仰的人物，各朝有别。《后汉书·党锢传序》："窦武、刘淑、陈蕃为'三君'。君者，言一世之所宗也。"

【例句】唐白居易《庐山草堂…》："丹霄携手三君子，白发垂头一病翁。"唐陆龟蒙《饮岩泉》："已甘茅洞三君食，欠买桐江一朵山。"宋晏殊《题东湖涵…》："三君望标人杰，千里澄波隔世喧。"宋刘克庄《怀旧》："五相一翁真薄命，三君八俊总虚名。"

三俊　sān jùn

【分类】政治

【关键词】尚书

【释义】古指具备刚、柔、正直三德的人。《尚书·立政》："严惟丕式，克用三宅三俊。"唐孔颖达疏："三俊即是《洪范》所言刚克、柔克、正直三德之俊也。"也指三个并称的俊杰。

【例句】宋宋庠《时余不得…》："笔阵谈锋醉幕天，遥知三俊共周旋。"宋华镇《寿顾侍郎》："善庆远归三俊后，哲人来副半千期。"宋刘克庄《怀旧》："盛名岂敢侪三俊，痛饮犹堪入八仙。"宋陈师道《寄张文潜…》："名高三俊上，官立右螭旁。"

三郎　sān láng

【分类】政治

【关键词】大唐新语

【释义】指唐玄宗李隆基，为唐睿宗李旦第三子。《大唐新语》："睿宗朝，军国大事皆令宰相就宅咨决，然后以闻。睿宗与群臣呼公主为太平，玄宗为三郎。凡所奏请，必问曰：'与三郎商量未？'其见重如此。"

【例句】唐郑嵎《津阳门诗》："三郎紫笛弄烟月，怨如别鹤呼羁雌。"宋许月卿《题明皇贵…》："开元天宝号太平，快活三郎偏纵情。"宋张守《题明皇联…》："风流谁复似三郎，并辔春风辇路香。"宋赵鼎《泊盈川步…》："便买扁舟作家宅，风流千载谢三郎。"

三老五更　sān lǎo wǔ gēng

【分类】政治

【关键词】汉书

【释义】古代乡官名，用以安置年老致仕的官员。《汉书·礼乐志》："养三老五更于辟廱。"唐孔颖达疏："汉初乡、县也有三老，由年在五十岁以上者担任。五更，年老致仕而有经验之乡间耆老。"

【例句】唐李华《咏史》："三老与五更，天王亲割牲。"唐鲍溶《辞辇行》："五更三老待白日，八十一女居深宫。"唐韩偓《赠吴颠尊师》："议论通三教，年颜称五更。"宋何梦桂《得雨行》："卜侯闵雨无处祷，下问三老及五更。"

三乐　sān lè

【分类】生活

【关键词】孟子

【释义】咏追求安乐自适之典。《孟子·尽心》："孟子曰：'君子有三乐，而王天下不与存焉。父母俱存，兄弟无故，一乐也；仰不愧于天，俯不作于人，二乐也；得天下英才而教育之，三乐也。'"

【例句】唐胡嘉鄢《送贺秘监…》："迹光三乐美，声重三疏贤。"唐储光羲《贻王处士》："避地歌三乐，游山赋九吟。"唐吴筠《荣启期》："三乐通至道，一言醉孔丘。"唐白居易《偶作》："张翰一杯酒，荣期三乐歌。"唐王周《道院》："忘虑凭三乐，稍闲信五禽。"

三良　sān liáng

【分类】政治

【关键词】诗经

【释义】三贤臣，指秦穆公时的奄息、仲行、针虎。《诗经·秦风·黄鸟序》："黄鸟，哀三良也。国人刺穆公以人从死，而作是诗也。"毛传："三良，三善臣也。谓奄息、仲行、针虎也。"

【例句】宋刘敞《哀三良诗》："咄嗟彼三良，杀身徇穆公。"宋苏辙《秦穆公墓》："三良百夫特，岂为无益死。"宋刘克庄《读大行皇…》："昔忝未归同二老，今年殉死愧三良。"宋姚孝锡《次李平子…》："汉使一朝延四皓，秦诗千古吊三良。"

三闾大夫　sān lǘ dà fū

【分类】政治

【关键词】屈原

【释义】战国时楚国官名。也特指屈原。汉王逸《离骚序》："屈原与楚同姓，仕于怀王，为三闾大夫。三闾之职，掌王族三姓，曰昭、屈、景。屈原序其谱属，率其贤良，以厉国士。"

【例句】唐李白《悲歌行》:"汉帝不忆李将军,楚王放却屈大夫。"唐元稹《酬乐天东…》:"懒学三闾愤,甘齐百里愚。"唐刘得仁《赠从弟谷》:"从来不爱三闾死,今日凭君莫独醒。"宋徐端崇《句》:"鲁邦司寇陈义高,三闾大夫心徒劳。"

三略 sān lüè

【分类】政治
【关键词】黄石公
【释义】传为黄石公所作兵书。三国魏李康《运命论》:"张良受黄石之符,诵《三略》之说。"唐李善注:"《黄石公记序》曰:黄石者,神人也。有《上略》《中略》《下略》。"
【例句】唐张说《将赴朔方》:"幼志传三略,衰材谢六钧。"唐高适《信安王幕…》:"军势持三略,兵戎日九天。"唐护国《别盛安》:"欲除豺虎论三略,莫对云山咏四愁。"唐刘禹锡《奉和淮南…》:"献可通三略,分甘出万钱。"

三茅 sān máo

【分类】文化
【关键词】陶弘景
【释义】咏道士或访道求仙之典。三茅山,原名句曲山,位于江苏西南部。传说西汉茅盈、茅固、茅衷兄弟三人修道于此。《梁书·陶弘景传》:"(弘景)于是止于句容之句曲山。恒曰:'此山下是第八洞宫,名金坛华阳之天…昔汉有咸阳三茅君得道,来掌此山,故谓之茅山。'乃中山立馆,自号华阳隐居。"
【例句】唐权德舆《卧病喜惠…》:"复有沈冥士,远系三茅君。"唐刘禹锡《重送浙西…》:"城下清波含百谷,窗中远岫列三茅。"唐陈陶《怀仙吟》:"试于华阳问,果遇三茅知。"唐李群玉《送陶少府…》:"久向三茅穷艺术,仍传五柳旧琴书。"

三茅钟 sān máo zhōng

【分类】文化
【关键词】临安志
【释义】咏古钟之典。杭州七宝山宁寿观原为三茅堂,宋绍兴中,赐古器玩三种,其二为唐钟,本唐澄清观旧物,禁中每听钟声以为寝兴食息之节。《乾道临安志·宫观》:"三茅宁寿观,在城中七宝山,绍兴十六年赐今额。"
【例句】宋许有之《皇后阁春…》:"春入椒房偏起早,三茅观里未钟声。"宋陆游《纵笔》:"坊远不闻宫漏声,三茅钟残窗欲明。"宋陆游《我梦》:"梦觉坐叹息,杳杳三茆钟。"宋姜夔《鹧鸪天》:"三茅钟动西窗晓,诗鬓无端又一春。"

三昧 sān mèi

【分类】生活
【关键词】唐国史补
【释义】喻指奥妙;诀窍。《唐国史补》:"长沙僧怀素好草书,自言得草圣三昧。"
【例句】唐颜真卿《天台智者…》:"得宿命通弁无碍,旋陀罗尼华三昧。"唐白居易《钱虢州以…》:"遥知清净中和化,只用金刚三昧心。"宋陆游《懒趣》:"高眠得三昧,梦断已窗明。"宋陈鉴之《题郑承事…》:"诗家三昧正如此,境融意会今何人。"

三昧 sān mèi

【分类】文化
【关键词】大智度论
【释义】佛教语,又译三摩地,谓屏除杂念,心不散乱,专注一境。《大智度论》:"何等为三昧?善心一处住不动,是名三昧。"
【例句】唐本净《见闻觉知偈》:"见闻觉知无障碍,声香味触常三昧。"唐希迁《咏走马灯诗》:"除却心中三昧火,枪刀人马一齐休。"宋苏轼《又赠老谦》:"泻汤旧得茶三昧,觅句近窥诗一斑。"宋邹浩《代书寄清老》:"从来游戏常三昧,出语纵横无忌讳。"

三摩地 sān mó dì

【分类】文化
【关键词】大智度论
【释义】又称三昧、三摩提等,住心于一境而不散乱的意思。源见"三昧"。
【例句】唐王通《咏五台》:"入门已到三摩地,携手同游千岁沙。"宋向子諲《南歌子》:"我入三摩地,人疑小有天。"宋刘才邵《默斋偈》:"了知诸法不可碍,刹那真入三摩地。"明陈继畴《题补陀》:"法轮双转三摩地,龙藏齐颁五色霞。"

三农 sān nóng

【分类】生活
【关键词】周礼
【释义】古谓居住在平地、山区、水泽三类地区的农民。泛称农民。《周礼注疏·大宰》:"一曰三农,生九谷。"汉郑玄注引郑司农云:"三农,平地、山、泽也。"
【例句】唐李峤《奉和杜员…》:"薄狩三农隙,大阅九戎场。"唐白居易《贺雨》:"宥死降五刑,已责宽三农。"唐徐安贞《奉和喜雪…》:"自有三农歌帝力,还将万庚答尧心。"唐王维《奉和圣制…》:"山川八校满,井邑三农竟。"

三彭 sān péng

【分类】文化
【关键词】太平广记
【释义】也叫三尸、三虫,指在人体内作祟,影响人修炼的三种神。《太平广记》:"(蠍子)曰:'彭者三尸之姓,常居人中,伺察其罪。每至庚申日,籍于上帝。故学仙者当先绝其三尸,如是则神仙可得;不然,虽苦其心无补也。'"
【例句】唐张果《玄珠歌》:"未悟真元恍惚惊,任心贪欲恣三彭。"唐权德舆《与道者同…》:"三尸既伏窜,九藏乃和平。"唐白居易《题石山人》:"存师不许三尸住,混俗无妨两鬓斑。"宋程俱《遣兴》:"膏肓二竖能为害,肠胃三虫不姓彭。"宋孙觌《兰溪津亭》:"药裹关心防二竖,谤书盈箧忤三虫。"宋陆游《病中数辱》:"凡药岂能驱二竖,清心幸足制三彭。"

三品料　sān pǐn liào
【分类】政治
【关键词】李林甫
【释义】喻尸位素餐者的俸禄。源见"立仗马"。
【例句】宋刘克庄《寄方时父》："忝三品料余宜斥，厌五侯鲭子不贫。"宋陆游《书叹》："仗马自贪三品料，云鹏方驾九天风。"宋陆游《老马》："本非百金产，安用三品料。"元王恽《清明后一…》："禄美胜于三品料，腊香清彻六根尘。"

三平二满　sān píng èr mǎn
【分类】生活
【关键词】黄庭坚
【释义】比喻生活过得去，很平稳。也形容平庸无奇。宋黄庭坚《四休居士诗序》："粗茶淡饭，饱即休，被破遮寒，暖即休；三平二满，过即休，不贪不妒，老即休。"
【例句】宋辛弃疾《鹧鸪天》："百年雨打风吹却，万事三平二满休。"宋姜特立《效乐天体》："三平二满人间少，此乐唯应属老夫。"宋曾丰《题刘武翼…》："平生由气今自由，三平二满即休。"宋俞德邻《题叶劝农…》："三平二满过即休，十事九律谁与谋。"

三千击浪　sān qiān jī làng
【分类】生活
【关键词】庄子
【释义】比喻壮举之典。《庄子·逍遥游》："鹏之徙于南冥也，水击三千里，抟扶摇而上者九万里，去以六月息者也。"
【例句】唐李隆基《巡省途次…》："三千初击浪，九万欲抟空。"明霍与瑕《送三水陶…》："鲸鳞欲化三山坯，翻波击浪三千起。"

三千世界　sān qiān shì jiè
【分类】文化
【关键词】大智度论
【释义】三千大千世界的省称。泛指天地宇宙。《大智度论》："百亿须弥山，百亿日月，名为三千大千世界。如是十方恒河沙三千大千世界，是名为一佛世界，是中更无余佛，实一释迦牟尼佛。"
【例句】唐武元衡《春题龙门…》："欲尽出寻那可得，三千世界本无穷。"唐白居易《春日题乾…》："危亭绝顶四无邻，见尽三千世界春。"唐刘禹锡《福先寺雪…》："二入笙歌云幕下，三千世界雪花中。"唐无名氏《罗浮山》："玉殿朝元夜已深，三千世界静沉沉。"

三千珠履客　sān qiān zhū lǚ kè
【分类】政治
【关键词】春申君
【释义】指豪门为数众多的门客。《史记·春申君列传》："赵使欲夸楚，为玳瑁簪，刀剑室以珠玉饰之，请命春申君客。春申君客三千余人，其上客皆蹑珠履以见赵使，赵使大惭。"
【例句】唐李白《江上赠窦…》："不同珠履三千客，别欲论交一片心。"唐李白《寄韦南陵…》："堂上三千珠履客，瓮中百斛金陵春。"唐胡曾《函谷关》："朱门不养三千客，谁为鸡鸣得放回。"唐杜牧《春申君》："三千宾客总珠履，欲使何人杀李园。"

三迁之教　sān qiān zhī jiào
【分类】生活
【关键词】孟子
【释义】喻指贤母对子女的德教。源见"孟母三迁"。
【例句】宋邵雍《训诲孝弟诗》："好遵孟母三迁教，须读张公百忍歌。"宋陈舜俞《挽刘夫人词》："卜邻早效三迁教，负米方休百里劳。"宋廖行之《病中寄武…》："但知爱子三迁教，不办谋生一亩宫。"宋魏了翁《张运判…》："轲母三迁教，莱儿七十衣。"

三泉　sān quán
【分类】生活
【关键词】秦始皇
【释义】即地下深处，多指人死后的葬处。《史记·秦始皇本纪》："及并天下，天下徒送诣七十余万人，穿三泉，下铜而致椁，宫观百官奇器珍怪徙藏满之正。"唐张守节《史记正义》："颜师古云：'三重之泉，言至水也而。'"
【例句】唐李白《古风》："但见三泉下，金棺葬寒灰。"唐鲍溶《经秦皇墓》："别为一天地，下入三泉路。"宋刘克庄《徐潭即事》："防墓向来封四尺，骊山何必锢三泉。"宋刘攽《嘉祐大行…》："七月期先远，三泉异卜征。"

三让　sān ràng
【分类】政治
【关键词】周泰伯
【释义】指周泰伯让位于季历事，后人称为盛德。《论语·泰伯》："泰伯，其可谓至德也已矣！三以天下让，民无得而称焉。"邢昺疏引郑玄注云："太王殁而不返。季历为丧主，一让也；季历赴之，不来奔丧，二让也；免丧之后，遂断发文身，三让也。"另古相见礼。主人三揖，宾客三让。《礼记·礼器》："三辞三让而至。"
【例句】唐徐安贞《送丹阳采访》："旧俗吴三让，遗风汉六条。"唐骆宾王《夕次旧吴》："盛德弘三让，雄图枕九围。"宋刘筠《七夕》："已看素魄过三让，何用华灯更九光。"金李俊民《八日登山…》："岁享屡登乐，俗追三让风。"

三人成虎　sān rén chéng hǔ
【分类】生活
【关键词】战国策
【释义】比喻谣言重复多次，就能使人信以为真。《战国策·魏策》："庞葱与太子质于邯郸，谓魏王曰：'今一人言市有虎，王信之乎？'王曰：'否。'…'三人言市有虎，王信之乎？'王曰：'寡人信之矣。'庞葱曰：'夫市之无虎明矣,然而三人言而成虎。今邯郸去大梁也远于市,而议臣者过于三人矣。愿王察之矣。'"

【例句】宋苏颂《元丰己未…》:"众口铄金虽可畏,三人成虎我犹疑。"宋黄庭坚《劝交代张…》:"三人成虎事多有,众口铄金君自宽。"元杨基《感怀》:"三人乃成虎,众口能烁金。"明童冀《再次韵酬…》:"市上三人传有虎,山中一月食无鱼。"

三人一龙　sān rén yī lóng
【分类】生活
【关键词】华歆
【释义】咏三人友善如一体之典。《三国志·华歆传》南朝宋裴松之注引《魏略》曰:"歆与北海邴原、管宁俱游学,三人相善,时人号三人为一龙,歆为龙头,原为龙腹,宁为龙尾。"

【例句】唐罗隐《寄礼部郑…》:"班资冠鸡舌,人品压龙头。"唐黄滔《寄杨赞图…》:"华表柱头还有鹤,华歆名下别无龙。"宋辛弃疾《新年团拜…》:"修然白发犹何事,只好三人自一龙。"明罗伦《公甫感秋…》:"山河孤鹤梦,风雨一龙吟。"

三人月　sān rén yuè
【分类】生活
【关键词】李白
【释义】谓与月亮、身影为伍。形容孤独无偶。唐李白《月下独酌》:"举杯邀明月,对影成三人。"

【例句】宋陈师道《敬酬智叔…》:"更看九日台头句,未用三人月下樽。"宋朱槔《邀书寄出…》:"三人月下从渠便,二老风流到我不。"宋孙觌《再用前韵》:"已邀明月三人共,更看红尘一骑飞。"宋陈亮《贺新郎》:"百世寻人犹接踵,叹只今,两地三人月。"

三壬三甲　sān rén sān jiǎ
【分类】生活
【关键词】管辂
【释义】古代相学中,三壬、三甲皆为福寿之相。三壬,谓下腹膨大貌。三甲,谓背部丰厚平阔貌。《三国志·管辂传》:"吾额上无生骨,眼中无守精,鼻无梁柱,脚无天根,背无三甲,腹无三壬,此皆不寿之验。"

【例句】唐刘禹锡《乐天是月…》:"鉴容称四皓,扪腹有三壬。"宋方岳《次韵胡兄》:"腹有一丁长作祟,背无三甲不封侯。"宋周行己《寿沈守》:"三甲三壬五福俱,胸中落落贮琼瑶。"宋陆游《冬日感兴》:"梦魂来二竖,相法欠三壬。"宋王安石《河中使君》:"主张寿禄无三甲,收拾文章有六丁。"

三日烧玉　sān rì shāo yù
【分类】生活
【关键词】吕氏春秋
【释义】比喻君子美好坚贞的品质。《吕氏春秋·士容》:"故君子之容,纯乎其若钟山之玉,桔乎其若陵上之木,

汉高诱注:"纯,美也。钟山之玉,燔以炉炭,三日三夜,色泽不变。"

【例句】唐白居易《答友问》:"良玉同其中,三日烧不热。"唐白居易《放言》:"试玉要烧三日满,辨材须待七年期。"明陈恭尹《答别张默庵》:"昆仑冈头三日火,白玉皎皎无烧痕。"清李含章《示驷儿应…》:"良玉试烧三日火,元珠怕落九层渊。"

三日新妇　sān rì xīn fù
【分类】生活
【关键词】曹景宗
【释义】旧时过门三日之新妇,举止不得自专。因以喻行动备受拘束者。《梁书·曹景宗列传》:"今来扬州作贵人,动转不得,路行开车幔,小人辄言不可。闭置车中,如三日新妇。遭此邑邑,使人无气。"

【例句】唐李嘉祐《送郑正则…》:"望夫山上花犹发,新妇江边莺未稀。"唐陈裕《有一秀才…》:"新妇旋裙才离体,外姑托布尚当胸。"宋俞德邻《正月十…》:"一市少年羞裤下,三朝新妇闭车中。"宋萧立之《有感戏隐…》:"谁能扬州称贵人,闭置车中作新妇。"

三儒　sān rú
【分类】文化
【关键词】董仲舒
【释义】指汉代的董仲舒、公孙弘、儿宽。喻指儒学大家。《汉书·循吏传序》:"唯江都相董仲舒、内史公孙弘、儿宽,居官可纪。三人皆儒者,通于世务,明习文法,以经术润饰吏事。"

【例句】宋刘克庄《与林中书…》:"三儒夜话俱忘寝,户外纵横卧仆夫。"宋刘宰《寄江东真漕》:"只有爱民真学士,不惭通务汉三儒。"清钱澄之《哀江南》:"独有三儒生,对泣汾湖畔。"清全祖望《姚江赠同…》:"姚州更钟光岳灵,嵯峨三儒踵接武。"

三山　sān shān
【分类】文化
【关键词】鳌
【释义】也称三岛,指传说中的蓬莱、方丈(壶)、瀛洲三座海上仙山。亦泛指仙境。源见"龙伯钓鳌"。

【例句】唐王绩《游仙》:"三山银为地,八洞玉为天。"唐李白《登金陵凤凰台》:"三山半落青天外,二水中分白鹭洲。"唐郑畋《题缑山王…》:"六宫攀不住,三岛互相招。"聂绀弩《背草赠李…》:"九月罡风吹草死,三山鳌背与天连。"

三少　sān shào
【分类】政治
【关键词】汉书
【释义】三公的副职,亦称三孤。《汉书·百官公卿表序》:"太师、太傅、太保是为三公…又立三少为之副,少师、少傅、少保,是为孤卿,与六卿为九焉。"也指三位知名的年轻人。

【例句】唐源乾曜《奉和御制…》："进缓怀三少，承光尽百身。"宋凌云屋《太师菊》："清白冠他三少贵，孤高独占九秋寒。"宋曾巩《和酬赵宫…》："三少官仪虽赫赫，五湖心事肯容容。"宋凌云屋《太师菊》："清白冠他三少贵，孤高独占九秋寒。"

三生杜牧 sān shēng dù mù
【分类】生活
【关键词】杜牧
【释义】唐杜牧去官后，郁郁不得志，落拓扬州，好作青楼之游，以风流名。有《遣怀》诗云："十年一觉扬州梦，赢得青楼薄幸名。"后言风情者，多以三生杜牧比况出入歌舞繁华之地的风流才士。
【例句】宋黄庭坚《广陵春早》："春风十里珠帘卷，仿佛三生杜牧之。"宋俞德邻《泊阊桥…》："多病乐天悲老近，三生杜牧恨春深。"宋项安世《次韵苏教…》："三生杜牧垂纶手，渠自长安障片头。"宋方岳《寄史监丞》："三生杜牧能容否，醉眼何妨一笑横。"

三生石 sān shēng shí
【分类】生态
【关键词】李源
【释义】因缘前定之典。也喻人交谊深厚，历时长久。《甘泽谣·圆观》载：唐代李源与僧人圆观是好友，二人游蜀州后，同出三峡，船行至南浦，圆观遂圆寂转生而去。死前约定，死后十二年，在杭州天竺寺相见。至期，李便到寺前践约，遇一牧童唱道："三生石上旧精魂，赏月吟风不要论，惭愧情人远相访，此身虽异性长存。"这个牧童就是圆观的托身。后来有人把杭州天竺寺后面的山石指称为三生石。
【例句】唐皎然《送胜云小师》："昨日雪山记尔名，吾今坐石已三生。"五代贯休《酬张相公…》："感通未合三生石，骚雅欢擎九转金。"五代齐己《荆渚感怀…》："自抛南岳三生石，长傍西山数片云。"宋陆游《世事》："山林已结三生愿，朝市谁非九折途？"

三省吾身 sān xǐng wú shēn
【分类】生活
【关键词】论语
【释义】自警自勉的典故。《论语·学而》："曾子曰：'吾日三省吾身。为人谋而不忠乎，与朋友交而不信乎，传不习乎。'"
【例句】唐元稹《痁卧闻幕…》："一生长苦节，三省讵行怪。"唐钱起《初黄绶赴…》："一叨尉京甸，三省惭黎元。"宋谢逸《端溪砚》："置之案几间，吾身日三省。"宋陆游《自警》："旦暮置规君勿怪，修身三省先师。"

三尸 sān shī
【分类】文化
【关键词】酉阳杂俎
【释义】指三尸神。即道家所谓在人体内作怪的神怪。或谓人的私欲邪念和恶性。《酉阳杂俎》："三尸一日三朝：上尸青姑，伐人眼；中尸白姑，伐人五脏；下尸血姑，伐人胃命。"《云笈七签》："（人）死后魂升于天，魄入于地，唯三尸游走，名之曰鬼。"
【例句】唐白居易《题石山人》："存神不许三尸住，混俗无妨双鬓斑。"唐白居易《赠朱道士》："两翼化生因服药，三尸卧死为休粮。"唐白居易《斋戒》："六贼定知无气色，三尸应恨少恩情。"唐吕岩《七言》："活捉三尸焚鬼窟，生禽六贼破魔宫。"

三尸九虫 sān shī jiǔ chóng
【分类】文化
【关键词】云笈七签
【释义】道教对人体内部寄生虫的称谓。源见"九虫"。
【例句】宋李纲《志宏以家…》："甘芳胜菌滑胜乳，能杀三尸驱九虫。"宋宋先生《采桑子》："真虎真龙。吃尽三尸及九虫。"

三十而立 sān shí ér lì
【分类】生活
【关键词】论语
【释义】指人到三十岁正是立业之年，应当有所建树。《论语·为政》："子曰：'吾十有五而志于学，三十而立，四十而不惑，五十而知天命，六十而耳顺，七十而从心所欲，不逾矩。'"
【例句】唐孟浩然《书怀贻京…》："三十既成立，嗟吁命不通。"唐綦毋潜《送章彝下第》："三十名未立，君还惜分阴。"唐刘长卿《观校猎上…》："三十拥旄谁不羡，周郎少小立奇功。"唐令狐楚《游晋祠上…》："不立晋祠三十年，白头重到一凄然。"

三十六策 sān shí liù cè
【分类】政治
【关键词】王敬则
【释义】即三十六策，走为上计。喻指退却或最佳计策。《南齐书·王敬则传》："是时上疾已笃，敬则仓卒东起，朝廷震惧…使人上屋望，见征虏亭失火，谓敬则至，急装欲走。有告敬则者，敬则曰：'檀公三十六策，走是上计。汝父子唯应急走耳。'"
【例句】宋陆游《醉歌》："三十六策醉特奇，竹林诸公端可师。"宋赵蕃《晚晴》："三十六中第一策，脱却世故甘佣耕。"宋方回《记游自次…》："尔来何止师左次，三十六策上策走。"元许有壬《临江见大…》："夏税未了秋税来，三十六策惟有走。"

三十六洞天 sān shí liù dòng tiān
【分类】文化
【关键词】述异记
【释义】洞天：山中有洞室通达上天，贯通诸山。道家称神仙居住人间的三十六处名山洞府。《述异记》："人间三十六洞天，知名者十耳，余二十六天，出《九微志》，不行于世也。"

【例句】唐张说《金庭观》:"他日洞天三十六,碧桃花发共师游。"唐顾况《悲歌》:"周流三十六洞天,洞中日月星辰联。"唐章碣《对月》:"别有洞天三十六,水晶台殿冷层层。"唐万楚《小山歌》:"世人贵身不贵寿,共笑华阳洞天口。"

三十六宫　sān shí liù gōng
【分类】生活
【关键词】班固
【释义】极言皇家宫殿之多。《后汉书·班固》:"西郊则有上囿禁苑,林麓薮泽,陂池连乎蜀、汉,缭以周墙,四百余里,离宫别馆,三十六所,神池灵沼,往往而在。"
【例句】唐徐凝《汉宫曲》:"掌中舞罢箫声绝,三十六宫秋夜长。"唐李贺《金铜仙人…》:"画栏桂树悬秋香,三十六宫土花碧。"唐骆宾王《帝京篇》:"秦塞重关一百二,汉家离宫三十六。"聂绀弩《与海燕公…》:"三十六宫万点霞,玉环飞燕共乘车。"

三十六将军　sān shí liù jiāng jūn
【分类】政治
【关键词】刘濞
【释义】咏将军戡乱之典。《史记·吴王濞列传》:"七国反书闻天子,天子乃遣太尉条侯周亚夫将三十六将军,往击吴楚。"
【例句】唐柳宗元《古东门行》:"汉家三十六将军,东方雷动横阵云。"宋陈普《周亚夫》:"西来三十六将军,业业孤城势欲焚。"元耶律铸《明妃》:"汉使却回凭寄语,汉家三十六将军。"元李昱《投李右辖…》:"汉家三十六将军,谁似安东第一勋。"

三十六鳞　sān shí liù lín
【分类】文化
【关键词】鲤鱼
【释义】鲤鱼别称。《酉阳杂俎·鳞介篇》:"鲤,脊中鳞一道,每鳞有小黑点,大小皆三十六鳞。"
【例句】唐黄损道人《歌》:"横排三十六条鳞,个个圆如紫磨真。"唐段成式《寄温飞卿…》:"三十六鳞充使时,数番犹得裹相思。"宋华岳《过鄱阳湖》:"看我金鳞三十六,为君一跃上龙门。"宋徐师仁《九仙山》:"山头云气故恍惚,三十六鳞今有无。"

三十六天　sān shí liù tiān
【分类】文化
【关键词】云笈七签
【释义】亦作三十六界。道教称神仙居住的天界有欲界六天、色界十八天、无色界四天、四梵天、三清天、大罗天,共三十六重。《云笈七签》:"自玄都玉京已下合有三十六天,二十八天是三界内,八天是三界外。"
【例句】唐曹唐《小游仙诗》:"可怜三十六天路,星月满空琼草青。"五代徐铉《赠王贞素…》:"三十六天皆有籍,他年何处问归程。"宋白玉蟾《飞行》:"飞行三十六天门,我是东华上相孙。"宋白玉蟾《飞仙吟送…》:"三十六天不闭门,风吹琪花散飞雪。"

三十三天城　sān shí sān tiān chéng
【分类】文化
【关键词】智度论
【释义】指释迦牟尼所居之地。借指佛门圣地。《智度论》:"须弥山高八万四千由旬,上有三十三天城。"
【例句】唐李商隐《安平公诗》:"一百八句在贝叶,三十三天长雨花。"宋邹浩《妙高亭》:"巧将三十三天好,都向青青处收。"宋白玉蟾《题舒氏难…》:"三十三天第一天,玉皇殿下袅轻烟。"明王邦畿《游仙词》:"如何三十三天上,只手推开百二城。"

三时孝养　sān shí xiào yǎng
【分类】政治
【关键词】周文王
【释义】咏孝行之典。源见"问安视膳"。
【例句】唐韩愈《大行皇太…》:"一纪尊名正,三时孝养荣。"明王恭《连江陈氏…》:"三时每供茅容膳,五色都缝莱子衣。"

三仕三已　sān shì sān yǐ
【分类】政治
【关键词】令尹子文
【释义】谓三度或多次罢官。
【例句】宋释居简《陈卿座上…》:"弹冠既三仕,解冠辄三已。"宋虞俦《丁钦夫来…》:"区区三仕并三已,喜愠眉间了不留。"宋程俱《戏呈虞君…》:"三仕三已心如空,一壑一丘吾固穷。"

三事　sān shì
【分类】政治
【关键词】诗经
【释义】指三公。《诗经·小雅·雨无正》:"三事大夫,莫肯夙夜。"孔疏:"三事大夫为三公耳。"周朝称三公为三事大夫。也指三件大事:如正德、利用、厚生,或倡德、和乱、终齐。
【例句】唐李德裕《寒食日三…》:"禄秩荣三事,功勋乏一毫。"唐包佶《奉和常阁》:"九霄偏眷顾,三事早提携。"唐李颀《答高三十…》:"昨日公车见三事,明君赐衣遣为吏。"唐高适《东平旅游》:"出入交三事,飞鸣挹五侯。"

三寿　sān shòu
【分类】生活
【关键词】诗经
【释义】犹三老。泛指高寿。《诗经·鲁颂·閟宫》:"三寿作朋,如冈如陵。"毛传:"寿,考也。"
【例句】唐李咸用《依韵修睦…》:"清闲自可齐三寿,忿恨还须戒一朝。"宋宋祁《光禄叶大…》:"偃息朋三寿,生平定四知。"宋鲜于侁《和司马君…》:"万钱纵侈轻豪贵,三寿优游萃燕宾。"宋王迈《寿南宗东岩》:"天为万人生李晟,朋来三寿颂僖公。"

三思而行　sān sī ér xíng
【分类】生活
【关键词】论语
【释义】指反复思考,然后行动。为咏行动谨慎之典。《论语·公冶长》:"季文子三思而后行。子闻之,曰:'再,斯可矣。'"
【例句】宋唐时《思政堂》:"取君子之九思以谨行,取季子三思以尽忠。"宋释咸杰《祥符建僧…》:"一斧便就真活计,三思始就费光阴。"宋白玉蟾《自谓》:"三思欲四休,一拙胜万工。"宋韩淲《偶成》:"只宜一唱紫芝曲,不用三思梁甫吟。"

三苏　sān sū
【分类】文化
【关键词】苏轼
【释义】宋文学家苏洵及其子轼、辙俱以文名,世称三苏。宋苏轼《次韵子由使契丹至涿州见寄》:"毡毳年来亦甚都,时时鴂舌问三苏。"
【例句】宋晁补之《叙旧感怀…》:"二人射策几人惊,要与三苏共入评。"宋李弥逊《己亥季秋…》:"三苏岩壑连云秀,二士门庭匝地新。"宋乐雷发《记萧大山…》:"家传八叶盐梅种,诗接三苏父子名。"宋林希逸《论文有感》:"均为千载无双士,莫问三苏与二程。"

三素云　sān sù yún
【分类】文化
【关键词】黄庭内景
【释义】道教谓人身中元气有紫、白、黄三色:脾为黄素,肺为白素,肝为紫素,合称三素云。也指各色云烟。《黄庭内景经·上有》:"四气所合列宿分,紫烟上下三素云。"务成子注:"三素者,紫素、白素、黄素也。"
【例句】唐吴筠《步虚词》:"常有三素云,凝光自飞绕。"唐鲍溶《温泉宫》:"山蒸阴火云三素,日落温泉鸡一鸣。"唐李商隐《和韩录事…》:"九枝灯下朝金殿,三素云中侍玉楼。"宋陈造《又对厅》:"九光霞里闻谭笑,三素云中度管弦。"

三宿恋　sān xiǔ liàn
【分类】生活
【关键词】襄楷
【释义】指对世俗的爱恋之情。亦泛指对某事物的爱恋。《后汉书·襄楷传》:"浮屠不三宿桑下,不欲久生恩爱,精之至也。"唐李贤注:"言浮屠之人寄桑下者,不经三宿即便移去,示无爱恋之心也。"
【例句】宋宋祁《闻九月晦…》:"三宿宁无恋,况非桑下人。"宋方岳《僦舍》:"叹息敢为三宿恋,支吾那得一囊钱。"宋苏轼《别黄州》:"桑下岂无三宿恋,樽前聊为一身归。"宋孙觌《题灵岩五…》:"桑下了无三宿恋,壁间一坐九年过。"

三岁字　sān suì zì
【分类】文化
【关键词】古诗
【释义】咏书札之典。汉《古诗十九首首》:"客从远方来,遗我一书札。上言长相思,下言久别离。置书怀袖中,三岁字不灭。"
【例句】唐刘方平《寄严八判官》:"怀袖未传三岁字,相思空作陇头吟。"唐张谓《寄李侍御》:"近看三岁字,遥见百年心。"唐独孤及《酬常郿县…》:"辞后读君郿县作,定知三岁字犹新。"宋刘跂《寄叶勤次…》:"一纸绸缪三岁字,七言懔慄九章文。"

三台　sān tái
【分类】政治
【关键词】晋书
【释义】借指大司马、大司徒、大司空三公。泛指朝廷重臣。源见"星坼中台"。
【例句】唐崔融《户部尚书…》:"八座图书委,三台章奏盈。"唐苏颋《敬和崔尚…》:"价重三台俊,名超百郡良。"唐贯休《到贯中郑…》:"深隐犹为未死灰,远寻知己遇三台。"聂绀弩《送大学生…》:"五台张耳向三台,定有金鸡报晓来。"

三条裾　sān tiáo jū
【分类】生活
【关键词】玉台新咏
【释义】咏恋情之典。《玉台新咏·定情诗》:"何以慰别离,耳后玳瑁钗;何以答欢悦,纨素三条裾。"
【例句】唐施肩吾《定情乐》:"著破三条裾,却还双股钗。"明毛奇龄《饮巴亭放…》:"三条裾子染竹黄,一双素手如秋霜。"清朱彝尊《东飞伯劳歌》:"谁家女儿十五余,织成湘绮三条裾。"

三推　sān tuī
【分类】政治
【关键词】礼记
【释义】古代帝王亲耕之礼。天子于每年正月亲临藉田,扶耒耕往还三度,以示劝农,称三推。《礼记·月令》:"乃择元辰,天子亲载耒耜…帅三公、九卿、诸侯、大夫,躬耕帝藉,天子三推,三公五推,卿诸侯九推。"
【例句】唐王棨《农祥晨正》:"千亩功将起,三推礼欲申。"唐徐夤《鸿门》:"皇王尚法三推礼,白社宁忘四体勤。"宋黄庭坚《次韵曾子…》:"三推劝根本,百谷收皂坚。"宋周端臣《游籍田》:"俯讲三推礼,祇勤万乘情。"

三万六千日　sān wàn liù qiān rì
【分类】生活
【关键词】李白

【释义】一百年,谓人的一生。唐李白《襄阳歌》:"百年三万六千日,一日须倾三百杯。"
【例句】唐杜牧《寓题》:"假如三万六千日,半是悲哀半是愁。"唐马湘《金石诰》:"百年三万六千日,一日死生多少人。"宋田锡《送春》:"人生三万六千日,与君复有明年期。"宋邓肃《次鼓腹谣…》:"杯酒高怀独未忘,只有三万六千日。"

三危　sān wēi
【分类】政治
【关键词】尚书
【释义】山名,传说在我国最西部。喻流放犯人的偏远地方。《汉书·孔安国传》:"三危,西裔。"源见"四凶"。
【例句】唐杜甫《寄李十二…》:"五岭炎蒸地,三危放逐臣。"唐胡皓《春悲行》:"垂泪三危露,心断二京尘。"宋杨亿《赤日》:"铜盘琼蕊三危露,素绠寒浆五色瓜。"宋黄庭坚《次韵答黄…》:"兰芳深九畹,露味挹三危。"

三危露　sān wēi lù
【分类】文化
【关键词】吕氏春秋
【释义】喻指甘醇洁净的水。为咏水之典。《吕氏春秋》:"伊尹说汤曰:'水之美者,有三危之露。'"汉高诱注:"三危,西极山名。"一说在甘肃敦煌,一说在甘肃岷山之西南。
【例句】唐胡皓《春悲行》:"垂泪三危露,心断二京尘。"宋文彦博《暑中书事》:"仙槎想挹三危露,灵汉思乘八月槎。"宋杨亿《赤日》:"铜盘琼蕊三危露,素绠寒浆五色瓜。"宋钱惟演《明皇》:"丝囊暗结三危露,翠幰时遗百和香。"

三袭　sān xí
【分类】政治
【关键词】沈约
【释义】三重。多指宫观的三重门。南朝梁沈约《郊居赋》:"孤嶂横插,洞穴斜经;千丈万仞,三袭九成。"《新唐书·西域传下·拂菻》:"王宫有三袭门,皆饰异宝。"
【例句】唐马怀素《夜宴安乐…》:"凤楼间窜凌三袭,翠幌玲珑瞰九衢。"唐刘宪《奉和幸三…》:"下辇登三袭,褰旒望九垓。"宋宋庠《送李秘校…》:"三袭赋台抛锦雪,一塵乡树辨江云。"宋宋庠《和中丞晏…》:"三袭觚坛夜未央,金支蟾彩共荧煌。"

三贤　sān xián
【分类】政治
【关键词】小学绀珠
【释义】指三位诗人、圣贤、隐士的合称。《小学绀珠·名臣类下》:"三贤:谢绛、范仲淹、孙甫。宋循州,皆号循吏、翰林学士贾黯邓人也,创三贤堂于百花洲…曾肇、刘攽、孔文仲。东坡《和三舍人诗》:'三贤起江右。'"
【例句】唐韩翃《送客一归…》:"两地由来堪取兴,三贤他日幸留诗。"唐韩愈《题杜工部坟》:"固知天意有所存,三贤所归同一水。"宋方岳《题八士图》:"雅闻八士春俱秀,未觉三贤迹已陈。"宋王十朋《题天台国…》:"宜于四绝中称绝,谁向三贤后更贤。"

三贤十圣　sān xián shí shèng
【分类】文化
【关键词】仁王经
【释义】大乘佛教之菩萨修行阶位。三贤指虽得相似之解而未脱凡夫之性的住、行、向三位。十圣指已发大智而舍凡夫之性的十地菩萨。《仁王经·菩萨教化品》:"三贤十圣忍中行,唯佛一人能尽原。"
【例句】唐王维《过卢四员…》:"三贤异七子,青眼慕青莲。"唐韩翃《送客一归…》:"两地由来堪取兴,三贤他日幸留诗。"唐元稹《宪宗章武…》:"国付重离后,身随十圣仙。"五代常察《祖意》:"三贤固未明斯旨,十圣那能达此宗。"宋释印肃《铁竹歌》:"普庵和尚铁竹歌,十圣三贤不奈何。"宋释道济《呈冯太尉》:"撒手便能欺十圣,低头端不顾三贤。"

三星在天　sān xīng zài tiān
【分类】生活
【关键词】诗经
【释义】咏男女婚期之典。《诗经·唐风·绸缪》:"绸缪束薪,三星在天。今夕何夕,见此良人。"汉孔安国《传》:"三星,参也。在天,谓始见东方也。男女待礼而成,若薪刍待人事而后束也。三星在天,可以嫁娶矣。"
【例句】唐韩愈《三星行》:"三星各在天,什伍东西陈。"唐嵩岳诸仙《嫁女诗》:"三星在天银汉回,人间曙色东方来。"宋司马槱《妾薄命》:"忆昔三星光在天,煌煌车马朱门前。"宋杨亿《仆射李相…》:"东方千骑还居上,南极三星正在天。"聂绀弩《立秋日悠…》:"三星到户迟孤月,八目瞠天信漏舟。"

三休　sān xiū
【分类】生活
【关键词】贾谊
【释义】咏登高之典。汉贾谊《新书·退让》:"翟王使使至楚,楚王欲夸之,故飨客于章华之台上。上者三休而乃至其上。"
【例句】唐褚亮《临高台》:"独此三休上,还伤千岁心。"唐武元衡《独不见》:"荆门一柱观,楚国三休殿。"唐蒋涣《登栖霞寺塔》:"三休寻磴道,九折步云霓。"宋丁谓《台》:"吴都矜四达,楚国炫三休。"

三秀悲中散　sān xiù bēi zhōng sàn
【分类】政治
【关键词】嵇康
【释义】忧伤感愤之典。三国魏嵇康《幽愤诗》:"煌煌灵芝,一年三秀。予独何为,有志不就。"唐李善注:"《楚辞》曰:'采三秀于山间。'汉王逸曰:'三秀,谓芝草也。'"谓借灵芝一岁三次开花反衬自己的不得志。

【例句】唐刘禹锡《武陵书怀…》：" 三秀悲中散，二毛伤虎贲。"宋李廌《下第留别…》："君于万夫间，独若三秀芝。"

三嗅　sān xiù
【分类】生活
【关键词】论语
【释义】多次嗅闻，表示欣赏之意。《论语注疏·乡党》："色斯举矣，翔而后集。曰：'山梁雌雉，时哉！时哉！'子路共之，三嗅而作。"宋邢昺疏："嗅，谓鼻歆其气。"
【例句】唐杜甫《秋雨叹》："堂上书生空白头，临风三嗅馨香泣。"宋孔平仲《惜菊》："著雨半荒犹烂漫，绕栏三嗅倍氤氲。"宋强至《依韵奉和…》："露苞含晓宜三嗅，风朵摇春似七盘。"宋苏辙《蜀人旧食…》："秋蔬旧采决明花，三嗅馨香每叹嗟。"

三薛　sān xuē
【分类】文化
【关键词】薛元敬
【释义】唐薛收与姪元敬、德音的合称。源见"三凤"。
【例句】宋程公许《代答李参…》："在昔五之皆瑞晋，只今三薛共推唐。"金王特起《喜迁莺》："人总道，赛蜀郡三苏，河东三薛。"元陶宗仪《张建宁赋…》："兄弟喜看三薛在，古今谁似二疏贤。"

三薰三沐　sān xūn sān mù
【分类】政治
【关键词】韩愈
【释义】指以香料三次涂身，三次沐浴。古代对人表示极其尊重的一种礼遇。唐韩愈《答吕医山人书》："方将坐足下三浴而三薰之。"
【例句】宋洪皓《小王仲冬…》："三沐三薰听所为，一觞一咏情忘倦。"宋李弥逊《夏日登台…》："三薰三沐谢世事，一丘一壑真吾栖。"宋孙应时《昆山龚立…》："一丘一壑尘埃外，三沐三薰清净身。"宋朱熹《汪端彦听…》："三薰三沐事斯语，难弟难兄此一时。"

三旬九食　sān xún jiǔ shí
【分类】生活
【关键词】子思
【释义】三十天中只能吃九顿饭。形容家境贫困，得食困难。源见"孔伋缊袍"。
【例句】唐孟郊《长安羁旅行》："三旬九过饮，每食唯旧贫。"元戴良《和渊明连…》："我无半亩宅，三旬才九餐。"元赵汸《存中过余…》："大裘千丈仁人志，九食三旬达士情。"元胡奎《送戴伯聚…》："平生读书忘渴饥，三旬九食寒无衣。"

三雅　sān yǎ
【分类】生活
【关键词】酒
【释义】泛指酒器。《太平御览》引《典论》："刘表有酒爵三，大曰伯雅，次曰仲雅，小曰季雅。伯雅容七升，仲雅六升，季雅五升。"
【例句】唐于志宁《冬日宴群…》："俱裁七步咏，同倾三雅杯。"唐刘禹锡《酬乐天醉…》："八关斋适罢，三雅兴尤偏。"唐唐彦谦《汉代》："饮酒阑倾三雅，投壶赛百娇。"宋杨亿《次韵和光…》："曲宴飞三雅，沈机佐六韬。"

三咽李螬　sān yàn lǐ cáo
【分类】政治
【关键词】陈仲子
【释义】咏廉士之典。源见"啖螬李"。
【例句】唐柳宗元《游南亭夜…》："退想于陵子，三咽资李螬。"宋刘克庄《闲居》："柿被鸟残分亦好，李为螬食咽何妨。"宋黄庭坚《演雅》："井边蠹李螬苦肥，枝头饮露蝉常饿。"

三已　sān yǐ
【分类】政治
【关键词】令尹子文
【释义】咏多次任职罢职之典。《论语·公冶长》："令尹子文三仕为令尹，无喜色；三已之，无愠色。旧令尹之政，必以告新令尹。"令尹，官名，为楚国上卿执政者。子文，姓斗，名叫谷於菟。
【例句】唐刘禹锡《酬李相公…》："且无三已色，犹泛五湖舟。"唐高适《重阳》："百年将半仕三已，五亩就荒天一涯。"唐包佶《酬于侍郎…》："九迁归上略，三已契愚衷。"唐皇甫澈《礼部尚书…》："载踬每若惊，三已无愠色。"

三异　sān yì
【分类】政治
【关键词】鲁恭
【释义】原指汉中牟令鲁恭行德政而出现的三种奇迹。后泛指行德政。《后汉书·鲁恭》："建初七年，郡国螟伤稼，犬牙缘界，不入中牟。…诀曰：'今虫不犯境，此一异也；化及鸟兽，此二异也；竖子有仁心，此三异也。久留，徒扰贤者耳。'"
【例句】唐朱存《后湖》："雷轰叠鼓火翻旗，三异翩翩试水师。"宋文彦博《送知府给…》："属吏垂三异，微才仅五能。"宋刘敞《三瑞堂》："昔来一物足为瑞，何况三异俱称奇。"宋王迈《二十韵寄…》："期年已报三异政，节爱堂匾焕新题。"

三益　sān yì
【分类】生活
【关键词】冯衍
【释义】咏交善友之典。《后汉书·冯衍传》："臣自惟无三益之才，不敢处三损之地，固让而不受也。"唐李贤注："《论语》载孔子言曰'益者三友，损者三友'，故衍引以为言也。"《论语·季氏》："孔子曰：'益者三友，损者三友。友直、友谅、友多闻，益矣。友便辟，友善柔，友便佞，损矣。'"

· 707 ·

【例句】唐刘禹锡《酬杨八庶…》:"琢磨三益重,唱和五音调。"唐陆龟蒙《奉和袭美…》:"旧友怀三益,关山阻二崤。"唐佚名《晚秋羁情》:"吊影惭魂嗟一身,夕往朝来绝三益。"宋黄庭坚《用几复韵…》:"开门择友尽三益,清坐不言行四时。"

三翼 sān yì
【分类】文化
【关键词】张协
【释义】指轻舟。晋张协《七命》:"尔乃浮三翼,戏中沚。潜鳃骇,惊翰起。"唐李善注引《越绝书·伍子胥水战兵法内经》曰:"大翼一艘,长十丈;中翼一艘,长九丈六尺;小翼一艘,长九丈。"唐刘良注:"三翼,船也。"
【例句】唐骆宾王《晚泊江镇》:"四运移阴律,三翼泛阳侯。"唐寒山《诗三百》:"快搒三翼舟,善乘千里马。"唐朱存《后湖》:"雷轰叠鼓火朋旗,三翼翩翩试水师。"司马祖常《送萨天锡…》:"龙江拟去浮三翼,雁岭翻来给一轺。"

三雍 sān yōng
【分类】文化
【关键词】刘德
【释义】也称三雍宫,汉时对辟雍、明堂、灵台的总称。《汉书·河间献王传》:"武帝时,献王来朝,献雅乐,对三雍宫及诏策所问三十余事。"唐颜师古注引汉应劭曰:"辟雍、明堂、灵台也。雍,和也,言天地君臣人民皆和也。"
【例句】唐张继《河间献王墓》:"频求千古书连帙,独对三雍策几篇。"宋马廷鸾《答赵心源…》:"礼乐三雍对,神明百世传。"宋苏轼《范景仁和…》:"此生会见三雍就,无复寥叹未央。"宋范祖禹《和门下相…》:"三雍盛典遵前训,千古元龟鉴逸王。"

三宥 sān yòu
【分类】政治
【关键词】周礼
【释义】指古代对犯罪者可从轻处理的三种情况。《周礼注疏·司刺》:"司刺掌三刺、三宥、三赦之法,以赞司寇听狱讼…壹宥曰不识,再宥曰过失,三宥曰遗忘。"
【例句】唐顾况《寄上兵部…》:"圣代逢三宥,营魂空九迁。"宋谢郛《送胡秀昭…》:"洪恩大度祈三宥,乌府何颜奏一通。"宋李纲《是日闻报…》:"矜愚本自加三宥,作赋休云谪九年。"元孙蕡《朝云》:"拜命沾三宥,归耕困一廛。"

三余 sān yú
【分类】生活
【关键词】魏略
【释义】泛指空闲时间。《三国志·王肃传》:"明帝时大司农弘农董遇等,亦历注经传,颇传于世。"南朝宋裴松之注引三国魏鱼豢《魏略》:"或问三余之意。遇言'冬者岁之余,夜者日之余,阴雨者时之余'。"
【例句】唐刘禹锡《闻董评事…》:"火风乖四大,文字废三余。"唐杜祜《送刘韶秀…》:"殷勤莫忘趋庭日,学礼三余

已学诗。"宋晏殊《过华夫书屋》:"坟籍岂惟精四部,弦歌常见习三余。"宋王洋《至法海寺》:"偶逢冬少三余雨,况置身无百虑关。"

三语掾 sān yǔ yuàn
【分类】政治
【关键词】阮瞻
【释义】喻指对幕府官员的赞美。《晋书·阮瞻》:"瞻字千里。性清虚寡欲,自得于怀…问曰:'圣人贵名教,老庄明自然,其旨同异?'瞻曰:'将无同。'戎咨嗟良久,即命辟之。时人谓之'三语'。"
【例句】唐元稹《答姨兄胡…》:"官曹三语掾,国器万寻帧。"唐王维《同崔傅答…》:"更闻台阁求三语,遥想风流第一人。"宋祖无择《赠江州李…》:"官况萧条三语掾,地居卑湿九江城。"宋黄庭坚《戏赠元翁》:"传语风流三语掾,何时缀我百家衣。"

三月三 sān yuè sān
【分类】生活
【关键词】宋书
【释义】古代于三月的第一个巳日(上巳)于水边洗濯,袚除不祥,称修禊。后固定为三日。《宋书·礼志》:"自魏以后但用三日,不以巳也。"
【例句】唐宋之问《桂州三月…》:"永和九年刺海郡,暮春三月醉山阴。"唐张说《三月三日…》:"暮春三月日重三,春水桃花满禊潭。"唐杜甫《丽人行》:"三月三日天气新,长安水边多丽人。"唐白居易《三月三日》:"画堂三月初三日,絮扑窗纱燕拂檐。"

三鳣集 sān zhān jí
【分类】政治
【关键词】杨震
【释义】登公卿高位的吉兆。《后汉书·杨震传》载:东汉杨震明经博览,屡召不应,有鹳雀衔三鳣鱼飞集讲堂前。人谓蛇鳣为卿大夫服之象;数三,为三公之兆。后果位至太尉。
【例句】唐杜甫《秋日夔府…》:"敕厨唯一味,求饱或三鳣。"唐白居易《和杨郎中…》:"祥鳣降伴趋庭鲤,贺燕飞和出谷莺。"宋李光《赠李振祖》:"下第令人感二鸟,上库寄径应三鳣。"宋王洋《赠大猷》:"雀罗门外宾客省,三鳣堂中经史多。"

三张二陆 sān zhāng èr lù
【分类】文化
【关键词】张亢
【释义】喻指著名文学家。《晋书·张亢传》:"时人谓载、协、亢、陆机、云,曰二陆三张。""史臣曰:'泊乎二陆入洛,三张减价。考覈遗文,非徒语也。'"
【例句】唐杜牧《送薛邦》:"只有三张最惆怅,下山回马尚迟迟。"唐耿湋《与清江上…》:"更过三张价,东游愧陆机。"宋王右丞《百合》:"过从首三张,伯仲肩二陆。"明欧大任

《寄远曲答…》:"君家兄弟名翩翩,三张二陆相后先。"

三诏不起　sān zhào bù qǐ
【分类】政治
【关键词】卢鸿
【释义】咏隐士隐居不出之典。《大唐新语·隐逸》:"玄宗征嵩山隐士卢鸿,三诏乃至。及谒见,不拜,但磬折而已…拜谏议大夫,赐以章服,并辞不受。乃给米百石,绢五百疋,还隐居之所。"
【例句】宋王翰《司空侍郎…》:"一鸣célebrated许才华旧,三诏方知节操寒。"宋邓肃《偶成》:"我生诗酒弄林泉,紫诏三呼出洞天。"宋释普济《懒瓒赞》:"三诏入云三不起,儿孙各自立封疆。"明欧大任《过焦山访…》:"京口我寻三诏洞,吴门君去五噫歌。"

三折肱　sān zhé gōng
【分类】生活
【关键词】左传
【释义】即三折肱为良医。指代良医。喻对某事阅历多,富有经验。或指屡遭挫折。《左传·定公十三年》:"三折肱,知为良医。"
【例句】唐刘禹锡《学阮公体》:"百姓难虑敌,三折为良医。"唐徐夤《病中春…》:"腊内送将三折股,岁阴分与五铢钱。"宋黄庭坚《寄黄几复》:"持家但有四立壁,治病不蕲三折肱。"宋周紫芝《送吴甥归…》:"人生良苦不自知,三折肱乃成良医。"

三陟平津　sān zhì píng jīn
【分类】政治
【关键词】公孙弘
【释义】指西汉公孙弘三次升迁即获得平津侯爵位。《史记·平津侯主父列传》:"天子以为谦让,愈益厚。卒以弘为丞相,封平津侯。"
【例句】唐陈子昂《答洛阳主人》:"再取连城璧,三陟平津侯。"宋晏殊《张太傅生…》:"三陟槐庭二将坛,册书文武载勋贤。"宋胡宿《座主赠司…》:"三陟赞枢钧,歼良昧上旻。"明邝露《秋胡行》:"十旬经九折,三陟陵崇朝。"

三周礼　sān zhōu lǐ
【分类】生活
【关键词】礼记
【释义】古代亲迎之礼。新郎亲御妇车,车轮行三周匝,再交由御人驾驭。《礼记·昏义》:"降出,御妇车,而婿授绥,御轮三周。"唐孔颖达疏:"御轮三周者,谓婿御妇车之轮三匝。"也谓三次环绕、三周年。
【例句】唐吕岩《七言》:"只将至妙三周火,炼出通灵九转丹。"唐张光朝《天门街西…》:"三周初展义,百两遂言归。"五代段义宗《题三学院》:"尚欲归心求四谛,敢辞旋绕满三周。"宋王洋《秀实寄两…》:"旧喜三周贪好客,争如一叟促归程。"

三珠树　sān zhū shù
【分类】文化
【关键词】山海经
【释义】本为古代传说中的珍木,后常用以喻杰出的三兄弟。《山海经·海外南经》:"三珠树在厌火北,生赤水上。其为树如柏,叶皆为珠。"
【例句】唐张昌宗《奉和圣制…》:"云车遥裔三珠树,帐殿交阴八桂丛。"唐王通《咏五台》:"山人自种三珠树,天使常乘人月槎。"唐陈子昂《感遇》:"翡翠巢南海,雄雌珠树林。"宋秦观《和东坡》:"珠树三株讵可攀,玉海千寻真莫测。"

三走　sān zǒu
【分类】政治
【关键词】管仲
【释义】指三度败逃。《史记·管晏列传》:"吾(管仲)三战三走,鲍叔不以我为怯,知我有老母也。"
【例句】唐李贺《送沈亚之歌》:"吾闻壮夫重心骨,古人三走无摧挫。"明刘定之《繁台》:"天道好还信岂偶,夜环殿柱仍三走。"清孙枝蔚《送三子重…》:"管仲何曾病三走,卞和亦得传千秋。"

三足鼎分　sān zú dǐng fēn
【分类】政治
【关键词】诸葛亮
【释义】比喻三方分立,互相抗衡。《三国志·诸葛亮传》:"操军破,必北还,如此则荆、吴之势强,鼎足之形成矣。"
【例句】唐戴叔伦《京口怀古》:"三方归汉鼎,一水限吴州。"唐刘禹锡《蜀先主庙》:"势分三足鼎,业复五铢钱。"唐刘禹锡《酬思黯见…》:"三足鼎中知味久,百寻竿上掷身难。"聂绀弩《雪峰以诗…》:"在山凭定三分鼎,出水才看两腿泥。"

散材　sàn cái
【分类】生活
【关键词】庄子
【释义】平庸之才。无用之木。也比喻不为世俗所用之人。源见"樗栎"。
【例句】唐张鼎《山中松》:"几经良匠顾,犹作散材看。"唐钱起《长安落第作》:"散才非世用,回音谢云萝。"唐虞世南《奉和幸江…》:"多幸霑行苇,无庸类樗槠。"唐朱湾《咏柏板》:"须知片木用,莫向散材看。"唐羊士谔《郡斋读经》:"散材诚独善,正觉岂无徒。"

散发　sàn fà
【分类】政治
【关键词】袁闳
【释义】不束冠,意谓不做官,隐居山林。《后汉书·袁闳传》:"延熹末,党事将作,闳遂散发绝世,欲投迹深林。"
【例句】唐李白《宣州谢朓…》:"人生在世不称意,明朝散发弄扁舟。"唐钱起《罢章陵令…》："微月清风来，方知散发妙。"唐孟浩然《夏日南亭…》："散发乘夕凉，开轩卧闲敞。"唐王维《偶然作》："散发不冠带，行歌南陌上。"唐秦系《献薛仆射》："由来那敢议轻肥，散发行歌自采薇。"

散花天女　sàn huā tiān nǚ
【分类】文化
【关键词】维摩诘
【释义】指佛教故事里散天花的女子。借指尼姑。源见"天女散花"。
【例句】唐顾云《华清词》："散花天女侍香童，隔烟遥望见云水。"宋黄庭坚《所住堂》："天女来修散花供，道人自有本来香。"宋李纲《望江南》："老病维摩谁问疾，散花天女为焚香。"宋蔡戡《有感》："散花天女今何用，为问维摩作么生。"

散马休牛　sàn mǎ xiū niú
【分类】政治
【关键词】周武王
【释义】谓停止战事。源见"归马放牛"。
【例句】唐储光羲《送丘健至…》："息兵业稼穑，归马复休牛。"唐和凝《宫词》："遥望青青河畔草，几多归马与休牛。"唐杜审言《扈从出长…》："山迥散马日，水忆钓鱼人。"宋宋祁《拟东武曲》："自从天子乐休牛，故障遗亭岂重修。"

散朴　sàn pǔ
【分类】政治
【关键词】黄霸
【释义】喻失去质朴。《汉书·循吏传·黄霸》："浇淳散朴，并行伪貌，有名亡实，倾摇解怠。"
【例句】唐吴筠《览古》："三皇已散朴，五帝尚贤。"宋陆游《读老子有感》："巢居结绳事益远，浇淳散朴忍复论。"宋陆游《龟堂杂兴》："散朴浇淳万事新，腐儒空有涕沾巾。"清沈曾植《和答樊山》："绝照孤光契有邻，斵雕散朴总含真。"

散人　sǎn rén
【分类】生活
【关键词】庄子
【释义】指平庸的人，闲散的人，不为世所用的人。《庄子·人间世》："若与予也，皆物也，奈何哉，其相物也！而几死之散人，又恶知散木？"唐成玄英疏："匠石以不材为散。"
【例句】唐高适《别韦五》："徒然酌杯酒，不觉散人愁。"唐李白《翰林读书…》："本是疏散人，屡贻褊促诮。"唐陆龟蒙《江湖散人歌》："江湖散人天骨奇，短发搔来蓬半垂。"宋方逢振《风潭精舍》："古今天地何穷尽，愧我其间作散人。"

散仙　sǎn xiān
【分类】文化
【关键词】白居易
【释义】道教称仙界没有官职的仙人为散仙。后亦称无官而身闲的人为散仙。唐代白居易《雪夜小饮赠梦得》："久将时背成遗老，多被人呼作散仙。"
【例句】唐吴融《谷口寓居偶题》："不能尘土争闲事，且放形神学散仙。"唐王建《赠太清卢道士》："上清道士未升天，南岳中华作散仙。"宋尹直卿《寿俞尚书…》："临汝葱佳气，罗浮降散仙。"宋文彦博《伏睹致政…》："三朝光辅仰耆年，谢政归来作散仙。"

散盐　sàn yán
【分类】文化
【关键词】谢道韫
【释义】喻指飞雪。源见"咏絮才高"。
【例句】唐韦庄《冬日长安…》："闲招好客斟香蚁，闷对琼华咏散盐。"宋杜衍《聚星堂咏…》："散盐舞鹤实有徒，吮墨含毫不能既。"宋文彦博《柳絮》："漆园旋惊飞蝶梦，玉庭频拟散盐空。"宋程俱《寒夜遣怀》："强醉重云欲散盐，三更飞霰忽惊帘。"

桑盖　sāng gài
【分类】政治
【关键词】刘备
【释义】用为咏刘备事之典。《三国志·先主传》："先主少孤，与母贩履织席为业。舍东南角篱上有桑树生高五丈余，遥望见童童如小车盖，往来者皆怪此树非凡，或谓当出贵人，先主少时，与宗中诸小儿于树下戏，言'吾必当乘此羽葆盖车。'"
【例句】唐罗隐《题润州妙…》："紫髯桑盖此沉吟，很石犹存事可寻。"宋夏竦《奉和御制…》："家乘桑盖瑞，国富卧龙才。"元刘基《归朝欢》："重瞳隆准等丘墟，紫髯桑盖俱尘土。"明钱谦益《刘客生詹端》："桑盖重重捧日年，横经演浩已流传。"

桑弘羊　sāng hóng yáng
【分类】文化
【关键词】桑弘羊
【释义】洛阳首富的公子，少年时以心计享有盛名，与东郭咸阳、孔仅"三人言利析秋毫"，管财政，深得汉武信任，昭帝元凤元年被杀。《汉书·食货志下》："而桑弘羊为治粟都尉，领大农，尽代仅斡天下盐铁。"
【例句】唐白居易《盐商妇》："好衣美食来何众，亦须惭愧桑弘羊。"宋王十朋《郡斋duo坐…》："自惭不及段文昌，圣世岂有桑弘羊。"明毛奇龄《送赵郎中》："茂陵鲁国各持说，但欲支拄桑弘羊。"清沙张白《桑弘羊》："弘羊好聚敛，谰谤迄终古。"

桑弧蓬矢　sāng hú péng shǐ
【分类】政治
【关键词】礼记
【释义】勉励人应有大志之辞。古时男子出生，以桑木作弓,蓬草为矢,射天地四方,象征男儿应有志于四方。源见"悬弧射矢"。

【例句】宋华镇《卜居》:"桑弧蓬矢是男儿,故国松楸亦重违。"宋张耒《赠天启友弟》:"桑弧蓬矢射四方,婴孩立志长可忘。"宋丁求安《踏莎行》:"桑弧蓬矢庆门阑,云旌羽盖连车马。"宋艾性夫《题艾溪》:"鼻祖桑弧蓬矢地,耳孙乔木故家心。"

桑户返真　sāng hù fǎn zhēn
【分类】政治
【关键词】桑户
【释义】咏隐士仙去之典。《庄子·大宗师》:"莫然有间而子桑户死,未葬。孔子闻之,使子贡往侍事焉。或遍曲,或鼓琴,相和而歌曰:'嗟来桑户乎! 嗟来桑户呼! 而已反其真,而我犹为人猗!'"
【例句】唐王维《过沈居士…》:"杨朱来此哭,桑扈返于真。"宋李弥逊《蔡子应即…》:"伯牛命矣元非病,桑户嗟来已反真。"明欧大任《过宝林僧…》:"曾伴戴颙栖遁处,今成桑扈返真庵。"明欧大任《挽彭孔嘉…》:"黔娄称谥日,桑扈返真时。"

桑间曲　sāng jiān qǔ
【分类】生活
【关键词】诗经
【释义】指歌咏男欢女爱的靡靡之音。源见"桑中淇上"。
【例句】宋刘克庄《鹧鸪天》:"纷纷竞奏桑间曲,寂寂谁知爨下焦?"宋李曾伯《和清湘蒋…》:"无使桑间音,乱我杏坛曲。"明钱氏女《述怀》:"援琴不奏桑间曲,挥翰宁题叶上联。"明屠大山《和东沙春日》:"闲来自听桑间曲,老去长逢海上春。"

桑落酒　sāng luò jiǔ
【分类】生活
【关键词】水经注
【释义】指美酒。源见"白堕酒"。
【例句】唐张谓《别韦郎中》:"不醉郎中桑落酒,教人无奈别离何。"唐杜甫《九日杨奉…》:"坐开桑落酒,来把菊花枝。"唐钱起《九日宴浙…》:"木奴向熟堪金实,桑落新开泻玉缸。"唐韩偓《己巳年正…》:"数盏绿醅桑落酒,一瓯香沫火前茶。"

桑榆　sāng yú
【分类】生活
【关键词】淮南子
【释义】指桑树、榆树,二者连言形容日暮,常用以比喻晚年。《太平御览》引《淮南子》:"日西垂,景在树端,谓之桑榆。"
【例句】唐崔融《韦长史挽词》:"日落桑榆下,寒生松柏中。"唐牟融《沈尚书林…》:"松菊寒香三径晚,桑榆烟景两淮秋。"唐张说《邺都引》:"都邑缭绕西山阳,桑榆汗漫漳河曲。"唐储光羲《田家杂兴》:"满园植葵藿,绕屋树桑榆。"

桑舆交　sāng yú jiāo
【分类】生活
【关键词】子桑
【释义】子桑(春秋秦公孙枝)与子舆(春秋鲁曾参),喻指患难之交。源见"子桑寒饥"。
【例句】宋许及之《次宣甫用…》:"气合桑舆友,才推屈宋衙。"宋黄庭坚《次韵杨明…》:"桑舆金石交,既别十日雨。"宋岳珂《送达善归…》:"晨有客来访,裹饭如桑舆。"清曾国藩《养闲草堂…》:"时携桑舆友,物外得佳遨。"

桑中淇上　sāng zhōng qí shàng
【分类】生活
【关键词】诗经
【释义】借指男女约会欢聚之地。《诗经·鄘风·桑中》:"爰采唐矣,沬之乡矣。云谁之思? 美孟姜矣! 期我乎桑中,要我乎上宫,送我乎淇之上矣。"《礼记·乐记》:"桑间濮上之音,亡国之音也。"唐女萝。沬。卫邑。桑中、上宫:是淇水边男女幽会之地。
【例句】唐沈佺期《入卫作》:"淇上风日好,纷纷沿岸多。"唐崔国辅《卫艳词》:"淇上桑叶青,青楼含白日。"宋贺铸《望夫石》:"脱如鲁秋氏,妄结桑中爱。"宋何恭《呈东坡》:"龙骧凤举扶桑中,五采射日吞长虹。"宋薛季宣《读近时乐府》:"寻思濮洧桑中调,几许不如周颂篇。"宋刘克庄《灯夕守舍》:"冶容淇上多游女,群饮街头不醉人。"

桑梓　sāng zǐ
【分类】生活
【关键词】诗经
【释义】借指故乡或乡亲父老。《诗经·小雅·小弁》:"维桑与梓,必恭敬止。"宋朱熹《诗经集传》:"桑、梓二木。古者五亩之宅,树之墙下,以遗子孙给蚕食、器用者也…桑梓父母所植。"
【例句】唐王绩《薛记室收…》:"豺狼塞衢路,桑梓成丘墟。"唐杜审言《春日怀归》:"河山鉴魏阙,桑梓忆秦川。"唐孟浩然《重酬李少…》:"致敬惟桑梓,邀欢即主人。"唐柳宗元《闻黄鹂》:"乡禽何事亦来此,令我生心忆桑梓。"

丧家之狗　sàng jiā zhī gǒu
【分类】生活
【关键词】孔子世家
【释义】比喻失去依靠、无处投奔或惊慌失措的人。《史记·孔子世家》:"郑人或谓子贡曰:'东门有人,其颡似尧,其项类皋陶,其肩类子产,然自要以下不及禹三寸。累累若丧家之狗。'"
【例句】唐杜甫《将适吴楚…》:"昔如纵壑鱼,今如丧家狗。"唐杜甫《奉赠李八…》:"真成穷辙鲋,或似丧家狗。"唐卢仝《冬行》:"可怜圣明朝,还为丧家狗。"唐元稹《酬乐天得…》:"饥摇困尾丧家狗,热暴枯鳞失水鱼。"

搔白首　sāo bái shǒu

【分类】生活

【关键词】诗经

【释义】以手搔头，焦急或有所思貌。喻心绪烦乱。源见"搔首踟蹰"。

【例句】唐杜甫《梦李白》："出门搔白首，若负平生志。"唐贾岛《投庞少尹》："闭户息机搔白首，中庭一树有清阴。"唐韦庄《即事》："无言搔白首，憔悴倚东门。"宋苏舜钦《寿阳閒望…》："幽人憔悴搔白首，啼鸟哀鸣思故林。"

搔首踟蹰　sāo shǒu chí chú

【分类】生活

【关键词】诗经

【释义】形容焦躁不安。《诗经·邶风·静女》："静女其姝，俟我于城隅。爱而不见，搔首踟蹰。"

【例句】唐白居易《闲居偶吟…》："杳然爱不见，搔首万踟蹰。"宋祖无择《吏隐宜春…》："渔樵本吾事，搔首重踟蹰。"宋陈傅良《送画僧法传》："问讯雪庵今何如，子来搔首更踟蹰。"宋文天祥《至扬州》："飘零无绪叹途穷，搔首踟蹰日已中。"

骚客　sāo kè

【分类】文化

【关键词】刘知几

【释义】指诗人，文人。代指屈原。唐刘知几《史通·叙事》："昔文章既作，比兴由生，鸟兽以媲贤愚，草木以方男女。诗人骚客，言之备矣。"

【例句】唐李敬方《题黄山汤院》："禅家休传疾，骚客罢招魂。"唐顾况《闲居怀旧》："骚客空传成相赋，晋人已负绝交书。"唐李商隐《赠刘司户》："已断燕鸿初起势，更惊骚客后归魂。"唐司空图《偶诗》："芙蓉骚客空留怨，芍药诗家只寄情。"

扫鬼方　sǎo guǐ fāng

【分类】政治

【关键词】周易

【释义】鬼方，是殷商时北方部族所建立的国家。代指殷商高宗武丁伐鬼方的战争。喻讨伐边患。《周易·既济》："九三，高宗伐鬼方，三年克之。"

【例句】唐李白《登邯郸洪…》："遥知百战胜，定扫鬼方还。"唐鲍溶《苦哉远征人》："忆昔从此路，连年征鬼方。"宋杨亿《奉和御制》："戎辂巡河右，天威詟鬼方。"宋苏籀《避地咏史》："鬼方政赖高宗克，雅betweene周公无逸乎。"元刘基《登卧龙山…》："殷王伐鬼方，尚期三年克。"

扫雪烹茶　sǎo xuě pēng chá

【分类】文化

【关键词】党太尉

【释义】咏高人雅兴之典。《通鉴长编》载：宋陶谷得党太尉家姬，遇雪，谷取雪水烹茶（或作掬雪水烹茶），谓姬曰："党家有此风味否？"对曰："彼粗人，安有此？但能于销金帐下，浅斟低唱，饮羊羔儿酒耳。"

【例句】宋周牧《资圣寺》："烹茶汲取盈瓯雪，一味清霜齿颊寒。"宋敖迥《临溪楼》："沧浪濯缨尘化雪，清泉烹茶团碎月。"明刘邦彦《雪中登楼…》："玉堂学士擅风骚，扫雪烹茶趣自高。"明邓云霄《小除日大…》："问君诗骨清如许，扫雪烹茶坐竹床。"

色禽合为荒　sè qín hé wéi huāng

【分类】生活

【关键词】尚书

【释义】咏帝王荒淫逸乐之典。《尚书·五子之歌》："其二曰：'训有之：内作色荒，外作禽荒，甘酒嗜音，峻宇雕墙，有一于此，未或不亡。'"色荒，指贪恋女色；禽荒，指喜欢打猎。

【例句】唐白居易《杂兴》："色禽合为荒，刑政两已衰。"唐周昙《太康》："酒酣禽色方为乐，讵肯倾听五子歌。"唐同谷子《五子之歌》："酒色声禽号四ریخ，那堪峻宇又雕墙。"宋杨备《射雉场》："外作禽荒内色荒，三千红粉日严妆。"

啬神养和　sè shén yǎng hé

【分类】政治

【关键词】周磐

【释义】辞让名利之典。《后汉书·周磐传》："公府三辟，皆以有道特征，磐语友人曰：'昔方回、支父啬神养和，不以荣利滑其生术。吾亲以没矣，从物何为？'遂不应。"唐李贤注："《列仙传》曰：'方回，尧时隐人也。尧聘之，练食云母，隐于五柞山…'《高士传》曰：'尧舜各以天下让支父，支父曰：子适有劳忧之病，方且疗之，未暇理天下也。'"啬神，喻爱惜精神，不入世。

【例句】唐权德舆《顺宗至德…》："孝理本忧勤，玄功在啬神。"宋宋庠《次韵和丁…》："几年辞宠解华绅，佛忍庄恬共啬神。"宋汪藻《寄呈寿基…》："清谈三尺竹如意，宴坐一枝松养和。"宋孔平仲《建茶》："定心宁息守丹灶，执固养和归赤子。"清弘历《养和室》："啬神非吾希，种秫非吾恰。"

色丝文　sè sī wén

【分类】文化

【关键词】曹操

【释义】指曹娥碑文。亦喻指美文。源见"绝妙好辞"。

【例句】唐赵嘏《题曹娥庙》："文字在碑碑已堕，波涛辜负色丝文。"唐张说《酬崔光禄…》："斋戒觐华玉，留连叹色丝。"宋曾巩《寄孙莘老…》："枣木已非真篆刻，色丝空喜好文章。"明朱诚泳《拟送人赴举》："士林声价千金璧，艺苑文章五色丝。"

色丝幼妇　sè sī yòu fù

【分类】文化

【关键词】曹操

【释义】意为绝妙。借指优美的文辞。源见"绝妙好辞"。

【例句】宋刘攽《次韵和梁…》："幼妇色丝辉锦组,银钩金错照琉璃。"宋范纯仁《谢张解州…》："色丝幼妇宜传久,肉袒牵羊合亟踬。"明王世贞《九友斋十…》："潘家古绛复入手,色丝幼妇谁当如。"清张葆光《赠王彬然》："色丝幼妇词多少,风雨芒山昨夜归。"

杀伐之气 shā fá zhī qì
【分类】政治
【关键词】孔子家语
【释义】咏战乱之典。《孔子家语·辨乐》："子路鼓琴,孔子闻之,谓冉有曰:'甚矣由之不才也!夫先王之制音也,奏中声以为节,流入于南,不归于北。夫南者生育之乡,北者杀伐之域。故君子之音,温柔居中,以养生育之气…小人之音则不然,亢丽微末,以象杀伐之气。"
【例句】唐杜甫《喜闻官贼…》："朝廷忽用哥舒将,杀伐虚悲公主亲。"唐杜甫《题衡山县…》："耳闻读书声,杀伐灾仿佛。"宋曾巩《青云亭闲望》："穷凶势犹竞,杀伐声更谲。"宋范纯仁《金陵怀古》："英武南征无杀伐,至今樵牧尚能传。"

杀风景 shā fēng jǐng
【分类】生活
【关键词】杂纂
【释义】指破坏美好景物。比喻败坏兴致。《杂纂》载:"花间喝道,看花泪下,苔上铺席,斫却垂杨,花下晒裈,游春重载,石笋系马,月下把火,妓筵说俗事,果园种菜,背山起楼,花架下养鸡鸭为'杀风景之事'。"
【例句】宋韩维《芙蓉五绝…》："却怕后时无意思,杀风景似范家翁。"宋王安石《戏示蒋颖叔》："但怪传呼杀风景,岂知禅客夜相投。"宋汪莘《中秋月》："今夜谁家杀风景,聒天鼓吹到横参。"宋李之仪《堤上閒步》："可笑粗官杀风景,满船丝管载凉州。"

杀鸡为黍 shā jī wéi shǔ
【分类】生活
【关键词】论语
【释义】原义指杀鸡和为黍(做饭)两件事。指殷勤款待宾客。《论语·微子》："止子路宿,杀鸡为黍而食之。"
【例句】唐卢纶《送夏侯校…》："候客定为黍,养农因燎原。"宋刘克庄《送什士岩》："走马看花消许急,杀鸡为黍误侬依。"宋杨亿《赠张季常》："杀鸡日夕期嘉客,种竹寒暄对此君。"宋赵抃《次韵赵少…》："杀鸡炊黍初乘兴,怨鹤惊猿却念归。"宋苏轼《常润道中…》："卖剑买牛吾欲老,杀鸡为黍子来无。"聂绀弩《即事》："杀鸡为黍真长策,蟋蟀登床自鼓琴。"

沙堤 shā dī
【分类】文化
【关键词】唐国史补
【释义】唐代专为宰相通行车马所铺筑的沙面大路。后指枢臣所行之路。《唐国史补》："凡拜相,礼绝班行,府县载沙填路。自私第至于子城东街,名曰沙堤。"
【例句】唐李白《和卢侍御…》："青萝袅袅挂烟树,白鹇处处聚沙堤。"唐杨巨源《胡二十拜…》："徒言玉节将分阃,定是沙堤欲到门。"唐白居易《夜归》："万株松树青山上,十里沙堤明月中。"唐张籍《早朝寄白…》："烛暗有时冲石柱,雪深无处认沙堤。"

沙界 shā jiè
【分类】文化
【关键词】神会语录
【释义】佛教语,谓多如恒河沙数的世界。《神会语录·菩提达摩南宗定是非论一卷》："是故《金刚般若波罗蜜经》云:'举恒河中沙,一沙为一恒河,尔许恒河沙数三千大千世界七宝布施,不如于此经中乃至受持四句偈等…'"
【例句】唐李逈秀《奉和九月…》："沙界人王塔,金绳梵帝游。"唐庞蕴《诗偈》："神识自然无挂碍,廓周沙界等虚空。"宋苏轼《观湖》："回首不知沙界小,飘衣犹觉色尘高。"宋苏辙《次韵毛君…》："燕坐收心鉴,冥观阅界沙。"

沙丘 shā qiū
【分类】政治
【关键词】秦始皇
【释义】在河北省邢台市广宗境内,为秦始皇第五次东巡驾崩的地方,也是赵公子章沙丘兵变和赵高与胡亥、李斯沙丘政变的地方。《史记·秦始皇本纪》："七月丙寅,始皇崩于沙丘平台。"按:始皇崩在沙丘之宫,平台之中。
【例句】唐韦楚老《祖龙行》："祖龙一夜死沙丘,胡亥空随鲍鱼辙。"唐李咸用《喻道》："牢落沙丘终古恨,寂寥函谷万年春。"唐胡曾《沙丘》："堪笑沙丘才过处,銮舆风过鲍鱼腥。"宋曹勋《青苔篇》："秦皇正游览,黄屋指沙丘。"

沙丘鲍鱼 shā qiū bào yú
【分类】政治
【关键词】秦始皇
【释义】指秦始皇死亡。《史记·秦始皇本纪》："七月丙寅,始皇崩于沙丘平台。丞相(李)斯为上崩在外,恐诸公子及天下有变,乃秘之,不发丧。棺载辒凉车中。…会暑,上辒车臭,乃诏从官令车载一石鲍鱼,以乱其臭。"
【例句】唐李贺《苦昼短》："刘彻茂陵多滞骨,嬴政梓棺费鲍鱼。"唐陈陶《续古》："万乘巡海回,鲍鱼空相送。"唐胡曾《沙丘》："堪笑沙丘才过处,銮舆风过鲍鱼腥。"宋王十朋《望天台赤…》："山中采药使未返,鲍鱼向已沙丘腥。"

沙汰秽浊 shā tài huì zhuó
【分类】政治
【关键词】许靖
【释义】比喻罢退庸臣。《三国志·许靖传》："灵帝崩,董卓秉政,以汉阳周毖为吏部尚书,与靖共谋议,进退天下之士,沙汰秽浊,显拔幽滞。"
【例句】唐元稹《去杭州》："永宁昔在抡鉴表,沙汰沈浊澄浚源。"唐杜甫《上韦左相…》："沙汰江河浊,调和鼎鼐新"

宋李新《谢王司户…》："的知非布谁讥诈，沙汰襆归安足讶。"金耶律楚材《和平阳张…》："清浊自沙汰，精粗任扬簸。"

铩翮　shā hé
【分类】生活
【关键词】淮南子
【释义】指鸟的翅膀。比喻人生受挫折。源见"铩羽"。
【例句】唐杜甫《敬寄族弟…》："鸾凤有铩翮，先儒曾抱麟。"唐韩愈《寒食日出游》："断鹤两翅鸣何哀，縶骥四足气空横。"唐白居易《和我年》："将枯鳞再跃，经铩翮重矫。"唐李绅《悲善才》："离禽铩翮尚还飞，白首生从五岭归。"

铩羽　shā yǔ
【分类】生活
【关键词】淮南子
【释义】毛羽伤残，不能高飞。比喻人生受挫折。《淮南子·俶真训》："飞鸟铩翼，走兽挤脚。"东汉高诱注："纣田猎禽荒无休止日，故飞鸟折翼，走兽毁脚，无不被害也。"
【例句】唐张九龄《江上遇疾风》："投林鸟铩羽，入浦鱼曝鳃。"唐柳宗元《简吴武陵》："铩羽集枯干，低昂互鸣悲。"宋钱惟演《许洞归吴中》："可使长离终铩羽，渊云辞藻挟天庭。"宋孔平仲《晦之厌州…》："踠足骅骝铩羽鸿，似君今日叹途穷。"

晒犊鼻　shài dú bí
【分类】生活
【关键词】阮籍阮咸
【释义】咏贫穷而豁达的典实。犊鼻，即犊鼻裈，指短裤（一说围裙），形如犊鼻。源见"阮家贫"。
【例句】唐王绩《春庄走笔》："猪肝时入馔，犊鼻亲裁裈。"唐李颀《别梁锽》："庭中犊鼻昔尝挂，怀里琅玕今在无。"唐李商隐《七夕偶题》："明朝晒犊鼻，方信阮家贫。"宋梅尧臣《岸贫》："稚子将荷叶，还充犊鼻裈。"

晒腹　shài fù
【分类】文化
【关键词】郝隆
【释义】谓诗书尽在腹中，富有学问。《世说新语·排调》："郝隆七月七日出日中仰卧，人问其故，答曰：'我晒书。'"
【例句】宋刘筠《戊申年七…》："岂惟蜀客知踪迹，更问庭中晒腹人。"宋王令《赠致政郭…》："一斗独倾花下酒，五车时晒腹中书。"宋苏辙《初闻得校…》："读书犹记少年狂，万卷纵横晒腹囊。"宋仇远《七夕》："儿笑无书空晒腹，妇言有酒可浇愁。"

山阿　shān ē
【分类】生态
【关键词】楚辞
【释义】山的弯曲处。山岳；小陵。借指山野之人。《楚辞补注·九歌·山鬼》："若有人兮山之阿，被薜荔兮带女萝。"汉王逸注："阿，曲隅也。"
【例句】唐杜甫《寄柏学士…》："叹彼幽栖载典籍，萧然暴露依山阿。"唐熊孺登《曲池陪宴…》："水自山阿绕坐来，珊瑚台上木绵开。"唐李商隐《安平公诗》："明朝骑马出城外，送我习业南山阿。"宋马廷鸾《山中梅花》："欲为山严作好歌，旧时挟册向山阿。"

山崩川竭　shān bēng chuān jié
【分类】政治
【关键词】国语
【释义】形容发生重大变故。《国语·周语》："幽王二年，西周三川皆震。伯阳父曰：'周将亡矣…夫国必依山川，山崩川竭，亡之征也。'十一年，幽王乃灭，周乃东迁。"三川：指源于岐山的渭、泾、汭三条河流。
【例句】唐崔颢《江畔老人愁》："直言荣华未休歇，不觉山崩海将溢。"宋郭祥正《送耿少府》："雷惊电掣露怪变，山崩海泻能扶持。"宋刘敞《杂诗》："川竭山亦摧，喟然吾何称。"宋苏辙《次迟韵》："常旸百川竭，顾亦防雨耳。"

山川满目　shān chuān mǎn mù
【分类】生活
【关键词】李峤
【释义】即山川满目泪沾衣。意谓满目山河依旧，人事全非，使人泣下沾襟。为古人吊古伤怀之语。《本事诗·事感》："玄宗尝乘月登勤政楼，命梨园弟子歌数阕。有唱李峤诗者云：'富贵荣华能几时，山川满目泪沾衣。不见只今汾水上，惟有年年秋雁飞。'…因凄然泣下。"
【例句】宋韩琦《览渭帅王…》："山川满目吟虽苦，戈甲藏胸意自闲。"宋王安石《胡笳十八拍》："日夕思归不得归，山川满目泪沾衣。"宋孔平仲《济阳作》："往事山川空满目，新年须鬓欲成霜。"宋严羽《送张季远…》："山川遥满目，何处是吴京。"宋王十朋《提舶携具…》："山川满目如京洛，台榭侵云类广寒。"

山东二百州　shān dōng èr bǎi zhōu
【分类】政治
【关键词】四蕃志
【释义】山东指函谷关以东。据《十道四蕃志》：唐关东共二百一十七州。函谷关在洛阳新安县。
【例句】唐杜甫《兵车行》："君不见汉家山东二百州，千村万落生荆杞。"宋崔敦诗《皇帝阁》："宸心未惬高明适，志在山东二百州。"宋戴栩《上丞相寿》："澶漫山东二百州，君恩如水向东流。"宋文天祥《胡笳曲》："汉家山东二百州，青是烽烟白人骨。"

山公　shān gōng
【分类】政治
【关键词】山涛
【释义】借指善于甄拔人才者。源见"山公启事"。

【例句】唐李百药《王师渡汉…》："山公不可遇,谁与访高阳。"唐韩仲宣《晦日重宴》："陈遵已投辖,山公正坐池。"唐崔峒《扬州选蒙…》："自得山公许,休耕海上田。"唐高适《古乐府飞…》："公才山吏部,书癖杜荆州。"

山公访嵇绍 shān gōng fǎng jī shào

【分类】生活
【关键词】山涛
【释义】咏关怀好友遗孤之典。《晋书·嵇绍传》:"嵇绍字延祖,魏中散大夫康之子也…山涛领选,启武帝曰:'嵇绍贤侔郤缺,宜加旌命,请为秘书郎。'帝谓涛曰:'如卿所言,乃堪为丞,何但郎也。'乃发诏征之,起家为秘书丞。"
【例句】唐李商隐《赠宇文中丞》："人间只有嵇延祖,最望山公启事来。"唐李端《送诸暨裴…》："山公访嵇绍,赵武见韩侯。"宋刘一止《恭人黄氏…》："山公取友先嵇阮,永愧论才得误知。"明王世贞《途次投赠…》："山公实已怜嵇绍,谷口宁容卧郑真。"

山公启事 shān gōng qǐ shì

【分类】政治
【关键词】山涛
【释义】谓知人能鉴,荐才举贤。《晋书·山涛列传》："涛再居选职,十有余年,每一官缺,辄启拟数人…涛所奏甄拔人物,各为题目,时称'山公启事'。"
【例句】唐张九龄《奉和吏部…》："山公启事罢,吉甫颂声传。"唐李商隐《赠宇文中丞》："人间只有嵇延祖,最望山公启事来。"宋晁说之《邓圣求作…》："白头关塞走匆匆,曾玷山公启事中。"宋方回《寄伯宣尚…》："严子钓台跧旧隐,山公启事玷群贤。"

山公藻鉴 shān gōng zǎo jiàn

【分类】政治
【关键词】山涛
【释义】借指善于甄拔人才者的品评鉴别。源见"山公启事"。
【例句】唐杜甫《上韦左相…》："持衡留藻鉴,听履上星辰。"唐高元裕《简知举陈商》："中丞为国拔英才,寒畯欣逢藻鉴开。"唐吴融《过丹阳》："桂枝自折愧前代,藻鉴难逢耻后生。"宋孔平仲《诗致卓道…》："阴阳藻鉴两俱优,落落高谈气似秋。"

山公醉酒 shān gōng zuì jiǔ

【分类】生活
【关键词】山简
【释义】放饮酣醉之典。《晋书·山简》："简字季伦…镇襄阳…简优游卒岁,唯酒是耽。诸习氏,荆土豪族,有佳园池,简每出嬉游,多之池上,置酒辄醉,名之曰高阳池。时有童儿歌曰:'山公出何许,往至高阳池。日夕倒载归,茗艼无所知。时时能骑马,倒著白接䍦。举鞭向葛强:何如并州儿?'强家在并州,简爱将也。"
【例句】唐孟浩然《裴司士员…》："谁道山公醉,犹能骑马回。"唐李白《江夏赠韦…》："山公醉后能骑马,别是风流贤主人。"唐李白《襄阳歌》："傍人借问笑何事,笑杀山公醉如泥。"唐岑参《与鲜于庶…》："山公醉不醉,问取葛强知。"唐杜甫《清明》："马援征行在眼前,葛强亲近同心事。"

山骨 shān gǔ

【分类】生活
【关键词】刘师服
【释义】指山中岩石。绘画中喻山的内在神韵。唐刘师服侯喜《石鼎联句》："巧匠斫山骨,刳中事煎烹。"
【例句】唐陆龟蒙《以毛公泉…》："四面蹙山骨,中心含月魂。"唐贯休《秋末入匡…》："雨淙山骨出,樨揭岸形卑。"宋宋庠《岁晚许局…》："潦收陂面阔,木落山骨瘦。"宋文彦博《熙宁癸丑…》："雪消山骨瘦,风定浪头低。"

山鬼 shān guǐ

【分类】文化
【关键词】楚辞
【释义】山神。泛指山中鬼魅。《楚辞·山鬼》："若有人兮山之阿,被薜荔兮带女罗"为祭祀山神之歌。
【例句】唐白居易《送客之湖南》："山鬼趚跳唯一足,峡猿哀怨过三声。"唐李贺《神弦》："海神山鬼来座中,纸钱窸窣鸣飙风。"唐李商隐《楚宫》："枫树夜猿愁自断,女萝山鬼语相邀。"聂绀弩《夏公赠八…》："梦中披荔来山鬼,案上凌波供水仙。"

山河影 shān hé yǐng

【分类】文化
【关键词】酉阳杂俎
【释义】咏月之典。古人认为月中的阴影是地上山河的倒影。《酉阳杂俎·天咫》："释氏书言,须弥山南面有阎扶树,月过,树影入月中。或言月中蟾桂,地影也;空处,水影也。此语差近。"
【例句】唐吕岩《卜算子》："卷尽浮云月自明,中有山河影。"宋岳飞《念奴娇》："天地无尘,山河有影,了不遗毫发。"宋刘才邵《中秋》："写尽山河影,想添蟾兔寒。"宋陈造《八月十二…》："金波冷浸山河影,直为高阳酒伴明。"

山呼 shān hū

【分类】政治
【关键词】汉武帝
【释义】对帝王表示祝颂。也指高声欢呼。《汉书·武帝纪》："(元封元年)春正月,(武帝)行幸缑氏…翌日亲登嵩高,御史乘属,在庙旁吏卒咸闻呼万岁者三。"
【例句】唐卢纶《皇帝感词》："山呼一万岁,直入九重城。"唐白居易《开成大行》："帝与九龄虽吉梦,山呼万岁是虚声。"唐薛逢《元日楼前…》："山呼圣寿烟霞动,风转金章鸟兽回。"宋田锡《圣方平戎歌》："兵师会合如波注,山呼万岁震边陲。"

山鸡舞镜　shān jī wǔ jìng
【分类】文化
【关键词】鸡
【释义】比喻人顾影自怜或对镜顾盼。《太平御览》引《异苑》："山鸡爱其毛羽，映水则舞。魏武时，南方献之，帝欲其鸣舞而无由。公子苍舒令人取大镜着其前，鸡鉴形而舞，不知止，遂至死。"
【例句】唐武三思《奉和宴小…》："岩泉飞野鹤，石镜舞山鸡。"唐刘禹锡《观柘枝舞》："山鸡临清镜，石燕赴遥津。"唐李商隐《破镜》："秦台一照山鸡后，便是孤鸾舞罢时。"唐崔护《山鸡舞石镜》："庐峰开石镜，人说舞山鸡。"

山鸡献楚　shān jī xiàn chǔ
【分类】生活
【关键词】尹文子
【释义】形容人不辨真伪，以假为真的典故。《尹文子·大道上》："楚人担山雉者，路人问：'何鸟也？'担雉者欺之曰：'凤凰也。'…则十金，弗与；请加倍，乃与之。将欲献楚王，经宿而鸟死，路人不遑惜金，惟恨不得以献楚王。"
【例句】唐李白《赠范金卿》："辽东惭白豕，楚客羞山鸡。"唐李白《赠从弟冽》："楚人不识凤，重价求山鸡。"宋王安石《再用前韵…》："伪凤易悦楚，真龙反惊叶。"明胡俨《锦鸡图》："昔闻楚人不识凤，忽见山鸡重购之。"

山鸡照影　shān jī zhào yǐng
【分类】生活
【关键词】鸡
【释义】比喻顾影自怜。源见"山鸡舞镜"。
【例句】唐元稹《三叹》："顾影不自暖，寄尔蟠桃鸡。"宋倪倪《空烟亭》："山鸡照影空自媚，白鹭窥鱼惊不起。"宋黄庭坚《睡鸭》："山鸡照影空自爱，孤鸾对镜不作双。"元吴澄《赠碧溪相》："溪水无心管是非，临溪照影笑山鸡。"

山林嘲　shān lín cháo
【分类】生活
【关键词】孔稚珪
【释义】讽刺贪图富贵的假清高之典。《昭明文选·南朝齐孔稚珪〈北山移文〉》："于是南岳献嘲，北陇腾笑，列壑争讥，攒峰竦消。"嘲讽南朝齐周颙自我标榜为清高隐逸之士，实为追求仕宦。
【例句】唐柳宗元《游朝阳岩…》："会有圭组恋，遂贻山林嘲。"宋释德洪《次韵吏隐堂》："安用山林笑朝市，戏将轩冕寄余生。"

山抹微云　shān mǒ wēi yún
【分类】文化
【关键词】秦观
【释义】文人艳句流传的佳话。《避暑录话》："秦观少游亦善为乐府，语工而入律。《满庭芳》词，首言'山抹微云，天粘衰草'，尤为当时所传。苏子瞻（轼）于四学士中最善少游，故他文未尝不极口称善…故常戏云：'山抹微云秦学士，露华倒影柳屯田。'"
【例句】宋琴操《满庭芳》："山抹微云，天连衰草，画角声断斜阳。"宋无《秦少游女》："看来山抹微云恨，直送蛾眉出汉关。"元刘仁本《南宋故内…》："山抹微云锁凤腰，御沟流水海鲜桥。"清朱彝尊《送程秀才…》："花飞春水都官句，山抹微云女婿诗。"

山木　shān mù
【分类】文化
【关键词】左传
【释义】山中的树木。《左传·昭公三年》："山木如市，弗加于山，鱼盐蜃蛤，弗加于海。"
【例句】唐严维《书情献相公》："孤根独弃惭山木，弱质无成状水萍。"唐陈子昂《感遇诗》："岂徒山木寿，空与麋鹿群。"唐李隆基《早登太行…》："涧泉含宿冻，山木带余霜。"唐王维《送杨长史…》："官桥祭酒客，山木女郎祠。"

山妻　shān qī
【分类】生活
【关键词】高士传
【释义】隐士的妻子。后多用为自称其妻的谦词。《高士传·陈仲子》："楚相敦求，山妻了算，遂嫁云踪，锄丁自窜。"
【例句】唐李白《赠范金卿》："只应自索漠，留舌示山妻。"唐陈羽《隐居》："稚子新能编笋笠，山妻旧解补荷衣。"唐杨志坚《送妻》："渔父尚知溪谷暗，山妻不信出身迟。"聂绀弩《即事》："闲书著就无人读，抛向山妻簿领旁。"

山色有无中　shān sè yǒu wú zhōng
【分类】生态
【关键词】王维
【释义】形容山色朦胧微茫，似有若无的奇景。唐王维《汉江临泛》："江流天地外，山色有无中。"
【例句】宋王庭圭《向文刚读…》："东晋书斋颓压后，西湖山色有无中。"宋欧阳修《朝中措》："平山阑槛倚晴空，山色有无中。"宋李纲《自湘乡趋…》："石廪巉天堆祝融，遥看山色有无中。"金蔡圭《春阴》："城上春阴暗晚空，城头山色有无中。"

山上山　shān shàng shān
【分类】生活
【关键词】玉台新咏
【释义】婉言外出之语。山上有山，暗隐一个出字。源见"藁砧"。
【例句】唐独孤及《与韩侍御…》："三径何寂寂，主人山上山。"唐漳郡守《梦康仙示诗》："有心只恋琵琶坂，无意更登山上山。"宋史弥宁《次韵黄贰…》："我本无心山上山，随风聊度过沧湾。"宋李新《杂兴》："藁砧山上山，刀头杏无期。"宋葛胜仲《次韵宋景…》："著书大似屋中屋，择禄甘从山上山。"

山神请 shān shén qǐng
【分类】文化
【关键词】高僧传
【释义】咏高僧传法之典。《高僧传·晋庐山释昙邕》:"(昙邕)与弟子昙果,澄思禅门,尝于一时果梦见山神求受五戒。果曰:'家师在此,可往咨禀。'后少时,邕见一人着单衣帽,风姿端雅,从者二十许人,请受五戒。邕以果先梦,知是山神,乃为说法授戒。"
【例句】唐王维《燕子龛禅师》:"时许山神请,偶逢洞仙博。"唐吕从庆《春日往栅…》:"山神拟欲求新句,牵住衣裳不放行。"

山阳笛 shān yáng dí
【分类】生活
【关键词】向秀嵇康
【释义】意谓感旧、伤怀、追念亡友。晋向秀《〈思旧赋〉序》:"余与嵇康、吕安居止接近。其人并有不羁之才…其后各以事见法。余逝将西迈,经其旧庐,于时日薄虞渊,寒冰凄然,邻人有吹笛者,发声寥亮。追思曩昔游宴之好,感音而叹,故作赋云。"其旧居在山阳。
【例句】唐司空曙《残莺百啭…》:"金谷筝中传不似,山阳笛里写难成。"唐耿湋《太原送许…》:"莫向山阳过,邻人夜笛悲。"唐窦牟《奉诚园闻笛》:"秋风忽洒西园泪,满目山阳笛里人。"唐许浑《同韦少尹…》:"何须更赋山阳笛,寒月沉西水向东。"

山阳会 shān yáng huì
【分类】生活
【关键词】嵇康
【释义】借指故友聚会宴饮。嵇康寓居河内之山阳县。源见"竹林七贤"。
【例句】唐李峤《酬杜五弟…》:"未展山阳会,空留池上杯。"唐郎士元《送张南史》:"借问山阳会,如今有几人。"唐崔峒《赠窦十九》:"山阳会里同人少,灞曲农时故老稀。"明李攀龙《答明卿病…》:"应忆山阳会,疏狂阮籍多。"

山阳旧侣 shān yáng jiù lǚ
【分类】生活
【关键词】嵇康
【释义】借指故友。源见"竹林七贤"。
【例句】唐刘禹锡《伤愚溪》:"纵有邻人解吹笛,山阳旧侣更谁过。"明唐桂芳《和子静先…》:"忍听旧侣山阳笛,宜效诸生洛下吟。"清赵执信《山阳题李…》:"旧侣复相逢,清淮照病颜。"清邓潆《将赋四明…》:"凄绝西风洒一樽,黄垆旧侣渺何存。"

山阴道上 shān yīn dào shàng
【分类】生态
【关键词】王献之
【释义】指今绍兴西南郊沿途一带。这里以景物美而著称。山阴,旧县名,在今绍兴市。《世说新语·言语》:"王子敬(献之)云:'从山阴道上行,山川自相映发,使人应接不暇。若秋冬之际,尤难为怀。'"
【例句】唐羊士谔《忆江南旧…》:"山阴道上桂花初,王谢风流满晋书。"宋李光《阳朔道中》:"定知万壑千岩胜,不似山阴道上看。"宋陆游《春晚自近…》:"山阴道上柳如丝,策蹇悠悠信所之。"宋袁燮《天童道上》:"清辉秀色交相映,未羡山阴道上行。"

山阴会 shān yīn huì
【分类】文化
【关键词】王羲之
【释义】咏文人宴集及修禊活动之典。《晋书·王羲之传》:"永和九年,岁在癸丑,暮春之初,会于会稽山阴之兰亭,修禊事也。群贤毕至,少长咸集。"
【例句】唐胡皓《和宋之问…》:"闻道山阴会,仍为火忌辰。"唐许浑《和人贺杨…》:"岂同王谢山阴会,空叙流杯醉暮春。"唐独孤及《同徐侍郎…》:"岂令永和人,独擅山阴游。"五代徐铉《和王庶子…》:"群贤讵减山阴会,远俗初闻正始声。"

山中何所有 shān zhōng hé suǒ yǒu
【分类】政治
【关键词】陶弘景
【释义】名士隐居之典。《太平广记·陶弘景》:"齐高祖问之曰:'山中何所有?'弘景赋诗以答之,词曰:'山中何所有?岭上多白云。只可自怡悦,不堪持寄君。'高祖赏之。"
【例句】宋萧立之《送周竹友…》:"桂东山中何所有,于菟嗥风阿香吼。"宋刘安上《宿方潭》:"山中何所有,一味静难名。"宋王之道《黄顿琅玕…》:"山中何所有,离离见疏竹。"宋于石《答诸公游…》:"世人未识山中乐,问我山中何所有。"

山中陶弘景 shān zhōng táo hóng jǐng
【分类】政治
【关键词】陶弘景
【释义】比喻隐居不出仕却参谋国政的人。源见"山中宰相"。
【例句】唐徐夤《岚似屏风》:"山中宰相陶弘景,谷口耕夫郑子真。"唐韩偓《格卑》:"南朝峻洁推弘景,东晋清狂数季鹰。"宋钱选《题友人判…》:"山中老去陶弘景,湖曲归来贺季真。"元刘因《黑马酒》:"山中唤起陶弘景,轰饮高歌敕勒川。"

山中宰相 shān zhōng zǎi xiàng
【分类】政治
【关键词】陶弘景
【释义】比喻隐居不出仕却参谋国政的人。《南史·陶弘景传》:南朝陶弘景隐居于句容之句曲山,"乃中山立馆,自号华阳隐居"。"国家每有吉凶征讨大事,无不前以咨询。月中常有数信,时人谓为山中宰相。"
【例句】唐陆龟蒙《和袭美伤…》:"武皇徒有飘飘思,谁问山中宰相名。"唐郑谷《蔡处士》:"旨趣陶山相,诗篇沈隐侯。"唐高适《送虞城刘…》:"今日逢明圣,吾为陶隐居。"五代徐钧《陶弘景》:"预闻国政无虚日,笑杀山中宰相名。"

珊瑚钩　shān hú gōu
【分类】文化
【关键词】孝经
【释义】古人认为的一种瑞应之物。《孝经援神契》:"珊瑚钩,瑞宝也,神灵滋液,百珍宝用则见。"亦指用珊瑚所作的帐钩。或喻文章书画华丽珍贵。
【例句】唐杜甫《八哀诗》:"丰屋珊瑚钩,麒麟织成罽。"唐杜甫《奉同郭给…》:"飘飘青琐郎,文采珊瑚钩。"唐元稹《连昌宫词》:"晨光未出帘影黑,至今反挂珊瑚钩。"唐唐彦谦《咏葡萄》:"石家美人金谷游,罗帏翠幕珊瑚钩。"

珊瑚玦　shān hú jué
【分类】文化
【关键词】西京杂记
【释义】玦为环形玉器,有缺口。以珊瑚做的玦。据《西京杂记》载,赵飞燕女弟赠飞燕之物有珊瑚玦。
【例句】唐杜甫《哀王孙》:"腰下宝玦青珊瑚,可怜王孙泣路隅。"宋王谓《代意》:"玦带珊瑚佩解琼,楚云无定好伤情。"宋王质《送施丙卿》:"居仁宝玦敲珊瑚,吉甫金碗倾醍醐。"宋仇远《题赵子固…》:"白粲铜盘倾沆瀣,清明宝玦破珊瑚。"

珊瑚市　shān hú shì
【分类】文化
【关键词】述异记
【释义】咏珊瑚之典。《述异记》:"郁林郡有珊瑚市、海先市。珊瑚树碧色,生海底,一株十枝。"
【例句】唐杜甫《奉赠李八…》:"珊瑚市则无,骡驴人得有。"明韩上桂《广州行呈…》:"珊瑚玳瑁倾都市,象齿文犀错绮筵。"明陈子壮《庄景说奉…》:"日出珊瑚轮海市,风薰翡翠点江楼。"明屈大均《寿尹太翁》:"物贵珊瑚市,人欢苣卜丛。"清彭孙遹《和秋岳韵…》:"休从泉客市珊瑚,雾雨弥漫海是图。"

膻蚁　shān yǐ
【分类】政治
【关键词】舜
【释义】比喻仰慕善德。源见"慕膻"。
【例句】唐裴铏《题文翁石室》:"人心未肯抛膻蚁,弟子依前学聚萤。"宋赵汝回《寄昭武冯…》:"始如浮釜鱼,终如慕膻蚁。"宋华镇《送新广西…》:"云移难就荫,蚁慕漫求膻。"明袁宏道《戏题斋壁》:"心若捕鼠猫,身似近膻蚁。"

剡溪　shàn xī
【分类】生态
【关键词】王徽之
【释义】在浙江省绍兴市嵊县,至上虞与曹娥江相接。时王徽之(字子猷)居会稽(今绍兴)时,雪夜泛舟剡溪,访戴逵(字安道),至其门而返。源见"子猷兴尽"。
【例句】唐高适《崔司录宅…》:"饮醉欲言归剡溪,门前骢马光照衣。"唐白居易《赠江州李…》:"经过剡溪雪,寻觅武陵春。"唐薛逢《送刘郎中…》:"楼下潮回沧海浪,枕边云起剡溪山。"聂绀弩《一缘居士…》:"何与剡溪戴安道,子猷兴尽自归船。"

善财童子　shàn cái tóng zǐ
【分类】文化
【关键词】华严经
【释义】佛教菩萨之一。《华严经·入法界品二》:"何以因缘名曰善财?此童子者,初受胎时,于其宅内有七大宝藏;其藏普出七宝楼阁,自然周备。"
【例句】宋释宗演《偈颂》:"善财童子采来亲,大智文殊用得灵。"宋汪元量《光相寺》:"善财童子何许来,五十三参见真谛。"宋周必大《天池观文…》:"一灯别是真知识,不用奔波学善财。"宋释宝昙《瑞岩行者…》:"善财再见文殊日,一臂黄金摩顶讫。"

善和坊①　shàn hé fāng
【分类】生活
【关键词】范摅
【释义】称士人冶游赋诗之地。唐范摅《云溪友议》:"崔涯者,吴楚之狂生也,与张祜齐名。每题一诗于娼肆,无不诵之于衢路…赠端端诗曰:'觅得黄骝鞁绣鞍,善和坊里取端端。扬州近日浑相诧,一朵能行白牡丹。'"
【例句】唐崔涯《嘲李端端》:"觅得黄骝鞁绣鞍,善和坊里取端端。"宋刘克庄《耄志》:"善和坊里早多病,翰墨场中竟策勋。"宋刘克庄《太守宋监…》:"穷巷号为通德里,旧书藏在善和坊。"宋朱翌《牡丹次韵》:"兴庆池边凝晓露,善和坊里借余光。"

善和坊②　shàn hé fāng
【分类】文化
【关键词】柳宗元
【释义】借指藏书。唐柳宗元《寄许孟容书》:"家有赐书三千卷,尚在善和里旧宅。"
【例句】唐崔涯《嘲李端端》:"觅得黄骝鞁绣鞍,善和坊里取端端。"宋朱翌《牡丹次韵》:"兴庆池边凝晓露,善和坊里借余光。"宋刘克庄《用强甫蒙…》:"已傍先庐敞便斋,善和万卷与君偕。"宋张栻《别离情所…》:"云满南阳陌,书藏善和宅。"

善价　shàn jià
【分类】政治
【关键词】论语
【释义】高价。借指杰出的人才。源见"待贾而沽"。
【例句】唐齐己《谢人惠端…》:"端人凿断碧溪浔,善价争教惜万金。"唐杜甫《秋日夔府…》："风流俱善价，惬当久忘筌。"唐南巨川《美玉》："终希逢善价，还得桂林枝。"唐白居易《叙德书情…》："提携增善价，拂拭长妍姿。"

善卷自得　shàn juǎn zì dé
【分类】政治
【关键词】善卷
【释义】咏隐遁避世之典。善卷，古隐士。《庄子·让王》："舜以天下让善卷。善卷曰：'余立于宇宙之中，冬日衣皮毛…日出而作，日入而息，逍遥于天地之间，而心意自得，吾何以天下为哉！悲夫！子之不知余也。'"
【例句】唐李白《雉子斑》："善卷让天子，务光亦逃名。"唐王维《过沈居士…》："善卷明时隐，黔娄在日贫。"宋释重显《赠别太臻…》："坛曾善卷韬龙光，洞亦桃花副麟趾。"明王守仁《德山寺次…》："雨昏碧草春申墓，云卷青峰善卷台。"

善颂善祷　shàn sòng shàn dǎo
【分类】政治
【关键词】礼记
【释义】善于颂扬，善于祈求。隐含规诫于颂祷之中。《礼记·檀弓》："晋献文子成室，晋大夫发焉。张老曰：'美哉轮焉！美哉奂焉！歌于斯，哭于斯，聚国族于斯。'文子曰：'武也，得歌于斯，哭于斯，聚国族于斯，是全要领以从先大夫于九京也。'北面再拜稽首。君子谓之'善颂善祷'。"唐孔颖达疏："张老因颂寓规，故为善颂，文子闻过即服而拜，故为善祷。"
【例句】唐韩愈《辛卯年雪》："善祷吾所慕，谁寸诚微。"宋范仲淹《依韵和襄…》："我起为君寿，善颂复善祷。"宋郑清之《和郑制干…》："愿为善颂祷，既醉备五福。"宋文彦博《和致政侍…》："乐天善颂传嘉句，虔命叨居愧薄才。"宋文彦博《和依韵谢运…》："深悉至怀形善祷，拟延西景驻颓龄。"宋陈师道《次韵杨内…》："勉作功名求善颂，径从平地据通津。"

掞天才　shàn tiān cái
【分类】文化
【关键词】左思
【释义】称美诗文之典。《昭明文选·晋左思〈蜀都赋〉》："幽思绚道德，摛藻掞天庭。"晋刘渊林注："班固述雄传曰：'初拟相如，献赋黄门，'故曰'摛藻掞天庭'也。"
【例句】唐杨师道《中书寓直…》："玉阶良史笔，金马掞天才。"唐宋之问《扈从登封…》："扈从良可赋，终乏掞天才。"唐刘禹锡《和令狐相…》："凌云羽翮掞天才，扬历中书与外台。"唐黄滔《司马长卿》："一自梁园失意回，无人知有掞天才。"

单豹张毅　shàn bào zhāng yì
【分类】生活
【关键词】庄子
【释义】养生之道的典故。《庄子·达生》："善养生者，若牧羊然，视其后者而鞭之。'"田开谓周威公曰：'鲁有单豹者，岩居而水饮，不与民共利，行年七十而犹有婴儿之色；不幸遇饿虎，饿虎杀而食之。有张毅者，高门悬薄，无不走也，行年四十而有内热之病以死。豹养其内而虎食其外，毅养其外而病攻其内。'"
【例句】唐柳宗元《种术》："单豹且内虞，高门复如何。"宋苏颂《暇日游道…》："单豹治里外逢害，张毅修襮中成疸。"宋李之仪《读渊明诗》："张毅与单豹，要之皆偶然。"清陆奎勋《挽沈南疑》："单豹养内虎食外，张毅养外病攻中。"

单父琴　shàn fù qín
【分类】政治
【关键词】宓子贱
【释义】称美清政轻刑的地方官治绩。源见"鸣琴而治"。
【例句】唐杜甫《夏日杨长…》："醉酒扬雄宅，升堂子贱琴。"唐杜甫《赠裴南部…》："尘满莱芜甑，堂横单父琴。"唐罗隐《送前南昌…》："亦知单父琴犹在，莫厌东归酒未醒。"宋毛滂《定光梅开…》："玉人为弄昆溪笛，尘榻空横单父琴。"

单父台　shàn fù tái
【分类】生态
【关键词】宓子贱
【释义】单父，古邑名，相传虞舜师单卷所居，故名。秦置县，治所在山东单县。单父台，即琴台，单县南护城堤内侧，相传春秋时宓子贱政暇鸣琴处。为唐县尉陶沔所筑。
【例句】唐杜甫《昔游》："昔者与高李，晚登单父台。"宋毕仲游《过天清寺》："高标不数慈恩塔，迥眺如登单父台。"宋朱熹《熹伏蒙休…》："远游莫说云门寺，往事聊寻单父台。"聂绀弩《查慧九以…》："单父台高李杜登，锦城私馆缺烟灯。"

伤弓之鸟　shāng gōng zhī niǎo
【分类】政治
【关键词】战国策
【释义】比喻人受过某种打击或刺激后，一遇到类似情况，便十分惊恐。《战国策·楚策四》："其飞徐而悲鸣。飞徐者，故疮痛也；悲鸣者，久失群也，故疮未息，而惊心未去也。闻弦音，引而高飞，故疮陨也。"
【例句】唐方干《新月》："潭鱼惊钓落，云雁怯弓张。"唐陈子昂《落第西还…》："转蓬方不定，落羽自惊弦。"唐白居易《元十八从…》："伤弓未息新惊鸟，得水难留久卧龙。"五代徐铉《陈觉放还…》："今朝我作伤弓鸟，却羡君为不系舟。"

伤麟　shāng lín
【分类】政治
【关键词】孔子
【释义】感叹不得其时，不能施行正道。源见"泣麟"。
【例句】唐李隆基《经邹鲁祭…》："叹凤嗟身否，伤麟怨道穷。"宋范仲淹《寄赠林逋…》："朝廷唯荐鹗,乡党不伤麟。"宋范祖禹《初到玉堂》："陈编岂待伤麟止,藻思那能倚马成。"宋刘弇《伤友人潘…》："应下伤麟泪,还牵感鹏悲。"

伤盛姬 shāng shèng jī
【分类】政治
【关键词】穆天子传
【释义】咏宠姬之典。《穆天子传》："天子乃为之台,是曰重璧之台…盛姬求饮,天子命人取浆而给,是曰壶輴…盛姬告病口,天子哀之。是曰哀次…天子南葬盛姬于乐池之南…视皇后之葬法。"
【例句】唐白居易《八骏图》："璧台南与盛姬游,明堂不复朝诸侯。"唐白居易《李夫人》："君不见穆王三日哭,重璧台前伤盛姬。"唐唐彦谦《穆天子传》："穆王不得重相见,恐为无端哭盛姬。"唐温庭筠《题望苑驿》："分明十二楼前月,不向西陵照盛姬。"

伤时 shāng shí
【分类】政治
【关键词】孔子
【释义】因时世不如所愿而哀伤。《史记·孔子世家》："仲尼视之,曰：'麟也。'取之。曰：'河不出图,雒不出书,吾已矣夫!'…及西狩见麟,曰：'吾道穷矣!'"
【例句】唐杜甫《通泉驿》："伤时愧孔父,去国同王粲。"唐杜甫《送杨六判…》："垂泪方投笔,伤时即据鞍。"唐韩偓《寄友人》："伤时惜别心交加,支颐一向千咨嗟。"唐郑启《严塘经乱…》："梁园皓色月如圭,清景伤时一惨凄。"

商歌 shāng gē
【分类】政治
【关键词】宁戚
【释义】用作自伤不遇或自荐谋官的典故。源见"宁戚饭牛"。
【例句】唐高适《遇崔二有别》："逸足望千里,商歌悲四邻。"唐钱起《秋馆言怀》："日夕云台下,商歌空自悲。"唐杜甫《与严二郎》："商歌还入夜,巴俗自为邻。"唐严维《书情献相公》："魏阙望中何日见,商歌奏罢复谁听。"

商君阡陌 shāng jūn qiān mò
【分类】政治
【关键词】商鞅
【释义】指秦孝公用商鞅变法,废除井田制,广开良田,奖励耕战,使国家强大。《史记·商君列传》："为田开阡陌封疆,而赋税平。平斗桶权衡丈尺。"
【例句】唐张九龄《奉和吏部…》："汉帝宫将苑,商君陌与阡。"唐张九龄《登总持寺阁》："草间商君陌,云重汉后台。"宋苏颂《和胡俛学…》："皇都有沧池,近在金商陌。"

商霖 shāng lín
【分类】政治
【关键词】傅说
【释义】称誉大臣之词。源见"傅说霖"。
【例句】唐许浑《蒙河南刘…》："即应携手去,将此助商霖。"宋晏殊《雪中》："平台千里渴商霖,内史忧民望最深。"宋文彦博《留守相公…》："利泽定知均率土,保厘再起作商霖。"宋冰壶《寿右丞相》："应昂郑侯依汉日,骑箕傅说作商霖。"

商玲珑 shāng líng lóng
【分类】生活
【关键词】玲珑
【释义】指唐代歌妓商玲珑。泛指歌妓。《碧鸡漫志·唐绝句定为歌曲》："白乐天(白居易字)守杭,元微之(元稹)赠云：'休遣玲珑唱我诗,我诗多是别君辞。'自注云：'乐人商玲珑能歌,歌予数十诗。'"
【例句】唐王翰《春女行》："中有一人金作面,隔幌玲珑遥可见。"唐陆善经《寓汨罗江…》："窗外飘喷万斛珠,枕边玲珑一片玉。"宋方千里《菩萨蛮》："黄鸡晓唱玲珑曲。人生两鬓无重绿。"宋苏轼《次韵苏伯…》："只有黄鸡与白日,玲珑应识使君歌。"

商女 shāng nǚ
【分类】政治
【关键词】杜牧
【释义】商女,即歌女,以卖唱为生。吟咏历史兴亡之典。唐杜牧《泊秦淮》："商女不知亡国恨,隔江犹唱《后庭花》。"
【例句】唐白居易《读张籍古…》："读君商女诗,可感悍妇仁。"唐张说《安乐郡主…》："商女香车珠结网,天人宝马玉繁缨。"宋王岩《残冬客次…》："持钵老僧来咒水,倚船商女待搬滩。"宋叶桂女《琵琶亭》："明月满船无处问,不闻商女琵琶声。"

商瞿庆迟 shāng qú qìng chí
【分类】生活
【关键词】商瞿
【释义】咏晚年得子之典。《孔子家语·七十二弟子解》："梁鳣…年三十未有子,欲出其妻,商瞿谓曰：'子未也。昔吾年三十八无子,吾母为吾更取室。夫子使吾之齐,母欲请留吾。孔子曰："无忧也。瞿过四十,当有五丈夫。"今果然。吾恐子自晚生耳,未必妻之过。'从之。二年而有子。"
【例句】唐白居易《阿崔》："孤单同伯道,迟暮过商瞿。"唐李群玉《哭小女痴儿》："方同王衍钟情切,犹念商瞿有庆迟。"唐元稹《酬乐天余》："商瞿未老犹希冀,莫把籝金便付人。"宋李刘《贺晚生子》："商瞿五十子何迟,佳气充闾庆可知。"

商山四皓 shāng shān sì hào
【分类】政治
【关键词】王贡

【释义】秦朝四位博士官，曾经向汉高祖刘邦讽谏不可废去太子刘盈（汉惠帝）。后喻指有名望的隐士或年高德劭者。《汉书·王贡两龚鲍传》："汉兴有园公、绮里季、夏黄公、角里先生，此四人者，当秦之世，避而入商雒深山。"

【例句】唐李乂《幸白鹿观…》："南山四皓谒，西岳两童迎。"唐李白《赠潘侍御…》："眉如松雪齐四皓，调笑可以安储皇。"唐张说《赠崔公》："我闻西汉日，四老南山幽。"唐李涉《寄河阳从…》："南山四皓不敢语，渭上钓人何足云。"

商弦　shāng xián
【分类】生活
【关键词】三礼图
【释义】七弦琴的第二弦。《初学记》引《三礼图》曰："琴第一弦为宫，次弦为商，次为角，次为羽，次为徵，次为少宫，次为少商。"商于五音最细而急，属金声，西方为金，故商弦是秋天的音乐。后遂用为咏秋之典。
【例句】唐李颀《听董大弹…》："先拂商弦后角羽，四郊秋叶惊摵摵。"唐皎然《送穆寂赴举》："凤驾别情远，商弦秋意新。"唐王起《青帝》："韩凭舞罢身犹在，素女商弦调未残。"唐元稹《桐花》："商弦廉以臣，臣作旱天霖。"

商鞅徙木　shāng yāng xǐ mù
【分类】政治
【关键词】商鞅
【释义】立信于民的典故。《史记·商君列传》："商君者，卫之诸庶孽公子也，名鞅…以卫鞅为左庶长，卒定变法之令。…令既具，未布，恐民之不信，已乃立三丈之木于国都市南门，募民有能徙置北门者予十金。民怪之，莫敢徙。复曰：'能徙者予五十金。'有一人徙之，辄予五十金，以明不欺，卒下令。"
【例句】宋白玉蟾《易水辞》："伊独徙木信市人，殿下铃奴羸得立。"宋胡仲弓《感古》："商君金徙木，赵高鹿为马。"宋陆游《离堆伏龙…》："徙木遗风虽峭刻，取材犹足当世用。"金李俊民《又用济之…》："为秦徙木思无地，在汉高门福有基。"

商羊　shāng yáng
【分类】文化
【关键词】孔子
【释义】谓传说中报雨之鸟。源见"商羊舞"。
【例句】唐白居易《酬郑侍御…》："却思逢旱魃，谁喜见商羊。"唐白居易《喜晴联句》："舞去商羊速，飞来野马迟。"宋邓深《喜雨》："傍日猖狂唯野马，为霖信息欠商羊。"宋李复《和朱公掞…》："迎路商羊舞若飞，随车少女风不断。"

商羊舞　shāng yáng wǔ
【分类】生活
【关键词】孔子
【释义】意指大雨将至的象征。《说苑·辨物》："其后齐有飞鸟，一足，来下止于殿前，舒翅而跳。齐侯（指齐景公）大怪之，又使聘问孔子。孔子曰：'此名商羊，急告民趋治沟渠，天将大雨。'于是如之，天果大雨。"
【例句】唐李李端《荆门歌送…》："自是湘州石燕飞，那关齐地商羊舞。"唐白居易《酬郑侍御…》："却思逢旱魃，谁喜见商羊。"唐白居易《喜晴联句》："舞去商羊速，飞来野马迟。"

商周梦卜　shāng zhōu mèng bǔ
【分类】政治
【关键词】尚书
【释义】咏君王求贤之典。《尚书·说命上》："高宗梦得说，使百工营求诸野，得诸傅岩，作说命三篇。"汉孔安国《传》："盘庚弟小乙子名武丁，德高可尊，故号高宗。梦得贤相，其名曰说。"
【例句】宋吴则礼《鹧鸪天》："巨鳌行听扃华禁，又起商周梦卜人。"宋岳珂《宫词》："便觉太平元有象，肯教梦卜羡商岩。"宋陆游《哀郢》："远接商周祚最长，北盟齐晋势争强。"金王寂《儿子以诗…》："画饼虚名战蛮触，黄粱春梦阅商周。"

觞咏　shāng yǒng
【分类】文化
【关键词】王羲之
【释义】即饮酒赋诗。晋王羲之《兰亭集序》："一觞一咏，亦足以畅叙幽情。"
【例句】唐陈元光《祀潮州三…》："瀑石流觞咏，丰碑驻马吟。"唐白居易《老病幽独…》："觞咏罢来宾阁闭，笙歌散后妓房空。"唐韩愈《人日城南…》："令征前事为，觞咏新诗送。"宋蔡襄《甲辰寒日…》："偶因觞咏心还适，暂离尘埃眼倍明。"

赏从　shǎng cóng
【分类】政治
【关键词】左传
【释义】封赏之典。《左传·僖公二十四年》："晋侯赏从亡者。"《史记·晋世家》："晋国复而文公得归…文公修政，施惠百姓。赏从亡者及功臣，大者封邑，小者尊爵。"
【例句】唐杜甫《秋日荆南…》："赏从颇峨冕，殊私再直庐。"清弘历《玉盘谣》："贡亦弗却赏从厚，仍愧不胫天府豝。"

赏心乐事　shǎng xīn lè shì
【分类】生活
【关键词】谢灵运
【释义】欢畅的心情和快乐的事情。源见"四美"。
【例句】宋傅求《寄张觊》："赏心乐事知多少，只恐蒲轮到钓矶。"宋席汝言《耆英会》："赏心乐事人间盛，岂谓今稀古莫俦。"宋余宏孙《和余天开…》："赏心乐事优游处，花自飞飞鸟自啼。"宋王安石《季春上旬…》："赏心乐事须年少，老去应无日再中。"

赏朱虚　shǎng zhū xū
【分类】政治

【关键词】刘章

【释义】封赏功臣之典。《史记·齐悼惠王世家》:"城阳景王章,齐悼惠王子,以朱虚侯与大臣共诛诸吕,而章身首先斩相国吕王产于未央宫。孝文帝即位,益封章二千户,赐金千斤。孝文二年,以齐之城阳郡立章为城阳王。"

【例句】唐杜甫《赠李八秘…》:"事殊迎代邸,喜异赏朱虚。"宋洪皓《小王仲冬…》:"酒行军法慕朱虚,幼赌拇蒱惭奉倩。"宋朱熹《代胜私下…》:"朱虚正自知田事,马服何妨读父书。"宋阮文卿《寿赵仙尉》:"不祝禄如山与丘,愿君爵冠朱虚侯。"

上宾① shàng bīn

【分类】政治

【关键词】国语

【释义】贵客;佳宾。《国语·鲁语下》:"祭养尸,飨养上宾。"《三国志·蜀志·先主传》:"先主遣麋竺、孙乾与刘表相闻,表自郊迎,以上宾礼待之。"

【例句】唐张说《惠文太子…》:"帝欢同宴日,神夺上宾年。"唐李端《闲园即事…》:"幸接上宾登郑驿,羞为长女似黄家。"宋梅尧臣《寄饶州范…》:"坐啸安浮俗,谈诗接上宾。"宋丁谓《金》:"越冶模良粥,燕台礼上宾。"

上宾② shàng bīn

【分类】政治

【关键词】逸周书

【释义】谓作客于天帝之所。或指帝王去世。道教谓羽化登仙。《逸周书·太子晋解》:"王子曰:'吾后三年,上宾于帝所,汝慎无言。'"晋孔晁注:"言死必为宾于上帝之所。"也作尊贵宾客解。《国语·鲁语下》:"祭养尸,飨养上宾。"

【例句】唐李德裕《尊师是桃…》:"后学方成市,吾师又上宾。"唐韩愈《从潮州量…》:"暂欲系船韶石下,上宾虞舜整冠裾。"唐张籍《送白宾客》:"病辞省闼共闲地,恩许宫曹作上宾。"宋梅尧臣《寄饶州范…》:"坐啸安浮俗,谈诗接上宾。"

上蔡苍鹰 shàng cài cāng yīng

【分类】政治

【关键词】李斯

【释义】指不知审时度势、激流勇退,以致祸殃临头,后悔莫及。源见"上蔡黄犬"。

【例句】唐李白《行路难》:"华亭鹤唳讵可闻?上蔡苍鹰何足道!"宋李处权《和怀英雪诗》:"广寒玉兔翻鉴缩,上蔡苍鹰正怒拿。"宋黄庭坚《和范信中…》:"当年游侠成都路,黄犬苍鹰伐狐兔。"

上蔡黄犬 shàng cài huáng quǎn

【分类】政治

【关键词】李斯

【释义】咏官宦遭祸,抽身悔迟之典。《史记·李斯列传》:"秦丞相李斯因遭奸人诬陷,论腰斩咸阳市。临刑谓其中子曰:'吾欲与若复牵黄犬、臂苍鹰,俱出上蔡东门逐狡兔,岂可得乎!'"

【例句】唐储嗣宗《长安怀古》:"赤龙已赴东方暗,黄犬徒怀上蔡悲。"唐李白《襄阳歌》:"咸阳市上叹黄犬,何如月下倾金罍。"唐杜甫《故秘书少…》:"范晔顾其儿,李斯忆黄犬。"唐刘禹锡《题崟器图》:"无因上蔡牵黄犬,愿作丹徒一布衣。"

上党之国 shàng dǎng zhī guó

【分类】政治

【关键词】国语

【释义】指中原诸国。《国语·越语》:"夫上党之国,我攻而胜之,吾不能居其地,不能乘其车。"三国吴韦昭注:"党,所也,上所之国,谓中国。"

【例句】唐权德舆《送从翁赴…》:"地雄韩上党,秩比鲁中都。"唐杜牧《即事》:"因思上党三年战,闲咏周公七月诗。"宋华岳《纪时》:"上党鼎膏流地白,长平坑血溅天红。"聂绀弩《赠雪峰》:"底事流离兼坎坷,万原上党又雪风。"

上竿鱼 shàng gān yú

【分类】政治

【关键词】梅圣俞

【释义】比喻羁身仕途、难以自脱的人。《归田录》:"梅圣俞以诗知名,三十年终不得一馆职……其初受敕修唐书,语其妻刁氏曰:'吾之修书,可谓猢狲入布袋矣。'刁氏对曰:'君于仕宦,亦何异鲇鱼上竹竿耶!'"

【例句】宋范成大《送许耀卿…》:"官涂真有上竿鱼,玉笋翻乘别驾车。"宋岳珂《寄王料院》:"已事勿言穿塞马,历官可叹上竿鱼。"宋杨公远《闷书》:"着脚左如旋磨蚁,进身难似上竿鱼。"宋杨公远《感怀》:"世事看来巢幕燕,人生勘破上竿鱼。"

上谷兵 shàng gǔ bīng

【分类】政治

【关键词】卫青

【释义】喻指边防劲旅之师。上谷,郡名,在燕地,秦汉时为边防要塞。《汉书·卫青列传》:"元光六年,拜为车骑将军,击匈奴,出上谷。"

【例句】唐虞世南《从军行》:"冀马楼兰将,燕犀上谷兵。"宋徐钧《寇恂》:"王郎百万肆凭陵,谁集渔阳上谷兵。"明石宝《出鞘龙》:"渔阳上谷兵马雄,复有老将卧军中。"明欧大任《登保定城…》:"三辅星屯护帝京,渔阳上谷尽精兵。"

上空虚 shàng kōng xū

【分类】文化

【关键词】河上公

【释义】咏仙术之典。《神仙传·河上公》:"(汉文帝往见河上公)公即抚掌坐跃,冉冉在虚空中,去地数丈,俯仰而答曰:'予上不至天,中不累人,下不居地。何民臣之有?'

帝乃下车稽首。"唐王维《和尹谏议…》:"君恩深汉帝,且莫上空虚。"唐罗隐《中秋夜不…》:"阴云薄雾上空虚,此夕清光已破除。"唐刘禹锡《送前进士…》:"幸遇天官旧丞相,知君无翼上空虚。"宋刘敞《周橦兄弟…》:"全得凤毛增意气,正联鸿翼上空虚。"

上林苑　shàng lín yuàn
【分类】生态
【关键词】汉武帝
【释义】古宫苑名。泛指帝王的园囿。《三辅黄图·苑囿》:"汉上林苑,即秦之旧苑也。《汉书》云:'武帝建元三年,开上林苑,东南至蓝田宜春、鼎湖、御宿、昆吾,旁南山而西,至长杨、五柞,北绕黄山,濒渭水而东,周袤三百果。'离宫七十所,皆容千乘万骑"
【例句】唐文宗皇帝《宫中题》:"辇路生春草,上林花发时。"唐崔湜《酬杜麟台…》:"春还上林苑,花满洛阳城。"唐杜审言《送和西蕃使》:"拜手明光殿,摇心上林苑。"唐乔知之《羸骏篇》:"小山桂树比权奇,上林桃花况颜色。"

上马谁扶　shàng mǎ shuí fú
【分类】生活
【关键词】李白
【释义】咏酒醉。唐李白《鲁中都东楼醉起作》:"阿谁扶上马,不省下楼时。"
【例句】宋周邦彦《瑞鹤仙》:"不记归时早暮,上马谁扶,醒眠朱阁。"宋朱敦儒《芰荷香》:"谁扶上马,不省还家。"宋晏几道《玉楼春》:"来时醉倒旗亭下,知是阿谁扶上马。"明钱澄之《悲信丰》:"夜半斩关诸将走,谁扶将军上马行。"

上驷　shàng sì
【分类】文化
【关键词】马
【释义】上等马,良马。《史记·孙子吴起列传》:"孙子曰:'今以君之下驷与彼上驷,取君上驷与彼中驷,取君中驷与彼下驷。'"
【例句】唐李绛《和裴相国…》:"高才名价欲凌云,上驷光华远赠君。"唐韩愈《入关咏马》:"岁老岂能充上驷,力微当自慎前程。"宋洪皓《彦清打毬》:"列骑駸駸有中下,王孙上驷金盘陀。"宋苏籀《送都属八…》:"喷玉难拘伏波式,上驷超摇献天子。"

上天梯　shàng tiān tī
【分类】生活
【关键词】楚辞
【释义】登天的梯子。比喻达到某种目的的途径或方法。《楚辞补注·九思·伤时》:"从安期兮蓬莱。缘天梯兮北上。"
【例句】唐智亮《戴云山吟》:"人间谩说上天梯,上万千回总是迷。"唐韩愈《题西白涧》:"上天无梯日不顾,牢落归来

坛未暮。"唐李商隐《玉山》:"何处更求回日驭,此中兼有上天梯。"宋王之望《和制帅》:"力求见佛上天梯,忽睹光明志意迷。"

上星辰　shàng xīng chén
【分类】政治
【关键词】杜甫
【释义】以天子比喻天上的帝王星座。近帝身旁,犹言获得恩宠。《九家集注杜诗·上韦左相二十韵》:"持衡留藻鉴,听履上星辰。"宋赵彦材注:"上星辰以言其亲帝之旁,犹言上云霄也。"
【例句】宋刘宰《挽赵和仲…》:"履声勤帝想,竟阻上星辰。"宋孙应时《仲兄生日…》:"满酌期兄增壮志,相携平步上星辰。"宋虞俦《送张伯子…》:"春容听履上星辰,玉笋班中第一人。"宋王子俊《代吉席宴…》:"即上星辰扶北极,先持衣钵付东厢。"

上阳宫女　shàng yáng gōng nǚ
【分类】政治
【关键词】白居易
【释义】喻长期遭受冷落的哀怨宫女。唐白居易《〈上阳白发人〉序》:"天宝五载以后,杨贵妃专宠,后宫人无复进幸矣。六宫有美色者,辄置别所。上阳其一也,贞元中尚存焉。"
【例句】唐王建《上阳宫》:"上阳花木不曾秋,洛水穿宫处处流。"唐白居易《上阳白发人》:"绿衣监使守宫门,一闭上阳多少春。"宋宋白《宫词》:"上阳宫女偏晓捷,争得楼前第一筹。"宋李觏《残叶》:"上阳宫女多诗思,莫寄人间取次人。"

上尧下由　shàng yáo xià yóu
【分类】政治
【关键词】许由
【释义】指尧帝欲以帝位禅许由事。《史记·伯夷列传》:"而说者曰尧让天下于许由,许由不受,耻之逃隐。"
【例句】唐张楚金《逸人歌赠…》:"上有尧兮下有由,眠松阳兮漱颍流。"唐徐夤《闻司空侍…》:"园绮生虽逢汉室,巢由死不谒尧阶。"宋方回《听孙鍊师琴》:"许由不受尧天下,一瓢虽无吾亦足。"宋严羽《思归引》:"尧舜不能屈由巢,自余王侯何足交。"

上医医国　shàng yī yī guó
【分类】政治
【关键词】国语
【释义】咏医家爱国之典。高明的医生应该懂得为国除患祛弊。《国语·晋语》:"平公有疾,秦景公使医和视之(医和,秦国良医)…赵文子曰:'医及国家乎?'对曰:'上医医国,其次疾人,固医官也。'"
【例句】唐傅翕《第七章明…》:"亦复不欲有诸见,即是法王无上医。"宋辛弃疾《菩萨蛮》:"万金不换囊中术,上医元自能医国。"宋苏轼《端午帖子》:"愿储医国三年艾,不作

沉湘《九辩》文。"宋胡宿《山居》："医国有方三折臂,扣关无路九回肠。"

尚父　shàng fǔ
【分类】政治
【关键词】姜太公
【释义】指周吕望。意为可尊敬的父辈。源见"八十鹰扬"。
【例句】唐张九龄《饯王尚书…》："诗人何所咏,尚父欲鹰扬。"唐苏绾《奉和姚令…》："汉主新丰邑,周王尚父师。"五代孟宾于《磻溪怀古》："良哉吕尚父,深隐始归周。"宋王迈《寿丞相》："老境已怜周尚父,庆门方似汉韦贤。"

尚书履声　shàng shū lǚ shēng
【分类】政治
【关键词】郑崇
【释义】喻人朝直谏,或指皇帝亲近的大臣。《汉书·郑崇》："每见曳革履,上笑曰:'我识郑尚书履声。'"
【例句】唐杜甫《八哀诗》："京兆空柳色,尚书无履声。"唐苏颋《夜发三泉…》："忝曳尚书履,叨兼使臣节。"宋李复《酬汾守郑…》："汉庭行曳尚书履,泾谷曾刊隐士碑。"宋孙载《题中阁》："烟迷勾漏烧丹灶,雨杂尚书旧履声。"

尚玄　shàng xuán
【分类】生活
【关键词】扬雄
【释义】指崇尚黑色。《汉书·扬雄传下》："时雄方草《太玄》,有以自守,泊如也。或嘲雄以玄尚白,而雄解之,号曰解嘲。"唐颜师古注："玄,黑色也。言雄作之不成,其色犹白,故无禄位也。"
【例句】唐王勃《赠李》："从来扬子宅,别有尚玄人。"唐王维《游悟真寺》："薄宦惭尸素,终身拟尚玄。"宋刘敞《寄张拱辰》："习俗争锥刀,此翁尚玄虚。"明童冀《题墨梅》："讵意林和靖,年来亦尚玄。"

烧栈　shāo zhàn
【分类】政治
【关键词】张良
【释义】烧毁栈道。指留侯张良为刘邦献的故意烧毁栈道、麻痹项羽之计。《史记·留侯世家》："良因说汉王曰:'王何不烧绝所过栈道,示天下无还心,以固项王意。'乃使良还。行,烧绝栈道。"
【例句】唐杜甫《王命》："牢落新烧栈,苍茫旧筑坛。"唐杜甫《陪章留后…》："朝廷烧栈北,鼓角满天东。"宋宋祁《渊宗郎中…》："赐山故冶流钱外,烧栈新邮转粟初。"宋文同《再送师厚》："莫嫌策马经烧栈,正好题诗到散关。"

梢梢　shāo shāo
【分类】生态
【关键词】鲍照
【释义】意指枝末、枝尾意,纤细貌。南朝宋鲍照《野鹅赋》："风梢梢而过树,月苍苍而照台。"

【例句】唐常建《空灵山应…》："曳策背落日,江风鸣梢梢。"唐韩愈《南溪始泛》："点点暮雨飘,梢梢新月偃。"唐李贺《唐儿歌》："竹马梢梢摇绿尾,银鸾睒睒踏半臂。"宋杨万里《醉卧海棠…》："染成片片净练縠,乱点梢梢酣日树。"

芍药之赠　sháo yào zhī zèng
【分类】生活
【关键词】诗经
【释义】咏男女相恋或情人相别之典。源见"溱洧赠"。
【例句】唐元稹《忆杨十二》："去时芍药才堪赠,看却残花已度春。"唐黄滔《酬杨学士》："诗里几曾吟芍药,花中方得见菖蒲。"宋梅尧臣《和刘原父…》："芍药广陵美,谑赠郑女情。"宋戴复古《初夏》："试把樱桃荐杯酒,欲将芍药赠何人。"

韶濩　sháo hù
【分类】生活
【关键词】左传
【释义】汤乐名。《左传·襄公二十九年》："见舞《韶濩》者。"晋杜预注："殷汤乐。"
【例句】唐元结《欸乃曲》："停桡静听曲中意,好是云山《韶濩》音。"唐白居易《祗役骆口…》："始知听韶濩,可使心和平。"唐温庭筠《题翠微寺》："无因奏韶濩,流涕对幽篁。"宋杜衍《乡有好事者…》："清如韶濩谐音律,逸似鸾皇振羽毛。"

少昊　shào hào
【分类】政治
【关键词】少昊
【释义】五帝之一,黄帝长子。都城在曲阜。其部族以鸟为图腾。死后为西方之神。《左传·昭公十七年》："郯子曰:'我高祖少皞挚之立也,凤鸟适至,故纪于鸟,为鸟师而鸟名。'"
【例句】唐高适《鲁郡途中…》："前临少昊墟,始觉东蒙长。"唐李咸用《送人》："少昊开宫行帝业,无刃金风剪红叶。"唐杜甫《同诸公登…》："羲和鞭白日,少昊行清秋。"宋汪藻《寿俞少宰》："闽海群仙地,商秋少昊辰。"宋李纲《秋暑戏题》："少昊行秋尚炽然,祝融何事苦侵权。"

少昊之墟　shào hào zhī xū
【分类】政治
【关键词】周公旦
【释义】指山东曲阜。《太平御览》引《元和郡县图》："武王即位,封周公于少昊之墟曲阜之地。"
【例句】唐高适《东平旅游…》："遗址当少昊,悬象逼奎娄。"唐高适《鲁郡途中…》："前临少昊墟,始觉东蒙长。"宋葛胜仲《中秋和韵》："纤阿今夕御,少昊昔年避。"宋虞俦《次韵汉老…》："回镳斜经少昊墟,阆风县圃穷幽邃。"

少君贤　shào jūn xián
【分类】政治

【关键词】鲍宣妻
【释义】咏妇贤之典。《后汉书·鲍宣妻》:"勃海鲍宣妻者,桓氏之女也,字少君…乃悉归侍御服饰,更着短布裳,与宣共挽鹿车归乡里。拜姑礼毕,提瓮出汲。修行妇道,乡邦称之。"
【例句】唐皮日休《临顿宅将…》:"几枚竹筒送德曜,一乘柴车迎少君。"宋刘克庄《送吴时父…》:"问讯少君无恙否,衰残久不奉双鱼。"宋晁公溯《范令人生日》:"早遵王吉俭,久去少君骄。"元李昱《贞德堂歌》:"少君名由鲍宣出,孟光愿与梁鸿匹。"

少年场 shào nián chǎng
【分类】生活
【关键词】尹赏
【释义】年轻人聚会的场所。《汉书·尹赏》:"长安中歌之曰:'安所求子死?桓东少年场。生时谅不谨,枯骨后何葬?'"《乐府诗集·结客少年场行》解题:"言轻生重义,慷慨以立功名也。"
【例句】唐白居易《自问此心…》:"居士室间眠896所,少年场上饮非宜。"唐雍陶《送客》:"与君同在少年场,知己萧条壮士伤。"唐司空图《白菊》:"登高可羡少年场,白菊堆边鬓似霜。"唐陆龟蒙《袭美以公…》:"唯待数般幽事了,不妨还入少年场。"

少孺能赋 shào rú néng fù
【分类】文化
【关键词】枚皋
【释义】汉辞赋家枚乘子枚皋字少孺,其人文思敏捷,善为赋文。后因以称赞人富于文才。《汉书·枚乘传》附《枚皋传》:"上有所感,辄使赋之。为文疾,受诏辄成,故所赋者多。"
【例句】唐寇坦《同张少府…》:"少孺嘉能赋,文强阅赐书。"唐赵嘏《忆山阳》:"家在枚皋旧宅边,竹轩晴与楚坡连。"宋宋庠《送将作监…》:"春风秘殿翳华芝,亲见枚皋作赋时。"明黎崇宣《寄韩孟郁…》:"少孺高飞檄,长卿羡著书。"清姚鼐《挽衰简斋》:"千篇少孺常随事,九百《虞初》更解颜。"

少施礼 shào shī lǐ
【分类】生活
【关键词】礼记
【释义】咏受到款待礼遇之典。《礼记·杂记》:"孔子曰:'吾食于少施氏而饱,少施氏食我以礼。'"汉郑玄注:"言贵其以礼待己,而为之饱也。时人倨慢若季氏,则不以礼矣。少施氏,鲁惠公子施父之后。"
【例句】唐权德舆《惠上人房…》:"法味已同香积会,礼容疑在少施家。"唐施肩吾《西山即事…》:"仆作江西少施氏,君为城北老徐翁。"宋徐积《答崔汝弼》:"如能少施设,亦可慰余思。"宋刘克庄《警斋吴侍…》:"手扳抽还无责任,谏书讫了少施行。"

少微星 shào wēi xīng
【分类】政治
【关键词】史记
【释义】喻指处士、隐士。《史记·天官书》:"廷藩西有隋星五,曰少微,士大夫。"唐司马贞《史记索隐》:"《春秋合诚图》云:'少微,处士位。'"
【例句】唐沈佺期《哭道士刘…》:"少微星夜落,高掌露朝晞。"唐储光刻《贻王侍御…》:"既当少微星,复隐高山雾。"唐杜牧《送陆洿郎…》:"少微星动照春云,魏阙衡门路自分。"唐张祜《酬答柳宗…》:"任子偶垂沧海钓,戴逵虚认少微星。"

少微星落 shào wēi xīng luò
【分类】政治
【关键词】谢敷
【释义】谓指处士故世。《晋书·谢敷》:"初,月犯少微,少微一名处士星,占者以隐士当之。谯国戴逵有美才,人或忧之。俄而敷死,故会稽人士为嘲吴人云:'吴中高士,便是求死不得死。'"
【例句】唐沈佺期《哭道士刘…》:"少微星夜落,高掌露朝晞。"唐韦庄《哭麻处士》:"少微何处堕,留恨白杨风。"唐王鲁《复吊韩侍郎》:"星落少微宫,高人入古风。"明边贡《挽秦国声…》:"天井峰头暮烟紫,少微星落山翁死。"

少姨庙 shào yí miào
【分类】政治
【关键词】禹
【释义】传说夏禹王的第二个妻子,涂山氏之妹栖于河南登封少室山,人于山下建少姨庙敬之。《杨炯集·少室山少姨庙碑铭》:"臣谨按少姨庙者,则《汉书·地理志》嵩高少室之庙也。其神为妇人像者,则古老相传,云启母涂山之妹也,昔者生于石纽,水土所以致其功;娶于涂山,家室所以成其德。"
【例句】唐白居易《嵩阳观夜…》:"子晋少姨闻定怪,人间亦便有霓裳。"宋黄庶《过少姨庙》:"阴森老柏少姨庙,炉烟蓬勃疑行云。"元卢挚《题见山楼…》:"少姨寄我瑶华音,蓬莱水浅嵩云深。"明汪琬《泰安行宫》:"少姨小姑与此类,千年土偶真儿戏。"

少正卯 shào zhèng mǎo
【分类】政治
【关键词】孔子
【释义】春秋时鲁国大夫,少正是官职,卯是名。传说他聚众讲学,使得"孔子之门三盈三虚"。《史记·孔子世家》:孔子任鲁司寇,"三月而诛少正卯"。
【例句】宋邵雍《首尾吟》:"当时既有少正卯,今日宁无孔仲尼。"宋贺铸《题潘大临…》:"不应两观下,仅获少正卯。"明朱茂晖《崇祯戊辰…》:"诛一少正卯,不足惧乱臣。"聂绀弩《六七八次…》:"少正卯诛因肃政,盆成括死岂无才。"

舌强百万师　shé qiáng bǎi wàn shī

【分类】政治

【关键词】毛遂

【释义】一张能言善辩的嘴,比百万雄师还有力。极言辩士口才之可贵。《史记·平原君列传》:"毛先生一至楚,而使赵重于九鼎大吕。毛先生以三寸之舌,强于百万之师。"

【例句】宋刘敞《寄献臣》:"锥藏勉后三千客,舌在须强百万师。"宋刘敞《留侯》:"以伋三寸舌,抗兹百万军。"明张诩《伏波将军庙》:"试问淮阳百万师,何如郦生三寸舌?"聂绀弩《反省时作》:"昨日相逢酒一卮,今朝舌骋万雄狮。"

舌为柔　shé wéi róu

【分类】政治

【关键词】老子

【释义】喻指以柔克刚,忍让求全。源见"齿弊舌存"。

【例句】唐韩愈《赴江陵途…》:"自从齿牙缺,始慕舌为柔。"宋赵蕃《次韵徐丞…》:"穷为多言慕柔舌,病因止酒制刚肠。"宋张群《滴袁州道…》:"谈笑还令舌本强,诗篇顿觉笔锋柔。"宋梅尧臣《莫饮酒》:"喉乾舌强须润柔,照见文字胜膏油。"

舌在齿牙牢　shé zài chǐ yá láo

【分类】政治

【关键词】老子

【释义】咏坚强得全之意。源见"齿弊舌存"。

【例句】唐韩愈《赠刘师服》:"羡君齿牙牢且洁,大肉硬饼如刀截。"宋苏轼《送刘攽倅…》:"莫夸舌在齿牙牢,是中惟可饮醇酒。"宋辛弃疾《满江红》:"看依然、舌在齿牙牢,心如铁。"清查慎行《豆腐诗和…》:"滑可流匙胜冷淘,不争舌在齿牙牢。"

舌在牙先堕　shé zài yá xiān duò

【分类】政治

【关键词】老子

【释义】咏刚坚易折之意。源见"齿弊舌存"。

【例句】宋辛弃疾《卜算子》:"不信张开口了看,舌在牙先堕。"

折臂三公　shé bì sān gōng

【分类】政治

【关键词】羊祜

【释义】大官坠马之典。《晋书·羊祜列传》:"又有善相墓者,言祜祖墓所有帝王气,若凿则无后,祜遂凿之。相者见曰'犹出折臂三公',而祜竟堕马折臂,位至公而无子。"

【例句】唐刘禹锡《秘书崔少…》:"上车著作应来问,折臂三公定送方。"宋苏轼《戏周正孺》:"折臂三公未可知,会当千镒访权奇。"宋饶节《再次前韵》:"借问折腰辞五斗,何如折臂取三公。"宋虞俦《除日失步…》:"已分折腰营五斗,恐因折臂作三公。"

折槛　shé kǎn

【分类】政治

【关键词】朱云

【释义】喻直言谏诤。《汉书·杨胡朱梅云列传·朱云》:"御史将云下,云攀殿槛,槛折。云呼曰:'臣得下从龙逢、比干游于地下,足矣!未知圣朝何如耳?'…上曰:'勿易!因而辑之,以旌直臣。'"

【例句】唐杜甫《秋日荆南…》:"扬鞭随日驭,折槛出云台。"唐崔涂《寄舅》:"致君期折槛,举职在埋轮。"唐耿湋《赠别刘员…》:"不学朱云能折槛,空羞献纳在丹墀。"五代贯休《阳春曲》:"为手须似朱云辈,折槛英风至今在。"

折麻　shé má

【分类】生活

【关键词】楚辞

【释义】咏怀友之典。意指折取神麻之花,以赠离群索居的远方所怀念之人。《楚辞·大司命》:"折疏麻兮瑶华,将以遗兮离居。"

【例句】唐李白《夕霁杜陵…》:"结桂空伫立,折麻恨莫从。"唐钱起《游辋川至…》:"折麻定延伫,乘月期招寻。"宋富弼《寄裴士林》:"对竹岂能忘旧主,折麻方喜遇知音。"明杨慎《寄题杨凌…》:"刘安招隐歌丛桂,屈子离骚赋折麻。"

蛇乘雾　shé chéng wù

【分类】生活

【关键词】曹操

【释义】用为比称人寿无多之典。《宋书·乐志三》:"魏武帝(曹操)《步出夏门行·神龟虽寿》:'神龟虽寿,犹有竟时,腾蛇乘雾,终为土灰。'"

【例句】唐李贺《拂舞歌辞》:"丹成作蛇乘白雾,千年重化玉井上。"宋苏颂《陈和叔内…》:"鸢飞戾天鱼易数,腾蛇游雾龟曳涂。"元耶律铸《五将行》:"腾蛇游雾相乘势,龙举云兴相借力。"明谢榛《铜雀台吊古歌》:"却忆腾蛇乘雾翻自谓,松楸直上俨豪气。"

舍我其谁　shě wǒ qí shuí

【分类】政治

【关键词】孟子

【释义】咏自信唯我堪当此任之典,也可用作自负其能。《孟子·公孙丑》:"如欲平治天下,当今之世,舍我其谁也?"

【例句】宋沈与求《次韵叶左…》:"忧时傥失声,舍我今其谁。"宋许月卿《中秋谢施…》:"从吾所好门青鏊,舍我其谁双白鸥。"宋张元干《李丞相纲…》:"舍我其谁公健在,乞身赢得见升平。"宋郭印《次韵李尧…》:"欲结他年渔钓友,江湖舍我复谁堪。"

设弧　shè hú

【分类】生活

【关键词】礼记
【释义】咏生男孩之典。源见"悬弧射矢"。
【例句】宋唐庚《程使君生…》："设弧在旦人奔走,举首争为使君寿。"宋无名氏《永遇乐》："才过元宵,又经四日,门设弧矢。"宋郭应祥《鹧鸪天》："设弧届旦人交贺,题座无功我自惭。"明毛奇龄《陈掌院夫…》："阊冬畅月设弧矢,正值王师渡滇洱。"

社稷臣　shè jì chén
【分类】政治
【关键词】袁盎
【释义】谓关系国家安危之重臣。《史记·袁盎晁错列传》："绛侯所谓功臣,非社稷臣。社稷臣主在与在,主亡与亡。"
【例句】唐韦庄《赠野童》："闲冲暮雨骑牛去,肯问中兴社稷臣。"唐杜审言《泛舟送郑…》："帝坐蓬莱殿,恩追社稷臣。"唐张籍《送李司空…》："中外兼权社稷臣,千官齐出拜行尘。"唐温庭筠《题李相公…》："丰沛曾为社稷臣,赐书名画墨犹新。"

社燕秋鸿　shè yàn qiū hóng
【分类】生活
【关键词】岁时广记
【释义】燕子春社时来,秋社时去;鸿雁秋时来,春时去。以此比喻刚刚相见,立即又相分别。《岁时广记》引《统天万年历》："立春后五戊为春社,立秋后五戊为秋社。"旧俗在这一天祭土地神。
【例句】宋李弥逊《富沙道中》："社燕秋鸿应共笑,是翁如我往来频。"宋王十朋《元章至云…》："社燕秋鸿不共飞,却因送别更怀归。"宋周孚《张彦勋自…》："蛰龙老鹤知何往,社燕秋鸿喜再逢。"宋苏轼《送陈睦知…》："有如社燕与秋鸿,相逢未稳还相送。"

射潮　shè cháo
【分类】政治
【关键词】宋史
【释义】喻指雄心壮志或英勇壮举。《宋史·河渠志》："梁开平中,钱武肃王始筑捍海塘,在候潮门外。潮水昼夜冲激,版筑不就,因命彊弩数百以射潮头,又致祷胥山祠。"
【例句】宋苏轼《八月十五…》："安得夫差水犀手,三千强弩射潮低。"宋孙觌《水退》："射潮鲛鳄怒,鞭石鬼神驱。"宋柴望《钱唐》："不记钱王建国年,尚遗强弩射潮痕。"元宋褧《送诚夫大…》："万弩射潮非计策,三山湛影漫文章。"

射雕者　shè diāo zhě
【分类】文化
【关键词】李广
【释义】也称射雕手。喻善射者。亦借指才技出众的人。《史记·李将军列传》："中贵人将骑数十纵,见匈奴三人,与战,三人还射,伤中贵人,杀其骑且尽。中贵人走广,广曰:'是必射雕者也。'"

【例句】唐李益《城傍少年》："偶与匈奴逢,曾擒射雕者。"唐孟郊《羽林行》："胡中射雕者,此日犹不能。"唐杜牧《游边》："日暮拂云堆下过,马前逢着射雕人。"宋晁说之《再和》："未施云外射雕手,且作山中骑虎仙。"

射工伺人　shè gōng cì rén
【分类】政治
【关键词】博物志
【释义】咏伺机害人之典。《博物志·异虫》："江南山溪水中有射工虫,甲虫之类也。长一二寸,口中有弩形,以气射人影,随所著处发疮,不治则杀人。"
【例句】唐柳宗元《岭南江行》："射工巧伺游人影,飓母偏惊旅客船。"宋黄庭坚《药名诗奉…》："射工含沙幸人过,水章独摇能腐肠。"元王虎臣《寄周千之》："穷探洞穴惊山鬼,浅揭溪流怯射工。"明薛始亨《杜门后答…》："风光傍砌怜书带,日影沉溪怯射工。"

射钩呼父　shè gōu hū fù
【分类】政治
【关键词】管仲
【释义】用人唯才、不记前嫌的典实。《史记·齐世家》："鲁闻无知死,亦发兵送公子纠(桓公兄),而使管仲别将兵遮莒道也,射中小白带钩。"《韩非子·难一》："管仲曰:'臣富矣,然而臣疏。'于是立以为仲父。"
【例句】唐杜牧《杜秋娘》："射钩后呼父,钓翁王者师。"宋王十朋《管仲》："平生自有真知己,宁患桓公怨射钩。"宋李流谦《题宇文叔…》："射钩仍相国,饿者死于饿。"明刘璟《三归台》："射钩既释当时忿,定霸应为万世师。"

射鹄　shè hú
【分类】政治
【关键词】礼记
【释义】比喻赴科举以求取功名。源见"中鹄"。
【例句】唐姚合《下第》："枉为乡里举,射鹄艺浑疏。"唐张祜《戊午年感…》："灰心志射鹄,火性急韦编。"唐方干《山中言事》："前时射鹄徒抛箭,此日求鱼未上钩。"宋张明中《赠棋客黄…》："浩浩胸中龙虎韬,冷笑局边人射鹄。"

射海鱼　shè hǎi yú
【分类】政治
【关键词】秦始皇
【释义】咏壮举之典。《史记·秦始皇本纪》："始皇梦与海神战…乃令入海者赍捕巨鱼具,而自以连弩候大鱼出射之…至之罘,见巨鱼,射杀一鱼。遂并海西。至平原津而病。"
【例句】唐李白《古风》："连弩射海鱼,长鲸正崔嵬。"

射蛟　shè jiāo
【分类】政治
【关键词】汉武帝

【释义】指汉武帝射获江蛟事。后因以为颂扬帝王勇武的典故。《汉书·武帝纪》:"(元封)五年冬,行南巡狩,至于盛唐,望祀虞舜于九嶷。登潜天柱山,自寻阳浮江,亲射蛟江中,获之。"

【例句】唐李白《永王东巡歌》:"祖龙浮海不成桥,汉武寻阳空射蛟。"唐杜甫《韦讽录事…》:"自从献宝朝河宗,无复射蛟江水中。"唐韩偓《洞庭玩月》:"寒惊乌鹊离巢噪,冷射蛟螭换窟藏。"宋王庭珪《观骆元直…》:"浔阳江水射蛟处,旌旗拂天来向东。"

射莎 shè shā
【分类】文化
【关键词】豆卢宁
【释义】咏射技高超之典。《周书·豆卢宁传》:"尝与梁仚定遇于平凉川,相与肆射。乃于百步悬莎草以射之,七发五中。定服其能,增遗甚厚。"
【例句】唐李商隐《镜槛》:"梯稳从攀桂,弓调任射莎。"元马祖常《联句》:"梯稳从攀桂,弓调任射莎。"

射石饮羽 shè shí yǐn yǔ
【分类】政治
【关键词】养由基
【释义】咏用心专诚或功力深湛之典,形容勇猛善射。《吕氏春秋·精通》:"养由基射兕中石,矢乃饮羽,诚乎兕也。"《史记·李将军列传》:"广出猎,见草中石,以为虎而射之,中石没镞,视之石也。因复更射,终不能复入石矣。"
【例句】唐崔元翰《奉和登玄…》:"饮羽连百中,控弦逾六钧。"唐李白《豫章行》:"精感石没羽,岂云惮险艰。"唐李峤《石》:"宗子维城固,将军饮羽威。"宋葛胜仲《和尧卿兄…》:"暴鳃昔恨登龙晚,饮羽今惊中鹄亲。"宋敖陶孙《次韵陈景…》:"独怜伏虎雄,必得饮羽中。"

射兕云梦 shè sì yún mèng
【分类】政治
【关键词】战国策
【释义】咏君王野游之典。《战国策·楚策》:"楚王游于云梦,结驷千乘,旌旗蔽日,野火之起也若云蜺,兕虎嗥之声若雷霆,有狂兕牂车依轮而至,王亲引弓而射,壹发而殪。王抽旃旄而抑兕首,仰天而笑曰:'乐矣,今日之游也。'"兕:古指犀牛。牂:母羊。
【例句】唐陈子昂《感遇诗》:"霓旌翠羽盖,射兕云梦林。"宋张伯玉《游叔虞祠》:"异陇归禾曾是主,徒林射兕独留神。"清吴兆骞《戏赠》:"情深陪射兕,宠极织轻蝉。"清陆奎勋《答艾庐弟》:"落笔加弯射兕弓,抹他坡老与涪翁。"

射天 shè tiān
【分类】政治
【关键词】武乙
【释义】指商君武乙、宋王偃用革囊盛血,悬而仰射,以示威武。后借以指暴虐和叛乱行为。《史记·殷本纪》:"帝武乙无道…为革囊,盛血,卬而射之,命曰'射天'。"武乙:商王庚丁之子,商朝第二十七任君主。
【例句】唐李贺《梁台古愁》:"撞钟饮酒行射天,金虎蹙裘喷血斑。"唐杜甫《寄岳州贾…》:"浪作禽填海,那将矢射天。"唐韦楚老《祖龙行》:"黑云兵气射天裂,壮士朝眠梦冤结。"宋李昭玘《送王子中…》:"长虹射天昼不灭,夜堂流光堕明月。"

射天狼 shè tiān láng
【分类】政治
【关键词】楚辞
【释义】喻指诛灭贪残之人或凶残的敌寇。《楚辞·九歌·东君》:"举长矢兮射天狼。"王逸注:"天狼,星名,以喻贪残。"洪兴祖补注:"狼一星在东井南,为野将,主侵掠。"
【例句】唐刘禹锡《重酬前寄》:"戎羯归心如内地,天狼无角比凡星。"唐卢仝《月蚀诗》:"弧矢引满反射人,天狼呀啄明煌煌。"宋陆游《将至金陵…》:"江面水军飞海鹘,帐前羽箭射天狼。"宋释善珍《呈傅左司》:"持节暂闲宁袖手,为君画策射天狼。"

射五善 shè wǔ shàn
【分类】政治
【关键词】论语
【释义】用作咏射箭的典故。《论语·八佾》:"子曰:'射不主皮'"。汉马融注:"射有五善焉:一曰和志,体和;二曰和容,有容仪;三曰主皮,能中质;四曰和颂,合雅颂;五曰兴武,与舞同。"古人论射,有五善之说。
【例句】唐戎昱《观卫尚书…》:"出将三朝贵,弯弓五善齐。"宋丁谓《射》:"五善贵和容,荣观萃泽宫。"宋韩琦《答孙植太…》:"五善大抵主和容,不止穿杨与穿札。"明顾璘《靖州阅武》:"六韬呈战略,五善肃边防。"

射熊 shè xióng
【分类】政治
【关键词】赵简子
【释义】咏太子之典。《史记·赵世家》:"赵简子疾,五日不知人…居二日半,简子寤。语大夫曰:'我之帝所甚乐…有一熊欲来援我,帝命我射之,中熊,熊死…吾见儿在帝侧,帝属我一翟犬,曰:及而子之壮也,以赐之。'""简子召子毋恤…简子于是知毋恤果贤,乃废太子伯鲁而以毋恤为太子。"
【例句】唐王维《恭懿太子…》:"射熊今梦帝,秤象问何人。"宋王安石《次韵酬宋玘》:"凿井未成歌击壤,射熊犹得梦钧天。"宋刘攽《出汜水关》:"视祠太一观燿火,从猎长杨赋射熊。"金赵秉文《拂云坪》:"帐殿影临眠鹿地,箫韶声入射熊秋。"

摄提 shè tí
【分类】政治
【关键词】史记
【释义】岁星别称。称为福星。《史记·天官书》:"岁星一

曰摄提,曰重华,曰应星,曰纪星。营室为清庙,岁星
庙也。"
【例句】唐王希明《东方七宿》:"大角左右摄提星,三三相似
如鼎形。"唐王希明《东方七宿》:"帝席三黑河之西,亢池
六星近摄提。"宋秦观《元日立春》:"摄提东直斗杓寒,骤
觉中原气象宽。"宋李鹰《咏斋诗》:"六丁极天十万遭,摄
提执策穷牛毛。"

摄提格 shè tí gé
【分类】政治
【关键词】尔雅
【释义】岁阴名。简称摄提。古代岁星纪年法中的十二辰
之一,相当于干支纪年法中的寅年。《尔雅·释天》:"太
阴在寅,曰'摄提格'。"《史记·天官书》:"摄提者,直斗
杓所指,以建时节,故曰'摄提格'。"
【例句】唐张九龄《奉和圣制…》:"孟月摄提贞,乘时我后
征。"唐王希明《东方七宿》:"大角左右摄提星,三三相似
如鼎形。"唐王希明《东方七宿》:"帝席三黑河之西,亢池
六星近摄提。"宋秦观《元日立春》:"摄提东直斗杓寒,骤
觉中原气象宽。"

申白 shēn bái
【分类】政治
【关键词】申公白生
【释义】申公和白生的并称。申公、白生,鲁人,皆受《诗》于
荀子门人浮丘伯,为楚元王中大夫。后借指贤才。《宋
书·自序传·沉璞》:"吾远惭楚元,门盈申白之宾;近愧
梁孝,庭列枚马之客。"
【例句】唐杜甫《八哀诗》:"晚年务置醴,门引申白宾。"唐罗
隐《岐王宅》:"申白宾朋传道义,应刘文彩寄音徽。"宋陈
师道《和王子安…》:"申白徒怀惠,巢由不买山。"宋李纲
《读楚元王传》:"固知申白无先见,衣赭髡钳始自惊。"

申伯 shēn bó
【分类】政治
【关键词】申伯
【释义】周厉王的妻舅,周宣王的母舅,申国开国君主。《竹
书纪年》:"宣王七年(前 821),王赐申伯命。"周宣王"饯
送申伯还离,防御夷楚,保卫南土"。贤相仲山甫作诗称
赞申伯为:"崧高维岳,峻极于天。惟岳降神,生甫及
申。"(《诗经·大雅·嵩高》)
【例句】宋宋祁《送段秘丞…》:"南土出藩申伯宠,辟书为首
嗣宗贤。"宋刘敞《挽明太傅》:"路车申伯去,白马庾公
归。"宋黄履《送程给事…》:"申伯此时南国去,次公何日
颍川来。"宋吴泳《寿邹都大》:"已从嵩岳生申伯,复向西
山寿卯君。"

申甫 shēn fǔ
【分类】政治
【关键词】申伯
【释义】周代名臣申伯和仲山甫的并称,借指贤能的辅佐之

臣。《诗经·大雅·崧高》:"维申及甫,维周之翰。"郑
笺:"申,申伯也。甫,甫侯也。皆以贤知人为周之桢干
之臣。"
【例句】唐杨巨源《上刘侍中》:"命代生申甫,承家翊禹汤。"
唐权德舆《奉和张仆…》:"周王致理称申甫,今日贤臣见
明主。"唐宇文融《奉和圣制…》:"申甫生周日,宣慈举舜
年。"唐武元衡《奉酬中书…》:"忝陪申及甫,清净奉
尧心。"

申公 shēn gōng
【分类】文化
【关键词】申培公
【释义】申培公,西汉经学大师、鲁诗学开创者,对《诗经》的
保存和流传有重要贡献。《史记·申公传》:"鲁人也。
高祖过鲁,申公以弟子从师入见高祖于鲁南宫…弟子自
远方至受业者百余人。申公独以诗经为训以教。"
【例句】唐皎然《同明府章…》:"肯谢申公辈,治诗待汉文。"
宋刘敞《潘道士》:"汉廷儒士议迂阔,天子自用申公书。"
宋苏轼《元祐元年…》:"寂寞申公谢客时,自言已见穆生
机。"宋王野《寄赵章泉》:"冷笑申公老汉班,不成一事又
空还。"

申申 shēn shēn
【分类】生活
【关键词】论语
【释义】和舒貌,舒适安闲。源见"燕居"。
【例句】宋阳枋《癸亥守岁…》:"小筑地偏聊尔尔,幽居心远
自申申。"宋陈与义《汝州吴学…》:"是间有真我,宴坐方
申申。"宋苏辙《王君贶宣…》:"历历僧伽词,申申邓傅
词。"宋陈与义《汝州吴学…》:"是间有真我,宴坐方
申申。"

身后识方干 shēn hòu shí fāng gān
【分类】文化
【关键词】方干
【释义】比喻一个人才生前无人赏识,死后才被重视。《唐
诗纪事·方干》:"(方干)字雄飞…广明、中和间,为律
诗,江之南,未有及者。使谒钱塘首姚公合,公视其貌陋,
初甚侮之。坐定览卷,骇目变容而叹之。先生一举不得
志,遂遁于会稽,渔于镜湖。"
【例句】宋王正己《赠廖融》:"幸遇清朝有良鉴,退身争忍似
方干。"宋张扩《次韵括苍…》:"谁信孤根金埋没,赋诗新
有老方干。"宋赵师秀《严州潇洒亭》:"州人多有咏,何不
见方干。"宋方岳《有客》:"晚径云深雨未乾,爱闲有客过
方干。"

深衣 shēn yī
【分类】文化
【关键词】礼记
【释义】古代上衣、下裳相连缀的一种服装。为古代诸侯、
大夫、士家居常穿的衣服,也是庶人的常礼服。《礼记·

深衣》："古者深衣，盖有制度，以应规矩，绳权衡。"汉郑玄注："名曰深衣者，谓连衣裳而纯之以采也。"

【例句】宋司马光《独步至洛滨》："草软波清沙径微，手持筇竹着深衣。"宋苏轼《失题》："深衣伛偻如初命，扈酒从容向晚斟。"宋苏轼《书艾宣画》："谁识长身古君子，犹将缁布缘深衣。"宋方逢振《翰林将指…》："玉皇香案口读宣，深衣大带依然仙。"

深衣叟　shēn yī sǒu

【分类】文化
【关键词】司马光
【释义】指北宋司马光。《邵氏闻见录》："司马温公依《礼记注疏》做深衣、冠簪、幅巾、缙带。每出，朝服乘马，用皮匣贮深衣随其后，入独乐园则衣之。常谓康节（邵雍）曰：'先生可衣此乎？'康节曰：'某为今人，当服今时之衣。'温公叹其合理。"
【例句】宋刘克庄《竹湖李内…》："貌肃深衣叟，官同秃鬓翁。"宋陆游《鹧鸪天》："小车处士深衣叟，曾是天津共赋诗。"宋陆文圭《挽俞时斋》："入社深衣叟，斋居粝食翁。"

神伏　shén fú

【分类】文化
【关键词】何晏
【释义】指心中佩服、钦佩、五体投地等。《世说新语·文学》："何平叔注《老子》，始成，诣王辅嗣。见王《注》精奇，乃神伏曰：'若斯人，可与论天人之际矣！'因以所注为《道德二论》。"
【例句】唐罗隐《武牢关》："由来四皓须神伏，大抵秦皇谩气强。"宋张继先《寄林太守》："撞动天关鬼神伏，拨转地轴阴魔败。"宋辛弃疾《寿朱晦翁》："无心坐使鬼神伏，一笑能回宇宙春。"明胡应麟《舟次钱塘…》："朝携赤堇鬼神伏，暮宿苍梧涛浪青。"

神覆玉衣　shén fù yù yī

【分类】生态
【关键词】甄宓
【释义】称美后妃或女子主富贵有奇缘之典。《三国志·文昭甄皇后传》注引王沈《魏书》："每寝寐，家中仿佛见如有人持玉衣覆其上者，常共怪之…后相者刘良相后及诸子，良指后曰：'此女贵乃不可言。'"
【例句】唐皇甫冉《赠恭顺皇…》："诏使归金策，神人送玉衣。"唐罗虬《比红儿诗》："争知昼卧纱窗里，不见神人覆玉衣。"清王士祺《孝昭皇后…》："秘殿传金策，神人覆玉衣。"清张若霈《东巡盛京…》："石马有灵森宝鬣，玉衣宛在飙神风。"

神功　shén gōng

【分类】生态
【关键词】谢灵运
【释义】神灵的功力。源见"梦惠连"。
【例句】唐李世民《题龟峰山》："乾坤造化有神功，胜地安然气象雄。"唐李适《奉和九日…》："塔似神功造，龛疑佛影留。"唐杜甫《游修觉寺》："诗应有神助，吾得及春游。"唐韩愈《醉赠张秘书》："至宝不雕琢，神功谢锄耨。"

神京　shén jīng

【分类】政治
【关键词】谢庄
【释义】帝都京城。南朝宋谢庄《世祖孝武皇帝歌》："刷定四海，肇构神京。"历史上被官方称为神京或神都的，只有洛阳一个城市。
【例句】唐朱子奢《文德皇后…》："神京背紫陌，缟骖结行辀。"唐张大安《奉和别越王》："丽日开芳甸，佳气积神京。"唐白居易《江上对酒》："家乡安处是，那独在神京。"聂绀弩《赠周而复》："小说大书晨上海，口碑一传夜神京。"

神农　shén nóng

【分类】政治
【关键词】易经
【释义】传说中的太古帝王名。始教民为耒耜，务农业，故称神农氏。又传他曾尝百草，发现药材，教人治病。也称炎帝。《易经·系辞下》："包牺氏没，神农氏作，斫木为耜，揉木为耒；耒耨之利，以教天下。"
【例句】唐崔兴宗《和王维敕…》："闻道令人好颜色，神农本草自应知。"唐张碧《鸿沟》："舌头一寸生阳春，神农女娲愁不言。"唐李白《题随州紫…》："神农好长生，风俗久已成。"唐韦应物《种药》："好读神农书，多识药草名。"

神清骨冷　shén qīng gǔ lěng

【分类】文化
【关键词】苏轼
【释义】形容人的神态清逸、气质淡雅，为咏儒雅士人之典。《苏轼诗集·〈书林逋诗后〉》："先生可是绝俗人，神清骨冷无由俗。"
【例句】宋郭印《宿古峰驿诗》："骨冷神清浑不寐，直疑人犯广寒宫。"宋辛弃疾《满江红》："似神清、骨冷住西湖，何由俗。"宋王十朋《腊日与…》："见花如见处士面，神清骨冷无纤埃。"宋俞德邻《为郭元德…》："到今写入画图中，骨冷神清炯双目。"

神人身长　shén rén shēn cháng

【分类】文化
【关键词】神异经
【释义】咏巨神之典。《神异经·西北荒经》："西北海外有人，长二千里，两脚中间相去千里，腹围一千六百里，但日饮天酒五斗，不食五谷鱼肉。与天地同生，名曰无路之人。一名仁，一名信，一名神。"
【例句】唐杜甫《遣兴》："顿辔海徒涌，神人身更长。"宋李新《晓雾行》："赤乌猪距非不刚，执辔神人身更长。"

神荼郁垒　shēn shū yù lǜ

【分类】文化

【关键词】山海经

【释义】传说中能制伏恶鬼的二神人。后为门神。《山海经》："沧海之中，有度朔之山，上有大桃木，其屈蟠三千里，其枝间东北曰鬼门，万鬼所出入也。上有二神人，一曰神荼，一曰郁垒，主阅领万鬼。恶害之鬼，执以苇索而以食虎。于是黄帝乃作礼以时驱之，立大桃人，门户画神荼、郁垒与虎，悬苇索以御凶魅。"郁垒：也用以形容山势高峻或胸中积聚。

【例句】唐皮日休《虎丘寺殿…》："拗似神荼怒，呀如狻饥。"宋晏殊《元日词御阁》："屠苏醴酒盈金罍，郁垒神符卫紫关。"宋释云《偈颂》："郁垒与神荼，欢呼齐起舞。"宋吴锡畴《除夜》："也知穷鬼难驱逐，郁垒神荼莫印渠。"宋黄庭坚《寄南阳谢…》："胸怀郁垒块，此物谅时须。"

神武　shén wǔ

【分类】政治

【关键词】易经

【释义】原谓以吉凶祸福威服天下而不用刑杀。后沿用为英明威武之意，多用以称颂帝王将相。《易经·系辞》："古之聪明睿知，神武而不杀者夫。"

【例句】唐王之涣《凉州词》："汉家天子今神武，不肯和亲归去来。"唐储光羲《登戏马台作》："天门神武树元勋，九日茱萸飨六军。"唐杜甫《投赠哥舒…》："君王自神武，驾驭必英雄。"聂绀弩《题韩羽画…》："将军何技真神武，美目盼兮万马翻。"

神武挂冠　shén wǔ guà guàn

【分类】政治

【关键词】陶弘景

【释义】指辞官隐居。《南史·陶弘景》："永明十年，脱朝服挂神武门，上表辞禄。诏许之…止于句容之句曲山。"

【例句】宋释德洪《次韵偶题》："双泉云树时到梦，神武门前思挂冠。"宋葛胜仲《即事》："格外一官垂欲满，便从神武挂冠衣。"宋李仁本《题桂殿秋辞》："君王若许供香火，神武门前早挂冠。"宋沈与求《陈子尚博…》："勇退曾无屋数椽，挂冠神武便飘然。"

神香　shén xiāng

【分类】文化

【关键词】东方朔

【释义】供神时所用的熏香。《海内十洲记·聚窟洲》："征和三年，月氏国王遣使献香四两，大如雀卵，黑如桑椹，使者曰：'知中国有好道之君，故搜奇蕴而贡神香。'"

【例句】唐李山甫《雨后过华…》："雨淋鬼火灭不灭，风送神香来不来。"宋杨万里《赏菊》："两鬓尽凋无地插，一杯细嚼入神香。"金刘仲尹《墨梅》："泪痕滴尽穹庐月，谁道神香解返魂。"清吴绮《无题》："别鹤一声肠九曲，神香那得返离魂。"

神羞　shén xiū

【分类】生活

【关键词】尚书

【释义】使神羞辱。《尚书·武成》："惟尔有神，尚克相予，以济兆民，无作神羞。"汉孔安国《传》："神庶几助我，度民危害，无为神羞辱。"

【例句】唐杜甫《石犀行》："今年灌口损户口，此事或恐为神羞。"宋赵抃《沈侯见和…》："江山入诗助，蘋藻为神羞。"宋冯山《绣衣石榴》："非人勿据兹，恐为山神羞。"宋吕本中《送宋仲安…》："破屋不忧遭鬼瞰，端坐或恐贻神羞。"

神燕不须雷　shén yàn bù xū léi

【分类】文化

【关键词】燕

【释义】咏燕或咏岁日之典。《艺文类聚》引南朝梁庾肩吾《岁尽诗》："岁序已云殚，春心不自安…金薄图神燕，朱泥印鬼丸。"《艺文类聚》引《湘中记》："零陵有石燕，形似燕，得雷风则飞，颉颃如真燕。"

【例句】唐司空曙《酬卫长林…》："今朝彩盘上，神燕不须雷。"唐李贺《感春》："上幕迎神燕，飞丝送百劳。"元韩曾《秋日过潭…》："恒生护神燕，漙沱浸坤轴。"明陈子龙《庚辰除夕…》："官梅岁晚将谁寄，神燕春寒故未回。"

神禹　shén yǔ

【分类】政治

【关键词】禹

【释义】大禹，夏朝建立者。禹成功治理洪水，世人把他敬为神人，尊为神禹。《庄子》："无有为有，虽有神禹，且不能知，吾独奈何哉。"

【例句】唐刘禹锡《送李策秀…》："尝闻祝融峰，上有神禹铭。"宋王安石《送萧山钱…》："灵胥引水度穿市，神禹分山翠入帘。"宋范纯仁《同王弱翁…》："疏凿宛见神禹迹，怀襄既乂熙尧朝。"聂绀弩《夜战》："千古荒原多隐沼，一干神禹战通宵。"

神妪　shén yù

【分类】生活

【关键词】搜神记

【释义】咏歌女、乐人之典。也指女仙。《搜神记》："永嘉中，有神见兖州，自称樊道基。有妪，号成夫人。夫人好音乐，能弹箜篌，闻人弦歌，辄便起舞。"

【例句】唐李贺《李凭箜篌引》："梦入神山教神妪，老鱼跳波瘦蛟舞。"宋梅尧臣《沛公歌》："白蛇断裂不可续，神妪哀哀夜深哭。"宋范成大《初冬近饮…》："祖龙妄意一至万，当道已闻神妪哭。"元张端《澄江诗社…》："蛇断恍闻神妪泣，人传疑带鲍鱼腥。"

沈鲍　shěn bào

【分类】文化

【关键词】沈约鲍照

【释义】南朝宋鲍照与南朝梁沈约的并称。两人均为著名的文学家。为咏文学大家之典。《梁书·沈约传》："谢玄晖善为诗，任彦升工于文章，约兼而有之，然不能过也。"《宋书·鲍照传》:"鲍照字明远,文辞赡逸,尝为古乐府,文甚遒丽。"

【例句】唐杜甫《寄高使君…》:"高岑殊缓步,沈鲍得同行。"宋陈师道《寄张宣州》:"诗且江山助,名成沈鲍行。"宋叶梦得《又答》:"家声合继紫微郎,不独诗同沈鲍行。"宋周孚《次韵陈丈…》:"自来不数王杨辈,平处犹参沈鲍行。"

沈东阳 shěn dōng yáng

【分类】文化
【关键词】沈约
【释义】指南朝梁著名文学家、史学家沈约。曾任东阳太守。《梁书·沈约列传》:"沈约字休文…隆昌元年,除吏部郎,出为宁朔将军、东阳太守。"
【例句】唐韩翃《李中丞宅…》:"中丞违沈约,才子送丘迟。"唐刘禹锡《武陵书怀》:"沈约台榭故,李衡墟落存。"唐张说《过庾信宅》:"独有东阳守,来嗟古树春。"唐罗隐《秋日泊平…》:"北海尊中常有酒,东阳楼上岂无诗。"宋黄庭坚《次韵伯氏…》:"鬓发斑然潘骑省,腰围瘦尽沈东阳。"宋周紫芝《次韵沈李郎…》:"谁把酒浇陶靖节,天将诗付沈东阳。"

沈郎钱 shěn láng qián

【分类】文化
【关键词】晋书
【释义】东晋钱币。其钱文曰五铢,面有外郭,通体轻小,因以喻榆荚(榆钱)。《晋书·食货传》:"晋自中原丧乱,元帝过江,用孙氏旧钱,轻重杂行,大者谓之比轮,中者谓之四文。吴兴沈充又铸小钱,谓之沈郎钱。"
【例句】唐周万《送沈芳谒…》:"为贪卢女曲,用尽沈郎钱。"唐王建《故梁国公…》:"素柰花开西子面,绿榆枝散沈郎钱。唐李商隐《江东》:"今日春光太漂荡,谢家轻絮沈郎钱。"宋洪刍《道中即事》:"买断残春是榆荚,乱抛无数沈郎钱。"

沈郎衣带宽 shěn láng yī dài kuān

【分类】生活
【关键词】沈约
【释义】借指身体消瘦。源见"沈约瘦"。
【例句】唐贾至《寓言》:"嗟君在万里,使妾衣带宽。"宋何梦桂《寄сб与竹所…》:"风云失手剑光冷,霜雪满头衣带宽。"宋李彭《戏答棕笋》:"引帆伐鼓阅三岁,候雁不来衣带宽。"清弘历《当垆曲》:"不问新声可动人,但问衣带宽几许。"

沈李浮瓜 shěn lǐ fú guā

【分类】生活
【关键词】曹丕
【释义】借指消暑乐事。亦泛指消夏果品。三国魏曹丕《与朝歌令吴质书》:"浮甘瓜于清泉,沈朱李于寒水。"谓天热把瓜果用冷水浸后食用。
【例句】唐陈元光《候夜行师》:"淬砺戈矛寻石上,沉浮瓜李戏江涯。"唐杜甫《解闷》:"翠瓜碧李沉玉甃,赤梨葡萄寒露成。"宋李重元《忆王孙》:"过雨荷花满院香,沈李浮瓜冰雪凉。"宋文彦博《伏蒙仆射…》:"沈李浮瓜信美矣,回船弄水曾无之。"

沈令尹 shěn lìng yǐn

【分类】政治
【关键词】沈令尹
【释义】咏荐贤进贤,或咏贤姬之典。《韩诗外传》:"樊姬曰:'今沈令尹相楚数年矣,未尝见进贤而退不肖也,又焉得为忠贤乎!'庄王旦朝,以樊姬之言告沈令尹,令尹避席而进孙叔敖。叔敖治楚,三年,而楚国霸。"
【例句】唐张说《登九里台…》:"楚国所以霸,樊姬有力焉。"唐元稹《楚歌》:"惧盈因邓曼,罢猎为樊姬。"唐周昙《樊姬》:"当时不有樊姬问,令尹何由进叔敖。"唐张说《登九里台…》:"不怀沈尹禄,谁谙叔敖贤。"宋释怀深《拟寒山寺》:"三怨粗能免,世无孙叔敖。"明桑悦《感怀诗》:"智哉孙叔敖,乘马忘牝牡。"

沈冥 shěn míng

【分类】政治
【关键词】杨雄
【释义】谓幽居匿迹。《法言·问明》:"蜀庄沈冥,蜀庄之才之珍也,不作苟见,不治苟得,久幽而不改其操,虽隋和何以加诸。"晋李轨注:"蜀庄,蜀人姓庄,名遵,字君平。沉冥,犹玄寂,泯然无迹之貌。"
【例句】唐李颀《同张员外…》:"洛中高士日沈冥,手自灌园方带经。"唐白居易《得潮州务…》:"凤池隔绝三千里,蜗舍沈冥十五春。"唐权德舆《卧病喜惠…》:"复有沈冥士,远系三茅君。"唐温庭筠《醉歌》:"但有沈冥醉客家,支颐瞪目持流霞。"

沈钱 shěn qián

【分类】生活
【关键词】沈酿
【释义】酒之代称。《古今注·草木》:"沈酿者,汉郑弘为灵文乡啬夫,行官京洛。未至宿一埭,埭名沈酿。于埭逢故旧友人,四顾荒郊,村落远绝,酤酒无处,情抱不伸。乃以钱投水中,依口而饮,饮尽酣畅,皆得大醉,因更为沈酿川。"
【例句】唐骆宾王《咏云酒》:"款交欣散玉,洽友悦沈钱。"宋欧阳修《春晓》:"沈钱将谢雪,持底送春归。"清田雯《湖堤后十…》:"谢絮沈钱填马路,蜂须蝶粉碍人行。"清弘历《榆饼》:"俸色过于吴茧绿,成模恰似沈钱匀。"

沈尚书 shěn shàng shū

【分类】政治
【关键词】沈约
【释义】指沈约。历仕南朝宋、齐、梁三代,梁武帝时,官至尚书令。《梁书·沈约传》:"明帝即位,进号辅国将军,徵为五兵尚书…高祖受禅,为尚书仆射…寻迁尚书令,领太子少傅。"

【例句】唐韩翃《寄令狐尚书》："妙略多推霍骠骑,能文独见沈尚书。"唐韩翃《送李明府…》："去事沈尚书,应怜词赋好。"唐李商隐《有怀在蒙…》："哀同庚开府,瘦极沈尚书。"宋宋庠《和答并州…》："樽味阻陪曹相国,带围空老沈尚书。"

沈羲升天　shěn xī shēng tiān
【分类】文化
【关键词】沈羲
【释义】形容修道成仙事。《神仙传·沈羲》:"沈羲者…学道于蜀中,但能消灾治病,救济百姓…道逢白鹿车一乘,青龙车一乘,白虎车一乘,从者皆数十骑…骑人曰:'羲有功于民,心不忘道…年寿将尽。黄老今遣仙官来下迎…'须臾有三仙人羽衣持节,以白玉简青玉介丹玉字授羲,羲不能识。遂载羲升天。"

【例句】唐司空图《贺翰林侍郎》："玉版徵书洞里看,沈羲新拜侍郎官。"唐曹唐《小游仙诗》："玉诏新除沈侍郎,便分茅土镇东方。"清蒋春霖《杨也村妾…》："海底星沈羲驭短,招魂泪尽博山香。"清丘逢甲《题友卿鸾…》："何时双引朝天驾,碧落重来沈侍郎。"

沈谢　shěn xiè
【分类】文化
【关键词】沈约谢灵
【释义】南朝梁沈约与南朝宋谢灵运的并称。借指著名文学家。《梁书·沈约传》:"谢玄晖善为诗,任彦升工于文章,约兼而有之,然不能过也。"《宋书·谢灵运传》:"灵运少好学,博览群书,文章之美,江左莫逮。"

【例句】唐杜甫《哭王彭州抡》:"新文生沈谢,异骨降松乔。"唐韩翃《祭岳回重…》:"从骑尽幽并,同人皆沈谢。"唐任华《寄杜拾遗》:"曹刘俯仰惭大敌,沈谢逡巡称小儿。"唐白居易《忆杭州梅…》:"薛刘相次埋新垄,沈谢双飞出故乡。"

沈约瘦　shěn yuē shòu
【分类】生活
【关键词】沈约
【释义】谓愁苦多病,人体消瘦。《南史·沈约列传》:"与徐勉素善,遂以书陈情于勉,言己老病,'百日数旬,革带常应移孔;以手握臂,率计月小半分'。"

【例句】唐李商隐《自桂林奉…》:"张衡愁浩浩,沈约瘦愔愔。"宋陈襄《送钟离郎》:"沈约瘦来题八咏,张颠醉后扫千文。"清黄之隽《别绪》:"沈约瘦愔愔,春愁满别心。"

审食其　shěn yì jī
【分类】政治
【关键词】审食其
【释义】先以舍人身份照顾刘邦的妻子儿女,渐为吕雉所亲信。后被封为辟阳侯。《史记·陈丞相世家》:"吕太后乃徙平为右丞相,以辟阳侯审食其为左丞相。左丞相不治,常给事于中。"

【例句】唐李白《雪谗诗赠…》:"汉祖吕氏,食其在旁。"唐高适《辟阳城》:"传道汉天子,而封审食其。"

升堂　shēng táng
【分类】生活
【关键词】孔子
【释义】比喻学问技艺已入门。《论语·先进》:"子曰:'由之瑟奚为于丘之门?门人不敬子路。子曰:'由也升堂矣,未入于室也。'"

【例句】唐张说《奉和圣制…》:"入室神如在,升堂乐似闻。"唐杜甫《戏题寄上…》:"空余枚叟在,应念早升堂。"唐杜牧《奉和门下…》:"君平教说卦,夫子召升堂。"唐齐己《寄文浩百法》:"入室偈闻传绝唱,升堂客谩恃多才。"

升堂拜母　shēng táng bài mǔ
【分类】生活
【关键词】周瑜
【释义】也称登堂拜母。指双方共结为通家之好。《三国志·周瑜传》:"瑜长壮有姿貌。初,孙坚兴义兵讨董卓,徙家于舒。(孙)坚子策与瑜同年,独相友善,瑜推道南大宅以舍策,升堂拜母,有无通共。"后因以拜见朋友的母亲为好朋友之间应有的礼节。

【例句】宋刘宰《怀林维国》:"尚记升堂拜母时,满前儿女竞牵衣。"宋许及之《夫人滕氏…》:"升堂忆昨拜慈容,京兆平反一笑中。"宋王迈《寄浙漕王…》:"升堂拜寿母,摩顶识馨儿。"聂绀弩《访丘东平…》:"此日登堂才拜母,他生横海再同舟。"

升堂入室　shēng táng rù shì
【分类】生活
【关键词】论语
【释义】得老师嫡传、学问或技艺造诣精深的弟子。《论语·先进》:"由也升堂矣,未入于室也。"意思是:孔子说:"子路么,学问已经不错了,只是还不够精深罢了。"因此入室含有领会、精悉师父所受技艺的意思。

【例句】唐张说《奉和圣制…》:"入室人如在,升堂乐似闻。"唐钱起《过展成侍…》:"从军谁谓仲宣乐,入室方知颜子贫。"唐杜甫《丹青引…》:"弟子韩干早入室,亦能画马穷殊相。"唐方干《哭秘书姚…》:"入室几人成弟子,为儒是处哭先生。"唐杜牧《羊栏浦夜…》:"自比诸生最无取,不知何处亦升堂。"

生别离　shēng bié lí
【分类】生活
【关键词】楚辞
【释义】难以再见的离别。《楚辞·少司命》:"悲莫悲兮生别离,乐莫乐兮新相知。"

【例句】唐孟云卿《别离》:"结发生别离,相思复相保。"唐李益《杂曲》:"尝闻生别离,悲莫悲于此。"唐卢仝《有所思》:"翠眉蝉鬓生别离,一望不见心断绝。"宋何梦桂《拟古》:"人怀父母心,岂愿生别离。"

生刍一束　shēng chú yī shù
【分类】生活
【关键词】诗经
【释义】常用作迎客之辞。《诗经·小雅·白驹》:"皎皎白驹,在彼空谷。生刍一束,其人如玉。"生刍:青草。如玉:形容友人品德像玉一样纯洁。
【例句】唐权德舆《奉和许阁…》:"断金挥丽藻,比玉咏生刍。"唐李隆基《赐新罗王》:"拥旄同作牧,厚贶比生刍。"唐刘禹锡《祭韩吏部…》:"生刍一束酒一杯,故人故人歆此来。"唐李绅《趋翰苑遭…》:"旧交封宿草,衰鬓重生刍。"

生刍致祭　shēng chú zhì jì
【分类】生活
【关键词】徐稚
【释义】祭吊之典。《后汉书·徐稚传》:"林宗(郭泰字)有母忧,稚往吊之,置生刍一束于庐前而去。众怪,不知其故。林宗曰:'此必南州高士徐孺子(徐稚字)也。《诗》不云乎:生刍一束,其人如玉。吾无德以堪之。'"
【例句】唐徐彦伯《题东山子…》:"何以赠下泉,生刍唯一束。"唐张九龄《故荥阳君…》:"竟罢生刍赠,空留画扇悲。"唐李绅《趋翰苑遭…》:"旧交封宿草,衰鬓重生刍。"唐褚亮《伤始平李…》:"禅草回中使,生刍引吊宾。"

生发未燥　shēng fà wèi zào
【分类】生活
【关键词】索虏
【释义】意为胎发未干。用以指童之时。《宋书·索虏传》:"焘大怒,谓奇曰:'我生头发未燥,便闻河南是我家地。'"
【例句】宋董嗣杲《读旧书有感》:"生发未燥时,朝晚将书劼。"宋陆文圭《竹友以其…》:"我生发未燥,汝父以诗鸣。"明曹于汴《易帽吟》:"我生发未燥,郑重忻修沐。"清许珏《谒范文正…》:"人生发未燥,入塾诵诗书。"

生公　shēng gōng
【分类】文化
【关键词】竺道生
【释义】晋末高僧竺道生的尊称。相传生公曾于苏州虎丘寺立石为徒,讲《涅槃经》。至微妙处,石皆点头来。《莲社高贤传·道生法师》:"法师道生,魏氏,钜鹿人。幼从竺法汰出家,披剃经诰一览能诵,年在志学便登讲座,吐纳明辩虽宿莫敢酬抗。"
【例句】唐崔融《太平兴龙寺》:"远上灵仪肃,生公谈柄挥。"唐皎然《咏扬上人…》:"一枝遥可折,吾欲问生公。"唐李群玉《规公业在…》:"生公吐辩真无敌,顾氏传神实有灵。"唐顾况《哭绚法师》:"生公手种殿前树,唯有花开鶗鴂悲。"

生公点石头　shēng gōng diǎn shí tóu
【分类】文化
【关键词】竺道生
【释义】称美高僧说法契合佛心。《大正新修大藏经》:"师(竺道生)被摈南还入虎丘山,聚石为徒,讲《涅槃经》,至阐提处,则说有佛性,且曰:'如我所说,契佛心否?'群石皆为点头。"
【例句】唐皎然《奉陪陆使…》:"应嘉生公石,列坐援松枝。"唐李郢《重游天台》:"龙潭直下一丈,谁见生公独坐时。"唐陆龟蒙《独夜》:"生公把经向石说,而我对月须人为。"宋丘岳《自淮梱代…》:"生公讲经台,曾闻石点头。"

生聚教训　shēng jù jiào xùn
【分类】政治
【关键词】左传
【释义】喻指失败后不灰心,不气馁,积极蓄积力量,力求富国强兵之道。《左传·哀公元年》:"越十年生聚,而十年教训,二十年之外,吴其为沼乎!"生聚:指殖人口,聚积财力。教训:教育训练。
【例句】宋项安世《贺杨枢密…》:"生聚教训五十载,昔无萌蘖今轮辕。"宋陈合《宝鼎现》:"谈笑顷、又十年生聚,处处豳风葵枣。"宋杜范《汉中行》:"忍耻坐薪亦几年,生聚教训亦纤悉。"宋苏颂《行次塘堤》:"数郡ুৎ屯归耒耦,万家生薪利菰蒲。"宋张嵲《送陆尧夫…》:"是邦虽毁顿,生聚今尚成。"

生理　shēng lǐ
【分类】生活
【关键词】庄子
【释义】物或人的生成之理,也就是人的本分、本性。《庄子·天地》:"物成生理,谓之形;形体保神,各有仪则,谓之性。"
【例句】唐杜甫《自京赴奉…》:"以兹悟生理,独耻事干谒。"唐杜甫《引水》:"人生留滞生理难,斗水何直百忧宽。"唐储光羲《同王十三…》:"生理无不尽,念君在中年。"唐刘禹锡《闲坐忆乐…》:"唯有达生理,应无治老方。"

生面　shēng miàn
【分类】生活
【关键词】杜甫
【释义】别开生面。生面:新的面貌。唐杜甫《丹青引赠曹将军霸》:"凌烟功臣少颜色,将军下笔开生面。"原指画像经重新绘制,面目一新,后比喻另外开辟一种新局面或创造出一种新的风格式样。
【例句】宋李洪《隆兴改元…》:"轻绡盈幅凛生面,髯髯冠剑跻凌烟。"聂绀弩《答锺书》:"老怀一刻如能遣,生面六经匪所思。"宋张千干《高尚居士》:"丹青始识先生面,点化何时一粒砂。"宋陆游《溪上杂言》:"古人谁谓不可见,黄卷犹能睹生面。"

生男生女　shēng nán shēng nǚ

【分类】政治

【关键词】水经注

【释义】咏百姓因战乱流离、生活困苦之典。《水经注·河水》引扶泉《物理论》记民歌："生男慎勿举，生女哺用脯。不见长城下，尸骸相支柱。"

【例句】唐白居易《长恨歌》："遂令天下父母心，不重生男重生女。"唐杜甫《兵车行》："信知生男恶，反是生女好。"宋康执权《戏为妓山…》："昔日缇萦亦如许，尽道生男不如女。"元戴良《凉州行》："君不见古来边头多战伤，生男岂如生女强。"

生裴秀　shēng péi xiù

【分类】生活

【关键词】裴秀

【释义】咏生佳儿之典。《晋书·裴秀传》："裴秀，字季彦…有风操，八岁能属文。叔父徽有盛名…有诣徽者，出则过秀。然秀母贱，嫡母宣氏不之礼，尝使进馔于客，见者皆为之起。秀母曰：'微贱如此，当应为小儿故也。'"

【例句】唐郑还古《赠柳氏妓》："未拟生裴秀，如何乞郑玄。"清弘历《王蒙仿李…》："题词讵似苏学士，折简惟招裴秀才。"

生入玉门关　shēng rù yù mén guān

【分类】政治

【关键词】班超

【释义】咏边将思归之典。《后汉书·班超传》："超自以久在绝域，年老思土。十二年，上疏曰：'…昔苏武留匈奴中尚十九年，今臣幸得奉节带金银护西域…臣不敢望到酒泉郡，但愿生入玉门关。'"班超之妹班昭也上书为其陈情，"书奏，帝感其言，乃征超还"。

【例句】唐骆宾王《从军行》："不求生入塞，唯当死报君。"唐李益《塞下曲》："伏波唯愿裹尸还，定远何须生入关。"宋张侃《薄薄酒》："就令真封定远侯，何如生入玉门关。"宋徐钧《班超》："燕颔虎头成底事，但求生入玉门关。"

生申甫　shēng shēn fǔ

【分类】政治

【关键词】诗经

【释义】申伯诞生之日。后因以为生日之祝辞。源见"嵩生岳降"。

【例句】唐杨巨源《上刘侍中》："命代生申甫，承家翊禹汤。"宋无名氏《寿太守傅…》："嵩岳生申甫，河洛出图书。"宋卫宗武《夏登北山》："如眉有翁季，似岳生申甫。"宋卫宗武《初夏登北山》："如眉有翁季，似岳生申甫。"

生也有涯　shēng yě yǒu yá

【分类】生活

【关键词】庄子

【释义】即生也有涯，知也无涯。涯：边际，界限。知：同智，知识。生命是有限度的，而知识是没有限度的。《庄子·养生主》："吾生也有涯，而知也无涯。以有涯随无涯，殆已。"

【例句】唐王维《奉和圣制…》："大道今无外，长生讵有涯。"唐杜甫《春归》："世路虽多梗，吾生亦有涯。"唐窦群《晚自台中…》："白发侵侵生有涯，青襟曾爱紫河车。"宋宋庠《孟津岁晚》："要路谁云骋，浮生会有涯。"宋文天祥《南海》："男子千年志，吾生未有涯。"

生子李为名　shēng zǐ lǐ wéi míng

【分类】政治

【关键词】任延

【释义】咏良吏之典。《后汉书·任延传》："诏征为九真太守…又骆越之民无嫁娶礼法，各因淫好，无适对匹，不识父子之性，夫妇之道。延乃移书属县，各使男年二十至五十，女年十五至四十，皆以年齿相配…咸曰：'使我有是子者，任君也。'多名子为'任'。"

【例句】唐杜牧《池州李使…》："多少四年遗爱事，乡间生子李为名。"宋王迈《贼平贺本…》："从今闽粤家生子，定把君侯姓作名。"宋喻良能《送师相陈…》："长乐城中家几万，家家生子总名陈。"明皇甫汸《赠周如斗…》："留君同寇借，生子拟周名。"

声动梁尘　shēng dòng liáng chén

【分类】生活

【关键词】虞公

【释义】喻乐声或歌声的音调极为动人。《太平御览》引《刘向别录》："汉兴以来，善歌者鲁人虞公，发音清哀，盖动梁尘。"

【例句】唐杨衡《白纻辞》："金壶半倾芳夜促，梁尘霏霏暗红烛。"唐刘沧《代友人悼姬》："罗帐香微冷锦裀，歌声永绝想梁尘。"唐李绅《真娘墓》："黛消波月空蟾影，歌息梁尘有梵声。"唐何扶《送阆州妓…》："玉蟾露冷梁尘暗，金凤花开云鬓秋。"

笙鹤　shēng hè

【分类】文化

【关键词】王子乔

【释义】指仙人乘骑之仙鹤。源见"王乔控鹤"。

【例句】唐宋之问《缑山庙》："王子宾仙去，飘飘笙鹤飞。"唐孙逖《葛山潭》："犹醉空山里，时闻笙鹤飞。"唐杜甫《玉台观》："人传有笙鹤，时过北山头。"唐刘禹锡《酬令狐相…》："群玉山头住四年，每闻笙鹤看诸仙。"宋姜夔《阮郎归》："与君闲看壁间题：夜凉笙鹤期。"

笙簧　shēng huáng

【分类】生活

【关键词】礼记

【释义】指笙。簧，笙中之簧片。也指笙的乐音。《礼记·明堂位》："垂之和钟，叔之离磬，女娲之笙簧。"汉郑玄注："笙簧，笙中之簧也…女娲作笙簧。"

【例句】唐司马逸客《雅琴篇》："岁岁汾川事箫鼓,朝朝伊水听笙簧。"唐杜甫《七月一日…》："绝壁过云开锦绣,疏松夹水奏笙簧。"唐张籍《送远曲》："吟丝竹,鸣笙簧,酒酣性逸歌猖狂。"唐刘禹锡《墙阴歌》："东邻侯家吹笙簧,随阴促促移象床。"

鼪鼯　shēng wú
【分类】政治
【关键词】黄庭坚
【释义】鼪鼠与鼯鼠。比喻志趣相投的亲密朋友。旧时对起义群众的蔑称。宋黄庭坚《书〈张仲谋诗集〉后》："今窜逐蛮夷中,而仲谋来守施州,所谓鼪鼯同游,蓬藋柱宇,而弟兄亲戚謦欬其侧者也。"
【例句】宋陈宗道《送宁都陈令》："鼪鼯息响月千山,桃李无言春万树。"宋郭祥正《祁南岳喜…》："鼪鼯哀啼晓色淡,碧涧久涸银涛添。"宋方岳《题祁门岳…》："鼪啼鼯笑纷披猖,中分宇宙尊犬羊。"宋辛弃疾《石门道中》："山上飞泉万斛珠。悬崖千丈落鼪鼯。"

圣人不相　shèng rén bù xiàng
【分类】生态
【关键词】蔡泽
【释义】喻指不俊朗的人也可以是圣贤者。战国时秦相蔡泽容貌丑陋诡怪。《史记·蔡泽列传》："唐举孰视而笑曰:'先生曷鼻,巨肩,魋颜,蹙齃,膝挛。吾闻圣人不相,殆先生乎?'"
【例句】唐卢纶《冬日登城…》："长卿未遇杨朱泣,蔡泽无媒原宪贫。"唐高适《九日酬颜…》："苏秦憔悴人多厌,蔡泽栖迟世看丑。"明史谨《赠相士》："已许唐生知蔡泽,却惭延赏慢韦皋。"明丰恭《答林逸人…》："常何新丰识马周,蔡泽秦川寻应侯。"

圣相　shèng xiàng
【分类】政治
【关键词】晏子春秋
【释义】谓德行才智卓越的辅佐大臣。后专指贤能的宰相。《晏子春秋·外篇下六》："晏子对曰:'君其勿忧,彼鲁君,弱主也,孔子,圣相也。'"
【例句】唐李商隐《韩碑》："帝得圣相相曰度,贼斫不死神扶持。"宋王十朋《县学落成…》："斯文天未丧,吾道圣相传。"宋事谊《谢事东归…》："朝路时来陪圣相,家山老去逐逋翁。"宋曾悙《书事十绝》："裴度只今真圣相,勒碑十丈无人可。"

胜偶　shèng ǒu
【分类】政治
【关键词】左传
【释义】意指弈棋战胜对手。《左传·襄公二十五年》："太叔文子闻之,曰:'…今宁子视君不如弈棋,其何以免乎?弈者举棋不定,不胜其耦。而况置君而弗定乎?必不免矣。'"耦通偶。

【例句】唐方干《送喻坦之…》："文战偶未胜,无令移壮心。"唐李端《送潘述宏…》："弈棋知胜偶,射策请焚舟。"明明导《与颜将军…》："胜偶难再逢,明日岂似今。"明范景文《对雪》："无雪少精神,如人失胜偶。"

胜友如云　shèng yǒu rú yún
【分类】生活
【关键词】王勃
【释义】指很多有名气的好朋友聚集在一起。唐王勃《秋日登洪府滕王阁饯别序》："十旬休暇,胜友如云;千里逢迎,高朋满座。"
【例句】宋徐经孙《丙寅九月…》："胜友如云儒雅集,雄文丽藻灿连篇。"宋王义山《和九月十…》："谁报江州遣白衣,如云胜友好追随。"明郭之奇《内叔林韩…》："主人爱客能携酒,胜友如云冷凤楼。"清沈闳《谈笑有鸿儒》："胜友如云堪集益,高谈尽日岂嫌孤。"

胜于蓝　shèng yú lán
【分类】政治
【关键词】荀子
【释义】喻学生超过老师,后人超过前人。源见"青出于蓝"。
【例句】宋释慧昌《慈母画像赞》："应现顿忘前后际,从今青出胜于蓝。"唐包何《相里使君…》："谁道众贤能继体,须知个个胜于蓝。"宋周必大《泛清溪至…》："清溪水色胜于蓝,祖石移舟下镜潭。"明李昌祺《赠太常张…》："墙头柳嫩绿毵毵,桥下新流色胜蓝。"

盛名　shèng míng
【分类】文化
【关键词】淮南子
【释义】指有非常好的名声,人人皆知。《淮南子·诠言训》："故世有盛名,则衰之日至矣。"
【例句】唐崔日用《奉和圣制…》："列将怀威抚,匈奴畏盛名。"唐钱起《和王员外…》："题柱盛名兼绝唱,风流谁继汉田郎。"唐皎然《述祖德赠…》："我祖文章有盛名,千年海内重嘉声。"聂绀弩《题黄黑妮…》："归期倘误人休怪,盛名压喘船车机。"

盛怒　shèng nù
【分类】生活
【关键词】国语
【释义】指大怒。或指大风狂啸。《国语·鲁语上》："寡君不佞,不能事疆场之司,使君盛怒以暴露于弊邑之野,敢犒舆师。"《昭明文选·战国楚宋〈风赋〉》："夫风生于地,起于青蘋之末。侵淫溪谷,盛怒于土囊之口。"
【例句】唐杜甫《北风》："今晨非盛怒,便道即长驱。"宋宋祁《郡界闵雨…》："盛怒风生穴,污邪祝有豚。"宋王安石《奉使道中…》："塞垣春枯积雪溜,沙砾盛怒黄云愁。"宋张嵲《乘舟阻风》："青天东下日杲杲,风伯盛怒何当平。"

盛小丛　shèng xiǎo cóng
【分类】生活
【关键词】李讷
【释义】唐朝大中年间浙江绍兴歌妓。写下《突厥三台》一诗。唐李讷《纪崔侍御遗事》："李尚书夜登越城楼，闻歌曰：'雁门山上雁初飞。'其声激切。召至，曰：'去籍之妓盛小丛也。'"
【例句】唐李讷《命妓盛…》："曾向教坊听国乐，为君重唱盛丛歌。"宋秦观《别程公辟…》："樽前倦客刘师命，月下清歌盛小丛。"宋葛胜仲《鹧鸪天》："已邀骚客陶元亮，不用歌姬盛小丛。"宋刘克庄《夜饮方湖》："贪听月下小丛歌，掷去金蕉吸碧荷。"

尸谏　shī jiàn
【分类】政治
【关键词】史鱼
【释义】就是死后以尸身的处放，作为最后向君主作某种谏诤的行为。《韩诗外传》："卫大夫史鱼病且死，谓其子曰：'我数言…为人臣生不能进贤而退不肖，死不当治丧正堂。殡我于室足矣。'…君造然召蘧伯玉而贵之而退弥子瑕。徒殡于正堂，成礼而后去。"
【例句】宋周必大《刘共甫枢…》："史鱼尸谏后，圣代不无人。"宋程公许《挽潼帅许…》："丁宁尸谏语，端不愧家山。"宋赵汝回《西湖重午作》："著骚直以尸为谏，亡楚如何醉不醒。"聂绀弩《挽老舍》："君以一尸谏天下，世惊虎吼跃龙潭。"

尸居龙见　shī jū lóng xiàn
【分类】政治
【关键词】庄子
【释义】意谓静如尸而动如龙。《庄子·在宥》："故君子苟能无解其五藏，无擢其聪明，尸居而龙见，渊默而雷声，神动而天随，从容无为，而万物炊累焉。"
【例句】宋毛珝《墨龙》："真人尸居雷八荒，断砖残墨生苍茫。"宋贾遵祖《题真仙岩》："尸居龙见柱下史，宴坐似说常清静。"宋贾遵祖《题真仙岩》："尸居龙见柱下史，宴坐似说常清静。"明王慎中《论学示友…》："尸居寂寂偏龙见，暗室冥冥有日临。"

尸寝　shī qǐn
【分类】生活
【关键词】论语
【释义】指睡觉时直挺挺躺着像死尸一样。《论语·乡党》："寝不尸，居不容。"
【例句】唐杜甫《晦日寻崔…》："朝光入瓮牖，尸寝惊敝裘。"宋陈傅良《南岳圣业》："山立或磐折，尸寝或拳跽。"元袁桷《车行》："神跌恣掀簸，尸寝作瞑眩。"明黄淳耀《冬日》："我生劳造化，尸寝未云宁。"

尸位素餐　shī wèi sù cān
【分类】政治
【关键词】朱云
【释义】比喻空占着职位而不做事，白吃饭。《汉书·杨胡朱梅云列传·朱云》："今朝廷大臣上不能匡主，下亡以益民，皆尸位素餐。"
【例句】唐姚合《省直书事》："素餐终日足，宁免众人轻。"唐韦应物《郡斋赠王卿》："无术谬称简，素餐空自嗟。"唐白居易《初罢中书…》："自惭拙宦叨清贵，还有痴心怕素餐。"唐范质《诫儿侄》："天子未遐弃，日益素餐忧。"元宋褧《山中漫赋…》："尸位空言无所补，寓情托物亦犹贤。"元王翰《重阳后寄…》："济时无上策，尸位愧庸才。"明潘希曾《寒夜不寐》："重依凤阙惭尸位，乍别鲈乡忆钓船。"

尸乡翁　shī xiāng wēng
【分类】生态
【关键词】祝鸡翁
【释义】古代善养鸡者。源见"祝鸡翁"。
【例句】唐杜甫《催宗文树…》："未似尸乡翁，拘留盖阡陌。"唐杜甫《奉寄河南…》："尸乡余土室，难说祝鸡翁。"宋舒岳祥《寇攘之余》："昔有尸乡翁，养鸡盖阡陌。"明孙一元《石川子》："饮牛汶水湄，访道尸乡翁。"

尸诸市　shī zhū shì
【分类】政治
【关键词】左传
【释义】谓陈尸于闹市之上以示众。为惩恶泄愤之典。《左传·襄公二十八年》："求崔杼之尸，将戮之…于是得之…(齐人)以其棺尸崔杼于市。国人犹知之，皆曰：'崔子也。'"
【例句】唐韩愈《寄卢仝》："立召贼曹呼伍伯，尽取鼠辈尸诸市。"宋高斯得《编局》："近闻编局荡巢穴，尽取鼠辈尸诸市。"元黄溍《番阳周节…》："亟取贪夫尸诸市，士气复振贼乃靡。"元谢应芳《烈妇歌》："愿言携手与同归，即免枭首尸诸市。"

失道　shī dào
【分类】政治
【关键词】孟子
【释义】指站在正义、仁义方面，会得到多数人的支持帮助；违背道义、仁义，必陷于孤立。《孟子·公孙丑下》："得道者多助，失道者寡助。寡助之至，亲戚畔之。多助之至，天下顺之。"
【例句】唐杜甫《释闷》："失道非果出襄野，扬鞭忽是过湖城。"唐白居易《雪中即事…》："谁家高士关门户，何处行人失道途？"宋李处权《题周氏棣…》："管蔡既失道，周公遂相残。"唐张祜《读〈西汉书〉…》："失道非素，乘时不偶然。"

失欢　shī huān
【分类】生活
【关键词】景延广
【释义】指失去别人的欢心；失和。《旧五代史·晋书·景延广传》："（契丹）因责延广曰：'致南北失欢，良由尔也。'"
【例句】宋赵汝腾《寄仲节金…》："传闻议论异柯山，辨难何妨莫失欢。"宋胡仲弓《雨中看花》："顽云痴雨霸春寒，李白桃红总失欢。"明何景明《忆昔行》："我当辞归君失欢，徘徊欲别良难。"清陈廷敬《以黄柑罗…》："独酌已多还寂寞，细斟欲尽失欢娱。"

失水鱼　shī shuǐ yú
【分类】生活
【关键词】庄子
【释义】离水之鱼。喻处于困境的人。源见"涸辙之鲋"。
【例句】唐元稹《酬乐天得…》："饥摇困尾丧家狗，热暴枯鳞失水鱼。"唐李山甫《贺友人及第》："得水蛟龙失水鱼，此心相对两何如。"唐钱起《罢官后酬…》："宦名随逐叶，生事感枯鱼。"宋孔平仲《两头纤纤》："腼腼膊膊失水鱼，磊磊落落大丈夫。"明钱谦益《德州送王…》："有如堕枝鸟，依此失水鱼。"

师丁　shī dīng
【分类】政治
【关键词】公孙丁
【释义】咏授技艺老师之典。《左传·襄公十四年》："尹公佗学射于庾公差，庾公差学射于公孙丁。"
【例句】唐韩愈《答张彻》："结友子让抗，请师我惭丁。"

师婚　shī hūn
【分类】生活
【关键词】左传
【释义】咏出师立功而婚配之典。《左传·桓公六年》："及其败戎师也，齐侯又请妻之，固辞。人问其故，太子曰：'无事于齐，吾犹不敢。今以君命奔齐之急，而受室以归，是以师婚也。民其谓我何？'"春秋时，郑国太子忽率军救齐之难，齐釐公要把女儿文姜嫁给他，受到拒绝。
【例句】唐柳宗元《韦道安》："师婚古所痛，合姓非用兵。"元凌云翰《二乔观兵…》："不为师婚不动心，肯教铜雀锁春深。"

师旷　shī kuàng
【分类】生活
【关键词】师旷
【释义】春秋晋国乐师。善于辨音。喻称听觉超凡，善辨音律的人。《孟子·离娄》："师旷之聪，不以六律，不能正五音。"
【例句】唐鲍防《元日早朝行》："师旷应律调黄钟，王良运策调时龙。"唐孟郊《送卢虔端》："师旷听群木，自然识孤桐。"唐李山甫《赠弹琴李…》："三尺焦桐七条线，子期师旷两沈沈。"唐贯休《上裴大夫》："还希师旷怀，见我心不轻。"

师老　shī lǎo
【分类】政治
【关键词】春秋左传
【释义】指军队因为师出不义而士气衰落。《左传·僖公二十八年》："晋师退。军吏曰：'以君辟臣，辱也。且楚师老矣，何故退？'子犯曰：'师直为壮，曲为老，岂在久乎！'"
【例句】唐卢纶《从军行》："塞闲思远猎，师老厌分营。"唐韩愈《送石洪处…》："钜鹿师欲老，常山险犹恃。"宋李复《兵馈行》："师老冻饿无斗心，精锐方出来战敌。"宋陆游《次韵季长…》："中原阻绝王师老，那敢山林一枕安。"

师襄　shī xiāng
【分类】生活
【关键词】孔子家语
【释义】亦称师襄子。春秋时鲁国的乐官。擅击磬，也称击磬襄。《孔子家语·辩乐》："孔子学琴于师襄子。襄子曰：'吾虽以击磬为官，然能于琴，今子于琴已习，可以益矣。'"
【例句】唐白行简《夫子鼓琴…》："宣父穷玄奥，师襄授素琴。"唐李白《金陵听韩…》："王子停凤管，师襄掩瑶琴。"宋释智圆《古琴诗》："安得师襄弹，重闻大古音。"宋晁补之《听阎子常…》："仲尼昔时从师襄，颓然一人犹望羊。"

师雄遇梅　shī xióng yù méi
【分类】生态
【关键词】赵师雄
【释义】指赵师雄醉憩梅花下。用以咏梅。源见"罗浮梦"。
【例句】宋赵必象《古端饮问…》："去年岭头曾相逢，花边酾酒酹师雄。"宋徐集孙《落梅》："黄昏未觉师雄梦，塞管一声何处楼。"元叶颙《冬夜梅边…》："罗浮山下白云深，一枕师雄梦未成。"明陈琏《华首台》："山下梅花岁岁新，师雄遗迹已成尘。"

师昭　shī zhāo
【分类】政治
【关键词】三国志
【释义】咏篡位夺权之典。《三国志·三少帝纪》："师，即三国时魏臣司马懿长子司马师；昭，即司马师之弟司马昭。…死前已形成篡位之势。"
【例句】唐韩偓《感事…》："袁董非徒尔，师昭岂偶然！"宋张方平《筹笔驿》："公在必无生仲达，师昭何业得中原。"清沈在廷《许州》："生前吴蜀离心并，死后师昭恨不穷。"

诗禅　shī chán
【分类】文化
【关键词】苏轼
【释义】指以佛家之禅理入诗。后比喻写诗谈禅。《苏轼诗集·夜直玉堂携李之仪诗…》》："暂借好诗消永夜，每逢佳处辄参禅。"宋代诗风，喜以诗谈佛家阐理，又以禅而喻诗评诗。
【例句】宋释契嵩《遣兴》："逸兴应须效皎然，此生潇洒老诗禅。"宋郭六《五泄山》："绝唱尚传闲老句，幽栖犹想默诗禅。"宋刘克庄《诸人颇有…》："画得诗禅三昧少,诗如无住一联多。"宋陈著《寿炳同长老》："每为寒交倾钵施,更多雅客问诗禅。"

诗肠鼓吹　shī cháng gǔ chuī
【分类】文化
【关键词】戴颙
【释义】喻激发诗人创作欲望的音乐。源见"双柑斗酒"。
【例句】宋周紫芝《晓晴》："尚有诗肠新鼓吹,满携樽酒听黄莺。"宋姚勉《闻莺》："广寒一阕新霓裳,天遣鼓吹吟诗肠。"明朱诚泳《闻莺》："欲凭鼓吹鸣诗肠,青春白日何悠扬。"明赵完璧《盐城初夏…》："别将鼓吹慰诗肠,斗酒芳柑傍海棠。"

诗胆如天　shī dǎn rú tiān
【分类】文化
【关键词】刘叉
【释义】比喻胆量极大。唐刘叉《自问》："酒肠宽似海,诗胆大于天。"
【例句】唐陆龟蒙《早秋吴体…》："虽然诗胆大如斗,争奈愁肠牵似绳。"宋喻良能《次韵王待…》："腐儒诗胆大于身,所恨陈言老未新。"宋释德洪《遇如无象…》："年来学富身转贫,岂特诗胆大于身。"宋刘才邵《贡士张智…》："蒐奇猎怪穷端倪,诗胆大于身数围。"

诗吊汨罗魂　shī diào mì luó hún
【分类】文化
【关键词】贾谊
【释义】咏感伤寄意之典。《史记·屈原贾生列传》："自屈原沉汨罗后百有余年,汉有贾生,为长沙王太傅,过湘水,投书以吊屈原。"
【例句】唐杜甫《天末怀李白》："应共冤魂语,投诗赠汨罗。"唐元稹《阳城驿》："今来过此驿,若吊汨罗洲。"唐李德裕《汨罗》："远谪南荒一病身,停舟暂吊汨罗人。"五代韦庄《湘中作》："千重烟树万重波,因便何妨吊汨罗。"

诗豪　shī háo
【分类】文化
【关键词】刘禹锡
【释义】即诗人中的豪杰、出众者。指刘禹锡。《新唐书·刘禹锡传》："素善诗,晚节尤精,与白居易酬唱颇多,尝推为诗豪。"
【例句】宋范仲淹《鄱阳酬泉…》："酒圣无隐量,诗豪有余章。"宋方岳《遣兴》："安所归乎惟酒隐,宛其老矣只诗豪。"宋文天祥《病中作》："百忌不容亲酒具,千愁那解减诗豪。"宋胡宿《送次道学…》："一代策书承世学,三川风月属诗豪。"

诗囊　shī náng
【分类】文化
【关键词】李贺
【释义】贮放诗稿的袋子。源见"古锦囊"。
【例句】宋张承《赠胡侍郎…》："未采佳苗供药灶,谩收新句入诗囊。"宋刘挚《次韵李圣…》："谁将马络寻春去,独佩诗囊傍水行。"宋信孺《金牛山》："沧海无穷月无尽,从今收拾入诗囊。"宋陆游《病中偶得…》："诗囊羞涩悲才尽,药裹纵横觉病增。"

诗瓢　shī piáo
【分类】文化
【关键词】唐球
【释义】指贮放诗稿的器具。比喻诗人作诗的苦心。《唐诗纪事·唐球》："球居蜀之味江山,方外之士也。为诗捻藁为圆,纳入大瓢中。后卧病,投于江曰:'斯文苟不沉没,得者方知吾苦心尔。'至新渠,有识者曰:'唐山人瓢也。'接得之,十才二三。"
【例句】宋曾几《寄空同山…》："曳杖挂诗瓢,悠然适所适。"宋方梓《吴仲恭翠…》："竹日晖晖侵酒斝,松风沥沥响诗瓢。"宋胡仲弓《约桔崖话》："清风资话柄,流水走诗瓢。"宋蒋九成《春日野步》："小憩春风不知晚,夕阳红过小红桥。"

诗穷孟郊　shī qióng mèng jiāo
【分类】文化
【关键词】孟郊
【释义】咏孟郊之典。是说唐孟郊诗多穷愁哀伤之辞。唐韩愈《荐士》："有穷者孟郊,受材实雄骜…"又《答孟郊诗》":规模背时利,文字觑天巧。人皆余酒肉,子独不得饱。"
【例句】宋寇准《寄献江南…》："诗穷雅道皆清唱,官重名曹未白头。"宋方岳《次韵县圃…》："未必诗穷在其,如酒病何。"宋俞德邻《赠丹阳邢尉》："一生坐诗穷,酸寒见余态。"宋谢逸《次王直方…》":稚子凄凉缘岁恶,鄙夫寂寞坐诗穷。"

诗入鸡林　shī rù jī lín
【分类】文化
【关键词】白居易
【释义】比喻诗文享誉遐迩,流传广远。鸡林,即古新罗,今朝鲜。《新唐书·白居易传》："居易于文章精切,然最工诗…当时士人争传。鸡林行贾售其国相,篇易一金,甚伪者,相辄能辨之。"
【例句】宋郑獬《和汪正夫梅诗》："诗入鸡林白傅才,当年曾佩左符来。"宋黄庭坚《自咸平…》："诗入鸡林市,书邀道士鹅。"宋陆游《赠表弟…》："才高狗监无人荐,句好鸡林有客传。"宋强至《寄保安军…》："麟阁主人降健句,鸡林官长购精篇。"

诗史　shī shǐ
【分类】文化
【关键词】杜甫
【释义】指能反映某一时期重大社会事件有历史意义的诗

歌。《本事诗·高逸》："杜甫逢禄山之难,流离陇蜀,毕陈于诗,推见至隐,殆无遗事,故当时号为'诗史'。"也指诗歌发展的历史。

【例句】宋文天祥《送人往湖南》："云隔酒尊横北海,风吹诗史落西川。"宋王十朋《郡圃无海…》："少陵诗史有遗阙,海棠名花辄湮没。"宋黄裳《会友人饮》："未摇丹管酬诗史,且遣青娥丐乐章。"聂绀弩《题〈宋诗选注〉…》："诗史诗笺岂易分,奇思妙喻玉缤纷。"

诗书粕　shī shū pò
【分类】文化
【关键词】淮南子
【释义】喻称圣贤之书。《淮南子·道应训》："轮扁斫轮于堂下,释其椎凿,而问桓公曰:'君之所读者何书也?'桓公曰:'圣人之书。'轮扁曰:'其人焉在?'桓公曰:'已死矣。'轮扁曰:'是直圣人之糟粕也。'"
【例句】宋叶秀发《醉落魄》："儿孙不用千金囊。吾家自有诗书粕。"宋陈著《梅山弟来…》："谁将糟粕视诗书,兄弟何妨做拙儒。"明江源《秋兴次毕…》："满腹诗书糟粕子,百年身世土馒头。"清薛时雨《沁园春》："叹十年讲舍,诗书糟粕。"

诗书元帅　shī shū yuán shuài
【分类】文化
【关键词】左传
【释义】泛指儒将。《左传·僖公二十七年》："郤縠可。臣亟闻其言矣,说礼乐而敦诗书。诗书,义之府也;礼乐,德之则也;德义,利之本也。《夏书》曰:'赋纳以言,明试以功,车服以庸。'君其试之。"乃使郤縠将中军。"
【例句】宋刘攽《寄孙秦州》："元帅诗书真用武,小戎车甲岂无衣。"宋钟辰翁《水调歌头》："洗得甲兵静了,去作诗书元帅,却入相吾皇。"宋罗愿《次韵和子…》："诗书自可谋元帅,俎豆何妨示小儿。"元柯九思《题安僧元…》："谁似诗书老元帅,清时于此写丹心。"

诗束牛腰　shī shù niú yāo
【分类】文化
【关键词】李白
【释义】喻诗文数量之大。唐李白《醉后赠王历阳》："书秃千兔笔,诗裁两牛腰。"王琦注："言其卷大如牛腰也。"
【例句】宋王迈《贺许宰伯…》："锦囊有卷牛腰重,装橐无金马骨高。"宋周孚《赠萧光祖》："田园一蚊睫,书卷百牛腰。"宋潘大临《句》："诗束牛腰藏旧稿,书讹马尾辨新雏。"宋蔡肇《和文潜初…》："往来诗卷牛腰许,太羹玄酒并在户。"

诗亡春秋作　shī wáng chūn qiū zuò
【分类】文化
【关键词】孟子
【释义】咏周朝衰落之典。由于周朝的衰落,诗经也就跟着被冷落了,所以孔子就作《春秋》。《孟子·离娄》："《诗》亡,然后《春秋》作。"
【例句】宋何梦桂《和夹谷书…》："诗亡春秋作,三叹悲圣人。"宋俞德邻《次韵夏楚…》："金粟松摧故国荒,春秋未作叹诗亡。"元赵孟頫《古风》："诗亡春秋作,仲尼盖苦心。"聂绀弩《岁暮焚所作》："诗亡人乞春秋作,身贱吟须釜甑妨。"

诗仙　shī xiān
【分类】文化
【关键词】牛僧孺
【释义】指诗才高超飘逸,不同凡尘的诗人。唐牛僧孺《李苏州遗太湖石因题》："诗仙有刘白,为汝数逢迎。"指刘禹锡和白居易。
【例句】唐王建《上李益庶子》："紫烟楼阁碧纱亭,上界诗仙独自行。"唐李忱《吊白居易》："缀玉联珠六十年,谁教冥路作诗仙。"唐姚合《和王郎中…》："君到亦应闲不得,主人草圣复诗仙。"唐李忱《吊白居易》："缀玉联珠六十年,谁教冥路作诗仙。"

诗心　shī xīn
【分类】文化
【关键词】王令
【释义】作诗之心,诗人之心。宋王令《庭草》："独有诗心在,时时一自哦。"
【例句】唐薛能《留题》："茶兴复诗心,一瓯还一吟。"唐薛能《秋日将离…》："相知莫话诗心苦,未似前贤取ködit 取故名。"宋魏野《酬和提刑…》："召伯城边劳梦想,滕王阁上动诗心。"聂绀弩《再扫萧红墓》："狼牙啮敌诗心盅,虎胆修书剑气虹。"

诗眼　shī yǎn
【分类】文化
【关键词】朱子语类
【释义】指一句诗或一首诗中最精炼传神的一个字或词。亦指一篇诗的眼目,即体现全诗主旨的精彩诗句。《朱子语类》："只用他这一说,便瞎却一部诗眼矣。"
【例句】宋苏轼《僧清顺新…》："天公争向背,诗眼巧增损。"宋释德洪《题胥大夫…》："摹写高情无好句,谩横诗眼付冥搜。"宋王之道《春日郊行…》："望穷岩电搜诗眼,愁转车轮类别肠。"宋王炎《湘中杂咏》："江山如画供诗眼,阴雨无端酿客愁。"

诗以穷工　shī yǐ qióng gōng
【分类】文化
【关键词】欧阳修
【释义】意谓穷困的人才能写出好诗。宋欧阳修《梅圣俞诗集序》："内有忧思感愤之郁积,其兴于怨刺,以道羁臣寡妇之所叹,而写人情之难言,盖愈穷则愈工。然则非诗之能穷人,殆穷者而后工也。"
【例句】宋方岳《次韵郑金判》："诗穷不易办亨材,只怕荒寒处处苦。"宋方岳《山行》："谁憎命达昔工部,未必诗穷今巨山。"清张云章《书怀呈朱…》："诗以穷工宁数我,官因名折只思公。"聂绀弩《杂诗》："诗以穷工将杜甫,名须死著岂方干。"

鸤鸠之仁　shī jiū zhī rén
【分类】政治
【关键词】诗经
【释义】喻指君主公平对待臣属。鸤鸠即布谷鸟。《诗经·曹风·鸤鸠》："鸤鸠在桑,其子七兮。"毛亨传："鸤鸠之养其子,旦从上下,暮从下上,平均如一。"郑玄笺："喻人君之德,当均一于下也,以刺在位之人不如鸤鸠。"
【例句】唐卢仝《感古》："毁坏维鹊巢,不行鸤鸠仁。"宋唐庚《风树吟》："旦自梅兮暮至棘,当年饲我如鸤鸠。"宋孙觌《洪内翰母…》："鸤鸠一德本来均,七子劬劳咏棘薪。"宋王自中《题敬荣堂》："细看鸿雁飞翔意,可见鸤鸠均一情。"

虱官　shī guān
【分类】政治
【关键词】商君书
【释义】指蠹国害民的人或事。《商君书·去强》："农、商、官三者,国之常官也。三官者生虱官者六:曰岁、曰食、曰美、曰好、曰志、曰行。""国无礼乐虱官必强…虱官生必削。"
【例句】宋魏杞《欲饭野…》："主人变色行蚕忌,客子包羞坐虱官。"宋周孚《次韵朱子…》："自知谱牒俱冰氏,敢厌班资但虱官。"宋仇远《九月八日…》："虱官只合辞归去,鼠腹安能赋老饕。"清尹廷兰《赠董红珊…》："毗陵名士董红珊,不薄朝廷蚍虱官。"

狮子吼　shī zi hǒu
【分类】文化
【关键词】维摩诘
【释义】佛教语。比喻佛菩萨说法时震慑一切外道邪说的神威。《维摩诘所说经·佛国品》："演法无畏犹师子吼,其所讲说乃如雷震。无有量已过量。"
【例句】唐刘禹锡《送元简上…》："浙江涛惊狮子吼,稽岭峰疑灵鹫飞。"唐刘禹锡《送鸿举游…》："与师相见便谈空,想得高斋狮子吼。"前蜀韦縠辉《徵青州长…》："说法谩称狮子吼,魅人多使野狐禅。"宋杨万里《都下和同…》："诗流倡和秋虫鸣,僧房问答狮子吼。"

蓍蔡　shī cài
【分类】政治
【关键词】楚辞
【释义】蓍蔡同蓍龟,指卜筮。《楚辞·匡机》："蓍蔡兮踊跃,孔鹤兮回翔。"汉王逸注："蓍,筮也;蔡,大龟也。"也比喻德高望重的人。
【例句】唐韩愈《答张彻》："刺史肃蓍蔡,吏人沸蝗螟。"宋王安石《丙申八月作》："归期正自凭蓍蔡,生理应须问酒醪。"宋刘攽《再和宋职方》："常怪丘渊犹改旧,足令蓍蔡

可知来。"明林俊《和韩太保…》："四朝蓍蔡心俱属,一壑风烟老自堪。"

蓍簪　shī zān
【分类】生活
【关键词】韩诗外传
【释义】喻指旧物故情。源见"遗簪"。
【例句】唐韦庄《同旧韵》："既闻留缟带,讵肯掷蓍簪?"宋杨万里《故王氏令…》："贝叶参祇树,蓍簪当副笋。"明苏葵《赠别吴宿…》："万里曾缄鸿,蓍簪重遗捐。"明谢元汴《放言·眠蚕》："多烦哀麋凤,遽敢哭蓍簪。"

十拗　shí niù
【分类】生活
【关键词】戒庵老人
【释义】指老人的十种反常情态。《戒庵老人漫笔·老年拗拗》："宋郭功父有老人十拗诗,谓不记近事记远事,不能近视能远视;哭无泪,笑有泪;夜不睡,日里睡;不肯坐,只好行;不肯食软,要食硬;子不惜,惜孙子;大事不问,碎事絮;少饮酒,多饮茶;煖不出,寒即出。"
【例句】宋刘克庄《水龙吟》："而今衰飒,形骸百丑,情怀十拗。"宋楼钥《昼寝正酣…》："但仰三尊知共庆,孰云十拗敢轻嗤。"

十八公　shí bā gōng
【分类】文化
【关键词】丁固
【释义】指松。松字拆开则为十、八、公三字,故称。源见"丁固梦松"。
【例句】宋苏轼《夜烧松明火》："坐看十八公,俯仰灰烬残。"宋马廷鸾《又题德寿…》："千岁堂堂十八公,雨膏露沐贮清风。"宋黄庭坚《东林寺》："胜他东林十八公,庐山千古一清风。"宋张景脩《题北山松轩》："雪天苍翠暑天风,珍重僧轩十八公。"

十八娘　shí bā niáng
【分类】文化
【关键词】荔枝
【释义】荔枝品种之一。宋曾巩《荔枝录》："十八娘荔枝,色深红而细长,闽王王氏有女第十八,好食此,因而得名。女家在福州城东报国院,冢旁犹有此木。或云:谓物之美少者为十八娘,闽人语。"也指唐代南粤美女。开元年间宠妃。
【例句】宋王十朋《曹梦良教…》："冷官岂是淹贤地,尤物聊观十八娘。"宋苏辙《干荔支》："红消白瘦香犹在,想见当年十八娘。"宋李纲《初食荔枝…》："平昔传闻十八娘,丰肌秀骨有余香。"宋李纲《画荔枝图》："色奇更爱江家绿,味旨尤称十八娘。"

十八贤　shí bā xián
【分类】文化

【关键词】莲社高贤
【释义】指晋代在庐山结莲社的十八位僧俗。《莲社高贤传·不入社诸贤传》："时远法师与诸贤结莲社，以书招渊明…谢灵运…至庐山一见远公，肃然心伏…凿池植白莲…同修净土之业，因号白莲社。"
【例句】唐李群玉《湘中别成…》："愿与十八贤，同栖翠莲国。"唐戴叔伦《赴抚州对…》："高会棘树宅，清言莲社僧。"唐李中《题庐山东…》："十八贤人消息断，莲池千载月沈沈。"五代可朋《句》："唯陪北楚三千客，多话东林十八贤。"

十二栏杆　shí èr lán gān
【分类】文化
【关键词】西洲曲
【释义】指曲曲折折的栏杆。十二，言其曲折之多。晋《西洲曲》："楼高望不见，尽日栏干头。栏干十二曲，垂手明如玉。"
【例句】宋朱淑真《诉春》："十二栏杆锁画楼，春风吹损上帘钩。"宋邓肃《次韵凝翠…》："栏杆十二俯烟涛，冒雨从君一醉陶。"宋白玉蟾《俞楼》："十二栏杆秋月明，谪仙曾此宴飞琼。"宋白玉蟾《草亭偶书》："琴弹十二栏杆月，酒洗三千世界秋。"

十二旒　shí èr liú
【分类】政治
【关键词】礼记
【释义】喻指帝王。源见"冕旒"。
【例句】唐陆龟蒙《自遣诗》："灵和殿下巴江柳，十二旒前舞翠条。"宋王禹偁《次韵和仲…》："商于迁客曾如此，系滞空思十二旒。"宋杨朴《上陈文惠》："紫袍不识紫衣客，曾对君王十二旒。"宋曹勋《久别黄虚…》："君能坐致钱流地，行达通明十二旒。"

十二门　shí èr mén
【分类】政治
【关键词】三辅黄图
【释义】代指京都。古代京城四面各有三座城门，总计有十二门。《三辅黄图·都城十二门》："《三辅决录》曰：'长安城，面三门，四面十二门，皆通达九逵，以相经纬，衢路平正，可并列车轨。'"
【例句】唐李贺《李凭箜篌引》："十二门前融冷光，二十三丝动紫皇。"唐潘咸《皇恩寺》："禅林自是三三界，尘世谁知十二门。"唐徐寅《寓题述怀》："尧廷忘却徵元凯，天阙重关十二门。"宋李觏《送毗师西游》："望望王城十二门，青山行尽入红尘。"

十客　shí kè
【分类】生活
【关键词】陈叔宝
【释义】指南朝陈后主的亲信江总、孔范等十人。《南史·陈后主纪》："(陈后主)常使…江总、孔范等十人预宴，号曰'狎客'。先令八妇人襞采笺，制五言诗，十客一时继和，迟则罚酒。"泛指十位客人。
【例句】唐姚合《送张宗原》："一客失意行，十客颜色低。"宋梅尧臣《杂兴》："主人有十客，共食一鼎珍。"宋韦骧《陈后主》："三妃惑沈湎，十客助骄荒。"宋郭祥正《送李察推》："向来十客七已去，唯与杜九闻清歌。"

十里珠帘　shí lǐ zhū lián
【分类】生态
【关键词】杜牧
【释义】形容都市的繁华景象。《西京杂记》："昭阳殿织珠为帘，风至则鸣，如珩珮之声。"唐杜牧《赠别》："春风十里扬州路，卷上珠帘总不如。"
【例句】宋王安中《进和圣制…》："缯蠟千峰延霁月，珠帘十里晃灯莲。"宋苏轼《吉祥寺…》："醉归扶路人应笑，十里珠帘半上钩。"宋韩琦《维扬好》："二十四桥千步柳，春风十里上珠帘。"宋陆佃《依韵和曾…》："五更玉勒争门入，十里珠帘夹道陈。"

十六族　shí liù zú
【分类】政治
【关键词】尧
【释义】指古代传说的高阳氏的后代八恺和高辛氏的后代八元，为舜向尧推荐的十六个贤臣。《史记·五帝本纪》："昔高阳氏有才子八人，世得其利，谓之'八恺'。高辛氏有才子八人，世谓之'八元'。"
【例句】唐权德舆《酬穆七侍…》："岂唯十六族，今古称其贤。"明胡应麟《御史中丞…》："夜课三千徒，朝荐十六族。"明胡应麟《新都汪司…》："明德洪唐虞，朝举十六族。"

十眉　shí méi
【分类】生活
【关键词】苏轼
【释义】借指十个美女。泛指众美女。《苏轼诗集·苏州闾丘江君二家雨中饮酒》："五纪归来鬓未霜，十眉环列坐生光。"自注："容满、婵态等十妓从游也。"
【例句】宋张公庠《宫词》："真色不劳搽粉黛，香闺虚挂十眉图。"宋洪适《次酬曾守…》："坐想清香凝燕寝，也思一笑十眉弯。"宋张孝祥《浣溪沙》："万旅云屯看整暇，十眉环坐却娉婷。"宋敖陶孙《再赋薄薄酒》："十眉间坐争连蜎，绝缨灭烛薰腥膻。"

十年灯火　shí nián dēng huǒ
【分类】生活
【关键词】黄庭坚
【释义】喻指长期的读书学习生活。宋黄庭坚《谢送碾壑源拣芽》："搜搅十年灯火读，令我胸中书传香。"
【例句】宋汪藻《次韵向君…》："千里江山渔笛晚，十年灯火客毡寒。"宋周紫芝《食荠有感》："红线绿荷香里梦，十年灯火记钱塘。"宋韩淲《危坐》："强把诗书连夜读，唤回灯火十年心。"宋韩淲《夜过野趣…》："十年灯火醉秋窗,君过闽山我浙江。"

十年兄 shí nián xiōng
【分类】生活
【关键词】礼记
【释义】敬辞。《礼记·曲礼》："十年以长,则兄事之。五年以长,则肩随之。群居五人,则长者必异席。"
【例句】唐钱起《送员外侍…》："含香五冥客,持赋十年兄。"唐李端《送古之奇…》："畴昔十年兄,相逢五校营。"唐牛僧孺《李苏州遗…》："似逢三益友,如对十年兄。"唐皇甫曾《张芬见访…》："三径荒芜羞对客,十年衰老愧称兄。"

十日饮 shí rì yǐn
【分类】生活
【关键词】范雎
【释义】谓朋友连日欢聚。《史记·范雎蔡泽列传》："秦昭王闻魏齐在平原所,欲为范雎必报其仇,乃详为好书遗平原君曰:'寡人闻君之高义,愿与君为布衣之友,君幸过寡人,寡人愿与君为十日之饮。'"
【例句】唐李白《寻鲁城北…》："近作十日欢,远为千载期。"唐韩翃《赠兖州孟…》："愿学平原十日饮,此时不忍歌骊驹。"宋刘攽《寄刁景纯》："径欲从公十日饮,艳歌清绝舞妖娆。"宋苏轼《和刘景文…》："留子非为十日饮,要令安世诵亡书。"

十三徽 shí sān huī
【分类】生活
【关键词】琴经
【释义】指古音乐中的十三种音色。《中兴馆阁书目》："《琴经》一卷,诸葛亮撰。述制琴之始及七弦之音,十三徽所象之意。"
【例句】唐卢仝《风中琴》："五音六律十三徽,龙吟鹤响思庖羲。"宋黄庭坚《与黔倅外…》："别乘同来二千石,化民曾寄十三徽。"宋赵云《题汪水云…》"；"偶尔江头相邂逅,细听流水十三徽。"宋李龏《赠僧演若海》："禅心静寄十三徽,流水知音举世稀。"

十三弦 shí sān xián
【分类】文化
【关键词】筝
【释义】唐宋时教坊用的筝均为十三根弦,后代指古筝。《隋书·音乐志》："丝之属四:一曰琴,神农制为五弦,周文王加二弦为七者也。二曰瑟,二十七弦,伏牺所作者也。三曰筑,十二弦。四曰筝,十三弦,所谓秦声,蒙恬所作者也。"
【例句】唐白居易《夜闻筝中…》："殷勤湘水曲,留在十三弦。"唐白居易《听崔七妓…》："花脸云鬟坐玉楼,十三弦里一时愁。"唐元稹《春词》："一双玉手十三弦,移柱高低落鬓边。"唐王仁裕《荆南席上…》："二五指中句塞雁,十三弦上啭春莺。"

十世宥之 shí shì yòu zhī
【分类】政治
【关键词】左传
【释义】宥:赦罪。指为国立下功绩的人,其千百年后,还要饶恕其犯罪的子孙,才能鼓励有才能的人为国出力。《左传·成公十五年》："社稷之固也,犹将十世宥之,以劝能者。"
【例句】唐韩愈《寄卢仝》："苗裔当蒙十世宥,岂谓贻厥无基阯。"宋孙觌《种德堂》："种德固自期百年,阴功可以宥十世。"宋刘鄂《读许右丞…》："春秋爱贤许之宥,十世已往未为厚。"清权万《挽李善卿》："况宜十世宥,废捐真可哀。"

十样宫眉 shí yàng gōng méi
【分类】生活
【关键词】唐玄宗
【释义】咏明皇风流逸事之典,也借指女人之修饰。《海录碎事》"唐明皇令画工画《十眉图》,一曰鸳鸯眉,二曰小山眉,三曰五岳眉,四曰三峰眉,五曰垂珠眉,六曰月棱眉,七曰分梢眉,八曰涵烟眉,九曰拂云眉,十曰倒晕眉。"
【例句】宋王洋《闻秀实归…》："闻道梨园采新曲,长安十样画宫眉。"宋晏几道《鹧鸪天》："皇州又奏圜扉静,十样宫眉捧寿觞。"宋辛弃疾《满庭芳》："急管哀弦,长歌慢舞,连娟十样宫眉。"清林麟焻《琉球竹枝词》："宗臣清俊好儿郎,学画宫眉十样妆。"

十样蛮笺 shí yàng mán jiān
【分类】文化
【关键词】笺纸谱
【释义】指古蜀地出产的十色笺纸。元费直《笺纸谱》："杨文公亿《谈苑》载韩浦寄弟诗云:'十样蛮笺出益州,寄来新自浣花头。'"
【例句】宋韩溥《以蜀笺寄…》："十样蛮笺出益州,寄来新自浣溪头。"宋辛弃疾《贺新郎》："十样蛮笺纹错绮,粲珠玑、渊掷惊风雨。"元袁桷《薛涛笺》："十样蛮笺起薛涛,黄筌禽鸟赵昌桃。"清朱昆田《题田乐种…》："雨余叶大斜纹滑,十样蛮笺总不如。"

十徵不就 shí zhēng bù jiù
【分类】政治
【关键词】答周处士
【释义】指朝廷多次征召而不就职。为称美处士清高之典。《答周处士书》："所恐有道三辟,公车十徵,若斯者终当不屈。"
【例句】唐朴昂《句》："明主十徵何谢病,烟霞不许作尧臣。"宋无名氏《沁园春》："直卷经纶,十徵不就,争羡先生出处高。"

十洲三岛 shí zhōu sān dǎo
【分类】文化

· 743 ·

【关键词】东方朔

【释义】道教称距陆地极遥远的大海宇宙空间之中有三岛十洲。《海内十洲记》："八方巨海之中，有祖洲、瀛洲、玄洲、炎洲、长洲、元洲、流洲、生洲、凤麟洲、聚窟洲。"《史记·封禅书》："自威、宣、燕昭使人入海求蓬莱、方丈、瀛洲。此三神山者。"

【例句】唐吕岩《七言》："闲骑白鹿游三岛，闷驾青牛看十洲。"唐吕岩《七言》："醉捋黑须三岛黯，怒抽霜剑十洲寒。"唐李商隐《牡丹》："鸾凤戏三岛，神仙居十洲。"唐韦庄《王道者》："三岛路岐空有月，十洲花月不知霜。"

石城西 shí chéng xī

【分类】生活

【关键词】莫愁

【释义】借指美人居处。源见"莫愁"。

【例句】唐杜牧《闻范秀才…》："归时慎行李，莫到石城西。"唐李群玉《送萧十二…》："领取和鸣好风景，石城花月送归乡。"唐曹邺《代罗敷诮…》："朝来见人说，却知在石城。"唐李商隐《燕台》："石城景物类黄泉，夜半行郎空柘弹。"

石崇斗奢 shí chóng dòu shē

【分类】生活

【关键词】石崇

【释义】咏富豪骄奢之典。《晋书·石崇》："武帝每助恺，尝以珊瑚树赐之，高二尺许。崇便以铁如意击之，…乃命左右悉取珊瑚树，有高三四尺者六七株，条干绝俗，光彩曜日，如恺比者甚众。"

【例句】唐刘禹锡《崔元受少…》："王济本尚味，石崇方斗奢。"明王谊《行路难》："君不见石崇金谷逞豪奢，珍珠不惜买名娃。"明于谦《醉时歌》："石崇元载极奢侈，至今千载遗腥膻。"

石崇香枣 shí chóng xiāng zǎo

【分类】生活

【关键词】石崇

【释义】误食之典。《太平御览》引《世说新语》："王大将军（敦）尝至石崇家，如厕，见漆箱中盛乾枣，本以塞鼻，王遂食尽，群婢莫不笑。"

【例句】唐李商隐《药转》："长筹未必输孙皓，香枣何劳问石崇。"宋杨亿《公子》："珊瑚击碎牛心热，香枣兰芳客自迷。"清郭麟《采桑子》："裙褶惺忪。香枣何劳问石崇。"

石黛 shí dài

【分类】生活

【关键词】玉台新咏

【释义】古代妇女用以画眉的青黑色颜料。《玉台新咏序》："南都石黛，最发双蛾；北地燕脂，偏开两靥。"

【例句】唐刘长卿《扬州雨中…》："残妆添石黛，艳舞落金钿。"唐李白《求崔山人…》："石黛刷幽草，曾青泽古苔。"唐杜甫《闻水歌》："嘉陵江色何所似，石黛碧玉相因依。"

唐无名氏《府试古镜》："石黛曾留殿，朱光适在宫。"宋王安石《谁将》："谁将石黛染春潮，复撚黄金作柳条。"

石鼎联句 shí dǐng lián jù

【分类】文化

【关键词】韩愈

【释义】指文人聚会吟诗联句。唐韩愈《石鼎联句诗》序："刘与侯皆已赋十余韵，弥明应之如响，皆颖脱含讥讽。夜尽三更，二子思竭不能续，因起谢曰：'尊师非世人也，某伏矣，愿为弟子，不敢更论诗。'"

【例句】宋王之道《和邹进士》："坐逢石鼎应联句，箧有龙潭敢斗茶。"宋王十朋《悼禅法师》："弥明石鼎方联句，弘景架裟遽掩衾。"宋陆游《幽居即事》："谁烹弥明鼎？来荐维摩室。"宋张孝祥《闻德远与…》："不要绛袍怜范叔，应将石鼎调弥明。"

石奋 shí fèn

【分类】政治

【关键词】石奋

【释义】西汉大臣，号万石君。恭谨无比。汉景帝即位，列为九卿，身为二千石，四子皆官至二千石。《史记·万石君列传》："家以孝谨闻乎郡国，虽齐鲁诸儒质行，皆自以为不及也。"

【例句】唐白居易《渭村退居…》："慎微参石奋，决密与张汤。"明费宏《送杨太常…》："汉代家声推石奋，王家世誉数僧虔。"明韩日缵《寿莱年伯》："质行仍石奋，经术羡韦贤。"明欧大任《王符卿敬…》："趋朝石奋迁车骑，乘兴王猷载酒尊。"

石椁文 shí guǒ wén

【分类】生活

【关键词】庄子

【释义】咏墓葬之典。《庄子·则阳篇》："夫（卫）灵公也，死，卜葬于故墓，不吉；卜葬于沙丘而吉。掘之数仞，得石椁焉。洗而视之，有铭焉，曰：'不冯其子，灵公夺而里之。'"

【例句】唐骆宾王《帝京篇》："未厌金陵气，先开石椁文。"宋司马光《侍读王文…》："玉楼新记就，石椁旧铭沈。"宋刘攽《曾鲁公挽诗》："考卜佳城处，无须石椁铭。"宋黄公度《挽林惠州…》："阻奉金銮对，虚埋石椁铭。"

石壕村事 shí háo cūn shì

【分类】政治

【关键词】杜甫

【释义】指百姓乱世遭殃。唐杜甫《石壕吏》："暮投石壕村，有吏夜捉人。"

【例句】宋刘辰翁《水调歌头》："闻说井阑沙语，感念石壕村事，倾耳发惊霆。"宋蒲寿宬《岁旦勉田邻》："已无关外石壕吏，遥望城头紫气星。"明区益《踏青》："不见石壕吏，闻之空酸嘶。"

石火 shí huǒ

【分类】生活

【关键词】潘岳

【释义】击石而迸发的火花。比喻人生时光短暂。《昭明文选·晋潘岳〈河阳县作二首〉》："人生天地间，百岁孰能要？颎如槁石火，瞥若截道飙。"

【例句】唐李白《拟古》："石火无留光，还如世中人。"唐子兰《短歌行》："人生石火光，通时少于塞。"唐寒山《诗》："徒闭蓬门坐，频经石火迁。"唐白居易《自题》："马头觅角生何日，石火敲光住几时。"

石家蜡烛 shí jiā là zhú

【分类】生活

【关键词】世说新语

【释义】咏奢侈之典。《世说新语·汰侈》："王君夫以饴糒澳釜，石季伦用蜡烛作炊。"做饭时以蜡烛当柴烧。

【例句】唐李商隐《牡丹》："石家蜡烛何曾剪，荀令香炉可待熏。"唐李商隐《十字水期…》："漆灯夜照真无数，蜡炬晨炊竟未休。"元陶安《首尾吟》："七叶貂蝉权位赫，五侯蜡烛宠恩深。"清黄之隽《赋得闺情》："石家蜡烛何曾剪，嬴女银箫空自怜。"

石窌妻 shí jiào qī

【分类】政治

【关键词】左传

【释义】咏官员夫人知礼、顾大局识大体之典。《左传·成公二年》："齐侯见保者，曰：'勉之，齐师败矣！'辟女子。女子曰：'君免乎？'曰：'免矣！''锐司徒免乎？'曰：'免矣！''苟君与吾父免矣，可若何？'乃奔。齐侯以为有礼。既而问之，辟司徒之妻也。予之石窌。"晋杜预注："石窌，邑名。济北卢县东有地名石窌。"

【例句】唐王维《故西河郡…》："返葬金符字，同归石窌妻。"宋王安石《永寿县太…》："子引金符籍，身开石窌封。"宋彭汝砺《正夫卧疾…》："敬窥石窌君，爱始士衡母。"宋汪藻《贾太夫人…》："葭莩密接椒房庆，脂泽频增石窌封。"

石鲸鳞甲动 shí jīng lín jiǎ dòng

【分类】生态

【关键词】秦始皇

【释义】相传秦始皇在宫中引渭水作昆明池，池中筑土为蓬莱山、豫章台，刻石为鲸鱼。《三辅旧事》："池（昆明池）中有石鲸，刻石为鲸鱼，长三丈，每至雷雨，常鸣吼，鬣尾皆动。"

【例句】唐杜甫《秋兴》："织女机丝虚夜月，石鲸鳞甲动秋风。"宋释居简《国清寺绝…》："云英风味有余裕，石鲸鳞甲饶华滋。"宋郑清之《余自东山…》："一夜鸣瀑写天绅，怪石鲸奔欲化鳞。"宋高斯得《西湖竞渡…》："有似昆明水战时，石鲸秋风动鳞甲。"

石榴裙 shí liú qún

【分类】生活

【关键词】玉台新咏

【释义】朱红色的裙子。亦泛指妇女的裙子。《玉台新咏·南苑逢美人》："风捲蒲萄带，日照石榴裙。自有狂夫在，空持劳使君。"

【例句】唐武则天《如意娘》："不信比来长下泪，开箱验取石榴裙。"唐李审言《戏赠赵使》："红粉青娥映楚云，桃花马上石榴裙。"唐李元纮《相思怨》："春生翡翠帐，花点石榴裙。"唐刘禹锡《乐天寄忆…》："其奈钱塘苏小小，忆君泪点石榴裙。"唐常建《古兴》："石榴裙裾蛱蝶飞，见人不语颦蛾眉。"

石渠阁 shí qú gé

【分类】政治

【关键词】施雠

【释义】西汉皇室藏书之处，在长安未央宫殿北。《汉书·施雠传》："诏拜雠为博士。甘露中与五经诸儒杂论同异于石渠阁。"

【例句】唐裴潾《奉和圣制…》："石渠因学广，金殿为贤升。"唐刘禹锡《酬淮州李…》："一入石渠署，三闻宫树蝉。"唐耿湋《题清源寺》："陈迹留金地，遗文在石渠。"唐李颀《缓歌行》："暮拟经过石渠署，朝将出入铜龙楼。"

石田 shí tián

【分类】生活

【关键词】史记

【释义】多石而不可耕之地。喻贫瘠的田地。亦喻无用之物。《史记·楚世家》："譬犹石田，无所用之。"

【例句】唐杜甫《醉时歌》："先生早赋归去来，石田茅屋荒苍苔。"唐刘长卿《登吴古城歌》："越王尝胆安可敌，远取石田何所益。"唐刘禹锡《和仆射牛…》："犹怜绮季深山里，唯有松风与石田。"唐李贺《长平箭头歌》："我寻平原乘两马，驿东石田蒿坞下。"

石犀镇水 shí xī zhèn shuǐ

【分类】政治

【关键词】李冰

【释义】咏李冰在蜀治水的典故。《华阳国志·蜀志》："秦孝文王以李冰为蜀守…冰乃壅江作堋，穿郫江、检江，别支流双过郡下，以行舟船。又灌溉三郡，开稻田。于是蜀沃野千里号为陆海…外作石犀五头，以厌水精，穿石犀溪于江南，命曰犀牛里。"

【例句】唐杜甫《石犀行》："君不见秦时蜀太守，刻石立作三犀牛。"唐雍陶《蜀中战后》："空留犀厌怪，无复酒除灾。"唐岑参《石犀》："向无尔石犀，安得有邑居。"宋王安石《送复之屯…》："檠礦西南江与岷，石犀金马世称神。"

石燕 shí yàn

【分类】文化

【关键词】燕

【释义】似燕之石。为咏雨或咏燕之典。《水经注·湘水》："湘水东南流迳石燕山东，其山有石，绀而状燕，因以名

745

山。其石或大或小,若母子焉。及其雷风相薄,则石燕群飞,颉颃如真燕矣。"
【例句】唐卢照邻《失群雁》:"欲随石燕沈湘水,试逐铜乌绕帝台。"唐韩翃《送王侍御…》:"井上铜人行见无,湖中石燕飞应尽。"唐许浑《金陵怀古》:"石燕拂云晴亦雨,江豚吹浪夜还风。"唐李群玉《送崔使君…》:"不假土龙呈夭矫,自然石燕起参差。"

石尤风　shí yóu fēng
【分类】生活
【关键词】玉台新咏
【释义】指逆风、顶头风。《玉台新咏·丁督护歌》:"督护上征去,侬亦思闻许。愿作石尤风,四面断行旅。"传说古代有商人尤某娶石氏女,情好甚笃。尤远行不归,石思念成疾,临死叹曰:"吾恨不能阻其行,以至于此。今凡有商旅远行,吾当作大风为天下妇人阻之。"
【例句】唐陈子昂《初入峡苦…》:"宁知巴峡路,辛苦石尤风。"唐戴叔伦《送裴明州…》:"知郎未得去,惭愧石尤风。"宋晏殊《海棠》:"数夕东栏未飘落,再三珍重石尤风。"元张以宁《月子河阻风》:"明代百神都受职,为言休作石尤风。"

时复中之　shí fù zhòng zhī
【分类】生活
【关键词】徐邈
【释义】形容经常醉酒。《三国志·徐邈传》:"(文帝)车驾幸许昌,问邈曰:'颇复中圣人不?'"《苏轼诗集·〈赠孙莘老七绝〉》:"时复中之徐邈圣,无多酌我次公狂。"时复,犹时常。
【例句】宋苏轼《太守徐君…》:"公独未知其趣尔,臣常时复一中之。"宋郭印《问汉守刘…》:"虽无斗量敌山涛,时复中之兴自高。"宋杨万里《尝茶縻酒》:"敕赐深之能几许,野人时复一中之。"宋方岳《次韵宋…》:"时复中之兴已高,是非一付与春醪。"

时苗留犊　shí miáo liú dú
【分类】政治
【关键词】时苗
【释义】称誉为官清廉,纤介不取之典。《三国志·常林传》"林遂称疾笃。"南朝宋裴松之注引三国魏鱼豢《魏略》:"寿春令时苗,少清白。到任时乘薄牸车,黄牸牛,布被囊。居官岁余,牛生一犊。离任时,留其犊,谓主簿曰:'令来时,本无此犊,犊是淮南所生有也。'"
【例句】唐李绅《闻里谣效…》:"春马迟迟驱五马,留犊投钱以为谢。"宋毛滂《寄曹子方》:"使君亦留犊,往听长安钟。"宋胡宿《送旌德田宰》:"清誉时苗犊,离惊望帝禽。"宋喻良能《茂恭见和…》:"不作载苢马援,聊为留犊苗篇。"元叶颙《题时苗图》:"留犊归牛骇见闻,古今唯数一时君。"元孙贲《送虹县尹…》:"囊里时无刘宠钱,车旁肯挂时苗犊。"

时日偕亡　shí rì xié wáng
【分类】政治
【关键词】尚书
【释义】表示誓不与其共存,形容痛恨到极点。《尚书·汤誓》:"时日曷丧,予及汝偕亡。"时,是也。日指夏桀。桀尝自言:"吾有天下,如天之有日,日亡吾乃亡耳。"民怨其虐。故因其自言而目之曰:"此日何时亡乎?若亡,则我宁与之俱亡。"盖欲其亡之甚也。
【例句】宋李若水《赠陈承务》:"万室相贺欢声长,微斯人兮吾俱亡。"明谢元汴《哭石交》:"偕亡所不恤,不敢怨丰隆。"清姚燮《惊风行五章》:"共乞皇天仁,愿缓时日亡。"聂绀弩《访丘东平…》:"哀兵必胜古兵法,时日偕亡今日程。"

时序　shí xù
【分类】生活
【关键词】陆机
【释义】次序、时节、光阴。晋陆机《赠尚书郎顾彦先》:"凄风迕时序,苦雨遂成霖。"唐李善注:"《庄子》曰:阴阳四时运行,各得其序。"
【例句】唐杜甫《春日江村》:"乾坤万里眼,时序百年心。"唐李益《合源溪期…》:"霜露肃时序,缅然方独寻。"唐韦应物《寄柳州韩…》:"怅望城阙遥,幽居时序永。"唐李山甫《山中病后作》:"时序追牵从鬓改,蝉声酸急是谁催。"

时中　shí zhōng
【分类】政治
【关键词】礼记
【释义】儒家谓立身行事,合乎时宜,无过与不及。《礼记·中庸》:"君子之中庸也,君子而时中。"唐孔颖达疏:"谓喜怒不过节也。"
【例句】唐苏颋《奉和圣制…》:"云连所上售恒属,日更时中望不斜。"唐天然《弄珠吟》:"万机珠对寸心中,一切时中巧方便。"唐柳宗元《弘农公以…》:"知命儒为贵,时中圣所臧。"唐良价《心丹诀》:"要知真假成功用,一切时中锻炼看。"

识荆　shí jīng
【分类】政治
【关键词】李白
【释义】久慕其名而初次见面的敬词。唐李白《与韩荆州书》:"生不用封万户侯,但愿一识韩荆州。"唐韩朝宗为荆州长史,喜欢奖掖提拔后进之士,受到时人的仰慕。
【例句】唐牟融《赠韩翃》:"京国久知名,江州近识荆。"五代詹敦仁《欧阳长官…》:"一识荆州面,令人意气舒。"宋王圭《访别成献…》:"得为李留平生愿,一识荆州是别时。"宋王庭圭《次韵常德…》:"漂流欲识荆州面,饥渴正如桑下儿。"宋苏轼《送张嘉州》:"少年不愿万户侯,亦不愿识韩荆州。"宋周行己《复用前韵…》:"学者愿识面,或比荆荆州。"

识吕蒙 shí lǚ méng

【分类】政治

【关键词】吕蒙

【释义】用为善于识人用人的典实。《三国志·吴主传》："遣都尉赵咨使魏，魏帝问曰：'吴王何等主也？'咨对曰：'聪明仁智，雄略之主也。'帝问其状，咨曰：'纳鲁肃于凡品，是其聪也；拔吕蒙于行陈，是其明也。'"

【例句】唐杜甫《投赠哥舒…》："军事留孙楚，行间识吕蒙。"宋饶节《立之作诗…》："落落少年场，谁复识吕蒙。"明孙一元《送别彭冲老》："客里哀王粲，戎间识吕蒙。"清李因笃《寄怀杨太…》："群儿畴昔轻韩信，刮目谁今识吕蒙。"

识齐鼎 shí qí dǐng

【分类】文化

【关键词】李少君

【释义】咏方士之术的典故。《史记·孝武本纪》："少君见上，上有故铜器，问少君。少君曰：'此器齐桓公十年陈于柏寝。'已而案其刻，果齐桓公器。一宫尽骇，以少君为神，数百岁人也。"

【例句】唐王维《赠东岳焦…》："遥识齐侯鼎，新过王母庐。"明黎民表《王太常仲…》："羽人异代知齐鼎，词客多时识舜裳。"

识时务者 shí shí wù zhě

【分类】政治

【关键词】晏子春秋

【释义】能认清时代潮流的，聪明能干的人。《晏子春秋·霸业因时而生》："识时务者为俊杰，通机变者为英豪。"魏陈寿《三国志·诸葛亮传》南朝宋裴松之注引《襄阳记》："儒生俗士，岂识时务？识时务者在乎俊杰。"

【例句】宋赵友直《卜居》："古称识时务，必在贤与智。"宋陈杰《见邸报》："张霸安能识时务，翟公久自见交情。"元张昱《古诗》："所以贤达士，贵在识时务。"聂绀弩《隽杰陈初…》："识时务者为俊杰，识俊杰者唯陈初。"

拾尘 shí chén

【分类】生活

【关键词】孔子

【释义】比喻由于误会而产生猜疑。《吕氏春秋·任数》："几熟，孔子望见颜回攫其甑中而食之…孔子起曰：'今者梦见先君，食洁而后馈。'颜回对曰：'不可，向者煤炱入甑中，弃食不祥，回攫而饭之。'孔子叹曰：'所信者目也，而目犹不可信；所恃者心也，而心犹不足恃。弟子记之，知人固不易矣。'"

【例句】唐李白《雪谗诗赠…》："拾尘掇蜂，疑必智贤。"唐柳宗元《酬娄秀才…》："机事齐飘瓦，嫌猜比拾尘。"宋李之仪《次韵君俞》："拾尘已信非尝饭，撒豆终知不是兵。"宋葛胜仲《诸生绝粮…》："饥肠愁坐耳无闻，放饭先疑甑拾尘。"明阮大铖《同李太史…》："阅尽拈蜂与拾尘，始知谣诼每无真。"

拾遗 shí yí

【分类】政治

【关键词】武则天

【释义】官名。唐武则天垂拱元年（685）始置左、右拾遗各二员，分隶门下、中书两省，掌供奉讽谏。从八品上，为士人清选。杜甫授官左拾遗。《汉书·楚元王传》："（更生）擢为散骑宗正给事中，与侍中金敞拾遗于左右。"

【例句】唐杜甫《述怀》："涕泪受拾遗，流离主恩厚。"唐杜甫《徒步归行》："青袍朝士最困者，白头拾遗徒步归。"唐白居易《自城东至…》："暂游还忆崔先辈，欲醉先邀李拾遗。"唐费冠卿《蒙召拜拾…》："拾遗帝侧知难得，官紧才微恐不胜。"

食浮 shí fú

【分类】政治

【关键词】礼记

【释义】咏居官自谦之典。《礼记·坊记》："子云：'君子辞贵不辞贱，辞富不辞贫，则乱益亡。故君子与其食浮于人也，宁使人浮于食。'"汉郑玄注："食谓禄也。在上曰浮。禄胜己则近贪，己胜禄则近廉。"

【例句】唐柳宗元《游南亭夜…》："名窃久自欺，食浮固云叨。"宋司马光《酬宋次道…》："正恐食浮人，敢官位犹卑。"宋李正民《题丞厅清…》："吟哦自是公家事，我亦身闲愧食浮。"宋陈元晋《和柴大监…》："疲氓不得一饭饱，我辈应惭多食浮。"

食橄榄 shí gǎn lǎn

【分类】生活

【关键词】橄榄

【释义】形容先苦后甜，苦尽甘来。《五朝小说大观》："《南方草木状·橄榄》：橄榄，树身耸枝，皆高数丈，其子深秋方熟，味虽苦涩，咀之芳馥，胜含鸡骨香。"

【例句】宋王禹称《谪居感事》："果酸尝橄榄，花好插蔷薇。"宋欧阳修《水谷夜行…》："初如食橄榄，真味久愈在。"宋汪莘《竹洲见寄…》："翁如食橄榄，但愿回味永。"宋曹勋《和孙倅见贻》："画脂敢谓名堪惜，食榄今知味更长。"

食前方丈 shí qián fāng zhàng

【分类】生活

【关键词】孟子

【释义】咏生活奢侈之典。《孟子·尽心下》："食前方丈，侍妾数百人，我得志，弗为也。"汉赵岐注："极五味之馔食列于前，方一丈。"

【例句】宋杨万里《晚酌》："方丈食前非不爱，风蝉一腹饱诗愁。"宋苏辙《外孙文九…》："食前方丈我所无，蒸饼十字或有诸。"宋秦观《次韵裴秀…》："食前方丈罗珍怪，却讶犀燃牛渚矶。"宋程公许《为玉汝赋…》："食前方丈位钧轴，何如深林一枝足。"

食肉寝皮 shí ròu qǐn pí

【分类】政治

【关键词】左传

【释义】割他的肉吃,剥他的皮睡。形容对敌人的深仇大恨。《左传·襄公二十一年》:"庄公为勇爵,殖绰、郭最欲与焉。州绰…对曰:'臣为隶新。然二者者,譬如禽兽,臣食其肉,而寝处其皮矣。'"

【例句】唐杜牧《雪中书怀》:"如蒙一召议,食肉寝其皮。"唐杜甫《遣兴》:"忽看皮寝处。无复晴闪烁。"宋周紫芝《王静翁言…》:"寝皮食肉君勿嗔,虎为人害当复为。"宋杨冠卿《甲辰季冬…》:"纳诸罟攫中,食肉寝其皮。"宋苏洞《猛虎行》:"寝皮食肉志不厌,亦戒其母烹其儿。"

食椹 shí shèn

【分类】生活

【关键词】诗经

【释义】比喻受人恩惠。《诗经·鲁颂·泮水》:"翩彼飞鸮,集于泮林,食我桑黮,怀我好音。"汉毛传:"黮,桑实也。"汉郑玄笺:"言鸮恒恶鸣,今来止于泮水之木上,食其桑黮,为此之故,故改其鸣,归就我以善音。喻人感于恩则化也。"

【例句】五代吴仁璧《投谢钱武肃》:"累重虽然容食椹,力微无计报焚林。"宋苏轼《监试呈诸…》:"至音久乃信,知味犹食椹。"宋王安石《酬王伯虎》:"鸮声虽云恶,革去在食葚。"明张萱《茅参戎孺…》:"食椹鸮鹗未革音,长城暂借备滇黔。"

食宿相兼 shí sù xiāng jiān

【分类】生活

【关键词】风俗通

【释义】比喻幻想同时实现两个互相矛盾的目标。《艺文类聚》引《风俗通》:"齐人有女,二人求之。东家子丑而富,西家子好而贫。父母疑不能决,问其女,定所欲适…女云:'欲东家食,西家宿。'"

【例句】宋范成大《偶书》:"东家就食西家宿,世事何缘得两全。"宋黄师参《李咸谷歌》:"黄鸡白酒东家留,西家欲留还住休。"金元好问《最高楼》:"东家欢饮姜芽脆,西家留宿芋魁肥。"元张昱《塞上谣》:"燕姬二八面如花,留宿不问东西家。"

食万羊 shí wàn yáng

【分类】政治

【关键词】李德裕

【释义】听天由命,不必强求富贵之典。《太平广记·李德裕》:"德裕为太子少傅,分司东都时,尝闻一僧,善知人祸福…曰:'公食羊万口,有五百未满,必当还矣。'…后旬余,灵武帅送米暨馈羊五百。大惊,召僧告其事,且欲还之。僧曰:'羊至此,是已为相国有矣,还之无益。南行其不返乎?'俄相次贬降,至崖州掾。"

【例句】宋陆游《村居酒熟…》:"丈夫穷达皆常事,富贵何妨食万羊。"宋龚璛《次马唐卿…》:"唐人作丞相,分当食万羊。"明汪枢《狂歌行》:"吾闻咢口不可张,唯唯之颔食万羊。"清张德懋《题寓斋壁》:"由来吏隐多萧散,未羡中书食万羊。"

食薇 shí wēi

【分类】政治

【关键词】伯夷叔齐

【释义】咏坚守气节之典。源见"夷齐"。

【例句】唐杜甫《草堂》:"饮啄愧残生,食薇不敢余。"唐鲍溶《寄宋申锡…》:"心期共贺太平世,去去故乡亲食薇。"宋郭祥正《采薇山之…》:"饥食山之薇,渴饮山之泉。"元刘诜《前采薇歌》:"人言食薇无谷气,五日十日终亦毙。"

食无鱼 shí wú yú

【分类】生活

【关键词】冯谖

【释义】谓不受重视或待客不丰、生活贫困。源见"冯谖弹铗"。

【例句】唐羊士谔《郡中即事》:"城下秋江寒已底,宾筵莫讶食无鱼。"唐韦庄《游东远归》:"扣角干名计已疏,剑歌休恨食无鱼。"宋李虚己《题义门胡…》:"平原架上衣无主,过客堂中食无鱼。"宋苏颂《和许秘校…》:"游伴偶陪宾结驷,肴蔬深愧食无鱼。"

食玉炊桂 shí yù chuī guì

【分类】生活

【关键词】苏秦

【释义】喻物价昂贵,生活艰难。《战国策·楚策》:"苏秦之楚,三日乃得见乎王。谈卒,辞而行。楚王曰:'寡人闻先生,若闻古人。今先生乃不远千里而临寡人,曾不肯留,愿闻其说'。对曰:'楚国之食贵于玉,薪贵于桂,谒者难得见如鬼,王难得见如天帝。今令臣食玉炊桂,因鬼见帝。'"

【例句】唐孟浩然《秦中寄远…》:"黄金燃桂尽,壮志逐年衰。"唐李群玉《金塘路中》:"冰霜想度商于冻,桂玉愁居帝里贫。"唐刘言史《苦妇词》:"兰裙间珠履,食玉处花筵。"宋黄庭坚《和谢公定…》:"汉南食麦如食玉,湖南驱人如驱羊。"宋沈作喆《新安采樵行》:"田家作苦不如樵,炊桂之地甚不遥。"宋陈著《次前韵谢…》:"京华是则薪炊桂,旅食何妨实剖萍。"

食指动 shí zhǐ dòng

【分类】生活

【关键词】左传

【释义】预兆将有口福。源见"染指于鼎"。

【例句】宋梅尧臣《和答韩子…》:"食指尝动吾窃惊,果获异味亦足明。"宋冯山《黄甘寄李…》:"殷勤食指尝先动,顾盼馋涎已自流。"宋朱松《答保安江…》:"朝来食指动,忽接送米书。"宋李处权《谢翁士特…》:"口涎馋嚼笑早计,食指蠕动能前知。"

史鱼黜殡 shǐ yú chù bìn

【分类】政治

【关键词】史鱼
【释义】谓虽尽忠而未奏效的自责。源见"尸谏"。
【例句】唐高适《苦雨寄房…》："知人想林宗,直道惭史鱼。"宋汪藻《相如》："可怜封禅遗忠意,魂魄应须愧史鱼。"宋苏颂《赠吏部尚…》："戢棺何所恨,牖下史鱼言。"明朱诚泳《感寓》："史鱼以尸谏,直心终见伸。"

史鱼直 shǐ yú zhí
【分类】政治
【关键词】史鱼
【释义】颂扬直臣之典。《论语·卫灵公》："子曰:'直哉史鱼!邦有道,如矢;邦无道,如矢。'"史鱼,春秋时卫大夫,正直不阿,敢于谏诤。
【例句】唐高适《苦雨寄房…》："知人想林宗,直道惭史鱼。"宋汪藻《相如》："可怜封禅遗忠意,魂魄应须愧史鱼。"宋牟巘《次史德载…》："先生史鱼直,自谓节不媚。"明龚鼎孳《挽庄庆余…》："争传伏枕忧天事,直节还应道史鱼。"明成鹫《寄郑珠江…》："诤臣不负阳司谏,直道还推卫史鱼。"

使臣星 shǐ chén xīng
【分类】政治
【关键词】李郃
【释义】谓朝廷使者之典。《后汉书·李郃传》："和帝即位,分遣使者,皆微服单行,至各州县观采风谣。使者二人当到益部,投郃候舍。时夏夕露坐…郃指星示云:'有二使星向益州分野。'"
【例句】唐王维《送邢桂州》："明珠归合浦,应逐使臣星。"宋曾丰《上广东运…》："候星转作使臣星,骀传辎车得按行。"元王逢《经游小来…》："风黑浪高罗刹海,月明天度使臣星。"明宗臣《送王比部…》："紫气从今蔽南斗,何人更识使臣星。"

使君 shǐ jūn
【分类】政治
【关键词】刘备
【释义】旧时尊称奉命出使的人为使君。汉时称刺史为使君,汉以后用以对州郡长官的尊称。《三国志·先主传》："曹公从容谓先主曰:'今天下英雄,惟使君与操耳。'"
【例句】唐王绩《被举应徵…》："使君留白璧,天子降玄纁。"唐骆宾王《帝京篇》："延年女弟双凤入,罗敷使君千骑归。"唐皎然《送邢台州济》："海上仙山属使君,石桥琪树古来闻。"聂绀弩《柬慎之谢…》："终朝驴背驮诗神,万里猪肝累使君。"

使蚊负山 shǐ wén fù shān
【分类】政治
【关键词】庄子
【释义】让蚊子背山,比喻不能胜任。《庄子·应帝王》："其于治天下也,犹涉海凿河,而使蚊负山也。"
【例句】唐韦承庆《直中书省》："萤光向日尽,蚊力负山疲。"宋李之仪《书俞秀老…》："雨过半山初睡足,何如蚊力负山时。"宋彭汝砺《和范学士韵》："心诚似水知宗海,事责如蚊欲负山。"宋高翥《过方孚若…》："楼台寂寞鼠成穴,岩石崔嵬蚊负山。"

始宁墅 shǐ níng shù
【分类】政治
【关键词】谢灵运
【释义】南朝诗人谢灵运在其父祖并葬的始宁县所建的住宅。后作咏别墅或士人归隐之典。《宋书·谢灵运传》："灵运父祖并葬于始宁县,并有故宅及墅,遂移籍会稽,修营别业,傍山带江,尽幽居之美。"
【例句】唐皇甫冉《曾东游以…》："迢迢始宁墅,芜没谢公宅。"唐戴叔伦《和河南罗…》："知君始宁隐,还缉旧荷裳。"唐韩翃《送山阴姚…》："他日如寻始宁墅,题诗早晚寄西人。"明陈子壮《初归饮顺…》："山水经营始宁墅,画图二十孟城坳。"

士衡患多才 shì héng huàn duō cái
【分类】文化
【关键词】陆机
【释义】赞美文才过剩之典。《晋书·陆机传》："机(字士衡)天才秀逸,辞藻宏丽,张华尝谓之曰:'人之为文,常恨才少,而子更患其多。'"
【例句】宋王之道《和富公权…》："我惭思涩同司马,君患才多继士衡。"宋喻良能《周希稷见…》："我学穀梁失也短,君才士衡患其多。"宋王十朋《次韵李怀…》："妙墨雄文满天下,士衡应亦患才多。"明李英《赠吴山人…》："由来任侠如长孺,不但才华似士衡。"

士衡文 shì héng wén
【分类】文化
【关键词】陆机
【释义】指指陆机所作《吊魏武帝文》。后因以喻佳作。《晋书·陆机传》："陆机字士衡,吴郡人也。""少有异才,文章冠世。"
【例句】唐皇甫冉《送萧献士》："西陵倘一吊,应有士衡文。"宋韩驹《赠向巨源》："文如士衡后,年与正平齐。"宋孔武仲《次韵答李…》："当年入洛多英俊,文彩谁如陆士衡。"宋楼钥《送内弟汪…》："潇洒桐庐郡,文章陆士衡。"

士衡兄弟 shì héng xiōng dì
【分类】文化
【关键词】陆机
【释义】用为称美兄弟并秀的典故。源见"二陆"。
【例句】唐李益《中桥北送…》："洛水桥边雁影疏,陆机兄弟驻行车。"唐武元衡《夏日寄陆…》："士衡兄弟旧齐名,还似当年在洛城。"明王彦泓《云客新斋…》："元直交游谁是客,士衡兄弟自相邻。"清弘历《陆士衡》："友生有离聚,兄弟无西东。"

士龙笑疾　shì lóng xiào jí
【分类】生态
【关键词】陆云
【释义】有笑而不能自禁的毛病的典实。《晋书·陆云传》："华问云（陆云，字士龙）何在。机曰：'云有笑疾，未敢自见。'…云见而大笑，不能自己。先是，尝著缞绖上船，于水中顾见其影，因大笑落水，人救获免。"
【例句】唐李商隐《奉和太原…》："谁惮士龙多笑疾，我才虽卑笑则同。"宋陆游《九月六夜…》："吾家笑疾自士龙，我才虽卑笑则同。"清明萧《戏作呈用…》："士龙笑疾未全瘳，搦管其如捧腹何。"清邓廷桢《赠林心北》："不碍士龙多笑疾，老夫甘作晋司空。"

士师分鹿　shì shī fēn lù
【分类】生活
【关键词】列子
【释义】形容真伪难辨，糊涂了事。源见"蕉鹿梦"。
【例句】宋陆游《长安道》："士师分鹿真是梦，塞翁失马犹为福。"宋张师正《句》："分鹿是非皆委梦，落花贵贱不由人。"宋李弥逊《王岩起乐斋》："饱知世事同分鹿，肯为时名更羡鱼。"清钱大昕《王梦楼赠…》："回首已成分鹿梦，论心终让掞天才。"

士为知己死　shì wèi zhī jǐ sǐ
【分类】政治
【关键词】战国策
【释义】即"士为知己者死，女为悦己者容"。为咏知遇之典。《战国策·赵策》："豫让遁逃山中，曰：'嗟乎！士为知己者死，女为悦己者容。吾其报知氏之仇矣！'"
【例句】唐许浑《经故丁补…》："死酬知己道终全，波暖孤冰且自坚。"宋刘敞《哀三良诗》："士为知己死，女为悦己容。"宋韩维《答范averages…》："稍开欲谢自自好，似为晚己为容华。"宋晁说之《即事谢子…》："悦己曾增巧笑容，舞鸾归歇鉴花中。"宋洪适《烈士》："烈士死知己，交情重同心。"清章甫《和郡斋夜…》："宵深不滴怀人泪，睡足偏娇悦己容。"

士元骥足　shì yuán jì zú
【分类】政治
【关键词】庞统
【释义】喻有待展开的卓越才能。《三国志·庞统传》："先主领荆州，统以从事守耒阳令，在县不治，免官。吴将鲁肃遗先主书曰：'庞士元非百里才也，使处治中、别驾之任，始当展其骥足耳。'"
【例句】唐白居易《履道西门》："跛鳖难随骐骥足，伤禽莫趁凤凰飞。"唐钱起《送外甥范…》："怜君展骥去，能解倚门愁。"唐张祜《投常州从…》："成龙须任邴，展骥莫先庞。"唐雍陶《寄永乐殷…》："百里岂能容骥足，九霄终自别鸡群。"宋苏籀《送滁守蔡…》："又何士元淹骥足，留滞太史周南维。"宋张镃《送向综通》："百里常淹展骥材，除书

示天壤　shì tiān rǎng
【分类】生态
【关键词】壶子
【释义】咏得道高深者之典。《庄子·应帝王》："又与之见壶子。出而谓列子曰：'幸矣，子之先生遇我也！…'列子入，以告壶子。壶子曰：'乡吾示之以天壤，名实不入，而机发于踵。是殆见吾善者机也。'"示天壤：展示天帝玄机变化之态。
【例句】唐王维《谒璇上人》："方将见身云，陋彼示天壤。"宋刘敞《与景仁圣…》："佳哉主人翁，示我以天壤。"宋宋祁《移病还台…》："壶公天壤非真死，蒙叟轩裳是傥来。"元张达《寄复见心…》："清谈霏玉屑，了悟示天壤。"

世好朱陈　shì hǎo zhū chén
【分类】生活
【关键词】白居易
【释义】表示两家互结婚姻之好。唐白居易《朱陈村》："一村唯两姓，世世为婚姻。"
【例句】唐白居易《朱陈村》："徐州古丰县，有村曰朱陈。"宋苏轼《陈季常所…》："何年顾陆丹青手，画作朱陈嫁娶图。"宋陆游《秋日郊居》："不遣交情隔生死，固应世好等朱陈。"宋吕颐浩《怀临济旧居》："婚嫁朱陈比，交游管鲍同。"

世路险孟门　shì lù xiǎn mèng mén
【分类】生活
【关键词】刘孝标
【释义】咏世路难行之典。《昭明文选·南朝梁刘孝标〈广绝交论〉》："呜呼！世路险巇，一至于此！太行、孟门岂云崄绝？"唐李贤注："孟门、太行，二山名也。"刘孝标认为，世道的险恶比太行、孟门山路的艰险尤甚。
【例句】唐苏涣《变律》："世路险孟门，吾徒当勉旃。"唐张九龄《始兴南山…》："世路少夷坦，孟门未岠嵚。"宋李正民《因客话有感》："太行孟门岂崄绝，坐觉人情尤崄巇。"元刘基《秋怀》："未尝陟孟门，谁识行路险。"明邓云霄《归兴诗》："世路纷惊眼，瞿塘更孟门。"

世人皆欲杀　shì rén jiē yù shā
【分类】政治
【关键词】杜甫
【释义】即世人皆欲杀，吾意独怜才。表示不随流俗，敢于对处于逆境中的才士表示怜惜。唐杜甫《不见》："世人皆欲杀，吾意独怜才。"杜甫得悉李白已在流放夜郎途中获释，遂有感而作。
【例句】宋王十朋《题何子应…》："又不见谪仙世人皆欲杀，匡山读书头如雪。"元俞德邻《小园漫兴》："世人枉是皆欲杀，明主何尝肯弃才。"明陈子升《赠表兄冯茂》："世人妒才皆欲杀，君与相欢儿女亲。"聂绀弩《题瘦石为…》："人皆欲杀非才子，老更能狂号放翁。"

远自九天来。"

市朝　shì cháo
【分类】生活
【关键词】论语
【释义】谓市集,市场。《论语·宪问》:"夫子固有惑志于公伯寮,吾力犹能肆诸市朝。"
【例句】唐王绩《山中独坐》:"还看市朝路,无处不营营。"唐薛稷《饯唐永昌》:"河洛风烟壮市朝,送君飞凫去渐遥。"唐白居易《张常侍池…》:"回看市朝客,矻矻趋名利。"唐许浑《故洛城》:"水声东去市朝变,山势北来宫殿高。"

市虎　shì hǔ
【分类】政治
【关键词】战国策
【释义】市本无虎,喻流言蜚语。源见"三人成虎"。
【例句】宋李复《乙卯七月…》:"白昼曾闻惊市虎,残灰今见祸池鱼。"宋陆游《丁未除夕…》:"怨谤相乘真市虎,技能已尽似黔驴。"宋陈造《十绝何寄…》:"他时薤水年重问,市虎晨羊各用情。"金张澄《和林秋日…》:"瓜田无取终成谤,市虎相传久是真。"

市义　shì yì
【分类】政治
【关键词】冯谖
【释义】用为收买人心或施恩行义以博取声誉的典故。《战国策·齐策》:"(冯谖)曰:'今君有区区之薛,不抚爱子其民,因而贾利之,臣窃矫君命,以责赐诸民,因烧其券,民称万岁,乃臣所以为君市义也。'"
【例句】唐姚合《送张宗原》:"谁能买仁义,令子无寒饥。"唐张昌宗《少年行》:"依倚孟尝君,自知能市义。"唐皎然《咏史》:"一朝市义还,百代名独擅。"唐刘禹锡《许给事见…》:"总戎宽得众,市义贵能贫。"

市隐　shì yǐn
【分类】政治
【关键词】邓粲
【释义】指隐居于城市。《晋书·邓粲传》:"夫隐之为道,朝亦可隐,市亦可隐。隐初在我,不在于物。"
【例句】唐皎然《五言酬崔…》:"市隐何妨道,禅栖不废诗。"唐司空曙《闲园即事…》:"近水方同梅市隐,曝衣多笑阮家贫。"宋王令《还萧几道…》:"高似韩平于市隐,穷如东野以诗鸣。"宋赵鼎《越土水浅》:"老矣羞为吴市隐,买田从此混渔樵。"

式闾　shì lú
【分类】政治
【关键词】商容
【释义】敬贤之词。喻登门拜谒。车过里门,人立车中,俯凭车轼,表示敬意。式,通轼。《尚书·武成》:"释箕子囚,封比干墓,式商容闾。"汉孔安国《传》:"商容,贤人,纣所贬退。式其闾巷以礼贤。"
【例句】唐崔湜《奉和幸韦…》:"式闾明主睿,荣族圣嫔心。"唐李商隐《赠送前刘…》:"式闾真道在,拥彗信谦光。"宋刘克庄《送古为徐…》:"倾盖不堪赠程子,式闾犹记吊林宗。"明陈实《吴义姑诗》:"义姑自昔闻全鲁,过客于今见式闾。"

式微　shì wēi
【分类】生活
【关键词】诗经
【释义】衰微、衰落、衰败。也表思归之意。《诗经·邶风·式微》:"式微式微,胡不归。"宋朱熹集传:"式,发语辞。微,犹衰也。"
【例句】唐王绩《登陇坂》:"目极征途远,劳情歌《式微》。"唐崔璞《蒙恩除替…》:"作牧惭为政,思乡念式微。"唐王维《渭川田家》:"即此羡闲逸,怅然吟式微。"唐白居易《留别微之》:"五千言里教知足,三百篇中劝式微。"五代贯休《别卢使君…》:"雨气濛濛草满庭,式微吟剧更谁听。"

事与孤鸿去　shì yǔ gū hóng qù
【分类】生活
【关键词】杜牧
【释义】表示往事杳然,已经一去不复返了。唐杜牧《题安州浮云寺楼》:"恨如春草多,事与孤鸿去。"
【例句】宋曹勋《山居杂诗》:"事与孤鸿远,心将止水同。"宋李彭老《念奴娇》:"谁念病损文园,岁华摇落,事与孤鸿去。"宋周邦彦《瑞龙吟》:"知谁伴,名园露饮,东城闲步,事与孤鸿去。"元刘基《隔浦莲》:"事与孤鸿去,空相忆,同谁语。"

侍车　shì chē
【分类】政治
【关键词】江革
【释义】孝敬老母之典。《后汉书·江革传》:"建武末年,与母归乡里。每至岁时,县当案比,革以母老,不欲摇动,自在辕中挽车,不用牛马,由是乡里称之曰'江巨孝'。"
【例句】唐孟郊《春日同韦…》:"服彩老莱并,侍车江革同。"宋王炎《用元韵答…》:"绿衣随宫牒,彩服侍安车。"明胡应麟《南归仓卒…》:"最怜倾盖日,局促侍车裀。"清曾国才《浏阳》:"侍车问慈母,为说旧时年。"

侍中貂　shì zhōng diāo
【分类】政治
【关键词】唐书
【释义】借指朝廷珍贵的赏赐。唐门下省有侍中二人,其官帽以貂尾为饰。《唐书》:"侍中二人,正二品。掌出纳帝命,相礼仪。与左右常侍、中书令,并金蝉珥貂。"
【例句】唐杜甫《诸将》:"殊锡曾为大司马,总戎皆插侍中貂。"宋王安石《文元贾公挽辞》:"儒服早纡丞相绶,戎冠再插侍中貂。"宋黄庭坚《次韵元礼…》:"试觅金张池馆问,几人能插侍中貂。"宋吕本中《呈愚上人》:"不能归续侍中貂,遂有声名伴老饶。"

饰巾　shì jīn

【分类】政治
【关键词】陈寔
【释义】谓以幅巾裹头。喻不加冠冕,隐居赋闲。汉蔡邕《陈太丘碑》:"大将军何公、司徒袁公前后招辟…先生(陈寔)曰:'绝望已久,饰巾待期而已。'皆遂不至。"
【例句】宋刘克庄《徐潭即事》:"暮年已作饰巾客,它日那无挂剑贤。"宋陆游《春晚》:"饰巾待尽从来事,闭户烧香更不疑。"宋陆游《纪怀》:"饰巾家篆从来事,万种悠悠莫苦分。"宋马廷鸾《外孙朱饶…》:"晚岁饰巾吾待尽,高空摩翻汝横斜。"

视履　shì lǚ

【分类】政治
【关键词】周易
【释义】咏依据行迹、推断吉凶之典。《周易注疏·履》:"上九,视履考祥,其旋元吉。"三国魏王弼注:"祸福之祥,生乎其所履处,履之极履道成矣。故可视履而考祥也。"唐孔颖达疏:"祥谓徵祥。上九处之极履,道已成,故视其所履之行,善恶得失,考其祸福之徵祥。"
【例句】唐韦庄《和郑拾遗…》:"设危终在德,视履岂无祥。"唐权德舆《与道者同…》:"视履苟无咎,天祐期永贞。"宋陈文蔚《丁丑老人…》:"皆缘作善天降康,视履知当获元吉。"宋王柏《用易岩韵…》:"矩度迥出风尘表,视履元吉祥素考。"

视膳　shì shàn

【分类】政治
【关键词】左传
【释义】古代臣下侍奉君主或子女侍奉双亲进餐的一种礼节。《左传·闵公二年》:"大子奉冢祀社稷之粢盛,以朝夕视君膳者也。"
【例句】唐卢僎《上幸皇太…》:"视膳铜楼下,吹笙玉座中。"唐不详《释奠文宣》:"视膳寝门尊要道,高辟崇贤引正人。"宋黄公度《闻太母…》:"问安夕视膳阻凤宵,位极万乘心何聊。"宋韩维《太皇太后阁》:"视膳回天仗,含饴乐圣辰。"

柿叶学书　shì yè xué shū

【分类】生活
【关键词】郑虔
【释义】勤苦钻研书法的典故。《新唐书·郑虔传》:"虔善图山水,好书,常苦无纸,于是慈恩寺贮柿叶数屋,遂往日取叶肄书,岁久殆遍。"
【例句】唐孟郊《赠转运陆…》:"衣花野菡萏,书叶山梧桐。"宋杨万里《食鸡头子》:"却忆吾庐邻塘味,满山柿叶正堪书。"宋毛滂《师文莫君…》:"广文无毡风撼颊,冻坐慈恩书柿叶。"宋邢居实《和黄鲁直》:"黄花烂漫无人折,柿叶翻红正好书。"

是非曲直　shì fēi qū zhí

【分类】政治
【关键词】论衡
【释义】正确还是不正确,有理还是无理。《论衡·说日篇》:"二论各有所见,故是非曲直未有所定。"
【例句】唐陈子昂《万州晓发…》:"曲直多于古,经过失是非。"唐孟郊《听蓝溪僧…》:"山木自曲直,道人无是非。"宋刘筠《元丰辛酉…》:"是非曲直当有辨,略举大较归吾编。"聂绀弩《答雪峰》:"事有是非兼曲直,时仍春夏复秋冬。"

适小国　shì xiǎo guó

【分类】政治
【关键词】左传
【释义】咏不被收容之典。《左传·僖公七年》:"文王将死,与之璧,使行,曰:'…我死,汝必速行。无适小国,将不女容焉。'"
【例句】唐杜甫《题郪县郭…》:"频惊适小国,一拟问高天。"

室如悬磬　shì rú xuán qìng

【分类】生活
【关键词】左传
【释义】形容生活困苦。《左传·僖公二十六年》:"齐侯曰:'室如县(悬)罄,野无青草,何恃而不恐?'"晋杜预注:"时夏四月,今之二月,野物未成,故言居室而资粮悬尽,在野则无蔬食之物,所以当恐。"
【例句】唐李商隐《大卤平后…》:"不忧悬磬乏,乍喜覆盂安。"唐柳宗元《同刘二十…》:"三亩空留悬磬室,九原犹寄若堂封。"唐徐夤《东归题屋壁》:"因悲尽室如悬磬,却拟携家学转蓬。"宋黄公度《和泉上人》:"破褛一身在悬磬,清谈对客似撞钟。"

逝川　shì chuān

【分类】生活
【关键词】孔子
【释义】指一去不返的江河之水。比喻流逝的光阴。《论语·子罕》:"子在川上曰:'逝者如斯夫!不舍昼夜。'"
【例句】唐李白《古风》:"逝川与流光,飘忽不相待。"唐鲍溶《古意》:"皎日不留景,良辰如逝川。"唐崔曙《句》:"夜台一闭无时尽,逝水东流何处还?"唐刘沧《经曲阜城》:"行经阙里自堪伤,曾叹东流逝水长。"唐孙逖《丹阳行》:"英雄倾夺何纷然,一盛一衰如逝川。"

逝骓　shì zhuī

【分类】文化
【关键词】马
【释义】谓走丢的马。楚项羽《垓下歌》:"力拔山兮气盖世,时不利兮骓不逝。骓不逝兮可奈何…"
【例句】宋吕定《戏马台》:"追鹿已无秦社稷,逝骓方叹楚歌声。"宋周文璞《十月过凤…》:"逝骓嗟弗及,撞斗恨难

752

量。"宋乐雷发《高祖》："逝雅走鹿各消磨,剑外功臣剩几多。"聂绀弩《马逸》："苍茫暮色迷奔影,斑白老军叹逝雅。"

舐犊 shì dú
【分类】生活
【关键词】杨彪
【释义】原指母牛舐小牛犊表现的爱护之情。比喻人疼爱子女的深情。《后汉书·杨彪传》载:杨修被杀,父杨彪对曹操曰:"愧无日磾先见之明,犹怀老牛舐犊之爱。"
【例句】唐罗隐《感别元帅…》:"疲牛舐犊心犹切,阴鹤鸣雏力已衰。"宋刘兼《贻诸学童》:"攘羊告罪言何直,舐犊牵情理岂虚。"宋韩琦《行河道中》:"捻弄禾重笼新雨,舐犊牛闲罢力耕。"聂绀弩《放牛》："老牛舐犊犊呼母,春水黏天天在池。"

舐蜜刀头 shì mì dāo tóu
【分类】政治
【关键词】佛
【释义】喻贪小失大,利少害多。源见"刀头蜜"。
【例句】宋孙觌《得子次叔…》:"刀头舐蜜何草草,平地变作褒斜道。"宋方岳《元夕病中》:"吾生如月浪中翻,人情得蜜刀头舐。"宋谢逸《和洪老赠…》:"众生嗜欲利,如儿舐刀蜜。"宋廖行之《沁园春》:"但掩耳窃钟,将泥洗块,觅花空里,舐蜜刀头。"

释道安 shì dào ān
【分类】文化
【关键词】释道安
【释义】称美僧人之典。晋代高僧释道安,神智聪敏、过目不忘。《高僧传·释道安》:"释道安,姓卫氏…年七岁读书,再览能诵,乡邻嗟异。至年十二出家,神性聪敏。""安在樊、沔十五载,每岁常再讲放光般若,未尝废阙…时符坚素闻安名。"欲招之。
【例句】唐陈子昂《秋日遇荆…》:"兴尽崔亭伯,言忘释道安。"唐齐己《送胤公归阙》:"关令莫疑非马辩,道安还跨赤驴行。"宋释重显《和王殿直…》:"清风凛凛字人官,堪对弥天释道安。"宋葛胜仲《静林寺》:"开山老侃留遗像,试问何如释道安。"

筮仕 shì shì
【分类】政治
【关键词】毕万
【释义】首次为官之典。古人将出做官,卜问吉凶。《左传·闵公元年》:"初,毕万筮仕于晋,遇'屯'之'比'。辛廖占之,曰:'屯固比入,吉孰大焉,其必蕃昌。'"
【例句】唐卢照邻《元日述怀》:"筮仕无中秩,归耕有外臣。"唐温庭筠《感旧陈情》:"嵇绍垂髫日,山涛筮仕年。"宋秦观《奉别牛司理》:"之子妙龄初筮仕,好修文史继家声。"宋许景衡《与言叙己…》:"邂逅喜君方筮仕,经过嗟我倍思亲。"

噬脐 shì qí
【分类】政治
【关键词】左传
【释义】喻指因遭受极大损失而后悔不及。《左传·庄公六年》:"亡邓国者,必此人也,若不早图,后君噬齐,其及图之乎?"
【例句】唐白居易《感兴》:"热处先争炙手去,悔时其奈噬脐何。"唐元稹《青云驿》:"悔为青云意,此意良噬脐。"唐韩偓《故都》:"天涯烈士空垂涕,地下强魂必噬脐。"唐胡曾《邓城》:"不用三甥谋楚计,临危方觉噬脐难。"

手画三军势 shǒu huà sān jūn shì
【分类】政治
【关键词】张安世
【释义】用以表现超凡军事才能之典。《汉书·张安世传》:"初,安世长子千秋与霍光子禹俱为中郎将,将兵随度辽将军范明友击乌桓。还,谒大将军光,问千秋战斗方略,山川形势,千秋口对兵事,画地成图,无所忘失。光复问禹,禹不能记,曰:'皆有文书。'光由是贤千秋"。
【例句】唐杜甫《送樊二十…》:"生如七曜历,手画三军势。"宋王义山《挽胡经干》:"手画兵家八阵图,儿时此志已吞吴。"元乌斯道《赠都阃掾…》:"君始从容在帏帐,手画山川调虓将。"

手挥目送 shǒu huī mù sòng
【分类】文化
【关键词】嵇康
【释义】形容手眼并用,怡然自得。亦比喻行文得心应手。《昭明文选·三国魏嵇康〈四言赠兄秀才公穆入军诗〉》:"目送归鸿,手挥五弦,俯仰自得,游心太玄。"谓一面仰视飞鸟,一面挥手弹琴,手眼并用,无不自如。
【例句】唐任华《寄李白》:"身骑天马多意气,目送飞鸿对豪贵。"唐顾况《送大理张卿》:"越禽唯有南枝分,目送孤鸿飞向西。"宋欧阳修《留题安州…》:"赌墅乞甥宾对弈,惊鸿送目手挥琴。"元袁桷《寿李承旨》:"手挥廷下吏,目送幕中宾。"

手谈 shǒu tán
【分类】生活
【关键词】世说新语
【释义】围棋对局的别称。《世说新语·巧艺》:"王中郎以围棋是坐稳,支公以围棋为手谈。"
【例句】唐薛戎《游烂柯山》:"不语寄手谈,无心引樵子。"宋孔平仲《至城南别…》:"萧洒怜神往,从容忆手谈。"宋黄庭坚《弈棋二首…》:"坐隐不知岩穴乐,手谈胜与俗人言。"聂绀弩《无题》:"雅擅长谈复短谈,手谈逢我更狼贪。"

手泽 shǒu zé
【分类】文化

【关键词】礼记
【释义】犹手汗。多用以称先人或前辈的遗墨、遗物等。《礼记·玉藻》："父没而不能读父之书，手泽存焉尔。"唐孔颖达疏："谓其书有父平生所持手之润泽存在焉，故不忍读也。"
【例句】宋赵誠《游天衣寺》："唐僧手泽神毫健，梁帝宸恩宝器妍。"宋梅尧臣《同蔡君谟…》："开元大历名流夥，一一手泽存有余。"宋王圭《送史寺丞…》："手泽存遗爱，民歌接旧封。"宋刘克庄《葺居》："架留手泽书堪看，爨有躬耕米可炊。"

手足胼胝　shǒu zú pián zhī
【分类】生活
【关键词】荀子
【释义】形容辛勤劳苦。《荀子·子道》："有人于此夙兴夜寐，耕耘树艺，手足胼胝以养其亲。"胼、胝：手上和脚上所生的老茧。
【例句】唐钱起《锄药咏》："但使芝兰出萧艾，不辞手足皆胼胝。"宋陈淳《铅山遇霜》："冒风冒雪冒霜寒，手足胼胝百状艰。"宋王阮《禹庙》："长教天下江河顺，始慰胼胝手足心。"明唐桂芳《题烈妇吴氏》："形单影只逐强梁，手足胼胝困中路。"

守宫　shǒu gōng
【分类】政治
【关键词】博物志
【释义】旧说将饲以朱砂的壁虎捣烂，点于女子肢体以防不贞之术。《博物志·戏术》："蜥蜴或蝘蜓。以器养之，食以朱砂，体尽赤，所食满七斤，治捣万杵，点女人支体，终年不灭。唯房室事则灭，故曰守宫。"《传》云："东方朔语汉武帝，试之有验。"为咏妇女贞洁之典。
【例句】唐李贺《宫娃歌》："蜡光高悬照纱空，花房夜捣红守宫。"唐杜牧《宫词》："深宫锁闭犹疑惑，更取丹沙试辟宫。"唐李商隐《河阳诗》："巴西夜市红守宫，后房点臂斑斑红。"元张仲深《次沈元晋…》："碧云低拥纱女，花房乱捣红守宫。"

守口如瓶　shǒu kǒu rú píng
【分类】文化
【关键词】摩诘经
【释义】守口：紧闭着嘴不讲话。闭口不谈，象瓶口塞紧了一般。形容说话谨慎，严守秘密。唐道世《诸经要集·择交部·惩过》引《摩诘经》："防意如城，守口如瓶。"
【例句】宋释怀深《拟寒山寺》："守口要如瓶，语言当自保。"宋彭龟年《别周侍郎》："有言傥可吐，守口何如瓶。"宋潘牥《百舌》："我亦多言私自省，再三守口要如瓶。"聂绀弩《闻伍禾入…》："一生守口口难瓶，九死形骸长颈罂。"

守株待兔　shǒu zhū dài tù
【分类】政治
【关键词】韩非子

【释义】喻指墨守陈规，不知变通。《韩非子·五蠹》："宋人有耕田者，田中有株，兔走，触柱折颈而死，因释其耒而守株，冀复得兔，兔不可复得，而身为宋国笑。今欲以先王之政，治当世之民，皆守株之类也。"
【例句】"唐温庭筠《开成五年…》："定为鱼缘木，曾因兔守株。"唐罗隐《自贻》："纵无显效亦藏拙，若有所成甘守株。"唐不详《东阳夜怪诗》："不是守株空待兔，终当逐鹿出林丘。"宋黄庭坚《送张沙河…》："守株伺投兔，岁晚将何获。""

首如飞蓬　shǒu rú fēi péng
【分类】生活
【关键词】诗经
【释义】形容头发未经梳理整饰，像飞散的蓬草一样纷乱。用于女性对丈夫或情人的思念与忠诚。《诗经·卫风·伯兮》："自伯之东，首如飞蓬。岂无膏沐，谁适为容。"
【例句】宋刘克庄《灵照》："首如飞蓬乱，家卖漉篱供。"宋卫宗武《和催雪》："忆昔腊霙点予颅，至今皓首如飞蓬。"宋何新之《秋夜泛舟》："空攀栖鹘巢，搔首如飞蓬。"明张元凯《阳山顾生…》："首如飞蓬色如土，傍人犹妒蛾眉妩。"

首阳薇　shǒu yáng wēi
【分类】文化
【关键词】伯夷叔齐
【释义】首阳山的薇菜。借指忍饥挨饿的生活。多形容抗节不仕的隐逸者。源见"夷齐"。
【例句】唐李德裕《忆药苗》："味掩商山芝，英逾首阳蕨。"唐皇甫冉《太常魏博…》："心同合浦叶，命寄首阳薇。"唐吴融《和睦州卢…》："好移钟阜蓼，莫种首阳薇。"宋强至《依韵和答…》："归意我惭彭泽柳，清肠君爱首阳薇。"

寿而臧　shòu ér zāng
【分类】生活
【关键词】诗经
【释义】长寿且安康。祝福之辞。《诗经·鲁颂·閟宫》："俾尔炽而昌，俾尔寿而臧。"
【例句】宋王之道《张文伯生日》："人作鲁侯祝，俾尔寿而臧。"宋韩驹《上辛太尉生辰诗》："一心仁以厚，五福寿而臧。"宋许应龙《赠林倅》："须知作善天降祥，俾耆而艾寿而臧。"宋白玉蟾《荷风荐凉…》："鹤林如甘菊，端可寿而臧。"

寿国　shòu guó
【分类】政治
【关键词】吕氏春秋
【释义】保全国家；使国家久存。《吕氏春秋·求人》："虞用宫之奇、吴用伍子胥之言，此二国者，虽至于今存可也，则是国可寿也。有能益人之寿者，则人莫不愿之，今寿国有道，而君人者不求，过矣！"
【例句】宋王稷《大涤洞天…》："此山神造寿国脉，庇民洪福方滋多。"宋邵度《挽东莱先生》："鼻祖雍熙政，三传寿国医。"宋赵汝绩《无罪言》:"匪难活民命,何以寿国脉。"宋王迈《坚固堂》:"愿言爱精神,自寿以寿国。"宋王迈《寿方右史…》:"寿公乃寿国,他语徒冗长。"

寿考　shòu kǎo
【分类】生活
【关键词】诗经
【释义】年高,长寿;寿数,寿命。《诗经·大雅·棫朴》:"周王寿考,遐不作人。"汉郑笺:"文王是时九十余矣,故云寿考。"《后汉书·东夷传·倭》:"人性嗜酒,多寿考,至百余岁者甚众。"
【例句】唐刘知几《咏史》:"饮啄得其性,从容成寿考。"唐卢象《紫阳真人歌》:"还如简子复归来,更与洪崖同寿考。"唐白居易《和大觜乌》:"上以致寿考,下可宜田农。"唐刘得仁《赠陶山人》:"闲能资寿考,健不换公卿。"

寿阳妆　shòu yáng zhuāng
【分类】生活
【关键词】寿阳公主
【释义】指古代女子描梅花于额上的妆式。源见"梅花妆"。
【例句】唐李商隐《蝶》:"寿阳公主嫁时妆,八字宫眉捧额黄。"宋王质《黄香梅》:"新翻微变寿阳妆,喜色横斜水一方。"宋范仲淹《和提刑赵…》:"静映寒林晚未芳,人人欲看寿阳妆。"宋赵佶《宫词》:"宫人思学寿阳妆,每看庭梅次第芳。"

寿张樊敬侯　shòu zhāng fán jìng hóu
【分类】政治
【关键词】樊重
【释义】咏致富善行之典。《后汉书·樊宏传》载:东汉樊重,善于经营农业、积累财富。他曾种梓树和漆树,数年之后,获资巨万,广施赈赡,泽被乡里。死后追谥为寿张敬侯。
【例句】唐柳宗元《冉溪》:"却学寿张樊敬侯,种漆南园待成器。"宋刘攽《题深甫新…》:"寿张树梓待成器,方朔种桃因着花。"宋张嵲《种松》:"寿张种漆将为器,假用终能及里闾。"明陶振《题梅道人画》:"赋诗当似韩宣子,作者定从樊敬侯。"

受降城　shòu xiáng chéng
【分类】政治
【关键词】匈奴
【释义】位于秦汉长城以北,大致在朔方郡高阙关西北的漠南草原地带,于前105年为接受匈奴左大都尉投降而筑。《史记·匈奴列传》:"汉使贰师将军广利西伐大宛,而令因杅将军敖筑受降城。"
【例句】唐裴潾《奉和御制…》:"斩鹿还遮塞,绥降更筑城。"唐赵彦昭《奉和送金…》:"受降追汉策,筑馆许戎和。"唐李益《婆罗门》:"回乐峰前沙似雪,受降城下月如霜。"唐秦韬玉《边将》:"无定河边蕃将死,受降城外虏尘空。"

授简　shòu jiǎn
【分类】文化
【关键词】刘武
【释义】给予简札。谓嘱人写作。为咏文士为君王赋作之典。源见"梁园赋雪"。
【例句】唐杜甫《又作此奉…》:"白头授简焉能赋,愧似相如为大夫。"唐韩愈《喜雪献裴…》:"拟盐吟旧句,授简慕前规。"宋胡宿《送陈谏东归》:"雪园授简谁为赋,烟渚归艎不待春。"宋宋祁《送郑天休》:"授简客惊枚乘去,探书人继史公来。"

授衣　shòu yī
【分类】生活
【关键词】诗经
【释义】谓制备寒衣。古代以九月为授衣之时。也谓农历九月的别称。《诗经·豳风·七月》:"七月流火,九月授衣。"毛传:"九月霜始降,妇功成,可以授冬衣矣。"
【例句】唐宋之问《初到陆浑…》:"授衣感穷节,策马凌伊关。"唐孟浩然《送洗然弟…》:"昏定须温席,寒多未授衣。"唐白居易《江楼闻砧》:"江人授衣晚,十月始闻砧。"唐钱起《县城秋夕》:"俸薄不沽酒,家贫忘授衣。"

授钺　shòu yuè
【分类】政治
【关键词】孔丛子
【释义】用为授权统率军事之典。古代大将出征,君主授以斧钺,表示授以兵权。《孔丛子·问军礼》:"天子当阶南面,命授之节钺,大将受,天子乃东向西面而揖之,示弗御也。"
【例句】唐沈佺期《塞北》:"将军朝授钺,战士夜衔枚。"唐高适《信安王幕…》:"朝瞻授钺去,时听偃戈旋。"唐杜甫《寄赠王十…》:"时危未授钺,势屈难为功。"唐杜甫《有感》:"授钺亲贤往,卑宫制诏遥。"

瘦更黄　shòu gèng huáng
【分类】生活
【关键词】李清照
【释义】形容人的辛苦、憔悴。宋李清照《醉花阴》:"帘卷西风,人比黄花瘦。"
【例句】宋司马光《自题写真》:"黄面霜须细瘦身,从来未识漫相亲。"宋苏轼《巫山》:"黄杨生石上,坚瘦纹如绮。"宋姚勉《赞赵直阁…》:"泪珠湿袖对黄花,人比黄花又更瘦。"聂绀弩《咏千头菊…》:"卿同我遇风兼雨,我比卿颜瘦更黄。"

瘦骨　shòu gǔ
【分类】文化
【关键词】马
【释义】谓马的肢体强壮而不肥。也喻指瘦弱的身躯。唐杜甫《房兵曹胡马》"胡马大宛名,风棱瘦骨成。"

【例句】唐李贺《马诗》"向前敲瘦骨，犹自带铜声。"唐杜牧《九华山》："凌空瘦骨寒如削，照水清光翠且重。"唐李群玉《北风》："瘦骨呻吟后，羸容几杖初。"宋孔武仲《赠程瑰》："识尽公卿更食贫，苍髯瘦骨走京尘。"

书痴　shū chī
【分类】文化
【关键词】窦威
【释义】专注于书籍者，书呆子。《旧唐书·窦威传》："威家世勋贵，诸昆弟并尚武艺，而威耽玩文史…诸兄哂之，谓为'书痴'。"
【例句】宋文天祥《病中作》："病怀如酒困，倦睫似书痴。"宋刘弇《伤友人潘…》："尽应嫌学僻，无不笑书痴。"宋释德洪《和人夜坐》："忠子定应诗瘦，隆禅甘作书痴。"宋谢薖《洗墨池》："右军睥睨难抗衡，恨不临池作书痴。"

书从外氏学　shū cóng wài shì xué
【分类】生活
【关键词】周颙
【释义】咏工于书法之典。《南史·周颙传》："少从外氏车骑将军臧质家得卫恒散隶书法，学之甚工。文惠太子使颙书玄圃茅斋壁，国子祭酒何胤以倒薤书求颙换之。颙笑答曰：'天下有道，丘不与易也。'"
【例句】唐卢纶《送从侄滂…》："书从外氏学，竹自晋时栽。"宋楼钥《余初除西…》："无忌安能真酷似，愿从外氏借余光。"明卢龙云《寿高母仪…》："书香传外氏，宅相应孙枝。"清南有容《书崇祯大…》："借问何以得此书，出自外氏箱箧藏。"

书带草　shū dài cǎo
【分类】文化
【关键词】郑玄草
【释义】咏草或咏文人藏书有关事之典。晋伏琛《三齐略记》曰："不其城东有郑玄教授山，山下生草如薤，叶长尺余，坚韧异常。土人名作康成书带。"
【例句】唐张祜《江南杂题》："碧抽书带草，红节米囊花。"唐皎然《哭吴县房…》："书带变芳草，履痕移绿钱。"唐李群玉《经费拾遗…》："空余书带草，日日上阶长。"宋苏轼《和文与可…》："庭下已生书带草，使君疑是郑康成。"

书籍相与　shū jí xiāng yǔ
【分类】文化
【关键词】王粲蔡邕
【释义】用为称美才华的典故。《三国志·王粲传》："粲（字仲宣）徙长安，左中郎将蔡邕见而奇之…闻粲在门，倒屣迎之…邕曰：'此王公孙也，有异才，吾不如也。吾家书籍文章，尽当与之。'"
【例句】唐王维《故人张諲…》："自惜蔡邕今已老，更将书籍与何人。"唐元稹《听妻弹别…》："商瞿五十知无子，更付琴书与仲宣。"唐杜甫《赠虞十五…》："书籍终相与，青山隔故园。"唐耿湋《题杨著别业》："农桑子云业，书籍蔡

邕家。"

书记平安　shū jì píng ān
【分类】文化
【关键词】杜牧
【释义】咏唐诗人杜牧风流不羁之典。《芝田录》："牛奇章公（牛僧孺）帅维扬，杜牧在幕中，夜多微服逸游。公闻之，以街子数辈潜随牧之以防不虞。后牧之以拾遗召，临别，公以纵逸为戒。牧之始犹讳之，公取一箧来，皆街子报帖，云'杜书记平善'。乃大感服。"
【例句】宋刘克庄《沁园春》："甚都无人咏，何郎诗句，也无人报，书记平安。"明尤侗《梦扬州》："报书记平安，廿四桥头。"明魏际瑞《闽幕送友…》："参军能喜怒，书记尚平安。"清王士禄《八声甘州》："更有平安夜报，书记最风流。"

书卷　shū juàn
【分类】文化
【关键词】臧严
【释义】古代书本多作卷轴，故称为书卷。《南史·臧严传》："孤贫勤学，行止书卷不离手。"
【例句】唐元稹《贬江陵途…》："想到江陵无一事，酒杯书卷缀新文。"唐韦应物《假中枉卢…》："花里棋盘憎鸟污，枕边书卷讶风开。"唐张继《送顾况泗…》："别业更临洙泗上，拟将书卷对残春。"唐王建《贺杨巨源…》："诸生拜别收书卷，旧客看来读诗词。"聂绀弩《夜读》："六十功名从我懒，百千书卷使人痴。"

书簏　shū lù
【分类】文化
【关键词】刘柳
【释义】比喻读书虽多但不解其义，不会运用的人。《晋书·刘柳传》："时右丞傅迪，好广读书而不解其义。柳云：'卿读书虽多而无所解，可谓书簏矣。'"
【例句】唐李商隐《咏怀寄秘…》："自哂成书簏，终当祝酒卮。"唐皮日休《醉中即席…》："茅山顶上携书簏，笠泽心中漾酒船。"宋冯时行《和何子应…》："生平笑书簏，远览资良图。"宋宋祁《官舍》："嵇斋书簏吹尘度，蒋径宾綦晕藓斑。"

书癖　shū pǐ
【分类】文化
【关键词】杜预
【释义】谓特别嗜好读书。源见"左传癖"。
【例句】唐王建《寄杜侍御》："破除心力缘书癖，伤损花枝为酒颠。"唐高适《古乐府飞…》："公才山吏部，书癖杜荆州。"唐王建《寄杜侍御》："破除心力缘书癖，伤损花枝为酒颠。"唐刘禹锡《送周鲁儒…》："童心便有爱书癖，手指今余把笔痕。"

书绅　shū shēn
【分类】文化

【关键词】论语

【释义】把要牢记的话写在绅带上。喻指记下格言或别人重要的赠言。《论语·卫灵公》："子张书诸绅。"宋邢昺疏："绅，大带也。子张以孔子之言书之绅带，意其佩服无忽忘也。"

【例句】唐杜甫《赠太子师…》："温温昔风味，少壮已书绅。"唐窦群《题剑》："丈夫得宝剑，束发曾书绅。"唐韩愈《谢自然诗》："感伤遂成诗，昧者宜书绅。"唐司空图《漫书》："世路快心无好事，恩门嘉话合书绅。"宋文彦博《臣得请致…》："誓竭忠勤志，书绅戒子孙。"

书淫 shū yín

【分类】文化

【关键词】皇甫谧

【释义】旧时称嗜书成癖，好学不倦的人。《晋书·皇甫谧传》："耽玩典籍，忘寝与食，时人谓之书淫。"

【例句】唐刘禹锡《乐天是月…》："定知于佛偈，岂复向书淫。"唐皮日休《奉和鲁望…》："书淫传癖穷欲死，譊譊何必频相仍。"宋刘兼《昼寝》："花落青苔锦数重，书淫不觉避春慵。"聂绀弩《即事》："事有千头皆卧治，人余两眼但书淫。"

书云 shū yún

【分类】生活

【关键词】左传

【释义】指古代观察天象以占吉凶，并加以记录。后用以称冬至、夏至。《左传·僖公五年》："公既视朔，遂登观台以望而书，礼也。凡分、至、启、闭，必书云物，为备故也。"

【例句】唐裴度《至日登乐…》："验炭论时政，书云受ου盈。"宋夏竦《奉和御制…》："汉门候景嘉辰启，鲁观书云协气升。"宋欧阳修《渔家傲》："书云纪候冰生研。腊近探春春尚远。"宋王圭《依韵和王…》："鲁台况值书云后，汉殿仍经喜雪时。"宋文天祥《冬至》："书云今日事，梦破晓鸣钟。"

书札二王 shū zhá èr wáng

【分类】文化

【关键词】王羲之

【释义】指晋书法家王羲之、王献之父子。《颜氏家训·杂艺》："梁氏秘阁散逸以来，吾见二王真草多矣。"

【例句】唐罗隐《寄酬邬王…》："书札二王争巧拙，篇章七子避风流。"宋梅尧臣《依韵和张…》："书可到二王，辩可折五鹿。"宋李石《扇子诗》："三古绝编徒自圣，二王书法恐非臣。"宋刘克庄《题法帖》："二王万古擅书名，闻说临池学始成。"

叔敖瘗 shū áo yì

【分类】政治

【关键词】孙叔敖

【释义】咏善行仁爱之典。谓做好事的人，必有好报。《新书·春秋》："孙叔敖幼时遇两头蛇，人以为见两头蛇者必死，孙恐他人又见，杀而埋之，归谓其母曰：'吾闻见两头蛇者死。'其母曰：'无忧，汝不死。吾闻之，有阴德者，天报以福。人闻之，皆谕其能仁也。及为令尹，未治而国人信之。"瘗：埋藏。

【例句】唐元稹《巴蛇》："欲学叔敖瘗，其如多似麻。"唐韩愈《永贞行》："一蛇两头见未曾，怪鸟鸣唤令人憎。"唐韩愈《赴江陵途…》："有蛇类两首，有蛊群飞游。"唐周昙《孙叔敖》："童稚逢蛇叹不祥，虑悲来者为埋藏。"

叔宝神清 shū bǎo shén qīng

【分类】文化

【关键词】卫玠

【释义】称颂文士气度不俗之典。《晋书·卫玠传》："刘恢、谢尚共论中朝人士，或问：'杜乂可方卫洗马不？'尚曰：'安得相比，其间可容数人。'恢又云：'杜乂肤清，叔宝神清。'其为有识者所重若此。"卫玠字叔宝。

【例句】唐陆龟蒙《奉酬袭美…》："我亦休文瘦，君能叔宝清。"宋陆游《浴罢》："相如知渴减，叔宝觉神清。"宋陆游《过六和塔…》："痛饮相如无奈渴，清言叔宝不胜羸。"明李之世《悼钟右之》："雅有清谈追叔宝，年才弱冠等终军。"

叔度陂湖 shū dù bēi hú

【分类】文化

【关键词】黄宪

【释义】比喻人的器宇胸襟宏伟宽大。源见"叔度千顷陂"。

【例句】唐黄滔《祭崔补阙…》："多君于士元廊庙，待我以叔度陂湖。"唐元稹《重酬乐天》："最笑近来黄叔度，自投名刺占陂湖。"宋苏轼《游道场山…》："陂湖行尽白漫漫，青山忽临龙蛇盘。"宋曾几《寒食与客》："官曹颜状满尘埃，负郭陂湖眼为开。"

叔度千顷陂 shū dù qiān qǐng bēi

【分类】文化

【关键词】黄宪

【释义】称颂高士之典。喻学识广博，才器宏美。《后汉书·黄宪》："黄宪字叔度…林宗曰：'奉高之器，譬诸氿滥，虽清而易挹。叔度汪汪若千顷陂，澄之不清，淆之不浊，不可量也。'"

【例句】唐刘长卿《九日岳阳…》："季鹰久疏旷，叔度早畴昔。"宋黄庭坚《汴岸置酒…》："初平群羊置莫问，叔度千顷醉何休。"宋陆游《信手翻古…》："叔度独何人，长陂渺千顷。"明徐渭《黄君书舍…》："古陂千顷在，叔度我逢渠。"

叔孙毁仲尼 shū sūn huǐ zhòng ní

【分类】政治

【关键词】叔孙武叔

【释义】咏圣人遭谤之典。《论语·子张》："叔孙武叔毁仲尼。子贡曰：'无以为也，仲尼不可毁也。他人之贤者丘陵也，犹可踰也；仲尼日月也，无得而逾焉。'"

【例句】唐孟郊《君子勿郁…》："叔孙毁仲尼,臧仓掩孟轲。"唐杜牧《杜秋娘诗》："无国要孟子,有人毁仲尼。"唐李商隐《赠送前刘…》："叔孙谗易得,盗跖暴难当。"宋邵雍《首尾吟》："既称有客告曾子,岂为无人毁仲尼。"宋李吕《古意》："有如夫子圣,武叔非宿仇。"

叔孙礼乐 shū sūn lǐ yuè

【分类】政治
【关键词】叔孙通
【释义】"西汉初年,高祖命叔孙通制定礼乐。《史记·叔孙通传》："于是皇帝辇出房,百官执职传警。引诸侯王以下至吏六百石以次奉贺……于是高帝曰:'吾乃今日知为皇帝之贵也。'乃拜叔孙通为太常,赐金五百斤。叔孙通出,皆以五百斤赐诸生。""
【例句】唐杜甫《忆昔》："百余年间未灾变,叔孙礼乐萧何律。"唐魏征《赋西汉》："终藉叔孙礼,方知皇帝尊。"宋李兼《依韵和吴…》："叔孙礼乐何纷纶,两生不行岂徒云。"明黎民表《送王生游…》:"叔孙礼乐不暇数,贾谊过秦文最古。"

叔隗 shū wěi

【分类】生活
【关键词】叔隗季隗
【释义】赵衰之妻,季隗的姐姐。喻美女。《左传·僖公二十三年》:"狄人伐廧咎如,获其二女叔隗、季隗,纳诸公子,公子取季隗生伯鯈、叔刘,以叔隗妻赵衰,生盾。"
【例句】宋周知微《观临淮双…》:"君不学叔隗季隗南归晋,又不学大乔小乔东入吴。"宋郭应祥《浣溪沙》:"叔隗轻盈饶态度,小乔妩媚足精神。"清王尔烈《书汪氏双…》:"庄姜戴妫无猜嫌,赵姬叔隗均礼谊。"

叔向拘 shū xiàng yīng jū

【分类】政治
【关键词】叔向
【释义】咏受株连而蒙冤之典。《左传·襄公二十一年》:"宣子杀箕遗…羊舌虎、叔黑,囚伯华、叔向、籍偃。人谓叔向曰:'子离于罪,其为不知乎?'""晋侯问叔向之罪于乐王鲋,对曰:'不弃其亲,其有焉。'"晋国大夫范宣子怀疑栾盈叛乱,借栾逃亡之机,杀栾的同伙叔向之兄羊舌虎,后叔向亦遭囚禁。
【例句】唐萧颖士《仰答韦》:"岂知晋叔向,无罪婴因拘。"宋李处权《寄德基兼…》:"似闻叔向方图晋,亦报夷吾未去齐。"宋苏辙《吴冲卿夫…》:"风规留叔向,文采似中郎。"宋李处权《次韵四首》:"似闻叔向方图晋,亦报夷吾未去齐。"宋丘葵《呈古直》:"人知叔向古遗直,谁识尧夫今逸民。"明宋琬《寄谢傅慎…》:"解骖归越石,缨冠脱叔向。"

殊相 shū xiāng

【分类】生态
【关键词】颜延之
【释义】不同的状貌,奇异的状貌。南朝颜延之《赭白马赋》:"双瞳夹镜,两权协月。异体峰生,殊相逸发。"
【例句】唐杜甫《丹青引赠…》:"弟子韩干早入室,亦能画马穷殊相。"宋苏轼《借前韵贺…》:"举家传吉梦,殊相惊凡目。"宋李复《襄州大悲像》:"三日开门孤鹤飞,满壁晬容现殊相。"宋孙觌《袭明登仕…》:"鼻祖有殊相,耳孙信多贤。"

菽水 shū shuǐ

【分类】生活
【关键词】孔子
【释义】豆与水。指所食唯豆和水,形容生活清苦。《礼记·檀弓下》:"子路曰:'伤哉!贫也!生无以为养,死无以为礼也。'孔子曰:'啜菽饮水尽其欢,斯之谓孝。'"后指晚辈对长辈的供养。
【例句】宋韦骧《和朱尉示…》:"敢谓小官无足慰,尽欢菽水亦甘任。"宋刘弇《王公济兰…》:"人知菽水终须异,地比蓬蒿径自佳。"宋陆游《湖堤暮归》:"俗孝家家供菽水,农勤处处筑陂塘。"宋方樗《次吴良贵…》:"耄矣吾翁惭菽水,绕枝乌鹊暮相依。"

舒姑化泉 shū gū huà quán

【分类】文化
【关键词】刘孝标
【释义】咏泉水之典。《昭明文选·南朝梁刘孝标〈重答刘秣陵沼书〉》:"盖山之泉,闻弦歌而赴节。"唐李善注引《宣城记》曰:"临城县南四十里盖山,高百许丈,有舒姑泉。昔有舒氏女与其父析薪此泉处坐,牵挽不动,乃还告家。比还,唯见清泉湛然。女母曰:'吾女本好音乐。'乃弦歌,泉涌回流,有朱鲤一双。今作乐嬉戏,泉固涌出也。"
【例句】唐皎然《送僧游宣州》:"莫向舒姑泉口泊,此中呜咽为伤情。"唐白居易《达理》:"舒姑化为泉,牛哀病作虎。"清黄景仁《水西和对…》:"舒姑泉合麻川来,印文一折三百里。"

疏傅散金 shū fù sàn jīn

【分类】生活
【关键词】疏广
【释义】用为替后代长远着想或欢娱以度晚年的典故。《汉书·疏广传》:"(疏)广遂称笃,上疏乞骸骨。上以其年笃老,皆许之,加赐黄金二十斤…广既归乡里,日令家共具设酒食,请族人故旧宾客,与相娱乐。数问其家金余尚有几所,趣卖以共具。…广曰:'此金者,圣主所以惠养老臣也,故乐与乡党宗族共飨其赐,以尽余日,不亦可乎?'于是族人说(悦)服。"
【例句】唐刘禹锡《吴方之见…》:"散金疏傅寻常乐,枕麴刘生取次歌。"唐张说《和魏仆射…》:"故老空悬剑,邻交日散金。"唐郭虚己《送贺秘监…》:"严陵垂钓日,疏广散金辰。"元释宗泐《送詹承旨…》:"辟谷张良方遂志,散金疏广共称贤。"

疏懒 shū lǎn
【分类】生活
【关键词】李绘
【释义】指懒散。《北齐书·李绘传》:"下官肤体疏懒,手足迟钝,不能逐飞追走,远事佐人。"
【例句】唐钱起《锄药咏》:"对之不觉忘疏懒,废卷荷锄嫌日短。"唐杜甫《寄张十二…》:"疏懒为名误,驱驰丧我真。"唐杜甫《西郊》:"无人觉来往,疏懒意何长。"唐灵一《送明素上…》:"能将疏懒背时人,不厌孤萍任此身。"

疏麻 shū má
【分类】文化
【关键词】楚辞
【释义】传说中的神麻,常折以赠别。《楚辞补注·九歌·大司命》:"折疏麻兮瑶华,将以遗兮离居。"汉王逸注:"疏麻,神麻也。"
【例句】唐骆宾王《夏日游德…》:"倪忆幽岩桂,犹冀折疏麻。"宋晏殊《和王校勘…》:"欢言捧瑶佩,愿以疏麻继。"宋杨万里《入建平界》:"疏麻大豆已前辈,荞麦晚菘初后生。"明李昌祺《送钱秀才…》:"欲折疏麻采蘅杜,秋风零落满沧洲。"

疏雨滴梧桐 shū yǔ dī wú tóng
【分类】生态
【关键词】孟浩然
【释义】形容秋天景象。《唐诗纪事·孟浩然》:"五言诗天下称其尽善。闲游秘省,秋月新霁,诸英联诗,次当皓然,句曰:'微云淡河汉,疏雨滴梧桐。'举座嗟其清绝,咸以之阁笔。"
【例句】宋赵鼎臣《次韵夏倪…》:"浩然骨冷但孤坟,疏雨梧桐句法存。"宋赵佶《宫词》:"燕馆夜凉人不寐,更听疏雨滴梧桐。"宋汪晫《次韵胡约…》:"恰得君诗吟未了,梧桐疏雨滴黄昏。"宋苏泂《热》:"坐想微风过荷叶,梦成疏雨滴梧桐。"

蔬食 shū shí
【分类】生活
【关键词】论语
【释义】粗食。以草菜为食。《论语·乡党》:"虽蔬食、菜羹、瓜祭,必齐如也。"《孟子·万章下》:"虽蔬食菜羹,未尝不饱。"
【例句】唐李颀《不调归东…》:"葛巾方濯足,蔬食但垂帷。"唐王维《戏赠张五…》:"吾生好清静,蔬食去情尘。"唐杜甫《赠李白》:"野人对腥膻,蔬食常不饱。"唐韦应物《题从侄成…》:"纻衣岂寒御,蔬食非饥疗。"

秫田供曲糵 shú tián gōng qū niè
【分类】生活
【关键词】陶渊明
【释义】形容喜酒好饮。源见"陶令秫"。
【例句】宋方岳《次韵郑总干》:"竹屋有灯谁与共,秫田可酿不须赊。"宋刘克庄《居厚弟…》:"秫田易了渊明醉,菊井难湔伯始颜。"宋彭汝砺《送宗文先辈》:"相如旧有凌云赋,靖节今无种秫田。"宋范成大《乾道癸已…》:"岂无菊径乐琴书,亦有秫田供曲糵。"

孰华余 shú huá yú
【分类】生活
【关键词】楚辞
【释义】谁能让我永远美艳。为咏岁月忧愁之典。《楚辞补注·九歌·山鬼》:"留灵修兮憺忘归,岁既晏兮孰华予。"
【例句】宋汪莘《水调歌头》:"算来何事,苦道岁晏孰华余。"宋辛弃疾《浣溪沙》:"秋来咫尺共荣枯。空山翠孰华余。"元廖大圭《去草》:"岁暮孰华余,幽兰植前庭。"明邝露《游石钟山…》:"弱龄敦夙好,岁晏孰华余。"

鼠辈 shǔ bèi
【分类】政治
【关键词】华佗
【释义】对他人的蔑称。意谓低微下贱的人。《三国志·华佗传》:"太祖曰:'不忧,天下当无此鼠辈耶?'"
【例句】唐韩愈《寄卢仝》:"立召贼曹呼伍伯,尽取鼠辈尸诸市。"宋王之道《对雪和因…》:"可怜鼠辈殊轻敌,乃敢堂堂捋虎须。"宋黄庭坚《乞猫》:"秋来鼠辈欺猫死,窥瓮翻盘搅夜眠。"宋释德洪《陈莹中由…》:"立朝严冷传铁面,坐令鼠辈惊鱼头。"

鼠肝 shǔ gān
【分类】政治
【关键词】庄子
【释义】鼠的肝。比喻轻微卑贱之物。也指色如鼠肝,即赤色。源见"虫臂鼠肝"。
【例句】宋宋庠《受诏同编…》:"均赏已知羊胃烂,铭恩偏觉鼠肝微。"宋吴锡畴《秋日》:"人间岁月几羊胛,身外勋名一鼠肝。"宋陆游《初春遣兴》:"人方得意矜蜗角,天岂使予为鼠肝。"宋陆游《寓怀》:"成败两蜗角,贵贱一鼠肝。"

鼠璞 shǔ pú
【分类】政治
【关键词】战国策
【释义】比喻有名无实的人或物,也指名实不符。源见"周玉郑鼠"。
【例句】宋张守《张子华屡…》:"十五大都须赵璧,无劳鼠璞换秦城。"宋赵仲修《冬至祀先…》:"终亦有人分鼠璞,只今无俸置豚肩。"宋陆游《述怀》:"玉非鼠璞何劳辨,鱼与熊蹯各自珍。"宋刘才邵《题碧玉轩诗》:"鼠璞本腐材,笑杀千金贾。"

鼠窃狗偷 shǔ qiè gǒu tōu
【分类】政治

【关键词】刘敬

【释义】像老鼠少量窃取，像狗钻油偷偷盗。指小偷小摸。比喻小偷小盗或小规模的抢掠骚扰。《史记·刘敬叔孙通列传》："此特群盗鼠窃狗偷耳，何足置之齿牙间。"

【例句】宋吕本中《送韩揆秉…》："观其所用心，俱不异鼠窃。"宋彭汝砺《答张知常》："山间鼠窃不为盗，屋上鹳巢无妄灾。"宋师严《渡江》："鼠窃狗偷何足忧，都将十指漫天日。"聂绀弩《赠猫画家…》："大笔挥来惊鼠窃，别名妙矣怡猫痴。"

曙星　shǔ xīng
【分类】文化
【关键词】资治通鉴
【释义】拂晓之星。多指启明星。《资治通鉴·陈宣帝太建七年》："公眼如曙星，无所不照。"宋胡三省注："曙星，向晓之星，其光闪烁。"
【例句】唐张少博《雪夜观象…》："北斗横斜汉，东方落曙星。"唐方干《送婺州许…》："曙星没尽提纲去，暝角吹残锁印归。"唐杨徽《赠谭先生》："花洞宴游春日永，石坛朝礼曙星稀。"唐李九龄《赠谭先生》："花洞宴游春日永，石坛朝礼曙星稀。"

黍离叹　shǔ lí tàn
【分类】政治
【关键词】诗经
【释义】感叹亡国之痛。《诗经·王风·黍离》："彼黍离离，彼稷之苗。"《诗》序："《黍离》，闵宗周也。周大夫行役，至于宗周，过故宗庙故室，尽为禾黍，闵周室之颠覆，彷徨不忍去而作是诗也。"
【例句】唐刘长卿《登吴古城歌》："黍离离兮城坡坨，牛羊践兮牧竖歌。"唐牟融《司马迁墓》："经过词客空惆怅，落日寒烟赋黍离。"唐罗虬《比红儿诗》："陌上行人歌黍离，三千门客欲何之。"宋寇准《春日长安…》："入梁朝士无多在，谁向秋风咏黍离。"

属镂剑　shǔ lòu jiàn
【分类】政治
【关键词】剑
【释义】咏史吊古之典。《史记·伍子胥列传》："吴太宰嚭既与子胥有隙，因谗曰…乃使使赐伍子胥属镂之剑，曰：'子以此死。'…乃自刭死。"
【例句】宋王禹偁《伍子胥庙》："嗟吁属镂锋，冥尔国士冤。"宋郑霖《剑池》："属镂堪为后人伤，池溜清泉有根长。"宋李觏《闻喜鹊》："忠言逆耳世罕用，属镂曾割伍员喉。"宋苏轼《田国博见…》："属镂无眼不识人，楚国何曾斩无极。"

蜀城高髻　shǔ chéng gāo jì
【分类】文化
【关键词】摭遗
【释义】咏仙人或高人逸行之典。《全芳备祖·纪要》："《摭遗》：蜀中有红梅数本，郡侯建阁扃钥，游人莫得见。一日有两妇人高髻大袖凭栏大吟，郡侯启钥，阒不见人，惟东壁有诗云：'南枝向暖北枝寒，一种春风有两般。凭杖高楼莫吹笛，大家留取倚栏杆。'"
【例句】唐岑参《燉煌太守…》："美人红妆色正鲜，侧垂高髻插金钿。"唐程长文《狱中书情…》："高髻不梳云已散，蛾眉淡扫月仍新。"唐曹唐《小游仙诗》："太一元君昨夜过，碧云高髻绾婆娑。"宋王沂孙《一萼红》："吴苑双身，蜀城高髻，忽到柴门。"

蜀魂　shǔ hún
【分类】政治
【关键词】杜宇
【释义】也称蜀魄。指杜鹃。相传蜀主名杜宇，号望帝，死化为鹃。春月昼夜悲鸣，蜀人闻之，曰："我望帝魂也。"故称。源见"望帝啼鹃"。
【例句】唐吴融《岐下闻子规》："剑阁西南远凤台，蜀魂何事此飞来。"唐来鹄《寒食山馆》："蜀魄啼来春寂寞，楚魂吟后月朦胧。"唐张乔《将ధ江上作》："寂寥闻蜀魄，清绝怨湘弦。"唐齐己《送人自蜀…》："蜀魂巴狄悲残夜，越鸟燕鸿叫夕阳。"

蜀笺　shǔ jiān
【分类】文化
【关键词】薛涛
【释义】亦称蜀纸。成都古代一种著名的加工纸。李肇《周史补》记载，有"麻面、屑骨、金花、长麻、鱼子、十色笺"等品种。《续博物志》说："薛涛造十色笺。"
【例句】唐李贺《湖中曲》："蜀纸封巾报云鬓，晚漏壶中水淋尽。"唐白居易《重答汝州…》："蜀笺写出篇篇好，吴调吟时句句愁。"唐张碧桃《书记蔷薇》："醉且书怀还复吟，蜀笺影里霞光侵。"唐韩偓《寄恨》："秦钗柱断长条玉，蜀纸虚留小字红。"宋魏野《三峰王耿…》："郢词温润如丝雨，蜀纸鲜明似绮霞。"宋刘兼《中春宴游》："楚王云雨迷巫峡，江令文章媚蜀笺。"

蜀犬吠日　shǔ quǎn fèi rì
【分类】生态
【关键词】柳宗元
【释义】比喻少见多怪。唐柳宗元《答韦中立论师道书》："屈子赋曰：'邑犬群吠，吠所怪也。'仆往闻庸蜀之南，恒雨少日，日出则犬吠。"
【例句】宋李觏《孤怀》："蜀犬尽鸣吠，羲轮自光辉。"宋方岳《有叹》："月如此好吴牛喘，雪不胜寒蜀犬猜。"宋王令《上聋隐先生》："蜀犬争惊日，邹人不识麟。"宋白玉蟾《波罗密》："蜀犬吠月越吠雪，识与不识吾奈何。"

蜀人爱诸葛　shǔ rén ài zhū gé
【分类】政治
【关键词】诸葛亮
【释义】受到百姓赞颂之典。《三国志·诸葛亮传赞》："至今梁、益之民,咨述亮者,言犹在耳,虽《甘棠》之咏召公,郑人之歌子产,无以远譬也。"
【例句】唐杜甫《八哀诗》:"诸葛蜀人爱,文翁儒化成。"宋吴潜《晓儿辈》:"治齐固有曹参逸,理蜀宁无诸葛劳。"宋陈普《北地王谌》:"纷纷蜀土祠诸葛,香火曾分北地王。"元乃贤《送慈上人…》:"蜀国犹存诸葛庙,汉王空忆亚夫营。"

蜀山蛇 shǔ shān shé
【分类】文化
【关键词】华阳国志
【释义】"为咏除害殉身之典。《华阳国志·蜀志》:"(秦)惠王知蜀王好色,许嫁五女于蜀,蜀遣五丁迎之。还到梓潼,见一大蛇入穴中。一人揽其尾掣之,不禁,至五人相助,大呼拽蛇,山崩。时压杀五人,及秦五女并将从,而山分为五岭。"
【例句】唐李商隐《咏史》:"运去不逢青海马,力穷难拔蜀山蛇。"清李重华《五丁峡》:"杜宇魂生迷鸟道,蜀山蛇拔剩龙宫。"清洪亮吉《入沅陵县…》:"精灵倘化蜀山蛇,夜夜山头望京国。"

蜀王镜 shǔ wáng jìng
【分类】政治
【关键词】华阳国志
【释义】咏送葬物品之典。《华阳国志·蜀志》:"武都有一丈夫化为女子,美而艳,盖山精也。蜀王纳为妃…无几,物故。蜀王哀念之,乃遣五丁之武都担土为妃作冢,盖地数亩,高七丈,上有石镜,今成都北角武担是也。"
【例句】唐杜甫《石镜》:"蜀王将此镜,送死置空山。"清汤右曾《新移蜀海…》:"石镜山头好颜色,蜀王宫中留不得。"

蜀庄 shǔ zhuāng
【分类】政治
【关键词】杨雄
【释义】指汉蜀郡庄遵,字君平。喻指隐居的人。源见"沈冥"。
【例句】宋张耒《寄滁州邵…》:"得失可齐陶令酒,功名休问蜀庄蓍。"宋邓忠臣《敬次无咎…》:"沉冥清远雨蜀庄,人间势利本不忙。"宋严羽《惜别行》:"自顾沈迷类蜀庄,爱君才术过冯唐。"

树蕙辞 shù huì cí
【分类】政治
【关键词】楚辞
【释义】培育贤材之典。《楚辞·离骚》:"余既滋兰之九畹兮,又树蕙之百亩。"
【例句】唐柳宗元《种术》:"留连树蕙辞,婉娩采微歌。"宋韩淲《昌甫寄二…》:"只宜树蕙与滋兰,二月颠风作社寒。"清姚鼐《哭钱侍御》:"湘东辞树蕙,滇海卧诛榛。"清方仁渊《题萧云孟…》:"树蕙滋兰继楚辞,一编郑重寄遥思。"

树中琴瑟 shù zhōng qín sè
【分类】生态
【关键词】异苑
【释义】咏死树能歌之典。《异苑》:"句章人吴平州门前,忽生一株青桐。树上有谣歌之声。平恶而斫杀。平随军北征,首尾三载,死桐欻自还,立于故根之上。又闻树巅空中歌曰:'死桐今更青,吴平寻当归。适闻杀此树,已复有光辉。'…如鬼谣。"
【例句】唐杜甫《君不见简…》:"百年死树中琴瑟,一斛旧水藏蛟龙。"

竖儒 shù rú
【分类】政治
【关键词】汉高祖
【释义】对儒生的鄙称。《史记·郦生陆贾列传》:"沛公骂曰:'竖儒!夫天下同苦秦久矣,故诸侯相率而攻秦,何谓助秦攻诸侯乎?'"司马贞索隐:"竖者,僮仆之称,沛公轻之,以比奴竖,故曰'竖儒'也。"
【例句】唐权德舆《题沈黎城》:"不学竖儒辈,谈经空白头。"唐孟浩然《和宋太史…》:"欲识狂歌客,丘园一竖儒。"唐元稹《寄吴士矩…》:"脱迹壮士场,甘心竖儒域。"聂绀弩《戏赠史复》:"浮云天际任群乌,咄咄书空小竖儒。"

竖子 shù zǐ
【分类】政治
【关键词】庄子
【释义】童仆,小孩子;对人的蔑称。《庄子·山木》"命竖子杀雁而烹之。"郭庆藩集释:"竖子,童仆也。"《战国策·燕策三》:"荆轲怒,叱太子,曰:'今日往而不反者,竖子也!'"
【例句】唐李白《述德兼陈…》:"卫青谩作大将军,白起真成一竖子。"唐杜甫《示獠奴阿段》:"郡人入争余沥,竖子寻源独不闻。"唐杨乘《甲子岁书事》:"竖子未鼎烹,大君尚旰食。"聂绀弩《沁园春》:"喜流风所被,人民竟起;望尘莫及,竖子牢骚。"

庶几 shù jī
【分类】生活
【关键词】周易
【释义】差不多,近似。《周易·系辞》:"颜氏之子,其殆庶几乎!有不善未尝不知,知之未尝复行也。"高亨注:"庶几,近也,古成语,犹今语所谓'差不多',赞扬之辞。"
【例句】唐白居易《履道西门》:"世间认得身人少,今我虽愚亦庶几。"唐杜牧《题桐叶》:"钱神任尔知无敌,酒圣于吾亦庶几。"唐韩愈《送区弘南归》:"开书拆衣泪痕晞,虽不敕还情庶几。"宋邵雍《戊申自贻》:"虽老仍思鼓缶歌,庶几都未丧天和。"

庶女告天 shù nǚ gào tiān
【分类】政治

【关键词】淮南子
【释义】蒙冤感天之典。《淮南子·览冥训》:"庶女叫天,雷电下击,景公台陨,支体伤折,海水大出。"汉高诱注:"庶贱之女,齐之寡妇…女杀母以诬寡妇,妇不能自明,冤结叫天,天为作雷电下击,景公之台隕坏。"
【例句】唐李白《古风》:"庶女号苍天,震风击齐堂。"明何景明《子衡在狱…》:"燕臣霜霰烈,庶女震雷殷。"明吾邱瑞《梁州序》:"遥想那微臣遭诬,庶女含冤。"清范当世《太息一首》:"我闻庶女沉冤不容口,乃有呼声摇天撼星斗。"

数奇　shù jī
【分类】生活
【关键词】李广
【释义】数奇:命数不好。数:命运、命数。奇:不偶,不好。古代占法以偶为吉,奇为凶。《汉书·李广传》:"大将军阴受上指,以为李广数奇,毋令当单于,恐不得所欲。"唐颜师古注:"言广命只不耦合也。"
【例句】唐王维《老将行》:"卫青不败由天幸,李广无功缘数奇。"唐骆宾王《早秋出塞…》:"数奇何以托,桃李自无言。"唐高适《送田少府…》:"丈夫穷达未可知,看君不合长数奇。"唐白居易《岁暮病怀…》:"共遣数奇从是命,同教步蹇有何因。"

漱石枕流　shù shí zhěn liú
【分类】政治
【关键词】孙楚
【释义】指士大夫或出家人所过的隐居生活。源见"孙楚"。
【例句】唐李山甫《山下残夏…》:"自许红尘外,云溪好漱流。"宋范成大《饮绿》:"未论吹水堪添酒,且要移床学枕流。"宋苏颂《清晖茅亭》:"谁为漱石枕流人,老此优游避喧俗。"宋李纲《与周士以…》:"漱石枕流尘境外,巢云卧月玉峰前。"

漱玉　shù yù
【分类】生态
【关键词】陆机
【释义】谓泉流漱石,声若击玉。晋陆机《招隐诗》:"山溜何泠泠,飞泉漱鸣玉。"
【例句】唐刘长卿《过包尊师…》:"漱玉临丹井,围棋访白云。"唐方干《叙包瑞观…》:"夜溪漱玉常堪听,仙树垂珠可要攀。"唐刘长卿《戏赠干越…》:"却对香炉阴诵经,春泉漱玉寒泠泠。"唐韩愈《题西白涧》:"幽泉间复逗岩侧,喷珠漱玉相交喧。"

竖子成名　shù zǐ chéng míng
【分类】文化
【关键词】阮籍
【释义】鄙视人因势而成名的典故。源见"广武叹"。
【例句】宋陆游《冬夜读书…》:"事去大床空独卧,时来竖子或成名。"宋顾禧《不寐》:"英雄不世出,竖子成名。"宋王迈《用韵简黄…》:"但忧负我平生学,岂愿争渠竖子名。"宋孙嵩《偶作》:"凄凉例薄佳人命,邂逅多成竖子名。"

竖子居肓　shù zǐ jū huāng
【分类】生活
【关键词】晋景公
【释义】喻指病情险恶。源见"病入膏肓"。
【例句】五代韦庄《和郑拾遗…》:"殷牛常在耳,晋竖欲潜肓。"宋程俱《遣兴》:"膏肓二竖能为害,肠胃三虫不姓彭。"宋陆游《病中作》:"不忧竖子居肓上,已见真人出面门。"宋陆游《草亭独坐》:"睡蛇死后魔无力,疾竖降来药有灵。"宋杨万里《六月二十…》:"老夫笑把东西玉,竖子难藏上下肓。"

戍客　shù kè
【分类】政治
【关键词】尉缭子
【释义】指戍边的兵士;离乡守边之人。《隋书·经籍志》:《尉缭子·攻权》:"远堡未入,戍客未归,则虽有人无人矣。"
【例句】唐郑愔《塞外》:"汉家征戍客,年岁在楼兰。"唐李白《关山月》:"戍客望边邑,思归多苦颜。"唐皇甫冉《出塞》:"由来征戍客,各负轻生义。"宋陆游《夜闻湖中…》:"放臣万里忧国泪,戍客白首怀乡情。"

束之高阁　shù zhī gāo gé
【分类】政治
【关键词】庾翼
【释义】把东西捆起来放在高高的阁楼上面。谓弃置不用。《晋书·庾翼传》:"京兆杜乂、陈郡殷浩,并才名冠世,而翼弗之重也;每语人曰:'此辈宜束之高阁,俟天下太平,然后议其任耳。'"
【例句】唐韩愈《寄卢仝》:"《春秋》三《传》束高阁,独抱遗经究终始。"宋宋祁《学舍诸生…》:"瞑据槁梧真用拙,束归高阁分深藏。"宋石介《安道登茂…》:"六经挂东壁,三史束高阁。"宋朱翌《送郑公绩…》:"哀哉束高阁,斯文久不胜。"宋陆游《醉歌》:"读书三万卷,仕宦皆束阁。"

述作究天人　shù zuò jiū tiān rén
【分类】文化
【关键词】司马迁
【释义】述作即著书,究天人指探求天道与人事之间的关系,司马迁说他写《史记》是想"究天人之际"。后用作称赞人学识渊博的典故。《汉书·司马迁列传》:"亦欲以究天人之际,通古今之变。"
【例句】唐李白《赠参寥子》:"著论穷天人,千春秘麟阁。"唐杜甫《八哀诗》:"情穷造化理,学贯天人际。"唐刘升《奉和圣制…》:"网罗穷象系,述作究天人。"唐皎然《赠和评事…》:"学究天人知远识,权分盐铁许良筹。"

率府 shuài fǔ
【分类】政治
【关键词】徐孝嗣
【释义】古官署名。皆太子属官,掌东宫兵仗、仪卫及门禁、徼巡、斥候等事。秦设明废。《南齐书·徐孝嗣传》:"初,孝嗣在率府,昼卧斋北壁下。"
【例句】唐杜甫《官定后戏赠》:"老夫怕趋走,率府且逍遥。"宋高翥《戢山戒珠…》:"敲斜竹屋羲之宅,磨灭经幢率府碑。"元王逢《辞帅幕后…》:"由来得意虞失脚,率府元僚早辞却。"

率土之滨 shuài tǔ zhī bīn
【分类】政治
【关键词】诗经
【释义】犹言四海之内。形容王土之广大。《诗经·小雅·北山》:"溥天之下,莫非王土。率土之滨,莫非王臣。"率:循。滨:泛指边界。
【例句】唐许敬宗《奉和元日…》:"德辉覃率土,相贺奉还淳。"唐褚遂良《奉和行…》:"平分共饮德,率土更闻韶。"唐白居易《昆明春》:"吾闻率土皆王民,远民何疏远何亲。"唐韩愈《县斋有怀》:"嗣皇新继明,率土日流化。"

双柑斗酒 shuāng gān dǒu jiǔ
【分类】文化
【关键词】戴颙
【释义】原指春游所带的酒食,后借指春日雅游。《岁时习俗资料汇编·春总补》:"《云仙杂记》戴仲若(颙)春携双柑斗酒,人问何之,曰:'往听黄鹂声,此俗耳针砭,诗肠鼓吹,汝知之乎?'"
【例句】宋赵长卿《水龙吟》:"双柑斗酒,当时曾是,高人留意。"元黄镇成《春竹》:"双柑携向客,斗酒听鸣禽。"明王履《岭以上绝…》:"关关一进兜玄国,便有双柑斗酒风。"明刘泰《春日湖上》:"明日重来应熳烂,双柑斗酒听黄鹂。"

双鬟 shuāng huán
【分类】生活
【关键词】辛延年
【释义】古代年轻女子的两个环形发髻。唐时妇女未嫁前结发为双鬟,出嫁后合为一。借指少女。汉辛延年《羽林郎》:"胡姬年十五,春日独当垆…两鬟何窈窕,一世良所无。一鬟五百万,两鬟千万余。"
【例句】唐杜甫《负薪行》:"至老双鬟只垂颈,野花山叶银钗并。"唐韩翃《赠张建》:"翠羽双鬟姜,珠帘百尺楼。"白居易《井底引银瓶》:"感君松柏化为心,暗合双鬟逐君去。"唐张籍《邻妇哭征夫》:"双鬟初合便分离,万里征夫不得随。"

双鲤鱼 shuāng lǐ yú
【分类】文化
【关键词】古乐府
【释义】古时对书信的称谓。纸张出现以前,书信多写在白色丝绢上,为使传递过程中不致损毁,古人常把书信扎在两片竹木简中,简多刻成鱼形。古乐府《饮马长城窟行》:"客从远方来,遗我双鲤鱼。"
【例句】唐张子容《除日》:"忽逢双鲤赠,言是上冰鱼。"唐王昌龄《独游》:"手携双鲤鱼,目送千里雁。"唐唐彦谦《寄台省知己》:"久怀声籍甚,千里致双鱼。"唐常建《送楚十少府》:"因送别鹤操,赠之双鲤鱼。"

双南金 shuāng nán jīn
【分类】文化
【关键词】诗经
【释义】品级高、价格贵一倍的优质铜。喻指宝贵之物。后为咏人、物、诗作之佳美者。作为寄赠酬答诗作的美称。《诗经·鲁颂·泮水》:"憬彼淮夷,来献其琛。元龟象齿,大赂南金。"唐孔颖达疏:"又广赂我以南方之金。"
【例句】唐杜甫《题省中院壁》:"衮职曾无一字补,许身愧比双南金。"唐权德舆《新月与儿…》:"愧君袖中字,价重双南金。"唐元稹《春晚寄杨…》:"寄之二君子,希见双南金。"唐白居易《酬张太祝…》:"何以报珍重,惭无双南金。"

双玉盘 shuāng yù pán
【分类】文化
【关键词】张衡
【释义】喻咏赠礼或诗作之珍贵。《昭明文选·东汉张衡〈四愁诗四首〉》:"美人赠我金琅玕,何以报之双玉盘。"
【例句】唐耿湋《和王怀州…》:"明日开铃阁,新诗双玉盘。"唐贾至《寓言》:"闻有夹河信,欲寄双玉盘。"宋郑獬《次韵酬项…》:"来篇喜见万金字,厚报恨无双玉盘。"宋陆游《自东泾度…》:"谁其云者两黄鹄,何以报之双玉盘。"明毛奇龄《饮宿采凤…》:"长安购起千金赋,南郡携来双玉盘。"

霜蟾 shuāng chán
【分类】文化
【关键词】贯休
【释义】指月亮。月光如霜,传说月中有蟾蜍。唐贯休《诗》:"吟向霜蟾下,终须神鬼哀。"
【例句】宋释智圆《赠僧上人诗》:"卧落春砌花,吟尽霜蟾明。"宋韦骧《和中裕古鉴》:"秋水未堪方澄照,霜蟾应是恨长圆。"宋舒邦佐《夜坐》:"霜蟾照户鼓三更,独坐蒲团一盏灯。"宋释居简《武侯庙》:"外江三硖霜蟾老,孟识先生溯硖心。"

霜橙 shuāng chéng
【分类】文化
【关键词】吴均
【释义】橙、橘成熟于深秋,故带霜。南朝吴均《饼说》:"洞庭负霜之橘,仇池连蒂之椒。"

【例句】唐杜甫《自京赴奉…》:"劝客驼蹄羹,霜橙压香橘。"宋韩维《答圣俞设…》:"霜橙捣韲饭香稻,一饱岂顾家有无。"宋李廌《邓城道中…》:"霜橙荐紫蟹,水藕浮琼酪。"宋李纲《小阁晚望…》:"黄粱滙露薤,白蟹荖霜橙。"明韩邦《靖秋日》:"水瘦江空潮渐平,即看秋色老霜橙。"

霜简 shuāng jiǎn
【分类】政治
【关键词】孙腾
【释义】古代御史弹劾大臣的奏章。《北齐书·孙腾高隆之等传论》:"赖世宗入辅,责以骄纵,厚遇崔暹,奋其霜简,不然则君子属厌,岂易间焉。"
【例句】唐宋之问《和姚给事…》:"宠就黄扉日,威回白简霜。"唐刘商《送杨闲侍…》:"手中霜作简,身上绣为衣。"唐钱起《送张中丞…》:"宠借飞霜简,威加却月营。"唐皎然《同颜鲁公…》:"霜简别来今始见,雪山归去又难逢。"

霜皮溜雨 shuāng pí liū yǔ
【分类】生活
【关键词】杜甫
【释义】指古柏树皮经霜经雨而变得苍老。唐杜甫《古柏行》:"霜皮溜雨四十围,黛色参天二千尺。"仇兆鳌注:"霜皮溜雨,色苍白而润泽也。"
【例句】宋方岳《木稼》:"霜皮溜雨冻不解,无人报与春风知。"宋洪适《王母队祝…》:"君王若问蟠桃木,溜雨霜皮几万围。"宋孙觌《送陈令解…》:"溜雨霜皮青嶂合,抟风云翮紫霄摩。"宋林希逸《题天风海涛》:"近檐溜雨霜皮柏,却是渠曾识晦翁。"

霜台 shuāng tái
【分类】政治
【关键词】通典
【释义】御史台的别称。中国古代官署名。秦汉以御史负责监察事务。《通典·御史台》:"故御史为风霜之任,弹纠不法,百僚震恐,官之雄峻,莫之比焉。"
【例句】唐令狐楚《省中直夜…》:"素华凝粉署,清气绕霜台。"唐岑参《虢州西亭…》:"为逼霜台使,重裘也觉寒。"唐崔紫云《临行献李…》:"从来学制斐然诗,不意霜台御史知。"唐熊孺登《寄安南马…》:"龙韬能致虎符分,万里霜台压瘴云。"

霜蹄 shuāng tí
【分类】文化
【关键词】庄子
【释义】马蹄。《庄子·马蹄》:"马蹄可以践霜雪。"
【例句】唐杜甫《醉歌行》:"旧穿杨叶真自知,暂蹶霜蹄未为失。"唐杜甫《题壁画马歌》:"一匹龁草一匹嘶,坐看千里当霜蹄。"唐杜甫《韦讽录事…》:"霜蹄蹴踏长楸间,马官厮养森成列。"宋孔平仲《寄孙元忠》:"骅骝作驹已汗血,坐看千里当霜蹄。"

霜信 shuāng xìn
【分类】生活
【关键词】梦溪笔谈
【释义】霜期来临的消息。《梦溪笔谈·杂志》:"北方有白雁,似雁而小,色白,秋深则来。白雁至则霜降,河北人谓之'霜信',杜甫诗云'故国霜前白雁来',即此也。"
【例句】唐陆龟蒙《江南秋怀…》:"霜信催杨柳,烟容裹杜蘅。"宋刘攽《次韵王平…》:"地寒竹柏应为伴,春近冰霜信有时。"宋叶梦得《水调歌头》:"秋色渐将晚,霜信报黄花。"宋章云心《送刘同年…》:"青虫渐老秋声小,白雁不来霜信迟。"

谁谓荼苦 shuí wèi tú kǔ
【分类】生活
【关键词】诗经
【释义】用以表示虽苦犹甜。《诗经·邶风·谷风》:"谁谓荼苦,其甘如荠。"意为:谁说荼菜味苦,和我内心痛苦相比,它倒像荠菜那样甘甜。荼:一种苦菜。
【例句】唐杜甫《寄狄明府…》:"时危始识不世才,谁谓荼苦甘如荠。"唐长孙佐辅《古宫怨》:"始喜类萝新托柏,终伤如荠却甘荼。"宋家铉翁《谢刘仲宽…》:"十年流落古瀛下,谁谓荼苦甘如饴。"宋强至《七夕》:"闲乘巧言惑主听,能改荼蘖成甘腴。"

水底铺锦 shuǐ dǐ pù jǐn
【分类】生活
【关键词】开城录
【释义】在水底铺陈锦绣。为咏极度奢侈之典。《开城录》:"文宗论德宗奢靡,云:'闻得禁中老宫人,每引泉先于池底铺锦。'唐王建宫词曰:'鱼藻宫中锁翠娥,先皇行处不曾过,只今池底休铺锦,菱角鸡头积渐多。'是也。"
【例句】宋陈宓《题傅侍郎…》:"水底从铺锦,还能似此桥。"宋陈起《冷泉解后…》:"明霞浸水疑铺锦,彩阁横溪俨卧虹。"宋祖无择《题蔡州东湖》:"夕阳水底霞铺锦,清夜波心月涌金。"宋辛弃疾《鹧鸪天》:"水底明霞十顷光。天教铺锦衬鸳鸯。"

水调 shuǐ diào
【分类】生活
【关键词】杜牧
【释义】曲调名。唐杜牧《扬州》:"谁家唱《水调》,明月满扬州。"自注:"炀帝凿汴渠成,自造《水调》。"
【例句】唐白居易《看采菱》:"时唱一声新水调,谩人道是采菱歌。"唐白居易《杨柳枝》:"六幺水调家家唱,白雪梅花处处吹。"唐不详《水调歌第二》:"金鞍宝铰精神出,笛倚新翻水调歌。"五代冯延巳《抛毬乐》:"谷莺语软花边过,水调声长醉里听。"

水衡钱 shuǐ héng qián
【分类】政治

【关键词】汉宣帝

【释义】汉代皇室私藏的钱。由水衡都尉、水衡丞掌管、铸造。《汉书·宣帝纪》："二年春,以水衡钱为平陵,徙民起第宅。"东汉应劭注："水衡与少府皆天子私藏耳。"

【例句】唐张继《酬李书记…》："量空海陵粟,赐乏水衡钱。"唐李贺《秦宫诗》："开门烂用水衡钱,卷起黄河向身泻。"唐杜甫《寄岳州贾…》："月分梁汉米,春得水衡钱。"宋刘敞《答许待制…》："水衡钱朽太仓陈,均逸于藩布上仁。"

水晶盐　shuǐ jīng yán

【分类】文化

【关键词】崔浩

【释义】即水精盐。一种晶莹明澈如水晶的盐。《魏书·崔浩列传》："太宗大悦,语至中夜,赐浩御缥醪酒十觚,水精戎盐一两。"

【例句】唐李白《题东溪公…》："客到但知留一醉,盘中只有水精盐。"宋许景衡《左经臣观…》："若把清风召人客,已应赛过水晶盐。"宋胡铨《禁直赐果》："禁署装成宝缨络,冰盘剪出水晶盐。"宋方岳《子鱼》："黄栗玉燖春寸寸,水晶盐醋粟铢铢。"

水精宫　shuǐ jīng gōng

【分类】文化

【关键词】述异记

【释义】传说中的龙王宫殿。借指奢华宫殿。《述异记》："阊阖构水精宫,尤极珍怪,皆出之水府。"

【例句】唐张祜《东山寺》："半夜四山钟磬尽,水精宫殿月玲珑。"五代贯休《山中作》："山为水精宫,藉花无尘埃。"宋王铚《重赋梅花》："姑射神仙莹冰骨,水精宫人素霓裳。"宋白玉蟾《洞庭》："夙世曾游银世界,飞精复谒水精宫。"

水清无鱼　shuǐ qīng wú yú

【分类】政治

【关键词】东方朔

【释义】比喻人过于苛察,就不能容人了。《汉书·东方朔传》："故曰:'水至清则无鱼,人至察则无徒。冕而前旒,所以蔽明;黈纩充耳,所以塞聪。'明有所不见,聪有所不闻,举大德,赦小过,无求备于一人之义也。"

【例句】唐于逖《野外行》："水清鱼不来,岁暮空彷徨。"唐杜甫《五盘》："地僻无网罟,水清反多鱼。"明成鹫《寄山中诸子》："地僻不知曾有雁,水清宁复叹无鱼。"明成鹫《泽萌和尚…》："何事玉渊书未报,水清难怪久无鱼。"

水天一色　shuǐ tiān yī sè

【分类】生态

【关键词】王勃

【释义】指水面好像和天相接,同为一色。形容水天相接的辽阔景象。唐王勃《滕王阁序》："落霞与孤鹜齐飞,秋水共长天一色。"

【例句】唐卢仝《蜻蜓歌》："黄河中流日影斜,水天一色无津涯。"宋王之道《过集湖德…》："灵祠轮奂湖之糜,水天一色成玻璃。"宋释道东《送南浦明…》："抬眸错认云山处,人在水天一色中。"聂绀弩《秋夜北海…》："偶来打桨水天一,忽觉隔云山月孤。"

水犀军　shuǐ xī jūn

【分类】政治

【关键词】国语

【释义】披水犀甲的水军。借指水上劲旅。《国语·越语》："今夫差衣水犀之甲者亿有三千,不患其志行之少耻也,而患其众之不足也。"水犀:犀牛的一种。

【例句】唐杜牧《润州》："谢朓诗中佳丽地,夫差传里水犀军。"宋胡宿《送江宁监…》："帐中密印交龙虎,麾下全军解水犀。"宋余靖《赣石》："铁马阵横秋战苦,水犀军乱夜声嚣。"宋朱长文《次韵司封…》："万舸连云载水犀,旌旗倒影蔽长堤。"

水犀弩　shuǐ xī nǔ

【分类】政治

【关键词】苏轼

【释义】以水犀角制成的弩。亦借指强弩。《苏轼诗集·八月十五看潮五绝》："安得夫差水犀手,三千强弩射潮低。"

【例句】宋周紫芝《十月十七…》："涛头不受水犀弩,鲸波欲卷冯夷宫。"宋赵鼎《望海潮》："漫水犀强弩,一战鱼虾。"清查慎行《入闸》："如榖水犀弩,潮汐俱退舍。"清黄景仁《观潮行》："答言三千水犀弩,至今犹敢撄其锋。"

水仙　shuǐ xiān

【分类】文化

【关键词】冯夷

【释义】传说中的水中神仙。指冯夷。亦称美女。唐陆德明《经典释文》："司马彪云:《清泠传》曰:'冯夷,华阴潼乡堤首人也。服八石,得水仙,是为河伯。'"

【例句】唐杜甫《舟中》："飘泊南庭老,祗应学水仙。"唐杜甫《桃竹杖引…》："斩根削皮如紫玉,江妃水仙惜不得。"唐韦应物《鼋头山神…》："苍苍烟树闭古庙,中有蛾眉成水仙。"宋苏轼《浣溪沙》："秋风南浦送归船,画帘重见水中仙。"

水芝　shuǐ zhī

【分类】文化

【关键词】古今注

【释义】荷花的别名。《古今注·草木》："芙蓉,一名荷花,生池泽中,实曰莲,花之最秀异者。一名水目,一名水芝,一名水华。"

【例句】唐陆龟蒙《奉和袭美…》："山萸便和幽涧石,水芝须带本池泥。"唐陈羽《夏日宴九…》："池上凉台五月凉,百花开尽水芝香。"宋谢薖《双莲阁》："水芝凝露披芳塘,浅妆浓画争炜煌。"宋邓肃《秋日白莲》："竹外玻璃十顷宽,水芝高下刻琅玕。"

水中央 shuǐ zhōng yāng
【分类】生活
【关键词】诗经
【释义】意谓如在水中。表示和想接近的人如幻影云雾,水月镜花,终不可得之意。《诗经·秦风·蒹葭》:"溯游从之,宛在水中央。"
【例句】唐岑参《上嘉州青…》:"青衣谁开凿,独在水中央。"唐白居易《江楼夕望…》:"灯火万家城四畔,星河一道水中央。"宋苏辙《和孔教授…》:"过尽绿荷桥断处,忽逢朱槛水中央。"聂绀弩《立秋日悠…》:"水中央者谁家子,彼美人兮张顾周。"

水中月 shuǐ zhōng yuè
【分类】文化
【关键词】大智度论
【释义】佛家语。以水中的月亮(并非实体)比喻一切事物本为空幻。《大智度论·初品·十喻》:"解了诸法,如幻如焰,如水中月,如镜中像。"诸法:指一切事物。
【例句】唐如满《答顺宗皇…》:"处处化众生,犹如水中月。"五代朗上座《葛藤歌》:"直饶讲得石点头,终归不离水中月。"宋汪莘《放歌行》:"分明是真不是想,水中月影镜中像。"宋洪咨夔《酬程嘉定…》:"如彼水中月,可望不可亲。"

水中捉月 shuǐ zhōng zhuō yuè
【分类】文化
【关键词】景德传灯
【释义】比喻白费气力,毫无成果。《景德传灯录·永嘉真觉禅师》:"镜里看形见不难,水中捉月争拈得。"
【例句】唐玄觉《永嘉证道歌》:"镜里看形见不片,水中捉月争拈得。"宋黄庭坚《观世音赞》:"梦时捉得水中月,亲与猕猴观古镜。"宋夏元鼎《沁园春》:"火里栽莲,水中捉月,两个人人暗去来。"宋释印肃《证道歌》:"水中捉月争拈得,渠应不苟诸颜色。"

帨纚 shuì lí
【分类】生活
【关键词】诗经
【释义】佩巾。古代女子出嫁时的装饰。嫁妆的代称。《诗经·豳风·东山》:"亲结其缡,九十其仪。"《仪礼·士昏礼》:"母施衿结帨。"郑笺:"帨,佩巾。"
【例句】唐韩愈《寄崔二十…》:"长女当及事,谁助出帨纚。"宋刘筠《赴郡之初…》:"一问且一呕,掩鼻以帨纚。"

睡魔 shuì mó
【分类】生活
【关键词】吕岩
【释义】指人受强烈睡意的侵袭。唐吕岩《大云寺茶诗》:"断送睡魔离几席,增添清气入肌肤。"宋苏轼《赠包安静先生》:"建茶三十斤,不审味何如? 奉赠包居士,僧房战睡魔。"
【例句】唐高骈《夏日》:"汗浃衣巾诗癖减,茶盈杯碗睡魔降。"宋宋祁《送僧游越》:"晨饭聚香斋品洁,夜盆沈漏睡魔稀。"宋苏轼《赠包安静》:"奉赠包居士,僧房战睡魔。"宋陆游《幽居》:"衰极睡魔殊有力,愁多酒圣欲无功。"

吮疽 shǔn chuāng
【分类】政治
【关键词】吴起
【释义】以口啜吸疮疽之毒。谓将帅体恤士卒。《史记·吴起列传》:"起之为将,与士卒最下者同衣食。卧不设席,行不骑乘,亲裹赢粮,与士卒分劳苦。卒有病疽者,起为吮之。"
【例句】唐刘长卿《从军行》:"谁为吮疮者? 此事今人薄。"唐白居易《七德舞》:"含血吮疮抚战士,思摩奋呼乞效死。"明王世贞《征西将军行》:"西河太守血吮疮,护羌校尉躬持药。"清朱彝尊《风怀二百韵》:"蓄意教丸药,含辛为吮疮。"

顺风祈言 shùn fēng qí yán
【分类】政治
【关键词】广成子
【释义】借指君主屈尊访贤。源见"问道崆峒"。
【例句】唐王维《同卢拾遗…》:"万乘驻山外,顺风祈一言。"唐钱起《温泉宫礼见》:"顺风求至道,侧席问遗贤。"元张羽《寄吴隐君》:"振衣人远岳,顺风祈一言。"

舜宾 shùn bīn
【分类】政治
【关键词】舜
【释义】咏帝王招纳贤士之典。《尚书·舜典》:"宾于四门,四门穆穆。"汉孔安国《传》:"四门,四方之门。舜流四凶族,四方诸侯来朝者,舜宾迎之,皆有美德,无凶人也。"
【例句】唐骆宾王《夏日游德…》:"辟门迎舜宾,比屋封尧德。"宋范仲淹《上都行送…》:"畔畔天下才,西走尧舜宾。"

舜聪 shùn cōng
【分类】政治
【关键词】舜
【释义】咏帝王贤明善听之典。源见"明四目"。
【例句】宋文彦博《送圆明大…》:"数曲清琴达舜聪,瑶津仙苑助薰风。"宋陆游《徐稚山…》:"欲知主圣本臣忠,倾尽嘉谟沃舜聪。"宋释道潜《寄子开内翰》:"词林岂独专周诰,衮职深期补舜聪。"金赵秉文《冷山行》:"昔年忆侍明光宫,曾以丝桐沃舜聪。"

舜耕历山 shùn gēng lì shān
【分类】政治
【关键词】舜
【释义】指虞舜曾在历山耕耘种植。所在地点说法不一。

《尚书·大禹谟》："帝初于历山,往于田。"
【例句】唐杜审言《和李大夫…》："舜耕余草木,禹凿旧山川。"唐曹唐《三年久大礼》："沧海举歌夔是相,历山回禅舜为君。"宋魏野《和河中孙…》："舜耕山下辞廉使,禹凿门前谒宰君。"宋强至《寄齐州曾…》："历山名重舜耕余,太守文章世罕如。"

舜韶 shùn sháo
【分类】生活
【关键词】舜
【释义】也作虞韶。即《韶》乐,传说虞舜所作。《风俗通义校注·声音序》："夫乐者…尧作《大章》,舜作《韶》。"源见"箫韶"。
【例句】唐苏颋《扈从凤泉…》："舜韶同舞日,汤祝尽飞时。"唐李商隐《送从翁从…》："岂意闻周铎,翻然慕舜韶。"唐元稹《松鹤》："清角已沈绝,虞韶亦冥寞。"宋王圭《集英殿乾…》："镐饮篇中鱼演漾,虞韶声里凤徘徊。"宋黄履《二十七日…》："六幽葵藿向尧日,千仞凤凰仪舜韶。"

舜瞳 shùn tóng
【分类】生态
【关键词】舜
【释义】代指虞舜及圣明君王。源见"重瞳"。
【例句】宋吕希纯《元夕》："舜瞳回左顾,真欲过金闱。"宋杨万里《和吴寺丞…》："先生秀句今无敌,谁诵相如奏舜瞳。"宋杨亿《明德皇太…》："奄忽违尘世,攀号泣舜瞳。"宋张守《丞相惠诗》："养寿不忧潘鬓二,趣装行觐舜瞳重。"

舜衣裳 shùn yī shang
【分类】政治
【关键词】舜
【释义】咏帝王事业之典。《太平御览》引《谯子法训》："唐虞之衣裳文法,禹稷之沟洫耕稼,人至今被之。"传说帝舜的衣裳色彩缤纷,式样众多。
【例句】唐杜牧《奉和门下…》："无私天雨露,有截舜衣裳。"唐杜牧《郡斋独酌》："平生五色线,愿补舜衣裳。"宋黄庭坚《晓出祥符寺》："朝霞藻绘舜衣裳,天碧山青认赭黄。"宋孔平仲《常父相率》："谓还周衮绣,重补舜衣裳。"宋傅察《天宁节前…》："千载后观周礼乐,万邦摇奉舜衣裳。"

舜禹让旒 shùn yǔ ràng liú
【分类】政治
【关键词】舜禹
【释义】逊让帝位之典。《史记·五帝本纪》："舜子商均亦不肖,舜乃豫荐禹于天。十七年而崩。三年丧毕,禹亦乃让舜子,如舜让尧子。诸侯归之,然后禹践天子位。"
【例句】唐徐夤《依御史温…》："伊皋争负鼎,舜禹让垂旒。"

舜葬苍梧 shùn zàng cāng wú
【分类】政治
【关键词】舜
【释义】古地名,大致在长沙郡南、桂林郡北的地区。为咏舜帝葬地之典。《礼记·檀弓》："舜葬于苍梧之野。"汉郑玄注："舜征有苗而死,因留葬焉。"汉王逸曰："娥皇女英随舜不返,死于湘水。"
【例句】唐李涉《寄荆娘写真》："苍梧九疑在何处,斑斑竹泪连潇湘。"唐李涉《题武关》："皆缘不得空门要,舜葬苍梧直至今。"唐韦蟾《岳麓道林寺》："石门迥接苍梧野,愁色阴深二妃寡。"宋曾会《题仙都山》："笑秦铭泰岳,嫌舜葬苍梧。"宋许及之《曹操冢》："舜葬苍梧的可知,九疑犹是后人思。"

舜跖 shùn zhí
【分类】政治
【关键词】舜盗跖
【释义】虞舜和盗跖的并称。喻指圣人和恶人。《孟子·尽心》："鸡鸣而起,孳孳为善者,舜之徒也;鸡鸣而起,孳孳为利者,跖之徒也。欲知舜与跖之分,无他,利与善之间也。"
【例句】宋张九成《论语绝句》："鸡鸣舜跖能分得,始向师门见一斑。"宋王炎《和赵行之》："义利毫发间,其末分舜跖。"宋罗必元《周处台》："区区未说除蛟虎,一念中间舜跖分。"宋洪咨夔《用虞提刑…》："鸡鸣而起一般时,舜跖殊途觉与迷。"

舜颜 shùn yán
【分类】生活
【关键词】诗经
【释义】舜花似的容颜。也称舜华。常比喻美貌之短暂。《诗经·郑风·有女同车》："有女同车,颜如舜华。"《说文·艸部》："蕣,木堇,朝华莫落者。"
【例句】唐羊士谔《玩槿花》："何乃诗人兴,妍词属舜华。"唐刘禹锡《馆娃宫在》："月殿移椒壁,天花代舜华。"唐何兆《玉蕊花》："羽车潜下玉龟山,尘世何缘睹舜颜。"宋刘克庄《居厚弟示》："迂疏素不工梔貌,老丑安能竞舜颜。"宋程公许《遂宁喻生…》："人生几舜华,洞天自灵椿。"

说返屠羊 shuō fǎn tú yáng
【分类】政治
【关键词】庄子
【释义】咏位卑义高返璞归真之典。《庄子·让王》："楚昭王谓司马子綦曰:'屠羊说居处卑贱而陈义甚高,子其为我延之以三旌之位。'屠羊说曰:'夫三旌之位,吾知其贵于屠羊之肆也;万钟之禄,吾知其富于屠羊之利也。然岂可以贪爵禄而使吾君有施之名乎!说不敢当,愿复反屠羊之肆。'遂不受也。"屠羊说,人名,事屠羊之业。
【例句】宋刘攽《杂讽》："刚肠独有屠羊说,称义孤高无与邻。"宋赵汝绩《将归》："此身可是屠羊说,余事宁非失马翁。"宋张堪《书萍实旅舍》："身ész落落屠羊说,心事冥冥司马炎。"宋陈杰《赠艾校尉》："事已论功殊未已,何如相

S

贺返屠羊。"

说项斯　shuō xiàng sī
【分类】生活
【关键词】项斯
【释义】指为人说好话、替人讲情。《全唐诗话》："(项)斯，字子迁，江东人。始未为闻人，因以卷谒(杨)敬之，赠诗云：'几度见诗敬尽好，及观标格过于诗。平生不解藏人善，到处逢人说项斯。'"
【例句】宋陈师道《贺文潜》："且留陈迹来韩愈，不用逢人说项斯。"宋刘过《寄吕英父》："低头欲拜无东野，满耳惟闻说项斯。"宋刘过《送黄子弘…》："曾说项斯谁复记，尚怀中散子真贤。"宋文天祥《赣州再赠》："自知自有天知得，切莫逢人说项斯。"

铄金石　shuò jīn shí
【分类】生活
【关键词】楚辞
【释义】形容天气酷热。源见"流金"。
【例句】唐杜甫《雷》："上天铄金石，群盗乱豹虎。"唐韩偓《再思》："流金铄石玉长润，败柳凋花松不知。"元周权《次韵褚仲…》："鲸波沸海泣阳侯，涸尽泉源铄金石。"清牛焘《听谈诸边…》："炎天铄金石，落日飞红尘。"

铄石流金　shuò shí liú jīn
【分类】生活
【关键词】淮南子
【释义】形容天气酷热，似能把金石熔化。《淮南子·诠言训》："大热铄石流金，火弗为益其烈。"
【例句】唐韩偓《再思》："流金铄石玉长润，败柳凋花松不知。"宋释怀深《师初到包…》："任是流金铄石时，此泉澄湛满幽池。"宋吴芾《喜雨》："铄石流金苦异常，行人谁不困秋阳。"宋李正民《纳凉诗》："铄石流金正此时，乍收羲驭霁余威。"

朔方军　shuò fāng jūn
【分类】政治
【关键词】资治通鉴
【释义】最早见于《资治通鉴》载：延载元年，武则天"更以僧怀义为朔方道行军大总管"，率"十八将军以讨默啜，未行，虏退而止"。组建目的是防御和讨伐突厥的进犯。后是唐朝活跃在京畿北部和西北的常规化国防军。
【例句】唐李涉《邠州词献…》："朔方忠义旧来闻，尽是邠城父子军。"唐杜甫《哀王孙》："朔方健儿好身手，昔何勇锐今何愚。"唐杜甫《诸将》："岂谓尽烦回纥马，翻然远救朔方兵。"唐李涉《邠州词献…》："朔方忠义旧来闻，尽是邠城父子军。"

硕人　shuò rén
【分类】生活
【关键词】诗经
【释义】指美人，贤德之人。宋代妇人的封号。《诗经·卫风·硕人》："硕人其颀，衣锦褧衣。"郑笺："硕，大也，言庄姜仪表长丽俊好，颀颀然。"
【例句】唐张九龄《商洛山行…》："硕人久沦谢，乔木自森罗。"宋刘敞《次韵王四…》："绝境自宜仁者静，寡歌非为硕人宽。"宋朱熹《次圭父游…》："瞢井尚余茅茇处，考槃无复硕人宽。"元方桴《题姑苏丁…》："堂上仙翁紫锦袍，堂中硕人冠嵯峨。"

硕鼠诗　shuò shǔ shī
【分类】政治
【关键词】诗经
【释义】借指反映人民疾苦或贪婪官吏的诗篇。《诗经·魏风·硕鼠序》："《硕鼠》，刺重敛也。国人刺其君重敛，蚕食于民，不修其政，贪而畏人，若大鼠也。"
【例句】唐孟郊《赠韩郎中愈》："闻君《硕鼠》诗，吟之泪空滴。"唐白居易《卜居》："长羡蜗牛犹有舍，不如硕鼠解藏身。"宋韦骧《宿坛石驿》："岂是有才如硕鼠，可能无术似蜗牛。"宋程公许《和小阮沇…》："诗歌硕鼠想乐郊，泽无鱼可堪竭。"

司花女　sī huā nǚ
【分类】文化
【关键词】隋遗录
【释义】喻指管理百花的女神。《隋遗录》："长安贡御车女袁宝儿，年十五，腰肢纤堕，骇冶多态。帝宠爱之特厚。时洛阳进合蒂迎辇花…帝命宝儿持之，号曰司花女。"
【例句】宋范成大《新作锦亭》："倚阑定有司花女，秉烛仍留主夜神。"宋范成大《雪后守之…》："定知司花女，未肯嫁娉婷。"宋李曾伯《道间怀益…》："凭谁警戒司花女，密遣轻阴谨护持。"宋吴泳《张仁溥寄…》："无司花女太幽绝，有索酒郎多醉狂。"

司空见惯　sī kōng jiàn guàn
【分类】生活
【关键词】刘禹锡
【释义】指屡见不鲜、习以为常的事。源见"杜韦娘"。
【例句】宋李龏《梅花集句》："司空见惯浑闲事，一夜相思笑玉川。"宋陆佃《依韵和再…》："谁言见惯是司空，旧说扬州未必中。"元岑安卿《题张彦明…》："司空见惯了无言，应是禅心被花恼。"清严遂成《庄平伯吴中》："群婢窃笑斗屏间，司空见惯如等闲。"

司马称好　sī mǎ chēng hǎo
【分类】政治
【关键词】司马徽
【释义】用为明哲保身，应声附和，诸事称好之典。《世说新语·言语》："南郡庞士元闻司马德操在颍川。"南朝梁刘孝标注引《司马徽别传》："有人以人物问徽者，初不辨其高下，每辄言佳。其妇谏曰：'人质所疑，君宜辨论，而一皆言佳，岂人所以咨君之意乎？'徽曰：'如君所言，亦复佳.'其婉约逊遁如此。"
【例句】宋李觏《闻喜鹊》："莫笑后来司马公,事事称好真良谋。"宋黄庭坚《次韵任道…》："一钱不直程卫尉,万事称好司马公。"宋陆游《醉歌》："无材无德痴顽老,尔来对客惟称好。"宋释怀深《拟寒山寺》："东平乐为善,司马只称好。"

司马温公　sī mǎ wēn gōng
【分类】文化
【关键词】司马光
【释义】北宋政治家、史学家、文学家司马光。为人温良谦恭、刚正不阿;做事用功刻苦、勤奋。《苏轼文集·司马温公神道碑》："公讳光,字君实…终于兵部郎中,天章阁待制,赠太师,温国公。"
【例句】宋李之仪《鉴然亭》："温公天下士,百计兴艰危。"宋刘克庄《和吴警斋…》："道是全人吾岂敢,温公才做九分人。"宋朱翌《次韵书事》："当年司马温公力,今日宣仁圣烈尊。"宋李鹰《观吴正献真》："君不见温公之像满人间,愿广此图令并传。"

司马相如　sī mǎ xiàng rú
【分类】文化
【关键词】司马相如
【释义】司马相如,字长卿,成都人,西汉辞赋家。《史记·司马相如列传》："会景帝不好辞赋,是时梁孝王来朝…相如得与诸生游士居数岁,乃著子虚之赋。"
【例句】唐宗楚客《安乐公主…》："人同卫叔美,客似长卿才。"唐高适《酬裴秀才》："长卿无产业,季子惭妻嫂。"唐杨炯《和刘侍郎…》："汉帝求仙日,相如作赋才。"唐张绂《行路难》："君不见相如绿绮琴,一抚一拍凤凰音。"唐李白《赠张相镐》："十五观奇书,作赋凌相如。"唐杜牧《奉陵宫人》："相如死后无词客,延寿亡来绝画工。"

司命　sī mìng
【分类】政治
【关键词】楚辞
【释义】星名。《楚辞补注·九歌·大司命》。宋洪兴祖补注引五臣云："司命,星名。主知生死,辅天行化,诛恶护善也。"
【例句】唐卢象《紫阳真人歌》："长男泣血求司命,少女颦眉诵《灵宝》。"唐崔泰之《哭李峤诗》："魂随司命鬼,魄逐见阎王。"唐陆龟蒙《句曲山朝…》："司命旌旗未下来,焚香抱简凝神立。"宋宋庠《屈原》："司命湘君各有情,九歌愁苦荐新声。"

丝纶　sī lún
【分类】政治
【关键词】礼记
【释义】指帝王诏书。源见"纶綍"。
【例句】唐杜甫《奉和贾至…》："欲知世掌丝纶美,池上有凤毛。"唐刘长卿《狱中闻收…》："传闻阙下降丝纶,为

报关东灭虏尘。"唐白居易《余思未尽…》："走笔往来盈卷轴,除官递互掌丝纶。"唐高骈《依韵奉酬…》："只见丝纶终日降,不知功业是谁书。"

丝竹管弦　sī zhú guǎn xián
【分类】生活
【关键词】张禹
【释义】丝:弦乐器。竹:管乐器。琴瑟箫笛等乐器的总称。泛指音乐。《汉书·张禹传》："禹性习知音声,内奢淫,身居大第,后堂理丝竹管弦。"
【例句】唐韦应物《寄二严》："丝竹久已懒,今日遇君欣。"唐白居易《长恨歌》："缓歌慢舞凝丝竹,尽日君王看不足。"唐董思恭《春日代情人》："昔日管弦调,将人舞细腰。"唐沈佺期《夜游》："管弦遥辨曲,罗绮暗闻香。"宋赵公豫《隋堤布市》："丝竹管弦成往事,空余梭布市扬州。"

丝竹中年　sī zhú zhōng nián
【分类】生活
【关键词】王羲之
【释义】指中年人以丝竹陶情排遣哀伤。《晋书·王羲之传》："谢安常谓羲之曰:'中年以来伤于哀乐,与亲友别,辄作数日恶。'羲之曰:'年在桑榆,自然至此,顷正赖丝竹陶写。'"
【例句】唐白居易《题灵岩寺》："今愁古恨入丝竹,一曲凉州无限情。"宋陈造《急笔次梁…》："青楼歌舞有新按,中年丝竹聊自怡。"宋冯伯规《次韵泛舟…》："岂复江湖增远兴,强凭丝竹写中年。"聂绀弩《调祖光》："丝竹中年从所好,星河七夕每多忙。"

私铸　sī zhù
【分类】政治
【关键词】旧唐书
【释义】民间私炉盗铸货币。《旧唐书·食货志》载:乾元二年(759),第五琦更铸重轮乾元钱,一当五十,长安城中竞为盗铸,犯禁者不绝,京兆尹郑叔清擒捕之,数月间榜死者八百余人。
【例句】唐杜甫《岁晏行》："往日用钱捉私铸,今许铅铁和青铜。"宋马之纯《蒋帝庙》："尝遭阴兵随义旅,不从私铸长奸萌。"宋梅尧臣《送施屯田…》："铜私铸器盐夺商,死共吏争蛇斗穴。"宋陈造《钱弊》："即今私铸断,胡尚胶今昔。"

思悲翁　sī bēi wēng
【分类】生活
【关键词】鼓吹曲辞
【释义】乐曲名。汉鼓吹铙歌十八曲之一。意谓悲伤的老人。汉《鼓吹曲辞·思悲翁》："思悲翁,唐思。夺我美人侵以遇。"
【例句】唐李商隐《今月二日》："容华虽少健,思绪即悲翁。"宋朱熹《次刘彦集…》："秋到寒岩桂树丛,小山吟罢思悲翁。"明康海《赠滦江公》："感慨发孤咏,宛若思悲

769

翁。"明杨慎《临安春社行》："醉歌茗艼月中去,请君莫唱思悲翁。"

思公屏　sī gōng píng

【分类】文化
【关键词】欧阳修
【释义】咏牡丹之典。《欧阳修全集·洛阳牡丹记·花品序》："余居府中时,尝谒钱思公于双桂楼下,见一小屏立坐后,细书字满其上。思公指之曰:'欲作花品,此是牡丹名,凡九十余种。'余时不暇读之。然余所经见而今人多称者,才三十许种。不知思公何从而得之多也。"钱思公,钱惟演,北宋文学家,欧阳修师友。
【例句】宋刘克庄《木兰花慢》："向欧九记中,思公屏上,描画难成。"清钱载《牡丹新种》》："思公屏上恐无此,永叔谱中曾未书。"

思归引　sī guī yǐn

【分类】生活
【关键词】石崇
【释义】指琴曲名。《昭明文选·晋石崇〈思归引序〉》："寻览乐篇,有思归引焉。"唐李善注引《琴操》曰:"《思归》者,卫女之所作也。欲归不得,心悲忧伤,援琴而歌,作《思归引》。"
【例句】唐杨师道《侍宴赋得…》:"变作离鸿声,还入思归引。"唐骆宾王《秋日送侯…》:"惟有思归引,凄断为君弹。"唐卢纶《无题》:"高歌犹爱思归引,醉语惟夸漉酒巾。"唐刘禹锡《闻道士弹…》:"仙公一奏思归引,逐客初闻自泫然。"

思钜鹿　sī jù lù

【分类】政治
【关键词】汉文帝
【释义】用为思念良将之典。《史记·冯唐列传》:"文帝曰:'吾居代时,吾尚食监高袪数为我言赵将李齐之贤,战于巨鹿下。今吾每饭,意未尝不在巨鹿也。'"
【例句】唐张九龄《奉和圣制…》:"汉王思钜鹿,晋将在宏农。"宋曹勋《和程机宜…》:"方知钜鹿功,列国宜鼎趋。"元周霆震《感古》:"钜鹿诸侯伟战功,咸阳宫殿转头空。"明李攀龙《送张子参…》:"每饭不忘钜鹿战,千金先发华阳宫。"

思人树　sī rén shù

【分类】文化
【关键词】燕召公
【释义】指甘棠树,贤者留有德政仁爱之树。源见"召公棠"。
【例句】唐柳宗元《种柳戏题》:"好作思人树,惭无惠化传。"宋王十朋《黄子嘉》:"故应唤作思人树,数十年前阅我家。"宋王十朋《杉》:"翠丝结作思人树,他日儿孙岂忍摧?"明湛若水《送萧元章…》:"到时若见思人树,五马风流别驾追。"

思若涌泉　sī ruò yǒng quán

【分类】文化
【关键词】曹植
【释义】才思犹如喷涌的泉水。形容才思丰富敏捷。三国魏曹植《王仲宣诔》:"强记洽闻,幽赞微言;文若春华,思若涌泉。"
【例句】唐徐铉《奉和武功…》:"文似春华铺晓陌,思如泉涌注长江。"唐罗虬《比红儿诗》:"笔底如风思涌泉,赋中休谩说婵娟。"宋王之道《走笔和孔…》:"思涌泉夸往哲,文如翻水擅当时。"宋李之仪《避暑无地…》:"笑谈璀璨风生坐,翰墨纵横思涌泉。"

思贤梦　sī xián mèng

【分类】政治
【关键词】傅说
【释义】形容君王渴望求得贤才。源见"傅说版筑"。源见"拔才岩穴"。
【例句】宋张载《八翁吟》:"忧勤未感思贤梦,相霖何日见成功。"宋王十朋《十月晦日…》:"梦寐思贤愿与齐,一麾来守浙江西。"宋翁定《壶中天》:"只恐九重,思贤梦觉,未屈调羹手。"宋杨皇后《宫词》:"思贤梦寝过商宗,右武崇儒帝道隆。"

思湘沅　sī xiāng yuán

【分类】政治
【关键词】楚辞
【释义】咏屈原遭谤受贬之典。《楚辞补注·九章·惜往日》:"何贞臣之无罪兮,被离谤而见尤…临沅湘之玄渊兮,遂自忍而沉流。"
【例句】唐陈子昂《月夜有怀》:"清光委衾枕,遥思属湘沅。"宋孔武仲《送元珍赴…》:"鱼雁若可托,篇诗寄湘沅。"宋孔武仲《送元珍赴…》:"鱼雁若可托,篇诗寄湘沅。"明徐中行《吴门送周…》:"衔思却向湘沅去,明月沧洲满谪居。"

思玄度　sī xuán dù

【分类】生活
【关键词】许询
【释义】用为咏怀念好友的典故。玄度:东晋清谈名士许询的字。《世说新语·言语》:"刘尹云:'清风朗月,辄思玄度。'"南朝梁刘孝标注引《晋中兴士人书》:"许询能清言,于时士人皆钦慕仰爱之。"
【例句】唐陆龟蒙《奉和袭美…》:"更爱夜来风月好,转思玄度对支公。"唐韦应物《夜偶诗客…》:"多谢非玄度,聊将诗兴同。"唐韦庄《送李秀才…》:"人言格调胜玄度,我爱篇章敌浪仙。"宋黄公度《晚泊桃源》:"风月思玄度,文章愧长卿。"明文徵明《十五日》:"空瞻朗月思玄度,谁有高怀似庾公。"

思玄赋　sī xuán fù

【分类】生活

【关键词】张衡

【释义】咏排遣苦闷心情之典。《后汉书·张衡传》:"后迁侍中,帝引在帷幄,讽议左右…阉竖恐终为其患,遂共谗之。衡常思图身之事,以为吉凶倚伏,幽微难明,乃作《思玄赋》,以宣寄情志。"

【例句】唐李商隐《题李上谟壁》:"旧著思玄赋,新编杂拟诗。"唐张继《酬李书记…》:"苍苍不可问,余亦赋思玄。"唐钱起《送宋徵君…》:"至人无滞迹,谒帝复思玄。"宋朱熹《次亭字韵…》:"思玄赋罢惊遥举,止酒诗成恨独醒。"明黄衷《述怀和邓…》:"怜才忍诵思玄赋,吊古空嗟荐福碑。"

斯人斯疾　sī rén sī jí
【分类】生活

【关键词】孔子

【释义】这样的人竟然得了这样的病。常用作对身染恶疾病人无限痛惜之辞。《论语·雍也》:"伯牛有疾,子问之,自牖执其手,曰:'亡之,命矣夫!斯人也而有斯疾也!'"

【例句】五代贯休《问岳禅师疾》:"云何斯人,而有斯疾。"宋邵雍《挽东莱先生》:"共叹斯人疾,何心入挣归。"宋魏兴祖《挽薛艮斋》:"斯人苦斯疾,吾党恨尤深。"宋陈造《题赵伯政…》:"斯人斯疾可攻否,更恐良医望之走。"聂绀弩《赠伍禾》:"天下斯人乃斯疾,人间心病要心医。"

澌澌　sī sī
【分类】生活

【关键词】王霸

【释义】"形容风雪雨水声。澌:河中流动的冰块。《后汉书·王霸传》:"候吏还白,河水流澌。""

【例句】唐王建《宫词》:"月冷江清近腊时,玉阶金瓦雪澌澌。"唐李商隐《肠》:"隔树澌澌雨,通池点点荷。"元马祖常《河西歌效…》:"沙羊冰脂蜜脾白,个中饮酒声澌澌。"聂绀弩《脱坯同林义》:"天晴日暖水澌澌,要起高墙好脱坯。"

死得其所　sǐ dé qí suǒ
【分类】政治

【关键词】张普惠

【释义】所:处所,地方;得其所:得到合适的地方。指死得有价值,有意义。《魏书·张普惠传》:"人有生死,死得其所,夫复何恨!"

【例句】唐张籍《献从兄》:"贤达失其所,沉飘同众人。"唐白居易《京兆府新…》:"托根非其所,不如遭弃捐。"唐白居易《和松树》:"杀身获其所,为君明堂材。"宋刘过《从军乐》:"但期死处得其所,一死政自轻鸿毛。"聂绀弩《八十》:"生谓不辰胡老迈,死如得所定燃烧。"

死地　sǐ dì
【分类】政治

【关键词】孙子

【释义】死亡之地。喻指绝境。《孙子·九变》:"围地则谋,死地则战。"

【例句】唐李隆基《平胡》:"将出凶门勇,兵因死地强。"唐高适《酬裴员外…》:"然诺多死地,公忠成祸胎。"唐姚合《塞下曲》:"战须移死地,军讳杀降兵。"唐韦应物《弹棋歌》:"履机乘变安可当,置之死地翻取强。"

死灰　sǐ huī
【分类】政治

【关键词】庄子

【释义】火灭后的冷灰。形容消沉、失望的心情。《庄子·知北游》:"形若槁骸,心若死灰。"

【例句】唐李灵辨《又嘲》:"槁木犹应重,死灰方未然。"唐沈佺期《同狱者叹…》:"食蕊嫌丛棘,衔泥怯死灰。"唐张说《闻雨》:"心对炉灰死,颜随庭树残。"唐杜甫《秋日荆南…》:"自古江湖客,冥心若死灰。"

死灰复燃　sǐ huī fù rán
【分类】政治

【关键词】韩长孺

【释义】冷灰重新烧了起来。原比喻失势的人重新得势。现常比喻已经消失了的恶势力又重新活动起来。《史记·韩长孺列传》:"蒙狱吏田甲辱安国,安国曰:'死灰独不复燃乎?'田甲曰:'然即溺之。'"

【例句】唐李白《赠别郑判官》:"窜逐勿复哀,惭君问寒灰。"唐方干《谢王大夫…》:"死灰到底翻腾焰,朽骨随头却长肥。"五代韦庄《上春词》:"游人陌上骑生尘,颜氏门前吹死灰。"聂绀弩《解晋途中…》:"上有天知公道否,下无人溺死灰耶?"

死交　sǐ jiāo
【分类】生活

【关键词】赵岐

【释义】喻至死不变的友谊。源见"忆孙宾"。

【例句】唐罗隐《经故友所居》:"清论不知庄叟达,死交空欢赵岐忙。"宋周行己《奉酬天复…》:"生交各分离,死交已冥漠。"宋释善珍《死交行》:"生交无百年,死交有千载。"明徐𤊹《哭林逊肤…》:"生交有聚散,死交千万春。"

死生有命　sǐ shēng yǒu mìng
【分类】生活

【关键词】论语

【释义】即死生有命,富贵在天。意指死生听凭命运,富贵由天安排。这是古代儒家一种宿命论观点。《论语·颜渊》:"子夏曰:'商闻之矣:死生有命,富贵在天。'"

【例句】唐李乂《哭仆射鄂…》:"死生恩命毕,零落掩山丘。"唐储光羲《田家即事》:"生时乐死皆由命,事在皇天迥不迷。"唐寒山《诗三百》:"死生元有命,富贵本由天。"宋王十朋《术者谓予…》:"死生穷达端有命,予知之矣当安之。"

死为同穴　sǐ wèi tóng xué
【分类】生活
【关键词】诗经
【释义】形容夫妇相爱,誓死不渝。《诗经·王风·大车》:"榖则异室,死则同穴,谓予不信,有如皦日。"榖:活着。皦:同皎。
【例句】唐白居易《赠内》:"生为同室亲,死为同穴尘。"宋何梦桂《拟古》:"生为结发婚,死为同穴鬼。"宋梅尧臣《咏怀》:"西方有鸟鼠,生死同穴居。"宋陈师道《别三子》:"夫妇死同穴,父子贫贱离。"

死为星辰　sǐ wèi xīng chén
【分类】政治
【关键词】傅说
【释义】咏贤相之典。《庄子·大宗师》:"傅说得之,以相武丁,奄有天下,乘东维,骑箕尾,而比于列星。"唐陆德明《经典释文》:"崔(譔)云:'傅说死,其精神乘东维,托龙尾,乃列宿。今尾上有傅说星。'"
【例句】唐李白《纪南陵题…》:"一朝和殷羹,光气为列星。"唐杜甫《可叹》:"死为星辰终不灭,致君尧舜焉肯朽。"唐王建《寄李益少…》:"星辰有其位,岂合离帝傍。"唐李山甫《代张效幻…》:"英神绝气归玄天,日月星床空蠮然。"

巳年得梦　sì nián dé mèng
【分类】生活
【关键词】郑玄
【释义】咏学者去世的凶梦之典。《后汉书·郑玄传》:"五年春,梦孔子告之曰:'起,起,今年岁在辰,来年岁在巳。'既寤,以谶合之,知命当终,有顷寝疾。"唐李贤注:"北齐刘昼《高才不遇传》论岳曰:'辰为龙,巳为蛇,岁至龙蛇贤人嗟,玄以谶合之,盖谓此也。'"
【例句】唐郑愔《哭郎著作》:"巳年人得梦,庚日鸟为灾。"明区大相《中秘黎公…》:"谁言巳年梦,竟作岱宗游。"

四壁空　sì bì kōng
【分类】生活
【关键词】司马相如
【释义】家中一无所有。《史记·司马相如列传》:"家居徒四壁立。"
【例句】唐杜甫《百忧集行》:"入门依旧四壁空,老妻睹我颜色同。"唐温庭筠《反生桃花…》:"疾眼逢春四壁空,夜来山雪破东风。"唐徐夤《纸帐》:"几笑文园四壁空,避寒深入剡藤中。"宋贺铸《寄汉阳赵…》:"谁谓南昌禄隐翁,伏枕呻吟四壁空。"

四壁闻丝竹　sì bì wén sī zhú
【分类】政治
【关键词】刘余
【释义】咏儒学经籍之典。源见"鲁恭文字"。
【例句】唐刘禹锡《和乐天南…》:"闲步南园烟雨晴,遥闻丝竹出墙声。"宋刘敞《秋月》:"顾闻四壁间,丝竹金石声。"宋辛弃疾《归朝欢》:"记斯文,千年未丧,四壁闻丝竹。"宋何文季《送翁主学…》:"人间已厌诗书味,堂上犹闻丝竹音。"

四大　sì dà
【分类】文化
【关键词】慧远
【释义】佛教以地、水、火、风为四大。认为四者分别包含坚、湿、暖、动四种性能,人身即由此构成。因亦用作人身的代称。晋慧远《明报应论》:"夫四大之体,即地、水、火、风耳,结而成身,以为神宅。"
【例句】唐骆宾王《夏日游德…》:"神光包四大,皇威震八区。"唐李邕《登历下古…》:"含弘知四大,出入见三光。"唐庞蕴《诗偈》:"幻身如聚沫,四大亦非坚。"唐徐夤《闭门》:"一生有酒唯知醉,四大无根可预量。"

四方志　sì fāng zhì
【分类】政治
【关键词】礼记
【释义】指经营天下或安邦定国的远大志向。《礼记·射义》:"故男子生桑弧蓬矢六。以射天地四方。天地四方者;男子之所有事也。故必先有志于其所有事。然后敢用谷也。饭食之谓也。"
【例句】唐戴叔伦《从军行》:"丈夫四方志,结发事远游。"唐韦应物《始建射侯》:"男子本悬弧,有志在四方。"唐孟郊《车遥遥》:"丈夫四方志,女子安可留。"宋杨亿《妹婿黄补…》:"应负男儿四方志,故园归去莫淹留。"

四辅　sì fǔ
【分类】政治
【关键词】晋书
【释义】指房宿四星。环抱北极,共四星。古代星占家认为主君臣礼仪,理万机。代指辅政大臣。《晋书·天文志上》:"抱北极星曰四辅,所以辅佐北极而出度授政也。"
【例句】唐王希明《北极紫微宫》:"左右四星是四辅,天一太一当门路。"唐公乘亿《赋得郎官…》:"纬结三台侧,钩连四辅傍。"唐李建勋《和致仕沈…》:"谬应星辰居四辅,终期冠褐作闲人。"宋苏颂《司空赠太…》:"三登庆历三人第,四入熙宁四辅尊。"

四海鼎沸　sì hǎi dǐng fèi
【分类】政治
【关键词】祖逖
【释义】比喻局势动荡,天下大乱。《晋书·祖逖传》:"若四海鼎沸,豪杰并起,吾与足下当相避于中原耳。"
【例句】唐贯休《题某公宅》:"只恐中原方鼎沸,天心未遣主人闲。"唐高适《登百丈峰》:"四海如鼎沸,五原徒自尊。"唐吕岩《寄白龙洞…》:"两兽相逢战一场,波浪奔腾如鼎沸。"唐薛逢《镊白曲》:"长安六月尘亘天,池塘鼎沸林欲燃。"

四海皆兄弟　sì hǎi jiē xiōng dì
【分类】生活
【关键词】论语
【释义】谓天下人皆亲如兄弟。《论语·颜渊》:"君子敬而无失,与人恭而有礼,四海之内,皆兄弟也。"
【例句】唐马云奇《送游大德…》:"数人四海皆兄弟,为报殷勤好在无。"宋刘敞《题净严观…》:"仁人四海皆兄弟,何必东风怅别离。"宋刘攽《送判四畋》:"四海皆兄弟,吾宗加老成。"宋陈刚中《阳关词》:"若知四海皆兄弟,何处相逢非故人?"

四海一家　sì hǎi yī jiā
【分类】政治
【关键词】荀子
【释义】四海之内,犹如一家。形容天下一统。《荀子·议兵》:"四海之内若一家,通达之属莫不从服。"
【例句】唐杜牧《长安杂题…》:"四海一家无一事,将军携镜泣霜毛。"唐李咸用《和友人喜…》:"六雄互欲吞诸国,四海终须作一家。"宋黄庭坚《竹枝词》:"鬼门关外莫言远,四海一家皆弟兄。"宋陆游《感愤》:"四海一家天历数,两河百郡宋山川。"

四郊　sì jiāo
【分类】政治
【关键词】礼记
【释义】都城之外为四郊,此泛指四方。源见"四郊多垒"。
【例句】唐李显《登骊山高…》:"四郊秦汉国,八水帝王都。"唐李颀《听董大弹…》:"先拂商弦后角羽,四郊秋叶惊摵摵。"唐杜甫《垂老别》:"四郊未宁静,垂老不得安。"唐高适《信安王幕…》:"四郊增气象,万里绝风烟。"

四郊多垒　sì jiāo duō lěi
【分类】政治
【关键词】礼记
【释义】四郊营垒很多。本指频繁地受到敌军侵犯。形容外敌侵迫,国家多难。《礼记·曲礼》:"四郊多垒,此卿大夫之辱也。"汉郑玄注:"垒,军壁也。数见侵伐则多垒。"
【例句】唐郑启《严塘经乱…》:"正是四郊多垒日,波涛早晚静鲸鲵。"唐柳宗元《北还登汉…》:"多垒非余耻,无谋终自怜。"唐郑谷《赠泗口苗…》:"四郊多垒日,勉我舍朝簪。"唐周昙《六朝门朱异》:"四郊多垒犹相罪,国破将何谢太清。"

四美　sì měi
【分类】生态
【关键词】谢灵运
【释义】同四并。南朝宋谢灵运《拟魏太子邺中集诗序》:"天下良辰、美景、赏心、乐事,四者难并。"后指良辰、美景、赏心、乐事四者同时遭逢。
【例句】唐王勃《上巳浮江…》:"逸兴怀九仙,良辰倾四美。"唐韦元旦《五言夏日…》:"闻有濠梁地,驾言并四美。"唐刘禹锡《韩十八侍…》:"晔若观五色,欢然臻四美。"宋彭汝砺《和馆阁诸…》:"一杯相属非人力,四美难并异昔时。"

四孟　sì mèng
【分类】生活
【关键词】刘向
【释义】农历四季中每季头一个月的合称。即孟春(正月)、孟夏(四月)、孟秋(七月)、孟冬(十月)。《汉书·刘向传》:"日月薄食,山陵沦亡,辰星出于四孟。"唐颜师古注:"四时之孟月也。当见四仲也。"
【例句】唐卢拱《中元观法事》:"四孟逢秋序,三元启气中。"宋杨杰《景灵宫》:"荐新随四孟,观德序三昭。"清弘历《孟冬时飨…》:"四孟临阳月,六宗钦本仁。"

四民　sì mín
【分类】政治
【关键词】春秋穀梁
【释义】旧称士、农、工、商为四民。喻指百姓。《春秋穀梁传·成公元年》:"古者有四民。有士民。有商民。有农民。有工民。"
【例句】唐薛逢《六街尘》:"百役并驱衣食内,四民长走路岐中。"宋史浩《稻梁八篇》:"古者四民今六民,为添释老不耕耘。"明胡布《杨将军竹…》:"颇怪草玄终日里,笑谈帷幄四民安。"元邓伯凯《北山儒隐》:"四民祈报同乡社,诸老章缝异里闻。"

四明狂客　sì míng kuáng kè
【分类】文化
【关键词】贺知章
【释义】指唐代著名诗人、书法家贺知章。源见"狂吟老监"。
【例句】唐李白《对酒忆贺监》:"四明有狂客,风流贺季真。"唐李白《对酒忆贺监》:"狂客归四明,山阴道士迎。"宋文彦博《送秘书刘…》:"四明畴昔称狂客,二室于今号散仙。"宋李新《问田尉公…》:"主人已后荒三径,狂客从前号四明。"

四蛇　sì shé
【分类】文化
【关键词】最胜王经
【释义】佛教中比喻地、水、火、风。认为这是组成物质的四大元素。《金光明最胜王经》:"地水火风共成身,随彼因缘招异果,同在一处相违害,如四毒蛇居一箧。"
【例句】唐寒山《诗三百》:"可笑五阴窟,四蛇共同居。"唐王梵志《回波乐》:"三毒日日增,四蛇不可触。"唐庞蕴《诗偈》:"常须慎四蛇,持心舍三毒。"宋释怀深《拟寒山寺》:"内外四条蛇,轻躁不停住。"

四时甲子雨　sì shí jiǎ zǐ yǔ
【分类】生活
【关键词】朝野佥载
【释义】咏气候变化影响生产生活的典故。《朝野佥载》："俚谚云：'春雨甲子，赤地千里；夏雨甲子，乘船入市；秋雨甲子，禾头生耳；冬雨甲子，飞雪千里。'"指逢甲子日下雨。
【例句】唐杜甫《雨》："冥冥甲子雨，已度立春时。"五代徐夤《人事》："丰年甲子春无雨，良夜庚申夏足眠。"宋陆游《甲子晴》："今日甲子晴，秋稼始可言。"宋李弥逊《久雨》："地近东南多泽国，雨逢甲子少丰年。"

四世三公　sì shì sān gōng
【分类】政治
【关键词】杨彪
【释义】指世代官居高位。《后汉书·杨彪传》："自震至彪，四世太尉，德业相继，与袁氏俱为东京名族云。"
【例句】唐李白《送杨燕之…》："四代三公族，清风播人天。"唐李颀《行路难》："汉家名臣杨德祖，四代五公享茅土。"宋强至《送记注杨…》："一年父老漫留寇，四世公台将至彪。"宋李之仪《送曾端伯…》："貂蝉七叶想前人，四世三公表一门。"

四凶　sì xiōng
【分类】政治
【关键词】尚书
【释义】原指古代四个凶恶的部族首领。喻凶狠贪婪的朝臣或大奸大恶之人。《尚书·舜典》："流共工于幽洲，放驩兜于崇山，窜三苗于三危，殛鲧于羽山，四罪而天下咸服。"
【例句】唐温庭筠《鸿胪寺有…》："四凶有獬豸，一臂无螳螂。"唐周昙《虞舜》："满朝朋士多元凯，为黜兜苗与四凶。"唐罗隐《湘妃庙》："八族未来谁北拱，四凶犹在莫南巡。"宋王十朋《唐尧》："仁德如天帝业隆，四凶不去付重瞳。"

四友　sì yǒu
【分类】生活
【关键词】谢灵运
【释义】指四位相知的朋友。《昭明文选》载南朝宋谢灵运《登临海峤初发强中作与从弟惠连见羊何共和之》。唐李善注引《宋书》："谢灵运既东游还，与族弟惠连、东海何长瑜、颍川荀雍、太山羊璿之文章常会，共为山泽之游，时人谓之'四友'。"
【例句】唐鲍防《元日早朝行》："九韶九变五声里，四方四友一身中。"唐元稹《酬乐天吟》："四友一为泉路客，三人两咏浙江诗。"宋范纯仁《和王著作…》："十年多难头俱白，四友相看眼共青。"宋刘克庄《挽方亲来伯》："死有一孙堪付托，生惟四友共周旋。"

四岳　sì yuè
【分类】政治
【关键词】尚书
【释义】相传为共工的后裔，佐禹治水。《尚书·尧典》："帝曰：'咨，四岳。'"汉孔安国《传》："四岳，即上羲、和之四子，分掌四岳之诸侯，故称焉。"
【例句】唐高适《同李太守…》："云从四岳起，水向百城流。"唐杜甫《寄裴施州》："尧有四岳明至理，汉二千石真分忧。"唐杜甫《赠李十五…》："昔在尧四岳，今之黄颍川。"唐李贯休《骠国乐》："万人有意皆洞达，四岳不敢施烦苛。"五代贯休《蜀王入大…》："宽似大溟生日月，秀如四岳出尘埃。"

四知金　sì zhī jīn
【分类】政治
【关键词】杨震
【释义】廉洁自持、不受非义馈赠之典。《后汉书·杨震传》："故所举荆州茂才王密为昌邑令，谒见，至夜怀金十斤以遗震…密曰：'暮夜无知者。'震曰：'天知，神知，我知，子知。何谓无知！'密愧而出。"
【例句】唐李峤《金》："方同杨伯起，独有四知名。"唐杜甫《风疾舟中…》："应过数粒食，得近四知金。"唐杜牧《分司东都…》："四知台上镜，三惑井中瓶。"宋曾巩《送程殿丞…》："自重肯悲三献玉，不欺常慎四知金。"明袁华《送李同知》："家传三礼学，夜绝四知金。"

四子讲习　sì zǐ jiǎng xí
【分类】政治
【关键词】王褒
【释义】歌颂德政之典。《昭明文选·汉王褒〈四子讲德论序〉》："褒既为益州刺史，王襄作《中和乐职宣布》之诗，又作传，名曰《四子讲德》，以明其意焉。"借四个虚构人物的议论，歌颂德政的美好。
【例句】唐钱起《九日宴浙…》："四子醉时争讲习，笑论黄霸旧为邦。"宋范镇《和成都吴…》："讲德定应劳四子，富民须合用千秋。"宋苏颂《次韵杨立…》："回风已隔三山路，讲德难偕四子篇。"明王世贞《题大石联…》："学士词场老供奉，四子讲德皆其匹。"

四罪　sì zuì
【分类】政治
【关键词】尚书
【释义】谓舜治共工、驩兜、三苗、鲧四凶之罪。源见"四凶"。
【例句】唐韩愈《赠别元十…》："不知四罪地，岂有再起辰。"宋王安石《杨刘》："南山咏种豆，议法过四罪。"宋陈普《荆公东坡》："重华不可呼，四罪无复讨。"宋王遂《读天宝诸…》："四罪不诛三宅去，依前肝脑是生灵。"

四座　sì zuò
【分类】生活

【关键词】曹操

【释义】喻指四周座位上的人。《汉乐府·古歌》:"清樽发朱颜,四坐乐且康。"三国魏曹操《善哉行》:"弦歌感人肠,四坐皆欢悦。"

【例句】唐元结《石鱼湖上…》:"我持长瓢坐巴丘,酌饮四坐以散愁。"唐李白《赠崔司户…》:"千金散义士,四坐无凡宾。"宋欧阳修《送郓州李留后》:"金钗坠鬓分行立,玉鹿高谈四坐倾。"宋元绛《凤池山》:"四坐杯盘在天上,满轩云雨落人间。"

俟河之清 sì hé zhī qīng
【分类】政治
【关键词】周诗
【释义】咏事情无望或难以实现的典故。《左传·襄公八年》:"《周诗》有之曰:'俟河之清,人寿几何?'"晋杜预注:"言人寿促而河清迟。喻晋之不可待。"
【例句】宋刘攽《和陆子履…》:"黄河之清那可俟,美人红袖应时须。"宋欧阳修《感春杂言》:"俟河之清不可得,聊自歌此讥愚顽。"宋邵雍《林下五吟》:"欲俟河清人寿几,两眉能着几多愁。"宋黄庭坚《流民叹》:"投胶盈掬俟河清,一箪岂能续民命。"

汜人 sì rén
【分类】生活
【关键词】湘中怨解
【释义】钟情艳女的典故。《湘中怨解》载:唐垂拱时,太学进士郑生晨发铜驼里,晓月渡洛桥,遇艳女,自言养于兄,嫂恶不容,欲投水自尽,郑生载而归,与之同居,号曰汜人。汜人善吟能诵,其词艳丽多情致。数年后,汜人自述本蛟宫之姊,贬谪从生,今已期满,遂啼泣离去。
【例句】宋刘弇《秋日仪真…》:"不应散裂汜人绡,大似半吞广寒月。"宋吴文英《齐天乐》:"叹霞薄轻绡,汜人重见。"宋周密《赋子固凌…》:"经年汜人重见,瘦影娉婷。"清陈维崧《金菊对芙蓉》:"柁楼长啸,汜人侑舞,海若供讴。"

兕殪 sì yì
【分类】政治
【关键词】诗经
【释义】借指争夺天下。《诗经·小雅·吉日》:"既张我弓,既挟我矢;发彼小豝,殪此大兕。"毛传:"豝,壹而死,言能中微而制大也。"豝:母猪。兕:野牛。
【例句】唐李世民《冬狩》:"楚踣争兕殪,秦亡角鹿愁。"宋彭汝砺《次正夫登…》:"西楚殪封兕,东齐荡纤埃。"宋杨亿《应制赋射…》:"还须殪大兕,何只落惊鸿。"宋李鹰《作塞上射…》:"凯旋如殪兕归,喜非诡遇无所获。"

饲豕如人 sì shǐ rú rén
【分类】政治
【关键词】列子
【释义】喻指悟道之深。《庄子·应帝王》:"然后列子以为未始学而归,三年不出。为其妻爨,食豕如人。"传说列子访问壶子悟道而归后,象侍奉人一样喂猪,意谓灵魂净化,忘却尊卑。
【例句】唐顾况《归阳萧寺…》:"列生御风归,饲豕如人焉。"

泗滨浮磬 sì bīn fú qìng
【分类】文化
【关键词】尚书
【释义】比喻志趣清雅高尚。《尚书·禹贡》:"厥贡惟土五色,羽畎夏翟,峄阳孤桐,泗滨浮磬,淮夷蠙珠暨鱼,厥篚玄纤缟。浮于淮、泗,达于河。"唐孔颖达疏:"石在水旁,似若水中浮然,此石可以为磬,故谓之浮磬也。"《澄怀录》:"江南李建勋尝蓄一玉磬,大尺余…客有谈及秽俗之语者,则急起击玉磬数声,曰:聊代清耳。"
【例句】唐陆畅《夜到泗州…》:"闻道泗滨清庙磬,雅声今在谢家楼。"唐元稹《和李校书…》:"泗滨浮石裁为磬,古乐疏音少人听。"唐薛能《彭门解嘲》:"频上水楼谁会我,泗滨浮磬是同声。"宋洪适《临江仙》:"正是泗滨浮磬日,潘舆一粲欣欣。"明欧大任《酬吴叔承…》:"泗滨浮磬讵侔辈,蓝田尺璧差等量。"

驷马 sì mǎ
【分类】文化
【关键词】论语
【释义】指驾一车之四马。《论语·季氏》:"齐景公有马千驷。"马四匹为驷。
【例句】唐高适《崔司录宅…》:"饮醉欲言归剡溪,门前驷马光照衣。"唐李白《赠从弟南…》:"汉家天子驰驷马,赤军蜀道迎相如。"唐皮日休《奉献致政…》:"安车悬不出,驷马闲无事。"聂绀弩《嘲王奇赶车》:"驷马俱颓两轮陷,一人其奈千钧何。"

驷马高车 sì mǎ gāo chē
【分类】政治
【关键词】于定国
【释义】指显贵者所乘的驾四马的高车。常表示地位显赫。《汉书·于定国传》:"始定国父于公,其闾门坏,父老方共治之。于公谓曰:'少高大闾门,令容驷马高盖车。我治狱多阴德,未尝有所冤,子孙必有兴者。'至定国为丞相,永为御史大夫,封侯传世云。"
【例句】唐杜甫《覃山人隐居》:"高车驷马带倾覆,怅望秋天虚翠屏。"唐翁承赞《辞闽王归…》:"驷马高车太常乐,登庸门下忆贤良。"宋杨亿《王尚食知…》:"三刀吉梦频为郡,驷马高车又出关。"宋方回《遇仇仁近…》:"一瓢陋巷应常事,驷马高车特偶然。"

松柏 sōng bǎi
【分类】政治
【关键词】礼记
【释义】松树和柏树。两树皆长青不凋,为志操坚贞的象征。比喻在艰苦条件下节操高尚的人。《礼记·礼器》:"其在人也,如竹箭之有筠也,如松柏之有心也。"《荀子·大略》："岁不寒无以知松柏。"
【例句】唐张说《代书寄薛四》："岁寒众木改,松柏心常在。"唐钱起《夜宿灵台…》："石潭倒映莲花水,塔院空闻松柏风。"唐窦牟《晚过敷水…》："仙人掌上芙蓉沼,柱史关西松柏祠。"唐刘禹锡《瀑布泉》："风泉净洗高人耳,松柏化为君子材。"唐贯休《春送僧》："不能更折江头柳,自有青青松柏心。"聂绀弩《挽包于轨》："岁寒松柏凋当后,室隘芝兰臭更浓。"

松柏后凋　sōng bǎi hòu diāo
【分类】政治
【关键词】论语
【释义】比喻守正而有晚节。源见"岁寒松柏"。
【例句】唐杜甫《哭王彭州抡》："翠石俄双表,寒松竟后凋。"唐张鼎《山中松》："空存后凋色,岁晚出林峦。"唐白居易《梦得前所…》："昔饶春桂长先折,今伴寒松取后凋。"宋张元干《次韵聪父…》："世路肯遵前覆辙,交游谁识后凋松?"

松柏心　sōng bǎi xīn
【分类】政治
【关键词】玉台新咏
【释义】形容真挚的情感和高洁的品格。《玉台新咏·钱唐苏小小歌》："妾乘油壁车,郎骑青骢马。何处结同心,西陵松柏下。"
【例句】唐张说《代书寄薛四》："岁寒众木改,松柏心常在。"唐贯休《春送僧》："不能更折江头柳,自有青青松柏心。"宋范仲淹《和并州大…》："定应松柏心无改,自信云龙道不孤。"宋文天祥《山中感兴》："但存松柏心,天地真茫茫。"

松椿　sōng chūn
【分类】生活
【关键词】诗经
【释义】松树与椿树。喻高寿。《诗经·小雅·天保》："如月之恒,如日之升。如南山之寿,不骞不崩。如松柏之茂,无不尔或承。"
【例句】唐贾岛《灵准上人院》："掩扉当太白,腊数等松椿。"宋赵几《缘识》："逍遥物外乐熙熙,松椿长养万年基。"宋李维《王左丞新菊》："好固松椿寿,仙经识秘方。"宋孔武仲《司马温公…》："尚冀松椿寿,谁令柱石摧。"

松风　sōng fēng
【分类】政治
【关键词】世说新语
【释义】松林之风。咏隐逸之典。《世说新语·言语》："刘尹云:'人想王荆产佳,此想长松下当有清风耳。'"指《风入松》,古乐府琴曲名。
【例句】唐武则天《游九龙潭》："故验家山赏,惟有入松风。"唐李白《下终南山…》："长歌吟松风,曲尽河星稀。"唐杜甫《玉华宫》："溪回松风长,苍鼠窜古瓦。"唐王建《听

琴》："无事此身离白云,松风溪水不曾闻。"

松风水月　sōng fēng shuǐ yuè
【分类】文化
【关键词】唐太宗
【释义】松涛清风,流水明月。形容景色清幽,也用来形容人容貌清朗。《广弘明集》唐太宗《(唐)三藏圣教序》："松风水月,未足比其清华;仙露明珠,讵能方其朗润。"
【例句】宋王吉《游琅琊山…》："午夜千溪分水月,清秋十里韵松风。"宋吕渭老《木兰花慢》："唯有松风水月,向人长似当时。"明邵圭《无锡听松…》："茗碗诗瓢情脉脉,松风水月梦娟娟。"聂绀弩《迓冬七十…》："松风水月唐三藏,绿脸红须窦二墩。"

松醪　sōng láo
【分类】生活
【关键词】戎昱
【释义】酒名,以松膏酿造的酒。唐戎昱《送张秀才之长沙》："松醪能醉客,慎勿滞湘潭。"
【例句】唐窦庠《酬韩愈侍…》："野杏初成雪,松醪正满瓶。"唐韩愈《潭州泊船…》："闻道松醪贱,何须吝错刀。"宋李纲《望白水山…》："拨置千忧并百虑,且醉一斛松醪春。"宋李彭《岁晚》："松醪朝醉复暮醉,江月下弦仍上弦。"

松乔　sōng qiáo
【分类】文化
【关键词】班固
【释义】古代仙人赤松子与王子乔二人的合称。为咏仙家之典,也喻指遁迹山林的隐士。汉班固《西都赋》："庶松乔之群类,时游从乎斯庭,实列仙之攸馆,非吾人之所宁。"唐李善注:"《列仙传》曰:'赤松子,神农时雨师也。服水玉以教神农。'又曰:'王子乔者,周灵王太子晋也。道人浮丘公以上嵩高山'。"
【例句】唐杜甫《哭王彭州抡》："新文生沈谢,异香降松乔。"唐权德舆《桃源篇》："相逢自是松乔侣,良会应殊刘阮郎。"唐白居易《早冬游王屋…》："若不为松乔,即须作皋夔。"唐白居易《送毛仙翁》："轩昊旧为侣,松乔难比肩。"

松竹　sōng zhú
【分类】政治
【关键词】袁宏
【释义】松竹入冬耐寒,其色常青,比喻高尚的节操。《昭明文选·晋袁宏〈三国名臣序赞〉》："赫赫三雄,并迴坤轴。竞收杞梓,争采松竹。"
【例句】唐王勃《郊园即事》："烟霞春旦赏,松竹故年心。"唐张果《五子守仙…》："松竹本自无艳色,金液因从火制乾。"唐杜甫《将赴成都…》："但使闾阎还揖让,敢论松竹久荒芜。"唐戎昱《题宋玉亭》："应缘此处人多别,松竹萧萧也带愁。"

松生岳降　sōng shēng yuè jiàng
【分类】政治

【关键词】诗经
【释义】称美辅弼贤臣,或比喻天赋特异者。《诗经·大雅·崧高》:"崧高维岳,骏极于天。维岳降神,生甫及申。维申及甫,维周之翰。四国于蕃,四方于宣。"申,申伯;甫,甫侯,都是周宣王舅父,周朝重臣。崧降亦为寿日代称。
【例句】唐韩偓《感事》:"虽遇河清圣,惭非岳降贤。"宋吴顺之《寿太师》:"当年崧岳降生申,底事先春五日期。"宋韦骧《邃明生日》:"昴宿储精岳降神,乾坤钟异钜贤身。"宋范祖禹《文潞公生日》:"天监仁皇德,惟时岳降神。"清方玉斌《曹仁宪谨…》:"岳降崧生岂偶然,独钟元气本于天。"

嵩公 sōng gōng
【分类】文化
【关键词】宫嵩于吉
【释义】咏道士之典。《神仙传·宫嵩》:"宫嵩者…师事仙人于吉。汉元帝时,嵩随吉于曲阳泉上遇天仙,授吉青缣朱字《太平经》十部。吉行之得道,以付嵩。后上此书,书多论阴阳否泰灾害之事。"
【例句】唐陈子昂《感遇诗》:"如何嵩公辈,诙谲误时人。"

嵩呼万岁 sōng hū wàn suì
【分类】政治
【关键词】东方朔
【释义】又作三呼万岁、山呼万岁。指臣下对皇帝高呼万岁,祝颂皇帝的一种礼仪。《汉书·东方朔列传》:"翌日亲登嵩高,御史乘属,在庙旁吏卒咸闻呼万岁者三。登礼罔不答。"意谓嵩山所呼三声万岁。
【例句】唐杜牧《洛阳长句》:"君王谦让泥金事,苍翠空高万岁山。"唐李咸用《煌煌京洛行》:"但听嵩山万岁声,将军旗鼓何时偃。"宋曹勋《恭题观堂》:"固已群仙资冬寿,嵩呼益愿祝尧聪。"宋史浩《天申节望…》:"始听嵩呼遍夷夏,便知孝治感乾坤。"

讼棠 sòng táng
【分类】政治
【关键词】燕召公
【释义】指政简刑清、人民仰戴的官府。《诗经·召南·甘棠》:"蔽芾甘棠,勿剪勿伐,召伯所茇。"汉郑玄笺:"召伯听男女之讼,不重烦劳百姓,止舍小棠之下而听断焉。国人被其德,说其化,思其人,敬其树。"
【例句】宋韩琦《昼锦堂赏…》:"白昼已凌乡锦色,清阴宜接讼棠芳。"宋范纯仁《送潞公游…》:"旧舍讼棠重蔽芾,昔游昼锦复蝉联。"宋洪适《题信州吴…》:"讼棠留景分清阴,炉篆方羊燕寝深。"宋赵鼎臣《喜雪上王尹》:"东都已散随车雪,西雒初留听讼棠。"

宋广平 sòng guǎng píng
【分类】政治
【关键词】宋璟

【释义】唐宋璟的别称。玄宗时名相,耿介有大节,以刚正不阿著称于世。因曾封广平郡公。《旧唐书·宋璟列传》:"璟少耿介有大节,博学,工于文翰…玄宗赋诗褒述,自写与之。"
【例句】宋邓肃《遣兴》:"坐令铁心宋广平,夜搭醉眼赏梅英。"宋王十朋《姜相峰》:"相国忠如宋广平,危言流落晋江城。"宋安世《二十七日…》:"铁石心肠宋广平,赋含脂粉太多情。"宋舒邦佐《读广平梅…》:"不见铁心宋广平,乃肯一赋写梅兄。"

宋广平赋梅 sòng guǎng píng fù méi
【分类】文化
【关键词】宋璟
【释义】咏梅花之典。唐皮日休《桃花赋序》:"余尝慕宋广平(璟)之为相,贞姿劲质,刚态毅状…然睹其文而有《梅花赋》,清便富艳,得南朝徐庾体,殊不类其为人也。"唐名相宋璟《梅花赋》,为历代所称道。
【例句】宋李纲《戏作短歌…》:"赋梅岂害广平刚,乞醢更觉微生直。"宋李昂英《迎广帅佥…》:"自古直臣多牧广,平曾赋岭头梅。"宋苏轼《章质夫寄…》:"为君援笔赋梅花,未害广平心似铁。"宋陆游《六言杂兴》:"广平作梅花赋,少陵无海棠诗。"宋陈造《次韵寄汪…》:"鲁泮旧常烹瓠叶,广平聊复赋江梅。"

宋弘不谐 sòng hóng bù xié
【分类】政治
【关键词】宋弘
【释义】指富不易妻。《后汉书·宋弘传》:"帝令主坐屏风后,因谓弘曰:'谚言贵易交,富易妻,人情乎?'弘曰:'臣闻贫贱之知不可忘,糟糠之妻不下堂。'帝顾谓主曰:'事不谐矣。'"
【例句】唐李白《答王十二…》:"一生傲岸苦不谐,恩疏媒劳志多乖。"唐李益《杂典》:"同器不同荣,堂下即千里。"宋徐钧《宋弘》:"君王莫作图婚想,未问悬知事不谐。"宋曾巩《和章友直…》:"君意无不谐,研谈欲俱得。"宋陈著《怜猫示内》:"糟糠不下堂,当与宋弘肩。"宋陈普《申屠嘉》:"两京礼乐何堪自,薄有申屠与宋弘。"

宋聋 sòng lóng
【分类】政治
【关键词】左传
【释义】喻指不明事理或借指耳聋。《左传·宣公十四年》:"申舟以孟诸之役恶宋,曰:'郑昭宋聋,晋使不害,我则必死。'"晋杜预注:"昭,明也。聋,暗也。"
【例句】唐李商隐《今月二日…》:"下令销秦盗,高谈破宋聋。"唐李端《长安感事…》:"少壮矜齐德,高年觉宋聋。"清钱大昕《多病》:"肉缓增秦痔,精枯叹宋聋。"清黄遵宪《再述》:"誓师仗钺大王雄,虐使连声詈宋聋。"

宋女愈谨 sòng nǚ yù jǐn
【分类】政治

【关键词】女宗

【释义】咏女子贤惠有德之典。《列女传·宋鲍女宗》:"女宗者,宋鲍苏之妻也,养姑甚谨,鲍苏仕卫三年而娶外妻。女宗养姑愈敬…女宗曰:'妇人一醮不改,夫死不嫁,以专一为贞,以善从为顺…'遂不听。事姑愈谨。宋公闻之,表其间,号曰'女宗'。君子谓女宗谦而知礼。"

【例句】唐李绅《到宣武…》:"望宋怜思女,游梁念客卿。"唐李瀚《蒙求》:"宋女愈谨,敬姜犹绩。"宋林同《卢元礼妻》:"贞孝谥已美,何堪复女宗。"明程敏政《于千户母…》:"贤郎扶泪书遗德,留向他年说女宗。"

宋玉　sòng yù
【分类】文化
【关键词】宋玉

【释义】战国末期楚国辞赋家。其作品《九辩》首句为"悲哉秋之为气也",故后人常以宋玉为悲秋悯志的代表人物。或为美男子的代称。《史记·屈原列传》:"屈原既死之后,楚有宋玉、唐勒、景差之徒者,皆好辞而以赋见称;然皆祖屈原之从容辞令,终莫敢直谏。"

【例句】唐李白《赠溧阳宋…》:"宋玉事襄王,能为高唐赋。"唐钱起《送衡阳归客》:"江山追宋玉,云雨忆荆王。"唐梁锽《观美人…》:"宋玉东家女,常怀物外多。"唐李群玉《赠人》:"曾留宋玉旧衣裳,惹得巫山梦里香。"

宋玉悲秋　sòng yù bēi qiū
【分类】生活
【关键词】宋玉

【释义】咏伤别离或咏伤秋寄悲怀之典。《楚辞·九辩》:"悲哉秋之为气也!萧瑟兮,草木摇落而变衰。憭栗兮,若在远行,登山临水兮,送将归。"

【例句】唐李白《赠易秀才》:"地远虞翻老,秋深宋玉悲。"唐杜甫《咏怀古迹》:"摇落深知宋玉悲,风流儒雅亦吾师。"唐李郢《早秋书怀》:"高梧一叶坠凉天,宋玉悲秋泪洒然。"唐杨巨源《登宁州城楼》:"宋玉本悲秋,今朝更上楼。"

宋玉田　sòng yù tián
【分类】生态
【关键词】宋玉

【释义】借指楚云梦之地。战国楚宋玉《小言赋》云:楚襄王登阳云之台,诸大夫景差、唐勒、宋玉等陪侍。王令曰:"贤人有能为小言赋者,赐之云梦之田。"宋玉赋曰:"无内之中,微物潜生,比之无象,言之无名…"。王称善,因赐玉云梦之田。

【例句】唐李白《安州应城…》:"散下楚王国,分浇宋玉田。"明张萱《赠何参戎…》:"莫问陆生橐,曾饶宋玉田。"

送君南浦　sòng jūn nán pǔ
【分类】生活
【关键词】楚辞

【释义】表示送行时的离情别绪。代称送别之地。《楚辞·九歌·河伯》:"子交手兮东行,送美人兮南浦。"汉王逸注:"愿河伯送己南至江之涯。"《昭明文选·南朝江淹〈别赋〉》:"春草碧色,春水渌波,送君南浦,伤如之何!"春天别离,更加难分难舍。

【例句】唐王维《送别》:"送君南浦泪如丝,君向东州使我悲。"唐武元衡《鄂渚送友》:"江上梅花无数落,送君南浦不胜情。"宋苏轼《潘推官母…》:"南浦凄凉老逐臣,东坡还往尽幽人。"宋陈襄《和正辞职…》:"且作东山携妓乐,未应南浦送君忧。"

嗾獒　sǒu áo
【分类】政治
【关键词】左传

【释义】咏谋害之典。《左传·宣公二年》:"公嗾夫獒焉。明搏而杀之。"晋杜预注:"獒,猛犬也。"嗾,唆使。

【例句】唐韩偓《感事》:"嗾獒翻丑正,养虎欲求全。"宋陆游《中夜睡觉…》:"方疗蛇当道,未至獒已嗾。"宋陈造《傅商卿借鹅》:"友义何须换鹅帖,邻墙防有嗾獒人。"宋敖陶孙《长歌行》:"救饥重脱嗾獒厄,出焊曾叨食马恩。"

苏伯玉　sū bó yù
【分类】文化
【关键词】苏伯玉

【释义】咏风流才子之典。《玉台新咏·盘中诗》:"高者山,下者谷。姓为苏,字伯玉。人才多智谋足,家居长安身在蜀,何惜马蹄归不数。"

【例句】唐沈佺期《从骧州解…》:"幸逢苏伯玉,回借水亭幽。"唐韩翃《送山阴姚…》:"才子风流苏伯玉,同官晓暮应相逐。"唐魏知古《春夜寓直…》:"昔重安仁赋,今称伯玉诗。"唐吴筠《元日言怀…》:"知非慕伯玉,读易宗文宣。"

苏耽井　sū dān jǐng
【分类】政治
【关键词】苏耽

【释义】孝事父母之典。《太平广记·苏仙公(苏耽)》:"母曰:'汝去之后,使我如何存活?'先生曰:'明年天下疾疫,庭中井水,檐边橘树,可以代养,井水一升,橘叶一枚,可疗一人。兼封一匮留之,有所阙乏,可以扣匮言之,所须当至,慎勿开也。'"

【例句】唐王昌龄《出郴山口…》:"昨临苏耽井,复向衡阳求。"唐杜甫《故右仆射…》:"敢志二疏归,痛迫苏耽井。"唐王昌龄《奉赠张荆州》:"王君飞舄仍未去,苏耽宅中意遥缄。"宋韩淲《竹院摘橘》:"郴阳犹记苏耽井,书后空题应物诗。"

苏二　sū èr
【分类】文化
【关键词】苏轼

【释义】指苏轼。源见"三苏"。

【例句】宋黄庭坚《避暑李氏园》:"题诗未有惊人句,会唤谪仙苏二来。"宋杨万里《题漱玉亭…》："寄言苏二李十二，莫愁瀑布无新诗。"宋刘克庄《梅花十绝…》："苏二聪明真道著，杏花恐不敢承当。"宋郑清之《再和》："直须谪仙苏二来，溪藤快扫如鸿墨。"

苏鬼 sū guǐ
【分类】政治
【关键词】苏秦
【释义】指古代掌管和接待宾客的官员。也比喻引见之难。源见"食玉炊桂"。
【例句】唐骆宾王《在江南赠…》："李仙非易托，苏鬼尚难因。"

苏合香 sū hé xiāng
【分类】文化
【关键词】香料
【释义】一种产自苏合国的香料。《太平御览》引晋郭义恭《广志》："苏合出大秦，或云苏合国。人采之，笮（榨）其汁以为香膏，卖滓与贾客。或云合诸香草，煎为苏合，非自然一种也。"
【例句】唐李峤《弹》："侠客持苏合，佳游满帝乡。"唐吴少微《古意》："北林朝日锦明光，南国微风苏合香。"唐白居易《裴常侍以…》："燕脂含笑脸，苏合裹衣香。"唐吴少微《古意》："北林朝日境明光，南国微风苏合香。"

苏两赋 sū liǎng fù
【分类】文化
【关键词】苏轼
【释义】也称二赋。指北宋文学家苏轼先后做《赤壁赋》与《后赤壁赋》。见《苏轼文集》。
【例句】宋释居简《赤壁泛月》："天教两赋酬风雅，不谓人闲作画看。"宋许及之《喻工部追…》："天公不借苏仙便，两赋那成赤壁游。"宋何颉《和韩子苍…》："二赋人间真吐凤，五年溪上不惊鸥。"元凌云翰《画》："长为江山增感慨，后前两赋类庄骚。"

苏门长啸 sū mén cháng xiào
【分类】文化
【关键词】阮籍
【释义】指啸咏。亦比喻高士的情趣。《晋书·阮籍列传》："籍尝于苏门山遇孙登，与商略终古及栖神导气之术，登皆不应，籍因长啸而退。至半岭，闻有声若鸾凤之音，响乎岩谷，乃登之啸也。"
【例句】唐孟浩然《题终南翠…》："风泉有清音，何必苏门啸。"唐杜甫《上后园山脚》："敢为苏门啸，庶作梁父吟。"唐白居易《秋池独泛》："严子垂钓日，苏门长啸时。"唐庞德公《同鹿门少…》："唯有岘亭清夜月，与君长啸学苏门。"

苏秦佩印 sū qín pèi yìn
【分类】政治
【关键词】苏秦
【释义】指苏秦合纵连横，佩六国相印抗秦一事。源见"二顷季子田"。
【例句】唐白居易《初除官蒙…》："惠深范叔绨袍赠，荣过苏秦佩印归。"唐杜荀鹤《遣怀》："题桥每念相如志，佩印当期季子荣。"唐薛逢《座中走笔…》："未学苏秦荣佩印，却思平子赋归田。"明黄卿《洛阳道》："苏秦佩印日，车马去如流。"

苏属国 sū shǔ guó
【分类】政治
【关键词】苏武
【释义】指苏武。《汉书·苏建传》附《苏武传》："苏武出使匈奴，被拘禁十九年，回到汉朝后，'拜为典属国，秩中二千石'。"
【例句】唐储嗣宗《过王右丞…》："感深苏属国，千载五言诗。"唐王维《陇头吟》："苏武才为典属国，节旄落尽海西头。"唐皎然《武源行赠…》："瀰亭不重李将军，汉爵犹轻苏属国。"唐聂夷中《胡无人行》："悠哉典属国，驱羊老一生。"

苏台 sū tái
【分类】生活
【关键词】西施
【释义】即姑苏台。源见"姑苏台"。
【例句】唐王湾《晚春诣苏…》："苏台忆季常，飞棹历江乡。"唐白居易《赴苏州至…》："杭城隔岁转苏台，还拥前时五马回。"唐白居易《酬刘和州…》："钱唐山水接苏台，两地寨帷愧不才。"唐刘商《早夏月夜…》："君向苏台长见月，不知何事此中看。"

苏武节 sū wǔ jié
【分类】政治
【关键词】苏武
【释义】咏坚持气节的高尚品行。源见"苏武牧羊"。
【例句】唐杨炯《和刘长史…》："钟期琴未奏，苏武节犹新。"唐贯休《战城南》："轻猛李陵心，摧残苏武节。"五代徐铉《闻查建州…》："皓首应全苏武节，故人谁得李陵书。"宋陆游《稽山雪》："冻吟孰窥袁安户，僵卧秃尽苏武节。"

苏武牧羊 sū wǔ mù yáng
【分类】政治
【关键词】苏武
【释义】咏忠贞不屈之典。苏武出使匈奴被扣，持节不屈，北海牧羊十九年方回。《汉书·苏建·（子）苏武》："单于愈益欲降之，乃幽武置大窖中，绝不饮食。天雨雪，武卧啮雪与旃毛并咽之，数日不死，匈奴以为神，乃徙武北海上无人处，使牧羝，羝乳乃得归。"
【例句】唐李白《千里思》："李陵没胡沙，苏武还汉家。"唐杜甫《题郑十八…》："贾生对鹏伤王傅，苏武看羊陷贼庭。"唐杜甫《寄李十二…》："苏武先还汉，黄公岂事秦。"唐贾岛《巴兴作》："苏卿持节终还汉，葛相行师自渡泸。"宋滕茂实《临终诗》："牧羊困苏武，假道拘张骞。"

苏仙　sū xiān
【分类】文化
【关键词】苏轼
【释义】指苏轼。《豫章集·次韵宋懋宗三月十四日到西池都人盛观翰林公出邀》："还作邀头惊俗眼，风流文物属苏仙。"
【例句】宋黄庭坚《次韵宋懋…》："还作邀头惊俗眼，风流文物属苏仙。"宋谢逸《梅》："罗浮山下月纷纷，曾共苏仙醉一樽。"宋范成大《夜行上沙…》："苏仙上宾天，妙意终难陈。"宋朱熹《与诸人用…》："罗浮山下黄茅村，苏仙仙去余诗魂。"

苏小小　sū xiǎo xiǎo
【分类】生活
【关键词】苏小小
【释义】南朝齐时钱塘名妓。颇工诗词。十九岁病死，苏小小墓位于西泠桥畔。《乐府诗集·苏小小歌》《乐府广题》曰："苏小小，钱塘名倡也，盖南齐时人。西陵在钱塘江之西，歌云《西陵松柏下》是也。"
【例句】唐罗隐《江南行》："西陵路边月悄悄，油壁轻车苏小小。"唐徐凝《嘉兴寒食》："唯有县前苏小小，无人送与纸钱来。"唐李绅《真娘》："墓还似钱塘苏小小，祗应回首是卿卿。"聂绀弩《元旦寄慎…》："孤山树老娟娟影，抔土草新小小坟。"

苏辛　sū xīn
【分类】政治
【关键词】辛庆忌
【释义】指汉苏建、苏武及辛武贤、辛庆忌。喻指勇健威武之臣。《汉书·赵充国辛庆忌传赞》："杜陵苏建、苏武…狄道辛武贤、庆忌，皆以勇武显闻。苏辛父子著节，此其可称列者也。"
【例句】唐杜牧《少年行》："田窦长留醉，苏辛曲护岐。"宋洪皓《次韵学士…》："妄意合成同晋楚，羞言著节继苏辛。"清杨葆光《百字令》："幕府清才，风流太守，谁是苏辛敌。"

苏张　sū zhāng
【分类】政治
【关键词】苏秦张仪
【释义】战国时纵横家苏秦、张仪的并称。《史记·苏秦列传》："'今子释本而事口舌，困，不亦宜乎！'苏秦闻之而惭。"《史记·张仪列传》："张仪乃朝，谓楚使者曰：'臣有奉邑六里，愿以献大王左右。'"
【例句】唐崔玄真《大还丹口诀》："似子还婚小女儿，苏张下说情难失。"唐武元衡《行路难》："非故败他却成此，苏张终作多言鬼。"唐贯休《行路难》："败他成此亦何功，苏张终作多言鬼。"宋邵雍《七国》："七国纵横事已明，苏张得路信非平。"

酥酪弟兄　sū lào dì xiong
【分类】文化
【关键词】穆宁
【释义】咏家法清严、兄弟贤达之典。《旧唐书·穆宁列传·(子)穆赞、穆质、穆员、穆赏》："质兄弟俱有令誉而和粹，世人'滋味'目之：赞俗而有格为酪，质美而多入为酥，员为醍醐，赏为乳腐。"
【例句】宋宋庠《送谢沂进士》："别路云霞交友阔，庆门酥酪弟兄贤。"宋宋庠《寄武昌胡…》："君家酥酪弟兄贤，督府从军滞幕莲。"宋宋庠《送连氏昆…》："酥酪君家伯仲贤，相从黉舍俟经年。"宋晁说之《赠江子和…》："酥酪醍醐俱可口，何但疗我渴与饥。"

俗物　sú wù
【分类】生活
【关键词】阮籍
【释义】对世俗庸人的鄙称。也指不高雅的物品。《世说新语·排调》："嵇、阮、山、刘在竹林酣饮，王戎后往，步兵曰：'俗物已复来败人意！'王笑曰：'卿辈意亦复可败邪？'"
【例句】唐宋之问《题鉴上人房》："房中无俗物，林下有青苔。"唐杜甫《漫成》："眼边无俗物，多病也身轻。"唐韦应物《假中枉卢…》："应笑王戎成俗物，遥持麈尾独徘徊。"唐皎然《酬秦山人》："山僧待客无俗物，唯有窗前片碧云。"

肃肃　sù sù
【分类】生活
【关键词】诗经
【释义】恭敬、严正、肃穆貌。《诗经·大雅·思齐》："雍雍在宫，肃肃在庙。"汉毛传："肃肃，敬也。"《诗经·小雅·黍苗》："肃肃谢功，召伯营之。"汉郑笺："肃肃，严正之貌。"
【例句】唐许敬宗《送刘散员…》："风来闻肃肃，雾罢见苍苍。"唐道世《颂》："缁徒既肃肃，法侣亦锵锵。"唐王建《元日早朝》："帝居在蓬莱，肃肃钟漏深。"唐卢纶《冬日登城…》："风声肃肃雁飞绝，云色茫茫欲成雪。"唐王卓《观北番谒庙》："肃肃层城里，巍巍祖庙清。"

素餐　sù cān
【分类】政治
【关键词】诗经
【释义】指无功受禄，不劳而食。《诗经·魏风·伐檀》："彼君子兮，不素餐兮。"汉毛传："素，空也。"汉赵岐注《孟子·尽心篇》云："无功而食，谓之素餐。"
【例句】唐韦应物《冬至夜寄…》："理务无异政，所忧在素餐。"唐王维《游悟真寺》："薄宦惭尸素，终身拟尚玄。"唐白居易《初翌中书…》："自惭拙宦叨清贵，还有痴心怕素餐。"唐白居易《游悟真寺诗》："拙直不合时，无益同素餐。"

素车白马　sù chē bái mǎ
【分类】生活
【关键词】汉高祖
【释义】丧事使用的车马,后用为送丧之词。《史记·高祖本纪》:"汉元年十月,沛公兵遂先诸侯至霸上。秦王子婴素车白马,系颈以组,封皇帝玺,降轵道旁。"
【例句】唐杜甫《哭韦大夫…》:"素车犹恸哭,宝剑欲高悬。"唐白居易《劝酒》:"游人驻马出不得,白舆素车争路行。"唐窦巩《哭吕衡州…》:"望尽素车秋草外,欲将身赎返魂香。"宋王柏《挽何南坡》:"素车白马人归后,鹤唳猿啼总些音。"

素娥　sù é
【分类】生活
【关键词】谢庄
【释义】嫦娥的别称。亦用作月及白衣美女的代称。《昭明文选·南朝宋谢庄〈月赋〉》:"引玄兔于帝台,集素娥于后庭。"唐李周翰注:"常娥窃药奔月,因以为名。月色白,故云素娥。"
【例句】唐江满昌《大唐大慈…》:"眼浮紫电夏天影,面驻素娥秋夜轮。"唐许浑《对雪》:"素娥冉冉拜瑶阙,皓鹤纷纷朝玉京。"唐李商隐《霜月》:"青女素娥俱耐冷,月中霜里斗婵娟。"唐唐彦谦《红叶》:"素娥前夕月,青女夜来霜。"

素履　sù lǚ
【分类】生活
【关键词】周易
【释义】比喻质朴无华、清白自守的处世态度。《周易·履》:"初九,素履往,无咎。象曰:素履之往,独行愿也。"三国魏王弼注:"履道恶华,故素乃无咎。"高亨注:"素,白色无文彩。履,鞋也。'素履往',比喻人以朴素坦白之态度行事,此自无咎。"
【例句】唐权德舆《郊居岁暮…》:"素履期不渝,永怀丘中志。"唐何坚《次韵答沈…》:"素履衡门秉直忠,挂冠金阙回江东。"唐柳宗元《游南亭夜…》:"观象嘉素履,陈诗谢干旄。"唐张祜《投常州从…》:"素履冰容静,新词玉润枞。"

素面朝天　sù miàn cháo tiān
【分类】生活
【关键词】杨太真
【释义】原谓妇女不施脂粉朝见帝王。现多指女子不化妆打扮时的真实面貌。《杨太真外传》:"封大姨为韩国夫人,三姨为虢国夫人,八姨为秦国夫人,同日拜命,皆月给钱十万为脂粉之资。然虢国不施脂粉,自炫美艳,常素面朝天。"
【例句】宋张明中《白牡丹》:"虢国夫人呈素面,滕家仙子削琼肤。"宋王十朋《丁香花》:"素面含情宋玉愁,仙肌带湿真妃澡。"明吴宽《为钱副郎…》:"黄筌赵昌曷不师,素面朝天夸虢姨。"清刘荫《木香》:"素面朝天秀可餐,锦鹏儿付掌中看。"

素女　sù nǚ
【分类】文化
【关键词】史记
【释义】中国神话中擅长鼓瑟的女神,与黄帝同时。《史记·封禅书》:"太帝使素女鼓五十弦瑟,悲,帝禁不止,故破其瑟为二十五弦。""作二十五弦及空侯,琴瑟自此起。"
【例句】唐李贺《李凭箜篌引》:"江娥啼竹素女愁,李凭中国弹箜篌。"唐鲍溶《弄玉词》:"素女结念飞天行,白玉参差凤皇声。"唐李郢《送人之岭南》:"谢氏海边逢素女,越王潭上见青牛。"宋杨亿《灯夕寄献…》:"金吾缇骑章台陌,素女繁弦太帝家。"

素王　sù wáng
【分类】政治
【关键词】庄子
【释义】犹空王。谓具有帝王之德而未居帝王之位者。儒家专称孔子。《庄子·天道》:"以此处下,玄圣、素王之道也。"晋郭象注:"有其道为天下所归,而无其爵者,所谓素王自贵也。"唐成玄英疏:"即老君、尼父是也。"
【例句】唐刘沧《经曲阜城》:"三千弟子标青史,万代先生号素王。"唐鲍溶《闻国家将…》:"清跸间过素王庙,翠华高映大夫松。"唐韦庄《寄右省李…》:"多惭十载游梁客,未换青襟侍素王。"宋刘挚《次韵和门…》:"雍宫故事收炎汉,阙里斯文盛素王。"

涑水开元祐　sù shuǐ kāi yuán yòu
【分类】政治
【关键词】司马光
【释义】咏大臣扭转危势、开启新端之典。指以司马光为首的旧党,在元祐年间推翻王安石变法。司马光世称涑水先生。《涑水燕谈录》:"司马温公忠厚正直,出于天性,终始一节,故得天下之望。…民遮道曰:'无归洛,留相天子,活百姓。'"
【例句】宋刘克庄《满江红》:"不下莱公扶景德,又如涑水开元祐。"宋方大琮《挽赵南塘》:"端平气脉真堪寄,元祐光阴惜未长。"宋韩淲《赵十读通…》:"往哉涑水翁,元祐第一人。"宋吴锡畴《春日》:"一窗草忆濂溪老,五亩园思涑水翁。"明游朴《题吴莲翁…》:"一尊绿酒柴桑径,五亩青山涑水园。"明王弘诲《发雷阳有…》:"千家涑水看司马,三顾南阳想卧龙。"

宿草　sù cǎo
【分类】生活
【关键词】礼记
【释义】隔年的草。为悼亡之辞。借指坟墓。《礼记·檀弓》:"朋友之墓,有宿草而不哭焉。"唐孔颖达疏:"宿草,陈根也,草经一年则根陈也,朋友相为哭一期,草根陈乃不哭也。"

【例句】唐王勃《伤裴录事…》:"露文晞宿草,烟照惨平林。"唐李绅《趋翰苑遭…》:"旧交封宿草,衰鬓重生刍。"唐卢藏用《宋主簿鸣…》:"新坟蔓宿草,旧阙毁残铭。"唐韩愈《哭杨丘部…》:"宿草与新坟,已矣两如何。"

宿瘤采桑 sù liú cǎi sāng
【分类】政治
【关键词】宿瘤
【释义】咏贤后之典。《列女传·齐宿瘤女》:"闵王出游,至东郭,百姓尽观,宿瘤采桑如故。王怪之…对曰:'妾受父母教采桑,不受教观大王。'王曰:'此奇女也,惜哉宿瘤!'女曰:'婢妾之职,属之不二,予之不忘,中心谓何,宿瘤何伤?'…以为后。出令卑宫室,填洿泽,损膳减乐,后宫不得重采,期月之间,化行邻国。"
【例句】宋晁说之《无己初除…》:"难画浑沌眉,遽识齐宿瘤。"宋韩希孟《练裙带中诗》:"直以才德合,不弃宿瘤瘦。"元郝经《橄榄》:"有如宿瘤妻,苦节真可期。"元刘基《渡江遗怀》:"千金聘宿瘤,顾谓西施丑。"明张煌言《得家信有感》:"佳儿天幸犹完卵,弱女人憎似宿瘤。"

宿莽 sù mǎng
【分类】生活
【关键词】楚辞
【释义】今水莽草。一种经冬不死的香草。特指墓前野草。喻指死亡。《楚辞·离骚》:"朝搴阰之木兰兮,夕揽洲之宿莽。"汉王逸注:"草冬生不死者,楚人名曰宿莽。"
【例句】唐骆宾王《至分水戍》:"阴岩常结晦,宿莽竟含秋。"唐李白《酬裴侍御…》:"鞭尸辱已及,堂上罗宿莽。"宋宋祁《和延州庞…》:"宿骚人传丽赋,女萝山鬼赛丛祠。"宋刘敞《淮上期庞…》:"云烟平宿莽,鸥鸟破春苗。"

宿羽 sù yǔ
【分类】文化
【关键词】孟郊
【释义】指夜晚栖息的鸟。唐孟郊《城南联句》:"宿羽有先晓,食鳞时半横。"
【例句】唐钱众《仲贡院楼…》:"枝低无宿羽,叶静不留尘。"宋梅尧臣《次韵景彝…》:"叩阶除剑履,宿羽动梧楸。"宋刘敞《中夜见月》:"宿羽移深树,商胡惯夜船。"宋刘敞《雨后小园》:"池光俯见游鱼窟,楼角遥临宿羽巢。"

鹔鹴裘贳酒 sù shuāng qiú shì jiǔ
【分类】生活
【关键词】司马相如
【释义】咏贫士饮酒之典。鹔鹴裘,用鹔鹴鸟的皮制成的裘衣。《西京杂记》:"司马相如初与卓文君还成都,居贫愁懑,以所著鹔鹴裘就市人阳昌贳酒,与文君为欢。"
【例句】唐李白《怨歌行》:"鹔鹴换美酒,舞衣罢雕龙。"唐陆龟蒙《答友人》:"能说鹔鹴来换酒,五湖赊与一年春。"元孙蕡《重过林氏…》:"兴发共吟鹦鹉赋,酒阑重解鹔鹴

裘。"聂绀弩《排水赠姚…》:"零下更低三十度,丈夫焉用肃霜裘。"

宿醉 sù zuì
【分类】生活
【关键词】阮籍
【释义】谓经宿尚未全醒的余醉。《世说新语·文学》:"司空郑冲,驰遣信就阮籍求文,籍时在袁孝尼家,宿醉扶起,书札为之,无所点定,乃写付使,时人以为神笔。"
【例句】唐沈佺期《奉和春日…》:"定是风光牵宿醉,来晨复得幸昆明。"唐白居易《洛桥寒食…》:"宿醉头仍重,晨游眼乍明。"唐杨衡《早春即事》:"眼重朝眠足,头轻宿醉醒。"宋晏殊《假中示判…》:"春寒不定斑斑雨,宿醉难禁滟滟杯。"

睢夸遁世 suī kuā dùn shì
【分类】政治
【关键词】睢夸
【释义】咏隐通不仕之典。《北史·睢夸传》:"睢夸一名旭…少有大度,不拘小节,耽好书传,未曾以世务经心。好饮酒,浩然物表…高尚不仕,寄情丘壑…奏征为中郎,辞疾不赴。"
【例句】唐柳宗元《同刘二十…》:"思乡比庄舄,遁世遇睢夸。"

睢水英雄 suī shuǐ yīng xióng
【分类】政治
【关键词】项羽
【释义】战事惨败之典。《史记·项羽本纪》:"汉卒皆南走山,楚又追击至灵壁东睢水上。汉军却,为楚所挤,多杀,汉卒十余万人皆入睢水,睢水为之不流。"
【例句】唐顾况《行路难》:"睢水英雄多血刃,建章宫阙成煨烬。"唐余镐《哀林虔中》:"常山忽为孤城死,睢水空存百战谋。"宋李纲《以旧赐战…》:"铁马金戈睢水上,碧油红旆海山滨。"宋胡寅《古今豪逸…》:"彭城正高会,睢水已填尸。"宋陆文圭《北人穆陵…》:"寒日无光天地晦,一似项刘睢水战。"

睢盱 suī xū
【分类】生活
【关键词】张衡
【释义】睁眼仰视貌。汉张衡《西京赋》:"迺卒清候,武士赫怒,缇衣韎韐,睢盱拔扈。"喜悦貌。《易·豫》:"盱豫悔。"唐孔颖达疏:"盱,谓睢盱。睢盱者,喜悦之貌。"
【例句】唐李白《答杜秀才…》:"陶公瞿铄呵赤电,回禄睢盱扬紫烟。"唐韩愈《谒衡岳庙…》:"庙令老人识神意,睢盱侦伺能鞠躬。"唐韩愈《射训狐》:"咨余往射岂得已,候女两眼张睢盱。"唐元稹《遭风二十韵》:"罔象睢盱频逞怪,石尤翻动忽成灾。"唐元稹《春分投简…》:"牛侬惊力直,蚕妾笑睢盱。"

绥山桃　suí shān táo
【分类】文化
【关键词】葛由
【释义】喻仙桃。源见"骑羊成仙"。
【例句】唐李义府《招谕有怀》："不求绥岭桃,宁美邛乡蒟。"唐陈子昂《感遇诗》："梦登绥山穴,南采巫山芝。"宋李彭《送敦诗游…》："探囊得长句,如取绥山桃。"明区大相《正月十六…》："绥山桃实成并蒂,东海扶枝作连理。"

隋堤　suí dī
【分类】生态
【关键词】开河记
【释义】隋炀帝时沿通济渠、邗沟河岸修筑的御道,道旁植杨柳,后人谓之隋堤。《开河记》："时恐盛暑,翰林学士虞世基献计,请用垂柳栽于汴渠两堤上。一则树根四散,鞠护河堤。二乃牵船之人,护其阴凉。三则牵舟之羊食其叶。"
【例句】唐李世民《春池柳》："年柳变池台,隋堤曲直回。"唐皎然《送僧之扬州》："平明择钵向风轻,正及隋堤柳色行。"唐韩溉《柳》："彭泽有情还郁郁,隋堤无主自依依。"唐许浑《送上元王…》："日照兼葭明楚塞,烟分杨柳见隋堤。"

隋堤柳　suí dī liǔ
【分类】文化
【关键词】白居易
【释义】咏柳怀古之典。康熙《扬州府志·古迹》载："隋炀帝大业元年开通济渠…沿通济渠、邗沟筑御道,道旁种植杨柳,后人谓之隋堤。"唐白居易《隋堤柳》："隋堤柳,岁久年深尽衰朽。"
【例句】唐吴融《隋堤》："搔首隋堤落日斜,已无余柳可藏鸦。"宋李昭玘《经睢阳有感》："梁苑衣冠共黄壤,隋堤杨柳几春风。"宋华镇《过永城寄…》："双凫犹在隋堤柳,准拟同看两岸丝。"宋毛滂《隋堤写怀…》："隋堤官柳今许长,前年雪里曾相识。"

隋侯珠　suí hóu zhū
【分类】文化
【关键词】搜神记
【释义】指宝珠。亦泛指至珍之物。亦曰'灵蛇珠',又'明月珠'。源见"随侯蛇珠"。
【例句】唐施肩吾《过桐庐场…》："眼前横掣断犀剑,心中暗转灵蛇珠。"唐崔备《和武相公…》："隋侯恩未报,犹有夜珠圆。"宋刘敞《杂诗》："勿以隋侯珠,弹雀千仞峰。"宋程俱《过颜几故…》："少年豪于文,自拟灵蛇珠。"元郑潜《江上遣兴》："隋侯明月珠,照乘光十二。"明卢楠《送张山…》："何云明月珠,吐之隋侯轩。"

隋珠弹雀　suí zhū tán què
【分类】政治
【关键词】庄子
【释义】比喻轻重倒置,得不偿失。《庄子·让王》："凡圣人之动作也,必察其所以之与其所以为。今且有人于此,以隋侯之珠弹千仞之雀,世必笑之,是何也?则其所用者重而所要者轻也。"
【例句】唐李白《送窦司马…》："赵璧为谁点,隋珠枉被弹。"唐耿湋《晚登虔州…》："楚剑期终割,隋珠惜未弹。"宋郭祥正《次韵元与…》："卞玉逢知终荐达,隋珠投暗只惊嗟。"宋程正同《思越人》："曾把隋珠抵鹊来。拓弓花下不虚开。"

随(隋)侯蛇珠　suí hóu shé zhū
【分类】政治
【关键词】搜神记
【释义】形容感恩报德。《搜神记》："隋侯出行,见大蛇,被伤中断,疑其灵异,使人以药封之。蛇乃能走。因号其处断蛇丘。岁余,蛇衔明珠以报之。珠盈径寸,纯白,而夜有光明,如月之照,可以烛室。"
【例句】唐施肩吾《过桐庐场…》："眼前横掣断犀剑,心中暗转灵蛇珠。"唐孟郊《答友人》："自非随(隋)氏掌,明月安能持。"唐方干《送郑端公》："随(隋)珠此去方酬德,赵璧当时误指玩。"五代欧阳炯《题景焕画…》："曾持象简累为官,又有蛇珠常在握。"明王世贞《壬午初冬…》："人惊罔象珠仍得,我识随(隋)侯月故圆。"

随会留秦　suí huì liú qín
【分类】政治
【关键词】随会
【释义】被迫逃亡之典。《左传·文公十三年》："晋人患秦之用士会也…赵宣子曰:'随会在秦…难日至矣,若之何?'…乃使魏寿余以魏叛者以诱士会,执其帑于晋,使夜逸。"晋大夫士会(封于随)因国内立太子夷皋为君,又派兵赶出送公子雍的秦军,他只得被迫逃往秦国。
【例句】唐吕让《和入京》："钟仪悲去楚,随会泣留秦。"唐张说《过庾信宅》："包胥非救楚,随会反留秦。"唐元稹《刘二十八…》："张骞却上知何日,随会归期在此年。"清王士禛《年来钱牧…》："九原可作思随会,四海论交忆孔融。"

随计吏　suí jì lì
【分类】生活
【关键词】朱买臣
【释义】计吏,将郡县政情、收入等情况登录并上报中央政府的官吏。汉代朱买臣为上计吏推车,才得以到长安待诏公车。后因指贫寒之士刻苦求取功名。《汉书·朱买臣传》："后数岁,买臣随上计吏为卒,将重车至长安,诣阙上书,书久不报。"
【例句】唐张乔《郢州即事》："此地秋风起,应随计吏还。"唐刘禹锡《送曹璩归》："地远何当随计吏,策成终自诣公车。"唐李咸用《宿隐者居》："又须随计吏,鸡鹤迥然分。"唐徐铉《送彭秀才…》："他日时清更随计,莫如刘阮洞中迷。"

随龙　　suí lóng
【分类】政治
【关键词】司马光
【释义】谓东宫僚佐官吏随太子即位而得重用。宋司马光《郭昭选札子》："国初草创，夫步尚艰，故祖宗即位之始，必拔擢左右之人，以为腹心羽翼，岂以为永世之法哉⋯有司因循踵为故事，凡东宫官吏，一概超迁，谓之随龙。"
【例句】唐储光羲《述华清宫》："高山大风起，肃肃随龙驾。"唐鲍溶《采珠行》："海人惊窥水底火，百冬错落随龙行。"唐张乔《孤云》："莫言长是无心物，还有随龙作雨时。"唐李商隐《咏云》："潭暮随龙起，河秋压雁声。"

随厮养　　suí sī yǎng
【分类】政治
【关键词】张耳
【释义】咏贤才之典。《史记·张耳陈馀列传》："赵王闲出，为燕军所得⋯有厮养卒谢其舍中曰：'吾为公说燕，与赵王载归。'舍中皆笑曰：'使者往十余辈，辄死，若何以能得王？'⋯'夫以一赵尚易燕，况以两贤王左提右挈，而责杀王之罪，灭燕易矣。'⋯燕将以为然，乃归赵王，养卒为御而归。"厮养卒，秦汉时担任炊事杂役的兵卒。
【例句】唐杜甫《过南岳入⋯》："才淑随厮养，名贤隐锻炉。"唐杜甫《韦讽录事⋯》："霜蹄蹴踏长楸间，马官厮养森成列。"宋胡处晦《上元行》："毛遂不得处囊中，远惭赵氏厮养卒。"宋陈深《题唐圉人⋯》："枥下髯奴真厮养，眼中元不识骅骝。"

随阳雁　　suí yáng yàn
【分类】文化
【关键词】尚书
【释义】指大雁。因其为最有代表性的候鸟，随着太阳的偏向北半球和南半球而北迁南徙，故称。《尚书·禹贡》："阳鸟攸居。"《孔氏传》："随阳之鸟，鸿雁之属。"亦比喻趋炎附势者。
【例句】唐孟浩然《冬至后过⋯》："鸟泊随阳雁，鱼藏缩项鳊。"唐李冶《送阎伯均⋯》："唯有随阳雁，年年来去飞。"唐杜甫《同诸公登⋯》："君看随阳雁，各有稻粱谋。"宋刘应时《闻范至能⋯》："诸公有类随阳雁，此老方为透网鳞。"

岁寒操　　suì hán cāo
【分类】政治
【关键词】论语
【释义】咏品格坚贞之典。源见"岁寒松柏"。
【例句】唐李咸用《古意论交》："多为势利朋，少有岁寒操。"唐白居易《栽杉》："移栽东窗前，爱尔寒不凋。"宋释契嵩《古意》："持此岁寒操，手中空楚楚。"宋释德洪《次韵思禹⋯》："不改平生岁寒操，近来随世解方圆。"

岁寒茂松　　suì hán mào sōng
【分类】政治
【关键词】世说新语
【释义】用作称颂人高风亮节的典故。《世说新语·赏誉》："有问秀才：'吴旧姓何如？'答曰：'张威伯岁寒之茂松，幽夜之逸光。'"南朝梁刘孝标注："秀才，蔡洪也。《集》载洪与刺史周俊书曰：'张畅字威伯，吴郡人。禀性坚明，志行清朗，居磨涅之中，无淄磷之损。岁寒之松柏，幽夜之逸光也。'"
【例句】唐李德裕《题罗浮石》："清景持芳菊，凉天倚茂松。"唐杜甫《八哀诗》："秘书茂松意，溟涨本末浅。"唐吴融《题画柏》："有意兼松意，无情从麋食。"宋钱亿年《次游玉虚⋯》："茂松修竹昼阴阴，涧水幽流一径深。"

岁寒松柏　　suì hán sōng bǎi
【分类】政治
【关键词】论语
【释义】喻指在逆境艰难中能保持节操的人。《论语·子罕》："岁寒，然后知松柏之后凋也。"
【例句】唐皎然《九日和于⋯》："摇落见松柏，岁寒比忠贞。"唐刘禹锡《将赴汝州⋯》："后来富贵已零落，岁寒松柏犹依然。"宋释智圆《贻叶秀才诗》："松柏异众木，岁寒陵严霜。"宋秦观《和东坡》："芝兰不独庭中秀，松柏仍当雪后青。"

岁时伏腊　　suì shí fú là
【分类】生活
【关键词】张九龄
【释义】岁时：一年四季；伏腊：伏日和腊日。指四季节节更换之时。《旧唐书·张九龄传》："又以其弟九章，九皋为岭南道刺史，令岁时伏腊，皆得宁觐。"
【例句】唐杜甫《咏怀古迹》："古庙杉松巢水鹤，岁时伏腊走村翁。"宋李新《一晓发射⋯》："岁时伏腊追社集，照水自爱双颊红。"宋蔡如松《九侯山神诗》："岁时伏腊走村翁，酾钱买酒烹羊豕。"宋俞德邻《村居即事》："岁时伏腊歌呼处，三世儿孙共一家。"

岁星　　suì xīng
【分类】文化
【关键词】东方朔
【释义】木星，以其所在位置，作为纪年的标准。《汉武故事》：东方朔"是木帝精为岁星，下游人中，以观天下，非陛下臣也"。指太岁，用以喻灾祸。
【例句】唐杜甫《题郑十八⋯》："祢衡实恐遭江夏，方朔虚传是岁星。"宋李至《至启伏以⋯》："岁星降后苍生福，元化调来圣祚昌。"宋苏轼《斋日致语》："甲子会逢三朔旦，岁星行看两周天。"聂绀弩《遇有光西安》："人讥后补无完裤，我恐先生是岁星。"

岁月如流　　suì yuè rú liú
【分类】生活

【关键词】徐陵
【释义】形容时光如流水般迅速逝去。《陈书·徐陵传》："岁月如流,平生何几。"
【例句】唐岑参《客舍悲秋…》："人间岁月如流水,客舍秋风今又起。"唐萧微《题少陵别墅》："人间岁月如流水,何事频行此路中。"唐陆龟蒙《子夜变歌》："岁月如流迈,行已及素秋。"唐萧微《题少陵别墅》："人间岁月如流水,何事频行此路中。"

岁云暮矣 suì yún mù yǐ
【分类】生活
【关键词】诗经
【释义】岁暮,一年将尽。云,语气助词,无义。《诗经·小雅·小明》："昔我往矣,日月方除,曷云其还,岁聿云暮。"
【例句】唐陈子昂《感遇诗》："丁亥岁云暮,西山事甲兵。"唐杜甫《岁晏行》："岁云暮矣多北风,潇湘洞庭白雪中。"唐罗隐《菊》："篱落岁云暮,数枝聊自芳。"宋王质《和张君玉》："风动一江吹晚雪,岁云暮矣送将归。"

岁朝 suì zhāo
【分类】生活
【关键词】周磐
【释义】正月初一,元旦。《后汉书·周磐传》："岁朝会集诸生,讲论终日。"唐李贤注："岁朝,岁旦。"
【例句】唐张籍《拜丰陵》："岁朝园寝遣公卿,省班中亦摄行。"宋张方平《云》："雪意低浓伤旅馆,岁朝黄润喜农畴。"宋刘克庄《杂咏》："岁朝不相见,隔日问三公。"聂绀弩《杂诗其一…》："岁朝除夕贫多嘴,狂热浩歌老中寒。"

遂初 suì chū
【分类】政治
【关键词】孙绰
【释义】谓去官隐居,得遂其初愿。《晋书·孙绰传》："少与高阳许询俱有高尚之志,居于会稽,游牧山水,十年有余,乃作《遂初赋》以致其意。"汉刘歆、葛龚先后作《遂初赋》。
【例句】唐罗隐《新安投所知》："云埋野艇吟归去,草没山田赋遂初。"五代徐铉《寄江都路…》："县斋晓闭多移病,南亩秋荒忆遂初。"唐卢纶《和李中丞…》："积学早成道,感恩难遂初。"聂绀弩《悠然六十》："中书君倘尚中书,不是遂初也遂初。"

碎金 suì jīn
【分类】文化
【关键词】谢安
【释义】用为称美佳作之典。《世说新语·文学》："桓公见谢安石作简文谥议,看竟,掷与座诸客曰:'此是安石碎金。'"后也指零钱。
【例句】唐韦庄《和薛先辈》："鲁毅铿寒玉,苔山激碎金。"唐白居易《寄卢协律》："满卷玲珑实碎金,展开无不称人

心。"唐广宣《九月菊花…》："细枝青玉润,繁蕊碎金香。"宋王安石《次韵张子…》："风泉隔屋撞哀玉,竹月缘阶贴碎金。"

燧象 suì xiàng
【分类】政治
【关键词】左传
【释义】咏大象或喻激励将士奋勇冲杀之典。《左传·定公四年》："针尹固与王同舟,王使执燧象以奔吴师。"晋杜预注："烧火燧系象尾,使赴吴师,惊却之。"
【例句】唐孔绍安《结客少年…》："吴师惊燧象,燕将警奔牛。"唐李峤《象》："执燧奔吴战,量舟入魏墟。"宋苏轼《云龙山观…》："火牛入燕垒,燧象奔吴军。"宋洪咨夔《哭都城火》："曾楼杰观舞燧象,绮峰绣陌奔烛龙。"

孙敖秉羽 sūn áo bǐng yǔ
【分类】政治
【关键词】孙叔敖
【释义】称美宰相有善政之典。《庄子·徐无鬼》："仲尼之楚,楚王觞之。孙叔敖执爵而立…曰:'丘也闻不言之言矣,未之尝言,于此乎言之;市南宜僚弄丸而两家之难解;孙叔敖甘寝秉羽而郢人投兵。丘愿有喙三尺!'"唐成玄英疏："姓孙,字叔敖,楚之令尹,甚有贤德者也。郢,楚都也。投,息也。叔敖蕴藉实知,高枕而逍遥,会理忘言,执羽扇而自得,遂使敌国不侵,折冲千里之外,楚人无事,修文德,息其武略。"
【例句】唐李德裕《寒食日三…》："寝谋惭汲黯,秉羽贵孙敖。"唐储光羲《刘先生闲居》："甘寝何秉羽,出门忽从戎。"宋苏颂《和北游》："令尹投兵方秉羽,羊公临塞但轻裘。"宋曾协《送王炎弼…》："楚国尚勇力,秉羽而甘寝。"

孙被 sūn bèi
【分类】政治
【关键词】公孙弘
【释义】指公孙弘之布被。西汉公孙弘位至宰相,但还盖布做的被子。后用以咏宰相清廉之典。亦用以咏布被。《汉书·公孙弘传》："汲黯曰:'弘位在三公,奉禄甚多,然为布被,此诈也。'"
【例句】唐李峤《布》："孙被登三相,刘农闸四方。"宋陆游《病告中遇…》："公孙布被久有味,子敬青毡暖无匹。"宋苏辙《和柳子玉…》："京兆牛衣聊可藉,公孙布被须旋缝。"宋毕仲游《早寒》："晏叔狐裘稳,公孙布被完。"

孙膑 sūn bìn
【分类】政治
【关键词】孙膑
【释义】战国军事家,孙武后代。辅佐齐将田忌两次击败庞涓,奠定了齐国的霸业。《史记·孙子吴起列传》："膑亦孙武之后世子孙也。孙膑尝与庞涓俱学兵法。""齐以孙膑为师,大败魏师。"
【例句】唐卢照邻《结客少年…》："孙膑遥见待,郭解暗相

通。"唐韩愈《赠崔立之…》："尔来但欲保封疆，莫学庞涓怯孙膑。"宋邵雍《孙庞二将》："孙膑伏兵称有法，庞涓钻火一何愚。"聂绀弩《赠电工小蒋》："天以邹阳继邹衍，史传孙武即孙膑。"

孙策　sūn cè
【分类】政治
【关键词】孙策
【释义】字伯符，孙坚长子，孙权长兄。汉末群雄之一，三国时期孙吴的奠基者之一。二十六岁遇刺身亡。《三国志·孙破虏讨逆传》："策为人，美姿颜，好笑语，性阔达听受，善于用人，是以士民见者，莫不尽心，乐为致死。"
【例句】唐罗隐《吴门晚泊…》："十万梅销空寸土，三分孙策竟荒丘。"宋周南《宿春谷》："獬儿总角交孙策，牛渚明年得小乔。"元姚文奂《题二乔图》："乔公二妹皆国色，一嫁周瑜一孙策。"明石宝《往年尝拜…》："帝爱贾生知治体，世传孙策好丰神。"

孙晨藁席　sūn chén gǎo xí
【分类】生活
【关键词】孙晨
【释义】咏贫士之典。《三辅决录》："孙晨字元公，家贫不仕，居社城中，织箕为业。明诗书，为郡功曹。冬月无被，有藁一束，暮卧其中，旦收之。"
【例句】唐李瀚《蒙求》："孙晨藁席，原宪桑枢。"宋刘克庄《饯送高大…》："席藁臣言慭，分茅圣度宽。"明林俊《地炉纸帐…》："蛮溪十幅谢编连，藁席绵衾对静便。"明孙绪《杨师文骢…》："大奸缩首羞欲死，束身藁席朝堂里。"

孙楚　sūn chǔ
【分类】文化
【关键词】孙楚
【释义】西晋文学家。官至冯翊太守。《晋书·孙楚传》："孙楚字子荆…楚少时欲隐居，谓济曰：'当欲枕石漱流。'误云：'漱石枕流。'济曰：'流非可枕，石非可漱。'楚曰：'所以枕流，欲洗其耳，所以漱石，欲砺其齿。'"漱：冲洗。
【例句】唐杜甫《奉赠卢五…》："入幕知孙楚，披襟得郑侨。"唐贾至《送夏侯参…》："勉哉孙楚吏，彩服正光辉。"唐权德舆《送信安刘…》："参卿若孙楚，隐市同梅福。"唐崔致远《中和甲辰…》："呜咽张良言未用，潺湲孙楚枕应寒。"五代谭用之《寄左先辈》："万卷祖龙坑外物，一泓孙楚耳中泉。"

孙登长啸　sūn dēng cháng xiào
【分类】文化
【关键词】阮籍
【释义】喻指高士啸傲豪情。源见"苏门长啸"。
【例句】唐张昌宗《奉和圣制…》："叔夜弹琴歌《白雪》，孙登长啸韵清风。"唐朱湾《七贤庙》："长啸或可拟，幽琴难再听。"五代贯休《拟齐梁酬…》："孙登啸一声，缥缈不可

寻。"宋徐积《山中乐》："岂如孙登但长啸，眼看时事如鸿毛。"宋黄庭坚《次韵邵之…》："幽洞寻花疑阮肇，断崖长啸想孙登。"

孙弘开阁　sūn hóng kāi gé
【分类】政治
【关键词】公孙弘
【释义】谓礼敬贤士，延纳贤才。源见"东阁招贤"。
【例句】唐张祜《庚子岁寓…》："扫门踪魏勃，开阁伫孙弘。"唐邵谒《论政》："孙弘不开阁，丙吉宁问牛。"唐韩偓《和王舍人…》："孙弘莫惜频开阁，韩信终期别筑坛。"唐孟浩然《荆门上张…》："召南风更阐，丞相阁还开。"

孙敬闭户　sūn jìng bì hù
【分类】生活
【关键词】孙敬
【释义】嗜学苦读之典。《太平御览》引《楚国先贤传》："孙敬好学，时欲寤寐，悬头至屋梁以自课。常闭户，号为闭户先生。"
【例句】唐李颀《缓歌行》："男儿立身须自强，十年闭户颖水阳。"唐王维《春日与裴…》："闭户著书多岁月，种松皆老作龙鳞。"五代贯休《酬张相公…》："闭户不知芳草歇，无能唯拟住山深。"宋邓肃《戏彦成端友》："闭门嗟我如孙敬，载酒谁人过子云。"元洪焱祖《荆山》："闭户徒劳孙敬学，浪游别换子长文。"

孙康映雪　sūn kāng yìng xuě
【分类】生活
【关键词】孙康
【释义】勤学苦读之典。《昭明文选·任昉〈为萧扬州荐士表〉》："至乃集萤映雪，编蒲缉柳。"李善注引《孙氏世录》："孙康家贫，常映雪读书，清介，交游不杂。"
【例句】唐慕幽《灯》："孙康勤苦谁能念，少减余光借与伊。"唐贯休《寄匡山大…》："一听玄音下竹亭，却思窗雪与囊萤。"唐李子卿《望终南春雪》："余辉倘可借，回照读书人。"宋张景脩《送朱天锡…》："雪窗夜映孙康书，春陇昼荷儿童锄。"元刘炳《秦淮书舍…》："孙康苦志惜居诸，雪夜无灯兴有余。"

孙刘　sūn liú
【分类】政治
【关键词】孙权刘备
【释义】三国吴主孙权和蜀主刘备的并称。《南史·武陵王纪》："地拟孙、刘，各安境界，情深鲁、卫，书信恒通。"
【例句】宋卢奎《晓望》："曾劳秦楚雄吞并，几误孙刘力战争。"宋曹逢《南徐怀古…》："犹有断碑和晋宋，谁将遗石问孙刘。"宋刘克庄《冶城》："孙刘数子如春梦，王谢千年有旧游。"宋陆游《沙头》："孙刘鼎足地，荆益犬牙州。"

孙谋　sūn móu
【分类】政治

【关键词】诗经
【释义】顺应天下人心的谋略。孙，通逊。《诗经·大雅·文王有声》："诒厥孙谋，以燕翼子。"汉郑笺："孙，顺也。传其所以顺天下之谋，以安其敬事之子孙。"一说孙谋是为子孙筹划的意思。宋朱熹集传："谋及其孙，则子可以无事矣。"
【例句】唐杜审言《岁夜安乐…》："睿作尧君宝，孙谋梁国珍。"唐李商隐《寄太原卢…》："祖业隆盘古，孙谋复大庭。"唐杜审言《岁夜安乐…》："睿作尧君宝，孙谋梁国珍。"宋王禹称《还扬州许…》："生无风教兴王化，死无勋爵贻孙谋。"

孙寿 sūn shòu
【分类】生活
【关键词】孙寿
【释义】东汉大将军梁冀的妻子。源见"梁家黛"。
【例句】唐温庭筠《瑟瑟钗》："翠染冰轻透露光，堕云孙寿有余香。"唐罗隐《题袁溪张…》："芳树文君机上锦，远山孙寿镜中眉。"唐韩偓《无题》："堕髻还名寿，修蛾本姓秦。"唐罗虬《比红儿诗》："殷勤为报梁家妇，休把啼妆嫌后人。"

孙寿愁眉 sūn shòu chóu méi
【分类】生活
【关键词】孙寿
【释义】喻妇女妖冶妆饰作态。《风俗通》佚文《服妖》："桓帝元嘉中，京师妇人（孙寿）作愁眉、啼妆、堕马髻、折腰步、龋齿笑。…京师翕然皆仿效之。"
【例句】唐岑参《长门怨》："舞袖垂新宠，愁眉结旧恩。"唐权德舆《杂兴》："丛鬓愁眉时势新，初笄绝代北方人。"宋洪咨《芍药》："牵风孙寿愁眉破，带雨骊姬泪眼横。"宋李清照《咏白菊》："也不似贵妃醉脸，也不似孙寿愁眉。"

孙叔无谋 sūn shū wú móu
【分类】政治
【关键词】孙叔敖
【释义】咏谋臣之典。《左传·宣公十二年》："闻晋师既济，王欲还，嬖人伍参欲战。令尹孙叔敖弗欲，曰：'昔岁入陈，今兹入郑，不无事矣。战而不捷，参之肉其足食乎？'参曰：'若事之捷，孙叔为无谋矣。不捷，参之肉将在晋军，可得食乎？'"邲之战，孙叔敖协助庄王指挥楚军，大败晋兵。
【例句】唐张说《南中送北使》："廉颇诚未老，孙叔宜无谋。"唐张九龄《经江宁览…》："驹王信不武，孙叔是无谋。"宋宋祁《得故人杨…》："暴公初有刺，孙叔竟无谋。"

孙吴 sūn wú
【分类】政治
【关键词】孙武吴起
【释义】春秋时两名著名的军事家孙武和吴起的合称。《史记·孙子吴起列传》："孙子武者，齐人也。以兵法见于吴王阖庐。""吴起者，卫人也，好用兵。尝学于曾子，事鲁君。"
【例句】唐李渤《喜弟淑再…》："口里虽谭周孔文，怀中不舍孙吴略。"唐高适《李云南徵…》："廉蔺若未死，孙吴知暗同。"唐高适《送浑将军…》："李广从来先将士，卫青未肯学孙吴。"唐欧阳詹《许州送张…》："孙吴去后无长策，谁敌留侯直下孙。"

孙武 sūn wǔ
【分类】政治
【关键词】孙武
【释义】春秋时著名军事家、政治家，著《孙子兵法》，被尊称兵圣。《史记·孙子吴起列传》："于是阖庐知孙子能用兵，卒以为将。西破彊楚，入郢，北威齐晋，显名诸侯，孙子与有力焉。"
【例句】唐崔日知《冬日述怀…》："袁公论剑术，孙子叙兵篇。"唐罗隐《题杜甫集》："忍交孙武重泉下，不见时人说用兵。"唐李商隐《南山赵行…》："梁王司马非孙武，且免宫中斩美人。"宋邹浩《又倒用前韵》："棋如孙武推多算，诗似颜渊已竭才。"

孙枝 sūn zhī
【分类】文化
【关键词】嵇康
【释义】梧桐树上侧生的新枝。亦喻孙儿。晋嵇康《琴赋》："乃斫孙枝，准量所任，至人摅思，制为雅琴。"《太平御览》引汉应劭《风俗通》："梧桐生于峄山阳岩石之上，采东南孙枝为琴，声甚清雅。"
【例句】唐白居易《谈氏外孙…》："芣苢春来盈女手，梧桐老去长孙枝。"唐郑浣《和李德裕…》："石室等飙惊，孙枝雅器裁。"唐元稹《酬乐天东…》："祖竹丛新笋，孙枝压旧梧。"唐赵抟《琴歌》："绿琴制自桐孙枝，十年窗下无人知。"唐李商隐《李肱所遗…》："孙枝擢细叶，旖旎狐裘茸。"

孙钟设瓜 sūn zhōng shè guā
【分类】生态
【关键词】孙钟
【释义】咏墓地风水之典。《太平御览》引《幽冥录》："孙钟，吴郡富春人，坚之祖也…种瓜为业，忽有三年少诣乞瓜，钟为设食。临去，曰：'我司命也，感尹不知，何以相报？此山下善，可作冢。'复言：'欲连世封侯而数代天子也（乎）？'钟跪曰：'数代天子，故当所乐。'便为定墓，曰：'君可山下百步后顾见我去处，便是坟所也。'下山行百步，便顾见悉化成白鹤也。"东汉末年，孙坚祖父孙钟以种瓜为业。一日，忽有三少年来求食瓜，钟乃为设食。临行为孙钟指示墓地，使占据风水地，数代为天子。
【例句】宋释文珦《富春屠》："八十老僧偏念古，向余慷慨说孙钟。"明林弼《慈溪孙氏…》："慈溪邑中慈孝门，云是孝感孙钟孙。"明卢龙云《孙氏先茔…》："异矣孙钟墓，相传孝可嘉。"清厉鹗《题张情田…》："鹤飞犹认孙钟里，饭罢同寻步骘家。"

孙仲谋 sūn zhòng móu
【分类】政治
【关键词】吴历
【释义】孙权,字仲谋,三国时期孙吴开国皇帝。《吴历》:"曹公出濡须,作油船,夜渡洲上。权以水军围取,得三千余人…公喟然叹曰:'生子当如孙仲谋,刘景升儿子若豚犬耳。'"
【例句】宋苏轼《赠山谷子》:"生子还如孙仲谋,豚犬漫多何足数。"宋孔武仲《武昌县西…》:"东南豪杰俱故旧,当年孝廉孙仲谋。"宋俞德邻《题叶劝农》:"避名莫学韩伯休,生子何必孙仲谋。"聂绀弩《访丘东平…》:"小仲谋追大仲谋,有人闲倚几阳秋。"

损益 sǔn yì
【分类】政治
【关键词】易经
【释义】指增减、盈亏。《易经·损》:"损刚益柔有时,损益盈虚,与时偕行。"《汉书·礼乐志》:"王者必因前王之礼,顺时施宜,有所损益,即民之心,稍稍制作,至太平而大备。"
【例句】唐王建《荆南赠别…》:"醉笑或颠吟,发谈皆损益。"唐白居易《纳粟》:"常闻古人语,损益周必复。"唐柳宗元《杨尚书寄…》:"曲艺岂能裨损益,微辞лишь欲播芳馨。"宋赵抃《次韵李元…》:"能思损益长开卷,有閒心不负诗。"

所归 suǒ guī
【分类】生活
【关键词】诗经
【释义】归依,归宿。古称女子出嫁为归。《诗经·召南·江有汜》:"之子归,不我以。"郑玄笺:"妇人谓嫁曰归。"
【例句】唐明解《因致酒欢…》:"一乘本非有,三空何所归?"唐刘希夷《洛川怀古》:"绿珠不可夺,白首同所归。"唐韦应物《燕衔泥》:"秋去何所归,春来复相见。"唐杜甫《新婚别》:"生女有所归,鸡狗亦得将。"

索价 suǒ jià
【分类】政治
【关键词】韩愈
【释义】喻谋求名位。唐韩愈《寄卢仝》:"少室山人索价高,两以谏官征不起。"
【例句】唐罗隐《寄制诰李…》:"一首长杨赋,应嫌索价高。"宋吕南公《老樵》:"低眉索价退听言,移刻才蒙酬与半。"宋谢邁《次韵董彦…》:"索价旧曾晞少室,荷锄犹可继柴桑。"宋何梦桂《和夹谷公金…》:"勋华终不臣巢许,莫道先生索价高。"

索郎 suǒ láng
【分类】生活
【关键词】水经注
【释义】桑落酒的别称。泛指酒。源见"白堕酒"。
【例句】唐周繇《看牡丹赠…》:"逡巡又是一年别,寄语集仙呼索郎。"唐段成式《怯酒赠周繇》:"诗中反语常回避,尤怯花前唤索郎。"唐皮日休《闻鲁望游…》:"分明不得同君赏,尽日倾心羡索郎。"宋贺铸《许永席上赋》:"处士妄同公子议,曲生未减索郎贤。"

琐琐 suǒ suǒ
【分类】生活
【关键词】易经
【释义】犹惢惢,疑虑不定。《易经·旅》:"初六,旅琐琐,斯其所,取灾。"李镜池通义:"琐琐,是惢惢的假借,三心两意,疑虑不一。"形容人品卑微、平庸、渺小。《诗经·小雅·节南山》:"琐琐姻亚,则无膴仕。"郑笺:"琐琐姻亚,妻党之小人。"高亨注:"琐琐,卑微渺小貌。"
【例句】唐杜牧《送刘三复…》:"玉珂声琐琐,锦帐梦悠悠。"宋文天祥《赠萧巽斋》:"江湖旅琐琐,谈命以畀人。"宋文彦博《路上舟中作》:"堪笑霸臣何琐琐,五湖归去一扁舟。"宋韦骧《五月到官…》:"琐琐尘泥迹,悠悠远宦心。"

锁棘 suǒ jí
【分类】生活
【关键词】和凝
【释义】犹锁门。《旧五代史·和凝》:"兼权知贡举。贡院旧例,放榜之日,设棘于门及闭院门,以防下第不逞者。凝令彻棘启门,是日寂无喧者,所收多才名之士,时议以为得人。"
【例句】宋邓忠臣《未试即事…》:"秋日同文馆,沉沉锁棘闱。"宋魏了翁《次韵靖州…》:"万蚁场中春锁棘,九宾庭下晓鸣鞭。"宋周密《试闱即事》:"读书窗暗日西斜,锁棘门深噪晚鸦。"宋程公许《临邛试士》:"沉沉锁棘春风晚,漠漠重帷昼景移。"

锁厅试 suǒ tīng shì
【分类】政治
【关键词】石林燕语
【释义】代称现任官或有爵禄者应进士试。《石林燕语》:"祖宗时,见任官应进士举,谓之'锁厅'。"
【例句】唐张籍《寄孙冲主簿》:"仍闻长吏奏,表乞锁厅频。"宋孔平仲《诗赠王从善》:"锁厅争第一,乃后二三子。"宋项安世《送章升之…》:"忆侍先皇二紫宸,殿头亲见锁厅人。"宋杨万里《送胡季永…》:"当家衣钵更谁付,锁厅小借梯云路。"

T

他山之石　tā shān zhī shí
【分类】政治
【关键词】诗经
【释义】意为别的山上的石头,能够用来琢磨玉器。比喻能帮助自己改正缺点的人或意见。《诗经·小雅·鹤鸣》:"它山之石,可以为错。""他山之石,可以攻玉。"毛传:"错,石也,可以琢玉。举贤用滞,则可以治国。"郑笺:"他山喻异国。"
【例句】唐岑参《送李卿赋…》:"一片他山石,巉巉映小池。"唐无闷《寒林石屏》:"本向他山求得石,却于石上看他山。"宋员兴宗《瑞芝》:"公子世猷亦有相,他山之石何由生。"宋袁燮《他山之石》:"他山之石能攻玉,诗人此意宜三复。"

獭祭鱼　tǎ jì yú
【分类】文化
【关键词】礼记
【释义】谓獭常捕鱼陈列水边,如同陈列供品祭祀。比喻罗列故实,堆砌成文。《礼记·月令》:"(孟春之月)东风解冻,蛰虫始振,鱼上冰,獭祭鱼,鸿雁来。"
【例句】唐陈元光《恩义操》:"岭海物产知慈仁,寒獭祭鱼乌哺亲。"唐独孤及《山中春思》:"獭祭川水大,人家春日长。"唐李商隐《异俗》:"未曾容獭祭,只是纵猪都。"聂绀弩《苴户》:"卷中兵哲人填鸭,梦里荤蔬獭祭鱼。"

踏槐花　tà huái huā
【分类】文化
【关键词】科举
【释义】借指参加科举考试。唐代参加科举考试的举子往往于隔年秋天就在京城行卷,其时正值槐花盛。源见"槐花黄"。
【例句】宋苏轼《和董传留别》:"厌伴老儒烹瓠叶,强随举子踏槐花。"宋张守《绍兴丁巳…》:"莫笑青衫同画饼,也胜辛苦踏槐花。"宋李石《再用九日…》:"笑我何时书竹帛,似君依旧踏槐黄。"宋韩元吉《送沈信臣…》:"共踏槐花记昔年,一弯新月夜移船。"

踏雪寻梅　tà xuě xún méi
【分类】文化
【关键词】郑綮
【释义】形容文人雅士赏爱风景苦心作诗的情致。源见"灞桥风雪"。
【例句】宋许棐《月涧惠砚…》:"踏雪寻梅兴未偿,衣襟赖有隔年香。"宋陈造《寓吴门》:"排门赏竹宁辞骂,踏雪寻梅苦耐寒。"宋韩淲《有怀山中…》:"踏雪寻梅浅浅山,酒醺诗恼肯从还。"宋凌云《吊林和靖…》:"旌贤赐粟来天诏,踏雪寻梅入画图。"

胎仙　tāi xiān
【分类】文化
【关键词】鹤
【释义】道教神名。《黄庭内景经》:"琴心三叠舞胎仙。"务成子注:"胎仙即胎灵大神,亦曰胎真,居明堂中。"也指鹤。古代鹤有仙禽之称,又相传胎生。
【例句】唐李谅《湘中纪行》:"鹤岭访胎仙,梧亭仰文哲。"宋张方平《览九丹上…》:"琴心三叠胎仙舞,籥笙双迎帝子归。"宋向子諲《浣溪沙》:"叶上灵龟来瑞世,林间白鹤舞胎仙。"宋朱熹《昨为许进…》:"帝乐梦回三叠远,胎仙舞罢一帘秋。"

台鼎　tái dǐng
【分类】政治
【关键词】陈球
【释义】台,官署名,古以尚书、谒者、御史合称三台。鼎,因有三足,以喻三公重臣。故台鼎用指辅宰重臣。《后汉书·陈球传》:"球复以书劝(刘)郃曰:'公出自宗室,位登台鼎,天下瞻望。'"按,刘郃官居司徒。
【例句】唐韩愈《送郑十校…》:"相公倦台鼎,分正新邑洛。"唐窦牟《故秘监丹…》:"台鼎尝虚位,夔龙莫致尧。"宋强至《依韵和正…》:"不调台鼎行吾道,便翼天兵戮汝孥。"宋俞德邻《送董左丞》:"相公久矣倦台鼎,故国依然倚世臣。"

台衡　tái héng
【分类】政治
【关键词】晋书
【释义】比喻宰辅重臣。台,三台星;衡,玉衡,北斗杓三星。皆位于紫微宫帝座前。《晋书·天文志上》:"紫宫垣十五星——曰紫微,大帝之坐也,天子之常居也。""三台六星,两两而居,起文昌,列抵太微。""北斗七星在太微北,七政之枢机,阴阳之元本也。""杓三星为玉衡。"
【例句】唐白居易《劝酒》:"不逾十稔居台衡,门前车马纷纵横。"唐徐寅《塔院小屋…》:"题名尽是台衡迹,满壁堪为宰辅图。"唐储光羲《奉和韦判…》:"乾象变台衡,群贤尽交泰。"唐金厚载《和主司王起》:"已见差肩趋翰苑,更期连步掌台衡。"

台郎　tái láng
【分类】政治
【关键词】孔融
【释义】指尚书郎。《昭明文选·东汉孔融〈荐祢衡表〉》:"近日路粹、严象,亦用异才擢拜台郎,衡宜与为比。"唐吕延济注:"皆以高才擢拜尚书郎。"
【例句】唐李颀《寄綦毋三》:"共道进贤蒙上赏,看君几岁作台郎。"唐杜甫《客堂》:"台郎选才俊,自顾亦已极。"唐李顾《送康洽入…》：" 白夹春衫仙吏赠，乌皮隐几台郎与。"唐张谓《寄崔沣州》："共襆台郎被，俱褰郡守帷。"

台省　tái shěng
【分类】政治
【关键词】夏侯玄
【释义】指政府的中央机构。汉的尚书台，三国魏的中书省，都是代表皇帝发布政令的中枢机关。《三国志·魏志·夏侯玄传》："丰不知而往，即杀之。"南朝宋裴松之注引三国魏鱼豢《魏略》："丰在台省，常多托疾。"
【例句】唐杜甫《醉时歌》："诸公衮衮登台省，广文先生官独冷。"唐沈传师《次潭州酬…》："含香珥笔皆耆旧，谦抑自忘台省尊。"宋夏竦《奉和御制…》："公侯新爵重，台省旧风清。"聂绀弩《陪莺公东…》："目送群贤上省台，未曾西去且东来。"

鲐皮　tái pí
【分类】生活
【关键词】尔雅
【释义】咏老人之典。源见"鲵齿"。
【例句】唐李贺《昌谷诗》："鲐皮识仁惠，丱角知酖耻。"唐郑嵎《津阳门诗》："笑云耇老不为礼，飘萧雪鬓双垂颐。"宋苏辙《和子瞻凤…》："谁人好道塑遗像，鲐皮束骨筋扶咽。"清黄景仁《云栖寺》："岚形兔抱定光见，鲐皮如腊山肩齐。"

太阿　tài ē
【分类】文化
【关键词】剑
【释义】泛指宝剑。源见"欧冶铸剑"。
【例句】唐张九龄《赠澧溏韦…》："谁开太阿匣，持割武城鸡。"唐钱起《送屈突司…》："遥知太阿剑，计日斩鲸鱼。"唐程太虚《磨剑泉》："源泉岩溜漾清波，淬出光铓利太阿。"宋王令《快哉行呈…》："太阿补履不足用，老骥捕鼠终无功。"

太白　tài bái
【分类】政治
【关键词】天官书
【释义】即金星。古为太白星主杀伐，故多喻兵戎。《史记·天官书》："太白伏也，以出兵，兵有殃。其出卯南，南胜北方；出卯北，北胜南方；正在卯，东国利。出酉北，北胜南方；出酉南，南胜北方；正在酉，西国胜。"
【例句】唐刘方平《寄陇右严…》："高旗临鼓角，太白静风尘。"唐李益《再赴渭北…》："列嶂高烽举，当营太白低。"唐钱起《送王使君…》："太白明无象，皇威未戢戈。"唐李白《蜀道难》："西当太白有鸟道，可以横绝峨眉巅。"

太白食昴　tài bái shí mǎo
【分类】政治
【关键词】邹阳
【释义】咏精诚感天之典。太白星主杀伐，太白食昴是一种天象，古人常以此天象应下界当有事端。《汉书·邹阳传》："卫先生为秦画长平之事，太白食昴，昭王疑之。"三国魏苏林注："白起为秦伐赵，破长平军，欲遂灭赵，遣卫先生说昭王益兵粮，乃为应侯所害，事用不成。其精诚上达于天，故太白为之蚀昴。"
【例句】唐李白《南奔书怀》："太白夜食昴，长虹日中贯。"宋黄庭坚《韩献肃公…》："冰枝忧木稼，食昴恨长庚。"宋吕南公《壮士胆歌》："蓬莱金曜急食昴，矫矫霜虹横贯日。"清蒋士铨《天全宣慰…》："太白狂流星食昴，王师赫怒扬天威。"

太仓稊米　tài cāng tí mǐ
【分类】生活
【关键词】庄子
【释义】喻极渺小。《庄子·秋水》："计四海之在天地之间也，不似罍空之在大泽乎？计中国之在海内，不似稊米之在太仓乎？"太仓，大谷仓；稊米，小米粒。
【例句】唐元稹《春分投简…》："稊米休言圣，醯鸡益伏愚。"唐白居易《登灵应台…》："回首却归朝市去，一稊米落太仓中。"唐白居易《和思归乐》："太仓一稊米，大海一浮萍。"宋陆游《北窗微阴》："君恩不报虽知愧，稊米安能益太仓。"

太常妻　tài cháng qī
【分类】生活
【关键词】周泽
【释义】咏夫妻不同居的典故，或用为夫妻调侃话。《后汉书·周泽传》："复为太常。清洁循行，尽敬宗庙。常卧疾斋宫，其妻哀泽老病，窥问所苦。泽大怒，以妻干犯斋禁，遂收送诏狱谢罪…语曰：'生世不谐，作太常妻，一岁三百六十日，三百五十九日斋。'"
【例句】唐李白《赠内》："虽为李白妇，何异太常妻。"唐苏颋《春晚紫微…》："别离不惯无穷忆，莫误卿卿学太常。"唐权德舆《太常寺宿…》："转枕挑灯候晓鸡，相君应叹太常妻。"宋薛季宣《石上可种麻》："嫁婿得荡子，犹如太常妻。"明吴宽《又次费廷…》："欧阳白战多诗禁，周泽清斋厌酒酣。"明皇甫信《奉送都堂…》："扬舲尽炎海，耀德敷周泽。"

太公两齿　tài gōng liǎng chǐ
【分类】生活
【关键词】韩愈
【释义】咏年迈之典。唐韩愈《赠刘师服》："忆昔太公仕进初，口含两齿无赢余。"
【例句】宋晁说之《仲兄去岁…》："太公含两齿，卒为帝王师。"宋刘克庄《叹老》："口惟两齿鬖双皤，百计无如耄及何。"宋姜特立《齿脱》："吾祖仕进初，两齿仅能有。"宋陆游《斋中杂兴》："衰残口两齿，困陋家四壁。"

太公望　tài gōng wàng
【分类】政治

【关键词】姜太公

【释义】指姜子牙,姜姓,吕氏,名尚,一名望,字子牙。辅佐周武王灭商建周;建立齐国。《史记·齐太公世家》:"于是周西伯猎,果遇太公于渭之阳,与语大说,曰:'自吾先君太公曰"当有圣人适周,周以兴"。子真是邪?吾太公望子久矣。'故号之曰'太公望',载与俱归,立为师。"

【例句】唐贾至《自蜀奉册…》:"岂惟太公望,往昔逢周文。"宋王禹偁《除夜》:"若比太公望,吾方少秀。"宋高斯得《感事》:"惟彼太公望,桓桓定周基。"宋辛弃疾《寿赵茂嘉…》:"久矣如今太公望,尚然真是鲁灵光。"

太昊　tài hào

【分类】政治

【关键词】伏羲氏

【释义】即伏羲氏。昊,通皞。秦汉阴阳家为司春之神。《吕氏春秋·孟春》:"(孟春之月)其日甲乙,其帝太皞。"汉高诱注:"太皞,伏羲氏,以木德王天下之号。死,祀于东方,为木德之帝。"

【例句】唐姚合《杏园宴上…》:"得陪桃李植芳丛,别感生成太昊功。"唐韩愈《苦寒》:"太昊弛维纲,畏避但守谦。"宋晏殊《内廷》:"才闻太昊行新令,更祝元君望景舆。"宋张耒《登城隍庙》:"西瞻太昊祠千树,北望封君土一丘。"

太庙牺　tài miào xī

【分类】政治

【关键词】庄子

【释义】喻指厚禄高官,只不过是君主手中的牺牲品。源见"畏牺牛"。

【例句】唐韩愈《寄崔二十…》:"孤豚眠粪壤,不慕太庙牺。"宋陈宓《适兴》:"君看太庙牺,所欠非刍藁。"金王寂《春牛》:"漆园傲吏其达者,未肯生为太庙牺。"明无名氏《牧牛图》:"林阴沙际多春草,不羡文身太庙牺。"

太平天子　tài píng tiān zǐ

【分类】政治

【关键词】唐玄宗

【释义】谓能治国平天下、使国家安定祥和的皇帝。《明皇杂录》:"唐天后尝召诸皇孙坐于殿上,观其嬉戏,取竺西国所贡玉环钏杯盘列于前后,纵令争取,以观其志。莫不奔竞,厚有所获,独玄宗端坐,略不为动。后大奇之,抚其背曰:'此儿当为太平天子。'"

【例句】唐王建《宫词》:"太平天子朝迎日,五色云车驾六龙。"唐罗邺《上阳宫》:"春半上阳花满楼,太平天子昔巡游。"唐罗隐《途中献晋…》:"太平天子念蒲东,又委星郎养育功。"唐崔致远《练兵》:"太平天子怜才略,曾请陈兵尽日看。"

太平无象　tài píng wú xiàng

【分类】政治

【关键词】牛僧孺

【释义】谓太平盛世并无一定标准。《旧唐书·牛僧孺传》:"臣等待罪辅弼,无能康济,然臣思太平亦无象。今四夷不至交侵,百姓不至流散;上无淫虐,下无怨恣;私室无强家,公议无壅滞。虽未及至理,亦谓小康。"

【例句】宋苏颂《皇太妃阁…》:"天下太平今有象,宫中行乐但迎新。"宋韦骧《凤凰山》:"谁谓太平宁有象,峰峦犹学瑞禽翔。"宋苏轼《山村五绝》:"无象太平还有象,孤烟起处是人家。"宋陆游《杂兴》:"太平气象君知否,尽在丰年笑语中。"

太平之基　tài píng zhī jī

【分类】政治

【关键词】诗经

【释义】指保证国家太平的基础。《诗经·小雅·南山有台》:"南山有台,乐得贤也。得贤则能为邦家立太平之基矣。"原意指贤能是国家太平、昌盛的基础。

【例句】唐白居易《代书诗一…》:"万言经济略,三策太平基。"唐杜牧《杜秋娘诗》:"织室魏豹俘,作汉太平基。"唐韦庄《长年》:"大盗不将炉冶去,有心重筑太平基。"唐贯休《读玄宗幸…》:"因知纳谏诤,始是太平基。"

太丘道　tài qiū dào

【分类】生活

【关键词】陈寔

【释义】喻指交游甚广。《后汉书·许劭》:"劭尝到颍川,多长者之游,唯不候陈寔。又陈蕃丧妻还葬,乡人毕至,而劭独不往。或问其故,劭曰:'太丘道广,广则难周;仲举性峻,峻则少通。故不造也。'"东汉陈寔曾为太丘长。

【例句】唐李端《下第上薛…》:"终惭太丘道,不为小生私。"宋强至《送公度赴…》:"两京三仕并交游,有道从来慕太丘。"宋强至《陈伯成学…》:"何事太丘真有道,炎天问病到贫居。"宋张纲《九日陈少…》:"太丘道广固难周,自有良朋结胜游。"

太室　tài shì

【分类】生态

【关键词】嵩山

【释义】太庙中央之室,亦指太庙。《书·洛诰》:"王入太室裸。"汉孔安国《传》:"太室,清庙。"指嵩山。在今河南登封县北。《史记·楚世家》:"幽王为太室之盟。"南北朝宋裴骃集解引晋杜预曰:"太室,中岳也。"

【例句】唐沈佺期《嵩山石淙…》:"自惜汾阳纡道驾,无如太室览真图。"唐宋之问《使至嵩山》:"洛桥瞻太室,期子在云烟。"唐欧阳詹《咏德上韦…》:"少华类太华,太室似少室。"宋邵雍《游山》:"太室观余红日旭,天坛望罢白云生。"

太瘦生　tài shòu shēng

【分类】文化

【关键词】李白

【释义】喻诗作拘束刻板。源见"饭颗山"。

【例句】宋苏轼《次韵答顿起》:"早衰怪我遽如许,苦学怜君太瘦生。"宋谢逸《梅》："镂冰叠雪斗清盈,莫笑肌肤太瘦生。"宋王谌《次岳尚书韵》："和篇聊博先生笑,应笑寒儒太瘦生。"宋张祁《汪氏别墅…》："莫教佛法无多子,却怕诗人太瘦生。"

太尉钟繇　tài wèi zhōng yáo
【分类】文化
【关键词】钟繇
【释义】喻指文武双全之典。《三国志·钟繇传》："文帝即王位,复为大理。及践阼,改为廷尉,进封崇高乡侯。迁太尉,转封平阳乡侯。"《晋书·王羲之传》："每自称'我书比钟繇,当抗行。'"
【例句】唐司空曙《送翰林张…》："文独司空羡,书兼太尉能。"唐李颀《同张员外…》："清言只到卫家儿,用笔能夸钟太尉。"元大圭《次龙门韵…》："钟繇宋玉工词翰,来往风流莫厌频。"元刘永之《读黄危二…》："班固文章传太史,钟繇书法继中郎。"

太虚　tài xū
【分类】政治
【关键词】庄子
【释义】谓空寂玄奥之境。也指天空,宇宙。《庄子·知北游》："是以不过乎昆仑,不游乎太虚。"唐颜真卿《浪迹先生元真子张志和碑铭》："太虚作室而共居,夜月为灯以同照。与四海诸公未尝离别,有何往来?"
【例句】唐张说《出湖寄赵…》："东瞻岳阳郡,汗漫太虚间。"唐张果《玄珠歌》："玄珠常483洞房居,日月融来浑太虚。"唐李白《题许宣平…》："烟岭迷高迹,云林隔太虚。"宋方岳《月中观梅》："太虚为室天为邻,只有明月情相亲。"宋王庭圭《存存阁》："太虚为室月为烛,四海诸公常所会。"

太学　tài xué
【分类】政治
【关键词】董仲舒
【释义】我国古代设立在京城,用以培养人才、传授儒家经典的最高学府。《汉书·董仲舒传》："故养士之大者,莫大乎太学。太学者,贤士之所关也,教化之本原也。"
【例句】唐韦应物《赠旧识》："少年游太学,负气蔑诸生。"唐韩愈《石鼓歌》："圣恩若许留太学,诸生讲解得切磋。"唐韩愈《短灯檠歌》："太学儒生东鲁客,二十辞家来射策。"唐刘禹锡《寄杨八拾遗》："忽领簿书游太学,宁劳侍从厌承明。"

太液池　tài yè chí
【分类】生态
【关键词】唐玄宗
【释义】也称蓬莱池,唐代皇家池苑,位于唐长安城大明宫的北部。源见"解语花"。
【例句】唐上官仪《早春桂林…》："步辇出披香,清歌临太液。"唐司空曙《酬崔峒见寄》："素浪遥疑太液水,青枫忽似万年枝。"唐吴融《上阳宫辞》："景阳春漏无人报,太

秋波有雁来。"唐沈佺期《七夕曝衣篇》："君不见昔日宜春太液边,披香画阁与天连。"唐郑嵎《津阳门诗》："蓬莱池上望秋月,无云万里悬清辉。"宋李纲《庭中酴醾…》："羲和鞭日不肯迟,海水清浅蓬莱池。"

太液黄鹄　tài yè huáng hú
【分类】政治
【关键词】西京杂记
【释义】咏宫庭祥瑞之典。《西京杂记》："始元元年,黄鹄下太液池。上(汉昭帝刘弗陵)为歌曰:'黄鹄飞兮下建章,羽肃肃兮行跄跄,金为衣兮菊为裳。唼唼荷荇,出入兼葭,自顾菲薄,愧尔嘉祥。'"
【例句】唐刘禹锡《吐绶鸟词》："太液池中有黄鹄,怜君长向高枝宿。"唐李商隐《寄令狐学士》："赓歌太液翻黄鹄,从猎陈仓获碧鸡。"宋金君卿《范资政移…》："黄鹄孤飞下太液,势力不胜枭与鸢。"元虞集《送胡士恭》："太液苍凉黄鹄羽,玄都烂熳碧桃花。"

太乙炉　tài yǐ lú
【分类】文化
【关键词】褚载
【释义】指道家炼丹的炉。唐褚载《赠道士》："惟教鹤探丹丘信,不使人窥太乙炉。"
【例句】宋张先《三姝媚》："怕太乙炉荒,暗消铅虎。"明王鏊《赠黄道士》："参同契得心传妙,太乙炉存火候真。"明王微《天柱峰》："太乙吹炉处,依然刻帝青。"明胡应麟《王季孺过…》："太乙炉香三殿迥,平康弦管万家深。"

太乙舟　tài yǐ zhōu
【分类】文化
【关键词】韩子苍
【释义】即太一莲舟。为咏道家真人之典。《苕溪渔隐诗话·韩子苍》："李伯时画太一真人,卧一大莲叶中,手执书卷仰读,萧然有物外思。韩子苍有诗题其云:'太一真人莲叶舟,脱巾露发寒飕飕。轻风为帆浪为楫,卧看玉宇浮中流…'"
【例句】宋舒岳祥《寄王真人》："西湖处士梅花屋,太乙真人莲叶舟。"宋赵磻老《满江红》："太一青藜光对射,中流荡漾莲舟舞。"宋刘宰《代李居士…》："太乙虚舟想莲叶,玄都活计问桃花。"宋舒岳祥《寄王真人》："西湖处士梅花屋,太乙真人莲叶舟。"

太易　tài yì
【分类】政治
【关键词】列子
【释义】古代指原始混沌的状态。《列子·天瑞》："有太易,有太初,有太始,有太素。太易者,未见气也;太初者,气之始也;太始者,形之始也;太素者,质之始也。气形质具而未相离,故曰浑沦。浑沦者,言万物相浑沦而未相离也。"
【例句】唐李白《古风》："观变穷太易,探元化群生。"唐李咸

用《依韵修睦…》："太玄太易小窗明，古义寻来醉复醒。"宋许翰《舣舟大藤…》》："游心太易初，捃逐万化根。"宋李道纯《退藏于密》："先天太易理幽深，广大精微妙莫评。"

太真　tài zhēn
【分类】生活
【关键词】杨贵妃
【释义】唐杨贵妃号。亦称真妃。《旧唐书·玄宗杨贵妃》："时妃衣道士服，号曰'太真'。"
【例句】唐元稹《灯影》："见说平时灯影里，玄宗潜伴太真游。"唐罗隐《牡丹》："日晚更将何所似，太真无力凭栏干。"唐张保胤《又留别同院》："鹈子背钻高力士，婵娟翻画太真妃。"唐张蠙《青冢》："太真虽是承恩死，只作飞尘向马嵬。"

太真仙去　tài zhēn xiān qù
【分类】生活
【关键词】杨贵妃
【释义】咏杨贵妃之典。亦咏石榴。《洪氏杂记》："温阳朝元阁七圣殿，绕殿石榴，皆太真所植。"
【例句】宋王沂孙《庆清朝榴花》："谁在旧家殿阁，自太真仙去，扫地春空。"明毛奇龄《题周昉画…》："太真仙去上皇老，此事千年等枯槁。"

太真姊妹　tài zhēn zǐ mèi
【分类】生活
【关键词】杨贵妃
【释义】喻一家多人受宠。《旧唐书·玄宗杨贵妃》："（太真）有姊三人，皆有才貌，玄宗并封国夫人之号：长曰大姨，封韩国；三姨，封虢国；八姨，封秦国。"
【例句】宋李洪《僧惠白莲》："太真姊妹温泉浴，窦氏儿郎丹桂风。"宋汪莘《满庭芳》："似太真姊妹，半醒微酣。"

泰伯让　tài bó ràng
【分类】政治
【关键词】吴太伯
【释义】用为称美贤德高尚人之典。《史记·吴太伯世家》："吴太伯，太伯弟仲雍，皆周太王之子，而王季历之兄也。季历贤，而有圣子昌，太王欲立季历以及昌，于是太伯、仲雍二人乃奔荆蛮，文身断发，示不可用，以避季历。季历果立，是为王季，而昌为文王。太伯之奔荆蛮，自号句吴。荆蛮义之，从而归之千余家，立为吴太伯。"
【例句】唐李白《叙旧赠…》》："泰伯让天下，仲雍扬波涛。"唐罗隐《姑苏台》："让高泰伯开基日，贤见延陵复命时。"宋王阮《馆娃宫》："泰伯三称让，姑苏一战休。"元胡布《吴季孺家…》："泰伯廉让风，高光亘千古。"

泰和汤　tài hé tāng
【分类】生活
【关键词】邵雍
【释义】指酒。《说郛》："宋邵雍《无名公传》：'喜饮酒，尝命之曰泰和汤。'"北宋邵雍性格淡泊，长期隐居，自号安乐先生。嗜酒但不过度，曾称酒为泰和汤。
【例句】宋邵雍《林下五吟》："安乐窝深初起后，泰和汤酽半醺时。"宋辛弃疾《洞仙歌》："羡安乐窝中泰和汤，更剧饮，无过半醺而已。"宋史浩《声声慢》："这宴饮，磬华戎、同醉泰和。"

泰阶平　tài jiē píng
【分类】政治
【关键词】东方朔
【释义】泰阶是天上的上阶、中阶、下阶，象征世间人事。天上泰阶平，地上人间平。后遂用为天下太平之典。《汉书·东方朔列传》："愿陈泰阶六符，以观天变。"
【例句】唐陈子昂《感遇诗》："圣人御宇宙，闻道泰阶平。"唐刘禹锡《城西行》："城西人散泰阶平，雨洗血痕春草生。"唐韦庄《与东吴生…》："且对一尊开口笑，未240应见泰阶平。"宋王庭圭《和赵叔清…》》："铁马初休淮上兵，人心遥望泰阶平。"

泰山北斗　tài shān běi dǒu
【分类】文化
【关键词】韩愈
【释义】比喻在某一方面做出突出成就，为众所敬仰的人物。《新唐书·韩愈传》："自愈没，其言大行，学者仰之如泰山、北斗云。"
【例句】宋孔平仲《咏高》："泰山雄地镇，北斗正天维。"宋饶节《赋刘仲高…》："泰山北斗不自赞，琼株玉树绝否藏。"宋赵蕃《呈刘通判》："泰山北斗人皆仰，和气春风德有邻。"宋喻良能《洪右相生辰》："望同北斗泰山重，操与秋霜烈日争。"

泰山妇人哭　tài shān fù rén kū
【分类】政治
【关键词】孔子
【释义】用作咏叹苛政或咏虎之典。《礼记·檀弓》："孔子过泰山侧，有妇人哭于墓者而哀…曰：'然。昔者吾舅死于虎，吾夫又死焉，今吾子又死焉。'夫子曰：'何为不去也？'曰：'无苛政。'夫子曰：'小子识之，苛政猛于虎也。'"
【例句】唐李贺《猛虎行》："泰山之下，妇人哭声。"唐元稹《通州丁溪…》："水环环兮山簇簇，啼鸟声声妇人哭。"明胡广《滕县随猎…》："尼父驻游车，下问妇人哭。"清叶方蔼《吴定远画…》："太山妇人哭声悲，朝食其夫暮食儿。"

贪泉　tān quán
【分类】政治
【关键词】吴隐之
【释义】标榜官吏清廉之典。《晋书·吴隐之》："以隐之为龙骧将军、广州刺史…有水曰贪泉，饮者怀无厌之欲…酌而饮之，因赋诗曰：'古人云此水，一歃怀千金。试使夷齐饮，终当不易心。'及在州，清操逾厉…"

【例句】唐张枯《寄迁客》："瘴海须求药,贪泉莫举瓢。"唐温庭筠《过孔北海墓》："恶木人皆息,贪泉我独醒。"唐崔颢《廉水渡》："江水不流廉去,清名长解胜贪泉。"唐李群玉《石门戍》："人来皆望珠玑去,谁咏贪泉四句诗。"

啴啴　tān tān
【分类】政治
【关键词】诗经
【释义】形容众多盛大。《诗经·小雅·采芑》："戎车啴啴,啴啴焞焞,如霆如雷。"毛传："啴啴,众也。"唐孔颖达疏："方叔士众所乘戎车啴啴然众。"
【例句】唐张九龄《送赵都护···》："封侯自有处,征马去啴啴。"宋韩维《送曹殿丞···》："长桥下广陌,车马来啴啴。"宋吴泳《满江红》："杨柳依依烟在眼,檀车啴啴春浮脚。"明张洪《悼贞妇》："啴啴赴行役,肃肃成谢功。"

弹压山川　tán yā shān chuān
【分类】政治
【关键词】淮南子
【释义】旧时形容帝王的威力很大,足以制服山河。《淮南子·本经训》："秉太一者,牢笼天地,弹压山川,含吐阴阳,伸曳四时,纪纲八极,经纬六合。"
【例句】宋释道潜《读东坡居···》："牢笼天地词方壮,弹压山川气未衰。"宋释德洪《崇因会王···》："金陵地肺山川骄,要君诗句时弹压。"宋孙应时《和景孟宿···》："弹压山川诗未老,留连岩壑兴何浓。"宋张孝祥《夜读五公···》："同是清都紫府仙,帝教弹压楚山川。"

弹指　tán zhǐ
【分类】文化
【关键词】佛
【释义】捻弹手指作声。佛家多以喻时间短暂。《无量寿经》："如弹指顷,即生彼国。"亦表示情绪激越。《新唐书·敬晖传》："晖每椎坐怅恨,弹指流血。"
【例句】唐玄觉《永嘉证道歌》："弹指圆成八万门,刹那灭却阿鼻业。"唐司空图《偶书》："平生多少事,弹指一时休。"唐刘禹锡《代靖安佳···》":秉烛朝天遂不回,路人弹指望高台。"唐李郢《放鹧鸪》："秦地游僧一弹指,楚城迁客重思归。"

澹台璧　tán tái bì
【分类】文化
【关键词】澹台灭明
【释义】比喻美玉。源见"斩蛟破璧"。
【例句】宋王禹偁《月波楼咏怀》："澹台拔宝剑,碎璧斩长虬。"宋沈辽《奉送次翁》："不识河阳花,岂有澹台迹。"清金天羽《送黄晓簏···》："蛟龙死劫澹台璧,鱼鳄生腥大食刀。"

澹台灭明　tán tái miè míng
【分类】文化

【关键词】澹台灭明
【释义】春秋武成人,为人公正,重义轻财,后为孔子弟子。传说他状貌甚丑,孔子曾以为他才薄。后受业修行,名闻于世。孔子叹曰："吾以貌取人,失之子羽。"《论语·雍也》："子游为武城宰。子曰:'汝得人焉尔乎?'曰:'有澹台灭明者,行不由径,非公事,未尝至于偃之室也。'"
【例句】宋洪刍《同师川过···》："遗基访孺子,荒坟吊澹台。"宋苏辙《次韵汪琛···》："赖有澹台肯相顾,坐令彭泽未能休。"宋易士达《游东湖》："两堤柳影澹台墓,十里荷香孺子家。"聂绀弩《赓和大作···》":取人以貌遇澹台,昭谏能诗孰嫁来。"

郯子遭孔圣　tán zǐ zāo kǒng shèng
【分类】政治
【关键词】郯子孔子
【释义】称颂边远小国往往能保存古制之典。《左传·昭公十七年》："昭子问焉,曰:'少皞氏鸟名官,何故也?'郯子曰:'吾祖也,我知之···'仲尼闻之,见于郯子而学之。既而告人曰:'吾闻之,天子失官(官制),学在四夷,犹信。'"
【例句】唐徐夤《渤海滨贡···》："郯子昔时遭孔圣,鹾余往代讽秦宫。"元顾瑛《可诗斋夜···》":孔问郯子官,杜赏已公句。"

谈柄　tán bǐng
【分类】文化
【关键词】王衍
【释义】古人谈话时手执的麈尾,亦称拂尘。僧人讲法或执如意。喻清谈。源见"挥麈"。
【例句】唐孟浩然《腊月八日···》："讲席邀谈柄,泉堂施浴衣。"唐温庭筠《秘书刘尚···》："学筵开绛帐,谈柄发洪钟。"唐刘禹锡《送僧仲剬···》："高筵谈柄一麈拂,讲下门徒如醉醒。"唐翁承赞《松》":幽枝好折为谈柄,入手方知有岁寒。"

谈鸡　tán jī
【分类】生态
【关键词】鸡
【释义】指可以与之交谈的鸡。借指宠物。亦指谈玄。源见"窗间鸡语"。
【例句】唐钱起《秋夜作》："窗中问谈鸡,长夜何时旦?"唐李乂《钱许州宋···》："展骥旌时杰,谈鸡美代贤。"初刘兼《秋夕书怀···》":谈鸡寂默纱窗静,梦蝶萧条玉漏长。"清吴绮《用前韵赠···》":十里长堤春试马,二分明月夜谈鸡。"

谈薮　tán sǒu
【分类】文化
【关键词】裴頠
【释义】指知识渊博,对答如流。《世说新语·赏誉》："裴仆射时人谓为谈之林薮。"南朝梁刘孝标注引《惠帝起居注》：" 颙（裴颙）理甚渊博，赡于论难。"薮：聚集处。

【例句】唐温庭筠《李羽处士…》："高谈有伴还成薮，沉醉无期即是乡。"宋宋祁《同年帷鼎…》："坐陪府帷谈成薮，趋问家庭史有公。"宋孔武仲《次韵李至…》："取乐醉乡聊邂逅，争新谈聚任纷罗。"明屈大均《为广州太…》："言谈林薮端在此，文章渊府更何求。"

谈笑封侯　tán xiào fēng hóu
【分类】政治
【关键词】杜甫
【释义】说笑之间获封侯爵。形容取得功名十分容易。唐杜甫《复愁》："闾阎听小子，谈笑觅封侯。"
【例句】宋叶时亨《示郭仲达》："张仪此舌欣无恙，谈笑封侯会有年。"宋张扩《和李元叔…》："眼看封侯谈笑觅，绝胜潦倒坐诗穷。"宋辛弃疾《偶作》："儿曹谈笑觅封侯，自喜婆娑老此丘。"宋王爚《穿岩》："儒生谈笑觅封侯，胸中好算皆戈矛。"

谈笑解围　tán xiào jiě wéi
【分类】政治
【关键词】鲁仲连
【释义】借指胸怀韬略，凭口才、信义救困。源见"鲁连蹈海"。
【例句】唐皇甫冉《同温丹徒…》："闻道王师犹转战，谁能谈笑解重围。"宋吕本中《春申君》："少年谈笑却秦兵，便欲连从却未成。"宋刘弇《次韵酬萧…》："鲁酒空薄围，商声惭后出。"元袁凯《古意》："鲁连山中来，排患在重围。"

谈笑行杀戮　tán xiào xíng shā lù
【分类】政治
【关键词】杨素
【释义】咏将帅治军严酷，嗜杀成性之典。《北史·杨素》："每将临寇，辄求人过失而斩之，多者百余人，少不下数十，流血盈前，言笑自若。及对阵，先令一二百人赴敌，陷阵则已，如不能陷而还，无问多少，悉斩之。"
【例句】唐杜甫《草堂》："谈笑行杀戮，溅血满长衢。"宋苏轼《观杭州钤…》："书生只肯坐帷幄，谈笑毫端弄生杀。"

檀公策　tán gōng cè
【分类】政治
【关键词】王敬则
【释义】咏主动避开或被动逃走之典。源见"三十六策"。
【例句】宋陆游《眉州郡燕…》："酒酣忽作檀公策，间道绝出东关城。"宋陈与义《发商水道中》："草草檀公策，茫茫杜老诗。"元张翥《闻归集贤…》："将军每叹檀公策，朝士徒悲穆氏歌。"元李延兴《岁晏纪怀》："时危每咏檀公策，志大空怀杞国忧。"

檀口　tán kǒu
【分类】生活
【关键词】张祜

【释义】红艳的嘴唇。多形容女性嘴唇之美。唐张祜《黄蜀葵花》："无奈美人闲把嗅，直疑檀口印中心。"檀：绛红色。
【例句】唐韩偓《余作探使》："黛眉印在微微绿，檀口消来薄薄红。"唐吉师老《看蜀女转…》："檀口解知千载事，清词堪叹九秋文。"宋宋白《牡丹诗》："宫腰映酒思轻舞，檀口偎笺欲咏诗。"

檀郎　tán láng
【分类】生活
【关键词】潘岳
【释义】借称情郎。潘岳小字檀奴。源见"潘安貌"。
【例句】唐皎然《送顾处士歌》："谢氏檀郎亦可俦，道情还似我家流。"唐李贺《牡丹种曲》："檀郎谢女眠何处，楼台月明燕夜语。"唐温庭筠《苏小小歌》："一自檀郎逐便风，门前春水年年绿。"唐赵嘏《送薛耽先…》："云绕千峰驿路长，谢家联句待檀郎。"

坦荡　tǎn dàng
【分类】政治
【关键词】孔子
【释义】喻人心地正直，心胸开阔。《论语·述而》："君子坦荡荡。"
【例句】唐李颀《送陈章甫》："陈侯立身何坦荡，虬须虎眉仍大颡。"唐韩愈《人日城南…》："人生本坦荡，谁使妄倥偬。"唐元稹《去杭州》："与君言语见君性，灵府坦荡消尘烦。"唐高骈《过天威径》："归路崎岖今坦荡，一条千里直如弦。"

坦腹　tǎn fù
【分类】文化
【关键词】王羲之
【释义】称美女婿。《世说新语·雅量》："郗太傅在京口，遣门生与王丞相书求女婿。丞相语郗信：'君往东厢，任意选之。'门生归，白郗曰：'王家诸郎，亦皆可嘉，闻来觅婿，咸自矜持。唯有一郎在东床上坦腹卧，如不闻。'郗公云：'正此好！'访之，乃是逸少，因嫁女与焉。"后称人婿为令坦或东床。
【例句】唐李白《送族弟凝…》："坦腹东床下，由来志气疏。"唐杜甫《江亭》："坦腹江亭暖，长吟野望时。"唐任华《寄李白》："八咏楼中坦腹眠，五侯门下无心忆。"唐卢纶《送申屠正…》："坦腹定逢潘令醉，上楼应伴庾公闲。"

叹丝木　tàn sī mù
【分类】生活
【关键词】唐玄宗
【释义】慨叹人生本戏幻，人生如梦之典。《全唐诗·明皇帝〈傀儡吟〉》："刻木牵丝作老翁，鸡皮鹤发与真同。须臾弄罢寂无事，还似人生一梦中。"丝木，指刻木为人形、用丝线牵引演出的木偶戏。
【例句】宋张耒《四月二十…》："赋芋狙公曾未悟，牵丝木偶几多时。"宋陆游《和陈鲁山…》："三郎老无憀,始解叹丝木。"宋周必大《永新谈汉…》："天籁鸣风异丝木,昼夜锵金戛球玉。"清林朝崧《有感寄伯兄》："丝木随人弄,萍蓬只自嗟。"

探井臼 tàn jǐng jiù
【分类】生活
【关键词】冯衍
【释义】借指操持家务。《东观汉记·冯衍传》："衍娶北地任氏女为妻,悍忌,不得畜媵,儿女常自操井臼。明帝以为衍材过其实,抑而不用…以素终于家。"
【例句】唐韩翃《送别郑明府》："儿女相悲探井臼,前功岂在他人后。"宋释德洪《寄彭景醇…》："小儿探井臼,大儿了租税。"宋刘敞《赠才元学士》："自操井臼秣羸马,却整衣冠迎赐书。"宋苏轼《古缠头曲》："尔来一见哀骀佗,便著臂韝躬井臼。"

探骊得珠 tàn lí dé zhū
【分类】文化
【关键词】庄子
【释义】在骊龙的颔下取得宝珠。原指冒大险得大利。后常比喻吟诗作文能抓住关键。《庄子·列御寇》："河上有家贫恃纬萧而食者,其子没于渊,得千金之珠。其父谓其子曰:'取石来锻之。夫千金之珠,必在九重之渊,而骊龙颔下,子能得珠者,必遭其睡也。使骊龙而寤,子尚奚微之有哉。'"
【例句】唐李白《赠丹阳横…》："抱石耻献玉,沉泉笑探珠。"唐刘禹锡《答乐天所…》："骊龙颔被探珠去,老蚌胎还应月生。"宋张方平《送杨君西安》："未探骊龙颔,聊羁骏马蹄。"宋王庭圭《和周通判…》："探骊得珠何崛奇,更欲尽采珊瑚枝。"清管学洛《与陈澍斋…》："探骊须得珠,擒虎须入穴。"

探汤 tàn tāng
【分类】生活
【关键词】孔子
【释义】咏避恶迅速之典。《论语·季氏》："孔子曰:'见善如不及,见不善如探汤。'"
【例句】唐韦庄《和郑拾遗…》："中原初纵燎,下国竟探汤。"唐韩愈《苦寒》："探汤无所益,何况纩与缫。"宋刘敞《东馆避暑》："四海俱探汤,独清亦何心。"宋刘攽《苦热》："南方炎德非寻常,六月高下俱探汤。"宋张耒《赠翟公巽》："我昔出守来丹阳,江流五月如探汤。"

探丸借客 tàn wán jiè kè
【分类】政治
【关键词】尹赏
【释义】喻游侠杀人报仇。《汉书·尹赏传》："长安中奸猾浸多,闾里少年群辈杀吏,受赇报仇,相与探丸为弹,得赤丸者斫武吏,得黑丸者斫文吏,白者主治丧。"
【例句】唐卢照邻《长安古意》："挟弹飞鹰杜陵北,探丸借客渭桥西。"唐崔颢《代闺人答…》："儿家夫婿多轻薄,借客探丸重然诺。"明王廷陈《少年行》："弹剑耻依人,探丸恒借客。"明郑若庸《赠郑十二…》："美人凝妆花满镜,侠客探丸电交吐。"

汤饼客 tāng bǐng kè
【分类】生活
【关键词】何晏
【释义】咏美男子之典。源见"傅粉何郎"。
【例句】宋苏轼《贺陈述古…》："甚欲去为汤饼客,惟愁错写弄獐书。"宋葛胜仲《谢太守惠茶》："活火急呼汤饼客,缄囊来自使君家。"宋十朋《周德贻得…》："分贶金钱意殊厚,欲为汤饼客无由。"宋李纲《奉寄李泰…》："无分去为汤饼客,有缘来作荔枝仙。"

汤公 tāng gōng
【分类】文化
【关键词】汤惠休
【释义】代称诗僧。源见"汤惠休"。
【例句】唐耿湋《与清江上…》："汤公多外友,洛社自相依。"唐卢纶《酬灵澈上人…》："走马城中头雪白,若为将面见汤师。"宋韩日吉《送汤朝美…》："汤公涉南荒,岁月犹转毂。"宋戴表元《简汤及翁》："风情最苦汤公子,家世衣冠旧汝南。"

汤惠休 tāng huì xiū
【分类】文化
【关键词】汤惠休
【释义】咏有文才的僧人之典。《宋书·徐湛之传》："时有沙门释惠休,善属文,辞采绮艳,湛之与之甚厚。世祖命使还俗。本姓汤。"南朝宋鲍照《鲍氏集》《秋日示休上人》《答休上人》诗,附有汤惠休《赠鲍侍郎诗》。
【例句】唐李白《赠僧行融》："梁有汤惠休,常从鲍照游。"唐杜甫《大云寺赞…》："汤休起我病,微笑索题诗。"宋杨亿《慧初道人…》："遥知北海孔文举,应重江南汤惠休。"明张弼《和邢修撰…》："气含蔬笋汤惠休,语带烟霞李供奉。"

汤盘 tāng pán
【分类】生活
【关键词】礼记
【释义】自警之典。《礼记·大学》："汤之盘铭曰:'苟日新,日日新,又日新。'"唐孔颖达疏："汤之盘铭者,汤沐浴之盘而刻铭为戒。必于沐浴之者,戒之甚也。"
【例句】唐李商隐《韩碑》："汤盘孔鼎有述作,今无其器存其辞。"宋许及之《闻捷五次…》："周历绵绵远,汤盘日日新。"宋杨亿《京府狱空…》："终日讼庭无一事,早调伊鼎佐汤盘。"宋罗从彦《贺田溪张…》："顾惟善颂非张老,只贡汤盘往日铭。"

汤网 tāng wǎng
【分类】政治

【关键词】汤
【释义】泛言刑政宽大。源见"网开三面"。
【例句】唐马戴《新春闻赦》:"尧聪能下听,汤网本来疏。"唐李群玉《湘阴县送…》:"今日开汤网,冥飞亦未迟。"宋杨简《明堂侍祠》:"汤网本疏民自格,要知家法在深仁。"宋曾丰《始生之日…》:"汤网恢疏未弃捐,绛纱宠里是壶天。"

汤征 tāng zhēng
【分类】政治
【关键词】汤
【释义】指商汤征伐诸侯、方国的一系列战争。《孟子·梁惠王下》:"汤一征自葛始,天下信之,东面而征西夷怨,南面而征北狄怨,曰:'奚为后我。'"
【例句】唐袁朗《赋饮马长…》:"汤征随北怨,舜咏起南风。"宋胡寅《登南纪楼》:"葛伯杀饷童,汤征自亳徂。"元胡布《咏史》:"上帝锡汤征,把钺严天讨。"明邓中和《游葛伯寨》:"四野春耕思亳众,一天时雨忆汤征。"

唐昌观 táng chāng guān
【分类】文化
【关键词】唐玄宗
【释义】唐道观名。在长安安业坊南。以玄宗女唐昌公主而得名。观中有玉蕊花,传为公主手植。《太平广记·玉蕊院女仙》:"长安安业唐昌观,旧有玉蕊花。其花每发,若琼林瑶树。"
【例句】宋文彦博《提举刘司…》:"刘郎曾入仙源路,又到唐昌观里来。"宋刘跂《玉簪花和…》:"玉蕊花开动玉宸,昌观里夜逢真。"宋傅子容《题杨汝士…》:"因观异代前贤帖,知是唐昌玉蕊花。"宋杨长孺《王蕊花》:"才入平园便有声,唐昌观里久知名。"

唐儿 táng ér
【分类】政治
【关键词】汉光武帝
【释义】汉景帝刘启妃嫔。《汉书·长沙定王刘发传》:"长沙定王发,发之母唐姬,故程姬侍者。景帝召程姬,程姬有所辟,不愿进,而饰侍者唐儿使夜进。上醉不知,以为程姬而幸之,遂有身。"
【例句】唐杜牧《杜秋娘诗》:"光武绍高祖,本系生唐儿。"唐郑鏦《婕妤怨》:"那能妒褒姒,只爱笑唐儿。"宋苏轼《赵倅成伯…》:"愿得唐儿舞一曲,莫嫌国小向长沙。"明黎彭龄《结夏即事…》:"池边日净看秋水,恰作唐儿眼一双。"

唐风集 táng fēng jí
【分类】文化
【关键词】唐风集
【释义】唐代诗集。喻指优秀诗集。《真斋书录解题·诗集类上》:"《唐风集》三卷,唐九华山人杜荀鹤撰。"
【例句】宋毕仲游《和赵达夫…》:"工夫不比唐风集,气味如闻汉著香。"宋周必大《池阳四咏》:"向来稍喜唐风集,今信樊川是父师。"宋陈人杰《沁园春》:"想荆州座上,消磨岁月,唐风集里,收卷波澜。"

唐举 táng jǔ
【分类】生态
【关键词】唐举
【释义】亦称唐生。战国时梁人。以善相术著名。《史记·蔡泽列传》:"而从唐举相,曰:'吾闻先生相李兑,曰"百日之内持国秉",有之乎?'曰:'有之。'"
【例句】唐武元衡《长安叙怀…》:"闻说唐生子孙在,何当一为问穷通。"唐钱起《同邵蔡关…》:"吾悲问唐举,何路出屯蒙。"唐钱起《送李四擢…》:"少俊蔡邕许,长鸣唐举知。"宋徐积《送王潜圣》:"可去问唐举,未须惭买臣。"

唐衢痛哭 táng qú tòng kū
【分类】生活
【关键词】唐衢
【释义】喻指人生悲惨、穷途末路。《旧唐书·唐衢列传》:"尝客游太原,属戎帅军宴,衢得预会。酒酣言事,抗音而哭,一席不乐,为之罢会,故世称唐衢善哭。"
【例句】唐崔涂《声》:"韩娥绝唱唐衢哭,尽是人间第一声。"宋祖无择《周成职方…》:"贾生太息唐衢哭,感事伤时可奈何。"宋陆游《冬日感兴…》:"唐衢惟痛哭,庄舄正悲吟。"宋陈与义《入城》:"欲为唐衢哭,声出且复吞。"

唐三藏 táng sān zàng
【分类】文化
【关键词】佛
【释义】唐僧,通称三藏法师。本姓陈,名祎,法名玄奘,佛教唯识宗创始人,佛经翻译家。源见"三藏"。
【例句】宋郑惠真《送日本国…》:"归见林逋烦说似,唐僧三藏入天西。"宋方回《题唐人按…》:"黄番绰共唐三藏,仿佛相传未必真。"元关汉卿《普天乐》:"西厢寄寓娇滴滴小红娘,恶狠狠唐三藏。"聂绀弩《迩冬七十…》:"松风水月唐三藏,绿脸红须窦二墩。"

唐室五王 táng shì wǔ wáng
【分类】政治
【关键词】唐玄宗
【释义】指唐明皇的五个王侯兄弟。喻指皇亲贵族。《唐语林校证·德行》:"玄宗诸王友爱特甚,常思作长枕大被,与同起卧。诸王或有疾,上辗转终日不能食…上于东都起五王宅,又于上都创花萼楼,益与诸王会聚。"
【例句】唐郑嵎《津阳门诗》:"五王扈驾夹城路,传声校猎渭水湄。"唐徐夤《依御史温…》:"五王更入帐,七贵迭封侯。"宋宋白《宫词》:"怪来连夜催仪注,元是平明册五王。"宋石介《读五王传》:"四皓当年安汉嗣,五王今日复唐家。"

唐尧寿 táng yáo shòu
【分类】政治

【关键词】史记
【释义】喻指帝王长寿。源见"尧龄"。
【例句】唐王涯《献寿辞》:"微臣欲献唐尧寿,遥指南山对衮龙。"唐张说《奉和圣制…》:"丛觞献尧寿,合鼎献汤厨。"宋赵抃《杭州上元…》:"愿以民心祝尧寿,从星高拱北辰尊。"宋黄庭坚《和中玉使…》:"想见星坛祝尧寿,步虚声里静无哗。"

唐衣 táng yī
【分类】文化
【关键词】翟耆年
【释义】形如唐朝时的衣帽装束。《老学庵笔记》:"翟耆年,字伯寿,父公巽,参政之子也。能清言,工篆及八分。巾服一如唐人,自名唐装。一日往见许颐彦周。彦周髡髻,著犊鼻裈,蹑高屐出迎,伯寿愕然。彦周徐曰:'吾晋装也,公何怪!'"
【例句】宋刘克庄《棕冠》:"邛杖扶相称,唐衣戴最宜。"宋刘克庄《道士》:"丫髻唐衣八尺长,试看风骨已昂藏。"宋孙惟信《失调名》:"谢屐唐衣眉山帽。薰风送下蓬岛。"宋周弼《送僧妙通…》:"梵叶床头树,唐衣壁面僧。"

唐虞 táng yú
【分类】政治
【关键词】尧舜
【释义】唐尧与虞舜的并称。亦指尧与舜的时代,古人以为太平盛世。《论语·泰伯》:"唐虞之际,于斯为盛。"
【例句】唐张说《奉和圣制…》:"东咏唐虞迹,西观周汉尘。"唐胡皓《奉和圣制…》:"衔杯不能罢,歌舞乐唐虞。"唐杜甫《偶题》:"萧瑟唐虞远,联翩楚汉危。"唐武元衡《奉酬中书…》:"文武时方泰,唐虞道可寻。"宋王禹偁《酬种放徵君》:"致主比唐虞,安边如卫霍。"

堂堂 táng táng
【分类】生活
【关键词】曾子
【释义】咏称美容仪不凡之典。《论语·子张》:"曾子曰:'堂堂乎张也,难与并为仁矣。'"宋邢昺疏:"堂堂,容仪盛貌。"称赞子张(颛孙师)仪表雍容大方。形容盛大。《昭明文选·何晏〈景福殿赋〉》:"尔乃丰层覆之耽耽,建高基之堂堂。"北魏张铣注:"堂堂,高敞貌。"
【例句】唐元稹《侠客行》:"白日堂堂杀袁盎,九衢草草人面青。"唐温庭筠《钱唐曲》:"一曲堂堂红烛筵,长鲸碧酒如飞泉。"唐韦庄《和郑拾遗…》:"谔谔宁惨直,堂堂不谢张。"宋李曾伯《题推篷梅轴》:"晏不满几尺,焉用张堂堂。"

棠梨宫 táng lí gōng
【分类】生态
【关键词】三辅黄图
【释义】汉宫名。《三辅黄图·甘泉宫》:"棠梨宫在甘泉苑垣外云阳三十里。"《汉书·扬雄传上》:"于是事毕功弘,回车而归,度三峦兮偈棠梨。"
【例句】唐李嘉佑《送马将军…》:"棠梨宫里瞻龙衮,细柳营前着豹裘。"唐崔颢《渭城少年行》:"棠梨宫中燕初至,葡萄馆里花正开。"宋王质《和张安国…》:"两京乔木久秋风,甘露棠梨非汉宫。"明蒋主孝《寒食夜》:"细柳垂秦苑,棠梨出汉宫。"

棠树 táng shù
【分类】政治
【关键词】燕召公
【释义】棠梨树。称美官吏有德政。源见"召公棠"。
【例句】唐张说《岳州看黄叶》:"空惭棠树下,不见政成歌。"唐刘长卿《哭陈歙州》:"儒行公才竟何在,独怜棠树一枝存。"唐刘禹锡《寄陕州姚…》:"相思望棠树,一寄商声讴。"唐罗隐《故洛阳公…》:"今日斯文向谁说,泪碑棠树两成空。"

螳臂当车 táng bì dāng chē
【分类】政治
【关键词】齐庄公
【释义】比喻不自量力,硬去做超越可能的事,只能使自己粉身碎骨,必然失败。《韩诗外传》:"齐庄公出猎,有螳螂举足将搏其轮,问其御曰:'此何虫也?'御曰:'此是螳螂也。其为虫,知进而不知退,不量力而轻就敌。'庄公曰:'此为人必为天下勇士矣。'于是回车避之,而勇士归之。"
【例句】宋程颐《闻侯舅应…》:"南垂凶冠陷州郡,久张螳臂抗天威。"宋郑清之《山房秋日…》:"窥蝉螳臂方衷甲,啄蚓鸡群竞济师。"宋刘克庄《杂兴》:"一朝怒螳臂,跳跟何其愚。"宋程颐《闻侯舅应…》:"南垂凶冠陷州郡,久张螳臂抗天威。"

螳螂捕蝉 táng láng bǔ chán
【分类】政治
【关键词】韩诗外传
【释义】形容只顾眼前利益,而不考虑其后的祸患。源见"螳螂黄雀"。
【例句】唐韦庄《和郑拾遗…》:"人心惊獬豸,雀意伺螳螂。"唐周昙《春秋战国门》:"螳螂定是遭黄雀,黄雀须访挟弹人。"宋郭祥正《泗水雍秀…》:"蜻蜓点水蝶扑花,螳螂捕蝉蜂趁衙。"宋史浩《走笔次韵…》:"世态螳螂谩捕蝉,谁知富贵本由天。"

螳螂黄雀 táng láng huáng què
【分类】政治
【关键词】韩诗外传
【释义】同"螳螂捕蝉,黄雀在后"。比喻目光短浅,只顾眼前利益而不顾后患。《韩诗外传》:"(孙叔敖)进谏曰:'臣园中有榆,其上有蝉。蝉奋翼悲鸣,欲饮清露,不知螳螂之在后,曲其颈,欲攫而食之也。螳螂方欲食蝉,而不知黄雀在后,举其颈,欲啄而食之也。黄雀方欲食螳螂，不知童子挟弹丸在榆下，迎而欲弹之。童子方欲弹黄雀，不知前有深坑，后有掘株也。'"

【例句】唐周昙《少孺》："螳螂定是遭黄雀，黄雀须访挟弹人。"宋文天祥《葬无主墓碑》："螳螂知捕蝉，不知黄雀来。"宋翟嗣宗《偶见蜘蛛…》："莫学螳螂捕蝉勇，须知黄雀奈君何。"宋洪咨夔《次韵临安…》："螳螂黄雀递相视，谁肯帖耳甘伏雌。"

螳螂杀机 táng láng shā jī

【分类】政治
【关键词】蔡邕
【释义】喻操琴时心不纯正，为尘世风波所扰。《后汉书·蔡邕传》："有以酒食召邕者，比往而酒以酣焉。客有弹琴于屏，邕至门试潜听之，曰：'嘻！以乐召我而有杀心，何也？'遂反。弹琴者曰：'我向鼓弦，见螳螂方向鸣蝉，蝉将去而未飞，螳螂为之一前一却。吾心耸然，惟恐螳螂之失之也，此岂为杀心而形于声者乎？'"

【例句】唐司空图《歌者》："胸中免被风波挠，肯为螳螂动杀机。"明郑学醇《蔡邕》："爨下焦桐副素琴，螳螂一曲妙掺音。"明陶望龄《生诗十首…》："吾闻螳螂蝉，能变琴者操。"清张照《题姚范冶小像》："螳螂勿捕蝉，先生抚琴坐。"

滔滔天下 tāo tāo tiān xià

【分类】政治
【关键词】论语
【释义】讽刺时弊之典。比喻坏风气像洪水一样到处泛滥，并没有人能改变这种状态。也比喻某种低下的人或不好的风气到处都是。《论语·微子》："（桀溺）曰：'滔滔者天下皆是也，而谁以易之？'"

【例句】唐李咸用《春日》："滔滔天下者，何处问通津。"宋范仲淹《四民诗》："鼓舞天下风，滔滔弗能止。"宋梅尧臣《淮阴》："天下滔滔久厌秦，英雄蛇鼠窜荆榛。"宋邵雍《名利吟》："滔滔天下曾知否，覆辙相寻卒未休。"聂绀弩《风怀》："诸公衮衮专台省，天下滔滔几圣贤。"

逃鞭马腹 táo biān mǎ fù

【分类】政治
【关键词】左传
【释义】喻力所不能及。《左传·宣公十五年》："古人有言曰：'虽鞭之长，不及马腹。'"晋杜预注："言非所击。"

【例句】唐元稹《酬窦校书》："足听猿啼雨，深藏马腹鞭。"宋王之道《有荐胡仁…》："理所不可及，马腹徒鞭长。"宋辛弃疾《和前人韵》："末路长怜鞭马腹，淡交端可炙牛心。"宋李之仪《雷塘行》："鞭长不能及马腹，有限生涯时苦促。"

逃禅 táo chán

【分类】文化
【关键词】杜甫
【释义】指逃出禅戒。唐杜甫《饮中八仙歌》："苏晋长斋绣佛前，醉中往往爱逃禅。"亦指遁世而参禅。唐牟融《题寺壁》："闻道此中堪遁迹，肯容一榻学逃禅。"

【例句】唐吕从庆《赠野僧》："有客逃禅住北冈，昔年支许意相当。"宋苏轼《谢苏自之…》："流涎露顶置不说，为问底处能逃禅。"宋王质《银山寺和…》："无事石头频打睡，有时村店暂逃禅。"宋王柏《书补之梅》："一村飞落人间世，添却逃禅百倍香。"

逃名避名 táo míng bì míng

【分类】文化
【关键词】法真
【释义】不求声名却又难以摆脱声名纠缠的典故。《后汉书·法真》："帝虚心欲致，前后四征。真曰：'吾既不能遁形远世，岂饮洗耳之水哉？'遂深自隐绝，终不降屈。友人郭正称之曰：'法真名可得闻，身难得而见，逃名而名我随，避名而名我追，可谓百世之师者矣。'"

【例句】唐戎昱《赠韦况征君》："身欲逃名名自随，风衔丹诏降茅茨。"唐胡曾《赠渔者》："羡君独得逃名趣，身外无机任白头。"宋俞可《吴江太湖…》："范蠡避名湖上去，季鹰乘兴日边归。"宋刘攽《寄隐直》："应接知侪俗，浮沉得避名。"

逃相 táo xiāng

【分类】政治
【关键词】陈仲子
【释义】咏隐居不仕之典。源见"仲子灌园"。

【例句】唐张九龄《九月九日…》："灌园亦何为，于陵乃逃相。"唐李德裕《近于伊川…》："既非逃相地，乃是故侯园。"宋宋庠《春晚独游…》："逃相故畦无废汲，封侯修竹是元栽。"宋牟巘《西岩使君…》："移疾逃相印，何忍张悌为。"

逃尧 táo yáo

【分类】政治
【关键词】许由
【释义】指隐居不仕。《高士传·许由》："尧让天下于许由…不受而逃去。啮缺遇许由曰：'子将奚之？'曰：'将逃尧。'"

【例句】唐钱起《题温处士…》："颖上逃尧者，何如此养真？"唐严维《赠别刘长…》："匡时知已老，圣代耻逃尧。"唐李商隐《览古》："回头一吊箕山客，始信逃尧不为名。"宋宋庠《题巢父井亭》："箕岭逃尧去不回，沉沉遗甃碧烟开。"

逃债台 táo zhài tái

【分类】政治
【关键词】周赧王
【释义】逃避债务之典。《汉书·诸侯王表序》："自幽、平之后，日以陵夷，至乎阬岠河洛之间，分为二周，有逃责（债）之台，被窃铁之言。"唐颜师古注："服虔曰：'周赧王负责，无以归之，主迫责急，乃逃于此台，后人因以名之。'刘德曰：'洛阳南宫谚台是也。'"

【例句】宋吕南公《穷鬼》："诱我上债台,为我拥愁根。"明王彦泓《岁除日即事》："典衣沽得看山杯,一醉聊为避债台。"明王跂《立春一日…》："岂知苏子逃禅地,可作周王避债台。"明钱谦益《栖水访卓…》："三闲老屋谈经座,两版荆扉避债台。"

桃符　táo fú

【分类】生活
【关键词】荆楚岁时记
【释义】古代挂在大门上的两块画着神荼、郁垒二神的桃木板,以为能压邪。《荆楚岁时记》："正月一日…帖画鸡户上,悬苇索于其上,插桃符其旁,百鬼畏之。"
【例句】唐王梵志《诗并序》："东家钉桃符,西家县赤索。"唐韦璜《赠嫂》："案牍可申生节目,桃符虽圣欲何为。"唐韦璜《赠嫂》："案牍可申生节目,桃符虽圣欲何为。"宋王十朋《腊尽日又…》："芳联仙桂籍,穷送旧桃符。"

桃根桃叶　táo gēn táo yè

【分类】生活
【关键词】王献之
【释义】桃叶,晋王献之(字子敬)爱妾名。桃根,桃叶之妹。借指歌妓或所爱恋的女子。源见"桃叶歌"。
【例句】唐李商隐《燕台》："当时欢向掌中销,桃叶桃根双姊妹。"宋杨备《桃叶渡》："桃叶桃根柳岸头,献之才调颇风流。"宋王铚《毕少董翻…》："嫣然侍侧两少丽,桃叶桃根莫能及。"宋苏洞《金陵杂兴》："桃叶桃根双姊妹,清风明月我三人。"

桃弧棘矢　táo hú jí shǐ

【分类】生活
【关键词】左传
【释义】桃木做的弓。棘枝做的箭。古时用于避邪。《左传·昭公四年》："桃弧棘矢,以除其灾。"晋杜预注："桃弓棘箭,所以禳除凶邪,将御至尊故。"
【例句】唐范传质《荐冰》："朝觐当西陆,桃弧每共行。"唐孟郊《弦歌行》："相顾笑声冲庭燎,桃弧射矢时独叫。"宋李弥逊《观傩》："苇戟载颁均帝祉,桃弧一射致民安。"元吴莱《时傩》："桃弧驱灾沴,豆砾毙瘴刚。"明顾璘《送徐宪金…》："棘矢蕫腾慷慨名,外台风纪望澄清。"明罗洪先《吊三义士…》："竖发奋髯心郁昂,木弓棘矢生马缰。"

桃花米　táo huā mǐ

【分类】文化
【关键词】任昉
【释义】指糙米。因米粒红衣未经舂去,故称。《南史·任昉传》："(任昉)卒于宫,唯有桃花米二十石,无以为敛。"
【例句】唐皮日休《苦雨杂言…》："桃花米斗半百钱,枯荒湿坏炊不然。"宋孙岩《出越城舟…》："归囊薄有桃花米,行路应经竹节滩。"宋舒岳祥《咏紫荆花》："枯条缀缀桃花米,嫩蕊初揾撒酒媒。"明钱谦益《响雪阁》："清斋谁忆桃花米,素扇争题杨柳词。"

桃花扇底风　táo huā shàn dǐ fēng

【分类】生活
【关键词】晏几道
【释义】咏歌舞之典。宋晏几道《鹧鸪天》："舞低杨柳楼心月,歌尽桃花扇底风。"桃花扇是歌女歌唱时,用以掩口或扇风。
【例句】宋吴龙翰《宫词》："舞罢霓裳宝髻垂,桃花扇底暖风吹。"宋张炎《珍珠令》："桃花扇底歌声杳。愁多少。"清缪公恩《书桃花扇…》："南朝多少伤心事,付与桃花扇底风。"傅义《红梅》："魂消杜宇枝头血,国破桃花扇底风。"

桃花水　táo huā shuǐ

【分类】生活
【关键词】礼记
【释义】亦作桃华水。即春汛。《礼记·月令》："始雨水,桃始华,仓庚鸣,鹰化为鸠。"《汉书·沟洫志》："来春桃华水盛,必羡溢,有填淤反壤之害。"
【例句】唐常建《戏题湖上》："湖上老人坐矶头,湖里桃花水却流。"唐丁泽《龟负图》："莲怀池通泛,桃花水自浮。"唐无可《送薛重中…》："正报胡尘灭,桃花汾水生。"唐白居易《春晚寄微之》："三月江水阔,悠悠桃花波。"

桃花潭　táo huā tán

【分类】生活
【关键词】李白
【释义】位于安徽泾县以西。为咏情谊深厚之典。唐李白《赠汪伦》："桃花潭水深千尺,不及汪伦送我情。"
【例句】宋杨杰《太白桃花潭》："桃花潭似武陵溪,太白仙舟去路迷。"元卢琦《星水朝霞》："隐映桃花潭,杳雾武陵水。"元胡奎《还山吟送…》："飘然别我复长往,解缆去濯桃花潭。"聂绀弩《赠周婆》："桃花潭水深千尺,斜日晖光美一生。"

桃花源　táo huā yuán

【分类】政治
【关键词】陶渊明
【释义】喻指避世隐居的地方,亦指理想的境地。《陶渊明集·桃花源记》："晋太元中,武陵人捕鱼为业。缘溪行,忘路之远近,忽逢桃花林,夹岸数百步,中无杂树…"
【例句】唐卢照邻《三月曲水…》："门开芳杜径,室距桃花源。"唐王昌龄《武陵开元…》："先贤盛说桃花源,尘忝何堪武陵郡。"唐李白《古风》："一往桃花源,千春隔流水。"唐杜甫《不寐》："多垒满山谷,桃源何处求？"

桃李　táo lǐ

【分类】生活
【关键词】韩诗外传
【释义】桃树和李树。喻指所栽培的后辈或所教的学生。《韩诗外传》："夫春树桃李者,夏得阴其下,秋得其实;春树蒺藜者,夏不可采其叶,秋得其刺焉。"

【例句】唐骆宾王《帝京篇》："倡家桃李自芳菲,京华游侠盛轻肥。"唐吴少微《怨歌行》："绮窗虫网氛尘色,文轩莺对桃李颜。"唐李白《赠崔侍御》："扶摇应借力,桃李愿成荫。"唐白居易《奉和令公…》："令公桃李满天下,何用堂前更种花。"

桃李成蹊 táo lǐ chéng xī
【分类】生活
【关键词】李广
【释义】比喻人只要真诚、忠实,就能感动别人。《史记·李将军列传》："传曰'其身正,不令而行;其身不正,虽令不从'。其李将军之谓也?余睹李将军悛悛如鄙人,口不能道辞…彼其忠实心诚信于士大夫也?谚曰'桃李不言,下自成蹊'。此言虽小,可以谕大也。"
【例句】唐李白《赠范金卿》："桃李君不言,攀花愿成蹊。"唐钱起《山花》："别有妖妍胜桃李,攀来折去亦成蹊。"唐马云奇《赠乐使君》："知君桃李遍成蹊,故托乔林此处栖。"宋黄庭坚《次韵答杨子闻见赠》："结交贤豪多杜陵,桃李成蹊卧落英。"

桃李成阴 táo lǐ chéng yīn
【分类】生活
【关键词】说苑
【释义】形容所栽培的门生、士人众多。《说苑·复恩》："阳虎对曰:'夫堂上之人,臣所树者过半矣…'简子曰:'唯贤者为能报恩,不肖者不能。夫树桃李者,夏得休息,秋得食焉。树蒺藜者…自今以来,择人而树,毋已树而择之。'"
【例句】唐杨师道《春朝闲步》："何须命轻盖,桃李自成阴。"唐高适《同房侍御…》："忝游芝兰室,还对桃李阴。"唐李白《赠崔侍郎》："扶摇应借力,桃李愿成阴。"唐刘禹锡《宣上人远…》："一日声名遍天下,满城桃李属春官。"唐王表《花发上林》："当知桃李树,从此必成阴。"

桃李满公门 táo lǐ mǎn gōng mén
【分类】政治
【关键词】狄仁杰
【释义】指称教育或栽培的晚辈学生,兼誉提携举荐之德。《资治通鉴·则天后久视元年》:"仁杰又尝荐夏官侍郎姚元崇、监察御史曲阿桓彦范、太州刺史敬晖数十人,率为名臣。或谓人杰曰:'天下桃李,悉在公门矣。'仁杰曰:'荐贤为国,非为私也。'"
【例句】宋无名氏《六州歌头》："想公门桃李,应不弃山樗。"宋姚述尧《水调歌头》："铃阁尽无事,桃李满公门。"明邓林《送大名高…》："簿书辞吏事,桃李萃公门。"明张宁《画兰为李…》："草色逢春处处芳,公门桃李满康庄。"

桃李年 táo lǐ nián
【分类】生活
【关键词】诗经
【释义】比喻女子的青春年华和美丽的容貌。《诗经·召南·何彼秾矣》："何彼秾矣,华如桃李。"形容王姬的艳丽容貌。
【例句】唐柳中庸《寒食戏赠》："酒是芳菲节,人当桃李年。"唐韦应物《拟古诗》："自惜桃李年,误身游侠子。"唐李益《邠宁春日》："桃李年年上国新,风沙日日塞垣人。"唐武元衡《代佳人赠…》："洛阳佳丽本神仙,冰雪颜容桃李年。"

桃林之野 táo lín zhī yě
【分类】政治
【关键词】周武王
【释义】咏牛之典。源见"归马放牛"。
【例句】唐李峤《牛》："欲向桃林下,先过梓树中。"宋丁谓《牛》："好放桃林野,销兵是此时。"元胡奎题牧童骑…四郊干戈罢,归放桃林野。"元宋禧《题李唐牧…》："应怜牛放桃林野,尚忆莺啼紫禁花。"

桃叶歌 táo yè gē
【分类】生活
【关键词】王献之
【释义】咏歌女、侍姬或咏歌声的典故。《桃叶歌》："桃叶复桃叶,桃树连桃根。相怜两乐事,独使我殷勤。"又"桃叶复桃叶,渡江不用楫。但渡无所苦,我自迎接汝。"《乐府诗集》引《古今乐录》："《桃叶歌》者,晋王子敬(王献之)所作也。桃叶,子敬妾名,缘于笃爱,所以歌之。"
【例句】唐李群玉《江南》："鳞鳞别浦起微波,泛泛轻舟桃叶歌。"唐方干《侯郎中新…》："虽云桃叶歌还醉,却被荷花笑不言。"唐孟郊《答昼上人》："俗侣唱桃叶,隐士鸣桂琴。"宋贺铸《登乌江宝…》："何须拊手歌桃叶,已觉王郎思不堪。"

陶安公 táo ān gōng
【分类】文化
【关键词】陶安公
【释义】咏冶炼师或炼丹术士之典。《列仙传·陶安公》："陶安公者,六安铸冶师也。数行火…须臾,赤雀止冶上,曰:'安公安公,冶与天通。七月七日,迎汝以赤龙。'期时赤龙到,大雨,而安公骑之东南上。"
【例句】唐李白《答杜秀才…》："陶公矍铄呵赤电,回禄睢盱扬紫烟。"元杨维桢《冶师行》："湖中冶师缑长弓,有如汉代陶安公。"

陶公柳 táo gōng liǔ
【分类】政治
【关键词】陶侃
【释义】指官柳,或喻军纪严明。源见"武昌柳"。
【例句】唐岑参《春寻河阳…》："花明潘子县,柳暗陶公门。"唐翁洮《上子男寿…》："陶公为政卓齐,入县看花柳满堤。"宋沈辽《春晚偶题》："幸有陶公五株柳,不恋河阳千树花。"宋苏轼《游武昌寒…》："空传孙郎石,无复陶公柳。"

陶公运甓　táo gōng yùn pì
【分类】生活
【关键词】陶侃
【释义】喻指为建功立业而勤勉自励。《晋书·陶侃传》："侃在州无事,辄朝运百甓于斋外,暮运于斋内。人问其故,答曰:'吾方致力中原,过尔优逸,恐不堪事。'"甓,砖。
【例句】唐元稹《纪怀赠李…》："运甓调辛苦,闻鸡屡寝兴。"宋刘攽《冬至偶作》："闲过著慵思运甓,老来多忘却抄书。"宋王迈《和竹轩张…》："老矣力衰难运甓,偶然兴到且传杯。"宋苏轼《送公为游…》："负米万里缘其亲,运甓无度忧其身。"

陶公战舰　táo gōng zhàn jiàn
【分类】政治
【关键词】陶侃
【释义】咏水军之典。《晋书·陶侃传》："陈敏之乱,弘以侃为江夏太守。"又加侃为督护,使与诸军并力距恢(陈敏之弟)。侃乃以运船为战舰,或言不可,侃曰:'用官物讨官贼,但须列上有本末耳。'于是击恢,所向必破。"
【例句】唐李商隐《潭州》："陶公战舰空滩雨,贾傅承尘破庙风。"清陈维崧《贺新郎》："路入南荒休骋望,有陶公、战舰空滩雨。"清邓廷桢《戏咏镫船》："公瑾风原便,陶家舰必坚。"

陶景恋松　táo jǐng liàn sōng
【分类】政治
【关键词】陶弘景
【释义】咏隐居情趣之典。《南史·陶弘景传》："永元初,更筑三层楼,弘景处其上…特爱松风,庭院皆植松,每闻其响,欣然为乐。有时独游泉石,望见者以为仙人。"
【例句】唐徐夤《忆旧山》："陶景恋深松桧影,留侯抛却帝王师。"

陶钧　táo jūn
【分类】生活
【关键词】邹阳
【释义】指陶冶、造就。《史记·邹阳列传》："是以圣王制世御俗,独化于陶钧之上。"南朝宋裴骃集解引《汉书音义》："陶家名模下圆转者为钧,以其能制大小,比之于天。"唐司马贞《史记索隐》："崔浩云:'以钧制器物殊,故如造化也。'"
【例句】唐杜甫《瞿唐怀古》："疏凿功虽美,陶钧力大哉。"唐白居易《江南谪居…》："行藏与通塞,一切任陶钧。"唐杨巨源《上刘侍中》："道协陶钧力,恩回日月光。"唐权德舆《奉和新卜…》："六符既昭晰,万象随陶钧。"唐刘禹锡《送张盥赴…》："清时为丞郎,气力俾陶钧。"

陶令东皋　táo lìng dōng gāo
【分类】政治
【关键词】陶渊明
【释义】咏归隐之典。晋陶渊明《归去来兮》："登东皋以舒啸,临清流而赋诗。"
【例句】唐骆宾王《畴昔篇》："挂冠裂冕已辞荣,南亩东皋事耕凿。"唐钱起《题张蓝田…》："稍觉渊明归思远,东皋月出片云还。"唐李白《赠崔秋浦》："东皋春事起,种黍早归田。"宋无名氏《沁园春》："徜徉处,有晋公绿野,陶令东皋。"

陶令归去来　táo lìng guī qù lái
【分类】政治
【关键词】陶渊明
【释义】思归之典。指弃官归隐田园。晋陶渊明赋《归去来辞·序》："余家贫,又心惮远役,彭泽县去家百里,故便求之。及少日,眷然有归与之情,自免去职,因事顺心,命篇曰《归去来》。"
【例句】唐刘希夷《秋日题汝…》："岁暮归去来,东山余宿昔。"唐李隆基《初入秦川…》："烟雾氤氲水殿开,暂拂香轮归去来。"唐杜甫《醉时歌》："先生早赋归去来,石田茅屋荒苍苔。"宋梅尧臣《田家语》："却咏《归去来》,刈薪向深谷。"

陶令酒　táo lìng jiǔ
【分类】生活
【关键词】陶渊明
【释义】咏嗜酒好饮的典故。晋陶渊明《五柳先生传》："性嗜酒,家贫不能常得。亲旧知其如此,或置酒而招之。造饮辄尽,期在必醉;既醉而退,曾不吝情去留。"
【例句】唐韩翃《送金华王…》："家贫陶令酒,月俸沈郎钱。"唐李端《慈恩寺怀旧》："重入远师溪,谁尝陶令酒?"宋张耒《寄杨克一》："顾我独倾陶令酒,思君同鲙鹰鲈。"宋李光《次前韵》："三爵沉酣陶令酒,一夜成败谢公棋。"

陶令菊　táo lìng jú
【分类】文化
【关键词】陶渊明
【释义】指秋菊,常借以咏隐居傲世之情。源见"东篱菊"。
【例句】唐温庭筠《赠郑处士》："醉收陶令菊,贫卖邵平瓜。"唐司空图《歌者》："夕阳似照陶家菊,黄蝶无穷压故枝。"宋元绛《过牛光禄…》："三径未荒陶令菊,四时长放庾郎花。"宋徐积《谢秦少游》："今日许寻陶令菊,明年约寄陆生梅。"

陶令秫　táo lìng shú
【分类】文化
【关键词】陶渊明
【释义】指酿酒的高粱。《晋书·陶渊明传》载:陶渊明为彭泽令时,"公田悉令吏种秫,曰:'吾常得醉于酒,足矣。'"
【例句】宋王炎《闲居即事》："谋栽陶令秫,学种邵侯瓜。"宋张耒《官舍岁暮…》："田为岁荒陶令秫,酒无人乞广文钱。"宋赵孟坚《读元舅诗…》："陶令秫田诗料足,窦家桂子义方成。"明莫士安《洪武丁丑…》："陶令秋田谁为耕，邵侯瓜地亲将灌。"

陶令五男　táo lìng wǔ nán
【分类】生活
【关键词】陶渊明
【释义】咏多子之典。晋陶渊明《陶渊明集·责子》："白发被两鬓，肌肤不复实。虽有五男儿，总不好纸笔。"
【例句】唐裴迪《春日与王…》："陶令五男曾不有，蒋生三径柱相寻。"明岑徵《寄怀何节生》："却羡买臣无伉俪，自嫌陶令五男儿。"宋周紫芝《五男父》："白头垂垂五男父，一生辛勤立门户。"宋虞俦《和耘老弟…》："会见五男并二女，宛如合璧与连珠。"

陶令宅　táo lìng zhái
【分类】政治
【关键词】陶渊明
【释义】喻指高人隐士的居所。晋陶渊明《归园田居》："方宅十余亩，草屋八九间。榆柳荫后檐，桃李罗前堂…户庭无杂尘，虚室有余闲。久在樊笼里，复得返自然。"
【例句】唐李白《留别龚处士》："柳深陶令宅，竹暗辟疆园。"唐顾非熊《万年厉员…》："今朝陶令宅，不醉却应难。"唐卢肇《题绿阴亭》："黄菊旧连陶令宅，青山遥负向平心。"宋刘敞《游济堤傅…》："柳绿正如陶令宅，桃红应似晋人迷。"

陶令醉　táo lìng zuì
【分类】生活
【关键词】陶渊明
【释义】指酣饮不羁。源见"陶令酒"。
【例句】唐刘长卿《送薛据宰…》："日得谢客游，时堪陶令醉。"唐齐己《题东林十…》："陶令醉多招不得，谢公心乱入无方。"宋李至《寄献仆射…》："把酒不成陶令醉，脱巾空羡孟嘉狂。"宋苏轼《与舒教授…》："沽酒独教陶令醉，题诗谁似皎公清。"

陶庐　táo lú
【分类】政治
【关键词】陶渊明
【释义】喻指田园隐居之所。源见"陶令宅"。
【例句】唐白居易《和裴令公…》："陶庐僻陋那堪比，谢墅幽微不足攀。"唐白居易《自题小草亭》："陶庐闻自爱，颜巷陋谁知？"宋王曙《答子》："争似吾儿知止足，陶庐容膝早归来。"宋叶梦得《再答》："但遣陶庐有松径，不辞楚酒醉椒浆。"

陶谦　táo qiān
【分类】文化
【关键词】陶谦
【释义】借指少年不凡之士。《后汉书·陶谦传》："陶谦字恭祖…以谦为徐州刺史，击黄巾，大破走之，境内晏然。"李贤注引《吴书》："（陶谦）年十四，犹缀帛为幡，乘竹马而戏，邑中儿童皆随之。故仓梧太守同县甘公出遇之，见其容貌，异而呼之，与语甚悦，许妻以女…甘公曰：'彼有奇表，长必大成。'"
【例句】唐韦庄《冬日长安…》："松下围棋期褚胤，笔头飞箭荐陶谦。"

陶潜观海图　táo qián guān hǎi tú
【分类】生活
【关键词】陶渊明
【释义】形容《山海经》一书对山、海、动植物等许多内容的描述形象生动，犹如一幅幅图画。晋陶渊明《陶渊明集·读山海经十三首》："泛览周王传，流观山海图。"
【例句】唐李德裕《海鱼骨》："陶渊明虽好事，观海只披图。"元宋裛《喜归大都…》："白痴只对鳌峰石，清供唯观海月图。"明游朴《台郡守杨…》："匹马流观海上图，一尊随处有东湖。"

陶潜柳　táo qián liǔ
【分类】文化
【关键词】陶渊明
【释义】咏柳的典故。亦以比喻隐居之地或人。多形容清幽的闲居环境。晋陶渊明《五柳先生传》："先生不知何许人也，亦不详其姓字，宅边有五柳树，因以为号焉。"
【例句】唐刘长卿《送金昌宗…》："惟有陶渊明柳，萧条对掩扉。"唐罗隐《县斋秋晚…》："千秋白露陶渊明柳，百尺黄金郭隗台。"唐郑谷《送水部张…》："何逊一休握，陶渊明柳正垂。"宋吴师孟《和章质夫…》："深藏子猷竹，不植陶渊明柳。"

陶山相　táo shān xiāng
【分类】政治
【关键词】陶弘景
【释义】指南朝梁隐士陶弘景。源见"山中宰相"。
【例句】唐郑谷《蔡处士》："旨趣陶山相，诗篇沈隐侯。"元胡布《武当练山…》："许侍中仙骨，陶山相隐居。"清弘历《云松巢》："似兹合处陶山相，否则相于沈隐侯。"

陶使君　táo shǐ jūn
【分类】政治
【关键词】陶侃
【释义】咏州郡军事长官之典。《晋书·陶侃传》："侃之佐史辞诣王敦曰：'州将陶使君孤根特立，从微至著…'太兴初，进号平南将军，寻加都督交州军事。及王敦举兵反，诏侃以本官领江州刺史，寻转都督、湘州刺史。"
【例句】唐韩翃《赠兖州孟…》："闲心静掩陶使君，诗兴遥齐谢康乐。"

陶唐　táo táng
【分类】政治
【关键词】尧

【释义】即唐尧。初封于陶,后徙于唐。借指贤明的帝王。亦指开明盛世。《尚书·五子之歌》:"惟彼陶唐,有此冀方。今失厥道,乱其纪纲,乃底而亡。"
【例句】唐邵谒《送萧颖士…》:"虽承急诏诏,未谒陶唐君。"唐杜甫《敬寄族弟…》:"与君陶唐后,盛族多其人。"唐李华《咏史》:"巢许在嵩颍,陶唐不得臣。"唐鲍溶《读李相…》:"果闻丞相心中乐,上赞陶唐一万春。"

陶唐符命 táo táng fú mìng
【分类】政治
【关键词】尧
【释义】称誉帝王应天承命之典。《艺文类聚》引《尚书·中侯》:"帝尧即政,荣光出河,休气四塞,龙马衔甲,赤文绿色,甲似龟背,五色,有列星之分,斗政之度,帝王录记,兴亡之数。"
【例句】唐段成式《河出荣光》:"符命自陶唐,吾君应会昌。"

陶武威 táo wǔ wēi
【分类】政治
【关键词】陶舆
【释义】称美武将之典。《晋书·列传·第三十六章》:"臻弟舆,果烈善战,以功累迁武威将军…自是每战辄克,贼望见飘军,相谓曰:'避陶武威。'无敢当者。"陶舆为陶侃的侄子。
【例句】唐韩翃《送卢大理…》:"上客钟大理,主人陶武威。"

陶谢 táo xiè
【分类】文化
【关键词】陶渊明谢灵运
【释义】陶渊明、谢灵运的并称。陶善写田园诗,谢长于山水诗,两人都擅长于描写自然景物。《诗品》:"宋征士陶渊明…古今隐逸诗人之宗也。"《宋书·谢灵运列传》:"郡有名山水,灵运素所爱好…所至辄为诗咏。"
【例句】唐杜甫《江上值水…》:"焉得思如陶谢手,令渠述作与同游。"唐李群玉《送郑子宽…》:"新诗山水思,静入陶谢格。"唐皎然《赠韦卓陆羽》:"只将陶与谢,终日可忘情。"宋王安石《示俞秀老》:"未怕元刘妨独步,每思陶谢与同游。"

陶学士 táo xué shì
【分类】文化
【关键词】党太尉
【释义】风雅之士的代名词。源见"扫雪烹茶"。
【例句】宋方岳《立春谢司…》:"清处尽强陶学士,不关羔酒与龙茶。"宋郑清之《村边以汤…》:"只恐砖花陶学士,风流未了续胶缘。"元丁复《题雪水茶…》:"党家婢子陶家妾,学士方惭雪水茶。"元叶颙《庚子雪中》:"安得风流陶学士,松风同煮竹炉茶。"

陶隐居 táo yǐn jū
【分类】政治
【关键词】陶弘景
【释义】指南朝梁隐士陶弘景。喻雅逸情趣。源见"山中宰相"。
【例句】唐戴叔伦《新年第二…》:"可爱剡溪僧,独寻陶景舍。"唐高适《送虞城刘…》:"今日逢明圣,吾为陶隐居。"宋林石《登福全山》:"尝闻陶隐居,经行到兹地。"宋徐积《和路朝奉…》:"世闲诗淡郑云叟,寿且安宁陶隐居。"

陶渊明 táo yuān míng
【分类】文化
【关键词】陶渊明
【释义】字元亮,又名潜,私谥靖节。东晋诗人、辞赋家。曾任镇军参军、彭泽县令。中国第一位田园诗人,被称为古今隐逸诗人之宗。《宋书·隐逸列传·陶渊明》:"渊明字元亮,寻阳柴桑人也。潜少有高趣,尝著五柳先生传以自况…潜叹曰:'我不能为五斗米折腰向乡里小人。'即日解印绶去职。"
【例句】唐皎然《哭吴县房…》:"素高陶靖节,今重楚先贤。"唐汪遵《隋柳》:"君寻靖节高眠处,只向衡门种五株。"唐高适《封丘作》:"乃知梅福徒为尔,转忆陶渊明归去来。"唐刘商《重阳日寄…》:"陶渊明何处登高醉,倦客停桡一事无。"唐刘禹锡《酬湖州崔…》:"今来寄新诗,乃类陶渊明。"宋沈辽《次韵奉酬…》:"阳狂长鄙向子平,弦歌偶似陶渊明。"

陶朱公 táo zhū gōng
【分类】文化
【关键词】范蠡
【释义】范蠡,越国大夫,助越王勾践灭亡吴国。后游齐国,到山东定陶西北,以经商致富。喻指富贵之人。《史记·货殖列传》:"乃乘扁舟浮于江湖,变名易姓,适齐为鸱夷子皮,之陶为朱公。"
【例句】唐寒山《诗三百》:"寄语陶朱公,富与君相似。"唐杜甫《韦讽录事…》:"腾骧磊落三万匹,皆与此图筋骨同。"宋刘攽《寄王深甫》:"岂论陶朱公,未慕子贡氏。"聂绀弩《铭德季惺…》:"造次相逢六十年,陶朱西子五湖船。"

陶铸 táo zhù
【分类】政治
【关键词】庄子
【释义】比喻造就、培育。《庄子·逍遥游》:"是其尘垢秕糠,将犹陶铸尧舜者也,孰肯以物为事!"唐成玄英疏:"镕金曰铸,范土曰陶。"
【例句】唐皮日休《房杜二相国》:"遂使后世民,至今受陶铸。"唐贾岛《和孟逸人…》:"时气相陶铸,中庸道岂销。"唐陈陶《圣帝击壤歌》:"陶铸超三古,车书混万方。"宋黄觉《送梅昌言…》:"鬓间未有一茎白,陶铸苍生固不迟。"

梼杌 táo wù
【分类】政治
【关键词】尚书

【释义】原为古代传说中的猛兽，泛指恶人。《神异经·西荒经》中有云："西方荒中有兽焉，其状如虎而大，毛长两尺，人面虎足，口牙，尾长一丈八尺，扰乱荒中，名梼杌。"《史记·五帝本纪》有云："颛顼氏有不才子，不可教训，不知话言，天下谓之梼杌。"
【例句】唐李商隐《送千牛李…》："梼杌宽之久，防风戮不行。"宋杨万里《送谈星辰…》："灾曜元来怯梼杌，福星不是背箪瓢。"宋刘攽《送王相公》："百年礼乐更梼杌，万国车书载狁辊。"宋仲并《题李德邵…》："几年汗简编梼杌，晚岁薰炉负辟邪。"

腾黄马 téng huáng mǎ
【分类】文化
【关键词】马
【释义】咏神马之典。《艺文类聚》引《瑞应图》："腾黄者，神马也。其色黄。王者德御四方则至。一名吉光。乘之寿三千岁。此马无死时。"
【例句】唐李贺《马诗》："暂系腾黄马，仙人上彩楼。"唐曹唐《病马》："陇上沙葱叶正齐，腾黄犹自局羸蹄。"明冯裕《六骏图》："腾黄腰裹何代无，但恐不遇九方尔。"明欧必元《雨中曾炼…》："乘云腾黄龙，鞭电驾赤鲤。"

滕廛 téng chán
【分类】政治
【关键词】孟子
【释义】喻指仁里、乐土。《孟子·滕文公》："有为神农之言者许行，自楚之滕，踵门而告文公曰：'远方之人，闻君行仁政，愿受一廛而为氓。'"
【例句】宋孙觌《妙觉书事》："楚国虽三户，滕氓尚一廛。"宋李昂英《迎广帅徐…》："别去丹山划七春，一廛今日是滕民。"宋刘克庄《又和》："受廛幸在滕君国，白酒黄鸡待往还。"明张萱《赠海丰陈…》："遥知仲举长悬榻，为报滕文已受廛。"

滕公佳城 téng gōng jiā chéng
【分类】生活
【关键词】夏侯婴
【释义】喻指墓地。滕公，夏侯婴，西汉开国功臣。曾营救汉惠帝和鲁元公主。搭救季布。《博物志》："公卿送婴葬，至东都门外，马不行，踣地悲鸣，得石椁，有铭曰：'佳城郁郁，三千年见白日，吁嗟滕公居此室。'乃葬之。"
【例句】唐李端《哭张南史…》："地闭滕公宅，山荒谢客庐。"宋王安石《文元贾公…》："华屋几人思谢傅，佳城今日闭滕公。"宋程俱《观元章帖…》："怪底西山增爽气，佳城萧瑟闷滕公。"宋李彭《代虚中作》："谢传平生处华屋，滕公俄忽掩佳城。"

滕六与巽二 téng liù yǔ xùn èr
【分类】文化
【关键词】幽怪录
【释义】咏风、雪的典故。《幽怪录·萧志忠》："萧志忠欲猎…黄冠曰：'萧使君每役人，必恤其饥寒。若祈滕六降雪，巽二起风，即不复游猎矣。'"黄冠，指道士。滕六、巽二，即雪神和风神。
【例句】宋范成大《正月六日…》："滕六无端巽二痴，翻天作恶破春迟。"宋杨万里《再和罗武…》："春风一夜吹滕六，旋落旋销不成簌。"宋杨万里《兰溪解舟》："也知青女嫁滕六，巽二何须强作媒。"宋赵蕃《梅花》："青女素娥能莫逆，巽二滕六漫豪凶。"

滕王阁 téng wáng gé
【分类】生态
【关键词】方舆胜览
【释义】亦作滕阁。唐高祖子元婴为洪州刺史时所建。后元婴封滕王。故址在今江西省南昌市赣江滨。其后阎伯屿为洪州牧，宴群僚于阁上，王勃省父过此，作《滕王阁序》。《方舆胜览·隆兴府》："滕王阁：在郡城西，唐高祖之子滕王元婴所建。"
【例句】唐王勃《滕王阁》："滕王高阁临江渚，佩玉鸣鸾罢歌舞。"唐罗隐《钟陵见杨…》："孺亭滕阁少踟蹰，三度南游一事无。"唐白居易《钟陵饯送》："路人指点滕王阁，看送忠州白使君。"唐许浑《留别赵端公》："孤帆已过滕王阁，高楼留眠谢守窗。"

滕王画 téng wáng huà
【分类】文化
【关键词】蝶
【释义】咏蝶之典。《宣和画谱》："滕王元婴，唐宗室也，善丹青，喜作蛱蝶。朱景元尝见其粉本，谓能巧之外曲尽精理，不敢第其品格。唐王建作宫词云'传得滕王蛱蝶图'者，谓此也。"
【例句】宋谢逸《蝴蝶》："当时只羡滕王巧，一段风流画不成。"宋戴复古《偶见飞蝶…》："滕王小图画，一一造精微。"宋谢薖《次韵李成…》："滕王蛱蝶东丹马，嘉陵山水青田鹤。"元刘永之《次友人钟…》："凤迷吴女琼轩月，蝶湿滕王画栋云。"

绨袍 tí páo
【分类】政治
【关键词】范雎
【释义】指贫困时所受帮助。《史记·范雎蔡泽列传》："然公之所以得无死者，以绨袍恋恋，有故人之意，故释公。"
【例句】唐李白《送鲁郡刘…》："他日见张禄，绨袍怀旧恩。"唐白居易《瑞草绯袍…》："惠深范叔绨袍赠，荣过苏秦佩印归。"唐白居易《醉后狂言…》："宾客不见绨袍惠，黎庶未沾襦裤恩。"唐柳宗元《游南亭夜…》："知萦怀褚中，范叔恋绨袍。"

提封 tí fēng
【分类】政治
【关键词】高丽
【释义】犹版图，疆域。《旧唐书·高丽》："辽东之地，周为箕子之国,汉家玄菟郡耳!魏晋已前,近在提封之内,不可许以不臣。"
【例句】唐杜甫《提封》:"提封汉天下,万国尚同心。"唐顾况《送从兄使…》:"地绝提封入,天平赐贡饶。"宋李曾伯《水调歌头》:"提封几半宇宙,万里伐天戈。"宋周紫芝《次韵庭藻…》:"当时提封三万里,人间何处无农桑。"

提剑　tí jiàn
【分类】政治
【关键词】汉高祖
【释义】指起兵或从军。《史记·高祖本纪》:"吾以布衣提三尺剑取天下,此非天命乎?命乃在天,虽扁鹊何益!"
【例句】唐李白《北风行》:"别时提剑救边去,遗此虎文金鞞靫。"唐杜牧《感怀诗》》:"高文会隋季,提剑徇天意。"唐卢纶《皇帝感词》:"提剑云雷动,垂衣日月明。"唐胡曾《咏史诗青门》:"汉皇提剑灭咸秦,亡国诸侯尽是臣。"

提携　tí xié
【分类】政治
【关键词】萧景先
【释义】照顾,扶植。《南齐书·萧景先传》:"景先少遭父丧,有至性,太祖嘉之。及从官京邑,常相提携。"
【例句】唐李白《酬宇文少…》:"中藏宝诀峨眉去,千里提携长忆君。"唐杜甫《舍弟观赴…》:"欢剧提携如急舞,喜多行坐白头吟。"唐刘得仁《山中抒怀…》:"幽拙欣殊幸,提携更不疑。"宋范纯仁《康国韩公…》:"青云空费提携力,白首应无报称期。"

啼螀　tí jiāng
【分类】生活
【关键词】礼记
【释义】咏秋令之典。啼螀即寒蝉。《礼记·月令》:"孟秋之月…凉风至,白露降,寒蝉鸣。"《风土记》:"七月而蟋蟀鸣于朝,寒螀鸣于夕。"
【例句】唐元稹《夜池》:"满池明月思啼螀,高屋无人风张幕。"唐喻凫《书怀》:"暮雨啼螀次,凉风落木初。"唐贯休《经栖白旧院》:"残花飘暮雨,枯叶盖啼螀。"唐喻凫《书怀》:"暮雨啼螀次,凉风落木初。"

啼血　tí xuè
【分类】生活
【关键词】禽经
【释义】杜鹃鸟口红,春天杜鹃花开即鸣,声甚哀切。古人误传它夜啼吐血,又说闻其声者,将有伤别事。后遂常用为悲痛、伤别之典。《禽经》:"巂周,子规也(按,即杜鹃)。"《注》:"夜啼达旦,血渍草木。"《异苑》:"杜鹃始阳相催而鸣。先鸣者吐血死。常有人山行,见一群寂然,聊学其声,便吐血死。初鸣先听其声者主离别,厕上听其声不祥。"
【例句】唐杜甫《杜鹃行》:"其声哀痛口流血,所诉何事常区区。"唐罗邺《闻子规》:"蜀魄千年尚怨谁,声声啼血向花

枝。"唐李群玉《题二妃庙》:"黄陵庙前春已空,子规啼血滴松风。"唐李贺《老夫采玉歌》:"夜雨冈头食蓁子,杜鹃口血老夫泪。"

啼猿绕树　tí yuán rào shù
【分类】生活
【关键词】养由基
【释义】比喻厄运将至。《淮南子·说山训》:"楚王有白猿,王自射之,则搏矢而熙;使养由基射之,始调弓矫矢,未发而猿拥柱号矣,有先中者也。"
【例句】唐李白《别匡山》:"看云客倚啼猿树,洗钵僧临失鹤池。"唐李白《送外甥郑…》:"丈八蛇矛出陇西,弯弧拂箭白猿啼。"唐钱起《送韦信爱…》:"稍闻江树啼猿近,转觉山林过客稀。"唐郑谷《下峡》:"忆子啼猿绕树哀,雨随孤櫂过阳台。"唐武元衡《幕中诸公…》:"衔芦远雁愁萦缴,绕树啼猿怯避弓。"

鶗鴂　tí jué
【分类】生活
【关键词】楚辞
【释义】鸟名,即杜鹃。是在暮春时节啼叫的鸟,叫声很悲切。《楚辞·离骚》:"恐鶗鴂之先鸣兮,使夫百草为之不芳。"汉王逸注:"鶗鴂鸣而草衰。"为悲愁离苦之典。
【例句】唐杜甫《杜鹃》:"杜鹃暮春至,哀哀叫其间。"宋王之望《寄制帅》:"鹈鴂鸣处韶光老,鹈鴂声中旅思长。"宋张咏《惊栖曲》:"低枝苦贱良可越,却厌辛飞笑鹈鴂。"宋盛烈《同黄吟隐…》:"鹈鴂一声林外唤,短篷归带夕阳明。"

鹈梁　tí liáng
【分类】政治
【关键词】诗经
【释义】比喻小人在朝或居官而不称职。也为谦词。《诗经·曹风·候人》:"维鹈在梁,不濡其翼。"汉郑玄笺:"鹈在梁,当濡其翼,而不濡者,非其常也。以喻小人在朝,亦非其常。"鹈,鹈鹕,水鸟名。梁,断水捕鱼的堰。
【例句】宋王之道《有荐胡仁…》:"邶国歌柏舟,曹风赋鹈梁。"宋范纯仁《和张坊州》:"褒言如衮绣,雅意戒鹈梁。"宋葛立方《蒙恩除吏…》:"无似鹈梁讥不称,且欣绂冕粗承家。"宋魏了翁《再和招鹤》:"清唳九皋天听在,也知雅意笑鹈梁。"

缇骑　tí qí
【分类】政治
【关键词】冯鲂
【释义】穿红色军服的骑士,泛称贵官的随从卫队。《东观汉记·冯鲂》:"上(汉明帝)行幸诸国,敕鲂车驾发后,将缇骑宿玄武门复道上。"
【例句】唐沈佺期《奉和晦日…》:"山花缇骑绕,堤柳幔城开。"唐王德真《奉和圣制…》:"骊阜疏缇骑,惊鸿映彩旆。"唐刘禹锡《送李尚书…》:"黄河一曲当城下,缇骑千重照路傍。"唐刘禹锡《送李中丞…》:"缇骑朱旗入楚城,

士林皆贺振家声。"

题凡鸟　tí fán niǎo
【分类】文化
【关键词】吕安
【释义】讥人是庸才。是吕安对嵇喜的讽刺。《世说新语·简傲》："嵇康与吕安善,每一相思,千里命驾。安后来,值康不在。(嵇)喜出户延之,不入,题门上作'凤'而去。喜不觉,犹以为忻。"凤字繁体为鳯,可拆为凡、鸟二字。
【例句】唐王维《春日与裴…》："到门不敢题凡鸟,看竹何须问主人。"宋乐雷发《苏莹中先…》："敢轻奇士题凡鸟,漫有忧心咏阜螽。"明张弼《访陈宗道…》："更无好兴题凡鸟,只对青童说姓名。"聂绀弩《真宅》："到门不敢题凡鸟,略想狂歌效接舆。"

题糕字　tí gāo zì
【分类】文化
【关键词】刘禹锡
【释义】咏重阳题诗的典故。《闻见后录》："刘梦得(刘禹锡)作《九日诗》,欲用糕字,以《五经》中无之,辍不复为。宋子京(宋祁)以为不然。故子京《九日食糕》有咏云:'飙馆轻霜拂曙袍,糗餈花饮斗分曹。刘郎不敢题糕字,虚负诗中一世豪。'"
【例句】宋牟巘《和李侯九日》："平生殊欠题糕字,今日堪怜对菊时。"明黄淮《九日》："寂寞题糕字,飘零泛海槎。"明罗万杰《寄大黄字…》："问奇竞索题糕字,笑笔青笺凌紫烟。"明张煌言《九日陪安…》："追陪谁复题糕字,愧向銮坡问笔才!"

题剑　tí jiàn
【分类】政治
【关键词】韩棱
【释义】咏尚书受皇帝宠信之典。《后汉书·韩棱传》："(棱)五迁为尚书令,与仆射郅寿、尚书陈宠,同时俱以才能称。肃宗(即章帝)尝赐诸尚书剑,唯此三人特以宝剑,自手署其名曰:'韩棱楚龙渊,郅寿蜀汉文,陈宠济南椎成。'"
【例句】唐张九龄《故刑部李…》："题剑恩方重,藏舟事已非。"唐刘禹锡《泰娘歌》："繁华一旦有消歇,题剑无光履声绝。"唐高适《信安王幕…》："前桐光宠锡,题剑美坚贞。"唐沈佺期《和户部岑…》："汉章题楚剑,郑武袭缟衣。"

题桥柱　tí qiáo zhù
【分类】政治
【关键词】司马相如
【释义】喻指对功名有所抱负。《华阳国志》："城北十里有升仙桥,有送客观。司马相如初入长安,题市门曰:'不乘赤车驷马,不过汝下也。'"
【例句】唐杜牧《寄湘中友人》："相如已定题桥志,江上无由梦钓台。"唐苏颋《利州北佛…》："岁年书有记,非为学题

桥。"唐杜荀鹤《遣怀》："题桥每念相如志,佩印当期季子荣。"唐王播《淮南游故…》："更见桥边记名姓,始知题柱免人嗤。"

题殄瘁　tí tiǎn cuì
【分类】生活
【关键词】郭太
【释义】咏伤悼之典。《后汉书·郭太传》："建宁元年,太傅陈蕃、大将军窦武为阉人所害,林宗哭之于野,恸。既而叹曰:'人之云亡,邦国殄瘁。'"唐李贤注："诗大雅之词。"意为贤人奔亡,国家贫困。
【例句】唐李嘉祐《故燕国相…》："今年杜陵柏,殄瘁百花迟。"唐刘商《哭韩淮端…》："邦国既殄瘁,斯人今又亡。"唐杜牧《和野人殷…》："何处躬耕者,犹题殄瘁诗。"宋文彦博《故尚书懿…》："孤怀伤殄瘁,清泪满衣襟。"

题舆　tí yú
【分类】政治
【关键词】陈蕃
【释义】咏别驾之典。形容景仰贤达,望其出仕。《太平御览》引《后汉书》："周景为豫州,辟陈蕃为别驾。不就。景题别驾舆曰:'陈仲举座也。'不复更辟。蕃惶惧,起视职。"
【例句】宋欧阳修《送京西提…》："题舆尝屈佐留京,揽辔今行按属城。"宋欧阳修《答和吕侍读》："昔日题舆愧屈贤,今来还见把朱轓。"宋吕陶《送杨圣愈…》："画辕曾记到西州,莫为题舆厌滞留。"宋毛滂《谢郭倅见访》："分庭未觉题舆宠,下士徒知公子贤。"

蹄涔　tí cén
【分类】生活
【关键词】淮南子
【释义】指容量、体积等微小。《淮南子·氾论训》："夫牛蹄之涔,不能生鳣鲔。"汉高诱注："涔,雨水也,满牛蹄迹中,言其小也。"
【例句】唐温庭筠《洞户》："筠神鹰参翰苑,天马破蹄涔。"唐蒋贻恭《咏虾蟆》："欲知自己形骸小,试就蹄涔照影看。"唐罗隐《题润州妙…》："还有市廛沽酒客,雀喧鸠聚话蹄涔。"唐李沇《秋霖歌》："纵恣群阴驾老虬,勺水蹄涔尽奔注。"

鹈鴂雕卉　tí jué diāo huì
【分类】政治
【关键词】张衡
【释义】喻谗言伤害正直的人。《后汉书·张衡传》："恃己知而华予兮,鹈鴂鸣而不芳。"唐李贤注："鹈鴂,鸟名,喻谗人也。"
【例句】唐孟郊《下第东归》："岂知鹈鴂鸣,瑶草不得春。"唐许棠《留别故人》："鸟畏闻鹈鴂,花惭背牡丹。"宋李新《蓬溪道中…》："鹈鴂弄声知境静,秋千垂影见春闲。"宋薛季宣《病兴即事》："万绪不兴坐兀兀,林端鹈鴂两

三声。"

鹈鴂鸣　tí jué míng
【分类】生活
【关键词】楚辞
【释义】咏暮春之典。《楚辞·离骚》:"恐鹈鴂之先鸣兮,使夫百草为之不芳。"鹈鴂鸟(一名杜鹃)鸣时正值落花时节,以言百花凋零,人心悲哀。
【例句】唐陈子昂《感遇诗》:"众芳委时晦,鹈鴂鸣悲耳。"唐柳宗元《奉和杨尚…》:"骅骝当远步,鹈鴂莫相侵。"唐储光羲《酬李处士…》:"犹恐鹈鴂鸣,坐看芳草歇。"唐皎然《顾渚行寄…》:"鹈鴂鸣时芳草死,山家渐欲收茶子。"

涕出女吴　tì chū nǚ wú
【分类】政治
【关键词】齐景公
【释义】指屈辱事敌。《孟子·离娄》:"孟子曰:'天下有道,小德役大德,小贤役大贤;天下无道,小役大,弱役强:斯二者,天也。顺天者存,逆天者亡。'齐景公曰:'既不能令,又不受命,是绝物也。'涕出而女于吴。"齐侯惧吴强大,不得已嫁女于吴国。
【例句】宋陈亮《贺新郎》:"涕出女吴成倒转,问鲁为、齐弱何年月。"宋周文璞《赠赵子野歌》:"自从不见半年余,每望吴云辄流涕。"明吴讷《齐女墓》:"齐景不自强,涕出女于吴。"明皇甫汸《寄许中丞》:"涕泪吴台仍走鹿,传言秦地半为鱼。"明胡应麟《挽吴封翁》:"恩波填越海,涕泪咽吴天。"

天池　tiān chí
【分类】文化
【关键词】庄子
【释义】原指海。也指天上仙界之池、山顶之池。《庄子·逍遥游》:"南冥者,天池也。"唐成玄英疏:"大海洪川原夫造化,非人所作,故曰天池也。"
【例句】唐苏味道《咏石》:"声应天池雨,影触岱宗云。"唐王维《奉和圣制…》:"苑树浮宫阙,天池照冕旒。"唐李白《春日行》:"因出天池汎蓬瀛,楼船蹙沓波浪惊。"唐韩愈《漫作》:"玄圃珠为树,天池玉作砂。"唐杜甫《天池》:"天池马不到,岚壁鸟才通。"

天赐纯嘏　tiān cì chún gǔ
【分类】生活
【关键词】诗经
【释义】一般为祝寿之辞。《诗经·鲁颂·閟宫》:"天锡公纯嘏,眉寿保鲁。"锡,赐。嘏,福也;纯嘏,大福。
【例句】宋魏了翁《范靖州良…》:"天锡公纯嘏,气象自平宽。"宋程公许《上后溪刘…》:"愿翁觉性日圆明,愿翁眉寿备纯嘏。"宋袁甫《忠孝诗》:"到此纯孝通神明,冥冥之中锡纯嘏。"宋文天祥《古心江先…》:"纯嘏锡千岁,绵绵赞休明。"

天地闭　tiān dì bì
【分类】政治
【关键词】易经
【释义】即天地闭,贤人隐。喻指天地闭塞昏暗,贤人隐退匿迹。形容乱世社会黑暗。《易经·坤·文言》:"天地变化,草木蕃;天地闭,贤人隐。"
【例句】唐韦应物《送令狐岫…》:"大雪天地闭,群山夜来晴。"唐陆龟蒙《奉和袭美…》:"已觉天地闭,竟为东南迁。"宋余靖《松门守风》:"岂诚阴阳争,长忧天地闭。"宋刘敞《欲雪寄贡甫》:"欲雪天地闭,积云江海昏。"

天帝醉　tiān dì zuì
【分类】政治
【关键词】张衡
【释义】比喻世事混乱。《昭明文选·汉张衡〈西京赋〉》:"昔者大帝说秦缪公而觐之,飨以钧天广乐。帝有醉焉,乃为金策锡用此土而翦诸鹑首。"唐李善注引虞预《志林》曰:"嗟曰:'天帝醉秦暴,金误陨石坠。'"三国吴薛综注:"大帝,天也。"
【例句】唐李商隐《咸阳》:"自是当时天帝醉,不关秦地有山河。"唐陆龟蒙《秋思》:"莫言天帝醉,秦暴不灵长。"唐陈子昂《感遇诗》:"呫呫安可言,时醉而未醒。"宋石延年《句》:"天醉笙歌外,风香罗绮余。"

天发杀机　tiān fā shā jī
【分类】政治
【关键词】阴符经
【释义】天显现出杀心。喻不利的外在形势。《赤水玄珠全集·医旨绪余》:"《阴符经》曰:天发杀机,移星易宿。地发杀机,龙蛇起陆。人发杀机,天地反覆。"
【例句】宋李宗复《和人伏日》:"天刑发杀机,闭藏不敢施。"宋范成大《重读唐太…》:"天发杀机那可料,正投阿武祸胎中。"清夏曾佑《沪上赠梁…》:"天发杀机蛇起陆,羔方婚礼鬼盈坛。"清陈三立《罗顺循大…》:"天发杀机应有说,士投东海更何冤。"

天放　tiān fàng
【分类】文化
【关键词】庄子
【释义】自由自在,放任自然。《庄子·马蹄》:"一而不党,命曰天放。"唐成玄英疏:"直置放任,则物皆自足,故名曰天放也。"
【例句】宋赵抃《和范御史…》:"山收乱云彩,天放新蟾影。"宋李觏《苦雨初霁》:"天放旧光还日月,地将浓秀与山川。"宋邓肃《再次韵谢之》:"嗟我果何人,楚狂狂本天放。"宋葛胜仲《诗一首》:"吾党殆天放,卜夜就管弦。"

天府之国　tiān fǔ zhī guó
【分类】生态
【关键词】战国策

【释义】原指自然条件优越,土地肥沃,物产丰富的地方。指古秦国。也喻指朝廷。现多指我国四川省。《战国策·秦策》:"田肥美,民殷富,战车万乘,奋击百万,沃野千里,蓄积饶多,地势形便,此所谓天府,天下之雄国也。"
【例句】唐杨巨源《胡二十拜…》:"庙略已调天府实,国征方觉地官尊。"唐杜牧《题青云馆》:"虬蟠千仞剧羊肠,天府由来百二强。"宋赵长卿《瑞鹧鸪》:"待得名登天府后,归来菜菊映钗头。"宋曹修古《题清心堂》:"天府鞠囚三节日,霜台待漏五更时。"

天盖 tiān gài
【分类】生活
【关键词】淮南子
【释义】指天。意谓天圆如车盖覆于地上。《淮南子·原道训》:"以天为盖,以地为舆。"
【例句】唐独孤及《季冬自嵩…》:"天盖西北倾,众星殒如雨。"唐刘禹锡《韩十八侍》:"荡漾浮天盖,四环宣地理。"唐赵嘏《题横水驿…》:"迎风几拂朝天盖,带月犹含度岭钟。"宋翟汝文《北固山》:"登临望八极,天盖垂空元。"

天高听卑 tiān gāo tīng bēi
【分类】政治
【关键词】宋微子
【释义】指上天神明可以洞察人间最卑微的地方。旧称好的帝王了解民情。《史记·宋微子世家》:"(司马)子韦曰:'天高听卑。君有君人之言三,荧惑宜有动。'是候之,果徙三度。"
【例句】唐白居易《寄唐生》:"但自高声歌,庶几天听卑。"唐舒元舆《访州按狱》:"须知听甚卑,勿谓天之高。"宋吕陶《再和胡右…》:"海宇翘首望,天高终听卑。"宋吕陶《和蒙轩》:"天高听卑诏令下,欲使德泽沾荒遐。"

天狗 tiān gǒu
【分类】生态
【关键词】天官书
【释义】指彗星和流星,古人将天空奔星视为大不吉,所以天狗也变成了凶星的称谓。《史记·天官书》:"天狗,状如大奔星,有声,其下止地,类狗。所堕及,望之如火光炎炎冲天。其下圜如数顷田处,上兑者则有黄色,千里破军杀将。"
【例句】唐韩愈《汴州乱》:"汴州城门朝不开,天狗堕地声如雷。"宋梅尧臣《八月十三…》:"长星彗云出,天狗欲堕鸣。"宋毕仲游《送朱彦文…》:"去年天狗堕地鸣,今年拟破灵盐城。"宋欧阳修《鬼车》:"射之三发不能中,天遣天狗从空投。"

天归京兆 tiān guī jīng zhào
【分类】生活
【关键词】王矩
【释义】用以婉称死亡。《晋书·王矩传》:"矩兄矩,字令武…初为南平太守,豫讨陈恢有功,迁广州刺史。将赴职,忽见一人持奏谒矩,自云京兆杜之。矩问之,答称:'天上京兆,被使召君为主簿。'矩意甚恶之。至州月余卒。"
【例句】唐权德舆《故司徒兼…》:"忽访天京兆,空传汉伏波。"唐权德舆《湖南观察…》:"天归京兆日,叶下洞庭时。"唐刘禹锡《哭庞京兆》:"天上别归京兆府,人间空数茂陵阡。"宋宋祁《哭郭仲微》:"冢有邢山旧,天为京兆邻。"

天后 tiān hòu
【分类】政治
【关键词】武则天
【释义】唐高宗永徽六年废王皇后,立武宸妃(则天)为后。高宗称天皇,武后称天后。源自《旧唐书·则天皇后纪》。
【例句】唐吴融《太保中书…》:"不知捧诏朝天后,谁此登临看月明。"五代陈德诚《赠孟宾于》:"自从叔家朝天后,赢得安闲养白头。"清周老山《赠数者吴…》:"先天妙算泄河图,天后精微寄洛书。"清弘历《命晋增天…》:"尊封天后自先朝,辅昊晏瀛恩久饶。"聂绀弩《没字碑》:"天后陵前没字碑,荡妇妄题一句诗。"

天花乱坠 tiān huā luàn zhuì
【分类】文化
【关键词】心地观经
【释义】原为佛教传说,云梁武帝时云光法师讲经感动天帝,香花从空中纷纷坠落而下。后形容说话有声有色,极为动听。亦指言谈虚妄,动听而不切实际。《心地观经·序品偈》:"六欲诸天来供养,天华(花)乱坠遍虚空。"
【例句】唐周朴《赠念经僧》:"想得天花坠,馨香拂白眉。"宋魏野《次韵和李…》:"坠来虽作天花瘦,消去偏滋垄麦肥。"宋罗必元《雨花台》:"萧帝倾心向佛家,漫言天女坠天花。"宋钱惟济《护国寺》:"新好天花经雨坠,清凉甘露隔宵零。"聂绀弩《秦似夜话》:"高谈未已鼾雷作,悄把天花扫入囊。"

天潢 tiān huáng
【分类】生活
【关键词】河
【释义】星名。《史记·天官书》:"汉中四星,曰天驷。旁一星,曰王梁。王梁策马,车骑满野。旁有八星,绝汉,曰天潢。"唐司马贞《史记索隐》:"《元命包》曰:潢主河渠,所以度神,通四方。"
【例句】唐褚遂良《春日侍宴…》:"紫波回地轴,激浪上天潢。"唐刘禹锡《墙阴歌》:"白日左右浮天潢,朝晡影入东西墙。"唐王希明《西方七宿》:"车中五个天潢精,潢畔咸池三黑星。"五代韦庄《和郑拾遗…》:"道孤悲海藻,家远隔天潢。"

天鸡 tiān jī
【分类】文化
【关键词】鸡

【释义】指神话中天上司晓的鸡。《述异记》："东南有桃都山，上有大树，名曰桃都。枝相去三千里，上有天鸡，日初出照此木，天鸡则鸣，天下之鸡皆随之鸣。"
【例句】唐李白《梦游天姥…》："半壁见海日，空中闻天鸡。"唐施肩吾《宿四明山》："下视不知几千仞，欲晓不晓天鸡声。"唐刘禹锡《洞庭秋月行》："天鸡相呼曙霞出，敛影含光让朝日。"唐杜甫《寄柏学士…》："赤叶枫林百舌鸣，黄泥野岸天鸡舞。"

天际　tiān jì
【分类】生活
【关键词】易经
【释义】肉眼能看到的天地交接的地方，亦指天空。《易经·丰》："丰其屋，天际翔也。"
【例句】唐李迥秀《夜宴安乐…》："金榜岩峣云里开，玉箫参差天际回。"唐王维《送崔五太守》："雾中远树刀州出，天际澄江巴字回。"唐马戴《送从叔赴…》："身往天边郡，帆悬天际云。"唐韩愈《渔翁》："回望天际下中流，岩上无心云相逐。"

天际识归舟　tiān jì shí guī zhōu
【分类】生活
【关键词】谢朓
【释义】远望天边辨认哪是归舟。形容盼望远人归来的迫切心情。南齐谢朓《之宣城郡出新林浦向板桥》："江路西南来，归流东北骛。天际识归舟，云中辨江树。"
【例句】宋柳永《八声甘州》："想佳人妆楼凝望，误几回天际识归舟。"宋刘应时《霞外亭》："一缕残红曳微日，渺然天际识归舟。"宋无名氏《开元寺留题》："尚忆曩年诗酒伴，几回天际识归舟。"元萨都剌《登众妙堂…》："万里澄江净如练，却从天际识归舟。"

天将大任　tiān jiāng dà rèn
【分类】政治
【关键词】孟子
【释义】咏励志之典。比喻经历磨难，成就其人。《孟子·告子》："故天将降大任于是人也，必先苦其心志，劳其筋骨，饿其体肤，空乏其身，行拂乱其所为，所以动心忍性，曾益其所不能。"
【例句】宋孔平仲《晬之诗尤…》："天将大任预连蹇，薄宦南州初折腰。"宋王十朋《过宛陵陪…》："天将大任未容闲，清峭依然御史颜。"元高德游《长歌行送…》："天将有意降大任，故使穷困志益坚。"聂绀弩《清厕同枚子》："手撒黄金成粪土，天将大任予曹刘。"

天街　tiān jiē
【分类】政治
【关键词】汉书
【释义】唐皇城内承天门街因其直通封建皇帝居住和处理朝政的太极宫，所以又称为天街，也泛称帝都的街市。天上的街市。汉班固《汉书·天文志》："毕、昴间，天街也。"
【例句】唐王希明《丹元子步…》："附耳毕股一星光，天街两星毕背傍。"唐韩愈《早春呈水…》："天街小雨润如酥，草色遥看近却无。"唐李洞《赠长安毕…》："地肺半边晴带雪，天街一面静无尘。"聂绀弩《桥夜》："天街夜肃华清暖，旖旎云屏各自娇。"

天诫　tiān jiè
【分类】政治
【关键词】汉书
【释义】谓上天给予的儆戒。《汉书·五行志》："吴在楚东南，天戒若曰，勿与吴为恶，将败毙朝。"
【例句】唐杜牧《李甘诗》："九年夏四月，天诫若言语。"清弘历《再诣黑龙…》："恶心凛天诫，觍面冀神和。"

天爵　tiān jué
【分类】政治
【关键词】孟子
【释义】天然的爵位，指高尚的道德修养。比喻因德高则受人尊敬，胜于有爵位。《孟子·告子》："仁义忠信，乐善不倦，此天爵也；公卿大夫，此人爵也。"
【例句】唐宋之问《忆嵩山陆…》："世德辞贵仕，天爵光道门。"唐张九龄《故徐州刺…》："在贵兼天爵，能贤出世卿。"唐白居易《池上即事》："身闲当贵真天爵，官散无忧即地仙。"唐权德舆《酬别蔡十…》："伊人茂天爵，恬澹卧郊园。"

天籁　tiān lài
【分类】生活
【关键词】庄子
【释义】自然界的声响，如风声、鸟声、流水声等。借指诗文所具有的自然情韵。《庄子·齐物论》："女闻人籁而未闻地籁，女闻地籁而未闻天籁夫！"
【例句】唐赵冬曦《陪燕公游…》："琴将天籁合，酒共鸟声催。"唐李颀《宿莹公禅…》："夜动霜林惊落叶，晓闻天籁发清机。"唐李涉《题清溪鬼…》："寂寞天籁息，清迥鸟声曙。"唐陆龟蒙《奉和因赠…》："唱既野芳坼，酬还天籁疎。"

天狼　tiān láng
【分类】政治
【关键词】楚辞
【释义】星名。天空中非常明亮的恒星。属大犬座。古以为主侵掠。比喻残暴的侵略者。《楚辞补注·九歌·东君》："青云衣兮白霓裳，举长矢兮射天狼。"汉王逸注："天狼，星名，以喻贪残。"
【例句】唐刘禹锡《重酬前寄》："戎羯归心如内地，天狼无角比凡星。"唐卢仝《月蚀诗》："弧矢引满反射人，天狼呀啄明煌煌。"唐白居易《河阳石尚…》："须知鸟目犹难漏，纵有天狼岂足忧。"唐刘禹锡《重酬前寄》："戎羯归心如内地，天狼无角比凡星。"

天牢　tiān láo
【分类】政治
【关键词】晋书
【释义】星名,即贯索。借指监狱。《晋书·天文志上》:"天牢六星,在北斗魁下,贵人之牢也…贯索九星在其前,贱人之牢也。一曰连索,一曰连营,一曰天牢,主法律,禁暴强也。"
【例句】唐李商隐《燕台四首春》:"研丹擘石天不知,愿得天牢锁冤魄。"宋崔与之《寿李参政璧》:"扶持世极寿国脉,突兀一柱擎天牢。"明钱谦益《狱中杂诗》:"斗魁直下天牢在,午夜依然绕帝宫。"清陈三立《映庵寄和…》:"空荒冤魄锁天牢,见雪岩枝拥节旄。"

天老　tiān lǎo
【分类】政治
【关键词】黄帝
【释义】黄帝的辅臣。借指宰相重臣。《古本竹书纪年辑证·黄帝轩辕氏》:"庚申,天雾三日三夜,昼昏。帝问天老、力牧、容成曰:'于公何如?'天老曰:'臣闻之,国安,其主好文,则凤凰居之。国乱,其主好武,则凤凰去之…'"
【例句】唐张说《奉和圣制…》:"扈跸参天老,承荣忝夏官。"唐王维《赠焦道士》:"天老能行气,吾师不养空。"唐储光羲《刘先生闲居》:"期之比天老,真德辅帝鸿。"唐李白《金陵凤凰…》:"明君越羲轩,天老坐三台。"

天禄　tiān lù
【分类】政治
【关键词】尚书
【释义】天赐的福禄。常指帝位。也代指俸禄、酒。《尚书·大禹谟》:"四海困穷,天禄永终。"
【例句】唐张尧臣《金陵怀古》:"一时因地险,五世享天禄。"唐张说《邺都引》:"君不见魏武草创争天禄,群雄睚眦相驰逐。"唐白居易《和刘郎中》:"万卷图书天禄上,一条风景月华西。"宋田锡《乾明节…》:"酒为天禄资君寿,曲奏霓裳乐帝聪。"

天禄阁　tiān lù gé
【分类】生态
【关键词】三辅黄图
【释义】汉宫中藏书阁名。汉高祖时创建,在未央宫内。《三辅黄图·未央宫》:"天禄阁,藏典籍之所。《汉宫殿疏》云:'天禄麒麟阁,萧何造,以藏祕书,处贤才也。'"
【例句】唐骆宾王《帝京篇》:"校文天禄阁,习战昆明水。"唐武元衡《闻相公三…》:"位高天禄阁,词异畔牢愁。"唐白居易《和刘郎中》:"万卷图书天禄上,一条风景月华西。"唐李德裕《早入中书…》:"更登天禄阁,极眺终南岫。"

天马　tiān mǎ
【分类】文化
【关键词】马
【释义】骏马美称。《史记·大宛列传》:"(汉武帝)得乌孙马好,名曰'天马'。及得大宛汗血马,益壮,更名乌孙马曰'西极',名大宛马曰'天马'云。"喻指神马。《汉书·礼乐志》:"太一况,天马下,沾赤汗,沫流赭。"
【例句】唐王绩《过汉故城》:"天马来东道,佳人倾北方。"唐张说《桃花园马…》:"林间艳色702天马,苑里秾华伴丽人。"唐杜甫《锦树行》:"青草萋萋尽枯死,天马跂足随氂牛。"唐王维《送刘司直…》:"苜蓿随天马,葡萄逐汉臣。"

天门八翼　tiān mén bā yì
【分类】政治
【关键词】陶侃
【释义】指官至高位的征兆。《晋书·陶侃传》载:陶侃梦生八翼,飞登天门,已登其八,唯一不得入,阍者以杖击之,折其左翼。后侃都督八州,握重兵,"潜有窥窬之志,每思折翼之祥,即自抑而止"。
【例句】唐沈佺期《龙池篇》:"池开天汉分黄道,龙向天门入紫微。"宋何梦桂《远游丞樵…》:"升天无八翼,苦志怀晨风。"宋洪咨夔《闲居》:"不作八翼梦,以无富贵心。"元胡奎《天上谣》:"梦飞八翼登天门,紫霞红雾通朝暾。"

天女散花　tiān nǚ sàn huā
【分类】文化
【关键词】维摩诘
【释义】咏佛事之典,或比喻大雪纷飞的景象。《维摩诘所说经·观众生品》:"时维摩诘室有一天女,见诸天人,闻所说法,便现其身,即以天花散诸菩萨大弟子上。花至诸菩萨即皆堕落,至大弟子便著不堕…尔时天女问舍利弗:'何故去花?'答曰:'结习未尽,花著身耳;结习尽者,花不著也。'"结习,指人世的欲望、烦恼等。
【例句】宋李纲《白公草堂》:"维摩丈室何所有,天女散花空结习。"宋陆游《夜大雪歌》:"初疑天女下散花,复恐麻姑行掷米。"宋范成大《寄题石湖…》:"海棠尚自无心看,天女何须更散花。"宋张孝祥《再用韵》:"毗耶丈室本无病,天女为散花纷纭。"

天葩　tiān pā
【分类】文化
【关键词】郑道昭
【释义】非凡的花,常比喻秀逸的诗文。北魏郑道昭《登云峰山观海岛诗》:"流精丽旻部,低翠曜天葩。"
【例句】唐韩愈《醉赠张秘书》:"东野动惊俗,天葩吐奇芬。"唐皮日休《寂上人院…》:"水堪伤聚沫,风合落天葩。"宋欧阳修《会饮圣俞…》:"诗翁文字发天葩,岂比青红凡草木。"宋马廷鸾《山中对紫…》:"阁下天葩秋月黯,楼头奎画晓云空。"

天堑　tiān qiàn
【分类】文化
【关键词】隋书

【释义】天然的壕沟。言其险要可以隔断交通。多指长江。《隋书·五行志下》："长江天堑，古以为限隔南北，今日北军，岂能飞渡耶？"
【例句】唐李白《金陵》："金陵空壮观，天堑净波澜。"唐杨乘《吴中旧事》："十万人家天堑东，管弦台榭满春风。"唐皇甫冉《和樊润州…》："积水澄天堑，连山入帝乡。"唐李绅《却到金陵…》："潮蹙海风驱万里，日浮天堑洞千寻。"

天巧 tiān qiǎo
【分类】文化
【关键词】韩愈
【释义】指不假雕饰，自然工巧。唐韩愈《答孟郊》："规模背时利，文字觑天巧。"
【例句】宋张瑰《寄题径山…》："应接殚天巧，类非人力为。"宋欧阳修《感春杂言》："乃知天巧夺人力，能使枯木生红颜。"宋文天祥《辟山寄朱…》："樵牧旧蹊容可马，鬼神天巧不容诗。"宋方岳《上元大雪…》："年饥那得花成市，天巧聊将玉作栏。"

天球 tiān qiú
【分类】文化
【关键词】玉
【释义】玉名。《尚书·顾命》："大玉、夷玉、天球、河图，在东序。"孙星衍注引汉郑玄曰："天球，雍州所贡之玉，色如天者。"
【例句】宋强至《还府推杨…》："天球岂合藏穹家，再拜持编复斋几。"宋刘攽《慈孝寺送…》："要官在东序，河图间天球。"宋黄庭坚《送谢公定》："涧松无心古须鬣，天球不琢中粹温。"宋文天祥《挽朱尚书》："天球声浑厚，玄酒韵和平。"宋杨万里《正月十二…》："云冠霞佩照宇宙，金章玉句鸣天球。"

天全 tiān quán
【分类】生活
【关键词】庄子
【释义】谓保全天性。也指天然浑成，无斧凿雕饰之迹。《庄子·达生》："夫若是者，其天守全，其神无郄，物奚自入焉！"
【例句】五代裴说《寄僧尚颜》："才大天全与，吟精楚欲空。"宋文同《独游》："身闲得天全，一息了万古。"宋文同《秋居览景…》："观此动与植，一一全天资。"宋苏轼《张先生并叙》："熟视空堂竟不言，故应知我未天全。"宋朱熹《挽籍溪胡…》："圣门虽力造，美质自天全。"

天壤王郎 tiān rǎng wáng láng
【分类】生活
【关键词】世说新语
【释义】《世说新语·贤媛》："王凝之谢夫人既往王氏，大薄凝之…太傅慰释之曰：'王郎，逸少之子，人材亦不恶，汝何以恨乃尔？'答曰：'一门叔父，则有阿大、中郎。群从兄弟，则有封、胡、遏、末。不意天壤之中，乃有王郎！'"后因称妇女所嫁丈夫不称意，叫做抱天壤王郎之恨。
【例句】宋刘克庄《满江红》："天壤王郎，数人物方今第一。"宋孙应时《送史同叔…》："天壤王郎子，芝兰谢傅家。"明王彦泓《示晚内》："解道谢娘兄絮语，任教天壤笑王郎。"明王世贞《为王复索…》："莫言天壤王郎恶，犹是风流晋代余。"

天人 tiān rén
【分类】生活
【关键词】魏略
【释义】称美人才不凡之典。或指仙人、神人。《三国志·王粲传》晋南朝宋裴松之注引《魏略》曰："太祖遣淳诣植。植初得淳甚喜，延入坐…及暮，淳归，对其所知叹植之材，谓之'天人'。"晋葛洪《神仙传·张道陵》："忽有天人下，千乘万骑，金车羽盖。"
【例句】唐宋之问《花烛行》："梁台花烛见天人，平阳宾从绮罗春。"唐张说《安乐郡主…》："商女香车珠结网，天人宝马玉繁缨。"唐杜甫《八哀诗》："汝阳让帝子，眉宇真天人。"唐卢纶《王评事驸…》："万条银烛引天人，十月长安半夜春。"

天丧斯文 tiān sàng sī wén
【分类】生活
【关键词】论语
【释义】感叹文士命蹇之典实。《论语·子罕》："子畏于匡，曰：'文王既没，文不在兹乎？天之将丧斯文也，后死者，不得与于斯文也；天之未丧斯文也，匡人其如予何？'"
【例句】唐窦常《过宋氏五…》："谢庭风韵婕好才，天纵斯文去不回。"唐孙昌胤《和司空曙…》："君看酒中意，未肯丧斯文。"唐张贲《酬袭美先…》："寻疑天意丧斯文，故选茅峰寄白云。"唐李咸用《九江和人…》："天畏斯文坠，凭君助素风。"

天上将 tiān shàng jiàng
【分类】政治
【关键词】周亚夫
【释义】汉景帝朝，周亚夫讨平七国之乱，绕路奇袭而取胜。后用为赞颂武将之典。《汉书·周亚夫》："诸侯闻之，以为将军从天而下也。"
【例句】唐陈子昂《和陆明府…》："忽闻天上将，关塞重横行。"唐卢照邻《结客少年…》："将军下天上，虏骑入云中。"唐高适《九曲词》："将军天上封侯印，御史台中异姓王。"唐王维《赠裴旻将军》："见说云中擒黠虏，始知天上有将军。"

天上酒星 tiān shàng jiǔ xīng
【分类】生活
【关键词】孔融
【释义】星宿名，即酒旗星。为咏饮酒嗜酒之典。后汉《(孔)融集·与操书》："酒之为德久矣。古先哲王，类帝禋宗，和神定人，以济万国，非酒莫以也。故天垂酒星之耀,地列酒泉之郡,人著旨酒之德。'"

【例句】唐李白《月下独酌》:"天若不爱酒,酒星不在天。"唐李群玉《广州重别…》:"大笑相逢日,天边作酒星。"唐皮日休《七爱诗》:"吾爱李太白,身是酒星魄。"唐郑谷《读李白集》:"何事文星与酒星,一时钟在李先生。"

天上麒麟　tiān shàng qí lín
【分类】文化
【关键词】徐陵
【释义】喻指神童。用以称赞他人之子有文才。源见"志公赏麒麟"。
【例句】唐杜甫《徐卿二子歌》:"孔子释氏亲报送,并是天上麒麟儿。"唐杜牧《赠李秀才》:"天上麒麟时一下,人间不独有徐陵。"宋王庭圭《喜杨文发…》:"杜家骥子谁家有,天上麒麟地上行。"宋苏轼《席上代人…》:"天上麒麟岂混尘,笼中翡翠不由身。"

天上人间　tiān shàng rén jiān
【分类】生活
【关键词】李煜
【释义】一个在天上,一个在人间。多比喻境遇完全不同,相差极远。南唐李煜《浪淘沙》:"流水落花春去也,天上人间。"
【例句】唐崔颢《七夕》:"仙裙玉佩空自知,天上人间不相见。"唐杨巨源《张郎中段…》:"秋空如练瑞云明,天上人间莫问程。"唐赵嘏《送李给事》:"眼前轩冕是鸿毛,天上人间漫自劳。"唐曹唐《玉女杜兰…》:"天上人间两渺茫,不知谁识杜兰香。"

天上乌　tiān shàng wū
【分类】文化
【关键词】孔子
【释义】又名三足金乌,居于日中。是驾驭日车的神鸟。也喻太阳。三足乌和九尾狐常作为瑞鸟瑞兽列于西王母座旁。《史记·龟策列传》:"孔子闻之曰:'神龟知吉凶,而骨直空枯。日为德而君于天下,辱于三足之乌。月为刑而相佐,见食于虾蟆。'"
【例句】唐刘威《遣怀寄欧…》:"地上江河天上乌,百年流转只须臾。"明杨士奇《早入天寿…》:"遗臣泣尽余年泪,天上乌号不可攀。"明杨慎《邓川杨少…》:"天上乌啼御史府,海边龙卧神仙家。"

天生德　tiān shēng dé
【分类】政治
【关键词】孔子
【释义】上天把仁德赋予了我。为咏仁德之典。《论语·述而》:"子曰:'天生德于予,桓魋其如予何?'"桓魋:宋国主管军事行政的官员。
【例句】宋范祖禹《韩献肃公…》:"孝友天生德,公忠世象贤。"宋吴芾《赠萧守》:"一代簪绅仰名成,天生贤德佐升平。"宋许月卿《暮春联句》:"锡屈天生德,咸教黄览忠。"明谢元汴《寒食后微…》:"檀迹天生德,弧车鬼载疑。"

天时地利　tiān shí dì lì
【分类】政治
【关键词】孟子
【释义】即天时地利人和。指古时作战时的自然气候条件,地理环境和人心的向背。《孟子·公孙丑》:"天时不如地利,地利不如人和。"
【例句】宋刘敞《闻夏太尉…》:"地利山河险,天时关塞寒。"宋邵雍《训世孝弟诗》:"子孝亲兮弟敬哥,天时地利与人和。"宋文天祥《徐州道中》:"乃知大风扬沙失白昼,自是地利非天时。"元郭钰《送罗秀宾…》:"竹筇行遍吴云白,地利天时细窥测。"

天授　tiān shòu
【分类】政治
【关键词】韩信
【释义】上天所授。引申指与生俱有的秉赋。《史记·淮阴侯列传》:"且陛下所谓天授,非人力也。"
【例句】唐白居易《和寄问刘白》:"功用随日新,资材本天授。"唐陆龟蒙《和袭美送…》:"直应天授与诗情,百咏唯消一日成。"唐徐夤《尚书荣拜…》:"富贵有期天授早,关河多难敕来迟。"宋王安礼《次韵仆射…》:"天授嘉符帝祖宫,仙枝产秀福来崇。"

天授留侯　tiān shòu liú hóu
【分类】政治
【关键词】张良
【释义】原指汉高祖封张良为留侯事。后指功臣良将能不居功自傲,功成身退。《史记·留侯世家》:"良曰:'始臣起下邳,与上会留,此天以臣授陛下。陛下用臣计,幸而时中,臣愿封留足矣,不敢当三万户。'"
【例句】唐许浑《贺少师相…》:"门临二室留侯隐,棹倚三川越相归。"唐司空图《偶作》:"留侯万户虽无分,病骨应消一片山。"宋洪咨夔《沁园春》:"庆中兴机会,天生山甫,非常事业,天授留侯。"宋苏拭《次阳行先》:"拔葵终相鲁,辟谷会封留。"

天属　tiān shǔ
【分类】生活
【关键词】林回
【释义】谓直系亲属。源见"林回弃璧"。
【例句】唐刘商《胡笳十八拍》:"不缘生得天属亲,岂向仇雠结恩信。"宋苏颂《次韵王伯…》:"埙篪契合均天属,金石交深过古人。"宋陈润道《吴民女》:"吴民嗜钱如嗜饴,天属之爱亦可移。"宋王炎《杜工部有…》:"天属情钟在我辈,岁月虽久哀如新。"

天水碧　tiān shuǐ bì
【分类】文化
【关键词】李煜

【释义】谓浅青色。《宋史·李煜》:"煜之妓妾尝染碧,经夕未收,会露下,其色愈鲜明,煜爱之。自是宫中竞收露水,染碧以衣之,谓之'天水碧'。"
【例句】宋柯氏《西湖乐》:"一样越罗天水碧,乱插宝花长一尺。"宋李思衍《汴京怀古》:"土暗尘昏天水碧,风轻雨过女真黄。"宋舒岳祥《次韵和正…》:"此花蔓生枝自劲,天水碧染雪藕姿。"元张雨《葛岭杂书》:"净洗一方天水碧,不教歌板污游云。"

天随子　tiān suí zǐ
【分类】文化
【关键词】陆龟蒙
【释义】唐代诗人陆龟蒙的别号。《新唐书·陆龟蒙》:"陆龟蒙字鲁望…时谓江湖散人,或号天随子、甫里先生。"
【例句】宋许申《如归亭》:"寻常高讽散人歌,傲睨天随奈尔何。"宋周紫芝《雪后小霁…》:"寒丛且对天随子,大白谁浮阮步兵。"宋蒲寿宬《赋枫杞》:"千岁未逢朱孺子,四时堪供陆天随。"宋鲜于侁《和司马君…》:"羹藜寂寞天随子,换酒风流贺季真。"

天孙　tiān sūn
【分类】文化
【关键词】织女星
【释义】织女星,位于银河以东、与牵牛星隔银河相对,属天琴座,是夏秋夜空中一颗明亮的星。亦称为天女、天孙、织女。指织女为天帝孙女。《史记·天官书》"婺女,其北织女。织女,天女孙也。"唐司马贞索隐:"织女,天孙也。"
【例句】唐宋之问《花烛行》:"庭花灼灼歌秾李,此夕天孙嫁王子。"唐张说《安乐郡主…》:"鸾车凤传王子来,龙楼月殿天孙出。"唐李邕《奉和初春…》:"织女桥边乌鹊起,仙人楼上凤皇飞。"聂绀弩《望桥》:"当户天孙微叹息:人间有此不消魂。"

天庭　tiān tíng
【分类】文化
【关键词】杨雄
【释义】神仙中天帝的朝廷。也泛指帝王的朝廷。相传天庭位于三十六重天之中的最高天位,最高处乃是弥罗宫。弥罗宫中的最高处为凌霄宝殿,玉皇大帝昊天陛下在此殿中统领诸天万神。汉杨雄《甘泉赋》:"选巫咸兮叫帝阊,开天庭兮延群神。"
【例句】唐张说《遥同蔡起…》:"名接天庭长景色,气连宫阙借氛氲。"唐李白《献从叔当…》:"秀句满江国,高才挝天庭。"唐白居易《杨柳枝》:"一树衰残委泥土,双枝荣耀植天庭。"聂绀弩《赠胡风》:"从来谁耍金箍棒,总犯天庭任一条。"

天王　tiān wáng
【分类】政治
【关键词】春秋

【释义】天子。春秋时特指周天子。《春秋·隐公元年》:"秋七月,天王使宰咺来归惠公仲子之赗。"
【例句】唐杜甫《诸将》:"炎风朔雪天王地,只在忠臣翊圣朝。"宋欧阳炯《题景焕画…》:"寺门左壁图天王,威仪部从来何方。"宋王禹偁《应制皇帝…》:"天王出震寰海清,奎星灿烂昭文明。"宋蔡襄《丙申元日…》:"曾侍天王玉几傍,卷帘袍色殿中央。"

天网　tiān wǎng
【分类】政治
【关键词】曹植
【释义】网罗人才之典。《昭明文选·三国魏曹植〈与杨德祖书〉》:"当此之时,人人自谓握灵蛇之珠,家家自谓抱荆山之玉。吾王于是设天网以该之,顿八纮以掩之。今悉集兹国矣。"唐李善注:"崔寔《本论》曰:'举弥天之网,以罗海内之雄。'上天布下的罗网,比喻朝廷的统治。汉班固《幽通赋》:"观天网之纮覆兮,实棐谌而相训。"
【例句】唐李贺《春归昌谷》:"天网信崇大,矫士常慺慺。"唐独孤及《送陈兼应…》:"天网忽摇顿,公才难弃遗。"唐李涉《硖石遇赦》:"天网初开释楚囚,残骸已废自知休。"唐吕岩《七言》:"月圆自觉离天网,功满方知出地罗。"

天网恢恢　tiān wǎng huī huī
【分类】政治
【关键词】老子
【释义】天网:天道之网;恢恢:宽广的样子。指天道如大网,坏人是逃不过这个网的,作恶必会受到惩罚。《老子》:"天网恢恢,疏而不漏。"
【例句】唐柳宗元《同刘二十…》:"屡叹恢恢网,频摇肃肃置。"唐舒元舆《坊州按狱》:"恢恢布疏网,罪者何由逃。"唐杜甫《梦李白》:"孰云网恢恢,将老身反累?"唐李涉《硖石遇赦》:"天网初开释楚囚,残骸已废自知休。"

天问　tiān wèn
【分类】文化
【关键词】屈原
【释义】战国楚屈原诗作《天问》,通篇提出170多个问题来问天,表现了对某些传统观念的大胆怀疑,以及追求真理的探索精神。《天问》:"曰:遂古之初,谁传道之?上下未形,何由考之…"
【例句】唐罗衮《赠罗隐》:"寰区叹屈瞻天问,夷貊闻诗过海求。"宋梅尧臣《秋雨篇》:"梅生不量仰天问,神官夜梦言语周。"宋刘敞《薄后庙》:"欲学灵均纪天问,古堂丹碧正严凝。"聂绀弩《重禹六十》:"天问楼头天莫问,天心人意恐无差。"

天吴　tiān wú
【分类】文化
【关键词】山海经
【释义】水神。借指海涛。《山海经·海外东经》:"朝阳之谷,神曰天吴,是为水伯…其为兽也,八首八面,八足八尾,皆青黄。"
【例句】唐褚遂良《春日侍宴…》;"天吴静无际,金驾俨成行。"唐高适《和贺兰判…》:"风行越裳贡,水遏天吴灾。"唐李贺《浩歌》:"南风吹山作平地,帝遣天吴移海水。"唐高适《和贺兰判…》:"风行越裳贡,水遏天吴灾。"唐韦应物《汉武帝杂歌》:"鼛鼛余响数日在,天吴深入鱼鳖惊。"

天下宝　tiān xià bǎo
【分类】政治
【关键词】许询
【释义】比喻帝位或高才之人。《世说新语·栖逸》:"许玄度(询)隐在永兴南幽穴中,每致四方诸侯之遗。或谓许曰:'尝闻箕山人似不尔耳。'许曰:'筐筐苞苴,故当轻于天下之宝耳。'"
【例句】唐徐彦伯《比干墓》:"大位天下宝,维贤国之镇。"宋乐备《某属闻少…》:"不知持此将安之,天下宝当天下惜。"宋欧阳修《读张李二…》:"二生固是天下宝,岂与先生私褚橐。"明徐渭《送李县赴调》:"楚璞由来天下宝,不妨明主再三投。"

天下大老　tiān xià dà lǎo
【分类】政治
【关键词】孟子
【释义】用作对年高德劭的长辈的颂辞。《孟子·离娄》:"二老者,天下之大老也,而归之,是无下之父归之也。"
【例句】宋李石《扇子诗》:"醉为天下大老,睡则吾辈神兵。"宋释了元《寄刘凝之…》:"天下共推为大老,皇家不得作忠臣。"

天下脊　tiān xià jǐ
【分类】政治
【关键词】张仪
【释义】比喻雄踞天下的北方高峻山脉。喻国家重臣。《史记·张仪列传》:"主明以严,将智以武,虽无出甲,席卷常山之险,必折天下之脊,天下有后服者先亡。"常山,在今河北省正定。
【例句】唐杜牧《东兵长句》:"上党争为天下脊,邯郸四十万秦坑。"宋苏轼《浣溪沙》:"上党从来天下脊,先生元是古之儒。"元岑安卿《送吴巡检…》:"蓬莱海中云,太行天下脊。"明顾璘《平宁藩后…》:"太行西横天下脊,降神昭代生乔公。"

天下士　tiān xià shì
【分类】政治
【关键词】鲁仲连
【释义】指志在国家、才德非凡之士。源见"鲁连蹈海"。
【例句】唐高适《咏史》:"不知天下士,犹作布衣看。"唐卢照邻《咏史》:"悠悠天下士,相送洛桥津。"宋梅尧臣《送马行之…》:"此趣已高天下士,不须功业似鸥夷。"宋邵雍《依韵和张…》:"处世当为天下士,赏花须是洛阳城。"

天下文才　tiān xià wén cái
【分类】文化
【关键词】谢灵运
【释义】即天下才共一石。形容文才高超,知识丰富。源见"八斗才"。
【例句】宋梅尧臣《谢永叔答…》:"天下才名罕有双,今逢陆海与潘江。"宋邵雍《观盛化吟》:"天下英才中遁迹,人间好景处开眉。"宋邵雍《首尾吟》:"天下只知才可处,人间不信事难为。"聂绀弩《西江月》:"天下文才一石,扬州明月三分。"

天下无双　tiān xià wú shuāng
【分类】文化
【关键词】李广
【释义】世上独一无二。形容出类拔萃。《史记·李将军列传》:"李广才气,天下无双。"
【例句】唐杜牧《题永康西…》:"天下无双将,关西第一雄。"宋杨万里《灯下读山…》:"天下无双双井黄,遗编犹作旧时香。"宋欧阳修《宋司空挽辞》:"文章天下无双誉,伯仲人间第一流。"宋韩琦《牡丹》:"已推天下无双艳,更占人间第一香。"

天下小　tiān xià xiǎo
【分类】政治
【关键词】孟子
【释义】意谓人的视点越高,视野眼界就越宽广。《孟子·尽心》:"孔子登东山而小鲁,登泰山而小天下。"
【例句】宋郭祥正《留题吕学…》:"北斗疏疏河汉晓,蓬莱一登天下小。"宋李之仪《送俞挽通…》:"泰山排云天下小,纷纷何足论贤愚。"宋李廌《和人游嵩韵》:"绝顶固知天下小,泰山为占海隅偏。"聂绀弩《桥上有询…》:"万里桥兴天下小,千年楼死世夫哀。"

天相　tiān xiàng
【分类】政治
【关键词】春秋
【释义】表示上天的佑助。《春秋·昭公四年》:"晋楚唯天。所相不可与争。"晋杜预注:"相,助也。"
【例句】宋王九龄《祠庞颖公》:"贤哉庞颖公,天相佑仁宗。"宋吕本中《送赵十一…》:"德人固天相,和气生户牖。"宋刘敞《往年筑青…》:"当时铸作妙一世,赫赫似与天相连。"宋晁补之《出都呈十…》:"忍志动心天相我,莫惭关吏辱陈馀。"

天香桂子　tiān xiāng guì zǐ
【分类】文化
【关键词】桂花
【释义】指桂花。源见"桂子飘香"。
【例句】唐白居易《寄韬光禅师》:"遥想吾师行道处,天香桂子落纷纷。"宋郭祥正《入承天观》:"昨夜月宫飘桂子,至今楼殿带天香。"宋赵鼎《南轩》："璧月沉沉过女墙,时闻桂子落天香。"宋杨万里《木犀》："不会溪堂老居士,更谈桂子是天香。"

天象动　tiān xiàng dòng
【分类】政治
【关键词】严光
【释义】指天上的日月星辰有异动。喻示人间重要人物的活动或事件。源见"客星犯御座"。
【例句】唐无名氏《子陵山洞》："居然动天象,下应太史卜。"宋薛嵎《闲居杂兴》："垂竿动天象,定策茹商芝。"元郭翼《和李长吉…》："骏群空冀北,天象动荥河。"聂绀弩《钓台》："有客才眠天象动,无人不羡御床宽。"

天笑　tiān xiào
【分类】生活
【关键词】神异经
【释义】也谓电笑、或笑电。借指闪电不雨。源见"玉女投壶"。
【例句】唐杜甫《能画》："每蒙天一笑,复似物皆春。"五代朗上座《葛藤歌》："余家一任青天笑,碧落浮云徒浩浩。"宋刘筠《前槛十二韵》："电笑投壶胜,江澄捣练匀。"宋杨亿《无题》："才断歌云成梦雨,斗回笑电作嗔霆。"

天心　tiān xīn
【分类】政治
【关键词】尚书
【释义】指天帝的意志。《尚书·商书·咸有一德》："克享天心,受天明命。"也指天空的中央。
【例句】唐陈子昂《南山家园…》："忘机委人代,闭牖察天心。"唐白居易《喜钱左丞…》："民望恩难夺,天心慈易回。"唐韦庄《清河县楼作》："盘雕迥印天心没,远水斜牵日脚流。"聂绀弩《四绝句》："性忌孤阳与独阴,连枝比翼始天心。"

天刑　tiān xíng
【分类】政治
【关键词】国语
【释义】天降的刑罚,亦指最高统治者的刑罚。《国语·周》："上非天刑,下非地德,中非民则。"
【例句】唐李白《望鹦鹉洲…》："才高竟何施,寡识冒天刑。"唐柳宗元《游石角过…》："始惊陷世议,终欲逃天刑。"宋刘克庄《竹溪书院》："物遁天刑少,人全晚节难。"聂绀弩《血压》："三十万言书大笑,一行一句一天刑。"

天行健　tiān xíng jiàn
【分类】生活
【关键词】周易
【释义】指天道运行无止无息。故君子应自强发奋,不断进取。为咏天体运行或君子笃行之典。《周易注·乾》："天行健,君子以自强不息。"唐孔颖达疏："天行健者,谓

天体之行,昼夜不息,周而复始,无时亏退。"
【例句】唐鲍溶《忆郊天》："六龙日驭天行健,神母呈图地道光。"宋杨亿《咸平六年…》："玉辂天行健,金壶昼漏长。"宋苏洞《夜读杜诗》："那知独角龙,妙用天行健。"明胡居仁《劳中迷事》："自强愿法天行健,昏妄那堪已性愚。"

天涯地角　tiān yá dì jiǎo
【分类】生活
【关键词】谢敕赍
【释义】天涯,天边;地角,地的尽头。形容非常偏僻遥远的地方。也形容相隔很远。《艺文类聚》引《谢敕赍地图启》："域中天外,指掌可求;地角河源,户庭不出。"
【例句】唐骆宾王《畴昔篇》："玉垒铜梁不易攀,地角天涯眇难测。"唐崔十娘《答文成》："天涯地角知何处,玉体红颜难再遇。"唐岑参《宿铁关西馆》："雪中行地角,火处宿天倪。"唐白居易《昆明春水满》："天涯地角无禁利,熙熙似同昆明春。"

天涯海角　tiān yá hǎi jiǎo
【分类】生活
【关键词】张世南
【释义】形容极偏远的地方或彼此相隔极远。唐白居易《春生》："春生何处阁周游,海角天涯遍始休。"
【例句】唐白居易《种桃杏》："无论海角与天涯,大抵心安即是家。"宋曾巩《北归》："曲台省里官虽冷,须胜天涯海角时。"宋韦骧《胶水道中…》："马蹄远践天涯路,雁翼横飞海角秋。"聂绀弩《沁园春》："久想携书,寻师海角,借证平生世界观。"

天厌　tiān yàn
【分类】政治
【关键词】论语
【释义】谓为上天所厌弃、弃绝。《论语·雍也》："子见南子,子路不悦。夫子矢之曰:'予所否者,天厌之!天厌之!'"宋邢昺疏："厌,弃也。"
【例句】宋梅尧臣《和元之述…》："仲尼称天厌,季路犹行行。"宋王安石《游土山示…》："桓温适自毙,苻坚方天厌。"宋王十朋《齐太祖》："天厌金刀水德终,一时人望属萧公。"宋刘一止《次韵曾宏…》："周宣自有中兴日,天厌毡庭尚须暇。"

天用莫如龙　tiān yòng mò rú lóng
【分类】政治
【关键词】平准书
【释义】指在天飞行没有比龙更好的东西。《史记·平准书》："以为天用莫如龙,地用莫如马,人用莫如龟。"
【例句】唐杜甫《遣兴》："天用莫如龙,有时系扶桑。"宋郑伯英《放龟》："天用莫如龙,在在风云随。"元吴当《画龙》："天用莫如龙,渊潜阃神功。"清弘历《和杜甫遣兴》："天用莫如龙,用吉见无首。"

天雨粟 tiān yù sù
【分类】生态
【关键词】燕太子丹
【释义】天降粟。借指决无可能之事。《论衡·感虚》："燕太子丹朝于秦，不得归，从秦王求归。秦王执留之，与之誓曰：'使日再中，天雨粟，令乌白头，马生角，厨门木象生肉足，乃得归。'"
【例句】宋周紫芝《七闽山中…》："山中父老雪满头，何曾眼见天雨粟。"宋叶茵《桂谢》："窗外方疑天雨粟，风前已见地流金。"宋陈元晋《和邓帅参…》："占岁便同天雨粟，宽忧解遣笔生花。"明唐时升《咏雁字》："闻说书成天雨粟，应无岁暮稻粱谋。"

天章 tiān zhāng
【分类】文化
【关键词】薛道衡
【释义】犹天文。指分布在天空的日月星辰等。也指帝王的诗文。泛指好文章。南北朝薛道衡《奉和月夜听军乐应诏诗》："沈郁兴神思，眺听发天章。"
【例句】唐王维《奉和圣制…》："银汉下天章，琼筵承湛露。"唐杨徽之《禁林宴会…》》："龙凤双飞观御札，云霞五色咏天章。"宋苏轼《潮州韩文…》："公昔骑龙白云乡，手抉云汉分天章。"宋王子俊《代吉席宴…》》："天唤风雷落诏黄，身披云锦护天章。"宋刘筠《送张无梦…》："天章耀行色，鹤态自逍遥。"

天长地久 tiān cháng dì jiǔ
【分类】生活
【关键词】老子
【释义】原指天地存在的久远。后形容时间悠久。《老子·道经》："天长地久，天地所以能长且久者，以其不自生，故能长生。"
【例句】唐卢照邻《怀仙引》："天长地久时相忆，千龄万代一来游。"唐白居易《长恨歌》："天长地久有时尽，此恨绵绵无绝期。"唐孟云卿《行路难》："君不见高山万仞连苍旻，天长地久成埃尘。"唐刘希夷《北邙篇》："地久青松摧为薪，天长白骨化为尘。"

天阵 tiān zhèn
【分类】政治
【关键词】六韬
【释义】亦作天陈。阵法名。借指正义之师。《六韬·三陈》："武王问太公曰：'凡用兵为天陈、地陈、人陈奈何？'太公曰：'日月星辰斗杓，一左一右，一向一背，此谓天陈。'"
【例句】唐陈子昂《和陆明府…》："星月开天阵，山川列地营。"唐徐铉《奉和御制棋》："制法精微自帝尧，势如天阵布周遭。"宋孔武仲《献西俘》："惨淡移天阵，逡巡却寇营。"清魏源《普陀观潮行》："天阵地阵相压摧，龙战鲸鏖万古雷。"

天之骄子 tiān zhī jiāo zǐ
【分类】政治
【关键词】匈奴
【释义】父母溺爱骄纵的儿子。老天爷的宠儿。《汉书·匈奴传》："南有大汉，北有强胡。胡者，天之骄子也。"
【例句】唐陈子昂《感遇诗》："藉藉天骄子，猖狂已复来。"唐王维《出塞》："居延城外猎天骄，白草连山野火烧。"唐李颀《太公主…》："天骄发使犯边尘，汉将推功遂夺亲。"聂绀弩《题韩羽画…》："彼时天骄羁凤麟，是非颠倒日月昏。"

天竺 tiān zhú
【分类】生态
【关键词】天竺峰
【释义】印度的古称。《后汉书·天竺》："天竺国一名身毒，在月氏之东南数千里。"山峰名。亦为寺名。在浙江杭州市灵隐山飞来峰之南。
【例句】唐李白《僧伽歌》："此僧本住南天竺，为法头陀来此国。"唐白居易《答微之见寄》："禹庙未胜天竺寺，钱湖不羡若耶溪。"唐白居易《答客问杭州》："山名天竺堆青黛，湖号钱唐泻绿油。"唐王维《过乘如禅…》："深洞长松何所有，俨然天竺古先生。"

天柱折 tiān zhù zhé
【分类】政治
【关键词】淮南子
【释义】极言其威胁。《淮南子·天文训》："昔者，共工与颛顼争为帝，怒而触不周之山，天柱折，地维绝。天倾西北，故日月星辰移焉；地不满东南，故水潦尘埃归焉。"
【例句】唐杜甫《自京赴奉…》："疑是崆峒来，恐触天柱折。"唐皮日休《游毛公坛》："唯愁绝地脉，又恐折天柱。"宋王安石《九井》："谁能保此千世后，天柱不折泉常倾。"宋李纲《飓风》："南极只愁天柱折，兰台休更论雌雄。"

天子之马 tiān zǐ zhī mǎ
【分类】文化
【关键词】马
【释义】咏马之典。形容马之卓绝。《穆天子传》："天子之马，走千里，胜人猛兽；天子之狗，走百里，执虎豹。"
【例句】唐李白《江夏赠韦…》："昔骑天子大宛马，今乘款段诸侯门。"唐李白《赠从弟南…》："汉家天子驰驷马，赤军蜀道迎相如。"唐杜甫《天育骠骑歌》："吾闻天子之马走千里，今之画图无乃是。"宋刘攽《天马行》："汉家天马来宛西，天子爱之藏贰师。"

田成杀齐君 tián chéng shā qí jūn
【分类】政治
【关键词】庄子
【释义】讽逆臣窃国之典。《庄子·胠箧》："然而田成子一旦杀齐君而盗其国。"晋郭象疏："田成子，齐大夫陈恒也,是敬仲七世孙。初,敬仲适齐,食采于田,故改为田氏。鲁哀公十四年,陈恒弑其君,君即简公也。"
【例句】唐李白《古风》:"果然田成子,一旦杀齐君。"唐皮日休《橡媪叹》:"吾闻田成子,诈仁犹自王。"清黄浚《读史》:"田成篡齐国,仁义盗一旦。"

田窦 tián dòu
【分类】政治
【关键词】田蚡窦婴
【释义】西汉武安侯田蚡和魏其侯窦婴。喻贵戚争权夺利,互相倾轧。《史记·魏其武安侯列传》:"然魏其诚不知时变,灌夫无术而不逊,两人相翼,乃成祸乱。武安负贵而好权,杯酒责望,陷彼两贤。"
【例句】唐郑愔《少年行》:"田窦方贵幸,赵李新相知。"唐骆宾王《帝京篇》:"始见田窦相移夺,俄闻卫霍有功勋。"唐李商隐《少年》:"灞陵夜猎随田窦,不识寒郊自转蓬。"宋舒岳祥《次韵答孙…》:"原尝馆寂生春草,田窦门荒掩夕阳。"

田蚡豪华 tián fén háo huá
【分类】生活
【关键词】田蚡
【释义】喻指汉武丞相田蚡生活骄奢淫逸,有违规制。《汉书·田蚡传》:"而市买郡县器物相属于道,前堂罗钟鼓,立曲旃。"
【例句】唐虞世南《门有车马客》:"陈遵重交结,田蚡擅豪华。"明沈錬《忧怀诗》:"尹氏世卿门赫奕,田蚡吏禄路逶迤。"明王恭《书郑伯固…》:"石崇舍下金如土,田蚡门前客无数。"清何絜《大梁少年行》:"高呼不饮田蚡酒,寒袭羞受邓通钱。"

田光伏剑 tián guāng fú jiàn
【分类】政治
【关键词】荆轲
【释义】指田光用剑自杀,不泄露国家机密。后比喻义士信守诺言,不负重托。《战国策·燕策》:"田光曰:'光闻长者之行,不使人疑之,今太子疑光也。夫为行使人疑之,非节侠士也。'欲自杀以激荆轲,曰:'愿足下急过太子,言光已死,明不言也。'遂自刭而死。"
【例句】唐陈子昂《燕太子》:"一闻田光义,匕首赠千金。"唐李远《读田光传》:"荆卿不了真闲事,辜负田光一片心。"宋吕本中《书怀》:"儿曹怪我疏愚甚,不见田光盛壮时。"宋白玉蟾《赠紫岩潘…》:"我老非田光,何以酬燕丹。"

田横 tián héng
【分类】政治
【关键词】田横
【释义】秦末群雄之一,原为齐国贵族,汉高祖统一天下,田横不肯称臣于汉,率五百门客逃往海岛,刘邦派人招抚,田横被迫乘船赴洛,在途中首阳山自杀。源见"田横海岛"。
【例句】唐韦庄《赠云阳裴…》:"已闻陈胜心降汉,谁为田横国号齐。"宋张方平《秦州北山…》:"惟其得士似田横,后世英雄共嗟惜。"宋刘跂《答纯益书怀》:"田横刎颈亦义事,感知捐躯非所羞。"聂绀弩《过刘向后…》:"田横五百人何在,曼倩三千牍似留。"

田横海岛 tián héng hǎi dǎo
【分类】政治
【关键词】田横
【释义】避世远害之典。《史记·田横传》:"后岁余,汉灭项籍,汉王立为皇帝,以彭越为梁王。田横惧诛,而与其徒属五百余人入海,居岛中。高帝闻之,以为田横兄弟本定齐,齐人贤者多附焉,今在海中不收,后恐为乱,乃使使赦田横罪而召之。"
【例句】唐李白《奔亡道中》:"苏武天山上,田横海岛边。"唐李端《千里思》:"燕山苏武上,海岛田横住。"唐韦庄《赠云阳裴…》:"已闻陈胜心降汉,谁为田横国号齐。"明顾璘《送历下陈…》:"田横海岛五百士,孟尝门下三千宾。"

田横五百士 tián héng wǔ bǎi shì
【分类】政治
【关键词】田横
【释义】指田横的五百名部下皆随田横自杀。《史记·田儋列传》附《田横传》:"至则闻田横死,亦皆自杀。于是乃知田横兄弟能得士也。"
【例句】唐李白《于五松山…》:"海上五百人,同日死田横。"唐许浑《闻边将刘…》:"三千客里宁无义,五百人中必有恩。"宋谢枋得《昌蒲歌》:"劲如五百义士从田横,英气凛凛磨青冥。"元丁鹤年《自咏十律》:"生惭黄歇三千客,死慕田横五百人。"

田郎字 tián láng zì
【分类】政治
【关键词】田凤
【释义】用作称美郎官、侍臣的典故。源见"汉宫题柱"。
【例句】唐钱起《和韦侍御…》:"伫见田郎字,亲劳御笔题。"唐钱起《和王员外…》:"题柱盛名兼绝唱,风流谁继汉田郎。"

田毛 tián máo
【分类】生活
【关键词】春秋
【释义】指农作物。借指农民。《春秋·昭公七年》:"封略之内。何非君土。食土之毛。谁非君臣。"
【例句】唐韩愈《城南联句》:"蔬甲喜临社,田毛乐宽征。"宋卫宗武《春雨》:"田毛沾润初含穗,土脉流膏欲布秧。"宋赵善括《真妃祠》:"农背赤裂鱼釜满,田毛焦枯龟兆同。"宋卫宗武《春雨》:"田毛沾润初含穗,土脉流膏欲布秧。"

田舍翁 tián shè wēng
【分类】生活

【关键词】汉光武帝
【释义】年老的庄稼汉。代称贫贱之人。《宋书·武帝纪下》："侍中袁颛盛称上俭素之德。孝武不答，独曰：'田舍公得此，以为过矣。'故能光有天下，克成大业者焉。"
【例句】唐高适《古歌行》："田舍老翁不出门，洛阳少年莫论事。"唐李白《秋浦歌》："秋浦田舍翁，采鱼水中宿。"唐杜甫《太子张舍…》："奈何田舍翁，受此厚貺情。"唐白居易《买花》："有一田舍翁，偶来买花处。"

田苏　tián sū
【分类】政治
【关键词】田苏
【释义】春秋时晋贤人。借指贤德长者。《左传·襄公七年》："无忌不才，让，其可乎？请立起也。与田苏游而曰'好仁'。"晋杜预注："田苏，晋贤人。亦言起好仁。"
【例句】唐刘长卿《送裴四判…》："鲍叔幸相知，田苏颇同游。"唐权德舆《奉和许阁…》："分曹日相见，延首忆田苏。"唐白居易《题崔少尹…》："若能为客烹鸡黍，愿伴田苏日日游。"唐罗隐《清明日曲…》："君与田苏即旧游，我于交分亦绸缪。"

田文比饭　tián wén bǐ fàn
【分类】政治
【关键词】田文
【释义】指孟尝君田文为消除误会，将自己吃的饭与食客对比。《史记·孟尝君列传》："孟尝君曾待客夜食，有一人蔽火光。客怒，以饭不等，辍食辞去。孟尝君起，自持其饭比之。客惭，自刭。"
【例句】唐李瀚《蒙求》："顾荣锡炙，田文比饭。"唐李端《送丁少府…》："共食田文饭，先之梅福官。"宋张九成《悼玉溪》："冷落田文饭，凄凉北海樽。"

田文有命　tián wén yǒu mìng
【分类】政治
【关键词】田文
【释义】指孟尝君田文反驳其父田婴"五月五日出生的孩子伤父母"的观点。《史记·孟尝君列传》："文曰：'必受命于天，君何忧焉。必受命于户，则可高其户耳，谁能至者！'"
【例句】唐李端《杂歌》："向栩非才徒隐灶，田文有命那关户。"

田子方　tián zǐ fāng
【分类】政治
【关键词】田子方
【释义】怜惜被弃之才的典型人物。源见"养老马"。
【例句】唐李白《天马歌》："遭逢田子方，恻然为我悲。"宋晁说之《鄜州人语…》："谁知我本魏郡士，比汝独思田子方。"宋毛直方《独骏图》："我观此图笔意长，欲言寄田子方。"金耶律楚材《再和世荣…》："人笑段干木，谁师田子方。"

填沟壑　tián gōu hè
【分类】生活
【关键词】战国策
【释义】死的自谦说法。人死埋于地下，故称填沟壑。《战国策·赵策》："左师公曰：'老臣贱息舒祺，最少，不肖。而臣衰，窃爱怜之，愿令得补黑衣之数，以卫王宫，没死以闻。''十五岁矣。虽少，愿及未填沟壑而托之。'"
【例句】唐杜甫《狂夫》："欲填沟壑惟疏放，自笑狂夫老更狂。"唐孟浩然《晚春卧病…》："常恐填沟壑，无由振羽仪。"宋邵雍《感事吟》："士老林泉诚所愿，民填沟壑谅何辜。"宋程俱《和江仲嘉…》："至人未免填沟壑，大隐不如居市廛。"

调鼎　tiáo dǐng
【分类】政治
【关键词】傅说
【释义】烹调食物。比喻任宰相治理国家。源见"盐梅和鼎"。
【例句】唐孟浩然《都下送辛…》："未逢调鼎用，徒有济川心。"唐罗公远《大还丹口诀》："淮南调鼎彭袓尝，得道同归不死乡。"唐皇甫冉《彭祖井》："闻道延年如玉液，欲将调鼎献明光。"唐韩偓《湖南梅花…》："夭桃莫倚东风势，调鼎何曾用不材。"

调元　tiáo yuán
【分类】政治
【关键词】尚书
【释义】谓调和阴阳，执掌大政。多指为宰相。《尚书·君奭》："立太师、太傅、太保。兹惟三公，论道经邦，燮理阴阳。"汉孔安国《传》："师，天子所师法。傅，傅相天子。保，保安天子于德义者。"
【例句】唐高适《留上李右相》："独立调元气，清心豁窅冥。"唐李贺《苦篁调啸引》："伶伦以之正音律，轩辕以之调元气。"唐李频《浙东献郑…》："几时入去调元化，天下同为尧舜人。"宋王迈《寄延平史…》："调元金鼎人黄发，宣化朱轓君白眉。"宋史弥大《挽崔舍人》："彼苍无处问，才大合调元。"

条风　tiáo fēng
【分类】生活
【关键词】广雅
【释义】指立春时的东北风。《广雅·释天》："东北条风。"《易纬·通卦验》："立春条风至。"《史记·律书》："条风居东北，主出万物。条之言条治万物而出之，故曰条风。"
【例句】唐武元衡《奉和立春…》："淑气初衔梅色浅，条风半拂柳墙新。"唐武平一《奉和立春…》："画阁条风初变柳，银塘曲水含苔。"唐杜甫《雨不绝》："阶前短草泥不乱，院里长条风乍稀。"唐罗隐《登宛陵条…》："乱罹时节懒登临，试借条风半日吟。"

条侯　tiáo hóu
【分类】政治
【关键词】周亚夫
【释义】西汉周亚夫的封号。《史记·绛侯周勃世家》:"文帝择绛侯勃子贤者河内守亚夫,封为条侯,续绛侯后。"
【例句】唐权德舆《细柳驿》:"细柳肃军令,条侯信殊伦。"唐胡曾《细柳营》:"文帝銮舆劳北征,条侯此地整严兵。"宋刘攽《和原甫遏…》:"旧传太尉条侯策,今见宣王六月诗。"宋苏轼《景贶、履…》:"明朝郑伯降谁受,昨夜条侯壁已惊。"

鹩鹓蒿蓬　tiáo yàn hāo péng
【分类】生活
【关键词】庄子
【释义】比喻志趣虽不高,但保其天然而自得其乐。源见"榆枋之见"。
【例句】唐元稹《秋堂夕》:"蜉蝣不信鹤,鹩鹓肯窥鹏。"唐韦应物《答韩库部》:"还当以道推,解组守蒿蓬。"宋吕本中《次潘都尉…》:"但见鲲鹏常远举,应怜鹩鹓只卑飞。"宋王洋《苦寒得酒》:"鲲鹏鹩鹓子知不,小大形殊各有侪。"宋王安石《独山梅花》:"美人零落依草木,志士憔悴守蒿蓬。"

窕槬　tiǎo huà
【分类】政治
【关键词】左传
【释义】礼乐失调,国必有灾之典。《左传·昭公二十一年》:"天王将铸无射。泠州鸠曰:'夫乐,天子之职也。夫音,乐之舆也…窕(细小)则不咸,槬(粗大)则不容,心是以感。感实生疾。今钟槬矣,王心弗堪,其能久乎?'"
【例句】唐杜牧《昔事文皇帝》:"周钟既窕槬,鲸阵亦瘢痕。"

跳梁　tiào liáng
【分类】生活
【关键词】庄子
【释义】指乱蹦乱跳。《庄子·逍遥游》:"子独不见夫狸狌乎?…东西跳梁,不辟高下。"
【例句】唐崔日用《乞金鱼词》:"台中鼠子直须谙,信足跳梁上壁龛。"唐杜甫《刺史疆之…》:"紫髯深目羌胡儿,鼓舞跳梁前致辞。"唐杜甫《乾元中寓…》:"黄蒿古城云不开,白狐跳梁黄鼠立。"宋王十朋《前诗送三…》:"逆胡残喘仍跳梁,中兴事业犹渺茫。"

跳丸日月　tiào wán rì yuè
【分类】生活
【关键词】曹植
【释义】形容时间过得极快。唐韩愈《秋怀》:"忧愁费晷景,日月如跳丸。"跳丸:跳动的弹丸。古代百戏之一。表演者两手快速地连续抛接若干圆球。三国魏鱼豢《魏略》:"(曹植)遂科头拍袒,胡舞五椎锻,跳丸击剑,诵俳优小说数千言讫。"
【例句】唐韩愈《秋怀》:"忧愁费晷景,日月如跳丸。"唐杜牧《寄浙东韩…》:"一笑五云溪上舟,跳丸日月十经秋。"宋郭祥正《排闷呈元舆》:"百年能几许,日月似跳丸。"宋李弥逊《初归筼筜…》:"翻手雨云人事改,跳丸日月岁光流。"

跳珠溅玉　tiào zhū jiàn yù
【分类】生态
【关键词】白居易
【释义】形容泉水溅石,像珍珠洒在玉石上那样跳跃四溅。唐白居易《三游洞序》:"但水石相薄,磷磷凿凿,跳珠溅玉,惊动耳目。"
【例句】宋王以宁《满庭芳》:"遍野跳珠溅玉,纵儿童、收满金瓶。"宋晁补之《水龙吟》:"跳珠溅玉,圆荷翻倒,轻鸥惊散。"宋赵鼎《淙玉亭》:"跳珠溅雪满空岩,疏涤心灵爽气严。"元李昱《喜雨歌》:"跳珠溅玉犹未歇,高堂六月生秋凉。"

铁肠石心　tiě cháng shí xīn
【分类】生活
【关键词】皮日休
【释义】比喻刚强而不为感情所动的秉性。唐皮日休《桃花赋》序:"贞姿劲质,刚态毅状,疑其铁肠石心,不解吐婉媚辞。"
【例句】宋孔平仲《芸叟本新…》:"石心铁为肠,不意生于此工。"宋刘才邵《次韵郑守…》:"广平当时应未见,独为梅花回铁肠。"宋释慧勤《十身调御》:"曾经巴峡猿啼处,铁作心肝也断肠。"宋綦崇礼《赋东城梅…》:"铁石心肠犹解赋,芝兰风味合相陪。"

铁笛　tiě dí
【分类】政治
【关键词】孙守荣
【释义】铁制的笛管。相传隐者、高士善吹此笛,笛音响亮非凡。为咏吹笛、隐者之典。《宋史·孙守荣》:"孙守荣…遇异人教以风角、鸟占之术…授以铁笛,遂去不复见。"
【例句】五代裴说《游洞庭湖》:"沙头龙叟夜叹忧,铁笛未响春风羞。"宋徐积《谢张先生…》:"南阳张老本仙才,铁笛其形亦怪哉。"宋文天祥《山中即事》:"千年帝子朱帘梦,一曲仙人铁笛腔。"宋方岳《游九曲》:"一声铁笛不知处,但觉满身生白云。"

铁冠　tiě guān
【分类】政治
【关键词】张敞
【释义】古代御史所戴的法冠,以铁为帽骨,故名。亦称柱后,借指御史。《汉书·张敞传》:"梁国大都,吏民凋敝,且当以柱后惠文弹治之耳。"东汉应劭注:"柱后,以铁为柱,今法冠是也,一名惠文冠。"

【例句】唐李白《赠潘侍御…》:"绣衣柱史何昂藏,铁冠白笔横秋霜。"唐岑参《送魏升卿…》:"将军金印鞸紫绶,御史铁冠重绣衣。"唐高适《东平留赠…》:"入幕绾银绶,乘轺兼铁冠。"唐戴叔伦《抚州被推…》:"已对铁冠穷事本,不知廷尉念冤无。"

铁画银钩　tiě huà yín gōu
【分类】生活
【关键词】欧阳询
【释义】谓书法家运笔既刚劲又柔媚。唐欧阳询《用笔论》:"徘徊俯仰,容与风流,刚则铁画,媚若银钩。"
【例句】宋王十朋《复安静堂…》:"端明之孙字子强,银钩铁画传遗芳。"宋林光朝《次韵呈胡…》:"至竟银钩并铁画,相传海北到天南。"宋王炎《过浯溪读…》:"日光玉洁元子辞,银钩铁画颜公书。"宋汪莘《题新安郡…》:"华榜高垂四十年,银钩铁画蛟龙缠。"

铁炉步　tiě lú bù
【分类】生态
【关键词】柳宗元
【释义】位于湖南永州。步通埠,码头的意思,铁炉步就是铁炉埠。唐时著名码头。唐柳宗元《永州铁炉步志》:"江之浒,凡舟可縻而上下者曰步。永州北郭有步,曰铁炉步。"
【例句】宋刘克庄《买陈紫》:"岂无人笑铁炉步,疑有神司玉蕊花。"宋释居简《续炉步…》:"因依铁炉步,自昔闻题评。"宋方回《为牟德范…》:"汉陵往事余金碗,湘步空名尚铁炉。"宋仇远《赠张玉田》:"故乡入梦忽归来,井邑依依铁炉步。"

铁门限　tiě mén xiàn
【分类】生活
【关键词】王梵志
【释义】用铁皮包裹着的门坎。比喻人们为自己作过分的长久打算。源见"千年调"。
【例句】宋苏轼《赠常州报…》:"凭师为作铁门限,准备人间请话人。"宋苏轼《赠写御容…》:"都人踏破铁门限,黄金白璧空堆床。"宋范成大《重九日行…》:"纵有千年铁门限,终须一个土馒头。"宋徐恢《蒙刘元中…》:"无坫共推玉界尺,争求当置铁门限。"

铁锁沉江　tiě suǒ chén jiāng
【分类】政治
【关键词】王濬
【释义】指王濬东灭孙吴的典故。《晋书·王濬传》:"吴人于江险碛要害之处,并以铁锁横截之…筏遇铁锥,锥辄著筏去。又作火炬,灌以麻油,在船前,遇锁,燃炬烧之,须臾,融液断绝,于是船无所碍。"
【例句】唐刘禹锡《西塞山怀古》:"千寻铁锁沉江底,一片降幡出石头。"金李俊民《昨晚蒙参…》:"铁锁尚沉江漠漠,铜驼又没离离。"明许炯《题金陵图…》:"铁锁沉江火炬灭,铜驼芜没春风寒。"明李贽《读刘禹锡…》:"千寻铁锁沉江底,百万龙骧上石头。"

铁网珊瑚　tiě wǎng shān hú
【分类】政治
【关键词】拂菻
【释义】比喻搜罗人材或奇珍异宝。《新唐书·拂菻传》:"海中有珊瑚洲,海人乘大舶,堕铁网水底。珊瑚初生磐石上,白如菌,一岁而黄,三岁赤,枝格交错,高三四尺。铁发其根,系网舶上,绞而出之,失时不取即腐。"
【例句】唐李商隐《碧城》:"玉轮顾兔初生魄,铁网珊瑚未有枝。"唐李商隐《燕台四首春》:"愁将铁网胃珊瑚,海阔天翻迷处所。"宋蒋之奇《墨妙亭》:"可怜阙啮侵点画,铁网买断珊瑚枝。"宋苏轼《程德孺…》:"未欲连车收薏苡,肯教沉网取珊瑚。"

铁瓮城　tiě wèng chéng
【分类】生态
【关键词】杜牧
【释义】江苏镇江古城名。唐杜牧《润州二首》:"谢朓诗中佳丽地,夫差传里水犀军。城高铁瓮横强弩,柳暗朱楼多梦云。"作者自注:"润州城,孙权筑,号为铁瓮。"
【例句】唐刘禹锡《浙西李大…》:"土山京口峻,铁瓮郡城牢。"唐罗隐《京口见李…》:"倦倦江柳欲矜春,铁瓮城边见故人。"宋王令《忆润州葛…》:"金山寺近坌埃绝,铁瓮城深气象雄。"宋韦骧《京口别叔康》:"金山寺外波涛晓,铁瓮城头草木寒。"

铁砚磨穿　tiě yàn mó chuān
【分类】政治
【关键词】桑维翰
【释义】铁铸的砚台被磨穿。形容立志不移,持久不懈。《新五代史·桑维翰》:"人有劝其不必举进士,可以佗求仕者,维翰慨然,乃著〈日出扶桑赋〉以见志。又铸铁砚以示人曰:'砚弊则改而佗仕。'卒以进士及第。"
【例句】宋释德洪《陈生携文…》:"遗编家世丹青著,铁砚磨穿未肯休。"宋陈与义《张迪功携…》:"世事岂能磨铁砚,诗盟聊可敌铜盎。"宋王十朋《和韩短灯…》:"眼看儿辈尽腾踏,尚磨铁砚穿藜床。"宋刘克庄《答学者》:"殷勤寄语同袍者,努力磨教铁砚穿。"

铁衣　tiě yī
【分类】政治
【关键词】乐府诗集
【释义】用铁甲制成的战衣。《乐府诗集·木兰诗》:"朔气传金柝,寒光照铁衣。"
【例句】唐高适《燕歌行》:"铁衣远戍辛勤久,玉箸应啼别离后。"唐王维《老将行》:"试拂铁衣如雪色,聊持宝剑动星文。"唐李白《从军行》:"百战沙场碎铁衣,城南已合数重围。"唐岑参《白雪歌送…》:"将军角弓不得控,都护铁衣冷犹著。"

听冰 tīng bīng

【分类】生活

【关键词】狐

【释义】谓多虑或处事慎重。《水经注·河水一》引晋郭缘生《述征记》:"盟津、河津恒浊,方江为狭,比淮济为阔…冰始合,车马不敢过,要须狐行,云此物善听,冰下无水乃过,人见狐行方渡。"

【例句】唐韦庄《雨霁晚眺》:"卧草跧如兔,听冰怯似狐。"唐温庭筠《病中书怀…》:"激扬衔箭虎,疑惧听冰狐。"宋寇准《东窗》:"待酬北阙君恩了,归听冰泉落石声。"宋黄庭坚《奉答谢公…》:"小谢有家法,闻此不听冰。"

听朝鸡 tīng cháo jī

【分类】政治

【关键词】宋人轶事

【释义】咏官吏辛勤,趋奉朝廷之典。《宋人轶事汇编·林逋常秩陈恬》:"一日大雪趋朝,与百官待漏于仗舍,寒甚不可忍,喟然若有所恨,乃举文忠(欧阳修)诗以自戏曰:'冻杀颍川常处士,也来骑马听朝鸡。'"

【例句】宋欧阳修《早朝感事》:"笑杀汝阴常处士,十年骑马听朝鸡。"宋欧阳修《再和圣俞…》:"念子京师苦憔悴,经年陋巷听朝鸡。"宋王十朋《夏四月不…》:"正好归田饱黄粱,不须骑马听朝鸡。"宋陆游《自芳华楼…》:"此身醉死元关命,敢笑闻鸡趁早朝。"

听履 tīng lǚ

【分类】政治

【关键词】郑崇

【释义】指帝王亲近的重臣。源见"尚书履声"。

【例句】唐沈佺期《奉和圣制…》:"北阙垂旒暇,南宫听履回。"唐苏颋《奉和圣制…》:"豫游今听履,侍从昔鸣笳。"唐杜甫《上韦左相》:"持衡留藻鉴,听履上星辰。"宋刘敞《唐参政挽诗》:"听履余荣在,牵裾旧事空。"

听曲知宁戚 tīng qǔ zhī níng qī

【分类】政治

【关键词】宁戚

【释义】用为得知遇而为官之典。《列女传·齐管妾婧》:"妾婧者,齐相管仲之妾也…宁戚击牛角而商歌甚悲。桓公异之,使管仲迎之。宁戚称曰:'浩浩乎白水。'管仲不知所谓…其妾笑曰:'…诗不云乎?浩浩白水,鯈鯈之鱼…此宁戚之欲得仕国家也。'…桓公见宁子,因以为佐,齐国以治。"

【例句】唐李白《鞠歌行》:"听曲知宁戚,夷吾因小妻。"唐李白《秋浦歌》:"醉上山公马,寒歌宁戚牛。"唐李白《南奔书怀》:"宁戚未匡齐,陈平终佐汉。"唐钱起《长安落第作》:"不遇张华识,空悲宁戚歌。"

听荧 tīng yíng

【分类】生活

【关键词】庄子

【释义】惶惑的意思。《庄子·齐物论》:"是黄帝之所听荧也,而丘也何足以知之!"唐成玄英疏:"听荧,疑惑不明之貌也。"

【例句】唐韩愈《送文畅师…》:"僧时不听荧,若饮水救喝。"宋苏轼《径山道中…》:"学道恨日浅,问禅惭听荧。"宋陈与义《次韵富季…》:"君哦新诗我听荧,句里无尘春色静。"宋朱熹《与一维那》:"高堂得听荧,班衣有余欢。"

鞓红 tīng hóng

【分类】文化

【关键词】牡丹

【释义】牡丹的一种。泛指花色深红。宋欧阳修《洛阳牡丹记·花释名》:"鞓红者,单叶深红花,出青州,亦曰青州红…其色类腰带鞓,故谓之鞓红。"

【例句】宋欧阳修《禁中见鞓…》:"白首归来玉堂署,君王殿后见鞓红。"宋陈襄《次韵弟…》:"一朵鞓红折寺园,忽惊寒律动春暄。"宋王之道《和秦寿之…》:"照眼酴醾正及时,鞓红相映伤相知。"宋陆游《栽牡丹》:"携锄庭下劚苍苔,墨紫鞓红手自栽。"

亭伯去 tíng bó qù

【分类】政治

【关键词】崔骃

【释义】直言遭逐之典。《后汉书·崔骃传》:"宪擅权骄恣,骃(字亭伯)数谏之。及出击匈奴,道路愈多不法…宪不能容,稍疏之,因察骃高第,出为长岑长。骃自以远去,不得意,遂不之官而归。"

【例句】唐崔湜《至桃林塞作》:"始知亭伯去,还是拙谋身。"唐骆宾王《边夜有怀》:"苏武封犹薄,崔骃宦不工。"唐李白《奔亡道中》:"亭伯去安在,李陵降未归。"唐李白《单父东楼…》:"屈原憔悴滞江潭,亭伯流离放辽海。"

亭伯雄词 tíng bó xióng cí

【分类】文化

【关键词】崔骃

【释义】称颂美文之典。《后汉书·崔骃传》:"崔骃字亭伯…元和中,肃宗(汉章帝庙号)始修古礼,巡狩方岳。骃上《四巡颂》以称汉德,词甚典美,文多故不载。帝雅好文章,自见骃颂后,常嗟叹之。"

【例句】唐权德舆《奉和崔评…》:"酷似仰牢之,雄词挹亭伯。"唐卢僎《稍秋晓坐…》:"文掩崔亭伯,德齐陈太丘。"宋刘敞《次韵穆父…》:"诵诗三百篇,岂减崔亭伯。"明黄佐《哭崔南甫》:"亭伯凤工赋,原思甘食贫。"

庭柯 tíng kē

【分类】文化

【关键词】陶渊明

【释义】庭园中的树木。晋陶渊明《归去来兮辞》:"引壶觞而自酌,眄庭柯以怡颜。"

【例句】唐李白《幽歌行上…》:"幽谷稍稍振庭柯,泾水浩浩扬淄波。"唐裴迪《春日与王…》:"闻说桃源好迷客,不如高卧旴庭柯。"唐贯休《春寄西山…》:"堑水成文去,庭柯擎翠低。"宋范成大《签厅夜归…》:"炉篆无风香雾直,庭柯有月露光寒。"

庭燎　tíng liáo
【分类】文化
【关键词】诗经
【释义】古代庭中照明的火炬。《诗经·小雅·庭燎》:"夜如何其,夜未央,庭燎之光。"汉毛氏传:"庭燎,大烛。"汉郑玄笺:"于庭设大烛,使诸侯早来朝。"
【例句】唐张说《岳州守岁》:"除夜清樽满,寒庭燎火多。"唐李适《重阳日赐…》:"早衣对庭燎,躬化勤意诚。"唐窦牟《元日喜闻…》:"国香熘翠幄,庭燎艳红氛。"唐薛涛《上川主武…》:"因令朗月当庭燎,不使珠帘下玉钩。"宋宋白《宫词》:"中使传宣出未央,外宫庭燎发荣光。"

恫瘝在身　tōng guān zài shēn
【分类】政治
【关键词】尚书
【释义】也为恫瘝在抱。恫瘝:病痛疾苦。像病痛在自己身上一样。喻把人民的疾苦放在心上。《尚书·康诰》:"呜呼小子封,恫瘝乃身,敬哉! 天畏棐忱,民情大可见,小人难保。"
【例句】宋张耒《服仙灵脾酒》:"仁哉神农氏,遗药驱恫瘝。"宋张耒《赠张嘉甫》:"汝阴昔谬称刺史,自愧何术苏恫瘝。"元赵孟頫《故两浙运…》:"理财羞聚敛,治郡已恫瘝。"聂绀弩《嘲胡考并…》:"匍匐救灾狍鹿走,恫瘝在抱鹡鸰鸣。"

通子守梨　tōng zǐ shǒu lí
【分类】生活
【关键词】陶渊明
【释义】咏幼子之典。通子,陶渊明小儿名。晋陶渊明《陶渊明集·责子》:"通子垂九龄,但觅梨与栗。"
【例句】唐韩翃《寄赠虢州…》:"好栗分通子,名香赠莫愁。"唐李端《长安感事…》:"梨教通子守,酒是远师供。"唐白居易《余思未尽…》:"各有文姬才稚齿,俱无通子继余尘。"宋陆游《阿通自闽…》:"通子还家已九龄,从师衿佩两青青。"

同车　tóng chē
【分类】生活
【关键词】诗经
【释义】同乘一车。用以形容男女结为夫妇,相爱情深。比喻同心、同志。《诗经·郑风·有女同车》:"有女同车,颜如舜华。"毛传:"亲迎同车也。"
【例句】唐陈元光《至人行》:"试剑三苗罪,同车盖世雄。"唐独孤及《三月三日…》:"寄书二傲吏,何日同车茵。"唐羊士谔《玩槿花》:"风流感异代,窈窕共同车。"唐鲍溶《古意》:"恭承采蘩祀,敢效同车贤。"

同队鱼　tóng duì yú
【分类】生活
【关键词】曹植
【释义】借指相亲相爱的伴侣或亲友。《曹植集·种葛篇》:"与君初婚时,结发恩意深…昔为同池鱼,今为商与参。"
【例句】唐韩愈《符读城南》:"少长聚嬉戏,不殊同队鱼。"宋史浩《叔妹篇》:"伯叔各生子,嬉戏鱼同队。"宋周紫芝《寄章复州》:"今日离群天际雁,昔年同队水中鱼。"宋虞俦《秋释奠于…》:"一时同队鱼犹在,千载重来鹤更清。"

同轨会　tóng guǐ huì
【分类】政治
【关键词】左传
【释义】帝王葬礼之典。《左传·隐公元年》:"天子七月而葬,同轨毕至。"晋杜预注:"言同轨,以别四夷之国。"同轨是指华夏文同之诸侯国。
【例句】唐武元衡《顺宗至德…》:"桥山同轨会,轩后葬衣冠。"唐白居易《开成大行…》:"化成同轨表清平,恩结连枝感圣明。"唐张祜《元日仗》:"文武千官岁仗兵,万方同轨奏升平。"宋苏颂《刁景纯学…》:"七月会同轨,远臣伤吊影。"

同爵尚齿　tóng jué shàng chǐ
【分类】政治
【关键词】礼记
【释义】尊崇年长者。《礼记·祭义》:"是故朝廷同爵则尚齿。"汉郑玄注:"同爵尚齿,老者在上也。"《庄子·天道》:"宗庙尚亲,朝廷尚尊,乡党尚齿,行事尚贤,大道之序也。"
【例句】唐元稹《代曲江老…》:"尚齿惇耆艾,搜材拔积薪。"唐李绛《省试恩赐…》:"盛明今尚齿,欢奉九衢樽。"宋梅尧臣《蕲州广济…》:"论文君已后,尚齿我惭先。"宋文彦博《再酬富公》:"洛下衣冠今最盛,当年尚齿礼容优。"

同牢之礼　tóng láo zhī lǐ
【分类】生活
【关键词】礼记
【释义】古代结婚时新郎新娘同吃一牲的仪式。后指结婚仪式。亦指妻子。《礼记·昏义》:"妇至,婿揖妇以入,共牢而食,合卺而酳,所以合体,同尊卑,以亲之也。"牢:作祭品用的牛羊猪。合卺:夫妻成婚的一种仪式。卺,瓢,古代结婚时用作酒器。酳:食毕用酒漱口。
【例句】唐白居易《二年三月…》:"忆同牢卺初,家贫共糟糠。"唐杨衡《夷陵郡内…》:"礼娶嗣明德,同牢夙所钦。"宋冯去辩《句》:"饷事十年当结局,襟期千古举同牢。"明陈邦彦《除夕赠内…》:"夜永同牢烛,春开献岁椒。"

同盟　tóng méng
【分类】政治
【关键词】左传

【释义】指古代诸侯国歃血为誓,缔结盟约。后泛指国与国、人与人共缔盟约。《左传·僖公九年》:"秋,齐侯盟诸侯于葵丘曰:'凡我同盟之人,既盟之后,言归于好。'"
【例句】唐李白《自广平乘…》:"毛君能颖脱,二国且同盟。"唐郑启《严塘经乱…》:"虽知四海同盟久,未合中原武备空。"宋华镇《失题》:"场屋同盟多列鼎,乡间小子亦封侯。"宋艾性夫《题陈朝玉…》:"四时青眼相看易,三世同盟耐久难。"

同袍　tóng páo
【分类】生活
【关键词】诗经
【释义】军人之互称。泛指朋友、同年、同僚、同学等。《诗经·秦风·无衣》:"岂曰无衣,与子同袍。王于兴师,修我戈矛,与子同仇。"
【例句】唐孟浩然《登万岁楼》:"今朝偶见同袍友,却喜家书寄八行。"唐钱起《秋夜寄袁…》:"衰荣难会面,魂梦暂同袍。"唐方干《途中逢孙…》:"正忆同袍者,堪逢共国人。"唐顾在熔《宿麻平驿》:"微吟还独酌,多兴忆同袍。"

同群　tóng qún
【分类】生活
【关键词】论语
【释义】指共处、为伍。《论语·微子》:"夫子怃然曰:'鸟兽不可与同群,吾非斯人之徒与尔谁之?'"
【例句】唐卢纶《秋夜寄鸿…》:"何言千载友,同迹不同群。"唐裴度《刘二十八…》:"貂蝉公独步,鸳鹭我同群。"唐白居易《寄陆补阙》:"忽忆前年科第后,此时鸡鹤暂同群。"聂绀弩《赠枚子》:"鸟兽同群岂沮溺,英雄并世此曹刘。"

同人　tóng rén
【分类】生活
【关键词】周易
【释义】易卦原意为与人和协。引申为归向之民。借指志同道合的朋友。《周易注疏·同人》:"同人于野,亨。利涉大川,利君子贞。"唐孔颖达疏:"同人谓和同于人。于野亨者,野是广远之处。"
【例句】唐房琯《题汉州西湖》:"同人千里驾,邻国五马车。"唐戎昱《九日贾明…》:"同人愿得长携手,久客深思一破颜。"宋邓忠臣《考校同文…》:"同人于野不择乡,峨峨羽翮整颜行。"宋方回《秀山霜晴…》:"于野同人亨,勿药无妄福。"

同社　tóng shè
【分类】生活
【关键词】慧远
【释义】志趣相同者结社,互称同社。犹同乡、同里。古以二十五家为一社。源见"白莲社"。
【例句】唐陈羽《洛下赠彻公》:"天竺沙门洛下逢,请为同社笑相容。"唐李咸用《和彭进士…》:"自笑未曾同逸步,终非宗炳社中人。"唐韩愈《南溪始泛》:"愿为同社人,鸡豚燕春秋。"唐赵嘏《叙事献同…》:"却应归访溪边寺,说向当时同社僧。"

同声相应　tóng shēng xiāng yìng
【分类】生活
【关键词】周易
【释义】比喻志趣相同者互相呼应。《周易·乾》:"同声相应,同气相求。"唐孔颖达疏:"同声相应者,若弹宫而宫应,弹角而角动是也。同气相求者,若天欲雨而础柱润是也。此二者声气相感也。"
【例句】唐孟浩然《和张明府…》:"谬承巴里和,非敢应同声。"唐韦应物《杂体》:"同声自相应,体质不必齐。"唐张说《同贺八送…》:"畴昔同声友,骞飞出凤池。"唐杨衡《夷陵郡内…》:"同声若鼓瑟,合韵似鸣琴。"宋黄履《次韵和正…》:"非类心必殊,同声始相应。"

同泰寺　tóng tài sì
【分类】生态
【关键词】萧衍
【释义】在今江苏南京市。南朝梁武帝萧衍所建。他曾数度舍身于此,让官员献钱抵消自己的罪过。《南史·武帝纪下》:"幸同泰寺舍身。甲戌,还宫,赦天下…设四部无遮大会,因舍身,公卿以下,以钱一亿万奉赎。"
【例句】唐李群玉《龙安寺佳…》:"何须同泰寺,然后始为奴。"宋苏洞《金陵杂兴》:"旧日此间同泰寺,曾将龙衮换袈裟。"明邱云霄《报恩寺登…》:"同泰寺荒春草遍,雨花台畔莫云孤。"清洪亮吉《读史》:"何必赎身同泰寺,累他临殁唤荷荷。"

同销万古愁　tóng xiāo wàn gǔ chóu
【分类】生活
【关键词】李白
【释义】意谓酒能销尽一切愁思。唐李白《将进酒》:"五花马,千金裘,呼儿将出换美酒,与尔同销万古愁。"
【例句】唐韩溉《水》:"潇湘月浸千年色,梦泽烟含万古愁。"唐赵延之《题铜梁望…》:"西山顶上最高楼,登眺能消万古愁。"宋晁端礼《百宝装》:"一尊潋滟西风里,共醉倒,同销万古愁。"宋郭刚中《草亭远望》:"谁将裘马换美酒,与我同消万古愁。"

同心　tóng xīn
【分类】生活
【关键词】易经
【释义】喻齐心,志同道合。《易经·系辞上》:"二人同心,其利断金。"唐杜甫《提封》:"提封汉天下,万国尚同心。"
【例句】唐乔知之《定情篇》:"结言本同心,悲欢何代齐。"唐李白《捣衣篇》:"横垂宝幄同心结,半拂琼筵苏合香。"唐李德裕《鸳鸯篇》:"君不见昔时同心人,化作鸳鸯鸟。"唐牛峤《杨柳枝》:"不愤钱塘苏小小,引郎枝下结同心。"

同心结　tóng xīn jié
【分类】生活

【关键词】玉台新咏

【释义】旧时用锦带编成的连环回文样式的结子,用以象征坚贞的爱情。《玉台新咏·有所思》:"腰中双绮带,梦为同心结。"

【例句】唐李白《捣衣篇》:"横垂宝幄同心结,半拂琼筵苏合香。"唐薛涛《春望词》:"揽草结同心,将以遗知音。"唐长孙佐转妻《答外》:"挥刀就烛裁红绮,结作同心答千里。"唐刘禹锡《伤秦姝行》:"博山炉中香自灭,镜奁尘暗同心结。"

同舟共济 tóng zhōu gòng jì

【分类】政治

【关键词】孙子

【释义】同乘一条船渡水。比喻同心协力,战胜困难。《孙子·九地篇》:"夫吴人与越人相恶也,当其同舟而济,遇风,其相救也如左右手。"

【例句】唐孟浩然《渡浙江问…》:"潮落江平未有风,扁舟共济与君同。"唐李白《陪族叔刑…》:"洛阳才子谪湘川,元礼同舟月下仙。"唐杜甫《解闷》:"减米散同舟,路难思共济。"五代刘威《晚春陪王…》:"共济已惊依玉树,随流还许金觞。"聂绀弩《喜晤奚如》:"各经风雨未同舟,忽漫相逢楚水秋。"

彤弓 tóng gōng

【分类】政治

【关键词】尚书

【释义】朱漆弓。天子赏赐有功诸侯或大臣。《尚书·文侯之命》:"用赉尔秬鬯一卣,彤弓一,彤矢百,卢弓一,卢矢百,马四匹。"汉孔安国《传》:"卢,黑也。诸侯有大功,赐弓矢,然后专征伐。彤弓以讲德习射,藏示子孙。"

【例句】唐贾至《燕歌行》:"彤弓黄钺授元帅,垦耕大漠为内地。"唐独孤及《和李尚书…》:"彤弓金镞当者谁,鸣鞭飞控流星驰。"唐李德裕《述梦诗》:"赤豹欣来献,彤弓喜暂橐。"唐杜牧《奉和门下…》:"彤弓随武库,金印逐文房。"

桐材 tóng cái

【分类】文化

【关键词】琴

【释义】代指琴。《诗经·鄘风·定之方中》:"树之榛栗,椅桐梓漆,爰伐琴瑟。"桐树的木制成琴,音声胜过任何树木。

【例句】唐杜牧《梁秀才以…》:"弦泛桐材响,杯澄糯酴醇。"宋钱昭度《野墅夏晚》:"一抹生红画杏腮,半园沈绿锁桐材。"明陈子升《典琴》:"觅遍床头金已尽,殷勤却倩古桐材。"清查慎行《座主侍读…》:"鱼尾经烧怜短爨,桐材入爨辨孤琴。"

桐圭 tóng guī

【分类】政治

【关键词】唐叔虞

【释义】指帝王封拜的符信。源见"剪桐"。

【例句】唐李峤《王屋山第…》:"复看题柳叶,弥喜荫桐圭。"唐虞世南《奉和咏日午》:"玉树阴初正,桐圭影未斜。"唐李峤《王屋山第…》:"复看题柳叶,弥喜荫桐圭。"宋杨亿《秋雨有怀…》:"桐圭绕树多黄落,苔锦缘阶更碧滋。"

桐君 tóng jūn

【分类】生活

【关键词】桐君

【释义】传说为黄帝时医师。中国古代最早的药学家。曾采药于浙江省桐庐县的东山,结庐桐树下。人问其姓名,则指桐树示意,遂被称为桐君。《〈本草〉序》:"又云,有《桐君采药录》,说其花叶形色。药对四卷,论其佐使相须。"

【例句】唐刘禹锡《西山兰若…》:"炎帝虽尝未解煎,桐君有箓那知味。"唐张九龄《苏侍郎紫…》:"名见桐君箓,香闻郑国诗。"唐皎然《和李舍人…》:"许令如今道姓云,曾经西岳事桐君。"唐皮日休《重玄寺元…》:"药名却笑桐君少,年纪翻嫌竹祖低。"

桐孙 tóng sūn

【分类】生活

【关键词】庾信

【释义】桐树新生的小枝。用以称美他人子孙。代指琴。北周庾信《咏树》:"枫子留为式,桐孙待作琴。"

【例句】唐元稹《桐孙诗》:"去日桐花半桐叶,别来桐树老桐孙。"唐李贺《听颖师琴歌》:"古琴大轸长八尺,峄阳老树非桐孙。"唐周贺《赠神遘上人》:"草履蒲团山意存,坐看庭木长桐孙。"宋苏轼《次韵和王巩》:"知音必无人,坏壁挂桐孙。"

桐乡爱 tóng xiāng ài

【分类】政治

【关键词】朱邑

【释义】喻官吏廉洁勤政,为百姓所爱戴。《汉书·循吏列传·朱邑》:"属其子曰:'必葬我桐乡。后世子孙奉尝我,不如桐乡民。'及死,其子葬之桐乡西郭外,民果共为邑起冢立祠,岁时祠祭,至今不绝。"

【例句】唐李德裕《近于伊川…》:"邑有桐乡爱,山余黍谷暄。"宋胡宿《礼部蒋侍…》:"颍水重临久,桐乡见爱深。"宋刘敞《邵少卿挽词》:"东南满遗爱,不独一桐乡。"宋王安石《封舒国公》:"今日桐乡谁爱我,当时我自爱桐乡。"

桐叶题诗 tóng yè tí shī

【分类】文化

【关键词】古今诗话

【释义】指宫女幽怨、题诗传情或吟咏良缘。《古今诗话》载:唐诗人顾况春日与友游览宫城附近苑林,拣一片桐叶题诗:"一年深宫里…"次日又以一桐叶题诗:"花落深宫莺亦悲…"数日后,有人在河中拣到一片桐叶,上题诗:"一叶题诗出禁城…"

【例句】唐杜甫《重过何氏》:"石阑斜点笔,桐叶坐题诗。"唐姚合《题山寺》："为爱青桐叶，因题满树诗。"唐顾况《叶上题诗…》："帝城不禁东流水，叶上题诗欲寄谁？"宋周紫芝《次韵庭藻…》："遥知第五桥边路，桐叶题诗人未归。"

铜狄 tóng dí
【分类】文化
【关键词】秦始皇
【释义】指铜人。《汉书·五行志》："史记秦始皇二十六年，有大人长五丈，有六尺，皆夷狄服，凡十二人，见于临洮…是岁始皇初并六国，反喜以为瑞，销天下兵器，作金人十二以象之。"
【例句】宋苏轼《子由将赴…》："五百年间谁复在？会看铜狄两咨嗟。"宋秦观《赠蹇法师》："揭来长安城，摩挲金铜狄。"宋王迈《贺弟纲得男》："料得玉麟亲入梦，试看铜狄几经年。"宋李彭《上黄太史…》："千秋铜狄泣，万古玉人藏。"

铜楼 tóng lóu
【分类】政治
【关键词】汉成帝
【释义】咏太子之典。《汉书·成帝纪》："上尝急召，太子出龙楼门。"三国魏张晏注："门楼上有铜龙，若白鹤、飞廉之为名也。"
【例句】唐白居易《将至东都…》："惜逢金谷三春尽，恨拜铜楼一月迟。"唐独孤及《送李宾客…》："毛节精诚著，铜楼羽翼施。"宋曾巩《送元厚之…》："收功玉铉丹青后，得老铜楼羽翼初。"宋真德秀《皇后阁》："金屋春容早，铜楼晓色分。"

铜墨 tóng mò
【分类】政治
【关键词】汉成帝
【释义】亦称铜章。指铜印黑绶，借指县令。《汉书·成帝纪》："秩比六百石以上，皆铜印黑绶。"
【例句】唐方干《送汶上王…》："何时到故乡，归去佩铜章。"唐卢照邻《三月曲水》："由来弃铜墨，本自重琴尊。"唐刘复《送黄晔明…》："花县到时铜墨贵，叶舟行处水云和。"唐赵志集《敬赠张皓兄》："咸揖铜墨才，寔资瑚琏器。"

铜雀台 tóng què tái
【分类】生态
【关键词】曹操
【释义】位于河北省邯郸市临漳县城西南，曹操击败袁绍后营建邺都时修建。是建安文学的发祥地。《三国志·武帝纪》："十五年春，下令曰…冬，作铜雀台。"
【例句】唐皮日休《酒龙》："遂使铜雀台，香消野花落。"唐刘沧《秋日望西阳》："太行山下黄河水，铜雀台西武帝陵。"元傅若金《铜雀砚歌》："石麟暗刻魏春秋，铜雀空题汉年月。"明高柄《题界画台阁》："铜雀高楼借日悬，姑苏舞榭入云烟。"

铜驼陌 tóng tuó mò
【分类】生态
【关键词】洛阳记
【释义】即铜驼街。为古代著名的繁华区域。借指繁华、游乐之区。《太平御览》引《洛阳记》："洛阳有铜驼街，汉铸铜驼二枚，在宫南四会道相对，俗语曰：'金马门外集众贤，铜驼陌上集少年。'"
【例句】唐白居易《早春雪后…》："献岁晴和风景新，铜驼街郭暖无尘。"唐刘禹锡《杨柳枝》："金谷园中莺乱飞，铜驼陌上好风吹。"宋梅尧臣《永叔内翰…》："昔在洛阳时，共游铜驼陌。"宋邵雍《首尾吟》："花深柳暗铜驼陌，风暖莺娇金谷堤。"

童乌 tóng wū
【分类】生活
【关键词】杨雄
【释义】原指早慧而夭折者。泛指早慧儿。《法言·问神》："或曰：'述而不作，《玄》何以作？'曰：'其事则述，其书则作。'育而不苗者，吾家之童乌乎！九龄而与我《玄》文。"晋李轨注："童乌，子云（杨雄）之子也。仲尼悼颜渊苗而不秀，子云伤童乌育而不苗。颜渊弱冠而与仲尼言易，童乌九龄而与杨子论《玄》。"
【例句】唐皮日休《奉和鲁望…》："何不寿童乌，果为玄所误。"宋苏轼《悼朝云》："苗而不秀岂其天，不使童乌与我《玄》。"宋袁说友《赠应童子》："黄石固应传孺子，玄文真可与童乌。"宋李正民《寄元叔》："何幸童乌新忝命，应容老鹤渐归田。"

痛饮读离骚 tòng yǐn dú lí sāo
【分类】文化
【关键词】王恭
【释义】形容豪放风雅的名士风度。源见"孝伯痛饮"。
【例句】唐张祜《江南杂题》："幽栖日无事，痛饮读离骚。"宋张耒《久不见潘…》："未能下帷授老子，且复痛饮读离骚。"宋陆游《醉题》："试问食时观本草，何如酒后读离骚？"宋陆游《小疾谢客》："痴人未害看周易，名士真须读楚辞。"

痛饮真吾师 tòng yǐn zhēn wú shī
【分类】生活
【关键词】杜甫
【释义】意指酒酣时豪情激愤。唐杜甫《醉时歌》："忘形到尔汝，痛饮真吾师。"
【例句】宋吴芾《三老图既…》："虽来江右把一麾，但知痛饮真吾师。"元汪元量《夷山醉歌》："又不见饭颗山头人见嗤，愁吟痛饮真吾师。"明孙一元《把酒漫成》："杨子草玄遭客骂，杜陵痛饮真吾师。"聂绀弩《悠然六十》："才气有棱扪不得，岂惟痛饮始吾师。"

头白乌　tóu bái wū

【分类】生活

【关键词】白居易

【释义】白头乌鸦,传说中的不祥鸟。唐人有拜乌习俗,以为乌能报吉凶。唐白居易《和大嘴乌》:"乌者种有二,名同性不同。觜小者慈孝…物老颜色变,头毛白茸茸。"

【例句】唐李商隐《人欲》:"秦中已久乌头白,却是君王未备知。"唐杜甫《哀王孙》:"长安城头头白乌,夜飞延秋门上呼。"唐白居易《答元郎中…》:"我归应待乌头白,惭愧元郎误欢喜。"元胡天游《拟赋荆轲馆》:"咸阳宫中头白乌,燕丹掩面声呱呱。"

头纲　tóu gāng

【分类】文化

【关键词】茶

【释义】指惊蛰前或清明前制成的首批贡茶。泛指优质春茶。《苏轼诗集·七年九月自广陵…》:"上人问我迟留意,待赐头纲八饼茶。"

【例句】宋刘克庄《次铁笔堂…》:"正焙头纲驰御府,斜封三印到山家。"宋吴潜《谢惠计院…》:"平生腐儒汤饼肠,不堪八饼分头纲。"宋舒邦佐《和于湖集…》:"欲望头纲分八饼,恨无笔力继欧梅。"宋家铉翁《谢刘仲宽…》:"建溪头纲最先到,天子特命开经筵。"

头颅可知　tóu lú kě zhī

【分类】政治

【关键词】陶弘景

【释义】咏无心仕途之典。南朝齐陶弘景《与从兄书》:"仕宦朝四十左右作尚郎,即投簪高迈,今三十六方作奉朝请,头颅可知,不如早去。"

【例句】宋苏轼《答任师中…》:"头颅已可知,几何不樵渔。"宋陆游《江上》:"羁孤形影真相吊,衰飒头颅已可知。"宋于石《自述》:"大儿不学小儿痴,四十头颅已可知。"金王寂《题刘器之…》:"头颅过此可知矣,岁月飘忽追风帆。"

头童齿豁　tóu tóng chǐ huò

【分类】生活

【关键词】韩愈

【释义】童:山无草木。头童:老人秃顶。豁:破缺。头秃齿缺。形容衰老的状态。唐韩愈《进学解》:"头童齿豁,竟死何裨!"

【例句】宋杨时《寄游定夫》:"早岁结邻初有约,齿豁头童今老矣。"宋陈师道《宿柴城》:"卧埋尘叶走风烟,齿豁头童不记年。"宋王之道《寄题鲁如…》:"嗟予老且倦,齿豁仍头童。"宋吴芾《读丐辞…》:"齿豁头童已暮年,未容归去亦堪怜。"

头为城　tóu wéi chéng

【分类】政治

【关键词】吕氏春秋

【释义】即头为城,尾为旌。形容气势庞大。《吕氏春秋·行论》:"尧以天下让舜,鲧为诸侯,怒于尧曰:'…今我得地之道,而不以我为三公。'以尧为失论。欲得三公,怒甚猛兽,欲以为乱。比兽之角,能以为城;举其尾,能以为旌。"尧以天下让舜,鲧怒而作乱。

【例句】唐李贺《猛虎行》:"举头为城,掉尾为旌。"宋程俱《虎图》:"于菟一啸谷风生,举头为城须为戟。"宋黎廷瑞《听山中谈…》:"目光如炬齿如霜,举头为城腹为墓。"元郝经《赵邈龊虎伏…》:"头颅半妥蹲孤冈,怒尾倒插蟠霜旌。"明刘溥《题画龙虎》:"举首为城掉尾旌,愿保皇家千万世。"

头玉　tóu yù

【分类】文化

【关键词】李贺

【释义】如美玉一般的头骨。唐李贺《唐儿歌》:"头玉硗硗眉刷翠,杜郎生得真男子!"

【例句】宋苏轼《借前韵贺…》:"烂烂开眼电,硗硗峙头玉。"宋姚勉《赠行在李…》:"君家家里二奇子,眼如明珠头玉峙。"宋叶茵《秀实长子…》:"硗硗已露峙头玉,表表因名系角麟。"元元好问《临江仙》:"头玉硗硗眉刷翠,更将秋水为神。"

投笔　tóu bǐ

【分类】政治

【关键词】班超

【释义】指弃文从武,投身疆场,为国立功。《后汉书·班超》:"家贫,常为官佣书以供养。久劳苦,尝辍业投笔叹曰:'大丈夫无它志略,犹当效傅介子、张骞立功异域,以取封侯,安能久事笔砚间乎?'"

【例句】唐李绅《忆过润州》:"帛书投笔封鱼腹,玄发冲冠挢虎须。"唐魏征《述怀》:"中原初逐鹿,投笔事戎轩。"唐李商隐《大卤平后…》:"昔去惊投笔,今来分挂冠。"宋何文季《寄朱五哥》:"投笔未酬豪杰志,读书犹识圣贤心。"

投鞭断流　tóu biān duàn liú

【分类】政治

【关键词】苻坚

【释义】形容兵马众多,势力强盛。《晋书·苻坚载记下》:"太子左卫率石越对曰:'臣愚以为利用修德,未宜动师。'…坚曰:'吾闻武王伐纣,逆岁犯星。天道幽远,未可知也。…以吾之众旅,投鞭于江,足断其流。'"

【例句】唐杜牧《西江怀古》:"魏帝缝囊真戏剧,苻坚投箠更荒唐。"唐李白《登金陵冶…》:"投鞭可填江,一扫不足论。"宋杨万里《瓜州遇风》:"君不见逆酋投鞭欲断流,藁街自送月氏头。"明郭之奇《秦六主后…》:"漫侈投鞭欲断流,岂知单骑还惊鹤。"

投竿　tóu gān

【分类】生活

【关键词】庄子

【释义】犹言垂钓。《庄子·外物》："任公子为大钩巨缁，五十犗以为饵，蹲乎会稽，投竿东海，旦旦而钓。"

【例句】唐李白《赠钱徵君…》："秉烛唯须饮，投竿也未迟。"唐元结《宿丹崖翁宅》："投竿来泊丹崖下，得与崖翁尽一欢。"唐白居易《想东游》："投竿出比目，挪果下猕猴。"宋刘敞《独钓南湖》："投竿坐斑石，尽日倦未起。"宋郭祥正《次韵行中…》："携酒且来寻岛屿，投竿那用忆湖江。"

投阁 tóu gé

【分类】政治
【关键词】扬雄
【释义】喻无故受牵连而获罪，走投无路。汉扬雄因被刘棻株连，自天禄阁跳下，几死。《汉书·扬雄列传下》："雄恐不能自免，乃从阁上自投下，几死…间请问其故，乃刘棻尝从雄学作奇字。"
【例句】唐李白《古风》："投阁良可叹，但为此辈嗤。"唐杜甫《醉时歌》："相如逸才亲涤器，子云识字终投阁。"唐张继《酬李书记…》："投阁嗤扬子，飞书代鲁连。"宋陆游《丰年行》："书生识字亦聊尔，莫作扬雄老投阁。"

投机之会 tóu jī zhī huì

【分类】政治
【关键词】张公瑾
【释义】即投机之会，间不容瞬。表示行事要抓紧时机，不允许有丝毫迟误。《新唐书·张公瑾传赞》："'投机之会，间不容瞬。'公瑾所以抵龟而决也。"
【例句】宋周端臣《送翁宾旸…》："知己从来素有情，投机之会趋功名。"宋蔡戡《水调歌头》："认取投机会，莫作等闲看。"元李稸《即事》："默默谎谎两不平，投机失会要忘情。"明张宁《杂画》："春山无伴偶相迎，清话投机晚未行。"

投醪 tóu láo

【分类】政治
【关键词】勾践
【释义】比喻与军民同甘共苦。《吕氏春秋·顺民》："越王（勾践）苦会稽之耻…下养百姓以来其心，有甘脆，不足分，弗敢食；有酒，流之江，与民共之。"汉高诱注："投醪，同味。"
【例句】唐萧至忠《送张亶赴…》："推食天厨至，投醪御酒传。"唐卢从愿《奉和圣制》："作鼓将军气，投醪壮士觞。"唐萧至忠《送张亶赴…》："推食天厨至，投醪御酒传。"宋赵鼎臣《时可屡欲…》："欲炙已勤知子意，投醪虽俭盖吾心。"

投马箠 tóu mǎ chuí

【分类】政治
【关键词】封常清
【释义】咏军旅之众的典故。《旧唐书·封常清传》："臣请走马赴东京，开府库，募骁勇，投马箠（马鞭）渡河，计日取逆胡之首悬于阙下。"

【例句】宋刘攽《瓜步》："此时东流波，不足投马箠。"宋李复《过澶州感事》："昔岁契丹倾国起，欲投马箠渡河水。"宋周麟之《破虏凯歌》："可笑狂胡到死狂，欲投马箠渡长江。"宋陆游《秋风曲》："横飞渡辽健如鹘，谈笑不劳投马箠。"

投汨罗 tóu mì luó

【分类】政治
【关键词】屈原
【释义】喻指为国为民而死。源见"怀沙自沉"。
【例句】唐李白《书情题蔡…》："投汨笑古人，临濠得天和。"唐杜甫《天末忆李白》："应共冤魂语，投诗赠汨罗。"宋赵汝谠《屈原祠》："下将从彭咸，终已投汨罗。"元张昱《读离骚经》："灵修终不察，遂投汨罗水。"

投泥玉 tóu ní yù

【分类】政治
【关键词】淮南子
【释义】投弃于泥污中的玉受到污染，比喻贤人遭受毁伤。《淮南子·说山训》："琬琰之玉，在洿泥之中，虽廉者弗释。"
【例句】唐刘损《愤惋诗》："已休磨琢投泥玉，赖更经营买笑金。"宋李流谦《挽安岳李令》："老樵携畚动岳祇，委体毡庐玉投泥。"清黄之隽《古意下》："情知点污投泥玉，不敢公然子细看。"

投钱饮 tóu qián yín

【分类】生活
【关键词】沈酿
【释义】咏饮酒之典。源见"沈钱"。
【例句】唐韦应物《至西峰兰…》："常怪投钱饮，事与贤达疏。"唐张祜《苦旱》："乘轩尝拯物，饮马昔投钱。"宋郑侠《送杜靖国…》："武昌何远思律贪，汲井投钱非买名。"宋徐似道《马桥秋月》："昔人呼为饮马泉，至今饮者谁投钱。"宋王十朋《题卧龙山…》："所取都几斛，深惭未投钱。"

投鼠忌器 tóu shǔ jì qì

【分类】政治
【关键词】贾谊
【释义】比喻做事有顾忌，不敢放手干。《汉书·贾谊传》："里谚曰：'欲投鼠而忌器。'此善谕也。鼠近于器，尚惮不投，恐伤其器，况于贵臣之近主乎！"
【例句】唐李商隐《送千牛李…》："屡亦闻投鼠，谁其敢射鲸。"唐韩偓《隰州新驿》："掷鼠须防误，连鸡莫惮惊。"宋孙觌《题象守坐》："薰狐芦自焚，投鼠器必伤。"宋华岳《有触述怀》："投鼠在人当忌器，见鸿非我独弯弓。"

投梭折齿 tóu suō zhé chǐ

【分类】政治
【关键词】谢鲲

【释义】喻指男女之间情事。也指放荡形骸。《晋书·谢鲲传》："邻家高氏女有美色，鲲尝挑之，女投梭，折其两齿。时人为之语曰：'任达不已，幼舆折齿。'鲲闻之，傲然长啸曰：'犹不废我啸歌。'"
【例句】唐段成式《和周繇见嘲》："防梭齿虽在，乞帽鬓惭斑。"唐白居易《病中诗》："头风若见诗应愈，齿折仍夸笑不妨。"宋钱惟演《无题》："山屏六曲归来夜，只恐重投折齿梭。"宋孙觌《何倅利见…》："投梭且莫惊狂客，却扇何妨眩醉翁。"宋徐积《送李端叔》："谢鲲便是妾家邻，败唇折齿犹相语。"宋艾性夫《中齿忽折》："似因漱石磨成磷，幸免投梭折得疏。"

投桃报李 tóu táo bào lǐ
【分类】生活
【关键词】诗经
【释义】比喻善往善来，君王若施善政于民，民则报之以善事。或互相赠答，礼尚往来。《诗经·大雅·抑》："投我以桃，报之以李。"
【例句】唐白居易《岁暮枉衢…》："贫薄诗家无好物，反投桃李报琼琚。"宋周必大《胡季怀小…》："君家香醪蜜不如，试把木桃望瑶琚。"宋楼钥《谢颜乐闲…》："喜剧但知藏十袭，琼瑶无以报投桃。"明谢迁《答冯佩之…》："弄月吟风偿宿债，投桃报李续残编。"

投瓮 tóu wèng
【分类】政治
【关键词】赵普
【释义】用为秉公办事，不徇私情的典故。《邵氏闻见录》："国初，赵普中令为相，于厅事坐屏后置二大瓮，凡有人投利害文字，皆置瓮中，满即焚于通衢。"
【例句】宋刘克庄《念奴娇》："达汝空函，投伊大瓮里，谁曾提起？"明顾璘《山庄即事…》："狂吐肺肠投瓮盎，老持骸骨付菟裘。"

投足 tóu zú
【分类】生活
【关键词】春秋
【释义】踏步，举步。《吕氏春秋·古乐》："昔葛天氏之乐，三人操牛尾投足以歌八阕。"栖身；投宿。晋张华《鹪鹩赋》："匪陋荆棘，匪荣苣兰。动翼而逸，投足而安。"
【例句】唐滕倪《留别吉州…》："千里未知投足处，前程便是听猿时。"唐滕倪《留别吉州…》："千里未知投足处，前程便是听猿时。"五代李建勋《寺居陆处…》："投足正逢他国乱，冥心未解祖师禅。"宋吕陶《送张静之…》："三千里外甘投足，四十年前已化鳞。"

秃角犀 tū jiǎo xī
【分类】政治
【关键词】杜悰
【释义】脱角的犀牛。喻徒有其名而无实才之人。《新唐书·杜悰》："悰于大议论往往有所合，然才不周用…故时号'秃角犀'。"
【例句】宋洪炎《次韵公实…》："愿学怀文豹，终惭秃角犀。"宋周紫芝《再赋木犀》："新诗几欲赋幽姿，才浅真惭秃角犀。"宋喻良能《留别王嘉…》："谓我虽秃犀，敝帚亦足称。"宋牟巘《和陈无逸…》："自惭老蘖如犀秃，却笑春花为蝶狂。"

秃鹙 tū qiū
【分类】文化
【关键词】羊阐
【释义】水鸟名，头项无毛，状如鹤而大，色苍灰，好啖蛇，性贪恶。嘲人之无发若秃鹙。《南史·废帝东昏侯》："太中大夫羊阐入临，无发，号恸俯仰，帻遂脱地，帝辍哭大笑，谓宦者王宝孙曰：'此谓秃鹙啼来乎。'"
【例句】唐杜甫《天边行》："洪涛滔天风拔木，前飞秃鹙后鸿鹄。"宋黄庭坚《和世弼中…》："离宫殿阁碍飞鸟，霸业池台连秃鹙。"宋贺铸《晚出江城…》："古壕沮洳荷叶枯，櫌铎秃鹙行且渔。"宋孔平仲《寄孙元忠》："篱边老却陶渊明菊，前飞秃鹙后鸿鹄。"

秃尾 tū wěi
【分类】文化
【关键词】鲢
【释义】鲢、鳙等类鱼的俗称。唐杜甫《观打鱼歌》："徐州秃尾不足忆，汉阴槎头远遁逃。"清钱谦益注："徐州谓之鲢，或谓之鳙，殆所谓徐州秃尾也。"
【例句】唐杜甫《观打鱼歌》："徐州秃尾不足忆，汉阴槎头远遁逃。"唐陆龟蒙《秋思》："至今思秃尾，无以代寒葅。"宋陈造《谢邹秘正…》："仙府流霞端伯仲，徐州秃尾但台舆。"宋李彭《食鲩鱼戏…》："汉阴槎头推不御，徐州秃尾甘走藏。"

突骑五千 tū qí wǔ qiān
【分类】政治
【关键词】吴汉
【释义】咏兵精将勇之典。《后汉书·吴汉传》："光武北击群贼，汉常将突骑五千为军锋，数先登陷陈。"
【例句】唐杜甫《久雨期王…》："安得突骑只五千，崒然眉骨皆尔曹。"唐韩翃《寄雍丘窦…》："何事翻飞不及群，虎班突骑来纷纷。"宋郭祥正《奉和梧守…》："洪河喷作三门流，突骑长驱五千匹。"宋李纲《胡笳十八拍》："安得突骑只五千，长驱东胡胡走藏。"

图南 tú nán
【分类】政治
【关键词】庄子
【释义】南飞，南征。后以图南等比喻人的志向远大。《庄子·逍遥游》："背负青天，而莫之夭阏者，而后乃今将图南。"
【例句】唐李乂《寄胡皓时…》："有鸟图南去，无人见北来。"唐杜甫《泊岳阳城下》："图南未可料，变化有鲲鹏。"唐权德舆《送宇文文…》:"从此图南路,青云步武间。"聂绀弩《重禹六十》:"图南慷慨九万里,落户凄凉三两家。"

图穷匕见　tú qióng bǐ xiàn
【分类】政治
【关键词】荆轲
【释义】比喻真相毕露,誓不两立。《战国策·燕策》:"轲既取图奉之,发图,图穷而匕首见。因左手把秦王之袖,而右手持匕首揕抗之。"
【例句】宋韩淲《偶成》:"渐离荆卿易水流,图穷匕首非霸谋。"宋郑思肖《二十砺…》:"图穷匕首见,今岂无荆卿。"元胡布《放歌行》:"国难欲除耻欲雪,督亢图穷匕不发。"元李昱《王子约双…》:"初疑荆轲图穷见匕首,又惊毛遂颖脱呈锥末。"

徒御　tú yù
【分类】生活
【关键词】诗经
【释义】指挽车、御马的人。《诗经·小雅·车攻》:"徒御不惊,大庖不盈。"毛传:"徒,辇也。御,御马也。"汉张衡《西京赋》:"徒御悦,士忘罢。"
【例句】唐王维《送崔九兴…》:"徒御犹回首,田园方掩扉。"唐刘禹锡《和董中庶…》:"迟回顾徒御,得色悬双眉。"唐皇甫曾《奉陪韦中…》:"谢公忆高卧,徒御欲东还。"唐皇甫曾《送和西蕃使》:"恩华通外国,徒御发中朝。"

涂山会　tú shān huì
【分类】政治
【关键词】禹
【释义】帝王临朝之典。《左传·哀公七年》:"禹合诸侯于涂山,执玉帛者万国。今其存者,无数十焉。"晋杜预注:"涂山,在寿春东北。"
【例句】唐魏徵《奉和正日…》:"百灵侍轩后,万国会涂山。"唐骆宾王《畴昔篇》:"涂山执玉应昌期,曲水开襟重文会。"宋王之道《次韵程德…》:"涂山漫想诸侯会,濠上聊追二子游。"宋郭印《再和》:"涂山南觊尊乔岳,渝水东朝合众流。"

涂莘　tú shēn
【分类】政治
【关键词】禹周文王
【释义】涂山氏,夏禹之妻氏族。《尚书·皋陶谟》:"娶于涂山,辛壬癸甲。启呱呱而泣。矛弗子,惟荒度土功。"有莘氏:古国名。周文王妃太姒为有莘之女。《夏本纪》:"昔鲧纳有莘氏女生禹。"《孟子》:"伊尹耕于有莘之野。"喻有圣德之女性。
【例句】宋范祖禹《御制太皇…》:"任姒基王迹,涂莘首化风。"宋陈师道《钦圣宪肃…》:"德并涂莘敏,功临马邓优。"

涂炭　tú tàn
【分类】政治

【关键词】尚书
【释义】坠入烂泥炭火之中。比喻灾难困苦。借指陷入灾难的人民。《尚书·仲虺之诰》:"有夏昏德,民坠涂炭。天乃锡王勇智,表正万邦,缵禹旧服。"
【例句】唐法宣《奉和窦使…》:"大誓悯涂炭,乘机入生死。"唐杜甫《逃难》:"已衰病方人,四海一涂炭。"唐陆龟蒙《读阴符经…》:"生民坠涂炭,比屋为冤魂。"唐齐己《乱中闻郑…》:"长安已涂炭,追想更凄然。"宋王禹偁《四皓庙》:"万民在涂炭,四老方宴安。"

涂鸦　tú yā
【分类】生活
【关键词】卢仝
【释义】比喻书法拙劣或胡乱写作(多用做谦辞)。唐卢仝《示添丁》:"忽来案上翻墨汁,涂抹诗书如老鸦。"
【例句】宋张耒《冬日放言》:"小儿喜学书,满纸如涂鸦。"宋陆文圭《代和瞿知…》:"已溯清流乘画鹢,尚留醉墨看涂鸦。"元袁桷《用早朝韵…》:"玉署松深月半斜,研朱和露勘涂鸦。"聂绀弩《挽陈帅》:"犬儒惜墨如金处,虎将涂鸦以血时。"

屠狗　tú gǒu
【分类】生活
【关键词】樊哙
【释义】宰狗,后亦泛指出身低微者。《史记·樊哙列传》:"舞阳侯樊哙者,沛人也,以屠狗为事。"唐张守节《史记正义》:"时人食狗,亦与羊豕同,故哙专屠以卖之。"
【例句】唐李商隐《井泥四十韵》:"屠狗兴贩缯,突起定倾危。"宋王安石《邵平》:"天下纷纷未一家,贩缯屠狗尚雄夸。"宋黄庭坚《题樊侯庙》:"鼓刀屠狗少时事,排闼谏君身后名。"宋李新《感歌行》:"兰陵千篇穷愁死,屠狗一剑祛群魔。"

屠酤　tú gū
【分类】生活
【关键词】墨子
【释义】亦作屠酤儿,指以屠牲沽酒为业者。也用作对出身微贱者的蔑称。《墨子·迎敌祠》:"举屠酤者置厨给事,弟之。"宋魏庆之《诗人玉屑》之《两居纯好难得》:"五言如四十个贤人,着一个屠酤不得。"
【例句】唐李颀《赠别高三…》:"屠酤亦与群,不问君是谁。"唐戴叔伦《行路难》:"颠倒英雄古来有,封侯却属屠沽儿。"宋李吕《抱膝庵》:"屠酤难与语,余子安足数。"聂绀弩《悠然六十》:"子寿三千余礼拜,我诗五十六屠酤。"

屠龙之技　tú lóng zhī jì
【分类】政治
【关键词】庄子
【释义】谓技高而不切实用。《庄子·列御寇》:"朱泙漫学屠龙于支离益,单(殚)千金之家,三年技成,而无所用其巧。"

【例句】宋刘弇《次韵酬何…》:"梦月自怜名旧识,屠龙何补技先成。"宋杨时《送陈几叟…》:"自愧屠龙真拙技,漫令吾子费千金。"宋孔平仲《再赋》:"折桂心安在,屠龙胆已消。"聂绀弩《归途》:"扪虱纵横诚痼疾,屠龙今古老江干。"

屠门大嚼 tú mén dà jiáo
【分类】生态
【关键词】桓谭
【释义】对着肉铺大口咀嚼。比喻羡慕某物而得不到,靠想象聊以自慰。汉桓谭《新论》:"人闻长安乐,则出门西向而笑;肉味美,对屠门而大嚼。"
【例句】唐罗隐《黄鹤驿题偶》:"高歌酒市非狂者,大嚼屠门亦偶然。"宋蒋之奇《峡山》:"又如过屠门,大嚼涎垂喙。"宋饶节《韩升之主…》:"向来诗轴入松门,便对屠门先大嚼。"宋李昭玘《齿落》:"每遇屠门惭大嚼,犹思梦泽欲平吞。"

屠苏 tú sū
【分类】文化
【关键词】岁华纪丽
【释义】房屋之名,药草或用药草所制屠苏酒。《太平御览》引汉服虔《通俗文》:"屋平曰屠苏。"《岁华纪丽·元日》:"昔有人居草庵之中,每岁除夜遗闾里一药贴,令囊浸水中至元日取水,置于酒樽,合家饮之,不病瘟疫。今人得其方而不知其姓名,但曰屠苏而已。"
【例句】唐卢照邻《长安古意》:"汉代金吾千骑来,翡翠屠苏鹦鹉杯。"唐阎德隐《三月歌》:"能得来时作眼觅,天津桥侧锦屠苏。"唐吕岩《句》:"书名会粹才偏逸,酒号屠苏味更醇。"唐雍陶《酬李绀岁…》:"一夜五乘倾酱落,五更三点把屠苏。"聂绀弩《除夜怀查九》:"宜春帖子换屠苏,传世文章应世迁。"

酴醾 tú mí
【分类】文化
【关键词】花
【释义】花名,落叶灌木,以地下茎繁殖。荼蘼花在春季末夏季初开花,凋谢后即表示花季结束,所以有完结的意思。唐阎朝隐《奉和圣制春日幸望春宫应制》:"胜年年逢七日,酴醾岁岁满千钟。"
【例句】唐贾至《春思》:"红粉当垆弱柳垂,金花腊酒解酴醾。"唐崇圣寺鬼《朱衣人》:"禁烟佳节同游此,正值酴醾夹岸香。"宋王琪《春暮游小园》:"开到荼蘼花事了,丝丝天棘出苔墙。"宋苏轼《杜沂游武…》:"酴醾不争春,寂寞开最晚。"聂绀弩《步酬怀沙…》:"人嗟蝴蝶初干句,自宝酴醾欲谢花。"

土膏 tǔ gāo
【分类】生活
【关键词】国语
【释义】指土中所含的适合植物生长的养分。《国语·周语》:"阳气俱蒸,土膏其动。"
【例句】唐皇甫冉《田家作》:"土膏消腊后,麦陇发春前。"唐皇甫冉《杂言无锡…》:"土膏脉动知春早,陇隩阴深长苔草。"唐李嘉祐《送袁员外…》:"气迎天诏喜,恩发土膏春。"唐齐己《闲居》:"渐觉春光媚,尘销作土膏。"

土功 tǔ gōng
【分类】政治
【关键词】尚书
【释义】指治水、筑城、建造宫殿等工程。《尚书·益稷》:"启呱呱而泣,予弗子,惟荒度土功。"汉孔安国《传》:"闻启泣声,不暇子名之,以大治度水土之功故。"《吕氏春秋·季夏》:"不可以兴土功,不可以合诸侯,不可以起兵动众,无举大事。"汉高诱注:"土功,筑台穿池。"
【例句】唐沈佺期《初冬从幸…》:"当极土功壮,安知人力烦。"唐刘宪《奉和幸长…》:"土功昔云盛,人英今所求。"唐白居易《赠友》:"盛夏兴土功,方春剿人命。"唐刘宪《奉和幸长…》:"土功昔云盛,人英今所求。"

土骨堆 tǔ gǔ duī
【分类】生活
【关键词】礼记
【释义】坟墓的别称。《礼记·檀弓》:"延陵季子使齐,于其反也,其长子死,葬于嬴博之间…曰:'骨肉归复于土,命也。'"
【例句】唐韩愈《饮城南道…》:"偶上城南土骨堆,共倾春酒三五杯。"宋周文璞《行歌》:"雪压门外土骨堆,一番两番春始回。"清陈廷敬《小丘》:"黄尘万井春街晚,烂醉城南土骨堆。"

土怪 tǔ guài
【分类】生活
【关键词】国语
【释义】土地中的精怪。比喻小人。《国语·鲁语》:"季桓子穿井,获如土缶,其中有羊焉。使问之仲尼曰:'吾穿井而获狗,何也?'对曰:'以丘之所闻,羊也。丘闻之,木石之怪曰夔、蝄蜽,水之怪曰龙、罔象,土之怪曰羵羊。'"
【例句】唐韩愈《城南联句》:"里儒拳足拜,土怪闪眸侦。"宋苏舜钦《永叔石月…》:"土怪山鬼不敢近,照之僵仆肝脑裂。"清洪繻《台湾沦陷…》:"山俏牵木魅,土怪鞭石梁。"

土苴 tǔ jū
【分类】政治
【关键词】庄子
【释义】渣滓,糟粕。比喻微贱的东西。犹土芥。《庄子·让王》:"道之真以治身,其绪余以为国家,其土苴以治天下。"
【例句】宋曾巩《送程公辟…》:"一尊放意受天籁,万累回头真土苴。"宋章惇《寄苏子瞻》:"身外浮云轻土苴,眼前陈迹付篷篨。"宋卫宗武《寄兴》:"须识世荣俱土苴,岂如有道善其身。"宋张衡《用广陈君…》:"君视黄金犹土苴,好画如逢不论价。"

土龙 tǔ lóng
【分类】政治
【关键词】淮南子
【释义】用土制成的龙。古代用以乞雨。《淮南子·说山训》："圣人用物,若用朱丝约刍狗;若为土龙以求雨。"
【例句】唐李群玉《送崔使君…》："不假土龙呈夭矫,自然石燕起参差。"唐陈陶《续古》："楚国千里旱,土龙日已多。"五代贯休《江边祠》："花残冷红宿雨滴,土龙甲湿鬼眼赤。"宋李之仪《元祐末宿…》："妄役土龙宁得雨,可堪刍狗强蒙衣。"

土馒头 tǔ mán tou
【分类】生活
【关键词】王梵志
【释义】指坟墓。因其形状相似。《诗话总龟·诙谐门》："王梵志诗曰:'城外土馒头,馅草在城里。一人吃一个,莫嫌没滋味。'己且为馅草,当使谁食之?为易其后两句云:'预先着酒浇,图教有滋味。'"
【例句】宋刘克庄《赠贵上人》："服寒食散方谁验,营土馒头计已迟。"宋范成大《重九日行…》："纵有千年铁门限,终须一个土馒头。"宋戴表元《因营张村…》："不问征西并处士,山中一样土馒头。"宋方回《饮兴道观…》："土馒头里无仙骨,金仆姑边尚战尘。"

土木形骸 tǔ mù xíng hái
【分类】文化
【关键词】嵇康
【释义】指人的形体像土木一样淳朴自然。比喻人不加修饰的本来面目。《世说新语·容止》："嵇康身长七尺八寸,风姿特秀。"南朝梁刘孝标注引《嵇康别传》曰："康长七尺八寸,伟容色,土木形骸,不加饰厉,而龙章凤姿,天质自然。"
【例句】唐杜甫《舟出江陵…》："形骸元土木,舟楫复江湖。"唐白居易《中书寓直》："自嫌野物将何用,土木形骸麋鹿心。"宋李新《过金牛自劳》："云何瘿妇翻相笑,土木形骸亦属官。"宋陆游《老鳏》："渊源师友简编上,土木形骸鱼鸟间。"

土牛 tǔ niú
【分类】生活
【关键词】礼记
【释义】用泥土制的牛。古代在农历十二月出土牛以除阴气。后立春时造土牛以劝农耕,象征春耕开始。《礼记·月令》："(季冬之月)命有司大傩,旁磔,出土牛,以送寒气。"郑玄注："土牛者,丑为牛,牛可牵止也。"
【例句】唐李白《赠宣城赵…》："猕猴骑土牛,赢马夹双辕。"唐李白《单父东楼…》："沐猴而冠不足言,身骑土牛滞东鲁。"唐白居易《和微之诗》："布泽木龙催,迎春土牛助。"唐和凝《宫词》："三农皆已辟田畴,又见金门出土牛。"

土偶人 tǔ ǒu rén
【分类】政治
【关键词】战国策
【释义】泥塑的人像。喻自身难保。源见"土偶桃梗"。
【例句】唐窦常《商山祠堂…》："后王不敢论圭组,土偶人前枳树秋。"唐周昙《田文》："秦关若待鸡鸣出,笑杀临淄土偶人。"宋朱翌《次韵李令》："未许儿童骑竹马,且看土偶笑桃人。"宋邹浩《悼范丞相》："钟铭勋业今何在,土偶形容尚俨然。"

土偶桃梗 tǔ ǒu táo gěng
【分类】政治
【关键词】战国策
【释义】形容漂泊无定,失意落拓。《战国策·齐策》："今者臣来,过于淄上,有土偶人与桃梗相与语。桃梗谓土偶人曰:'子,西岸之土也,挺子以为人,至岁八月,降雨下,淄水至,则汝残矣。'土偶曰:'不然,吾西岸之土也,土则复西岸耳。今子,东国之桃梗也,刻削子以为人,降雨下,淄水至,流子而去,则子漂漂者将何如耳?'"
【例句】唐骆宾王《晚度天山…》："旅思徒漂梗,归期未及瓜。"唐骆宾王《边夜有怀》："旅魂劳泛梗,离恨断征蓬。"唐李端《下第上薛…》："如何飘梗处,又到采兰时。"唐刘言史《泊花石浦》："旧业丛台废苑东,几年为梗复为蓬。"五代徐夤《别》："酒尽歌终问后期,泛萍浮梗不胜悲。"

吐车茵 tǔ chē yīn
【分类】生活
【关键词】丙吉
【释义】喻喝醉后失误或指不计小过的宽厚品德。《汉书·丙吉》："(丙吉)于官属掾史,务掩过扬善。吉驭吏(驾车人)嗜酒,数逋荡(游荡失职),尝从吉出,醉呕(吐)丞相车上。西曹主吏白欲斥(弃)之,吉曰:'以醉饱之失去士,使此人将复何所容?西曹地忍之,此不过污丞相车茵(车垫)耳。'"
【例句】唐温庭筠《中书令裴…》："从今虚醉饱,无复污车茵。"唐窦牟《奉诚园闻…》："曾绝朱缨吐锦茵,欲披荒草访遗尘。"唐白居易《长斋月满…》："若怕平原怪先醉,知君未惯吐车茵。"宋刘敞《至日宴水…》："东阁于今待贤士,西曹不意吐车茵。"

吐凤 tǔ fèng
【分类】文化
【关键词】扬雄
【释义】称誉人文章高妙或富有才华的典故。《西京杂记》："雄(西汉辞赋家扬雄)著《太玄经》,梦吐凤凰(《佩文韵府》引《西京杂记》作"梦吐白凤"),集《玄》之上,顷而灭。"
【例句】唐李逢吉《再赴襄阳…》："唯怜吐凤句,相示啮龙期。"唐钱谦益《和遵王述…》":"怀龙温昔梦,吐凤理新编。"唐罗隐《经张舍人…》":"文余吐凤他年诏,树想栖鸾旧日春。"宋何颉之《和韩子苍…》:"二赋人间真吐凤,五年溪上不惊鸥。"

吐凤才　tǔ fèng cái
【分类】文化
【关键词】扬雄
【释义】指写文章的好手。源见"吐凤"。
【例句】唐钱起《过张成侍…》:"丞相幕中吐凤人,文章心事每相亲。"唐李商隐《喜舍弟羲…》:"朝满迁莺侣,门多吐凤才。"宋欧阳澈《显道世弼…》:"自惭阘茸亲余论,健笔时观吐凤才。"元陶安《送毛公礼》:"膺门世重登龙誉,雄赋人惊吐凤才。"

兔葵燕麦　tù kuí yàn mài
【分类】生态
【关键词】刘禹锡
【释义】形容景象荒凉。也谓感慨伤时。源见"前度刘郎"。
【例句】宋李之仪《若禔告行…》:"玉室金堂有阻隔,兔葵燕麦恨扶疏。"宋贺铸《留别田昼》:"兔葵燕麦春日妍,蝉腹龟肠气方饱。"宋毛滂《东风辞》:"何但桃李著荣华,未遗兔葵并燕麦。"宋王十朋《次韵潘先…》:"鼠目獐头多富贵,兔葵燕麦自悲伤。"

兔丝附蓬麻　tù sī fù péng má
【分类】生活
【关键词】古诗
【释义】兔丝,菟丝子。蓬麻,蓬与麻,用以比喻微贱的事物。蓬麻植株短小,故兔丝缠附其上引蔓不长。喻婚期不长。《淮南子·说山训》:"千年之松,下有茯苓,上有兔丝。"汉高诱注:"一名女萝也。"《古诗十九首》:"冉冉孤生竹,结根泰山阿。与君为新婚,兔丝附女萝。"
【例句】唐杜甫《新婚别》:"兔丝附蓬麻,引蔓故不长。"宋刘敞《陈桥别隐直》:"我自东西人,岂能守蓬麻。"宋王令《去草》:"满目青青尽芜蔓,更于何处问蓬麻。"宋陆文圭《次郑前山…》:"人笑学官如兔丝,谁能千里远寻师。"

兔园策　tù yuán cè
【分类】生活
【关键词】北梦琐言
【释义】唐五代时蒙童课本。因其内容浅近被人讥诮。喻指肤浅的书籍或想法。《北梦琐言》:"《兔园策》,乃徐庾文体,非鄙朴之谈,但家藏一本,人多贱之。"唐太宗的儿子李恽命僚佐杜嗣先仿照应试科目策问的样式,编成问答题集,取汉梁孝王的兔园为名。
【例句】宋陈造《次韵杨宰…》:"笑挟兔园策,问收鱼澳租。"宋魏了翁《贺新郎》:"且还我,兔园策。"明吴宽《板屋二适》:"阶踏凤沼诗,案堆兔园策。"明盘奎《寄赠孝扬弟》:"兔园挟策身虽困,龙窟探珠志必谐。"

兔走乌飞　tù zǒu wū fēi
【分类】生活
【关键词】韩琮
【释义】形容光阴迅速流逝。传说日中有三足乌,故称太阳为金乌;传说月中有玉兔,故称月亮为玉兔。唐韩琮《春愁》:"金乌长飞玉兔走,青鬓长青古无有。"
【例句】唐韦庄《寓言》:"兔走乌飞如未息,路尘终见泰山平。"唐韦庄《秋日早行》:"行人自是心如火,兔走乌飞不觉长。"唐吕岩《七言》:"龙交虎战三周毕,兔走乌飞九转成。"宋释智圆《暮秋》:"嗈嗈宾雁又随阳,兔走乌飞两共忙。"

菟裘归计　tú qiú guī jì
【分类】政治
【关键词】史记
【释义】喻指在谋地告老归乡。《史记·鲁周公世家》:"隐公曰:'有先君命。吾为允少,故摄代。今允长矣,吾将营菟裘之地而老焉,以授子允政。'"菟裘:春秋时鲁国地名。
【例句】唐白居易《重修香山…》:"可怜终老地,此是我菟裘。"唐白居易《池上作》:"菟裘不闻有泉沼,西河亦恐无云林。"唐许古《被召过少室》:"老病无堪合退休,伊川久已得菟裘。"宋夏竦《寄张相公》:"户牖旧谋方倚重,菟裘前计合迟留。"

团扇草书　tuán shàn cǎo shū
【分类】文化
【关键词】王羲之
【释义】赞誉书法之典。《晋书·王羲之传》:王羲之曾任右军将军、会稽内史,"尝在蕺山见一老姥,持六角竹扇卖之。羲之书其扇,各为五字。姥初有愠色。因谓姥曰:'但言是王右军书,以求百钱邪。'姥如其言,人竞买之。"
【例句】唐王维《故人张諲…》:"屏风误点惑孙郎,团扇草书轻内史。"唐权德舆《马秀才草…》:"犹轻昔日墨池学,未许前贤团扇书。"唐刘禹锡《湖州崔郎…》:"会书团扇上,知君文字工。"宋范成大《次韵徐子…》:"团扇他年书好句,平生知已识儋州。"

团扇郎　tuán shàn láng
【分类】生活
【关键词】王珉
【释义】情郎。《乐府诗集·团扇郎》题解引《古今乐录》:"《团扇郎》歌者,晋中书令令王珉,捉白团扇与嫂婢谢芳姿有爱,情好甚笃。嫂挞挞婢过苦,王东亭闻而止之。芳姿素善歌,嫂令歌一曲当赦之。应声歌曰:'白团扇,辛苦五流连,是郎眼所见。'珉闻更问之:'汝歌何遗?'芳姿即改云:'白团扇,憔悴非昔容,羞与郎相见。'后人因而歌之。"
【例句】唐段成式《嘲飞卿》:"愁生半额不开靥,只为多情团扇郎。"宋薛季宣《团扇歌》:"团扇复团扇,羞郎引遮面。"宋赵文《团扇歌》:"出入怀袖中,羡郎白团扇。"明张祥鸢《无题》:"不见当年团扇郎,双垂红泪湿流黄。"

抟风　tuán fēng
【分类】文化

【关键词】庄子

【释义】《庄子·逍遥游》：" 抟扶摇而上者九万里。"扶摇，旋风。抟，凭借。后因称乘风捷上为抟风。也指旋风、龙卷风。

【例句】唐骆宾王《帝京篇》："倏忽抟风生羽翼，须臾失浪委泥沙。"唐杜甫《见王监兵…》："正翻抟风超紫塞，立冬几夜宿阳台。"唐钱可复《莺出谷》："抟风翻翰疾，向日弄吭频。"唐元稹《赋得春雪…》："抟风飘不散，见晛忽偏摧。"

抟沙   tuán shā

【分类】生活

【关键词】苏轼

【释义】捏沙成团。比喻聚而易散。《苏轼诗集·〈二公再和亦再答之〉》："亲友如抟沙，放手还复散。"

【例句】宋邓肃《寄兴国福…》："詹成炊饭似抟沙，牛革荐甘真嚼铁。"宋黄公度《体南先生…》："抟沙聚散苦匆匆，岁晚山寒吾道东。"宋程公许《自道场山…》："今古一抟烛，聚散犹抟沙。"宋程洵《示伯羽》："交游半作抟沙散，不见周郎亦四春。"

抟黍   tuán shǔ

【分类】文化

【关键词】黄莺

【释义】黄莺的别名。《诗经·周南·葛覃》："黄鸟于飞，集于灌木，其鸣喈喈。"汉毛传："黄鸟，抟黍也。"

【例句】唐孙处《咏黄莺》："声诗辩抟黍，比兴思无穷。"宋梅尧臣《寄题刘仲…》："春归百禽噪，抟黍及布谷。"宋王安石《句》："萧萧抟黍声中日，漠漠春锄影外天。"宋陆游《闲身》："吴蚕满箔含桃熟，垅麦登车抟黍鸣。"

推毂   tuī gǔ

【分类】政治

【关键词】窦婴田蚡

【释义】荐举，援引。推车前进，古代帝王任命将帅时的隆重礼遇。《史记·魏其武安侯列传》："魏其、武安俱好儒术，推毂赵绾为御史大夫，王臧为郎中令。"唐司马贞《史记索隐》："推毂谓自卑下之，如为之推车毂也。"

【例句】唐权德舆《奉和许阁…》："交分终推毂，离忧莫向隅。"唐顾况《闲居怀旧》："贫居谪向谁推毂，仕向侯门耻曳裾。"唐杜甫《又作此奉…》："推毂几年唯镇静，曳裾终日盛文儒。"宋谢绛《送余姚知…》："尽日挥弦无一事，平时推毂有诸公。"

推敲   tuī qiāo

【分类】文化

【关键词】贾岛

【释义】形容反复斟酌锤炼诗文词句。也指对问题的勘酌与研究。《唐诗纪事·贾岛》："岛赴举至京，骑驴赋诗，得'僧推月下门'之句，欲改推为敲，引手乍推敲之势，未决，不觉冲大尹韩愈，乃具言。愈曰：'敲字佳矣。'遂并辔论诗久之。"

【例句】宋陈师道《骑驴》："出手推敲宁避尹，题门吟咏不逢人。"宋朱弁《次韵刘太…》："句补推敲未安处，韵更瘼絮益难时。"宋张炜《学吟》："骚豪夹口便成诗，全异推敲炼句迟。"宋陆游《四月二十…》："款门僧亦绝，无句炼推敲。"

颓秀木   tuí xiù mù

【分类】政治

【关键词】李康

【释义】出众者易遭挫折之典。《昭明文选·三国魏李康〈运命论〉》："夫忠直之迕于主，独立之负于俗，理势然也。故木秀于林，风必摧之；堆出于岸，流必湍之；行高于人，众必非之。前鉴不远，覆车继轨，然而志士仁人犹蹈之而弗悔，操之而弗失，何哉？将以遂志而成名也。"

【例句】唐李白《赠宣城赵…》："惊飙颓秀木，迹屈道弥敦。"

蜕骨   tuì gǔ

【分类】生活

【关键词】初学记

【释义】脱骨。《初学记·神龟赋》："虬折鳞于平皋，龙蜕骨于深谷。"

【例句】唐许浑《送黄隐居…》："深洞有云龙蜕骨，半岩无草象生牙。"唐李绅《灵蛇见少…》："已应蜕骨风雷后，岂效衔珠草莽间。"唐元稹《送岭南崔…》："毒龙蜕骨裹雷鼓，野象埋牙剧石矶。"宋苏轼《无锡道中…》："翻翻联联衔尾鸦，荦荦确确蜕骨蛇。"

吞凤   tūn fèng

【分类】文化

【关键词】罗含

【释义】咏文思大进，卓有著述，或称人才华之美的典故。源见"梦中吞鸟"。

【例句】唐杨汝士《戏柳棠》："文章漫道能吞凤，杯酒何曾解吃鱼。"宋刘克庄《答罗天骥》："乃祖曾吞凤，郎君岂后身。"元宋褧《送宣城罗…》："吞凤文章老益奇，杏坛深处拥皋比。"明王彥泓《感怀杂咏》："理文有象惭吞凤，避债无台敢食鱼。"

吞腥啄腐   tūn xīng zhuó fǔ

【分类】政治

【关键词】鲍照

【释义】讽喻世间卑污苟贱之人，如同禽畜之吞腐啄腥。南朝宋鲍照《代升天行》："何时与汝曹，啄腐共吞腥。"

【例句】唐元稹《有鸟》："司晨守夜悲鸡犬，啄腐吞腥笑雕鹗。"唐徐夤《西寨寓居》："鸱鸢啄腐疑雏凤，神鬼欺贫笑伯龙。"宋李正臣《觅松江水》："啄腐吞腥聊当肉，消烦止渴必资茶。"宋释慧空《食笋》："公无说与市朝予，啄腐吞腥渠冬知。"

吞舟之鱼   tūn zhōu zhī yú

【分类】政治

【关键词】庄子

【释义】指庞然大物。亦用以比喻伟大的贤人。《庄子·庚桑楚》："吞舟之鱼，砀而失水，则蚁能苦之。"

【例句】唐李白《赠从弟南…》："愿随任公子，欲钓吞舟鱼。"唐韩愈《海水》："海有吞舟鲸，邓有垂天鹏。"宋徐积《大河上天…》："两堤束其势，如缚吞舟鱼。"宋周紫芝《公无渡河》："冯夷击鼓河伯怒，蛟龙掉尾鱼吞舟。"

屯云　tún yún

【分类】政治

【关键词】汉高祖

【释义】积聚的云气。喻指祥云。帝王登基的瑞兆。《史记·高祖本纪》："秦始皇帝常曰：'东南有天子气。'于是因东游以厌之。高祖即自疑，亡匿，隐于芒砀山泽岩石之间。吕后与人俱求，常得之。高祖怪问之，吕后曰：'季所居上常有云气，故从往常得季。'"

【例句】唐韦铿《经望湖驿》："大漠无屯云，孤峰出乱柳。"唐杜甫《与李十二…》："落景闻寒杵，屯云对古城。"唐武元衡《幕中诸公…》："刀州城北剑山东，甲士屯云骑散风。"宋刘敞《临昆亭》："碧树参差见平圃，屯云重叠辨轩丘。"

托微波　tuō wēi bō

【分类】生活

【关键词】曹植

【释义】向意中人传情达意之典。《昭明文选·三国魏曹植〈洛神赋〉》："余情悦其淑美兮，心振荡而不怡。无良媒以接欢兮，托微波而通辞。"托水波向洛神传达自己的爱慕之情。

【例句】唐张九龄《杂诗》："庭前揽芳蕙，江上托微波。"唐李商隐《离思》："无由见颜色，还自托微波。"唐陆龟蒙《和袭美重…》》："却是陈王词赋错，枉将心事托微波。"宋张嵲《观洛神图》："殷勤遵渚馈明珰，情托微波事渺茫。"

脱骖　tuō cān

【分类】政治

【关键词】晏子

【释义】解下骖马。泛指以财助人之急。《史记·管晏列传·晏平仲》："越石父贤，在缧绁中。晏子出，遭之涂，解左骖赎之，载归。"

【例句】唐杜甫《八哀诗》："分宅脱骖间，感激怀未济。"唐白居易《出使在途…》："丧乘独归殊不易，脱骖相赠岂为难。"唐贯休《和毛学士…》："不知门下客，谁与晏婴骖。"宋黄庭坚《李濠州挽词》："挂剑自知吾已许，脱骖不为涕无从。"

脱鞲鹰　tuō gōu yīng

【分类】政治

【关键词】赵勤

【释义】谓脱离臂衣的苍鹰。多喻不受拘束。《东汉观记·赵勤》："虞乃叹曰：'善吏如良鹰矣！下鞲即中。'"

【例句】唐韩愈《送侯参谋…》》："今君得所附，势若脱鞲鹰。"宋释善珍《送赵司令…》》："伏枥骥思沙漠外，脱鞲鹰去碧霄边。"清蒋士铨《喜家绣躬…》："居惭营垒燕，身逊脱鞲鹰。"

脱略　tuō lüè

【分类】生活

【关键词】谢尚

【释义】放任；轻慢，不以为意。《晋书·谢尚传》："脱略细行，不为流俗之事。"南朝江淹《恨赋》："脱略公卿，跌宕文史。"

【例句】唐皎然《支公诗》："支公养马复养鹤，率性无机多脱略。"唐李颀《听董大弹…》："高才脱略名与利，日夕望君抱琴至。"宋余靖《许申工部》："西山五色从兹得，脱略浮名薄似埃。"宋刘敞《樱桃花开…》："子今跃马至万里，脱略尘土排云霓。"

脱帽露顶　tuō mào lù dǐng

【分类】生活

【关键词】杜甫

【释义】唐杜甫《饮中八仙歌》："脱帽露顶王公前，挥毫落纸如云烟。"原意醉后衣冠不整，蔑视王公。指不受礼仪的约束。

【例句】唐李颀《别梁锽》："朝朝饮酒黄公垆，脱帽露顶争叫呼。"宋姜特立《醉后苦热…》："登枝解袒不快意，脱帽露顶犹寻常。"宋吕祖俭《泛舟至竹洲》："脱帽露顶固狂流，俯首折腰亦可羞。"聂绀弩《城东与白…》："此事杜陵歌已久，脱帽露顶见王公。"

脱粟之食　tuō sù zhī shí

【分类】生活

【关键词】晏子春秋

【释义】脱粟：糙米，只去皮壳、不加精制的米。形容生活简朴。常用以表现富贵不奢。《晏子春秋·内篇杂下》："晏子相景公，食脱粟之食，炙三弋，五卵，苔菜耳矣。"

【例句】唐骆宾王《帝京篇》："红颜宿昔白头新，脱粟布衣轻故人。"唐杜甫《写怀》："朝班及暮齿，日给还脱粟。"唐刘长卿《送裴郎中…》："知己有鄧侯在，应怜脱粟人。"唐吕从庆《避乱》："饥来野店供餐饭，敢怨匙前脱粟粗。"

脱兔　tuō tù

【分类】政治

【关键词】孙子

【释义】脱逃之兔。比喻行动迅疾。《孙子·九地》："是故始如处女，敌人开户；后如脱兔，敌不及拒。"唐杜牧注："险迅疾速，如兔之脱走，不可捍拒也。"

【例句】唐陆龟蒙《杂讽》："攻如饿鸥叫，势若脱兔急。"宋宋祁《兔》："脱兔驰冈地，饥鹰厉吻天。"宋梅尧臣《李令将行…》："谁将为寿不肯收，上马慨然如脱兔。"宋陆游《二爱》："人生非金石，去日如脱兔。"

脱屣　tuō xǐ

【分类】政治

【关键词】汉武帝
【释义】比喻看得很轻，无所顾恋，犹如脱掉鞋子。《史记·孝武本纪》："于是天子曰：'嗟乎！吾诚得如黄帝，吾视去妻子如脱屣耳。'"
【例句】唐独孤及《早发荀岘…》："忘缘祛天机，脱屣恨不早。"唐贾岛《酬栖上人》："东林有蹰躅，脱屣期共攀。"唐李颀《缓歌行》："一沉一浮会有时，弃我翻然如脱屣。"唐李绅《初秋忽奉…》："疏受杜门期脱屣，买臣归邸忽乘轺。"

橐驼 tuó tuó
【分类】文化
【关键词】匈奴
【释义】骆驼。《山海经·北山经》："其兽多橐驼，其鸟多寓。"《史记·匈奴列传》："其奇畜则橐驼。"
【例句】唐杜甫《哀王孙》："昨夜东风吹血腥，东来橐驼满旧都。"宋司马光《和王介甫…》："胡雏上马唱胡歌，锦车已驾白橐驼。"宋梅尧臣《得沙苑榅…》："不比江南楂柚酸，橐驼载与吴人看。"宋梅尧臣《寄渭州经…》："西城橐驼来贺兰，入贡美玉天可汗。"

橐籥 tuó yuè
【分类】文化
【关键词】老子
【释义】古代冶炼时用以鼓风吹火的装置，犹今之风箱。喻指造化，大自然。《老子》："天地之间，其犹橐籥乎？虚而不屈，动而愈出。"
【例句】唐李白《送于十八…》："吾祖吹橐籥，天人信森罗。"唐陈九流《赋得春风…》："喜见阳和至，遥知橐籥功。"唐曲龙山仙《玩月诗》："霓裳似拂瀛洲顶，颢气潜消橐籥中。"唐贯休《赠杨公杜…》："天地事须归橐籥，文章谁得到罘罳。"

唾壶击缺 tuò hú jī quē
【分类】政治
【关键词】王敦
【释义】指击节咏叹，或喻壮怀激烈。《晋书·王敦传》："帝畏而恶之…敦益不能平，于是嫌隙始构矣。每酒后辄咏魏武帝乐府歌曰：'老骥伏枥，志在千里。烈士暮年，壮心不已。'以如意打唾壶为节，壶边尽缺。"唾壶，旧时一种小口巨腹的吐痰器皿。
【例句】唐独孤及《代书寄上…》："长啸林木动，高歌唾壶缺。"宋杨亿《属疾》："唾壶从已缺，博齿亦慵投。"宋胡宿《暮冬离京师》："鸱夷痛饮倾家酿，如豆狂歌缺唾壶。"聂绀弩《马号》："嗟我老无千里足，唾壶完好未经敲。"

唾面自干 tuò miàn zì gān
【分类】政治
【关键词】娄师德
【释义】比喻逆来顺受，受到侮辱也不加以反抗。《新唐书·娄师德传》："其弟守代州，辞之官，教耐事。弟曰：'人有唾面，洁之乃已'。师德曰：'未也。洁之，是违其怒，正使自干耳。'"
【例句】唐王梵志《诗并序》："唾面不须拭，从风自荫干。"宋孙觌《读史》："唾面我勿拭，溺灰汝何尤。"宋苏轼《次韵答章…》："唾面慎勿拭，出胯当俯就。"宋陆游《闲里有…》："唾面听自干，彼忿自消磨。"

W

蛙蟆胜负 wā má shèng fù
【分类】政治
【关键词】汉武帝
【释义】青蛙与蛤蟆斗争的胜负。喻不足介意的荣哀得失。《汉书·五行志中之下》："武帝元鼎五年秋，蛙与虾蟆群斗。是岁，四将军众十万征南越，开九郡。"
【例句】唐杜牧《长安杂题…》："谁识大君谦让德，一毫名利斗蛙蟆。"唐韩愈《答柳柳州…》："大战元鼎年，孰强孰败桡。"唐无名氏《道藏歌诗》："下看荣竟子，笃似蛙与蟆。"宋刘克庄《水龙吟》："任蛙蟆胜负，鱼龙变化，依方在、华胥国。"

蛙黾 wā miǎn
【分类】政治
【关键词】楚辞
【释义】蛙类动物。比喻谗谀之人。《楚辞·谬谏》："鸡鹜满堂坛兮，蛙黾游乎华池。"汉王逸注："蛙，虾蟆也…蛙黾谕谗谀弄口有志也。"
【例句】唐李白《酬张卿夜…》："一朝攀龙去，蛙黾安在哉？"唐张祜《发蜀客》："湿地饶蛙黾，衰年足鬼神。"唐杜甫《八哀诗》："碣石岁峥嵘，天地日蛙黾。"唐韩愈《河南令舍…》："长令人吏远趋走，已有蛙黾助狼藉。"

瓦釜雷鸣 wǎ fǔ léi míng
【分类】政治
【关键词】屈原
【释义】形容小人骄横得意。亦用于谦指自己的作品。《昭明文选·先秦屈原〈卜居〉》："世溷浊而不清，蝉翼为重，千钧为轻；黄钟毁弃，瓦釜雷鸣；逸人高张，贤士无名。"唐李周瀚注："瓦釜，喻庸下之人；雷鸣者，惊众也。"
【例句】宋黄庭坚《再次韵兼…》："经术貂蝉续狗尾，文章瓦釜作雷鸣。"宋胡仲弓《答颐斋诗》："君有砖花占日影，我惭瓦釜答雷鸣。"宋孙觌《读王季恭…》："金钟吼彻晓霜清，瓦釜如雷不敢鸣。"宋张九成《杨干致仕》："黄钟毁弃鸣瓦釜，古来才智贱如土。"

瓦解冰消 wǎ jiě bīng xiāo
【分类】政治

【关键词】初学记

【释义】瓦器破碎，冰块融解。比喻失败、崩溃或消失。《初学记·云赋》："于是玄风仰散。归云四旋。冰消瓦解。奕奕翩翩。去则灭轨以无迹。来则幽暗以杳冥。舒则弥纶覆四海。卷则消液入无形。"

【例句】唐刘商《姑苏怀古…》："瓦解冰销真可耻，凝艳妖芳安足恃。"唐寒山《诗三百》："忽然富贵贪财色，瓦解冰消不可陈。"宋释证悟《偈》："儿孙不是无料理，要见冰消瓦解时。"宋释智朋《偈颂》："向这里瓦解冰销，如水入水，似金博金。"

瓦砾　wǎ lì

【分类】政治

【关键词】何胤

【释义】破碎的砖头瓦片。形容荒废颓败的景象。喻蚶蛎，为咏饮食滋味之典。《南史·何胤传》："疑食蚶蛎，使门人议之。学生钟岏曰：'…不悴不荣，曾草木之不若，无馨无臭，与瓦砾其何算。故宜长充庖厨，永为口实。'"

【例句】唐钱起《片玉篇》"世人所贵惟燕石，美玉对之成瓦砾。"唐皮日休《南阳》："废路塌平残瓦砾，破坟耕出烂图书。"唐韩偓《味道》："如含瓦砾意何功，痴黠相兼似得中。"唐周匡物《及第后谢…》："试向昆山投瓦砾，便容灵沼濯埃尘。"

外臣　wài chén

【分类】政治

【关键词】仪礼

【释义】古代列国大夫和士对别国君主的自称。《仪礼·士相见礼》："凡自称于君…他国之人，则曰外臣。"亦指属国之臣、地方官吏。《史记·匈奴列传》："匈奴新破，困，宜可使为外臣，朝请于边。"或指方外之臣。喻隐居不仕者。《南齐书·明僧绍传》："太祖谓庆符曰：'卿兄高尚其事，亦尧之外臣。朕虽不相接，有时通梦。'"

【例句】唐卢照邻《元日述怀》："筮仕无中秩，耕有外臣。"唐权德舆《送袁中丞…》："上国洽恩波，外臣遵礼命。"唐任华《寄李白》："高歌大笑出关去，且向东山为外臣。"唐朱放《经故贺宾…》："已得归乡里，逍遥一外臣。"

外人那得知　wài rén nǎ dé zhī

【分类】生活

【关键词】王献之

【释义】用作称美父子书法皆工妙的典故。比喻事物局限于一定范围。《世说新语·品藻》："谢公问王子敬：'君书何如君家尊？'答曰：'固当不同。'公曰：'外人论殊不尔。'王曰：'外人那得知？'"

【例句】唐权德舆《马秀才草…》："忆昔谢安问献之，时人虽见那得知。"唐柳宗元《重赠》："如今试遣隈墙问，已道世人那得知。"五代花蕊夫人徐氏《述国亡诗》："君王城上竖降旗，妾在深宫那得知。"宋邵雍《林下吟》："林下一般奇，俗人那得知。"

剜肉补疮　wān ròu bǔ chuāng

【分类】政治

【关键词】聂夷中

【释义】剜：用刀挖取。疮：外伤。比喻只顾眼前，用有害的方法来救急。唐聂夷中《咏田家》："医得眼前疮，剜却心头肉。"

【例句】宋虞俦《成均同舍…》："拆东补西恐不免，剜肉医疮宁有极。"宋陈杰《读邸报》："战骨如山血未干，补疮遮眼肉都剜。"宋陈师道《追呼行》："青钱随赐费追呼，昔日剜疮今补肉。"宋释绍隆《偈》："彼既丈夫我亦尔，颖将好肉更剜疮。"宋释宗杲《偈颂》："谈玄说妙好肉剜疮，举古明今抛沙撒土。"

丸鼓　wán gǔ

【分类】生活

【关键词】史丹

【释义】以铜丸击鼓。喻帝王耽好声色、荒于政事。《汉书·史丹传》："或置鼙鼓殿下，天子自临轩槛上，隤铜丸以擿鼓，声中严鼓之节。"唐颜师古注："擿，投也。"

【例句】唐柳宗元《感遇》："徒嗟日沈湎，丸鼓骛奇音。"宋韦骧《和叔康首…》："更爱一时皆善和，声严鼓中隙丸。"宋韩驹《次韵李希…》："不见星桥开铁锁，似闻雷鼓落铜丸。"宋吕本中《昭君怨》："延寿无金翠钿销，铜丸擿鼓晚来朝。"

宛在水中央　wǎn zài shuǐ zhōng yāng

【分类】生活

【关键词】诗经

【释义】好像在水中央。表示对爱人的迷蒙思念之典。《诗经·国风·蒹葭》："溯游从之，宛在水中央。"

【例句】唐李康成《采莲曲》："翠钗红袖水中央，青荷莲子杂衣香，云起风生出路长。"唐殷尧藩《送客游吴》："吴国水中央，波涛白渺茫。"宋白玉蟾《春夏之交…》："莺语只闻花里面，鸥飞宛在水中央。"宋姚勉《瀛屿》："自是瀛洲近帝乡，孤峰宛在水中央。"

宛转　wǎn zhuǎn

【分类】文化

【关键词】诗品

【释义】谓含蓄曲折，委婉。南朝梁锺嵘《诗品》："范诗清便宛转，如流风迴雪。"形容声音抑扬动听。宋陈恕可《齐天乐·蝉》："琴丝宛转，弄几曲新声，几番凄惋。"

【例句】唐刘希夷《白头吟》："宛转蛾眉能几时，须臾白发乱如丝。"唐乔知之《和李侍郎…》："闺中宛转令若斯，谁能为报征人知。"唐皎然《陪颜使君…》："离歌犹宛转，归驭已踟蹰。"唐方干《叙雪寄喻凫》："从容不觉藏苔径，宛转偏宜傍柳丝。"

宛转蛾眉　wǎn zhuǎn é méi

【分类】生活

【关键词】白居易

【释义】漂亮的眼眉轻轻扬起。常用作美人的代称。唐白居易《长恨歌》："六军不发无奈何，宛转蛾眉马前死。"

【例句】唐刘希夷《代悲白头翁》："宛转娥眉能几时，须臾鹤发乱如丝。"宋贾云华《集唐绝句》："真成薄命久寻思，宛转蛾眉能几时。"明徐熥《马嵬驿》："蛾眉宛转倍堪怜，永别君恩赴九泉。"明李攀龙《遣侍儿》："孔雀双飞织素年，蛾眉宛转使君前。"

挽鹿车　wǎn lù chē

【分类】生活

【关键词】鲍宣妻

【释义】咏夫妻共守清苦生活之典。也用以咏妇贤良。《后汉书·鲍宣妻传》载：东汉鲍宣从妻父学，父奇其清苦，以女妻之，妆奁甚盛。宣妻曰："吾实贫贱，不敢当礼。"其妻乃将陪嫁服饰，归还娘家，更着短布裳，与宣共挽鹿车归乡里。

【例句】宋王十朋《宋孺人挽词》："鹿车共挽甘从鲍，熊胆亲调欲慕韩。"宋宋祁《寄郭仲微》："顾我偶陪螭陛立，无人并驾鹿车还。"宋蒲寿宬《鲍宣妻》："幡然弃旧习，布裙牵鹿车。"宋陆游《得赵昌甫…》："去国双蓬鬓，还山一鹿车。"

挽须　wǎn xū

【分类】生活

【关键词】杜甫

【释义】即拉扯胡须，写孩童天真之举。为咏天伦之乐之典。唐杜甫《北征》："生还对童稚，似欲忘饥渴。问事竞挽须，谁能即嗔喝。"

【例句】宋苏轼《庆源宣义…》："妻啼儿号刺史怒，时有野人来挽须。"宋陆游《定拆号日…》："挽须预想诸儿喜，倒指犹为五日留。"宋魏泰《荆门别张…》："零雨已回公旦驾，挽须聊听野王筝。"宋楼钥《送乐清姚…》："前席有期吾党喜，挽须无路邑人嗟。"

婉如游龙　wǎn rú yóu lóng

【分类】生活

【关键词】宋玉

【释义】咏美女优美舞姿之典。《昭明文选·战国楚宋玉〈神女赋〉》："步裔裔兮曜殿堂，忽兮改容，婉若游龙乘云翔。"形容神女体态柔美，动作轻盈。

【例句】唐李群玉《长沙九日…》："翩如兰苕翠，婉如游龙举。"唐韦应物《鼋头山神…》："精灵变态状无方，游龙转惊鸿翔。"宋郭祥正《次韵和元…》："皓腕翩翻雪藕丝，婉若游龙或惊鹜。"宋周行己《钟离中散…》："宛转或游龙，突兀忽峰峭。"

万宝成　wàn bǎo chéng

【分类】生活

【关键词】庄子

【释义】犹指各种作物至秋天而熟成。《庄子·庚桑楚》："夫春气发而百草生，正得秋而万宝成。夫春与秋，岂无得而然哉？天道已行矣。"《经典释文》："天地以万物为宝，至秋而成也。"

【例句】宋宋庠《次韵和张…》："圣旦千龄会，时功万宝成。"宋葛胜仲《寄献中散…》："吉月迎秋万宝成，充间瑞气降耆英。"宋吴泳《刘园九日…》："万宝新告成，百工亦休止。"宋杜范《龚叔虎秋…》："秋至万宝成，结束橘叶下。"

万乘相　wàn shèng xiàng

【分类】政治

【关键词】东方朔

【释义】指苏秦、张仪等战国时期纵横家，挂数国相印，车骑万乘。也泛指大国宰相。《汉书·东方朔列传》："苏秦、张仪一当万乘之主，而都卿相之位，泽及后世。"

【例句】唐韩愈《岳阳楼别…》："誓耕十亩田，不取万乘相。"宋刘敞《隐直近诣…》："虞卿万乘相，子房帝王师。"宋刘敞《泛舟》："何须万乘相，始辨鸥夷实。"元冯子振《赠铁脚刘…》："布衣一语动万乘，不识宰相为何官。"

万乘之国　wàn shèng zhī guó

【分类】政治

【关键词】孟子

【释义】泛指大国。《孟子·梁惠王》："万乘之国弑其君者，必千乘之家；千乘之国弑其君者，必百乘之家。"汉赵岐注："万乘，兵车万乘，谓天子也，千乘，诸侯也，夷羿之弑夏后，是以千乘取其万乘者也。"

【例句】唐宋之问《扈从登封…》："谷暗千旗出，山鸣万乘来。"唐上官婉儿《驾幸新丰…》："三冬季月景龙年，万乘观风出灞川。"唐贾岛《上邠宁邢…》："马走千蹄朝万乘，地分三郡拥双旌。"唐李翔《卫叔卿不…》："便回太华三峰路，不嘻咸阳万乘春。"

万石君　wàn dàn jūn

【分类】政治

【关键词】石奋

【释义】指西汉大臣石奋。源见"石奋"。

【例句】唐皮日休《游毛公坛》："敢道万石君，轻于一丝缕。"宋杨亿《欧阳使者…》："彩衣楚国老莱子，白首长安万石君。"宋范仲淹《和黄惣太…》："万石君贤再出麾，犹龙川上五歌时。"宋梅尧臣《送任太博…》："人言少保持家谨，载见西京万石君。"

万钉宝带　wàn dīng bǎo dài

【分类】政治

【关键词】杨素

【释义】皇帝赏赐功臣的贵重物品。借以称美贵官的荣显。《隋书·杨素传》："十八年，突厥达头可汗犯塞，以素为灵州道行军总管，出塞讨之…素奋击，大破之，达头被重创而遁…优诏褒扬，赐缣二万匹，及万钉宝带。"

【例句】宋欧阳修《子华学士…》："万钉宝带烂腰镮，赐宴新陪一笑欢。"宋范浚《悼致政楼…》："班衣五彩枢臣贵，宝带万钉天眷隆。"宋刘宰《赠沈术士…》:"万钉宝带诚堪羡,七字成诗喜欲狂。"宋陆游《次韵师伯…》:"万钉宝带知何用,九转金丹幸有闻。"

万壑千岩　wàn hè qiān yán
【分类】生态
【关键词】顾恺之
【释义】形容峰峦、山谷极多。《世说新语·言语》:"顾长康(恺之)从会稽还,人问山川之美,顾云:'千岩竞秀,万壑争流。'"
【例句】唐宋之问《称心寺》:"千岩递紫绕,万壑殊悠漫。"唐李白《送友人寻…》:"千岩泉洒露,万壑树萦回。"唐白居易《题岐王旧…》:"况当霁景凉风后,如在千岩万壑间。"唐罗隐《巫山高》:"人生对面犹异同,况在千岩万壑中。"

万斛泉源　wàn hú quán yuán
【分类】文化
【关键词】苏轼
【释义】斛:十斗。本指泉源丰富。后比喻文思敏捷。宋苏轼《文说》:"吾文如万斛泉源,不择地而出。"
【例句】宋释居简《龙井吊古》:"井龙孤蹋转空濛,万斛泉源忆长公。"宋薛嵎《为郑菊山…》:"万斛泉源在,非徒志秕糠。"清田雯《读东坡集》:"一代文章苏长公,泉源万斛自称雄。"清陈沂震《白雪楼》:"山色千寻常耸翠,泉源万斛自飞流。"

万斛舟　wàn hú zhōu
【分类】文化
【关键词】徐寅
【释义】本指装载量为万斛的大船。亦形容才能无处发挥或没有机会发挥。宋路振《九国志》:"王审知闻徐寅名,辟居幕下,寅不乐,一旦拂衣去,曰:'丈尺之水,前坡后堰,焉能容万斛之舟乎?'"
【例句】宋王灼《次韵何子…》:"周南底事苦淹留,杯水那容万斛舟。"宋苏轼《次韵子由…》:"我今心似一潭月,君已身如万斛舟。"宋苏轼《闻正辅表…》:"萧然三家步,横此万斛舟。"宋李之仪《又次子椿…》:"虚名漫托三春柳,实际须归万斛舟。"

万户侯　wàn hù hóu
【分类】政治
【关键词】李广
【释义】食邑万户以上,后来泛指高官贵爵。《史记·李将军列传》:"而文帝曰:'惜乎,子不遇时!如令子当高帝时,万户侯岂足道哉!'"
【例句】唐蔡孚《打毬篇》:"窦融一家三尚主,梁翼频封万户侯。"唐王昌龄《别陶副使…》:"宝刀留赠长相忆,当取戈船万户侯。"唐司空图《偶作》:"留侯万户虽无分,病骨应消一片山。"唐胡曾《赠渔者》:"不愧人间万户侯,子孙相继老扁舟。"

万机　wàn jī
【分类】政治
【关键词】王嘉
【释义】指当政者处理的各种重要事务。《汉书·王嘉传》:"臣闻咎繇戒帝舜曰:'亡敖佚欲有国,兢兢业业,一日二日万机。'"唐颜师古注:"言有国之人不可傲慢逸欲,但当戒慎危惧,以理万事之机也。"
【例句】唐沈佺期《和户部岑…》:"大君制六合,良佐参万机。"唐吴筠《览古》:"情扰万机屑,位骄四海尊。"唐李适《重阳日赐…》:"时此万机暇,适与佳节并。"唐李约《过华清宫》:"君王游乐万机轻,一曲霓裳四海兵。"

万里宝刀　wàn lǐ bǎo dāo
【分类】政治
【关键词】冯绲
【释义】咏勉励武将出征之典。《初学记·后汉后》:"武陵武溪蛮夷作难,诏遣车骑将军冯绲南征。绲表应奉金错刀一具。"《后汉书·应奉传》:"车骑将军冯绲以奉有威恩,为蛮夷所服,上请与俱征。拜从事中郎。"金错刀,刀柄错以黄金。
【例句】唐武元衡《送崔判官…》:"报主由来须尽敌,相期万里宝刀新。"宋刘敞《送刘泾州》:"腰间宝刀手中策,驰骛万里须努力。"明沈錬《古从军行》:"宝刀金甲披挂就,万长驱西破胡。"明赵完璧《塞下曲》:"万里胡天一宝刀,霜风透骨不知劳。"

万里桥　wàn lǐ qiáo
【分类】生态
【关键词】诸葛亮
【释义】成都万里桥。《元和郡县图志》:"万里桥架大江水,在(成都)县南八里。蜀使费祎聘吴,诸葛亮祖之。祎叹曰'万里之路始于此桥!'因以为名。"
【例句】唐杜甫《狂夫》:"万里桥西一草堂,百花潭水即沧浪。"唐杜甫《野望》:"西山白雪三年戍,南浦清江万里桥。"唐薛涛《和郭员外…》:"万里桥头独越吟,知凭文字写愁心。"聂绀弩《桥上有询…》:"万里桥兴天下小,千年楼死世夫哀。"

万马屯　wàn mǎ tún
【分类】政治
【关键词】胡仲参
【释义】意谓规模宏大或心潮澎湃。宋胡仲参《读秦纪》:"万雉云边万马屯,筑来直欲障胡尘。"陆游诗:"黑云塞空万马屯,转盼白雨如倾盆。"
【例句】宋梅尧臣《元日》:"却出苍龙阙,衣冠万马屯。"宋苏轼《雪浪石》:"太行西来万马屯,势与岱岳争雄尊。"宋陆游《五月十四…》:"黑云塞空万马屯,转盼白雨如倾盆。"聂绀弩《七夕》:"翻疑微月繁星际,只有吾心万马屯。"

万年觞　wàn nián shāng
【分类】政治

【关键词】中山诗话

【释义】"意谓敬酒祝愿长寿。为咏安边奏凯,朝见天子之典。《中山诗话》:"自唐以来,试进士诗,号省题。近年能诗者,亦时有佳句。蜀人杨谔《宣室受釐》落句云:'愿前明主席,一问洛阳人。'滕甫《西旅来王》云:'寒日边声断,春风塞草长。传闻汉去护,归奉万年觞。'""

【例句】唐梁周翰《禁林宴会…》》:"陪宴禁林知有幸,叩头遥祝万年觞。"宋刘敞《至日早起》:"至日应添一线长,汉仪忆奉万年觞。"宋许及之《刘正言讲…》:"措世规模岂小康,八荒寿域万年觞。"宋韩琦《元日雪》:"遥想九天排晓仗,六花吹入万年觞。"

万年枝 wàn nián zhī

【分类】政治

【关键词】何晏

【释义】指宫中的常青树。借指宫廷。《昭明文选·三国魏何晏〈景福殿赋〉》:"缀以万年,綷以紫榛。或以嘉名取宠,或以美材见珍。"唐李善注引《晋宫阁铭》:"华林园万年树十四株。"

【例句】唐上官仪《咏雪应诏》:"幸因千里映,还绕万年枝。"唐许景先《奉和御制…》:"瑞气朝浮五云阁,祥光夜吐万年枝。"唐钱起《同程九早…》:"腊雪初明柏子殿,春光欲上万年枝。"唐李嘉祐《江湖秋思》:"素浪遥疑太液水,青枫忽似万年枝。"

万窍 wàn qiào

【分类】生活

【关键词】风

【释义】自然界的千万洞窍。常以万窍发声形容风声。《庄子·齐物论》:"大块噫气,其名为风。是惟无作,作则万窍怒号。"

【例句】唐权德舆《奉使宜春…》:"万窍相怒号,百泉暗奔瀑。"唐陆龟蒙《杂讽》:"天之发遐籁,大小随万窍。"宋宋庠《送颍阴张…》:"月鼓千声叠,霜风万窍号。"宋朱熹《观刘氏山…》:"悲风号万窍,密雪变千林。"

万顷琉璃 wàn qǐng liú lí

【分类】生态

【关键词】杜甫

【释义】形容广阔的水面碧波闪烁。也形容都市建筑富丽堂皇的景色。唐杜甫《渼陂行》:"天地暗惨忽异色,碧波万顷堆琉璃。"

【例句】唐张碧《秋日登岳…》:"漫漫万顷铺琉璃,烟波阔远无鸟飞。"宋孔平仲《寄孙元忠》:"雷声忽送千峰雨,波光万顷堆琉璃。"宋白玉蟾《题武夷》:"山耸千层青翡翠,溪流万顷碧琉璃。"宋李纲《岳阳楼》:"琉璃万顷天同碧,翠黛一螺山更青。"

万顷之陂 wàn qǐng zhī bēi

【分类】政治

【关键词】黄宪

【释义】陂:池塘。非常广阔的池塘。比喻人的度量宽广。《世说新语·德行》:"叔度汪汪如万顷之陂,澄之不清,扰之不浊,其器深广,难测量也。"

【例句】唐岑参《送王著作…》:"湛湛万顷陂,森森千丈松。"唐刘长卿《题冤句宋…》:"洞澈万顷陂,昂藏千里骥。"唐李群玉《长沙陪裴…》:"共向柏台窥雅量,澄陂万顷见天和。"宋郑清之《再和戏黄…》:"陂澄万顷波,巢寄一枝木。"

万人敌 wàn rén dí

【分类】文化

【关键词】项羽

【释义】指学习书、剑、兵法等。《史记·项羽本纪》:"项籍少时,学书不成。去。学剑,又不成。项梁怒之。籍曰:'书足以记名姓而已。剑一人敌,不足学,学万人敌。'于是项梁乃教籍兵法,籍大喜,略知其意,又不肯竟学。"

【例句】唐李白《经乱离后…》:"剑非万人敌,文窃四海声。"唐郎士元《关羽祠送…》:"走马百战场,一剑万人敌。"唐杜牧《东兵长句》:"落雕都尉万人敌,黑槊将军一鸟轻。"宋刘敞《续杨十七…》:"庙堂诸公交口荐,天子亦称万人敌。"

万人英 wàn rén yīng

【分类】文化

【关键词】诗经

【释义】咏英才贤士之典。《诗经·国风·汾沮洳》:"彼其之子,美如英。美如英,殊异乎公行。"唐孔颖达疏:"《礼运注》云:'英,俊选之尤者。'则英是贤才绝异之称。此传及《尹文子》皆'万人为英'。《大戴礼·辨名记》云:'千人为英。'异人之说殊也。"

【例句】宋范仲淹《赠张先生》:"风尘三十六,未作万人英。"宋廖刚《燕陈观察…》:"皇华使者万人英,谁似青云稳致身。"宋刘克庄《丞相信庵…》:"自是乾坤间气生,吾犹识此万人英。"宋吴则礼《简翟密州》:"岂谓灌园三径老,来逢横槊万人英。"

万水千山 wàn shuǐ qiān shān

【分类】生活

【关键词】宋之问

【释义】形容山水之多,也喻路程艰险遥远。唐宋之问《至端州驿见杜五审言…慨然成咏》:"岂意南中歧路多,千山万水分乡县。"

【例句】唐戎昱《送吉州阎…》:"莫遣桃花迷客路,千山万水访君难。"唐高骈《入蜀》:"万水千山音信希,空劳魂梦到京畿。"唐张乔《寄维扬故人》:"离别河边绾柳条,千山万水玉人遥。"宋王同祖《严陵舟中》:"万水千山霁色新,临风一苇捷于神。"

万舞 wàn wǔ

【分类】生活

【关键词】诗经

【释义】古代的舞名。先是武舞，舞者手拿兵器；后是文舞，舞者手拿鸟羽和乐器。亦泛指舞蹈。《诗经·邶风·简兮》："简兮简兮，方将万舞。"汉毛传："以干羽为万舞，用之宗庙山川。"汉郑笺："以万者舞之总名，干戚与羽籥皆是，故云以干羽为万舞。"

【例句】唐不详《夕月乐章》："合吹八风金奏动，分容万舞玉鞘惊。"唐苏颋《广达楼下…》："酺来万舞群臣醉，喜戴千年圣主明。"唐令狐峘《释奠日国…》："万舞当华烛，箫韶入翠云。"唐不详《昭德舞歌》："两阶陈羽籥，万舞合宫商。"宋李新《相鹤轩》："钧天万舞知新奏，华表千年识故居。"

万玉来朝　wàn yù lái cháo

【分类】政治

【关键词】张说

【释义】"指属国首脑或使臣朝见天子。万玉，犹万国执玉。唐张说《舞马词六首》："万玉朝宗凤扆，千金率舞龙媒。""

【例句】宋李洪《十一月十…》："拂晓开闾阖，来朝万玉妃。"宋范郑仁《龙门行》："乘杓布政朝万玉，莫如洛宅当乾坤。"宋王安中《乙巳岁喜…》："三银阙涌云潢外，万玉妃朝月殿旁。"宋张良臣《次韵持上…》："长杨晓猎千戈肃，古棘春朝万玉寒。"

万灶　wàn zào

【分类】政治

【关键词】孙膑

【释义】形容大军云屯、万灶生烟的壮观面面。《史记·孙子》："孙子谓田忌曰：'…使齐军入魏地为十万灶，明日为五万灶，又明日为三万灶。'"

【例句】五代詹敦仁《余迁泉山…》："万灶貔貅戈甲散，千家罗绮管弦鸣。"宋苏轼《次韵穆父…》："令严钟鼓三更月，野宿貔貅万灶烟。"宋何基《送淮西左…》："万灶貔貅须宿饱，九州鸿雁要安居。"宋苏轼《次韵穆父…》："令严钟鼓三更月，野宿貔貅万灶烟。"

万钟禄　wàn zhōng lù

【分类】政治

【关键词】孟子

【释义】指优厚的俸禄。借指高官厚禄。《孟子·告子上》："万钟则不辨礼义而受之。万钟于我何加焉？为宫室之美、妻妾之奉、所识穷乏者得我与？"

【例句】唐魏徵《缺题五古诗》："终居天下宰，食此万钟禄。"唐皮日休《鲁望昨以…》："方知万钟禄，不博五湖船。"唐陆龟蒙《自和次前韵》："此地家三户，何人禄万钟。"宋章得象《题山宫法…》："分持皂盖歌千骑，人冠黄扉禄万钟。"

亡秦非胡　wáng qín fēi hú

【分类】政治

【关键词】秦始皇

【释义】指秦始皇误以为谶语"亡秦者胡也"是指北方的匈奴，实际是胡亥，秦二世名。《史记·秦始皇本纪》："燕人卢生使入海还，以鬼神事，因奏录图书，曰：'亡秦者胡也'。始皇乃使将军蒙恬发兵三十万人北击胡。"

【例句】唐王翰《饮马长城…》："秦王筑城何太愚，天实亡秦非北胡。"宋刘克庄《二世》："亡秦天告由胡亥，非谓长城外有胡。"宋王十朋《二世》："始皇一怒逐扶苏，天欲亡秦果在胡。"元王冕《读史》："亡秦未必非胡亥，灭赵终然是郭开。"

亡羊补牢　wáng yáng bǔ láo

【分类】政治

【关键词】战国策

【释义】比喻事情出了差错，及时设法补救。《战国策·楚策》："庄辛对曰：'臣闻鄙语曰：见兔而顾犬，未为晚也；亡羊而补牢，未为迟也。臣闻昔汤、武以百里昌，桀、纣以天下亡。今楚国虽小，绝长续短，犹以数千里，岂特百里哉？'"

【例句】唐寒山《诗三百》："亡羊罢补牢，失岂终无极。"唐周昙《庄辛》："见兔必能知顾犬，亡羊补栈未为迟。"宋苏轼《送公为游》："读书莫学流麦士，挟策莫比亡羊人。"宋陆游《晓出南山》："亡羊未恨补牢晚，搏虎深知攘臂非。"

亡羊路　wáng yáng lù

【分类】政治

【关键词】列子

【释义】指歧路。源见"歧路亡羊"。

【例句】唐姚係《京西遇旧…》："相逢与相失，共是亡羊路。"唐张祜《偶作》："南穷海徼北天涯，惆怅亡羊是路歧。"唐徐铉《和江西萧…》："亡羊岐路愧司南，二纪穷通聚散三。"宋贺铸《得周元翁…》："官身为米自南北，世路亡羊无古今。"

亡珠　wáng zhū

【分类】文化

【关键词】伍子胥

【释义】咏伍子胥亡奔的典故。形容随机应变。《韩非子·说林》："子胥出走，边候得之。子胥曰：'上索我者，以我有美珠也。今我已亡之矣，我且曰，子取吞之。'候因释之。"

【例句】唐骆宾王《夕次旧吴》："悬剑空留信，亡珠尚识机。"唐吴融《败帘六韵》："零落亡珠缀，殷勤谢玉钩。"宋杨万里《送药者陈…》："也只不离神农书，书外别得一亡珠。"宋薛季宣《兄子象先…》："明珠以弹雀，得雀亦亡珠。"

王霸思隐　wáng bà sī yǐn

【分类】政治

【关键词】王霸

【释义】咏守志归隐之典。《后汉书·王霸传》："王霸字儒仲…建武中，征到尚书，拜称名，不称臣。有司问其故，霸曰：'天子有所不臣，诸侯有所不友。'…以病归。隐居守志,茅屋蓬户。连征不至,以寿终。"

【例句】唐李顾《答高三十…》:"韩康虽复在人间,王霸终思隐岩窦。"宋田锡《登郡楼望…》:"先生能保孤高节,英主尝师王霸才。"宋石介《安道登茂…》:"嗟哉浮薄流,不知王霸略。"宋苏辙《四十一岁…》:"少年读书不晓事,坐谈王霸了不疑。"

王褒 wáng bāo
【分类】文化
【关键词】王褒
【释义】字子渊,西汉著名辞赋家,与扬雄并称渊云。《汉书·王褒》:"褒既为刺史作颂,又作其传,益州刺史因奏褒有轶材。"
【例句】唐欧阳詹《咏德上太…》:"王褒见德空知颂,身在三千最上头。"唐刘禹锡《逢王十二…》:"定知报报淮南诏,促召王褒入九重。"唐李德裕《雨中自秘…》:"王褒轶材晚始入,宫女已能传洞箫。"宋梅尧臣《和公仪龙…》:"丁令再归移岁月,王褒端为约僮奴。"

王褒雅音 wáng bāo yǎ yīn
【分类】文化
【关键词】王褒
【释义】指王褒作《中和》《乐职》《宣布诗》,并依《鹿鸣》之声而歌一事。《汉书·王褒》:"益州刺史王襄欲宣风化于众庶…使褒作《中和》《乐职》《宣布诗》,选好事者令依《鹿鸣》之声习而歌之。"
【例句】唐李峤《箫》:"虞舜调清管,王褒赋雅音。"五代宋齐丘《陪华林园…》:"因逢淑景开佳宴,为出花奴奏雅音。"宋田锡《紫云曲》:"应是夔襄乐府魂,翻得雅音闻至尊。"宋韩琦《次韵答提…》:"复听雅音清聩耳,爱居谁辨九韶和。"

王勃 wáng bó
【分类】文化
【关键词】王勃
【释义】唐代文学家,初唐四杰之一。《旧唐书·王勃》:"王勃字子安…上元二年,勃往交趾省父,道出江中,为采莲赋以见意,其辞甚美。"
【例句】宋强至《送傅公辟…》:"那待韩公来属国,无劳王勃写雄辞。"宋喻良能《九日鞠狱…》:"牧之秋浦峰头饮,王勃南昌阁上吟。"宋喻良能《彦礼提宫…》:"王勃挥毫滕阁上,苏仙把酒华山巅。"宋释居简《偈颂》:"末代只看王勃记,何殊癯鹤紫阳铭。"

王粲 wáng càn
【分类】文化
【关键词】王粲
【释义】喻才子、诗人或幕宾。王粲,字仲宣。东汉末年文学家,建安七子之一。少为蔡邕所赏识。深得曹氏父子信赖,赐爵关内侯。随曹操南征孙权,病逝途中。《三国志·王粲传》:"性善算,作算术,略尽其理。善属文,举笔便成,无所改定,时人常以为宿构;然正复精意覃思,亦不能加也。著诗、赋、论、议垂六十篇。"
【例句】唐卢纶《秋中过独…》:"帝里诸亲别来久,岂知王粲爱樵渔。"唐权德舆《和司门殷…》:"共嗟王粲滞荆州,才子为郎忆旧游。"唐韦庄《江边吟》:"若有片帆归去好,可堪重倚仲宣楼。"唐高适《答侯少府》:"吾党谢王粲,群贤推部诜。"唐高适《送浑将军…》:"远别无轻绕朝策,平戎早寄仲宣诗。"唐钱起《过张成侍…》:"从军谁谓仲宣乐,入室方知颜子贫。"

王粲登楼 wáng càn dēng lóu
【分类】文化
【关键词】王粲
【释义】汉末天下大乱,王粲避战祸来到荆州,写下名篇《登楼赋》,以抒发感时怀乡之情。后用作咏叹流落他乡失意怀土的典故,多用以表示滞留荆楚意。《昭明文选·〈登楼赋〉》:"登兹楼以四望兮,聊暇日以销忧…情眷眷以怀旧兮,孰忧思之可任。"
【例句】唐太易《赠司空拾遗》:"陈琳草奏才还在,王粲登楼兴未赊。"唐戴叔伦《赠司空拾遗》:"陈琳草奏才还在,王粲登楼兴不赊。"唐杜甫《夜雨》:"天寒出巫峡,醉别仲宣楼。"宋黄庭坚《呈王明复…》:"陈遵投辖情何厚,王粲登楼兴未阑。"宋陈与义《赠漳州守…》:"王粲登楼还感慨,纪瞻赴召欲逡巡。"

王粲诗 wáng càn shī
【分类】文化
【关键词】王粲
【释义】形容水平较高的诗词。《文心雕龙·才略》:"仲宣溢才,捷而能密,文多兼善,辞少瑕累,摘其诗赋,列七子之冠冕乎?"
【例句】唐钱起《赋得青城…》:"星台二妙逐王师,阮瑀军书王粲诗。"宋陆游《赠径山铦…》:"奕奕挥毫王粲诗,翩翩插羽陈琳檄。"元刘基《丙申岁十…》:"黍苗处处思阴雨,王粲诗成损肺肝。"明方献夫《寄同年孟…》:"阳城论出终违阙,王粲诗成独倚楼。"

王粲滞荆州 wáng càn zhì jīng zhōu
【分类】生活
【关键词】王粲
【释义】指士不得志,久滞异乡。源见"王粲登楼"。
【例句】唐杜甫《赠王二十…》:"接舆还入楚,王粲不归秦。"唐权德舆《和司门殷…》:"共嗟王粲滞荆州,才子为郎忆旧游。"明欧大任《同纯伯华…》:"故国山川一回首,赋成宁似滞荆州。"明郑学醇《王粲》:"世路干戈满目愁,王孙犹自滞荆州。"

王昌 wáng chāng
【分类】文化
【关键词】王昌
【释义】即东家王昌,诗词中常与宋玉并列,魏晋南北朝时人。唐乐府诗歌中的洛阳女儿莫愁倾慕于王昌。南北朝梁武帝萧衍《河中之水歌》:"人生富贵何所望,恨不嫁与东家王。"

【例句】唐上官仪《和太尉戏…》:"南国自然胜掌上,东家复是忆王昌。"唐乔知之《和李侍郎…》:"自矜夫婿胜王昌,三十曾作侍中郎。"唐崔颢《王家少妇》:"十五嫁王昌,盈盈入画堂。"唐王维《杂诗》:"王昌是东舍,宋玉次西家。"

王城 wáng chéng

【分类】政治

【关键词】汉书

【释义】位于周代洛邑城西。东面是成周,是宗庙之所在。西面是王城,是宫寝之所在。王城为周成王时周公所筑。在今河南洛阳市王城公园一带,在涧水之东、瀍水之西。《汉书·地理志》河南郡河南县:"故郏鄏地。周武王迁九鼎,周公致太平,营以为都,是为王城,至平王居之。"泛指国都。

【例句】唐宋之问《龙门应制》:"凿龙近出王城外,羽从琳琅拥轩盖。"唐卢纶《宿石瓮寺》:"昏霭雾中悲世界,曙霞光里见王城。"唐刘禹锡《洛中送杨…》:"王城晓入窥丹凤,蜀路晴来见碧鸡。"聂绀弩《悠然五十八》:"一杖随身细,王城信所之。"

王充作论 wáng chōng zuò lùn

【分类】文化

【关键词】王充

【释义】咏学者著述之典。《后汉书·王充传》:"充好论说,始若诡异,终有理实。以为俗儒守文,多失其真,乃闭门潜思,绝庆吊之礼,户牖墙壁各置刀笔。著《论衡》八十五篇,二十余万言,释物类同异,证时俗嫌疑。"

【例句】唐李峤《砚》:"左思裁赋日,王充作论年。"唐王维《春日与裴…》:"闭户著书多岁月,种松皆老作龙鳞。"宋赵汝谠《勉绳武王生》:"家世才名著论衡,君今正好继前程。"明于鉴之《杂感》:"宁从赵晔探诗细,不向王充索论衡。"

王导公忠 wáng dǎo gōng zhōng

【分类】政治

【关键词】王导

【释义】咏忠臣之典。《晋书·王导传》:"王导字茂弘…每劝帝克己励节,匡主宁邦。于是尤见委杖,情好日隆,朝野倾心,号为'仲父'。帝尝从容谓导曰:'卿,吾之萧何也。'…王敦之反也,刘隗劝帝悉诛王氏,论者为之危心。帝以导忠节有素,特还朝服,召见之。"

【例句】唐韦庄《闻官军继…》:"已有孔明传将略,更闻王导得神机。"宋李纲《陈几以…》:"君看王导虽贤者,不语犹能杀伯仁。"宋苏籀《舟中怀古》:"山河异境伤王导,云海高翔羡管宁。"宋魏宪叔《赠魏宪》:"中兴事业须王导,拨乱韬钤要孔明。"

王公 wáng gōng

【分类】政治

【关键词】周礼

【释义】天子、诸侯。泛指达官贵人。《周礼·考工记序》:"坐而论道,谓之王公。"汉郑玄注:"天子、诸侯。"《荀子·修身》:"志意修则骄富贵,道义重则轻王公。"

【例句】唐沈佺期《守岁应制》:"天子迎春取今夜,王公献寿用明朝。"唐司空图《狂题》:"世间第一风流事,借得王公玉枕痕。"唐李洞《赠僧》:"不羡王公与贵人,唯将云鹤自相亲。"聂绀弩《无题柴韵诗》:"不管何时解放台,王公且喜不重来。"

王恭鹤氅 wáng gōng hè chǎng

【分类】文化

【关键词】王恭

【释义】形容人的仪态、服饰美好。《世说新语·企羡》:"孟昶未达时,家在京口。尝见王恭乘高舆,被鹤氅裘。于时微雪,昶于篱间窥之,叹曰:'此真神仙中人!'"鹤氅:有仙鹤图案的大衣。

【例句】唐李白《酬殷明佐…》:"相如不足夸鹔鹴,王恭鹤氅安可方?"唐徐夤《山寺寓居》:"披缁学佛应无分,鹤氅谈空亦不妨。"唐孙元晏《王恭》:"春风濯濯柳容仪,鹤氅神情举世推。"宋苏轼《竹阁见忆》:"但遣先生披鹤氅,不须更画乐天真。"

王恭柳 wáng gōng liǔ

【分类】文化

【关键词】王恭

【释义】形容美容仪的男子。赞人姿仪俊美。《晋书·王恭传》:"恭美姿仪,人人爱悦。或目之云:'濯濯如春月柳。'"

【例句】唐李商隐《行至金牛…》:"诸生个个王恭柳,从事人人庾杲莲。"唐谢逸《怀吕聘君》:"和峤松森森,王恭柳濯濯。"宋郑测《闲居即事》:"柳似王恭殊濯濯,蝶疑庄叟自蓬蓬。"清叶方蔼《江上偶成》:"江外余霞怜谢朓,柳边新月想王恭。"

王侯宁有种 wáng hóu nìng yǒu zhǒng

【分类】政治

【关键词】陈胜

【释义】表示人若有雄心有抱负,就能做出一番事业。《史记·陈涉世家》:"召令徒属曰:'公等遇雨,皆已失期,失期当斩。藉弟令毋斩,而戍死者固十六七。且壮士不死即已,死即举大名耳,王侯将相宁有种乎!'徒属皆曰:'敬受命。'"

【例句】唐骆宾王《艳情代郭…》:"莫言贫贱无人重,莫言富贵应须种。"唐刘禹锡《武夫词》:"犹思风尘起,无种取侯王。"宋王安石《读眉山集…》:"一一照肌宁有种,纷纷迷眼为谁花。"宋陈渊《再和李伯…》:"时来将相宁有种,卫青故是民家奴。"

王徽之　wáng huī zhī
【分类】文化
【关键词】王徽之
【释义】字子猷,东晋名士、书法家,书圣王羲之第五子。曾历任车骑参军、黄门侍郎,但生性高傲,放诞不羁。《晋书·王徽之》:"徽之字子猷。性卓荦不羁…又为车骑桓冲骑兵参军,冲问:'卿署何曹?'对曰:'似是马曹。'又问:'管几马?'曰:'不知马,何由知数!'又问:'马比死多少?'曰:'未知生,焉知死!'"
【例句】唐李端《戏赠韩判…》:"独怪子猷缘掌马,雪时不肯更乘舟。"唐李端《旅舍对雪…》:"独望徽之棹,青山在雪中。"唐方干《又叙雪寄…》:"此时明径无行迹,唯望徽之问寂寥。"唐田娥《寄远》:"难为子猷志,虚负文君名。"唐徐夤《夜》:"剡川雪满子猷去,汉殿月生王母来。"宋贺铸《追和杜仲…》:"老狂能似徽之辈,借宅犹应乞竹栽。"

王会篇　wáng huì piān
【分类】政治
【关键词】南蛮
【释义】咏边地朝贺天朝之典。《旧唐书·南蛮传》:"中书侍郎颜师古奏言:'昔周武王时,天下太平,远国归款,周史乃书其事为《王会篇》。'"《容斋随笔·汲冢周书》:"王会篇皆大会诸侯及四夷事。"
【例句】唐柳宗元《南省转牒…》:"南宫有意求遗俗,试检周书王会篇。"宋陆游《长歌行》:"黄头汝小丑,污我王会篇。"明归有光《题异兽图》:"周史独著王会篇,睢肝百怪来殊庭。"清舒位《东谢蛮》:"分明山海图经赞,那拟周书王会篇。"

王吉归乡　wáng jí guī xiāng
【分类】政治
【关键词】王吉
【释义】不得其志而退隐之典。《后汉·王吉传》:"复征为博士谏大夫。是时宣帝颇修武帝故事,宫室车服盛于昭帝…而上躬亲政事,任用能吏。吉上疏言得失…上以其言迂阔,不甚宠异也。吉遂谢病归琅邪。"
【例句】唐李华《杂诗》:"王吉归乡里,甘心长闭关。"宋陈普《张敞》:"黄霸功臧王吉老,五日京兆得偷闲。"

王吉去妇　wáng jí qù fù
【分类】政治
【关键词】王吉
【释义】指王吉因妻子自取东临枣而休弃之。《汉书·王吉传》:"里中为之语曰:'东家有树,王阳妇去;东家枣完,去妇复还。'"
【例句】唐戴叔伦《去归怨》:"忽辞王吉去,为是秋风死。"宋邵定翁《姑恶》:"道与外人人转疑,去妇何尝说姑夸。"元赵半间《去妇词》:"落叶不返柯,去妇无归年。"明刘泰《买臣负薪图》:"千载荣归怜去妇,低回羞过覆盆桥。"

王季友兄　wáng jì yǒu xiōng
【分类】生活
【关键词】吴太伯
【释义】咏兄弟谦让王位之典。源见"泰伯让"。
【例句】唐张说《奉和圣制…》:"帝尧敦族礼,王季友兄心。"宋苏颂《王子直挽辞》:"友尜成雅志,不朽是文章。"宋林经德《挽胡季昭》:"书云惟孝友兄弟,臣罪当诛王圣明。"清钱载《里中》:"里中朋友兄怜弟,泉下朱陈祝与王。"

王济尚味　wáng jì shàng wèi
【分类】生活
【关键词】王济
【释义】咏豪华奢侈之典。《晋书·王济传》:"性豪侈,丽服玉食…帝常幸其宅,供馔甚丰,悉贮琉璃器中。蒸肫甚美,帝问其故,答曰:'以人乳蒸之。'帝色甚不平,食未毕而去。"
【例句】唐刘禹锡《崔元受少…》:"王济本尚味,石崇方斗奢。"宋陈长方《边公明尽…》:"又不见王济春醪人抱瓮,盈缶蒸豚溃人乳。"清弘历《千里湖》:"菟羹从未下盐豉,王济何须称酪奴。"清舒云逵《题船山先…》:"王济只解纵浮奢,支公始是怜神骏。"

王绩醉乡　wáng jī zuì xiāng
【分类】生活
【关键词】王绩
【释义】咏饮酒之典,或形容酒醉的境趣。《新唐书·王绩传》:"王绩字无功…著《醉乡记》以次刘伶《酒德颂》。其饮至五斗不乱,人有以酒邀者,无贵贱辄往,著《五斗先生传》。"
【例句】唐汪遵《屈祠》:"不肯迂回入醉乡,乍吞忠梗没沧浪。"唐薛逢《悼古》:"闲事与时俱不了,且将身暂醉乡游。"宋黄庭坚《谢答闻善…》:"身入醉乡无畔岸,心与欢伯为友朋。"宋苏轼《次韵王定…》:"诗无定律君应将,醉有真乡我可侯。"

王剪在频阳　wáng jiǎn zài pín yáng
【分类】政治
【关键词】王剪
【释义】指秦将王剪因秦始皇未采纳其计策而归老频阳。《史记·白起王剪列传》:"遂使李信及蒙恬将二十万南伐荆。王剪言不用,因谢病,归老于频阳。"
【例句】唐杨巨源《赠张将军》:"知爱鲁连归海上,肯令王剪在频阳。"明梁清标《喜迁莺》:"王剪频阳再起,裴度怀西重见。"明屈大均《有怀富平…》:"王剪旧频阳,寻君道路长。"

王浚爱旌旗　wáng jùn ài jīng qí
【分类】生活
【关键词】王浚
【释义】用作咏远大志向的典故。《晋书·王浚传》:"浚(即王濬)…晚乃变节,疏通亮达,恢廓有大志。尝起宅,开门前路广数十步。人或谓之何太过,浚曰:'吾欲使容长戟幡旗。'"

【例句】唐杨巨源《题赵孟庄》:"王浚爱旌旗,梁竦劳州县。"清杨圻《南昌军幕…》:"王浚旌旗趋建业,庾公兵马在荆州。"宋史浩《与谢守殿撰》:"兵卫旌旗真冗长,门迎车马谩喧啾。"元郭钰《晚过山庄》:"香火氤氲王子庙,旌旗明灭长官衙。"

王浚筏 wáng jùn fá
【分类】政治
【关键词】王浚
【释义】咏晋军伐吴的典故。《晋书·王浚传》:"浚乃作大筏数十,亦方百余步…筏遇铁锥,锥辄著筏去。又作火炬,长十余丈,大数十围,灌以麻油,在船前,遇锁,然炬烧之,须臾,融液断绝,于是船无所碍。"

【例句】唐殷尧藩《送白舍人…》:"横锁已沉王浚筏,投鞭难阻谢玄兵。"明史谨《送白舍人…》:"横锁已沈王浚筏,投鞭难阻谢玄兵。"

王郎健笔 wáng láng jiàn bǐ
【分类】文化
【关键词】王勃
【释义】咏文才出众健笔凌云之典。《新唐书·王勃传》:"勃过钟陵,九月九日,都督大宴滕王阁,宿命其婿作序,以夸客…至勃,抗然不辞。都督怒,起更衣,遣吏伺其文辄报,一再报,语益奇,乃瞿然曰:'天才也。'"

【例句】唐杜甫《戏为六绝句》:"庾信文章老更成,凌云健笔意纵横。"唐羊士谔《西川独孤…》:"草檄清油催健笔,曳裾黄阁耸危冠。"宋辛弃疾《贺新郎》:"王郎健笔夸翘楚。到如今,落霞孤鹜,竞传佳句。"明张弼《红梅赠萧…》:"王郎健笔间造化,领将红紫一番新。"

王良 wáng liáng
【分类】文化
【关键词】马
【释义】春秋时之善驭马者。《孟子·滕文公下》:"昔者赵简子使王良与嬖奚乘…或以告王良,良曰:'请复之。'强而后可,一朝而获十禽,嬖奚反命曰:'天下之良工也。'"

【例句】唐杜甫《天育骠骑歌》:"如今岂无騕褭与骅骝,时无王良伯乐死即休。"唐鲍防《元日早朝行》:"师旷应律调黄钟,王良运策调时龙。"唐窦庠《酬谢韦卿…》:"莫恨伏辕身未老,会将筋力事王良。"聂绀弩《马号》:"王良造父九方皋,造次相逢瑞雪飘。"

王良执辔 wáng liáng zhí pèi
【分类】生活
【关键词】王良
【释义】咏善驭之典。《淮南子·览冥训》:"昔者王良、造父之御也,上车摄辔,马为整齐而敛谐,投足调均,劳逸若一,心怡气和,体便轻毕,安劳若乐,驰鹜若灭,左右若鞭,周旋若环。世皆以为巧。"

【例句】唐王维《夷门歌》:"公子为嬴停驷马,执辔愈恭意愈下。"唐韩愈《驽骥赠欧…》:"王良执其辔,造父夹其辀。"唐皮日休《鲁望昨以…》:"良御非异马,由弓非他弦。"唐曹唐《病马五首》:"王良若许相抬策,千里追风也不难。"宋彭汝砺《送叶亨仲》:"王良仅可使执辔,祖逖岂容争着鞭。"宋王曾《献金陵牧…》:"自知毛骨还应异,更请王良子细看。"

王烈成仙 wáng liè chéng xiān
【分类】文化
【关键词】王烈
【释义】咏仙道之典。《神仙传·王烈》:"王烈者,字长休…常服黄精及铅,年三百三十八岁犹有少容,登山历险,行步如飞。"又按《神仙经》云:'神山五百年辄开,其中石髓出,得而服之,寿与天相毕。'烈前得者必是也。"

【例句】唐王绩《游仙》:"蔡денко新学道,王烈旧成仙。"唐罗隐《圣真观刘…》:"山薮师王烈,簪缨友戴颙。"宋苏轼《石芝并引》:"亦知洞府嘲轻脱,终胜嵇康羡王烈。"元张雨《煮石窝》:"王烈犹餐髓,初平枉叱羊。"明顾璘《入山》:"不知王烈在何许,明朝可逢石髓尝。"

王陵戆 wáng líng gàng
【分类】政治
【关键词】王陵
【释义】王陵,汉初大臣。吕后欲王诸吕,陵直言不可。后以王陵戆谓大臣刚直不阿。《史记·高祖本纪》:"上曰:'王陵可。然陵少戆,陈平可以助之。陈平智有余,然难以独任。周勃重厚少文,然安刘氏者必勃也,可令为太尉。'"

【例句】唐张九龄《登荆州城楼》:"直似王陵戆,非如宁武愚。"唐许浑《维舟秦淮…》:"代有王陵戆,时无靳尚谗。"宋陆游《家酿颇劲…》:"鼎来虽恨王陵戆,熟味方知孟子醇。"明冯琦《壬辰书事…》:"庭蓄留侯策,帝厌王陵戆。"清弘历《曲逆故城》:"最怜王陵戆,终逊陈平谲。"

王莽谦恭 wáng mǎng qiān gōng
【分类】政治
【关键词】王莽
【释义】喻以伪善骗取信任。《汉书·王莽传上》:"事母及寡嫂,养孤兄子,行甚敕备…世父大将军王凤病,莽侍疾,亲尝药,乱首垢面,不解衣带连月。"

【例句】唐白居易《放言》:"周公恐惧流言日,王莽谦恭未篡时。"明苏葵《过十八滩》:"王莽谦恭下贤士,温州之子恒嬉嬉。"清吴应造《有感》:"假若生前堪论定,谦恭王莽孝廉曹。"

王枚 wáng méi
【分类】文化
【关键词】王褒枚乘
【释义】西汉辞赋家枚乘和王褒,二者均因文才得皇帝恩宠。《汉书·王褒》：" 益州刺史因奏褒有轶材。上乃徵褒。"《汉书·枚乘列传》：" 梁客皆善属辞赋，乘尤高。"

【例句】唐李适《奉和圣制…》：" 王枚俱得从，浅浅愧飞毫。" 唐武平一《奉和幸新…》：" 谬忝王枚列，多惭雨露恩。"

王濛市帽　wáng méng shì mào
【分类】生活
【关键词】王濛
【释义】比喻男士因为姿容俊美而受到馈赠。《晋书·王濛传》：" 王濛字仲祖…居贫，帽败，自入市买之，妪悦其貌，遗以新帽，时人以为达。"
【例句】唐段成式《和周繇见嘲》：" 防梭齿虽在，乞帽鬓惭斑。"宋张嵲《送人赴阙》：" 屡赏王濛语，宁遗赵壹贫。"宋楼钥《吴少由惠…》：" 江左一世称名公，首出刘恢与王濛。"宋陈普《殷浩》：" 王濛谢尚不堪论，庾翼桓温亦浪言。"

王猛卖畚　wáng měng mài běn
【分类】生活
【关键词】王猛
【释义】指贤士贫贱或士子雅逸。《晋书·王猛传》：" 王猛字景略…尝货畚于洛阳，乃有一人贵买其畚，而云无直，自言家去此无远，可随我取直…父老曰：' 王公何缘拜也？' 乃十倍偿畚直，遣人送之。猛既出，顾视，乃嵩高山也。"
【例句】唐李白《留别王司…》：" 呼鹰过上蔡，卖畚向嵩岑。"唐储光羲《田家杂兴》：" 去家行卖畚，留滞南阳郭。"唐罗隐《南园题》：" 病怜王猛畚，愚笑隗嚣泥。"明欧大任《偃师东寄…》：" 二室我游能卖畚，五湖君去但持竿。"

王母蟠桃　wáng mǔ pán táo
【分类】文化
【关键词】汉武帝
【释义】咏仙桃或仙境之典，多用于祝寿。《汉武帝内传》：" 以玉盘盛鲜桃七颗…桃味甘美，口有盈味。帝食辄收其核，王母问帝，帝曰：' 欲种之。'母曰：' 此桃三千年一生实，中夏地薄，种之不生。'帝乃止。"
【例句】唐李康成《玉华仙子歌》：" 仙娥桂树长自春，王母桃花未尝落。"唐庄南杰《伤歌行》：" 王母夭桃一度开，玉楼红粉千回变。"唐罗公远《大还丹口诀》：" 曾观东海几回变，数度曾偷王母桃。"唐李康成《玉华仙子歌》：" 仙娥桂树长自春，王母桃花未尝落。"

王母使者　wáng mǔ shǐ zhě
【分类】文化
【关键词】陶渊明
【释义】神话传说中的鸟名。为西王母所使。晋陶渊明《读山海经诗》：" 朝为王母使，暮归三危山。"
【例句】唐张易之《奉和圣制…》：" 青鸟白云王母使，垂藤断葛野人心。"宋汪莘《满江红》：" 五柳爱寻王母使，三闾好作湘妃曲。"元揭傒斯《长春宫》：" 应逢王母使，持此献蟠桃。"明袁宏道《余友黄鹄…》：" 云里快呼王母使，雪中愁上藁砧山。"

王倪　wáng ní
【分类】文化
【关键词】庄子
【释义】尧时贤人，啮缺之师。《庄子·应帝王》：" 啮缺问于王倪，四问而四不知。啮缺因跃而大喜，行以告蒲衣子。"
【例句】唐李隆基《诗送玄静…》：" 默受王倪道，逾深尹喜师。"明虞淳熙《中秋西湖…》：" 占应传太史，道或问王倪。"明区大相《寒夜董玄…》：" 伯牙遇钟期，王倪逢列缺。"聂绀弩《除夕奉怀》：" 问题端在几篇诗，三问王倪四不知。"

王裒泪　wáng póu lèi
【分类】生活
【关键词】王裒
【释义】喻指悼念亡亲。源见" 攀柏"。
【例句】宋陈与义《陈叔易学…》：" 卢壶要传纱缦业，王裒忽废蓼莪篇。"宋陈普《王裒》：" 尚余泪染无枝树，撑拄乾坤直到今。"元刘崧《宫墙树》：" 枝间岂少王裒泪，土中定有苌弘血。"明倪岳《挽汪庶子…》：" 武穆有冤皆切齿，王裒无泪不伤心。"

王气　wáng qì
【分类】政治
【关键词】汉光武帝
【释义】指象征帝王运数的祥瑞之气。《东观汉记·光武帝纪》：" 望气者言，舂陵城中有喜气，曰：' 美哉王气，郁郁葱葱。'"
【例句】唐包佶《再过金陵》：" 玉树歌终王气收，雁行高送石城秋。"唐刘商《姑苏怀古…》：" 王道潜隳伍员死，可叹斗间瞻王气。"唐刘禹锡《西塞山怀古》：" 王濬楼船下益州，金陵王气黯然收。"唐罗隐《金陵夜泊》：" 地销王气波声急，山带秋阴树影空。"

王乔凫舃　wáng qiáo fú xì
【分类】文化
【关键词】王乔
【释义】喻仙人或地方官的行踪。《后汉书·王乔传》：" 每月朔望，常自县诣台朝…言其临至，辄有双凫从东南飞来。于是候凫至，举罗张之，但得一只舃焉。乃诏尚方诊视，则四年中所赐尚书官属履也。"
【例句】唐李峤《凫》：" 李陵赋诗罢，王乔曳舃来。"唐徐彦伯《饯唐永昌》：" 金溪碧水玉潭沙，凫舃翩翩弄日华。"唐岑参《送宇文舍…》：" 双凫出未央，千里过河阳。"唐严都《拟送贺秘…》：" 还蹑旧衣凫舃去，不将新赐鹤书归。"唐李白《赠王汉阳》：" 犹乘飞凫舃，尚识仙人面。"唐杜甫《七月一日…》：" 看君宜著王乔履，真赐还疑出尚方。"

王乔鹤　wáng qiáo hè
【分类】文化

【关键词】王子乔

【释义】指仙鹤。喻洒脱不凡之人。源见"王乔控鹤"。

【例句】唐杜甫《观李固请…》:"范蠡舟扁小,王乔鹤不群。"元张昱《王无伪仙…》:"仙翁高风何所喻,天垣月映王乔鹤。"明郑真《元宵中都…》:"云天杳杳王乔鹤,草屋栖栖祖逖鸡。"明罗洪先《玉笛歌赠…》:"他年台上听吹笙,不知谁识王乔鹤。"

王乔控鹤　wáng qiáo kòng hè

【分类】文化

【关键词】王子乔

【释义】喻得道成仙。《列仙传·王子乔》:"王子乔者,周灵王太子晋也。好吹笙,作凤凰鸣。游伊洛间,道士浮丘公接上嵩高山。三十余年后,求之于山上,见桓良曰:'告我家:七月七日待我于缑氏山巅。'至时,果乘鹤驻山头,望之不可到。举手谢时人,数日而去。"

【例句】唐许浑《缑山庙》:"王子求仙月满台,玉笙清转鹤裴回。"唐杜甫《桥陵诗三…》:"太史候凫影,王乔随鹤翎。"唐郑谷《鹤》:"一自王乔放自由,俗人行处懒回头。"明唐桂芳《寄王达善…》:"输君仕宦偏萧散,疑是王乔跨鹤仙。"

王戎似电　wáng róng sì diàn

【分类】文化

【关键词】王戎

【释义】比喻人目光炯炯有神。源见"岩下电"。

【例句】唐羊昭业《皮袭美见…》:"王戎似电休推病,周颉才醒众却惊。"宋史弥宁《送武冈法…》:"出门一綮辄倾盖,岩电烂烂惊王戎。"

王戎戏陌　wáng róng xì mò

【分类】文化

【关键词】王戎

【释义】咏幼智之典,或用以咏李。《晋书·王戎传》:"尝与群儿嬉于道侧,见李多实,等辈竞趣之,戎独不往。或问其故,戎曰:'树在道边而多子,必苦李也。'取之信然。"

【例句】唐李峤《李》:"潘岳闲居日,王戎戏陌辰。"宋董嗣杲《题大赛山…》:"甜瓜苦过王戎李,古木枯如博望槎。"明彭孙贻《和悯乱诗》:"赍客牧羊堪卜式,廉官苦李笑王戎。"清郑国藩《书怀》:"岂有薤根讥庾亮,从无李核笑王戎。"

王戎牙筹　wáng róng yá chóu

【分类】生活

【关键词】王戎

【释义】讥守财贪吝的典故。《晋书·王戎传》:"性好兴利,广收八方园田水碓,周遍天下…每自执牙筹,昼夜计算,恒苦不足。而又俭啬,不自奉养,天下人谓之'膏肓之疾'。"牙筹,古代计算钱财的象牙筹码。

【例句】宋刘子翚《张守唱和…》:"玉麈噞夷甫,牙筹陋阿戎。"宋刘克庄《杂兴》:"阿戎解执牙筹耳,嵇阮中间却顿渠。"宋张扩《读钱神论…》:"又不见阿戎自执红牙筹,聚钱成癖老不休。"元黄玠《观谢庄纳…》:"阿戎牙筹尽相学,九九之术乃有书。"

王舍城　wáng shè chéng

【分类】文化

【关键词】大藏经

【释义】地名。即古印度曷罗阇姞利呬城。传说其西南佛陀迦雅为释迦牟尼成道之地。常借指佛国、佛寺。《大正新脩大藏经》:"曷罗阇姞利呬城,唐言王舍。外郭已坏无复遗堵,内城虽毁基址犹峻。"

【例句】唐广宣《驾幸圣容…》:"大唐国里千年圣,王舍城中百亿身。"宋饶节《送慧林化士》:"王舍城中车马尘,霏霏似我涧底云。"明王世贞《竹径之右…》:"行穿王舍城中竹,小得东林社里莲。"清王士禛《题灵谷废寺》:"王舍城中荒草遍,乐游原上野麋春。"

王思怒蝇　wáng sī nù yíng

【分类】生态

【关键词】王思

【释义】形容性情暴躁的人。《三国志·梁习传》南朝宋裴松之注引《魏略·苛吏传》:"思又性急,尝执笔作书,蝇集笔端,驱去复来,如是再三。思恚怒,自起逐蝇不能得,还取笔掷地,蹋坏之。"

【例句】宋王禹偁《谢政事王…》:"怒蝇休向笔端飞,抵鹊浑疑山下坠。"宋蔡确《夏日登车…》:"何处机心惊白鸟,谁人怒剑逐青蝇。"宋方回《次韵庆中…》:"群蚊闭关迫摇落,未须轻奋怒蝇戈。"宋晁说之《和圆机题…》:"怒剑无烦起逐蝇,从教小物此冯陵。"

王孙春草　wáng sūn chūn cǎo

【分类】生活

【关键词】楚辞

【释义】《楚辞》中有"王孙游兮不归,春草生兮萋萋"之句,后人遂以"王孙春草"喻惜别、怀友之语。

【例句】唐温庭筠《杨柳八首》:"系得王孙归意切,不关春草绿萋萋。"宋宋祁《淮山》:"眼看春草萋萋遍,身是王孙未得归。"宋周紫芝《次韵庭藻…》:"只今春草还萋萋,会须急唤王孙归。"宋黄顺之《听悟师弹…》:"曲中历历分明道,苦怨王孙负春草。"

王孙贾　wáng sūn jiǎ

【分类】生活

【关键词】论语

【释义】战国时齐湣王侍臣。《论语·八佾》:"王孙贾问曰:'与其媚于奥,宁媚于灶,何谓也?'子曰:'不然,获罪于天,无所祷也。'"奥,古人居室之西南隅,乃一家尊者所居。灶乃烹治食物之所。古代以为这两处都有神,因而对这两处的神都会去祭,以获得神的庇佑。其媚于灶也用于比喻谄媚妻子。

【例句】宋刘敞《贺尹学士…》:"岂令鲁仲尼,独赞王孙贾。"

宋苏轼《端砚诗》："始知尹公他，不媚王孙贾。"宋晁补之《即事一首…》："况在灶奥间，欲耻王孙贾。"聂绀弩《调祖光》："生工内媚王孙贾，渴饮朝霞吴祖光。"

王文正 wáng wén zhèng
【分类】政治
【关键词】王文正
【释义】北宋名相。善知人，深为真宗信赖。终生只娶一妻。世称局量宽厚。《五朝名臣言行录·丞相王文正公(旦)》："字子明，魏州人，中进士第，位至太尉，配享真宗庙庭。"
【例句】宋吴申《七娘子》："右执金戈，左持金印。功名当似王文正。"宋王十朋《读王文正…》："太平宰相王文正，盛德真宜有子孙。"宋魏了翁《送二兄三…》："内无王文正，谁与理家事。"

王羲之 wáng xī zhī
【分类】文化
【关键词】王羲之
【释义】字逸少，东晋著名书法家，有书圣之称。历任江州刺史，后为会稽内史，领右将军。《晋书·王羲之传》："羲之幼讷于言，人未之奇…及长，辩赡，以骨鲠称，尤善隶书，为古今之冠，论者称其笔势，以为飘若浮云，矫若惊龙。"
【例句】唐杜甫《摇落》："鹅费羲之墨，貂余季子裘。"唐刘长卿《无锡东郭…》："碑缺曹娥宅，林荒逸少居。"唐清江《月夜有怀…》："屡向曲池陪逸少，几回戎幕接玄晖。"唐郑畋《酬隐圭舍…》："今来并得三般事，灵运诗篇逸少书。"宋魏野《送谭师赴…》："双美便堪传万古，羲之书法退之文。"宋郑思肖《王羲之兰…》："分明一段永和意，好向羲之笔外参。"

王祥卧冰 wáng xiáng wò bīng
【分类】政治
【关键词】王祥
【释义】谓孝亲之典。《晋书·王祥传》："母常欲生鱼时，天寒冰冻，祥解衣将剖冰求之，冰忽自解，双鲤跃出，持之而归。"
【例句】唐柳宗元《弘农公以…》："渊龙过许劭，冰鲤吊王祥。"宋史浩《童丱须知》："王祥跃冰鱼，薛包恋门阃。"宋周必大《临川梁译…》："王祥名冠晋公卿，大节宁非为剖冰。"元刘炳《乌生同刘…》："孟宗泣竹冬笋生，王祥求鲤坚冰穿。"

王谢 wáng xiè
【分类】政治
【关键词】侯景
【释义】六朝望族王氏、谢氏的并称。喻高门世族。《南史·侯景传》："请娶于王谢，帝曰：'王谢门高非偶，可于朱张以下访之。'"
【例句】唐杜甫《送大理封…》："颇谓秦晋匹，从来王谢郎。"唐杜甫《壮游》："王谢风流远，阖庐丘墓荒。"唐羊士谔《忆江南旧游》："山阴路上桂花初，王谢风流满晋书。"唐刘禹锡《乌衣巷》："旧时王谢堂前燕，飞入寻常百姓家。"

王谢登临 wáng xiè dēng lín
【分类】文化
【关键词】王羲之
【释义】咏游赏的典故，或用以咏会稽。《晋书·谢安传》："寓居会稽，与王羲之及高阳许询、桑门支遁游处，出则渔弋山水，入则言咏属文，无处矜意。"优游度日，不思居官报国。
【例句】唐李嘉祐《送越州辛…》："王谢登临处，依依今尚存。"唐羊士谔《忆江南旧游》："山阴道上桂花初，王谢风流满晋书。"唐陆龟蒙《送浙东德…》："王谢遗踪玉籍仙，三年闲上鄂君船。"宋魏庭坚《越中怀古》："王谢胜游何处问，茂林修竹尚依依。"

王心不宁 wáng xīn bù níng
【分类】政治
【关键词】诗经
【释义】咏君王勤政之典。《诗经·大雅·江汉》："四方既平，王国庶定。时靡有争，王心载宁。"
【例句】唐杜甫《桥陵诗…》："中使日夜继，惟王心不宁。"宋苏舜钦《代人上申…》："舆望知难转，王心几不宁。"宋魏了翁《许侍郎挽诗》："近事君知不，王心莫与宁。"宋岳珂《真宗皇帝…》："兢业帝道登，陟降王心宁。"

王濬楼船 wáng xùn lóu chuán
【分类】政治
【关键词】王濬
【释义】指气势雄壮的军队。源见"铁锁沉江"。
【例句】唐李白《司马将军歌》："我见楼船壮心目，颇似龙骧下三蜀。"唐刘禹锡《西塞山怀古》："王濬楼船下益州，金陵王气黯然收。"元魏初《赠史紫微…》："王濬楼船一夕风，顺流声势下江东。"明李贽《读刘禹锡…》："王濬楼船下益州，金陵怀古独称刘。"

王阳叹 wáng yáng tàn
【分类】生活
【关键词】王尊
【释义】喻指畏惧险途之叹。源见"王尊叱驭"。
【例句】唐陈子昂《送魏兵曹…》："勿以王阳叹，迢递畏岖嶒。"宋王十朋《和叔奇见寄》："荔子黄甘岂不香，路经九折叹王阳。"明王纪《次韵答胡…》："阮籍当年犹恸哭，王阳今日正长叹。"明文彭《喜徐太守…》："五马朱轮入帝乡，曾将九折叹王阳。"

王杨卢骆 wáng yáng lú luò
【分类】文化
【关键词】王勃
【释义】指初唐诗坛四杰王勃、杨炯、卢照邻、骆宾王。源见

"耻居王后"。

【例句】唐杜甫《戏为六…》：" 杨王卢骆当时体,轻薄为文哂未休。"唐贯休《赠杨公…》：" 王杨卢骆真何者,房杜萧张更是谁。"宋王洋《寄李叔飞》：" 早达才名未为贵,王杨卢骆愧前人。"清王士祯《戏仿元遗…》：" 王杨卢骆当时体,莫逐刀圭误后贤。"

王右军 wáng yòu jūn

【分类】文化

【关键词】王羲之

【释义】指东晋书法家王羲之。《晋书·王羲之传》：" 羲之既拜护军,又苦求宣城郡,不许,乃以为右军将军、会稽内史…尝与同志宴集于会稽山阴之兰亭,羲之自为之序以申其志。"

【例句】唐杜甫《得房公池鹅》：" 凤凰池上应回首,为报笼随王右军。"唐韩翃《送王侍御…》：" 溢城诗赠鱼司马,汝水人逢王右军。"唐李商隐《漫成五章》：" 生儿古有孙征虏,嫁女今无王右军。"唐温庭筠《法云寺双桧》：" 题处尚寻王内史,画时应是顾将军。"

王祐三槐 wáng yòu sān huái

【分类】政治

【关键词】王祐

【释义】比喻对子孙的厚望和信赖。为积阴德获报之典。《宋史·王旦传》：" 王旦字子明…父祐,尚书兵部侍郎…尝谕杜重威使不反汉,拒卢多逊害赵普之谋,以百口明符彦卿无罪,世多称其阴德。祐手植三槐于庭,曰：'吾之后世,必有为三公者,此其所以志也。'"

【例句】宋王十朋《槐子夏》："三槐雅是王家物,为榜新亭拟旧堂。"宋王庭圭《李郎中生日》："三槐堂下清阴满,太华峰头绿叶圆。"明林文俊《题瑞榴图》："家如王祐多阴德,齿及商瞿未暮年。"明欧阳建《赞龙所号》："深得三槐王祐趣,欲留来裔作三公。"

王余鱼 wáng yú yú

【分类】文化

【关键词】鱼

【释义】中国神话传说中鱼名。比目鱼别号。其形如常鱼身之一面。相传越王勾践(或云吴王阖闾)脍鱼未尽,弃其残半于水中,遂为此鱼。《异闻记》："东城池有王余鱼,池决,鱼不得去,将死。或以镜照之,鱼看影,谓有双,于是比目而去。"

【例句】唐刘禹锡《送裴处士…》："垂钩钓得王余鱼,踏芳共登苏小墓。"唐皮日休《新秋言怀…》："王余落败堑,胡孟入空庖。"唐元稹《春分投简…》："水静王余见,山空谢豹呼。"唐吴融《玉女庙》："檐横渌派王余掷,窗裛红枝杜宇啼。"宋喻良能《侍太夫人…》："林锽尽头闻杜宇,荇丝深处见王余。"

王元贶 wáng yuán kuàng

【分类】政治

【关键词】王元贶

【释义】咏御史之典。《昭明文选·晋潘尼〈赠侍御史王元贶〉》："昆山积琼玉,广厦构众材…协心毗圣世,毕力赞康哉！"

【例句】唐韩翃《送蒋员外…》："御史王元贶,郎官顾彦先。"

王章泣 wáng zhāng qì

【分类】生活

【关键词】王章

【释义】指因家境贫寒而伤心悲泣。源见"牛衣对泣"。

【例句】唐李峤《被》："光逸偷眠稳,王章泣恨长。"宋史浩《童丱须知》："自古贤人起细微,王章涕泣卧牛衣。"宋李彭《戏何人表》："马价不须劳广汉,牛衣何用泣王章。"宋陈杰《武宁道间…》："许靖何尝羞马磨,王章安用泣牛衣。"

王昭君 wáng zhāo jūn

【分类】生活

【关键词】王昭君

【释义】汉元帝时和亲宫女,古代四大美女之一的落雁,嫁匈奴呼韩邪单于。喻远嫁之妃子、女子。《汉书·匈奴列传下》："元帝以后宫良家子子王墙字昭君赐单于。"

【例句】唐李如璧《明月》："昭君此时怨画工,可怜明月光朣胧。"唐李益《登夏州城…》："不见天边青作冢,古来愁杀汉昭君。"唐罗虬《比红儿诗》："置向汉宫图画里,人胡应不数昭君。"唐罗邺《落第书怀…》："去国汉妃还似玉,亡家石氏岂无金。"

王者师 wáng zhě shī

【分类】文化

【关键词】孟子

【释义】指帝王的老师。喻学问高深者。《孟子·滕文公章句》："人伦明于上,小民亲于下。有王者起,必来取法,是为王者师也。"

【例句】唐独孤及《送陈兼应》："方从幕中事,参谋王者师。"唐陈陶《避世翁》："自古隐沦客,无非王者师。"唐杜牧《杜秋娘诗》："射钩后呼父,钓翁王者师。"宋刘攽《送原甫帅…》："读书当为王者师,论兵要作万人将。"

王者之师 wáng zhě zhī shī

【分类】政治

【关键词】钟会

【释义】师：军队。原指帝王的仁义之师,后泛指正义的军队。三国魏钟会《檄蜀文》："古之行军,以仁为本,以义治之。王者之师,有征无战。"

【例句】唐独孤及《送陈兼应》："方从幕中事,参谋王者师。"唐杜牧《杜秋娘诗》："射钩后呼父,钓翁王者师。"宋苏舜钦《庆州败》："无战王者师,有备军之志。"宋欧阳修《送任处士…》："自古王者师,有征而不战。"

王子晋 wáng zǐ jìn

【分类】文化

【关键词】王子乔

【释义】即王子乔(字子晋)。亦借指仙人。源见"王乔控鹤"。

【例句】唐王维《恭懿太子…》:"苍舒留帝宠,子晋有仙才。"唐李白《古风》:"幸遇王子晋,结交青云端。"唐马云奇《白云歌》:"栾巴噀酒应随去,子晋吹笙定伴来。"唐卢眉娘《和卓英英…》:"他日丹宵骖白凤,何愁子晋不闻声。"宋范仲淹《天平山白…》:"子晋罢云笙,伯牙收玉琴。"

王子敬 wáng zǐ jìng

【分类】文化

【关键词】王献之

【释义】王献之字子敬,王羲之第七子。晋简文帝司马昱之婿。官至中书令,与王羲之并称为二王。《晋书·王献之》:"工草隶,善丹青。七八岁时学书,羲之密从后掣其笔不得,叹曰:'此儿后当复有大名。'"

【例句】唐张南史《早春书事…》:"神清王子敬,气逐马相如。"宋吕本中《潦倒》:"惜哉王子敬,谁复叹人琴。"宋方回《方去言府…》:"王家子敬字,谢氏惠连诗。"宋方回《送金寿之…》:"子敬比踪洛神赋,率更媲美醴泉铭。"

王子思归 wáng zǐ sī guī

【分类】政治

【关键词】黄歇

【释义】借咏思归之典。《史记·春申君列传》:"黄歇受约归楚,楚使歇与太子入质于秦,秦留之数年。楚顷襄王病,太子不得归。而楚太子与秦相应侯(范雎)善,于是黄歇乃说应侯曰:'相国诚善楚太子乎?'应侯曰:'然。'歇曰:'今楚王恐不起疾,秦不如归其太子。'"

【例句】唐杜甫《送李卿晔》:"王子思归日,长安已乱兵。"宋赵蕃《八月二十…》:"兹游只欠王子在,见说归书一纸开。"宋赵蕃《明日同数…》:"明当举似子王子,不但慰归仍赋别。"金元好问《密公宝章…》:"兴陵之孙越王子,天以人瑞归明昌。"

王尊叱驭 wáng zūn chì yù

【分类】政治

【关键词】王尊

【释义】形容忠于职守,不避艰险。《汉书·王尊传》:"先是,琅邪王阳为益州刺史,行部至邛郲九折阪,叹曰:'奉先人遗体,奈何数乘此险!'后以病去。及(王)尊为刺史,至其阪,问吏曰:'此非王阳所畏道邪?'吏对曰:'是。'尊叱其驭曰:'驱之!王阳为孝子,王尊为忠臣。'"

【例句】唐元稹《奉和权相…》:"黄霸乘轺入,王尊叱驭趋。"唐雍陶《蜀中战后…》:"词客题桥去,忠臣叱驭来。"唐罗邺《春过白遥岭》:"返驾王尊何足叹,哭途阮籍谩无聊。"五代徐铉《送修武郑…》:"栖鸾才乍展,叱驭气方雄。"宋钱惟演《成都》:"知有忠臣能叱驭,不论云栈更峥嵘。"宋王安石《度麾岭寄…》:"岂慕王尊能许国,直缘毛义欲私亲。"

王佐才 wáng zuǒ cái

【分类】政治

【关键词】董仲舒

【释义】指王者的辅佐,佐君成王业的人。《汉书·董仲舒列传赞》:"董仲舒有王佐之材,虽伊吕亡以加,筦晏之属,伯者之佐,殆不及也。"

【例句】唐白居易《效陶渊明体诗》:"地寒命且薄,徒抱王佐才。"唐皮日休《太湖石》:"苟有王佐士,崛起于太湖。"宋宋祁《移病还合…》:"此身疏拙真丘壑,不是当年王佐才。"宋梅尧臣《依韵和王…》:"不唯忠愤心如此,王佐才高赋小鹩。"

网开三面 wǎng kāi sān miàn

【分类】政治

【关键词】汤

【释义】形容法网宽大,给以生路;也用以咏狩猎等。《吕氏春秋·异用》:"汤见祝网者置四面,其祝曰:'从天坠者,从地出者,从四方来者,皆离吾网。'汤曰:'嘻,尽之矣!非桀其孰为此也?'汤收其三面,置其一面,更教祝曰:'昔蛛蝥作网罟,今之人学纾。欲左者左,欲右者右,欲高者高,欲下者下,吾取其犯命者。'"

【例句】唐张嘉贞《奉和早登…》:"罗网开三面,闾阎问百年。"唐窦巩《唐州东途作》:"天子欲开三面网,莫将弓箭射官军。"唐刘禹锡《元和癸巳…》:"网罗三面解,章奏九门通。"唐王维《既蒙宥罪…》:"忽蒙汉诏还冠冕,始觉殷王解网罗。"

枉尺直寻 wǎng chǐ zhí xún

【分类】政治

【关键词】孟子

【释义】意为弯屈一尺而能伸直一寻。比喻在小地方让一下步,却可以得到更大的好处。枉:屈,直:伸;寻:古代长度单位,八尺为寻。《孟子·滕文公下》:"孟子:'…夫枉尺而直寻者,以利言也。如以利,则枉寻直尺而利,亦可为与?…枉己者,未有能直人者也。'"

【例句】宋宋庠《杂感》:"枉尺由来贱直寻,巧机愁杀汉川阴。"宋邵雍《有客吟》:"枉尺直寻何必较,此心都大不求全。"宋徐积《偶述》:"孟轲之道其何如,枉尺如何直寻丈。"宋郭祥正《题史君梁…》:"枉尺直寻非我欲,仁民爱物任吾真。"

辋川 wǎng chuān

【分类】政治

【关键词】王维

【释义】水名。即辋谷水。在陕西省蓝田县南,唐诗人王维别业于此。因借指王维。《新唐书·王维》:"别墅在辋川,地奇胜,有华子冈、欹湖、竹里馆、柳浪、茱萸泮、辛夷坞,与裴迪游其中,赋诗相酬为乐。"

【例句】唐元稹《山竹枝》:"还投辋川水,从作老龙回。"唐岑参《首春渭西…》:"闻道辋川多胜事,玉壶春酒正堪携。"

唐牟融《题李昭训…》："南州人物依然在，山水幽居胜辋川。"五代徐钧《王维》："辋川他日成名胜，藉得朝天一首诗。"

辋川图 wǎng chuān tú
【分类】生活
【关键词】王维
【释义】画名。比喻优秀山水画或喻美景。唐朱景玄《唐朝名画录》："王维字摩诘…复画辋川图，山谷郁盘，云飞水动，意出尘外，怪生笔端。尝自题诗云：'当世谬词客，前身应画师。'其自负也如此。"
【例句】宋苏轼《李伯时画…》："五亩自栽池上竹，十年空看辋川图。"宋苏轼《青玉案》："《辋川图》上看春暮，常记高人右丞句。"宋杨时《绿阴亭上》："身在辋川图画里，晴空惟欠雪花飞。"宋王十朋《西园新辟…》："百挺琅玕花数斛，宛似辋川图一幅。"

忘机 wàng jī
【分类】政治
【关键词】子贡
【释义】谓消除机巧之心。常指甘于淡泊，与世无争。源见"抱瓮灌园"。
【例句】唐骆宾王《咏怀》："忘机殊会俗，守拙异怀安。"唐丰干《壁上诗》："逍遥绝无闹，忘机隆佛道。"唐李白《下终南山…》："我醉君复乐，陶然共忘机。"唐李商隐《赠田叟》："鸥鸟忘机翻浃洽，交亲得路昧平生。"

忘年交 wàng nián jiāo
【分类】生活
【关键词】祢衡
【释义】年龄差别很大而交谊深厚的朋友。《后汉书·祢衡》："衡始弱冠，而(孔)融年四十，遂与为交友。"
【例句】唐杜甫《九月一日…》："清谈见滋味，尔辈可忘年。"唐元结《无为洞口作》："洞傍山僧皆学禅，无求无欲亦忘年。"唐王熊《奉别张岳…》："不期交淡水，暂得款忘年。"唐温庭筠《题李处士…》："南山自是忘年友，谷口徒称郑子真。"

忘形 wàng xíng
【分类】生活
【关键词】曾子
【释义】喻指超然物外，忘了自己的形体。专注养志。源见"捉衿见肘"。
【例句】唐韦庄《对酒》："何用岩栖隐姓名，一壶春酎可忘形。"唐齐己《叙怀寄高…》："风松韵里忘形坐，霜月光中共影行。"唐大义《坐禅铭》："莫只忘形与死心，此个难医病最深。"唐陆龟蒙《奉和袭美…》："永夜谭玄侵罔象，一生交态忘形骸。"

忘忧草 wàng yōu cǎo
【分类】生活
【关键词】诗经
【释义】古人以为可以忘却忧愁的草。萱草的别名。源见"萱草"。
【例句】唐张说《喜度岭》："见花便独笑，看草即忘忧。"唐李白《之广陵宿…》："忘忧或假草，满院罗丛萱。"唐李商隐《牡丹》："应怜萱草淡，却得号忘忧。"唐沈颂《卫中作》："总使榴花能一醉，终须萱草暂忘忧。"

忘忧物 wàng yōu wù
【分类】生活
【关键词】曹操
【释义】喻称酒。三国魏曹操《短歌行》："何以解忧？惟有杜康。"晋陶渊明《饮酒》："泛此忘忧物，远我遗世情。"
【例句】唐白居易《钱湖州以…》："劳将箸下忘忧物，寄与江城爱酒翁。"宋刘克庄《抄戊辰十…》："人间安得忘忧物，为婆儒生浇不平。"宋张耒《东园》："翻书只作随睡具，倾壶屡进忘忧物。"明薛蕙《小饮芍药下作》："绿尊故是忘忧物，红药浑如绝代人。"

望尘而拜 wàng chén ér bài
【分类】政治
【关键词】潘岳
【释义】形容谄媚权贵，卑躬屈膝。《晋书·潘岳传》："岳性轻躁，趋世利，与石崇等谄事贾谧，每候其出，与崇辄望尘而拜。"
【例句】唐白居易《送王处士》："望尘而拜者，朝夕走碌碌。"唐张说《至尉氏》："望尘远迎，拂舶来欣待。"唐鲍溶《送罗侍御…》："劝酒莲幕贵，望尘骢马高。"宋徐积《山中乐》："贾谧之党遍天下，望尘拜者尤为妖。"

望帝啼鹃 wàng dì tí juān
【分类】政治
【关键词】杜宇
【释义】古蜀王杜宇，号曰"望帝"。据说他自惭德薄，委政于宰相开明，他死后魂魄化为杜鹃。后因以为怀乡、思归的典故。汉扬雄《蜀王本纪》："望帝去时子规鸣，故蜀人悲子规鸣而思望帝，望帝杜宇也。"
【例句】唐杜甫《杜鹃行》："古时杜宇称望帝，魂作杜鹃何微细。"唐李商隐《锦瑟》："庄生晓梦迷蝴蝶，望帝春心托杜鹃。"唐李郢《江亭春霁》："蜀客帆樯背归燕，楚山花木怨啼鹃。"宋范镇《奉和冯允南》："林间怨鹤久招隐，花外啼鹃仍劝归。"

望断白云 wàng duàn bái yún
【分类】生活
【关键词】狄仁杰
【释义】喻指客居在外，想念父母。源见"白云亲舍"。
【例句】唐杜甫《怀旧》："老罢知明镜，悲来望白云。"唐骆宾王《叙寄员半千》："魂归沧海上，望断白云前。"宋李纲《元日》："东风回首帝乡远，白云望断吴天长。"宋杜范《和杨兄两诗》："望断家山两地悬，白云何处涕潸然。"

望夫山 wàng fū shān
【分类】生活
【关键词】水经注
【释义】赞咏妻子思念丈夫之典。传说远行人妇盼夫早归而登山化石。《水经注·浊漳水》:"漳水又东北历望夫山,山之南有石人,伫于山上,状有怀于云表,因以名焉。"
【例句】唐李白《别内赴征》:"白玉高楼看不见,相思须上望夫山。"唐慎氏《感夫诗》:"便是孤帆从此去,不堪重上望夫山。"唐李嘉祐《送郑正则…》:"望夫山上花犹发,新妇江边莺未稀。"唐郑详《赠妓》:"若不骑龙与骑凤,乐营门是望夫山。"

望夫石 wàng fū shí
【分类】生活
【关键词】幽明录
【释义】喻妻子思念丈夫,或形容精诚之至。《幽明录》:"武昌阳新县北山上有望夫石,状若人立。相传:昔有贞妇,其夫从役,远赴国难,妇携弱子,饯送此山,立望夫而化为立石,因以为名焉。"
【例句】唐李白《拟古》:"望夫登高山,化石竟不返。"唐元稹《春六十韵》:"望夫身化石,为伯首如蓬。"唐李绅《过荆门》:"惆怅忠贞徒自持,谁祭山头望夫石。"唐刘禹锡《望夫石》:"终日望夫夫不归,化为孤石苦相思。"

望梅止渴 wàng méi zhǐ kě
【分类】文化
【关键词】曹操
【释义】比喻以空想安慰自己。《世说新语·假谲》:"魏武行役失汲道,军皆渴,乃令曰:'前有大梅林,饶子,甘酸可以解渴。'士卒闻之,口皆出水,乘此得及前源。"
【例句】唐白居易《每见吕南…》:"望梅阁老无妨渴,画饼尚书不救饥。"唐罗隐《丁亥岁作》:"病想医门渴望梅,十年心地反成灰。"宋韦骧《答颜长道见寄》:"别离轻似风飘絮,迟想多于渴望梅。"宋刘弇《王适中渝…》:"望梅终恐难酬渴,挹露悬知别得清。"

望舒 wàng shū
【分类】文化
【关键词】楚辞
【释义】神话中为月驾车的神。借指月亮。《楚辞·离骚》:"前望舒使先驱兮,后飞廉使奔属。"汉王逸注:"望舒,月御也。"
【例句】唐耿湋《喜侯十七…》:"谁为须张烛,凉空有望舒。"唐钱起《寄郢州郎…》:"望舒三五夜,思尽谢玄晖。"宋余靖《和王子元…》:"望舒按辔出东海,孤轮斫冰碾太清。"宋洪皓《中秋》:"我今一别已三年,中秋三见望舒圆。"

望岁 wàng suì
【分类】生活
【关键词】左传
【释义】盼望丰收。《左传·昭公三十二年》:"闵闵焉如农夫之望岁,惧以待时。"杨伯峻注:"岁谓丰年。"晋潘岳《藉田赋》:"无储稸以虞灾,徒望岁以自必。"
【例句】唐权德舆《送张仆射…》:"共看三接欲为霖,却念百城同望岁。"唐黄滔《书事》:"望岁心空切,耕夫尽把弓。"宋杨亿《奉和御制…》:"麦秀原田初望岁,花开苑树忽惊春。"聂绀弩《城东与白…》:"我自望君如望岁,谁知城北住城东。"

望铜台 wàng tóng tái
【分类】生活
【关键词】曹操
【释义】哀念先帝去世之典。《昭明文选·晋陆机〈吊魏武帝文序〉》:"见魏武帝《遗令》…又曰:'吾婕好妓人,皆铸铜爵台。于台堂上,施八尺床穗帐,朝晡上脯糗之属,月朝十五,辄向帐作妓。汝等时时登铜爵台,望吾西陵墓田。'令子孙常登铜爵台,眺望西陵墓田(葬处)。
【例句】唐武元衡《顺宗至德…》:"恭闻天子孝,不忍望铜台。"唐白居易《和答诗》:"一旦西陵望,欲歌先涕零。"明区大相《铜台引》:"铜台西望不堪思,漳水东流无尽时。"明赵完璧《春风篇》:"西陵无复望铜台,北邙一夜摧松柏。"

望仙台 wàng xiān tái
【分类】政治
【关键词】三辅黄图
【释义】咏升仙或咏宫苑之典。《三辅黄图·甘泉宫》:"集灵宫、集仙宫、存仙殿、存神殿、望仙台、望仙观,俱在华阴县界,皆武帝宫观名也。"
【例句】唐王翰《古娥眉怨》:"不意君心半路回,求仙别作望仙台。"唐葛鸦儿《会仙诗》:"群玉山前人别处,紫鸾飞起望仙台。"唐杜甫《巴山》:"天寒邵伯树,地阔望仙台。"唐窦常《过宋氏五…》:"一宅柳花今似雪,乡人拟筑望仙台。"

望夷宫 wàng yí gōng
【分类】政治
【关键词】秦二世
【释义】秦代宫名,赵高杀秦二世胡亥于此宫。故址在今陕西泾阳东南。《史记·秦始皇本纪》:"二世乃斋于望夷宫。"裴骃《集解》引张晏曰:"宫在长陵西北,长平观道东故亭处是也。临泾水作之,以望北夷。"
【例句】唐贺兰进明《古意》:"武关犹未启,兵入望夷宫。"唐于濆《秦原览古》:"昔日望夷宫,是处寻桑谷。"唐胡曾《咸阳》:"唯有渭川流不尽,至今犹绕望夷宫。"宋王安石《桃源行》:"望夷宫中鹿为马,秦人半死长城下。"

望云 wàng yún
【分类】政治
【关键词】尧
【释义】仰望白云。谓仰慕君王。《史记·五帝本纪》:"帝尧者，放勋。其仁如天，其知如神。就之如日，望之如云。"唐司马贞《史记索隐》："如云之覆渥，言德化广大而浸润生人，人咸仰望之，故曰如百谷之仰膏雨也。"

【例句】唐王维《游悟真寺》："望云思圣主，披雾隐群贤。"唐戎昱《辰州闻大…》："闻道銮舆归魏阙，望云西拜喜成悲。"唐李白《自巴东舟…》："望云知苍梧，记水辨瀛海。"唐鲍防《元日早朝行》："望云五等舞万玉，献寿一声出千峰。"

望云霓　wàng yún ní
【分类】生活
【关键词】孟子
【释义】云霓是指乌云和虹霓，将要下雨的征兆。比喻大旱的时候人们殷切盼望出现下雨的征兆。也比喻渴望解除困境。《孟子·梁惠王》："民望之，若大旱之望云霓也。"
【例句】宋胡寅《和叔夏田舍》："日望云霓手捋苗，何时能和快哉谣。"宋释契嵩《夏日无雨》："山中苦无雨，日日望云霓。"宋苏辙《和李公择…》："一望云霓百忧集，应思平地隐居人。"宋胡寅《和叔夏田舍》："日望云霓手捋苗，何时能和快哉谣。"

望云人　wàng yún rén
【分类】生活
【关键词】狄仁杰
【释义】指客居他乡思念远方父母之人。源见"白云亲舍"。
【例句】宋陈宓《乙丑春旱…》："何处笙歌酒入唇，应惭忍渴望云人。"宋熊道裕《中宫院》："殷勤寄语望云人，高僧自是调元手。"宋苏轼《和文与可…》："出本无心归亦好，白云还似望云人。"宋虞俦《汉老弟寄…》："官事未知何日了，溪边谁识望云人。"

危如累卵　wēi rú lěi luǎn
【分类】政治
【关键词】韩非子
【释义】如垒起的蛋那样危险。喻极其危险。《韩非子·十过》："故曹，小国也，而迫于晋楚之间，其君之危犹累卵也。"
【例句】唐胡曾《八公山》："苻坚举国出西秦，东晋危如累卵晨。"宋丁谓《台》："好卜登春乐，无增累卵忧。"宋周紫芝《刘公祠》："孤城何啻累卵危，贼至不殊群蚁附。"宋陆游《题明皇幸…》："人知大势危累卵，天稔奇祸如崩墙。"

危若朝露　wēi ruò zhāo lù
【分类】政治
【关键词】商鞅
【释义】比喻情势短暂，旦夕之间。《史记·商君列传》："《书》曰：'恃德者昌，恃力者亡。'君之危若朝露，尚将欲延年益寿乎？"
【例句】唐王无竞《铜雀台》："妾怨在朝露，君恩岂中薄。"唐白居易《秦中吟》："朝露贪名利，夕阳忧子孙。"唐宋之问《范阳王挽词》："客随朝露尽，人逐夜舟惊。"明杨巍《沽酒与吕…》："我亦抱沉疴，命危若朝露。"

危言危行　wēi yán wēi xíng
【分类】政治
【关键词】论语
【释义】指高明的言论和高尚的行为。为赞美忠良之臣的典故。《论语·宪问》："子曰：'邦有道，危言危行；邦无道，危行言孙。'"孙，即谦逊之义。
【例句】唐李中《送仙客》："危言危行是男儿，倚伏相牵岂足悲。"唐贯休《送谏官南迁》："危言危行者，从天落海涯。"五代徐铉《寄萧给事》："危言危行古时人，归向西山卧白云。"宋叶茵《次吊原韵》："会得危言危行意，佐成濯足濯缨名。"

危语　wēi yǔ
【分类】文化
【关键词】桓玄
【释义】使人害怕的话。《世说新语·排调》："桓南郡与殷荆州…复作危语。桓曰：'矛头淅米剑头炊。'殷曰：'百岁老翁攀枯枝。'顾曰：'井上辘轳卧婴儿。'"
【例句】宋周孚《次龚长官…》："孤怀矍日谁能会，危语今年子不惊。"宋王之道《和因老游…》："临深未能还，我欲作危语。"宋郑清之《客有诵衰…》："颇怪吹云读风讼，浪愁淅米翻危语。"明庞尚鹏《读庞德公传》："人间空忆安危语，陇上宁知去住心。"

威凤　wēi fèng
【分类】文化
【关键词】汉宣帝
【释义】指瑞鸟。旧说凤有威仪，故称。《汉书·宣帝纪》："南郡获白虎威凤为宝。"晋晋灼注："凤之有威仪者也，与《尚书》'凤凰来仪'同意。"
【例句】唐张说《酬崔光禄…》："山似鸣威凤，泉如出宝龟。"唐刘禹锡《飞鸢操》："天生众禽各有类，威凤文章在仁义。"唐杜甫《晦日寻崔…》："威凤高其翔，长鲸吞九洲。"唐独孤及《癸卯岁赴…》："昂藏双威凤，曷月还西枝。"

威凤祥麟　wēi fèng xiáng lín
【分类】政治
【关键词】宋书
【释义】凤有威仪，故称威凤；麟呈吉祥，故称祥麟。比喻太平盛世，又比喻难得的人才。《宋书·符瑞志中》："元康四年，南郡获威凤"；《宋史·乐志一》："（太平兴国）九年，岚州献祥麟。"
【例句】宋黄庭坚《荆南签判…》："要是出群拔萃，乃成威凤祥麟。"宋黄公度《挽赵若愚母》："孟母邻兮陶母宾，祥麟威凤各才名。"宋魏野《偶作呈谔…》："祥麟可向清时见，惊鹤那于黑处藏。"元宋裒《诚夫兄寄…》："威凤祥麟都网尽，后人谁更说昭王。"

威弧　wēi hú
【分类】政治

【关键词】弧矢星

【释义】即弧矢星。又名天弓。在天狼星东南。共九星,八星如弓形,外一星像矢,故名。《史记·天官书》:"厕下一星,曰天矢。矢黄则吉;青、白、黑,凶。"南朝宋裴骃《史记集解》:"弧九星,在狼东南,天之弓也。"

【例句】唐杜牧《奉和白相…》:"应须日驭西巡狩,不假星弧北射狼。"唐杜甫《送樊二十…》:"威弧不能弦,自尔无宁岁。"宋刘敞《题贾大夫…》:"威弧无用世,反事禽荒为。"宋王洋《寄曹嘉父》:"蓬莱海徼通外服,坐戢巨浪张威弧。"

葳蕤 wēi ruí

【分类】生态

【关键词】楚辞

【释义】草木茂盛,枝叶下垂的样子。《楚辞·七谏·初放》:"便娟之修竹兮,寄生乎江潭。上葳蕤而防露兮,下泠泠而来风。"

【例句】唐储光羲《蔷薇》:"秦家女儿爱芳菲,画眉相唤采葳蕤。"唐王建《织锦曲》:"红缕葳蕤紫茸软,蝶飞参差花宛转。"唐刘禹锡《阿娇怨》:"望见葳蕤举翠华,试开金屋扫庭花。"唐鲍溶《李夫人歌》:"葳蕤半露芙蓉色,窈窕将期环佩身。"

微尔 wēi ěr

【分类】政治

【关键词】管仲

【释义】咏执政者匡国救民之典。源见"微管"。

【例句】唐皎然《答豆卢次方》:"微尔与云鹄,幽怀何由申。"唐杜甫《北征》:"微尔人尽非,于今国犹活。"宋刘敞《日晚夜步…》:"微尔开三径,悠悠麋鹿群。"宋赵师秀《次韵赵正…》:"吴江十月天霜寒,吴人微尔不举餐。"宋文天祥《杜大卿浒》:"辛苦救衰朽,微尔人尽非。"宋黎伯元《宗人伯静…》:"运用如操戈,微尔孰知之。"

微管 wēi guǎn

【分类】政治

【关键词】管仲

【释义】颂扬功勋卓著的大臣之典。亦用以代称管仲。《论语注疏·宪问》:"微管仲,吾其被发左衽矣。"宋邢昺疏:"微,无也。衽谓衣衿。衣衿向左谓之左衽,夷狄之人被发左衽,言无管仲则君不君,臣不臣,中国皆为夷狄。"

【例句】宋张方平《读王朴传》:"小国霸图微管葛,当时人杰自萧张。"宋陶弼《异服》:"仲尼叹微管,几为左衽属。"宋刘克庄《呈黄建州》:"歌廉民已嗟来暮,微管吾安得至今。"宋陆游《雨夜书感》:"群胡穴中原,令人叹微管。"

微缕悬千钧 wēi lǚ xuán qiān jūn

【分类】政治

【关键词】枚乘

【释义】形容极其危急的险境。《汉书·枚乘传》:"夫以一缕之任系千钧之重,上悬无极之高,下垂不测之渊,虽甚愚之人犹知哀其将绝也。"

【例句】唐陈子昂《感遇诗》:"高堂委金玉,微缕悬千钧。"明王绅《寄叔盛叔…》:"龟勉绨先业,缕发悬千钧。"明胡应麟《晋陵夜泊…》:"形骸不将尔汝隔,往往一诺悬千钧。"清姚燮《叶山人元阶》:"大桃悬千钧,危哉一发恃。"

微酸 wēi suān

【分类】文化

【关键词】梅

【释义】咏李子或咏梅之典。语其味道。晋傅玄《李赋》:"翠质朱变,形随运成。清角奏而微酸起,大宫动而和甘生。"

【例句】宋刘敞《园人献蒲萄》:"鲛室珠盘惊不定,蓬莱金体恨微酸。"宋苏轼《红梅》:"不应便杂妖桃杏,数点微酸已著枝。"宋张侃《梅子》:"一株绿色未成阴,千点微酸已沁心。"宋陆游《初春遣兴》:"放眼柳梢初暗动,褪花梅子已微酸。"

微禹 wēi yǔ

【分类】政治

【关键词】左传

【释义】意指颂扬功德的套语。微,没有。《左传·昭公元年》:"美哉禹功,明德远矣。微禹,吾其鱼乎!"

【例句】唐张九龄《奉和圣制…》:"缅惟剪商后,岂独微禹叹。"唐李咸用《和殷衙推…》:"岂直望尧喜,却怀微禹忧。"唐杜甫《北征》:"微尔人尽非,于今国犹活。"宋苏辙《送转运判…》:"回首应怀微禹忧,归朝且喜宁亲便。"

微云滓太清 wēi yún zǐ tài qīng

【分类】政治

【关键词】世说新语

【释义】咏天月明净之典。《世说新语·言语》:"司马太傅斋中夜坐,于时天月明净,都无纤翳,太傅叹以为佳。谢景重在坐,答曰:'意谓乃不如微云点缀。'太傅因戏谢曰:'卿居心不净,乃复强欲滓秽太清邪!'"

【例句】宋程少逸《月珠寺明…》:"莫嫌鸥鹭时来去,正要微云滓太清。"宋陆游《七月十四…》:"不复微云滓太清,浩然风露欲三更。"宋李彭《次韵九弟…》:"却怜郢客悲秋赋,强使微云滓太清。"清丘逢甲《对月次韵》:"莫遣微云滓太清,须知我辈未忘情。"

微子去之 wēi zǐ qù zhī

【分类】政治

【关键词】论语

【释义】咏商纣无道之典。《论语·微子》:"微子去之,箕子为之奴,比干谏而死。"微子,宋国始祖,名启,商纣王的庶兄,因见商代将亡,数谏纣王不听,遂出走。周武王灭商乞降,周公旦功灭武庚(商纣王之子)后封于宋。

【例句】唐李白《悲歌行》:"凤鸟不至河无图,微子去之箕子奴。"宋祖无择《微子庙》:"为仁始欲扶商祚,去国终能启宋都。"宋苏辙《徐孺亭》:"比干谏死微子去,自古不辨污与隆。"聂绀弩《寄高旅》:"老夫耄矣人谁信,微子去之迹近哀。"

薇垣一小星　wēi yuán yī xiǎo xīng
【分类】政治
【关键词】赵普
【释义】咏朝臣之典。《续湘山野录》:"祖宗(赵匡胤、赵光义)居潜日,与赵韩王(赵普)游长安市。时陈抟乘一驴遇之,下驴大笑,巾簪几坠。左手握太祖,右手挽太宗:'可相从市饮乎?'既入酒舍,韩王足疲,偶坐席左,陈怒曰:'紫微帝垣一小星,辄据上次,不可!'斥之使居席右。"
【例句】宋翁合《卜算子》:"试问薇垣一小星,谁知是、韩王普。"宋吴龙翰《寿乡衮诩…》:"不堪局面迟一著,愿祝薇垣星更明。"宋尹廷高《丙午端阳…》:"云台勋臣家寇恂,薇垣上相人赵普。"

韦编三绝　wéi biān sān jué
【分类】生活
【关键词】孔子
【释义】韦:熟牛皮;韦编:用熟牛皮绳把竹简编联起来;三:概数,表示多次;绝:断。孔子为读《周易》而多次翻断了编联竹简的牛皮带子。比喻读书勤奋。《史记·孔子世家》:"孔子晚而喜《易》…读《易》,韦编三绝。曰:'假我数年,若是,我于易则彬彬矣。'"
【例句】唐李世民《帝京篇》:"韦编断仍续,缥帙舒还卷。"唐权德舆《送殷卿罢…》:"志业尝探绝编义,风尘虚作弃繻生。"唐陆希声《阳羡杂咏…》:"年逾知命志尤坚,独向青山更绝编。"唐许浑《元处士自…》:"紫霄峰下绝韦编,旧隐相如结袜前。"

韦诞题额　wéi dàn tí é
【分类】生活
【关键词】韦诞
【释义】形容书法精湛著名。《世说新语·巧艺》:"韦仲将(韦诞字)能书,魏明帝起殿,欲安榜,使仲将登梯题之。即下,头鬓皓然。因敕儿孙:'勿复学书。'"
【例句】唐顾况《萧郸草书歌》:"若把君书比仲将,不知谁在凌云阁。"宋陈与义《闻葛工部…》:"凌云题就韦诞老,愿力所到公何疑。"宋秦观《和裴仲谋…》:"仲将题凌云,比讫愬尽白。"元黄溍《送陈元达…》:"殿榜旧夸韦诞笔,锦衣重过买臣家。"元萨都剌《三衢马太…》:"遥知题柱凌云客,天近应闻织女梭。"

韦皋命穷　wéi gāo mìng qióng
【分类】生活
【关键词】韦皋
【释义】比喻不得志的士人。《云溪友议》:"张延赏相公…选子婿,莫有人意者…夫人有才鉴,甚别英锐,特选韦皋秀才;既以女妻之,不二三岁,以韦郎性度高廓,不拘小节,张公稍悔之,至不齿礼。一门婢仆渐见轻慢…皋妻垂泣而言曰:'韦郎七尺之躯,学兼文武,岂有沉滞儿女,尊卑见诮?良辰胜景,何忍虚掷乎。'韦乃遂辞东游。"后为唐西川节度使、南康郡王。
【例句】唐郭圆《咏韦皋》:"当时甚讶张延赏,不识韦皋是贵人。"宋王之道《春日有感…》:"韦皋况有三年约,陶谷端非一日谋。"宋王山《答盈盈》:"韦皋笔逸玳瑁落,张佑盏滑琉璃乾。"明史谨《赠相士》:"已许韦生知蔡泽,却惭延赏慢韦皋。"明庄昶《寿马氏母…》:"旧业此谁夸蔡琰,贵人吾敢论韦皋。"

韦郎玉环　wéi láng yù huán
【分类】生活
【关键词】玉箫韦皋
【释义】喻指定情之物。源见"玉箫韦皋"。
【例句】宋汪元量《湖州歌》:"可怜后土空祠宇,望断韦郎不见来。"宋姜夔《长亭怨慢》:"韦郎去也,怎忘得玉环分付。"宋张耒《寄陈履常》:"杜老不厌赋,韦郎犹愧妻。"明吴易《春从天上来》:"恁飘零,韦郎两世,杜牧三生。"

韦贤相汉　wéi xián xiāng hàn
【分类】政治
【关键词】韦贤
【释义】指鸿儒担任丞相治国。汉朝丞相退休也是从韦贤开始。《汉书·韦贤列传》:"贤为人质朴少欲,笃志于学,兼通礼、尚书,以诗教授,号称邹鲁大儒…丞相致仕自贤始。"
【例句】唐杜甫《上韦左相…》:"韦贤初相汉,范叔已归秦。"唐钱起《陪南省诸…》:"将门高胜霍,相子宠过韦。"宋宋祁《寿曾相公》:"老境已怜周吕尚,庆门方似汉韦贤。"宋强至《依韵奉和…》:"置酒高吟禁火天,主人勖德重韦贤。"

韦弦　wéi xián
【分类】生活
【关键词】韩非子
【释义】比喻外界的启迪和教益。多用以警戒和规劝。《韩非子·观行》:"西门豹之性急,故佩韦以自缓;董安于之性缓,故佩弦以自急。故以有余补不足,以长续短之谓明主。"韦:经去毛加工制成的柔皮。弦:弓弦。
【例句】唐杜牧《送杜颢赴…》:"还须整理韦弦佩,莫独矜夸玳瑁簪。"唐白居易《自到郡斋…》:"襦袴提于手,韦弦佩在绅。"宋晁说之《谢徐师川…》:"不烦更籍韦弦力,望出河东性不奢。"宋邹浩《广南四时…》:"蒙恩归去虽无用,留作韦弦戒我躬。"

韦玄成　wéi xuán chéng
【分类】文化
【关键词】韦贤
【释义】字少翁,邹鲁大儒丞相韦贤之子。继父相位,封侯。源见"相印付玄成"。
【例句】唐岑参《故仆射裴…》:"莫埋丞相印,留着付玄成。"唐严维《送李秘书…》:"玄成知必大,宁是泛沧浪。"唐崔

855

峒《送韦八少…》：":"玄成世业紫真官，文似相如貌胜潘。"唐耿湋《春日书情…》：":"卫玠琼瑶色，玄成鼎簠姿。"唐徐夤《赠垂光同年》：":"逸少家风惟笔札，玄成世业是陶钧。"

韦偃　wéi yǎn
【分类】生活
【关键词】韦偃
【释义】唐画家。善画鞍马，传自家学，远过乃父，与曹霸、韩干齐名。《宣和画谱》："韦偃，父鉴，善画山水松石，时名虽已籍籍，而未免堕于古拙之习…然不止画马，而亦能工山水、松石、人物，皆精妙。"
【例句】唐杜甫《戏为双松…》："天下几人画古松，毕宏已老韦偃少。"宋文同《观音院怪松》："韦偃毕宏今不在，欲求人画有谁能。"宋沈括《图画歌》："居宁草虫名浙右，孤松韦偃称世希。"宋艾性夫《吊老松》："韦偃毕宏见不见，谁将老骨写风霜。"

韦陟五朵云　wéi zhì wǔ duǒ yún
【分类】生活
【关键词】韦陟
【释义】指唐韦陟用草书署名的字体。后泛指他人书信，多含敬意。唐段成式《酉阳杂俎》："（韦陟）每令侍婢主尺牍，往来覆章，未尝自札，受意而已，词旨重轻，正合陟意。而书体遒利，皆有楷法，陟唯署名。尝自谓所书陟字，如五朵云，当时人多仿效，谓之郇公五云体。"
【例句】宋辛弃疾《水调歌头》："寄我五字字，恰向酒边开。"宋张扩《新安程昭…》："新安故人哀我贫，尺素自书五朵云。"宋范成大《赠临江简…》："卷中图画袖中珍，上有三阶五朵云。"明杨慎《寄夏松泉》："山中睡起三竿日，天上书来五朵云。"

为霖　wéi lín
【分类】政治
【关键词】尚书
【释义】指降甘霖或下雨。喻惠济百姓。源见"霖雨"。
【例句】唐钱起《送王相公…》："受脤乃调鼎，为霖更洗兵。"唐杜甫《阻雨不得…》："三伏适已过，骄阳化为霖。"唐周朴《客州旅居…》："眼看白笔为霖雨，肯使红鳞便曝腮。"唐张蠙《献所知》："登龙不敢怀他愿，祗望为霖致太平。"

为山九仞　wéi shān jiǔ rèn
【分类】政治
【关键词】尚书
【释义】山九仞，功亏一篑。指要建造九仞高的山，如果最后一筐土石不倒在山顶上，那么山的高度就不会达到九仞，就会造山失败。比喻功亏于不能执着坚持。《尚书·旅獒》："为山九仞，功亏一篑。"
【例句】唐王绩《新园旦坐》："凿沼三泉漏，为山九仞成。"宋司马光《赠狄节推》："为山已九仞，高节方中衰。"明周是修《己未九月…》："为山期九仞，覆篑功宁亏。"聂绀弩《答雪峰》："九仞为山止吾止，显微揽镜虫哉虫。"

为鱼　wéi yú
【分类】政治
【关键词】左传
【释义】喻遭受灾殃。源见"微禹"。
【例句】唐张九龄《酬王六霁…》："作骥君垂耳，为鱼我曝鳃。"唐萧昕《洛出书》："地敷作乂功，人免为鱼恤。"唐杜甫《草堂》："一国实三公，万人欲为鱼。"唐白居易《自蜀江至…》："不尔民为鱼，大哉禹之绩。"

围棋赌墅　wéi qí dǔ shù
【分类】文化
【关键词】谢安
【释义】咏大将风度之典。源见"谢安棋"。
【例句】唐王维《同崔傅答…》："曲几书留小史家，草堂棋赌山阴墅。"唐卢纶《纶与吉侍…》："赌墅鬼神变，属词鸾凤惊。"唐孙元晏《谢公赌墅》："自从乞与羊昙后，赌墅功成更有谁。"宋欧阳修《留题安州…》："赌墅乞甥宾对弈，惊鸿送目手挥琴。"

维城　wéi chéng
【分类】政治
【关键词】刘虞
【释义】谓连城以卫国。《后汉书·刘虞公孙瓒陶谦传赞》："襄贲励德，维城燕北。仁能洽下，忠以卫国。"《旧唐书·昭宗纪上》："丙辰，韩建上表，请封拜皇太子、亲王，以为维城之计。"亦借指皇子或皇室宗族。
【例句】唐无可《送李长吉…》："家世维城后，官资宰邑初。"唐李峤《石》："宗子维城固，将军饮羽威。"唐钱起《送李九归…》："南州初卧鼓，东土复维城。"宋苏颂《林次中示…》："乌岭无遗镞，维城独赠袍。"

维摩病　wéi mó bìng
【分类】文化
【关键词】维摩诘
【释义】谓佛教徒生病。《维摩诘所说经·文殊师利问疾品》载：居士维摩诘故意称病不往。佛遣舍利弗及文殊师利等问疾。文殊问："居士是疾何所因起？"维摩诘答曰："一切众生病，是故我病；若一切众生得不病者，则我病灭。"
【例句】宋方岳《杨妃牡丹》："病维摩减诗情尽，穷孟尝添酒债深。"宋苏轼《和钱四寄…》："年来总作维摩病，堪笑东西二老人。"宋苏辙《次韵毛君…》："得诗闻道维摩病，欲到毗耶言已忘。"宋李正民《寄李成德…》："宁论圆观情犹在，且喜维摩病少休。"元陈孚《交趾伪…》："南来未了维摩病，北渡空思达磨禅。"

维摩示病　wéi mó shì bìng
【分类】文化
【关键词】维摩诘
【释义】形容人有病或前去探病。《维摩诘所说经·方便品》：" 长者名维摩诘……现身有疾。以其疾故，国王、大臣、长者、居士、婆罗门等……皆往问疾。其往者，维摩诘因以身疾，广为说法。"《维摩诘所说经·文殊师得问疾品》："尔时佛告文殊师利：汝行，诣维摩诘问疾……时长者维摩诘心念，今文殊师利与大众俱来，即以神力空其室内，除去所有及诸侍者，唯置一床，以疾而卧。文殊师利言：'……世尊殷勤致问，无量居士是疾。'"

【例句】宋黄庭坚《寄袁守廖……》："想见宜春贤太守，无书来问病维摩。"宋苏轼《臂痛谒告》："维摩示病吾真病，谁识东坡不二门。"宋陆游《闲中》："闲中高趣傲羲皇，身卧维摩示病床。"宋俞德邻《次韵答郦……》："维摩示病元非病，李广难封不愿封。"

维私 wéi sī
【分类】生活
【关键词】诗经
【释义】即姐夫或妹夫。《诗经·卫风·硕人》："东宫之妹，邢侯之姨，谭公维私。"毛传："姊妹之夫曰私。"
【例句】唐刘言史《送人随姊……》："闲逐维私向武城，北风青雀片时行。"

嵬坡锦袜 wéi pō jǐn wà
【分类】政治
【关键词】杨贵妃
【释义】咏杨妃之死的典故。《杨太真外传》："妃子死日，马嵬店媪得锦袜一只。相传过客一玩百钱，前后获钱无数。"
【例句】宋葛立方《天宝三绝》："绰绰黄裙堕游水，斓斑锦袜委嵬山。"宋赵以夫《谒金门》："疑是嵬坡留锦袜。至今香未歇。"宋罗公升《灵岩寺》："马嵬锦袜战尘中，辱颈空余颈血红。"

尾闾 wěi lú
【分类】文化
【关键词】庄子
【释义】传说中泄海水之处。泛指事物趋归或倾泄之所。《庄子·秋水》："天下之水，莫大于海，万川归之，不知何时止而不盈；尾闾泄之，不知何时已而不虚。"唐成玄英疏："尾闾者，泄海水之所也。"
【例句】唐钟离权《破迷正道歌》："更有指脾为造化，执定尾闾为命根。"唐李德裕《漏潭石》："及此闻溪漏，方欣验尾闾。"宋苏颂《陈和叔内……》："方游溟海大空外，坎井讵能谈尾闾。"宋项安世《水图诗寿……》："或云尾闾泄，难测自荒理。"

委蛇 wēi yí
【分类】生活
【关键词】楚辞
【释义】迂远曲折；雍容自得。《楚辞·离骚》："驾八龙之婉婉兮，载云旗之委蛇。"《诗经·召南·羔羊》："退食自公，委蛇委蛇。"郑玄笺："委蛇，委曲自得之貌。"
【例句】唐韩愈《石鼓歌》："陋儒编诗不收入，二雅褊迫无委蛇。"宋梅尧臣《次韵和宋……》："朝廷得贤盛朱紫，玉阶金闼步委蛇。"宋梅尧臣《和永叔柘……》："绮茵绣幄粲辉映，玳簪珠履何委蛇。"宋曾巩《韩魏公挽歌》："覆冒荒遐知大度，委蛇艰急见孤忠。"

隗始 wěi shǐ
【分类】政治
【关键词】燕昭王
【释义】用作以礼招贤的典故。源见"郭隗尊"。
【例句】唐杜牧《送王侍御……》："礼数全优知隗始，讨论常见念回愚。"唐贾至《燕歌行》："昔时燕王重贤士，黄金筑台从隗始。"五代徐夤《郭隗》："国主张罗网异材，一言隗始自为媒。"宋刘敞《答陈州通……》："不谓招徕从隗始，至今惭愧在卢前。"

隗嚣 wěi xiāo
【分类】政治
【关键词】隗嚣
【释义】隗嚣字季孟，天水成纪人。青年时代在州郡为官，刘玄更始政权建立，隗嚣趁机占领平襄，割据一方，后归顺光武帝刘秀，怀有二心。建武八年，被光武帝西征击败。后病故。《后汉书·隗嚣传》："嚣知帝审其诈，遂遣使称臣于公孙述。"
【例句】唐罗隐《中元甲子……》："几时辇彀歼张角，何处愚人戴隗嚣。"唐许棠《成纪书事》："难问开元向前事，依稀犹认隗嚣宫。"宋张方平《秦州北山……》："刘秀其来异独夫，隗嚣何事为西伯。"宋王安石《西帅》："吾君英睿超光武，良将西征捍隗嚣。"

卫谤 wèi bàng
【分类】政治
【关键词】孔子
【释义】喻指毁谤人的逸言。《史记·孔子世家》："孔子遂适卫，主于子路妻兄颜浊邹家。卫灵公问孔子：'居鲁得禄几何？'对曰：'奉粟六万。'卫人亦致粟六万。居顷之，或潜孔子于卫灵公。灵公使公孙余假一出一入。孔子恐获罪焉，居十月，去卫。"
【例句】唐李白《书怀赠南……》："终当灭卫谤，不受鲁人讥。"

卫夫人 wèi fū rén
【分类】文化
【关键词】王羲之
【释义】晋书法家，名铄。晋官员李矩之妻。《书法要录·妙品》："卫夫人名铄，字茂漪，廷尉展之女弟，恒之从女，汝阴太守李矩之妻也。隶书尤善，规矩钟公。云：'碎玉壶之冰，烂瑶台之月，婉然芳树，穆若清风。'右军少常师之。"
【例句】唐杜甫《丹青引赠……》："学书初学卫夫人，但恨无过王右军。"唐刘禹锡《答前篇》："闻彼梦熊犹未兆，女中谁是卫夫人。"唐李商隐《牡丹》："锦帏初卷卫夫人，绣被犹堆越鄂君。"宋刘克庄《次韵黄景…》:"师扬执戟玄犹白,学卫夫人字逼真。"

卫瓘　wèi guàn

【分类】文化
【关键词】卫瓘
【释义】西晋重臣、书法家。源见"一台二妙"。
【例句】唐李贺《恼公》:"黄庭留卫瓘,绿树养韩冯。"宋刘克庄《象弈一首…》:"吕蒙能鹹羽,卫瓘足缚艾。"明毛奇龄《饮次书梁…》:"卫瓘书名擅北堂,野王画法跨东府。"清释今无《卧月》:"树底烟生浮卫瓘,门前雪满见袁安。"

卫瓘抚床　wèi guàn fǔ chuáng

【分类】政治
【关键词】卫瓘
【释义】咏委婉进谏之典。《晋书·卫瓘传》:"惠帝之为太子也,朝臣咸谓纯质,不能亲政事。瓘每欲陈启废,而未敢发…帝曰:'公所言何耶?'瓘欲言而止者三,因以手抚床曰:'此座可惜!'帝意乃悟,因谬曰:'公真大醉耶?'瓘于此不复有言。"
【例句】宋林泳《杂述》:"抚床卫瓘宁非醉,对策刘蕡恐是风。"元刘基《咏史》:"抚床竟不寤,骨肉成鲵鲸。"元刘基《次胡元望…》:"悽悽忧葵女,侧侧抚床瓘。"

卫霍　wèi huò

【分类】政治
【关键词】卫青
【释义】西汉名将卫青和霍去病皆以武功著称,后世并称卫霍。《史记·卫将军骠骑列传》:"元狩四年春,上令大将军青、骠骑将军去病将各五万骑,步兵转者踵军数十万,而敢力战深入之士皆属骠骑。"
【例句】唐骆宾王《帝京篇》:"始见田窦相移夺,俄闻卫霍有功勋。"唐张说《药园宴武…》:"文学引邹枚,歌钟陈卫霍。"唐王维《燕支行》:"卫霍才堪一骑将,朝廷不数师功。"唐许浑《贵游》:"朝回佩马早凄凄,年少恩深卫霍齐。"

卫玠　wèi jiè

【分类】生活
【关键词】卫玠
【释义】借指美男子。或指称美外甥。源见"看杀卫玠"。
【例句】唐元稹《独游》:"花当旦施面,泉胜见卫玠清。"唐李端《酬丘拱外…》:"舅乏郗鉴爱,君如卫玠贤。"唐李端《送吉中孚…》:"貌应同卫玠,鬓且异潘生。"唐元稹《赠严童子》:"卫瓘诸孙卫玠珍,可怜雏凤好青春。"

卫玠羸疾　wèi jiè léi jí

【分类】生活
【关键词】卫玠
【释义】指卫玠身体瘦弱体衰。《世说新语·容止》:"王丞相见卫洗马曰:'居然有羸形,虽复终日调畅,若不堪罗

绮。'王大将军称太尉:'处众众人中,似珠玉在瓦石间。'"
【例句】唐李端《长安感事…》:"羸将卫玠比,冷共邺侯同。"唐严维《酬刘员外…》:"药补清羸疾,窗吟绝妙词。"宋曾协《次翁士秀…》:"嵇康醉状耸危石,卫玠羸姿立修竹。"宋钱惟济《苦热》:"柘浆粗粝都无味,卫玠清羸欲不任。"

卫幕　wèi mù

【分类】政治
【关键词】李广
【释义】汉朝卫青的军幕。《汉书·李广传》:"卫青征匈奴,绝大莫,大克获,帝就拜大将军于幕中府,故曰幕府。"唐颜师古曰:"军旅无常居止,故以帐幕言之。"
【例句】唐杜甫《奉贺阳城…》:"卫幕衔恩重,潘舆送喜频。"唐杜甫《广州段功…》:"卫青开幕府,杨仆将楼船。"宋韩琦《送张吉甫…》:"权去独思来卫幕,春归谁约醉桃花。"宋晁补之《王拱辰太…》:"卫幕櫜弓皆广建,梁筵进牍并枚邹。"

卫少儿　wèi shǎo ér

【分类】政治
【关键词】霍去病
【释义】汉平阳公主府的侍女。卫子夫和卫青的妹妹。《汉书·卫青霍去病传》:"卫媪长女君孺,次女少儿,次女则子夫…其父霍仲孺先与少儿通,生去病。及卫皇后尊,少儿更为詹事陈掌妻。"
【例句】唐王维《奉和杨驸…》:"少儿多送酒,小玉更焚香。"唐杜甫《宿昔》:"落日留王母,微风倚少儿。"明吴伟业《萧史青门曲》:"休言傅粉何平叔,莫见焚香卫少儿。"清汤润泰《青纱障》:"君不见卫少儿赵飞燕,汉家立后多微贱。"

卫叔卿　wèi shū qīng

【分类】文化
【关键词】卫叔卿
【释义】借指仙人。源见"骑白鹿"。
【例句】唐曹唐《小游仙诗》:"叔卿遍览九天春,不见人间故旧人。"唐李白《古风》:"邀我登云台,高揖卫叔卿。"宋杨时《予自长沙…》:"但得叔卿长饱饭,不妨孝若老谈书。"元刘永之《寄西峰道士》:"鹿车入谷无人见,应是仙人卫叔卿。"

卫武公　wèi wǔ gōng

【分类】政治
【关键词】卫武公
【释义】借指年高而谦恭之人。《国语·楚语》:"楚左史倚相谓申公子亹曰:'昔卫武公年数九十有五矣,犹箴儆于国,曰:"自卿以下至于师长士,苟在朝者,无谓我老耄而舍我,必恭恪于朝,朝夕以交戒我;闻一二之言,必诵志而纳之,以训导我…于是乎作《懿》戒以自儆也。'"
【例句】唐杜牧《寄宣州郑…》:"五言宁谢颜光禄,百岁须齐

卫武公。"唐杜牧《春日言怀…》："愿公如卫武，百岁尚康强。"宋张问《耆英会诗》："白公酣畅吟哦内，卫武康强笑语频。"宋晁至《韩魏公生日》："考近汾阳功更似，德攀卫武道犹非。"

卫武作戒　wèi wǔ zuò jiè
【分类】政治
【关键词】卫武公
【释义】咏老年人自警之典。源见"卫武公"。
【例句】宋刘克庄《木兰花慢》："卫武耄年作戒，伏生九十传书。"元刘基《连江陈子…》："卫武陈抑戒，睿圣垂芳名。"明林大春《戒酒词》："卫武戒耽乐，享寿跻期颐。"清弘历《题知过堂》："知非早过伯玉岁，作戒常思卫武言。"

卫足　wèi zú
【分类】政治
【关键词】鲍牵
【释义】咏明哲保身之典。《左传·成公十七年》："仲尼（孔子字）曰：'鲍庄子之知（智）不如葵，葵犹能卫其足。'"晋杜预注："葵倾叶向日，以蔽其根也。"齐国大夫鲍牵受声姬陷害而受刖足之刑。葵指葵花。
【例句】唐李白《葵菜》："惭君能卫足，叹我远移根。"唐张九龄《郡舍南有…》："成蹊谢李径，卫足感葵阴。"宋张咏《弱柳》："但见低垂长卫足，更无疏辣欲参天。"宋宋祁《咏葵》："须防白日倾心处，自是中园卫足时。"

为我楚舞　wèi wǒ chǔ wǔ
【分类】政治
【关键词】戚夫人
【释义】咏怀念故国故乡或分别之典。《史记·留侯世家》："上曰：'为我楚舞，吾为若楚歌。'歌曰：'鸿鹄高飞，一举千里。羽翮已就，横绝四海。横绝四海，当可奈何！虽有矰缴，尚安所施！'歌数阕，戚夫人嘘唏流涕，上起去，罢酒。"
【例句】唐李白《留别于十…》："尔为我楚舞，吾为尔楚歌。"唐郑锡《长安少年行》："唤人呈楚舞，借客试吴钩。"唐白居易《答四皓庙》："却顾戚夫人，楚舞无光辉。"宋辛弃疾《水调歌头》："何人为我楚舞，听我楚狂声。"

未及下车　wèi jí xià chē
【分类】政治
【关键词】礼记
【释义】指初即位或刚到任。《礼记·乐记》："武王克殷，反商，未及下车，而封黄帝之后于蓟。"
【例句】唐张说《游龙山静…》："下车岁已成，饰马闲余步。"唐崔湜《襄阳作》："下车惭政美，闭阁幸时康。"唐白居易《寄李蕲州》："下车书奏龚黄课，动笔诗传鲍谢风。"唐孙逖《同和咏楼…》："遥闻下车日，正在落花时。"

未能免俗　wèi néng miǎn sú
【分类】生活

【关键词】阮籍阮咸
【释义】傲俗或从俗之典。源见"阮家贫"。
【例句】唐黄滔《寓题》："损生莫若攀丹桂，免俗无过咏紫芝。"宋何《诗》："挺立不教凡草长，削成应免俗尘侵。"宋田况《伏日会江…》："吾侪未能免俗累，近日颇困炎景长。"宋陆游《自诒》："无可奈何犹食粟，未能免俗学浇蔬。"

未学孙吴　wèi xué sūn wú
【分类】政治
【关键词】霍去病
【释义】咏将军之典。《史记·卫将军骠骑列传》："骠骑将军（霍去病）为人少言不泄，有气敢任。天子尝欲教之孙吴兵法，对曰：'顾方略何如耳，不至学古兵法。'"西汉名将霍去病，未曾学过孙吴兵法，却战勋卓著。
【例句】唐高适《送浑将军…》："李广从来先将士，卫青未肯学孙吴。"唐崔日用《奉和立春…》："瑶筐彩燕先呈瑞，金缕晨鸡未学鸣。"宋慕容彦逢《次韵答翟…》："何必学孙吴，功成谈笑间。"宋曾丰《檄充晋康…》："未学归巢雁，犹为出岫云。"

味无味　wèi wú wèi
【分类】生活
【关键词】老子
【释义】味之极则无味。喻指恬淡的人生理念。《老子·德经》："为无为，事无事，味无味。"晋王弼注："以无为为居…以恬淡为味，治之极也。"
【例句】宋王柏《新秋自警》："时时涵泳味无味，句句研究深又深。"宋汪炎昶《题吴判官…》："寂寞味无味，寡欲近道要。"宋黄庭坚《又和斌老…》："待渠弓箭尽，我自味无味。"宋辛弃疾《鹧鸪天》："味无味处求吾乐，材不材间过此生。"

畏简书　wèi jiǎn shū
【分类】政治
【关键词】诗经
【释义】指出征者受到诫命的约束。比喻公务羁身，因公难返。《诗经·小雅·出车》："王事多难，不遑启居。岂不怀归，畏此简书。"汉毛氏传："简书，戒命也。邻国有急，以简书相告，则奔命救之。"
【例句】唐张九龄《冬中至玉…》："简书虽有限，身世亦相捐。"唐皇甫冉《酬李司兵…》："见欲扁舟去，谁能畏简书。"唐顾况《奉酬茅山…》："简书犹有畏，神理讵能超。"唐刘禹锡《祭韩吏部…》："畏简书兮拘印绶，思临恸兮志莫就。"

畏匡　wèi kuāng
【分类】生活
【关键词】孔子
【释义】指遭遇困厄。《论语·子罕》："子畏于匡。"宋邢昺疏："子畏于匡者，谓匡人以兵围孔子。记者以众情言之，故云'子畏于匡',其实孔子无所畏也。"
【例句】唐柳宗元《弘农公以…》:"顾土虽怀赵,知天讵畏匡!"宋胡融《伏虎坛》:"西伯困羑里,仲尼畏匡人。"宋高斯得《出其东门行》:"畏匡戒薛圣贤有,岂比汝曹祇自焚。"元胡布《排难》:"圣哲畏匡宋,蒙庄且授讥。"

畏日 wèi rì

【分类】文化
【关键词】赵衰
【释义】指夏天的太阳,意为炎热可畏。源见"爱日"。
【例句】唐钱起《避暑纳凉》:"木槿花开畏日长,时摇轻扇倚绳床。"唐杜甫《过洞庭湖》:"破浪南风正,回樯畏日斜。"唐李彦远《采桑》:"采桑畏日高,不待春眠足。"宋苏轼《春帖子词》:"自有梧楸郓畏日,仍欣麦黍报丰年。"

畏首畏尾 wèi shǒu wèi wěi

【分类】政治
【关键词】左传
【释义】指瞻前顾后,疑虑多端的怯弱状态。《左传·文公十七年》:"古人有言曰:'畏首畏尾,身其余几?'"
【例句】唐张祜《感河上兵》:"首尾诚须畏,膏肓慎勿轻。"宋利登《临平春日…》:"一官未得仕,畏首复畏尾。"宋邹浩《奉和邢舍…》:"陋彼绳墨拘,畏首复畏尾。"宋李纲《题吏隐轩》:"纷纷吏事何时已,随扫随生畏首尾。"

畏涂 wèi tú

【分类】政治
【关键词】庄子
【释义】艰险可怕的道路。喻指危险可怕的地方。《庄子·达生》:"夫畏涂者,十杀一人,则父子兄弟相戒也,必盛卒徒而后敢出焉。"唐成玄英疏:"涂,道路也。夫路有劫贼,险难可畏。"
【例句】唐李白《蜀道难》:"问君西游何时还?畏途巉岩不可攀。"宋王安石《次韵和张…》:"醉乡岐路君知否?不似人间足畏涂。"宋文彦博《诗答致政…》:"畏涂逢善友,酷暑得寒浆。"宋欧阳修《自岐江山…》:"畏涂逢善友,酷暑得寒浆。"

畏牺牛 wèi xī niú

【分类】政治
【关键词】庄子
【释义】畏惧仕途险恶拒绝仕宦之典。《史记·老庄申韩列传》:"庄子者,蒙人也…楚威王闻庄周贤,使使厚币迎之,许以为相。庄周笑谓楚使者曰:'子独不见郊祭之牺牛乎?养食之数岁,衣以文绣,以入太庙,当是之时,虽欲为孤豚,岂可得乎!子亟去,无污我。'"
【例句】唐刘兼《送二郎君…》:"好向云泉营旧隐,莫教庄叟畏牺牛。"宋王禹偁《对雪感怀》:"讵能悲鵷鸟,早合畏牺牛。"

尉佗 wèi tuó

【分类】政治

【关键词】尉佗
【释义】咏南越或边国臣服之典。《史记·南越列传》:"南越王尉佗者…秦时用为南海龙川令。至二世时,南海令任嚣病且死…即被佗书,行南海尉事…秦已破灭,佗即击并桂林、象郡,自立为南越武王。汉十一年,遣陆贾因立佗为南越王。"汉文帝元年,又派陆贾持书赴南越,尉佗遂取消帝号,表示臣服汉室。
【例句】唐李颀《龙门送裴…》:"明珠尉佗国,翠羽夜郎洲。"唐沈佺期《度安海入…》:"尉佗曾驭国,翁仲久游泉。"唐杜甫《奉送王信…》:"尉佗虽北拜,太史尚南留。"宋苏辙《闰九月重…》:"尉佗城下两重阳,白酒黄鸡意自长。"

渭滨垂钓 wèi bīn chuí diào

【分类】政治
【关键词】姜太公
【释义】喻贤才隐居待用。《尚书大传》:"周文王至磻溪,见吕尚钓。文王拜。尚云:'望钓得玉璜,剡曰:姬受命,吕佐检,德合于今昌来提。'"磻溪,一名璜河。源出南山兹谷,北流入渭水。相传吕尚垂钓于此。
【例句】唐沈佺期《上巳日祓…》:"宝马香车清渭滨,红桃碧柳禊堂春。"唐李白《梁甫吟》:"君不见朝歌屠叟辞棘津,八十西来钓渭滨。"唐刘禹锡《望赋》:"不作渭滨垂钓臣,羞为洛阳拜尘友。"聂绀弩《胡风八十》:"不解垂纶渭水边,头亡身在老形天。"

渭流涨腻 wèi liú zhǎng nì

【分类】生活
【关键词】杜牧
【释义】"从阿房宫中流出大量胭脂水,使渭水为之涨腻。形容宫中生活的奢靡。唐杜牧《阿房宫赋》:"明星荧荧,开妆镜也;绿云扰扰,梳晓鬟也;渭流涨腻,弃脂水也。"
【例句】宋吴文英《选冠子》:"香笼麝水,腻涨红波,一镜万妆争妒。"宋谢薖《汤泉泉在…》:"但与山僧洗尘垢,还胜涨腻在骊山。"宋辛弃疾《水龙吟》:"君无去此,流昏涨腻,生蓬蒿些。"元谢宗可《胭脂》:"渭流涨腻人应远,宫井留斑恨愈新。"

渭阳情 wèi yáng qíng

【分类】生活
【关键词】诗经
【释义】咏甥舅情谊之典。《诗经·秦风·渭阳》:"我送舅氏,曰至渭阳。何以赠之,路车乘黄。我送舅氏,悠悠我思。何以赠之,琼瑰玉佩。"
【例句】唐杜甫《奉送二十…》:"气春江上别,泪血渭阳情。"唐杜甫《奉送卿二…》:"寒空巫峡曙,落日渭阳情。"宋李纲《赠舅氏吴…》:"渭阳情重何如赠,玉佩琼琚称我心。"宋赵鼎《思乡》:"永缠风树感,深动渭阳情。"

魏豹俘 wèi bào fú

【分类】政治
【关键词】薄姬

【释义】喻指古代妇女命运难测。指原魏王豹之姬薄姬,她被汉王俘获后生汉文帝,一跃从俘房而升为皇太后。《汉书·外戚传·薄姬传》:"而薄姬输织室⋯岁中生文帝,年八岁立为代王。"

【例句】唐杜牧《杜秋娘》:"织室魏豹俘,作汉太平基。"

魏勃扫门　wèi bó sǎo mén

【分类】政治

【关键词】魏勃

【释义】指贤才贫贱,托身高官显贵以求发展。《史记·齐悼惠王世家》:"及魏勃少时,欲求见齐相曹参,家贫无以自通,乃独早夜埽齐相舍人门外。"

【例句】唐王维《重酬苑郎中》:"仙郎有意怜同舍,丞相无私断扫门。"唐钱起《送杨錡归隐》:"悔作扫门事,还吟招隐诗。"唐张祜《庚子岁寓⋯》:"扫门踪魏勃,开阁伫孙弘。"宋刘宰《傲将军歌⋯》:"扫门求见齐人,魏勃妄庸何足使。"明文肇祉《雪中元老⋯》:"未得扫门同魏勃,只宜僵卧学袁安。"

魏帝妇人饰　wèi dì fù rén shì

【分类】政治

【关键词】元韶

【释义】喻指屈身受辱。《北史·元韶传》:"文宣帝(高洋)常剃韶鬓须,加以粉黛,衣妇人服以自随。曰:'以彭城为嫔御。'讥元氏微弱,比之妇女。"元韶为北魏孝宣皇帝元劭之子。

【例句】唐李华《杂诗》:"齐侯好紫衣,魏帝妇人饰。"

魏公笏　wèi gōng hù

【分类】政治

【关键词】魏徵

【释义】咏先辈政绩卓著和家世荣显之典。《新唐书·魏谟》:"帝谓宰相曰:'太宗得徵,参裨阙失,朕得谟,又能极谏,朕不敢仰希贞观,庶几处无过之地。'帝问:'卿家书诏颇有存者乎?'谟对:'惟故笏在。'诏令上送。"

【例句】宋岳珂《赵清献勤⋯》:"书法何出,心即其物,可以比魏公之笏。"元凌云翰《福源精舍⋯》:"魏公笏在多遗泽,忧盖山高尽白云。"明钱谦益《昆仑山人⋯》:"魏公笏在世所羡,荆人弓失何嗟及。"清严遂成《题桃源图》:"茂先机杼魏公笏,长埋黑土生丹磷。"

魏公子　wèi gōng zǐ

【分类】政治

【关键词】曹丕

【释义】喻指魏文帝曹丕。《昭明文选·三国魏曹植〈公宴诗〉》:"公子敬爱客,终宴不知疲。"唐李善注:"公子,谓文帝,时武帝在,谓五官中郎也。"

【例句】唐王维《送魏郡李⋯》:"遥思魏公子,复忆李将军。"唐高适《题李别驾壁》:"礼乐遥传鲁伯禽,宾客争过魏公子。"宋刘敞《次韵滕岳⋯》:"爱客谁先魏公子,长贫却爱范莱芜。"明皇甫汸《忆昔行寄⋯》:"寄语翩翩魏公子,侯

魏宫妆奁　wèi gōng zhuāng lián

【分类】生活

【关键词】世说新语

【释义】代指弹棋。《世说新语·巧艺》:"弹棋始自魏宫内,用妆奁戏。"《太平御览》引《弹棋经后序》:"曹公执政,禁阑幽密,至于博弈之具,皆不得安置宫中,宫人因以金钗玉梳戏于妆奁之上,即取类于弹棋也。"

【例句】唐柳宗元《龟背戏》:"修门象棋不复贵,魏宫妆奁世所弃。"宋刘攽《杨之美弹⋯》:"后宫妆奁乃可为,客着葛巾尤更奇。"

魏国访先生　wèi guó fǎng xiān shēng

【分类】政治

【关键词】战国策

【释义】咏帝王接见贤士之典。《战国策·宋卫策》:"卫使客事魏,三年不得见。卫患之,乃见梧下先生,许之以百金。梧下先生曰:'诺。'乃见魏王⋯至郎门而反曰:'臣恐王事秦之晚。'王曰:'何也?'先生曰:'夫人于事己者过急,于事人者过缓。今王缓于事己者,安能急于事人。''奚以知之?'卫客曰:'事王三年不得见。臣以是知王缓也。'魏王趋见卫客。"

【例句】唐韩翃《送李滉下⋯》:"高谭魏国访先生,修刺平原过内史。"

魏国山川　wèi guó shān chuān

【分类】政治

【关键词】吴起魏侯

【释义】喻指大好河山。《史记·吴起列传》:"魏文侯既卒,起事其子武侯。武侯浮西河而下,中流,顾而谓吴起曰:'美哉乎山河之固,此魏国之宝也!'"

【例句】唐李益《同崔邠登⋯》:"汉家箫鼓空流水,魏国山河半夕阳。"唐杨巨源《酬卢员外》:"舜城风土临清庙,魏国山川在白楼。"宋强至《依韵和酬⋯》:"魏国山河气自雄,殊方客子一身穷。"元刘炳《大梁行》:"魏国山河十万兵,信陵宾客三千履。"

魏侯重　wèi hóu zhòng

【分类】政治

【关键词】魏文侯

【释义】喻指人主信任重用贤臣而不为谗言所惑。源见"谤书一箧"。

【例句】唐陈子昂《答韩使同⋯》:"但蒙魏侯重,不受谤书诬。"

魏绛　wèi jiàng

【分类】政治

【关键词】魏绛

【释义】借指善于议和者。源见"魏绛和戎"。

【例句】唐戎昱《泾州观⋯》:"卫青师自老,魏绛赏何功。"唐

杜牧《夏州崔…》：" 魏绛言堪采，陈汤事偶成。"唐李商隐《今月二日…》："仲尼羞问阵，魏绛喜和戎。"唐吴融《金桥感事》："百年徒有伊川叹，五利宁无魏绛功。"

魏绛和戎　　wèi jiàng hé róng
【分类】政治
【关键词】魏绛
【释义】咏和戎之典。《左传·襄公四年》："晋侯曰：'戎狄无亲而贪，不如伐之。'魏绛曰：'诸侯新服，陈新来和，将观于我。我德则睦；否，则携贰。劳师于戎…诸华必叛。'"听了魏绛议论之后，"公说，使魏绛盟诸戎"。
【例句】唐杜甫《投赠哥舒…》："廉颇仍走敌，魏绛已和戎。"唐陈子昂《送魏大从军》："匈奴犹未灭，魏绛复从戎。"唐薛能《送崔学士…》："文翁劝学人应恋，魏绛和戎戍自休。"唐李商隐《漫成五章》："郭令素心非黩武，韩公本意在和戎。"

魏齐首　　wèi qí shǒu
【分类】政治
【关键词】范雎
【释义】喻指祸福难测。《史记·范雎传》："数曰：'为我告魏王，急持魏齐首来！'…魏齐闻信陵君之初观见之，怒而自刭。赵王闻之，卒取其头予秦。"
【例句】唐杜牧《杜秋娘诗》："安知魏齐首，见断箦中尸。"五代徐钧《范雎》："有怨必酬恩必报，凭君说与魏齐知。"宋刘沆《述怀》："三尺太阿星斗焕，何时去取魏齐头。"宋王安石《范雎》："范雎相秦倾九州，一言立断魏齐头。"

魏阙心　　wèi quē xīn
【分类】政治
【关键词】庄子
【释义】谓身居江湖而心向朝廷。源见"子牟恋魏阙"。
【例句】唐孟浩然《自浔阳泛…》："魏阙心恒在，金门诏不忘。"唐杜甫《晴》："回首周南客，驱驰魏阙心。"唐李华《咏史》："魏阙心犹在，旗门首己悬。"唐钱起《送卫功曹…》："惆怅江陵去，谁知魏阙情。"宋宋庠《孟津晚景》："凭高薄暮人谁见，一寸如丹魏阙心。"

魏舒画筹　　wèi shū huà chóu
【分类】文化
【关键词】魏舒
【释义】比喻未能用尽其才之意。《晋书·魏舒传》："舒为钟毓长史，毓每与参佐射，舒常为画筹而已。后遇朋友不足，以舒满数。毓初不知其善射。舒容范闲雅，发无不中，举体愕然，莫有敌者。毓叹而谢曰：'吾之不足以尽卿才，有如此射矣，岂一事哉！'"
【例句】唐卢纶《冬日登城…》："世情多以风尘隔，泣尽无因画筹策。"唐杜牧《偶游石盎…》："载笔念无能，捧筹惭所画。"清弘历《自惭》："夜不安眠昼问频，画筹军务每劳神。"清弘历《永佑寺赡礼》："昨年边务两经谋，此此山庄慎画筹。"

魏舒堂堂　　wèi shū táng táng
【分类】文化
【关键词】魏舒
【释义】赞誉人仪表堂堂之典。《晋书·魏舒传》："魏舒字阳元。…至于废兴大事，众人莫能断者，舒徐为筹之，多出众议之表。文帝深器重之。每朝会坐罢，目送之曰：'魏舒堂堂，人之领袖也。'"
【例句】唐卢纶《送从舅成…》："魏舒终有泪，还识宁家衣。"宋王灼《投秦太师》："今代堂堂有魏公，十方三际指挥中。"宋王桓《题不欺室…》："堂堂魏公忠贯日，志欲平戎奖王室。"清曾国藩《题朱伯韩…》："堂堂魏长史，画筹壁上观。"

魏王瓠　　wèi wáng hù
【分类】政治
【关键词】庄子
【释义】喻大而无用之物。或谦称自己才能差。《庄子·逍遥游》："魏王贻我大瓠之种，我树之成，而实五石。以盛水浆，其坚不能自举也。剖之以为瓢，则瓠落无所容。非不呺然大也，吾为其无用而掊之。"
【例句】唐储光羲《贻主侍御…》："南华在濠上，谁辨魏王瓠？"宋吕南公《邓夫子》："由来魏王瓠，不在惠施弃。"宋赵蕃《自桃川至…》："吾身故作魏王瓠，爱此沿洄敏似鸿。"宋苏轼《蒜山松林…》："魏王大瓠无人识，种成何翅实五石。"

魏文颁菊蕊　　wèi wén bān jú ruǐ
【分类】文化
【关键词】菊
【释义】咏重九菊花之典。《艺文类聚》引《与钟繇书》："岁往月来，忽复九月九日…故屈平悲冉冉之将老，思食秋菊之落英。辅体延年，莫斯之贵。谨奉一束…"
【例句】唐沈佺期《九日临渭…》："魏文颁菊蕊，汉武赐萸房。"明梁有誉《九日文德…》："魏代风流颁菊蕊，汉家故事佩萸囊。"

魏文手巾　　wèi wén shǒu jīn
【分类】生活
【关键词】魏文帝
【释义】用作喻咏棋技的典故。《三国志·文帝纪第二》南朝宋裴松之注引《博物志》曰："帝善弹棋，能用手巾角。时有一书生，又能低头以所冠著葛巾角撇棋。"
【例句】唐元顾《弹棋歌》："联翻百中皆造微，魏文手巾不足比。"

魏征西　　wèi zhēng xī
【分类】政治
【关键词】曹操
【释义】代指曹操。《三国志·武帝纪》南朝宋裴松之注："《魏武故事》：'后征为都尉，迁典军校尉，意遂更欲为国家讨贼立功,欲望封侯作征西将军,然后题墓道言'汉故征西将军曹侯之墓',此其志也。"

【例句】唐韩翃《送戴迪赴…》:"青春带文绶,去事魏征西。"宋释德洪《次韵元不…》:"又如曹征西,唾手缚袁尚。"宋刘克庄《季习静…》:"在昔陶渊明书处士,从它孟德揭征西。"宋林同《韩思复》:"向来曹孟德,曾拟表征西。"

魏徵妩媚　wèi zhēng wǔ mèi

【分类】政治
【关键词】魏徵
【释义】咏大臣受宠之典。《新唐书·魏徵传》:"帝大笑曰:'人言徵举动疏慢,我但见其妩媚耳。'"
【例句】宋郑清之《冬节怍寒…》:"从来魏徵真妩媚,要是广平终铁石。"宋章谦亨《西湖观梅》:"魏徵元妩媚,夷甫太鲜明。"清吴绮《奉答梅村…》:"魏徵真妩媚,李沈果端凝。"清陈廷敬《桐城先生…》:"魏徵多妩媚,子寿更清醇。"

魏紫姚黄　wèi zǐ yáo huáng

【分类】文化
【关键词】牡丹
【释义】谓牡丹名种。宋欧阳修《洛阳牡丹记·花释名》:"姚黄者,千叶黄花,出于民姚氏家…姚氏居白司马坡,其地属河阳…魏家花者,千叶肉红花,出于魏相仁溥家。始樵者于寿安山中见之,斫以卖魏氏。""钱思公尝曰:'人谓牡丹花王,今姚黄真可为王,而魏花乃后也。'"
【例句】宋欧阳修《县舍不种…》:"伊川洛浦寻芳遍,魏紫姚黄照眼明。"宋邓雍《芍药》:"一声啼鴂画楼东,魏紫姚黄扫地空。"宋孔武仲《九月十四…》:"人生爱赏无时足,但作姚黄魏紫看。"宋文彦博《诗谢留守…》:"姚黄左紫状元红,打剥栽培久用功。"

温八叉　wēn bā chā

【分类】文化
【关键词】温庭筠
【释义】唐诗人温庭筠的别号。形容才思敏捷。源见"叉手吟"。
【例句】宋李昴英《送叶耆卿…》:"词赋八叉手,功名寸铁心。"宋林希逸《送林汝大…》:"手妙八叉时辈服,眼迷五色主司羞。"元杨基《春日山西…》:"疏狂不识眉双结,敏捷曾经手八叉。"明王守仁《晓霁用前…》:"曾无一字堪驱使,谩有虚名拟八叉。"

温伯雪子　wēn bó xuě zǐ

【分类】政治
【关键词】温伯雪子
【释义】用为咏高士的典故。《庄子·田子方》:"温伯雪子适齐,舍于鲁…仲尼见之而不言。子路曰:'吾子欲见温伯雪子久矣。见之而不言,何邪?'仲尼曰:'若夫人者,目击而道存,亦不可以容声矣!'"
【例句】唐李白《送温处士…》:"亦闻温伯雪,独往今相逢。"宋释智圆《玛瑙坡即事》:"会逢温伯雪,目击道还全。"宋释重显《送文政禅者》:"因笑仲尼温伯雪,倾盖同途不同辙。"元李昱《言怀》:"尼父温伯雪,目击道已存。"

温风　wēn fēng

【分类】文化
【关键词】礼记
【释义】热风。《礼记·月令》:"季夏之月…温风始至,蟋蟀居壁,鹰乃学习,腐草为萤。"
【例句】唐魏徵《舒和》:"千里温风飘降羽,十枝炎景媵朱干。"唐戴叔伦《代寄寄京…》:"今年十月温风起,湘水悠悠生白蘋。"唐元稹《小暑六月节》:"倏忽温风至,因循小暑来。"唐张籍《夏日可畏》:"赫赫温风扇,炎炎夏日徂。"

温江异果　wēn jiāng yì guǒ

【分类】文化
【关键词】柑橘
【释义】咏柑橘之典。《全芳备祖·事实祖》:"橘出温郡,然多种柑,又别种有八。""真柑,一名乳柑,惟泥山为最。地不弥一里,所产柑其大六七寸围,皮薄而味珍,脉不粘瓣,食不留滓,一颗之核才一二,间有全无者。"
【例句】宋晁补之《洞仙歌》:"温江异果,惟有泥山贵。"

温洛　wēn luò

【分类】政治
【关键词】易乾凿度
【释义】称颂帝王有盛德之典。亦借指洛阳。《太平御览》引《易乾凿度》:"王者盛德之应,洛水先温,九日乃寒。五日变为五色。"
【例句】唐高球《晦日宴高…》:"温洛年光早,皇州景望华。"宋杨亿《宣召赴龙…》:"群玉中天开策府,神龟温洛荐图书。"宋陆游《病中夜赋》:"荣河温洛几时复,志士仁人空自哀。"宋文天祥《敬和道山…》:"方壶圆峤神仙宅,温洛荣河造化工。"

温清　wēn qìng

【分类】政治
【关键词】礼记
【释义】即冬温夏清。冬天温被使暖,夏天扇席使凉。形容事亲极孝。也指生活起居。源见"晨昏定省"。
【例句】唐皇甫冉《刘侍御朝…》:"幸遂温清愿,其甘稼穑难。"宋郭祥正《送广东漕…》:"进则仗忠义,退则乐温清。"宋王炎《题杨解元…》:"冬夏勤温清,晨昏洁膳羞。"宋史浩《舅姑篇》:"定省问安否,温清视衣襦。"

温柔乡　wēn róu xiāng

【分类】生活
【关键词】赵飞燕
【释义】喻美色迷人、温暖舒适之境。常喻爱情。源见"白云乡"。
【例句】宋张嵲《读赵飞燕…》:"合德来嫔帝甚欢,温柔乡里胜求仙。"宋王之道《和陈勉仲…》："江表归来得自由,旧乡能复到温柔。"宋苏轼《浣溪沙》："黄菊篱边无怅望,白云乡里有温柔。"宋仇远《宦海》："安乐窝中闲有味,温柔乡里老无缘。"

温室 wēn shì
【分类】政治
【关键词】三辅黄图
【释义】宫殿名。《三辅黄图》："温室殿,按《汉宫阙疏》,'在长乐宫'。'温室殿,武帝建,冬处之温暖也。'《西京杂记》曰:'温室以椒涂壁,被之文绣,香桂为柱,设火齐屏风,鸿羽帐,规定以罽宾氍毹。'"
【例句】唐韦元旦《早朝》:"词庭草欲奏,温室树无言。"唐权德舆《奉和礼部…》:"晨摇玉佩趋温室,莫入竹溪疑洞天。"唐沈东美《奉和苑舍…》:"温室言虽阻,文场契独全。"唐刘禹锡《奉送浙西…》:"诏下初辞温室树,梦中先到景阳楼。"

温室树 wēn shì shù
【分类】政治
【关键词】孔光
【释义】喻居官谨慎。《汉书·孔光传》:"或问光:'温室省中树皆何木也?'光嘿不应,更答以它语,其不泄如是。"晋晋灼注:"长乐宫中有温室殿。"
【例句】唐贯休《和韦相公…》:"只闻温树誉,堪鄙竹林贤。"唐韦元旦《早朝》:"词庭草欲奏,温室树无言。"唐武元衡《途次近蜀…》:"应怜宣室召,温树不同攀。"唐刘禹锡《奉送浙西…》:"诏下初辞温室树,梦中先到景阳楼。"

温席扇枕 wēn xí shān zhěn
【分类】生活
【关键词】黄香
【释义】形容子女至孝,侍奉父母无微不至。《东观汉记·黄香传》:"黄香,字文强。父况,举孝廉,为郡五官掾,贫无奴仆,香躬执勤苦,尽心供养。冬无被裤,而亲极滋味,暑即扇床枕,寒即以身温席。"
【例句】唐张说《阙题》:"温席开华扇,梁门换绸衣。"唐张说《岳州别姚…》:"天从扇枕愿,人遂倚门情。"唐王维《送崔五三往…》:"同怀扇枕恋,独念倚门愁。"宋林同《黄香》:"冬月常温席,炎天每扇床。"

温诏 wēn zhào
【分类】政治
【关键词】朱熹
【释义】指词情恳切的诏书。《宋诗钞·文公集钞》:"侧闻温诏询耆艾,好趁春风入殿衙。"宋朱熹字元晦,号晦庵,谥文,世称朱文公。
【例句】宋宋庠《驰贺监税…》:"温诏封芝出帝居,秘曹星秩示优除。"宋宋祁《赠吴太博》:"柔桑密映秦楼骑,温诏香怀汉署泥。"宋王洋《和赵倅兼…》:"应缘问俗颁温诏,却得名园看好花。"宋冯山《和岑岩起…》:"手持温诏方行道,堂有慈亲即是家。"

文鲏生珠 wén pí shēng zhū
【分类】生态
【关键词】郭璞
【释义】"为咏水族之典。《昭明文选·晋郭璞〈江赋〉》:"颒鳖肺跃而吐玑,文鲏磬鸣以孕璆。"唐李善注:"《山海经》曰:'文鲏之鱼,其状如覆铫,鸟首而翼,鱼尾,音如磬之声,是生珠玉。'"文鲏(文鳐),一种江鱼,据说此种鱼能生珠。"
【例句】唐曹松《南海》:"文鲏隔雾朝含碧,老蚌凌波夜吐丹。"明彭孙贻《东游纪行…》:"兰陵买醇酹,震泽钓文鲏。"

文不加点 wén bù jiā diǎn
【分类】文化
【关键词】祢衡
【释义】指文章一气写成,无须修改。形容才思敏捷,下笔成章。源见"鹦鹉赋"。
【例句】唐岑参《送张直公…》:"万言不加点,七步犹嫌迟。"唐李商隐《撰彭阳公…》:"敢伐不加点,犹当无愧辞。"宋李纲《汉处士祢衡》:"援笔不加点,粲然已成章。"宋陆游《忆荆州旧游》:"落笔千言不加点,班荆百榼命割鲜。"

文采 wén cǎi
【分类】文化
【关键词】韩非子
【释义】文章中表现出来的典雅艳丽和令人赏心悦目的色彩和风格。《韩非子·难言》:"捷敏辩给,繁于文采,则见以为史。"
【例句】唐杜甫《奉同郭给…》:"飘飘青琐郎,文采珊瑚钩。"唐薛涛《赠段校书》:"玄成莫便骄名誉,文采风流定不如。"唐殷尧藩《赠惟俨师》:"焕然文采照青春,一策江湖自在身。"聂绀弩《挽陈帅》:"江山故宅思文采,淮海丰碑伟将才。"

文采风流 wén cǎi fēng liú
【分类】文化
【关键词】杜甫
【释义】横溢的才华与潇洒的风度。亦指才华横溢与风度潇洒的人物。有时"采"亦作"彩"。唐杜甫《丹青引赠曹将军霸》:"英雄割据虽已矣,文采风流今尚存。"
【例句】宋王庭圭《和曹温如…》:"阿瞒岂但能横槊,文彩风流世有人。"宋赵鼎臣《送张彦政…》:"皎如双璧照简里,至今文彩风流存。"宋王庭圭《次韵向文刚》:"新诗不拾前人语,文彩风流自一门。"元王冕《司马氏藏…》:"程伯休父司马孙,风流文采垂青门。"

文畅俦 wén chàng chóu
【分类】文化
【关键词】柳恽

【释义】赞美人有文才之典。《梁书·柳恽传》:"柳恽字文畅…少有志行,好学,善尺牍…琅邪王元长见而嗟赏,因书斋壁。至是预曲宴,必被诏赋诗。尝奉和高祖《登景阳楼》中篇…深为高祖所美。当时咸共称传。"
【例句】唐皎然《读张曲江集》:"逸荡子山匹,经奇文畅俦。"

文成将军 wén chéng jiāng jūn
【分类】生态
【关键词】李少翁
【释义】即李少翁,西汉方士。《汉书·郊祀志上》:"少翁以方盖夜致夫人及灶鬼之貌云,天子自帷中望琹焉。乃拜少翁为文成将军,赏赐甚多…居岁余,其方益衰,神不至。乃为帛书以饭牛,详弗知也,言此牛腹中有奇。杀而视之,得书,书言甚怪,天子疑之。有识其手书,问之人,果伪书。于是诛文成将军,隐之。"
【例句】唐白居易《海漫漫戒…》:"徐福文成多诳诞,上元太一虚祈祷。"唐温庭筠《马嵬驿》:"甘泉不得重相见,谁道文成是故侯。"唐唐彦谦《蒙谷山》:"交朋漫信文成术,短烛瑶坛漏满壶。"宋杨亿《汉武》:"力通青海求龙种,死讳文成食马肝。"宋纪干著《古仙词》:"珠幡绛节晓霞中,汉武清斋待少翁。"唐徐夤《李夫人》:"招得香魂爵少翁,九华灯烛晓还空。"

文房四友 wén fáng sì yǒu
【分类】文化
【关键词】陆游
【释义】指笔、墨、纸、砚。《陆游集·闲居无客所与度日笔砚纸墨而已戏作长句》:"水复山重客到稀,文房四士独相依。"
【例句】宋史浩《笔架》:"四友文房相与俱,管城偏是一豪儒。"宋刘克庄《沁园春》:"交游少,约文房四友,泛浩摩苍。"宋王十朋《寄蒲墨与…》:"四友共文房,蒲君最异常。"清弘历《题明制瓦砚》:"质坚制古与墨宜,佐我文房之四友。"

文侯拥彗 wén hóu yōng huì
【分类】政治
【关键词】阮籍
【释义】咏礼贤之典。《昭明文选·三国魏阮籍〈诣蒋公〉》:"子夏处西河之上,而文侯拥彗。"唐李善注引《吕氏春秋》:"白圭曰:魏文侯师子夏。"注引李奇《汉书》注:"拥彗为恭也。如今卒持帚也。"拿着帚扫除以表示恭迎。
【例句】唐杜甫《赠秘书监…》:"几分汉廷竹,凤拥文侯彗。"宋董嗣杲《越城步月…》:"逸毁那能免,失拥文侯彗。"宋宋祁《回郡李东…》:"相君门下余尘在,拥彗应容一叩扉。"宋刘攽《和丘直讲…》:"横经童子一趋隅,拥彗门人为扫除。"

文举才 wén jǔ cái
【分类】文化
【关键词】孔融
【释义】借指早慧才士。源见"小时了了"。
【例句】唐孟浩然《姚开府山池》:"今日龙门下,谁知文举才。"唐崔融《哭蒋詹事俨》:"不轻文举少,深叹子云疲。"唐储光羲《秋庭贻马九》:"迭宕孔文举,风流石季伦。"唐李端《赠赵神童》:"不是通家旧,频劳文举过。"

文举伤年 wén jǔ shāng nián
【分类】生活
【关键词】孔融
【释义】喻感叹老大无成。《昭明文选·东汉孔融〈论盛孝章书〉》:"岁月不居,时节如流。五十之年,忽焉已至。"孔融字文举。
【例句】唐武元衡《奉酬中书…》:"仲山方补衮,文举自伤年。"唐耿湋《赠胡居士》:"孔融过五十,海内故人稀。"唐李商隐《摇落》:"摇落伤年日,羁留念远心。"唐李涉《寄峡州韦…》:"年过五十鬓如丝,不必前程更问师。"

文举识 wén jǔ shí
【分类】政治
【关键词】孔融
【释义】喻指受到识才者知遇。孔融字文举。源见"荐鹗"。
【例句】唐李端《酬晋侍御…》:"本求文举识,不在子真官。"唐权德舆《送正字十…》:"离堂莫起临岐叹,文举终当荐祢衡。"唐孟浩然《送张参明…》:"四座推文举,中郎许仲宣。"唐权德舆《奉酬从兄…》:"荐贤比文举,理郡迈文翁。"

文君 wén jūn
【分类】生活
【关键词】司马相如
【释义】卓文君,汉代才女。《史记·司马相如列传》:"是时卓王孙有女文君新寡,好音,故相如缪与令相重,而以琴心挑之…文君夜亡奔相如,相如乃与驰归成都。"
【例句】唐李百药《少年行》:"始酌文君酒,新吹弄玉箫。"唐李白《白头吟》:"一朝将聘茂陵女,文君因赋白头吟。"唐罗虬《比红儿诗》:"料得相如偷见面,不应琴里挑文君。"唐郑谷《蜀中》:"雪下文君沽酒市,云藏李白读书山。"

文君恨 wén jūn hèn
【分类】生活
【关键词】司马相如
【释义】谓女子怨恨郎君移情别恋。源见"白头吟"。
【例句】唐李益《奉和武相…》:"分明似写文君恨,万怨千愁弦上声。"宋蔡伸《柳梢青》:"凄凉断雨残云,算此恨、文君更切。"宋无名氏《回文》:"羞看一首回文锦,锦似文君别恨深。"宋乐雷发《司马相如》:"当时最有文君恨,不识长门买赋人。"

文庙十哲 wén miào shí zhé
【分类】生活
【关键词】论语

【释义】孔子门下最优秀的十位学生的合称。《论语·先进》载，"子曰：'从我于陈蔡者，皆不及门也。德行：颜渊、闵子骞、冉伯牛、仲弓；言语：宰我、子贡；政事：冉有、季路；文学：子游、子夏。'"

【例句】宋郑刚中《学山野烧…》："何但光孔圣，亦已照十哲。"宋曾丰《为增城丞…》："能拍十哲肩，不失速而肖。"元何儒行《泮宫丁祀》："四公传道统，十哲领儒纲。"明湛若水《于礼部后…》："斯文本同家，十哲集如云。"明王宾《言子墓》："山家相约休樵采，十哲人中第九人。"

文魔贾岛　wén mó jiǎ dǎo
【分类】文化
【关键词】贾岛
【释义】咏唐朝诗人贾岛苦吟之典。《新唐书·韩愈传》附《贾岛》："岛字浪仙，范阳人，初为浮屠，名无本…愈怜之，因教其为文，遂去浮屠，举进士。当其苦吟，虽逢值公卿贵人，皆不之觉也。一日见京兆尹，跨驴不避，呼诘之，久乃得释。"
【例句】唐韩愈《赠贾岛》："天恐文章浑断绝，更生贾岛着人间。"唐齐己《览延栖上…》："贾岛苦兼此，孟郊清独行。"唐齐己《送吴守明…》："丧乱嘉陵驿，尘埃贾岛诗。"宋郑起《赠英公大师》："李斯篆字功何妙，贾岛诗章学太玄。"

文母　wén mǔ
【分类】政治
【关键词】诗经
【释义】文德之母。对后妃的称颂。《诗经·周颂·雝》："既右烈考，亦右文母。"汉毛传："文母，大姒也。"
【例句】唐权德舆《大行皇太…》："唯余文母化，阴德满公宫。"宋夏竦《奉和御制…》："祼成文母膺鸿祐，永指南山比寿年。"宋文彦博《慈圣皇太…》："奕叶舜华推至孝，前朝文母继清风。"宋苏轼《坤成节集…》："文母忧勤初化俗，曾孙仁孝已通天。"

文若比子房　wén ruò bǐ zǐ fáng
【分类】政治
【关键词】荀彧
【释义】咏谋臣之典。《后汉书·荀彧传》："荀彧字文若…乃去绍从操。操与语大悦，曰：'吾子房也。'以为奋武司马，时年二十九。"后"以彧为侍中、光禄大夫，持节，为丞相军事"。因劝阻曹操进爵国公，被迫自杀。
【例句】唐李嘉祐《故燕国相…》："文若为全德，留侯是重名。"宋梅尧臣《谢晏相公》："昔慕荀文若，多称王仲宣。"宋晁说之《书恨》："为问荀文若，能惭诸葛不。"明释函《筼筜引》："文若似子房，事曹欲何为。"

文石陛　wén shí bì
【分类】政治
【关键词】梅福
【释义】用文石砌成的宫廷台阶。代指朝廷。汉梅福《上书请封孔子子孙为殷后》："故愿壹登文石之陛。涉赤墀之涂。"
【例句】唐杜牧《长安杂题…》："束带谬趋文石陛，有章曾拜皂囊封。"唐杜牧《寄宣州郑…》："文石陛前辞圣主，碧云天外作冥鸿。"唐权德舆《奉和李给…》："分曹列侍登文石，促膝闲谣接羽觞。"宋丁谓《虎丘》："玉佩乍辞文石陛，锦衣重到虎丘山。"

文似相如　wén sì xiàng rú
【分类】文化
【关键词】扬雄
【释义】赞美某人文才卓著。源见"绵竹颂"。
【例句】唐崔峒《送韦八少…》："玄成业紫真官，文似相如貌胜潘。"唐权德舆《送密秀才…》："蜀国本多士，雄文似相如。"宋文同《山城秋日…》："有人更在杨庄上，文似相如肯见休。"宋吕大临《送刘户曹》："学如元凯方成癖，文似相如反类俳。"

文殊问疾　wén shū wèn jí
【分类】文化
【关键词】维摩诘
【释义】咏关怀或探问之典。源见"维摩示病"。
【例句】唐白居易《答闲上人…》："一床方丈向阳开，劳动文殊问疾来。"宋杨亿《丽水甄殿…》："欲亲高论无由得，须作文殊问疾行。"宋吕本中《同狼山印…》："尚从文殊师，一往问摩诘。"宋舒邦佐《寄端夫》："文殊问疾移秋晚，空想敲门剥啄声。"

文王避雨陵　wén wáng bì yǔ líng
【分类】生态
【关键词】周文王
【释义】咏殽山之典。《左传·僖公三十二年》："殽有二陵焉；其南陵，夏后皋之墓也；其北陵，文王之所辟风雨也。"晋杜预注："殽在弘农渑池县西。大阜曰陵。"
【例句】唐唐彦谦《蒲津河亭》："烟横博望乘槎水，日上文王避雨陵。"宋喻良能《题冯家洞》："深于幽俗藏冰室，险过文王避雨陵。"元李ది贤《二陵早发》："云迷柱史烧丹灶，雪压文王避雨陵。"明倪岳《和景章登…》："高宜太史占云地，远胜文王避雨陵。"

文王喻复　wén wáng yù fù
【分类】政治
【关键词】周文王
【释义】正月初七的借称。《周易注疏·复》："反复其道，七日来复。"三国魏王弼注："阳气始剥尽，至来复时，凡七日。"《史记·周本纪》："（文王）其囚羑里，盖益《易》之八卦为六十四卦。"指文王推演阳气来复，共须七日，恰在正月初七。
【例句】唐李商隐《人日即事》："文王喻复今朝是，子晋吹笙此日同。"明钱谦益《庚寅人日…》："冀叶依然七叶齐，文王喻复此应稽。"

文翁 wén wēng
【分类】政治
【关键词】文翁
【释义】公学始祖,西汉循吏。《汉书·循吏列传·文翁》:"繇是大化,蜀地学于京师者比齐鲁焉。至武帝时,乃令天下郡国皆立学校官,自文翁为之始云。"
【例句】唐杜甫《将赴荆南…》:"但见文翁能化俗,焉知李广未封侯。"唐刘鲁风《江西投谒…》:"万卷书生刘鲁风,烟波万里谒文翁。"唐薛能《送崔学士…》:"文翁劝学人应恋,魏绛和戎戍自休。"五代贯休《夏雨登干…》:"自怜四郡干戈日,得在文翁教化中。"

文翁儒化 wén wēng rú huà
【分类】政治
【关键词】文翁
【释义】称颂地方官吏重视教化,移风易俗。《汉书·循吏列传·文翁》:"为蜀郡守,仁爱好教化。见蜀地辟陋有蛮夷风,文翁欲诱进之…数年,争欲为学官弟子,富人至出钱以求之。"
【例句】唐李夷简《西亭暇日…》:"文翁旧学校,子产昔田畴。"唐杜甫《赠左仆射…》:"诸葛蜀人爱,文翁儒化成。"五代·贯休《闻知闻赴…》:"文翁还化蜀,帘幕列鹓鸾。"宋刘敞《题浙西新…》:"当时文翁化蜀者,独有扬雄及司马。"

文武吉甫 wén wǔ jí fǔ
【分类】政治
【关键词】尹吉甫
【释义】咏宰辅贤臣之典。《诗经·小雅·六月》:"薄伐猃狁,至于太原。文武吉甫,万邦为宪。"孔疏:"王师所以得胜者,以有文德武功之臣尹吉甫,其才略可以为万国之法。"
【例句】唐权德舆《送张仆射…》:"东方连帅南阳公,文武吉甫如古风。"宋王安石《次韵元厚…》:"文武佐时惭仲父,宣王征伐自肤公。"明江源《凯歌为阳…》:"古来文武有吉甫,三代而下诸葛公。"明湛若水《马恒斋都…》:"文武吉甫今马公,方古名将为将雄。"

文星 wén xīng
【分类】文化
【关键词】太平御览
【释义】即文昌星,又名文曲星。相传文曲星主文才,后亦指有文才的人。《太平御览》:"文昌六星在北斗魁前,如匡形。故史迁曰:'斗魁戴匡,其第六星名曰司禄,此天之府计集所会也。'"
【例句】唐储光羲《哥舒大夫…》:"神武建皇极,文昌开将星。"唐元稹《献荥阳公》:"词海跳波涌,文星拂坐悬。"唐裴说《怀素台歌》:"杜甫李白与怀素,文星酒星草书星。"宋王禹偁《寄献郇州…》:"丈人文曲星,谪仙下界。"宋许景衡《王经国生辰》:"文星已作人间瑞,阳气方从地

底回。"

文鸯 wén yāng
【分类】政治
【关键词】文俶
【释义】代称武将。《三国志·毋丘俭传》:"钦(文钦)不知,果夜来欲袭艾(邓艾)等,会明,见大军兵马盛,乃引还。"南朝宋裴松之注引《魏氏春秋》:"钦中子(文)俶,小名鸯。年尚幼,勇力绝人。"又见《诸葛诞传》南朝宋裴松之注引《晋诸公赞》:"俶后为将军,破凉州房,名闻天下。太康中为东夷校尉,假节。"
【例句】唐李贺《谢秀才有…》:"寻常轻宋玉,今日嫁文鸯。"宋陈普《毋丘俭》:"奇功一夜归人手,空使文鸯待到明。"明龚鼎孳《赠歌者王…》:"将身莫便许文鸯,罗袖能窥宋玉墙。"明毛奇龄《文都司生…》:"自昔分藩推邓禹,于今开府遇文鸯。"

文鳐 wén yáo
【分类】文化
【关键词】鱼
【释义】传说中的鱼名。《山海经·西山经》:"又西百八十里,曰泰器之山。观水出焉,西流注于流沙。是多文鳐鱼,状如鲤鱼,鱼身而鸟翼,苍文而白首,赤喙,常行西海,游于东海,以夜飞。"
【例句】唐唐彦谦《汉代》:"靆帟翘彩雉,波扇画文鳐。"唐顾况《送从兄使…》:"南溟垂大翼,西海饮文鳐。"宋梅尧臣《观王氏书》:"风驰雨骤起变怪,文鳐昼飞明珠跳。"清欧阳述《水族博物馆》:"人鱼戴头走戢戢,文鳐鼓翼飞振振。"

文鹢 wén yì
【分类】文化
【关键词】船
【释义】船首画有鹢鸟形状的船。泛指舟船。《淮南子·本经训》:"龙舟鹢首,浮吹以娱。"汉高诱注:"鹢,大鸟也,画其像著船头,故曰鹢首。"
【例句】唐李世民《赋得浮桥》:"水摇文鹢动,缆转锦花萦。"宋王安石《送章宏》:"一川浊水浮文鹢,千里轻帆落武丘。"宋宋祁《和李屯田…》:"低写卧虹桥齿密,小装文鹢舫头新。"宋韩琦《上巳会兴…》:"禊觞临水筵相属,文鹢凌波尾竞衔。"

文园 wén yuán
【分类】生态
【关键词】司马相如
【释义】汉文帝陵园。亦泛指陵园或园林。因司马相如曾任文园令,遂指司马相如。后借指文人。《史记·司马相如列传》:"相如拜为孝文园令。"唐司马贞《史记索隐》引《百官志》:"陵园令,六百石,掌894行扫除。"
【例句】唐胡皓《奉天田明…》:"属城富才雄,文园饯席同。"唐储光羲《京口留别…》:"近臣朝琐闼,词客向文园。"唐

皇甫冉《故齐王赠…》:"旧居从代邸,新陇入文园。"唐钱起《赴章陵酬…》:"芳草文园路,春愁满别心。"

文章千古事 wén zhāng qiān gǔ shì
【分类】文化
【关键词】杜甫
【释义】意谓文章是流传千古的不朽事业。唐杜甫《偶题》:"文章千古事,得失寸心知。"
【例句】宋刘兼《江岸独步》:"簪组百年终长物,文章千古亦虚名。"宋黄公度《挽张直讲…》:"文章千古事,忠孝一生心。"宋饶节《赠伯容》:"文章千古陶元亮,笔札平生谷子云。"明程本立《题韩伯时…》:"汗简文章千古事,茧窝骸骨百年心。"

文章扫地 wén zhāng sǎo dì
【分类】政治
【关键词】任昉
【释义】指世风颓败,轻视文化教育,文章不值钱,文人遭摧残。《昭明文选·南朝梁任昉〈天监三年策秀才文三首〉》:"百王之弊,齐季斯甚,衣冠礼乐,扫地无余。"唐李善注:"言衣冠制度、礼乐、轨仪,皆见废弃,故无余也。《汉书·赞》曰:'秦灭六国,而上古遗烈扫地尽矣。'"
【例句】唐李白《鲁郡尧祠…》:"长杨扫地不见日,石门喷作金沙潭。"唐杜甫《哭台州郑…》:"豪俊何人在,文章扫地无。"唐卢纶《姜薄命》:"薄命今犹在,坚贞扫地无。"宋朱彦《题方氏清…》:"干戈唐季风尘中,一代文章扫地空。"

文章憎命 wén zhāng zēng mìng
【分类】政治
【关键词】杜甫
【释义】文章厌恶命运好的人。形容有才能的人遭遇不好。唐杜甫《天末怀李白》:"文章憎命达,魑魅喜人过。"
【例句】宋林景熙《寄陈用宾》:"文章自古多憎命,狗监无劳诵子虚。"明林光《次韵答族…》:"未信文章憎命达,还将老眼对天公。"明皇甫汸《白符卿免官》:"文章憎命不堪论,留滞官阶二十春。"聂绀弩《再扫萧红墓》:"光线无钱窥紫外,文章憎命到红中。"

文质彬彬 wén zhì bīn bīn
【分类】文化
【关键词】孔子
【释义】原指既有高深的知识,又有雅致的风度。后形容人举止斯文,态度闲雅。《论语·雍也》:"子曰:'质胜文则野,文胜质则史。文质彬彬,然后君子。'"即朴实和文采配合得当,才可称得上是一位君子。
【例句】唐元稹《代曲江老…》:"班行容济济,文质道彬彬。"唐杨炯《和刘长史…》:"风标自落落,文质且彬彬。"宋李处权《哭驾部舅》:"优为君子儒,彬彬见文质。"明胡应麟《温陵苏学…》:"衰风遂一变,彬彬有文质。"

文中虎 wén zhōng hǔ
【分类】文化
【关键词】谢希深
【释义】指擅长诗文的人。《归田录》:"(谢希深)以启事谒见大年,有云:'曳铃其空上,念无君子者,解组不顾公,其如苍生何!'大年自书此四句于扇曰:'此文中虎也。'"
【例句】宋李之仪《送储子椿…》:"爱君正如鞲上鹰,畏君何翅文中虎。"宋何恭《呈东坡》:"昔日欧阳心独苦,搜罗天下文中虎。"宋刘才邵《勒兵行》:"监丞健笔文中虎,须臾作歌继《常武》。"宋刘克庄《送黄舒文…》:"博士文中虎,垂髫已定交。"

文中子 wén zhōng zǐ
【分类】政治
【关键词】王勃
【释义】王通字仲淹,道号文中子,隋著名教育家、思想家、道家。《旧唐书·王勃》:"王勃字子安…通,隋蜀郡司户书佐。大业末,弃官归,以著书讲学为业…义宁元年卒,门人薛收等相与议谥曰文中子。"
【例句】宋方岳《寄问参政》:"有书欲问文中子,无策重窥傅说星。"宋王十朋《祈雨不应》:"醉经且学文中子,闵雨难祈应上公。"宋刘克庄《书事》:"文中子处无熏染,桑大夫边窃绪余。"明薛瑄《秋日家山…》:"龙门献策文中子,麟趾成书太史公。"

闻道 wén dào
【分类】政治
【关键词】孔子
【释义】领会某种道理,听取关于事理和规律的教导。《论语·里仁》:"子曰:朝闻道,夕死可矣。"
【例句】唐宋之问《军中人日…》:"闻道凯旋乘骑入,看君走马见芳菲。"唐陈子昂《赠严仓曹…》:"闻道沈冥客,青囊有秘篇。"唐元稹《相忆泪》:"西江流水到江州,闻道分成九道流。"聂绀弩《挽包于轨》:"我思闻道耳偏聋,君以邯郸故步封。"

闻会吟 wén huì yín
【分类】生态
【关键词】谢灵运
【释义】"为吟咏会稽之典。《昭明文选·南朝宋谢灵运〈会吟行〉》:"六行缓清唱,三调伫繁音。列筵皆静寂,咸共聆会吟。会吟自有初,请从文命敷。…"用为颂美会稽郡的幽美景色及杰出人物。会吟,指谢灵运的《会吟行》。
【例句】唐李白《夜泊黄山…》:"昨夜谁为吴会吟,风生万壑振空林。"唐李群玉《送处士自…》:"莼菜动归兴,忽然闻会吟。"宋刘敞《送修撰张…》:"若向鉴中望明月,会吟还肯寄新声。"明叶春及《庐山谣答…》:"康乐因为吴会吟,安仁作赋如陈琳。"

闻鸡起舞 wén jī qǐ wǔ
【分类】生活
【关键词】祖逖
【释义】比喻有志之士惜时奋发。《晋书·祖逖传》:"与司空刘琨俱为司州主簿,情好绸缪,共被同寝。中夜闻荒鸡鸣,蹴琨觉曰:'此非恶声也。'因起舞。"

【例句】唐玄宗《巡省途次…》:"不学刘琨舞,先歌汉祖风。"唐谭用之《秋宿湘江…》:"江上阴云锁梦魂,江边深夜舞刘琨。"宋张方平《夜意》:"慷慨闻鸡舞,悲凉感笛情。"宋郭祥正《古剑歌》:"酒酣闻鸡起欲舞,明星错落银河旋。"

闻韶忘味 wén sháo wàng wèi

【分类】生活

【关键词】论语

【释义】形容音乐高妙,令人忘情;也用以指恭听帝王之乐。《论语·述而》:"子在齐闻韶,三月不知肉味。曰:'不图为乐之至于斯也。'"

【例句】唐崔日用《奉和人日…》:"宸极此时飞彩藻,微臣窃抃预闻韶。"唐李咸用《览文僧卷》:"虽无先圣耳,异代得闻昭。"唐胡曾《朝歌》:"若解闻韶知肉味,朝歌欲到肯回头。"五代王仁裕《荆南席上…》:"丹禁旧臣来侧耳,骨清神爽似闻韶。"

闻猿沾裳 wén yuán zhān cháng

【分类】生活

【关键词】荆州记

【释义】咏巫峡猿啼而引生悲怆之典。《世说新语·黜免》梁刘孝标注引《荆州记》曰:"峡长七百里,两岸连山,略无绝处,重岩叠嶂,隐天蔽日,常有高猿长啸,属引清远。渔者歌曰:'巴东三峡巫峡长,猿鸣三声泪沾裳。'"

【例句】唐孟浩然《宿桐庐江…》:"山暝闻猿愁,沧江急夜流。"唐李白《过崔八丈…》:"猿啸风中断,渔歌月里闻。"唐岑参《巴南舟中…》:"见雁思乡信,闻猿积泪痕。"聂绀弩《步酬敏之…》:"清猿我自啼三峡,明月君来照一滩。"

刎颈交 wěn jǐng jiāo

【分类】生活

【关键词】廉颇

【释义】指生死不渝的情谊。《史记·廉颇蔺相如列传》:"廉颇闻之,肉袒负荆,因宾客至蔺相如门谢罪,曰:'鄙贱之人,不知将军宽之至此也。'卒相与欢,为刎颈之交。"唐司马贞《史记索隐》:"负荆者,荆,楚也,可以为鞭。"

【例句】唐白居易《和雉》:"媒张陈则刎颈交,竟以势不完。"宋刘敞《大雨行》:"君不见张耳陈馀刎颈交,中道相捐岂终永。"宋郭祥正《交难》:"君不见张陈昔日刎颈交,临阵弯弓返相射。"宋黄庭坚《题安石榴…》:"如何陈张刎颈交,借兵相亡不余力。"

问安视膳 wèn ān shì shàn

【分类】政治

【关键词】周文王

【释义】儿子侍奉父母的礼法,即每日必问安,每食必在侧。《礼记·文王世子》:"文王之为世子,朝于王季日三。鸡初鸣而衣服,至于寝门外,问内竖之御者曰:'今日安否何如?'内竖曰:'安。'文王乃喜…王季复膳,然后亦复初。食上,必在视寒暖之节;食下,问所膳。"

【例句】唐齐己《送刘秀才…》:"应到高堂问安后,却携文入帝京游。"唐王维《恭懿太子…》:"鸡鸣常问膳,今恨玉京留。"宋黄公度《闻太母还…》:"问安视膳阻夙宵,位极万乘心何聊。"明罗万杰《闻黄迁父…》:"日穿南牖问安后,春护北堂视膳余。"

问道崆峒 wèn dào kōng tóng

【分类】政治

【关键词】广成子

【释义】借指帝王捐弃帝位而求长生。《庄子·在宥》:"黄帝立为天子十九年,令行天下,闻广成子在于空同之山,故往见之…广成子南首而卧,黄帝顺下风膝行而进,再拜稽首而问曰:'闻吾子达于至道,敢问:治身奈何而可以长久?'"

【例句】宋周紫芝《读陈公葆…》:"崆峒拟问道,桂馆延列仙。"宋周紫芝《时宰生日诗》:"霓旌旋羽盖,问道来崆峒。"宋黄庭坚《赠黔南贾…》:"少年圯下传书客,老去崆峒问道山。"宋谢逸《寄洪龟父…》:"问道崆峒墟,枯槎泛江浒。"

问鼎 wèn dǐng

【分类】政治

【关键词】左传

【释义】喻指图谋王位。《左传·宣公三年》:"楚子伐陆浑之戎,遂至于雒,观兵于周疆。定王使王孙满劳楚子,楚子问鼎之大小轻重焉。"

【例句】唐骆宾王《夏日游德…》:"封疆恢霸道,问鼎竞雄图。"唐李隆基《巡省途次…》:"长怀问鼎气,凤负拔山雄。"唐李群玉《登华楼》:"沉吟问鼎语,但见东波流。"宋马之纯《谢安墓》:"桓贼寻常思问鼎,苻秦百万已临边。"

问鸿蒙 wèn hóng méng

【分类】政治

【关键词】庄子

【释义】咏顺应天然而自适之典。《庄子·在宥》:"云将曰:'天气不和,地气郁结,六气不调,四时不节。今我愿合六气之精以育群生,为之奈何?'鸿蒙拊脾雀跃掉头曰:'吾弗知!吾弗知!'云将不得问。又三年…鸿蒙曰:'意!心养!汝徒处无为,而物自化。堕尔形体,吐尔聪明,伦于物忘,大同乎涬溟。解心释神,莫然无魂。'"鸿濛,原指宇宙形成前的浑沌状态,此指自然元气。

【例句】唐张说《九日进茱…》:"路疑随大隗,心似问鸿蒙。"宋刘攽《清门》:"公是蓬莱真学士,故应乘此问鸿蒙。"宋杨时《含云寺书事》:"兽骇禽鸣翳蔚中,难将此意问鸿蒙。"宋胡寅《和黄执礼》:"敢似越鸡孵鹄卵,正惭云将问鸿蒙。"

问缣 wèn jiān

【分类】生活

【关键词】王丹

【释义】咏择友慎交之典。《后汉书·王丹传》:"丹子有同门生丧亲。家在中山,白丹欲往奔慰。结侣将行,丹怒而挞之,令寄缣以祠焉。或问其故。丹曰:'交道之难,未易言也。世称管鲍,次则王、贡。张、陈凶其终,萧、朱隙其末,故知全之者鲜矣。'时人服其言。"

【例句】唐高适《东平旅游…》:"叨承解榻礼,更得问缣游。"宋贺铸《寄题浔阳…》:"被褐有余乐,问缣无隐情。"明周应宾《去妇词》:"同是机中人,何必问缣素。"

问津 wèn jīn

【分类】政治

【关键词】论语

【释义】打听渡口,现比喻没有人访求、探求或尝试。《论语注疏·微子》:"长沮、桀溺耦而耕,孔子过之,使子路问津焉。长沮曰:'夫执舆者为谁?'子路曰:'为孔丘。'曰:'是鲁孔丘与?'…耰而不辍。子路行以告。夫子忧然曰:'鸟兽不可与同群,吾非斯人之徒与而谁与?天下有道,丘不与易也。'"

【例句】唐司空图《浙上》:"从他烟棹更南去,休向津头问去程。"唐方干《上越州杨…》:"试把十年辛苦志,问津求拜碧油幢。"唐李白《送岑徵君…》:"蹈海宁受赏,还山非问津。"唐高骈《留别彰德…》:"桂攀明月曾观国,蓬转西风却问津。"

问牛衅钟 wèn niú xìn zhōng

【分类】政治

【关键词】梁惠王

【释义】比喻统治者对民众的恻隐之心。源见"衅钟悲牛"。

【例句】唐柳宗元《游南亭夜…》:"问牛悲衅钟,说虺惊临牢。"宋陆游《书斋壁》:"过堂未悟钟将衅,睨柱宁知璧偶全?"元祖柏《效刘屏山…》:"鼷鼠不发千钧机,衅钟无罪牛何之。"

问天 wèn tiān

【分类】政治

【关键词】楚辞

【释义】谓心有委屈而诉问于天。《楚辞补注·天问序》:"《天问》者,屈原之所作也。何不言问天?天尊不可问,故曰天问也。"

【例句】唐王维《偶然作》:"未尝肯问天,何事须击壤。"唐李贺《公无出门》:"分明犹惧公不信,公看呵壁书问天。"唐杨炯《奉和上元…》:"赤县空无主,苍生欲问天。"唐刘长卿《岁日见新…》:"青阳振蛰初颁历,白首衔冤欲问天。"

汶阳田 wèn yáng tián

【分类】政治

【关键词】左传

【释义】咏农耕田产之典。也喻归隐。《左传·僖公元年》:"公赐季友汶阳之田。"鲁僖公把汶阳田赐给执政大臣季友。晋杜预注:"汶阳田,汶水北地。汶水出泰山莱芜县。"今山东省泰安市西南一带。

【例句】唐岑参《送孟孺卿…》:"羞过灞陵树,归种汶阳田。"唐刘长卿《送河南元…》:"方收汉家俸,独向汶阳田。"唐韩翃《送高别驾…》:"久客未知何计是,参差去借汶阳田。"唐刘沧《旅馆书怀》:"客计倦行分陕路,家贫休种汶阳田。"

翁仲 wēng zhòng

【分类】文化

【关键词】淮南子

【释义】喻指铜像或石像。《淮南子·泛论训》:"秦之时,高为台榭,大为苑囿,远为驰道,铸铜人。"汉高诱注载:传说秦始皇初兼天下,有长人见于临洮,其长五丈,足迹六尺。仿写其形,铸金人以象之,称为翁仲。

【例句】唐柳宗元《衡阳赠别…》:"伏波故道风烟在,翁仲遗墟草树平。"宋宋祁《有诏解郡作》:"蛟螭对舞瞻层阁,翁仲双扶识故扉。"宋陈师道《送杜侍御…》:"向来此地几送迎,草间翁仲口不暗。"宋李清照《上韩公枢密》:"灵光虽在应萧萧,草中翁仲今何若。"

瓮间吏部 wèng jiān lì bù

【分类】生活

【关键词】毕卓

【释义】指嗜酒醉酒的人及其醉态。源见"吏部眠"。

【例句】唐李端《晚秋旅舍…》:"吏部逢今日,还应瓮下眠。"唐白居易《家园三绝》:"篱下先生时得醉,瓮间吏部暂偷眠。"宋李宗谔《劝石集贤饮》:"瓮间吏部宁须问,席上车公不可忘。"宋司马光《虞部刘员…》:"炉边应有步兵尉,瓮下难寻吏部郎。"

瓮间眠 wèng jiān mián

【分类】生活

【关键词】毕卓

【释义】谓醉眠。源见"吏部眠"。

【例句】唐王绩《解六合丞还》:"但愿朝朝长得醉,何辞夜夜瓮间眠。"唐李商隐《咏怀寄秘…》:"瓮间眠太率,床下隐何卑!"唐元稹《饮致用神…》:"瓮间思毕卓,糟藉忆刘伶。"宋晁端禀《醉眠亭》:"吏部瓮间眠,先生窗下卧。"

瓮头春 wèng tóu chūn

【分类】生活

【关键词】岑参

【释义】酒名。喻美酒。唐岑参《喜韩樽相过》:"瓮头春酒黄花脂,禄米只充沽酒资。"

【例句】唐岑参《喜韩樽相过》:"瓮头春酒黄花脂,禄米只充沽酒资。"五代李建勋《春日尊前…》:"眼底好花浑似雪,瓮头春酒漫如油。"宋王庭圭《雪中以酒…》:"小槽新压瓮头春,盛欲招呼雪闭门。"宋黄庭坚《明远庵》:"多方挈取瓮头春,大白梨花十分注。"

瓮牖绳枢 wèng yǒu shéng shū

【分类】生活

【关键词】陈胜

【释义】牖:窗子;枢:门的转轴。以破瓮做窗,以草绳系户枢作门轴。比喻住房简陋,家境贫寒。《史记·秦始皇本纪》:"陈涉,瓮牖绳枢之子,氓隶之人,而迁徙之徒。"

【例句】唐温庭筠《病中书怀…》:"五车堆缥帙,三径阁绳枢。"宋刘克庄《太守林太…》:"自惭瓮牖绳枢子,不称香囊锦伞花。"宋苏过《和新茸南园》:"瓮牖绳枢知达观,兔葵燕麦任春风。"金耶律楚材《和孟驾之韵》:"瓮牖绳枢甘俭薄,饥肠雷转充糟粕。"

瓮中醯鸡 wèng zhōng xī jī

【分类】生活

【关键词】庄子

【释义】形容孤陋寡闻,见识浅短。醯鸡,即蠛蠓。古人以为是酒醋上的白霉变成。《庄子·田子方》:"孔子出,以告颜回曰:'丘之于道也,其犹醯鸡与!微夫子之发吾覆也,吾不知天地之大全也。'"

【例句】唐李白《留别西河…》:"世人若醯鸡,安可识梅生。"唐刘禹锡《有僧言罗…》:"醯鸡仰瓮口,亦谓云汉津。"唐罗隐《南园题》:"小窗奔野马,闲瓮养醯鸡。"宋宋庠《孟津晚景》:"醯鸡瓮外天方阔,偃鼠河滨水正深。"

蜗角虚名 wō jiǎo xū míng

【分类】政治

【关键词】庄子

【释义】蜗牛之角,极言其小。指微不足道的虚名。源见"蛮触交争"。

【例句】宋张师正《句》:"蜗角功名时不与,涧松材干老甘休。"宋黄庭坚《喜大守毕…》:"功名富贵两蜗角,险阻艰难一酒杯。"宋李新《崇宁寺晚归》:"虚名自古双蜗角,别业从来一钓矶。"宋苏轼《满庭芳》:"蜗角虚名,蝇头微利,算来着甚干忙。"

蜗角争 wō jiǎo zhēng

【分类】政治

【关键词】庄子

【释义】比喻为细微之事而相争。源见"蛮触交争"。

【例句】唐雍裕之《细言》:"蚊眉自可托,蜗角岂劳争。"唐白居易《不如来饮酒》:"相争两蜗角,所得一牛毛。"唐白居易《禽虫》:"蟭螟杀敌蚊巢上,蛮触交争蜗角中。"宋刘敞《寄隐直》:"一世共争蜗角上,微生多付酒杯中。"

蜗牛庐 wō niú lú

【分类】生活

【关键词】魏略

【释义】喻指简陋的房屋。或谦称自己的居处。《三国志·管宁传》:"尺牍之迹,动见模楷焉。"南朝宋裴松之注引三国魏鱼豢之《魏略》:"(焦)先等作圜舍,形如蜗牛蔽,故谓之蜗牛庐。"形圆似蜗牛壳的简易庐舍。

【例句】唐白居易《效陶渊明体诗》:"出扶桑枣杖,入卧蜗牛庐。"宋黄庭坚《次韵文潜…》:"初开蜗牛庐,中置师子床。"宋赵鼎臣《五月十八…》:"室如蜗牛庐,气若炊饭甑。"宋谢薖《闻彦光田…》:"绿林灰烬一瞬耳,况乃田父蜗牛庐。"

蜗舍 wō shè

【分类】生活

【关键词】魏略

【释义】比喻简陋狭小的房舍。多用以谦称自己的住所。源见"蜗牛庐"。

【例句】唐权德舆《过隐者湖…》:"蜗舍映平湖,嶓然一鲁儒。"唐方干《归睦州中…》:"却容鹤发过蜗舍,犹梦渔竿从隼旗。"唐白居易《小庭寒夜…》:"庭小同蜗舍,门闲称雀罗。"唐许浑《送处士武…》:"却望乌台春树老,独归蜗舍暮云深。"

蜗涎 wō xián

【分类】文化

【关键词】杜牧

【释义】蜗行所分泌的黏液。喻指无用有害的东西。唐杜牧《华清宫》:"鸟啄摧寒木,蜗涎蠹画梁。"

【例句】宋苏轼《籍田》:"鱼沫依苹渚,蜗涎上彩楹。"宋马廷鸾《夜病》:"蜗涎有几春潮涌,鸡唱无凭晓日曈。"宋梅尧臣《奉和宣…》:"秋池对门莲子枯,野壁剥月蜗涎涂。"宋黄庶《和子玉病…》:"窗户蜗涎锁,尘埃鼠迹书。"

蜗篆 wō zhuàn

【分类】文化

【关键词】王禹偁

【释义】指蜗牛爬行时留下的涎液痕迹,屈曲如篆文。《宋诗钞·小畜集钞》:"鲤翻自跃金,蜗篆烧余汞。"宋王禹偁字元之,著有《小畜集》。

【例句】宋毛滂《玉楼春》:"泥银四壁盘蜗篆,明月一庭秋满院。"宋李彭《苦雨》:"溪山作雨水漂靂,芝菌对床蜗篆梁。"宋王柏《和曹盘斋…》:"依红宿蝶沾新粉,点绿行蜗篆老苔。"宋叶茵《南塘偶成》:"梅花密点残棋局,蜗篆斜题小砚屏。"

我白君元 wǒ bái jūn yuán

【分类】生活

【关键词】元稹

【释义】称彼此是诗人好友。源见"元白"。白居易与元稹二人文集皆冠以穆宗年号"长庆"。

【例句】宋刘辰翁《酹江月》:"我白君元,君词我和,各自为《长庆》。"清宋荦《余四十七…》:"健笔君元追子厚,漫游我自吊髯苏。"

我马玄黄 wǒ mǎ xuán huáng

【分类】生活

【关键词】马

【释义】形容马病的样子。《诗经·周南·卷耳》:"陟彼高岗,我马玄黄。"王引之《经义述闻·毛诗上》:"虺颓叠韵

871

字,玄黄双声字,皆谓病貌也。"借以烘托所怀念的人旅途的劳顿。

【例句】唐刘长卿《疲马》:"玄黄一疲马,筋力尽胡尘。"唐王建《闻故人自…》:"亦知远行劳,人悴马玄黄。"唐鲍溶《秋暮山中…》:"此中会难得,梦君马玄黄。"聂绀弩《自遣》:"我马既黄千里足,春风不绿老人头。"

我心匪石　wǒ xīn fěi shí
【分类】生活
【关键词】诗经
【释义】意谓胸有主见,不任人转移。《诗经·邶风·柏舟》:"我心匪石,不可转也。"唐孔颖达疏:"仁人既不遇,故又陈己德以怨于君。言我心非如石然,石虽坚尚可转,我心坚不可转也。"匪:同"非",不是。意为我的心不是一块石头。
【例句】唐程长文《中书情上…》:"我心匪石情难转,志夺秋霜意不移。"宋项安世《辑阄句送…》:"鸋鸟恋旧林,我心固匪石。"宋陈岩《风轮石》:"我心匪石不可转,有石当风如转轮。"清弘历《反张籍节…》:"还君明珠如未见,我心匪石不可转。"

我醉欲眠　wǒ zuì yù mián
【分类】生活
【关键词】陶渊明
【释义】用为旷放直率的典实。《宋书·陶渊明》:"潜不解音声,而畜素琴一张,无弦,每有酒适,辄抚弄以寄其意。贵贱造之者,有酒辄设,潜若先醉,便语客:'我醉欲眠,卿可去。'其真率如此。"
【例句】唐李白《山中与幽…》:"我醉欲眠卿且去,明朝有意抱琴来。"宋苏轼《九日次韵…》:"我醉欲眠君罢休,已教从事到青州。"宋黄庭坚《戏答赵伯…》:"我醉欲眠便遣客,三年窥墙君面壁。"宋周紫芝《和郑文昌…》:"樽中有酒客当歌,我醉欲眠人未起。"

沃焦　wò jiāo
【分类】生态
【关键词】郭璞
【释义】传说中东海南部的大石山。《昭明文选·晋郭璞〈江赋〉》:"出信阳而长迈,淙大壑与沃焦。"唐李善注引晋司马彪曰:"一名沃燋…在扶桑之东,有一石,方圆四万里,厚四万里,海水注者无不燋尽,故名沃燋。"
【例句】唐顾况《送从兄使…》:"几路通员峤,何山是沃焦。"唐许棠《题甘露寺》:"泽广方云梦,山孤数沃焦。"唐施肩吾《钱塘渡口》:"天堑茫茫连沃焦,秦皇何事不安桥。"宋韩琦《苦热未雨》:"骄阳为虐烦欹,万物极望沃焦。"

沃洲　wò zhōu
【分类】生态
【关键词】竺道潜
【释义】山名。在浙江省新昌县东。上有放鹤亭、养马坡,相传为晋支遁放鹤养马处。《高僧传·竺道潜传》:"支遁遣使求买岇山之侧沃洲小岭,欲为幽栖之处。潜答云:'欲来辄给,岂闻巢、由买山而隐?'"
【例句】唐秦系《宿云门上方》:"松间倘许幽人住,不更将钱买沃州。"唐李端《戏赠韩判…》:"少寻道士居嵩岭,晚事高僧住沃洲。"唐皇甫冉《题昭上人房》:"沃州传教后,百衲老空林。"唐刘长卿《寄灵一上…》:"方同沃洲去,不似武陵迷。"

卧龙　wò lóng
【分类】政治
【关键词】诸葛亮
【释义】指有才之士隐居家中。《三国志·诸葛亮传》:"时先主屯新野。徐庶见先主,先主器之,谓先主曰:'诸葛孔明者,卧龙也,将军岂愿见之乎?'"
【例句】唐骆宾王《幽絷书情…》:"汉阳穷鸟客,梁甫卧龙才。"唐钱起《赋得归云…》:"盖影随征马,衣香拂卧龙。"唐李德裕《忆金门旧…》:"已悲泉下双powerful树,又惜天边一卧龙。"唐韩偓《寄隐者》:"渭滨晦迹南阳卧,若比吾徒更寂寥。"

卧榻之侧　wò tà zhī cè
【分类】政治
【关键词】赵匡胤
【释义】床铺旁边。比喻距离很近或在自己的管辖之内。《桯史·徐铉入聘》:"其后,王师征包茅于煜(李煜),骑省复奉命请缓师,其言累数千言,上(赵匡胤)谕之曰:'不须多言,江南亦何罪?但天下一家,卧榻之侧,岂容他人鼾睡耶!'"
【例句】宋曾会《送张无梦…》:"御歌编隐诀,卧榻近丹台。"宋陈杰《读邸报》:"夜访宰臣忧卧榻,昼延学士论危竿。"元吴景奎《过护国寺》:"直教卧榻人鼾睡,不复中原宋版图。"元李齐贤《白沟》:"尺水区区遏南牧,可怜卧榻不容人。"

卧薪尝胆　wò xīn cháng dǎn
【分类】政治
【关键词】勾践
【释义】形容一个人忍辱负重,发愤图强,终能够苦尽甘来。《史记·越王勾践世家》:"越王勾践反国,乃苦身焦思,置胆于坐,坐卧即仰胆,饮食亦尝胆也。"
【例句】唐李贺《春归昌谷》:"思焦面如病,尝胆肠似绞。"唐杜甫《寄董卿嘉…》:"猛将宜尝胆,龙泉必在腰。"宋华岳《狱中作》:"越仇未报薪当卧,汉贼犹存铗漫弹。"宋王迈《兰亭故居》:"卧薪伯业今何在,乔木家声久不磨。"

卧游　wò yóu
【分类】生活
【关键词】宗炳
【释义】指卧于室内欣赏山水道观的画幅以代游览。《宋书·宗炳传》:"(宗炳)有疾,还江陵。叹曰:'老疾俱至,名山恐难遍睹,唯当澄怀观道,卧以游之。'凡所游履,皆图之于室。"

【例句】宋关注《咏俞仲义…》:"手追心慕漫悠悠,写向丹青入卧游。"宋汪藻《横山堂》:"临赋竟传今日句,卧游安用昔人图。"宋黄庭坚《题宗室大…》:"海角逢春知几度,卧游到处总伤神。"宋晁冲之《僧舍小山》:"枕簟日逃暑,轩窗时卧游。"

卧治 wò zhì

【分类】政治

【关键词】汲黯

【释义】指政事清简,无为而治。《汉书·张冯汲郑传》:西汉时汲黯为东海太守,"多病,卧闺阁内不出,岁余,东海大治。"后召汲黯拜为淮阴太守,汲黯以病,力不能任郡事,辞不就。武帝云:"吾徒得君重,卧而治之。"

【例句】唐贾岛《送汲鹏》:"淮南卧理后,复逢君姓汲。"宋杨亿《王廷评臻…》:"到官卧治成高趣,终日清谈吏不欺。"宋宋庠《郡斋多疾》:"淮阳安敢薄,卧治恐非才。"聂绀弩《即事》:"事有千头皆卧治,人余两眼但书淫。"

偓佺松实 wò quán sōng shí

【分类】文化

【关键词】偓佺

【释义】咏仙人之典。《列仙传》:"偓佺者,槐山采药父也。好食松实,形体生毛长数寸,两目更方,能飞行逐走马。以松子遗尧,尧不暇服也…时人受服者,皆至二三百岁焉。"

【例句】唐杜甫《秋日夔府…》:"本自依迦叶,何曾藉偓佺。"唐元稹《越亭》:"独探洞府静,恍若偓佺遇。"唐储光羲《终南幽居》:"偓佺空中游,虬龙水间吟。"宋李光《坐忘吟》:"御风骑气追偓佺,神游八极俯仰间。"

握发吐哺 wò fà tǔ bǔ

【分类】政治

【关键词】周公旦

【释义】比喻为国家礼贤下士,殷切求才。《韩诗外传》:"成王封伯禽于鲁,周公诫之曰:'吾文王之子,武王之弟,成王之叔父也,又相天下,吾于天下亦不轻矣,然一沐三握发,一饭三吐哺,犹恐失天下之士。'"

【例句】唐李峤《麟》:"若惊能吐哺,为待凤皇来。"唐钱起《送任先生…》:"上公频握发,才子共兼帷。"唐陈陶《涂山怀古》:"握发闻礼贤,茸茅见卑宫。"唐邵谒《论政》:"贤哉三握发,为有天下忧。"宋释了元《投韩太祝》:"不知梦见周公否,曾说当时吐哺无。"宋李吕《送江宰别》:"吐哺出延客,悬榻时待儒。"宋陆游《老病谢客…》:"客至难交三握发,佛来仅可小低头。"

握节 wò jié

【分类】政治

【关键词】左传

【释义】持守符节。谓不辱君命。《左传·文公八年》:"司马握节以死,故书以官。"

【例句】唐杜甫《郑驸马池…》:"燃脐郿坞败,握节汉臣回。"唐独孤及《代书寄上…》:"闻君弃孤城,犹自握汉节。"唐李德裕《阳给事》:"就烹感汉使,握节悲阴秋。"五代徐铉《送杨郎中…》:"江边微雨柳条新,握节含香二使臣。"

握兰 wò lán

【分类】政治

【关键词】尚书郎

【释义】喻指皇帝左右处理政务的近臣。亦指郎官。源见"鸡舌香"。

【例句】唐武平一《饯唐永昌》:"寄谢铜街攀柳日,无忘粉署握兰时。"唐李群玉《送秦炼师…》:"北省谏书藏旧草,南宫郎署握新兰。"唐王传《和襄阳徐…》:"仙府色饶攀桂侣,莲花光让握兰身。"唐郑谷《春夕伴同…》:"视草即应归属望,握兰知道暂经过。"

握蛇骑虎 wò shé qí hǔ

【分类】政治

【关键词】元勰

【释义】比喻处于危险境地。《魏书·彭城王传》:"世宗即位,勰跪授高祖遗敕数纸。咸阳王禧疑勰为变,停在鲁阳郡外,久之乃入。谓勰曰:'汝非但辛勤,亦危险至极。'勰恨之,对曰:'兄识高年长,故知有夷险,彦和(元勰字)握蛇骑虎,不觉艰难。'"

【例句】宋刘克庄《贺新郎》:"今把作、握蛇骑虎。"宋张镃《重午》:"想其亦自畏,势险正骑虎。"宋燕肃《赠惠山庆…》:"五天讲去春骑虎,一钵擎来昼伏龙。"宋释慧空《跋白鹿寄…》:"拾得日暮趁牛归,丰干天明骑虎去。"清汤右曾《次新城先…》:"叱驭尚留心事在,握蛇骑虎不艰难。"

握穗五翁 wò suì wǔ wēng

【分类】生态

【关键词】广州

【释义】咏广州之典。源见"骑羊执穗"。

【例句】宋李昴英《摸鱼儿》:"人境好。是握穗五翁,福地无尘到。"

握中丹 wò zhōng dān

【分类】生活

【关键词】鲍照

【释义】咏朋友之间友谊之典。《鲍参军集·赠故人马子乔》:"皎如船上鹄,赫如握中丹。宿心谁不欺,明白古所难。"比喻朋友之间应肝胆相照。丹:赤色丹砂,即朱砂。

【例句】唐孟郊《赠姚怹别》:"何以写此心,赠君握中丹。"唐陈陶《小笛弄》:"一尺玲珑握中翠,仙娥月浦呼龙子。"宋释广闻《上秋壑贾…》:"宇宙全归掌握中,玄机制胜不言功。"宋梅尧臣《传神悦躬…》:"握中一寸毫,宝匣百炼金。"

渥洼 wò wā

【分类】政治

873

【关键词】马

【释义】借指盛产良马之地。《史记·乐书》："(武帝)又尝得神马渥洼中,复次以为太一之歌。歌曲曰:'太一贡兮天下马,露赤汗兮沫流赭。骋容与兮跇万里,今安匹兮龙为友。'后伐大宛得千里马,马名蒲梢。"渥洼:水名。在今甘肃安西县。

【例句】唐韦庄《代书寄马》:"驱驰曾在五侯家,见说初生自渥洼。"唐杜甫《赠崔十三…》:"飘飘西极马,来自渥洼池。"唐杜甫《和江陵宋…》:"渥洼汗血种,天上麒麟儿。"唐杜甫《沙苑行》:"龙媒昔是渥洼生,汗血今称献于此。"

渥洼种 wò wā zhǒng

【分类】政治

【关键词】马

【释义】指骏马。源见"渥洼"。

【例句】唐杜甫《遣兴》:"君看渥洼种,态与驽骀异。"唐元稹《三叹》:"自此渥洼种,应生浊水泥。"唐李群玉《骆马》:"由来渥洼种,本是苍龙儿。"唐秦韬玉《紫骝马》:"渥洼奇骨本难求,况是豪家重紫骝。"

乌白马角 wū bái mǎ jiǎo

【分类】政治

【关键词】秦始皇

【释义】乌头白,马生角,比喻不可能出现的事。《史记·刺客列传》:"丹求归,秦王曰:'乌头白,马生角,乃许耳。'丹乃仰天叹,乌头即白,马亦生角。"

【例句】唐李商隐《人欲》:"秦中已久乌头白,却是君王未备知。"唐杜牧《池州送孟…》:"青云马生角,黄州使持节。"唐白居易《潜别离》:"河水虽浊有清日,乌头虽黑有白时。"唐白居易《自题》:"马头觅角生何日,石火敲光住几时。"唐元稹《送友封》:"鹏翼张风期万里,马头无角已三年。"

乌蟾 wū chán

【分类】生活

【关键词】孔子

【释义】指神话传说日中的三足乌和月中的蟾蜍,代指日月;时光。《史记·龟策列传》:"孔子闻之曰:'日为德而君于天下,辱于三足之乌。月为刑而相佐,见食于虾蟆。'"

【例句】唐韩愈《苦寒》:"日月虽云尊,不能活乌蟾。"唐陆龟蒙《奉酬袭美…》:"乌蟾俱沉光,昼夜恨暗暝。"宋梅尧臣《晓》:"乌蟾不出海,天地无明时。"宋梅尧臣《和岁除日》:"已惊颜貌徐徐改,不奈乌蟾冉冉驰。"

乌程酒 wū chéng jiǔ

【分类】生活

【关键词】张协

【释义】咏美酒之典。《昭明文选·晋张协〈七命〉》:"乃有荆南乌程,豫北竹叶。"唐李善注引盛弘之《荆州记》曰:"渌水出豫章康乐县,其间乌程乡,有酒官取水为酒,酒极甘美,与湘东酃湖酒,年常献之,世称酃渌酒。"《吴地理志》曰:"吴兴乌程县,酒有名。"

【例句】唐羊士谔《忆江南旧游》:"金罍儿醉乌程酒,鹤舫闲吟把蟹螯。"唐罗隐《乌程》:"一瓶犹是乌程酒,须对霜风度泫然。"唐张文规《寄刘环中…》:"待醉乌程酒,思斟平望羹。"宋欧阳修《送胡学士…》:"清谈越客醉,屡舞吴娘艳。"

乌公书币 wū gōng shū bì

【分类】政治

【关键词】乌重胤

【释义】谓礼聘贤能。《新唐书·乌重胤传》载:唐河阳节度使乌重胤,出身行伍,而尊重士人,注意延揽才俊。有贤者石洪,隐居不出。乌公准备好书信和聘礼,诚恳邀其出山,终于使石洪至朝廷任职。

【例句】宋王庭圭《送向宣卿》:"如今相公开幕府,岂减乌公与裴度。"宋刘克庄《连日寒…》:"乌公恩重宜亲谒,绛老年高可蚤归。"宋刘克庄《满江红》:"新受了、乌公书币,着鞭垂发。"元陈宜甫《闻崔中丞…》:"君与石温同去就,乌公元自识奇材。"

乌攫肉 wū jué ròu

【分类】政治

【关键词】黄霸

【释义】同乌衔肉。原义是官吏外巡,甘苦奉公。或颂地方官吏洞悉下情,明察善断。后转义为攫取利益之典。《汉书·黄霸传》:"择长年廉吏遣行,属令周密。吏出,不敢舍邮亭,食于道旁,乌攫其肉。"

【例句】唐柳宗元《跂乌词》:"无乃饥啼走道旁,贪鲜攫肉人所伤。"宋苏轼《捕蝗至浮…》:"无人可诉乌衔肉,忆弟难凭犬附书。"宋宋祁《出次近郊》:"局辕班马思长道,攫肉饥乌下夕阳。"宋孙觌《马迹上冢…》:"白帕排肩上冢归,饥乌攫肉纸钱飞。"

乌龙救主 wū lóng jiù zhǔ

【分类】政治

【关键词】搜神后

【释义】用为惩戒情场偷欢苟合的典故。《搜神后记》载:"会稽句章民张然,滞役在都,妇与奴私通。欲杀然。然养一狗名乌龙,狗应声伤奴。奴失刀杖倒地,狗咋其阴,然因取刀杀奴。以妇付县,杀之。"

【例句】唐光威裒《联句》:"绣床怕引乌龙吠,锦字愁教青鸟衔。"唐李商隐《题二首后…》:"遥知小阁还斜照,羡杀乌龙卧锦茵。"唐薛逢《元日田家》:"蛮榼出门儿妇去,乌龙迎路女郎来。"唐韩偓《妒媒》:"洞房深闭不曾开,横卧乌龙作妒媒。"

乌轮 wū lún

【分类】生活

【关键词】孔子

【释义】即日轮,指太阳。源见"天上乌"。

【例句】唐韩愈《送惠师》:"夜半起下视,溟波衔日轮。"唐李沇《醮词》:"乌轮不再中,黄沙瘗腥鬼。"宋苏轼《辨道歌》:"乌轮即晚蟾影斜,吾时俱睹超云霞。"宋程公许《元正和洪…》:"兔魄乌轮西复东,流光那肯驻颜红。"

乌帽 wū mào

【分类】生活

【关键词】宋书

【释义】黑帽。古代贵者常服。隋唐后多为庶民、隐者之帽。《宋书·明帝纪》:"于时,事起仓卒,上失履,跣至西堂,犹着乌帽。"

【例句】唐高适《重阳》:"岂有白衣来剥啄,一从乌帽自敧斜。"唐杜甫《汉州王大…》:"近发看乌帽,催莼煮白鱼。"唐杜甫《九日》:"为客裁乌帽,从儿具绿尊。"唐白居易《池上闲吟》:"非道非僧非俗吏,褐裘乌帽闭门居。"

乌鹊绕枝 wū què rào zhī

【分类】生活

【关键词】曹操

【释义】咏客居无所投奔和依托之典。三国魏曹操《短歌行》:"月明星稀,乌鹊南飞。绕树三匝,何枝可依。"

【例句】唐李华《海上生明月》:"素娥尝药去,乌鹊绕枝惊。"唐刘沧《八月十五…》:"中秋朗月静天河,乌鹊南飞客恨多。"宋鲁亿《鹤》:"瑞世鸾凤徒自许,绕枝乌鹊未成栖。"宋王炎《再用前韵…》:"绕枝乌鹊如相语,排闼青山不待迎。"

乌孙 wū sūn

【分类】政治

【关键词】刘细君

【释义】是西汉时由游牧民族乌孙在西域建立的行国,位于巴尔喀什湖东南、伊犁河流域。汉武帝元封年间,先后以宗室刘建之女细君、楚王刘戊之孙女解忧,下嫁乌孙国主。源见"乌孙公主"。

【例句】唐沈佺期《送金城公…》:"那堪将凤女,还以嫁乌孙。"唐李颀《听董大弹…》:"乌孙部落家乡远,逻娑沙尘哀怨生。"唐耿湋《送杨将军》:"一身良将后,万里讨乌孙。"唐常建《塞下曲》:"玉帛朝回望帝乡,乌孙归去不称王。"

乌孙公主 wū sūn gōng zhǔ

【分类】生活

【关键词】刘细君

【释义】西汉江都王之女刘细君,远嫁乌孙王昆莫及其孙。《汉书·西域传·乌孙国》:"自为作歌曰:'吾家嫁我兮天一方,远托异国兮乌孙王。穹庐为室兮毡为墙,以肉为食兮酪为浆。居常土思兮心内伤,愿为黄鹄兮归故乡。'"

【例句】唐郑愔《送金城公…》:"箫曲背秦楼,贵主悲黄鹄。"唐鲍溶《述德上太…》:"可惜汉公主,哀哀嫁乌孙。"唐白居易《河阳石尚…》:"乌孙公主归秦地,白马将军入潞州。"宋吕本中《昭君》:"冻云霾空风折木,乌孙公主歌

黄鹄。"

乌台诗案 wū tái shī àn

【分类】政治

【关键词】苏轼

【释义】咏文字狱之典。《东坡乌台诗案》载:宋苏轼因反对新法,遭到贬官流徙。他写诗寄意,表达自己的感受,遂于元丰二年(1079年)受到弹劾,被诬作诗谤讪,下御史台(乌台)问罪。

【例句】宋楼钥《次韵东坡…》:"向来罗织脱一死,至今诗话存乌台。"宋乐雷发《濂溪书院…》:"苍野骚魂惟我吊,乌台诗案倩谁刊。"宋刘克庄《贺新郎》:"不是先生喑哑了,怕杀乌台旧案。"宋戴复古《曾景建得…》:"闻说乌台欲勘诗,此身幸不堕危机。"

乌兔 wū tù

【分类】生活

【关键词】左思

【释义】神话谓日中有乌,月中有兔,故以乌兔指日月。晋左思《吴都赋》:"笼乌兔于日月,穷飞走之栖宿。"

【例句】唐权德舆《古兴》:"晦明乌兔相推迁,雪霜渐到双鬓边。"唐白居易《草茫茫惩…》:"下流水银象江海,上缀珠光作乌兔。"唐吕岩《七言》:"但得烟霞供岁月,任他乌兔走乾坤。"唐苏拯《世迷》:"乌兔日夜行,与人运枯荣。"

乌衣门第 wū yī mén dì

【分类】政治

【关键词】谢安

【释义】借指世家望族。《世说新语·雅量》"吾角巾径还乌衣。"刘孝标注引《丹阳记》:"乌衣之起,吴时乌衣营处也。江左初立,琅琊诸王所居。"又《景定建康志》:"乌衣巷在秦淮南。晋南渡,王谢诸名族居此。"

【例句】唐严维《剡中赠张…》:"深巷乌衣盛,高门画戟闲。"唐吴融《偶题》:"乌衣旧宅犹可认,粉竹金松一两枝。"宋刘筠《题义门胡…》:"乌衣门大容高盖,蝌蚪书多聚硕儒。"明龚鼎孳《惕庵上人…》:"度世不离忠孝事,野王门第冠乌衣。"

乌衣事 wū yī shì

【分类】政治

【关键词】谢安

【释义】借指豪门贵族的往事。源见"乌衣门第"。

【例句】唐李商隐《过故崔兖…》:"绛帐恩如昨,乌衣事莫寻。"宋谢薖《示舍弟》:"休叹乌衣成往事,一尊相对且忘忧。"宋任希夷《乌衣巷》:"欲问乌衣旧时事,静无秋燕有秋萤。"宋刘克庄《梦赏心亭》:"酒边多说乌衣事,曲里犹残玉树音。"

乌衣巷 wū yī xiàng

【分类】政治

【关键词】谢安

W

875

【释义】东晋时王、谢望族居此,因以借指豪门贵族的住处。源见"乌衣门第"。
【例句】唐韩翃《送客之江宁》:"朱雀桥边看淮水,乌衣巷里问王家。"唐刘禹锡《乌衣巷》:"朱雀桥边野草花,乌衣巷口夕阳斜。"唐徐铉《从兄龙武…》:"笙歌却返乌衣巷,部曲皆还细柳营。"唐孙元晏《乌衣巷》:"乌衣巷在何人住,回首令人忆谢家。"

污尊 wū zūn
【分类】生活
【关键词】礼记
【释义】古代掘地为坑当酒尊。《礼记·礼运》:"夫礼之初,始诸饮食,其燔黍捭豚,污尊而抔饮,蒉桴而土鼓。"汉郑玄注:"污尊,凿地为尊也。抔饮,手掬之也。"
【例句】唐权德舆《八音诗》:"土鼓与污尊,颐神则为愈。"唐长孙佐辅《山居雨霁…》:"新月出污尊,浮云在中桊。"唐柳宗元《同刘二十…》:"隐几松为曲,倾樽石作污。"宋李光《二月九日…》:"更无粉色污尊俎,只有琴声敌管弦。"

巫山巫峡 wū shān wū xiá
【分类】生态
【关键词】水经注
【释义】巫山位于四川省巫山县东,为巴山山脉的高峰,有十二峰,为川鄂的界山,长江贯穿其间,形成巫峡。《水经注·江水》:"江水历峡,东迳新崩滩,其下十余里有大巫山,其间首尾百六十里谓之巫峡,盖因山为名也。自三峡七百里中,两岸连山,略无缺处,重岩叠嶂,隐天蔽日,自非亭午夜分,不见曦月。"
【例句】唐杜甫《秋兴》:"玉露凋伤枫树林,巫山巫峡气萧森。"唐刘禹锡《杨柳枝》:"巫峡巫山杨柳多,朝云暮雨远相和。"唐郎大家宋氏《朝云引》:"巫山巫峡高何已,行雨行云一时起。"元刘基《江南弄》:"巫山岩峣巫峡长,瑶姬出舞朝云翔。"

巫山一段云 wū shān yī duàn yún
【分类】生活
【关键词】李群玉
【释义】比喻女子的秀美鬓发或优美身段。唐李群玉《同郑相并歌姬小饮戏赠》:"裙拖六幅湘江水,鬓耸巫山一段云。"
【例句】宋朱淑真《会魏夫人…》:"只愁到晓人星散,化作巫山一段云。"宋向子諲《减字木兰花》:"想得横陈,全是巫山一段云。"元刘涣《春城曲》:"却把巫山一段云,剪作春衫寄人去。"明徐熥《去妇词》:"帐开绮阁连宵月,梦绕巫山一段云。"

巫山云雨 wū shān yún yǔ
【分类】生活
【关键词】宋玉
【释义】指男女幽会、合欢,或写自然界雨云景色。战国楚宋玉《高唐赋》序:"昔者先王尝游高唐,怠而昼寝。梦见一妇人,曰:'妾巫山之女也,为高唐之客,闻君游高唐,愿荐枕席。'王因幸之。去而辞曰:'妾在巫山之阳,高丘之阻,旦为朝云,暮为行雨,朝朝暮暮,阳台之下。'旦朝视之,如言,故为之立庙,号曰朝云。"
【例句】唐张说《荆州亭入朝》:"巫山云雨峡,湘水洞庭波。"唐李白《江上寄巴…》:"汉水波浪远,巫山云雨飞。"唐李白《清平调》:"一枝秾艳露凝香,云雨巫山枉断肠。"唐杜甫《咏怀古迹》:"江山故宅空文藻,云雨荒台岂梦思?"

巫咸 wū xián
【分类】政治
【关键词】巫咸
【释义】古代人名。殷中宗的贤臣。一作巫戊。相传他发明鼓,是用筮占卜的创始者,又是个占星家。《楚辞·离骚》:"巫咸将夕降兮,怀椒糈而要之。"汉王逸注:"巫咸,古神巫也,当殷中宗之世。"
【例句】唐李贺《浩歌》:"王母桃花千遍红,彭祖巫咸几回死。"唐李商隐《哭刘蕡》:"上帝深宫闭九阍,巫咸不下问衔冤。"唐韩愈《嘲鼾睡》:"虽令巫咸招,魂爽难复在。"宋韩驹《咏太平宰相》:"太平宰相何人识,惟有巫咸得预知。"

巫阳反魂 wū yáng fǎn hún
【分类】文化
【关键词】巫阳
【释义】巫阳,古时神话传说中的巫师,他曾奉天帝之命招魂。《楚辞·招魂》:"帝告巫阳曰:'有人在下,我欲辅之。魂魄离散,汝筮予之。'…巫阳焉乃下招曰:'魂兮归来!'"
【例句】唐韩愈《陆浑山火…》:"又诏巫阳反其魂,徐命之前问何冤。"宋刘敞《朱云》:"我愿乘云款天阍,巫阳掌梦招其魂。"宋苏轼《澄迈驿通…》:"余生欲老海南村,帝遣巫阳招我魂。"宋萧立之《再为梅赋》:"谁遣巫阳招尔魂,春从九地到孤根。"

屋漏 wū lòu
【分类】生活
【关键词】诗经
【释义】古代室内西北隅施设小帐,安藏神主,为人所不见的地方。亦泛指室之深暗处。《诗经·大雅·抑》:"相在尔室,尚不愧于屋漏。"汉毛传:"西北隅谓之屋漏。"汉郑笺:"屋,小帐也;漏,隐也。"后多指破屋漏水。
【例句】唐杜甫《茅屋为秋…》:"床头屋漏无干处,雨脚如麻未断绝。"唐唐彦谦《夜坐》:"汹汹城喷海,疏疏屋漏星。"唐王建《废寺》:"空廊屋漏画僧尽,梁上犹书天宝年。"宋宋庠《正月望夕…》:"穆穆屋漏尊,虚堂与神寂。"宋邵雍《意未萌于心》:"君子贵慎独,上不愧屋漏。"

无壁 wú bì
【分类】生态
【关键词】史记

【释义】原指没有墙壁。《史记·封禅书》："济南人公玉带上黄帝时《明堂图》，《明堂图》中有一殿，四面无壁。"亦形容没有限界或边际。《韩昌黎文集·祭河南张员外文》："洞庭漫汗，粘天无壁。"
【例句】唐章孝标《题朱秀城…》："有时风月输三虎，无壁琴书度四郊。"宋王安石《寄慎伯筠》："四天无壁才可家，醉胆愤痒遣酒拿。"宋范成大《高淳道中》："老柳不春花自蔓，古祠无壁树空阴。"宋杨万里《贺罗巨济…》："草远天无壁，苔深水有衣。"

无肠　wú cháng
【分类】生活
【关键词】山海经
【释义】犹言没有心肠或心思。传说中的古国名。《山海经·海外北经》："无肠之国，在深目东，其为人长而无肠。"
【例句】唐白居易《山游示小妓》："莫唱《杨柳枝》，无肠与君断。"宋苏轼《张子野买妾》："柱下相君犹有齿，江南刺史已无肠。"宋秦观《题郴阳道中》："行人到此无肠断，问尔黄花知不知。"宋张耒《次韵张公远》："无肠可断方为憾，有药能治不是愁。"

无肠公子　wú cháng gōng zǐ
【分类】文化
【关键词】抱朴子
【释义】螃蟹的别名。古人给蟹取四名："以其横行，则曰螃蟹；以其行声，则曰郭索；以其外骨，则曰介士；以其内空，则曰无肠。"所以蟹便有了"横行介士"和"无肠公子"的称号。《抱朴子·登涉》："称无肠公子者，蟹也。"
【例句】唐唐彦谦有《蟹》："无肠公子固称美，弗使当道禁横行。"宋苏轼《张子野年…》："柱下相君犹有齿，江南刺史已无肠。"宋王十朋《出清溪》："长喙参军初荐熟，无肠公子正输芒。"宋韩驹《谢江州陆…》："劝君莫以无肠故，忍见纷纷躁扰时。"

无愁天子　wú chóu tiān zǐ
【分类】政治
【关键词】高纬
【释义】对北齐失国昏君后主高纬的讥称。喻指不忧国事、只知沉醉于声色狗马的昏庸皇帝。《北齐书·幼主纪》："（后主高纬）乃益骄纵，盛为无愁之曲，帝自弹胡琵琶而唱之，侍和之者以百数。人间谓之无愁天子。"
【例句】唐姚合《送任畹及…》："子规啼欲死，君听图无愁。"唐李商隐《陈后宫》："从臣皆半醉，天子正无愁。"宋孔武仲《平阳叹》："高郎元自解琵琶，万岁无愁作天子。"宋王安石《次韵质夫…》："莫言乱国无愁梦，赖把新诗有故情。"

无地起楼台　wú dì qǐ lóu tái
【分类】政治
【关键词】寇准
【释义】称赞官吏清廉、不谋私利之典。《邵氏闻见录》："故魏野赠公诗曰：'有官居鼎鼐，无宅起楼台。'后房使在廷，目公曰：'此无宅相公耶？'"宋寇准出入宰相三十年，不营私第。
【例句】宋史浩《还乡后十…》："有愧莱公勋业盛，平生无地起楼台。"宋郑清之《南坡口号》："休言无地起楼台，十个花窠没处栽。"宋洪适《再赋》："长惭无地起楼台，觅果寻花颇受猜。"清吕谦恒《送泽州相…》："纶阁有章光日月，岩城无地起楼台。"

无町畦　wú tǐng qí
【分类】文化
【关键词】庄子
【释义】没有田界。比喻人的言行没有约束。町：田界。畦：田地。《庄子·人间世》："彼且为无町畦，亦与之为无町畦。"
【例句】唐独孤及《雨晴后陪…》："沿溯任舟楫，欢言无町畦。"唐韩愈《南内朝贺…》："文才不如人，行又无町畦。"唐权德舆《祗役江西…》："胸中无町畦，与物且多忤。"宋蔡襄《道中寄福…》："闽州太守意慷慨，一见欢甚无町畦。"

无功乡　wú gōng xiāng
【分类】生活
【关键词】王绩
【释义】喻指醉乡。源见"王绩醉乡"。
【例句】宋苏轼《真一酒歌》："湛然寂照非楚狂，终身不入无功乡。"宋曾几《郡中禁私…》："此身忽堕禁酒国，何路得到无功乡。"宋陈渊《越州道…》："似入无功乡，不由嵇阮路。"宋陆游《题梅汉卿…》："信哉名教有乐地，白首不入无功乡。"

无垢　wú gòu
【分类】文化
【关键词】能改斋
【释义】佛教语。谓清净无垢染。多指心地洁净。《能改斋漫录》："东坡宿海会寺诗。本来无垢洗更轻。乐府云。居士本来无垢。案维摩诘经偈云。八解之浴池。定水湛然满。布以七净华，浴此无垢人。"
【例句】唐陈子昂《感遇诗》："吾爱鬼谷子，青溪无垢氛。"唐皇甫冉《同李万晚…》："释子身心无垢氛，独将衣钵去人群。"唐王梵志《回波乐》："无尘复无垢，何虑不成真。"唐庞蕴《诗偈》："对镜心无垢，当情心死灰。"宋苏轼《见温泉壁…》："若信众生本无垢，此泉何处觅寒温？"

无鲑菜　wú guī cài
【分类】生活
【关键词】庾杲之
【释义】咏生活清苦之典。源见"庾郎鲑菜"。
【例句】唐杜甫《王竟携酒…》："自愧无鲑菜，空烦卸马鞍。"宋宋祁《嘉祐庚子…》："蒙茸草树延野色，碎璅鲑菜供盘珍。"宋陆游《书幸》："盘箸无时阙鲑菜，道途随事有舟车。"明吴宽《贞伯玉汝…》："盘中自愧无鲑菜,墙下惟夸有鹊槐。"

无鬼论 wú guǐ lùn
【分类】生活
【关键词】阮修
【释义】晋人阮修、阮瞻都提出过世间无鬼的观点。《晋书·阮瞻》："瞻素执无鬼论,物莫能难…客遂屈,乃作色曰:'鬼神,古今圣贤所共传,君何得独言无!即仆便是鬼。'于是变为异形,须臾消灭。瞻默然,意色大恶。"
【例句】唐司马扎《赠王道士》："玉洞秋有花,蓬山夜无鬼。"唐李商隐《过故崔兖…》："莫凭无鬼论,终负托孤心。"唐可朋《中秋月》："片云想有神仙出,回野应无鬼魅形。"宋程俱《江仲嘉行…》："喜谈狗马从无鬼,独抱冰霜似此君。"

无国要孟子 wú guó yào mèng zǐ
【分类】政治
【关键词】孟子
【释义】指孟子当时不被各国所接受重用。《史记·孟子荀卿列传》："游事齐宣王,宣王不能用。适梁,梁惠王不果所言…天下方务为合从连衡,以攻伐为贤,而孟轲乃述唐、虞、三代之德,是以所如者不合。"
【例句】唐杜牧《杜秋娘诗》："无国要孟子,有人毁仲尼。"宋郑獬《勉学者》："孟子岂无仁义国,荀卿犹作帝王师。"宋韦骧《和访古》："孟子历为侯国客,退之三上相君书。"宋杨时《赠别蔡武…》："匡章不孝通国非,世无孟子知者谁。"

无何有之乡 wú hé yǒu zhī xiāng
【分类】生态
【关键词】庄子
【释义】指空无所有的地方。多用以指空旷而虚幻的境界或梦境。《庄子·逍遥游》："今子有大树,患其无用,何不树之于无何有之乡,广莫之野。"唐成玄英疏："无何有,犹无有也。莫,无也。谓宽旷无人之处,不问何物,悉皆无有,故曰无何有之乡也。"
【例句】唐卢僎《奉和李令…》："乡人无何有,时还上古初。"唐岑参《林卧》："唯爱隐几时,独游无何乡。"唐窦参《登潜山观》："既入无何乡,转嫌人事难。"唐白居易《渭上偶钓》："谁知对鱼坐,心在无何乡。"

无计留春住 wú jì liú chūn zhù
【分类】生活
【关键词】欧阳修
【释义】伤春之典。感叹风光不再。宋欧阳修《蝶恋花》："雨横风狂三月暮,门掩黄昏,无计留春住。泪眼问花花不语,乱红飞过秋千去。"
【例句】宋杨无咎《醉花阴》："目断向高楼,持酒停歌,无计留春住。"宋陈允平《摸鱼儿》："春且暮。纵燕约莺盟,无计留春住。"宋皎如晦《卜算子》："有意送春归,无计留春住。"宋赵希逢《春暮》："堂堂无计留春住,望断天涯去路遥。"

无既 wú jì
【分类】生活
【关键词】李迪
【释义】无穷,不尽。唐李迪《锻破骊珠赋》："酌斯事之为言,繄可以用之而无既。"恽敬《吴城万寿宫碑铭》："张角、宋子贤、刘鸿儒妄作訑讹,毒流无既。"
【例句】宋赵蕃《次韵潘端…》："赠言要有益,佩服当无既。"明程敏政《次韵题孔…》："当时曲肱眠,至乐本无既。"明彭孙贻《登澈浦凤…》："谁云金石坚,令名庶无既。"聂绀弩《赠巨赞》："耽窥天地有形外,误堕风云无既中。"

无胫致远 wú jìng zhì yuǎn
【分类】文化
【关键词】孔融
【释义】用为美物自传或用为咏珠之典。《三国志·孙韶传》："孙权杀吴郡太守盛宪。"南朝宋裴松之注引《会稽典录》："初,宪与少府孔融善,融忧其不免祸,乃与曹公书曰:'…珠玉无胫而自至者,以人好之也,况贤者之有足乎?…'"
【例句】唐独孤绶《投珠于泉》："致远终无胫,怀贪遂息肩。"宋刘敞《食橘》："问其何能尔,无胫而远游。"宋陈宓《谢建阳宰…》："水陆有远近,非好遂无胫。"宋魏了翁《知崇庆府…》："山远玉无胫,春多天有情。"

无可无不可 wú kě wú bù kě
【分类】生活
【关键词】论语
【释义】指对人对事不拘成见。亦指对事依违两可或没有主见。《论语·微子》："虞仲、夷逸,隐居放言,身中清,废中权。我则异于是,无可无不可。"
【例句】唐皎然《张伯高草…》："须臾变态皆自我,象形类物无不可。"唐白居易《达哉乐天行》："死生无可无不可,达哉达哉白乐天。"唐贯休《闻知己入…》："奇哉子渊颂,无可无不可。"宋释智圆《陋巷歌赠…》："射群高埠会有时,于君无可无不可。"

无赖是横波 wú lài shì héng bō
【分类】生活
【关键词】杨广
【释义】形容女子的眼神妩媚可爱。无赖:可爱、可亲意。横波:比喻女子目光流转,如水横流。《片玉集集注》："隋杨广《嘲罗罗诗》:'个人无赖是横波,黛染隆颅簇小峨。幸好侬伴侬睡,不留侬睡意如何。'"
【例句】唐杨师道《初宵看婚》："轻啼湿红粉,微睇转横波。"唐元稹《莺莺诗》："频动横波嗔阿母,等闲教见小儿郎。"唐元稹《崔徽歌》："眼明正似琉璃瓶,心荡秋水横波清。"宋周邦彦《望江南》："歌席上,无赖是横波。"宋贺铸《太平时》："个侬无赖动人多。是横波。"

无名死　wú míng sǐ
【分类】生活
【关键词】孔子
【释义】哀叹事业不就之典。《论语·卫灵公》："子曰：'君子疾没世而名不称焉。'"孔子认为人死后如果声名不被世所称道，那将是很遗憾的事。
【例句】唐白居易《初入峡有感》："常恐不才身，复作无名死。"唐寒山《诗三百》："生为有限身，死作无名鬼。"宋陆游《题城侍者…》："平生不作羊公计，但欲无名死草莱。"清赵熙《淫预石》："无怪白乐天，恐至无名死。"

无谋　wú móu
【分类】政治
【关键词】左传
【释义】没有计策。《左传·宣公十二年》："若事之捷，孙叔为无谋矣，不捷，参之肉，将在晋军，可得食乎？"
【例句】唐元结《悉官引》："无谋救冤者，禄位安可近。"唐张说《南中送北使》："廉颇诚未老，孙叔宜无谋。"唐张九龄《经江宁览…》："驹王信不武，孙叔是无谋。"唐高适《自淇涉黄…》："畚筑岂无谋，祈祷如有神。"宋王安石《慎县修路者》："畚筑今三岁，康庄始一修。"

无日不花开　wú rì bù huā kāi
【分类】生活
【关键词】欧阳修
【释义】谓时时鲜花盛开。喻指心之所期，常有所获。宋欧阳修《谢判官幽谷种花》："我欲四时携酒去，莫教一日不花开。"
【例句】宋曾觌《浣溪沙》："珍重芎林三昧手，不教一日不花开。"宋周必大《仆营小圃…》："无问四时留客醉，何曾一日不花开。"宋释居简《谢盘野黄》："有诗随意好，无日不花开。"宋钱时《桃村寄题》："会得四时春不断，桃村何日不花开。"

无身　wú shēn
【分类】文化
【关键词】老子
【释义】道家语。谓没有自我烦恼的存在。《老子·德经》："吾所以有大患者，为吾有身；及吾无身，吾有何患？"汉河上公注："使吾无有身体，得道，自然轻举升云，出入无间，与道通神，当有何患。"
【例句】唐寒山《诗三百》："有身与无身，是我复非我。"唐白居易《见杨弘贞…》："赋句诗章妙入神，未年三十即无身。"唐姚合《哭费拾遗…》："谁识先生事，无身是本心。"宋刘克庄《挽礼侍中…》："直待无身始无恨，有身死到恨难平。"

无生　wú shēng
【分类】文化
【关键词】佛

【释义】佛教语。谓无生无灭的真谛。《佛学次第统编》："世间一切皆生灭虚妄之相。无生者，谓无虚妄之生。既无有生，云何有灭？不生不灭，乃究竟实相也。"
【例句】唐孟浩然《还山贻湛…》："幼闻无生理，常欲观此身。"唐皎然《题余不溪…》："不到无生理，应堪赋七哀。"唐韩翃《题龙兴寺…》："记取无生理，归来问此身。"唐李适《宝应初征…》："识尽无生理，乃觉出凡笼。"

无双　wú shuāng
【分类】文化
【关键词】庄子
【释义】独一无二；没有可比。《庄子·盗跖》："生而长大，美好无双。"《史记·李将军列传》："李广才气，天下无双。"
【例句】唐万齐融《送陈七还…》："风流谁代子，虽有旧无双。"唐刘怀一《赠右台监…》："惟昔参多士，无双仰异才。"唐杜牧《题永崇西…》："天下无双将，关西第一雄。"唐温庭筠《照影曲》："桃花百媚如欲语，曾为无双今两身。"

无私之光　wú sī zhī guāng
【分类】政治
【关键词】礼记
【释义】喻帝王的德泽。《礼记·孔子闲居》："天无私覆，地无私载，日月无私照。"
【例句】唐孟郊《擢第后东…》："宝镜无私光，时文有新习。"唐吕温《风咏》："扫却垂天云，澄清无私光。"唐白居易《鸦九剑》："为君使无私之光及万物，蛰虫昭苏萌草出。"元许谦《题延月楼》："清光无私照寰海，举头千里明长在。"

无为而治　wú wéi ér zhì
【分类】政治
【关键词】论语
【释义】指以儒家道统德政治民，不施刑罚，寓治于教化之中。亦指放任自流，不加约束的治理方法。《论语·卫灵公》："无为而治者，其舜也与。夫何为哉，恭己正南面而已矣。"也指无所作为。
【例句】唐李世民《执契静三边无为宇宙清，有美璇玑正。唐王维《三月三日…》："天保无为德，人欢不战功。"唐白居易《池上闲吟》："幸逢尧舜无为日，得作羲皇向上人。"宋王安石《赠上元宰…》："民欺自不忍，县治本无为。"宋许景衡《上时相寿》："上欲无为成至治，天教难老为斯民。"

无为天下先　wú wéi tiān xià xiān
【分类】生活
【关键词】老子
【释义】表示韬晦自安的处世哲学与生活态度。《老子》："我有三宝，持而保之：一曰慈，二曰俭，三曰不敢为天下先。慈故能勇；俭故能广；不敢为天下先，故能成器长。"意为不争先反能成事物的首领。

【例句】唐李山甫《遣怀》："莫饮盗泉水，无为天下先。"明纪坤《战城南》："老聃有明戒，无为天下先。"

无弦琴 wú xián qín
【分类】文化
【关键词】陶渊明
【释义】没有弦的琴。喻自寻乐趣，或喻意趣高雅，或表示弦外情味。《宋书·陶渊明》："潜不解音声，而畜素琴一张，无弦，每有酒适，辄抚弄以寄其意。"宋文学家欧阳修云："乃知在人不在琴，若心自适，无弦可也。"
【例句】唐王昌龄《赵十四兄…》："但有无弦琴，共君尽尊中。"唐李白《赠临洺县…》："大音自成曲，但奏无弦琴。"唐白居易《夜凉》："舞腰歌袖抛何处？唯对无絃琴一张。"唐张随《无弦琴…》："乐无声兮情逾倍，琴无弦兮意弥在。"

无心 wú xīn
【分类】生活
【关键词】陶渊明
【释义】无意，没有打算。晋陶渊明《归去来辞》："云无心以出岫，鸟倦飞而知还。"道教指浑然天成之心。《道德经》："圣人常无心，以百姓之心为心。"佛教指解脱邪念之心。唐修雅《闻诵歌》："我亦当年学空寂，一得无心便休息。"
【例句】唐法藏《歌行》："无相无心能运曜，应声应色随方照。"唐李显《景龙四年…》："无心为子辄求郎，雄才七步谢陈王。"唐韩愈《渔翁》："回望天际下中流，岩上无心云相逐。"唐灵一《归岑山过…》："禅客无心忆薜萝，自然行径向山多。"

无盐女 wú yán nǚ
【分类】政治
【关键词】无盐
【释义】即战国时齐宣王后钟离春。无盐人，故名。为人有德而貌丑。后常用为丑女的代称。《列女传·杂事》："战国时无盐邑有女钟离春，貌极丑，四十未嫁，自谒齐宣王，陈王殆之义。宣王纳为后。""白头深目，长指大节，卬鼻结喉，肥项少发。"
【例句】唐李白《于阗采花》："丹青能令丑者妍，无盐翻在深宫里。"唐李端《杂歌》："人生照镜须自知，无盐何用妒西施。"宋刘攽《昭君怨戏赠》："延寿丹青最叵信，无盐侍侧捐毛施。"聂绀弩《沁园春》："君左矣，似无盐对镜，自意妖娆。"

无射 wú yì
【分类】生活
【关键词】周礼
【释义】古十二律之一。位于戌，故亦指阴历九月。《周礼·大司乐》："乃奏无射，歌夹钟，舞《大武》，以享先祖。"汉郑玄注："无射阴声之下也。"
【例句】唐张说《九日陪登高》："重阳初启节，无射正飞灰。"宋欧阳修《江上弹琴》："无射变凛冽，黄钟催发生。"宋曹勋《张右相生日》："玉律歌无射，金风下四冥。"宋孔武仲《赋码磁笛》："黄钟妍美霜朝暖，无射凄凉暑月寒。"

无支祁 wú zhī qí
【分类】文化
【关键词】无支祁
【释义】也称无支祈。古代传说中淮水水怪名。《太平广记》引《戎幕闲谈》："禹因囚鸿蒙氏、章商氏、兜卢氏、犁娄氏，乃获淮涡水神，名无支祁…形若猿猴，缩鼻高额，青躯白首，金目雪牙，颈伸百尺，力逾九象。"
【例句】宋张耒《泗州阻风…》："千年无支祈，闭穴守禹誓。"宋黄庭坚《别蒋颖叔》："凿渠决策与天合，支祈窘束缩怒涛。"元王逢《任月山少…》："河伯川后备任使，无支祈氏甘胥靡。"元陈孚《黄河谣》："惊起无支祁，腥涎沃铁锁。"清李锴《粤鼓》："夫谁呵护乃至此，无乃魍魎无支祁。"清朱宝善《浮山谒大…》："手锁巨妖无支祁，庚辰效命罔敢嬉。"

无趾 wú zhǐ
【分类】政治
【关键词】庄子
【释义】用以比喻身残而德美的人。《庄子·德充符》："鲁有兀者叔山无趾，踵见仲尼。仲尼曰：'子不谨，前既犯患若是矣。虽今来，何及矣！'无趾曰：'吾唯不知务而轻用吾身，吾是以亡足。今吾来也，犹有尊足者存，吾是以务全之也。'"
【例句】唐柳宗元《跂乌词》："支离无趾犹自免，努力低飞逃后患。"宋苏轼《次韵米黻…》："锦囊玉轴来无趾，粲然夺真疑圣智。"宋姜特立《足弱》："无趾真吾师，天刑乌可解。"宋李石《余所藏李…》："柱头老丁留语后，兀兀无趾如叔山。"

无置锥之地 wú zhì zhuī zhī dì
【分类】生活
【关键词】庄子
【释义】即没有竖立一把锥子的地方。比喻连极小的地盘也没有。后常用来形容贫穷得一无所有，或境遇的艰窘。《庄子·盗跖》："尧舜有天下，子孙无置锥之地；汤武立为天子，而后世绝灭。"
【例句】唐韦应物《答故人见谕》："况本濩落人，归无置锥地。"唐李商隐《咏怀寄秘…》："粝食空弹剑，亨衢讵置锥。"宋苏轼《次韵晁无…》："有子不为谋置锥，虹霓吞吐忘寒饥。"宋陆游《自笑》："自笑谋生事事疏，年来锥与地俱无。"

无字碑 wú zì bēi
【分类】文化
【关键词】武则天
【释义】西安西北乾县梁山的唐高宗李治与皇后武则天合葬墓——乾陵，有述圣碑和无字碑。

【例句】宋晁补之《谒岱祠即事》："初疑无字碑,莹洁谁敢文。"宋费德厚《贾浪仙》："千古断碑犹有恨,推敲无字到于今。"明王恭《云峰歌送…》："无字碑横任鹿眠,摩香石冷从猿卧。"聂绀弩《没字碑》："天后陵前没字碑,荡妇妄题一句诗。"

无镞遗 wú zú yí
【分类】政治
【关键词】秦始皇
【释义】指获胜容易,无须耗费。《史记·秦始皇纪赞》："于是六国之士…常以十倍之地,百万之众,叩关而攻秦。秦人开关延敌,九国之师逡巡遁逃而不敢进。秦无亡矢遗镞之费,而天下诸侯已困矣。"由"无矢镞之费"蜕变而成。
【例句】唐刘长卿《疲兵篇》："只恨汉家多苦战,徒遗金镞满长城。"唐杜牧《今皇帝诗…》："捷书皆应睿谋期,十万曾无一镞遗。"五代徐铉《寄抚州钟…》："都护空遗镞,明君欲舞干。"宋张方平《皇帝狩于…》："射狡无遗镞,从奔必应弦。"

芜城 wú chéng
【分类】政治
【关键词】鲍照
【释义】古城名。即广陵城。故址在今江苏省江都县境。西汉吴王刘濞建都于此,筑广陵城。南朝宋竟陵王刘诞据广陵反,兵败死焉,城遂荒芜,南朝宋鲍照作《芜城赋》以讽之,因得名。
【例句】唐李商隐《隋宫》："紫泉宫殿锁烟霞,欲取芜城作帝家。"唐贾岛《送沈鹤》："芜城登眺作,才动广陵人。"唐崔致远《酬杨赡秀…》："暂别芜城当叶落,远寻蓬岛趁花开。"宋蔡襄《经钱塘故宫》："废苑芜城裹故宫,行人苑外问秋风。"

吾安放 wú ān fàng
【分类】生活
【关键词】礼记
【释义】咏哀恋师死之典。《礼记·檀弓》："孔子早作,负手曳杖,消摇于门,歌曰:'泰山其颓乎!梁木其坏乎!哲人其萎乎!'既歌而入,当户而坐。子贡闻之,曰:'泰山其颓,则吾将安仰;梁木其坏,哲人其萎,则吾将安放?夫子殆将病也!'遂趋而入。夫子曰:'…予殆将死也。'盖寝疾七日而没。"子贡从老师孔子临终作歌中,听出了丧音,于是感到尊师死后,自己将无所依循。
【例句】唐杜甫《八哀诗》："百年见存殁,牢落吾安放。"宋章粲《学易斋》："九原如可作,舍此吾安放。"宋文天祥《第一百六…》："明明君臣契,牢落吾安放。"清张考绩《挽张之洞联》："人去吾安放,高寒天鉴一生心。"清曾国藩《题彭旭诗…》："杜韩去千年,摇落吾安放。"

吾曹 wú cáo
【分类】生活

【关键词】韩非子
【释义】我辈,我们。《韩非子·外储说右上》："吾曹何爱不为公。"南朝梁王僧孺《与何炯书》："斯大丈夫之志,非吾曹之所能及已。"
【例句】唐高适《同河南李…》："长歌满酌惟吾曹,高谈正可挥尘毛。"唐刘禹锡《酬乐天晚…》："经过更何处,风景属吾曹。"唐黄滔《喜陈先辈…》："今年春已到京华,天与吾曹雪怨嗟。"聂绀弩《清厕同枚子》："澄清天下吾曹事,污秽成坑便肯饶?"

吾从周 wú cóng zhōu
【分类】政治
【关键词】孔子
【释义】颂歌周制之典。《论语·八佾》："子曰:'周监于二代,郁郁乎文哉!吾从周。'"意周代的制度是借鉴夏、商二代,正确丰富。
【例句】唐郭圆《咏韦皋》："宣父从周又适秦,昔贤谁少出风尘。"唐柳宗元《送元皓师诗》："去鲁心犹在,从周力未能。"宋苏轼《神宗皇帝…》："典礼从周旧,官仪与汉隆。"宋许景衡《寄薛克勤》："会看曲台须旧德,讨论文物尽从周。"

吾戴头来 wú dài tóu lái
【分类】政治
【关键词】段秀实
【释义】《新唐书·段秀实传》:段在州任职时,节度使郭曰希军士十七人仗势入市取酒,刺酒翁,坏酿器,段秉公执法,将一卒枭首示众。一营大噪,全副武装,段赤手驰赴郭部驻地,从容笑道:"杀一老卒,何甲也?吾戴头来矣。"后以戴头比喻人刚正不屈的精神和不怕牺牲的决心。
【例句】宋李昴英《哭清远程…》："愤然瞋目骂,吾已戴头来。"宋张扩《谢元龄惠…》："狸奴戴头来,本是籋龙种。"宋楼钥《送伯舅汪…》："方今天相中兴期,黠虏戴头来边陲。"聂绀弩《叠韵答曙南》："有头戴我行千里,携手与君隔四秋。"

吾道 wú dào
【分类】政治
【关键词】孔子
【释义】我的学说或主张。《论语·里仁》："子曰:'参乎!吾道一以贯之。'"也喻人生道路。
【例句】唐玄觉《题竹》："欲知吾道廓,不与物情违。"唐杜甫《秦州杂诗》："万方声一概,吾道竟何之。"唐刘长卿《同姜浚题…》："藜杖全吾道,榴花养太和。"唐王昌龄《失题》："物情每衰极,吾道方渊然。"

吾道东 wú dào dōng
【分类】政治
【关键词】郑玄
【释义】谓自己的学术或主张得到继承和推广。《后汉书·

郑玄传》："（郑玄）乃西入关，因涿郡卢植事扶风马融…（玄）辞归，融喟然谓门人曰：'郑生今去，吾道东矣！'"唐李贤注："《前书》曰：'田何授《易》于丁宽，学成，宽东归，何谓门人曰：'《易》东矣。'"

【例句】唐杜甫《赠苏四徯》："斯人脱身来，岂非吾道东。"唐钱起《寇中送张…》："吾道将东矣，秋风更飒然。"宋祁《呈胡希元…》："已卜良邻计，无忧吾道东。"宋彭汝砺《奉别张伯…》："纷然又见瓜期及，晚矣犹思吾道东。"

吾道穷　wú dào qióng

【分类】生活
【关键词】孔子
【释义】咏自伤困顿、穷途末路或借以咏叹人亡之典。《史记·孔子世家》："及西狩见麟，（孔子）曰：'吾道穷矣！'"南朝宋裴骃《史记集解》："何休曰：'麟者，太平之兽，圣人之类也。时得而死，此天亦告夫子将殁之证，故云尔。'"孔子认为时时乱世，麟作为祥瑞之兆，出现的不是时候，故认为不吉。

【例句】唐陈子昂《感遇诗》："逶迤势已久，骨鲠道斯穷。"唐杜甫《奉汉中王…》："不但时人惜，只应吾道穷。"唐杜甫《积草岭》："旅泊吾道穷，衰年岁时倦。"宋徐积《和吕秘校》："吾道穷通自有时，功名岂便与心违。"

吾过何由鲜　wú guò hé yóu xiān

【分类】生活
【关键词】崔瞻
【释义】咏密友惜别之典。《北齐书·崔瞻传》："与赵郡李概为莫逆之交。概将东还，瞻遗之书曰：'仗气使酒，我之常弊，诋诃指切，在卿尤甚。足下告归，吾于何闻过也？'"于何闻过，言不能听到善意中肯的批评。

【例句】唐杜牧《长安送友…》："相舍嚣讝中，吾过何由鲜。"唐周昙《春秋战国门》："一从忠说无周舍，吾过何人为短长。"宋陆游《家居自戒》："吾过固多矣，责彼何暇详。"宋杨万里《送施少才…》："似嫌疏过子，吾过更谁尤。"

吾过矣　wú guò yǐ

【分类】生活
【关键词】礼记
【释义】我错了。古人谢过之辞。《礼记·檀弓》："子夏丧其子而丧其明。曾子吊之…子夏投其杖而拜曰：'吾过矣！吾过矣！'"汉郑玄注："谢之且服罪也。"

【例句】宋刘子翬《拙句谢伯…》："赠梅发言吾过矣，卫生无术谁之尤。"宋苏轼《花落复次…》："留连一物吾过矣，笑领百觞空罍樽。"宋李光《庚午春予…》："桑下不三宿，怅恋吾过矣。"宋洪迈《与叶晦叔…》："只恐风雨摧折之，负此一春吾过矣。"

吾将老焉　wú jiāng lǎo yān

【分类】生活
【关键词】左传
【释义】我将在那里终老。表示已准备好养老之所。《左传·隐公十一年》："使营菟裘，吾将老焉。"

【例句】唐杜甫《秦州杂诗》："采药吾将老，儿童未遗闻。"宋刘敞《桃花》："仙源一入吾将老，不学武陵溪上人。"宋苏轼《送欧阳主》："江湖咫尺吾将老，汝颍东流子却西。"宋袁默《石女冢》："夫人鼓瑟君为歌，北山为椁吾将老。"

吾今丧我　wú jīn sàng wǒ

【分类】生活
【关键词】庄子
【释义】形容人臻入一种行如槁木、心如死灰的境界——"我忘记了自己"，处于忘我的至高境界。《庄子·齐物论》："不亦善乎，而问之也？今者吾丧我，汝知之乎？"

【例句】唐王维《山中示弟》："山林吾丧我，冠带不成人。"宋刘敞《小雨朝归…》："不知吾丧我，安更问其余。"宋王安石《蓁虫》："隐几自怜居丧我，倨堂谁觉似非人。"聂绀弩《赠梅》："吾今丧我形全槁，卿可为妻念近痴。"

吾老是乡　wú lǎo shì xiāng

【分类】生活
【关键词】赵飞燕
【释义】沉溺、终老于这个地方。源见"白云乡"。

【例句】宋陈师道《次韵苏公…》："静中有业官成集，醉里无何老是乡。"宋葛胜仲《游径山蕴…》："山名一径通天目，便欲看云老是乡。"宋洪咨夔《次韵遣怀》："樱桃空落去，吾老白云乡。"金边元鼎《自叹》："自知疲病耽杯酒，拟及温柔老是乡。"聂绀弩《雪峰六十》："他人有此或非乐，我老是乡将不辞。"

吾谋适不用　wú móu shì bù yòng

【分类】政治
【关键词】左传
【释义】咏计谋之典。源见"绕朝策"。

【例句】唐王昌龄《淇上酬薛…》："吾谋适可用，天路岂寥廓。"唐王维《送綦毋潜…》："吾谋适不用，勿谓知音稀。"宋刘攽《立春》："举眼向高天，吾谋不能用。"宋绍兴士人《题鸣山祠》："待吾谋用日，同共扫完颜。"宋韩元吉《送沈信臣…》："吾谋不用可无人，小技文章亦有神。"

吾无为善　wú wú wéi shàn

【分类】生活
【关键词】子产
【释义】悼知交亡逝之典。《左传·昭公十三年》："子产归，未至，闻子皮卒，哭，且曰：'吾已无为为善矣，唯夫子知我。'"言从此无人帮助自己施行善政了。

【例句】唐王维《哭祖六自虚》："为善吾无矣；知音子绝焉。"宋李处权《次韵张匡…》："至哉蒙庄言，为善无近名。"明方孝孺《侍世子奉…》："东平漫说能为善，未识当时有此无。"明释函可《冬日偶成》："所以先哲言，为善无近名。"

吾伊　wú yī

【分类】生活

【关键词】豫章集
【释义】伊吾，呷唔。指读书声。《豫章集·考试局与孙元忠博士竹间对窗夜闻元忠诵书声调悲壮戏作竹枝歌三章和之》："南窗读书声吾伊，北窗见月歌竹枝。"
【例句】宋方岳《除夜》："眼底童乌已七龄，吾伊略亦记群经。"宋刘克庄《四和》："老勤未辍吾伊读，烂醉时为尔汝歌。"宋黄庭坚《考试局与…》："南窗读书声吾伊，北窗见月歌竹枝。"宋陆游《次韵李季…》："切勿轻为归蜀梦，竹枝忍复听吾伊。"

吴蚕三眠 wú cán sān mián
【分类】生活
【关键词】荀子
【释义】指蚕初生至成蛹的三次蜕皮。比喻慵懒。战国荀子《蚕赋》："蛹以为母，蛾以为父。三俯三起。事乃大已。"
【例句】唐李白《寄东鲁二…》："吴地桑叶绿，吴蚕已三眠。"宋欧阳修《柳》："东风苑外千丝老，犹伴吴蚕旧日眠。"宋惠洪《次韵曾英…》："弟兄骏气骥堕地，自怜老欲蚕三眠。"宋张守《和答钱文…》："回观争夺纷华地，已老吴蚕不复眠。"

吴道子 wú dào zǐ
【分类】生活
【关键词】吴道子
【释义】唐朝画家。创山水之体，自成一家。开元中，玄宗召入宫中，擅画佛、道人物及鬼神和龙等。世人誉为画圣。《历代名画记》："国朝吴道玄古今独步，前不见顾陆，后无来者。授笔法于张旭，此又知书画用笔同矣。张既号书颠，吴宜为画圣。"
【例句】五代欧阳炯《贯休应梦…》："唐朝历历多名士，萧子云兼吴道子。"五代欧阳炯《题景焕画…》："张僧繇是有神人，吴道子称无敌者。"宋胡ято降《题吴生画…》："谁似今时吴道子，咄嗟能办武陵图。"宋苏轼《追和子由…》："应似画师吴道子，高堂巨壁写降魔。"聂绀弩《赠瘦石》："气味高如吴道子，谁知穷到朱买臣。"

吴儿 wú ér
【分类】生活
【关键词】贾充
【释义】指吴地少年。也是对吴人的蔑称。《晋书·夏统》："充（贾充）等各散曰：'此吴儿是木人石心也。'"
【例句】唐贺知章《答朝士》："乡曲近来佳此味，遮莫不道是吴儿。"唐李白《越女词》："吴儿多白皙，好为荡舟剧。"唐朱庆馀《送饶州张…》："楚老只应思入境，吴儿从此去移家。"唐杜甫《陪郑广文…》："刺船思郢客，解水乞吴儿。"

吴刚斫桂 wú gāng zhuó guì
【分类】文化
【关键词】酉阳杂俎
【释义】咏月或咏桂树之典。《酉阳杂俎》："旧言月中有桂，有蟾蜍。故异书言，月桂高五丈，下有一人，常斫之，树创随合。人姓吴名刚，西河人，学仙有过，谪令伐树。"
【例句】唐李贺《秦宫诗》："斫桂烧金待晓筵，白鹿青苏夜半煮。"唐李商隐《同学彭道…》："月中桂树高多少？试问西河斫树人。"宋胡则《及第》："五言似剑裁鳞角，七字如刀斫桂皮。"宋苏籀《刺少年行》："朔云颜巷积深雪，斫桂烧金冻折弦。"聂绀弩《北海中秋夜》："纵念高寒休起舞，吴刚酒已醉淳于。"

吴公 wú gōng
【分类】政治
【关键词】贾谊
【释义】发现并拔擢贾谊之人。《汉书·贾谊传》："文帝初立，闻河南守吴公治平为天下第一，故与李斯同邑，而尝学事焉，征以为廷尉。"
【例句】唐白居易《和河南郑…》："楚客难酬郢中曲，吴公兼占洛阳才。"唐刘禹锡《郡斋书怀…》："绮季衣冠称鬓面，吴公政事副棠华。"唐权德舆《送杜尹赴…》："朝选吴公守，时推杜尹贤。"宋张方平《谒青州范…》："更似贾生多叹息，闻公真赏胜吴公。"

吴宫教阵 wú gōng jiào zhèn
【分类】政治
【关键词】孙子
【释义】指孙武在吴宫教授宫中妇女操练兵阵。或戏指姬妾众人。《史记·孙子吴起列传》："出宫中美女，得百八十人。孙子分为二队，以王之宠姬二人各为队长…遂斩队长二人以徇…妇人左右、前后、跪起皆中规矩绳墨，无敢出声。"
【例句】唐林藻《吴宫教战》："强吴矜霸略，讲武在深宫。"唐李璟《游后湖赏…》："孙武已斩吴宫女，琉璃池上佳人头。"宋辛弃疾《鹧鸪天》："愁红惨绿今宵看，却似吴宫教阵图。"宋陈著卿《鹧鸪天》："将军闲试临边手，按出吴宫小阵图。"

吴宫燕 wú gōng yàn
【分类】政治
【关键词】越绝书
【释义】巢于吴宫之燕。比喻无辜受害者。春秋吴都有东西宫。《越绝书·外传记吴地传》："西宫在长秋，周一里二十六步，秦始皇帝十一年，守宫者照燕，失火烧之。"
【例句】唐刘禹锡《武陵观火诗》："晋库走龙剑，吴宫伤燕雏。"唐李群玉《感春》："吴宫新暖日，海燕双飞至。"唐罗隐《甘露寺火后》："犀惭水府浑非怪，燕说吴宫未是灾。"宋刘筠《无题》："身轻近识吴宫燕，目断还惊洛浦鸿。"

吴鸿 wú hóng
【分类】生态
【关键词】吴越春秋
【释义】借称宝剑或利器。《吴越春秋·阖闾内传》："（阖闾）复命于国中作金钩…有人贪王之重赏也，杀其二子，

W

883

以血釁金，遂成二钩…于是钩师向钩而呼二子之名：'吴鸿、扈稽，我在于此，王不知汝之神也。'声绝于口，两钩俱飞着父之胸。"
【例句】唐王维《燕支行》："麒麟锦带佩吴钩，飒沓青骊跃紫骝。"唐李白《结客少年…》："珠袍曳锦带，匕首插吴鸿。"宋梅尧臣《送通判黄…》："西风半空鸣且号，吴天点破吴鸿高。"元王逢《小匕首歌》："吴鸿扈稽飞著体，不曾为主开边鄙。"元高启《送越将罢镇》："楚客佩吴鸿，临边最有功。"

吴江三高祠　wú jiāng sān gāo cí
【分类】政治
【关键词】齐东野语
【释义】南宋为纪念越范蠡、晋张翰、唐陆龟蒙所建。皆能看破时事，急流勇退。《齐东野语·三高亭记改本》："三君者不并世，而鸱夷子皮又尝一用人之国，名大功显而去之。"
【例句】宋郑起《吴江三高…》："吾拜三高堂，三高在何许。"宋穆脩《秋浦会遇》："躜迹三高士，追狂六逸民。"宋陈著《题黄长孺…》："扁舟几来去，长揖三高祠。"宋周密《登垂虹亭》："安知白首沧洲客，不是三高行辈人。"

吴练　wú liàn
【分类】文化
【关键词】孔子
【释义】代指白马。源见"练光乱马"。
【例句】唐刘威《伤曾秀才马》："吴练已知随影没，朔风犹想带嘶闻。"唐康翊仁《鲛人潜织》："透手击吴练，凝冰笑越缣。"明王世贞《哭李于鳞》："发短窥吴练，肠回断Б弦。"明陈子壮《五日珠江曲》："罨画净铺吴练阔，招摇新挂越罗高。"

吴牛喘月　wú niú chuǎn yuè
【分类】生态
【关键词】太平御览
【释义】吴地之牛畏热，见月疑日而气喘。喻指因疑心而胆怯，或指天气酷热。《太平御览》引《风俗通》："吴牛望见月则喘；使之苦于日，见月怖，喘矣！"
【例句】唐李白《送萧三十…》："六月南风吹白沙，吴牛喘月气成霞。"唐李峤《牛》："在吴频喘月，奔梦屡惊风。"五代谭用之《寄王侍御》："喘月吴中知夜至，嘶风胡马识秋来。"宋梅尧臣《次韵和酬…》："胡马嘶风思塞草，吴牛喘月困沙田。"

吴起　wú qǐ
【分类】政治
【关键词】吴起
【释义】战国初军事家、政治家。历仕鲁、魏、楚三国，在楚曾主持"吴起变法"，后遭杀害。《史记·吴起列传》："魏文候以为将，击秦，拔五城…文候以吴起善用兵，廉平，尽能得士心，乃以为西河守，以拒秦、韩。"
【例句】唐陈元光《恩义操》："吴起学曾斯学荀，欺君害民丧不奔。"唐唐彦谦《客中感怀》："贪名笑吴起，说国叹苏秦。"唐骆宾王《夏日游德…》："泣魏伤吴起，思赵切廉颇。"唐周昙《公叔》："吴起南奔魏国荒，必听公叔失贤良。"

吴市吹箫　wú shì chuī xiāo
【分类】生活
【关键词】伍子胥
【释义】喻指行乞街头。《史记·范雎蔡泽列传》："伍子胥橐载而出昭关，夜行昼伏，至于陵水，无以糊其口，膝行蒲伏，稽首肉袒，鼓腹吹篪，乞食于吴市，卒兴吴国，阖闾为伯。"
【例句】唐虞世南《结客少年…》："吹箫入吴市，击筑游燕肆。"明黎遂球《寄怀徐巨源》："敢望不敢信，吹箫待吴市。"明岑徵《偶成》："每向齐庭愁鼓瑟，暂从吴市学吹箫。"明邝露《赠张穆之》："君不见淮阴乞食寄漂母，伍员吹箫向吴市。"

吴霜　wú shuāng
【分类】文化
【关键词】李贺
【释义】吴地的霜。亦比喻白发。唐李贺《还自会稽歌》："吴霜点归鬓，身与塘蒲晚。"
【例句】宋刘挚《元日示彭…》："便期节物寻樽酒，莫问吴霜换鬓青。"宋赵鼎《再用前韵…》："举目山河往恨沉，吴霜一点鬓毛侵。"宋马廷鸾《奉谢龙山…》："刺雪尚堪书茧纸，吴霜聊欲寄乌纱。"宋范成大《丙申元日…》："耳畔逢人无鲁语，鬓边随我便是吴霜。"

吴丝　wú sī
【分类】生活
【关键词】李贺
【释义】吴地产的丝。喻指精美的琴弦。唐李贺《李凭箜篌引》："吴丝蜀桐张高秋，空山凝云颓不流。"
【例句】唐齐己《风琴引》："授吴丝，雕楚竹，高托天风拂为曲。"元刘敬《赋得潇湘…》："炯炯吴丝照清浦，凤梭制锦回龙章。"元宋濂《凉夜曲》："蝉衫麟带结宝珰，吴丝蜀桐啼凤凰。"明解缙《琴清轩》："珊瑚雁足水晶轸，吴丝缊弦冰缕长。"

吴头楚尾　wú tóu chǔ wěi
【分类】生态
【关键词】方舆胜览
【释义】泛指江西北部和安徽中部一带。其地位于春秋吴的上游，楚的下游。《方舆胜览》："豫章之地为楚尾吴头。"汉高帝初年（前202年），时设豫章郡（赣江原称豫章江），郡治南昌，下辖18县。
【例句】宋王阮《秋日寄舍弟》："猿惊鹤怨草三尺，楚尾吴头天一方。"宋唐庚《赠泸倅…》："吴头楚尾秀山川，一分才华占得全。"宋释德洪《南昌重会…》："嗟予生计等飞鸟,翩翩吴头复楚尾。"聂绀弩《桥上望江》:"楚尾吴头眺望开,更思桥上起楼台。"

吴下阿蒙　wú xià ā méng
【分类】政治
【关键词】吕蒙
【释义】比喻人学识浅薄。《三国志·吕蒙传》南朝宋裴松之注引《江表传》:"蒙始就学,笃志不倦,其所览见,旧儒不胜。后鲁肃上代周瑜,过蒙言议,常欲受屈。肃拊蒙背曰:'吾谓大弟但有武略耳,至于今者,学识英博,非复吴下阿蒙。'蒙曰:'士别三日,即更刮目相待。大兄今论,何一称穰侯乎……'"
【例句】唐顾况《长至斋宿…》:"壮怀漫说庾开府,老眼依然吴阿蒙。"宋刘过《过西兴》:"吴下阿蒙非昔日,眼高相对有谁青。"宋陆游《秋夜示儿辈》:"吴下当时薄阿蒙,岂知垂老叹途穷。"宋赵蕃《次韵徐审…》:"异时相见定刮目,敢作吴下旧阿蒙。"

吴盐胜雪　wú yán shèng xuě
【分类】生活
【关键词】李白
【释义】形容女子皮肤白皙无瑕。吴盐:古时江淮一带所晒制的盐,味淡而雪白。唐李白《梁园吟》:"玉盘杨梅为君设,吴盐如花皎如雪。"宋周邦彦《少年游》:"并刀如水,吴盐胜雪,纤手破新橙。"
【例句】宋周邦彦《少年游》:"并刀如水,吴盐胜雪,纤手破新橙。"宋吴文英《凤池吟》:"画省中书,半红梅子荐盐新。"宋曾几《乞猫》:"江茗吴盐雪不如,更令女手缀红缯。"元梁寅《和何彦正…》:"醉和农歌乐农暇,吴盐如雪点杨梅。"

吴歈　wú yú
【分类】生活
【关键词】楚辞
【释义】春秋吴国的歌。后泛指吴地的歌。《楚辞补注·招魂》:"吴歈蔡讴,奏大吕些。"汉王逸注:"吴蔡,国名也。歈、讴,皆歌也。"
【例句】唐白居易《对酒吟》:"合声歌汉月,齐手拍吴歈。"唐宋若华《嘲陆畅》:"双成走报监门卫,莫使吴歈入汉宫。"唐李贺《江南弄》:"吴歈越吟未终曲,江上团团帖寒玉。"宋杨亿《再次首唱…》:"郢酒泛冰星弁侧,吴歈倚瑟黛娥愁。"

梧鼠五技　wú shǔ wǔ jì
【分类】生活
【关键词】荀子
【释义】比喻技能虽多而不精。《荀子·劝学》:"螣蛇无足而飞,梧鼠五技而穷。"唐杨倞注:"梧鼠当为鼫鼠,盖本误为鼯字,传写又误为梧耳。五技谓能飞不能上屋,能缘不能穷木,能游不能渡谷,能穴不能掩身,能走不能先人。"
【例句】宋黄庭坚《演雅》:"五技鼫鼠笑鸠拙,百足马蚿怜鳖跛。"宋李廌《下第留别…》:"衰残蚤二毛,坎轲穷五技。"宋吕本中《和邢子坚韵》:"鹡鸰所愿一枝足,鼫鼠从来五技穷。"宋陈棣《还余朝纲…》:"较艺昔尝穷五技,还书今复堕三痴。"

梧庭凤　wú tíng fèng
【分类】政治
【关键词】黄帝
【释义】咏皇帝宫廷之典。《韩诗外传》:"黄帝即位,施惠承天…未见凤凰,惟思其象…于是黄帝乃致斋于中宫。凤乃蔽日而至。黄帝降于东阶,西面,再拜稽首曰:'皇天降祉,敢不承命!'凤乃止帝东园,集帝梧桐,食帝竹食,没身不去。"
【例句】唐陈子昂《西还至散…》:"葳蕤苍梧凤,嚛唉白露蝉。"唐张说《奉和圣制…》:"壁有真龙画,庭余鸣凤梧。"唐李峤《夏晚九成…》:"林引梧庭凤,泉归竹沼龙。"唐苏颋《奉和崔尚…》:"戏藻嘉鱼乐,栖梧见凤飞。"

梧桐　wú tóng
【分类】文化
【关键词】诗经
【释义】一种落叶乔木。传说梧为雄树,桐为雌树。梧桐相生相伴。为咏相守相牵之典。《诗经·大雅·生民之什》:"凤凰鸣矣,于彼高冈。梧桐生矣,于彼朝阳。"
【例句】唐刘斌《登楼望月》:"梧桐窗下影,乌鹊槛前声。"唐陈子昂《鸳鸯篇》:"凤凰起丹穴,独向梧桐枝。"唐马戴《过故人所…》:"客来云雨散,鸟下梧桐秋。"唐孟郊《烈女操》:"梧桐相待老,鸳鸯会双死。"

五彩笔　wǔ cǎi bǐ
【分类】文化
【关键词】江淹
【释义】"江淹,字文通,南朝著名政治家、文学家,历仕三朝。《太平广记·梦二》载江淹少时,梦人授以五色笔,故文彩俊发。《南史·江淹传》:"尝宿于冶亭,梦一丈夫自称郭璞,谓淹曰:'吾有笔在卿处多年,可以见还。'淹乃探怀中得五色笔一以授之。尔后为诗绝无美句,时人谓之才尽。"
【例句】唐钱起《玛瑙杯歌》:"王孙彩笔题新咏,碎锦连珠复辉映。"唐杜甫《秋兴》:"彩笔昔曾干气象,白头吟望苦低垂。"唐白居易《中书寓直》:"病对词头惭彩笔,老看镜面愧华簪。"唐李商隐《牡丹》:"我是梦中传彩笔,欲书花叶寄朝云。"

五单于　wǔ chán yú
【分类】政治
【关键词】匈奴
【释义】泛指匈奴各部首领。《汉书·匈奴传下》载:西汉后期,匈奴势弱内乱,并立为五个单于。五单于互相争斗,后为呼韩邪单于所并。

【例句】唐王维《少年行》:"偏坐金鞍调白羽,纷纷射杀五单于。"唐卢纶《宫中乐》:"云日呈祥礼物殊,北庭生献五单于。"宋刘克庄《书事》:"河北几于九节度,漠南奚止五单于。"聂绀弩《苏武牧羊图》:"十九年长天下小,问谁曾写五单于。"

五车书　wǔ chē shū
【分类】文化
【关键词】庄子
【释义】形容读书多,学问渊博。《庄子·天下》:"惠施多方,其书五车。"
【例句】唐孟浩然《送告八从军》:"男儿一片气,何必五车书。"唐杜甫《柏学士茅屋》:"富贵必从勤苦得,男儿须读五车书。"唐李商隐《安平公诗》:"顾我下笔即千字,疑我读书倾五车。"宋王安石《送刘贡父…》:"笔下能当万人敌,腹中尝记五车书。"

五城十二楼　wǔ chéng shí èr lóu
【分类】文化
【关键词】黄帝
【释义】古代传说中神仙的居所。比喻仙境。《史记·孝武本纪》:"方士有言:'黄帝时,为五城十二楼,以候神人于执期,命曰迎年。'"
【例句】唐李白《经乱离后…》:"天上白玉京,十二楼五城。"唐刘复《游仙》:"俯视昆仑宫,五城十二楼。"唐杜甫《凤凰台》:"自天衔瑞图,飞下十二楼。"宋文彦博《游仙咏》:"十二瑶楼切绛云,醉游昆阆碧桃春。"

五尺险　wǔ chǐ xiǎn
【分类】生态
【关键词】西南夷传
【释义】即秦时通往云南滇池一带的古道,因山峦阻隔,地势险峻,路面仅宽五尺。《汉书·西南夷传》:"秦时尝破,略通五尺道,诸此国颇置吏焉。"唐颜师古注:"其处险厄,故道才广五尺。"
【例句】唐权德舆《送袁中丞…》:"途轻五尺险,水爱双流净。"宋张嵲《上二溪山》:"昔闻五尺道,驰心已伶传。"宋宋庠《赠职方齐…》:"邮通五尺秦人道,吏拥双朱汉守轓。"宋司马光《送张寺丞…》:"汉家五尺道,置吏抚南夷。"

五大夫　wǔ dài fū
【分类】文化
【关键词】秦始皇
【释义】咏松树,或喻受恩遇。《史记·秦始皇本纪》:"遂上泰山,立石,封,祠祀。下,风雨暴至,休于树下,因封其树为五大夫。"
【例句】唐李商隐《西溪》:"野鹤随君子,寒松揖大夫。"唐陆贽《禁中春松》:"愿符千载寿,不羡五株封。"唐鲍溶《闻国家将…》:"清跸间过素王庙,翠华高映大夫松。"唐成彦雄《柳枝辞》:"朝朝奉御临池上,不羡青松拜大夫。"宋

饶节《次韵答陈…》:"会携他日已漫刺,归谒南山五大夫。"

五等　wǔ děng
【分类】政治
【关键词】礼记
【释义】指五等之爵。《礼记·王制》:"王者之制禄爵,公、侯、伯、子、男五等。"
【例句】唐王梵志《回波乐》:"不思五等贵,宁贪驷马车。"唐吕岩《赠李德成》:"九重天子寰中贵,五等诸侯门外尊。"唐韩愈《晋公破贼…》:"将军旧压三司贵,相国新兼五等崇。"唐罗隐《长安秋夜》:"五等列侯无故旧,一枝仙桂有风霜。"

五弟训禽荒　wǔ dì xùn qín huāng
【分类】政治
【关键词】尚书
【释义】咏谏止狩猎之典。《尚书·五子之歌》:"太康失邦,昆弟五人,须于洛汭,作《五子之歌》。"南朝宋裴骃《史记集解》:"孔安国曰:'盘于游田,不恤民事,为羿所逐,不得反国。'太康五弟与其母待太康于洛水之北,怨其不反,故作歌。'"
【例句】唐李世民《冬狩》:"禽荒非所乐,抚辔更招忧。"唐魏知古《从猎渭川…》:"尝闻夏太康,五弟训禽荒。"宋金朋说《戒五荒》:"禽荒迷不返,未有不亡家。"宋杨备《射雉场》:"外作禽荒内色荒,三千红粉日严妆。"

五帝君　wǔ dì jūn
【分类】文化
【关键词】周礼
【释义】即天上五方之帝。《周礼·春官·小宗伯》:"兆五帝于四郊,四望四类亦如之。"汉郑玄注:"五帝:苍曰灵威仰,太昊食焉;赤曰赤熛怒,炎帝食焉;黄曰含枢纽,黄帝食焉;白曰白招拒,少昊食焉;黑曰汁光纪,颛顼食焉。"
【例句】唐杨炯《和辅先入…》:"汉君祠五帝,淮王礼八公。"唐朱君绪《法师升高…》:"天仙游诞上,五帝列方职。"唐李商隐《寓怀》:"长养三清境,追随五帝君。"宋万俟咏《快活年近拍》:"千秋万岁君,五帝三王世。"

五丁　wǔ dīng
【分类】政治
【关键词】蜀王本纪
【释义】神话传说中的五个力士。喻指功臣名将。《蜀王本纪》:"天为蜀王生五丁力士,能献山,秦王献美女与蜀王,蜀王遣五丁迎女。见一大虵入山穴中,五丁并引虵,山崩,秦五女皆上山,化为石。"
【例句】唐骆宾王《饯郑安阳…》:"剑门千仞起,石路五丁开。"唐骆宾王《畴昔篇》:"五丁卓荦多奇力,四士英灵富文艺。"唐张枯《读狄梁公传》:"五丁抉造化,一柱正乾坤。"唐白居易《答桐花》:"我思五丁力,拔入九重城。"

五丁开道　wǔ dīng kāi dào
【分类】政治
【关键词】蜀王本纪
【释义】咏力士改造山川的典故。《蜀王本纪》："秦惠王欲伐蜀，乃刻五石牛，置金其后。蜀人见之，以为牛能大便金…蜀王以为然，即发卒千人，使五丁力士，拖牛成道，致三枚于成都。秦得道通，石牛是也。后遣丞相张仪等，随石牛道伐蜀。"
【例句】唐杜牧《奉和门下…》："前驱二星去，开险五丁忙。"唐骆宾王《饯郑安阳…》："剑门千仞起，石路五丁开。"唐李山甫《蜀中寓怀》："千里烟霞锦水头，五丁开得也风流。"宋曾黯《自玉泉至…》："何日五丁开故道，关河北望可沾襟。"

五鼎　wǔ dǐng
【分类】政治
【关键词】孟子
【释义】古代行祭礼时，大夫用五个鼎，分别盛羊、豕、肤（切肉）、鱼、腊五种供品。使用三鼎或五鼎是士礼和卿大夫礼的分别。《孟子·梁惠王下》："前以三鼎，而后以五鼎与？"
【例句】唐李白《赠友人》："时人列五鼎，谈笑期一掷。"唐韩愈《晚秋郾城…》："两厢铺氍毹，五鼎调勺药。"唐杜牧《春末题池…》："偃须求五鼎，陶只爱吾庐。"唐陆龟蒙《杂讽》："朝趋九韶音，暮列五鼎食。"

五鼎烹　wǔ dǐng pēng
【分类】政治
【关键词】平津侯
【释义】古代的一种酷刑。用鼎镬烹煮罪人。源见"五鼎食"。
【例句】唐罗隐《雪霁》："一竿如有计，五鼎岂须烹。"宋刘敞《古意》："不忍脱粟饭，甘为五鼎烹。"宋刘攽《次韵和秘…》："勇夫常作三军获，辩士多从五鼎烹。"宋陆游《当食叹》："贪夫五鼎烹，志士首阳饿。"

五鼎食　wǔ dǐng shí
【分类】生活
【关键词】平津侯
【释义】列五鼎而食。形容高官贵族的豪奢生活。亦喻高官厚禄。《史记·平津侯主父列传》："且丈夫生不五鼎食，死即五鼎烹耳。"唐颜师古注："五鼎亨之，谓被镬亨之诛。"
【例句】唐白居易《把酒》："朝飧不过饱，五鼎徒为尔。"唐陆龟蒙《杂讽》："朝趋九韶音，暮列五鼎食。"宋刘攽《次韵和王…》："念当五鼎食，肯甘一瓢箪。"宋吕本中《和展钵诗》："斋盂已厌五鼎食，诗卷初无一点尘。"

五斗解酲　wǔ dǒu jiě chéng
【分类】生活
【关键词】刘伶
【释义】酲：喝醉了神志不清。以五斗酒来解酒病。比喻非常荒谬。《世说新语·任诞》："伶跪而祝曰：'刘伶，以酒为名，一饮一斛，五斗解酲。妇人之言，慎不可听。'"
【例句】唐元稹《放言》："五斗解酲犹恨少，十分飞盏未嫌多。"宋朱弁《苏子翼送…》："直须五斗解酲，宁待三杯乃通道。"宋黄庭坚《再赠陈季…》："顾笑千金延客醉，解酲五斗为君空。"宋邹浩《简君瑞觅…》："通道三杯如李白，解酲五斗似刘伶。"

五斗米　wǔ dǒu mǐ
【分类】政治
【关键词】陶渊明
【释义】指微薄的官俸。《宋书·陶渊明传》："郡遣督邮至，县吏白应束带见之，潜叹曰：'我不能为五斗米折腰向乡里小人。'即日解印绶去职。"
【例句】唐岑参《初授官题…》："只缘五斗米，辜负一渔竿。"唐韩翃《家兄自山…》："初辞五斗米，唯奉一囊钱。"唐吴武陵《龙虎山》："五斗米仙真有道，一神楼药岂无缘。"宋王安石《寄丁中允》："顾惜五斗米，无辜自拘囚。"

五饵　wǔ ěr
【分类】政治
【关键词】贾谊
【释义】原为贾谊提出的怀柔、软化匈奴的五种措施，后泛指笼络外族的种种策略。《汉书·贾谊列传》："及欲试属国，施五饵三表以系单于，其术固以疏矣。"
【例句】唐储光羲《次天元十…》："三陌观勇夫，五饵谋长缨。"唐李白《自广平乘…》："方陈五饵策，一使胡尘清。"宋宋庠《读贾谊新书》："勤勤论五饵，史笔未相饶。"宋胡宿《和邃卿寒直》："三钟赋粟才无取，五饵干时策已疏。"

五风十雨　wǔ fēng shí yǔ
【分类】生活
【关键词】论衡
【释义】形容风调雨顺。《论衡·是应》："风不鸣条，雨不破块，五日一风，十日一雨。"
【例句】唐和凝《宫词》："五风十雨余粮在，金殿惟闻奏舜弦。"宋陈造《村居》："五风十雨梅破夏，三青两黄麦欲秋。"宋张守《丰岁行》："五风十雨作丰岁，一饱何以酬苍苍。"宋王十朋《喜雨用前韵》："五风十雨尧舜世，自古天意缘人情。"

五凤楼　wǔ fèng lóu
【分类】生态
【关键词】元德秀
【释义】古楼名。唐在洛阳建五凤楼。《新唐书·元德秀》："玄宗在东都，酺五凤楼下，命三百里县令、刺史各以声乐集。"
【例句】唐李白《古风》："隐隐五凤楼，峨峨横三川。"唐令狐楚《皇城中花…》："五凤楼西花一园，低枝小树尽芳繁。"

唐白居易《五凤楼晚望》:"晴阳晚照湿烟销,五凤楼高天沉寥。"唐徐凝《洛城秋砧》:"三川水上秋砧发,五凤楼前明月新。"宋王庭珪《送刘简之…》:"岂惟一举两黄鹄,便好同修五凤楼。"

五凤楼手　wǔ fèng lóu shǒu
【分类】文化
【关键词】韩洎
【释义】比喻善写文章的大手笔。唐在洛阳建五凤楼。《杨文公谈苑》:"韩浦、韩洎能为古文,洎常轻浦,语人曰:'吾兄为文,譬如绳缚草舍,庇风雨而已。予之文造五凤楼手。'"
【例句】宋周紫芝《次韵陈季…》:"五凤楼高无此手,曹刘真是及肩墙。"宋黄庭坚《南楼画阁…》:"五凤楼前修造手,个中余刃亦精神。"宋李正民《南归》:"草堂盖罢浑无事,犹待翻修五凤楼。"宋周必大《端明殿学…》:"家世三珠树,文章五凤楼。"

五福　wǔ fú
【分类】生活
【关键词】尚书
【释义】五种幸福。《尚书·洪范》:"五福:一曰寿,二曰富,三曰康宁,四曰攸好德,五曰考终命。"
【例句】唐道世《颂》:"五福精德既不成,八关守戒谁能护。"唐刘禹锡《伤韦宾客》:"五福唯无富,一生谁得如。"五代徐钧《郭子仪》:"古今多少功名在,谁得如公五福全。"宋文彦博《楚正议挽词》:"每读龟书鸿范篇,人间五福是高年。"

五更　wǔ gēng
【分类】生活
【关键词】颜氏家训
【释义】旧时自黄昏至拂晓一夜间。《颜氏家训·书证》:"汉魏以来,谓为甲夜、乙夜、丙夜、丁夜、戊夜;又云鼓,一鼓、二鼓、三鼓、四鼓、五鼓;亦云一更、二更、三更、四更、五更;皆以五为节…更,历也,经也,故曰五更尔。"
【例句】唐陈元光《候夜行师》:"迭起寒鸡犹未唱,铜壶先滴五更阑。"唐孟浩然《除夜有怀》:"五更钟漏欲相催,四气推迁往复回。"唐元稹《仁风李著…》:"却笑西京李员外,五更骑马趁朝时。"唐王建《宫词》:"自是桃花贪结子,错教人恨五更风。"

五羖皮　wǔ gǔ pí
【分类】政治
【关键词】百里奚
【释义】五张公羊皮。本指五羖大夫百里奚,后也喻出身低贱的才士。《史记·秦本纪》:"穆公闻百里奚贤,欲重赎之,恐楚人不与,乃使人谓楚曰:'吾媵臣百里奚在焉,请以五羖羊皮赎之。'"
【例句】唐皮日休《江南书情…》:"时讹轻五羖,俗浅重三缄。"唐李商隐《自桂林奉…》:"长怀五羖赎,终著九州箴。"唐李白《鞠歌行》:"秦穆五羊皮,买死百里奚。"宋周孚《岁莫不乐》:"世涂何异两蜗角,士价今轻五羖皮。"

五侯　wǔ hóu
【分类】政治
【关键词】元后
【释义】指同时封侯的五人。泛指权贵豪门。《汉书·元后列传》:"五人同日封,故世谓之'五侯'。"
【例句】唐骆宾王《和孙长史…》:"调弦三妇至,置驿五侯来。"唐颜顾《缓歌行》:"五侯宾从莫敢视,三省官僚揖者稀。"唐刘暌《题越王楼…》:"人间物象分千里,天上笙歌醉五侯。"唐李白《君马黄》:"各有千金裘,俱为五侯客。"

五侯传烛　wǔ hóu chuán zhú
【分类】生活
【关键词】西京杂记
【释义】咏寒食节之典。《西京杂记》:"寒食禁火日,赐侯家蜡烛。"唐韩翃《寒食》:"日暮汉宫传蜡烛,轻烟散入五侯家。"
【例句】宋陈纪《倦寻芳》:"问几度、五侯传烛,但回首东风,吹尽尘迹。"宋周邦彦《应天长》:"又见汉宫传烛,飞烟五侯宅。"元陶安《首尾吟》:"七叶貂蝉权位赫,五侯蜡烛宠恩深。"清永瑆《春游故事》:"山亭小部唐三辅,蜡烛轻烟汉五侯。"

五侯鲭　wǔ hóu zhēng
【分类】生活
【关键词】娄护
【释义】指汉代娄护合王氏五侯家珍膳而烹饪的杂烩。喻指美味佳肴。《西京杂记》:"五侯不相能,宾客不得来往。娄护丰辩,传食五侯间,各得其欢心,竞致奇膳,护乃合以为鲭(鱼和肉合烹的美食),世称五侯鲭,以为奇味焉。"
【例句】唐韩翃《送刘长上…》:"朝还会相就,饭尔五侯鲭。"唐陆龟蒙《江南秋怀…》:"俄分上尊酒,骤厌五侯鲭。"宋祖无择《送刘进士…》:"场藿未靡千里骥,食鱼翻嗜五侯鲭。"宋苏轼《次韵孔毅…》:"今君坐致五侯鲭,尽是猩唇与熊白。"

五湖扁舟　wǔ hú piān zhōu
【分类】政治
【关键词】范蠡
【释义】范蠡在帮助越王灭吴之后,乘舟载西施泛五湖而去。后遂用"五湖心""五湖客""范蠡扁舟"等写功成心退,避祸远难;或写悠闲泛舟,归隐江湖。
【例句】唐陈子昂《感遇诗》:"谁见鸱夷子,扁舟去五湖。"唐李白《悲歌行》:"范子何曾爱五湖,功成名遂身自退。"唐李郢《赠羽林将军》:"五湖归去孤舟月,六国平来两鬓霜。"唐钱起《送褚大落》:"顷来荷策干明主,还复扁舟归五湖。"

五花结队 wǔ huā jié duì

【分类】生活

【关键词】杨贵妃

【释义】咏唐玄宗杨贵妃之典。《旧唐书·玄宗杨贵妃》:"玄宗每年十月幸华清宫,国忠姊妹五家扈从,每家为一队,着一色衣,五家合队,照映如百花之焕发,而遗钿坠舄,瑟瑟珠翠,璀璨芳馥于路。"

【例句】宋辛弃疾《鹧鸪天》:"五花结队香如雾,一朵倾城醉未苏。"宋楼钥《少潜兄再…》:"虽无崔氏联三载,肯学杨家簇五花。"明李东阳《画马歌》:"唐家内厩多飞龙,五花队簇金芙蓉。"

五谏 wǔ jiàn

【分类】政治

【关键词】李云

【释义】指人臣谏君有五种不同的态度方式。《后汉书·李云传论》:"礼有五谏,讽为上。"唐李贤注:"五谏谓讽谏、顺谏、窥谏、指谏、陷谏也。讽谏者,知患祸之萌而讽告也。顺谏者,出辞逊顺,不逆君心也。窥谏者,视君颜色而谏也。指谏者,质指其事而谏也。陷谏者,言国之害忘生为君也。见《大戴礼》。"

【例句】唐权德舆《送黔中裴…》:"五谏留中禁,双旌辍上才。"宋刘攽《挽孔经父》:"往昔方闻策,中间五谏书。"宋王令《唐介》:"语曰五谏吾以讽,仲尼殆有激而为。"明郭之奇《寄赠冯令…》:"五谏方思臣职尽,七争岂为圣朝移。"

五角六张 wǔ jiǎo liù zhāng

【分类】生活

【关键词】刘朝霞

【释义】比喻遇事不顺遂。《开元传信记》:"天宝初,上游华清宫,有刘朝霞者,献《贺幸温泉赋》…其自叙云:'别有穷奇蹭蹬…今日是千年一遇,叩头莫五角六张。'"角、张,二十八宿的两个星座。古代星占家认为五日遇到角宿,六日遇到张宿都不吉利。

【例句】宋王安石《清平乐》:"丈夫运用堂堂。且莫五角六张。"宋吕南公《内翰太中…》:"六张五角长合并,百虑一得嗟何曾。"宋郑若冲《纪梦》:"六张五角具孤虚,万死一生逃险阻。"清查慎行《虎林与同…》:"五角六张成底事,人间吉日是归期。"

五经扫地 wǔ jīng sǎo dì

【分类】生活

【关键词】祝钦明

【释义】指丧失文人的体面。《新唐书·祝钦明传》:"上食禁中,帝与群臣宴,钦明自言能《八风舞》,帝许之。钦明体肥丑,据地摇头睆目,左右顾眄,帝大笑。吏部侍郎卢藏用叹曰:'是举五经扫地矣!'"

【例句】宋陈渊《谒满处冲…》:"行止未应经扫地,是非安用辩倾河。"宋释居简《怀归》:"任是五经俱扫地,可容四海欠弥天。"宋艾性夫《文节谢公…》:"千古六经俱扫地,独公一柱肯擎天。"元舒頔《次王和夫…》:"六经既扫地,一物安得全。"

五经笥 wǔ jīng sì

【分类】文化

【关键词】边韶

【释义】喻指文人学识丰富。《后汉书·边韶》:"韶潜闻之,应时对曰:'边为姓,孝为字。腹便便,五经笥。但欲眠,思经事。寐与周公通梦,静与孔子同意。师而可嘲,出何典记?'"笥:盛饭或盛衣物的方形竹器。

【例句】唐李顾《春送从叔…》:"向用五经笥,今为千里行。"唐钱起《送集贤崔…》:"还劳五经笥,更访百家书。"宋洪适《会肇庆黄…》:"当今便便五经笥,自昔汪汪千顷陂。"宋陈棣《艾以诸公…》:"文章素号五经笥,姓字行添千佛名。"

五君咏 wǔ jūn yǒng

【分类】文化

【关键词】颜延之

【释义】咏高尚之士的典故。《宋书·颜延之传》载:颜延之被"征为中书侍郎…延之好酒疏诞,不能斟酌当世…出为永嘉太守。延之甚怨愤,乃作《五君咏》,以述'竹林七贤',山涛、王戎以贵显被黜。"

【例句】唐孟郊《上包祭酒》:"时吟《五君咏》,再举七子风。"唐聂夷中《题贾氏林泉》:"高吟五君咏,疑对九华峰。"宋刘攽《寄馆中僚旧》:"为诵延年五君咏,敢论平子四愁诗。"宋苏轼《故李诚之…》:"凄凉《五君咏》,沉痛《八哀诗》。"

五袴歌 wǔ kù gē

【分类】政治

【关键词】廉范

【释义】使百姓富庶的德政之典。《后汉书·廉范传》:"廉范字叔度…成都民物丰盛,邑宇逼侧,旧制禁民夜作…范乃毁削先令,但严使储水而已。百姓为便,乃歌之曰:'廉叔度,来何暮?不禁火,民安作。平生无襦今五绔。'"

【例句】唐储光羲《晚次东亭…》:"籍籍歌五裤,祁祁颂千箱。"唐白居易《西楼喜雪…》:"歌乐虽盈耳,惭无五裤谣。"唐刘长卿《送梁郎中…》:"遥想庐陵郡,还听叔度歌。"唐罗隐《秋日有寄》:"水寒不见双鱼信,风便唯闻五裤讴。"

五老 wǔ lǎo

【分类】文化

【关键词】竹书纪年

【释义】神话传说中的五星之精。《竹书纪年》:"率舜等升首山,遵河渚,有五老游焉,盖五星之精也。"

【例句】唐李峤《星》:"未作三台辅,宁为五老臣。"唐崔国辅《九日侍宴…》:"金策三清降,琼筵五老巡。"唐包佶《宿庐山赠…》:"苍苍五老雾中坛,杳杳三山洞里官。"唐赵碫《赠五老韩…》：" 住山道士年如鹤，应识当时五老人。"

五里仙雾　wǔ lǐ xiān wù
【分类】文化
【关键词】张楷
【释义】咏神仙法术，或堕入迷惘之典。《后汉书·张楷传》："性好道术，能作五里雾。时太西人裴优亦能为三里雾，自以不如楷，从学之，楷避不肯见。"
【例句】唐李商隐《圣女祠》："无质易迷三里雾，不寒长着五铢衣。"唐李益《华阴东泉…》："故人邑中吏，五里仙雾隔。"宋韩维《送太素南游》："无稽不学公超雾，有待犹噉御寇风。"宋黄庭坚《和范信中》："他时无屋可藏身，且作五里公超雾。"宋陈与义《赵虚中有…》："炉烟巧作公超雾，书册尚避秦皇城。"宋宋庠《晚归驰道…》："天低五里雾，日晦九成台。"

五利功　wǔ lì gōng
【分类】政治
【关键词】魏绛
【释义】咏和戎之典。《左传·襄公四年》："公曰：'然则莫如和戎乎？'（魏绛）对曰：'和戎有五利焉：戎狄荐居，贵货易土，土可贾焉，一也。边鄙不耸，民狎其野，穑人成功，二也。戎狄事晋，四邻振动，诸侯威怀，三也。以德绥戎，师徒不勤，甲兵不顿，四也。鉴于后羿，而用德度，远至迩安，五也。君其图之！'公说，使魏绛盟诸戎，修民事，田以时。"
【例句】唐吴融《金桥感事》："百年徒有伊川叹，五利宁无魏绛功。"唐权德舆《送张曹长…》："青史书归日，翻轻五利功。"宋应参《题霍山隐图》："文成五利俱荒烟，惟岳降神古所传。"明李之世《闻警》："金缯徒自误和戎，究竟殊无五利功。"

五两　wǔ liǎng
【分类】文化
【关键词】郭璞
【释义】古代的一种候风器，是用鸡毛五两或八两系在竿顶，观测风力、风向变化。《昭明文选·晋郭璞〈江赋〉》："觇五两之动静。"唐李善注："兵书曰：'凡候风法，以鸡羽重八两，建五丈旗，取羽系其巅，立军营中。'许慎《淮南子》注曰：'綷，候风也，楚人谓之五两也。'"
【例句】唐王维《送杨少府…》："愁看北渚三湘远，恶说南风五两轻。"唐独孤及《下弋阳江》："东风满帆来，五两如弓弦。"唐李白《送崔氏昆》："扁舟敬亭下，五两先飘扬。"唐方干《送缙陵王…》："相看不忍尽离觞，五两牵风速去樯。"

五鬣松　wǔ liè sōng
【分类】文化
【关键词】酉阳杂俎
【释义】又称五粒松。松的一种。《酉阳杂俎·木篇》："松，凡言两粒、五粒，粒当言鬣。段成式修行里私第，大堂前有五鬣松两株，大才如碗。结实，味与新罗者不别。五鬣松，皮不鳞。"
【例句】宋张嵲《种松》："纷纷群木望秋零，独喜新松五鬣音。"宋黄庭坚《戏答陈季》："谁言五鬣苍烟面，犹作人间儿女心。"宋张嵲《种松》："纷纷群木望秋零，独喜新松五鬣音。"宋晁公溯《次韵鲜于…》："山前四面云欲滃，松上五鬣露已团。"

五灵　wǔ líng
【分类】文化
【关键词】春秋左传
【释义】谓麟、凤、神龟、龙、白虎，古代传说中的五种灵异鸟兽。《春秋左氏传序》："麟凤五灵，王者之嘉瑞也。"唐孔颖达疏："麟、凤与龟、龙、白虎，五者神灵之鸟兽，王者之嘉瑞也。"
【例句】唐刘禹锡《和河南裴…》："瞻言五灵瑞，能救百谷萎。"唐薛涛《试新服裁…》："九气分为九色霞，五灵仙驭五云车。"唐王希明《南方七宿》："平下三个名天相，相下婴星横五灵。"宋李彭《赋高明大…》："稚子总参三洞箓，病躯长佩五灵符。"

五陵少年　wǔ líng shào nián
【分类】生活
【关键词】原涉
【释义】"指纨绔子弟。汉咸阳原又称五陵原，朝廷迁有钱人住在五陵地区，世人遂称富贵人家子弟为五陵少年。《汉书·游侠传·原涉传》："郡国诸豪及长安、五陵诸为气节者皆归慕之。"
【例句】唐李白《少年行》："五陵年少金市东，银鞍白马度春风。"唐杜甫《秋兴》："同学少年多不贱，五陵衣马自轻肥。"唐张碧《游春引》："五陵年少轻薄客，蛮锦花多春袖窄。"唐施肩吾《代征妇怨》："寒窗羞见影相随，嫁得五陵轻薄儿。"

五柳先生　wǔ liǔ xiān shēng
【分类】政治
【关键词】陶渊明
【释义】晋陶渊明的别号。泛指志趣高尚的隐士。《宋书·陶渊明》："潜少有高趣，尝著《五柳先生传》以自况。"
【例句】唐王维《田园乐》："一瓢颜回陋巷，五柳先生对门。"唐张祜《偶作》："三茅道士朝携手，五柳先生夜对棋。"唐雍陶《和孙明府》："五柳先生本在山，偶然为客落人间。"唐司空图《歌者》："五柳先生自识微，无言共笑手空挥。"

五龙　wǔ lóng
【分类】文化
【关键词】郭璞
【释义】传说中五个人面龙身的仙人，道教称为五行神。《昭明文选·晋郭璞〈游仙诗〉》："奇龄迈五龙，千岁方婴孩。"唐李善注引《遁甲开山图》荣氏解："五龙，皇后君也,昆弟五人,皆人面而龙身。长曰角龙,木仙也。次曰徵龙,火仙也。次曰商龙龙,金仙也。次曰羽龙,水仙也。次曰宫龙,土仙也。'亦谓五龙的法术。"

五马　　wǔ mǎ
【分类】政治
【关键词】太守
【释义】借指太守的车驾。亦为太守的代称。《玉台新咏·日出东隅行》:"使君从南来,五马立踟蹰。"古乘驷马车,至汉时太守出则增一马。
【例句】唐贺知章《望人家桃…》:"弃置千金轻不顾,踟蹰五马谢相逢。"唐张说《赠崔二安…》:"自怜京兆双眉妩,会待南来五马留。"唐白居易《早冬》:"此时却羡闲人醉,五马无由入酒家。"唐钱起《送张中丞…》:"云衢降五马,林木引双旌。"
【例句】唐韦应物《龙潭》:"石激悬流雪满湾,五龙潜处野云闲。"唐李郢《紫极宫上…》:"五龙金角向星斗,三洞玉音愁鬼神。"唐褚载《赠道士》:"六甲威灵藏瑞检,五龙雷电绕霜都。"唐褚载《赠道士》:"六甲威灵藏瑞检,五龙雷电绕霜都。"

五马渡江　　wǔ mǎ dù jiāng
【分类】政治
【关键词】晋书
【释义】喻指帝王南渡,建立帝业。《晋书·中宗元帝纪》:"太安之际,童谣云:'五马浮渡江,一马化为龙。'…识者以为吴越之地当兴王者。是岁,王室沦覆,帝与西阳、汝南、南顿、彭城五王获济,而帝竟登大位焉。"
【例句】唐韩愈《桃源图》:"大蛇中断丧前王,群马南渡开新主。"唐孙逖《杂言丹阳行》:"传闻一马化为龙,南渡衣冠亦愿从。"唐皮日休《鲁望昨…》:"五马渡江日,群鱼食蒲年。"宋杨备《五马渡》:"舟人忽见风云起,一旦龙飞五马中。"

五门　　wǔ mén
【分类】政治
【关键词】周礼
【释义】古代宫廷设有五门,自外而内为皋门、库门、雉门、应门、路门。泛指宫城之门。借指京城。《周礼·天官·阍人》:"阍人掌守王宫之中门之禁。"汉郑玄注:"郑司农云'王有五门,外曰皋门,二曰雉门,三曰库门,四曰应门,五曰路门。路门一曰毕门。'玄谓雉门,三门也。"
【例句】唐白居易《胶漆契》:"正逢下朝归,轩骑五门西。"唐李商隐《细雨》:"故园烟草色,仍近五门青。"唐许浑《和宾客相…》:"五门环玉垒,双阙对瑶台。"唐罗邺《岁仗》:"玉帛朝元万国来,鸡人晓唱五门开。"

五千言　　wǔ qiān yán
【分类】文化
【关键词】老子
【释义】指道德经。《史记·老子韩非列传》:"居周久之,见周之衰,乃遂去。至关,关令尹喜曰:'子将隐矣,彊为我著书。'于是老子乃著书上下篇,言道德之意五千余言而去,莫知其所终。"
【例句】唐秦系《山中赠张…》:"终年常避喧,师事五千言。"唐白居易《留别微之》:"五千言里教知足,三百篇中劝式微。"唐曹唐《送刘尊师…》:"五千言外无文字,更有何词赠武皇。"唐温庭筠《老君庙》:"百二关山扶玉座,五千文字闷瑶缄。"

五禽戏　　wǔ qín xì
【分类】生活
【关键词】华佗
【释义】指模仿五种禽兽的动作和姿态,进行肢体活动以健身。《后汉书·华佗传》:"佗语普曰:'人体欲得劳动,但不当使极耳。吾有一术,名五禽之戏,一曰虎,二曰鹿,三曰熊,四月猿,五曰鸟。亦以除疾,兼利蹄足,以当导引。体有不快,起作一禽之戏,怡而汗出。因以着粉,身体轻便而欲食。"
【例句】唐柳宗元《从崔中丞…》:"闻道偏为五禽戏,出门鸥鸟更相亲。"唐李商隐《寄华岳孙…》:"海上呼三岛,斋中戏五禽。"宋刘筠《刘校理属疾》:"戏习五禽成妙术,学亏一篑阻微言。"宋宋祁《和待制庞…》:"五禽习戏探仙术,万法观空证佛缘。"

五日京兆尹　　wǔ rì jīng zhào yǐn
【分类】政治
【关键词】张敞
【释义】喻任职时间不会长,或凡事不作久长打算。《汉书·张敞》:"舜曰:'吾为是公尽力多矣,今五日京兆耳,安能复案事?'敞闻舜语,即部吏收舜系狱…竟致其死事。"
【例句】唐卢照邻《哭金部韦…》:"翻同五日尹,遽见一星亡。"宋陆游《闻勾龙司…》:"但恨五日尹,阻造三语橡。"宋黄庭坚《劝交代张…》:"风流五日张京兆,今日诸孙困小官。"宋刘一止《送吴兴太…》:"五日京兆何足数,三年子产转难忘。"

五戎　　wǔ róng
【分类】政治
【关键词】礼记
【释义】五种兵器或兵车。《礼记·月令》:"天子乃教于田猎。以习五戎。"汉郑玄注:"五戎,谓五兵:弓矢、殳、矛、戈、戟也。"泛指我国西部少数民族。《周礼·夏官·职方氏》:"辨其邦国…五戎、六狄之人民。"
【例句】唐杨炯《送刘校书》:"天将下三宫,星门召五戎。"唐法轮《观大驾出…》:"玉鸾光万骑,金舆郁五戎。"唐张九龄《奉和圣制…》:"闻风六郡伏,计日五戎平。"明江源《凯歌为阳…》:"向来奏凯论功赏,帝命将军参五戎。"

五色棒　　wǔ sè bàng
【分类】政治

【关键词】曹操

【释义】作为地方官吏执法严正的典故。《三国志·武帝纪》"年二十,举孝廉为郎,除洛阳北部尉,迁顿丘令。"南朝宋裴松之注引《曹瞒传》:"太祖(指曹操)初入尉,缮治四门。造五色棒,悬门左右各十余枚,有犯禁者,不避豪强,皆棒杀之。"

【例句】唐李商隐《有感》:"苍黄五色棒,掩遏一阳生。"唐韦应物《示从子河…》:"立政思悬棒,谋身类触藩。"宋梅尧臣《送余干令少府》:"休将五色棒,欲取洛阳名。"宋王迈《送林师道…》:"一条冰出壑,五色棒悬门。"

五色笔 wǔ sè bǐ

【分类】文化

【关键词】江淹

【释义】喻文才出众。源见"江淹梦笔"。

【例句】唐杜甫《寄刘峡州…》:"雕章五色笔,紫殿九华灯。"唐李商隐《县中恼饮席》:"若无江氏五色笔,争奈河阳一县花。"唐吴融《赴阙次留…》:"云生五色笔,月吐六钧弓。"唐黄滔《投翰长赵…》:"五色笔驱神出没,八花砖接帝从容。"

五色瓜 wǔ sè guā

【分类】文化

【关键词】述异记

【释义】喻瓜美之典。《述异记》:"吴桓王时会稽生五色瓜,今吴中有五色瓜,岁充贡献。"

【例句】唐孟浩然《南山下与…》:"不种千株橘,惟资五色瓜。"唐王缙《送孙秀才》:"玉枕双纹簟,金盘五色瓜。"宋杨亿《赤日》:"铜盘琼蕊三危露,素绠寒浆五色瓜。"宋孙觌《皇后阁》:"方均宝笈千龄药,又赐金盘五色瓜。"

五色石 wǔ sè shí

【分类】文化

【关键词】女娲

【释义】古代传说中女娲炼的补天石。源见"女娲补天"。

【例句】唐孟郊《游华山云…》:"山尽五色石,水无一色泉。"唐陆龟蒙《杂讽》:"女娲炼五石,天缺犹可补。"宋梅尧臣《秋风篇》:"唯恐五色石,女娲补不牢。"宋王安中《和李达之…》:"我思补天漏,试炼五色石。"

五色药 wǔ sè yào

【分类】文化

【关键词】曹丕

【释义】咏升仙之典。《宋书·乐志三》三国魏文帝(曹丕)《折杨柳行》:"上有两仙童,不饮亦不食。与我一丸药,光耀有五色。服药四五日,身体生羽翼。轻举乘浮云,倏忽行万亿。"

【例句】唐白居易《寻王道士…》:"常悲东郭千家药,欲乞西山五色丸。"宋胡宿《和承旨宋…》:"西山五色分灵药,南极三光接太微。"宋文彦博《寄赠华清…》:"常秘六泥东灶丹,每求五色西山药。"宋张耒《赠庞安常》:"一丸五色

宁无药,两部千金合有方。"

五色诏 wǔ sè zhào

【分类】政治

【关键词】石崇

【释义】称美皇帝传诏之典。源见"木凤衔书"。

【例句】唐王维《早朝大明宫》:"朝罢须裁五色诏,佩声归到凤池头。"唐窦常《奉贺太保》:"五色诏中宣九德,百僚班外置三师。"唐张南史《奉酬李舍》:"九重门更肃,五色诏初成。"唐司空曙《酬张芬有…》:"紫凤朝衔五色书,阳春忽报网罗除。"

五十弦 wǔ shí xián

【分类】生活

【关键词】素女

【释义】指悲哀的乐曲,或美称音乐。《史记·封禅书》:"或曰:'太帝使素女鼓五十弦瑟,悲,帝禁不止,故破其瑟为二十五弦。'于是塞南越…作二十五弦及空侯琴瑟自此起。"

【例句】唐李贺《上云乐》:"三千宫女列金屋,五十弦瑟海上闻。"唐李商隐《锦瑟》:"锦瑟无端五十弦,一弦一柱思华年。"唐李商隐《七月二十…》:"逡巡又过潇湘雨,雨打湘灵五十弦。"唐吴融《送荆南从…》:"遥知月落酒醒处,五十弦从波上来。"

五十笑百步 wǔ shí xiào bǎi bù

【分类】生活

【关键词】孟子

【释义】泛指所犯缺点或错误程度虽有不同,实质却没有两样。《孟子·梁惠王》:"填然鼓之,兵刃既接,弃甲曳兵而走,或百步而后止,或五十步而后止,以五十步笑百步,则何如?"

【例句】宋姚勉《游灵源天…》:"五十笑百步,曳杖如横戈。"宋释智愚《颂古》:"五十笑他先百步,何如骑马胜骑牛。"明李东阳《文敬携叠…》:"君方大笑复出户,五十漫劳嗤百步。"清弘历《问月楼》:"自笑同孟语,五十步百步。"

五十知天命 wǔ shí zhī tiān mìng

【分类】生活

【关键词】论语

【释义】咏时运之典。谓懂得事物生灭变化都由天命决定的道理。源见"三十而立"。

【例句】唐张说《岳州夜坐》:"五十知天命,吾其达此生。"唐柳宗元《弘农公以…》:"知命儒为贵,时中圣所藏。"唐卢仝《冬行》:"小大无由知天命,但怪守道不得宁。"唐周昙《夷齐》:"让国由衷义亦乖,不知天命匹夫才。"

五王宅 wǔ wáng zhái

【分类】政治

【关键词】唐玄宗

【释义】喻指权贵所居宅邸。《旧唐书·让皇帝宪》:"初,玄

宗兄弟圣历初出阁,列第于东都积善坊,五人分院同居,号'五王宅。'"

【例句】宋欧阳修《御带花》:"沙堤远,雕轮绣毂,争走五王宅。"宋梅尧臣《感李花》:"赤白斗妍思旧曲,旧声传在五王家。"明唐寅《五王夜燕图》:"积善坊中五王宅,重楼复阁辉金碧。"明毛奇龄《奉和呈裕…》:"秋到长安思渺茫,五王宅傍御街长。"

五危 wǔ wēi
【分类】政治
【关键词】孙子
【释义】五种可导致将帅危败的致命弱点。为咏将帅大忌之典。《孙子·九变》:"将有五危:必死,可杀也;必生,可虏也;忿速,可侮也;廉洁,可辱也;爱民,可烦也。凡此五者,将之过也,用兵之灾也。覆军杀将,必以五危,不可不察也。"
【例句】唐张道古《上蜀王》:"二乱岂由明主用,五危终被佞臣弹。"明郭之奇《附岐二主》:"一劳永逸时亟失,二难五危从此终。"

五纬 wǔ wěi
【分类】生活
【关键词】周礼
【释义】金、木、水、火、土五星。《周礼注疏·大宗伯》:"以实柴祀日月星辰。"汉郑玄注:"星谓五纬,辰谓日月。"唐贾公彦疏:"五纬,即五星:东方岁星,南方荧惑,西方太白,北方辰星,中央镇星。言纬者,二十八宿随天左转为经,五星右旋为纬。"
【例句】唐李百药《谒汉高庙》:"缔构三灵改,经纶五纬同。"唐骆宾王《帝京篇》:"五纬连影集星躔,八水分流横地轴。"唐杨炯《奉和上元…》:"五纬聚华轩,重光入望园。"唐员南滨《玉烛》:"四时佳气满,五纬太阶平。"

五辛菜 wǔ xīn cài
【分类】文化
【关键词】风俗通
【释义】用葱、蒜、韭、蓼蒿、芥五种辛物做成的菜肴。《太平御览》引《风俗通》:"于是下五辛菜、胶牙糖,各进一鸡子。"原注:"周处《风土记》云:'正旦,当生吞鸡子一枚,谓之炼形。又晨啖五辛菜,以助发五藏气。'"
【例句】唐薛能《除夜作》:"茜旆犹双节,雕盘又五辛。"宋刘子寰《寿赵守》:"幕客更赛千岁颂,家人羊荐五辛盘。"宋韩琦《己酉岁除》:"及时皆喜逢三白,伺晓何妨具五辛。"宋洪皓《次韵学士…》:"献酬杂坐欺三白,服饵单栖忘五辛。"

五星聚 wǔ xīng jù
【分类】政治
【关键词】史记
【释义】即五星连珠。为咏星兆之典。《史记·天官书》:"汉之兴,五星聚于东井。"五星,指金、木、水、火、土五行星。东井,星名,即井宿。汉元年十月,五星聚于东井。东井主秦地,五星从岁星(木星)聚,象征刘邦受天命而入秦得天下。
【例句】唐李峤《井》:"已开千里国,还聚五星文。"唐王圭《咏汉高祖》:"十月五星聚,七年四海宾。"唐王希明《北极紫微宫》:"中元北极紫微宫,北极五星在其中。"宋张商英《四贤堂》:"欲遣滁阳招作客,五星同聚此堂中。"

五言长城 wǔ yán cháng chéng
【分类】文化
【关键词】秦系
【释义】咏赞称善作五言诗者之典。《新唐书·秦系传》:"(秦系)与刘长卿善,以诗相赠笑。权德舆曰:'长卿自以为五言长城(喻可以固守而人不能胜),系用偏师攻之,虽老益壮。'"
【例句】宋谢逸《和王立之…》:"王子遗我诗,五言若长城。"宋刘一止《维心以仆…》:"家风五字作长城,四至何曾慕九卿。"宋王洋《秀实监丞…》:"联句每容分短韵,五言今始见长城。"宋赵蕃《送刘伯瑞》:"长怀远斋老,赠我五言城。"

五噫出京 wǔ yī chū jīng
【分类】政治
【关键词】梁鸿
【释义】咏感愤离京之典。《后汉书·梁鸿传》:"因东出关,过京师,作《五噫之歌》曰:'陟彼北邙兮,噫!顾览帝京兮,噫!宫室崔嵬兮,噫!人之劬劳兮,噫!辽辽未央兮,噫!'肃宗闻而非之,求鸿不得。"
【例句】唐王绩《端坐咏思》:"张衡赋四愁,梁鸿歌五噫。"唐李白《经乱离后…》:"儿戏不足道,五噫出西京。"唐皎然《咏史》:"五噫谲且正,可以见心曲。"宋周锡《寄蒲城宋…》:"时来富贵终须有,懒学梁鸿赋五噫。"

五营 wǔ yíng
【分类】政治
【关键词】后汉书
【释义】指军营五校尉所领部队。泛指诸军营。《后汉书·顺帝纪》:"调五营弩师,郡举五人,令教习战射。"唐李贤注:"五营,五校也。谓长水、步兵、射声、屯骑、越骑等五校尉也。"
【例句】唐李世民《还陕述怀》:"遍野屯万骑,临原驻五营。"唐李峤《汾阴行》:"五营夹道列容卫,三河纵观空里闾。"唐高适《信安王幕府》:"雷霆七校发,旌旆五营连。"宋沈括《寄永嘉王…》:"十万橐鞬临易水,五营旗鼓出中山。"

五月飞霜 wǔ yuè fēi shuāng
【分类】政治
【关键词】刘瑜邹衍
【释义】喻指冤狱。《后汉书·刘瑜》:"邹衍匹夫,杞氏匹妇,尚有城崩霜陨之异。"唐李贤注引《淮南子》:"邹衍事燕惠王尽忠,左右谮之,王系之,仰天而哭,五月天为之下霜。"

【例句】唐李白《送张秀才…》："我无燕霜感，玉石俱烧焚。"唐王巨仁《愤怨诗》："于公恸哭三年旱，邹衍含愁五月霜。"宋刘拯《秋霜阁》："清风执热逝可濯，定知五月飞秋霜。"明杨士奇《题竹赠常…》："阳羡郡中公事简，高台五月带霜寒。"

五云　wǔ yún

【分类】政治
【关键词】周礼
【释义】青、白、赤、黑、黄五种云色。古人视云色占吉凶丰歉。多作吉祥的征兆。《周礼·春官·保章氏》："以五云之物，辨吉凶、水旱降、丰荒之祲象。"汉郑玄注引郑司农云："以二至二分观云色，青为虫，白为丧，赤为兵荒，黑为水，黄为丰。"

【例句】唐张果《玄珠歌》："从此光明彻天上，五云行驾到蓬瀛。"唐许景先《奉和御制…》："瑞气朝浮五云阁，祥光夜吐万年枝。"唐纥干著《灞上》："都傍柳阴回首望，春天楼阁五云中。"唐李白《侍从宜春…》："是时君王在镐京，五云垂晖耀紫清。"

五云车　wǔ yún chē

【分类】文化
【关键词】庾信
【释义】谓仙人所乘的云车。泛指华丽的车乘。北周庾信《道士步虚词》："东明九芝盖，北烛五云车。"倪璠注引《汉武帝内传》："汉武帝好仙道，七月七日夜漏七刻，王母乘云车而至于殿。"

【例句】唐宋之问《龙门应制》："歌舞淹留景欲斜，石关犹驻五云车。"唐王维《奉和圣製…》："还瞻九霄上，来往五云车。"唐刘长卿《闻沉判官至》："长乐宫人扫落花，君王正候五云车。"五代廖融《梦仙谣》："翠凤引游三岛路，赤龙齐驾五云车。"

五云浆　wǔ yún jiāng

【分类】生活
【关键词】汉武帝
【释义】咏仙药之典。代称美酒。《艺文类聚》引《汉武帝内传》："西王母谓武帝曰：'其太上之药，乃有…其次药有丸丹金液，紫华红芝，五云之浆，玄霜绛雪，若食之，白日升天。'"

【例句】唐杨巨源《石水词》："知共金丹争气力，一杯全胜五云浆。"唐温庭筠《鸿胪寺》："盘斗九子粽，瓯擎五云浆。"五代花蕊夫人徐氏《宫词》："酒库新修近水傍，拨醅初熟五云浆。"唐司空图《歌者》："五云合是新声染，铬作琼浆洒露盘。"

五诸侯　wǔ zhū hóu

【分类】政治
【关键词】项羽
【释义】喻割据一方的地方军事势力。《史记·项羽本纪》："春，汉王部五诸侯兵，凡五十六万人，东伐楚。"唐张守节《史记正义》："唐颜师古曰：此年十月，常山王张耳降，河南王申阳降，韩王郑昌降，魏王豹降，殷王司印，皆汉东之后，故知谓此为五诸侯。"

【例句】唐李颀《赠别张兵曹》："汉家萧相国，功盖五诸侯。"唐王希明《南方七宿》："天樽三星井上头，樽上横列五诸侯。"唐戴叔伦《送李明府…》："身为百里长，家宠五诸侯。"宋宋祁《真定述事》："帐下文书三幕府，马前鞴鞍五诸侯。"

五铢钱　wǔ zhū qián

【分类】生活
【关键词】史记
【释义】汉武帝元狩五年开始发行五铢钱。外圆内方，象征着天地乾坤。《史记·平准书》："有司言三铢钱轻，易奸诈，乃更请诸郡国铸五铢钱，周郭其下，令不可磨取镕焉。"

【例句】唐梁铉《天门街西…》："灯攒九华扇，帐撒五铢钱。"唐刘禹锡《蜀先主庙》："势分三足鼎，业复五铢钱。"唐徐夤《病中春日…》："腊内送将三折股，岁阴分与五铢钱。"宋刘克庄《和季弟韵》："那有传求千斛米，更无策救五铢钱。"

五铢衣　wǔ zhū yī

【分类】文化
【关键词】博异志
【释义】传说古代神仙穿的一种衣服，轻而薄。《博异志·岑文本》："（文本）问曰：'衣服皆轻细，何土所出？'对曰：'此是上清五铢服。'又问曰：'比闻六铢者天人衣，何五铢之异？'对曰：'尤轻者则五铢也。'"

【例句】唐李商隐《圣女祠》："无质易迷三里雾，不寒长着五铢衣。"宋华镇《挽宗岳张…》："双玉佩沾天上露，五铢衣识洞中霞。"宋沈立《英韶在前…》："五铢衣宛转，七宝帐翩翩。"元袁桷《仲章诗律…》："石髓定成千岁乳，藕丝空缀五铢衣。"

五子恨雕墙　wǔ zǐ hèn diāo qiáng

【分类】政治
【关键词】尚书
【释义】咏臣子劝诫帝王之典。源见"五弟训禽荒"。

【例句】唐张祜《元和直言诗》："陛下喜雕墙，四方必重藩。"唐徐夤《客厅》："丰菽仲尼明演易，作歌五子恨雕墙。"宋钱易《温泉诗》："雕墙峻宇诚，简牍况有由。"宋史浩《宫室》："雕墙峻宇垂丕训，更有遗风及后人。"

五字　wǔ zì

【分类】文化
【关键词】诗经
【释义】五个字。多指诗文中五字句。代指五言诗。《诗经·国风·关雎·序》："《关雎》五章，章四句。"唐孔颖达疏："五字者：谁谓雀无角，何以穿我屋。"《汉书·艺文志》："说五字之文，至于二三万言。"《南史·陆厥传》："约等文皆用宫商…五字之中，音韵悉异，两句之内，角徵不同。"

【例句】唐沈佺期《和韦舍人…》："一经推旧德，五字擢英才。"唐沈东美《奉和苑舍…》："史为三坟博，郎因五字迁。"唐李频《眉州别李…》："一生从此去，五字有谁怜。"唐齐己《秋夕书怀》："平生乐道心常切，五字逢人价合高。

五字迁 wǔ zì qiān
【分类】文化
【关键词】钟会
【释义】谓才华出众得到提拔。《三国志·钟会传》："正始中，以为秘书郎，迁尚书中书侍郎。"南朝宋裴松之注引《世语》："司马景王命中书令虞松作表，再呈辄不可意，命松更定。以经时松思竭不能改，心苦之，形于颜色。会察其有忧，问松，松以实答。会取视，为定五字。松悦服，以呈景王，王曰：'不当尔邪，谁所定也？'松曰：'钟会。向亦欲启之，会公见问，不敢饕其能。'"

【例句】唐沈佺期《和韦舍人…》："一经推旧德，五字擢英才。"唐沈东美《奉和苑舍…》："史为三坟博，郎因五字迁。"唐张籍《赠道士宜师》："两朝侍从当时贵，五字声名远处传。"唐姚合《送盛秀才…》："五字州人唯有此，四邻风景合相饶。"

五总龟 wǔ zǒng guī
【分类】文化
【关键词】殷践猷
【释义】唐殷践猷博学多闻，贺知章称其为五总龟。喻称学识渊博者。唐颜真卿《丽正殿二学士殷君墓碣铭》："（殷践猷）博览群言，尤精《史记》《汉书》百家氏族之说，至于阴阳象术医方刑法之流，无该洞焉…贺呼君为五总龟，以龟千年五聚，问无不知也。"

【例句】宋苏洞《送陆放翁…》："在郊一角麟，藏六五总龟。"宋葛胜仲《次韵大资…》："五总龟游钦学富，九皋鹤立见神清。"宋陈岩《灵龟石》："巧石排成五总龟，人间无事不前知。"清缪祐孙《晚香以直…》："小文妄托三语掾，博识奚援五总龟。"

午桥庄 wǔ qiáo zhuāng
【分类】文化
【关键词】裴度
【释义】唐宰相裴度在洛阳的别墅所在地。至宋为张齐贤所有。《新唐书·裴度列传》："午桥作别墅，具燠馆凉台，号绿野堂，激波其下。度野服萧散，与白居易、刘禹锡为文章、把酒，穷昼夜相欢，不问人间事。"

【例句】唐白居易《奉和裴令公》："只添丞相阁，不改午桥庄。"唐刘禹锡《洛中春末…》："君过午桥回首望，洛城犹自有残春。"宋钱易《拟张籍上…》："午桥庄上千竿竹，绿野堂中白日春。"宋刘过《庆周益公…》："午桥庄上江山秀，独乐园中花草荣。"

伍胥潮 wǔ xū cháo
【分类】政治
【关键词】伍子胥
【释义】指钱塘潮，或借指怒潮。《太平广记·伍子胥》："临终，戒其子曰：'…以鲗鱼皮裹吾尸，投于江中，吾当朝暮乘潮，以观吴之败。'自是海门山潮头汹高数百尺，越钱塘渔浦，方渐低小。朝暮再来，其声震怒，雷奔电走百余里。"

【例句】唐孙逖《立秋日题…》："山围伯禹庙，江落伍胥潮。"唐张祜《送卢弘本…》："怀中陆绩橘，江上伍员涛。"唐张祜《哭汴州陆…》："冤深陆机雾，愤积伍员涛。"元杨维桢《钱塘怀古…》："劫火自焚杨琏塔，箭锋犹抵伍胥潮。"

伍员鞭尸 wǔ yuán biān shī
【分类】政治
【关键词】阖闾
【释义】咏报怨泄愤之典。《吴越春秋·阖闾内传》："伍胥以不得昭王，乃掘平王之墓，出其尸，鞭之三百，左足践腹，右手抉其目，诮之曰：'谁使汝用谗谀之口，杀我父兄，岂不冤哉？'"

【例句】唐李白《游溧阳北…》："运开展宿愤，入楚鞭平王。"唐元稹《楚歌》："岂料奔吴士，鞭尸郢市门。"宋杨备《伍员庙》："出境鞭尸报父雠，吴兵勇锐越兵忧。"宋李觏《马嵬驿》："何事国忠诛死后，不将林甫更鞭尸。"

伍员抉目 wǔ yuán jué mù
【分类】政治
【关键词】伍子胥
【释义】喻以身殉国、忠心不死，或指忠贤蒙冤。伍子胥进谏赐死，愿死后将他的眼睛挖出，挂在东门上以看吴国被越国消灭。《史记·伍子胥列传》："曰：'抉吾眼县吴东门之上，以观越寇之入灭吴也。'乃自刭死。吴王闻之大怒，乃取子胥尸盛以鸱夷革，浮之江中。"

【例句】唐李绅《姑苏台杂句》："伍员抉目看吴灭，范蠡全身霸西越。"唐薛据《泊震泽口》："伍胥既仗剑，范蠡亦乘流。"宋梅尧臣《送谢师直…》："实由持阻懈，抉目悲伍员。"明王世贞《吴趋行》："要离捐肢体，伍员抉目睛。"

武安振瓦 wǔ ān zhèn wǎ
【分类】政治
【关键词】廉颇
【释义】比喻军队声威正盛；或形容气势宏大。《史记·廉颇蔺相如列传》："王乃令赵奢将，救之。兵去邯郸三十里，而令军中曰：'有以军事谏者死。'秦军军武安西，秦军鼓噪勒兵，武安屋瓦尽振。"武安：今河北武安县西南。

【例句】唐李白《发白马》："武安有振瓦，易水无寒歌。"唐李白《赠常侍御》："传闻武安将，气振长平瓦。"唐胡曾《长平》："长平瓦震武安初，赵卒俄成戏鼎鱼。"宋陈造《再次韵》："武安屋瓦秋馨震，湘水波光夜月晴。"

· 895 ·

武昌柳　wǔ chāng liǔ
【分类】文化
【关键词】陶侃
【释义】泛称杨柳。《晋书·陶侃传》："（侃）尝课诸营种柳，都尉夏施盗官柳植之于己门。侃后见，驻车问曰：'此是武昌西门前柳，何因盗来此种？'施惶怖谢罪。"
【例句】唐李商隐《病中闻河…》："缘忧武昌柳，遂忆洛阳花。"唐孟浩然《泝江至武昌》："行看武昌柳，仿佛映楼台。"唐谢良辅《状江南仲春》："丝为武昌柳，布作石门泉。"宋辛弃疾《水调歌头》："折尽武昌柳，挂席上潇湘。"

武城鸡　wǔ chéng jī
【分类】文化
【关键词】子游
【释义】比喻微小之物。源见"武城弦歌"。
【例句】唐张九龄《赠澧州韦…》："谁开太阿匣，持割武城鸡？"宋刘克庄《挽罗庆元》："晚看康乐凤，亦割武城鸡。"明陈献章《漫题》："徒闻武城宰，割鸡以牛刀。"明张萱《送韩伯声…》："且驯蒲邑雉，莫哂武城鸡。"

武城弦歌　wǔ chéng xián gē
【分类】政治
【关键词】子游
【释义】喻重视礼乐教化。《史记·仲尼弟子列传》："子游既已受业，为武城宰。孔子过，闻弦歌之声。孔子莞尔而笑曰：'割鸡焉用牛刀？'子游曰：'昔者偃闻诸夫子曰，君子学道则爱人，小人学道则易使。'"
【例句】唐卢照邻《于时春也…》："遥闻彭泽宰，高弄武城弦。"唐孟浩然《和张明府…》："弦歌既多暇，山水思微清。"唐高适《过卢明府…》："能奏明廷主，一试武城弦。"五代徐铉《送历阳方…》："古县横江北，弦歌似武城。"

武公百岁　wǔ gōng bǎi suì
【分类】生活
【关键词】卫武公
【释义】祝寿之辞。源见"卫武公"。
【例句】唐杜牧《寄宣州郑…》："五言宁谢颜光禄，百岁须齐卫武公。"宋沈辽《七言奉寄…》："孔光叠上三公印，卫武终为百岁翁。"宋魏了翁《水调歌头》："先看武公百岁，年与学俱新。"清陈继昌《集句》："前身应是梁江总；百岁齐卫武公。"

武公入相　wǔ gōng rù xiàng
【分类】政治
【关键词】卫武公
【释义】咏赞贤相之典。《诗经·国风·淇奥》毛诗序："《淇奥》，美武公之德也。有文章，又能听其规谏。以礼自防，故能入相于周。美而作是诗也。"言周平王由西申归宗国、卫武公入相于周。
【例句】宋曾几《送绍兴帅…》："武公入相不虚传，奏牍求闲

却更前。"宋魏了翁《李制置生日》："人愿武公归入相，我祈河内且留恂。"

武关盟　wǔ guān méng
【分类】政治
【关键词】屈原
【释义】"为咏受欺诈而蒙难之典。《史记·屈原列传》："时秦昭王与楚婚，欲与怀王会。怀王欲行，屈平曰：'秦虎狼之国，不可信，不如毋行。'怀王稚子子兰劝王行：'奈何绝秦欢！'怀王卒行。入武关，秦伏兵绝其后，因留怀王，以求割地。'"
【例句】唐胡曾《武关》："战国相持竟不休，武关才掩楚王忧。"宋洪适《楚怀王》："武关谋诈却称臣，冤魄游魂尚在秦。"宋马廷鸾《隐括楚词…》："谁意椒兰辈，从臾武关盟。"元高启《蔺相如》："世人莫笑三闾懦，不劝怀王会武关。"

武侯　wǔ hóu
【分类】政治
【关键词】诸葛亮
【释义】指诸葛亮。源见"诸葛亮"。
【例句】唐高适《同河南李…》："武侯腰间印如斗，郎官无事时饮酒。"唐杜甫《咏怀古迹》："武侯祠屋常邻近，一体君臣祭祀同。"唐罗邺《上东川顾…》："轻财重义真公子，长策沈机继武侯。"唐罗隐《淮南送李…》："宣父道高休叹凤，武侯才大本吟龙。"

武侯征南　wǔ hóu zhēng nán
【分类】政治
【关键词】诸葛亮
【释义】咏征战之典。《三国志·诸葛亮传》："三年春，亮率众南征，其秋悉平。"南朝宋裴松之注引《汉晋春秋》："亮至南中，所在战捷。闻孟获者，为夷、汉所服，募生致之…亮笑，纵使更战，七纵七擒，而亮犹遣获。获止不去，曰：'公，天威也，南人不复反矣。'"
【例句】唐胡曾《草檄答南…》："为报南蛮须屏迹，不同蜀将武侯功。"唐高骈《安南送曹…》："知君万里朝天去，为说征南已五秋。"唐陆龟蒙《奉和袭美…》："除却征南为上将，平徐功业更谁高。"唐郑澣《苻融城》："秦人百万征南日，蒉地苻融筑此城。"

武库　wǔ kù
【分类】政治
【关键词】洛阳
【释义】代指洛阳。《史记·三王世家》："武帝自临问之。曰：'子当为王，欲安所置之？'…王夫人曰：'愿置之洛阳。'武帝曰：'洛阳有武库敖仓，天下冲厄，汉国之大都也。先帝以来，无子王于洛阳者。'"
【例句】唐上官仪《谢都督挽歌》："楚榇绕卢山，胡笳临武库。"唐张说《送郭大夫…》："武库兵犹动，金方事未息。"唐耿湋《奉送蒋尚…》："教用儒门俭，兵依武库雄。"唐顾

况《八月五日歌》:"已于武库见灵乌,仍向晋山逢老君。"

武陵曲 wǔ líng qū
【分类】政治
【关键词】马援
【释义】形容流荡漂泊的伤感之情。《古今注·音乐》:"《武陵深》,马援为南征之所作。援门生爰寄生,善吹笛,援作歌以和之,名曰《武陵深》。其曲曰:'滔滔武溪一何深,鸟飞不渡,兽不能临。嗟哉武陵兮所毒淫!'"抒发对南征艰难行旅的感慨。
【例句】唐杜甫《吹笛》:"胡骑中宵堪北走,武陵一曲想南征。"唐窦巩《送刘禹锡》:"十年憔悴武陵溪,鹤病深林玉在泥。"唐韦处厚《桃坞》:"终期王母摘,不羡武陵深。"唐司空图《丁未岁归…》:"将取一壶闲日月,长歌深入武陵溪。"

武陵源 wǔ líng yuán
【分类】政治
【关键词】陶渊明
【释义】借指避世隐居的地方。源见"桃花源"。
【例句】唐宋之问《宿清远峡…》:"寥寥尘外事,何异武陵源。"唐张说《翻著葛巾》:"桃花春径满,误识武陵源。"唐张九龄《与生公寻…》:"疑入武陵源,如逢汉阴老。"唐李白《登金陵冶…》:"功成拂衣去,归入武陵源。"

武媚 wǔ mèi
【分类】政治
【关键词】武则天
【释义】唐武则天的别号,为唐太宗所赐。《新唐书·则天武皇后》:"太宗闻士彟女美,召为才人…赐号武媚。"
【例句】唐罗虬《比红儿诗》:"谁能更把闲心力,比并当时武媚娘。"宋辛弃疾《念奴娇》:"武媚宫中,韦娘局上,休把兴亡记。"宋金朋说《武则天》:"若非仁杰擎天力,李鼎将移属武媚。"明薛瑄《狄梁公墓》:"李唐神器危还正,武媚妖氛散复收。"

武骑书 wǔ qí shū
【分类】生活
【关键词】司马相如
【释义】司马相如曾任武骑官,当初赴长安时曾在成都桥柱书写表示自己壮怀的题词。"不乘赤车驷马,不过汝下也。"后因用为咏离乡谋求富贵之典。《汉书·司马相如传上》:"(相如)事孝景帝,为武骑常侍。"
【例句】唐张谓《送皇甫龄…》:"今日相如轻武骑,多应朝暮客临邛。"唐张文宗《赋桥》:"已授文成履,空题武骑书。"明区大相《寄宗良》:"更道别来多胜事,相如武骑正淹留。"

武王击纣 wǔ wáng jī zhòu
【分类】政治
【关键词】纣

【释义】咏朝代更迭之典。指周武王姬发带领周与各诸侯联军起兵讨伐商王帝辛(纣),最终建周灭商。《史记·周本纪》:"纣师虽众,皆无战之心,心欲武王亟入…纣走,反入登于鹿台之上,蒙衣其殊玉,自燔于火而死。"
【例句】唐元稹《说剑》:"太古初断鳌,武王亲击纣。"宋释德洪《同彭渊才…》:"武王既伐纣,乃不立微子。"宋叶梦得《祈雨》:"武王伐纣报丰年,今者骄阳岂天意。"宋陈普《历代传授歌》:"文王大勋武王集,伐纣牧野作武誓。"

武阳死灰 wǔ yáng sǐ huī
【分类】政治
【关键词】荆轲
【释义】咏临场畏怯之典。《战国策·燕策》:"荆轲奉樊于期头函,而秦武阳奉地图匣,以次进至陛下。秦武阳色变振恐…"《燕丹子》:"武阳为副,荆轲入秦…轲奉于期首,武阳奉地图。钟鼓并发,群臣皆呼万岁。武阳大恐,两足不能相过,面如死灰色。"
【例句】唐李白《结客少年…》:"武阳死灰人,安可与成功。"唐周昙《秦武阳》:"叨岁徒闻有壮名,及今为副误荆卿。"宋刘克庄《南山感旧》:"譬如秦武阳,震慑白帝子。"元张崇《古行路难》:"武阳饮酒荆卿歌,壮士相看面如土。"

武夷仙伯 wǔ yí xiān bó
【分类】文化
【关键词】武夷君
【释义】喻指长寿之人。唐陆羽《武夷山记》:"武夷君于八月十五日山上置幔亭,化虹桥,大会乡人宴饮,曰:'汝等皆吾之曾孙也。'"
【例句】五代贯休《送缘有禅…》:"应将熊耳印,别授武夷君。"宋王以宁《寿杜士美》:"帝乙何年骑玉龙。武夷仙伯笑相从。"宋赵蕃《山中》:"武夷仙伯定能诗,解赏仙人张湛词。"宋刘克庄《和朱主簿》:"武夷老仙伯,相引上蓬莱。"宋杨亿《次韵和章…》:"雨雪共抛修竹苑,烟霞独访武夷君。"宋韦骧《游武夷山》:"昔日幔亭何处是,寂寥空想武夷君。"

武帐 wǔ zhàng
【分类】政治
【关键词】汉武帝
【释义】指置有兵器或涉兵事的帷帐。帝王或大臣所用。《史记·汲郑列传》:"上尝坐武帐中,黯前奏事,上不冠,望见黯,避帐中,使人可其奏。其见敬礼如此。"三国吴韦昭曰:"以武名之,示威。"
【例句】唐李隆基《送张说巡边》:"三台入武帐,八座起文昌。"唐韩愈《大行皇太…》:"武帐虚中禁,玄堂掩太平。"宋胡宿《送御史蒋…》:"坐曹常佐甘泉计,奏事曾纡武帐冠。"宋解程《送钤辖馆…》:"武帐推恩诏十行,雍容鸣玉觐清光。"

武子 wǔ zǐ
【分类】文化

【关键词】王济

【释义】用作咏才华出众之典。《晋书·王济传》："济字武子，少有逸才，风姿英爽，气盖一时…起为骁骑将军，累迁侍中，与侍中孔恂、王恂、杨济同列，为一时秀彦。"

【例句】唐杨巨源《上刘侍中》："王浑知武子，陈寔奖元方。"宋王洋《秀实再以…》："武子衔富豪，击碎珊瑚枝。"宋杨亿《别墅》："武子牛探炙，梁家兔刻毛。"宋李复《戏谢漕食…》："何曾方丈裂饼多，武子琉璃蒸乳熟。"

舞马　wǔ mǎ

【分类】政治

【关键词】唐玄宗

【释义】令马按节拍舞蹈。亦指马之能舞者。《明皇杂录·唐玄宗舞马》："玄宗尝命教舞马四百蹄，分为左右。各有部…又施三层板床，乘马而上，施转如飞。或命壮士举一榻，马舞于榻上…每千秋节，命舞于勤政楼下。其后上既幸蜀，舞马亦散在人间。"

【例句】唐杜甫《斗鸡》："斗鸡初赐锦，舞马既登床。"唐黄可《句》："天下传将舞马赋，门前迎得跨驴宾。"宋范成大《时叙火后…》："潘郎晓衾梦蘧蘧，舞马竟与融风俱。"宋杨亿《明皇》："河朔叛臣惊舞马，渭桥遗老识真龙。"

舞兽　wǔ shòu

【分类】政治

【关键词】尚书

【释义】谓百兽随乐起舞。用于歌颂君王圣明。《尚书·舜典》："夔曰：'于！予击石拊石，百兽率舞。'"

【例句】宋杨万里《题望韶亭》："仪凤舞兽扫无迹，独留一夔守其侧。"宋欧阳修《群玉殿赐宴》："惟能同舞兽，闻乐识和声。"宋韩琦《览资政富…》："九奏人神和，舞兽而仪凤。"宋苏轼《范景仁和…》："笙磬分均上下堂，游鱼舞兽自奔忙。"

舞随曹植马　wǔ suí cáo zhí mǎ

【分类】文化

【关键词】曹植

【释义】咏雪之典。《昭明文选·三国魏曹植〈洛神赋〉》："流沔乎洛川。于是精移神骇，忽焉思散。俯则未察，仰以殊观，睹一丽人，于岩之畔…飘飘兮若流风之回雪。"

【例句】唐李商隐《对雪》："欲舞定随曹植马，有情应湿谢庄衣。"清弘历《雪》："不数舞随曹植马，所欣瑞点晋公裾。"

勿药　wù yào

【分类】生活

【关键词】易经

【释义】不服药。喻指病愈。《易·无妄》："无妄之疾，勿药有喜。"唐孔颖达疏："疾当自损，勿须药疗而有喜也。"

【例句】唐韩愈《忆昨行和…》："无妄之忧勿药喜，一善自足禳千灾。"宋韦骧《与世美奉…》："高材想尽哀矜意，我疲当从勿药瘳。"宋韩淲《次韵酬筵…》："洞章定奏长生策，勿药诚从一念通。"聂绀弩《友鸾赴杭…》："此际班昭当勿药，老来张珙定携家。"

戊己尉　wù jǐ wèi

【分类】政治

【关键词】汉元帝

【释义】即戊校尉、己校尉的简化合称。汉元帝时在西域曾设此职，负责管理屯田之事。后用为咏戍边之典。《汉书·百官公卿表上》："戊己校尉，元帝初元元年置。"唐颜师古注："一说戊己居中，镇覆四方，今所置校尉亦处西域之中抚诸国也。"

【例句】唐刘禹锡《武陵书怀…》："草檄嫖姚幕，巡兵戊己屯。"唐温庭筠《山中与诸…》："风卷蓬根屯戊己，月移松影守庚申。"宋叶梦得《连日边报…》："疆陲无复戊己尉，盗贼犹怜壬午兵。"宋王迈《送表弟陈…》："时收甲乙科，多是戊己尉。"

物化　wù huà

【分类】生活

【关键词】庄子

【释义】死亡。《庄子·刻意》："圣人之生也天行，其死也物化。"

【例句】唐王昌龄《素上人影塔》："物化同枯木，希夷明月珠。"唐于鹄《古挽歌》："时尽从物化，又免生忧扰。"唐白居易《梦仙》："一朝同物化，身与粪壤并。"宋欧阳修《感事》："一旦随物化，反言仙已成。"

物情　wù qíng

【分类】政治

【关键词】爱延

【释义】指社情、民心。《后汉书·爱延传》："夫爱之则不觉其过，恶之则不知其善，所以事多放滥，物情生怨。故王者赏人必酬其功，爵人必甄其德。"

【例句】唐卢纶《山夜》："物情劳倚伏，生涯任去留。"唐李白《雏子班》："天地至广大，何惜遂物情。"唐王昌龄《失题》："物情每衰极，吾道方渊然。"唐王翰《赠唐祖二》："物情尚劳爱，况乃予别君。"

物是人非　wù shì rén fēi

【分类】生活

【关键词】曹丕

【释义】喻指景物依旧，人事已变。《昭明文选·三国魏曹丕〈与吴质书〉》："节同时异，物是人非，我劳如何？"

【例句】宋苏颂《和张仲巽…》："物是人非重惆怅，空余陈迹吏民传。"宋黄裳《九日游尧山》："人非物是纷华外，古往今来想望中。"宋刘学箕《二月二日》："万景横陈空物是，一区幽僻念人非。"宋徐鹿卿《至梅关书…》："物是人非一今古，南来北往几公侯。"

误置代籍　wù zhì dài jí

【分类】生活

【关键词】窦皇后

【释义】喻人生命运捉摸不定。《汉书·孝文窦皇后传》："太后出宫人以赐诸王各五人，窦姬与在行中。家在清河，愿如赵，近家，请其主遣宦者吏'必置我籍赵之伍中'。宦者忘之，误置籍代伍中…当行，窦姬涕泣，怨其宦者，不欲往，相强乃肯行。至代，代王独幸窦姬，生女嫖。孝惠七年，生景帝…及代王为帝…窦姬为皇后。"景帝立，皇后为皇太后。"

【例句】唐杜牧《杜秋娘诗》："误置代籍中，两朝尊母仪。"清吴伟业《听女道士…》："幸迟身入陈宫里，却早名填代籍中。"

婺女　wù nǚ
【分类】生活
【关键词】汉书
【释义】星宿名，即女宿。又名须女、务女。二十八宿之一，玄武七宿之第三宿，有星四颗。《汉书·天文志》："尾、箕，幽州，斗，江、湖。牵牛、婺女，扬州。"
【例句】唐张柬之《东飞伯劳歌》："青田白鹤丹山凤，婺女姮娥两相送。"唐唐彦谦《牡丹》："嫦娥婺女曾相送，留下鸦黄作蕊尘。"唐李频《感怀献门…》："日望南宫看列宿，迢迢婺女与乡比。"唐刘禹锡《衢州徐员…》："烂柯山下旧仙郎，列宿来添婺女光。"

雾縠　wù hú
【分类】文化
【关键词】宋玉
【释义】指薄雾般的轻纱或轻纱般的薄雾。《昭明文选·先秦楚宋玉〈神女赋〉》："动雾縠以徐步兮，拂墀声之珊珊。"唐李善注："縠，今之轻纱，薄如雾也。"
【例句】唐长孙无忌《新曲》："玉佩金钿随步远，云罗雾縠逐风轻。"唐道世《颂》："妙智方绰锦，词深意同雾縠。"唐皎然《同薛员外…》："时随雾縠重，乍集柳丝轻。"唐韦渠牟《杂歌谣辞》："雾縠笼绡带，云屏列锦霞。"

雾里看花　wù lǐ kàn huā
【分类】生活
【关键词】杜甫
【释义】原形容老眼昏花，视物不清。后被引用借喻对某一事物看不真切，一时尚难以把握。唐杜甫《小寒食舟中作》："春水船如天上坐，老年花似雾中看。"
【例句】宋赵蕃《早到超果…》："雾里看花喜未昏，竹园啼鸟爱频言。"宋梁栋《春日郊游…》："壮心难起泥中絮，老眼羞看雾里花。"明陆深《吴中新刻…》："帘前见物私自怜，雾里看花惯曾识。"清刘绎《辛未九月…》："雾里看花还作客，床头有酒且称觞。"

X

夕郎　xī láng
【分类】政治
【关键词】汉官仪
【释义】亦称夕拜。黄门侍郎的别称。源见"青琐郎"。
【例句】唐宋之问《和姚给事…》："清论满朝阳，高才拜夕郎。"唐姚合《奉和前司…》："绕鬓沧浪有几茎，珥貂相问夕郎惊。"唐钱起《酬赵给事…》："忽看童子扫花处，始愧夕郎题凤来。"唐白居易《监前王乱…》："夕郎所贺皆德音，春官每奏唯祥瑞。"

夕阳近黄昏　xī yáng jìn huáng hūn
【分类】生活
【关键词】李商隐
【释义】夕阳之下虽有无限美好的风光，只是黄昏已经临近，好景不长了。比喻某些繁华景象很快就会衰落。唐李商隐《登乐游原》："夕阳无限好，只是近黄昏。"
【例句】宋韩宗道《江漠泛舟…》："留连晚景殊多适，无奈黄昏送夕阳。"宋王质《江城子》："只恨夕阳，虽好近黄昏。"宋苏轼《浣溪沙》："桃李溪边驻画轮，鹧鸪声里倒清尊，夕阳虽好近黄昏。"元刘基《吴歌》："夕阳若有回头照，遮莫黄昏一晌时。"

夕阳亭　xī yáng tíng
【分类】生活
【关键词】杨震
【释义】故址在今洛阳市西。汉晋时为饯别之所。《后汉书·杨震》："震行至城西夕阳亭，乃慷慨谓其诸子门人曰：'死者士之常分。吾蒙恩居上司，疾奸臣狡猾而不能诛，恶嬖女倾乱而不能禁，何面目复见日月！'…因饮鸩而卒，时年七十余。"
【例句】唐唐彦谦《寄怀》："有客伤春复怨离，夕阳亭畔草青时。"唐温庭筠《寄河南杜…》："夕阳亭畔山如画，应念田歌正寂寥。"宋邓林《晋武帝》："凭仗皇孙聪慧早，不知祸在夕阳亭。"宋柴元彪《和姜元哲》："回首夕阳亭上望，青山一发渺神州。"

西宾　xī bīn
【分类】生活
【关键词】班固
【释义】对家塾教师或幕友的敬称。《昭明文选·东汉班固〈西都赋〉》："有西都宾客问东都主人。"
【例句】唐柳宗元《重赠》："若道柳家无子弟，往何事乞西宾。"宋刘攽《寄仲冯》："安得身随飞鸟翼，相从谈笑折西宾。"宋刘敞《答校书郎…》："西宾落莫空遗俗，北斗阑干

· 899 ·

有旧城。"宋洪适《会肇庆新守…》:"款曲西宾香作阵,安排南食妓分围。"

西伯　xī bó
【分类】政治
【关键词】孟子
【释义】指周文王或周武王。纣命为西方诸侯之长,得专征伐,故称西伯。《孟子·离娄上》:"吾闻西伯善养老者。"
【例句】唐杜甫《凤凰台》:"西伯今寂寞,凤声亦悠悠。"唐贯休《大蜀皇帝…》:"西伯最怜耕让畔,曹参空爱酒盈樽。"唐李咸用《依韵修睦…》:"西伯纵逢头已白,步兵如在眼应青。"宋张方平《秦州北山…》:"刘秀其来异独夫,隗嚣何事为西伯。"

西成　xī chéng
【分类】生活
【关键词】尚书
【释义】谓秋天庄稼已熟,农事告成。《尚书·尧典》:"平秩西成。"唐孔颖达疏:"秋位在西,于时万物成熟。"
【例句】唐白居易《秋游原上》:"见此令人饱,何必待西成。"唐高适《东平路中…》:"稼穑随波澜,西成不可求。"唐殷文圭《九华贺雨吟》:"吟贺西成饶旅兴,散丝飞洒满长亭。"五代徐铉《茱萸诗》:"万物庆西成,茱萸独擅名。"

西方教　xī fāng jiào
【分类】文化
【关键词】文中子
【释义】指早期的佛教。《文中子·周公篇》:"或问佛,子曰:'圣人也!'曰:'其教如何?'曰:'西方之教也。中国则泥。轩不可以适越,冠冕不可以之胡,古之道也。'"
【例句】唐杜牧《寄内兄和…》:"西方像教毁,南海绣衣行。"唐韩愈《送惠师》:"吾非西方教,怜女狂且醇。"元释妙声《送心觉原…》:"煌煌西方教,神化敷四海。"明王守仁《青原山次…》:"邈矣西方教,流传遍中垓。"

西风残照　xī fēng cán zhào
【分类】政治
【关键词】李白
【释义】秋风、夕阳。比喻衰败没落或腐朽的景象。唐李白《忆秦娥》:"乐游原上清秋节,咸阳古道音尘绝。音尘绝,西风残照,汉家陵阙。"
【例句】宋李壁《使金诗》:"如此山河落人手,西风残照懒回头。"宋杨舜举《浣溪沙》:"残照西风一片愁。疏杨画出六桥秋。"宋刘克庄《踏莎行》:"向来吹帽插花人,尽随残照西风去。"元刘秉忠《秋日途中》:"曲水乱山红树晚,西风残照白云秋。"

西河风味　xī hé fēng wèi
【分类】文化
【关键词】子夏
【释义】喻指办学风尚。《史记·仲尼弟子列传》:"孔子既没,子夏居西河教授,为魏文侯师。"《南史·何尚之传》:"立宅南郭外,立学聚生徒。东海徐秀…并慕道来游,谓之南学。王球常云:'尚之西河之风不坠。'"
【例句】唐杜甫《题衡山县…》:"南纪改波澜,西河共风味。"五代徐钧《魏文侯》:"闻道西河久服从,陶成国治蔼文风。"宋梅尧臣《送刘职方…》:"西河风俗厚,尚翅古所闻。"宋文天祥《曾先生》:"西河共风味,顾步涕横落。"

西河遇　xī hé yù
【分类】生活
【关键词】子夏
【释义】丧子之典。遇指遭遇。《史记·仲尼弟子传》:"子夏居西河教授,为魏文侯师。其子死,哭之失明。"
【例句】唐顾况《大茅岭东…》:"东门忧不入,西河遇亦深。"

西湖处士　xī hú chǔ shì
【分类】政治
【关键词】林逋
【释义】指北宋诗人林逋。林结庐西湖之孤山,二十年足不及城市,号"西湖处士"。源见"梅妻鹤子"。
【例句】宋苏轼《和秦太虚…》:"西湖处士骨应槁,只有此诗君厌倒。"宋辛弃疾《鹧鸪天》:"吾家篱落黄昏后,剩有西湖处士风。"宋李光《良弼使君…》:"西湖处士语已妙,东坡先生句尤警。"宋周紫芝《和李似表…》:"湖边孤坐不饮酒,西湖处士空清臞。"

西昆　xī kūn
【分类】生态
【关键词】昆仑山
【释义】指昆仑山。多借指仙境。源见"昆仑山"。指崦嵫山。《文选·沈约〈和谢宣城〉》:"牵拙谬东汜,浮惰及西昆。"唐李善注:"西昆谓崦嵫,日之所入也。"概指西方昆仑群玉之山。相传是古代帝王藏书之地。唐上官仪《为朝臣贺凉州瑞石表》:"详观帝籙,披册府于西昆。"
【例句】唐王绩《游仙》:"心疑游北极,望似陟西昆。"宋范成大《浮丘亭》:"西昆巀绝不可至,东望蓬莱愁弱水。"清吴伟业《朝日坛次韵》:"即今东汜西昆处,尽入铜壶倒景殊。"

西邻玉　xī lín yù
【分类】生活
【关键词】宋玉
【释义】泛指邻家情郎。源见"东墙窥宋"。
【例句】唐骆宾王《代女道士…》:"何曾举意西邻玉,未肯留情南陌金。"宋曹彦约《海棠》:"好把东皇为上客,便堪宋玉作西邻。"明徐桂《飞絮篇》:"东舍王昌暂寄踪,西邻宋玉聊栖托。"明胡应麟《青楼曲三…》:"东壁王昌怀易畅,西邻宋玉赋难禁。"

西陆　xī lù
【分类】生活

【关键词】左传

【释义】古代指太阳运行在西方七宿的区域。代指秋天。《左传·昭公四年》："古者日在北陆而藏冰，西陆朝觌而出之。"

【例句】唐骆宾王《在狱咏蝉》："西陆蝉声唱，南冠客思侵。"唐薛涛《浣花亭陪…》："西陆行将终令，东篱始再阳。"唐范传质《荐冰》："朝觌当西陆，桃弧每共行。"唐柳宗元《感遇》："西陆动凉气，惊乌号北林。"宋华镇《丛玉山》："朝阳杲杲亘东岭，夕阳亭亭载西陆。"

西旅獒　xī lǔ áo

【分类】政治

【关键词】尚书

【释义】咏远国进贡之典。《尚书·旅獒》："惟克商，遂通道于九夷八蛮，西旅底贡厥獒。"汉孔安国《传》："西旅之长致贡其獒。犬高四尺曰獒，以大为异。"

【例句】唐李贺《送秦光禄…》："遭西旅狗，蹙额北方奚。"唐柳宗元《游南亭夜…》："重来越裳雉，再返西旅獒。"宋李至《桃花犬歌…》："韩卢备猎何足嘉，西旅充庭岂为瑞。"宋方回《义犬行》："君不见周兴西旅贡厥獒，今日天下新建獒。"元曾燠《西旅献獒…》："武王戎衣定天下，西旅献来名更隆。"

西门治邺　xī mén zhì yè

【分类】政治

【关键词】西门豹

【释义】指西门豹在邺惩治官绅和巫婆危害百姓的恶行。《史记·滑稽列传》："魏文侯时，西门豹为邺令。豹往到邺，会长老，问之民所疾苦。长老曰：'苦为河伯娶妇，以故贫。'…从是以后，不敢复言为河伯娶妇。"

【例句】唐元稹《赛神》："邑中神明宰，有意效西门。"宋华镇《次韵和湖…》："威形不习西门豹，襟风远析湘人醒。"宋韩琦《癸丑初拜…》："昼锦三来治邺城，古人无似此翁荣。"宋刘宰《代邑士上…》："治俾东里兴乡校，政压西门送女巫。"宋蒲寿宬《七爱诗赠…》："吾爱西门豹，其事深可效。"

西靡树　xī mí shù

【分类】生活

【关键词】刘孝标

【释义】哀悼死亡之典。《昭明文选·南朝梁刘孝标〈重答刘秣陵沼书〉》："冀东平之树，望咸阳而西靡；盖山之泉，闻弦歌而赴节。"唐李善注："《圣贤冢墓记》曰：'东平思王冢在东平，无盐人传云："思王归国京师，后葬，其冢上松柏西靡。"'"

【例句】唐令狐楚《发潭州寄…》："心为西靡树，眼是北流泉。"唐权德舆《赠文敬太…》："唯余西靡树，千古霸陵原。"明顾炎武《墓后结庐…》："至今东平上木，枝枝西靡朝皇都。"明叶小封《故兴献帝陵》："生为藩王殁称帝，松柏无烦向西靡。"

西南得朋　xī nán dé péng

【分类】生活

【关键词】周易

【释义】意指往西南行可以得到朋友。为咏得友之典。《周易·坤》："君子有攸往，先迷后得主，利，西南得朋，东北丧朋。安贞吉。"

【例句】唐陈子昂《登蓟城西…》："慷慨竟何道，西南恨失朋。"唐杜甫《寄刘峡州…》："迟暮嗟为客，西南喜得朋。"宋李之仪《罢官后稍…》："心安处处皆堪乐，未必西南是得朋。"宋王十朋《行可见元章…》："朋得西南直谅闻，同行宜入仲尼门。"

西山八国平　xī shān bā guó píng

【分类】政治

【关键词】韦皋

【释义】咏将军功绩之典。《旧唐书·韦皋列传》："皋又招抚西山羌女、诃陵、白狗、逋租、弱水、南水等八国酋长，入贡阙廷。"

【例句】唐顾云《天威行》："云南八国万部落，皆知此路来朝天。"唐崔致远《天威径》："如何劈开海山道，坐令八国争来宾。"宋苏轼《河满子》："东府三人最少，西山八国初平。"宋李新《又出差还…》："九峰自积十年雪，八国犹遗六诏蛮。"

西山爽　xī shān shuǎng

【分类】生活

【关键词】王徽之

【释义】形容人性格疏散，不善趋迎。《晋书·王徽之》："徽之字子猷…（桓）冲尝谓徽之曰：'卿在府日久，比当相料理。'徽之初不酬答，直高视，以手版柱颊云：'西山朝来致有爽气耳。'"

【例句】唐韩偓《避地》："西山爽气生襟袖，南浦离愁入梦魂。"唐王维《送李太守》："若见西山爽，应知黄绮心。"宋林逋《钱塘仙尉…》："仙人多在丽谯居，况对西山爽气余。"宋刘才邵《题和仲兄…》："清风高节自相许，爽气晓接西山云。"

西施　xī shī

【分类】生活

【关键词】西施

【释义】春秋越国美女，本名施夷光，亦称西子。古代四美之首。后作为美女的代称。《太平御览》引宋《会稽志》："勾践索美女以献吴王，得诸暨罗山卖薪女西施、郑旦，先教习于土城山。山边有石，云是西施浣纱石。"

【例句】唐万楚《五日观妓》："西施谩道浣春纱，碧玉今时斗丽华。"唐李白《玉壶吟》："西施宜笑复宜颦，丑女效之徒累身。"唐韦应物《广陵遇孟…》："西施且一笑，众女安得妍？"聂绀弩《念高旅》："空中涉笔多成史，港上浮家缺姓施。"

西施捧心　xī shī pěng xīn
【分类】生活
【关键词】西施
【释义】形容女子的病态美。《庄子·天运》:"故西施病心而矉其里,其里之丑人见而美之,归亦捧心而矉其里。"
【例句】宋刘克庄《次竹溪所…》:"欢至不期开口笑,愁来相对捧心颦。"宋吴潜《同前》:"退步自应行步稳,识心安用捧心颦。"宋赵崇嶓《西施捧心图》:"吴苑风光越水春,两山眉里笑颦分。"宋郑思肖《西施捧心图》:"荡尽吴王醉后春,化为颦笑艳精神。"

西王母　xī wáng mǔ
【分类】政治
【关键词】山海经
【释义】中国古代神话中的女仙人。旧时以为长生不老的象征。《山海经·西山经》:"西王母,其状如人,豹尾虎齿而善啸。"《穆天子传》:"乙丑,天子觞西王母于瑶池之上,西王母为天子谣。"
【例句】唐李白《庭前晚花开》:"西王母桃种我家,三千阳春始一花。"唐苏郁《失调名》:"今朝得遇西王母,驾鹤乘龙上紫烟。"唐刘威《赠道者》:"过海独辞王母面,度关谁识老聃身。"唐张碧《惜花》:"阿母蟠桃香未齐,汉皇骨葬秋山碧。"

西笑　xī xiào
【分类】政治
【关键词】新论
【释义】咏渴慕帝都之典。《新论·祛蔽》:"关东鄙语曰:'人闻长安乐,则出门向西而笑;知肉味美,则对屠门而大嚼。'"西笑和大嚼虽不能解决实际问题,但却表示出向往与渴望之情。
【例句】唐骆宾王《同崔驸马…》:"唯余西向笑,暂似当长安。"唐李白《留别曹南…》:"十年罢西笑,揽镜如秋霜。"唐皎然《戏呈吴冯》:"还如謦望长安,长安在西向东笑。"唐窦常《商山祠堂…》:"夺嫡心萌事可忧,四贤西笑暂安刘。"

西掖　xī yè
【分类】政治
【关键词】汉官仪
【释义】宫阙西侧。为中书或中书省的别称。《汉官仪》:"左右曹受尚书事,前世文士,以中书在右,因谓中书为右曹。又称西掖。"
【例句】唐马怀素《奉和圣制…》:"谬参西掖沾尧酒,愿沐南薰解舜琴。"唐韦应物《寄令狐侍郎》:"西掖方掌诰,南宫复司春。"唐张九龄《酬周判官》:"既起南宫草,复掌西掖制。"唐岑参《西掖省即事》:"西掖重云开曙晖,北山疏雨点朝衣。"

西园　xī yuán
【分类】文化
【关键词】曹植
【释义】借指文士聚集的地方。三国魏曹植《公宴》:"公子爱敬客,终宴不知疲。清夜游西园,飞盖相追随。"三国魏邺都的西园(即铜雀园)是文帝曹丕召集文学侍从游宴、赏月的处所。
【例句】唐谢偃《乐府新歌…》:"上客莫畏斜光晚,自有西园明月轮。"唐张鼎《古铜雀台歌》:"试忆望陵三五夜,便是西园明月时。"唐窦牟《奉诚园闻笛》:"秋风忽洒西园泪,满目山阳笛里人。"唐张说《邺都引》:"城郭为墟人代改,但有西园明月在。"

西垣　xī yuán
【分类】政治
【关键词】刘桢
【释义】唐宋时中书省的别称。因设于宫中西掖,故称。《昭明文选·东汉刘桢《赠徐干》》:"谁谓相去远?隔此西掖垣。"
【例句】唐贺知章《奉和御制…》:"旗回五丈殿千门,连绵南陛出西垣。"唐韦应物《和张舍人…》:"西垣草诏罢,南宫忆上才。"唐权德舆《奉和张监…》:"已闻东阁招从事,每向西垣奉德音。"唐权德舆《奉和陈阁…》:"昼漏沉沉倦琐闱,西垣东观阅芳菲。"

西征想潘　xī zhēng xiǎng pān
【分类】政治
【关键词】潘岳
【释义】咏西行之典。《晋书·潘岳传》:潘岳自太傅主簿除名,"选为长安令,作《西征赋》,述所经人物山水,文清旨诣。"
【例句】唐骆宾王《畴昔篇》:"登高北望嗤梁叟,凭轼西征想潘掾。"唐岑参《东归晚次…》:"行依潘生赋,赫赫曹公谋。"唐郑愔《贬降至汝…》:"北上频伤阮,西征未学潘。"明杨慎《送周子吁…》:"潘岳赋西征,江淹黯别情。"

西子扁舟　xī zǐ piān zhōu
【分类】政治
【关键词】范蠡
【释义】指西施随范蠡入五湖隐遁。源见"五湖扁舟"。
【例句】宋王阮《龙塘久别…》:"浮玉北堂三万顷,扁舟西子二千年。"宋李处权《简辨老》:"径欲五湖寻范蠡,醉携西子上扁舟。"宋邹浩《闻周仲修…》:"西子扁舟藏国艳,鲈鱼一箸出江肥。"宋刘一止《次韵子楚…》:"何郎归欤直止止,所恨扁舟欠西子。"

希夷　xī yí
【分类】文化
【关键词】老子
【释义】虚寂玄妙。借指虚寂玄妙的境界。《老子》:"视之不见名曰夷,听之不闻名曰希。"汉河上公注:"无色曰夷,无声曰希。"或谓清静无为,任其自然。
【例句】唐袁吉《宿上霄洞…》:"自得希夷性,还忘名利心。"

唐白居易《西岩山》："登临渐到希夷境,手拂行云度石桥。"唐权德舆《奉和郑宾…》："莫究希夷理,空怀涣汗恩。"宋范成大《太上皇帝…》："宵旰三星纪,希夷十闰年。"

希夷睡　xī yí shuì

【分类】政治
【关键词】陈抟
【释义】比喻隐居,不问世事。《宋史·陈抟传》："陈抟字图南…因服气辟谷历二十余年,但日饮酒数杯。移居华山云台观,又止少华石室。每寝处,多百余日不起。"宋太宗赐号"希夷先生"。
【例句】宋方逢辰《被召不赴》："敲门不醒希夷睡,休怪山云着意留。"宋刘克庄《小园即事》："独怜短梦匆匆觉,不晓希夷睡月余。"宋宗泽《华下》："夜据征鞍不交睫,举头弹指睡希夷。"宋朱翌《睡轩》："华山闻有希夷子,安得斯人与对床。"

析薪　xī xīn

【分类】生活
【关键词】诗经
【释义】指劈柴。《诗经·小雅·小弁》："伐木掎矣,析薪扦矣。"南朝梁刘勰《文心雕龙·论说》："是以论如析薪,贵能破理。"谓继承父业。《左传·昭公七年》："古人有言曰:其父析薪,其子弗克负荷。施(丰施)将惧不能任其先人之禄。"
【例句】宋苏辙《买炭》："析薪燎枯竹,勃郁烟充宇。"宋张耒《九月末风…》："桑榆可析薪,秋风可夜吹。"宋释德洪《追和帛道猷》："归休正吾志,理顺如析薪。"聂绀弩《怀夏一尘》："镰轻不耐树轮困,凉水泉边共析薪。"

郗超髯　xī chāo rán

【分类】政治
【关键词】郗超 王珣
【释义】咏参军之典。源见"髯参军"。
【例句】唐李端《送从叔赴…》："王粲名虽重,郗超髯未长。"唐卢纶《送张调参…》："玉勒侍行襜,郗超未有髯。"唐贯休《送罗邺赴…》："美似郗超终有日,去依刘表更何疑。"宋苏轼《戏作贾梁…》："嵇绍似康为有子,郗超叛鉴是无孙。"

郗家庭树　xī jiā tíng shù

【分类】生活
【关键词】郗鉴
【释义】称颂郗家深情之典。《晋书·郗鉴传》："乡人以鉴名德,传共饴之。时兄子迈、外甥周翼并小,常携之就食…鉴于是独往,食讫,以饭着两颊边,还吐与二儿,后并得存,同过江。"
【例句】唐李昌符《感怀题从…》："郗家庭树下,几度醉春风。"唐李端《酬丘拱外》："舅乏郗鉴爱,君如卫玠贤。"宋吕南公《再和呈二首》："敢羡苏秦终富贵,正忧郗鉴遇饥荒。"明钱澄之《漫兴》："裹飯几家留郗鉴,叩门何处乞陶渊明。"

郗嘉宾　xī jiā bīn

【分类】政治
【关键词】郗超
【释义】郗超,字景兴,小字嘉宾,东晋官员、书法家、佛学家。桓温谋主,曾劝说桓温废帝立威。被誉为一时之俊。《晋书·郗超》："愔(超父)又好聚敛,积钱数千万,尝开库,任超所取。超性好施,一日中散与亲故都尽。""温既素有此计,深纳其言,遂定废立,超始谋也。"
【例句】唐李端《送从叔赴》："王粲名虽重,郗超髯未长。"宋赵蕃《刘伯山书…》："今人那有郗嘉宾,为子经营茅栋新。"明欧大任《相逢行送…》："投刺能容祢处士,买山儿住郗嘉宾。"清叶方蔼《宿通州水…》："入幕称上客,不数郗嘉宾。"

息妫无言　xī guī wú yán

【分类】生活
【关键词】左传
【释义】忧愤无语之典。《左传·庄公十四年》："楚子如息,以食入享,遂灭息。以息妫(息侯夫人)归,生堵敖及成王焉,未言。楚子问之,对曰:'吾一妇人而事二夫,纵弗能死,其又奚言。'"
【例句】唐王维《息夫人》："看花满眼泪,不共楚王言。"唐韦庄《庭前桃》："带露似垂女泪,无言如伴息妫愁。"宋胡宿《荷花》："息妫今不语,犹尚怨荆台。"宋陈师道《望夫石》："无言息妫怨,有泪舜娥悲。"

奚囊　xī náng

【分类】文化
【关键词】李贺
【释义】指诗囊。源见"古锦囊"。
【例句】宋张炜《寄武冈宰…》："书就几曾逢驿使,公余应不冷奚囊。"宋喻良能《次韵王待…》："吟毫挥尽无佳句,空遣奚囊捆载还。"宋王炎《用元韵答…》："冯夷不得阑此境,湖山收入奚囊中。"宋楼钥《山阴道中》："奚囊莫怪新篇少,应接山川不暇诗。"

奚奴　xī nú

【分类】生活
【关键词】周礼
【释义】喻指奴仆。《周礼·序官》："奚三百人。"汉郑玄注:"古者从坐男女没入县官为奴,其少才知以为奚,今之侍史官婢。或曰:'奚,宦女。'"另源见"古锦囊"。
【例句】唐顾况《杜秀才画…》："奚奴跨马不搭鞍,立走水牛惊汉官。"唐曹唐《暮春戏赠…》："深院吹笙闻汉婢,静街调马任奚奴。"唐李若水《春日途中》："诗书学郎风骚客,奚奴控马黄尘陌。"宋王炎《胡清卿来…》："跋涉山川岁一归,奚奴古锦惯相随。"

奚斯　xī sī

【分类】政治

【关键词】奚斯

【释义】借指歌颂盛德的史臣。《诗经·鲁颂·閟宫》:"松桷有舄,路寝孔硕,新庙奕奕。奚斯所作,孔曼且硕,万民是若。"唐李善注引:《韩诗·鲁颂》:"奚斯,鲁公子也。言其新庙奕奕然盛。是诗,公子奚斯所作也。"

【例句】宋汪炎昶《寄山臞滕…》:"咏歌丰功代有作,吉甫宗元愈奚斯。"宋刘宰《伤友人潘…》:"奚斯睎考甫,子贡服宣尼。"宋杨万里《谢邵德称…》:"吉甫奚斯鸿雁行,彼何人哉唐漫郎。"元郭翼《天马》:"图画当今属周朗,歌诗传昔敕奚斯。"明区大相《孟津殿下…》:"游梁枚马虽能赋,何似奚斯颂鲁年。"

晞发　xī fà

【分类】政治

【关键词】楚辞

【释义】晒发使干。常指高洁脱俗的行为。《楚辞补注·九歌·少司命》:"与女沐兮咸池,晞女发兮阳之阿。"汉王逸注:"言己愿托司命,俱沐咸池,乾发阳阿,斋戒洁己,冀蒙天祐也。"

【例句】唐韦应物《寄黄刘…》:"矫掌白云表,晞发阳和初。"宋苏轼《留别金山…》:"舣舟北岸何时渡?晞发东轩未肯忙。"宋秦观《与邓慎思…》:"校书天禄陪群彦,晞发阳阿遇故人。"宋范镗《书碧落洞》:"醉来晞发云霞外,一笑林壑生秋声。"

惜余春　xī yú chūn

【分类】生活

【关键词】李白

【释义】词牌名,为伤春恨别之意。唐李白《惜余春赋》:"惜余春之将阑,每为恨兮不浅。"

【例句】宋欧阳修《和较艺书事》:"玉麈清谈消永日,金樽美酒惜余春。"宋韩琦《答袁陟节…》:"春去惜余景,偶来郊外观。"宋苏辙《生日》:"蓬子知非惭已晚,白公起定惜余春。"宋王庭圭《中夜起坐…》:"袖手归来避世尘,酴醾对坐惜余春。"宋张元干《瑞鹧鸪》:"好是悲歌将进酒,不妨同赋惜余春。"

翕习　xī xí

【分类】生活

【关键词】傅咸

【释义】会聚。《晋书·傅咸传》:"比四造诣,及经过尊门,冠盖车马,填塞街衢,此之翕习,既宜弭息。"《资治通鉴·晋惠帝元康元年》引此文,胡三省注曰:"翕,众也,合也。习,重也,因也,仍也。言众人翕合,相因而至也。"

【例句】唐沈佺期《扈从出长…》:"翕习黄山下,纡徐清渭东。"唐席豫《奉和圣制…》:"翕习戎装动,张皇庙略宣。"唐綦毋潜《题栖霞寺》:"龙蛇争翕习,神鬼皆密护。"唐韦应物《广陵行》:"翕习英豪集,振奋士卒骁。"

犀槌　xī chuí

【分类】文化

【关键词】杜阳杂编

【释义】亦作犀椎。古代打击乐器方响中的犀角制小槌。《杜阳杂编》:"(阿翘)俄遂进白玉方响,云本吴元济所与也,光明皎洁,可照十数步。言其犀槌,即响锤也,凡物有声,乃响应其中焉。"

【例句】宋苏轼《浣溪沙》:"花满银塘水漫流。犀槌玉板奏凉州。"宋武衍《宫中词》:"圣主忧勤排当少,犀椎鱼拨总成闲。"清纳兰性德《采桑子》:"清韵谁敲,不是犀椎是凤翘。"清弘历《上元灯词》:"龙衔鸡踏辉千炬,鱼拨犀椎滚六么。"

犀管　xī guǎn

【分类】文化

【关键词】王勃

【释义】用犀角制的毛笔管。亦借指毛笔。唐王勃《七夕赋》:"握犀管,展鱼笺,顾颐执事,招仲宣。"

【例句】宋杨亿《送张无梦…》:"飙轮不驻劳宸眷,犀管裁章与世传。"宋陆游《爱闲》:"睡熟素书横竹架,吟余犀管阁铜蟾。"宋陈造《步西湖次…》:"抚事挥犀管,他时梦鹤林。"金刘仲尹《谢孔遵席…》:"玉腕雪回犀管细,宝煤香散凤纺空。"

犀钱　xī qián

【分类】生活

【关键词】东京梦华

【释义】即洗儿钱。《东京梦华录·育子》:"至满月则生色及绷绣钱,贵富家金银犀玉为之,并果子,大展洗儿会。"

【例句】宋卫宗武《贺南塘得…》:"金章鱼佩须传祖,玉果犀钱梦得儿。"宋文天祥《六歌》:"四月八日摩尼珠,榴花犀钱络绣褓。"宋李刘《贺晚生子》:"犀钱剩送沾佳客,麝颗轻涂付伴儿。"明李东阳《林亨大修…》:"筵前会客犀钱散,醉里题诗蜡炬斜。"

犀首好饮　xī shǒu hǎo yǐn

【分类】生活

【关键词】公孙衍

【释义】犀首即公孙衍,历仕秦国、魏国、韩国。战国时纵横家。《史记·张仪列传》:"陈轸曰:'公何好饮也?'犀首曰:'无事也。'曰:'吾请令公厌事可乎?'"

【例句】唐韩愈《秋怀诗》:"犀首空好饮,廉颇尚能饭。"唐韩愈《游青龙寺…》:"何人有酒身无事,谁家多竹门可款。"唐杜牧《湖南正…》:"高人以饮为忙事,浮世除诗尽强名。"清潘伯鹰《孔才自北…》:"古来好饮人,吾独薄犀首。"

犀照牛渚　xī zhào niú zhǔ

【分类】生态

【关键词】温峤

【释义】喻洞察幽微。《晋书·温峤传》："至牛渚矶,水深不可测,世云其下多怪物,峤遂毁犀角而照之…峤其夜梦人谓己曰:'与君幽明道别,何意相照也?'意甚恶之。峤先有齿疾,至是拔之,因中风,至镇未旬而卒。"

【例句】唐胡曾《牛渚》："温峤南归辍棹晨,燃犀牛渚照通津。"宋王玉蟾《三级泉》："初疑鱼鳖谒龙门,复恐星辰会牛渚。"明李东阳《彭学士先…》："又如然犀照牛渚,海若露叫群капь愁。"明朱之蕃《石琉璃》："骊珠出海光犹湿,牛渚燃犀照不遗。"

徯帝情 xī dì qíng
【分类】政治
【关键词】尚书
【释义】咏民众盼望明君解救之典。源见"来苏"。
【例句】唐钱起《送蒋尚书…》："凤辇幸秦久,周人徯帝情。"

溪毛 xī máo
【分类】文化
【关键词】左传
【释义】溪边的野菜、水草。《左传·隐公三年》："苟有明信,涧溪沼沚之毛…可荐于鬼神,可羞于王公。"杜预注:"溪,亦涧也。毛,草也。"
【例句】唐欧阳詹《永安寺》："林深日午钟声动,自采溪毛养幻身。"宋宋庠《晚出池上》："憭栗梧楸似楚骚,霜余寒水失溪毛。"宋孙觌《弋阳县…》："松骨倚天增老气,溪毛着水渡微香。"宋姜夔《菖蒲》："岳麓溪毛秀,湘滨玉水香。"

溪堂 xī táng
【分类】生态
【关键词】韩愈
【释义】咏堂舍之典。也指临溪堂舍。《韩昌黎文集·郓州溪堂诗序》："于是为堂于其居之西北隅,号曰溪堂,以飨士大夫,通上下之志。"记录了溪堂修建的缘由。
【例句】宋胡宿《送李留后…》："居多暇日溪堂胜,不废投壶与钓筒。"宋梅尧臣《送司马学…》："将行我何赠,一诵溪堂诗。"宋王令《寄题韩丞…》："郓州溪堂遂寂寞,韩诗尘蔽人不吹。"宋宋祁《夏日池上》："独坐溪堂上,炎天客少过。"

膝上文度 xī shàng wén dù
【分类】生活
【关键词】王坦之
【释义】受宠爱的娇子之典。《晋书·王述》："述爱坦之(字文度),虽长大,犹抱置膝上。坦之因言温意。述大怒,遽排下,曰:'汝竟痴邪!讵可畏温面而以女妻兵也。'坦之乃辞以他故。温曰:'此尊君不肯耳。'遂止。"
【例句】宋苏轼《用过韵冬…》："膝上王文度,家传张长公。"宋苏轼《送刘道原…》："定将文度置膝上,喜动邻车中烹猪羊。"宋刘克庄《次韵》："何曾膝上推文度,亦许车中载小陈。"宋刘克庄《病起》："暮年膝上惟文度,常幂书灯伴乃翁。"

羲娥 xī é
【分类】文化
【关键词】韩愈
【释义】日御羲和与月神嫦娥的并称。借指日月。泛指岁月。唐韩愈《石鼓歌》："孔子西行不到秦,掎摭星宿遗羲娥。"宋朱熹考异引孙汝听曰:"羲娥,日月也。羲和,日御;嫦娥,月御。"
【例句】宋王安石《闻望之解舟》："黯黮虽莫测,皇明迈羲娥。"宋苏轼《次韵杨褒…》》："破恨径须烦麹蘖,增年谁复怨羲娥。"宋杨时《江上晚步》："羲娥偶相怜,岁往如破竹。"宋韩驹《利济桥亭诗》："周诗不列石鼓歌,后世恐叹遗羲娥。"

羲和 xī hé
【分类】文化
【关键词】羲和
【释义】太阳驾车的神。《楚辞·离骚》："吾令羲和弭节兮,望崦嵫而勿迫。"汉王逸注:"羲和,日御也。"
【例句】唐李贺《相劝酒》："羲和骋六辔,昼夕不曾闲。"唐李白《长歌行》："大力运天地,羲和无停鞭。"唐杜甫《同诸公登…》》："羲和鞭白日,少昊行清秋。"唐白居易《遣怀》："羲和走驭趁年光,不许人间日月长。"

羲和车 xī hé chē
【分类】文化
【关键词】羲和
【释义】指羲和为太阳所驾之车,亦借指太阳。源见"羲和驭日"。
【例句】唐韩愈《李花》："泫然为汝下雨泪,无由返旆羲和车。"宋刘筠《清思》："羲和日车脱其辐,白雨洗天泊烦促。"宋周紫芝《秋霖叹》："会当开晴云,却返羲和车。"元马祖常《公子行》："兰灯桂浆炙文鱼,但苦不驻羲和车。"

羲和驭日 xī hé yù rì
【分类】文化
【关键词】羲和
【释义】指太阳运行。多喻时光流逝。《淮南子·天文训》："爰止羲和,爰息六螭,是谓悬车。"原注:"日乘车,驾以六龙,羲和御之。日至此而薄于虞泉,羲和至此而回六螭。"
【例句】唐白居易《题旧写真图》："羲和鞭日走,不为我少停。"唐杜甫《青阳峡》："仰看日车侧,俯恐坤轴弱。"唐韩愈《秋怀诗》："羲和驱日月,疾急不可恃。"宋刘敞《苦雨》："羲和送日不竟夜,阳乌翅湿方摧颓。"

羲皇 xī huáng
【分类】政治
【关键词】伏羲氏
【释义】伏羲氏,传说中的上古帝王。《昭明文选·汉扬雄〈剧秦美新〉》："厥有云者,上罔显于羲皇。"汉李善注:

X

· 905 ·

"伏羲为三皇,故曰羲皇。"

【例句】唐杜甫《醉时歌》:"先生有道出羲皇,先生有才过屈宋。"唐皮日休《北禅院避…》:"吾宗昔尚高,志在羲皇易。"唐白居易《池上闲吟》:"幸逢尧舜无为日,得作羲皇向上人。"唐罗隐《长安秋夜》:"远闻天子似羲皇,偶舍渔乡入帝乡。"

羲皇上人　xī huáng shàng rén
【分类】政治
【关键词】陶渊明
【释义】以伏羲时代的人自比。为咏隐居闲适情趣之典。《晋书·陶渊明》:"未尝有喜愠之色,惟遇酒则饮,时或无酒,亦雅咏不辍。尝言夏月虚闲,高卧北窗之下,清风飒至,自谓羲皇上人。"
【例句】唐孟浩然《仲夏归汉…》:"日睹田园趣,自谓羲皇人。"唐李白《戏赠郑溧阳》:"清风北窗下,自谓羲皇人。"唐骆宾王《同辛簿简…》:"林疑中散地,人似上皇时。"唐戴叔伦《抚州对事…》:"时入闾巷醉,好是羲皇人。"

羲黄　xī huáng
【分类】政治
【关键词】伏羲氏
【释义】伏羲与黄帝的并称。唐柳宗元《献弘农公五十韵》:"茂功期舜禹,高韵状羲黄。"
【例句】唐李峤《布》:"御绩创羲黄,缑冠表素王。"唐柳宗元《弘农公以…》:"茂功期舜禹,高韵状羲黄。"范仲淹《依韵答提…》:"长戴尧舜主,尽作羲黄民。"宋陆游《西村》:"疑是羲黄上古民,又恐种桃来避秦。"

羲农　xī nóng
【分类】政治
【关键词】伏羲氏
【释义】伏羲氏和神农氏的合称。晋陶渊明《饮酒诗》:"羲农去我久,举世少复真。"
【例句】唐吴筠《高士咏》:"采薇咏羲农,高义越古今。"宋夏竦《奉和御制…》:"载乘土运临三古,属象羲农振遐武。"宋刘敞《和吴九元会》:"圣朝礼乐百年备,文物浸盛兼羲农。"宋陆游《羲农》:"羲农去不返,释老似而非。"

羲氏和氏　xī shì hé shì
【分类】政治
【关键词】羲仲和仲
【释义】尧帝的大臣氏族。传说尧曾命羲仲、羲叔、和仲、和叔两对兄弟分驻四方,以观天象,并制历法。《尚书·尧典》:"乃命羲和,钦若昊天,历象日月星辰,敬授人时。"
【例句】唐乐伸《闰月定四时》:"羲氏兼和氏,行之又则之。"唐李贺《河南府试…》:"王母移桃献天子,羲氏和氏迁龙辔。"唐杜甫《可叹》:"用为羲和天为成,用平水土地为厚。"清孙星衍《得今中所…》:"周家考工重稽古,羲氏世官宜有后。"

羲舒　xī shū
【分类】文化
【关键词】羲和望舒
【释义】日神羲和和月神望舒的并称。喻指日月。《楚辞补注·离骚》:"吾令羲和弭节兮,望崦嵫而勿迫。"汉王逸注:"羲和,日御也。""前望舒使先驱兮,后飞廉使奔属。"汉王逸注:"望舒,月御也。"
【例句】宋杨亿《受诏修书…》:"放辔齐指马,屏息度羲舒。"宋陈造《次韵何学…》:"穷愁疏翰墨,客路费羲舒。"宋晏殊《立春日词》:"今月归余届早春,羲舒相望协元辰。"明王立道《医无闾行…》:"羲和望舒坐自诎,麾使日月东南骧。"明钱谦益《苦雨叹》:"羲和望舒停辔御,商羊黑蜺肆鳞爪。"

羲献　xī xiàn
【分类】文化
【关键词】王羲之
【释义】晋代书法家王羲之、王献之父子二人的并称。唐张怀瓘《书断》:"妙极于笔者羲献,精穷于实者籀斯。"
【例句】唐马云奇《怀素师草…》:"大夸羲献将齐德,功比钟繇也不如。"唐李郢《戏答朝士》:"应笑钟张虚用力,却教羲献枉劳魂。"宋杜衍《乡有好事…》:"羲献有灵应怅望,当时不见此风骚。"宋王之道《题澄上人…》:"作字妙羲献,学易深坎离。"

羲之有之　xī zhī yǒu zhī
【分类】生活
【关键词】王羲之
【释义】喻有子可庆。《晋书·王羲之传》:"王羲之字逸少,司徒导之从子也。…有七子,知名者五人。玄之早卒。次凝之,亦工草隶,仕历江州刺史、左将军、会稽内史。"
【例句】唐孟郊《子庆诗》:"献之还生子,羲之又有之。"

蟋蟀辞　xī shuài cí
【分类】政治
【关键词】诗经
【释义】讽喻世风不正之典。《诗经·唐风·蟋蟀序》:"《蟋蟀》,刺晋僖公也。俭不中礼,故作是诗以闵之,欲其及时以礼自虞乐也。此晋也,而谓之唐,本其风俗,忧深思远,俭而用礼,乃有尧之遗风焉。"
【例句】唐韩愈《奉使常山…》:"地失嘉禾处,风存蟋蟀辞。"唐贾岛《答王建秘书》:"人皆闻蟋蟀,我独叹蹉跎。"唐贾岛《送郑长史…》:"苍梧多蟋蟀,白露湿江蘅。"唐张乔《宿刘温书斋》:"凉风移蟋蟀,落叶在离骚。"

习家池　xí jiā chí
【分类】生活
【关键词】习郁
【释义】借指园池名胜、欢宴之处。《世说新语·任诞》刘孝标注引《襄阳记》:"汉侍中习郁于岘山南,依范蠡养鱼法作鱼池,池边有高堤,种竹及长楸,芙蓉菱芡覆水,是游燕名处也。山简每临此池,未尝不大醉而还,曰:'此是我高阳池也!'"

【例句】唐陈子昂《晦日重宴…》:"此时高宴所,讵减习家池?"唐李颀《送郝判官》:"应问襄阳旧风俗,为余骑马习家池。"唐孟浩然《高阳池送…》:"当昔襄阳雄盛时,山公常醉习家池。"唐崔涂《初过汉江》:"为报习家多置酒,夜来风雪过江寒。"

习蓼虫 xí liǎo chóng
【分类】生活
【关键词】鲍照
【释义】喻惯过苦日子的人。《昭明文选·南朝宋鲍照〈放歌行〉》:"蓼虫避葵堇,习苦不言非。"唐李善注:"《楚辞》曰:'蓼虫不徙乎葵藿。'东汉王逸曰:'言蓼虫处辛辣,食苦恶,不徙葵藿食甘美者也。'"
【例句】唐卢拱《中元日观…》:"久慕餐霞客。常悲习蓼虫。"宋王之望《食橄榄有感》:"犹如蓼中虫,自习蓼中苦。"明朱应登《北风行》:"我云蓼虫之性甘习苦,亦闻龙蛇岁晚当深蛰。"清黄节《我诗》:"习苦蓼虫惟不徙,食肥芦雁得无危。"

习凿齿 xí záo chǐ
【分类】文化
【关键词】习凿齿
【释义】泛指杰才俊士。《晋书·习凿齿传》:"习凿齿字彦威…博学洽闻,以文笔著称…坚(苻坚)素闻其名,与道安俱舆而致焉…又以其蹇疾,与诸镇书曰:'昔晋氏灭吴,利在二陆;今破汉南,获士栽一人又半耳。'"
【例句】唐张子容《乐城岁日…》:"更逢习凿齿,言在汉川湄。"五代贯休《寄庐山大…》:"皆云习凿齿,未可扣真风。"宋杨亿《廉上人归…》:"弥天曾共习凿齿,入洛因寻陆士龙。"宋孙应时《用范叔刚…》:"平生十年书,喜见习凿齿。"

席门 xí mén
【分类】政治
【关键词】陈平
【释义】喻清贫之家或隐者居处。《史记·陈丞相世家》:"有田三十亩,独与兄伯居。伯常耕田,纵平使学游。平为人长大美色…负随平至其家,家乃负郭穷巷,以弊席为门,然门外多有长者车辙。"
【例句】唐杜甫《弊庐遣兴…》:"还思长者辙,恐避席为门。"唐罗邺《自遣》:"焚鱼酌醴醉今代,吟向席门聊自娱。"唐高适《杂曲歌辞》:"东邻少年安所如,席门穷巷出无车。"宋华镇《用韵赠陈…》:"时来或可纡蓝绶,兴尽还思杜席门。"

席上珍 xí shàng zhēn
【分类】文化
【关键词】礼记

【释义】赞美受人尊重的贤士之典。《礼记·儒行》:"哀公命席,孔子侍曰:'儒有席上之珍以待聘,夙夜强学以待问,怀忠信以待举,力行以待取,其自立有如此者。'"
【例句】唐李世民《赋得樱桃》:"昔作园中实,今为席上珍。"唐王维《同崔傅答…》:"衣冠若话外台臣,先数夫君席上珍。"唐权德舆《奉和许阁…》:"自得囊中辨,偏推席上儒。"宋邵雍《教子吟》:"该通始谓才中秀,杰出方名席上珍。"

檄医头疾 xí yī tóu jí
【分类】文化
【关键词】陈琳
【释义】赞誉文章精辟动人,使人振奋。《三国志·陈琳传》:"军国书檄,多琳瑀所作也。"南朝宋裴松之注引三国魏鱼豢《三国典略》:"琳作诸书及檄,草成呈太祖。太祖先苦头风,是日疾发,卧读琳所作,翕然而起曰:'此愈我病。'"
【例句】唐罗隐《魏博罗令…》:"马上固惭消813肉,幄中由羡愈头风。"唐韩偓《送吴师》:"维舟事干谒,披读头风痊。"金耶律楚材《和张敏之诗》:"草檄堪医疾,针诗可治肓。"清章学诚《丁巳岁暮…》:"仲夏偶来秋始见,白日无檄医头风。"

洗兵 xǐ bīng
【分类】政治
【关键词】纣
【释义】表示止息兵戈,胜利结束战争。《说苑·权谋》:武王伐纣,风霁而乘以大雨,水平地而啬。散宜生谏阻说:"此其妖欤?"武王回答说:"非也,天洒兵也。"洒,通洗。后武王果擒纣灭商。
【例句】唐李白《战城南》:"洗兵条支海上波,放马天山雪中草。"唐钱起《送王相公…》:"受脤乃鼎鼒,为霖更洗兵。"唐杜甫《洗兵马》:"安得壮士挽天河,净洗甲兵长不用。"聂绀弩《和钟感赋…》:"重阳近每风吹帽,老泪多曾雨洗兵。"

洗耳 xǐ ěr
【分类】政治
【关键词】许由
【释义】表示以听闻、接触尘俗的东西为耻辱,心性旷达于物外。《琴操·箕山操》:"樊坚见由方洗耳,问之:'耳有何垢乎?'由曰:'无垢,闻恶语耳。'坚曰:'何等语者?'由曰:'尧聘吾为天子。'"
【例句】唐孟浩然《白云先生》:"闻道鹤书徵,临流还洗耳。"唐李白《笑歌行》:"巢由洗耳有何益,夷齐饿死终无成。"唐钱起《谒许由庙》:"松上挂瓢枝几变,石间洗耳水空流。"唐汪遵《箕山》:"薄世临流洗耳尘,便归云洞任天真。"

洗粉黛 xǐ fěn dài
【分类】政治

【关键词】孟光

【释义】咏妻贤之典。《高士传·梁鸿列传》:"及嫁,始以装饰入门。七日而鸿不答。妻(孟光)乃下请,鸿曰:'吾欲裘褐之人,可与俱隐深山者尔,今乃衣绮缟,傅粉墨,岂鸿所愿哉?'妻曰:'以观夫子之志耳。妾自有隐居之服。'乃更为椎髻,着布衣,操作而前。"

【例句】唐杜甫《奉酬薛十…》:"客来洗粉黛,日暮拾流萤。"元贝琼《李氏三节…》:"入房洗粉黛,岂复施珠玑。"

洗箱箧 xǐ xiāng qiè

【分类】政治

【关键词】乐羊

【释义】雪洗谗谤之典。《史记·甘茂列传》:"魏文侯令乐羊将而攻中山,三年而拔之。乐羊返而论功,文侯示之谤书一箧。乐羊再拜稽首曰:'此非臣之功也,主君之力也。'"

【例句】唐杜甫《故司徒李…》:"直笔在吏臣,将来洗箱箧。"唐周昙《乐羊》:"盈箧谤书能寝默,中山不是乐羊功。"宋李之仪《次韵君俞…》:"君不见乐羊功名方煜煜,归来谤书已盈箧。"宋谢逸《送董元达》:"谤书盈箧不复辩,脱身来看江南山。"

洗心 xǐ xīn

【分类】政治

【关键词】周易

【释义】洗涤心胸。除去恶念或杂念。比喻改过自新。《周易注疏·系辞上》:"圣人以此洗心,退藏于密,吉凶与民同患。"唐孔颖达疏曰:"圣人以此易之卜筮洗荡万物之心。万物有疑则卜之,是荡其疑心,行善遇吉,行恶遇凶,是荡其恶心也。"

【例句】唐李白《别韦少府》:"洗心向溪月,清耳敬亭猿。"唐徐铉《和陈洗马…》:"已开山馆待抽簪,更要岩泉欲洗心。"唐刘禹锡《题古寺》:"自古洗心须净地,何须松榻坐禅空。"唐杜荀鹤《送僧赴黄…》:"患身是幻逢禅主,水洗皮肤语洗心。"

洗眼 xǐ yǎn

【分类】生活

【关键词】杜甫

【释义】犹拭目。谓仔细看。唐杜甫《赠王二十四侍御契》:"洗眼看轻薄,虚怀任屈伸。"

【例句】唐章孝标《及第后寄…》:"马头渐入扬州郭,为报时人洗眼看。"唐李群玉《洞庭遇秋》:"逍遥澄湖上,洗眼见秋色。"宋范仲淹《寄润州庞籍》:"春山雨后青无限,借与淮南洗眼看。"宋梅尧臣《河南受代…》:"洗眼看旧书,怡然忘宇内。"

洗盏 xǐ zhǎn

【分类】生活

【关键词】杜甫

【释义】洗杯。指饮酒。唐杜甫《谢严中丞送青城山道士乳酒一瓶》:"鸣鞭走送怜渔父,洗盏开尝对马军。"

【例句】宋王炎《和韩毅伯…》:"洗盏从容对圣贤,笑谈未了意凄然。"宋刘一止《从子非登…》:"洗盏初尝曲米春,一樽相属是前因。"宋强至《杨公济岁…》:"绀瓶白酒下吟堂,洗盏倾瓷肯漫尝。"宋苏辙《九月十一…》:"泼醅昨夜惊泉涌,洗盏今晨听妇夸。"

徙帝 xǐ dì

【分类】政治

【关键词】项羽

【释义】背约杀主之典。《史记·项羽本纪》:"项王出之国,使人徙义帝,曰:'古之帝者地方千里,必居上游。'乃使使徙义帝长沙郴县,趣义帝行,其群臣稍稍背叛之,乃阴令衡山、临江王击杀之江中。"

【例句】唐骆宾王《早发淮口…》:"徙帝留余地,封王表旧城。"明顾炎武《昔有》:"徙帝都上游,杀之于南方。"清张九镡《义帝祠歌》:"将军自王等闲耳,徙帝上游嗟已矣。"

徙橘 xǐ jú

【分类】生活

【关键词】晏子

【释义】喻指离开故土。源见"橘化为枳"。

【例句】唐骆宾王《晚泊江镇》:"转蓬惊别绪,徙橘怆离忧。"明屠应埈《赠内》:"楚橘不北徙,越禽有南音。"清江湜《简彦冲元…》:"橘性岂能经北徙,竹根空欲向南行。"清黄侃《感事》:"孤身转徙惭移橘,同好凋残感散萍。"

喜折屐 xǐ zhé jī

【分类】政治

【关键词】谢安

【释义】形容遇美事喜不自胜之态,狂喜。《晋书·谢安传》:"淝水之战,东晋宰相谢安派侄子谢玄等率兵迎敌。玄等既破坚,有驿书至,安方对客围棋,看书既竟,便摄放床上,了无喜色,棋如故。客问之,徐答云:'小儿辈遂已破贼。'既罢,还内,过户限,心喜甚,不觉屐齿之折,其矫情镇物如此。"

【例句】宋苏轼《与叶淳老…》:"怜君嗜好更辽阔,得我新诗喜折屐。"宋晁补之《次韵四弟…》:"怪人肝鬲异,破贼喜折屐。"宋葛胜仲《沈必先殿…》:"五年霄汉隔音尘,此假相逢喜折屐。"宋赵蕃《读吕益卿…》:"忽传何处书,令我喜折屐。"

蟢子 xǐ zi

【分类】文化

【关键词】刘子

【释义】蜘蛛的一种。长脚蜘蛛,形状像铜钱,也称喜子、喜蛛;壁蟢、壁钱,古名蠨蛸。《刘子·鄙名》:"今野人昼见蟢子,以为有喜乐之瑞。"

【例句】唐权德舆《玉台体》:"昨夜裙带解,今朝蟢子飞。"唐韩翃《送襄垣王…》:"少妇比来多远望,应知蟢子上罗巾。"唐施肩吾《望夫词》:"蟢子到头无信处,凡经几度上人衣。"宋王仲修《宫词》:"定是君王急宣召,忽然蟢子上头来。"

戏马会　xì mǎ huì
【分类】生活
【关键词】孔靖
【释义】咏宴会游乐之典。《齐书》:"宋武帝为宋公,在彭城,九日,出项羽戏马台,至今相承以为旧准。"《宋书·孔靖》:"孔靖,字季恭,宋台初建,以为尚书令。让不受,辞事东归,高祖饯之戏马台,百寮咸赋诗,以述其美。"
【例句】唐孟郊《南阳公请…》:"方知戏马会,永谢登龙宾。"唐李白《宣州九日…》:"遥羡重阳作,应过戏马台。"唐薛逢《重送徐州…》:"斩蛇泽畔人烟晓,戏马台前树影疏。"宋苏轼《在彭城日…》:"应从汉武横汾日,数到刘公戏马年。"

戏马台　xì mǎ tái
【分类】生态
【关键词】项羽
【释义】古迹名。即项羽凉马台。《水经注·泗水》:"按《汉书·项羽传》,历阳人范增未至彭城而发疽死,不言之居巢。今彭城南有项羽凉马台。台之西南山麓上,即其冢也。"
【例句】唐张籍《送远曲》:"戏马台南山簇簇,山边饮酒歌别曲。"唐薛逢《重送徐州…》:"斩蛇泽畔人烟晓,戏马台前树影疏。"宋王禹偁《送光禄王…》:"戏马台荒春寂寞,斩蛇乡古树轮囷。"宋文天祥《彭城行》:"凄凉戏马台,憔悴巨佛峰。"

系臂　xì bì
【分类】生活
【关键词】胡贵嫔
【释义】貌美入选内宫之典。《晋书·胡贵嫔传》:"泰始九年,帝多简良家子女以充内职,自择其美者以绛纱系臂。"
【例句】唐杜牧《出宫人》:"十年一梦归人世,绛缕垂封系臂纱。"唐罗虬《比红儿诗》:"红儿若向当时见,系臂先封第一纱。"五代和凝《宫词》:"平明朝下夸宣赐,五色香丝系臂新。"宋晏殊《端午词》:"五彩丝长系臂初,万年芳树影扶疏。"

系颈　xì jǐng
【分类】政治
【关键词】贾谊
【释义】也称系组。指系绳于颈,表示降服。汉贾谊《过秦论上》:"百粤之君,俯首系颈,委命下吏。"
【例句】唐杜甫《前出塞》:"虏其名王归,系颈授辕门。"唐独孤及《送长孙将…》:"岛夷今可料,系颈有长缨。"唐李端《度关山》:"谁知系虏者,贾谊是书生。"唐卢从愿《奉和圣制…》:"伫闻歌杕杜,凯入系名王。"

系名王　xì míng wáng
【分类】政治

【关键词】贾谊
【释义】谓俘获敌酋。源见"系颈"。
【例句】唐王维《从军行》:"尽系名王颈,归来报天子。"唐卢从愿《奉和圣制…》:"伫闻歌杕杜,凯入系名王。"宋胡宿《边思》:"一鼓系名王,三捷献英主。"明李梦阳《从军》:"安得奋长剑,一系名王还。"

系匏　xì páo
【分类】政治
【关键词】孔子
【释义】比喻隐居未仕或弃置闲散。源见"匏瓜空悬"。
【例句】唐孙逖《和左卫武…》:"道合宜连茹,时清岂系匏。"唐欧阳詹《初发太原…》:"流萍与系匏,早晚ään相亲。"唐薛能《许州题观…》:"三载从戎类系匏,重游全许尚分茅。"宋韦骧《寄陈安道…》:"折桂交游三纪外,系匏踪迹两溪滨。"

细君　xì jūn
【分类】生活
【关键词】东方朔
【释义】妻子代称。《汉书·东方朔传》:"归遗细君,又何仁也!"颜师古注:"细君,朔之妻名。"
【例句】唐权德舆《朝回阅乐…》:"曲罢卿卿理驾驱,细君相望意何如。"宋梅尧臣《过淮》:"旨蓄曾无御寒具,细君唯有隐居钗。"宋韩琦《辛亥七夕…》:"星桥旧说通灵匹,剑肉何人遗细君。"聂绀弩《再赠胡考》:"归时身比当年建,长叹细君炼锻空。"

细人姑息　xì rén gū xī
【分类】生活
【关键词】礼记
【释义】用作待人宽容的典故。《礼记·檀弓》:"曾子曰:'尔之爱我也不如彼。君子之爱人也以德,细人之爱人也以姑息。'"汉郑玄注:"言苟容取安也。"细人,见识短浅的人。姑息,无原则的宽容。
【例句】唐杜甫《赠郑十八贲》:"细人尚姑息,吾子色愈谨。"宋李鷹《送杭州使…》:"细人怙权宠,补外习为耻。"宋葛胜仲《诸生绝粮…》:"固穷始合称君子,临难聊须语细人。"元至仁《集杜句述…》:"细人尚姑息,贤者贵为德。"

细细　xì xì
【分类】生活
【关键词】杜甫
【释义】轻微,缓缓。唐杜甫《宣政殿退朝晚出左掖》:"宫草微微承委佩,炉烟细细驻游丝。"
【例句】唐皇甫松《浪淘沙》:"浪起鸂鶒眠不得,寒沙细细入江流。"唐王梵志《回波乐》:"细细辞名利,渐渐远嚣尘。"唐李商隐《无题》:"重帷深下莫愁堂,卧后清宵细细长。"唐韩偓《倚醉》:"抱柱立时风细细,绕廊行处思腾腾。"

细腰　xì yāo
【分类】生活

【关键词】韩非子
【释义】指女子苗条的身腰。亦借指美女。源见"楚腰"。
【例句】唐刘希夷《捣衣篇》:"西北风来吹细腰,东南月上浮纤手。"唐刘禹锡《无题》:"为是襄王故宫地,至今犹有细腰多。"唐温庭筠《杨柳枝》:"黄莺不语东风起,深闭朱门伴细腰。"唐杜牧《题桃花夫…》:"细腰宫里露桃新,脉脉无言度几春。"

郤縠　xì hú
【分类】政治
【关键词】郤縠
【释义】咏统帅或高级将领之典。《国语·晋语》:"文公问元帅于赵衰,对曰:'郤縠可,行年五十矣,守学弥惇。夫先王之法志,德义之府也,夫德义,生民之本也。能惇笃者,不忘百姓也。请使郤縠。'公从之。""乃大蒐于被庐,作三军。使郤縠将中军,以为大政,郤溱佐之。"
【例句】唐李频《送薛能赴…》:"虽同郤縠举,郤縠不封侯。"唐韩愈《酬别留后…》:"为文无出相如右,谋帅难居郤縠先。"唐刘禹锡《令狐相公…》:"自从郤縠为元帅,大将归来尽把书。"唐姚合《送杨尚书…》:"郤縠诗书将,衔恩赴梓州。"唐薛能《清河泛舟》:"儒将不须夸郤縠,未闻诗句解风流。"

郤縠风　xì hú fēng
【分类】政治
【关键词】郤縠
【释义】咏儒将风度之典。源见"郤縠"。
【例句】唐杜牧《题永崇西…》:"矫矫云长勇,恂恂郤縠风。"宋宋祁《李中令挽词》:"家赐齐侯履,人推郤縠文。"宋杨冠卿《与鄂州都…》:"人言郤縠诗书帅,自有孙卿仁义兵。"明王鏊《送陈指挥…》:"骠姚方略今谁敌,郤縠诗书旧有闻。"

郤诜丹桂　xì shēn dān guì
【分类】政治
【关键词】郤诜
【释义】比喻科考及第。或比喻出类拔萃,居于上乘。源见"蟾宫折桂"。
【例句】唐韦庄《冬日长安…》:"郤诜丹桂无人指,阮籍青襟有泪沾。"宋王洋《赵倅兼善…》:"谁登月姊青霄露,折得郤诜丹桂枝。"宋黄公度《送龚实之…》:"郤诜丹桂早,莱子彩衣鲜。"

舃卤　xì lǔ
【分类】文化
【关键词】盐碱
【释义】指含盐过多,不适宜耕种的海边土地。也称为潟卤。潟同舃。《汉书·沟洫志》:"民歌之曰:'业有贤令兮为史公,决漳水兮灌邺旁,终古舃卤兮生稻粱。'"
【例句】唐高适《自淇涉黄…》:"耕耘日勤劳,租税兼舃卤。"宋贺铸《送海陵周…》:"雨旸不违祷,舃卤数倍收。"宋葛

X

胜仲《刁马河上…》:"史公引漳变舃卤,郑国注洛通底淤。"宋方岳《霎雨》:"海咸舃卤易岚雾,况此梅蒸天纲缊。"

匣中剑鸣　xiá zhōng jiàn míng
【分类】政治
【关键词】颛顼
【释义】比喻怀才待用。《拾遗记·颛顼》:"帝颛顼高阳氏…有曳影之剑,腾空而舒,若四方有兵,此剑飞起指其方,则克伐;未用之时,常于匣里,如龙虎吟。"
【例句】唐骆宾王《和李明府》:"讵怜冲斗气,犹向匣中鸣。"唐刘希夷《谒汉世祖庙》:"宛城剑鸣匣,昆阳镝应弦。"唐高适《送浑将军…》:"城头画角三四声,匣里宝刀昼夜鸣。"唐钱起《适楚次徐城》:"感激念知已,匣中孤剑鸣。"

狎雉驯童　xiá zhì xùn tóng
【分类】政治
【关键词】鲁恭
【释义】咏赞誉官吏政绩之典。源见"鲁恭驯雉"。
【例句】唐李峤《雉》:"童子怀仁至,中郎作赋成。"唐独孤及《酬常郿县…》:"爱君修政若修身,鳏寡来归乳雉驯。"唐骆宾王《伤祝阿王…》:"翔凫犹化履,狎雉驯童。"唐张说《送乔安邑备》:"老人骖驭往,童子狎雉嬉。"唐张说《送苏合宫颋》:"别曲莺初下,行轩雉尚过。"

遐荒　xiá huāng
【分类】政治
【关键词】曹植
【释义】指边远荒僻之地。三国曹植《五游咏》:"逍遥八纮外,游目历遐荒。"
【例句】唐李世民《正日临朝》:"晨宵怀至理,终愧抚遐荒。"唐轩辕弥明《谒尧帝庙》:"祖龙开国尽遐荒,庙建唐尧镇此邦。"宋曹勋《紫骝马》:"汉家骠骑新开府,天子辂赐威遐荒。"聂绀弩《迓冬出院》:"似否遐荒身去久,偶然风雪夜归人。"

瑕不掩瑜　xiá bù yǎn yú
【分类】政治
【关键词】礼记
【释义】比喻缺点掩盖不了优点。《礼记·聘义》:"昔者君子比德于玉焉…瑕不掩瑜,瑜不掩瑕,忠也。"汉郑玄注:"瑕,玉之病也。瑜,其中间美者。玉之性善恶不相掩,似忠也。"
【例句】唐武翊黄《瑕瑜不相掩》:"泾渭流终异,瑕瑜自不同。"唐温庭筠《病中书怀…》:"积毁方销骨,微瑕俱掩瑜。"宋胡宿《后土观琼花》:"国艳何劳粉,天姿不掩瑜。"明石宝《杂诗》:"直弦忽见绝,白璧多掩瑜。"

霞浆　xiá jiāng
【分类】生活
【关键词】酒

【释义】仙露。代指美酒。源见"流霞"。
【例句】唐武则天《早春夜宴》:"务使霞浆兴,方乘泛洛归。"唐司空图《携仙箓》:"水精楼阁分明见,只欠霞浆别着旗。"宋丁谓《酒》:"帝樽甘露醴,天宴碧霞浆。"宋夏竦《奉和御制…》:"雾锁天衣临翠幄,露倾金盏沥霞浆。"

下笔不休 xià bǐ bù xiū
【分类】文化
【关键词】班固
【释义】形容文思充沛而敏捷。汉班固《与弟超书》:"武仲以能属文,为兰台史令,下笔不能自休。"
【例句】唐岑参《冀州客舍…》:"学资赡清词,下笔不能休。"宋吕本中《盛华彦光…》:"盛侯少时伟仪观,下笔不休人共欢。"宋王庭圭《再用前韵…》:"下笔不休才思阔,清如星汉泻银湾。"宋虞俦《冬至后五日…》:"多应武仲添诗兴,下笔翩翩更不休。"

下车挹 xià chē yī
【分类】生活
【关键词】越
【释义】形容友谊深厚,不以身份地位的改变而变化。亦指不以贵贱而改变交情的挚友。源见"乘车戴笠"。
【例句】宋刘跂《次黄完仲…》:"如闻趣归装,早作下车挹。"宋陈与义《杂书示陈…》:"时逢下车挹,慰我两眼青。"元胡奎《送王河泊》:"它日若相逢,还当下车挹。"清查元鼎《王小泉衢…》:"相逢下车挹,相思藉以舒。"

下殿趋 xià diàn qū
【分类】政治
【关键词】北史
【释义】咏人主遭变之典。《北史·孝武帝纪》:"是岁二月,荧惑(火星)入南斗,众星北流,群鼠浮河向邺。梁武跣而下殿,以禳星变,及闻(北魏孝武)帝之西,惭曰:'虏亦应天乎?'"
【例句】唐李商隐《有感》:"有甚当车泣,因劳下殿趋。"清文廷式《辛丑元日试笔》:"谁解横刀出,真成下殿趋。"清张晋《李训郑注》:"才宣诏旨随班入,已决罘罳下殿趋。"

下方罗赵 xià fāng luó zhào
【分类】生活
【关键词】卫恒
【释义】喻书法之典。《晋书·卫恒》:"恒善草隶书,为《四体书势》曰:'…故英(弘农张伯英)自称:上比崔杜不足,下方罗赵有余。'"
【例句】宋苏轼《次韵孙莘…》:"龚、黄侧畔难言政,罗、赵前头且眩书。"宋苏轼《石苍舒醉…》:"不减钟张君自足,下方罗赵我亦优。"宋谢薖《李成德作…》:"我书太俗如墨猪,下惭罗赵何足数。"清朱昆田《泉上书怀》:"笔阵压罗赵,鼎吟嘲刘侯。"

下凤凰 xià fèng huáng
【分类】政治
【关键词】黄霸
【释义】称颂地方官有政绩之典。《汉书·循吏列传·黄霸》:"有诏归颍川太守官…郡中愈治。是时凤凰神爵数集郡国。"古人认为凤凰来集是祥瑞之兆。
【例句】唐不详《昭德舞歌》:"剑佩森鹭鹭,箫韶下凤凰。"唐杜甫《江亭王阇…》:"川路风烟接,俱宜下凤皇。"宋王庭圭《魏彦成座…》:"弱翁治行今如此,何待天边下凤凰。"宋曾巩《送宣州杜…》:"篇什高吟凤凰下,翰墨醉洒烟云生。"

下江兵 xià jiāng bīng
【分类】政治
【关键词】王莽
【释义】泛指反抗朝廷的军队。《汉书·王莽列传下》:"南郡张霸、江夏羊牧、王匡等起云杜绿林,号曰'下江兵'。"
【例句】唐王维《同崔傅答…》:"扬州时有下江兵,兰陵镇前吹笛声。"元陈孚《郿南光武庙》:"千年高邑庙,一笑下江兵。"明欧大任《送来金宪…》:"请缨趋府客,吹笛下江兵。"明毛奇龄《途中杂感…》:"车挽岁连横海粟,戈船春发下江兵。"

下里巴人 xià lǐ bā rén
【分类】生活
【关键词】宋玉
【释义】原指战国时代楚国民间流行的一种歌曲,今用于比喻通俗的文学艺术。阳春白雪为其反面,比喻高深、不通俗的文学艺术。战国宋玉《对楚王问》:"客有歌于郢中者,其始曰《下里巴人》,国中属而和者数千人。"
【例句】宋宋庠《立春前二…》:"一曲巴人虽下里,愿持欢意助康哉。"明童冀《次邓作霖韵》:"不惭下里巴人曲,几和南阳梁甫吟。"明祁顺《十二月十…》:"天然写出阳春调,下里巴人不敢裁。"聂绀弩《八十》:"小园枯树悲风劲,下里巴人楚客工。"

下马陵 xià mǎ líng
【分类】文化
【关键词】董仲舒
【释义】汉董仲舒的陵墓。《唐国史补》:"董仲舒墓,门人过皆下马,故谓之下马陵。"
【例句】宋王安中《读次文渼…》:"当初天上化凫舄,今日人间下马陵。"宋刘克庄《使君次韵…》:"聚萤窗冷韦编盍,下马陵芜宰树苍。"宋苏舜钦《过下马陵》:"下马陵头草色春,我一怀古一沾巾。"宋晁说之《再和》:"须臾变物止樊蝇,宛转迷人下马陵。"

下山 xià shān
【分类】生活
【关键词】玉台新咏
【释义】借指妇女被丈夫遗弃。《玉台新咏·古诗》:"上山采蘼芜,下山逢故夫。长跪问故夫:新人复何如?…新人工织缣,故人工织素。织缣日一匹,织素五丈余。将缣来

911

比素,新人不如故。"

【例句】唐杨志坚《送妻》:"今日便同行路客,相逢即是下山时。"唐骆宾王《代女道士…》:"君心不记下山人,妾欲空期上林翼。"唐王季友《宿东溪李…》:"上山下山入山谷,溪中落日留我宿。"唐王涉《偶怀》:"待送妻儿下山了,便随云水一生休。"唐段成式《和周繇见嘲》:"王谢初飞盖,姬姜尽下山。"

下帷 xià wéi
【分类】政治
【关键词】董仲舒
【释义】放下室内悬挂的帷幕。指教书。引申指闭门苦读。《汉书·董仲舒传》:"少治春秋,孝景时为博士。下帷讲诵,弟子传以久次相授业,或莫见其面。盖三年不窥园,其精如此。"
【例句】唐李白《行行且游…》:"儒生不及游侠人,白首下帷复何益。"唐牟融《题朱庆馀…》:"草色凝陈榻,书声出董帷。"唐韩翃《赠兖州孟…》:"露冕宁夸汉车服,下帷常讨鲁春秋。"唐权德舆《放歌行》:"男儿称意须及时,闭门下帷人不知。"

下岩砚 xià yán yàn
【分类】生活
【关键词】砚石
【释义】咏砚石之典。《砚石·端州岩石》:"岩有四:下岩、上岩、半边岩、后砾岩。余尝至端,故得其说详。下岩第一。穿洞深入,不论四时,皆为水浸。"
【例句】宋刘克庄《沁园春》:"下岩石,要朝朝磨试,不论闲忙。"宋朱翌《谢人寄砚》:"敢遣良工开下岩,要使珍材过天目。"宋陆游《幽思》:"临窗静试下岩砚,欹枕卧看灵壁山。"宋赵汝燧《谢人送端…》:"砚寄下岩鸲鹆眼,沉分上岸鹧鸪班。"

夏虫疑冰 xià chóng yí bīng
【分类】政治
【关键词】庄子
【释义】喻人囿于见闻,知识短浅。《庄子·秋水》:"井蛙不可以语于海者,拘于虚也;夏虫不可以语于冰者,笃于时也。"
【例句】唐唐彦谦《中秋夜玩》:"雾静不容玄豹隐,冰生惟恐夏虫疑。"宋刘敞《草虫扇子》:"坐愁冰鉴ررر,深恐夏虫疑。"宋梅尧臣《中伏日永…》:"畏冷不敢食,有类夏虫疑。"宋苏辙《再次前韵》:"野鹤应疑凫雁苦,夏虫未惯雪霜寒。"

夏侯衣 xià hóu yī
【分类】生活
【关键词】夏侯亶
【释义】称遮隔女乐的帘子。《梁书·夏侯亶传》:"(亶)晚年颇好音乐,有妓妾十数人,并无被服姿容。每有客,常隔帘奏之,时谓帘为夏侯妓衣也。"
【例句】宋葛胜仲《浣溪沙》:"缥缈幸闻缑岭曲,参差犹隔夏侯衣。"宋戴表元《阆风舒…》:"定非夏侯衣,高堂挂秋月。"明陈子龙《吴阊口号》:"借得夏侯衣四幛,教人不敢问容姿。"明毛奇龄《庆清朝慢》:"争投博箸,妓帘不挂夏侯衣。"

夏侯婴 xià hóu yīng
【分类】政治
【关键词】夏侯婴
【释义】西汉汝阴侯,太仆。《史记·樊郦滕灌列传》:"孝惠帝及高后德婴之脱孝惠、鲁元于下邑之间也,乃赐婴县北第一,曰'近我'…孝惠帝崩,以太仆事高后。高后崩…以天子法驾迎代王公邸,与大臣共立为孝文皇帝。"
【例句】唐罗隐《裴庶子除…》:"宫省旧推皇甫谧,寺曹今得夏侯婴。"

夏后氏 xià hòu shì
【分类】政治
【关键词】禹
【释义】指禹受舜禅而建立的夏王朝,称夏后氏。《论语·八佾》:"夏后氏以松,殷人以柏,周人以栗,曰,使民战栗。"
【例句】唐李商隐《九成宫》:"云随夏后双龙尾,风逐周王八骏蹄。"唐杜甫《上白帝城》:"江流思夏后,风至忆襄王。"唐周贺《送郭秀才…》:"夏后客堂黄叶多,又怀家国起悲歌。"宋刘攽《和安中铁…》:"九牧贡金殊夏后,三泉下锢笑秦人。"

夏姬灭国 xià jī miè guó
【分类】生活
【关键词】夏姬
【释义】女子以淫行祸国之典。《国语·楚语》:"昔陈公子夏为御叔娶于郑穆公,生子南。子南之母乱陈而亡之,使子南戮于诸侯。庄公既以夏氏之室赐申公巫臣,则又畀之子友,卒于襄老…恭王使巫臣聘于齐,以夏姬行,遂奔晋。"夏姬是春秋时代四大美女之一,号称杀三夫一君一子,亡一国两卿。
【例句】唐杜牧《杜秋娘诗》:"夏姬灭两国,逃作巫臣姬。"唐周昙《陈灵公》:"谁与陈君嫁祸来,孔宁行父夏姬媒。"宋苏轼《戏书吴江…》:"谁将射御教吴儿,长笑申公为夏姬。"宋李曾伯《题范蠡五…》:"夏姬宜去楚,妲己肯归周。"

夏康中兴 xià kāng zhōng xīng
【分类】政治
【关键词】少康
【释义】咏中兴帝王之典。《左传·襄公四年》:"昔有夏之方衰也…靡自有鬲氏,收二国之烬,以灭浞而立少康。少康灭浇于过,后杼灭豷于戈。有穷由是遂亡,失人故也。"夏后相(夏禹曾孙)被寒浞杀死,夏遂失国,夏臣靡拥立相子少康,灭寒浞之子,恢复夏朝中兴国势。

【例句】唐贾至《自蜀奉册…》:"夏康缵禹绩,代祖复汉勋。"明周用《崖山》:"犹谓夏康能复国,可怜刘禅已封公。"

夏台　xià tái
【分类】政治
【关键词】夏桀商汤
【释义】夏王朝监狱,又称钧台(河南禹州)。《史记·夏本纪》:"帝发崩,子帝履癸立,是为桀…桀不务德而武伤百姓,百姓弗堪。乃召汤而囚之夏台,已而释之。"
【例句】唐沈佺期《同狱者叹…》:"何许乘春燕,多知辨夏台。"唐骆宾王《幽系书情…》:"揆画惭周道,端忧滞夏台。"唐李商隐《送从翁东…》:"夏台曾圮闭,汜水敢逡巡。"宋李建中《开垣曲山…》:"人怀绛县老,地叹夏台倾。"

夏握火　xià wò huǒ
【分类】政治
【关键词】勾践
【释义】咏策励自强的典故。源见"抱冰"。
【例句】宋刘攽《杂诗》:"握火欲提人,唾空不至云。"宋刘筠《与客启明》:"垂天借偷《齐谐志》,握火寻盟《越绝书》。"宋孙因《勾践》:"抱冰兮握火,置胆兮坐卧。"明何吾驺《送邱毛伯…》:"在握灵蛇明夏火,出群孤翩入秋雯。"

夏五郭公　xià wǔ guō gōng
【分类】政治
【关键词】春秋
【释义】原指《春秋》书中,夏五后缺月字,郭公下无记事。比喻书中有缺文之典故。《春秋·桓公十四年》:"十有四年春正月,公会郑伯于曹。无冰。夏五。"晋杜预注:"不书月,阙文。"《春秋·庄公二十四年》:"冬,戎侵曹,曹羁出奔陈,赤归于曹。郭公。"晋杜预注:"无传,盖经阙误也。"
【例句】宋王之道《次方正叔…》:"阅史旧尝疑夏五,参禅今遂荐前三。"宋楼钥《游初旸谷…》:"上有胜绝地,古语留郭公。"宋魏了翁《生日和辛…》:"猎猎旗风犹夏五,摇摇帆影立秋千。"清吴雯《酬赠郭乾…》:"淮海郭公来夏五,使院相逢觞屡举。"

夏游　xià yóu
【分类】政治
【关键词】孔子
【释义】子夏、子游。卜商,字子夏,晋国人;言偃,字子游,吴国人,均为孔子得意门生,都以文学见称。《史记·孔子世家》:"至于为《春秋》,笔则笔,削则削,子夏之徒,不能赞一辞。"
【例句】唐许棠《旅怀》:"夏游穷塞路,春醉负秦花。"宋苏洞《赵黄州寄…》:"非君着意扶公谷,似我何辞赞夏游。"聂绀弩《六十》:"不赞一词比夏游,敬观夫子著春秋。"

仙风道骨　xiān fēng dào gǔ
【分类】文化
【关键词】李白
【释义】道教语。谓为仙人及得道者的气质神采。喻指超凡绝俗的品貌风度。唐李白《大鹏赋序》:"余昔于江陵见天台司马子微,谓余有仙风道骨,可与神游八极之表。"
【例句】唐吕岩《沁园春》;"是真元孕育,有仙风道骨,岂是凡胎。"宋苏颂《和吴仲庶…》:"道骨仙风擅世华,肯将璠玉混泥沙。"宋王迈《蔡实甫能…》:"文采风流今尚存,仙风道骨知谁继。"宋李纲《泛游仙溪》:"惭愧真仙借光景,恨无道骨与仙风。"

仙李蟠根　xiān lǐ pán gēn
【分类】政治
【关键词】老子
【释义】意指李姓宗族昌盛。《神仙传·老子》:"老子之母,适至李树下而生老子,生而能言,指李树曰:'以此为我姓。'"李唐统治者自言为老子之后。
【例句】唐杜甫《冬日洛城…》:"仙李蟠根大,猗兰奕叶光。"唐韩偓《送人弃官…》:"仙李浓阴润,皇枝密叶敷。"宋张纲《坚所生母…》:"仙李移根远,夭桃表庆长。"宋李弥逊《李德脩提…》:"仙李盘根远更芳,妙龄双桂看翱翔。"

仙韶　xiān sháo
【分类】生活
【关键词】冯定
【释义】即仙韶曲。亦泛称宫廷乐曲。《新唐书·礼乐志》:"文宗好雅乐,诏太常卿冯定采开元雅乐制云韶法曲及霓裳羽衣舞曲。乐成,改法曲为仙韶曲。会昌初,宰相李德裕命乐工制万斯年曲以献。"
【例句】宋王禹偁《元日作》:"御酒尧樽畔,仙韶舜殿头。"宋宋绶《句》:"云间乍阕仙韶曲,禁里还过睿武楼。"宋王仲修《宫词》:"自补仙韶从帝游,镇随歌舞不知愁。"宋刘克庄《和乡侯…》:"昔听仙韶游帝所,今披宫锦谪尘寰。"

仙杏　xiān xìng
【分类】文化
【关键词】杏
【释义】咏杏或咏仙果之典。《艺文类聚》引《述异记》曰:"杏园洲在南海中,多杏,云仙人种杏处。汉时尝有人舟行遇风,泊此洲五六月,日食杏,故免死。又云洲中有冬杏。"
【例句】唐羊士谔《游郭驸马…》:"仙杏破颜逢醉客,彩鸳飞去避行舟。"唐李郢《紫极宫上…》:"风拂乱山磬曙,露沾仙杏石坛春。"唐万顷《奉和春日》:"花轻蕊乱仙人杏,叶密莺喧帝女桑。"唐韦庄《贵公子》:"大道青楼御苑东,玉栏仙杏压枝红。"

先达　xiān dá
【分类】政治

【关键词】管仲鲍叔
【释义】借指显贵。《韩非子·说林下》:"管仲鲍叔相谓曰:'君乱甚矣,必失国。齐国亡诸公子其可辅者,非公子纠则小白也。与子人事一人焉,先达者相收。'"
【例句】唐张九龄《始兴南山…》:"浮生如过隙,先达已吾箴。"唐王维《酌酒与裴迪》:"白首相知犹按剑,朱门先达笑弹冠。"唐刘长卿《瓜洲驿奉…》:"后来惭辙迹,先达仰门闱。"唐刘长卿《送陆澧仓…》:"长安此去欲何依,先达谁当荐陆机。"

先登 xiān dēng
【分类】政治
【关键词】颖考叔
【释义】先于众人而登。《左传·隐公十一年》:"公会齐侯、郑伯伐许。庚辰,傅于许。颖考叔取郑伯之旗蝥弧以先登,子都自下射之,颠。"
【例句】唐皎然《观李中丞…》:"勋业先登上将科,文章已冠诸人籍。"唐韩愈《送侯参谋…》:"犹思脱儒冠,弃死取先登。"唐姚合《和令狐六…》:"霜台同处轩窗接,粉署先登语笑疏。"唐张永进《白雀歌并…》:"罗公挺拔摧凶敌,按剑先登浑舍人。"

先容 xiān róng
【分类】政治
【关键词】邹阳
【释义】谓事先为人介绍、推荐或关说。《昭明文选·西汉邹阳〈于狱中上书自明〉》:"蟠木根柢,轮囷离奇,而为万乘器者,何则?以左右先为之容也。"唐李善注:"容谓雕饰。"
【例句】唐骆宾王《浮槎》:"徒怀万乘器,谁为一先容。"唐司马逸客《雅琴篇》:"自言幽隐乏先容,不道人物知音寡。"唐柳宗元《同刘二十…》:"弱岁游玄圃,先容幸弃瑕。"宋刘敞《食橘》:"明珠无先容,按剑或暗投。"

先生柳 xiān shēng liǔ
【分类】政治
【关键词】陶渊明
【释义】借指归隐闲适。源见"陶渊明柳"。
【例句】唐王维《老将行》:"路旁时卖故侯瓜,门前学种先生柳。"唐李商隐《喜闻太原…》:"寂寥我对先生柳,赫奕君乘御史骢。"唐孟浩然《寻梅道士》:"彭泽先生柳,山阴道士鹅。"宋祖无择《题野野园》:"黄梢风舞先生柳,紫颊霜殷大谷梨。"

先生馔 xiān shēng zhuàn
【分类】政治
【关键词】论语
【释义】"让父兄年长的人吃喝。为咏孝敬之典。《论语·为政》:"色难,有事,弟子服其劳;有酒食,先生馔,曾是以为孝乎?"
【例句】唐白居易《饮后戏示…》:"先生馔酒食,弟子服劳

止。"宋晏殊《过华夫书屋》:"杯盘互进先生馔,门巷应停长者车。"宋彭汝砺《答执中见和》:"须容饱饫先生馔,可便闲防异姓宾。"聂绀弩《有赠(胡风)》:"谈孺子牛俯首甘,见先生馔口涎馋。"

纤云 xiān yún
【分类】文化
【关键词】傅玄
【释义】微云,轻云。魏晋傅玄《杂诗三首》:"纤云时仿佛,渥露沾我裳。"
【例句】唐皎然《南楼望月》:"纤云溪上断,疏柳影中秋。"唐灵一《宜丰新泉》:"泉源新涌出,洞澈映纤云。"唐韩愈《八月十五…》:"纤云四卷天无河,清风吹空月舒波。"宋秦观《鹊桥仙》:"纤云弄巧,飞星传恨,银汉迢迢暗度。"

掀髯 xiān rán
【分类】生活
【关键词】周匡物
【释义】笑时启口张须貌;激动貌。唐周匡物《三桥隐居歌》:"掀髯背向孤舟立,犹记仙源旧曾入。"
【例句】唐李合《贺ường思九…》:"清风时掀髯,世虑浑相忘。"宋苏轼《次韵刘景文》:"细看落墨皆松瘦,想见掀髯正鹤孤。"宋王炎《送张饰之》:"相对一掀髯,穷通忘愠喜。"宋孙觌《疏山寺次…》:"掀髯一笑追前谬,礼足同参看此心。"

鲜可食 xiān kě shí
【分类】生活
【关键词】鱼
【释义】咏鱼的味道鲜美之典。唐韩愈《送李愿归盘谷序》:"采于山,美可茹;钓于水,鲜可食。"
【例句】宋阳枋《云山避地》:"有鲜可食美可茹,康乐和平长自饫。"宋杨时《严陵钓台》:"投竿事幽寻,钓水鲜可食。"元陈镒《次韵叶训…》:"君今喜赋归,溪深鲜可食。"元郭奎《暇日访杨…》:"溪鱼鲜可食,崖蜜熟应甜。"

闲敞 xián chǎng
【分类】生态
【关键词】张衡
【释义】阔大空旷。汉张衡《南都赋》:"体爽垲以闲敞,纷郁郁其难详。"北魏郦道元《水经注·肥水》:"寺侧因溪建刹五层,屋宇闲敞。"
【例句】唐孟浩然《夏日南亭…》:"散发乘夕凉,开轩卧闲敞。"宋华镇《颐轩诗》:"土木谢雕华,结构趣闲敞。"宋黄庭坚《送吴彦归…》:"青衿少到门,庭除昼闲敞。"宋华镇《颐轩诗》:"土木谢雕华,结构趣闲敞。"明杨士奇《雪中饮陆…》:"新斋坐闲敞,瑞雪晃清妍。"

闲情赋 xián qíng fù
【分类】生活
【关键词】陶渊明

【释义】形容对女子的赞美与思念。晋陶渊明《陶渊明集·闲情赋并序》："初张衡作《定情赋》,蔡邕作《静情赋》…余园闾多暇,复染翰为之,虽文妙不足,庶不谬作者之意乎?"
【例句】唐牟融《写意》："闲情欲赋思陶令,卧病何人问马卿。"唐段成式《嘲飞卿》："知君欲作闲情赋,应愿将身作锦鞋。"五代崔道融《读杜紫微集》："还有枉抛心力处,多于五柳赋闲情。"宋王洋《杨先寄安…》："闲情聊赋篱边菊,快意须分物外题。"

闲云野鹤 xián yún yě hè
【分类】政治
【关键词】贯休
【释义】喻来去自由,不受羁绊,超然尘外之人。《续湘山野录》载:"五代诗僧贯休投诗吴越王钱镠,有诗句云:'满堂花醉三千客,一剑霜寒十四州。'…休性褊介,谓吏曰:'州亦难添,诗亦不改,然闲云孤鹤何天而不可飞邪?'遂飘然入蜀。"
【例句】唐李群玉《奉和张舍人…》："闲云不系东西影,野鹤宁知去住心。"宋李复《青布道人》："逸意闲云野鹤孤,药苗山叶缀衣裾。"宋王洋《仙上人举…》："强将野鹤落樊圃,不与闲云同卷舒。"宋黄彦平《宿香严寺》："山北山南时一过,闲云野鹤故人心。"

贤关 xián guān
【分类】政治
【关键词】董仲舒
【释义】喻进入仕途的门径。《汉书·董仲舒列传》："故养士之大者,莫大虖太学;太学者,贤士之所关也,教化之本原也。"颜师古注:"关,由也。"
【例句】唐钱起《送李栖桐…》："几年深道要,一举过贤关。"宋王十朋《怀师叔奇》："结贤贤关雁塔因,东州相遇益相亲。"宋李光《短歌赠柯…》："道人年少游贤关,曳裾躞蹀公卿门。"宋周行己《哭吕与叔》："平生已作老蓝川,晚意贤关道可传。"

弦歌宰 xián gē zǎi
【分类】政治
【关键词】子游
【释义】称以礼乐施教化的县令。源见"武城弦歌"。
【例句】唐孟浩然《同卢明府…》："侧听弦歌宰,文书游夏徒。"唐张说《送王晙自…》："多谢弦歌宰,稀闻射鼓声。"唐李白《望汉阳柳…》："寄谢弦歌宰,西来定未迟。"宋杨亿《魏奉礼昭…》："弓冶传家久,弦歌宰邑频。"

弦管生衣 xián guǎn shēng yī
【分类】政治
【关键词】苏轼
【释义】指弦管等乐器被蛛网尘埃所封。喻指忙于政务,无暇玩乐。《苏轼诗集·〈次韵刘贡父李公择见寄〉》："何人劝我此间来?弦管生衣甑有埃。"

【例句】宋苏辙《高邮赠别…》："锦背图书何益事,尘生弦筦正参禅。"宋辛弃疾《临江仙》："莫教弦管便生衣。引壶觞自酌,须富贵何时。"明区大《许南溟约…》："溪山举眼添新态,弦管多君话旧衣。"明区越《春日饮藻…》："弦管多生树,莺花尽侑樽。"

弦索 xián suǒ
【分类】生活
【关键词】元稹
【释义】指乐器上的弦。或弹奏弦乐。唐元稹《连昌宫词》："夜半月高弦索鸣,贺老琵琶定场屋。"
【例句】唐张籍《宫词》："黄金捍拨紫檀槽,弦索初张调更高。"唐王建《霓裳词》："弦索拟拟隔彩云,五更初发一山闻。"唐顾云《池阳醉歌…》："弦索紧快管声脆,急曲碎拍声相连。"宋苏轼《虢国夫人…》："宫中羯鼓催花柳,玉奴弦索花奴手。"

弦奏跃鱼 xián zòu yuè yú
【分类】生活
【关键词】淮南子
【释义】形容音律妙,富有感染力。源见"瓠巴鼓瑟"。
【例句】唐独孤及《李卿东池…》："舞盘回雪动,弦奏跃鱼随。"唐李贺《李凭箜篌引》："梦入神山教神妪,老鱼跳波瘦蛟舞。"唐武平一《奉和幸韦…》："弦奏鱼听曲,机忘鸟狎人。"唐姚合《题凤翔西…》："鱼龙听弦管,凫鹤识旌旗。"

咸池 xián chí
【分类】文化
【关键词】淮南子
【释义】神话中谓日浴之处。《淮南子·天文训》："日出于旸谷,浴于咸池。"也为古乐曲名。相传为尧乐。《礼记·乐记》："《咸池》,备矣。"汉郑玄注:"黄帝所作乐名也,尧增修而用之。"
【例句】唐王希明《西方七宿》："车中五个天潢精,潢畔咸池三黑星。"唐李适《中春麟德…》："顾非咸池奏,庶协南风薰。"唐杜牧《杜秋娘诗》："咸池升日庆,铜雀分香悲。"唐元稹《法曲》："舜持干羽苗革心,尧用《咸池》凤巢阁。"

咸池音 xián chí yīn
【分类】生活
【关键词】黄帝
【释义】指盛大而神妙的乐曲或优美的诗篇。源见"洞庭张乐"。
【例句】唐韩愈《孟生诗》："作诗三百首,窅默《咸池》音。"唐李适《唐中和乐…》："顾非咸池奏,庶协南风薰。"唐元稹《和李校书…》："舜持干羽苗革心,尧用咸池凤巢阁。"唐李商隐《初起》："想像咸池日欲光,五更钟后更回肠。"

衔杯对刘 xián bēi duì liú
【分类】生活

【关键词】刘伶

【释义】咏酒友之典。晋刘伶《酒德颂》："有大人先生…唯酒是务…先生于是方捧罂承槽，衔杯漱醪，奋髯踑踞，枕曲藉糟，无思无虑，其乐陶陶。"

【例句】唐陈子昂《江上暂别…》："结绶还逢育，衔杯且对刘。"唐张说《舞马千秋…》："更有衔杯终宴曲，垂头掉尾醉如泥。"唐高适《送李少府…》："嗟君此别意何如，驻马衔杯问谪居。"唐杜甫《饮中八仙歌》："饮如长鲸吸百川，衔杯乐圣称世贤。"

衔芦雁　xián lú yàn

【分类】文化

【关键词】雁

【释义】咏雁之典。《淮南子·修务训》："夫雁顺风以爱气力，衔芦而翔，以备矰弋。"汉高诱注："衔芦所以令缴不得截其翼也。"古人认为，雁衔芦而飞是为了防备被矰弋所射杀。矰，古时射鸟用的带丝绳的箭。

【例句】唐杜甫《远游》："雁矫衔芦内，猿啼失木间。"唐杜甫《续得观书…》："飞鸣还接翅，行序密衔芦。"唐武元衡《幕中诸公…》："衔芦远雁愁矰缴，绕树啼猿怯避弓。"唐陆希声《阳羡杂咏》："如今天路多矰缴，纵使衔芦去也难。"

衔枚　xián méi

【分类】政治

【关键词】周礼

【释义】横衔枚于口中，以防喧哗或叫喊。喻闭口不言。寂静无声。枚，形如筷子，两端有带，可系于颈上。《周礼注疏·大司马》："群司马振铎，车徒皆作，遂鼓行，徒衔枚而进。"

【例句】唐陈元光《候夜行师…》："报道四更笳鼓鸣，衔枚袭虏献俘囚。"唐刘沧《边思》："偷号甲兵冲塞色，衔枚战马踏寒芜。"唐刘禹锡《竞渡曲》："先鸣余勇争鼓舞，未至衔枚颜色沮。"唐李商隐《送从翁东…》："诘旦违清道，衔枚别紫宸。"

衔瑞图　xián ruì tú

【分类】政治

【关键词】黄帝

【释义】帝王受天赐祥瑞之典。《艺文类聚》引《春秋合诚图》："黄帝游玄扈雒水上，与大司马容光等临观，凤皇衔图置帝前，帝再拜受图。"

【例句】唐李峤《奉和拜洛…》："文如龟负出，图似凤衔来。"唐杜甫《凤凰台》："自天衔瑞图，飞下十二楼。"唐陈陶《圣帝击壤歌》："地图龟负出，天诰凤衔将。"宋程公许《寿东师杨…》："岐山之巅岂无巢凤凰，何时口衔瑞图飞高冈。"宋夏竦《奉和御制…》："有虞出洛龟休跃，唐氏衔图凤罢翔。"

衔霜　xián shuāng

【分类】生活

【关键词】吴均

【释义】指逢霜。南朝梁吴均《橘赋》："风贲寒而北来，雁衔霜而南渡。"南朝梁何逊《咏早梅》："衔霜当路发，映雪拟寒开。"

【例句】唐孟郊《寿安西渡…》："悠悠孤飞景，耸耸衔霜条。"宋洪皓《江城梅花引》："映雪衔霜，清绝绕风台。"金李献能《从猎口号》："景阳钟罢听残漏，万马衔霜不敢嘶。"明屈大均《赋得六句…》："先寒塞雁衔霜苦，欲曙天鸡唤日新。"

衔珠　xián zhū

【分类】政治

【关键词】搜神记

【释义】谓报恩。源见"随侯蛇珠"。

【例句】唐张说《和朱使欣》："空传小赠剑，不见虎衔珠。"唐李绅《灵蛇见少…》："已应蜕骨风雷后，岂效衔珠草莽间。"唐张永进《白雀歌并》："白旌神蘷树龙墀，白象衔珠尽合仪。"宋丁谓《龟》："惠向衔珠辨，灵从顾印分。"

衔烛之龙　xián zhú zhī lóng

【分类】文化

【关键词】楚辞

【释义】古代神话中双目放光之神兽。常含一支蜡烛，照在北方幽黯的天门之中。《楚辞补注·天问》"日安不到，烛龙何照？"汉王逸注："言天之西北有幽冥无日之国，有龙衔烛而照之也。"

【例句】唐吴融《绵竹山》："初疑昆仑下，夭矫龙衔烛。"唐李贺《苦昼短》："天东有若木，下置衔烛龙。"宋张正己《上元口号》："仙风传香留蜀国，夜发衔烛上蓬莱。"宋曾巩《和御制上…》："龙衔烛抱金门出，鳌负山趋玉座来。"

嫌猜　xián cāi

【分类】生活

【关键词】鲍照

【释义】意指猜疑、嫌忌。南朝鲍照《代放歌行》："明虑自天断，不受外嫌猜。"

【例句】唐李白《长干行》："同居长干里，两小无嫌猜。"唐李白《行路难》："君不见昔时燕家重郭隗，拥篲折腰无嫌猜。"唐元稹《酬卢秘书》："文工犹昌忌，朝士绝嫌猜。"唐刘禹锡《和乐天以…》："妍丑太分迷忌讳，松乔俱傲绝嫌猜。"

险韵　xiǎn yùn

【分类】文化

【关键词】王禹称

【释义】韵字坚僻、难押的字韵。宋王禹称《小畜集·谪居盛事》："分题选险韵，翻势得仙棋。"

【例句】宋韦骧《再和所酬》："饮酣真趣不可坏，诗狂险韵皆能从。"宋苏轼《次韵曾子》："衰年壮观空惊目，险韵清诗苦斗新。"宋王炎《用元韵答…》："词锋健斗取一快，往复险韵不惮劳。"聂绀弩《回思前情…》："夜深忙和思聊赎,末字偏逢险韵埃。"

猃狁　xiǎn yǔn
【分类】政治
【关键词】诗经
【释义】我国古代北方少数民族。《诗经·小雅·采薇》："靡室靡家,猃狁之故。"毛传："猃狁,北狄也。"汉郑笺:"北狄,今匈奴也。"
【例句】唐白居易《寄献北都…》："神在台骀助,魂亡猃狁逃。"唐李频《送友人陆…》："猃狁方为寇,嫖姚正用师。"宋杨亿《钱大夫赴…》："六月出师平猃狁,九天选将下文昌。"宋欧阳修《听平戎操》："周宣六月伐猃狁,汉武五道征匈奴。"

睍睆　xiàn huàn
【分类】生活
【关键词】诗经
【释义】形容鸟色美好或鸟声清和圆转。《诗经·邶风·凯风》："睍睆黄鸟,载好其音。"汉毛传："睍睆,好貌。"宋朱熹集传："睍睆,清和圆转之意。"余冠英注："睍睆,黄鸟鸣声。又作'间关'。"
【例句】唐徐夤《宫莺》："睍睆只宜陪阁凤,间关多是问宫娃。"唐孙处《咏黄莺》："睍睆度花红,间关乱晓空。"宋丁谓《莺》："金衣何睍睆,簧舌苦绵蛮。"宋陈襄《和御制赏…》："鸟散香丛声睍睆,人观灵沼乐徘徊。"

羡门　xiàn mén
【分类】文化
【关键词】秦始皇
【释义】古代传说中的神仙。《史记·秦始皇本纪》："三十二年,始皇之碣石,使燕人卢生求羡门、高誓。刻碣石门。坏城郭,决通堤防。"
【例句】唐李华《仙游寺》："安得羡门方,青囊系吾肘。"唐萧颖士《蒙山作》："岁暮期再寻,幽哉羡门子。"唐独孤及《观海》："徐福竟何成,羡门徒空言。"唐顾况《谢王郎中…》："因想羡门辈,眇然四体轻。"

献宝河宗　xiàn bǎo hé zōng
【分类】政治
【关键词】穆天子传
【释义】用为朝见天子献宝之典。《穆天子传》："天子西征,鼗行至于阳纡之山,河伯无夷之所都居,是唯河宗氏。河宗伯夭逆天子燕然之山,劳用束帛加璧。…己未,天子大朝于黄之山,乃披图视典,周观天子之宝器,曰天子之宝:玉果、璿珠、烛银、黄金之膏。"传说有河宗朝见穆天子献宝。
【例句】唐杜甫《韦讽录事…》："自从献宝朝河宗,无复射蛟江水中。"唐沈佺期《和崔正谏…》："河宗来献宝,天子命焚裘。"宋刘敞《和原甫谒…》："玄女授符开上策,河宗献宝告成功。"明欧大任《瑶林引》："河宗献宝贝宫上,象罔求珠水源。"

献赋　xiàn fù
【分类】政治
【关键词】司马相如
【释义】指作赋献给皇帝,用以颂扬或讽谏。《史记·司马相如列传》："相如曰:'然此乃诸侯之事,未足观也。请为天子游猎赋,赋成奏之。'"《汉书·扬雄传》："扬雄字子云,蜀郡成都人也。…正月,从上甘泉,还奏《甘泉赋》以风…还,上《河东赋》以劝。"
【例句】唐沈佺期《答魑魅代…》："烟花恒献赋,泉石每称觞。"唐张九龄《故刑部李…》："论经白虎殿,献赋甘泉宫。"唐钱起《秋馆言怀》："蹉跎献赋客,叹息此良时。"唐李白《东武吟》："因学扬子云,献赋甘泉宫。"

献可替否　xiàn kě tì fǒu
【分类】政治
【关键词】左传
【释义】进献可行者,废去不可行者。谓对君主进谏,劝善规过。亦泛指议论国事兴革。《左传·昭公二十年》："君所谓可而有否焉,臣献其否以成其可。君所谓否而有可焉,臣献其可以去其否。"
【例句】唐权德舆《奉和张仆…》："逢时自是山出云,献可还同石投水。"唐独孤及《送陈兼应…》："料君能献可,努力副畴咨。"唐刘禹锡《奉和淮南…》："献可通三略,分甘出万钱。"宋史伯强《送歙砚与…》："愿君提携与之登瀛洲,献可替否近冕旒。"元叶颙《樟木歌》："广延天下之英豪,献可替否干王禄。"

献芹　xiàn qín
【分类】政治
【关键词】列子
【释义】谓上书建议自言不足取,或以物赠人自谦礼品微薄不好。《列子·杨朱》："昔人有美戎菽,甘枲茎,芹萍子者,对乡豪称之。乡豪取而尝之,蜇于口,惨于腹,众晒而怨之,其人大惭。"戎菽、枲茎、萍子、酸辣苦涩之物。俗指向人讨好、献殷勤。
【例句】唐李白《赠范金卿》："徒有献芹心,终流泣玉啼。"唐杜甫《槐叶冷淘》："献芹则小小,荐藻明区区。"高适《自淇涉黄…》："尚有献芹心,无因见明主。"宋范纯仁《和耿宪见赠》："献芹宁识羔羊美,抱瓮徒为智士嗟。"

献岁　xiàn suì
【分类】政治
【关键词】楚辞
【释义】进入新的一年,岁首正月。《楚辞·招魂》："献岁发春兮,汨吾南征。"汉王逸注："献,进;征,行也。言岁始来进,春气奋扬,万物皆感气而生。"
【例句】唐韩愈《春雪间早梅》："先期迎献岁,更伴占兹晨。"唐白居易《早春雪后…》："献岁晴和风景新,铜驼街郭暖无尘。"唐方干《元日》："轩车欲识人间感,献岁须来帝里看。"宋夏竦《内阁春帖子》："椒花献岁良时启,彩燕迎春淑气来。"

献图开益地　xiàn tú kāi yì dì
【分类】政治
【关键词】太平御览
【释义】咏帝王祥瑞之典。《太平御览》引《雒书灵准听》："有人方面、日衡、重华、握石椎、怀神珠、舜受终、凤皇仪、黄龙感、朱草生、莫荚挚、西王母受益地图。"《注》："西王母得益地之图来献。"
【例句】唐张说《奉和圣制…》："献图开益地，张乐奏钧天。"唐鲍溶《怀仙》："西母持地图，东来献虞舜。"金赵沨《过蓨县董…》："汉朝元不用真儒，岂信忠嘉益帝图。"明熊过《题王生卷》："词臣记得瑶池事，王母西传益地图。"清黄遵宪《新嘉坡杂诗》："益地图王母，诸蛮尽向西。"

献之书裙　xiàn zhī shū qún
【分类】生活
【关键词】羊欣
【释义】借指书法作品；或指文士以书作酬应。《宋书·羊欣传》："欣时年十二，时王献之为吴兴太守，甚知爱之。献之尝夏月入县，欣着新绢裙昼寝，献之书裙数幅而去。欣本工书，因此弥善。"
【例句】唐徐夤《山阴故事》："爱竹只应怜直节，书裙多是为奇童。"宋苏轼《会客有美堂》："载酒无人过子云，掩关昼卧客书裙。"宋李之仪《端午》："清歌尚记书裙带，旧恨安能吊放臣。"宋欧阳澈《约吴公美…》："小立不妨人解佩，闲眠应有客书裙。"

相待如宾　xiāng dài rú bīn
【分类】生活
【关键词】左传
【释义】原指夫妻间相互尊敬，后泛指人与人之间的互相尊重。《左传·僖公三十三年》："初，臼季使过冀，见冀缺耨，其妻馌之，敬，相待如宾。…文公以为下军大夫。"
【例句】唐刘商《赋得射雉…》："昔日才高容貌古，相敬如宾不相睹。"唐徐夤《龙蛰》："伍员岂是吹箫者，冀缺非同执耒人。"唐白居易《赠内》："冀缺一农夫，妻敬俨如宾。"宋刘敞《潘道士》："帷宫赐席接虎幄，待之如宾尽诚悫。"

相濡以沫　xiāng rú yǐ mò
【分类】生活
【关键词】庄子
【释义】用口沫互相湿润。比喻在困难中以微小的力量互相帮助。《庄子·大宗师》："泉涸，鱼相与处于陆，相呴以湿，相濡以沫，不如相忘于江湖。"
【例句】唐白居易《放鱼》："无声但呀呀，以气相煦濡。"唐骆宾王《久戍边城…》："共矜名已泰，讵肯沫相濡。"唐韩愈《叉鱼招张…》："濡沫情虽密，登门事已辽。"唐柳宗元《酬娄秀才…》："好音怜铄羽，濡沫慰穷鳞。"

相思树　xiāng sī shù
【分类】生活
【关键词】韩凭
【释义】歌颂坚贞爱情的典故。源见"青陵台"。
【例句】唐骆宾王《在军中赠…》；"别后边庭树，相思几度攀。"唐许景先《折柳篇》："萦花始遍合欢枝，游丝自胃相思树。"唐王勃《春思赋》："游丝空胃合欢枝，落花自绕相思树。"聂绀弩《风怀》："胸中自有相思树，不假名园郭橐驼。"

相思子　xiāng sī zǐ
【分类】生活
【关键词】本草纲目
【释义】别称红豆。喻指忠贞的爱情。《本草纲目》："相思子生岭南…大如小豆，半截红色…"
【例句】唐王维《相思》："红豆生南国，此物最相思。"唐王维《送沈子归江东》："唯有相思似春色，江南江北送君归。"唐温庭筠《南歌子词》："玲珑骰子安红豆，入骨相思知不知。"聂绀弩《削土豆伤手》："欲把相思栽北国，难凭赤手建中华。"

相忘江湖　xiāng wàng jiāng hú
【分类】生活
【关键词】庄子
【释义】喻指自由自在的生活。源见"相濡以沫"。
【例句】唐刘禹锡《送湘阳熊…》："风水忽异势，江湖遽相忘。"唐陆希声《观鱼亭》："不得庄生濠上旨，江湖何以见相忘。"宋王洋《和伯氏寄…》："相亲即嘘濡，相忘即江湖。"宋苏颂《陈和叔内…》："欣然共乐濠上趣，相忘正在于江湖。"宋王安石《酬俞秀老》："天壤此身知共弊，江湖他日要相忘。"

相映　xiāng yìng
【分类】生活
【关键词】温庭筠
【释义】指互相映衬。唐温庭筠《菩萨蛮》："照花前后镜，花面交相映。"
【例句】唐陈子昂《入峭峡安…》："岩潭相映媚，溪谷屡环周。"唐杜甫《送何侍御…》："山花相映发，水鸟自孤飞。"唐韩愈《东都遇春》："行逢二三月，九州花相映。"唐崔护《题都城南庄》："去年今日此门中，人面桃花相映红。"

相属　xiāng zhǔ
【分类】政治
【关键词】荀卿
【释义】指相连，相继。也指敬酒或和人诗词。《史记·孟子荀卿列传》："荀卿嫉浊世之政，亡国乱君相属。"
【例句】唐韩愈《八月十五…》："沙平水息声影绝，一杯相属君当歌。"唐刘禹锡《调瑟词》："上弦虽独响，下应不相属。"唐李涉《寄河阳从…》："一自无名身事闲，五湖云月偏相属。"宋朱松《赠范直夫》："且与寓公同放旷，浩歌相属倚秋风。"唐温庭筠《咏寒宵》："淹暖遥相属，氤氲积所思。"

相门出相　xiàng mén chū xiàng
【分类】政治
【关键词】孟尝君
【释义】宰相门里还出宰相。指名门子弟也能继承父兄事业。《史记·孟尝君列传》："文闻将门必有将，相门必有相。今君后宫蹈绮縠而士不得裋褐，仆妾余粱肉而士不厌糟糠。"
【例句】唐李商隐《偶成转韵…》："收旗卧鼓相天子，相门出相光青史。"唐刘禹锡《送李尚书…》："自古相门还出相，如今人望在岩廊。"宋文彦博《次韵秦帅…》："相门出相归人望，琐闼难淹侍从班。"宋李流谦《送虞提宫》："相门出相古来有，周公在前鲁公后。"

相牛经　xiàng niú jīng
【分类】生活
【关键词】宁戚
【释义】中国古代相牛术。据说作者为宁戚。《太平御览》引《相牛经》："《牛经》自宁戚传百里奚。汉世河西薛公得其书以相牛千百不失。至魏世高堂生传晋高祖宣皇帝，其后王恺秘其书。"
【例句】宋向子諲《题王文孺…》："晚岁田间农事了，闲钞宁戚相牛经。"宋洪适《舣斋观耕》："乞米帖来须领略，相牛经在与周旋。"宋陆游《石帆夏日》："自笑君为消永日，异书新录相牛经。"宋方岳《感怀》："异人曾授相牛经，奇字初传瘗鹤铭。"

相如病渴　xiāng rú bìng kě
【分类】生活
【关键词】司马相如
【释义】咏文人失意居闲、贫病交加的典故。病渴：患消渴病，糖尿病。《史记·司马相如列传》："相如口吃而善著书。常有消渴疾。与卓氏婚，饶于财。其进仕宦，未尝肯与公卿国家之事，称病闲居，不慕官爵。"
【例句】唐李彦谦《秦捷西蜀…》："锦江不识临邛酒，且免相如渴病归。"唐李郢《酬友人春》："相如病渴今全校，不羡生台白颈鸦。"五代徐钧《文君》："可惜相如今病渴，薄情犹赋白头吟。"聂绀弩《奉赠二首》："才士从来多病渴，余生此去少变酬。"

相如涤器　xiāng rú dí qì
【分类】生活
【关键词】司马相如
【释义】比喻文人寒士贫困落魄。《史记·司马相如列传》载：卓文君夜亡奔司马相如，相如与文君俱之临邛，买一酒舍酤酒，而令文君当垆，相如着犊鼻裈，与庸保杂作，涤器于市中。涤器，洗刷器物。
【例句】唐杜甫《醉时歌》："相如逸才亲涤器，子云识字终投阁。"宋黄庭坚《送何君庸…》："只令人才不易得，倘逢涤器试相如。"宋张耒《赠柘城簿…》："赋就相如犹涤器，诗成贾岛独骑驴。"宋李彭《元亮次韵…》："未见远山堪病渴，直愁涤器枉相如。"

相如返临邛　xiàng rú fǎn lín qióng
【分类】生活
【关键词】司马相如
【释义】衣锦还乡之典。《史记·司马相如列传》："天子以为然，乃拜相如为中郎将，建节往使。…至蜀，蜀太守以下郊迎。县令负弩矢先驱，蜀人以为宠。于是卓王孙、临邛诸公皆因门下献牛酒以交欢。"
【例句】唐李频《送吴秘书…》："马卿夸贵达，还说返临邛。"唐房千里《寄妾赵氏》："相如若返临邛市，画舸朱轩万里游。"宋金君卿《寄题六安…》："养志待时应自信，临邛人莫诮相如。"明皇甫汸《往视城南…》："两自违京辇，久欲返临邛。"

相如缶　xiàng rú fǒu
【分类】政治
【关键词】蔺相如
【释义】喻屈辱豪强或豪强被屈辱。秦、赵渑池之会，蔺相如为维护赵国尊严，迫使秦王击缶。源见"相如折秦"。
【例句】唐元稹《说剑》："高唱荆卿歌，乱击相如缶。"唐汪遵《渑池》："何事君王亲击缶，相如有剑可吹毛。"宋释德洪《余还自海…》："北去忧如渑口，危甚相如跪瓦缶。"明石宝《和杜工部…》："相如击缶虚酬志，勾漏烧丹莫驻颜。"

相如台　xiàng rú tái
【分类】文化
【关键词】司马相如
【释义】汉司马相如的琴台。故址在今四川省成都市。《初学记·益州记》："司马相如台在州西笮桥北，百步许。李膺云：'市桥西二百步，得相如旧宅，今梅安寺南有琴台故墟。'"
【例句】唐李白《淮南卧病…》："朝忆相如台，夜梦子云宅。"唐岑参《司马相如…》："相如琴台古，人去台亦空。"唐司马逸客《雅琴篇》："马卿台上应芜没，阮籍帷前空已矣。"元郑潜《题孙子起…》："相如文采琴台暮，诸葛功名剑阁高。"

相如折秦　xiàng rú zhé qín
【分类】政治
【关键词】蔺相如
【释义】屈辱强梁之典。《史记·廉颇蔺相如列传》："王授璧，相如因持璧却立，依柱，怒发上冲冠，谓秦王曰：'大王必欲急臣，臣头今与璧俱碎于柱矣！'…于是秦王不怿，为一击缶…乃使其从者衣褐，怀其璧，从径道亡，归璧于赵。"
【例句】唐李白《自广平乘…》："相如章华颠，猛气折秦嬴。"宋陈文蔚《和赵忠州…》："只恐奇谋未施设，折秦强赵要相如。"明祁顺《亚圣庙次…》："巽言感齐梁，高论折秦楚。"清郑用锡《秋展》："淮泗草木萧条日，折齿归来说破秦。"

相星 xiàng xīng
【分类】政治
【关键词】星经
【释义】星名。借指宰相。《星经·相》:"相星在北极斗南,总领百司。"
【例句】唐李德裕《郊坛回舆…》:"相星环日道,苍马近龙媒。"宋王洋《庆吉父七…》:"谁夸八座天人贵,丞相星垣动紫薇。"宋李商叟《寿周益公》:"满引寿觞今夜看,相星重入太微垣。"清陈维英《次徐树人…》:"汾阳福气天孙宿,扬郡祥占宰相星。"

相形 xiàng xíng
【分类】生活
【关键词】荀子
【释义】旧时迷信,谓观察人的状貌能知其命运。俗称相面。源见"论心"。
【例句】唐元安《浮沤歌》:"有无动静事难明,无相之中有相形。"宋苏颂《契丹马》:"用力已过东野稷,相形不待九方皋。"宋江恺《相士俞方塘》:"相形何如更论心,以貌取人当有失。"宋许景衡《赠五台妙…》:"且言自得相形术,愿与多士谈嬃妍。"

相印付玄成 xiàng yìn fù xuán chéng
【分类】政治
【关键词】韦贤
【释义】谓官爵传与子孙。《汉书·韦贤传》:"本始三年,(韦贤)代蔡义为丞相…少子玄成,复以明经历位至丞相。故邹鲁谚曰:'遗子黄金满籯,不如一经。'"《汉书·韦贤传》:"玄成为相七年,守正持重不及父贤,而文采过之。"
【例句】唐岑参《故仆射裴…》:"莫埋丞相印,留着付玄成。"唐崔泰之《同光禄弟…》:"积德韦丞相,通神张子房。"明王汝玉《送朱校书…》:"玄成传世业,膺荐谒承明。"明欧大任《哭王司寇…》:"传家公比韦贤盛,世有玄成在相门。"

香案吏 xiāng àn lì
【分类】政治
【关键词】元稹
【释义】指宫廷中随侍帝王的官员。唐元稹《以州宅夸于乐天》:"我是玉皇香案吏,谪居犹得住蓬莱。"
【例句】宋滕宗谅《寄会稽范…》:"借问玉皇香案吏,蓬莱何似水晶宫。"宋赵抃《次韵郡斋…》:"谁道蓬莱宫尚小,玉皇香案吏来居。"宋苏轼《舟行至清…》:"到处聚观香案吏,此邦宜著玉堂仙。"宋郑獬《赠南岳董…》:"清职正同香案吏,旷怀都似漆园翁。"

香草美人 xiāng cǎo měi rén
【分类】政治
【关键词】楚辞
【释义】比喻国君及忠贞贤德之人。《楚辞补注·离骚·王逸序》:"《离骚》之文,依《诗》取兴,引类譬谕,故善鸟香草,以配忠贞;恶禽臭物,以比谗佞;灵修美人,以媲于君。"
【例句】唐王维《春过贺遂…》:"香草为君子,名花是长卿。"唐卢纶《送尹枢令…》:"佳人比香草,君子即芳兰。"明李攀龙《临高台》:"黄鹄知得高蔕止,愿遗香草美人子。"明屈大均《屈美人辞》:"新选珠娘作美人,潇湘香草满宫春。"

香奁集 xiāng lián jí
【分类】生活
【关键词】和凝
【释义】唐后期艳情诗集。《梦溪笔谈·艺文三》:"和鲁公凝有艳词一编,名香奁集。凝后贵,乃嫁其名为韩偓,今世传韩偓香奁集,乃凝所为也。"
【例句】宋叶茵《次韵》:"未逊弥明联石鼎,还嗤韩渥赋香奁。"宋刘克庄《读金銮密记》:"小窗细读金銮记,始信香奁属别人。"宋陈克《返魂梅次…》:"诗情似被花相恼,入我香奁境界中。"宋周紫芝《罗仲共兄…》:"谁言举世无苏炜,收得香奁第一诗。"

香囊 xiāng náng
【分类】文化
【关键词】繁钦
【释义】盛香料的小囊。佩于身或悬于帐以为饰物。三国魏繁钦《定情》:"何以致叩叩,香囊繫肘后。"
【例句】唐王琚《美女篇》:"屈曲屏风绕象床,萋蕤翠帐缀香囊。"唐王建《秋夜曲》:"香囊火灭香气少,向帷合眼何时晓。"唐李叔卿《江南曲》:"郄家子弟谢家郎,乌巾白袷紫香囊。"唐韩翃《送崔秀才…》:"行乐远夸红布旆,风流近赠紫香囊。"

香山居士 xiāng shān jū shì
【分类】文化
【关键词】白居易
【释义】唐诗人白居易晚年别号。《旧唐书·白居易传》:"会昌中,(白)请罢太子少傅,以刑部尚书致仕,与香山僧如满结香火社,每肩舆往来,白衣鸠杖,自称香山居士。"香山位于洛阳市城南十三公里,和龙门山对峙。
【例句】唐司空图《修史亭》:"不似香山白居士,晚年心地著禅魔。"宋邹浩《元老寄惠香山》:"毗耶居士有神功,断取香山置掌中。"宋毛滂《铜山》:"拟共孤云结往还,更名居士小香山。"宋王迈《陈侍郎见…》:"先生筋力似裴公,侯比香山才更逸。"

香闻七里 xiāng wén qī lǐ
【分类】生活
【关键词】七里香
【释义】咏花香之典。《至顺镇江志》:"《杂志》:(山矾)一名郑花,一名七里香。黄鲁直山矾花序云:江南野中有一种小白花,木高数尺,春开极香,野人谓之郑花。王荆公尝欲作诗而陋其名,予请名曰,山矾,谓其可以染也。"

【例句】宋章耐轩《步蟾宫》:"叶儿又与冬青比。算何止、香闻七里。"宋毛滂《玉楼春》:"月华冷处欲迎人,七里香风生满路。"宋沈松年《虎丘》:"笙歌夜沸三更月,锦绣风飘七里香。"宋李质《秋香谷》:"月明露洗三秋叶,山迥风传七里香。"

香玉　xiāng yù
【分类】生活
【关键词】温庭筠
【释义】泛指美玉。比喻美女的体肤。唐温庭筠《晚归曲》:"弯堤弱柳遥相瞩,雀扇团圆掩香玉。"
【例句】唐温庭筠《懊恼曲》:"庐江小吏朱斑轮,柳缕吐芽香玉新。"唐李玖《白衣叟途…》:"春日迟迟春草绿,野棠开尽飘香玉。"宋刘才邵《清夜曲》:"红蓝衫薄香玉春,翠鬟鬈髻盘松云。"宋王铚《山中梅花…》:"绰约肌肤莹香玉,借与东皇立花国。"

湘妃　xiāng fēi
【分类】生活
【关键词】娥皇
【释义】也称湘君。舜二妃娥皇、女英。相传没于湘水,遂为湘水之神。《列女传》:"有虞二妃者,帝尧之二女也。长娥皇,次女英…舜陟方,死于苍梧,号曰重华。二妃死于江湘之间,俗谓之湘君。"
【例句】唐郭震《莲花》:"湘妃雨后来池看,碧玉盘中弄水晶。"唐李白《书贾舍人…》:"日落长沙秋色远,不知何处吊湘君。"唐武元衡《望夫石》:"湘妃泣下竹成斑,子规啼江树白。"唐杜甫《奉先刘少…》:"不见湘妃鼓瑟时,至今斑竹临江活。"

湘累　xiāng léi
【分类】政治
【关键词】屈原
【释义】指屈原。《汉书·扬雄传上》:"因江潭而往记兮,欲吊楚之湘累。"李奇注曰:"诸不以罪死曰累,苟息、仇牧皆是也。屈原赴湘死,故曰湘累也。"
【例句】唐陆龟蒙《袭美先辈…》:"人谣洞野老,骚怨明湘累。"宋林通《山阁偶书》:"吴榜自能凌晚汰,湘累何苦属芳荪。"宋苏轼《次韵张舜…》:"玉堂给札气如云,初起湘累复佩银。"宋文同《夏秀才江居》:"憔悴笑湘累,区区咏兰芷。"

湘灵　xiāng líng
【分类】文化
【关键词】楚辞
【释义】古代传说中的湘水之神。《楚辞·远游》:"使湘灵鼓瑟兮,令海若舞冯夷。"洪兴祖补注:"此湘灵乃湘水之神,非湘夫人也。"后亦指湘夫人。

【例句】唐李涉《寄荆娘写真》:"上清仙女征游伴,欲从湘灵住河汉。"唐李益《古瑟怨》:"破瑟悲秋已减弦,湘灵沉怨不知年。"唐刘禹锡《张郎中籍》:"南宫词客寄新篇,清似湘灵促柱弦。"唐李商隐《七月二十…》:"逡巡又过潇湘雨,雨打湘灵五十弦。"

湘灵鼓瑟　xiāng líng gǔ sè
【分类】生活
【关键词】楚辞
【释义】借喻美妙动人的艺术作品或高雅的艺术境界,唐诗中又用以表现悲思。《楚辞·远游》:"使湘灵鼓瑟兮,令海若舞冯夷。"唐李贤注:"湘灵,舜妃,溺于湘水,为湘夫人。"
【例句】唐顾况《义川公主…》:"弄玉吹箫后,湘灵鼓瑟时。"唐吴融《送荆南从…》:"遥知月落酒醒处,五十弦从波上来。"宋刘攽《和章都官…》:"湘灵奔走伺颜色,鼓瑟献巧招冯夷。"元柯九思《苏文忠天…》:"鼓瑟湘灵欲断魂,洞庭风浪不堪论。"

襄野　xiāng yě
【分类】生态
【关键词】庄子
【释义】古地名。借指受帝王称赞的少年、童子。《庄子·徐无鬼》:"黄帝将见大隗乎具茨之山…至于襄城之野,七圣皆迷,无所问途。适遇牧马童子问涂焉…异哉小童!非徒知具茨之山又知大隗之所存。"
【例句】唐李白《上之回》:"岂问渭川老,宁邀襄野童。"唐杜甫《释闷》:"失道非关出襄野,扬鞭忽是过湖城。"宋王铚《缙云县仙…》:"马蹄车辙不须有,虽迷襄野道自存。"宋夏竦《奉和御制…》:"宸游悦豫同襄野,睿藻昭回迈柏梁。"

襄野童　xiāng yě tóng
【分类】政治
【关键词】黄帝
【释义】咏皇帝出巡之典,也指帝师。《庄子·徐无鬼》:"黄帝将见大隗乎具茨之山…至于襄城之野,七圣皆迷,无所问涂。适遇牧马童子…黄帝曰:'异哉小童!非徒知具茨之山,又知大隗之所存。请问为天下。'…小童曰:'夫为天下者,亦奚以异乎牧马者哉!亦去其害马者而已矣!'黄帝再拜稽首,称天师而退。"
【例句】唐李白《上之回》:"岂问渭川老,宁邀襄野童。"唐杜甫《释闷》:"失道非关出襄野,扬鞭忽是过胡城。"唐杜牧《分司东都…》:"马群先去害,民籍更添丁。"明宋登春《赠杨斗笠》:"金华不见牧羊子,郢上还邀襄野童。"

响遏行云　xiǎng è xíng yún
【分类】生活
【关键词】秦青
【释义】形容歌声乐曲高妙响亮。《列子·汤问》:"薛谭学讴于秦青,未穷青之技,自谓尽之,遂辞归。秦青弗止,饯于郊衢。抚节悲歌,声振林木,响遏行云。薛谭乃谢求反,终身不敢言归。"

【例句】唐赵嘏《闻笛》:"响遏行云横碧落,清和冷月到帘栊。"唐张祜《边上逢歌者》:"垂老秋歌出塞庭,遏云相付旧秦青。"唐罗隐《春思》:"蜀国暖回溪峡浪,卫娘清转遏云歌。"唐韩偓《观斗鸡偶作》:"何曾解报稻粱恩,金距花冠气遏云。"

响屟廊 xiǎng xiè láng
【分类】生活
【关键词】吴地记
【释义】春秋时吴王宫中的廊名,遗址在今江苏省苏州市西灵岩山,亦称屟廊,相传以梓板铺地。《吴地记》:"响屟廊在灵岩山寺,相传吴王令西施辈步屟,廊虚而响,故名。今寺中以圆照塔前小斜廊为之,白乐天亦名鸣屟廊。"
【例句】唐白居易《题灵岩寺》:"娃宫屟廊寻已倾,砚池香径又欲平。"唐皮日休《馆娃宫怀古》:"响屟廊中金玉步,采苹山上绮罗身。"宋杨备《响屟廊》:"倾城一笑无遗迹,不见长廊响屟人。"宋赵公豫《西子湖同…》:"响屟廊犹在,采香泽不磨。"

向古人求 xiàng gǔ rén qiú
【分类】文化
【关键词】陈登
【释义】用为咏人才难得之典。《三国志·陈登传》:"陈登者,字元龙,在广陵有威名。"又挢角吕布有功,加伏波将军,年三十九卒。备因言曰:'若元龙文武胆志,当求之于古耳,造次难得比也。'"
【例句】唐杜甫《相逢歌赠…》:"垂老遇君未恨晚,似君须向古人求。"宋戴复古《见淮东制…》:"如公当向古人求,识面何须万户侯。"宋陆佃《丞相荆公…》:"惯识无心有海鸥,行藏须向古人求。"宋刘一止《方秘监允…》:"笃行岂惟今代少,摛辞仍向古人求。"

向秀园 xiàng xiù yuán
【分类】政治
【关键词】向秀
【释义】咏高逸之典。《晋书·向秀传》:"(嵇)康善锻,秀为之佐,相对欣然,傍若无人。又共吕安灌园于山阳。"
【例句】唐李郢《园居》:"暮雨扬雄宅,秋风向秀园。"唐韦庄《鄠杜旧居》:"阮咸贫去田园尽,向秀归来父老稀。"金段成己《封仲坚挽词》:"匠斤欲运庄周泣,邻笛遥闻向秀悲。"明陈绍文《游黎惟和…》:"地迥扬雄宅,烟深向秀园。"

向栩隐灶 xiàng xǔ yǐn zào
【分类】政治
【关键词】向栩
【释义】东汉向栩好默坐读书,他坐在灶北板床之上,时间一长,居然在床板上磨出了凹陷。《后汉书·向栩传》:"向栩字甫兴…常于灶北坐板床上,如是积久,板乃有膝踝足指之处。"入仕后,被谗,"疑与(张)角同心,欲为内应。收送黄门北寺狱,杀之。"
【例句】唐李端《杂歌》:"向栩非才徒隐灶,田文有命那关户。"

向隅而泣 xiàng yú ér qì
【分类】生活
【关键词】说苑
【释义】形容人因孤独、绝望而悲泣。《说苑·贵德》:"今有满堂饮酒者,有一人独索然向隅而泣,则一堂之人皆不乐矣。"隅:墙角。
【例句】唐武陵《长信宫》:"惟应深夜月,独伴向隅人。"唐温庭筠《病中书怀》:"逸足皆先路,穷郊独向隅。"唐杨巨源《雪中听筝》:"谁怜楚客向隅时,一片愁心与弦绝。"唐罗隐《归梦》:"日晚向隅悲断梗,夜阑浇酒哭知音。"

向子期 xiàng zǐ qī
【分类】政治
【关键词】向秀
【释义】向秀字子期。魏晋竹林七贤之一。官至黄门侍郎、散骑常侍。《晋书·向秀传》:"庄周著内外数十篇,历世才士虽有观者,莫适论其旨统也,秀乃为之隐解,发明奇趣,振起玄风,读之者超然心悟,莫不自足一时也。"曾注《庄子》,惜未成过世,郭象承其《庄子注》余绪,完成了对庄子的注释。
【例句】唐高适《奉酬睢阳…》:"逸气刘公干,玄言向子期。"唐皎然《酬薛员外…》:"犹倚披沙叟,长歌向子期。"唐韦庄《思归》:"旧里若为归去好,子期凋谢吕安亡。"明文征明《雨中捡箧…》:"高人不见王摩诘,长笛空悲向子期。"

向子损益 xiàng zǐ sǔn yì
【分类】生活
【关键词】向长
【释义】指《易经》中的《损》卦与《益》卦。喻指得失之道。源见"子平毕娶"。
【例句】唐杜甫《两当甘吴…》:"仲尼甘旅人,向子识损益。"宋华岳《兵》:"卦向爻中分损益,棋于局上定输赢。"元黄溍《休日集于…》:"损益向子明,才能贾生薄。"清弘历《澄海楼联句》:"向若悟损益,微禹思平成。"

项籍 xiàng jí
【分类】政治
【关键词】项羽
【释义】字羽,反秦军将领,秦亡后自称西楚霸王,后兵败垓下(今安徽灵璧县南),突围至乌江(今安徽和县乌江镇)边自刎而死。《史记·项籍本纪》:"项籍者,下相人也…乃引'天亡我,非用兵之罪也',岂不谬哉!"
【例句】唐孟郊《赠别崔纯亮》:"项籍岂不壮,贾生岂不良。"唐杜牧《洛中送冀…》:"颜回捧俎豆,项羽横戈矛。"唐白居易《卖骆马》:"项籍顾雏犹解叹,乐天别骆岂无情。"唐张碧《鸿沟》:"项籍骨轻迷精魂,沛公仰面争乾坤。"

项橐称师 xiàng tuó chēng shī
【分类】文化
【关键词】项橐
【释义】借指少年得志。《战国策·秦策》:"甘罗曰:'夫项橐生七岁而为孔子师,今臣生十二岁于兹矣!君其试臣,奚以遽言叱也?'"
【例句】唐路德延《小儿诗》:"项橐称师日,甘罗做相年。"唐魏万《金陵酬李…》:"宣父敬项橐,林宗重黄生。"宋邹浩《感年》:"项橐实可师,仲尼安敢友。"明阮大铖《谢项司成…》:"久矣帝师推项橐,此中猿鹤欲何依。"

项羽重瞳 xiàng yǔ chóng tóng
【分类】生态
【关键词】项羽
【释义】《史记·项羽本纪》:"吾闻之周生(汉时儒者)曰,舜目盖重瞳子(眼中有两个瞳子),又闻项羽亦重瞳子。"因称项羽为楚重瞳。
【例句】唐温庭筠《过华清宫》:"重瞳分渭曲,纤手指神州。"唐陆龟蒙《江南秋怀》:"项岂重瞳圣,夔犹一足蹙。"唐徐夤《偶书》:"高皇冷笑重瞳客,盖世拔山何所为。"宋江恺《相士俞方塘》:"君不见虞皇项籍两重瞳,成汤曹交皆九尺。"

巷伯 xiàng bó
【分类】政治
【关键词】左传
【释义】宦官,太监。因궁宫巷,掌宫内事,故称。《左传·襄公九年》:"令司宫、巷伯儆宫。"晋杜预注:"司宫,奄臣;巷伯,寺人。皆掌宫内之事。"
【例句】唐白居易《和阳城驿》:"疾恶若巷伯,好贤如缁衣。"唐释元康《与讲师互谑》:"轮王千个子,巷伯勿孙儿。"宋刘过《怀古四首…》:"瑞麟出非时,巷伯终见戕。"宋方回《写心》:"见恶巷伯嫉,闻善皋陶都。"

象齿焚身 xiàng chǐ fén shēn
【分类】生活
【关键词】左传
【释义】象因为有珍贵的牙齿而遭到捕杀。比喻人因为有钱财而招祸。《左传·襄公二十四年》:"象有齿以焚其身,贿也。"
【例句】宋苏过《次韵岑彦…》:"世路羊肠险,恐遭象齿焚。"清袁枚《春雨楼题…》:"雄鸡断尾何人悟,象齿焚身自古同。"清刘沅《荣经即事》:"竟说铜山利,谁怜象齿焚。"清王恩汾《教师节本…》:"中途遇雨投荒宿,象齿焚身最可伤。"

象帝 xiàng dì
【分类】政治
【关键词】老子
【释义】指天帝。代称老子。唐朝尊封老子为太上玄元皇帝。《老子》:"吾不知谁之子,象帝之先。"汉河上公注:"道在天帝之前。此言道乃先天地生也。"三国魏王弼注:"不亦似帝之先乎!帝,天帝也。"
【例句】唐钱起《夕游覆釜…》:"仍同象帝庙,更上紫霞冈。"唐韩愈《奉和杜相…》:"象帝威容大,仙宗宝历赊。"宋邵雍《不去吟》:"用诗赠真宰,以酒劝象帝。"宋邵雍《首尾吟》:"日未出前朝象帝,天才春处谒庖羲。"

象服 xiàng fú
【分类】文化
【关键词】诗经
【释义】古代后妃、贵夫人所穿的礼服,上面绘有各种物象作为装饰。《诗经·鄘风·君子偕老》:"象服是宜。"汉毛传:"象服,尊者所以为饰。"唐孔颖达疏:"翟而言象者,象鸟羽而画之,故谓之象。以人君之服画日月星辰谓之象,故知画翟羽亦为象也。"
【例句】唐李璙《送贺秘监…》:"象服归丹宸,霓裳降紫天。"唐钱起《贞懿皇后…》:"有恩加象服,无日祀高禖。"宋宋祁《挽张元常…》:"象服流恩贵,轻舆就养荣。"宋苏颂《秦国太夫…》:"象服朝仪贵,封君国壤陪。"

象罔寻珠 xiàng wǎng xún zhū
【分类】生活
【关键词】黄帝
【释义】喻指探求或求得真道。象罔含无心无形之意。喻意为无心无形可以得道。源见"玄珠"。
【例句】唐赵嘏《成名年献…》:"曾失玄珠求象罔,不将双耳负伶伦。"唐刘沧《宿题天坛观》:"冥心一悟虚无理,寂寞玄珠象罔中。"唐曹邺《题濮庙》:"赤水梦沉迷象罔,翠华恩断泣芙蓉。"宋韦骧《和书怀》:"钟鸣鼎食非吾动,所得须论象罔珠。"

象舞 xiàng wǔ
【分类】生活
【关键词】诗经
【释义】周代摹拟用兵时的击刺动作,以象征其武功的一种乐舞。《诗经·周颂·维清序》:"《维清》,奏象舞也。"唐孔颖达疏:"《维清》诗者,奏象舞之歌乐也。谓文王时有击刺之法,武王作乐,象而为舞,号其乐曰象舞。"
【例句】唐卢纶《奉和圣制…》:"蛮夷陪作位,犀象舞成行。"唐李德裕《寒食日三…》:"象舞严金铠,丰歌耀宝刀。"唐李商隐《送从翁从…》:"蛮童骑象舞,江市卖鲛绡。"宋夏竦《奉和御制…》:"象舞在庭功复异,宝符先道古难同。"宋欧阳修《晋祠》:"惟存祖宗圣功业,干戈象舞被管弦。"

象物 xiàng wù
【分类】生活
【关键词】左传
【释义】谓取法于物象;描摹物象。《左传·宣公三年》:"昔夏之方有德也,远方图物,贡金九牧,铸鼎象物,百物而为之备,使民知神奸。"汉杜预注:"象所图物,著之于鼎。"

指麟、凤、龟、龙四灵。《周礼·春官·大司乐》："六变而致象物及天神。"或指画有各类不同物象的旗帜。《左传·宣公十二年》："百官象物而动，军政不戒而备。"

【例句】唐袁瓘《惠文太子…》："暗灯明象物，画水湿灵衣。"宋曾巩《胡太傅挽词》："象物陈虚寝，哀歌寄奠觞。"宋刘筠《汉武》："夏鼎几迁空象物，秦桥未就已沉波。"宋任希夷《郊祀庆成》："六奏声中来象物，万灯明处望龙章。"

象物知奸　xiàng wù zhī jiān
【分类】政治
【关键词】春秋左传
【释义】咏识别邪恶之典。《左传·宣公三年》："昔夏之方有德也，远方图物，贡金九牧，铸鼎象物，百物而为之备，使民知神奸，故民入川泽山林，不逢不若，螭魅罔两，莫能逢之，用能协于上下以承天休。"
【例句】唐宋之问《则天皇后…》："象物行周礼，衣冠集汉都。"唐韩愈《谢自然诗》："余闻古旻后，象物知神奸。"宋刘筠《汉武》："夏鼎几迁空象物，秦桥未就已沉波。"宋释居简《张公洞》："诡形象ános疑成怪，虚处存神唤得应。"清郭元釪《商丘大中…》："麦须豆眼了然存，铸鼎象物神奸惊。"

象贤　xiàng xián
【分类】政治
【关键词】尚书
【释义】谓能效法先人的贤德。《尚书·微子之命》："殷王元子，惟稽古崇德象贤。"
【例句】唐刘禹锡《蜀先主庙》："得相能开国，生儿不象贤。"宋赵抃《故吴丞相…》："太史书清德，高门继象贤。"宋刘敞《同邻几观…》："象贤济美声不坠，手泽钜细皆如新。"宋王安石《诗呈判…》："中郎笔墨妙他年，晚与君游喜象贤。"

枭獍徒　xiāo jìng tú
【分类】政治
【关键词】杨衒之
【释义】传说中枭为食母的恶鸟，獍为食父的恶兽，喻凶恶忘本之人。北魏杨衒之《洛阳伽蓝记·永宁寺》："若兆者蜂目豺声，行穷枭獍，阻兵安忍，贼害君亲。"
【例句】唐杜甫《草堂》："焉知肘腋祸，自及枭獍徒。"宋周紫芝《题吕节夫…》："寄言枭獍徒，请勿恣嘲哢。"宋文天祥《第一百九…》："孰云网恢恢，自及枭獍徒。"明陈琏《孝鸟行美…》："高冢峨峨临海隅，清风足愧枭獍徒。"

枭卢　xiāo lú
【分类】政治
【关键词】杜甫
【释义】古代博戏樗蒲的两种胜彩名。幺为枭，最胜；六为卢，次之。唐杜甫《今夕行》："冯陵大叫呼五白，袒跣不肯成枭卢。"
【例句】唐李贺《示弟》："何须问牛马，抛掷任枭卢。"唐韩愈《送灵师》："六博在一掷，枭卢叱回旋。"唐元稹《酬孝甫见赠》："十岁荒狂任博徒，挼莎五木掷枭卢。"宋陆游《宿鱼梁驿…》："分骑霜天伐狐兔，张灯雪夜掷枭卢。"

骁腾　xiāo téng
【分类】政治
【关键词】颜延之
【释义】勇猛矫健意。南朝颜延之《赭白马赋》："料武艺，品骁腾。"
【例句】唐杜甫《房兵曹胡马》："骁腾有如此，万里可横行。"宋李纲《上巳日》："宝马骁腾随鼓吹，彩舟曼衍戏龙鱼。"宋释居简《送琦后堂…》："所存匪石不可移，万里骁腾在初步。"元郝经《大宛二马》："将军正欲成勋业，看汝骁腾展骥才。"

逍遥公　xiāo yáo gōng
【分类】政治
【关键词】韦敻
【释义】北周隐士韦敻的赐号。为咏受封号的隐士之典。《周书·韦敻传》："韦敻字敬远。志尚夷简，淡于荣利…前后十见征辟，皆不应命。""明帝即位，礼敬逾厚。乃为诗以贻之…敻答帝诗，愿时朝谒。帝大悦。敕有司，日给河东酒一斗，号之曰逍遥公。"
【例句】唐杜甫《公安送韦…》："逍遥公后世多贤，送尔维舟惜此筵。"唐皮日休《奉献致政…》："既为逍遥公，又作鸱夷子。"宋孙甫《茅庵》："座有逍遥公，虚中息尘想。"明王鏊《东冈隐士…》："安乐窝中人略似，逍遥公后世谁齐。"

逍遥蒙庄子　xiāo yáo méng zhuāng zǐ
【分类】生活
【关键词】庄子
【释义】追求精神超凡之典。《庄子·逍遥游》："若夫乘天地之正，而御六气之辩，以游无穷者，彼且恶乎待哉！故曰：'至人无己，神人无功，圣人无名。'"《史记·老子韩非列传》："庄子者，蒙人也，名周。周尝为蒙漆园吏，与梁惠王、齐宣王同时。其学无所不窥，然其要本归于老子之言。"
【例句】唐赵彦昭《奉和圣制…》："逍遥自在蒙庄子，汉主徒言河上公。"唐灵一《林公》："因谈老庄意，乃尽逍遥趣。"五代齐己《湘江渔父》："曾受蒙庄子，逍遥一卷经。"宋张方平《临池玩游鱼》："庄濠念逍遥，严濑思隐行。"宋方回《小饮张季…》："万事不挂口，逍遥参蒙庄。"

宵衣旰食　xiāo yī gàn shí
【分类】政治
【关键词】刘蕡
【释义】天不亮就穿衣起床，入夜才吃饭。比喻勤于政事。《旧唐书·刘蕡传》："朕顾惟昧道，祇荷丕构，奉若谟训，不敢怠荒。任贤惕厉，宵衣旰食，讵追三五之遐轨，庶绍祖宗之鸿绪。"
【例句】唐罗隐《塞外》："塞外偷儿塞内兵，圣君宵旰望升平。"唐韩偓《感事》："焦劳皆实录,宵旰岂虚传。"唐杜牧《闻开江相…》："宵衣旰食明天子,日伏青蒲不为言。"五代徐光溥《题黄居寀…》："从兹仄席复悬旌,宵衣旰食安天下。"

萧艾 xiāo ài
【分类】政治
【关键词】楚辞
【释义】艾蒿,臭草。常用来比喻品质不好的人。源见"兰芷萧艾"。
【例句】唐杜甫《种莴苣》："中园陷萧艾,老圃永为耻。"唐郑儒华《赋得生刍…》："芝兰方入室,萧艾莫同途。"唐钱起《锄药咏》："但使芝兰出萧艾,不辞手足皆胼胝。"唐韩偓《偶题》："萧艾转肥兰蕙瘦,可能天亦妒馨香。"

萧曹 xiāo cáo
【分类】政治
【关键词】萧何曹参
【释义】指汉初大臣萧何和曹参,二人皆对汉朝建立有极大贡献。《汉书·魏相丙吉传》："近观汉相,高祖开基,萧、曹为冠,孝宣中兴,丙、魏有声。"
【例句】唐杜甫《咏怀古迹》："伯仲之间见伊吕,指挥若定失萧曹。"唐白居易《寄献北都…》："休明值尧舜,勋业过萧曹。"唐杜牧《长安杂题…》："舐笔和铅欺贾马,赞功论道鄙萧曹。"唐罗邺《岁仗》："可怜四海车书共,重见萧曹佐汉材。"

萧车 xiāo chē
【分类】政治
【关键词】萧育
【释义】指萧育乘坐的车,喻荣宠。《汉书·萧望之传》附《萧育传》："上以育耆旧名臣,乃以三公使车载育入殿受策。"三国魏孟康注："使车,三公奉使之车,若安车也。"
【例句】唐杜甫《夔府书怀…》："萧车安不定,蜀使下何之?"

萧次君 xiāo cì jūn
【分类】政治
【关键词】萧育
【释义】西汉萧育字次君,为人威猛,多次被免官,而很少升迁。后因借指仕途失意的官员。《汉书·萧望之传》附《萧育传》："育为人严猛尚威,居官数免,稀迁。"
【例句】唐杜牧《自贻》："杜陵萧次君,迁少去官频。"宋文同《可笑口号》："到头官职难迁转,一似城南萧次君。"

萧傅 xiāo fù
【分类】政治
【关键词】萧望之
【释义】汉元帝即位,萧望之以老师的身份辅佐朝政,十分尊严。后遂用为师尊之典。《汉书·萧望之传》："为太傅,以论语、礼服授皇太子。"
【例句】唐杨巨源《和郑少师…》："谢公诗更老,萧傅道方

尊。"宋叶适《戴肖望挽词》："岩岩萧太傅,謇謇郑尚书。"宋司马光《和王介甫…》："君不见白头萧太傅,被谗仰药更无疑。"宋程俱《叶内相赴…》："萧傅岂烦更吏治,贾生元自赞皇猷。"

萧关北上 xiāo guān běi shàng
【分类】政治
【关键词】汉武帝
【释义】汉武帝刘彻常巡行天下,元封四年,他又北出萧关。后遂用为帝王巡行之典。《汉书·武帝纪》："通回中道,遂北出萧关,历独鹿、鸣泽,自代而还,幸河东。"
【例句】唐杜甫《喜闻盗贼…》："萧关陇水入官军,青海黄河卷塞云。"唐杜甫《伤春》："萧关迷北上,沧海欲东巡。"唐岑参《胡笳歌送…》："凉秋八月萧关道,北风吹断天山草。"元孙蕡《古河》："萧关之北黄河流,昔时禹迹今成邱。"

萧何 xiāo hé
【分类】政治
【关键词】萧何
【释义】汉相国。刘邦平定天下后,因萧何在"镇国家、抚百姓、供军需、给粮饷"方面功绩卓著,定其为首功。《史记·萧相国世家》："萧相国何者,沛丰人也。以文无害为沛主吏掾。高祖为布衣时,何数以吏事护高祖。""论功行赏,评为第一,封酂侯。"
【例句】唐高适《留上李右相》："傅说明殷道,萧何律汉刑。"唐钱起《故相国苗…》："灞陵谁宠葬,汉主念萧何。"唐杜甫《奉寄别马…》："勋业终许马伏波,功曹非复汉萧何。"唐刘禹锡《乐天示过…》："向秀心中嗟栋宇,萧何身后散图书。"

萧何律 xiāo hé lǜ
【分类】政治
【关键词】萧何
【释义】指汉萧何所制的典制律令。《汉书·刑法志》："其后四夷未附,兵革未息,三章之法不足以御奸,于是相国萧何攈摭秦法,取其宜于时者,作律九章。"
【例句】唐杜甫《忆昔》："百余年间未灾变,叔孙礼乐萧何律。"宋曹勋《持节同呈…》："三月不亲君子儒,一笑且脱萧何律。"宋姜特立《偶题》："唯于五字城,如用萧何律。"明龚鼎孳《送严颢亭…》："汲黯言真戆,萧何律正新。"

萧何昴宿 xiāo hé mǎo xiù
【分类】政治
【关键词】萧何
【释义】咏萧何非凡之典。《初学记》引《春秋佐助期》："汉相萧何,长七尺八寸,昴宿精。"传说汉相萧何为昴星之精降生。
【例句】宋吴申甫《寿主簿》："相国萧何储大昴,谪仙李白扶长庚。"宋戴翼《水调歌头》："嵩岳周王佐,昴宿汉宗臣。"宋周紫芝《时宰生日…》："神高下苍篆,昴宿扶汉氓。"明

孙承恩《留别方伯…》："萧何元应昴,傅说又骑箕。"

萧何识故侯　xiāo hé shí gù hóu
【分类】政治
【关键词】萧何
【释义】咏功臣遭猜忌之典。《史记·萧相国世家》："召平者,故秦东陵侯…召平谓相国曰：'祸自此始矣。上暴露于外而君守于中,非被矢石之事而益君封置卫者,以今者淮阴侯新反于中,疑君心矣。夫置卫君,非以宠君也。愿君让封勿受,悉以家私财佐军,则上心说。'相国从其计,高帝乃大喜。"
【例句】唐刘长卿《送李使君五首》："贾宜辞明主,萧何识故侯。"宋苏轼《初入庐山》："可怪深山里,人人识故侯。"宋李纲《余幼尝一…》："禅林处处逢清赏,山路人人识故侯。"宋张守《建炎丞相…》："功存社稷推元老,人向渔樵识故侯。"

萧后　xiāo hòu
【分类】政治
【关键词】隋炀帝
【释义】指隋炀帝萧皇后。为咏隋炀帝萧皇后没入房廷事。《隋书·炀帝萧皇后》："炀帝萧皇后,梁明帝岿之女也…后性婉顺,有智识,好学解属文,颇知占候…及宇文氏之乱,随军至聊城。化及败,没于窦建德。突厥处罗可汗遣使迎后于洺州,建德不敢留,遂入于房廷。大唐贞观四年,破灭突厥,乃以礼致之,归于京师。"
【例句】唐杜牧《杜秋娘诗》："萧后去扬州,突厥为阏氏。"宋刘克庄《唐季》："可汗僭天子,萧后作阏氏。"明祝允明《柳枝》："隋家萧后解伤春,内苑亲栽几树新。"明徐渭《燕京歌》："萧后梳妆别起楼,太湖石在水空流。"

萧郎　xiāo láng
【分类】生活
【关键词】萧衍
【释义】本指梁武帝萧衍,南朝梁的建立者,风流多才。后泛指所亲爱或为女子所恋的男子。《梁书·武帝纪上》载：迁卫将军王俭东阁祭酒,俭一见(萧衍),深相器异,谓卢江何宪曰："此萧郎三十内当作侍中,出此则贵不可言。"
【例句】唐杨巨源《崔娘》："风流才子多思春,梦断萧郎一纸书。"唐李益《中桥北送…》："欲陈汉帝登封草,犹待萧郎寄内书。"唐刘沧《代友人悼姬》："萧郎独宿落花夜,谢女不归明月春。"聂绀弩《林冲娘子》："身无彩凤双飞翼,泪透萧郎一纸书。"

萧娘　xiāo niáng
【分类】生活
【关键词】萧宏
【释义】女子的泛称。《南史·梁临川靖惠王宏传》："不畏萧娘与吕姥,但畏合肥有韦武。"萧娘即姓萧的女子,言(萧)宏怯懦如女子。南朝以来,诗中男女多称萧郎、

萧娘。
【例句】唐杨巨源《崔娘诗》："风流才子多春思,肠断萧娘一纸书。"唐徐凝《忆扬州》："萧娘脸下难胜泪,桃叶眉头易得愁。"唐元稹《赠别杨员…》："揄扬陶令缘求酒,结托萧娘只在诗。"唐李昌邺《和三乡诗》："红粉萧娘手自题,分明幽怨发云闺。"

萧瑟　xiāo sè
【分类】生态
【关键词】楚辞
【释义】风吹树叶的声音。形容景色冷清、凄凉。《楚辞·九辩》："悲哉！秋之为气也。萧瑟兮,草木摇落而变衰。"
【例句】唐杜甫《观公孙大…》："金粟堆南木已拱,瞿塘石城草萧瑟。"唐杜甫《近闻》："渭水逶迤白日净,陇山萧瑟秋云高。"唐崔致远《楚州张尚…》："楚天萧瑟碧云秋,鸤隼高飞访叶舟。"唐王之涣《九日送别》："蓟庭萧瑟故人稀,何处登高且送归。"

萧森　xiāo sēn
【分类】生态
【关键词】杨炫之
【释义】指阴森,草木茂密。北魏杨炫之《洛阳伽蓝记·平等寺》："堂宇宏美,林木萧森。"
【例句】唐李百药《秋晚登古城》："萧森灌木上,迢遰孤烟生。"唐张九龄《郡舍南有…》："江城何寂历,秋树亦萧森。"唐杜甫《秋兴》："玉露凋伤枫树林,巫山巫峡气萧森。"聂绀弩《鸳鸯尤三姐》："尤物尤人情激越,巫山巫峡气萧森。"

萧寺　xiāo sì
【分类】文化
【关键词】萧衍
【释义】据传梁武帝萧衍造佛寺,命萧子云飞白大书曰萧寺,后世称佛寺为萧寺。《唐国史补》："梁武帝造寺,令萧子云飞白大书'萧'字,至今一'萧'字存焉。"
【例句】唐韩翃《留题宁川…》："爱远登高尘眼开,为怜萧寺上经台。"唐元稹《去杭州》："上元萧寺基址在,杭州潮水霜雪屯。"唐刘沧《晚春宿僧院》："萧寺春风正落花,淹留数宿惠休家。"唐胡曾《自岭下泛…》："旦游萧帝新松寺,夜宿嫦娥桂影潭。"

萧咸　xiāo xián
【分类】生活
【关键词】萧咸
【释义】萧望之之子。其岳父为汉成帝丞相张禹,成帝为照顾张禹,将萧咸由张掖太守调任弘农太守。后用作女婿或太守的代称。《汉书·张禹传》："爱女甚于男…不胜父子私情,思与相近。"
【例句】唐卢纶《送抚州周…》："若转弘农守,萧咸事不如。"唐刘禹锡《和汴州令…》："为兄怜庾翼,选婿得萧咸。"宋

司马光《书事》："梁竦慵为吏，萧咸耻诣曹。"宋刘攽《寄韩持国》："可是绛侯轻贾谊，自无张禹托萧咸。"

萧萧　xiāo xiāo
【分类】生态
【关键词】楚辞
【释义】指风吹草木摇落、马鸣等声音。《楚辞·九歌》："风飒飒兮木萧萧。"
【例句】唐杜甫《登高》："无边落木萧萧下，不尽长江滚滚来。"唐杜甫《发阆中》："江风萧萧云拂地，山木惨惨天欲雨。"唐高适《重阳》："真成独坐空搔首，门柳萧萧噪暮鸦。"聂绀弩《情景》："到四分场泥滑滑，进人事室风萧萧。"

萧芝雉随　xiāo zhī zhì suí
【分类】生态
【关键词】萧芝
【释义】咏吉兆之典。《艺文类聚》引《孝子传》："萧芝至孝，除尚书郎，有雉数十头饮啄宿止。当上直，送至歧路，下直入门，飞鸣车侧。"古代野雉出现为祥瑞之兆。
【例句】唐杜甫《奉赠萧…》："王凫聊暂出，萧雉只相训。"宋杨亿《水部何郎…》："出守新恩龟顾印，趋朝旧路雉随车。"宋宋祁《送梅挚廷…》："即时酒所歌骊阕，几日江南瑞雉随。"元谢应芳《暮春陪周…》："柱头老鹤作人语，道旁驯雉随车驻。"

萧朱　xiāo zhū
【分类】生活
【关键词】萧育朱博
【释义】指萧育和朱博。西汉时人，两人始为好友，后有隙，终成仇人，后遂以此为典。《汉书·萧望之列传·萧育》："故长安语曰：'萧、朱结绶，王、贡弹冠。'…育与博后有隙，不能终，故世以交为难。"
【例句】唐李白《古风》："张陈竟火灭，萧朱亦星离。"唐骆宾王《帝京篇》："赵李经前密，萧朱交结亲。"唐白居易《东南行一…》："名声逼扬马，交分过萧朱。"宋韩淲《尹谏议秋…》："一官漫有萧朱绶，百计浑无陆贾装。"明李梦阳《李进士醉…》："比许欲入周召列，成就耻与萧朱齐。"

销骨　xiāo gǔ
【分类】政治
【关键词】张仪
【释义】销蚀骨体，形容毁谤之言害人之烈。《史记·张仪列传》："臣闻之：积羽沉舟，群轻折轴，众口铄金，积毁销骨。"
【例句】唐李群玉《宵民》："谁于销骨地，一鉴玉壶冰。"唐温庭筠《病中书怀…》："积毁方销骨，微瑕惧掩瑜。"唐白居易《梦微之》："君埋泉下泥销骨，我寄人间雪满头。"唐李商隐《闻著明凶…》："昔叹谗销骨，今伤泪满膺。"宋陆游《霜月》："出仕谗销骨，归耕病满身。"

销魂桥　xiāo hún qiáo
【分类】生活
【关键词】开元天宝
【释义】唐时指灞桥。远行者与送别者常于此惜别。《开元天宝遗事·销魂桥》："长安东灞陵有桥，来迎去送，皆至此桥为离别之地，故人呼为'销魂桥'也。"
【例句】唐韦庄《清平乐》："谁向桥边吹笛，驻马西望销魂。"宋晏几道《鹧鸪天》："行人莫便消魂去，汉渚星桥尚有期。"明史鉴《送稽挥使…》："不独销魂灞桥上，阆间城外亦凄凄。"明杨慎《何双梧徐…》："月桥分手销魂处，便是此生长别离。"

销金甲　xiāo jīn jiǎ
【分类】政治
【关键词】王缙
【释义】意指减少军资。王缙，广德二年（764）以侍中兼东都留守，迁河南副元帅。又兼营田使职。王缙曾请减军资钱四十万贯，修东都殿宇。
【例句】唐杜甫《诸将》："稍喜临边王相国，肯销金甲事春农。"唐黄滔《塞上》："燕山腊雪销金甲，秦苑秋风脆锦衣。"宋周紫芝《再和庭藻…》："何如功成销金甲，雨中看浴银塘鸳。"明秦旭《拟杜少陵》："闻说多才严仆射，已消金甲免丁夫。"

销金帐　xiāo jīn zhàng
【分类】文化
【关键词】党太尉
【释义】指嵌金色线的精美的帷幔、床帐。源见"扫雪烹茶"。
【例句】宋王同祖《岁晚杂兴》："销金帐下羊羔酒，便学粗人也不如。"宋程公许《拟玉溪体》："结绮楼深迷玉树，销金帐暖醉羊羔。"宋周紫芝《纸帐》："荆ружья翠羽衾中梦，太尉销金帐里歌。"宋黄敏求《村乐》："那知红袖青楼女，帐煖销金倚玉山。"

销忧　xiāo yōu
【分类】生活
【关键词】王粲
【释义】登高思乡之典。《昭明文选·三国魏王粲〈登楼赋〉》："登兹楼以四望兮，聊暇日以销忧。""平原远而极目兮，蔽荆山之高岑。"抒忧思怀乡之情愁。
【例句】唐李峤《原》："王粲销忧日，江淹起恨年。"唐孟浩然《登安阳城楼》："才子乘春来骋望，群公暇日坐销忧。"唐刘长卿《和樊使君…》："王粲尚为南郡客，别来何处更销忧。"唐杨巨源《上刘侍中》："消忧期酒圣，乘兴任诗狂。"

箫韶　xiāo sháo
【分类】生活
【关键词】舜
【释义】舜乐名。代称优美音乐。《史记·夏本纪》："《箫韶》九成,凤皇来仪。"《集解》引孔安国曰:"《箫韶》,舜乐名。备乐九奏而致凤皇也。"意谓《箫韶》乐曲奏过九次,凤凰也会飞来舞蹈。

【例句】唐王绩《古意》:"皇臣力牧举,帝乐箫韶畅。"唐李白《侍从宜春…》:"新莺飞绕上林苑,愿入箫韶杂凤笙。"唐王卓《观北番谒庙》:"瑞气千重色,箫韶九奏声。"唐韦庄《村笛》:"箫韶九奏韵凄锵,曲度虽高调不伤。"

小白长红　xiǎo bái cháng hóng

【分类】生态
【关键词】李贺
【释义】大大小小,红红白白。指各种颜色的花。唐李贺《南园》:"花枝草蔓眼中开,小白长红越女腮。"
【例句】宋刘一止《次韵江西…》:"长红小白参差见,便觉丹青入手中。"宋晏几道《与郑介夫》:"小白长红又满枝,筑毬场外独支颐。"宋游少游《禅寂院》:"簿书丛里匆匆过,小白长红总自芳。"宋曾协《和陈晞颜…》:"小白长红几番飞,清诗端为解愁围。"

小白鸿翼　xiǎo bái hóng yì

【分类】政治
【关键词】管子
【释义】咏君臣遇合的典故。《管子·霸形》:"桓公曰:'仲父胡为然?…寡人之有仲父也,犹飞鸿之有羽翼也,若济大水有舟楫也,仲父不一言教寡人,寡人之有耳,将安闻道而得度哉?'"鸿翼,鸿鹄的羽翼;比喻俊逸之才。汉扬雄《太玄·禽》:"次六:黄心鸿翼,禽于天。测曰:黄心鸿翼,利得辅也。"汉司马光集注:"君子以中庸为心,辅之者众,如傅鸿翼,其高飞无不至矣。"
【例句】唐李白《君道曲》:"小白鸿翼于夷吾,刘葛鱼水本无二。"唐黄滔《寄边上从事》:"朔雪定鸿翼,西风严角声。"宋钱惟演《送僧玺护…》:"忽徇云玺担,暂屈冥鸿翼。"宋夏竦《秋晓》:"负霜鸿翼健,含雾橘花疏。"

小参　xiǎo cān

【分类】文化
【关键词】祖庭事苑
【释义】佛教语。称登堂说法为大参,定时以外的说法为小参。宋陆庵《祖庭事苑·小参》:"禅门,诘旦升堂,谓之早参。日晡念诵,谓之晚参。非时说法,谓之小参。"
【例句】宋文彦博《送顺师赴…》:"从来野寺门风拙,频与西堂受小参。"宋杨万里《游蒲涧曼…》:"小参古殿黄面老,不见旧日安期生。"宋杨冠卿《谷隐之东…》:"明朝更欲从公去,玉版堂头作小参。"宋沈与求《赠老禅》:"若有小参重问讯,试寻消息向真如。"

小槽红　xiǎo cáo hóng

【分类】生活
【关键词】李贺
【释义】古代红酒名。《苕溪渔隐丛话》:"江南人家造红酒,色味两绝。李贺《将进酒》云:'小槽酒滴真珠红',盖谓

此也。"
【例句】宋王之道《悯旱》:"食贫那识小槽红,回也箪瓢久屡空。"宋王子严《春游》:"真珠滴破小槽红,香肌缩尽纤罗瘦。"宋牟巘子才《庆丁大监》:"愿举家风祝公寿,夜来已压小槽红。"宋牟巘《和本斋止酒》:"摇动天关出琼液,澄然不比小槽红。"

小车处士　xiǎo chē chǔ shì

【分类】文化
【关键词】邵雍
【释义】指北宋邵雍。嘉佑年间居洛阳天津桥南,名安乐窝,以教授易学为生。出必坐一小车。谥康节。《邵氏闻见录》:"司马温公…一日登崇德阁,约康节久未至,有诗曰:'…林间高阁望久已,花外小车犹未来。'康节和云:'…神仙一语难忘处,花外小车犹未来。'"
【例句】宋刘克庄《排闷》:"彼埋高冢柏下卧,此驾小车花外游。"宋刘克庄《书事》:"小车处士差安稳,十二百窝取次游。"宋陆游《鹧鸪天》:"小车处士深衣叟,曾是天津共赋诗。"

小垂手　xiǎo chuí shǒu

【分类】生活
【关键词】乐府诗集
【释义】舞名。乐府杂曲名。《乐府诗集·大垂手》宋郭茂倩题解:"《乐府题解》曰:'大垂手,小垂手,皆言舞而垂其手也。'"《玉台新咏·小垂手》:"舞女出西秦,蹑影舞阳春。且复小垂手,广袖拂红尘。"
【例句】唐张琰《春词》:"日暮登高楼,谁怜小垂手。"唐白居易《霓裳羽衣…》:"小垂手后柳无力,斜曳裾时云欲生。"唐李商隐《拟意》:"空看小垂手,忍问大刀头。"宋刘敞《呈主人》:"谁举一樽属明月,小垂手舞缓声歌。"

小敌怯　xiǎo dí qiè

【分类】政治
【关键词】汉光武帝
【释义】咏作战虽小失而能大得之典。《后汉书·光武帝纪上》:"诸部喜曰:'刘将军平生见小敌怯,今见大敌勇,甚可怪也,且复居前。请助将军!'"
【例句】唐杜甫《八哀诗》:"异王册崇勋,小敌信所怯。"宋李流谦《公归行送…》:"早以命士战群士,不怯小敌勇大敌。"宋李流谦《比观仲结…》:"请君勿见小敌怯,一战而霸在此举。"宋黄庭坚《次韵斌老…》:"何为对樽壶,似见小敌怯。"

小杜　xiǎo dù

【分类】文化
【关键词】杜牧
【释义】唐诗人杜牧的别称。《新唐书·杜牧传》:"牧于诗,情致豪迈,人号为'小杜',以别杜甫云。"
【例句】五代贯休《杜侯行》:"宣宗懿宗调舜琴,大杜小杜为殷霖。"宋司马光《送杨秘丞…》:"苦闻小杜说扬都,当昔

豪华今在无。"宋李龙高《小梅》:"小杜文章小李歌,诗名还有小东坡。"宋周邠《句》:"小杜池边暂舣舟,老齐山下共寻幽。"

小队　xiǎo duì
【分类】政治
【关键词】宋史
【释义】指人数少的队伍。或指部队基层编制。《宋史·兵志九》:"每三人自相得者结为一小队,合三小队为一中队。"
【例句】唐杜甫《严中丞枉…》:"元戎小队出郊垧,问柳寻花到野亭。"唐李贺《追赋画江…》:"十骑簇芙蓉,宫衣小队红。"唐温庭筠《汉皇迎春词》:"海日初融照仙掌,淮王小队缨铃响。"唐罗隐《西塞山》:"岭梅乍暖残妆恨,沙鸟初晴小队闲。"

小范老子　xiǎo fàn lǎo zǐ
【分类】政治
【关键词】范仲淹
【释义】宋时西夏人对范仲淹的尊称。《世说新语·容止》《三朝名臣录》引《名臣传》云:"仲淹领延安,养兵畜锐,夏人闻之,相戒曰:'今小范老子腹中自有兵甲,不比大范老子可欺也。'羌人呼知州为老子,大范谓雍也。"
【例句】宋薛季宣《和元直》:"三千豚欠东方奏,十万兵无小范胸。"宋汤炳龙《范文正公…》:"小范老子翰墨香,吹醒首阳千古梦。"宋李曾伯《朝中措》:"小范龙图老子,大苏玉局仙人。"宋刘辰翁《金缕曲》:"老子胸中高小范,这精神、堪更开封府。"

小姑山　xiǎo gū shān
【分类】生态
【关键词】归田录
【释义】指江西彭泽县长江北岸小孤山,谬转为小姑山。源见"彭郎"。
【例句】唐白居易《东林行一…》:"林对东西寺,山分大小姑。"宋许及之《次韵袁尚…》:"牵牛织女夸自古,小姑彭郎讹一时。"宋周必大《望皖公山》:"端如牛女隔天汉,不似彭郎近小姑。"宋陆游《书感》:"丈人祠西鹤传信,小姑山前鼍报更。"

小姑无郎　xiǎo gū wú láng
【分类】生活
【关键词】乐府诗集
【释义】咏未婚嫁女子之典。《乐府诗集·青溪小姑曲》:"开门白水,侧近桥梁。小姑所居,独处无郎。"
【例句】唐李商隐《无题》:"神女生涯原是梦,小姑居处本无郎。"唐顾况《弃妇》:"词回头语小姑,莫嫁如兄夫。"宋杨万里《大孤山》:"小姑小年嫁彭郎,大姑不嫁空自媚。"明吴稼竳《代寄徐仲容》:"生来自恨青溪近,独处无郎似小姑。"

小冠　xiǎo guān
【分类】文化
【关键词】汉书
【释义】古代高度广度皆逊于一般的冠。《汉书·五行志下》:"郑通里男子王褒,衣绛衣小冠,带剑入北司马门殿东门。"
【例句】唐李贺《绿章封事》:"虚空风气不清泠,短衣小冠作尘土。"唐梁周翰《题义门胡…》:"小冠子夏来相示,诗版因凭寄竹轩。"宋米芾《苏东坡挽诗》:"小冠白氎步东园,原是青城欲传仙。"宋杜纯祐《廊台》:"两载低眉着小冠,一台高筑地平宽。"

小红①　xiǎo hóng
【分类】生活
【关键词】宋范成大
【释义】宋时人名,原为宋范成大侍婢,能歌。宋姜夔诣成大,以《暗香》《疏影》二词,命小红肄习,音节清婉。成大因以小红赠夔。后亦喻指歌妓。宋姜夔《过垂虹》:"自作新词韵最娇,小红低唱我吹箫。"
【例句】宋黄庭坚《次韵文潜…》:"幅巾延客酒,妙歌小红裳。"宋黄庭坚《定风波》:"又得尊前聊笑语。如许。短歌宜舞小红裳。"宋朱敦儒《春怨》:"梨花雨送海棠风,不借胭脂作小红。"宋姜夔《过垂虹》:"自作新词韵最娇,小红低唱我吹箫。"

小红②　xiǎo hóng
【分类】生活
【关键词】杜甫
【释义】淡红色。唐杜甫《江雨有怀郑典设》:"宠光蕙叶与多碧,点注桃花舒小红。"
【例句】唐白居易《酬舒三员…》:"杨柳花飘新白雪,樱桃子缀小红珠。"五代花蕊夫人徐氏《宫词》:"闲向殿前骑御马,挥鞭横过小红楼。"宋王禹偁《次韵和丁…》:"河市妓翻轻茜袖,社筵人插小红旗。"宋杨万里《过蕉坑》:"枫叶乾余尚小红,苔花飞尽不留茸。"

小家碧玉　xiǎo jiā bì yù
【分类】生活
【关键词】乐府诗集
【释义】小户人家的美貌少女。《乐府诗集·碧玉歌》:"碧玉小家女,不敢攀贵德。"宋郭茂倩题解引《乐苑》:"《碧玉歌》者,宋汝南王所作也。碧玉,汝南王妾名,以宠爱之甚,所以歌之。"
【例句】唐万楚《五日观妓》:"西施漫道浣春纱,碧玉今时斗丽华。"唐王维《戏嘲史寰》:"清风细雨湿梅花,骤马先过碧玉家。"唐王维《洛阳女儿行》:"自怜碧玉亲教舞,不惜珊瑚持与人。"唐杨衡《乌啼曲》:"可怜杨叶复杨花,雪净烟深碧玉家。"

小蛮　xiǎo mán
【分类】生活

【关键词】白居易
【释义】指唐白居易女侍小蛮。《太平广记·白居易》："唐白居易有妓樊素善歌,小蛮善舞。尝为诗曰：'樱桃樊素口,杨柳小蛮腰。'"
【例句】宋无名氏《春日述怀》："绿杨学舞小蛮腰,红药惜开菩萨面。"宋周紫芝《次韵道卿闻新莺》："定应春恨知公子,故作清歌学小蛮。"宋刘克庄《题赵西里…》："无蒲萄酒博太守,有竹枝歌传小蛮。"宋吕本中《郡会分韵…》："夜阑一倍园林胜,尚觉清歌欠小蛮。"元张昱《柳枝词》："悔尽江州白司马,一生空咏小蛮腰。"元邓雅《杨花用丁…》："照眼适同张绪态,多情浑似小蛮腰。"

小梅花　xiǎo méi huā
【分类】生活
【关键词】乐府诗集
【释义】唐大角曲名。《乐府诗集·梅花落》宋郭茂倩题解："'梅花落',本笛中曲也。按唐大角曲亦有'大单于''小单于''大梅花''小梅花'等曲,今其声犹有存者。"
【例句】宋陈造《鄞州守风》："今夜石城楼上角,不妨重听小梅花。"宋曾巩《早起赴行香》："枕前听尽《小梅花》,起见中庭月未斜。"宋苏轼《王伯扬所…》："殷勤小梅花,仿佛吴姬面。"宋周紫芝《黄文若携…》："谢家林下小梅花,不着红蓝染绛纱。"

小人儒　xiǎo rén rú
【分类】政治
【关键词】孔子
【释义】指追求名望的儒者。《论语·雍也》："子谓子夏曰：'女为君子儒,无为小人儒！'"三国魏何晏集解引汉孔安国曰："君子为儒将以明道；小人为儒,则矜其名。"
【例句】唐李咸用《和友人喜…》："已向丘门老此躯,可堪空作小人儒。"唐孟郊《旅次湘沅…》："名参君子场,行为小人儒。"宋沈辽《新作小屏》："常鄙小人儒,不能志轩昂。"宋周必大《徐教授写…》："虽非戚戚小人儒,亦岂堂堂大丈夫。"

小阮　xiǎo ruǎn
【分类】生活
【关键词】阮咸
【释义】指阮咸。借称侄儿。《晋书·阮咸传》："阮咸字仲容。父熙,武都太守。咸任达不拘,与叔父籍为竹林之游。"
【例句】唐李白《送杨山人…》："我家小阮贤,剖竹赤城边。"唐钱起《送族侄任往》："此时知小阮,相忆绿尊前。"唐李嘉祐《送王牧往…》："使君怜小阮,应念倚门愁。"唐张祜《题程氏书斋》："缘君寻小阮,好是更题诗。"

小山词　xiǎo shān cí
【分类】文化
【关键词】晏几道
【释义】宋晏几道所著词集。后世论者都给予很高评价。《碧鸡漫志·小山词》："晏叔原歌词初号《乐府补亡》…叔原于悲欢合离,写众作之所不能,而嫌于夸…其后目为《小山集》。"
【例句】唐刘禹锡《杨柳枝》："塞北梅花羌笛吹,淮南桂树小山词。"唐崔致远《陈情》："俗眼难窥冰雪姿,终朝共咏小山词。"宋史弥宁《评诗》："蛩韵酸寒东野句,莺吟富贵小山词。"宋刘子翚《木犀古风》："长吟小山词,古意恐难复。"

小山桂　xiǎo shān guì
【分类】生态
【关键词】淮南小山
【释义】借指山林美景。喻指隐逸之地。源见"攀桂"。
【例句】唐杨炯《游废观》："犹知小山桂,尚识大罗天。"唐李商隐《哭遂州萧…》："秋吟小山桂,春醉后堂萱。"唐李德裕《怀山居邀…》："晨思小山桂,暝忆深潭月。"宋黄庭坚《题子瞻寺…》："却来献纳云台表,小山桂枝不相忘。"

小时了了　xiǎo shí liǎo liǎo
【分类】文化
【关键词】孔融
【释义】谓年幼时聪明。《世说新语·言语》："孔文举（融）年十岁,随父到洛…陈韪后至,人以其语语之。韪曰：'小时了了,大未必佳。'文举曰：'想君小时,必当了了。'韪大踧踖。"了了：聪敏伶俐,明白事理。
【例句】宋范成大《信笔》："童子昔曾夸了了,主翁今但诺醒醒。"宋刘克庄《兑女余最…》："不合小时了了,可堪长夜茫茫。"清查慎行《减字木兰花》："小时了了。满望长成头角好。"清钱大昕《辛酉新年作》："小时曾了了,此去益昏昏。"

小宋　xiǎo sòng
【分类】文化
【关键词】宋祁
【释义】称宋朝宋祁。借指青年才士。《宋史·宋祁传》："与兄庠同时举进士…人呼为'二宋',以大小别之。"《宋人轶事汇编·二宋》："宋子京（祁字）过繁台街,逢内家车子,有搴帘窥者曰：'小宋也。'子京归作鹧鸪天一词…上召子京,从容语及…因以内人赐之。"
【例句】宋刘克庄《挽方孺人》："断雁元方恨,离鸾小宋愁。"宋仇远《西江月》："多情问我太匆匆。疑是当年小宋。"宋刘克庄《夜读传灯》："大苏肯念旧恶,小宋犹有宿醒。"元张仲容《七夕寄宋…》："巧棚七夕喧邻里,小宋明朝定有诗。"

小巫见大巫　xiǎo wū jiàn dà wū
【分类】生活
【关键词】庄子
【释义】相形见绌之典。《太平御览》引《庄子》："小巫见大巫,拔茅而弃,此其所以终身弗如也。"小巫的法术比不上大巫。见了大巫,拔起卜吉凶之茅而走。

【例句】唐温庭筠《病中书怀…》:"文囿陪多士,神州试大巫。"唐许浑《宣城崔大…》:"茂陵罢酒惭中圣,漳浦题诗怯大巫。"宋周紫芝《次韵季共…》:"小巫羞涩见大巫,神气比公真蒇如。"宋周紫芝《次韵石端…》:"小巫神气惊大巫,一见敛颜羞欲死。"

小黠大痴 xiǎo xiá dà chī
【分类】生活
【关键词】韩愈
【释义】指人好卖弄。唐韩愈《送穷文》:"子知我名,凡我所为,驱我令去,小黠大痴。人生一世,其久几何,吾立子名,百世不磨。"
【例句】宋张镃《冒雨往玉…》:"和靖此乐恐未尝,大痴小黠声利场。"宋李彭《对酒》:"何如一醉睨万物,小黠向来成大痴。"宋李彭《归舟》:"俗交从来薄于纸,小黠大痴聊一戏。"宋钱时《千古吟》:"小黠大痴亦何苦,汗牛充栋终不补。"

小星 xiǎo xīng
【分类】生活
【关键词】诗经
【释义】喻指姬妾。源见"抱衾裯"。
【例句】唐唐彦谦《七夕》:"露白风清夜向晨,小星垂珮月埋轮。"唐鲍溶《辞辇行》:"愿陪阿母同小星,敢使太阳齐万物。"宋宋祁《招希元奕》:"饱食南荣曝昼曦,小星联影入枯棋。"宋邵雍《观五代吟》:"深冬寒木固不脱,未旦小星犹有光。"

小阳春 xiǎo yáng chūn
【分类】生活
【关键词】初学记
【释义】亦称小春。指夏历十月。《初学记》:"冬月之阳,万物归之。以其温暖如春,故谓之小春,亦云小阳春。"
【例句】宋孔平仲《寄板桥卞…》:"回首高城已摇落,菊花羞逼小阳春。"宋曹勋《送钱处和…》:"忠孝传芳在一门,双旌光动小阳春。"宋释道宁《偈》:"闲引少林无孔笛,为君吹起小阳春。"宋曹勋《送钱处和…》:"忠孝传芳在一门,双旌光动小阳春。"

小有天 xiǎo yǒu tiān
【分类】文化
【关键词】太平御览
【释义】道家所传洞府名。在河南省济源县西王屋山。泛喻名胜地方。《太平御览》引《太素真人王君内传》:"王屋山有小天,号曰小有天,周迴一万里,三十六洞天之第一焉。"
【例句】唐杜甫《秦州杂诗》:"万古仇池穴,潜通小有天。"宋刘攽《次韵和望…》:"连逢七十二重山,芝朮潜通小有天。"宋宋弥逊《次韵曾微…》:"脱尘未踏邻虚地,通籍犹分小有天。"宋赵师侠《阳华岩》:"萦回栈道泉淙响,疑是仙家小有天。"

小庾 xiǎo yǔ
【分类】文化
【关键词】庾翼
【释义】指晋荆州刺史庾翼。翼继兄亮镇武昌,皆有名。喻指风流才士。《世说新语·规箴》:"小庾在荆州,公朝大会,问诸僚佐曰:'我欲为汉高、魏武何如?'一坐莫答。"
【例句】唐韩翃《送故人赴…》:"文体此时看又别,吾知小庾甚风流。"宋刘一止《张仲宗判…》:"衔杯倘办中山醉,觅句谁如小庾新。"宋刘一止《送吴与太…》:"词剧清新过小庾,情多儿女笑张华。"清朱彝尊《雄州歌》:"大庾梅花连小庾,正阶流水入斜阶。"

小园枯树 xiǎo yuán kū shù
【分类】生态
【关键词】庾信
【释义】北周庾信有《小园赋》《枯树赋》。喻指秋天的凄凉景色。
【例句】宋方回《雪后小园》:"饥禽啐砌留奇迹,枯树拏空失丑形。"清赵翼《行园》:"已死更生枯树蘖,有花无叶老梅桩。"清魏源《题姜鹤涧…》:"摩诘云林海岳,小园枯树江南。"聂绀弩《八十》:"小园枯树悲风劲,下里巴人楚客工。"

晓风残月 xiǎo fēng cán yuè
【分类】文化
【关键词】柳永
【释义】宋词人柳永《雨霖铃》:"今宵酒醒何处,杨柳岸晓风残月。"拂晓风起,残月将落。常形容冷落凄凉的意境。人评柳词"柳中郎词,只好十七八女孩儿,执红牙拍板,唱杨柳岸、晓风残月。"后以晓风残月形容柳词及婉约派风格。
【例句】唐韩琮《露》:"几处花枝抱离恨,晓风残月正潸然。"宋杜常《过华清宫》:"行尽江南数十程,晓风残月入华清。"宋赵令畤《赠鹅湖上人》:"最是可人快心目,晓风残月弄菰蒲。"宋许月卿《次韵晓行》:"暗露湿萤仍湿草,晓风残月更残更。"

孝标情厚 xiào biāo qíng hòu
【分类】生活
【关键词】刘峻
【释义】咏叹亡友遗书之典。《梁书·刘峻传》:"论成,中山刘沼致书以难之,凡再反,峻并为申析以答之。会沼卒,不见峻后报者,峻乃为书以序之曰:'刘沼既有斯难,值余有天伦之戚,竟未之致也。寻而此君长逝…而秋菊春兰,英华靡绝,故存其梗概,更酬其旨。'"刘峻(字孝标)见到刘沼生前给自己的论辩信,又作《重答刘秣陵沼书》,抒发对刘沼的深厚情意。
【例句】唐彦谦《题宗人故帖》:"唯有孝标情最厚,一编遗在茂陵书。"宋沈继祖《友善堂为…》:"孝标何所见,但广绝交文。"元李洞《过庐山》:"千载孝标裙皱恨,凭谁笺示故人知。"元叶颙《登九龙山…》："孝标先生骨应朽,清名与山同始终。"

孝伯痛饮　xiào bó tòng yǐn
【分类】生活
【关键词】王恭
【释义】咏名士之典。《世说新语·任诞》："王孝伯(恭)言:'名士不必须奇才,但使常得无事,痛饮酒,熟读《离骚》,便可称名士。'"
【例句】宋喻良能《次韵外舅…》："何惭王孝伯,痛饮读离骚。"宋胡寅《古今豪逸…》："高谈倾坐听,痛饮亦吾师。"宋张耒《未尝病瘦…》："离骚仅得比痛饮,旨酒何曾废善言。"清张瑞玑《都中友人…》："名士离骚王孝伯,妇人醇酒信陵君。"

孝经在手　xiào jīng zài shǒu
【分类】政治
【关键词】庾子舆
【释义】咏孝道或咏嗜学之典。《南史·庾子舆传》："子舆字孝卿,幼而歧嶷。五岁读《孝经》,手不释卷。或曰:'此书文句不多,何用自苦?'答曰:'孝,德之本,何谓不多。'"
【例句】唐杜甫《可叹》："群书万卷常暗诵,孝经一通看在手。"宋释德洪《赠蔡儒效》："君诵盘庚如注瓶,我读孝经如转磨。"宋杨万里《跋尤延之…》："小臣滥巾缝掖行,手抄孝经不彻章。"清冯敏昌《赠莫元伯联》："奉母孝经看在手,教儿文选读从头。"

孝廉船　xiào lián chuán
【分类】文化
【关键词】张凭
【释义】称美贤才之典。《世说新语·文学》："张凭举孝廉出都,负其才气,谓必参时彦。欲诣刘尹,张乃遥于末坐判之,言约旨远,足畅彼我之怀,一坐皆惊。真长遣传教觅张孝廉船,同侣惋愕。即同载诣抚军。"
【例句】唐杜甫《得广州张…》："云深骠骑幕,夜隔孝廉船。"唐杜甫《哭韦大夫…》："兴残虚白室,迹断孝廉船。"唐李端《送耿拾遗…》："将过夫子宅,前问孝廉船。"唐权德舆《送韩孝廉…》："清谈遇知己,应访孝廉船。"唐温庭筠《感旧陈情…》："抑扬中散曲,漂泊孝廉船。"

笑甓斩美人　xiào bì zhǎn měi rén
【分类】政治
【关键词】平原君
【释义】贵士贱色的典故。《史记·平原君》载:民家有甓(腿瘸)者,槃散行汲。平原君美人居楼上,临见,大笑…于是平原君乃斩笑甓者美人头,自造门进甓者,因谢焉。其后门下乃复稍稍来。
【例句】唐李白《送薛九被…》："蛾眉笑甓者,宾客去平原。"唐罗虬《比红儿诗》："若教粗及红儿貌,争取楼前斩爱姬。"宋余靖《贺孙抗员…》："高人鼓吹鸣蛙地,当世神仙笑甓楼。"明李贤《平原君》："好士能诛笑甓人,士如毛遂更无伦。"

笑里藏刀　xiào lǐ cáng dāo
【分类】政治
【关键词】李义府
【释义】形容人外表和气而内心阴险。《新唐书·李义府传》："义府貌柔恭,与人言,嬉怡微笑,而阴贼褊忮着于心,凡忤意者皆中伤之,时号义府'笑中刀'。又以柔而害物,号曰'人猫'。"
【例句】唐白居易《劝酒》："且灭嗔中火,休磨笑里刀。"宋王禹偁《内翰毕学…》："雄文自贮胸中甲,直气谁防笑里刀。"宋释正觉《颂古》："笑里有刀窥得破,言思无路绝机关。"宋张侃《用秦少游韵》："年光可叹石中火,人事休磨笑里刀。"

笑林　xiào lín
【分类】文化
【关键词】隋书
【释义】笑话渊薮。亦指古笑话集。《隋书·经籍志》："《笑林》三卷。后汉给事中邯郸淳撰。"《能改斋漫录》："秘阁有《古笑林》十卷。晋孙楚笑赋曰:'信天下之笑林,调谐之具观,笑林本此。'"
【例句】宋华镇《诗酒》："荒怪不逾诗律外,风流谁笔笑林丛。"宋陈造《步西湖次…》："未议辞穷鬼,才堪补笑林。"宋陈著《示王侑翁》："家薄有书种,客多成笑林。"金耶律楚材《和抟霄韵…》："此番公案休拈出,祇恐相传入笑林。"

效鹰鹯　xiào yīng zhān
【分类】政治
【关键词】左传
【释义】咏征伐叛逆之典。《左传·文公十八年》："见有礼于其君者,事之如孝子之养父母也。见无礼于其君者,诛之如鹰鹯之逐鸟雀也。"
【例句】唐杜甫《秋日夔府…》："乘威灭蜂虿,戮力效鹰鹯。"唐王贞白《拟塞外征行》："旌旗挂龙虎,壮士募鹰鹯。"宋程公许《送宪使江…》："愿效鹰鹯击,生憎虎豹狞。"宋曾巩《庭木》："鹰鹯逐恶鸟,天威得施为。"宋楼钥《曾吏部寿…》："东下姑苏台,戮力效鹰鹯。"

啸父忆鱼　xiào fù yì yú
【分类】文化
【关键词】虞啸父
【释义】侍对或咏鱼之典。《晋书·虞啸父传》："啸父…为孝武帝所亲爱。尝侍饮宴,帝从容问曰:'卿在门下,初不闻有所献替邪?'啸父家近海,谓帝有所求,对曰:'天时尚温,鳆鱼虾鲊未可致,寻当有所上献。'帝大笑。"
【例句】唐吴融《渡汉江初…》："啸父知机先忆鱼,季鹰无事已思鲈。"宋陆游《幽居》："市隐昔曾从啸父,山栖今欲效园公。"明孙一元《赠徐廷应》："偶过海门访啸父,相逢各诵云烟篇。"清王士禛《与曹升六…》："寄谢虞啸父,未须夸鳠鱼。"

啸阮　xiào ruǎn
【分类】文化
【关键词】阮籍
【释义】咏文士雅兴之典。《世说新语·栖逸》："阮步兵啸,闻数百步。苏门山中,忽有真人,樵伐者咸共传说。阮籍往观,见其人拥膝岩侧…籍因对之长啸。良久,乃笑曰:'可更作。'籍复啸。"
【例句】唐元稹《酬乐天江…》："阮籍惊长啸,商陵怨别弦。"唐田游岩《弘农清岩…》："风来应啸阮,波动可琴嵇。"

殽尸露　xiáo shī lù
【分类】政治
【关键词】左传
【释义】咏暴骨沙场之典。《左传·僖公三十三年》："(晋)败秦师于殽。"《左传·文公三年》："秦伯伐晋,济河焚舟,取王官,及郊。晋人不出,遂自茅津济,封殽尸而还。"
【例句】唐李商隐《五言述德…》："感念殽尸露,咨嗟赵卒坑。"清王锌《过峡石》："殽尸留昔耻,陵雨至今寒。"

些子儿　xiē zǐ er
【分类】生活
【关键词】卢多逊
【释义】少许,一点儿。《后山诗话》："太祖幸后池,对新月置酒,问当直学士为谁,曰卢多逊。召使赋诗。请韵,曰'些子儿'。其诗云:'太液池边看月时,好风吹动万年枝。谁家玉匣新开镜,露出清光些子儿。'"
【例句】宋陈造《次韵程帅…》："春光有底遽如许,酒量勉添些子儿。"宋华岳《夜步水西》："柴门只解关烟雨,不隔离愁些子儿。"宋阳枋《和郑季南…》："骄儿鼾寝僮眠却,些子天真不奈欢。"明张吉《暮发吉水》："乾坤好景元无数,吃用今宵些子儿。"明区越《九日不及…》："秋光渐满十分候,野兴独无些子儿。"

歇后诗　xiē hòu shī
【分类】文化
【关键词】郑綮
【释义】又称截后诗、缩字诗或隐字诗。《旧唐书·郑綮列传》："綮善为诗,多侮剧剌时,故落格调,时号郑五歇后体。"
【例句】宋刘克庄《水龙吟》："吟歇后诗,说无生话,热瞒村獠。"宋金朋说《歇后宰相》："歇后诗人何志诚,自量心迹甚详明。"清李惺《时事》："绝技摸棱手,间情歇后诗。"清沈曾植《寄陈伯严》："蚁字旁行表,蜂腰歇后诗。"

挟辀走　xié zhōu zǒu
【分类】政治
【关键词】颍考叔
【释义】咏力大之典。《左传·隐公十一年》："郑伯将伐许,五月甲辰,授兵于大宫。公孙阏与颍考叔争车,颍考叔挟辀以走,子都拔棘以逐之,乃大逵,弗及,子都怒。"
【例句】唐韩愈《驽骥》："王良执其辔,造父挟其辀。"唐杜牧《洛中送冀…》："处士有儒术,走可挟车辀。"宋王禹称《酬赠田舍人》："黄发老农鼓腹唱,雪花双鹿挟辀行。"宋张方平《酬范思远》："爽如高秋望霁景,壮如拔戟逐挟辀。"

斜川　xié chuān
【分类】生态
【关键词】陶渊明
【释义】古地名。在江西省星子、都昌二县交界。濒鄱阳湖,风景秀丽。泛指游览胜地。晋陶渊明《游斜川诗并序》："辛酉正月五日,天气澄和。风物闲美,与二三邻曲,同游斜川。"
【例句】宋苏轼《和林子中…》："早晚渊明赋归去,浩歌长啸老斜川。"宋杨时《赠致政杨…》："遥忆濑溪风物好,胜游应不愧斜川。"宋王十朋《李德远寺…》："斜川胜事今临川,锦袍风月追谪仙。"宋王之道《和彦逢弟…》："相山风物似斜川,岑寂那知市井喧。"

斜风细雨　xié fēng xì yǔ
【分类】生活
【关键词】张志和
【释义】微风夹着毛毛雨。唐张志和《渔歌子》："青箬笠,绿蓑衣,斜风细雨不须归。"
【例句】唐韦庄《题貂黄岭…》："斜风细雨江亭上,尽日凭栏忆楚乡。"唐李群玉《南庄春晚》："南村小路桃花落,细雨斜风独自归。"唐吴融《风雨吟》："寻常倚月复眠花,莫说斜风兼细雨。"宋司马光《龙女祠后…》："目断可堪人不至,斜风细雨湿罗衣。"

携高李　xié gāo lǐ
【分类】文化
【关键词】杜甫
【释义】喻指携文友。唐杜甫《遣怀》："忆与高李辈,论文入酒垆。"高指高适,李指李白。
【例句】唐杜甫《遣怀》："忆与高李辈,论交入酒垆。"宋刘辰翁《内家娇》："结客少年场,携高李、闻笛赋游梁。"宋韩元吉《九日独酌》："高李故人今健否,一樽怀古意无穷。"宋廖行之《挽武宣教彻》："词赋一时高李杜,弟兄今日扫机云。"

携履　xié lǚ
【分类】文化
【关键词】达摩
【释义】提履。喻指僧亡。源见"携只履"。
【例句】唐李端《青龙寺题…》："翻经徒有处,携履遂无归。"宋林希逸《郊行即事》："山僧渡水双携履,野客归村独杖藜。"宋张镃《真珠园和…》："踏雪山僧折简来,不学江携履只。"清唐芳第《洞房曲》："绿云半堕莲花妆,雅鬓十五携履箱。"

携只履　xié zhī lǚ

【分类】文化

【关键词】达摩

【释义】僧人送行或追悼亡僧之典。《五灯会元·初祖菩提达摩祖师》:"达摩端居而逝…后三岁,魏宋云奉使西域回,遇祖于葱岭,见手携只履,翩翩独逝。云问:'师何往?'祖曰:'西天去。'"

【例句】唐贾岛《赠胡僧归》:"祖师携只履,去路杳难寻。"唐齐己《荆门寄题…》:"不堪只履还西去,葱岭如今无使回。"宋司马光《和君贶少…》:"既携只履归西域,安得遗灵在少林。"宋李弥逊《可师止庵》:"踏尽东西散胜岩,却提只履过江南。"

写芭蕉　xiě bā jiāo

【分类】生活

【关键词】怀素

【释义】咏勤苦学习书法之典。唐陆羽《僧怀素传》:"贫无纸可书,尝于故里种芭蕉万余株,以供挥洒。"

【例句】宋王禹称《还韦度支…》:"旧草满囊胜薏苡,几联乘醉写芭蕉。"宋释正觉《禅人并化…》:"清写芭蕉雪,秀盛芙蓉霜。"宋释子益《寒山芭蕉…》:"欲写芭蕉上,依前一字无。"宋戴复古《伏龙山民…》:"吟成秃笔写芭蕉,何如沉香亭北醉挥毫。"

写经换鹅　xiě jīng huàn é

【分类】文化

【关键词】王羲之

【释义】喻以自己的高才绝技换取心爱之物。《晋书·王羲之传》:"山阴有一道士,养好鹅,羲之往观焉,意甚悦,固求市之。道士云:'为写《道德经》,当举群相赠耳。'羲之欣然写毕,笼鹅而归,甚以为乐。"

【例句】唐卢象《紫阳真人歌》:"须乘赤鲤游沧海,当以群鹅写道经。"唐孟浩然《寻梅道士》:"彭泽先生柳,山阴道士鹅。"唐韩愈《石鼓歌》:"羲之俗书趁姿媚,数纸尚可博白鹅。"宋尹廷高《羲之爱鹅》:"写经才毕即笼鹅,人物风流说永和。"

屑曲　xiè qǔ

【分类】政治

【关键词】李愍帝

【释义】帝王被困之典。《晋书·李愍帝纪》:"八月,刘曜逼京师,内外断绝…冬十月,京师饥甚,米斗金二两,人相食,死者大半。太仓有曲数十饼,曲允屑为粥以供帝,至是复尽。"

【例句】唐李商隐《送千牛李…》:"蒸鸡殊减膳,屑曲异和羹。"唐周昙《愍帝》:"御粥又闻无曲屑,不降胡虏奈饥肠。"宋刘子翚《四不忍》:"危城屑曲惊云扰,簠簋无光天座杳。"宋郑清之《谢玉泉君…》:"今年小麦好,岂屑官廪曲。"

谢安　xiè ān

【分类】政治

【关键词】谢安

【释义】字安石,东晋著名政治家。最初屡辞辟命,简文帝崩后,挫败桓温篡位意图,与王彪之等共同辅政。在淝水之战中打败前秦军队。善行书,通音乐。《晋书·谢安传》:"王导亦深器之。由是少有重名…时苻坚强盛,疆场多虞,诸将败退相继。安遣弟子及兄子玄等应机征讨,所在克捷。拜卫将军、开府仪同三司…赠太傅,谥曰文靖。"

【例句】唐李颀《送刘十》:"闻道谢安掩口笑,知君不免为苍生。"唐孟郊《寄院中诸公》:"戎府多秀异,谢公期共携。"唐高适《古乐府飞…》:"苍生谢安石,天子富平侯。"唐李白《永王东巡歌》:"但用东山谢安石,为君谈笑静胡沙。"唐杜甫《奉酬严公…》:"谢安不倦登临赏,阮籍焉知礼法疏。"唐韩翃《寄上田仆射》:"仆射临戎谢安石,大夫持宪杜延年。"

谢安泛海　xiè ān fàn hǎi

【分类】文化

【关键词】谢安

【释义】不畏风浪之典。源见"谢安雅量"。

【例句】唐杜甫《戏作寄上…》:"谢安舟楫风还起,梁苑池台雪欲飞。"宋陆游《书感》:"已欠谢安俱泛海,况无王粲与登楼。"清汤右曾《望海冈歌》:"舟中啸咏谢安石,台上轻举燕昭王。"清严复《联语》:"谢安舟楫风还起,庾信文章老更成。"

谢安棋　xiè ān qí

【分类】文化

【关键词】谢安

【释义】咏大臣处变不惊的风度。《晋书·谢安传》:"坚后率众,号百万,次于淮肥,京师震恐…安遂命驾出山墅,亲朋毕集,方与玄围棋赌别墅。安常棋劣于玄,是日玄惧,便为敌手而又不胜。安顾谓其甥羊昙曰:'以墅乞汝。'安遂游涉,至夜乃还,指授将帅,各当其任。"

【例句】唐温庭筠《秘书刘尚…》:"坏陵殷浩谪,春墅谢安棋。"唐皮日休《赠杨公杜…》:"画舸还盛江革石,秋山又看谢安棋。"宋刘子翚《次韵明仲…》:"沉机已寄谢安棋,逸兴何惭阮孚屐。"明张弼《送王廷贵…》:"李白酒船乘月汎,谢安棋局扫云铺。"

谢安问献之　xiè ān wèn xiàn zhī

【分类】生活

【关键词】谢安

【释义】比较书法优劣之典。《晋书·王献之传》:"谢安甚钦爱之,请为长史。安又问曰:'君书何如君家尊?'答曰:'故当不同。'安曰:'外论不尔。'答曰:'人那得知!'"

【例句】唐权德舆《马秀才草…》:"忆昔谢安问献之,时人虽见那得知。"

谢安雅量　xiè ān yǎ liàng
【分类】文化
【关键词】谢安
【释义】指处事从容得体，度量宽宏。《晋书·谢安传》："尝与孙绰等泛海，风起浪涌，诸人并惧，安吟啸自若。舟人以安为悦，犹去不止。风转急，安徐曰：'如此将何归邪？'舟人承言即回。众咸服其雅量。"
【例句】宋毛滂《登衢州双…》："谢安涵雅量，叔夜赋刚肠。"宋李光《近买扁舟…》："谢安空雅量，范蠡漫多谋。"清蔡宝善《挽张百熙联》："雅量如谢安石，风度似张曲江。"

谢安吟　xiè ān yín
【分类】文化
【关键词】谢安
【释义】一种音色重浊的吟咏。源见"洛生咏"。
【例句】唐蒋肱《永州陪郑…》："谁敢强登徐稚榻，自怜还学谢安吟。"清孙元衡《黑水沟》："气势不容陈茂骂，奔腾难著谢安吟。"

谢豹　xiè bào
【分类】文化
【关键词】禽经
【释义】杜鹃(子规)鸟的别称。是吴人对杜鹃鸟的称呼。《禽经》："嶲周，子规也，啼必北向。江介曰子规。"晋张华注："啼苦则倒悬于树，自呼曰谢豹。"
【例句】唐顾况《送大理张卿》："白沙洲上江蓠长，绿树村边谢豹啼。"唐庄南杰《红蔷薇》："谢豹声催麦陇秋，熏风吹落猩猩血。"唐张祜《寓居临平…》："田家起处乌龙静，酒客醒时谢豹啼。"唐雍陶《闻杜鹃》："碧竿微露月玲珑，谢豹伤心独叫风。"

谢不敏　xiè bù mǐn
【分类】生活
【关键词】左传
【释义】因自己没有才智而辞谢。常用作谦词，表示婉言推辞。《左传·襄公三十一年》："(赵文子)使士文伯谢不敏焉。"
【例句】唐韩愈《寄卢仝》："买羊沽酒谢不敏，偶逢明月曜桃李。"宋梅尧臣《闻密赐》："倾肝沥胆谢不敏，岂可便恃张良才。"宋苏轼《李公择过…》："何时花月夜，羊酒谢不敏。"宋吕本中《吴傅朋游…》："钟王敛手谢不敏，长史怀素惭衰颓。"

谢池草　xiè chí cǎo
【分类】生活
【关键词】谢灵运
【释义】谓怀念兄弟。源见"梦惠连"。
【例句】宋刘克庄《送居厚弟》："春梦谢池草，冰衔汉阁人。"宋许之《送薛子明》："诗章谢池草，经术董生帷。"宋姚勉《寄题陈肩…》："谢池草句本无奇，千古流传五字诗。"明康麟《忆弟凤龙》："谢池草长春多梦，姜被寒生夜不眠。"

谢法曹　xiè fǎ cáo
【分类】文化
【关键词】谢惠连
【释义】谢惠连代称。为咏参军，或为咏诗才之典。《宋书·谢惠连传》："惠连先爱会稽郡吏杜德灵，及居父忧，赠以五言诗十余首，文行于世…元嘉七年，方为司徒彭城王义康法曹参军。"
【例句】唐韩翃《和高平朱…》："狂歌好爱陶彭泽，佳句唯称谢法曹。"宋赵湘《萧山李宰…》："何人可作题诗伴，试茗应思谢法曹。"宋梅尧臣《酬杨愈太…》："畴昔西州谢法曹，声名籍甚我徒劳。"宋吕本中《再和兼寄…》："宁知懒过嵇中散，亦有诗如谢法曹。"

谢傅舅甥贤　xiè fù jiù shēng xián
【分类】生活
【关键词】谢安
【释义】称美甥舅之典。《晋书·谢安传》："安顾谓其甥羊昙曰：'以墅乞汝。'""羊昙者，太山人，知名士也，为安所爱重。安薨后，辍乐弥年，行不由西州路。"
【例句】唐武元衡《送李秀才…》："东武杨公姻娅重，西州谢傅舅甥贤。"

谢公　xiè gōng
【分类】文化
【关键词】谢灵运
【释义】指南朝宋谢灵运。源见"谢康乐"。
【例句】唐张说《相州山池作》："尝怀谢公咏，山水陶嘉月。"唐李白《梦游天姥…》："谢公宿处今尚在，渌水荡漾清猿啼。"唐钱起《送包何东游》："子好谢公迹，常吟孤屿诗。"唐岑参《敬酬杜华…》："得君江湖诗，骨气凌谢公。"

谢公船　xiè gōng chuán
【分类】文化
【关键词】谢灵运
【释义】咏乘舟之典。《昭明文选·南朝宋谢灵运〈富春渚〉》："宵济渔浦潭，旦及富春郭。…溯流触惊急，临圻阻参错。"咏泛舟富春渚之感受。
【例句】唐皎然《送陆判官…》："明朝富春渚，应思谢公船。"宋李洪《宿宝宁寺》："潮生富春渚，重泛谢公船。"清文廷式《满庭芳》："乘风去、无归也好，同泛谢公船。"

谢公墩　xiè gōng dūn
【分类】生态
【关键词】谢安
【释义】古迹名。一名谢安墩，晋谢安与王羲之登临处。在今南京市城东隅蒋山半山上。为咏雅绝超俗之典。宋王安石《谢公墩》："走马白下门，投鞭谢公墩。昔人不可见，故物尚或存。"

【例句】唐李白《登金陵冶…》:"冶城访古迹,犹有谢安墩。"宋王安石《谢公墩》:"走马白下门,投鞭谢公墩。"宋陆佃《依韵和李…》:"孔林父子久同葬,谢安墩在空坡陀。"宋贺铸《寓泊金陵…》:"宅枕谢公墩下路,诗寻萧寺壁间尘。"宋晁冲之《送王敦素》:"日饮建康水,时登谢公墩。"元柯九思《送陈玉林…》:"谢安墩上新亭好,玉斧鸾旌记旧游。"

谢公屐　xiè gōng jī

【分类】文化
【关键词】谢灵运
【释义】一种前后齿可装卸的木屐。原为南朝宋诗人谢灵运游山时所穿,故称。《宋书·谢灵运传》:"寻山陟岭,必造幽峻,岩嶂千重,莫不备尽。登蹑常著木履,上山则去其前齿,下山去其后齿。"
【例句】唐李白《梦游天姥…》:"脚着谢公屐,身登青云梯。"唐白居易《叙德书情…》:"山宜谢公屐,洲称柳家诗。"宋朱熹《同丘子服…》:"仰惭仙人杖,俯愧谢公屐。"宋赵汝燧《仰山行》:"平生几两谢公屐,爱山爱水真成癖。"

谢公吟赏　xiè gōng yín shǎng

【分类】文化
【关键词】谢灵运
【释义】赞赏庐山石镜之典。《昭明文选·南朝宋谢灵运〈入彭蠡湖口〉》:"攀崖照石镜,牵叶入松门。"唐李善注:"张僧鉴《浔阳记》曰:石镜山东,有一圆石,悬崖明净,照人见形。"
【例句】唐鲍溶《庐山石镜》:"早回谢公赏,今遇樵夫说。"唐方干《胡中丞早梅》:"谢公吟赏愁飘落,可得更拈长笛吹。"唐李郢《上元日寄…》:"谢公留赏山公唤,知入笙歌阿那朋。"宋苏过《次韵承之…》:"登临岂为谢公赏,七子赋诗歌赵武。"

谢家　xiè jiā

【分类】生态
【关键词】谢灵运
【释义】称美园林之典。也喻指贵族家园。《宋书·谢灵运传》:"灵运父祖并葬始宁县,并有故宅及墅,遂移籍会稽,修营别业,傍山带江,尽幽居之美。与隐士王弘之、孔淳之等纵放为娱,有终焉之志…"
【例句】唐李叔卿《江南曲》:"郜家子弟谢家郎,乌巾白裌紫香囊。"唐李端《题元注林园》:"谢家门馆似山林,碧石青苔满树阴。"唐杨巨源《春日有赠》:"提暖柳丝斜,风光属谢家。"唐卢纶《题李沇林园》:"愿同词赋客,得兴谢家深。"

谢家池　xiè jiā chí

【分类】生态
【关键词】谢灵运
【释义】泛称诗人文士家池塘。源见"梦惠连"。
【例句】唐王涣《惆怅诗》:"谢家池馆花笼月,萧寺房廊竹飐风。"唐张籍《感春》:"远客悠悠任病身,谢家池上又逢春。"唐杜牧《安贤寺》:"谢家池上安贤寺,面面松窗对水开。"宋胡用庄《咏红蕉》:"谢家池馆遇芳菲,破绿抽心一片绯。"

谢家楼　xiè jiā lóu

【分类】生态
【关键词】谢灵运
【释义】咏春光之典。《昭明文选·南朝宋谢灵运〈登池上楼〉》:"初景革绪风,新阳改故阴。池塘生春草,园柳变鸣禽。"
【例句】唐皎然《送契上人…》:"寻僧白岩寺,望月谢家楼。"唐陆畅《夜到泗州…》:"闻道泗滨清庙磬,雅声今在谢家楼。"唐姚合《杨柳枝词》:"游客见时心自醉,无因得见谢家楼。"唐韦庄《旅中感遇…》:"南望愁云锁翠微,谢家楼阁雨霏霏。"

谢家兄弟　xiè jiā xiōng dì

【分类】文化
【关键词】谢灵运
【释义】指南朝宋诗人谢灵运与从弟谢惠连。二人俱以诗文著称。喻指有文才的兄弟。《宋书·谢惠连传》:"子惠连,幼而聪敏,年十岁,能属文,族兄灵运深相知赏,事在灵运传。"
【例句】唐耿湋《春日书情…》:"友朋汉相府,兄弟谢家诗。"唐鲍防《人日陪宣…》:"人日春风绽早梅,谢家兄弟看花来。"唐张籍《登楼寄胡…》:"谢家兄弟重城里,不得同看雨后山。"宋冯山《和李曼长…》:"梦草新诗酬不得,谢家兄弟尽清才。"

谢家咏雪　xiè jiā yǒng xuě

【分类】文化
【关键词】谢安
【释义】谓谢安家众人对雪遥才吟咏。源见"咏絮才高"。
【例句】唐姚合《杨柳枝词》:"谢家咏雪徒相比,吹落庭前便作泥。"唐徐凝《喜雪》:"长爱谢家能咏雪,今朝见雪亦狂歌。"明张宁《送王廷器…》:"说车又是临岐日,咏雪应怀远送人。"清黄之隽《无题代寄》:"谢家咏雪徒相比,顾氏传神实有灵。"

谢监　xiè jiān

【分类】文化
【关键词】谢灵运
【释义】指南朝宋谢灵运。曾征为秘书监。《宋书·谢灵运传》:"太祖登祚,诛徐羡之等,徵为秘书监…使整理秘阁书,补足遗阙。"
【例句】唐韩翃《送秘书谢…》:"谢监忆山程,辞家万里行。"唐杨巨源《上刘侍中》:"幕中邀请谢监,麾下得周郎。"唐杨巨源《奉酬窦郎…》:"谢监逢酒时,袁生闭门月。"宋文彦博《郡斋春日…》:"纤垂谢监园中柳,嫩折罗敷陌上桑。"

谢康乐　xiè kāng lè
【分类】文化
【关键词】谢灵运
【释义】南朝宋谢灵运,曾袭封康乐公,故称。《宋书·谢灵运传》:"谢灵运…袭封康乐公…性奢豪,车服鲜丽,衣裳器物,多改旧制,世共宗之,咸称谢康乐也。"
【例句】唐杜甫《石柜阁》:"优游谢康乐,放浪陶彭泽。"唐韩翃《赠兖州孟…》:"闲心近掩陶使君,诗兴遥齐谢康乐。"唐齐己《荆州贯休…》:"右军书画神传髓,康乐文章梦授心。"宋程颢《陪陆子履…》:"遨头自是谢康乐,后乘独惭元漫郎。"

谢客　xiè kè
【分类】文化
【关键词】谢灵运
【释义】代称谢灵运或称美诗才之典。《诗品》:"宋临川太守谢灵运…初,钱塘杜明师夜梦东南有人来入其馆,是夕,即谢灵运生于会稽。旬日,而谢玄亡。其家以子孙难得,送灵运于杜治养之。十五方还都,故名'客儿'。"
【例句】唐崔颢《舟行入剡》:"谢客文逾盛,林公未可忘。"唐张子容《永嘉即事…》:"曾为谢客郡,多有逐臣家。"唐卢象《紫阳真人歌》:"青门抗行谢客儿,健笔连翩夏献之。"唐庾光先《奉和刘采…》:"幸陪谢客题诗句,谁与王孙此地归。"

谢郎巧思　xiè láng qiǎo sī
【分类】文化
【关键词】嘉泰会稽
【释义】咏因诗结缘之典。《嘉泰会稽志·杂纪》:"越渔者杨父,一女,绝色,为诗不过两句。或问:'胡不终篇?'答曰:'无奈情思缠绕,至两句即思迷不继。'有谢生求娶焉…示其篇曰:'珠帘半床月,青竹满林风。'谢续曰:'何事今宵景,无人解与同?'女曰:'天生吾夫!'"
【例句】宋秦观《烟中怨》:"谢郎巧思诗裁剪,能使佳人动幽怨。"宋秦观《调笑令》:"谢郎巧思诗裁剪。能动芳怀幽怨。"宋张耒《谢人惠金…》:"金沙倩丽闺中秀,酝酿谢郎林下风。"清厉鹗《扬州慢》:"除却谢郎俊句,无人与、浅晕深描。"

谢练　xiè liàn
【分类】生态
【关键词】谢朓
【释义】吟咏江水的典故。南朝齐谢朓《晚登三山还望京邑》:"余霞散成绮,澄江静如练。"
【例句】唐谭用之《江馆秋夕》:"满窗谢练江风白,一枕李纯海月明。"清查慎行《同吕灌园…》:"同时数子兴不浅,佳句澄鲜分谢练。"

谢临川　xiè lín chuān
【分类】文化

【关键词】谢灵运
【释义】指南朝宋谢灵运。《宋书·谢灵运列传》:"太祖知其见诬,不罪也。不欲使东归,以为临川内史。"
【例句】唐刘长卿《送方补上…》:"归共临川史,同翻贝叶文。"唐权德舆《送清洨上…》:"佳句已齐康宝月,清谈远指谢临川。"唐皎然《送演上人…》:"临川内史怜诸谢,尔在生缘比惠宗。"唐戴叔伦《题招隐寺》:"昨日临川谢病还,求田问舍独相关。"

谢娘　xiè niáng
【分类】文化
【关键词】谢道韫
【释义】原指晋王凝之妻谢道韫。借指才女。源见"咏絮才高"。或指唐宰相李德裕家歌妓谢秋娘。泛指歌妓。《花间集·归国谣》:"谢娘无限心曲,晓屏山断续。"
【例句】唐韩翃《送李舍人…》:"承颜陆郎去,携手谢娘归。"唐李贺《恼公》:"春迟王子态,莺啭谢娘慵。"唐温庭筠《河渎神》:"谢娘惆怅倚兰桡,泪流玉箸千条。"唐罗虬《比红儿诗》:"谢娘休漫逞风姿,未必娉婷胜柳枝。"

谢女　xiè nǚ
【分类】文化
【关键词】谢道韫
【释义】指晋谢道韫。泛指才女。《晋书·王凝之妻谢氏传》:"王凝之妻谢氏,字道韫…叔父安尝问:'毛诗何句最佳?'道韫称:'吉甫作颂,穆如清风。仲山甫永怀,以慰其心。'安谓有雅人深致。又尝内集,俄而雪骤下,安曰:'何所似也?'安兄子朗曰:'散盐空中差可拟。'道韫曰:'未若柳絮因风起。'安大悦。"
【例句】唐刘禹锡《柳絮》:"索回谢女题诗笔,点缀陶公漉酒巾。"唐姚合《咏镜》:"好是照身宜谢女,嫦娥飞向玉宫来。"唐李贺《牡丹种曲》:"檀郎谢女眠何处,楼台月明燕夜语。"唐温庭筠《赠知音》:"窗间谢女青蛾敛,门外萧郎白马嘶。"

谢氏逢素女　xiè shì féng sù nǚ
【分类】文化
【关键词】谢端
【释义】咏遇仙之典。《述异记》:"安郡有一书生谢端,为性介洁,不染声色,尝于海岸观涛,得一大螺,大如一石米斛,割之,中有美女,曰:'予天汉中白水素女。天帝矜卿纯正,令为君作妇。'端以为妖,呵责遣之。女叹息升云而去。"
【例句】唐李郢《送人之岭南》:"谢氏海边逢素女,越王潭上见青牛。"

谢朓　xiè tiǎo
【分类】文化
【关键词】谢朓
【释义】南朝齐杰出的山水诗人,与大谢谢灵运同族,世称小谢。又称谢宣城、谢吏部。《南齐书·谢朓列传》:"谢朓字玄晖…朓善草隶,长五言诗,沈约常云:'二百年来无此诗也。'敬皇后迁祔山陵,朓撰哀策文,齐世莫有及者…下狱死。时年三十六。"永泰初因告岳父王敬则谋反,迁尚书吏部郎。

【例句】唐李白《送储邕之…》:"诺为楚人重,诗传谢朓清。"唐李白《金陵城西》:"解道澄江净如练,令人长忆谢玄晖。"唐李白《宣州谢朓…》:"蓬莱文章建安骨,中间小谢又清发。"唐刘长卿《送柳使君…》:"惟有郡斋闲里岫,朝朝空对谢玄晖。"唐司空曙《早夏寄元…》:"蓬荜永无车马到,更当斋夜忆玄晖。"唐司空曙《残莺百啭…》:"谢朓羁怀方一听,何郎闲吟本多情。"

谢朓霞绮　xiè tiǎo xiá qǐ
【分类】生态
【关键词】谢朓
【释义】谢朓以绮之丽比拟晚霞。后用作咏霞之美好的典故。《昭明文选·南朝齐谢朓〈晚登三山还望京邑〉》:"余霞散成绮,澄江静如练。"
【例句】唐唐彦谦《红叶》:"谢朓留霞绮,甘宁弃锦张。"唐韩琮《晚春江晴…》:"晚日低霞绮,晴山远画眉。"唐杜甫《宇文晁尚…》:"尊当霞绮轻初散,棹拂荷珠碎却圆。"宋杨亿《后苑赏花…》:"云罗霞绮媚芳辰,琼圃花开烂漫春。"

谢庭风韵　xiè tíng fēng yùn
【分类】文化
【关键词】谢道韫
【释义】咏才女之典。《晋书·王凝之妻谢氏传》:"王凝之妻谢氏,字道韫…(及遭孙恩之难)自尔嫠居会稽,家中莫不严肃。太守刘柳闻其名,请与谈议。道韫素知柳名,亦不自阻,乃簪髻素褥坐于帐中,柳束修整带造于别榻。道韫风韵高迈,叙致清雅,先及家事,慷慨流涟,徐酬问旨,词理无滞。柳退而叹曰:'实顷未所见,瞻察言气,使人心形俱затм。'"
【例句】唐窦常《过宋氏五…》:"谢庭风韵婕好才,天纵斯文去不回。"清黄之隽《古意中》:"谢庭风韵婕好才,翡翠屠苏鹦鹉杯。"

谢庭兰玉　xiè tíng lán yù
【分类】文化
【关键词】谢玄
【释义】称扬能光耀门庭的优秀子弟。源见"芝兰玉树"。
【例句】宋宋祁《赠潘斋郎》:"吟塘春草夺袍青,兰977仙姿出谢庭。"宋李之仪《告别子通》:"谢庭兰玉旧同名,早岁风流接二兄。"宋张孝祥《鹧鸪天》:"明年今日称觞处,更有孙枝满谢庭。"宋曾巩《庭桧呈蒋…》:"汉节从来纵真赏,谢庭兰玉载芳音。"

谢文学　xiè wén xué
【分类】文化
【关键词】谢朓

【释义】指南朝齐著名诗人谢朓。曾在隋王萧子隆幕下任文学。源见"谢朓"。
【例句】唐司空曙《雨夜见投…》:"因知谢文学,晓望比尘埃。"唐孟郊《同茅郎中…》:"如何谢文学,还起会云吟。"

谢宣城　xiè xuān chéng
【分类】文化
【关键词】谢朓
【释义】指南朝齐著名诗人谢朓。曾任宣城太守。源见"谢朓"。
【例句】唐杜甫《陪裴使君…》:"礼加徐孺子,诗接谢宣城。"唐韩翃《送夏侯侍郎》:"翰墨已齐钟大理,风流好继谢宣城。"唐荀鹤《寄温州朱…》:"教化静师龚渤海,篇章高体谢宣城。"唐卢纶《送从叔士…》:"久是吴门客,尝闻谢守贤。"

谢宣远　xiè xuān yuǎn
【分类】文化
【关键词】谢瞻
【释义】南朝宋诗人谢瞻。喻优异文士诗人。《宋书·谢瞻列传》:"谢瞻字宣远…年六岁,能属文,为〈紫石英赞〉、〈果然诗〉,当时才士,莫不叹异…瞻善于文章,辞采之美,与族叔混、族弟灵运相抗。"
【例句】唐韩翃《送中兄典…》:"他日新诗应见报,还如宣远在安城。"宋牟巘《和陈无逸…》:"宣远风情虽旷代,渊明霜气直横空。"明黄淮《闻柯启晖…》:"阿蒙方勉学,宣远早能诗。"清弘历《题庆霄楼》:"一时偶忆谢宣远,五字曾吟张子房。"

谢玄文　xiè xuán wén
【分类】政治
【关键词】谢玄
【释义】用作咏去职归休的典故。《晋书·谢玄传》:"玄即路,于道疾笃,上疏曰:'臣以常人,才不佐世,忽蒙殊遇…冀仰凭皇威,宇宙宁一,陛下致太平之化,庸臣以尘露报恩,然后从亡叔臣安退身东山,以道养寿。'"
【例句】唐钱起《送李秀才…》:"名逃却诜策,兴发谢玄文。"明练子宁《次孟子温…》:"人物数推黄叔度,文章谁似谢玄晖。"

谢掾未易才　xiè yuàn wèi yì cái
【分类】文化
【关键词】王珣谢玄
【释义】称美属员之典。源见"黑头公"。
【例句】唐罗隐《淮南送工…》:"隋邸旧僚推谢掾,汉廷高议得相如。"宋王圭《莫京甫知…》:"幕府才流推谢掾,宣州宾客忆崔群。"宋郑清之《送林教行》:"青云直上轻余子,黑发谁量未易才。"元张以宁《送谢弘道…》:"江东谢掾旧风流,十载艰虞夙壮游。"明王世贞《答谢子成…》:"间阔将成老,艰危未易才。"清厉鹗《哭查莲坡》:"乾坤刘尹谁知我,湖海陈登未易才。"

谢毡　xiè zhān
【分类】政治
【关键词】谢朓
【释义】咏施恩济困之典。《南史·江革传》："齐中书郎王融、吏部郎谢朓雅相钦重。朓尝行过候革，时大寒雪，见革弊絮单席，而耽学不倦，嗟叹久之，乃脱所著襦，并手割半毡与革充卧具而去。"
【例句】唐郑谷《寄左省张…》："开口人皆信，凄凉是谢毡。"

谢中书　xiè zhōng shū
【分类】文化
【关键词】谢瞻
【释义】南朝宋著名诗人谢瞻，曾任中书侍郎。为咏诗才之典。《南史·谢瞻传》："与从叔混、族弟灵运俱有盛名。尝作《喜霁诗》，灵运写之，混咏之。王弘在坐，以为三绝。"
【例句】唐韩翃《访王起居…》："载笔已齐周右史，论诗更事谢中书。"宋苏轼《试笔》："多谢中书君，伴我此幽栖。"清梁同书《赠某粮道》："经济只今刘计相，词华自昔谢中书。"

谢庄千里思　xiè zhuāng qiān lǐ sī
【分类】生活
【关键词】谢庄
【释义】思念远方亲友之典。《昭明文选·南朝宋谢庄〈月赋〉》："歌曰：'美人迈兮音尘阙，隔千里兮共明月。'"
【例句】唐钱起《送邬三落…》："十年失路谁知己，千里思亲独远归。"唐韦应物《酬卢嵩秋…》："去君咫尺地，劳君千里思。"唐李群玉《望月怀友》："川路正长难可越，美人千里思何穷。"唐韦庄《同旧韵》："谢庄千里思，张翰五湖心。"

谢庄衣　xiè zhuāng yī
【分类】文化
【关键词】谢庄
【释义】咏雪之典。《宋书·符瑞志下》："大明五年正月戊午元日，花雪降殿庭。时右卫将军谢庄下殿，雪集衣。还白，上以为瑞。于是公卿并作花雪诗。"
【例句】唐李商隐《对雪》："欲舞定随805植马，有情应湿谢庄衣。"宋晁说之《途中遇雪》："征裘不是谢庄衣，何事轻霰故故飞。"宋喻良能《雪》："三客新成梁苑赋，六花又舞谢庄衣。"宋吴潜《再和赵知…》："只道梅花已乱飞，何须点缀谢庄衣。"

薤露蒿里　xiè lù hāo lǐ
【分类】生活
【关键词】乐府诗集
【释义】挽歌。出自田横门人，汉武时，李延年乃分为二曲，《薤露》送王公贵人，《蒿里》送士大夫庶人，使挽柩者歌之。《乐府诗集》："《薤露》：'薤上露，何易晞。露晞明朝更复落，人死一去何时归。'又《蒿里》：'蒿里谁家地，聚敛魂魄无贤愚，鬼伯一何相催促，人命不得少踟蹰。'"
【例句】唐李咸用《哭所知》："风灯无定度，露薤亦逡巡。"唐宋之问《范阳王挽词》："薤露衣冠送，松门印绶迎。"唐宋之问《故赵王属…》："柳河凄挽曲，薤露湿灵衣。"唐岑参《河西太守…》："蒿里埋双剑，松门闭万春。"

嶰谷竹　xiè gǔ zhú
【分类】生活
【关键词】吕氏春秋
【释义】指能制乐器的良竹。喻指人才。源见"伶伦凤律"。
【例句】宋刘敞《凤凰山笙竹》："海外虽传有嶰谷，人间似未悟孙枚。"宋苏轼《用前韵再…》："譬彼嶰谷竹，剪裁待伶伦。"宋汪炎昶《张子京扁…》："自停伶伦双凤鸣，阴分嶰谷凉幽庭。"元刘基《题李息斋…》："修茎拟截伶伦管，和气潜驱嶰谷寒。"清查礼《春夜苔花…》："我琴无弦桐梓绿，化作孤生嶰谷竹。"

獬豸冠　xiè zhì guān
【分类】政治
【关键词】后汉书
【释义】法冠。或借指御史等执法官吏。《后汉书·舆服志下》："法冠，一曰柱后。高五寸，以缅为展筒，铁柱卷，执法者服之，侍御史、廷尉正监平也。或谓之獬豸冠。獬豸，神羊，能别曲直，楚王尝获之，故以为冠。"南朝梁刘昭注：《异物志》曰：'东北荒中有兽，名獬豸，一角，性忠，见人斗，则触不直者；闻人论，则咋不正者。'"
【例句】唐张谓《送韦侍御…》："更谒麒麟殿，重簪獬豸冠。"唐张谓《杜侍御送》："越人自贡珊瑚树，汉使何劳獬豸冠？"唐司空曙《九日送人》："送人冠獬豸，值节佩茱萸。"唐岑参《晦日陪侍…》："月带虾蟆冷，霜随獬豸寒。"

邂逅　xiè hòu
【分类】生活
【关键词】诗经
【释义】不期而遇或者偶然相遇。《诗经·郑风·野有蔓草》："邂逅相遇，适我愿兮。"
【例句】唐萧翼《答辨才探…》："邂逅款良宵，殷勤荷胜招。"唐孟浩然《山中逢道…》："邂逅欢觏止，殷勤叙离隔。"唐史凤《迷香洞》："自从邂逅芙蓉帐，不数桃花流水溪。"唐杜甫《送郑十八…》："苍惶已就长途往，邂逅无端出饯迟。"聂绀弩《沁园春》："今老矣，却穷途罪室，邂逅君焉。"

蟹匡　xiè kuāng
【分类】文化
【关键词】礼记
【释义】蟹的背壳。泛指螃蟹。《礼记·檀弓》："蚕则绩而蟹有匡。"唐孔颖达疏："蟹有匡者，蟹背壳似匡，因谓蟹背作匡。"
【例句】唐钱珝《江行无题》："漫把尊中物，无人啄蟹筐。"唐韦庄《和郑拾遗…》："似鱼甘去乙，比蟹未成筐。"明唐之淳《江淮舟中…》："盐飞白雪明鱼鲙，酒熟金瓯渍蟹筐。"明吴宽《送吴宪之…》："长安极北谁云远，要听成人颂蟹匡。"

蟹眼 xiè yǎn
【分类】文化
【关键词】谈薮
【释义】比喻水初沸时泛起的小气泡。《谈薮》："俗以汤之未滚者为盲汤，初滚者曰蟹眼，渐大者曰鱼眼，其未滚者无眼，所语盲也。"
【例句】宋苏轼《次韵周穜…》："蟹眼翻波汤已作，龙头拒火柄犹寒。"宋苏轼《试院煎茶》："蟹眼已过鱼眼生，飕飕欲作松风鸣。"宋苏辙《次韵李公…》："蟹眼煎成声未老，兔毛倾看色尤宜。"宋王十朋《毛虞卿见过》："蟹眼煎新汲，雀舌烹春撷。"

心从天外归 xīn cóng tiān wài guī
【分类】文化
【关键词】刘昭禹
【释义】咏作诗苦吟之典。《诗话总龟·雅什》："刘昭禹字休明，婺州人。少师林宽，为诗刻苦，不惮风雪。诗云：'句向夜深得，心从天外归。'言不虚耳。"
【例句】唐崔成甫《赠李十二白》："天外常求太白老，金陵捉得酒仙人。"唐耿湋《奉和李观…》："黄河曲尽流天外，白日轮倾落海西。"唐刘禹锡《酬本原令…》："书信来天外，琼瑶满匣中。"宋欧阳修《句》："一句坐中得，片心天外来。"

心膂 xīn lǚ
【分类】政治
【关键词】尚书
【释义】比喻亲信且受重用之臣。《尚书·君牙》："王若曰：'…今命尔予翼，作股肱心膂，缵乃旧服，弘敷五典，式和民则。'膂：脊梁骨。
【例句】唐崔元翰《奉和登玄…》："光赏文藻丽，便繁心膂亲。"唐白居易《赠杓直》："昨日共君语，与余心膂然。"宋陈汝锡《寿时相》："甄陶四海规模大，心膂三朝体貌隆。"宋范成大《太傅杨和…》："风云天策府，心膂殿前军。"

心曲 xīn qū
【分类】生活
【关键词】诗经
【释义】内心深处。犹心绪、心事。《诗经·秦风·小戎》："言念君子，温其如玉。在其板屋，乱我心曲。"汉郑玄笺："心曲，心之委曲也。"宋朱熹集传："心曲，心中委曲之处也。"
【例句】唐张九龄《高斋闲望》："岁华空冉冉，心曲且悠悠。"唐白居易《朱陈村》："悲火烧心曲，愁霜侵鬓根。"唐李白《酬岑勋见》："黄鹤东南来，寄书写心曲。"唐韦应物《酬元伟过…》："何以慰心曲，伫子西还归。"

心如古井 xīn rú gǔ jǐng
【分类】生活
【关键词】孟郊
【释义】心里像年代久远的枯井。形容内心十分平静，泛不起涟漪。唐孟郊《烈女操》："波澜誓不起，妾心古井水。"
【例句】唐白居易《赠元稹》："无波古井水，有节秋竹竿。"宋王炎《到常清寺》："古井寒泉久不波，贪官好梦到南柯。"宋释德洪《莹中南归…》："归来儿女团圞坐，赢得心如古井波。"宋释德洪《慈明禅师…》："而公宴坐不言中，诸有求心如古井。"

心如悬旌 xīn rú xuán jīng
【分类】生活
【关键词】战国策
【释义】形容心神不定。《战国策·楚策》："寡人卧不安席，食不甘味，心摇摇如悬旌，而无所终薄。"
【例句】唐崔日用《奉和圣制…》："壮心看舞剑，别绪应悬旌。"唐岑参《送郭仆射…》："将心感知己，万里寄悬旌。"唐刘禹锡《晚步扬子…》："乡国殊渺漫，羁心目悬旌。"宋苏辙《三不行》："客心摇摇若悬旌，三度欲归归不成。"元杜瑛《秋思》："壮心忽忽剧悬旌，秋气能令客子惊。"

心似灰 xīn sì huī
【分类】生活
【关键词】庄子
【释义】心如死灰，指心境淡漠，毫无情感。现也形容意志消沉，态度冷漠到极点。死灰，指已冷却的灰烬。《庄子·齐物论》："形固可使如槁木，而心固可使如死灰乎？"
【例句】唐宋之问《早发始兴…》："鬓发俄成素，丹心已作灰。"唐张说《闻雨》："心对炉灰死，颜随庭树残。"唐张九龄《酬周判官…》："心息息已如灰，迹牵且为赘。"唐杜甫《曲江三章…》："吾人甘作心似灰，弟侄何伤泪如雨。"

心似矢 xīn sì shǐ
【分类】生活
【关键词】史鱼
【释义】比喻为人正直的品格。源见"史鱼直"。
【例句】唐李端《长安感事…》："秉公犹似矢，摇首忽如蓬。"宋王洋《以校正字…》："持以告人遭诋毁，方侯持心直如矢。"宋车若水《见贺窗先生》："风惊雨劫破窗寒，猛心直矢圣贤室。"

心有灵犀 xīn yǒu líng xī
【分类】生活
【关键词】汉书
【释义】喻相爱之人心心相通。灵犀，指纹理透明的犀角。《汉书·西域传赞》唐颜师古注："通犀，中央色白，通两头。"
【例句】唐李商隐《无题》："身无彩凤双飞翼，心有灵犀一点通。"唐韩偓《八月六日…》:"威凤鬼应遮矢射,灵犀天与隔埃尘。"宋欧阳修《再和圣俞…》:"如其所得自勤苦,何惮入海求灵犀。"宋范纯仁《充墨》:"中疑玄石无纤翳,外若灵犀有密纹。"

心猿　xīn yuán
【分类】文化
【关键词】维摩诘
【释义】佛教语。喻攀缘外境、浮躁不安之心有如猿猴。《维摩诘所说经·香积佛品》:"以难化之人,心如猿猴,故以若干种法,制御其心,乃可调伏。"
【例句】唐罗隐《灵山寺》:"欲依师问道,何处系心猿?"唐赵嘏《四祖寺》:"自为心猿不调伏,祖师元是世间人。"唐道镜《修西方十劝》:"归依佛语莫生疑,制护心猿放逸。"唐罗邺《夏日宿containing…》:"他年纵使重来此,息得心猿鬓已霜。"宋杨亿《别聪道人…》:"心猿已伏都无念,海鸟相逢自不惊。"

心猿意马　xīn yuán yì mǎ
【分类】文化
【关键词】敦煌变文
【释义】比喻心神流荡散乱而无法控制。亦指变化不定难以控制的心神。《敦煌变文集·维摩诘经讲经文》:"卓定深沉莫测量,心猿意马罢颠狂。"
【例句】唐许浑《题杜居士》:"机尽心猿伏,神闲意马行。"宋赵忭《缘识》:"心猿意马须自缚,斯言之理还不若。"宋道潜《赠闲上人》:"心猿意马就羁束,肯逐万境争驰驱?"宋朱翌《睡轩》:"意马心猿不用忙,睡乡深处解行装。"

心折　xīn zhé
【分类】生活
【关键词】江淹
【释义】内心摧折,形容伤感到极点。《昭明文选·南朝江淹〈别赋〉》:"有别必怨,有怨必盈,使人意夺神骇,心折骨惊。"
【例句】唐杜甫《秦州杂诗》:"西征问烽火,心折此淹留。"唐杜甫《冬至》:"心折此时无一寸,路迷何处见三秦。"宋欧阳修《霜》:"一夜新霜着瓦轻,芭蕉心折败荷倾。"宋王安石《寄张氏女弟》:"心折向谁论宿昔,魂来空复梦平生。"

辛廖　xīn liào
【分类】政治
【关键词】春秋左传
【释义】春秋时晋大夫。泛指占卜者。《左传·闵公元年》:"毕万筮仕于晋,遇《屯》之《比》。辛廖占之,曰:'吉。'"
【例句】唐李贺《自昌谷…》:"东家名廖者,乡曲传姓辛。"

辛盘　xīn pán
【分类】生活
【关键词】风土记
【释义】旧俗农历正月初一,用葱韭等五种味道辛辣的菜蔬置盘中供食,取迎新之意。《太平御览》引《风土记》:"元日造五辛盘,正元日五熏炼形。"注曰:"五辛,所以发五藏气。"
【例句】唐杨巨源《谢人送鲫…》:"芳饵得来珍丙穴,金刀落处照辛盘。"宋艾性夫《除卯立春》:"屠苏卯酒红生晕,细菜辛盘翠作堆。"宋刘挚《丙子元日》:"祝延千岁酒,练气五辛盘。"宋吴则礼《元日呈王…》:"唤取平生三语掾,来分投老五辛盘。"

新丰酒　xīn fēng jiǔ
【分类】生活
【关键词】梁元帝
【释义】美酒名。新丰:故地在今陕西临潼县东北,汉置,秦曰骊邑。以产美酒著名。南朝梁元帝《登江州百花亭怀荆楚》:"试酌新丰酒,遥劝阳台人。"
【例句】唐王维《少年行》:"新丰美酒斗十千,咸阳游侠多少年。"唐王昌龄《送郑判官》:"英僚携出新丰酒,半道遥看骢马归。"宋王安中《次韵和梁…》:"雪夕张灯白昼同,坐知酒价长新丰。"宋陆游《北望感怀》:"乾坤恨入新丰酒,霜露寒侵季子裘。"

新丰酒徒　xīn fēng jiǔ tú
【分类】生活
【关键词】马周
【释义】咏善饮豪迈之士的典故。源见"马周困新丰"。
【例句】宋王迈《除夕》:"久依净社参尊宿,难向新丰认酒徒。"宋陆游《江夏与章…》:"凄凉江夏秋风里,况见新丰旧酒徒。"宋陆文圭《有感》:"鸢肩柱作常何客,只合新丰伴酒徒。"元曹伯启《赠刘彦卿》:"酒徒未识新丰客,舟子虚疑户牖侯。"

新丰客　xīn fēng kè
【分类】政治
【关键词】马周
【释义】比喻怀才不遇,壮志难酬,士不得其志。源见"马周困新丰"。
【例句】唐李贺《致酒行》:"吾闻马周昔作新丰客,天荒地老无人识。"宋王之道《送彦立兄…》:"从令马宾王,不是新丰客。"宋陆游《山园晚兴》:"杨子凄凉老天禄,马周憔悴客新丰。"宋洪朋《樊上丈人歌》:"君不见博陵马周新丰客,时无贞观老死无人识。"

新工　xīn gōng
【分类】文化
【关键词】黄庭坚
【释义】谓诗词创作的新创意。《宋诗钞·山谷诗钞》:"径欲题诗嫌浪许,杜郎觅句有新工。"宋黄庭坚字鲁直,号山谷道人。
【例句】宋邓深《腊月立春》:"首迓东皇须痛饮,可能无句著新工。"宋刘宰《喜雨柬权…》:"曰须不负丞,哦诗有新工。"宋强至《观仲灵久…》:"旧游已得新工部,佳句今逢休上人。"宋陈师道《招黄魏二生》："却思二子共一笑,拨弃旧语无新工。"

新婚燕尔　xīn hūn yàn ěr
【分类】生活
【关键词】诗经
【释义】形容新婚的欢乐。语出《诗经·邶风·谷风》："宴尔新昏,如兄如弟。"唐陆德明释文："宴,本又作'燕'。"唐孔颖达疏："安爱汝之新昏,其恩如兄弟也。"原为弃妇诉说原夫再娶与新欢作乐,后反其意,用作庆贺新婚之辞。
【例句】唐杜易简《嘲格辅元》："埒囊将ípios旧识,制被异新婚。"唐韦应物《送秦系赴…》："近作新婚镊白髭,长怀旧卷映蓝衫。"唐白居易《读邓鲂诗》："擢第禄不及,新婚妻未归。"唐韩翃《赠王随》："青云自致晚应遥,朱邸新婚乐事饶。"

新火　xīn huǒ
【分类】生活
【关键词】杜甫
【释义】唐宋习俗,清明前一日禁火寒食,到清明节再起火赐百官,称为新火。唐杜甫《清明》："朝来新火起新烟,湖色春光净客船。"
【例句】唐权德舆《清明日次…》："家人定是持新火,点作孤灯照洞房。"唐和凝《宫词》："清明节日颁新火,蜡炬星飞下九天。"五代和凝《宫词》："清明节日颁新火,蜡炬星飞下九天。"宋王禹偁《清明感事》："昨夜邻家乞新火,晓窗分与读书灯。"

新缣故素　xīn jiān gù sù
【分类】生活
【关键词】玉台新咏
【释义】形容妻妾、嫔妃的得宠、失意等。源见"下山"。
【例句】唐元稹《梦游春》："幸有古如今,何劳缣比素?"宋杨亿《代意》："锦瑟惊弦愁别鹤,星机促杼怨新缣。"明何景明《咏衣》："新缣托故素,温燠念寒凉。"明王夫之《续落花诗》："竞赛新缣愁旧素,欲芟白俗奈元轻。"

新苗　xīn miáo
【分类】生活
【关键词】陶渊明
【释义】新生的禾苗。喻指新出现的人才或新生的一代。晋陶渊明《时运》："有风自南,翼彼新苗。"
【例句】唐刘长卿《送齐郎中…》："直庐收旧草,行县及新苗。"唐姚合《游春》："尘埃生暖色,药径长新苗。"唐陆龟蒙《自遣诗》："无多药圃近南荣,合有新苗次第生。"宋蔡襄《三月再还家》："江眠闻落霰,野饭掇新苗。"

新声北里　xīn shēng běi lǐ
【分类】生活
【关键词】纣
【释义】古舞曲名。代称委靡粗俗的曲乐。《史记·殷本纪》："帝纣…好酒淫乐,嬖于妇人。爱妲己,妲己之言是从。于是使师涓作新淫声,北里之舞,靡靡之乐。"
【例句】唐骆宾王《帝京篇》："王侯贵人多近臣,朝游北里暮南邻。"唐韩仲宣《上元夜效…》："歌钟盛北里,车马沸南邻。"宋米芾《不应武康…》："有时惊觉神瀼梦,北里新声舞翠鸾。"宋苏轼《刁景纯席…》："此夜新声闻北里,他年故事记南徐。"

新亭　xīn tíng
【分类】政治
【关键词】王导
【释义】六朝时期国都建康南部重要的军事堡垒,为建康宫城的南北门户,今南京市雨花台一带。此处濒临长江,位置险要,也是一处风景名胜。源见"新亭对泣"。
【例句】唐李白《金陵新亭》："金陵风景好,豪士集新亭。"唐杜甫《登高》："艰难苦恨繁霜鬓,潦倒新停浊酒杯。"唐杜甫《十二月一日》："新亭举目风景切,茂陵著书消渴长。"唐皇甫冉《三月三日…》："江南烟景复如何,闻道新亭更可过。"

新亭对泣　xīn tíng duì qì
【分类】政治
【关键词】王导
【释义】哀叹故国沦亡、无力回天之典。《晋书·王导传》："过江人士,每至暇日,相要出新亭饮宴。周顗中坐而叹曰:'风景不殊,举目有江河之异。'皆相视流涕。惟导愀然变色曰:'当共勠力王室,克复神州,何至作楚囚相对泣邪!'众收泪而谢之。"
【例句】唐独孤及《癸卯岁赴…》："莫作新亭泣,徒使夷吾嗤。"唐吴融《过渑池书事》："莫道新亭人对泣,异乡殊代也沾衣。"唐李商隐《与同年李…》："相携花下非秦赘,对泣春天类楚囚。"宋程俱《某前日谒…》："伯仁三日应可尔,顿解新亭对凄楚。"宋赵鼎臣《栾弃哀育…》："'男儿志气要轩昂,肯作楚囚相对泣。"

新妆　xīn zhuāng
【分类】生活
【关键词】王训
【释义】谓女子新颖别致的打扮修饰。南朝梁王训《应令咏舞》："新妆本绝世,妙舞亦如仙。"
【例句】唐上官仪《咏画障》："新妆漏影浮轻扇,冶袖飘香入浅流。"唐沈叔安《七夕赋咏…》："停梭且聚留残纬,拂镜及早更新妆。"唐李白《清平调词》："借问汉宫谁得似?可怜飞燕倚新妆。"唐王邕《湘灵鼓瑟》："依稀闻促柱,髣髴梦新妆。"

歆向　xīn xiàng
【分类】文化
【关键词】刘歆刘向
【释义】西汉刘歆及其父刘向的合称。《文中子·天地》:

"使范宁不尽美于《春秋》,歆向之罪也…《春秋》之失自歆向始也。"宋阮逸注:"刘向理《穀梁》,刘歆好《左氏》,各守一家而不能贯通经之本,是古学之罪也。"

【例句】宋梅尧臣《答张原甫…》:"刘公汉家裔,才学歆向俦。"宋欧阳修《绿竹堂独饮》:"马迁班固泊歆向,下笔点窜皆嘲嘈。"宋欧阳修《答梅圣俞…》:"词章尽崔蔡,论议皆歆向。"宋张耒《挽老苏先生》:"一门歆向传家学,二子机云并隽游。"

信陵君 xìn líng jūn

【分类】政治

【关键词】魏无忌

【释义】魏无忌,魏国公子,战国四公子之一,两度击败秦军,挽救赵国和魏国。《史记·魏公子列传》:"昭王薨,安厘王即位,封公子为信陵君。""公子自知再以毁废乃谢病不朝…日夜为乐饮者四岁竟病酒而卒。"

【例句】唐高适《古大梁行》:"魏王宫殿尽禾黍,信陵宾客随灰尘。"唐韩翃《送高别驾…》:"信陵门客识君偏,骏马轻裘正少年。"唐刘禹锡《酬令狐相…》:"海峤新辞永嘉守,夷门重见信陵君。"唐秦韬玉《吹笙歌》:"信陵名重怜高才,见我长吹青眼开。"

信美非吾土 xìn měi fēi wú tǔ

【分类】生活

【关键词】王粲

【释义】表现思念故土之情。东汉王粲《登楼赋》:"华实蔽野,黍稷盈畴。虽信美而非吾土兮,曾何足以少留。"

【例句】唐李频《秋夜山中…》:"此地非吾土,闲留又一年。"唐牛征《登越王楼》:"危楼送远目,信美奈乡情。"唐吕温《道州途中…》:"信美非吾土,分忧属贱躬。"宋祖无择《历城春日…》:"眼前信美非吾土,且劝春风酒一杯。"

信越 xìn yuè

【分类】政治

【关键词】韩信彭越

【释义】西汉开国将领韩信和彭越,后均被诛杀。《史记·项羽本纪》:"信、越未有分地,其不至固宜。君王能与共分天下,今可立致也…自陈以东傅海,尽与韩信;睢阳以北至谷城,以与彭越:使各自为战,则楚易败也。"

【例句】唐王珪《咏汉高祖》:"爪牙驱信越,腹心谋张陈。"唐罗隐《关亭春望》:"信越功名高似狱,襄王气力大于牛。"宋刘克庄《纵笔》:"蒯鄜提趋沸汤,信越狗烹弓藏。"明苏葵《咏史张良》:"若教信越长无恙,未必山中有赤松。"

衅钟悲牛 xìn zhōng bēi niú

【分类】政治

【关键词】梁惠王

【释义】表现王者仁心;也指人无辜受难。衅:一种血祭仪式。《孟子·梁惠王》:"有牵牛而过堂下者,王见之,曰:'牛何之?'对曰:'将以衅钟。'王曰:'舍之。吾不忍其觳觫,若无罪而就死地。'对曰:'然则废衅钟与?'曰:'何可废之?以羊易之!'"

【例句】唐柳宗元《游南亭夜…》:"问牛悲衅钟,说饶惊临牢。"宋黄庭坚《四月戊申…》:"濡需且肉食,觳觫恐钟衅。"宋陆游《书斋壁》:"过堂未悟钟将衅,睨柱宁知璧偶全?"明杨慎《鹧鸪天》:"过堂未悟钟将衅,睨柱谁知璧偶全。"

星槎 xīng chá

【分类】文化

【关键词】严君平

【释义】指传说中往来于天河的木筏。泛指舟船。源见"乘槎"。

【例句】唐宋之问《宴安乐公…》:"宾至星槎落,仙来月宇空。"唐刘禹锡《逢王十二…》:"昵马翩翩禁外逢,星槎上汉难从。"唐吴融《汴上观》:"殷勤莫碍星槎路,从看天津弄杼回。"宋杨亿《七夕》:"共瞻月树怜飞鹊,谁泛星槎见饮牛。"

星坼中台 xīng chè zhōng tái

【分类】政治

【关键词】晋书

【释义】指要臣名人陨落离世。《晋书·文天志上》:"三台六星,两两而居…在人曰三公,在天曰三台,主开德宣符也。"《晋书·张华列传》:"少子韪以中台星坼,劝华逊位。华不从…遂害之于殿前马道南,夷三族,朝野莫不悲痛之。"

【例句】唐李群玉《宝剑》:"自从星坼中台后,化作双龙去不归。"唐杜甫《秋日荆南》:"汉庭和异域,晋史坼中台。"宋强至《挽故司徒…》:"星坼中台蔑讣人,君王泪湿辍朝衣。"宋胡宿《兵部尚书…》:"典刑留大雅,文象坼中台。"

星辰合围 xīng chén hé wéi

【分类】政治

【关键词】汉高祖

【释义】帝王遭受战乱困扰之典。《汉书·天文志》:"七年,月晕,围参、毕七重。占曰:'毕昴间,天街也;街北,胡也;街南,中国也。昴为匈奴,参为赵,毕为边兵。'是岁高皇帝自将兵击匈奴,至平城,为冒顿单于所围,七日乃解。"

【例句】唐杜甫《伤春》:"日月还相斗,星辰屡合围。"清弘历《南苑大阅…》:"星辰围斗宿,丁甲护虹梁。"

星娥 xīng é

【分类】生活

【关键词】李商隐

【释义】神话传说中的织女。借指美女。唐李商隐《玉溪生诗集笺注·圣女祠》:"星娥一去后,月姊更来无。"

【例句】唐李商隐《海客》:"海客乘槎上紫氛,星娥罢织一相闻。"宋宋祁《七夕》:"七襄终日难成报,不是星娥织作迟。"宋高鹏飞《夜渡鄞江》:"星娥定怪归来晚,从此西风欲泛槎。"明钱谦益《燕誉堂秋夕》:"凭阑密意星娥晓,出幌新妆月姊窥。"

星郎　xīng láng
【分类】政治
【关键词】汉明帝
【释义】谓郎官的美称。《后汉书·明帝纪》："(明)帝遵奉建武制度，无敢违者…谓群臣曰：'郎官上应列宿(众星宿)，出宰百里，有非其人，则民受其殃，是以难之。'"
【例句】唐宋之问《敬和吏部…》："日给当轮辇，星郎伏奏旋。"唐李顾《送东阳王…》："桧楫今何去，星郎出守时。"唐岑参《送李别将…》："遥知竹林下，星使对星郎。"唐卢照邻《同崔录事…》："文学秋天远，郎官星位尊。"

星落　xīng luò
【分类】政治
【关键词】诸葛亮
【释义】用为咏名臣薨逝之典。《三国志·诸葛亮传》："亮疾病，卒于军，时年五十四。"宋朝宋南朝宋裴松之注引《晋阳秋》："有星赤而芒角，自东北西南流，投于亮营，三投再还，往大还小。俄而亮卒。"
【例句】唐卢照邻《十五夜观灯》："接汉疑星落，依楼似月悬。"唐杜牧《和野人殷…》："子夜星才落，鸿毛鼎便移。"唐杜甫《故武卫将…》："严警当寒夜，前军落大星。"唐权德舆《惠昭皇太…》："前星落庆霄，薤露逐晨飙。"

星如雨　xīng rú yǔ
【分类】生态
【关键词】左传
【释义】比喻元宵灯火之盛。《左传·庄公七年》："星陨如雨。"
【例句】宋辛弃疾《青玉案》："东风夜放花千树。更吹落，星如雨。"明清潛《怀故人待…》："东湖西湖作银流，大星小星如雨落。"明欧大任《漕河上送…》："徐生将送王生留，马前乱落星如雨。"

星使　xīng shǐ
【分类】政治
【关键词】李部
【释义】称谓朝廷使者。源见"使臣星"。
【例句】唐刘禹锡《奉送裴司…》："星使出关东，兵符赐上公。"唐高适《送柴司户…》："月卿临幕府，星使出词曹。"唐皎然《酬郑判官…》："岁岁湖南隐已成，如何星使忽知名。"唐卢渥《题嘉祥驿》："星使自天丹诏下，雕鞍照地数程中。"

星宿　xīng xiù
【分类】政治
【关键词】列子
【释义】星官名。二十八宿之一，朱鸟七宿的第四宿，共七星。亦泛指二十八星宿。喻指列星。《列子·天瑞》："天果积气，日月星宿，不当坠邪？"
【例句】唐杜甫《见萤火》："忽惊屋里琴书冷，复乱檐边星宿稀。"唐韩愈《石鼓歌》："孔子西行不到秦，掎摭星宿遗羲娥。"唐张萧远《观灯》："星宿别从天畔出，莲花不向水中芳。"聂绀弩《船屋》："舱明二十八星宿，夜赶千间广厦图。"

星天　xīng tiān
【分类】生态
【关键词】卢延让
【释义】星星闪烁的夜空。比喻旷远。唐卢延让《松门寺》："两三条电欲为雨，七八个星犹在天。"
【例句】唐明月潭龙女《与何光远…》："若能许解相思佩，何羡星天渡鹊桥。"宋辛弃疾《西江月》："七八个星天外，两三点雨山前。"宋徐俯《樵夫行》："夜枕敧倾半眠醒，或起浩叹窥星天。"清弘历《夜雨口号》："昨晚驱炎骤雨澌，云徂入夕露星天。"

星星鬓影　xīng xīng bìn yǐng
【分类】生活
【关键词】左思
【释义】指人到老年白发已从鬓角滋生。喻人到暮年。晋左思《白发赋》："星星白发，起于鬓垂。"
【例句】唐孟郊《溧阳秋霁》："星星满衰鬓，耿耿入秋怀。"唐吕温《镜中叹白发》："年过潘岳才三岁，还见星星两鬓中。"唐白居易《别行简》："漠漠病眼花，星星愁鬓雪。"唐李贺《感讽》："我待纡双绶，遗我星星发。"

星榆　xīng yú
【分类】生态
【关键词】古乐府
【释义】本指榆荚似钱，白色成串。后因以星榆形容天空繁星。也指白榆树。汉《古乐府·陇西行》："天上何所有？历历种白榆。"
【例句】唐刘宪《奉和圣制…》："直城如斗柄，官树似星榆。"唐王初《即夕》："凤幌凉生白袷衣，星榆才乱绛河低。"宋王禹偁《五老峰》："矗矗拂星榆，峥嵘与众殊。"宋李宗谔《灯夕寄献…》："历历星榆光夺昼，煌煌火树艳争春。"

猩血　xīng xuè
【分类】生态
【关键词】韩偓
【释义】猩猩的血。借指鲜红色。唐韩偓《已凉》："碧阑干外绣帘垂，猩血屏风画折枝。"
【例句】唐白居易《感兴》："尊前诱得猩猩血，幕上偷安燕燕窠。"唐方干《孙氏林亭》："瑟瑟林排全巷竹，猩猩血染半园花。"唐王毂《红蔷薇歌》："红霞烂泼猩猩血，阿母瑶池晒仙缬。"唐庄南杰《红蔷薇》："谢豹声催麦陇秋，熏风吹落猩猩血。"

惺惺　xīng xīng
【分类】生活
【关键词】杜甫

【释义】聪明机灵。清醒。唐杜甫《喜观即到复题短篇》："应论十年事,愁绝始惺惺。"宋曾布《曾公遗录》："上谕:皇子…虽三岁未能行,然能语言,极惺惺。"

【例句】唐本寂《五相偈》："威音王未晓,弥勒岂惺惺。"唐惟劲《觉地颂》："不觉始终非了了,不闻迷悟岂惺惺。"宋饶节《改德士颂》："世间物化浑如梦,梦里惺惺却自由。"聂绀弩《雪峰以诗…》："君每言之何切切,我能为此肯惺惺。"

腥臊　xīng sāo
【分类】生活
【关键词】国语
【释义】腥臭的气味,借喻丑恶的事物。《国语·周语上》："国之将亡,其君贪冒辟邪,淫佚荒怠,粗秽暴虐,其政腥臊,馨香不登。"三国吴韦昭注："腥臊,臭恶也。"

【例句】唐叔象《家叔徵君…》："名理未足羡,腥臊讵所希。"唐卢仝《萧宅二三…》："腥臊秽逐我行,我身化作青泥坑。"唐韩愈《八月十五…》："下席畏蛇食畏药,海气湿蛰熏腥臊。"唐白居易《寄献北都…》："德星销彗孛,霖雨灭腥臊。"唐白居易《缚戎人…》："朝餐饥渴费杯盘,夜卧腥臊污床席。"

腥膻　xīng shān
【分类】生活
【关键词】吕氏春秋
【释义】难闻的腥味。比喻人间丑恶污浊的现象。旧指入侵的外敌。《吕氏春秋·二曰本》："君之国小,不足以具之,为天子然后可具。夫三群之虫,水居者腥,肉玃者臊,草食者膻,臭恶犹美,皆有所以。"

【例句】唐杜甫《白凫行》："鳞介腥膻素不食,终日忍饥西复东。"唐刘商《胡笳十八拍》："戎羯腥膻岂是人,豺狼喜怒难姑息。"唐元稹《有鸟》："可怜鸦鹊慕腥膻,犹向巢边竞纷泊。"唐齐己《酬元员外…》："艳冶丛翻蝶,腥膻地聚蝇。"

刑措　xíng cuò
【分类】政治
【关键词】汉文帝
【释义】即置刑法而不用。意思是社会治安好,诉讼人数少。《汉书·文帝纪赞》："断狱数百,几致刑措。"东汉应劭注："措,(搁)置也。民不犯法,无所刑也。"

【例句】唐杜审言《和李大夫…》："人乐逢刑措,时康洽赏延。"唐虞世南《赋得慎罚》："刑措谅斯在,欢然仰颂声。"宋王禹偁《赋得南山…》："吾徒事业本稽古,得行其志当刑措。"宋饶节《次韵张符》："刑措似闻闾巷语,年登仍解庙堂忧。"

行迟学仙　xíng chí xué xiān
【分类】文化
【关键词】蓟子训
【释义】咏仙道之典。《搜神记》："蓟子训…初始中,有人于长安东霸城,见与一老公共摩娑铜人,相谓曰:'适见铸此,已近五百岁矣。'见者呼之曰:'蓟先生小住。'并行应之。视若迟徐,而走马不及。"

【例句】唐杜甫《览镜呈柏…》："起晚堪从事,行迟更学仙。"唐韩翃《送韦秀才》："寒山叶落早,多雨路行迟。"唐刘商《送杨行元…》："晚渡邗沟惜别离,渐看烽火马行迟。"唐白居易《初授赞善…》："远坊早起常侵鼓,瘦马行迟苦费鞭。"

行厨　xíng chú
【分类】生活
【关键词】庾信
【释义】谓出游时携带酒食,谓传送酒食。北周庾信《咏画屏风诗》："行厨半路待,载妓一双回。"

【例句】唐杜甫《严公仲夏…》："竹里行厨洗玉盘,花边立马簇金鞍。"唐杨巨源《谢人送鲫…》："玉手行厨如许巧,说教鱼婢学应难。"唐曹唐《小游仙诗》："行厨侍女炊何物,满灶无烟玉炭红。"宋魏野《送薛端公…》："祖席香浓花未老,行厨味简笋初肥。"

行歌　xíng gē
【分类】生活
【关键词】晏子春秋
【释义】边行走边歌唱。借以发抒自己的感情,表示自己的意向、意愿等。《晏子春秋·杂上》："梁丘据左操瑟,右挈竽,行歌而出。"

【例句】唐刘希夷《代秦女赠》："遥想行歌共游乐,迎前含笑著春衣。"唐王维《偶然作》："散发不冠带,行歌南陌上。"唐杜甫《奉赠韦左…》："此意竟萧条,行歌非隐沦。"唐秦系《献薛仆射》："由来那敢议轻肥,散发行歌自采薇。"

行歌拾穗　xíng gē shí suì
【分类】政治
【关键词】林类
【释义】用为乐天安命的隐者之典。《列子·天瑞》："林类年且百岁,底春被裘,拾遗穗于故畦,并歌并进。孔子适卫,望之于野,顾谓弟子曰:'彼叟可与言者,试往讯之。'子贡请行,逆之陇端,面之而叹曰:'先生曾不悔乎,而行歌拾穗。'林类行不留,歌不辍。"

【例句】宋张耒《离建雄涂中》："聚语条桑妇,行歌拾穗儿。"宋张耒《离京后作》："道边拾穗行歌者,亦有丰年一饱心。"宋欧阳澈《原上晚步…》："解龟换酒无知己,拾穗行歌喜屡丰。"宋陆游《寒夜歌》："忍饥读书忽白首,行歌拾穗将终身。"

行人　xíng rén
【分类】生活
【关键词】列子
【释义】指出行的人,出征的人。《列子·天瑞》："夫言死人为归人,则生人为行人矣。行而不知归,失家者也。一人失家,一世非之;天下失家,莫知非焉。"
【例句】唐皎然《送大宝上…》:"厌上乌桥送别频,湖光烂熳望行人。"唐马戴《陇上独望》:"陇首行人绝,河源夕鸟还。"唐胡皓《大漠行》:"近见行人畏白龙,遥闻公主愁黄鹤。"唐李颀《少室雪晴…》:"行人与我玩幽期,北风切切吹衣冷。"

行人口似碑 xíng rén kǒu sì bēi
【分类】政治
【关键词】五灯会元
【释义】比喻真正的丰碑,应当镌刻在人们的心里。源见"口碑"。
【例句】宋释崇岳《亮典座归…》:"儿孙个个且如许,路上行人口似碑。"宋楼钥《喜雨次韵…》:"喜雨无烦记,行人口似碑。"宋文蔚《和赵国宜…》:"似闻令子心传印,便有行人口似碑。"宋王义山《送按察魏…》:"公论难磨口似碑,肯将虚誉博人诗。"

行苇 xíng wěi
【分类】政治
【关键词】诗经
【释义】路旁的芦苇。为咏仁慈之典。多用于称颂朝廷。《诗经·大雅·行苇》:"敦彼行苇,牛羊勿践履。"为言周王朝先世之仁德。
【例句】唐柳宗元《寄韦珩》:"圣恩倘忽念行苇,十年践蹈久已劳。"宋刘攽《寄王深甫》:"何能守一方,寂寥事行苇。"宋胡宿《和蔡君谟…》:"地惠罩行苇,人情乐树杨。"宋宋祁《再寄》:"鶢鶋遂有翻飞日,行苇应无践履人。"

行窝 xíng wō
【分类】文化
【关键词】邵雍
【释义】指宋人为接待邵雍仿其所居安乐窝而为之建造的居室。后指可以小住的安适之所。《邵氏闻见录》:"十余家如康节公所居安乐窝,起屋以待其来,谓之行窝。"
【例句】宋邵雍《击壤吟》:"击壤三千首,行窝二十家。"宋卢梅坡《读康节诗》:"高卧行窝吾亦愿,不堪心事类周蒙。"宋方岳《竹下》:"松阴竹影当行窝,日日扶筇一再过。"宋刘克庄《四和》:"露坐一生无步障,春游是处有行窝。"

行休 xíng xiū
【分类】生活
【关键词】陶渊明
【释义】谓生命将到尽头。《昭明文选·陶渊明〈归去来辞〉》:"善万物之得时,感吾生之行休。"北魏张铣注:"休,谓死也。"
【例句】唐储光羲《渔父词》:"非为徇形役,所乐在行休。"宋沈辽《西斋》:"幸有方床不得眠,行休已有陶渊明兴。"宋李纲《自天宁迁…》:"吾年半百行休矣,万事悠悠皆可忘。"宋陆游《初寒》:"百年作梦行休去,九月无衣亦晏如。"

行雨 xíng yǔ
【分类】生活
【关键词】宋玉
【释义】原指降雨。喻指美女。源见"巫山云雨"。
【例句】唐上官仪《咏画障》:"未减行雨荆台下,自比凌波洛浦游。"唐张祜《爱妾换马》:"绮阁香销华厩空,忍将行雨换ынвание风。"唐孟浩然《湖中旅泊…》:"襄王梦行雨,才子谪长沙。"聂绀弩《风车》:"八臂朝天一纺轮,朝挥行雨暮行云。"

行云流水 xíng yún liú shuǐ
【分类】文化
【关键词】苏轼
【释义】比喻作文、书法、音乐活泼自然,毫无约束。《苏轼文集·与谢民师推官书》:"所示书教及诗赋杂文,观之熟矣。大略如行云流水,初无定质,但常行于所当行,常止于所不可止,文理自然,姿态横生。"
【例句】宋刘镇《东山探梅》:"疏风淡月有来时,流水行云无觅处。"宋陈造《谢襄阳陶…》:"百篇昭昭揭日月,行云流水无定姿。"宋释居简《唐人刘长…》:"行云流水去仍还,多费清游少费闲。"明林光《拟移居》:"白月清风贫士宅,行云流水哲人机。"

形如槁木 xíng rú gǎo mù
【分类】生活
【关键词】庄子
【释义】形容身体瘦得像干枯的木头。比喻毫无生气或极端消沉。《庄子·齐物论》:"形固可使如槁木,而心固可使如死灰乎?"
【例句】唐刘知几《咏史》:"南国有狂生,形容独枯槁。"唐杜甫《苏端薛复…》:"少年努力纵谈笑,看我形容已枯槁。"唐白居易《隐几》:"百体如槁木,兀然无所知。"唐曹邺《翠孤至渚…》:"惟恐道忽消,形容益枯槁。"聂绀弩《对镜》:"吾今丧我形全槁,君果为谁忆费思。"

形天 xíng tiān
【分类】文化
【关键词】山海经
【释义】一作刑天,中国古代神话传说人物之一,和黄帝争神位。《山海经·海外西经》:"刑天与帝争神,帝断其首,葬之常羊之山。乃以乳为目,以脐为口,操干戚以舞。"
【例句】宋薛季宣《读书三首…》:"形天断厥首,操干意岑崟。"明王世贞《自警》:"饮光迹乐章,形天舞干戚。"清朱宝善《浮山大…》:"来耘翻舞群鸟掇,形天舞与负贰尸。"聂绀弩《胡风八十》:"不解垂纶渭水边,头亡身在老形天。"

形役 xíng yì
【分类】政治

【关键词】陶渊明
【释义】意谓为形骸所拘束、役使。犹言被功名利禄所牵制、支配。《陶渊明集·归去来兮辞》:"既自以心为形役,奚惆怅而独悲。"即自己的心志因为谋生而被形体所役使。
【例句】唐杜甫《立秋后题》:"罢官亦由人,何事拘形役。"唐司马扎《效陶彭泽》:"形役良可嗟,唯能徇天道。"唐刘长卿《送元八游…》:"人生不得已,自可甘形役。"唐司马扎《晓过伊水…》:"山下禅庵老师在,愿将形役问空王。"

形影 xíng yǐng
【分类】生活
【关键词】抱朴子
【释义】人的形体与影子。喻永不分离。《抱朴子·交际》:"若乃轻合而不重离,易厚而不难薄,始如形影,终为参辰。"
【例句】唐元稹《酬翰林白…》:"形影同初合,参商喻此离。"唐王建《伤近者不见》:"君能并照水,形影自分明。"唐宋之问《北邙古墓》:"一朝形影化穷尘,昔时玉貌与朱唇。"唐樊铸《及第后读…》:"丈夫立身须自省,知祸知福如形影。"

杏花村 xìng huā cūn
【分类】生活
【关键词】杜牧
【释义】泛指卖酒处。唐杜牧《清明》:"借问酒家何处有?牧童遥指杏花村。"
【例句】唐温庭筠《与友人别》:"晚风杨叶社,寒食杏花村。"唐许浑《下第归蒲》:"薄烟杨柳路,微雨杏花村。"唐薛能《春日北归…》:"雨干杨柳渡,山热杏花村。"宋释慧远《送杨高士…》:"我欲送君迷旧隐,桃源流水杏花村。"

杏坛 xìng tán
【分类】生活
【关键词】庄子
【释义】相传为孔子聚徒授业讲学之处。泛指授徒讲学之处。今喻教育界。《庄子·渔父》:"孔子游乎缁帷之林,休坐乎杏坛之上。"
【例句】唐钱起《幽居春暮…》:"更怜童子宜春服,里寻师指杏坛。"唐灵一《送王颖悟…》:"梦摇玉佩随旄节,心到金华忆杏坛。"唐王建《送司空神童》:"杏花坛上授书时,不废中庭趁蝶飞。"聂绀弩《赓和大作》:"芹圃文章君浊玉,杏坛弟子我愚柴。"

杏田 xìng tián
【分类】政治
【关键词】董奉
【释义】美称隐士田园。或指隐者为民谋益。源见"董奉杏林"。
【例句】唐李白《送二季之…》:"禹穴藏书地,匡山种杏田。"唐钱起《送宋徵君…》:"魏阙辞花绶,春山有杏田。"明唐之淳《为留人陈…》:"春风熟杏田,秋雨鸣丹井。"清张霍《抱瓮园偕…》:"偶逢京国飘蓬客,话到山人种杏田。"

杏园 xìng yuán
【分类】政治
【关键词】唐摭言
【释义】在陕西省西安市郊大雁塔南。唐代新科进士赐宴之地。也泛指新科进士游宴处。《唐摭言》:"自神龙已来,杏园宴后,皆于慈恩寺塔下题名,同年中推一善书者记之。"
【例句】唐窦牟《杏园渡》:"君子素风悲已矣,杏园无复一枝花。"唐刘长卿《过郑山人…》:"寂寂孤莺啼杏园,寥寥一犬吠桃源。"唐刘沧《及第后宴…》:"及第新春选胜游,杏园初宴曲江头。"唐元稹《琵琶歌》:"游想慈恩杏园里,梦寐仁风花树前。"

兄肥弟瘦 xiōng féi dì shòu
【分类】生活
【关键词】赵孝
【释义】喻兄弟相爱,临难争死。《汉书·赵孝传》:"及天下乱,人相食。孝弟礼为饿贼所得,孝闻之,即自缚诣贼,曰:'礼久饿赢瘦,不如孝肥饱。'贼大惊,并放之。"
【例句】唐杜甫《乾元中寓…》:"有弟有弟在远方,三人各瘦何人强。"宋张栻《喜闻定叟…》:"瘦肥应似旧,欢喜定如兄。"

芎䓖 xiōng qióng
【分类】文化
【关键词】淮南子
【释义】植物名。有香气,常用作活血止痛。嫩苗未结根时名曰蘼芜,结根后名芎䓖。《淮南子·氾论训》:"夫乱人者,芎䓖之与藁本也,蛇床之与麋芜也,此皆相似者。"
【例句】宋宋祁《自咏》:"鹪鹩悲秋极,芎䓖奈疾何。"宋宋祁《忆旧言怀…》:"歇芳间鹎鵊,御湿问芎䓖。"宋苏轼《和王巩》:"巧语屡曾遭蕙茝,瘦词聊复托芎䓖。"宋葛胜仲《送庆善之…》:"麦曲芎䓖两未ечь,政须健论扶衰疲。"宋李石《苦胃不出》:"芍药樱桃春殿后,芎䓖麦曲病争先。"

匈奴俯伏 xiōng nú fǔ fú
【分类】政治
【关键词】王商
【释义】咏汉相威仪之典。《汉书·王商传》:"单于仰视商貌,大畏之,迁延却退。天子闻而叹曰:'此真汉相矣!'"
【例句】唐王维《上张令公》:"匈奴遥俯伏,汉相俨簪裾。"唐刘禹锡《令狐相公…》:"夷落遥知真汉相,争来屈膝看仪刑。"宋文彦博《驾经略太…》:"汉相仪刑重,尧风气俗淳。"宋司马光《从始平公…》:"坐镇四夷真汉相,武侯空复道英才。"

匈奴笑千秋 xiōng nú xiào qiān qiū
【分类】政治

【关键词】车千秋

【释义】咏丞相无能之典。《汉书·车千秋传》:"千秋无他材能术学,又无伐阅功劳,特以一言寤意,旬月取宰相封侯,世未尝有也。""单于曰:'苟如是,汉置丞相,非用贤也,妄一男子上书即得之矣。'"

【例句】唐李白《经离乱后…》:"桀犬尚吠尧,匈奴笑千秋。"唐李白《酬谈少府》:"三事或可羞,匈奴哂千秋。"唐王昌龄《殿前曲》:"新声一段高楼月,圣主千秋乐未休。"唐张祜《容儿钵头》:"争走金车叱鞅牛,笑声唯是说千秋。"

胸吞云梦 xiōng tūn yún mèng

【分类】文化

【关键词】张曲江

【释义】比喻文人胸怀开阔,气势磅礴。《云仙杂记》:"张曲江语人曰:'学者常想胸次吞云梦泽,笔头涌若耶溪,量既并包,文亦浩瀚。'"

【例句】宋苏颂《再和三篇》:"雄辞自可吞云梦,博识应能对仲师。"宋王安礼《送吴殿中…》:"君才八九吞云梦,应笑离骚向此吟。"宋王之望《赠范觉民》:"胸怀吞云梦,豪气低华岳。"宋华岳《钓鳌行》:"蟠胸高耸蓬莱山,壮气直吞云梦泽。"

胸中锦绣 xiōng zhōng jǐn xiù

【分类】文化

【关键词】江淹

【释义】喻指富丽的才思。源见"残锦"。

【例句】宋高登《送元大》:"胸中翻锦绣,笔下走龙蛇。"宋刘宰《次王兄韵》:"锦绣胸中富,珠玑笔下生。"宋仲并《用汪彦章…》:"诗卷心胸倾锦绣,珍庖盘釜荐麟驼。"宋苏轼《寄高令》:"诗成锦绣开胸臆,论极冰霜绕齿牙。"

胸中丘壑 xiōng zhōng qiū hè

【分类】政治

【关键词】谢鲲

【释义】比喻心中对事物的判断处置自有高下。《晋书·谢鲲列传》:"尝使至都,明帝在东宫见之,甚相亲重。问曰:'论者以君方庾亮,自谓何如?'答曰:'端委庙堂,使百僚准则,鲲不如亮。一丘一壑,自谓过之。'"

【例句】宋葛胜仲《沈必先殿…》:"荒陂难觅钴鉧潭,胸中丘壑有人杰。"宋周紫芝《追和向苏…》:"胸中丘壑公元有,便恐鸥夷挽不回。"宋岳飞《次韵刘簿…》:"高人乃亦主簿耳,往往胸中自丘壑。"宋王十朋《次韵赵仲…》:"胸中丘壑忽相遇,眼底尘埃无复侵。"

雄才 xióng cái

【分类】政治

【关键词】孔融

【释义】出众的才能,亦指才能出众的人。《后汉书·郑太孔融等传论》:"方时运之屯邅,非雄才无以济其溺,功高执疆,则皇器自移矣。"《汉书·武帝纪》:"如武帝之雄才大略。"

【例句】唐杜甫《冬到金华…》:"悲风为我起,激烈伤雄才。"唐刘禹锡《南海马大…》:"汉家旄节付雄才,百越南溟统外台。"唐方干《上杭州杜…》:"昔用雄才登上第,今将德合明君。"聂绀弩《六十》:"盛世头颅羞白发,天涯肝胆巍雄才。"

雄都壮丽 xióng dū zhuàng lì

【分类】政治

【关键词】汉高祖

【释义】喻皇家宫阙气势恢宏、形制威严。《史记·高祖本纪》:"高祖还,见宫阙壮甚,怒…萧何曰:'天下方未定,故可因遂就宫室。且夫天子四海为家,非壮丽无以重威,且无令后世有以加也。'"

【例句】唐杜甫《江陵望幸》:"雄都元壮丽,望幸欻威神。"唐韦应物《登鸟望洛…》:"雄家定鼎地,势据万国尊。"宋释道潜《寄题南阳…》:"南阳自古夸雄都,山川淑气无时无。"元蓝智《八月二十…》:"佳气连濠泗,雄都归帝王。"

雄狐 xióng hú

【分类】政治

【关键词】诗经

【释义】雄性的狐狸。多借指好色乱伦之徒。古人用以讽刺淫邪的君臣。《诗经·齐风·南山》:"南山崔崔,雄狐绥绥。"郑玄笺:"襄公之妹,鲁桓公夫人文姜也。襄公素与淫通。齐大夫见襄公行恶如是,作诗以刺之。"

【例句】宋米芾《题麟凤碑》:"虚斋自是惊人玩,不胜雄狐逐怒貙。"宋文天祥《如皋》:"雄狐假虎之林皋,河水腥风接海涛。"元杨维桢《五王毬歌》:"青骢万里春丛路,雄狐尚复将雌去。"元凌云翰《鬼猎图》:"空令鬼物持戎器,不管雄狐向窟嗥。"

雄鸡断尾 xióng jī duàn wěi

【分类】生活

【关键词】左传

【释义】咏物以其美而致灾、或以自我伤残而避祸害之典。《左传·昭公二十二年》:"宾孟适郊,见雄鸡自断其尾。问之,侍者曰:'自惮其牺也。'"晋杜预注:"畏其为牺牲奉宗庙,故自残毁。"

【例句】唐白居易《答桐花》:"雄鸡自断尾,不愿为牺牲。"宋苏轼《僧爽白鸡》:"断尾雄鸡本畏烹,年来听法半修行。"宋苏籀《退士》:"雄鸡曳尾惮俎刍,鹡鸰一枝绰余庥。"宋厉德斯《送曹泳》:"断尾雄鸡不畏牺,凭依掇祸复何疑。"

雄鸡一唱 xióng jī yí chàng

【分类】政治

【关键词】李贺

【释义】形容东方破晓,长夜宣告结束。唐李贺《致酒行》:"我有迷魂招不得,雄鸡一声天下白。"

【例句】宋文天祥《七月二日…》:"雄鸡叫东白,渐闻语声扬。"宋许玠《美人对镜歌》:"天上雄鸡啼一声,人间万鸡相应鸣。"元郝经《长星行》:"雄鸡一声半天赤,太阳欲出星在柳。"元柯九思《中秋醉后…》："玉山倒入无何乡，雄鸡声里东方白。"

雄剑　xióng jiàn
【分类】文化
【关键词】杜审言
【释义】指锋利的剑。唐杜审言《赠苏味道》："据鞍雄剑动，插笔羽书飞。"
【例句】唐李白《门有车马…》："雄剑藏玉匣，阴符生素尘。"唐杜甫《前出塞》："雄剑四五动，彼军为我奔。"唐陶翰《燕歌行》："雄剑委尘匣，空门惟雀罗。"唐程长文《铜雀台怨》："雄剑无威光彩沉，宝琴零落金星灭。"

雄情爽气　xióng qíng shuǎng qì
【分类】政治
【关键词】桓温
【释义】用为形容人威武爽朗风貌之词。《世说新语·豪爽篇》："桓宣武(桓温)平蜀，集参佐，置酒于李势殿(字子仁，夺成汉帝位，后投降桓温)，巴蜀缙绅莫不来萃。桓既素有雄情爽气，加尔日音调英发，叙古今成败由人，存亡系才，其状磊落，一坐叹赏。"雄情：尤豪情。爽气：明朗豁达。
【例句】唐李商隐《和韦潘前…》："桂含爽气三秋首，冀吐中旬二叶新。"唐杜甫《衡州送李…》："北风随爽气，南斗避文星。"明李之世《答赠高斗…》："高凉有韵士，雄情太古姿。"明韩上桂《呈赠制台》："雄情直抗东南壁，壮节堪维十二州。"

雄深雅健　xióng shēn yǎ jiàn
【分类】文化
【关键词】柳宗元
【释义】谓文章雄浑而深沉，典雅而有力。《新唐书·柳宗元传》："韩愈评其文曰：'雄深雅健，似司马子长，崔蔡不足多也。'"
【例句】宋辛弃疾《沁园春》："我觉其间，雄深雅健，如对文章太史公。"宋方回《题一家…》："参透雄深兼雅健，锻成俊逸更清新。"元虞堪《吕彦贞以…》："雄深雅健何可得，我一把咏身如轻。"清徐釚《沁园春》："雅健雄深，公岂逊之，焉数班扬。"

熊耳兵　xióng ěr bīng
【分类】政治
【关键词】刘盆子
【释义】指降兵。源见"积甲山齐"。
【例句】宋张耒《岁暮书事》："南阳无雏雄，熊耳合投兵。"宋张耒《福昌书事…》："山疑熊耳甲，墓记赤眉兵。"明吴伟业《送友人往…》："曳履丛台客，投戈熊耳兵。"

熊虺食人魂　xióng huī shí rén hún
【分类】政治
【关键词】楚辞

【释义】喻指出现险情。《楚辞·招魂》："雄虺九首，往来倏忽，吞人以益其心些。"汉王逸注："言复有雄虺，一身九头，往来掩忽，常喜吞人魂魄，以益其心，贼害之甚也。"熊虺，古代传说中的九头巨蛇。据说此怪喜吃人的魂魄。
【例句】唐李贺《公无出门》："熊虺食人魂，雪霜断人骨。"明谢元汴《后生德壬…》："熊虺食魄鸮食魂，菉葹不噬噬兰筠。"

熊罴　xióng pí
【分类】政治
【关键词】尚书
【释义】熊和罴，皆为猛兽。喻勇士或雄师劲旅。《尚书·康王之诰》："则亦有熊罴之士。不二心之臣。保义王家。"汉孔安国《传》："言文武既圣则亦有勇猛如熊罴之士、忠一不二心之臣，共安治王家。"
【例句】唐常建《太公哀晚遇》："钓翁在芦苇，川泽无熊罴。"唐杜甫《重经昭陵》："陵寝盘空曲，熊罴守翠微。"唐韩愈《晋公破贼…》："鹓鹭欲归仙仗里，熊罴还入禁营中。"唐鲍溶《读淮南李…》："已分舟楫归元老，更使熊罴属丈人。"

熊轼轓　xióng shì fān
【分类】政治
【关键词】后汉书
【释义】咏公侯或州郡长官之典。《后汉书·舆服志上》："诸车之文：乘舆，倚龙伏虎…皇太子、诸侯王，倚虎伏鹿…公、列侯，倚鹿伏熊，黑轓，朱班轮，鹿文飞軨九斿降龙。"汉代典制，公卿和列侯的车轼，倚鹿伏熊(车前横木绘有熊伏卧之像)。
【例句】唐尹懋《秋夜陪张…》："熊轼巴陵地，鹢舟湘水浔。"唐钱起《江宁春夜…》："主人熊轼任，归客雁门车。"唐杜甫《奉僧萧二…》："鹏图乃矫翥，熊轼且移轮。"唐武元衡《送邓州潘…》："虎符中禁授，熊轼上流居。"

熊丸助读　xióng wán zhù dú
【分类】生活
【关键词】柳仲郢
【释义】咏贤母教子之典；或形容苦读。《新唐书·柳仲郢传》："仲郢字谕蒙。母韩，即皋女也，善训子，故仲郢幼嗜学。尝和熊胆丸，使夜咀咽以助勤。"
【例句】宋王迈《挽郑昂…》："绛幔谈经日，熊丸茹苦时。"宋王迈《戴老堂为…》："熊丸甘子嗜，鸡馔饱亲尝。"宋魏了翁《鱼耶孙氏…》："未报熊丸苦，寒堂服已厌。"明解缙《题贤母卷》："吾伊声断熊丸胆，灯火烟消墨篆帷。"

熊席　xióng xí
【分类】文化
【关键词】西京杂记
【释义】熊皮坐席。《西京杂记》："绿熊席，席毛长二尺余，人眠而拥毛自蔽，望之不能见，坐则没膝其中。"
【例句】唐寒山《诗三百》："膝坐绿熊席，身披青凤裘。"宋梅尧臣《和人雪意》》："趋阁展熊席，卷幔飘炉熏。"清姚燮《斜街行》："广场侠少多丽都，麝儿熊席双虬壶。"清吴重憙《西江绥和…》："赤凤歌残灿归路，绿熊席暖辉舌簝。"

休道太原师　xiū dào tài yuán shī
【分类】政治
【关键词】周宣王
【释义】咏战败之典。《国语·周语》："宣王既丧南国之师，乃料民于太原。"三国吴韦昭注："料，数也。"周宣王与姜戎氏作战，他的南国之师被击溃后，曾在太原计点整顿兵士。
【例句】唐杜牧《今皇帝陛…》："汉武惭夸朔方地，周宣休道太原师。"清钱大昕《平定准噶…》："三年鬼方伐，六月太原师。"

休气　xiū qì
【分类】政治
【关键词】班固
【释义】指祥瑞之气。汉班固《白虎通·封禅》："阴阳和，万物序，休气充塞。"
【例句】唐李白《西岳云台…》："荣光休气纷五彩，千年一清圣人在。"唐欧阳詹元《日陪早朝》："和光霏霏楼台晓，休气氤氲天地春。"唐裴璀《享龙池乐章》："休气荣光常不散，悬知此地是神仙。"宋宋庠《至日圜丘…》："上元新甲子，休气接平明。"

休问天　xiū wèn tiān
【分类】政治
【关键词】论语
【释义】咏命运天定之典。《论语·颜渊》："死生有命，富贵在天。"
【例句】唐杜甫《曲江三章》："自断此生休问天，杜曲幸有桑麻田，故将移住南山边。"宋梅尧臣《依韵和表…》："鲁叟欲浮海，楚人休问天。"宋吕南公《和道先南…》："吾徒自断休问天，书册读尽头苍然。"宋任希夷《赠卜者丁生》》："百年判我天休问，一笑相逢酒共持。"

休休　xiū xiū
【分类】政治
【关键词】尚书
【释义】形容君子喜乐正道，心怀宽容，气魄弘大。也指休闲、安乐。《尚书·秦誓》："其心休休焉，其如有容。"孙星衍《尚书今古文注疏》引郑康成曰："休休，宽容也。"
【例句】宋王禹称《送姚著作…》："下车布政民休休，高吟浅酌谁献酬。"宋范镇《和成都昊…》："三尺素琴弹浩浩，一炉丹药咏休休。"宋王十朋《次韵宝印…》："个中妙意谁解，多作休休莫莫猜。"聂绀弩《寿迓冬五十》："漠漠谁知思想事，休休自认小孤山。"

修刺　xiū cì
【分类】政治
【关键词】边让
【释义】指置备名帖，作通报姓名之用。《后汉书·边让》："时宾客满堂，莫不羡其风。府掾孔融、王朗并修刺候焉。"
【例句】唐刘禹锡《同乐天送…》："阁上掩书刘向去，门前修刺孔融来。"唐李嘉祐《送樊兵曹…》："修刺辕门里，多怜尔为亲。"明皇甫汸《别何中丞迁》："阁上题诗思帝子，门前修刺谒君侯。"明黎民表《端午日李…》："龙门谒客曾修刺，緱岭吹笙几驭风。"

修高庙　xiū gāo miào
【分类】政治
【关键词】汉光武帝
【释义】恢复社稷之典。《后汉书·光武帝纪上》："(建武)二年春正月…起高庙，建社稷于洛阳，立郊兆于城南，始正火德，色尚赤。"
【例句】唐杜甫《寄张十二…》："世祖修高庙，文公赏从臣。"唐元稹《酬乐天赴…》："万竿高庙竹，三月徐亭树。"宋梅尧臣《望芒砀山》："其颠有高庙，松柏郁苍苍。"宋倪允文《大涤洞天…》："草木曾留高庙跸，香灯常带紫宸麻。"

修绠　xiū gěng
【分类】政治
【关键词】庄子
【释义】比喻优裕的才质，优越的条件。源见"绠短汲深"。
【例句】唐耿湋《甘泉诗》："修绠悬冰甃，新桐荫玉沙。"唐马戴《题石瓮寺》："修绠悬林表，深泉汲洞中。"唐韩愈《秋怀诗》："归愚识夷途，汲古得修绠。"宋苏轼《绝句》："偶为老僧煎茗粥，自携修绠汲清泉。"

修门　xiū mén
【分类】政治
【关键词】楚辞
【释义】楚国郢都的城门。泛指京都城门。源见"修门象棋"。
【例句】唐柳宗元《汨罗遇风》："南来不作楚臣悲，重入修门自有期。"唐柳宗元《龟背戏》："修门象棋不复贵，魏宫妆奁世所弃。"宋陆游《出都》："重入修门甫岁馀，又携琴剑返江湖。"宋蔡襄《读离骚经》："江边自是修门路，嗟苦先生陨此身。"

修门象棋　xiū mén xiàng qí
【分类】政治
【关键词】楚辞
【释义】咏以戏诱人之典。《楚辞·招魂》："魂兮归来，入修门些…菎蔽象棋，有六簿些。"汉王逸注："言宴乐既毕，乃设六簿，以菎蔽为箸，象牙为棋，丽而且好也。"修门为楚郢都之门。象棋为象牙雕刻之棋。《招魂》中用以招游魂至修门玩耍棋戏。
【例句】唐柳宗元《龟背戏》："修门象棋不复贵，魏宫妆奁人所弃。"五代耿秉《挽崔舍人》："足蹑修门甫十年，惟余篇翰富流传。"宋陈著《示圣涯侄》："象棋一局酒三杯,此乐都从静处来。"宋蔡襄《读离骚经》："江边自是修门路,嗟苦先生陨此身。"

修名不立　xiū míng bú lì

【分类】政治
【关键词】楚辞
【释义】修名:美名。美名不能树立,即事业无成。《楚辞补注·离骚·王逸序》："老冉冉其将至兮,恐修名之不立。"汉王逸注："立,成也。言人年命冉冉而行,我之衰老,将以来至,恐修身建德,而功不成名不立也。"
【例句】宋葛立方《自修》："虑修名之不立兮,聊广遂于前画。"宋韩淲《送行甫》："修名恐不立,何必问屈伸。"清查慎行《与刘北海》："修名不立行可愧,半臂重交义奚取。"清莫与俦《戊戌生日…》："独惜沈泉负知己,修名不立嗟微躬。"

修月斧　xiū yuè fǔ

【分类】文化
【关键词】酉阳杂俎
【释义】传说中用以修理月亮的仙斧、神斧。源见"玉斧修月"。
【例句】宋吴革《题李进士…》："玉手广寒修月斧,蹑云每向云间樵。"宋孙觌《再用前韵》："天上空传修月斧,人中那见切云冠。"宋杨万里《临贺别驾…》："长把修月斧,细雕玉壶冰。"宋黄庭坚《再作答徐…》："执斧修月轮,炼石补天阙。"

修月户　xiū yuè hù

【分类】文化
【关键词】酉阳杂俎
【释义】传说中修月的人家。源见"玉斧修月"。
【例句】宋米芾《中秋登海…》："天上若无修月户,桂枝撑损向西轮。"宋曾惇《江南野步…》："照夜剩呼修月户,惜花须筑避风台。"宋刘克庄《池上对月》："愿为修月户,住在广寒边。"宋陆游《梅花》："屑玉定烦修月户,堆金难买破天荒。"

修月手　xiū yuè shǒu

【分类】文化
【关键词】酉阳杂俎
【释义】传说中修理月亮的人。喻文章高手。源见"玉斧修月"。
【例句】宋方岳《次韵汪卿》："裁量要是修月手,我欲追随惭笔阁。"宋李郛《戒珠寺雪轩》："八万四千修月手,不知何处琢琼瑶。"宋苏轼《正月一日…》："从来修月手,合在广寒宫。"金雷渊《次裕之韵》："文字喜逢修月手,津梁愧乏济川材。"

羞与鬼争光　xiū yǔ guǐ zhēng guāng

【分类】政治
【关键词】嵇康
【释义】咏保持高尚气节之典。《艺文类聚》："嵇(康)中散夜灯火下弹琴。忽有一人,面甚小,斯须转大,遂长丈余,黑单衣革带。嵇视之既熟,乃吹火灭,曰:'耻与魑魅争光。'"
【例句】宋范成大《悯游》："与魑魅兮争光,与虎兕兮群嗥。"宋杨万里《送韩漕华…》："姓名不上凌烟去,只与日月争光明。"宋韩淲《和昌甫寄…》："世道只知天广大,文章徒与日争光。"聂绀弩《血压》："哀莫大于心不死,名曾羞与鬼争光。"

朽木不可雕　xiǔ mù bù kě diāo

【分类】政治
【关键词】论语
【释义】比喻人格毁败,不堪造就,或事物和局势败坏,不可救药。源见"朽木粪墙"。
【例句】唐元稹《酬乐天东…》："数子皆奇货,唯予独朽株。"唐王绩《薛记室收…》："朽木不可雕,短翮将焉摅。"唐白居易《病中诗》："朽株难免蠹,空穴易来风。"宋秦观《鲜于子骏…》："误蒙雕朽木,猥辱画无盐。"

朽木粪墙　xiǔ mù fèn qiáng

【分类】政治
【关键词】论语
【释义】朽坏的木头,污秽的土墙。比喻没有培养前途的人。《论语·公冶长》："宰予昼寝,子曰:'朽木不可雕也,粪土之墙不可圬也。于予与何诛?'"
【例句】唐崔日知《冬日述怀…》："朽木诚为谕,扪心徒自怜。"唐白居易《长斋月满…》："病心汤沃寒灰活,老面花生朽木春。"宋徐钧《边韶》："寸晷分阴闲可惜,粪墙朽木责非苛。"宋戴复古《代书寄韩…》："东风虽有力,朽木不逢春。"宋苏轼《次韵张甥…》："宰我粪墙讥敢避,孝先经笥谑谑兼忘。"

朽栈　xiǔ zhàn

【分类】文化
【关键词】尚书
【释义】破旧的车子。《尚书·五子之歌》："予临兆民,懔乎若朽索之驭六马。"汉孔安国《传》："懔,危貌。朽腐也,腐索驭六马,言危惧甚。"
【例句】唐韩愈《赠张籍》："感荷君子德,怳若乘朽栈。"宋陆游《秋夜感旧》："危岭高入云,朽栈劣容步。"

朽株　xiǔ zhū

【分类】政治
【关键词】论语
【释义】比喻不堪造就的人物。也比喻衰弱之人。源见"朽木粪墙"。
【例句】唐元稹《酬乐天东…》："数子皆奇货,唯予独朽株。"唐白居易《病中诗》："朽株难免蠹,空穴易来风。"唐张祜《投窕陵裴…》："敢望怜哀鸟,何烦敬朽株。"宋李觏《往山舍道…》:"户半曾差作役,朽株多已祀为神。"宋苏辙《次韵陈师…》:"朽株难刻画,枯叶任凋零。"

秀色可餐 xiù sè kě cān
【分类】生活
【关键词】陆机
【释义】极赞妇女容色美丽,或形容花的秀美。晋陆机《日出东南隅行》:"鲜肤一何润,秀色若可餐。"
【例句】宋李之仪《雷塘行》:"谁知秀色若可餐,风光付与初凭肩。"宋李纲《邓成彦以…》:"烟霞缥缈巧妆缀,极目秀色如可餐。"宋刘一止《又以永锡…》:"采采黄菊英,秀色真可餐。"宋柳永《爱恩深》:"黄花开,淡泞细香明艳,尽天与、助秀色堪餐。"

袖金锤 xiù jīn chuí
【分类】政治
【关键词】刘长
【释义】形容强横勇武的举动。《汉书·淮南厉王传》:"厉王(刘长)有材力,力扛鼎,乃往请辟阳侯(审食其)。辟阳侯出见之,即自袖金椎椎之,命从者刑之。"刘长因怨恨辟阳侯审食其未能尽力营救他的母亲,用袖中所藏的铁锤将其锤死。
【例句】唐白居易《开龙门八…》:"铁凿金锤殷若雷,八滩九石剑棱摧。"唐吕岩《七言》:"匣中宝剑时频吼,袖里金锤逞露风。"唐杜牧《少年行》:"猎敲白玉镫,怒袖紫金锤。"唐薛逢《镊白曲》:"金锤锤碎黄金镊,更唱樽前老去歌。"

袖里青蛇 xiù lǐ qīng shé
【分类】文化
【关键词】吕洞宾
【释义】咏剑术之典。《岳阳风土记》:"岳阳楼上有吕先生留题云:'朝游北越暮苍梧,袖里青蛇胆气粗。三入岳阳人不识,朗吟飞过洞庭湖。'先生名岩,字洞宾,河中府人…遇异人授剑术,得长生不死之诀。"
【例句】唐吕岩《绝句》:"朝游百越暮苍梧,袖里青蛇胆气粗。"宋白玉蟾《习剑》:"一从袖里青蛇去,君山洞庭空水云。"宋陆游《岳阳楼》:"黄衫仙翁喜无恙,袖剑近到城南亭。"元胡奎《祷雨有感》:"天坛昨夜秋如水,袖里青蛇作电飞。"

袖手旁观 xiù shǒu páng guān
【分类】政治
【关键词】韩愈
【释义】把手笼在袖子里,在一旁看。比喻置身事外,既不过问,也不协助别人。唐韩愈《祭柳子厚文》:"不善为斫,血指汗颜,巧匠旁观,缩手袖间。"
【例句】宋葛胜仲《先兄中散…》:"袖手旁观真得计,急流勇退更何人。"宋吕本中《浯溪》:"但知追答一禄山,袖手不作如旁观。"宋刘过《代寿韩平原》:"际会风云振古难,十年袖手且旁观。"聂绀弩《岁暮焚所作》:"自著奇书自始皇,乾坤袖手视诗亡。"

绣虎 xiù hǔ
【分类】文化
【关键词】曹植
【释义】指称擅长诗文、词藻华丽者。《类说·玉箱杂记》:"曹植七步成章,号绣虎。"绣,谓其词华隽美;虎,谓其才气雄杰。
【例句】明丘浚《送祁至和…》:"白山绿水玄菟境,玉佩琼琚绣虎才。"明朱谋晋《四十贱辰…》:"绣虎岂无求试表,皋鱼虚有养亲心。"明欧大任《尊赐楼为…》:"汗牛书重先朝赐,绣虎才称百代人。"明欧大任《夜登曹进…》:"名高绣虎题双管,书就雕龙满几囊。"

绣口锦心 xiù kǒu jǐn xīn
【分类】文化
【关键词】柳宗元
【释义】唐柳宗元《乞巧文》:"骈四俪六,绣口锦心。"锦、绣:精美鲜艳的丝织品。形容文思优美,词藻华丽。
【例句】宋王洋《赠栖贤僧》:"锦心绣口绝铅华,白甃铜瓶古梵家。"宋杨长孺《和徐恩叔…》:"三间破屋一床书,锦心绣口冰肌肤。"宋杨万里《跋姜春坊…》:"锦心绣口搴花草,雪碗冰瓯泻肺肝。"聂绀弩《紫鹃》:"绣口锦心参至计,侍儿肝胆照姑娘。"

绣衣直指 xiù yī zhí zhǐ
【分类】政治
【关键词】汉书
【释义】亦称直指使者、绣衣御史。指皇帝特派的执法大员。《汉书·百官公卿表上》:"侍御史有绣衣直指,出讨奸猾,治大狱,武帝所制,不常置。"东汉服虔注:"指事而行,无阿私也。"绣衣,表示受君主尊宠。
【例句】唐刘商《哭韩淮端…》:"常爱独坐尊,绣衣如雁行。"唐岑参《送魏升卿…》:"将军金印弹紫缨,御史铁冠重绣衣。"宋李彭《岁晚》:"清班未许联天仗,直指聊看著绣衣。"宋赵蕃《送吴提刑…》:"勿漫绣衣闲直指,正应天下急澄清。"

臭腐化神奇 xiù fǔ huà shén qí
【分类】生活
【关键词】庄子
【释义】原意谓同一事物,其是非美丑,随人之好恶而异。后指化无用为有用,化废为宝。《庄子·知北游》:"是其所美者为神奇,其所恶者为臭腐,臭腐复化为神奇,神奇复化为臭腐。故曰,通天下一气耳。"
【例句】宋苏轼《次韵郭功…》:"早知臭腐即神奇,海北天南总是归。"宋汪藻《浴孙日熊…》:"休论臭腐与神奇,康乐还生谢客儿。"宋卫宗武《新暑赋西…》:"方嗟此地翳草莽,幻出臭腐为神奇。"宋王炎《和许尉小…》:"少时耕钓为生涯,早知臭腐空神奇。"

须句国 xū jù guó
【分类】政治

【关键词】左传
【释义】春秋时古国名。今山东省东平县东南。《左传·僖公二十一年》："任、宿、须句、颛臾，风姓也。"晋杜预注："须句在东平须昌县西北。"唐之郓州，属古须句国。后因以借指郓州。
【例句】唐韩愈《奉和兵部…》："再领须句国，仍迁少昊司。"宋苏颂《送李留后…》："出拥朱轓就镇雄，须句封国济宁东。"宋秦观《林次中奉…》："须句别驾伟仪刑，陉谷初从见坦平。"元陈孚《东平府》："任宿须句国，烟云拥汶河。"

须眉 xū méi
【分类】生活
【关键词】张良
【释义】指胡须和眉毛，古时男子以胡须眉毛稠秀为美，故以为男子的代称。《汉书·张良传》："四人者从太子，年皆八十有余，须眉皓白，衣冠甚伟。"
【例句】唐白居易《九老图诗》："雪作须眉云作衣，辽东华表鹤双归。"五代贯休《施万病丸》："我闻昔有海上翁，须眉皎白尘土中。"宋王质《寄峡石老人》："白沙渡口见须眉，袖角槎牙出好诗。"聂绀弩《风怀》："垒块须眉两奈何，仙人岛上借吟哦。"

须弥芥子 xū mí jiè zǐ
【分类】文化
【关键词】维摩诘
【释义】佛家语。指以最大之须弥山，纳在细小的芥子中。形容佛法无边，诸相皆空。巨细皆可相容。须弥，佛经中山名。山高三百三十六万里。芥子，芥菜的种子。《维摩诘所说经·不可思议品》："若菩萨住是解脱者，以须弥之高广内芥子中，无所增减，须弥山王本相如故。"
【例句】唐李群玉《规公业在…》："但用须弥藏芥子，安知牛迹笑东溟。"宋释清远《偈颂》："高广须弥入芥子，无边刹海在微尘。"宋苏过《湖口人李…》："我闻须弥纳芥子，况此空洞孰不容。"宋方岳《寄题龚国…》："诸方不具顶门眼，宁了芥子藏须弥。"宋楼钥《登育王望…》："曾闻芥子纳须弥，漫说草庵含法界。"

胥靡 xū mí
【分类】政治
【关键词】庄子
【释义】古代服劳役的奴隶或刑徒。亦为刑罚名。《庄子·庚桑楚》："胥靡登高而不惧，遗死生也。"唐成玄英疏："胥靡，徒役之人也。"《汉书·楚元王传》："胥靡之。"颜师古注："联系使相随而服役，故谓之胥靡，犹今之役徒囚以锁联缀耳。"
【例句】唐柳宗元《与崔策登…》："生同胥靡遭，寿比彭铿天。"唐李咸用《和友人喜…》："和羹使用非胥靡，忆鲙言词小季鹰。"宋司马光《晚归书室…》："簿领日沉迷，事役等胥靡。"宋李鹰《题庙》："筑岩傅胥靡，耕野莘农。"聂绀弩《辛之赠印》："一头城旦一胥靡，刀捉床头两刻之。"

顼冥收威 xū míng shōu wēi
【分类】生活
【关键词】淮南子
【释义】咏冬或咏水之典。《淮南子·天文训》："北方水也，其帝颛顼，其佐玄冥，执权而治冬。"颛顼、玄冥为主冬之神。玄冥为水神。顼冥是其合称。
【例句】唐韩愈《陆军山火》："电光礚礔赪目暖，顼冥收威避玄根。"宋刘攽《冯当世生日》："南纪浮江汉，青炜变顼冥。"宋方一夔《大雪》："顼冥滕屏罪当诛，劈笺试与东风说。"清王又旦《河决》："山崩崖圮意不厌，若通顼冥威势兼。"

虚牝 xū pìn
【分类】政治
【关键词】大戴礼记
【释义】指空谷。亦比喻无用之地。《大戴礼·易本命》："丘陵为牡，溪谷为牝。"
【例句】唐韩愈《赠崔立之…》："可怜无益费精神，有似黄金掷虚牝。"宋洪咨夔《普照僧生…》："岩方敛空华，谷响答虚牝。"宋方一夔《宋月山以…》："欲将江浙饱虚牝，遮盖谁施千丈被。"元袁桷《弹琴峡》："虚牝纳新雨，急促浊复清。"

虚室生白 xū shì shēng bái
【分类】文化
【关键词】庄子
【释义】室：比喻心。白：借指光明。谓空明的心境可生出光明。道家认为人能清虚无欲，则能悟道。《庄子·人间世》："瞻彼阕者，虚室生白，吉祥止止。"
【例句】唐杜甫《哭韦夫人…》："兴残虚白室，迹断孝廉船。"唐白居易《奉和李大…》："虚室闲生白，高情澹入玄。"唐韩翃《家兄自山…》："室好生虚白，书耽守太玄。"唐朱湾《赠饶州韦…》："幽室养虚白，香茶陶性灵。"唐吕温《奉和武中…》："虚室唯生白，闲情却草玄。"

虚舟 xū zhōu
【分类】生活
【关键词】庄子
【释义】无人驾御的船只。比喻胸怀恬淡旷达。《庄子·山木》："方舟而济于河，有虚船来触舟，虽有偏心之人不怒。"
【例句】唐李颀《寄万齐融》："名高不择仕，委世随虚舟。"唐李颀《赠别张兵曹》："一身轻寸禄，万物任虚舟。"唐白居易《咏怀》："心似虚舟浮水上，身同宿鸟寄林间。"唐权德舆《酬南园新…》："散木固无堪，虚舟常任触。"

虚舟任触 xū zhōu rèn chù
【分类】生活
【关键词】淮南子
【释义】咏胸怀旷达之典。比喻心境虚空可与世间任何人、物接触,而无影响。《淮南子·诠言训》:"方船济乎江,有虚船从一方来,触而覆之,虽有忮心,必无怨色。"
【例句】唐权德舆《酬南园新…》:"散木固无堪,虚舟常任触。"宋张方平《送徐总》:"疏籁自鸣非节奏,虚舟妄触任风波。"宋陈亮《水调歌头》:"本无心,随所寓,触虚舟。"明欧必元《病中寄知…》:"病违听说法,迷复触虚舟。"

虚左 xū zuǒ
【分类】政治
【关键词】魏无忌
【释义】用为虚座待贤之典。《史记·魏公子列传》:"公子于是乃置酒大会宾客。坐定,公子从车骑,虚左,自迎夷门侯生。侯生摄敝衣冠,直上载公子上坐,不让,欲以观公子。"
【例句】唐王维《哭祖六自虚》:"公卿尽虚左,朋识共推先。"唐刘商《哭韩淮端》:"至今虚左位,言发泪沾裳。"唐徐铉《正初答钟…》:"新岁相思自过counter,不烦虚左远相迎。"宋陈师道《与寇赵约…》:"坐无上客席虚左,赠有英词囊不空。"

徐陈 xú chén
【分类】文化
【关键词】曹丕
【释义】汉徐干和陈琳的并称。均为文学家、建安七子。为咏贤才共同离世之典。《昭明文选·魏文帝《与吴质书》》:"昔年疾疫,亲故多离其灾,徐陈应刘,一时俱逝,痛可言邪!"
【例句】唐张说《酬崔光禄…》:"徐陈尝并作,枚马亦同时。"唐杜甫《戏题寄上…》:"鲁卫弥尊重,徐陈略丧亡。"明谢榛《友人李元…》:"徐陈已矣但衰草,李杜茫然空逝波。"明谢榛《寄谢车国…》:"天应不忌徐陈辈,使我得遇长桑君。"

徐妃半面妆 xú fēi bàn miàn zhuāng
【分类】生活
【关键词】梁元帝
【释义】喻冷遇。《南史·梁元帝徐妃传》:"元帝徐妃讳昭佩…妃无容质,不见礼,帝三二年一入房。妃以帝眇一目,每知帝将至,必为半面妆以俟,帝见则大怒而出。"
【例句】唐司马都《和陆鲁望…》:"夫君每尚风流事,应为徐妃致此裁。"唐李商隐《南朝》:"休夸此地分天下,只得徐妃半面妆。"宋石延年《小桃》:"母家井上瑶池品,先得春风半面妆。"宋宋祁《落花》:"将飞更作回风舞,已落犹成半面妆。"

徐福 xú fú
【分类】政治
【关键词】秦始皇
【释义】也称徐市。秦朝方士,率三千童男女自山东沿海东渡求仙。《史记·秦始皇本纪》:"齐人徐市等上书,言海中有三神山,名曰蓬莱、方丈、瀛洲,仙人居之…于是遣徐市发童男女数千人,入海求仙人。"
【例句】唐韦庄《咸阳怀古》:"李斯不向仓中悟,徐福应无物外游。"唐顾况《行路难…》:"淮王身死桂树折,徐福一去音书绝。"唐李商隐《海上》:"石桥东望海连天,徐福空来不得仙。"五代贯休《了仙谣》:"始皇不得此深旨,远遣徐福生忧恼。"

徐公 xú gōng
【分类】生活
【关键词】战国策
【释义】齐国城北的美男子。为咏漂亮男士之典。《战国策·齐策》"城北徐公,齐国之美丽者也。"
【例句】唐张祜《寄朗州徐…》:"关西今孔子,城北旧徐公。"唐杜甫《徐卿二子歌》:"吾知徐公百不忧,积善衮衮生公侯。"宋司马光《子高有徐…》:"徐公精笔老生神,石刻犹能妙夺真。"聂绀弩《赠迈进》:"须眉一世徐公老,喉鼻两声绎树奇。"

徐甲复生 xú jiǎ fù shēng
【分类】文化
【关键词】老子
【释义】咏助人还魂之典。《神仙传·老子》:"老子有客徐甲,少赁于老子…老子问甲曰:'汝久应死,吾昔赁汝…'…乃使甲张口向地,其《太玄真符》立出于地,丹书文字如新,甲成一具枯骨矣…老子复之《太元符》投之,甲立更生。"
【例句】唐李商隐《赠华阳宋…》:"不因杖屦逢周史,徐甲何曾有此身?"唐李德裕《遥伤茅山…》:"弟子悲徐甲,门人泣蔡经。"唐胡曾《流沙》:"老氏却思天竺住,便将徐甲去流沙。"宋刘子荐《游老君洞》:"徐甲青牛骖左侍,六丁白鹤导前驱。"

徐娘半老 xú niáng bàn lǎo
【分类】生活
【关键词】梁元帝
【释义】形容中年妇女犹有风情。《南史·梁元帝徐妃传》:"帝左右暨季江有姿容,又与淫通。季江每叹曰:'柏直狗虽老犹能猎,萧溧阳马虽老犹骏,徐娘虽老,犹尚多情。'"
【例句】唐刘禹锡《梦扬州乐妓》:"花作婵娟玉作妆,风流争似旧徐娘。"宋俞德邻《姑苏有赠》:"商女不知宁有恨,徐娘虽老尚多情。"宋李鷹《宋英宝宣…》:"老矣奈何春半老,悠悠万事付杯中。"宋李若水《题画扇》:"坡头霜木秋半老,沙际水禽时一双。"

徐孺子 xú rú zǐ
【分类】政治
【关键词】徐稚
【释义】借指清贫淡泊,隐居不仕者。《后汉书·徐稚》:"徐稚字孺子…恭俭义让,所居服其德。屡辟公府,不起…时陈蕃为太守,以礼请署功曹,稚不免之,既谒而退。(陈)

蕃在郡不接宾客,唯稚来特设一榻,去则悬之。"

【例句】唐李端《送路司谏…》:"楼见远公庐,船经徐稚业。"唐杜甫《陪裴使君…》:"礼加徐孺子,诗接谢宣城。"唐元稹《献荥阳公…》:"解榻招徐稚,登楼引仲宣。"唐顾况《同裴观察…》:"水淹徐孺宅恒乾,绳坠洪崖井无底。"宋刘敞《苏度支挽诗》:"敢忘徐稚礼,絮酒望江湖。"宋邹浩《寄题孔先…》:"遭世不比徐孺子,设心不愧司马承。"

徐无鬼　xú wú guǐ

【分类】政治
【关键词】徐无鬼
【释义】战国时魏国隐士。据《庄子·徐无鬼》所载,徐无鬼对魏国官员女商说:"越国那些被流放的人,离开祖国几天,看见他所熟悉的国中人就高兴…离开熟悉的人越久,对他们的思念越深。何况是兄弟亲戚在他的身边说说笑笑呢?"
【例句】宋杨万里《和徐盈赠诗》:"无鬼玄谈雕苦空,端能问字过杨雄。"明王夫之《广遣兴》:"忘忧但记徐无鬼,结舌谁知虞有人。"清沈曾植《倦知同年…》:"外篇自署徐无鬼,密部不逢天息灾。"聂绀弩《叠韵答曙南》:"输君魏国徐无鬼,笑我长安李谪仙。"

徐熙　xú xī

【分类】生活
【关键词】徐熙
【释义】五代南唐杰出画家,花鸟画派之祖。《宋朝名画评·花竹翎毛门》:"徐熙,钟陵人,世仕伪唐,为江南名族。熙善花竹林木、蝉蝶草虫之类,多游园圃。以求情状。虽蔬菜茎苗,亦入图写。"
【例句】宋梅尧臣《和杨直讲…》:"徐熙下笔能逼真,茧素画成才六幅。"宋沈括《图画歌》:"花竹翎花不同等,独出徐熙入神境。"宋王仲修《宫词》:"如何借得徐熙手,画作屏风立殿中。"宋王安石《徐熙花》:"徐熙丹青盖江左,杏枝偃蹇花婀娜。"

徐孝克夫妻　xú xiào kè fū qī

【分类】生活
【关键词】徐孝克
【释义】咏夫妻分散又团圆之典。《南史·徐孝克传》:"陵弟孝克,有口辩,能谈玄理。性至孝…孔景行者,为侯景将,多从左右逼而迎之,臧氏涕泣而去…后景行战死,臧氏伺孝克于途中,累目乃见…于是归俗,更为夫妻。"
【例句】唐吴融《还俗尼》:"寄语江南徐孝克,一生长短托清尘。"

徐衍入海　xú yǎn rù hǎi

【分类】政治
【关键词】徐衍
【释义】愤世自裁之典。《汉书·邹阳传》:"邹阳上书云:'是以申徒狄蹈雍之河,徐衍负石入海。'"东汉服虔注:"周之末世人也。"唐颜师古注:"负石者,欲速沉也。"周代末年有徐衍,因不满当时社会,背负石头跳入海中自杀。
【例句】唐李贺《箜篌引》:"屈平沉湘不足慕,徐衍入海诚为愚。"宋刘应炎《悲歌》:"吾将抱徐衍之石兮,歌箕子之黍离。"清吴兆骞《五日观竞…》:"徐衍终沉海,彭咸竟赴渊。"

徐庾　xú yǔ

【分类】文化
【关键词】徐陵庾信
【释义】南朝陈徐陵和北周庾信的并称。喻指杰出的文士。《北史·庾信》:"东海徐摛为右卫率。摛子陵及信并为抄撰学士。父子在东宫,出入禁闼,恩礼莫与比隆。既文并绮艳,故世号为徐、庾体焉。"
【例句】唐孟郊《赠苏州韦…》:"尘埃徐庾词,金玉曹刘名。"唐罗隐《于于驿与…》:"南朝徐庾流,洛下忆同游。"宋释智圆《读韩文诗》:"南朝尚徐庾,唐兴重卢骆。"宋吴觌《题韩左军…》:"定嫌昔日徐庾体,渴骥奔泉超法律。"

徐元直　xú yuán zhí

【分类】文化
【关键词】徐庶
【释义】借指才识不凡、品质高尚之士。徐庶字元直。刘备谋士,后归曹操。官至御史中丞。《三国志·诸葛亮传》:"时先主屯新野。徐庶见先主,先主器之,谓先主曰:'诸葛孔明者,卧龙也,将军岂愿见之乎?'先主曰:'君与俱来。'"
【例句】唐唐彦谦《宿赵别业》:"今代徐元直,高风自可亲。"唐杜甫《奉送二十…》:"徐庶高交友,刘牢出外甥。"唐陈陶《句》:"近来世上无徐庶,谁向桑麻识卧龙。"唐翁洮《赠进士王雄》:"何事明廷有徐庶,总教三径卧蓬蒿。"宋苏轼《寄题刁景…》:"何时却与徐元直,共访襄阳庞德公。"宋姜特立《赋张舍人…》:"何人得似徐元直,说与君王亟顾庐。"

许都讲　xǔ dōu jiǎng

【分类】文化
【关键词】许询
【释义】借指与僧侣交往的才士。源见"许询"。
【例句】唐李端《忆友怀学…》:"寄谢山阴许都讲,昨来频恃远公书。"宋吕夷简《送僧归护…》:"深愧山阴许都讲,肯随支遁出尘器。"

许飞琼　xǔ fēi qióng

【分类】文化
【关键词】汉武帝
【释义】传说中的仙女名。西王母之侍女。源见"董双成"。
【例句】唐李康成《玉华仙子歌》:"解佩空怜郑交甫,吹箫不逐许飞琼。"唐温庭筠《经旧游》:"香灯怅望飞琼鬓,凉月殷勤碧玉箫。"唐白居易《霓裳羽衣歌》:"上元点鬟招萼绿,王母挥袂别飞琼。"唐曹唐《小游仙诗》:"外人欲压长生籍,拜请飞琼报玉皇。"

许公鞯　xǔ gōng jiān
【分类】生活
【关键词】宇文述
【释义】咏权贵坐骑之典。鞯，马鞍衬垫。《隋书·宇文述传》附《云定兴传》："述素好着奇服，炫耀时人，定兴为制马鞯，于后角上缺方三寸，以露白色。世轻薄者争放（仿）学之，谓为许公缺势。"
【例句】唐杜牧《长安杂题…》："韩嫣金丸莎覆绿，许公鞯汗杏黏红。"明边贡《商水得许…》："长忆许公兼许子，却逢商水慕商山。"明欧大任《同李袭美…》："儿为谢琰尊安石，家有苏颋号许公。"清陈廷敬《次维扬赋…》："文章大手终须让，又见风流小许公。"

许靖羁宦　xǔ jìng jī huàn
【分类】政治
【关键词】许靖
【释义】用为咏羁旅困顿之典。《三国志·许靖传》："灵帝崩，董卓秉政…靖惧诛，奔仚。佗卒，依扬州刺史陈祎…策策东渡江，皆走交州以避其难…既至交阯，交阯太守士燮厚加敬待…后刘璋遂使使招靖，靖来入蜀…先主为汉中王，靖为太傅。"
【例句】唐宋之问《早发韶州》："虞翻思报国，许靖愿归朝。"唐李商隐《属疾》："许靖犹羁宦，安仁复悼亡。"唐杜甫《咏怀二首》："葛洪及许靖，避世此路同。"宋周密《次秋崖韵》："许靖久贫惟马磨，王章多病有牛衣。"

许劭月旦评　xǔ shào yuè dàn píng
【分类】文化
【关键词】许劭
【释义】谓名家品评。《后汉书·许劭传》："初，劭与靖（许靖，劭之从兄）俱有高名，好共核论乡党人物，每月辄更其品题，故汝南俗有月旦评焉。"东汉末年，由汝南郡人许劭兄弟主持对当代人物或诗文字画等品评、褒贬的一项活动，常在每月初一发表，故称"月旦评"。
【例句】唐李商隐《送千牛李…》："幸藉梁园赋，叨蒙许氏评。"唐陆龟蒙《袭美先辈…》："纵有月旦评，未能天下知。"宋杨亿《寄章徽君》："梦魂长绕龙门坂，姓字终悬月旦评。"宋刘攽《周檀兄弟…》："汝南月旦评无愧，诸老先生谢不如。"

许史　xǔ shǐ
【分类】政治
【关键词】许伯史高
【释义】汉宣帝时外戚许伯和史高的并称。后借指权门贵戚。《汉书·盖宽饶》："上无许、史之属，下无金、张之托。"
【例句】唐王维《偶然作》："许史相经过，高门盈四牡。"唐李益《汉宫少年行》："金张许史伺颜色，王侯将相莫敢论。"唐吴融《卖花翁》："和烟和露一丛花，担入宫城许史家。"唐郑愔《夜游曲》："许史多暮宿，应陈从夜游。"

许宣平　xǔ xuān píng
【分类】文化
【关键词】许宣平
【释义】咏仙道之典。《太平广记》引《续仙传》："许宣平，新安歙人也。唐睿宗景云中，隐于城阳山南坞…时或负薪以卖，担常挂一花瓢及曲竹杖，每醉腾腾拄之以归，独吟曰：'负薪朝出卖，沽酒日西归。路人莫问归何处，穿入白云行翠微。'尔来三十余年，或拯人悬危，或救人疾苦。"
【例句】宋范成大《题画卷》："无限白云堆去路，不知谁识许宣平。"宋程之才《次东坡碧…》："回思紫阳山，追随许宣平。"宋李弥逊《黄山在歙…》："紫阳照空天夜明，栖烟采玉唐宣平。"明黄佐《听泉为许…》："新安仙客许宣平，长爱流泉出涧声。"

许询　xǔ xún
【分类】文化
【关键词】许询
【释义】字玄度，情致高远，尤善清谈。借指与僧侣交往的才士。《世说新语·文学》："支道林、许掾诸人共在会稽王斋头，支为法师，许为都讲。支通一义，四坐莫不厌心；许送一难，众人莫不抃舞。但共嗟咏二家之美，不辩其理之所在。"
【例句】唐杜甫《已上人茅斋》："空忝许询辈，难酬支遁词。"唐丘丹《萧山祇园寺》："车骑归萧察，云林识许询。"唐刘长卿《题灵祐和…》："残经窗下依然在，忆得山中问许询。"唐杨巨源《题贾巡官…》："许询本爱交禅侣，陈寔由来是好儿。"

许询胜具　xǔ xún shèng jù
【分类】文化
【关键词】许询
【释义】意谓许询不但有胜情，而且有济胜之具。即具备跋山涉水游览名胜的身体条件。形容身体强健。《世说新语·栖逸》："许掾好游山水，而体便登陟。时人云：'许非徒有胜情，实有济胜之具。'"许询曾为司徒掾。
【例句】宋刘子翚《晓起闻明…》："况知陶令有名酒，未觉许询无胜具。"宋吕本中《简何居厚》："我乏济胜具，子怀经世才。"宋曾几《钱生遗笻…》："寻幽已得济胜具，傍险更策扶危勋。"宋陈与《游董园》："幸有济胜具，枯藜支白头。"宋陆游《登塔》："幸兹济胜具，俯仰隘九州。"

许由　xǔ yóu
【分类】政治
【关键词】许由
【释义】尧时隐士，尧让天下于许由，由于是遁逃于中岳颍水之阳，箕山之下。尧又召为九州长，由不欲闻之，洗耳于颍水滨。《庄子·逍遥游》："尧让天下于许由…许由曰：'归休乎君，予无所用天下为！'"
【例句】唐宋之问《陪群公登…》："许由去已远，冥莫见幽坟。"唐杜甫《自京赴奉…》："终愧巢与由，未能易其节。"

唐李邕《铜雀妓》：" 颍水有许由，西山有伯夷。"唐苏颋《奉和幸韦…》："不学尧年隐，空令傲许由。"

许由瓢 xǔ yóu piáo
【分类】政治
【关键词】许由
【释义】用为隐者傲世的典故。源见"挂瓢"。
【例句】宋韩淲《雪后昌甫…》："会取试寻诗句写，还鸣高树许由瓢。"宋楼钥《戏题胆瓶蕉》："露缀疑储陶令粟，风摇欲响许由瓢。"明程通《和十八府…》："好向青云树勋业，羞谈林下许由瓢。"明张元祯《闽中有感》："所以许由瓢，终挂箕山树。"

许掾 xǔ yuàn
【分类】政治
【关键词】黄霸
【释义】泛指地方副佐。源见"声丞"。
【例句】唐李商隐《郑州献从…》："茅君奕世仙曹贵，许掾全家道义浓。"唐杨发《秋晴独立…》："心似庄游象外，官惭许掾在人间。"唐皮日休《寄润卿博士》："尘乡乡人为许掾，山中地主是茅君。"宋傅察《和鲍守次…》："佐县三年敢意轻，掾曹还许暂平亭。"

轩窗 xuān chuāng
【分类】文化
【关键词】孟浩然
【释义】窗户。唐孟浩然《同王九题就师山房》："轩窗避炎暑，翰墨动新文。"
【例句】唐孟浩然《同王九题…》："轩窗避炎暑，翰墨动新文。"唐皇甫冉《题蒋道士房》："轩窗缥缈起烟霞，诵诀存思白日斜。"唐李商隐《利州江潭作》："河伯轩窗通贝阙，水宫帷箔卷水绡。"宋陆游《游锦屏山…》："城中飞阁连危亭，处处轩窗临锦屏。"

轩冕 xuān miǎn
【分类】政治
【关键词】庄子
【释义】古代卿大夫的轩车和冕服。借指官位爵禄。《庄子·缮性》："古之所谓得志者，非轩冕之谓也，谓其无以益其乐而已矣。今之所谓得志者，轩冕之谓也。"
【例句】唐张九龄《南还湘水…》："归去田园老，倘来轩冕轻。"唐方干《登雪窦僧家》："谁能厌轩冕，来此便忘机。"唐王昌龄《灞上闲居》："轩冕无柱顾，清川照我门。"唐崔璘《送贺秘监…》："轩冕朝恩盛，霓裳祖帐荣。"唐王维《春夜竹亭…》："羡君明发去，采蕨轻轩冕。"

轩辕黄帝 xuān yuán huáng dì
【分类】政治
【关键词】黄帝
【释义】亦称轩皇。古华夏部落联盟首领，中国远古时代华夏民族的共主。《史记·黄帝》："黄帝者…名曰轩辕。生而神灵，弱而能言，幼而徇齐，长而敦敏，成而聪明…轩辕乃习用干戈，以征不享，诸侯咸来宾从。"
【例句】唐顾况《悲歌》："轩辕黄帝初得仙，鼎湖一去三千年。"唐沈佺期《同工部李…》："轩皇重斋拜，汉武爱祈祷。"唐高适《玉真公主歌》："为问轩皇三百岁，何如大道一千年。"唐李贺《苦篁调啸引》："请说轩辕在时事，伶伦采竹二十四。"唐吕岩《七言》："如来车后随金鼓，黄帝旂傍戴铁冠。"

轩辕镜 xuān yuán jìng
【分类】文化
【关键词】镜
【释义】咏镜之典。传说铜镜是轩辕氏首先制作的，用之可以辟邪。《太平御览》引《述异记》："镜湖，俗传轩辕氏铸镜于湖边，今有轩辕磨镜石，石上常洁，不生蔓草。"《洞天清禄集》："轩辕镜，其形如毬，可作卧榻前悬挂，取以辟邪。"
【例句】宋饶节《赠相师》："却须自把轩辕镜，还见从来面目无。"宋梅尧臣《饮刘原甫…》："世无轩辕镜，百怪争后先。"宋郭祥正《赠陈懒散》："灵台莹彻轩辕镜，妍丑默辨毫与厘。"宋释居简《桃花犬行》："百步虽无槛虎威，双睛何用轩辕镜。"

宣房宫 xuān fáng gōng
【分类】政治
【关键词】史记
【释义】在今河南濮阳县境。泛指防河治水。《史记·河渠书》："于是卒塞瓠子（河），筑宫其上，名曰宣房宫。而道河北行二渠，复禹旧迹，而梁、楚之地复宁，无水灾。"
【例句】唐段成式《河出荣光》："冯夷矜海若，汉武贵宣房。"唐高适《自淇涉黄…》："宣房今安在，高岸空嶙峋。"宋苏轼《答吕梁仲…》："宣房未筑淮泗满，故道堙灭疮痍存。"宋陆游《冬至夜坐…》："君不见宣房塞河百万人，一旦横流由蚁隙。"

宣尼念鲁 xuān ní niàn lǔ
【分类】生活
【关键词】孔子
【释义】咏客旅思乡之典。《史记·孔子世家》："冉求将行，孔子曰：'鲁人召求，非小用之，将大用之也。'是日，孔子曰：'归乎！归乎…'子赣知孔子思归，送冉求，因诫曰'即用，以孔子为招'云。"孔丘于汉元帝元年追谥为褒成宣尼公，后称宣尼。
【例句】唐李德裕《夏晚有归…》："公旦既思周，宣尼亦念鲁。"宋熊铢《寄赵菊东…》："圣人望鲁念，彼黍车辚辚。"明钱陆灿《别田志山》："相逢莞尔仍吴市，转瞬归欤念鲁狂。"

宣室 xuān shì
【分类】政治
【关键词】贾谊

【释义】指汉未央宫中的宣室殿。泛指帝王所居的正室。《汉书·贾谊传》："文帝思谊,徵之…上方受厘,坐宣室。"三国魏苏林曰："宣室,未央前正室也。"
【例句】唐袁朗《和洗掾登⋯》："万国朝前殿,群公议宣室。"唐杨炯《奉和上元⋯》："宣室召群臣,明庭礼百神。"唐柳宗元《闻籍田有感》："宣室无由问厘事,周南何处托成书。"唐裴耀卿《酬张九龄⋯》："宣室才华子,金闺讽议臣。"

宣室召 xuān shì zhào
【分类】政治
【关键词】贾谊
【释义】喻指君王召用才臣。《汉书·贾谊传》："后岁余,文帝思谊,征之。至,入见,上方受厘,坐宣室。上因感鬼神事,而问鬼神之本。谊具道所以然之故。至夜半,文帝前席。既罢,曰:'吾久不见贾生,自以为过之,今不及也。'居顷之,拜贾生为梁怀王太傅。梁怀王,文帝之少子,爱,而好书,故令贾生傅之。"
【例句】唐孟浩然《荆门上张⋯》："仁闻宣室召,星象列三台。"唐刘长卿《新安奉送⋯》："九重宣室召,万里建溪行。"唐杜甫《过故斛斯⋯》："竟无宣室召,徒有茂陵求。"唐刘禹锡《酬朗州崔⋯》："自此曾沾宣室召,如今又守阖闾城。"

萱草 xuān cǎo
【分类】生活
【关键词】诗经
【释义】咏愁思之典。也借指母亲。《诗经·卫风·伯兮》："焉得谖(萱)草,言树之背。"毛传："谖草令人忘忧。背,北堂也。"《述异记》："萱草一名紫萱,又呼为忘愁草,吴中书生呼为疗愁花。"俗称金针菜、黄花菜,古人以为此草可以使人忘忧,因称忘忧草。
【例句】唐陈元光《半径庐居⋯》："桑田多变海,萱草独凌霜。"唐张九龄《题画山水障》："萱草忧可树,合欢愤益蠲。"唐胡皓《大漠行》："北堂萱草不寄来,东园桃李长相忆。"唐邵谒《送从弟长⋯》："心醉岂因酒,愁多徒见萱。"唐万楚《五日观妓》："眉黛夺将萱草色,红裙妒杀石榴花。"

喧啾 xuān jiū
【分类】生活
【关键词】韩愈
【释义】喧闹嘈杂。唐韩愈《听颖师弹琴》："喧啾百鸟群,忽见孤凤凰。"
【例句】宋欧阳修《感二子》："岂无百鸟解人语,喧啾终日无人听。"宋强至《禽凤二绝》："不知利嘴鹰扬处,却漫喧啾怨凤凰。"宋王令《寄126宣州⋯》："亭前行迹不破草,亭下野鸟常喧啾。"宋王迈《读王伯大⋯》："聒耳喧啾厌毕逋,朝阳忍听凤凰孤。"

玄都观 xuán dū guàn
【分类】文化
【关键词】刘禹锡
【释义】道观名。在陕西省长安县南崇业坊。泛指道观。也谓感慨伤时。源见"前度刘郎"。
【例句】五代徐钧《刘禹锡》："如何一斥终难反,为赋玄都观里花。"宋文同《和子山种花》："红霞照地清香起,似到玄都观里时。"宋刘克庄《居厚弟和⋯》："仆家梦得无标致,爱说玄都观里桃。"宋刘瀹《再用前韵⋯》："黄四娘家无数梦,玄都观里一番愁。"

玄度 xuán dù
【分类】文化
【关键词】列仙传
【释义】指月亮。《列仙传·关令尹赞》："尹喜抱关,含德为务,挹漱日华,仰玩玄度。"
【例句】唐骆宾王《秋日饯陆⋯》："唯当玄度月,千里与君同。"明皇甫汸《衲子大林》："斋虚玄度月,江倚惠连风。"

玄宫 xuán gōng
【分类】政治
【关键词】庄子
【释义】北方的宫殿。借指北面,北方。或喻深宫《庄子·大宗师》："颛顼得之,以处玄宫。"唐成玄英疏："颛顼,黄帝之孙,即帝高阳也,亦曰玄帝。为北方之帝。玄者,北方之色,故处于玄宫也。"
【例句】唐吴筠《游仙》："颛顼清玄宫,禹强扫幽境。"唐韩愈《丰陵行》："逾梁下坂箭鼓咽,嵼嵼遂走玄宫间。"唐孙咸《题九天使⋯》："独入玄宫礼至真,焚香不为贱贫身。"唐姚合《文宗皇帝⋯》："寂寞玄宫闭,朝昏千万年。"

玄光梨 xuán guāng lí
【分类】文化
【关键词】梨
【释义】咏仙果之典。《艺文类聚》引《汉武内传》："太上之药,果有玄光梨。"
【例句】宋何梦桂《和王德甫⋯》："黄菊秋余花尚耐,玄梨霜后果初圆。"宋何梦桂《寿徐信甫⋯》："年年有,麻姑麟脯,王母玄梨。"元胡布《紫阳仙子歌》："青鼬还邀紫府仙,玄梨不逐昆仑宴。"明屈大均《将归东粤⋯》："惟尔仙人居射的,可有玄梨应求。"

玄圭 xuán guī
【分类】政治
【关键词】尚书
【释义】一种黑色的玉器,古代用以赏赐建立特殊功绩的人。《尚书·禹贡》："禹锡玄圭,告厥成功。"汉孔安国《传》："玄,天色,禹功尽加于四海,故尧赐玄圭以彰之,言天功成。"
【例句】唐元稹《拜禹庙》："洪水襄陵后,玄圭菲食由。"宋田锡《琢玉歌》："方珊圆璡荐宗庙,苍佩玄圭颂帝庭。"宋王十朋《了溪》："余粮散幽谷,归去锡玄圭。"宋范祖禹《谢子瞻尚⋯》："禹平洪流锡玄圭,班于群神朝会稽。"

玄花 xuán huā
【分类】生活
【关键词】王融
【释义】意指视觉中的模糊影像。玄,通眩。南北朝王融《双声诗》:"园蘅眩红花,湖荇燁华红。"
【例句】唐韩愈《寄崔二十…》:"玄花着两眼,视物隔褷褵。"宋王安石《和文淑溢…》:"发为感伤无翠葆,眼从瞻望有玄花。"宋郭祥正《将归》:"挂冠已不早,玄花随两眸。"宋沈与求《次夕雨作…》:"闭关不问阴晴事,时怪玄花掠病眸。"

玄黄 xuán huáng
【分类】政治
【关键词】周易
【释义】指天地的颜色。借指天地。泛指颜色。《周易·坤》:"夫玄黄者,天地之杂也,天玄而地黄。"
【例句】唐李华《杂诗》:"玄黄与丹青,五气之正色。"唐曹邺《秦后作》:"东郊龙见血,九土玄黄色。"唐皮日休《包山祠》:"公心与神志,相向如玄黄。"聂绀弩《悠然六十》:"坐老江湖波涌跌,起看天地色玄黄。"

玄鸟生商 xuán niǎo shēng shāng
【分类】政治
【关键词】诗经
【释义】相传有娀氏女简狄与二女行浴,有玄鸟飞过堕其卵,简狄取而吞食,因而怀孕生契,契为商人始祖。《诗经·商颂·玄鸟》:"天命玄鸟,降而生商。"汉王逸注:"玄鸟,燕也。"
【例句】唐李应《立春日晓…》:"玄鸟初来日,灵仙望里分。"唐储光羲《终南幽居…》:"始看玄鸟来,已见瑶华新。"唐白居易《寓意诗》:"翩翩两玄鸟,本是同巢燕。"宋李廌《启母庙》:"帝武启宗周,玄鸟浚哲商。"明屈大均《濠州作》:"赤龙飞作汉,玄鸟降生商。"

玄霜绛雪 xuán shuāng jiàng xuě
【分类】文化
【关键词】汉武帝
【释义】神话中的两种仙药。《汉武帝内传》:"仙家上药有玄霜、绛雪。"玄霜也指厚霜。绛雪也用来比喻红色的花朵。
【例句】唐樊夫人《答裴航》:"一饮琼浆百感生,玄霜捣尽见云英。"唐李贺《瑶华乐》:"玄霜绛雪何足云,熏梅染柳将赠君。"唐赵存约《鸟散余花落》:"彩云飘玉砌,绛雪下仙家。"唐皮日休《以纱巾寄…》:"掩敛乍疑裁黑雾,轻明浑似戴玄霜。"唐吕岩《七言》:"庚虎循环餐绛雪,甲龙夭矫迸泉。"唐陆龟蒙《和袭美江…》:"桂父旧歌飞绛雪,桐孙新韵倚玄云。"

玄霜约 xuán shuāng yuē
【分类】生活
【关键词】裴航
【释义】以捣药玄霜为约。喻指男女婚约。源见"蓝桥捣药"。
【例句】宋陈允平《鹧鸪天》:"仙娥已有玄霜约,便好骑鲸上九霄。"宋侯寘《风入松》:"几时玉杵蓝桥路,约云英、同捣玄霜。"明王彦泓《珥村赠别》:"何须更订玄霜约,一夕邻舟忆最深。"明龚鼎孳《金闺行为…》:"殷勤为信玄霜约,四海肝肠谁可托。"

玄纁 xuán xūn
【分类】政治
【关键词】韩康
【释义】原指黑色和浅红色的布帛。后世帝王用作延聘贤士的礼品。《后汉书·韩康》:"桓帝乃备玄纁之礼,以安车聘之。"
【例句】唐王绩《被举应徵…》:"使君留白璧,天子降玄纁。"唐皇甫冉《赠郑山人》:"玄纁倘有命,何以遂躬耕。"唐陈陶《经徐稚墓》:"凤皇屡降玄纁礼,琼石终藏烈火诗。"宋王禹偁《酬种放征君》:"玄纁与丹诏,恩礼诚非薄。"

玄衣巾 xuán yī jīn
【分类】生活
【关键词】龟
【释义】借指神龟衣着。《史记·褚少孙论》:"宋元王二年,江使神龟使于河…""今寡人梦见一丈夫,延颈而长头,衣玄绣之衣而乘辎车,来见梦于寡人曰:'我为江使于河,而幕网当吾路…王有德义,故来告诉。'是何物也?""卫平对曰:'玄服而乘辎车,其名为龟。'"
【例句】唐韩愈《孟东野失子》:"东野夜得梦,有夫玄衣巾。"

玄洲 xuán zhōu
【分类】文化
【关键词】东方朔
【释义】神话中的十洲之一。借指清幽的环境。《海内十洲记·玄洲》:"玄洲,在北海之中,戌亥之地,方七千二百里,去南岸三十六万里,上有太玄都,仙伯真公所治…饶金芝玉草。"
【例句】唐施肩吾《玩友人庭竹》:"曾去玄洲看种玉,那似君家满庭竹。"唐曹唐《小游仙》:"玄洲草木不知黄,甲子初开浩劫长。"唐吕岩《赠刘方处士》:"玄洲旸谷悉可居,地寿天龄永相保。"宋沈辽《和毅公赋…》:"玄洲灵草自有种,西郭故人还作仙。"

玄珠 xuán zhū
【分类】生活
【关键词】黄帝象罔
【释义】指黑色明珠。道家借以比喻大道。也比喻贤才或宝贵的事物。《庄子·天地》:"黄帝游乎赤水之北,登乎昆仑之丘而南望,还归,遗其玄珠。使知索之而不得,使离朱索之而不得,使吃诟索之而不得也。乃使象罔,象罔得之。黄帝曰:'异哉!象罔乃可以得之乎?'"陆德明释文：" 玄珠，司马云：'道真也。'"

【例句】唐张果《玄珠歌》："解采玄珠万恶除，尽令得道人清虚。"唐张果《玄珠歌》："自有玄珠无价宝，几时觉悟驻神精。"唐刘沧《宿题天坏观》："冥心一悟虚无理，寂寞玄珠象罔中。"唐李群玉《湘中别成…》："赤水千丈深，玄珠几人得。"

悬车告老 xuán chē gào lǎo

【分类】政治
【关键词】班固
【释义】致仕，指官员年老退休。古人一般至七十岁辞官家居，官车挂立家中，废车不用。借指七十岁。汉班固《白虎通·致仕》："臣年七十悬车致仕者，臣以执事趋走为职…悬车，示不用也。"
【例句】唐白居易《刑部尚书…》："迷路心回因向佛，宦途事了是悬车。"宋卫宗武《挽王总干…》："从仕为民辞荐牍，移忠有后竟悬车。"宋刘攽《渭水》："悬车循暗谷，断栈出重关。"宋卫宗武《挽王总干…》："从仕为民辞荐牍，移忠有后竟悬车。"

悬衡 xuán héng

【分类】文化
【关键词】荀子
【释义】比喻客观地品评文章。《荀子·解蔽》："兼陈万物而中县衡焉。"兼陈：全部排列起来。县衡：悬挂的秤。意为把万物排列起来用悬挂的秤公正地衡量它们。
【例句】唐储光羲《终南幽居…》："圣君常临朝，达士复悬衡。"唐刘禹锡《贾客词》："心计析秋毫，摇钩俟悬衡。"唐齐己《谢武陵徐…》："五字才将七字争，为君聊敢试悬衡。"唐齐己《酬西蜀广…》："楚外已甘推绝唱，蜀中谁敢共悬衡。"宋杨亿《次韵和太…》："一代典谟资润色，满朝文物仰悬衡。"

悬弧射矢 xuán hú shè shǐ

【分类】生活
【关键词】礼记
【释义】咏生男孩之典。古礼，男子生，悬木弓于房门左边。谓尚武，练武。《礼记·内则》："子生，男子设弧于门左，女子设帨于门右…三日，卜士负之。吉者宿齐，朝服寝门外，诗负之。射人以桑弧蓬矢六，射天地四方。"汉郑玄注："弧者，示有事于武也。帨，事人之佩巾也…天地四方，男子所有事也。""悬弧之辰"即指男子的生日。
【例句】唐陈元光《太母魏氏…》："系牒公侯裔，悬弧将相儿。"唐包何《相里使君…》："他时干蛊声名著，今日悬弧宴乐酣。"唐韦应物《始建射侯》："男子本悬弧，有志在四方。"唐刘驾《送友人擢…》："古来悬弧义，岂顾子与妻。"

悬瓠城 xuán hù chéng

【分类】政治
【关键词】李愬
【释义】古城名。以城北汝水屈曲如垂瓠，故名。泛指擒敌

之处。源见"入蔡奇兵"。
【例句】宋张嵲《登楼对雪》："擒寇可无悬瓠将，泛舟未许剡溪人。"宋陈傅良《和林懿仲…》："衔枚悬瓠城，仗节居延泽。"宋周紫芝《次韵沈给…》："悬瓠功名知有在，微生底处更求安。"元王翰《送吴指挥…》："幽兰亭古连青琐，悬瓠城高驻彩旗。"

悬黎 xuán lí

【分类】文化
【关键词】玉
【释义】会发夜光的美玉。《战国策·秦策三》："臣闻周有砥厄，宋有结绿，梁有悬黎，楚有和璞，此四宝者，工之所失也，而为天下名器。"东汉张衡《西京赋》："流悬黎之夜光，缀随珠以为烛。"
【例句】唐皎然《答陈士曹…》："何以美知才，投我悬黎珠。"唐钱起《送李四擢…》："悬黎宝中出，高价世难掩。"唐李商隐《和孙朴韦…》："轻于赵皇后，贵极楚悬黎。"宋邓忠臣《重九考罢…》："悬黎待价由来久，绿绮知音不易逢。"

悬圃 xuán pǔ

【分类】文化
【关键词】楚辞
【释义】也称玄圃。传说在昆仑山顶。有金台、玉楼，为神仙所居。悬通县。亦泛指仙境。《楚辞·天问》："昆仑悬圃，其尻安在？"汉王逸注："昆仑，山名也，其巅曰县圃，乃上通于天也。"
【例句】唐崔融《嵩山石淙…》："今朝出豫临悬圃，明日陪游向赤城。"唐狄仁杰《奉和圣制…》："老臣预陪悬圃宴，余年方共赤松游。"唐李绅《新昌宅书…》："羽衣道士偷玄圃，金简真人护玉苗。"唐崔玄真《大还丹口诀》："状似凝酥黄芽雪，亦如玄圃玉华结。"

悬首藁街 xuán shǒu gǎo jiē

【分类】政治
【关键词】陈汤
【释义】藁街，汉时街名，属国使节馆舍所在地。把侵掠汉土的外番在藁街斩首示众，以威慑别国。《汉书·陈汤传》："宜县头藁街蛮夷邸间，以示万里，明犯强汉者，虽远必诛。"
【例句】唐李子昂《西戎即叙》："悬首藁街中，天兵破犬戎。"唐韩偓《隰州新驿》："果闻荒谷缢，旋睹藁街烹。"宋苏轼《送玉面狸》："北距飞狐信未通，夜来缚到藁街东。"宋刘敞《西戎行》："悬头藁街敕狂慢，积粟金城抚疲荼。"

悬榻 xuán tà

【分类】政治
【关键词】徐稚
【释义】喻礼待贤士。源见"徐孺子"。
【例句】唐张垍《奉和岳州…》："悬榻迎宾下，趋庭学礼闻。"唐李白《寄崔侍御》："高人屡解陈蕃榻，过客难登谢朓楼。"唐司空曙《送张弋》："酒倦临风醉，人逢置榻迎。"唐

刘长卿《送宇文迁…》："陈蕃待客应悬榻，宓贱之官独抱琴。"

悬舆　xuán yú
【分类】政治
【关键词】论衡
【释义】谓辞官家居。也指致仕之年，即七十岁。《论衡·自纪》："章和二年，罢州家居。年渐七十，时可悬舆。"
【例句】唐李德裕《忆平泉山…》："张何同寮案，相勉在悬舆。"唐李德裕《怀山居邀…》："我未及悬舆，今犹佩朝绂。"明李时勉《候汤总兵…》："悬舆归去一闲身，到处相逢非故人。"明区越《社约和同…》："悬舆岁晚多佳兴，弄月嘲风但一尊。"

旋毛在腹　xuán máo zài fù
【分类】文化
【关键词】马
【释义】咏千里马之典。《尔雅·释畜》："回毛在膺，宜乘。"《注》引樊光曰："伯乐相马法，旋毛在腹下如乳者，千里马也。"
【例句】唐霍总《骢马》："路傍看骤影，鞍底卷旋毛。"唐李贺《马诗》："伯乐向前看，旋毛在腹间。"元大訢《骏马图》："何人致此铁色骊，旋毛绕腹新凿蹄。"清翁方刚《礼烈亲王…》："腹间旋毛鳞甲动，耳夹肉角筋垂虹。"

选官图　xuǎn guān tú
【分类】生活
【关键词】孔平仲
【释义】谓升官图。宋孔平仲《选官图口号》："环合官图展，观呼象之圆。"
【例句】宋李新《武功驿留题》："只今身在选官图，梦守之乎五十余。"宋王之道《南歌子》："却道如今重赌、选官图。"宋陈垓《绝句》："掷得么么监岳庙，恰如输了选官图。"宋赵必瓛《沁园春》："看做官来，只似儿时，掷选官图。"

削肩　xuē jiān
【分类】生活
【关键词】曹植
【释义】咏美女之典。三国曹植《洛神赋》："肩若削成，腰如束素。"即溜肩，低垂的肩膀，古代为美女体形特征之一。《周礼·考工记·筑氏》："筑氏为削，长尺博寸，合六而成规。"即肩膀形状像一个圆的六分之一。
【例句】宋梅尧臣《次韵奉和…》："从来鉴裁主端正，不藉娉婷削肩胛。"明黄廷用《题美人便面》："削肩细腰垂藻羽，环佩珊珊罗绮长。"清赵我佩《醉红妆》："近来憔悴不胜怜。薄罗裳，瘦削肩。"聂绀弩《晴雯》："削肩纤爪水蛇腰，命贱何妨气性骠。"

靴刀誓死　xuē dāo shì sǐ
【分类】政治
【关键词】李光弼
【释义】谓战死沙场的决心。《旧唐书·李光弼传》："初光弼将战，谓左右曰：'战，危事，胜负系之。光弼位为三公，不可死于贼手…'及是击贼，常纳短刀于靴中，有决死之志。"
【例句】宋苏轼《有以官法…》："欲将渔钓追黄帽，未要靴刀抹绛巾。"明钱谦益《后秋兴八…》："凭将按剑申军令，更插靴刀傲士心。"清翁斌孙《赠王粗云…》："靴刀空效李光弼，华表还惊丁令威。"

薛公　xuē gōng
【分类】政治
【关键词】田婴田文
【释义】齐王灭薛国，封靖郭君田婴为薛公。其子孟尝君田文也因称。《史记·孟尝君列传》："诸侯皆使人请薛公田婴以文为太子，婴许之…而文果代立于薛，是为孟尝君。"
【例句】唐张说《送李侍郎…》："薛公善筹画，李相威边鄙。"唐韩翃《寄雍丘窦…》："薛公荐士得夜初，口领黄金千室余。"唐周昙《薛公》："黥布称兵孰敢当，薛公三计为斟量。"宋张方平《过齐篇》："世变后有薛公文，馆中多坐侗傥人。"

薛琼琼　xuē qióng qióng
【分类】生活
【关键词】薛琼琼
【释义】唐代古筝艺人。扬州名妓。《岁时习俗资料汇编·清明》："《丽情集》：薛琼琼，开元宫中教坊第一手。清明日，上令宫妓踏青，狂生崔怀宝窃窥琼琼，夜之内乐供奉扬羔所潜待之…崔后为河南司录，琼琼理筝，为吏所诘收，赴阙，明皇因以赐之。"
【例句】宋刘过《浣溪沙》："标格胜如张好好，情怀浓似薛琼琼。"宋晁端礼《浣溪沙》："瑶佩空传张好好，钿筝谁继薛琼琼。"明王恭《月下闻筝》："愁心不见薛琼琼，何处银筝半夜声。"

薛涛　xuē tāo
【分类】文化
【关键词】薛涛
【释义】唐代四大女诗人之一，成都乐妓。与韦皋、元稹有过恋情，终身未嫁。《唐语林校证·补遗》："西蜀官妓曰薛涛者，辩慧知诗。"
【例句】唐元稹《寄赠薛涛》："锦江滑腻蛾眉秀，幻出文君与薛涛。"唐郑谷《蜀中》："渚远江清碧簟纹，小桃花绕薛涛坟。"唐裴廷裕《蜀中登第…》："高卷绛纱扬氏宅，半垂红袖薛涛窗。"元袁桷《薛涛笺》："十样蛮笺起薛涛，黄筌禽鸟赵昌桃。"

薛涛笺　xuē tāo jiān
【分类】文化
【关键词】薛涛
【释义】本指唐女诗人薛涛创制的深红小彩笺，后泛指精美的诗笺或信笺。源见"女校书"。
【例句】宋沈立《英韶在前…》：" 画思摩诘笔,吟称薛涛笺。"宋张炎《齐天乐》：" 薛涛笺上相思字,重开又还重折。"宋李彭老《木兰花慢》：" 梦云飞远,有题红、都在薛涛笺。"元杨维桢《题薛兰英…》：" 锦江只见薛涛笺,吴郡今传兰蕙篇。"

薛夜来　xuē yè lái
【分类】生活
【关键词】薛夜来
【释义】三国魏文帝曹丕的宠姬。借指美女。源见"针神"。
【例句】唐长孙佐辅《古宫怨》：" 满箱旧赐前日衣,渍枕新垂夜来泪。"唐罗虬《比红儿诗》：" 魏帝休夸薛夜来,雾绡云縠称身裁。"明杨慎《江上闻筝曲》：" 若非汝南刘碧玉,定是秦中薛夜来。"明印巩道《偶感和百…》：" 魏宛沉沉薛夜来,九门排夜平平台。"清许经《奉和牧翁…》：" 更将补衮弥天线,问取针神薛夜来。"

穴蚁　xué yǐ
【分类】政治
【关键词】淳于梦
【释义】原指穴中蝼蚁,比喻即将败亡的敌人或盗贼。源见"南柯梦"。
【例句】唐杜甫《喜闻官军…》：" 鼎鱼犹假息,穴蚁欲何逃。"唐李峤《晚秋喜雨》：" 穴蚁祯符应,山蛇毒影收。"唐李洞《和刘驾博…》：" 松根穴蚁通山远,塔顶巢禽见海微。"宋李复《和朱公掞…》：" 林鸠怒鸣竟逐妇,穴蚁移居自衔卵。"

学书学剑　xué shū xué jiàn
【分类】政治
【关键词】项羽
【释义】借指习文习武、从文从武。源见"万人敌"。
【例句】唐孟浩然《伤岘山云…》：" 少小学书剑,秦吴多岁年。"宋林尚仁《自赋》：" 学书学剑两无成,天乞梅边隐姓名。"宋黄庭坚《赠赵言》：" 学书不成不学剑,心术妙解通神明。"宋连文凤《无题》：" 学书学剑两茫然,空过浮生五十年。"

学舞鹤　xué wǔ hè
【分类】政治
【关键词】鹤
【释义】喻指初入仕途。《太平御览》引《相鹤经》：" 鹤二年落子毛,易黑点,三年产伏,复七年羽翮具,复七年飞薄云汉,复七年舞应节,复七年昼夜十二时鸣声中律。"传说仙鹤长到七岁时能应节而舞。
【例句】唐李白《赋得鹤送…》：" 正有乘轩乐,初当学舞时。"宋吴惟信《柳》：" 学舞腰肢风外细,凝愁颜色雨中深。"宋张舜民《长沙遇雪…》：" 拂槛穿帘初学舞,紫风带雨不成团。"明何吾驺《赋黄芍药》：" 淡开池上笼鹅人,学舞楼头绘鹤归。"

雪儿　xuě ér
【分类】生活
【关键词】李密
【释义】唐李密爱姬。泛指歌妓。《北梦琐言》：" 雪儿者,李密之爱姬,能歌舞,每见宾客,文章有奇丽入意者,即付雪儿叶音律以歌之。"
【例句】宋苏轼《和人见赠》：" 知有雪儿供笔砚,应嗤灶妇洗盆瓶。"宋苏轼《浣溪沙》：" 有客能为神女赋,凭君送与雪儿书。"宋方蒙仲《和刘后村…》：" 雪儿按瑟候门炉,玉女偷花帝座嗔。"宋王庭圭《赵逢源家…》：" 客子眼寒空过市,雪儿歌妙欠新词。"

雪儿歌　xuě ér gē
【分类】生活
【关键词】李密
【释义】泛指家伎的乐曲。源见"雪儿"。
【例句】唐韩定辞《答马彧》：" 盛德好将银管述,丽词堪与雪儿歌。"宋陈师道《和舅氏公…》：" 盛礼每虚摩诘席,旧词犹可雪儿歌。"宋王庭圭《赵逢源家…》：" 客子眼寒空过市,雪儿歌妙欠新词。"宋刘子翚《次韵陈成…》：" 雅会欣闻珠履集,新词好付雪儿歌。"

雪宫风榭　xuě gōng fēng xiè
【分类】生态
【关键词】孟子
【释义】借指避暑胜地。《孟子·梁惠王》：" 齐宣王见孟子于雪宫。王曰:'贤者亦有此乐乎?'孟子对曰'…乐以天下,忧以天下,然而不王者,未之有也。'"汉赵岐《章句》：" 雪宫,离宫之名也。宫中有苑囿台榭之饰,禽兽之饶,王自多有此乐,故问曰贤者亦有此乐乎。"榭:建在高土台上的敞屋。
【例句】唐杜甫《将别巫峡…》：" 雪篱梅可折,风榭柳微舒。"宋薛映《戊申年七夕》：" 汉殿初呈楚舞时,月台风榭镇相随。"宋李曾伯《和刘疏轩…》：" 因君郢调问前踪,贤者斯能乐雪宫。"宋韩琦《次韵和崔…》：" 图功自可超烟阁,接士殊优在雪宫。"

雪后园林　xuě hòu yuán lín
【分类】生态
【关键词】林逋
【释义】咏园林美景之典。《宋诗钞·和靖诗钞》：" 雪后园林才半树,水边篱落忽横枝。"宋林通字和靖。
【例句】宋吴儆《题刘氏幽…》：" 雪后园林无限好,松间风月有余清。"宋朱熹《天湖四乙…》：" 两公明日江南路,雪后园林子细看。"宋韩淲《题丁使君…》：" 雪后园林春已来,亭前花为醉翁开。"宋裘万顷《再用韵》：" 雪后园林应更好,却输和靖在钱塘。"

雪泥鸿爪　xuě ní hóng zhǎo
【分类】政治

【关键词】苏轼

【释义】鸿雁在雪地上走过时留下的脚印。喻指往事留下的痕迹。《苏轼诗集·〈和子由渑池怀旧〉》:"人生到处知何似?应似飞鸿踏雪泥。泥上偶然留指爪,鸿飞那复计东西。"

【例句】宋陆游《有怀梁益…》:"虎印雪泥余过速,树经野火有空腔。"宋俞德邻《无题》:"鸿踢雪泥犹记道,鹤归华表总成哀。"元曹伯启《士贞教授…》:"自从萍梗任东西,几处飞鸿踏雪泥。"元何景福《重到比原…》:"雷火烧鳞悲跃鲤,雪泥印迹叹飞鸿。"

雪山 xuě shān

【分类】文化

【关键词】简文帝

【释义】指雪的山。喻指印度北部喜马拉雅诸山,传说释迦牟尼成道前曾在此苦行。后借指佛教圣地或僧侣住地。《艺文类聚》引南朝梁简文帝《相宫寺碑》:"雪山忍辱之草,天宫陁树之花,四照芬吐,五衢异色。"

【例句】唐杜甫《岳麓山道…》:"地灵步步雪山草,僧宝人人沧海珠。"唐鲍溶《怀惠明禅师》:"雪山世界此凉夜,宝月独照琉璃宫。"唐李群玉《文殊院避暑》:"愿寻五百仙人去,一世清凉住雪山。"唐刘禹锡《送慧则法…》:"雪山童子应前世,金粟如来是本师。"

雪堂 xuě táng

【分类】生态

【关键词】苏轼

【释义】宋苏轼在黄州,寓居临皋亭,就东坡筑雪堂。故址在今湖北省黄州区东。《苏轼文集·雪堂记》:"苏子得废圃于东坡之胁,筑而垣之,作堂焉,号其正曰'雪堂'。"

【例句】宋苏轼《次韵秦鲁…》:"雪堂亦有思归曲,为谢平生马少游。"宋苏轼《送酒与崔…》:"雪堂居士醉方熟,玉涧山人冷不眠。"宋王十朋《游东坡》:"世重元之重竹楼,雪堂名更重黄州。"宋王质《和袁丞海棠》:"草堂雪堂各千载,唐朝宋朝无两红。"

血流漂杵 xuè liú piāo chǔ

【分类】政治

【关键词】尚书

【释义】血流成河,能漂起木杵。形容杀人极多。《尚书·武成》:"受率其旅若林,会于牧野,罔有敌于我师,前徒倒戈,攻于后以北,血流漂杵。"汉孔安国《传》:"血流漂春杵,甚之言也。"

【例句】宋孙觌《华亭朱侍…》:"蜗角两大国,一怒有漂杵。"宋张耒《寓陈杂诗》:"岂天悔牧野,洗此漂杵腥。"宋王澜《念奴娇》:"最苦金沙,十万户尽,作血流漂杵。"明周是修《早还乡行》:"匈奴杀戮犬与羊,血流漂杵尸成冈。"

血指汗颜 xuè zhǐ hàn yán

【分类】生活

【关键词】韩愈

【释义】手指出血,脸上冒汗。形容不善其事的窘态。唐韩愈《祭柳子厚文》:"不善为斫,血指汗颜;巧匠旁观,缩手袖间。"

【例句】宋吴芾《和四哥钱…》:"待价深藏非左计,汗颜为斫岂良工。"宋陈师道《次韵苏公…》:"血指汗颜终缩手,此怀端向谁倾。"宋苏籀《读范龙阁…》:"世俗吏能那并比,汗颜血指竟何功。"宋陈造《次朱必先…》:"小儿鹿鹿空肩随,血指汗颜惊崛奇。"

埙篪相应 xūn chí xiāng yìng

【分类】生活

【关键词】诗经

【释义】比喻兄弟或朋友间密切配合,相互呼应。《诗经·小雅·何人斯》:"伯氏吹埙,仲氏吹篪。"郑笺:"伯仲喻兄弟也。"

【例句】唐刘禹锡《寄和东川…》:"政同兄弟人人乐,曲奏埙篪处处听。"唐杜甫《奉赠萧二…》:"埙篪鸣自合,金石莹逾新。"唐杜牧《寄内兄和…》:"恩义同钟李,埙篪实弟兄。"宋王之道《和许端夫…》:"我有埙篪相应和,君同兰玉竞芬芳。"

熏穴 xūn xué

【分类】政治

【关键词】庄子

【释义】烟熏洞穴。喻指被拥立为君王。《庄子·让王》:"越人三世弑其君,王子搜之,逃乎丹穴。而越国无君,求王子搜不得,从之丹穴。王子搜不肯出,越人熏之以艾。"

【例句】唐韦蟾《上元》:"熏穴应无取,焚林固有求。"宋陈师道《送杜侍御…》:"熊虎可避虺可驱,覆巢熏穴意何如。"宋袁说友《送周可大…》:"片言定可攻聊城,覆巢熏穴无余氓。"宋方岳《山墅》:"候樵分玉蕈,熏穴得香狸。"

薰风手 xūn fēng shǒu

【分类】文化

【关键词】柳公权

【释义】咏文章高手之典。《新唐书·柳公权传》:"文宗尝召与联句,帝曰:'人皆苦炎热,我爱夏日长。'公权属曰:'薰风自南来,殿阁生余凉。'"

【例句】宋辛弃疾《水龙吟》:"玉皇殿阁微凉,看公重试薰风手。"宋赵彦端《鹧鸪天》:"几时一试薰风手,今日桐阴又满庭。"宋王庭圭《王主簿清…》:"自有薰风生屋角,不须纤手捧冰盘。"宋傅察《次韵任伯…》:"王谢由来多大手,何刘那得比斯人。"

薰晋鄙 xūn jìn bǐ

【分类】政治

【关键词】韩愈

【释义】给晋国边境的人以道德熏陶。形容品德高尚。唐韩愈《争臣论》:"行古人之道,居于晋之鄙,晋之鄙人,薰其德而善良者几千人。"

【例句】宋李弥逊《知郡韩公…》："晋鄙多薰德,闵乡早出奇。"宋李弥逊《翊善余公…》："可但仁风薰晋鄙,犹怜奇节老闵乡。"宋徐元杰《挽克斋陈…》："墨车回可赞,晋鄙善潜薰。"宋刘辰翁《水龙吟》："安得滕鹰,移将近市,长薰晋鄙。"

薰莸 xūn yóu
【分类】生活
【关键词】春秋左传
【释义】喻善恶、贤愚、好坏等。《左传·僖公四年》："筮短龟长,不如从长。且其繇曰:'专之渝,攘公之羭。一薰一莸,十年尚犹有臭。必不可。'"晋杜预注："繇,卜兆辞。薰,香草。莸,臭草。十年有臭,言善易消,恶难除。"
【例句】唐韩愈《醉赠张秘书》："今我及数子,固无莸与薰。"唐韩愈《赴江陵途…》："因疾鼻又塞,渐能等薰莸。"宋杨亿《偶兴》："薰莸岂同器,云壤自悬隔。"宋苏过《送参寥师…》："老师一见心相投,气味要是同薰莸。"

寻壑经丘 xún hè jīng qiū
【分类】政治
【关键词】陶渊明
【释义】意谓时而沿着幽深蜿蜒的溪水进入山谷,时而循着崎岖的小路走过山丘。为咏寻幽探胜、游山玩水之典。晋陶渊明《归去来辞》："既窈窕以寻壑,亦崎岖而经丘。"
【例句】宋葛胜仲《次韵良器…》："经丘复寻壑,不惮历崄崎。"宋刘一止《吴彦和朝…》："岸中扶杖方行乐,寻壑经丘失步趋。"宋王铚《追和斜川诗》："何如脱羁絷,寻壑与经丘。"聂绀弩《雪峰以诗…》："人逢寻壑常往,船到穿桥自直行。"

寻源 xún yuán
【分类】政治
【关键词】张骞
【释义】指张骞出使大宛等地寻找黄河源头。《史记·大宛列传》："而汉使穷河源,河源出于寘,其山多玉石,采来,天子案古图书,名河所出山曰昆仑云。"
【例句】唐骆宾王《西行别东…》："泄井怀边将,寻源重汉臣。"唐杜甫《秦州杂诗》："闻道寻源使,从天此路回。"唐岑参《碛西头送…》："寻河愁地尽,过碛觉天低。"唐李频《送边将》："遥领短兵登陇首,独横长剑向河源。"

巡官 xún guān
【分类】生态
【关键词】老学庵
【释义】称以占卜、星相为业的人。《老学庵笔记》："今北人谓卜相之士为巡官…或谓以其巡游卖术,故有此称。"
【例句】宋释县华《颂古》："可怜杜撰巡官,只管胡卜乱卜。"宋释道行《颂古》："方道既分明,免被巡官使。"元黄玠《与张叔方》："去年送君作巡官,双悬雕弧夹马鞍。"元朱晞颜《悼马毙》："好乞赢钱买驾骞,老夫端要遂巡官。"

巡檐 xún yán
【分类】生活
【关键词】杜甫
【释义】指来往于房檐前。唐杜甫《舍弟观赴蓝田》："巡檐索共梅花笑,冷蕊疏枝半不禁。"
【例句】宋王庭圭《蜡梅寄陈…》："步屟寻花嗟我老,巡檐索笑共谁来。"宋赵佶《太师以被…》："归问雪中谁咏絮,冥搜花底自巡檐。"宋卫宗武《和野渡咏梅》："巡檐频索笑,应不厌推敲。"宋方岳《次韵刘架…》："有竹两窗聊下榻,为梅一笑几巡檐。"

巡瑶水 xún yáo shuǐ
【分类】政治
【关键词】周穆王
【释义】指周穆王应西王母之邀,赴瑶池之会。《昭明文选·南朝齐王融〈三月三日曲水诗·序〉》："穆满八骏,如舞瑶水之阴。"唐李善注引《穆天子传》曰："天子觞西王母于瑶池之上。"
【例句】唐杜甫《九成宫》："巡非瑶水远,迹是雕墙后。"唐嵩岳诸仙《嫁女诗》："一曲笙歌瑶水滨,曾留逸足驻征轮。"元柳贯《同杨仲礼…》："瑶水巡非远,峒山历更绵。"明李梦阳《功德寺》："巡非瑶水远,迹岂玉台荒。"

询刍 xún chú
【分类】政治
【关键词】诗经
【释义】称扬官吏有疑难之事要征求百姓的意见。《诗经·大雅·板》："先民有言,询于刍荛。"汉毛传："刍荛,薪采者。"汉郑玄笺："古之贤者有言,有疑事当于薪采者谋之。"
【例句】唐张说《奉和暇日…》："侍酌衢樽满,询刍谏鼓悬。"唐元稹《代曲江老…》："杞梓无遗用,刍荛不忘询。"唐陆龟蒙《杂讽》："尧舜尚询刍,公乎坐听忽。"宋吕陶《答王仲高》："琴瑟方调节,刍荛愿采询。"

荀粲熨妇 xún càn yùn fù
【分类】生活
【关键词】荀粲
【释义】喻夫妻情感深厚,情深意长。《世说新语·惑溺》："荀粲(字奉倩)与妇至笃,冬月妇病热,乃出中庭,自取冷还,以身熨之。妇亡,奉倩后少时亦卒。"南朝梁刘孝标注引《粲别传》："曹洪女有色,粲(奉倩名)于是聘焉。容服帷帐甚丽,专房燕婉。历年后,妇病亡。未殡,傅嘏往喭粲,粲不哭而神伤…岁余亦亡。"
【例句】宋黄庭坚《次韵答尧民》："系表知药言,择友得荀粲。"宋张耒《再谢周顗…》："见说周顗经案外,亦闻荀粲并床声。"宋陈造《程帅以诗…》："庄生悟浮休,荀粲枉悲咽。"明王彦泓《自悼》："自知荀粲年华促,已分崔郊智画穷。"

荀陈 xún chén
【分类】政治
【关键词】荀淑陈寔
【释义】咏德望家族或品学俱佳的兄弟之典。《后汉书·荀淑传》："荀淑字季和…有子八人…并有名称，时人谓之八龙。"《后汉书·陈寔传》："（寔）有六子，纪、谌最贤。"东汉荀淑、陈寔皆以德有高名。三国时有人将荀氏同陈氏相比，有八荀方六陈之语。
【例句】唐宋之问《送许州宋…》："颍郡水东流，荀陈兄弟游。"唐孟浩然《上巳日涧…》："在山怀绮季，临汉忆荀陈。"唐高适《苦雨寄房…》："兄弟方荀陈，才华冠应徐。"唐李商隐《五言述德…》："耿贾官勋大，荀陈地望清。"宋韩琦《闻致政赵…》："荀陈为会还推象，嵇吕相思不问程。"

荀家 xún jiā
【分类】生活
【关键词】荀淑
【释义】咏仁德高尚、才俊多出的家庭之典。源见"八龙"。
【例句】唐苏颋《送光禄姚…》："汉室有英台，荀家宠俊才。"唐赵嘏《送卢缄归…》："曾向雷塘争掩扉，荀家灯火有余辉。"宋刘筠《怀旧居》："振衣本为苍生起，肯向荀家祗聚星。"宋郑祁《送张清臣…》："吴关此夜瞻台座，并是荀家父子星。"

荀家头龙 xún jiā tóu lóng
【分类】文化
【关键词】荀爽
【释义】称誉出色才士之典。《后汉书·荀爽传》："爽字慈明…幼而好学…太尉杜乔见而称之，曰：'可为人师。'爽遂耽思经书，庆吊不行，征命不应，颍川为之语曰：'荀氏八龙，慈明无双。'爽出仕不，累迁至司空。"
【例句】唐张九龄《故徐州刺…》："韦玄方继相，荀爽复齐名。"唐黄滔《投翰长赵…》："贾氏许频趋季虎，荀家因敢谒头龙。"

荀家兄弟 xún jiā xiōng dì
【分类】文化
【关键词】荀淑
【释义】借指德才出众的兄弟。源见"八龙"。
【例句】唐元稹《赠吴渠州…》："宁氏舅甥俱寂寞，荀家兄弟半沦亡。"唐赵嘏《寄梁俳兄弟》："荀家兄弟来still去，独倚栏干花露中。"唐齐己《山中示凝…》："借问荀家兄弟内，八龙头角让谁先。"宋李彭《次韵寄居…》："荀家兄弟俱奇绝，时听淮南好国风。"

荀令 xún lìng
【分类】政治
【关键词】荀或
【释义】指荀或，字文若。曹操主要谋士，拜尚书令。源见"荀或"。
【例句】唐杨巨源《观妓人入道》："荀令歌钟北里亭，翠娥红粉敞云屏。"唐刘禹锡《酬令狐相…》："荀令园林好，山公游赏频。"唐白居易《送卢郎中…》："荀令见君应问我，为言秋草闭门多。"唐李商隐《酬崔八早…》："谢郎衣袖初翻雪，荀令熏炉更换香。"

荀令香 xún lìng xiāng
【分类】生态
【关键词】刘孝和
【释义】指奇香异芳。《襄阳记》："刘孝和性爱香，尝上厕还，过香炉上，主簿张坦曰：'人名公作俗人，不虚也。'孝和曰：'荀令君（或）至人家，坐处三日香，为我如何令君，而恶我爱好也。'"
【例句】唐李商隐《韩翃舍人…》："桥南荀令过，十里送衣香。"唐李颀《寄綦毋…》："顾盼一过丞相府，风流三接令公香。"唐李颀《赠别张兵曹》："荀令焚香日，潘郎振藻秋。"唐李端《赠郭驸马》："熏香荀令偏怜少，傅粉何郎不解愁。"

荀秘监 xún mì jiān
【分类】文化
【关键词】荀勖
【释义】晋人荀勖曾领秘书监，故称荀秘监。《晋书·荀勖传》："荀勖字公曾…俄领秘书监，与中书令张华依刘向别录，整理记籍。"
【例句】唐罗隐《寄渭北徐…》："官秩旧参荀秘监，樽罍今伴霍嫖姚。"

荀氏风流 xún shì fēng liú
【分类】政治
【关键词】荀或
【释义】用为称誉阖家闻名之典。《三国志·荀或传》："荀或字文若…太祖以女妻或长子恽，后称安阳公主。或及攸并贵重，皆谦冲节俭，禄赐散之宗族知旧，家无余财。"
【例句】唐李颀《送刘方平》："荀氏风流盛，胡家公子清。"唐李端《送路司谏…》："勋业耿家盛，风流荀氏均。"唐皇甫冉《送李万州…》："荀氏风流远，胡家清白齐。"宋刘克庄《送汤伯纪…》："荀氏晚添文若出，杨家又有敬之生。"宋李蟠《送德基》："德隆荀氏操，学慕孟轲醇。"

荀羡辞封 xún xiàn cí fēng
【分类】政治
【关键词】荀羡
【释义】居功辞封之典。《晋书·荀羡传》："除北中郎将、徐州刺史、监徐兖二州扬州之晋陵诸军事、假节…时年二十八，中兴方伯，未有如羡之少者…临阵，斩（慕容）兰。帝将封之，羡固辞不受。"
【例句】唐温庭筠《赠李将军》："谁言荀羡爱功勋，年少登坛众所闻。"明黄省曾《苏台篇送…》："黄堂抚字欢谣起，荀羡买臣差足拟。"清吴绮《寿孝扬王…》："遥知荀羡方年少，未暇登山觅五芝。"清彭孙遹《初度日》："已知壮齿输荀羡，犹愧微名比伏滔。"

荀勖定汲书 xún xù dìng jí shū
【分类】文化
【关键词】荀勖
【释义】考定古籍之典。《晋书·荀勖传》："俄领秘书监，与中书令张华依刘向《别录》，整理记籍。及得汲郡冢中古文竹书，诏勖撰次之，以为《中经》，列在秘书。"
【例句】唐卢纶《和常舍人…》："汲书荀勖定，汉史蔡邕专。"宋方一夔《次韵通甫…》："知音古来稀，不数晋荀勖。"清弘历《题文溯阁》："唐函宋苑实应逊,荀勖刘歆名亦虚。"

荀彧 xún yù
【分类】政治
【关键词】荀彧
【释义】字文若，为曹操主要谋士，劝曹操迎立汉献帝都许。操出征，每留守后方。《三国志·荀彧传》："太祖遂至洛阳，奉迎天子都许。天子拜太祖大将军，进彧为汉侍中，守尚书令。"
【例句】宋吕南公《祢衡》："乔玄荀彧皆儒雅,至死何曾晓爱憎。"宋邹浩《感年》："荀彧王佐才,智略子房偶。"宋李彭《谢灵运诗…》："孔融天下士,荀彧双南金。"明吴俨《送伍朝信…》："朗陵老去思荀彧,灵运归来拜谢玄。"

浔阳隐 xún yáng yǐn
【分类】政治
【关键词】陶渊明
【释义】咏归隐之典。《陶渊明传》："时周续之入庐山,事释惠远。彭城刘遗民亦遁迹匡山。渊明又不应徵命。谓之浔阳三隐。"
【例句】唐司空曙《送菊潭王…》："莫爱浔阳隐,嫌官计亦非。"宋杨亿《次韵和盛…》："梁苑胜游思霰雪,浔阳旧隐废茅茨。"宋喻良能《次王状元…》："谁能识真趣,高隐在浔阳。"宋赵蕃《菊》："我今漫学浔阳隐,晚立寄怀空有诗。"

恂恂 xún xún
【分类】生活
【关键词】论语
【释义】恭谨温顺的样子。亦有小心谨慎之意。《论语·乡党》："孔子于乡党,恂恂如也。"
【例句】唐杜牧《题永崇西…》："矫矫云长勇,恂恂郤縠风。"宋石介《乙亥冬富…》："先生居前三子后,恂恂如在汾河湄。"宋曾巩《郡斋即事》："困仓穰穰逢康岁,闾里恂恂有古风。"宋强至《北京判府…》："功高嫌赫赫,迹退喜恂恂。"聂绀弩《悠然六十》："状貌恂恂张子房,齿牙摇落鬓毛苍。"

循良 xún liáng
【分类】政治
【关键词】旧唐书
【释义】谓官吏奉公守法。也指循良的官吏。《旧唐书·良吏列传上·序言》："自武德以还,历年三百,其间岳牧,不乏循良。"
【例句】唐刘禹锡《吕八见寄…》："文苑振金声,循良冠百城。"唐李隆基《送忠州太…》："不有台阁英,孰振循良美。"宋薛映《送高学士…》："晋朝名理汉循良,胡粉宫闱紫界墙。"宋杨亿《大理赵寺…》："帝选循良抚远民,由来百里应星辰。"

循墙 xún qiáng
【分类】政治
【关键词】左传
【释义】谓避开道路中央,靠墙而行。表示恭谨或畏惧。《左传·昭公七年》："故其鼎铭云:'一命而偻,再命而伛,三命而俯,循墙而走,亦莫余敢侮。'"晋杜预注："言不敢安行也。"
【例句】唐刘禹锡《武陵观火诗》："操缦不暇汲,循墙还避窭。"唐白居易《蓝桥驿见…》："每到驿亭先下马,循墙绕柱觅君诗。"唐杜牧《除官归京…》："误曾公触尾,不敢夜循墙。"唐杨巨源《上刘侍中…》："敢衒由之瑟,甘循赐也墙。"

训禽荒 xùn qín huāng
【分类】政治
【关键词】尚书
【释义】谓以迷于畋猎将导致亡国为训。《尚书·五子之歌》："太康失邦,昆弟五人,须于洛汭,作《五子之歌》：'训有之,内作色荒,外作禽荒,甘酒嗜音,峻宇雕墙,有一于此,未必不亡。'"汉孔安国《传》："作,为也。迷乱曰荒。色,女色。禽,鸟兽。"
【例句】唐魏知古《从猎渭川…》："尝闻夏太康,五弟训禽荒。"唐李白《送族弟凝…》："舍此戒禽荒,微словом列齐讴。"唐陆龟蒙《射鱼》："若使禽荒闻,移之暴烟水。"宋金朋说《戒五荒》："禽荒迷不返,未有不亡家。"

训刑命吕 xùn xíng mìng lǚ
【分类】政治
【关键词】尚书
【释义】借指任命司法官员。《尚书·吕刑序》："吕命,穆王训夏赎刑。"汉孔安国《传》："吕侯以穆王命作书训畅夏禹赎刑之法,更从轻以布告天下。"赎刑：以财物赎罪。
【例句】唐柳宗元《弘农公以…》："训刑方命吕,理剧复推张。"

殉死礼非 xùn sǐ lǐ fēi
【分类】政治
【关键词】礼记
【释义】咏反对以活人殉葬之典。《礼记·檀弓》："陈子车死于卫,其妻与其家大夫谋以殉葬。定而后,陈子亢至,以告,曰:'夫子疾,莫养于下,请以殉葬。'子亢曰:'以殉葬,非礼也。'"
【例句】唐柳宗元《咏三良》:"殉死礼所非,况乃用其良。"宋刘克庄《读大行皇…》:"昔忝未归同二老,今无殉死愧三良。"元柳贯《故相东平…》:"殉死身宁赎,观兵眼未枯。"明张烈女《哭夫》:"妾欲从君即殉死,垂白舅姑犹在堂。"

Y

压倒元白   yā dǎo yuán bái
【分类】文化
【关键词】杨汝士
【释义】誉称作品超越同时代著名作家。《唐摭言》:"宝历年中,杨嗣复相公…大宴于新昌里第…时元(稹)、白(居易)俱在,皆赋诗于席上。唯刑部杨汝士侍郎诗后成。元、白览之失色。汝士…归谓子弟曰:'我今日压倒元白。'"
【例句】宋陈襄《送郑诛赴举》:"掞天辞藻驾曹王,炙地声华压元白。"宋陈与义《蒙赐佳什…》:"方驾曹刘盖余力,压倒元白聊一快。"宋米仲昌《游洞霄》:"坐中元白非一人,自愧才疏难压倒。"宋欧阳澈《和答德秀》:"惊人险语骨毛寒,元白危坛俱压倒。"

压酒   yā jiǔ
【分类】生活
【关键词】李白
【释义】米酒酿制将熟时,压榨取酒。唐李白《金陵酒肆留别》:"风吹柳花满店香,吴姬压酒劝客尝。"
【例句】唐方干《赠山阴崔…》:"压酒晒书犹检点,修琴取药似交关。"唐罗隐《江南行》:"水国多愁又有情,夜槽压酒银船满。"唐郑谷《郊墅》:"画成烟景垂杨色,滴破春愁压酒声。"唐吴融《宪丞裴公…》:"门前立使修书懒,花下留宾压酒忙。"

牙纛   yá dào
【分类】政治
【关键词】张衡
【释义】指牙旗或者将帅。《昭明文选·东汉张衡<东京赋>》:"戈矛若林,牙旗缤纷。"三国吴薛综注引《兵书》曰:"牙旗者,将军之旌。谓古者天子出,建大牙旗,竿上以象牙饰之,故云牙旗。"
【例句】唐韩愈《山南郑相…》:"帝咨女予往,牙纛前垒坤。"宋曾巩《边将》:"二子按辔行边隅,牙纛宛转翻以舒。"宋李流谦《送樊遭行…》:"秋光如水浸行色,牙纛猎猎风有声。"宋杨万里《送赣守张…》:"握刀将帅迎牙纛,解辫戎蛮贡象犀。"

牙旷   yá kuàng
【分类】生活
【关键词】伯牙师旷
【释义】伯牙和师旷的并称。二人皆春秋时著名音乐高手。泛指精通音乐的人。《汉书·叙传上》:"若乃牙旷清耳于管弦。"
【例句】唐元稹《华原磬》:"工师人贱牙旷稀,不辨邪声嫌雅正。"唐白居易《法曲》:"愿求牙旷正华音,不令夷夏相交侵。"宋韩维《览梅圣俞诗》:"安得牙旷手,提耳发其聪。"宋汪藻《次韵赵叔…》:"朱弦付君赏,宁循牙旷聪。"

牙璋   yá zhāng
【分类】政治
【关键词】周礼
【释义】古代的一种兵符。借指将帅。《周礼注疏·典瑞》:"牙璋以起军旅,以治兵守。"汉郑玄注引郑司农曰:"牙璋瑑以为牙。牙齿,兵象,故以牙璋发兵,若今时以铜虎符发兵。"
【例句】唐杨炯《从军行》:"牙璋辞凤阙,铁骑绕龙城。"唐刘禹锡《送湘阳熊…》:"贵臣持牙璋,优诏发青纸。"宋曹勋《送张才甫…》:"未论莲社重分袂,第喜牙璋再把麾。"宋杨冠卿《平郴蛮》:"牙璋夜半起兵符,云旗驿骑争驰驱。"

雅拜   yǎ bài
【分类】政治
【关键词】周礼
【释义】古代九种跪拜仪式之一。跪拜时先屈一膝,再屈一膝。《周礼注疏·大祝》:"七曰奇拜。"汉郑玄注引杜子春云:"振读为振,铎之振动,读为哀恸之恸,奇读为奇,偶之奇,谓先屈一膝,今雅拜是也。"
【例句】唐皮日休《独在开元…》:"松行将雅拜,篁阵欲交麾。"宋郑刚中《拟送朝帅》:"浩歌藏战甲,雅拜习朝仪。"宋杨万里《云龙歌调…》:"又不见当时大将军,公卿雅拜如星奔。"宋程公许《寿漕使者…》:"雅拜何以祈宠休,早徼环召飞鸨头。"

雅歌投壶   yǎ gē tóu hú
【分类】政治
【关键词】祭遵
【释义】称颂武将的儒雅行为。《后汉书·祭遵传》:"遵为将军,取士皆用儒术,对酒设乐,必雅歌投壶。"唐李贤注引《礼记·投壶经》:"壶中实小豆焉,为其矢之跃而出也…投之胜者饮不胜者,以为优劣也。"
【例句】唐杜甫《江陵节度…》:"仗钺寨帷瞻具美,投壶散帙有余清。"五代徐钧《祭遵》:"更将俎豆文军旅,不废投壶与雅歌。"宋苏轼《送ույ官梁…》:"葛巾羽扇红尘静,投壶雅歌清燕开。"明陈琏《送左卫郑…》:"祭遵事雅歌,汉庭策殊勋。"

雅令   yǎ lìng
【分类】生活
【关键词】白居易

【释义】文雅的酒令。饮酒时一种助兴取乐的游戏。唐白居易《与梦得沽酒闲饮且约后期》:"闲征雅令穷经史,醉听清吟胜管弦。"
【例句】宋曹冠《霜天晓角》:"手捻荷花微笑,传雅令、侑清欢。"清张英《沈刑部应范》:"洞箫或在手,雅令佐浮白。"清查慎行《春夜同外舅…》:"雅令倍琼得,清歌按拍齐。"清查慎行《冬日张园…》:"初拈险韵斗杰句,旋徵雅令搜枯肠。"

亚夫得剧孟　yà fū dé jù mèng
【分类】政治
【关键词】周亚夫
【释义】咏将军得良才之典。《史记·吴王濞列传》:"七国反书闻天子,天子乃遣太尉条侯周亚夫将三十六将军,往击吴楚。""至洛阳,见剧孟,喜曰:'吴楚举大事而不求孟,吾知其无能为已矣。'""又以为诸侯已得剧孟,剧孟今无动。吾据荥阳,以东无足忧者。'"
【例句】唐李白《闻李太尉…》:"亚夫未见顾,剧孟阻先行。"唐李白《赠张相镐》:"亚夫得剧孟,敌国空无人。"唐李白《梁甫吟》:"吴楚弄兵无剧孟,亚夫哈尔为徒劳。"元胡布《放歌行》:"自谓亚夫知剧孟,过从易水问荆卿。"

亚夫细柳营　yà fū xì liǔ yíng
【分类】政治
【关键词】周亚夫
【释义】军营,代指纪律严明的军营。《史记·绛侯周勃世家》:"已而之细柳军,军士吏被甲,锐兵刃,彀弓弩,持满。天子先驱至,不得入…文帝曰:'嗟乎,此真将军矣!曩者霸上、棘门军,若儿戏耳…"
【例句】唐杜审言《春日京中…》:"上林苑里花徒发,细柳营前叶漫新。"唐李绅《柳》:"陶令门前罥接篱,亚夫营里拂朱旗。"唐贺朝《从军行》:"已见氛清细柳营,莫更春歌落梅曲。"唐李商隐《二月二日》:"万里忆归元亮井,三年从事亚夫营。"唐王维《观猎》:"忽过新丰市,还归细柳营。"唐裴翻《和主司王起》:"乍得阳和如细柳,参差长近亚夫营。"

亚父撞玉斗　yà fù zhuàng yù dǒu
【分类】政治
【关键词】范增
【释义】借指忠贞之人因不被信任而致的愤怒行为。《史记·项羽本纪》:"张良入谢,曰:'沛公不胜杯杓,不能辞。谨使臣良奉白璧一双,再拜献大王足下;玉斗一双,再拜奉大将军足下。'项王则受璧,置之坐上。亚父受玉斗,置之地,拔剑撞而破之,曰:'唉!竖子不足与谋。夺项王天下者,必沛公也。'"
【例句】唐吴融《李周弹筝歌》:"鸿门玉斗初向地,织女金梭飞上天。"唐徐九皋《咏史》:"金槌击政后,玉斗欲增前。"唐张碧《鸿沟》:"项庄愤气吐不得,亚父斛声天上闻。"唐徐夤《读史》:"亚父凄凉别楚营,天留三杰翼龙争。"

亚相　yà xiàng
【分类】政治

【关键词】张邵
【释义】官别名。指官位次于丞相的大臣。在汉代,御史大夫为丞相之副,若缺丞相,常以御史大夫递升。唐以后常称御史大夫为亚相。《南史·张邵传》:"刘毅位居亚相,好士爱才。"
【例句】唐高适《酬秘书弟…》:"亚相膺时杰,群才遇良工。"唐岑参《轮台歌奉…》:"亚相勤王甘辛苦,誓将报主静边尘。"唐杜甫《哭韦大夫…》:"汉道中兴盛,韦经亚相传。"唐郎士元《送李敖湖…》:"怜君才与阮家同,掌记能资亚相雄。"

揠苗助长　yà miáo zhù zhǎng
【分类】政治
【关键词】孟子
【释义】比喻违反事物发展的客观规律,急于求成。《孟子·公孙丑上》:"宋人有闵其苗之不长而揠之者,芒芒然归,谓其家人曰:'今日病矣,予助苗长矣。'其子趋而往视之,苗则槁矣。"
【例句】唐贾岛《送令狐绹…》:"揠苗方灭裂,成器待陶钧。"宋蔡挺《南京种山…》:"自裹自题还自愧,揠苗应笑宋人然。"宋徐积《急仙》:"浮槎河上无徒涉,种玉田中莫揠苗。"宋许月卿《休休》:"休休何似禹行水,往往浑如宋揠苗。"

猰貐　yà yǔ
【分类】政治
【关键词】淮南子
【释义】神话传说中的一种吃人怪兽。《淮南子·本经训》:"猰貐、凿齿、九婴、大风、封豨、修蛇皆为民害。"汉高诱注:"猰貐,兽名也。状若龙首,或曰似狸,善走而食人,在西方也。"
【例句】唐李白《梁甫吟》:"杞国无事忧天倾,猰貐磨牙竞人肉。"唐储光羲《同张侍御…》:"轩后青丘埋猰貐,周王白羽扫槐枪。"唐杜甫《秋日荆南…》:"公时呵猰貐,首唱却鲸鱼。"唐杜甫《赠王二十…》:"要闻除猰貐,休作画麒麟。"

阏伯　yān bó
【分类】政治
【关键词】左传
【释义】古代人名。商星的别称。商星主火。源见"参与商"。
【例句】唐高适《奉酬睢阳…》:"地是蒙庄宅,城遗阏伯丘。"唐高适《宋中》:"阏伯去已久,高丘临道旁。"宋陈克《谢疟鬼》:"阏伯追实沈,左右分窦攘。"宋白玉蟾《木郎祈雨咒》:"阏伯撼动昆仑峰,幽灵翻海玄溟同。"

胭脂井　yān zhī jǐng
【分类】政治
【关键词】陈叔宝
【释义】即南朝陈景阳宫的景阳井。又名辱井。井有石栏,呈红色,好事者附会为胭脂所染,呼为胭脂井。《韵语阳秋》》:"隋克台城,后主与张、孔坐观无计,遂俱入井,所谓胭脂井是也…今胭脂井在金陵之法宝寺…寺即景阳官故地也。"

【例句】宋董嗣杲《后庭花》:"丽华曾洒当时泪,不把胭脂染井桐。"宋易士达《景阳井》:"知拥二妃何处去,至今石脉带胭脂。"宋李之仪《同子椿游…》:"石标官品名常在,井记胭脂迹半荒。"宋胡仲弓《景阳官井》:"千古龙鸾有遗恨,胭脂井上至今红。"

烟花三月 yān huā sān yuè
【分类】生态
【关键词】李白
【释义】指春天绮丽的景物。唐李白《黄鹤楼送孟浩然之广陵》:"故人西辞黄鹤楼,烟花三月下扬州。"形容扬州的繁华。
【例句】宋郭载《锦江遣兴》:"晴雨一川皆好景,烟花三月总牵愁。"宋虞俦《宿祠山报…》:"烟花三月忙中过,风雨连宵梦里听。"宋李洪《次韵仲信》》:"烟花三月暮,风柳万丝寒。"明张弼《游苏州回作》:"身世孤舟触处游,烟花三月醉苏州。"

烟景 yān jǐng
【分类】生态
【关键词】崔涂
【释义】指烟水苍茫的景色或春天的景色。唐崔涂《春夕》:"自是不归归便得,五湖烟景有谁争。"
【例句】唐李白《春夜宴从…》:"况阳春召我以烟景,大块假我以文章。"唐白居易《答微之夸…》》:"厌看冯翊风沙久,喜见兰亭烟景初。"唐刘禹锡《同留守王…》》:"千门万户垂杨里,百转如簧烟景晴。"唐姚合《咏莺》:"到处有怜烟景好,隔帘多爱语声娇。"

烟笼寒水 yān lǒng hán shuǐ
【分类】生态
【关键词】杜牧
【释义】形容烟雾迷茫的水边月夜景色。唐杜牧《泊秦淮》:"烟笼寒水月笼沙,夜泊秦淮近酒家。"
【例句】宋赵顺孙《病笃吟》:"不见人烟空见花,烟笼寒水月笼沙。"宋汪元量《莺啼序》:"渐夜深,月满秦淮,烟笼寒水。"宋蔡伸《苏武慢》:"雁落平沙,烟笼寒水,古垒鸣笳声断。"元凌云翰《分题得秦…》:"月过女墙潮落后,烟笼寒水夜分时。"

烟霞痼疾 yān xiá gù jí
【分类】政治
【关键词】田游岩
【释义】谓酷爱山水成癖。源见"泉石膏肓"。
【例句】宋释德洪《读古德传》:"岩壑形骸虽可画,烟霞痼疾不须医。"宋周紫芝《次韵章季…》:"九衢乌帽吹尘沙,心知痼疾无烟霞。"宋朱熹《次山行佳…》:"身轻似起烟霞痼,意适宁论禄位贪。"宋张孝祥《和都运判…》》:"平生烟霞成痼疾,置在朝市殊不宜。"

烟雨楼 yān yǔ lóu
【分类】生态
【关键词】杜牧
【释义】嘉兴南湖湖心岛上建筑。五代钱元璙所建,原在湖滨,明嘉靖年间移建于湖中小岛。唐杜牧《江南春绝句》:"南朝四百八十寺,多少楼台烟雨中。"
【例句】唐李煜《感怀》:"又见桐花发旧枝,一楼烟雨暮凄凄。"宋孙应时《送李文授…》:"麒麟阁上风云旧,烟雨楼前山水深。"宋刘兼《登郡楼书怀》:"烟雨楼台渐晦冥,锦江澄碧浪花平。"聂绀弩《杂诗》:"语私七夕长生殿,秋在南湖烟雨楼。"

淹留 yān liú
【分类】生活
【关键词】曹丕
【释义】喻指羁留;逗留,挽留。三国魏曹丕《燕歌行》:"慊慊思归恋故乡,君何淹留寄他方?"
【例句】唐元稹《华岳寺》:"山前古寺临长道,来往淹留为爱山。"唐李白《流夜郎赠…》:"文章献纳麒麟殿,歌舞淹留玳瑁筵。"唐杜甫《有客》:"竟日淹留佳客坐,百年粗粝腐儒餐。"唐张籍《胡山人归…》:"虽作闲官少拘束,难逢胜景可淹留。"

淹中术 yān zhōng shù
【分类】政治
【关键词】汉书
【释义】春秋鲁国有淹中里,是发现《礼古经》所在地。后遂用为儒学、儒术之代称。《汉书·艺文志》:"礼古经者,出于鲁淹中。"
【例句】唐卢照邻《文翁讲堂》:"锦里淹中馆,岷山稷下亭。"唐李商隐《五言述德…》:"废忘淹中学,迟回谷口耕。"唐皇甫冉《闲居作》:"学谢淹中术,诗无邺下名。"唐皮日休《奉酬崔璐…》:"文章邺下秀,气貌淹中儒。"

燕客书诈 yān kè shū zhà
【分类】政治
【关键词】霍光
【释义】汉昭帝时盖主(昭帝姊)勾结燕王旦(昭帝兄),派人诈称替燕王上书,诬陷大将军霍光专权自恣。后喻贤臣遭诽谤。《汉书·霍光传》:"于是盖主、上官桀、安及弘羊皆与燕王旦通谋,诈令人为燕王上书。"
【例句】唐李绅《趋翰苑遭…》:"燕客书方诈,尧门信未孚。"宋袁说友《上官桀诈…》:"燕国归符玺,将军有谤书。"明郭之奇《昭帝》:"黄犊狂男应就缚,上官盖主漫危倾。"

燕南赵北 yān nán zhào běi
【分类】政治
【关键词】公孙瓒

【释义】泛指黄河以北地区。《后汉书·公孙瓒传》记有童谣曰:"燕南陲,赵北际,中央不合大如砺,惟有此中可避世。"
【例句】唐李白《赠清漳明…》:"赵北美佳政,燕南播高名。"宋余靖《送盖太博…》:"燕南赵北边之要,旅拒凭君一策安。"宋刘敞《送彭待制…》:"赵北燕南如掌平,定知台选寄长城。"宋陆游《涉白马渡…》:"太行之下吹房尘,燕南赵北空无人。"

燕然勒石 yān rán lè shí
【分类】政治
【关键词】窦宪
【释义】喻指击败敌人,取得战功。《后汉书·窦宪传》:"窦宪、耿秉与北单于战于稽落山,大破之。虏众奔溃,单于遁走…宪、秉遂登燕然山,去塞三千余里,刻石勒功,纪汉威德,令班固作铭。"
【例句】唐于濆《塞下曲》:"燕然山上云,半是离乡魂。"唐皇甫冉《春思》:"为问元戎窦车骑,何时返旆勒燕然。"宋张孝祥《某顷蒙信…》:"北去燕然堪勒石,西来樊口看烧船。"明黄哲《费将军凯》:"归来更唱平戎歌,燕然山头堪勒石。"

燕石 yān shí
【分类】文化
【关键词】太平御览
【释义】燕山所产的一种类似玉的石头。亦称"燕珉"。比喻并不珍贵的假古董,或用作对自己的作品或收藏珍玩的谦称。《太平御览·阙子》:"宋之愚人得燕石于梧台之东,归西藏之以为大宝。周客闻而观焉。主人端冕玄服以发宝,华匮十重,缇巾十袭。客见之,卢胡而笑曰:'此燕石也,与瓦甓不异。'主人大怒,藏之愈固。"
【例句】唐杜甫《酬郭十五…》:"只何燕石能星陨,自得隋珠觉夜明。"唐钱起《片玉篇》:"世人所贵惟燕石,美玉对之成瓦砾。"唐韩愈《喜雪献裴…》:"捧赠同燕石,多惭失所宜。"宋李朴《端砚》:"声清轻楚玉,色润胜燕珉。"清弘历《重刻淳化…》:"钳口无虞披猎碣,迎眸那复混燕珉。"

燕霜 yān shuāng
【分类】政治
【关键词】邹衍
【释义】同燕市飞霜。喻指冤狱、冤情感天动地。源见"六月飞霜"。
【例句】唐李白《送张秀才…》:"我无燕霜感,玉石俱烧焚。"五代徐夤《恨》:"燕国飞霜将破夏,汉宫纨扇岂禁秋。"宋方回《送曹鼎臣…》:"楚雨禾犹绿,燕霜树已丹。"宋方回《癸巳生日》:"岭南盅毒千山雾,燕北毡寒六月霜。"明宋琬《寄陈若水…》:"使君清啸梨山月,贱子悲歌燕市霜。"清宋徵舆《林天孙自…》:"燕市霜飞五月寒,投荒君子更南冠。"

燕太子丹 yān tài zǐ dān
【分类】政治
【关键词】燕太子丹
【释义】燕王喜之子,战国末燕国太子。策划荆轲刺秦王,后被燕王杀害,头颅献秦。《史记·燕召公世家》:"燕见秦且灭六国,秦兵临易水…使将军王翦击燕。二十九年,秦攻拔我蓟,燕王亡,徙居辽东,斩丹以献秦。"
【例句】唐陈子昂《蓟丘览古…》:"奈何燕太子,尚使田生疑。"唐李白《少年行》:"经过燕太子,结托并州儿。"宋刘克庄《质子》:"燕太子留生马角,楚王心作牧羊奴。"元刘因《遂城道中》:"霸业可怜燕太子,战楼谁吊汉公孙。"

燕云 yān yún
【分类】政治
【关键词】石敬瑭
【释义】燕指幽州,云指云州。泛指华北地区。五代时,后晋石敬瑭以燕云十六州割让给契丹。《资治通鉴》:"契丹主作册书,命敬瑭为大晋皇帝,自解衣冠授之,筑坛于柳林,是日,即皇帝位。割幽、蓟…蔚十六州以与契丹,仍许岁输帛三十万匹。"
【例句】宋刘挚《城北庭》:"边草连沙白,燕云拥汉青。"宋刘攽《保州乱》:"燕云苍苍日色紫,帐前血流守尉死。"宋周文璞《剑客行》:"燕云逆胡着柘黄,仁人烈士集太行。"宋汪元量《湖州歌》:"北望燕云不尽头,大江东去水悠悠。"

燕昭市骏 yān zhāo shì jùn
【分类】政治
【关键词】战国策
【释义】指战国时郭隗以古代君王悬赏千金买千里马为喻,劝说燕昭王真心求贤的事。源见"千金买骨"。
【例句】唐高适《同鲜于洛…》:"始知物妙皆可怜,燕昭市骏岂徒然。"唐韩琮《咏马》:"难逢王济知音癖,欲就燕昭买骏名。"唐李咸用《和友人喜…》:"燕昭痟瘵常求骏,郭隗寻思未是贤。"宋张耒《拳毛驹歌》:"呜呼骏马已埃尘,虽有燕昭难再睹。"明林光《秋兴次杜…》:"金台未泯燕昭迹,骏骨犹传国士风。"

燕昭台 yān zhāo tái
【分类】政治
【关键词】燕昭王
【释义】指战国时燕昭王所筑的黄金台。也称燕台、招贤台。源见"黄金台"。
【例句】唐李商隐《偶成韵七…》:"此时闻有燕昭台,挺身东望心眼开。"唐黄滔《故山》:"何事苍髯不归去,燕昭台上一年年。"元陈泰《谢主簿有…》:"燕昭台前送落日,望诸祠下吟春风。"聂绀弩《清厕同枚子》:"君自昌来仆自挑,燕昭台畔雨潇潇。"

燕赵人 yān zhào rén
【分类】生活
【关键词】古诗十九首
【释义】指美女或舞女歌姬。源见"颜如玉"。
【例句】唐司马扎《猎客》:"娥娥燕赵人,珠箔闭高堂。"唐刘禹锡《酬太原狄…》:"幽并侠少趋鞭弭,燕赵佳人奉管弦。"唐鲍溶《秋思》:"燕赵皆世人,讵能长似玉。"宋魏野《和并州刘…》:"潇湘故友参时务,燕赵佳人接土风。"

燕支落汉　yān zhī luò hàn
【分类】政治
【关键词】匈奴
【释义】指汉将霍去病收复焉支山地区。《史记·匈奴列传》:"汉使骠骑将军去病将万骑出陇西,过焉支山千余里,击匈奴。""匈奴失祁连、焉支二山,乃歌曰:'亡我祁连山,使我六畜不蕃息;失我焉支山,使我妇女无颜色。'"
【例句】唐杜审言《赠苏绾书记》:"红粉楼中应计日,燕支山下莫经年。"唐李昂《从军行》:"汉家未得燕支山,征戍年年沙朔间。"唐高适《送浑将军…》:"子孙相承在朝野,至今部曲燕支下。"唐李白《塞上曲》:"燕支落汉家,妇女无华色。"

延阁　yán gé
【分类】政治
【关键词】汉书
【释义】古代帝王藏书之所。《汉书·艺文志》:"于是建藏书之策。"三国魏如淳注引汉刘歆《七略》:"外则有太常、太史、博士之藏,内则有延阁、广内、秘室之府。"
【例句】唐王维《别綦毋潜》:"诏刊延阁书,高议平津邸。"唐韦应物《送云阳邹…》:"甲科推令名,延阁播芳尘。"唐裴度《奉酬中书…》:"皓月当延阁,祥风自禁林。"宋王禹称《有伤》:"悬车又丧司空相,延阁新薨贾侍郎。"

延陵葬子　yán líng zàng zǐ
【分类】生活
【关键词】延陵季子
【释义】用作咏葬礼或用为埋葬子女的典故。《礼记·檀弓》:"延陵季子,吴之习于礼者也。往而观其葬焉,其坎深不至于泉,其敛以时服,既葬而封,广轮掩坎,其高可隐也。既封,左袒,右还其封,且号者三,曰:'骨肉归复于土,命也。若魂气则无不之也,无不之也。'"唐孔颖达疏:"(号者三)乃右而围绕其封兼且号哭而绕坟三匝也。"
【例句】唐司空曙《哭王注》:"延陵今葬子,空使鲁人观。"唐韩愈《去岁自刑…》:"绕坟不暇号三匝,设祭惟闻饭一盘。"唐李商隐《撰彭阳公…》:"延陵留表墓,岘首送沈碑。"宋吴泳《洪都病中…》:"乞身已晚荒三径,葬子无期负一丘。"宋司马光《安之朝议…》:"京兆开阡贵,延陵题墓荣。"

延枚叟　yán méi sǒu
【分类】文化
【关键词】刘武
【释义】喻指邀集文士。枚叟,汉文学家枚乘。源见"梁园赋雪"。
【例句】唐岑参《梁园歌送…》:"当时置酒延枚叟,肯料平

狐兔走。"唐李商隐《忆雪》:"预约延枚酒,虚乘访戴船。"宋陈师道《送王定国…》:"翘材必定延枚叟,宣室终须记贾生。"宋李正民《再赋》:"能文谁复延枚叟,乘兴真宜访戴公。"

延烧非关燕　yán shāo fēi guān yàn
【分类】政治
【关键词】孔丛子
【释义】比喻处在危险之中而不自知。《孔丛子·论势》:"子顺曰:'秦贪暴之国也,胜必复仇求,吾恐于时受其师也。先人有言:燕雀处屋,子母相哺,煦煦然相乐也,自以为安矣。灶突炎上,栋宇将焚,燕雀颜不变,不知祸之及已也。今子(魏大夫)不悟赵破将及已,可以人而同于燕雀乎?'"
【例句】唐韦庄《闻再幸梁洋》:"延烧魏阙非关燕,大狩陈仓不为鸡。"

严陵钓处　yán líng diào chù
【分类】政治
【关键词】严光
【释义】高士垂钓之典。《后汉书·严光(字子陵)》:"帝思其贤,乃令以物色访之。后齐国上言:'有一男子,披羊裘钓泽中。'帝疑其光,乃备安车玄纁遣使聘之。…除为谏议大夫,不屈,乃耕于富春山,后人名其钓处为严陵濑焉。"
【例句】唐吕温《道州敬酬…》:"严陵钓处江初满,梁甫吟时月正高。"唐李白《独酌清溪…》:"永愿坐此石,长垂严陵钓。"唐李白《酬崔侍御》:"严陵不从万乘游,归卧空山钓碧流。"五代贯休《别卢使君…》:"家在严陵钓渚旁,细涟嘉树拂窗凉。"

严陵濑　yán líng lài
【分类】政治
【关键词】严光
【释义】亦称富春濑。在浙江桐庐县南,相传为东汉严光隐居垂钓处。源见"严陵钓处"。
【例句】唐李频《送寿昌曹…》:"若宿严陵濑,谁当是客星。"宋梅尧臣《依韵和吴…》:"已栽楚客江边草,不学严陵濑上鱼。"宋滕岑《绿柿寄邦…》:"似闻欲访严陵濑,何惜暂辞弥勒龛。"明陈温达《寄题杨恒…》:"清风尚友严陵濑,长日惟吟屈子骚。"

严滩　yán tān
【分类】政治
【关键词】严光
【释义】即严陵濑。源见"严陵钓处"。
【例句】唐岑参《送李明府…》:"严滩一点舟中月,万里烟波也梦君。"唐岑参《太一石鳖…》:"何必濯沧浪,不能钓严滩。"唐温庭筠《寒食前有怀》:"悠然更起严滩恨,一宿东风蕙草生。"宋董嗣杲《严子陵钓》:"谁到严滩同玩赏,往来七里听渔讴。"

严徐　yán xú
【分类】文化
【关键词】严安徐乐
【释义】汉武帝时严安、徐乐上书言事,皆拜郎中。后遂以严徐并称。泛指有才识之士。《史记·平津侯主父列传》:"天子召见三人,谓曰:'公等皆安在?何相见之晚也!'于是上乃拜主父偃、徐乐、严安为郎中。"
【例句】唐常衮《晚秋集贤…》:"北朝荣庾薛,西汉盛严徐。"唐颜真卿《送耿湋拾…》:"尧舜逢明主,严徐得侍臣。"五代徐铉《和元宗元…》:"严徐共待金门诏,愿布尧言贺万家。"宋林逋《送越倅杨…》:"看塞严徐召,清风满直庐。"

严郑　yán zhèng
【分类】政治
【关键词】严君平
【释义】汉隐士严君平、郑子真的并称。三国魏嵇康《幽愤诗》:"仰慕严郑,乐道闲居。"
【例句】唐杜甫《渼陂西南台》:"劳生愧严郑,外物慕张邴。"宋林希逸《后村与李…》:"君为严郑其清矣,仆岂军何敢和之。"宋方回《送赵无己…》:"严郑公延杜子美,郭汾阳遇李太白。"元赵孟頫《述怀》:"严郑不可作,兹怀向谁陈。"

严助　yán zhù
【分类】政治
【关键词】严助
【释义】西汉辞赋家,严忌的儿子,会稽太守,与朱买臣、淮南王刘安交好,刘安谋反,牵连而诛。《汉书·严助传》:"上嘉淮南之意,美将卒之功…及淮南王反,事与助相连。"
【例句】唐刘长卿《送严维赴…》:"何当举严助,遍沐汉朝恩。"唐罗隐《东归途中作》:"买臣严助精灵在,应笑无成一布衣。"唐黄滔《奉和翁文…》:"严助买臣精魄在,定应羞著昔年归。"五代徐铉《回至瓜洲…》:"奉使谬持严助节,登门初识鲁王宫。"

严遵　yán zūn
【分类】政治
【关键词】严君平
【释义】字君平,汉高士。隐居不仕,曾卖卜于成都。《汉书·王贡两龚鲍列传》:"蜀有严君平,皆修身自保…君平卜筮于成都坡…裁日阅数人,得百钱足自养,则闭肆下帘而授老子…扬雄少时从游学,以而仕京师显名。"
【例句】唐褚亮《赋得蜀都》:"得上仙槎路,无待访严遵。"唐邵升《奉和初春…》:"无路乘槎窥汉渚,徒知访卜就君平。"唐李德裕《题寄商山石…》:"自知来处所,何暇问严遵。"唐李博《贺裴廷裕…》:"嘉祯果中君平卜,贺喜须斟卓郎杯。"唐杜甫《游子》:"厌就成都卜,休为吏部眠。"宋薛田《成都书事…》:"何武甲科曾继踵,严遵卜兆罕差肩。"

言鲭　yán qīng
【分类】生态
【关键词】娄护
【释义】谓言语精美有味。源见"五侯鲭"。
【例句】宋李洪《次王仲信…》:"奇怪争观出月胁,诙谐犹足助言鲭。"宋魏了翁《水调歌头》:"尽日兄酥弟酪,触处言鲭义臁,相对只翁卿。"

妍皮痴骨　yán pí chī gǔ
【分类】生活
【关键词】慕容超
【释义】谓外表美,内心却不聪明。《晋书·慕容超载记》:"召见与语,超深自晦匿,兴大鄙之,谓绍曰:'谚云妍皮不裹痴骨,妄语耳。'"
【例句】宋陈亮《贺新郎》:"行矣置之无足问,谁换妍皮痴骨。"宋陈造《次前韵言怀》:"了知声利昏醅者,一一痴骨包妍皮。"明凌义渠《夜梦丁秒…》:"凶吉何妨更倒颠,妍皮痴骨等秋烟。"清赵执信《晴蓑道人歌》:"妍皮痴骨各自骄,高冠奇服争市朝。"

岩耕　yán gēng
【分类】政治
【关键词】郑子真
【释义】耕于山中。借指隐居。源见"谷口子真"。
【例句】唐杜甫《寄张十二…》:"耕岩非谷口,结草即河滨。"唐宋之问《陆浑山庄》:"归来物外情,负杖阅岩耕。"唐李德裕《忆春耕》:"无因共沮溺,相与事岩耕。"宋邹浩《寄题孔先…》:"岩耕溪钓日寂寞,何独先生歌滍城。"

岩廊　yán láng
【分类】政治
【关键词】董仲舒
【释义】指高峻的廊庑。后借指朝廷。指虞舜常常在宫殿的走廊里散步。《汉书·董仲舒传》:"盖闻虞舜之时,游于岩廊之上,垂拱无为,而天下太平。"
【例句】唐杜牧《送牛相出…》:"紫殿辞明主,岩廊别旧交。"唐白居易《予与山南…》:"故交海内只三人,二坐岩廊一卧云。"唐刘禹锡《送李尚书…》:"自古相门还出相,如今人望在岩廊。"唐刘禹锡《庙庭偃松诗》:"影入岩廊行乐处,韵含天籁宿斋时。"

岩下电　yán xià diàn
【分类】生活
【关键词】王戎
【释义】谓人目光炯炯有神。《晋书·王戎列传》:"王戎字浚冲,琅邪临沂人也…戎幼而颖悟,神彩秀彻。视日不眩,裴楷见而目之曰:'戎眼烂烂,如岩下电。'"
【例句】唐陆龟蒙《奉酬袭美…》:"早晚却还岩下电,共寻芳径结炊条。"宋饶节《送庄季裕…》:"庄侯目如岩下电,堕泪碑傍始相见。"宋洪皓《次彦深韵》:"冢嗣风流迈阿戎,眸子烂如岩下电。"宋陆游《赠目眇者》："阅世正嫌岩下电，开樽且看雾中花。"

岩岩　yán yán
【分类】生态
【关键词】诗经
【释义】高大，高耸。喻威严。《诗经·鲁颂·閟宫》："泰山岩岩，鲁邦所詹。"孔颖达疏："言泰山之高岩岩然，鲁之邦境所至也。"
【例句】唐权德舆《安语》："岩岩五岳镇方舆，八极廓清氛祲除。"唐王建《行宫词》："上阳宫中蓬莱殿，行宫岩岩遥相见。"唐白居易《游襄阳怀…》："楚山碧岩岩，汉水碧汤汤。"唐薛能《吴姬》："夜锁重门昼亦监，眼波娇利瘦岩岩。"

炎帝　yán dì
【分类】政治
【关键词】礼记
【释义】华夏始祖。主管夏令和南方的神。牛首人身，尝百草，发明刀耕火种，造出陶器和炊具。涿鹿之战和黄帝结盟击败蚩尤。阪泉之战归服黄帝，形成炎黄部落。《礼记·月令》："其日丙丁，其帝炎帝，其神祝融。"
【例句】唐韩愈《苦寒》："炎帝持祝融，呵嘘不相炎。"唐韩愈《和水部张…》："汉家旧种明光殿，炎帝还书本草经。"唐黎逢《夏首犹清和》："祝融将御节，炎帝启朱明。"唐刘禹锡《西山兰若…》："炎帝虽尝未解煎，桐君有箓那知味。"

沿洄　yán huí
【分类】生活
【关键词】李白
【释义】指顺流而下或逆流而上。唐李白《淮阴书怀寄王宗成》："沿洄且不定，飘忽怅徂征。"
【例句】唐韦应物《初发扬子…》："世事波上舟，沿洄安得住?"唐白居易《题崔少尹…》："高下三层盘野径，沿洄十里汎渔舟。"唐欧阳詹《赋得秋河》："雁叫疑从清浅惊，凫声似在沿洄泊。"唐无可《春日送丽…》："渔舟谁伴上，依旧恣沿洄。"

研桑心计　yán sāng xīn jì
【分类】生活
【关键词】计研桑弘
【释义】形容善于经商致富。计研，春秋时越国范蠡的老师，善经商；桑弘羊，汉武帝时的御史大夫，长于理财。《昭明文选·汉班固〈答宾戏〉》："和、鹊发精于针石，研桑心计于无垠。"《汉书·食货志下》："弘羊，洛阳贾人之子，以心计，年十三侍中。"
【例句】唐储光羲《晚次东亭…》："善计在弘羊，清严识仲举。"唐白居易《盐商妇》："好衣美食来何处，亦须惭愧桑弘羊。"宋周紫芝《次韵赵明…》："御史平冤魂亦喜，弘羊言利死谁怜。"宋萧立之《寿何府判…》："研桑心计论锱铢，公独一饭不顾余。"

盐梅和鼎　yán méi hé dǐng
【分类】政治
【关键词】傅说
【释义】称颂宰相的典故。《尚书·说命下》载：殷高宗武丁命傅说作相，曰："若作和羹，尔惟盐梅。"汉孔安国《传》："盐咸梅醋，羹须咸醋以和之。"
【例句】唐李世民《执契静三边》："元首伫盐梅，股肱惟辅弼。"唐沈佺期《和户部岑…》："盐梅和鼎食，家声众所归。"唐张九龄《敕赐宁王…》："徒惭和鼎地，终谢巨川舟。"唐司空曙《御制雨后…》："薰弦歌舜德，和鼎致尧名。"

颜鲍　yán bào
【分类】文化
【关键词】颜延之鲍
【释义】南朝宋颜延之和鲍照的并称。借指诗文高才之士。《宋书·鲍照传》："鲍照字明远，文辞赡逸，尝为古乐府，文甚遒丽。"《诗品·宋光禄大夫颜延之》："体裁绮密，情喻渊深，动无虚散，一句一字，皆致意焉。"
【例句】唐杜甫《遣怀》："不复见颜鲍，繫舟卧荆巫。"宋梅尧臣《依韵解中…》："曹刘为我驾，颜鲍为我骖。"宋谢薖《读吕居仁诗》："吾尝宣城守，诗压颜鲍辈。"明胡应麟《围棋歌赠…》："一时诸子皆偏师，何能突过颜鲍右。"

颜范　yán fàn
【分类】政治
【关键词】颜延之范
【释义】指南朝宋颜延之和范泰。皆朝廷重臣。《昭明文选·南朝宋谢灵运〈还旧园作见颜范二中书〉》唐李善注："沈约《宋书》曰：'元嘉三年，徐羡之等诛，征颜延之为中书侍郎。范中书，善谓范泰也。'"
【例句】唐杨凝《和直禁省》："此时颜范贵，十步见连行。"唐李群玉《送于少监…》："明日中书见颜范，始应通籍入金门。"宋严粲《颜范祠堂》："颜范新祠番水阳，邦人来此识纲常。"宋王庆升《入道诗》："一贫彻骨且安贫，颜范虽贫姓字新。"

颜公付酒钱　yán gōng fù jiǔ qián
【分类】政治
【关键词】陶渊明
【释义】咏嗜酒之典。《宋书·陶渊明传》："颜延之为刘柳后军功曹，在寻阳，与潜情款。后为始安郡，经过，日日造潜，每往必酣饮致醉。临去，留二万钱与潜，潜悉送酒家，稍就取酒。"
【例句】唐李白《赠宣城宇…》："颜公二十万，尽付酒家钱。"宋李彭《怡颜堂》："此腰偃强应难折，尚愧颜公二万钱。"明钱澄之《述怀》："颜公送酒钱，元亮亦不挥。"

颜光禄　yán guāng lù
【分类】文化

【关键词】颜延之

【释义】咏能诗官员之典。《诗品·宋光禄大夫颜延之》："其源出于陆机，尚巧似…汤惠休曰：'谢诗如芙蓉出水；颜如错采镂金。'"颜终身病之。

【例句】唐杜牧《寄宣州郑…》："五言宁谢颜光禄，百岁须齐卫武公。"唐严武《巴岭答杜…》："可但步兵偏爱酒，也知光禄最能诗。"宋程师孟《游玉尺山寺》："无诗可比颜光禄，每忆登临却自回。"宋司马光《柳枝词》："陌头遥认颜光禄，诘旦先乘瘦马来。"

颜阖逾墙 yán hé yú qiáng

【分类】政治

【关键词】颜阖

【释义】隐居不仕、逃禄隐居之典。《淮南子·齐俗训》："颜阖，鲁君欲相之，而不肯，使人以币先焉，凿培而遁之。"东汉高诱注："颜阖，鲁隐士。""培，屋后墙也。"

【例句】唐杜甫《秋日荆南…》："贤非傅野，隐类凿颜坏。"唐吴筠《高士咏》："颜阖遵无名，饭牛聊自怡。"宋沈辽《朱赵二使…》："羁禽野逢遥相避，亦有人寻颜阖家。"宋陈造《用赠朴翁…》："我知寒饿怜颜阖，人说乘除有志公。"

颜厚如甲 yán hòu rú jiǎ

【分类】政治

【关键词】杨光远

【释义】咏厚颜无耻之典。《开元天宝遗事·惭颜厚如甲》："进士杨光远，性多矫饰，不识忌讳。游谒王公之门，干索权豪之族，未尝自足。稍有不从，便多诽谤。常遭有势挞辱，略无改悔。时人多鄙之，皆曰：'杨光远惭颜厚如十重铁甲也。'"

【例句】宋朱松《牛尾狸》："投箸羞颜如甲厚，南山白额正横行。"宋杨杰《吹笙亭》："冷风天上呼不来，厚颜如甲汗如雨。"宋徐冲渊《水调歌头》："颜厚已如甲，太息误平生。"宋王阮《留别昌国》："孤奉明恩颜似甲，却嗔儿女笑嘻嘻。"

颜回 yán huí

【分类】政治

【关键词】颜回

【释义】喻指有修养、能安于贫困生活的贤才。《史记·仲尼弟子列传》："颜回者，鲁人也，字子渊。少孔子三十岁…孔子曰：'贤哉回也！一箪食，一瓢饮，在陋巷，人不堪其忧，回也不改其乐。'"

【例句】唐王绩《被徵谢病》："颜回惟乐道，原宪岂伤贫？"唐沈佺《期伤王学士》："原宪贫无愁，颜回乐自持。"唐朱湾《逼寒节寄…》："他日趋庭应问礼，须言陋巷有颜回。"唐赵嘏《送薛耽先…》："孔门多少风流处，不遣颜回识醉乡。"

颜闵 yán mǐn

【分类】政治

【关键词】颜回闵子

【释义】孔子弟子颜回和闵损（子骞）的合称。二人都以品德高尚受到称赞。后借以指有德之士。《汉书·叙传上》："伏周、孔之轨躅，驰颜、闵之极挚，既系挛于世教矣，何用大道为自眩曜？"

【例句】唐刘商《哭韩淮端…》："儒风久沦弊，颜闵寿不长。"唐杜甫《赠郑十八贲》："蜀离交屈宋，牢落值颜闵。"唐罗隐《代文宣王答》："若教颜闵英灵在，终不羞他李老君。"宋张伯端《绝句》："饶君聪慧过颜闵，不遇师传莫强猜。"

颜冉 yán rǎn

【分类】政治

【关键词】颜回冉伯

【释义】指颜渊和冉伯牛，二人均为孔门弟子，以德行著称。后用作称颂有德之士的典故。《论语·先进》："德行：颜渊、闵子骞、冉伯牛、仲弓。"

【例句】唐贯休《上杭州令…》："颜冉德无邻，分忧浙水滨。"唐贯休《寄翰林陆…》："颜冉商参甲，鸾凰密勿夕。"元刘基《杂诗》："轩皇不可见，颜冉复谁怜。"元无愠《赠道士凌…》："跖屩岂永年，颜冉未曾夭。"

颜如玉 yán rú yù

【分类】生活

【关键词】古诗十九首

【释义】泛指美貌女子。《古诗十九首首·东城高且长》："燕赵多佳人，美者颜如玉。"

【例句】唐刘希夷《春女行》："春女颜如玉，怨歌阳春曲。"唐王维《洛阳女儿行》："谁怜越女颜如玉，贫贱江头自浣纱。"唐白居易《清明日观…》："看舞颜如玉，听诗韵似金。"唐白居易《题喷玉泉》："泉喷声如玉，潭澄色似空。"

颜氏之子 yán shì zhī zǐ

【分类】政治

【关键词】周易

【释义】比喻有才德之人。源见"庶几"。

【例句】唐杜甫《酿歌行赠…》："神仙中人不易得，颜氏之子才孤标。"唐白居易《首夏》："寿倍颜氏子，富百黔娄生。"宋曾巩《扬颜》："扬雄纂言准仲尼，颜氏为身慕虞舜。"宋仇远《昔康节先…》："箪瓢在陋巷，颜氏其庶几。"

颜谢 yán xiè

【分类】文化

【关键词】颜延之谢

【释义】南朝宋诗人颜延之与谢灵运的并称。《宋书·颜延之传》："延之与陈郡谢灵运俱以词彩齐名，自潘岳、陆机之后，文士莫及也，江左称颜谢焉。"

【例句】唐戴叔伦《抚州对事…》："世业大小礼，近通颜谢诗。"唐李白《留别金陵…》："地扇邹鲁学，诗腾颜谢名。"唐司空曙《奉和常舍…》："颜谢徵文并，钟裴直事同。"宋苏轼《泛舟城南…》："南郭清游继颜谢，北窗归卧等羲炎。"

颜子 yán zǐ
【分类】政治
【关键词】颜回
【释义】指孔子弟子颜回字子渊。孔门七十二贤之首。源见"箪食瓢饮"。
【例句】唐李端《慈恩寺怀旧》:"孔席亡颜子,僧堂失谢公。"唐罗隐《秋寄张坤》:"吾徒自多感,颜子只箪瓢。"唐钱起《过张成侍…》:"从军谁谓仲宣乐,入室方知颜子贫。"唐皎然《送顾处士歌》:"人中黄宪与颜子,物表孤高将片云。"

檐花 yán huā
【分类】文化
【关键词】李白
【释义】靠近屋檐下边开的花。或谓檐雨滴落。唐李白《赠崔秋浦》:"山鸟下听事,檐花落酒中。"唐杜甫《醉时歌》:"清夜沉沉动春酌,灯前细雨檐花落。"
【例句】唐李冶《东飞伯劳歌》:"檐花照月莺对栖,空将可怜暗中啼。"宋王安石《次韵酬宋玘》:"愁寻径草无求仲,喜对檐花有广文。"宋方岳《次韵赵同…》:"檐花细雨从容夜,待发华鲸铿钜钟。"宋十朋《夜与韶美…》:"草草杯盘对君酌,灯前疑是檐花落。"

掩鼻 yǎn bí
【分类】政治
【关键词】郑袖
【释义】咏女子进谗离间之典。《韩非子·内储说》:"魏王遗荆王美人,荆王甚悦之。夫人郑袖知王悦爱之也…因为新人曰:'王甚悦爱子,然恶子之鼻。子见王,常掩鼻,则王长幸子矣。'于是新人从之。每见王,常掩鼻。王谓夫人曰:'新人见寡人常掩鼻,何也?'对曰:'不知也。'王强问之,对曰:'顷尝言恶闻王臭。'王怒曰:'劓之。'"
【例句】唐长孙佐辅《古宫怨》:"拊心却笑西子颦,掩鼻谁忧郑姬谤。"唐白居易《读史》:"掇蜂杀爱子,掩鼻戮宠姬。"唐白居易《天可度》:"劝君掩鼻君莫掩,使君夫妇为参商。"唐韩偓《故都》:"掩鼻计成终不觉,冯驩无路教鸣鸡。"

掩耳盗铃 yǎn ěr dào líng
【分类】政治
【关键词】吕氏春秋
【释义】比喻自欺欺人。《吕氏春秋·自知》:"范氏之亡也,百姓有得钟者,欲负而走,则钟大不可负。以椎毁之,钟况然有音。恐人闻之而夺己也,遽掩其耳。"
【例句】宋释士圭《偈》:"释迦弥勒,掩耳偷铃。"宋释安永《颂古》:"这僧掩耳偷铃,云山将错就错。"明黄毓祺《咏史》:"然后攘取焉,掩耳盗铃习。"清许传霈《再次前韵…》:"生憎掩耳盗金铃,磊落乾坤立草亭。"

眼枯 yǎn kū
【分类】生活
【关键词】杜甫
【释义】泪水流尽,极言其悲伤。唐杜甫《新安吏》:"莫自使眼枯,收汝泪纵横。"
【例句】唐白居易《秦吉了》:"鸢捎乳燕一窠覆,乌啄母鸡双眼枯。"宋刘克庄《挽葛夫人》:"九十老农来祖奠,眼枯不觉亦清然。"宋苏轼《吴中田妇叹》:"眼枯泪尽雨不尽,忍见黄穗卧青泥。"宋陆游《望永阜陵》:"泣至眼枯无血续,梦随魂断独心知。"

眼腰黄赤 yǎn yāo huáng chì
【分类】政治
【关键词】老学庵
【释义】喻富贵荣华。《老学庵笔记》:"国初士大夫戏作语云:'眼前何日赤,腰下几时黄。'谓朱衣吏及金带也。"
【例句】宋陈棣《陈镇江生辰》:"腰黄眼赤浑闲事,柳绿花红奈乐何。"宋李洪《赤目》:"对客不须分眼白,爱官宁复羡腰黄。"宋方大琮《宴徐大参》:"眼赤腰黄天宠泽,颜红鬓绿地神仙。"宋包恢《送蒙斋赴召》:"下视世所羡,腰黄眼前赤。"宋林希逸《和后村》:"颜红鬓白国元老,眼赤腰黄世美谈。"

眼中花 yǎn zhōng huā
【分类】文化
【关键词】大藏经
【释义】谓眼中看到的虚幻的假相。源见"空华"。
【例句】宋刘克庄《石塘感旧》:"鬓边雪映眼中花,更阅人间几岁华。"宋李弥逊《次韵赵表…》:"功名眼中花,日月弦上箭。"宋赵抃《次韵程给…》:"一日越兵声震地,夫差犹惑眼中花。"宋倪应渊《古扬州》:"玉蕊已为亭下草,蒺藜不是眼中花。"

偃革为轩 yǎn gé wéi xuān
【分类】政治
【关键词】张良
【释义】指停息武备,修治文教。《史记·留侯世家》:"殷事已毕,偃革为轩,倒置兵戈,覆以虎皮,以示天下不复用兵。"
【例句】唐张九龄《奉和圣制…》:"朔南方偃革,河右暂扬旌。"唐不详《君臣同庆乐》:"君看偃革后,便是太平秋。"宋杨亿《奉和御制…》:"偃革边关静,回銮海县康。"宋杨亿《受诏修书…》:"太极垂裳日,中原偃革初。"宋孙觌《越国郑夫…》:"两朝偃革从今日,百口同袍共此生。"

偃师 yǎn shī
【分类】生活
【关键词】周穆王
【释义】指称操弄木偶的人。《列子·汤问》载:周穆王西巡狩,遇见一个叫偃师的人,带着一个十分灵巧的木偶人,"趋步俯仰信人也!巧夫领其颐则唱合律,捧其手则舞应节…技将终,倡者(木偶)瞬其目,而招王之左右侍妾。王大怒,立欲诛偃师。"偃师立即把木偶拆开让穆王细看,原来是用木块和皮革做成的。穆王又让偃师把木偶复合起来,依旧象真人那样灵活。

【例句】唐李商隐《宫妓》:"不须看尽鱼龙戏,终遣君王怒偃师。"宋程俱《观王君玉…》:"深惭偃师氏,端为破愁来。"宋洪咨夔《谨和老人…》:"当场弄出百般奇,傀儡棚中老偃师。"宋刘克庄《闻祥应庙…》:"可怜朴散非渠罪,薄俗如今几偃师。"

偃月堂 yǎn yuè táng
【分类】政治
【关键词】李林甫
【释义】唐李林甫堂名。喻称权臣陷害忠贤之地。《新唐书·李林甫》:"林甫有堂如偃月,号偃月堂。每欲排构大臣,即居之,思所以中伤者。若喜而出,即其家碎矣。"
【例句】宋汪藻《醉别刘季…》:"英姿合上凌烟阁,巧谮曾遭偃月堂。"宋左都《过秦氏旧宅》:"格天阁在人何在,偃月堂深恨亦深。"宋洪咨夔《谨和老人…》:"避风台上称情宠,偃月堂中尽意谋。"宋刘克庄《挽林武博》:"召来空赏凌云赋,麾去全疏偃月堂。"

偃月营 yǎn yuè yíng
【分类】政治
【关键词】杨阜
【释义】半月形的营阵。偃月,半月形。《史记·魏书·杨阜传》:"阜率国士大夫及宗族子弟胜兵者千余人,使从弟岳于城上作偃月营,与超接战。"
【例句】唐韦庄《春日》:"落星楼上吹残角,偃月营中挂夕晖。"唐方干《狂寇上…》:"才施偃月行军令,便见台星逼座隅。"元耶律铸《区脱》:"驰驱日逐飞龙陈,夜薄花门偃月营。"明张家珍《秋怀》:"偃月营边多鸟噪,歌风台畔少人行。"

㷕㷕 yǎn yí
【分类】生活
【关键词】百里奚
【释义】原指门栓。借指曾共贫寒的妻子。源见"㷕㷕歌"。
【例句】宋杨万里《又跋简斋…》:"家在钱塘身在苏,㷕㷕消息近来无。"宋苏籀《潘卿家内…》:"㷕㷕思怕苦,月缺白毫光。"宋方岳《道中即事》:"家人不寄㷕㷕诗,直恐藁砧官尚微。"宋王炎《家仆来丛桂…》:"破镜望中占远信,㷕㷕歌里有悲音。"

㷕㷕歌 yǎn yí gē
【分类】生活
【关键词】百里奚
【释义】古琴歌名。为咏夫妇团圆之典。《风俗通义校注·情遇》:"百里奚为秦相,堂上作乐,所赁浣妇,自言知音,呼之,搏髀援琴,抚弦而歌者三。其一曰:'百里奚,五羊皮,忆别时,烹伏雌,炊㷕㷕,今日富贵忘我为。'…问之,乃其故妻,还为夫妇也。"
【例句】宋黄庭坚《次韵王稚…》:"慈母每占乌鹊喜,闺人应赋㷕㷕歌。"宋王庭圭《戏赠文彦明》:"逆旅正如蝴蝶梦,还家试听㷕㷕歌。"宋俞德邻《古意》:"君吟行路难,妾思㷕㷕歌。"宋王庭圭《戏赠文彦明》:"逆旅正如蝴蝶梦,还家休唱㷕㷕歌。"

厌家鸡 yàn jiā jī
【分类】生活
【关键词】庾翼
【释义】比喻贵远贱近。源见"家鸡野雉"。
【例句】唐柳宗元《殷贤戏批…》:"闻道近来诸子弟,临池寻已厌家鸡。"宋苏轼《柳氏二外…》:"君家自有元和脚,莫厌家鸡更问人。"宋苏轼《次韵答舒…》:"暮年却得庾安西,自厌家鸡题六纸。"宋陈长方《题定武本…》:"不须苦恨厌家鸡,自是盐车后月题。"

厌祢衡 yàn mí héng
【分类】政治
【关键词】祢衡
【释义】喻不为当权者所容。《后汉书·祢衡传》:"操怒,谓融曰:'祢衡竖子,孤杀之犹雀鼠耳。顾此人素有虚名,远近将谓孤不能容之,今送与刘表,视当何如。'…后复侮慢于表,表耻不能容,以江夏太守黄祖性急,故送衡与之。"终被黄祖所杀。
【例句】唐杜甫《敬赠郑谏…》:"使者求颜阖,诸公厌祢衡。"唐杜甫《奉送郭中丞》:"径欲依刘表,还疑厌祢衡。"宋李正民《寄元叔》:"王维荐弟虽无愧,尚恐诸公厌祢衡。"元黄溍《九日登石…》:"政复哀王粲,何堪厌祢衡。"

砚北身 yàn běi shēn
【分类】文化
【关键词】段成式
【释义】指从事写作的人。《墨庄漫录》:"唐段成式书云:'杯宴之余,常居砚北。'谓几案面南,人坐砚北写作。"
【例句】宋晁说之《感事》:"干戈难作墙东客,疾病犹存砚北身。"宋晁说之《说之有庭…》:"宁复有此物,砚北伴白发。"明钱谦益《三次申字…》:"砚北老生欣草檄,腐毫拳指一齐申。"清郁植《柬顾亭林…》:"且注虫鱼潜砚北,任教车马过墙东。"

彦辅怜卫叔 yàn fǔ lián wèi shū
【分类】文化
【关键词】卫玠
【释义】咏赞誉翁婿不凡之典。《晋书·卫玠传》:"玠字叔宝…玠妻父乐广,有海内重名,议者以为'妇公冰清,女婿玉润'。"《晋书·乐广传》:"乐广字彦辅,南阳清阳人也。"
【例句】唐白居易《和梦游春…》:"秦家重萧史,彦辅怜卫叔。"宋杨万里《明发陈公…》:"借识王叔玠,未睹乐彦辅。"明王恭《送林彦衡…》:"少君不愧鲍家郎,乐广应期卫公子。"

晏御扬扬　yàn yù yáng yáng
【分类】生活
【关键词】晏子
【释义】喻位卑却自视甚高者。《史记·管晏列传》："晏子为齐相，出，其御之妻从门间而窥其夫。其夫为相御，拥大盖，策驷马，意气扬扬甚自得也。既而归，其妻请去。"
【例句】宋米芾《发润州》："御晏妻知辱，歆膴客自愚。"宋沈继祖《上章帅侍郎》："此生幸识元紫芝，今为晏御尤自喜。"清田雯《和刘木斋…》："自惭督邮鄙，还诮晏婴御。"

晏子　yàn zǐ
【分类】政治
【关键词】晏子
【释义】名婴，字仲，称平仲。历齐三朝，善谏齐王，精于外交。《史记·管晏列传》："既相齐，食不重肉，妾不衣帛。其在朝，君语及之，即危言；语不及之，即危行。国有道，即顺命；无道，即衡命。以此三世显名于诸侯。"
【例句】唐贯休《闻王慥常…》："还如齐晏子，再见狄梁公。"唐徐夤《赠表弟黄…》："严陵虽说临溪隐，晏子还闻近市居。"宋司马光《和邻守宋…》："虽喜卜邻同晏子，尚惭推宅异周郎。"宋苏过《卜居城南…》："高门恐负于公志，近市空惭晏子仁。"

晏子近市居　yàn zǐ jìn shì jū
【分类】政治
【关键词】晏子
【释义】咏官吏居舍兼咏清廉简朴之典。《左传·昭公三年》："初，景公欲更晏子之宅，辞曰：'君之先臣容焉，臣不足以嗣之，于臣侈矣。且小人近市，朝夕得所求，小人之利也。敢烦里旅？'"
【例句】唐徐夤《赠表弟黄…》："严陵虽说临溪隐，晏子还闻近市居。"宋苏过《张几仲赠…》："我营潥水居，晏子近市隘。"宋蔡戡《新居用韩…》："晏子近嚣尘，萧何处穷僻。"宋胡寅《仁仲小圃》："陶公高兴只柴桑，晏子之居徒近市。"

晏子居　yàn zǐ jū
【分类】生活
【关键词】晏子
【释义】喻指狭小简陋的住所。源见"卜市邻"。
【例句】宋胡寅《仁仲小圃》："陶公高兴只柴桑，晏子之居徒近市。"宋戴炳《上立斋…》："僻于萧相居，隘甚晏子宅。"宋晁补之《即事一首…》："平居似晏子，志念能自下。"明王鏊《次师陈西…》："晏子家居不厌窄，年来市贾识偏饶。"

晏子裘　yàn zǐ qiú
【分类】生活
【关键词】晏子
【释义】称人节俭的典故。亦谓处境困顿。《礼记·檀弓》："有若曰：'晏子一狐裘三十年，遣车一乘，及墓而反；国君七个，遣车七乘…晏子焉知礼？'曾子曰：'国无道，君子耻盈礼焉。国奢，则示之以俭；国俭，则示之以礼。'"
【例句】唐杜牧《冬至日遇…》："旅馆夜忧姜被冷，暮江寒觉晏裘轻。"唐高适《东平旅游…》："不改任棠水，仍传晏子裘。"宋韦骧《和潘通甫…》："飞空恨乏王乔舄，拥弊几如晏子裘。"宋吕本中《汴上作》："五斗漫随王绩隐，一裘聊待晏婴归。"

晏子楹　yàn zǐ yíng
【分类】生活
【关键词】晏子
【释义】指先人遗言及留处。《晏子春秋·内篇杂下》："晏子病，将死，凿楹纳书焉。谓其妻曰：'楹语也，子壮而示之。'"
【例句】唐李商隐《五言述德…》："经出宣尼壁，书留晏子楹。"宋宋庠《忧阕诣台…》："凄凉曾釜栗，感咽晏楹书。"宋宋庠《留京知郡…》："慈诲断轲织，遗书开晏楹。"清孙星衍《桂林授经…》："亲授过庭经一卷，胜他晏子凿楹书。"

晏子赠行　yàn zǐ zèng xíng
【分类】生活
【关键词】晏子
【释义】咏临别赠言之典。《晏子春秋·内篇杂上》："曾子将行，晏子送之曰：'君子赠人以轩，不若以言。吾请以言之，以轩乎？'曾子曰：'请以言。'晏子曰：'…婴闻之，君子居必择邻，游必就士。择居所以求士，求士所以避患也。婴闻泪常移质，习俗移性，不可不慎也。'"
【例句】唐李白《郑鲁郡刘…》："相国齐晏子，赠行不及言。"宋陆游《别杨秀才》："灯暗想倾浇闷酒，路长应和赠行诗。"宋苏轼《追饯正辅…》："赠行无物惟一语，莫遣瘴雾侵云鬓。"宋彭汝砺《子发南楼》："相别无缘看杨柳，赠行不敢爱琼琚。"

宴镐　yàn hào
【分类】政治
【关键词】诗经
【释义】咏天下太平君臣同乐之典。《诗经·小雅·鱼藻》："王在在镐，岂乐饮酒。"郑笺："天下平安，万物得其性。武王何所处乎？处于镐京，乐八音之乐，与群臣饮酒而已。"
【例句】唐韦安石《梁王宅侍…》："小臣陪宴镐，献寿奉维嵩。"唐沈佺期《奉和晦日…》："思逸横汾唱，欢留宴镐杯。"唐李乂《享龙池乐》："青蒲暂似游梁马，绿藻还疑宴镐鱼。"唐张说《奉和圣制…》："汉武横汾日，周王宴镐年。"唐杨巨源《春日奉献…》："戈偃征苗后，诗传宴镐初。"

宴平乐　yàn píng lè
【分类】生活

【关键词】曹植
【释义】咏宴游生活之典。平乐，指汉平乐观。三国魏陈思王曹植，在乐府诗《名都篇》中，咏唱京洛贵族子弟的宴饮游乐生活，有"我归宴平乐，美酒斗十千"之句。
【例句】唐李白《将进酒》："陈王昔时宴平乐，斗酒十千恣欢谑。"宋刘筠《别墅》："鸣钟平乐宴，击鞠茂陵游。"宋苏颂《紫宸殿正…》："仗下法官陈禹会，宴开平乐奏虞韶。"宋刘筠《别墅》："鸣钟平乐宴，击鞠茂陵游。"

宴坐 yàn zuò
【分类】文化
【关键词】维摩诘
【释义】闲坐。佛经中指修行者静坐。《维摩诘所说经·弟子品》："能如是宴坐者，佛所印可。"
【例句】唐孙逖《送新罗法…》："苦心归寂灭，宴坐得精微。"唐沈佺期《绍隆寺》："处俗勤宴坐，居贫业行坛。"唐王维《同比部杨…》："独有仙郎心寂寞，却将宴坐为行እ。"唐钱起《同王鋹起…》："慧眼沙门真远公，经行宴坐有儒风。"唐史俊《题巴州光…》："经行绿叶望成盖，宴坐黄花长满襟。"

雁池 yàn chí
【分类】生活
【关键词】刘武
【释义】汉梁孝王刘武所筑兔园中的池沼名。借指帝王所居园林中的池沼。《西京杂记》："梁孝王好营宫室苑囿之乐。作曜华之宫。筑兔园。园中有百灵山。山有肤寸石。落猿岩。栖龙岫。又有雁池，池间有鹤洲凫渚。其诸宫观相连延数十里。"
【例句】唐杜甫《送题寄上…》："终思一酹酒，净扫雁池头。"唐高适《别韦参军》："兔苑为农岁不登，雁池垂钓心长苦。"唐欧阳衮《和项斯游…》："远寺寻龙藏，名香发雁池。"唐储嗣宗《宋州月夜》："雁池衰草露沾衣，河水东流万事微。"

雁门僧 yàn mén sēng
【分类】文化
【关键词】慧远
【释义】指东晋高僧慧远，雁门郡楼烦人。曾主持庐山东林寺，善诗文，与刘遗民、宗炳、慧永等结白莲社。源见"惠远公"。
【例句】唐杜牧《行次白沙…》："歌惭渔浦客，诗学雁门僧。"唐灵澈《远公墓》："空悲虎溪月，不见雁门僧。"唐熊孺登《送淮上人》："归去更寻翻译寺，前山应遇雁门僧。"明邵宝《寄题东林…》："雁门僧避胡尘来，匡庐山中寻讲台。"

雁门太守 yàn mén tài shǒu
【分类】政治
【关键词】王涣
【释义】咏爱贤任贤或咏边将之典。《乐府诗集·雁门太守行》："寒苦春难觉，边城秋易知。风急旌旗断，涂长铠马疲。少解孙吴法，家本幽并儿。"解题引《古今乐录》曰："王僧虔《技录》云：'《雁门太守行》歌古洛阳令一篇。'"咏东汉洛阳太守王涣，说他能择贤而用。
【例句】唐钱起《送崔校书…》："雁门太守能érni贤，麟阁书生亦投笔。"宋王安礼《寄君重安…》："雁门太守佳公子，应喜王孙拥节来。"宋方回《赠朋直内…》："雁门太守何为者，为道深衣胜紫袍。"明李梦阳《雁门太守行》："雁门太守汝何人，治邦三月称明神。"

雁默先烹 yàn mò xiān pēng
【分类】政治
【关键词】庄子
【释义】比喻无才者先被弃。源见"木雁"。
【例句】唐杜甫《白帝城楼》："急急能鸣雁，轻轻不下鸥。"唐白居易《岁暮》："膏明自燕缘多事，雁默先烹为不才。"唐陈子昂《宿襄河驿浦》："不及能鸣雁，徒思海上鸥。"唐李颀《送刘方平》："漳水桥头值鸣雁，朝歌县北少行人。"

雁塔题名 yàn tǎ tí míng
【分类】文化
【关键词】唐摭言
【释义】喻指进士及第。《唐摭言·慈恩寺题名游赏赋咏杂纪》："神龙以来，杏园宴后，皆于慈恩寺塔下题名，同年中推一善书者纪之。"唐代故事。新科进士在曲江会宴后，常题名于雁塔。
【例句】宋杨亿《喜王虞部…》："龙津召宴芝泥湿，雁塔题名麝墨新。"宋吕陶《和陈图南…》："雁塔题名故事存，泮宫镌柱又增新。"宋吕陶浩《登第后道…》："十载灯前笔下耕，如今雁塔幸题名。"宋来光朝《次韵奉酬…》："雁塔新题墨未干，去年灯火向秋阑。"

雁信 yàn xìn
【分类】政治
【关键词】温庭筠
【释义】同雁使。指传送书信的人。唐温庭筠《寄湘阴阎少府乞钓轮子》："若向三湘逢雁信，莫辞千里寄渔翁。"
【例句】唐乔知之《从军行》："宛转结蚕书，寂寞无雁使。"宋贺铸《潘豳老出…》："僧耳吉音无雁使，峨目爽气属狙公。"宋杨亿《次韵和李…》："正怯龟肠终日内，忽传雁信五城中。"宋彭汝砺《东流答天…》："日久不闻鸿雁信，春来初见棠棣诗。"宋朱翌《喜雪》："泥尾可能留雁使，豚蹄何敢谢龙工。"宋王洋《送䜣父守…》："地入淮源重，霜随雁信高。"

雁行 yàn háng
【分类】生活
【关键词】礼记
【释义】咏兄弟之典。《礼记·王制》："父之齿随行，兄之齿雁行；朋友不相逾。"宋陈澔集说："父之齿，兄之齿，谓其人年与父，或与兄等也。随行，随其后也；雁行，并行而稍后也。"
【例句】唐虞世南《结客少年…》："云起龙沙暗,木落雁行秋。"唐李百药《送别》："雁行遥上月,虫声迥映秋。"唐杨巨源《贺田仆射…》："凤沼九重相喜气,雁行一半入祥烟。"唐钱起《李四劝为…》："采兰花萼聚,就日雁行联。"

雁序 yàn xù
【分类】生活
【关键词】礼记
【释义】借指兄弟之情。源见"雁行"。
【例句】唐杜甫《天池》："九秋惊雁序,万里狎渔翁。"唐陈陶《贺容府韦…》："列国山河分雁序,一门金玉尽龙骧。"唐易重《寄宜阳兄弟》："六年雁序恨分离,诏下今朝遇已知。"宋王十朋《万府君挽词》："孝却豺群易,恩全雁序难。"

滟滪堆 yàn yù duī
【分类】生态
【关键词】太平寰宇
【释义】长江瞿塘峡口的险滩。在四川省奉节县东。骇浪冲击,水花飞散起来犹如美女头上的云鬟雾鬓,故名。《太平寰宇记》："滟滪堆,周回二十丈,在夔州西南二百步蜀江中心瞿塘峡口。"1958年炸毁。
【例句】唐张谓《别韦郎中》："峥嵘洲上飞黄蝶,滟滪堆边起白波。"唐杜甫《所思》："故凭锦水将双泪,好过瞿塘滟滪堆。"唐刘禹锡《竹枝》："城西门前滟滪堆,年年波浪不能摧。"聂绀弩《赠王观泉》："我从滟滪堆边至,君在蓬莱顶上行。"

燕巢于幕 yàn cháo yú mù
【分类】政治
【关键词】季札
【释义】形容处境极其危险。《左传·襄公二十九年》："卫孙文子得罪于献公,居戚。公卒未葬,文子击钟焉。延陵季子适晋过戚,闻之曰:'异哉!夫子之在此,犹燕子巢于幕也,惧犹未已,又何乐之有?君又在殡,可乎?'"
【例句】唐顾况《春鸟词送…》："别有无巢燕,犹窥幕上泥。"唐李端《杂歌》："兰生当门燕巢幕,兰芽未吐燕泥落。"唐李商隐《咏怀寄秘…》："乘轩宁见宠,巢幕更逢危。"唐韦庄《同旧韵》："安羡仓中鼠,危同幕上禽。"

燕馆 yàn guǎn
【分类】政治
【关键词】燕昭王
【释义】燕昭王为招纳贤士所筑的碣石宫。《史记·驺衍传》："(驺子)如燕,昭王拥彗先驱,请列弟子之座而受业,筑碣石宫,身亲往师之。"唐张守节《史记正义》："碣石宫在幽州蓟县西三十里宁台之东。"
【例句】唐李商隐《病中闻河…》："兴欲倾燕馆,欢于到习家。"唐吴融《赴阙次留…》："只惭燕馆盛,宁觉阮途穷。"宋文彦博《送知府给…》："梁园暂未至,燕馆愧先登。"宋赵佶《宫词》："燕馆余闲玉漏沉,华容芳质尽知音。"

燕颔 yàn hàn
【分类】政治
【关键词】班超
【释义】指封侯之相。源见"封侯万里"。
【例句】唐岑参《送张都尉…》："封侯应不远,燕颔岂徒然?"唐张说《送赵顺直…》："龙泉恩已著,燕颔相终成。"唐黄滔《寄南海黄尚书》："燕颔已知飞食肉,龙门犹自退为鱼。"宋孙觌《疏山寺次…》："万里功名飞燕颔,千金博饮炙牛心。"

燕居 yàn jū
【分类】生活
【关键词】论语
【释义】燕与晏相通,指日常生活。谓闲居在家,闲居无事。《论语·述而》："子之燕居,申申如也,夭夭如也。"
【例句】唐权德舆《户部王曹…》："子云尝燕居,作赋似相如。"唐储光羲《同房宪部…》："落&发自南州,燕居在西土。"宋田锡《酬宋湜贾》："淮阳郡中方燕居,跪读重缄尺素书。"宋司马光《夫人阁》："圣主终朝勤万几,燕居专事养希夷。"

燕雀相贺 yàn què xiāng hè
【分类】生活
【关键词】淮南子
【释义】用作贺人新屋落成之吉语。《淮南子·说林训》："汤沐具而虮虱相吊,大厦成而燕雀相贺,忧乐别也。"
【例句】唐杜甫《江陵节度…》："楼上炎天冰雪生,高飞燕雀贺新成。"唐刘兼《秋夕书怀》："守方半会蛮夷语,贺厦全忘燕雀心。"宋黄庭坚《次韵吴可…》："厦成燕雀贺,水满凫雁翥。"宋洪刍《新楼》："潭底鱼龙惊倒影,梁间燕雀贺前楹。"宋李弥逊《和平仲侍…》："云屋潭潭百尺余,入帘燕雀贺新居。"

燕台句 yàn tái jù
【分类】文化
【关键词】李商隐
【释义】喻指工于言情的诗词佳作。唐李商隐曾作《燕台诗》四首,描情摹怨,忆旧伤别,备极工细,传诵一时。洛中妓柳枝尤爱诵唱。《全唐诗·柳枝五首》："诗序:柳枝,洛中里娘也…咏于《燕台》诗。柳枝惊问:'谁人有此,谁人为是?'让山谓曰:'此吾里中少年叔耳。'柳枝手断长带,结让山为赠叔乞诗。"
【例句】唐黄滔《南海幕和…》："魏阙别当飞羽翼,燕台独且占风流。"宋史达祖《汉宫春》："花隔东垣,咏燕台秀句,结带谋欢。"宋周邦彦《瑞龙吟》："吟笺赋笔,犹记燕台句。"宋唐庚《春日杂兴》："羲皇潇洒燕台诗,谁解知音似柳枝。"宋陈造《赠郭高叔》："燕台赋就尚缄囊,已作新声绕杏梁。"

燕婉　yàn wǎn

【分类】生活

【关键词】诗经

【释义】仪态安详温顺。借指夫妇和爱。或指美女。《诗经·邶风·新台》：“燕婉之求，籧篨不鲜。”毛传：“燕，安；婉，顺也。籧篨，不能俯者。”

【例句】唐白居易《母别子》：“以汝夫妇新燕婉，使我母子生别离。”唐高适《同敬八卢……》：“飘飘波上兴，燕婉舟中词。”唐武元衡《中秋夜听……》：“燕婉人间意，飘飘物外缘。”宋王炎《白头吟》：“但愿新人同燕婉，桃花长春月长满。”

燕违戊巳　yàn wéi wù sì

【分类】文化

【关键词】燕

【释义】咏燕之典。《博物志》：“燕戊巳日不衔泥涂巢，此非才智，自然得之。”

【例句】唐白居易《禽虫》：“燕违戊己鹊避岁，兹事因何羽族知。”宋张镃《春分后一……》：“戊巳燕知随鸟历，西南樱喜趁花斑。”清田雯《乌衣辞》：“学避戊巳燕不愚，衔泥偏沾案上书。”

燕舞莺啼　yàn wǔ yīng tí

【分类】生态

【关键词】牛峤

【释义】燕子在飞舞，黄莺在鸣叫。形容春光明媚。五代牛峤《菩萨蛮》：“风帘燕舞莺啼柳，妆台约鬓低纤手。”

【例句】宋苏轼《被锦亭》：“烟红露绿晓风香，燕舞莺啼春日长。”宋王庭圭《寒食日孟……》：“燕舞莺啼春未老，一樽分我洗穷愁。”宋朱淑真《春日行》：“燕舞莺歌昼昼永，帘幕无人门宇静。”聂绀弩《赠平羽》：“花觉凄迷柳又狂，莺歌燕舞乱愁肠。”

燕相举贤　yàn xiāng jǔ xián

【分类】政治

【关键词】韩非子

【释义】咏烛或举贤之典。源见"郢书燕说"。

【例句】唐李峤《烛》：“若逢燕相国，持用举贤人。”

燕许大手笔　yàn xǔ dà shǒu bǐ

【分类】文化

【关键词】张说苏颋

【释义】咏赞誉文学大家或重要文著之典。指燕许两大文学家。燕：燕国公张说。许：许国公苏颋。《新唐书·苏颋传》页：“自景龙后，（苏颋）与张说以文章显，称望略等，故时号'燕许大手笔'。”

【例句】唐李商隐《韩碑》：“古者世称大手笔，此事不系于职司。”宋王禹偁《王枢密》：“历象过义和，文章敌燕许。”宋苏颂《留守太尉……》：“叙述须归大手笔，唱酬俱是两都宾。”宋韩驹《上漕使生……》：“粉泽典章混文轨，燕许大手笔非公谁。”宋孔平仲《芸叟寄新……》：“国士大手笔，名声蔚摩空。”

燕燕莺莺　yàn yàn yīng yīng

【分类】生活

【关键词】石林诗话

【释义】比喻娇妻美妾或年轻女子。《石林诗话》：“（张）子野能为诗及乐府，至老不衰，居钱塘，苏子瞻作倅时，年已八十余，视听不衰，家犹蓄声妓，子瞻尝赠以诗云：'诗人老去莺莺在，公子归来燕燕忙。'盖全用张氏故事戏之。”

【例句】宋秦观《金明池》：“更水绕人家，桥门巷巷，燕燕莺莺飞舞。”宋华岳《送商府判》：“去年七月君开府，燕燕莺莺为君舞。”宋王质《竹夫人歌》：“来来去去春空丝，莺莺燕燕能几时。”宋朱熹《隆冈书院……》：“绿杨门巷莺莺语，青草池塘燕燕飞。”宋汪元量《吴山晓望》：“燕燕莺莺随战马，风风雨雨渡江船。”

燕游　yàn yóu

【分类】文化

【关键词】礼记

【释义】闲游，漫游。宴饮游乐。《礼记·少仪》：“朝廷曰退，燕游曰归，师役曰罢。”

【例句】宋赵诚《和孔司封……》：“屏障笺毫吟咏处，神仙罗绮燕游时。”宋赵抃《次韵运使》：“飞盖城西探早梅，僧园栏树燕游陪。”宋刘攽《和裴库部……》：“燕游安以乐，诗语正而葩。”聂绀弩《立秋日悠……》：“岁事方登禾又黍，好宾既集燕兼游。”

燕于飞　yàn yú fēi

【分类】生活

【关键词】诗经

【释义】送别之典。《诗经·邶风·燕燕》：“燕燕于飞，差池其羽。之子于归，远送于野。”《序》：“《燕燕》，卫庄姜送归妾也。”为咏送别之诗。

【例句】唐许浑《送杨发东归》：“红花半落燕于飞，同客长安今独归。”宋刘过《题黄文叔……》：“林栖乌反哺，梁语燕于飞。”宋无名氏《伤双燕》：“燕燕于飞春欲暮，终日呢喃语如诉。”宋赵善括《登裴公亭……》：“风帘斜卷燕于飞，天气清和酒力微。”

燕玉　yàn yù

【分类】生活

【关键词】古诗十九首

【释义】也谓燕娥。指年轻女子，多指小妾。源见"颜如玉"。

【例句】唐杜甫《独坐》：“暖老须燕玉，充饥忆楚萍。”唐于濆《古宴曲》：“燕娥奉卮酒，低鬟若无力。”宋梅尧臣《海棠》：“醉生燕玉颊，瘦聚楚宫腰。”宋项安世《酬绍兴梁……》：“我亦微官方冷甚，恨无燕玉可相嘘。”

燕啄皇孙　yàn zhuó huáng sūn

【分类】政治

【关键词】赵飞燕

【释义】表示后妃谋害皇子。汉成帝暴死，皇室及大臣都归罪于赵飞燕及妹妹，责其"执贼乱之谋，残灭继嗣以危宗庙"。《汉书·孝成赵皇后传》："先是有童谣曰：'燕燕，尾涎涎…燕飞来，啄皇孙。皇孙死，燕啄矢。'"

【例句】唐王翰《飞燕篇》："皇孙不死燕啄折，女弟一朝如火绝。"宋刘敞《昭君怨戏赠》："燕啄皇孙两凄恻，当时无事成深仇。"宋黄文雷《昭君行》："上流厌人能几时，后来燕啄皇孙死。"清赵翼《题明太祖陵》："燕啄皇孙传岂误，狗烹诸将乱终消。"

燕子楼 yàn zi lóu

【分类】生活

【关键词】白居易

【释义】徐州五大名楼之一，因飞檐挑角形如飞燕而得名。唐贞元时尚书张建封之爱妾关盼盼居所。后泛指女子居所。唐白居易《〈燕子楼〉诗序》："徐州故张尚书有爱妓曰盼盼，善歌舞…云尚书既殁，归葬东洛。盼盼念旧爱而不嫁，居是楼十余年，幽独块然，于今在。"

【例句】唐白居易《燕子楼》："燕子楼中霜月夜，秋来只为一人长。"宋吕定《登彭城楼》："空余夜月龙神庙，无复春风燕子楼。"宋艾性夫《郡楼九日》："烟横三市蜂房屋，尘掩重门燕子楼。"聂绀弩《杂诗》："燕子楼头听度曲，凤凰台上忆吹箫。"

燕子楼空 yàn zi lóu kōng

【分类】生活

【关键词】白居易

【释义】形容人去楼空，一片寂寥。源见"燕子楼"。

【例句】宋汪元量《越州歌》："丝风毛雨共凄凉，燕子楼空恨恨长。"宋曾勋《鄂渚晴光》："汉阳树远江烟起，黄鹤楼空燕子归。"元马祖常《代悼亡为…》："燕子楼空花不开，绣帷天晚月初来。"明徐渭《燕子楼》："牡丹春后惟枝在，燕子楼空苦恨生。"

燕足红线 yàn zú hóng xiàn

【分类】生态

【关键词】燕

【释义】咏失偶伤情、相怜相悯之典。《南史·宛陵女子王氏刘景昕》："霸城王整之姊嫁为卫敬瑜妻，年十六而敬瑜亡…所住户有燕巢，常双飞来去，后忽孤飞。女感其偏栖，乃以缕系线为志。后岁此燕果复来，犹带前缕。"

【例句】唐李益《紫骝马》："为谢红梁燕，年年妾独栖。"唐殷尧藩《馆娃宫》："夫差旧国久破碎，红燕自归花自开。"宋释祖先《颂古》："雁回沙塞口衔芦，燕绕红梁浑不顾。"

鞅掌 yāng zhǎng

【分类】政治

【关键词】诗经

【释义】咏职事繁忙之典。也指勤劳的人。《诗经·小雅·北山》："或栖迟偃仰，或王事鞅掌。"毛传："鞅掌，失容

也。"郑笺："鞅犹何也，掌谓捧之也。负何捧持以趋走，言促遽也。"

【例句】唐武元衡《甫搆西亭…》："百城烦鞅掌，九仞喜岖歆。"唐白居易《寄杨六》："公门苦鞅掌，尽日无闲隙。"唐陈陶《投赠福建…》："匪地歌钟镇海隅，城池鞅掌旧名都。"宋文天祥《偶成》："向来鞅掌真堪笑，烂熳如今独自眠。"

扬马 yáng mǎ

【分类】文化

【关键词】扬雄相如

【释义】汉代文学家扬雄和司马相如的并称。《文心雕龙·丽辞》："自扬马张蔡，崇盛丽辞。"

【例句】唐李端《赠何兆》："文章似扬马，风骨又清羸。"唐王维《苑舍人能…》："楚词共许胜扬马，梵字何人辨鲁鱼。"宋宋庠《寄长安端…》："才包扬马思，政绩赵张神。"宋王庭圭《和答邦直》："系出拾遗扬马后，清词丽句复名家。"

扬雄 yáng xióng

【分类】文化

【关键词】扬雄

【释义】扬雄字子云，西汉官吏、学者。司马相如之后西汉最著名的辞赋家。《汉书·扬雄传上》："孝成帝时，客有荐雄文似相如者，上方郊祠甘泉泰畤、汾阴后土，以求继嗣，召雄待诏承明之庭。"

【例句】唐骆宾王《帝京篇》："马卿辞蜀多文藻，扬雄仕汉乏良媒。"唐孟浩然《田园作》："谁能为扬雄，一荐甘泉赋。"唐张说《酬崔光禄…》："才雄子云笔，学广仲舒帷。"唐钱起《送严维尉…》："甘泉未献扬雄赋，吏道何劳贾谊才。"唐魏知古《从猎渭川…》："子云陈羽猎，偣伯谏渔棠。"唐王维《和太常韦…》："闻道甘泉能献赋，悬知独有子云才。"

扬雄空读书 yáng xióng kōng dú shū

【分类】生活

【关键词】扬雄

【释义】西汉辞赋家扬雄，喜欢作学问读书写文章，不愿结交权贵，故不为当世所重，官职也不得迁升。后以喻不屑世故。《汉书·扬雄赞传》："刘歆亦尝观之，谓雄曰：'空自苦！今学者有禄利，然尚不能明易，又如玄何？'"

【例句】唐杜甫《奉寄河南…》："谬惭知蓟子，真怯笑扬雄。"唐戴叔伦《行路难》："扬雄闭门空读书，门前碧草春离离。"元叶兰《东园老人…》："唐家郑虔空读书，家无僮仆出无车。"元王冕《望雨》："峨冠腐儒空读书，骑马小儿真苟图。"

扬雄未迁 yáng xióng wèi qiān

【分类】生活

【关键词】扬雄

【释义】西汉辞赋家扬雄因不愿牵攀依附权臣，久未能得到升迁。后用为仕途失意之典。《汉书·扬雄传上》："莽、贤

皆为三公,权倾人主…而雄三世不徙官。"
【例句】唐白居易《和谈校书…》:"汉庭卿相皆知己,不荐扬雄欲荐谁。"唐张九龄《酬王六寒…》:"贾生流寓日,扬子寂寥时。"唐胡皓《同蔡孚起…》:"贾谊才方达,扬雄老未迁。"明范钦《赋得长安…》:"执戟扬雄苦不迁,上书冯唐嗟已老。"

扬州何逊　yáng zhōu hé xùn
【分类】文化
【关键词】何逊
【释义】喻指爱梅之人。源见"东阁官梅"。
【例句】唐杜甫《和裴迪登…》:"东阁官梅动诗兴,还如何逊在扬州。"五代徐钧《何逊》:"水曹文学自名家,重到扬州兴未涯。"宋苏轼《次韵王定…》:"未许相如还蜀道,空教何逊在扬州。"宋黄庭坚《送何君庸…》:"梅花恼人已落尽,真成何逊醉扬州。"

扬州路　yáng zhōu lù
【分类】生活
【关键词】杜牧
【释义】指风流繁华之地。唐杜牧《赠别》:"春风十里扬州路,卷上珠帘总不如。"
【例句】唐怀浚《寄南平王》:"马头渐入扬州路,亲眷应须洗眼看。"宋晁补之《送欧诚发》:"春风共载扬州路,屈指都疑梦夜阑。"宋孙觌《别芳》:"珠帘半捲扬州路,争看金钗十二行。"宋周紫芝《次韵赵茂…》:"竹西回首扬州路,肠断故园春草生。"

扬州梦　yáng zhōu mèng
【分类】生活
【关键词】杜牧
【释义】唐杜牧随牛僧孺出镇扬州,尝出入倡楼,后分务洛阳,追思感旧,叹谓繁华如梦。后遂用为感怀之典。唐杜牧《遣怀》:"十年一觉扬州梦,赢得青楼薄幸名。"
【例句】宋双渐《豫章逢故…》:"扬州一梦今何处,风月心情向谁诉。"宋刘克庄《内翰洪公…》:"回首扬州一梦余,故交已直玉堂庐。"宋李之仪《柏台自述》:"一梦扬州似隔生,轻舟未往但贪程。"宋黄庭坚《杜似吟院》:"杜郎忽作扬州梦,雨带风沙打夜窗。"

扬州明月　yáng zhōu míng yuè
【分类】生态
【关键词】徐凝
【释义】咏月之典。源见"二分明月"。
【例句】唐杜牧《扬州》:"谁家唱水调,明月满扬州。"宋晁说之《书恨》:"挂帆到何处,明月古扬州。"宋张良臣《赋》:"伤心明月扬州路,十里珠帘蕙草寒。"聂绀弩《西江月》:"天下文才一石,扬州明月三分。"

扬州骑鹤　yáng zhōu qí hè
【分类】政治
【关键词】殷芸小说
【释义】比喻升官发财和成仙的得意之事。源见"骑鹤上扬州"。
【例句】宋王之道《寄别江茂…》:"会见马群空冀野,还同鹤驾到扬州。"宋王十朋《竹下偕》:"世间宁有扬州鹤,休讶平生肉食难。"宋白玉蟾《醉里》:"醒时吟笑扬州鹤,梦见常骑月府蟆。"宋杨万里《赠曾相士》:"心知那有扬州鹤,更问侬当作么生。"

扬子解嘲　yáng zǐ jiě cháo
【分类】政治
【关键词】扬雄
【释义】咏辩解遭受嘲笑,或咏仕途不得迁升之典。《汉书·扬雄传》:"哀帝时丁、傅、董贤用事,诸附离之者或起家至二千石。时雄方草《太玄》,有以自守,泊如也。或嘲雄以玄尚白,而雄解之,号曰《解嘲》。"唐颜师古注:"玄,黑色也。言雄作之不成,其色犹白,故无禄位也。"
【例句】唐王维《重酬苑郎中》:"扬子解嘲徒自遣,冯唐已老复何论。"唐杜甫《堂成》:"旁人错比扬雄宅,懒惰无心作解嘲。"唐牟融《题赵支》:"曾闻贾谊陈奇策,肯学扬雄赋解嘲。"宋李彭《葺茅屋戏成》:"谢公五亩似能保,扬子一区聊解嘲。"

羊车到　yáng chē dào
【分类】政治
【关键词】胡贵嫔
【释义】表示帝王临幸某一宫妃之典。《晋书·胡贵嫔传》:"(晋武帝)常乘羊车,恣其所之,至便宴寝。宫人乃取竹叶插户,以盐汁洒地,而引帝车。"
【例句】唐杨师道《阙题》:"羊车讵畏青门闭,兔月今宵照后庭。"唐戴叔伦《宫词》:"春风鸾镜愁中影,明月羊车梦里声。"唐罗虬《比红儿诗》:"若见红儿此中住,不劳盐筱洒宫廊。"五代花蕊夫人《宫词》:"诸院各分娘子位,羊车到处不教知。"

羊杜　yáng dù
【分类】政治
【关键词】羊祜杜预
【释义】晋羊祜、杜预二人先后镇襄阳,有政绩,后人因并称之。《苏轼诗集·襄阳古乐府》:"使君朱旆来翻翻,人道使君似羊杜。"
【例句】宋李曾伯《代襄阃宴…》:"千载岘山磨不朽,重添羊杜两丰碑。"宋曾巩《和张伯常…》:"更追羊杜经行乐,况有风骚是滴仙。"宋陈师道《寄襄州程…》:"江汉风流见羊杜,相门经术有韦平。"宋陈造《次韵谢程…》:"风流羊杜不劳追,况复轻裘缓带时。"

羊羔美酒　yáng gāo měi jiǔ
【分类】生活
【关键词】党太尉
【释义】产于山西汾州的一种美酒,酿制材料中有羊肉,叫羊羔酒。后泛指美酒。源见"扫雪烹茶"。

【例句】宋苏轼《二月三日…》："试开云梦羔儿酒,快泻钱塘药玉船。"明徐复祚《出队子》："羊羔美酒醉模糊,醉后瑶台仙子扶。"清缪徵甲《大雪》："羊羔美酒花冥冥,春风早入沧浪亭。"清杨圻《梅花诗》："羊羔美酒千家夜,纸帐铜瓶一客眠。"

羊公 yáng gōng

【分类】政治
【关键词】羊祜
【释义】羊祜字叔子,晋武帝时坐镇襄阳十年,屯田兴学,广为戎备,做好了伐吴的军事和物质准备。《晋书·羊祜传》："吴人翕然悦服,称为羊公,不之名也。"
【例句】唐张九龄《登襄阳岘山》："蜀相吟安在,羊公碣已磨。"唐张子容《九日陪润…》："梅福惭仙吏,羊公赏下僚。"唐司空曙《秋日趋府…》："重城洞启肃秋烟,共说羊公在镇年。"唐齐己《过鹿门作》："鹿门埋孟子,岘首载羊公。"

羊公灭吹鱼 yáng gōng miè chuī yú

【分类】政治
【关键词】羊祜
【释义】羊祜喜欢外出捕鱼,被军司徐胤以安危为由劝阻。《晋书·羊祜传》："在军常轻裘缓带,身不被甲,铃阁之下,侍卫者不过十数人,而颇以畋渔废政。尝欲夜出,军司徐胤执棨当营门曰:'将军都督万里,安可轻脱!将军之安危,亦国家之安危也。胤今日若死,此门乃开耳。'祜改容谢之,此后稀出矣。"
【例句】唐卢纶《送史寀滑…》："君向东州问徐胤,羊公何事灭吹鱼。"

羊何 yáng hé

【分类】文化
【关键词】羊璿何长
【释义】指羊璿与何长瑜。借指一起游乐的文友。《宋书·谢灵运传》："灵运既东还,与族弟惠连、东海何长瑜、颍川荀雍、太山羊璿之,以文章赏会,共为山泽之游,时人谓之'四友'。"
【例句】唐李白《赠从弟南…》："别后遥传临海作,可见羊何共和之。"宋宋祁《寄连元礼》："人惊李郭同舟日,句索羊何共和时。"宋刘攽《谢龚丘静…》："多惭嵇吕相思意,空寄羊何共和诗。"宋苏轼《百步洪》："诗成不觉双泪下,悲吟相对帷羊何。"

羊狠狼贪 yáng hěn láng tān

【分类】政治
【关键词】项羽
【释义】原指为人凶狠,争夺权势。后喻贪官污吏的残酷剥削。《史记·项羽本纪》："宋义因下令军中曰:'猛如虎,狠如羊,贪如狼,强不可使者,皆斩之。'"
【例句】唐韩愈《郓州溪堂诗》："羊狠狼贪,以口覆城。"宋刘沆《述怀》："奴颜婢舌诚堪耻,羊狠狼贪自合羞。"宋贺铸《诅蚁》："饥心过狼贪,毒喙甚蜂蛋。"宋刘仪凤《自归州陆…》："林荒樗栎寿,月黑虎狼贪。"宋孔平仲《寄向公美…》："田窦当时亦后家,豕贪羊狠事空花。"宋王迈《信手阅清…》："羊狠来莫当,鼠窜去无迹。"元吴惟善《寄武昌诸友》："雁杳鱼沉劳远思,狼贪羊狠绝前闻。"

羊祜伤风景 yáng hù shāng fēng jǐng

【分类】文化
【关键词】羊祜
【释义】览胜而感伤之典。《晋书·羊祜传》："祜乐山水,每风景,必造岘山,置酒言咏,终日不倦。尝慨然叹息,顾谓从事中郎邹湛等曰:'自有宇宙,便有此山。由来贤达胜士,登此远望,如我与卿者多矣!皆湮灭无闻,使人悲伤。如百岁后有知,魂魄犹应登此也。'"
【例句】唐吴融《和座主尚…》："楚王城垒空秋色,羊祜江山祇暝光。"唐耿湋《登汴州山》："羊祜伤风景,谁云异我曹。"宋许及之《酬南寿》："欲使威仪还汉旧,未伤风景隔新亭。"

羊祜识金环 yáng hù shí jīn huán

【分类】生态
【关键词】羊祜
【释义】灵魂转世之典。《晋书·羊祜传》："祜年五岁时,令乳母取所弄金环。乳母曰:'汝先无此物。'祜即诣邻人李氏东垣桑树中探之。主人惊曰:'此吾亡儿所失物也,汝何持去!'乳母具言之,李氏悲惋。时人异之,谓李氏之子则祜之前身也。"
【例句】唐吴融《闵乡寓居》："认得因溪兼旧意,恰如羊祜识金环。"唐王维《恭懿太子…》："何悟藏杯早,才知拜璧年。"唐元稹《僧如展及…》："纵使得如羊叔子,不闻兼记旧交情。"宋范仲淹《寄题岘山…》："休哉羊叔子,辅晋功勋大。"

羊侃豪侈 yáng kǎn háo chǐ

【分类】生活
【关键词】羊侃
【释义】咏奢侈之典。《梁书·羊侃传》："侃性豪侈,善音律,自造《采莲》《棹歌》两曲,甚有新致。姬妾侍列,穷极奢靡。有弹筝人陆太喜,着鹿角爪长七寸。时人张净琬,腰围一尺六寸,时人咸推能掌中舞。又有孙荆玉,能反腰帖地,衔得席上玉簪。"
【例句】唐陆龟蒙《自遣诗》："羊侃多应自古豪,解盘金槃置纤腰。"宋田锡《采莲曲》："堪嗟羊侃锦绣妾,艳歌留怨朱丝弦。"宋陈造《漏泽院》："将军弓力今羊侃,病渴归来似长卿。"明陈子龙《欲借舒章…》："豪华羊侃伎,风调谢公姬。"

羊酪 yáng lào

【分类】文化
【关键词】陆机

【释义】借指乡土特产的美味。源见"千里莼羹"。
【例句】唐韩翃《送客之江宁》:"从来北地夸羊酪,自有莼羹味可人。"唐刘禹锡《送陆侍御…》:"凤城来已熟,羊酪不嫌膻。"宋杨亿《叶上归缙云》:"鲈鱼渐熟思归切,羊酪初尝得味无。"宋陆游《读史》:"南言莼菜似羊酪,北说荔枝如石榴。"

羊裘垂钓 yáng qiú chuí diào
【分类】政治
【关键词】严光
【释义】汉严光少有高名,与刘秀同游学,刘秀即帝位,光变名隐身,披羊裘钓泽中。后比喻隐居生活。《后汉书·逸民列传》:"帝思其贤,乃令以物色访之。后齐国上言:'有一男子,披羊裘钓泽中。'帝疑其光,乃备安车玄纁,遣使聘之。三反而后至。"
【例句】宋司马光《钓鱼庵》:"吾爱严子陵,羊裘钓石濑。"宋黄庭坚《薄薄酒》:"性刚太傅促和药,何如羊裘钓烟沙。"宋李鷹《送黄集虚…》:"欲纡龟纽黄金印,且学羊裘老钓翁。"聂绀弩《钓台》:"五月羊裘一钓竿,扁舟容与下江滩。"

羊叔子 yáng shū zǐ
【分类】政治
【关键词】羊祜
【释义】羊祜字叔子,晋武帝时坐镇襄阳十年,屯田兴学,广为戎备,做好了伐吴的军事和物质准备。临终前举荐杜预自代。死后获赠太傅。《晋书·羊祜传》:"祜卒二岁而吴平,群臣上寿,帝执爵流涕曰:'此羊太傅之功也。'"
【例句】唐张说《四月一日…》:"比肩羊叔子,千载岂无才。"唐沈佺期《哭苏眉州…》:"礼乐羊叔子,文章王仲宣。"宋梅尧臣《南阳谢紫…》:"还同羊叔子,罢市见遗思。"宋苏洵《襄阳怀古》:"借问羊叔子,何异葛孔明。"

羊孙谋 yáng sūn móu
【分类】政治
【关键词】刘武
【释义】指称阴谋之典。《史记·梁孝王世家》:"梁王怨袁盎及议臣,乃与羊胜、公孙诡之属阴使人刺杀袁盎及他议臣十余人。逐其贼,未得也。于是天子意梁王,逐贼…王乃令胜、诡皆自杀,出之。"
【例句】唐李德裕《清冷池怀古》:"牛祸衅将发,羊孙谋始回。"明郭之奇《景帝》:"本谋何必尽羊孙,田叔烧辞乃坐飧。"

羊踏菜园 yáng tà cài yuán
【分类】生活
【关键词】笑林
【释义】喻惯吃蔬菜的人偶食荤腥美食。《笑林》:"有人常食蔬茹,忽食羊肉,梦五藏神曰:'羊踏破菜园!'"
【例句】宋张镃《有怀新筠…》:"少有羊曾踏菜园,更教清苦嚼笋根。"宋葛立方《赠友人莫…》:"踏翻菜园底用羊,从他春雷吼枯肠。"明袁华《北山寓兴》:"菜园不愁羊踢破,便当烂醉眠糟床。"明张夏《沁园春》:"留春住,讵菜园羊踏,梦落沧江。"

羊昙泪 yáng tán lèi
【分类】政治
【关键词】羊昙谢安
【释义】感旧兴悲之典。《晋书·谢安传》:"羊昙者…为安所爱重。安薨后,辍乐弥年,行不由西州路。尝因石头大醉,扶路唱乐,不觉至州门。左右白曰:'此西州门。'昙悲感不已,以马策扣扉,诵曹子建诗曰:'生存华屋处,零落归山丘。'恸哭而去。"
【例句】唐司空曙《哭苗员外…》:"季子生前别,羊昙醉后悲。"唐温庭筠《经故翰林…》:"西州城外花千树,尽是羊昙醉后春。"唐杨巨源《酬卢员外》:"满筵旧府笙歌在,独有羊昙最泪流。"明杨守阯《拜湖后昃…》:"今朝一掬羊昙泪,洒向东风湿柳条。"

羊胃羊头 yáng wèi yáng tóu
【分类】政治
【关键词】刘玄
【释义】卑污的人求官争爵之典。《后汉书·刘玄传》:"其所授官爵者,皆群小贾竖,或有膳夫庖人,多着绣面衣、锦袴、襜褕、诸于,骂詈道中。长安为之语曰:'灶下养,中郎将。烂羊胃,骑都尉。烂羊头,关内侯。'"
【例句】宋王禹偁《三月十七…》:"一未量移一转勋,貂冠羊胃总非真。"宋宋庠《受记同编…》:"均赏已知羊胃烂,铭恩偏觉鼠肝微。"宋方岳《夜谒挑菜》:"莫怪清人难与语,满腔元只烂羊头。"宋周紫芝《次韵黄梦…》:"平生拙甚屋背鸠,羊头可烂身不侯。"

羊续悬鱼 yáng xù xuán yú
【分类】政治
【关键词】羊续
【释义】居官清廉、拒绝受贿之典。《后汉书·羊续传》:"续为南阳太守…时权豪之家多尚奢丽,续深疾之,常敝衣薄食,车马羸败。府丞尝献其生鱼,续受而悬于庭;丞后又进之,续乃出所悬者,以杜其意。"
【例句】唐颜萱《送羊振文…》:"悬鱼庭内芝兰秀,驭鹤门前薛荔封。"五代贯休《杜侯行》:"金昆玉季轻三鼓,煮海悬鱼臣节苦。"宋徐积《贺陆朝奉…》:"爱士主人新置榻,清身太守旧悬鱼。"宋杨亿《留别桐城…》:"薄宦交朋嗟绊骥,清贫人吏说悬鱼。"

羊斟 yáng zhēn
【分类】政治
【关键词】羊斟
【释义】喻指因私废公之人。《左传·宣公二年》:"将战,华元杀羊食士,其御羊斟不与。及战,曰:'畴昔之羊,子为政;今日之事,我为政。'与入郑师,故败。君子谓:'羊斟非人也,以其私憾,败国殄民。'"

【例句】唐郑薰《赠巩畴》："淡薄贵无味,羊斟惭大羹。"唐韦庄《同旧韵》："期君调鼎鼐,他日俟羊斟。"唐韩偓《奉和峡州…》："敏手何妨误汰金,敢怀不忿敦羊斟。"唐周昙《华元》："昔日羊斟曾不预,今朝为政事如何。"

羊质虎皮　yáng zhì hǔ pí
【分类】政治
【关键词】法言
【释义】比喻外强内弱,虚有其表。《法言·吾子》："羊质虎皮,见草而悦,见豺而战,忘其皮之虎也。"晋李轨注："羊假虎皮,见豺则战;人假伪名,考实则穷。"
【例句】唐李商隐《赠送前刘…》："惊疑豹文鼠,贪窃虎皮羊。"唐杜牧《即事》："萧条井邑如鱼尾,早晚干戈识虎皮。"宋释德洪《寄楷禅师》："虎皮羊质成何事,牛马襟裾亦谩陈。"宋汪元量《昝相公送…》："白茅安用红锦包,虎皮难以裹羊质。"

羊左之交　yáng zuǒ zhī jiāo
【分类】政治
【关键词】羊角哀
【释义】喻生死之交。《后汉书·申屠刚传》注引《烈士传》："羊角哀、左伯桃二人为死友,欲仕于楚,道阻,遇雨雪不得行,饥寒,自度不俱生。伯桃谓角哀曰：'俱死之后,骸骨莫收,内手扪心,知不如子。生恐无益而弃子之能,我乐在树中。'角哀听之,伯桃入树中而死。楚平王爱角哀之贤,以上卿礼葬伯桃。角哀梦伯桃曰：'蒙子之恩而获厚葬,正苦荆将军家相近。今月十五日,当大战以决胜负。'角哀至期日,陈兵马诣其冢,作三桐人,自杀,下而从之。"
【例句】宋胡宗愈《咏左伯桃…》："古有二烈士,羊左哀与桃。"宋蒋之奇《左伯桃墓…》："结交有羊左,是惟一时才。"宋史弥巩《咏左伯桃…》："死生可托永无睽,自古中山说羊左。"清曾国藩《酬岷樵》："江侯尔岂今世人,要须羊左与伯仲。"

阳春白雪　yáng chūn bái xuě
【分类】生活
【关键词】宋玉
【释义】楚歌曲。楚宋玉《对楚王问》："下里巴人…和者数千…阳春白雪…和者不过数十。"喻高深不通俗的艺术。
【例句】唐欧阳衮《听郭客歌…》："临风飘白雪,向日奏阳春。"宋邵雍《寄右长安…》："前有古人称寡和,阳春白雪岂虚名。"宋王安石《次韵张德…》："赏尽高山见流水,唱残白雪值阳春。"聂绀弩《清厕同枚子》："白雪阳春同掩鼻,苍蝇盛夏共弯腰。"

阳复　yáng fù
【分类】政治
【关键词】周易
【释义】犹言一阳来复。同一阳生。冬至代称。比喻政治清明。源见"一阳生"。

【例句】唐钱起《仲春晚寻…》："萦回必中路,阴晦阳复显。"宋韦骧《冬至三日…》："世情共喜新阳复,仙境聊成极目游。"宋刘攽《次韵和韩…》："律验知阳复,天旋测气跻。"宋梅尧臣《依韵和王…》："天雪霰成先暴集,地中阳复已如期。"

阳关第四声　yáng guān dì sì shēng
【分类】生活
【关键词】王维
【释义】劝饮话别之语。《阳关三叠》第四声即"劝君更饮一杯酒",意在劝饮。源见"阳关三叠"。
【例句】唐白居易《对酒》："相逢且莫推辞醉,听唱《阳关》第四声。"宋郑清之《闻蝉》："人行沌口三程路,蝉作阳关第四声。"元张昱《追次薛涛诗》："伤春伤别寻常事,莫唱阳关第四声。"明张弼《送张维亨…》："琅琊台下看新晴,听得阳关第四声。"

阳关三叠　yáng guān sān dié
【分类】生活
【关键词】王维
【释义】又称《渭城曲》。形容送别之情。唐代诗人王维送别诗《送元二使安西》："渭城朝雨浥浥尘…西出阳关无故人。"入乐府,反复诵唱,谓之阳关三叠。《苏轼文集·仇池笔记》："旧传《阳关三叠》今歌者每句再叠而已…有文勋者,得古本《阳关》,每句皆再唱,而第一句不叠,乃知唐本三叠如此。"
【例句】唐李商隐《赠歌妓》："红绽樱桃含白雪,断扬声里唱阳关。"宋苏轼《和孔密州》："阳关三叠君须秘,除却胶西不解歌。"宋李新《题冯园》："阳关三叠何须唱,正是征鞍欲去时。"宋罗从彦《送南剑王…》："未把阳关三叠吟,且将谬句写离心。"

阳和　yáng hé
【分类】生活
【关键词】史记
【释义】春天的暖气。温暖,和暖。《史记·秦始皇本纪》："维二十九年,时在中春,阳和方起。"借指春天。或祥和的气氛。南朝宋刘义庆《世说新语·方正》："虽阳和布气,鹰化为鸠,至于识者,犹憎其眼。"
【例句】唐李白《古风》："阳和变杀气,发卒骚中土。"唐杨巨源《上裴中丞》："政引风霜成物色,语回天地到阳和。"宋李昂英《瑞鹤仙》："想阳和早598南州,暖得柳娇桃冶。"明刘基《梅花》："不是孤芳贞不挠,阳和争得上枯枝。"

阳侯　yáng hóu
【分类】文化
【关键词】战国策
【释义】古代传说中的波涛之神。借指波涛。《战国策·韩策二》："塞漏舟而轻阳侯之波,则舟覆矣。"南宋鲍彪注："说阳侯多矣。今按《四八目》,伏羲六佐,一曰'阳侯',为江海。盖因此为波神欤？"

【例句】唐骆宾王《晚泊江镇》:"四运移阴律,三翼泛阳侯。"唐元稹《鹿角镇》:"谁能问帝子,何事宠阳侯。"唐罗隐《钱塘江潮》:"至竟朝昏谁主掌,好骑颓鲤问阳侯。"唐胡曾《孟津》:"见说武王东渡日,戎衣曾此叱阳侯。"

阳精① yáng jīng
【分类】文化
【关键词】礼记
【释义】指太阳。或指上天之神。《礼记·月令》:"月令第六。"唐孔颖达疏:"月是阴精,日为阳精。"
【例句】唐王翰《飞燕篇》:"明月薄蚀阳精昏,娇妒倾城惑至尊。"唐杨行真人《还丹歌》:"阳精若坚魂自立,阴精若坚魄自成。"宋文天祥《壬午》:"于时垒飙雾,阳精黯无芒。"宋张嵲《九月十四…》:"阳精天际灭,暮色望中生。"

阳精② yáng jīng
【分类】文化
【关键词】龙
【释义】指传说中的龙。《三国志·管辂传》:"清河令徐季龙使人行猎,令辂筮其所得。"南朝宋裴松之注引《辂别传》:"辂言:'是以龙者阳精,以潜为阴,幽灵上通,和气感神,二物相扶,故能兴云。'"
【例句】唐陈子昂《感遇诗》:"吾观龙变化,乃知至阳精。"唐李颀《送王道士…》:"心穷伏火阳精丹,口诵淮王万毕术。"明赵㧑谦《咏怀次倪安道》:"阳精异飞禽,元天非破釜。"唐韩偓《十月七日…》:"阳精欲出阴精落,天地包含紫气中。"

阳九百六 yáng jiǔ bǎi liù
【分类】文化
【关键词】灵宝天地
【释义】喻指灾难和厄运。道家《灵宝天地运度经》载:三千三百年为小阳九、小百六,九千九百年为大阳九、大百六。天厄为阳九,地亏为百六。
【例句】宋文天祥《己卯十月…》:"儿时爱读忠臣传,不谓身当百六秋。"宋刘挚《庾信宅》:"大厦岂一士,终此阳九厄。"宋刘敞《重阳》:"或云避阳九,可以纳元吉。"宋洪炎《庚戌岁六…》:"哀哉三万室,钟此百六期。"宋韩驹《上太师公…》:"运钟百六扰神州,国祚当时剧赘旒。"

阳秋 yáng qiū
【分类】政治
【关键词】郑太后
【释义】指孔子所著《春秋》。晋时因避晋简文帝文宣郑太后阿春讳,改春为阳。晋孙盛撰《晋阳秋》,皆阳字代春字。
【例句】唐高适《奉酬睢阳…》:"系高周柱史,名重晋阳秋。"唐刘禹锡《送韦秀才》:"游夏无措词,阳秋垂不刊。"唐李德裕《阳给事》:"就烹感汉使,握节悲阳秋。"聂绀弩《访丘东平…》:"小仲谋追大仲谋,有人间倚几阳秋。"

阳台梦 yáng tái mèng
【分类】生活
【关键词】宋玉
【释义】借指男女欢会。源见"巫山云雨"。
【例句】唐戎昱《送零陵妓》:"殷勤好取襄王意,莫向阳台梦使君。"唐李商隐《夜思》:"古有阳台梦,今多下蔡倡。"唐薛逢《夜宴观妓》:"无因得荐阳台梦,愿拂余香到缊袍。"唐袁郊《云》:"荒淫却入阳台梦,惑乱怀襄父子心。"

阳乌 yáng wū
【分类】文化
【关键词】左思
【释义】神话传说中在太阳里的三足乌。《昭明文选·晋左思〈蜀都赋〉》:"羲和假道于峻歧,阳乌回翼于高标。"李善注:"《春秋元命包》曰:'阳成于三,故日中有三足乌,乌者,阳精。'"
【例句】唐崔希逸《燕支行营》:"阳乌黯黯映山平,阴兔微微光渐生。"唐李白《上云乐》:"阳乌未出谷,顾兔半藏身。"唐霍总《郡楼望九…》:"阳乌生子偶成数,丹凤养雏同此名。"唐裴夷直《秋日》:"六眸龟北凉应早,三足乌南日正长。"

阳乌子数 yáng wū zǐ shù
【分类】生活
【关键词】初学记
【释义】咏九之典。《初学记·续汉书》:"桓帝时,童谣曰:'城上乌,尾毕逋,一年生九雏。'"阳乌,鸟名,又称阳鸦,似鹊而体形极小,身黑颈长白。逋,曲而多姿。
【例句】唐霍总《郡楼望九…》:"阳乌生子偶成数,丹凤养雏同此名。"宋员兴宗《贺雨》:"旱魃为灾炽祥暑,扑鹿阳乌乘九数。"

扬雄 yáng xióng
【分类】文化
【关键词】扬雄
【释义】西汉著名辞赋家、哲学家、语言学家。字子云,成都人。成帝时以文见召,作《甘泉》《河东》等四赋,晚年研究哲学,作《法言》《方言》等。晋王羲之《与周益州书》:"严君平、司马相如、扬子云皆有后不?"
【例句】唐上官仪《酬薛舍人…》:"东望安仁省,西临子云阁。"唐崔融《哭蒋詹事俨》:"不轻文举少,深叹子云疲。"唐张说《酬崔光禄…》:"才雄子云笔,学广仲舒帷。"唐张祜《又陪楚州…》:"贾谊犹兴叹,扬雄重返骚。"唐张祜《丹阳新居…》:"潘岳因成赋,扬雄便草《玄》。"聂绀弩《风怀》:"汤圆抄手当尝了,司马扬雄有后乎?"

扬雄宅 yáng xióng zhái
【分类】生活
【关键词】扬雄
【释义】扬雄家贫,闭门著书,门可罗雀。后喻指文士的贫居。《汉书·扬雄传上》:"扬季官至庐江太守。汉元鼎间避仇复溯江上,处岷山之阳曰郫,有田一㕓,有宅一区,世世以农桑为业……家产不过十金,乏无儋石之储,晏如也。"
【例句】唐杨发《小园秋兴》:"昔日扬雄宅,还无卿相舆。"唐权德舆《数名诗》:"一区扬雄宅,恬然无所欲。"宋王安石《题杨溪》:"桥横葛仙陂,住近扬雄宅。"宋吕本中《次潘节夫韵》:"声名向晚更寂寞,何似扬雄宅一区。"

杨白花 yáng bái huā
【分类】生活
【关键词】杨华
【释义】柳絮。借指所爱慕之人。《梁书·杨华传》:"华少有勇力,容貌雄伟,魏胡太后逼通之,华惧及祸,乃率其部曲来降。胡太后追思之不能已,为作《杨白花歌辞》,使宫人昼夜连臂踏足歌之,辞甚凄惋焉。"
【例句】唐杜甫《丽人行》:"杨花雪落覆白蘋,青鸟飞去衔红巾。"唐柳宗元《杨白花》:"杨白花,风吹度江水。"宋王安石《东门》:"调笑此水上,能歌杨白花。"金刘迎《河桥》:"晚来风色渡头急,满地萧萧杨白花。"

杨伯起哀荣 yáng bó qǐ āi róng
【分类】政治
【关键词】杨震
【释义】东汉杨震蒙冤死后被平反昭雪,哀荣即指此。《后汉书·杨震传》:"杨震字伯起",历仕显要,后蒙冤饮鸩而卒。顺帝即位,"朝廷咸称其忠,乃下诏除二子为郎,赠钱百万,以礼改葬于华阴潼亭,远近毕至。"
【例句】唐宋之问《范阳王挽词》:"谁知杨伯起,今日重哀荣。"唐郑谷《巴ықー旅寓…》:"哀荣悲往事,漂泊念多年。"宋胡宿《送石舍人…》:"先贤富贵重夸乡,况复哀荣感履霜。"宋文彦博《尚书令魏…》:"清庙已闻从配飨,哀荣不独在佳城。"

杨补之 yáng bǔ zhī
【分类】生活
【关键词】杨补之
【释义】南宋著名的书画家。传说中他画的梅花图,能吸引蜜蜂和蝴蝶。《全宋词》:"杨补之字无咎,洪洲人,长于水墨人物,祖伯时。"《画鉴》:"杨补之墨梅甚清绝,水仙亦奇,自号逃禅老人。"
【例句】宋赵蕃《从徐处士…》:"江南处士杨无咎,畴昔最工梅写真。"宋张道洽《咏梅杂诗》:"风流百世林和靖,洒落三生杨补之。"宋徐元杰《赠毛梅谷》:"弹琴朋会钟子期,画梅莫逊杨补之。"元凌云翰《墨梅》:"每爱高人杨补之,小窗横幅写疏枝。"清朱彝尊《高为余画…》:"细似杨无咎,疏于顾定之。"清弘历《题杨无咎…》:"无咎野梅凤擅名,别裁蝴蝶写如生。"

杨贵妃 yáng guì fēi
【分类】生活
【关键词】杨贵妃
【释义】杨玉环,号太真。唐玄宗贵妃。安史之乱在马嵬驿死于乱军之中。《太平广记·长恨传》:"诏高力士,潜搜外宫,得弘农杨玄琰女于寿邸。既笄矣,鬓发腻理,纤秾中度,举止闲冶,如汉武帝李夫人。别疏汤泉,诏赐澡莹。既出水,体弱力微,若不任罗绮,光彩焕发,转动照人。"
【例句】唐杜甫《解闷》:"先帝贵妃今寂寞,荔枝还复入长安。"唐白居易《胡旋女》:"贵妃胡旋惑君心,死弃马嵬念更深。"唐白居易《李夫人》:"又不见泰陵一掬泪,马嵬坡下念杨妃。"唐郑畋《马嵬坡》:"玄宗回马杨妃死,云雨虽亡日月新。"

杨家风子 yáng jiā fēng zǐ
【分类】文化
【关键词】杨凝式
【释义】杨凝式,唐昭宗时进士,书法家。风子有风流潇洒之意。《旧五代史·杨凝式》:"凝式长于歌诗,善于笔札,洛川寺观蓝墙粉壁之上,题纪殆遍,时人以其纵诞,有'风子'之号焉。"
【例句】宋蒋捷《贺新郎》:"据我看来何所似,一似韩家五鬼。又一似、杨家风子。"

杨柳依依 yáng liǔ yī yī
【分类】生活
【关键词】诗经
【释义】咏惜别或感情留恋之典。《诗经·小雅·采薇》:"昔我往矣,杨柳依依。今我来思,雨雪霏霏。"
【例句】唐宋璟《送苏尚书…》:"园亭若有送,杨柳最依依。"唐岑参《题平阳郡…》:"可怜汾上柳,相见也依依。"五代徐铉《送阮监丞…》:"杨柳依依水岸斜,鹢舟东去思无涯。"宋孙觌《吴门道中》:"数间茅屋水边村,杨柳依依绿映门。"宋余迪《登翠微亭》:"迎风杨柳依依绿,带雨桃花淡淡红。"

杨柳枝 yáng liǔ zhī
【分类】生活
【关键词】鉴诫录
【释义】古乐府曲调名。盖由乐府横吹曲《折扬柳》演变而来。《鉴诫录·亡国音》:"《柳枝》者,亡隋之曲。炀帝将幸江都,开汴河,种柳…有是曲也。"
【例句】唐皇甫冉《顺心上人…》:"细草汀洲色,轻风杨柳枝。"唐韦应物《送冯著受…》:"郁郁杨柳枝,萧萧征马悲。"唐白居易《山游示小妓》:"莫唱杨柳枝,无肠与君断。"唐刘禹锡《杨柳枝》:"请君莫奏前朝曲,听唱新翻杨柳枝。"

杨仆楼船 yáng pū lóu chuán
【分类】政治
【关键词】杨仆
【释义】喻王师南征。《汉书·杨仆传》:"杨仆,宜阳人也。以千夫为吏。河南守举为御吏,使督盗贼关东。南越反,拜为楼船将军，有功，封将梁侯。"
【例句】唐杜甫《衡州送李…》："斧钺下青冥，楼船过洞庭。"唐皇甫冉《送袁郎中…》："黄香省闼登朝去，杨仆楼船振旅归。"唐李华《咏史》："汉时征百粤，杨仆将楼船。"唐张又新《大罗山》："越王曾保此山巅，杨仆楼船几控弦。"

杨仆移关　yáng pú yí guān
【分类】生态
【关键词】杨仆
【释义】汉武帝楼船将军杨仆认为自己是关外人（即籍贯为函谷关以东的人）不光彩。请求把函谷关向东迁移三百里，以其自家资财为经费。《汉书·武帝纪》："三年冬，徙函谷关于新安。以故关为弘农县。"
【例句】唐刘禹锡《寄杨虢州…》："阮郎无复里中旧，杨仆却为关外人。"唐李德裕《初归平泉…》："惆怅怀杨仆，惭为关外人。"唐李商隐《荆山》："杨仆移关三百里，可能全是为荆山。"宋张咏《登麟州城楼》："皇恩正无外，不拟更移关。"

杨氏果　yáng shì guǒ
【分类】文化
【关键词】梅
【释义】本指杨梅。唐人因杨贵妃嗜食荔枝，亦偶称之。《世说新语·言语》："梁国杨氏子，九岁，甚聪惠。孔君平诣其父，父不在，乃呼儿出，为设果。果有杨梅，孔指以示儿曰：'此是君家果。'儿应声答曰：'未闻孔雀是夫子家禽。'"
【例句】唐张祜《送苏绍之…》："珠繁杨氏果，翠耀孔家禽。"

杨修　yáng xiū
【分类】文化
【关键词】杨修
【释义】太尉杨震的玄孙，太尉杨彪的儿子，文学家。《后汉书·杨修传》："修字德祖，好学，有俊才，为丞相曹操主簿…如是者三，操怪其速，使廉之，知状，乃忌修。且以袁术之甥，虑为后患，遂因事杀之。"
【例句】唐李端《送单少府…》："范丐非童子，杨修岂小儿。"唐寒山《诗三百》："杨修见幼妇，一览便知妙。"宋李鹰《孔北海堂》："假手陷正平，谑玩戮杨修。"宋刘克庄《悼阿驹》："富贵威权得自由，收融二子杀杨修。"宋刘克庄《题读碑图》："哀哉德祖丹颈祸，伏于伯嗜黄绢辞。"宋释道潜《酬赵存道…》："世无杨德祖，讵识黄绢词。"宋项安世《隆中次吴…》："哀哉杨德祖，所恨机太早。"

杨玉环　yáng yù huán
【分类】生活
【关键词】杨贵妃
【释义】杨贵妃小字。《杨太真外传》："杨贵妃小字玉环，弘农华阴人也。"本指玉制的环。也喻圆月。
【例句】唐罗虬《比红儿诗》："明媚何曾让玉环，破瓜年几百花颜。"宋王迈《和马伯庸》："玉泉山下水潺潺，不比温

泉洗玉环。"宋苏轼《孙莘老求…》："短长肥瘦各有态，玉环飞燕谁敢憎。"宋周麟之《望秦川歌》："锦囊留得玉环香，不见佳人空断肠。"

杨恽种豆　yáng yùn zhǒng dòu
【分类】政治
【关键词】杨恽
【释义】意谓抒发耕隐的情怀。杨恽，司马迁外甥，曾官汉宣帝光禄勋。《汉书·杨敞传》附《杨恽传》："恽，宰相子，少显朝廷，一朝以腌昧语言见废，内怀不服…其诗曰：'田彼南山，芜秽不治，种一顷豆，落而为萁。人生行乐耳，须富贵何时！'"
【例句】唐陆龟蒙《江南秋怀…》："种豆悲杨恽，投岩忆卫旂。"宋苏轼《自昌化双…》："共疑杨恽非锄豆，谁信刘章解立苗。"宋姜特立《和唐伯宪》："渊明松有径，杨恽豆宜田。"明潘江《还家作》："将种邵平瓜，杂植杨恽豆。"

杨震子孙　yáng zhèn zǐ sūn
【分类】政治
【关键词】杨震
【释义】官吏清廉之典。《后汉书·杨震传》："后转涿郡太守。性公廉，不受私谒。子孙常蔬食步行，故旧长者或欲令为开产业，震不肯，曰：'使后世称为清白吏子孙，以此遗之，不亦厚乎！'"
【例句】唐鲍防《送薛补阙…》："每叹陆家兄弟少，更怜杨氏子孙贫。"宋刘克庄《壬辰春上…》："当日伯夷弟兄瘦，至今杨震子孙清。"明石宝《与岳岳州话》："楚国鱼盐风土异，杨家清白子孙成。"明边贡《题杨四山卷》："朝对图书夕宾友，杨家子孙千世守。"

杨枝　yáng zhī
【分类】生活
【关键词】白居易
【释义】指唐代白居易家歌妓樊素，善唱《杨枝》。亦泛指侍妾或所思恋的女子。源见"樊素"。
【例句】宋仲并《舟行用前…》："杨枝巧作腰支弱，不分小桃红入萼。"宋苏轼《朝云诗》："不似杨枝别乐天，恰如通德伴伶玄。"宋叶适《橘枝词》："判霜剪露装船去，不唱杨枝唱橘枝。"宋舒岳祥《次和正仲…》："杨枝洒润菩提雨，薇水流香仙子家。"

杨朱　yáng zhū
【分类】生活
【关键词】杨朱
【释义】亦称杨子、阳子居或阳生，善辩。主张贵己、重生。借指愁苦感伤或自私之人。《孟子·尽心上》："孟子曰：'杨子取为我，拔一毛而利天下，不为也。'"汉赵歧注："杨子，杨朱也。为我，为己也。拔己一毛以利天下之民不肯为也。"
【例句】唐钱起《山下别杜…》："庄叟几虚说，杨朱空自迷。"唐杜甫《冬深》："易下杨朱泪，难招楚客魂。"唐李绅《趋

翰苑遭…》：" 终当赋归去，那更学杨朱。"唐李商隐《离席》："杨朱不用劝，只是更沾巾。"唐刘商《重阳日寄…》："来岁公田多种黍，莫教黄菊笑杨朱。"

杨朱泣歧路　yáng zhū qì qí lù
【分类】生活
【关键词】杨朱
【释义】表达对世道崎岖，担心误入歧途的感伤忧虑。《淮南子·说林训》："杨朱见逵路而哭之，为其可以南，可以北。"《太平御览》引作："杨朱见歧路而哭。"
【例句】唐王维《过沈居士…》："杨朱来此哭，桑扈返于真。"唐卢纶《冬日登城…》："长卿未遇杨朱泣，蔡泽无媒原宪贫。"唐权德舆《奉和许阁…》："风波疲贾谊，岐路泣杨朱。"唐温庭筠《博山》："见说杨朱无限泪，岂能空为路岐分。"唐李商隐《荆门西下》："洞庭湖阔蛟龙恶，却羡杨朱泣路岐。"

旸谷　yáng gǔ
【分类】生活
【关键词】尚书
【释义】古称日出之处。《尚书·尧典》："分命羲仲，宅嵎夷，曰旸谷，寅宾出日。"汉孔安国《传》："旸，明也。日出于谷而天下明，故称旸谷。"孔颖达疏："日所出处，名曰旸明之谷。"
【例句】唐裴次元《南至日隔》："旸谷初移日，金炉渐起烟。"唐李咸用《雪》："阵经旸谷薄，势想朔方偏。"唐李贺《日出行》："旸谷耳曾闻，若木眼不见。"唐曹唐《小游仙诗》："旸谷先生下宴时，月光初冷紫琼枝。"

炀灶　yáng zào
【分类】政治
【关键词】韩非子
【释义】比喻佞臣当道，蒙蔽国君。《韩非子·内储说上》："夫灶一人炀（炙烤）焉，则后人无从见矣。今或者一人，有炀君者乎？"
【例句】唐柳宗元《夏日苦热…》："探汤汲阱井，炀灶开重扉。"宋宋祁《一百五日作》："客心将炀灶，同是一寒灰。"宋苏颂《奚山道中》："食饴宛类吹箫市，逆旅时逢炀灶翁。"宋苏辙《休沐日》："炀灶筚门无量燠，夏畦褐父若为芸。"

佯狂　yáng kuáng
【分类】生活
【关键词】箕子
【释义】假做癫狂，装疯。后泛指狂放。《史记·宋微子世家》："箕子曰：'为人臣谏不听而去，是彰君之恶而自说于民，吾不忍为也。'乃被发佯狂而为奴。遂隐而鼓琴以自悲，故传之曰《箕子操》。"
【例句】唐秦系《鲍防员外…》："犹有郎官来问疾，时人莫道我佯狂。"唐郑谷《溪陂》："潇然四顾难消遣，只有佯狂泥酒杯。"唐齐己《过陆鸿渐…》："佯狂未必轻儒业，高尚何

妨诵佛书。"聂绀弩《赠伍禾》："去日佯狂憎酒少，老来痛苦恨天低。"

养虎为患　yǎng hǔ wéi huàn
【分类】政治
【关键词】项羽
【释义】喻纵容敌人，留下后患，自己反受其害。《史记·项羽本纪》："楚兵罢食尽，此天亡楚之时也，不如因其机而遂取之。今释弗击，此所谓'养虎自遗患'也。"
【例句】唐韩偓《感事》："嗾獒翻丑正，养虎欲争全。"宋孙觌《次苦竹渡》："养虎恐遗患，媚蟆终自肓。"宋范成大《题夫差庙》："不知养虎自遗患，只道求鱼无后灾。"元刘基《题释骖图》："丈夫深戒妇人仁，养虎遗患悔莫及。"

养老马　yǎng lǎo mǎ
【分类】政治
【关键词】田子方
【释义】比喻不抛弃曾出过力、有过贡献的老人。《韩诗外传》："御曰：'故公家畜也。罢而不为用，故出放之也。'田子方曰：'少尽其力，而老弃其身，仁者不为也。'束帛而赎之。穷士闻之，知所归心矣。"
【例句】唐李白《送薛九被…》："田家养老马，壮士归其门。"唐杜甫《桥陵诗三…》："主人念老马，廨署容秋萤。"明张楷《老将行》："愿得子方怜老马，还同魏尚叙前勋。"明李梦阳《赠张生》："老马弃不育，闷杀田子方。"

养生遭杀　yǎng shēng zāo shā
【分类】政治
【关键词】嵇康
【释义】欲求生而遭祸之典。《晋书·嵇康传》："以为神仙禀之自然，非积学所得，至于异养得理，则安期、彭祖之伦可及，乃著《养生论》。""帝既昵听信会，遂并害之。康将行东市，太学生三千人请以为师，弗许。"
【例句】唐杜甫《醉为马坠》："何必走马来为问，君不见嵇康养生遭杀戮。"唐鲍溶《巢乌行》："杀生养生复养生，呜呜喷喷何时平。"宋梅尧臣《答中道小…》："嵇康性弥懒，曾不废养生。"宋范纯仁《病起和李…》："养生不达嵇康论，知止聊遵老氏书。"

幺凤　yāo fèng
【分类】文化
【关键词】鸟
【释义】鸟名。又称桐花凤。羽毛五色，体型比燕子小。《苏轼诗集·〈次韵李公择梅花〉》："故山亦何有，桐花集幺凤。"
【例句】宋曹组《夜归曲》："暗回微煖入江梅，何处荒榛挂幺凤。"宋胡寅《记梦》："绿毛幺凤只倒挂，翠襟鹦鹉空好音。"宋释德洪《宿灵山…》："北岫飞来幺凤落，东邻相去一牛鸣。"元冯子振《庭梅》："夜静月明幺凤下，半窗疏影隔帘笼。"

幺弦　yāo xián

【分类】生活
【关键词】陆机
【释义】指琵琶的第四弦,亦借指琵琶。《昭明文选·晋陆机〈文赋〉》:"犹弦幺而徽急,故虽和而不悲。"唐李善注引《说文》曰:"幺,小也,于遥切。"东汉许慎注曰:"鼓琴循弦谓之徽,悲雅俱有,所以成乐,直雅而无悲则不成。"
【例句】唐刘禹锡《奉和淮南…》:"聆音还窃抃,不觉抚幺弦。"宋韩维《和象之同…》:"鱼跳闻密管,鸟语似幺弦。"宋宋祁《送潘秘校…》:"倦游惊密雪,离思着幺弦。"宋宋祁《贺中丞晏…》:"幺弦促柱愁成曲,远水迎船巧作漪。"

夭桃　yāo táo

【分类】生活
【关键词】诗经
【释义】艳丽的桃花。喻指少女容颜美丽。《诗经·周南·桃夭》:"桃之夭夭,灼灼其华。"形容桃花繁茂鲜艳盛开的样子。
【例句】唐来鹏《惜花》:"东风渐急夕阳斜,一树夭桃数日花。"唐崔珏《有赠》:"两脸夭桃从镜发,一眸春水照人寒。"唐王谌《后庭怨》:"君不见红闺少女端正时,夭桃李仙姿。"唐昌温《夜后把火…》:"夭桃红烛正相鲜,傲吏闲斋困独眠。"

妖丽　yāo lì

【分类】生活
【关键词】抱朴子
【释义】艳丽。指艳丽的女子或花朵。《抱朴子·刺骄》:"昔者西施心痛而卧于道侧,姿颜妖丽,兰麝芬馥,见者咸美其容而念其疾,莫不蹒躇焉。"
【例句】宋王琪《咏玉蕊花》:"清芬信幽远,素彩非妖丽。"宋郑清之《偶记赋王…》:"伐国曾闻用女戎,忍留妖丽汉宫中。"宋韩琦《牡丹》:"不教四季呈妖丽,造化如何是主张。"宋张侃《岁时即事》:"群花极妖丽,不似梅花清。"

妖梦　yāo mèng

【分类】生活
【关键词】公孙述
【释义】咏迷信梦中之言的典故。《后汉书·公孙述传》:"述梦有人语之曰:'八厶子系,十二为期。'觉,谓其妻曰:'虽贵而祚短,若何?'妻对曰:'朝闻道,夕死尚可,况十二乎!'"
【例句】唐李顾《杂兴》:"武昌妖梦果为灾,百代英威埋鬼府。"唐元稹《楚歌》:"襄王忽妖梦,宋玉复淫辞。"宋葛胜仲《谢通判惠…》:"饮罢清风引仙阙,睡余妖梦破朝云。"宋周必大《横州太守…》:"横槎只道南通海,妖梦那知夜裂山。"

妖星　yāo xīng

【分类】生活
【关键词】左传
【释义】古代指预兆灾祸的星,指彗星等。《左传·昭公十年》:"居其维首,而有妖星焉,告邑姜也。"晋杜预注:"妖星在婺女,齐得岁,故知祸归邑姜。"
【例句】唐高适《宋中》:"三请皆不忍,妖星终自移。"唐杜甫《收京》:"仙仗离丹极,妖星照玉除。"唐曹邺《秦后作》:"鼙鼓裂二景,妖星动中国。"唐鲍溶《蔡平喜遇…》:"看寻狡兔翻三窟,见射妖星落九天。"

腰缠万贯　yāo chán wàn guàn

【分类】生活
【关键词】殷芸小说
【释义】谓腰里装着很多钱,形容非常富有。源见"骑鹤上扬州"。
【例句】宋释道颜《颂古》:"最好腰缠十万贯,更来骑鹤下扬州。"宋释慧空《送支提化士》:"安得腰缠十万贯,亦随君去饭天冠。"清刘伯琛《来鹤有序》:"腰缠万贯知无分,口吐双珠或有缘。"清许南英《寄祝黄仲…》:"弱冠一衿登首选,中年万贯满腰缠。"

腰金拖紫　yāo jīn tuō zǐ

【分类】政治
【关键词】沈攸之
【释义】喻身居高官。金,金印;紫,紫绶。《宋书·沈攸之传》:"沈攸之少长庸贱,擢自阊伍,邀百战之运,乘一捷之功,镌山裂地,腰金拖紫,穷贵于国,极富于家。"
【例句】唐白居易《哭从弟》:"一片绿衫消不得,腰金拖紫是何人?"唐袁皓《重归宜春…》:"拖紫腰金成底事,凭阑惆怅欲如何。"唐徐夤《长安即事》:"拖紫腰金不要论,便堪归隐白云村。"宋黄庭坚《昼夜乐》:"直待腰金拖紫后,有夫人、县君相与。"

腰章除道　yāo zhāng chú dào

【分类】政治
【关键词】朱买臣
【释义】形容某人一朝飞黄腾达,尊荣显贵。《汉书·朱买臣传》:"买臣入室中,守邸与共食,食且饱,少见其绶。守邸怪之,前引其绶,视其印,会稽太守章也…长安厩吏乘驷马车来迎,买臣遂乘传去。会稽闻太守且至,发民除道,县吏并送迎,车百余乘。入吴界,见其故妻、妻夫治道。"
【例句】唐杜甫《壮游》:"蒸鱼闻匕首,除道哂要章。"唐羊士谔《郡中言怀…》:"身外尽归天竺偈,腰间唯有会稽章。"宋李之仪《金山寄怀…》:"除道声中出师,老将定胡卢。"宋李新《北窗偶成…》:"未敢移文谢逋客,且看除道过蒲轮。"元刘绍《送李致周…》:"要章聿南骛,谷旦伤解袂。"明宋琬《寄赵雍容》:"双凫共羡使君来,手板要章绶初绾。"

尧典舜典　yáo diǎn shùn diǎn

【分类】政治

【关键词】尧舜

【释义】尧典:《尚书》篇目之一,记载了唐尧的功德、言行。舜典:《尚书》篇目之一,记载了虞舜的言行。

【例句】唐李商隐《韩碑》:"点窜尧典舜典字,涂改清庙生民诗。"唐张九龄《奉和圣制…》:"唐风忽何深,尧典敷更宽。"唐罗隐《广陵李仆…》:"天柄已持尧典在,更堪回首问缘情。"唐李频《府试丹浦…》:"吾皇则尧典,薄伐至桑乾。"宋吴则礼《赠江器博》:"先生真已弃百事,旧参尧典舜典字。"宋卫博《次韵赠汪…》:"独念典谟诬旧注,直将尧舜望吾君。"明黄佐《送刘尚宝…》:"望祀正修虞舜典,壮游那负汉迁才。"

尧封　yáo fēng

【分类】政治

【关键词】尚书

【释义】传说尧时命舜巡视天下,划为十二州,并在十二座大山上封土为坛,以作祭祀。《尚书·舜典》:"肇有十二州,封十有二山。"后因以尧封称中国的疆域。另:《史记》:周封尧后于蓟,故曰尧封。

【例句】唐张说《奉和圣制…》:"星轩三晋曜,土乐二尧封。"唐武平一《奉和幸白…》:"谬因沾舜渥,长愿奉尧封。"唐杜甫《诸将》:"沧海未全归禹贡,蓟门何处尽尧封?"宋喻良能《天申节望…》:"西逾葱岭东辽海,长属尧封禹贡中。"

尧阶　yáo jiē

【分类】政治

【关键词】尧

【释义】咏帝王生活俭朴之典。《太平御览》引《尹文子》:"尧为天子,衣不重帛,食不兼味。土阶三尺,茅茨不剪。"传说尧帝居住的是茅草房,台阶也是以土筑成的。

【例句】唐贺知章《奉和御制…》:"荆临章观赵丛台,何如尧阶将禹室。"唐褚载《长城》:"焉知万里连云色,不及尧阶三尺高。"唐徐夤《闻司空侍…》:"园绮生虽逢汉室,巢由死不谒尧阶。"五代贯休《送张拾遗》:"社稷安危在直言,须历尧阶挝谏鼓。"

尧阶蓂荚　yáo jiē míng jiá

【分类】政治

【关键词】竹书纪年

【释义】喻指时光、日期。咏祥瑞。《竹书纪年》:"(尧时)又有草夹阶而生,月朔始生一荚,月半而生十五荚,十六日以后日落一荚,及晦而尽,月小则一荚焦而不落。名曰蓂荚,一曰历荚。"

【例句】唐宋之问《上阳宫侍…》:"砌蓂霜月尽,庭树雪云深。"唐苏颋《人日燕大…》:"七叶仙蓂承月吐,千株御柳拂烟开。"宋萧燧《高宗皇帝…》:"尧阶蓂荚在,无复望慈颜。"明陈琏《和少师杨…》:"喜看蓂荚长尧阶,雨露恩深及草莱。"

尧龄　yáo líng

【分类】生活

【关键词】史记

【释义】喻指长寿。《史记·五帝本纪》:"帝尧者,放勋。"南朝裴骃集解引皇甫谧曰:"尧以甲申岁生,甲辰即帝位,甲午征舜,甲寅舜代行天子事,辛巳崩,年百一十八,在位九十八年。"

【例句】宋韦骧《大行太皇…》:"寿享尧龄浅,哀添舜慕深。"宋田锡《乾明节祝…》:"多士进诗随贡禹,千官献酒祝尧龄。"宋孔武仲《至日拜表》:"汉历敢期随日永,尧龄共祝与天同。"宋陈造《王母致语…》:"为祝尧龄辞翠水,闲留羲驭顿扶桑。"

尧民图　yáo mín tú

【分类】政治

【关键词】高士传

【释义】即尧民击壤图。画尧时天下太平,人民安居乐业的景象。比喻人民日出而作,日入而息的闲适生活景象。宋郭思《画论·叙图画名意》:"唐韩滉有《尧民击壤图》。"源见"击壤"。

【例句】唐元稹《和李校书…》:"尧民不自知有尧,但见安闲聊击壤。"宋杨亿《奉和御制…》:"庶汇熙熙蒙帝力,徒知击壤效尧民。"宋沈括《图画歌》:"尧民击壤鼓腹笑,滕王蛱蝶相交飞。"宋刘克庄《次漕庚两…》:"未论汉吏摇山力,且听尧民击壤声。"

尧蓂　yáo mì

【分类】政治

【关键词】尧

【释义】相传帝尧阶前所生的瑞草。《竹书纪年·帝尧陶唐氏》:"又有草夹阶而生,月朔始生一荚,月半而生十五荚,十六日以后,日落一荚,及晦而尽,月小则一荚焦而不落,名曰'蓂荚',一曰'历荚'。"

【例句】唐司空曙《和耿拾遗…》:"大官陈禹玉,司历献尧蓂。"唐韩愈《和崔舍人…》:"独有虞庠客,无由拾落蓂。"唐陆龟蒙《寄怀华阳…》:"休采古书探禹穴,自刊新历斗尧蓂。"唐徐夤《月》:"邵诜树老尧蓂换,惆怅今年似去年。"

尧母门　yáo mǔ mén

【分类】政治

【关键词】汉昭帝

【释义】汉武帝的宠妃、汉昭帝的生母钩弋夫人宫门的别称,因钩弋夫人与尧的母亲都怀胎十四月而得名。《汉书·外戚传》:"上曰:'闻昔尧十四月而生,今钩弋亦然。'乃命其所生门曰尧母门。'"

【例句】唐宋之问《梁宣王挽…》:"贵藩尧母族,外戚汉家亲。"五代徐钧《钩弋夫人》:"名门尧母将传嗣,取鉴吕皇预杀身。"宋宋祁《庄懿皇太…》:"夏祠今化石,尧母旧题门。"宋苏辙《皇太妃阁》:"太医争献天师艾,瑞雾长萦尧母门。"

尧年　yáo nián

【分类】政治

【关键词】沈不害

【释义】指上古唐尧在位时期。传说那时天下太平。喻太平盛世。《陈书·儒林·沈不害传》："宁可使玄教儒风，弗兴圣世，盛德大业，遂蕴尧年？"

【例句】唐韦承庆《直中书省》："寄谢巢由客，尧年正在斯。"唐于季子《奉和圣制…》："微臣献寿迎千寿，愿奉尧年倚万年。"唐李峤《鼓》："舜日谐簨簴响，尧年韵土声。"宋欧阳澈《踏莎行》："香丝袅袅祝尧年，公庭锡宴挥金碗。"

尧颡 yáo sǎng

【分类】政治

【关键词】子贡

【释义】咏圣人明君相貌之典。颡，额头。《韩诗外传》："子贡曰：'赐之师何如？'姑布子卿曰：'得尧之颡，舜之目，禹之颈，皋陶之喙。从前视之，盎盎乎似有王者。'"

【例句】宋苏轼《次韵曾…》："荜路归来闻好语，共惊尧颡类高辛。"宋刘攽《曲阜宣圣…》："禹腰尧颡应遗魄，柏叶松身异囊时。"宋吴则礼《田不伐玉…》："克谐八音有夔在，独惊尧颡如高辛。"元李崇仁《是日皇太…》："何幸微臣随列辟，得瞻尧颡类高辛。"

尧禅舜 yáo shàn shùn

【分类】政治

【关键词】尧

【释义】指唐尧将帝位禅让于虞舜。《史记·尧本纪》："尧立七十年得舜，二十年而老，令舜摄行天子之政，荐之于天。尧辟位凡二十八年而崩。百姓悲哀…尧知子丹朱之不肖，不足授天下，于是乃权授舜。"

【例句】唐沈佺期《从骊州廨…》："古来尧禅舜，何必罪驩兜。"宋刘弇《感寓》："唐尧禅虞舜，兹谓能事毕。"宋留正《高宗皇帝…》："内禅尧咨舜，中兴夏配天。"宋赵友直《杜宇行》："尧舜受禅夏商衰，夷齐孤竹如敝屣。"

尧舜 yáo shùn

【分类】政治

【关键词】尧舜

【释义】指唐尧和虞舜，均属上古五帝，贤明君主。《礼记·大学》："尧舜率天下以仁，而民从之。"《周易·系辞下》："神农氏没，黄帝尧舜氏作，通其变，使民不倦…黄帝尧舜，垂衣裳而天下治。"

【例句】唐宋之问《寒食还陆…》："野老不知尧舜力，酣歌一曲太平人。"唐陈元光《圣作物睹》："物睹之圣为何人，羲农尧舜禹汤文。"唐张说《东都酺宴》："尧舜传天下，同心致太平。"唐李白《怀仙歌》："尧舜之事不足惊，自余嚣嚣直可轻。"

尧舜千钟 yáo shùn qiān zhōng

【分类】生活

【关键词】孔丛子

【释义】咏饮酒海量之典。《孔丛子·儒服》："昔平原君与子高(春秋楚人沈诸梁)饮，强子高酒，曰：'昔有遗谚：尧舜千钟，孔子百觚，子路嗑嗑，尚饮十榼。古之圣贤无不能饮也。'"

【例句】唐李世民《帝京篇》："千钟合尧禹，百兽谐金石。"唐刘升《奉和圣制…》："圣酒千钟洽，仙厨百味陈。"明尤侗《沁园春》："尧舜千钟，仲尼百斛，子路宁辞十榼陪。"清吴雯《送陈子文…》："尧舜已千钟，流传皆百觚。"

尧天 yáo tiān

【分类】政治

【关键词】论语

【释义】用以称颂帝王的盛德，比喻理想中的太平盛世。《论语·泰伯》："子曰：'大哉尧之为君也，巍巍乎唯天为大，唯尧则之。'谓尧能法天而行教化。

【例句】唐杜审言《蓬莱三殿…》："小臣持献寿，长此戴尧天。"唐钱起《乐游原晴》："不知凤沼霖初霁，但觉尧天日转明。"唐不详《武功舞歌》："百川留禹迹，万国戴尧天。"唐不详《太和第五彻》："自古几多明圣主，不如今帝胜尧天。"宋王十朋《元日冒雪…》："禹穴地幽寒未歇，尧天日近暖先回。"

尧庭草 yáo tíng cǎo

【分类】政治

【关键词】尧

【释义】传说中能识别奸佞的草。源见"指佞草"。

【例句】唐崔涂《寄舅》："须信尧庭草，犹能指佞人。"明董其昌《贺李素我…》："金光并茁尧庭草，玉露初盈汉阙茎。"

尧与跖 yáo yǔ zhí

【分类】政治

【关键词】尧

【释义】高尚与卑劣之典。尧为圣贤，跖为强盗。《庄子·盗跖》："柳下季之弟，名曰盗跖。盗跖从卒九千人…驱人牛马，取人妇女，贪得忘亲，不顾父母兄弟，不祭先祖。"《史记·淮阴侯列传》："跖之狗吠尧，尧非不仁，狗固吠非其主。"

【例句】唐李白《古风》："世无洗耳翁，谁知尧与跖。"唐皎然《苕溪草堂…》："俗情封浅近，至理昧尧跖。"唐卢仝《冬行》："古来尧孔与桀跖，善恶何补如今人。"宋刘敞《卧北窗下…》："尧跖本不辨，况乃章句间。"

姚馥醉 yáo fù zuì

【分类】生活

【关键词】姚馥

【释义】咏嗜酒之典。《拾遗记》："有一羌人，姓姚名馥，字世芬，充厩养马…馥好读书，嗜酒，每醉时好言帝王兴亡之事。善戏笑，滑稽无穷…好啜浊糟，常言渴于醇酒。群辈常弄狎之，呼为'渴羌'。"

【例句】唐李端《晚春过夏…》："姚馥清时醉，边韶白日眠。"

谣诼 yáo zhuó

【分类】政治

【关键词】屈原

【释义】造谣毁谤。楚屈原《离骚》："众女嫉余之蛾眉兮,谣诼谓余以善淫。"汉王逸注："谣,谓毁也。诼,犹谮也。"宋洪兴祖补注："言众女竞为谣言,以潜愬我。"

【例句】宋黄庭坚《丙辰仍宿…》："既来授政役,谣诼谓余欺。"宋晁补之《赠王推官…》："入宫又独晚,谣诼遭众嫭。"宋刘克庄《用石塘二…》："扫眉众女偏谣诼,开口群儿亦谤伤。"聂绀弩《晴雯》："往日千金难一笑,从来谣诼力早抛。"

摇虿毒 yáo chài dú

【分类】政治

【关键词】左传

【释义】比喻发动叛乱。源见"蜂虿"。

【例句】唐吴融《绵竹山》："岁在作噩年,铜梁摇虿毒。"宋释居简《简读岳鄂…》："群奸尾摇蜂虿毒,一蟆吻纳蟾蜍宫。"宋张扩《次韵大年…》："梦回敢起寻鹿想,谢去已深防虿毒。"明张天赋《次白沙师…》："强梗喜看藏虿毒,穷厓多赖济艰难。"

摇落 yáo luò

【分类】政治

【关键词】楚辞

【释义】凋残,零落。《楚辞·九辩》："悲哉秋之为气也!萧瑟兮草木摇落而变衰。"汉王逸注："华叶陨零,肥润去也。"

【例句】唐杜甫《咏怀古迹》："摇落深知宋玉悲,风流儒雅亦吾师。"唐白居易《寄刘苏州》："何堪老泪交流日,多是秋风摇落时。"唐刘希夷《死马赋》："少年驰射出幽并,高秋摇落重横行。"唐沈佺期《凤箫曲》："已怜池上歇芳菲,不念君恩坐摇落。"

摇尾 yáo wěi

【分类】政治

【关键词】司马迁

【释义】比喻卑屈柔顺之态。《汉书·司马迁传》："及其在阱槛之中,摇尾而求食,积威约之渐也。"

【例句】唐骆宾王《幽絷书情…》："入阱先摇尾,迷津正曝腮。"唐杜甫《秋日荆南…》："苦摇求食尾,常曝报恩腮。"唐杜牧《宣城赠萧…》："客道耻摇尾,皇恩宽犯鳞。"唐杜牧《梁秀才以…》："处困羞摇尾,怀忠壮犯鳞。"

瑶草 yáo cǎo

【分类】文化

【关键词】东方朔

【释义】神话传说中的仙草。泛指珍美的草。汉东方朔《与友人书》："相期拾瑶草,吞日月之光华,共轻举耳。"

【例句】唐杜甫《赠李白》："亦有梁宋游,方期拾瑶草。"唐霍总《郡楼望九…》："玉浆瑶草不可见,自有神仙风马来。"唐杨巨源《赠于驸马》："瑶草秋残仙圃在,彩云天远凤楼空。"唐刘禹锡《西山兰若》："木兰坠露香微似,瑶草临

波色不如。"

瑶池 yáo chí

【分类】生态

【关键词】穆天子传

【释义】古代传说中昆仑山上的池名,西王母所居。喻指仙境。《史记·大宛列传》："昆仑其高二千五百余里,日月所相避隐为光明也。其上有醴泉、瑶池。"《穆天子传》："乙丑,天子觞西王母于瑶池之上。"

【例句】唐苏瑰《兴庆池侍…》："金阙平明宿雾收,瑶池式宴俯清流。"唐李峤《刘侍读见…》："神岳瑶池匝,仙宫玉树林。"唐杜甫《秋兴》："西望瑶池降王母,东来紫气满函关。"唐陈子昂《奉和皇帝…》："愿罢瑶池宴,来观农扈春。"

瑶池宴 yáo chí yàn

【分类】生活

【关键词】穆天子传

【释义】咏帝王宴饮之典。《艺文类聚》引《穆天子传》："天子觞西王母于瑶池之上,西王母为天子谣。"

【例句】唐陈子昂《奉和皇帝…》："愿罢瑶池宴,来观农扈春。"唐韦庄《贵公子》："瑶池宴罢归来醉,笑说君王在月宫。"唐李白《秋夜独坐…》："入侍瑶池宴,出陪玉辇行。"唐胡曾《瑶池》："阿母瑶池宴穆王,九天仙乐送琼浆。"

瑶墀 yáo chí

【分类】政治

【关键词】张衡

【释义】玉阶,石阶的美称。借指朝廷。瑶:指美玉。《尚书·禹贡》："瑶琨筱荡。"毛传："瑶琨皆美玉。"疏："王肃云:瑶琨,美石次玉者。"墀:台阶上面的空地,也指台阶。《昭明文选·张衡·西京赋》："青琐丹墀。"《典职曰》："以丹漆地,故曰丹墀。砌以玉石曰玉墀。"

【例句】唐崔湜《景龙二年…》："一朝趋金门,十载奉瑶墀。"唐李隆基《诗送玄静…》："访经游玉洞,敷教入瑶墀。"唐刘禹锡《寄朗州温…》："暂别瑶墀鸳鹭行,彩旗双引到沅湘。"宋黄庭坚《用几复韵…》："风与蛛丝游碧落,日将槐影下瑶墀。"

瑶华 yáo huá

【分类】文化

【关键词】楚辞

【释义】玉白色的花。有时借指仙花。喻指霜、雪。为赠别思友之典。《楚辞·大司命》："折疏麻兮瑶华,将以遗兮离居。"汉王逸注："瑶华,玉华也。"

【例句】唐钱起《登复州南楼》："故人云路隔,何处寄瑶华。"唐陈子昂《东征至淇…》："碧潭去已远,瑶花折遗谁?"唐卢鸿一《期仙磴》："鸾歌凤舞兮期仙磴,鸿驾迎兮瑶华赠。"唐钱起《重赠赵给事》："能迁驺驭寻蜗舍,不惜瑶华报木桃。"

瑶姬　yáo jī
【分类】文化
【关键词】炎帝瑶姬
【释义】与神女相爱之典。传说炎帝的女儿瑶姬未嫁而早亡，埋葬于巫山南坡，被称为巫山之女。楚怀王游于高唐，昼寝，梦见与神女相遇，得以恩爱。后建神女庙于巫山之南，号为朝云。《襄阳耆旧传》："赤帝女姚姬，未行而卒，葬于巫山之阳，故曰巫山之女。"
【例句】唐李白《感兴》："瑶姬天帝女，精彩化朝云。"唐彦谦《楚天》："不会瑶姬朝与暮，更为云雨待何人？"唐李贺《兰香神女庙》："看雨逢瑶姬，乘船值江君。"唐李贺《荣华乐》："铜龙啮环似争力，瑶姬凝醉卧芳席。"

瑶虡　yáo jù
【分类】生活
【关键词】楚辞
【释义】用玉装饰的悬挂钟磬的木架。《楚辞补注·九歌·东君》："緪瑟兮交鼓，箫钟兮瑶虡。"宋洪兴祖补注："《尔雅》：'木谓之虡，县钟磬之木也。'瑶虡，以美玉为饰也。"
【例句】唐温庭筠《元日》："威凤跄瑶虡，升龙护璧门。"

瑶林琼树　yáo lín qióng shù
【分类】文化
【关键词】世说新语
【释义】传说中仙界的玉花树。比喻人的品格高洁，超凡脱俗。《世说新语·赏誉》："王戎云：'太尉神姿高彻，如瑶林琼树，自然是风尘外物。'"
【例句】唐李商隐《安平公》："其弟炳章犹两卯，瑶林琼树含奇花。"唐李德裕《访韦楚老不遇》："今来招隐逸，恨不见琼枝。"宋欧阳修《和晏尚书…》："瑶林琼树影交加，谁伴山翁醉帽斜。"宋饶节《次韵赵承…》："第一流中能几人，瑶林琼树恐无邻。"

瑶圃　yáo pǔ
【分类】文化
【关键词】楚辞
【释义】产玉的园圃，喻指仙境。《楚辞·涉江》："驾青虬兮骖白螭，吾与重华游兮瑶之圃。"汉王逸注："瑶，玉也。圃，园也。"
【例句】唐司马都《和陆鲁望…》："绕篱看见成瑶圃，泛酒须迷傍玉杯。"唐武元衡《和杨三舍…》："瑶圃高秋会，金闺奉诏辰。"唐杨衡《登紫霄峰》："云飞琼瑶圃，龟息芝兰丛。"唐皮日休《扬州看辛…》："一枝拂地成瑶圃，数树参庭是蕊宫。"

瑶树　yáo shù
【分类】文化
【关键词】淮南子
【释义】传说中一种玉白色的树。也谓树之美称。《淮南子·墬形训》："掘昆仑以下地…绛树在其南，碧树、瑶树在其北。"
【例句】唐陈子昂《感遇》："昆仑有瑶树，安得采其英。"唐元稹《有鸟》："主人偏养怜整顿，玉粟充肠瑶树栖。"唐李群玉《哭郴州王…》："瑶树忽倾沧海里，醉乡翻在夜台中。"五代韦庄《对雪献薛…》："瑶林瑶树忽珊珊，急带西风下晚天。"

瑶台　yáo tái
【分类】文化
【关键词】淮南子
【释义】美玉砌的楼台。亦指雕饰华丽的楼台。喻神仙居处。《淮南子·本经训》："晚世之时，帝有桀、纣，为璇室、瑶台、象廊、玉床，纣为肉圃、酒池。"汉高诱注："璇、瑶，石之似玉，以饰室台也。"
【例句】唐薛稷《奉和幸安…》："欢宴瑶台镐京集，赏赐铜山蜀道移。"唐陈子昂《感遇》："瑶台倾巧笑，玉杯殒双蛾。"唐陈子昂《感遇》："垂衣受金册，张乐宴瑶台。"唐卢藏用《奉和立春…》："瑶台半入黄山路，玉槛傍临玄霸津。"

窈窕　yǎo tiǎo
【分类】生态
【关键词】楚辞
【释义】形容女子心灵仪表兼美或指美丽娴静。屈原《楚辞·九歌·山鬼》："既含睇兮又宜笑，子慕予兮善窈窕。"亦指（宫廷或山水）深邃幽美。晋孙绰《游天台山赋》："邈彼绝域，幽邃窈窕。"
【例句】唐张束之《东飞伯劳歌》："窈窕玉堂褰翠幕，参差绣户悬珠箔。"唐骆宾王《帝京篇》："桂殿嶔岑对玉楼，椒房窈窕连金屋。"唐李峤《拟古东飞…》："谁家窈窕住园楼，五马千金照陌头。"唐杜甫《古柏行》："崔嵬枝干郊原古，窈窕丹青户牖空。"唐白居易《题西亭》："直廊抵曲房，窈窕深且虚。"

骁袅　yǎo niǎo
【分类】文化
【关键词】马
【释义】古骏马名。《昭明文选·汉司马相如〈上林赋〉》："蹂骁袅，射封豕。"晋郭璞注引张揖曰："骁袅，马金喙赤色，一日行万里者。"
【例句】唐张束之《出塞》："骁袅青丝骑，娉婷红粉妆。"唐常建《春词》："宁могу傍淇水，骁袅黄金羁。"唐于濆《烧金曲》："南陌试腰袅，西楼歌婵娟。"唐杜甫《槐叶冷淘》："愿随金骁袅，走置锦屠苏。"

药船　yào chuán
【分类】政治
【关键词】夏统
【释义】咏清高之士脱俗之行的典故。《晋书·夏统传》："夏统字仲御。…幼孤贫，养亲以孝闻。"后其母病笃，乃诣洛市药。会三月上巳…士女骈填，车服烛路。统时在船中曝（晒）所市药，诸贵人车乘来者如云，统并不之顾。"

【例句】唐王维《哭祖六自虚》:"满地传都赋,倾朝看药船。"元丁复《题观海图…》:"千年王母蟠桃实,五百童儿采药船。"元蓝智《题对海楼图》:"飞鸿点点云帆小,犹似童儿采药船。"元高启《秦宫》:"掖庭无用恩难报,愿上蓬莱采药船。"

药栏 yào lán
【分类】生态
【关键词】宋之问
【释义】芍药花丛,种植如围栏。也泛指花栏。唐宋之问《别之望后独宿蓝田山庄》:"药栏听蝉噪,书幌见禽过。"
【例句】唐王维《春过贺遂…》:"前年槿篱故,新作药栏成。"唐钱起《幽居春暮》:"溪云杂雨来茅屋,山雀将雏至药栏。"唐于武陵《与僧话旧》:"所以闲行迹,千回绕药栏。"唐杜甫《宾至》:"不嫌野外无供给,乘兴还来看药栏。"

药良味苦 yào liáng wèi kǔ
【分类】政治
【关键词】韩非子
【释义】即良药苦口。比喻忠言直谏。《韩非子·外储说左上》:"夫良药苦于口,而智者劝而饮之,知其入而已疾也。"
【例句】唐白居易《寄唐生》:"药良气味苦,琴澹音声稀。"唐慧能《无相颂》:"苦口的是良药,逆耳必是忠言。"唐王季友《滑中赠崔…》:"自勉将勉余,良药在苦口。"宋范纯仁《自砭》:"逆境是吾师,苦口多良药。"

药石 yào shí
【分类】政治
【关键词】春秋左传
【释义】咏直言规劝之典。《左传·襄公二十三年》:"臧孙(纥)曰:'季孙之爱我,疾疢也;孟孙之恶我,药石也。美疢不如恶石。夫石犹生我,疢之美,其毒滋多。孟孙死,吾亡无日矣。"
【例句】唐白居易《代书诗…》:"分定金兰契,言通药石规。"唐徐夤《草木》:"天命岂凭医药石,世途还要辟虫沙。"唐刘禹锡《洛中酬福…》:"静对道流论药石,偶逢词客与琼瑰。"宋李虚己《题义门胡…》:"药石好携灵运句,素筠留得蔡邕书。"

要离杀庆忌 yào lí shā qìng jì
【分类】政治
【关键词】要离
【释义】咏刺客之典。《吴越春秋·阖闾内传》:"要离乃诈得罪,出奔,吴王乃取其妻子焚弃于市…如卫,求见庆忌…后三月,拣练士卒,遂之吴,将渡江于中流…因风势以矛钩其冠,顺风而刺庆忌,庆忌顾而挥之三,摔其头于水中…于是庆忌死。要离渡至江陵…乃自断手足,伏剑而死。"
【例句】唐李白《东海有勇妇》:"要离杀庆忌,壮夫所素轻。"唐李白《赠武十七…》:"乃是要离客,西来欲报恩。"唐刘禹锡《哭吕衡州…》:"遗草一函归太史,旅坟三尺近要离。"宋刘攽《和杨十七…》:"遗书犹缺茂陵求,卜宅乍许要离并。"宋李纲《恭闻诏书…》:"谁使崔宁论卢杞,恨无庆忌救朱云。"元杨维桢《要离冢》:"荆轲不了根,庆忌成身谋。"

要路津 yào lù jīn
【分类】政治
【关键词】古诗十九首
【释义】重要的道路和渡口。比喻显要的职位。《古诗十九首首》:"何不策高足,先据要路津。"
【例句】唐刘禹锡《汉寿城春望》:"不知何日东瀛变,此地还成要路津。"唐刘禹锡《自江陵沿…》:"三千三百西江水,自古如今要路津。"唐刘禹锡《九华山歌》:"结根不得要路津,迥秀长在无人境。"唐杜甫《奉赠韦左…》:"自谓颇挺出,立登要路津。"

冶长非罪 yě cháng fēi zuì
【分类】政治
【关键词】公冶长
【释义】咏蒙冤入狱之典。源见"公冶非罪"。
【例句】唐骆宾王《畴昔篇》:"冶长非罪曾缧绁,长孺然灰也经溺。"唐沈佺期《枉系》:"昔日公冶长,非罪遇缧绁。"唐李白《上崔相百…》:"冶长非罪,尼父无猜。"唐韩愈《县斋有怀》:"冶长信非罪,侯生或遭骂。"

冶长缧绁 yě cháng léi xiè
【分类】政治
【关键词】公冶长
【释义】泛指蒙冤被囚。源见"公冶非罪"。
【例句】唐毛明素《与琳法师》:"冶长倦缧绁,韩安叹死灰。"唐沈佺期《枉系》:"昔日公冶长,非罪遇缧绁。"唐柳宗元《奉酬杨侍…》:"冶长虽解缧绁,无由得见东阳。"明吴琏《郑元美以…》:"大哉公冶长,缧绁非所耻。"

冶叶倡条 yě yè chàng tiáo
【分类】生活
【关键词】李商隐
【释义】冶叶,艳丽的柳叶;倡条,美如倡优腰肢的柳条。本指杨柳枝叶,后借指妖艳的歌妓。唐李商隐《燕台春》:"蜜房羽客类芳心,冶叶倡条遍相识。"
【例句】宋欧阳修《玉楼春》:"倡条冶叶恣留连,飘荡轻于花上絮。"宋释道潜《清明日湖…》:"冶叶倡条他自媚,朽株枯木我何心。"宋周紫芝《种德亭》:"倡条冶叶浑无赖,错节盘根颇耐寒。"宋李质《蜡梅屏》:"冶叶倡条不受羁,翠筠轻束最繁枝。"

冶游 yě yóu
【分类】生活
【关键词】李商隐

【释义】原指男女在春天或节日里外出游玩。后来专指嫖妓。唐李商隐《蝶三首》："见我佯羞频照影，不知身属冶游郎。"

【例句】唐崔颢《代闺人答…》："青丝白马冶游园，能使行人驻马看。"唐陆畅《太子刘舍…》："年少风流七品官，朱衣白马冶游盘。"唐元稹《代九九》："把将娇小女，嫁与冶游儿。"唐卢纶《和崔侍郎…》："风云才子冶游思，蒲柳老人惆怅心。"

野狐禅 yě hú chán
【分类】文化
【关键词】大正新修
【释义】禅宗对一些妄称开悟而流入邪僻者的讥刺语。喻指外道、异端，或非正统的、无根底的说法。《大正新修大藏经》载：昔日一老人谈因果，因错解一字，就五百生投胎为野狐。后遇百丈禅师点化，始得解脱。
【例句】宋苏轼《乐全先生…》："遥想人天会方丈，众中惊倒野狐禅。"宋陈与义《题小室》："随意时为师子卧，安心懒作野狐禅。"宋王洋《元日倦卧…》："大法鼓声胡部曲，摩登伽戏野狐禅。"元李孝光《次仲举韵…》："狂客还寻破虱录，清童解识野狐禅。"

野狐精 yě hú jīng
【分类】文化
【关键词】王安石
【释义】谓对诗词技艺有极深造诣、达到出神入化境界。《宋朝事实类苑·王苏更相是非》："元祐间，东坡奉祠西太一，见公(王安石)旧题：'杨柳鸣蜩绿暗，荷花落日红酣。三十六陂春水，白头想见江南。'注目久之，曰：'此老野狐精也。'"
【例句】宋释法忠《颂古》："因果历然殊可怕，人人尽道野狐精。"宋陈人杰《沁园春》："尤奇特，有稼轩一曲，真野狐精。"宋陆文圭《有感》："被服易招山鸟怪，题诗难学野狐精。"明陈献章《与廷实看…》："夭矫龙蛇不堪捕，安知不是野狐精。"

野旷 yě kuàng
【分类】生态
【关键词】谢灵运
【释义】喻空阔的荒野。南朝宋谢灵运《初去郡》："野旷沙岸净，天高秋月明。"
【例句】唐李百药《文德皇后…》："野旷阴风积，川长思鸟来。"唐孟浩然《宿建德江》："野旷天低树，江清月近人。"唐高适《饯故人》："天高白云断，野旷青山孤。"唐皇甫冉《送志弥师…》："独行寒野旷，旅宿远山青。"宋强至《董役河上…》："春迟地冷日萧骚，野旷林疏晨风怒号。"

野马尘埃 yě mǎ chén āi
【分类】生活
【关键词】庄子
【释义】野马：指浮游的云气。尘埃：尘土。指飘移不定的云烟尘埃。比喻容易消散或纷乱无定的事物。《庄子·逍遥游》："野马也，尘埃也，生物之以息相吹也。"
【例句】宋黄庭坚《过方城寻…》："壮气南山若可排，今为野马与尘埃。"宋释宝昙《和史太师…》："卧听花敷宝篆灰，坐看野马与尘埃。"宋廖行之《和松坡刘…》："顾我尘埃随野马，今谁风味忆鲈鱼。"宋真德秀《题金山》："越南燕北但一气，尘埃野马何时穷。"

野人与之块 yě rén yǔ zhī kuài
【分类】政治
【关键词】重耳
【释义】咏社稷、国土之典。《左传·僖公二十三年》载：晋文公(重耳)"过卫，卫文公不礼焉。出于五鹿，乞食于野人，野人与之块，公子怒，欲鞭之。子犯曰：'天赐也。'稽首，受而载之。"
【例句】唐王建《题江寺兼…》："愿乞野人三两粒，归家将助小庭幽。"清释今无《鸟》："谁云乞野人，一块果天福。"清缪徵甲《漫兴》："与769野人天自弃，耕烟瑶岛幻偏多。"聂绀弩《脱坯同林义》："倘晋文公来讨饭，赏他一块已丰施。"

野人舟 yě rén zhōu
【分类】文化
【关键词】郭翻
【释义】喻指小船，或咏在野之士的典故。《晋书·郭翻传》："安西将军庾翼以帝舅之重，躬往造翻。翻又以其船小狭，欲引就大船。翻曰：'使君不以鄙贱而辱临之，此固野人之舟也。'俶俩屈入其船中，终日而去。"
【例句】唐孟浩然《送张祥之…》："我家南渡头，惯习野人舟。"唐陈子昂《江上暂别…》："终愧神仙友，来接野人舟。"唐王贞白《江上吟晓》："一叶野人舟，长将载酒游。"宋梅尧臣《自和》："莲为游女曲，藤系野人舟。"

野无遗贤 yě wú yí xián
【分类】政治
【关键词】尚书
【释义】谓贤才均得重用，朝政清明。《尚书·大禹谟》："帝曰：'俞，允若兹。嘉言罔攸伏，野无遗贤，万邦咸宁。'"
【例句】唐李商隐《赠田叟》："抚身道直诚感激，在野无贤心自惊。"唐唐彦谦《留别》："登庸趋俊义，厕用野无遗。"宋王十朋《四贤堂》："如何尧舜世，能使野无遗。"宋毛滂《出都寄二苏》："善随类举皆可观，野无遗贤静岩穴。"

叶公好龙 yè gōng hào lóng
【分类】生态
【关键词】叶公子高
【释义】比喻表面上喜好某事物，实际并非如此。《新序·杂事》："叶公子高好龙，钩以写龙，凿以写龙，居室雕文以写龙。于是天龙闻而下之…叶公见之，弃而还走，失其魂魄，五色无主。是叶公非好龙也，好夫似龙而非龙者也。"

【例句】唐齐己《谢徽上人…》："恐是叶公好假龙,及见真龙却惊怕。"宋黄庭坚《春祀分得…》："叶公在昔真龙去,王令何时白鹤归。"宋辛弃疾《瑞鹧鸪》："郑贾正应求死鼠,叶公岂是好真龙。"宋赵蕃《曾裘父寄…》："我亦几同叶公好,骇然今日见真龙。"

掖垣　yè yuán
【分类】政治
【关键词】权德舆
【释义】唐代称门下、中书两省。因分别在禁中左右掖,故称。后以称类似中央部门。《新唐书·权德舆传》："左右掖垣,承天子诰命,奉行详覆,各有攸司。"东掖垣指门下省。
【例句】唐李颀《听董大弹…》："长安城连东掖垣,凤凰池对青琐门。"唐杜甫《题省中院壁》："掖垣竹埤梧十寻,洞门对雪常阴阴。"唐白居易《西省对花》："西掖垣中今日眼,南宾楼上去年心。"唐包佶《奉和常阁…》："秘殿掖垣西,书楼苑树齐。"唐李益《奉酬崔员…》："犹持副节留军府,未荐高词直掖垣。"

曳裾　yè jū
【分类】政治
【关键词】邹阳
【释义】在权贵的门下做食客。喻阿附王贵。《汉书·贾邹枚路传·邹阳》："饰固陋之心,则何王之门不可曳长裾乎?"
【例句】唐刘孝孙《游灵山寺》："曳裾欣扈从,方悟屏尘喧。"唐高适《信安王幕…》："曳裾诚已矣,投笔尚凄然。"唐李白《行路难》："弹剑作歌奏苦声,曳裾王门不称情。"唐黄滔《贻宋评事》："河阳城里谢城中,入曳长裾出佩铜。"

曳履　yè lǚ
【分类】生活
【关键词】郑崇
【释义】拖着鞋子。形容闲暇、从容。源见"尚书履声"。
【例句】唐王勃《秋夜长》："鸣环曳履出长廊,为君秋夜捣衣裳。"唐刘禹锡《和令狐相…》："殿庭捧日影缨入,阁道看山曳履回。"唐李德裕《重过列子…》："曳履忘年旧,弹冠久要情。"唐黄滔《湘中赠张…》："鸣琴坐见燕鸿没,曳履吟忘野径赊。"

曳尾泥涂　yè wěi ní tú
【分类】生活
【关键词】庄子
【释义】比喻与其毁身扬名不如贫贱逍遥。《庄子·秋水》："庄子持竿不顾,曰:'吾闻楚有神龟,死已三千岁矣,王巾笥而藏之庙堂之上。此龟者宁其死为留骨而贵乎?宁其生而曳尾于涂中乎?'二大夫曰:'宁生而曳尾涂中。'"
【例句】唐胡曾《濮水》："正见涂中龟曳尾,令人特地感庄周。"宋杨亿《偶作》："只羡泥涂龟曳尾,翻嫌雾雨豹成章。"宋苏辙《逍遥台》："猖狂战国古神仙,曳尾泥涂老更安。"宋李处权《赴端礼之…》："任有泥涂甘曳尾,更无波浪敢凭河。"

邺侯架　yè hóu jià
【分类】文化
【关键词】李泌
【释义】喻藏书处。源见"邺侯书"。
【例句】宋刘克庄《挽吴君谋…》："邺侯架冷惟书在,董子陵荒有策存。"宋傅察《题张季良…》："邺侯插架多异书,牙签万卷吞石渠。"明王恭《题前给事…》："邺侯架上五车书,玄宴床头万卷储。"明王世贞《九友斋十歌》："何如万卷邺侯架,天与双眼长周旋。"

邺侯书　yè hóu shū
【分类】文化
【关键词】李泌
【释义】指藏书丰富。唐韩愈《送诸葛觉往随州读书》："邺侯家多书,插架三万轴。一一悬牙签,新若手未触。"又宋王应麟《困学纪闻·考史》："李泌(唐贞元中累封邺侯)父承休,聚书二万余卷,戒子孙不许出门,有求读者,别院供馔。邺侯家多书,有自来矣。"
【例句】唐牟融《题朱庆余…》："黄金都散尽,收得邺侯书。"宋朱熹《再和》："三径犹寻陶令宅,万签聊借邺侯书。"宋陈师道《谢傅监》："平分太仓粟,尽读邺侯书。"宋李光《十二月二…》："三径空存陶令菊,万签难见邺侯书。"

邺下才　yè xià cái
【分类】文化
【关键词】曹丕
【释义】指邺中七子。即建安七子。东汉建安中的孔融、陈琳、王粲、徐干、阮瑀、应玚、刘桢以文学齐名,同居邺中,故称。皆与魏太子丕友善。后亦用以美称有文才的人。宋严羽《沧浪诗话·诗体》"以时而论,则有建安体"原注:"汉末年号。曹子建父子及邺中七子之诗。"
【例句】唐贾曾《奉和春日…》："招贤已从商山老,托乘还徵邺下才。"唐王维《老将行》："射杀中山白额虎,肯数邺下黄须儿。"唐皇甫冉《闲居》："作学谢淹中术,诗无邺下名。"唐王建《酬赵侍御》："年少同为邺下游,闲寻野寺醉登楼。"

夜持山去　yè chí shān qù
【分类】生活
【关键词】庄子
【释义】形容山被遮掩。源见"藏舟去壑"。
【例句】宋黄庭坚《追和东坡…》："有人夜半持山去,顿觉浮岚暖翠空。"宋释德洪《资国寺西…》："岁时暗觉持山去,忧患空惊斫水痕。"宋辛弃疾《见说岷峨…》："野老时逢山鬼泣,谁夜持山去难觅。"

夜光杯　yè guāng bēi
【分类】文化

【关键词】东方朔

【释义】美玉所制的酒杯,因夜间发光,故名。《海内十洲记·凤麟洲》:"周穆王时,西国献昆吾割玉刀,及夜光常满杯,刀长一尺,杯受三升,刀切玉如切泥,杯是白玉之精,光明夜照。"

【例句】唐王翰《凉州词》:"葡萄美酒夜光杯,欲饮琵琶马上催。"明杨慎《无俗念》:"朝采帘掇,夜光杯举,留醉青霞苑。"明欧大任《木瘿杯行》:"夜光杯曷取三升,瓠落樽何须五石。"聂绀弩《送诗人邹…》:"昼锦堂高迎彩笔,夜光杯好酌诗豪。"

夜郎国　yè láng guó

【分类】政治

【关键词】史记

【释义】秦汉时期在西南地区由少数民族建立的一个国家。《史记·西南夷列传》:"滇王与汉使者言曰:'汉孰与我大?'及夜郎侯亦然。以道不通,故各以为一州主,不知汉广大。"

【例句】唐李白《闻王昌龄…》》:"我寄愁心与明月,随风直到夜郎西。"唐李白《流夜郎闻…》:"汉酺闻奏钧天乐,愿得风吹到夜郎。"唐李颀《龙门送裴…》:"明珠尉佗国,翠羽夜郎洲。"聂绀弩《雪峰难寻…》》:"倾酒濯缨茅镇北,哦诗叱马夜郎西。"

夜霖铃　yè lín líng

【分类】生活

【关键词】杨贵妃

【释义】喻指惹人愁思的凄凉夜雨声。《杨太真外传》:"又至斜谷口,属霖雨涉旬,于栈道雨中闻铃声隔山相应。上既悼贵妃,因采其声为《雨霖铃》曲,以寄恨焉。"

【例句】宋陈亮《洞仙歌》:"断送得,人间夜霖铃,更叶落梧桐,孤灯成晕。"

夜气　yè qì

【分类】生活

【关键词】孟子

【释义】指日将晓而未晓时的清明之气,比喻晚上静思所产生的良知善念或天真纯朴的状态。《孟子·告子上》:"牿之反覆,则其夜气不足以存;夜气不足以存,则其违禽兽不远矣。"

【例句】唐韩愈《李花》:"东风来吹不解颜,苍茫夜气生相遮。"唐白居易《答梦得秋…》:"林梢隐映夕阳残,庭际萧疏夜气寒。"五代花蕊夫人徐氏《宫词》:"不知谁是金銮直,玉宇沈沈夜气清。"宋文天祥《偶成》:"灯影沉沉夜气清,朔风吹梦度江城。"

夜气存　yè qì cún

【分类】生活

【关键词】孟子

【释义】比喻人能保持善良清明的天性。源见"夜气"。

【例句】宋李纲《次韵和渊…》:"呼吸存夜气,宴坐至五更。"

宋张镃《春晚》:"人间难办事,夜气要长存。"宋胡寅《和任大夫…》:"斗斧且应存夜气,江湖那得献辰兽。"宋王灼《和唐山叟…》:"已受丹书存夜气,定除白发变春容。"

夜失身　yè shī shēn

【分类】生活

【关键词】司马相如

【释义】咏男女恋情之典。《史记·司马相如传》:"及饮卓氏,弄琴,文君窃从户窥之,心悦而好之…文君夜亡奔相如,相如乃与驰归成都…谓王孙曰:'今文君已失身于司马长卿,长卿故倦游,虽贫,其人材足依也。'"

【例句】唐杜甫《将适吴楚…》:"常恐性坦率,失身为杯酒。"唐权德舆《杂兴》:"一颦一笑千金重;肯向成都夜失身。"唐司空图《偶诗》:"当歌莫怪频垂泪,得地翻惭早失身。"宋王安石《池雁》:"万里衡阳冬欲暖,失身元为稻粱谋。"清黄之隽《古意上》:"蕊珠宫里神仙谪,肯似成都夜失身。"

夜未央　yè wèi yāng

【分类】生活

【关键词】诗经

【释义】夜未尽,谓夜深还未到天明。《诗经·小雅·庭燎》:"夜如何其?夜未央。"唐孔颖达疏:"谓夜未至旦。"

【例句】唐元万顷《奉和春日》:"飞云阁上春应至,明月楼中夜未央。"唐乔知之《和李侍郎…》:"夜如何其夜未央,闲花照月愁洞房。"唐杜牧《羊栏浦夜…》:"戈槛营中夜未央,雨沾云惹侍襄王。"唐权德舆《旅馆雪晴…》:"夜已央,乐未阑,孤裘兽炭不知寒。"

一百八盘　yī bǎi bā pán

【分类】生活

【关键词】陆游

【释义】本形容山路弯曲险阻,后喻世路崎岖。宋陆游《入蜀记》:"二十四日早抵巫山县…隔江南陵山极高大,有路如线,盘屈至绝顶,谓之一百八盘。"

【例句】宋黄庭坚《新喻道中…》:"一百八盘携手上,至今犹梦绕羊肠。"宋赵蕃《三月十七…》:"一百八盘谁谓险,二十四溪何可游。"宋黄叔达《次韵懋宗…》:"一百八盘天上路,去年明日送流人。"宋丁逢《次袁尚书…》:"吾行一百八盘上,钻天但觉天公低。"

一百七日　yī bǎi qī rì

【分类】生活

【关键词】容斋随笔

【释义】指寒食日。《容斋随笔·一百五日》:"今人谓寒食为一百五者,以其自冬至之后至清明,历节气六,凡为一百七日,而先两日为寒食故云。"

【例句】宋朱敦儒《好事近》:"且趁禁烟百七,醉残英余尊。"宋陆游《春日绝句》:"二十四番花有信,一百七日食犹寒。"

一百五日　yī bǎi wǔ rì

【分类】生活

【关键词】荆楚岁时记

【释义】代指寒食节令。《荆楚岁时记》:"去冬节一百五日,即有疾风甚雨,谓之寒食。"

【例句】唐王泠然《寒食篇》:"算取去年冬至时,一百五日今朝是。"唐崔橹《春日即事》:"一百五日又欲来,梨花梅花参差开。"唐张籍《寒食书事》:"今朝一百五,出户雨初晴。"唐白居易《寒食夜》:"四十九年身老日,一百五夜月明天。"

一瓣心香　yī bàn xīn xiāng

【分类】生活

【关键词】韩偓

【释义】比喻十分虔诚敬仰的心意。唐韩偓《仙山》:"一炷心香洞府开,偓佺鲛涩半莓苔。"

【例句】宋王十朋《行可生日》:"祝公寿共诗书久,一瓣心香已敬焚。"宋林希逸《有怀》:"一瓣心香双泪眼,半溪残日暮云横。"宋马廷鸾《十月二十日》:"山中一瓣心香在,独遣孤臣病著床。"宋方回《读太原王…》:"一瓣心香邹国庙,八分手笔峄山碑。"

一杯羹　yī bēi gēng

【分类】政治

【关键词】项羽

【释义】一杯肉汤。指从别人那里分享一分利益。《史记·项羽本纪》:"汉王曰:'吾与项羽俱北面受命怀王…吾翁即若翁,必欲烹而翁坝幸分我一杯羹。'"

【例句】唐李白《登广武古…》:"分我一杯羹,太皇乃汝翁。"宋韦骧《赋牡丹齑》:"吞秀嚼香须细细,送春唯此一杯羹。"宋吕南公《再和》:"劳费主公怜苦淡,驼蹄时劝一杯羹。"宋朱敦儒《种芜菁作羹》:"争似野人茅屋下,日高澹煮一杯羹。"

一笔勾　yī bǐ gōu

【分类】政治

【关键词】范仲淹

【释义】用笔勾掉。引申为不提前事,或将事完全取消。《五朝名臣言行录·参政范文正公》:"公取班簿,视不才监司,每见一人姓名,一笔勾之,以次更易。"

【例句】宋刘克庄《贺新郎》:"屈指向来夸毗子,被西风、一笔都勾了。"宋楼钥《写照叶处…》:"一笔从今勾断了,一瓶一钵任江湖。"宋释道川《颂古》:"一笔勾断,要休更休。"元关汉卿《逍遥乐》:"万种恩情。到如今一笔都勾。"

一钵一瓶　yī bō yī píng

【分类】生活

【关键词】贯休

【释义】钵、瓶:和尚的饮食器具。指和尚云游时的简单食具。形容家境贫寒,生活简朴。唐贯休《陈情献蜀皇帝》:"一瓶一钵垂垂老,千水千山得得来。"

【例句】唐杜荀鹤《送僧赴黄…》:"闻有汤泉独去寻,一瓶一钵一无金。"五代居遁《偈颂并序》:"一室一床居物外,一瓶一钵寄生涯。"宋王洋《僧求诗往…》:"一瓶一钵远山寒,野路梅花已向残。"宋辛弃疾《水调歌头…》:"一葛一裘经岁,一钵一瓶终日,老子旧家风。"

一锸随身　yī chā suí shēn

【分类】生活

【关键词】刘伶

【释义】形容纵酒放达。源见"刘伶好酒"。

【例句】宋陆游《纵游》:"百钱挂杖无时醉,一锸随身到处埋。"宋裴万顷《寄张仲行…》:"今人那似古人贤,一锸随身日醉眠。"明王世贞《有感》:"一锸随身那讳死,三餐度口不缘贫。"清赖绍尧《酒中放歌》:"解醒五斗无不可,随身一锸何所求。"

一阐提　yī chǎn tí

【分类】文化

【关键词】大般涅槃

【释义】梵语音译,略称阐提。意为不具信,或称断善根。佛教用以称呼不具信心、断了成佛善根的人。《大般涅槃经》:"一阐提者,断灭一切诸善根本,心不攀缘一切善法。"

【例句】唐司空图《与伏牛长…》:"不箅菩提与阐提,惟应执著便生迷。"宋史尧弼《戏中书岩…》:"放形漫浪蜀山西,只是人间一阐提。"宋释居简《偈颂》:"一声哇地便吒哩,突出如斯大阐提。"宋陈楠《罗浮翠虚吟》:"何曾有此鬼怪状,尽是下士徒阐提。"

一场春梦　yī chǎng chūn mèng

【分类】生活

【关键词】韦毂

【释义】比喻过去的一切转眼成空,富贵无常。也比喻不切实际的想法落了空。出自唐卢延让《哭李郢端公》:"诗侣酒徒销散尽,一场春梦越王域。"

【例句】五代张泌:"倚柱寻思倍惆怅,一场春梦不分明。"宋邵雍《闲适吟》:"等是一场春梦过,自余恶足自悲凉。"宋刘克庄《览镜》:"百岁电光俄变灭,一场春梦莫寻思。"金李俊民《悼筹堂》:"那免牛车身后患,一场春梦亦徒劳。"

一倡三叹　yī chàng sān tàn

【分类】生活

【关键词】礼记

【释义】谓一人歌唱,三人相和。多用以形容音乐、诗文优美,富有余味,令人赞赏不已。《礼记·乐记》:"《清庙》之瑟,朱弦而疏越,壹倡而三叹,有遗音者矣。"

【例句】唐乔知之《拟古赠陈…》:"一弹再三叹,宾御泪潺湲。"唐白居易《五弦弹》:"一弹一唱再三叹,曲澹节稀声不多。"唐皮日休《追和虎丘…》:"嗟予慕斯文,一咏复三叹。"宋徐积《上林殿陪院…》："三叹柱教陪一唱，诗仙争肯伴樵夫。"

一尘不染　yī chén bù rǎn
【分类】文化
【关键词】法苑珠林
【释义】原指佛教徒修行时，排除物欲，保持心地洁净。现泛指丝毫不受坏习惯、坏风气的影响。也用来形容非常清洁、干净。《法苑珠林》："若菩萨在乾土山中经行，土不着足，随岚风来，吹破土山，令散为尘，乃至一尘不着佛身。"
【例句】宋石延庆《题鉴轩》："一尘不染原无物，万象俱涵岂有情。"宋张耒《腊月小雪…》："一尘不染香到骨，姑射仙人风露身。"宋刘宰《送石令君》："一尘不染冰常莹，万折难回水必东。"宋许月卿《次韵程说和》："不染一尘宜宝界，长如三月似天台。"

一池春水　yī chí chūn shuǐ
【分类】文化
【关键词】李璟
【释义】《南唐书·冯延巳传》：南唐中主(李璟)词有"小楼吹彻玉笙寒"句，冯延巳词有"吹皱一池春水"句，一日君臣谈笑，中主曰："吹皱一池春水，干卿何事？"冯："未若陛下'小楼吹彻玉笙寒'。"后作为"与你有何相干"或"多管闲事"的歇后语。
【例句】宋沈辽《郊外马嘶》："春草满空春水流，土人放马白蘋洲。"宋苏辙《扬州五咏》："可怜九曲遗声尽，惟有一池春水深。"宋刘无极《漾花池》："一池春水绿如苔，水上新红取次开。"宋吴儆《过丛桂堂…》："可怜丛桂烟芜没，惟有一池春水深。"宋王之道《追和东坡…》："一池春水绿萦回，池上梅花暖自开。"聂绀弩《调史复》："倘是高阳旧酒徒，春风池水底干渠(他)。"

一尺高髻　yī chǐ gāo jì
【分类】政治
【关键词】马廖
【释义】咏妇女发髻之典。《后汉书·马援传》附《马廖传》："(廖)上疏长乐宫以劝成德政，曰：'…长安语曰：城中好高髻，四方高一尺…'斯言或戏，有切事实。"
【例句】唐刘行敏《嘲崔生》："蹀头拳下落，高髻掌中擎。"唐万楚《茱萸女》："插枝著高髻，结子置长裾。"唐禹锡《赠李司空妓》："高髻云鬟宫样妆，春风一曲杜韦娘。"唐陆龟蒙《古态》："城中皆一尺，非妾髻鬟高。"唐曹唐《小游仙诗》："太一元君昨夜过，碧云高髻绾婆娑。"

一代文豪　yī dài wén háo
【分类】文化
【关键词】杨大年
【释义】豪：才能杰出的人。指一个时代杰出的文学家。《归田录》："宋杨大年，作文顷刻数千言，真一代之文豪。"

【例句】宋杜衍《乡有好事…》："莆田笔健与文豪，尤爱南山县咏高。"宋王之道《和富公权…》："恶客未尝知酒圣，高人何止擅文豪。"宋王质《送施丙卿》："山东文豪尹大夫，银河赤岸通方壶。"宋赵蕃《溧阳别成…》："好在梅花千雪树，因思我友两文豪。"

一德格高旻　yī dé gé gāo mín
【分类】政治
【关键词】秦桧
【释义】用以赞颂帝王及宰辅的德业。《鹤林玉露·格天阁》："方其(秦桧)在相位也，建一德格天之阁，有朝士贺以启云：'我闻在昔，惟伊尹格于皇天；民到于今，微管仲吾其左衽。'桧大喜，超擢之。"《宋史·秦桧传》："(绍兴)十五年…六月，帝幸桧第，桧妻妇子孙皆加恩…十月，帝亲书'一德格天'扁其阁。"
【例句】宋无名氏《宝庆三年…》："中兴五叶，天子肇明禋。一德格高旻。"宋史浩《君臣篇》："恭惟我朝君，一德格穹旻。"宋曹勋《政府生日》："一德格天瞻相业，密云不雨协郊禋。"明王缜《斋居对雪…》："一德格天天亦信，秦阶从此更分明。"

一灯　yī dēng
【分类】文化
【关键词】维摩诘
【释义】佛教语。谓灯能破暗，以喻菩提之心，能破烦恼之暗。华严经载，譬如一灯入于暗室，百千年暗，悉能破尽。《维摩诘所说经·菩萨品》："于是诸女问维摩诘：'我等云何止于魔宫？'维摩诘言：'诸姊有法门名无尽灯。汝等当学。无尽灯者，譬如一灯燃百千灯。冥者皆明。明终不尽。'"
【例句】唐刘长卿《齐一和尚…》："一灯长照恒河沙，双树犹落诸天花。"唐牟融《秋夜醉归…》："惆怅后时孤剑冷，寂寥无寐一灯残。"唐许浑《泊蒜山津…》："孤舟千樟水犹阔，寒殿一灯夜更高。"宋王之道《和天衣聪老》："达磨东来不记年，一灯然处百灯然。"

一鹗　yī è
【分类】政治
【关键词】邹阳
【释义】喻出类拔萃的鲠直之臣。《汉书·邹阳传》："臣闻鸷鸟累百，不如一鹗。"唐颜师古注："孟康曰：'鹗，大雕也。'"
【例句】唐钱起《送毕侍御…》："百鸟喧喧噪一鹗，上林高枝亦难托。"唐方干《寄于少监》："修持清苦振佳声，众鸟那知一鹗情。"唐许浑《赠桐庐房…》："自笑小儒非一鹗，亦趋门屏冀相怜。"唐吴融《赴阙次留…》："拔地孤峰秀，当天一鹗雄。"

一发双连　yī fà shuāng lián
【分类】生活
【关键词】曹植

【释义】咏射兔之典。《曹植集·名都篇》："斗鸡东郊道，走马长楸间。驰骋未及半，双兔过我前。揽弓捷鸣镝，长驱上南山。左挽因右发，一纵两禽连。"

【例句】唐薛存诚《御箭连中…》："三驱仍百步，一发遂双连。"宋张守《又诗有卜…》："蠹简倦推三豕渡，长弓那解两禽连。"明顾璘《春日行》："弯弓向云仰射雁，一发两禽皆道难。"清陈廷敬《白马篇》："一纵连两禽，鸣镝随低昂。"

一饭千金 yī fàn qiān jīn
【分类】政治
【关键词】韩信
【释义】比喻厚厚地报答对自己有恩的人。《史记·淮阴侯列传》："信钓于城下，诸漂母漂，有一母见信饥，饭信，竟漂数十日。"又："信至国，如所从食漂母，赐千金。"
【例句】唐李绅《却过淮阴…》："徒用千金酬一饭，不知明哲重防身。"唐汪遵《淮阴》："归荣便累千金赠，为报当时一饭恩。"唐吴融《离雪溪感…》："一饭意专堪便死，千金诺在转难酬。"聂绀弩《小说三人…》："生前一饭方无地，死后双夫各半身！"

一范一韩 yī fàn yī hán
【分类】政治
【关键词】韩琦范仲
【释义】代指抵御外来侵略的民族英雄和国家栋梁。《梦溪笔谈·艺文二》："韩琦…赵元昊反，进枢密直学士，历官陕西经略安抚招讨使，与范仲淹在兵间久，名重一时，人心归之…边人谣曰：'军中有一韩，西贼闻之心骨寒；军中有一范，西贼闻之惊破胆。'"
【例句】宋汪莘《戊申六月…》："韩范诸公各一时，贤豪久速系安危。"宋王迈《送莆守赵…》："出平西贼入衮绣，一韩一范何人哉。"宋胡世将《酹江月》："神州沈陆，问谁是、一范一韩人物。"清倪星垣《挽张树桢…》："教诸儿为当代英材，大儿一韩，小儿一范。"

一方 yī fāng
【分类】生活
【关键词】诗经
【释义】指某一地区；一边、一旁；整体事物的一部分或一方面。《诗经·秦风·蒹葭》："所谓伊人，在水一方。"
【例句】唐卢照邻《中和乐九章》："若有人兮天一方，忠为衣兮信为裳。"唐李颀《送从弟游…》："须知圣代举贤良，不使遗才滞一方。"唐李贺《北中寒》："一方黑照三方紫，黄河冰合鱼龙死。"唐刘禹锡《生公讲堂》："高坐寂寥尘漠漠，一方明月可中庭。"

一飞冲天 yī fēi chōng tiān
【分类】政治
【关键词】韩非子
【释义】平时没有特殊表现，一下作出了惊人的成绩。也喻指贤士待时而动。《韩非子·喻老》："虽无飞，飞必冲天；虽无鸣，鸣必惊人。"
【例句】唐郭震《古剑篇》："虽复尘埋无所用，犹能夜夜气冲天。"唐孟浩然《岘山送萧…》："再飞鹏激水，一举鹤冲天。"唐贯休《遇叶进土》："自愧龙钟人，见此冲天翼。"唐陶翰《赠房侍御…》："君其振羽翮，岁晏将冲天。"

一夫 yī fū
【分类】生活
【关键词】尚书
【释义】一人。指男人。《尚书·君陈》："尔无忿疾于顽，求备于一夫。"唐孔颖达疏："无求备于一人。"
【例句】唐杜甫《潼关吏》："艰难奋长戟，万古用一夫。"唐邵谒《送徐群宰…》："一夫若有德，千古称其英。"唐元结《闵荒诗》："遂令一夫唱，四海欣提矛。"唐袁高《茶山诗》："一夫且当役，尽室皆同臻。"

一夫当关 yī fū dāng guān
【分类】政治
【关键词】左思
【释义】一夫当关，万夫莫开。指一人把关，一万人也攻不开。形容地势非常险要，易守难攻。《昭明文选·晋左思〈蜀都赋〉》："至乎临谷为塞，因山为障。峻岨塍埒长城，豁险吞若巨防。一人守隘，万夫莫向。"
【例句】唐杜甫《剑门》："一夫怒临关，百万未可傍。"唐杜甫《潼关吏》："艰难奋长戟，万古用一夫。"宋强至《过潼关》："一夫或当关，可敌万夫守。"元陈孚《居庸关》："一夫当关万夫却，未必有此奇巇崿。"

一概量 yī gài liáng
【分类】生活
【关键词】楚辞
【释义】指等量齐观，不加区别地一律对待。《楚辞·怀沙》："同糅玉石兮，一概而相量。"汉王逸注："忠佞不异。"糅，混杂。概，古代用升斗量物时以取平的工具。
【例句】唐韩愈《读皇甫湜…》："诚不如两忘，但以一概量。"宋韩维《和江十浮…》："乃知天下士，未易一概量。"宋李复《出城》："万事意欲一概量，赍志愤死世更长。"明李雯《中秋》："破镜半衔云树，九秋恨、一概平量。"

一鼓作气 yī gǔ zuò qì
【分类】政治
【关键词】左传
【释义】形容趁锐气正旺盛时，一举将事情完成。《左传·庄公十年》："既克，公问其故。对曰：'夫战，勇气也。一鼓作气，再而衰，三而竭。彼竭我盈，故克之。'"
【例句】唐杜甫《寄岳州贾…》："万方思助顺，一鼓气无前。"唐岑参《送许子擢…》："十年自勤学，一鼓游上京。"唐权德舆《奉和张仆…》："专城一鼓妖氛静，拥旆十年天泽深。"宋徐积《雪》："一鼓已输元帅手，双矛将解敌人肩。"

一龟一鹤 yī guī yī hè
【分类】生活

【关键词】石林诗话

【释义】咏长寿之典。《石林诗话》："赵清献公以清德服一世，平生畜雷氏琴一张，鹤与白龟各一，所向与之俱。始除帅成都，蜀风素侈，公单马就道，以琴、鹤、龟自随，蜀人安其政，治声藉甚。"

【例句】唐张仲方《赠毛仙翁》："芝椿禀气本坚强，龟鹤计年应不死。"唐李翱《赠毛仙翁》："龟鹤计年承甲子，冰霜为质驻童颜。"宋李曾伯《醉蓬莱》："更借当年，一龟一鹤，伴千秋寿。"宋强至《送张如莹》："乖崖今觉诙谐验，清献但容龟鹤随。"

一国三公　yī guó sān gōng

【分类】政治

【关键词】左传

【释义】公：古代诸侯国君的通称。一个国家有三个主持政事的人。比喻事权不统一，使人不知道听谁的话好。《左传·僖公五年》："一国三公，吾谁适从？"

【例句】唐杜甫《草堂》："一国实三公，万人欲为鱼。"宋谢薖《余尝为李…》："耕道十年常九潦，谋身一国自三公。"宋许月卿《暮春联句》："十行宽四海，一国咏三公。"元王逢《后无题》："一国三公狐貉衣，四郊多垒鸟蛇围。"

一壑自专　yī hè zì zhuān

【分类】政治

【关键词】庄子

【释义】泛指幽美一隅，独自享受。源见"井蛙"。

【例句】宋吴曾《罗山》："谁知尘外客，一壑能自专。"宋赵蕃《在伯沅陵…》："芳不待三熏，胜自专一壑。"宋赵蕃《在伯沅陵…》："芳不待三熏，胜自专一壑。"清康有为《一天园诗…》："丘壑自专吾可老，湖山高卧我无言。"

一斛槟榔　yī hú bīng láng

【分类】政治

【关键词】刘穆之

【释义】喻不计前怨，或喻因贫贱而遭戏弄。《南史·刘穆之传》："穆之少时，家贫诞节，嗜酒食，不修拘检。好往妻兄家乞食，多见辱，不以为耻。其妻江嗣女，甚明识，每禁不令往江氏。后有庆会，属令勿来。穆之犹往，食毕求槟榔。江氏兄弟戏之曰：'槟榔消食，君乃常饥，何忽须此？'妻复截发市肴馔，为其兄弟以饷穆之，自此不对穆之梳沐。及穆之为丹阳尹，将召妻兄弟，妻泣而稽颡以致谢。穆之曰：'本不匿怨，无所致忧。'及至醉饱，穆之乃令厨人以金柈贮槟榔一斛以进之。"

【例句】唐李嘉祐《送裴宣城…》："泪向槟榔尽，身随鸿雁归。"唐李白《玉真公主…》："何时黄金盘，一斛荐槟榔。"宋胡宿《刘开府》："金盘一石槟榔赠，可得当年是讳饥。"宋黄庭坚《次韵胡彦…》："槟榔一斛何须得，李氏弟兄佳少年。"

一花五叶　yī huā wǔ yè

【分类】文化

【关键词】禅宗

【释义】咏佛教禅宗之典。《景德传灯录·菩提达摩》："一花开五叶，结果自然成。"佛教禅宗以达摩为祖师，此谓之一花。后佛教衍生为曹洞、临济、云门、沩仰、法眼五个派系，谓之五叶。

【例句】宋李昌孺《留题少林寺》："五叶一花元己会，莫将消息问残春。"宋黄庭坚《渔家傲》："面壁九年看二祖，一花五叶亲分付。"宋释克勤《颂》："不日孤峰大哮吼，五叶一花天地春。"宋葛胜仲《依韵和兴…》："人人反照自图成，说甚一花开五叶。"

一麾出守　yī huī chū shǒu

【分类】政治

【关键词】阮咸

【释义】谓阮咸受荀勖排斥出为始平太守。为朝官出为外任之典。南朝宋颜延之《五君咏·阮始平》："屡荐不入官，一麾乃出守。"麾有挥斥、排挤意。

【例句】唐杜牧《即事》："莫笑一麾东下计，满江秋浪碧参差。"唐杜甫《八哀诗》："一麾出守还，黄屋朔风卷。"唐高适《东平旅游…》："一麾俄出守，千里再分忧。"唐刘禹锡《酬郑州权…》："一麾怜弃置，五字借恩光。"

一家春　yī jiā chūn

【分类】生活

【关键词】王勃

【释义】形容美好独特的境界。唐王勃《山扉夜坐》："林塘花月下，别是一家春。"

【例句】唐韦巨源《圣寿无疆词》："云山九门曙，天地一家春。"唐白居易《夜闻贾常…》："盘下中分两州界，灯前合作一家春。"宋史弥宁《和邵阳张…》："清标别是一家春，风帽飘飘翠染匀。"宋魏野《送外甥李…》："千里冬残伤独去，一家春尽待荣归。"

一见桃花　yī jiàn táo huā

【分类】文化

【关键词】禅宗

【释义】咏禅宗顿悟之典。《大正新脩大藏经》："福州灵云志勤禅师，本州长溪人也。初在沩山，因桃华悟道。有偈曰：'三十来年寻剑客，几逢落叶几抽枝。自从一见桃华后，直至如今更不疑。'"

【例句】唐志勤《偶睹春时…》："自从一见桃花后，直至如今更不疑。"宋释如本《颂古》："似锦桃花满树红，灵云一见便心空。"宋释亮《颂古》："几年湖海不知春，一见桃花自点头。"宋释子益《颂古》："拨草瞻风寻剑客，桃花一见便忻然。"

一箭双雕　yī jiàn shuāng diāo

【分类】政治

【关键词】长孙晟

【释义】原指射箭技艺高超，后比喻做某件事一举两得。《北史·长孙晟传》："（摄图）独爱晟，每共游猎，留之竟岁。尝有二雕飞而争肉，因以箭两只与晟，请射取之，晟驰往，遇雕相攫，遂一发双贯焉。"

【例句】宋释宗杲《颂古》："一箭双雕随手落，拈来元是栅中鹅。"宋王十朋《林主簿…》："一箭双雕手，青衫已白头。"宋释仪《偈》："万人胆破沙场上，一箭双雕落碧空。"宋何梦桂《禅机》："一箭双雕俱堕落，古梅枝上雪参差。"

一箭下聊城 yī jiàn xià liáo chéng

【分类】政治
【关键词】鲁仲连
【释义】指齐国高士鲁仲连箭射一封信进聊城，分析利害，使燕将读后自杀。比喻谋略高妙，以智克敌。《史记·鲁仲连邹阳列传》："鲁连乃为书，约之矢以射城中…燕将见鲁连书，泣三日，犹豫不能自决。"
【例句】唐杨巨源《句》："三刀梦益州，一箭取聊城。"唐李商隐《街西池馆》："太守三刀梦，将军一箭歌。"唐刘商《赋得射雉…》："秋深为尔持圆扇，莫忘鲁连飞一箭。"唐汪遵《聊城》："田单漫逞烧牛计，一箭终输鲁仲连。"

一江春水 yī jiāng chūn shuǐ

【分类】生活
【关键词】李煜
【释义】喻哀思愁绪像长江流水浩荡苍茫。南唐李煜《虞美人》："问君能有几多愁，恰似一江春水向东流。"
【例句】宋许彦衡《送仲焕人…》："一江春水竹叶酒，万点青山佛髻螺。"宋左纬《次韵朱承…》："万叠暮山屏自展，一江春水练初铺。"宋刘学箕《净口》："一江春水绿油油，绕尽春山去不休。"宋李流谦《金陵》："春水一江流未尽，不禁更问几多愁。"

一炬阿房 yī jù ē fáng

【分类】政治
【关键词】项羽
【释义】咏秦亡或吊古伤时，抒发沧桑之感。阿房宫，秦宫殿，在西安市西阿房村。《史记·项羽本纪》："居数日，项羽引兵西屠咸阳，杀秦降王子婴，烧秦宫室，火三月不灭。"
【例句】宋史浩《宫室》："万乐阿房歌舞地，只消一炬化为尘。"宋范成大《燕宫》："他日楚人能一炬，又从焦土说阿房。"宋司马光《秦人》："楚旗猎猎盖山红，回首咸阳一炬空。"宋陆游《碧海行》："幽州蚁垤一炬尽，安用咸阳三月焚。"

一觉扬州梦 yī jiào yáng zhōu mèng

【分类】生活
【关键词】杜牧
【释义】比喻追忆昔日的繁华逍遥，如在梦中，而醒悟往日肤浅的名利不过是一场美梦。唐杜牧《遣怀》："十年一觉扬州梦，赢得青楼薄幸名。"
【例句】宋陈克《大年流水…》："少游一觉扬州梦，自作清歌自写成。"宋黄庭坚《鹧鸪天》："十年一觉扬州梦，为报时人洗眼看。"宋贺铸《丑奴儿》："十年一觉扬州梦，雨散云沈。"宋末陈克《大年流水…》："少游一觉扬州梦，自作清歌自写成。"

一刻千金 yī kè qiān jīn

【分类】生活
【关键词】苏轼
【释义】极言时光的宝贵。《苏轼诗集·〈春夜〉》："春宵一刻值千金，花有清香月有阴。"
【例句】宋刘镇《庆春泽》："灯火烘春，楼台浸月，良宵一刻千金。"宋赵以夫《贺新郎》："缥缈笙歌天上谱，一刻千金莫惜。"宋喻良能《七夕戏咏》："谁道初秋清夜永，须知一刻直千金。"元郭居敬《春宵》："瑶台深处引壶觞，一刻千金玉漏长。"

一口吸西江 yī kǒu xī xī jiāng

【分类】生活
【关键词】景德传灯
【释义】形容纵谈高论；也借指豪饮。《景德传灯录》："（居士庞蕴）后之江西，参问马祖（道一）云：'不与万法为侣者是什么人？'祖云：'待汝一口吸尽西江水，即向汝道。'"
【例句】宋释重显《颂药山师…》："天外风清哮吼时，为君吸尽西江水。"宋范成大《次韵袁起…》："钟闻两岸诗无敌，口吸西江话已酬。"宋苏轼《江西》："醉卧欲醒闻淙淙，直欲一口吸老庞。"宋刘弇《寄兜率悦》："知谁解吸西江水，赖有孤禅觉众迷。"

一匡天下 yī kuāng tiān xià

【分类】政治
【关键词】论语
【释义】匡：匡正，改正；天下：原指周天子统治所及的地方，即整个中国。纠正混乱局势，使天下安定下来。意指使天下的一切事情都得到纠正。《论语·宪问》："管仲相桓公，霸诸侯，一匡天下，民到于今受其赐。微管仲，吾其被发左衽矣。"《史记·齐太公世家》："寡人兵车之会三，乘车之会六，九合诸侯，一匡天下。"
【例句】宋洪咨夔《次杨泸南…》："深愧平生嗟靖节，一匡天下望吾君。"宋阳枋《秤锤峡》："待出衡手，一匡天下平。"明王世贞《百字令》："九合诸侯，一匡天下，自是真男子。"聂绀弩《脱坯同林义》："看我一匡天下土，与君九合塞边泥。"

一夔足 yī kuí zú

【分类】政治
【关键词】韩非子
【释义】意为只要是真人才，一个就足够。《韩非子·说二》："人皆曰独此一足矣，夔非一足也，一而足也。"
【例句】宋方岳《海棠落尽…》："花前谁与东西玉，但遣能诗一夔足。"宋黄庭坚《笻竹》："不须客赋千首诗，若是赏音一夔足。"宋赵鼎臣《方时敏以…》："得士一夔足，我独交两方。"宋吴芾《和志道送…》:"公似一夔奚翅足,我如乘雁岂加多。"

一览众山小　yī lǎn zhòng shān xiǎo

【分类】生活
【关键词】孟子
【释义】意谓以泰山为尊。《孟子·尽心上》:"孔子登东山而小鲁,登泰山而小天下。"
【例句】唐杜甫《望岳》:"会当凌绝顶,一览众山小。"宋李之仪《题齐云亭》:"一览众山小,方知人世低。"宋晁补之《谒岱祠即事》:"徒观众山小,愁绝下天门。"宋林斗南《白石山》:"苦吟转觉嘉句悭,远望方知众山小。"

一门三秀才　yī mén sān xiù cai

【分类】文化
【关键词】杜正伦
【释义】咏家风重学之典。《新唐书·杜正伦列传》:"杜正伦,相州洹水人。隋世重举秀才,天下不十人,而正伦一门三秀才,皆高第,为世歆美。"
【例句】宋无名氏《沁园春》:"跨灶参先,撞楼踵后,鼎样一门三秀才。"宋赵长卿《洞仙歌》:"况一门、三秀才,未足钦崇,那更是、异姓同居兄弟。"金王特起《喜迁莺》:"争似一门三秀,三子三孙奇崛。"

一门双秀　yī mén shuāng xiù

【分类】文化
【关键词】苏亮
【释义】喻指一个家族中优秀的两兄弟或两个相似事物。《北史·苏亮》:"亮少通敏,博学好属文,善章奏,与弟湛等皆著名西土,一家举二秀才。"
【例句】宋徐侨《舟溪吟》:"东出双秀高冲天,推先两峰当我前。"宋崔敦诗《皇帝阁》:"双秀云牟实,三眠雪茧丰。"宋无名氏《喜迁莺》:"争是一门双秀,又是一朝双喜。"宋刘 《钱傅理撰》:"洁静二湛水,峭介双秀峰。"明梁维栋《张堂尊祷…》:"行春穗麦歧双秀,祷旱桑林格九重。"

一鸣惊人　yī míng jīng rén

【分类】生活
【关键词】韩非子
【释义】比喻有才能的人平时默默无闻,突然有惊人的表现。《韩非子·喻老》:"三年不翅,将以长羽翼,不飞不鸣,将以观民则。虽无飞,飞必冲天;虽无鸣,鸣必惊人。"
【例句】唐杜牧《池州送孟…》:"子既屈一鸣,余固宜三刖。"唐钱起《送虞说擢…》:"岁暮云皋鹤,闲天更一鸣。"宋杨亿《弟称归乡》:"摩厉词锋莫中辍,惊人专听一鸣时。"宋孔平仲《送提举太…》:"三已何尝观愠色,一鸣从此却惊人。"

一亩宫　yī mǔ gōng

【分类】生活
【关键词】礼记
【释义】形容居室狭窄的儒生生活。《礼记·儒行》:"儒有一亩之宫,环堵之室。筚门圭窬,蓬户瓮牖。"唐孔颖达疏:"儒有一亩之宫者,一亩,谓径一步,长百步,为亩若折而方之,则东南西北各十步为宅也,墙方六丈,故云一亩之宫。"
【例句】唐白居易《咏怀》:"如何办复归山计,两顷村田一亩宫。"唐权德舆《奉酬从兄…》:"诗成三百篇,儒有一亩宫。"唐杨衡《送陈房谒…》:"匡山一亩宫,尚有桂兰丛。"唐姚合《病中辱谏…》:"萧萧一亩宫,种菊十余丛。"

一囊钱　yī náng qián

【分类】政治
【关键词】赵壹
【释义】世风不正、重财轻才的典故。《后汉书·赵壹传》:"作刺世疾邪赋,以舒其怨愤。曰:'…有秦客者,乃为诗曰:河清不可俟,人命不可延…文籍虽满腹,不如一囊钱。'"
【例句】唐李峤《钱》:"赵壹囊初乏,何曾箸欲收。"唐韩翃《家兄自山…》:"初辞五斗米,唯奉一囊钱。"唐白居易《秋暮西归…》:"忆归复愁归,归无一囊钱。"唐皮日休《鲁望昨以…》:"我未九品位,君无一囊钱。"

一捻红　yī niǎn hóng

【分类】文化
【关键词】牡丹
【释义】咏牡丹之典或用以形容妇女所染的红指甲。《青琐高议·骊山记》:"当时有献牡丹者,谓之'杨家红'…命高力士取花上贵妃。贵妃方对妆,妃用手抚花,时匀面手脂在上,遂印于花上…来岁花开,花上复有指红迹,帝赏花惊叹,神异其事。开宴召贵妃,乃名其花为'一捻红'。"
【例句】宋无名氏《朝中措》:"平生看了,姚黄魏紫,一捻深红。"宋许之《卖花行》:"姚家魏家苦留春,花信未先红一捻。"宋李龏《杨妃看牡…》:"花上轻留一捻红,阿环无语对春风。"宋于石《西湖荷花…》:"一捻香骨薄裁冰,半破芳心娇泣露。"

一牛吼地　yī niú hǒu dì

【分类】生活
【关键词】牛
【释义】指牛鸣声可及之地。比喻距离较近。《翻译名义集·数量》:"拘卢舍,此云五百弓,亦云一牛吼地,谓大牛鸣声所极闻。或云一鼓声。《俱舍》云二里,《杂宝藏》云五里。"
【例句】唐王维《与苏卢二…》:"回看双凤阙,相去一牛鸣。"宋王安石《答张奉议》:"五马渡江开国处,一牛吼地作庵人。"宋王安石《示报宁长老》:"白下亭东鸣一牛,山林陂港净高秋。"宋释德洪《宿灵山示…》:"北岫飞来幺凤落,东邻相去一牛鸣。"

一诺千金　yī nuò qiān jīn

【分类】政治

【关键词】季布

【释义】诺:许诺。许下的一个诺言有千金的价值。比喻说话算数,极有信用度。《史记·季布栾布列传》:"楚人谚曰'得黄金百,不如得季布一诺',足下何以得此声于梁楚间哉?"

【例句】唐杜甫《敬赠郑谏…》:"将期一诺重,敢使寸心倾。"唐许浑《寄献三川…》:"长闻季氏千金诺,更望刘公一纸书。"唐李嘉祐《送李中丞…》:"能全季布诺,不道鲁连功。"唐韦庄《三用韵》:"遗愧虞卿璧,言依季布金。"

一片花飞　yī piàn huā fēi

【分类】生态

【关键词】杜甫

【释义】一片花飞减却春,落花片片飞舞,使春光大为减色。形容暮春景象。唐杜甫《曲江》:"一片花飞减却春,风飘万点正愁人。"

【例句】宋韦骧《减字木兰花》:"莫自因循,一片花飞减却春。"宋史浩《和朱坡绝句》:"寄与东君须久住,勿容一片落花飞。"宋彭汝砺《湖湘路中…》:"风前一片花飞落,节物匆匆更感人。"宋史浩《和朱坡绝句》:"寄与东君须久住,勿容一片落花飞。"

一瓢挂树　yī piáo guà shù

【分类】政治

【关键词】许由

【释义】形容隐逸傲世。源见"挂瓢"。

【例句】唐徐夤《闲》:"一瓢挂树傲时代,五柳种门吟落晖。"明李之世《别粟泉书…》:"一瓢挂树从今去,带得清泠两腋归。"明庄昶《石翁见寄》:"瓢挂树梢风渐历,鹤巢松盖梦蹉跎。"明徐熥《重游喝水岩》:"虚瓢挂树老僧隐,昏磬出林飞鸟还。"

一瓢饮　yī piáo yǐn

【分类】政治

【关键词】论语

【释义】安贫守志之典。源见"箪食瓢饮"。

【例句】唐钱起《山园栖隐》:"三径与器远,一瓢常自怡。"唐孟浩然《西山寻辛谔》:"回也一瓢饮,贤哉常晏如。"宋欧阳修《答圣俞》:"万钱方丈饱则止,一瓢饮水乐可涯。"宋刘攽《君子行》:"箪食一瓢饮,孔圣推其贤。"宋刘季孙《三高祠咏古》:"宁从一瓢饮,不枉万钟禄。"

一颦一笑　yī pín yī xiào

【分类】生活

【关键词】韩非子

【释义】颦:皱眉。忧和喜的表情。《韩非子·内储说》:"吾闻明主之爱,一颦一笑,颦有为颦,而笑有为笑。"

【例句】唐权德舆《杂兴》:"一颦一笑千金重,肯似成都失身人。"宋丘葵《和心泉问柳》:"初晓晴曦为写真,嫣然一笑换千颦。"宋韩维《赠香严敷…》:"半死半生悟俗世,一颦一笑是家珍。"宋王安石《雪乾》:"换得千颦为一笑,春风吹柳万黄金。"

一抔土　yī póu tǔ

【分类】生活

【关键词】张释之

【释义】一捧之土。后做为坟墓的代称。《史记·张释之冯唐传》:"今盗宗庙器而族之,有如万分之一,假令愚民取长陵一抔土,陛下何以加其法乎?"

【例句】唐骆宾王《代李敬业…》:"一抔之土未干,六尺之孤何托?"唐卢纶《栖岩寺隋…》:"可怜贞质无今古,可叹隋陵一抔土。"唐刘禹锡《平蔡州妖》:"童擢发不足数,血污城西一抔土。"宋蔡襄《送胡武平…》:"烟帆十丈船,湖山一抔土。"

一钱不值　yī qián bù zhí

【分类】生活

【关键词】灌夫

【释义】一个铜钱都不值。喻对人或事物的蔑视。《汉书·窦田灌韩传·灌夫》:"(灌)夫无所发怒,乃骂贤曰:'平生毁程不识不直一钱,今日长者为寿,乃效女曹儿呫嗫耳语!'"

【例句】唐陆龟蒙《丁隐君歌》:"前度相逢正卖文,一钱不直虚云云。"宋郭祥正《交难》:"又不见坐中耳语程将军,背骂一钱犹不直。"宋张元干《兰溪舟中》:"三径已荒无蚁梦,一钱不直有鸥盟。"宋黄庭坚《次韵任道…》:"一钱不直程卫尉,万事称好司马公。"

一钱看囊　yī qián kàn náng

【分类】生活

【关键词】阮孚

【释义】咏清贫如洗之典。源见"阮囊羞涩"。

【例句】唐杜甫《空囊》:"囊空恐羞涩,留得一钱看。"宋苏轼《戏书吴江…》:"千首文章二顷田,囊中未有一钱看。"宋陈汝锡《石门山》:"囊无一钱看,志有万里适。"宋朱松《水精念珠颂》:"百八么珠水玉寒,客囊无复一钱看。"

一钱太守　yī qián tài shǒu

【分类】政治

【关键词】刘宠

【释义】比喻为官清廉。《后汉书·刘宠传》:"山阴县有五六老叟…人赍百钱以送宠。对曰:'年老遭值圣明,今闻当见弃去,故自扶奉送。'宠曰:'吾政何能及公言邪?勤苦父老!'为人选一大钱受之。"

【例句】唐司空曙《送严使君…》:"家楚依三户,辞州选一钱。"唐吴仁璧《金钱花》:"堪疑刘宠疑芳在,不许山阴父老贫。"五代贯休《宋使君罢…》:"必似汉高三杰去,且将刘宠一钱归。"宋梅尧臣《雷太简遗》:"献来一钱不肯要,只乞斗酒抱归村。"

一秦　yī qín

【分类】生活

Y

1005

【关键词】房君
【释义】指独一,唯一。源见"又生一秦"。
【例句】唐韩翃《田仓曹东…》:"更羡风流外,文章是一秦。"宋陆游《冬日读白…》:"风俗未唐虞,诗书非一秦。"宋黄庭坚《晁张和答》:"自古非一秦,六籍盖多难。"宋吴儆《和孙先生…》:"古来非一秦,焚厄故如此。"

一琴一鹤 yī qín yī hè
【分类】政治
【关键词】赵阅道
【释义】形容行装简少,也比喻为官清廉。《梦溪笔谈·人事一》:"赵阅道为成都转运史,出行部内,唯携一琴一鹤,坐则看鹤鼓琴。"
【例句】宋胡斗南《题汪水云…》:"一琴一鹤一扁舟,南北东西更九州"宋仇远《卜居白龟…》:"一琴一鹤小生涯,陋巷深居几岁华。"元李稹《自咏》:"尘世悠悠寄此生,一琴一鹤尽营营。"元汪广洋《题僧巨然…》:"青鞋布袜者谁子,一琴一鹤相后先。"

一丘 yī qiū
【分类】文化
【关键词】汉书
【释义】一座小山。或一座坟墓。《汉书·叙传上》:"栖迟于一丘,则天下不易其乐。"
【例句】唐张易之《奉和圣制…》:"千丈松萝交翠幕,一丘山水当鸣琴。"唐刘宪《奉和圣制…》:"非吏非隐晋尚书,一丘一壑降乘舆。"唐李白《金门答苏…》:"未果三山期,遥欣一丘乐。"唐崔涂《题嵩阳隐者》:"四十年高梦,生涯指一丘。"

一丘一壑 yī qiū yī hè
【分类】政治
【关键词】汉书
【释义】原指古代隐士隐居垂钓之处,后以此典咏寄情山水的情怀。《汉书·叙传上》:"若夫严者,绝圣弃智,修生保真,清虚淡泊,归之自然,独师友造化,而不为世俗所役者也。渔钓于一壑,则万物不奸其志,栖迟于一丘,则天下不易其乐。"
【例句】唐刘宪《奉和圣制…》:"非吏非隐晋尚书,一丘一壑降乘舆。"唐吕从庆《漫兴》:"纠岭丰溪许避秦,一丘一壑老遗民。"宋张方平《都官叶郎…》:"一丘一壑平生志,况有门人伴钓游。"宋陆游《不山》:"一丘一壑吾所许,不须更慕明堂材。"

一裘一葛 yī qiú yī gé
【分类】政治
【关键词】韩愈
【释义】咏隐世之典。唐韩愈《送石处士序》:"先生居嵩、邙、瀍、谷之间,冬一裘,夏一葛,食:朝夕饭一盂,蔬一盘。人与之钱则辞,请与出游,未尝以事辞,劝之仕不应。坐一室,左右图书。"

【例句】宋丘葵《八十》:"一裘一葛一纶巾,包裹父生师教身。"宋沈辽《次韵悟师…》:"一裘一葛谢时人,似与孤云老鹤亲。"宋陆游《短歌行》:"炎天一葛冬一裘,藜羹饭糗勿豫谋。"宋辛弃疾《水调歌头》:"一葛一裘经岁,一钵一瓶终日,老子旧家风。"

一曲春风 yī qǔ chūn fēng
【分类】生活
【关键词】刘禹锡
【释义】如春风般温暖多情的曲调。也比喻相思之情的惆怅失落。源见"杜韦娘"。
【例句】宋杨万里《过磨盘得…》:"全番长笛横腰鼓,一曲春风出塞声。"宋韩淲《题刘叔骥…》:"春风一曲唱离歌,楼外玉溪流细波。"宋项安世《次韵陶节…》:"瑶琴一曲春风里,思绕龙门看洛河。"宋饶鲁《重湖夜月》:"又闻鉴湖赐贺老,剡川一曲春风好。"

一曲杜韦娘 yī qǔ dù wéi niáng
【分类】生活
【关键词】刘禹锡
【释义】比喻席上闻歌的惆怅共鸣之情。源见"杜韦娘"。
【例句】宋舒亶《虞美人》:"玉箫一曲杜韦娘。谁是苏州刺史、断人肠。"宋陈师道《菩萨蛮》:"一曲杜韦娘。当年枉断肠。"宋葛立方《卫卿叔…》:"笙歌嘈杂闻未尝,何止一曲杜韦娘。"清章甫《和友春觞…》:"春风一曲杜韦娘,逗出嘉宾锦绣肠。"

一曲紫云回 yī qǔ zǐ yún huí
【分类】生活
【关键词】唐玄宗
【释义】"为咏仙乐或笛曲之典。《杨太真外传》:"上尝梦十仙子,乃制《紫云回》(玄宗尝梦仙子十余辈,御卿云而下,各执乐器,悬奏之。曲度清越,真仙府之音。有一仙人曰:'此神仙《紫云回》。今传授陛下,为正始之音。'上喜而传受。寤后,余响犹在。旦,命玉笛习之,尽得其节奏也),并梦龙女,又制《凌波曲》,二曲既成,遂赐宜春院及梨园弟子并诸王。""
【例句】初李峤《奉和拜洛…》:"周旗黄鸟集,汉幄紫云回。"宋苏洞《金陵杂兴》:"紫云回薄隐新愁,早起钟声也是不。"宋赵孟坚《送马上娇…》:"前头乐部紫云回,催驾颙迎奏三叠。"宋吴文英《满江红》:"倩双成、一曲紫云回,红莲折。"

一日九迁 yī rì jiǔ qiān
【分类】政治
【关键词】车千秋
【释义】咏迁升迅速之典。《易林·履之节》:"安上宜官,一日九迁,升擢超等,牧养常山。"原注:"汉车千秋一日九迁其官。"亦指多次迁徙。形容惊扰不安。
【例句】唐钱起《李四劝为…》:"黄绶俄三载,青云未九迁。"五代邓洵美《答同年李…》:"词场几度让长鞭,又向清朝贺九迁。"宋吴芾《送王若夫…》:"此行会有知音者,送上通津岁九迁。"宋邵雍《首尾吟》:"既无一日九迁则,安有终朝三褫之。"

一日三秋 yī rì sān qiū

【分类】生活

【关键词】诗经

【释义】初喻别离思念恋人之情,后则泛指对亲人或朋友思念的殷切。《诗经·王风·采葛》:"彼采萧兮,一日不见,如三秋兮。"意为:那个采萧的姑娘啊!一天没见到她,就好象过了三个秋天啦。

【例句】唐杨炯《有所思》:"三秋方一日,少别比千年。"唐赵微明《古离别》:"违别未几日,一日如三秋。"唐吴筠《过天门山…》:"一日如三秋,相思意弥敦。"唐独孤及《将赴京答…》:"思君带将缓,岂直日三秋。"

一日万里 yī rì wàn lǐ

【分类】政治

【关键词】杜阳杂编

【释义】比喻行动非常迅速。唐苏鹗《杜阳杂编》:"且安天下用将帅,如造大舟以越沧海,其功则多,其成则大,一日万里,无所不届。"

【例句】唐韩愈《八月十五…》:"敕书一日行万里,罪从大辟皆除死。"唐吕岩《七言》:"三千功行百旬见,万里蓬莱一日程。"宋王之道《和李似矩…》:"伟哉骅骝世英物,一日早行三万里。"宋强至《还府推杨…》:"岂知学士丁妙年,一日青云趋万里。"

一戎衣 yī róng yī

【分类】政治

【关键词】尚书

【释义】泛指武装起来,用兵作战。《尚书·武成》:"一戎衣,天下大定。"汉孔安国《传》:"衣,服也;一着戎服而灭纣。"

【例句】唐李世民《饮马长城…》:"荒裔一戎衣,云台凯歌入。"唐杜甫《重经昭陵》:"风尘三尺剑,社稷一戎衣。"唐许敬宗《奉和行经…》:"一戎乾宇泰,千祀德流清。"宋曹勋《癸巳圣节》;"理契弈秋专国手,德兼周武一戎衣。"

一绳何系 yī shéng hé xì

【分类】政治

【关键词】徐稺

【释义】喻个人难以挽回全局颓势。《后汉书·徐稺传》:"(徐稺)谓容(茅容)曰:'为我谢郭林宗(郭泰字),大树将颠,非一绳所维,何谓栖栖不遑宁处?'"唐李贤注:"维,系也。喻时将衰季,岂一人可能救邪?"

【例句】唐陈子昂《感遇诗》:"一绳将何系,忧醉不能持。"

一十三死生 yī shí sān sǐ shēng

【分类】生活

【关键词】老子

【释义】老子认为,人若过分追求生,反而容易导致死;只有无以生为生,才是全生之道。《老子》:"出生入死,生之徒,十有三;死之徒,十有三;人之生,动之死地,亦十有三,夫何故?以其生生之厚。"

【例句】唐陈子昂《夏日晖上…》:"四十九变化,一十三死生。"

一食 yī shí

【分类】文化

【关键词】维摩诘

【释义】称赞僧释的修炼道行之典。《维摩诘所说经》:"一景者,世间分段之食也。若能于此一食,了达三谛,即成洁食,然后运平等心,上供诸佛,中奉圣贤,下及六道,等施无别,经云以一食施切。"古代佛教徒一日只吃一餐,故意以此修行自苦。

【例句】唐杜甫《解闷》:"一饭未曾留俗客,数篇今见古人诗。"唐白居易《同钱员外…》:"斋时往往闻钟笑,一食何如不食闲。"唐刘长卿《戏赠干越…》:"五年持戒长一食,至今犹自颜如花。"宋释重显《送怀秀禅者》:"麻衣草座思灵彻,一食安闲更无别。"宋苏辙《和子瞻焦山》:"野僧终日饱一饭,与世相视如氓蛮。"

一事无成 yī shì wú chéng

【分类】生活

【关键词】白居易

【释义】一件事也没有作成。意思是毫无成就。唐白居易《除夜寄微之》:"鬓毛不觉白毵毵,一事无成百不堪。"

【例句】唐薛逢《老去也》:"惆怅人生不满百,一事无成头雪白。"唐徐铉《赠维扬故人》:"一事无成空放逐,故人相见重凄凉。"宋李之仪《阳翟道中…》:"一事无成还岁晚,百年过半尚人谋。"宋萧立之《次刘苍涯见访》:"七年有别君仍壮,一事无成我自悲。"

一视同仁 yī shì tóng rén

【分类】政治

【关键词】韩愈

【释义】谓圣人对百姓一样看待,同施仁爱。后泛指平等相待,不加歧视。唐韩愈《原人》:"是故圣人一视而同仁,笃近而举远。"

【例句】宋章甫《送张安国》:"吾君一视而同仁,且欲烦公苏远人。"宋薛季宣《九月犹煖…》:"同仁乃一视,梅桂华秋旸。"明金幼孜《狮子歌》:"乃知圣皇德至博,同仁一视靡厚薄。"明庄昶《送昌期御…》:"更谁一视同仁妙,又到朱幡绣斧中。"

一双两好 yī shuāng liǎng hǎo

【分类】生活

【关键词】高斋漫录

【释义】比喻夫妻美好相称。宋曾慥《高斋漫录》:"毗陵有成郎中,宣和中为省官,貌不扬而多髭。再娶之夕,岳母陋之,曰:'我女菩萨乃嫁一麻胡。'命成作诗。成乃操笔大书云：'一床两好世间无，好女如何得好夫，高卷珠帘明点烛，试教菩萨看麻胡。'"
【例句】宋无名氏《贺新郎》："算一双、两好真奇妙。天上有，世间少。"宋史浩《如梦令》："忒好。忒好。真个一双两好。"宋辛长吉《齐天乐》："一笑相迎，一双两好恰厮称。"聂绀弩《搓草绳》："一双两好缠绵久，万转千回缱绻多。"

一台二妙　yī tái èr miào
【分类】文化
【关键词】卫瓘索靖
【释义】喻指同在一处做事又都有突出才能的人。《晋书·卫瓘传》："咸宁初，征拜尚书令，加侍中。瓘学问深博，明习文艺，与尚书郎敦煌索靖俱善草书。时人号为'一台二妙'。汉末张芝亦善草书，论者谓瓘得伯英筋，靖得伯英肉。"
【例句】唐韦应物《路逢崔元…》："一台称二妙，归路望行尘。"宋司马光《和秉国寄…》："一台二妙日追游，琥珀香醪白玉瓯。"宋赵鼎臣《杨时可苏…》："文章华翰九天开，二妙同时在一台。"宋王灼《次韵米太初》："谁拟一台称二妙，如公才气本无双。"

一谈　yī tán
【分类】生活
【关键词】胡藩
【释义】一次谈话。《南史·胡藩传》："至于涉猎纪传，一咏一谈，自许以雄众；加以夸伐，搢绅白面之士，辐凑而归。"也指同一论调。唐韩愈《平淮西碑》："大官臆决唱声，万口和附，并为一谈，牢不可破。"
【例句】唐包融《酬忠公林亭》："一谈入理窟，再索破幽襟。"唐李白《答王十二…》："一谈一笑失颜色，苍蝇贝锦喧谤声。"唐杜甫《人日》："此日此时人共得，一谈一笑俗相看。"宋周紫芝《送李瑞昌》："晚生恨不见前辈，一谈往事神先驰。"

一条冰　yì tiáo bīng
【分类】政治
【关键词】陈彭年
【释义】比喻清贵的官职。《国老谈苑》："陈彭年在翰林，所兼十余职，皆文翰清秘之目，时人谓其署衔为'一条冰'。"
【例句】宋王之道《次韵高守…》："人仰郡侯清可倚，暑中真是一条冰。"宋刘克庄《得归》："添千茎雪希临镜，省一条冰细署衔。"宋韦骧《摄户纠二…》："却笑近贤衔署贵，时人虚号一条冰。"明杨守阯《初署院印》："职业乍纡方寸印，官衔仍是一条冰。"

一秃翁　yī tū wēng
【分类】政治
【关键词】灌夫
【释义】喻骂年老秃头免职之官。《汉书·灌夫传》："蚡罢朝，出止车门，召御史大夫安国载，怒曰：'与长孺共一秃翁，何为首鼠两端？'"服虔曰："秃翁，言(窦)婴无官位版授也。首鼠，一前一郤也。"张晏曰："婴年老，又嗜酒，头秃，言当共治一秃翁也。"
【例句】宋宋庠《宗人缄见过》："男子诣曹羞会课，秃翁无版欲归田。"宋宋祁《古意》："轮囷自许先枯木，首鼠何曾忌秃翁。"宋陈师道《送吴先生…》："为说任安在，依然一秃翁。"宋刘克庄《九月初十…》："形槁心灰一秃翁，偶来视草禁林中。"

一苇杭　yī wěi háng
【分类】政治
【关键词】诗经
【释义】指将一束苇作船而渡。以一苇代称小舟。《诗经·卫风·河广》："谁谓河广，一苇航之。"唐孔颖达疏："言一苇者，谓一束也，可以浮之水上而渡，若桴栰然，非一根苇也。"按：杭通航。
【例句】唐陈元光《候夜行师》："凤凰台上几声笛，鹦鹉洲边一苇舟。"唐杜甫《洗兵马》："河广传闻一苇过，胡危命在破竹中。"唐李绅《奉酬乐天…》："天津落星河，一苇安可航。"唐权德舆《送上虞丞》："计程航一苇，试吏佐双凫。"宋苏轼《次韵王晋…》："天山自可三箭取，海国何劳一苇杭。"

一弦琴　yī xián qín
【分类】政治
【关键词】孙登
【释义】比喻隐士清高自适的隐居生活。《晋书·孙登传》："孙登字公和…于郡北山为土窟居之，夏则编草为裳，冬则被发自覆。好读《易》，抚一弦琴，见者皆亲乐之。"
【例句】唐卢照邻《宿玄武》："已乘千里兴，还抚一弦琴。"唐骆宾王《秋日山行…》："不如从四皓，丘中鸣一弦。"宋周密《友人山房》："与世相忘千日酒，谋生甚简一弦琴。"明屈大均《罗浮放歌》："临风时弄一弦琴，猿鸟啾啾悲枫林。"

一笑粲　yī xiào càn
【分类】生活
【关键词】苏轼
【释义】谓粲然一笑。《苏轼诗集·〈徂楚文〉》："辽哉千岁后，发我一笑粲。"
【例句】宋黄庭坚《次韵文潜…》："戎葵一笑粲，露井百尺深。"宋唐庚《示蚕》："岂惟不肯嗔，更付一笑粲。"宋陆游《赠持钵道人》："相逢一笑粲，滞思得披豁。"宋喻良能《奉和赵大…》："慈颜一笑粲，戏舞彩衣斜。"

一笑千金　yī xiào qiān jīn
【分类】生活
【关键词】崔骃
【释义】美人一笑难得，千金难买。为咏美人之典。《艺文类聚》引东汉崔骃《七依》："回顾百万，一笑千金。"

【例句】唐杨师道《阙题》:"两鬓百万谁论价,一笑千金判是轻。"唐韩愈《刘生诗》:"越女一笑三年留,南逾横岭入炎州。"唐权德舆《杂兴》:"一颦一笑千金重,肯似成都夜失身。"聂绀弩《晴雯》:"往日千金难一笑,从来谣诼力早抛。"

一心一意 yī xīn yī yì
【分类】生活
【关键词】杜恕
【释义】谓同心同意;或专心专意,毫无他念。《三国志·杜恕传》:"免为庶人,徙章武郡,是岁嘉平元年。"南朝宋裴松之注引《杜氏新书》:"故推一心,任一意,直而行之耳。"
【例句】唐骆宾王《代女道士…》:"一心一意无穷已,投漆投胶非足拟。"唐伏牛小师《答伏牛和尚》:"两眼不曾窥小水,一心专拟透龙门。"宋仲殊《步蟾宫》:"一心一意同欢笑。两心事、卒难得了。"明韩上桂《闺怨篇初…》:"春去春来枉自持,一心一意何曾已。"

一言悟主 yī yán wù zhǔ
【分类】政治
【关键词】车千秋
【释义】喻朝臣以进言而荣身致宠。指车千秋一句话感悟汉武帝,拜相封侯。《汉书·车千秋传》:"(千秋)曰:'子弄父兵,罪当笞;天子之子过误杀人,当何罪哉!'…数月,遂代刘屈氂为丞相,封富民侯。千秋无他材能术学,又无伐阅功劳,特以一言寤意,旬月取宰相封侯,世未尝有也。"
【例句】唐窦牟《秋夕闲居…》:"悟主一言那可学,从军五首竟徒为。"宋吴惟信《寄蒋重珍…》:"此际一言能悟主,始堪回首旧林丘。"宋陈师道《寄单州张…》:"一言悟主心犹壮,百巧成穷发自新。"宋周紫芝《恭和御制…》:"三礼秩宗归大圣,一言悟主付千秋。"

一言腰相印 yī yán yāo xiāng yìn
【分类】政治
【关键词】苏秦
【释义】喻谋略高深,或得官简易。源见"抵掌而谈"。
【例句】宋刘克庄《贺新郎》:"古有一言腰相印,谁教他、满箧婴鳞疏。"明何景明《昔游篇》:"一言夺相印,七国趋关西。"明陈应埈《至日憇东…》:"又不见田郎一言取相印,冯唐十年官不进。"清王士禛《送彭古晋》:"一言夺相印,应侯亦奇才。"

一阳生 yī yáng shēng
【分类】生活
【关键词】周易
【释义】冬至后白天渐长,古代认为是阳气初动,故冬至又称一阳生。《周易注疏·复》:"象曰:雷在地中,复,先王以至日闭关,商旅不行,后不省方。"唐孔颖达疏:"复谓反本,静为动本,冬至一阳生,是阳动用而阴复之静也。"
【例句】唐权德舆《冬至宿斋…》:"明日一阳生百福,不辞相望阻寒宵。"唐吕岩《七言》:"一阳生是兴功日,九转周为得道年。"唐李郢《冬至后西…》:"一阳生后阴飙竭,湖上层冰看折时。"唐熊孺登《至日荷李…》:"风云千骑降,草木一阳生。"

一叶知秋 yī yè zhī qiū
【分类】生活
【关键词】淮南子
【释义】比喻由小见大,由细微的迹象就能推知事物发展变化的趋势。《淮南子·说山训》:"以小明大,见一叶落而知岁之将暮,睹瓶中之冰而知天下之寒。"
【例句】唐孟浩然《和卢明府…》:"洞庭一叶惊秋早,溇落空嗟滞江岛。"唐钱起《长信怨》:"长信萤来一叶秋,蛾眉泪尽九重幽。"唐杜牧《早秋客舍》:"风吹一片叶,万物已惊秋。"唐元稹《赋得九月尽》:"霜降三旬后,蓂余一叶秋。"

一衣带水 yī yī dài shuǐ
【分类】生活
【关键词】隋文帝
【释义】原指像一条衣带那样狭窄的河流。后比喻仅隔一水,极其邻近。《南史·陈后主本纪》:"隋文帝谓仆射高颎曰:'我为百姓父母,岂可限一衣带水不拯之乎?'"
【例句】唐唐彦谦《汉代》:"不因衣带水,谁觉路迢迢?"宋胡宿《桃叶渡》:"一条衣带水,千古石头城。"宋文彦博《谢假新舟》:"深惭一水如衣带,不称君家旧济川。"宋洪刍《金陵作》:"沙嘴弯环转柂牙,一衣带水绕城斜。"

一簪华发 yī zān huá fà
【分类】生活
【关键词】苏轼
【释义】一头白发。比喻饱经沧桑。《苏轼诗集·台头寺步月得人字》:"回首旧游真是梦,一簪华发岸纶巾。"
【例句】宋邵雍《代书寄…》:"半局残棋销白昼,一簪华发乱西风。"宋陆游《感旧》:"十丈战尘孤壮志,一簪华发醉秋风。"宋汪藻《宿鄠侯镇》:"今日重来堤树老,一簪华发载寒星。"宋李弥逊《复用前韵》:"唤起春眠恨伯劳,一簪华发不禁搔。"

一战霸 yī zhàn bà
【分类】政治
【关键词】左传
【释义】喻指一次斗争便取得成功。《左传·僖公二十七年》:"出穀戍,释宋围,一战而霸,文之教也。"晋杜预注:"谓明年城濮。"
【例句】唐韩愈《县斋有怀》:"虽兔十上劳,何能一战霸。"唐李商隐《送千牛李…》:"如无一战霸,安有大横庚。"宋刘敞《送子高知》:"今看一战霸,信有万夫雄。"宋王洋《安成令以…》:"晋士倪不然,安能一战霸。"

一真无为　yī zhēn wú wéi
【分类】文化
【关键词】楞严经
【释义】佛教语。言一真法界之体为无为自然。《楞严经》："清静无漏,一真无为,性本然也。"一真法界为华严宗所用极理之称。即是诸佛平等法身,从本以来,不生不灭,非空非有,离名离相,无内无外,惟一真实,不可思议,是名一真法界。
【例句】唐司马承祯《太上升玄…》："一真度一切,如楫济横流。"唐张果《玄珠歌》："为得玄珠镇灵府,一真行处一光辉。"唐惟劲《觉地颂》："妙觉觉妙元明体,全成无漏一真精。"唐无名氏《简金颂》："迷即一真名二体,只为群生不照心。"

一枝春　yī zhī chūn
【分类】生活
【关键词】陆凯
【释义】咏梅或怀友之典。源见"陆凯传情"。
【例句】唐张九龄《折杨柳》："一枝何足贵,怜是故园春。"唐崔道融《长门怨》："长门花泣一枝春,争奈君恩别处新。"唐戴叔伦《旅次寄湖…》："却是梅花无世态,隔墙分送一枝春。"唐贺兰遂《句》："玉貌自宜双黛翠,桃花独笑一枝春。"

一枝桂　yī zhī guì
【分类】政治
【关键词】郗诜
【释义】喻科举及第之荣。或指比较突出的荣誉。源见"蟾宫折桂"。
【例句】唐李白《同吴王送…》："欲折一枝桂,还来雁沼前。"唐岑参《送滕亢擢…》："橘怀三个去,桂折一枝将。"唐白居易《喜敏中及…》："桂折一枝先许我,杨穿三叶尽惊人。"唐罗隐《投宣武郑…》："因思一枝桂,已作断根蓬。"唐罗隐《长安秋夜》："五等列侯无故旧,一枝仙桂有风霜。"

一掷百万　yī zhì bǎi wàn
【分类】生活
【关键词】刘毅
【释义】形容赌注极大或举动非同一般。源见"绕床呼卢"。
【例句】唐李白《猛虎行》："有时六博快壮心,绕床三匝呼一掷。"唐徐夤《宋二首》："百万人甘一掷输,玄穹惟与道相符。"宋刘攽《送张七和…》："从仕如博弈,百万系一掷。"宋张扩《读钱神论…》："不愿腰缠十万上扬州,安用呼卢百万供一掷。"宋陆游《三山卜居…》："再见封侯未成快,一掷成卢安用再?"

一字褒　yī zì bāo
【分类】政治
【关键词】春秋穀梁

【释义】指言简意赅、褒扬鲜明的语言文字。《春秋穀梁传·春秋穀梁传注疏序》："一字之褒,宠逾华衮之赠;片言之贬,辱过皱朝之挞。"《春秋》用笔严谨,常用一字寓意褒贬。晋杜预《春秋经传集解序》："《春秋》虽以一字为褒贬,然皆须数句以成言。"
【例句】唐李商隐《献寄旧府…》："幕府三年远,春秋一字褒。"唐权德舆《湖南观察…》："表墓双碑立,尊名一字褒。"唐王干《酬孙namics发》："从来一字为褒贬,二十八言犹太多。"宋杨亿《笔》："墨妙三分惭入木,华褒一字重编年。"

一字师　yī zì shī
【分类】政治
【关键词】郑谷
【释义】咏老师之典。宋陶岳《五代史补》:齐己作《早梅》诗,有"前村深雪里,昨夜数枝开"之句,郑谷改"数枝"为"一枝",齐己下拜。时人称谷为一字师。
【例句】宋曾巩《恩藏主送…》："请公静看横斜影,便是当年一字师。"宋周必大《寄题安福…》："请君更学张公艺,忍字常为一字师。"宋方岳《再用韵简…》："别来已赋三秋句,久欲尊为一字师。"聂绀弩《寿迟冬五十》："文心一字师兼友,诗骨两人瘦共寒。"

一醉六十日　yī zuì liù shí rì
【分类】生活
【关键词】阮籍
【释义】咏长醉之典。《晋书·阮籍传》："文帝初欲为武帝求婚于籍,籍醉六十日,不得言而止。"
【例句】唐杜牧《自宣州赴…》："一醉六十日,古来闻阮生。"唐高蟾《道中有感》："一醉六十日,一裘三十年。"宋刘学箕《政仲留饮…》："我不如阮公籍,相逢一醉六十日。"清孙星衍《小除日毗…》："三千年来复谁乐,六十日醉真吾徒。"

一坐数千息　yī zuò shù qiān xī
【分类】生活
【关键词】陈与义集
【释义】形容凝神久坐。《陈与义集·开壁置窗命曰远轩》："岂知得此地,一坐数千息。"
【例句】宋陆游《好事近》："心如潭水静无风,一坐数千息。"宋汪藻《庚午岁屏…》："趺坐数千息,焚香待朝暾。"明施闰章《山亭》："一坐移清昼,悠然物外心。"

伊川叹　yī chuān tàn
【分类】政治
【关键词】左传
【释义】哀叹邦国衰微之典。《左传·僖公二十二年》："初,平王之东迁也,辛有适伊川,见被发而祭于野者,曰:'不及百年,此其戎乎! 其礼先亡矣。'"晋杜预注:"被发而祭,有象夷狄。"
【例句】唐吴融《金桥感事》："百年徒有伊川叹,五利宁无魏绛功。"宋苏颂《和晨发柳河》："安得华风变殊俗,免教辛有叹伊川。"宋陈棣《再用前韵》："江山还有新亭叹，痛惜伊川化陆浑。"宋薛季宣《读近时乐府》："周东幸有其戎叹，却在伊川被发前。"

伊皋　yī gāo
【分类】政治
【关键词】伊尹皋陶
【释义】伊尹，商代名相，皋陶，舜之大臣，掌刑狱之事。后常并称，喻指良相贤臣。《汉书·张陈王周传赞》："将军宜详唐、殷之举，察伊、皋之荐，令远近无偏，幽隐必达。"唐李贤注："尧举皋陶，汤举伊尹。"
【例句】唐李白《君子有所…》："伊皋运元化，卫霍输筋力。"唐卢僎《奉和李令…》："伊皋羞过狭，魏丙服粗疏。"唐储光羲《敬酬陈掾…》："方将袭伊皋，永以崇夏殷。"唐徐夤《伤前翰林…》："皇天未启升平运，不使伊皋相禹汤。"

伊霍　yī huò
【分类】政治
【关键词】伊尹霍光
【释义】借指贤辅良臣。《后汉书·宦者传序》："或称伊、霍之勋，无谢于往载；或谓良、平之画，复兴于当今。"商代伊尹放逐太甲，西汉霍光废昌邑王，二人都是扶贤君除暴君的名臣。
【例句】唐林仙人《五言长句》："有志追伊霍，无才佐舜尧。"唐罗隐《寄酬邺王…》："长笑应刘悲显达，每嫌伊霍少诗篇。"宋郭祥正《赠孙郎中》："天子聪明继尧舜，庙堂论道皆伊霍。"元刘鹗《十月十四…》："公忠赖伊霍，揖让见唐虞。"

伊籍一拜　yī jí yī bài
【分类】文化
【关键词】伊籍
【释义】用为才辩机捷的典故。《三国志·伊籍传》："伊籍字机伯…卒，遂随先主南渡江。遣东使于吴，孙权闻其才辩，欲逆折以辞。籍适入拜，权曰：'劳事无道之君乎？'籍即对曰：'一拜一起，未足为劳。'籍之机捷，类皆如此，权甚异之。"
【例句】唐齐己《渚宫莫问…》："莫问伊籍懒，流年已付他。"唐李翰《蒙求》："伊籍一拜，郦生长揖。"

伊吕　yī lǚ
【分类】政治
【关键词】伊尹吕尚
【释义】指伊尹和吕尚，商伊尹辅商汤，西周吕尚佐周武王，皆有大功，后因并称伊吕泛指辅弼重臣。《汉书·董仲舒传赞》载：刘向称："董仲舒有王佐之材，虽伊、吕亡以加，管、晏之属，伯者之佐，殆不及也。"
【例句】唐杜淹《召拜御史…》："伊吕深可慕，松乔定是虚。"唐权德舆《奉送孔十…》："能将此道助皇风，自可殊途并伊吕。"唐杜甫《咏怀古迹》："伯仲之间见伊吕，指挥若定

失萧曹。"唐刘长卿《至德三年…》："苍生属伊吕，明主仗韩彭。"

伊蒲馔　yī pú zhuàn
【分类】文化
【关键词】佛
【释义】斋供，素食。《书言故事·释教》："斋供食曰伊蒲馔。"
【例句】宋苏颂《次韵苏子…》："案上梵夹床龙须，炉销都梁馔伊蒲。"宋沈辽《题文殊寺》："驻舟薄致伊蒲馔，欲结诸公寂静缘。"宋曾几《谢胡帅饷酥》："已令炊饼作十字，今晨盛馔非伊蒲。"聂绀弩《杂诗》："久饭伊蒲思煮鹤，终披瑶草悔耕烟。"

伊祁氏　yī qí shì
【分类】文化
【关键词】皮日休
【释义】春神。唐皮日休《桃花赋》："伊祁氏之作春也，有艳外之艳，华中之华，众木不得，融为桃花。"
【例句】唐皮日休《奉和鲁望…》："三百八十言，出自伊祁氏。"宋郑清之《和赵静乐…》："伊祁作春私帝力，司花女课千机织。"宋舒岳祥《正月十日…》："酬唱小编情性好，伊祁留得一分春。"宋李曾伯《禁烟日登…》："伊祁不放花飞尽，露湿蔷薇几阵香。"

伊威　yī wēi
【分类】文化
【关键词】诗经
【释义】也作蛜蝛，生于阴暗潮湿处的小虫，今名地鳖虫。《诗经·豳风·东山》："果蠃之实，亦施于宇，伊威在室，蠨蛸在户。"伊威在室：形容破败荒凉。
【例句】唐韩愈《送区弘归》："朝暮盘羞恻庭闱，幽房无人感伊威。"唐韩愈《城南联句》："暮堂蝙蝠沸，破灶伊威盈。"宋王安石《忆昨诗示…》："吟哦图书谢庆吊，坐室寂寞生伊威。"宋苏轼《上元夜过…》："静看月窗盘蜥蜴，卧闻风幔落伊威。"

伊尹　yī yǐn
【分类】政治
【关键词】伊尹
【释义】中国商朝初年著名丞相、政治家。《孟子·万章》："伊尹耕于有莘之野。"
【例句】唐李商隐《井泥四十韵》："伊尹佐兴王，不藉汉父资。"唐唐彦谦《宿田家》："空怀伊尹心，何补尧舜治。"唐李昂《题雍丘崔…》："伊尹即今须负鼎，王乔何事欲冲天。"聂绀弩《闻某诗人…》："地耕伊尹耕前地，天补女娲补后天。"

伊周　yī zhōu
【分类】政治
【关键词】伊尹周公

【释义】商伊尹和西周周公旦。两人都曾摄政。亦指执掌朝政的大臣。《汉书·张陈王周传赞》:"至登辅佐,匡国家难,诛诸吕,立孝文,为汉伊周,何其盛也!"

【例句】唐钱起《晚出青门…》:"处贵有余兴,伊周位不如。"唐张演《武侯墓》:"勋业伊周亚,经纶楚汉前。"唐杜甫《秋日荆南…》:"不必伊周地,皆知屈宋才。"宋李觏《感叹》:"陛楯拥尧舜,廊庙居伊周。"

衣弊履穿　yī bì lǚ chuān

【分类】生活

【关键词】庄子

【释义】衣服破败,鞋子穿孔。形容贫穷。《庄子·山木》:"士有道德不能行,惫也;衣弊履穿,贫也。"

【例句】唐杜甫《春日江村》:"过懒从衣结,频游任履穿。"宋刘敞《苦雪》:"根拳枝折物可念,衣敝履穿吾自堪。"宋苏辙《赠马正卿…》:"徒行乞丐买坟墓,冠帻破败衣履穿。"宋陆游《定命》:"履穿衣弊穷居日,齿豁头童大耋时。"

衣锦还乡　yī jǐn huán xiāng

【分类】生活

【关键词】柳庆远

【释义】形容富贵返里。《梁书·柳庆远传》:"高祖饯于新亭,谓曰:'卿衣锦还乡,朕无西顾之忧矣。'"

【例句】唐李白《送外甥郑…》:"丈夫赌命报天子,当斩胡头衣锦回。"唐岑参《送许员外…》:"还家锦服贵,出使绣衣香。"唐李端《送义兴公…》:"本是江南客,还同衣锦归。"唐慧忠《送士濂弟…》:"鸰鸽原今常相望,衣锦还乡常有余。"

依梁冀　yī liáng jì

【分类】政治

【关键词】马融

【释义】喻御用文人媚权贵之典。《后汉书·马融传》:"初,(马)融惩于邓氏,不敢复违忤执家,遂为梁冀草奏李固,又作大将军《西第颂》,以此颇为正直所羞。"马融是东汉的一位知名学者,但依附权贵梁冀,诬陷李固。时人吴祐说:"李公之罪,成于卿手,李公即诛,卿何面目见天下之人乎?"

【例句】宋苏轼《马融石室》:"岂害依梁冀,何须困李侯。"

依刘　yī liú

【分类】政治

【关键词】王粲

【释义】特指依附权豪势要。《三国志·王粲传》:"王粲字仲宣,山阳高平人也…年十七,司徒辟,诏除黄门侍郎,以西京扰乱,皆不就。乃之荆州依刘表。"

【例句】唐戴叔伦《送车参军…》:"公子道存知不弃,欲依刘表住南荆。"唐窦牟《酬舍弟庠…》:"之荆且愿依刘表,折桂终惭见郤诜。"唐许浑《酬和杜侍御》:"因过石城先访戴,欲朝金阙暂依刘。"唐张祜《投魏博李…》:"宁依刘表死,不接贾充荣。"

依马磨　yī mǎ mó

【分类】生活

【关键词】许靖

【释义】比喻自力维持生计之典。《三国志·许靖传》:"少与从弟劭俱知名,并有人伦臧否之称,而私情不协。劭为郡功曹,排摈靖不得齿序,以马磨自给。"许劭为郡功曹时,排挤靖,许靖只得依靠马磨维持生活。

【例句】宋王安中《句》:"不见牛医黄叔度,即寻马磨许文休。"宋陆游《上书乞祠》:"此去敢辞依马磨,向来真惯拥牛衣。"宋陆游《子通读书…》:"未至苦饥依马磨,不妨相守卧蜗庐。"宋陈杰《武宁道间…》:"许靖何尝羞马磨,王章安用泣牛衣。"

猗顿　yī dùn

【分类】生态

【关键词】猗顿

【释义】春秋时鲁国的贫寒书生,战国初著名富豪。《孔丛子》:"猗顿,鲁之穷士也。耕则常饥,桑则常寒。闻朱公富,往而问术焉。朱公告之曰:'子欲速富,当畜五牸。'…十年之间其息不可计,赀拟王公,驰名天下。"

【例句】唐章孝标《八上浙东…》:"黎庶已同猗顿富,烟花却为相公贫。"唐陆龟蒙《读襄阳耆…》:"乃于文学中,十倍猗顿富。"宋郑獬《勉陈石二生》:"孰谓遗书贫,猗顿莫能易。"宋华镇《寄焦公泽》:"有惭猗顿富,徒效老莱装。"

猗兰操　yī lán cāo

【分类】生活

【关键词】乐府诗集

【释义】古琴曲名。多寄生不逢时、怀才不遇之情。《乐府诗集·猗兰操》宋郭茂倩题解:"一曰《幽兰操》…《琴操》曰:'《猗兰操》,孔子所作。孔子历聘诸侯,诸侯莫能任。自卫反鲁,隐谷之中,见香兰独茂,喟然叹曰:"兰当为王者香,今乃独茂,与众草为伍。"乃止车,援琴鼓之,自伤不逢时,托辞于香兰云。'"

【例句】宋王仲修《宫词》:"节纪天宁里社鸣,猗兰今日圣人生。"宋王圭《挽潘昌朝》:"猗兰芳未没,世业不沉沦。"宋赵祯《嘉祐六年…》:"故家乔木盘根大,新出猗兰奕叶鲜。"宋王仲修《宫词》:"节纪天宁里社鸣,猗兰今日圣人生。"

仪狄　yí dí

【分类】生活

【关键词】禹

【释义】传说为夏禹时善酿酒者。亦用为酒的代称。《战国策·魏策》:"昔者帝女令仪狄作酒而美,进之禹,禹饮而甘之,遂疏仪狄,绝旨酒,曰:'后世必有以酒亡其国者。'"

【例句】宋司马光《酬邻几问…》:"酒醴乃人功,后因仪狄成。"宋陈造《戒饮》:"杜康与仪狄,贼物其罪均。"金元好问《觅神霄道…》:"若非仪狄墓中来,应自杜康祠下得。"

元张昱《录家人语》："夜雨满樽仪狄酒,春风小幅薛涛笺。"

仪刑　yí xíng

【分类】政治
【关键词】诗经
【释义】效法、为法,做楷模。亦称仪容,风范。《诗经·大雅·文王》："仪刑文王,万邦作孚。"宋朱熹集传："仪,象。刑,法。"
【例句】唐窦庠《东都嘉量…》："卜筑三川上,仪刑万井中。"唐刘禹锡《令狐相公…》："夷落遥知真汉相,争来屈膝看仪刑。"唐白居易《襄州别驾…》："故中外凡为冢妇者,皆景慕而仪刑焉。"宋文彦博《驾经略太…》："汉相仪刑重,尧风气俗淳。"

夷甫诸人　yí fǔ zhū rén

【分类】政治
【关键词】王衍
【释义】喻指清谈误国之辈。《晋书·桓温传》载:温自江陵北伐,"过淮泗,践北境,与诸僚属登平乘楼,眺瞩中原,慨然曰:'遂使神州陆沉,百年丘墟,王夷甫诸人不得不任其责!'"晋王衍字夷甫,兴清谈之风,不理政务,导致邦家沦丧。
【例句】宋陆游《夜登千峰榭》："夷甫诸人骨作尘,至今黄屋尚东巡。"宋辛弃疾《水调歌头》："长剑倚天谁问,夷甫诸人堪笑,西北有神州。"宋韩淲《新亭图》："新亭地望是神州,夷甫诸人话转愁。"清黄浚《读史》："夷甫诸人死未羞,陆沉容易送神州。"

夷陵火　yí líng huǒ

【分类】政治
【关键词】白起
【释义】咏战争之典。《史记·白起传》："攻楚,拔郢,烧夷陵。"唐张守节《史记正义》："夷陵,今峡州郭下县。"夷陵,春秋时楚先王的墓地。
【例句】唐胡曾《夷陵》："夷陵城阙倚朝云,战败秦师纵火焚。"唐李百药《郢城怀古》："莫救夷陵火,无复紫庭哭。"唐李商隐《楚宫》："歌成犹未唱,秦火入夷陵。"唐曹邺《过白起墓》："夷陵火焰灭,长平生气低。"

夷齐　yí qí

【分类】政治
【关键词】伯夷叔齐
【释义】伯夷、叔齐。喻高洁之人。《史记·伯夷列传》："武王已平殷乱,天下宗周,而伯夷、叔齐耻之,义不食周粟,隐于首阳山,采薇而食之。及饿且死,作歌…遂饿死于首阳山。"薇:俗称山野菜,是一种野生蕨类植物蕨的嫩芽。
【例句】唐于濆《古征战》："苟非夷齐心,岂得无战争。"唐李白《梁园吟》："持盐把酒但饮之,莫学夷齐事高洁。"唐李白《笑歌行》："巢由洗耳有何益,夷齐饿死终无成。"宋张孝《题遗爱庙》："封潘名易夷齐比,相楚功难禹稷加。"

夷齐采薇　yí qí cǎi wēi

【分类】政治
【关键词】伯夷叔齐
【释义】喻节操高尚的隐士。《诗经·小雅》有《采薇》篇。薇:学名救荒野豌豆,又叫大巢菜,种子、茎、叶均可食用。源见"夷齐"。
【例句】唐秦系《献薛仆射》："由来那敢议轻肥,散发行歌自采薇。"唐王维《送綦毋潜…》："遂令东山客,不得顾采薇。"唐李颀《登首阳山…》："苍苔归地骨,皓首采薇歌。"唐冯友仁《寄弟》："糗饭自饴虞舜乐,采薇独守伯夷清。"

宜春帖　yí chūn tiě

【分类】生活
【关键词】荆楚岁时记
【释义】春帖是立春时节房屋的饰物。许多地区立春日在红纸上书写宜春二字,贴于房门上。贴宜春的习俗在晋代的荆楚地区就已经存在。《荆楚岁时记》："立春日,悉剪彩为燕以戴之,贴宜春之字。"
【例句】唐苏颋《人日重宴…》："初年竞贴宜春胜,长命先浮献寿杯。"宋王曾《皇帝阁立…》："年年金殿里,宝字贴宜春。"宋晏殊《东宫阁》："青幡乍帖宜春字,翠旆初迎入律风。"聂绀弩《除夜怀查九》："宜春帖子换屠苏,传世文章应世迁。"

宜男草　yí nán cǎo

【分类】生活
【关键词】风土记
【释义】咏生子之典。也谓祝颂多子之辞。《艺文类聚》引《风土记》："宜男,草也。高六七尺,花如莲,宜怀妊妇人佩之,必生男。"宜男草,萱草。
【例句】唐于鹄《题美人》："胸前空带宜男草,嫁得萧郎爱远游。"唐李贺《河南府试…》："二月饮酒采桑津,宜男草生兰笑人。"唐光威裒《联句》："百味炼来怜益母,千花开处斗宜男。"宋龙辅《寄外》："君风愁少女,妾卉最宜男。"

贻厥　yí jué

【分类】生活
【关键词】尚书
【释义】指留传,遗留。《尚书·五子之歌》："明明我祖,万邦之君,有典有则,贻厥子孙。"汉孔安国《传》："贻,遗也。言仁及后世。"
【例句】唐南诏骠信《星回节游…》："元昶同一心,子孙堪贻厥。"唐韩愈《寄卢仝》："苗裔当蒙十世育,岂谓贻厥无基址。"唐李商隐《送千牛李…》："庆流归嫡长,贻厥在名卿。"宋冯时行《题涪陵杨…》："超然盛德后,清芬念贻厥。"

移封酒泉　yí fēng jiǔ quán

【分类】生活
【关键词】姚馥

【释义】咏嗜酒之典。《拾遗记》："及晋武践位…擢（姚馥）为朝歌邑宰。馥辞曰：'老羌异域之人…请辞朝歌之县，长充养马之役，时赐美酒，以乐余年。'帝曰：'朝歌之故都，地有美酒，故使老羌不复呼渴。'…即迁酒泉太守。地有清泉，其味若酒。"
【例句】唐杜甫《饮中八仙歌》："道逢曲车可流涎，恨不移封向酒泉。"唐岑参《酒泉太守…》："酒泉太守能剑舞，高堂置酒夜击鼓。"宋胡寅《读礼至五…》："不须把镜删须雪，且愿疏封拓酒泉。"宋辛弃疾《丑奴儿》："放在愁边。却自移家向酒泉。"

移文诮　　yí wén qiào
【分类】政治
【关键词】孔稚圭
【释义】讽刺隐士出仕之典。《昭明文选·南朝齐孔稚圭〈北山移文〉》唐吕向注："钟山在都北。其先，周彦伦隐于此山，后应诏出为海盐令，欲却过此山，孔先乃假山灵之意移之，使不许得至。"
【例句】唐韦应物《题从侄…》："欲同朱轮载，勿惮移文诮。"唐李郢《宿怜上人房》："不待移文诮，三年别赤城。"宋赵鼎《夜送客至…》："老来愧取移文诮，会整匆匆俗驾还。"元高启《被召将赴…》："北山恐起移文诮，东观惭叨议论名。"

遗爱　　yí ài
【分类】政治
【关键词】汉书
【释义】谓遗留仁爱于后世。亦指留于后世而被人追怀的德行、恩惠、贡献等。《汉书·叙传下》："淑人君子，时同功异。没世遗爱，民有余思。"
【例句】唐崔融《哭蒋詹事俨》："遗爱犹如在，残编尚可窥。"唐孟浩然《送韩使君…》："召父多遗爱，羊公有令名。"唐杜牧《池州李使…》："多少四年遗爱事，乡闾生子李为名。"唐刘禹锡《衢州徐员…》："闻说天台有遗爱，人将琪树比甘棠。"

遗臭万年　　yí chòu wàn nián
【分类】政治
【关键词】桓温
【释义】谓流传恶名。《晋书·桓温传》："温性俭，每宴惟下七奠柈茶果而已。然以雄武专朝，窥觎非望，或卧对亲僚曰：'为尔寂寂，将为文景所笑。'众莫敢对。既而抚枕起曰：'既不能流芳后世，不足复遗臭万载邪！'"
【例句】宋贺铸《芜湖王敦…》："首揭大航遗臭在，歌流乐府旧音非。"宋陈师道《碓磨寨》："信有亡身一言尽，独能遗臭万人传。"宋刘过《寄沈仲居…》："万死中原百战争，流芳遗臭各垂名。"聂绀弩《清厕同枚子》："笑他遗臭桓司马，不解红旗是上游。"

遗恩余烈　　yí ēn yú liè
【分类】政治
【关键词】王昌刘永
【释义】指前人遗留下的恩德功业。《后汉书·王昌刘永传论》："观更始之际，刘氏之遗恩余烈，英雄岂能抗之哉！"
【例句】唐令狐楚《宋青云于吕》："恭惟汉武帝，余烈尚氤氲。"唐罗公《寄易定公…》："昭王有余烈，试为祷迷邦。"宋王安石《谢公墩》："小草戏陈迹，甘棠咏遗恩。"宋彭汝砺《送鄱阳太守》："遗恩未散波涛润，令德长余锦绣香。"

遗弓　　yí gōng
【分类】政治
【关键词】黄帝
【释义】咏帝王崩逝之典。《史记·封禅书》："黄帝采首山铜，铸鼎于荆山下。鼎既成，有龙垂胡髯，下迎黄帝。黄帝上骑，群臣后宫从上者七十余人，龙乃上去。余小臣不得上，乃悉持龙髯，龙髯拔坠，坠黄帝之弓。百姓仰望黄帝既上天，乃抱其弓与胡髯号。故后世因名其处曰鼎湖，其弓曰乌号。"
【例句】唐李商隐《李肱所遗…》："悲哉堕世网，去之若遗弓。"宋陆游《孝宗皇帝…》："访药三山远，遗弓万国悲。"宋文彦博《神宗皇帝…》："斯心期检玉，不意遂遗弓。"宋李至《桃花犬歌…》："无何轩后铸鼎成，忽遗弓剑弃寰瀛。"

遗巾帼　　yí jīn guó
【分类】政治
【关键词】诸葛亮
【释义】借指挑战。《晋书·宣帝纪》："时朝廷以亮侨军远寇，利在急战，每命帝持重，以候其变。亮数挑战，帝不出，因遗帝巾帼妇人之饰。帝怒，表决请战，天子不许。"
【例句】唐李白《赠张相镐》："丑虏安足纪，可贻帼与巾。"唐武少仪《诸葛丞相庙》："宣王请战贻巾帼，始见才吞亦气吞。"唐皮日休《鲁望昨以…》："始来遗巾帼，乃敢排戈铤。"宋韩琦《众春园》："或见大敌怯，便可遗巾帼。"

遗金满籯　　yí jīn mǎn yíng
【分类】生活
【关键词】韦贤
【释义】指留给子孙许多财富。籯：竹笼、竹筐。源见"相印付玄成"。
【例句】唐唐彦谦《梅亭》："世事徒三窟，儿童且一经。"唐王勃《伤裴录事…》："芝焚空叹息，流恨满籯金。"唐权德舆《奉和韦谏…》："人望皆同照乘宝，家风不重满籯金。"宋黄庭坚《题胡逸老…》："藏书万卷可教子，遗金满籯常作灾。"

遗锦　　yí jǐn
【分类】政治
【关键词】阎宪
【释义】咏称颂官员德政之典。《华阳国志·汉中士女》："（阎宪）为锦竹令，以礼让为化，民莫敢犯。男子杜威夜行，得遗物一囊，中有锦二十五匹，求其主还之，曰：'县有明君,何敢负其化。'"
【例句】唐骆宾王《饯郑安阳…》:"遗锦非前邑,鸣琴即旧台。"宋徐鹿卿《酬杨直学》:"教经已胜金籯赠,遗锦惭无玉案酬。"宋钱惟演《再赋七言》:"汉宫此地留金饼,洛浦何人遗锦衾。"明龚鼎孳《寄怀韦子…》:"情重美人遗锦绮,月寒宫柳落金沟。"

遗民　yí mín
【分类】政治
【关键词】刘程之
【释义】原意为亡国之民;前朝留下的老百姓。晋人刘程之,曾任柴桑县令,自称遗民。后遂用为咏县令之典。晋陶渊明《陶渊明集·和刘柴桑》。
【例句】唐耿湋《送崔明府…》:"当似遗民去,柴桑政自闲。"唐韦蟾《岳麓道林寺》:"何时得与刘遗民,同入东林远公社。"唐杜甫《送樊二十…》:"陶唐歌遗民,后汉更列帝。"唐何千里《送贺秘监…》:"暂应客星过世主,旋归吴市作遗民。"

遗佩　yí pèi
【分类】生活
【关键词】楚辞
【释义】丢弃佩物。代指别离,分手。《楚辞补注·湘君》:"捐余玦兮江中,遗余佩兮醴浦。"
【例句】唐牟融《山寺律僧…》:"离花影度湘江月,遗佩香生洛浦风。"唐徐夤《闲》:"江上翠娥遗佩去,岸边红袖采莲归。"唐王建《白纻歌》:"美人醉起无次第,堕钗遗佩满中庭。"宋王初《书秋》:"潘赋登山魂易断,楚歌遗佩怨何穷。"

遗行　yí xíng
【分类】生活
【关键词】宋玉
【释义】指失检之行为,或品德有缺点。战国宋玉《对楚王问》:"先生其有遗行欤?何士民众庶不誉之甚也!"唐李善注:"遗行,可遗弃之行也。"也指死者生前的品行。
【例句】宋张纲《外祖李承…》:"聊从诸舅纪遗行,深愧中外无异辞。"宋郑刚中《悼顾与权…》:"但考铭诗无玷阙,自应遗行远流传。"宋蔡戡《提举中奉…》:"后生知敬慕,遗行蔼乡间。"聂绀弩《反省时作》:"先生遗行宁无有,少日闲情已不堪。"

遗簪　yí zān
【分类】生活
【关键词】韩诗外传
【释义】失落的簪子。喻旧物或故情。《韩诗外传》:"孔子出游少源之野。有妇人中泽而哭…弟子曰:'刈蓍薪而亡蓍簪,有何悲焉!'妇人曰:'非伤亡簪也,盖不忘故也。'"
【例句】唐白居易《自江州司…》:"遗簪承旧念,剖竹授新官。"唐朱放《九日陪刘…》:"不弃遗簪旧,宁辞落帽还。"唐温庭筠《晚坐寄友人》:"遗簪可惜三秋白,蜡烛犹残一寸红。"唐徐夤《岳州端午…》:"竞渡岸傍人挂锦,采芳城上女遗簪。"

遗直　yí zhí
【分类】政治
【关键词】叔向
【释义】指道直而行、有古人遗风的人。《左传·昭公十四年》:"叔向,古之遗直也,治国制刑,不隐于亲,三数叔鱼之恶,不为末减。曰义也夫,可谓直矣。"晋杜预注:"言叔向之直,有古人遗风。"
【例句】宋杨亿《笔》:"史官遗直真堪畏,千载独持生杀权。"宋苏颂《赠吏部尚…》:"遗直将谁继,清风想尚存。"宋苏辙《唐修撰义…》:"家风台柏老,遗直故依然。"宋毛滂《熊侍郎挽词》:"余忠朝露泣,遗直夜台深。"宋丘葵《呈古直》:"人知叔向古遗直,谁识尧夫今逸民。"

遗旨　yí zhǐ
【分类】文化
【关键词】左思
【释义】谓遗却精深的旨意。《昭明文选·晋左思〈魏都赋〉》:"虽选言以简章,徒九复而遗旨。"唐李周翰注:"言虽选言简章,徒至九复,而犹遗其精旨也。"也指前人精深的旨意。
【例句】宋卫宗武《理学》:"五常与异端,辨析无遗旨。"宋楼钥《题韩氏所…》:"裕陵遗旨知难改,元祐湛恩信有余。"金赵秉文《明惠皇后…》:"遗旨无穷恨,风吹遍九疑。"明屈大均《赠王给事》:"君如清庙瑟,唱叹得遗旨。"

遗珠　yí zhū
【分类】政治
【关键词】黄帝象罔
【释义】指遗失的珍珠。喻指弃置未用的美好事物或贤德之才。源见"玄珠"。
【例句】唐张籍《罔象得玄珠》:"赤水今何处,遗珠已渺然。"唐牟融《赠殷以道》:"肯信白圭终在璞,谁怜沧海竟遗珠。"唐牟融《寄永平友人》:"青蝇点玉原非病,沧海遗珠世所嗟。"宋叶适《题刘潜夫…》:"寄来南岳第三藁,穿尽遗珠簇尽花。"

乙览　yǐ lǎn
【分类】政治
【关键词】唐文宗
【释义】称皇帝阅览文书。《唐语林校证·文学》:"文宗…谓左右曰:'若不甲夜视事,乙夜观书,即何以为君?'"
【例句】宋葛胜仲《叶佐卿见…》:"会见文辞惊乙览,莫嫌衣袂点尘埃。"宋程俱《秘阁儒荣堂》:"诚通精藻动乙览,天经地纬开庙谟。"宋刘克庄《书事》:"学徒谁是单传者,史藁曾经乙览无。"宋张镇孙《谢恩诗》:"愧乏谋猷裨乙览,忽惊姓字首胪传。"

以己为马　yǐ jǐ wéi mǎ
【分类】政治

【关键词】庄子

【释义】即以己为马，以己为牛。为咏忘物与我，一切都无区别的精神思想状态之典。《庄子·应帝王》："蒲衣子曰：'……一以己为马，一以己为牛；其知情信，其德甚真，而未始入于非人。'"

【例句】宋方岳《明日诗至…》："不似蒙庄解齐物，以吾为马以为牛。"宋吕南公《过巫师步》："曾是祸福场，翻为马牛陌。"宋张舜民《秋暮书怀》："万物齐为马，劳生独转蓬。"宋林希逸《遣兴》："于鱼于蚁皆非计，为马为牛一任呼。"

以蠡测海 yǐ lí cè hǎi

【分类】政治

【关键词】东方朔

【释义】用瓢来测量海。蠡，盛水的瓢。比喻见识短浅。《汉书·东方朔传》："语曰'以筦窥天，以蠡测海，以莛撞钟'，岂能通其条贯，考其文理，发其音声哉！"

【例句】唐李商隐《咏怀寄秘…》："典籍将蠡测，文章若管窥。"唐杜甫《赠特进汝…》："且持蠡测海，况把酒临洹。"宋秦观《李端叔见》："一班纵复为管窥，万派终难以蠡测。"宋洪适《次韵董伯鲁》："辩舌未容蠡测海，归心已梦蝶为周。"

以若所为 yǐ ruò suǒ wéi

【分类】政治

【关键词】孟子

【释义】意为以你这样的做法。《孟子·梁惠王》："以若所为，求若所欲，犹缘木而求鱼也。"

【例句】宋戴复古《湖南见真帅》："以若所为即伊吕，使其不遇亦丘轲。"聂绀弩《赠小党》："当今之事无儿戏，以若所为一二娃。"

以石投水 yǐ shí tóu shuǐ

【分类】政治

【关键词】李康

【释义】喻臣下上言受到君王赏识。《昭明文选·三国魏李康〈运命论〉》："张良受黄石之符，诵《三略》之说，以游于群雄，其言也，如以水投石，莫之受也；及其遭汉祖，其言也，如以石投水，莫之逆也。"

【例句】唐权德舆《奉和张仆…》："逢时自是山出云，献可还同石投水。"唐窦牟《元日喜闻…》："密辞投水石，精义出沙金。"宋陈宓《某尝勾赞…》："我昔尝与言，如以石投水。"宋刘才邵《和彭伯庄…》："干时直欲石投水，得位公不当惭卿。"明俞汝言《二子篇贻…》："甲朝丙夜恣探论，如石投水胶在漆。"

以莛撞钟 yǐ tíng zhuàng zhōng

【分类】政治

【关键词】东方朔

【释义】莛，细草茎。用草茎撞钟，钟不会发出声响。后用以比喻做事不得其法，得不到反响或不自量力。《汉书·东方朔传》："以筦窥天，以蠡测海，以莛撞钟。"

【例句】唐韩愈《答张彻》："微诚慕横草，琐力摧撞筳。"宋王十朋《和韩答张…》："射缟服强箭，撞钟施寸莛。"明王祎《十一月十…》："时时彼此互有激，譬持寸筳撞巨钟。"清孙元衡《杂谣》："寸莛安可撞洪钟，尺木岂能支夏屋？"

以饮为事 yǐ yǐn wéi shì

【分类】生活

【关键词】陈轸

【释义】用作好饮的典故。指无所是事而饮。《史记·陈轸传》："轸曰：'吾为事来，公不见轸，轸将行，不得待异日。'犀首见之。陈轸曰：'公何好饮也？'犀首曰：'无事也。'曰：'吾请令公厌事可乎？'"

【例句】唐杜牧《湖南正初…》："高人以饮为忙事，浮世除诗尽强名。"宋张耒《寄杨应之》："闻公颇以饮自名，我亦抗衡能至斗。"宋梅尧臣《答廷评宗…》："吾心久自信，饮已不以矜。"宋梅尧臣《读闲月》："常愿晴明对以饮，耳边流水胜鸣丝。"

蚁动牛斗 yǐ dòng niú dòu

【分类】生活

【关键词】殷仲堪

【释义】病虚意幻之典。《世说新语·纰漏》："殷仲堪父病虚悸，闻床下蚁动，谓是牛斗。"

【例句】宋苏轼《次韵秦太…》："人将蚁动作牛斗，我觉风雷真一噫。"宋刘一止《从谢仲谦…》："昔人蚁动疑斗牛，我家奔鼠如马群。"宋李石《赠张听声》："枉作蚁动作牛斗，妄遣蚊ъ成雷公。"清张晋《只耳儿歌…》："闻尘半塞闻根在，蚁动牛斗不瞆瞆。"

蚁聚 yǐ jù

【分类】政治

【关键词】董卓

【释义】比喻如同蚂蚁聚集般纷纭杂乱。《三国志·董卓传》南朝宋裴松之注："卓欲迁长安…司徒杨彪曰：'昔盘庚五迁，殷民胥怨，故作三篇以晓天下之民。今海内安稳，无故移都，恐百姓惊动，麇沸蚁聚为乱。'"

【例句】唐郭澹《喜陆侍御…》："介胄鹰扬出，山林蚁聚空。"宋李吕《上元漫兴》："里巷禽呼倾坐去，街衢蚁聚侧身行。"宋刘敞《华山隐者图》："石火咸阳焚，蚁巢成皋争。"宋苏辙《次韵筠守…》："蚁聚千夫曾几日，鳞差万瓦看将来。"

蚁丘 yǐ qiū

【分类】生态

【关键词】庄子

【释义】古代楚国山丘名。比喻僻小之地。《庄子·则阳》："孔子之楚，舍于蚁丘之浆。"唐成玄英疏："蚁丘，丘名也。"

【例句】唐骆宾王《晚泊江镇》："振影希鸿陵，逃名谢蚁丘。"宋黄庭坚《几复奇槟…》："少来不食蚁丘浆，老去得意漆园方。"宋吴某《天柱峰》："孤峰斗绝矗云浮，俯视群山若蚁丘。"宋方岳《次韵郑总干》："蚁丘得丧事无涯,冷眼难瞒老作家。"

蚁穴　yǐ xué
【分类】政治
【关键词】韩非子
【释义】蚂蚁的巢穴。比喻可以酿成大祸的小漏洞。《韩非子·喻老》："千丈之隄,以蝼蚁之穴溃;百尺之室,以突隙之烟焚。"
【例句】唐杜甫《寄刘峡州…》："林居看蚁穴,野食行鱼罾。"唐项斯《鲤鱼》;"乞锄防蚁穴,望水写金盆。"唐邵谒《论政》："一物不得所,蚁穴满山丘。"宋王庭珪《郡斋次张…》："坏堤防蚁穴,回澜障东流。"

倚麻　yǐ má
【分类】政治
【关键词】荀子
【释义】意为受教育者在较好的外界条件下,即使本身资质较差,也会得到好的发展。源见"麻中直"。
【例句】唐柳宗元《同刘二十…》："鹖翼尝披隼,蓬心类倚麻。"宋王十朋《二月朔日…》："坐间宾主皆人杰,我质如蓬赖倚麻。"宋许及之《次宣甫用…》："葭倚终惭玉,蓬生正倚麻。"明黄衷《次韵赠耕隐》："凭君莫问市朝事,沙上萧萧蓬倚麻。"

倚马才　yǐ mǎ cái
【分类】文化
【关键词】袁宏
【释义】咏才思敏捷之典。《世说新语·文学》："桓宣武(桓温)北征,袁虎(袁宏,小字虎)时从,被责免官。会须露布文,唤袁倚马前令作,手不辍笔,俄得七纸,绝可观。东亭(王珣)在侧,极叹其才。"
【例句】唐戎昱《上桂州李…》："倚马才宁有,登龙意岂无。"唐吴融《灵池县ейbet…》："栖身未试登龙地,落笔元非倚马才。"五代卢延让《逢友人赴阙》："倚马才高犹爱艺,问牛心在肯营私。"宋杨亿《大名温尚…》："属鞬前队引射雕手,载笔初筵倚马才。"

倚门倚闾　yǐ mén yǐ lǘ
【分类】生活
【关键词】战国策
【释义】闾:古代里巷的门。意谓父母对外出子女的盼望和怀念之情。《战国策·齐策》："王孙贾年十五,事闵王。王出走,失王之处。其母曰:'汝朝出而晚来,则吾倚门而望;汝暮出而不还,则吾倚闾而望。'"
【例句】唐张说《岳州别姚…》："天从扇枕愿,人遂倚门情。"唐李白《送萧三十…》："高堂倚门望伯鱼,鲁中正是趋庭处。"唐岑参《送萧巽入…》："北堂倚门望君忆,东归扇枕后秋色。"唐李嘉祐《送从弟永…》："闻道慈亲倚门待,到时兰叶正萋萋。"聂绀弩《访丘东平…》："小仲谋追大仲谋,有人间倚几阳秋。"

倚瑟高歌　yǐ sè gāo gē
【分类】生活
【关键词】张释之
【释义】咏感伤之典。《史记·张释之列传》："上指示慎夫人新丰道,曰:'此走邯郸道也。'使慎夫人鼓瑟,上自倚瑟而歌,意惨凄悲怀,顾谓群臣曰:'嗟乎!以北山石为椁,用纻絮斫陈,蘩漆其间,岂可动哉!'"
【例句】唐鲍溶《倚瑟行》："一言出口堪生死,高歌倚瑟扬清悲。"宋　文彦博和友人春…鶺裘贯得杨昌酒,度日无惊倚瑟歌。宋刘敞《答河中梅…》："举杯醉醒时相属,倚瑟悲歌忽怆然。"宋刘敞《雨中家人…》："山歌倚瑟清无赖,野馔随樽特自优。"

倚市门　yǐ shì mén
【分类】生活
【关键词】史记
【释义】旧时称妓女生涯为倚市门。《史记·货殖列传》："夫用贫求富,农不如工,工不如商,刺绣文不如倚市门,此言末业,贫者之资也。"
【例句】唐李益《轻薄篇》："淮阴少年不相下,酒酣半笑倚市门。"唐曹邺《东武吟》："惆怅倚市门,无人与之语。"宋陆游《晚兴》："挽弓从笑识丁字,刺绣终胜倚市门。"宋楼钥《冯公岭》："不如身倚市门者,饱食丰衣过一生。"

倚天长剑　yǐ tiān cháng jiàn
【分类】政治
【关键词】宋玉
【释义】咏剑、将士、侠客之典。战国楚宋玉《大言赋》："宋玉曰:'方地为车,圆天为盖,长剑耿耿倚天外。'"
【例句】唐皎然《周长史昉…》："降魔大戟缩在手,倚天长剑横诸绅。"唐杨巨源《述旧纪勋…》："倚天长剑截云孤,报国纵横见丈夫。"唐杜甫《荆南兵马…》："用之不高亦不庳,不以长剑须天倚。"唐鲍溶《述署上太…》："军人歌无胡,长剑倚昆仑。"

倚梧桐　yǐ wú tóng
【分类】文化
【关键词】庄子
【释义】形容逍遥高逸的行为。《庄子·齐物论》："昭文之鼓琴也,师旷之枝策也,惠子之据梧也,三子之知几乎,皆其盛者也,故载之末年。"
【例句】唐杜甫《遣闷奉呈…》："会希全物色,时ίη倚梧桐。"唐皎然《春日会韩…》："砌香翻芍药,檐静倚梧桐。"唐宋若华《嘲陆畅》："十二层楼倚翠空,凤鸾相对立梧桐。"宋黄庭坚《和舍弟中…》："广文陋儒懒于事,浩歌不眠倚梧桐。"

倚玉树　yǐ yù shù
【分类】政治
【关键词】魏明帝

【释义】谓高攀或倚附贤者。源见"蒹葭玉树"。
【例句】唐李白《赠宣城宇…》："登龙有直道,倚玉阻芳筵。"唐韩愈《和席》："倚玉难藏拙,吹竽久混真。"宋黄公度《张云翔采…》："愿言倚玉树,同作庭阶瑞。"宋司马光《又书一绝…》："幸得兼葭依玉树,愁将瓦砾报琼瑰。"

义安 yì ān
【分类】政治
【关键词】公孙弘
【释义】义,安定、治理;安,太平、安稳;意思是太平、安定。《史记·平津侯列传》："是时,汉兴六十余载,海内义安,府库充实。"
【例句】唐权德舆《奉和圣制…》："令节在丰岁,皇情喜义安。"元王恽《入奏行美…》："若稽黄屋帝尧心,一语义安无不听。"元叶懋《送达兼善…》："礼乐遵遐迩,华夷乐义安。"聂绀弩《船屋》："岂有天涯漂泊者,不欣海内义安乎?"

义方之训 yì fāng zhī xùn
【分类】政治
【关键词】左传
【释义】教人以为人之道的训言。义方:为人遵守的道理。《左传·隐公三年》："臣闻爱子,教之以义方,弗纳于邪,骄奢淫泆,所自邪也。"
【例句】唐冯道《赠窦十》："燕山窦十郎,教子有义方。"唐杜甫《奉贺阳城…》："义方兼有训,词翰两如神。"宋李慎修《赋新繁周…》："教子义方居可法,襃贤恩诏榜为名。"宋赵抃《题叶坂梁…》："我爱黉堂用意精,义方垂训为趋庭。"

义夫 yì fū
【分类】政治
【关键词】杨匡
【释义】咏义士之典。《后汉书·杜乔传》："与李固俱暴尸于城北,家属故人莫敢视者。乔故掾陈留杨匡闻之,号泣星行到洛阳…匡于是带铁锧诣阙上书,并乞李、杜二公骸骨。太后许之。"
【例句】唐李绅《到宣武》："义夫生留感激,公子播英名。"宋饶节《钱塘清照…》："忠臣孝子家,义夫烈士馆。"元郑元祐《赠日本僧》："荡茶榻前启沃处,不让义夫留大名。"明程敏政《寿蒋封君》："登龙志已输强子,莫雁心无愧义夫。"

忆鲈鱼 yì lú yú
【分类】生活
【关键词】张翰
【释义】咏思乡之情、归隐之志。源见"莼羹鲈脍"。
【例句】唐李白《秋下荆门》："此行不为鲈鱼鲙,自爱名山入剡中。"唐杜甫《洗兵马》："东走无复忆鲈鱼,南飞觉有安巢鸟。"唐刘长卿《送许拾遗…》："暂容乘驷马,谁许恋鲈鱼。"唐张怀《吴江别王…》："鲈鱼未得乘归兴,鸥鸟惟应信此心。"

忆孙宾 yì sūn bīn
【分类】政治
【关键词】赵岐孙嵩
【释义】知恩图报之典。《后汉书·赵岐传》岐"遂逃难四方…卖饼北海市中。时安丘孙嵩年二十余,游市见岐,察非常人,停车呼与共载。…岐素闻嵩名,即以实告之,遂以俱归。嵩先入白母曰:'出行,乃得死友。'"及献帝西都,复拜议郎,稍迁太仆。"岐乃称嵩素行笃烈,因共上为青州刺史。"
【例句】唐陈子昂《酬李参军…》："青云倘可致,北海忆孙宾。"宋洪炎《公实示闲…》："欣逢北海孙宾石,犹是江南庚子山。"明魏学洢《呈鹿太公》："孙嵩欣寓赵,张禄怯逢穰。"明毛奇龄《平津宅九日》："孙嵩留屋壁,渔父掩壶浆。"明吴百朋《赠宋荔裳》："还寻北海孙宾石,应为穷途识赵岐。"

抑诗 yì shī
【分类】政治
【关键词】中论
【释义】咏自儆自勉之典。《中论·虚道》："昔卫武公年过九十,犹夙夜不怠,思闻训道,命其群臣曰:'无谓我老耄而舍我,必朝夕交戒!'又作《抑》诗以自儆也。卫人诵其德,为赋《淇澳》,且曰睿圣。"
【例句】宋刘克庄《沁园春》："寿过磻溪,德如淇澳,进了丹书作抑诗。"宋刘克庄《水龙吟》："六韬未试,抑诗未作,如何归老。"元刘绍《药石斋》："屋漏尚不愧,箴言求抑诗。"明梁干《寿竹叔七…》："抑诗歌老心犹壮,震易披余节愈尊。"

邑中黔 yì zhōng qián
【分类】政治
【关键词】子罕
【释义】咏体恤民情的良吏之典。《左传·襄公十七年》:"宋皇国父为太宰,为平公筑台,妨于农收。子罕请俟农功之毕,公弗许。筑者讴曰:'泽门之皙,实兴我役。邑中之黔,实慰我心。'晋杜预注:"皇国父白皙而居近泽门。子罕黑色而居邑中。"
【例句】唐韦庄《冬日长安…》："济物便同川上楫,慰心还似邑中黔。"宋胡宿《送钱子文…》："三政平反有惠心,民歌遥望邑中黔。"宋王安石《和平甫舟…》："子语实慰我,宁殊邑中黔。"宋苏轼《庆源宣义…》："邑中之黔相指似,白髯红带老不癯。"

佚老 yì lǎo
【分类】政治
【关键词】庄子
【释义】指遁世隐居的老人。或使老年或老人安乐。《庄子·大宗师》："夫大块载我以形,劳我以生,佚我以老,息我以死。故善吾生者,乃所以善吾死也。"
【例句】宋杜衍《林下书怀》："岂是林泉堪佚老,只缘蒲柳不禁秋。"宋苏轼《郭熙画秋…》："伊川佚老鬓如霜,卧看〈秋山〉思洛阳。"宋范成大《次韵同年…》："小山有赋招游子,大块无私佚老身。"宋王洋《和秀实别寄》："常喜春锄行佚老,每嫌棋路尚争先。"

易水歌 yì shuǐ gē
【分类】政治
【关键词】荆轲
【释义】形容慷慨悲壮、视死如归的气概,或描写士人别离的悲凉场面。《史记·荆轲》："至易水之上,既祖,取道,高渐离击筑,荆轲和而歌,为变徵之声,士皆垂泪涕泣。又前而为歌曰:'风萧萧兮易水寒,壮士一去兮不复还!'复为羽声忼慨,士皆瞋目,发尽上指冠。"
【例句】唐骆宾王《夏日游德…》："白雪梁山曲,寒风易水歌。"唐李白《鲁郡尧祠…》："击筑向北燕,燕歌易水滨。"唐皎然《送韦秀才》："旧说泾关险,犹闻易水寒。"唐李咸用《猛虎行》："须知易水歌,至死无悔吝。"

易牙① yì yá
【分类】生活
【关键词】汉武帝
【释义】咏长生不老之典。《神仙传·泰山父老》："汉武帝东巡狩,见老翁锄于道旁。对曰:'臣年八十五时,衰老垂死,头白齿落。遇有道者教臣绝谷,但服术饮水,并作神枕…臣行之转老为少,黑发更生,齿落复出,日行三百里,臣今一百八十岁矣。'"
【例句】唐黄滔《喜陈先辈…》："飞离海浪从烧尾,咽却金丹定易牙。"

易牙② yì yá
【分类】政治
【关键词】易牙
【释义】一作狄牙。春秋时齐桓公宠臣。长调味,善逢迎,相传曾烹其子为羹献桓公。《孟子·告子上》："至于味,天下期于易牙。"
【例句】宋杨亿《读史学白体》："易牙昔日曾蒸子,翁叔当年亦杀儿。"宋孔武仲《食蛤蜊呈…》："天然甘露贮玉寡,不须易牙为调和。"宋赵文《猎户叹》："但教得狸何顾尔,易牙奉君尚烹子。"聂绀弩《苗公两度…》："荷叶饭无张角米,冬瓜盅少易牙才。"

易牙淄渑 yì yá zī miǎn
【分类】生态
【关键词】易牙
【释义】咏善于辨味之典。《列子·说符》："曰:'若以水投水,何如?'孔子曰:'淄渑之合,易牙尝而知之。'"淄和渑的水异味,但一混合就不容易尝出来了。只有易牙(齐桓公的宠臣,善于调味)一尝就知道了。
【例句】宋王之道《和子厚弟…》："细把新诗等风味,易牙元不乱淄渑。"宋钱协《玉泉庵》："淄渑欲谁辨,愿借易牙尝。"宋秦观《次韵谢李…》："著书懒复追鸿渐,辨水全输

效易牙。"明杨守阯《和武靖侯…》："漫遣易牙调异馔,不教符朗识生盐。"

峄阳孤桐 yì yáng gū tóng
【分类】生活
【关键词】尚书
【释义】借指优良的琴或琴材。《尚书·禹贡》："羽畎夏翟,峄阳孤桐,泗滨浮磬,淮夷蠙珠暨鱼。"汉孔安国《传》:"孤,特也。峄山之阳,特生桐,中琴瑟。"谓音色优良。
【例句】唐李咸用《水仙操》:"峄阳散木虚且轻,重华斧下知其声。"唐王绩《古意》:"材抽峄山干,徽点昆丘玉。"唐刘禹锡《平齐行》:"貂裘代马绕东岳,峄阳孤桐削为角。"宋华镇《峄阳孤桐》:"峄阳钟异质,山木得孤桐。"

挹余烈 yì yú liè
【分类】政治
【关键词】战国策
【释义】谓分享荣光或请求帮助。余烈,即余光。源见"遗恩余烈"。
【例句】唐高适《宋中别李八》:"行矣各勉旃,吾当挹余烈。"唐罗隐《寄兪定公…》:"昭王有余烈,试为祷迷邦。"五代徐铉《吴王挽词》:"土德承余烈,江南广旧恩。"宋王安石《送张卿致仕》:"余烈尚能开后世,高材今复继前踪。"

益戆 yì gàng
【分类】政治
【关键词】汲黯
【释义】汉直臣汲黯屡次忠谏,触怒武帝,被指责为刚直而愚昧,即所谓戆。后用为咏直臣之典。《汉书·汲黯传》:"黯对曰:'陛下内多欲而外施仁义,奈何欲效唐虞之治乎!'…(上)谓人曰:'甚矣,汲黯之戆也!'"
【例句】唐杜牧《商山富水驿》:"益戆由来未觉贤,终须南去吊湘川。"唐权德舆《省中春晚…》:"疲羸久欲思三径,戆直那堪备七人。"唐韩愈《南内朝贺…》:"余惟戆书生,孤身无所赍。"唐刘禹锡《寄唐州杨…》:"谪仙年月今应满,戆谏声名众所知。"

逸民 yì mín
【分类】政治
【关键词】论语
【释义】旧时称遁世隐居不做官的人,也指亡国后不在新朝廷做官的人。《论语·尧曰》:"兴灭国,继绝世,举逸民。"
【例句】唐权德舆《严陵钓台…》:"我行访遗台,仰古怀逸民。"唐权德舆《惠上人房…》:"逸民羽客期皆至,疏竹青苔景半斜。"宋查道《送张无梦…》:"先生舍道心照邻,上有羲轩为逸民。"聂绀弩《北大荒歌》:"偶为暴客通逃薮,间作逸民生死场。"

逸兴 yì xìng
【分类】文化

【关键词】湛方生
【释义】超脱世俗的兴致。《艺文类聚》引晋湛方生《风赋》："轩豪梁之逸兴，畅方外之冥适。"
【例句】唐弓嗣初《晦日宴高…》："高才盛文雅，逸兴满烟霞。"唐张九龄《和许给事…》："逸兴乘高阁，雄飞在禁林。"唐李白《送贺宾客…》："镜湖流水漾清波，狂客归舟逸兴多。"唐牟融《题李昭训…》："风月谩劳酬逸兴，渔樵随处度流年。"

逸足 yì zú
【分类】文化
【关键词】傅毅
【释义】比喻才能出众之人。《昭明文选·东汉傅毅〈舞赋〉》："良骏逸足，跄捍凌越。"唐李善注："逸，疾也。"
【例句】唐高适《奉酬睢阳…》："逸足横千里，高谈注九流。"唐裴度《酬张秘书…》："代步本惭非逸足，缘情何幸枉高文。"唐张祜《赠薛鼎臣…》："千里早时知逸足，片时中夜许刚肠。"唐嵩岳诸仙《嫁女诗》："一曲笙歌瑶水滨，曾留逸足驻征轮。"

意匠 yì jiàng
【分类】文化
【关键词】陆机
【释义】指文章、绘画、设计等方面的精心构思。晋陆机《文赋》："辞程才以效伎，意司契而为匠。"唐杨炯《序》："六合殊材，并推心于意匠；八方好事，咸受气于文枢。"
【例句】唐杜甫《丹青引赠…》："诏谓将军拂绢素，意匠惨淡经营中。"宋王安国《题吴长文…》："余闻书史赢蟠礴，意匠不为形骸拘。"宋华镇《送越州程…》："意匠经营真有趣，轴434裁处动非常。"宋李纲《次韵和虞…》："众工画山水，意匠劳雕镂。"宋李彭《东湖夜归…》："不须劳意匠，物色自无穷。"

瘗鹤铭 yì hè míng
【分类】生活
【关键词】欧阳修
【释义】指镇江焦山江心岛《瘗鹤铭》摩崖石刻。后崩落长江，宋打捞复立。其书法被誉为大字之祖。《欧阳修全集·集古录跋尾》："右《瘗鹤铭》，题云华阳真逸，撰刻于焦山之足，常为江水所没，好事者伺水落时，模而传之。"
【例句】宋苏轼《宝墨亭》："山阴不见换鹅经，京口空传《瘗鹤铭》。"宋黄庭坚《以右军书…》："大字无过瘗鹤铭，官奴作草欺伯英。"宋洪适《满庭芳》："盘洲怨，盟鸥闲阔，瘗鹤立新碑。"宋李鹰《自山中归…》："吴砝已碎乐生论，京江昔沈瘗鹤铭。"

瘗玉 yì yù
【分类】政治
【关键词】汉武帝
【释义】古代祭山礼仪。治礼毕埋玉于坑，称为瘗玉。《汉书·武帝纪》："（武帝）行幸泰山…还幸北地，祠常山，瘗玄玉。"三国魏邓展注："瘗，埋也。"
【例句】唐岑文本《奉和正日…》："方陪瘗玉礼，珥笔岱山隅。"宋释居简《刘母墓》："一弯碧似回珠浦，数曲青藏瘗玉田。"明林鸿《挽红桥》："柔肠百结泪悬河，瘗玉埋香可奈何。"元高启《听教坊旧…》："回头乐事浮云改，瘗玉埋香今几载。"

薏苡明珠 yì yǐ míng zhū
【分类】政治
【关键词】马援
【释义】被谗蒙冤之典。《后汉书·马援传》："初，援在交阯，常饵薏苡实…援欲以为种，军还，载之一车。时人以为南土珍怪…及卒后，有上书谮之者，以为前所载还，皆明珠文犀。薏苡即薏米。
【例句】唐李群玉《湘阴县送…》："不须留薏苡，重遣世人疑。"唐杜甫《寄李十二…》："稻粱求未足，薏苡谤何频。"唐白居易《得微之到…》："侏儒饱笑东方朔，薏苡谗忧马伏波。"唐胡曾《铜柱》："功成自合茅土，何事翻衔薏苡冤。"

翳桑 yì sāng
【分类】生活
【关键词】灵辄
【释义】咏饥馁绝粮之典。《左传·宣公二年》："宣子田于首山，舍于翳桑，见灵辄饿，问其病。曰：'不食三日矣。'食之，舍其半。问之。曰：'宦三年矣，未知母之存否，今近焉，请以遗之。'"
【例句】唐李绅《却到浙西》："野悲扬目称嗟食，林极翳桑顾所求。"唐周昙《灵辄》："失水枯鳞得再生，翳桑无地谢深情。"宋虞俦《十二月二…》："宿麦连云虽入望，路傍犹有翳桑人。"宋陈造《送赴省七子》："翳桑樊饭惊浪舟，如輗转毂需膏油。"

臆对 yì duì
【分类】文化
【关键词】贾谊
【释义】犹意对。以胸臆为对。《昭明文选·汉贾谊〈鵩鸟赋〉》："鵩乃叹息，举首奋翼，口不能言，请对以臆。"李善注："请以臆中之事以对也。"
【例句】唐陆龟蒙《江南秋怀…》："物齐消臆对，戈倒共心盟。"宋苏轼《鹤叹》："鹤有难色侧睨予，岂欲臆对如鹏乎？"宋周紫芝《蔡长源以…》："马不能言当臆对，未知吾孰与君驽。"宋楼镰《琼花行》："一笑讯花花不语，斯须花以臆对之。"

翼长 yì cháng
【分类】政治
【关键词】子西
【释义】比喻养育、庇护之典。《左传·哀公十六年》："子西曰：'胜（芈胜）如卵，余翼而长之。楚国第，我死，令尹、司马、非胜而谁？'"

【例句】唐李端《下第上薛…》:"幸得皮存矣,须劳翼长之。"唐梁周翰《禁林宴会…》:"鹤盘吴屿双翎健,鹊顾雕陵巨翼长。"宋梅尧臣《打鸭》:"秃鹙尚欲远飞去,何况鸳鸯羽翼长。"宋李新《送元景参…》:"埙篪元自音声协,鸿雁而今羽翼长。"

翼轸　yì zhěn

【分类】政治

【关键词】史记

【释义】二十八宿中的翼宿和轸宿。古为楚之分野。分野,与星次相对应的九州地域。《史记·天官书》:"翼轸,荆州。"

【例句】唐刘禹锡《韩十八侍…》:"翼轸粲垂精,衡巫屹环峙。"五代王元《登祝融峰》:"势疑撞翼轸,翠欲滴潇湘。"宋胡宿《寄龙图李…》:"昏晓星文通翼轸,阴晴云气接巫衡。"宋文天祥《宴朱衡守…》:"牛斗剑芒浮翼轸,岷峨佩影度潇湘。"

因人成事　yīn rén chéng shì

【分类】政治

【关键词】毛遂

【释义】比喻人没有本事而依赖他人办事成功而坐享成果。《史记·平原君虞卿列传》:"毛遂左手持槃血而右手招十九人曰:'公相与歃此血于堂下。公等录录,所谓因人成事者也。'"

【例句】唐李白《赠张相镐》:"因人耻成事,贵欲决良图。"宋刘攽《王家酒楼》:"丈夫一身贵特达,因人成事良足羞。"宋黄庭坚《次韵冕仲…》:"因人享成事,贱子真碌碌。"清钱曾《辛亥岁暮…》:"与我周旋宁作我,因人成事不如人。"

阴车鬼　yīn chē guǐ

【分类】政治

【关键词】周易

【释义】借指凶恶之象。源见"鬼一车"。

【例句】唐杜牧《昔事文皇…》:"川口堤防决,阴车鬼怪掀。"宋梅尧臣《余居御桥…》:"我问楚俗何苦尔,云是鬼车载鬼游。"宋释文莹《嘲愿成》:"睽车载鬼吁可怪,宜入熙宁志怪篇。"宋李复《过高平县》:"蚩尤食昴乘车鬼,韩国为窟秦为蛇。"

阴符　yīn fú

【分类】政治

【关键词】战国策

【释义】古兵书名。泛指兵书。《战国策·秦策》:"(苏秦)乃夜发书,陈箧数十,得《太公阴符》之谋,伏而诵之。"

【例句】唐李白《门有车马…》:"雄剑藏玉匣,阴符生素尘。"唐钱起《幽居春暮…》:"仙策满床闲不厌,阴符在箧老羞看。"唐杜甫《哭台州郑…》:"从容询旧学,惨淡阖《阴符》。"唐齐己《读阴符经》:"绕窗风竹骨轻安,闲借阴符仰卧看。"

阴何　yīn hé

【分类】文化

【关键词】何逊阴铿

【释义】南朝梁诗人何逊和陈诗人阴铿的并称。为咏才子诗人之典。《陈书·阴铿传》:"博涉史传,尤善五言诗,为当时所重。"《梁书·何逊传》:"世祖著论之云:'诗多而能者沈约,少而能者谢朓、何逊。'"

【例句】唐杜甫《解闷》:"熟知二谢将能事,颇学阴何苦用心。"唐杜甫《秋日夔府…》:"阴何尚清省,沈宋欻联翩。"唐李群玉《寄张祜》:"知君气力波澜地,留取阴何沈范名。"唐殷尧藩《酬雍秀才》:"兴来聊赋咏,清婉逼阴何。"

阴铿　yīn kēng

【分类】文化

【关键词】何逊阴铿

【释义】南朝陈诗人、文学家。长于五言诗,声律上已接近唐律诗。源见"阴何"。

【例句】唐杜甫《与李十二…》:"李侯有佳句,往往似阴铿。"唐元稹《酬孝甫见赠》:"宋玉秋来续楚词,阴铿官漫足闲诗。"宋李复《再和叔弼…》:"别裁伪体亲风雅,若比阴铿岂敢膺。"宋周必大《李卿月子…》:"太白天才丐后人,有时佳句似阴铿。"

阴丽华　yīn lì huá

【分类】生活

【关键词】阴丽华

【释义】汉光武帝刘秀皇后。泛指美貌女子。《后汉书·光烈阴皇后》:"阴皇后,讳丽华,南阳新野人。初,光武适新野,闻后美,心悦之。后至长安,见执金吾车骑甚盛,因叹曰:'仕宦当作执金吾,娶妻当得阴丽华。'更始元年六月,遂纳后于宛当成里,时年十九。"

【例句】唐李白《南都行》:"丽华秀玉色,汉女娇朱颜。"唐李白《寄远》:"闻与阴丽华,风烟接邻里。"宋高斯得《再次韵》:"神仙不求三朵花,颜色不求阴丽华。"明吴琏《用前韵自述》:"锄芸直慕老莱子,蘋藻岂须阴丽华。"

阴骘　yīn zhì

【分类】政治

【关键词】尚书

【释义】默默地使安定。《尚书·洪范》:"惟天阴骘下民。"汉孔安国《传》:"骘,定也。天不言,而默定下民,是助合其居,使有常生之资。"也谓阴德,或指冥冥之中。

【例句】唐李峤《扈从还洛…》:"天道向归余,皇情美阴骘。"唐皎然《同薛员外…》:"乃知阴骘数,制在造化情。"唐庞蕴《诗偈》:"尪已饶益他,俗所谓阴骘。"宋梅尧臣《欧阳郡太…》:"暮年终飨福,阴骘不应欺。"

殷道　yīn dào

【分类】政治

【关键词】礼记

【释义】谓殷代的政治与礼制。《礼记·礼运》："我欲观殷道,是故之宋,而不足徵也。"《史记·殷本纪》："武丁修政行德,天下咸欢,殷道复兴。"
【例句】唐徐彦伯《比干墓》："殷道微而在,受辛纂颓胤。"唐高适《留上李右相》："傅说明殷道,萧何律汉刑。"明郑善夫《书情》："殷道求伊傅,周王化汝奴。"清沈曾植《梁节厂六…》："上界仙师尊尹寿,中兴殷道若甘盘。"

殷公出守 yīn gōng chū shǒu
【分类】政治
【关键词】殷仲堪
【释义】皇帝恩宠州牧之典。《晋书·殷仲堪传》："及授仲堪都督荆、益、宁三州军事、振威将军、荆州刺史、假节,镇江陵。将之任,又诏曰:'卿去有日,使人酸然。常谓永为廊庙之宝,而忽为荆楚之珍,良以慨恨!'其恩狎如此。"
【例句】唐李群玉《九日陪崔…》："谢朓离都日,殷公出守年。"宋王庭珪《和赵叔清…》："池上开轩对郡楼,当时太守气横秋。"宋王庭珪《和赵叔清…》："仲堪没后今千载,孰谓人间无此流。"宋王庭珪《和郑元清…》："读书太守今何在,寂寞无人继此风。"

殷浩 yīn hào
【分类】政治
【关键词】殷浩
【释义】字渊源,东晋时期大臣、将领。和桓温抗衡,兵败许昌后废为庶人。《晋书·殷浩列传》："及石季龙死,胡中大乱,朝廷欲遂荡平河洛,于是以浩为中军将军、假节、都督扬豫徐兖青五州军事。"
【例句】唐李端《送雍郢州》："望月逢殷浩,缘江送范云。"唐杜牧《江上逢友人》："已作相如投赋计,还凭殷浩寄书回。"宋程公许《和乔择善…》："默坐勿书殷浩怪,拟骚休作楚臣悲。"元吴景奎《寄苏伯夔》："冯唐易老双蓬鬓,殷浩难投一纸书。"

殷浩书空 yīn hào shū kōng
【分类】生活
【关键词】殷浩
【释义】指事出意外,令人惊异或愤懑。《晋书·殷浩列传》："浩虽被黜放,口无怨言,夷神委命,谈咏不辍,虽家人不见其有流放之戚。但终日书空,作'咄咄怪事'四字而已。"
【例句】唐王适《蜀中言怀》："有时须问影,无事却书空。"唐来鹏《偶题》："水边箕踞静书空,欲解愁肠酒不浓。"宋韩琦《九月四日…》："池萍渍雨钱钱密,塞雁书空字字斜。"聂绀弩《戏赠史复》："浮云天际任群鸟,咄咄书空小竖儒。"

殷鉴 yīn jiàn
【分类】政治
【关键词】诗经
【释义】谓殷人子孙应以夏的灭亡为鉴戒。后泛指可以为借鉴的往事。《诗经·大雅·荡》："殷鉴不远,在夏后之世。"郑笺:"此言殷之明镜不远也。近在夏后之世,谓汤诛桀也。"
【例句】唐郑昉《人不易知》："周行虽有寅,殷鉴在前规。"唐李伦《顾城》："谁云殷鉴远,今古在人程。"唐刘威《三闾大夫》："青史已书殷鉴在,词人劳咏楚江深。"唐周昙《前汉门王莽》："权归诸吕牝鸡鸣,殷鉴昭然讵可轻。"

殷牛在耳 yīn niú zài ěr
【分类】生活
【关键词】殷仲堪
【释义】形容病中精神恍惚。源见"蚁动牛斗"。
【例句】唐柳宗元《同刘二十…》："耳静烦喧蚁,魂惊怯怒蛙。"唐韦庄《贼中与萧…》："胸中疑晋竖,耳下斗殷牛。"唐韦庄《和郑拾遗…》："殷牛常在耳,晋竖欲潜育。"

殷七七 yīn qī qī
【分类】政治
【关键词】殷七七
【释义】喻指隐士或道士。《太平广记·殷天祥》："殷七七,名天祥…鹤林寺杜鹃高丈余,每春末花烂漫…(周)宝一日谓七七曰:'鹤林之花,天下奇绝。常闻能开非时花,此花可开否?'七七曰:'可也。'宝曰:'今重九将近,能副此日乎?'七七乃前二日往鹤林宿焉…于是女子瞥然不见。来日晨起,寺僧忽讶花渐拆蕊。及九日,烂漫如春。"
【例句】宋苏轼《后十余日…》："安得道人殷七七,不论时节把花开。"宋白玉蟾《留别鹤林诸友》："千林凉叶颤秋声,前庭后庭新月明。"宋张商英《神仙》："土木形容殷七七,水云情性许闲闲。"元杨维桢《至正庚子…》："仙客新来殷七七,佳人老出楚香香。"

吟白蘋 yín bái píng
【分类】生活
【关键词】柳恽
【释义】咏思乡怀人之典。南朝梁柳恽《江南曲》："汀洲采白蘋,日落江南春。洞庭有归客,潇湘逢故人。故人何不返,春华复应晚。不道新知乐,只言行路远。"
【例句】唐陆龟蒙《袭美以鱼…》："向日乍惊新茧色,临风时辨白蘋文。"唐储嗣宗《晚眺徐州…》："今日惜携手,寄怀吟白蘋。"唐孟郊《汝州南潭…》："谁言柳太守,空有白蘋吟。"

银钩 yín gōu
【分类】生活
【关键词】索靖
【释义】银质或银色的帘钩。也为一种妇女饰物。比喻弯月或遒媚刚劲的书法。《晋书·索靖传》："盖草书之为状也,婉若银钩,飘若惊鸾。"
【例句】唐骆宾王《帝京篇》："侠客珠弹垂杨道,倡妇银钩采桑路。"唐杜甫《寄裴施州》："霜雪回光避锦袖,龙蛇动箧蟠银钩。"唐白居易《醉中见微…》："银钩尘覆年年暗,玉树泥埋日日深。"唐崔峒《送韦八少…》:"琼树相思何日见,银钩数字莫为难。"

银钩虿尾　yín gōu chài wěi
【分类】生活
【关键词】索靖
【释义】比喻书法遒劲有力,钩、挑等笔画如银钩蝎尾。《法书要录》:"南朝齐王僧虔《论书》:'(索靖)散骑常侍张芝姊之孙也,传芝草而形异,甚矜其书,名其字势曰银钩虿尾。'"
【例句】宋黄庭坚《再次韵奉…》:"虿尾银钩写珠玉,剡藤蜀茧照松烟。"宋王庭珪《和葛德裕…》:"君家词翰妙天下,虿尾银钩世所藏。"宋周紫芝《题彦恢家…》:"龙眠主簿亦儿嬉,银钩虿尾搜遗奇。"宋洪适《谢洪庆善…》:"生平小楷拘蝇头,岂知虿尾与银钩。"

银海雁飞　yín hǎi yàn fēi
【分类】政治
【关键词】楚元王
【释义】史载秦始皇陵墓穴中灌以水银为百川大海,以金为凫雁,以石为游馆,使浮游水银中。后因以银海雁飞形容帝王的陵墓。《汉书·楚元王传》:"石椁为游馆,人膏为灯烛,水银为江海,黄金为凫雁。"
【例句】唐杜甫《骊山》:"鼎湖龙去远,银海雁飞深。"唐刘禹锡《敬宗睿武…》:"空余水银海,长照夜灯前。"宋苏轼《雪后书北…》:"冻合玉楼寒起粟,光摇银海眩生花。"元郭翼《拟杜陵秋兴》:"银海雁飞沉夜月,金茎露冷濯秋空。"

银黄　yín huáng
【分类】政治
【关键词】阳仆
【释义】白银和黄金,或银印黄绶。借指高官显爵。《汉书·酷吏传·阳仆传》:"怀银黄,垂三组,夸乡里。"唐颜师古注:"银,银印也;黄,金印也。"
【例句】唐李颀《行路难》:"父子兄弟绐银黄,跃马鸣珂朝建章。"唐段成式《和徐商贺…》:"银黄年少偏欺酒,金紫风流不让人。"唐刘禹锡《和乐天洛…》:"相问焉功德,银黄游故乡。"宋韩维《寄秦川马…》:"宴洽翠娥连象榻,夜寒娇凤泥银黄。"

银甲　yín jiǎ
【分类】生活
【关键词】弹筝
【释义】银制的假指甲,套于指上,用以弹筝或琵琶等弦乐器。亦指银饰的铠甲。唐杜甫《陪郑广文游何将军山林》:"银甲弹筝用,金鱼换酒来。"
【例句】唐李商隐《无题》:"十二学弹筝,银甲不曾卸。"唐彦谦《无题》:"锦筝银甲响鹍弦,勾引春声上绮筵。"宋蔡襄《至和杂书》:"香脂揩尽暗成云,银甲试弦初未直。"宋苏辙《闻王巩还…》:"结束佳人试银甲,留连狂客恼金吾。"

银浦　yín pǔ
【分类】生活
【关键词】李贺
【释义】指银河。唐李贺《天上谣》:"天河夜转漂回星,银浦流云学水声。"王琦汇解:"银浦,即天河也。"
【例句】宋葛立方《操叶凌…》:"银浦流云新得路,人惊仙客在浮槎。"宋杨万里《月中炬火…》:"趣驾冰轮渡银浦,乱抛玉李掷长庚。"宋杨万里《雪后寻梅》:"梅仙晓沐银浦水,冰肤剡放瑶林春。"宋释居简《白蘋洲新…》:"仙槎忽从银浦来,吟疆开拓搜吟才。"

银台门　yín tái mén
【分类】政治
【关键词】旧唐书
【释义】宫门名。唐时翰林院、学士院都在银台门附近,后代指翰林院。《旧唐书·中书省》:"天子在大明宫,其院在右银台门内。"
【例句】唐李白《赠从弟南…》:"承恩初入银台门,著书独在金銮殿。"唐李白《相逢行》:"朝骑五花马,谒帝出银台。"唐敦煌曲子《水鼓子宫辞》:"银台门外多车马,尽是公卿进御衣。"五代和凝《宫词》:"纤箈摩轩响佩环,银台门外集鸳鸾。"

银菟符　yín tù fú
【分类】政治
【关键词】汉高祖
【释义】银制的兔形兵符。《新唐书·高祖纪》:"辛巳,停竹使符,班银菟符。"《新唐书·车服志》:"(高祖)颁银菟符,后改铜鱼符。"
【例句】宋谢薖《颜鲁公祠堂》:"银菟分印属儿曹,二十余州尽陷贼。"宋乐雷发《题李湛溪…》:"楚砧岷葛饱清游,金节银菟照几州。"宋周必大《次韵马惟…》:"当年悔不分银菟,空把新诗反复观。"宋岳甫《满江红》:"银菟颁符方易地,金銮寓直行趋阙。"

银瓮　yín wèng
【分类】政治
【关键词】初学记
【释义】银质盛酒器。古代传说常以为祥瑞之物。政治清平,则银瓮出。《初学记·瑞应图》:"王者宴不及醉,刑罚中,人不为非,则银瓮出。"
【例句】唐杜甫《洗兵马》:"不知何国致白环,复道诸山得银瓮。"宋李彭《邹天锡见过》:"共歌昭代得银瓮,何暇著书名玉杯。"宋陈襄《登雄州南…》:"城如银瓮万兵环,怅望孤城野蓼间。"宋华镇《如意院井诗》:"阔容三尺白银瓮,深可二丈青丝绠。"

银印　yín yìn
【分类】政治

【关键词】汉书
【释义】也称银章。银质的官印。《汉书·百官公卿表上》："凡吏秩比二千石以上，皆银印青绶，光禄大夫无。"
【例句】唐高适《奉寄平原…》："银印垂腰下，天书在箧中。"唐杜甫《奉酬薛十…》："我叹黑头白，君看银印青。"唐杜甫《春日江村》："赤管随王命，银章付老翁。"唐岑参《送张郎中…》："弱冠已银印，出身唯宝刀。"

寅宾　yín bīn
【分类】政治
【关键词】尚书
【释义】指恭敬导引。《尚书·尧典》："分命羲仲，宅嵎夷曰旸谷，寅宾出日。"汉孔安国《传》："寅，敬。宾，导。"唐孔颖达疏："令此羲仲恭敬导引将出之日。"
【例句】唐任希古《和左仆射…》："星回应缇管，日御警寅宾。"元陶宗仪《先照楼为…》："若木枝头耀烛龙，寅宾先与最高峰。"元凌云翰《东海朝暾》："寅宾自是羲和事，只有葵心仰帝尧。"明郑真《次韵许廷…》："郊祀献歌传汉武，寅宾分职仰唐尧。"

尹婕妤泣　yǐn jié yú qì
【分类】政治
【关键词】尹婕妤
【释义】妇人忌美争宠之典。源见"尹邢避面"。
【例句】唐李白《效古》："所以尹婕妤，羞见邢夫人。"宋苏籀《大父令赋…》："可怜汉婕妤，涕泣将为咎。"清吕履恒《长歌行送…》："婕妤羞见邢夫人，低头下泣不敢妒。"

尹邢避面　yǐn xíng bì miàn
【分类】政治
【关键词】尹婕妤
【释义】尹婕妤、邢夫人，汉武帝的两个宠妃。指因妒忌而避不见面。《史记·外戚世家》："于是帝乃诏使邢夫人衣故衣，独身来前。尹夫人望见之，曰：'此真是也。'于是乃低头俯而泣，自痛其不如也。谚曰：'美女入室，恶女之仇！'"
【例句】唐李白《效古》："所以尹婕妤，羞见邢夫人。"宋周知微《观临淮双…》："不如回首谢秋风，分作尹邢来汉宫。"清袁枚《落花》："茵溷无心随上下，尹邢避面各西东。"清袁枚《寄庄容可…》："尹邢宁避面，王贡约腾骧。"

引杯　yǐn bēi
【分类】生活
【关键词】杜甫
【释义】举杯。指喝酒。唐杜甫《夜宴左氏庄》："检书烧烛短，看剑引杯长。"
【例句】唐白居易《残春晚起…》："策杖强行过里巷，引杯闲酌伴亲宾。"唐殷尧藩《夜酌溪楼》："得意引杯须痛饮，好怀那许负年华。"宋梅尧臣《依韵酬永…》："引杯尝胆未雪耻，怒蛙起揖当涔蹄。"宋苏轼《送李供备…》："擘水取鱼湖起浪，引杯看剑坐生光。"

引年　yǐn nián
【分类】生活
【关键词】礼记
【释义】养生术语，延长年寿。也指对年老而贤者加以尊养。后用以称年老辞官。《礼记·王制》："凡三王养老，皆引年。八十者一子不从政，九十者其家不从政。"
【例句】宋杜衍《送王周归…》："早修天爵邀人爵，才近耆年便引年。"宋杜衍《钱光禄两…》："七十引年遵礼经，君家何事最为荣。"宋毛滂《仆性懒慢…》："此语险怪悦未然，引年聊与昌阳俱。"宋孙应时《用韵赠李…》："虽云小草容同味，敢与昌阳较引年。"

饮冰　yǐn bīng
【分类】政治
【关键词】庄子
【释义】形容十分惶恐焦灼。谓受命从政，为国忧心。《庄子·人间世》："今吾朝受命而夕饮冰，我其内热与！"
【例句】唐宋之问《送姚侍御…》："饮冰朝受命，衣锦昼还乡。"唐张九龄《巡按自漓…》："理棹虽云远，饮冰宁有惜。"唐孟匡明《钱王将军…》："饮冰君命速，挥涕钱筵空。"唐白居易《送河南尹…》："清洛饮冰添苦节，碧嵩看雪助高情。"

饮虹　yǐn hóng
【分类】文化
【关键词】汉书
【释义】喝水的虹。古人迷信，以为虹是有生命的怪物。《汉书·燕刺王刘旦传》："是时天雨，虹下属宫中，饮井水，井水竭。"
【例句】唐钱起《山中春仲…》："饥貌入山厨，饮虹过药井。"宋程颢《西湖》："尽日无风横舴艋，有时经雨饮虹霓。"宋曹彦约《次韵赵使…》："三峡移名涧响空，中著一桥如饮虹。"宋张元干《登垂虹亭》："熠熠流萤火，垂垂倒饮虹。"

饮水　yǐn shuǐ
【分类】政治
【关键词】邓攸
【释义】咏廉吏之典。《晋书·邓攸传》："元帝以攸为太子中庶子。时吴郡阙守，人多欲之，帝以授攸。攸载米之郡，俸禄无所受，唯饮吴水而已。…攸在郡刑政清明，百姓欢悦，为中兴良守。"
【例句】唐杜甫《赠裴南部…》："人皆知饮水，公辈不偷金。"唐韦应物《任洛阳丞…》："折腰非吾事，饮水非吾贫。"唐许浑《寄当涂李远》："旧日乐贫能饮水，他时随俗愿餔糟。"唐万干《上张舍人》："此地清廉惟饮水，四方焦热待为霖。"

饮月氏头　yǐn ròu zhī tóu
【分类】政治
【关键词】匈奴

【释义】咏克敌军威气势之典。《史记·大宛列传》："是时天子问匈奴降者,皆言匈奴破月氏王,以其头为饮器。"唐颜师古注:"月氏,西城胡国也。"
【例句】唐王维《燕支行》："拔剑已断天骄臂,归鞍共饮月支头。"唐王维《送平淡然…》:"须令外国使,知饮月氏头。"宋黄庭坚《和游景叔…》:"猩中已断匈奴臂,军前可饮月氏头。"宋陈克《题赵次张…》:"烦君为发禄山冢,看我快饮月氏头。"

饮中八仙　yǐn zhōng bā xiān
【分类】生活
【关键词】杜甫
【释义】指唐朝嗜酒好仙的八位学者名人,亦称酒中八仙。分别为:贺知章,开元间秘书监,天宝三载度为道士;汝阳王李琎,玄宗兄李宪长子;李适之,天宝元年左相;崔宗之,袭封齐国公;苏晋,玄宗时中书舍人;李白,玄宗时翰林;张旭,善草书;焦遂,布衣口吃,醉后酬答如注射。
【例句】宋张继先《七言再咏》："溪上且同三笑乐,饮中要与八仙争。"宋杨万里《寄题永新…》："君家秘监唐诗客,饮中八仙渠第一。"宋张扩《酒官张君…》:"旧闻饮中有八仙,日多酩酊相周旋。"宋熊瑞《赋竹居文樽》:"昔遗溪上晋六逸,今入饮中唐八仙。"

隐侯　yǐn hóu
【分类】文化
【关键词】沈约
【释义】南朝梁沈约的谥号。为美称文人雅士之典。《梁书·沈约传》:"沈约字休文…及闻赤章事,大怒,中使谴责者数焉,约惧遂卒。有司谥曰文,帝曰:'怀情不尽曰隐。'"
【例句】唐崔融《登东阳沈…》:"隐侯有遗咏,落简尚余芳。"唐吴仁璧《南徐题友…》:"待到秋深好时节,与君长醉隐侯家。"唐钱起《赠张南史》:"紫泥何日到沧州,笑向东阳沈隐侯。"唐刘禹锡《答东阳于…》:"东阳本是佳山水,何况曾经沈隐侯。"唐郑谷《蔡处士》:"旨趣陶山相,诗篇沈隐侯。"

隐几　yǐn jī
【分类】文化
【关键词】庄子
【释义】靠着几案,伏在几案上;几案。《庄子·徐无鬼》:"南伯子綦隐几而坐,仰天而嘘。"
【例句】唐李颀《送康洽入…》:"白夹春衫仙吏赠,乌皮隐几台郎与。"唐王维《故人张諲…》:"药阑花径分衡门里,时复据梧聊隐几。"唐杜甫《小寒食舟…》:"佳辰强饮食犹寒,隐几萧条带鹖冠。"宋陆游《秋日焚香…》:"世事无端令纠纷,放翁隐几对炉熏。"

隐居求志　yǐn jū qiú zhì
【分类】政治
【关键词】论语
【释义】隐居不仕,以实现自己的志愿。《论语·季氏》:"隐居以求其志,行义以达其道。"宋邢昺疏:"'隐居以求其志'者,谓隐遁幽居以求遂其志也。"
【例句】宋苏轼《和刘长安…》:"隐居亦何乐,素志庶可求。"宋苏轼《薄薄酒》:"隐居求志义之从,本不计较东华土北窗风。"宋陆游《闲居书事》:"隐居正欲求吾志,大患元因有此身。"宋陈渊《寄内》:"赖有室中友,素怀隐居志。"

隐形仲甫　yǐn xíng zhòng fǔ
【分类】文化
【关键词】李仲甫
【释义】咏仙术之典。《神仙传·李仲甫》:"李仲甫者…少学道于王君,服采丹有效,兼行遁甲,能步诀隐形。年百余岁转少。初隐百日,一年复见形。后遂长隐,但闻其声,与人对语饮食如常,但不可见。"
【例句】唐钟离权《破迷正道歌》:"更有书符并念咒,破券环来学隐形。"唐韩愈《同窦韦寻…》:"犹疑隐形坐,敢起窃桃心。"宋刘克庄《梅月为蚤…》:"不但能青吻,元来善隐形。"宋白玉蟾《万法归一歌》:"袖中雷印吓山精,手把杨枝学隐形。"

隐榆　yǐn yú
【分类】政治
【关键词】韩诗外传
【释义】咏潜伏隐患之典。源见"螳螂黄雀"。
【例句】唐骆宾王《秋蝉》:"隐榆非谏楚,噪柳异悲潘。"明王渐逵《新晴过双…》:"鷾鸸隐榆枋,蔚岑相为期。"明彭孙贻《送春得春字》:"含酸梅子怀仁苦,买隐榆钱满屋贫。"清诸宗元《拔可既卜…》:"南来扣户初不知,突兀高楼隐榆柳。"

印龟左顾　yìn guī zuǒ gù
【分类】政治
【关键词】孔愉
【释义】咏知恩必报之典。《晋中兴书·会稽孔录》:"(孔愉)以讨华轶功。封余不亭侯。初愉少时。尝得一龟。经余不亭放龟溪中。龟中流左顾者数过。后以功封余不亭侯。以铸印而龟左顾。更铸亦然。印工以闻愉。愉悟乃取佩。"
【例句】唐刘禹锡《酬窦员外…》:"朱轮尚忆群飞雉,青绶初县左顾龟。"唐刘禹锡《浙西李大…》:"左顾龟成印,双飞鹄织袍。"宋王圭《送向防御…》:"金印旋成左顾,瑶箱尝认燕双归。"宋杨亿《史馆凌职…》:"左顾金龟印,前驱画隼旗。"

印可　yìn kě
【分类】文化
【关键词】禅宗
【释义】佛家谓经印证而认可,禅宗多用之。亦泛指同意。《维摩诘所说经·弟子品》:"能如是宴坐者,佛所印可。"
【例句】唐刘禹锡《宣上人远…》:"借问至公谁印可,支郎天眼定中观。"宋林希逸《答友人论学》："禅要自参求印可,仙须亲炼待丹还。"宋吕本中《庆大悲阁成》："尚得闲人相印可,隔门惟有白衣仙。"宋陈与义《某蒙示咏…》："儒林丈人摘藻春,作诗印可融心神。"

饮马　yìn mǎ

【分类】政治

【关键词】左传

【释义】喻指战事。或谓使战争临于某地。《左传·宣公十二年》："楚子北师次于郔。沈尹将中军,子重将左,子反将右,将饮马于河而归。"

【例句】唐李世民《饮马长城…》："悠悠卷旆旌,饮马出长城。"唐李颀《从军行》："白日登山望烽火,昏黄饮马傍交河。"唐吴融《金桥感事》："饮马早闻临渭北,射雕今欲过山东。"唐陈子良《赞德上越…》："交河方饮马,瀚海盛扬旌。"

饮马长城　yìn mǎ cháng chéng

【分类】生活

【关键词】乐府诗集

【释义】咏别离思念之典。在长城下的泉窟里喂马食物或者水。《乐府诗集》中,《相和歌辞·瑟调曲》有《饮马长城窟行》一首。

【例句】唐李世民《饮马长城…》："悠悠卷旆旌,饮马出长城。"唐王翰《饮马长城…》："归来饮马长城窟,长城道傍多白骨。"宋刘敞《潞河》："饮马长城行且谣,雕鞍金勒映春朝。"聂绀弩《八十》："饮马长城东北东,牵牛七夕乱山中。"

应璩三入　yīng qú sān rù

【分类】政治

【关键词】应璩

【释义】咏入为朝廷近臣之典。《昭明文选·三国魏应璩〈百一诗〉》："问我何功德,三入承明庐。"唐李善注:"璩初为侍郎,又为常侍,又为侍中,故云'三入'。陆机《洛阳记》曰:'吾常怪谒帝承明庐,问张公,张公云:魏明帝在建始殿朝会,皆由承明门,然直庐在承明门侧。"

【例句】唐张南史《早春书事…》："诵诗陪贾谊,酌酒伴应璩。"宋刘敞《初秋馆中…》："不奈客嘲聊自解,下流仍复愧应璩。"明皇甫汸《应谢二兵…》："南郡才华推谢朓,西园辞赋重应璩。"明张萱《沈云鸿大…》："千秋授简惭玄晏,一日论文有应璩。"

应物香　yīng wù xiāng

【分类】文化

【关键词】韦应物

【释义】咏诗人雅闻轶趣之典。源见"焚香扫地"。

【例句】宋刘克庄《送赵信州》："香凝应物吟诗榻,虹贯元章载画舟。"宋陈人杰《沁园春》："应物香销,乐天句杳,无限风情成死灰。"

应徐　yīng xú

【分类】文化

【关键词】应场徐干

【释义】汉应场、徐干的并称。二人以诗文著名,为曹丕、曹植所礼遇。用以泛称有才华的宾客。《三国志·王粲传》："始文帝为五官将,及平原侯植皆好文学。粲与北海徐干字伟长、广陵陈琳字孔璋、陈留阮瑀字元瑜、汝南应场字德琏、东平刘桢字公干并见友善。"

【例句】唐钱起《宴曹王宅》："自叹平生相识愿,何如今日厕应徐。"唐高适《苦雨寄房…》："兄弟方荀陈,才华冠应徐。"唐杜甫《秋日荆南…》："岂惟高卫霍,曾是接应徐。"唐陆龟蒙《寄淮南郑…》："记室千年翰墨孤,唯君才学似应徐。"

英雄入彀　yīng xióng rù gòu

【分类】政治

【关键词】汉文帝

【释义】入彀:指进入弓箭的射程以内,比喻就范。喻指天下英雄均已就范。《唐摭言》："盖文皇帝修文偃武,天赞神授,尝私幸端门,见新进士缀行而出,喜曰:'天下英雄入我彀中矣。'"

【例句】宋邵雍《随缘吟》："生涯澹澹随缘过,未肯将身入彀中。"宋韦骧《又和彦常…》："贤杰闻风争入彀,箪瓢何足乐颜回。"宋王庭珪《次韵刘谦…》："此时入彀多英雄,只今岂可一二数。"宋赵顼《句》："一方文武魁天下,万里英雄入彀中。"

英雄种菜　yīng xióng zhòng cài

【分类】政治

【关键词】刘备

【释义】形容为实现志向而暂时屈身自隐,或感慨人不得志。《三国志·先主传》南朝宋裴松之注引胡冲《吴历》曰:"备时闭门,将人种芜菁,曹公使人窥door。既去,备谓张飞、关羽曰:'吾岂种菜者乎?曹公必有疑意,不可复留。'"

【例句】宋陆游《月下醉题》："闭门种菜英雄老,弹铗思鱼富贵迟。"宋陆游《咏史》："闭门种菜英雄事,莫笑衰翁日荷锄。"明钱谦益《岁暮杂怀》："看花伴侣青春少,种菜英雄白首多。"明何巩道《种菜》："频年学圃休相笑,千古英雄亦荷锄。"

英游　yīng yóu

【分类】文化

【关键词】范仲淹

【释义】英俊之辈,才智杰出的人物。宋范仲淹《杨文公写真赞》："当时台阁英游,盖多出于师门矣。"

【例句】宋柳永《永遇乐》："天阁英游,内朝密侍,当世荣遇。"宋陆游《送李宪被召》："早谒龙门鬓未秋,暮年乃复接英游。"宋胡宿《子庄见求…》："半纶衹役谢英游,牒诉装怀思若抽。"宋宋祁《同年梅鼎…》："青袍玉骨英游盛,上路争看侧帽风。"

莺迁乔木　yīng qiān qiáo mù
【分类】政治
【关键词】诗经
【释义】喻仕途升迁或境遇好转。源见"出谷迁乔"。
【例句】唐殷济《岁日送王…》："伫听莺迁当此日，归鸿莫使尺书迟。"唐李商隐《寄舍第羲…》："朝满迁莺侣，门多吐凤才。"唐白居易《东都冬日…》："桂折应同树，莺迁各异年。"唐许浑《李秀才近…》："东堂望绝迁莺起，南国哀余候雁飞。"

莺啼燕语　yīng tí yàn yǔ
【分类】生态
【关键词】皇甫冉
【释义】莺啼婉转，燕语呢喃。形容春光明媚。亦比喻女子悦耳的语声。唐皇甫冉《春思》："莺啼燕语报新年，马邑龙堆路几千。"
【例句】唐孟郊《伤春》："千里无人旋风起，莺啼燕语荒城里。"宋邵雍《洛阳春吟》："春归花谢日初长，燕语莺啼各自忙。"宋华镇《和陈尉见贻》："燕语莺啼次第新，柳绵花锦曲江滨。"宋辛弃疾《蝶恋花》："燕语莺啼人乍远。却恨西园，依旧莺和燕。"

嘤鸣　yīng míng
【分类】生活
【关键词】诗经
【释义】鸟相和鸣。比喻朋友间同气相求或意气相投。借指寻求志同道合的朋友，或思念故友。《诗经·小雅·伐木》："伐木丁丁，鸟鸣嘤嘤。出自幽谷，迁于乔木。嘤其鸣矣，求其友声。""嘤嘤"声类似黄莺叫。
【例句】唐陈子昂《酬田逸人…》："闻莺忽相访，题凤久裴回。"唐储光羲《田家即事…》："念别求须臾，忽至嘤鸣时。"唐储光羲《同诸公秋…》："大君及群臣，宴乐方嘤鸣。"宋刘敞《泛舟》："杂花乱缤纷，好鸟相嘤鸣。"宋韦骧《次韵和邓…》："嘤鸣忻得侣，妖艳况方癀。"

樱桃宴　yīng táo yàn
【分类】政治
【关键词】唐摭言
【释义】科举时代庆贺新进士及第的宴席。始于唐僖宗时。也指文人雅会。《唐摭言·慈恩寺题名游赏赋咏杂纪》："新进士尤重樱桃宴。乾符四年，永宁刘公第二子覃及第…独置是宴，大会公卿。时京国樱桃初出，虽贵达未适口，而覃山积铺席，复和以糖酪者，人享蛮榼一小盆，亦不啻数升。"
【例句】宋宋白《宫词》："移入芳林排小宴，赤瑛盘里进樱桃。"宋黄庭坚《贺圣朝》："樱桃荣宴玉墀游，领群仙行缀。"元贡师泰《和马伯庸…》："近臣侍罢樱桃宴，更遣黄门送大二笼。"清彭孙遹《送顾孝奇…》："漫题芍药阶前句，待作樱桃宴里人。"

鹦鹉杯　yīng wǔ bēi
【分类】生活
【关键词】薛道衡
【释义】一种酒杯。用鹦鹉螺制成。隋薛道衡《和许给事善心戏场转韵诗》："共酌琼酥酒，同倾鹦鹉杯。"
【例句】唐骆宾王《代女道士…》："鹦鹉杯中浮竹叶，凤凰琴里落梅花。"唐方干《陪李郎中…》："琵琶弦促千般语，鹦鹉杯深四散飞。"唐卢照邻《长安古意》："汉代金吾千骑来，翡翠屠苏鹦鹉杯。"唐李乂《侍宴安乐…》："平旦鹓鸾歌舞席，方宵鹦鹉献酬杯。"

鹦鹉赋　yīng wǔ fù
【分类】文化
【关键词】祢衡
【释义】比喻文士富于才华。《后汉书·祢衡传》："（黄）射时大会宾客，人有献鹦鹉者，射举卮于衡曰：'愿先生赋之，以娱嘉宾。'衡揽笔而作，文无加点，辞采甚丽。"
【例句】唐李颀《赠别张兵曹》："新成鹦鹉赋，能衣鹡鸰裘。"唐李商隐《留赠畏之》："郎君下笔惊鹦鹉，侍女吹笙弄凤凰。"唐钱起《送傅管记…》："主将早知鹦鹉赋，飞出许载蛟龙笔。"唐严武《寄题杜拾…》："莫倚善题鹦鹉赋，何须不着鵕鸃冠。"

鹰扬　yīng yáng
【分类】政治
【关键词】诗经
【释义】咏武将英姿威武之典。《诗经·大雅·大明》："维师尚父，时维鹰扬。凉彼武王，肆伐大商，会朝清明。"毛传："鹰扬，如鹰之飞扬也。"
【例句】唐张九龄《钱王尚书…》："诗人何所咏，尚父欲鹰扬。"唐李隆基《平胡》："蒙轮皆突骑，按剑尽鹰扬。"唐郭澹《喜陆侍御…》："介胄鹰扬出，山林蚁聚空。"唐胡曾《咏史诗鸿门》："项籍鹰扬六合晨，鸿门开宴贺亡秦。"

迎代邸　yíng dài dǐ
【分类】政治
【关键词】汉文帝
【释义】汉文帝刘恒原封为代王。周勃、刘章灭诸吕之后，把他从代郡的官邸中用车子迎接回朝，立为天子。《汉书·文帝纪》："奉天子法驾迎代邸。皇帝即日夕入未央宫。"
【例句】唐杜甫《赠李八秘…》："事殊迎代邸，喜异赏朱虚。"唐皇甫冉《故齐王赠》："旧居从代邸，新陇入文园。"宋周紫芝《送吕右丞…》："推符迎代邸，结绶拥尧轩。"宋刘子翚《李伯时画…》："周勃取将迎代邸，霍光持去授皇孙。"

迎猫　yíng māo
【分类】生活
【关键词】礼记

【释义】古八蜡之一。于腊月农事完毕后,迎猫神而祭之,以祈消灭田鼠,保护庄稼。《礼记·郊特性》:"古之君子,使之必报之。迎猫,为其食田鼠也;迎虎,为其食田豕也,迎而祭之也。"
【例句】唐李端《长安感事…》:"扣虱欣时泰,迎猫达岁丰。"唐柳宗元《掩役夫张…》:"猫虎获迎祭,犬马有盖帷。"宋韩维《玉汝惠猫…》:"汉臣问鹏曾游地,腊祭迎猫始出林。"宋项安世《次韵送新…》:"春野纵耕无吠犬,秋场一笑足迎猫。"

盈虚 yíng xū
【分类】生活
【关键词】庄子
【释义】盛衰消长,谓发展变化;月之圆缺。《庄子·秋水》:"察乎盈虚,故得而不喜,失而不忧。"
【例句】唐杜审言《赠崔融》:"人事盈虚改,交游宠辱妨。"唐王昌龄《同从弟南…》:"苒苒几盈虚,澄澄变今古。"唐张说《同赵侍御…》:"天地盈虚尚难保,人间倚伏何须道。"唐徐敞《圆灵水镜》:"明灭沧江水,盈虚逐砌莫。"

盈昃 yíng zè
【分类】生活
【关键词】周易
【释义】指日月圆满或亏缺。比喻事物发展到一定程度,就会向相反的方向转化。《周易注疏·丰》:"日中则昃,月盈则食,天地盈虚,与时消息,而况乎人乎!"
【例句】宋吕南公《有虫》:"延绵盈昃多,天雨断霈霶。"宋吕南公《中山感怀》:"宾筵堕盈昃,卦气尽壬癸。"明顾璘《月岩》:"灵岩象唯月,盈昃巧为妍。"清弘历《元旦试笔》:"居诸盈昃洵速矣,覆载照临实鉴焉。"

萦纡 yíng yū
【分类】生活
【关键词】班固
【释义】回旋曲折,萦回。汉班固《西都赋》:"步甬道以萦纡,又杳窱而不见阳。"
【例句】唐严公贶《题汉州西湖》:"琴台今寂寞,竹岛尚萦纡。"唐白居易《长恨歌》:"黄埃散漫风萧索,云栈萦纡登剑阁。"唐刘禹锡《城东闲游》:"竹径萦纡入,花林委曲巡。"唐李乂《奉和春日…》:"秦商重沓云岩近,河渭萦纡雾壑深。"

蝇虎 yíng hǔ
【分类】文化
【关键词】古今注
【释义】蜘蛛的一种。体小脚短,色白或黑,不结网。常在墙壁上捕食苍蝇和其他小虫。俗称苍蝇老虎。《古今注·鱼虫》:"蝇虎…形似蜘蛛而色灰白,善捕蝇。"
【例句】唐韩愈《城南联句》:"得隽蝇虎健,相残雀豹趋。"宋梅尧臣《宿州河亭…》:"林中鸦鸟狞,席上蝇虎攫。"宋李石《蜂蚁》:"蝇虎跳掷高,细碎纷迸落。"宋方一夔《观物》:"蝇虎案头新得隽,螳螂枝上忽忘身。"

蝇头蜗角 yíng tóu wō jiǎo
【分类】生活
【关键词】苏轼
【释义】苍蝇头、蜗牛角。比喻微不足道的事物。宋苏轼《满庭芳》:"蜗角虚名,蝇头微利,算来着甚干忙。事皆前定,谁弱又谁强。"
【例句】宋欧阳澈《世弼读白…》:"藏器待时须大用,耻争蜗角与蝇头。"宋释宝昙《用前韵寄…》:"鼠肝虫臂窥前辈,蜗角蝇头战百蛮。"宋陈普《挽诗》:"蝇头蜗角总虚名,公擅儒林一老成。"宋高翥《自赋》:"蜗角蝇头总是虚,何须留恋市朝居。"

蝇头细书 yíng tóu xì shū
【分类】文化
【关键词】萧道度
【释义】用似蝇头般的小字写成的书。《南史·衡阳元王道度传》:"钧常手自细书写五经,部为一卷,置于巾箱中,以备遗忘。侍读贺阶问曰:'殿下家自有坟素,复何须蝇头细书,别藏巾箱中?'…巾箱五经自此始也。"
【例句】宋汪藻《次韵董禹》:"嗟予老矣安用此,谁能细字书蝇头。"宋张纲《次韵仲弼》:"已厌清谈挥麈尾,谁能细字写蝇头。"宋王十朋《送罗生少陆》:"短檠照深夜,细字书蝇头。"宋陆游《书感》:"岂知鹤发残年叟,犹读蝇头细字书。"

赢余 yíng yú
【分类】政治
【关键词】马援
【释义】喻指额外的收获。源见"马少游"。
【例句】唐韩愈《秋怀诗》:"岂必求赢余,所要石与甔。"唐韩愈《丰陵行》:"皇帝孝心深且远,资送礼备无赢余。"唐韩愈《赠刘师服》:"忆昔太公仕进初,口含两齿无赢余。"宋刘攽《杜介供奉…》:"省事即知长脱洒,养生元不待赢余。"

瀛洲 yíng zhōu
【分类】文化
【关键词】鳌
【释义】神话传说中的仙山名。泛指仙境。源见"龙伯钓鳌"。
【例句】唐吕岩《七言》:"拟登瑶殿参金母,回访瀛洲看日轮。"唐李白《题雍丘崔明…》:"叶县已泥丹灶毕,瀛洲当伴赤松归。"唐武元衡《学仙难》:"玉殿笙歌汉帝愁,鸾龙俨驾望瀛洲。"宋董荆楚《瀛岩》:"未信瀛洲环弱水,始知鳌背负蓬莱。"

郢匠 yǐng jiàng
【分类】文化
【关键词】庄子

【释义】楚郢中的巧匠,名石。喻指技艺高超的人,喻大毛笔。《庄子·徐无鬼》:"郢人垩漫其鼻端,若蝇翼,使匠石斲之。匠石运斤成风,听而斲之,尽垩而鼻不伤,郢人立不失容。宋元君闻之,召匠石曰:'尝试为寡人为之。'匠石曰:'臣则尝能斲之。虽然,臣之质死久矣。'"斤:古代伐木的工具,类似于斧。

【例句】唐杜甫《奉赠鲜于⋯》:"脱略磻溪钓,操持郢匠斤。"唐骆宾王《夏日游德⋯》:"成风郢匠斫,流水伯牙弦。"唐皇甫冉《上礼部杨⋯》:"郢匠抡材日,辕轮必尽呈。"唐元稹《江边四十韵》:"方砧荆山采,修椽郢匠刨。"

郢匠挥斤 yǐng jiàng huī jīn

【分类】文化
【关键词】庄子
【释义】形容技艺精湛,才能出众。源见"郢匠"。
【例句】宋刘敞《古意》:"郢匠不挥斤,其质久已死。"宋祁《和成上人》:"挥斤郢匠室,流水子期家。"宋秦观《别贾耘老》:"欲托毫素един殷勤,郢匠旁瞩难挥斤。"宋刘跂《寄赠》:"蓝田仍产玉,郢匠早挥斤。"

郢书燕说 yǐng shū yān shuō

【分类】政治
【关键词】韩非子
【释义】郢:春秋战国时楚国的都城;书:信;燕:古诸侯国名;说:解释。比喻牵强附会,曲解原意。《韩非子·外储说左上》:"郢人有遗燕国相书者,夜书火不明,因谓持烛者曰:'举烛!'而误书'举烛'。举烛非书意也。燕相受书而悦之,曰:'举烛者,尚明也,举贤而任之。'燕相白王,王大悦。国以治。"实则郢人误书,燕相误解。
【例句】宋韩希孟《书衣帛诗》:"不意风马牛,复及此燕郢。"明程敏政《为乡人张⋯》:"苇岸芦汀立九鹭,郢人燕说是吾师。"明程敏政《题英雄夺⋯》:"郢人燕说亦有道,远大相期君莫忘。"聂绀弩《赓和大作⋯》:"书入燕城高举烛,臣称汉帝乱堆柴。"

郢质 yǐng zhì

【分类】生活
【关键词】庄子
【释义】指被匠石挥斧削尽鼻端白泥而立不失容的郢人。比喻合作无间的伙伴。源见"郢匠"。
【例句】宋孙应时《赠杜子真》:"且办工夫成郢质,可无老手为挥斤。"宋苏轼《次韵张安⋯》:"般斤思郢质,鲲化陋鲦鲹。"宋吕本中《范伯言药圃隐》:"后生有郢质,更为斫其漫。"宋曾协《裴父见和⋯》:"郢质由来迥不同,曾当巧匠运斤风。"

颍川集 yǐng chuān jí

【分类】文化
【关键词】陈寔荀淑
【释义】咏贤士相聚或出游。亦借以咏星。东汉时陈寔、荀淑两家享名当时,均为颍川人,两家父子同游或聚会,称为颍川集。《太平御览》引《汉杂事》:"陈寔字仲弓,汉末太史家瞻星,有德星见,当有英才贤德同游者。书下诸郡县问。颍川郡上事:其日有陈太丘父子四人俱共会社,小儿季方御,大儿元方从,抱孙子长文,此是也。"

【例句】唐董思恭《咏星》:"方知颍川集,别有太丘门。"唐薛稷《钱许州宋⋯》:"风月相思夜,劳望颍川星。"唐于季子《奉和圣制⋯》:"九旗云布临嵩室,万骑星陈集颍川。"宋彭汝砺《和范学士韵》:"但见颍川多凤集,仍知合浦有珠还。"

颍客 yǐng kè

【分类】政治
【关键词】许由
【释义】代称许由。亦泛指隐者。《高士传·许由》:"尧让天下于许由⋯由于是遁耕于中岳,颍水之阳,箕山之下,终身无经天下色。尧又召为九州长,由不欲闻之,洗耳于颍水滨。时其友巢父牵犊欲饮之,见由洗耳,问其故。对曰:'尧欲召我为九州长,恶闻其声,是故洗耳。'"
【例句】唐理莹《送戴三微⋯》:"周王尊渭叟,颍客傲唐尧。"唐高适《鲁郡途中⋯》:"谁谓嵩颍客,遂经邹鲁乡。"宋宋庠《谋退》:"汉重商贤隐,尧嗟颍客高。"宋欧阳修《摄事斋宫⋯》:"谁为寄声清颍客,此生终不负渔竿。"

颍尾 yǐng wěi

【分类】政治
【关键词】左传
【释义】颍水下游入淮河处,今颍上县东南的西正阳镇。为咏隐逸之典。《左传·昭公十二年》:"楚子狩于州来,次于颍尾。"晋杜预注:"颍水,之尾在下蔡。"
【例句】宋元绛《和圣徒洛⋯》:"德应华星临颍尾,年拘皓发下商颜。"宋王安石《次韵信都⋯》:"奈何甘心一榻上,欲卧颍尾为洁清。"宋李吕《代人上建守》:"不借寇恂留颍尾,却教郭伋再并州。"宋晁说之《德麟夜相⋯》:"颍尾可居邻可卜,白蘋红蓼共君休。"

影动摇 yǐng dòng yáo

【分类】生态
【关键词】杜甫
【释义】指群星参差,映照峡江,星影在湍急的江流中摇曳不定。唐杜甫《咏怀古迹》:"五更鼓角声悲壮,三峡星河影动摇。"
【例句】宋刘才邵《次韵梅花⋯》:"溪水溶溶影动摇,盈盈仙子近星桥。"宋刘敞《月夜独酌》:"露翻高树光明灭,风度疏篁影动摇。"宋彭汝砺《治平谅暗⋯》:"风生雨后声悲惨,月在云间影动摇。"聂绀弩《尘中望且⋯》:"遭逢春雨身滋润,想象天风影动摇。"

影娥池 yǐng é chí

【分类】生态
【关键词】汉武帝
【释义】汉未央宫中池名。为咏宫中池塘之典。《三辅黄图·池沼》:"武帝凿池以玩月,其旁起望鹄台以眺月,影入池中,使宫人乘舟弄月影。名影娥池,亦曰眺蟾台。"

【例句】唐上官仪《咏雪应诏》:"花明栖凤阁,珠散影娥池。"宋张公庠《宫词》:"影娥池面碧溶溶,荡桨佳人夕照中。"宋苏籀《楼枢密挽词》:"宾位樽罍人事改,影娥花月画堂空。"

颍阳 yǐng yáng
【分类】政治
【关键词】后汉书
【释义】颍水之北。传说古高士巢父、许由隐居于此,后因以借指巢许。《后汉书·逸民传序》:"是以尧称则天,不屈颍阳之高;武尽美矣,终全孤竹之絜。"唐李贤注:"颍阳谓巢许也。"
【例句】唐许景先《徵君宅》:"道丧历千载,复存颍阳真。"唐皇甫冉《寄刘方平…》:"篱边颍阳道,竹外少姨峰。"唐皎然《答裴集阳…》:"莫学颍阳子,请师高山叟。"唐贾岛《寓兴》:"旷哉颍阳风,千载无其他。"

硬语盘空 yìng yǔ pán kōng
【分类】文化
【关键词】韩愈
【释义】形容文章的气势雄伟,矫健有力。唐韩愈《荐士》:"横空盘硬语,妥贴力排奡。"
【例句】宋陈棣《诸公见和…》:"新诗写物无余态,硬语盘空若混成。"宋辛弃疾《贺新郎》:"硬语盘空谁来听?记当时,只有西窗月。"宋陈傅良《悼翁仲立…》:"边筹皆破的,硬语更盘空。"宋牟巘《赵石心诗》:"有时盘空吐硬语,更觉世上浮且夸。"

应刘 yìng liú
【分类】文化
【关键词】曹丕
【释义】应玚、刘桢。为咏宾客才人之典。《昭明文选·三国魏曹丕〈与朝歌令吴质书〉》:"昔年疾疫,亲故多离其灾,徐陈应刘,一时俱逝,痛可言邪!"唐李善注引《典略》:"初,徐干、刘桢、应玚、阮瑀、陈琳、王粲等与质并见友于太子。二十二年,魏大疫,诸人多死,故太子与质书。"
【例句】唐孟云卿《邺城怀古》:"崔嵬长河北,尚见应刘墓。"唐许浑《哭杨攀处士》:"嵇阮没来无酒客,应刘亡后少诗人。"唐罗邺《寄酬邺王…》:"长笑应刘悲显达,每嫌伊霍少诗篇。"唐韦庄《过樊川旧居》:"应刘去后苔生阁,稽阮归来雪满头。"

应龙 yìng lóng
【分类】文化
【关键词】山海经
【释义】古代传说中一种有翼的龙。善兴云作雨。《山海经·大荒东经》:"应龙处南极,杀蚩尤与夸父,不得复上。故下数旱。旱而为应龙之状,乃得大雨。"
【例句】唐白居易《虾蟆》:"应龙能致雨,润我百谷芽。"唐陈子昂《蓟丘览古…》:"应龙已不见,牧马空黄埃。"唐吴筠《苦春霖作…》:"应龙迁南方,霖雨备江干。"唐陈陶《飞龙引》:"应龙下挥中国笑,泓泓水绕青洲。"唐薛逢《贺杨收作相》:"威凤偶时因瑞圣,应龙无水谩通神。"

应律 yìng lǜ
【分类】生活
【关键词】楚辞
【释义】应合乐律。《楚辞·九歌·东君》:"应律兮合节,灵之来兮蔽日。"也指应合历象。
【例句】唐吕纯《忆江南》:"万蕊初生将比类,黄钟应律始归家。"唐鲍防《元日早朝行》:"师旷应律调黄钟,王良运策调时龙。"宋韩琦《壬子冬至…》:"润滋柔葭乘时出,暖逐轻灰应律飞。"宋孙觌《皇帝阁》:"薰琴应律南风暖,漏箭添筹昼刻长。"

应门有儿 yìng mén yǒu ér
【分类】生活
【关键词】李密
【释义】谓家中有可供使唤、照应门户的孩子或童仆。晋李密《陈情表》:"外无期功强近之亲,内无应门五尺之僮。茕茕孑立,形影相吊。"
【例句】唐杜甫《秦州杂诗》:"晒药能无妇,应门幸有儿。"宋陈傅良《怀同舍石…》:"但要能应门,勿问鄢与臧。"宋王令《夏日平居…》:"呼儿往应门,谓言出在涂。"宋田昼《筑长堤》:"老夫七十妪与齐,五尺应门生两儿。"

应桑林 yìng sāng lín
【分类】文化
【关键词】庄子
【释义】形容技艺娴熟、才干杰出。源见"庖丁解牛"。
【例句】唐李白《赠从孙义…》:"亚相素所至,投刃应桑林。"宋司马光《送张少卿…》:"夷路迎飞鞚,桑林应奏刀。"宋程俱《过徐节之…》:"市骏不应遗泛驾,更刀犹足中桑林。"明谢与思《乙酉夏日…》:"敢谓旱乾须版筑,已看沾洒应桑林。"

应图求马 yìng tú qiú mǎ
【分类】文化
【关键词】马
【释义】咏良马之典。《艺文类聚》引《献文帝马表》:"臣于先武皇帝世,得大宛紫骍马一匹,形法应图,善持头尾,教令习拜,今辄已能,又能行与鼓节相应。谨以奉献。"
【例句】唐杜甫《上韦左相…》:"应图求骏马,惊代得麒麟。"明文彭《送王禄之…》:"秋风引我献天子,自谓骏马今应图。"明区怀瑞《寄李本宁…》:"抱道犹龙看变化,应图天马更腾骧。"

应物 yìng wù
【分类】生活

【关键词】庄子
【释义】顺应事物。《庄子·知北游》:"邀于此者,四枝强,思虑恂达,耳目聪明,其用心不劳,其应物无方。"犹言待人接物。《晋书·外戚传·王濛》:"虚已应物,恕而后行。"
【例句】唐智通《偈》:"身智融无碍,应物任随形。"唐李颀《谒张果先生》:"应物云无心,逢时舟不系。"唐杜甫《秋日寄题…》:"挥金应物理,拖玉岂吾身。"唐皎然《苕溪草堂…》:"应物非宿心,遗身是吾策。"

佣书　yōng shū
【分类】生活
【关键词】班超
【释义】指中国古代受人雇佣以抄书为业。魏晋、南北朝时称经生,唐代称抄书人。源见"投笔"。
【例句】唐杜牧《宣城赠俏…》:"赊酒不辞病,佣书非为贫。"唐韦庄《癸丑年下第…》:"未酬阙泽佣书债,犹欠君平卖卜钱。"元张仲深《酬蒋尚之…》:"煮字有方逾辟谷,卖文无计胜佣书。"聂绀弩《铭德季惺…》:"走马兰台晨鼓阁,佣书楚馆夜灯焉。"

拥鼻吟　yōng bí yín
【分类】文化
【关键词】谢安
【释义】指用雅音曼声吟咏。《晋书·谢安传》:"安本能为洛下书生咏,有鼻疾,故其音浊,名流爱其咏而弗能及,或手掩鼻以效之。"
【例句】唐唐彦谦《春阴》:"天涯已有销魂别,楼上宁无拥鼻吟。"唐韩偓《见花》:"褰裳拥鼻正吟诗,日午墙头独见时。"唐韩偓《雨》:"此时高味共谁论,拥鼻吟诗空伫立。"宋晏殊《初秋宿直》:"拥鼻吟多欲愁绝,严钟凄断树乌还。"

拥彗　yōng huì
【分类】政治
【关键词】汉高祖
【释义】手拿扫帚,清扫道路。表示对来访者的敬意。《史记·高祖本纪》:"后高祖朝,太公拥彗,迎门却行。高祖大惊,下扶太公。"
【例句】唐崔善为《答王无功…》:"讵知方拥彗,逢子敬惟桑。"唐李白《行路难》:"君不见昔时燕家重郭隗,拥彗折腰无嫌猜。"唐郑嵎《津阳门诗》:"骊驹吐沫一奋迅,路人拥彗争珠玑。"崔善为《答王无功…》:"讵知方拥彗,逢子敬惟桑。"

拥髻　yōng jì
【分类】生活
【关键词】赵飞燕
【释义】谓捧持发髻,话旧生哀。旧题汉伶玄《赵飞燕外传》附《伶玄自叙》:"(樊)通德占袖,顾视烛影,以手拥髻,凄然泣下。"

【例句】宋苏轼《次韵和王巩》:"熏衣渐叹衙香少,拥髻遥怜夜语清。"宋苏轼《九日舟中…》:"遥知通德凄凉甚,拥髻无言怨未归。"宋黄庭坚《宁子与追…》:"去年新霁独凭栏,山似樊姬拥髻鬟。"宋陆游《秋夜遣怀》:"壮游不复记坠鞭,夜语谁能怀拥髻。"

拥旄　yōng máo
【分类】政治
【关键词】丘迟
【释义】古代武官持牦节专制一方。南朝梁丘迟《与陈伯之书》:"朱轮华毂,拥旄万里,何其壮也。"唐李善注:"班固《涿邪山祝文》:'杖节拥旄,征人伐鼓。'"
【例句】唐岑参《轮台歌奉…》:"上将拥旄西出征,平明吹笛大军行。"唐冯道《句》:"视草北来黄学士,拥旄西去汉将军。"唐王建《送振武张》:"抚背恩虽同骨肉,拥旄名未敌功勋。"宋强至《韩魏公生日》:"拥旄欲去观民政,仗钺俄来统将威。"

拥书百城　yōng shū bǎi chéng
【分类】文化
【关键词】李沁
【释义】形容家中藏书极丰;或形容以读书自娱。《魏书·李沁传》:"(李沁)每曰:'丈夫拥书万卷,何假南面百城。'遂绝迹下帷,杜门却扫,弃书营书,手自删削,卷无重复者四千有余矣。"
【例句】宋王安中《春怀赋得…》:"不必笑枯索,拥书轻百城。"宋陈与义《六言》:"种竹可俾千户,拥书不假百城。"宋王禹偁《酬赠田舍人》:"西垣三字班列闲,南面百城资望峻。"明韩日缵《寄苏桐柏》:"载酒谁怜三径寂,拥书孰与百城多。"

拥书侯　yōng shū hóu
【分类】文化
【关键词】李沁
【释义】形容藏书极多。源见"拥书百城"。
【例句】唐徐铉《送冯侍郎》:"今日声明光旧物,共看旌旆拥书生。"明龚鼎孳《园次三十…》:"避世欲题高士传,拥书如拜富民侯。"明成鹫《送王固山…》:"拥书南面千秋业,倚剑长天万里侯。"聂绀弩《杂诗》:"衔名自署拥书侯,为太清闲故愁愁。"

拥肿　yōng zhǒng
【分类】政治
【关键词】庄子
【释义】隆起,肥大,不平直。引申为无所可用或无用。源见"樗栎"。
【例句】唐骆宾王《浮槎》:"摧残空有恨,拥肿遂无庸。"唐李白《咏山樽》:"拥肿寒山木,嵌空成酒樽。"唐高适《真定即事…》:"不才羞拥肿,干禄谢俳儒。"唐刘长卿《瓜洲驿奉…》:"不才成拥肿,失计似邯郸。"

雍门哀　yōng mén āi
【分类】生活
【关键词】雍门子周
【释义】感叹盛极而衰、一朝沦落的悲伤之情。源见"雍门琴"。
【例句】唐李益《来从窦车…》："歌出易水寒,琴下雍门泪。"唐顾况《郑女弹筝歌》："一声雍门泪承睫,两声赤鲤露鬐鬣。"宋晁补之《复用前韵…》："恸哭穷途古自难,不应更待雍门弹。"宋苏籀《咸阳县令…》："楼中有客雍门弹,坐上悲歌击樽坏。"

雍门琴　yōng mén qín
【分类】生活
【关键词】雍门子周
【释义】喻指乐声对人的情绪的巨大感染力。《说苑·善说》："雍门子周引琴而鼓之,徐动宫徵,微挥羽角,切终而成曲。孟尝君涕浪汗增,欷而就之曰:'先生之鼓琴,令文立若破国亡邑之人也。'"
【例句】唐李白《猛虎行》："肠断非关陇头水,泪下不为雍门琴。"唐唐彦谦《春阴》："感事不关河里笛,伤心应倍雍门琴。"宋欧阳修《琵琶亭上作》："湿尽青衫司马泪,琵琶还似雍门琴。"明皇甫汸《史子示衰…》："诗报茂陵堪下泪,莫将吟入雍门琴。"

雍容闲雅　yōng róng xián yǎ
【分类】文化
【关键词】司马相如
【释义】形容态度从容大方,举止文雅。《史记·司马相如列传》："相如之临邛,从车骑,雍容闲雅甚都；及饮卓氏,弄琴,文君窃从户窥之,心悦而好之,恐不得当也。"
【例句】唐姚合《寄国子杨…》："清高宜对竹,闲雅胜闻琴。"唐赵嘏《重阳日即事》："由来举止非闲雅,不是龙山落帽人。"唐卢照邻《咏史》："雍容谢朝廷,谈笑奖人伦。"唐陈子良《赞德上越…》："雍容入青锁,肃穆侍丹楹。"宋李彭《醉书》："酴醾夺目表春余,闲雅雍容亦甚都。"

慵来妆　yōng lái zhuāng
【分类】生活
【关键词】赵飞燕
【释义】形容潇洒妩媚的妆扮。《飞燕外传》："合德(赵飞燕妹)新沐,膏九曲沉水香；为卷发,号新髻；施薄眉,号远山黛；施小朱,号慵来妆。"
【例句】唐罗虬《比红儿诗》："轻梳小髻号慵来,巧中君心不用媒。"唐白居易《寄杨六侍郎》："西户最荣君好去,左冯虽稳我慵来。"唐罗虬《比红儿诗》："轻梳小髻号慵来,巧中君心不用媒。"宋苏籀《节妇吟》："此翁南郭坐忘趣,道眼不沾慵来妆。"

喁喁望　yóng yóng wàng
【分类】政治
【关键词】诸葛亮
【释义】比喻众人敬仰归向的样子。《三国志·诸葛亮传》："天下英雄,喁喁冀有所望。"
【例句】宋彭汝砺《送郭知章…》："万室喁喁望已深,临流不敢重大襟。"明张吉《乌江观项…》："天挺雄豪殄暴嬴,喁喁四海望更生。"明王世贞《送大司寇…》："孝皇宾天五十载,海内喁喁想颜色。"聂绀弩《雪峰难寻…》："定知山水喁喁望,始见先生得得来。"

永丰柳　yǒng fēng liǔ
【分类】文化
【关键词】柳小蛮
【释义】泛指园柳。为咏柳之典。《本事诗·事感》："小蛮方丰艳,因为杨柳之词以托意,曰:'一树春风万万枝,嫩于金色软于丝。永丰坊里东南角,尽日无人属阿谁?'…遂因东使,命取永丰柳两枝,植于禁中。"
【例句】唐卢贞《杨柳枝》："一树依依在永丰,两枝飞去杳无踪。"宋贺铸《呈纤手》："更须妩媚做腰肢,细学永丰坊畔柳。"宋张耒《柳》："永丰坊里旧腰支,曾见青青初种时。"宋薛师石《杨柳枝》："汴水堤边薪可束,永丰巷口绿成堆。"

永嘉南奔　yǒng jiā nán bēn
【分类】政治
【关键词】司马炽
【释义】咏丧乱之典。《晋书·怀帝纪》：永嘉五年六月,"刘曜、王弥、石勒同寇洛川,王师频为贼所败,死者甚众…刘曜、王弥入京师。帝…欲ற长安,为曜等所追及。""帝蒙尘于平阳,刘聪以帝为会稽公。"
【例句】唐李白《永王东巡歌》："三川北虏乱如麻,四海南奔似永嘉。"唐李白《送王屋山…》："忽然思永嘉,不惮海路赊。"唐李白《登金陵冶…》："晋室昔横溃,永嘉遂南奔。"唐郭密之《永嘉怀古》："永嘉东南尽,倚棹皆可究。"

永嘉游　yǒng jiā yóu
【分类】文化
【关键词】谢灵运
【释义】咏游乐之典。《宋书·谢灵运传》："(灵运)出为永嘉太守。郡有名山水,灵运素所爱好,出守即不得志,遂肆意游遨,遍历诸县,动逾旬朔,民间听讼,不复关怀。所至辄为诗咏,以致其意焉。"
【例句】唐李白《与周刚清…》："康乐上官去,永嘉游石门。"唐郎士元《送陆员外…》："今朝永嘉兴,重见谢公游。"明黎民表《宗吕二牧…》："谢公今在郡,何似永嘉游。"明欧大任《郭学宪出…》："正值通明句曲隐,幸陪康乐永嘉游。"

永锡难老　yǒng xī nán lǎo
【分类】生活
【关键词】诗经
【释义】犹长寿,多用作祝寿之辞。《诗经·鲁颂·泮水》：

"既饮旨酒,永锡难老。"汉郑玄笺:"已饮美酒,而长赐其难使老;难使老者,最寿考也。"

【例句】唐李中《游北山洞…》:"人居淡寂应难老,道在虚无不可闻。"唐郑谷《访题进士…》:"岁月何难老,园林未得还。"唐齐澣《送贺秘监…》:"义方延永锡,真箓受长生。"宋曹勋《保寿乐》:"念永锡难老,在昔难比。"明王彦泓《戏赠韬仲…》:"柔乡永锡君难老,惑溺才当不惑年。"

永新娇小　yǒng xīn jiāo xiǎo
【分类】生活
【关键词】许和子
【释义】咏皇宫歌妓许和子之典。《乐府杂录》:"开元中,内人有许和子者,本吉州永新县乐家女也,开元末选入宫,即以永新名之,籍于宜春院。善歌,能变新声。遇高秋朗月,台殿清虚,喉啭一声,响传九陌。"
【例句】宋刘辰翁《摸鱼儿》:"米嘉荣共何戡在,还忆永新娇小。"宋何梦桂《和柯提举…》:"开元耆旧今无几,怕听尊前唱永新。"宋刘辰翁《摸鱼儿》:"米嘉荣共何戡在,还忆永新娇小。"元高启《听教坊旧…》:"遏云妙响发朱唇,不让开元许永新。"清厉鹗《东堂观剧…》:"韦氏阑前许和子,岐王宅里李龟年。"

咏而归　yǒng ér guī
【分类】生活
【关键词】论语
【释义】"《论语·先进》:"莫春者,春服既成,冠者五六人,童子六七人,浴乎沂,风乎舞雩,咏而归。"意谓唱着歌回家。喻指乐道遂志,不求仕进。"
【例句】唐白居易《香山寺石…》:"清凉咏而归,归上石楼宿。"宋苏轼《和陶归园…》:"风乎悬瀑下,却行咏而归。"宋李公麟《和邓慎思…》:"颜回乐也内,曾点咏而归。"宋张九成《论语绝句》:"点尔何如鼓瑟希,舞雩之下咏而归。"

咏絮才高　yǒng xù cái gāo
【分类】文化
【关键词】谢道韫
【释义】赞誉妇女有诗才。《世说新语·言语》:"俄而雪骤,公(东晋政治家谢安)欣然曰:'白雪纷纷何所似?'兄子胡儿曰:'撒盐空中差可拟。'兄女(谢道韫)曰:'未若柳絮因风起。'公大笑乐。"柳絮随风飞扬,壮似飞雪。
【例句】宋朱淑真《观雪偶成》:"凭阑观雪独徘徊,欲赋惭无咏絮才。"宋苏轼《谢人见和…》:"渔蓑句好应须画,柳絮才高不道盐。"宋胡寅《和余汝霖雪》:"君诗还似扬州句,扫尽因风柳絮才。"元宋褧《张女挽诗》:"木兰歌怨征行苦,柳絮才高老大身。"

用夏变夷　yòng xià biàn yí
【分类】政治
【关键词】孟子
【释义】用中原地区的汉族文化来改变偏远地区的少数民族文化。泛指用中国文化影响外国。《孟子·滕文公》:"吾闻用夏变夷者,未闻变于夷者也。"
【例句】唐姚发《送萧颖士…》:"中夏授谋,东夷愿闻道。"宋王陶《异服》:"用夷反变夏,亡礼以从俗。"宋陈岩《双峰庵》:"用夏变夷夷变夏,世间毕竟是谁真。"宋陆游《书感》:"夷风方变夏,孰能作长城。"

用行舍藏　yòng xíng shě cáng
【分类】政治
【关键词】论语
【释义】谓被任用就行其道,不被任用就退隐。《论语·述而》:"子谓颜渊曰:'用之则行,舍之则藏,唯我与尔有是夫。'"
【例句】宋李纲《次韵奉酬》:"吾宗才气世无双,用与时行舍亦藏。"宋李流谦《失题》:"用行之藏,孔颜独相许。"元宋褧《礼部侍郎…》:"用行舍则藏,训诂殆卑猥。"元胡布《咏史》:"用行蛮貊化,退舍不民忘。"

优孟　yōu mèng
【分类】生活
【关键词】优孟
【释义】春秋楚国著名优人。亦泛称演戏艺人。源见"优孟衣冠"。
【例句】唐李益《汉宫少年行》:"巧为柔媚学优孟,儒衣嬉戏冠沐猴。"宋李正民《郑相家遇…》:"一旦凄凉人事改,不劳优孟戏君前。"宋李之仪《次韵子椿…》:"坐间优孟已难别,笔下羊欣更出奇。"宋周孚《亡友高伯…》:"忽惊优孟重来楚,但怪苏耽却姓丁。"

优孟歌　yōu mèng gē
【分类】政治
【关键词】优孟
【释义】指为解决贤臣身后凄凉之忧以歌谏主。源见"优孟衣冠"。
【例句】南朝梁沈约《伤李圭之》:"既阙优孟歌,身没谁为宠?"宋刘克庄《水调歌头》:"莫是散场优孟,又似下棚傀儡,脱了戏衫还。"明吴伟业《赠荆州守…》:"楚相归来唯四壁,故人优孟早高歌。"清范咸《再叠台江…》:"弦歌比户皆蛮语,优孟登场半粤伶。"

优孟衣冠　yōu mèng yī guān
【分类】政治
【关键词】优孟
【释义】形容模仿他人,或指戏剧表演等。《史记·滑稽列传》:"优孟,故楚之乐人也…楚相孙叔敖知其贤人也,善待之…属其曰:'我死,汝必贫困。若往见优孟,言我孙叔敖之子也。'…即为孙叔敖衣冠,抵掌谈语。岁余,像孙叔敖,楚王及左右不能别也。…庄王大惊,以为孙叔敖复生也,欲以为相。"
【例句】唐刘禹锡《历阳书事…》:"谑浪容优孟,娇怜许智琼。"唐李益《汉宫少年行》:"巧为柔媚学优孟,儒衣嬉戏冠沐猿。"明成鹫《挽黔阳吴…》：'优孟衣冠如可学,寝丘遗泽未应荒。"清田雯《偶作》：'鸿毛性命庸医手,乳臭衣冠优孟场。"

优游卒岁　yōu yóu zú suì
【分类】生活
【关键词】左传
【释义】谓舒适悠闲度日。《左传·襄公二十一年》：'《诗》曰：'优哉游哉,聊以卒岁。'卒岁,度过一年。
【例句】唐戴叔伦《抚州对事…》：'父子自相传,优游聊卒岁。"唐白居易《从同州刺…》：'歌酒优游聊卒岁,园林萧洒可终身。"唐白居易《想东游》：'良辰宜酷酊,卒岁好优游。"宋刘敞《答黄寺丞…》：'勿言雅俗异,卒岁共优游。"

攸然而逝　yōu rán ér shì
【分类】生活
【关键词】孟子
【释义】迅速消失。喻时光短暂。《孟子·万章》：'昔者有馈生鱼于郑子产,子产使校人畜之池。校人烹之,反命曰：'始舍之,圉圉焉;少则洋洋焉,攸然而逝。'"汉赵岐注：'圉圉,鱼在水羸劣之貌。洋洋,舒缓摇尾之貌。"
【例句】宋晁说之《曹仁熙画…》：'夫子在川上,悠然叹所逝。"宋陆游《绍兴中今…》：'梦境悠然逝,赢躯独尔顽。"宋魏了翁《青玉峡》：'一派泉声万古悬,观澜叹逝意悠然。"明王世贞《凌大夫且…》：'时禽宛宛鸣,鲦鱼悠然逝。"

忧集孝璋　yōu jí xiào zhāng
【分类】生活
【关键词】盛宪
【释义】咏忧伤愁苦俱集之典。《三国志·孙韶传》：'初,孙权杀吴郡太守盛宪(字孝璋)。"南朝宋裴松之注引《会稽典录》：'宪与少府孔融善,融忧其不免祸,乃与曹公书曰：'海内知识,零落殆尽,唯会稽盛孝璋尚存。其人困于孙氏,妻孥湮没,单子独立,孤危愁苦,若使忧能伤人,此子不得复永年矣。'"
【例句】唐李端《宿荐福寺…》：'众病婴公干,群忧集孝璋。"

忧君范老　yōu jūn fàn lǎo
【分类】政治
【关键词】范仲淹
【释义】指范仲淹。喻指忧国忧民之臣。《范文正公集·岳阳楼记》：'是进亦忧,退亦忧；然则何时而乐耶？其必曰：'先天下之忧而忧,后天下之乐而乐欤!'噫！微斯人,吾谁与归!"
【例句】宋李曾伯《满江红》：'责子渊明徒自苦,忧君范老何时乐。"宋文天祥《送朱制干…》：'重寻范老忧时箸,旁竖文公卫道戈。"宋林希逸《寄题名楼》：'直要襟怀如范老,岳阳楼上赋云涛。"宋汤炳龙《范正公…》：'小范老子翰墨香,吹醒首阳千古梦。"

忧葵　yōu kuí
【分类】政治
【关键词】漆室女
【释义】喻指担忧国事。或指女大当嫁。《列女传·鲁漆室女》：'漆室女者…倚柱而啸…其邻人妇从之游,谓曰：'何啸之悲也…'漆室女曰：'嗟乎…吾当为不嫁不乐而悲哉！吾忧鲁君老,太子幼。'"'不然。非子所知也。昔晋客舍吾家,系马园中,马佚驰走,践吾葵,使吾终岁不食葵。"
【例句】唐李白《书怀赠南…》：'将无七擒略,鲁女惜园葵。"唐李商隐《咏怀寄秘…》：'小男方嗜栗,幼女漫忧葵。"宋王之道《追和东坡…》：'忧葵亦何为,度日同度岁。"宋伯仁《老女》：'著破箱中欲嫁衣,翠翚何止只忧葵。"

忧心忡忡　yōu xīn chōng chōng
【分类】生活
【关键词】诗经
【释义】形容忧虑不安。《诗经·召南·草虫》：'未见君子,忧心忡忡。"
【例句】唐戴叔伦《二灵寺守岁》：'忧心悄悄浑忘寐,坐待扶桑日丽天。"宋赵蕃《十二日登…》：'未行北沙门,忧心实忡忡。"元孙辙《拟古四首…》：'有志未能就,忧心徒忡忡。"明江源《丑女怨》：'我思古人亦遭此,忧心何必恒忡忡。"

忧心悄悄　yōu xīn qiǎo qiǎo
【分类】生活
【关键词】诗经
【释义】忧虑不安貌。《诗经·邶风·柏舟》：'忧心悄悄,愠于群小。"意为：心中忧虑愁苦,愤恨那些势利小人。
【例句】唐戴叔伦《二灵寺守岁》：'忧心悄悄浑忘寐,坐待扶桑日丽天。"宋李纲《小阁晚望…》：'忧心虽悄悄,执节信硁硁。"宋章云心《古意》：'难与时流道,忧心常悄悄。"宋赵善括《乐塘铺和…》：'忧心悄悄谁知道,且是不关春事了。"宋仇远《五月六日…》：'倦眼冥冥浑似雾,忧心悄悄只如醒。"

忧心如捣　yōu xīn rú dǎo
【分类】生活
【关键词】诗经
【释义】忧愁得像有东西在捣心一样。形容十分焦急。《诗经·小雅·小弁》：'我心忧伤,惄焉如捣。"
【例句】宋张九成《罢禄》：'施施若无事,忧心惄如捣。"元赵孟頫《古风》：'顾瞻靡所骋,忧心惄如捣。"元周巽《洛阳道》：'周道少人行,忧心惄如捣。"元宋濂《示吕生》：'未见宗庙美,忧心惄如捣。"

幽居　yōu jū
【分类】政治
【关键词】礼记

【释义】不出仕。《礼记·儒行》:"儒有博学而不穷,笃行而不倦,幽居而不淫,上通而不困。"唐孔颖达疏:"幽居,谓未仕独处也。"深居。《汉书·蒯通传》:"妇人有夫死三日而嫁者,有幽居守寡不出门者。"
【例句】唐王绩《山家夏日》:"幽居枕广川,长望郁芊芊。"唐王绩《过郑处士…》:"僻处开三径,幽居无四邻。"唐韩愈《八月十五…》:"十生九死到官所,幽居默默如藏逃。"唐王绥《题戴徵君…》:"高卧云烟外,幽居静者心。"

幽绝 yōu jué
【分类】生态
【关键词】苏不韦
【释义】清幽殊绝。《后汉书·苏不韦传》:"城阙天阻,宫府幽绝,埃尘所不能过,雾露所不能沾。"
【例句】唐王勃《观音大士…》:"南海海深幽绝处,碧绀嵯峨连水府。"唐张九龄《冬中至玉…》:"灵境信幽绝,芳时重喧妍。"唐丘为《寻西山隐…》:"及兹契幽绝,自足荡心耳。"唐刘长卿《宿双峰寺…》:"玩奇不可尽,渐远更幽绝。"

幽兰 yōu lán
【分类】生活
【关键词】谢惠连
【释义】古琴曲名。南朝宋谢惠连《雪赋》:"《曹风》以麻衣比色,楚谣以《幽兰》俪曲。"
【例句】唐王绩《北山》:"幽兰独夜清琴曲,桂树凌云浊酒杯。"唐白居易《听幽兰》:"琴中古曲是幽兰,为我殷勤更弄看。"唐李群玉《伤友》:"我有幽兰曲,因君遂绝弦。"唐韦庄《听赵秀才…》:"不须更奏幽兰曲,卓氏门前月正明。"

幽佩 yōu pèi
【分类】文化
【关键词】宋玉
【释义】代指神女。《昭明文选·战国楚宋玉〈神女赋〉》:"子是摇佩饰,鸣玉鸾,整衣服,敛容颜。"
【例句】唐骆宾王《夏日游山…》:"兰径薰幽佩,槐庭落暗金。"唐杜甫《雨》:"楚宫久已灭,幽佩为谁哀。"唐李群玉《宿巫山庙》:"停舟十二峰岑下,幽佩仙香半夜闻。"宋朱松《延福寺观…》:"长条挽处云笼袖,幽佩归时月满襟。"

幽咽 yōu yè
【分类】生态
【关键词】陇头歌
【释义】低微的流水声。乐府《陇头歌》:"陇头流水,鸣声幽咽。"
【例句】唐李白《古风》:"秦水别陇首,幽咽多悲声。"唐杜甫《北征》:"恸哭松声回,悲泉共幽咽。"唐宋之问《别之望后…》:"泉晚更幽咽,云秋尚嵯峨。"唐皎然《陇头水》:"如何幽咽水,并欲断君肠。"

幽贞 yōu zhēn
【分类】政治
【关键词】周易
【释义】指隐士。喻指高洁坚贞的节操。《周易注疏·履》:"履道坦坦,幽人贞吉。"唐孔颖达疏:"履道坦坦者,易无险难也。幽人贞吉者,既无险难,故在幽隐之人,守正得吉。"
【例句】唐杜甫《寄题江外…》:"事迹无固必,幽贞愧双全。"唐萧颖士《游马耳山》:"还丹昧远术,养素惭幽贞。"唐陈子昂《秋园卧病…》:"荣咎始都丧,幽人遂贞吉。"宋释智圆《送惟凤师…》:"夏来西湖西,为邻乐幽贞。"宋刘子翚《次韵白水…》:"无言自得幽贞意,莫吐肝肠锦绣才。"

悠悠 yōu yōu
【分类】生活
【关键词】乔知之
【释义】谓忧思、久远、连绵不尽。唐乔知之《定情篇》:"去时恩灼灼,去罢心悠悠。"
【例句】唐刘斌《登楼望月》:"倚窗情渺渺,凭槛思悠悠。"唐骆宾王《艳情代郭…》:"平江森森分清浦,长路悠悠间白云。"唐杜甫《发秦州》:"大哉乾坤内,吾道长悠悠。"唐温庭筠《梦江南》:"过尽千帆皆不是,斜晖脉脉水悠悠。"

尤物 yóu wù
【分类】生活
【关键词】左传
【释义】指绝色美女,有时含有贬意;又指珍贵物品。《左传·昭公二十八年》:"夫有尤物,足以移人;苟非德义,则必有祸。"《管子》注:"尤,殊绝也。"
【例句】唐刘禹锡《和杨师皋…》:"但是好花皆易落,从来尤物不长生。"唐刘禹锡《和思黯忆…》:"从来天下推尤物,合属人间第一流。"唐白居易《真娘墓》:"脂肤荑手不牢固,世间尤物难留连。"聂绀弩《桥夜》:"尤物江东大小乔,为谁风露立中宵。"

由庚 yóu gēng
【分类】政治
【关键词】诗经
【释义】顺德应时之典。《诗经·小雅·由庚·序》:"《由庚》,万物得由其道也。"
【例句】宋刘筠《奉和圣制…》:"尧章浚发由庚咏,京庾连云万亿盈。"宋张方平《大礼礼成》:"百神虔受职,万物乐由庚。"宋孔平仲《宽恤民力》:"物继由庚咏,民喧击壤讴。"宋米芾《求监庙作》:"敢为野史摅幽愤,待广由庚颂太平。"

由求 yóu qiú
【分类】政治
【关键词】孔子
【释义】"孔子弟子子路与冉有的并称。由,子路;求,冉求。

1035

《论语》："子曰：'求也，千室之邑、百乘之家，可使为之宰也，不知其仁也。'"《史记·仲尼弟子列传》："子路后儒服委质，因门人请为弟子。"

【例句】宋葛胜仲《次韵祝守…》："蕊榜登荣即从政，定知果艺过由求。"宋杨万里《寄题张钦…》："向来沂上瑟声希，由求相顾只心知。"宋陈造《再次韵寄…》："相鲁君小公仪休，从政顾自愧由求。"宋文天祥《山中自赋》："不必清高逼巢许，只教潇洒胜由求。"

由旬 yóu xún

【分类】生活
【关键词】法苑珠林
【释义】古印度计程单位。一由旬的长度，我国古有八十里、六十里、四十里等诸说。《奉和法筵应诏》："千柱莲花塔，由旬紫柑园。"《法苑珠林》："八拘卢舍为一由旬，合有四十里。"

【例句】唐白居易《春日题乾…》："但觉虚空无障碍，不知高下几由旬。"唐广宣《贺幸普济…》："南方宝界几由旬，八部同瞻一佛身。"唐元稹《度门寺》："由旬排讲座，丈六写真容。"宋释重显《三宝赞》："胸字杳分无量义，顶珠常照百由旬。"

由也瑟 yóu yě sè

【分类】生活
【关键词】孔子
【释义】指自谦学识不够精深。源见"升堂"。

【例句】唐杨巨源《上刘侍中》："敢衒由之瑟，甘循赐也墙。"唐窦牟《奉酬杨侍…》："自悲由瑟无弹处，今作关西门下人。"唐窦庠《酬韩愈侍…》："自悲由也瑟，敢坠孔悝铭。"宋张镃《杨伯子过…》："空成由也瑟，难应女娲簧。"

犹不如人 yóu bù rú rén

【分类】政治
【关键词】左传
【释义】即"臣之壮也，犹不如人"，为咏壮年不得志之典。《左传·僖公三十年》："九月，甲午，晋侯、秦伯围郑，以其无礼于晋，且贰于楚也…辞曰：'臣之壮也，犹不如人；今老矣，无能为也已！'"

【例句】唐张籍《寄王六侍御》："贵得药资将助道，肯嫌家计不如人。"唐白居易《江南谪居》："壮心徒许国，薄命不如人。"唐许浑《酬殷尧藩》："独愁忧过日，多病不如人。"唐罗隐《偶题》："我未成名君未嫁，可能俱不如人。"

犹龙 yóu lóng

【分类】文化
【关键词】老子
【释义】指老子。《史记·老子韩非列传》孔子对弟子说："至于龙吾不能知，其乘风云而上天。吾今日见老子，其犹龙邪！"

【例句】唐吴筠《高士咏》："孔父叹犹龙，谁能知所如。"唐李中《经古观有感》："漆园化蝶名空在，柱史犹龙去不归。"宋赵炅《逍遥咏》："犹龙景象驾翔鸾，道在虚无天地间。"宋钱惟演《送张无梦…》："问政应同牧马言，临轩几动犹龙叹。"

犹人 yóu rén

【分类】生活
【关键词】论语
【释义】谓如同别人，与别人没什么两样。《论语·述而》："文，莫吾犹人也。"

【例句】宋刘攽《木雁堂》："听讼吾犹人，安得终日间。"宋郑刚中《玉女泉以…》："犹人抱材器，戒在羞寂寞。"元刘鹗《拟古》："是心亦犹人，我岂悲富贵？"聂绀弩《赠关玉》："鸡既鸣兮都下地，臣虽老矣亦犹人。"

油壁车 yóu bì chē

【分类】生活
【关键词】玉台新咏
【释义】以油涂饰车壁，一般为女子所乘。为咏苏小小之典，也用以咏妓女。源见"松柏心"。

【例句】唐温庭筠《春晓曲》："油壁车轻金犊肥，流苏帐晓春鸡早。"唐沈亚之《虎丘山真…》："油壁何人值，钱唐度曲哀。"唐陆龟蒙《奉和袭美…》："空登油壁车，窈窕谁相亲。"宋刘筠《公子》："油壁春车隔渭桥，黄山路远苦相邀。"

油幢 yóu zhuàng

【分类】政治
【关键词】柳宗元
【释义】油布帐幕。多指将帅幕府。唐柳宗元《谢襄阳李夷简尚书委曲抚问启》："凡海内奔走之士，思欲修容于辕门之外，蹑履于油幢之前，譬之涉蓬瀛，登昆阆，不可得而进也。"

【例句】唐方干《上越州杨…》："试把十年辛苦志，问津求拜碧油幢。"唐卢纶《题金吾郭…》："玉佩多依石，油幢亦在林。"唐卢纶《书情上大…》："紫陌绝纤埃，油幢千骑来。"唐张仲素《塞下曲》："猎马千行雁几双，燕然山下碧油幢。"

游梁 yóu liáng

【分类】政治
【关键词】司马相如
【释义】仕途不得志。《史记·司马相如列传》："会景帝不好辞赋，是时梁孝王来朝，从游说之士齐人邹阳、淮阴枚乘、吴庄忌夫子之徒，相如见而说之，因病免，客游梁。"

【例句】唐李义《享龙池乐…》："青蒲暂似游梁马，绿藻还疑宴镐鱼。"唐杜甫《奉赠太常…》："适越空颠踬，游梁竟惨凄。"唐李端《送王少府…》："过宋人应少，游梁客独愁。"唐韦庄《寄右省李…》："多惭十载游梁客，未换青襟侍素王。"

游龙 yóu lóng

【分类】文化

【关键词】曹植
【释义】游动的龙。比喻姿态婀娜。三国曹植《洛神赋》："其形也，翩若惊鸿，婉若游龙。"唐李善注："翩翩然若鸿雁之惊，婉婉然如游龙之升。"
【例句】唐刘希夷《死马赋》："云中想见游龙影，月下思闻飞鹊声。"唐韦应物《鼋头山神…》："精灵变态状无方，游龙宛转惊鸿翔。"唐李绅《新楼诗》："斗疑斑虎归三岛，散作游龙上九霄。"聂绀弩《辛之赠印》："矫若游龙穿大壑，温如寡母抚幺儿。"

游秦滞燕 yóu qín zhì yàn
【分类】政治
【关键词】苏秦
【释义】喻指奔波求仕，受挫失意。《史记·苏秦列传》：苏秦"乃西至秦。秦孝公卒。（秦王）方诛商鞅，疾辩士，弗用…去游燕，岁余而后得见…（燕）文侯曰：'子言则可，然吾国小，西迫疆赵，南近齐，齐、赵强国也。子必欲合从以安燕，寡人请以国从。'"
【例句】唐骆宾王《咏怀古意…》："纵横愁系越，坎壈倦游秦。"唐杜审言《春日京中…》："今年游寓独游秦，愁思看春不当春。"唐许棠《冬杪归陵》："游秦复滞燕，不觉近衰年。"唐许棠《陈情献江…》："二十二三年，游秦复滞燕。"明谢榛《秋日即事》："何时偃甲兵，多难滞燕城。"明谢榛《望云中塞》："回首江湖任鸥鸟，漫嗟华发滞燕州。"

游刃 yóu rèn
【分类】政治
【关键词】庄子
【释义】指运刀自如。比喻做事从容自如，轻松利落。《庄子·养生主》："彼节者有间，而刀刃者无厚；以无厚入有间，恢恢乎，其于游刃必有余地矣。"
【例句】唐李华《著作郎壁记》："胡谕德游刃诗骚，崔庶子贯珠今古。"唐骆宾王《秋日山行…》："得性虚游刃，忘言已弃筌。"唐张祜《送韦正字…》："大战希游刃，长途在著鞭。"宋贾黄中《送新知永…》："知君游刃多余暇，莫忘新诗寄凤城。"

游侠 yóu xiá
【分类】政治
【关键词】班固
【释义】喻指豪爽好结交，轻生重义，勇于排难解纷的人。《后汉书·班固传上》："乡曲豪俊游侠之雄，节慕原尝，名亚春陵，连交合众，骋骛乎其中。"
【例句】唐冯待征《虞姬怨》："逢君游侠英雄日，值妾年华桃李春。"唐王维《少年行》："新丰美酒斗十千，咸阳游侠多少年。"唐戎昱《出军》："中军一队三千骑，尽是并州游侠儿。"唐崔颢《代闺人答…》："本期汉代金吾婿，误嫁长安游侠儿。"

游夏 yóu xià
【分类】生活

【关键词】郎颉
【释义】喻称才艺之士。《后汉书·郎颉传》："颉又上书荐黄琼、李固，并陈消灾之术曰：'…又处士汉中李固，年四十，通游夏之艺，履颜闵之仁。'"游夏是指孔子的学生子游和子夏，均以才艺闻名。
【例句】唐孟浩然《同卢明府…》："侧听弦歌宰，文书游夏徒。"唐杜甫《又示宗武》："曾参与游夏，达者得升堂。"宋蔡襄《送任山归…》："上贤若游夏，鸟兽于麟凤。"宋彭汝砺《君时与董…》："金玉曹刘初并价，渊源游夏复同科。"

游仙枕 yóu xiān zhěn
【分类】文化
【关键词】杨国忠
【释义】咏枕之典。《开元天宝遗事·游仙枕》："龟兹国进奉枕一枚，其色如玛瑙，温温如玉，其制作甚朴素。若枕之，则十洲三岛，四海五湖尽在梦中所见，帝因立名为游仙枕，后赐与杨国忠。"
【例句】宋江涛《和放翁题…》："春雨溪头长柳围，游仙枕上赋黄鹂。"宋王迈《挽赵东岩…》："经行一梦游仙枕，遗爱千年堕泪碑。"宋刘克庄《和季弟韵》："俗中安得游仙枕，世上原须使鬼钱。"宋赵佶《宫词》："玉颜一枕游仙梦，谁觉炎天畏日长。"

游鱼听不沉 yóu yú tīng bù chén
【分类】生活
【关键词】淮南子
【释义】咏音乐高妙之典。源见"瓠巴鼓瑟"。
【例句】唐庄若讷《湘灵鼓瑟》："出没游鱼听，逶迤彩凤翔。"宋邹浩《中秋日泛湖》："乍疑绝岸行飞鹜，还误游鱼出听琴。"宋洪适《满庭芳》："漫道琴弦绿绮，游鱼听、山水谁知。"宋黄庚《依绿亭》："荷边鼓瑟游鱼听，柳外敲棋睡鹭飞。"元张翥《犀山凝翠…》："潭上昼游鱼听瑟，花间春醉鸟衔巾。"

辅轩 yóu xuān
【分类】政治
【关键词】风俗通义
【释义】本指朝廷使臣乘坐的一种轻车，后为使臣的代称。《风俗通义》："《序》：'周、秦常以岁八月遣辅轩之使，求异代方言，藏之秘府。'"
【例句】唐宋之问《答李司户夔》："远方来下客，辅轩摄使臣。"唐卢照邻《绵州官池…》："辅轩遵上国，仙佩下灵关。"唐岑参《梁园歌送…》："辅轩若过梁园道，应傍琴台闻政声。"唐罗隐《送内使周…》："入都上将近平戎，便附辅轩奏圣聪。"

友生 yǒu shēng
【分类】生活
【关键词】诗经
【释义】同窗、朋友。书生、学子之间的友称。《诗经·小雅·常棣》："虽有兄弟，不如友生。"

【例句】唐陈元光《语州县诸…》："怜厥神童子,寻为壮友生。"唐邢象玉《古意》："仁杯欲取醉,悒然思友生。"唐卢藏用《宋主簿鸣…》："为君成此曲,因言寄友生。"唐李华《云母泉诗》："共恨川路永,无由会友生。"唐李白《九日》："落帽醉山月,空歌怀友生。"

友于　yǒu yú
【分类】生活
【关键词】尚书
【释义】兄弟友爱之义。也喻指兄弟。《尚书·君陈》："惟孝,友于兄弟。"
【例句】唐沈佺期《移禁司刑》："累徇唯妻子,披冤是友于。"唐宋之问《高山引》："松槚邈已远,友于何日逢?"唐高适《真定即事…》："契阔惭行迈,羁离忆友于。"唐杜甫《奉赠太常…》："友于皆挺拔,公望各端倪。"唐白居易《东南行…》："万里抛朋侣,三年隔友于。"

有脚阳春　yǒu jiǎo yáng chūn
【分类】政治
【关键词】宋璟
【释义】赞誉施行德政的地方官吏之典。《开元天宝遗事下·有脚阳春》："宋璟爱民恤物,朝野归美,时人咸谓璟为'有脚阳春',言所至之处,如阳春煦物也。"
【例句】宋王十朋《送何宪行…》："九郡饥民望使轺,阳春有脚不辞遥。"宋顾禧《偕谭子钦…》："阳春有脚归花柳,芳草无心恋绮罗。"宋李彭《次韵文潜…》："阳春有脚今谁是,始觉前朝贵老身。"宋杨万里《送吉守赵…》："阳春有脚来江城,银汉乘槎移使星。"

有酒如渑　yǒu jiǔ rú miǎn
【分类】生活
【关键词】左传
【释义】咏酒宴之典。亦比喻酒多。《左传·昭公一十二年》："齐侯举矢,曰:'有酒如渑,有肉如陵。寡人中此,与君代兴。'"晋杜预注:"渑水出齐国临淄县北,入时水。陵,大阜也。"
【例句】唐杜甫《寄刘峡州…》："展怀诗诵鲁,割爱酒如渑。"唐耿湋《早春宴高…》："且宽沈簿领,应赖酒如渑。"唐张祜《庚子岁寓…》："每思人似玉,长愿酒如渑。"唐韦庄《和人春暮…》："相逢只赖如渑酒,一曲狂歌入醉乡。"宋夏倪《寿蒲宪》："有酒如渑肉如陵,再拜寿公千百年。"

有客　yǒu kè
【分类】生活
【关键词】诗经
【释义】谓有客人光临。《诗经·周颂·有客》："有客有客,亦白其马。"
【例句】唐王绩《独坐》："有客谈名理,无人索地租。"唐李白《秋浦寄内》："有客自梁苑,手携五色鱼。"唐杜甫《乾元中寓…》："有客有客字子美,白头乱发垂过耳。"唐韦庄《清河县楼作》："有客微吟独凭楼,碧云红树不胜愁。"

有客无酒　yǒu kè wú jiǔ
【分类】生活
【关键词】苏轼
【释义】咏缺憾之典。《苏轼文集·后赤壁赋》："有客无酒,有酒无肴,月白风清,如此良夜何?"
【例句】宋王迈《蔡实甫能…》："今宵月明明更多,有客无酒如月何。"宋方岳《九日》："有客那无酒,令人忆草堂。"宋俞桂《久雨》："有客来无酒,逢人只说诗。"元吕诚《十六夜对月》："身间无事古所贵,有客无酒时则不。"

有女如云　yǒu rǔ rú yún
【分类】生活
【关键词】诗经
【释义】意指有很多美女。《诗经·郑风·出其东门》："出其东门,有女如云。"
【例句】宋杨泽民《红莲》："花间有女恰如云,不惜一生常作、采花人。"宋辛弃疾《新荷叶》："明眸皓齿,看江头、有女如云。"宋刘克庄《灯夕二首…》："士女如云服珥鲜,暂陪猎较亦欣然。"宋高斯得《西湖竞渡…》："行都士女出如云,骅骝塞路车联辖。"

有身　yǒu shēn
【分类】政治
【关键词】老子
【释义】谓有思想、有忧患、有烦恼。《老子·道德经》："吾所以有大患者,为吾有身也。及吾无身,有何患?"
【例句】唐元稹《酬乐天赴…》："有身有离别,无地无岐路。"唐李德裕《怀伊川郊居》："虽知明目地,不及有身归。"宋马先觉《慧聚僧神…》："端的西来了世缘,有身宁肯自谋安。"聂绀弩《小说三人…》："我原天下读书人,大患人生在有身。"

有以　yǒu yǐ
【分类】生活
【关键词】诗经
【释义】有原因、有缘由。《诗经·邶风·旄丘》："何其久也?必有以也。"晋潘岳《西征赋》："岂虚名之可立,良致霸其有以。"
【例句】唐高适《秦中送李…》："适越虽有以,出关终耿然。"唐杜甫《观公孙大…》："与余问答既有以,感时抚事增惋伤。"唐白居易《雪夜小饮…》："呼作散仙应有以,曾看东海变桑田。"唐韩愈《寄卢仝》："先生受屈未曾语,忽此来告良有以。"

又生一秦　yòu shēng yī qín
【分类】政治
【关键词】房君
【释义】又树一强敌之典。《史记·张耳陈馀列传》："陈王相国房君谏曰:'秦未亡而诛武臣等家,此又生一秦也。不如因而贺之,使急引兵西击秦。'陈王然之,从其计。"

【例句】五代徐钧《武帝》："后来不下轮台诏，黩武求仙又一秦。"宋文有年《题澹山岩》："徽君徽君苦避秦，一秦人又一秦人。"宋钱舜选《项羽》："鸿门若遂樽前计，又一商君又一秦。"元刘鹗《题胡彬所…》："曾拚一死争三事，思退如今又一秦。"

右军书葵扇 yòu jūn shū kuí shàn
【分类】生活
【关键词】王羲之
【释义】形容书法精妙的作品。源见"团扇草书"。
【例句】唐李商隐《即日》："何人书破蒲葵扇？记著南塘移树时。"唐高适《途中寄徐…》："空多箧中赠，长见右军书。"宋宋无《寄钱翼之》："琴弹中散散，扇玩右军书。"清瞿士雅《集唐奉和…》："右军书画深传髓，庾信文章老更成。"

右袒 yòu tǎn
【分类】政治
【关键词】吕太后
【释义】脱去右袖，露出右肩。表示对一方偏向、袒护。《史记·吕太后本纪》："太尉将之入军门，行令军中曰：'为吕氏右袒，为刘氏左袒。'"
【例句】唐韩偓《八月六日…》："左牵犬马诚难测，右袒簪缨最负恩。"宋李处权《谒翁丈》："人心无右袒，天意有中兴。"宋赵蕃《曾耆英自…》："举幡故异司隶救，右袒徒闻吕氏从。"宋岳珂《经进百韵诗》："东巡传警跸，右袒半公卿。"

右族 yòu zú
【分类】政治
【关键词】王子直
【释义】指豪门大族。《周书·王子直列传》："王子直字孝正，京兆杜陵人也。世为郡右族。"
【例句】宋王以宁《踏莎行》："梦褵光宗，河东右族。向来到耳声华熟。"元谢应芳《祭顾玉山诗》："于乎玉山翁，先世吴右族。"元蓝智《赠南山进…》："君实国右族，具有廊庙姿。"元汪广洋《醉中往往…》："歙中右族老云孙，半百年来住鹿门。"

幼妇碑 yòu fù bēi
【分类】文化
【关键词】曹操
【释义】指曹娥碑。源见"绝妙好辞"。
【例句】唐钱珝《江行》："不见头陀寺，空怀幼妇碑。"宋刘跂《次王彦昭…》："何人误读雌霓赋，他日真成幼妇碑。"宋吴芾《和李光祖》："家声况是钧公裔，文采还高幼妇碑。"明王世贞《月夜偕体…》："催花别按渔阳掺，拂藓仍看幼妇碑。"

幼妇辞 yòu fù cí
【分类】文化

【关键词】曹操
【释义】泛指极好的诗文。源见"绝妙好辞"。
【例句】宋刘一止《沈夫人挽诗》："幼妇辞新刻，仙游梦莫攀。"宋陈造《答寿诗》："但有散人传，难胜幼妇辞。"明林熙春《勿逾方先…》："八千里外神君垒，咫尺碑中幼妇辞。"明徐熥《得胡御长…》："刻石好辞传幼妇，闭门高论著潜夫。"

迂叟 yū sǒu
【分类】生活
【关键词】白居易
【释义】迂阔的老人，或远离世事的老人。唐白居易别号。宋司马光自号。唐白居易《迂叟》："初时被目为迂叟，近日蒙呼作隐人。"
【例句】宋李昉《修竹百竿…》："要添迂叟窗前景，特就山僧院里分。"宋游志甫《贺侍郎》："清癯骨相今迂叟，纯雅文章昔醉翁。"宋苏轼《二鲜于君…》："迂叟向我言，青齐岁方艰。"宋文天祥《题凝祥观》："欧公自是游嵩观，迂叟原非过太行。"

于飞 yú fēi
【分类】生活
【关键词】诗经
【释义】飞，偕飞。于，语助词。喻夫妻（或男女）同行或恩爱和合。《诗经·周南·葛覃》："黄鸟于飞，集于灌木，其鸣喈喈。"汉郑笺："飞集藂木，兴女有嫁于君子之道。"
【例句】唐韩愈《郴口又赠》："山作剑攒江写镜，扁舟斗转疾于飞。"唐许浑《送杨发东归》："红花半落燕于飞，同客长安今独归。"宋无名氏《鹧鸪天》："人间欢会于飞宴，天上佳期乞巧时。"宋柳永《洞仙歌》："和鸣彩凤于飞燕。间柳径花阴携手遍。"宋徐积《醉仙》："曾共诸仙宴紫微，金钟插羽疾于飞。"

于公高门 yú gōng gāo mén
【分类】政治
【关键词】于定国
【释义】指为官贤明则子孙显贵的人。《汉书·隽疏于薛平彭传·于定国》："于公谓曰：'少高大闾门，令容驷马高盖车。我治狱多阴德，未尝有所冤，子孙必有兴者。'至定国为丞相，永为御史大夫，封侯传世云。"
【例句】唐刘禹锡《苏州白舍》："于公必有高门庆，谢守何烦晓镜悲。"宋李处权《叔父作寿藏》："于公更高门，驷马来不迟。"宋苏过《卜居城南…》："高门恐负于公志，近市空惭晏子仁。"明吴宽《次韵玉汝…》："吴苑新居真福地，于公故事有高门。"

于家决狱 yú jiā jué yù
【分类】政治
【关键词】于定国
【释义】汉时，于定国与其父皆为司法官，量刑时较公平，从未造成过冤案。曾为东海冤妇案而辞官。后因用作称赞司法官员的典故。《汉书·于定国》:"张释之为廷尉,天下无冤民;于定国为廷尉,民自以不冤。"

【例句】唐刘长卿《按覆后归…》:"直氏偷金妄,于家决狱明。"宋苏辙《新作南门》:"于公决狱多阴功,自知有子当三公,高作里门车马通。"宋苏洋《贺生孙诗》:"于公决狱德莫比,今日何公亦如此。"

于陵子 yú líng zǐ
【分类】政治
【关键词】陈仲子
【释义】即于陵仲。喻隐逸之士。源见"仲子灌园"。
【例句】唐李德裕《山居遇雪…》:"应笑于陵子,遗荣自灌畦。"唐李颀《答高三十一…》:"寄书寂寂于陵子,蓬蒿没身胡不仕。"宋刘攽《观灌园偶书》:"白头当作于陵子,身教儿孙种树书。"宋许棐《沈子寿郊居》:"栽蔬少似于陵仲,种菊多于靖节翁。"

于张 yú zhāng
【分类】政治
【关键词】于定国
【释义】于定国、张释之的合称,二人于西汉时曾为廷尉,均以持法公正著称。后因用作称颂司法官员的典故。《昭明文选·晋潘岳〈杨荆州诔〉》:"听参皋吕,称倅于张。"
【例句】唐虞世南《赋得慎罚》:"于张惩不滥,陈郭宪无倾。"宋王十朋《徐有功》:"蹈死救人人免死,论功何止汉于张。"宋周紫芝《题王定父…》:"于王必大君须记,六蓼亡事恐非。"宋赵蕃《送梁和仲…》:"平反已与于张辈,文力更居崔蔡行。"

玙璠 yú fán
【分类】文化
【关键词】左传
【释义】美玉。比喻出众的人材。《左传·定公五年》:"季平子行东野,还未至,丙申,卒于房,阳虎将以玙璠敛。"晋杜预注:"玙璠,美玉,君所佩。"
【例句】唐王维《同卢拾遗…》:"高阳多夔龙,荆山积玙璠。"唐杜甫《赠蜀僧闾…》:"斯文散都邑,高价越玙璠。"唐皎然《观裴秀才…》:"荆门石状凌玙璠,蹙成数片倚松根。"唐杨巨源《郊居秋日…》:"若为酬郢曲,从此愧璠玙。"

余酲 yú chéng
【分类】生活
【关键词】刘禹锡
【释义】宿酒未退,隔夜休息后,尚有醉意。唐刘禹锡《和牛相公题姑苏所寄太湖石兼寄李苏州》:"烦热近还散,余酲见便醒。"
【例句】唐张祜《观楚州韦…》:"须道孔融樽已满,不劳台下说余酲。"唐韩偓《寄湖南从事》:"索寞襟怀酒半酲,无人一为解余酲。"宋方岳《春词》:"翠鼎香深旋作茶,余酲牵梦几还家。"宋陆游《春夜》:"雨声添好睡,花气散余酲。"

余发种种 yú fà zhǒng zhǒng
【分类】生活
【关键词】左传
【释义】用为衰老之典。《左传·昭公三年》:"齐侯田于莒,卢蒲嫳见,泣且请曰:'余发如此种种(发短也),余奚能为。'"
【例句】唐白居易《和祝苍华》:"遂令头上发,种种无尺五。"宋梅尧臣《通判遗新柳》:"芳菲即可插,余发惭种种。"宋周孚《谢时卿见…》:"余发已种种,子来真枉生。"宋司马光《次韵谢杜…》:"白发忧民虽种种,丹心许国尚桓桓。"宋陆游《杂言示子聿》:"逢人虽叹种种发,入塾尚忆青青衿。"

余方有公事 yú fāng yǒu gōng shì
【分类】政治
【关键词】韩愈
【释义】咏官吏勤政之典。唐韩愈《蓝田县丞厅壁记》:"对树二松,日哦其间。有问者,辄对曰:'余方有公事,子站去。'"
【例句】宋刘克庄《题倪上人…》:"行矣余方有公事,异时倘肯访山中。"宋周文璞《玉晨观》:"余方有公事,不为等闲来。"宋程俱《吴县游灵岩》:"吾方有公事,子去无相妨。"宋沈与求《子虚航重…》:"年来有公事,合眼注春秋。"

余光 yú guāng
【分类】生活
【关键词】战国策
【释义】美称他人给予的恩惠福泽。《战国策·秦策》:"夫江上之处女,有家贫而无烛者,处女相与语,欲去之。家贫无烛者将去矣,谓处女曰:'妾以无烛,故常先至,扫室布席,何爱余明之照四壁者?幸以赐妾,何妨于处女?妾自以有益于处女,何为去我?'处女相语以为然而留之。"
【例句】唐刘商《合肥至日…》:"迍遭羞薄命,恩惠费余光。"唐朱庆馀《上翰林李…》:"一自凤池承密旨,今因世路接余光。"唐岑参《秋夕读书…》:"览卷试穿邻舍壁,明灯何惜借余光。"唐元稹《有酒十章》:"有酒有酒兮日将落,余光委照在林薄。"

余沥 yú lì
【分类】生活
【关键词】韩非子
【释义】指酒的余滴,剩酒。喻别人所剩余下来的点滴利益。《韩非子·内储说》:"齐中大夫有夷射者,御饮于王,醉甚而出,倚于郎门。门者刖跪请曰:'足下无意赐之余沥乎?'"
【例句】唐杜甫《示獠奴阿段》:"郡人入夜争余沥,竖子寻源独不闻。"宋王安石《陈君式大…》:"每怀樽罍沾余沥,独喜弦歌有嗣音。"宋黄庭坚《孙不愚索…》:"偶有清樽供寿母,遂无余沥及他人。"聂绀弩《挽荃麟》:"举杯一饮无余沥,泪落杯中泪也香。"

余粮栖亩　yú liáng qī mǔ
【分类】政治
【关键词】初学记
【释义】谓将余粮存积田亩之中，以颂丰年盛世。《初学记》引《子思子》："东户季子（传说中的上古君主）之世，道上雁行而不拾遗，耕耨余粮宿诸亩首。"
【例句】唐陆龟蒙《江南秋怀…》："负杖歌栖亩，操觚赋北征。"宋陆游《晚步门外…》："酒贱过门多醉叟，天寒栖亩有余粮。"宋陈棣《钓濑渔樵…》："只今丰盈天报施，余粮栖亩麦两岐。"宋戴表元《调贵白》："余粮栖亩犹围坐，此事输君第几筹。"

余龄　yú líng
【分类】生活
【关键词】韩愈
【释义】余岁，余年。唐韩愈《过南阳诗》："孰忍生以戚？吾其寄余龄。"
【例句】宋欧阳修《寄答王仲…》："丰乐山前一醉翁，余龄有几百忧攻。"宋苏轼《和陶九日…》："闲居知令节，乐事满余龄。"宋苏辙《送余京同…》："闲官少愧耻，教子终余龄。"宋王庭圭《赠相士》："余龄几许君知否，愿作升平一老翁。"

鱼肠　yú cháng
【分类】文化
【关键词】剑
【释义】古宝剑名。《越绝书·记宝剑》："欧冶乃因天之精神，悉其伎巧，造为大刑三、小刑二。一曰湛卢，二曰纯钧，三曰胜邪，四曰鱼肠，五曰巨阙。"
【例句】唐郑锡《度关山》："象珥插文犀，鱼肠莹鹍鸰。"唐李绅《逾岭峤止…》："鱼肠雁足望缄封，地远三江岭万重。"唐李贺《马诗》："重围如燕尾，宝剑似鱼肠。"宋李纲《渊圣皇帝…》："解赐宝剑御府珍，鱼肠盘屈松桧纹。"

鱼传尺素　yú chuán chǐ sù
【分类】生活
【关键词】信
【释义】指传递书信。古乐府《饮马长城窟行》："客从远方来，遗我双鲤鱼。呼儿烹鲤鱼，中有尺素书。"
【例句】唐骆宾王《代女道士…》："青牛紫气灵关去，尺素艳鳞去不还。"唐岑参《敷水歌送…》："水底鲤鱼幸无数，愿君别后垂尺素。"唐李白《赠汉阳辅…》："汉口双鱼白锦鳞，令传尺素报情人。"唐郎士元《送槃上人…》："尺素欲传三署客，雪山愁送五溪僧。"

鱼羹　yú gēng
【分类】文化
【关键词】乐颐
【释义】鱼做的糊状食物。《南齐书·乐颐》："吏部郎庾杲之尝往候，颐为设食，枯鱼菜菹而已。杲之：'我不能食此。'母闻之，自出常膳鱼羹数种。"
【例句】宋苏辙《江上早起》："持之易斗粟，朝饭厌鱼羹。"宋区仕衡《与客西湖…》："湖头双桨藕花新，五嫂鱼羹曲院春。"宋方岳《检校坞中》："山中鹤帐依然在，天下鱼羹何处无。"宋戴复古《思归》："肉糜岂胜鱼羹饭，纨袴何如犊鼻裈。"

鱼化龙　yú huà lóng
【分类】政治
【关键词】三秦记
【释义】喻举业成功或地位高升。《辛氏三秦记》："河津一名龙门，禹凿山开门，阔一里余，黄河自中流下，而岸不通车马。每莫春之际，有黄鲤鱼逆流而上，得过者便化为龙。"
【例句】宋房子靖《秋闱锁试…》："较文已辨珉兼玉，揭榜应知鱼化龙。"宋冯时行《题三峰》："古院无人僧作佛，碧潭有水鱼化龙。"宋释思岳《偈》："令鱼化作龙，直透桃花浪。"明欧阳建《赴春闱》："丈夫不与匏瓜伍，湖海奔波鱼化龙。"

鱼乐　yú lè
【分类】政治
【关键词】庄子
【释义】本谓鱼游水中，悠然自得。后亦以喻纵情山水，逍遥游乐。源见"鱼游濠上"。
【例句】唐宋之问《春日山家》："鱼乐偏寻藻，人闲屡采薇。"唐徐彦伯《奉和兴庆…》："群臣相庆嘉鱼乐，共哂横汾歌吹秋。"唐杜甫《白露》："凭几看鱼乐，回鞭急鸟栖。"唐柳宗元《游南亭夜…》："鹿鸣验食野，鱼乐知观濠。"

鱼丽之阵　yú lí zhī zhèn
【分类】政治
【关键词】左传
【释义】古代战阵名。《左传·桓公五年》："以中军奉公，为鱼丽之陈，先偏后伍，伍承弥缝。"晋杜预注："《司马法》：'车战二十五乘为偏。'以车居前，以伍次之，承偏之隙而弥缝阙漏也。五人为伍。此盖鱼丽陈法。"
【例句】唐贺朝《从军行》："鱼丽阵接塞云平，雁翼营通海月明。"唐胡皓《大漠行》："科头连营太原道，鱼丽合阵武威川。"唐卢象《送赵都护…》："风霜迎马首，雨雪事鱼丽。"唐韩愈《喜雪献裴…》："阵势鱼丽远，书文鸟篆奇。"

鱼龙　yú lóng
【分类】文化
【关键词】周礼
【释义】鱼和龙。泛指鳞介水族。《周礼·地官·大司徒》："二曰川泽，其动物宜鳞物。"汉郑玄注："鱼龙之属。"
【例句】唐张若虚《春江花月夜》："鸿雁长飞光不度，鱼龙潜跃水成文。"唐张说《侍宴隆庆…》："鱼龙百戏纷容与，凫鹢双舟较溯洄。"唐杜甫《秋兴》："鱼龙寂寞秋江冷，故国平居有所思。"唐卢纶《纶与吉侍…》："云海一翻荡，鱼龙俱不宁。"

鱼龙变化　yú lóng biàn huà
【分类】政治
【关键词】张衡
【释义】比喻变化迅速或发迹极快。也比喻机诈百出，令人无从捉摸。《昭明文选·汉张衡〈西京赋〉》："白象行孕，垂鼻鳞困。海鳞变而成龙，状蜿蜿以蝹蝹。"注引《汉官典职》："舍利从东来，戏于庭，入殿前激水，化成比目鱼，跳跃漱水作雾，化成黄龙，高八十丈，出水戏于庭。"
【例句】唐岑参《与独孤渐…》："鱼龙川北盘溪雨，鸟鼠山西洮水云。"唐张说《舞马千秋…》："连鶱势出鱼龙变，蹀躞骄生鸟兽行。"宋王庭《清湖》："鱼龙久跃平深处，变化应知在异年。"宋张镃《集英殿立…》："不因变化鱼龙日，焉有风云转首来。"宋苏轼《中秋见月…》："何人舣舟临古汴，千灯夜作鱼龙变。"

鱼龙爵马　yú lóng jué mǎ
【分类】政治
【关键词】鲍照
【释义】感叹兴衰之典。《昭明文选·南朝宋鲍照〈芜城赋〉》："若夫…吴蔡齐秦之声，鱼龙爵马之玩，皆薰歇烬灭，光沉响绝。"唐吕延济注："鱼龙、爵马，皆假饰以为玩乐。"
【例句】唐杜甫《秦州杂诗》："水落鱼龙夜，山空鸟鼠秋。"唐韦庄《杂感》："鱼龙爵马皆如梦，风月烟花岂有情。"宋刘弇《秋日仪真…》："鱼龙爵马安在哉，粉白黛黑埋真色。"宋秦观《望海潮》："纹锦制帆，明珠溅雨，宁论爵马鱼龙。"

鱼龙漫衍　yú lóng màn yǎn
【分类】生活
【关键词】汉书
【释义】形容宴舞欢会、鱼龙彩灯之盛；或比喻事物变化迅奇多端。鱼龙：泛指鳞介水族。《汉书·西域传下》："设酒池肉林以飨四夷之客，作巴俞都卢、海中砀极、漫衍鱼龙、角抵之戏以观视之。及赂遗赠送，万里相奉，师旅之费，不可胜计。"唐颜师古注曰："漫衍者，即张衡《西京赋》所云'巨兽百寻，是为漫延'者也。鱼龙者，为舍利之兽，先戏于庭极，毕乃入殿前激水，化成比目鱼，跳跃漱水，作雾障目，毕，化成黄龙八丈，出水敖戏于庭，炫耀日光。《西京赋》云'海鳞变而成龙'，即为此色也。"
【例句】唐元稹《代曲江老…》："鱼龙华外戏，歌舞洛中嫔。"宋夏竦《奉和御制…》："鱼龙漫衍六街呈，金锁通宵启玉京。"明沈周《薛尧卿场…》："徘徊鹏凤凤斯下，漫衍鱼龙纸易穷。"明王鏊《十三绝句》："漫衍鱼龙看未了，梨园新部出《西厢》。"

鱼龙戏　yú lóng xì
【分类】生活
【关键词】汉书
【释义】指奢豪的宫廷宴舞，形容宴乐之盛。源见"鱼龙漫衍"。
【例句】唐陈子昂《洛城观酺…》："云凤休徵满，鱼龙杂戏来。"唐张说《侍宴隆庆…》："鱼龙百戏纷容与，凫鹢双舟较溯洄。"唐李商隐《宫妓》："不须看尽鱼龙戏，终遣君王怒偃师。"唐许浑《寄题华严…》："山殿日斜喧鸟雀，石潭波动戏鱼龙。"

鱼龙夜　yú lóng yè
【分类】生活
【关键词】杜甫
【释义】指秋日。唐杜甫《秦州杂诗》："水落鱼龙夜，山空鸟鼠秋。"杜修可注引《水经注》："鱼龙以秋日为夜。龙秋分而降，蛰寝于渊，故以秋日为夜也。"
【例句】唐杜甫《草阁》："鱼龙回夜水，星月动秋山。"唐郑俞《赋得玉水…》："鱼龙泉不夜，草木岸无秋。"宋孙应时《答任检法》："空江水落鱼龙夜，故国云深鸿雁秋。"宋谢翱《中秋龙井…》："脑满鱼龙夜，精藏树石年。"

鱼鲁亥豕　yú lǔ hài shǐ
【分类】生态
【关键词】吕氏春秋
【释义】指因字形相近造成误解。《吕氏春秋·察传》："子夏之晋过卫，有读史记者曰：'晋师三豕涉河。'子夏曰：'非也，是己亥也。夫己与三相近，豕与亥相近。'"《抱朴子·遐览》："故谚曰：书三写，鱼成鲁，虚成虎。"
【例句】唐元稹《酬翰林白…》："鱼鲁非难识，铅黄自懒持。"唐刘禹锡《秋萤引》："槐市诸生夜对书，北窗分明辨鲁鱼。"宋曾巩《七月十四…》："自笑正亥豕，更微注虫鱼。"宋刘弇《伤友人潘…》："解辨鲁鱼惑，能分亥豕疑。"宋李复《唐秘书省…》："鲁鱼亥豕校雠精，垂签甲乙刻坚珉。"宋刘克庄《夜坐》："亥豕安能承谬误，雪萤尚欲补空疏。"

鱼目　yú mù
【分类】文化
【关键词】李贺
【释义】鱼的眼珠。喻指泪眼。唐李贺《题归梦》："劳劳一寸心，灯花照鱼目。"董懋策注："鱼目，泪目也。"王琦汇解："鱼目有珠，故以喻含泪珠之目。"
【例句】唐耿湋《省试骊珠诗》："龙鳞今不逆，鱼目也应殊。"唐高适《和贺兰判…》："日出见鱼目，月圆知蚌胎。"

鱼目混珠　yú mù hùn zhū
【分类】生活
【关键词】魏伯阳
【释义】比喻以假乱真。汉魏伯阳《参同契》："鱼目岂为珠？蓬蒿不成槚。"宋释道原《景德传灯录》："有取世智称为佛智，犹如鱼目而乱明珠，不可雷同事须甄别。"
【例句】唐王铤《登越王楼…》："谬将塞步寻高躅，鱼目骊珠岂继明。"唐白居易《与微之唱…》："烦君赞咏心知愧，鱼目骊珠同一封。"唐耿湋《省试骊珠诗》："龙鳞今不逆，鱼目也应殊。"唐徐寅《荔枝》:"龙绡壳绽红纹粟,鱼目珠涵白膜浆。"

鱼去乙　yú qù yǐ
【分类】生活
【关键词】礼记
【释义】乙古指鱼肠,谓除去不可食用的肠脏。《礼记·内则》:"鱼去乙。"汉郑玄注:"乙,鱼体中害人者名也。今东海容鱼有骨名乙,在目旁,状如篆乙,食之鲠人不可出。"《尔雅·释鱼》:"鱼肠谓之乙,鱼尾谓之丙。"晋郭璞注:"此皆似篆书字,因以名焉。"
【例句】唐韦庄《和郑拾遗…》:"似鱼甘去乙,比蟹未成筐。"宋方岳《次韵酬章…》:"聘贤驿流庚,驭吏鱼去乙。"清查慎行《去年过塔…》:"执疑两破碎,决若鱼去乙。"清金天羽《比目鱼哀…》:"君不见蟹能甲胄蜂有毒,烹鱼去乙鲠在腹。"

鱼书　yú shū
【分类】文化
【关键词】信
【释义】指代书信。源见"鱼传尺素"。
【例句】唐韦皋《忆玉箫》:"长江不见鱼书至,为遣相思梦入秦。"唐卢纶《送杨皋东归》:"西江风浪何时尽,北客鱼书欲寄谁。"唐房孺复《酬窦大闲…》:"鹓鸟赋成知性命,鲤鱼书至恨曚携。"唐刘禹锡《洛中送崔…》:"洛苑鱼书至,江村雁户归。"

鱼水　yú shuǐ
【分类】生活
【关键词】管子
【释义】比喻亲友或夫妇间的亲密关系。《管子·小问》:"管仲曰:'然公使我求宁戚,宁戚应我曰:"浩浩乎!"吾不识。'婢子曰:'《诗》有之,浩浩者水,育育者鱼。未有室家,而安召我居?宁子其欲室乎?'"
【例句】唐李白《读诸葛武…》:"鱼水三顾合,风云四海生。"唐李白《君道曲》:"小白鸿翼于夷吾,刘葛鱼水本无二。"唐施肩吾《杂古词》:"怜时鱼得水,怨罢商与参。"唐窦常《谒诸葛武…》:"永安宫外有祠堂,鱼水恩深祚不长。"

鱼头生　yú tóu shēng
【分类】生态
【关键词】后汉书
【释义】咏水灾之典。《后汉书·西南夷传》:"(邛都县)无几而地陷为污泽,因名为邛池,南人以为邛河。"唐李贤注引李膺《益州记》:"邛州县有一老姥,家贫孤独,每食,辄有小蛇头上戴角在床间,姥怜之饴之…令又迁怒杀姥,蛇乃感人以灵言瞋曰:'何杀我母?当为母报仇。'此后每夜辄闻若雷若风,四十许日,百姓相见咸惊语:'汝头那忽戴鱼?'是夜方四十里与城一时俱为湖,土人为之陷河,唯姥宅无恙。"
【例句】唐韩愈《月蚀诗效…》:"尧呼大水浸十日,不惜万国赤子鱼头生。"宋周密《甲戌八月…》:"千家井邑类飘叶,啾啾赤子生鱼头。"宋刘宰《和仲苦…》:"朝釜鱼头生,飘注旋抆缸。"宋郑清之《客有诵袁…》:"胡为汤旱龟土坼,胡为尧水鱼头生。"

鱼须笏　yú xū hù
【分类】政治
【关键词】礼记
【释义】咏笏,或借指在朝做官。《礼记·玉藻》:"笏,天子以球玉,诸侯以象,大夫以鱼须文竹,士竹本,象可也。"
【例句】唐李贺《酒罢张彻…》:"往还谁是龙头人,公主遣秉鱼须笏。"唐李昭象《赴举出山…》:"肯羡鱼须美,长夸鹤氅轻。"宋宋祁《送齐殿丞…》:"曳朱恩借鱼须笏,假节人同虎刻符。"明阮大铖《寿钱宗伯…》:"浮荣薄视鱼须笏,凡响平听鹤背笙。"

鱼轩　yú xuān
【分类】政治
【关键词】左传
【释义】古代贵族妇女所乘的车。代指贵族夫人或高官出行。《左传·闵公二年》:"立戴公以庐于曹。许穆夫人赋《载驰》。齐侯…归夫人鱼轩。"晋杜预注:"鱼轩,夫人车,以鱼皮为饰。"
【例句】唐王维《故南阳夫…》:"锦衣余翟茀,绣毂罢鱼轩。"唐李峰《西河郡太…》:"鹊印庆仍传,鱼轩宠莫先。"唐顾况《晋公魏国…》:"鱼轩海上遥,鸾影月中销。"唐权德舆《县君赴兴…》:"相期偕老宜家处,鹤发鱼轩更可怜。"

鱼隐刀　yú yǐn dāo
【分类】政治
【关键词】专诸
【释义】春秋时,吴人专诸曾用鱼腹中藏匕首之法,借进奉鱼炙之机替公子光刺杀吴王僚。后因以鱼隐刀为咏刺客之典。《史记·刺客列传·专诸》:"既至王前,专诸擘鱼,因以匕首刺王僚,王僚立死。左右亦杀专诸。"
【例句】唐李白《结袜子》:"燕南壮士吴门豪,筑中置铅鱼隐刀。"明邓云霄《诅河豚戏…》:"若将此物充吴膳,何异专诸鱼隐刀。"

鱼游沸鼎　yú yóu fèi dǐng
【分类】政治
【关键词】张纲
【释义】比喻处在极险境地,濒临灭亡。《后汉书·张纲传》:"相聚偷生,若鱼游釜中,喘息须臾间耳。"
【例句】唐李商隐《行次昭应…》:"鱼游沸鼎知无日,鸟覆危巢岂待风。"唐杜甫《喜闻将军…》:"鼎鱼犹假息,穴蚁欲何逃。"宋蔡肇《上呈子方…》:"西方残敌鱼游釜,往岁天兵收境土。"宋赵汝燧《送临川王…》:"自怜鱼游沸釜中,羡君遇顺如飞鸿。"

鱼游濠上　yú yóu háo shàng
【分类】政治

【关键词】庄子

【释义】表示纵情山水、逍遥遨游。《庄子·秋水》："庄子与惠子游于濠梁之上，庄子曰：'鯈鱼出游从容，是鱼之乐也。'惠子曰：'子非鱼，安知鱼之乐？'庄子曰：'子非我，安知我不知鱼之乐？'惠子曰：'我非子，固不知子矣；子固非鱼也，子之不知鱼之乐全矣。'庄子曰：'请循其本，子曰：汝安知鱼乐云者，既已知吾知之而问我，我知之濠上也。'"

【例句】唐张文琮《赋桥》："别有临濠上，栖偃独观鱼。"唐吴融《绵竹山西…》："但乐濠梁鱼，岂怨钟山鹄。"五代徐铉《送谢著作…》："淮流宜映月，濠上好观鱼。"宋王安石《次韵吴季…》："远同鱼乐思濠上，老使鸥惊耻海滨。"聂绀弩《晨与曙南…》："庄惠人鱼方辩乐，龟蛇挤眼一桥扛。"

鱼鱼雅雅　yú yú yǎ yǎ

【分类】政治

【关键词】韩愈

【释义】雅：通鸦。鱼行成贯，鸦飞成阵。形容队伍威仪整肃。唐韩愈《元和圣德诗》："天兵四罗，旗常婀娜，驾龙十二，鱼鱼雅雅。"

【例句】宋邓剡《次刘孟元…》："眼中谁有此，雅雅更鱼鱼。"宋罗椅《摸鱼儿》："阶庭树，满目鱼鱼雅雅。千金难买清暇。"明詹同《谢章隶书歌》："鱼鱼雅雅锥画沙，一字岂但值百金。"清钱载《花朝金秀…》："常因郁郁蓁蓁地，小结鱼鱼雅雅缘。"

鱼与熊掌　yú yǔ xióng zhǎng

【分类】政治

【关键词】孟子

【释义】比喻俱为所欲，不能兼得而又难于取舍之物。《孟子·告子》："鱼我所欲也，熊掌亦我所欲也；二者不可得兼，舍鱼而取熊掌者也。"

【例句】宋苏轼《和陶始经…》："不思牺牛龟，兼取熊掌鱼。"宋胡寅《示高台足…》："彼方弹雀弃隋珠，我自舍鱼取熊掌。"宋方岳《次韵刘架》："虎头食肉亦安用，熊掌与鱼那得兼。"宋张侃《次王子元韵》："卑飞莫辨鸡群鹤，高义难兼熊掌鱼。"

鱼钥　yú yuè

【分类】文化

【关键词】萧纲

【释义】鱼形的锁。南朝梁简文帝（萧纲）《秋闺夜思》："夕门掩鱼钥，宵床悲画屏。"

【例句】唐王维《奉和圣制…》："鱼钥通翔凤，龙舆出建章。"唐司空曙《和耿拾遗…》："门响双鱼钥，车喧бов子铃。"唐赵光远《题妓莱儿壁》："鱼钥兽环斜掩门，萋萋芳草忆王孙。"宋欧阳修《清明赐新火》："鱼钥侵晨放九门，天街一骑走红尘。"

鱼跃　yú yuè

【分类】政治

【关键词】三秦记

【释义】鱼跳出水面。比喻获得极大成功。源见"鱼化龙"。

【例句】唐李世民《初晴落景》："池鱼跃不同，园鸟声还异。"唐温庭筠《感旧陈情…》："未知鱼跃地，空愧鹿鸣篇。"唐裴璀《享龙池乐章》："始看鱼跃方成海，即睹龙飞利在天。"唐卢肇《题绿阴亭》："人归别浦村烟敛，鱼跃澄波槛水沉。"

鱼在藻　yú zài zǎo

【分类】生活

【关键词】诗经

【释义】用为追求自得适性之典。《诗经·小雅·鱼藻》："鱼在在藻，有颁其首。"汉毛传："鱼以依蒲藻为得其性。"描绘鱼儿游于水藻之间，适性而自得之状。

【例句】唐李乂《兴庆池侍…》："潭鱼在藻欣游泳，谷鸟含樱入赋歌。"唐张九龄《南还湘水…》："鱼意思在藻，鹿心怀食苹。"唐白居易《梦得相过…》："双凤栖梧鱼在藻，飞沉随分各逍遥。"宋范仲淹《依韵和襄…》："洁如凤食竹，乐若鱼在藻。"

鱼子笺　yú zǐ jiān

【分类】文化

【关键词】信

【释义】古代一种布目纸。产于蜀地。代称书信。唐刘恂《岭表录异》："广管罗州，多桄榔树…皮堪作纸，名为香皮。纸灰白色，有纹如鱼子笺。"唐王勃《七夕赋》："握犀管，展鱼笺，顾执事，招仲宣。"

【例句】唐窦冀《怀素上人…》："鱼笺绢素岂不贵，只嫌局促儿童戏。"唐羊士谔《季江陵韩…》："蜀国鱼笺数行字，忆君秋梦过南塘。"唐陆龟蒙《纸被》："文采鸳鸯罢合欢，细柔轻缀好鱼笺。"宋贺铸《冠氏县斋…》："西园酒伴无消息，欲寄鱼笺水自东。"

竽籁　yú lài

【分类】生活

【关键词】宋玉

【释义】咏风吹树动声响之典。《昭明文选·战国楚宋玉〈高唐赋〉》："绿叶紫裹，丹茎白蒂。纤条悲鸣，声似竽籁，清浊相和，五变四会。"以竽籁比拟风吹枝动之音响。

【例句】唐杜甫《楠树为风…》："野客频留惧雪霜，行人不过听竽籁。"唐陆龟蒙《寄怀华阳…》："匝地山川皆暗写，隔天竽籁祇闲听。"宋曾巩《答石秀才…》："秋风自作竽籁声，更送城笳夜深起。"宋黄庭坚《高至言览…》："鸟度云行阅古今，溪滨木末听竽籁。"

谀墓　yú mù

【分类】生活

【关键词】韩愈

【释义】韩愈为人作墓志，多溢美之辞。后谓为人作墓志而称誉不实为谀墓。唐李商隐《刘叉》："后以争语不能下诸公，因持愈（韩愈）金数斤去，曰：'此谀墓中人得耳，不若与刘君为寿。'"
【例句】宋释德洪《余作进和…》："心知高人笑谀墓，抱羞无地容逃奔。"宋周紫芝《周脩武挽词》："我亦元无谀墓手，斯文聊付起家郎。"宋仲并《刘乾耀绍…》："谀墓平生岂敢，了无一物寿刘君。"宋刘克庄《再和》："饥来肯羡乞墦食，贫杀不贪谀墓金。"

萸囊　yú náng
【分类】文化
【关键词】张说
【释义】盛茱萸的袋子。旧俗重九登高饮酒，人多佩带萸囊。唐张说《九日进茱萸山》："菊酒携山客，萸囊系牧童。"
【例句】唐郭元振《秋歌》："辟恶茱萸囊，延年菊花酒。"唐张说《九日进茱…》："菊酒携山客，萸囊系牧童。"宋韩琦《重阳甲子…》："气与民和自无沴，岂须从俗佩萸囊。"宋华镇《次韵和刘…》："高堂满汎黄金盏，相陪何用茱萸囊。"

渔樵　yú qiáo
【分类】生活
【关键词】高适
【释义】打渔砍柴。或指渔人和樵夫。南梁何逊《夕望江桥示萧咨议杨建康江主簿诗》："尔情深巩落，予念返渔樵。"
【例句】唐王维《桃源行》："平明闾巷扫花开，薄暮渔樵乘水入。"唐杜甫《村夜》："胡羯何多难，渔樵寄此生。"唐高适《封丘县》："我本渔樵孟诸野，一生自是悠悠者。"唐高适《留别郑三…》："此时亦得辞渔樵，青袍裹身荷圣朝。"

渔阳掺挝　yú yáng càn zhuā
【分类】生活
【关键词】祢衡
【释义】古曲名。也称渔阳操。喻慷慨激昂的鼓乐。《世说新语·言语》："祢衡被魏武谪为鼓吏，正月半试鼓。衡扬枹为渔阳掺挝，渊渊有金石声，四坐为之改容。"
【例句】唐李颀《听安万善…》："忽然更作《渔阳掺》，黄云萧条白日暗。"唐孟郊《送淡公》："笑伊渔阳操，空侍文章多。"唐白居易《长恨歌》："渔阳鼙鼓动地来，惊破霓裳羽衣曲。"唐李商隐《听鼓》："欲问渔阳掺，时无祢正平。"

渔阳鼓声　yú yáng gǔ shēng
【分类】政治
【关键词】安禄山
【释义】喻安史之乱或泛指战事爆发。唐代白居易《长恨歌》："渔阳鼙鼓动地来，惊破霓裳羽衣曲。"《旧唐书·安禄山传》："反于范阳，矫称奉恩命以兵试逆贼杨国忠。渔阳属范阳节度使统辖。"
【例句】宋金朋说《海棠吟》："椒房一睡才扶起，彻动渔阳鼙鼓声。"宋赵汝燧《明皇》："眼干昭道山川泪，胆碎渔阳鼙鼓声。"金惠吉《骊山》："直教兵震渔阳地，破碎霓裳羯鼓声。"明余五娘《题明皇春宴图》："岂知天宝霓裳曲，化作渔阳鼙鼓声。"

渔阳结怨　yú yáng jié yuàn
【分类】政治
【关键词】朱浮
【释义】咏与天子结怨而招致灭亡之典。《后汉书·朱浮传》："浮以书责之（渔阳太守彭宠）曰：'…今天下几里，列郡几城，奈何以区区渔阳而结怨天子？'"
【例句】唐杜甫《夔州歌》："比讶渔阳结怨恨，元听舜日旧箫韶。"宋徐秋云《题明皇》："谁信蓬莱青鸟使，回来无语怨渔阳。"元徐秋云《唐明皇》："谁信蓬莱青鸟使，回来无语怨渔阳。"明龚鼎孳《哭方孩未…》："元祐碑题怨，渔阳骂塞咽。"

榆枋之见　yú fāng zhī jiàn
【分类】生活
【关键词】庄子
【释义】比喻浅薄无知的见解。《庄子·逍遥游》："鹏之徙于南冥也，水击三千里，抟扶摇而上者九万里…蜩与学鸠笑之曰：'我决起而飞，抢榆枋，时则不至而控于地而已矣，奚以之九万里而南为？'…斥鴳笑之曰：'彼且奚适也？我腾跃而上，不过数仞而下，翱翔蓬蒿之间，此亦飞之至也。'"
【例句】唐权德舆《酬穆七侍…》："小鸟抢榆枋，大鹏激三千。"唐赵中虚《游清都观…》："即此翔寥廓，非复控榆枋。"宋司马光《和乐道再…》："溟海榆枋各安分，蓬莱未必胜嵩丘。"宋邓忠臣《曹子方用…》："分同斥鴳抢榆枋，难伴牺牛登鼎俎。"

榆火　yú huǒ
【分类】生活
【关键词】周礼
【释义】表示春景。本谓春天钻榆、柳之木以取火种。《周礼注疏·司爟》："四时变国火。"汉郑玄注："郑司农说以鄹子曰：'春取榆柳之火。'"
【例句】唐李峤《寒食清明…》："槐烟乘晓散，榆火应开春。"唐陈元光《候夜行师》："采茶喜钻新榆火，修禊争驱旧雹氛。"唐罗衮《清明赤水…》："榆火轻烟处处新，旋从闲望到诸邻。"宋欧阳修《清明赐新火》："桐华应候催佳节，榆火推恩奉侍臣。"宋司马光《和景仁缑…》："昨者清明初，榆火始改钻。"

榆钱　yú qián
【分类】文化
【关键词】庾信
【释义】榆荚。因其形似小铜钱，故称。北周庾信《燕歌行》："桃花颜色好如马，榆荚新开巧似钱。"
【例句】唐施肩吾《戏咏榆荚》："风吹榆钱落落如雨，绕林绕屋来不住。"唐皮日休《奉和鲁望…》："冷鳞中断榆钱破，寒骨平分玉箸光。"宋宋祁《山中清明》："高低桃锦红相倚，轻重榆钱绿不匀。"宋卫宗武《山行》："榆钱万叠春难买，落絮随风万点愁。"

榆塞 yú sài
【分类】政治
【关键词】韩安国
【释义】指边关、边塞。亦专指山海关。《汉书·窦田灌韩列传·韩安国》："以河为竟，累石为城，树榆为塞。"
【例句】唐王勃《陇西行》："烽火照临洮，榆塞马萧萧。"骆宾王《送郑少府…》："边烽警榆塞，侠客度桑乾。"唐张谓《同孙构免…》："寒沙榆塞没，秋水溁河涨。"唐刘禹锡《酬太原令…》："鹤唳华亭月，马嘶榆塞风。"

虞殡 yú bìn
【分类】生活
【关键词】左传
【释义】古代送葬歌曲。《左传·哀公十一年》："公孙夏命其徒歌《虞殡》。"晋杜预注："送葬歌曲也。"
【例句】唐李百药《文德皇后…》："寒山寂已暮，《虞殡》有余哀。"宋周紫芝《桐川太守…》："余哀尽入虞殡曲，盛事当随列女篇。"宋黄彦平《乐府杂拟》："不须吟梁父，亦勿歌虞殡。"宋洪适《钱伸仲挽诗》："千里缠悲付虞殡，西风吹泪着襟裾。"

虞姬 yú jī
【分类】生活
【关键词】项羽
【释义】项羽爱妾，经常随项羽出征，项羽被刘邦困于垓下，兵少粮尽，夜闻四面楚歌，悲叹大势已去，饮酒作歌，她起而和之，传说其词为："汉兵已略地，四面楚歌声。大王意气尽，贱妾何聊生？"歌罢自尽。
【例句】唐胡曾《垓下》："明月满营天似水，那堪回首对虞姬。"宋释智圆《读项羽传》："发叹虞姬势已穷，乌江此夕丧英雄。"宋苏轼《虞姬墓》："仓黄不负君王意，只有虞姬与郑君。"聂绀弩《赠周英朋…》："小乔初嫁小周郎，莫扮虞姬与霸王。"

虞寄先识 yú jì xiān shí
【分类】生态
【关键词】虞寄
【释义】咏先识先觉之典。《陈书·虞荔传》附虞寄："寄知（陈）宝应不可谏，虑祸及已，乃为居士服以拒绝之。常居东山寺，伪称脚疾，不复起…宝应既擒，凡诸宾客微有交涉者，皆伏诛，唯寄以先识免祸。"知和戎将军陈宝应要叛变，先识而免祸。
【例句】唐罗隐《送光禄崔…》："上国已留虞寄命，中朝应听范汪言。"唐李商隐《楚泽》："刘桢元抱病，虞寄数辞官。"明龚鼎孳《读友人寄…》："虞寄尺书初抱病，谢公棋墅本无家。"明周笕《寄彭仲谋…》："辞官虞寄多幽兴，卜宅陶渊明有素心。"

虞卿著书 yú qīng zhù shū
【分类】文化
【关键词】虞卿
【释义】战国名士，主张以赵为主联合齐魏抵抗秦国。因拯救魏相魏齐困于梁，遂发愤著书。《史记·平原君虞卿列传》："不得意，乃著书，上采春秋，下观近世…以刺讥国家得失，世传之曰《虞氏春秋》。"
【例句】唐段成式《送穆郎中…》："若逢金马门前客，为说虞卿久著书。"唐韩愈《李员外寄…》："莫怪殷勤谢，虞卿正著书。"宋李庠《天禧诏罢…》："阮籍自多回辙泪，虞卿长有著书愁。"宋黄通《麻姑山一…》："平生胸臆渺溟渤，惟学虞卿穷著书。"宋毕仲游《书怀》："可笑虞卿老，穷愁强著书。"

虞舜 yú shùn
【分类】政治
【关键词】舜
【释义】上古五帝之一。以孝行而闻名。传说舜死于苍梧。《史记·五帝本纪》："（舜）践帝位二十九年，南巡狩，崩于苍梧之野，葬于江南九疑，是为零陵。"
【例句】唐许浑《登尉佗楼》："越人未必知虞舜，一奏薰弦万古风。"唐杜甫《同诸公登…》："回首叫虞舜，苍梧云正愁。"唐韩愈《从潮州量…》："暂欲系船韶石下，上宾虞舜整冠裾。"唐冯友仁《寄弟》："糗饭自饴虞舜乐，采薇独守伯夷清。"

虞童 yú tóng
【分类】文化
【关键词】虞翻
【释义】用为年少聪慧之典。《三国志·虞翻传》南朝宋裴松之注引《吴书》曰："翻少好学，有高气。年十二，客有候其兄者，不过翻，翻追与书曰：'仆闻虎魄不取腐芥，磁石不受曲针，过而不存，不亦宜乎！'客得书奇之，由是见称。"
【例句】唐柳宗元《酬韵州裴…》："贾傅辞宁切，虞童发未殷。"唐许浑《哭虞将军》："巴童成久能番语，胡马调多解汉行。"宋苏轼《庚辰岁人…》："三策已应思贾让，孤忠终未赦虞翻。"宋苏轼《再用数珠…》："南迁昔虞翻，却扫今冯衍。"

虞庠 yú xiáng
【分类】政治
【关键词】礼记养老
【释义】周代学校名。《礼记·王制》："周人养国老于东胶，养庶老于虞庠。虞庠在国之西郊。"汉郑玄注："虞庠亦小学也。西序在西郊，周立小学于西郊…周之小学为有虞氏之庠制，是以名庠云。其立乡学亦如之。"
【例句】唐韩愈《和崔舍人…》："独有虞庠客，无由拾落蕡。"宋宋祁《再到国子…》："十载虞庠路，依然目所存。"宋丰稷《幸太学》："凤喔云开日月章，九霄鸣跸下虞庠。"宋范纯礼《幸太学倡和》："四十余年旧典章,圣君今复幸虞庠。"

虞渊　yú yuān

【分类】文化
【关键词】淮南子
【释义】亦称虞泉。传说为日没处。《淮南子·天文训》："日至于虞渊,是谓黄昏。"
【例句】唐柳宗元《行路难》："君不见夸父逐日窥虞渊,跳踉北海超昆仑。"唐杜甫《王兵马使…》："将军树勋起安西,昆仑虞泉入马蹄。"唐钱起《中书遇雨》："尺波应过万假,虞海载沿洄。"五代徐夤《夜》："日坠虞渊烛影开,沉沉烟雾压浮埃。"

愚妇轻买臣　yú fù qīng mǎi chén

【分类】生活
【关键词】朱买臣
【释义】汉朱买臣入仕前贫困潦倒,其妻因不堪其苦而离去。后因以咏贫士困顿之典。《汉书·朱买臣传》："妻恚怒曰:'如公等,终饿死沟中耳,何能富贵?'买臣不能留,即听去。"
【例句】唐李白《南陵别儿…》："会稽愚妇轻买臣,余亦辞家西入秦。"宋郑清之《绍定闽寇…》："卖薪愚妇轻买臣,不信读书有奇事。"

愚公　yú gōng

【分类】政治
【关键词】愚公
【释义】借指作事有顽强毅力、不怕困难的人。源见"愚公移山"。
【例句】唐卢仝《自咏》："愚公只公是,不用漫惊张。"唐张九龄《杂诗》："终愧行一意,无乃过愚公。"宋刘攽《次韵和秘…》："劳生精卫填东海,多事愚公移北山。"宋陆佃《登塔望太行》："迁移曾费愚公力,分擘宁烦巨掌开。"

愚公谷　yú gōng gǔ

【分类】政治
【关键词】说苑
【释义】在山东省淄博市西。喻隐居之地。也讽司法废乱。《说苑·政理》："臣故畜牸牛,生子而大,卖之而买驹。少年曰:'牛不能生马!'遂持驹去。傍邻闻之,以臣为愚,故名此谷为愚公之谷。"
【例句】唐杜甫《赠比部萧…》："中散山阳锻,愚公野谷村。"唐骆宾王《夏日游德…》："放旷愚公谷,消散野人家。"唐李商隐《灵仙阁晚…》："愚公方住谷,仁者本依山。"五代徐铉《题雷公井》："掩霭愚公谷,萧寥羽客家。"

愚公移山　yú gōng yí shān

【分类】政治
【关键词】愚公
【释义】比喻毅力顽强,有志竟成。《列子·汤问》载:北山愚公,年近九十,因屋前太行、王屋两座大山阻碍出入,决心把山铲平。智叟笑他愚蠢。愚公说,我死有子,子又有孙,孙又生子,而山不加增,何苦而不平?每天挖山不止。上帝为之感动,派夸娥氏二子把山背走。
【例句】唐罗隐《投浙东王…》："题柱心犹壮,移山志未忘。"宋陆游《闭户》："书生正可蹈东海,世事漫思移太行。"宋强至《题刘有方…》："移山宁有术,未易笑愚公。"宋张耒《山海》："愚公移山宁不智,精卫填海未必痴。"宋冯山《寄潭州何…》："北海旧时曾荐鹗,愚公终日尚移山。"

舆人歌　yú rén gē

【分类】政治
【关键词】岑熙
【释义】称颂太守之典。《后汉书·岑熙传》："迁魏郡太守,招聘隐逸,与参政事,无为而化。视事二年,舆人歌之曰:'我有枳棘,岑君伐之。我有蟊贼,岑君遏之。狗吠不惊,足下生氂。含哺鼓腹,焉知凶灾?我喜我生,独丁斯时。美矣岑君,于戏休兹!'"
【例句】唐赵嘏《陪韦中丞…》："分明听得舆人语,愿及行春更一年。"唐刘长卿《送薛据宰…》："颂德有舆人,荐贤逢八使。"唐独孤及《代书寄上…》："独有舆人歌,隔云声渲聒。"明陈琏《送谷城知…》："甘棠满院舆人颂,官柳盈堤属吏迎。"

舆台　yú tái

【分类】政治
【关键词】张衡
【释义】古代十等人中两个低微等级的名称。舆为第六等,台为第十等。泛指奴仆。《昭明文选·汉张衡〈东京赋〉》："发京仓,散禁财,赍皇僚,逮舆台。"北魏张铣注:"舆台,贱职。"
【例句】唐杜甫《后出塞》："越罗与楚练,照耀舆台躯。"唐高适《宋中送族…》："部曲尽公侯,舆台亦朱紫。"宋苏辙《次韵子瞻…》："黾勉丞相府,接迹舆台臣。"宋吕本中《墨梅》："坐看粉黛化腐恶,岂但桃李成舆台。"

与浑不协　yǔ hún bù xié

【分类】政治
【关键词】王浚
【释义】因争功而产生不和之典。《晋书·王浚传》："及浚将至秣陵,王浑遣信要令暂过论事,浚举帆直指,报曰:'风利,不得泊也。'王浑久破(孙)皓中军,斩张悌等,顿兵不敢进。而浚乘胜纳降,浑耻且忿,乃表浚违诏不受节度,诬罪状之。"
【例句】唐张九龄《奉和圣制…》："与浑虽不协,归皓实为雄。"

伛偻　yǔ lǚ

【分类】生活
【关键词】淮南子
【释义】俯身。宋欧阳修《醉翁亭记》："前者呼,后者应,伛偻提携,往来不绝者,滁人游也。"腰背弯曲。出自《淮南子·精神训》:"子求行年五十有四,而病伛偻。"
【例句】唐王维《辋川别业》:"优娄比丘经论学,伛偻丈人乡里贤。"唐皮日休《鲁望以花…》:"九十携锄伛偻翁,小园幽事尽能通。"唐韩愈《谒衡岳庙…》:"升阶伛偻荐脯酒,欲以菲薄明其衷。"唐萧祐《游石堂观》:"群仙伛偻势奔走,壮若归尊趋有德。"

伛偻丈人　yǔ lǚ zhàng rén
【分类】生活
【关键词】孔子
【释义】指称乡里老者。《庄子·达生》:"仲尼适楚,出于林中,见佝偻者承蜩,犹掇之也。仲尼曰:'子巧乎,有道邪?'曰:'我有道也…虽天地之大,万物之多,而唯蜩翼之知。不反不侧,不以万物易蜩之翼,何为而不得!'孔子顾谓弟子曰:'用志不分,乃凝于神。其佝偻丈人之谓乎?'"
【例句】唐王维《辋川别业》:"优娄比丘经论学,伛偻丈人乡里贤。"唐韩愈《谒衡岳庙…》:"升阶伛偻荐脯酒,欲以菲薄明其衷。"唐白居易《贺雨》:"奔腾道路人,伛偻田野翁。"唐皮日休《鲁望以花…》:"九十携锄伛偻翁,小园幽事尽能通。"

羽窟幽黄能　yǔ kū yōu huáng néng
【分类】政治
【关键词】鲧
【释义】指尧时鲧治水无功被杀,其灵化为黄熊,潜入羽渊。《左传·昭公七年》:"昔尧殛鲧于羽山,其神化为黄熊,以入于羽渊。"唐陆德明《经典释文》:"熊,音雄,亦作能,如字,一音奴来反。三足鳖也。"
【例句】唐杜甫《忆昔行》:"松风涧水声合时,青兕黄熊啼向我。"唐韩愈《忆昨行和…》:"近者三奸悉破碎,羽窟无底幽黄能。"唐韩愈《猛虎行》:"身食黄熊父,子食赤豹麛。"宋梅尧臣《送刘郎中…》:"正如开罍辘,黄熊慚启姥。"

羽人　yǔ rén
【分类】文化
【关键词】楚辞
【释义】古代汉族神话中的飞仙,与其他的仙人不同,有翅膀。亦代称道士。《楚辞·远游》:"仍羽人于丹丘兮,留不死之旧乡。"
【例句】唐杜甫《寄韩谏议注》:"星宫之君醉琼浆,羽人稀少不在旁。"唐王初《延平天庆观》:"盟誓早晚闻仙语,学种三芝伴羽人。"唐韩翃《送蒋县刘…》:"金盘晓鲙朱衣鲋,玉簟宵迎翠羽人。"唐李绅《题北峰黄…》:"坛上独窥华顶月,雾中潜到羽人天。"

羽扇　yǔ shàn
【分类】政治
【关键词】陆机
【释义】用长羽毛制成的扇子。晋陆机《羽扇赋》:"昔楚襄王会于章台之上…大夫宋玉、唐勒侍,皆操白鹤之羽以为扇。"特指天子仪仗中的掌扇。代指天子。《西京杂记》:"汉制:天子…夏设羽扇,冬设缯扇。"
【例句】唐皎然《因游支硎…》:"诗题白羽扇,酒挈绿油囊。"唐李峤《汾阴行》:"珠帘羽扇长寂寞,鼎湖龙髯安可攀。"唐杜甫《故司徒公…》:"平生白羽扇,零落蛟龙匣。"唐郑锡《望月》:"素影纱窗霁,浮凉羽扇轻。"唐孟郊《送从舅端…》:"羽扇扫轻汗,布帆筛细风。"

羽书　yǔ shū
【分类】政治
【关键词】汉高祖
【释义】即羽檄,古代插有鸟羽的紧急军事文书。《汉书·高帝纪》:"非汝所知。陈豨反,赵代地皆稀有。吾以羽檄徵天下兵,未有至者,今计唯独邯郸中兵耳。吾何爱四千户,不以慰赵子弟!"
【例句】唐沈佺期《送卢管记…》:"羽檄西北飞,交城日夜围。"唐高适《信安王幕…》:"度河飞羽檄,横海泛楼船。"唐杜甫《秋兴》:"直北关山金鼓振,征西车马羽书驰。"唐高适《燕歌行》:"校尉羽书飞瀚海,单于猎火照狼山。"

羽翼　yǔ yì
【分类】政治
【关键词】张良
【释义】原意翅膀,指辅佐的人或力量。《汉书·张良传》:"上目送之,召戚夫人指示四人者曰:'我欲易之,彼四人辅之,羽翼已成,难动矣。吕后真而主矣。'"
【例句】唐李白《驾去温泉…》:"忽蒙白日回景光,直上青云生羽翼。"唐储光羲《河中望鸟…》:"汉宫成羽翼,伊水弄参差。"唐杜甫《述古》:"耿贾亦宗臣,羽翼共裴回。"唐皎然《寒栖子歌》:"且向人间作酒仙,不肯将身生羽翼。"

雨花　yǔ huā
【分类】文化
【关键词】法华经
【释义】佛教故事。佛祖说法,诸天降众花,满空而下。源见"花雨"。
【例句】唐王维《过乘如禅…》:"进水定侵香案湿,雨花应共石床平。"唐刘长卿《题昊祐和…》:"风竹自吟遥入磬,雨花随泪共沾巾。"唐李绅《真娘墓》:"愁态自随风烛灭,爱心难逐雨花轻。"唐韦庄《江南送李…》:"雨花烟柳傍江村,流落天涯酒一樽。"

雨立　yǔ lì
【分类】政治
【关键词】秦始皇
【释义】咏侍从之典。《史记·滑稽列传》:"秦始皇时,置酒而天雨,陛楯者皆沾寒。优旃见而哀之…曰:'汝虽长,何益,幸雨立。我虽短也,幸休居。'于是始皇使陛楯者得半相代。"
【例句】宋刘敞《九月十…》:"车骑皆雨立,富贵若浮云。"

宋苏轼《轼以去岁…》：" 陛楯诸郎空雨立，故应惭愧不儒冠。"宋许及之《四月晦日…》："风餐历历秦宫树，雨立亭亭汉节花。"聂绀弩《六十赠周婆》："此日冠裳凭雨立，几多人物误风流。"

雨霖铃 yǔ lín líng
【分类】生活
【关键词】唐玄宗
【释义】唐教坊曲名。词牌名。喻指失意潦倒。《明皇杂录·补遗》："明皇既幸蜀，西南行初入斜谷，属霖雨涉旬，于栈道雨中闻铃，音与山相应。上既悼念贵妃，采其声为《雨霖铃》曲，以寄恨焉。时梨园子弟善吹觱篥者，张野狐为第一……车驾复幸华清宫，从官嫔御多非旧人。上于望京楼下命野狐奏雨霖铃曲，未半，上四顾凄凉，不觉流涕，左右感动，与之歔欷，其曲传于法部。"
【例句】唐元稹《琵琶歌》："因兹弹作《雨霖铃》，风雨萧条鬼神泣。"唐张祜《雨霖铃》："雨霖铃夜却归秦，犹是张徽一曲新。"宋白玉蟾《题浯溪》："谁谓霓裳非有情，倚腔犹韵雨霖铃。"宋周麟之《望秦川歌》："羯鼓催花浑不记，曲中空唱雨霖铃。"

雨师 yǔ shī
【分类】政治
【关键词】周礼
【释义】古代传说中司雨的神。亦称萍翳、玄冥。汉蔡邕《独断》："雨师神，毕星也。其象在天，能兴雨"。源见"风师"。
【例句】唐李颀《与綦公游…》："玄冥掌阴事，祝史告年丰。"唐鲍防《元日早朝行》："玄冥无事归朔土，青帝放身入朱宫。"唐李商隐《送千牛李…》："曾无力牧御，宁待雨师迎。"唐施肩吾《江南积雨叹》："雨师一日三回到，栋里闲云岂得栖。"宋刘敞《渴雨示府僚》："吁嗟望云汉，冥漠想萍翳。"清黎简《忧涨》："安得萍翳风，大荡沃焦石。"

禹甸 yǔ diàn
【分类】政治
【关键词】禹
【释义】本谓禹所垦辟之地。后因称中国之地。《诗经·小雅·信南山》："信彼南山，维禹甸之。畇畇原隰，曾孙田之。"汉毛传："甸，治也。"宋朱熹集传："言信乎此南山者，本禹之所治，故其原隰垦辟，而我得田之。"
【例句】宋卫宗武《过荻塘》："荻塘三百里，禹甸几千畴。"宋王之道《春雪和袁…》："南山歌禹甸，西国想毗耶。"宋赵崇森《久旱喜雨》："和气已能周禹甸，至诚端自感汤林。"宋何鸣凤《春日田园…》："播谷竞趋新禹甸，条桑犹记旧豳风。"

禹鼎 yǔ dǐng
【分类】政治
【关键词】禹
【释义】古帝王为民造福、使民知善恶之典。《左传·宣公三年》："昔夏之方有德也，远方图物，贡金九牧，铸鼎象物，百物而为之备，使民知神、奸。故民入川泽山林，不逢不若。螭魅罔两，莫能逢之。"
【例句】宋王安石《游城南即事》："神奸变化久难知，禹鼎由来更不疑。"宋欧阳修《憎蚊》："禹鼎象神奸，蛟龙远潜伏。"宋华镇《徐元立出…》："灵德况与魑魅殊，沈潜非为禹鼎模。"明张岳《观莫福海…》："已凭禹鼎销魑魅，好向龙编树椅桐。"

禹贡 yǔ gòng
【分类】政治
【关键词】禹
【释义】《尚书》有《禹贡》篇，叙"禹别九州…任土作贡"，故禹贡亦代指国境。归禹贡，意谓归于国家版图。
【例句】唐杜甫《诸将》："沧海未全归禹贡，蓟门何处尽尧封？"唐李商隐《寄太原卢…》："禹贡思金鼎，尧图忆土铏。"宋田锡《乾明节祝…》："多士进诗随禹贡，千官献酒祝尧龄。"宋吴师孟《金牛驿》："禹贡已书开蜀道，秦人安得粪金牛。"

禹会诸侯 yǔ huì zhū hóu
【分类】政治
【关键词】禹
【释义】咏会盟之典。源见"涂山会"。
【例句】唐苗晋卿《奉和圣制…》："祝尧三老至，会禹百神迎。"宋杨亿《太常乐章》："玉帛臻禹会，动植沾尧仁。"宋柳永《送征衣》："彤庭舜张大乐，禹会群方。"宋宋庠《送齐进士…》："谢庭早占芝兰族，禹会初陪玉帛臣。"宋苏轼《涂山》："樵苏已入黄能庙，乌鹊犹朝禹会村。"

禹迹 yǔ jì
【分类】政治
【关键词】禹
【释义】相传夏禹治水，足迹遍于九州，后因称中国的疆域。《左传·襄公四年》："芒芒禹迹，画为九州。"
【例句】唐孙逖《和崔司马…》："岩空迷禹迹，海静望秦余。"唐张继《秋日道中》："九曲半应非禹迹，三山何处是仙洲。"唐刘禹锡《寄陕州姚…》："禹迹想前事，汉台余故丘。"唐章孝标《上浙东元相》："何言禹迹无人继，万顷湖田又斩新。"宋梅尧臣《涂山》："古传神禹迹，今向旧山阿。"

禹绩 yǔ jì
【分类】政治
【关键词】禹
【释义】指夏禹治水的业绩。《诗经·大雅·文王有声》："丰水东注，维禹之绩。"汉毛传："绩，业。"汉郑笺："禹治之，使入渭东注于河，禹之功也。"
【例句】唐贾至《自蜀奉册…》："夏康缵禹绩，代祖复汉勋。"宋蔡襄《仁宗皇帝…》："俭勤追禹绩，恭让体尧仁。"宋刘攽《幽州图》："安得猛士守北方，力排敌人复禹绩。"宋张嵥《登白帝城》：" 崖壁嵯岈知禹绩,江山割据识雄心。" 宋王遂《牛渚曲》："禹绩渺千载,武功待人收。"

禹命子　yǔ mìng zǐ
【分类】政治
【关键词】禹
【释义】大禹禅让帝位于益。三年后益让位于禹之子启。后遂用为子承父为帝之典。《史记·夏本纪》："及禹崩,虽授益,益之佐禹日浅,天下未洽。故诸侯皆去益而朝启,曰'吾君帝禹之子也'……是为夏后帝启。"
【例句】唐杜甫《壮游》："禹功亦命子,涿鹿亲戎行。" 明罗钦顺《次韵储袲…》："曾有嘉谟参禹益,况余新制敌孙丁。" 明胡应麟《蚕春寄怀…》："明堂禹益摅谟诰,清庙夔陶绎典坟。" 清郑珍《玉蜀黍歌》："神禹所见益所记,西经具在言岂讹。"

禹让　yǔ ràng
【分类】政治
【关键词】禹
【释义】咏帝王登基之典。《尚书·大禹谟》："禹曰:'枚卜功臣,唯吉之从。'禹拜稽首固辞,帝曰:'毋,唯汝谐。'"汉孔安国《传》："枚谓历,卜之而从其吉,此禹让之志。"
【例句】唐吴筠《柏成子高》："大禹受禅让,子高辞诸侯。" 唐钱起《观法架自…》："周惭散马出,禹让浚川回。" 唐徐寅《依御史温…》："伊皋争负鼎,舜禹让垂旒。" 宋曹勋《悲采薇》："夏禹且不让,叔世良悲辛。"

禹汤　yǔ tāng
【分类】政治
【关键词】禹
【释义】指夏禹和商汤。后视其为贤明君主的典范。《左传·庄公十一年》："禹汤罪己,其兴也勃焉；桀纣罪人,其亡也忽焉。"
【例句】唐陈元光《圣作物睹》："物睹之圣为何人,羲农尧舜禹汤文。" 唐钱起《秋霖曲》："且如歌笑日挥金,应笑禹汤能罪己。" 唐杜牧《华清宫…》："几席延尧舜,轩墀立禹汤。" 唐魏知古《从猎渭川…》："得失鉴齐楚,仁思念禹汤。"

禹汤罪己　yǔ tāng zuì jǐ
【分类】政治
【关键词】禹
【释义】咏国君贤德之典。每当国家遭受灾祸,总是把罪责归于自己。《左传·庄公十一年》："宋其兴乎。禹、汤罪己,其兴也悖焉；桀、纣罪人,其亡也忽焉。"
【例句】唐钱起《秋霖曲》："且如歌笑日挥金,应笑禹汤能罪己。" 宋王圭《英宗皇帝…》："空余罪己诏,不似禹汤年。" 宋王十朋《张安国…》："吾君罪己同禹汤,思起傅岩调雨旸。" 清汪荣宝《恭送景皇…》："禹汤惟罪己,郭李幸收京。"

禹穴　yǔ xué
【分类】政治
【关键词】禹
【释义】在越州(今浙江绍兴)宛委山。相传为大禹东巡所经,在此登山祭神,得黄帝之书而复藏之。另说在今浙江省绍兴之会稽山,相传为夏禹的葬地。
【例句】唐杜甫《送孔巢父…》："难寻禹穴见李白,道甫问讯今何如。" 唐杜甫《秦州杂诗》："藏书闻禹穴,读记忆仇池。" 唐宋之问《游禹穴回…》："禹穴今朝到,邪溪此路通。" 唐庄南杰《寄郑磃送…》："我今得此以代耕,如探禹穴披崢嵘。"

禹玉　yǔ yù
【分类】政治
【关键词】禹
【释义】歌颂帝王功德之典。《艺文类聚》引《尚书琁玑钤》："禹开龙门,异积石,玄圭出,刻曰'延喜玉',受德天赐佩。" 意谓天赐有功之人。
【例句】唐司空曙《和耿拾遗…》："大官陈禹玉,司历献尧蓂。" 唐张继《会稽郡楼…》："夏禹坛前仍聚玉,西施浦上更飞沙。" 宋郑獬《题名碑石…》："白沙砻就大禹圭,绀滑自同青玉色。" 宋李昭玘《送徐州举…》："昔时大禹致方物,神光玉色罗广庭。"

禹凿　yǔ záo
【分类】政治
【关键词】禹
【释义】咏治山治水业绩之典。特指大禹凿通龙门山。借指大禹疏导江河平治洪水的业绩。《淮南子·修务训》："禹沐浴霪雨,栉扶风,决江疏河,凿龙门,辟伊阙,修彭蠡防,乘四载,随山刊木,平治水土,定千八百国。"
【例句】唐杜审言《和李大夫…》："舜耕余草木,禹凿旧山川。" 唐孙遹《奉和御制…》："井邑观秦野,山河念禹功。" 唐赵彦昭《奉和圣制…》："河看大禹凿,山见巨灵开。" 唐杜甫《舍弟观赴…》："峣关险路今虚远,禹凿寒江正稳流。" 宋魏野《和河中孙…》："舜耕山下辞廉使,禹凿门前谒宰君。"

语出月胁　yǔ chū yuè xié
【分类】文化
【关键词】皇甫湜
【释义】谓出语惊人,非同寻常。源见"月胁"。
【例句】宋苏轼《轼近以月…》："大范忽长谣,语出月胁令人惊。" 宋王庭圭《观竞渡次…》："妙语忽然穿月胁,笔端那有俗间情。" 宋朱松熊《积道桂轩…》："嗟无月胁句,恶语污君梁。" 宋司马朴《无余居士…》："天心月胁出奇语,使我展读忘朝昏。"

庾公　yǔ gōng
【分类】政治

【关键词】庾亮

【释义】庾亮字元规。东晋外戚、名士。晋明帝司马绍驾崩后，庾太后临朝，庾亮与王导等共同辅政，造成苏峻之乱。意图北伐遇挫，忧闷成疾。《晋书·庾亮传》："陶侃薨，迁亮都督……六州诸军事，领江、荆、豫三州刺史，进号征西将军、开府仪同三司、假节。"

【例句】唐皎然《奉和陆中……》："寒食江天气最清，庾公晨望动高情。"唐卢纶《送申屠正……》："坦腹定逢潘令醉，上楼应伴庾公闲。"唐章孝标《钱塘赠武……》："时伴庾公看海月，好吟诗断望潮楼。"唐贯休《避地毗陵……》："庾亮风流澹，刘宽政事超。"

庾公病　yǔ gōng bìng

【分类】政治

【关键词】庾亮

【释义】军事失利忧愤而致疾之典。《晋书·庾亮传》："会寇陷邾城，毛宝赴水而死。亮陈谢，自贬三等，行安西将军……亮自邾城陷没，忧慨发疾。会王导薨。征亮为司徒、扬州刺史、录尚书事，又固辞。"

【例句】唐何元上《所居寺院……》："庾公念病宜清暑，遣向僧家居上方。"明练子宁《中秋日答……》："不是庾公无此兴，只因病酒妒婵娟。"

庾公尘　yǔ gōng chén

【分类】政治

【关键词】庾亮

【释义】咏权臣盛气凌人之典。《晋书·王导传》："时亮虽居外镇，而执朝廷之权，既据上流，拥强兵，趣向者多归之。（王）导内不能平。常遇西风尘起，举扇自蔽，徐曰：'元规尘污人。'"晋庾亮字元规。

【例句】唐李白《送岑征君……》："西来一摇扇，共拂元规尘。"宋王十朋《社日喜雨……》："欲放乾坤万里春，要须先洗庾公尘。"宋苏轼《次韵王廷……》："北牖已安陶令榻，西风还避庾公尘。"宋苏轼《次韵韶守……》："东海莫怀疏受意，西风幸免庾公尘。"

庾公楼　yǔ gōng lóu

【分类】生活

【关键词】庾亮

【释义】指风流儒雅之场所。在江西九江。传说为晋庾亮镇江州时所建。《世说新语·容止》："庾太尉（庾亮）在武昌，秋夜气佳景清，使吏殷浩、王胡之之徒登南楼理咏。"

【例句】唐李白《陪宋中丞……》："清景南楼夜，风流在武昌。"唐李端《和李舍人……》："素魄近成班女扇，清光远似庾公楼。"唐独孤及《九月九日……》："风前孟嘉帽，月下庾公楼。"唐白居易《题崔使君……》："从此浔阳风月夜，崔公楼替庾公楼。"五代贯休《山居诗》："明月清风宗炳社，夕阳秋色庾公楼。"

庾舅　yǔ jiù

【分类】政治

【关键词】庾亮

【释义】外戚专权之典。《晋书·庾亮传》："庾亮字子规，明穆皇后之兄也。""及帝疾笃……太后临朝，政事一决于亮。""（苏）峻平……帝遣尚书、侍中，手诏慰喻：'此社稷之难，非舅之责也。'"

【例句】唐罗隐《建康》："庾舅已能窥帝室，王都还是预人家。"宋周紫芝《谢曾同季……》："知君真似舅，笑我作陈人。"清朱湘《奉题松云……》："酷如其舅何无忌，又足相容庾子山。"

庾开府　yǔ kāi fǔ

【分类】政治

【关键词】庾信

【释义】庾信，文学家、诗人。梁元帝御史中丞。西魏灭梁，留官至车骑大将军、开府仪同三司。北周代魏，更迁为骠骑大将军、开府仪同三司，封临清县子，故世称其为庾开府。为齐、梁、陈三朝和北朝时期文学成就最高者。

【例句】唐司空曙《金陵怀古》："伤心庾开府，老作北朝臣。"唐杜甫《春日忆李白》："清新庾开府，俊逸鲍参军。"唐刘禹锡《荆门道怀古》："徒使词臣庾开府，咸阳终日苦思归。"唐孙元晏《庾信》："可惜多才庾开府，一生惆怅忆江南。"

庾郎　yǔ láng

【分类】生活

【关键词】庾杲之

【释义】指南朝齐庾杲之，有风姿，曾任尚书驾部郎。借指青春少年、情郎。《南齐书·庾杲之传》："杲之少而贞立，学涉文义。起家奉朝请，巴陵王征西参军。郢州举秀才，除晋西王镇西外兵参军，世祖征虏府功曹，尚书驾部郎。清贫自业，食唯有韭菹、瀹韭、生韭杂菜。或戏之曰：'谁谓庾郎贫，食鲑尝有二十七种。'言三九也……庾之风范和润，善音吐。"

【例句】唐李商隐《春游》："庾郎年最少，青春妒春袍。"唐唐彦谦《春雨》："庾郎盘马地，却怕有春泥。"唐吴融《送荆南从……》："秋拂湖光一镜开，庾郎兰棹好徘徊。"宋胡宿《送吕解元……》："果满车中潘令去，马盘楼下庾郎归。"

庾郎鲑菜　yǔ láng xié cài

【分类】生活

【关键词】庾杲之

【释义】形容贫士生活清贫。《南齐书·庾杲之传》："（庾杲之）清贫自业，食唯有韭菹、瀹韭、生韭杂菜，或戏之曰：'谁谓庾郎贫，食鲑常有二十七种。'言三九也。"鲑：吴人谓鱼菜总称。

【例句】宋周紫芝《潘择之惠……》："庾郎鲑菜只春蔬，新向金城得上酥。"宋黄庭坚《戏赠彦深》："庾郎鲑菜二十七，太常斋日三百余。"宋黄庭坚《和答王世弼》："燕堂淡薄无歌舞，鲑菜清贫只韭葱。"宋葛胜仲《诸生绝粮……》："谁识箪瓢颜氏乐，可怜鲑菜庾郎贫。"

庾亮聘殷浩　yǔ liàng pìn yīn hào
【分类】政治
【关键词】庾亮殷浩
【释义】知人善任之典。《晋书·庾亮传》："陶侃薨,迁亮都督…领江、荆、豫三州刺史,进号征西将军。"《晋书·殷浩传》："殷浩字深源。"三府辟,皆不就。征西将军庾亮引为记室参军,累迁司徒长史。"
【例句】唐萧颖士《仰答韦司…》："不遇庾征西,云谁展怀抱。"清黄浚《幼伟招陪…》："词仙新句殷勤寄,已卜阳春返庾园。"

庾信愁　yǔ xìn chóu
【分类】生活
【关键词】庾信
【释义】咏感乱伤时、异域思乡之典。庾信自西魏、北周留居北方,思念故土,愁苦忧愤。《北史·庾信传》："信虽位望通显,常作乡关之思,乃作《哀江南赋》以致其意。"
【例句】唐韦庄《润州显济…》："地壮孙权气,云凝庾信愁。"宋彭汝砺《欲寄》："每言庾信愁难解,果道安仁鬓已斑。"宋宋祁《祗役邻郡…》："游子行行归计晚,庾心一寸奈愁何。"宋陈襄《晚目》："感时并怨别,费尽庾郎愁。"宋刘攽《秋园晚步》："兴似陶渊明赋,愁如庾信家。"

庾翼服右军　yǔ yì fú yòu jūn
【分类】生活
【关键词】王羲之
【释义】咏工书法之典。《晋书·王羲之传》："羲之书初不胜庾翼、郗愔,及其暮年方妙。尝以章草答庾亮,而翼深叹伏,因与羲之书云:'吾昔有伯英章草十纸。过江颠狈,遂乃亡失,常叹妙迹永绝。忽见足下答家兄书,焕然神明,顿还旧观。'"
【例句】唐李商隐《自桂林奉…》："数须传庾翼,莫独与卢谌。"唐贯休《读顾况歌行》："庾翼未服王右军,李白不知谁拟杀。"宋米芾《题子敬范…》："庾翼小儿宁近似,沧溟浩对蹄涔水。"宋陈普《殷浩》："王濛谢尚不堪论,庾翼桓温亦浪言。"

庾园　yǔ yuán
【分类】生活
【关键词】庾信
【释义】喻指故园。北周庾信(字子山)《小园赋》："余有数亩弊庐,寂寞人外,聊以拟伏腊,聊以避风霜;虽复晏婴近市,不求朝夕之利;潘岳面城,且适闲居之乐。"
【例句】唐武元衡《闻相公三…》："露寒潘省夜,木落庾园秋。"唐许浑《怀旧居》："藤蔓覆梨张谷暗,草花侵杏庾园空。"唐张南史《竹》："却行庾信小园中,闲对数竿心自足。"唐陆龟蒙《闲居杂题…》："子山园静怜幽木,公干词清咏苹门。"

庾悦吝子鹅　yǔ yuè lìn zǐ é
【分类】生活
【关键词】庾悦
【释义】求食受冷遇或咏寄赠物予人之典。《晋书·庾悦传》："悦厨馔甚盛,不以及毅。毅既不去,悦甚不欢,俄顷亦退。毅又相闻曰:'身今年未得子鹅,岂能以残炙见惠。'悦又不答。"南朝宋初庾悦十分吝啬,不舍得送给刘毅(后为大将军)一份吃剩的烤鹅。
【例句】唐陆龟蒙《蔬食》："孔融不要留残脍,庾悦无端吝子鹅。"唐孙元晏《晋庾悦鹅炙》："春暖江南景气新,子鹅炙美就中珍。"宋穆修《秋浦会遇》："素鹅求庾悦,碧鹨事韦诜。"

庾中庶　yǔ zhōng shù
【分类】文化
【关键词】庾肩吾
【释义】咏诗才之典。南朝梁诗人庾肩吾,以善写宫体诗著称,他曾任太子中庶子、度支尚书,故称庾中庶、庾尚书。《梁书·庾肩吾传》："肩吾字子慎。八岁能赋诗,特为兄于陵所友爱…初,太宗在藩,雅好文章士…及太宗即位,以肩吾为度支尚书。"
【例句】唐耿湋《春日游慈…》："当从庾中庶,诗客更何人。"唐杨巨源《郊居秋日…》："闻寻周处士,知伴庾尚书。"宋萧塨《题汪水云…》："剡曲只今书贺监,稽山在昔庾肩吾。"清查慎行《喜德尹至…》："八龄工赋庾肩吾,五十能诗高达夫。"

庾敳堕帻　yǔ zhú duò zé
【分类】政治
【关键词】庾敳
【释义】高士轻财之典。《世说新语·雅量》："后以其性俭家富,说太傅令换千万,冀其有吝,可乘。太傅于众坐中问庾,庾时颓然已醉,帻坠几上,以头就穿取,徐答云:'下官家故可有两娑千万,随公所取。'于是乃服。后有人向庾道此,庾曰:'可谓以小人之虑,度君子之心。'"
【例句】宋孙觌《迎薰堂小…》："不愁马上衣沾露,且看尊前帻堕风。"宋李之仪《寄何德固》："坐中多可人,一笑每堕帻。"宋释德洪《大雪戏招…》："我欲看君堕帻醉,便觉两颊微涡旋。"宋陆游《山居草间…》："日斜大醉叫堕帻,野花村酒何曾择。"宋陈造《题成俸小筑》："肯来雪壁题诗处,许继华堂堕帻时。"

玉版　yù bǎn
【分类】文化
【关键词】史记
【释义】古代用以刻字的玉片。指珍贵的典籍。《史记·太史公自序》："周道废,秦拨去古文,焚灭《诗》、《书》,故明堂石室金匮玉版图籍散乱。"裴骃集解引如淳曰:"刻玉版以为文字。"
【例句】唐韩愈《记梦》："捋身上视溪谷盲,杖撞玉版声彭洴。"唐司空图《贺翰林侍郎》："玉版微书洞里看,沈羲新拜侍郎官。"唐元稹《青云驿》："银城蕊珠殿,玉版金字题。"唐李德裕《雨中自秘…》："顾我蓬莱静无事,玉版宝书藏众瑞。"

玉版师　yù bǎn shī
【分类】文化
【关键词】笋
【释义】笋的别名。《冷斋夜话》："又尝要刘器之同参玉版和尚…至廉泉寺，烧笋而食，器之觉笋味胜，问：'此笋何名？'东坡曰：'即玉版也。此老师善说法，要能令人得禅悦之味。'于是器之乃悟其戏，为大笑。东坡亦作偈曰：'…不怕石头路，来参玉版师…'"
【例句】宋陈棣《陈公藻觅…》："玉版禅师来应供，锦绷稚子敢分珍。"宋唐庚《长沙竹笋…》："九重才复金门籍，万里先参玉版师。"宋曾丰《歧竹》："学人笑问玉版师，孰是本来真面目。"宋陆文圭《烧笋赋》："句裏曾参玉版师，胸中会书赟笥谷。"

玉尘　yù chén
【分类】文化
【关键词】抱朴子
【释义】即玉屑。古代传说中仙家的食物。喻雪或花瓣。也指茶叶粉末。《抱朴子·金丹》："绮里丹法：先飞取五石玉尘，合以丹砂汞，内大铜器中煮之。百日五色，服之不死。"
【例句】唐白居易《酬皇甫十…》："漠漠复雾雾，东风散玉尘。"唐白居易《雪夜喜李…》："十分满盏黄金液，一尺中庭白玉尘。"唐朱湾《长安ದ雪》："全似玉尘消更积，半成冰片结还流。"宋陆游《烹茶》："兔瓯试玉尘，香色两超胜。"

玉晨　yù chén
【分类】文化
【关键词】元稹
【释义】道观名。唐元稹《寄浙西李大夫》："最忆西楼人静夜，玉晨钟磬两三声。"自注："玉晨观在紫宸殿后面也。"
【例句】唐温庭筠《郭处士击…》："玉晨冷磬破昏梦，天露未干香着衣。"唐郑畋《金銮坡上…》："玉晨钟韵上清虚，画戟祥烟拥静居。"宋苏颂《和林乔年…》："倚盖星河檐际直，玉晨钟磬枕边听。"宋杨杰《玉晨观左…》："华阳山里千株桧，玉晨观前一左纽。"

玉晨君　yù chén jūn
【关键词】玉晨君
【释义】道教尊奉的仙人玉晨玄黄大道君。《真灵位业图》："第二中位，上清高圣太上玉晨玄黄大道君为万道之主。"
【例句】唐鲍溶《赠杨炼师》："明月在天将凤管，夜深吹向玉晨君。"宋王安中《春帖子》："蕊笈琅函受秘文，清虚道合玉晨君。"宋霍正夫《大涤洞天…》："山有旧盟来更好，斋心恭对玉晨真。"宋薛如初《凝真宫》："祥云瑞霭笼金殿，羽盖霓旌拥玉晨。"

玉齿　yù chǐ
【分类】文化
【关键词】郭璞
【释义】形容洁白美丽的牙齿，或借指口。晋郭璞《游仙诗》："灵妃顾我笑，粲然启玉齿。"
【例句】唐李白《古风》："粲然启玉齿，授以炼药说。"唐韦应物《拟古诗》："娟娟双青娥，微微启玉齿。"宋范纯仁《荆甘》："清香先透筠笼细，甘液俄通玉齿寒。"宋李之仪《题白纻山》："无复新声传玉齿，空余残照满金田。"

玉虫　yù chóng
【分类】文化
【关键词】韩愈
【释义】喻灯花，灯火。唐韩愈《咏灯花同侯十一》："黄里排金粟，钗头缀玉虫。"
【例句】宋刘攽《次韵和陈…》："疏帘珍簟倚通中，落烬飘香堕玉虫。"宋汪藻《喜汪发之…》："怪底青灯缀玉虫，忽传车马到溪东。"宋范成大《客中呈幼度》："今朝合有家书到，昨夜灯花缀玉虫。"宋白玉蟾《陪庄岁寒…》："博山香篆浮青蜺，古壁灯光吐玉虫。"

玉杵臼　yù chǔ jiù
【分类】生活
【关键词】裴航
【释义】玉制的杵和臼。喻极难得之物。代指求婚之聘礼。也指月亮。源见"蓝桥捣药"。
【例句】宋陆游《寄龚立道》："难逢正似玉杵臼，易散便成风马牛。"宋陆文圭《戏书所见》："不知几万钱，买得玉杵臼。"元顾瑛《金粟冢中…》："老兔玉杵臼，捣作人间秋。"元徐雪坡《齿药短歌》："姮娥夜堕玉杵臼，白兔摇碎琼瑶霜。"

玉杵玄霜　yù chǔ xuán shuāng
【分类】生活
【关键词】裴航
【释义】喻指男女相爱之情。源见"蓝桥捣药"。
【例句】宋侯寘《浣溪沙》："空对金盘承瑞露，竟无玉杵碎玄霜。"宋晁冲之《赠僧法一墨》："玄霜霏霏玉杵下，捕麋煮角当严冬。"宋陈宗远《梦游月宫》："兔停玉杵取玄霜，吴质无端强猜妒。"宋周密《小游仙》："一径松花满路香，玎玎玉杵捣玄霜。"

玉川　yù chuān
【分类】文化
【关键词】卢仝
【释义】本为井名。在河南济源县泷水北。唐卢仝喜饮茶，尝汲井泉煎煮，因自号玉川子。后亦代称茶。也喻清澈的河水。《新唐书·卢仝》："仝自号玉川子，尝为月蚀诗以讥切元和逆党，愈称其工。"
【例句】唐韩愈《寄卢仝》："玉川先生洛城里，破屋数间而已矣。"唐白居易《和李相公…》:"似从银汉下,落傍玉川西。"唐卢仝《自咏》:"为报玉川子,知君未是贤。"宋文同《谢人寄…》:"玉川喉吻涩,莫惜寄来频。"

玉带 yù dài
【分类】文化
【关键词】江淹
【释义】饰玉的腰带。古代贵官所用。古代贵妇亦用之。南朝江淹《扇上采画赋》:"命幸得为彩扇兮,出入玉带与绮绅。"
【例句】唐李白《叙旧赠江…》:"腰间延陵剑,玉带明珠袍。"唐寒山《诗三百》:"玉带暂时华,金钗非久饰。"唐韩愈《示儿》:"不知官高低,玉带悬金鱼。"宋苏轼《临江仙》:"细马远驮双侍女,青巾玉带红靴。"

玉殿 yù diàn
【分类】政治
【关键词】曹植
【释义】宫殿的美称。借指朝廷、天子。三国魏曹植《当车以驾行》:"欢坐玉殿,会诸贵客。"指神仙的宫殿。南朝宋谢庄《送神歌》:"神之车,归清都。琁庭寂,玉殿虚。"
【例句】唐王维《和太常韦…》:"青山尽是朱旗绕,碧涧翻从玉殿来。"唐杜甫《咏怀古迹》:"翠华想像空山里,玉殿虚无野寺中。"唐钱起《芝草》:"岂如玉墀生三秀,讵有铜池出五云。"唐姚合《寄周十七…》:"官清立在金炉北,伏下归眠玉殿西。"

玉妃① yù fēi
【分类】生活
【关键词】杨贵妃
【释义】喻指杨贵妃。《长恨歌传》:"见最高仙山,上多楼阙,西厢下有洞户,东向,阖其门,署曰:'玉妃太真院'。"也喻指梅花、雪花。
【例句】唐皮日休《行次野梅》:"茑拂萝捎一树梅,玉妃无侣独裴回。"唐曹唐《小游仙诗》:"细腰侍女瑶花外,争向红房报玉妃。"唐温庭筠《晓仙谣》:"玉妃唤月归海宫,月色澹白涵春空。"宋张吉甫《肖梅香》:"江村招得玉妃魂,化作金炉一炷云。"

玉妃② yù fēi
【分类】文化
【关键词】云笈七签
【释义】指仙女。《云笈七签》:"玉妃忽见,其名密华,厥字邻倩。"也喻指梅花、雪花。
【例句】唐曹唐《小游仙诗》:"香残酒冷玉妃睡,不觉七真归海中。"唐曹唐《小游仙诗》:"蛟丝玉线难裁割,须借玉妃金剪刀。"宋杨万里《雪后霜晴…》:"先烦玉妃整羽卫,次遣青女寨云关。"宋刘才邵《朝天李》:"玉妃朝谒珠宫惯,暂到人寰别九天。"

玉斧修月 yù fǔ xiū yuè
【分类】政治
【关键词】酉阳杂俎
【释义】比喻恢复疆土。《酉阳杂俎·天呎》:"郑仁本表弟…与一王秀才游嵩山…见一人布衣,甚洁白,枕一幞物…其人笑曰:'君知月乃七宝合成乎?月势如丸,其影,日烁其凸处也。常有八万二千户修之,予即一数。'"
【例句】宋刘克庄《最高楼》:"懒挥玉斧重修月,不扶铁拐会登山。"宋陈造《十六夜张…》:"云藏玉斧重修月,乐奏壶仙小隐天。"宋王庭圭《寄赠王保…》:"我欲借君修月手,为持玉斧劈烟峦。"元宋讷《高平儒牛…》:"玉斧亲修月一轮,清光便与素娥分。"金元好问《蟾池》:"下界新增养蟾户,玉斧谁怜修月苦。"

玉骨冰姿 yù gǔ bīng zī
【分类】生活
【关键词】桂林风土
【释义】咏梅之典。也形容美女的圣洁和清澈。《桂林风土记》:"袁丰之宅后有梅六株,开时曾为邻屋煤气所烁。乃围泥塞灶,张幕蔽风。久而又拆其屋,曰:'冰姿玉骨,世外佳人,但恨无倾城之笑耳。'"
【例句】宋苏轼《西江月梅花》:"玉骨那愁瘴雾,冰姿自有仙风。"宋赵鼎臣《梅花下置…》:"相逢忽在百花洲,玉骨冰姿愈奇绝。"宋吴芾《观梅偶成》:"玉骨已无尘俗气,冰姿还耐雪霜威。"宋释德洪《次韵张敏…》:"玉骨冰姿过眼空,却烦摹刻倩诗工。"

玉关情 yù guān qíng
【分类】生活
【关键词】班超
【释义】咏思归故土之典。源见"生入玉门关"。
【例句】唐李白《子夜吴歌》:"秋风吹不尽,总是玉关情。"宋刘克庄《晓鸡》:"惊起征夫茅店梦,唤回老将玉关情。"宋许及之《崧高行上…》:"玉关晏眠枥不惊,筹帷坐见万里情。"宋陆游《送刘戒之东归》:"残日半竿斜谷路,西风万里玉关情。"

玉棺上天 yù guān shàng tiān
【分类】文化
【关键词】王乔
【释义】谓得道升仙。《后汉书·王乔》:"天下玉棺于堂前,吏人推排,终不摇动。乔曰:'天帝独召我邪?'乃沐浴服饰寝其中,盖便立覆。宿昔葬于城东,土自成坟。"
【例句】唐戴叔伦《赠徐山人》:"汉陵帝子黄金碗,晋代神仙白玉棺。"唐李白《自溧水道…》:"天上坠玉棺,泉中掩龙章。"唐杜甫《昔游》:"玉棺已上天,白日亦寂寞。"唐李群玉《伤友》:"玉棺来九天,凫舄掩穷泉。"宋张方平《闻郭诚思…》:"斋榻忽留青竹去,庭除不待玉棺来。"

玉龟山 yù guī shān
【分类】文化
【关键词】萧衍
【释义】传说中的仙山名。南朝梁武帝(萧衍)《玉龟曲》:

"玉龟山,真长仙。九光耀,五云生。"

【例句】唐严休复《唐昌观玉…》:"羽车潜下玉龟山,尘世何由觌藐颜。"宋项安世《方太君生日》:"金鸭烟青蜡炬红,玉龟山上劝春风。"宋陈造《又对厅》:"绿舆初下玉龟山,小驻黄堂相府莲。"金赵秉文《游华山》:"玉龟山下古仙真,许我天台一化身。"

玉虹　yù hóng
【分类】文化
【关键词】宋书
【释义】诗词中常以喻象虹一样的事物。形容明洁的瀑布或流水。《宋书·符瑞志上》:"天乃洪郁起白雾摩地,赤虹自上下,化为黄玉,长三尺,上有刻文。"
【例句】唐李贺《北中寒》:"争潋海水飞凌喧,山瀑无声玉虹悬。"唐缪岛云《句》:"白鸟远行树,玉虹孤饮潭。"宋石延年《瀑布》:"玉虹垂地色,银汉落天声。"宋陆游《故山》:"落涧泉奔舞玉虹,护丹松老卧苍龙。"

玉壶冰　yù hú bīng
【分类】政治
【关键词】鲍照
【释义】壶水成冰,形容寒冷。喻高洁清廉。南朝宋鲍照《代白头吟》:"直如朱丝绳,清如玉壶冰。"
【例句】唐李商隐《别薛岩宾》:"清规无以况,且用玉壶冰。"唐李群玉《宵民》:"谁于销骨地,一鉴玉壶冰。"宋杨万里《冰壶阁》:"地清无可比,且道玉壶冰。"宋杨杲《冰壶饮歌》:"兰台兔园避处无,高堂贮冰排玉壶。"

玉壶红泪　yù hú hóng lèi
【分类】生活
【关键词】薛灵芸
【释义】喻指美人眼泪。或指悲伤之泪。《拾遗记·魏》:"文帝所爱美人,姓薛名灵芸,常山人也…灵芸闻别父母,歔欷累日,泪下沾衣。至升车就路之时,以玉唾壶承泪,壶则红色。既发常山,及至京师,壶中泪凝如血。"
【例句】唐刘言史《潇湘游》:"翠华寂寞婵娟没,野筱空余红泪情。"唐白居易《离别难》:"不觉别时红泪尽,归来无泪可沾巾。"唐李贺《蜀国弦》:"谁家红泪客,不忍过瞿塘。"唐韦庄《过旧宅》:"莫问此中销歇寺,娟娟红泪滴芭蕉。"

玉花骢　yù huā cōng
【分类】文化
【关键词】马
【释义】唐玄宗所乘骏马名。骢为青白色马。宋胡仔《苕溪渔隐丛话后集·东坡一》:"《异人录》言:'玉花骢者,以其面白,故又谓之玉面花骢。'亦泛指骏马。
【例句】唐杜甫《丹青引赠…》:"先帝御马玉花骢,画工如山貌不同。"宋苏轼《次韵钱穆…》:"君幻天马玉花骢,万里须臾不计功。"宋苏轼《虢国夫人…》:"佳人自鞚玉花骢,翩如惊燕踢飞龙。"宋方岳《贵妃夜游》:"凤靴又上玉花骢,恩在君王一笑中。"

玉皇　yù huáng
【分类】文化
【关键词】玉帝
【释义】道教称天帝曰玉皇大帝,简称玉帝、玉皇。《真灵位业图》:"玉帝居玉清三元宫第一中位。"
【例句】唐李白《赠别舍人》:"入洞过天地,登真朝玉皇。"唐王维《辋川集金…》:"翠凤翊文螭,羽节朝天帝。"唐李嘉祐《送韦司直…》:"心朝玉皇帝,貌似紫阳人。"唐卢贞《杨柳枝》:"玉皇曾采人间曲,应逐歌声入九重。"

玉架书隐　yù jià shū yǐn
【分类】文化
【关键词】王烈嵇康
【释义】咏仙迹之典。《神仙传·王烈》:"王烈者字长休…烈入河东抱犊山中,见一石室,室中有石架,架上有素书两卷。烈取读莫识其文字,不敢取去,却着架上。暗书得数十字形体以示(嵇)康,康尽识其字。烈喜乃与康共往读之。至其道径,了了分明,比及,又失其石室所在。烈私语弟子曰:'叔夜未合得道也。'"
【例句】唐王勃《观内怀仙》:"玉架残书隐,金坛旧迹迷。"

玉检　yù jiǎn
【分类】文化
【关键词】汉武帝
【释义】玉牒书的封箧;或借指玉牒文。《汉书·武帝纪》:"登封泰山。"唐颜师古注引三国孟康曰:"王者功成治定,告成功于天…刻石纪号,有金策石函,金泥玉检之封焉。"
【例句】唐刘禹锡《平齐行》:"侍臣燕公秉文笔,玉检告天无愧词。"唐李商隐《韩碑》:"传之七十有二代,以为封禅玉检明堂基。"唐吴融《寄杨侍郎》:"奇文已刻金书券,秘语看镌玉检封。"宋王仲修《宫词》:"玉检金绳旧仪在,不知谁献长卿书。"

玉节　yù jié
【分类】政治
【关键词】周礼
【释义】玉制的符节。古代天子、王侯的使者持以为凭。借指持节赴任的官员。《周礼注疏·掌节》:"守邦国者用玉节,守都鄙者用角节。"
【例句】唐皇甫冉《送常大夫…》:"金貂宠汉将,玉节度萧关。"唐无可《送田中丞…》:"朝廷下赤墀,玉节使西夷。"唐李益《五城道中》:"金铙随玉节,落日河边路。"唐李益《从军夜次…》:"乃分司空授朔土,拥以玉节临诸侯。"

玉京　yù jīng
【分类】文化
【关键词】魏书
【释义】天帝所居之处。泛指仙都、帝都。道家传说元始天尊居住于玉京山,其山在诸天中心之上,山顶由金、玉、宝石雕琢而成的辉煌宫殿——玉虚宫。《魏书·释老志》："上处玉京，为神王之宗。"

【例句】唐王维《双黄鹄歌…》："家在玉京朝紫微，主人临水送将归。"唐李白《庐山谣寄…》："遥见仙人彩云里，手把芙蓉朝玉京。"唐杜甫《寄韩谏议注》："玉京群帝集北斗，或骑麒麟翳凤凰。"唐杨衡《仙女词》："玉京初侍紫皇君，金缕鸳鸯满绛裙。"

玉镜台　yù jìng tái

【分类】文化

【关键词】温峤

【释义】《世说新语·假谲》言晋代温峤随刘琨北征，得玉镜台；后丧妇，其姑有女，遂以玉镜台下定。后引申作婚娶聘礼的代称。

【例句】唐张纮《行路难》："君不见温家玉镜台，提携抱握九重来。"唐李商隐《中元作》："羊权须得金条脱，温峤终虚玉镜台。"宋徐积《雪》："玉镜台前侵皓月，碧纱窗外弄青烟。"聂绀弩《六十》："藏书万卷无人管，输与燕儿玉镜台。"

玉局翁　yù jú wēng

【分类】文化

【关键词】苏轼

【释义】指宋文学家苏轼。曾任玉局观提举。《宋史·苏轼列传》："更三大赦，遂提举玉局观，复朝奉郎。轼自元祐以来，未尝以岁课乞迁，故官止于此。"也谓棋盘的美称。

【例句】宋王庭圭《次韵刘升…》："玉局偶然留妙语，焦坑从此贵新茶。"宋韦骧《和宝严阁》："玉局棋收归路近，昏鸦惊溃一声钟。"宋李纲《偶成》："洞霄吏上紫霄峰，漱玉亭游玉局翁。"宋李彭《演上人以…》："花县潘郎未白头，下从玉局仙翁游。"

玉昆金友　yù kūn jīn yǒu

【分类】生活

【关键词】王铨

【释义】形容兄弟之间深厚的手足情谊和美好品格。《南史·王铨》："铨虽学业不及弟锡，而孝行齐焉。时人以为铨、锡二王，可谓玉昆金友。"

【例句】唐李端《酬丘拱外…》："礼将金友等，情向玉人偏。"宋刘一止《送吴兴太…》："玉昆金友总秀出，历块过都不足论。"宋谢薖《闻无逸兄…》："丰林分首各消魂，兄弟伤离况玉昆。"宋李正民《邦求示诗…》："玉昆金友播先芬，两骥腾骧踵后尘。"宋刘子翚《观二刘题壁》："我来经览浑如昨，玉友金昆念离索。"

玉垒山　yù lěi shān

【分类】生态

【关键词】汉书

【释义】在四川灌县西北。多作成都的代称。《汉书·地理志》："绵虒县"原注云"玉垒山湔水所出东南至江阳入江。"

【例句】唐崔信明《送金竟陵…》："金门去蜀道，玉垒望长安。"唐李白《上皇西巡…》："地转锦江成渭水，天回玉垒作长安。"唐杜甫《登楼》："锦江春色来天地，玉垒浮云变古今。"聂绀弩《有赠（胡风）》："净扫浮云詹玉垒，同骑骏马觅金台。"

玉李　yù lǐ

【分类】文化

【关键词】抱朴子

【释义】传说中的仙李。李子的一种。《抱朴子·袪惑》："（昆仑山）有珠玉树沙棠琅玕碧瑰之树，玉李、玉瓜、玉桃，其实形如世间桃李，但为光明洞澈而坚，须以玉井水洗之，便软而可食。"也指星名。即李星。

【例句】唐徐铉《依韵和令…》："玉李寻皆谢，金桃亦暗衰。"宋晁补之《杜四侍郎…》："竹风荷雨来消暑，玉李冰瓜可疗饥。"宋吴潜《和刘右司…》："鹊绊晴丝柳絮干，金沙玉李斗开颜。"宋杨万里《三辰砚屏歌》："东方亭亭升火轮，西有玉李伴金盆。"

玉麟符　yù lín fú

【分类】政治

【关键词】樊子盖

【释义】指刻有麒麟的玉质符信。隋炀帝嘉樊子盖之功，特为造玉麟符，表示殊遇。喻受恩宠。《隋书·樊子盖列传》："今为公别造玉麟符，以代铜兽。"

【例句】宋曾公亮《送程给事…》："侍从暂虚青琐闼，藩宣新剖玉麟符。"宋曾巩《人情》："天禄阁非真学士，玉麟符是假诸侯。"宋王庭圭《贺王彦恭…》："年年新换玉麟符，应为高名满太虚。"宋叶梦得《再至建康》："推毂何堪付老儒，腰间仍佩玉麟符。"

玉龙　yù lóng

【分类】文化

【关键词】西清诗话

【释义】喻雪。《西清诗话》："华州狂子张元，天圣间坐累终身。每托兴吟咏，如《雪诗》：'战退玉龙三百万，败鳞残甲满空飞。'"

【例句】唐李贺《雁门太守行》："报君黄金台上意，提携玉龙为君死。"唐吕岩《剑画此诗…》："岘山一夜玉龙寒，凤林千树梨花老。"唐罗隐《中元甲子…》："丹凤有情尘外远，玉龙无迹渡头寒。"聂绀弩《北大荒歌》："酣战玉龙披甲苦，图南鹏鸟振翼忙。"

玉楼金殿　yù lóu jīn diàn

【分类】生活

【关键词】李白

【释义】美玉砌成的楼房，金子搭成的宫殿。形容楼阁宫室的精致优美或指仙人之居处。唐李白《宫中行乐词》："玉楼巢翡翠，金殿锁鸳鸯。"

【例句】唐王涯《宫词》："禁树无风正和暖，玉楼金殿晓光中。"唐顾况《宫词》："长乐宫连上苑春，玉楼金殿艳歌新。"唐许浑《鹤林寺中…》:"轮彩渐移金殿外,镜光犹挂玉楼前。"唐李商隐《和韩录事…》:"九枝灯下朝金殿,三素云中侍玉楼。"

玉楼受召　yù lóu shòu zhào
【分类】生活
【关键词】李贺
【释义】文士早死之典。唐李商隐《李长吉小传》:"长吉将死时,忽复见一绯衣人笑曰:'帝成白玉楼,立召君为记。天上差乐,不苦也。'长吉独泣,边人尽见之。少之,长吉气绝。"
【例句】宋林希逸《李提举挽诗》:"金凤赓酬知乐甚,玉楼谁召去何忙。"宋王阮《重九再到…》:"碧纱笼底墨才干,白玉楼中骨已寒。"宋王洋《哭周秀实》:"白玉楼成金阙峻,步虚章就紫霄清。"宋黄庚《挽任宅云》:"方拟荣除上玉堂,玉楼有召返仙乡。"

玉露金风　yù lù jīn fēng
【分类】生态
【关键词】李商隐
【释义】泛指秋天的景物。魏晋无名氏《子夜四时歌》:"金风扇素节,玉露凝成霜。"唐李商隐《辛未七夕》:"由来碧浪银河畔,可要金风玉露时。"
【例句】唐李世民《秋日》:"菊散金风起,荷疏玉露圆。"唐齐己《萤》:"空庭散逐金风起,乱叶争投玉露垂。"宋秦观《鹊桥仙》:"金风玉露一相逢,便胜却人间无数。"宋汪莘《湖上早秋…》:"金风玉露玻璃月,并作诗人富贵秋。"

玉马　yù mǎ
【分类】文化
【关键词】抱朴子
【释义】玉雕的马。《抱朴子·用刑》:"玉马不任骋千里之迹也。"喻美马、贤臣。《论语比考谶》:"殷惑妲己,玉马走。"三国魏宋均注:"女妲己,有美色。玉马,喻贤臣;奔,去也。"
【例句】唐成彦雄《会友不至》:"王孙还是负佳期,玉马追游日渐西。"唐刘禹锡《后梁宣明…》:"玉马朝周从此辞,园陵寂寞对丰碑。"宋周绛《太虚观》:"石幢云锁水常在,玉马星驰炼未回。"宋王令《舟次》:"风力引云行玉马,水光流月动金蛇。"

玉马朝周　yù mǎ cháo zhōu
【分类】政治
【关键词】微子启
【释义】咏嫉恶从善之典。《史记·宋微子世家》载:殷纣王昏庸,其兄微子启屡谏不从,便逃往他地。待周武王克殷后,微子启赶回来朝见周武王,于是周武王封他到宋国做君主。三国魏宋均注《论语比考谶》:"殷惑妲己,玉马走。"玉马,指微子启。
【例句】唐陈子昂《感遇》:"昔日殷王子,玉马遂朝周。"唐刘禹锡《后梁宣明…》:"玉马朝周从此辞,园陵寂寞对丰碑。"宋杨舜举《浣溪沙》:"有泪金仙还泣汉,无心玉马已朝周。"元赵孟頫《钱唐怀古》:"故国金人泣辞汉,当年玉马去朝周。"

玉奴　yù nú
【分类】政治
【关键词】潘玉儿
【释义】南朝齐东昏侯妃潘氏,小名玉儿。《南史·王茂列传》:"军主田安启求为妇,玉儿泣曰:'昔者见遇时主,今岂下匹非类。死而后已,义不受辱。'及见缢,洁美如生。"也为唐玄宗妃杨太真小名。泛指美女。代称梅花。
【例句】宋苏轼《次韵杨公…》:"月地云阶漫一樽,玉奴终不负东昏。"宋张嵲《题鲜于蹈…》:"不御铅华着素衣,玉奴风调似清姿。"宋陈著《次前韵》:"玉奴留下唾花干,夜逐嫦娥入广寒。"宋李曾伯《和刘制参…》:"羞得玉奴浑不放,含香犹待浣溪人。"

玉女　yù nǚ
【分类】生活
【关键词】吕氏春秋
【释义】指美女、仙女,也可用作对他人之女的美称。《吕氏春秋·贵直》:"惠公即位二年,淫色暴慢,身为玉女。"《神异经·东荒经》:"(东王公)恒与一玉女投壶。"《礼记·祭统》:"故国君取夫人之辞曰:'请君之玉女,与寡人共有敝邑。'"
【例句】唐沈佺期《嵩山石淙…》:"仙人六膳调神鼎,玉女三浆捧帝壶。"唐李白《西岳云台…》:"明星玉女备洒扫,麻姑搔背指爪轻。"唐元稹《春分投简》:"投壶怜玉女,噀饭笑麻姑。"唐李商隐《寄远》:"姮娥捣药无时已,玉女投壶未肯休。"

玉女窗　yù nǚ chuāng
【分类】文化
【关键词】王延寿
【释义】咏闺房或咏宫殿之典。《文选·东汉王延寿〈鲁灵光殿赋〉》:"神仙岳岳于栋间,玉女窥窗而下视。"晋张载注:"神女之人,又弥高也。"唐李善注引李尤《函谷关铭》:"玉女流眄而下视。"
【例句】唐李白《下途归石…》:"惜别愁窥玉女窗,归来笑把洪厓手。"唐顾况《夜中望仙观》:"遥知玉女窗前树,不是仙人不得攀。"唐李商隐《和友人戏赠》:"仙人掌冷三霄露,玉女窗虚五夜风。"宋苏轼《壶中九华诗》:"天池水落层层见,玉女窗虚处处通。"

玉女窗扉　yù nǚ chuāng fēi
【分类】生态
【关键词】王延寿
【释义】嵩山古迹之一,宋时已不存,传说汉武帝于此窗中见到玉女。源见"玉女窗"。
【例句】唐李商隐《对雪》:"寒气先侵玉女扉,清光旋透省郎闻。"唐温庭筠《休浣日西…》:"赤墀高阁自从容,玉女窗扉报曙钟。"唐吴融《便殿候对》:"宣呼昼入蕊珠宫,玉女窗扉薄雾笼。"元耶律铸《中秋对月》:"玉女窗扉唯白晓,素娥庭院更清虚。"明陈子龙《秋日杂感》:"仙人露掌饥乌集,玉女窗扉蔓草平。"

玉女投壶　yù nǚ tóu hú
【分类】生活
【关键词】神异经
【释义】泛指闪电雷雨,或指得势的奸佞或陪人嬉戏的女子。《神异经·东荒经》:"东荒山中有大石室,东王公居焉⋯恒与一玉女投壶,每投千二百矫。设有入不出者,天为之噫嘘。矫出而脱误不接者,天为之笑。"晋张华注:"言笑者,天口流火炤灼,今天不下雨而有电火,是天笑也。"
【例句】唐李白《梁父吟》:"帝旁投壶多玉女,三时大笑开电光。"唐元稹《春分投简⋯》:"投壶怜玉女,噀饭笑麻姑。"唐李商隐《寄远》:"姮娥捣药无时已,玉女投壶未肯休。"唐陆龟蒙《奉酬袭美⋯》:"其如玉女正投壶,笑电霏霏作天喜。"

玉女洗头盆　yù nǚ xǐ tóu pén
【分类】生态
【关键词】集仙录
【释义】亦省作玉女盆。指华山中峰玉女祠前的石臼。《集仙录》:"明星玉女,居华山,服玉浆,白日升天,祠前有五石臼,号玉女洗头盆。其水碧绿澄彻,雨不加溢,旱不减耗。"
【例句】唐杜甫《望岳》:"安得仙人九节杖,拄到玉女洗头盆。"唐马戴《华下逢杨⋯》:"巨灵掌上月,玉女盆中泉。"唐吴融《和张舍人》:"玉女盆边洗雪未销,正多春事莫无憀。"宋葛立方《园中新叠⋯》:"日晞绝顶金茎露,雨涨虚坳玉女盆。"

玉盘盂　yù pán yú
【分类】文化
【关键词】白芍药
【释义】白芍药的别名。亦指白牡丹。《苏轼诗集·〈玉盘盂〉》:"两寺妆成宝缨络,一枝争看玉盘盂。"
【例句】宋吴皇后《题徐熙芍药》:"秾李夭桃扫地无,眼明惊见玉盘盂。"宋周必大《彭泽求以⋯》:"北第莫辞金凿落,南禅争看玉盘盂。"宋杨万里《玉盘盂》:"看尽满栏红芍药,只消一朵玉盘盂。"

玉醅　yù pēi
【分类】生活
【关键词】萧统
【释义】指美酒。南朝梁萧统《锦带书十二月启·南吕八月》:"倾玉醅于月前,弄玉琼驹于月下。"《酒名记》:"磁州:风曲,法酒。深州:玉醅。赵州:瑶波。"
【例句】宋梅尧臣《杜和州寄⋯》:"淮南寄我玉醅酒,白蚶海月君家有。"宋刘挚《二月二日⋯》:"案头日有青精饭,瓯

面常浮白玉醅。"宋苏轼《南歌子》:"冰簟堆云髻,金樽滟玉醅。"宋陆游《杂感》:"自洗铜壶试玉醅,小轩风月为徘徊。"

玉人　yù rén
【分类】生活
【关键词】裴楷
【释义】喻指男子美貌。《晋书·裴楷》:"楷风神高迈,容仪俊爽,博涉群书,特精理义,时人谓之'玉人',又称'见裴叔则如近玉山,映照人也。'"
【例句】唐骆宾王《艳情代郭⋯》:"妾向双流窥石镜,君住三川守玉人。"唐戎昱《中秋夜登⋯》:"知称玉人临水见,可怜光彩有余清。"唐权德舆《送卢评事⋯》:"客愁青眼别,家喜玉人归。"唐卢纶《酬金部王⋯》:"鹤侣正疑芳景引,玉人那为簿书沈。"

玉人吹箫　yù rén chuī xiāo
【分类】生活
【关键词】箫史弄玉
【释义】喻男女互相爱慕。源见"乘鸾"。
【例句】唐杜牧《寄扬州韩⋯》:"二十四桥明月夜,玉人何处教吹箫。"宋释道潜《建隆秋夜》:"庭下风篁自成韵,吹箫安用玉人为。"元刘基《夜飞鹊》:"碧云日暮去无际,玉人何处吹箫。"元陶安《五月旦日⋯》:"吹箫玉人杳然逝,桥亭拂柳空峨峨。"

玉蕊花　yù ruǐ huā
【分类】生活
【关键词】渑水燕谈
【释义】即琼花。源见"琼花"。
【例句】唐白居易《白牡丹》:"唐昌玉蕊花,攀玩众所争。"唐刘禹锡《和严给事⋯》:"玉女来看玉蕊花,异香先引七香车。"宋赵昪《逍遥咏》:"玉蕊花开真可爱,红炉鼎内境幽闲。"宋王圭《和公仪送⋯》:"清风楼古琴三尺,玉蕊花飞酒几缸。"

玉润　yù rùn
【分类】生活
【关键词】卫玠
【释义】美称女婿。源见"冰清玉润"。
【例句】唐杜甫《送大理封⋯》:"玉润终孤立,珠明得暗藏。"唐权德舆《璩授京兆⋯》:"因惭玉润客,应笑此非夫。"唐刘商《送王贞》:"清阳玉润复多才,邂逅佳期过早梅。"唐广宣《九月菊花⋯》:"细枝青玉润,繁蕊碎金香。"

玉搔头　yù sāo tóu
【分类】文化
【关键词】汉武帝
【释义】即玉簪。古代女子的一种首饰。借指美女。《西京杂记》:"武帝过李夫人,就取玉簪搔头。自此后宫人搔头皆用玉,玉价倍贵焉。"

【例句】唐武元衡《赠佳人》："步摇金翠玉搔头，倾国倾城胜莫愁。"唐白居易《长恨歌》："花钿委地无人收，翠翘金雀玉搔头。"唐张祜《病宫人》："四体强扶藤夹膝，双鬟慵插玉搔头。"唐刘禹锡《和乐天春词》："行到中庭数花朵，蜻蜓飞上玉搔头。"

玉山　yù shān
【分类】文化
【关键词】山海经
【释义】相传西王母所居的山，山上多玉石。泛指仙山。《山海经·西山经》："又西三百五十里，曰玉山，是西王母所居也。"
【例句】唐卢照邻《辛法司宅…》："到愁金谷晚，不怪玉山颓。"唐陈子昂《感遇诗》："瑶台有青鸟，远食玉山禾。"唐李商隐《玉山》："玉山高与阆风齐，玉水清流不贮泥。"唐韦庄《寄薛先辈》："瑶树带风侵物冷，玉山和雨射人清。"

玉山倒　yù shān dǎo
【分类】生活
【关键词】嵇康
【释义】形容人酒醉欲倒之态。《世说新语·容止》："嵇叔夜（康）之为人也，岩岩若孤松之独立；其醉也，傀俄若玉山之将崩。"
【例句】唐李群玉《题樱桃》："春初携酒此花间，几度临风倒玉山。"唐韦庄《漳亭驿小…》："李白已亡工部死，何人堪伴玉山颓。"宋郑獬《再和》："阮公醉帽玉山倒，谢女舞衣沈水薰。"宋沈遘《次韵和冲…》："金壶漏尽玉山倒，天外晴阴谁复知。"

玉山禾　yù shān hé
【分类】文化
【关键词】山海经
【释义】指传说中的昆仑山的木禾。木禾，古代传说中一种高大的谷类植物。喻仙人食物。《昭明文选·晋张协〈七命〉》："大梁之黍，琼山之禾。"唐李善注："即昆仑之山木禾。山海经曰：昆仑之上，有木禾，长五寻，大五围。"
【例句】唐刘禹锡《飞鸢操》："青鸟自爱玉山禾，仙禽徒贵华亭露。"唐李商隐《街西池馆》："国租容客旅，香熟玉山禾。"唐韩愈《驽骥》："饥食玉山禾，渴饮醴泉流。"宋石介《待士熙道…》："玉山之禾粒未熟，饥不得食心如何。"

玉生烟　yù shēng yān
【分类】文化
【关键词】司空图
【释义】咏玉之典。形容美玉温润、朦胧的状态。唐司空图《与极浦书》："诗家之景。如蓝田日暖。良玉生烟。可望而不可置于眉睫之前也。"
【例句】唐李商隐《锦瑟》："沧海月明珠有泪，蓝田日暖玉生烟。"宋韩元吉《次韵沈千…》："霜晴怀玉生烟，寒色凄凄过雁边。"宋杨时《假山》："倾崖断堑坐中见，葱茜似玉生云烟。"宋杨万里《和周元吉…》："日月旂常寒映雪，旒珠玉暖生烟。"

玉笙吹彻　yù shēng chuī chè
【分类】生活
【关键词】李璟
【释义】玉笙幽咽的声音响彻四周。形容哀怨、凄苦的心境。五代李璟《浣溪纱》："细雨梦回鸡塞远，小楼吹彻玉笙寒。"
【例句】宋石建见《武夷》："玉笙吹彻金鸡叫，落尽岩前几树桃。"宋姜夔《浣溪沙》："蜜炬来时人更好，玉笙吹彻夜何其。"宋赵汝愚《题竹赠卫…》："昨夜月明仙子过，玉笙吹彻万山秋。"元张翥《醉月堂为…》："白凤飞回声缥渺，玉笙吹彻梦清凉。"

玉石俱焚　yù shí jù fén
【分类】政治
【关键词】尚书
【释义】比喻好坏同归于尽。《尚书·胤征》："火炎昆冈，玉石俱焚。"
【例句】唐韦应物《广德中洛…》："王师涉河洛，玉石俱不完。"唐刘叉《勿执古寄…》："玉石共笑唾，驽骥相奔驰。"唐吴融《闲书》："大底鹓鹏须自适，何尝玉石不同焚。"唐韩愈《咏雪赠张籍》："鲸鲵陆死骨，玉石火炎灰。"

玉书征　yù shū zhēng
【分类】文化
【关键词】沈羲
【释义】咏升仙之典。源见"沈羲升天"。
【例句】唐陈子昂《题李三书斋》："愿与金庭会，将待玉书征。"

玉树后庭花　yù shù hòu tíng huā
【分类】生活
【关键词】陈叔宝
【释义】乐府吴声歌曲名。南朝陈后主作。多用以称亡国之音。《陈书·后主张贵妃》："（后主）采其尤艳丽者以为曲词，被以新声…其曲有《玉树后庭花》《临春乐》等，大指所归，皆美张贵妃、孔贵嫔之容色也。"
【例句】唐李白《金陵歌送…》："天子龙沉景阳井，谁歌玉树后庭花？"唐杜牧《泊秦淮》："商女不知亡国恨，隔江犹唱后庭花。"唐卢秀才《殷淑妃》："长醉金陵前殿酒，偏闻玉树后庭花。"宋韦骧《清明闻楚歌》："仿佛渔阳参鼓挝，依稀江左后庭花。"

玉树临风　yù shù lín fēng
【分类】文化
【关键词】夏侯玄
【释义】形容人像玉树一样潇洒，风姿绰约（多指男子）。临风：迎着风。《世说新语·容止》："魏明帝使后弟毛曾与夏侯玄共坐，时人谓蒹葭倚玉树。"
【例句】唐杜甫《饮中八仙歌》："举觞白眼望青天，皎如玉树临风前。"宋陈渊《谒罗养蒙…》:"有时玉树临风前,仰视落日窥层巅。"宋杨万里《题安福刘…》:"郎君玉树临风前,咀嚼青竹夜不眠。"宋马先觉《索笑图诗》:"云岩霜落月照水,有美玉树临风前。"

玉笥山 yù sì shān
【分类】文化
【关键词】云笈七签
【释义】在江西永新县。道家称为仙居之所。《云笈七签》:"三十六小洞天…第十七玉笥山洞,周回一百二十里,名曰太玄法乐天。在吉州永新县,真人梁伯鸾主之。"玉笥峰,在会稽山南。
【例句】唐李群玉《别尹炼师》:"学道玉笥山,烧丹白云穴。"唐皮日休《伤开元观…》:"烟凄玉笥封云篆,月惨琪花葬羽衣。"五代徐铉《寄玉笥山…》:"玉笥共游知早晚,金貂回顾觉喧卑。"宋陆游《游镜湖》:"超然登玉笥,及此烟月夕。"

玉碎瓦全 yù suì wǎ quán
【分类】政治
【关键词】元景安
【释义】比喻宁愿为正义而死,不愿苟且偷生。《北齐书·元景安传》:"天保时,诸元帝室亲近者多被诛戮,疏宗如景安之徒欲请姓高氏。景皓云:'岂得弃本姓,逐他姓,大丈夫宁可玉碎,不能瓦全。'"
【例句】宋杨杰《游宝林招…》:"冰开水面白玉碎,雪压竹梢青凤低。"宋文天祥《赴阙》:"役役惭金注,悠悠叹瓦全。"明李昌祺《至正妓人行》:"填沟塞堑总婵娟,蚁虱微躯幸瓦全。"明邓云霄《戊午除夕…》:"向来宠辱惊金注,老去逍遥且瓦全。"

玉笋 yù sǔn
【分类】政治
【关键词】李宗闵
【释义】唐李宗闵主持贡举选拔人才,许多名士入选,时人称之为玉笋。喻指杰出才士。《新唐书·李宗闵传》:"典贡举,所取多知名士。若唐冲、薛庠、袁都等,世谓之玉笋。"
【例句】唐郑谷《九日偶怀…》:"浑无酒泛金英菊,漫道官趋玉笋班。"宋王禹偁《献转运副…》:"捧诏瑶池下,辞班玉笋中。"宋宋祁《刘立德同…》:"幕中仍是红莲省,门下今为玉笋生。"宋强至《送河北转》:"文石近班趋玉笋,紫丝新帕覆银鞍。"

玉笋班 yù sǔn bān
【分类】政治
【关键词】李宗闵
【释义】指英才济济的朝班。《太平广记·李宗闵》:"李宗闵知贡举,门生多清秀俊茂,唐伸、薛庠、袁都辈,号玉笋班。"
【例句】唐程太虚《醮坛峰》:"高烧华岳金莲炬,齐到黄冈玉笋班。"唐郑谷《九日偶怀…》:"浑无酒泛金英菊,漫道官趋玉笋班。"宋王圭《集英殿秋…》:"日华初驻金舆仗,霞彩犹浮玉笋班。"宋张元干《奉送晁伯…》:"文元勋业金瓯字,昭德风流玉笋班。"

玉堂 yù táng
【分类】政治
【关键词】苏易简
【释义】官署名。宋仁宗淳化年间书玉堂之署予翰林院,玉堂便成翰林院专称。《宋史·苏易简传》:"帝尝以轻绡飞白大书玉堂之署四字,令易简榜于厅额。"
【例句】唐张柬之《东飞伯劳歌》:"窈窕玉堂褰翠幕,参差绣户悬珠箔。"唐贺知章《奉和御制…》:"华滋礜丹青树,颢气氤氲金玉堂。"唐杜甫《寄韩谏议注》:"美人胡为隔秋水,焉得置之贡玉堂。"聂绀弩《步酬查九…》:"胡然初白玉堂叟,下顾三红金水斋。"

玉堂词客 yù táng cí kè
【分类】文化
【关键词】翰林志
【释义】翰林院词人。借指诗词名家。《翰林志》:"时以居翰林院皆谓凌玉清、朔紫霄,岂止于登瀛州哉!亦曰玉署、玉堂焉。"
【例句】唐张颂《句》:"金殿圣人看纵笔,玉堂词客尽裁诗。"宋王圭《被诏考制…》:"玉堂词客承恩久,几度曾来醉御卮。"明王恭《题西村陈…》:"水墨年来谁最工,玉堂词客我心同。"明吴希贤《乌山霁雪》:"城东词客玉堂老,老眼摩挲诗最好。"

玉堂金马 yù táng jīn mǎ
【分类】政治
【关键词】扬雄
【释义】汉玉堂殿和金马门的并称。均为学士待诏之所。后指翰林院,亦喻指在朝居官。《汉书·扬雄列传》:"今子幸得遭明盛之世,处不讳之朝,与群贤同行,历金门上玉堂有日矣。"
【例句】唐钱起《送褚大…》:"玉堂金马隔青云,墨客儒生皆白首。"宋马存《浩浩歌》:"玉堂金马在何处,云山石室高嵯峨。"宋释德洪《赠许邦基》:"龙章凤姿绝世无,金马玉堂如故有。"宋李纲《有诏举贤…》:"玉堂金马皆故物,高文大策垂不磨。"

玉堂仙 yù táng xiān
【分类】政治
【关键词】扬雄
【释义】也称玉堂人物。指翰林学士。喻指显贵的文士。源见"玉堂金马"。
【例句】唐殷寅《玄元皇帝…》:"已题金简字,仍访玉堂仙。"唐韩浚《清明日赐…》:"更调金鼎膳,还暖玉堂人。"宋苏轼《舟行至清…》:"到处聚观香案吏,此邦宜著玉堂仙。"宋梅尧臣《寄维扬许…》:"欧阳始是玉堂客,批章草诏传星流。"

玉体 yù tǐ
【分类】生活
【关键词】曹植
【释义】敬辞，犹言尊贵的身体。喻指美女的身体。三国曹植《美女篇》："明珠交玉体，珊瑚间木难。"形容肌肤莹泽。
【例句】唐钱起《题嵩阳焦…》："玉体才飞西蜀雨，霓裳欲向大罗天。"唐韦应物《马明生遇…》："立之一隅不与言，玉体安隐三日眠。"唐李商隐《北齐》："小怜玉体横陈夜，已报周师入晋阳。"聂绀弩《独木桥》："虢国蛾眉浮翠带，小怜玉体失金铺。"

玉田 yù tián
【分类】生活
【关键词】杨伯雍
【释义】传说中产玉之田。或对田园的美称。源见"种玉"。
【例句】唐王维《游悟真寺》："闻道黄金地，仍开白玉田。"唐钱起《题嵩阳焦…》："彩云不散烧丹灶，白鹿时藏种玉田。"唐李绅《登禹庙回…》："玉田千亩合，琼室万家开。"唐罗虬《比红儿诗》："定知不及红儿貌，枉却工夫溉玉田。"

玉兔 yù tù
【分类】文化
【关键词】楚辞
【释义】本指神话传说月亮中的白兔，后以指月亮。《楚辞·天问》："夜光何德，死则又育？厥利维何，而顾菟在腹？"汉王逸注："言月中有菟，何所贪利，居月之腹，而顾望乎？"宋洪兴祖补注："菟与兔同。《灵宪》曰：'月者，阴精之宗，积而成兽，象兔，阴之类，其数偶。'"
【例句】唐白居易《中秋月》："照他几许人肠断，玉兔银蟾远不知。"唐韩琮《春愁》："金乌长飞玉兔走，青鬓长青古无有。"唐贾岛《病鹘吟》："迅疾月边捎玉兔，迟回日里拂金鸡。"五代齐己《寄黄晖处士》："锋芒妙夺金鸡距，纤利精分玉兔毫。"

玉为琛 yù wéi chēn
【分类】政治
【关键词】宋纤
【释义】称赞为人高洁之典。《晋书·宋纤传》："(炭)铭诗于石壁曰：'丹崖百丈，青壁万寻。奇木蓊郁，蔚若邓林。其人如玉，维国之琛。室迩人遐，实劳我心。'"琛：玉中珍宝。
【例句】唐杜甫《风疾舟中…》："吾安藜不糁，汝贵玉为琛。"宋梅挚《昭潭十爱》："沃野藤溪道，浮琛玉海门。"宋白玉蟾《寒碧》："冷入琅玕聚，凉生琛玉丛。"元贡全《司业李公…》："文章清庙藏琛玉，勋业乌台振羽翰。"

玉箫韦皋 yù xiāo wéi gāo
【分类】生活
【关键词】玉箫韦皋
【释义】喻指痴情男女。《云溪友议》："西川韦相公皋，昔游江夏，止于姜使者之馆。有小青衣曰玉箫，年才十岁，常令只侍于韦兄…玉箫年稍长大，因而有情…韦以旷觐日久，不敢偕行，乃固辞之。遂为言约，少则五载，多则七年，取玉箫。因留玉指环一枚…一别七年，是不来矣，遂绝食而殒…以玉指环著于中指，而同殡焉…却后十三年…独东川庐八座送一歌姬…亦以玉箫为号。观之，真姜氏之玉箫也，其中指有肉环凸出，不异留别之玉环也。"
【例句】宋汪元量《湖州歌》："可怜后土空祠宇，望断韦郎不见来。"宋周密《霓裳中序》："人何在？玉箫旧约，忍对素娥说！"明彭日贞《小怀仙》："韦皋幽怨元无极，再世茫茫问玉箫。"清俞樾《金缕曲》："纵使玉箫重来日，想韦皋、应已年华老。"

玉霄峰 yù xiāo fēng
【分类】文化
【关键词】云笈七签
【释义】山峰名。在浙江天台山。传说为仙人所居。《云笈七签》："(司马)承贞居山修真，勤苦一百余岁…一旦，告弟子曰：'吾自玉霄峰东望，蓬莱常有真灵降驾，今为东海青童君、东华君所召，必须去人间。'俄顷气绝，若蝉蜕，已解化矣！弟子葬其衣冠焉。"
【例句】五代贯休《寄天台叶…》："负局高风不可陪，玉霄峰北置楼台。"唐皮日休《寄题玉霄…》："青冥向上玉霄峰，元始先生戴紫蓉。"宋陆游《寓叹》："明当采药玉霄去，他日君看冰雪容。"宋陈梦建《上喻史君…》："酒酣步出玉霄峰，此去天关隔几重。"

玉铉 yù xuàn
【分类】政治
【关键词】周易
【释义】玉制的举鼎之具。状如钩，用以提鼎之两耳。喻处于高位的大臣。《周易·鼎》："上九，鼎玉铉，大吉无不利。"唐孔颖达疏："鼎玉铉者，玉者，坚刚而有润者也。上九，居鼎之终，鼎道之成，体刚处柔，则是用玉铉以自举者也，故曰'鼎玉铉'也。"
【例句】唐刘长卿《瓜洲驿奉…》："伫将调玉铉，翻自落金丸。"唐刘禹锡《三月三日…》："盛筵陪玉铉，通籍尽金闺。"唐徐夤《献内翰杨…》："莫拟吟云避荣贵，庙堂玉铉待盐梅。"宋张孝祥《鹧鸪天》："居玉铉，拥金蝉，祇今门户庆蝉联。"

玉雪 yù xuě
【分类】文化
【关键词】韩愈
【释义】喻洁白美丽、高洁。也喻指白雪、白花。唐韩愈《殿中少监马君墓志》："眉眼如画，发漆黑，肌肉玉雪可念。"
【例句】唐唐彦谦《吊方干处士》："不谓高名下，终全玉雪身。"宋王安石《和刘贡甫…》："沈侯玉雪照人洁，萧洒已见江湖姿。"宋苏轼《将至筠先…》："未见丰盈犀角儿，先逢玉雪王郎子。"宋王十朋《卧龙山…》:"龙蛇树影摇千尺,玉雪花枝吐万层。"

玉燕钗　yù yàn chāi
【分类】文化
【关键词】洞冥记
【释义】喻称美钗。《太平御览》引《洞冥记》:"元鼎元年,起招灵阁。有神女留一玉钗与帝,帝以赐赵婕妤。至昭帝元凤中,宫人犹见此钗,共谋欲碎之。明旦视之匣,唯见白燕直升天,故宫人作玉钗,因改名玉燕钗,言其吉祥。"
【例句】唐李贺《洛姝真珠》:"寒鬓斜钗玉燕光,高楼唱月敲悬珰。"唐韩偓《梅花》:"龙笛远吹胡地月,燕钗初试汉宫妆。"唐李商隐《冬》:"破鬟委堕凌朝寒,白玉燕钗黄金蝉。"宋赵佶《芭蕉士女图》:"罗袜生香踏软沙,钗横玉燕鬓松鸦。"

玉燕投怀　yù yàn tóu huái
【分类】生态
【关键词】开元天宝
【释义】诞生贵子娇女的祝颂语。《开元天宝遗事·梦玉燕投怀》:"张说母梦有一玉燕自东南飞来,投入怀中而有孕。说,果为宰相。其至贵之祥也。"
【例句】宋严仁《归朝欢》:"云表金茎珠璀璨。当日投怀惊玉燕。"宋李洪《陈丞相诞日》:"玉燕投怀文冠世,天麟呈瑞寿嘉辰。"宋卓田《贺人生孙》:"怀中玉燕梦说,天上石麟祥应徐。"明张嗣纲《答四弟贺…》:"莲峰翠耸金牛渡,珠海光投玉燕怀。"

玉衣自举　yù yī zì jǔ
【分类】生态
【关键词】汉武帝
【释义】咏灵异事件的典故。《汉武帝故事》:"高皇庙中御衣自箧中出,舞于殿上。冬衣自下在席上。平帝时,哀帝庙衣自在押外。"玉衣:有玉饰的衣物,或已故皇帝陵寝便殿中所藏的御衣。
【例句】唐杜甫《行次昭陵》:"玉衣晨自举,铁马汗常趋。"唐李贺《贝宫夫人》:"秋肌稍觉玉衣寒,空光帖妥水如天。"唐罗虬《比红儿诗》:"争知昼卧纱窗里,不见神人覆玉衣。"宋梅挚《和王益新…》:"魏宫甄后昼于寝,仿佛有人持玉衣。"

玉婴　yù yīng
【分类】文化
【关键词】苏轼
【释义】笋的别称。亦指新竹。《苏轼诗集·〈送笋芍药与公择二首〉》:"骈头玉婴儿,一一脱锦绷。"
【例句】宋刘子翚《致师赠芰…》:"应怜霜鬓客,为寄玉婴儿。"宋曾几《谢宜春宰…》:"竹底春丛雪底归,烦君抱送玉婴儿。"宋陆游《苦笋》:"藜藿盘中忽眼明,骈头脱襁白玉婴。"清姚燮《游仙诗》:"仪容冠列玉婴,阳德被万方。"

玉友　yù yǒu
【分类】生活
【关键词】珊瑚钩诗
【释义】白酒的别名。亦泛指美酒。《珊瑚钩诗话》:"以糯米药麹作白醪,号玉友。"《酒名记》:"洛州:玉瑞堂、夷白堂、又玉友。"
【例句】唐卢纶《题贾山人…》:"五字每将称玉友,一尊曾不顾金囊。"宋黄裳《泛舟钱塘…》:"且呼玉友来相伴,等候蟾光与夕晖。"宋王洋《谢吕令子…》:"晚得曲生投老伴,长邀玉友访空山。"宋辛弃疾《鹧鸪天》:"呼玉友,荐溪毛,殷勤野老苦相邀。"

玉鱼　yù yú
【分类】文化
【关键词】西京杂记
【释义】喻指殉葬品。《西京杂记》载:长安大明宫宣政殿夜间数十骑,唐高宗使巫祝问其所由,鬼曰:"我是汉楚王戊太子,死葬于此。"宣为其改葬,鬼喜,愿以死时天子为其入殓的玉鱼一双为赠。后发掘时果见玉鱼宛然。
【例句】唐杜甫《诸将五首》:"昨日玉鱼蒙葬地,早时金碗出人间。"五代谭用之《江边秋夕》:"吟期汗漫驱金虎,坐约丹青跨玉鱼。"宋宋骥《云台观》:"翠柏径深长蔽日,玉鱼池浅仅胜秋。"宋王质《和张安国…》:"铁凤雕零周庙古,玉鱼流落汉陵空。"

玉簪　yù zān
【分类】文化
【关键词】韩愈
【释义】玉制的簪子。又名"玉搔头"。借指美人。南梁萧纲《遥望诗》:"散诞垂红帔,斜柯插玉簪。"
【例句】唐吕岩《绝句》:"星辰夜礼玉簪寒,龙虎晓开金鼎热。"唐韩愈《送桂州严大夫》:"江作青罗带,山如碧玉簪。"唐钱起《送毕侍御…》:"崇兰香死玉簪折,志士吞声甘徇节。"宋范成大《赠赵廉州》:"少待佳晴看山去,玉簪高插翠云丛。"

玉藻　yù zǎo
【分类】政治
【关键词】礼记
【释义】古代帝王冕冠前后悬垂的贯以珠玉的五彩丝绳。借指天子。《礼记·玉藻》:"天子玉藻,十有二旒,前后邃延,龙卷以祭。"唐孔颖达疏:"天子玉藻者,藻谓杂采之丝绳,以贯于玉,以玉饰藻,故云玉藻也。"
【例句】唐吴筠《游仙》:"玉藻散奇香,琼柯流雅音。"唐曹唐《三年冬大礼》:"春浮玉藻寒初落,露拂金茎曙欲分。"唐曹唐《三年冬大礼》:"千官不起金滕议,万国空瞻玉藻声。"宋杨万里《四月五日…》:"喜见天颜浮玉藻,归从原庙荐樱桃。"

玉帐　yù zhàng
【分类】政治

【关键词】颜之推

【释义】主帅所居的帐幕,取如玉之坚的意思。借指主将。北齐颜之推《观我生赋》:"守金城之汤池,转绛宫之玉帐。"

【例句】唐骆宾王《和孙长史…》:"金坛分上将,玉帐引瑰材。"唐骆宾王《从军中行…》:"七德龙韬开玉帐,千里鼍鼓垒金钲。"唐李商隐《重有感》:"玉帐牙旗得上游,安危须共主君忧。"宋苏舜钦《哭师鲁》:"堂中坐玉帐,堂下森蛇矛。"

玉舟 yù zhōu

【分类】生活

【关键词】苏轼

【释义】指酒杯。也喻白莲花瓣。《苏轼诗集·〈次韵赵景贶督〉》:"明当罚二子,已洗两玉舟。"

【例句】宋司马光《和王少卿…》:"红牙板急弦声咽,白玉舟横酒量宽。"宋葛胜仲《次韵颜孝…》:"曲生漫助肩饷,清洗钱塘两玉舟。"宋杨万里《饯赵子直…》:"垂杨管得人离别,舞破春风劝玉舟。"宋孙应时《鄞中和张…》:"相逢一笑难重觅,急趁余芳醉玉舟。"

玉烛调和 yù zhú tiáo hé

【分类】政治

【关键词】尔雅

【释义】四季气候调和。形容太平盛世。玉烛:谓四时之气和畅,也指乐律名。《尔雅·释天》:"四气和谓之玉烛。"四气:指春、夏、秋、冬四时的温、热、冷、寒之气。和:和顺。古人称四季风调雨顺为玉烛。

【例句】唐刘禹锡《太和戊申…》:"玉烛调寒暑,金风报顺成。"唐杜甫《秦州见敕…》:"仰思调玉烛,谁定握青萍。"唐李群玉《凉公从叔…》:"从此华夷封域静,潜熏玉烛奉尧年。"五代徐铉《奉和宫傅…》:"玉烛调时钧轴正,台阶平处德星悬。"

玉箸 yù zhù

【分类】文化

【关键词】刘孝威

【释义】玉制的筷子,筷子的美称。喻眼泪或小冰柱。南朝梁刘孝威《独不见》:"谁怜双玉箸,流面复流襟。"

【例句】唐骆宾王《王昭君》:"金钿明汉月,玉箸染胡尘。"唐沈佺期《杂诗》:"为许长相忆,阑干玉箸齐。"唐陆龟蒙《鸣雁行》:"闺中有边思,玉箸此时横。"宋黄庭坚《元明留别》:"桄榔笋白映玉箸,椰子酒清宜具觞。"

驭风 yù fēng

【分类】文化

【关键词】列子

【释义】即乘风飞行。为咏仙术之典。也形容飘然自得。源见"列子御风"。

【例句】唐谢勋《游烂柯山》:"自致高标末,何心待驭风。"唐刘长卿《故女道士…》:"驭风仙路远,背日帝宫遥。"唐刘禹锡《寻汪道士…》:"仙子东南秀,泠然善驭风。"唐白居易《效陶渊明体诗》:"我无缩地术,君非驭风仙。"唐胡宿《题涟漪亭》:"何必驭风追汗漫,不妨乘月弄潺湲。"

芋郎君 yù láng jūn

【分类】文化

【关键词】云仙杂记

【释义】抟芋酥作人形的食品。《云仙杂记·上元影灯》:"洛阳人家,上元以影灯多者为上,其相胜之辞曰:'千影万影。'又各家造芋郎君,食之宜男女。"

【例句】宋李昂英《瑞鹤仙》:"且茧占先探,芋郎戏巧,又卜紫姑灯下。"宋赵必象《齐天乐》:"茧帖争先,芋郎卜巧,细说成都旧话。"

郁勃 yù bó

【分类】生活

【关键词】周礼

【释义】郁结壅塞。《周礼·春官·典同》:"弇声郁。"汉郑玄注:"弇则声郁勃不出也。"亦指茂盛。汉应玚《杨柳赋》:"摅丰节而广布,纷郁勃以敷阳。"

【例句】宋米芾《太师行寄…》:"磨墨要余定等差,谢公郁勃冠烟华。"宋毛滂《久客》:"腹中郁勃不耐事,何用使人轻跋疐。"宋李纲《宝剑联句》:"郁勃冲牛斗,蛇蜒接混茫。"聂绀弩《代周婆答》:"肺腑忠言多郁勃,江山间气有盘陀。"

郁轮袍 yù lún páo

【分类】生活

【关键词】王维

【释义】咏乐曲佳品之典。《集异记》:"王维右丞,年未弱冠,文章得名,性娴音律,妙能琵琶,即令独奏新曲,声调哀切,满座动容,公主自询曰:'此曲何名?'维起曰:'号郁轮袍。'公主大奇之。…公主则召试官至第,遣宫婢传教,维遂作解头。"

【例句】宋苏轼《宋叔达家…》:"新曲从翻《玉连锁》,旧声终爱郁轮袍。"宋陆游《琵琶》:"西蜀琵琶逤迤槽,梨园旧谱郁轮袍。"宋方回《次韵谢俞…》:"试遣俚音辱聪听,未应堪比郁轮袍。"宋周密《寄牟德范…》:"枫叶荻花秋正好,琵琶休听郁轮袍。"

郁陶 yù táo

【分类】生活

【关键词】礼记

【释义】忧思积聚。或形容喜而未畅。《礼记·檀弓下》:"人喜则斯陶。"汉郑玄注:"陶,郁陶也。"唐孔颖达疏:"郁陶者,心初悦而未畅之意也。"

【例句】唐高适《送别》:"昨夜离心正郁陶,三更白露西风高。"唐杜甫《久雨期王…》:"走平乱世relief催促,一豁明主正郁陶。"唐李商隐《迎寄韩鲁州》:"积雨晚骚骚,相思正郁陶。"聂绀弩《奉赠二首…》:"每有所求情腼腆,思君不见心郁陶。"

狱吏贵 yù lì guì

【分类】政治

【关键词】周勃

【释义】也称狱吏尊。喻指人入狱,无法剖白,受制于人。源见"滕背千金"。

【例句】唐陈子昂《宴胡楚真…》:"寄谢韩安国,何惊狱吏尊。"唐李商隐《哭虔州杨…》:"深知狱吏贵,几迫季冬诛。"宋苏轼《送黄师是…》:"一见刺史天,稍忘狱吏尊。"宋刘一止《题章右推…》:"将军误怪狱吏贵,廷尉今称天下平。"

浴沂 yù yí

【分类】文化

【关键词】论语

【释义】陶冶高尚情操之典。源见"春服舞雩"。

【例句】唐崔致远《暮春即事…》:"正是浴沂时日,旧游魂断白云乡。"宋林逋《池上春日》:"独有浴沂遗想在,使人终日此徘徊。"宋王安国《池上春日》:"独有浴沂遗想在,使人终日此徘徊。"宋苏轼《同曾元恕…》:"命驾吕安邀不至,浴沂曾点暮方还。"

喻蜀 yù shǔ

【分类】政治

【关键词】司马相如

【释义】咏安抚民众之典。《史记·司马相如传》:"相如为郎数岁,会唐蒙使略通夜郎西僰中,发巴蜀吏卒千人,郡又多为发转漕万余人,用兴法诛其渠帅,巴蜀民大惊恐。上闻之,乃使相如责唐蒙,因喻告巴蜀民以非上意。"

【例句】唐杜甫《王命》:"深怀喻蜀意,恸哭望王官。"唐杜甫《聂耒阳以…》:"人非西喻蜀,兴在北坑赵。"唐郎士元《奉和杜相…》:"已见庙谟能喻蜀,新文更喜报金华。"五代贯休《赠抱麻刘…》:"喻蜀须凭草,成周必仗仁。"

御手调羹 yù shǒu tiáo gēng

【分类】文化

【关键词】李白

【释义】咏李白贵宠之典。《新唐书·李白传》:"天宝初…召见金銮殿,论当世事,奏颂一篇。帝赐食,亲为调羹,有诏供奉翰林。"

【例句】宋郑侠《赠云门居士》:"宁知玉署思贤切,御手调羹待客来。"宋刘克庄《偶题》:"莫耗官仓粟,休贪御手羹。"宋刘辰翁《八声甘州》:"不数相州锦样,是调羹御手,重解金貂。"明郑真《再用韵简…》:"共说相门频吐哺,终烦御手为调羹。"

御仙花带 yù xiān huā dài

【分类】政治

【关键词】归田录

【释义】指绣有御仙花的金带。比喻仕宦权贵。《归田录》:"初,太宗尝曰:'玉不离石,犀不离角,可贵者唯金也。'乃创为金銙之制以赐群臣,方团毬路以赐两府,御仙花以赐学士以上。"

【例句】宋吴文英《声声慢》:"围腰御仙花底,衬月中、金粟香浮。"宋文天祥《齐天乐》:"袍锦风流,御仙花带瑞虹绕。"清释今无《黎似仲秋捷》:"最是罗浮高见日,喜君衣履御仙飙。"

御宇 yù yǔ

【分类】政治

【关键词】贾谊

【释义】驾御宇内,即统治天下。汉贾谊《过秦论》:"振长策而御宇内。"

【例句】唐李显《景龙四年…》:"大明御宇临万方,顾惭内政翊陶唐。"唐白居易《长恨歌》:"汉皇重色思倾国,御宇多年求不得。"唐徐敞《赋得金茎露》:"大君当御宇,何必去蓬瀛。"唐罗隐《薛阳陶觱…》:"武宗皇帝御宇时,四海恬然知所自。"

豫让 yù ràng

【分类】政治

【关键词】豫让

【释义】晋卿智瑶家臣。为报仇谋刺赵襄子未遂,拔剑击斩其衣,以示为主复仇。喻义士舍身报主。源见"漆身吞炭"。

【例句】唐李白《东海有勇妇》:"豫让斩空衣,有心竟无成。"唐胡曾《豫让桥》:"豫让酬恩岁已深,高名不朽到如今。"宋刘兼《自遣》:"家人莫问张仪舌,国士须知豫让心。"宋艾性夫《义马冢》:"作传自应班豫让,论功何止及留侯。"

豫让酬恩 yù ràng chóu ēn

【分类】政治

【关键词】豫让

【释义】谓义士舍身为主报仇。源见"漆身吞炭"。

【例句】唐胡曾《豫让桥》:"豫让酬恩岁已深,高名不朽到如今。"宋林希逸《了不了语》:"庞涓死怨悲题树,豫让酬恩喜击衣。"元瞿佑《义行》:"任安念旧不改辙,豫让报雠须杀身。"明童轩《刘生》:"愿为豫让报恩死,不学李陵婴耻亡。"清姚庆恩《次邢台》:"长虹贯日荆轲水,满马悲风豫让桥。"

豫章 yù zhāng

【分类】政治

【关键词】庄子

【释义】枕木与樟木的并称,一说指樟木。喻栋梁之材。《庄子·山木》:"独不见夫腾猿乎?其得楠梓豫章也,揽蔓其枝而王长其间,虽羿、蓬蒙不能眄睨也。"唐成玄英疏:"楠梓豫章,皆端直好木也。"

【例句】唐沈佺期《昆明池侍…》:"水同河汉在,馆有豫章名。"唐刘允济《经庐岳回》:"豫章观伟材,江州访灵崿。"唐杜甫《上韦左相…》:"豫樟深出地,沧海阔无津。"唐杜甫《短歌行赠…》:"豫章翻风白日动,鲸鱼跋浪沧溟开。"

鹬蚌相持　yù bàng xiāng chí
【分类】生活
【关键词】战国策
【释义】比喻双方相持不下，而使第三者从中得利。《战国策·燕策》："今者臣来，过易水，蚌方出曝，而鹬啄肉，蚌合而拑其喙……两者不肯相舍，渔者得而并禽之。今赵且伐燕，燕赵久相支，以弊大众，臣恐强秦之为渔父也。"
【例句】唐许浑《新兴道中》："波浑未辨鱼龙迹，雾暗宁知蚌鹬心。"宋刘跂《答纯益学怀》："耳热眼花付一醉，鸡虫蚌鹬何时休。"宋文天祥《二月六日…》："游兵日来复日往，相持一月为鹬蚌。"宋陈普《历代传授歌》："分为三国魏蜀吴，鹬蚌相持真鼎峙。"

鬻熊师　yù xióng shī
【分类】政治
【关键词】鬻熊
【释义】咏帝王之师之典。鬻熊曾是周文王姬昌的火师。《史记·楚世家》："周文王之时，季连之苗裔曰鬻熊。鬻熊子事文王…而封熊绎于楚蛮，封以子男之田，姓芈氏，居丹阳。"
【例句】唐张说《赠赵公》："迹参前马圣，名缀鬻熊师。"宋毕仲游《送太师潞…》："鬻熊心益壮，尚父德逾新。"宋范纯仁《效宫词体…》："吕尚鬻熊今复见，神仙不必在蓬瀛。"宋贺铸《赠僧孚》："著书直上窥鬻熊，郑圃漆园聊尔汝。"

鸢飞戾天　yuān fēi lì tiān
【分类】政治
【关键词】诗经
【释义】比喻追逐仕途高位。鸢：鹞鹰。戾：至。源见"鸢飞鱼跃"。
【例句】宋苏颂《陈和叔内…》："鸢飞戾天兽易薮，螣蛇游雾龟曳涂。"宋陈著《庚寅仲冬…》："鸢飞戾天鱼跃渊，动笔自有风月随。"宋薛季宣《感事》："狐死正丘首，鸢飞翰戾天。"清弘历《君莫非》："鸢飞天，鱼跃渊，高下易置非所便。"

鸢飞鱼跃　yuān fēi yú yuè
【分类】生活
【关键词】诗经
【释义】谓万物各得其所。《诗经·大雅·旱麓》："鸢飞戾天，鱼跃于渊。"唐孔颖达疏："其上则鸢鸟得飞至于天以游翔，其下则鱼皆跳跃于渊中而喜乐，是道被飞潜，万物得所，化之明察故也。"
【例句】唐白居易《浣云池》："鸢飞鱼跃间，上下俱澄澈。"宋周行己《和孙德平…》："春雨秋风无尽期，鸢飞鱼跃各天机。"宋毛珝《赠碧蟾》："鸢飞鱼跃两悠悠，造物何心莫问休。"宋艾性夫《临汝书院》："鱼跃鸢飞喜落成，鹅湖鹿洞共峥嵘。"

鸢肩火色　yuān jiān huǒ sè
【分类】政治
【关键词】马周
【释义】谓两肩上耸像鸢，面有红光。比喻有升官腾达的骨相，也表示虽能很快贵显但不能持久。《旧唐书·马周传》："岑文本谓所亲曰：'马君论事，会文切理，无一言可损益…然鸢肩火色，腾上必速，恐不能久。'"
【例句】宋释德洪《复次元韵》："扣门剥啄谁过我，上腾火色仍鸢肩。"宋葛胜仲《次韵登王…》："途辙悬知腾上速，请看火色映鸢肩。"宋方岳《转孙初生…》："鸢肩火色非吾事，牛背烟霏在眼中。"宋李纲《余久不饮…》："苍髯华发老张镐，火色鸢肩穷马周。"

眢井　yuān jǐng
【分类】文化
【关键词】左传
【释义】指枯井。《左传·宣公十二年》："目于眢井而拯之。"宋苏舜钦："欲坐眢井攀青天。"
【例句】唐刘禹锡《三阁辞》："三人出眢井，一身登槛车。"宋文彦博《某伏睹运…》："独愧钝根非了了，宛同眢井自沉沉。"宋吕同老《龙泉寺纳凉》："昔贤憩游地，眢井潜龙蟠。"聂绀弩《风怀》："自信罡风临毒草，不疑眢井仅微天。"

鹓雏　yuān chú
【分类】文化
【关键词】庄子
【释义】传说中的凤属之鸟，常用以比喻高贤之人。《庄子集释·秋水》："南方有鸟，其名为鹓雏…非梧桐不止，非练实不食，非醴泉不饮。于是鸱得腐鼠，鹓雏过之，仰而视之曰：'吓！'今子欲以子之梁国而吓我邪？"唐成玄英疏："鹓雏，鸾凤之属，亦言凤子也。"
【例句】唐钱起《送马员外…》："二十为郎事汉文，鹓雏骥子自为群。"唐李群玉《大庾山岭…》："笯笃无子鹓雏饥，毛彩凋摧不得归。"唐李商隐《安定城楼》："不知腐鼠成滋味，猜意鹓雏竟未休。"宋韩琦《腊日出猎…》："不似寒鸱得腐鼠，傲然直视鹓雏吓。"

鹓鹭成行　yuān lù chéng háng
【分类】政治
【关键词】诗经
【释义】比喻朝官的行列。鹓和鹭止有班，立有序，故称。《诗经·周颂·振鹭》："振鹭于飞，于彼西雍。我客戾止，亦有斯容。"
【例句】唐钱起《送裴颀侍…》："多才自有云霄望，计日应追鹓鹭行。"唐杜甫《秋野》："身许麒麟画，年衰鹓鹭群。"唐杜甫《秦州杂诗》："为报鹓行旧，鹪鹩在一枝。"唐刘禹锡《寄朗州温…》："暂别瑶墀鹓鹭行，彩旗双引到沅湘。"

鸳鸯交颈　yuān yāng jiāo jǐng
【分类】生活

【关键词】司马相如

【释义】鸳鸯:水鸟名。旧传雌雄偶居不离,多用以比喻夫妻。交颈:颈与颈相互依摩。比喻夫妻间恩爱亲昵的样子。汉司马相如《琴歌》:"有艳淑女在此房,室迩人遐独我肠,何缘交颈为鸳鸯。"

【例句】唐元稹《会真诗》:"鸳鸯交颈舞,翡翠合欢笼。"唐李郢《为妻作生…》:"鸳鸯交颈期千岁,琴瑟谐和愿百年。"五代毛文锡《诉衷情》:"鸳鸯交颈绣衣轻,碧沼藕花馨。"五代和凝《江城子》:"帐里鸳鸯交颈情,恨鸡声,天已明。"

鹓鹭班   yuān lù bān

【分类】政治

【关键词】张华

【释义】形容两班朝臣。亦引伸比喻达官贵人。晋张华注《禽经》:"采寮雍雍,鸿仪鹭序。"《注》:"鹭,白鹭也,小不逾大,飞有次序,百官缙绅之象。《诗》以振比百寮,雍容喻朝美。"

【例句】唐卢照邻《失群雁》:"帝台银阙距金塘,中间鹓鹭已成行。"唐卢纶《元日朝回…》:"鸣珮随鹓鹭,登阶见冕旒。"唐张九龄《南还以诗…》:"畴昔陪鹓鹭,朝归振羽仪。"宋冯山《运使李献…》:"从此促归天上去,翱翔鹓鹭紫宸班。"

元白   yuán bái

【分类】生活

【关键词】元稹白居

【释义】称彼此是诗人好友。《旧唐书·元稹传》:"稹聪警绝人,年少有才名,与太原白居易友善,工为诗,善状吟风态物色,当时言诗者称元白焉。"白居易与元稹二人文集皆冠以穆宗年号"长庆"。

【例句】唐齐己《谢秦府推…》:"钱郎未竭精华久,元白终存作者来。"唐徐凝《自鄂渚至…》:"一生所遇唯元白,天下无人重布衣。"宋田锡《览韩渥郑…》:"顺熟合依元白体,清新堪拟唐韩吟。"宋魏野《河中孙学…》:"政讶龚黄推绝席,文疑元白竖降旗。"

元伯死友   yuán bó sǐ yǒu

【分类】生活

【关键词】范式

【释义】生死之交,即能舍命相助的朋友。为咏友情之典。《后汉书·范式传》:"范式字巨卿…与汝南张劭为友。劭字元伯。元伯曰:'若二子者,吾生友耳。山阳范巨卿,所谓死友也。'…巨卿既至,叩丧言曰:'行矣元伯!死生路异,永从此辞。'会葬者千人,咸为挥涕。式因执绋而引,柩于是乃前。"

【例句】唐权德舆《工部发引…》:"元伯归去去,无由白马来。"唐武元衡《长安叙怀…》:"鸡黍空多元伯惠,琴书不见子猷过。"宋王十朋《亡友孙子…》:"有愧乘车葬元伯,仅同解剑吊徐君。"宋吴芾《和张君美韵》:"死友留天末,生涯寄海边。"

元恶大憝   yuán è dà duì

【分类】政治

【关键词】尚书

【释义】即罪魁祸首。《尚书·康诰》:"封,元恶大憝,矧惟不孝不友。"汉孔安国《传》:"大恶之人,犹为人所大恶,况不善父母,不友兄弟者乎。"

【例句】唐沈佺期《赦到不得…》:"天鉴诛元恶,宸慈恤远黎。"唐吴白《赠从孙义…》:"元恶昔滔天,疲人散幽草。"唐吴融《风雨吟》:"岂忧天下有大憝,四郊刁斗常铮铮。"宋林同《贤者之孝…》:"元恶与大憝,邦刑自有常。"元王祎《破阵乐》:"大憝既已夷,乾坤永清宁。"

元方季方   yuán fāng jì fāng

【分类】生活

【关键词】世说新语

【释义】用为称美两兄弟们德俱优,分不出高下的典故。《世说新语·德行》:"陈元方子长文有英才,与季方子孝先各论其父功德,争之不能决。咨于太丘(陈寔),太丘曰:'元方难为兄,季方难为弟!'"

【例句】宋周紫芝《题陈公悦…》:"太邱诸子图画传,元方季方两联翩。"宋刘克庄《与北山陈…》:"邻无羊仲并求仲,家有元方与季方。"宋刘济《题梅花庄》:"庄后庄前千万枝,元方题扁季方诗。"宋姚勉《送友人陈…》:"君家兄弟真雁行,季方学行如元方。"

元规报十奇   yuán guī bào shí qí

【分类】政治

【关键词】王元规

【释义】咏官吏勤政之典。《锦绣万花谷·王元规十奇》:"嘉祐中,京西转运司奏:'据河清县僧道进士举留知县王元规再任。本司体量,得本官。军民歌咏有《十奇》:一奇民吏不识知县貌…十奇百姓纳税不勾追。'上令审官院记姓名。"

【例句】宋姚勉《沁园春》:"花间凫舄轻飞。便一似元规报十奇。"宋王阮《谢赵宰拜…》:"好咏十奇归乐府,圣朝方采下民篇。"宋王阮《留别昌国》:"全家虽脱海波危,旧治无人咏十奇。"明邓云霄《颂言四章…》:"三载勤劳乎北阙,十奇声望重南金。"

元规尘   yuán guī chén

【分类】政治

【关键词】庾亮

【释义】喻高官权贵气势凌人,又泛指尘污。源见"庾公尘"。

【例句】唐李白《送岑征君…》:"西来一摇扇,共拂元规尘。"唐殷尧藩《襄口阻风》:"曹瞒曾堕周郎计,王导难遮庾亮尘。"宋李弥逊《寄题向伯…》:"芗林居士中珍,胸中不点元规尘。"明王称《纨扇歌赠…》:"草圣从经内史笔,西风漫障元规尘。"

元侯 yuán hóu
【分类】政治
【关键词】左传
【释义】周称诸侯之长为元侯。后泛指重臣大吏。《左传·襄公四年》："三《夏》，天子所以享元侯也，使臣弗敢与闻。"晋杜预注："元侯，牧伯。"
【例句】唐杨巨源《送司徒童子》："况复元侯旌尔善，桂林枝上得鹓雏。"唐权德舆《奉和张仆…》："元侯重寄贞师律，三郡四封今静谧。"唐羊士谔《送张郎中…》："仙郎佐氏谋，廷议宠元侯。"唐杜牧《中丞业深…》："八部元侯非不贵，万人师长岂无权。"

元结 yuán jié
【分类】政治
【关键词】元结
【释义】字次山，号漫叟、浪士、漫郎，唐代道家学者。曾招募义兵，抗击史思明叛军，任道州刺史、容州都督等，政绩颇丰。《新唐书·元结列传》："结为民营舍给田，免徭役，流亡归者万余…民乐其教，至立石颂德。"
【例句】宋方岳《漫兴》："人间漫浪老元结，鬼物揶揄刘伯龙。"宋王伸《留题浯溪》："湘川佳致有浯溪，元结雄文向此题。"宋释智圆《读元结文》："复古还淳元结文，可怜杨浚独知君。"宋彭汝砺《送致政大…》："新成元结垂柏翠，旧有渊明漉酒巾。"

元礼归纶氏 yuán lǐ guī lún shì
【分类】政治
【关键词】李膺
【释义】咏免官归里之典。《后汉书·李膺传》："李膺字元礼…转护乌桓校尉。鲜卑数犯塞，膺常蒙矢石，每破走之，虏甚惮慑。以公事免官，还居纶氏，教授常千人。"
【例句】唐权德舆《和王祭酒…》："元礼门前劳引望，句龙坛下阻欢娱。"唐杜牧《李给事中敏》："元礼去归纶氏学，江充来见犬台宫。"宋曾巩《酬吴仲庶…》："召南去后余思在，纶氏归来壮志新。"宋刘一止《葛鲁卿待…》："模楷归元礼，纷纶仰大春。"

元亮井 yuán liàng jǐng
【分类】生活
【关键词】陶渊明
【释义】咏怀故居之典。晋陶渊明《陶渊明集·归田园居》："井灶有遗处，桑竹残朽株。"
【例句】唐李商隐《二月二日》："万里忆归元亮井，三年从事亚夫营。"明童轩《闲居漫兴》："草生元亮井，竹覆子云亭。"清姚鼐《哭鱼门》："送别议联元亮井，论文曾许伯牙弦。"清汪荣宝《秋兴》："万里忆归元亮井，重帏深下莫愁堂。"

元亮秫 yuán liàng shú
【分类】生活
【关键词】陶渊明
【释义】嗜酒之典。源见"陶令秫"。
【例句】唐方干《与桐庐郑…》："莫道耕田全种秫，兼闻退食亦逢星。"唐杜牧《许七弃官…》："冻醪元亮秫，寒鲙季鹰鱼。"宋俞德邻《次韵答郦…》："南亩半栽元亮秫，东陵多种邵平瓜。"元刘基《夏日杂兴》："酿酒剩收元亮秫，换鹅时写右军书。"

元亮信儿痴 yuán liàng xìn ér chī
【分类】生活
【关键词】陶渊明
【释义】咏子女愚钝之典。晋陶渊明《责子诗》："白发被两鬓，肌肤不复实。虽有五男儿，总不好纸笔。阿舒已二八，懒惰故无匹。阿宣行志学，而不爱文术。雍端年十三，不识六与七。通子垂九龄，但觅梨与栗。天运苟如此，且进杯中物。"
【例句】唐韩愈《和侯协律…》："妇儒咨料拣，儿痴谒尽髡。"宋王禹偁《身世》："妻病无医药，儿痴废典坟。"宋晁补之《临江仙》："伯伦从妇劝，元亮信儿痴。"宋王圭《莫京甫知…》："自是英才为世用，由来了事笑儿痴。"

元亮自祭 yuán liàng zì jì
【分类】生活
【关键词】陶渊明
【释义】形容对死亡的旷达之怀。晋陶渊明《陶渊明集·自祭文》："岁惟丁卯，律中无射…陶子将辞逆旅之馆，永归于本宅…识运知命，畴能罔眷？余今斯化，可以无恨。寿涉百龄，身慕肥遁，从老得终，奚复可恋…人生实难，死如之何。呜呼哀哉！"
【例句】唐白居易《哭崔二十…》："伯伦每置随身锸，元亮先为自祭文。"宋赵蕃《八月二十…》："渊明自祭岂非达，杜牧作志夫何哀。"宋陈宓《挽李县丞》："渊明生自祭，挥泪听佳谈。"宋方回《二月十六…》："颠寒踣饿男儿事，已办渊明自祭文。"

元龙百尺楼 yuán lóng bǎi chǐ lóu
【分类】文化
【关键词】陈登
【释义】借指抒发壮怀的登临处。据《三国志·陈登传》载，许汜对刘备说：陈元龙是湖海之士，豪气未尽。我到他家，他自己睡大床，让我睡小床。刘备说许汜确有叫人看不起之处：你如果到我家去，我让你睡地下，我自己睡百尺高楼上，何止上下床的区别。
【例句】宋刘一止《次韵九日》："向来风韵照清秋，气压元龙百尺楼。"宋苏轼《次答邦直…》："恨无扬子一区宅，懒卧元龙百尺楼。"宋谢逸《和欧倅泛…》："澹云疏雨罨平皋，楼卧元龙百尺高。"聂绀弩《九日戏柬…》："湖海元龙楼百尺，恰逢佳节不相招。"

元龙高卧 yuán lóng gāo wò
【分类】生活

【关键词】陈登
【释义】意为慢待客人。《三国志·陈登传》:"汜曰:'昔遭乱过下邳,见元龙。元龙无客主之意,久不相与语,自上大床卧,使客卧下床。'"
【例句】宋张纲《次韵仲弼》:"高卧元龙百尺楼,饱看风月自忘忧。"宋苏籀《编联偶作》:"管氏攘戎索,元龙高卧楼。"宋王安石《次韵约之…》:"元龙但高卧,司马勿亲涤。"宋楼钥《赵资政建…》:"地平楼小望易穷,安得高卧陈元龙。"

元气 yuán qì
【分类】文化
【关键词】鹖冠子
【释义】泛指宇宙自然之气。亦指天地未分前的混沌之气。《鹖冠子·泰录》:"天地成于元气,万物成于天地。"《论衡》:"元气未分,浑沌为一。"
【例句】唐李白《西岳云台…》:"白帝金精运元气,石作莲花云作台。"唐杜甫《石犀行》:"但见元气常调和,自免洪涛恣凋瘵。"唐李商隐《韩碑》:"公之斯文若元气,先时已入人肝脾。"唐刘沧《题桃源处…》:"穷达尽为身外事,浩然元气乐樵渔。"

元轻白俗 yuán qīng bái sú
【分类】文化
【关键词】孟郊贾岛
【释义】元稹轻佻,白居易俚俗。本是对唐代诗人元稹、白居易诗风的一种评判。也泛指文笔粗俗浅近,轻浮靡丽。源见"郊寒岛瘦"。
【例句】宋张扩《次韵徐端…》:"更着新声定场屋,元轻白俗浪争先。"宋喻良能《李大著惠…》:"细味班香兼宋艳,自惭白俗与元轻。"宋喻良能《都丞李侍…》:"韩豪苏仙吁可畏,白俗元轻何足录。"宋方回《次韵孙元…》:"欲疗左盲治谷废,合除白俗扫元轻。"

元戎启行 yuán róng qǐ xíng
【分类】政治
【关键词】诗经
【释义】谓大军出发。《诗经·小雅·六月》:"元戎十乘,以先启行。"汉毛传:"元,大也。"
【例句】宋赵抃《次韵黎守…》:"圣世唐虞流泽远,启行无复用元戎。"宋陆文圭《送元帅移…》:"十乘元戎又启行,澄川老稚送倾城。"宋朱熹《拜张魏公…》:"元戎二十万,一旦先启行。"宋杜范《汉中行》:"似闻元戎已启行,官军所到无劲敌。"

元淑命不达 yuán shū mìng bù dá
【分类】政治
【关键词】赵壹
【释义】借指文士失意。《后汉书·赵壹》:"赵壹字元淑…州郡争致礼命,十辟公府,并不就,终于家。初,袁逢使善相者相壹云'仕不过郡吏',竟如其言。"
【例句】唐储光羲《贻刘高士别》:"元淑命不达,伯鸾吟可叹。"唐高适《信安王幕…》:"作赋同元淑,能诗匪仲宣。"唐张籍《赠殷山人》:"伯鸾甘寄食,元淑苦无钱。"宋周行己《复用前韵…》:"惜其命不达,白首犹饭牛。"

元载 yuán zài
【分类】政治
【关键词】元载
【释义】咏聚财贪贿易遭祸殃之典。《新唐书·元载传》:"元载字公辅…城中开南北二第,室宇奢广,当时为冠。近郊作观榭,帐帟什器不徙而供。膏腴别墅,疆畛相望,且数十区。名姝异妓,虽禁中不逮。"
【例句】宋卫宗武《颜鲁公》:"初年忤元载,晚节遇卢杞。"宋姜特立《赋潜庵…》:"季伦珊瑚光夺目,元载胡椒高柱屋。"

元长 yuán cháng
【分类】文化
【关键词】王融
【释义】指南朝齐王融。为咏诗才之典。《南齐书·王融传》:"王融字元长…融少而神明警惠,博涉有文才。""九年上幸芳林园禊宴群臣,使融为《曲水诗序》,文藻富丽,当世称之。""竟陵王子良于东府募人,拔融宁朔将军、军主。融文词辩捷,尤善仓卒属缀,有所造作,援笔可待。"
【例句】唐皎然《答裴集阳…》:"诗名比元长,赋体凌延寿。"宋黄庭坚《戏赠世弼…》:"谁能著意知许事,且为元长食蛤蜊。"宋李正民《食蛤蜊》:"海畔屡曾逢野士,坐间那复识王融。"宋陈造《书怀》:"但见刘班误车子,何曾邓禹笑王融。"明陈子龙《送宋辕文…》:"已成希逸东封颂,复上元长北伐书。"

元真子 yuán zhēn zǐ
【分类】政治
【关键词】张志和
【释义】即玄真子,唐张志和的别号。源见"张志和"。
【例句】唐陈子昂《感遇诗》:"曷见玄真子,观世玉壶中。"宋王炎《湘中杂咏》:"凭谁唤取玄真子,更作湘中渔父歌。"宋徐俯《鹧鸪天》:"朝廷若觅元真子,不在云边则酒边。"金元好问《烟溪独钓图》:"绿蓑衣底元真子,不解吟诗亦可人。"明苏葵《过严子陵…》:"遗竿可属元真子,野水虚涵处士星。"

园客丝 yuán kè sī
【分类】文化
【关键词】蚕丝
【释义】咏蚕丝之典。《列仙传》:"园客者,济阴人也,姿貌好而性仁…常种五色香草,积数十年,食其实。一旦,有五色神蛾止其香树末。客收而荐之以布,生桑蚕焉。至蚕时,有好女夜至,自称客妻,道蚕状。客与俱收蚕,得百二十头,茧皆如瓮大,缲一茧六十日始尽。讫则俱去,莫知所在。"

【例句】宋李彭《睡起》："愿同园客茧如瓮，忍使疲民无复裈。"宋黄庭坚《次韵雨丝…》："园客茧丝抽万绪，蛛螯网面罩群飞。"宋葛胜仲《次韵若拙…》："共疑园客春投茧，直恐针神夜过河。"宋洪刍《异蚕吐丝…》："园客凭虚夸独茧，冰蚕志怪岂同条。"

员峤 yuán qiáo
【分类】文化
【关键词】鳌
【释义】传说中的仙山名。泛指仙境。源见"龙伯钓鳌"。
【例句】唐顾况《送从兄使…》："几路通员峤，何山是沃焦。"宋孔武仲《张秉叔出…》："朝登员峤夕昆仑，只与神游不要人。"宋史尧弼《留题丹经卷后》："方壶员峤渺何许，徒令世俗滋欺瞒。"宋彭汝砺《又和治居许…》："黄金晚去云中阙，员峤深游海上山。"

袁安卧雪 yuán ān wò xuě
【分类】政治
【关键词】袁安
【释义】指身处困穷不乞求于人、坚守节操的行为。晋周斐《汝南先贤传》："时大雪积地丈余，洛阳令身出行案…至袁安门…令人除雪入户，见安僵卧。问何以不出，安曰：'大雪人皆饿，不宜干人。'令以为贤，举为孝廉。"
【例句】唐高适《苦雪》："惠连发清兴，袁安念高卧。"唐郑史《秋日零陵…》："新秋宋玉能为赋，永夕袁安好共吟。"唐许浑《病中》："三年婴酒渴，高卧似袁安。"唐何频瑜《墙阴残雪》："谁怜高卧处，岁暮叹袁安。"

袁安坠睫 yuán ān zhuì jié
【分类】政治
【关键词】袁安
【释义】大臣忧国之典。《后汉书·袁安传》："安以天子幼弱，外戚擅权，每朝会进见，及与公卿言国家事，未尝不噫鸣流涕。自天子及大臣皆恃赖之。"汉和帝时，帝幼小，大权外落，司徒袁安每议国事，悲愤流泪。
【例句】唐韩偓《八月六日…》："袁安坠睫寻忧汉，贾谊濡毫但过秦。"宋司马光《迓英阁阅…》："袁安空陨涕，杨震卒蒙辜。"宋楼钥《赵资政招…》："袁安坐为长哦，同气相求磁石铁。"明王世贞《答抑之鸿…》："万事穷途偏阮籍，几人公望似袁安。"

袁耽俊迈 yuán dān jùn mài
【分类】文化
【关键词】袁耽
【释义】咏豪爽俊迈之士的典故。《世说新语·任诞》："桓宣武少家贫，戏大输，债主敦求甚切，思自振之方，莫知所出。陈郡袁耽，俊迈多能。宣武欲求救于耽，耽时居艰，恐致疑，试以告焉。应声便许，略无慊客。遂变服怀布帽随温去，与债主戏。耽素有蓺名，债主就局曰：'汝故当不办作袁彦道邪？'遂共戏。十万一掷，直上百万数。投马绝叫，傍若无人，探布帽掷本曰：'汝竟识袁彦道不？'"
【例句】唐杜甫《不归》："数金怜俊迈，总角爱聪明。"宋黄庭坚《寄南阳谢…》："蔡泽来分功，袁耽必上都。"宋邓深《次韵钱行》："掷帽袁耽无复戏，着鞭祖逖有谁先。"明王彦泓《即事赠荆…》："休嫌张耳朋欢薄，止笑袁耽姊妹多。"明袁宗道《又赠毛丈》："袁耽今不恨，谢尚未如卿。"

袁董 yuán dǒng
【分类】政治
【关键词】袁绍董卓
【释义】指袁绍和董卓。二人曾先后拥兵自专，威胁人主。此借指拥兵自立的割据势力。《后汉书·袁绍传》："州郡峰起，莫不以袁氏为名…企望义兵，以释国难。馥于是方听绍举兵。乃谋于众曰：'助袁氏乎？助董氏乎？'"
【例句】唐韩偓《感事三十…》："袁董非徒尔，师昭岂偶然。"清黄人《和独漉堂…》："袁董之流难作赋，宋元以上半归君。"

袁公地 yuán gōng dì
【分类】生活
【关键词】袁粲
【释义】咏尽情游宴之典。《南史·袁粲传》：袁粲子景倩。"加中书令，又领丹阳尹。粲负才尚气，爱好虚远，虽位任隆重，不以事物经怀。独步园林，诗酒自适，家居负郭，每杖策逍遥，当其得意，悠然忘反。"
【例句】唐骆宾王《冬日宴》："赏洽袁公地，情披乐令天。"宋刘攽《和孙少述诗》："袁公卧深巷，意得神亦清。"宋朱长文《雪夕林亭…》："袁公当强起，谢女尚能谣。"明王缜《斋居对雪…》："袁公户闭眠应稳，程子门高梦未成。"

袁宏憔悴 yuán hóng qiáo cuì
【分类】政治
【关键词】袁宏
【释义】才士失意之典。《晋书·袁宏》："宏有逸才，文章绝美，曾为咏史诗，是其风情所寄。少孤寡，以运租自业。"
【例句】唐温庭筠《寄岳州李…》："独有袁宏正憔悴，一樽惆怅落花时。"唐罗隐《途中献晋…》："楼移庾亮千山月，树待袁宏一扇风。"唐罗隐《寄池州郑…》："衣中莱子曾分笔，扇似袁宏别有天。"唐郑谷《次韵和礼…》："乱后江山悲庾信，夜来烟月属袁宏。"

袁绍杯 yuán shào bēi
【分类】生活
【关键词】郑玄
【释义】咏宴请宾客之典。《后汉书·郑玄传》："时大将军袁绍总总兵冀州，遣使要玄，大会宾客，玄最后至，乃延升上座。身长八尺，饮酒一斛，秀眉明目，容仪温伟。"袁绍慕郑玄之名，曾大宴宾客，邀玄为上宾。
【例句】唐杜甫《秋尽》："篱边老却陶渊明菊，江上徒逢袁绍杯。"宋韩淲《过新安月…》："休倾袁绍杯，且卧毕卓瓮。"元王冕《舟中杂纪》："莫问桓伊笛，且传袁绍杯。"明黄佐《草堂招汤…》："天意冲寒欲放梅，江上徒逢袁绍杯。"

袁丝揽辔 yuán sī lǎn pèi
【分类】政治
【关键词】袁盎
【释义】侍臣爱护君王之典。《史记·袁盎列传》:"文帝从霸陵上,欲西驰下峻阪。袁盎(字丝)骑,并车擥辔。上曰:'将军怯耶?'盎曰:'今陛下骋六骓,驰下峻山,如有马惊车败,陛下纵自轻,奈高庙、太后何?'上乃止。"
【例句】唐李德裕《述梦四十韵》:"辔待袁丝揽,书期蜀客操。"宋陆佃《寄彦猷阁…》:"汲黯虽嫌弃为郡,袁丝应惮久居中。"宋李处权《清明日席…》:"篇章怀杜牧,游说鄙袁丝。"宋刘克庄《三和》:"所幸解骖逢晏子,不须结客报袁丝。"

袁校尉 yuán xiào wèi
【分类】政治
【关键词】袁绍
【释义】咏能招收兵众的将领之典。指袁绍。《后汉书·袁绍传》:"中平五年,初置西园八校尉,以绍为佐军校尉。灵帝崩,绍劝何进征董卓等众军,胁太后诛诸宦官,转绍司隶校尉。"
【例句】唐唐彦谦《奉使岐下…》:"散卒半随袁校尉,寡妻休问辟司徒。"

原尝春陵 yuán cháng chūn líng
【分类】政治
【关键词】史记
【释义】战国四公子平原君(赵胜,赵国)、孟尝君(田文,齐国)、春申君(黄歇,楚国)、信陵君(魏无忌,魏国)的并称。喻豪侠之士。《史记·平原君虞卿列传》:"是时齐有孟尝,魏有信陵,楚有春申,故争相倾以待士。"
【例句】唐李白《扶风豪士歌》:"原尝春陵六国时,开心写意君所知。"宋方回《送菇无己…》:"原尝春陵四公子,珠履三千分鼎食。"明张元凯《山人劝酒》:"原尝春陵千载人,嵇阮山刘一杯酒。"清洪亮吉《汪生彦和…》:"原尝春陵有家法,杀人乱世非英雄。"

原夫辈 yuán fū bèi
【分类】文化
【关键词】贾岛
【释义】"泛指不会考试的文墨之士。泛指文墨之士。《太平广记·贾岛》:"贾岛不善程式,每自叠一幅,巡铺告曰:'原夫之辈,乞一联!乞一联!'"原夫,指程试律赋中所用的起转语助词。"
【例句】宋李石《次韵宇文…》:"滔滔原夫辈,感此舍人样。"宋陈造《送学生归…》:"功名数前辈,术业旧原夫。"宋刘克庄《寄强甫》:"宁从欻乃翁孤钓,肯要原夫辈一联。"宋萧立之《送黄仲与…》:"羞交人指原夫辈,早慕史称儒者功。"

原父贡父 yuán fù gòng fù
【分类】文化
【关键词】刘敞刘攽
【释义】指宋史学家刘敞(字原父)、刘攽(字贡父)兄弟。喻指兄弟并才俊。《东坡志林·记刘原父语》:"原父既没久矣,尚有贡父在,每与语,今复死矣,何时复见此俊杰人乎?"
【例句】宋刘克庄《鹊桥仙》:"我如原父,君如贡父,且把汉书重读。"宋刘克庄《郑甥有大…》:"人谁念原父,甥勿似牢之。"宋梅尧臣《潘歙州寄…》:"永叔新诗笑原父,不将澄心纸寄予。"清王友亮《蒋苕生前…》:"雄谈凌贡父,逸调陋耆卿。"清陈曾寿《和吴眉孙》:"问学子云应载酒,读书贡父更能文。"

原上篇 yuán shàng piān
【分类】生活
【关键词】诗经
【释义】《常棣》篇因有"脊令在原"之句,古人称之为"原上篇"。后用以喻指兄弟间寄赠之作。《诗经·小雅·常棣》:"脊令在原,兄弟急难。每有良朋,况也永叹。"是歌咏兄弟友爱的诗。
【例句】唐卢纶《奉和陕州…》:"沉劣本多感,况闻原上篇。"唐杜甫《喜观即到…》:"枝间喜不去,原上急曾经。"

原思病 yuán sī bìng
【分类】政治
【关键词】原宪
【释义】指学道而不能实行。孔子弟子原宪字子思,故原宪又称原思。源见"原宪贫"。
【例句】唐权德舆《奉和许阁…》:"孰谓原思病,非关宁武愚。"宋芮烨《赠陈少微》:"原思非病贫何患,回也虽贫乐有加。"宋赵抃《劝学示江…》:"任从客笑原思病,莫管时讥孟子迂。"金崔遵《和裕之》:"君方备悉原思病,我亦私怜仲父贫。"

原隰 yuán xí
【分类】生态
【关键词】诗经
【释义】广平与低湿之地。泛指原野。《诗经·小雅·信南山》:"畇畇原隰,曾孙田之。"《国语·周语上》:"犹其原隰之有衍沃也。"三国吴韦昭注:"广平曰原,下湿曰隰。"
【例句】唐刘禹锡《将军行》:"剑气射云天,鼓声振原隰。"唐张九龄《奉和圣制…》:"山川勤远略,原隰轸皇情。"唐高适《酬陆少府》:"别意在山阿,征途背原隰。"宋王安石《得子固书…》:"重登城头望,喜气满原隰。"

原宪贫 yuán xiàn pín
【分类】政治
【关键词】原宪
【释义】原宪,孔子弟子,为古之清高贫寒之士。原宪家贫,但不愿迎合世俗去当官干坏事,后就用原宪贫咏贤士能安贫乐道。《史记·仲尼弟子列传》:子贡"过谢原宪。宪摄敝衣冠见子贡,曰:'夫子岂病乎?'原宪曰:'吾闻之,无财者谓之贫,学道而不能行者谓之病。若宪,贫也,非病也。'子贡惭,不怿而去。
【例句】唐卢纶《冬日登城…》:"长卿未遇杨朱泣,蔡泽无媒原宪贫。"唐杜甫《奉赠韦左…》:"窃效贡公喜,难甘原宪贫。"宋王安石《谢郏亶秘…》:"已知原宪贫非病,更许庄周知养恬。"宋李纲《读钱申伯…》:"新诗欲嗣汲黯直,陋巷更甘原宪贫。"

圆熟 yuán shú
【分类】文化
【关键词】谢朓
【释义】形容用笔娴熟。《苕溪渔隐丛话》:"《王直方诗话》:谢朓尝语沈约曰:'好诗圆美流如弹丸。'故东坡《答王巩》云:'新诗如弹丸。'又《送欧阳季默》云:'中有清圆句,铜丸飞杯弹。'盖诗贵于圆熟也。"也指做人灵活变通,精明练达。
【例句】宋吴儆《还程彦举…》:"殷勤不废琢磨力,圆熟几无斧凿痕。"宋赵蕃《闻韩伯修…》:"诗篇圆熟无凝滞,四六雍容有典型。"宋赵蕃《次韵呈审知》:"旧来诗已有老气,迩日更觉加圆熟。"宋徐玑《奉和翁千…》:"善诗如善韵,警响间圆熟。"

圆凿方枘 yuán záo fāng ruì
【分类】生活
【关键词】楚辞
【释义】圆凿,圆的卯眼;方枘,方的榫头。圆孔不能纳方榫,喻彼此不能相容或相合。《楚辞补注·九辩》:"圜凿而方枘兮,吾固知其龃龉而难入。"
【例句】唐寒山《诗三百》:"圆凿而方枘,悲哉空尔为。"唐杜甫《入衡州》:"嗟彼苦节士,素于圆凿方。"宋李之仪《次韵君俞…》:"能忘枘凿方圆异,许接风云变化新。"宋章甫《次吕伯恭…》:"鲁钝不如锥处囊,嗜好凿圆投枘方。"

援北斗 yuán běi dǒu
【分类】生活
【关键词】楚辞
【释义】端着像七星北斗那样大的勺子斟酒。为咏饮酒之典。《楚辞补注·九歌·东君》:"操余弧兮反沦降,援北斗兮酌桂浆。"
【例句】宋汪莘《水调歌头》:"我乃援北斗,子亦射天狼。"宋辛弃疾《寿赵茂嘉…》:"待酌西江援北斗,摩挲金狄与君期。"元黄玠《古尊彝歌…》:"手援北斗酌桂浆,愿君饮此寿而康。"元刘鹗《中秋》:"独援北斗酌明月,闲看银河感客星。"

援枹而鼓 yuán fú ér gǔ
【分类】政治
【关键词】左传
【释义】咏将帅智勇之典。《左传·成公二年》:"张侯曰:'师之耳目,在吾旗鼓,进退从之…'左并辔,右援枹而鼓。马逸不能止,师从之。齐师败绩。"唐陆德明《经典释文》:"枹,音浮,鼓槌也。"
【例句】唐李隆基《送王晙巡边》:"分阃仍推毂,援枹且训车。"宋之仪《兼江祥瑛…》:"眼能援枹鼓,心为制中权。"宋杨万里《秋浦登舟…》:"军鼙雷鼓百千面,援枹齐下作一鸣。"宋李谨思《题文丞相…》:"援枹亲鼓尽南海,背水更用蚩丁麈。"

缘木求鱼 yuán mù qiú yú
【分类】政治
【关键词】孟子
【释义】爬到树上去找鱼。喻方向或办法不对头。《孟子·梁惠王上》:"以若所为,求若所欲,犹缘木而求鱼也。"
【例句】唐独孤及《喜辱韩十…》:"宦情缘木知非愿,王事敦人敢告劳。"五代贯休《行路难》:"负薪为垆复为火,缘木求鱼应且止。"宋张侃《用秦少游韵》:"求鱼切戒空缘木,买犊不妨先卖刀。"聂绀弩《咏猫为正…》:"事事人前妙矣呼,朝朝缘木有求乎?"

猿臂不封侯 yuán bì bù fēng hóu
【分类】政治
【关键词】李广
【释义】比喻功高没有爵位,得不到高级封赏;或比喻命运不佳,有志难酬。《汉书·李广传》:"广为人长,猿臂,其善射亦天性,虽子孙他人学者莫能及。"后以猿臂将军称李广。源见"李广难封"。
【例句】宋李新《飞将》:"猿臂悬知不入相,且有杀降聊藉口。"宋刘子翚《别安子允》:"尚记虎头初掷笔,终怜猿臂未封侯。"宋杨万里《送赵英仲…》:"佛狸送死缘有人,猿臂不侯得非数。"宋戴复古《望江南》:"自谓虎头须食肉,谁知猿臂不封侯。"

猿鹤沙虫 yuán hè shā chóng
【分类】政治
【关键词】抱朴子
【释义】指阵亡的将士或死于战乱的人民。《太平御览》引古本《抱朴子》:"周穆王南征,一军尽化,君子为猿为鹤,小人为沙为虫。"
【例句】唐李白《古风》:"君子变猿鹤,小人为沙虫。"唐韩愈《送区弘南归》:"穆昔南征军不归,虫沙猿鹤伏以飞。"宋沈与求《戊申初寒偶作》:"安得壮士驭八骏,沙虫猿鹤俱腾骞。"聂绀弩《赠巨赞》:"成住倘能不坏空,谁悲猿鹤与沙虫?"

猿心 yuán xīn
【分类】文化
【关键词】维摩诘
【释义】亦称猿猴心。佛教语。喻躁动散乱之心。源见"心猿"。
【例句】唐钱起《杪秋南山…》:"客到两忘言,猿心与禅定。"宋胡仲弓《次韵山居》:"鹊过拨开归鸟路,钟敲撞碎野猿心。"宋蔡蒙吉《阴那山》:"鱼鸟身如游极乐,猿猴心似发菩提。"明王立道《泛湖游漆…》："远谷采薇随鹿迹,闲岩投果见猿心。"

辕下驹 yuán xià jū
【分类】政治
【关键词】魏其侯
【释义】指车辕下不惯驾车之幼马,也比喻少见世面器局不大之人。后亦作自谦之辞。《史记·魏其武安侯列传》："上怒内史曰:'公平生数言魏其、武安长短,今日廷论,局趣效辕下驹,吾并斩若属矣。'"
【例句】唐杜甫《别苏徯》："赠尔秦人策,莫鞭辕下驹。"唐杜甫《大历三年…》："出尘皆野鹤,历块匪辕驹。"唐孟郊《立德新居》："品子懒读书,辕驹难服犁。"宋宋祁《武安侯》："骄取武库地,气凌辕下驹。"

鶢鶋 yuán jū
【分类】文化
【关键词】国语
【释义】咏海鸟,或喻清高之士。《国语·鲁语》："海鸟曰'鶢鶋',止于鲁东门外三日,臧文仲使国人祭之…是岁也,海多大风,冬暖。"
【例句】唐杜甫《八哀诗》："鶢鶋至鲁门,不识钟鼓飨。"唐杜甫《白凫行》："鲁门鶢鶋亦蹭蹬,闻道如今犹避风。"唐韩愈《送郑尚书…》："风静鶢鶋去,官廉蚌蛤回。"唐胡曾《鲁城》："因笑臧孙才智少,东门钟鼓祀鶢鶋。"

远公莲社 yuǎn gōng lián shè
【分类】文化
【关键词】慧远
【释义】晋慧远法师于庐山东林寺结白莲社,与诸贤同修净土之业。源见"白莲社"。
【例句】唐韦蟾《岳麓道林寺》："何时得与刘遗民,同入东林远公社。"宋贺铸《暮春怀黄…》："陶令柴桑何日去,远公莲社几时过。"宋谢逸《广寿寺》："莲社宗远公,竹溪仰巢父。"王十朋《宿东林赠…》："归田我欲效元亮,结社师真如远公。"

远客 yuǎn kè
【分类】生活
【关键词】楚辞
【释义】远方的来客。《楚辞·九辩》："去乡离家兮徕远客,超逍遥兮今焉薄?"
【例句】唐李颀《听安万善…》："傍邻闻者多叹息,远客思乡皆泪垂。"唐刘沧《春晚旅次…》："残春花尽黄莺语,远客愁多白发生。"唐钱起《送兴平王…》："黄绶罢来多远客,青山何处不愁人。"唐戴叔伦《赠慧上人》："自恨频年为远客,喜从异郡识高僧。"

远山眉 yuǎn shān méi
【分类】生活
【关键词】卓文君
【释义】描写女子秀丽的眉毛,也指美女。《西京杂记》："文君姣好,眉色如望远山,脸际常若芙蓉,肌肤柔滑如脂。十七而寡,为人放诞风流,故悦长卿(司马相如)之才而越礼焉。"
【例句】唐杜牧《少年行》："豪持出塞节,笑别远山眉。"唐白居易《井底引银瓶》："婵娟两鬓秋蝉翼,宛转双蛾远山色。"五代徐铉《梦游》："南国佳人字玉儿,芙蓉双脸远山眉。"宋虞俦《赋雪》："风紧灵犀怯镇帷,晓来白尽远山眉。"

远致石榴 yuǎn zhì shí liú
【分类】政治
【关键词】潘岳
【释义】咏开拓对外关系之典。《昭明文选·晋潘岳〈闲居赋〉》："石榴,蒲陶之珍。"唐李善注引晋张华《博物志》："张骞使大夏,得石榴。"
【例句】唐王翰《奉和圣制…》："宁如凿空使,远致石榴花。"唐李商隐《无题》："曾是寂寥金烬暗,断无消息石榴红。"

怨不留 yuàn bù liú
【分类】政治
【关键词】邓攸
【释义】地方长官深得民心之典。《晋书·邓攸》："邓攸字伯道…刑政清明,百姓欢悦,为吴中兴良守。后称疾去职,百姓数千人留牵攸船,不得进…吴人歌之曰:'纩如打五鼓,鸡鸣天欲曙。邓侯拖不留,谢令推不去。'"
【例句】唐高适《奉酬睢阳…》："梁国歌来晚,徐方怨不留。"宋苏轼《送张职方…》："空使吴儿怨不留,青山漫漫七闽路。"宋陆游《十一月八…》："本来难入繁华社,莫向春风怨不知。"宋杨万里《海棠》："吾诗多为海棠哦,花意依前怨不多。"

怨女 yuàn nǚ
【分类】生活
【关键词】孟子
【释义】指已到婚龄而无合适配偶的女子。《孟子·梁惠王下》："内无怨女,外无旷夫。"
【例句】唐白居易《七德舞》："怨女三千放出宫,死囚四百来归狱。"唐陈元光《候夜行师…》："怨女鸾孤来绕枕,征夫马健不离鞍。"唐姚合《赠张籍太祝》："绝妙江南曲,凄凉怨女诗。"元张弘范《新蝉》："齐宫怨女梦初惊,犹对薰风诉别情。"

愿作锦鞋 yuàn zuò jǐn xié
【分类】生活
【关键词】陶渊明
【释义】咏对女子表达过分痴情之典。《陶渊明集·闲情赋》："愿在丝而为履,附素足以周旋;悲行止之有节,空委弃于床前。"
【例句】唐段成式《嘲飞卿》："知君欲作闲情赋,应愿将身作锦鞋。"明王彦泓《无题》："陈王着眼先罗袜,温尉关心到锦鞋。"明王彦泓《闲事杂题》："偶向灯前制锦鞋,半窗梅影下瑶阶。"明彭孙贻《湖口望鞋…》："锦鞋词客故多情,欲赋名山恼尚平。"

约法三章　yuē fǎ sān zhāng
【分类】政治
【关键词】汉高祖
【释义】比喻订立简明规约,或口头协议,以共同遵守。《史记·高祖本纪》："召诸县父老豪杰曰:'吾与诸侯约,先入关者王之,吾当在关中。与父老约法三章耳:杀人者死,伤人及盗抵罪。余悉除去秦法。'"
【例句】唐骆宾王《畴昔篇》："慎罚宁凭两造辞,严科直挂三章律。"唐李商隐《今月二日…》："愿守三章约,尝期九译通。"唐于季子《咏汉高祖》："百战方未项,三章且代秦。"唐杨炯《奉和上元…》："汉后三章令,周王五伐兵。"宋李纲《伏睹四月…》："少康一旅时犹在,高祖三章术未疏。"

乐广　yuè guǎng
【分类】文化
【关键词】乐广
【释义】乐广,字彦辅。西晋名士。因曾任尚书令,被后人称为乐令。《晋书·乐广列传》："性冲约,有远识,寡嗜欲,与物无竞。尤善谈论,每以约言析理,以厌人之心,其所不知,默如也。"
【例句】唐李峤《鉴》："方知乐彦辅,自有鉴人才。"唐武元衡《酬陆员外…》："晋臣多乐广,汉主识冯唐。"唐白居易《和梦游春诗》："秦家重萧史,彦辅怜卫叔。"唐张耒《圆灵水镜》："乐广披云日,山涛卷雾年。"唐苏味道《咏雾》："方谢公超步,终从彦辅游。"宋魏野《和酬李殿…》："乐广喜披溪上雾,戴逵惭认月边星。"

乐广披云　yuè guǎng pī yún
【分类】文化
【关键词】乐广
【释义】喻人风神朗澈,或借用指天开天晴。源见"披云"。
【例句】唐张耒《圆灵水镜》："乐广披云日,山涛卷雾年。"唐陈子昂《酬李参军…》："乐广云虽睹,夷吾风未春。"唐李白《赠溧阳宋…》："扫洒青天开,豁然披云雾。"唐李敬伯《奉陪段相…》："披云霄汉近,暂觉出尘埃。"

月出皎兮　yuè chū jiǎo xī
【分类】生态
【关键词】诗经
【释义】喻月光皎白明亮。《诗经·陈风·月出》："月出皎兮,佼人僚兮,舒窈纠兮,劳心悄兮。"唐孔颖达疏："言月之初出,其光皎然而白兮,以兴妇人白皙其色亦皎然而白兮,非徒面色白皙,又是佼好之人,其形貌僚然而好兮。"
【例句】宋李新《从辟泸南》："岁云暮矣家安在,月出皎兮山更长。"宋刘学箕《新霁和人韵》："人影在地林影散,月出皎兮星斗灿。"宋周麟之《辛酉大雪…》："造物不作难,夜半月出皎。"清多隆阿《落叶》："月出皎兮天共老,桑之落矣树同残。"

月地云阶　yuè dì yún jiē
【分类】文化
【关键词】周秦行纪
【释义】形容月下云间的天际夜空。喻指仙境。《周秦行纪》："再三邀余作诗,余不得辞,遂应命作诗曰:'香风引到大罗天,月地云阶拜洞仙。共道人间惆怅事,不知今夕是何年。'"
【例句】唐代杜牧《七夕》："云阶月地一相过,未抵经年别恨多。"宋苏轼《次韵杨公…》："月地云阶漫一樽,玉奴终不负东昏。"宋释道潜《谒上竺观》："月地云阶重到处,殷勤稽首白衣仙。"宋韩驹《世谓七夕…》："云阶月地一相过,未抵经年别恨多。"

月娥　yuè é
【分类】文化
【关键词】孟郊
【释义】也称桂娥、嫦娥。借指月亮。唐孟郊《看花》："月娥双双下,楚艳枝枝浮。"
【例句】唐李白《把酒问月》："白兔捣药秋复春,嫦娥孤栖与谁邻。"唐苻载《甘州歌》："月里嫦娥不画眉,只将云雾作罗衣。"唐无名氏《小苏家》："堂内月娥横剪波,倚门肠断虾须隔。"五代牛希济《临江仙》："箫鼓声稀香烬冷,月娥敛尽弯环。"宋王铚《明觉山中…》："天仙谪自广寒宫,定与桂娥新作别。"宋贺铸《题金陵天…》："昨夜桂娥奔月去,经秋芝盖御风还。"

月馆　yuè guǎn
【分类】文化
【关键词】拾遗记
【释义】馆名。传说舜时筑于衡山之麓以望月。也借指月亮。《拾遗记·高辛》："舜迁宝瓮于衡山之上,故衡山之岳有宝露坛。舜于坛下起月馆,以望夕月…登月馆以望四海三山,皆如聚米萦带者矣。"
【例句】唐鲍溶《隋帝陵下》："白露沾衣隋主宫,云亭月馆楚淮东。"宋文彦博《和公仪湖…》："蒙顶露牙春味美,湖头月馆夜吟清。"宋陈襄《和东玉少…》："束刍弥月馆行人,白首无殊一面新。"宋朱淑真《春日闲坐》："倚楼闲省经由处,月馆云藏望眼中。"

月观　yuè guàn
【分类】文化
【关键词】徐湛之
【释义】犹月榭。赏月的台榭。《南史·徐湛之传》："湛之更起风亭、月观、吹台、琴室,果竹繁茂,花药成行。"
【例句】唐张籍《题方睦上…》："每夜焚香通月观,可邻光影最团圆。"唐赵嘏《送韩绛归…》："江帆自落鸟飞外,月观静依春色边。"唐尚颜《寄荆门郑准》："不许姓名留月观,终携瓶锡去云门。"宋宋祁《寄赠高知县》："琴台滞讼投刀释,月观雕章梦草成。"

月光如水 yuè guāng rú shuǐ
【分类】生态
【关键词】赵嘏
【释义】月光皎洁柔和，如同闪光而缓缓流动的清水。形容月色很好的夜晚。唐赵嘏《江楼旧感》："独上江楼思渺然，月光如水水如天。"
【例句】宋杨万里《中秋戏作…》："月色如霜不粟肌，月光如水不沾衣。"宋梅尧臣《送杜挺之…》："月光如水来向人，太守得闲杯耳热。"宋叶善夫《龙潭秋月》："月光如水水连天，万顷玻璃浸碧渊。"元刘崧《秋夜长》："月光如水地上流，珠箔微茫悬两钩。"

月桂 yuè guì
【分类】文化
【关键词】月亮
【释义】月中桂树，亦借指月亮。《初学记》引晋虞喜《安天论》："俗传月中仙人桂树，今视其初生，见仙人之足，渐已成形，桂树后生。"至唐，段成式在《酉阳杂俎》中又记述传闻说月中仙人为吴刚，因学仙有过，故谪令其伐树。
【例句】唐褚朝阳《登圣善寺阁》："天花映窗近，月桂拂檐香。"唐白居易《留题天竺…》："宿因月桂落，醉为海榴开。"唐方干《题赠李校书》："名场失手一年年，月桂尝闻到手边。"唐罗隐《送沈先辈…》："青青月桂触人香，白苎衫轻称沈郎。"

月黑风高 yuè hēi fēng gāo
【分类】生活
【关键词】扪掌录
【释义】没有月亮，风又很大的夜晚。比喻险恶的环境。《扪掌录》："欧阳公与人行令，各作诗两句…一云：'月黑杀人夜，风高放火天。'"
【例句】宋黄庭坚《戏答宝胜…》："月黑逾城夜，风高放火天。"宋张耒《奉先寺》："树头土枭作人语，月黑风悲鬼摇树。"明邓云霄《秋笛》："月黑关山全失道，风高杨柳半无枝。"聂绀弩《给马飞天…》："风高能卷千重土，月黑惟看两盏灯。"

月荚 yuè jiá
【分类】政治
【关键词】竹书纪年
【释义】用为祝帝王祥瑞的典故。源见"尧阶蓂荚"。
【例句】唐许敬宗《奉和秋暮…》："月荚生还落，云枝似复非。"明唐顺之《中岳》："星榆临砌发，月荚应时敷。"明孙继皋《秋日早朝》："日临千月荚，烟覆万年萝。"明钱谦益《催妆词》："较它织女还侥幸，月荚生时早渡河。"

月窟 yuè kū
【分类】文化
【关键词】扬雄
【释义】传说月亮的归宿处。泛指边远之地。或月宫、月亮。《汉书·扬雄列传下》：《长杨赋》：'西厌月窟，东震日域。'东汉服虔注："月窟，月所生也。"
【例句】唐李白《苏武》："渴饮月窟水，饥餐天上雪。"唐岑参《凯歌》："官军西出过楼兰，营幕傍临月窟寒。"唐窦庠《金山行》："居人相顾非人间，如到月宫经月窟。"唐李颀《赠王郎中荣》："蓬瀛上客颜如玉，手探月窟如夜烛。"

月来花弄影 yuè lái huā nòng yǐng
【分类】生态
【关键词】张先
【释义】明月冲破云层，花在月光下摆弄身影。形容月夜如画的景色。宋张先《天仙子》："沙上并禽池上暝，云破月来花弄影。"
【例句】宋刘过《天仙子》："君须听。低唱月来花弄影。"宋钱时《九月望徒…》："黄花弄影日婆娑，一夜秋风百感多。"宋宋伯仁《春晴》："风淡帘栊花弄影，雨余池馆燕争泥。"宋连文凤《顽独》："晓日短墙花弄影，晚风斜槛鹤归巢。"

月落乌啼 yuè luò wū tí
【分类】生态
【关键词】张继
【释义】形容天色将明未明时的景象。唐张继《枫桥夜泊》："月落乌啼霜满天，江枫渔火对愁眠。"
【例句】唐刘禹锡《踏歌词》："月落乌啼云雨散，游童陌上拾花钿。"宋杨亿《夜宴》："月落乌啼人散后，衣香数日未能销。"宋王庭圭《胡烈臣卧…》："月落乌啼天欲晓，惊回何处梦游仙。"宋孙觌《寒食》："月落乌啼古木昏，宿云未敛日光暾。"

月明星稀 yuè míng xīng xī
【分类】生态
【关键词】曹操
【释义】月亮明亮时，星星就显得稀疏了。比喻一种事物能把另一事物掩盖。三国曹操《短歌行》："月明星稀，乌鹊南飞。绕树三匝，何枝可依？"
【例句】宋李纲《次东坡月…》："月明星稀乌鹊翻，先生夜起临幽轩。"宋张侃《西溪湖》："自言此游有真乐，月明星稀飞林乌。"明欧大任《壬戌七月…》："水落石出鲈鱼上，月明星稀乌鹊寒。"聂绀弩《桥夜想起…》："不是星稀是月明，南来乌鹊懔秋声。"

月蓂 yuè mì
【分类】生活
【关键词】竹书纪年
【释义】借指时日。源见"尧阶蓂荚"。
【例句】宋秦观《德清道中…》："旅思摇风旆，归期数月蓂。"宋廖行之《代贺苏盐…》："斗杓酒携井络墟，月英四蓂随盈除。"宋周申《寿友人》："蓂宾纪月蓂初开，斗杓直指午位回。"明王汝玉《代闺人怨》："月蓂频陨谢，春草屡芳菲。"

月上柳梢头 yuè shàng liǔ shāo tóu
【分类】生活
【关键词】欧阳修
【释义】咏情人约会之典。宋代欧阳修《生查子》:"月到柳梢头,人约黄昏后。"
【例句】唐唐彦谦《无题》:"漏滴铜龙夜已深,柳梢斜月弄疏阴。"宋洪咨夔《卜算子》:"簸弄柳梢春,呼吸花心露。"宋康与之《可惜》:"帘幕重重下玉钩,隔帘春在柳梢头。"宋王之道《桃源忆故人》:"收尽柳梢残雨。月闯西南户。"宋钱大椿《春夜》:"海棠枝上黄昏月,杨柳梢头浅澹烟。"

月兔笔毫 yuè tù bǐ háo
【分类】文化
【关键词】贯休
【释义】对兔毫笔的美称。古时以兔毫制笔,倍受文人墨客所青睐。五代贯休《观怀素草书歌》:"月兔笔,天灶墨,斜凿黄金侧锉玉。"《艺文类聚》引《广志》:"汉诸郡献兔毫,书鸿门题,唯赵国毫中用。"
【例句】唐姚合《省直书事》:"蜀笺金屑腻,月兔笔毫精。"宋梁宗范《题画竹绢…》:"密叶旋从人意长,劲枝全藉笔毫生。"明龚鼎孳《送李豹采…》:"迟君抗色酬清问,对仗先挥白笔毫。"明陈恭尹《五色笔歌…》:"为言房隆笔毫损,宽之所以全其锋。"

月下老人 yuè xià lǎo rén
【分类】生活
【关键词】月下老
【释义】指主管婚姻的神。《续玄怪录·定婚店》载:杜陵韦固…遇一老人,携布囊坐于阶上,向月捡书,自言"主天下之婚姻"。固叩所寻何书?答曰:"天下之婚牍耳。"又问囊中何物?答曰:"赤绳子耳。以系夫妻之足…此绳一系,终不可易。"
【例句】宋卫宗武《和陆象翁…》:"执柯者友秦大夫,不烦月老绳纤足。"元吕诚《五月廿八…》:"日中见斗瞻霄汉,月下吹箫引凤凰。"清赵观彬《次赵丈重…》:"双垂白发山中老,重系红绳月下仙。"聂绀弩《搓草绳调…》:"月下一牵情便笃,风流欲绾日西斜。"

月下敲门 yuè xià qiāo mén
【分类】文化
【关键词】贾岛
【释义】咏僧人或诗句推敲之典。源见"推敲"。
【例句】宋石延年《调二举子》:"司空怜汝汝须知,月下敲门更有谁。"宋徐钧《贾岛》:"行吟月下敲门句,气味依然不脱僧。"宋林逋《和皓文》:"林萝寂寂湖山好,月下敲门只有僧。"宋刘克庄《题晤上人》:"无客雨中能裹饭,有僧月下忽敲门。"

月胁 yuè xié
【分类】文化
【关键词】皇甫湜
【释义】比喻险奥的意境。唐皇甫湜《顾况诗集序》:"偏于逸歌长句,骏发踔厉,往往若穿天心,出月胁,意外惊人语,非寻常所能及。"
【例句】宋释德洪《次韵超然…》:"月胁云行夜未深,满庭风露叶辞林。"宋王庭圭《喜刘世臣…》:"同上青云踏玉梯,仍穿月胁取蟾枝。"宋王迈《永嘉何子…》:"诗眼具时穿月胁,琴声妙处写云和。"宋王庭圭《观竞渡次…》:"妙语忽然穿月胁,笔端那有俗间情。"

月中桂 yuè zhōng guì
【分类】政治
【关键词】郄诜
【释义】比喻科举功名。源见"蟾宫折桂"。
【例句】唐李白《赠崔司户…》:"欲折月中桂,持为寒者薪。"唐杜甫《一百五日…》:"斫却月中桂,清光应更多。"唐许浑《下第贻友人》:"人心高下月中桂,客思往来波上萍。"唐吴融《题画柏》:"不得月中桂,转思陵上柏。"

乐羊食子 yuè yáng shí zǐ
【分类】政治
【关键词】韩非子
【释义】咏有功见疑之典。《韩非子·说林上》:"乐羊为魏将而攻中山。其子在中山,中山之君烹其子而遗之羹,乐羊坐于幕下而啜之,尽一杯。文侯谓诸师赞曰:'乐羊以我故而食其子之肉。'答曰:'其子而食之,且谁不食?'乐羊罢中山,文侯赏其功而疑其心。"
【例句】唐陈子昂《感遇诗》:"乐羊为魏将,食子殉军功。"唐周昙《乐羊》:"盈箧谤书能寝默,中山不是乐羊功。"宋于石《感兴》:"乐羊伐中山,食子太无情。"宋吕陶《勇烈侯庙》:"尝胆过勾践,食羹如乐羊。"

乐毅 yuè yì
【分类】政治
【关键词】乐毅
【释义】喻良将,或喻良将遭谗。乐毅,字永霸。战国后期军事家,拜燕上将军,辅佐燕昭王振兴燕国。统帅燕国等五国联军攻打齐国,连下七十余城,因受燕惠王猜忌,投奔赵国。《史记·乐毅列传》:"于是燕惠王固已疑乐毅,得齐反间,乃使骑劫代将,而召乐毅。乐毅知燕惠王之不善代之,畏诛,遂西降赵。"
【例句】唐李白《经乱离后…》:"乐毅怕再生,于今亦奔亡。"唐李白《行路难》:"剧辛乐毅感恩分,输肝剖胆效英才。"唐钱起《送傅管记…》:"无人不重乐毅贤,何敌能当鲁连啸。"宋韩琦《次韵和崔…》:"高吟尚纪终军策,小字如观乐毅篇。"

乐毅不归 yuè yì bú guī
【分类】政治
【关键词】乐毅
【释义】良将蒙冤遭忌之典。《史记·乐毅传》:"乐毅留徇齐五岁，下齐七十余城，皆为郡县以属燕，唯独莒、即墨未服⋯惠王自为太子时尝不快于乐毅，及即位，齐之田单闻之，乃纵反间于燕。燕惠王固已疑乐毅，得齐反间，乃使骑劫代将，而召乐毅。乐毅知燕惠王之不善代之，畏诛，遂西降赵。"

【例句】唐卢照邻《送幽州陈⋯》："冯唐犹在汉，乐毅不归燕。"唐高适《酬裴员外⋯》："乐毅吾所怜，拔齐翻见猜。"明蔡经《燕台》："何事荆轲终远去，空怜乐毅不归来。"明薛蕙《送杨石斋》："留侯初相汉，乐毅晚辞燕。"

岳降　yuè jiàng
【分类】政治
【关键词】诗经
【释义】称颂诞生或诞辰。《诗经·大雅·崧高》："维岳降神，生甫及申。"汉郑笺："（四岳）德当岳神之感而福兴，其子孙历虞夏商，世有国土，周之甫也，申也、齐也、许也，皆其苗胄。"
【例句】唐王维《奉和圣制⋯》："维岳降二臣，戴天临万姓。"唐李商隐《五言述德⋯》："有人扶太极，惟岳降元精。"唐韩偓《感事》："虽遇河清圣，惭非岳降贤。"宋刘拿《上熊待制⋯》："雅什曾歌岳降神，今看天上玉麒麟。"

岳牧　yuè mù
【分类】政治
【关键词】尚书
【释义】尧舜时四岳十二牧的简称。喻称封疆大吏。《尚书·周官》："曰唐虞稽古，建官惟百，内有百揆四岳，外有州牧侯伯。"汉孔安国《传》："外置州牧十二，及五国之长。"
【例句】唐杜甫《送陵州路⋯》："幽燕通使者，岳牧用词人。"宋王伯虎《送程给事⋯》："帝载待咨唐岳牧，郡符还屈汉公卿。"宋李清照《上韩公枢密》："如闻帝若曰，岳牧与群后。"宋谢伋《寄曾使君》："江色城霞气象新，中兴岳牧诗人。"

岳阳楼　yuè yáng lóu
【分类】生态
【关键词】范仲淹
【释义】位于湖南省岳阳市古城西门城墙之上，下瞰洞庭，前望君山，自古有"洞庭天下水，岳阳天下楼"之美誉，与湖北武昌黄鹤楼、江西南昌滕王阁并称为江南三大名楼。北宋范仲淹著有《岳阳楼记》。
【例句】唐杜甫《登岳阳楼》："昔闻洞庭水，今上岳阳楼。"唐李商隐《岳阳楼》："欲为平生一散愁，洞庭湖上岳阳楼。"唐刘禹锡《洞庭秋月行》："岳阳楼头暮角绝，荡漾已过君山东。"唐白居易《题岳阳楼》："岳阳城下水漫漫，独上危楼倚曲栏。"

跃马　yuè mǎ
【分类】政治
【关键词】蔡泽

【释义】喻指贵显得志。《史记·范睢蔡泽列传》："（蔡泽）谓其御者曰：'吾持粱刺齿肥，跃马疾驱怀黄金之印，结紫绶于要，揖让人主之前，食肉富贵，四十三年足矣。'"
【例句】唐骆宾王《畴昔篇》："诸葛才雄已号龙，公孙跃马轻称帝。"唐杜甫《阁夜》："卧龙跃马终黄土，人事音书漫寂寥。"唐鲍溶《途中旅思》："跃马非壮岁，报恩无高功。"宋杨亿《陈尧拱廷⋯》："西风跃马经秦甸，东道椎牛宴孟邻。"

越裳雉　yuè cháng zhì
【分类】政治
【关键词】越裳国
【释义】异族归服进贡之典。《后汉书·南蛮传》："交阯之南有越裳国。周公居摄六年，制礼作乐，天下和平，越裳以三象重译而献白雉，曰：'道路悠远，山川岨深，音使不通，故重译而朝。'"
【例句】唐李白《放后遇恩⋯》："东风日本至，白雉越裳来。"唐柳宗元《游南亭夜⋯》："重来越裳雉，再反西旅獒。"宋陆文圭《壬申冬晦⋯》："天无烈风海波静，白雉九译贡越裳。"元袁桷《安南行》："君不闻重译之人越裳氏，有道周王输白雉。"

越处子　yuè chǔ zǐ
【分类】政治
【关键词】吴越春秋
【释义】指越国一善剑女子。《吴越春秋·勾践阴谋外传》载：越有处女，出于南林。越王使使聘之，问以剑戟之术，号曰越女，命教军士。当时皆称越女之剑。
【例句】唐李白《东海有勇妇》："学剑越处子，超然若流星。"明徐渭《次苏长公⋯》："剑底白猿麈越女，楂头黑瘿粉无盐。"

越甲鸣君　yuè jiǎ míng jūn
【分类】政治
【关键词】雍门子狄
【释义】用为君王和国家而赴死之典；也称国遭危难，受敌侵凌。《说苑·立节》："雍门子狄曰：'今越甲至，其鸣吾君也，岂左毂之下哉！车右可以死左毂，而臣独不可以死越甲也？'遂刎颈而死。是日，越人引甲而退七十里，曰：'齐王有臣钧如雍门子狄，拟使越社稷不血食。'遂引甲而归。"
【例句】唐王维《老将行》："愿得燕弓射天将，耻令越甲鸣吾君。"宋沈与求《刘资政挽词》："请死自缘鸣越甲，乞师谁为哭秦庭。"明王世贞《寄熊守元乘》："携李欲酬鸣越甲，苍梧今问获嘉城。"明王世贞《宫詹求美⋯》："耻言越甲鸣吴军，奏书自试俱报闻。"

越鸟南栖　yuè niǎo nán qī
【分类】政治
【关键词】古诗
【释义】思乡怀国之典。《昭明文选·古诗〈行行重行行〉》：

"胡马依北风,越鸟巢南枝。"唐李善注引《韩诗外传》:"《诗》曰:'代马依北风,飞鸟栖故巢。'皆不忘本之谓也。"

【例句】唐李白《同王昌龄…》:"觉来欲往心悠然,魂随越鸟飞南天。"唐刘长卿《初闻贬谪…》:"越鸟岂知南国远,江花独向北人愁。"唐于濆《旅馆秋思》:"更见庭前树,南枝巢宿禽。"唐郑谷《送京参翁…》:"家山春更好,越鸟在庭柯。"

越女 yuè nǚ
【分类】生活
【关键词】枚乘
【释义】泛指越地美女。古代越国多出美女,西施其尤著者。亦专指西施。《昭明文选·西汉枚乘〈七发〉》:"越女侍前,齐姬奉后。"汉刘良注:"齐越二国,美人所出。"
【例句】唐元稹《春分投简…》:"似木吴儿劲,如花越女姝。"唐韦庄《鹧鸪》:"秦人只解歌为曲,越女空能画作衣。"唐王勃《采莲曲》:"裴回莲浦夜相逢,吴姬越女何丰茸。"唐王维《洛阳女儿行》:"谁怜越女颜如玉,贫贱江头自浣纱。"

越瘦秦肥 yuè shòu qín féi
【分类】生活
【关键词】韩愈
【释义】比喻与己痛痒无关。唐韩愈《争臣论》:"视政之得失,若越人之视秦人之肥瘠,忽焉不加喜戚于其心。"
【例句】宋周紫芝《同季再见…》:"姓名谁挂口,肥瘠付秦人。"宋黄庭坚《谢景叔惠…》:"秦牛肥腻酥胜雪,汉苑甘泉梨得霜。"宋李光《子猷知府》:"弃捐沟壑死锋镝,有如秦越视瘠肥。"聂绀弩《六鹢》:"六鹢何因定退飞,秦人似比越人肥。"

越王轼蛙 yuè wáng shì wā
【分类】政治
【关键词】勾践
【释义】咏激励士卒锐气之典。源见"怒蛙可式"。
【例句】宋陈师道《晚望》:"蝉鸣不余力,蛙腹能许怒。"宋宋庠《留别知郡…》:"安知轼蛙贱,但觉轩鸿轻。"明黄省曾《越来溪歌》:"英雄轼蛙主,壮气吞鲵鲸。"

越王台 yuè wáng tái
【分类】政治
【关键词】勾践
【释义】春秋时越王勾践为招纳贤士而建。后常用为吊古咏史之典。《述异记》:"吴既灭越,栖勾践于会稽之上,地方千里。勾践得范蠡之谋,乃示民以耕桑,延四方之士,作台于外而馆贤士,今会稽山有越王台。"
【例句】唐张九龄《使至广州》:"人非汉使橐,郡是越王台。"唐张祜《舟行旦发》:"稍记扬子岸,不辨越王台。"唐曹松《南海旅次》:"忆归休上越王台,归思临高不易裁。"宋吕定《登广城楼》:"三尺龙泉事远游,越王台上望南州。"

粤犬吠雪 yuè quǎn fèi xuě
【分类】生态
【关键词】柳宗元
【释义】喻少见多怪。唐柳宗元《答韦中立论师道书》:"前六七年,仆来南,二年冬,幸大雪逾岭被南越中数州。数州之犬,皆苍黄吠噬,狂走者累日,至无雪乃已。"
【例句】宋刘志行《尧山冬雪》:"腊前不识丰年瑞,翻令粤犬云间吠。"宋杨万里《荔枝歌》:"粤犬吠雪非差事,粤人语冰夏虫似。"宋陆游《秋夜读书…》:"南犬固应多吠雪,夏虫那得解知冰?"宋洪咨《雪》:"越犬旧闻冬吠雪,闽天今见雪中梅。"

鹫鸑 yuè zhuó
【分类】文化
【关键词】国语
【释义】古代传说中的五凤之一,身为黑色或紫色。实为大雁。为咏祥瑞之典。《国语·周语上》:"周之兴也,鹫鸑鸣于岐山。"
【例句】唐李白《古风》:"驺虞不虚来,鹫鸑有时鸣。"唐贾至《闲居秋怀…》:"鲸鱼纵大壑,鹫鸑鸣高冈。"唐刘禹锡《浙东元相…》:"稽山自与岐山别,何事连年鹫鸑飞。"唐许浑《寄献三川…》:"休闭玉笼留鹫鸑,早开金埒纵麒麟。"

云璈 yún áo
【分类】生活
【关键词】汉武帝
【释义】即云锣。打击乐器。晋葛洪《上元夫人步玄之曲》:"《汉武帝内传》曰:'上元夫人自弹云林之璈,鸣弦骇调,清音灵朗,玄凤四发,乃歌〈步玄〉之曲。'"
【例句】唐李翔《冯双礼珠…》:"王母词终荐碧桃,答歌仙子奏云璈。"唐李翔《魏夫人归…》:"元君未许人先起,更待云璈一曲终。"宋刘筠《立夏奉祀…》:"舜柏森森拂绛霄,薰风瑟瑟动云璈。"宋张表臣《琵琶》:"漫道灵妃鼓瑶瑟,虚传仙子弄云璈。"

云车 yún chē
【分类】文化
【关键词】汉武帝
【释义】以云彩为装饰花纹的车子。亦泛指华贵之车、仙人之车。《史记·孝武本纪》:"文成言曰:'上即欲与神通,宫室被服不象神,神物不至。'乃作画云气车。"
【例句】唐武则天《游仙篇》:"碧落晨飘紫芝盖,黄庭夕转彩云车。"唐李乂《奉和初春》:"地出东郊回日御,城临南斗云车。"唐杜甫《送孔巢父…》:"蓬莱织女回云车,指点虚无是归路。"唐顾况《上元夜忆》:"云车龙阙下,火树凤楼前。"

云窗雾阁 yún chuāng wù gé
【分类】生态

【关键词】韩愈

【释义】云雾缭绕的窗户和居室。借指建于极高处的楼阁。唐韩愈《华山女》:"云窗雾阁事慌惚,重重翠幔深金屏。"

【例句】宋秦观《赠女冠畅师》:"雾阁云窗人莫窥,门前车马任东西。"宋张孝祥《再和》:"玉壶寒露映真色,雾阁云窗立半身。"宋李清照《临江仙》:"庭院深深深几许,云窗雾阁常扃。"宋无名氏《念奴娇》:"雾阁云窗,翠眉红颊,解唱长生曲。"

云动风飞 yún dòng fēng fēi

【分类】生活

【关键词】师旷

【释义】咏悲乐巨大感染力之典。《韩非子·十过》:"师旷不得已而鼓之。一奏之,有玄云从西北方起,再奏之,大风至,大雨随之,裂帷幕,破俎豆,隳廊瓦,坐者散走。平公恐惧,伏于廊之间。"

【例句】唐李白《庐山谣寄…》:"黄云万里动风色,白波九道流雪山。"唐杜甫《秋笛》:"不见秋云动,悲风稍稍飞。"唐郑愔《奉和幸望…》:"睿曲风云动,边威鼓吹喧。"唐苗晋卿《奉和行幸诗》:"接仗风云动,迎军鸟兽舞。"

云和 yún hé

【分类】生态

【关键词】周礼

【释义】山名。古取所产之材以制作琴瑟。谓琴瑟琵琶等弦乐器的统称。源见"孤竹"。

【例句】唐杨师道《咏笙》:"切切孤竹管,来应云和琴。"唐陈子昂《与东方左…》:"遂偶云和瑟,张乐奏天庭。"唐皎然《答郑方回》:"如聆云和音,况睹声名盛。"唐王涯《宫词》:"迎风殿里罢云和,起听新蝉步浅莎。"

云横雪拥 yún héng xuě yōng

【分类】生态

【关键词】韩愈

【释义】即"云横秦岭家何在,雪拥蓝关马不前。"白云横在秦岭,不知道家乡何在,大雪拥塞蓝关,乘坐的马也裹足不前。形容山川道阻,旅途环境险恶。唐韩愈《左迁至蓝关示侄孙湘》:"云横秦岭家何在?雪拥蓝关马不前。"

【例句】宋吕本中《寄知止》:"云横雪拥蓝关路,总是平生愿学心。"元沈禧《满庭芳》:"雪拥蓝关,云横秦岭,马头道路迷茫。"明王绅《送史行可…》:"云横栈道高,雪拥剑门窄。"

云间陆士龙 yún jiān lù shì lóng

【分类】文化

【关键词】陆士龙

【释义】用为称美才士的典故。《世说新语·排调》:"荀鸣鹤、陆士龙二人未相识,俱会张茂先坐。张令共语。以其并有大才,可勿作常语。陆举手曰:'云间陆士龙。'荀答曰:'日下荀鸣鹤。'"晋陆云字士龙,荀隐字鸣鹤。

【例句】唐李商隐《赠孙绮新…》:"陆机始拟夸文赋,不觉云间有士龙。"唐钱起《送河南陆…》:"云间陆生美且奇,银章朱绶映金羁。"唐陈羽《若耶溪逢…》:"担簦蹑履仍多病,笑杀云间陆士龙。"宋苏轼《次韵刘景…》:"将辞邺下刘公干,却见云间陆士龙。"宋王十朋《送陆通判》:"弟兄不减云间陆,拭目看君日九迁。"

云卷舒 yún juǎn shū

【分类】政治

【关键词】关尹子

【释义】形容世事变幻无常,或处事淡然。《关尹子·三极》:"云之卷舒,禽之飞翔,皆在虚空中,所以有变化不穷,圣人之道则然。"

【例句】宋蒋之奇《琴高台怀古》:"云卷云舒绝壁下,花开花落空潭中。"宋王十朋《庐山纪游》:"身随禽往还,兴逐云卷舒。"宋曾丰《题吴季章…》:"一尘不动鸥出没,万变无心云卷舒。"宋韩元吉《次韵子云…》:"春风入户花开落,晴日当窗云卷舒。"

云雷 yún léi

【分类】政治

【关键词】周易

【释义】喻险难环境。指不吉利的征兆。也比喻善于兼用恩泽与刑罚,经纬国家。《周易注疏·屯》:"《象》曰:屯,刚柔始交而难生,动乎险中,大亨贞。"按:《屯》之卦象为《坎》上《震》下,《坎》之象为云,《震》之象为雷。

【例句】唐王绩《薛记室收…》:"逮承云雷后,欣逢天地初。"唐张九龄《奉和圣制…》:"云雷初缔构,日月今悠悠。"唐刘禹锡《南海马大…》:"闻道楚氛犹未灭,终须旌旆扫云雷。"唐李白《司马将军歌》:"北落明星动光彩,南征猛将如云雷。"

云龙 yún lóng

【分类】政治

【关键词】周易

【释义】比喻君臣风云际会。源见"风从虎云从龙"。

【例句】唐权德舆《奉和于司…》:"云龙谐理代,鱼水见深恩。"唐李白《胡无人行》:"云龙风虎尽交回,太白入月敌可摧。"唐储光羲《贻王侍御…》:"峨峨云龙开,忽有方伯遇。"唐张佐《忆游天台…》:"云龙出水风声急,海鹤鸣皋日色清。"

云龙风虎 yún lóng fēng hǔ

【分类】政治

【关键词】周易

【释义】喻君臣相得。也指英雄豪杰。源见"风从虎云从龙"。

【例句】唐李白《胡无人》:"云龙风虎尽交回,太白入月敌可摧。"宋胡舜陟《建炎丞相…》:"晓猿夜鹤空留恋,风虎云龙自应求。"宋张继先《金丹诗》:"五色云龙腾海底,九回风虎到天庭。"宋阳枋《寿刘节判》:"云龙风虎千年遇,圣主贤臣此际同。"

云路 yún lù
【分类】政治
【关键词】皇甫谧
【释义】比喻仕途,高位。《晋书·皇甫谧传》:"子其鉴先哲之洪范,副圣册之虚心,冲灵翼于云路,浴天池以濯鳞。"也指高山上的路径。
【例句】唐张文恭《七夕》:"星桥百枝动,云路七香飞。"唐卢照邻《赠益府裴…》:"青山云路深,丹壑月华临。"唐卢纶《和王员外…》:"坐见重București朝骑,可怜云路独翱翔。"唐卢照邻《赠益府裴…》:"青山云路深,丹壑月华临。"

云门 yún mén
【分类】生活
【关键词】周礼
【释义】周代六乐舞之一。用于祭祀天神。相传为黄帝时所作。《周礼注疏·大司乐》:"以乐舞教国子。舞《云门》《大卷》《大咸》《大磬》《大夏》《大濩》《大武》。"又指高耸的大门。多比喻富贵之家。亦指山门。借指寺庙。
【例句】唐李白《与谢良辅…》:"乘君素舸泛泾西,宛似云门对若溪。"唐杜甫《忆昔》:"宫中圣人奏云门,天下朋友皆胶漆。"唐杨巨源《听李凭弹…》:"君王听乐梨园暖,翻到云门第几声。"唐张籍《废瑟词》:"几时天下复古乐,此瑟还奏云门曲。"

云梦泽 yún mèng zé
【分类】生态
【关键词】周礼
【释义】水泽名,约为今洞庭湖北岸一带地区。一般指春秋时楚王的游猎区。《周礼·职方》荆州:"其泽薮曰云梦。"《左传·定公四年》:"楚子涉雎,济江,入于云中。王寝,盗攻之,以戈击王。"云中:指云梦泽。
【例句】唐李世民《出猎》:"楚王云梦泽,汉帝长杨宫。"唐孟浩然《望洞庭湖…》:"气蒸云梦泽,波撼岳阳城。"唐杜甫《夔府书怀》:"绿林宁小患,云梦欲难追。"聂绀弩《以诗一卷…》:"黄鹤楼高云梦泽,黑龙江远雪霜天。"

云幕 yún mù
【分类】文化
【关键词】西京杂记
【释义】轻柔飘洒如云雾的帐幕。泛指帐幕。《西京杂记》:"(汉)成帝设云帐、云幄、云幕于甘泉紫殿。"明仇兆鳌注:"周注:谓铺设幕帐如云雾也。"
【例句】唐杜甫《丽人行》:"就中云幕椒房亲,赐名大国虢与秦。"唐薛涛《上川主武…》:"军城画角三声歇,云幕初垂红烛新。"唐刘禹锡《福先寺雪…》:"二八笙歌云幕下,三千世界雪花中。"宋杨亿《梁四谏议…》:"云幕杯盘三省近,星邮章奏九门通。"

云泥 yún ní
【分类】政治
【关键词】矫慎
【释义】比喻两物相去甚远,差异很大。《后汉书·矫慎传》:"(吴苍)遗书以观其志曰:'仲彦足下,勤处隐约,虽乘云行泥,栖宿不同,每有西风,何尝不叹!'"
【例句】唐陈元光《语州县诸…》:"云泥如有隔,水火岂相资。"唐卢僎《十月梅花…》:"红颜白发云泥改,何异桑田移碧海。"唐罗隐《寄酬邺王…》:"每怜罹乱书犹达,所恨云泥路不通。"聂绀弩《赠周而复》:"而今势已云泥隔,多谢车因故旧停。"

云霓 yún ní
【分类】文化
【关键词】孟子
【释义】指虹。借指高空。《孟子·梁惠王下》:"民望之,若大旱之望云霓也。"汉赵岐注:"霓,虹也,雨则虹见,故大旱而思见之。"
【例句】唐李白《梦游天姥…》:"越人语天姥,云霞明灭或可睹。"唐柴翌《望九华山》:"九华如剑插云霓,青蔼连云望欲迷。"唐宋昱《樟亭观涛》:"雷震云霓里,山飞霜雪中。"唐蒋涣《登栖霞寺塔》:"三休寻磴道,九折步云霓。"唐轩辕伟《题云居上寺》:"石梁分鸟道,苔径过云霓。"

云鹏 yún péng
【分类】政治
【关键词】庄子
【释义】翱翔高空的大鹏。比喻仕途显达之人。源见"鲲鹏"。
【例句】唐李白《登金陵冶…》:"哲匠感颓运,云鹏忽飞翻。"唐钱珝《江行无题》:"帆翅初张处,云鹏怒奠同。"宋刘敞《答张安内…》:"云鹏自合纵天池,蒿鸠宁嫌寄一枝。"宋曾巩《次道子中…》:"一枝数粒身安稳,不羡云鹏九万飞。"

云旗 yún qí
【分类】文化
【关键词】司马相如
【释义】指画有熊虎图案的大旗。《昭明文选·汉司马相如〈上林赋〉》:"拖霓旌,靡云旗。"唐张守节《史记正义》:"张云:'画熊虎于旌,似云气也。'"
【例句】唐法轮《观大驾出…》:"云旗乱陌紫,羽旆杂尘红。"唐王维《送韦大夫…》:"云旗蔽三川,画角发龙吟。"唐李白《在水军宴…》:"云旗卷海雪,金鼓罗江烟。"唐钱起《送鲍中丞…》:"云旗临塞色,龙笛出关声。"

云散风流 yún sàn fēng liú
【分类】生活
【关键词】王粲
【释义】风吹云散,踪迹消失。比喻原常相聚的人飘零离散。汉王粲《赠蔡子笃》:"悠悠世路,乱离多阻。济岱江衡,邈焉异处。风流云散,一别如雨。"
【例句】宋欧阳修《温成阁》:"云散风流岁月迁,君恩曾不减当年。"宋王安石《寄余温卿》:"云散风流不自禁,天涯无路盍朋簪。"宋陈亮《水龙吟》:"金钗斗草,青丝勒马,风流云散。"宋朱松《答国镇见…》:"莫话风流云散事,九河翻泪若为收。"

云师 yún shī
【分类】政治
【关键词】左传
【释义】黄帝时的官名。代指云神。《左传·昭公十七年》:"昔者黄帝氏以云纪,故为云师而云名。"晋杜预注:"黄帝受命有云瑞,故以云纪事,百官师长皆以云为名号。"
【例句】唐道世《颂》:"日驭非难假,云师本易凭。"唐杜甫《九日寄岑参》:"安得诛云师,畴能补天漏。"唐元稹《和乐天赠…》:"心火自生还自灭,云师无路与君销。"唐贾岛《酬鄠县李…》:"吟怀沧海侣,空问白云师。"

云台 yún tái
【分类】政治
【关键词】汉显宗
【释义】汉宫中高台名。泛指纪念功臣名将之所。源见"云台画像"。
【例句】唐李世民《魏徵葬日…》:"唯当掩泣云台上,空对余形无复人。"唐吴融《秋日感事》:"几人欲话云台峻,独我方探禹穴深。"唐李隆基《送张说巡边》:"云台先著美,今日更贻芳。"唐高适《宋中遇刘…》:"白身谒明主,待诏登云台。"

云台画像 yún tái huà xiàng
【分类】政治
【关键词】汉显宗
【释义】指获得殊荣的功臣名将。《后汉书·朱景王杜等传论》:"永平中,显宗追感前世功臣,乃图画二十八将于南宫云台,其外又有王常、李通、窦融、卓茂,合三十二人。"
【例句】唐司空图《商山》:"清溪一路照羸身,不似云台画像人。"唐唐彦谦《奉使岐下…》:"云台画像皆何者,青史书名或不孤。"宋刘攽《曾鲁公挽诗》:"云台存画像,毕陌想遗风。"宋王十朋《登压云亭…》:"异日云台观画像,要须压尽汉将军。"

云台仗 yún tái zhàng
【分类】政治
【关键词】魏氏春秋
【释义】指天子的殿中宿卫。《三国志·高贵乡公纪》南朝宋裴松之注:"《魏氏春秋》曰:'戊子夜,帝自将冗从仆射李昭、黄门从官焦伯等下陵云台,铠仗授兵,欲因际会,自出讨文王。'"
【例句】唐杜甫《八哀诗》:"寂寞云台仗,飘飘沙塞旌。"宋曹勋《投连泉州…》:"径入云台仗,宜陈述职篇。"宋欧阳澈《答田端彦》:"莫嗟骐骥老,不识云台仗。"明郑善夫《越中》:"西巡未返云台仗,南顾犹烦瘴海兵。"

云梯 yún tī
【分类】文化
【关键词】淮南子
【释义】古代攻城时攀登城墙的长梯。《淮南子·修务训》:"王曰:'公输,天下之巧士,作云梯之械设以攻宋,曷为弗取!'"汉高诱注:"公输,鲁般之号…云梯,攻城具,高长上与云齐,故曰云梯。"
【例句】唐李白《赠从弟洌》:"傅说降霖雨,公输造云梯。"唐李白《别山僧》:"平明别我上山去,手携金策踏云梯。"唐刘元叔《姜薄命》:"自从离别守空闺,遥闻征战赴云梯。"唐赵嘏《平戎》:"自古平戎有良策,将军不用倚云梯。"

云亭 yún tíng
【分类】生态
【关键词】史记
【释义】云云、亭亭二山的并称。《史记·封禅书》:"神农封泰山,禅云云;炎帝封泰山,禅云云;黄帝封泰山,禅亭亭。"《括地志》:"云云山在兖州博城县西南三十里也。亭亭山在兖州博城县西南三十里也。"代指封禅事。
【例句】唐李世民《两仪殿赋…》:"云披雾敛天地明,登封日观禅云亭。"唐李益《大礼毕皇…》:"云亭之事略可记,七十二君宁独尊。"唐李商隐《寄太原卢…》:"公乎来入相,皇欲驾云亭。"唐郑颢《续梦中十韵》:"御炉虚仗马,华盖负云亭。"

云卧 yún wò
【分类】政治
【关键词】鲍照
【释义】高卧于云雾缭绕之中。意谓隐居。南朝宋鲍照《代升天行》:"风餐委松宿,云卧恣天行。"
【例句】唐杜甫《游龙门奉…》:"天阙象纬逼,云卧衣裳冷。"唐白居易《侍中晋公…》:"功成名遂来虽久,云卧山游去未迟。"唐殷文圭《题胡州太…》:"江边云卧如龙稳,天外泥书遣鹤来。"宋景泰《句》:"径通花竹禅房寂,云卧衣裳昼梦闲。"

云液 yún yè
【分类】生活
【关键词】白居易
【释义】古代扬州名酒。亦泛指美酒。喻指雨水、露水。唐白居易《对酒闲吟赠同老者》:"云液洒六腑,阳和生四肢。"
【例句】唐曹唐《仙子送刘阮出洞》:"云液既归须强饮,玉书无事莫频开。"唐李郢《赠罗道士》:"气呵云液变白发,爪入水精尝绿瓜。"唐沈彬《麻姑山》:"闲倾云液十分日,已过浮生一万年。"宋陆游《庵中晨起…》:"朱担长瓶列云液,绛囊细字坼龙团。"

云英 yún yīng
【分类】文化

【关键词】裴航

【释义】仙女名。也指露珠、水珠或唐代歌姬。源见"蓝桥捣药"。也是云母的一种。

【例句】唐王昌龄《斋心》:"云英化为水,光采与我同。"唐权德舆《桃源篇》:"石髓云英甘且香,仙翁留饭出青囊。"唐白居易《早服云母散》:"晓服云英漱井华,寥然身若在烟霞。"唐元稹《西明寺牡丹》:"花向琉璃地上生,光风炫转紫云英。"宋无名氏《临江仙》:"蓝桥知不远,归卧对云英。"宋无名氏《送人出赘》:"君行直到蓝桥处,一见云英便爱卿。"

云长勇　yún cháng yǒng

【分类】政治

【关键词】关羽

【释义】颂战将英勇之典。《三国志·关羽等传赞》:"关羽、张飞皆称万人之敌,为世虎臣。"

【例句】唐杜牧《题永崇西…》:"矫矫云长勇,恂恂邵穀风。"宋孔平仲《于将军》:"遥观大船载旗鼓,闻说乃是关云长。"宋方回《题来将军…》:"万人握干戈,无一关云长。"明释函是《长歌行》:"忍心杀文举,厚遇关云长。"

云中君　yún zhōng jūn

【分类】文化

【关键词】楚辞

【释义】云神。《楚辞章句·云中君》汉王逸注:"云中君,云神,丰隆也,一曰屏翳。"

【例句】唐马戴《楚江怀古》:"云中君不降,竟夕自悲秋。"唐岑参《楚夕旅泊…》:"忽思湘川老,欲访云中君。"宋毛翊《湘江》:"楚南楚北千里云,持斋遥礼云中君。"宋冯时行《绍兴六年…》:"想当盘礴未画时,天地开辟云中君。"

云中守　yún zhōng shǒu

【分类】政治

【关键词】魏尚

【释义】指云中太守魏尚。亦泛指忠心耿耿的边将。《汉书·冯唐》:"今臣窃闻魏尚为云中守,军市租尽以给士卒。"

【例句】唐王维《老将行》:"莫嫌旧日云中守,犹堪一战取功勋。"宋刘克庄《冯唐庙》:"不曾荐得云中守,也道身从省户来。"明李东阳《昆仑战》:"君不见汉皇一赦云中守,武将纷纷皆解口。"明尹台《闻林旂峰…》:"逢时独惜云中守,抗俗谁怜邺下才。"

云子　yún zǐ

【分类】政治

【关键词】汉武帝

【释义】碎云母。白色小石,细长而圆,状如饭粒。传说食之可成仙。借指隐士的食物。《汉武故事》:"太上之药,有中华紫蜜、云山朱蜜、玉液金浆,其次药有五云之浆、风实、云子、玄霜、绛雪。"

【例句】唐杜甫《与鄠县源…》:"饭抄云子白,瓜嚼水精寒。"宋王庭圭《次韵罗世英》:"云子新粳抄饭白,石泉击火试茶香。"宋苏轼《游博罗香…》:"散流一啜云子白,炊裂十字琼肌香。"宋释道潜《山中书事》:"细炊云子斋厨饭,要配香芹碧涧羹。"

芸台　yún tái

【分类】政治

【关键词】初学记

【释义】古时藏书的地方;或指掌管图书的官署,即秘书省。《初学记·典略》:"芸台香辟纸鱼蠹,故藏书台称芸台。"

【例句】唐卢肇《将归宜春…》:"芸台四部添新学,秘殿三年学老郎。"宋孔平仲《寄芸叟年兄》:"何尝似射干荐举,芸台乌府选择公。"宋曾巩《简景山侍御》:"柏府地严方许国,芸台官冷但容身。"明韩雍《挽内阁吕…》:"华国有文藏玉署,捧天无梦起芸台。"

芸香阁　yún xiāng gé

【分类】政治

【关键词】卢照邻

【释义】秘书省的别称。因秘书省司典图籍,故亦以指省中藏书、校书处。唐卢照邻《双槿树赋》:"蓬莱山上,即对神仙;芸香阁前,仍观秘宝。"

【例句】唐周朴《喜贺拔先…》:"名自石渠书典籍,香从芸阁着衣衫。"唐孟浩然《寄赵正字》:"正字芸香阁,幽人竹素园。"唐储光羲《新丰作贻…》:"不见芸香阁,徒思文雅雄。"唐王建《戏酬卢秘书》:"芸香阁里人,采摘御园春。"

芸香吏　yún xiāng lì

【分类】政治

【关键词】卢照邻

【释义】校书郎的别称。源见"芸香阁"。

【例句】唐白居易《西明寺牡…》:"一作芸香吏,三见牡丹开。"唐李冶《寄校书七兄》:"不知芸阁吏,寂寞竟何如。"唐邹载《送萧颖士…》:"一辞芸香吏,几岁沧江渍。"

筼筜竹　yún dāng zhú

【分类】文化

【关键词】太平御览

【释义】一种皮薄、节长而竿高的竹子。《太平御览》引《吴录》:"始兴曲江县有筼筜竹,围尺五寸节,相去六七尺,夷人以为布葛。"

【例句】唐韩愈《答张十一…》:"筼筜竞长纤纤笋,踯躅闲开艳艳花。"唐李贺《假龙吟歌》:"崖蹬苍苔吊片石发,江君掩帐筼筜折。"唐陆龟蒙《以竹夹膝…》:"截得筼筜冷似龙,翠光横在暑天中。"唐王周《志峡船具诗》:"破之以筼筜,续之以麻枲。"

运筹帷幄　yùn chóu wéi wò

【分类】政治

【关键词】汉高祖

【释义】筹:计谋、谋划;帷幄:古代军中帐幕。指拟定作战策略。引申为筹划、指挥。《史记·高祖本纪》："夫运筹帷幄之中,决胜千里之外,吾不如子房。"
【例句】唐杜甫《寄韩谏议注》："昔随刘氏定长安,帷幄未改神惨伤。"唐杜甫《西阁口号》："社稷堪流涕,安危在运筹。"唐独孤及《自东都还…》："洛阳居守寄郑侯,君着貂冠参运筹。"唐徐夤《依御史温…》："穹旻当有辅,帷幄岂无筹。"

运斤成风 yùn jīn chéng fēng
【分类】文化
【关键词】庄子
【释义】谓挥斧成风声。形容技术或创作技巧的高妙。源见"郢匠"。
【例句】宋苏轼《王文玉…》："才名谁似广文寒,月斧云斤琢肺肝。"宋苏轼《次韵钱穆…》："投刃皆虚有余地,运斤不辍自成风。"宋释道潜《赠权上人…》："少陵彭泽造其真,运斤成风有余地。"宋吕本中《送胡明仲…》："运斤成风君不难,不使世人漫鼻端。"

运甓翁 yùn pì wēng
【分类】生活
【关键词】陶侃
【释义】喻不安悠闲、奋发向上之人。源见"陶公运甓"。
【例句】宋黄庭坚《寄南阳谢…》："谁令运甓翁,见谓牧猪奴。"宋朱松《围棋》："缅想运甓翁,操具投长川。"宋陈造《题五柳先…》："渊明英杰气,不减运甓翁。"宋黄庭坚《寄南阳谢…》："谁令运甓翁,见谓牧猪奴。"

韫椟而藏 yùn dú ér cáng
【分类】政治
【关键词】孔子
【释义】韫椟:藏在柜子里。把东西放在柜子里藏起来,旧时比喻怀才隐退。《论语·子罕》："子贡曰:'有美玉于斯,韫椟而藏诸,求善贾而沽诸?'子曰:'沽之哉,沽之哉,我待贾者也。'"宋朱熹《论语集注》："韫,藏也。椟,匮也,指木柜。沽,卖也。"
【例句】宋丁谓《玉》："谁负连城美,须思韫椟藏。"宋文彦博《近以蜀物…》："辞清墨妙真双绝,韫椟传家励子孙。"宋朱长文《少章过吴…》："良工得宝璧,韫椟加琢磨。"宋黄庭坚《李冲元真赞》："师旷不世间无闻,韫椟藏之而无闷。"宋曹勋《赠陈季野》："人间韵语光陆离,韫椟藏之当待价。"

Z

杂佩酬 zá pèi chóu
【分类】生活
【关键词】诗经
【释义】比称赠物或赠诗。《诗经·郑风·女曰鸡鸣》："知子之来之,杂佩以赠之。"
【例句】唐柳宗元《酬娄秀才…》："谬委双金重,难征杂佩酬。"唐陆龟蒙《补沈恭子诗》："虚倾寂寞音,敢作杂佩酬。"宋朱翌《和季通昼…》："酒笑红裙醉,诗惭杂佩酬。"宋朱熹《道间厌苦…》："两贤定许相提挈,厚意何胜杂佩酬。"

宰官身 zǎi guān shēn
【分类】文化
【关键词】妙法莲华
【释义】佛教中观世音菩萨的三十三种化身之一。《妙法莲华经·观世音菩萨普门品》："若有国土众生应以佛身得度者,观世音菩萨,即现佛身而为说法。应以宰官身得度者,即现宰官身而为说法。"
【例句】宋宋庠《观文丁右…》："金门高隐宰官身,尽把功名付客尘。"宋苏轼《纵笔》："父老争看乌角巾,应缘曾现宰官身。"宋王庭珪《次韵任子严》："君是石渠东观人,小邦聊见宰官身。"宋刘应时《闻范至能…》："自是清都紫府人,偶来应见宰官身。"

宰树 zǎi shù
【分类】生活
【关键词】春秋公羊
【释义】谓坟墓上的树木。《春秋公羊传注疏·僖公三十三年》："秦伯怒曰:'若尔之年者,宰上之木拱矣。'"汉何休解诂:"宰,冢也。"
【例句】唐刘禹锡《王思道碑…》："苍苍宰树起寒烟,尚有威名海内传。"唐刘禹锡《从梁宣明…》："千行宰树荆州道,暮雨萧萧闻子规。"唐赵象昭《哭仆射鄂…》："坐叹公槐落,行闻宰树悲。"宋宋庠《淮南自讼》："淮天目极风帆驶,韩野魂销宰树疏。"

宰予昼寝 zǎi yǔ zhòu qǐn
【分类】生活
【关键词】宰予
【释义】形容不可救药;也指白天睡觉。《论语·公冶长》："宰予昼寝。子曰:'朽木不可雕也,粪土之墙不可杇也;于予与何诛?'"
【例句】唐王建《宫词》："鸳鸯瓦上䴔然声,昼寝宫娥梦里惊。"唐方干《寄台州孙…》："昼寝不知山雪积,春游应趁夜潮归。"唐李群玉《昼寝》："筼桂晚萧疏,任人嘲宰予。"唐韩偓《深院》："深院下帘人昼寝,红蔷薇架碧芭蕉。"宋虞俦《剧暑出局…》："早归伏日莫踌躇,昼寝从教笑宰予。"宋强至《谢元功惠茶》："长卿病肺渴欲死,宰予寝兴昼复浓。"

再作冯妇 zài zuò féng fù
【分类】生活
【关键词】冯妇

【释义】喻称重犯某种过失。《孟子·尽心》："晋人有冯妇者,善搏虎,卒为善士。则之野,有众逐虎;虎负嵎,莫之敢撄。望见冯妇,趋而迎之。冯妇攘臂下车,众皆悦之。其为士者笑之。"后因称重操旧业的人为冯妇。

【例句】宋黄庭坚《乙未移舟…》："刘郎弓石八,猛气厌冯妇。"宋程俱《仲嘉被檄…》："平生暴虎笑冯妇,岂向兔脚分雌雄。"宋李弥逊《次韵硕夫…》："下车何必笑冯妇,投杼未免疑曾参。"宋岳珂《浩歌行》："已惭下车冯妇笑,又恐顾影痴儿嗔。"

在陈之厄 zài chén zhī è
【分类】生活
【关键词】孔子
【释义】喻称饥贫急难等困境。《论语·卫灵公》："(孔子)在陈绝粮,从者病,莫能兴。子路愠,见曰:'君子亦有穷乎?'子曰:'君子固穷,小人穷斯滥矣。'"
【例句】唐李白《送侯十一》："余亦不火食,游梁同在陈。"唐贯休《避地毗陵…》："似在陈兼卫,终为宋与姚。"唐韩愈《秋雨联句》："吾人犹在陈,僮仆诚自郃。"宋张方平《出京东归…》":"我客在陈君逆旅,秋霖淫滞宵灯永。"

在家 zài jiā
【分类】生活
【关键词】尚书
【释义】居于家,没离家门。《尚书·君奭》："在我后嗣子孙,大弗克恭上下,遏佚前人光,在家不知。"唐孔颖达疏:"我若退老在家则不能得知。"
【例句】唐张子容《缺题》:"在家娇小女,卷幔爱花丛。"唐孟浩然《寻菊花潭…》:"主人登高去,鸡犬空在家。"唐戎昱《长安秋夕》:"远客归去来,在家贫亦好。"唐王建《寒食忆归》:"京中曹局无多事,寒食贫儿要在家。"

载笔 zài bǐ
【分类】政治
【关键词】礼记
【释义】携带文具以记录王事。借指史官。《礼记·曲礼》:"史载笔,士载言。"汉郑玄注:"笔,谓书具之属。"
【例句】唐于季子《早春洛阳…》:"若非载笔登麟阁,定是吹箫伴凤台。"唐宋之问《桂州三月…》:"载笔儒林多岁月,襆被文昌佐吴越。"唐韩翃《访王起居…》:"载笔已齐周右史,论诗更事谢中书。"唐白居易《和酬郑侍…》:"载笔在幕名已重,补衮于朝官尚卑。"

载飞鸣 zài fēi míng
【分类】生活
【关键词】诗经
【释义】奋进不息之典。《诗经·小雅·小宛》:"题彼脊令,载飞载鸣。"汉毛传:"脊令不能自舍,君子有取节尔。"汉郑笺:"载之言,则也。则飞则鸣,翼也,口也,不有止息。"以脊令鸟又飞又鸣,来比喻发奋图强、不停不息的自强精神。
【例句】唐张九龄《酬通事舍…》:"飞鸣复何远,相顾幸媞媞。"唐皇甫冉《上礼部杨…》:"方因旧桃李,犹冀载飞鸣。"唐李白《望鹦鹉洲…》:"锵锵振金玉,句句欲飞鸣。"宋曾巩《杂诗》:"纷纷东汉士,飞鸣不当辰。"

载酒问奇字 zài jiǔ wèn qí zì
【分类】生活
【关键词】扬雄侯芭
【释义】咏勤奋好学、虚心求教之典。《汉书·扬雄传下》:"时有好事者载酒肴从游学。而钜鹿侯芭常从雄居,受其《太玄》《法言》焉。""刘棻尝从雄学作奇字。"
【例句】唐韩愈《题张十八…》:"端来问奇字,为我讲声形。"宋陆游《小园》:"客因问字来携酒,僧趁分题就赋诗。"宋刘一止《和胡浚明…》:"何人载酒问奇字,糟床夜注时一中。"宋张元干《送高集中…》:"有意载酒问奇字,无事闭门抄异书。"

载同归 zài tóng guī
【分类】政治
【关键词】姜太公
【释义】择贤起用之典。《史记·齐太公世家》:"于是周西伯猎,果遇太公于渭之阳,与语大说…故号之曰'太公望',载与俱归,立为师。"
【例句】唐杜甫《伤春》:"贤多隐屠钓,王肯载同归。"宋周必大《加上太上…》:"乾元坤载同归美,宝册两光辉。"明王恭《送林大归》:"扁舟不载同归梦,片月空悬远别心。"

载脂 zài zhī
【分类】生活
【关键词】诗经
【释义】抹油于车轴上。谓准备起程。《诗经·邶风·泉水》:"载脂载辖,还车言迈。"宋朱熹集传:"脂,以脂膏涂其辖使滑泽也。"
【例句】唐杜甫《赤谷》:"乱石无改辙,我车已载脂。"唐舒元舆《坊州按狱…》:"烦君爱我深,轻车忽载脂。"唐韩愈《天星送ദ…》:"天星牢落鸡喔咿,僮夫起餐车载脂。"宋李光《次韵陈列…》:"登山野屐应频蜡,出郭轻车想载脂。"

簪白笔 zān bái bǐ
【分类】政治
【关键词】太平御览
【释义】古代官员用以记事或奏事的笔,常插于冠侧。特指谏官用的笔。亦借指谏官。《太平御览·魏略》:"明帝时,尝大会,殿中御史簪白笔,侧阶而坐。上问左右:'此何官?'侍中辛毗对曰:'此谓御史,旧簪笔以奏不法,今但备官耳。'"
【例句】唐卢纶《陈翃郎中…》:"主人有客簪白笔,玉壶贮水光如一。"唐张继《送张中丞…》:"满台簪白笔,捧手恋清晖。"唐李白《赠潘侍御…》:"绣衣柱史何昂藏,铁冠白笔横秋霜。"唐徐夤《寄卢端公…》:"须簪白笔匡明主,莫许黄靴博少师。"

簪绂 zān fú
【分类】政治
【关键词】陆机
【释义】冠簪和缨带。古代官员服饰。亦用以喻显贵,仕宦。《陆机集·晋平西将军孝侯周处碑》:"簪绂扬名,台阁摽著,风化之美,奏谏为能。"
【例句】唐阎朝隐《奉和九日…》:"簪绂趋皇极,笙歌接御筵。"唐王维《韦侍郎山居》:"良游盛簪绂,继迹多夔龙。"唐吴融《宪丞裴公…》:"抛来簪绂都如梦,泥着杯香不为愁。"唐李群玉《广州重别…》:"白衣谢簪绂,云卧重岩扃。"唐周昙《怀帝》:"蕃汉戈矛遍九垓,两京簪绂走黄埃。"

簪盍 zān hé
【分类】生活
【关键词】周易
【释义】谓朋友相聚。源见"盍朋簪"。
【例句】宋宋祁《寒食日送…》:"鹿鸣偕计近,簪盍约初年。"宋区仕衡《黄恺刘馘…》:"吾侪二三子,簪盍怀同声。"宋王十朋《三友堂》:"符分俱握虎,簪盍偶成龙。"宋葛胜仲《元巳日王…》:"幸陪飞观朋簪盍,未睹华堂舞袖傲。"

簪花 zān huā
【分类】政治
【关键词】宋史
【释义】谓插花于冠。犹戴花。《宋史·礼志十五》:"礼毕,从驾官、应奉官、禁卫等并簪花从驾还内。"
【例句】唐谢偃《踏歌词》:"风带舒还卷,簪花举复低。"唐冯待徵《虞姬怨》:"年华灼灼艳桃李,结发簪花配君子。"宋刘挚《九日依唐…》:"不须吹落簪花帽,但愿长存漉酒巾。"宋何梦桂《和何逢原…》:"庭下阿儿寿慈母,簪花拜舞笑牵衣。"

簪裾 zān jū
【分类】政治
【关键词】张裕
【释义】古代显贵者的服饰。借指显贵。《南史·张裕传》:"而茂陵之彦,望冠盖而长怀;渭川之甿,伫簪裾而辣叹,得无惜乎。"
【例句】唐韩思彦《酬贺遂亮》:"簪裾非所托,琴酒冀相并。"唐李峤《奉和幸韦…》:"松门驻旌盖,薜幄引簪裾。"唐裴守真《奉和太子…》:"丝竹扬帝熏,簪裾感宸庆。"唐丘上卿《和主司王起》:"簪裾尽过前贤贵,门馆仍叨旧学荣。"

簪橐 zān tuó
【分类】政治
【关键词】赵充国
【释义】指近臣的笔墨生涯。《汉书·赵充国传》:"安世本持橐簪笔事孝武帝数十年。"颜师古注引张晏曰:"橐,契囊也。近臣负橐簪笔,从备顾问,或有所纪也。"
【例句】宋苏颂《又送石舍人》:"内朝簪橐虚严直,故国山川想旧游。"宋苏颂《重次前韵…》:"重陪簪橐联镳出,仍得篇章满箧携。"宋孙觌《七星岩》:"十载污修门,簪橐侍帝垣。"宋陆游《谢张时可…》:"先生剑履冠麟阁,后嗣簪橐陪甘泉。"

簪缨 zān yīng
【分类】政治
【关键词】萧统
【释义】古代官吏的冠饰。比喻显贵。南朝梁萧统《锦带书十二月启·姑洗三月》:"龙门退水,望冠冕以何年?鹢路颓风,想簪缨于几载?"
【例句】唐陈元光《故园山川…》:"礼节传家范,簪缨奕世芳。"唐张说《灉湖山寺》:"若使巢由知此意,不将萝薜易簪缨。"唐李白《少年行》:"遮莫姻亲连帝城,不如当身自簪缨。"唐韦庄《饶州余干…》:"戟户尽移天上去,里人空说旧簪缨。"

赞公 zàn gōng
【分类】文化
【关键词】杜甫
【释义】唐代大云寺和尚,与杜甫有来往,杜甫有《宿赞公房》诗。喻指佛界人士。
【例句】宋王观《九日狼山》:"为爱赞公房外月,解鞍求宿愿从容。"宋江景房《保安寺》:"扰扰尘埃白日忙,偶然来谒赞公房。"宋苏辙《回寄圣寿…》:"赞公夜宿诗仍作,巽老堂成记许求。"聂绀弩《赠巨赞》:"东坡际事多堪羡,未见乌台遇赞公。"

酂侯 zàn hóu
【分类】政治
【关键词】萧何
【释义】汉相国萧何。源见"萧何"。
【例句】唐李逢吉《酬致政杨…》:"妄比酂侯功蔑尔,每怀疏傅意悠然。"唐独孤及《自东都还…》:"洛阳居守寄酂侯,君着貂冠参运筹。"唐杨巨源《长安春游》:"桂壁朱门新邸第,汉家恩泽问酂侯。"唐薛能《送崔学士…》:"羽人仙籍冠浮丘,欲作酂侯且蜀侯。"

臧仓 zāng cāng
【分类】政治
【关键词】臧仓
【释义】战国时鲁平公宠臣。喻指进谗害贤的小人。《孟子·梁惠王下》:"(臧仓)曰:'何哉?君所为轻身以先于匹夫者,以为贤乎?礼义由贤者出。而孟子之后丧踰前丧。君无见焉!'公曰:'诺。'"
【例句】唐皮日休《江南书情…》:"季氏唯谋逐,臧仓只拟谗。"唐孟郊《君子勿郁…》:"叔孙毁仲尼,臧仓毁孟轲。"唐唐彦谦《送樊琯司…》:"畏诛轻李喜,言命小臧仓。"宋虞俦《七月三十…》:"此去不烦推谢令,向来宁是尼臧仓。"宋释居简《书诚斋答…》："宋司马后鲁臧仓,贤圣虽穷道不伤。"

臧否人物　zāng pǐ rén wù
【分类】生活
【关键词】阮籍
【释义】议论别人之典。《晋书·阮籍列传》："籍虽不拘礼教,然发言玄远,口不臧否人物。"
【例句】唐李颀《送刘四》："辞满如脱屣,立言无否臧。"唐吴融《过邓城县作》："未知尧桀谁臧否,可便彭殇有短长。"宋苏轼《送王竦朝…》："臧否不出口,默识如蓍龟。"宋晁补之《复用前韵…》："平生傲世予南阮,臧否未容留齿间。"

臧穀亡羊　zāng gǔ wáng yáng
【分类】政治
【关键词】庄子
【释义】意谓为事不同而实质则一。比喻不专心本业而有所失误。《庄子·骈拇》："臧与穀二人,相与牧羊,而俱亡其羊。问臧奚事,则挟筴读书；问穀奚事,则博塞以游。二人者,事业不同,其于亡羊均也。"
【例句】宋苏轼《和刘道原…》："仲尼忧世接舆狂,臧谷虽殊竟两亡。"宋苏轼《送公为游…》："读书莫学流麦士,挟策莫比亡羊人。"宋黄庭坚《再和寄子…》："臧穀皆亡羊,要以道渊盟。"宋晁补之《拟乐府十…》："失马吉凶方聚门,亡羊臧谷未宜分。"

臧生诈圣　zāng shēng zhà shèng
【分类】政治
【关键词】臧武仲
【释义】咏伪装镇静、用以迷惑对手之典。《论语·宪问》："子曰：'臧武仲以防(山东费县)求为后(嗣),虽曰不要(要挟)君,吾不信也。'"臧武仲出逃回到防城,向鲁君请求为臧氏立后。孔子认为其阴险奸诈。
【例句】唐白居易《放言》："但爱臧生能诈圣,可知宁子解佯愚。"

糟糠　zāo kāng
【分类】生活
【关键词】宋弘
【释义】糟糠本是酒滓、谷皮,用以比喻粗劣的食物。后比喻曾经患难与共的妻子。源见"宋弘不谐"。
【例句】唐李白《古风》："珠玉买歌笑,糟糠养贤才。"唐刘禹锡《墙阴歌》："西邻田舍乏糟糠,就影汲汲春黄粱。"唐白居易《渭村退居…》："传衣念褴缕,举案笑糟糠。"宋王禹称《闻鸮》："教儿勤稼穑,与妻甘糟糠。"

糟丘　zāo qiū
【分类】生活
【关键词】韩诗外传
【释义】酒糟堆积成山丘。极言酿酒之多,沉湎之甚。《韩诗外传》："桀为酒池,可以运舟,糟丘足以望十里,一鼓而牛饮者三千人。"
【例句】唐李白《月下独酌》："蟹螯即金液,糟丘是蓬莱。"唐无名氏《杜康台》："醉乡另有乾坤在,那见糟丘付劫灰。"宋郭祥正《江上游》："但愿沧波化为酒,青山两岸皆糟丘。"宋方岳《用韵简赵…》："人传梅隐近入幕,我但糟丘高筑台。"

凿壁偷光　záo bì tōu guāng
【分类】生活
【关键词】匡衡
【释义】咏刻苦攻读之典。《西京杂记》："匡衡字稚圭,勤学而无烛。邻舍有烛而不逮,衡乃穿壁引其光,以书映光而读之。"
【例句】唐元稹《献荥阳公诗》："惜日看圭短,偷光恨壁坚。"唐杨衡《送陈房谒…》："凿壁年虽异,穿杨志幸同。"唐王播《淮南游故…》："壁间潜认偷光处,川上宁忘结网时。"五代王仁裕《示诸门生》："掷金换得天边桂,凿壁偷将榜上名。"

凿齿　záo chǐ
【分类】政治
【关键词】凿齿
【释义】古代传说中的野人。比喻残暴作乱之徒。《山海经·海外南经》："羿与凿齿战于寿华之野。"晋郭璞注："凿齿亦人也,齿如凿,长五六尺,因以名云。"
【例句】唐李白《北上行》："奔鲸夹黄河,凿齿屯洛阳。"宋强至《前日奉和…》："四海声光非凿齿,道安名重若为亲。"宋苏轼《送冯判官…》："锯牙凿齿烂如雪,屠杀小民有仇。"明王世贞《贼深矣俞…》："鳌簪摧碣石,凿齿啖神州。"

凿井得铜　záo jǐng dé tóng
【分类】生态
【关键词】庞俭
【释义】指凿井得铜,买奴得公。多喻事出偶然,意外巧合。《风俗通义》："河南平阴庞俭,本魏郡邺人,遭仓卒之世,失其父。客居庐里中,凿井,得钱千余万。母在堂上,酒酺陈乐歌笑,奴在灶下助厨,窃言：'堂上母,我妇也。'…时人为之语曰：'庐里诸庞,凿井得铜,买奴得公。'"
【例句】宋陈人杰《沁园春》："天曰果然,事皆偶尔,凿井得铜奴得翁。"

凿空　záo kōng
【分类】政治
【关键词】张骞
【释义】古代称对未知区域探险为凿空。亦指开通道路。《汉书·张骞传》："然骞凿空,诸后使往者皆称博望侯,以为质于外国,外国由是信之。"三国魏苏林注："凿,开也。空,通也。骞始开通西域道也。"
【例句】唐骆宾王《边城落日》："候月恒持满,寻源屡凿空。"

唐徐彦伯《胡无人行》:"十月繁霜下,征人远凿空。"唐王翰《奉和圣制…》:"宁如凿空使,远致石榴花。"唐齐己《寄曹松》:"扣寂颇同心在定,凿空何止发冲冠。"宋周紫芝《题龙眠画…》:"裕陵神谟与天通,昆仑以西俱凿空。"

凿落　záo luò
【分类】生活
【关键词】白居易
【释义】以镂镂金银为饰的酒盏。唐白居易《送春》:"银花凿落从君劝,金屑琵琶为我弹。"
【例句】唐罗隐《暇日投钱…》:"礼设斗倾金凿落,马蹄争撼玉连环。"唐雍陶《酬李绀岁…》:"一夜四乘倾凿落,五更三点把屠苏。"宋司马光《九日怀聂之美》:"谁同凿落杯中酒,独系茱萸肘后囊。"宋周必大《彭孝求以…》:"北第莫辞金凿落,南禅争看玉盘盂。"

凿培以遁　záo péi yǐ dùn
【分类】政治
【关键词】颜阖
【释义】谓隐居不仕。源见"颜阖逾墙"。
【例句】唐杜甫《秋日荆南…》:"贤非梦傅野,隐类凿颜培。"唐骆宾王《同辛簿简…》:"今日徒招隐,终知异凿培。"

凿破混沌　záo pò hùn dùn
【分类】政治
【关键词】混沌
【释义】指违反自然,致成祸害。也指开通耳目,增长人的知识。《庄子·应帝王》:"南海之帝为儵,北海之帝为忽,中央之帝为混沌。儵与忽时相与遇于混沌之地,混沌待之甚善。儵与忽谋报混沌之德曰:'人皆有七窍以视听食息,此独无,尝试凿之。'日凿一窍,七日而混沌死。"
【例句】唐储光羲《献八舅东归》:"诚亡元真混沌,玉立方婵娟。"唐张籍《咏陀罗山》:"凿开混沌露元气,散布森罗弥梵天。"唐李咸用《临川逢陈…》:"自言混沌凿不死,大笑老彭未久视。"聂绀弩《北大荒歌》:"凿身七窍混沌死,创世六日神话狂。"

凿窍　záo qiào
【分类】政治
【关键词】混沌
【释义】喻破坏自然,改变原貌。亦指开通七窍。源见"凿破浑沌"。
【例句】唐韩愈《嘲鼾睡》:"南帝初奋极,凿窍泄浑沌。"宋黄庭坚《次韵叔父…》:"漱涤泥沙出山骨,混沌凿窍物状完。"宋刘克庄《诸人颇有…》:"写真影过于形好,凿窍香来与鼻通。"元杨维桢《桃核杯歌》:"神珠脱胎日月破,鬼斧凿窍乾坤开。"

凿凶门　záo xiōng mén
【分类】政治
【关键词】淮南子

【释义】古代将军出征时,凿一北向门而出,以示必死的决心。《淮南子·兵略训》:"凿凶门而出。"凶门,旧时办丧事在门外用白绢或白布结扎成的门。
【例句】唐李隆基《平胡》:"将出凶门勇,兵因死地强。"唐杜牧《感怀诗》:"凶门爪牙辈,穰穰如儿戏。"唐李商隐《送千牛李…》:"内竖依凭切,凶门责望轻。"宋苏舜钦《吾闻》:"出必凿凶门,死必填塞窟。"

早会藏阄　zǎo huì cáng jiū
【分类】文化
【关键词】汉昭帝
【释义】比喻女子如钩弋夫人般才貌非凡。《荆楚岁时记》引《三秦记》:"汉昭帝母钩弋夫人,手拳而有国色,世人藏钩起于此。"
【例句】唐李商隐《拟意》:"楚妃交荐枕,汉后共藏阄。"宋韩琦《己酉岁除…》:"藏阄令恶传杯速,欢杀红炉守岁人。"宋韦骧《又用花字…》:"击钵题诗助清旷,藏阄传令止喧哗。"宋陈与义《长干行》:"酒欢娱藏阄,园嬉索斗草。"

枣大如瓜　zǎo dà rú guā
【分类】生态
【关键词】安期生
【释义】指奇特的仙果或令人欣羡的事物,多用于描写神仙生活。《史记·封禅书》:"少君言上曰:'…臣尝游海上,见安期生,安期生食巨枣,大如瓜。安期生仙者,通蓬莱中,合则见人,不合则隐。'"
【例句】唐李白《寄王屋山…》:"亲见安期生,食枣大如瓜。"宋白玉蟾《明发石壁庵》:"何处安期生,种枣大如瓜。"宋虞俦《次韵汉老弟假山》:"传闻有枣大如瓜,一笑安期方指示。"聂绀弩《重到海城…》:"社会主义春不老,孙曾艺圃枣将瓜。"

枣膏昏钝　zǎo gāo hūn dùn
【分类】政治
【关键词】范晔
【释义】用以形容昏聩迟钝。《宋书·范晔传》:"麝本多忌,过分必害,沉实易和,盈斤无伤…枣膏昏钝,甲煎浅俗,非唯无助于馨烈,乃当弥增于尤疾也。"
【例句】宋张扩《短句调子…》:"衰老钻不入,钝愚如枣膏。"宋苏颂《次韵签判…》:"多惭昏钝类,难慕湛精酬。"清李希圣《海棠》:"昏如枣膏羊玄保,湿似詹唐沈演之。"

枣郎　zǎo láng
【分类】生活
【关键词】枣嵩
【释义】赞喻少年有为之典。《晋书·王浚传》:"时童谣曰:'十囊五囊入枣郎。'枣嵩,浚之子婿也。浚闻,责嵩而不能罪之也。"《晋书·枣据传》:"弟嵩,字台产,才艺尤美…为石勒所杀。"
【例句】唐杨巨源《太原赠李…》:"路入桑干塞雁飞,枣郎年少有光辉。"

枣下悲歌 zǎo xià bēi gē
【分类】政治
【关键词】潘岳
【释义】叹好景不常之典。《昭明文选·晋潘岳〈笙赋〉》:"咏园桃之夭夭,歌枣下之纂纂。歌曰:'枣下纂纂,朱实离离,宛其落矣,化为枯枝。'"唐李善注:"《古咄唶歌》曰:'枣下何攒攒,荣华各有时。枣欲初赤时,人从四边来。枣适今日赐,谁当仰视之。'"
【例句】唐韩愈《游青龙寺…》:"桃源迷路竟茫茫,枣下悲歌悲纂纂。"清桑调元《仙枣亭》:"悲歌徒纂纂,枯干矗岩嶅。"

皂囊封 zào náng fēng
【分类】政治
【关键词】蔡邕
【释义】借指谏辞、谏书。《后汉书·蔡邕传》:"以邕经学深奥,故密特稽问,宜披露失得,指陈政要,勿有依违,自生疑讳。具对经术,以皂囊封上。"唐李贤注:"《汉官仪》曰:'凡章表皆启封,其言密事得有皂囊'也。"
【例句】唐杜牧《李给事中敏》:"一章缄拜皂囊中,懔懔朝廷有古风。"唐杜牧《长安杂题…》:"束带谬趋文石陛,有章曾拜皂囊封。"宋王禹偁《阙下言怀》:"旧日谬吟红药树,新朝曾献皂囊封。"宋谢伯初《寄欧阳永…》:"典辞悬待修青史,谏草当来集皂囊。"

造父 zào fù
【分类】政治
【关键词】造父
【释义】善御者。《史记·赵世家》:"(周)穆王使造父御,西巡狩,见西王母,乐之忘归。而徐偃王反,穆王日驰千里马,攻徐偃王,大破之。乃赐造父以赵城,由此为赵氏。"
【例句】唐耿湋《送太仆寺…》:"造父为周御,詹嘉守晋军。"唐韩愈《驽骥》:"王良执其辔,造父挟其輈。"宋张舜民《京兆安汾…》:"西山东国不我与,造父王良安在哉。"宋赵鼎臣《次韵子磐…》:"王良不生造父死,校计岂复分毫铢。"宋曾丰《昨与余游…》:"纪昌已费二年学,造父犹争三日功。"

造化 zào huà
【分类】政治
【关键词】庄子
【释义】创造演化,指自然界自身发展繁衍的功能。《庄子·大宗师》:"今一以天地为大炉,以造化为大冶,恶乎往而不可哉?"
【例句】唐杜审言《度石门山》:"有异登临赏,徒为造化功。"唐张说《奉和圣制…》:"春园既醉心和乐,共识皇恩造化同。"唐杜甫《古柏行》:"扶持自是神明力,正直原因造化功。"唐皎然《花石长枕…》:"万物皆因造化资,如何独负清贞质。"

造化小儿 zào huà xiǎo ér
【分类】政治
【关键词】杜审言
【释义】戏指创造万物之神。《新唐书·杜审言传》:"审言病甚,宋之问、武平一等省候何如,答曰:'甚为造化小儿相苦,尚何言?'"
【例句】宋谢逸《闻秦少仪…》:"平生四海秦少仪,造化小儿何苦之。"宋唐庚《芙蓉溪歌》:"小儿造化谁能穷,几回枯蘖还芳丛。"宋苏轼《赠梁道人》:"老人大父识君久,造物小儿如子何。"宋孔与义《谢杨工曹》:"造化小儿真薄相,市朝大隐亦长贫。"

造膝 zào xī
【分类】政治
【关键词】风俗通义
【释义】谓来到膝前,喻亲近。后遂用为臣见君之典。《风俗通义·过誉》:"谨按《礼》,谏有五,风为上,狷为下。故入则造膝,出则诡辞,善则称君,过则称己。"
【例句】唐权德舆《奉和礼部…》:"直为君恩催造膝,东方辨色谓承明。"宋王禹偁《桑魏公》:"跋敕翻据案,论兵夜造膝。"宋赵恒《赐丁谓》:"懿辞硕画播朝中,造膝询谋礼遇丰。"宋晁至《送窦彦法…》:"造膝从容应有问,披心慷慨不无言。"

燥湿弦 zào shī xián
【分类】生活
【关键词】韩诗外传
【释义】咏善于随机应变之典。也借指技艺娴熟。《韩诗外传》:"使者曰:'调则可记其柱。'王曰:'不可。天有燥湿,弦有缓急,柱有推移,不可记也。'使者曰:'臣请借此以喻。楚之去赵也千有余里,亦有吉凶之变。凶则吊之,吉则贺之,犹柱之有推移,不可记也。'"
【例句】唐杜甫《秋日夔府…》:"律比昆仑竹,音知燥湿弦。"宋刘跂《子和惠觊…》:"心期久相契,燥湿无改弦。"明顾清《畏庵和章…》:"编摩滥把丹青笔,心赏谁分燥湿弦。"明尹台《夜宿昌平》:"檐花细雨深杯夜,燥湿阴中识昨弦。"

则之 zé zhī
【分类】政治
【关键词】孔子
【释义】遵从、仿效之意。《论语·泰伯》"子曰:'大哉,尧之为君也!巍巍乎!惟天惟大,惟尧则之。'"
【例句】唐乐伸《闰月定四时》:"羲氏兼和氏,行之又则之。"明湛若水《作首尾三…》:"四时百物昝同运,我得无言送则之。"清孙星衍《古诗》:"察物知天仁,则之自唐尧。"

择虱 zé shī
【分类】政治
【关键词】顾和

【释义】士获知遇的典故。《晋书·顾和传》："顾和字君孝…周顗遇之，和方择虱，夷然不动。顗既过，顾指心曰：'此中何所有？'和徐应曰：'此中最是难测地。'顗入，谓导曰：'卿州吏中有一令仆才。'"
【例句】唐李商隐《咏怀寄秘…》："悔逐迁莺伴，谁观择虱时。"唐段成式《呈轮上人》："虎到前头心不惊，残阳择虱懒逢迎。"宋张方平《读孙子》："腐儒知舞干，奔车暇择虱。"宋吕本中《岁晚作》："但当折简唤我曹，并坐择虱烦抑搔。"

择术　zé shù
【分类】生活
【关键词】荀子
【释义】指个人立身处世的方法。源见"论心"。
【例句】宋刘跂《寄尹迁介叔》："择术患不终，未易笑迂阔。"宋王之道《赠林山善…》："至哉择术妙难论，邂逅何妨丐一言。"宋曹勋《山居杂诗》："所直等众人，人可不择术。"宋陆游《杂兴》："惟是儒生知择术，百年穷达守书诗"

泽宫射　zé gōng shè
【分类】政治
【关键词】礼记
【释义】比喻进士考试。《礼记·射义》："天子将祭，必将习射于泽。泽者，所以择士也。已射于泽，而后射于射宫。"泽宫是古代习射取士之所。古时天子选士助祭，先习射于泽宫，再射于射宫，凡射中者，方得入选作助祭之士。
【例句】唐韩愈《县斋有怀》："初随计吏贡，屡入泽宫射。"宋刘攽《寄王深甫》："又闻泽宫射，吾子时出罢。"宋晁公溯《闻范道卿…》："将索长安米，偶中泽宫射。"元高启《送林谟秀…》："自言少习泽宫射，思侣聚士登王畿。"

泽国　zé guó
【分类】生态
【关键词】周礼
【释义】境内多沼泽之国。喻指水乡。《周礼注疏·掌节》："凡邦国之使节，山国用虎节，土国用人节，泽国用龙节，皆金也。"
【例句】唐张翱《经罗渊吊…》："谠言忠谏阻春霄，放逐南荒泽国遥。"唐李端《送魏广下…》："白云阴泽国，青草绕扬州。"唐朱庆馀《送窦秀才》："梅天马上愁黄鸟，泽国帆前见白云。"唐李嘉祐《留别毗陵…》："凄凉辞泽国，离乱到乡山。"

泽卤　zé lǔ
【分类】文化
【关键词】盐碱
【释义】地低洼而多盐碱。《史记·河渠书》："渠就，用注填阏之水，溉泽卤之地四万余顷。"《汉书·主父偃传》："地固泽卤，不生五谷。"
【例句】宋谢景初《观余姚海氛》："泽卤杂山云，蓊郁相薰蒸。"明黄衷《三湘咏》："茗估贩春芽，泽卤渍江鳜。"清弘

历《雁》："嗷嗷设拟周诗咏，泽卤灾馀特切思。"

泽畔吟　zé pàn yín
【分类】生活
【关键词】屈原
【释义】在湖泽旁边吟颂。指诗人谪官失意时所写的作品。源见"憔悴湘滨"。
【例句】唐戎昱《送郑炼师…》："计长西归在，休为泽畔吟。"唐贾至《岳阳楼宴…》："忽与朝中旧，同为泽畔吟。"宋陈襄《监簿杨倜…》："楚客多年泽畔吟，文穷尤见用功深。"宋郭祥正《上赵司谏》："又不见屈原泽畔吟离骚，渔翁大笑弗餔糟。"

箦中尸　zé zhōng shī
【分类】政治
【关键词】范雎
【释义】指战国时装死逃生的范雎。《史记·范雎列传》："魏齐大怒，使舍人笞击雎，折胁摺齿。雎详死，即卷以箦，置厕中。宾客饮者醉，更溺雎…雎从箦中谓守者曰：'公能出我，我必厚谢公。'"
【例句】唐杜牧《杜秋娘诗》："安知魏齐首，见断箦中尸。"宋王安石《范雎》："世间祸福不可忽，箦中死尸能报雠。"宋孙觌《读史》："君看箦中尸，起断魏齐头。"宋刘克庄《杂兴》："箦中尸忽为秦相，跨下人俄拜楚王。"

侧弁　zè biàn
【分类】生活
【关键词】诗经
【释义】即帽子歪斜。喻指醉态。《诗经·小雅·宾之初筵》："是曰既醉，不知其邮。侧弁之俄，屡舞傞傞。"
【例句】唐羊士谔《乾元初严…》："初筵方侧弁，故老忽沾襟。"唐李迥秀《夜宴安乐…》："莫惊侧弁还出路，只为平阳歌舞催。"唐王维《晦日游大…》："纤组上春堤，侧弁倚乔木。"唐司空曙《和王卿立…》："高禽当侧弁，游鲔对凭栏。"宋司马光《和吴省副…》："从车贮酒传呼出，侧弁簪花倒载回。"

曾参　zēng shēn
【分类】政治
【关键词】曾子
【释义】即曾子。字子舆，孔子晚期弟子，儒家学派的重要代表人物。孔子临终将其孙（孔鲤之遗孤）子思托付于曾参。《史记·仲尼弟子列传》："少孔子四十六岁。孔子以为能通孝道，故授之业。作《孝经》。"仲尼授孝经于曾参，曾参做大学传中庸于子思。子思传儒家之道于门人，门人传道于孟子。
【例句】唐员半千《陇右途中…》："赵有两毛遂，鲁闻二曾参。"唐李白《系寻阳上…》："毛遂不堕井，曾参宁杀人。"唐姚合《送王龟处士》："唯修曾子行，不着老莱衣。"唐耿湋《题孝子陵》："何必曾参传，千年至行稀。"宋邵雍《首尾吟》："既称有客告曾子，岂为无人毁仲尼。"宋王安石

《尹村道中》:"万里张侯能奉使,百年曾子肯辞亲。"

曾参杀人　zēng shēn shā rén
【分类】生活
【关键词】曾子
【释义】比喻流言可畏或诬枉之祸。《战国策·秦策》:"费人有与曾子同名族者而杀人。人告曾子母曰:'曾参杀人。'曾子之母曰:'吾子不杀人。'织自若。有顷焉,人又曰:'曾参杀人。'其母尚织自若也。顷之,一人又告之曰:'曾参杀人。'其母惧,投杼逾墙而走。"
【例句】唐李白《答三十二…》:"曾参岂是杀人者,谗言三及慈母惊。"唐李端《杂歌》:"伯奇掇蜂贤父逐,曾参杀人慈母疑。"唐元稹《寄乐天》:"唯应鲍叔犹怜我,自保曾参不杀人。"宋白玉蟾《灵竹寺》:"只闻郭巨曾埋子,岂得曾参亦杀人。"

曾母投杼　zēng mǔ tóu zhù
【分类】生活
【关键词】曾子
【释义】喻指流言可畏。源见"曾参杀人"。
【例句】唐李白《系寻阳上…》:"虚言误公子,投杼惑慈亲。"唐白居易《思子台有感》:"曾家机上闻投杼,尹氏园中见掇蜂。"宋刘兼《诫是非》:"三人告母虽投杼,百犬闻风只吠声。"宋宋祁《祗答天平…》:"攫煤自省非尝饭,投杼徐知不杀人。"

曾子商歌　zēng zǐ shāng gē
【分类】政治
【关键词】曾子
【释义】喻指安贫乐道。源见"捉衿见肘"。
【例句】唐李白《送赵判官…》:"君为鲁曾子,拜揖高堂里。"唐姚合《送王龟处士》:"唯修曾子行,不着老莱衣。"唐柳宗元《贡衰》:"高歌足自快,商颂有遗音。"宋刘克庄《念奴娇》:"仿佛曾子当年,商歌满屋,衣不完衿肘。"

曾子易箦　zēng zǐ yì zé
【分类】政治
【关键词】曾子
【释义】咏遵从礼法之典。亦喻人将死。《礼记·檀弓》:"曾子寝疾…童子曰:'华而睆(光滑),大夫之箦(竹席)与?'曾子曰:'然,斯季孙之赐也,我未之能易也。元(曾元)起易箦。'…曾子曰:'尔之爱我也不如彼。君子之爱人也以德,细人之爱人也以姑息。吾何求哉?吾得正而毙焉,斯已矣!'举扶而易之,反席未安而没。"曾子临死坚持换掉大夫才能使用的竹席。
【例句】唐李商隐《哭遂州萧…》:"遗音和蜀魄,易箦对巴猿。"唐陆游《夜坐示桑甥》:"结缨与易箦,至死犹自强。"宋曾几《致仕》:"尚念款曲悬车地,绝胜仓皇易箦时。"宋陆游《力耕》:"学经亹亹悬车后,秉礼拳拳易箦前。"

矰缴　zēng zhuó
【分类】政治
【关键词】战国策
【释义】也称矰弋。系有生丝绳以射飞鸟的短箭。比喻暗害人的阴谋手段。《战国策·楚策四》:"不知夫射者方将修其碆卢,治其矰缴,将加己乎百仞之上。"《庄子·应帝王》:"且鸟高飞,以避矰弋之害。"
【例句】唐李白《鸣雁行》:"凌霜触雪毛体枯,畏逢矰缴惊相呼。"唐杜甫《官池春雁》:"翅在云天终不远,力微矰缴绝须防。"唐白居易《感鹤》:"一兴嗜欲念,遂为矰缴牵。"宋周密《潇湘八景》:"稻粱多处有矰弋,何如烟月江湖宽。"宋王安石《集禧观池…》:"京洛尘沙工点污,江湖矰弋饱惊猜。"宋姜特立《偶成》:"唯有冥鸿无羡慕,世间矰弋莫相亲。"

赠刀　zèng dāo
【分类】政治
【关键词】王览
【释义】赞许别人堪负重任,前程远大之典。源见"吕虔刀"。
【例句】唐孙逖《和崔司马…》:"尝闻宝刀赠,今日奉琼琚。"唐李白《赠华州王…》:"知君先负庙堂器,今日还须赠宝刀。"唐李忱《浮云宫》:"何当赠刀圭,岂复便俗吏。"宋张元干《希道使君…》:"似闻有意赠刀圭,倒卷逆流翻瀣渤。"

赠缟　zèng gǎo
【分类】生活
【关键词】季札子产
【释义】表示建立深厚的友谊。《左传·襄公二十九年》:"(季札)聘于郑,见子产(公孙侨),如旧相识,与之缟带,子产献纻衣焉。"晋杜预注:"吴地贵缟,郑地贵纻。故各献所贵,示损己不为彼货利。"
【例句】唐骆宾王《夏日游德…》:"缔交君赠缟,投分我忘筌。"唐韦庄《同旧韵》:"既闻留缟带,讵肯掷著簪。"明龚鼎孳《李云田将…》:"肯为李作长句,此意殷勤胜赠缟。"清张英《扬州左太…》:"水东归兴遽然,故人相赠缟衣仙。"

赠绮　zèng qǐ
【分类】生活
【关键词】古诗
【释义】称美他人寄赠之典。《昭明文选·〈古诗十九首〉》:"客从远方来,遗我一端绮。相去万余里,故人心尚尔。"描写远方的故人怀念自己寄来一块绸缎。
【例句】唐李端《酬丘拱外…》:"投砖聊取笑,赠绮一何妍。"唐独孤及《李张皇甫…》:"谢君箧中绮端赠,何以报之长相思。"唐刘复《长相思》:"彩丝织绮文双鸳,昔时赠君君可怜。"宋秦观《次韵朱李…》:"美人绿绮烦遥赠,莫致南金增永吟。"

甑尘釜鱼　zèng chén fǔ yú
【分类】生活

【关键词】范冉
【释义】形容贫苦人家断炊已久。《后汉书·范冉》:"所止单陋,有时粮粒尽,穷居自若,言貌无改,闾里歌之曰:'甑中生尘范史云,釜中生鱼范莱芜。'"
【例句】唐刘禹锡《学阮公体》:"不学腰如磬,徒使甑生尘。"唐徐夤《邑宰相访…》》:"渊明深念邴诜贫,踏破莓苔看甑尘。"唐冯涓《句》:"釜鱼化作池中物,木履浮为天际船。"宋刘挚《戏简许教授》:"莫将秉釜论多少,聊为君家拂甑尘。"宋李新《妇嘲》:"夜寒憎兒牛衣泣,起执晨炊触釜鱼。"宋陈著《次韵前人…》:"劫火吹炎海水飞,九州同慨釜鱼危。"

甑倒　zèng dǎo
【分类】生活
【关键词】孟敏
【释义】比喻事已破败。源见"堕甑"。
【例句】唐韩愈《寒食日出游》:"囊空甑倒谁救之,我今一食日还并。"唐李商隐《大卤平后…》:"甑破宁回顾,舟沉岂暇看。"宋苏辙《次韵子瞻…》:"但令戢戢见头角,甑倒囊空定何耻。"宋张耒《对雪呈仲车》:"囊空甑倒谁复救,典衣买酒将空簋。"

斋房芝　zhāi fáng zhī
【分类】政治
【关键词】灵芝
【释义】咏天赐瑞应之典。或以芝房为典,喻指后宫或书房。《汉书·礼乐志》:"《齐房》十三,元封二年芝生甘泉齐房作。"唐颜师古注:"齐读曰斋。"
【例句】唐杜甫《八哀诗》:"煌煌斋房芝,事绝万手攀。"唐杜甫《苏大侍御…》:"今晨清镜中,胜食斋房芝。"宋谢薖《次刘世基韵》:"斋房芝草不并秀,且餐秋菊纫春兰。"宋方岳《次韵采菌》:"秋崖不惯大官肉,雪屋为出斋房芝。"

翟璜直言　zhái huáng zhí yán
【分类】政治
【关键词】翟璜
【释义】谓敢于直言相谏。《新序·杂事》:"魏文侯与士大夫坐。问曰:'寡人何如君也?'群臣皆曰:'君仁君也。'次至翟璜曰:'君非仁君也。'对曰:'臣闻之:其君仁者,其臣直。'向翟璜之言直,臣是以知君仁君也。'文侯曰:'善!'复召翟璜入,拜为上卿。"
【例句】唐李瀚《蒙求》:"董宣强项,翟璜直言。"宋王安国《读魏世家》:"翟璜闻一言,惭俛惭李克。"

宅相　zhái xiàng
【分类】生活
【关键词】魏舒
【释义】咏外甥之典。《晋书·魏舒传》:"魏舒字阳元…少孤,为外家宁氏所养。宁氏起宅,相宅者曰:'当出贵甥。'外祖母以魏氏甥小而慧,意谓应之。舒曰:'当为外氏成此宅相。'"

【例句】唐李白《赠别从甥…》:"能成吾宅相,不减魏阳元。"唐高适《别从甥万盈》:"宅相予偏重,家丘人莫轻。"宋蒲宗孟《乙巳岁除…》:"吾甥真宅相,可得不翘英。"宋李之仪《题虞氏外…》:"成吾宅相非吾志,直欲丘门备四科。"

祭遵布被　zhài zūn bù bèi
【分类】政治
【关键词】祭遵
【释义】廉洁奉公之典。《后汉书·祭遵传》:"祭遵字弟孙,颖川颖阳人也。遵为人廉约小心,克己奉公。赏赐辄尽与士卒,家无私财。身衣韦绔、布被,夫人裳不加缘。帝以是重焉。"
【例句】唐张九龄《和姚令公…》:"人思崔琰议,朝掩祭遵公。"宋王之道《次韵周运…》:"边城正藉诗书帅,俎豆于今识祭遵。"元谢肃《送钱匏庵…》:"明审秦王猛,廉清汉祭遵。"宋张耒《故仆射司…》:"布被终身俭,貂冠一命崇。"

沾泥絮　zhān ní xù
【分类】生活
【关键词】参寥
【释义】比喻心情沉寂,不复波动。《宋人轶事汇编·禅林》:"东坡守彭城,参寥往见之。坡遣官奴马盼盼索诗,参寥作绝句,有'禅心已作沾泥絮,不逐东风上下狂'之语。"
【例句】宋卢梅坡《柳絮》:"若使化为萍逐水,不如且作絮沾泥。"宋方岳《式贤和杜…》:"莫作沾泥絮,端如蜕壳蝉。"宋李光《鹧鸪天》:"飞花逐水归何处,落絮沾泥不解狂。"宋范成大《秋雨快晴》:"心如坠絮沾泥懒,身似飞泉激石忙。"

詹父钓　zhān fù diào
【分类】生活
【关键词】詹何
【释义】称美渔父之典。《淮南子·说山训》:"詹公之钓,千岁之鲤不能避。"汉高诱注:"詹公,詹何也,古得道善钓者,有精术,故能得千岁之鲤也。"
【例句】唐皮日休《鲁望以轮…》:"用尽詹何传钓法,收和范蠡养鱼经。"唐崔橹《春晚岳阳…》:"何似不羁詹伴,睡烟歌月老潺潺。"宋王之道《和胡德辉…》:"钓鱼聊复效詹何,肯向青山较少多。"明苏葵《漫书答陈…》:"吾与步兵同酒癖,古来詹父混鱼踪。"明苏葵《棹歌》:"依亦著渔蓑,依旧识詹何。"

詹嘉守晋军　zhān jiā shǒu jìn jūn
【分类】政治
【关键词】詹嘉
【释义】驻军镇守之典。《左传·文公十三年》:"晋侯使詹嘉处瑕,以守桃林之塞。"晋杜预注:"詹嘉,晋大夫,赐其瑕邑,令帅众守桃林以备秦。"
【例句】唐耿湋《送太仆寺…》:"造父为周御,詹嘉守晋军。"

詹尹 zhān yǐn
【分类】政治
【关键词】郑詹尹
【释义】古卜筮者之名。《楚辞补注·卜居》:"心烦虑乱,不知所从。往见太卜郑詹尹。"王逸注:"郑詹尹,工姓名也。"
【例句】唐储光羲《狱中贻姚…》:"吉凶问詹尹,俯伏信北叟。"唐白居易《遣怀》:"尝求詹尹卜,拂龟竟默默。"宋胡宿《卜居》:"自致青云有壮图,且寻詹尹卜幽居。"宋卫泾《沈氏书堂》:"詹尹诗存家有宝,齐斋记外更无图。"

瞻韩 zhān hán
【分类】生活
【关键词】李白
【释义】表示与人相识的敬辞。源见"识荆"。
【例句】宋张镃《满江红》:"说项无人堪叹息,瞻韩有意因恢复。"宋丘葵《哭吕朴卿…》:"潮士瞻韩木,莆民爱召棠。"明祁衍曾《冬夜集骆…》:"十载瞻韩愿,幽怀此并开。"

瞻乌 zhān wū
【分类】政治
【关键词】诗经
【释义】比喻乱世无所归依之民。泛指富人屋上的乌。《诗经·小雅·正月》:"哀我人斯,于何从禄?瞻乌爰止,于谁之屋?"汉毛传:"富人之屋,乌所集也。"汉郑笺:"视乌集于富人之室,以言今民亦当求明君而归之。"
【例句】宋苏轼《五色雀》:"我穷惟四壁,破屋无瞻乌。"宋敖陶孙《雪中陈孔…》:"常时不饭家,屋上瞻乌栖。"宋苏籀《娱老》:"多闻内殖每瞻乌,枉把春秋问蟪蛄。"宋释居简《出入韵寄…》:"佳客来时须问字,丈人好处略瞻乌。"

鳣庭 zhān tíng
【分类】政治
【关键词】杨震
【释义】指讲堂。源见"三鳣集"。
【例句】唐李德裕《奉送相公…》:"共悬龟印衔新绶,同忆鳣庭访旧居。"宋杨亿《从叔郎中…》:"鳣庭有遗训,清白自传家。"宋钱惟演《怀旧居》:"未知笳鼓归何日,空锁鳣庭春草疏。"宋胡宿《兵部尚书…》:"鸡树前阴改,鳣庭旧迹空。"宋宋祁《将东归留…》:"摛华吐凤赋,闻礼堕鳣庭。"

斩成安 zhǎn chéng ān
【分类】政治
【关键词】韩信
【释义】咏出奇制胜之典。《史记·淮阴侯列传》:"赵王、成安君陈馀闻汉且袭之也,聚兵井陉口…信所出骑兵二千骑,共候赵空壁逐利,则驰入赵壁,皆拔帜,立汉赤帜二千。…大破虏赵军,斩成安君泜水上,禽赵王歇。"
【例句】唐王涯《从军词》:"今朝拜韩信,日下斩成安。"宋岳珂《右军转胜》:"讵怜成安获张耳,泜上鼓旗那可一。"明王世贞《故关》:"广武堪称客,成安未晓兵。"清田雯《咏史》:"可惜成安君,不用李左车。"

斩蛟 zhǎn jiāo
【分类】政治
【关键词】淮南子
【释义】斩杀蛟龙。多谓勇士为民除害。《淮南子·道应训》:"荆有佽非…两蛟挟绕其船…赴江刺蛟,遂断其头,船中人尽活,风波毕除,荆爵为执圭。"
【例句】唐李顾《送皇甫曾…》:"山深卧龙宅,水净斩蛟乡。"唐刘禹锡《壮士行》:"明日长桥上,倾城看斩蛟。"唐马云奇《怀素师草…》:"含毫势若斩蛟龙,握管还同断犀象。"唐徐铉《送冯侍郎》:"斩蛟桥下溪烟碧,射虎亭边草路清。"

斩蛟破璧 zhǎn jiāo pò bì
【分类】文化
【关键词】澹台灭明
【释义】形容气概豪迈。《博物志》:"澹台子羽(灭明)赍千金之璧渡河。河伯欲之,阳侯波起,两鲛夹船。子羽左操璧,右操剑,击鲛,皆死。既渡,三投璧于河伯,河伯三跃而归之,子羽毁璧而去。"
【例句】唐李商隐《偶成转韵…》:"斩蛟破璧不无意,平生自许非匆匆。"宋苏轼《再过泗上》:"不用然犀照幽怪,要须拔剑斩长蛟。"明曾棨《澹台墓》:"斩蛟毁璧真奇事,青简流传莫漫猜。"清金朝觐《壮士行》:"吾闻忠信涉悬流,投璧斩蛟孰为俦。"

斩楼兰 zhǎn lóu lán
【分类】政治
【关键词】傅介子
【释义】喻杀敌建功立业。《汉书·傅常郑甘陈段列传·傅介子》:"平乐监傅介子持节使诛斩楼兰王安归首,县之北阙,以直报怨,不烦师众。其封介子为义阳侯。"
【例句】唐李白《塞下曲》:"愿将腰下剑,直为斩楼兰。"唐张仲素《塞下曲》:"功名耻计擒生数,直斩楼兰报国恩。"唐曹唐《送康祭酒…》:"分明会得将军意,不斩楼兰不拟回。"唐翁绶《陇头吟》:"横行俱足封侯者,谁斩楼兰献未央。"

斩蛇 zhǎn shé
【分类】政治
【关键词】汉高祖
【释义】汉刘邦起事前曾醉行泽中,遇大蛇当道,乃拔剑斩之。《史记·高祖本纪》:"行前者还报曰:'前有大蛇当径,愿还。'高祖醉,曰:'壮士行,何畏!'乃前,拔剑击斩蛇。蛇遂分为两,径开。"
【例句】唐薛逢《重送徐州…》:"斩蛇泽畔人烟晓,戏马台前树影疏。"唐张碧《野田行》:"秦皇砍石筑长城,汉祖区区白蛇死。"唐李咸用《和友人喜…》:"惠子休惊学五车,沛公方起斩长蛇。"唐徐寅《偶题》:"赋就长安振大名,斩蛇功与乐天争。"

展眉　zhǎn méi
【分类】生活
【关键词】元稹
【释义】眉开眼笑,比喻心情愉快。唐元稹《三遣悲怀诗》:"唯将终夜长开眼,报答平生未展眉。"
【例句】唐李白《长干行》:"十五始展眉,愿同尘与灰。"唐白居易《留北客》:"即须分手别,且强展眉欢。"唐白居易《醉封诗筒…》:"展眉只仰三杯后,代面唯凭五字中。"唐段成式《折杨柳》:"黄金穟短人多折,已恨东风不展眉。"

绽破袄　zhàn pò ǎo
【分类】生活
【关键词】玉台新咏
【释义】咏思乡之典。《玉台新咏·艳歌行》:"兄弟两三人,流荡在他县。故衣谁当补,新衣谁当绽。"
【例句】唐韩愈《崔十六少…》:"蔬飧要同吃,破袄请来绽。"清钱载《到家作四首》:"曝檐破袄犹藏簏,明日焚黄只益哀。"清钱载《得世锡书》:"岂有刚肠使耐贫,箧遗破袄痛吾亲。"清郭麟《江西道中…》:"携归杵臼劳妇子,冬日破袄如秋凉。"

湛卢　zhàn lú
【分类】文化
【关键词】剑
【释义】古代宝剑名。泛指宝剑。传为春秋时欧冶子所铸。源见"鱼肠"。
【例句】唐李白《送侯十一》:"空余湛卢剑,赠尔托交亲。"唐杜甫《大历三年…》:"朝士兼戎服,君子按湛卢。"宋苏轼《虎丘寺》:"湛卢谁复见,秋水光耿耿。"宋雷发《栎闸吴大…》:"定知斫案英灵在,闲对祠前洗湛卢。"

湛卢飞　zhàn lú fēi
【分类】生态
【关键词】剑
【释义】咏宝剑灵异之典。《吴越春秋·阖闾内传》:"湛卢之剑恶阖闾之无道也,乃去而出,水行如楚。楚昭王卧而寤,得吴王湛卢之剑于床。昭王不知其故。风湖子曰:'此谓湛卢之剑。'"传说湛卢剑有灵异,能择主而事。
【例句】唐骆宾王《夕次旧吴》:"行叹鸥凫没,遽惜湛卢飞。"宋米芾《贞娘墓歌》:"东望阖闾穿葬处,玉凫将化湛卢飞。"宋张炜《谢朱高邮…》:"门掩飞花欲曙时,起来忽接湛卢诗。"明胡应麟《舟次钱塘…》:"湛卢飞景亦凡俗,纯钩巨阙皆碌碌。"

湛露　zhàn lù
【分类】政治
【关键词】诗经
【释义】浓重的露水。喻君主之恩泽、丈夫之恩惠。《诗经·小雅·湛露·序》:"湛露,天子燕诸侯也。"《左传·文公四年》:"昔诸侯朝正于王,王宴乐之,于是乎赋《湛露》。则天子当阳,诸侯用命也。"
【例句】唐李世民《春日玄武…》:"娱宾歌湛露,广乐奏钧天。"唐许敬宗《奉和守岁…》:"运广薰风积,恩深湛露晞。"唐杜正伦《玄武门侍宴》:"湛露晞尧日,薰风入舜弦。"唐杜甫《夔府书怀…》:"遂阻云台宿,常怀湛露诗。"

湛湛　zhàn zhàn
【分类】生态
【关键词】楚辞
【释义】水深貌。《楚辞补注·招魂》:"湛湛江水兮上有枫,目极千里兮伤春心。"汉王逸注:"湛湛,水貌。"也指露浓和厚集。
【例句】唐王适《江上有怀》:"湛湛江水见底清,荷花莲子傍江生。"唐韦应物《酬李儋》:"湛湛樽中酒,青青芳树园。"唐张籍《楚宫行》:"玉酒湛湛盈华觞,丝竹次第鸣中堂。"唐郑谷《浯溪》:"湛湛清江叠叠山,白云白鸟在其间。"

蘸甲　zhàn jiǎ
【分类】生活
【关键词】杜牧
【释义】酒斟满,捧觞蘸指甲。表示畅饮。唐杜牧《后池泛舟送王十》:"为君蘸甲十分饮,应见离心一倍多。"蘸,用物沾染液体。
【例句】唐韦庄《中酒》:"南邻酒熟爱相招,蘸甲倾来绿满瓢。"唐刘禹锡《和乐天以…》:"颦眉厌老终难去,蘸甲须欢便即来。"唐罗隐《酬丘九庭》:"壁池兰蕙已老,村酒蘸甲时几杯。"五代徐铉《梦游》:"蘸甲递觞纤似玉,含词忍笑腻于檀。"

张安世　zhāng ān shì
【分类】政治
【关键词】张安世
【释义】喻指深得皇帝信任的几朝重臣。《汉书·张汤传》附《张安世传》:"右将军光禄勋安世辅政宿卫,肃敬不息,十有三年,咸以康宁。夫亲亲任贤,唐虞之道也,其封安世为富平侯。"
【例句】唐徐坚《奉和圣制…》:"累相承安世,深筹协子房。"宋王安中《李永终还…》:"亡吉问安世,多识数华峤。"明庞尚鹏《次赠别韵》:"清忠最羡张安世,宦海何须叹渺茫。"明方献夫《丁原德方…》:"安世贤何有,嵇康懒不如。"

张邴　zhāng bǐng
【分类】政治
【关键词】张良邴汉
【释义】汉张良和邴汉的并称,二人均弃官归隐。后遂以此为典。《昭明文选·南朝宋谢灵运》《还旧园作见颜范二中书》》:"偶与张邴合,久欲还东山。"唐李善注:"《汉书》张良曰:'今以三寸舌为帝师,封万户,位列候,此布衣之极,于良足矣。愿弃人间事,欲从赤松子道轻举。'又曰：'琅邪邴汉亦有清行，兄子曼容亦养志自修，为官不肯过六百石，辄自免去。'"

【例句】唐司空曙《过阎采病居》："张邴卧来休送客，菊花枫叶向谁秋。"唐徐魁《闲游赋附…》："贵龙凤兮就高深，悦张邴兮托萧森。"唐杜甫《漾陂西南台》："劳生愧严郑，外物慕张邴。"唐温庭筠《和赵嘏题…》："张邴宦情何太薄，远公窗外有池莲。"

张博望 zhāng bó wàng
【分类】政治
【关键词】张骞
【释义】指汉使张骞。《史记·卫将军骠骑列传》："将军张骞，以使通大夏，还，为校尉。从大将军有功，封为博望侯。"
【例句】唐韩翃《送监军李…》："旧从张博望，新事郑长秋。"唐张说《将赴朔方》》："从来思博望，许国不谋身。"唐武元衡《酬太常从…》："张骞随汉节，王浚向刀州。"唐韦庄《夏口行寄…》："谁道我随张博望，悠悠空外泛仙槎。"

张敞 zhāng chǎng
【分类】政治
【关键词】张敞
【释义】字子高，西汉大臣，事宣帝，为官清廉，忠言直谏昌邑王刘贺，做九年京兆尹。《汉书·张敞传》："由是枹鼓稀鸣，市无偷盗，天子嘉之。"
【例句】唐元稹《代曲江老…》："内史称张敞，苍生借寇恂。"唐韩翃《送深州吴…》："旧识张京兆，新随刘领军。"宋黄庭坚《次韵子瞻…》："张敞忧眉应急召，董宣强项莫低回。"宋李彭《失题》："尚余新月张敞画，无复幺荷韩寿香。"

张敞画眉 zhāng chǎng huà méi
【分类】生活
【关键词】张敞
【释义】汉宣帝时京兆尹张敞常替妻子画眉毛。比喻夫妻感情好。《汉书·赵尹韩张两王列传·张敞》："上问之，对曰：'臣闻闺房之内，夫妇之私，有过于画眉者。'上爱其能，弗备责也。然终不得大位。"
【例句】唐刘损《愤惋诗》："买笑楼前花已谢，画眉窗下月空残。"唐李频《春闺怨》："红妆女儿灯下羞，画眉夫婿陇西头。"

张陈 zhāng chén
【分类】政治
【关键词】张耳陈馀
【释义】秦末将领张耳、陈馀的并称。二人初为刎颈交，后又结怨至不两立。源见"张耳陈馀"。
【例句】唐李白《古风》："张陈竟火灭，萧朱亦星离。"唐李咸用《论交》："松篁贞管鲍，桃李艳张陈。"唐白居易《和雉媒》："张陈刎颈交，竟以势不完。"唐元稹《感事》："此心长自保，终不学张陈。"宋范仲淹《得李四宗…》："须期管鲍垂千古，不学张陈负一朝。"

张道陵 zhāng dào líng
【分类】文化
【关键词】张道陵
【释义】天师道创始人，后世尊称祖天师、张天师。为咏道士之典。《神仙传·张道陵》："张道陵者…博通五经，晚乃叹曰：'此无益于年命！'…乃与弟子入蜀住鹄鸣山，著作道书二十四篇。乃精思炼志，忽有天人下…乃授陵以新出正一明威之道，陵受之能治病，于是百姓翕然奉事之以为师。后陵与升玄三人皆白日冲天而去。"
【例句】唐卢纶《送道士郄…》："病老正相仍，忽逢张道陵。"宋韩淲《闲借云笈》》："一从寇谦之，祖尚张道陵。"宋方回《赠沈雷阳》："十五早学张道陵，二十已成费长房。"宋项安世《重午饷菜…》："大家朱书亭午时，小家艾人张天师。"明袁宏道《白铜儿》："洪都老道术最奇，龙虎真人张天师。"

张颠 zhāng diān
【分类】生活
【关键词】张旭
【释义】唐著名草书家张旭醉后往往有颠狂之态，故人称张颠。《太平广记·张旭》："张旭草书得笔法…饮醉辄草书，挥笔大叫。以头揾水墨中而书之，天下呼为张颠。醒后自视，以为神异，不可复得。"
【例句】唐李白《草书歌行》："张颠老死不足数，我师此义不师古。"唐景浇《赠零陵僧》："张颠没在二十年，谓言草圣无人传。"唐马云奇《怀素师草》："贺老遥闻怯后生，张颠不敢称先辈。"五代张格《寄禅月大师》》："画成罗汉惊三界，书似张颠直万金。"

张耳 zhāng ěr
【分类】政治
【关键词】张耳陈馀
【释义】汉将军张耳与同乡陈馀为刎颈交，最后把陈馀出卖了，张耳降汉，与韩信一起击败陈馀。源见"张耳陈馀"。
【例句】唐陆龟蒙《江南秋怀…》："尘埃张耳分，肝胆季心倾。"宋田锡《结交篇》："陈馀尚倜傥，张耳重交结。"宋洪皓《次韵学士…》："交情中绝惭张耳，国步方艰忆斗辛。"聂绀弩《歪诗两首…》："终卖腹心张耳德，始蒸豚犬易牙才。"

张耳陈馀 zhāng ěr chén yú
【分类】政治
【关键词】张耳陈馀
【释义】指张耳、陈馀由刎颈之交到互相攻杀。比喻势利之交，不能善始善终。《史记·张耳陈馀列传》："余年少，父事张耳，两人相与为刎颈交。""汉三年，韩信已定魏地，遣张耳与信击破赵井陉，斩陈馀泜水上。"
【例句】唐贯休《行路难》："谁道黄金如粪土，张耳陈馀断消息。"宋黄希旦《感时行》："谁不见陈馀张耳辈，当面论交旋踵背。"元王翰《言怀简丁…》："本为叔牙知管仲，岂期张耳害陈馀。"清田雯《季札挂剑处》："世多张耳陈馀辈，不信延陵挂剑来。"清宋湘《读李密传…》："既不项王尊义帝，宁堪张耳斩陈馀。"

张纲　zhāng gāng
【分类】政治
【关键词】张纲
【释义】借指敢于犯颜进谏的直臣。源见"埋轮"。
【例句】唐权德舆《同陆太祝…》："专城书素至留京，忽报张纲揽辔回。"唐杜牧《新定途中》："无端偶效张文纪，下杜乡园别五秋。"唐杜牧《除官归京…》："浅深须揭厉，休更学张纲。"宋石介《寄孔中丞》："张纲昨日弹梁冀，文帝今朝召贾生。"

张公吃酒　zhāng gōng chī jiǔ
【分类】政治
【关键词】张易之
【释义】即张公吃酒李公醉。言唐武后时张易之与其弟张昌宗专宠弄权，李氏王室大权旁落。后因用以由于误会代人受过。《演繁露续集》："则天时，谶谣曰：'张公吃酒李公醉'。张公，易之兄弟也；李氏，言李氏不盛也。"
【例句】唐无名氏《改唱》："张公吃酒李公颠，盛六生儿郑九怜。"宋陈亚《诗》："张公吃酒李公醉，自古人言信有之。"宋释法忠《偈》："张公吃酒李公醉，子细思量不思议。"明王世贞《挽彭稚修…》："张公吃酒李公醉，珊瑚误代王恺碎。"

张公子　zhāng gōng zǐ
【分类】政治
【关键词】汉成帝
【释义】汉成帝刘骜好隐蔽身份，身着便服和张放一起出游，自称是富平侯家的张公子。后用为咏贵公子之典。《汉书·孝成赵皇后传》："成帝每微行出，常与张放俱，而称富平侯家，故曰张公子。"
【例句】唐骆宾王《帝京篇》："朱门无复张公子，灞亭谁畏李将军。"唐钱起《秋霖曲》："貂裘玉食张公子，炮炙熏天戟门里。"唐杜甫《赠翰林张…》："天上张公子，宫中汉客星。"唐韩愈《郴口又赠…》："回头笑向张公子，终日思归此日归。"

张翰杯　zhāng hàn bēi
【分类】生活
【关键词】张翰
【释义】不求荣名，纵酒自乐之典。《世说新语·任诞》："张季鹰(张翰字)纵任不拘，时人号为'江东步兵'。或谓之曰：'卿乃可纵适一时，独不为身后名邪？'答曰："使有身后名，不如即时一杯酒。'时人贵其旷达。"
【例句】唐李白《送友人寻…》："八月枚乘笔，三吴张翰杯。"唐白居易《偶作》："张翰一杯酒，荣期三乐歌。"金杨奂《怀同祖卿》："梦里惠连句，生前张翰杯。"明陈光赞《野老庵为…》："临池人识右军宅，玩世时拈张翰杯。"

张翰扁舟　zhāng hàn piān zhōu
【分类】文化
【关键词】张翰
【释义】咏性体旷达，任情自适之典。《世说新语·任诞》："贺司空入洛赴命，为太孙舍人。经吴阊门，在船中弹琴。张季鹰(张翰字)本不相识，先在金阊亭，闻弦甚清，下船就贺，因共语。便大相知说。问贺：'卿欲何之？'贺曰：'入洛赴命，正尔进路。'张曰：'吾亦有事北京。'因路寄载，便与贺同发。初不告家，家追问乃知。"
【例句】唐杜甫《严中丞枉…》："扁舟不独如张翰，白帽还应似管宁。"唐张祜《汴上送客》："张翰思归何太切，扁舟不住又东归。"唐李郢《立秋后自…》："西江近有鲈鱼否，张翰扁舟始到家。"宋彭汝砺《游东湖》："扁舟便好如张翰，好在溪边旧钓筒。"

张翰抚琴　zhāng hàn fǔ qín
【分类】生活
【关键词】张翰
【释义】哀悼亡友之典。《世说新语·伤逝》："顾彦先(顾荣)平生好琴，及丧，家人常以琴置灵床上。张季鹰(张翰)往哭之，不胜其恸，遂径上床，鼓琴，作数曲竟，抚琴曰：'顾彦先颇复赏此不？'因又大恸，遂不执孝子手而出。"
【例句】唐李益《闻亡友王…》："抚琴犹可绝，况此故无弦。"唐陈子昂《同旻上人…》："援琴一流涕，旧馆几沾巾。"宋魏野《寄友人臧奎》："兹怀若为写，援琴不成声。"明佘翔《题南郭别业》："抚琴伤猗兰，草玄掩高阁。"清魏裔介《哭亡弟辩若》："友爱棣华肠欲断，抚琴回首倍凄怆。"

张翰黄花句　zhāng hàn huáng huā jù
【分类】文化
【关键词】张翰
【释义】赞美诗词佳句之典。《昭明文选·晋张翰〈杂诗〉》："暮春和气应，白日照园林。青条若总翠，黄华如散金…讴吟何嗟及，古人可慰心。"此处黄华，是指春日黄花。
【例句】唐李白《金陵送张…》："张翰黄花句，风流五百年。"宋黄庭坚《和师厚秋…》："杜陵白发垂垂老，张翰黄花句句新。"明魏骥《和王兵宪…》："吟成张翰黄花句，醉上庚家明月楼。"清弘历《张翰》："只今朗咏黄花句，也占风流五百年。"

张好好　zhāng hǎo hǎo
【分类】生活
【关键词】张好好
【释义】喻歌妓落魄，辛苦度日。唐杜牧《张好好诗并序》："好好年十三，始以善歌来乐籍中…于洛阳东城重睹好好，感旧伤怀，故题诗赠之。""洛城重相见，绰绰为当垆。"
【例句】宋张耒《赠张公贵诗》："酒市逢好好，琵琶失玲珑。"

宋刘过《赠妓徐楚楚》:"标格胜如张好好,情怀浓似薛琼琼。"

张华见陆云 zhāng huá jiàn lù yún
【分类】文化
【关键词】张华陆云
【释义】咏结识名流知交之典。《晋书·张华传》:"陆机兄弟志气高爽,自以吴之名家,初入洛,不推中国人士,见华一面如旧,钦华德范,如师资之礼焉。"
【例句】唐马异《答卢仝结…》:"不知何处清风夕,拟使张华见陆云。"明皇甫汸《秋日奉谒…》:"流落陆云方自笑,也容门外候张华。"明皇甫汸《昔时行赠…》:"莫嗟失路无知己,行见张华荐陆云。"

张华识 zhāng huá shí
【分类】政治
【关键词】张华
【释义】形容受到名流的赏识而显名。《晋书·张华传》:"华性好人物,诱进不倦,至于穷贱候门之士一介之善者,便咨嗟称咏,为之延誉。"
【例句】唐钱起《长安落第作》:"不遇张华识,空悲宁戚歌。"唐温庭筠《题西明寺…》:"自知终有张华识,不向沧洲理钓丝。"唐韦庄《和薛先辈…》:"名自张华显,词因葛亮吟。"宋徐鹿卿《酬张直学》:"龙光自有张华识,句不惊人未遽休。"明唐文凤《乾坤大磅…》:"倘无张华识,埋没吁可伤。"

张华史汉遒 zhāng huá shǐ hàn qiú
【分类】文化
【关键词】张华
【释义】形容善于论古道今。《世说新语·言语》:"王(夷甫)曰:'裴仆射善谈名理,混混有雅致;张茂先(张华字)论《史》《汉》,靡靡可听;我与王安丰说延陵、子房,亦超超玄著。'"南朝梁刘孝标注引《晋阳秋》曰:"华博览洽闻,无不贯综。世祖尝问汉事,及建章千门万户。华画地成图,应对如流,张安世不能过也。遒:强健有力。
【例句】唐沈佺期《三日独坐…》:"束皙言谈妙,张华史汉遒。"

张徽一曲 zhāng huī yī qǔ
【分类】政治
【关键词】唐玄宗
【释义】咏唐明皇故事之典。张徽即张野狐,为宗玄时梨园弟子。源见"雨霖铃"。
【例句】唐张祜《雨霖铃》:"雨霖铃夜却归秦,犹是张徽一曲新。"元胡奎《雨霖铃》:"惟有张徽识此声,御前曾教雨霖铃。"明龚鼎孳《秋夜听雨…》:"惆怅张徽曲,开元有废宫。"清杜关《吕郎曲》:"闲与张徽听夜曲,却话开元全盛年。"

张净琬 zhāng jìng wǎn
【分类】生活

【关键词】羊侃
【释义】南朝梁名将羊侃之舞妓。为咏舞女之典。源见"羊侃豪侈"。
【例句】宋文同《张净琬》:"可怜张净琬,不识半酣时。"清汪懋麟《内家娇》:"未免有情,香儿雪面,谁能堪此,净琬纤腰。"

张老 zhāng lǎo
【分类】政治
【关键词】张老
【释义】借指仁义之人。源见"张司马"。
【例句】唐杜甫《奉赠萧十…》:"张老存家事,嵇康有故人。"唐陈元光《落成会咏》:"设醴延张老,开轩礼吕蒙。"五代徐铉《赋得霍将…》:"宁烦张老颂,无待晏婴辞。"宋刘攽《送福州范…》:"因君谢张老,青紫未易拾。"

张梨 zhāng lí
【分类】文化
【关键词】梨
【释义】咏美梨之典。源见"大谷梨"。
【例句】唐杜甫《题张氏隐居》:"杜酒偏劳劝,张梨不外求。"宋商倚《和慎思秋…》:"杯盘供鲁酒,毅殳欠张梨。"宋胡寅《和叔夏视获》:"岂愧石兄推竹弟,聊斟杜酒破张梨。"清朱彝尊《高博士席…》:"沧酒瓷罂满,张梨白露甘。"

张丽华 zhāng lì huá
【分类】生活
【关键词】张丽华
【释义】南朝陈后主的贵妃。借指美貌佳人。《南史·张贵妃传》:"后主即位,为贵妃。性聪慧,甚被宠遇…及隋军克台城,贵妃与后主俱入井,隋军出之,晋王广命斩之于青溪中桥。"
【例句】唐张祜《玉树后庭花》:"玉座谁为主,徒悲张丽华。"唐杜牧《台城曲》:"门外韩擒虎,楼头张丽华。"唐罗虬《比红儿诗》:"一曲都缘张丽华,六宫齐唱后庭花。"唐罗隐《台城》:"丽华承宠渥,江令捧杯盘。"

张禄相秦 zhāng lù xiāng qín
【分类】政治
【关键词】范雎
【释义】咏仕途升沉之典。《史记·范雎传》:"(范雎)伏匿,更名姓曰张禄。…王稽辞魏去,过载范雎入秦…王稽遂与范雎入咸阳。已报使,因言曰:'魏有张禄先生,天下辩士也…臣故载来。'""秦王乃拜范雎为相。"
【例句】唐徐寅《龙蛰》:"穰侯休忌关东客,张禄先生竟相秦。"唐徐寅《偶题》:"秦宫犹自拜张禄,楚幕不知留范增。"宋张良臣《赠英上人》:"之秦剩肯迎张禄,踏越何曾用计然。"宋文天祥《高沙道中》:"秦客载张禄,吴人纳伍员。"

张率能文 zhāng lù néng wén
【分类】文化

【关键词】张率

【释义】咏少年文才之典。《梁书·张率传》："率年十二，能属文，常日限为诗一篇，稍进作赋颂，至年十六，向二千许首…率又为《待诏赋》奏之，甚见称赏。手敕答曰：'省赋殊佳。相如工而不敏，枚皋速而不工，卿可谓兼二子于金马矣。'"

【例句】唐耿湋《酬张少尹…》："刘生曾任侠，张率自能文。"明吴伟业《山居即事…》》："陆倕张率呼同载，三月江南正被除。"

张女 zhāng nǚ

【分类】生活

【关键词】潘岳

【释义】借指善乐女子。《昭明文选·晋潘岳〈笙赋〉》："辍《张女》之哀弹，流《广陵》之名散。"十六国张铣注："曲名也，其声哀。"

【例句】唐李商隐《拟意》："怅望逢张女，迟回送阿侯。"宋李彭《王生以诗…》："何须张女弹，端为建康醉。"宋李彭《夜饮》："乐怜张女弹，舞倦秦女衣。"明吴伟业《题西泠闺咏》："石城杨柳碧城鸾，谢女诗篇张女弹。"

张骞泛槎 zhāng qiān fàn chá

【分类】文化

【关键词】张骞

【释义】喻至神仙之境。《因语录》："《汉书》载张骞穷河源，言其奉使之远，实无天河之说…前辈诗往往有用张骞槎者，相袭谬误矣，纵出杂书，亦不足据。"《四库全书总目·地理类》："周密《癸辛杂识》引张骞乘槎至天河见织女，得支机石事，云出《荆楚岁时记》，今本无之。"

【例句】唐杜甫《有感》："乘槎断消息，无处觅张骞。"唐上官婉儿《游长乐公…》："倩语张骞莫辛苦，人今从此识天河。"五代廖融《梦仙谣》："星稀犹倚虹桥立，拟就张骞搭汉槎。"宋王迈《代贺崇清…》："曾梦槎泛银潢，不遇张骞遇东方。"元范梈《屈原庙前…》："徒闻黄霸能为郡，岂识张骞苦泛槎。"

张三影 zhāng sān yǐng

【分类】文化

【关键词】张先

【释义】也谓张影。为宋代词人张先的别称。《古今诗话》："有客谓张子野曰：'人皆谓公为张三中，即心中事、眼中泪、意中人也。'公曰：'何不目我三影？'客不晓。公曰：'云破月来花弄影，娇柔懒起，帘压卷花影，柳径无人，坠絮无影。此予平生所得意也。'"

【例句】宋杨万里《诗酒怀赵…》："旧日张三影，今时赵半杯。"宋陈振孙《题张氏十…》："平生闻说张三影，十咏谁知有乃翁。"明徐渭《四张歌张…》："况君作诗句多警，又如尔祖张三影。"明钱谦益《次韵赠张…》："一生花月张三影，两鬓沧桑郭四朝。"

张生 zhāng shēng

【分类】政治

【关键词】张生

【释义】借指饱学之士。《汉书·张生传》："伏生教济南张生及欧阳生。张生为博士。"西汉张生济南人，从伏生授《尚书》。

【例句】唐皎然《张伯高草…》："张生奇绝难再遇，草罢临风展轻素。"唐韩翃《送夏侯校》："青春事贺监，黄卷向张生。"唐白居易《送张山人》："张生马瘦衣且单，夜扣柴门与我别。"宋刘敞《雨晴率张…》："诸子吾宗秀，张生一经老。"

张硕与兰香 zhāng shuò yǔ lán xiāng

【分类】生活

【关键词】杜兰香

【释义】咏人神结合或咏男女相思之典。源见"杜兰香"。

【例句】唐韩偓《春闷偶成…》："谢鲲吟未废，张硕梦堪思。"唐不详《维扬少年…》："神女得张硕，文君遇卓卿。"唐韩偓《春闺偶成》："谢鲲吟未废，张硕梦堪思。"明夏苏道人《依韵奉和》："兰香慕俊寻张硕，桃叶怜才事献之。"

张司马 zhāng sī mǎ

【分类】政治

【关键词】张老

【释义】借指忠心耿耿之人。《国语·晋语》："（晋悼公）使张老为卿，辞曰：臣不如魏绛。公五命之，固辞，乃使为司马。"春秋晋大夫张孟谦让有礼，足智多谋，被人尊称为张老。

【例句】唐武元衡《送崔舍人…》："唯有白须张司马，不言名利尚相从。"明王世贞《肖甫司马》："赖有张司马，旗常事不诬。"明王世贞《答赠张太…》："明海张司马，龙门一世师。"

张汤 zhāng tāng

【分类】政治

【关键词】张汤

【释义】西汉御史大夫，酷吏、廉吏。《史记·酷吏列传·张汤传》："张汤者，杜人也。其父为长安丞…是时上方乡文学，汤决大狱，欲傅古义，乃请博士弟子治《尚书》《春秋》补廷尉史，亭疑法。"

【例句】唐白居易《渭村退居…》："慎微参石奋，决密与张汤。"唐韩翃《送赵评事…》："官属张廷尉，身随杜幼公。"宋张方平《离都招友人》："张汤筋力奈寒暑，楼护口舌摇风霆。"宋司马光《送导江李》："黄祖阴怀怒，张汤巧用文。"宋苏轼《送刘道原》："孔融不肯下曹操，汲黯本自轻张汤。"

张吾军 zhāng wú jūn

【分类】政治

【关键词】左传

【释义】谓壮大自己的声势。《左传·桓公六年》："我张吾三军，而被吾甲兵，以武临之，彼则惧而协以谋我，故难间也。"

【例句】唐韩愈《醉赠张秘书》："诗成使之写，亦足张吾军。"宋刘敞《过中京后…》："我欲还家千日饮，益须酿酒张吾军。"宋胡寅《谢彦修携…》："秘藏未能窥佛界，剧谈聊足张吾军。"宋方岳《晚眺》："旋拾枯松浇瀑布，小奚亦足张吾军。"

张许　zhāng xǔ
【分类】政治
【关键词】张巡许远
【释义】唐张巡、许远的并称。安史之乱时，两人死守睢阳，后被俘遇害。《旧唐书·许远》："及贼使伊子奇攻围，远与张巡、姚訚婴城拒守经年，外救不至，兵粮俱尽而城陷…使严庄皆害之。"
【例句】宋王洋《题赵侯庙》："遗庙丹青照今古，不惭张许在睢阳。"宋罗公升《挽何见山》："山蓊欣月托，张许竟同归。"宋强至《冬尽日睡…》："张许忠魂空日月，邹枚乐事委蓬蒿。"宋吕本中《浯溪》："一时节士张许颜，其谁不知唐已安。"宋郭知运《题双庙》："中兴功孰盛，张许冠百僚。"

张绪风流　zhāng xù fēng liú
【分类】文化
【关键词】张绪
【释义】称颂他人潇洒俊逸，谈吐风雅之典。《南史·张绪传》："绪吐纳风流，听者皆忘饥疲，见者肃然如在宗庙…刘悛之为益州，献蜀柳数株，枝条甚长，状若丝缕…武帝以植于太昌灵和殿前，常赏玩咨嗟，曰：'此杨柳风流可爱，似张绪当年时。'"
【例句】唐韩翃《送张渚赴…》："风流似张绪，别后见垂杨。"唐李山甫《柳》："假饶张绪如今在，须把风流暗里销。"唐贯休《上卢使君》："卿山岳金相似，张绪风情柳不如。"五代徐仲雅《耕夫谣》："张绪逞风流，王衍事轻薄。"

张绪柳　zhāng xù liǔ
【分类】文化
【关键词】张绪
【释义】美称飘舞的垂柳。源见"张绪风流"。
【例句】唐贯休《上卢使君》："马岘山岳金相似，张绪风情柳不如。"唐唐彦谦《贺李昌时…》："不知新到灵和殿，张绪何如柳一枝。"宋陆游《小园竹间…》："梦魂不接庄周蝶，心事肯付张绪柳！"宋陈造《病起闲步》："柳如张绪不殊昔，竹与子猷相对清。"

张巡嚼齿　zhāng xún jué chǐ
【分类】政治
【关键词】张巡
【释义】咬牙碎齿。形容极度愤慨之状。《旧唐书·张巡》："及城陷，尹子奇谓巡曰：'闻君每战眥裂，嚼齿皆碎，何至此耶？'眥：眼眶。
【例句】宋苏轼《京师哭任…》："奋髯走狂吏，嚼齿对奸将。"宋唐庚《讯囚》："参军坐厅事，据案嚼齿牙。"宋周紫芝《次韵伯远…》："回甘似蔗境，嚼齿余诗酸。"宋欧阳澈《寄周居安》："周郎辞气带烟霞，凛凛秋霜嚼齿牙。"宋陆游《书愤》："厄穷苏武餐毡久，忧愤张巡嚼齿空。"

张仪存舌　zhāng yí cún shé
【分类】政治
【关键词】张仪
【释义】喻能说善辩的口才。《史记·张仪列传》：张仪在楚国受辱归，"其妻曰：'嘻！子毋读书游说，安得此辱乎？'张仪谓其妻曰：'视吾舌尚在不？'其妻笑曰：'舌在也。'仪曰：'足矣。'"
【例句】唐温会《奉陪段相…》："有舌嗟秦策，飞梁驾楚材。"宋刘筠《冬日呈郭…》："归去但应存舌在，愁来莫更笑途穷。"宋黄庚《送姜仕可…》："张仪失策独存舌，穆傅知机可掉头。"元郑洪《寄祗园师…》："黑貂已弊犹存舌，白社虽贫尚有诗。"聂绀弩《题迮冬诗卷》："王者生头难价值，士之存舌合僵皴。"

张仪诈楚　zhāng yí zhà chǔ
【分类】政治
【关键词】张仪
【释义】指秦惠王派张仪去楚国游说，以献商于之地六百里为条件，要楚怀王闭关绝齐。待楚、齐绝交后，张仪只承认献地六里。《史记·张仪列传》："仪说楚王曰：'大王诚能听臣，闭关绝约于齐，臣请献地於之地六百里'…楚王怒曰：'群臣皆贺，子(陈轸)独吊，何也？'…张仪乃朝，谓楚使者曰：'臣有奉邑六里，愿以献大王左右。'楚王大怒，发兵而攻秦。"
【例句】唐李商隐《商於》："割地张仪诈，谋身绮季长。"唐杜牧《题青云馆》："四皓有芝轮汉祖，张仪无地与怀王。"宋郭印《和赵茂州…》："纵横窃鄙张仪诈，怀卷终竟宁武愚。"明薛纲《吊泪罗江》："死恨张仪曾相楚，生惭微子独归周。"

张禹　zhāng yǔ
【分类】政治
【关键词】张禹
【释义】借指刺史。《后汉书·张禹传》："建初中，拜扬州刺史…历行郡邑，深幽之处莫不毕到，亲录囚徒，多能明举，吏民希见使者，人怀喜悦，怨德美恶，莫不自归焉。"喻为政清明，深受爱戴。
【例句】唐韩翃《送万巨》："汉相见王陵，扬州事张禹。"唐许浑《经李给事…》："汉庭使气摧张禹，楚国怀忧送范云。"宋刘敞《朱云》："汉家社稷变王氏，张禹虚蒙师保恩。"宋苏轼《和钱安道…》："其间绝品岂不佳，张禹纵贤非骨鲠。"宋刘克庄《再和》："剑诛张禹佞，扇障褚渊羞。"

张禹后堂　zhāng yǔ hòu táng
【分类】政治
【关键词】张禹
【释义】形容为人虚伪，道貌岸然。《汉书·张禹》："禹将崇入后堂饮食,妇女相对,优人筵弦铿锵极乐,昏夜乃罢。而宣之来也,禹见之于便坐,讲论经义,日晏赐食,不过一肉厄酒相对。"

【例句】唐杜审言《赠崔融…》:"复此开患榻,宁唯人后堂。"宋周紫芝《时宰生日诗》:"应笑向来张相国,后堂宾客少彭宣。"宋韩维《次韵和唐…》:"美酒应容步兵醉,后堂先约戴崇开。"宋曾几《寓居有招…》:"丈室何人问摩诘,后堂无地著彭宣。"

张掾傲 zhāng yuàn ào
【分类】文化
【关键词】张融
【释义】咏文士风止之典。南朝齐张融风止诡越,常表现出与众不同的傲慢神态。《南齐书·张融传》:"张融字思光…辟太祖太傅掾,历骠骑豫章王司空谘议参军,迁中书郎,非所好,乞为中散大夫,不许。融风止诡越,坐常危膝,行则曳步,翘身仰首,意制甚多。随例同行,常稽迟不进。太祖素奇爱融,为太尉时,时与融款接,见融常笑曰:'此人不可无一,不可有二。'"
【例句】唐卢纶《过司空曙…》:"何言张掾傲,每重德璋亲。"宋李彭《遂初堂为…》:"张融贫寄傲,非水船安居。"

张载勒铭山 zhāng zǎi lè míng shān
【分类】文化
【关键词】张载
【释义】咏剑阁或咏蜀道之典。《昭明文选·晋张载〈剑阁铭〉》唐李善注:"臧荣绪《晋书》曰:'张载父收,为蜀郡太守。载随父入蜀,作《剑阁铭》。益州刺史张敏见而奇之,乃表上其文。世祖遣使镌石记焉。'"
【例句】唐唐彦谦《兴元沈氏庄》:"江绕武侯筹笔地,雨昏张载勒铭山。"宋王禹偁《寄献郾州…》:"题柱薄长卿,铭阁笑张载。"宋杨亿《成都》:"张载勒铭堪作戒,莫矜函谷一丸封。"宋宋祁《送张状元…》:"左思丽赋都中贵,张载新铭剑外留。"

张长史 zhāng zhǎng shǐ
【分类】文化
【关键词】张融
【释义】指南朝齐张融,曾任司徒左长史。源见"张掾傲"。
【例句】宋苏轼《诸公饯子…》:"人间一好汉,谁似张长史。"宋毕仲游《奉呈中叔…》:"健笔九分张长史,苦吟再equivalent谢宣城。"宋项安世《赠周季隐》:"向来张长史,佳句足堪夸。"金蔡珪《感寓》:"堂登张长史,楷妙也莫知。"明王世贞《题怀素千…》:"邬参军语钗股折,张长史笔惊沙翻。"

张征虏 zhāng zhēng lǔ
【分类】政治
【关键词】张飞
【释义】借咏张姓的将军。《三国志·张飞传》:"张飞字益德,涿郡人也,少与关羽俱事先主。…先主既定江南,以飞为宜都太守、征虏将军,封新亭侯。"

【例句】唐皎然《送罗判官…》:"定颂张征虏,桓桓戡难功。"唐王维《送张判官…》:"见逐张征虏,今思霍冠军。"

张正见 zhāng zhèng jiàn
【分类】文化
【关键词】张正见
【释义】南朝陈著名诗人。借指诗人。《陈书·张正见传》:"正见幼好学,有清才。梁简文在东宫,正见年十三,献颂,简文深赞赏之…有集十四卷,其五言诗尤善,大行于世。"
【例句】唐耿湋《会风翔张…》:"远过张正见,诗兴自依依。"

张志和 zhāng zhì hé
【分类】政治
【关键词】张志和
【释义】唐诗人。《新唐书·张志和传》:"坐事贬南浦尉。会赦还,以亲既丧,不复仕,居江湖,自称烟波钓徒。著《玄真子》,亦以自号。李德裕称志和'隐而有名,显而无事,不穷不达,严光之比'云。"
【例句】宋王铚《古渔父词》:"千古高人张志和,浮家泛宅老烟波。"宋苏轼《乘舟过贾…》:"爱酒陶元亮,能诗张志和。"宋苏轼《和王胜之》:"鲁公宾客皆诗酒,谁是神仙张志和。"宋周紫芝《罗叔共五…》:"好个神仙张志和,平生只是一渔蓑。"

张挚 zhāng zhì
【分类】政治
【关键词】张挚
【释义】西汉廷尉张释之的儿子,不善迎合权贵。《史记·张释之列传》:"其子曰张挚,字长公,官至大夫,免。以不能取容当世,故终身不仕。"
【例句】唐李白《单父东楼…》:"圣朝久弃青云士,他日谁怜张长公。"唐陈子昂《感遇诗》:"世道不相容,嗟嗟张长公。"唐李益《九月十日…》:"柳吴兴近无消息,张长公贫苦寂寥。"唐柳宗元《弘农公以…》:"世议排张挚,时情弃仲翔。"宋刘攽《朝回》:"寂嘿怀张挚,淹留苦魏渠。"

张仲 zhāng zhòng
【分类】政治
【关键词】诗经
【释义】周朝人,与尹吉甫共同辅佐周宣王中兴。喻称贤臣。《诗经·小雅·六月》:"侯谁在矣,张仲孝友。"毛传:"张仲,贤臣也。"郑笺:"张仲,吉甫之友,其性孝友。"
【例句】唐柳宗元《弘农公以…》:"雅歌张仲德,颂祝鲁侯昌。"宋王安石《送元厚之…》:"张仲称孝友,樊侯正求助。"宋王安国《送乌子山…》:"侯嗟谁在思张仲,民喜重临得次公。"宋李新《荞麦》:"锐首师郭尖,骈结友张仲。"

张子房 zhāng zǐ fáng
【分类】政治
【关键词】张良】

【释义】张良，字子房。刘邦重要谋士，汉朝建立封留侯。《史记·留侯世家》："余以为其人计魁梧奇伟，至见其图，状貌如妇人好女。高帝曰：'夫运筹策帷帐之中，决胜于千里之外，吾不如子房。'"
【例句】唐崔泰之《同光禄弟…》："积德韦丞相，通神张子房。"唐杜甫《洗兵马》："关中既留萧丞相，幕下复用张子房。"宋苏轼《正辅既见…》："宁须张子房，万户自择留。"聂绀弩《悠然六十》："状貌恂恂张子房，齿牙摇落鬓毛苍。"

张子侨 zhāng zǐ qiáo
【分类】文化
【关键词】张子侨
【释义】借指学士文臣。《汉书·王褒传》："宣帝时…召高材刘向、张子侨、华龙、柳褒等待诏金马门。"
【例句】唐李德裕《雨中自秘…》："金门待诏何逍遥，名儒早问张子侨。"明龚鼎孳《留别伯紫…》："家学旧传刘中垒，赋颂不数张子侨。"

章甫适越 zhāng fǔ shì yuè
【分类】政治
【关键词】庄子
【释义】不合时宜或无人赏识之典。《庄子·逍遥游》："宋人资章甫而适诸越，越人断发文身，无所用之。"唐成玄英疏："资，货也…章甫，冠名也。故孔子生于鲁，衣缝掖；长于宋，冠章甫。而宋实微子之裔，越乃太伯之苗，二国贸迁往来，乃以章甫为货。且章甫本充首饰，必须云鬟承冠，越人断发文身，资货便成无用。"
【例句】唐宋之问《玩郡斋海榴》："越俗鄙章甫，扪心空自怜。"唐杜甫《夔门书怀》："衣冠迷适越，藻绘忆游睢。"宋刘攽《送僧子南》："越俗今章甫，疑师不著冠。"宋谢薖《次韵董之…》："章甫不入越，夏虫多拘时。"

章甫西东 zhāng fǔ xī dōng
【分类】政治
【关键词】孔子
【释义】比喻儒生奔波于路。《礼记·儒行》："子曰：'丘少居鲁，衣逢掖之衣；长居宋，冠章甫之冠。'"
【例句】唐杜甫《奉寄河南…》："青囊仍隐逸，章甫尚西东。"

章华台 zhāng huá tái
【分类】生活
【关键词】边让
【释义】咏帝王欢乐处或咏楚地之典。《后汉书·边让传》："遂作章华之台，筑乾溪之室，穷木土之技，单珍府之实，举国营之，数年乃成。设长夜之淫宴，作北里之新声。"
【例句】唐陈子昂《感遇诗》："昔日章华宴，荆王乐苑淫。"唐李涉《寄荆娘写真》："章华台南莎草齐，长河柳堤连金堤。"唐徐夤《苔》："金谷晓凝花影重，章华春映柳阴浓。"宋苏轼《竹枝歌》："秦关已闭无归日，章华不复见车轮。"

章台 zhāng tái
【分类】生活
【关键词】张敞
【释义】汉时长安有章台街，是妓院集中之处，后指妓院赌场等处。也喻风流潇洒。《汉书·张敞传》："时罢朝会，过走马章台街，使御吏驱，自以便面拊马。"
【例句】唐杨师道《咏马》："鸣珂屡度章台侧，细蹀经向灌龙傍。"唐李白《流夜郎赠…》："夫子红颜我少年，章台走马着金鞭。"唐韩翃《少年行》："鸣鞭晓出章台路，叶叶春衣杨柳风。"唐崔颢《渭城少年行》："驿使前日发章台，传道长安春早来。"

章台柳 zhāng tái liǔ
【分类】文化
【关键词】柳
【释义】比喻离别。或任人攀折之意。也为咏柳之典。《本事诗·情感》载：唐诗人韩翃与姬柳氏分别三年，寄词："章台柳，章台柳，往日依依今在否？…"柳氏和："杨柳枝，芳菲节，可恨年年赠离别…"后团圆。
【例句】唐崔国辅《长乐少年行》："章台折杨柳，春日路傍情。"唐雍陶《春咏》："殷勤最是章台柳，一树千条管带春。"宋黄庭坚《叔父宿邀…》："章台柳色未知秋，折与行人鞭紫骝。"宋高荷《国香》："憔悴犹疑洛浦妃，风流固可章台柳。"

章台坠鞭 zhāng tái zhuì biān
【分类】生活
【关键词】李娃传
【释义】留连于一见钟情之女子的典故。《李娃传》载：唐时荥阳公子在长安妓女所居的章台街鸣珂里，看到姿容俊美的李娃，一见钟情，就停住车马，故意使马鞭坠地，等待随从拾取。
【例句】宋陆游《晓过万里桥》："拥路看敝帽，窥门笑坠鞭。"宋晁补之《离亭宴》："丹府黄香堪笑。章台坠鞭年少。"明钱谦益《有美一百…》："豪贵争除道，儿郎学坠鞭。"明张萱《又为刘玉…》："千金一笑忆当年，掷果盈车数坠鞭。"

漳滨卧 zhāng bīn wò
【分类】生活
【关键词】刘桢
【释义】病卧异乡之典。源见"刘桢病"。
【例句】唐司空曙《哭王注》："已叹漳滨卧，何言驻隙难。"唐李颀《题善权寺…》："四周寒暑镇湖关，三卧漳滨带病颜。"唐黄滔《喜翁文尧…》："惊杀漳滨鬼，错与刘生随。"五代韦庄《婺州屏居…》："三年流落卧漳滨，王粲思家拭泪频。"

漳滨卧起 zhāng bīn wò qǐ
【分类】生活

【关键词】刘桢
【释义】指卧病初愈。源见"刘桢病"。
【例句】唐孟浩然《送崔遏》：":因声两京旧,谁念卧漳滨。"唐刘禹锡《和苏郎中…》》："漳滨卧起恣闲游,宣室征还未白头。"唐吴融《病中宜茯…》："飞檄愈风知妙手,也须分药救漳滨。"唐薛涛《酬李校书》》："自顾漳滨多病后,空瞻逸翮舞青云。"

长房缩地 zhǎng fáng suō dì
【分类】文化
【关键词】费长房
【释义】指传说中方士以法术化远为近。多用以形容思念故乡或异地亲朋等。《神仙传·壶公》："(费长房)有神术,能缩地脉,千里存在,目前宛然,放之复舒如旧也。"
【例句】唐沈佺期《哭道士刘…》："缩地黄泉出,升天白日飞。"唐护国《逢张道士》："缩地往来无定所,花源到处路漫漫。"唐元稹《和乐天早…》："同受新年不同赏,无由缩地欲如何。"唐方干《赠五牙山…》："若取寿长延至易,如嫌地远缩何难。"

长房萸 zhǎng fáng yú
【分类】文化
【关键词】茱萸
【释义】即茱萸。俗传重阳佩茱萸可祛邪避灾。其说始于费长房故事。《续齐谐记·九日登高》："汝南桓景随费长房游学累年。长房谓曰：'九月九日,汝家中当有灾。宜急去,令家人各作绛囊,盛茱萸以系臂,登高饮菊花酒,此祸可除。'景如言,齐家登山。夕还,见鸡犬牛羊一时暴死…今世人九日登高饮酒,妇人带茱萸囊,盖始于此。"
【例句】唐李显《九月九日…》："长房萸早熟,彭泽菊初收。"宋苏轼《在彭城日…》："菊盏萸囊自古传,长房宁复是臞仙。"宋朱熹《奉和公济…》："佩菊笑长房,把菊陶公。"明谢缙《九日怀沈…》："茱萸红映绛纱囊,旧俗犹传费长房。"

长者车 zhǎng zhě chē
【分类】政治
【关键词】陈平
【释义】指前来寻访或相送的长者车马,咏贫寒而有才者。《史记·陈丞相世家》："负随平至其家,家乃负郭穷巷,以弊席为门,然门外多有长者车辙。"
【例句】唐司空图《光启四年…》："酬歌自适逃名久,不必门多长者车。"唐鱼玄机《愁思》："长者车音门外有,道家书卷枕前多。"唐王缙《与卢员外…》："林中独酌邻家酒,门外时闻长者车。"唐张祜《酬房子客…》："郡中门指贤哉巷,门外多来长者车。"

掌上明珠 zhǎng shàng míng zhū
【分类】生活
【关键词】傅玄
【释义】比喻极受疼爱的人。晋傅玄《短歌行》："昔君视我,如掌中珠。何意一朝,弃我沟渠！"
【例句】唐沈佺期《送金城公…》："玉就歌中怨,珠辞掌上恩。"唐王宏《从军行》："儿生三日掌上珠,燕颔猿肱秾李肤。"唐白居易《哭崔儿》："掌珠一颗儿三岁,鬓发千茎父六旬。"唐白居易《阿崔》："岂料鬓成雪,方看掌弄珠。"

掌中舞 zhǎng zhōng wǔ
【分类】生活
【关键词】张净婉
【释义】南朝梁羊侃的舞妓张净婉体态轻盈能作掌中舞,后常以称宠妃、宠妓体轻善舞。《梁书·羊侃传》："侃性豪侈,善音律,自造《采莲》《棹歌》两曲,甚有新致…有弹筝人陆太喜,着鹿角爪长七寸。儛人张净(或作静)婉,腰围一尺六寸,时人咸推能掌中舞。又有孙荆玉,能反腰帖地,衔得席上玉簪。"
【例句】唐武平一《妾薄命》："正悦掌中舞,宁哀团扇诗。"唐徐凝《汉宫曲》："掌中舞罢箫声绝,三十六宫秋夜长。"唐韩偓《偶见》："愁来自觉歌喉咽,瘦去谁怜舞掌轻。"明卢楠《史平台夜…》："掌中舞袖回金缕,背后落花覆锦茵。"

丈夫 zhàng fū
【分类】政治
【关键词】榖梁传
【释义】指成年男子,或所作为的人。妻称夫为丈夫。《榖梁传·文公十二年》："男子二十而冠,冠而列丈夫。"宋张思光《门律自序》："丈夫当删《诗》《书》、制礼乐,何至因循,寄人篱下。"
【例句】唐窥基《出家箴》："大丈夫,须猛利,紧束身心莫容易。"唐李颀《别梁锽》："忽然遭跌紫骝马,还是昂藏一丈夫。"唐王梵志《题阙》："丈夫无伎艺,虚沾一世人。"聂绀弩《排水赠姚…》："零下更低三十度,丈夫焉用肃霜裘。"

丈六 zhàng liù
【分类】文化
【关键词】传灯录
【释义】指丈六金身。佛的三身之一。亦称佛像。《传灯录》："西方有佛,其形丈六而黄金色。"《宋人轶事汇编·范仲淹》："富公(富弼)自河北还朝,不许入国门,未测朝廷意…绕床叹曰：'范六丈圣人也。'"
【例句】唐裴休《白鹿寺释…》："三千境见阎浮土,丈六身留兜率天。"宋刘克庄《杂兴》："绕床弹指叹,六丈圣人欤。"宋刘攽《建业华藏…》："金声玉色三千士,雪戟蛇矛丈六身。"宋苏轼《赠清凉寺…》："问禅不契前三语,施佛空留丈六身。"

杖出泉 zhàng chū quán
【分类】文化
【关键词】慧远
【释义】咏高僧之典。《高僧传·晋庐山释慧远》："及届浔阳,见庐峰清静,足以息心,始住龙泉精舍。此处去水本远,远乃以杖叩地,曰：'若此中可得栖止,当使朽壤抽泉。'言毕,清流涌出,浚以成溪。"
【例句】唐钱起《送赞法师…》:"到处花为雨,行时杖出泉。"明区大相《赠亮上人》:"坐处苔生石,行时杖出泉。"

杖化龙 zhàng huà lóng
【分类】文化
【关键词】费长房
【释义】表现道家神异之典。《后汉书·费长房传》:"长房辞归,翁(壶公)与一竹杖,曰:'骑此任所之,则自至矣。既至,可以杖投葛陂中也。'…长房乘杖,须臾来归,自谓去家适经旬日,而已十余年矣。即以杖投陂,顾视则龙也。"
【例句】唐王绩《游仙》:"鸭桃闻已种,龙竹未经骑。"唐高适《咏马鞭》:"龙竹养根凡几年,工人截之为长鞭。"宋释祖镜《偈》:"今朝拄杖化为龙,分破华山千万重。"宋陆游《道室杂咏》:"乌化双舄杖化龙,云山回首不知重。"

杖马箠 zhàng mǎ chuí
【分类】政治
【关键词】张耳陈馀
【释义】意指不用打仗,策马驱赶即获胜。《史记·张耳陈馀列传》:"赵养卒乃笑曰:'君未知此两人所欲也。夫武臣、张耳、陈馀杖马箠下赵数十城,此亦各欲南面而王,岂欲为卿相终己邪?'"南朝宋裴骃《史记集解》:"张晏曰:'言其不用兵革,驱策而已。'"
【例句】唐刘禹锡《平蔡州》:"汉家飞将下天来,马箠一挥门洞开。"唐杜牧《送沈处士…》:"常恨两手空,不得一马箠。"宋王庭圭《庐陵行》:"但把长笺造凤栖,更说渡河挑马箠。"宋刘跂《麦垄》:"手中马箠余三尺,想见归时如许长。"

杖头百钱 zhàng tóu bǎi qián
【分类】政治
【关键词】阮修
【释义】咏隐士独行之典。《世说新语·任诞》:"阮宣子(阮修字宣子,喜好《易经》《老子》,善于清谈,安于家贫,不喜世俗人)常步行,以百钱挂杖头,至酒店便独酣畅。虽当世贵盛,不肯诣也(梁刘孝标注引《名士传》说:"修性简任")。"
【例句】唐王绩《戏题卜铺壁》:"不应长卖卜,须得杖头钱。"唐骆宾王《冬日宴》:"二三物外友,一百杖头钱。"唐贺兰进明《行路难》:"但愿亲友长含笑,相逢莫乏杖头钱。"宋李之仪《次韵采莲》:"闻道栽成十亩莲,便思挑出杖头钱。"

杖乡 zhàng xiāng
【分类】生活
【关键词】礼记
【释义】代称六十岁。《礼记·王制》:"五十杖于家,六十杖于乡,七十杖于国,八十杖于朝,九十者,天子欲有问焉,则就其室,以珍从。"
【例句】唐李隆基《千秋节宴》:"处处祠田祖,年年宴杖乡。"明沈周《元日》:"开岁始今日,杖乡无几人。"明卢龙云《为林太学…》:"怡亲自得阳城教,三豆何劳礼杖乡。"明毛奇龄《华亭蒋隐…》:"不道玄瀛洲畔客,今来才有杖乡情。"

朝歌 zhāo gē
【分类】政治
【关键词】纣
【释义】古都邑名。商代帝乙、帝辛(纣)的别都。《史记·卫康叔世家》:"周公旦…封康叔为卫君,居河、淇间故商墟。"《嘉庆·浚县志》:"商墟,即古朝歌城,在今浚县西南,淇县东北。淇水径其西,河水径其东,是为河、淇之间…"
【例句】唐李颀《送刘方平》:"漳水桥头值鸣雁,朝歌县北少行人。"唐李白《赠宣城宇…》:"回车避朝歌,掩口去盗泉。"唐李白《鞠歌行》:"朝歌鼓刀叟,虎变磻溪中。"唐岑参《送郭乂杂言》:"朝歌城边柳掸地,邯郸道上花扑人。"聂绀弩《挽雪峰》:"从今不买筒箇菜,免忆朝歌老比干。"

朝菌 zhāo jùn
【分类】政治
【关键词】庄子
【释义】某些朝生暮死的菌类植物。借喻极短的生命。《庄子·逍遥游》:"朝菌不知晦朔,蟪蛄不知春秋。"陆德明释文:"司马云:'大芝也。天阴生粪上,见日则死,一名日及,故不知月之终始也。'"
【例句】唐韩偓《小隐》:"灵椿朝菌由来事,却笑庄生始欲齐。"唐李绅《转寿春守…》:"点检遗编尽朝菌,应难永望一刀圭。"唐崔元略《赠毛仙翁》:"莫将凡圣比云泥,椿菌之年本不齐。"宋梅尧臣《依韵和永…》:"大椿朝菌各有尽,此物何怪庄叟齐。"

朝露 zhāo lù
【分类】生活
【关键词】苏武
【释义】早上的露水,太阳一出就被晒干,比喻生命短促。《汉书·苏武传》:"人生如朝露,何久自苦如此!"唐代颜师古注:"朝露见日则晞,人命短促亦如之。"晞:干。
【例句】唐王无竞《铜雀台》:"妾怨在朝露,君恩岂中薄。"唐广宣《九月菊花…》:"爽气凝朝露,浓姿带夜霜。"唐宋之问《范阳王挽词》:"客随朝露尽,人逐夜舟惊。"唐司空曙《故郭婉仪…》:"苦色凝朝露,悲声切暝风。"

朝三暮四 zhāo sān mù sì
【分类】政治
【关键词】庄子
【释义】本谓只变名目,不变实质以欺人。后比喻变化多端或反覆无常。《庄子·齐物论》:"劳神明为一而不知其同也,谓之朝三。何谓朝三?狙公赋芧,曰:'朝三而暮四。'众狙皆怒。曰:'然则朝四而暮三。'众狙皆悦。"

【例句】唐沈佺期《九真山净…》："机疑闻不二，蒙昧即朝三。"宋方岳《又次韵》："山际有田归自好，休论暮四与朝三。"宋华镇《病中闻梅…》："暗香便欲朝三嗅，寒笛愁闻夜一吹。"宋周紫芝《捡故书得…》："暮四朝三心已了，年头月尾老俱遗。"

朝暾　zhāo tūn
【分类】文化
【关键词】太阳
【释义】初升的太阳，旭日、晨光。《隋书·音乐志》："扶木上朝暾，嶙山沉暮景。"
【例句】唐庾光先《奉和刘采…》："悬萝弱筱垂清绕，宿雨朝暾和翠微。"唐武元衡《出塞作》："白羽矢飞先火炮，黄金甲耀夺朝暾。"唐韦应物《登高望洛…》："帝宅夹清洛，丹霞捧朝暾。"聂绀弩《悠然五十八》："此中乐谁解，醒眼望朝暾。"

朝衣东市　zhāo yī dōng shì
【分类】政治
【关键词】晁错
【释义】指晁错直言进谏被借口杀害。后以此典比喻直臣被害。《汉书·晁错传》："乃使中尉召错，绐载行市。错衣朝衣斩东市。"
【例句】唐杜牧《河湟》："旋见衣冠就东市，忽遗弓箭不西巡。"宋方回《频醉》："屡闻汉相诛东市，深羡周农服下田。"宋李鹰《天封观将…》："尚方属镂赐，朝服东市戮。"明顾梦圭《感事》："画戟门前车马稀，东市洒血沾朝衣。"

朝云　zhāo yún
【分类】生活
【关键词】苏轼
【释义】宋苏轼之妾。轼贬官惠州，独朝云相随。《苏轼文集·朝云墓志铭》："东坡先生侍妾曰朝云，字子霞，姓王氏，钱塘人。敏而好义，事先生二十有三年，忠敬若一，卒于惠州，年三十四。八月庚申，葬之丰湖之上栖禅山寺之东南。"
【例句】宋刘克庄《六如亭》："谁与惠州耆旧说，可无抔土覆朝云。"宋刘敞《红玉谁家女》："使我为朝云，与君从此逝。"宋黄庭坚《和曹子方》："尽是向来行乐事，每见琵琶忆朝云。"宋李龙高《苏词》："翩翩彩笔赋梅花，只忆朝云不忆家。"

朝云暮雨　zhāo yún mù yǔ
【分类】生活
【关键词】宋玉
【释义】指男女欢会。源见"巫山云雨"。
【例句】唐骆宾王《代女道士…》："朝云旭日照青楼，迟晖丽色满皇州。"唐谁氏女《题沙鹿门》："同来不得同归去，永负朝云暮雨情。"唐刘方平《巫山高》："峡出朝云下，江来暮雨西。"唐杨师道《初宵看婚》："更笑巫山曲，空传暮雨过。"唐张子容《巫山》："朝云暮雨连天暗，神女知来第几峰。"

招魂　zhāo hún
【分类】生活
【关键词】楚辞
【释义】思友悼亡之典。《楚辞补注·招魂》东汉王逸注："宋玉怜哀屈原，忠而斥弃，愁懑山泽，魂魄放佚，厥命将落，故作《招魂》欲以复其精神，延其年寿。"今人认为是屈原所作。
【例句】唐李贺《致酒行》："我有迷魂招不得，雄鸡一声天下白。"唐杜甫《乾元中寓…》："呜呼五歌兮歌正长，魂招不来归故乡。"唐刘长卿《感怀》："愁中卜命看周易，梦里招魂读楚词。"唐王建《送阿史那…》："单于送葬还垂泪，部曲招魂亦道名。"

昭华管　zhāo huá guǎn
【分类】生活
【关键词】西京杂记
【释义】比喻贵重的乐器。《西京杂记》："高祖初入咸阳宫，周行库府，金玉珍宝，不可称言。其尤惊异者，有…玉管长二尺三寸，二十六孔，吹之则见车马山林隐辚相次，吹息亦不复见，铭曰：'昭华之管。'"
【例句】唐李商隐《昭肃皇帝…》："莫验昭华管，虚传甲帐神。"唐杜牧《出宫人》："闲吹玉殿昭华管，醉折梨园缥蒂花。"宋张耒《春日杂兴》："客从远方来，遗我昭华管。"宋周密《上平舟杨…》："取为昭华管，吹作黄钟音。"

昭君出塞　zhāo jūn chū sāi
【分类】政治
【关键词】王昭君
【释义】咏和亲之典，也借指宫女愁怨和塞外乡思。《汉书·匈奴传下》："竟宁元年，单于复入朝，礼赐如初，加衣服锦帛絮，皆倍于黄龙时。单于自言愿婿汉氏以自亲。元帝以后宫良家子王嫱字昭君赐单于。单于欢喜。"
【例句】唐李如璧《明月》："昭君此时怨画工，可怜明月光朦胧。"唐陆龟蒙《宫人斜》："须知一种埋香骨，犹胜昭君作房尘。"宋张耒《十月十日…》："灯前炉畔深杯暖，更听昭君出塞行。"宋袁燮《昭君祠》："闻说昭君出塞初，朔风萧飒吹衣裾。"

昭君村　zhāo jūn cūn
【分类】生活
【关键词】王昭君
【释义】在归州兴山县（今湖北兴山）南，汉王昭君生于此。王昭君名嫱，汉元帝之妃，被遣嫁匈奴呼韩邪单于。唐杜甫《负薪行》："若道巫山女粗丑，何得此有昭君村。"
【例句】唐白居易《题峡中石上》："巫女庙花红似粉，昭君村柳翠于眉。"宋晁补之《和东坡先…》："幽闲合出昭君村，芳洁恐是三闾魂。"宋王洋《弋阳道中》："昭君村里千年恨，神女峰前一梦成。"宋沈继祖《昭君村》："至今犹使昭君村，有女炙面殊不惜。"

昭陵　zhāo líng
【分类】政治
【关键词】唐太宗
【释义】唐太宗陵墓。《旧唐书·太宗本纪下》："己巳，上崩于含风殿，年五十二…百僚上谥曰文皇帝，庙号太宗。庚寅，葬昭陵。"
【例句】唐权德舆《拜昭陵过…》："适因昭陵拜，得抵咸阳田。"唐杜牧《将赴吴兴…》："欲把一麾江海去，乐游原上望昭陵。"唐司空图《与都统参…》："带病深山犹草檄，昭陵应泣老臣心。"唐韦庄《闻再幸梁洋》："兴庆玉龙寒自跃，昭陵石马夜空嘶。"

昭陵石马　zhāo líng shí mǎ
【分类】生态
【关键词】天宝遗事
【释义】咏陵寝地石人石马显灵之典。《天宝遗事》："潼关之战，禄山将崔乾祐领白旗军左右驰突，又见黄旗军数百队，官军潜谓是贼，不敢逼之。须臾，见与乾祐斗，黄旗军不胜，退而又战者不一，俄不知所在。后昭陵奏：'是日灵宫前石人马汗流。'"
【例句】唐李商隐《复京》："天教李令心如日，可要昭陵石马来。"唐杜甫《行次昭陵》："玉衣晨自举、石马汗常趋。"唐韦庄《闻再幸梁洋》："兴庆玉龙寒自跃，昭陵石马夜空嘶。"金朱庚《铁拄杖》"；"洛阳铜驼卧荆棘，昭陵石马埋烟雨。"元张雨《凤凰山怀古》："汉苑玉鱼谁复葬，昭陵石马亦无灵。"

昭阳殿　zhāo yáng diàn
【分类】政治
【关键词】三辅黄图
【释义】汉宫殿名。泛指后妃所住的宫殿。《三辅黄图·未央宫》："武帝时，后宫八区有昭阳、飞翔、增成、合欢、兰林、披香、凤凰、鸳鸯等殿。"
【例句】唐沈佺期《凤箫曲》："飞燕侍寝昭阳殿，班姬饮恨长信宫。"唐王翰《飞燕篇》："紫房彩女不得见，专荣固宠昭阳殿。"唐杜甫《哀江头》："昭阳殿里第一人，同辇随君侍君侧。"唐刘媛《长门怨》："雨滴长门秋夜长，愁心和雨到昭阳。"

昭阳燕　zhāo yáng yàn
【分类】政治
【关键词】赵飞燕
【释义】咏后妃被皇帝宠幸之典。《三辅黄图·未央宫》："成帝赵皇后居昭阳殿…贵倾后宫。昭阳舍兰房椒壁，其中庭彤朱，而庭上髹漆，切皆铜沓，黄金涂，白玉阶，壁带往往为黄金釭，函兰田璧，明珠翠羽饰之，自后宫未尝有焉。"
【例句】宋许及之《玉堂宿直…》："自是关雎思淑女，不同飞燕在昭阳。"宋陈造《次韵赵帅…》："汉姬懒赴昭阳燕，宫额涂成却覆觞。"明张含《读亡友何…》："晓日昭阳燕子斜，香尘不到绿珠家。"明徐渭《应李以赏…》："延年妹比昭阳燕，西子人看镜浦菓。"

昭昭　zhāo zhāo
【分类】政治
【关键词】屈原
【释义】"指明亮、光明。战国屈原《九歌·云中君》："烂昭昭兮未央。"汉王逸注："昭昭，明也。"《老子》："俗人昭昭，我独昏昏。""
【例句】唐董思恭《咏星》："历历东井舍，昭昭右掖垣。"唐任希古《和李公七夕》："悠悠天宇平，昭昭月华度。"唐储光羲《贻丁主簿…》："昭昭皇宇广，隐隐云门开。"唐刘禹锡《踏潮歌》："翌日风回沴气消，归涛纳纳景昭昭。"五代贯休《塞上曲》："单于右臂何须断，天子昭昭本如日。"

嘲哳　zhāo zhā
【分类】生活
【关键词】楚辞
【释义】形容声音烦杂而细碎。《楚辞·九辩》："雁廱廱而南游兮，鹍鸡啁哳而悲鸣。"宋洪兴祖补注："啁哳，声繁细貌。"
【例句】唐独孤及《伤春赠远》："杨柳逶迤愁远道，鹧鸪嘲哳怨南枝。"唐韩愈《桃源图》："夜半金鸡啁哳鸣，火轮飞出客心惊。"宋张耒《齐安行》："客樯朝集暮四散，夷言嘲哳来湖湘。"宋洪咨夔《罗浮高寿…》："趯趯和乐跃阜螽，沾沾喑哳瘖寒蛩。"

爪牙　zhǎo yá
【分类】政治
【关键词】诗经
【释义】喻勇士、卫士。现多指党羽、帮凶。《诗经·小雅·祈父》："祈父！予王之爪牙。"汉郑笺："此勇力之士。"
【例句】唐白居易《和梦游春诗》："鹤病翅羽垂，兽穷爪牙缩。"唐韩愈《赠张徐州…》："莫辞酒，谁为君王之爪牙。"唐李微《无题》："今日爪牙谁敢敌，当时声迹共相高。"五代贯休《上卢使君》："宾从皆凤毛，爪牙悉猿臂。"宋苏轼《赠陈守道》："共见利欲饮食事，各有爪牙头角争。"

召父杜母　zhào fù dù mǔ
【分类】政治
【关键词】杜诗
【释义】谓称赞地方官吏政绩显赫。《后汉书·杜师》："造作水排，铸为农器"又修治陂池，广拓土田，郡内比室殷足。时人方于召信臣，故南阳为之语曰：'前有召父，后有杜母。'"
【例句】唐李绅《却渡西陵…》："惭非杜母临襄岘，自鄙朱翁别会稽。"唐白居易《寄李蕲州》："江郡讴谣夸杜母，洛城欢会忆车公。"唐孟浩然《送韩使君…》："召父多遗爱，羊公有令名。"宋刘挚《送郑毅夫…》："爱此南阳歌召父，学如西蜀化文翁。"

召公棠 zhào gōng táng
【分类】政治
【关键词】燕召公
【释义】称颂循吏的美政和遗爱之典。《史记·燕召公世家》："召公巡行乡邑，有棠树，决狱政事其下，自侯伯至庶人，各得其所，无失职者。召公卒，而民人思召公之政，怀棠树不敢伐，哥咏之，作《甘棠》之诗。"
【例句】唐李商隐《武侯庙…》："大树思冯异，甘棠忆召公。"宋刘筠《禁中庭树》："宁知千载后，祇美召公棠。"宋梅尧臣《送祖择之…》："古来分陕重，犹有召公棠。"宋刘敞《寄题萧山…》："召公憩甘棠，后世歌蔽芾。"宋吕陶《上韩端明》："恩褒贾逵祀，人爱召公棠。"

召平种瓜 zhào píng zhòng guā
【分类】政治
【关键词】召平
【释义】谓退官归隐田园。源见"东陵瓜"。
【例句】唐温庭筠《赠郑处士》："醉收陶令菊，贫卖邵平瓜。"宋赵抃《和曾交见…》："惯见河阳果里花，何时归种召平瓜。"宋司马光《扫枣好草倒》："稍疏召平瓜，渐熟王阳枣。"聂绀弩《鹧鸪天》："乍暖还寒懒种瓜，却沾涕唾钓青蛙。"

赵昌 zhào chāng
【分类】生活
【关键词】赵昌
【释义】北宋画家，擅画花果，兼工草虫。自成一派，与宋徽宗赵佶齐名。《归田录》："近时名画，李成、巨然山水，包鼎虎，赵昌花果。"
【例句】宋梅尧臣《送李殿丞…》："闻说赵昌今已老，试教图画两三枝。"宋赵抃《次韵运使…》："子美英词夸雪色，赵昌精笔写香腮。"宋孔武仲《子瞻画枯木》："赵昌丹青最细腻，直与春色争豪华。"宋释云岫《颂古》："世间不是赵昌手，纵有丹青画亦难。"

赵飞燕 zhào fēi yàn
【分类】政治
【关键词】赵飞燕
【释义】汉成帝皇后。飞燕，喻指宫妃或歌女。《汉书·外戚传·孝成赵皇后》："孝成赵皇后，本长安宫人。初生时，父母不举，三日不死，乃收养之。及壮，属阳阿主家，学歌舞，号曰飞燕。"
【例句】唐骆宾王《艳情代郭…》："绿珠犹得石崇怜，飞燕曾经汉皇宠。"唐李白《清平调》："借问汉宫谁得似，可怜飞燕倚新妆。"唐李白《宫中行乐词》："宫中谁第一，飞燕在昭阳。"唐沈佺期《凤箫曲》："飞燕侍寝昭阳殿，班姬饮恨长信宫。"

赵高谋李斯 zhào gāo móu lǐ sī
【分类】政治
【关键词】赵高
【释义】指秦宦官赵高设计陷害丞相李斯。《史记·燕召公世家》："赵高使其客十余辈诈为御史、谒者、侍中，更往覆讯斯。斯更以其实对，辄使人复榜之。后二世使人验斯，斯以为如前，终不敢更言，辞服。"
【例句】唐白居易《读史》："弘恭陷萧望，赵高谋李斯。"元高启《寓感》："田蚡排窦婴，赵高诬李斯。"

赵将雄 zhào jiāng xióng
【分类】政治
【关键词】廉颇
【释义】喻指名将廉颇。《史记·廉颇蔺相如列传》："廉颇者，赵之良将也。赵惠文王十六年，廉颇为赵将伐齐，大破之，取阳晋，拜为上卿，以勇气闻于诸侯。"
【例句】唐陈子昂《登泽州城…》："坐见秦兵垒，遥闻赵将雄。"宋王安石《次韵酬子…》："赵将时皆思李牧，楚音声自感钟仪。"宋沈括《次韵辛著…》："白头赵将心仍在，多病莱芜灶不烟。"宋李之仪《李去言相…》："楚材有用谁青眼，赵将无功枉白头。"

赵津歌 zhào jīn gē
【分类】生活
【关键词】列女传
【释义】《列女传·赵津女娟》载：春秋晋赵简子欲南渡击楚，津吏醉卧不能渡，简子欲杀之。津吏息女娟恳之，为父辩解，并代父操楫，至中流，唱《河激》之歌。简子大悦，将使人祝披，以为夫人。娟乃再拜而辞，非媒不嫁。后因称娟所唱《河激》之歌为"赵津歌"，传为棹歌之典。
【例句】北周庾信《将命使北…》："虽同燕市泣，犹听赵津歌。"唐徐坚《棹歌行》："因声赵津女，来听采菱歌。"

赵军租 zhào jūn zū
【分类】政治
【关键词】冯唐
【释义】咏边将尽忠守国之典。《史记·冯唐传》："臣闻上古王道遣将也…军功爵赏皆决于外，归而奏之。此非虚言也。臣大父言，李牧为赵将居边，军市之租皆自用飨士，赏赐决于外，不从中扰也。"
【例句】唐陈子昂《答韩使同…》："空怀老臣策，未获赵军租。"唐高适《睢阳酬别…》："李牧制儋蓝，遗风岂寂寥。"唐李白《古风》："李牧今不在，边人何怯虎。"唐雍陶《罢还边将》："汉主岂劳思李牧，赵王犹自用廉颇。"

赵李经过 zhào lǐ jīng guò
【分类】政治
【关键词】阮籍
【释义】泛指结交贵戚。《昭明文选·三国魏阮籍〈咏怀诗十七首〉》："西游咸阳中，赵李相经过。"南朝宋颜延年曰："赵，汉成帝赵后飞燕也。李，武帝李夫人也。并以善歌妙舞幸于二帝也。"本是表现轻薄子弟的交游。
【例句】唐骆宾王《帝京篇》："赵李经过密，萧朱交结亲。"唐王维《洛阳女儿行》："城中相识尽繁华，日夜经过赵李家。"五代徐铉《观灯玉台体》："歌舞平阳第，经过赵李家。"宋文庠《正月望夜…》："五侯四姓共豪华，况乃经过赵李家。"

赵岐忙 zhào qí máng
【分类】生活
【关键词】赵岐
【释义】讥讽生前安排后事空费心思之典。《后汉书·赵岐传》："先自为寿藏，图季札、子产、晏婴、叔向四像居宾位，又自画其像居主位，皆为赞颂，敕其子曰：'我死之日，墓中聚沙为床，布簟白衣，散发其上，覆以单被，即日便下，下讫便掩。'"
【例句】唐罗隐《经故友所居》："清论不知庄叟达，死交空叹赵岐忙。"宋韩淲《上饶新刊…》："赵岐交契身俱老，李汉亲传眼独明。"宋郑清之《昨虽移韵…》："刚姿未必广平爱，皓首谁怜赵岐息。"宋文天祥《赠莆阳卓…》："赵岐图寿藏，杜牧拟墓志。"

赵日 zhào rì
【分类】文化
【关键词】赵衰
【释义】比喻冬天温暖的太阳。源见"爱日"。
【例句】宋王之望《赠元运使》："赵日可能兼畏爱，苏天那复间公私。"宋郭印《上邵尚书》："士仰苏天覆，人依赵日暄。"宋王艺《吴下同年…》："初筵虽负兵厨约，余爱终分赵日晖。"宋郑思肖《即事》："赤心怀赵日，绿鬓染吴霜。"

赵氏孤儿 zhào shì gū ér
【分类】政治
【关键词】赵武
【释义】指晋国权臣屠岸贾借故诛杀赵氏满门，赵朔的小儿被人辗转救出，长大后杀屠岸贾报仇，重振赵氏门户。后以此典比喻忠心为人，救难解危；或比喻亡国之痛。《史记·赵世家》："韩厥称赵成季之功，今后无祀，以感景公。景公问曰：'尚有世乎？'厥于是言赵武，而复与故赵氏田邑，续赵氏祀。"
【例句】宋黄庭坚《伤歌行》："伯夷不食周武粟，程婴可托赵氏孤。"宋辛弃疾《六州歌头》："君不见韩献子，晋将军，赵孤存。"宋郭印《感时一首…》："天心保赵有真孤，重云翳日今复吐。"宋刘子翚《程婴墓》："已脱遗孤安赵氏，更轻一死报公孙。"宋刘克庄《雪观顾夫…》："不愧顾家妇，能存赵氏孤。"

赵武见韩侯 zhào wǔ jiàn hán hóu
【分类】政治
【关键词】赵武
【释义】赵武为春秋晋赵朔之遗孤。晋景公与大臣韩厥杀掉赵朔的仇人奸臣屠岸贾，将赵原来的封地田产归还给赵武。后用为得到父辈故交扶植之典。《史记·赵世家》："于是召赵武、程婴遍拜诸将，遂反与程婴、赵武攻屠岸贾，灭其族。复与赵武田邑如故。"
【例句】唐李端《送诸暨裴…》："山公访嵇绍，赵武见韩侯。"宋孙应时《和方与行韵》："平生肯持张仪舌，今日犹存赵武心。"元王恽《镇州怀古》："赵武雄图不可寻，风烟东接九门深。"明沈周《落花》："赵武泥涂知辱雨，秦宫脂粉惜随流。"

赵燕扫粉 zhào yàn sǎo fěn
【分类】政治
【关键词】赵飞燕
【释义】咏后妃妆扮之典。《飞燕外传》："飞燕姊弟事阿主为舍直，常窃效歌舞，积思精切…且专事膏沐澡粉，其费无所爱。"言极善以脂粉妆扮美容。其费用奢侈，无所爱惜。
【例句】唐杜审言《赠苏绾书记》："红粉楼中应计日，燕支山下莫经年。"唐李郢《阙题》："花当粉槛人闲立，燕拂青蘋水漫流。"宋林景熙《白扛霜》："不如淡扫粉亦却，诸姨合避虢国封。"宋梅尧臣《次韵和长…》："胡粉未生轻蝶白，燕脂先绽野樱红。"

赵鞅叹 zhào yāng tàn
【分类】生活
【关键词】赵简子
【释义】咏哀叹人不能随外部条件而变化之典。《国语·晋语》："赵简子叹曰：'雀入于海为蛤，雉入于淮为蜃。鼋、鼍、鱼、鳖，莫能不化。唯人不能。哀夫！'"赵鞅即赵简子。
【例句】唐李群玉《将之京国…》："空怀赵鞅叹，变化良无由。"清慕昌浠《初夏读书…》："简子叹雀雉，其意殊堪嘲。"

赵壹赋命薄 zhào yī fù mìng bó
【分类】政治
【关键词】赵壹
【释义】谓感慨位卑禄薄，怀才不遇。《后汉书·赵壹》："赵壹字元叔…又作《刺世疾邪赋》，以舒其怨愤。曰：'…贤者虽独悟，所困在群愚。且各守尔分，勿复空驰驱。哀哉复哀哉，此是命矣夫！'"
【例句】唐李贺《出城别张…》："赵壹赋命薄，马卿家业贫。"唐李群玉《将之京国…》："赵壹赋命薄，陈思多世忧。"唐甘露寺鬼《西轩诗》："赵壹能为赋，邹阳解献书。"清朱彝尊《满江红》："作赋最须怜赵壹，鼓刀应许同朱亥。"

赵倚楼 zhào yǐ lóu
【分类】文化
【关键词】赵嘏
【释义】指称诗人佳作，或富有佳作的诗人。唐赵嘏为诗赡美，多兴味。杜紫微爱其"长笛一声人倚楼"句，吟叹不已。唐赵嘏《长安秋望》："残星几点雁横塞，长笛一声人倚楼。"
【例句】宋陆游《封渭南伯》："虚名定作陈惊座，好句真惭赵倚楼。"宋王洋《以越笺与…》："过门多是陈惊坐，得句谁怜赵倚楼。"宋陈棣《端午洪积…》："自愧虽非赵倚楼,何当一效陈惊座。"宋陈造《凌晨复有…》："假真笑我陈惊坐,造妙推君赵倚楼。"

赵张 zhào zhāng
【分类】政治
【关键词】赵广汉
【释义】汉赵广汉与张敞的并称。二人都曾任京兆尹,治绩卓异。《汉书·赵尹韩张两王传》："而吏民为之语曰:'前有赵、张,后有三王。'"另。后汉张让与赵忠的并称。唐李冗《独异志》："东汉宦者张让、赵忠持国权,引用屠沽人登清贵。灵帝语左右曰:'张常侍是我父,赵常侍是我母。'故卒以灭汉者,赵张是也。"
【例句】唐杜甫《章梓州桔…》："预传籍籍新京尹,青史无劳数赵张。"唐岑参《尹相公京…》："却笑赵张辈,徒称今古稀。"唐卢纶《雪谤后书…》："独安巡狩日,曾掩赵张名。"宋宋庠《送总阁学…》："关内赵张人续誉,禁中颇牧帝怜才。"

照乘珠 zhào chéng zhū
【分类】生活
【关键词】史记
【释义】指光亮能照明车辆的宝珠。喻奢华。《史记·田敬仲完世家》："梁王曰:'若寡人国小也,尚有径寸之珠照车前后各十二乘者十枚,奈何以万乘之国而无宝乎?'"
【例句】唐王泠然《寒食篇》："莫愁光景重窗暗,自有金瓶照乘珠。"唐独孤良器《赋得沉环…》："皎洁沉泉水,荧煌照乘珠。"唐高适《涟上别王…》："何意照乘珠,忽然欲暗投。"宋李之仪《失题二绝》："楚国曾闻照乘珠,间因齐盗取为娱。"

照东邻 zhào dōng lín
【分类】生活
【关键词】战国策
【释义】喻给予力所能及的照顾。源见"余光"。
【例句】唐王濯《清明日赐…》："谁怜一寒士,犹望照东邻。"唐陆长源《答东野来…》："东邻少年乐未央,南客思归肠欲绝。"唐段成式《戏高侍御》："花恨红腰柳妒眉,东邻墙短不曾窥。"

照水燃犀 zhào shuǐ rán xī
【分类】政治
【关键词】温峤
【释义】燃烛照水下怪物。借指洞察奸邪。源见"犀照牛渚"。
【例句】宋苏轼《寿州李定…》："未暇燃犀照奇鬼,欲将烧燕出潜虬。"宋何耕《题龙华佛阁》："燃犀不用照幽鬼,击鼓自合趋冯夷。"宋张耒《阻风累日…》："不用燃犀照幽怪,要须拔剑断长蛟。"宋何耕《题龙华佛阁》："燃犀不用照幽鬼,击鼓自合趋冯夷。"

照夜白 zhào yè bái
【分类】文化
【关键词】马
【释义】唐玄宗李隆基的坐骑,雪白而高大。唐玄宗时画家韩干画有《照夜白图》。
【例句】唐杜甫《韦讽录事…》："曾貌先帝照夜白,龙池十日飞霹雳。"宋梅尧臣《观邵不疑…》："花骢照夜白,正侧各畜意。"宋周紫芝《题李彦恢…》："龙媒貌得照夜白,七十万匹空云屯。"宋李彭《张子和子…》："气无万里照夜白,伏枥麒麟收惊魂。"

遮塞 zhē sài
【分类】政治
【关键词】汉武帝
【释义】指汉贰师将军李广利欲退入玉门关,汉武帝大怒制止。喻不能后退。《史记·大宛列传》："天子闻之,大怒,而使使遮玉门,曰军有敢入者辄斩之!贰师恐,因留敦煌。"
【例句】唐李顾《古从军行》："闻道玉门犹被遮,应将性命逐轻车。"唐裴潾《奉和御制…》："斩虏还遮塞,绥降更筑城。"宋司马光《出塞》："卷旗遮远塞,歇马受降城。"宋汪元量《封丘》："云横遮远塞,水落见长洲。"

折冲千里 zhé chōng qiān lǐ
【分类】政治
【关键词】吕氏春秋
【释义】冲:冲车,古代战车的一种。折冲:使敌人的冲车后撤。意谓退敌取胜。指在远离战场千里的朝堂上制敌取胜。多指以外交谈判战胜远方之敌。《吕氏春秋·召类》："夫修之于庙堂之上,而折冲乎千里之外者,其司城子罕之谓乎?"
【例句】宋吕定《调兵》："年少谈兵胆气豪,折冲千里岂辞劳。"宋苏舜钦《代人上申…》："折冲千里定,指画众心醒。"宋范祖禹《和门下侍》："折冲千里精神壮,正似山河绕汉宫。"宋黄庭坚《次韵奉答…》："千里折冲深寄此,三衙虚席看除谁。"

折冲樽俎 zhé chōng zūn zǔ
【分类】政治
【关键词】晏子春秋
【释义】谓不用武力而通过外交手段,在酒宴谈判中制敌取胜。《晏子春秋·杂上十八》："仲尼闻之曰:'善哉!不出尊俎之间,而折冲于千里之外,晏子之谓也。'"尊俎,即樽俎,古代盛酒肉的器皿。冲,指战车。折冲,谓使敌方战车后撤。
【例句】宋释智圆《读史》："折冲樽俎间,流芳至今闻。"宋曾巩《胡使》："折冲素恃得与相,大策合刚艰难须。"宋黄庭坚《送顾子敦…》："劝课农桑诚有道,折冲樽俎不临边。"宋王庭圭《李守拉登…》："招抚番夷应有术,折冲樽俎正临边。"宋张元干《代上折枢…》："樽俎折冲常自任,庙堂康济更何人。"

折角　zhé jiǎo
【分类】文化
【关键词】朱云
【释义】有雄辩口才之典。指被挫败。朱云与少府五鹿充宗论《易》，驳倒五鹿君。《汉书·朱云传》："少府五鹿充宗贵幸，为《梁丘易》…充宗乘贵辩口，诸儒莫能与抗，皆称疾不敢会。有荐云者…既论难，连拄五鹿君，故诸儒为之语曰：'五鹿岳岳，朱云折其角。'"
【例句】唐李峤《鹿》："道士乘仙日，先生折角时。"唐白居易《偶以拙诗…》："一糜丽龟绝报赛，五鹿连拄难支梧。"宋邹浩《亡友皇甫…》："绝编犹可续，折角竟难寻。"宋葛胜仲《次韵敦仁…》："折角谈经于道胜，低簪下凡以身轻。"

折腰　zhé yāo
【分类】政治
【关键词】陶渊明
【释义】指屈身事奉；摧眉折腰事权贵。《陶渊明传》："督邮巡视至县，劝陶束带迎见，潜：'吾不能为五斗米折腰，拳拳事乡里小人邪！'"
【例句】唐李白《行路难》："君不见昔时燕家重郭隗，拥篲折腰无嫌猜。"唐钱起《送孙十尉…》："云衢有志终骧首，吏道无媒且折腰。"唐白居易《寄题盩厔…》："忆昨为吏日，折腰多苦辛。"聂绀弩《拾穗同祖光》："一丘田有几遗穗，五合米需千折腰。"

折腰步　zhé yāo bù
【分类】生活
【关键词】孙寿
【释义】摆动腰肢、扭捏作态的走路姿势。形容女子步态妖冶。源见"孙寿愁眉"。
【例句】唐段成式《酉阳杂俎…》："蝉怯折腰步，蛾惊半额鬘。"唐李端《妾薄命》："折步教人学，偷香与客熏。"宋姜特立《续丽人行》："画成众目争回顾，只欠孙娘折腰步。"宋项安世《次韵谢资…》："坐令直躬人，稍作折腰步。"

折足铛　zhé zú chēng
【分类】生活
【关键词】酉阳杂俎
【释义】即折脚铛，指断脚锅。喻生活清寒。《酉阳杂俎·雷》："骤然坠地，变成熨斗、折刀、小折脚铛焉。"
【例句】宋苏轼《赠月长老》："子有折足枪，中容五合陈。"宋陈造《送严上舍…》："幸弃扶衰杖，几成折足铛。"宋尹廷高《玉井峰会…》："投机要识无缗锁，煮茗时烧折足铛。"元廖大圭《青松山中…》："北林有客同岑寂，旋煮溪蔬折足铛。"

折足覆𫗧　zhé zú fù sù
【分类】政治
【关键词】周易
【释义】喻力不胜任，必至败事。《周易·系辞》："《易》曰：'鼎折足，覆公𫗧，其形渥，凶。'言不胜其任也。"𫗧：鼎里的食物。
【例句】唐韦庄《和郑拾遗…》："覆𫗧非无谓，奢华每事详。"宋李纲《建炎行》："鼎颠将覆𫗧，栋桡必倾宇。"宋朱松《宣和乙巳…》："长安调鼎黑头公，一旦覆𫗧腰领红。"宋咸淳士人《题贾似道…》："势将覆𫗧不回首，事到出师方噬脐。"

蛰虫昭苏　zhé chóng zhāo sū
【分类】生活
【关键词】礼记
【释义】咏春天来临之典。《礼记·乐记》："天地欣合，阴阳相得，煦妪覆育万物，然后草木茂，区萌达，羽翼奋，角觡生，蛰虫昭苏，羽者妪伏…则乐之道归焉耳。"唐孔颖达疏："昭，晓也。苏，息也。言蛰伏之虫皆得昭晓苏息也。"
【例句】唐白居易《鸦九剑》："为君使无私之光及万物，蛰虫昭苏萌草出。"唐李贺《自昌谷到…》："缃缥两行字，蛰虫蠹秋芸。"唐卢仝《走笔谢孟…》："闻道新年入山里，蛰虫惊动春风起。"唐李中《腊中作》："泉冻如顽石，人藏类蛰虫。"

磔攘　zhé rǎng
【分类】政治
【关键词】吕氏春秋
【释义】谓分裂牲体祭神以除不祥。《吕氏春秋·季春》："国人傩，九门磔攘，以毕春气。"汉高诱注："九门，三方九门也。嫌非王气所在，故磔犬羊以攘木气尽之，以毕春气也。"
【例句】宋苏轼《贺正启》："伏以苇桃在户，磔攘以饯余寒。"宋王之道《石州慢》："磔攘送寒，燔烈兴岁，又颁尧历。"宋吴汝一《酬玉汝》："磔攘毕春气，长赢换新绿。"明郭之奇《四月一日…》："莫问九门磔攘，休贪一刻宵价。"

赭黄袍　zhě huáng páo
【分类】政治
【关键词】新唐书
【释义】也称赭袍。天子所穿的袍服。颜色赭黄。代指天子。《新唐书·车服志》："至唐高祖，以赭黄袍、巾带为常服"既而天子袍衫稍用赤黄，遂禁臣民服"。
【例句】唐杜牧《长安杂题…》："觚棱金碧照山高，万国圭璋捧赭袍。"唐蒋偕《入朝》："寒士午瞻天仗肃，麻衣初拜赭袍光。"唐陆龟蒙《杂伎》："六宫争近乘舆望，珠翠三千拥赭袍。"宋方岳《受诰口号》："归我南山老不遭，孟亭几梦赭黄袍。"

赭君山　zhě jūn shān
【分类】政治
【关键词】秦始皇
【释义】咏暴君之典。《史记·秦始皇本纪》："（始皇）浮江，至湘山祠。逢大风，几不得渡。上问博士曰：'湘君何神？'博士对曰：'闻之，尧女，舜之妻，而葬此。'于是始皇大怒，使刑徒三千人皆伐湘山树，赭其山。"

【例句】唐李群玉《洞庭风雨》："想赭君山日，秦皇怒赫然。"宋刘克庄《七十四吟》："赭君山木渠何罪，招国殇魂鬼亦悲。"

赭衣　zhě yī
【分类】政治
【关键词】荀子
【释义】古代囚衣。因以赤土染成赭色，故称。喻指囚犯、罪人。《荀子·正论》："杀，赭衣而不纯。治古如是。"唐杨倞注："以赤土染衣，故曰赭衣。杀之，所以异于常人之服也。"
【例句】唐张九龄《和黄门卢…》："黔首无寄命，赭衣相追逐。"唐高适《奉酬睢阳…》："先移白氅横，更息赭衣偷。"唐杜淹《寄赠齐山》："赭衣登短道，白首别秦川。"宋余靖《次韵奉和…》："封陲自此赭衣尽，黉校于今绛帐开。"

柘枝舞　zhè zhī wǔ
【分类】生活
【关键词】乐府杂录
【释义】唐代西北民族舞蹈。自西域石国传入。舞姿矫健，节奏多变，大多以鼓伴奏。《乐府杂录》："健舞曲有《棱大》《阿辽》《柘枝》《剑器》《胡旋》《胡腾》。"
【例句】唐杨巨源《寄申州卢…》："小船隔水催桃叶，大鼓当风舞柘枝。"唐徐凝《宫中曲》："身轻入宠尽恩私，腰细偏能舞柘枝。"唐白居易《三月三日》："莲子金杯尝冷酒，柘枝一曲试春衫。"唐章孝标《柘枝》："柘枝初出鼓声招，花钿罗衫耸细腰。"

溱洧赠　zhēn wěi zèng
【分类】生活
【关键词】诗经
【释义】咏男女恋爱或咏芍药之典。《诗经·郑风·溱洧》："溱与洧，方涣涣兮。士与女，方秉蕳兮。女曰观乎，士曰既且。且往观乎，洧之外，洵訏且乐。维士与女，伊其相谑，赠之以勺药。"描述青年男女在溱洧河边游玩，互赠芍药以表示爱情。
【例句】唐柳宗元《戏题阶前…》："愿致溱洧赠，悠悠南国人。"宋华镇《春日杂兴》："宁如溱洧赠，复异洛阳花。"宋苏籀《僧庵崖上…》："子云畔牢愁，无借溱洧赠。"宋洪适《盘洲杂韵…》："名ం溱洧赠，根自广陵分。"元张昱《陪宴相府》："垂白敢思溱洧赠，欹红还是庙廊栽。"

贞白先生　zhēn bái xiān shēng
【分类】文化
【关键词】陶弘景
【释义】借指闲雅超脱之人。《南史·陶弘景传》："无疾，自知应逝，逆克亡日，乃为《告逝诗》。大同二年卒，时年八十一。颜色不变，屈申如常，香气累日，气氲满山。"武帝

诏赠太中大夫，谥曰"贞白先生"。
【例句】唐戴叔伦《赋得古井…》："欲彰贞白操，酌献使君行。"唐储嗣宗《和茅山高…》："若逢茅氏传消息，贞白先生不久归。"唐李群玉《送房处士…》："采药陶贞白，寻山许远游。"唐皮日休《夏景冲澹…》："一室无喧事事幽，还如贞白在高楼。"

贞元朝士　zhēn yuán cháo shì
【分类】生活
【关键词】刘禹锡
【释义】时移世易、人事已非之典。唐刘禹锡《听旧宫中乐人穆氏唱歌》："休唱贞元供奉曲，当时朝士已无多。"
【例句】宋周紫芝《次韵季长…》："解道贞元朝士少，刘郎定自有新篇。"宋陈师善《挽赵秋晓》："江左诸贤慕安石，贞元朝士独刘郎。"宋文天祥《和龚使君韵》："近日贞元朝士少，蒲轮有命出枫宸。"宋刘宰《挽齐斋倪…》："贞元朝士少，正始遗风荡。"

针神　zhēn shén
【分类】生活
【关键词】薛夜来
【释义】咏擅长针线缝纫之典。比喻针工妙手。《拾遗记》："夜来（原名薛灵芸）妙于针工，虽处于深帷之内，不用灯烛之光，裁制立成。非夜来缝制，帝则不服。宫中号为针神也。"
【例句】宋葛胜仲《次韵若拙…》："共疑园客春投茧，直恐针神夜过河。"明王彦泓《巨生扇底…》："如今更觉针神巧，软似兜罗一样绵。"明王世贞《薛夜来》："空劳国色更针神，雨露恩移别院新。"聂绀弩《武汉大桥》："长身尺蠖量天堑，短线针神补地球。"

针石　zhēn shí
【分类】文化
【关键词】韩非子
【释义】用砭石制成的石针。古代针灸用石针，后世用金针。《韩非子·喻老》："疾在腠理，汤熨之所及；在肌肤，针石之所及。"也比喻摆脱困阨或解除弊病的手段。《盐铁论·国病》："万里之朝，日闻唯唯，而后闻诸生之愕愕，此乃公卿之良药针石。"
【例句】唐白居易《自蜀江至…》："滞则为疽痈，治之在针石。"唐韩愈《喜侯喜至…》："又如心中疾，针石非所砭。"宋黄庶《汴河》："天心正欲医造化，人间岂无针石良。"宋毛滂《散药过东…》："湖东道义为针石，不用先生肘后书。"

珍膳　zhēn shàn
【分类】文化
【关键词】周礼
【释义】指珍贵的食物。《周礼·天官序》："膳夫。"汉郑玄注："膳之言善也，今时美物曰珍膳。"
【例句】宋刘筠《直夜》："尧厨蘩莆分珍膳，汉庙含桃和酪

浆。"宋李纲《次韵志宏…》："太官珍膳厌膻肥，谪堕沙阳甘笋蕨。"宋吴儆《念奴娇》："黄贴天香，太白珍膳，押赐传中旨。"宋陆文圭《题登瀛图》："分番夕宿无厌倦，珍膳日给何丰腴。"

珍珠换绿珠　zhēn zhū huàn lǜ zhū
【分类】生活
【关键词】石崇
【释义】形容达官显贵的豪奢淫逸。《岭表录异》："绿珠井，在白州双角山下。昔梁氏之女有容貌，石季伦（崇）为交趾采访使，以珍珠三斛买之。梁氏之居，旧井存焉。"
【例句】唐唐彦谦《葡萄》："金谷风露凉，绿珠醉初醒。"唐苏拯《金谷园》："栽花比绿珠，花落还相似。"宋黄庭坚《寄忠玉提刑》："市骨薪千里，量珠买娉婷。"宋苏轼《南乡子》："试问伏波三万语，何如？一斛明珠换绿珠。"

真率　zhēn shuài
【分类】文化
【关键词】羊曼
【释义】真诚、坦率。《晋书·羊曼传》："有羊固拜临海太守，竟日佳美，虽晚至者犹获盛馔。论者以固之丰腴，乃不如曼之真率。"
【例句】唐戴叔伦《怀素上人…》："神清骨竦意真率，醉来为我挥健笔。"宋文彦博《近闻有真…》："近知雅会名真率，率意从心各任真。"宋孔平仲《送朱君贶…》："吾爱其人颇真率，笑语诙谐喜讥评。"宋梅尧臣《哭尹子渐》："阮籍本真率，感慨寿不长。"

真率会　zhēn shuài huì
【分类】文化
【关键词】司马光
【释义】喻指简朴的酒会。《邵氏闻见录》："其后司马公与数公又为真率会，有约：酒不过五行，食不过五味，惟菜无限。楚正议违约增饮食之数，罚一会。"
【例句】宋文彦博《近闻有真…》："近知雅会名真率，率意从心各任真。"宋李光《二月三日…》："杀鸡炊黍成真率，挈榼携棋得胜游。"宋司马光《用安之韵》："真率春来频宴聚，不过东里即西家。"宋纯仁《子骏作真…》："真率攀邀宜莫应，蚍蜉大木固难摇。"

真娘　zhēn niáng
【分类】生活
【关键词】云溪友议
【释义】唐时吴妓。喻指歌女。《云溪友议》："真娘者，吴国之佳人也，时人比于钱塘苏小小，死葬吴宫之侧，行客慕其华丽，竞为诗题于墓树。"
【例句】唐白居易《真娘墓》："不识真娘镜中面，唯见真娘墓头草。"唐白居易《寄李苏州…》："真娘墓头春草碧，心奴鬓上秋霜白。"唐谭铢《真娘墓》："何事世人偏重色，真娘墓上独题诗。"宋刘克庄《六如亭》："吴儿解记真娘墓，杭俗犹存苏小坟。"

真隐　zhēn yǐn
【分类】政治
【关键词】何尚之
【释义】真正的隐者。谓坚决不出世者。《南史·何尚之列传》："尚之既任事，上待之愈隆，于是袁淑乃录古来隐士有迹无名者，为真隐传以嗤焉。"
【例句】唐孟浩然《寻香山湛…》："平生慕真隐，累日探奇异。"唐崔曙《登水门楼…》："严子好真隐，谢公耽远游。"唐杜甫《独酌》："薄劣惭真隐，幽偏得自怡。"唐陆龟蒙《秋日遣怀…》："有路求真隐，无媒举孝廉。"

真宰　zhēn zǎi
【分类】政治
【关键词】庄子
【释义】万物主宰。《庄子·齐物论》："若有真宰，而特不得其朕。"
【例句】唐杜甫《奉先刘少…》："元气淋漓障犹湿，真宰上诉天应泣。"唐杜甫《剑门》："吾将罪真宰，意欲铲叠嶂。"唐白居易《和微之诗…》："真宰倒持生杀柄，闲物命长人短命。"唐杨巨源《述旧纪勋…》："五载登坛真宰相，六重分阃正司徒。"

真真　zhēn zhēn
【分类】生活
【关键词】赵颜
【释义】代称美女。源见"画中人"。
【例句】宋周麟之《自南山归…》："绿绮抱来人不至，几时容我唤真真。"宋范成大《戏题赵从…》："情别有真真在，试与千呼万唤看。"宋晁公溯《过陈行之饮》："从兹剩致百家酒，更可作意呼真真。"宋程公许《和虞使君…》："借取水沉薰玉骨，便如屏障唤真真。"

砧杵　zhēn chǔ
【分类】生活
【关键词】鲍令晖
【释义】指捣衣石和棒槌。亦指捣衣。南朝宋鲍令晖《题书后寄行人》："砧杵夜不发，高门昼常关。"
【例句】唐韦应物《登楼寄王卿》："数家砧杵秋山下，一郡荆榛寒雨中。"唐赵嘏《齐安早秋》："流年堪惜又堪惊，砧杵风来满郡城。"唐钱起《乐游原晴…》："四野山河通远色，千家砧杵共秋声。"唐卢纶《宿定陵寺》："谁悟威灵同寂灭，更堪砧杵发昭阳。"

甄妃出宫　zhēn fēi chū gōng
【分类】政治
【关键词】魏文帝
【释义】咏后妃失宠之典。《三国志·后妃传》："文昭甄皇后…袁绍为中子熙纳之…文帝纳后于邺，有宠，生明帝及东乡公主…践阼之后，山阳公奉二女以嫔于魏，郭后、李、阴贵人并爱幸，后愈失意，有怨言，帝大怒，二年六月，遣使赐死。"

【例句】唐李贺《宫娃歌》:"啼蛄吊月钩栏下,屈膝铜铺锁阿甄。"唐王諲《后庭怨》:"甄妃为妒出层宫,班女因猜下长信。"清吴绮《窥帘》:"秦女初乘雾,甄妃本隔尘。"

枕戈待旦　zhěn gē dài dàn
【分类】政治
【关键词】刘琨
【释义】枕着兵器,等待天亮。形容杀敌报国心切。《晋书·刘琨传》:"吾枕戈待旦,志枭逆虏,常恐祖生先吾著鞭。"
【例句】宋文彦博《阅史有感》:"弹铗始知皆琐旅,枕戈方信是雄才。"宋刘子翚《清泉亨老…》:"莫道林间高卧稳,忧时亦有枕戈心。"宋张耒《晓意》:"待旦枕戈无怨敌,将朝盛服非公卿。"宋曹勋《和黄南嘉…》:"横槊赋诗虽昔事,枕戈待旦敢徒劳。"

枕函　zhěn hán
【分类】文化
【关键词】司空图
【释义】枕匣、枕箱,中间可以放置物件的匣状枕头。唐司空图《杨柳枝·寿杯词》:"偶然楼上卷竹帘,往往长条拂枕函。"
【例句】唐贾岛《玩月》:"待得顶上看,未拟归枕函。"唐张祜《病宫人》:"惆怅近来消瘦尽,泪珠时傍枕函流。"唐司空图《杨柳枝寿…》:"偶然楼上卷珠帘,往往长条拂枕函。"唐韩偓《闻雨》:"罗帐四垂红烛背,玉钗敲着枕函声。"

枕曲藉糟　zhěn qū jiè zāo
【分类】生活
【关键词】刘伶
【释义】枕着酒曲,垫着酒糟。形容嗜酒或醉饮疏狂。源见"衔杯对刘"。
【例句】唐严维《酒语联句》:"藉糟枕曲浮酒池,瓮间篱下卧不移。"唐窦冀《怀素上人…》:"长幼集,贤豪至,枕糟藉曲犹半醉。"唐白居易《和梦游春诗》:"宿醉才解醒,朝欢俄枕曲。"宋李纲《戒酒》:"枕曲与藉糟,自污何足羡。"宋苏轼《和鲁人孔…》:"定知来岁中秋月,又照先生枕曲眠。"

枕中术　zhěn zhōng shù
【分类】文化
【关键词】刘向
【释义】指藏在枕中的秘术。《汉书·刘向传》:"而淮南有《枕中鸿宝》《苑秘书》,书言神仙使鬼物为金之术。"唐颜师古注:"《鸿宝》《苑秘书》,并道术篇名,藏在枕中,言常存录之,不漏泄也。"
【例句】唐于鹄《题服柏先生》:"仍闻枕中术,曾授汉淮王。"唐周渭《赠龙兴观…》:"枕中经妙谁传也,肘后方新自写将。"唐白居易《对镜偶吟》:"今日逢师虽已晚,枕中治老有何方。"唐刘禹锡《游桃源》:"枕中淮南方,床下阜乡

乌。"宋杨亿《寄章徽君》:"鸿宝枕中初得术,丹台籍上已题名。"

疹粟　zhěn sù
【分类】生活
【关键词】赵飞燕
【释义】皮肤受寒,起微粒如粟。俗称鸡皮疙瘩。《赵飞燕外传》:"飞燕姊弟事阳阿主家…飞燕邻羽林射鸟者,飞燕贫,与合德共被,夜雪期射鸟者于舍旁。飞燕露立,闭息顺气,体温舒亡疹粟。射鸟者异之,以为神仙。"
【例句】宋梅尧臣《韩子华遗冰》:"热肤收汗起疹粟,不有消渴同茂陵。"宋尤袤《梅》:"天寒无疹粟,日暮有严妆。"宋刘克庄《汉宫春》:"微似有,酒潮玉颊,更无粟起香肌。"明钱谦益《后饮酒》:"薄寒肤疹粟,增欷体伸欠。"

鸩媒　zhèn méi
【分类】政治
【关键词】楚辞
【释义】指善用谗言害人的人。《楚辞补注·离骚·王逸序》:"吾令鸩为媒兮,鸩告余以不好。"汉王逸注:"鸩羽有毒,可杀人,以喻佞贼害人也。"
【例句】宋文彦博《阅史有感》:"平生自况真非薄,只是休容楚鸩媒。"宋林希逸《长孙遗聘…》:"蚁穴蜂房人世是,鸩媒鸩妇性情同。"明王彦泓《即事》:"獭髓易求非玉杵,鸩媒轻泄似朝香。"明王立道《鹊桥篇》:"鸩媒娥女亦假设,阳台云雨同渺茫。"

鸩鸟媒　zhèn niǎo méi
【分类】政治
【关键词】楚辞
【释义】咏被谗言所害之典。《楚辞·离骚》:"望瑶台之偃蹇兮,见有娀之佚女。吾令鸩为媒兮,鸩告余以不好。"诗以请鸩向有娀美女作媒而鸩从中作梗为喻,说明自己为靳尚、令尹子兰等奸佞向楚王进谗言陷害。
【例句】唐李商隐《中元作》:"有娀未抵瀛洲远,青雀如何鸩鸟媒。"宋胡宿《荷花》:"文鱼才可戏,鸩鸟莫为媒。"清杨树《感兴》:"瑶台佚女空相见,费尽灵均作鸩鸟媒。"清汪荣宝《秋兴》:"水仙欲上鲤鱼去,青雀如何鸩鸟媒。"

振鹭　zhèn lù
【分类】文化
【关键词】诗经
【释义】称美有风度贤士之典。《诗经·周颂·振鹭》:"振鹭于飞,于彼西雍。我客戾止,亦有斯容。"郑笺:"言威仪之善如鹭飞。"鹭:白鹭鸟。
【例句】唐苏味道《使岭南闻…》:"振鹭齐飞日,迁莺远听闻。"唐羊士谔《酬吏部窦…》:"复以雕龙彩,旋归振鹭行。"唐钱起《春谷幽居》:"虚名随振鹭,安得久栖林。"唐徐夤《白鸽》:"振鹭堪为侣,鸣鸠好作双。"

振衣　zhèn yī
【分类】政治

【关键词】屈原

【释义】指抖衣去尘,整衣。《史记·屈原贾生列传》:"屈原曰:'吾闻之,新沐者必弹冠,新浴者必振衣。安能以身之察察,受物之汶汶者乎?宁赴湘流,葬于江鱼之腹中。'"

【例句】唐王绩《春旦直疏》:"耿耿不能寐,振衣步前楹。"唐员半千《陇右途中…》:"正须自保爱,振衣出世尘。"唐李白《沐浴子》:"沐芳莫弹冠,浴兰莫振衣。"唐张籍《送远曲》:"殷勤振衣两相嘱,世事近来还浅促。"

振衣濯足　zhèn yī zhuó zú

【分类】政治

【关键词】左思

【释义】形容高尚的情怀和豪迈的胸襟。晋左思《咏史诗八首》:"振衣千仞冈,濯足万里流。"

【例句】唐李白《鄂门秋怀》:"终当游五湖,濯足沧浪泉。"宋叶升《登凌云山…》:"振衣远望乾坤小,举首回看日月低。"宋饶节《李太白画歌》:"再拜先生泪如洗,振衣濯足吾往矣。"宋李别《吴兴从游》:"振衣濯足沧浪水,快意迎人舶飙风。"明李东阳《又用韵柬…》:"振衣濯足两不遂,一枕清风千万钱。"

振缨　zhèn yīng

【分类】政治

【关键词】艺文类聚

【释义】犹弹冠,整理帽缨。为咏入仕居官之典。《艺文类聚》引《祭梁吴郡袁府君文》:"日者明德世彦,振缨王室,坐啸大邦,显治巨丽。"

【例句】唐张说《送苏合宫颋》:"振缨游有闶,铿玉宰京河。"唐钱起《过曹钧隐居》:"济济振缨客,烟霄各致身。"唐钱起《送李兵曹…》:"休命且随牒,候时常振缨。"唐杜光庭《题都庆观》:"二十四峰皆古隐,振缨长往亦何难。"宋宋祁《自咏》:"振缨清浊水,持酒短长歌。"

震旦　zhèn dàn

【分类】政治

【关键词】一切经

【释义】古代印度人称中国。《一切经音义·振旦》:"或作震旦,言真丹皆一也。旧译云汉国。经中亦作脂那,今作支那,此无正翻,直云神州之总名。"

【例句】宋黄庭坚《奉答茂衡…》:"却将冰幅展似君,震旦花开第一祖。"宋刘弇《罗汉系南…》:"相忘震旦传衣后,别寄西儿妙斫中。"宋张元干《题六代祖…》:"一苇浮江双履归,花开震旦共传衣。"宋楼钥《次韵雷知…》:"益知佛教来已远,遍满震旦尊金仙。"

争臣　zhēng chén

【分类】政治

【关键词】孝经

【释义】能直言诤谏的大臣。源见"七臣"。

【例句】宋徐邈《赋六人同…》:"作者定知同议论,争臣顿是合谋猷。"宋陈与义《邓州西轩…》:"东南鬼火成何事,终待胡锋作争臣。"宋楼钥《送黄景声…》:"心平气劲无偏党,好在皇朝作争臣。"宋楼钥《送刘德修…》:"清朝重争臣,选取妙一世。"

争询裴令貌　zhēng xún péi lìng mào

【分类】政治

【关键词】裴度

【释义】咏大臣仪态威严之典。《旧唐书·裴度列传》:"时有奉使绝域者,四夷君长必问度之年龄几何,状貌孰似,天子用否?其威名播于憒俗,为华夏畏服也如此。"

【例句】宋刘克庄《满江红》:"重译争询裴令貌,御诗也祝汾阳考。"

征大宛　zhēng dà yuān

【分类】政治

【关键词】马

【释义】咏骏马之典。《汉书·西域传上》:"天子遣贰师将军李广利将兵前后十余万人伐宛…献马三千匹,汉军乃还。"

【例句】唐储光羲《祝张太祝…》:"今日歌天马,非关征大宛。"明朱诚泳《感寓》:"汉皇征大宛,将士实乘危。"明沈錬《送昌子出…》:"奇功正好斩楼兰,名马行能征大宛。"

征鸿　zhēng hóng

【分类】政治

【关键词】江淹

【释义】即征雁。迁徙的雁,多指秋天南飞的雁。南朝江淹《赤亭渚》:"远心何所类,云边有征鸿。"

【例句】唐李贺《溪晚凉》:"溪汀眠鹭梦征鸿,轻涟不语含细溶。"唐刘方平《寄陇右严…》:"边草含风绿,征鸿过月新。"唐李涉《送魏简能…》:"燕市悲歌又送君,目随征雁过寒云。"唐李商隐《霜月》:"初闻征雁已无蝉,百尺楼高水接天。"

征黄　zhēng huáng

【分类】政治

【关键词】黄霸

【释义】喻征调地方长官担任朝廷要职。《汉书·循吏传·黄霸传》:"下诏称扬曰:'…可谓贤人君子矣。'…后数月,征霸为太子太傅,迁御史大夫。"

【例句】唐钱起《送王使君…》:"紫诰征黄晚,苍生借寇频。"唐王起《和周侍郎…》:"莫道相知不相见,莲峰之下欲征黄。"唐薛蒙《和绵州于…》:"即有征黄日,名川莫厌游。"五代贯休《秋寄李频…》:"想得征黄诏,如今已在途。"

征南　zhēng nán

【分类】政治

【关键词】岑彭

【释义】喻指征讨有功之人。《后汉书·岑彭传》:"建武二年…秋,彭破杏,降许邯,迁征南大将军。"《晋书·羊祜传》:"咸宁初,除征南大将军、开府仪同三司,得专辟召。"
【例句】唐杜甫《奉和严中…》："征南多兴绪,事业暗相亲。"唐杨巨源《送人过卫州》："忆昔征南府内游,君家东阁最淹留。"唐高骈《闺怨》："如今又献征南策,早晚催缝带号衣。"宋黄庭坚《奉答茂衡…》："愧无征南蛮尾手,为写黄门急就章。"

征文聘 zhēng wén pìn
【分类】政治
【关键词】文聘
【释义】用作知人善任的典故。《三国志·文聘传》:"文聘字仲业…为刘表大将,使御北方…太祖济汉,聘乃诣太祖…太祖为之怆然曰:'仲业,卿真忠臣也。'厚礼待之。授聘兵,使与曹纯追刘备于长阪,乃以聘为江夏太守,使典北兵,委以边事,赐爵关内侯。"
【例句】唐罗隐《投寄韦右丞》："赤壁征文聘,中台拜郤诜。"

烝徒 zhēng tú
【分类】政治
【关键词】诗经
【释义】众人,百姓。《诗经·大雅·棫朴》："淠彼泾舟,烝徒楫之。"汉郑笺："烝,众也。"
【例句】宋高斯得《送庸斋赴召》："济川必待烝徒楫,倾否亦资茅茹连。"宋程公许《岷峨叹》："风尘颎洞暗宇县,不有烝徒谁与谋。"宋李曾伯《木兰花慢》："中流江涛衮衮,藉烝徒、共楫属之谁。"元郑元祐《寄王可矩…》："相业要知霜后柏,烝徒有楫济川舟。"

筝笛耳 zhēng dí ěr
【分类】生活
【关键词】于頔
【释义】咏知音之典。源见"筝琶"。
【例句】宋苏轼《听贤师琴》："归家且觅千斛水,净洗从前筝笛耳。"宋黄庭坚《寄题荣州…》："满堂洗净筝琴耳,请师停手恐断弦。"宋汪藻《从吴禹功…》："平生筝笛耳,惯见沐猴舞。"宋邓肃《和谢吏部…》："四海纷纷筝笛耳,谁识子期志流水。"宋王炎《和何元清韵》："一洗平生筝笛耳,极知绿绮有遗音。"

筝琶 zhēng pá
【分类】生活
【关键词】于頔
【释义】咏知音通律之典。《国史补》："于頔令客弹琴,其嫂知音,曰:'三分中一分筝音,二分琵琶,绝无琴韵。'"
【例句】宋孔武仲《招竹元珍…》："冷淡不辄饮,千金赏筝琶。"宋陈元晋《上刘计使》："子期九原不可叫,筝琶纷纷不同调。"元吴莱《北方巫者…》："酒肉滂沱静几席,筝琶朋揩凄霜风。"元陆仁《芝云堂嘉宴》："称觞献酢众乐作,笙笛瑟筑间筝琶。"明邓林《琴诗清趣》："大音不入筝琶耳,丽句多生锦绣肠。"

蒸鸡 zhēng jī
【分类】政治
【关键词】司马衷
【释义】咏帝王受窘之典。《晋书·惠帝纪》："颖与帝单车走洛阳,服御分散…宫人有持升余糠米饭及爆蒜盐豉以进帝,帝噉之,御中黄门布被。次获嘉,市粗米饭,盛以瓦盆,帝噉两盂。有父老献蒸鸡,帝受之。"
【例句】唐李商隐《送千牛李…》："蒸鸡殊减膳,屑曲异和羹。"

蒸黎 zhēng lí
【分类】政治
【关键词】诗经
【释义】蒸民,黎民。《诗经·大雅·荡》："天生烝民。"《诗经·大雅·云汉》："周余黎民。"
【例句】唐杜甫《无家别》："人生无家别,何以为蒸黎?"唐蒋防《藩臣恋魏阙》："直以蒸黎念,思陈政化源。"唐李商隐《送从翁东…》："蒸黎今得请,宇宙昨还淳。"五代徐铉《和金州钱…》："廉使解分天子念,一篇骚雅慰蒸黎。"

正襟危坐 zhèng jīn wēi zuò
【分类】政治
【关键词】日者
【释义】正襟:整理衣襟。危坐:端正恭敬地坐着。比喻毕恭毕敬,严肃认真。《史记·日者列传》："宋忠、贾谊瞿然而悟,猎缨正襟危坐。"
【例句】唐卢照邻《赠益府裴…》："长歌欲对酒,危坐遂停弦。"唐沈佺期《移禁司刑》："抚襟双涕落,危坐日忧趋。"宋洪咨夔《敬次老人…》："正襟危坐三灵会,拥鼻长谣万象宾。"宋刘辰翁《浪淘沙》："此恨难平。正襟危坐二三更。"宋陆游《壬子八月…》："正襟默坐徐自思,忠信固可当丧败。"明王汝玉《谢故人送炭》："空斋有客羸且病,正襟危坐冻欲僵。"

正名五字 zhèng míng wǔ zì
【分类】政治
【关键词】管仲
【释义】咏施政之典。《管子·揆度》："权也、衡也、规也、矩也、准也,此谓正名五。其在色者,青黄白黑赤也;其在声者,宫商羽徵角也;其在味者,酸辛咸苦甘也…味者,所以守民口也;声音,所以守民耳也;色者,所以守民目也。"管仲认为,正名五是君主和宰臣治理天下的五个要素。
【例句】唐权德舆《酬张秘监…》："正名推五字,贵仕仰三珪。"唐沈佺期《和韦舍人…》："一经推旧德,五字擢英才。"明方献夫《瑞应白鹿…》："敬天严秩祀,尊亲先正名。"明王弘诲《咏史示儿》："正名岂为迂,言行必求可。"

正始之音 zhèng shǐ zhī yīn
【分类】政治
【关键词】王敦

【释义】《世说新语·赏誉下》:"王敦为大将军,镇豫章,卫玠避乱,从洛投敦,相见欣然,谈话弥日。于是谢鲲为长史,敦谓鲲曰:'不意永嘉之中,复闻正始之音。'"永嘉,晋怀帝司马炽年号,此时四海南奔,天下已乱。正始,三国魏齐王曹芳年号。魏晋之际,尚玄学清谈,后因称当时优游自得、崇尚玄学的清谈言论为正始之音。

【例句】唐栖白《赠李溟秀才》:"数篇正始韵,一片补亡心。"唐白居易《五弦弹恶…》:"正始之音其若何,朱弦疏越清庙歌。"唐皮日休《送令狐补…》:"文如日月气如虹,举国重生正始风。"宋陆游《东斋》:"贵人自作宣明面,老子曾闻正始音。"

正直无阿 zhèng zhí wú ē
【分类】政治
【关键词】左传
【释义】人处事很正直,没有任何私心。《左传·庄公三十二年》:"虢其亡乎!吾闻之:'国将兴,听于民;将亡,听于神。'神,聪明正直而壹者也,依人而行。虢多凉德,其何土之能得!"
【例句】唐陈子昂《座右铭》:"理讼惟正直,察狱必审情。"唐苏颋《蜀城哭台…》:"其道惟正直,其人信美偲。"唐杜甫《古柏行》:"扶持自是神明力,正直原因造化功。"唐韩愈《谒衡岳庙…》:"潜心默祷若有应,岂非正直能感通。"

郑公风 zhèng gōng fēng
【分类】文化
【关键词】郑弘
【释义】指顺风。孔灵符《会稽记》:"汉太尉郑弘尝采薪,得一遗箭,顷有人觅,弘还之,问何所欲,弘识其神人也,曰:'常患若邪溪载薪为难,愿旦南风,暮北风。'后果然。"
【例句】唐骆宾王《夕次旧吴》:"郑风遥可托,关月眇难依。"宋刘辰翁《临江仙》:"痴心犹独自,等待郑公风。"明吴嘉纪《送汪悔斋…》:"节临尚氏国,帆满郑公风。"明吴嘉纪《正月三日…》:"自说今年出门好,樵薪恰遇郑公风。"

郑公乡 zhèng gōng xiāng
【分类】政治
【关键词】郑玄
【释义】赞誉德高望重之人的典故。《后汉书·郑玄传》:"国相孔融深敬于玄,屣履造门。告高密县为玄特立一乡…今郑君乡宜曰'郑公乡'…可广开门衢,令容高车,号为'通德门'。'"
【例句】唐皇甫冉《馆陶李丞…》:"词藻世传平子赋,园林人比郑公乡。"唐段弘古《秋怀》:"野阔平收潦水香,园林恰似郑公乡。"唐李群玉《经费拾遗…》:"唯应孔北海,为立郑公乡。"唐丘丹《奉酬幸使…》:"愧非郑公里,归扫蒙笼室。"

郑谷 zhèng gǔ
【分类】政治
【关键词】郑子真
【释义】汉郑子真隐居谷口。泛指隐居地。源见"谷口子真"。
【例句】唐杜甫《宇文晁尚…》:"不但习池归酩酊,君看郑谷去贪缘。"唐杜甫《郑驸马宅…》:"自是秦楼压郑谷,时闻杂佩声珊珊。"唐岑参《终南山双…》:"缅怀郑生谷,颇忆严子濑。"唐姚鹄《和陕州参…》:"寻仙郑谷烟霞里,避暑柯亭树石间。"

郑国诗 zhèng guó shī
【分类】生活
【关键词】诗经
【释义】咏男女赠物表示爱情之典。《诗经·郑风·溱洧》:"维士与女,伊其将谑。赠之以芍药。"咏男女互赠礼物表示爱情。因此篇选自《郑风》,故称郑国诗。
【例句】唐张九龄《苏侍郎紫…》:"名见桐君篆,香闻郑国诗。"元刘因《韩魏公祠》:"千年阁古堂,谁歌郑国诗。"明黎民表《苏子川宅…》:"绰约东邻子,风流郑国诗。"

郑环 zhèng huán
【分类】文化
【关键词】玉环
【释义】咏玉环之典。《左传·昭公十六年》:"宣子(韩起)有环,其一在郑商。宣子谒诸郑伯,子产弗与,曰:'非官府之守器也,寡君不知。'"
【例句】唐张惟俭《赋得西戎…》:"自将荆璞比,不与郑环同。"宋范成大《复以蟾砚…》:"郑环信美非吾宝,赵璧犹全任汝归。"

郑吉 zhèng jí
【分类】政治
【关键词】郑吉
【释义】西汉将领,率士卒屯田渠犁,汉置西域都护,治乌垒城,统领西域。郑吉被任命为西域第一任都护。《汉书·郑吉传》:"汉之号令班西域矣,始自张骞而成于郑吉。"
【例句】唐崔湜《大漠行》:"韩昌拜节偏知送,郑吉驱旌坐见迎。"

郑笺 zhèng jiān
【分类】政治
【关键词】郑玄
【释义】汉郑玄所作《〈毛诗传〉笺》的简称。泛指古籍的注释。《后汉书·卫宏》:"中兴后,郑众、贾逵传《毛诗》,后马融作《毛诗传》,郑玄作《毛诗笺》。"郑玄谦敬不敢言注,但云表明古人之意或断以己意,使可识别,故曰笺。
【例句】唐张祜《戊午年感…》:"读《易》删王注,通《诗》断郑笺。"宋梅尧臣《代书寄欧…》:"问传轻何学,言诗诋郑笺。"宋叶适《魏华甫鹤…》:"曾经秦祸多散阙,郑笺毛传悲纷如。"金元好问《论诗》:"诗家总爱西昆好,独恨无人作郑笺。"

郑交甫 zhèng jiāo fǔ
【分类】生活

【关键词】郑交甫
【释义】借指情郎。源见"汉皋解佩"。
【例句】唐李康成《玉华仙子歌》："解佩空怜郑交甫,吹箫不逐许飞琼。"宋徐积《恨君不作…》："余身却步不与语,笑余不似郑交甫。"宋晁说之《元符二年…》："王孙忘情事,不学郑交甫。"清黄之隽《赋得闲情》："解佩空怜郑交甫,当垆仍是卓文君。"

郑牛识字　zhèng niú shí zì
【分类】文化
【关键词】郑玄
【释义】谓郑玄学识渊博以致家畜都能识字。形容家风儒雅,影响深远。唐白居易《双鹦鹉》："郑牛识字吾常叹,丁鹤能歌尔亦知。"自注:"谚云:郑玄家牛触墙成八字。"
【例句】宋陈与义《偶成古调…》："坐令郑玄牛,亦抱荆山玉。"元唐桂芳《同里复仲…》："郑郎编诗继骚雅,牛驮马载琼琚词。"明王彦泓《夏日》："善舞那如羊叔鹤,恶书才似郑家牛。"

郑虔三绝　zhèng qián sān jué
【分类】文化
【关键词】郑虔
【释义】称誉人擅长诗词、书法、绘画的典故。《新唐书·郑虔传》："尝自写其诗并画以献,帝大署其尾曰:'郑虔三绝。'迁著作郎。"
【例句】宋苏轼《王晋卿作…》："郑虔三绝君有二,笔势挽回三百年。"宋陈师道《次韵德麟…》："试写孤竹君,名成三绝郑。"宋滕岑《上郑广文》："三绝笑郑虔,诗律乃游戏。"金赵秉文《寄王学士》："李白一杯人月影,郑虔三绝画诗书。"

郑侨　zhèng qiáo
【分类】生活
【关键词】子产
【释义】借指知心朋友。《史记·郑世家》："吴使延陵季子于郑,见子产(名侨)如旧交,谓子产曰:'郑之执政者侈,难将至,政将及子。子为政,必以礼;不然,郑将败。'子产厚遇季子。"
【例句】唐杜甫《奉赠卢五…》："入幕知孙楚,披襟得郑侨。"宋叶适《白纻词》："郑侨吴札今悠悠,争看买笑锦缠头。"宋汪梦斗《简杨治中》："本拟郑侨成好友,宁知徐铉播文名。"明岳正《题宋刻丝…》："错认郑侨称学制,经纶不数祐陵工。"

郑生为韩　zhèng shēng wèi hán
【分类】政治
【关键词】郑国
【释义】咏事得其反之典。《史记·河渠书》："而韩闻秦之好兴事,欲罢之,毋令东伐,乃使水工郑国间说秦,令凿泾水自中山西邸瓠口为渠…中作而觉,秦欲杀郑国。郑国曰:'始臣为间,然渠成亦秦之利也。'…于是,关中为沃野,无凶年,秦以富强,卒并诸侯,因命曰郑国渠。"
【例句】唐李华《咏史》："郑生为韩计,且欲疲秦人。"宋韩元吉《周彦广待…》："邺侯井在功堪纪,郑国渠成利更多。"宋黄庭坚《和邢惇夫…》："秦收郑渠成,晋得楚材多。"宋刘一止《再用韵呈…》："愿公先卜嵌岩隐,秦利宁忘郑国渠。"

郑声　zhèng shēng
【分类】生活
【关键词】论语
【释义】原指春秋战国时郑国的音乐。因与孔子等提倡的雅乐不同,故受儒家排斥。后借指与雅乐相背的音乐,甚至一般的民间音乐。《论语·卫灵公》："放郑声,远佞人。郑声淫,佞人殆。"
【例句】唐道世《颂》："已矣歇郑声,天然乱周雅。"唐吴筠《听尹炼师…》："郑声久乱雅,此道稀能尊。"唐薛能《春日使府》："谁怜合负清朝力,独把风骚破郑声。"宋司马光《又云新铸…》："既言乐律符к尺,但恐箫韶似郑声。"

郑司农　zhèng sī nóng
【分类】文化
【关键词】郑众
【释义】喻指博学多闻的士人。《后汉书·郑众传》："众字仲师,年十二,从父受《左氏春秋》,精力于学;明《三统历》,作《春秋难记条例》,兼通《易》《诗》,知名于世。""建初六年,代郑彪为大司农。…在位以清正称。"
【例句】唐刘禹锡《送裴处士…》："注书曾学郑司农,历问多于孔夫子。"唐高适《酬秘书弟…》："多才陆平原,硕学郑司农。"宋刘弇《赠李子从》："文逾韩吏部,学切郑司农。"宋刘克庄《锦湖新亭…》："帝以此翁深易学,除官壹似郑司农。"

郑卫之音　zhèng wèi zhī yīn
【分类】生活
【关键词】礼记
【释义】原指春秋时郑国、卫国的民间音乐,活泼清新,与雅乐异趣,使魏文侯闻而不知倦。后用以淫靡之乐或靡丽文风的代称。《礼记·乐记》："魏文侯问于子夏曰:'吾端冕而听古乐,则惟恐卧;听郑卫之音,则不知倦。敢问古乐之如彼,何也?新乐之如此,何也?'"
【例句】唐李世民《帝京篇》："去兹郑卫声,雅音方可悦。"唐司空曙《同张参军…》："正声消郑卫,古状掩笙簧。"唐白居易《答桐花》："泠泠声满耳,郑卫不足听。"唐罗邺《题笙》："好将宫徵陪歌扇,莫遣新声郑卫侵。"

郑小驷　zhèng xiǎo sì
【分类】文化
【关键词】马
【释义】咏马之典。《左传·僖公十五年》："步扬御戎,家仆徒为右,乘小驷,郑入也。"晋杜预注:"郑国献马名小驷。"

【例句】唐韩翃《送管城李…》:"还乘郑小驷,蹩躠县城阴。"唐司空图《长安赠王注》:"东风闲小驷,园外好同行。"唐陆龟蒙《绣岭宫》:"闲乘小驷浓阴下,时举金鞭半袖风。"宋梅尧臣《张子野赴…》:"只应乘小驷,宁肯蹙双凫。"

郑行人　zhèng xíng rén

【分类】政治
【关键词】子羽
【释义】咏外交官之典。行人,古时外交官。《左传·襄公三十一年》:"子羽(公孙挥字)为行人…郑国将有诸侯之事,子产乃问四国之为于子羽,且使多为辞令。"
【例句】唐韩翃《别汜水县尉》:"赋诗或送郑行人,举酒常陪魏公子。"唐储光羲《荥阳马氏…》:"材蔽行人右,名居东里先。"唐高适《送田少府…》:"远树应怜北地春,行人却羡南归雁。"唐王维《同比部杨…》:"夜漏行人息,归鞍落日余。"

郑袖　zhèng xiù

【分类】政治
【关键词】屈原
【释义】战国时楚怀王宠妃。姿色艳美、性格聪慧,但善妒狡黠、阴险恶毒。收受贿赂,干涉朝政。《史记·屈原贾生列传》:"怀王以不知忠臣之分,故内惑于郑袖,外欺于张仪,疏屈平而信上官大夫、令尹子兰。"
【例句】唐李白《惧谗》:"魏姝信郑袖,掩袂对怀王。"唐元稹《何满子歌》:"敛黛吞声若自冤,郑袖见捐西子浣。"唐李贺《许公子郑…》:"桂开客花名郑袖,入洛闻香鼎门口。"唐杜牧《题武关》:"郑袖娇娆酣似醉,屈原憔悴去如蓬。"

郑玄家婢　zhèng xuán jiā bì

【分类】文化
【关键词】郑玄
【释义】指知书的婢仆。《世说新语·文学》:"郑玄家奴婢皆读书。尝使一不,不称旨,将挞之,方自陈说,玄怒,使人曳着泥中。须臾,复有一婢来,问曰:'胡为乎泥中?'答曰:'薄言往诉,逢彼之怒。'"
【例句】唐郑怀古《赠柳氏妓》:"未拟生裴秀,如何乞郑玄。"宋楼钥《以六经左…》:"手披欲究百家编,奴婢年来识郑玄。"宋晁说之《复次韵寄…》:"谢娘莫道能联句,郑婢无烦亦读书。"宋陆游《先少师宣…》:"奴爱才如萧颖士,婢知诗似郑康成。"

郑驿　zhèng yì

【分类】生活
【关键词】郑庄
【释义】汉郑当时(字庄)为太子舍人时,每逢洗沐日,常置驿马长安诸郊,接待宾客。后因以郑驿指为好客主人迎宾待客之所,或喻好客。源见"郑驿留宾"。
【例句】唐元稹《献荥阳公诗》:"郑驿骑翩翩,丘门子弟贤。"唐杜甫《赠王二十…》:"山阳无俗物,郑驿正留宾。"唐杜甫《舟出江陵…》:"经过忆郑驿,斟酌旅情孤。"唐李端《闲园即事…》:"幸接上宾登郑驿,羞为长女似黄家。"唐李商隐《过故崔兖…》:"共入留宾驿,俱分市骏金。"

郑驿留宾　zhèng yì liú bīn

【分类】生活
【关键词】郑庄
【释义】称颂人喜贤好士,礼敬宾客之典。《史记·汲郑列传》:"郑庄以任侠自喜,脱张羽于厄…孝景时,为太子舍人。每五日洗沐,常置驿马长安诸郊,存诸故人,请谢宾客,夜以继日,至其明旦,常恐不偏。"
【例句】唐杜甫《赠王二十…》:"山阳无俗物,郑驿正留宾。"宋曾几《郑侍郎招…》:"郑驿留宾处,看花又一年。"宋曾几《郑顾道招…》:"山城底处不春风,未似留宾郑驿中。"

政如水　zhèng rú shuǐ

【分类】政治
【关键词】赵轨
【释义】赞颂地方长官清明廉正之典。《隋书·赵轨传》:"在州四年,考绩连最…征轨入朝。父老相送者,各挥涕曰:'别驾在官,水火不与百姓交,是以不敢以壶酒相送。公清若水,请酌一杯水奉饯。'轨受而饮之。"
【例句】唐杜牧《郡斋独酌》:"太守政如水,长官贪似狼。"宋姚勉《送陈纠任…》:"黄堂太守政如神,馆阁掾官清似水。"宋司马光《王书记以…》:"方今圣朝清似水,林空谷静无隐沦。"宋李新《送杜丞》:"太尉国风偃如草,丞相家声清似水。"

之罘山　zhī fú shān

【分类】生态
【关键词】汉武帝
【释义】在今山东烟台市北。芝即灵芝。罘即屏障。《汉书·武帝纪》:"幸琅邪,礼日成山。登之罘,浮大海。山称万岁。"
【例句】唐褚遂良《春日侍宴…》:"之罘初播雨,辽碣始分光。"唐李世民《春日望海》:"之罘思汉帝,碣石想秦皇。"唐张九龄《奉和圣制…》:"之罘称万岁,今此复同声。"唐杨师道《奉和圣制…》:"碣石朝烟灭,之罘归雁翔。"

之罘朱雁　zhī fú zhū yàn

【分类】政治
【关键词】汉武帝
【释义】汉武帝得到一只朱雁,以为是祥瑞之鸟,故作歌以祝颂。后用为咏盛世升平之典。《汉书·武帝纪》:"太始三年,行幸东海,获赤雁,作朱雁之歌。"
【例句】唐许敬宗《奉和宴中…》:"塞门朱雁入,郊薮紫麟游。"唐李绅《苏州不住…》:"塔分朱雁余霞外,刹对金螭落照中。"唐元稹《代曲江老…》:"池籞呈朱雁,坛场得白麟。"宋姜特立《赋桐庐陈…》:"鹓雀奏天子,朱雁兴乐歌。"

1115

之子 zhī zǐ

【分类】生活

【关键词】诗经

【释义】意指这个人。《诗经·周南·桃夭》:"之子于归。"之,代词,这位之意。子,这里指女子。有时兼用指男女。

【例句】唐法宣《奉和窦使…》:"先贤未始觉,之子唱希声。"唐陈子昂《度峡口山…》:"之子黄金躯,如何此荒域。"唐韦庄《章江作》:"之子棹从天外去,故人书日日边来。"聂绀弩《探春》:"之子与人家国事,颠风休动女儿裳。"

支遁 zhī dùn

【分类】文化

【关键词】支遁

【释义】字道林,世称支公,二十五岁出家为僧,与谢安、王羲之等交游,善谈玄理。源见"支公好"。

【例句】唐沈佺期《红楼院应制》:"支遁爱山情漫切,昙摩泛海路空长。"唐孟浩然《宿立公房》:"支遁初求道,深公笑买山。"唐杜甫《韦讽录事…》:"借问苦心爱者谁?后有韦讽前支遁。"唐贯休《蜀王登福…》:"林僧岁月知何幸,还似支公见谢公。"

支遁马 zhī dùn mǎ

【分类】文化

【关键词】支遁

【释义】咏高人雅兴之典。源见"支公好"。

【例句】唐孟浩然《宴荣二山池》:"枥嘶支遁马,池养右军鹅。"宋王禹偁《赠赞宁大师》:"赴阙尚留支遁马,援毫应待仲尼麟。"宋释怀深《示昙禅者》:"逸足懒收支遁马,清香聊种远公莲。"宋白珽《寄天香庵…》:"白草秋闲支遁马,黄沙春断子卿鸿。"

支公好 zhī gōng hào

【分类】文化

【关键词】支遁

【释义】指高士的爱好。《世说新语·言语》:"支道林常养数匹马。或言:'道人畜马不韵。'支曰:'贫道重其神骏。'"《建康实录》引《许玄度集》曰:"(支)遁字道林,常隐剡东山,不游人事,好养鹰马,而不乘放。"

【例句】唐严维《僧房避暑》:"支公好闲寂,庭宇爱林篁。"宋梅尧臣《腊日出猎…》:"鹰想支公好,人思濯上狂。"明袁宏道《三教堂诗…》:"支公好骏马,俗以为不韵。"明宋琬《修竹篇为…》:"支公好鹤兼好马,嗟君此意将无同。"

支公重神骏 zhī gōng zhòng shén jùn

【分类】文化

【关键词】支遁

【释义】形容骏马、雄鹰,或指人喜好鹰马。也形容文艺作品意境神奇新颖。源见"支公好"。

【例句】唐皎然《翔隼歌送…》:"古人赏神骏,何如寒隼击。"唐皮日休《重玄寺元…》:"支公谩道怜神骏,不及今朝种一麻。"宋苏辙《施崇宁寺马》:"支公惠眼识神骏,山下泉甘足芳草。"宋晁说之《又题陆大…》:"何事支公爱神骏,团揭鼻齿映顶足。"

支机石 zhī jī shí

【分类】文化

【关键词】严君平

【释义】传说为天上织女用以支撑织布机的石头。《太平御览》引《集林》:"昔有一人,寻河源见妇人浣纱以问之,曰:'此天河也。'乃与一石而归,问严君平,云:'此织女支机石也。'"

【例句】唐卢照邻《七夕泛舟》:"石似支机罢,槎疑犯宿来。"唐李商隐《海客》:"只应不惮牵牛妒,聊用支机石赠君。"唐李邕《奉和初春…》:"传闻银汉支机石,复见金舆出紫微。"唐路应《游南雁荡》:"织女支机堪索石,仙翁花雨不沾泥。"

支郎 zhī láng

【分类】文化

【关键词】支谦

【释义】汉末三国时僧人支谦。译《大明度无极经》。泛称僧人。《高僧传·康僧会传》:"先有忧婆塞支谦…月支人,来游汉境…世间伎艺多所综习,遍学异书,通六国语。其为人细长瘦黑,眼多白而睛黄,时人为之语曰:'支郎眼中黄,形驱虽细是智囊。'…孙权…拜为博士。"

【例句】唐李端《寄畅当》:"颜子方敦行,支郎久住禅。"唐权德舆《月夜过灵…》:"今夜逢清净境,满庭秋月对支郎。"唐刘禹锡《宣上人远…》:"借问至公谁印可,支郎天眼定中观。"唐吴融《和僧咏牡丹》:"都是支郎足情调,坠香残蕊亦成吟。"

支离 zhī lí

【分类】生活

【关键词】庄子

【释义】意指分散,流离、离奇不正或残缺而不中用。《庄子·人间世》:"夫支离其形者,犹足以养其身,终其天年,又况支离其德者乎。"

【例句】唐武则天《如意娘》:"看朱成碧思纷纷,憔悴支离为忆君。"唐钱起《送李大夫…》:"支离交俊哲,弱冠至华发。"唐杜甫《咏怀古迹》:"支离东北风尘际,漂泊西南天地间。"唐柳宗元《跂乌词》:"支离无趾犹自免,努力低飞逃后患。"聂绀弩《六十》:"行年六十千行晚,秃笔支离仍此楼。"

支离叟 zhī lí sǒu

【分类】政治

【关键词】支离疏

【释义】指支离疏。肢体畸形,于世无补,而坐受赈济。《庄子·人间世》:"支离疏者,颐隐于脐,肩高于顶,会撮指天,五管在上,两髀为胁。挫针治繲,足以糊口;鼓策播精,足以食十人。上征武士,则支离攘臂而游于其间;上有大役,则支离以有常疾不受功;上与病者粟,则受三钟与十束薪。"

【例句】唐权德舆《古人名诗》:"从此直不疑,支离疏世事。"宋黄庭坚《次韵师厚…》:"古来支离疏,粟帛王所仁。"宋张耒《初夏步园》:"中有支离翁,行憩佳树阴。"宋刘克庄《最高楼》:"此生惭愧支离叟,何功消受水衡钱。"明王夫之《避暑王恺…》:"放棹唯寻杜景贤,倚藤长爱支离叟。"

卮酒 zhī jiǔ

【分类】生活
【关键词】项羽
【释义】犹言杯酒。《史记·项羽本纪》:"项王曰:'壮士,赐之卮酒。'"
【例句】唐宋之问《奉和幸韦…》:"帝泽颁卮酒,人欢颂里间。"唐刘长卿《送子婿崔…》:"送君卮酒不成欢,幼女辞家事伯鸾。"唐罗隐《尚父偶建…》:"只待淮妖剪除后,别倾卮酒贺行台。"宋晏殊《安昌侯》:"身服儒衣同蔡义,日将卮酒对彭宣。"

芝草生 zhī cǎo shēng

【分类】政治
【关键词】汉武帝
【释义】用为象征国祚祥瑞的典故。《汉书·武帝纪》:"元封二年六月,诏曰:'甘泉宫内中产芝,九茎连叶。上帝博临,不异下房,赐朕弘休。其赦天下,赐云阳都百户牛酒。'作芝房之歌。"
【例句】唐佚名《谒法门寺…》:"芝草生高垄,醴泉清满池。"宋陆游《道室书事》:"丹砂烧成已死,芝草种之初生。"宋释系南《偈》:"昨夜日轮飘桂花,今朝月窟生芝草。"宋释嗣宗《颂》:"系驴橛上生芝草,不是云霭香炉峰。"

芝兰室 zhī lán shì

【分类】文化
【关键词】孔子家语
【释义】称赞美好品格之典。《孔子家语·六本》:"与善人居,如入芝兰之室,久而不闻其香,即与之化矣。"谓时间一长虽然闻不到香味,却潜移默化受到感染。
【例句】唐刘禹锡《和重题》:"水榭芝兰室,仙舟鱼鸟情。"唐高适《同房侍御…》:"忝游芝兰室,还对桃李阴。"唐卢纶《书情上大…》:"芳室芝兰茂,春蹊桃李开。"唐权德舆《户部王曹…》:"宿昔芝兰室,今兹鸳鹭行。"

芝兰玉树 zhī lán yù shù

【分类】文化
【关键词】谢玄
【释义】喻优秀子弟。《晋书·谢安传》:"(谢玄)少颖悟,与从兄朗俱为叔父安所器重。安尝戒约子侄,因曰:'子弟亦何豫人事,而正欲使其佳?'诸人莫有言者。玄答曰:'譬如芝兰玉树,欲使其生于庭阶耳。'"
【例句】宋释道潜《访彭门太…》:"同时父子擅芳誉,芝兰玉树罗中庭。"宋吕本中《寄李㟁去言》:"凤凰麒麟在郊薮,芝兰玉树生阶庭。"宋王十朋《梦龄得男…》:"从此吾门如谢傅,芝兰玉树满庭中。"宋杨万里《跋临川梁…》:"芝兰玉树今争秀,岂但一枝生桂林。"

知白守黑 zhī bái shǒu hēi

【分类】政治
【关键词】老子
【释义】谓安于暗昧,保持玄寂。《老子·道经》:"知其白,守其黑,为天下式。"汉河上公注:"白以喻昭昭,黑以喻默默,人虽自知昭昭明白,当复守之以默默如暗昧无所见。"
【例句】宋苏轼《谷庵铭》:"堂虽白矣庵自黑,知白守黑名曰谷。"宋方回《次韵仇仁…》:"向来守黑元知白,几辈平东复镇西。"元吾丘衍《赠打碑吴…》:"知白定应能守黑,不须更觅大还方。"元凌云翰《为朱大理…》:"知白全资守黑功,一花便与万花同。"

知非 zhī fēi

【分类】生活
【关键词】蘧伯玉
【释义】五十岁的代称。亦指省悟以往的错误。源见"蘧瑗知非"。
【例句】唐白居易《自咏》:"诚知此事非,又过知非年。"唐赵嘏《东归道中》:"平生事行役,今日始知非。"唐韦应物《答故人见谕》:"省己已知非,枉书见深致。"唐司空图《光启三年…》:"知非今又过,蘧瑗最怜渠。"

知夫水月 zhī fū shuǐ yuè

【分类】文化
【关键词】苏轼
【释义】咏山水之乐的典故。《苏轼文集·赤壁赋》:"客亦知夫水与月乎?逝者如斯,而未尝往也。"
【例句】宋方岳《水月园送…》:"翁之乐者山林也,客亦知夫水月乎。"宋刘克庄《水调歌头》:"翁意在乎林壑,客亦知夫水月。"元凌云翰《鸣鹤遗音》:"客知夫、水与月乎,盈亏如彼,逝者有如斯水。"

知名自谢公 zhī míng zì xiè gōng

【分类】文化
【关键词】蒲扇
【释义】咏蒲扇的典故。《晋书·谢安列传》:"安少有盛名,时多爱慕。乡人有罢中宿县者,还诣安。安问其归资,答曰:'有蒲葵扇五万。'安乃取其中者捉之,京师士庶竞市,价增数倍。"
【例句】唐雍裕之《题蒲葵扇》:"羡尔逢提握,知名自谢公。"唐温庭筠《经板秘书…》:"千顷水流通故墅,至今留得谢公名。"唐赵嘏《十无诗寄…》:"琴酒曾将风月须,谢公名迹满江湖。"宋陈越《休沐端居》:"衣裁练布如王导,扇执蒲葵学谢公。"

知荣守辱 zhī róng shǒu rǔ

【分类】生活

【关键词】老子

【释义】咏明白利害荣辱，以求澹泊超脱之典。《老子》："知其荣，守其辱，为天下谷，常德乃足。常德乃足，复归于朴。"汉河上公注："荣以喻尊贵，辱以喻污浊，知己之有荣贵，当守之以污浊。如是，则天下归之如流水入深谷也。"

【例句】唐吴融《风雨吟》："应不知天地造化是何物，亦不知荣辱是何主。"唐释延寿《山居诗》："岂信败从成处得，谁知荣是辱边媒。"宋王禹偁《酬太常晁…》："犹作三丞君最屈，遍寻两制我知荣。"宋李觏《送君俞》："异时如有立，宗族亦知荣。"

知时鹤 zhī shí hè

【分类】政治

【关键词】淮南子

【释义】咏只知进忠，而不为身谋的典实。《淮南子·说山训》："鸡知将旦，鹤知夜半，而不免于鼎俎。"

【例句】唐韩愈《杂诗》："独有知时鹤，虽鸣不缘身。"宋苏辙《复次烟字…》："与君共愧知时鹤，养子先依黑柏颠。"

知微知章 zhī wēi zhī zhāng

【分类】政治

【关键词】易经

【释义】既知道事物隐藏的微小现象，又知道其发展后的显著现象。《易经·系辞下》："君子知微知彰，知柔知刚，万夫之望。"唐孔颖达疏："凡事之理，从微以主彰，知几之人既知其始，又知其末。"

【例句】唐裴度《喜遇刘二…》："凤仪常欲附，蚊力自知微。"宋王安石《再用前韵…》："好大人谓狂，知微乃为谍。"宋罗公绶《地藏塔》："还岭峰头霁色清，知微曾此学无生。"明李稿《酒禁限廿…》："天公有老眼，知彰又知微。"

知雄守雌 zhī xióng shǒu cí

【分类】生活

【关键词】老子

【释义】喻指韬晦自处的处世哲学。即以柔弱的态度处世。《老子·道经》："知其雄，守其雌，为天下溪。"汉河上公注："雄以喻尊，雌以喻卑。人虽知自尊显，当复守之以卑微，去之强梁，就雌之柔和。"

【例句】唐何坚《次韵答阳…》："戢羽应知非健翮，守雌或可谓知雄。"唐杜甫《赠崔十三…》："黠吏因封己，公才或守雌。"唐韩愈《斗鸡联句》："知雄欣动颜，怯负愁看贿。"金耶律楚材《用前韵送…》："当年君卧东山重，守雌默默元知雄。"唐吕岩《七言》："守雌勿失雄方住，在黑无亏白自乾。"明夏良胜《送程文光…》："惯通乡话如归鸟，更凿芳心为守雌。"

知音 zhī yīn

【分类】生活

【关键词】伯牙

【释义】比喻知己。亦特指对作品能深刻理解、正确评价的人。源见"高山流水"。

【例句】唐崔珏《席间咏琴客》："七条弦上五音寒，此艺知音自古难。"唐李白《送杨少府…》："流水非曹曲，前行遇知音。"唐钱起《哭黄钧》："尝恨知音千古稀，那堪夫子九泉归。"唐杨巨源《冬夜陪丘…》："顾盼何曾因误曲，殷勤终是感知音。"

织锦回文 zhī jǐn huí wén

【分类】文化

【关键词】窦滔妻

【释义】喻妻子之书信或情书。亦指妇女的诗文佳作。《晋书·窦滔妻苏氏传》："窦滔妻苏氏…善属文。滔，苻坚时为秦州刺史，被徙流沙。苏氏思之，织锦为回旋图诗以赠滔…词甚凄惋，凡八百四十字。"

【例句】唐皇甫冉《春思》："机中锦字论长恨，楼上花枝笑独眠。"唐李频《古意》："虽非窦滔妇，锦字已成章。"宋楼钥《织锦棋盘》："仿佛回文仍具体，纵横方罫若分畦。"明顾瑛《书画舫和…》："上客日传金帖子，美人夜织回文回。"

织路 zhī lù

【分类】生活

【关键词】张衡

【释义】咏艰难跋涉之典。《昭明文选·东汉张衡〈思玄赋〉》："庸织路于四裔兮，斯与彼何瘳？"唐李善注："言涉路东西，有似于织也。"以织路喻指漂泊奔波的生活。

【例句】唐权德舆《奉和张仆…》："日日披诚奉昌运，王人织路传清问。"明杨慎《遥夜吟》："超忽类飞翰，往来如织路。"清袁枚《俗吏篇》："高坐腰舆织路途，居家日别妻孥。"清潘奕隽《移居诗》："劳生织路不常居，广厦千间愿总虚。"

织女渡河 zhī nǚ dù hé

【分类】生活

【关键词】织女星

【释义】俗传织女星于农历七月七日渡河与牵牛星相会。《续齐谐记》："桂阳成武丁有仙道，常在人间。忽谓其弟曰：'七月七日织女当渡河，诸仙悉还宫。'…曰：'织女暂诣牵牛。'至今云织女嫁牵牛。"

【例句】唐林杰《乞巧》："七夕今宵看碧霄，牵牛织女渡河桥。"宋李新《七夕诗…》："今年织女知何处，不见郎郎送渡河。"宋梅尧臣《七夕有感》："一逝九泉无处以，又看牛女渡河归。"宋周紫芝《次韵德庄…》："梦看赤鲤春腾浪，归见牵牛秋渡河。"

织女牵牛 zhī nǚ qiān niú

【分类】生活

【关键词】织女星

【释义】咏男女婚姻或离别的典故。《诗经·小雅·大东》："跂彼织女，终日七襄…皖彼牵牛，不以服箱。"《古诗十九首首》："迢迢牵牛星，皎皎河汉女。纤纤擢素手，札札弄机杼。"牵牛、织女本是分列银河两旁的两颗星辰，后来成为神话中的两位神仙,每年七月七日有乌鹊搭桥,始得过河相聚一次。

【例句】唐陈元光《候夜行师…》:"对菊渊明怀刺史,抛梭织女弄牵牛。"唐陆畅《云安公主…》:"天上琼花不避秋,今宵织女嫁牵牛。"唐孟郊《古意》:"河边织女星,河畔牵牛郎。"唐李郢《七夕寄张…》:"新秋牛女会佳期,红粉筵开玉馔时。"

织素 zhī sù
【分类】生活
【关键词】玉台新咏
【释义】喻指被遗弃的妇女。亦指已织成之生绢。源见"下山"。
【例句】唐张祜《谢高燕公…》:"谁家织素秋蟾色,何处丝抽嫩异香?"唐刘驾《弃妇》:"养蚕已成茧,织素犹在机。"唐李贺《有所思》:"西风未起悲龙梭,年年织素攒双蛾。"宋夏竦《古意》:"也知新旧争多少,敢话机头织素多。"

脂韦 zhī wéi
【分类】生活
【关键词】楚辞
【释义】脂,油脂;韦,熟牛皮。形容处世圆滑阿谀。《楚辞补注·卜居》:"宁廉洁正直以自清乎?将突梯滑稽,如脂如韦以洁楹乎?"
【例句】唐韩愈《送区弘南归》:"出送抚背我涕挥,行行正直慎脂韦。"五代徐钧《苏味道》:"万事模棱持两端,脂韦自饰巧求全。"宋王迈《送陈宗谕…》:"脂韦何足算,百炼是精金。"宋王炎《纸被行》:"宁随人意任舒卷,虽则软美非脂韦。"

鳷鹊楼 zhī què lóu
【分类】生态
【关键词】司马相如
【释义】鳷鹊观。南朝楼阁名,在江苏南京。《昭明文选·汉司马相如〈上林赋〉》:"蹶石阙,历封峦。过鳷鹊,望露寒。"唐李善注引三国魏张揖曰:"此四观,武帝建元中作,在云阳甘泉宫外。"
【例句】唐崔湜《上元夜》:"鳷鹊楼前新月满,凤凰台上宝灯燃。"唐李颀《送康洽入…》:"新诗乐府唱堪愁,御妓应传鳷鹊楼。"唐阎德隐《薛王花烛行》:"鳷鹊楼前云半卷,鸳鸯殿上月裴回。"唐李白《永王东巡歌》:"春风试暖昭阳殿,明月还过鳷鹊楼。"

执鞭 zhí biān
【分类】政治
【关键词】晏子
【释义】持鞭驾车。为崇尚贤士之典。《史记·管晏传赞》:"假令晏子而在,余虽为之执鞭,所欣慕焉。"唐司马贞《史记索隐》:"太史公之羡慕仰企平仲之行,假令晏生在世,己必为之执鞭,亦所欣慕。其好贤乐极如此。"

【例句】唐张籍《赠殷山人》:"讲序居重席,群儒愿执鞭。"唐杜牧《怀钟陵旧游》:"陆公余德机云在,如我酬恩合执鞭。"唐皮日休《房杜二相国》:"苟得同其时,愿为执鞭竖。"唐杜荀鹤《和友人见…》:"未称执鞭奔紫陌,惟宜策杖步苍苔。"

执靮 zhí dí
【分类】政治
【关键词】礼记
【释义】握马缰。借指骑马。喻追随。《礼记·檀弓》:"卫献公出奔,反于卫。及郊,将班邑于从者而后入。柳庄曰:'如皆守社稷,则孰执羁靮而从?如皆从,则孰守社稷?'"
【例句】唐韩偓《病中初闻…》:"抽毫连夜侍明光,执靮三年从省方。"清弘历《热河启跸…》:"今年秋狝增佳话,日有条枝执靮人。"清弘历《命金廷标…》:"副以于思服本色,执靮按队牵驺驭。"

执圭 zhí guī
【分类】政治
【关键词】战国策
【释义】先秦楚国爵位名。后泛指高爵。《战国策·楚策》:"楚尝与秦构难,战于汉中,楚人不胜,通侯、执圭死者七十余人,遂亡汉中。"
【例句】唐李白《赠从弟冽》:"报国有长策,成功羞执圭。"唐杜甫《卜居》:"归羡辽东鹤,吟同楚执圭。"唐罗隐《裴庶子除…》:"楚圭班序未为轻,莫惜良途副圣明。"宋姚涣《送钤辖馆…》:"驰驿遽趋三召节,执圭俄觐九重天。"

执戟 zhí jǐ
【分类】政治
【关键词】扬雄
【释义】指汉代扬雄。喻才高位卑者。《汉书·扬雄传下》:"雄年四十余,自蜀来至游京师,大司马车骑将军王音奇其文雅,召以为门下史,荐雄待诏,岁余,奏羽猎赋,除为郎,给事黄门。然郎皆执戟而侍也。"
【例句】唐李端《赠康洽》:"声名常压鲍参军,班位不过扬执戟。"唐卫象《伤李端》:"官卑杨执戟,年少贾长沙。"唐杨巨源《上裴中丞》:"应笑自须扬执戟,可怜春日老如何。"唐张籍《节妇吟寄…》:"妾家高楼连苑起,良人执戟明光里。"

执金吾 zhí jīn yù
【分类】政治
【关键词】崔豹
【释义】西汉末年时率禁兵保卫京城和宫城的官员。晋崔豹《古今注·舆服》:"汉朝执金吾,金吾亦棒焉,以铜为之,黄金涂两末,谓之金吾。"
【例句】唐王翰《饮马长城…》:"长安少年无远图,一生惟羡执金吾。"唐顾况《赠韦清将军》:"身执金吾主禁兵,腰间宝剑重横行。"宋洪咨夔《次仲禹迓…》:"家庆盛于群玉府,身名荣过执金吾。"聂绀弩《悠然六十》:"已拥人民原子弹,何忧国际执金吾。"

执柯以伐柯　zhí kē yǐ fá kē
【分类】政治
【关键词】礼记
【释义】喻命运不同。或同类相抵。《礼记·中庸》:"执柯(斧柄)以伐柯(树枝),睨而视之,犹以为远。"握着斧柄砍削斧柄,应该说不会有什么差异,但如果你斜眼一看,还是会发现差异很大。
【例句】宋李鹰《中隐庵和…》:"伐柯固执柯,畴克求诸迹。"宋王炎《春日书怀》:"有慨怀古人,执柯能伐柯。"元岑安卿《樵隐诗为…》:"执柯伐柯喻为学,兹理讲贯融心胸。"聂绀弩《伐木赠李…》:"终日执柯伐柯,红松黑桧黄波罗。"

执牛耳　zhí niú ěr
【分类】政治
【关键词】左传
【释义】指在某方面居于领袖地位的人。《左传·哀公一七年》:"公会齐侯盟于蒙,孟武伯相,齐侯稽首,公拜,齐人怒,武伯曰:'非天子,寡君无所稽首。'武伯问于高柴曰:'诸侯盟,谁执牛耳?'"
【例句】宋陈造《赠课会诸公》:"须吾执牛耳,助子跃龙门。"宋刘克庄《方岩尹…》:"贯虱心推白社族,执牛耳属紫薇公。"宋吕祖谦《送喻叔奇…》:"况复诗坛执牛耳,所至风月相献酬。"宋郑思肖《三砺》:"一砺二砺至万砺,盟执牛耳血为誓。"

直北　zhí běi
【分类】生活
【关键词】史记
【释义】指正北。《史记·封禅书》:"汉文帝出长安门若见五人于道北,遂因其直北立五帝坛,祠以五牢具。"
【例句】唐董思恭《昭君怨》:"汉月正南远,燕山直北寒。"唐常建《塞下曲》:"黄河直北千余里,冤气苍茫成黑云。"唐杜甫《小寒食舟…》:"云白山青万余里,愁看直北是长安。"宋苏庠《菩萨蛮》:"荒坡垂斗柄,直北乡山近。"

直钩　zhí gōu
【分类】政治
【关键词】姜太公
【释义】借指归隐生活。亦借指姜太公。源见"渭滨垂钓"。
【例句】唐张祜《题赠崔权…》:"真玉比来曾不磷,直钩从此更谁怜?"唐张祜《酬余姚郑…》:"生疏莫笑沧浪叟,白首直竿是直钩。"唐方干《早发洞庭》:"举目无平地,何心恋直钩。"唐黄滔《严陵钓台诗》:"直钩犹逐熊罴起,独是先生真钓鱼。"

直如弦　zhí rú xián
【分类】政治

【关键词】汉顺帝
【释义】意指为人正直的典故。《后汉书·五行志一》:"顺帝之末,京都童谣曰:'直如弦,死道边,曲如钩,反封侯。'"
【例句】唐李白《笑歌行》:"君不见直如弦,古人知尔死道边。"唐马云奇《附吐蕃禁…》:"说相未应惊燕鸽,看心且爱直如弦。"唐刘允济《见道边死人》:"魂兮不可问,应为直如弦。"唐耿湋《赠别刘员…》:"清如寒玉直如丝,世故多虞事莫期。"

职贡　zhí gòng
【分类】政治
【关键词】周礼
【释义】赋税贡品。《周礼·夏官·大司马》:"施贡分职,以任邦国。"《三国志·魏志·陶谦传》注引《吴书》:"华夏沸扰,于今未弭,包茅不入,职贡多阙,寤寐忧叹,无日敢宁。"
【例句】唐杜甫《剑门》:"后王尚柔远,职贡道已丧。"唐杜牧《奉和白相…》:"黠戛可汗修职贡,文思天子复河湟。"宋田锡《览太素新编》:"繁富积皇新职贡,妍明春帝晓莺花。"宋苏轼《送冯判官…》:"鱼盐生计稍得苏,职贡重修远岛服。"

职思其忧　zhí sī qí yōu
【分类】政治
【关键词】诗经
【释义】职:常。忧:忧患。应当经常怀有忧患意识。表示对工作严肃不苟。《诗经·唐风·蟋蟀》:"无已大康,职思其忧。"
【例句】唐杜甫《临邑舍弟…》:"职思忧悄悄,郡国诉嗷嗷。"宋范纯仁《和张坊州》:"忧职思承教,何由到棠棣。"宋叶适《冲佑安抚…》:"谁怜张太守,思职更忧边。"元吴师道《信饶道中雪》:"职思在忧民,才薄志自坚。"

絷骥四足　zhí jì sì zú
【分类】生活
【关键词】淮南子
【释义】咏有才之士受困扰之典。《淮南子·俶真训》:"身蹈于浊世之中,而责道之不行也,是犹两绊骐骥,而求其致千里也。"
【例句】唐韩愈《寒食日出游》:"断鹤两翅鸣何哀,絷骥四足气空横。"宋虞俦《和张文潜…》:"老骥困盐车,四足若有绊。"

止酒　zhǐ jiǔ
【分类】生活
【关键词】陶渊明
【释义】意戒酒。晋陶渊明《止酒》诗:"平生不止酒,止酒情无喜。"
【例句】唐包何《送王汶宰…》:"止酒非关病,援琴不在声。"宋梅尧臣《依韵和吴…》:"我为病衰方止酒,愿携茶具作清欢。"宋陆游《驿舍见故…》:"杜门复出叹习气,止酒还开惭定力。"聂绀弩《反省时作》："敲诗白日从君永,止酒桃花笑我迁。"

止水　zhǐ shuǐ

【分类】生活

【关键词】庄子

【释义】静止,滞止不流的水。《庄子·德充符》："人莫鉴于流水,而鉴于止水。"唐成玄英疏："止水所以留鉴者,为其澄清故也。"

【例句】唐权德舆《晨坐寓兴》："亭柯见荣枯,止水知清浑。"唐刘威《旅中早秋》："金威生止水,爽气遍遥空。"唐刘禹锡《和仆射牛…》："心如止水鉴常明,见尽人间万物情。"唐白居易《答元八郎…》："身觉浮云无所著,心同止水有何情。"聂绀弩《桥夜》："只恨长江非止水,流将星月许多娇。"

止吾止　zhǐ wú zhǐ

【分类】生活

【关键词】论语

【释义】咏自觉自律之典。《论语·子罕》："子曰:'譬如为山,未成一篑,止,吾止也。'"大意:譬如用土堆山,只差一筐土就完成了,这时停下来,那是我自己要停下来的。

【例句】宋黄庭坚《答阎求仁》："以生随之中道伤,止吾已知终必亡。"宋曹仙家《赠邹葆光…》："吾师出处任高情,止则止兮行则行。"宋徐侨《毅斋即事》："调得身心能自慊,止吾所止复何疑。"宋俞德邻《暇日饮酒…》："时行吾则行,时止吾则止。"聂绀弩《答雪峰》："九仞为山止吾止,显微揽镜虫哉虫。"

只鸡斗酒　zhǐ jī dǒu jiǔ

【分类】生活

【关键词】曹操

【释义】一只鸡,一壶酒。原为追思亡友之辞。现多指招待来客。汉曹操《祀故太尉桥玄文》："殂逝之后,路有经由,不以斗酒只鸡过相沃酹,车过三步,腹痛勿怪。"

【例句】宋何梦桂《承书言别…》："双鲤尺书儿女泪,只鸡斗酒弟兄情。"宋陆游《村居初夏》："斗酒只鸡人笑乐,十风五雨岁丰穰。"宋孙觌《寒食》："魂飞骨冷唤不觉,只鸡斗酒聊相温。"宋李纲《致奠张柔…》："只鸡斗酒祭夫君,尚想平生意气亲。"

只履西去　zhǐ lǚ xī qù

【分类】文化

【关键词】邵硕

【释义】用为高僧之死的典故。《高僧传·邵硕传》："硕以宋初亦出家入道,自称硕公…临亡,语道人法进云:'可露吾骸,急系履着脚。'…俄而有人从郫县来,遇进云:'昨见硕公在市中,一脚着履,漫语云:小子无宜,适失我履一只。'进惊而检问沙弥,沙弥答云:'近送尸时怖惧,右脚一履不得好系,遂失之。'"

【例句】唐齐已《荆门寄题…》："不堪只履还西去,葱岭如今无使回。"宋李新《送刘尉》："传法得其人,只履便西去。"宋司马光《和君贶少…》："既携只履归西域,安得遗灵在少林。"宋贺铸《游六合定…》："只履西归远,何年此布金。"

只谈风月　zhǐ tán fēng yuè

【分类】政治

【关键词】徐勉

【释义】只谈风、月等景物。隐指莫谈国事。为劝阻他人勿谈公事或谈雅之典。《南史·徐勉传》："尝与门人夜集,客有虞暠求詹事五官。勉正色答云:'今夕止可谈风月,不宜及公事。'故时人服其无私"。

【例句】宋左誉《涤虑轩》："今宵止可谈风月,借问何人是阿戎。"宋章甫《简熊帅景瞻》："满堂宾客皆豪杰,从容何止谈风月。"宋史弥宁《赋桂隐用…》："诗禅在在谈风月,未抵江西龙象窟。"宋蒋九成《田家》："雨笠烟蓑是我家,不谈风月话桑麻。"

旨酒　zhǐ jiǔ

【分类】生活

【关键词】诗经

【释义】旨,美味。旨酒,美酒。《诗经·小雅·鹿鸣》："我有旨酒,以燕乐嘉宾之心。"

【例句】唐张九龄《南山下旧》："兴来命旨酒,临罢阅仙书。"唐李元纮《奉和圣制…》："衔恩倾旨酒,鼓舞咏康时。"唐白居易《寄卢少尹》："嘉肴与旨酒,信是腐肠膏。"聂绀弩《画报社鱼…》："旨酒能尝斯醉矣,佳鱼信美况馋乎。"

纸帐　zhǐ zhàng

【分类】文化

【关键词】齐已

【释义】一种用藤皮茧纸缝制成的帐子,以稀布为顶,取其透气。帐上常绘有梅花,情致清雅。唐齐已《夏日草堂作》："沙泉带草堂,纸帐卷空床。"

【例句】唐释延寿《山居诗》："暖眠纸帐茅堂密,稳坐蒲团石面平。"宋王禹称《夜长》："风摇纸帐灯花碎,月照铜壶漏水清。"宋苏轼《自金山放》："困眠得就纸帐暖,饱食未厌山蔬甘。"宋朱敦儒《鹧鸪天》："道人还了鸳鸯债,纸帐梅花醉梦闲。"

指白日　zhǐ bái rì

【分类】政治

【关键词】诗经

【释义】咏发誓之典。《诗经·王风·大车》："谷则异室,死则同穴,谓予不信,有如皦日。"

【例句】唐杜甫《留花门》："公主歌黄鹄,君王指白日。"宋俞德邻《古意》："麾戈指白日,驾鸿凌紫烟。"明梁兰《行路难》："拔剑指白日,抆血临长途。"明李东阳《孤鸿怨题…》："妾心独知人不识,仰视飞鸿指白日。"

指点银瓶 zhǐ diǎn yín píng
【分类】生活
【关键词】杜甫
【释义】唐杜甫《少年行》:"马上谁家白面郎,临阶下马坐人床。不通姓氏粗豪甚,指点银瓶索酒尝。"写少年意气,下马坐床,指瓶索酒,旁若无人。后以此为索酒畅饮、意气豪纵的典故。
【例句】宋孙觌《再用前韵》:"何妨指点银瓶索,直须倒着接䍦归。"宋葛立方《卫卿叔自…》:"指点银瓶难索尝,空教金缕唱秋娘。"金李俊民《暮春之端…》:"如何复共遨头醉,待把银瓶指点尝。"明胡应麟《送朱孺子…》:"兰陵新绿乍吹醅,指点银瓶为客开。"

指飞鸿 zhǐ fēi hóng
【分类】政治
【关键词】郭瑀
【释义】隐遁不仕之典。《晋书·郭瑀传》:"郭瑀字元瑜…隐于临松薤谷,凿石窟而居,服柏实以轻身…公明至山,瑀指翔鸿以示之,曰:'此鸟也,安可笼哉!'遂深逃绝迹。"
【例句】唐李白《送裴十八…》:"举手指飞鸿,此情难具论。"唐李山甫《赠阿史那…》:"年来马上浑无力,望见飞鸿指似人。"宋晁补之《游栖岩寺…》:"异乡同宦对绝景,令我不指东飞鸿。"宋张栻《九日登千…》:"却指飞鸿烟漠漠,故园苿菊老江潭。"

指鹿为马 zhǐ lù wéi mǎ
【分类】政治
【关键词】赵高
【释义】指着鹿,说是马。比喻故意颠倒黑白,混淆是非。《史记·秦始皇本纪》:"赵高欲为乱…持鹿献于二世,曰:'马也。'二世笑曰:'丞相误邪?谓鹿为马。'问左右,左右或默,或言马以阿顺赵高。"
【例句】唐李绅《趋翰苑遭…》:"谤天犹指鹿,依社尚凭狐。"唐于濆《秦原览古》:"汉祖竟为龙,赵高徒指鹿。"宋王安石《桃源行》:"望夷宫中鹿为马,秦人半死长城下。"金李俊民《承二公宠…》:"世情共指鹿为马,天意反教龙作蛇。"

指佞草 zhǐ nìng cǎo
【分类】政治
【关键词】尧
【释义】借指忠臣反对奸佞之典。《博物志》:"尧时有屈佚草,生于庭,佞人入朝,则屈而指之,一名指佞草。"能区分忠直或奸佞。
【例句】唐古之奇《秦人谣》:"何人仕帝庭,拔杀指佞草。"唐王贞白《宫池产蒲莲》:"愿同指佞草,生向帝尧前。"宋洪适《姚参政挽诗》:"栽培指佞草,重叠上书囊。"元胡奎《题直翁胡…》:"在天勿作弯弧星,在地当为指佞草。"

指囷 zhǐ qūn
【分类】政治
【关键词】鲁肃
【释义】用为慷慨助人之典。《三国志·鲁肃传》:"周瑜为居巢长,将数百人故过候肃,并求资粮。肃家有两囷米,各三千斛,肃乃指一囷与周瑜,瑜益知其奇也,遂相亲结,定侨、札之分。"
【例句】唐杜甫《水宿遣兴…》:"增粟囷应指,登桥柱必题。"唐李咸用《古意论交》:"见义必许死,临危当指囷。"宋葛胜仲《和若拙弟…》:"指囷待惠知无日,负米躬耕会有秋。"宋周紫芝《刘主簿许…》:"未敢烦君便指囷,且看分笋不论斤。"

指日 zhǐ rì
【分类】生活
【关键词】曹植
【释义】犹不日。谓为期不远。三国魏曹植《应诏》:"骅节长骛,指日遄征。"
【例句】唐韩愈《送进士刘…》:"还家虽阙短,指日亲晨飧。"唐翁承赞《奉使封闽…》:"指日还家堪自重,恩荣昼锦贺封王。"唐翁承赞《汉上登舟忆闽》:"一片归心随去棹,愿言指日拜文翁。"宋徐积《谢皇华使者》:"蛮酋鼠窜稽天诛,官兵指日缚狂奴。"

指树日 zhǐ shù rì
【分类】文化
【关键词】老子
【释义】用作咏老子生日的典故。《神仙传·老子》:"老子者,名重耳…或云,老子之母,适至李树下而生。老子生而能言,指李树曰:'以此为我姓。'"
【例句】唐张说《舞马千秋…》:"岁岁相传指树日,翩翩来伴庆云翔。"唐徐夤《府主仆射…》:"李树影笼周柱史,昴星光照汉郑侯。"宋董嗣杲《李花》:"传姓老聃因指树,过门方朔验呼人。"元陈镒《抱膝亭》:"北郭战尘吹不到,老僧犹指树青青。"

枳棘 zhǐ jí
【分类】政治
【关键词】韩非子
【释义】枳棘都是多刺的灌木。常用以比喻奸邪恶人或咏险恶处境之典。《韩非子·外储说左下》:"(简)主俯而笑曰:'夫树橘柚者,食之则甘,嗅之则香;树枳棘者,成而刺人,故君子慎所树。'"
【例句】唐李白《古风》:"梧桐巢燕雀,枳棘栖鸳鸾。"唐沈佺期《别侍御寒凝》:"静言芟枳棘,慎勿伤兰芷。"唐孙逖《和左卫武…》:"枳棘鸾无叹,椅梧凤必巢。"唐常建《赠三侍御》:"孤鹤在枳棘,一枝非所安。"

枳棘栖凤 zhǐ jí qī fèng
【分类】政治

【关键词】仇览

【释义】咏县吏之典,又比喻大材小用。《后汉书·仇览传》:"览曰:'以为鹰鹯,不若鸾凤。'涣谢遣曰:'枳棘非鸾凤所栖,百里岂大贤之路?今日太学曳长裾,飞名誉,皆主簿后耳。以一月奉为资,勉卒景行。'"

【例句】唐刘长卿《送沈少府…》:"惜君滞南楚,枳棘徒栖凤。"唐高适《同郭十题…》:"更得芝兰地,兼营枳棘林。"宋孔武仲《阁下会食…》:"人怜枳棘栖凤凰,谁许青山入云阁。"明殷奎《赠同官茅丞》:"枳棘元非栖凤处,故应归思满烟霞。"

轵道之灾 zhǐ dào zhī zāi

【分类】政治

【关键词】子婴

【释义】多用以指国家灭亡的典故。源见"子婴失国"。

【例句】唐魏徵《赋西汉》:"受降临轵道,争长趣鸿门。"唐曹邺《秦后作》:"轵道人不回,壮士断消息。"元杨载《次韵钱唐…》:"龙文不徙阳人聚,鸟篆终降轵道旁。"元陈旅《元宵怀钱塘》:"行宫典礼犹存汉,轵道山河已易秦。"

咫尺天颜 zhǐ chǐ tiān yán

【分类】政治

【关键词】左传

【释义】喻离天子容颜极近,或指天子之颜。《左传·僖公九年》:"天威不违颜咫尺。"原意天鉴察不远,威严如常在面前。

【例句】唐陈元光《望阙谢恩》:"天颜严咫尺,夙夜敢荒淫。"唐朱放《九日陪刘…》:"仍闻西上客,咫尺谒天颜。"唐元稹《酬乐天侍…》:"密视枢机草,偷瞻咫尺颜。"唐孟郊《送温初下第》:"长安风尘别,咫尺不见君。"

至乐 zhì lè

【分类】生活

【关键词】庄子

【释义】最大的快乐。《庄子·至乐》:"天下有至乐无有哉?…至乐无乐,至誉无誉。"

【例句】唐张说《奉和同皇…》:"至乐三灵会,深仁四皓归。"唐吴筠《步虚词》:"玄中有至乐,淡泊终无为。"宋马廷鸾《徐氏拜荣堂》:"富贵薰天无足道,人间至乐归老莱。"聂绀弩《赠沛力黄…》:"世代极殊皆至乐,峰岩险绝遂孤扳。"

志公赏麒麟 zhì gōng shǎng qí lín

【分类】文化

【关键词】徐陵

【释义】喻指有才之士得到赏识。《陈书·徐陵传》:"(陵)母臧氏,尝梦五色云化而为凤,集左肩上,已而诞焉。时宝志上人者,世称其有道,陵年数岁,家人携以候之,(释)宝志手摩其顶,曰'天上石麒麟也'。"

【例句】唐李山甫《赴举别所知》:"黄祖不怜鹦鹉客,志公偏赏麟麟儿。"宋释宗琏《颂古》:"志公杖头剪刀尺,从来雨

下阶头湿。"明张萱《四月八日…》:"臧母集肩金鹥鶑,志公摩顶玉麒麟。"

郅都苍鹰 zhì dōu cāng yīng

【分类】政治

【关键词】郅都

【释义】郅都,西汉中郎将,掌京师治安,性格耿直,铁面无私,执法不避权贵,列侯宗室背后称其为苍鹰。《汉书·酷吏传·郅都传》:"而都独先严酷,致行法不避贵戚,列侯宗室见都侧目而视,号曰'苍鹰'。"

【例句】唐李商隐《赠别前蔚…》:"日晚鹍鹈泉畔猎,路人遥识郅都鹰。"唐骆宾王《幽絷书情…》:"骢马刑章峻,苍鹰狱吏猜。"元刘诜《文江同诸…》:"遥瞻郅都鹰,郡邑所侧目。"明屈大均《送人之云中》:"君向长城城上望,秋鹰应念郅都雄。"

郅支 zhì zhī

【分类】政治

【关键词】匈奴

【释义】匈奴单于。呼韩邪单于之兄。元帝初叛汉,后为陈汤所杀。后世因以郅支代称外寇。《汉书·匈奴列传下》:"都护甘延寿与副陈汤发兵即康居诛斩郅支。"

【例句】唐张柬之《出塞》:"手擒郅支长,面缚谷蠡王。"唐李益《临滹沱见…》:"万里关山今不闭,汉家频许郅支和。"唐陈陶《水调词》:"仍闻万乘尊犹屈,裹宋千娇嫁郅支。"宋王安石《西帅》:"誓斩郅支聊出塞,生擒颉利始归朝。"

制锦 zhì jǐn

【分类】政治

【关键词】郑侨

【释义】称颂县令之词。《左传·襄公三十一年》:"子皮欲使尹何为邑…子产曰:'不可…子有美锦,不使人学制焉。大官、大邑,身之所庇也,而使学者制焉,其为美锦不亦多乎?侨闻学而后入政,未闻以学者也。'"郑国大夫子皮想让自己的小臣尹何,担任私有领地的邑大夫,受到了子产的反对。

【例句】唐李白《赠徐安宜》:"制锦不择地,操刀良在兹。"五代谭用之《寄岐山林…》:"岐山高与陇山连,制锦无私服晏眠。"宋区仕衡《过金坛…》:"制锦谁能似,鸣琴尔自闲。"宋王炎《陈宰生日》:"三年妙手巧制锦,藉甚治声闻九重。"

质子寄书 zhì zǐ jì shū

【分类】文化

【关键词】藤江伯

【释义】咏藤之典。《太平御览》引《始兴记》:"晋中朝有质子将归。忽有人寄其书,告曰:'吾家在观亭庙,石间有悬藤,君担藤,家人必自出。'归者如言,果有二人出水取书,并曰:'江伯令君前。'入水,见屋舍甚丽。今俗咸言观亭有江伯神也。"

【例句】唐李峤《藤》:"神农尝药罢,质子寄书来。"

1123

炙背　zhì bèi
【分类】生活
【关键词】列子
【释义】晒脊背。传说古代田夫欲将此法献给天子以求赏赐。为咏田农之乐或献芹之诚。《列子·杨朱》："昔者宋国有田夫，常衣缊黂，仅以过冬。暨春东作，自曝于日，不知天下之有广厦隩室，绵纩狐貉。顾谓其妻曰：'负日之暄，人莫知者；以献吾君，将有重赏。'"
【例句】唐杜甫《赤甲》："炙背可以献天子，美芹由来知野人。"唐白居易《喜晴联句》："散蹄良马稳，炙背野人宜。"唐贾岛《赠温观主》："弊庐道室虽邻近，自乐冬阳炙背闲。"唐韩偓《有感》："故老未曾忘炙背，何人终拟问苞茅。"

炙手可热　zhì shǒu kě rè
【分类】政治
【关键词】杜甫
【释义】手一靠近就感觉热，比喻权贵气焰之盛。唐杜甫《丽人行》："炙手可热势绝伦，慎莫近前丞相嗔。"《两京新记》："安乐公主，上之季妹也。附会韦氏，热可炙手，道路惧焉。"
【例句】唐白居易《放言》："昨日屋头堪炙手，今朝门外好张罗。"唐崔颢《长安道》："莫言炙手手可热，须臾火尽灰亦灭。"五代蒋贻恭《五门街望…》："我皇开国十余年，一辈超升炙手欢。"宋黄庭坚《赠赵言》："有手莫炙权门火，有口莫辩荆山玉。"

治境无虎　zhì jìng wú hǔ
【分类】政治
【关键词】宋均
【释义】称誉地方官吏政绩优良。源见"渡虎"。
【例句】唐岑参《送颜平原》："易俗去猛虎，化人似驯鸥。"宋黄庭坚《廖袁州次…》："传闻治境无虓虎，更道丰年鸣白鼍。"元贝琼《耕乐吟》："岁祈五风十日雨，上无飞蝗下无虎。"明金湜《寄大嵩旧游》："行尽青山无虎迹，望穷沧海息鲸波。"

致身　zhì shēn
【分类】政治
【关键词】论语
【释义】原谓献身，后用作出仕之典。《论语·学而》："事父母能竭其力，事君能致其身，与朋友交而有信。"
【例句】唐王维《留别山中…》："宿昔同游止，致身云霞末。"唐杜甫《乾元中寓…》："长安卿相多少年，富贵应须致身早。"唐杨巨源《寄申州卢…》："领郡仍闻总虎貔，致身还是见男儿。"聂绀弩《挽某书家…》："明时好致身，忽惊八十死。"

致师　zhì shī
【分类】政治
【关键词】周礼
【释义】意谓挑战。《周礼·夏官·环人》："环人，掌致师。"汉郑玄注："致师者，致其必战之志。古者将战，先使勇力之士犯敌焉。"
【例句】宋郑獬《戏酬正夫》："如何韬伏不自发，欲用古术先致师。"宋苏轼《景贶、履…》："袖手莫轻真将种，致师须得老门生。"宋仲并《钱检法及…》："枯棋屡置勇，佳篇仍致师。"宋杨万里《和祝汝玉…》："摩垒致师仰余勇，政惭连叔答肩吾。"

致书邮　zhì shū yóu
【分类】生活
【关键词】殷羡
【释义】喻指邮差。《世说新语·任诞》："殷洪乔（羡）作豫章郡，临去，都下人因附百许函书，既至石头（今南昌北），悉掷水中，因祝曰：'沉者自沉，浮者自浮，殷洪乔不能做致书邮。'"
【例句】唐杜甫《晚秋长沙…》："甘从投辖饮，肯作致书邮。"宋黄庭坚《送晁道夫…》："革囊走官邮，寄书还相存。"宋王之道《秋日书怀》："一别成均十九秋，断肠千里致书邮。"宋王之道《次韵因上…》："相从聊罢致书邮，情寄诗简早晚休。"

掷地金声　zhì dì jīn shēng
【分类】文化
【关键词】孙绰
【释义】喻文辞优美。源见"金石声"。
【例句】唐卢纶《酬崔侍御…》："掷地金声信有之，莹然冰玉见清词。"唐刘长卿《落第赠杨…》："掷地金声著，从军宝剑雄。"唐羊士谔《郡中玩月》："兹夕披云望，还吟掷地篇。"宋刘弇《送友人赴省》："好将掷地金声赋，夺取前春榜上名。"宋王十朋《望天台赤…》："挥毫欲续孙公赋，愧无掷地金声才。"

掷三钱　zhì sān qián
【分类】政治
【关键词】项仲山
【释义】咏廉洁之典，也用以讥讽迂腐。《太平御览》引《三辅决录》："安陵清者，有项仲山饮马渭水，曰与三钱以偿之。"项仲山品行廉洁，不愿苟取。
【例句】唐骆宾王《海曲书情》："江清让双璧，渭水掷三钱。"宋王之望《和姚今威…》："东风为买春光住，柳撒黄金榆掷钱。"宋徐积《荷花》："巫峡已曾客梦，西施何处掷金钱。"明彭孙贻《丙戌元旦》："题门乱雀辞来客，掷卦三钱小远人。"

掷瓦　zhì wǎ
【分类】生态
【关键词】张载
【释义】咏丑男子之典。《晋书·潘岳传》："张载（字孟阳）甚丑，每行，小儿以瓦石掷之，委顿而反。"

【例句】唐寒山《诗三百》：" 弄璋字乌䴔，掷瓦名媪妠。"唐李瀚《蒙求》："孟阳掷瓦，贾氏如皋。"宋张耒《和大雪折木》："披檐掷瓦事未测，起坐明灯彻其栔。"明陈子升《白发》："道逢掷瓦石，何独张与左。"清查慎行《丙申二月…》："好笑纤儿群掷瓦，不闻古井复生澜。"

智囊 zhì náng
【分类】政治
【关键词】晁错
【释义】指足智多谋的人。《史记·晁错传》："孝文帝时，天下无治尚书者，独闻济南伏生故秦博士，治尚书，年九十余，老不可征。太常遣错往受尚书伏生所…以其辩得幸太子，太子家号曰智囊。"
【例句】唐元稹《答姨兄胡…》："智囊推有在，勇goods敢徒争。"唐羊士谔《郡斋读经》："解空囊不智，灭景谷何愚。"宋邓忠臣《曹子方用…》："晁令知从博士迁，智囊不厌传经苦。"宋苏籀《古语》："蘡楼匪意称居士，馈橐谁家号智囊。"

智琼 zhì qióng
【分类】文化
【关键词】智琼
【释义】泛指仙女。《艺文类聚》引《搜神记》："济北弦超，嘉平中，夜梦神女从之，自称天上玉女，东郡人，姓成公，字智琼。早失母，天帝哀其孤苦，令得下嫁从夫，当其梦也…遂为夫妇。"
【例句】唐刘禹锡《夔州窦…》："寂寞鱼山青草里，何人更立智琼祠。"唐刘禹锡《历阳书事…》："谑浪容优孟，娇怜许智琼。"宋杨无咎《木樨》："智琼娇额涂黄，为谁更作秋风蕊。"宋魏了翁《李参政折…》："额黄十二谁分似，疑是仙人成智琼。"

置醴 zhì lǐ
【分类】政治
【关键词】刘交穆生
【释义】喻崇道尊贤。西汉楚元王刘交敬礼申公、白生、穆生等。穆生不嗜酒，每有宴集，楚元王皆特为穆生置醴。醴，甜酒。《汉书·楚元王刘交》："楚元王交字游，高祖同父少弟也。好书，多材艺。"
【例句】唐宋之问《梁宣王挽词》："今日衣冠送，空伤置醴人。"唐杜甫《壮游》："曳裾置醴地，奏赋入明光。"唐杜甫《赠太子师…》："晚年务置醴，门引申白宾。"唐元稹《送东川马…》："饯筵君置醴，随俗我铺糟。"

雉飞 zhì fēi
【分类】生活
【关键词】犊牧子
【释义】古琴曲名。用以咏叹无妻室或不偕之典。《古今注·音乐》："《雉朝飞》者，犊牧子所作也。齐处士，泯、宣时人，年五十而无妻，出薪于野，见雉雄雌相随而飞，意动心悲，乃作《雉朝飞》之操以自伤焉。"

【例句】唐鲍溶《寄归》："更看出猎相思苦，不射秋田朝雉飞。"唐刘禹锡《荆门道怀古》："马嘶古道行人歇，麦秀空城野雉飞。"唐杜牧《商山麻涧》："雉飞鹿过芳草远，牛巷鸡埘春日斜。"宋文同《早晴至报…》："烟开远水双鸥落，日照高林一雉飞。"

雉雊 zhì gòu
【分类】生活
【关键词】礼记
【释义】雉鸣叫。《礼记·月令》："（季冬之月）雁北乡，鹊始巢，雉雊，鸡乳。"郑玄注："雊，雉鸣也。"后也以雉雊为变异之兆。
【例句】唐王维《渭川田家》："雉雊麦苗秀，蚕眠桑叶稀。"唐李端《归山招王逵》："雉雊麦苗阴，蝶飞溪草晚。"唐朱庆馀《送元处士…》："空山雉雊禾苗短，野径风来竹气清。"宋刘敞《春日楼上》："麦秀闻雉雊，鹳鸣知雨来。"

雉门车 zhì mén chē
【分类】文化
【关键词】萧芝
【释义】喻指郎官之车。源见"萧芝雉随"。
【例句】唐苏味道《使岭南闻…》："冠去神羊影，车迎瑞雉群。"唐杨巨源《送殷员外…》："努力黄云北，仙曹有雉车。"唐钱起《江宁夜ября…》："主人熊轼任，归客雉门车。"宋杨亿《水部何郎…》："出守新恩龟顾印，趋朝旧路雉随车。"

雉尾 zhì wěi
【分类】文化
【关键词】古今注
【释义】雉尾扇，古仪仗所用的一种障扇。《古今注·舆服》："雉尾扇，起于殷世。高宗时有雊雉之祥，服章多用翟羽。"
【例句】唐元稹《酬孝甫见…》："雉尾扇开朝日出，柘黄衫对碧霄垂。"唐杜甫《秋兴》："云移雉尾开宫扇，日绕龙鳞识圣颜。"唐韩愈《奉和库部…》："金炉香动螭头暗，玉佩声来雉尾高。"唐李德裕《离平泉马…》："文帝宠深陪雉尾，武皇恩厚宴龙津。"

稚恭乘骑 zhì gōng chéng qí
【分类】生态
【关键词】庾翼
【释义】咏欲献技而反出丑之典。《世说新语·雅量》："阮语女：'闻庾郎能骑，我何由得见！'妇告翼，翼便为之道开卤薄盘马，始两转，坠马堕地，意色自若。"东晋将军庾翼（字稚恭）在妻子和岳母面前一展骑技，不料一时疏忽而落马。
【例句】唐李商隐《垂柳》："栉洗凭张敞，乘骑笑稚恭。"清江之纪《庾楼夜饱》："仲谋公瑾俱黄土，何况元规与稚恭。"

中孚 zhōng fú
【分类】政治

【关键词】周易

【释义】谓诚信无伪。比喻恩泽下施。《周易注疏·中孚》："象曰：泽上有风，中孚。君子以议狱缓死。"中孚：卦名。中：通忠、诚。孚：信。狱：案。指君子观察、审议百姓的案情，并设法延缓其死刑，以便普施德教。

【例句】唐钱起《寄任山人》："独抱中孚爻，谁知苦寒咏。"唐权德舆《卦名诗》："中孚谅可乐，书此示家人。"唐卢仝《观放鱼歌》："礼重一草木，易卦称中孚。"宋曾丰《挽饶伯余…》："大本中孚卦，繁文内则篇。"宋牟巘《和张教雨诗》："微酒人皆忧未济，积诚我自愧中孚。"

中酒　zhōng jiǔ

【分类】生活

【关键词】樊哙

【释义】中酒，饮酒半酣时。《汉书·樊哙传》："项羽既飨军士，中酒，亚父谋欲杀沛公。"唐颜师古注："饮酒之中也。不醉不醒，故谓之中。"

【例句】前蜀韦庄《晏起》："迩来中酒起常迟，卧看南山改旧诗。"唐杜牧《睦州四韵》："残春杜陵客，中酒落花前。"唐岑参《与独孤渐…》："中酒朝眠日色高，弹棋夜半灯花落。"唐方干《送王霖赴举》："北阙上书冲雪早，西陵中酒趁潮迟。"

中军　zhōng jūn

【分类】政治

【关键词】左传

【释义】古代行军作战分左、中、右三军，由主将所在的中军发号施令。也代指主将或指挥部。《左传·桓公五年》："王为中军；虢公林父将右军，蔡人、卫人属焉；周公黑肩将左军，陈人属焉。"

【例句】唐裴澥《奉和御…》："中军才发律，妖寇已亡精。"唐席豫《奉和圣制…》："中军仍执政，丞相复巡边。"唐朱庆馀《送盛长史》："职处中军要，官兼上佐荣。"宋王十朋《再酬元章》："手握管城言不尽，诗坛谁复将中军。"

中郎作赋　zhōng láng zuò fù

【分类】文化

【关键词】潘岳

【释义】形容文士创作之典。《昭明文选·晋潘岳〈秋兴赋序〉》："余春秋三十有二，始见二毛，以太尉掾兼虎贲中郎将，寓直于散骑之省。"晋潘岳字安仁，曾任虎贲中郎将。善词赋，著名者有《西征赋》《秋兴赋》《籍田赋》《怀旧赋》《射雉赋》等。

【例句】唐李峤《雉》："童子怀仁至，中郎作赋成。"宋宋祁《早秋》："西风万里吹斑鬓，可待中郎丽赋成。"宋卫博《过江上》："但逢司马心相许，便拟中郎赋远游。"明胡应麟《送王先辈…》："游吴卫玠名偏重，入越中郎赋已传。"

中流砥柱　zhōng liú dǐ zhù

【分类】政治

【关键词】晏子春秋

【释义】砥柱山，在三门峡附近的黄河中流。常用以比喻能担当重任、支撑危局的个人或集团。《晏子春秋·内篇谏下》："古冶子曰：'吾尝从君济于河，鼋衔左骖，以入砥柱之中流…顺流九里，得鼋而杀之。'"

【例句】唐曹邺《东洲》："万顷颓波分泻去，一洲千古砥中流。"唐谢邈《移松》："河出昆仑派九州，屹然砥柱立中流。"宋郑刚中《拟州学横…》："太华带雪千丈寒，砥柱中流万夫愕。"宋王迈《又九月朔…》："不缘打破工夫到，那得中流砥柱平。"

中男　zhōng nán

【分类】生活

【关键词】旧唐书

【释义】《旧唐书·食货志》载天保三年制：民十八以上为中男，二十二以上为丁。

【例句】唐杜甫《新安吏》："府帖昨夜下，次选中男行。"宋马廷鸾《屺瞻拜墓》："青山慈母已黄壤，绿鬓中男余白颠。"宋马廷鸾《过屺瞻墓》："白发苍颜六十三，年年拜母忆中男。"元柳贯《洪州歌》："中男十五学棹讴，大男前年能竞舟。"

中气　zhōng qì

【分类】生活

【关键词】逸周书

【释义】古代历法以太阳历二十四气配阴历十二月，阴历每月二气：在月初的叫节气，在月中以后的叫中气。也称中和之气。《逸周书·周月》："闰无中气，斗指两辰之间。"

【例句】唐白居易《酬牛相公…》："七月中气后，金与火交争。"唐皎然《答郑方回》："高秋日月清，中气天地正。"宋刘著《次韵彦高…》："土圭测中气，尝问先儒说。"清吴景中《祝握卿陈…》："四序孟秋逢月庆，三元中气蕴天真。"

中散论　zhōng sàn lùn

【分类】生活

【关键词】嵇康

【释义】喻指养生益寿之典。嵇康曾任中散大夫。著《养生论》，论述服食养生益寿延年的道理。《晋书·嵇康传》："以为神仙禀之自然，非积学所得，至于导养得理，则安期、彭祖之伦可及，乃著《养生论》。"

【例句】唐高适《酬裴员外…》："卧看中散论，愁忆太常斋。"宋程俱《故人张达…》："何须养生论，药石问中散。"宋孙应时《和答赵生…》："养生谁学嵇中散，避谤吾非陆敬舆。"明刘璟《挥弦送鸿图》："中散不偶世，养生以餐霞。"

中散琴　zhōng sàn qín

【分类】生活

【关键词】嵇康

【释义】咏琴心琴趣之典。《晋书·嵇康列传》："嵇康字叔夜…与魏宗室婚，拜中散大夫。常修养性服食之事，弹琴咏诗，自足于怀。"

【例句】唐李颀《题少府监…》："窗外王孙草，床头中散琴。"

唐许浑《出永通门…》：“中散狱成琴自怨,步兵厨废酒犹香。”唐张昌宗《奉和圣制…》：“叔夜弹琴歌白雪,孙登长啸韵清风。”唐司马逸客《雅琴篇》：“将军塞外多奇操,中散林间有正声。”

中散诗 zhōng sàn shī
【分类】文化
【关键词】嵇康
【释义】晋中散嵇康所作诗。喻指峻切、讦直的孤高诗作。《诗品》："晋中散嵇康诗,颇似魏文,过为峻切,讦直露才,伤渊雅之致。然托谕清远,良有鉴裁,亦未失高流矣。"
【例句】唐司空曙《送曹同椅》："中散诗传画,将军扇续书。"唐白居易《诗酒琴人…》："中散步兵终不贵,孟郊张籍过于贫。"宋苏轼《圆通禅院…》："何人更识嵇中散,野鹤昂藏未是仙。"宋吕本中《再和兼寄…》："宁知懒过嵇中散,亦有诗如谢法曹。"

中散虱 zhōng sàn shī
【分类】文化
【关键词】嵇康
【释义】咏赋性疏狂懒散之典。《昭明文选·三国魏嵇康〈与山巨源绝交书〉》："有必不堪者七,甚不可者二…危坐一时,痹不得摇,性复多虱,把搔无已,而当裹以章服,揖拜上官。三不堪也。"
【例句】唐柳宗元《同刘二十…》："东门牛屡饭,中散虱空爬。"宋晁说之《途中》："无奈征衣中散虱,可堪行道庶人风。"金王寂《咏虱》："裹章想倦嵇中散,披褐幸容秦武侯。"元郑元祐《送嵇洞玄…》："初平羊已化,中散虱空爬。"

中山沉醉 zhōng shān chén zuì
【分类】生活
【关键词】刘玄石
【释义】形容美酒浓烈,饮之久醉不醒。多寓避俗远世之意。源见"中山千日酒"。
【例句】唐张昌宗《少年行》："三春小苑游,千日中山醉。"唐白居易《和春深》："中山一沉醉,千度日西斜。"唐赵嘏《赠曹处士…》："中山暂醉一千日,南苑往来三百年。"唐释延寿《山居诗》："中山漫醉千壶酒,易水徒悲一曲歌。"宋王中《干戈》："安得中山千日酒,酩然直到太平时。"

中山毫 zhōng shān háo
【分类】文化
【关键词】懒真子
【释义】用中山兔毛所制的笔。常用为名笔的代称。《懒真子》："退之以毛颖为中山人者,盖出于右军《笔经》云：'唯赵国毫中用。'盖赵国平原广泽,无杂木,唯有细草,是以兔肥,肥则毫长而锐,此良笔也。"
【例句】唐李白《殷十一赠…》："洒染中山毫,光映吴门练。"宋梅尧臣《依韵和石…》："江南飞鼠拔长尾,劲健颇胜中山毫。"宋李纲《赵叔傅运…》："草枯霜落秋风高,中山之兔初长毫。"宋王十朋《知宗即席…》："毫秃中山砚涤端,社中诗令不容宽。"

中山千日醉 zhōng shān qiān rì zuì
【分类】生活
【关键词】刘玄石
【释义】咏饮酒之典。《太平御览》引《博物志》："刘玄石曾于中山酒家沽酒,酒家与千日酒饮之。至家大醉,其家不知,以为死,葬之。后酒家计向千日,往视之,云已葬。于是开棺,醉始醒。"
【例句】唐王绩《尝春酒》："但令千日醉,何惜两三春。"唐刘希夷《故园置酒》："愿逢千日醉,得缓百年忧。"唐韩偓《江岸闲步》："青布旗夸千日酒,白头浪吼半江风。"唐杜甫《垂白》："甘从千日醉,未许七哀诗。"

中圣人 zhōng shèng rén
【分类】生活
【关键词】徐邈
【释义】意谓饮清酒而醉。《三国志·徐邈传》："时科禁酒,邈私饮,至于沉醉,校事赵达问以曹事,邈曰：'中圣人。'达白之太祖,太祖甚怒。度辽将军鲜于辅进曰：'平日醉客谓酒清者为圣人,浊者为贤人。邈性修慎,偶醉言耳。'竟幸坐得免刑。"
【例句】唐元稹《寄吴士矩》："平生中圣人,翻然腐肠贼。"唐李商隐《戏题枢言…》："君言中圣人,坐卧莫我违。"唐陆龟蒙《酒樽》："尝作酒家语,自言中圣人。"宋苏轼《徐元用使…》："爱此小天竺,时来中圣人。"

中书君 zhōng shū jūn
【分类】文化
【关键词】韩愈
【释义】毛笔的代称。唐韩愈《毛颖传》："上嘻笑曰：中书君老而秃,不任吾用。吾尝谓中书君,君今不中书耶？"《毛颖传》是一篇寓言,毛颖实指毛笔。文中说它被封为中书君。
【例句】宋苏轼《自笑》："多谢中书君,伴我此幽栖。"宋孔平仲《和子瞻西…》："他日如封管城子,莫嫌老秃不中书。"宋汪藻《新安石砚》："中书君老不任事,蛛网陶泓空俗骨。"聂绀弩《悠然六十》："中书君倘尚中书,不是遂初也遂初。"

中台 zhōng tái
【分类】政治
【关键词】旧唐书
【释义】即尚书省。《旧唐书·职官志一·序言》："龙朔二年二月甲子,改百司及官名。改尚书省为中台。"
【例句】唐苏颋《赠彭州权…》："只道歌谣迎半刺,徒闻礼数揖中台。"唐崔湜《送梁王…》："梁侯上卿秀,王子中台杰。"唐白居易《令狐相公…》："车骑新从梁苑回,履声佩响入中台。"唐孙逖《送赵大夫…》："外域分都护,中台命职方。"

中土　zhōng tǔ
【分类】政治
【关键词】西域传
【释义】指中原,中国。《后汉书·西域传》:"其国则殷乎中土。"
【例句】唐孙逖《淮阴夜宿》:"宿莽非中土,鲈鱼岂我乡。"唐殷济《忆北府弟妹》:"艰难少有安中土,经乱多从胡虏乡。"唐罗隐《酬丘光庭》:"自从黄寇扰中土,人心波荡犹未回。"聂绀弩《伐木赠李…》:"草木深山谁赏美,栋梁中土岂嫌多?"

中兴碑　zhōng xīng bēi
【分类】文化
【关键词】元结
【释义】即《大唐中兴颂》石碑。位于湖南祁阳浯溪摩崖石刻。唐诗人元结撰文、书法家颜真卿大字正书。唐元结《大唐中兴颂》:"天宝十四载,安禄山陷洛阳…可磨可镌,刊此颂焉,何千万年!"
【例句】唐司空图《漫题》:"词臣更有中兴颂,磨取莲峰便作碑。"宋王炎《酬俞子清》:"追忆旧游如昨日,舣舟细看中兴碑。"宋钱和《浯溪》:"唐室中兴颂德碑,元颜文字孰宜为。"宋王庭珪《贺郡守生辰》:"拟将间气为公寿,编入中兴颂太平。"

中夜　zhōng yè
【分类】生活
【关键词】尚书
【释义】半夜。《尚书·冏命》:"怵惕惟厉,中夜以兴,思免厥愆。"汉孔安国《传》:"言常悚惧惟危,夜半以起。"
【例句】唐刘方平《栖乌曲》:"门前月色映横塘,感郎中夜渡潇湘。"唐崔融《拟古》:"凤龄负奇志,中夜三叹息。"唐马戴《早发故园》:"语别在中夜,登车离故乡。"唐杜甫《乾元中寓…》:"我生何为在穷谷?中夜起坐万感集。"

中隐　zhōng yǐn
【分类】政治
【关键词】白居易
【释义】指闲官。唐白居易《中隐》:"大隐住朝市,小隐入丘樊…不如作中隐,隐在留司官。"
【例句】宋周必大《次七兄韵…》:"市朝间阔聊中隐,山隰横陈岂子都。"宋李之仪《吴思复相…》:"求田聊复同中隐,玩世宁嫌澣下交。"宋苏轼《六月二十…》:"未成小隐聊中隐,可得长闲胜暂闲。"金赵元《学稼》:"食禄已惭中隐吏,垦山聊作下农夫。"

中庸　zhōng yōng
【分类】政治
【关键词】论语
【释义】指不偏不倚,折中调和的处世态度。《论语·庸也》:"中庸之为德也,其至矣乎。"《后汉书·胡广》:"胡广字伯始…安帝以广为天下第一。旬月拜尚书郎…故京师谚曰:'万事不理问伯始,天下中庸有胡公。'"唐李贤注:"庸,常也。中和可常行之德也。"
【例句】唐权德舆《书绅诗》:"先师留中庸,可以导此生。"唐贾岛《和孟逸人…》:"四气相陶铸,中庸道岂销。"五代徐钧《胡广》:"真是乡原为德贼,如何至德比中庸。"宋王遂《读党锢传》:"须知明哲异自身,错认中庸误杀人。"

中庸胡公　zhōng yōng hú gōng
【分类】政治
【关键词】论语
【释义】喻称官吏办事谨慎,老成练达。源见"中庸"。
【例句】宋甄良友《水调歌头》:"君子中庸也,天下有胡公。"宋赵蕃《寄胡达孝》:"中庸有胡公,千骑乃安丰。"宋蔡戡《胡长文给…》:"中庸天下有胡公,儒者端宜作事中。"宋蔡戡《挽胡通判》:"胡公家学本中庸,挺挺云来有祖风。"

中州　zhōng zhōu
【分类】政治
【关键词】论衡
【释义】古豫州(今河南省一带)地处九州之中,称为中州。代指中原地区。《论衡·对作》:"建初孟年,中州颇歉,颍川汝南民流四散。"
【例句】唐卢照邻《失群雁》:"先过上苑传书信,暂到中州戏稻粱。"唐储光羲《陆著作挽歌》:"英英有君子,才德满中州。"唐张籍《洛阳行》:"洛阳宫阙当中州,城上峨峨十二楼。"唐吴融《金陵怀古》:"玉树声沉战舰收,万家冠盖入中州。"

忠献　zhōng xiàn
【分类】政治
【关键词】韩琦
【释义】指北宋宰相、词人韩琦。辅佐三朝,朝迁清明,天下乐业。谥号忠献。《三朝名臣言行录·丞相魏国韩忠献王》:"公奏曰:'陛下久不视朝,中外忧惧,宜早建太子,以安众心。'上颔之。公请上亲笔指挥。上乃批曰:'立太子为皇太子'…由是国本定矣。"
【例句】宋文彦博《尚书令魏…》:"圣贤自昔推同德,忠献于今重易名。"宋吕陶《上韩端明》:"乖崖施远略,忠献绍前良。"宋王十朋《新第先归…》:"一杯忠献堂中酒,名节相期要不磨。"宋刘过《代欧阳丞…》:"玉立堂堂社稷臣,人言忠献是前身。"

终贾　zhōng jiǎ
【分类】政治
【关键词】终军贾谊
【释义】汉终军和贾谊的并称。两人皆早成,后喻指年少有才的人。《后汉书胡广传》:"终贾扬声,亦在弱冠。"
【例句】唐赵志集《奉酬刘长史》:"宁止冠扬班,方见超终贾。"宋司马光《自嘲》:"英名愧终贾,高节谢巢由。"宋司马光《致政王侍…》：" 弱冠献奇策，居然终贾才。"宋宋庠《和答吴充…》：" 盛藻班蔡流，芳年终贾徒。"

终南捷径　zhōng nán jié jìng
【分类】政治
【关键词】卢藏用
【释义】指隐居沽名而求做官，或喻投机取巧的便捷途径。《大唐新语·隐逸》：" 卢藏用始隐于终南山中，中宗朝至居要职。有道士司马承祯者，睿宗迎至京，将还，藏用指终南山谓之曰：'此中大有佳处，何必在远！'承祯徐答曰：'此仆所观，乃仕宦捷径耳。'藏用有惭色。"
【例句】宋范成大《逍遥席上…》：" 谁怜蛮府清池句，不着南山捷径鞭。"宋晁补之《复用前韵…》：" 从今识路窘捷径，求我莫傍终南山。"宋杨时《迁疏堂》：" 终南有捷径，屈蠖终当伸。"宋毛滂《去国》：" 不作层山惭捷径，强须了事学痴儿。"宋陶弼《容管》：" 佛记卢藏用，仙坛葛稚川。"宋白玉蟾《赠卢隐居》：" 不须求仕如藏用，且自烹茶学玉川。"

终焉志　zhōng yān zhì
【分类】政治
【关键词】王羲之
【释义】弃官隐居，在此安身终老一生之语。《晋书·王羲之传》：" 羲之雅好服食养性，不乐在京师，初渡浙江，便有终焉之志。"
【例句】唐孟浩然《陪张丞相…》：" 欲就终焉志，恭闻智者名。"唐司空图《杂题》：" 亦有终焉意，陂南看稻苗。"唐杜甫《回棹》：" 灌园曾取适，游寺可终焉。"宋吴芾《余既和乐…》：" 愿天许遂终焉志，养此疏慵老大身。"

钟大理　zhōng dà lǐ
【分类】生活
【关键词】钟繇
【释义】称美书法家或法官之典。《三国志·钟繇传》：" 魏国初建，为大理，迁相国…文帝继王位，复为大理。"
【例句】唐韩翃《送夏侯侍郎》：" 翰墨已齐钟大理，风流好继谢宣城。"唐韩翃《送卢大理…》：" 上客钟大理，主人陶武威。"

钟梵　zhōng fàn
【分类】文化
【关键词】佛
【释义】寺院的钟声和诵经声。唐陈子昂《同王员外雨后登开元寺南楼因酬晖上人独坐山亭有赠》：" 钟梵经行罢，香林坐入禅。"
【例句】唐孙逖《立秋日题…》：" 更闻金刹下，钟梵晚萧萧。"唐陶翰《宿天竺寺》：" 夜来猿鸟静，钟梵响云中。"唐耿湋《宿万固寺…》：" 钟梵已休初入定，有无皆离本难名。"唐刘沧《宿题金山寺》：" 萧疏水木清钟梵，颢气寒光动石池。"

钟阜蓼　zhōng fù liǎo
【分类】政治

【关键词】勾践
【释义】即越王蓼。为励志复仇之典。钟阜：指钟山、阜山，地在今南京市。属越国。蓼：草本植物，叶味辛辣。源见" 抱冰"。
【例句】唐吴融《和睦州卢…》：" 好移钟阜蓼，莫种首阳薇。"五代和凝《临江仙》：" 含情遥指碧波东，越王台殿蓼花红。"

钟可刜　zhōng kě fú
【分类】文化
【关键词】剑
【释义】称美宝剑锋利之典。《说苑·杂言》：" 西间过曰：'…干将镆铘，拂钟不铮，试物不知，扬刃离金、斩羽契铁斧，此主利也；然以之补履，曾不如两钱之锥。'"传说宝剑干将镆铘，用以砍钟，一点音响也没有。
【例句】唐白居易《鸦九剑》：" 君勿矜我玉可切，君勿夸我钟可刜。"

钟馗　zhōng kuí
【分类】文化
【关键词】钟馗
【释义】中国民间传说中能打鬼驱除邪祟的神。宋沈括《梦溪笔谈》载：相传唐明皇时梦见一大鬼捉一小鬼啖之。上问之，自称钟馗，生前因应武举未中，死后决心消灭天下妖孽。明皇醒后，命画工吴道子绘成图像。此后，钟馗作为捉鬼之神的地位就逐渐确立。另最初的钟馗，是一避邪物——椎，古人读成终葵。
【例句】唐李宣古《咏崔云娘》：" 不须当户立，头上有钟馗。"宋苏辙《题旧钟馗》：" 济南书记今白须，岁岁钟馗旧绿襦。"宋陆游《岁首书事》：" 中夕祭余分馎饦，黎明人起换钟馗。"聂绀弩《题朱正作…》：" 八大山人一张纸，飞橡醺海画钟馗。"

钟离权　zhōng lí quán
【分类】文化
【关键词】汉钟离
【释义】又称汉钟离，八仙之一。为咏道士之典。《蒙斋笔谈》：" 世传神仙吕洞宾，名岩，洞宾其字也。唐吕渭之后，五代间，从钟离权得道。权汉人，不老，自本朝以来，与权更出没人间，权不甚多，而洞宾踪迹数见。"
【例句】唐杜甫《元日寄韦…》：" 近闻韦氏妹，迎在汉钟离。"唐杜甫《乾元中寓…》：" 有妹有妹在钟离，良人早殁诸孤痴。"唐吕岩《得火龙真…》：" 昨夜钟离传一语，六天宫殿欲成尘。"宋白玉蟾《胡子赢庵》：" 昨夜钟离传好语，教吾且作地行仙。"

钟离委珠　zhōng lí wěi zhū
【分类】政治
【关键词】钟离意
【释义】咏官吏廉正之典。《后汉书·钟离意传》：" 钟离意字子阿…显宗即位(汉明帝)，征为尚书。时交阯太守张恢,坐臧千金,征还伏法,以资物簿入大司农,诏班赐群臣。意得珠玑,悉以委地而不拜赐。"

【例句】宋蒲寿宬《汉堂邑令…》:"吾爱钟离意,锦制与人异。"宋韦骧《福州古田…》:"偶观却忆钟离意,委地当时事独清。"清宋湘《钟离意》:"珠玑委地识臣清,夫子堂前划草情。"

钟李　zhōng lǐ
【分类】生活
【关键词】钟瑾李膺
【释义】咏表兄弟之典。《后汉书·钟皓传》:"皓兄子瑾母,膺之姑也。瑾好学慕古,有退让风,与膺同年,俱有声名。膺祖太尉修…复以膺妹妻之。"东汉钟瑾与李膺二人是姑表兄弟,并有令名。
【例句】唐杜牧《寄内兄和…》:"恩义同钟李,埙篪实弟兄。"清黄承吉《为汪孟慈…》:"当君好在未没时,已播江焦及钟李。"

钟吕① zhōng lǚ
【分类】生活
【关键词】诗经
【释义】指乐律,声律。借指乐钟。《诗经·周南·麟之趾》:"麟之角,振振公族,于嗟麟兮。"唐孔颖达疏引三国吴陆玑曰:"麟麕,身牛,尾马,足黄色,员蹄,一角,角端有肉。音中钟吕,行中规矩。"
【例句】唐李峤《麟》:"奇音中钟吕,成角喻英才。"宋曹勋《和丹客林公》:"但传钟吕有妙旨,著在诗曲成华编。"宋戴复古《祝二严》:"我自得二严,牛铎谐钟吕。"宋姚勉《丁巳春言…》:"剥书得诗意雄杰,钟吕惊闻筝笛耳。"

钟吕② zhōng lǚ
【分类】文化
【关键词】蒙斋笔谈
【释义】钟离权、吕洞宾的并称。《蒙斋笔谈》:"洞宾,吕谓之后。五代间,从钟离权得道。权,汉人,不老。自本朝以来,与权出没人间。"
【例句】宋曹勋《和丹客林公》:"但传钟吕有妙旨,著在诗曲成华编。"宋陆游《闲居》:"欲寻钟吕去,世外说从容。"宋郑思肖《钟吕传道图》:"钟吕喃喃手指空,应谈玄牝妙无穷。"宋王迈《送朱典卿…》:"天庠晚乃得朱君,钟吕一鸣康瓠弃。"

钟山鹄　zhōng shān hú
【分类】政治
【关键词】山海经
【释义】咏世间战乱、灾荒之典。《山海经·西山经》:"帝乃戮之钟山之东曰𬉼崖,钦𬘭化为大鹗,其状如雕,而黑文白首,赤喙而虎爪,其音如晨鹄,见则有大兵;鼓亦化为𬸚鸟,其状如鸱,赤足而直喙,黄文而白首,其音如鹄,见则其邑大旱。"古神话,西北有钟山,黄帝曾杀钦𬘭与鼓,化为鹗与𬸚鸟。

【例句】唐吴融《绵竹山…》:"但乐濠梁鱼,岂怨钟山鹄。"

钟太尉　zhōng tài wèi
【分类】生活
【关键词】钟繇
【释义】称誉人善长书法之典。《三国志·钟繇传》:"钟繇字元常。""及(文帝)践阼,改为廷尉,进封崇高乡侯。迁太尉,转封平阳乡侯。"
【例句】唐李颀《同张员外…》:"清言只到卫家儿,用笔能夸钟太尉。"唐韩翃《送王诞渤…》:"喜见明时钟太尉,功名一似旧淮阴。"

钟王　zhōng wáng
【分类】生活
【关键词】王羲之
【释义】指钟繇和王羲之,他们树立了楷书行书草书美的典范,后世皆以钟王为宗法。《晋书·王羲之列传》:"制曰:书契之兴,肇乎中古,绳文鸟迹,不可足观;逮乎钟王以降,略可言焉。钟虽擅美一时,亦为迥绝,论其尽善,或有所疑。"
【例句】唐皎然《张伯高》:"先贤草律我草狂,风云阵发愁钟王。"唐冯少吉《山寺见杨…》:"少卿真迹满僧居,只恐钟王也不如。"宋林逋《集贤李建…》:"开元文字钟王笔,惆怅临风一烬灯。"宋梅尧臣《太师杜相…》:"苏李为奴令侍席,钟王北面使持毫。"

钟繇笔　zhōng yáo bǐ
【分类】生活
【关键词】钟繇
【释义】咏善长书法之典。《晋书·卫恒传》:"四体书势曰:…魏初有钟胡二家为行法,俱学之于刘德升,而钟氏小异,然亦各有巧,今大行于世也。"唐张怀瓘《书断》:"卫恒云:'昭与钟繇,并师于刘德升,俱善草行,而胡肥钟瘦,书牍之迹也。'"
【例句】唐贯休《送卢舍人…》:"既握钟繇笔,须调傅说羹。"明杨士奇《送蒋廷晖…》:"钟繇笔法传羲献,此是临池最上源。"明张弼《复邵文敬》:"钟由笔意入东坡,似觉绵多铁未多。"明彭孙贻《烈皇帝御…》:"钟繇笔诀世莫闻,墨宝相传今见君。"

钟张　zhōng zhāng
【分类】生活
【关键词】钟繇张芝
【释义】三国魏钟繇、东汉张芝的并称。二人皆以善书闻名。《自论书》:"寻诸旧书,惟钟张故为绝伦。其余为是小佳,不足在意。"
【例句】唐綦毋潜《送集贤学…》:"墨客钟张侣,材高吴越珍。"唐苏涣《赠零陵僧》:"回首遨余赋一章,欲令羡价齐钟张。"唐李都《戏答朝士》:"应笑钟张虚用力,却教羲献枉劳魂。"宋陈宓《开禧丙寅…》:"挥毫要使钟张避,出句应知屈宋衙。"

螽斯 zhōng sī
【分类】生活
【关键词】诗经
【释义】本为《诗经》篇名,为咏子孙众多之典。《诗经·周南·螽斯》:"螽斯羽,诜诜兮,宜尔子孙振振兮。"《序》:"《螽斯》,后妃子孙众多也。"螽斯:北方称其为蝈蝈。
【例句】唐李白《感时留别…》:"仙风生指树,大雅歌螽斯。"唐李群玉《哭小女痴儿》:"条蔓纵横输葛藟,子孙蕃育羡螽斯。"宋苏轼《答李邦直》:"闻子有贤妇,华堂咏《螽斯》。"宋陈普《中山靖王胜》:"樛木螽斯耳未闻,中山无屋贮儿孙。"

中风走 zhòng fēng zǒu
【分类】文化
【关键词】朱浮
【释义】咏狂奔乱走之典。《后汉书·朱浮传》:朱浮字叔元,为幽州牧,有《与彭宠书》,"方今天下适定,海内愿安,士无贤不肖,皆乐立名于世。而伯通独中风狂走,自捐盛时"。
【例句】唐杜甫《上水遣怀》:"穷迫挫囊怀,常如中风走。"明钱谦益《次韵酬德…》:"辟如中风走,暂息聊复厈。"清查慎行《大龙湾阻…》:"此时看客挂征帆,何异痴狂中风走。"清陈三立《鉴园酒坐…》:"谏草满血痕,成就中风走。"

中鹄 zhòng gǔ
【分类】政治
【关键词】礼记
【释义】咏科考中选之典。《礼记·射义》:"是故古者天子之制,诸侯岁献贡士于天子,天子试之于射宫,其容体比于礼,其节比于乐,而中多者,得与于祭…数有庆而益地,数有让而削地,故曰:射者,射为诸侯也。""故射者各射己之鹄。故天子之大射,谓之射侯。"
【例句】唐马戴《酬李景章…》:"金镝自宜先中鹄,铅刀甘且学雕虫。"唐李咸用《赠任肃》:"圣朝公道在,中鹄勿差池。"宋丘濬《寺中闻射》:"孤吟独坐情何限,时喜风传中鹄声。"宋释德洪《代人上李…》:"异能未中侯中鹄,佳气先浮盏面春。"

种树郭橐驼 zhòng shù guō tuó tuó
【分类】政治
【关键词】柳宗元
【释义】讽吏治繁政扰民之典。唐代柳宗元有寓言散文《种树郭橐驼传》。借种树之道,讽喻官吏繁政扰民的现象。
【例句】宋谢薖《种松》:"身非郭橐驼,学作种树翁。"宋辛弃疾《鹧鸪天》:"居山一似庾桑楚,种树真成郭橐驼。"宋刘克庄《记颜》:"昔似王洗马,今成郭橐驼。"宋方岳《泊龙湾》:"筹边事付韩擒虎,种树书传郭橐驼。"聂绀弩《风怀》:"胸中自有相思树,不假名园郭橐驼。"

种瑶草 zhòng yáo cǎo
【分类】文化
【关键词】东方朔
【释义】咏仙境生活之典。《海内十洲记》:"方丈洲,在东海中心,西南东北岸正等,方丈方面各五千里,上专是群龙所聚,有金玉琉璃之宫,三夫司命所治之处。群仙不欲升天者,皆往来此洲,受太玄生箓,仙家数十万,耕田种芝草,课计顷亩,如种稻状。"
【例句】唐李贺《天上谣》:"王子吹笙鹅管长,呼龙耕酒种瑶草。"宋叶椿《次韵静师…》:"雨霁乘闲种瑶草,和云剐破古松阴。"宋赵汝绩《游石窗》:"珍禽候来不可致,瑶草已种何容删。"宋杨万里《十二月二…》:"旋种琼田苜瑶草,更栽琪树着银花。"

种玉 zhòng yù
【分类】生活
【关键词】杨伯雍
【释义】比喻缔结良姻。又指道家仙境的景色。《搜神记》:"杨公伯雍…作义浆于阪头,行者皆饮之。三年,有一人就饮,以一斗石子与之…云:'玉当生其中。'杨公未娶,又语云:'汝后当得好妇。'…公至所种玉田中,得白璧五双,以聘。徐氏大惊,遂以女妻公。…乃于种玉处,四角作大石柱…名曰'玉田'。"
【例句】唐刘庭琦《奉和圣制…》:"何处田中非种玉,谁家院里不生梅?"唐卢纶《酬畅当寻…》:"开云种玉嫌山浅,渡海传书怪鹤迟。"唐施肩吾《玩友人庭竹》:"曾去玄洲看种玉,那似君家满庭个。"唐高骈《和王昭符…》:"自要乘风随羽客,谁同种玉验仙经。"

仲父 zhòng fù
【分类】政治
【关键词】荀子
【释义】古代称父亲的大弟。春秋时齐桓公尊管仲为仲父。《荀子·仲尼》:"(齐桓公)倓然见管仲之能足以託国也…遂立以为仲父。"唐杨倞注:"仲者,夷吾之字;父者,事之如父。"后因用以称管仲。
【例句】唐刘长卿《洛阳主簿…》:"仲父王佐材,屈身仇香位。"宋张方平《临淄同刘…》:"不惟仲父能轻重,形胜由来自霸强。"宋王之道《追和苏养…》:"商歌未绝惊齐侯,遂从仲父盟葵丘。"宋李纲《建炎行》:"大舜举皋陶,小白相仲父。"

仲弓德 zhòng gōng dé
【分类】政治
【关键词】论语
【释义】喻品德高尚。《论语·先进》:"德行:颜渊、闵子骞、冉伯牛、仲弓。"《史记·仲尼弟子列传》:"孔子以仲弓为有德行,曰:'雍也可使南面。'"
【例句】宋白玉蟾《自谓》:"何如德行贵,晞颜师仲弓。"

仲华遇主　zhòng huá yù zhǔ
【分类】政治
【关键词】汉光武帝
【释义】咏旧谊之典。《后汉书·樊晔传》："樊晔字仲华……与光武少游旧……初，光武微引，尝以事拘于新野，晔为市吏，馈饵一笥，帝德之不忘，仍赐晔御食，及乘舆服物。因戏之曰：'一笥饵得都尉，何如？'晔顿首辞谢。"
【例句】唐皇甫冉《送崔使君…》："仲华遇主年犹少，公瑾论兵位已酬。"唐陆龟蒙《严光钓台》："不是狂奴为故态，仲华争得黑头公。"

仲虺　zhòng huǐ
【分类】文化
【关键词】仲虺
【释义】商汤的左相。借指善于为皇帝起草文件之人。《尚书·仲虺之诰》："成汤放桀于南巢，惟有惭德。曰：'予恐后世以台为口实。'仲虺乃作诰。"
【例句】唐贯休《和韦相公…》："仲虺专为诰，何充雅爱禅。"唐贯休《闻前王使…》："唯祝銮舆早归来，用此咎繇仲虺才。"明张弼《蛇酒》："谁封仲虺醉乡侯，献纳春风百病瘳。"清弘历《夏少康》："共难不渝卒成功，贤臣靡者如仲虺。"

仲尼执鞭　zhòng ní zhí biān
【分类】生活
【关键词】孔子
【释义】咏贱役或咏求合理之道之典。《论语·述而》："子曰：'富而可求也，虽执鞭之士，吾亦为之。如不可求，从吾所好。'"所好，合理之道。
【例句】唐孟浩然《书怀贻京…》："执鞭慕夫子，捧檄怀毛公。"唐顾况《归阳萧寺…》："化佛示捐持，仲尼称执鞭。"唐张籍《赠殷山人》："讲序居重席，群儒愿执鞭。"唐张籍《筑城词》："重重土坚试行锥，军吏执鞭催作迟。"

仲山甫　zhòng shān fǔ
【分类】政治
【关键词】诗经
【释义】周宣王时的贤臣。代称贤臣。《诗经·大雅·烝民》："天生烝民，有物有则。民之秉彝，好是懿德。天监有周，昭假于下。保兹天子，生仲山甫。"郑笺："天安爱此天子宣王，故生樊侯仲山甫，使佐之。"
【例句】唐魏知古《春夜寓直…》："夙夜怀山甫，清风咏所思。"唐张九龄《奉和圣制…》："山甫归应疾，留侯功复成。"宋华镇《广述》："三复清风诗，永怀仲山甫。"宋项安世《三月一日…》："仲山甫有遗墟在，诸葛公存旧事不。"宋章澥《吴下同年…》："赋政将明仲山甫，登楼吟咏谢玄晖。"

仲叔受恩　zhòng shū shòu ēn
【分类】政治
【关键词】闵贡
【释义】谓受到地方官的盛情款待。源见"仲叔猪肝"。
【例句】唐储光羲《贻刘高士别》："高谈论仲叔，逸气刘公干。"唐方干《同萧山陈…》："仲叔受恩多感恋，徘徊却怕酒壶空。"唐方干《别殷明府》："许教门馆久跼蹐，仲叔怀恩对玉壶。"唐罗隐《寄洪正师》："鸡肋曹公忿，猪肝仲叔惭。"

仲叔猪肝　zhòng shū zhū gān
【分类】政治
【关键词】闵贡
【释义】形容士人清廉自爱。《高士传·闵贡》："闵贡字仲叔……世称节士……客居安邑，老病家贫，不能得肉，日买猪肝一片，屠者或不肯与。其令闻，敕吏常给焉。仲叔怪，问知之。乃叹曰：'闵仲叔岂以口腹累安邑邪？'遂去，客沛，以寿终。"
【例句】唐罗隐《寄洪正师》："鸡肋曹公忿，猪肝仲叔惭。"唐独孤及《答子李滁…》："猪肝无足累，马首敢辞勤。"宋宋庠《斋居有感》："无人怜仲叔，平日忆猪肝。"宋赵蕃《呈莫信州璋》："无功良酝不可恋，仲叔猪肝犹累人。"

仲蔚蓬蒿　zhòng wèi péng hāo
【分类】政治
【关键词】张仲蔚
【释义】咏雅逸或隐居不仕之典。《高士传·张仲蔚》："张仲蔚者……与同郡魏景卿俱修道德，隐身不仕，明天官博物，善属文，好诗赋，常居穷素，所处蓬蒿没人，闭门养性，不治荣名。"
【例句】唐吴筠《郑子真张…》："子真岩石下，仲蔚蓬蒿居。"唐李白《鲁城北郡…》："谁念张仲蔚，还依蒿与藜。"唐于邺《下第不胜》："自谓能生千里翼，黄昏依旧委蓬蒿。"唐罗隐《春思》："可怜户外桃兼李，仲蔚蓬蒿奈尔何。"

仲蔚园　zhòng wèi yuán
【分类】政治
【关键词】张仲蔚
【释义】喻指贫士或隐士家园。源见"仲蔚蓬蒿"。
【例句】唐李德裕《书楼晴望》："薄暮柴扉掩，谁知仲蔚园？"唐李德裕《余所居平…》："未谢留侯疾，常怀仲蔚园。"宋谢伋《过晁使君…》："当年松菊渊明宅，此日蓬蒿仲蔚园。"明龚鼎孳《舟中杂诗…》："扫门偏懒公孙阁，抱瓮长虚仲蔚园。"

仲宣独步　zhòng xuān dú bù
【分类】文化
【关键词】王粲
【释义】称美文才之典。《隋书·经籍志》："唐歌虞咏，商颂、周雅，叙事缘情，纷纶相袭，自斯已降，其道弥繁……平子艳发于东都，王粲独步于漳、滏。"赞颂王粲（字仲宣）的诗赋表现出超凡拔俗的才情。
【例句】唐权德舆《贡院对雪…》："思君独步西垣里，日日含香草诏书。"唐严公弼《题汉州西湖》："见说凤池推独步，高名何事滞川中。"宋陈造《赠刘行甫》："后来独步君仲宣，抚斫轮具吾衰矣。"宋周弼《仲宣楼》："仲宣徙倚思归后，又复谁传独步名。"

仲宣情　zhòng xuān qíng
【分类】生活
【关键词】王粲
【释义】借指羁旅不遇或异域思乡之情。源见"王粲登楼"。
【例句】唐杜甫《风疾舟中…》："如闻马融笛，若倚仲宣襟。"唐王铤《登越王楼…》："云架重楼出郡城，虹桥雅韵仲宣情。"宋洪适《独步惠泉…》："信美非吾土，千古仲宣情。"宋徐照《题陈待制…》："醉如元亮兴，归引仲宣情。"明屈大均《八月初八…》："稍待团圆还与赏，抽毫更写仲宣情。"

仲宣诗赋　zhòng xuān shī fù
【分类】文化
【关键词】王粲
【释义】用为称誉人有文才之典。《三国志·王粲传》："善属文，举笔便成，无所改定，时人常以为宿构；然正复精思覃意，亦不能加也。著诗、赋、论、议垂六十篇。"
【例句】唐高适《信安王幕…》："作赋同元淑，能诗匪仲宣。"唐高适《送浑将军…》："远别无轻绕朝策，平戎早album仲宣诗。"唐卢纶《送史兵曹…》："敢谢亲贤得琼玉，仲宣能赋亦能诗。"宋杨亿《次韵和盛…》："射策曾攀郤桂枝，从军犹赋仲宣诗。"

仲颖残忍　zhòng yǐng cán rěn
【分类】政治
【关键词】董卓
【释义】比喻人性凶恶之典。《三国志·董卓传》："董卓字仲颖，陇西临洮人也。""卓性残忍不仁，遂以严刑胁众，睚眦之隙必报，人不自保。"
【例句】唐卢照邻《咏史》："仲颖恣残忍，废兴良在躬。"明刘崧《游金精夜…》："孟文频绝倒，仲颖故沉冥。"清王存《丁巳八月…》："燕啄龙归事已陈，本初仲颖亦成尘。"

仲由缨　zhòng yóu yīng
【分类】政治
【关键词】子路
【释义】咏慷慨赴死、不畏牺牲的勇士。《史记·仲尼弟子列传》："仲由字子路，卞人也。少孔子九岁。…于是子路欲燔台，蒉聩惧，乃下石乞、壶黡攻子路，击断子路之缨。子路曰：'君子死而冠不免。'遂结缨而死。"
【例句】唐孟郊《乱离》："子路已成血，嵇康今尚嗤。"唐李商隐《送千牛李…》："幽囚苏武节，弃市仲由缨。"宋吕本中《丁未二月…》："谋吞豫让炭，肯结仲由缨。"明刘璟《送戎医玉…》："荀偃中军头若疡，仲由结缨能正色。"

仲长园　zhòng cháng yuán
【分类】生态
【关键词】仲长统
【释义】借指景色宜人的园林。《后汉书·仲长统传》："(仲长统)常以为凡游帝王者，欲以立身扬名耳，而名不常存，人生易灭，优游偃仰，可以自娱，欲卜居清旷，以乐其志，论之曰：'蹰躇畦苑，游戏平林，濯清水，追凉风，钓游鲤，弋高鸿。讽于舞雩之下，咏归高堂之上。'"
【例句】唐储光羲《山中贻崔…》："遥想仲长园，如亲幼安室。"唐皇甫冉《送窦叔向》："卜地会为邻，还依仲长室。"唐卢照邻《三月曲水…》："风烟彭泽里，山水仲长园。"明黎民表《送梁思伯…》："壶觞谁过仲长园，校雠空晒扬云阁。"

仲子灌园　zhòng zǐ guàn yuán
【分类】政治
【关键词】陈仲子
【释义】高士坚守节操、隐居避世之典。《高士传·陈仲子》："陈仲子，齐人…将妻子适楚，居于于陵，自谓于陵仲子。穷，不苟求不义之食…楚王闻其贤，欲以为相，遣使持金百镒，至于陵辟仲子…于是谢使者，遂相与逃，为人灌园。"
【例句】唐李颀《同张员外…》："洛中高士日沈冥，手自灌园方带经。"唐李颀《答高三十…》："清冷池水灌园蔬，万物沧江心澹如。"唐张祜《投滑州卢…》："门阑尽是云霄客，应念于陵独灌园。"宋林逋《湖上隐居》："卖药比尝嫌有价，灌园终亦爱无机。"

仲子蔬园　zhòng zǐ shū yuán
【分类】政治
【关键词】陈仲子
【释义】借指隐居者的田园。源见"仲子灌园"。
【例句】唐温庭筠《春初对暮雨》："雀喧争槿树，人静出蔬园。"五代詹敦仁《清隐堂》："一间茅屋宽容膝，半亩蔬园剩供厨。"宋陈傅《哨遍》："这仲子蔬园，三公不换，况东陵自来瓜美。"宋王益柔《莱石茶酒…》："荷锄剩治田间秽，抱瓮勤灌园蔬畦。"

众口铄金　zhòng kǒu shuò jīn
【分类】生活
【关键词】国语
【释义】众人的言论能够熔化金属。比喻舆论影响的强大。亦喻众口同声可混淆视听。《国语·周语下》："故谚曰：'众心成城，众口铄金。'"
【例句】唐张九龄《荆州作》："众口金可铄，孤心丝共棼。"唐韩偓《此翁》："金劲任从千口铄，玉寒曾试几炉烘。"宋苏颂《元丰己未…》："众口铄金虽可畏，三人成虎我犹疑。"宋黄庭坚《劝交代张…》："三人成虎事多有，众口铄金君自宽。"

众香国　zhòng xiāng guó
【分类】文化
【关键词】维摩诘

【释义】佛国名。喻百花盛开的境界。《维摩诘所说经·香积佛品》："于是维摩诘…告之曰：'汝往上鹊界分，度如四十二恒河沙佛土，有国名众香，佛号香积，与诸菩萨共坐食。'"

【例句】宋王柏《自述》："身坐众香国，蒲团诗思新。"宋宋祁《寿上人南游》："众香摩诘饭，五叶祖师花。"宋张纲《寿香》："上方有国名众香，经行苑囿皆芬芳。"宋李正民《与客往天…》："共分摩诘众香饭，仍试华山第二泉。"宋杨万里《李圣俞郎…》："水精盐山两歧麦，身在椒兰众香国。"

重寸阴 zhòng cùn yīn

【分类】生活

【关键词】淮南子

【释义】咏珍惜时光之典。《淮南子·原道训》："圣人不贵尺之璧，而重寸之阴，时难得而易失也。"

【例句】唐李世民《帝京篇》："得志重寸阴，忘怀轻尺璧。"唐郑谷《赠咸阳王…》："登科未足酬多学，积业犹闻惜寸阴。"宋黄庭坚《新凉示同学》："吾徒奈何纵嫚游，君不见禹重寸阴轻尺璧。"宋曾几《赠阎德夫…》："问君功业男儿事，禹重寸阴轻尺璧。"

舟楫济川 zhōu jí jì chuān

【分类】政治

【关键词】尚书

【释义】比喻贤臣治世。源见"济巨川"。

【例句】唐孟浩然《洞庭寄阎九》："迟尔为舟楫，相将济巨川。"唐杜牧《赠别宣州…》："尽将舟楫板桥去，早晚归来更济川。"唐黄滔《省试奉诏…》："愿当舟楫便，一附济川人。"宋徐积《太华》："可为梁栋为舟楫，一构明堂一济川。"

舟中敌国 zhōu zhōng dí guó

【分类】政治

【关键词】吴起

【释义】同船的人都成了敌人。喻指众叛亲离。《史记·吴起》："由此观之，在德不在险。若君不修德，舟中之人尽为敌国也。"

【例句】唐柳宗元《古东门行》："羌胡毂下一朝起，敌国舟中非所拟。"宋陈长方《李西平画…》："泾师门外一朝起，舟中敌国又朱泚。"宋王迈《吊何岩》："舟中敌国多，况望蒸徒楫。"元释宗泐《杂诗》："尊前生白刃，舟中起敌国。"

舟中琴 zhōu zhōng qín

【分类】生活

【关键词】张翰

【释义】咏琴或咏舟中情趣之典。源见"张翰扁舟"。

【例句】唐刘慎虚《寻东溪还…》："望ույ已超越，坐鸣舟中琴。"唐骆宾王《称心寺》："为乐凡几许，听取舟中琴。"唐李端《王敬伯歌》："妾本舟中女，闻君江上琴。"唐白居易《船夜援琴》："身外都无事，舟只有琴。"

州如斗大 zhōu rú dǒu dà

【分类】政治

【关键词】吕文显

【释义】形容地域狭小，或掌管的地方很小。《南史·吕文显传》："宗悫为豫州，吴喜公为典签。悫刑政所施，喜公每多违执。悫大怒曰：'宗悫年将六十，为国竭命，政得一州如斗大，不能复与典签共临！'喜公稽颡流血乃止。"

【例句】宋章甫《同张季子…》："虽云斗大州，盛德继来辱。"宋范浚《题弟周通…》："暮年计转难量，眼看一州如斗大。"宋杨万里《小泊英州》："道是荒城斗大，向来此地着东坡。"宋陆游《逍遥》："州如斗大真无事，日抵年长未易消。"

周班 zhōu bān

【分类】政治

【关键词】左传

【释义】原指周王朝封爵的次序。后指大臣上朝的朝班。《左传·桓公十年》："齐人伪诸侯，使鲁次之。鲁以周班后郑。郑人怒，请师于齐。"

【例句】唐权德舆《酬主客仲…》："周班每喜簪裾接，郢曲偏宜讽咏频。"唐李商隐《岳阳楼》："汉水方城带百蛮，四邻谁道乱周班。"明袁华《送洪宰相…》："带砺山河称汉辅，疏封爵土拟周班。"明罗圮《送戈侍郎…》："重縻好爵周班旧，却厌刑书郑铸新。"

周昌 zhōu chāng

【分类】政治

【关键词】周昌

【释义】西汉御史大夫，汾阴侯。耿直敢言。口吃。《史记·张丞相列传》："昌为人强力，敢直言，自萧、曹等皆卑下之。昌尝燕时入奏事，高帝方拥戚姬，昌还走…问曰：'我何如主也？'昌仰曰：'陛下即桀纣之主也。'"

【例句】唐李昂《赋戚夫人…》："已见储君归惠帝，徒留爱子付周昌。"唐薛能《华清宫和…》："畎思获吕望，谏祗避周昌。"唐唐彦谦《汉嗣》："张良口辨周昌吃，同建储宫第一勋。"明黄仲昭《挽恭悯钟…》："心同仁杰艰虞际，节与周昌伯仲间。"

周公 zhōu gōng

【分类】政治

【关键词】周公旦

【释义】周公旦，姬姓，名旦，谥号为文，又称周文王第四子，周武王之弟。成王年幼，由他摄政当国。《史记·周本纪》："武王即位，太公望为师，周公旦为辅，召公、毕公之徒左右王，师修文王绪业。"

【例句】唐刘希夷《故园置酒》："卒卒周姬旦，栖栖鲁孔丘。"唐李白《箜篌谣》："周公称大圣，管蔡宁相容。"唐元稹《人道短》："周公周礼二十卷，有能行者知纪纲。"唐徐夤《梦》："傅说已徵贤可辅，周公不见恨何长。"宋王禹称《放言》："德似仲尼悲凤鸟，圣如姬旦赋鸱鸮。"

周公祓禊 zhōu gōng fú xì
【分类】政治
【关键词】周公旦
【释义】咏吉祥之典。祓禊,指三月上巳(或三月三日),官民到水滨去洗浴、宴饮,以求消灭襟祸的一种活动。《艺文类聚》引《续齐谐记》:"昔周公成洛邑,因流水以泛酒,故逸诗曰:'羽觞随流波。'"
【例句】宋刘克庄《四和》:"周公尚存祓禊礼,子贡讵知观蜡乐。"宋辛弃疾《鹧鸪天》:"要知此日生男好,曾有周公祓禊来。"

周公居东 zhōu gōng jū dōng
【分类】政治
【关键词】周公旦
【释义】表示退职避居。《尚书·金滕》:"周公居东二年,则罪人斯得。"唐孔颖达疏:"郑玄以为武王崩,周公为冢宰三年,服终,将欲摄政,管蔡流言,即避居东都。"
【例句】宋陆游《病后往来…》:"周公居东三食新,夷吾在鲁丘厄陈。"宋李流谦《公归行送…》:"周公居东逾岁月,东人愿留惜不发。"宋王柏《薰风歌代…》:"玉麟堂上歌薰风,周公分陕方居东。"元李稷《自咏》:"陋巷箪瓢乐在中,周公富贵尚居东。"

周公惧流言 zhōu gōng jù liú yán
【分类】政治
【关键词】周公旦
【释义】指周公担心流言四起,危害社稷。《史记·鲁周公世家》:"管叔及其群弟流言于国曰:'周公将不利于成王。'周公乃告太公望、召公奭曰:'我之所以弗辟而摄行政者,恐天下畔周。'"
【例句】唐白居易《放言》:"周公恐惧流言后,王莽谦恭未篡时。"宋邓肃《送李丞相…》:"业以自任如伊尹,那使流言动周公。"宋王十朋《周公》:"明堂摄政朝群后,四海流言孺子疑。"宋辛弃疾《周氏敬荣…》:"周公去未远,二叔乃流言。"

周鼓文 zhōu gǔ wén
【分类】文化
【关键词】欧阳修
【释义】先秦刻石文字,因其刻石外形似鼓而得名。共计十枚,分别刻有大篆四言诗一首。宋欧阳修《集古录跋尾》:"韦应物以为周文王之鼓,宣王刻诗。"
【例句】宋刘弇《李倅惠诗…》:"周鼓直须论妙刻,陶琴初不费烦声。"宋吕祖谦《驾车驾幸…》:"若写鸿猷参大雅,定非周鼓颂田渔。"宋陈渊《次韵邦美…》:"书如周鼓未差讹,语效商盘仍诘屈。"金赵秉文《中牟阳冰篆》:"龙蛇起陆虫蚀木,商盘周鼓秦刻馀。"

周后袭昆仑 zhōu hòu xí kūn lún
【分类】政治
【关键词】周穆王
【释义】咏周穆王纵情昆仑之游。周后:周王。古亦称帝王为后。源见"周穆八荒"。
【例句】唐武平一《奉和幸新…》:"秦王登碣石,周后袭昆仑。"明何景明《游猎篇》:"周王八骏行万里,朝游昆仑暮沧海。"清赵显命《拟汉武候…》:"怅望昆仑最上峰,周王昔日驾游龙。"

周孔 zhōu kǒng
【分类】政治
【关键词】张衡
【释义】代指古代圣贤之人。《昭明文选·东汉张衡〈归田赋〉》:"弹五弦之妙指,咏周孔之图书。"唐李善注:"周,周公;孔,孔子也。"
【例句】唐孟云卿《放歌行》:"轩皇竟磨灭,周孔亦衰老。"唐白居易《效陶渊明体诗》:"尧舜与周孔,古来称圣贤。"唐柳宗元《觉衰》:"彭聃安在哉,周孔亦已沈。"五代贯休《大蜀皇帝…》:"虽然周孔心相似,其奈龚黄政不如。"

周郎 zhōu láng
【分类】文化
【关键词】周瑜
【释义】周瑜,字公瑾,东汉末孙权部将,为建威中郎将。《三国志·周瑜传》:"瑜年二十四,吴中皆呼为周郎。"
【例句】唐王维《同崔傅答…》:"周郎陆弟为侍侣,对舞前溪歌白纻。"唐刘长卿《观校猎上…》:"三十拥旄谁不羡,周郎少小立奇功。"唐薛能《赠韦氏歌人》:"一曲新声惨画堂,可能心事忆周郎。"聂绀弩《桥夜想起…》:"周郎火快船江昼,孟德诗高柄槊横。"

周郎顾 zhōu láng gù
【分类】生活
【关键词】周瑜
【释义】精于音乐者善辨音律或指正音律错误之典。《三国志·周瑜传》:"瑜少精意于音乐,虽三爵之后,其有阙误,瑜必知之,知之必顾,故时人谣曰:'曲有误,周郎顾。'"
【例句】唐法宣《和赵王观妓》:"周郎不须顾,今日管弦调。"唐刘耕《和主司王起》:"惭和周郎应见顾,感知大造竟无穷。"唐李端《听筝》:"欲得周郎顾,时时拂弦。"唐贯休《酬张相公…》:"周郎怀抱好知音,常爱山僧物外心。"

周醪 zhōu láo
【分类】生活
【关键词】周瑜
【释义】比喻善交友,或借以咏酒。《三国志·周瑜传》:"(周瑜)唯与程普不睦。"南朝宋裴松之注引《江表传》:"普颇以年长,数陵侮瑜。瑜折节容下,终不与校。普后自敬服而亲重之,乃告人曰:'与周公瑾交,若饮醇醪,不觉自醉。'时人以其谦让服人如此。"
【例句】唐许敬宗《冬日宴于…》:"周醪忽同醉,牙弦乃共挥。"明卢龙云《和周文学…》》:"改岁韶华增舜历,异乡交谊得周醪。"

周流　zhōu liú
【分类】生活
【关键词】楚辞
【释义】周游,到处漂泊。《楚辞补注·离骚·王逸序》:"览相观于四极兮,周流乎天余乃下。"汉王逸注:"言我乃复往观视四极,周流求贤,然后乃来下也。"
【例句】唐杜甫《奉寄河南…》:"牢落乾坤大,周流道术空。"唐独孤及《观海》:"颢洞吞百谷,周流无四垠。"唐寒山《诗三百》:"泯时万象无痕迹,舒处周流遍大千。"宋夏竦《奉祀礼毕…》:"太和充郁层霄外,协气周流率土滨。"

周穆八荒　zhōu mù bā huāng
【分类】政治
【关键词】周穆王
【释义】咏君王游乐之典。《列子·周穆王》:"王大悦,不恤国事,不乐臣妾,肆意远游。命驾八骏之乘…别日升昆仑之丘,以观黄帝之宫,而封之,以诒后世…西观日之所入。一日行万里。王乃叹曰:'于乎!予一人不盈于德而谐于乐,后世其追数吾过乎!'"八荒:八方荒远的地方。
【例句】唐李白《古风》:"周穆八荒意,汉皇万乘尊。"唐陈陶《续古》:"周穆恣游幸,横天驱八龙。"明赵㧑谦《咏怀次倪…》:"荒哉周穆王,八骏穷万里。"明胡应麟《二酉山房歌》:"成周穆满驱八骏,蹑电乘风到灵境。"

周穆王　zhōu mù wáng
【分类】政治
【关键词】周穆王
【释义】姬满。西周国王,昭王之子,西周第五位君主。曾起兵九师伐楚,东至九江。后又连楚灭徐,西征犬戎,获其五王,一说他西游至昆仑之丘,见过西王母,复前进至西北大旷原。《列子·周穆王》:"不恤国事,不乐臣妾,肆意远游。"
【例句】唐李白《古风》:"周穆八荒意,汉皇万乘尊。"唐李咸用《雪十二韵》:"念物希周穆,含毫愧惠连。"唐李煜《句》:"冷笑秦皇经远略,静怜姬满苦时巡。"五代王仁裕《和韩昉从…》:"自学汉皇开土宇,不同周穆好神仙。"宋晁补之《游栖岩寺…》:"却忆隋文驾六龙,意比姬满朝河宗。"聂绀弩《瘦石画伯…》:"周穆八骏朝王母,燕昭马骨更癫癫。"

周南留滞　zhōu nán liú zhì
【分类】生活
【关键词】司马迁
【释义】滞留某地而毫无建树之典。留滞:停留、羁留。周南:陕西以东地区。源见"周南托成书"。
【例句】唐杜甫《寄韩谏议》:"周南留滞古所惜,南极老人应寿昌。"唐刘禹锡《洛滨病卧…》:"周南留滞商山老,星象今无所微。"唐白居易《咏身》:"周南留滞称遗老,汉上

赢残号半人。"宋曾巩《喜二弟侍…》:"周南留滞勿复论,平陆可来无厌数。"

周南托成书　zhōu nán tuō chéng shū
【分类】生活
【关键词】司马迁
【释义】咏叹不得参与朝廷大典为憾事之典。《史记·太史公自序》:"是岁天子始建汉家之封,而太史公留滞周南,不得与从事,故发愤且卒…太史公执迁手而泣曰:'今天子接千岁之统,封泰山,而余不得从行,是命也夫…为太史,无忘吾所欲论著矣。'"
【例句】唐柳宗元《闻籍田有感》:"宣室无由问厘事,周南何处托成书。"宋刘敞《谢学士赴…》:"周南未成书,流涕尝感激。"宋程洵《再韵呈诸公》:"应聘岂能如水北,绸书何事尚周南。"明储巏《贺克温迁…》:"客来吴下多留榻,官滞周南且著书。"

周妻何肉　zhōu qī hé ròu
【分类】文化
【关键词】周颙何胤
【释义】咏求道心不诚,虚powers其事之典。或喻食色之欲。《南齐书·周颙传》:"终日长蔬食,虽有妻子…时何胤亦精信佛法,无妻妾…颙曰:'三涂八难,共所未免。然各有其累。'太子曰:'所累伊何?'对曰:'周妻何肉。'"意为虽皈依佛法,周颙有妻子,何胤要吃肉。
【例句】宋陈与义《次韵谢天…》:"周妻与何肉,恨我未免俗。"宋贺铸《赠僧孚》:"周妻何肉败吾事,成佛定输灵运先。"宋万回《遁翁赐诗…》:"未断周妻及何肉,已忘党酒与陶茶。"元闵思平《昨谐杏村…》:"周妻亦可当疑丞,何肉何妨有发僧。"

周情孔思　zhōu qíng kǒng sī
【分类】政治
【关键词】韩愈
【释义】周公孔子的思想感情。常用以赞美人之高尚情操。唐李汉《韩昌黎集序》:"日光玉洁,周情孔思,千态万貌,卒泽于道德仁义,炳如也。"
【例句】唐王贞白《白鹿洞》:"不是道人来引笑,周情孔思正追寻。"宋杨万里《寄中洲茶…》:"更送玉尘浇锡水,为搜孔思搅周情。"宋刘克庄《韩祠》:"柳祠韩庙双碑在,孔思周情万古新。"宋郑清之《夜雨不睡》:"清虚未解穷聊释,情思谁能更孔周。"

周任言　zhōu rèn yán
【分类】政治
【关键词】周任
【释义】喻指为官应尽职,不胜任应当辞职。《论语·季氏》:"孔子曰:'求!周任有言曰:陈力就列,不能者止。'"三国魏何晏《集解》引汉马融曰:"周任,古之良史。言当陈其才力,度已所任,以就其任;不能则当止。"
【例句】唐张九龄《酬王履震…》:"既负潘生拙,俄从周任

言。"唐钱起《观村人牧…》："庶追周任言,敢负谢生诺。"宋程俱《觉哀》："陈力会知止,嘉言佩周任。"明徐祯卿《太宰召补…》："申诚周任言,写心输素毫。"

周室凤　zhōu shì fèng
【分类】政治
【关键词】国语
【释义】咏祥瑞之典。源见"鸣岐"。
【例句】宋韩玉《水调歌头》："夏庭芝,周室凤,舜郊麟。岂如今日称瑞,皇国再生申。"宋释行海《癸酉春侨…》："周室黍离狼虎国,尧天花蔼凤凰城。"明周瑛《纂修姜进…》："虞廷事业凤来舞,周室太平鹭在罼。"明徐枋《凤凰行》："君不见虞帝垂裳凤来仪,周室受命西鸣岐。"

周宋镡　zhōu sòng xín
【分类】文化
【关键词】剑
【释义】极度夸张之典。《庄子·说剑》："天子之剑,以燕溪石城为锋,齐岱为锷,晋卫为脊,周宋为镡,韩魏为夹,包以四夷,裹以四时,绕以渤海,带以常山。"
【例句】唐杜甫《风疾舟中…》："却假苏张舌,高夸周宋镡。"

周诵　zhōu sòng
【分类】政治
【关键词】周成王
【释义】周武王之子,周成王。《史记·周本纪》："武王病。天下未集,群公惧,穆卜,周公乃祓斋,自为质,欲代武王,武王有瘳。后而崩,太子诵代立,是为成王。"
【例句】唐李元嘉《奉和同太…》："逖矣凌周诵,遥哉掩汉庄。"明黄佐《宫僚燕集…》："周诵师资曾作圣,桓荣稽古亦称良。"明黄省曾《送唐编修…》："襁褓开周诵,诗书迪汉庄。"

周王驾　zhōu wáng jià
【分类】政治
【关键词】周穆王
【释义】喻指帝王出巡游历之典。《左传·昭公十二年》："(子革)对曰：'臣尝问焉。昔穆王欲肆其心,周行天下,将皆必有车辙马迹焉。'"
【例句】唐杜甫《江陵望幸》："未枉周王驾,终期汉武巡。"明王守仁《立春》："周王车驾穷南服,汉将旌旗守北陲。"清赵显命《拟汉武候…》："怅望昆仑最上峰,周王昔日驾游龙。"清张问陶《神驹篇》："心怀周王驾,目无汧水涛。"

周王梦　zhōu wáng mèng
【分类】政治
【关键词】礼记
【释义】咏高寿之典。源见"九龄"。
【例句】唐李频《府试老人…》："岂比周王梦,徒言得九龄。"宋张耒《哲宗皇帝》："梦损周王寿,丹催黄帝仙。"

周文王　zhōu wén wáng
【分类】政治
【关键词】周文王
【释义】姬昌,周朝奠基者。勤政,重农,贤士,拜姜尚,收他国,演周易,创周礼。《史记·周本纪》："公季卒,子昌立,是为西伯。西伯曰文王…笃仁,敬老,慈少。礼下贤者,日中不暇食以待士,士以此多归之。"
【例句】唐李白《梁甫吟》："广张三千六百钓,风雅暗与文王亲。"唐薛据《怀哉行》："文王赖多士,汉帝资群才。"唐刘叉《答孟东野》："文王已云没,谁顾好爵縻。"唐卢仝《直吟》："文王已没不复生,直钩之道何时行。"

周行　zhōu xíng
【分类】文化
【关键词】诗经
【释义】大路。《诗经·小雅·大东》："佻佻公子,行彼周行。"宋朱熹集传："周行,大路也。"也用以泛指朝官。《诗经·周南·卷耳》："嗟我怀人,寘彼周行。"汉毛传："行,列也。思君子,官贤人,置周之列位。"
【例句】唐杜甫《奉送郭中…》："通籍微班忝,周行独坐荣。"唐姚合《酬万年张…》："贡籍常同府,周行今一时。"五代徐铉《附池州薛…》："一旦江山驰别梦,几年簪绂共周行。"宋田锡《漳川即事…》："自念安邦无上策,如何补衮与周行。"聂绀弩《武汉大桥》："头上周行春试马,胸中正轨夜飞铃。"

周宣　zhōu xuān
【分类】文化
【关键词】周宣
【释义】喻善占卜之人。《三国志·周宣传》："周宣,子孔和…以宣为中郎,属太史。尝有问宣曰：'吾昨夜梦见刍狗,其占何也？'宣答曰：'君欲得美食耳！'有倾,出行,果遇丰膳…宣之叙梦,凡此类也。十中八九,世比比建平(朱建平,三国时善相者)之相矣。"
【例句】唐苏颋《奉和马常…》："作霖其傅说,为旱听周宣。"宋刘一止《贼臣刘豫…》："英谋睿决知谁敌,世祖周宣比并看。"

周宣中兴　zhōu xuān zhōng xīng
【分类】政治
【关键词】周宣王
【释义】指周宣王即位后,消除厉王暴虐政治的影响,缓和国内外不安定局面,任用召穆公、周定公、尹吉甫等大臣,整顿朝政,使王道已衰落的周朝王室得到一时的复兴,诸侯又重新来朝。《史记·周本纪第四》："共和十四年,厉王死于彘。太子静长于召公家,二相乃共立之为王,是为宣王。""仲山甫谏曰：'民不可料也。'宣王不听,卒料民。"
【例句】唐杜甫《忆昔》："周宣中兴望我皇,洒血江汉身衰疾。"宋刘敞《次韵范内…》："周宣中兴在云汉,武皇最著惟宣防。"宋晁补之《开梅山》："周宣昔中兴，方叔几振旅。"宋刘一止《次韵曾宏…》："周宣自有中兴日，天厌毡庭尚须暇。"

周颛醉　zhōu yǐ zuì
【分类】生活
【关键词】周颛
【释义】嗜酒之典。《世说新语·任诞》："周伯仁(颛)风德雅重，深达危乱。过江积年，恒大饮酒。尝经三日不醒，时人谓之'三日仆射'。"
【例句】唐李商隐《今月二日…》："未曾周颛醉，转觉季之恭。"唐羊昭业《皮袭美见…》："王戎似电休推阮，周颛才醒众却惊。"宋陈宓《重九日登…》："数点难收周颛泪，一冠莫效孟嘉狂。"元郑枢《福州映湖…》："莫笑伤情似周颛，何人慷慨若王公。"

周右史　zhōu yòu shǐ
【分类】政治
【关键词】礼记
【释义】周代掌记天子言论之职的人。后指代朝廷中的起居舍人。《礼记·玉藻》："玄端而居，动则左史书之，言则右史书之。"唐孔颖达疏："是太史记动作之事，在君左厢记事，则太史为左史也……是内史所掌在君之右，故为右史。"
【例句】唐韩翃《访王起居…》："载笔已齐周右史，论诗更事谢中书。"宋徐铉《送高起居…》："右史罢朝归，之官向水湄。"宋朱翌《宣城书怀》："右史隶题榜，太和存漏壶。"宋苏颂《寄题吴兴…》："汉唐遗刻在江干，右史殷勤辑坠残。"

周瑜　zhōu yú
【分类】政治
【关键词】周瑜
【释义】字公瑾，东汉末孙权部将，和刘备联合，于赤壁之战中大败曹军，拜偏将军领南郡太守。《三国志·周瑜传》："权许之。瑜还江陵，为行装，而道于巴丘病卒，时年三十六。"
【例句】唐李白《赤壁歌送别》："烈火张天照云海，周瑜于此破曹公。"唐张祜《池州周员…》："长恐周瑜一私顾，不教闲客望瑶台。"唐李九龄《读三国志》："武侯星落周瑜死，平蜀降吴似等闲。"唐皇甫冉《送崔使君…》："仲华遇主年犹少，公瑾论兵位已酬。"唐周昙《鲁肃》："公瑾常资饥求子敬，一言才起数船归。"宋王安石《到舒州次…》："行问啬夫多不记，坐论公瑾少能谈。"

周玉郑鼠　zhōu yù zhèng shǔ
【分类】政治
【关键词】战国策
【释义】形容有名无实，名实不符。《战国策·秦策》："郑人谓玉未理者璞，周人谓鼠未腊者朴。周人怀朴过郑贾曰：'欲买朴乎?'郑贾曰：'欲之。'出其朴，视之，乃鼠也。因

谢不取。"
【例句】唐广宣《皇太子频…》："郑鼠宁容者，齐竽久舍诸。"唐无名氏《人不易知》："郑鼠今奚别，齐竽或滥吹。"宋陆游《述怀》："玉非鼠朴何劳辩，鱼与熊蹯各自珍。"宋陆游《无咎兄郡…》："千金敝帚有定价，周玉郑鼠难强名。"清张尚瑗《余和东坡…》："郑鼠梭藏荆凤贵，流传谬种愚童耇。"

周召　zhōu zhào
【分类】政治
【关键词】周公召公
【释义】周成王时共同辅政的周公旦和召公奭的并称。喻指有辅弼之才的贤臣。《史记·燕召公世家》："召公奭与周同姓，姓姬氏……其在成王时，召王为三公：自陕以西，召公主之；自陕以东，周公主之……周公摄政，当国践祚，召公疑之，作君奭。"
【例句】唐张说《奉和圣制…》："周召尝分陕，诗书空复传。"唐元稹《和李校书…》："一贤得进胜累百，两贤得进同周召。"唐殷文圭《观贺皇太…》："春宫保傅皆周召，致主何忧不太平。"唐骆宾王《至分陕》："陕西开胜壤，召南分沃畴。"

周镇漏船　zhōu zhèn lòu chuán
【分类】政治
【关键词】周镇
【释义】称颂为官清廉之典。《世说新语·德行》："周镇罢临川郡还都，未及上住，泊青溪渚。王丞相(导)往看之。时夏月，暴雨卒至，舫至狭小，而又大漏，殆无复坐处。王曰：'胡威之清，何以过此!'即启用为吴兴郡。"
【例句】唐李瀚《蒙求》："张堪折辕，周镇漏船。"宋陆游《病中作》："浮世寄酒醺枕，劳生居漏船。"金李俊民《暴雨》："淋浪一室无干处，何异露坐乘漏船。"清陈廷宪《澎湖杂咏》："烧成不独涂墙好，还与舟人补漏船。"

粥炉燎须　zhōu lú liáo xū
【分类】生活
【关键词】李勣
【释义】比喻兄弟、姊妹间情意深厚，关怀照顾无所不至。《新唐书·李勣传》："性友爱，其姊病，尝自为粥而燎其须。姊戒止。答曰：'姊多疾，而勣且老，虽欲数进粥，尚几何?'"
【例句】宋苏轼《次韵刘贡…》："燎须谁识英公意，黄发聊知子建心。"宋苏轼《次韵景文》："诗成桦烛飘金烬，八尺英公欲燎须。"宋赵蕃《赠别邹君…》："难追燎须意，姑慰倚门思。"宋周紫芝《次韵雷飞…》："燎须心在人能说，拟絮才高墨未干。"

肘后方　zhǒu hòu fāng
【分类】文化
【关键词】葛洪
【释义】咏仙方，或咏仙道之典。《晋书·葛洪传》："自号抱

朴子，因以名书。其余所著…《肘后要急方》四卷。" "（洪）兀然若睡而卒…举尸入棺，甚轻，如空衣，世以为尸解得仙云。"

【例句】唐李顾《送王道士…》："双峰树下曾受业，应传肘后长生法。"唐严武《寄题杜拾…》："腹中书籍幽时晒，肘后医方静处看。"唐马戴《谒仙观》："愿值壶中客，亲传肘后方。"唐杜甫《寄张十二…》："肘后符应验，囊中药未陈。"

肘腋祸 zhǒu yè huò

【分类】政治
【关键词】江统
【释义】喻祸乱起于自身。《晋书·江统传》："寇发心腹，害起肘腋。"
【例句】唐皎然《从军行》："须防肘腋下，飞祸出无端。"唐杜甫《草堂》："焉知肘腋祸，自及枭獍徒。"唐舒元舆《八月五日…》："仰思圣明帝，贻祸在肘腋。"唐李商隐《行次西郊作》："筋体半瘘痹，肘腋生臊膻。"

咒岭出泉 zhòu lǐng chū quán

【分类】文化
【关键词】昙无谶
【释义】咏佛法高妙之典，亦借以咏山泉。《高僧传·晋河西昙无谶》："谶明解咒术，所向皆验，西域号为大咒师。后随王入山，王渴需水不能得，谶乃密咒石出水，因赞曰：'大王慧泽所感，遂使枯石生泉。'邻国闻者，皆叹王德。"
【例句】唐王维《游悟真寺》："掷山移巨石，咒岭出飞泉。"唐贾岛《赠圆上人》："古塔月高闻咒水，新坛日午见烧灯。"宋苏洵《游陵云寺》："长江触山山欲摧，古佛咒水山之隈。"宋叶碧峰《赠月洞先生》："咒水洒时天地净，符文书处鬼神惊。"

昼锦还乡 zhòu jǐn huán xiāng

【分类】政治
【关键词】项羽
【释义】指富贵时穿锦衣回归故乡。《史记·项羽本纪》："项王见秦宫皆以烧残破，又心怀思欲东归，曰：'富贵不归故乡，如衣绣夜行，谁知之者！'"
【例句】唐储光羲《陆著作挽歌》："昔为昼锦游，今成逝川路。"唐宋之问《送姚侍御…》："饮冰朝受命，衣锦昼还乡。"唐刘禹锡《赠致仕滕…》："朝服归来昼锦荣，登科记上更无兄。"唐殷文圭《寄贺杜荀…》："一战平畴五字劳，昼归乡去锦为袍。"

昼锦堂 zhòu jǐn táng

【分类】生活
【关键词】韩琦
【释义】宋代韩琦所筑的厅堂，反项羽语意而命名。比喻富贵华美的厅堂。《史记·项羽本纪》："（羽）曰：'富贵不归故乡，如衣绣夜行，谁知之者！'"宋欧阳修《相州昼锦堂记》："公在至和中尝以武康之节来治于相，乃作昼锦堂于后圃，既又刻诗于石，以遗相人。"
【例句】宋文彦博《诗寄相州…》："天平峰秀堪图画，昼锦堂高可宴衍。"宋韩琦《重九与诸…》："诸君送我无多念，病质将休昼锦堂。"宋赵鼎臣《韩循之治…》："须将盛事烦耆旧，昼锦堂中作画图。"宋姜特立《雅志小饮…》："相州昼锦堂厨酝，卫国淇川岸竹萌。"

昼永 zhòu yǒng

【分类】生活
【关键词】张祜
【释义】意指白昼漫长。唐张祜《公子行》："锦堂昼永绣帘垂，立却花骢待出时。"
【例句】唐皮日休《所居首夏…》："病来无事草堂空，昼永休闻十二筒。"后周李昉《禁林春直》："一院有花春昼永，八方无事诏书稀。"宋黄庭坚《睡起》："春深稍觉夹衣重，昼永不知樽酒空。"宋黄庭坚《和陈君仪…》："端正楼空春昼永，小桃犹学淡燕支。"

朱唇皓齿 zhū chún hào chǐ

【分类】生活
【关键词】屈原
【释义】鲜红的双唇，雪白的牙齿。形容容貌美丽。战国楚屈原《楚辞·大招》："朱唇皓齿，嫭以姱只。"
【例句】唐宋之问《北邙古墓》："一朝形影化穷尘，昔时玉貌与朱唇。"唐羽《同韦中丞…》："银烛煌煌半醉人，娇歌宛转动朱唇。"唐武平一《妾薄命》："瓠犀发皓齿，双蛾颦翠眉。"唐杜甫《城西陂泛舟》："青蛾皓齿在楼船，横笛短箫悲远天。"唐王昌龄《题净眼师房》："朱唇皓齿能诵经，吴音唤字更分明。"宋饶鲁《远浦棹歌》："美人春词夸艳丽，皓齿朱唇楚腰细。"

朱公叔 zhū gōng shū

【分类】生活
【关键词】朱穆
【释义】人在交友上取审慎态度之典。《后汉书·朱穆传》："穆字公叔。年五岁，便有孝称。父母有病，辄不饮食…其尊德重道，为当时所服…穆又著《绝交论》，亦矫时之作。"
【例句】唐马异《答卢全结…》："我心不畏朱公叔，君意须防刘孝标。"明陈子升《过朱未央》："始怜朱公叔，门稀鹤盖阴。"明毛奇龄《朱文学载…》："妙论朱公叔，佳名童汉宗。"明毛奇龄《赠王君》："平交世重朱公叔，直道人推王彦方。"

朱光 zhū guāng

【分类】文化
【关键词】曹植
【释义】赤光，红色光亮。三国魏曹植《斗鸡诗》："挥羽邀清风，悍目发朱光。"谓火德。汉以火德兴，因亦借称汉朝。《昭明文选·晋陆机〈汉高祖功臣颂〉》："金精乃颓，朱光以渥。"唐李善注："朱光，谓汉也。"

【例句】唐柳宗元《杂曲歌辞》:"攒峦丛崿射朱光,丹霞翠雾飘奇香。"唐李益《府试古镜》:"石黛曾留殿,朱光适在宫。"宋杜范《南乡舟中…》:"日斜远浦闲朱光,烟抹前山湿翠妆。"明黄佐《夏日游何…》:"漠漠朱光接翠寒,萧萧林樾隐风湍。"

朱亥 zhū hài
【分类】政治
【关键词】朱亥
【释义】卫国勇士,协助信陵君退秦救赵。源见"朱亥袖椎"。
【例句】唐高适《古大梁行》:"侠客犹传朱亥名,行人尚识夷门道。"唐李白《留别于十…》:"既知朱亥为壮士,且愿束心秋毫里。"唐李白《送侯十一》:"朱亥已击晋,侯嬴尚隐身。"唐汪遵《夷门》:"今来不是无朱亥,谁降轩车问抱关。"

朱亥袖椎 zhū hài xiù chuí
【分类】政治
【关键词】朱亥
【释义】形容义士隐居市井,危急时为人解难济困。《史记·魏公子列传》:"公子将往赴救,朱亥笑曰:'臣乃市井鼓刀屠者,而公子亲数存之,所以不报谢者,以为小礼无所用。今公子有急,此乃臣效命之秋也。'遂与公子俱。"…至邺,矫魏王令代晋鄙。晋鄙合符,疑之…朱亥袖四十斤铁椎,椎杀晋鄙,公子遂将晋鄙军。"
【例句】唐唐尧客《大梁行》:"金槌夺晋鄙,白刃刎侯嬴。"宋苏轼《次韵子由…》:"先生不作金椎袖,玩世倘佯隐屠酒。"宋黄庭坚《追和东坡…》:"赖有霜钟难席卷,袖椎来听响玲珑。"宋汪元量《剑门》:"安得朱亥袖椎来,为我碎打双叠嶂。"

朱家 zhū jiā
【分类】政治
【关键词】朱家
【释义】鲁国人,以任侠得名。救季布。《史记·游侠列传》:"鲁朱家者,与高祖同时…所藏活豪士以百数,其余庸人不可胜言。然终不伐其能,歆其德,诸所尝施,唯恐见之。振人不赡,先从贫贱始…专趋人之急,甚己之私。"
【例句】唐李白《早秋赠裴…》:"历抵海岱豪,结交鲁朱家。"唐李白《江上赠窦…》:"汉求季布鲁朱家,楚逐伍胥去章华。"唐刘长卿《见秦系离…》:"郤氏诚难负,朱家自愧贫。"宋王庭圭《挽欧阳仁叟》:"呼卢晋公子,大侠鲁朱家。"

朱老阮生 zhū lǎo ruǎn shēng
【分类】生活
【关键词】杜甫
【释义】朱老、阮生:杜甫在成都结识的朋友,喻指普普通通的邻里朋友;后作为咏知交的典故。唐杜甫《绝句四首》:"梅熟许同朱老吃,松高拟对阮生论。"
【例句】宋刘克庄《念奴娇》:"张丈殷兄、阮生朱老,相与为唇齿。"宋刘克庄《摸鱼儿》:"与谁共话桑麻事,朱老阮生尤稔。"宋洪咨夔《岁事》:"阮生朱老情怀密,张丈殷兄笑语温。"清潘伯鹰《伯建乞休…》:"倚竹牵萝余矮屋,阮生朱老是比邻。"

朱买臣 zhū mǎi chén
【分类】政治
【关键词】朱买臣
【释义】汉武帝拜为中大夫,任会稽太守,又为丞相长史,后因罪被诛。善辞赋,精通《楚辞》,尝为武帝文学侍臣。《汉书·朱买臣传》:"常艾薪樵,卖以给食,担束薪,行且诵书。…买臣愈益疾歌,妻羞之,求去。"
【例句】唐骆宾王《夕次旧吴》:"徒怀伯通隐,多谢买臣归。"唐骆宾王《咏怀古意…》:"四十九仍入,年非朱买臣。"唐高适《送蔡山人》:"丈夫遭遇不可知,买臣主父皆如斯。"聂绀弩《赠瘦石》:"气味高如吴道子,谁知穷到朱买臣。"

朱明 zhū míng
【分类】生活
【关键词】尔雅
【释义】指夏季。喻太阳。也指立夏节。源见"青阳"。
【例句】唐白居易《裴侍御以…》:"霁景朱明早,芳时白昼长。"唐杜审言《度石门山》:"未改朱明律,先含白露风。"唐韦应物《夏冰歌》:"出自玄泉杳杳之深井,汲在朱明赫赫之炎辰。"宋赵炅《缘识》:"朱明日盛残花卉,琼苑争游喧帝里。"

朱雀玄武 zhū què xuán wǔ
【分类】政治
【关键词】礼记
【释义】朱雀:南方七星宿的总称。玄武:北方七星宿的总称。旧时为军旗的标志。形容阵势严整。《礼记·曲礼》:"行前朱鸟而后玄武,左青龙而右白虎。"唐孔颖达疏:"朱鸟、玄武、青龙、白虎,四方宿名也。军前宜捷,故用鸟。军后须殿捍,故用玄武。玄武,龟也。龟有甲能御侮用也。"
【例句】唐元阳子《金液还丹歌》:"乾天为父坤为母,南方朱雀北玄武。"唐尔朱翱《还丹口诀》:"玄武朱明前路,涌泉真汞守乾坤。"宋张伯端《挨排四象…》:"东方青龙西白虎,南面朱雀北玄武。"宋陈楠《大道歌》:"乾天为父坤为母,南方朱雀北玄武。"

朱氏衣 zhū shì yī
【分类】政治
【关键词】朱买臣
【释义】朱买臣出身极为贫困,后来做了会稽太守,故意穿着破衣服回归故乡,以耸人视听,达到炫耀富贵得志的目的。后遂用为荣耀还乡的典故。《汉书·朱买臣传》:"拜为太守,买臣衣故衣,怀其印绶,步归郡邸。"
【例句】唐黄滔《翁文尧员…》:"一轴郢人歌处雪,两重朱氏着来衣。"

朱弦 zhū xián
【分类】文化
【关键词】鲍照
【释义】即练朱弦,用练丝(即熟丝)制作的琴弦。《昭明文选·南朝宋鲍照〈白头吟〉》:"直如朱丝绳,清如玉壶冰。"唐李善注:"朱丝,朱弦也。"意指琴弦。
【例句】唐虞世南《奉和献岁…》:"肆夏喧金奏,重润响朱弦。"唐王諲《夜坐看挡筝》:"朱弦一一声不同,玉柱连连影相似。"唐张九龄《戏题春意》:"日守朱丝直,年催华发新。"唐韩偓《感旧》:"时昏却笑朱弦直,事过方闻锁骨香。"

朱仲李 zhū zhòng lǐ
【分类】文化
【关键词】朱仲
【释义】喻指佳美水果。《昭明文选·晋潘岳〈闲居赋〉》:"周文弱枝之枣,房陵朱仲之李。"唐李善注引东汉王逸《荆州记》:"房陵县有好枣,甚美,仙人朱仲来674。"南朝梁任昉《述异记》:"房陵定山,有朱仲李园三十六所。"
【例句】唐孟浩然《韩大使东…》:"徒攀朱仲李,谁荐和羹梅。"明毛奇龄《施二公子…》:"还家若问青房李,朱仲园头未卖钱。"清袁英《巇畔西山…》:"岂是房陵朱仲李,也同芹曝献君王。"清宋湘《赋得桃李》:"谁家朱仲宅,何处武陵源。"

朱朱白白 zhū zhū bái bái
【分类】生态
【关键词】韩愈
【释义】朱朱:花红的样子。红的红,白的白。指各色花木。唐韩愈《感春三首》:"晨游百花林,朱朱兼白白。"
【例句】宋赵抃《次韵郁李花》:"花县逢春下晓晖,朱朱白白缀繁枝。"宋邵雍《游海棠西…》:"东风吹雨过溪门,白白朱朱乱远村。"宋王炎《黄一翁自…》:"朱朱白白颜色好,春风烂漫催花时。"宋陆游《赏花》:"湖上花光何处寻?朱朱白白自成林。"

侏儒饱 zhū rú bǎo
【分类】政治
【关键词】东方朔
【释义】喻小人得志而贤才受屈。《汉书·东方朔传》:"侏儒长三尺余,奉一囊粟,钱二百四十;臣长九尺余,亦奉一囊粟,钱二百四十。侏儒饱欲死,臣朔饥欲死。臣言可用,幸异其礼。"唐颜师古注:"侏儒,短人也。"
【例句】唐元稹《立部伎》:"奸声入耳佞入心,侏儒饱饭夷齐饿。"唐寒山《诗三百》:"只取侏儒饱,不怜方朔饿。"唐白居易《得微之到…》:"侏儒饱笑东方朔,薏苡谗忧马伏波。"宋释智圆《送进士万…》:"清时贫贱诚堪耻,侏儒太饱朔方饥。"

侏儒粟 zhū rú sù
【分类】政治
【关键词】东方朔
【释义】喻指不该得到的报酬,或指额外的收获。源见"侏儒饱"。
【例句】宋林希逸《和后村书…》:"偷桃儿羡侏儒粟,辟谷翁怀博浪椎。"宋陆游《九月十四…》:"白首归修汗简书,每因囊粟戏侏儒。"明郑善夫《送司徒孙…》:"食忝侏儒粟,才妨寝庙牺。"明张萱《拜官中秘》:"禄微衹乞侏儒粟,地散偏宜草莽臣。"聂绀弩《即事》:"渴思故旧诗盈匦,饱死侏儒粟一囊。"

诛错为名 zhū cuò wéi míng
【分类】政治
【关键词】晁错
【释义】汉景帝时,吴楚等七国以诛错为名,起兵谋反。后用为借诛近臣为名而兴兵反叛之典。《汉书·晁错传》:"邓公曰:'吴为反数十岁矣,发怒削地,以诛错为名,其意不在错也。'"
【例句】唐刘长卿《至德三年…》:"食参将可待,诛错辄为名。"唐白居易《赠友》:"又从斩晁错,诸侯益强盛。"宋张方平《读公羊传》:"吴楚因诛错,不昭宁复辟。"明吴宽《过沛县怀…》:"诛错兵来汉室轻,区区一令肯前迎。"

诛马谡 zhū mǎ sù
【分类】政治
【关键词】诸葛亮
【释义】咏军法严明之典。《三国志·诸葛亮传》:"亮身率诸军攻祁山。魏明帝西镇长安,命张郃拒亮,亮使马谡督诸军在前,与郃战于街亭。谡违亮节度,举动失宜,大为郃所破。亮…还于汉中。戮谡以谢众。"
【例句】唐李商隐《随师东》:"军令未闻诛马谡,捷书惟是报孙歆。"宋俞德邻《京口遣怀…》:"含垢护逆传,况望诛马谡。"清陶寿煌《书边事》:"方见失机诛马谡,旋传建节拜刘琨。"清曹俊《感事》:"逃诛马谡终亡邑,失计陈平莫解围。"

诛茅 zhū máo
【分类】生活
【关键词】楚辞
【释义】剪除茅草。为咏营建居室的典故。《楚辞补注·卜居》:"屈原既放三年,不得复见…往见太卜郑詹尹,曰:'余有所疑,愿因先生决之。'"曰:'宁诛锄草茅以力耕乎?'"
【例句】唐吴融《赴阙次留…》:"借宅诛茅绿,分囷指粟红。"唐杜甫《岳麓山道…》:"飘然斑白身奚适,傍此烟霞茅可诛。"唐吴融《岐阳僧相…》:"虽非宋玉诛茅至,且学王家种竹来。"宋胡宿《送张著作》:"诛茅三径原同闲,枕水双扉重作邻。"

诛求　zhū qiú
【分类】政治
【关键词】左传
【释义】责求，勒索。《左传·襄公三十一年》："以敝邑褊小，介于大国，诛求无时。"
【例句】唐杜甫《白帝》："哀哀寡妇诛求尽，恸哭秋原何处村。"唐杜甫《释闷》："但恐诛求不改辙，闻道嚶嚶能全生。"唐韩愈《双鸟诗》："虫鼠诚微物，不堪苦诛求。"五代蒋贻恭《咏安仁宰…》："安仁县令好诛求，百姓脂膏满面流。"

诛宋玉茅　zhū sòng yù máo
【分类】生活
【关键词】庾信
【释义】喻指修建住宅。北周庾信《哀江南赋》："诛茅宋玉之宅，穿径临江之府。"庾信曾在战国时楚大夫宋玉住的地方诛茅（剪除茅草为屋）而居。
【例句】唐宋之问《宋公送…》》："宋公爱创宅，庾氏更诛茅。"唐罗隐《杜处士新居》："翠敛王孙草，荒诛宋玉茅。"唐吴融《岐阳蒙相…》："虽非宋玉诛茅至，且学王家种竹来。"宋司马光《再和伯常…》："诛茅宋玉宅边人，知醉宜城几瓮春。"宋司马光《再和伯常…》："诛茅宋玉宅边人，知醉宜城几瓮春。"

茱萸　zhū yú
【分类】文化
【关键词】费长房
【释义】植物名。香气辛烈，可入药。古俗农历九月九日重阳节，佩茱萸能祛邪辟恶。借指重阳节。源见"重九登高"。
【例句】唐郭元振《秋歌》："辟恶茱萸囊，延年菊花酒。"唐张说《城南亭作》："北堂珍重琥珀酒，庭前列肆茱萸席。"唐万楚《茱萸女》："山阴柳家女，九日采茱萸。"唐王昌龄《送裴图南》："黄河渡头归问津，离家几日茱萸新。"

洙泗　zhū sì
【分类】政治
【关键词】礼记
【释义】洙水和泗水。孔子在洙泗之间聚徒讲学。后以洙泗代称孔子及儒家。《礼记·檀弓》："曾子怒曰：'商，女何无罪也？吾与女事夫子于洙泗之间。'"
【例句】唐司空曙《送菊潭王…》："业成洙泗客，皓发着儒衣。"唐卢象《赠广川马…》："人归洙泗学，歌盛舞雩风。"唐张继《送顾况泗…》："别业更临洙泗上，拟将书卷对残春。"五代徐钧《魏文侯》："政缘余泽沾洙泗，比似申侯故不同。"

珠尘　zhū chén
【分类】文化
【关键词】拾遗记
【释义】轻细如尘的青砂珠。传说为仙药。也比喻细小的雪粒。《拾遗记·虞舜》："（凭霄雀）常游丹海之际，时来苍梧之野，衔青砂珠，积成垄阜，名曰珠丘。其珠轻细，风吹如尘起，名曰珠尘。仙人方回《游南岳七言赞》曰：'珠尘圆洁轻且明，有道服者得长生。'"
【例句】宋林逋《孤山雪中…》："璚树瑶岑掠眼新，鲜飘时复飏珠尘。"宋梅尧臣《袷享观礼》："琳宇躬特款，珠尘密未收。"宋杨万里《谢岳大用…》："旧传饮子安心妙，新捣珠尘看雪飞。"元宋褧《元夜偕二…》："绿鬓相携御软风，珠尘粉雾月朦胧。"

珠沉月死　zhū chén yuè sǐ
【分类】生活
【关键词】庾信
【释义】用为知交亡故之典。北周庾信《思旧铭》："麟亡星落，月死珠伤。"以月死珠伤比喻故人仙逝。
【例句】唐孟郊《逢江南故…》："珠沉百泉暗，月死群象闭。"唐不详《广陵古冢…》："但得天将明月死，不觉人随流水空。"唐王鎔《哭赵州和尚》："佛日西倾祖印隳，珠沈丹沼月沈辉。"宋丘静山《客鄞江》："酒醒石絮薄，月死夜更长。"宋赵蕃《十四夜月》："镜破何年合，珠沈几日还。"元王翰《和悼亡》："珠沉沧海终无梦，剑合延津自有情。"

珠箪肯一柽　zhū dān kěn yī chēng
【分类】政治
【关键词】钟离意
【释义】咏官员清廉明正之典。意指不肯触动成筐的珍珠。珠箪：盛珍珠的竹篓。柽：触动。《后汉书·钟离意传》："时交阯太守张恢，坐臧千金，征还伏法，以资物簿入大司农，诏班赐群臣。意得珠玑，悉以委地而不拜赐。帝怪而问其故。对曰：'臣闻孔子忍渴于盗泉之水，曾参回车于胜母之闾，恶其名也。此臧秽之宝，臣不敢拜。'"
【例句】唐杜牧《寄内兄和…》："金罍宁回顾，珠箪肯一柽。"金李奎报《次韵李程…》："华扎无端光瓮牖，珍投不啻与珠箪。"元元天锡《甲寅三月…》："身堪容草屋，梦不顾珠箪。"

珠喉　zhū hóu
【分类】生活
【关键词】礼记
【释义】指圆转如珠的歌喉。源见"贯珠"。
【例句】宋杨亿《次韵和昭…》："珠喉倚瑟华堂暮，桂烬薰衣别院幽。"宋杨亿《夜宴》："鹤盖留飞舄，珠喉怨落梅。"宋韩琦《辛亥七夕…》："郓中新曲高难和，唯付珠喉任遏云。"宋赵崇蟠《进酒行》："小鬟春风花满头，堂堂一曲真珠喉。"

珠履　zhū lǚ
【分类】生活
【关键词】春申君
【释义】用珠宝装饰的鞋子。喻幕僚生活奢华。《史记·春申君列传》:"赵使欲夸楚,为玳瑁簪,刀剑室以珠玉饰之,请命春申君客。春申君客三千余人,其上客皆蹑珠履以见赵使,赵使大惭。"
【例句】唐宋之问《花烛行》:"玉樽交引合欢杯,珠履共蹋鸳鸯荐。"唐沈佺期《七夕曝衣篇》:"珠履奔腾上兰砌,金梯宛转出梅梁。"唐包何《和程员外……》:"藤垂宛地萦珠履,泉迸侵阶浸绿钱。"唐杜甫《投赠哥舒……》:"未为珠履客,已见白头翁。"

珠树　zhū shù
【分类】文化
【关键词】淮南子
【释义】传说中的仙树。也为树的美称。《淮南子·墬形训》:"掘昆仑虚以下地,中有增城九重……珠树、玉树、琁树、不死树在其西。"
【例句】唐张昌宗《奉和圣制……》:"云车遥裔三珠树,帐殿交阴八桂丛。"唐李白《送贺监归……》:"借问欲栖珠树鹤,何年却向帝城飞。"唐黄滔《寄同年崔……》:"虽知珠树悬天上,终赖银河接世间。"唐杨达《谢姚月华……》:"青桂仙女隔蓬莱,珠树金窗向晓开。"

珠玉　zhū yù
【分类】文化
【关键词】夏侯湛
【释义】珍珠和玉。比喻妙语和美好的诗文。《晋书·夏侯湛传》:"作《抵疑》以自广,其辞曰:'咳唾成珠玉,挥袂出风云。'"喻俊杰,英才。《世说新语·容止》:"语人曰:'今日之行,触目见琳琅珠玉。'"
【例句】唐李白《古风》:"珠玉买歌笑,糟糠养贤才。"唐杜甫《和贾至早朝》:"朝罢香烟携满袖,诗成珠玉在挥毫。"唐白居易《广府胡尚……》:"唯向诗中得珠玉,时时寄给帝乡来。"唐元稹《酬李六醉……》:"文章纷似绣,珠玉布如棋。"

珠玉在侧　zhū yù zài cè
【分类】文化
【关键词】卫玠
【释义】比喻人品出众超群的人在身边。《世说新语·容止》:"骠骑王武子是卫玠之舅,俊爽有风姿,见玠辄叹曰:'珠玉在侧,觉我形秽!'"
【例句】宋赵鼎臣《重阳前数……》:"况复今年值众贤,珠玉在侧真可怜。"宋师严《蒇五见访》:"花前下马迎一笑,珠玉在侧形骸弱。"宋李弥逊《次韵富季……》:"晚从我公游,在侧愧珠玉。"元凌云翰《如存堂为……》:"珠玉照人甥在侧,琼瑰赠舅母如存。"

珠玉装　zhū yù zhuāng
【分类】文化
【关键词】剑
【释义】咏剑之典。《西京杂记》:"汉帝相传以秦王子婴所奉白玉玺、高帝斩白蛇剑。剑上有七彩珠、九华玉以为饰,杂厕五色琉璃为剑匣。"古代的宝剑,常缀以珠玉。
【例句】唐杜甫《蕃剑》:"致此自僻远,又非珠玉装。"金耶律楚材《和张敏之……》:"官监金犀饰,妖姬珠玉装。"元梵琦《北邙行》:"汉陵发掘竟何事,后世更留珠玉装。"清陈德正《古剑歌》:"雕缋何须珠玉装,刮磨不受铜花蚀。"

诸葛亮　zhū gě liàng
【分类】政治
【关键词】诸葛亮
【释义】字孔明,号卧龙,三国时期蜀汉丞相、武乡侯,政治家、军事家、发明家、文学家。《三国志·诸葛亮传》:"亮答曰:'自董卓已来,豪杰并起,跨州连郡者不可胜数。曹操比于袁绍,则名微而众寡,然操遂能克绍,以弱为强者,非惟天时,抑亦人谋也。'"
【例句】唐杜甫《遣兴》:"嵇康不得死,孔明有知音。"唐费冠卿《闲居即事》:"子房仙去孔明死,更有何人解指踪。"宋邵雍《和邢和叔……》:"观君自比诸葛亮,顾我殊非黄石公。"宋陈普《祭遵》:"牧野再逢诸葛亮,两阶重见祭将军。"

诸侯　zhū hóu
【分类】政治
【关键词】史记
【释义】西周、春秋时分封的各国国君。要服从王命,定期朝贡述职,出军赋徭役,按礼所属上卿由天子任命,封疆内世袭掌握统治大权。《史记·五帝本纪》:"于是轩辕乃习用干戈,以征不享,诸侯咸来宾从。"
【例句】唐苏颋《奉和圣制……》:"东破诸侯西入秦,咸阳北阪南渭津。"唐王希明《丹元子步……》:"天樽三星井上头,樽上横列五诸侯。"唐元稹《初除浙东……》:"兴庆首行千命妇,会稽旁带六诸侯。"聂绀弩《过刘后村……》:"齐桓不喜葵瓜子,肯会诸侯到尔丘。"

诸生　zhū shēng
【分类】政治
【关键词】叔孙通
【释义】众儒生。《史记·叔孙通列传》:"叔孙通知上益厌之也,说上曰:'夫儒者难与进取,可与守成。臣愿征鲁诸生,与臣弟子共起朝仪。'"
【例句】唐王维《故人张諲……》:"蜀中夫子时开卦,洛下诸生解咏诗。"唐杜甫《苏端薛复……》:"诸生颇尽新知乐,万事终伤不自保。"唐司空曙《长安晓望》:"独有浅才甘未达,多惭名在鲁诸生。"唐权德舆《送谢孝廉……》:"家承晋太傅,身慕鲁诸生。"

蛛丝卜巧　zhū sī bǔ qiǎo
【分类】生活
【关键词】开元天宝
【释义】古时妇女于七夕将蜘蛛放置盒内,以结网密疏卜得巧多少的游戏。《开元天宝遗事·蛛丝卜巧》:"帝与贵妃每至七月七日夜,在华清宫游宴……又各捉蜘蛛于小合中,至晓开视蛛网稀密,以为得巧之候。密者言巧多,稀者言巧少,民间亦效之。"

【例句】宋宋祁《七夕》:"裴回月御斜光敛,宛转蛛丝巧意真。"宋李昭玘《和鲍辇七夕》:"不用蛛丝争巧拙,自知得拙半生闲。"宋赵师侠《鹊桥仙》:"花瓜应节,蛛丝卜巧,望月穿针楼外。"宋萧立之《失题》:"蛛丝卜巧对西风,岁岁佳期此夕同。"

竹报平安 zhú bào píng ān
【分类】生活
【关键词】李靖
【释义】指平安家书。俗亦用作春帖语。唐段成式《酉阳杂俎·支植》:"卫公(指李靖,因改封为卫国公)言北都(指太原地方)惟童子寺有竹一窠,才长数尺,相传其寺纲维(主管寺中事务的僧人),每日报竹平安。"
【例句】唐岑参《逢使入京》:"马上相逢无纸笔,凭君传语报平安。"宋卫富益《题赵子昂竹》:"留得一枝烟雨里,又随人去报平安。"元凌云翰《晓望》:"伏阙惟天知对越,还家有竹报平安。"明刘璡《次韵瓶中…》:"不共小桃争艳冶,自陪修竹报平安。"

竹帛 zhú bó
【分类】政治
【关键词】汉文帝
【释义】竹简和白绢,古代供书写之用。意喻载入史册。《史记·孝文本纪》:"孝文皇帝临天下…其为孝文皇帝庙为《昭德》之舞,以明休德。然后祖宗之功德著于竹帛,施于万世,永永无穷。"
【例句】唐崔曙《奉酬中书…》:"勋共山河列,名同竹帛垂。"唐张俨《贞元八年…》:"雄名垂竹帛,荒陵压阡陌。"唐李白《长歌行》:"功名不早著,竹帛将何宣。"唐杜甫《览柏中允…》:"高名入竹帛,新渥照乾坤。"

竹帛烟销 zhú bó yān xiāo
【分类】政治
【关键词】李斯
【释义】指秦始皇下令焚书的史实。《史记·秦本纪》:"丞相李斯曰:'臣请史官非秦记皆烧之。非博士官所职,天下敢有藏《诗》《书》、百家语者,悉诣守、尉杂烧之…制曰:'可'。"竹帛:竹简和白绢。引申指书籍、史乘。
【例句】唐张籍《送李仆射…》:"旌幢独继家声外,竹帛新添国史中。"唐章碣《焚书坑》:"竹帛烟销帝业虚,关河空锁祖龙居。"宋陆游《东郊饮村》:"不能垂竹帛,正可死陇亩。"元赵汸《古津渡夜…》:"竹帛烟销黔首愚,紫芝一曲老商于。"

竹夫人 zhú fū rén
【分类】生活
【关键词】苏轼
【释义】暑天置床席间取凉的用具。本名竹几、竹夹膝。《苏轼诗集·〈送竹几与谢秀才〉》:"留我同行木上坐,赠君无语竹夫人。"自注云:"世以竹几为竹夫人也。"
【例句】宋李之仪《题老小轩》:"不见同行木上座,常留伴睡竹夫人。"宋刘筠《古风谢汪…》:"青螺仙女暮成炊,绿竹夫人寒卧壁。"宋王十朋《永康有岭…》:"炎暑厌闻花锦被,清凉宜近竹夫人。"宋刘克庄《老欢》:"昔作时来木居士,今为暑退竹夫人。"

竹宫 zhú gōng
【分类】政治
【关键词】汉武帝
【释义】用竹建造的宫室,指甘泉祠宫。后作祠坛的泛称。《三辅黄图·甘泉宫》:"竹宫,甘泉祠宫也,以竹为宫,天子居中。"源见"竹宫望拜"。
【例句】唐杜甫《覆舟》:"竹宫时望拜,桂馆或求仙。"宋宋白《宫词》:"竹宫春祀星神仙,百和烟高杂绛烟。"宋白玉蟾《明堂礼成》:"竹宫循汉古,茆屋法周荒。"宋刘克庄《寄杨休文…》:"石鼎联诗尘满砚,竹宫应制草盈函。"

竹宫望拜 zhú gōng wàng bài
【分类】政治
【关键词】汉武帝
【释义】咏帝王拜神求仙之典。竹宫,用竹子搭建的宫室。汉武帝曾在竹宫向集于甘泉圜丘祠坛上的神光下拜。《汉书·礼乐志》:"夜常有神光如流星止集于祠坛,天子自竹宫而望拜,百官侍祠者数百人皆肃然动心焉。"
【例句】唐杜甫《覆舟》:"竹宫时望拜,桂馆或求仙。"宋杨亿《次韵和承…》:"竹宫肃穆珠旒埽,华表飘飘鹤驭归。"宋杨亿《汉武》:"光照竹宫劳夜拜,露浓金掌费朝餐。"元马祖常《赠壶洲道士》:"夜拜竹宫穿紫䘵,晨飞凫舄上玄坛。"

竹篱茅舍 zhú lí máo shè
【分类】生态
【关键词】杜甫
【释义】竹子做的篱笆,茅草盖的房子。形容农村的住房或田园风光。也形容隐士的简陋居处。《全芳备祖·梅花》:"杜甫咏梅诗《失题》:'茅舍竹篱短,梅花吐未齐。晚来溪径侧,雪压小桥低。'"
【例句】宋丁高林《村舍柳》:"何似竹篱茅舍畔,新年不减旧年枝。"宋王洋《和大猷》:"遥解知君得诗处,竹篱茅舍两三家。"宋谢逸《梅》:"本是前村深处物,竹篱茅舍却相宜。"宋李果光《成氏园》:"竹篱茅舍称野逸,平坡细径遥相连。"

竹里琴 zhú lǐ qín
【分类】文化
【关键词】琴
【释义】用作咏琴或借以咏叔父之典。《晋书·阮籍传》:"阮籍字嗣宗…嗜酒能啸,善弹琴。当其得意,忽忘形骸。时人多谓之痴。"阮籍与侄阮咸等常作竹林之游,又善弹琴,故称竹里琴。
【例句】唐朱庆馀《题崔驸马…》:"白练鸟飞深竹里,朱弦琴在乱书中。"唐李端《题从叔沆…》:"鸟哢花间曲,人弹竹里琴。"宋毛滂《送茶琳老》:"漫寄凤凰台畔雪,不妨竹里润琴声。"明边贡《苏山春色》:"酒向花前醉,琴宜竹里弹。"

竹林七贤　zhú lín qī xián
【分类】文化
【关键词】嵇康
【释义】咏雅士宴游交往的典故。《晋书·嵇康列传》:"所与神交者惟陈留阮籍、河内山涛,豫其流者河内向秀、沛国刘伶、籍兄子咸、琅邪王戎,遂为竹林之游,世所谓'竹林七贤'也。"
【例句】唐李白《鲁郡尧祠…》:"竹林七子去道赊,兰亭雄笔安足夸。"唐卢纶《秋夜同畅…》:"圆月出山头,七贤林下游。"唐卢纶《九日同司…》:"竹林唯七友,何幸亦登攀。"唐武元衡《闻严秘书…》:"闻道今宵阮家会,竹林明月七人同。"

竹马　zhú mǎ
【分类】生活
【关键词】郭伋
【释义】儿童游戏时当马骑的竹竿。源见"竹马迎迎"。
【例句】唐许浑《送人之任…》:"群童竹马交迎日,二老兰舣初见时。"唐李白《长干行》:"郎骑竹马来,绕床弄青梅。"唐金地藏《送童子下山》:"爱向竹栏骑竹马,懒于金地聚金沙。"唐白居易《赠楚州郭…》:"笑看儿童骑竹马,醉携宾客上仙舟。"

竹马交迎　zhú mǎ jiāo yíng
【分类】政治
【关键词】郭伋
【释义】歌颂地方良吏之典。《后汉书·郭伋传》:"乃调伋(字细侯)为并州牧。所到县邑,老幼相携,逢迎道路……到西河美稷,有童儿数百,各骑竹马,道次迎拜。伋问:'儿曹何自远来?'对曰:'闻使君到,喜,故来奉迎。'伋辞谢之。"
【例句】唐许浑《送人之任…》:"群童竹马交迎日,二老兰舣初见时。"唐李白《赠宣城宇…》:"竹马数小儿,拜迎白鹿前。"明胡应麟《直指叶公…》:"霜飞竹马儿童集,日照花骢父老迎。"明成鹫《邑明府姚…》:"小儿竹马野人芹,迎送交加均赤子。"

竹马之好　zhú mǎ zhī hǎo
【分类】生活
【关键词】诸葛靓
【释义】用作咏儿时情谊之典。《世说新语·方正》:"诸葛靓…与武帝有旧,帝欲见之而无由,乃请诸葛妃呼靓。既来,帝就太妃间相见,礼毕,酒酣,帝曰:'卿故复忆竹马之好不?'"古时,儿童把一根竹竿放在两腿间当马骑,故称竹马。《博物志》:"小儿五岁曰鸠车之戏,七岁曰竹马之戏。"

【例句】唐李白《赠宣城宇…》:"竹马数小儿,拜迎白鹿前。"唐李白《长干行》:"郎骑竹马来,绕床弄青梅。"唐金地藏《送童子下山》:"爱向竹栏骑竹马,懒于金地聚金沙。"唐韦应物《奉和张大…》:"天生逸世姿,竹马不曾骑。"唐韦庄《下邽感旧》:"昔为童稚不知愁,竹马闲乘绕县游。"

竹奴　zhú nú
【分类】生活
【关键词】苏轼
【释义】夏日取凉寝具。用竹青篾编成,或用整段竹子做成。源见"竹夫人"。
【例句】宋谢邁《立夏日作》:"小簟含风六尺床,竹奴从此合专房。"宋吕本中《暑夕午凉》:"团扇未须忧弃置,竹奴犹可助清凉。"宋张扩《昼寝》:"竹奴不语专新宠,水厄无功罢宿烟。"宋杨学李《西郊晚步》:"桃笙院静横竹奴,栩栩清梦游冰壶。"

竹批双耳　zhú pī shuāng ěr
【分类】生活
【关键词】马
【释义】咏相马之典。《齐民要术·养牛马驴骡》:"相马从头始…耳欲得小而促,状如斩竹筒。"形容马耳小而尖锐,两耳相距近,为良马之相。
【例句】唐杜甫《房兵曹胡马》:"竹批双耳峻,风入四蹄轻。"唐杜甫《李鄠县丈…》:"头上锐耳批秋竹,脚下高足削寒玉。"唐李贺《马诗》:"批竹初攒耳,桃花未上身。"宋韦骧《咏马》:"耳批秋竹薄,蹄蹴水云轻。"

竹实　zhú shí
【分类】文化
【关键词】庄子
【释义】竹米。竹不常开花,极难结实,故极珍贵。《庄子·秋水》:"夫鹓雏…非练实不食,非醴泉不饮。"鹓雏亦凤类。
【例句】唐李白《赠柳圆》:"竹实满秋浦,凤来何苦饥。"唐伊梦昌《凤》:"竹实不得饱,桐孙何足栖。"唐杜甫《凤凰台》:"心以当竹实,炯然无外求。"唐杜甫《朱凤行》:"愿分竹实及蝼蚁,忍使鸱枭相怒号。"唐韩愈《孟生诗》:"竹实凤所食,德馨神所歆。"

竹使符　zhú shǐ fú
【分类】政治
【关键词】汉文帝
【释义】州郡长官之典。《汉书·文帝纪》:"九月,初与郡守为铜虎符、竹使符。"注引(应)劭曰:"铜虎符第一至第五,国家当发兵遣使者,至郡合符,合符乃听受之。竹使符皆以竹箭五枚,长五寸,镌刻篆书,第一至第五。"
【例句】唐张九龄《登荆州城楼》:"自罢金门籍,来参竹使符。"唐韦应物《郡内闲居》:"腰悬竹使符,心如庐山缁。"唐羊士谔《郡斋读经》:"迹似桃源客,身樱竹使符。"宋刘攽《送韩文饶…》:"岭梅阴下驻旌旆,五月归更竹使符。"

竹外一枝斜 zhú wài yī zhī xiá
【分类】文化
【关键词】梅
【释义】咏梅花之典。《苏轼诗集·〈和秦太虚梅花〉》："江头千树春欲暗,竹外一枝更好。"
【例句】宋张嵲《墨梅》："寂寞沙村烟雨里,如看竹外一枝斜。"宋释德洪《华光仁老…》："东坡戏作有声画,竹外一枝斜更好。"宋许景衡《墨梅花》："画里有诗还会么,分明竹外一枝斜。"宋华岳《春闺杂咏梅》："寻春不遇欲空归,竹外横斜拾一枝。"

竹西歌吹 zhú xī gē chuī
【分类】生活
【关键词】杜牧
【释义】扬州筑有竹西亭,又名歌吹亭,在扬州北门外禅智寺前。后以此语典喻歌舞热闹之处。唐杜牧《题扬州禅智寺》："谁知竹西路,歌吹是扬州。"
【例句】宋刘敞《游禅智寺》："蒙顶川原眼中见,扬州歌吹竹西闻。"宋许月卿《次允杰》："歌吹竹西惊昨梦,眼中骑鹤有高楼。"宋苏轼《别择公》："若问西来师祖意,竹西歌吹是扬州。"宋黄庭坚《次韵王定…》："平生行乐自不恶,岂有竹西歌吹愁。"

竹溪六逸 zhú xī liù yì
【分类】政治
【关键词】李白
【释义】比喻隐世高人。《新唐书·李白传》："更客任城,与孔巢父、韩准、裴政、张叔明、陶沔居徂徕山,日沉饮,号'竹溪六逸'。"
【例句】宋孔平仲《八音诗〉》："丝竹万事何足言,竹溪六逸方醉眠。"宋范成大《次韵正夫…》："六逸萧然真可画,为君题作竹溪图。"宋员兴宗《游九顶清…》："亭边古洞可治易,何必竹溪师六逸。"宋许月卿《赠竹溪》："试问竹溪何所似,风流六逸共标题。"

逐臭 zhú chòu
【分类】文化
【关键词】吕氏春秋
【释义】指喜爱臭味。比喻嗜好怪僻,与众不同;也可以喻指专门追求恶行劣迹。《吕氏春秋·遇合》："人有大臭者,其亲戚兄弟妻妾知识无能与居者,自苦而居海上。海上人有悦其臭者,昼夜随之而弗能去。"
【例句】唐杜牧《分司东都…》："海边慵逐臭,尘外怯吞腥。"唐徐寅《逐臭苍蝇》："逐臭苍蝇岂有为,清蝉吟露最高奇。"宋王安礼《捧香人》："犹胜海上客,逐臭了平生。"宋李廌《卢泉之水…》："彼方逐臭如窃香,肝膈鼠饱神鹰扬。"

逐黄鹄 zhú huáng hú
【分类】政治
【关键词】楚辞
【释义】咏怀有凌云志之典。《楚辞补注·卜居》："宁逐黄鹄比翼乎? 将与鸡鹜争食乎?"
【例句】唐韩愈《送诸葛觉…》："入海观龙鱼,矫翻逐黄鹄。"宋苏辙《次韵子瞻…》："洛川犹是冠盖林,更愿高飞逐黄鹄。"宋孔平仲《寄子由》："安得两翅长,高举逐黄鹄。"宋苏辙《次韵孔平…》："恐在庐山中,飞翔逐黄鹄。"

逐客 zhú kè
【分类】政治
【关键词】李斯
【释义】源自秦王嬴政曾下令驱逐从各国来的客卿。《史记·李斯列传》："斯乃上书曰:'今逐客以资敌国,损民以益雠,内自虚而外树怨于诸侯,求国无危,不可得也。'秦王乃除逐客之令,复李斯官,卒用其计谋。"
【例句】唐张继《洛阳作》："书成休逐客,赋罢遂为郎。"唐李商隐《哭刘司户》："已为秦逐客,复作楚冤魂。"唐杜甫《寄杜位》："逐客虽皆万里去,悲君已是十年流。"唐杜甫《题郑十八…》："乱后故人双别泪,春深逐客一浮萍。"

逐鹿 zhú lù
【分类】政治
【关键词】韩信
【释义】鹿,喻指帝位。后用逐鹿指争夺天下。《史记·淮阴侯列传》："秦失其鹿,天下共逐之,于是高材疾足者先得焉。"
【例句】唐王绩《赠薛学士…》："物情争逐鹿,人事亡羊。"唐吴少微《过汉故城》："中原逐鹿罢,高祖郁龙骧。"唐元稹《贬江陵途…》："暇日上山狂逐鹿,凌晨过寺饱看云。"唐温庭筠《过五丈原》："下国卧龙空误主,中原逐鹿不因人。"

烛龙 zhú lóng
【分类】文化
【关键词】山海经
【释义】古代神话中的神名。张目(或衔烛、珠)能光照耀天下。借指太阳。《山海经·大荒北经》："西北海之外,赤水之北,有章尾山。有神,人面蛇身而赤,直目正乘…是烛九阴,是谓烛龙。"
【例句】唐吴筠《游仙》："烛龙发神曜,阴野弥焕炳。"唐李贺《苦昼短》："天东有若木,下置衔烛龙。"唐孟浩然《同张将蓟…》："蓟门看火树,疑是烛龙然。"唐李白《北风行》："烛龙栖寒门,光曜犹旦开。"唐皎然《远意联句》："楂客三千路未央,烛龙之地日无光。"

舳舻 zhú lú
【分类】文化
【关键词】汉武帝
【释义】船尾和船头的合称,泛指船。《汉书·武帝纪》元封五年,"自寻阳浮江…舳舻千里,薄枞阳而出。"《昭明文选·汉郭璞〈江赋〉》："舳舻相属,万里连樯。"

【例句】唐杜甫《过南岳入…》：" 鄂渚分云树, 衡山引舳舻。" 唐白居易《东南行一…》："水市通阛阓, 烟村混舳舻。"唐韦应物《汉武帝杂歌》："死蛟浮出不复沉, 舳舻千里江水清。"聂绀弩《颐和园》："倘以舳舻资赤壁, 何如郊薮起雕阑。"

主父西游　zhǔ fù xī yóu
【分类】政治
【关键词】主父偃
【释义】主父偃, 齐人, 诸国莫能厚, 西入秦, 卫青数言上不省, 上书阙下, 朝奏暮见。岁中四迁。后用为长期失意偶逢知遇之典。《汉书·主父偃传》："学长短从横术, 晚乃学易、春秋、百家之言。"
【例句】唐高适《送蔡山人》："丈夫遭遇不可知, 买臣主父皆如斯。"唐李贺《致酒行》："主父西游困不归, 家人折断门前柳。"宋张方平《出京东归…》："季子揣摩佩六印, 主父宦游食五鼎。"明王恭《题会稽吴…》："不见主父西游久不归, 苏秦金尽故交稀。"

主画诺　zhǔ huà nuò
【分类】政治
【关键词】宗资范滂
【释义】在文书上签字, 表示同意照办。为讽刺官吏之典。《后汉书·党锢传序》："后汝南太守宗资任功曹范滂, 南阳太守成瑨亦委功曹岑晊, 二郡又为谣曰：'汝南太守范孟博, 南阳宗资主画诺。…'"指汝南太守宗资, 拉拢朋党, 委任范滂做功曹去具体承办事情, 自己只签署同意。
【例句】唐张说《出湖寄赵…》："湘浦未赐环, 荆门犹主诺。"宋苏轼《赵郎中见…》："颇哀老子今日饮, 为君坐啸主画诺。"宋刘敞《和永叔食…》："翰林仙伯屈主诺, 忧民之忧乐民乐。"宋曾巩《方推官寄…》："龙团贡罢争先得, 肯寄天涯主诺人。"

主人翁　zhǔ rén wēng
【分类】政治
【关键词】东方朔
【释义】对主人的尊称。《汉书·东方朔传》："帝姑馆陶公主(刘嫖)号窦太主, 堂邑侯陈午尚之。午死, 主寡居, 年五十余矣, 近幸董偃…曰：'愿谒主人翁。'主乃下殿…董君绿帻傅韠, 随主前, 伏殿下。"唐颜师古注："绿帻, 贱人之服也。"
【例句】唐李商隐《井泥四十韵》："帝问主人翁, 有自卖珠儿。"唐李白《古风》："绿帻谁家子, 卖珠轻薄儿。"唐白居易《宿窦使君…》："有兴即来闲便宿, 不知谁是主人翁。"唐刘禹锡《刘驸马水…》："尽日逍遥避烦暑, 再三珍重主人翁。"

拄笏看山　zhǔ hù kàn shān
【分类】文化
【关键词】王徽之
【释义】形容在官而有闲情雅兴。亦为悠然自得貌。《世说新语·简傲》："王子猷作桓车骑参军。桓谓王曰：'卿在府久, 比当相料理。'初不答, 直高视, 以手版拄颊云：'西山朝来, 致有爽气。'"按, 手版即笏。
【例句】宋贺铸《留别彦上人》："拄笏看山犹故态, 量船载酒异常年。"宋苏轼《次韵胡完夫》："老去上书还北阙, 朝来拄笏看西山。"宋周紫芝《送钱端修…》："望尘罗拜何曾解, 拄笏看山了不嗔。"宋陆游《春晚书怀》："脱巾漉酒从人笑, 拄笏看山颇自奇。"

煮白石　zhǔ bái shí
【分类】文化
【关键词】白石
【释义】借指道家修炼的典实。源见"白石生"。
【例句】唐韦应物《寄全椒山…》："涧底束荆薪, 归来煮白石。"唐吕岩《赠刘方处士》："拟向烟霞煮白石, 偶来城市见丹丘。"唐张蠙《华阳道者》："惟餐白石过白日, 拟骑青竹上青冥。"唐皮日休《鲁望示广文…》："行厨煮白石, 卧具拂青云。"

煮鹤　zhǔ hè
【分类】生活
【关键词】苕溪渔隐
【释义】焚琴煮鹤, 喻糟蹋美好事物。宋胡仔《苕溪渔隐丛话前集》引《西清诗话》："义山《杂纂》品目数十, 盖以文滑稽者。其一曰杀风景, 谓清泉濯足、花下晒裈、背山起楼、烧琴煮鹤。"
【例句】宋邵雍《古琴吟》："近日僮奴恶, 须防煮鹤时。"宋李石《问赵有方…》："我家老马解仰秣, 渠家煮鹤充枯柴。"宋洪适《满江红》："吹竹弹丝谁不爱, 焚琴煮鹤人何肯。"聂绀弩《杂诗》："久饭伊蒲思煮鹤, 终披瑶草悔耕烟。"

煮弩　zhǔ nǔ
【分类】政治
【关键词】臧洪
【释义】困守城池之典。《后汉书·臧洪传》："城中粮尽, 外无援救, 洪自度不免…初尚掘鼠, 煮其角, 后无所复食…(洪)又杀其爱妾, 以食兵将。兵将咸流涕, 无能仰视。妇女七八十人相枕而死, 莫有离叛。"
【例句】唐吴融《赴阙次留…》："解鞍欺李广, 煮弩笑臧洪。"宋陈普《臧洪》："汉士当时惟北海, 一青史见臧洪。"金元好问《寄赵宜之》："可怜河朔州, 人掘草根官煮弩。"明叶杞《挽余忠悯公》："万里孤悬班定远, 满城忠烈汉臧洪。"清宋湘《耿耷耿恭》："凿山乞水臣能拜, 煮弩作粮侯不封。"

麈谈　zhǔ tán
【分类】政治
【关键词】王衍
【释义】执麈尾而清谈。亦泛指闲居谈论。源见"挥麈"。
【例句】宋刘克庄《挽王礼部》："麈谈巾垫角, 燕处案齐眉。"宋杜范《挽刘监丞》："麈谈裁后进, 山立俨前修。"宋郑清之《宿翠山》："茶新煮鼎作鱼沫,僧有可人能麈谈。"宋林景熙《访僧邻庵…》："寂寥午夜松风响,疑是神仙接麈谈。"

苎萝山　zhù luó shān
【分类】生态
【关键词】西施
【释义】在浙江诸暨市南。相传为春秋时越国美女西施、郑旦出生之地。源见"西施"。
【例句】唐施肩吾《送僧游越》："此去若逢花柳月,栖禅莫向苎萝山。"唐崔道融《西施》："苎萝山下如花女,占得姑苏台上春。"五代贯休《曹娥碑》："堪叹行人不回首,前山应是苎萝山。"宋郑獬《山中桃花》："春入关山亦未迟,苎萝山下见西施。"

助夜渔　zhù yè yú
【分类】政治
【关键词】宓子贱
【释义】称美县令为政有方之典。《水经注·泗水》："又东径父县故城南,昔宓子贱之治也。孔子使巫马期观政,入其境,见夜渔者,问曰:'子得鱼辄放,何也?'曰:'小者,吾大夫欲长育之故也。'"春秋鲁人宓不齐(字子贱)为单父宰时,曾下令禁止捕小鱼。
【例句】唐钱起《送李明府…》："今日蓝溪水,无人助夜渔。"宋范浚《送四兄茂…》："能令夜渔人,有得弃不取。"元杨维桢《览古》："单父有成效,夜渔若严刑。"明宗臣《夕次京口…》："海门孤戍鸣寒角,瓜步残潮见夜渔。"

杼柚　zhù zhóu
【分类】文化
【关键词】诗经
【释义】杼柚是织布机上的两个部件,即用来持纬(横线)的梭子和用来承经(直线)的筘,亦代指织机。《诗经·小雅》："杼柚其空。"也比喻诗文的组织、构思。《昭明文选·晋陆机〈文赋〉》："虽杼轴于予怀,怵佗人之我先。"唐李善注："杼轴,以织喻也。"
【例句】唐杜甫《岁晏行》："高马达官厌酒肉,此辈杼柚茅茨空。"宋杨备《锦署》："人衣蓝缕地衣红,不念家家杼柚空。"宋王令《和人促织》："人思绝漠冰霜早,妇叹穷阎杼柚空。"宋晁公溯《郡县》："所望家无空杼柚,常令天不害粢盛。"

贮火　zhù huǒ
【分类】生活
【关键词】庄子
【释义】喻指心情忧愁抑郁。《庄子·外物》："有甚忧两陷而无所逃,螴蜳不得成,心若县于天地之间,慰暋沉屯,利害相摩,生火甚多,从人焚和,月固不胜火,于是乎有僓然而道尽。"
【例句】唐韩愈《次郑州界》："心讶愁来唯贮火,眼知别后自添花。"宋吕本中《赠孙首之》："金盘贮火齐,熟视不一

取。"元倪瓒《送徐子素》："垂帘幽阁团云影,贮火茶炉作雨声。"明程敏政《病中喜雨…》："病中身贮火,夜觉雨鸣阶。"

注尔雅虫鱼　zhù ěr yǎ chóng yú
【分类】文化
【关键词】郭璞
【释义】晋郭璞曾为《尔雅》中有关虫、鱼、鸟、兽、草、木等篇一一作注。也比喻繁琐的考据。晋郭璞《尔雅序》："若乃可以博物不惑,多识于鸟兽草木之名者,莫近于《尔雅》。"
【例句】唐韩愈《读皇甫湜…》："尔雅注虫鱼,定非磊落人。"宋刘敞《画草虫扇子》："周南草虫但书兴,尔雅虫鱼浪多证。"宋方岳《用郑少傅…》："老生经济知无术,尔雅虫鱼宁阁笔。"宋王十朋《尔雅台》："虫鱼草木归笺注,何害其为磊落人。"

注脚　zhù jiǎo
【分类】文化
【关键词】陆九渊
【释义】解释书中字句的文字。《宋史·陆九渊传》："学苟知道,则六经皆我注脚。"宋王应麟《困学纪闻·经说》："日用是根株,文字是注脚。"
【例句】宋刘克庄《笑花》："尚恐傍观安注脚,笑他何事与何人。"宋林希逸《玄扃》："划尽念头方近道,扫空注脚始明经。"宋何梦桂《答杨冰崖…》："勘破西铭识本真,添来注脚又重新。"聂绀弩《赠雪峰》："文章注脚今天下,思想核心旧鲁公。"

驻隙　zhù xì
【分类】生活
【关键词】庄子
【释义】谓使光阴停留。源见"白驹过隙"。
【例句】唐司空图《哭王注》："已叹漳滨卧,何言驻隙难。"宋朱翌《岁乙丑余…》："求方驻隙驹,辟谷起黄独。"宋葛起耕《除夕》："爆竹传声又岁除,流年不驻隙中驹。"

柱下史　zhù xià shǐ
【分类】政治
【关键词】张苍
【释义】指御史。系史官将每旬要办的国家大事挂在宫中柱上而得名。《史记·张丞相列传》："张丞相苍者…秦时为御史,主柱下方书。"唐司马贞《史记索隐》："周秦皆有柱下史,谓御史也。所掌及侍立恒在殿柱之下,故老子为周柱下史。"
【例句】唐孙逖《送张环摄…》："恩沾柱下史,荣比选曹郎。"唐李白《赠潘侍御…》："绣衣柱史何昂藏,铁冠白笔横秋霜。"唐赵嘏《李侍御归…》："家有青山近玉京,风流柱史早知名。"唐钱起《送裴颇侍…》："柱史才年四十强,须髯玄发美清扬。"

祝鸡翁 zhù jī wēng
【分类】生活
【关键词】祝鸡翁
【释义】古代善养鸡者。为咏养鸡之典。《列仙传》:"祝鸡翁者,洛人也。居尸乡北山下,养鸡百余年,鸡有千余头,皆立名字。暮栖树上,昼放散之,欲引,呼名,即依呼而至。卖鸡及子得千余万,辄置钱去,之吴作养鱼池,后升吴山,白鹤、孔雀数百常止其傍。"
【例句】唐刘禹锡《重寄表臣》:"早晚同归洛阳陌,卜邻须近祝鸡翁。"唐杜甫《寄从孙崇简》:"吾孙骑曹不骑马,业学尸乡多养鸡。"宋李彭《鸡冠》:"赤帻漫多安足数,尸乡反笑祝鸡翁。"宋王灼《以朝鸡送…》:"平生自许屠龙学,岁晚拟作祝鸡翁。"

祝禽疏网 zhù qín shū wǎng
【分类】政治
【关键词】汤
【释义】称颂仁政。喻帝王仁惠。祝:祝福;疏:开通。为飞禽祝福,打开网。指开网放禽飞走。比喻给禽鸟自由。源见"网开三面"。
【例句】唐骆宾王《畴昔篇》:"涸鳞去辙还游海,幽禽释网便翔空。"唐杜甫《秋日荆南…》:"垂旒资穆穆,祝网但恢恢。"唐胡曾《咏史商郊》:"谁知继桀为天子,便是当初祝网人。"明罗洪先《王笔峰参…》:"不为敝帷全旧马,岂容疏网纵羁禽。"

祝融 zhù róng
【分类】文化
【关键词】吕氏春秋
【释义】神名。为掌火之官,称火正,死后为火神,又为司夏季之神仙。后遂用为咏火或咏夏之典。《吕氏春秋·孟夏》:"孟夏之月…其神祝融。"汉高诱注:"祝融,颛顼氏后,老童之回也,为高辛氏火正,死为火官之神。"《礼记·月令》:"孟夏之月…其神祝融。"
【例句】唐王昌龄《奉赠张荆州》:"祝融之峰紫云衔,翠如何其雪崒崒。"唐杜甫《前苦寒行》:"玄冥祝融气或交,手持白羽未敢释。"唐李毂《苦热行》:"祝融南来鞭火龙,火旗焰焰烧天红。"唐怀素《寄衡岳僧》:"祝融高座对寒峰,云水昭丘万万重。"唐黎逢《夏首犹清和》:"祝融将御节,炎帝启朱明。"

铸成大错 zhù chéng dà cuò
【分类】政治
【关键词】罗绍威
【释义】比喻因小事而犯了大错。错字在此为双关语。一为失误;二是指周代的一种货币错刀,也就是刀形铜币。《资治通鉴》载:魏博节度使罗绍威以本府牙军骄横不可制,引入朱全忠兵尽杀牙军,然耗费巨大,自是魏博衰弱不振。绍威悔之,谓亲信曰:"合六州四十三县铁,打一个错不能成也。"
【例句】宋李正民《寄彦章内翰》:"都将几许铁,铸成一大错。"宋释惟一《偈颂》:"拟铸金躯铸不成,无端铸成一大错。"宋苏轼《赠钱道人》:"不知几州铁,铸此一大错。"聂绀弩《反省时作》:"铁尽九州成错后,始知无用是书生。"

铸金思范蠡 zhù jīn sī fàn lǐ
【分类】政治
【关键词】范蠡
【释义】喻指追怀隐遁的功臣。源见"黄金铸范蠡"。
【例句】唐窦常《奉贺太保…》:"不学铸金思范蠡,乞言犹许上丹墀。"唐罗隐《雒城作》:"早得铸金夸范蠡,旋闻垂钓哭平津。"唐方干《上张舍人》:"他年莫学鸱夷子,远泛扁舟用铸金。"宋李曾伯《题范蠡五…》:"恤纬寸心在,铸金千古求。"

铸颜 zhù yán
【分类】政治
【关键词】孔子
【释义】指孔子培养其弟子颜渊(回)成才。后泛指陶冶、培养人才。《法言·学行》:"或曰:'人可铸与?'曰:'孔子铸颜渊矣。'"汪荣宝义疏:"'孔子铸颜渊'者,司马云:'借令颜渊不学,亦常人耳。遇孔子而教之,乃庶几于圣人。'"
【例句】唐杜牧《道一大尹…》:"斗间紫气龙埋狱,天上洪炉帝铸颜。"唐刘耕《和主司王起》:"孔门频见铸颜功,紫绶青衿感激同。"唐黄滔《寄同年崔…》:"半因同醉杏花园,尘忝鸿炉与铸颜。"宋范仲淹《过陈州上…》:"独愧铸颜恩未报,捧觞为寿献声诗。"

筑坛 zhù tán
【分类】政治
【关键词】汉高祖
【释义】建筑祭祀的坛场。《汉书·高帝纪上》:"汉王齐戒设坛场,拜信为大将军,问以计策。"《新唐书·王玙传》:"玙上言,请筑坛东郊祀青帝。"
【例句】唐杜甫《王命》:"牢落新烧栈,苍茫旧筑坛。"唐杜甫《暮秋枉裴…》:"授钺筑坛闻意旨,颓纲漏网期弥纶。"唐张文彻《龙泉神剑歌》:"筑坛拜却南郊后,始号沙州作京畿。"宋王灼《再次韵》:"筑坛拜将一军惊,初识淮阴胯下生。"

专城居 zhuān chéng jū
【分类】政治
【关键词】汉乐府
【释义】指任主宰一城的州牧、太守等地方长官。汉乐府《陌上桑》:"三十侍中郎,四十专城居。"
【例句】唐苏颋《饯唐州高…》:"勿言行路远,所贵专城伯。"唐杜甫《草堂》:"布衣数十人,亦拥专城居。"唐王维《送崔五太守》:"使君年纪三十余,少年白皙专城居。"唐皇甫冉《送崔使君…》:"列郡专城分国忧,彤幨皂盖古诸侯。"

专诸 zhuān zhū

【分类】政治

【关键词】专诸

【释义】吴国刺客，协助公子光（吴王阖闾）刺杀吴王僚。伍子胥推荐。《史记·刺客列传·专诸》："使专诸置匕首鱼炙之腹中而进之。既至王前，专诸擘鱼，因以匕首刺王僚，王僚立死。左右亦杀专诸。"

【例句】唐李白《醉后赠从…》："且将换酒与君醉，醉归托宿吴专诸。"宋释智圆《吴山庙诗》："子胥荐专诸，子光专非好。"宋刘攽《和梅圣俞…》："燕人寸腴不足贵，专诸全非珍味。"宋陆游《剑客行》："荆轲专诸何足数，中夜入燕特起舞。"宋陈深《晓望吴城…》："才见专诸操匕首，旋闻西子载扁舟。"

颛门 zhuān mén

【分类】政治

【关键词】夏侯胜

【释义】颛，通专。谓独立门户，自成一家。《汉书·夏侯胜传》："建卒自颛门名经，为议郎博士，至太子少傅。"

【例句】唐权德舆《酬别蔡十…》："傲世方隐几，说经久颛门。"宋苏籀《试闱即事》："近岁颛门不读书，右文搜拔广该儒。"宋洪适《余吏部挽诗》："石月颛门学，儒林誉翕然。"宋盛烈《送黄吟隐…》："吟隐豫章之耳孙，调高琢句期颛门。"

颛顼 zhuān xū

【分类】政治

【关键词】颛顼

【释义】上古帝王名。五帝之一，号高阳氏。相传为黄帝之孙、昌意之子，生于若水，居于帝丘。十岁佐少昊，十二岁而冠，二十登帝位。《礼记·月令》："孟冬之月…其帝颛顼。""仲冬之月…其帝颛顼。""季冬之月…其帝颛顼。"

【例句】唐杜甫《西阁曝日》："羲和流德泽，颛顼愧倚薄。"唐吴筠《游仙》："颛顼清玄宫，禺强扫幽境。"唐张濯《迎春东郊》："颛顼时初谢，句芒令复陈。"唐韩愈《苦寒》："隆寒夺春序，颛顼固不廉。"宋杨简《三皇五帝》："三皇之后五帝传，少昊颛顼高辛继。"

转蓬 zhuǎn péng

【分类】文化

【关键词】草

【释义】随风飘转的蓬草。形容居无定所、四处飘零。源见"秋蓬"。

【例句】唐骆宾王《畴昔篇》："不应永弃同刍狗，且复飘飖类转蓬。"唐沈佺期《凤箫曲》："世上荣华如转蓬，朝随阡陌暮云中。"唐岑参《送祁乐归…》："鸟且不敢飞，子行如转蓬。"唐沈佺期《古意》："世上荣华如转蓬，朝随阡陌暮云中。"

转烛 zhuǎn zhú

【分类】文化

【关键词】杜甫

【释义】风摇烛火。用以比喻世事变幻莫测。唐杜甫《佳人》："世情恶衰歇，万事随转烛。"

【例句】唐元稹《遣风二十韵》："自叹生涯看转烛，更悲商旅哭沈财。"唐司马扎《感古》："九折无停波，三光如转烛。"唐王梵志《诗并序》："纵有百年活，徘徊如转烛。"唐白居易《和春深》："转烛初移障，鸣环欲上车。"

转轮王 zhuàn lún wáng

【分类】文化

【关键词】长阿含经

【释义】简称轮王。佛教语。佛家最有势力之王。代指佛灵。《长阿含经·大本经》："时诸相师即白王言，王所生子，有三十二相……在家当为转轮圣王，若其出家，当成正觉。十号俱足。"

【例句】唐崔颢《赠怀一上人》："帝作转轮王，师为持戒尊。"唐贯休《送少年禅师》："佛与轮王嫌不作，世间刚有个痴儿。"唐贯休《送卢舍人》："轮王释梵作何因，只是弘隆大乘福。"宋程俱《即事有感…》："安知七宝轮王境，顿作天人现五衰。"

妆奁 zhuāng lián

【分类】文化

【关键词】镜赋

【释义】原指女子梳妆时所用镜匣。后指随出嫁女子带往男家的嫁妆。《镜赋》："暂设妆奁，还抽镜屉。"

【例句】唐韩愈《大行皇太…》："只有朝陵日，妆奁一暂开。"唐柳宗元《龟背戏》："修门象棋不复贵，魏宫妆奁世所弃。"唐路德延《小儿诗》："宝箧拿红豆，妆奁拾翠钿。"宋史浩《童丱须知》："椸枷混衣裳，妆奁同粉黛。"

庄椿 zhuāng chūn

【分类】生活

【关键词】庄子

【释义】祝人长寿之词。源见"大椿"。

【例句】唐贯休《大蜀皇帝潜…》："尽祝庄椿同寿考，人间岁月岂能催。"唐贯休《寿春节进…》："今朝献寿将何比，愿似庄椿一万寻。"唐罗隐《钱尚父生日》："锦衣玉食将何报，更俟庄椿一举头。"宋韩琦《长生蘋》："大年如欲较，吾岂愧庄椿。"

庄缶 zhuāng fǒu

【分类】生活

【关键词】庄子

【释义】喻指丧妻。源见"鼓盆而歌"。

【例句】宋晁补之《次韵李成…》："况君击庄缶，一念肠九转。"明龚鼎孳《为周参藩…》："忘情庄缶谁堪遣，有客缄凄到碧油。"清赵观彬《次客韵记…》："惆怅鹿车虚旧约，泪沾庄缶更悲吟。"清李必恒《悼亡诗》："忘情愧太上，庄缶讵忍击？"

庄惠　zhuāng huì
【分类】政治
【关键词】庄子惠子
【释义】庄子,庄周,战国思想家。《汉书·艺文志》录《庄子》52篇,现存33篇。惠子,战国名辩思想家,曾任魏惠王相。为庄周好友。《汉书·艺文志》录惠子1篇,早佚。
【例句】唐白居易《池上寓兴…》:"濠梁庄惠谩相争,未必人情知物情。"宋胡宿《题沃洲亭》:"观濠立庄惠,结社坐宗雷。"宋朱熹《次彭应之…》:"老子自知鱼乐处,不须庄惠与同登。"聂绀弩《晨与曙南…》:"庄惠人鱼方辩乐,龟蛇挤眼一桥扛。"

庄姜恨　zhuāng jiāng hèn
【分类】政治
【关键词】诗经
【释义】咏燕之典。《诗经·邶风·燕燕序》:"《燕燕》,卫庄姜送归妾也。"郑笺:"庄姜无子,陈女戴妫生子名完,庄姜以为己子。庄公薨,完立,而州吁杀之。戴妫于是大归,庄姜远送之于野,作诗见己志。"
【例句】唐李山甫《燕》:"整羽庄姜恨,回身汉后轻。"明陈洪谟《梁燕》:"皎月庄姜恨,回风汉后情。"

庄齐物　zhuāng qí wù
【分类】生活
【关键词】庄子
【释义】《庄子》之《齐物论》,主要讲述"看透是非荣辱"。认为万物浑然一体,并不断向其对立面转化,因而没有区别。《齐物论》:"物无非彼,物无非是。自彼则不见,自知则知之。故曰:彼出于是,是亦因彼。"
【例句】唐明解《因致酒欢…》:"未能齐物我,犹怀识是非。"唐白居易《读庄子》:"庄生齐物同归一,我道同中有不同。"唐方干《感时》:"破除生死须齐物,谁向穹苍问事由。"

庄叟彭殇　zhuāng sǒu péng shāng
【分类】生活
【关键词】庄子
【释义】感叹人生虚幻之典。喻长寿与夭折的相对性。《庄子·齐物论》:"莫寿于殇子,而彭祖为夭。"相传上古彭祖,寿长八百岁,人称彭祖。殇子,指夭折的幼儿。
【例句】唐白居易《老病相仍…》:"荣枯忧喜与彭殇,都是人间戏一场。"唐白居易《赠王山人》:"彭殇徒自异,生死两无别。"唐杜牧《题桐叶》:"庄叟彭殇同在梦,陶渊明身世两相遗。"唐吴融《过邓城县作》:"未知尧桀谁臧否,可便彭殇有短长。"

庄舄越吟　zhuāng xì yuè yín
【分类】政治
【关键词】庄舄
【释义】战国时越国人庄舄仕楚而吟唱越国乐曲。形容不忘故国。《史记·张仪列传》:"中谢对曰:'凡人之思故,在其病也。彼思越则越声,不思越则楚声。'使人往听之,犹尚越声也。"
【例句】唐王昌龄《江上闻笛》:"嬴马望北走,迁人悲越吟。"唐张谓《寄李侍御》:"柱下闻周史,书中慰越吟。"唐郎士元《宿杜判官…》:"叶落觉乡梦,鸟啼惊越吟。"唐曹松《赠余干袁…》:"难忘楚尽处,新有越吟生。"唐李德裕《夏晚有怀…》:"岂待庄舄吟,方知倦羁旅。"

庄辛语　zhuāng xīn yǔ
【分类】政治
【关键词】战国策
【释义】警告语,借指防止灾难临头的告诫。源见"黄雀哀"。
【例句】唐刘驾《空城雀》:"不闻庄辛语,今日寒芜绿。"唐周昙《庄辛》:"庄辛正谏谓妖词,兵及鄢陵始悔思。"宋周孚《寄辛幼安》:"危机可畏浑如此,庄语能听只有公。"明王称《野田黄雀行》:"至哉庄辛谈,可以长太息。"清弘历《麻雀》:"一枝聊托意相羊,那识庄辛告楚王。"

庄周　zhuāng zhōu
【分类】政治
【关键词】庄子
【释义】战国中期著名的思想家、哲学家和文学家。道家学派主要代表人物之一,先秦七子之一,与老子并称老庄。代表作品为《庄子》,其中的名篇有《逍遥游》《齐物论》等。
【例句】唐李咸用《依韵修睦…》:"若见净名居士语,逍遥全不让庄生。"唐齐己《渚宫自勉》:"从他笑轻事,独自忆庄周。"唐李端《杂歌呈郑…》:"且闻童子是苍蝇,谁谓庄生异蝴蝶。"唐皇甫冉《田家作》:"药验桐君录,心齐庄子篇。"唐白居易《赠苏鍊师》:"犹嫌庄子多词句,只读逍遥六七篇。"唐罗邺《重过随州…》:"庄周高论伯牙琴,闲夜思量泪满襟。"唐胡曾《濮水》:"正见涂中龟曳尾,令人特地感庄周。"

庄周梦蝶　zhuāng zhōu mèng dié
【分类】生活
【关键词】庄子
【释义】形容人生虚幻无常,物我皆空;或形容梦、睡眠等;亦用以咏蝶。《庄子·齐物论》:"昔者庄周梦为蝴蝶,栩栩然胡蝶也,自喻适志与!不知周也。俄然觉,则蘧蘧然周也。不知周之梦为胡蝶与?胡蝶之梦为周与?"
【例句】唐李商隐《锦瑟》:"庄生晓梦迷蝴蝶,望帝春心托杜鹃。"唐张泌《长安道中…》:"浮生已悟庄周梦,壮志仍输祖逖鞭。"宋谢逸《次李智伯韵》:"岂意骑鲸寻李白,真成梦蝶化庄周。"宋邓肃《次韵顺之…》:"梦蝶庄周心槁木,入柳穿花本无欲。"

庄周牺牛　zhuāng zhōu xī niú
【分类】政治

【关键词】庄子

【释义】意谓不愿因图禄位而丧身。《史记·老子列传》附《庄周传》："庄周笑谓楚使者曰：'子独不见郊祭之牺牛乎？养食之数岁，衣以文绣，以入大庙。当是之时，虽欲为孤豚，岂可得乎？子亟去，无污我。'"

【例句】唐罗隐《村桥》："莫学鲁人疑海鸟，须知庄叟恶牺牛。"唐薛逢《惊秋》："长笑李斯称涸鼠，每多庄叟喻牺牛。"宋王禹偁《南郊大礼诗》："作赋有时悲鵩鸟，杀身无路学牺牛。"宋邓忠臣《曹子方用…》："分同斥鴳抢榆枋，难伴牺牛登鼎俎。"

壮发　zhuàng fā

【分类】生活

【关键词】赵皇后

【释义】额前丛生突下之发。也谓成年人的头发，引申指壮盛时期。《汉书·赵皇后传》："果也，欲姊弟擅天下！我儿男也，额上有壮发，类孝元皇帝。"

【例句】唐王昌龄《途中作》："羁旅悲壮发，别离念征衣。"唐李白《秋日炼药…》："秋颜入晓镜，壮发凋危冠。"唐杜牧《杜秋娘诗》："燕禖得皇子，壮发绿緌緌。"宋王安石《和祖仁晚…》："壮发已输尘外绿，衰颜漫到酒边红。"

壮思　zhuàng sī

【分类】文化

【关键词】卢思道

【释义】豪壮的情思。北朝卢思道《卢记室诔》："丽词泉涌，壮思云飞。"

【例句】唐李白《宣州谢朓…》："俱怀逸兴壮思飞，欲上青天揽明月。"唐苗发《酬李端得…》："素业高风继，青春壮思全。"宋范仲淹《送刘推…》："美子赋从军，壮思如波涛。"宋石赓《岳阳楼观…》："楼上观湖壮思生，巴陵酒熟香出瓶。"

撞郎　zhuàng láng

【分类】政治

【关键词】钟离意

【释义】咏直臣之典。《后汉书·钟离意传》："(明帝)尝以事怒郎(官)药崧，以杖撞之。崧走入床下，帝怒甚，疾言曰：'郎出！郎出！'崧曰：'天子穆穆，诸侯煌煌，未闻人君，自起撞郎。'帝赦之。"

【例句】唐卢照邻《哭金陵韦…》："徒令永平帝，千载罢撞郎。"明郭之奇《章帝》："此时何似撞郎人，郎官不为公主死。"清弘历《汉明帝》："自起撞郎实堪乱，抑后妃家法足取。"清宋湘《药崧》："永平大子自撞郎，难得床根急就章。"

追风骠　zhuī fēng biāo

【分类】文化

【关键词】马

【释义】咏良马之典。《古今注·鸟兽》："秦始皇有七名马，一曰追风，二曰逐兔，三曰蹑影，四曰追电，五曰飞翩，六曰铜雀，七曰晨凫。"《洛阳伽蓝记》："琛在秦州，多无政绩，遣使向西域求名马，远至波斯国，得千里马，号曰'追风赤骥'。"

【例句】唐张祜《爱妾换马》："绮阁香销华厩空，忍将行雨换追风。"唐杜甫《徒步归行》："妻子山中哭向天，须公枥上追风骠。"宋苏辙《施崇宁寺马》："未用田间下泽车，何须枥上追风骠。"宋黄庭坚《题伯时天…》："玉花照夜今无种，枥上追风亦不传。"

追风逐电　zhuī fēng zhú diàn

【分类】生活

【关键词】马

【释义】形容跑得极快。多指马之奔驰。《新论·知人》："故孔方諲之相马也，虽未追风逐电，绝尘灭影，而迅足之势固已见矣。"

【例句】宋刘才邵《题李平国…》："周旋进退悉中节，追风逐电随所施。"宋陆游《城东醉归…》："冬夜走马城东回，追风逐电何雄哉。"宋范浚《送徐履之…》："看君逸足展夷路，逐电追风万里余。"元陈宜甫《吊马骨》："逐电追风意气休，尚留枯骨委荒丘。"明徐溥《题洪子经马》："逐电追风矫若龙，千金骨相世难同。"

追锋车　zhuī fēng chē

【分类】文化

【关键词】车

【释义】古代一种轻便的驿车，因车行疾速，故名。常指朝廷用以征召的疾驰之车。《晋书·舆服志》："追锋车，去小平盖，加通幰，如轺车，驾二。追锋之名，盖取其迅速也，施于戎阵之间，是为传乘。"

【例句】宋晁宿《送向馆使…》："政成期月须严召，行见追锋走传车。"宋王圭《赠礼部尚…》："独骑箕尾去凌虚，枉驾追锋召车。"宋陈紫芝《都俾寿诗》："明年我欲为公寿，想得追锋已赐车。"宋岳珂《将发琵琶亭》："昔持使者节，今发追锋车。"

追韩信　zhuī hán xìn

【分类】政治

【关键词】萧何

【释义】喻重视贤人，善于保护人才。《史记·淮阴侯列传》："信度何等已数言上，上不我用，即亡。何闻信亡，不及以闻，自追之…何曰：'诸将易得耳。至如信者，国士无双。'"

【例句】唐杜甫《宴王使君…》："汉主追韩信，苍生起谢安。"唐李商隐《四皓庙》："萧何只解追韩信，岂得虚当第一功。"宋沈继祖《次瞿塘寄…》："敢同计事追韩信，每辱扬鞭问葛彊。"明江源《秋思》："萧何只解追韩信，贾谊何须吊屈平。"

追凉　zhuī liáng

【分类】生活

【关键词】庾肩吾

【释义】乘凉,纳凉。南朝梁庾肩吾《和晋安王薄晚逐凉北楼回望应教》:"向夕纷喧屏,追凉飞观中。"
【例句】唐杜甫《羌村》:"忆昔好追凉,故绕池边树。"唐白居易《何处堪避暑》:"何处好追凉,池上随风舟。"宋杨亿《馆中新蝉》:"碧城青阁好追凉,高柳新声逐吹长。"宋晏殊《紫竹花》:"窗南高卧追凉际,时有微香逗晚风。"

锥刺股　zhuī cì gǔ
【分类】生活
【关键词】苏秦
【释义】用为勤苦读书、奋发自强的典故。《战国策·秦策》:"(苏秦)乃夜发书,陈箧数十,得《太公阴符》之谋,伏而诵之,简练以为揣摩。读书欲睡,引锥自刺其股,血流至足。"
【例句】唐元稹《答姨兄胡…》:"囊疏萤易透,锥钝股多坑。"唐孟简《惜分阴》:"刺股情方励,偷光思益深。"宋王安石《酬慕容员外》:"吹毛未识腰间剑,刺股犹藏袖里锥。"宋释怀深《示敏禅者》:"断肱立雪思吾祖,刺股悬头效昔贤。"

锥刀之末　zhuī dāo zhī mò
【分类】政治
【关键词】左传
【释义】锥刀,小刀。比喻微小的利益。《左传·昭公六年》:"锥刀之末,将尽争之。"晋杜预注:"锥刀末,喻小事。"
【例句】唐岑参《巩北秋兴…》:"所适在鱼鸟,焉能徇锥刀。"唐白居易《大水》:"不知万人灾,自觅锥刀利。"宋薛田《成都书事》:"鲜明机杼知无算,细碎锥刀不啻千。"宋刘攽《上书行》:"丈夫昔曾笑徒劳,商贾旦旦争锥刀。"

锥指管窥　zhuī zhǐ guǎn kuī
【分类】政治
【关键词】庄子
【释义】比喻眼界狭小,见识短浅。《庄子·秋水》:"子乃规规然而求之以察,索之以辩,是直用管窥天,用锥指地也,不亦小乎!"
【例句】唐李商隐《咏怀寄秘…》:"典籍将蠡测,文章若管窥。"宋赵construct《游天衣寺》:"涌涌双泉雷出地,山围四面管窥天。"宋陆游《读老子》:"管窥那见豹,指染仅尝鼋。"宋姚勉《日食罪言》:"天意不虚示,坐井聊管窥。"

坠地　zhuì dì
【分类】政治
【关键词】论语
【释义】比喻衰落、丧失。《论语·子张》:"文武之道,未坠于地,在人。贤者识其大者,不贤者识其小者,莫不有文武之道焉。"
【例句】唐杜甫《送重表侄…》:"家声肯坠地,利器当秋毫。"唐畅当《自平阳馆…》:"恭承共理诏,恒惧坠诸地。"唐欧阳詹《李评事公…》:"风雅不坠地,五言始君先。"唐李贺《上之回》:"天高庆雷齐坠地,地无惊烟海千里。"

坠屦　zhuì jù
【分类】政治
【关键词】楚昭王
【释义】形容不轻易遗弃旧物或喻故物失而复得。《新书·谕诚》:"昔楚昭王与吴人战,楚军败,昭王走,屦决,背而行,失之。行三十步,复旋取屦。及至于隋,左右问曰:'王何曾惜一踦屦乎?'昭王曰:'楚国虽贫,岂爱一踦屦哉! 思与偕反也。'自是之后,楚国之俗无相弃者。"
【例句】唐韩偓《余自刑部…》:"他日陶甄寻坠屦,沧洲何处觅渔翁。"宋王迈《谢政府馈金》:"感公具眼照人才,坠屦遗簪犹冀惜。"宋宋祁《又寄王都官》:"敢望君恩收坠屦,决须私计付冥鸿。"宋邵雍《谢寿安簿》:"江夏尚能悲坠屦,少原唯解泣遗簪。"

窀穸　zhūn xī
【分类】生活
【关键词】左传
【释义】借指丧葬之事。《左传·襄公十三年》:"楚王疾,告大夫曰:'…若以大夫之灵,获保首领以殁于地,唯是春秋窀穸之事,所以从先君于祢庙者,请为灵若厉。大夫择焉。'"窀穸:埋葬。祢庙:父庙。
【例句】唐白居易《赠悼怀太…》:"永言窀穸事,全用少阳仪。"宋孔平仲《十一月二…》:"上刑脱窀穸,轻系弛缧绁。"宋华镇《挽郑十一…》:"丝桐人世远,窀穸陇头新。"宋汪藻《贾太夫人…》:"竟成窀穸干戈后,此事哀荣世所无。"

捉衿见肘　zhuō jīn jiàn zhǒu
【分类】生活
【关键词】曾子
【释义】形容生活贫困,衣服破烂。也比喻顾此失彼,穷于应付。《庄子·让王》:"曾子居卫,缊袍无表,颜色肿哙,手足胼胝,三日不举火,十年不制衣。正冠而缨绝,捉衿而肘见,纳屦而踵决。曳纵而歌《商颂》,声满天地,若出金石。天子不得臣,诸侯不得友。故养志者忘形,养形者忘利,致道者忘心矣。"
【例句】宋陆游《衰疾》:"捉衿见肘贫无敌,耸骽成山瘦可知。"宋魏了翁《和李参政…》:"捉衿忧见肘,补肉忍剜心。"明宋濂《次黄侍讲…》:"捉衿肘已露,纳履踵成穿。"明王慎中《赠廖云溪》:"声如金石出讴吟,肘见时因手捉衿。"

捉月沉江　zhuō yuè chén jiāng
【分类】文化
【关键词】李白
【释义】咏李白逸事之典。《容斋随笔·李太白》:"世俗多言李太白在当涂采石,因醉泛舟于江,见月影俯而取之,遂溺死。"又李华作太白墓志,亦云:'赋临终歌而卒。'乃知俗传良不足信,盖与杜子美因食白酒牛炙而死者同也。"
【例句】宋华岳《捉月仙》："挂帆未作乘风客，举棹先惊捉月仙。"宋吴芾《捉月台》："谪仙捉月古今传，我访遗踪似未然。"宋郭祥正《采石渡》："骑鲸捉月去不返，空余绿草翰林坟。"宋赵甫《和韩无咎…》："骑鲸捉月知何在，太白光芒夜夜新。"

涿鹿 zhuō lù
【分类】生态
【关键词】黄帝
【释义】地名。故城在今河北省涿鹿县南。《史记·黄帝本纪》："于是黄帝乃徵师诸侯，与蚩尤战于涿鹿之野，遂禽杀蚩尤。"裴骃集解引服虔曰："涿鹿，山名，在涿郡。"
【例句】唐韦庄《和郑拾遗…》："熊罴驱涿鹿，犀象走昆阳。"唐胡曾《涿鹿》："涿鹿茫茫白草秋，轩辕曾此破蚩尤。"唐舒元舆《桥山怀古》："洞庭张乐降玄鹤，涿鹿大战摧蚩尤。"唐皮日休《奉和鲁望…》："涿鹿未销初败血，新安顿雪已坑魂。"

卓鲁 zhuó lǔ
【分类】政治
【关键词】卓茂鲁恭
【释义】称颂地方官有政绩的典故。《昭明文选·南朝齐孔稚珪〈北山移文〉》："笼张赵于往图，架卓鲁于前篆。"唐李善注："范晔《后汉书》曰：'卓茂字子康，南阳人也，迁密令，视人如子，吏人亲爱而不忍欺。'又曰：'鲁恭字仲康，扶风人也。拜中牟令，螟伤稼，犬牙缘界，不入中牟。'"东汉时卓茂与鲁恭均为以德教化百姓的县令。
【例句】唐李嘉祐《南浦渡口》："惭无卓鲁术，解印谢黔黎。"唐王维《奉送六舅…》："伯舅吏淮泗，卓鲁方喟然。"五代徐铉《和李宗谔…》："曾施卓鲁政，旧讲老庄书。"宋李石《送新赵宰》："鲁恭卓茂意何者，岂有居官名赫赫。"宋韩元吉《故提点判…》："当年卓鲁盛材猷，循吏声名始一州。"

卓王孙 zhuó wáng sūn
【分类】政治
【关键词】司马相如
【释义】汉初富商，卓文君之父。《史记·司马相如列传》："临邛中多富人，而卓王孙僮八百人…是时卓王孙有女文君新寡，好音，故相如缪与令相重，而以琴心挑之。"
【例句】唐张祜《送人归蜀》："长怨相如留滞处，富家还忆卓王孙。"唐杜牧《昔事文皇…》："漉空沧海水，搜尽卓王孙。"唐杨莱儿《和赵光远…》："长者车尘每到门，长卿非慕卓王孙。"唐韩翃《送故人归蜀》："自应成旅逸，爱客有王孙。"

卓长官 zhuō zhǎng guān
【分类】政治
【关键词】卓茂
【释义】赞美地方官员之典。《后汉书·卓茂传》："卓茂为密令，'数年，教化大行，道不拾遗。平帝时，天下大蝗，河南二十余县皆被其灾，独不入密县界。督邮言之，太守不信，自出案行，见乃服焉…迁乃为京都丞，密人老少皆涕泣随送…今以茂为太傅，封褒德侯'。"
【例句】唐汪遵《密县》："至今闾里逢灾沴，犹祝当时卓长官。"唐姚合《使两浙赠…》："何当世祖从人望，早以公台命卓侯。"宋王十朋《乡人项服…》："褒德自应侯卓茂，清朝知己况如麻。"宋赵杰之《白府真君》："卓茂当年政术优，治声终不似贤侯。"元黄玠《称大人寿》："左雄多后福，卓茂本宽中。"

卓锥 zhuó zhuī
【分类】文化
【关键词】景德传灯
【释义】锥子直立的地方。意谓无立足之地或一无所有。《景德传灯录·丰化和尚》："上无片瓦，下无卓锥，学人向什么处立？"
【例句】唐敦煌曲子《学道》："了无卓锥地。会合涅盘因。"宋刘筠《受诏修书…》："卓锥虽有地，担石尚无储。"宋李洪《卜居飞英坊》："家无卓锥地，三挈囊衣迁。"宋周孚《调赵双融…》："莫道贫无卓锥地，只今家有散花天。"

斫树收庞 zhuó shù shōu páng
【分类】政治
【关键词】孙膑
【释义】以智取胜对方之典。《史记·孙子列传》："孙膑尝与庞涓俱学兵法…则以法刑断其两足而黥之，欲隐勿见。""乃斫大树白而书之曰'庞涓死于此树下'…齐军万弩俱发，魏军大乱相失。庞涓自知智穷兵败，乃自刭，曰：'遂成竖子之名！'"
【例句】唐韩愈《赠崔立之…》："尔来但欲保封疆，莫学庞涓怯孙膑。"唐韩愈《病中赠张…》："回军与角逐，斫树收穷庞。"宋刘跂《见苏黄邦…》："胡不骑赤兔，斫树收死庞。"宋李洪《淮上乱后…》："衔枚夜雪俄平蔡，斫树明书果死庞。"

浊醪 zhuó láo
【分类】生活
【关键词】左思
【释义】指浊酒。晋左思《魏都赋》："清酤如济，浊醪如河。"
【例句】唐高适《同崔员外…》："绛叶拥虚砌，黄花随浊醪。"唐张谓《湖上对酒行》："主人有黍百余石，浊醪数斗应不惜。"唐韦应物《效陶彭泽》："掇英泛浊醪，日入会田家。"唐杜甫《清明》："钟鼎山林各天性，浊醪粗饭任吾年。"

浊流 zhuó liú
【分类】政治
【关键词】李振
【释义】喻品格卑污或出身下贱之人。源见"白马清流"。
【例句】唐王建《寄崔列中丞》："火山无冷地，浊流无清源。"唐天然《孤寂吟》："故知世相有刚柔，何必将心清浊流。"

宋张耒《大雪中李…》:"峰高冻雪埋苍玉,河静黄沙咽浊流。"宋陆文圭《深山佳处…》:"浊流不受美女鉴,丑石乃似顽夫形。"

浊泥清尘　zhuó ní qīng chén
【分类】政治
【关键词】曹植
【释义】咏遭际不同之典。三国魏曹植《曹植集·七哀》:"君行逾十年,孤妾常独栖。君若清路尘,妾若浊水泥。浮沉各异势,会合何时谐?"诗中用清路尘和浊水泥比喻地位相差很大的夫妻。
【例句】唐白居易《喜杨六侍…》:"浊水清尘难会合,高鹏低鷃各逍遥。"唐曹唐《玉女杜兰…》:"怨入清尘愁锦瑟,酒倾玄露醉瑶觞。"唐韩愈《酒中留上…》:"浊水污泥清路尘,还曾同制掌丝纶。"宋宋祁《过摩诃池》:"清尘满道君知否,半是当年浊水泥。"

酌醴焚枯鱼　zhuó lǐ fén kū yú
【分类】政治
【关键词】应璩
【释义】咏田园生活自适自乐之典。《昭明文选·三国魏应璩〈百一诗〉》:"前者隳官去,有人适我闾。田家无所有,酌醴焚枯鱼。"是具体描述喝甜酒、吃烤鱼的情趣。
【例句】唐杨炯《和石侍御…》:"萧然隔城市,酌醴焚枯鱼。"唐王绩《薛记室收…》:"尝爱陶渊明,酌醴焚枯鱼。"

酌水　zhuó shuǐ
【分类】政治
【关键词】赵轨
【释义】咏居官清廉之典。源见"政如水"。
【例句】唐贾岛《送郑少府》:"夕阳行带月,酌水少留君。"唐钱起《赠李十六》:"酌水即로宴,新知甚故情。"宋杨亿《表弟李宗…》:"百里字人须敏政,千金酌水更贪贪。"宋韩琦《坟北观泉》:"跃鱼灵感思追孝,酌水高怀不戒贪。"

斫胫　zhuó jìng
【分类】政治
【关键词】尚书
【释义】斩断胫骨。喻残忍的刑罚。《尚书·泰誓下》:"斫朝涉之胫,剖贤人之心。"汉孔安国《传》:"冬月见朝涉水者,谓其胫耐寒,斩而视之。"
【例句】宋高斯得《存斋牟…》:"斫胫思全玉,围腰肯待金。"宋梅尧臣《观何君宝画》:"酒池肉林能骑行炙,剖心斫胫堪悲吁。"元胡布《咏史》:"七窍哀忠良,斫胫虐无遗。"明赵完璧《阅阎铎斫…》:"当年斫胫剧相看,股慄行人阻晓滩。"

斫鼻　zhuó bí
【分类】生活
【关键词】庄子
【释义】喻谓技艺高超。源见"郢匠"。

【例句】宋黄庭坚《题王仲弓…》:"倘无斫鼻工,聊付曲肱梦。"宋黄庭坚《谢公定和…》:"虽怀斫鼻巧,有斧且无柯。"宋黄庭坚《次韵和台…》:"欲雕佳句累层峦,深愧挥斤斫鼻端。"宋洪刍《次韵和成…》:"郢人妙质应犹在,政尔挥斤斫鼻端。"

濯锦江　zhuó jǐn jiāng
【分类】生态
【关键词】王维
【释义】即锦江。岷江流经成都附近的一段。唐王维《送王尊师归蜀中拜扫》:"大罗天上神仙客,濯锦江头花柳春。"
【例句】唐骆宾王《艳情代郭…》:"峨眉山上月如眉,濯锦江中霞似锦。"唐李白《上皇西巡…》:"濯锦清江万里流,云帆龙舸下扬州。"唐杜甫《萧八明府…》:"河阳县里虽无数,濯锦江边未满园。"宋石扬休《海棠》:"化工裁剪用功专,濯锦江头价最偏。"

濯龙　zhuó lóng
【分类】生态
【关键词】马皇后
【释义】东汉宫苑名,在洛阳西南角。借指皇室。《后汉书·明德马皇后传》:"帝幸濯龙中,并召诸才人。"唐李贤注引《续汉纪》:"濯龙,园名也,近北宫。"
【例句】唐李峤《和周记室…》:"濯龙春苑曙,翠凤晓旗舒。"唐沈佺期《夜宴安乐…》:"濯龙门外主家亲,鸣凤楼中天上人。"唐武元衡《昭德皇后…》:"国门车马会,多是濯龙亲。"宋刘攽《送高士敦…》:"使君出守腰铜虎,东第归来上濯龙。"

齐斧　zī fǔ
【分类】政治
【关键词】王莽
【释义】指象征帝王权力的黄钺。《汉书·王莽传下》:"寻士房扬素狂直,乃哭曰:'此经所谓〈丧其齐斧〉者也!'"
【例句】唐柳宗元《感遇》:"危根一以振,齐斧来相寻。"宋卢襄《剡溪书怀》:"何时鼠子膏齐斧,笑领白云归剡溪。"元刘基《题释骖图》:"俘囚有血堪衅鼓,自分残膏染齐斧。"明钱谦益《戏为拂水…》:"为山一篑虽细事,如登将台握齐斧。"

缁尘染素衣　zī chén rǎn sù yī
【分类】政治
【关键词】陆机
【释义】比喻功名利禄能够败坏人的操守。源见"京洛尘"。
【例句】唐权德舆《严陵钓台…》:"心灵栖颢气,缨冕犹缁尘。"唐李益《答许五端…》:"晚逐旌旗俱白首,少游京洛共缁尘。"宋陈与义《和张规臣…》:"相逢京洛浑依旧,唯恨缁尘染素衣。"宋李洪《涂中书怀》:"载驰十驿倦骖騑,已讶缁尘染素衣。"

缁衣　zī yī
【分类】政治
【关键词】礼记
【释义】称美官员尊贤好士之典。《礼记注疏·缁衣》:"子曰:好贤如缁衣,恶恶如巷伯。则爵不渎而民作愿。刑不试而民咸服。"汉郑玄注:"《缁衣》《巷伯》皆《诗》篇名也…此衣缁衣者贤者也。"也指黑色衣服。
【例句】唐李峤《诗》:"缁衣久擅美,祖德信悠哉。"唐宋之问《送武进郑…》:"氓谣岂云远,从此庆缁衣。"唐白居易《和阳城驿》:"疾恶若巷伯,好贤如缁衣。"唐崔峒《赠窦十九》:"江海几时传锦字,风尘不觉化缁衣。"

缁衣诸侯　zī yī zhū hóu
【分类】政治
【关键词】论语
【释义】喻指州郡长官或节度使。《论语·乡党》:"缁衣羔裘。"汉郑玄《注》:"缁衣羔裘,诸侯视朝之服,亦卿大夫士祭于君之服。其服缁布衣而素裳。"
【例句】唐权德舆《太原郑尚…》:"缁衣诸侯谅称美,白衣尚书何可比。"

滋蔓难图　zī màn nán tú
【分类】政治
【关键词】左传
【释义】比喻某种势力膨胀后难以消灭。《左传·隐公元年》:"(祭仲)对曰:'姜氏何厌之有?不如早为之所;无使滋蔓,蔓,难图也。蔓草犹不可除,况君之宠弟乎。'"
【例句】唐白居易《紫藤》:"毫末不早辨,滋蔓信难图。"唐岑参《骊姬墓下作》:"此事成妖草,我来逢古丘。"宋李纲《闻浙东方…》:"除恶务早,滋蔓良难图。"宋章甫《除草》:"薅耘非敢后,滋蔓恐难除。"宋释居简《迂回庵谯…》:"大本固易拔,滋蔓非难图。"

镃基　zī jī
【分类】文化
【关键词】孟子
【释义】农具名。大锄。喻指才略。《孟子·公孙丑上》:"齐人有言曰:'虽有智慧,不如乘势;虽有镃基,不如待时。'"
【例句】唐权德舆《丙庚岁苦…》:"吴门与南亩,颇杂持镃基。"唐温庭筠《简同志》:"开济由来变盛衰,五车才得号镃基。"唐皮日休《三羞诗》:"家虽有畎亩,手不秉镃基。"宋方蒙仲《采芹亭》:"屋老知非一木支,待时胜似有镃基。"

髭须　zī xū
【分类】文化
【关键词】乐府诗集
【释义】胡子。唇上曰髭,唇下为须。《乐府诗集·陌上桑》:"行者见罗敷,下担捋髭须。"
【例句】唐黄幡绰《嘲刘文树》:"可怜好个刘文树,髭须共颊颐别住。"唐刘商《寄李辅》:"年来渐觉髭须黑,欲寄松花君用无。"唐白居易《哭刘尚书…》:"今日哭君吾道孤,寝门泪满白髭须。"唐刘禹锡《与歌者米…》:"近来时世轻先辈,好染髭须事后生。"

子产　zǐ chǎn
【分类】政治
【关键词】子产
【释义】姬姓,名侨。春秋时期著名政治家、思想家。先后辅佐郑简公、郑定公。《史记·郑世家》:"封子产以六邑,子产让,受其三邑…公子或谏曰:'子产仁人,郑所以存者子产也,勿杀!'"
【例句】唐李夷简《西亭暇日…》:"文翁旧学校,子产昔田畴。"五代贯休《上孙使君…》:"宁思子产冰,肯羡任棠薤。"宋杨亿《苦热》:"已裁圆月班班扇,更换轻云子产衣。"宋文天祥《愧故人》:"子产片言图救郑,仲连本志为排秦。"

子丑寅卯　zǐ chǒu yín mǎo
【分类】生活
【关键词】新唐书
【释义】十二时辰。把一昼夜划分成十二个时段,每一个时段叫一个时辰。子时:23点至1点,丑时:1点至3点,依此类推,每个时辰为两个小时。《新唐书·历表》:"古历分日,起于子半。"
【例句】唐杜荀《遭田父泥…》:"朝来偶然出,自卯将及酉。"唐方干《送僧归日本》:"西方尚在星辰下,东域已过寅卯时。"宋释心月《颂古》:"识得子丑寅卯句,应须继绍此门风。"宋释道川《颂古》:"明镜当台照不差,短长子丑尽归家。"

子春伤足　zǐ chūn shāng zú
【分类】生活
【关键词】乐正子春
【释义】喻指身有伤病。《大戴礼·曾子大孝》:"乐正子春下堂而伤其足…曰:'…曾子闻诸夫子曰:天之所生,地之所养,人为大矣。父母全而生之,子全而归之,可谓孝矣;不亏其体,可谓全矣。'"认为损伤了父母所生的完全之身,是有违孝道的。
【例句】唐元稹《酬孝甫见赠》:"原宪甘贫每自开,子春伤足少人哀。"唐权德舆《工部splier…》:"子春伤足日,况有寝门哀。"宋刘克庄《腊月二十…》:"退之落齿感慨,子春伤足悲哀。"

子犯有言　zǐ fàn yǒu yán
【分类】政治
【关键词】子犯
【释义】咏忠言获罪而发牢骚之典。《左传·僖公二十四年》:"子犯以璧授公子(重耳)曰:'臣负羁绁从君巡于天下,臣之罪甚多矣。臣犹知之,而况君乎?请由此亡。'"
【例句】唐韩愈《除官补阙…》:"子犯亦有言,臣犹自知之。"

子高琼姬 zǐ gāo qióng jī
【分类】生活
【关键词】子高琼姬
【释义】宋代人神恋爱故事中的男女主人公。后以子高或琼姬指代情人。宋苏东坡《芙蓉城·序》："世传王迥子高，与仙人周瑶英（周琼姬）游芙蓉城。元丰元年三月，余始识子高，问之信然。"
【例句】唐吴筠《柏成子高》："大禹受禅让，子高辞诸侯。"宋王柏《和易岩…》："石丁作主事难凭，子高那是梦仙瀛。"宋罗公升《扬州》："琼姬羽化归天去，花后香销扫地空。"明龚鼎孳《送江宁张…》："京兆地原连幕府，子高名早盛胶东。"

子规 zǐ guī
【分类】政治
【关键词】杜宇
【释义】杜鹃鸟的别名。传说为蜀帝杜宇的魂魄所化。常夜鸣，声音凄切，故借以抒悲苦哀怨之情。《埤雅·释鸟》："杜鹃，一名子规。"源见"望帝啼鹃"。
【例句】唐李白《闻王昌龄…》："杨花落尽子规啼，闻道龙标过五溪。"唐刘沧《经古行宫》："胡蝶翅翻残露滴，子规声尽野烟深。"唐杜甫《玄都坛歌…》："子规夜啼山竹裂，王母昼下云旗翻。"唐顾况《山中》："庭前有个长松树，夜半子规来上啼。"

子骥远跖 zǐ jì yuǎn zhí
【分类】政治
【关键词】刘子骥
【释义】咏高人雅士或隐者逝去之典。晋陶渊明《桃花源记》："南阳刘子骥，高尚士也。闻之欣然规往，未果，寻病终。后遂无问津者。"《晋书·刘驎之传》："刘驎之字子骥…好游山泽，志存遁逸。"
【例句】唐刘禹锡《游桃源…》："渊明著前志，子骥思远跖。"宋苏轼《和陶桃源》："子骥虽形隔，渊明已心诣。"宋项安世《还刘叔骥…》："刘家子骥我乡人，洞口桃花独问津。"宋赵蕃《呈刘通判》："谓继更生校中秘，却追子骥问桃源。"

子建才 zǐ jiàn cái
【分类】文化
【关键词】曹植
【释义】比喻才华出众，或恭维文人学士用语。源见"八斗才"。
【例句】唐杜甫《别李义》："子建文笔壮，河间经术存。"宋刘筠《代意》："纵使多才如子建，只能援笔赋惊鸿。"宋释心道《野狐》："石崇富贵镵铿寿，潘岳容仪子建才。"明凌云翰《夏日书怀…》："论才子建得八斗，换酒太白轻千金。"

子荆参军 zǐ jīng cān jūn
【分类】政治

【关键词】孙楚
【释义】咏参军之典。孙楚字子荆。西晋官员、文学家。《晋书·孙楚传》："孙楚，字子荆…征西将军扶风王骏与楚旧好，起为参军。转梁令，迁卫将军司马。"
【例句】唐杜甫《八哀诗…》："记室得何逊，韬钤延子荆。"唐皮日休《孙发百篇…》："孙子荆家思有余，元戎荐入公车。"宋苏颂《和吴仲庶…》："逸似子荆将漱石，清如中散本餐霞。"宋胡寅《和奇父》："洗砺子荆真可慕，中庸伯始竟何成。"

子骏满人间 zǐ jùn mǎn rén jiān
【分类】政治
【关键词】鲜于侁
【释义】咏循吏之典。《锦绣万花谷·鲜于》："皇朝鲜于侁字子骏，为东京转运使。司马光谓苏轼曰：'子骏福星也。京都人困甚，子骏求之。然安得百子骏布之天下乎？'"意为应调朝廷任职。
【例句】宋魏了翁《阮郎归》："长教子骏满人间。犹令依意宽。"宋冯山《寄陈蓬州…》："谪宦可怜嗟子骏，径归难学羡诚之。"宋陈造《十绝句寄…》："子骏福星方久照，渔阳竹马省相迎。"宋魏了翁《与刘左史…》："忧时恨不百子骏，背我宁堪二大夫。"宋刘克庄《三和》："若教子骏星常照，荒札今从可阜丰。"清林占梅《周子玉部…》："子骏来途随降福，班生归路俨登仙。"

子列子 zǐ liè zǐ
【分类】政治
【关键词】列子
【释义】即战国时郑人列御寇。古有列子能御风之说。著《列子》一书。《列子·天瑞》："子列子居郑圃，四十年人无识者。国君卿大夫识之，犹众庶也。"
【例句】唐杜牧《寄李播评事》："子列光殊价，明时忍自高。"宋王洋《画列子图…》："放乎子列子，君其乐彷徉。"宋李正民《息交行》："君不见列子御寇居郑圃，四十余年人莫睹。"宋陈傅良《张冠卿以…》："胡然子列子，越在郑东甫。"

子陵台 zǐ líng tái
【分类】政治
【关键词】严光
【释义】指富春山上的严子陵钓台。借指隐居垂钓之处。源见"羊裘垂钓"。
【例句】唐崔橹《宿寿安山…》："绿忆旧游相似处，月明山响子陵台。"唐谭用之《寄王侍御》："鸟尽弓藏良可哀，谁知归钓子陵台。"唐徐夤《东归出城…》："他日因书问衰飒，东溪须访子陵台。"宋范仲淹《留题方干…》："风雅先生旧隐存，子陵台下白云村。"

子明龙驾 zǐ míng lóng jià
【分类】文化
【关键词】陵阳子明

【释义】咏升仙之典。源见"黄鹤呼子安"。
【例句】唐李白《过汪氏别业》:"游山谁可游,子明与浮丘。"唐霍总《郡楼望九…》:"子明龙驾腾九垓,陵阳相对空崔嵬。"元高明《题画龙》:"恍如陵阳窦子明,又疑句曲茅初成。"明施闰章《放生河》:"昔时陵阳窦子明,钓龙仙去归太清。"

子牟恋魏阙 zǐ móu liàn wèi què
【分类】政治
【关键词】庄子
【释义】心恋朝廷之典。《庄子·让王》:"中山公子牟谓瞻子曰:'身在江海之上,心居乎魏阙之下,奈何?'瞻子曰:'重生。重生则利轻。'"魏阙,古代宫门外两边高耸的楼观,借指朝廷。
【例句】唐陈子昂《群公集毕…》:"子牟恋魏阙,渔父爱沧江。"唐孟浩然《初下浙江…》:"回瞻魏阙路,空复子牟心。"唐张九龄《奉官二十…》:"仲尼在川上,子牟存阙下。"唐钱起《奉使采箭…》:"谁见子牟意,悁劳书魏阙。"

子母钱 zǐ mǔ qián
【分类】生态
【关键词】淮南万毕
【释义】谓用之不绝的钱财。源见"青蚨"。
【例句】唐许浑《赠王山人》:"君臣药在宁忧病,子母钱成岂患贫。"唐褚载《句》:"相逢多是醉醺然,应有囊中子母钱。"宋黄希旦《闲居》:"炉中闲养阴阳火,身外谁求子母钱。"元胡奎《西湖竹枝词》:"湖中荷叶绿田田,恰似人间子母钱。"

子男 zǐ nán
【分类】政治
【关键词】礼记
【释义】子爵和男爵。古代诸侯五等爵位的第四等和第五等。《礼记·王制》:"天子之三公之田视公、侯,天子之卿视伯,天子之大夫视子男,天子之元士视附庸。"
【例句】唐李颀《送崔婴赴…》:"中外相连弟与兄,新加小县子男名。"唐戴叔伦《敬酬陆山人》:"却掌山中子男印,自看犹是旧潜夫。"唐李频《寄辛明府》:"何处无苛政,东南有子男。"宋黄裳《送方元元》:"无类已闻诗礼教,有行还守子男封。"

子囊城郢 zǐ náng chéng yǐng
【分类】政治
【关键词】子囊
【释义】咏忠贞爱国之典。《左传·襄公一四年》:"楚子囊还自伐吴卒,将死,遗言谓子庚必城郢。君子谓:'子囊忠,君薨不忘增其名,将死不忘卫社稷,可不谓忠乎?忠,民之望也。'"嘱咐子庚一定要把郢城修筑好。
【例句】宋杨亿《故枢密宋…》:"城郢遗言切,忠魂定有依。"宋张栻《故观文建…》:"文传遗奏切,更过子囊忠。"宋刘挚《纪南道中…》:"子囊城废今秋草,高氏宫遗昔井蛙。"宋朱熹《奉同都运…》:"根本平生有深计,遗书不但子囊忠。"

子年救秦 zǐ nián jiù qín
【分类】文化
【关键词】王嘉
【释义】咏方术之典。《晋书·王嘉传》:"王嘉字子年…好为譬喻,状如戏调;言未然之事,辞如谶记,当时鲜能晓之,事过皆验…(苻坚)复遣问之,曰:'吾世祚云何?'嘉曰:'未央。'咸以为吉。明年癸未,败于淮南,所谓未年而有殃也。"前秦主苻坚南征东晋前曾向王嘉求问成败,子年欲救秦,又不敢泄露天机,只以"未央"暗示。苻坚不明其败殃之意,反以为吉祥,故终遭败亡。
【例句】唐陈子昂《感遇诗》:"赤精既迷汉,子年何救秦。"宋苏轼《次韵孙职…》:"苍梧奇事岂虚传,荒怪还须问子年。"宋何颉之《观李伯时…》:"穷荒未信子年欺,自笑山林老一枝。"

子平毕娶 zǐ píng bì qǔ
【分类】生活
【关键词】向长
【释义】多用作儿女婚嫁已毕,身无挂碍之意。《后汉书·逸民传》:"向长,字子平,河内朝歌人也,隐居不仕。读《易》至《损益》卦,喟然叹曰:'吾已知富不如贫,贵不如贱,但未知死何如生耳。'建武中,男女娶嫁既毕,敕断家事勿相关,当如我死也,遂与同好北海禽庆,俱游五岳名山,不知所终。"
【例句】唐孟浩然《经七里滩》:"五岳追向子,三湘吊屈平。"唐白居易《将归渭村…》:"子平嫁娶贫中毕,元亮田园醉里归。"宋俞倬《独山桥》:"远游何事追禽向,便拟村中著草庵。"明皇甫汸《春暮索居》:"还期向子招禽庆,为报支公待许询。"明欧大任《丁庸卿陆…》:"游可期禽庆,归能待邴容。"

子期 zǐ qī
【分类】文化
【关键词】伯牙
【释义】借指知音或知己。源见"高山流水"。
【例句】唐李山甫《赠弹琴李…》:"三尺焦桐七条线,子期师旷两沉沉。"唐元孚《送李四校书》:"莫学张狂躁姓字,知音还有子期听。"唐择禅师《夹山顿遇…》:"只道子期能解律,谁知座主将参禅。"宋邵雍《首尾吟》:"能归岂谢陶元亮,善听何惭钟子期。"

子桑寒饥 zǐ sāng hán jī
【分类】生活
【关键词】子桑
【释义】咏贫士或咏贫贱之交之典。《庄子·大宗师》:"子舆与子桑友,而霖雨十日。子舆曰:'子桑殆病矣!'裹饭而往食之。至子桑之门,则若歌若哭,鼓琴曰:'父邪!母邪!天乎!人乎!'有不任其声而趋举其诗焉。"

【例句】唐韩愈《赠崔立之》："昔年十日雨,子桑苦寒饥。"宋刘敞《雨中》："宁见子桑诗,若歌复若哭。"宋毛滂《秋雨杜门…》："子桑闭门十日雨,何人裹饭相劳苦。"宋周密《苦雨》："闭门吟苦雨,谁识子桑愁。"

子桑琴　zǐ sāng qín
【分类】生活
【关键词】子桑
【释义】喻指视困境为天命,无所悲怨。源见"子桑寒饥"。
【例句】宋黄庭坚《次韵无咎…》："士寒饿,古犹今,向来亦有子桑琴。"宋姜夔《书乞米帖后》："人生不食浪自苦,独不见,子桑鼓琴十日雨。"宋韩淲《雨中次韵…》："鼓琴谁裹饭,能记子桑不。"清林朝崧《季夏病中…》："四面荒溪少客寻,一家自赏子桑琴。"

子山愁　zǐ shān chóu
【分类】生活
【关键词】庾信
【释义】指异域思乡之愁。子山,庾信字。源见"庾信愁"。
【例句】宋晁说之《刑曹再赋…》："念君未作骖鸾侣,愁杀江南庾子山。"宋王之道《和阳阳守…》："万事当从酒到休,子山那得许多愁。"宋刘克庄《又即事》："塞氛未静铁衣寒,愁绝江南庾子山。"明边贡《再次刘希…》："漳滨卧病愁公干,陇表思归忆子山。"

子西掩袂　zǐ xī yǎn mèi
【分类】政治
【关键词】子西
【释义】咏朝臣遇害之典。《左传·哀公十六年》："秋七月,(白公)杀子西、子期于朝,而劫惠王。子西以袂掩面而死。"
【例句】唐李白《惧谗》："魏姝信郑袖,掩袂对怀王。"唐柳宗元《古东门行》："魏王卧内藏兵符,子西掩袂真无辜。"宋吴则礼《怀子西》："青鞋布袜有能事,唤取子西来细论。"宋陆文圭《挽孙石山》："今年星度岁为龙,掩袂竟嗟吾道穷。"

子夏索居　zǐ xià suǒ jū
【分类】生态
【关键词】子夏
【释义】离群独居,为咏自伤寥落之典。《礼记·檀弓》："子夏丧其子而丧其明。曾子吊之…子夏投其杖而拜,曰:'吾过矣!吾过矣!吾离群而索居,亦已久矣!'"卜商字子夏,孔门七十二贤之一。李悝、吴起都是他的弟子,魏文侯尊以为师。
【例句】唐张贲《贲中间有…》："清秋将落帽,子夏正离群。"唐杜甫《上韦左相…》："长卿多病久,子夏索居频。"唐赵志集《秋日在县…》："索居劳望美,离思切依仁。"宋杨时《别游定夫》："漆雕惭未信,子夏又离群。"宋宋祁《喜得当涂…》："定因南浦传能赋,却到西河问索居。"

子夏悬鹑　zǐ xià xuán chún
【分类】生活
【关键词】子夏
【释义】比喻衣裳褴褛,破烂不堪。或喻安贫乐道。《荀子·大略》："子夏贫,衣若悬鹑。"鹑鸟毛斑烂而尾秃,象补绽百结。
【例句】宋刘敞《赏阁后小…》："未能引分拂衣往,正用饱食惭悬鹑。"宋苏辙《杂兴》："陋巷丈夫病且贫,悬鹑百结聊庇身。"宋刘克庄《兼诸司》："只是从前疏拙身,而今结驷昔悬鹑。"宋张守《久客感怀》："春韭秋菘聊当肉,冬裘夏葛听悬鹑。"

子胥乞食　zǐ xū qǐ shí
【分类】生活
【关键词】越绝书
【释义】贤士困顿之典。《越绝书·荆平王内传》："子胥遂行,至溧阳界中,见一女子击絮于濑水之中。子胥曰:'岂可得托食乎?'女子曰:'诺。'即发箪饭,清其壶浆而食之。子胥食已而去,谓女子曰:'掩尔壶浆,毋令之露。'女子曰:'诺。'子胥行五步,还顾,女子自纵于濑水之中而死。"
【例句】唐李白《游溧阳北…》："子胥昔乞食,此女倾壶浆。"清吴敬梓《投金濑》："芦中穷士伍子胥,星奔乞食来村墟。"

子虚赋　zǐ xū fù
【分类】文化
【关键词】司马相如
【释义】汉司马相如所作,后为汉武帝所赏识。喻指优美的文章。《史记·司马相如列传》："蜀人杨得意为狗监,侍上。上读子虚赋而善之,曰:'朕独不得与此人同时哉!'得意曰:'臣邑人司马相如自言为此赋。'"
【例句】唐王维《戏赠张五…》："染翰过草圣,赋诗轻《子虚》。"唐黄滔《寄越从人事…》："子虚词赋动君王,谁不期君入对扬。"唐李白《自汉阳病…》："圣主还听子虚赋,相如却与论文章。"唐崔宗之《赠李十二白》："双眸光照人,词赋凌子虚。"

子野　zǐ yě
【分类】生活
【关键词】师旷
【释义】春秋时晋国乐师师旷的字。目盲,善弹琴,辨音能力极强。《孟子·离娄上》："孟子曰:'离娄之明,公输子之巧,不以规矩,不能成方员;师旷之聪,不以六律,不能正五音;尧舜之道,不以仁政,不能平治天下。'"
【例句】唐孟郊《答昼上人…》："子野真遗却,浮浅藏渊深。"唐韦庄《赠峨嵋山…》："子期子野俱不见,乌啼鬼哭空伤悲。"宋苏颂《又和月夜…》："子野踞床思逐英,季长卧邬亦牵情。"宋黄庭坚《次韵孔四…》："尘埃好在三尺桐,不疑万世期子野。"

子野闻歌　zǐ yě wén gē
【分类】生活
【关键词】桓伊
【释义】痴迷音乐之典。《世说新语·任诞》："桓子野（伊）每闻清歌，辄唤'奈何！'谢公（安）闻之曰：'子野可谓一往有深情。'"桓伊，《梅花三弄》笛曲初创者。
【例句】宋罗椅《柳梢青》："子野闻歌，周郎顾曲，曾恼夫君。"明梁清标《春光好》："子野闻歌添恨，仲宣漫赋登楼。"清陈裴之《题朱酉生…》："我比听歌桓子野，茶烟浥泪几回看。"清赵清瑞《落花》："灯炧闻歌伤子野，色空补恨窘灵娲。"

子夜歌　zǐ yè gē
【分类】生活
【关键词】子夜
【释义】乐府《吴声歌曲》名。《宋书·乐志》："《子夜歌》者，有女子名子夜，造此声。晋孝武太元中，琅邪王轲之家有鬼歌《子夜》。"
【例句】唐孟浩然《崔明府宅…》："长袖平阳曲，新声子夜歌。"唐孟浩然《美人分香》："舞学平阳态，歌翻子夜声。"唐李绅《忆被牛相…》："银烛坐陪听《子夜》，宝筝筵上起春风。"宋梅尧臣《咏官妓从人》："无心歌《子夜》，有意学流黄。"

子婴失国　zǐ yīng shī guó
【分类】政治
【关键词】子婴
【释义】咏亡国之典。《史记·秦始皇本纪》："子婴为秦王四十六日，楚将沛公破秦人武关，遂至霸上，使人约降子婴。子婴即系颈以组，白马素车，奉天子玺符，降轵道旁。"子婴，秦三世。
【例句】唐邵谒《论政》："子婴一失国，渭水东悠悠。"宋杨简《秦》："子婴灞上降汉王，四十余年非久计。"明杨恩《秦亭》："要知婴幸能倾国，轵道降王见子婴。"

子游　zǐ yóu
【分类】政治
【关键词】子游
【释义】借指县令。《史记·仲尼弟子列传》："言偃，吴人，字子游…子游既以受业，为武城宰。"提倡以礼乐为教，境内有弦歌之声。
【例句】唐戎昱《秋馆雨后…》："试以他乡事，明朝问子游。"宋范仲淹《送郧乡尉…》："子游与季路，作邑宁歆歙。"宋王阮《留别昌国》："妄意弦歌学子游，迄无三异比中牟。"宋张九成《论语绝句》："焉用牛刀去割鸡，子游初见已无疑。"

子猷惜此君　zǐ yóu xī cǐ jūn
【分类】文化
【关键词】王徽之
【释义】雅士爱竹之典。《晋书·王徽之》："时吴中一士大夫家有好竹，欲观之，便出坐舆造竹下，讽啸良久。…尝寄居空宅中，便令种竹。或问其故，徽之但啸咏，指竹曰：'何可一日无此君邪！'"
【例句】唐杜牧《题刘秀才…》："不是山阴客，何人爱此君。"唐牟融《题陈徐竹亭》："岁寒高节谁能识，独有王猷爱此君。"唐无名氏《斑竹》："我今惭愧子猷心，解爱此君名不灭。"宋李至《那日获诣…》："子猷曾有风流语，一日不能无此君。"

子猷兴尽　zǐ yóu xìng jìn
【分类】文化
【关键词】王徽之
【释义】谓兴致消失，热情不再。《世说新语·任诞》："子猷居山阴…忽忆戴安道…夜乘小船就之。经宿方至，造门不前而返。人问其故，王曰：'吾本乘兴而行，兴尽而返，何必见戴。'"
【例句】唐孟浩然《冬至后过…》："闲垂太公钓，兴发子猷船。"宋梅尧臣《秋日同希…》："醉乘同渊明，兴尽殊子猷。"宋司马光《与乐城约…》："子猷垂то复归去，安道虽知未易邀。"宋邹浩《谢衡州花…》："子猷兴尽季真亡，彷佛棹声回远浦。"聂绀弩《一缘居士…》："何与剡溪戴安道，子猷兴尽自归船。"

子羽遗迹　zǐ yǔ yí jī
【分类】政治
【关键词】澹台灭明
【释义】不贪小利，不徇私情，为咏人品端正之典。《论语·雍也》："子游为武城宰。子曰：'女得人焉耳乎？'曰：'有澹台灭明者，行不由径（小路），非公事，未尝至于偃（子游名言偃）之室也。'"澹台灭明，字子羽。
【例句】唐封孟绅《赋得行不…》："澹台千载后，公正有遗名。"唐张籍《省试行不…》："子羽有遗迹，孔门传旧声。"宋沈辽《奉送次翁》："不识河阳花，岂有澹台迹。"宋王十朋《送朱仲文…》："澹台至室必公事，平仲与人能久交。"

子玉铭　zǐ yù míng
【分类】文化
【关键词】崔瑗
【释义】咏书写文体之典。《后汉书·崔骃传》附《崔瑗传》："瑗高于文辞，尤善为书、记、箴、铭。"东汉崔子玉（瑗）《座佑铭》："无道人之短，无说己之长。施人慎勿念，受施慎勿忘。世誉不足慕，唯仁为纪纲…"
【例句】唐张荐《奉酬礼部…》："劝深子玉铭，力竞相如赋。"唐杜牧《寄李钧》："缄书报子玉，为我谢津津。"清姚鼐《自咏》："已作元龙床下士，每书子玉座旁铭。"清王希玉《和月锄舅父》："续座右铭崔子玉，哀江南赋庾兰成。"

子渊　zǐ yuān
【分类】政治
【关键词】颜回

【释义】颜回,名回,字子渊。少孔子三十岁。孔子最得意的弟子,先孔子去世,叹曰:"噫!天丧予!天丧予!"《史记·仲尼弟子列传》:"子曰:'贤哉回也!一箪食,一瓢饮,在陋巷,人不堪其忧,回也不改其乐。'"

【例句】唐权德舆《哭李晦群···》:"子渊将叔度,自古不得已。"唐周昙《颜回》:"宣尼行教何形迹,不肯分甘救子渊。"宋王禹偁《酬杨遂》:"岂期颜子渊,不朽在一瓢。"宋苏颂《送朱屯田···》:"乐职定应能赋颂,知君堪继子渊才。"

子曰 zǐ yuē

【分类】政治
【关键词】论语
【释义】指儒学高论。《论语·学而》:"子曰:'学而时习之,不亦说乎。'"三国魏何晏集解:"马曰:'子者,男子之通称,谓孔子也。'"
【例句】唐贾岛《赠智朗禅师》:"率赋赠远言,言惭非子曰。"宋王令《寄洪与权》:"予初请子交,子曰何可外。"宋王十朋《和韩答柳···》:"彼亦呼子曰,有意欲吾效。"宋方回《以读书破···》:"鲁语第一篇,子曰即次有。"

子在川 zǐ zài chuān

【分类】生活
【关键词】论语
【释义】感叹时光飞逝之典。《论语·子罕》:"子在川上曰:逝者如斯夫,不舍昼夜!"
【例句】宋晁说之《曹仁熙画···》:"夫子在川上,悠然叹所逝。"宋赵鼎臣《和默庵喜···》:"故人政自把锄急,叹想当时子在川。"宋王十朋《次韵安国···》:"金华遽作鬼中仙,叹息真同子在川。"聂绀弩《寿迂冬五十》:"延河缩尽千山脚,庄在濠梁子在川。"

子真官 zǐ zhēn guān

【分类】政治
【关键词】崔寔
【释义】咏议郎之典。《后汉书·崔寔传》:"崔寔字子真···大司农羊傅、少府何豹上书荐寔才美能高,宜在朝廷。召拜议郎,迁大将军冀司马,与边韶、延笃等著于东观。""以病征,拜议郎,复与诸儒博士共杂定《五经》。"
【例句】唐李端《酬晋侍御···》:"本求文举识,不在子真官。"宋陈与义《次韵邢九思》:"玄晏不接长抱病,子真那复更为官。"宋程俱《与蒋子有···》:"三径旁临招隐溪,子真池馆叩林扉。"

梓材 zǐ cái

【分类】文化
【关键词】尚书
【释义】指优质的木材。喻优异人才。《尚书·梓材》:"若作梓材,既勤朴斫,惟其涂丹雘。"蔡沉集传:"梓,良材,可为器者。"
【例句】唐柳宗元《同刘二十···》:"世惟材是梓,人仰骥中

骅。"唐张祜《题岳州徐···》:"古地摽图籍,新亭建梓材。"宋孔平仲《郡名诗呈···》:"吕公杞梓材,自是栋梁质。"宋祖无择《题仰山》:"精蕴瑶瑰宝,灵钟杞梓材。"

梓匠轮舆 zǐ jiàng lún yú

【分类】生活
【关键词】孟子
【释义】古代对梓人、匠人、轮人、舆人的并称。亦泛指木工。为咏传授技知识技艺之典。《孟子·尽心下》:"梓匠轮舆能与人规矩,不能使人巧。"言机巧只能依靠学习者自己的勤学与妙悟,方能掌握。
【例句】唐韩愈《符读书城南》:"木知就规矩,在梓匠轮舆。"唐贾岛《郑尚书新···》:"梓匠防波溢,蓬仙畏水乾。"宋文彦博《外计苏度···》:"更须梓匠为鬼斧,堪与仙翁作酒枪。"宋梅尧臣《偈上人粹···》:"心远迹非远,岁月速轮舆。"宋阳枋《和桃源宰···》:"三时不害试鸠工,筑凿轮舆职自攻。"

梓泽 zǐ zé

【分类】生态
【关键词】石崇
【释义】咏园林之典,亦用以指洛阳。《晋书·石崇传》:"崇有别馆在河阳之金谷,一名梓泽,送者倾都,帐饮于此焉。"
【例句】唐李季子《早春洛阳···》:"梓泽年光往复来,杜霸游人去不回。"唐唐彦谦《汉代》:"梓泽花犹满,灵和柳未消。"唐李君房《石季伦金···》:"梓泽风流地,凄凉迹尚存。"唐白居易《狂吟七言···》:"香山闲宿一千夜,梓泽连游十六春。"

紫宸班 zǐ chén bān

【分类】政治
【关键词】石林燕语
【释义】喻指朝班。紫宸:宫殿名,天子所居。泛指宫廷。《石林燕语》:"紫宸、垂拱常朝···驾坐,阁门吏自下,以次于幕次帝前报班到;二史舍人而上,相继进,东西分立于内殿门之外,南向阁门内。"
【例句】唐许敬宗《奉和元日···》:"待旦敷玄造,韬旒御紫宸。"唐李峤《奉和幸望···》:"猛气凌玄朔,崇恩降紫宸。"唐杜甫《冬至》:"杖藜雪后临丹壑,鸣玉朝来散紫宸。"宋冯山《送宋构成···》:"曾留先帝紫宸班,高议雍容数刻间。"

紫府 zǐ fǔ

【分类】文化
【关键词】抱朴子
【释义】道教称仙人所居。泛指仙境。《抱朴子·祛惑》:"及至天上,先过紫府,金床玉几,晃晃昱昱,真贵处也。"
【例句】唐李群玉《紫极宫斋后》:"紫府空歌碧落寒,晓星寥亮月光残。"唐韦渠牟《步虚词》:"紫府与玄洲,谁来物外游。"唐李康成《玉华仙子歌》:"夕宿紫府云母帐,朝餐玄

圃昆仑芝。"唐韩溉《松》："啼猿想带苍山雨,归鹤应和紫府云。"

紫姑神 zǐ gū shén
【分类】文化
【关键词】异苑
【释义】咏民间节令风俗之典。《异苑》："世有紫姑神,古来相传,云是人家妾,为大妇所嫉,每以秽事相次役,正月十五日感激而死。故世人以其日作其形,夜间于厕间或猪栏边迎之。祝曰:'子胥不在(婿名也),曹姑亦归(大妇),小姑可出戏。'投者觉重,便是神来⋯能占众事,卜未来蚕桑。"
【例句】唐熊孺登《正月十五》："深夜行歌声绝痛,紫姑神下月苍苍。"唐李商隐《昨日》："昨日紫姑神去也,今朝青鸟使来赊。"宋陈造《寄赵帅》："旧腊新年无好况,何须更问紫姑神。"宋杨无咎《踏莎行》："心期休卜紫姑神,文章曾照青藜杖。"

紫毫 zǐ háo
【分类】文化
【关键词】白居易
【释义】毛笔的一种。笔锋用野山兔项背之毫制成,因色呈黑紫而得名。唐白居易《紫毫笔》："江南石上有老兔,吃竹饮泉生紫毫。"
【例句】唐刘沧《及第后宴⋯》："紫毫粉壁题仙籍,柳色箫声拂御楼。"唐吴融《赠彭光上人》："江南有僧名彭光,紫毫一管能颠狂。"唐元稹《僧如展及⋯》："紫毫飞札看犹湿,黄字新诗和未成。"宋梅尧臣《送杜君懿⋯》："吾乡素夸紫毫笔,因我又加苍鼠须。"

紫皇 zǐ huáng
【分类】文化
【关键词】李白
【释义】即皇帝,一说道教的最高天神;元始天尊。唐李白《飞龙引二首》："载玉女,过紫皇,紫皇乃赐白兔所捣之药方。"
【例句】唐李贺《李凭箜篌引》："十二门前融冷光,二十三丝动紫皇。"唐李贺《李夫人歌》："紫皇宫殿重重开,夫人飞入琼瑶台。"唐曹唐《小游仙诗》："绛节笙歌绕殿飞,紫皇欲到五云归。"五代廖融《梦仙谣》："琪木扶疏系辟邪,麻姑夜宴紫皇家。"

紫荆田氏树 zǐ jīng tián shì shù
【分类】生活
【关键词】续齐谐记
【释义】咏兄弟和好之典。《续齐谐记》："京兆田真,兄弟三人,共议分财,生资皆平均,惟堂前一株紫荆树,共议欲破三片。明日就截之,其树即枯死,状如火燃。真往见之,大惊,谓诸弟曰:'树本同株,闻将分斫,所以憔悴。是人不如木也。'因悲不自胜,不复解树。树应声荣茂。"
【例句】唐李白《上留田行》："田氏仓卒骨肉分,青天白日摧紫荆。"唐窦蒙《题弟暨述⋯》："庭前紫荆树,何日再芬芳。"唐许浑《与郑秀才》："阮公留客竹林晚,田氏到家荆树春。"唐郑谷《渚宫乱后作》："乡人来话乱离情,泪滴残阳问紫荆。"宋孙觌《三衢闻都⋯》："紫荆有信欲开花,黄犬无情不到家。"明方孝孺《四箴》："周公赋棠棣,田氏感紫荆。"

紫骝 zǐ liú
【分类】文化
【关键词】羊侃
【释义】古骏马名。《南史·羊侃传》："帝因赐侃河南国紫骝,令试之。侃执槊上马,左右击刺,特尽其妙。"
【例句】唐杨炯《紫骝马》："侠客重周游,金鞭控紫骝。"唐张说《舞马千秋⋯》："试听紫骝歌乐府,何如骥骧舞华筋。"唐王昌龄《塞上曲》："莫学游侠儿,矜夸紫骝好。"唐李白《宣城送刘⋯》："昔赠紫骝驹,今倾白玉卮。"

紫罗囊 zǐ luó náng
【分类】文化
【关键词】谢安
【释义】咏少年或叔侄关系之典。《晋书·谢玄传》："玄字幼度。少颖悟⋯玄少好佩紫罗香囊,安患之,而不欲伤其意,因戏赌取,即焚之,于此遂止。"
【例句】唐杜甫《又示宗武》："试吟青玉案,莫羡紫罗囊。"唐韩翃《送崔秀才⋯》："行乐远夸红布旆,风流近赌紫香囊。"唐卢纶《酬赵少尹⋯》："归时每爱怀朱橘,戏处常闻佩紫囊。"唐施肩吾《夏日过从⋯》："林下喜逢青竹卷,局边输却紫罗囊。"

紫陌 zǐ mò
【分类】政治
【关键词】王粲
【释义】指京师郊野的道路。汉王粲《羽猎赋》："济漳浦而横阵,倚紫陌而并征。"
【例句】唐岑参《奉和中书⋯》："鸡鸣紫陌曙光寒,莺啭皇州春色阑。"唐贾至《早朝大明⋯》："银烛熏天紫陌长,禁城春色晓苍苍。"唐刘禹锡《元和十一⋯》："紫陌红尘拂面来,无人不道看花回。"唐刘沧《赠颛顼山人》："洛阳紫陌几曾醉,少室白云时一归。"

紫泥封 zǐ ní fēng
【分类】政治
【关键词】汉高祖
【释义】指诏书。古人以泥封书信,泥上盖印。皇帝诏书用紫泥。《史记·高祖本纪》："秦王子婴素车白马⋯封皇帝玺符节书,降枳道旁。"《三秦记》:云紫泥水在今成州。《舆地志》:云汉封诏玺用紫泥,则此水之泥也。
【例句】唐徐知仁《奉和圣制⋯》："紫泥方受命,黄石乃推贤。"唐李商隐《九成宫》："荔枝卢橘沾恩幸,鸾鹊天书湿紫泥。"唐武元衡《送崔舍人⋯》："赤墀同拜紫泥封,驷牡连徽侍九重。"唐权德舆《奉和张仆⋯》："丹毂常思阙下来,紫泥忽自天中出。"

紫绮冠　zǐ qǐ guān
【分类】文化
【关键词】李白
【释义】带有紫色花纹的帽子。唐李白《东山吟》:"酣来自作青海舞,秋风吹落紫绮冠。"
【例句】宋陆游《醉中作》:"月明满地江风急,吹落幽人紫绮冠。"宋林光朝《次韵奉酬…》:"趣看天禄青藜杖,怕着王孙紫绮冠。"元于立《题从子伦…》:"道逢仙人紫绮冠,指点丹崖是征路。"明龚鼎孳《陶炼师道…》:"兵车头白青帘舫,松桂霞封紫绮冠。"

紫气东来　zǐ qì dōng lái
【分类】文化
【关键词】老子
【释义】祥瑞的象征。紫气,指瑞祥的光气,多附会为圣哲或宝物出现的征兆。《列仙传》:"老子西游,关令尹喜望见有紫气浮关,而老子果乘青牛而过也。"
【例句】唐骆宾王《代女道士…》:"青牛紫气度灵关,尺素弛鳞去不还。"唐卢照邻《三月曲水…》:"公子黄金勒,仙人紫气轩。"唐杜甫《秋兴》:"西望瑶池降王母,东来紫气满函关。"唐皇甫冉《登玄元庙》:"函关若远近,紫气独依然。"

紫阙　zǐ què
【分类】文化
【关键词】易林
【释义】帝王宫阙。亦借指神仙洞府。《易林·讼之贲》:"紫阙九重,尊严在中。"
【例句】唐李白《灞陵行送别》:"古道连绵走西京,紫阙落日浮云生。"吴越钱俶《读圣寿诗》:"就日心虽悬紫阙,祝尧身尚处洪溟。"宋王圭《依韵和梅…》:"香车辘辘红尘里,紫阙岩峣瑞气间。"宋释居简《桃花犬行》:"枫宸紫阙芳雾濛,长门永巷泠泠风。"

紫髯将　zǐ rán jiàng
【分类】政治
【关键词】孙权
【释义】咏勇将的典故。《三国志·孙权传》:"权乘骏马越津桥得去。"南朝宋裴松之注引《献帝春秋》:"张辽问吴降人:'向有紫髯将军,长上短下,便马善射,是谁?'降人答曰:'是孙会稽。'辽及乐进相遇,言不早知之,急追自得,举军叹恨。"
【例句】唐韩翃《送李中丞…》:"当年紫髯将,他日黑头公。"唐李白《司马将军歌》:"身居玉帐临河魁,紫髯若戟冠崔嵬。"唐罗隐《题润州妙…》:"紫髯桑盖此沈吟,很石独存事可寻。"唐殷文圭《赠战将》:"绿沈枪利雪峰尖,犀甲军装称紫髯。"唐韦庄《又闻湖南…》:"天子只凭红旆壮,将军空恃紫髯多。"

紫塞　zǐ sài
【分类】政治
【关键词】古今注
【释义】北方边塞。泛指边塞。《古今注·都邑》:"秦筑长城,土色皆紫,汉塞亦然,故称紫塞焉。"
【例句】唐卢照邻《战城南》:"将军出紫塞,冒顿在乌贪。"唐陈子昂《春夜别友人》:"紫塞白云断,青春明月初。"唐杜甫《清明》:"旅雁上云归紫塞,家人钻火用青枫。"唐罗邺《边将》:"若无紫塞烟尘事,谁识青楼歌舞人。"

紫枢　zǐ shū
【分类】政治
【关键词】唐中宗
【释义】指朝廷中枢部门。唐中宗《授张锡工部尚书制》:"紫枢伫俊,彤管须贤。"
【例句】宋元绛《和张文裕…》:"黄阁势连东凤阙,紫枢光直右银台。"宋王圭《赠太尉吕…》:"天上紫枢深北斗,人间金印独三公。"宋韩忠彦《题江干初…》:"唯有紫枢黄阁老,再开图画看潇湘。"宋喻良能《王丞相生》:"辰既升紫枢兵气扬,运筹决胜如子房。"

紫台　zǐ tái
【分类】政治
【关键词】江淹
【释义】犹紫宫。指帝王所居。《昭明文选·南朝江淹〈恨赋〉》:"若夫明妃去时,仰天太息。紫台稍远,关山无极。"唐李善注:"紫台,犹紫宫也。"
【例句】唐杜甫《咏怀古迹》:"一去紫台连朔漠,独留青冢向黄昏。"唐钱起《送张中丞…》:"紫台初下诏,皂盖始专城。"唐崔国辅《王昭君》:"紫台绵望绝,秋草不堪论。"唐王涣《惆怅诗》:"紫台月落关山晓,肠断君恩信画工。"

紫驼峰　zǐ tuó fēng
【分类】生活
【关键词】杜甫
【释义】指用驼峰作成的珍贵菜肴。唐杜甫《丽人行》:"紫驼之峰出翠釜,水精之盘行素鳞。"
【例句】宋苏轼《送碧香酒…》:"不羡紫驼分御食,自遣赤脚沽村酿。"宋秦观《会蓬莱阁》:"人面春生红玉液,银盘烟覆紫驼峰。"宋孙觌《邹志新致…》:"蛮珍不说紫驼峰,怪雨腥风起坐中。"宋喻良能《谢中书施…》:"绿蚁醅浓粘玉盏,紫驼峰美照金盘。"

紫微郎　zǐ wēi láng
【分类】政治
【关键词】新唐书
【释义】唐代中书舍人的别称。《新唐书·百官志二》载:"开元元年,改中书省曰紫微省,中书令曰紫微令。"
【例句】唐赵嘏《访沈舍人》:"溪翁强访紫微郎,晓鼓声中满鬓霜。"唐白居易《紫薇花》:"独坐黄昏谁是伴,紫薇花对紫微郎。"唐韦庄《和郑拾遗…》:"诏催青琐客,时待紫微郎。"唐黄滔《喜侯舍人…》:"锦里幸为丹凤阙,幕宾征出紫微郎。"

紫微垣 zǐ wēi yuán
【分类】文化
【关键词】艺文类聚
【释义】中国古代星象三垣之一。被认为是天帝居住的地方。喻指天上宫阙。《艺文类聚》引《德阳殿铭》:"皇穹垂象,以示帝王。紫微之则,弘诞弥光。大汉体天,承以德阳。崇弘高丽,苞受万方。"
【例句】唐李白《宫中行乐词》:"小小生金屋,盈盈在紫微。"唐杜甫《秋日荆南…》:"紫微临六角,皇极正乘舆。"唐杜甫《奉汉中王…》:"入期朱邸雪,朝傍紫微垣。"五代徐铉《回至瓜洲…》:"紫微垣里旧宾从,来向吴门谒府公。"

紫霄 zǐ xiāo
【分类】政治
【关键词】翰林志
【释义】本指高空。借指帝王所居。源见"玉堂词客"。
【例句】唐李绅《海榴亭》:"高近紫霄疑菡萏,迥依江月半婵娟。"唐李峤《春日侍宴…》:"今日陪欢豫,还疑陟紫霄。"唐宋之问《题会福塔…》:"如涌浮图近紫霄,芙蓉仙苑礼群僚。"唐王昌龄《云山清晓》:"一炬咸阳机冢赤,紫霄巍立晓云间。"

紫烟客 zǐ yān kè
【分类】文化
【关键词】李白
【释义】喻指仙人。《李太白全集·古风五十九首》:"金华牧羊儿,乃是紫烟客。我愿从之游,未去发已白。"
【例句】唐李群玉《送郑员宽…》:"因醉松花春,追攀紫烟客。"宋方一夔《神仙》:"青羊石化紫烟客,白鹤松成老树精。"元孙蕡《题唐仙方…》:"金华不识紫烟客,那得化石初平方。"明卢楠《寄谢逸人…》:"鲁连自是紫烟客,倜傥长揖二千石。"

紫岩 zǐ yán
【分类】政治
【关键词】王绩
【释义】紫色山崖。多指隐者所居。唐王绩《古意》:"幽人在何所?紫岩有仙躅。"
【例句】唐卢鸿一《樾馆》:"紫岩隈兮青溪侧,云松烟茑兮千古色。"唐卢照邻《过东山谷口》:"泉鸣碧涧底,花落紫岩幽。"宋白玉蟾《谷帝下》:"紫岩瀑展长霓,草木通深雾雨凄。"宋苏过《次韵承之…》:"莫投紫岩稍自慰,欲扣僧房无可侣。"

紫燕 zǐ yàn
【分类】文化
【关键词】西京杂记

【释义】古代骏马名。也指骏马、越燕。《西京杂记》:"文帝自代还。有良马九匹。皆天下之骏马也。一名浮云、一名赤电、一名绝群、一名逸骠、一名紫燕骝、一名绿螭骢、一名龙子、一名麟驹、一名绝尘、号为九逸。"
【例句】唐李峤《马》:"苍龙遥逐日,紫燕迥追风。"唐李白《天马歌》:"回头笑紫燕,但觉尔辈愚。"唐杜甫《暮秋枉裴…》:"军符侯印取岂迟,紫燕骝耳行甚速。"唐刘元叔《妾薄命》:"阳春白日照空暖,紫燕衔花向庭满。"

紫玉 zǐ yù
【分类】文化
【关键词】陈陶
【释义】紫竹的别名。南唐陈陶《题僧院紫竹》:"霞杯传缥叶,羽管吹紫玉。"
【例句】唐薛曜《舞马篇》:"紫玉鸣珂临宝镫,青丝彩络带金羁。"唐皮日休《以紫石砚…》:"样如金蹙小能轻,微润将融紫玉英。"宋元稹中《题桐柏观》:"碧桃花烂春溪暖,紫玉箫沉月榭昏。"宋柳永《杏花》:"风亭月榭闲相倚,紫玉枝梢红蜡蒂。"

紫云 zǐ yún
【分类】生活
【关键词】易林
【释义】紫色云。古以为祥瑞之兆。也借指紫石砚。汉焦赣《易林·履之渐》:"黄帝紫云,圣且神明,光见福祥,告我无殃。"
【例句】唐沈佺期《兴庆池侍…》:"碧水澄潭映远空,紫云香驾御微风。"唐元稹《西明寺牡丹》:"花向琉璃地上生,光风炫转紫云英。"唐郑谷《阙下春日》:"建章宫殿紫云飘,春漏迟迟下绛霄。"唐李贺《杨生青花…》:"端州石工巧如神,踏天磨刀割紫云。"

紫云车 zǐ yún chē
【分类】文化
【关键词】汉武帝
【释义】咏车之典。《博物志》:"汉武帝好仙道…时西王母遣使乘白鹿告帝当来,乃供帐九华殿以待之。七月七日夜漏七刻,王母乘紫云车而至于殿西。"
【例句】唐杜牧《张好好诗》:"聘之碧瑶佩,载之紫云车。"宋刘安《蜡梅》:"疑是素娥乘月下,淡黄衣袂紫云车。"宋黄庭坚《玉簪》:"宴罢瑶池阿母家,嫩琼飞上紫云车。"宋刘安上《蜡梅》:"疑是素娥乘月下,淡黄衣袂紫云车。"

紫云曲 zǐ yún qǔ
【分类】生活
【关键词】唐玄宗
【释义】也称"紫云回"。乐曲名,传说是神仙传授给唐玄宗。喻称优美的乐曲。《太平广记·十仙子》:"唐玄宗尝梦仙子十余辈,御卿云而下列于庭,各执乐曲而奏之,其度曲清哉,真仙府之音也。及乐阕,有一仙人前而言曰:'陛下知此乐乎?此神仙《紫云曲》也。今愿传授陛下,为圣唐正始音。与夫咸池大夏,固不同矣。'"
【例句】唐李峤《奉和拜洛…》:"周旗鸟集,汉幄紫云回。"宋田锡《紫云曲》:"合奏铿锵向金屋,云是仙乡紫云曲。"宋魏了翁《梁运判生日》:"试听天下紫云曲,著意自与人间殊。"宋杨亿《明皇》:"紫云度曲传浮世,白石标年凿半峰。"

紫芝歌 zǐ zhī gē
【分类】政治
【关键词】四皓
【释义】隐居之典。源见"采芝翁"。
【例句】唐张九龄《商洛山行…》:"长怀赤松意,重忆紫芝歌。"唐杜甫《洗兵马》:"隐士休歌紫芝曲,词人解撰清河颂。"唐寒山《诗三百》:"可来白云里,教尔紫芝歌。"宋胡宿《送致政吴…》:"商岭紫芝歌几曲,武夷毛竹梦频惊。"

紫芝眉宇 zǐ zhī méi yǔ
【分类】政治
【关键词】元德秀
【释义】称颂人德行高洁之词。亦为初识的典故。《新唐书·元德秀》:"元德秀字紫芝…德秀善文辞,作《蹇士赋》以自况。房琯每见德秀,叹息曰:'见紫芝眉宇,使人名利之心都尽。'"
【例句】宋王安石《和微之药…》:"紫芝眉宇倾一坐,笑语但闻鸡舌香。"宋孔平仲《宣父奇示…》:"惟恨与子未从容,紫芝眉宇何时逢。"宋孔夷《赠大渊》:"紫芝眉宇风尘外,太白文章锦绣前。"宋毛滂《寄曹子方…》:"紫芝秀眉宇,东野凛长松。"

自断此生 zì duàn cǐ shēng
【分类】文化
【关键词】杜甫
【释义】这一辈子命运自己就能断言,不须再去问天。表示对一生潦倒的愤激之辞。唐杜甫《曲江三章》:"自断此生休问天,杜曲幸有桑麻田。"
【例句】宋黄庭坚《定风波》:"自断此生休问天,白头波上泛孤船。"宋张载《一室》:"此生吾自断,不必梦邯郸。"宋苏辙《诸子将筑…》:"自断此生今已矣,世间何物更如斯。"宋李纲《自铜陵行…》:"自断此生甘寂寞,毗耶归作老维摩。"

自郐无讥 zì kuài wú jī
【分类】文化
【关键词】季札
【释义】表示自此以下的不值得评论。《左传·襄公二十九年》:"吴公子札来聘…请观于周乐。使工为之歌《周南》《召南》,曰:'美哉! 始基之矣,犹未也,然勤而不怨矣。'为之歌《邶》《鄘》《卫》,曰:'美哉渊乎! 忧而不困者也。'…见舞《韶箾》者,曰:'德至矣哉! 观止矣! 若有他乐,吾不敢请已!'…自《郐》以下无讥焉。"晋杜预注:"不复讥论之,以其微也。"
【例句】宋王禹偁《寄献郴州…》:"有别乐闻韶,无讥诗自郐。"宋刘攽《次韵裴库…》:"谁云自郐无讥者,一曲阳春可见微。"宋陈傅良《送谢倅景…》:"言诗必南雅,自郐吾无讥。"宋陈造《次王仲衡…》:"岂伊郐无讥,敢睨大国楚。"

自愧卢前 zì kuì lú qián
【分类】政治
【关键词】王勃
【释义】谓自愧不敢当。源见"耻居王后"。
【例句】宋洪皓《次韵同出…》:"勿讶廉颇羞蔺下,自知杨炯愧卢前。"宋王十朋《梁彭州归…》:"紫陌曾陪探花马,姓名深愧在卢前。"宋刘敞《答陈州通…》:"不谓招徕从隗始,至今惭愧在卢前。"元罗蒙正《次韵余太…》:"玉署词华君独步,声名知不愧卢前。"

自润 zì rùn
【分类】政治
【关键词】孔奋
【释义】指自己得到好处。《后汉书·孔奋传》:"时天下未定,士多不修节操,而奋力行清洁,为众所笑,或以为身处脂膏,不能以自润,徒益苦辛耳。"
【例句】唐骆宾王《挑灯杖》:"终知不自润,何处用脂膏。"唐王梵志《题阙》:"纵使天无雨,阴云自润衣。"宋强至《依韵奉和…》:"翠入重城朝自润,势吞平野夏犹寒。"宋孙应时《爱亚夫自…》:"腹有琅玕元自润,气兼熊豹不妨遒。"

自相矛盾 zì xiāng máo dùn
【分类】生活
【关键词】韩非子
【释义】比喻言语或行为相互抵触,互不相容。《韩非子·难一》:"楚人有鬻盾与矛者,誉之曰:'吾盾之坚,物莫能陷也。'又誉其矛曰:'吾矛之利,于物无不陷也。'或曰:'以子之矛,陷子之盾,何如?'其人弗能应也。"
【例句】唐韩愈《赠崔立之…》:"念昔尘埃两相逢,争名龃龉持矛盾。"宋宋庠《念衰》:"操缦遽汲深,持矛复夸盾。"宋李纲《次韵дрендrin和渊…》:"异论相矛盾,儒墨竟谁是。"宋王十朋《石笋桥》:"传闻江欲飞栋初,异论纷纷互矛盾。"

自诒伊戚 zì yí yī qī
【分类】生活
【关键词】诗经
【释义】指自寻忧伤。诒:通贻,招致。戚:忧伤。《诗经·小雅·小明》:"心之忧矣,自诒伊戚。"汉郑笺:"诒,遗也。我冒乱世而仕,自遗此忧。"
【例句】宋葛立方《咏春申君》:"一旦棘门奇祸作,自诒伊戚向谁论。"宋姚勉《日食罪言》:"食月乃蟆精,伊戚盖自贻。"

自注下下考 zì zhù xià xià kǎo
【分类】政治

【关键词】阳城
【释义】喻指官吏体恤民情,不计自身荣辱。《旧唐书·阳城传》:阳城任道州刺史"赋税不登,观察使数加诮让。州上考功第,城自署其第曰:'抚字心劳,征科政拙,考下下。'"
【例句】宋陈师道《咸平读书堂》:"宁书下下考,不奉急急符。"宋苏轼《庆源宣义…》:"拂衣自注下下考,芋魁饭豆吾岂无。"宋苏过《送伯达兄…》:"行著下下考,愿辞赫赫名。"宋王十朋《喻叔奇采…》:"何当归故山,已书下下考。"

字孤 zì gū
【分类】政治
【关键词】氾毓
【释义】指抚爱孤儿。南朝梁任昉《奏弹刘整》:"马援奉嫂,不冠不入;氾毓字孤,家无常子。"
【例句】唐李频《送台州唐…》:"遥知为吏去,有术字茕孤。"唐孟郊《峡哀》:"字孤徒仿佛,衔雪犹惊猜。"元郝经《开平新宫》:"契阔还同室,鳏茕得字孤。"明何吾驺《曾大母节…》:"低首字孤仰奉嬸,两指绷褓慈乌哺。"

宗伯 zōng bó
【分类】政治
【关键词】尚书
【释义】周代六卿之一。掌宗庙祭祀等事,即后世礼部之职。因亦称礼部尚书为大宗伯或宗伯,礼部侍郎为少宗伯。《尚书·周官》:"宗伯掌邦礼,治神人,和上下。"
【例句】唐冯伉《和权载之…》:"勋词宗伯雄,重美良史功。"唐朱庆馀《酬萧员外…》:"道薄谬应宗伯选,诗成徒费谢公才。"唐杜审言《泛舟送郑…》:"长安遥向日,宗伯正乘春。"唐湛贲《伏览吕侍…》:"识曲遇周郎,知音荷宗伯。"

宗臣 zōng chén
【分类】政治
【关键词】萧何曹参
【释义】世所敬仰的名臣。《汉书·萧何曹参传》:"声施后世,为一代之宗臣。"
【例句】唐杜甫《咏怀古迹》:"诸葛大名垂宇宙,宗臣遗像肃清高。"唐温庭筠《奉天西佛寺》:"宗臣欲舞千钧剑,追骑犹观七宝鞭。"宋苏舜钦《和永叔探…》:"宗臣转注得天法,质虽浑厚气乃振。"宋黄庭坚《夜观蜀志》:"霸主三分割天下,宗臣十倍胜曹丕。"

宗居士 zōng jū shì
【分类】政治
【关键词】宗炳
【释义】"借指好佛不仕的隐逸者。《宋书·宗炳传》:"元嘉二十年,炳卒,时年六十九。衡阳王义季与司徒江夏王义恭书曰:'宗居士不救所病,其清履肥素,终始可嘉,为之恻怆,不能已已。'"宗炳字少文,南朝宋时南阳涅阳人,研习佛理,妙善琴书,性好山水,怀庐山释慧远游,屡征不仕,时人称"宗居士"。
【例句】唐皎然《酬秦山人…》:"果得宗居士,论心到极微。"唐李端《书志赠畅当》:"请问宗居士,君其老奈何。"清梁佩兰《東兰湖心公》:"若问宗居士,柴关共此心。"

宗雷 zōng léi
【分类】政治
【关键词】宗炳
【释义】南朝宋隐逸者宗炳、雷次宗的合称。借指与僧侣交往的才士。源见"宗居士"、"雷居士"。
【例句】唐李端《得山中道…》:"诗人识何谢,居士别宗雷。"唐权德舆《送文畅上…》:"桑门许辩才,外学接宗雷。"唐权德舆《送映师归…》:"幸许宗雷到,清谈不易闻。"五代贯休《秋居寄王…》:"饼唯餐喜悦,社已得宗雷。"

宗武 zōng wǔ
【分类】生活
【关键词】杜甫
【释义】唐诗人杜甫幼子。唐元稹《唐故工部员外郎杜君墓系铭》:"嗣子曰宗武,病不克葬,殁命其子嗣业。"
【例句】宋刘克庄《秋夜有怀》:"幼嗣尚存宗武在,遗文难附所忠还。"宋朱翌《园中示客》:"趁虚阿段阿稽去,挟册宗文宗武来。"宋苏轼《夜坐与迈…》:"传家诗律细,已自过宗武。"宋王洋《宝觉师画…》:"破帽麻鞋肩伛偻,回头意若呼宗武。"

宗许 zōng xǔ
【分类】政治
【关键词】宗炳许询
【释义】宗炳与许询的合称。指称礼佛好玄、交游僧人的文士。《世说新语·文学》:"支道林、许掾诸人共在会稽王斋头。支为法师,许为都讲。支通一义,四坐莫不厌心。许送一难,众人莫不抃舞。但共嗟咏二家之美,不辩其理之所在。"《宋书·宗炳》:"妻罗氏,亦有高情,与炳协趣。罗氏没,炳哀之过甚,既而辍哭寻理,悲情顿释。谓沙门释慧坚曰:'死生之分,未易可达,三复至教,方能遣哀。'"
【例句】唐耿湋《寻觉公因…》:"为我谢宗许,尘中难久留。"宋舒岳祥《壬辰正月…》:"开山犹别子,传钵许宗风。"清释古邀《春日客怡…》:"西郊近已无戎马,宗许乘春或可寻。"

宗彝 zōng yí
【分类】政治
【关键词】尚书
【释义】宗庙祭祀所用酒器。《尚书·洪范》:"武王既胜殷,邦诸侯,班宗彝。"汉孔安国《传》:"赋宗庙彝器酒樽赐诸侯。"唐孔颖达疏:"盛鬯者为彝,盛酒者为尊,皆祭宗庙之酒器也。"
【例句】宋王质《上王公明寿》:"旂常书不尽,太庙有宗彝。"宋释居简《杨文昌得…》:"同盟今几辈,鄐鼎与宗彝。"宋洪咨夔《罗浮高寿…》";"日星宗彝映华虫,江河健帆转蒙冲。"宋方回《送丘子正…》:"宗彝作绘衮作火,可但能书梵王译。"

总角 zǒng jiǎo
【分类】生活
【关键词】诗经
【释义】古时儿童束发为两结,向上分开,形状如角,故称总角。借指童年。《诗经·齐风·甫田》:"婉兮娈兮,总角丱兮。"汉郑笺:"总角,聚两髦也。"唐孔颖达疏:"总角聚两髦,言总聚其髦以为两角也。"
【例句】唐储光羲《献华阴罗…》:"昔余在天目,总角奉游从。"唐杜甫《不归》:"数金怜俊迈,总角爱聪明。"唐皮日休《鲁望昨以…》:"骎骎自总角,不甘耕一廛。"唐李群玉《赠元绂》:"相逢在总角,与子同心。"宋苏轼《被酒独行…》:"总角黎家三四童,口吹葱叶送迎翁。"

纵横之术 zòng héng zhī shù
【分类】政治
【关键词】主父偃
【释义】即合纵连横。是一门从趋利避害角度,研究利益体之间相互关系的学说。即联合多方去制约一方,从而取得既定利益。《汉书·主父偃传》:"学长短从横术。"汉服虔注:"苏秦法百家书说也。"
【例句】唐陈子昂《赠严仓曹…》:"少学纵横术,游楚复游燕。"唐李白《赠韦秘书…》:"谈天信浩荡,说剑纷纵横。"唐魏征《述怀》:"纵横计不就,慷慨志犹存。"宋王禹偁《送姚著作…》:"今春忽命姚著作,学术纵横才磊落。"

纵猎 zòng liè
【分类】生活
【关键词】冯淑妃
【释义】咏不顾国情危急,纵情于畋猎之典。《北史·冯淑妃传》:"周师之取平阳(今山西临汾),帝(齐后主高纬)猎于三堆。晋州告急,帝将还,淑妃请更杀一围。"
【例句】唐韩愈《春雪》:"江浪迎涛日,风毛纵猎朝。"唐无可《送李骑曹…》:"纵猎旗风卷,听笳帐月生。"宋张镃《醉后偶书》:"一镫左计坐北牖,万骑纵猎思南山。"宋陆游《岁晚感怀》:"听歌莫惜终三叠,纵猎何妨更一围。"

纵鳞 zòng lín
【分类】政治
【关键词】杜甫
【释义】指自由游于水中之鱼。比喻仕途得意。唐杜甫《赠韦左丞丈二十二韵》:"青冥却垂翅,蹭蹬无纵鳞。"
【例句】宋刘敞《献欧阳永叔》:"连翩少垂翼,浩荡俄纵鳞。"宋郭祥正《将归行》:"法网深悬无纵鳞,敛翼宁禽忧弹射。"宋无名氏《和别驾萧…》:"渊底纵鳞夸水泳,林间宿鸟乐巢居。"元范梈《凌云篇》:"手把宫袍厌缚身,却忆南溟有纵鳞。"

邹鲁 zōu lǔ
【分类】政治
【关键词】韦贤
【释义】邹,孟子故乡;鲁,孔子故乡。后因以"邹鲁"指文化昌盛之地,礼义之邦。《汉书·韦贤传》:"济济邹鲁,礼义唯恭,诵习弦歌,于异他邦。"
【例句】唐孟浩然《书怀贻京…》:"维先自邹鲁,家世重儒风。"唐皇甫冉《上礼部杨…》:"末学惭邹鲁,深仁录弟兄。"唐郎士元《送裴补阙…》:"邹鲁诗书国,应无鼙鼓喧。"五代贯休《夏雨登干…》:"邹鲁封疆禾稼浓,清吟孤坐思重重。"

邹律 zōu lǜ
【分类】生态
【关键词】邹衍
【释义】喻指带来温暖与生机的事物。源见"邹衍吹律"。
【例句】唐陈元光《漳州新城…》:"秦箫吹引凤,邹律奏生春。"唐罗隐《东归别所知》:"邹律有风吹不变,邵枝无分住应难。"唐苏拯《邹律》:"邹律暖燕谷,青史徒编录。"宋杨亿《次韵和酬…》:"邹律渐吹阴谷暖,尧蓂看傍土阶新。"

邹枚 zōu méi
【分类】文化
【关键词】邹阳枚乘
【释义】汉邹阳、枚乘的并称。借指富于才辩之士。北魏郦道元《水经注·睢水》:"梁王与邹、枚、司马相如之徒极游于其上。"两人皆以才辩著名当时。
【例句】唐张说《药园宴武…》:"文学引邹枚,歌钟陈卫霍。"唐王维《奉和圣制…》:"侍从有邹枚,琼筵就水开。"唐范朝《宁王山池》:"旧传词赋客,唯见有邹枚。"唐高适《酬庞十兵曹》:"怀贤想邹枚,登高思荆棘。"

邹衍吹律 zōu yǎn chuī lǜ
【分类】生态
【关键词】邹衍
【释义】形容带来温暖与生机。或形容他人的关怀、温暖。也用以咏笛、箫。《别录》:"《方士传》言:'邹子在燕,燕有黍谷,地美天寒,不出五谷。邹子居之,吹律而温气至,今名黍谷地。'"
【例句】唐黄滔《游南寓题》:"天不当时命邹衍,亦将寒律入南吹。"宋范成大《再题白傅诗》:"列子御风犹有待,邹生吹律强生春。"宋黄庭坚《赠送张叔和》:"张侯温如邹子律,能令阴谷黍生春。"宋汪元量《幽州除夜》:"雪塞春回邹衍律,霜营寒入祢衡挝。"

邹衍谈天 zōu yǎn tán tiān
【分类】文化
【关键词】邹衍
【释义】战国思想家、阴阳家代表人物,历游魏、燕、赵等国,

1167

"深观宇宙消息"，纵谈宇宙的道理；把当时流行的"五行"之说附会到社会历史和王朝兴替上。以小喻大，至于无边无际。因其语"闳大不经"，人称"谈天衍"。

【例句】唐杜正伦《玄武门侍宴》："阙名徒上月，邹辩讵谈天。"宋史尧弼《黄雀衔隐…》："谭天邹衍口，痛饮伯伦乡。"宋刘克庄《用厚后弟…》："地岂长房之可缩，天非邹衍所能谈。"聂绀弩《赠电工小蒋》："天以邹阳继邹衍，史传孙武即孙膑。"

邹阳　zōu yáng

【分类】文化
【关键词】邹阳
【释义】西汉文学家，初从吴王刘濞，劝濞勿起兵反汉，濞不听。后去为梁孝王门客，被谗下狱，上书梁王，申辩冤屈。（《古文观止》中有邹阳《狱中上梁王书》）
【例句】唐李商隐《喜闻太原…》："刘放未归鸡树老，邹阳新去兔园空。"唐薛能《和府帅相公》："竹映高墙似傍山，邹阳归后令威还。"五代韦庄《放榜日作》："邹阳暖艳催花发，太皡春光簇马归。"聂绀弩《赠电工小蒋》："天以邹阳继邹衍，史传孙武即孙膑。"

邹缨齐紫　zōu yīng qí zǐ

【分类】政治
【关键词】韩非子
【释义】比喻上行下效。《韩非子·外储说左上》："邹君好服长缨，左右皆服长缨，缨甚贵。""齐桓公好服紫，一国尽服紫。五素不得一紫。"
【例句】宋陆游《梦宴客大…》："表里江山亦乐哉，华缨满座敌邹枚。"宋晁补之《西北有高楼》："西北有高楼，缥缈齐紫清。"明杨慎《春郊得紫…》："广幕耀周缀，袛服矜齐紫。"明归有光《素庵诗》："流俗相纠错，纷纷竞齐紫。"

邹子说九瀛　zōu zǐ shuō jiǔ yíng

【分类】文化
【关键词】邹衍
【释义】咏古代中国之典。《史记·邹衍传》："儒者所谓中国者，于天下乃八十一分居其一分耳。中国名曰赤县神州。赤县神州内自有九州，禹之序九州是也，不得为州数。中国外如赤县神州者九，乃所谓九州也…如此者九，乃有大瀛海环其外，天地之际焉。其术皆此类也。"
【例句】唐陈子昂《蓟丘览古》："邹子何寥廓，漫说九瀛垂。"明王廷相《梁苑歌》："千乘万骑敌卤簿，贵焰豪华倾九瀛。"

驺哄　zōu hǒng

【分类】政治
【关键词】崔琳
【释义】贵官出行时引马喝道的差役。《新唐书·崔琳传》："其群从数十人，自兴宁里谒大明宫，冠盖驺哄相望。"
【例句】宋宋祁《拟王右丞…》："驺哄罗户前，冠盖荫道周。"宋魏了翁《水调歌头》："高氏八千古，驺哄溢街坊。"宋洪适《醉中三用韵》："倒载归时童稚舞，莫教驺哄滓冯茵。"宋洪适《中岩寺》："览胜寻幽性所耽，不教驺哄滓筠杉。"

驺忌鼓琴　zōu jì gǔ qín

【分类】生活
【关键词】驺忌
【释义】咏琴趣之典。《史记·田敬仲完世家》："驺忌子曰：'夫大弦浊以春温者，君也；小弦廉折以清者，相也…钧谐以鸣，大小相益，回邪而不相害者，四时也；吾是以知其为善也。'王曰：'善语音。'"
【例句】唐柳宗元《李西川荐…》："远师驺忌鼓鸣琴，去和南风悷舜心。"明屈大均《奉答张观…》："驺忌鼓琴托讽谏，斫轮喻道偏如神。"

驺忌说琴　zōu jì shuō qín

【分类】政治
【关键词】驺忌
【释义】邹忌，齐国大臣，以鼓琴说齐威王，使之励志图强，称雄诸侯。《史记·田敬仲完世家》："驺忌子曰：'故曰琴音调而天下治。夫治国家而弭人民者，无若乎五音者。'王曰：'善。'"
【例句】唐柳宗元《李西川荐…》："远师驺忌鼓鸣琴，去和南风悷舜心。"宋苏轼《次韵和王巩》："君看驺忌子，廉折配春温。"明屈大均《奉答张观…》："驺忌鼓琴托讽谏，斫轮喻道偏如神。"

驺虞　zōu yú

【分类】文化
【关键词】诗经
【释义】传说中的义兽名。《诗经·召南·驺虞》："彼茁者葭，壹发五豝，于嗟乎驺虞。"汉毛传："驺虞，义兽也。白虎，黑文，不食生物，有至信之德则应之。"天子囿中掌鸟兽的官。《周礼·春官·锺师》："凡射，王奏驺虞，诸侯奏狸首。"唐贾公彦疏："今《诗》韩鲁说：'驺虞，天子掌鸟兽官。'"
【例句】唐李白《梁甫吟》："驺虞不折生草茎，手接飞猱搏雕虎。"唐李绅《寿阳罢郡…》："尔效驺虞护生草，岂徒柔伏在淮浉。"五代谭用之《寄孟进士》："书回科斗江帆暮，曲罢驺虞海树苍。"宋王禹称《还杨遂蜀…》："泯然无物作时瑞，谁识凤皇与驺虞。"

鄹人之子　zōu rén zhī zǐ

【分类】政治
【关键词】孔丘
【释义】指孔丘。《论语注疏·八佾》："子入太庙，每事问。或曰：孰谓鄹人之子知礼乎…子闻之曰：是礼也。"宋邢昺疏："鄹人，鲁鄹邑大夫孔子父叔梁纥也。"
【例句】宋刘克庄《挽李法曹…》："教子鄹人母，持家寡妇清。"宋黄机《六州歌头》："从古时哉去速，鄹人子、反袂伤麟。"明王洪《武城弦歌》："礼向鄹人问，书从孔氏传。"

走流沙 zǒu liú shā
【分类】政治
【关键词】关令尹
【释义】飘逸出世、归隐之典。《列仙传·关令尹》："时人莫知老子西游,喜先见其气,知有真人当过,物色而遮之,果得老子,老子亦知其奇,为著书授之,后与老子俱游流沙。"
【例句】唐苏颋《景龙观送…》:"雨雪长疑向函谷,山泉直似到流沙。"唐李白《古风》:"仲尼欲浮海,吾祖之流沙。"唐李群玉《别尹炼师》:"若非函谷令,谁注流沙说。"唐陈羽《题舞花山…》:"西过流沙归路长,一生遗迹在东方。"

走兔投巾 zǒu tù tóu jīn
【分类】文化
【关键词】抱朴子
【释义】咏兔之典。《抱朴子·对俗》:"余数见人以方术求水于夕月,阳燧引火于朝日,隐形以沦于无象,易貌以成于异物,结巾投地而兔走,针缀界带而蛇行…皆说服焉。"
【例句】唐王勃《出境游山》:"驱羊先动石,走兔欲投巾。"宋李子西《送白鱼》:"举网得鱼溪上路,挥毫走兔简中诗。"宋洪朋《蓬莱仙人歌》:"吐凤雕龙乃余事,惊蛇走兔不作难。"宋苏轼《叶教授和…》:"功名一走兔,何用千人逐。"

奏牍 zòu dú
【分类】政治
【关键词】论衡
【释义】书写奏记的木简。官吏上书皇帝曰奏。《论衡·量知》:"断木为椠,析之为版,力加刮削,乃成奏牍。"
【例句】宋文彦博《司马温公…》:"留滞周南十五年,成书奏牍过三千。"宋杨亿《陈小著从…》:"奏牍金门奉帝俞,平明鸾省剖铜符。"宋文炎《次韵孙居…》:"耻携奏牍到公车,千虑悬知无一得。"聂绀弩《过刘后向…》:"田横五百人何在,曼倩三千牍似留。"

足霜 zú shuāng
【分类】生活
【关键词】李白
【释义】喻女人的双足如霜一样洁白、清秀。唐李白《越女词》:"屐上足如霜,不着鸦头袜。"
【例句】唐李白《浣纱石上女》:"一双金齿屐,两足白如霜。"宋秦观《流觞亭并…》:"更怜白足如霜句,可羡溪边六逸游。"宋苏轼《于潜女》:"青裙缟袂于潜女,两足如霜不穿履。"宋秦观《流觞亭并…》:"更怜白足如霜句,可羡溪边六逸游。"

卒岁无褐 zú suì wú hè
【分类】生活
【关键词】诗经
【释义】咏生活贫困之典。《诗经·豳风·七月》:"无衣无褐,何以卒岁!"郑笺:"褐,毛布也;卒,终也。"
【例句】唐韦庄《和郑拾遗…》:"卒岁贫无褐,经秋病泛漳。"宋赵逢《和邻女擣…》:"闲田不种木棉树,卒岁可怜无褐衣。"清黄景仁《寒鸦》:"无衣无褐欲卒岁,顿袖相对空长叹。"清曹允文《壬午元旦…》:"卒岁方知无褐苦,迎年应忆早梅新。"

组练 zǔ liàn
【分类】政治
【关键词】左传
【释义】借指精锐的军队。或指军士的武装军容。《左传·襄公三年》:"楚子重伐吴,为简之师,克鸠兹,至于衡山。使邓廖帅组甲三百、被练三千以侵吴。"组甲、被练皆指将士的衣甲服装。
【例句】唐白居易《寄太原李…》:"绮罗二八围宾榻,组练三千夹将坛。"唐杜牧《东兵长句》:"羽林东下雷霆怒,楚甲南来组练明。"五代韦庄《谒蒋帝庙》:"残雪岭头明组练,晚霞檐外簇旌旗。"宋苏轼《催试官考…》:"鲲鹏水击三千里,组练长驱十万夫。"

俎豆 zǔ dòu
【分类】政治
【关键词】论语
【释义】古代祭祀、宴飨时盛食物用的礼器。引为祭祀之意。《论语·卫灵公》:"卫灵公问陈于孔子。孔子对曰:'俎豆之事,则尝闻之矣;军旅之事,未之学也。'"三国何晏《史记集解》引孔安国注:"俎豆,礼器。"
【例句】唐杜甫《题衡山县…》:"旄头彗紫微,无复俎豆事。"唐骆宾王《边城落日》:"一朝辞俎豆,万里逐沙蓬。"唐王卓《观北番谒庙》:"休运威仪盛,丰年俎豆盈。"唐杜牧《洛中送冀…》:"颜回捧俎豆,项羽横戈矛。"五代贯休《东阳罹乱…》:"货财不入崔洪口,俎豆尝闻夫子言。"

祖鞭先着 zǔ biān xiān zhuó
【分类】文化
【关键词】刘琨
【释义】指先行,占先。为争先立功报国之典。《晋书·刘琨传》:"琨少负志气,有纵横之才,善交胜己,而颇浮夸,与范阳祖逖为友。闻逖被用,与亲故书曰:'吾枕戈待旦,志枭逆虏,常恐祖生先我着鞭。'"
【例句】唐吴融《登鹳雀楼》:"祖鞭掉折徒为尔,赢得云溪负钓竿。"唐王贞白《洛阳道》:"唯恐着鞭迟,谁能更回顾。"宋谢逸《岁晚书怀》:"人言张仪舌尚在,我惭祖逖鞭先着。"金李俊民《用之请还…》:"气吞骄虏鞭先着,威定并门橄罢传。"

祖龙 zǔ lóng
【分类】政治
【关键词】秦始皇
【释义】特指秦始皇嬴政。《史记·秦始皇本纪》:"有人持璧遮使者曰:'为吾遗滈池君。'因言曰:'今年祖龙死。'"南朝宋裴骃《史记集解》引苏林曰:"祖,始也。龙,人君

1169

象。谓始皇也。"
【例句】唐李白《永王东巡歌》:"祖龙浮海不成桥,汉武寻阳空射蛟。"唐张祜《经咸阳城》:"何事暴成还暴废,祖龙须死项须摧。"唐温庭筠《湖阴词》:"祖龙黄须珊瑚鞭,铁骢金面青连钱。"唐邵谒《学仙词》:"祖龙好仙术,烧却黄金精。"

祖纳锥 zǔ nà zhuī
【分类】文化
【关键词】祖纳
【释义】称美健谈,也用以咏锥。《晋书·祖纳传》:"时梅陶及钟雅数说余事,纳辄困之,因曰:'君汝颍之士,利如锥;我幽冀之士,钝如槌。持我钝槌,捶君利锥,皆当摧矣。'陶、雅并称'有神锥,不可得槌。'纳曰:'假有神锥,必有神槌。'雅无以对。"
【例句】唐陆龟蒙《奉和袭美…》:"挺若苻坚棰,浮于祖纳锥。"唐李商隐《咏怀寄秘…》:"攻文枯若木,处世钝如锤。"唐杜牧《题桐叶》:"哆哆不劳文似锦,迸趋何必利如锥。"宋丁谓《棋》:"谢安方料敌,祖纳正忘忧。"

祖生鞭 zǔ shēng biān
【分类】文化
【关键词】刘琨
【释义】勉人努力进取的典故。源见"祖鞭先着"。
【例句】唐李白《赠宣城宇…》:"多逢剿绝儿,先着祖鞭先。"宋杨万里《寄题郭汉…》:"如何划地里,犹露祖生鞭。"宋杨亿《黄觉东游》:"三献犹垂下和泪,几人先着祖生鞭。"宋饶节《送傅仲默…》:"君今先着祖生鞭,我穷未办买山钱。"

祖洲 zǔ zhōu
【分类】文化
【关键词】东方朔
【释义】古代传说中的十洲之一。借指海上仙山或东海之国。《海内十洲记·祖洲》:"祖洲近在东海之中,地方五百里,去西岸七万里。上有不死之草,草形如菰苗,长三四尺,人已死三日者,以草覆之,皆当时活也,服之令人长生。"
【例句】唐李昌符《送人入新…》:"春生阳气早,天接祖州遥。"宋杨无咎《青玉案》:"更看悬鱼上麟阁。不用祖洲寻灵药。"元顾瑛《题宋徽宗…》:"分明艮岳通玄圃,想象方壶接祖洲。"明李昌祺《赠宫监》:"仙境传闻孰能至,蓬莱祖洲此间是。"

钻故纸 zuān gù zhǐ
【分类】政治
【关键词】景德传灯
【释义】借指一味钻在古书堆里死读书。《景德传灯录·古灵神赞禅师》:"其师又一日在窗下看经,蜂子投窗纸求出。师睹之曰:'世界如许广阔,不肯出,钻他故纸,驴年去其?'"
【例句】唐神赞《偈》:"百年钻故纸,何日出头时?"宋黄庭坚《题杜槃涧…》:"古灵庵下倚寒藤,莫向明窗钻故纸。"宋释德洪《寄题刘居…》:"笑人经卷钻故纸,彼世珠似笊篱。"宋杨万里《题唐德明…》:"平生刺头钻故纸,晚知此道无多子。"

钻天令 zuān tiān lìng
【分类】政治
【关键词】王宣徽
【释义】谓升为高官。《苕溪渔隐丛话》:"《文昌杂录》:北京留守王宣徽洛中园宅尤胜,中堂七间起高楼,更为华侈;司马公在陋巷,所居才能庇风雨,又作地室,尝读书于其中。洛人戏云:'王家钻天,司马入地。'"
【例句】宋方逢振《送侄隆吉…》:"博士以上棱级危,仕至泮宫钻天令。"宋刘克庄《念奴娇》:"不慕飞仙,不贪成佛,不要钻天令。"宋刘克庄《七十四吟》:"诸公尽作钻天令,老子重为击壤民。"

钻知坚否 zuān zhī jiān fǒu
【分类】文化
【关键词】论语
【释义】《论语·子罕》:"仰之弥高,钻之弥坚。"这是颜回崇拜他的老师孔丘的话,说仰望他的人格,越发觉得他崇高;钻研他的学问,越学越觉得高深。
【例句】唐崔日知《冬日述怀…》:"琢磨才既竭,钻仰德弥坚。"唐无名氏《鹤鸣九皋》:"香凝光不见,风积韵弥高。"宋释正觉《禅人并化…》:"涅不缁而磨不磷,仰弥高而钻弥坚。"宋袁甫《和杨秀甫韵》:"顾我蒙养钻弥坚,要参圣处力加鞭。"宋刘敞《遣闷》:"好饮本来身是事,徒歌非是曲弥高。"聂绀弩《尘中望且…》:"钻知坚否仰弥高,鳌背三山又九霄。"

醉把青荷 zuì bǎ qīng hé
【分类】生活
【关键词】郑公悫
【释义】咏宴饮之典。三国魏人郑公悫在三伏天用莲花叶盛酒,宴饮宾客,有酒气莲香之美。源见"碧筒杯"。
【例句】唐杜甫《陪郑广文…》:"醉把青荷叶,狂遗白接䍦。"宋汪莘《夏日西湖…》:"醉把青荷当箬笠,乱披红芰作蓑衣。"

醉尉 zuì wèi
【分类】政治
【关键词】李广
【释义】指势利小人。《史记·李将军列传》:"(李广)还至霸陵亭,霸陵尉醉,呵止广。广骑曰:'故李将军。'尉曰:'今将军尚不得夜行,何乃故也!'…天子乃召拜广为右北平太守。广即请霸陵尉与俱,至军而斩之。"
【例句】唐杜甫《南极》:"乱离多醉尉,愁杀李将军。"唐骆宾王《帝京篇》:"朱门无复张公子,灞亭谁畏李将军。"宋苏轼《过密州次…》:"先生依旧广文贫,老守时遭醉尉嗔。"

宋李之仪《次韵思道…》:"清时醉尉知何在,似是人多识故侯。"

醉翁吟 zuì wēng yín
【分类】生活
【关键词】苏轼
【释义】古歌名,亦称醉翁操。北宋沈遵创曲,欧阳修歌咏。后由苏轼配词。形容寄情于山水。《渑水燕谈录》:"庆历中,欧阳文忠公谪守滁州,有琅琊幽谷,山川奇丽…太常博士沈遵,好奇之士,闻而往游,爱其山水秀绝,以琴写其声,为醉翁吟,盖宫声三叠。"
【例句】宋王洋《听琴赠远师》:"琅琊山下醉翁吟,分明拨向琴中调。"宋王珪《和潘良贵…》:"野老固惭东阁客,何妨同作醉翁吟。"宋陈俊卿《共乐堂》:"老退已寻居士服,清欢时伴醉翁吟。"宋韩驹《游定林寺》:"是夜琴弹醉翁操,笑呼明月作知音。"清钱载《醉翁亭》:"泠泠如动醉翁操,落落重闻三两弦。"

醉卧古藤下 zuì wò gǔ téng xià
【分类】文化
【关键词】秦观
【释义】咏少游仙逝或怀念少游之典。《冷斋夜话》:"秦少游在处州,梦中作长短句曰:'山路雨添花…醉卧古藤阴下,了不知南北。'后南迁北归,逗留藤州,终于光华亭,方醉起,以玉盂吸泉欲饮,笑而视而化。"
【例句】宋黄庭坚《寄贺方回》:"少游醉卧古藤下,谁与愁眉唱一杯?"宋江涛《和放翁题…》:"谁知醉卧古藤下,却是浮生梦里诗。"宋周紫芝《山谷先生…》:"古藤阴下偶婆娑,南北随缘意若何。"宋李彭《以酒渴爱…》:"醉卧古藤阴,一往无复再。"

尊酒 zūn jiǔ
【分类】生活
【关键词】酒
【释义】犹杯酒,含敬意。魏晋无名氏《李陵录别诗》:"我有一尊酒,欲以赠远人。"
【例句】唐李百药《雨后》:"寂寥无与晤,尊酒论对风花。"唐岑文本《冬日宴于…》:"金兰笃惠好,尊酒畅生平。"唐卢照邻《送幽州陈…》:"郭隗池台何处,昭王尊酒前。"唐高适《赠别沉四…》:"耿耿尊酒前,联雁飞愁音。"

尊酒相逢 zūn jiǔ xiāng féng
【分类】生活
【关键词】韩愈
【释义】意指相逢时饮一杯酒以相敬。唐韩愈《赠郑兵曹》:"尊酒相逢十载前,君为壮夫我少年;尊酒相逢十载后,我为壮夫君白首。"
【例句】唐戴叔伦《南宾送蔡…》:"不料相逢日,空悲尊酒前。"唐张登《冬至夜郡…》:"相逢一尊酒,共结两乡愁。"唐张登《冬至夜郡…》:"相逢一尊酒,共结两乡愁。"

尊乐毅 zūn yuè yì
【分类】政治
【关键词】乐毅
【释义】咏尊敬贤士之典。《战国策·燕策》:"于是昭王为隗筑宫而师之。乐毅自魏往,邹阳自齐往…二十八年,燕国殷富,士卒乐佚轻战。于是遂以乐毅为上将军,与秦、楚、三晋合谋以伐齐。"
【例句】唐陈子昂《感遇诗》:"燕王尊乐毅,分国愿同欢。"唐高适《酬裴员外…》:"乐毅吾所怜,拔齐翻见猜。"唐李白《行路难》:"剧辛乐毅感恩分,输肝剖胆效英才。"唐钱起《送傅管记…》:"无人不重乐毅贤,何敌能当鲁连啸。"

遵渚 zūn zhǔ
【分类】政治
【关键词】诗经
【释义】喻大才闲置不用。《诗经·豳风·九罭》:"鸿飞遵渚,公归无所,于女信处。"郑笺:"鸿,大鸟也,不宜与凫鹥之属飞而循渚。以喻周公今与凡人处东都之邑,失其所也。"
【例句】唐于经野《奉和九日…》:"遵渚归鸿度,承云舞鹤骞。"唐柳宗元《弘农公以…》:"遵渚徒云乐,冲天自不遑。"唐阎防《百丈溪新…》:"栖迟乐遵渚,恬旷寡所欲。"唐孟郊《暮春感思》:"优哉遵渚鸿,自得养身贞。"宋苏辙《和子瞻和…》:"来鸿已遵渚,去燕亦辞梁。"

遵渚鸿飞 zūn zhǔ hóng fēi
【分类】政治
【关键词】诗经
【释义】比喻回到皇帝身边,重被信用。源见"遵渚"。诗以天鹅沿洲渚而飞作譬,说明周公将归到成王身边,并希望周公能再住两宿。
【例句】宋钱伯言《建炎丞相…》:"调羹梅子生无数,遵渚鸿飞去有涯。"宋李流谦《公归行送…》:"西人衮舃待公归,鸿飞遵渚歌九罭。"宋高斯《得送庸斋…》:"鸿飞遵渚望不及,中夜起坐徒烦煎。"明王缜《吾仲兄游…》:"鸿飞遵渚雁横天,我上征车兄上船。"

遵渚来鸿 zūn zhǔ lái hóng
【分类】政治
【关键词】诗经
【释义】咏欢宴宾客之典。源见"遵渚"。《昭明文选·南朝宋谢瞻〈九日从宋公戏马台集送孔令〉》:"巢幕无留燕,遵渚有来鸿。"言天鹅沿着洲渚飘动飞临。
【例句】唐骆宾王《月夜有怀》:"栖枝犹绕鹊,遵渚未来鸿。"宋苏辙《和子瞻和…》:"来鸿已遵渚,去燕亦辞梁。"

左车 zuǒ chē
【分类】文化
【关键词】韩愈
【释义】左面的牙床,亦指左面的牙齿。唐韩愈《与崔群书》:"近者尤衰惫,左车第二牙无故动摇脱去。"
车。"宋何基《老菊次时…》:"我生因循颠已华,其矣今年脱左车。"宋周紫芝《次韵王彦…》:"扁舟流浪作浮家,病齿凋零脱左车。"宋陆游《老疾戏自赠》:"左车牙脱吁可悲,问汝何不食肉糜。"

左车略　zuǒ chē lüè
【分类】政治
【关键词】李左车
【释义】李左车,战国时辅佐赵王歇,封广武君。曾向韩信献"百战奇胜"良策,助其收燕、齐之地。《史记·淮阴侯列传》:"于是有缚广武君而致戏下者,信乃解其缚,东乡对,西乡对,师事之。"
【例句】唐李白《闻李太尉…》:"恨无左车略,多愧鲁连生。"唐李端《送王副使…》:"想到清油幕,长谋出左军。"宋邓肃《刘忠显挽词》:"军中相庆得左车,便觉笑谈混天宇。"元陶宗仪《秋怀次夏…》:"妖氛顽洞逼京华,将略时无李左车。"

左慈掷杯　zuǒ cí zhì bēi
【分类】文化
【关键词】左慈
【释义】咏仙道术之典。或形容饮酒狂欢。《神仙传·左慈》:"而拔道簪以画杯,酒中断,其间相去数寸。即饮半,半与公。公不善之,未即为饮。慈乞尽自饮之,饮毕以杯掷屋栋,杯悬摇动似飞鸟,俯仰之状,若欲落而不落,举坐莫不视杯,良久乃坠。既而已失慈矣。"
【例句】宋张纲《念奴娇》:"故应元放,举杯狂醉轻掷。"宋谢枋得《题东观壁》:"少曰曾闻黄石教,平生几掷左慈杯。"宋王镃《游仙词》:"左慈闲戏神仙术,五色霞杯绕洞飞。"元贝琼《五月十一…》:"明日山瓶犹未竭,当筵更掷左慈杯。"

左符　zuǒ fú
【分类】政治
【关键词】汉文帝
【释义】符契的左半。汉制,太守出任执左符,至州郡合右符为验。《汉书·文帝纪》:"初与郡守为铜虎符、竹使符。"唐颜师古注:"与郡守为符者,各分其半,右留京师,左以与之。"
【例句】宋夏竦《狎鸥亭诗》:"造化平分荷大钧,左符新刻玉为麟。"宋梅尧臣《送棣州…》:"人持左符去,马逆北风行。"宋曾巩《西湖》:"左符千里走东方,喜有西湖六月凉。"宋苏轼《送吕昌明…》:"横空好在修眉色,头白犹堪乞左符。"

左悺　zuǒ guàn
【分类】政治
【关键词】左悺
【释义】借指立有功勋的太监。《后汉书·左悺》:"帝(桓帝)呼超(单超),悺入室,谓曰:'梁将军兄弟专固国朝…今欲诛之,于常侍意何如?'…于是更召璜、瑗等五人,遂定其议,帝啮超臂出血为盟。于是诏收冀及宗亲党与悉诛之。悺、衡迁中常侍,封超新丰侯。"
【例句】唐李贺《安乐宫》:"歌回蜡板鸣,左悺提壶使。"

左记室　zuǒ jì shì
【分类】文化
【关键词】左思
【释义】咏文士之典。《晋书·左思传》:"左思,字太冲…貌寝,口讷,而辞藻壮丽。""齐王同命为记室督,辞疾,不就。及张方纵暴都邑,举家适冀州。数岁,以疾终。"
【例句】唐曹邺《送进士李…》:"中有左记室,逢人眼光明。"唐李峤《砚》:"左思裁赋日,王充作论年。"唐白居易《和酬郑侍…》:"一缄疏入掩谷永,三都赋成排左思。"唐黄滔《喜侯舍人…》:"贾谊才承宣室召,左思唯佚秘书流。"清黄景仁《咏怀》:"迢迢左记室,缅怀竟何已。"

左家娇女　zuǒ jiā jiāo nǚ
【分类】生活
【关键词】左思
【释义】咏爱女之典。喻指美丽可爱的少女。《玉台新咏·娇女诗》:"吾家有娇女,皎皎颇白晰,小字为纨素,口齿自清历。"
【例句】唐李商隐《王十二兄…》:"嵇氏幼男犹可怜,左家娇女岂能忘?"唐柳宗元《叠前》:"左家弄玉唯娇女,空觉庭前鸟迹多。"明毛奇龄《龙安娇女曲》:"左家娇女锁金绳,来拜龙安寺里僧。"清翁志琦《答女口号》:"左家娇女禀凤慧,把卷问耶欲学吟。"

左契　zuǒ qì
【分类】生活
【关键词】老子
【释义】符契之左半。由借出钱物的一方收存。《老子》:"和大怨,必有余怨,安可以为善?是以圣人执左契而不责于人。"
【例句】唐李商隐《井泥四十韵》:"汉祖把左契,自言一布衣。"唐陆龟蒙《谨和谏议…》:"已报东吴政,初捐左契归。"宋司马光《送周密学…》:"玉帐前茅举,铜鱼左契分。"宋萧立之《赋李士明…》:"君家读书今几世,持取科名如左契。"

左牵　zuǒ qiān
【分类】文化
【关键词】礼记
【释义】咏犬之典。《礼记·曲礼》:"效马效羊者,右牵之。效犬者,左牵之。"汉郑玄注:"犬噬啮人,右手当禁备之。"周礼规定,向人进献犬时,需用左手牵着绳子,右手以防犬咬伤人。
【例句】唐韩偓《八月六日作》:"左牵犬马诚难测,右袒簪缨最负恩。"宋张舜民《紫骝马》:"红银鞍勒青油缰,左牵黄犬右擎苍。"宋苏轼《江神子》："老夫聊发少年狂。左牵黄。右擎苍。"清杭世骏《黄孝廉园…》："左牵四尺帖尾夔,画幡招摇卷秀眊。"

左衽 zuǒ rèn

【分类】政治
【关键词】尚书
【释义】衣襟向左。指我国古代某些少数民族的服装。喻指少数民族。《尚书·毕命》："四夷左衽,罔不咸赖。"
【例句】唐耿湋《奉送崔侍…》："俗殊人左衽,地远水西流。"唐窦牟《送刘公达…》："文武轻车少,腥膻左衽衰。"唐魏扶《和白敏中…》："左衽尽知歌帝泽,从兹不更备三边。"唐白居易《城盐州美…》："自筑盐州十余载,左衽毡裘不犯塞。"

左手抱琴书 zuǒ shǒu bào qín shū

【分类】生活
【关键词】白居易
【释义】咏夫妻恩爱之典。唐白居易《草堂记》："待予异日弟妹婚嫁毕,司马岁秩满,出处行止,得以自遂,则左手引妻子,右手抱琴书,终老于斯,以成就我平生之志。"
【例句】唐李山甫《南山》："假绕不是神仙骨,终抱琴书向此游。"宋苏轼《满江红》："便相将、左手抱琴书,云间宿。"宋释德洪《次韵游方广》："便欲抱琴书,亦作东家住。"宋韩淲《寄叶解元》："抱琴挟书过飘泉,想君风度尤翩翩。"

左思裁赋 zuǒ sī cái fù

【分类】文化
【关键词】左思
【释义】指作者花大工夫创作精品。源见"洛阳纸贵"。
【例句】唐李峤《砚》："左思裁赋日,王充作论年。"唐白居易《和酬郎侍…》："一缄疏入掩谷永,三都赋成排左思。"宋宋祁《送张状元…》："左思丽赋都中贵,张载新铭剑外留。"宋胡致隆《题吴生画…》："王宰五日画一石,左思十年赋三都。"

左袒 zuǒ tǎn

【分类】政治
【关键词】周勃
【释义】古代仪礼,露出左臂;管偏护一方叫左袒。《汉书·高后纪》："而以兵授太尉勃…曰:'为吕氏右袒,为刘氏左袒。'"唐颜师古注："袒,脱衣袖而肉袒也。左右者,偏脱其一耳。"
【例句】唐司空图《杂题》："先知左袒始同行,须待龙楼羽翼成。"唐杜牧《题商山四…》："南军不袒左边袖,四老安刘是灭刘。"宋韩驹《上太师公…》："啸呼左袒安刘氏,指顾南冠萦楚囚。"宋张士瑰《和白君》："空余诸葛秦川表,左袒何人复为刘。"

左贤王 zuǒ xián wáng

【分类】政治
【关键词】匈奴
【释义】匈奴贵族封号,魏晋南北朝氐族贵族也使用。在匈奴诸王侯中,地位最高,常以太子为之。《史记·匈奴列传》："然至冒顿而匈奴最强大,尽服从北夷,而南与中国为敌国…置左右贤王,左右谷蠡王,左右大将…"
【例句】唐刘湾《出塞曲》："仍闻左贤王,更将围云中。"唐常建《塞下》："左贤未遁旌竿折,过在将军不在兵。"五代贯休《澜陵战叟》："官竟不封右校尉,斗曾生挟左贤王。"宋杨亿《钱大夫赴…》："清啸肯饶刘越石,长缨终系左贤王。"

左传癖 zuǒ zhuàn pǐ

【分类】文化
【关键词】杜预
【释义】意指喜欢研读古书的爱好。《晋书·杜预传》："预常称济有马癖,峤有钱癖。武帝闻之,谓预曰:'卿有何癖?'对曰:'臣有《左传》癖。'"
【例句】唐杜甫《赠司空王…》："晓达兵家流,饱闻春秋癖。"宋陆游《夜坐》："辛苦空成左传癖,逍遥自愧大慈仙。"明王越《襄阳怀古》："左传注成元凯癖,唐音刻尽浩然诗。"清洪亮吉《代人题关…》："左传癖应开杜预,季兴功足抵岑彭。"

佐棘 zuǒ jí

【分类】政治
【关键词】大理寺
【释义】古代最高刑狱机关大理寺别称棘寺,因称佐治大理寺刑狱为佐棘。源见"棘寺"。
【例句】唐罗隐《寄大理徐…》："佐棘竟谁同?因思证圣中。"唐苑咸《送大理正…》："垂银棘庭印,持斧柏台纲。"

佐卿化鹤 zuǒ qīng huà hè

【分类】文化
【关键词】徐佐卿
【释义】咏道士或咏鹤之典。《集异记》："明皇天宝十三载重阳日猎于沙苑,云间有孤鹤徊翔焉。上亲御弧矢,一发而中一日忽自外至,神爽不怡,谓宫中人曰:'吾留之于壁上,后年箭主到此,即宜付之,慎无坠失。'…即视佐卿所题,乃前岁沙苑纵敠之日也。佐卿盖中箭孤鹤耳。"
【例句】宋苏轼《白鹤峰新居》："佐卿恐是归来鹤,次律宁非过去僧。"宋陆游《坚顽》："虽殊带箭鹤,要是脱钩鱼。"宋洪皓《次韵学士…》："假书岂料狸为士,带箭宁思鹤是宾。"宋曾丰《道人彭永…》："逃劫莫如徐佐卿,山行未免飞矢中。"宋张釜《送鹤还齐云》："不作冲天支遁想,颇疑携箭佐卿还。"

作砺 zuò lì

【分类】政治
【关键词】尚书
【释义】比喻举为重臣。《尚书·说命上》："王命之曰:'朝夕纳诲,以辅台德,若金,用汝作砺。'"砺:磨刀石。

【例句】唐李峤《奉和幸大…》:"独惭贤作砺,空喜福成田。"唐白居易《奉和思黯…》:"终随金砺用,不学玉山颓。"唐罗隐《投宣武郑…》:"自然须作砺,不必恨刻戎。"五代和凝《宫词》:"锵金佩玉趋丹陛,总是和羹作砺才。"

作意 zuò yì
【分类】生活
【关键词】汉书
【释义】原指著作的本意。《汉书·艺文志》:"《书》凡百篇,而为之序,言其作意。"亦指着意、注意、故意、特意、决意。南朝宝志《十二时颂》:"阳焰空华不肯抛,作意修行转辛苦。"
【例句】唐杜甫《花鸭》:"稻粱知汝在,作意莫先鸣。"唐杜甫《绝句漫兴》:"谁谓朝来不作意,狂风挽断最长条。"唐蒋防《玄都楼》:"桃红软满枝须作意,莫交方朔施偷将。"唐陆龟蒙《寄怀华阳…》:"衔烟细草无端绿,冒雨闲花作意馨。"

坐井观天 zuò jǐng guān tiān
【分类】政治
【关键词】韩愈
【释义】坐在井里看天。比喻和讽刺眼界狭窄或学识肤浅之人。唐韩愈《原道》:"坐井而观天,曰天小者,非天小也。"
【例句】宋刘和叔《书诗话后》:"坐井而观天,遂亦作天论。"宋刘克庄《诸公载酒…》:"时事浑如坐井窥,逢人不敢问边机。"宋苏轼《南禅长老…》:"那将坐井蛙,而比谈天衍。"元石抹宜孙《妙成观掀…》:"从此入林堪避地,何妨坐井亦观天。"

坐上客 zuò shàng kè
【分类】政治
【关键词】孔融
【释义】借指受到敬重与礼遇之人。源见"北海尊"。
【例句】唐韦应物《贵游行》:"焉知坐上客,草草心所忧。"唐曹邺《和潘安仁…》:"莫怪坐上客,叹君庭前花。"宋强至《陆君置酒…》:"陆君酒酣喜自唱,坐上客子泪俄纵横。"宋郭祥正《寄刘继邻…》:"叠嶂楼中索美酒,坐上客子皆豪英。"

坐忘 zuò wàng
【分类】文化
【关键词】庄子
【释义】道家谓物我两忘、与道合一的精神境界。《庄子·大宗师》:"堕肢体,黜聪明,离形去知,同于大通,此谓坐忘。"
【例句】唐白居易《冬夜》:"不学坐忘心,寂莫安可过。"唐白居易《睡起晏坐》:"行禅与坐忘,同归无异路。"唐孟浩然《游精思题…》:"渐通玄妙理,深得坐忘心。"唐蒋防《至人无梦》:"坐忘宁有梦,迹灭示凝神。"五代齐己《感时》:"可怜颜子能消息,虚室坐忘心最真。"

坐无毡 zuò wú zhān
【分类】政治
【关键词】吴隐之
【释义】咏廉吏贫素之典。《晋书·吴隐之传》:"寻拜度支尚书、太常,以竹篷为屏风,坐无毡席。"
【例句】唐王绩《赠李徵君…》:"有书横石架,无毡坐土床。"唐杜甫《戏简郑广…》:"才名四十年,坐客寒无毡。"宋宋祁《天台梵才…》:"有人官冷抱穷愁,客坐无毡尘影流。"宋朱松《以月团为…》:"吾算自知樽有酒,汝翁莫叹坐无毡。"

坐啸 zuò xiào
【分类】政治
【关键词】党锢
【释义】喻指做官而不亲自办事。《后汉书·党锢列传》:"后汝南太守宗资任功曹范滂,南阳太守成瑨亦委功曹岑晊,二郡又为谣曰:'汝南太守范孟博(范滂字),南阳宗资主画诺。南阳太守岑公孝,弘农成瑨但坐啸。'"画诺,在文书上签字,同意照办。坐啸,闲坐吟啸。
【例句】唐权德舆《成郢南阳墓》:"向晚微风起,如闻坐啸时。"唐钱起《寄郢功郎…》:"坐啸看潮起,行春送雁归。"唐钱起《送卫功曹…》:"定想寨帷政,还闻坐啸声。"唐武元衡《酬严司空…》:"刘琨坐啸风清塞,谢朓题诗月满楼。"

坐穴藜床 zuò xué lí chuáng
【分类】政治
【关键词】管宁
【释义】谓长期跪坐在木榻上,膝盖把木榻都磨穿了。比喻过隐逸生活。或执着勤奋。源见"管宁榻"。
【例句】宋苏轼《游灵隐高…》:"问年笑不答,但指穴藜床。"宋陆游《初寒》:"行迟依木杖,坐久穴藜床。"宋陆游《晚自白鹿…》:"坐穴藜床愧未能,酌泉聊喜曳枯藤。"宋葛立方《所居二室…》:"坐穴藜床逢掖事,那知新有鹤头书。"

坐隅 zuò yú
【分类】文化
【关键词】贾谊
【释义】指座位旁边。汉贾谊《鵩鸟赋》:"单阏之岁兮,四月孟夏,庚子日斜兮,鵩集予舍,止于坐隅兮,貌甚闲暇。"
【例句】唐卢僎《初出京邑…》:"松风生坐隅,仙禽舞亭湾。"唐杜甫《北风》:"隐几看帆席,云山涌坐隅。"唐元结《游潓泉示…》:"松竹阴幽径,清源涌坐隅。"宋苏轼《鹤叹》:"园中有鹤驯可呼,我欲呼之立坐隅。"

座主 zuò zhǔ
【分类】政治
【关键词】唐国史补
【释义】唐宋时进士称主试官为座主。《唐国史补》:"(进士)互相推敬谓之先辈。俱捷谓之同年。有司谓之座主。"

【例句】唐刘禹锡《酬太原狄…》:"身上官衔如座主,幕中谭笑取同年。"唐张籍《寄苏州白…》:"登第早年同座主,题诗今日是州人。"唐白居易《答次休上人》:"姓白使君无丽句,名休座主有新文。"唐不详《选人歌》:"今年选数恰相当,都由座主无文章。"

索 引
(按分类排序)

生 活

阿侯 1	白杨悲 23	北堂萱 41
阿滥堆 1	白衣苍狗 23	北辕适楚 41
阿蛮 2	白玉楼 24	贝锦 41
哀哀 3	白云亲舍 24	背面 42
哀时 3	白云乡 25	被发缨冠 601
爱妾换马 4	白云谣 25	本枝 42
爱屋及乌 4	白纻歌 25	比目鱼 43
薆而不见 4	百口累 26	比翼鸟 43
安用知帘外 6	百两迓 26	毕万昌大 44
暗牖空梁 7	百年强半 26	闭门造车 45
黯然销魂 6	百年树人 27	荜门圭窦 45
昂首伸眉 7	稗官 28	敝帚千金 45
嗷嗷 7	班姬咏扇 29	筚路蓝缕 45
八段锦 9	班倢伃 29	辟户 603
八蜡 10	班荆道故 29	碧筒杯 46
八音 12	班马 29	碧云 47
八秩 13	般斤 29	蔽芾 47
拔茅连茹 14	斑竹 30	觱篥 47
把蟹 16	半臂 30	避风台 47
灞桥 16	半额眉 30	避暑饮 48
灞桥烟柳 16	半面之识 31	鞭春 49
灞桥折柳 16	半死梧桐 31	褊迫 49
白璧微斑 16	蚌鹬心 32	便了 50
白地 17	傍邻 32	摽梅 50
白丁 17	包羞 32	别鹤操 51
白堕酒 17	豹胎 35	豳诗 51
白发三千丈 17	豹象文牙 36	鬓丝禅榻 51
白发有种 17	鲍老 36	鬓云 51
白饭青刍 17	鲍鱼之肆 36	冰肌 52
白华 18	鲍照葵 37	冰肌玉骨 52
白鸡梦 18	暴虎凭河 37	冰清玉润 52
白驹过隙 19	杯酒劝长星 37	冰释 53
白首同归 21	杯盘狼藉 38	冰炭置肠 53
白首为郎 22	杯圈 38	冰雪颜容 53
白铜鞮 22	杯中物 38	冰姿 53
白头如新 22	卑飞 38	秉烛夜游 54
白头吟 22	悲莫悲兮 38	并粮 54
白屋 23	北风其凉 39	剥啄 55
白雪篇 23	北海尊 39	伯鸾 56
	北里 40	伯鸾德耀 56
	北邙山 40	伯牛灾 56
	北门忧 41	伯奇掇蜂 57
	北堂 41	伯仁 57

伯雅 57	伧父 74	唱黄鸡 86
伯鱼 58	苍然古貌 74	唱玲珑 86
伯俞泣杖 58	苍髯如戟 75	巢叶龟 92
伯玉知非 58	藏金 76	朝露 1101
伯仲 58	藏鸦 77	朝云 1102
伯宗直 58	藏舟去壑 77	朝云暮雨 1102
博塞 59	藏拙 77	嘲骂 93
搏虎攘臂 59	操履杖 77	车公醉欢 93
跛鳖 59	曹霸 77	车笠盟 93
簸钱 60	曹纲手 78	车辚辚 93
卜凤凰 60	曹国麻衣 78	车轮四角 93
卜居 60	曹蝇 79	车水马龙 93
卜市邻 60	草草杯盘 79	车载斗量 93
卜昼卜夜 61	草间求活 79	尘寰 94
卜筑 61	草莱 79	尘网 94
哺糟 61	草木长 80	尘障 94
不崩不骞 61	草太玄 80	沉湘 95
不辨牛马 61	草堂 80	沉鱼落雁 95
不分皂白 62	草头露 80	陈凤 96
不龟手 62	侧弁 1088	陈后主 96
不合时宜 62	策蹇驴 80	陈雷胶漆 96
不火食 62	层冰积雪 81	陈寔碑 98
不乐为车公 63	蹭蹬 81	陈王抗表 98
不凝滞于物 63	叉鱼春岸阔 81	陈暄狎筵 98
不求甚解 63	插茱萸 81	晨露 99
不识一丁 64	茶博士 81	称觔 99
不食武昌鱼 64	茶仙 81	赪玉盘 99
不瞬 64	察渊鱼 82	成连海上琴 99
不速之客 64	差差 82	成相 99
不下机 65	差池 82	城北徐公 100
不倚将军势 65	柴积 82	城隅 101
不因人热 65	柴也愚 82	乘车戴笠 101
不逾矩 65	婵娟 83	乘车入鼠穴 101
不远复 65	缠头 83	乘龙佳婿 102
不赀之躯 66	蝉鬓 83	惩羹吹齑 103
布帆无恙 66	蝉腹龟肠 83	橙黄橘绿 104
才子佳人 67	蝉联 83	鸱得腐鼠 104
裁袷複 67	蝉影 84	鸱蹲 104
采兰 68	昌阳 85	痴聋 105
采绿 68	菖蒲酒 85	痴人说梦 105
采芹 68	长安居不易 86	痴騃 105
彩凤随鸦 69	长笛吹裂 87	痴小 106
彩云易散 70	长风万里 87	迟暮 106
蔡姬荡舟 70	长庚入梦 87	迟日 107
蔡家亲 70	长命缕 88	持蟹螯 107
蔡女 70	长倩赠乌 88	尺棰 107
蔡琰胡笳 70	长卿贫 89	齯齿 582
蔡琰请曹公 71	长楸走马 89	齿弊舌存 108
残年 73	长绳系日 89	齿如瓠犀 108
粲然 73	长袖留宾 90	斥鹖笑鹏 109
粲枕 73	长夜台 91	赤凤 109
仓舒 73	肠中车轮转 85	赤米白盐 111

赤绳系足　111	吹竽混真　125	带减腰围　143
敕勒歌　112	垂翅　125	黛蛾　145
冲天翼　112	垂弧　125	丹青　146
忡忡　112	垂堂戒　126	单豹张毅　719
宠辱不惊　114	捶钩　126	旦暮之人　147
抽头　114	春蚕食叶　127	啖鳌讥尔雅　148
愁肠　114	春风罗帏　127	惮牺　149
愁城　115	春风面　127	淡薄　148
愁疾　115	春风十里　127	淡扫蛾眉　148
愁损兰成　115	春服舞雩　127	澹然　149
愁予　115	春梦婆　127	当春乃发生　149
踟蹰陌上郎　115	春眠不觉晓　128	当垆卖酒　149
臭腐化神奇　952	春山　128	党家风味　150
出谷迁乔　115	椿年　129	捣玄霜　151
出空桑　116	莼羹鲈脍　129	捣衣　151
出门有碍　116	淳于髡　129	倒屣相迎　151
出山小草　116	淳于缇萦　129	盗憎主人　152
出则同舆　116	鹑衣　129	道南宅　152
初度　117	醇酒妇人　130	稻粱谋　152
樗材　117	醇酎　130	得得　152
樗栎　117	绰绰有裕　130	得心应手　153
础润而雨　117	绰约　130	得一老兵　153
楮叶　118	歠醨　130	得鱼忘筌　153
楚妃吟　118	词翰　130	灯花喜　154
楚氛　118	词客哀时　130	邓通死饥　156
楚服　119	雌霓之诵　131	抵掌而谈　157
楚歌遗佩　119	刺船　131	地角天涯　157
楚酒　119	从禽　133	地下修文　158
楚魄　120	从吾所好　133	第三声　159
楚丘先生　120	粗才　133	第五齐骠骑　159
楚人咻　120	崔徽　134	棣华　159
楚骚庚寅　120	翠蛾　135	颠倒衣裳　159
楚神　120	翠云裘　135	点酥娘 160
楚些歌　121	寸晷尺玉　136	电光礴硨　161
楚腰　121	打油诗　136	簟纹如水　161
楚雨　121	大被　136	雕虫小技　161
楚奏　121	大堤　137	雕胡饭　162
褚胤棋　121	大腹便便　138	雕龙　162
触罗　122	大槐宫　138	吊屈原　162
触石　122	大雷书　139	吊影　162
啜其泣矣　130	大梦　139	钓名　163
川泳云飞　122	大赧　140	迭宕孔文举　164
穿云裂石　122	大年　140	蝶粉蜂黄　164
穿针楼　123	大器晚成　140	蝶梦蘧蘧　164
穿针乞巧　123	大乔小乔　140	丁黄　164
传芭　123	大韶　140	丁宽易东　164
床头钱　123	大衍之数　142	丁年　165
怆然　124	大夜　142	丁娘十索　165
吹参差　124	大招　142	丁香结　165
吹海立　124	岱宗行　143	丁仪米　165
吹剑首　124	玳瑁筵　143	定场　166
吹箫台　125	玳瑁簪　143	东北西南　167

· 1178 ·

东壁辉 167	断金 184	放麑 203
东道主 167	对床夜雨 185	放萤 203
东方千骑 167	咄咄 185	飞帛 203
东方星 168	朵颐 186	飞光 204
东飞伯劳 168	鹅黄酒 187	飞蓬 204
东郭履 169	鹅溪绢 187	飞鹊镜 204
东海黄公 169	蛾绿 187	飞觞 205
东华软尘 169	蛾眉 187	非马辩 206
东邻女 169	蛾眉伐性 188	肥马轻裘 206
东门忧 170	蛾眉皓齿 188	分半席 207
东坡思肉 170	额黄 188	分钗断带 207
东墙窥宋 171	额妆 188	分甘 207
东山妓 171	恶诗 188	分光 208
东施效颦 171	鄂君 188	分香旧事 208
东武吟行 172	鄂君被 188	分香卖履 209
东西南北人 172	鄂君船 188	分源豕韦 209
董娇饶 172	儿家 189	梦丝 210
动容 173	儿女灯前 189	焚琴煮鹤 210
冻馁 173	尔汝 189	焚芝 211
洞房花烛 174	耳顺之年 189	羵羊 211
洞庭张乐 174	耳虚闻蚁 189	粉色 211
斗百草 175	二并四具 190	粉围香阵 211
斗不挹酒浆 176	二陆 190	奋飞 211
斗酒十千 175	二毛 190	丰亨豫大 212
斗室 175	二十五弦 192	风胡子 213
斗水 176	二肆歌钟 192	风火生 213
斗赢一水 176	二童一马 192	风流尽 213
豆花雨 176	二阳 193	风流罪 213
豆蔻枝头 176	发轫 193	风马牛 214
窦家丹桂 177	伐性之斧 194	风木之悲 214
窦家三尚主 177	墦间乞余 195	风雅 214
独乐园 178	翻光 194	风烟 214
独木桥 178	翻盆 194	风雨如晦 215
独往独来 178	烦手 195	风烛 215
独酌谣 179	樊素 195	枫子鬼 216
赌宣城 179	樊素口 195	封禅文 216
杜德机 179	繁手 196	封胡羯末 216
杜康 180	反复字 196	蕡菲 217
杜牧风流 180	反袂 196	冯妇 218
杜秋娘 180	饭后钟 197	冯唐 218
杜曲桑麻 180	泛蚁 197	冯小怜 218
杜韦娘 181	范丐非童子 197	冯谖弹铗 218
妒女犹怜 182	范叔寒 198	冯谖剑 219
度曲 182	范晔顾儿 199	冯谖鱼 219
端忧 183	贩缯 199	冯子都 219
短褐 183	方寸心 199	缝掖 223
短后衣 183	方领矩步 200	凤凰于飞 221
短主簿 183	方书 201	凤将雏 221
断肠 184	方瞳 201	凤蜡红巾 221
断肠何满子 184	芳卿 202	凤楼 222
断肠江南句 184	访戴 202	凤求凰 222
断肠猿 184	访江楼 202	凤去台空 222

凤兆 223	膏火自煎 245	骨出似飞龙 263
否极泰来 603	膏秣 246	骨瘦如柴 263
伏羲初制 226	镐饮 294	鼓盆而歌 263
凫短鹤长 226	藁砧 246	故剑 264
凫藻 226	歌尘 247	故人明主 264
芙蓉寄隐 227	歌喉 247	顾虎头 265
芙蓉面 227	歌骊驹 247	顾氏传神 265
扶头酒 226	歌钟 247	顾惟 265
服媚 228	革面 248	瓜田李下 266
浮白 228	格磔 248	刮目相见 266
浮花浪蕊 229	葛藟 248	挂席 266
浮家泛宅 229	葛亮贵和篇 248	怪雨盲风 267
浮生 229	葛陂 248	关雎 267
浮休 229	葛天歌 249	关雎之乱 267
浮以大白 229	葛天民 249	关念 267
浮蚁 229	给丧 249	关山月 267
蜉蝣羽 230	耕稼陶渔 250	观涛 268
俯拾 231	耿家勋 250	冠章甫 272
俯仰无愧 231	弓弓 250	鳏鱼 269
俯仰一世 231	弓箕 250	鳏鱼渴凤 269
辅嗣往 231	弓弯 251	馆陶恩 269
腐草 231	弓冶 251	管鲍之交 269
腐儒 231	弓冶箕裘 251	管辂无年 270
腐鼠 232	公干病 252	管宁割席 270
负荆 232	公荣不与饮 252	管弦 271
附耳 233	公输般 252	灌夫骂座 272
附骥尾 233	公无渡河 253	广宵翁 274
附葭之亲 234	公在壑谷 253	龟藏六 275
傅粉何郎 234	公主花 253	龟年鹤寿 275
富贵未知天 236	功大心愈小 253	鬼斧神工 276
富贵有危机 236	功行满三千 254	鬼哭 276
覆杯 236	供奉曲 254	鬼笑穷 277
覆车粟 237	宫魂断 254	贵妃醉脸 278
覆吴图 237	宫眉 254	贵相知心 278
盖棺 238	宫商角徵羽 255	桂子飘香 278
盖棺论定 239	宫妆 255	郭郎 280
干蛊 240	觥筹交错 255	郭舍人 280
干卿底事 241	拱木 255	郭熙画山 280
干舞 241	贡公喜 256	国色天香 282
甘谷士 239	贡禹弹冠 256	国手 282
甘宁奢侈 239	沟水东西 257	裹饭 283
皋比 242	沟中断 257	海水不可量 284
高凤漂麦 242	狗窦大开 257	海棠春睡 284
高廪 243	狗窦光逸 257	海屋筹添 284
高烧银烛 244	姑苏台 260	邯郸道 285
高唐梦 244	孤讽 259	邯郸梦 285
高阳多夔龙 244	孤鸾 259	含哺鼓腹 285
高阳酒徒 244	古风 261	含睇 285
高阳里 245	古井水 261	含饴弄孙 286
高家卧麒麟 245	古希 261	韩干 287
羔儿酒 245	谷旦 262	韩家五鬼 287
膏车秣马 245	谷雨 262	韩康卖药 287

韩凭 287	红拂 307	画蛇添足 326
韩擎 288	红巾 308	画图识春 327
韩寿偷香 288	红娘 308	画鸦黄 327
韩嫣金丸 288	红丝牵第三 308	画纸棋局 327
寒乞 289	红粟 308	怀人 328
寒食禁烟 289	红绡 308	怀沙自沉 328
汉皋解佩 290	红杏出墙 309	怀土 328
汉皋游女 290	红袖 309	怀赵 329
汉南柳 291	红颜 309	槐树婆娑 330
汉南应老 291	红颜薄命 309	欢伯 331
好事 295	红药 309	桓山四凤 331
好音 295	红叶题诗 309	桓山之悲 331
号三匝 294	红衣 309	桓伊笛 331
浩歌 295	红玉 309	萑苻 332
浩态 295	红妆 310	寰区 332
合欢蠲忿 296	虹饮 310	睆睆 917
何戡 296	洪乔传书 310	缓缓归 332
何郎灯暗 296	侯白 312	唤不回头 332
何郎汤饼 296	侯调 312	浣纱人 333
何逊恨 297	后生 313	豢豹 333
和如瑟琴 298	呼牛呼马 314	皇后发 344
河东狮吼 299	呼五白 314	黄尘 334
河鼓星 299	狐死首丘 315	黄发鲐背 335
河汉 299	狐听 315	黄公酒垆 335
河梁别 299	狐踪兔穴 316	黄公女 335
河朔饮 300	弧矢四方 316	黄姑 335
河尹与孔融 300	胡笳十八拍 316	黄鸡白日 336
盍朋簪 301	胡椒八百斛 316	黄口为人罗 338
荷叶杯 300	胡麻好种 317	黄粱梦 338
涸辙之鲋 301	胡秦 317	黄帽① 339
阖门百口 301	胡然 317	黄鸟 339
贺老 302	瓠巴鼓瑟 321	黄筌 340
贺若 302	花朝 323	黄台瓜辞 341
贺燕 302	花萼相辉 321	黄羊祀灶 342
褐衣客 302	花魁 321	黄杨厄闰 342
鹤发童颜 302	花奴鼓 322	黄莺别主 343
鹤骨 302	花前月下 322	黄钟大吕 343
鹤骨霜髯 302	花神 322	遑遑 344
鹤寿 303	花十八 322	挥金 344
鹤胎 303	花石纲 322	挥金陌上郎 345
鹤舞 303	花艳 323	徽音 345
鹤膝蜂腰 304	花月妖 323	回盼 345
黑眚 304	华颠 323	回雪 345
黑甜乡 305	华发 323	讳穷 346
恨失未嫁时 305	华封三祝 323	绘事后素 346
横波 306	华清玉莲 324	绘素 346
横陈 306	华胥梦 324	晦昧 346
衡阳雁断 306	化鹤 325	蟪蛄 347
衡宇 307	划然 325	婚宦 347
红豆相思 307	画饼充饥 325	浑不似 347
红儿 307	画荻 326	魂招不来 347
红粉 307	画虎不成 326	活火 348

1181

火伞高张 349	湔裙 372	教坊 389
祸福倚伏 350	缄口 372	接淅 389
击缶 351	蒹葭 372	接踵而至 389
击蒙 351	蒹葭伊人 372	结发 390
击磬 351	蒹葭玉树 372	结发夫妻 390
击碎珊瑚 351	煎胶续弦 372	结邻里 390
击汰 351	鹣鲽 373	结绮阁 390
击钟鼎食 352	茧帖 373	结驷 391
击筑 352	剪不断 373	解酲刘伶 393
鸡鸣 353	剪彩 373	解衣般礴 394
鸡鸣狗盗 353	剪春韭 373	解衣磅礴 394
鸡犬相闻 354	剪翎送笼 373	解语花 394
积金满西园 355	剪取吴淞 373	介眉寿 394
笄年 355	剪纸招魂 374	借车无载 395
绩五斗 366	剪烛西窗 374	借润 395
嵇吕 357	戬穀 374	巾角弹棋 395
嵇氏幼男 357	謇吃 374	今朝 396
嵇喜 357	謇驴 374	今我不乐 396
嵇向 357	见溺不援 375	今夕何夕 396
箕簸扬 357	见在身 375	金篦刮目 396
羁雌 358	荐枕席 376	金钗换酒 397
羁贯 359	剑化 376	金钗十二行 397
及肩 359	剑器 377	金蝉 397
岌岌 359	剑头一映 377	金船 397
汲冢书 360	渐入佳境 378	金错 397
棘端猴 360	渐台水死 378	金貂换酒 398
集枯 361	江东二乔 379	金管 398
鹡鸰在原 361	江娥啼竹 379	金龟换酒 399
籍甚 361	江干 379	金龟婿 399
几杖 361	江山有待 380	金闺 399
记姓名 362	江生魂 380	金徽 400
纪昌贯虱 362	江淹愁 380	金鸡鸣 400
季鹰杯 363	江总外家养 380	金井 401
季重旧游 364	姜肱共被 381	金兰之契 401
季子貂敝 364	将雏曲 381	金兰之友 401
季子贫 364	绛老 382	金莲步 401
既醉 365	绛老问年 383	金埒 402
寄书朸直 365	浇肠 384	金瓶落井 403
加餐饭 367	娇饶 384	金叵罗 403
加葱 367	胶葛 384	金钱会 403
加诸膝 368	胶胶扰扰 384	金丝帐 405
家鸡野雉 367	胶折 384	金碗 405
家贫亲老 367	椒柏酒 384	金屋藏娇 406
家数 367	椒花颂 385	金英与侍郎 407
家徒四壁 367	椒盘 385	金玉满堂 407
笳鼓 368	椒糈 385	襟埃 408
葭灰 368	焦革 386	锦步障 408
贾鹏 369	焦头烂额 386	锦缆龙舟 409
贾氏窥帘 370	蕉鹿梦 387	锦缆牙樯 409
价值连城 371	鹪鹏 387	锦瑟 409
奸人妇人泣 371	角弓诗 387	锦书封泪 410
兼金 371	角亢 387	锦绣裹山川 410

尽信书 412	九原可作 427	看杀卫玠 440
晋楚富 410	九酝 427	看朱成碧 440
晋君听琴 411	九折坂 427	阚泽佣书 440
晋竖 411	九重天 420	抗行比元常 441
京口酒 412	酒兵 428	匡匜 441
京兆画眉 413	酒德颂 428	渴羌 442
京兆牛衣 413	酒赋 428	刻楮 442
经行 414	酒酣耳热 428	刻画无盐 442
荆布 414	酒浇垒块 428	孔壁 444
荆钗布裙 414	酒困 429	孔贵嫔 445
荆棘丛生 414	酒龙 429	孔怀 445
荆枝茂 415	酒盆饮 429	孔伋缊袍 445
惊鸿 415	酒圣酒贤 429	孔李通家 446
惊鹊 415	酒有别肠 429	孔鲤趋庭 446
精爽 416	酒中趣 429	孔雀东南飞 446
鲸背 416	旧雨今雨 430	孔融让果 447
鲸波 417	舅姑 430	抠衣 448
井公六著 417	狙公 430	寇珹交子 448
井络 417	居吾语汝 430	哭寝门 449
井蛙 417	居诸 430	哭穷途 449
景山枪 417	局量 431	哭田横 449
景阳台 418	橘化为枳 431	哭香囊 450
景阳钟 418	沮丧 431	哭真长 450
靓妆 418	举案齐眉 431	酷似牢之 450
静婉腰 418	据梧而瞑 433	跨灶 451
镜花水月 419	駏蛩 433	脍鲤 451
镜奁换 419	媭人子 433	脍炙 451
镜鸾 419	醵酒 433	犷息定 453
鸠拙 419	捐馆舍 434	夔乐 454
啾啾 419	涓埃 434	夔怜蚿 454
九虫 420	涓滴 434	愧汗 455
九歌 421	娟娟 434	愧孙登 455
九功 421	卷地西风 434	昆冈火 455
九轨 422	绝代佳人 434	昆仑山 456
九华殿 422	绝顶 435	昆仑竹 456
九华门 422	绝弦 435	鲲弦 457
九回肠 422	绝学 435	来日苦无多 458
九节菖蒲 422	爵马 436	兰友 459
九龄 423	矍铄翁 436	兰浴 459
九牛力 424	爝火 436	兰滋九畹 459
九牛毛 424	君家 436	婪尾酒 459
九牛一毛 424	君谟 437	阑干 459
九秋 424	君向潇湘 437	蓝桥捣药 460
九曲 425	钧韶 437	蓝田生玉 460
九日 425	钧天广乐 437	览揆 460
九韶 425	钧天梦 438	烂肠 460
九世鸡棲 425	峻宇雕墙 438	烂柯 461
九逝魂 425	骏马名姬 438	朗陵公 461
九死 425	开厨走画 438	劳者歌其事 462
九天 425	开口笑 439	劳止 462
九霞觞 426	堪舆 439	牢愁 462
九原 427	看囊钱 440	老蚌胚生 462

· 1183 ·

老蚌生珠 462	良造 480	龙眠居士 510
老大徒伤悲 462	梁甫吟 481	龙山会 511
老而不死 463	梁家黛 481	龙蛇落笔 511
老龟祸枯桑 463	梁孟 481	龙香拨 512
老马 464	梁山曲 481	龙吟 513
老彭 464	两鸟停语 483	陇水呜咽 515
老圃 465	两头娘子 484	陇头水 515
老气 465	两忘 484	楼居 516
老人星 465	两楹奠 484	漏尽 516
老头皮 465	列肆 486	卢郎妻怨 517
老之将至 465	猎较 485	卢女 517
乐不可支 466	邻凶不杵 486	庐江吏妇 518
乐莫乐兮 466	林下风致 487	庐江小吏 518
乐圣 466	临池学书 487	鸬鹚杓 518
乐事 466	临海作 487	鲁缟薄 518
乐天知命 466	临牢说麑 488	鲁国璺 519
雷轰荐福碑 467	临岐 488	鲁侯燕喜 519
雷同 468	临颖美人 488	鲁卫 520
雷远 468	临渊羡鱼 488	陆贾分金 522
磊魄 468	淋漓 488	鹿鸣 523
泪成河 468	伶伦 490	鹿裘不完 524
累安邑 469	伶伦吹 490	鹿爪 524
累骑而返 469	伶伦凤律 490	渌水 524
离鸾别凤 469	伶伦管 490	漉酒巾 524
离骚 469	伶伦曲 490	露两肘 525
骊歌 469	灵鹊报喜 491	驴鸣一声 526
骊龙睡 469	玲珑 492	旅邸 527
梨园 470	凌波袜 493	屡空 527
梨园弟子 470	凌波微步 493	履长 527
犁牛骍角 470	零雨 493	履霜坚冰至 527
藜不糁 471	刘公荣 495	绿鬓 527
礼轻人意重 471	刘伶妇 496	绿蝉 527
李夫人 472	刘伶好酒 496	绿葵紫蓼 528
李龟年 472	刘惔倾酿 497	绿醑 528
李郭同舟 472	刘桢病 498	绿罗裙 528
李延年 474	留侯疾 499	绿绮琴 528
李营丘 475	留髡 499	绿苔 528
鲤庭 475	留仙裙 499	绿杨两家春 528
鲤鱼风 475	流杯亭 500	绿杨枝 528
醴泉 475	流金 500	绿腰 528
历历 476	琉璃 501	绿叶成阴 529
立谈 476	柳老悲桓 501	绿衣黄里 529
吏部眠 477	柳巷花街 502	绿蚁 529
丽姬 477	柳毅传书 502	绿云 529
连理枝 478	六珈 503	绿珠坠楼 529
怜取眼前人 478	六甲 504	鸾凤和鸣 530
莲花似六郎 478	六乐 505	鸾胶 530
联拳 479	六梦 504	鸾翔凤翥 530
练光乱马 479	六亲 504	轮扁 531
练先书 479	六鹢退飞 506	轮扁斫轮 531
良乐 480	六英 506	轮奂 531
良人 480	六凿相攘 506	轮囷 531

罗敷 532	孟邻 554	墨子悲染丝 569
洛水流觞 534	孟陬 555	眸子瞭眊 570
落灯花 535	梦兰 555	某在斯 570
落花人独立 535	梦褥光宗 556	木帝 570
落梅 535	梦熊罴 556	木瓜报琼瑶 571
落木萧萧下 535	梦云 556	木槿花 571
马齿徒增 536	梦中梦 556	木尽天年 571
马鬣 536	梦中身 556	木讷 572
马卿多病 537	梦周 556	木人骑土牛 572
马融笛 537	迷楼 557	木雁 572
马融奢 537	祢衡怀刺 557	木已拱 573
马少游 537	蘼芜山下 558	木直自寇 573
马惜障泥 538	米家书画船 558	目不见睫 573
买笑 540	米嘉荣 558	目成 573
买猪肝 540	弭节 558	目光在牛背 573
麦城 540	汨罗 558	目送 573
麦城赋 540	宓妃留枕 238	目无全牛 574
卖杏花 541	宓妃腰 238	苜蓿堆盘 574
满城风雨 541	宀勉 560	幕天席地 574
芒鞋竹杖 542	面如凝脂 560	暮齿 575
尨眉皓发 543	面似靴皮 560	纳履 575
毛骨 543	渺渺予怀 560	南斗 575
毛嫱 544	妙理 560	南风薰 576
毛遂堕井 544	庙瑟音 560	南国貌 576
毛延寿 544	庙堂巾笥 560	南箕北斗 577
茅柴酒 545	名缰利锁 561	南极老人 577
茅茨不剪 545	名为公器 561	南柯梦 577
茅茹 545	名纸毛生 562	南楼 577
卯酒 546	明当 562	南陆 578
卯君 546	明妃 562	南溟 578
昴降 546	明眸皓齿 562	南亩 578
昴宿 546	明日黄花 562	南浦 578
茂陵书 547	明珠买妾 563	南容 578
氁毹 548	明珠十斛 563	南山寿 579
没齿 569	鹦鹉鸣 808	南山有乌 579
眉斧 548	鸣鸠呼妇 564	南威 579
眉寿 549	鸣根 564	南阳寿 579
眉攒万国愁 548	螟蛉 565	难弟难兄 580
梅吹 549	命不犹 566	难为水 580
梅花落 549	模糊 566	囊萤照读 580
梅花妆 550	摩顶放踵 566	尼甫縻匡 581
美目盼兮 550	摩诘丹青 566	霓裳羽衣曲 582
美人 550	磨蚁 567	霓忆虹 582
美人迟暮 550	陌上尘 567	恧焉心如捣 582
美如冠玉 550	陌上花开 567	年命 582
美如玉 551	莫愁 568	年算六身 583
门闾之望 552	莫愁嫁卢 568	念奴 583
门外楼头 552	莫愁艇子 568	鸟迹 583
扪天 552	莫惜金缕衣 568	鸟申 583
蒙汜 552	莫谣 568	鸟言 583
孟公投辖 553	秣陵报 568	鸟篆 584
孟家珠 553	墨翟问 569	镊白 584

宁王玉笛 584	蓬心 600	齐景驷千 619
宁馨儿 585	捧心 600	齐讴 619
牛不服箱 585	披襟 601	其臭如兰 621
牛铎有宫商 586	片时 604	奇男子 621
牛马走 586	片语单言 604	奇庞福艾 621
牛眠地 587	飘零 604	歧路 621
牛山泪 587	飘瓦 604	歧路亡羊 621
牛心炙 587	娉娉袅袅 605	骑虎难下 623
牛衣病卧 587	娉婷 605	骑鲸 623
牛衣对泣 587	平安信 605	骑驴觅驴 623
牛饮 587	平康坊 605	棋局 624
弄巧成拙 588	平乐 606	旗亭 624
弄獐贻笑 588	平明 606	乞墦 625
弄獐 588	平泉草木 606	乞火 625
弩马十驾 589	平泉醒酒石 606	乞浆得酒 625
女乐 590	平生几两屐 606	乞邻 625
女婴 590	平台 607	乞巧楼 625
女婴嫌直 590	平阳歌舞 607	乞食子 625
暖热 590	平原督邮 607	杞妇崩城 626
鸥鹭忘机 591	平原赋 607	杞梁妻 626
藕断丝犹连 591	平子定情 608	杞人忧天 626
拍浮 591	平子四愁 608	弃繻 627
排闷 592	平子游都 608	泣血 628
潘安白发 592	屏风误点 609	起夜来 626
潘安貌 592	瓶沉簪折 609	起予 627
潘安秋兴 592	瓶无储粟 609	绮罗 627
潘鬓 592	萍蓬 609	千杯 628
潘赋登山 592	萍水相逢 610	千仓万箱 628
潘郎 593	泼墨 610	千斛米 628
潘年 593	破瓜年 610	千里不唾井 629
潘杨之睦 593	破镜飞 610	千里客 630
潘鱼 594	破镜重圆 611	千里命驾 630
潘玉儿 594	铺翠冠儿 612	千里赠鹅毛 630
潘岳悼 594	铺翠销金 613	千门万户 631
潘岳瘦 594	匍匐礼 611	千年调 631
攀柏 594	蒲柳之质 612	千千万万 631
攀嵇 595	曝裈当屋 613	千树橘 631
盘飧 595	七宝车 613	千头木奴 631
盘陀 596	七宝床 613	千万买邻 632
盘中舞 596	七奔 614	千寻 632
泮水 596	七十二 616	千言万语 632
畔牢愁 597	七十古来稀 616	褰裳 633
抛掷 597	七十人 616	潜心 635
庖丁解牛 597	七夕 616	黔娄被 635
佩韦 598	七香车 616	黔首 635
佩觿 598	七札俱穿 617	浅深揭厉 636
喷饭 598	栖苴 617	浅斟低唱 636
朋簪 599	栖宿 617	羌笛 636
彭城戏马 599	期期 617	强饭 636
彭祖寿长 599	期颐 617	墙里佳人 637
蓬池咏 599	齐蝉 618	墙头马上 637
蓬头垢面 600	齐姜 619	抢榆枋 637

乔迁 637	倾家酿 656	然然可可 674
侨札 637	倾筐倒庋 656	髯簿 674
憔悴 638	卿卿 656	髯参军 674
樵青 638	卿云 657	燃桂 674
巧历 638	清商曲 658	绕床呼卢 675
翘首 639	清圣浊贤 658	绕梁三日 676
切齿 639	清扬 658	绕指柔 676
切切 639	清真 659	人归落雁后 676
且食蛤蜊 639	情伤荀倩 659	人杰地灵 676
且住为佳 639	情之所钟 659	人老簪花 676
挈瓶之知 640	情钟我辈 659	人柳三眠 676
亲戚 640	磬襄入海 659	人面桃花 676
秦娥 641	跫然 662	人琴俱亡 677
秦凤 641	穷发 660	人情冷暖 677
秦宫 641	穷似虱 660	人日 677
秦嘉书 641	穷通 660	人如月 677
秦晋匹 642	穷亦乐 660	人生如寄 677
秦人盆 642	穹苍 660	人似秋鸿 677
秦声 642	琼花 661	人心不同 677
秦医 643	琼浆 661	仁祖弹弦 678
秦筝 643	丘祷 663	忍辱裤下 679
秦赘 643	丘陵自伤 663	荏苒 680
琴瑟 644	秋波 663	纫兰 680
琴挑文君 644	秋罗帕 664	日长一线 682
琴心 644	秋娘 664	日车 680
琴奏悲调 644	秋水 664	日出三竿 680
溱洧赠 1108	秋阳 664	日攘一鸡 681
螓首蛾眉 645	秋以为期 665	日食万钱 681
青春 645	求童蒙 665	日饮无何 681
青娥殿脚 645	求衣 665	日月入怀 682
青衿 646	裘弊金尽 665	日之夕矣 682
青精饭 647	裘马 665	荣期三乐 683
青李来禽 647	蝤蛴领 666	容膝 683
青帝 647	曲肱枕 666	容与 684
青陵台 647	曲江丽人 669	容止 684
青楼 648	曲突徙薪 666	柔葱 684
青楼薄幸名 648	曲秀才 669	柔荑 684
青螺髻 648	曲终人不见 669	肉阵 684
青梅竹马 648	屈淮阴 667	如登春台 684
青门 648	鸲鹆舞 668	如皋射雉 685
青青河畔草 651	蘧瑗知非 668	如花似玉 685
青箱传学 652	甄瓺 669	如旧识 685
青阳 653	取给 670	如许 685
青蝇吊客 653	筌蹄 671	如意舞 686
青玉案 653	犬马有盖帷 671	孺人 686
青毡旧物 654	却望 672	汝南鸡 686
青冢埋魂 654	鹊桥 672	入木三分 687
青州从事 654	鹊喜 672	入泮宫 687
轻车熟路 655	鹊噪 672	阮孚蜡屐 688
轻尺璧 655	阙里 672	阮家贫 688
倾盖如故 655	逡巡 672	阮简旷达 688
倾国倾城 655	裙屐 673	阮郎迷 688

阮囊羞涩 689	三益 707	神姬 731
蕤宾 689	三余 708	沈郎衣带宽 732
蕤宾铁响 689	三月三 708	沈李浮瓜 732
枘凿 689	三折肱 709	沈钱 732
润屋 690	三周礼 709	沈约瘦 733
若敖鬼 690	散材 709	升堂 733
若堂封 690	散人 710	升堂拜母 733
爇薪照字 691	桑间曲 711	升堂入室 733
塞翁 691	桑落酒 711	生别离 733
塞翁失马 691	桑榆 711	生刍一束 734
三白 691	桑舆交 711	生刍致祭 734
三百瓮齑 691	桑中淇上 711	生发未燥 734
三杯通大道 692	桑梓 711	生活 909
三春晖 693	丧家之狗 711	生理 734
三冬学 693	搔白首 712	生面 734
三斗朝天 693	搔首踟蹰 712	生裴秀 735
三复白圭 694	色禽合为荒 712	生也有涯 735
三阁 695	杀风景 713	声动梁尘 735
三庚暑 695	杀鸡为黍 713	胜友如云 736
三间瓦屋 697	铩翮 714	笙簧 735
三缄其口 697	铩羽 714	盛怒 736
三角梳 697	晒犊鼻 714	盛小丛 737
三荆 698	山川满目 714	尸寝 737
三径 698	山公访嵇绍 715	失欢 737
三韭 698	山公醉酒 715	失水鱼 738
三乐 699	山骨 715	师婚 738
三昧 700	山鸡献楚 716	师旷 738
三农 700	山鸡照影 716	师襄 738
三平二满 701	山林嘲 716	蓍簪 741
三千击浪 701	山妻 716	十拗 741
三迁之教 701	山上山 716	十客 742
三泉 701	山阳笛 717	十眉 742
三人成虎 701	山阳会 717	十年灯火 742
三人一龙 702	山阳旧侣 717	十年兄 743
三人月 702	善和坊 718	十日饮 743
三壬三甲 702	商瞿庆迟 720	十三徽 743
三日烧玉 702	商玲珑 720	十样宫眉 743
三日新妇 702	商弦 721	石城西 744
三生杜牧 703	商羊舞 721	石崇斗奢 744
三省吾身 703	赏心乐事 721	石崇香枣 744
三十而立 703	上马谁扶 723	石黛 744
三十六宫 704	上天梯 723	石椁文 744
三寿 704	尚玄 724	石火 745
三思而行 705	芍药之赠 724	石家蜡烛 745
三宿恋 705	韶濩 724	石榴裙 745
三条裾 705	少年场 725	石田 745
三万六千日 705	少施礼 725	石尤风 746
三星在天 706	蛇乘雾 726	时复中之 746
三休 706	设弧 726	时序 746
三嗅 707	社燕秋鸿 727	拾尘 747
三旬九食 707	申申 729	食橄榄 747
三雅 707	神羞 731	食前方丈 747

食棋 748	丝竹中年 769	太公两齿 790
食宿相兼 748	思悲翁 769	太丘道 791
食无鱼 748	思归引 770	太真 793
食玉炊桂 748	思玄度 770	太真仙去 793
食指动 748	思玄赋 770	太真姊妹 793
士师分鹿 750	斯人斯疾 771	泰和汤 793
世好朱陈 750	澌澌 771	檀口 795
世路险孟门 750	死交 771	檀郎 795
市朝 751	死生有命 771	叹丝木 795
式微 751	死为同穴 772	探井臼 796
事与孤鸿去 751	巳年得梦 772	探汤 796
柿叶学书 752	四壁空 772	汤饼客 796
室如悬磬 752	四海皆兄弟 773	汤盘 796
逝川 752	四孟 773	唐衢痛哭 797
舐犊 753	四时甲子雨 774	堂堂 798
手谈 753	四友 774	桃符 800
手足胼胝 754	四座 774	桃根桃叶 800
首如飞蓬 754	氾人 775	桃弧棘矢 800
寿而臧 754	松椿 776	桃花扇底风 800
寿考 755	松醪 776	桃花水 800
寿阳妆 755	宋玉悲秋 778	桃花潭 800
授衣 755	送君南浦 778	桃李 800
瘦更黄 755	苏台 779	桃李成蹊 801
书从外氏学 756	苏小小 780	桃李成阴 801
书云 757	俗物 780	桃李年 801
叔隗 758	肃肃 780	桃叶歌 801
菽水 758	素车白马 781	陶公运甓 802
疏傅散金 758	素娥 781	陶钧 802
疏懒 759	素履 781	陶令酒 802
蔬食 759	素面朝天 781	陶令五男 803
秫田供曲蘖 759	宿草 781	陶令醉 803
孰华余 759	宿莽 782	陶潜观海图 803
竖子居肓 762	宿醉 782	滕公佳城 805
庶几 761	鹔鹴裘贳酒 782	啼螿 806
数奇 762	睢盱 782	啼血 806
双鬟 763	随计吏 783	啼猿绕树 806
霜皮溜雨 764	岁朝 785	鹈鴂 806
霜信 764	岁时伏腊 784	题玷瘢 807
谁谓荼苦 764	岁月如流 784	蹄涔 807
水底铺锦 764	岁云暮矣 785	天长地久 817
水调 764	孙晨藁席 786	天赐纯嘏 808
水中央 766	孙敬闭户 786	天盖 809
悦㦛 766	孙康映雪 786	天归京兆 809
睡魔 766	孙寿 787	天潢 809
舜韶少昊 767	孙寿愁眉 787	天际 810
蕣颜 767	所归 788	天际识归舟 810
说项斯 768	索郎 788	天籁 810
铄金石 768	琐琐 788	天全 812
铄石流金 768	锁棘 788	天壤王郎 812
硕人 768	鲐皮 790	天人 812
司空见惯 768	太仓稊米 790	天丧斯文 812
丝竹管弦 769	太常妻 790	天上酒星 812

天上人间 813	兔园策 833	韦偃 856
天笑 816	兔走乌飞 833	韦陟五朵云 856
天行健 816	团扇郎 833	维私 857
天涯地角 816	抟沙 834	卫玠 858
天涯海角 816	蜕骨 834	卫玠羸疾 858
天属 813	托微波 835	未能免俗 859
田蚡豪华 818	脱略 835	味无味 859
田毛 818	脱帽露顶 835	委蛇 857
田舍翁 818	脱粟之食 835	畏匡 859
填沟壑 819	外人那得知 837	渭流涨腻 860
条风 819	丸鼓 837	渭阳情 860
蜩螗蒿蓬 820	宛在水中央 837	魏宫妆奁 861
跳梁 820	宛转蛾眉 837	魏文手巾 862
跳丸日月 820	挽鹿车 838	温柔乡 863
铁肠石心 820	挽须 838	温席扇枕 864
铁画银钩 821	婉如游龙 838	文举伤年 865
铁门限 821	万宝成 838	文君 865
听冰 822	万窍 840	文君恨 865
听荧 822	万水千山 840	文庙十哲 865
通子守梨 823	万舞 840	闻鸡起舞 868
同车 823	王粲滞荆州 842	闻韶忘味 869
同队鱼 823	王绩醉乡 844	闻猿沾裳 869
同牢之礼 823	王季友兄 844	刎颈交 869
同袍 824	王济尚味 844	问缣 869
同群 824	王浚爱旌旗 844	瓮间吏部 870
同人 824	王良执辔 845	瓮间眠 870
同社 824	王濛市帽 846	瓮头春 870
同声相应 824	王猛卖畚 846	瓮牖绳枢 870
同销万古愁 824	王裒泪 846	瓮中醯鸡 871
同心 824	王戎牙筹 847	蜗牛庐 871
同心结 824	王孙春草 847	蜗舍 871
桐君 825	王孙贾 847	我白君元 871
桐孙 825	王阳叹 848	我马玄黄 871
童乌 826	王章泣 849	我心匪石 872
痛饮真吾师 826	王昭君 849	我醉欲眠 872
头白乌 827	辋川图 851	卧游 872
头童齿豁 827	忘年交 851	握中丹 873
投竿 827	忘形 851	乌蟾 874
投钱饮 828	忘忧草 851	乌程酒 874
投桃报李 829	忘忧物 851	乌轮 874
投足 829	望断白云 851	乌帽 875
徒御 830	望夫山 852	乌鹊绕枝 875
涂鸦 830	望夫石 852	乌孙公主 875
屠狗 830	望岁 852	乌兔 875
屠酤 830	望铜台 852	污尊 876
土膏 831	望云霓 853	巫山一段云 876
土骨堆 831	望云人 853	巫山云雨 876
土怪 831	韦编三绝 855	屋漏 876
土馒头 832	韦诞题额 855	无肠 877
土牛 832	韦皋命穷 855	无功乡 877
吐车茵 832	韦郎玉环 855	无鲑菜 877
兔丝附蓬麻 833	韦弦 855	无鬼论 878

索 引

无计留春住 878	婺女 899	献之书裙 918
无既 878	雾里看花 899	相待如宾 918
无可无不可 878	夕阳近黄昏 899	相牛经 919
无赖是横波 878	夕阳亭 899	相如病渴 919
无名死 879	西宾 899	相如涤器 919
无日不花开 879	西成 900	相如返临邛 919
无射 880	西河遇 900	相如折秦 918
无为天下先 879	西邻玉 900	相思树 918
无心 880	西陆 900	相思子 918
无置锥之地 880	西靡树 901	相忘江湖 918
吾安放 881	西南得朋 901	相形 920
吾曹 881	西山爽 901	相映 918
吾道穷 882	西施 901	香奁集 920
吾过何由鲜 882	西施捧心 902	香闻七里 920
吾过矣 882	析薪 903	香玉 921
吾将老焉 882	郗家庭树 903	湘妃 921
吾今丧我 882	息妫无言 903	湘灵鼓瑟 921
吾老是乡 882	奚奴 903	响遏行云 921
吾无为善 882	惜余春 904	响屧廊 922
吾伊 882	翕习 904	向隅而泣 922
吴蚕三眠 883	犀钱 904	向子损益 922
吴道子 883	犀首好饮 904	象齿焚身 923
吴儿 883	膝上文度 905	象冈寻珠 923
吴市吹箫 884	羲之有之 906	象舞 923
吴丝 884	习家池 906	象物 923
吴盐胜雪 885	习蓼虫 907	削肩 961
吴歙 885	洗眼 908	逍遥蒙庄子 924
梧鼠五技 885	洗盏 908	萧郎 926
五鼎食 887	徙橘 908	萧娘 926
五斗解酲 887	戏马会 909	萧咸 926
五风十雨 887	系臂 909	萧朱 927
五福 888	细君 909	销魂桥 927
五更 888	细人姑息 909	销忧 927
五侯传烛 888	细腰 909	箫韶 927
五侯鲭 888	霞浆 910	小槽红 928
五花结队 889	下车揖 911	小垂手 928
五角六张 889	下方罗赵 911	小姑无郎 929
五经扫地 889	下里巴人 911	小红 929
五陵少年 890	下山 911	小家碧玉 929
五禽戏 891	下岩砚 912	小蛮 929
五十弦 892	夏侯衣 912	小梅花 930
五十笑百步 892	夏姬灭国 912	小阮 930
五十知天命 892	仙韶 913	小巫见大巫 930
五纬 893	掀髯 914	小黠大痴 931
五云浆 894	鲜可食 914	小星 931
五铢钱 894	闲情赋 914	小阳春 931
武公百岁 896	弦索 915	孝标情厚 931
武骑书 897	弦奏跃鱼 915	孝伯痛饮 932
勿药 898	咸池音 915	些子儿 933
物化 898	衔杯对刘 915	斜风细雨 933
物是人非 898	衔霜 916	写芭蕉 934
误置代籍 898	嫌猜 916	谢安问献之 934

· 1191 ·

谢不敏 935	畜眼 121	燕子楼 981
谢池草 935	宣尼念鲁 957	燕子楼空 981
谢傅舅甥贤 935	萱草 958	扬雄空读书 981
谢庄千里思 939	喧啾 958	扬雄未迁 981
薤露蒿里 939	玄花 959	扬雄宅 986
懈谷竹 939	玄霜约 959	扬州路 982
邂逅 939	玄衣巾 959	扬州梦 982
心曲 940	玄珠 959	羊羔美酒 982
心如古井 940	悬弧射矢 960	羊侃豪侈 983
心如悬旌 940	选官图 961	羊踏菜园 984
心似灰 940	薛琼琼 961	阳春白雪 985
心似矢 940	薛夜来 962	阳关第四声 985
心有灵犀 940	雪儿 962	阳关三叠 985
心折 941	雪儿歌 962	阳和 985
辛盘 941	血指汗颜 963	阳台梦 986
新丰酒 941	埙篪相应 963	阳乌子数 986
新丰酒徒 941	薰莸 964	杨白花 987
新婚燕尔 942	巡檐 964	杨补之 987
新火 942	荀粲熨妇 964	杨贵妃 987
新缣故素 942	荀家 965	杨柳依依 987
新苗 942	恂恂 966	杨柳枝 987
新声北里 942	压酒 967	杨玉环 988
新妆 942	牙旷 967	杨枝 988
信美非吾土 943	雅令 967	杨朱 988
星娥 943	淹留 969	杨朱泣歧路 989
星星鬓影 944	延陵葬子 971	旸谷 989
惺惺 944	妍皮痴骨 972	佯狂 989
腥臊 945	岩下电 972	幺弦 990
腥膻 945	沿洄 973	夭桃 990
行厨 945	研桑心计 973	妖丽 990
行歌 945	颜如玉 974	妖梦 990
行人 945	眼枯 975	妖星 990
行休 946	偃师 975	腰缠万贯 990
行雨 946	庋廖 976	尧龄 991
形如槁木 946	庋廖歌 976	尧舜千钟 992
形影 947	厌家鸡 976	姚馥醉 992
杏花村 947	晏御扬扬 977	瑶池宴 993
杏坛 947	晏子居 977	瑶虞 994
兄肥弟瘦 947	晏子裘 977	冶叶倡条 995
雄鸡断尾 948	晏子楹 977	冶游 995
熊丸助读 949	晏子赠行 977	野马尘埃 996
秀色可餐 952	宴平乐 977	曳履 997
须眉 953	雁池 978	曳尾泥涂 997
项冥收威 953	雁行 978	夜持山去 997
虚舟 953	雁序 979	夜霖铃 998
虚舟任触 953	燕居 979	夜气 998
徐妃半面妆 954	燕雀相贺 979	夜气存 998
徐公 954	燕婉 980	夜失身 998
徐娘半老 954	燕燕莺莺 980	夜未央 998
徐熙 955	燕于飞 980	一百八盘 998
徐孝克夫妻 955	燕玉 980	一百七日 998
许公鞭 956	燕赵人 970	一百五日 999

索 引

一瓣心香 999	遗金满籯 1014	幽兰 1035
一钵一瓶 999	遗佩 1015	悠悠 1035
一锸随身 999	遗行 1015	尤物 1035
一场春梦 999	遗簪 1015	由旬 1036
一倡三叹 999	以饮为事 1016	由也瑟 1036
一发双连 1000	蚁动牛斗 1016	犹人 1036
一方 1001	倚门倚闾 1017	油壁车 1036
一夫 1001	倚瑟高歌 1017	游夏 1037
一概量 1001	倚市门 1017	游鱼听不沉 1037
一龟一鹤 1001	忆鲈鱼 1018	友生 1037
一家春 1002	易牙 1019	友于 1038
一江春水 1003	峄阳孤桐 1019	有酒如渑 1038
一觉扬州梦 1003	瘗鹤铭 1020	有客 1038
一刻千金 1003	黳桑 1020	有客无酒 1038
一口吸西江 1003	阴丽华 1021	有女如云 1038
一览众山小 1004	殷浩书空 1022	有以 1038
一鸣惊人 1004	殷牛在耳 1022	右军书葵扇 1039
一亩宫 1004	吟白蘋 1022	迁叟 1039
一牛吼地 1004	银钩 1022	于飞 1039
一颦一笑 1005	银钩虿尾 1023	余醒 1040
一抔土 1005	银甲 1023	余发种种 1040
一钱不值 1005	银浦 1023	余光 1040
一钱看囊 1005	引杯 1024	余沥 1040
一秦 1005	引年 1024	余龄 1041
一曲春风 1006	饮马长城 1026	鱼传尺素 1041
一曲杜韦娘 1006	饮中八仙 1025	鱼龙漫衍 1042
一曲紫云回 1006	应律 1030	鱼龙戏 1042
一日三秋 1007	应门有儿 1030	鱼龙夜 1042
一十三死生 1007	应物 1030	鱼目混珠 1042
一事无成 1007	嘤鸣 1027	鱼去乙 1043
一双两好 1007	鹦鹉杯 1027	鱼水 1043
一谈 1008	迎猫 1027	鱼在藻 1044
一笑粲 1008	盈虚 1028	竽籁 1044
一笑千金 1008	盈昃 1028	谀墓 1044
一心一意 1009	萦纡 1028	渔樵 1045
一阳生 1009	蝇头蜗角 1028	渔阳掺挝 1045
一叶知秋 1009	郢质 1029	榆枋之见 1045
一衣带水 1009	佣书 1031	榆火 1045
一簪华发 1009	拥髻 1031	虞殡 1046
一枝春 1010	雍门哀 1032	虞姬 1046
一掷百万 1010	雍门琴 1032	愚妇轻买臣 1047
一醉六十日 1010	慵来妆 1032	伛偻 1047
一坐数千息 1010	永锡难老 1032	伛偻丈人 1048
衣弊履穿 1012	永新娇小 1033	雨霖铃 1049
衣锦还乡 1012	咏而归 1033	庾公楼 1051
依马磨 1012	优孟 1033	庾郎 1051
猗兰操 1012	优游卒岁 1034	庾郎鲑菜 1051
仪狄 1012	攸然而逝 1034	庾信愁 1052
宜春帖 1013	忧集孝璋 1034	庾翼服右军 1052
宜男草 1013	忧心忡忡 1034	庾园 1052
贻厥 1013	忧心悄悄 1034	庾悦吝子鹅 1052
移封酒泉 1013	忧心如捣 1034	玉杵臼 1053

· 1193 ·

玉杵玄霜 1053	云璈 1077	漳滨卧 1099
玉妃 1054	云动风飞 1078	漳滨卧起 1099
玉骨冰姿 1054	云门 1079	杖乡 1101
玉关情 1054	云散风流 1079	招魂 1102
玉壶红泪 1055	云液 1080	昭华管 1102
玉昆金友 1056	运甓翁 1082	昭君村 1102
玉楼金殿 1056	杂佩酬 1082	啁哳 1103
玉楼受召 1057	载飞鸣 1083	赵昌 1104
玉女 1057	载酒问奇字 1083	赵津歌 1104
玉女投壶 1058	载脂 1083	赵岐忙 1105
玉醅 1058	宰树 1082	赵鞅叹 1105
玉人 1058	宰予昼寝 1082	照乘珠 1106
玉人吹箫 1058	再作冯妇 1082	照东邻 1106
玉蕊花 1058	在陈之厄 1083	折麻 726
玉润 1058	在家 1083	折腰步 1107
玉山倒 1059	簪盍 1084	折足铛 1107
玉笙吹彻 1059	臧否人物 1085	蛰虫昭苏 1107
玉树后庭花 1059	糟糠 1085	柘枝舞 1108
玉体 1061	糟丘 1085	贞元朝士 1108
玉田 1061	凿壁偷光 1085	针神 1108
玉箫韦皋 1061	凿落 1086	枕曲藉糟 1110
玉友 1062	枣郎 1086	珍珠换绿珠 1109
玉舟 1063	燥湿弦 1087	真娘 1109
郁勃 1063	择术 1088	真真 1109
郁轮袍 1063	泽畔吟 1088	砧杵 1109
郁陶 1063	曾参杀人 1089	疹粟 1110
鹬蚌相持 1065	曾母投杼 1089	筝笛耳 1112
鸢飞鱼跃 1065	赠缟 1089	筝琶 1112
鸳鸯交颈 1065	赠绮 1089	郑国诗 1113
元白 1066	甑尘釜鱼 1089	郑交甫 1113
元伯死友 1066	甑倒 1090	郑侨 1114
元方季方 1066	宅相 1090	郑声 1114
元亮井 1067	沾泥絮 1090	郑卫之音 1114
元亮秫 1067	詹父钓 1090	郑驿 1115
元亮信儿痴 1067	瞻韩 1091	郑驿留宾 1115
元亮自祭 1067	展眉 1092	之子 1116
元龙高卧 1067	绽破袄 1092	支离 1116
袁公地 1069	蘸甲 1092	卮酒 1117
袁绍杯 1069	张敞画眉 1093	知非 1117
原上篇 1070	张颠 1093	知荣守辱 1117
圆凿方枘 1071	张翰杯 1094	知雄守雌 1118
援北斗 1071	张翰抚琴 1094	知音 1118
远客 1072	张好好 1094	织路 1118
远山眉 1072	张净琬 1095	织女渡河 1118
怨女 1072	张丽华 1095	织女牵牛 1118
愿作锦鞋 1072	张女 1096	织素 1119
月黑风高 1074	张硕与兰香 1096	脂韦 1119
月氐 1074	章华台 1099	直北 1120
月上柳梢头 1075	章台 1099	絷骥四足 1120
月下老人 1075	章台坠鞭 1099	止酒 1120
越女 1077	掌上明珠 1100	止水 1121
越瘦秦肥 1077	掌中舞 1100	止吾止 1121

索 引

只鸡斗酒 1121	竹马 1145	左手抱琴书 1173
旨酒 1121	竹马之好 1145	作意 1174
指点银瓶 1122	竹批双耳 1145	
指日 1122	竹西歌吹 1146	**生 态**
至乐 1123	煮鹤 1147	
致书邮 1124	贮火 1148	阿堵物 186
雉飞 1125	驻隙 1148	阿咸 3
雉雏 1125	庄椿 1150	八桂 9
中酒 1126	庄缶 1150	八荒 10
中男 1126	庄齐物 1151	八极 10
中气 1126	庄叟彭殇 1151	八街九陌 10
中散论 1126	庄周梦蝶 1151	八砖学士 13
中散琴 1126	壮发 1152	巴蛇吞象 14
中山沉醉 1127	追风逐电 1152	巴子国 14
中山千日醉 1127	追凉 1152	巴字 14
中圣人 1127	锥刺股 1153	白帝城 17
中夜 1128	窀穸 1153	白虹贯日 18
钟大理 1129	捉衿见肘 1153	白社 21
钟李 1130	斫鼻 1155	柏城 27
钟吕 1130	浊醪 1154	北方骏人 39
钟太尉 1130	子丑寅卯 1156	北户 40
钟王 1130	子春伤足 1156	辟寒金 603
钟繇笔 1130	子高琼姬 1157	辟寒犀 603
钟张 1130	子平毕娶 1158	辟疆园 604
螽斯 1131	子桑寒饥 1158	碧鸡坊 46
种玉 1131	子桑琴 1159	碧山 46
仲尼执鞭 1132	子山愁 1159	飙风 50
仲宣情 1133	子夏悬鹑 1159	冰蚕 52
众口铄金 1133	子胥乞食 1159	不龟手药 62
重寸阴 1134	子野 1159	不夜城 65
重九登高 114	子野闻歌 1160	采香径 69
舟中琴 1134	子夜歌 1160	蚕丛鱼凫 73
周郎顾 1135	子在川 1161	阊门 85
周醪 1135	梓匠轮舆 1161	长干 87
周流 1136	紫荆田氏树 1162	沉香 95
周南留滞 1136	紫驼峰 1163	成此一段奇 99
周南托成书 1136	紫云 1164	赤城山 109
周颙醉 1138	紫云曲 1164	赤阑桥 110
粥炉燎须 1138	自相矛盾 1165	楚江萍 119
昼锦堂 1139	自诒伊戚 1165	楚丘 120
昼永 1139	纵猎 1167	窗间鸡语 123
朱唇皓齿 1139	宗武 1166	春水如天 128
朱公叔 1139	总角 1167	春水皱 129
朱老阮生 1140	驺忌鼓琴 1168	鹑野 129
朱明 1140	足霜 1169	雌声 131
诛茅 1141	卒岁无褐 1169	刺山 131
诛宋玉茅 1142	醉把青荷 1170	崔嵬 134
珠沉月死 1142	醉翁吟 1171	翠水 135
珠喉 1142	尊酒 1171	大野 142
珠履 1142	尊酒相逢 1171	丹山 146
蛛丝卜巧 1143	左家娇女 1172	丹穴 147
竹报平安 1144	左契 1172	单父台 719

· 1195 ·

淡妆浓抹　148	荐菊井　376	漫郎　542
倒景　151	剑阁　376	盲人骑瞎马　543
灯火万家　154	江关　379	矛头淅米　545
登山临水　155	蒋山　382	茂林修竹　546
邓林　156	金风玉露　398	茂叔溪头　547
点注　160	津妾棹歌　408	茂苑　547
雕陵　162	锦官城　408	渼陂湖　551
钓台移柳　163	锦里　409	扪虱而谈　552
洞庭湖　174	锦襮独行　409	梦月悬名　556
斗胆　174	惊雷破柱　415	妙高台　560
断桥　185	惊坐　416	岷峨　561
鹅城　187	镜湖　418	摩挲铜狄　567
二分明月　190	九顶　420	牡丹坪　570
二十四桥　191	九井山　423	木禾　571
樊川　195	九里松　423	木客　571
繁花　196	桔柣门　395	木石生怪　572
反离骚　196	橘中戏　431	木叶下　572
范宽图　198	具茨　433	南国纪　576
分野　209	绝粒　435	猱玃须古　581
焚香扫地　210	开目为晨　439	酿泉　583
缝囊　223	空蒙　443	鸟鼠　583
凤凰台①　221	旷原　453	凝碧池　585
凤凰台②　221	岿然独存　453	凝寒积雪　585
凤麟洲　222	蓝田日暖　460	牛祸　586
芙蓉城①　227	蓝田山　460	牛渚燃犀　587
涪翁　230	阆风　461	女床　589
傅岩　235	阆苑　461	培塿　597
富钩　235	乐游原　467	彭郎　599
高舂　242	梨花雪　470	澼絖　604
杲杲　246	劙面　470	平林　606
艮岳　249	李少君　474	平台　607
公牛哀　252	历草　476	破天荒　611
谷帘　262	栗里　477	七不堪　614
骨节专车　263	莲叶田田　478	七返还丹　615
馆陶园　269	涟漪　478	七返九还　615
馆娃宫　269	凉州　480	齐谐　620
光风霁月　272	梁园　482	齐烟九点　620
龟山　275	辽东豕　485	奇肱飞车　366
鬼一车　277	灵囿　492	淇澳　622
海市蜃楼　284	凌歊台　493	淇园　622
贺家湖　302	令公香　494	骑羊执穗　624
呼鹰台　314	流水绕孤村　500	黔驴技穷　635
花萼楼　321	柳家汀洲　501	倩女离魂　636
画船听雨眠　326	六一泉　505	桥山　638
黄耳传书　334	龙飞凤舞　508	嵚崎历落　640
黄鹤楼　336	龙山　511	沁园　645
黄寻飞钱　342	楼护智　516	青蚨　646
火鼠　349	鲁殿灵光　518	青芜国　652
火树银花　349	鲁阳挥戈　520	青眼白眼　652
击瓮　351	绿暗红稀　527	秋风渭水　663
季伦园　363	逻娑　533	曲高和寡　669
佳丽地　367	麦化蛾飞　540	曲径通幽　666

犬牙　　671	铜雀台　　826	雪后园林　　962
群鸥日日来　　673	铜驼陌　　826	雪堂　　963
人鲊瓮　　677	屠门大嚼　　831	巡官　　964
肉飞仙　　684	兔葵燕麦　　833	荀令香　　965
阮步兵　　688	万壑千岩　　839	烟花三月　　969
三寸舌　　693	万里桥　　839	烟景　　969
三登　　693	万顷琉璃　　840	烟笼寒水　　969
三峨　　694	王思怒蝇　　847	烟雨楼　　969
三分春色　　694	葳蕤　　854	言鲭　　972
三家村　　697	文成将军　　865	岩岩　　973
三生石　　703	文鱿生珠　　864	滟滪堆　　979
山阿　　714	文王避雨陵　　866	燕舞莺啼　　980
山色有无中　　716	文园　　867	燕足红线　　981
山阴道上　　717	闻会吟　　868	扬州明月　　982
剡溪　　718	沃焦　　872	羊祜识金环　　983
上林苑　　723	沃洲　　872	杨仆移关　　988
梢梢　　724	握穗五翁　　873	瑶池　　993
神覆玉衣　　730	巫山巫峡　　876	窈窕　　994
神功　　730	无壁　　876	药栏　　995
圣人不相　　736	无何有之乡　　878	野旷　　996
尸乡翁　　737	吴鸿　　883	叶公好龙　　996
师雄遇梅　　738	吴牛喘月　　884	一片花飞　　1005
十里珠帘　　742	吴头楚尾　　884	猗顿　　1012
石鲸鳞甲动　　745	五尺险　　886	蚁丘　　1016
土龙笑疾　　750	五凤楼　　887	易牙淄渑　　1019
示天壤　　750	西昆　　900	莺啼燕语　　1027
殊相　　758	犀照牛渚　　904	影动摇　　1029
疏雨滴梧桐　　759	溪堂　　905	影娥池　　1029
蜀犬吠日　　760	戏马台　　909	幽绝　　1035
树中琴瑟　　761	闲敞　　914	幽咽　　1035
漱玉　　762	襄野　　921	鱼鲁亥豕　　1042
水天一色　　765	项羽重瞳　　923	鱼头生　　1043
舜瞳　　767	萧瑟　　926	虞寄先识　　1046
四美　　773	萧森　　926	玉垒山　　1056
宋玉田　　778	萧萧　　927	玉露金风　　1057
隋堤　　783	萧芝雉随　　927	玉女窗扉　　1057
孙钟设瓜　　787	小白长红　　928	玉女洗头盆　　1058
太室　　791	小姑山　　929	玉燕投怀　　1062
太液池　　792	小山桂　　930	玉衣自举　　1062
谈鸡　　794	小园枯树　　931	原隰　　1070
唐举　　797	斜川　　933	月出皎兮　　1073
棠梨宫　　798	谢公墩　　935	月光如水　　1074
滕王阁　　805	谢家　　936	月来花弄影　　1074
天府之国　　808	谢家池　　936	月落乌啼　　1074
天狗　　809	谢家楼　　936	月明星稀　　1074
天禄阁　　811	谢练　　937	岳阳楼　　1076
天雨粟　　817	谢朓霞绮　　938	越处子　　1076
天竺　　817	星如雨　　944	粤犬吠雪　　1077
跳珠溅玉　　820	星天　　944	云窗雾阁　　1077
铁炉步　　821	星榆　　944	云和　　1078
铁瓮城　　821	猩血　　944	云横雪拥　　1078
同泰寺　　824	雪宫风榭　　962	云梦泽　　1079

云亭 1080	暗香浮动 7	白榆 24
凿井得铜 1085	暗香疏影 7	白玉棺 24
枣大如瓜 1086	鳌背三山 7	白玉台 24
泽国 1088	鳌抃 7	白猿公 24
湛卢飞 1092	鳌柱 8	白足 25
湛湛 1092	鳌足支撑 8	百尺竿头 26
昭陵石马 1103	八蚕 8	百夫之特 26
枕中术 1110	八斗才 9	百和香 26
之罘山 1115	八风① 9	百花王 26
鸤鹊楼 1119	八风② 9	百炼之钢 26
炙背 1124	八公 9	百药 27
掷瓦 1124	八功德水 9	柏梁篇 27
稚恭乘骑 1125	八跪蟹 10	柏梁台 27
中风走 1131	八景 10	柏梁宴 27
仲长园 1133	八骏 10	柏叶 28
周鼓文 1135	八龙 11	败絮 28
周宋镈 1137	八鸾 11	班姞史 29
周宣 1137	八米卢郎 11	班马文章 29
朱朱白白 1141	八米诗 11	班扬 30
竹篱茅舍 1144	八难② 11	班昭 30
逐臭 1146	八裴 11	斑骓 30
苎萝山 1148	八篇奇语 11	半偈 31
祝鸡翁 1149	八十鹰扬 12	半面不忘 31
涿鹿 1154	八索 12	半千 31
濯锦江 1155	八万四千偈 12	半人 31
濯龙 1155	八行书 10	半夜传衣 31
子母钱 1158	八咏诗 12	蚌胎 32
子年救秦 1158	八珍 13	褒衣博带 33
子夏索居 1159	八柱 13	宝炬 33
梓泽 1161	芭蕉 14	宝月诗 33
邹律 1167	拔宅上升 15	抱膝长啸 35
邹衍吹律 1167	把菊见南山 15	抱膝吟 35
邹衍谈天 1167	把茅盖头 15	鲍家诗 36
驺虞 1168	灞桥风雪 16	鲍谢 36
	白帝 17	鲍照 36
文　化	白凤 18	暴尪 37
	白鹤迎苏耽 18	杯渡 37
阿鼻 1	白袷玉郎 19	悲龙飞去 38
阿环 1	白驹 19	北斗七星 39
阿连 1	白驹空谷 19	北陆 40
阿戎 2	白莲社 19	北落 40
阿戎可语 2	白楼赏 20	贝叶书 42
阿香推雷车 3	白马负经 20	被褐怀玉 601
阿修罗战 3	白马公孙 20	奔月 42
欸乃 3	白眉马良 21	比红儿诗 43
爱日 4	白犬 21	比君子 43
安车 5	白日升天 21	比玉 43
安排 5	白石郎 21	笔端风月 44
安期生 5	白石生 21	笔端花 44
安期遗舄 6	白獭髓 22	笔耕 44
安期枣 6	白兔捣药 22	笔扫千军 44
安世补亡 6	白兔公子 23	笔削 44

索　引

笔冢　44	沧海尘飞　75	赤骥　110
笔走龙蛇　44	沧海成尘　75	赤龙迎　110
碧城　45	沧海桑田　76	赤马船　110
碧落侍郎　46	沧桑　76	赤松游　111
碧桃学士　46	曹溪　79	赤松子　111
碧桃紫梨　46	曹溪一滴水　79	赤兔　111
襞笺　49	曹植　79	赤帻　111
鞭石　49	层城　81	赤章　112
鞭影　49	叉手吟　81	春容　112
抃鳌　50	姹女　82	虫鱼之学　113
辨痴龙　50	蟾蜍　84	出口成章　116
冰蚕吐丝　52	蟾光　84	出一头地　116
冰出水　52	蟾影　84	楚剑　119
冰轮　52	长房缩地　1100	楚骚　120
冰柱　53	长房荚　1100	褚生才　121
冰柱雪车　53	长风　87	川后　122
丙穴鱼　54	长卿慢世　88	川媚　122
伯喈文篆　56	长楸　89	传灯　123
伯牙　57	长头　90	传都赋　123
伯牙鼓琴　57	长杨赋　90	床下　124
伯英草圣　57	嫦娥　86	吹毛剑　125
伯有精灵　58	朝暾　1102	吹台　125
博山炉　59	掣鲸　94	吹箫　125
博物才　59	陈琳　97	炊甑　125
不二法门　62	陈琳草檄　97	垂天赋　126
不易一字　65	陈太丘　98	春风得意　127
不赞一词　66	陈王　98	春盘　128
步虚声　67	陈遵尺牍　99	春秋笔法　128
怖鸽　67	称象　99	春蚓秋蛇　129
采菖蒲　68	城南老树　101	赐墙及肩　132
采芝　69	乘杯　101	崔蔡书　133
彩笔　69	乘槎　101	崔瑗　134
菜甲　70	乘槎客　101	催租断句　134
蔡侯纸　70	乘风破浪　102	翠笼　135
蔡经　70	乘黄　102	翠羽　135
蔡琰辨琴　70	乘龙驾鹤　102	大笔如椽　136
蔡邕书籍　71	乘鸾　103	大艑柯峨　137
参禅　71	乘兴　103	大椿　137
骖驔　71	乘云　103	大儿小儿　137
骖鸾　71	痴绝　105	大夫松　143
骖鸾侣　72	痴叔　105	大谷梨　138
餐霞客　72	痴顽老子　106	大江东去　139
餐玉　72	痴黠相兼　106	大马驮　139
残膏剩馥　72	池馆楼台　106	大鹏赋　140
残锦　72	池潢　106	大人赋　140
惨淡经营　73	池塘春草　106	大巫　141
仓颉造字　73	齿宿才新　108	大谢小谢　142
苍驹　74	耻居王后　108	呆女痴牛　143
苍官　74	耻逐屠沽　108	带经锄耕　144
苍华　74	叱石成羊　108	戴凭避席　145
苍马　74	斥卤　109	戴凭重席　145
沧海　75	赤绂　109	丹经　146

丹丘 146	独占鳌头 179	妃子笑 206
丹砂 146	杜工部 179	翡翠兰苕 207
丹砂井 146	杜衡 180	费长房 207
丹书 146	杜兰香 180	分风 207
丹台 147	杜诗韩笔 181	分司狂御史 208
耽书 147	杜诗韩文 181	分香饼 208
啖蔗 148	杜十姨 181	坟籍 209
弹指 794	杜武库 181	焚砚 210
澹台璧 794	杜预 181	丰隆 212
澹台灭明 794	渡江之橘 182	丰年玉 212
当世第一 150	蠹书虫 182	风标公子 212
刀圭 150	蠹鱼 183	风尘表物 212
盗泉 152	短李 183	风吹幡动 212
道士鹅 152	短檠 183	风鉴 213
得道 153	断肠花 184	风流 213
得江山助 153	蹲鸱 185	风台 214
的卢 158	多文为富 185	风月三千首 215
登高必赋 154	夺锦袍 186	风月主人 215
登山屐 155	堕甑 186	枫落吴江 215
登天柱 155	鹅鸭长数 187	封姨 217
地藏 158	萼绿华 189	蜂窠 218
地母 157	二林 190	冯夷 219
地仙 158	二宋 192	凤钗 220
地行仙 158	二谢 192	凤吹 220
地用莫如马 158	二许 193	凤带 220
帝女桑 159	法筵 194	凤凰琴 221
典坟 160	返魂香 197	凤喙 221
点漆 160	饭颗山 197	凤蜡 221
电母 161	范云 199	凤麟胶 222
电蜒 161	范仲淹 199	凤领九雏 222
吊鹤 162	方干 200	凤毛 222
东方朔 167	方红 200	凤辖 223
东方朔偷桃 167	方回 200	凤穴 223
东方小儿 168	方流 200	凤臆 223
东风灵雨 168	方朔诙谐 201	佛日豆爆 224
东阁官梅 168	方朔桃 201	夫子墙 224
东郭𩵋 168	方瞳人 201	肤如凝脂 224
东皇太乙 169	方相氏 201	伏龟 225
东晋王家 169	方丈 202	伏虎 225
东林 170	防风骨 202	伏生授经 225
东林十八贤 170	放鹤 203	芙蓉城[2] 227
东涂西抹 171	飞凫 204	芙蓉出水 227
董双成 173	飞花 204	芙蓉帐 227
洞天 174	飞黄 204	扶木 226
都梁 177	飞廉 204	扶倾 226
兜率天 174	飞奴 204	扶筇 226
斗酒百篇 175	飞天 205	扶桑 226
斗南一人 175	飞兔 205	扶阳侯 227
独步 178	飞锡 205	服虔 228
独孤侧帽 178	飞仙 205	浮槎 228
独立万寻冈 178	飞乙 205	浮丘伯 229
独醒 178	飞雨 205	浮丘鹤 229

浮丘迎子晋 229	古兰陵 261	寒英 289
浮云骢 230	古人吾不见 261	寒玉 290
福田 230	古文 261	汉剑飞 290
福星 230	古香 261	汉南春 291
釜甑 231	谷神不死 262	汉上题襟 291
黼黻 232	骨鲠 263	汗漫 293
负郭田 232	骨清 263	汗牛充栋 293
负局先生 232	鹄袍 315	旱魃 294
负薪挂角 233	鹄已去 315	沆瀣 294
阜乡 234	故纸 265	蒿莱 294
阜乡舄 234	顾兔 265	毫楮 294
赋罢为郎 234	顾彦先 265	豪曹 294
赋上林 234	关关 267	濠上 294
富贵花 235	关西孔子 267	好山如好色 295
腹背毛 236	管城子 270	何充爱禅 296
腹笥 236	管辂 270	何范 296
干将莫邪 240	管埋舜祠 270	何水部 296
甘谷水 239	贯珠 272	何谢 297
甘露 239	光阴蓟子训 272	何逊 297
甘旨 240	广长舌相 274	何逊空阶 297
罡风 242	广成子 273	何逊咏梅 297
高冠 242	广陵花 273	河伯 299
高价奇才 243	广陵客 273	河间礼乐 299
高禖 243	广陵散 273	河上公 300
高僧传 243	广柳车 273	河阳 300
高山流水 243	广文先生 273	涸阴冰子 301
高适 244	广厦 273	鹤归华表 302
高轩过 244	龟化城 275	鹤驾 303
高圆 245	龟台 276	鹤警露 303
膏粱 246	鬼谷子 276	鹤立鸡群 303
膏沐 246	鬼夜哭 277	鹤鸣九皋 303
糕诗 245	贵妃捧砚 278	鹤语 304
割酒 247	桂魄 278	鹤语尧年 304
歌王子 247	桂影 278	很石 305
葛洪 249	桂子 278	恒河沙数 305
葛洪丹井 249	郭璞游仙 280	横槊 306
葛玄吐蜂 248	郭索 280	衡阳雁归 306
赓载 249	郭泰碑铭 280	红鸾 308
弓履 251	郭有道碑 281	红袖拂尘 309
共命鸟 256	国香 282	红妆翠盖 310
勾漏令 256	果下马 282	虹气 310
猴山鹤 257	海若 283	洪崖 311
狗监荐才 257	海棠无香 284	鸿宝 311
姑射 260	骇鸡宝 284	鸿都客 311
孤光 259	含章 286	鸿鹄 311
孤鸿 259	韩昌黎 286	鸿惊 311
孤鹜 259	韩娥 286	鸿毛 311
孤屿诗 259	韩侯蔌 287	鸿雁 312
孤竹 260	韩文公 288	后生可畏 313
菰米沉云黑 260	韩众 288	呼竖子 314
菰黍 260	韩子卢 289	壶公 317
古锦囊 261	寒泉秋菊 289	壶丘子 317

壶中天地 317	黄犬书 340	膏臼 358
縠觫车 318	黄太史 341	吉甫清风 359
虎脊 318	黄庭客 341	汲冢详蠹 360
虎气腾 319	黄图 342	柳栗 391
虎卧庭前 320	黄芽 342	棘刺情 360
虎溪 320	黄叶丹灶 342	芰荷 362
虎彝 320	黄竹篇 343	季札听歌 363
花姑 321	挥毫万字 344	季真接子 363
花乳 322	徽容 345	济江篇 364
花信风 322	回禄 345	济南生 365
花须 322	回万牛 345	蓟训历家 366
花雨 323	回仙 345	髻拥千螺 366
华裾 324	回愚 346	骥骧 525
华阳巾 324	会稽霞举 451	骥子龙文 366
化履 325	桧楫 279	嘉谷 368
画筹人 326	惠连 346	甲煎 369
画地成沼 326	惠连清兴 346	贾笔 369
画檐 327	惠眼 347	贾傅 369
画中人 328	惠远公 347	贾马 263
怀铅 328	惠子书 347	贾生脆促 369
怀素 328	活法 348	贾生赋鹏 369
怀县作 329	火浣布 348	贾谊 370
怀玉 329	火龙 348	稼轩 371
怀珠韫玉 329	火龙黼黻 348	肩吾 371
淮南大小山 330	火炉头语 348	缄题报亲爱 372
淮南药 330	火齐珠 348	钱铿 373
淮王身死 330	火生莲 349	简要清通 374
淮王术 330	火鼠冰蚕 349	建安骨 375
槐花黄 329	火宅 349	建安七子 375
槐市 329	获麟 349	建平家 375
还丹 331	击钵催诗 350	剑决浮云 376
环堵 331	鸡不如鹤 352	涧底松 377
换鹅经 332	鸡窗 352	江鲍 378
换鹅书 332	鸡距 353	江东步兵 378
唤雨鸠 333	鸡林传咏 353	江东独步 378
浣纱石 333	鸡栖 353	江妃 379
皇树 344	鸡栖车 353	江令锦袍 380
黄苞 333	鸡犬升天 354	江夏黄童 380
黄犊 334	鸡舌香 354	江夏姿 380
黄蒿 336	鸡五德 354	江淹梦笔 380
黄鹤呼子安 336	鸡彝 355	江总 380
黄金布地 337	姬旦制礼乐 355	江左风流 381
黄金阙 337	稽鹤 356	蒋侯 382
黄九 337	稽康 356	绛树 383
黄卷 337	稽康寡识 356	绛帐 383
黄绢碑 337	稽康好锻 356	交梨火枣 383
黄绢词 338	稽康懒寄书 356	交龙 383
黄绢外孙 338	稽康疏懒 356	郊寒岛瘦 383
黄口 338	稽康闲 356	郊居赋 383
黄老 338	稽阮 357	郊特 383
黄流 338	稽古之力 358	胶牙饧 384
黄妳 339	膏粉 358	椒兰 385

椒觞 385	锦鳞 409	柯亭笛 441
蛟龙引子 386	锦鳞书 409	科斗 441
焦尾琴 386	锦袍仙 409	咳唾成珠 441
鲛人 386	锦衾 409	刻烛赋诗 442
鲛人泣珠 386	锦心绣口 410	空洞无物 443
鲛室 386	锦绣肝肠 410	空华 443
鲛绡 386	进贤冠 410	空梁落燕泥 443
蕉黄荔丹 387	缙云仙子 412	空桑 444
角生鱼 388	经神学海 413	空色 444
角黍 388	荆鸡卵 414	空王 444
角枕 388	荆州瘿 415	空中书 444
脚敲两舷 388	旌阳令 415	孔北海 444
阶蓂 389	惊人句 416	孔巢父 445
睫不见 391	惊天动地 416	孔德璋 445
截肪 391	精舍 416	孔墨 446
截云 392	鲸目 417	孔丘 446
羯鼓 392	鲸鲵陆死骨 417	孔融修刺 447
羯鼓催花 392	靖长官 418	孔颜 447
介象鲙 394	鸠形 419	孔璋檄书 447
芥羽 395	鸠杖 419	控鲤 447
芥舟 395	九苞 420	口若悬河 448
巾车 395	九方皋 421	苦海 450
斤斧 396	九凤 421	夸娥 450
金波 396	九皋禽 421	款段马 452
金蚕 396	九光 422	狂狷 452
金狄 397	九老图 423	狂奴 452
金刚不坏身 398	九龄风度 423	狂吟老监 452
金管银笔 398	九素元气 425	旷士 453
金华赤松子 399	九仙 426	奎星 453
金华洞 400	九疑凤驾 427	葵藿 454
金华牧羊儿 400	九真君 427	坤牛 455
金鸡 400	九转丹 428	坤牛乾马 455
金甊玉脍 400	九子铃 428	坤轴 455
金缕衣 402	酒到脐 428	昆阆 455
金蟆 402	酒圣诗狂 429	昆吾剑 456
金牛 402	巨阙 432	兰亭会 458
金仆姑 403	句芒 258	兰亭入昭陵 458
金人 403	句曲山 258	兰亭修禊 459
金人捧剑 404	句曲仙诀 432	兰棹 459
金狨 404	锯屑 433	篮舆 460
金蛇 404	聚沙 433	琅玕 461
金神 404	卷石 434	浪婆 462
金石声 404	绝麟 435	老聃 463
金粟如来 405	绝妙好辞 435	老子婆婆 466
金台 405	君谟旧谱 437	酪奴 466
金桃 405	俊逸 438	乐广 1073
金縢 405	骏马换小妾 438	乐广披云 1073
金庭 405	看竹 440	雷公 467
金乌 406	康成诗礼 440	骊龙 469
金相玉质 406	康侯马 440	骊珠 470
金衣公子 406	康节先生 440	藜光 471
金银台 406	尻轮神马 441	藜杖 471

李白坟 471	刘宾客 494	龙铕 515
李杜齐名 472	刘蕡未第 495	卢敖 516
李汉 473	刘纲妇同仙 495	卢谌幄内璆 516
李贺 473	刘根见鬼术 495	卢耽鹤 517
李陵诗 473	刘家异同 496	卢郎 517
李谪仙 475	刘阮天台 496	卢仝七碗茶 517
理窟 475	刘商观奕 497	鲁衣冠 521
力士脱靴 476	刘向传经 497	陆池莲 521
立雪 476	刘孝威 497	陆海潘江 521
栗过拳 477	刘桢 498	陆机 522
莲花十丈 478	刘桢有气 498	陆凯传情 522
楝花风 480	刘中垒 499	陆离 523
良史之材 480	留侯辟谷 499	陆羽茶 523
梁魁擢第年 481	流沫 500	鹿车 523
梁竦庙食 481	流霞 500	鹿鸣客 523
梁王 482	柳边 501	鹿鸣仙客 524
梁园赋雪 482	柳郎 501	鹿皮公 524
梁园雪 482	柳柳州 501	辘轳剑 524
梁苑客 482	柳七郎 501	露桃 526
两部蛙 483	柳三变 501	驴背敲诗 526
两苏 484	柳吴兴 502	吕公篆 526
量革履 484	柳眼 502	绿骄 525
辽东鹤 484	六尘 502	绿野堂 529
辽东帽 485	六出花 503	绿衣使者 529
廖井 485	六丁 503	绿章 526
寥天 485	六甲 504	绿字 529
缭墙 485	六经心醉 504	栾巴噀酒 529
列缺 485	六一词 505	鸾鹤 530
列子御风 486	六一居士 505	纶巾 269
林逋 486	六贼 507	罗池客 532
林宗巾 487	六铢衣 507	罗浮梦 532
临邛客 488	龙伯钓鳌 507	罗含菊 533
琳宫 489	龙笛 507	罗幕 533
麟凤 489	龙凤 508	罗友默记 533
麟脯 489	龙膏 508	罗昭谏 533
麟角 489	龙公 508	洛宾笙 533
伶玄 490	龙醢 508	洛神 534
灵鳌 490	龙华会 509	洛生咏 534
灵宝经 491	龙君 509	洛阳才子 534
灵草 491	龙窟 509	洛阳花 534
灵椿 491	龙脑 510	洛阳耆英会 534
灵府 491	龙女 510	洛阳纸贵 534
灵关 491	龙泉剑 511	络秀 535
灵和柳 491	龙首 511	落迦山观音 535
灵均 491	龙孙 512	麻姑搔背 535
灵山 492	龙听法 512	麻姑爪 535
灵胥 492	龙文 512	马南郡 536
岭梅 494	龙骧万斛舟 513	马癖 536
凌波梦 492	龙象 513	马融 537
凌云笔 493	龙鱼 514	买鲊市中 540
刘安 494	龙杖 514	卖饼诉公羊 541
刘安服食 494	龙智 514	曼倩 542

曼殊	542	木公金母	571	屏障	609
幔亭	542	木兰桡	571	瓶罍	609
尨	542	木兰舟	571	萍实	610
毛传	543	木末	572	坡仙	610
毛女	543	木天	572	坡仙曾梦	610
毛锥	544	木鱼	573	坡颖	610
茅茨	545	南荣	578	婆饼焦	610
茅君骑鹤	545	南阮	578	菩提树	611
茅山	545	南枝北枝	580	蒲葵扇	612
茅盈	545	囊药未陈	580	蒲梢骑	612
茂先博物	547	能言鸭	581	蒲鱼	612
茂先王佐	547	泥滑滑	581	普贤	612
茂先知味	547	霓裳	582	七哀	613
枚乘	548	拈花微笑	582	七步才	614
枚马	548	牛车	585	七步成诗	614
枚叔愈疾	548	牛刀	586	七襄	616
枚藻	548	牛僧孺	587	齐梁体	619
眉山帽	549	牛渚吟	588	齐女	619
梅兄	550	弄潮儿	588	岐王	620
美人虹	550	奴仆命骚	588	祇园	621
孟参军	553	女萝	589	祇园布金	622
孟公孟姥	553	女娲补天	589	耆英	622
孟嘉落帽	554	女娲戏土	590	骑白鹿	622
孟劳	554	女校书	589	骑曹不记马	622
梦笔生花	555	疟鬼	590	骑赤鲤	622
梦草	555	欧九	590	骑鹤上扬州	623
梦得文章	555	欧冶铸剑	590	骑黄鹤	623
梦惠连	555	藕丝孔	591	骑驴索句	623
梦尽失欢	555	帕首	591	骑羊成仙	623
梦中说梦	556	拍洪崖肩	591	骑猪遁	624
梦中吞鸟	556	潘衡墨	592	琪树	624
弥天对	557	潘花	592	气缠霜匣	627
弥天秀	557	潘锦	592	气势	627
祢衡俊	557	潘谏	593	契苾知诗	628
糜竺收资	557	潘令	593	千锤百炼	628
蜜炬	558	潘陆	593	千佛名经	628
绵蛮	559	潘骑省	593	千金方	629
绵竹颂	559	潘子赋橘	594	千金价	629
面壁九年	559	盘中引鲈	596	千金一字	629
藐姑射	560	蟠木	596	千里目	630
岷下芋	561	蟠桃	596	牵牛南渡	632
名标雁塔	561	佩兰	598	铅椠	633
明皇游广寒	562	喷玉	598	乾马	634
明月之珠	563	蓬莱	600	潜公	635
冥灵	565	蓬莱弱水	600	强韵	637
嫫母	566	蓬瀛	600	蔷薇水	637
摩耶	567	披沙拣金	601	鄗池	296
磨镜客	567	披云雾	602	敲磬青鹣	637
秣陵尉	568	匹练	603	谯周独笑	638
墨客	569	平舆二龙	607	樵风	638
牡丹谱	570	平子文章	608	帩头	638
木铎	570	屏翳	609	翘馆	639

切泥 639	清溪三百曲 658	阮元瑜 689
切玉剑 640	擎苍牵黄 659	蕊珠宫 689
切云 640	琼瑰 660	瑞脑 689
窃药 640	琼玖 661	若木 690
秦川公子 640	琼琚 661	若士 690
秦吉了 641	琼林宴 661	弱水 690
秦郎 642	琼楼金阙 661	三百篇 691
秦楼 642	琼圃 661	三般若 691
秦桥 642	琼瑶 662	三藏 692
秦太虚 643	琼英 662	三车 692
秦佚 643	琼枝 662	三丹田 693
琴高乘鲤 644	丘迟花木 662	三倒 693
琴心三叠 644	丘迟文美 662	三都赋 694
青出于蓝 645	秋风客 663	三凤 694
青帝 645	秋蓬 664	三关 695
青海马 646	秋水 664	三何许水曹 696
青翰舟 646	秋芸 665	三洪 696
青骊 647	虬须 665	三虎 696
青藜杖 647	曲尘 666	三槐堂 696
青藜照阁 647	曲尘罗 666	三茅 700
青莲居士 647	曲水流觞 666	三茅钟 700
青龙白虎车 648	曲子相公 669	三昧 700
青鸾 648	驱石驾沧津 667	三摩地 700
青骡 648	屈平 667	三彭 700
青囊书 649	屈宋 667	三千世界 701
青鸟 649	屈原 667	三儒 702
青鸟使 649	渠黄 668	三山 702
青牛 649	泉客珠 671	三尸 703
青牛道士 649	泉石膏肓 671	三尸九虫 703
青奴 650	拳毛䯄 671	三十六洞天 703
青女 650	裙腰 673	三十六鳞 704
青萍 650	群玉山 673	三十六天 704
青萍风 650	鞙飞 674	三十三天城 704
青萍末 650	人杰 676	三苏 705
青钱 650	仁寿镜 678	三素云 705
青钱万选 650	仁者乐山 678	三岁字 705
青雀舫 651	仁智乐 678	三危露 706
青山葬 651	忍辱草 679	三贤十圣 706
青田鹤 652	任笔沈诗 679	三薛 707
青溪道士 652	任昉笺 679	三翼 708
青箱 652	纫兰结佩 680	三雍 708
青腰 653	日下鸣鹤 681	三张二陆 708
青翼 653	日兄月姊 681	三珠树 709
青鹦鹉 653	日驭 682	散花天女 710
青油幕 653	容止汪洋 684	散仙 710
青云器 654	乳花 686	散盐 710
青子 654	入洛 687	桑弘羊 710
轻拍红牙 655	入羊中 687	骚客 712
清风明月 657	蓐收 687	扫雪烹茶 712
清光 657	阮放八隽 688	色丝文 712
清庙生民 658	阮籍 688	色丝幼妇 712
清琴 658	阮家㞆 688	沙堤 713

沙界 713	诗束牛腰 740	双玉盘 763
晒腹 714	诗亡春秋作 740	霜蟾 763
山鬼 715	诗仙 740	霜橙 763
山河影 715	诗心 740	霜蹄 764
山鸡舞镜 716	诗眼 740	水晶盐 765
山抹微云 716	诗以穷工 740	水精宫 765
山木 716	狮子吼 741	水仙 765
山神请 717	十八公 741	水芝 765
山阴会 717	十八娘 741	水中月 766
珊瑚钩 718	十八贤 741	水中捉月 766
珊瑚玦 718	十二栏杆 742	司花女 768
珊瑚市 718	十三弦 743	司马温公 769
善财童子 718	十样蛮笺 743	司马相如 769
善和坊 718	十洲三岛 743	思公屏 770
商羊 721	石鼎联句 744	思人树 770
觞咏 721	石燕 745	思若涌泉 770
上空虚 722	识齐鼎 747	四大 772
上驷 723	士衡患多才 749	四明狂客 773
少儒能赋 725	士衡文 749	四蛇 773
射雕者 727	士衡兄弟 749	泗滨浮磬 775
射莎 728	逝骓 752	驷马 775
申公 729	释道安 753	松风水月 776
身后识方干 729	手挥目送 753	松乔 776
深衣 729	手泽 753	嵩公 777
深衣叟 730	守口如瓶 754	宋广平赋梅 777
神伏 730	首阳薇 754	宋玉 778
神清骨冷 730	授简 755	苏伯玉 778
神人身长 730	瘦骨 755	苏二 778
神荼郁垒 730	书痴 756	苏合香 779
神香 731	书带草 756	苏两赋 779
神燕不须雷 731	书籍相与 756	苏门长啸 779
沈鲍 731	书记平安 756	苏仙 780
沈东阳 732	书卷 756	酥酪弟兄 780
沈郎钱 732	书簏 756	素女 781
沈羲升天 733	书癖 756	宿羽 782
沈谢 733	书绅 756	绥山桃 783
生公 734	书淫 757	隋堤柳 783
生公点石头 734	书札二王 757	隋侯珠 783
笙鹤 735	叔宝神清 757	随阳雁 784
盛名 736	叔度陂湖 757	岁星 784
诗禅 738	叔度千顷陂 757	碎金 785
诗肠鼓吹 739	舒姑化泉 758	孙楚 786
诗胆如天 739	疏麻 759	孙登长啸 786
诗吊汨罗魂 739	蜀城高髻 760	孙枝 787
诗豪 739	蜀笺 760	獭祭鱼 789
诗囊 739	蜀山蛇 761	踏槐花 789
诗瓢 739	曙星 760	踏雪寻梅 789
诗穷孟郊 739	述作究天人 762	胎仙 789
诗人鸡林 739	竖子成名 762	太阿 790
诗史 739	双柑斗酒 763	太瘦生 791
诗书粕 740	双鲤鱼 763	太尉钟繇 792
诗书元帅 740	双南金 763	太乙炉 792

太乙舟 792	鞓红 822	王戎戏陌 847
泰山北斗 793	亭伯雄词 822	王舍城 847
谈柄 794	庭柯 822	王羲之 848
谈薮 794	庭燎 823	王谢登临 848
坦腹 795	桐材 825	王杨卢骆 848
探骊得珠 796	桐叶题诗 825	王右军 849
汤公 796	铜狄 826	王余鱼 849
汤惠休 796	痛饮读离骚 826	王者师 849
唐昌观 797	头纲 827	王子晋 849
唐风集 797	头玉 827	王子敬 850
唐三藏 797	秃鹙 829	望梅止渴 852
唐衣 798	秃尾 829	望舒 852
逃禅 799	屠苏 831	危语 853
逃名避名 799	酴醿 831	威凤 853
桃花米 800	土木形骸 832	微酸 854
陶安公 801	吐凤 832	韦玄成 855
陶令菊 802	吐凤才 833	围棋赌墅 856
陶令秋 802	团扇草书 833	维摩病 856
陶谦 803	抟风 833	维摩示病 856
陶潜柳 803	抟黍 834	卫夫人 857
陶谢 804	推敲 834	卫瓘 858
陶学士 804	吞凤 834	卫叔卿 858
陶渊明 804	橐驼 836	尾闾 857
陶朱公 804	橐籥 836	畏日 860
腾黄马 805	宛转 837	魏舒画筹 862
滕六与巽二 805	万斛泉源 839	魏舒堂堂 862
滕王画 805	万斛舟 839	魏文颂菊蕊 862
题凡鸟 807	万人敌 840	魏紫姚黄 863
题糕字 807	万人英 840	温八叉 863
天池 808	亡珠 841	温风 863
天放 808	王褒 842	温江异果 863
天花乱坠 809	王褒雅音 842	文不加点 864
天鸡 809	王勃 842	文采 864
天马 811	王粲 842	文彩风流 864
天女散花 811	王粲登楼 842	文畅侍 864
天葩 811	王粲诗 842	文房四友 865
天埑 811	王昌 842	文举才 865
天巧 812	王充作论 843	文魔贾岛 866
天球 812	王恭鹤氅 843	文殊问疾 866
天上麒麟 813	王恭柳 843	文似相如 866
天上乌 813	王徽之 844	文星 867
天水碧 813	王郎健笔 845	文鳐 867
天随子 814	王良 845	文鹬 867
天孙 814	王烈成仙 845	文章千古事 868
天庭 814	王枚 845	文质彬彬 868
天问 814	王母蟠桃 846	文中虎 868
天吴 814	王母使者 846	翁仲 870
天下文才 815	王倪 846	蜗涎 871
天下无双 815	王乔凫舃 846	蜗篆 871
天香桂子 815	王乔鹤 846	偓佺松实 873
天章 817	王乔控鹤 847	巫阳反魂 876
天子之马 817	王戎似电 847	无肠公子 877

无垢 877	犀管 904	谢安泛海 934
无胫致远 878	溪毛 905	谢安棋 934
无身 879	羲娥 905	谢安雅量 935
无生 879	羲和 905	谢安吟 935
无双 879	羲和车 905	谢豹 935
无町畦 877	羲和驭日 905	谢法曹 935
无弦琴 880	羲舒 906	谢公 935
无支祈 880	羲献 906	谢公船 935
无字碑 880	习凿齿 907	谢公墩 936
吴刚斫桂 883	席上珍 907	谢公吟赏 936
吴练 884	檄医头疾 907	谢家兄弟 936
吴霜 884	蟢子 908	谢家咏雪 936
梧桐 885	舄卤 910	谢监 936
五彩笔 885	虾蟆 283	谢康乐 937
五车书 886	下笔不休 911	谢客 937
五城十二楼 886	下马陵 911	谢郎巧思 937
五大夫 886	仙风道骨 913	谢临川 937
五帝君 886	仙杏 913	谢娘 937
五凤楼手 888	纤云 914	谢女 937
五经笥 889	咸池 915	谢氏逢素女 937
五君咏 889	衔芦雁 916	谢朓 937
五老 889	衔烛之龙 916	谢庭风韵 938
五里仙雾 890	险韵 916	谢庭兰玉 938
五两 890	羡门 917	谢文学 938
五鬣松 890	相如台 919	谢宣城 938
五灵 890	香囊 920	谢宣远 938
五龙 890	香山居士 920	谢掾未易才 938
五千言 891	湘灵 921	谢中书 939
五色笔 892	向古人求 922	谢庄衣 939
五色瓜 892	项橐称师 923	蟹匡 939
五色石 892	象服 923	蟹眼 940
五色药 892	萧寺 926	心从天外归 940
五辛菜 893	销金帐 927	心猿 941
五言长城 893	小参 928	心猿意马 941
五云车 894	小车处士 928	新工 941
五铢衣 894	小杜 928	歆向 942
五字 894	小冠 929	星槎 943
五字迁 895	小山词 930	行迟学仙 945
五总龟 895	小时了了 930	行窝 946
午桥庄 895	小宋 930	行云流水 946
武昌柳 896	小有天 931	形天 946
武城鸡 896	小庚 931	荇荠 947
武夷仙伯 897	晓风残月 931	胸吞云梦 948
武子 897	孝廉船 932	胸中锦绣 948
舞随曹植马 898	笑林 932	雄剑 949
雾縠 899	啸父忆鱼 932	雄深雅健 949
西方教 900	啸阮 933	熊席 949
西河风味 900	歇后诗 933	修月斧 951
西园 902	携高李 933	修月户 951
希夷 902	携履 933	修月手 951
奚囊 903	携只履 934	朽栈 951
犀槌 904	写经换鹅 934	袖里青蛇 952

绣虎	952	扬马	981	逸足	1020
绣口锦心	952	扬雄	981	意匠	1020
须弥芥子	953	扬州何逊	982	臆对	1020
虚室生白	953	羊何	983	阴何	1021
徐陈	954	羊祜伤风景	983	阴铿	1021
徐甲复生	954	羊酪	983	饮虹	1024
徐庾	955	阳侯	985	隐侯	1025
徐元直	955	阳精	986	隐几	1025
许都讲	955	阳九百六	986	隐形仲甫	1025
许飞琼	955	阳乌	986	印可	1025
许劭月旦评	956	杨家风子	987	应刘	1030
许宣平	956	杨氏果	988	应龙	1030
许询	956	杨雄	986	应桑林	1030
许询胜具	956	杨修	988	应图求马	1030
轩窗	957	幺凤	989	应物香	1026
轩辕镜	957	瑶草	993	应徐	1026
玄都观	958	瑶华	993	英游	1026
玄度	958	瑶姬	994	鹦鹉赋	1027
玄光梨	958	瑶林琼树	994	蝇虎	1028
玄霜绛雪	959	瑶圃	994	蝇头细书	1028
玄洲	959	瑶树	994	瀛洲	1028
悬衡	960	瑶台	994	郢匠	1028
悬黎	960	嫚袅	994	郢匠挥斤	1029
悬圃	960	野狐禅	996	颍川集	1029
旋毛在腹	961	野狐精	996	硬语盘空	1030
薛涛	961	野人舟	996	拥鼻吟	1031
薛涛笺	961	邺侯架	997	拥书百城	1031
雪山	963	邺侯书	997	拥书侯	1031
薰风手	963	邺下才	997	雍容闲雅	1032
荀家头龙	965	夜光杯	997	永丰柳	1032
荀家兄弟	965	一阐提	999	永嘉游	1032
荀秘监	965	一尘不染	1000	咏絮才高	1033
荀勖定汲书	966	一池春水	1000	幽佩	1035
压倒元白	967	一代文豪	1000	犹龙	1036
延枚叟	971	一灯	1000	游龙	1036
严徐	972	一花五叶	1002	游仙枕	1037
颜鲍	973	一见桃花	1002	幼妇碑	1039
颜光禄	973	一门三秀才	1004	幼妇辞	1039
颜谢	974	一门双秀	1004	玙璠	1040
檐花	975	一捻红	1004	鱼肠	1041
眼中花	975	一丘	1006	鱼羹	1041
砚北身	976	一食	1007	鱼龙	1041
彦辅怜卫叔	976	一台二妙	1008	鱼目	1042
宴坐	978	一真无为	1010	鱼书	1043
揕天才	719	伊籍一拜	1011	鱼钥	1044
雁门僧	978	伊蒲馔	1011	鱼子笺	1044
雁塔题名	978	伊祁氏	1011	萸囊	1045
燕石	970	伊威	1011	榆钱	1045
燕台句	979	遗旨	1015	虞卿著书	1046
燕违戊巳	980	倚马才	1017	虞童	1046
燕许大手笔	980	倚梧桐	1017	虞渊	1047
燕游	980	逸兴	1019	羽人	1048

雨花 1048	元气 1068	张正见 1098
语出月胁 1050	元轻白俗 1068	张子侨 1099
庾中庶 1052	园客丝 1068	章台柳 1099
玉版 1052	员峤 1069	丈六 1100
玉版师 1053	袁耽俊迈 1069	杖出泉 1100
玉尘 1053	原夫辈 1070	杖化龙 1101
玉晨 1053	原父贡父 1070	赵日 1105
玉晨君 1053	圆熟 1071	赵倚楼 1105
玉齿 1053	猿心 1071	照夜白 1106
玉虫 1053	圜冠 332	折角 1107
玉川 1053	鹔鹴 1072	贞白先生 1108
玉带 1054	远公莲社 1072	针石 1108
玉妃 1054	月地云阶 1073	枕函 1110
玉棺上天 1054	月娥 1073	珍膳 1108
玉龟山 1054	月观 1073	真率 1109
玉虹 1055	月馆 1073	真率会 1109
玉花骢 1055	月桂 1074	振鹭 1110
玉皇 1055	月窟 1074	郑公风 1113
玉架书隐 1055	月兔笔毫 1075	郑环 1113
玉检 1055	月下敲门 1075	郑牛识字 1114
玉京 1055	月胁 1075	郑虔三绝 1114
玉镜台 1056	鸳鸯 1077	郑司农 1114
玉局翁 1056	云车 1077	郑小驷 1114
玉李 1056	云间陆士龙 1078	郑玄家婢 1115
玉龙 1056	云幕 1079	支遁 1116
玉马 1057	云霓 1079	支遁马 1116
玉女窗 1057	云旗 1079	支公好 1116
玉盘盂 1058	云梯 1080	支公重神骏 1116
玉搔头 1058	云英 1080	支机石 1116
玉山 1059	云中君 1081	支郎 1116
玉山禾 1059	篔筜竹 1081	芝兰室 1117
玉生烟 1059	运斤成风 1082	芝兰玉树 1117
玉书征 1059	宰官身 1082	知夫水月 1117
玉树临风 1059	赞公 1084	知名自谢公 1117
玉笥山 1060	早会藏阄 1086	织锦回文 1118
玉堂词客 1060	泽卤 1088	只履西去 1121
玉兔 1061	斩蛟破璧 1091	纸帐 1121
玉霄峰 1061	湛卢 1092	指树日 1122
玉雪 1061	张长史 1098	志公赏麒麟 1123
玉燕钗 1062	张道陵 1093	质子寄书 1123
玉婴 1062	张翰扁舟 1094	掷地金声 1124
玉鱼 1062	张翰黄花句 1094	智琼 1125
玉簪 1062	张华见陆云 1095	雉门车 1125
玉箸 1063	张华史汉逌 1095	雉尾 1125
驭风 1063	张梨 1095	中郎作赋 1126
芋郎君 1063	张率能文 1095	中散诗 1127
浴沂 1064	张骞泛槎 1096	中散虱 1127
御手调羹 1064	张三影 1096	中山毫 1127
智井 1065	张绪风流 1097	中书君 1127
鸳雏 1065	张绪柳 1097	中兴碑 1128
元长 1068	张搽傲 1098	钟梵 1129
元龙百尺楼 1067	张载勒铭山 1098	钟可制 1129

钟馗 1129	子猷惜此君 1160	爱酒陶元亮 4
钟离权 1129	子猷兴尽 1160	爱人如伤 4
钟吕 1130	子玉铭 1160	爱吾庐 4
种放 113	梓材 1161	碍门 4
种瑶草 1131	紫府 1161	安车 5
仲咺 1132	紫姑神 1162	安车蒲轮 5
仲宣独步 1132	紫毫 1162	安车软轮 5
仲宣诗赋 1133	紫皇 1162	安乐窝 5
众香国 1133	紫骝 1162	安刘 5
周郎 1135	紫罗囊 1162	安兄杀嵇 6
周妻何肉 1136	紫气东来 1163	安用毛锥 6
周行 1137	紫绮冠 1163	安舆 6
肘后方 1138	紫阙 1163	暗室不欺 7
咒岭出泉 1139	紫微垣 1164	昂藏 7
朱光 1139	紫烟客 1164	遨头 8
朱弦 1141	紫燕 1164	謷叟 8
朱仲李 1141	紫玉 1164	八表 8
茱萸 1142	紫云车 1164	八彩眉 8
珠尘 1142	自断此生 1165	八厨 8
珠树 1143	自郐无讥 1165	八公山 9
珠玉 1143	邹枚 1167	八命 11
珠玉在侧 1143	邹阳 1168	八难① 11
珠玉装 1143	邹子说九瀛 1168	八使 12
竹夫人 1144	走兔投巾 1169	八叶联芳 12
竹里琴 1144	祖鞭先着 1169	八玉 12
竹林七贤 1145	祖纳锥 1170	八元八恺 13
竹奴 1145	祖生鞭 1170	八月潮怒 13
竹实 1145	祖洲 1170	八诏 13
竹外一枝斜 1146	钻知坚否 1170	八阵 13
烛龙 1146	醉卧古藤下 1171	八族 14
舳舻 1146	左车 1171	八座 14
拄笏看山 1147	左传癖 1173	巴賨 14
煮白石 1147	左慈掷杯 1172	茇舍 15
杼柚 1148	左记室 1172	拔才岩穴 14
注尔雅虫鱼 1148	左牵 1172	拔山 15
注脚 1148	左思裁赋 1173	拔薤 15
祝融 1149	佐卿化鹤 1173	跋胡疐尾 15
转轮王 1150	坐忘 1174	把臂托 15
转蓬 1150	坐隅 1174	罢亥市 16
转烛 1150		霸先 16
妆奁 1150	**政 治**	白登围 16
壮思 1152		白圭无玷 18
追风骠 1152	阿衡 1	白虎青龙 18
追锋车 1152	阿娇 1	白虎议 18
卓锥 1154	阿龙 1	白环献 18
捉月沉江 1153	阿瞒 2	白简 19
镃基 1156	阿奴碌碌 2	白麟 19
髭须 1156	阿婆三五 2	白龙堆 19
子建才 1157	阿童高义 2	白龙鱼服 20
子明龙驾 1157	阿鹜 2	白鹿 20
子期 1158	哀痛诏 3	白马将军 20
子虚赋 1159	哀郢 3	白马清流 20

· 1212 ·

白马生谏 20	豹尾游 35	卞和三献 49
白马小儿 20	豹蔚 35	卞田居 50
白袍 21	豹隐 36	卞庄刺虎 50
白水兴汉光 22	鲍焦披草眠 36	辩折田巴 50
白梃 22	暴公子 37	表里山河 51
白燕瑞书 23	暴客 37	鳖灵王蜀 51
白衣尚书 23	杯弓蛇影 37	别驾 51
白衣送酒 23	杯棬 38	别无长物 51
白鱼跃舟 24	卑宫菲食 38	冰壶 52
白云归帝乡 24	北朝开府 38	冰山难倚 52
白云篇 24	北斗喉舌 39	冰衔 53
白云心 25	北斗南 39	丙吉问牛 54
白云檐头宿 25	北郭骚 39	丙舍 54
白战 25	北郭生 39	丙魏 54
百步穿杨 25	北极 40	邴曼容 54
百里材 26	北门卧护 40	邴原不醉 54
百人会 27	北门学士 40	炳蔚 55
百日屡迁 27	北阙 41	并刀 53
百神迎 27	北山北 41	并吞 54
柏台 28	北山移文 41	病入膏肓 55
柏舟 28	北山猿鹤 41	剥余而复 55
拜璧 28	贝阙珠宫 42	播兰蕙 55
拜嘉 28	备失匕箸 42	磻溪叟 596
拜井 28	被发左衽 601	伯成辞耕 55
班生庐 29	奔鲸 42	伯嚭迁塞 55
班心 29	比德 42	伯乐 56
板荡 30	比干剖心 43	伯乐相马 56
半刺 30	比屋封 43	伯乐一顾 56
半毡 31	彼苍 43	伯嚭 56
谤书一箧 32	笔床茶灶 43	伯阳遁 57
包茅 32	闭门却扫 45	伯也执殳 57
包胥哭秦庭 32	弼违 45	伯益 57
苞瓯 32	閟宫 45	伯赵氏 58
褒姐 32	辟四门聪 604	博浪飞椎 58
褒女惑周 33	碧纱笼 46	博陆受遗顾 59
宝剑存楚 33	碧山学士 46	博望宾 59
宝鉴 33	碧血 46	博望侯 59
宝屏 33	薜萝 47	博望苑 59
保郇 33	避朝歌 48	薄伐 55
葆真宫 33	避骢马 47	逋逃薮 60
报恩珠 34	避路 47	逋仙 60
报束长生 34	避秦 47	卜年 60
报一饭 34	避三端 48	卜式 60
抱璞 34	避事 48	补衮 61
抱桥 34	避俗 48	捕风系影 61
抱衾裯 34	避贤 48	捕虏将军 61
抱头鼠窜 34	嬖孽 48	不才 62
抱瓮灌园 34	髀肉复生 49	不德将鹿 62
抱柱之信 35	璧门 48	不窥家 63
豹变 35	璧水 48	不列三后 63
豹韬 35	边邑 49	不磷缁 63
豹尾 35	扁舟 604	不卖卢龙 63

不平则鸣 63	操刀 77	常山蛇阵 86
不书名 64	曹参酒 77	超骧 91
不死乡 64	曹娥投江 78	晁错 91
不俟驾 64	曹公 78	晁董 91
不贪为宝 64	曹刿说 78	巢父 91
不武 64	曹交 78	巢幕燕 91
不系之舟 65	曹刘 78	巢倾卵破 91
不言家 65	曹卿礼公子 78	巢燧 91
不越雷池 66	草创 79	巢许 92
不知有汉 66	草莽 80	巢穴 92
不訾 66	草木皆兵 80	巢夷 92
布被 66	草木识威名 80	巢由 92
布鼓雷门 66	草檄 80	朝拜 92
部曲 67	侧身修道 81	朝歌 1101
簿领 67	姹女数钱 82	朝菌 1101
才疏志大 67	柴桑 82	朝三暮四 1101
才术褚先生 67	豺狼当道 82	朝市 92
采蘋 68	搀枪 83	朝衣东市 1102
采繁 68	蝉冠 83	朝宗 92
采风 68	蝉蜕 83	潮州表 93
采苓 68	蟾宫折桂 84	车前八驷 93
采芹 68	昌炽 84	车书同 93
采石勋业 69	昌歜 84	车至鹿驯 94
采芝翁 69	菖蒲花 85	掣肘 94
彩绶垂艾 69	阊阖 85	撤瑟 94
彩衣 69	长安道上 86	撤我虎皮 94
蔡廓孝 70	长岑长 87	撤弦 94
蔡昭侯滞留 71	长城 87	沉簿领 95
参卿 71	长狄 87	沉沉 95
参与商 71	长庚光怒 87	沉豪牛 95
餐琅玕 72	长弓射 88	沉冥子 95
餐食落英 72	长虹贯日 88	陈宝雄 95
餐松饮涧 72	长戟八十斤 88	陈蕃 96
残杯冷炙 72	长门买赋 88	陈蕃扫一室 96
蚕室 73	长佩高冠 88	陈皇后 96
仓中鼠 74	长孺国器 89	陈迹 96
仓中悟 74	长孺欲成灰 89	陈力就列 96
苍璧 74	长沙谪 89	陈农 97
苍鹅出地 74	长生殿 89	陈平分肉 97
苍生望 75	长亭 90	陈情 97
苍水使 75	长信宫 90	陈情表 97
苍松翠柏 75	长袖善舞 90	陈人 97
苍蝇惑曙鸡 75	长须赤脚 90	陈师道 97
沧海横流 75	长杨宫 90	陈诗 97
沧海遗珠 76	长杨射熊罴 90	陈抟高卧 98
沧浪水 76	长缨 91	陈尧舜 98
沧浪濯缨 76	长者车 1100	陈鱼 98
沧洲 76	苌弘化碧 85	晨昏定省 99
藏钩 76	苌弘血 85	丞相柏 100
藏鳞羽 76	尝鼋 85	承华 100
藏器 77	常衮 86	承露金茎 100
藏器待时 77	常何 86	承明庐 100

城旦 100	仇梅 666	赐环召还 132
城狐社鼠 100	仇香印 666	赐铜山 132
城门失火 100	愁胡 115	从公歌 132
乘传 101	筹策 115	从官负薪 132
乘驄 101	出关周史 115	从军乐 132
乘风归去 102	出师一表 116	从龙从虎 133
乘桴浮海 102	出昼 116	从毛薛 133
乘黄鹤 102	初服 117	从容帷幄 133
乘龙 102	刍狗 117	丛祠一炬 133
乘驴上东平 103	刍荛 117	窜苗 133
乘下泽车 103	除目 117	崔九 134
乘轩鹤 103	锄麑 117	崔烈铜臭 134
程门立雪 103	楚白珩 118	崔琰清议 134
程休甫 103	楚材晋用 118	摧折桐 134
澄清天下 104	楚臣伤江枫 118	翠华 135
鸱尾 104	楚大夫 118	翠帽 135
鸱鸮 104	楚甸供王 118	存留谏笏 135
鸱鸮悲 104	楚凤 118	踆乌 135
鸱夷 104	楚弓楚得 119	寸草春晖 136
鸱夷没 105	楚甲南来 119	达生书 136
鸱夷子皮 105	楚狂 119	答飒 136
蚩尤 105	楚狂凤歌 120	大宝 136
蚩尤旗 105	楚倚相 121	大辟 140
池中物 106	褚伯玉隐操 121	大臣书 137
迟行笑褚渊 107	触蛮尾 122	大秤量 137
持斧 107	触网 122	大刀头 137
持紫荷 107	黜陟 122	大盗移国 137
尺布斗粟 107	传柑 123	大方之家 137
尺蠖之屈 107	床头周易 124	大风歌 138
尺木 107	床头捉刀人 124	大横庚 138
齿德 108	吹毛得疵 124	大瓠之用 138
齿杖赐 108	吹嘘 125	大荒经 138
赤豹 109	垂拱而治 125	大家 139
赤壁麈兵 109	垂缰之报 126	大家东征 138
赤壁之战 109	垂纶 126	大角 139
赤堰 109	垂天 126	大块噫气 139
赤伏符 110	垂衣 126	大炉 139
赤精 110	垂缨 126	大明宫 139
赤眉 110	捶楚 126	大鸟哭杨震 140
赤眉立盆子 110	春明 128	大事不糊涂 141
赤雀衔书 111	春秋繁露 128	大树将军 141
赤丸 111	春秋责帅 128	大庭世 141
赤霄 111	春申刎首 128	大庭之库 141
赤子 112	唇齿 129	大王风 143
充国大田 112	疵醇 130	大隗之居 141
春黄麋 112	辞辇 131	大物 141
春市徒 112	雌伏 131	大笑人 141
虫臂鼠肝 113	刺客传 131	大翼 142
虫儿 113	刺舌 131	大隐金门 142
崇山谪 113	伎飞刺蛟 132	大泽龙蛇 142
宠鹤 114	赐被 132	大中小隐 142
抽簪 114	赐笔 132	代工 143

代妤摩笄	143	登科记	154	定鼎	166
带砺山河	144	登龙门	155	定王城	166
带牛佩犊	144	登坛拜将	155	定于一	166
待贾而沽	144	登徒言	155	定远侯	166
待诏金马	144	登瀛洲	155	丢盔弃甲	167
戴安道	144	登庸	155	东陂田	167
戴逵破琴	144	等身金	156	东壁	167
戴盆望天	144	邓艾大志	156	东阁招贤	168
戴武弁	145	邓曼说荡	156	东观	168
戴星	145	邓攸无子	156	东家丘	169
戴颙	145	邓禹分麾	156	东篱菊	169
丹墀	145	邓禹笑人	156	东里先生	169
丹凤朝阳	145	低昂	156	东陵瓜	170
丹凤门	146	羝羊触藩	157	东门归路	170
丹山凤	146	涤瑕荡垢	157	东溟臣	170
丹徒布衣	147	地崩山摧	157	东南王气	170
单父琴	719	杕杜歌	158	东平刘生	170
单醪投川	147	弟子三千	158	东人	171
单于台	84	帝乡	159	东山客	171
单于系颈	84	帝尧文思	159	东山再起	171
箪食壶浆	147	帝子	159	东山志	171
箪食瓢饮	147	颠风	160	冬抱冰	172
唊蠋李	148	颠夭	160	董奉杏林	172
淡若水	148	典午	160	董狐直笔	172
淡生涯	148	典属国	160	董龙鸡狗	172
弹棋局	149	点额	160	董贤	173
弹压山川	794	电绕枢光	161	董贤女弟	173
当国	149	奠枕	161	董宣强项	173
当局者迷	149	貂蝉出兜鍪	161	董永自卖	173
当路	149	雕弓	162	栋梁	173
当宁	149	鶗鴂雕卉	807	恫瘝在身	823
当仁不让	150	雕题	162	涷洞	312
当熊	150	钓鳌客	162	都厕刘安	174
党议	150	钓东海	163	都卢	174
谠论	150	钓璜	163	都尉	177
刀尺	150	钓矶	163	都俞吁咈	177
刀环	150	钓台	163	驩兜	331
刀头蜜	151	调鼎	819	斗城	176
倒冠落佩	151	调梅	163	斗酒博凉州	175
倒戟	151	调燮	163	斗龙	176
倒载干戈	151	调元	819	斗牛光焰	175
盗道	152	丁公遽戮	164	斗筲之人	175
盗泉恶木	152	丁固梦松	164	斗蚁	176
盗跖	152	丁兰刻木	164	窦车骑	176
得陇望蜀	153	鼎臣	165	窦武忠谋	177
得兔忘蹄	153	鼎铛耳	165	窦宪	177
德必有邻	153	鼎湖龙髯	165	督邮	177
德水	154	鼎司	165	督邮才弱冠	178
德馨神歆	154	鼎味	165	独善其身	178
德星	154	鼎新革故	166	独学陋	179
德星会	154	鼎铉	166	独坐	179
登车泣贵嫔	154	鼎轴	166	胈背千金	179

杜回可结　180	樊迟学稼　195	焚芰裂荷　210
杜林官　180	樊姬谏猎　195	焚介子　210
杜乔　180	樊笼　195	焚山林　210
杜延年　181	燔柴　196	焚书坑儒　210
杜预沉碑　181	反璧　196	粉署　211
渡虎　182	反哺衔食　196	丰城宝剑　211
渡泸　182	反旆　196	丰城剑气　211
渡蚁　182	反招隐　196	丰盈　212
渡浙　182	犯鳞　197	风病辞　212
端木辞金　183	饭蔬饮水　197	风从虎云从龙　213
短绠　183	范功曹　197	风后　213
断鹤续凫　184	范蠡　198	风化　213
断马剑　184	范祁连　198	风声鹤唳　214
断送老头皮　185	范羌归　198	风师　214
对棋陪谢傅　185	范叔归秦　198	风斯在下　214
多士　185	范汪言　198	风偃草　215
咄咄逼人　186	范宣城　198	风雨飘摇　215
咄石生　186	范增　199	风云际会　215
堕泪碑　186	范张鸡黍　199	枫宸　215
峨眉老　186	方城　199	封禅　216
娥皇女英　187	方明　200	封德彝　216
蛾眉妒　187	方牧　200	封侯万里　216
恶舌驷难追　188	方山子　200	封君　216
阏伯　968	方叔　201	封狼居胥　216
谔谔以昌　189	方朔去　201	封留　217
耳目　189	防秋　202	封绵　217
耳属垣　189	房魏　202	封豕　217
珥笔　190	鲂鱼赪尾　202	封豕长蛇　217
二郎作相　190	访落　202	锋镝　217
二梁冠　190	访蓬瀛　203	锋镝铸　217
二南　190	访莘　203	锋猥斧螳　217
二千石　191	放鹤为信　203	蜂虿　218
二顷季子田　191	放太甲　203	蜂蚁　218
二三子　191	飞鸟倦未还　204	冯敬　218
二十四考中书　191	飞扬跋扈　205	冯衍归里　219
二十四老翁　191	非夫　206	冯招　219
二十四友　191	非时花　206	逢蒙杀羿　219
二十五老　191	非熊兆　206	逢牧马　219
二疏辞官　192	非烟　206	逢獶犬　219
二桃杀三士　192	肥遁　206	凤采珠实　219
二天　192	匪躬　206	凤巢　220
二仪　193	匪席　207	凤雏　220
贰车　193	废蓼莪　207	凤垂鸿猷　220
贰师　193	分虎符　208	凤阁　220
发硎新试　193	分阃推毂　208	凤凰池　220
伐树　193	分茅列土　208	凤凰来仪　221
伐邢　194	分陕之重　208	凤鸣岐山　222
罚锾　194	分宅　209	凤栖碧梧　222
法宫　194	汾水游　209	凤沼　223
翻云覆雨　194	汾阳驾　209	凤诏　223
凡夫　194	枌榆社　209	俸钱散　223
烦县尹　195	焚稿　210	佛狸　49

· 1217 ·

夫差 224	改瑟 238	公侯复 252
夫人城 224	改事 238	公输造云梯 252
夫人法 224	改辕 238	公孙弘牧猪 252
肤使 224	干城 240	公孙恃险 252
郙畤 225	干鼎 240	公孙跃马 252
伏波将军 225	干吕 241	公望 253
伏波聚米 225	干旄 241	公冶非罪 253
伏虎威 225	干木富义 241	公子挟弹 253
伏蒲 225	甘罗作相 239	功亏一篑 254
伏犀贯顶 225	甘猛虎 239	功铭鼎彝 254
凫氏 226	甘宁 239	功人 254
孚号 227	甘盘 240	宫人斜 254
苻坚 228	甘棠 240	恭显 255
拂衣而去 227	甘英穷西海 240	龚渤海 255
绂麟 228	甘雨随车 240	龚黄 255
俘颉利 228	肝胆楚越 241	龚胜不屈 255
浮词 228	肝胆轮囷 241	拱北辰 255
浮云蔽日 230	肝胆相照 241	共传 256
浮云游子 230	旰食 242	共工触不周 256
袯襫 230	皋陶 242	共姜誓盟 256
斧钺 231	皋陶夔契 242	共少 256
俯仰 231	高才 242	贡禹 256
父母国 232	高门大屋 243	钩陈 257
负鼎 232	高鹏低 243	鞲上鹰 257
负芒 232	高趣 243	狗尾续貂 258
负米 232	高山景行 243	构堂 258
负弩前驱 233	高山仰止 244	构厦 258
负且乘 233	高屋建瓴 244	垢氛 258
负矢还 233	高枕卧 245	孤标 258
负书归 233	羔雁 245	孤讽 259
负薪裘 233	羔羊之义 245	孤山处士 259
妇人在军 233	告朔饩羊 246	孤山梅鹤 259
复公侯 234	郜鼎 246	孤云 259
赋归欤 234	郜鼎在庙 246	孤忠 260
赋舆 234	割鸿沟 247	觚棱 260
傅介子 235	歌来晚 247	古鼎跃水 260
傅说版筑 235	歌遗民 247	谷口 262
傅说霖 235	歌钟重锡 248	谷口子真 262
傅燮遭忌 235	格天 248	谷蠡王 262
富春濑 235	葛藟庇根 248	谷林 262
富贵浮云 235	更生 250	谷永才 262
富韩文范 236	庚桑畏垒 249	股肱 263
富民侯 236	耕十亩田 250	鹄立 315
缚楚王 236	耿邓 250	鹄入鸦群 315
覆车 237	耿贾 250	榖亦亡羊 263
覆焘 237	绠短汲深 250	固穷 264
覆篑成山 237	工度 253	固若金汤 264
覆盆 237	弓旌 251	故侯 264
覆水难收 237	弓如霹雳 251	故家乔木 264
覆盂 237	公超市 251	故要 264
覆辙 237	公车 251	顾荣扇 265
改词曹 238	公旦思周 251	瓜代 265

瓜葛相连　265	鬼质　277	寒儒　289
瓜时　266	簋簋　277	罕言命　290
刮骨　266	桂馆求仙　278	汉宫题柱　290
挂冠　266	桂玉之地　278	汉宫巫　290
挂胡床　266	衮衣绣裳　279	汉家侧席　290
挂瓢　266	衮职有阙　279	汉节　290
关令　267	鲧化黄熊　279	汉求季布　291
关羽　267	鲧死羽山　279	汉失中策　291
关中事　268	郭丹约关　279	汉室赖图书　291
观风　268	郭巨将坑　279	汉威仪　291
观国宾　268	郭况金穴　279	汉文却马　291
观经鸿都　268	郭钦上书　280	汉文思贾傅　292
观名计利　268	郭隗台　280	汉文遗美　292
观鱼　268	郭隗尊　280	汉五陵　292
官水土　268	郭细侯　281	汉武横汾　292
官蛙私蛙　269	郭相　281	汉武射蛟　292
官烛未然　269	郭最非雄　281	汉阴灌　292
管蔡　270	国宝　281	汉阴机　292
管葛　270	国步艰难　281	汉阴老　292
管窥蠡测　270	国多狗　281	汉阴消　292
管乐　271	国钧　281	汉征东　293
管宁穿坐　270	国老　282	汉主冠　293
管宁祭礼　271	国桢　282	汉主思李牧　293
管宁榻　271	国之利器　282	汉主新丰　293
管萧　271	虢国夫人　282	汉筑　293
管夷吾　271	过都历块　283	汗马功劳　293
管中窥豹　271	过江誓水　283	汗逾水浆　293
贯朽钱　271	过秦　283	豪侠窟　294
灌坛雨　272	海陵仓　283	好头谁斫　295
光武　272	海鸟悲钟鼓　283	浩浩洪流　295
光逸偷眠　272	海晏河清　284	浩然之气　295
广寒宫　273	海沂咏　284	合浦珠还　296
广汉钩距　273	邯郸故步　285	何武劾腐儒　297
广武庐　274	邯郸鸠　285	何晏　297
广武叹　274	邯郸虱　285	何胤三遗红　297
归皓　274	邯郸学步　285	和鼎　298
归马放牛　274	含沙射影　285	和羹　298
归马华山　274	含沙蜮　286	和会　298
归田录　274	含香　286	和靖鹤　298
圭璋　275	韩白　286	和銮　298
龟触网　275	韩碑　286	和亲　298
龟鉴　275	韩昌拜节　286	和戎　298
龟冷支床　275	韩非孤愤　287	和氏之璧　298
龟三顾　275	韩彭　287	河清难俟　299
龟山蔽鲁　276	韩擒虎　287	河清颂　299
龟兹　662	韩山石　288	河润九里　299
龟紫　276	韩王剑　288	河图洛书　300
龟组　276	韩五　288	河阳一县花　300
鬼瞰其室　276	韩岳张刘　288	荷蒉　300
鬼母哭　277	寒蝉　289	荷衣蕙带　301
鬼雄　277	寒风子　289	涸辙　301
鬼揶揄　277	寒谷　289	阖闾城　301

鹖冠　301	瑚琏器　318	涣汗　333
鹤梦　303	蝴蝶梦　314	荒台麋鹿　333
鹤书　303	觳觫　318	皇甫谧　343
鹤相　304	虎豹当关　318	皇华使　344
鹤怨　304	虎变　318	皇州　344
鹤怨周颙　304	虎吼龙鸣　318	黄霸　333
黑龙津　304	虎将　318	黄肠题凑　333
黑槊公　304	虎节　318	黄池会盟　334
黑头公　305	虎狼都　319	黄帝弓剑　334
恨血　305	虎旅　319	黄帝四目　334
亨会　305	虎皮羊质　319	黄帝战蚩尤　334
亨嘉　305	虎貔　319	黄扉　335
横草之功　306	虎丘　319	黄阁　335
横山　306	虎丘剑光　319	黄阁老　335
横槊赋诗　306	虎头　319	黄公盖　335
衡门栖迟　306	虎头燕颔　320	黄鹄　336
弘恭陷萧望之　307	虎尾春冰　320	黄鹄举　336
弘文馆　307	虎啸生风　320	黄河清　336
弘演纳肝　307	虎穴得子　320	黄巾　336
红莲幕　308	虎牙将军　320	黄金可成　337
红旗　308	互乡童子　321	黄金台　337
虹霓志　310	扈苗征　321	黄金铸范蠡　337
洪钧　310	花门　321	黄龙　338
洪炉　310	花鸟使　321	黄龙府　339
鸿飞冥冥　311	花砖　323	黄龙见谯　339
鸿鹄志　311	华盖　323	黄龙痛饮　339
鸿渐　311	华亭鹤唳　324	黄帽②　339
鸿门碎斗　312	华簪　324	黄鸟兴　339
鸿门宴　312	华芝　324	黄旗　340
侯景九锡　312	骅骝捕鼠　324	黄琼　340
侯景未擒　312	骅骝骐骥　325	黄雀哀　340
侯门仁义　313	化工　325	黄雀徙巢　340
侯门如海　313	化国　325	黄雀衔环　340
侯姗　313	化人　325	黄雀语　340
侯生遭骂　313	化人汉文帝　325	黄沙狱　341
喉舌　313	画地难入　326	黄鹂少师　339
后稷分地　313	画地为牢　326	黄石履　341
后羿　313	画省　327	黄绶　341
后羿射日　314	画堂　327	黄枢　341
后之视今　314	画一法　327	黄堂　341
后至之诛　314	画脂镂冰　327	黄头郎　342
呼韩　314	怀璧其罪　328	黄屋　342
狐假虎威　315	怀褚中　329	黄须儿　342
狐鸣鱼书　315	怀橘　328	黄云①　343
胡雏长啸　316	怀王迹穷　328	黄云②　343
胡广惭　316	淮南鸡犬　330	黄祖　343
胡家清白　316	淮王客　330	潢池弄兵　334
胡羯　316	槐鼎　329	潢潦无源　343
胡房　316	槐棘　329	蝗不入境　344
胡威　317	还笏　331	挥汗成雨　344
胡威绢　317	还家尚黑头　331	挥麈　345
胡质矫　317	桓伊筝　332	会稽之耻　451

· 1220 ·

晦迹 346	计相 362	剑履 377
惠施 346	纪渚木鸡 362	剑三千 377
惠文冠 347	际会 362	剑头炊 377
火城 348	季布折公卿 362	健儿胜腐儒 377
火膏 348	季冬诛 362	渐鸿 377
火乌 349	季孟之间 363	渐离瞳 377
祸起萧墙 350	季心恭 363	谏鼓 378
霍家亲 350	季鹰鱼 363	谏虎 378
霍将军 350	季札 363	谏猎 378
霍嫖姚 350	季札挂剑 363	江充 378
濩落无用 350	季子高风 364	江东父老 379
镬汤 350	季子邑 364	江东子弟 379
击壤 351	济河焚舟 364	江汉美宣王 379
击衣 351	济济多士 364	江左夷吾 381
击辕 352	济巨川 365	姜诗跃鲤 381
击贼笏 352	济南剑 365	姜维 382
机心 352	济西田 365	将军死绥 381
鸡虫得失 352	祭遵布被 1090	将军西第 381
鸡竿 352	寄当归 365	将星 381
鸡口 353	寄灵台 365	讲殿书帷 382
鸡肋 353	寄奴 365	蒋陵 382
鸡翘 353	寂寞滨 365	蒋诩 382
鸡人 354	稷契 366	绛灌 382
鸡塞 354	骥伏盐车 366	胶船 384
鸡树 354	佳气 367	胶漆 384
鸡鹜 354	家藏笏 367	椒房 385
积毁销骨 355	嘉遁 368	椒兰妒忌 385
积甲山齐 355	嘉禾 368	椒涂 385
积薪 355	嘉石 368	蛟龙玉匣 386
姬姜 355	甲第 369	鹣鹣 387
姬姜舅甥 356	甲胄生虮虱 370	鹣鹣一枝 387
嵇绍不孤 357	贾生泪 369	角巾东路 387
嵇侍中血 357	贾余勇 264	角犀 388
箕山之节 357	驾鼓车 370	狡兔三窟 388
箕山志 358	驾海 370	狡穴 388
箕颍 358	驾御 370	皦日 388
箕颍客 358	假王徼福 370	叫帝关 388
箕张口 358	假鼋鼍 370	叫阍 389
羁鸟 359	嫁鸡随鸡 370	接舆 389
羁牵 359	坚城 371	嗟来之食 389
羁绁 359	间气 371	节楼 390
吉甫颂 359	兼济 371	劫灰 390
汲黯寝谋 360	兼善天下 372	洁身乱伦 390
汲黯直言 360	菅蒯 372	结草河滨 390
汲引 360	俭府 373	结草以报 390
急流勇退 360	剪商 374	结袜王生 391
棘生殿 360	剪桐 374	结缨 391
棘寺 361	蹇修 375	桀犬吠尧 391
棘庭 361	建礼门 375	捷报孙歆头 391
虮虱 361	建隆臣普 375	截发留宾 391
计然之策 361	建章宫 376	碣石宫 392
计日受奉 362	荐鹗 376	碣石山 392

竭泽而渔 392	金印如斗 406	九关虎豹 422
羯鼓解秽 392	金鱼袋 407	九合诸侯 422
解鞍 392	金玉王度 407	九金 422
解薜 393	金跃 407	九茎三秀 423
解骖 393	金张许史 407	九龄疏谏 423
解绂 393	金掌 407	九流 423
解龟 393	金枝玉叶 407	九旒 424
解褐 393	金紫 408	九马 424
解巾 393	衿喉 408	九门 424
解连环 393	襟期 408	九命 424
解网 394	锦车使 408	九清 424
解衣推食 394	锦帆天子 408	九围 426
介圭觐 394	锦帐郎 410	九乌落 426
介胄不拜 394	晋侯锡马 410	九五 426
介子推 395	晋接 410	九五龙飞 426
借寇恂 395	晋尚书 411	九叙重歌 426
今为时怜 396	晋司空 411	九仪 426
金榜 396	晋武焚裘 411	九疑山 427
金城汤池 397	晋武轻后事 411	九折回车 427
金错刀 397	晋宣狼顾 411	九重城 420
金狄移 398	晋阳甲 411	九重门 420
金戈铁马 398	靳尚 412	九州箴 427
金根车 398	禁城 412	酒醴曲蘖 429
金谷园 398	禁脔 412	旧国 429
金闺籍 399	揞笏 412	救晋饥 430
金闺彦 399	京观 412	救喝 430
金虎 399	京洛尘 413	居仁由义 430
金花诰 399	京兆阡 413	居甫东 430
金华省 400	京兆田郎 413	鞠躬尽瘁 431
金鸡赦 400	泾渭分明 413	桔井 431
金甲 401	经传拱汉皇 413	溴梁 431
金茎玉露 401	经纶 413	沮溺 431
金镜 401	荆棘铜驼 414	举仇举子 432
金块珠砾 401	荆轲 414	举鼎绝膑 432
金匮石室 401	荆蛮 414	举棋不定 432
金莲花炬 402	荆山玉 415	举十六相 432
金銮殿 402	旌节 415	巨鳌冠山 432
金马碧鸡 402	精兵 416	巨灵开山 432
金门 402	精兵处 416	句陈 258
金木诛 402	精卫填海 416	句龙坛 432
金瓯 403	鲸鲵 417	剧孟 433
金券 403	景阳井 417	剧辛乐毅来 433
金人祭 403	景阳妆 418	倦游 434
金人梦 403	敬姜犹绩 418	绝驰道 434
金声玉色 404	靖节松 418	绝缣 435
金声玉振 404	檟木之仁 419	绝交书 435
金石可镂 404	九畴 420	绝缨 436
金石为开 404	九德 420	绝足 436
金粟堆 405	九鼎 420	蹶张 436
金微山 406	九垓 421	嚼雪餐毡 389
金吾不禁 406	九皋 421	君臣一德 436
金银气 406	九关 421	君陈 436

君王神武 437	匡衡抗疏 452	老马为驹 464
君子墓 437	匡汲 452	老羆当道 464
钧衡 437	筐篚恩 452	老人圮上 465
菌蟪 438	狂澜 452	老氏训 465
俊鹰解绦 438	狂童 452	老饕 465
骏螘冠 438	奎文 453	老瓦盆 465
开府 439	葵藿 453	乐极则悲 466
开国济民 439	葵丘 453	乐土 466
开金榜 439	葵丘之会 453	乐羊食子 1075
坎壈 439	暌隔 454	乐毅 1075
坎井 439	夔皋 454	乐毅不归 1075
康衢咏 441	夔国 454	乐职吟 467
康哉 441	夔龙 454	雷封 467
考槃 441	夔契 454	雷化龙梭 467
刻鹄 442	昆仑关 455	雷居士 467
刻木难对 442	昆仑渠 455	雷门鹤 467
刻象求 442	昆明池 456	雷塘葬 468
刻舟求剑 442	昆明灰 456	雷霆威 468
客星犯御座 443	昆山玉 456	雷野 468
肯綮 443	昆阳功业 456	雷音 468
坑赵 443	髡钳 456	雷雨发萌芽 468
空拳 443	鹍化 457	离娄至明 469
空桑子 444	鹍鹏 457	骊姬之乱 469
空弦落雁 444	鲲鹏 457	骊山 470
孔淳辞散骑 445	困豫且 457	犁庭扫穴 470
孔鼎 445	廓清 457	嫠不恤纬 471
孔父伤时 445	拉攞 457	嫠妇之忧 471
孔光尊董贤 445	来苏 458	礼干木 471
孔仅 446	莱公扶景德 457	李勣 473
孔悝铭 446	莱公骰 457	李淳风 471
孔雀屏中 446	兰阁 458	李杜诛 472
孔席不暖 447	兰山羞 458	李固冤 472
孔愉放龟 447	兰台 458	李广不侯 472
孔稚圭 447	兰台风 458	李广射虎 472
口碑 448	兰芷萧艾 459	李将军 473
口伐 448	懒残煨芋 460	李金吾 473
口中雌黄 448	滥竽充数 461	李陵 473
扣马陈 448	廊庙 461	李牧 473
寇邓勋 448	廊庙具 461	李轻车 474
寇莱公 449	廊庙器 461	李斯 474
刳肠 449	浪士 462	李斯涸鼠 474
枯鳞 449	老成典型 462	李斯忌韩非 474
枯鱼 449	老凤 463	李西平 474
枯鱼章 449	老夫耄矣 463	李下整冠 474
哭穿市 449	老归 463	李膺 474
哭阴山 450	老汉滨 463	李膺门 475
哭征西 450	老骥伏枥 463	鲤鱼跳龙门 475
苦心 450	老莱妻 464	力牧 475
夸夺子 450	老莱衣 464	力挽狂澜 476
夸父逐日 451	老莱娱亲 464	历阳湖波 476
夸毗 451	老龙吉 464	立谈封侯 476
宽饶狂 451	老马识途 464	立仗马 477

· 1223 ·

利器 477	铃阁 492	六月飞霜 506
粒我烝民 477	凌烟阁 493	六州铸错 507
连璧 477	陵独何心 493	麗叔豢龙 507
连城璧 477	陵谷 493	龙变 507
连鸡 478	领袖 494	龙城 507
莲勺困 478	令公喜怒 494	龙额侯 508
廉蔺 479	令尹无喜 494	龙飞 508
廉颇 479	刘跛子 494,495	龙飞榜 508
廉颇强饭 479	刘聪劫天子 495	龙光 508
廉叔度 479	刘葛鱼水 495	龙虎榜 509
廉隅 479	刘公书 495	龙虎风云 509
良弼 480	刘弘一纸书 495	龙蠖 509
良家子 480	刘宽 496	龙节 509
良哉 480	刘宽雅量 496	龙津 509
梁鸿赁庑 481	刘琨啸 496	龙驹凤雏 509
梁冀跋扈 481	刘讼石中书 497	龙鳞 510
梁王傅 482	刘向 497	龙楼 510
梁王驷马 482	刘孝标 497	龙媒 510
梁狱上书 482	刘玄德 497	龙门 510
梁溠 482	刘毅答诏 498	龙门客 510
两部鼓吹 483	刘尹信诚 498	龙盘虎踞 510
两大 483	刘舆腻 498	龙沙 511
两龚 483	刘章歌田 498	龙蛇 511
两虎斗 483	留侯 499	龙蛇起陆 511
两戒 483	留三宿 499	龙韬 512
两轮 483	留文 499	龙庭 512
两岐歌 483	留徐剑 499	龙头 512
两绶 484	流民图 500	龙尾道 512
谅阴 484	流幽州 500	龙骧虎步 512
蓼莪废讲 485	流转 500	龙骧下蜀 513
列圣 486	柳生左肘 501	龙骧莝 513
列土封疆 486	柳下官资 502	龙性谁能驯 513
列子居郑圃 486	六安丞 521	龙颜 513
裂麻 486	六百步 502	龙阳泣前鱼 513
裂缯笑 486	六察 502	龙跃 514
林回弃璧 487	六典 503	龙蛰蠖屈 514
林下休官 487	六飞 503	龙争虎斗 514
林宗重黄生 487	六符 503	龙种 514
临海 487	六宫 503	龙舟 514
临江节士 488	六合 503	聋丞 515
临渴穿井 488	六经 504	笼鸟槛猿 515
临汝袁郎 488	六龙 504	隆准 515
霖雨 489	六奇 504	娄敬策 515
麟笔 489	六卿分晋 504	楼烦 515
麟符 489	六虱 505	蝼蚁 516
麟台 489	六韬 505	漏夺名籍 516
麟吐玉书 489	六条 505	漏网 516
麟趾 490	六阳 505	卢谌故吏 516
凛然生气 490	六衣 506	卢鸿屋 517
灵旗 491	六艺 506	卢矢 517
灵修 492	六印 506	卢绾须征 517
灵辄扶轮 492	六月兵 506	胪唱 518

鲁褒钱神 518	轮台诏 532	蝥弧 546
鲁二生 518	论道 532	卯金 546
鲁公伯禽 519	论思 532	茂陵金碗 547
鲁恭文字 519	论心 532	茂陵仙客 547
鲁恭驯雉 519	捋虎须 532	茂陵滞骨 547
鲁酒薄 519	罗平妖鸟 533	冒顿 569
鲁句践 519	罗纸 533	眢光让天下 548
鲁连蹈海 519	洛阳社 534	眉间黄色 549
鲁连书 520	洛阳狱 534	梅 550
鲁连谢金 520	麻中直 536	梅吹 549
鲁门爰居 520	马安巧宦 536	梅妃 549
鲁禽情 520	马超勋 536	梅福 549
鲁司寇 520	马革裹尸 536	梅花角 549
鲁为齐弱 520	马空冀北 536	梅妻鹤子 550
鲁元公主 521	马去奔郑 537	美玉经三火 551
鲁雉 521	马群空 537	美竹 551
鲁中都 521	马上得天下 537	媚灶 551
鲁仲连 521	马上送明君 537	门戟 551
陆沉 521	马首欲东 538	门可罗雀 551
陆机雾 522	马蹄 538	门阑之厮 551
陆贾 522	马嵬恨血 538	门庭才旋马 552
陆贾著书 522	马武弹剑 538	幪巾 553
陆浚仪 522	马萧萧 538	猛兽奔 553
陆抗尝药 522	马悀立仗 538	蒙锦绣 552
陆郎 522	马援铜柱 538	蒙庄说剑 552
陆逊 523	马周困新丰 539	孟贲 553
录屏风姓字 523	埋轮 539	孟尝君 553
鹿门采药 523	埋玉 539	孟光 553
鹿裘 524	埋照 539	孟轲好辩 554
鹿死谁手 524	买椟还珠 539	孟母断机 554
戮仆 525	买君顾 539	孟母三迁 554
潞国公 525	买山 539	孟孙问孝 554
露布 525	买丝绣平原 539	孟宗泣笋 554
露门 525	买田阳羡 540	孟宗献鲊 555
露台之产 525	麦秀 540	弥纶 557
吕葛 526	麦秀两歧 540	猕猴骑土牛 557
吕禄 526	卖饼 541	麋鹿同群 558
吕蒙营 526	卖剑买牛 541	麋鹿游姑苏 558
吕虔刀 527	蛮触交争 541	麋鹿姿 558
旅食 527	蛮貊可行 541	宓子贱 238
率府 763	蛮语参军 541	绵蕝 559
率土之滨 763	满床笏 542	绵绵瓜瓞 559
绿林 525	慢陶渊明 542	绵上隐 559
栾公社 530	莽卓 543	冕旒 559
鸾辂 530	毛宝放龟 543	冕旒黈纩 559
鸾坡 530	毛玠公方 543	民受其赐 561
鸾台 530	毛生檄 544	闵子 561
乱丝理 531	毛遂 544	名覆金瓯 561
纶綍 531	毛义捧檄 544	名王 561
纶命 531	矛戟 544	明良 562
轮台 531	茅焦脱衣谏 545	明四目 562
轮台归汉 531	庬头 546	明堂 563

明扬侧陋	563	南迁虞翻	578	陪羽猎	597
明珠暗投	563	南山豆苗	578	裴楷清通	598
明珠报恩	563	南山雾豹	579	裴王	598
鸣鼓	563	南史	579	佩玉鸣鸾	598
鸣鼓而攻	563	南阳躬耕	579	烹小鲜	598
鸣珂	564	南阳有近亲	579	彭咸沦没	599
鸣珂里	564	南夷	580	彭宣	599
鸣岐	564	南辕北辙	580	蓬蒿人	599
鸣岐凤	564	南仲	580	鹏程万里	600
鸣琴而治	564	内相	581	捧日	600
鸣玉	564	泥封函谷	581	捧膳	600
鸣玉宴	565	泥金帖子	581	批黄敕	601
鸣驺	565	泥涂	581	批其逆鳞	601
冥鸿	565	輗軏	582	披裘负薪	601
冥搜	565	鸟覆危巢	583	披香殿	602
铭鼎	565	鸟喙	583	皮里阳秋	602
铭功会稽	565	鸟耘象耕	584	皮之不存	602
铭功景钟	565	聂政姊	584	琵琶胡语	602
螟蛉	566	啮臂	584	琵琶怨曲	602
命世才	566	啮毡	584	黑卧	602
摸金校尉	566	宁戚饭牛	585	貔虎	602
磨盾鼻	567	宁为鸡口	585	貔貅	603
磨而不磷	567	宁武愚	584	鼙鼓	603
莫须有	568	宁作我	585	匹马只轮	603
墨敕斜封	568	凝旒	585	庀具见贫	603
墨翟耻论兵	569	牛喘	586	漂母	604
墨子回车	569	牛后	586	牝鸡司晨	605
某丘某水	570	牛继马后	586	牝牡骊黄	605
母殁不临	570	牛李	586	平楚狱	605
木凤衔书	570	农扈	588	平地一声雷	605
木兰征戍女	571	弄印	588	平津阁	605
木人石心	572	驽马恋栈豆	589	平戎十八策	606
目击道存	573	怒蛙可轼	589	平水土	606
沐恩	574	女床之鸾	589	平阳第	607
沐猴而冠	574	讴歌	590	平阳拊背	607
牧童火	574	鸥鹭盟	591	平阳公主	607
牧野之战	574	排冥筌	591	平阳骑	607
慕蔺	574	潘生拙	593	平原君	608
慕膻	575	潘舆	594	平原客	608
穆天子	575	潘园	594	平子赋归田	608
拿云	575	潘岳闲居	594	帲幪	608
南八男儿	575	攀丹桂	595	瓶竭罍耻	609
南风不竞	575	攀附	595	破竹	611
南陔	576	攀桂	595	破柱求奸	611
南宫	576	攀龙附凤	595	剖竹出守	611
南宫舍人	576	攀辕卧辙	595	葡萄宫	611
南冠楚囚	576	盘庚迁	595	蒲鞭示辱	612
南郭子綦	576	盘谷	595	蒲密	612
南海献荔支	577	槃涧	596	蒲泥	612
南华真经	577	庞德公	597	曝鳃	613
南金	577	鲍瓜空悬	597	七宝鞭	613
南金东箭	577	陪台	597	七宝床赐食	613

七步师旋 614	起晚 626	秦堇勇 641
七臣 614	桀戟 627	秦镜 642
七萃 614	千户侯 629	秦牢冤 642
七德 614	千金买骨 629	秦人策 642
七贵 615	千钧一发 629	秦始皇 643
七国三边 615	千里不留行 629	秦望碑 643
七闽 615	千里草 630	秦狱气 643
七年辨材 615	千里莼羹 630	秦痔 643
七擒七纵 615	千里骥 630	琴堂 644
七人 615	千里驹 630	禽庆游 644
七十说 616	千里马 630	勤王 645
七松家 616	千虑一失 631	青编 645
七叶贵 616	千亩业 631	青犊 645
七月诗 617	千秋万岁 631	青宫 646
栖乌 617	千头万绪 631	青绢 646
栖梧 617	千钟季孙粟 632	青海头 646
萋毁 617	迁鼎 632	青巾校尉 646
期月有成 366	迁固笔 632	青绫被 648
漆身吞炭 618	迁莺 632	青冥 649
漆园傲吏 618	缧牵长 569	青冥姿 649
漆园吏 618	牵裾谏 632	青鸟独来 649
漆园说剑 618	铅刀 633	青袍白马 650
齐斧 1155	铅刀一割 633	青旂 650
齐国社 618	谦尊而光 633	青禽 651
齐侯好紫衣 618	褰帷 633	青青成斧柯 651
齐桓公 618	前车之鉴 633	青衫 651
齐家治国 619	前筹 633	青史 651
齐垒啼乌 619	前度刘郎 634	青琐 651
齐门操瑟 619	前功尽灭 634	青琐郎 651
齐奴物 619	前进士 634	青琐门 652
齐烹 620	前席 634	青鞋布袜 652
齐说客 620	前鱼 634	青蝇报赦 653
齐万物 620	钱流地 634	青蝇营营 653
齐物论 620	乾鹊知来 634	青云路 654
祁连冢 620	乾坤 634	青云自致 654
其人如玉 621	潜夫论 635	青紫 654
奇策陈平 621	潜龙 635	轻董卓 655
奇服 621	黔娄妻 635	轻鸿毛 655
蚚蛙 622	羌胡毂下起 636	轻举远游 655
骑箕尾 623	强干弱枝 636	倾薄糜 655
骑省 623	强梁 636	倾身 656
棋院长日 624	强弩 636	倾吴市 656
麒麟阁 624	墙东 637	卿相 656
麒麟楦 624	憔悴湘滨 638	卿言复佳 656
乞赐处士 625	巧言如簧 638	卿用卿法 656
乞言 625	翘车 639	卿月 657
气食牛 627	翘楚 639	清裁范滂 657
岂其卿 626	侵疆 640	清尘 657
杞梓 626	亲临贺循 640	清都紫微 657
启沃 626	秦封大夫 641	清洛荐尧书 657
泣麟 627	秦关百二 641	清门 657
泣铜驼 628	秦皇东幸 641	清宁 658

· 1227 ·

清议	658	穰苴	675	三表五饵	692
擎天柱	659	让德	675	三不欺	692
黥阵	659	让畔	675	三黜	692
庆云	659	让天下	675	三川震	692
磬折	660	让田	675	三达尊	693
罄竹	660	绕朝策	675	三刀梦	693
穷鸟客	660	人瑞	677	三独坐	694
琼室	661	人彘	678	三分天下	694
琼台	662	人中龙	678	三釜	694
琼枝玉树	662	仁风	678	三公	695
丘明耻	663	仁者寿	678	三孤	695
丘亦同耻	663	任安	679	三顾茅庐	695
丘中志	663	任父	679	三圭	695
秋风过耳	663	任公子	679	三害	695
秋毫之末	664	任姒	679	三韩	696
秋胡妇	664	任棠水	679	三后	696
囚梁	665	任贤勿贰	680	三户亡秦	696
虬髯客	665	任重道远	680	三槐九棘	696
曲蘖	669	日边	680	三皇五帝	697
驱鸡	667	日角	681	三戟之家	697
屈贾	667	日角珠庭	681	三谏之义	697
屈轶	667	日近长安远	681	三鉴	697
躯干小	668	日下	681	三箭定天山	697
劬劳	668	日月经天	682	三接	698
蘧公志	668	日月相斗	682	三节	698
蘧庐	668	日逐	682	三杰	698
蘧轮	668	戎车殷左轮	682	三捷	698
臞儒	669	戎马生郊	683	三旌	698
衢尊	669	戎衣	683	三军	698
取蒲类	670	戎旃	683	三军夺帅	699
取青拾芥	670	荣光	683	三君子	699
去害马	670	荣启期	683	三俊	699
去三惑	670	荣先生	683	三郎	699
去天尺五	670	狨鞍	683	三老五更	699
去邪勿疑	670	肉食	684	三良	699
全疏勒	670	如虎傅翅	685	三闾大夫	699
全树尽借	671	如刻画	685	三略	700
筌蹄弃	671	如履薄冰	685	三品料	701
犬戎	671	如棠	685	三千珠履客	701
犬戎坐御床	671	孺子贫	686	三让	701
却秦	672	襦裤恩	686	三少	702
却扫	672	乳视	686	三十六策	703
鹊印	672	入蔡奇兵	686	三十六将军	704
群龙	673	入韩剑客	686	三时孝养	704
群贤	673	入幕宾	687	三仕三已	704
群贤推郄诜	673	入幕雀	687	三事	704
群彦	673	入鸟不乱行	687	三台	705
群玉	673	阮始平	689	三推	705
然明改俗	674	锐头将军	689	三危	706
燃脐	674	瑞兽	690	三袭	706
染指于鼎	674	瑞图	690	三贤	706
穰侯宠	675	弱翁方大用	691	三秀悲中散	706

·1228·

三薰三沐 707	上党之国 722	生申甫 735
三咽李螬 707	上竿鱼 722	生子李为名 735
三已 707	上谷兵 722	胜偶 736
三异 707	上星辰 723	胜于蓝 736
三宥 708	上阳宫女 723	骶髋 736
三语掾 708	上尧下由 723	圣相 736
三鳣集 708	上医医国 723	尸谏 737
三诏不起 709	尚父 724	尸居龙见 737
三陟平津 709	尚书履声 724	尸位素餐 737
三走 709	烧栈 724	尸诸市 737
三足鼎分 709	少昊 724	失道 737
散发 709	少昊之墟 724	师丁 738
散马休牛 710	少君贤 724	师老 738
散朴 710	少微星 725	师昭 738
桑盖 710	少微星落 725	鸤鸠之仁 741
桑弧蓬矢 710	少姨庙 725	虱官 741
桑户返真 711	少正卯 725	蓍蔡 741
扫鬼方 712	舌强百万师 726	十二旒 742
啬神养和 712	舌为柔 726	十二门 742
杀伐之气 713	舌在齿牙牢 726	十六族 742
沙丘 713	舌在牙先堕 726	十世宥之 743
沙丘鲍鱼 713	舍我其谁 726	十徵不就 743
沙汰秽浊 713	社稷臣 727	石奋 744
山崩川竭 714	射潮 727	石壕村事 744
山东二百州 714	射工伺人 727	石窌妻 745
山公 714	射钩呼父 727	石渠阁 745
山公启事 715	射鹄 727	石犀镇水 745
山公藻鉴 715	射海鱼 727	时苗留犊 746
山呼 715	射蛟 727	时日偕亡 746
山中何所有 717	射石饮羽 728	时中 746
山中陶弘景 717	射兕云梦 728	识荆 746
山中宰相 717	射天 728	识吕蒙 747
膻蚁 718	射天狼 728	识时务者 747
善价 718	射五善 728	拾遗 747
善卷自得 719	射熊 728	食浮 747
善颂善祷 719	摄提 728	食肉寝皮 747
伤弓之鸟 719	摄提格 729	食万羊 748
伤麟 719	申白 729	食薇 748
伤盛姬 720	申伯 729	史鱼黜殡 748
伤时 720	申甫 729	史鱼直 749
商歌 720	神京 730	使臣星 749
商君阡陌 720	神农 730	使君 749
商霖 720	神武 731	使蚊负山 749
商女 720	神武挂冠 731	始宁墅 749
商山四皓 720	神禹 731	士为知己死 750
商鞅徙木 721	沈令尹 732	士元骥足 750
商周梦卜 721	沈冥 732	世人皆欲杀 750
赏从 721	沈尚书 732	市虎 751
赏朱虚 721	审食其 733	市义 751
上宾 722	生聚教训 734	市隐 751
上蔡苍鹰 722	生男生女 735	式闾 751
上蔡黄犬 722	生入玉门关 735	侍车 751

· 1229 ·

侍中貂 751	说返屠羊 767	苏张 780
饰巾 752	朔方军 768	苏属国 779
视履 752	硕鼠诗 768	素餐 780
视膳 752	司马称好 768	素王 781
是非曲直 752	司命 769	涑水开元祐 781
适小国 752	丝纶 769	宿瘤采桑 782
舐蜜刀头 753	私铸 769	眭夸遁世 782
筮仕 753	思钜鹿 770	睢水英雄 782
噬脐 753	思贤梦 770	隋珠弹雀 783
手画三军势 753	思湘沅 770	随(隋)侯蛇珠 783
守宫 754	死得其所 771	随会留秦 783
守株待兔 754	死地 771	随龙 784
寿国 754	死灰 771	随厮养 784
寿张樊敬侯 755	死灰复燃 771	岁寒操 784
受降城 755	死为星辰 772	岁寒茂松 784
授钺 755	四壁闻丝竹 772	岁寒松柏 784
叔敖瘗 757	四方志 772	遂初 785
叔孙毁仲尼 757	四辅 772	燧象 785
叔孙礼乐 758	四海鼎沸 772	孙敖秉羽 785
叔向拘 758	四海一家 773	孙被 785
黍离叹 760	四郊 773	孙膑 785
蜀魂 760	四郊多垒 773	孙策 786
蜀人爱诸葛 760	四民 773	孙弘开阁 786
蜀王镜 761	四世三公 774	孙刘 786
蜀庄 761	四凶 774	孙谋 786
鼠辈 759	四岳 774	孙叔无谋 787
鼠肝 759	四知金 774	孙吴 787
鼠璞 759	四子讲习 774	孙武 787
鼠窃狗偷 759	四罪 774	孙仲谋 788
戍客 762	咒殚 775	损益 788
束之高阁 762	饲豕如人 775	索价 788
树蕙辞 761	驷马高车 775	锁厅试 788
竖儒 761	俟河之清 775	他山之石 789
竖子 761	松柏 775	台鼎 789
庶女告天 761	松柏后凋 776	台衡 789
漱石枕流 762	松柏心 776	台郎 789
霜简 764	松风 776	台省 790
霜台 764	松竹 776	太白 790
水衡钱 764	嵩生岳降 776	太白食昴 790
水清无鱼 765	嵩呼万岁 777	太公望 790
水犀军 765	讼棠 777	太昊 791
水犀弩 765	宋广平 777	太庙牺 791
楯墨 185	宋弘不谐 777	太平天子 791
吮疮 766	宋聋 777	太平无象 791
顺风祈言 766	宋女愈谨 777	太平之基 791
舜宾 766	嗾獒 778	太虚 792
舜聪 766	苏耽井 778	太学 792
舜耕历山 766	苏鬼 779	太液黄鹄 792
舜衣裳 767	苏秦佩印 779	太易 792
舜禹让旒 767	苏武节 779	泰伯让 793
舜葬苍梧 767	苏武牧羊 779	泰阶平 793
舜跖 767	苏辛 780	泰山妇人哭 793

贪泉 793	题舆 807	铁笛 820
啴啴 794	涕出女吴 808	铁冠 820
郯子遭孔圣 794	天地闭 808	铁锁沉江 821
谈笑封侯 795	天帝醉 808	铁网珊瑚 821
谈笑解围 795	天发杀机 808	铁砚磨穿 821
谈笑行杀戮 795	天高听卑 809	铁衣 821
檀公策 795	天后 809	听朝鸡 822
坦荡 795	天将大任 810	听履 822
探丸借客 796	天街 810	听曲知宁戚 822
汤网 796	天诫 810	亭伯去 822
汤征 797	天爵 810	同轨会 823
唐儿 797	天狼 810	同爵尚齿 823
唐室五王 797	天牢 811	同盟 823
唐尧寿 797	天老 811	同舟共济 825
唐虞 798	天禄 811	彤弓 825
棠树 798	天门八翼 811	桐圭 825
螳臂当车 798	天上将 812	桐乡爱 825
螳螂捕蝉 798	天生德 813	铜楼 826
螳螂黄雀 798	天时地利 813	铜墨 826
螳螂杀机 799	天授 813	头颅可知 827
滔滔天下 799	天授留侯 813	头为城 827
逃鞭马腹 799	天王 814	投笔 827
逃相 799	天网 814	投鞭断流 827
逃尧 799	天网恢恢 814	投阁 828
逃债台 799	天下宝 815	投机之会 828
桃花源 800	天下大老 815	投醪 828
桃李满公门 801	天下脊 815	投马箠 828
桃林之野 801	天下士 815	投汨罗 828
陶公柳 801	天下小 815	投泥玉 828
陶公战舰 802	天相 815	投鼠忌器 828
陶景恋松 802	天象动 816	投梭折齿 828
陶令东皋 802	天心 816	投辖 829
陶令归去来 802	天刑 816	秃角犀 829
陶令宅 803	天厌 816	突骑五千 829
陶庐 803	天用莫如龙 816	图南 829
陶山相 803	天阵 817	图穷匕见 830
陶使君 803	天之骄子 817	涂山会 830
陶唐 803	天柱折 817	涂炭 830
陶唐符命 804	田成杀齐君 817	涂莘 830
陶武威 804	田窦 818	屠龙之技 830
陶隐居 804	田光伏剑 818	土功 831
陶铸 804	田横 818	土苴 831
梼杌 804	田横海岛 818	土龙 832
滕廛 805	田横五百士 818	土偶人 832
绨袍 805	田郎字 818	土偶桃梗 832
提封 805	田苏 819	菟裘归计 833
提剑 806	田文比饭 819	推毂 834
提携 806	田文有命 819	颓秀木 834
鹈梁 806	田子方 819	吞腥啄腐 834
缇骑 806	条侯 820	吞舟之鱼 834
题剑 807	窕槬 820	屯云 835
题桥柱 807	跕鸢 164	脱骖 835

· 1231 ·

脱鞲鹰 835	王佐才 850	魏国访先生 861
脱兔 835	网开三面 850	魏国山川 861
脱屣 835	枉尺直寻 850	魏侯重 861
唾壶击缺 836	辋川 850	魏绛 861
唾面自干 836	忘机 851	魏绛和戎 862
蛙蟆胜负 836	望尘而拜 851	魏齐首 862
蛙黾 836	望帝啼鹃 851	魏阙心 862
瓦釜雷鸣 836	望仙台 852	魏王瓠 862
瓦解冰消 836	望夷宫 852	魏征西 862
瓦砾 837	望云 852	魏徵妩媚 863
外臣 837	危如累卵 853	温伯雪子 863
剜肉补疮 837	危若朝露 853	温洛 863
万乘相 838	危言危行 853	温清 863
万乘之国 838	威凤祥麟 853	温室 864
万钉宝带 838	威弧 853	温室树 864
万户侯 839	微尔 854	温诏 864
万机 839	微管 854	文侯拥彗 865
万里宝刀 839	微缕悬千钧 854	文举识 865
万马屯 839	微禹 854	文母 866
万年觞 839	微云淡太清 854	文若比子房 866
万年枝 840	微子去之 854	文石陛 866
万顷之陂 840	薇垣一小星 855	文王喻复 866
万石君 838	韦贤相汉 855	文翁 867
万玉来朝 841	为霖 856	文翁儒化 867
万灶 841	为山九仞 856	文武吉甫 867
万钟禄 841	为我楚舞 859	文鸯 867
亡秦非胡 841	为鱼 856	文章扫地 868
亡羊补牢 841	维城 856	文章憎命 868
亡羊路 841	嵬坡锦袜 857	文中子 868
王霸思隐 841	卫谤 857	闻道 868
王城 843	卫瓘抚床 858	问安视膳 869
王导公忠 843	卫霍 858	问道崆峒 869
王公 843	卫幕 858	问鼎 869
王侯宁有种 843	卫少儿 858	问鸿蒙 869
王会篇 844	卫武公 858	问津 870
王吉归乡 844	卫武作戒 859	问牛衅钟 870
王吉去妇 844	卫足 859	问天 870
王剪在频阳 844	未及下车 859	汶阳田 870
王浚筏 845	未学孙吴 859	蜗角虚名 871
王濬楼船 848	畏简书 859	蜗角争 871
王陵戆 845	畏首畏尾 860	卧龙 872
王莽谦恭 845	畏涂 860	卧榻之侧 872
王气 846	畏牺牛 860	卧薪尝胆 872
王文正 848	尉佗 860	卧治 873
王祥卧冰 848	隗始 857	握发吐哺 873
王谢 848	隗嚣 857	握节 873
王心不宁 848	渭滨垂钓 860	握兰 873
王祐三槐 849	魏豹俘 860	握蛇骑虎 873
王元贶 849	魏勃扫门 861	渥洼 873
王者之师 849	魏帝妇人饰 861	渥洼种 874
王子思归 850	魏公笏 861	乌白马角 874
王尊叱驭 850	魏公子 861	乌公书币 874

索引

乌攫肉 874	五色诏 892	羲农 906
乌龙救主 874	五王宅 892	羲氏和氏 906
乌孙 875	五危 893	蟋蟀辞 906
乌台诗案 875	五星聚 893	席门 907
乌衣门第 875	五噫出京 893	洗兵 907
乌衣事 875	五营 893	洗耳 907
乌衣巷 875	五月飞霜 893	洗粉黛 907
巫咸 876	五云 894	洗箱箧 908
无愁天子 877	五诸侯 894	洗心 908
无地起楼台 877	五子恨雕墙 894	徙帝 908
无国要孟子 878	伍胥潮 895	喜折屐 908
无谋 879	伍员鞭尸 895	系颈 909
无私之光 879	伍员抉目 895	系名王 909
无为而治 879	武安振瓦 895	系匏 909
无盐女 880	武城弦歌 896	郄縠 910
无趾 880	武公入相 896	郄縠风 910
无镞遗 881	武关盟 896	郄诜丹桂 910
芜城 881	武侯 896	匣中剑鸣 910
吾从周 881	武侯征南 896	狎雉驯童 910
吾戴头来 881	武库 896	遐荒 910
吾道 881	武陵曲 897	瑕不掩瑜 910
吾道东 881	武陵源 897	下殿趋 911
吾谋适不用 882	武媚 897	下凤凰 911
吴公 883	武王击纣 897	下江兵 911
吴宫教阵 883	武阳死灰 897	下帷 912
吴宫燕 883	武帐 897	夏虫疑冰 912
吴江三高祠 884	舞马 898	夏侯婴 912
吴起 884	舞兽 898	夏后氏 912
吴下阿蒙 885	戊己尉 898	夏康中兴 912
梧庭凤 885	物情 898	夏台 913
五单于 885	夕郎 899	夏握火 913
五等 886	西伯 900	夏五郭公 913
五弟训禽荒 886	西风残照 900	夏游 913
五丁 886	西湖处士 900	仙李蟠根 913
五丁开道 887	西旅獒 901	先达 913
五鼎 887	西门治邺 901	先登 914
五鼎烹 887	西山八国平 901	先容 914
五斗米 887	西王母 902	先生柳 914
五饵 887	西笑 902	先生馔 914
五羖皮 888	西掖 902	闲云野鹤 915
五侯 888	西垣 902	贤关 915
五湖扁舟 888	西征想潘 902	弦歌宰 915
五谏 889	西子扁舟 902	弦管生衣 915
五裤歌 889	希夷睡 903	衔枚 916
五利功 890	郗超髯 903	衔瑞图 916
五柳先生 890	郗嘉宾 903	衔珠 916
五马 891	奚斯 904	猃狁 917
五马渡江 891	晞发 904	献宝河宗 917
五门 891	徯帝情 905	献赋 917
五日京兆尹 891	羲皇 905	献可替否 917
五戎 891	羲皇上人 906	献芹 917
五色棒 891	羲黄 906	献岁 917

· 1233 ·

献图开益地 918	谢砒 939	须句国 952
相门出相 919	獬豸冠 939	胥靡 953
相如缶 919	心膂 940	虚牝 953
相如折秦 919	辛廖 941	虚左 954
相星 920	新丰客 941	徐福 954
相印付玄成 920	新亭 942	徐孺子 954
相属 918	新亭对泣 942	徐无鬼 955
香案吏 920	信陵君 943	徐衍入海 955
香草美人 920	信越 943	许靖羁宦 956
湘累 921	衅钟悲牛 943	许史 956
襄野童 921	星坼中台 943	许由 956
向秀园 922	星辰合围 943	许由瓢 957
向栩隐灶 922	星郎 944	许掾 957
向子期 922	星落 944	轺轩 1037
项籍 922	星使 944	轩冕 957
巷伯 923	星宿 944	轩辕黄帝 957
象帝 923	刑措 945	宣房宫 957
象物知奸 924	行歌拾穗 945	宣室 957
象贤 924	行人口似碑 946	宣室召 958
枭獍徒 924	行苇 946	玄缥 959
枭卢 924	形役 946	玄宫 958
骁腾 924	杏田 947	玄圭 958
逍遥公 924	杏园 947	玄黄 959
宵衣旰食 924	匈奴俯伏 947	玄鸟生商 959
萧艾 925	匈奴笑千秋 947	悬车告老 960
萧曹 925	胸中丘壑 948	悬瓠城 960
萧车 925	雄才 948	悬首藁街 960
萧次君 925	雄都壮丽 948	悬榻 960
萧傅 925	雄狐 948	悬舆 961
萧关北上 925	雄鸡一唱 948	靴刀誓死 961
萧何 925	雄情爽气 949	薛公 961
萧何律 925	熊耳兵 949	穴蚁 962
萧何昂宿 925	熊虺食人魂 949	学书学剑 962
萧何识故侯 926	熊罴 949	学舞鹤 962
萧后 926	熊轼轓 949	雪泥鸿爪 962
销骨 927	休道太原师 950	血流漂杵 963
销金甲 927	休气 950	薰穴 963
小白鸿翼 928	休问天 950	薰晋鄙 963
小敌怯 928	休休 950	寻壑经丘 964
小队 929	修刺 950	寻源 964
小范老子 929	修高庙 950	巡瑶水 964
小人儒 930	修绠 950	询刍 964
孝经在手 932	修门 950	荀陈 965
笑蹙斩美人 932	修门象棋 950	荀令 965
笑里藏刀 932	修名不立 951	荀氏风流 965
效鹰鹯 932	羞与鬼争光 951	荀羡辞封 965
挟纩 368	朽木不可雕 951	荀彧 966
挟书律 368	朽木粪墙 951	浔阳隐 966
挟辀走 933	朽株 951	循良 966
屑曲 934	袖金锤 952	循墙 966
谢安 934	袖手旁观 952	训禽荒 966
谢玄文 938	绣衣直指 952	训刑命吕 966

索 引

殉死礼非　966	燕南赵北　969	尧与跖　992
牙蘖　967	燕然勒石　970	殽尸露　933
牙璋　967	燕霜　970	谣诼　992
雅拜　967	燕太子丹　970	摇蛊毒　993
雅歌投壶　967	燕相举贤　980	摇落　993
亚夫得剧孟　968	燕云　970	摇尾　993
亚夫细柳营　968	燕昭市骏　970	瑶墀　993
亚父撞玉斗　968	燕昭台　970	药船　994
亚相　968	燕支落汉　971	药良味苦　995
揠苗助长　968	燕啄皇孙　980	药石　995
猰貐　968	鞅掌　981	要离杀庆忌　995
胭脂井　968	扬州骑鹤　982	要路津　995
烟霞痼疾　969	扬子解嘲　982	冶长非罪　995
淹中术　969	羊车到　982	冶长缧绁　995
延阁　971	羊杜　982	野人与之块　996
延烧非关燕　971	羊公　983	野无遗贤　996
严陵钓处　971	羊公灭吹鱼　983	曳裾　997
严陵濑　971	羊狠狼贪　983	夜郎国　998
严滩　971	羊裘垂钓　984	掖垣　997
严郑　972	羊叔子　984	一杯羹　999
严助　972	羊孙谋　984	一笔勾　999
严遵　972	羊昙泪　984	一尺高髻　1000
岩耕　972	羊胃羊头　984	一德格高旻　1000
岩廊　972	羊续悬鱼　984	一鹗　1000
炎帝　973	羊斟　984	一饭千金　1001
盐梅和鼎　973	羊质虎皮　985	一范一韩　1001
颜范　973	羊左之交　985	一飞冲天　1001
颜公付酒钱　973	阳复　985	一夫当关　1001
颜阖逾墙　974	阳秋　986	一鼓作气　1001
颜厚如甲　974	杨伯起哀荣　987	一国三公　1002
颜回　974	杨仆楼船　987	一壑自专　1002
颜闵　974	杨恽种豆　988	一斛槟榔　1002
颜冉　974	杨震子孙　988	一麾出守　1002
颜氏之子　974	炀灶　989	一箭双雕　1002
颜子　975	养虎为患　989	一箭下聊城　1003
掩鼻　975	养老马　989	一炬阿房　1003
掩耳盗铃　975	养生遭杀　989	一匡天下　1003
眼腰黄赤　975	腰金拖紫　990	一夔足　1003
偃革为轩　975	腰章除道　990	一囊钱　1004
偃月堂　976	尧禅舜　992	一诺千金　1004
偃月营　976	尧典舜典　990	一瓢挂树　1005
厌祢衡　976	尧封　991	一瓢饮　1005
晏子　977	尧阶　991	一钱太守　1005
晏子近市居　977	尧阶蓂荚　991	一琴一鹤　1006
宴镐　977	尧民图　991	一丘一壑　1006
雁门太守　978	尧蓂　991	一裘一葛　1006
雁默先烹　978	尧母门　991	一日九迁　1006
雁信　978	尧年　991	一日万里　1007
燕巢于幕　979	尧颡　992	一戎衣　1007
燕馆　979	尧舜　992	一绳何系　1007
燕颔　979	尧天　992	一视同仁　1007
燕客书诈　969	尧庭草　992	一条冰　1008

· 1235 ·

一秃翁	1008	易牙	1019	优孟歌	1033
一苇杭	1008	挹余烈	1019	优孟衣冠	1033
一弦琴	1008	益戆	1019	忧君范老	1034
一言悟主	1009	逸民	1019	忧葵	1034
一言腰相印	1009	瘞玉	1020	幽居	1034
一战霸	1009	薏苡明珠	1020	幽贞	1035
一枝桂	1010	翼长	1020	由庚	1035
一字褒	1010	翼轸	1021	由求	1035
一字师	1010	因人成事	1021	犹不如人	1036
伊川叹	1010	阴车鬼	1021	油幢	1036
伊皋	1011	阴符	1021	游梁	1036
伊霍	1011	阴鹭	1021	游秦滞燕	1037
伊吕	1011	殷道	1021	游刃	1037
伊尹	1011	殷公出守	1022	游侠	1037
伊周	1011	殷浩	1022	有脚阳春	1038
依梁冀	1012	殷鉴	1022	有身	1038
依刘	1012	殷七七	1022	又生一秦	1038
欹器满覆	628	银海雁飞	1023	右袒	1039
仪刑	1013	银黄	1023	右族	1039
夷甫诸人	1013	银台门	1023	于公高门	1039
夷陵火	1013	银莵符	1023	于家决狱	1039
夷齐	1013	银瓮	1023	于陵子	1040
夷齐采薇	1013	银印	1023	于张	1040
移文诮	1014	寅宾	1024	余方有公事	1040
遗爱	1014	尹婕好泣	1024	余粮栖亩	1041
遗臭万年	1014	尹邢避面	1024	鱼化龙	1041
遗恩余烈	1014	饮冰	1024	鱼乐	1041
遗弓	1014	饮马	1026	鱼丽之阵	1041
遗巾帼	1014	饮水	1024	鱼龙变化	1042
遗锦	1014	饮月氏头	1024	鱼龙爵马	1042
遗民	1015	隐居求志	1025	鱼须笏	1043
遗直	1015	隐榆	1025	鱼轩	1043
遗珠	1015	印龟左顾	1025	鱼隐刀	1043
乙览	1015	应璩三入	1026	鱼游沸鼎	1043
以己为马	1015	英雄入彀	1026	鱼游濠上	1043
以蠡测海	1016	英雄种菜	1026	鱼鱼雅雅	1044
以若所为	1016	莺迁乔木	1027	鱼与熊掌	1044
以石投水	1016	樱桃宴	1027	鱼跃	1044
以筵撞钟	1016	鹰扬	1027	渔阳鼓声	1045
蚁聚	1016	迎代邸	1027	渔阳结怨	1045
蚁穴	1017	赢余	1028	榆塞	1046
倚麻	1017	郢书燕说	1029	虞舜	1046
倚天长剑	1017	颍客	1029	虞庠	1046
倚玉树	1017	颍尾	1029	愚公	1047
乂安	1018	颍阳	1030	愚公谷	1047
义方之训	1018	拥彗	1031	愚公移山	1047
义夫	1018	拥旄	1031	舆人歌	1047
忆孙宾	1018	拥肿	1031	舆台	1047
抑诗	1018	喁喁望	1032	与浑不协	1047
邑中黔	1018	永嘉南奔	1032	羽窟幽黄能	1048
佚老	1018	用夏变夷	1033	羽扇	1048
易水歌	1019	用行舍藏	1033	羽书	1048

羽翼 1048	鸳鹭成行 1065	云中守 1081
雨立 1048	鹓鹭班 1066	云子 1081
雨师 1049	元恶大憝 1066	芸台 1081
禹甸 1049	元规报十奇 1066	芸香阁 1081
禹鼎 1049	元规尘 1066	芸香吏 1081
禹贡 1049	元侯 1067	运筹帷幄 1081
禹会诸侯 1049	元结 1067	韫椟而藏 1082
禹迹 1049	元礼归纶氏 1067	载笔 1083
禹绩 1049	元戎启行 1068	载同归 1083
禹命子 1050	元淑命不达 1068	簪白笔 1083
禹让 1050	元载 1068	簪绂 1084
禹汤 1050	元真子 1068	簪花 1084
禹汤罪己 1050	袁安卧雪 1069	簪裾 1084
禹穴 1050	袁安坠睫 1069	簪橐 1084
禹玉 1050	袁董 1069	簪缨 1084
禹凿 1050	袁宏憔悴 1069	鄩侯 1084
庾敳堕帻 1052	袁丝揽辔 1070	臧仓 1084
庾公 1050	袁校尉 1070	臧穀亡羊 1085
庾公病 1051	原尝春陵 1070	臧生诈圣 1085
庾公尘 1051	原思病 1070	凿齿 1085
庾舅 1051	原宪贫 1070	凿空 1085
庾开府 1051	援桴而鼓 1071	凿培以遁 1086
庾亮聘殷浩 1052	缘木求鱼 1071	凿破混沌 1086
玉殿 1054	猿臂不封侯 1071	凿窍 1086
玉斧修月 1054	猿鹤沙虫 1071	凿凶门 1086
玉壶冰 1055	辕下驹 1072	枣膏昏钝 1086
玉节 1055	远致石榴 1072	枣下悲歌 1087
玉麟符 1056	怨不留 1072	皂囊封 1087
玉马朝周 1057	约法三章 1073	造父 1087
玉奴 1057	月荚 1074	造化 1087
玉石俱焚 1059	月中桂 1075	造化小儿 1087
玉碎瓦全 1060	岳降 1076	造膝 1087
玉笋 1060	岳牧 1076	则之 1087
玉笋班 1060	跃马 1076	择虱 1087
玉堂 1060	越甲鸣君 1076	泽宫射 1088
玉堂金马 1060	越鸟南栖 1076	箦中尸 1088
玉堂仙 1060	越裳雉 1076	曾参 1088
玉为琛 1061	越王轼蛙 1077	曾子商歌 1089
玉铉 1061	越王台 1077	曾子易箦 1089
玉藻 1062	云长勇 1081	矰缴 1089
玉帐 1062	云卷舒 1078	赠刀 1089
玉烛调和 1063	云雷 1078	斋房芝 1090
狱吏贵 1064	云龙 1078	翟璜直言 1090
喻蜀 1064	云龙风虎 1078	翟汤隐德 157
御仙花带 1064	云路 1079	翟衣 157
御宇 1064	云泥 1079	詹嘉守晋军 1090
豫让 1064	云鹏 1079	詹尹 1091
豫让酬恩 1064	云师 1080	瞻乌 1091
豫章 1064	云台 1080	鳣庭 1091
鬻熊师 1065	云台画像 1080	斩成安 1091
鸢飞戾天 1065	云台仗 1080	斩蛟 1091
鸢肩火色 1065	云卧 1080	斩楼兰 1091

· 1237 ·

斩蛇 1091	赵壹赋命薄 1105	执鞭 1119
湛露 1092	赵张 1106	执靮 1119
张安世 1092	照水燃犀 1106	执圭 1119
张郱 1092	遮塞 1106	执戟 1119
张博望 1093	折臂三公 726	执金吾 1119
张敞 1093	折冲千里 1106	执柯以伐柯 1120
张陈 1093	折冲樽俎 1106	执牛耳 1120
张耳 1093	折槛 726	直钩 1120
张耳陈馀 1093	折腰 1107	直如弦 1120
张纲 1094	折足覆 1107	职贡 1120
张公吃酒 1094	磔攘 1107	职思其忧 1120
张公子 1094	赭黄袍 1107	只谈风月 1121
张华识 1095	赭君山 1107	枳棘 1122
张徽一曲 1095	赭衣 1108	枳棘栖凤 1122
张老 1095	枕戈待旦 1110	指白日 1121
张禄相秦 1095	鸩媒 1110	指飞鸿 1122
张生 1096	鸩鸟媒 1110	指鹿为马 1122
张司马 1096	真隐 1109	指佞草 1122
张汤 1096	真宰 1109	指囷 1122
张吾军 1096	振衣 1110	轵道之灾 1123
张许 1097	振衣濯足 1111	咫尺天颜 1123
张巡嚼齿 1097	振缨 1111	郅都苍鹰 1123
张仪存舌 1097	甄妃出宫 1109	郅支 1123
张仪诈楚 1097	震旦 1111	制锦 1123
张禹 1097	争臣 1111	炙手可热 1124
张禹后堂 1097	争询裴令貌 1111	治境无虎 1124
张征房 1098	征大宛 1111	致身 1124
张志和 1098	征鸿 1111	致师 1124
张挚 1098	征黄 1111	掷三钱 1124
张仲 1098	征南 1111	智囊 1125
张子房 1098	征文聘 1112	置醴 1125
章甫适越 1099	烝徒 1112	中孚 1125
章甫西东 1099	蒸鸡 1112	中鹄 1131
丈夫 1100	蒸黎 1112	中军 1126
杖马箠 1101	正襟危坐 1112	中流砥柱 1126
杖头百钱 1101	正名五字 1112	中台 1127
昭君出塞 1102	正始之音 1112	中土 1128
昭陵 1103	正直无阿 1113	中隐 1128
昭阳殿 1103	郑公乡 1113	中庸 1128
昭阳燕 1103	郑谷 1113	中庸胡公 1128
昭昭 1103	郑吉 1113	中州 1128
召父杜母 1103	郑笺 1113	忠献 1128
召公棠 1104	郑生为韩 1114	终贾 1128
召平种瓜 1104	郑行人 1115	终南捷径 1129
赵飞燕 1104	郑袖 1115	终焉志 1129
赵高谋李斯 1104	政如水 1115	钟阜蓼 1129
赵将雄 1104	之罘朱雁 1115	钟离委珠 1129
赵军租 1104	支离叟 1116	钟山鹄 1130
赵李经过 1104	芝草生 1117	种树郭橐驼 1131
赵氏孤儿 1105	知白守黑 1117	仲父 1131
赵武见韩侯 1105	知时鹤 1118	仲弓德 1131
赵燕扫粉 1105	知微知章 1118	仲华遇主 1132

仲山甫　　1132	诛马谡　　1141	斫树收庞　　1154
仲叔受恩　　1132	诛求　　1142	浊流　　1154
仲叔猪肝　　1132	洙泗　　1142	浊泥清尘　　1155
仲蔚蓬蒿　　1132	珠箪肯一枨　　1142	酌醴焚枯鱼　　1155
仲蔚园　　1132	诸葛亮　　1143	酌水　　1155
仲颖残忍　　1133	诸侯　　1143	缁尘染素衣　　1155
仲由缨　　1133	诸生　　1143	缁衣　　1156
仲子灌园　　1133	竹帛　　1144	缁衣诸侯　　1156
仲子蔬园　　1133	竹帛烟销　　1144	滋蔓难图　　1156
重光　　113	竹宫　　1144	子产　　1156
重闱　　113	竹宫望拜　　1144	子犯有言　　1156
重华　　113	竹马交迎　　1145	子规　　1157
重黎　　114	竹使符　　1145	子骥远跖　　1157
重明　　114	竹溪六逸　　1146	子荆参军　　1157
重瞳　　114	逐黄鹄　　1146	子骏满人间　　1157
舟楫济川　　1134	逐客　　1146	子列子　　1157
舟中敌国　　1134	逐鹿　　1146	子陵台　　1157
州如斗大　　1134	主父西游　　1147	子牟恋魏阙　　1158
周班　　1134	主画诺　　1147	子男　　1158
周昌　　1134	主人翁　　1147	子囊城郢　　1158
周公　　1134	煮弩　　1147	子西掩袂　　1159
周公被袯　　1135	属镂剑　　760	子婴失国　　1160
周公居东　　1135	麈谈　　1147	子游　　1160
周公俱流言　　1135	助夜渔　　1148	子羽遗迹　　1160
周后袭昆仑　　1135	柱下史　　1148	子渊　　1160
周孔　　1135	祝禽疏网　　1149	子曰　　1161
周穆八荒　　1136	铸成大错　　1149	子真官　　1161
周穆王　　1136	铸金思范蠡　　1149	紫宸班　　1161
周情孔思　　1136	铸颜　　1149	紫陌　　1162
周任言　　1136	筑坛　　1149	紫泥封　　1162
周室凤　　1137	爪牙　　1103	紫髯将　　1163
周诵　　1137	专城居　　1149	紫塞　　1163
周王驾　　1137	专诸　　1150	紫枢　　1163
周王梦　　1137	颛门　　1150	紫台　　1163
周文王　　1137	颛顼　　1150	紫微郎　　1163
周宣中兴　　1137	庄惠　　1151	紫霄　　1164
周右史　　1138	庄姜恨　　1151	紫岩　　1164
周瑜　　1138	庄舄越吟　　1151	紫芝歌　　1165
周玉郑鼠　　1138	庄辛语　　1151	紫芝眉宇　　1165
周召　　1138	庄周　　1151	自愧卢前　　1165
周镇漏船　　1138	庄周牺牛　　1151	自润　　1165
肘腋祸　　1139	撞郎　　1152	自注下下考　　1165
昼锦还乡　　1139	追韩信　　1152	字孤　　1166
朱亥　　1140	椎晋鄙　　127	纵横之术　　1167
朱亥袖椎　　1140	锥刀之末　　1153	纵鳞　　1167
朱家　　1140	锥指管窥　　1153	宗伯　　1166
朱买臣　　1140	坠地　　1153	宗臣　　1166
朱雀玄武　　1140	坠屦　　1153	宗居士　　1166
朱氏衣　　1140	卓长官　　1154	宗雷　　1166
侏儒饱　　1141	卓鲁　　1154	宗许　　1166
侏儒粟　　1141	卓王孙　　1154	宗彝　　1166
诛错为名　　1141	斫胫　　1155	邹鲁　　1167

邹缨齐紫 1168	钻天令 1170	左祖 1173
驺哄 1168	醉尉 1170	左贤王 1173
驺忌说琴 1168	尊乐毅 1171	佐棘 1173
鄹人之子 1168	遵渚 1171	作砺 1173
走流沙 1169	遵渚鸿飞 1171	坐井观天 1174
奏腠 1169	遵渚来鸿 1171	坐上客 1174
组练 1169	左车略 1172	坐无毡 1174
俎豆 1169	左符 1172	坐啸 1174
祖龙 1169	左悁 1172	坐穴藜床 1174
钻故纸 1170	左衽 1173	座主 1174